U0116661

商務

現代漢語詞典

XIANDAI HANYU CIDIAN

繁體字版

中國社會科學院語言研究所
詞典編輯室編

商務印書館

現代漢語詞典（繁體字版）由北京商務印書館授權出版
原版（簡體字版）：中國社會科學院語言研究所詞典編輯室編

現代漢語詞典
（繁體字版）

出 版 人：陳萬雄
編　　輯：商務印書館（香港）有限公司編輯出版部
出　　版：商務印書館（香港）有限公司
香港筲箕灣耀興道 3 號東匯廣場 8 樓
http://www.commercialpress.com.hk
發　　行：香港聯合書刊物流有限公司
香港新界荃灣德士古道220-248號荃灣工業中心16樓
印　　刷：中華商務彩色印刷有限公司
香港新界大埔汀麗路36號中華商務印刷大廈
版　　次：2022 年 6 月第21次印刷

ISBN 978 962 07 0211 2
Printed in Hong Kong

出版說明

《現代漢語詞典》是中國國務院責成中國社會科學院語言研究所為推廣普通話、確定詞彙規範而編成的現代中文詞典。它先後由著名的語言學家呂叔湘先生和丁聲樹先生任主編，有近百位專家學者參與編寫，是目前中國具有權威性的規範的中型漢語詞典。

《現代漢語詞典》在國內家喻戶曉，在海外亦獲得很高的評價，為學習中文必備的工具書，年銷量以百萬計，總銷量已逾4,000萬冊。惟多年來只有簡體字版，慣用繁體字的讀者未能受惠。為方便讀者，本館組織編輯人員在原版的基礎上略加修訂，首次推出繁體字版，同時為台灣讀者增加了國語注音。

《現代漢語詞典》收字、詞、詞組、熟語、成語等共60,000餘條，包括常見的方言詞語、文言詞語以及專門術語等。本詞典的釋義完全以現代中文表述，簡明易懂，輔以豐富實用的例證，有助讀者參考應用。每個詞條都有漢語拼音和國語注音，對於易混淆的讀音，比如異讀、兩讀、輕讀、間讀等都按有關規定進行適當的處理。我們相信，《現代漢語詞典》繁體字版的出版，不僅為讀者提供了一本更加方便好用的規範詞典，對學習普通話、掌握標準中文、改善中文表達能力，也會大有幫助。

商務印書館（香港）有限公司

編輯出版部　謹啓

2001年7月於香港

前　　言

這部《現代漢語詞典》是以記錄普通話語彙為主的中型詞典，供中等以上文化程度的讀者使用。詞典中所收條目，包括字、詞、詞組、熟語、成語等，共約五萬六千餘條。

這部詞典是為推廣普通話、促進漢語規範化服務的，在字形、詞形、注音、釋義等方面，都朝着這個方向努力。一般語彙之外，也收了一些常見的方言詞語、方言意義，不久以前還使用的舊詞語、舊意義，現在書面上還常見的文言詞語，以及某些習見的專門術語。此外還收了一些用於地名、人名、姓氏等方面的字和少數現代不很常用的字。這些條目大都在註釋中分別交代，或者附加標記，以便識別。

1956 年 2 月 6 日，國務院發佈關於推廣普通話的指示，責成中國科學院語言研究所*在 1958 年編好以確定詞彙規範為目的的中型的現代漢語詞典。我所詞典編輯室 1956 年夏着手收集資料，1958 年初開始編寫，1959 年底完成初稿，1960 年印出"試印本"徵求意見。經過修改，1965 年又印出"試用本"送審稿。1973 年，為了更廣泛地徵求意見，作進一步的修訂，並為了適應廣大讀者的迫切需要，利用 1965 年"試用本"送審稿的原紙型印了若干部，內部發行。1973 年開始對"試用本"進行修訂，但由於"四人幫"的嚴重干擾和破壞，直至 1977 年底才全部完成修訂工作，把書稿交到出版部門。

《現代漢語詞典》在整個編寫和修訂過程中，得到了全國一些

---

* 從 1977 年 5 月起改稱中國社會科學院語言研究所。

科研機構、大中學校、工礦企業、部隊有關機關以及很多專家、群眾的大力協助。我們在這裏敬向有關單位和有關同志表示衷心的感謝。

限於編寫人員的水平，這部詞典的缺點和錯誤一定還不少。我們懇切地希望廣大讀者多多提出寶貴意見，以便繼續修訂，不斷提高質量，使這部詞典在推廣普通話、促進漢語規範化方面，在漢語教學方面，能起到應有的作用，更好地為社會主義革命和社會主義建設服務。

中國社會科學院語言研究所

1978 年 8 月

這次重排仍照 1978 年 12 月第一版排印。1979 年底，因原版已損壞，須重新排版。1980 年初僅對某些條目稍作修改，即交出版單位，1980 年第二季度開始排版。

1983 年 1 月

修訂説明

《現代漢語詞典》1978年出第一版。1980年曾對一些條目稍作修改，1983年出第二版。自本詞典出版以來，隨着社會的發展，語言也有演變，一些語詞在運用上有了不少變化，並有不少的新詞新語產生。為了適應讀者的需要，詞典編輯室在搜集的幾十萬條資料的基礎上，進行了這次修訂。修訂工作主要是增、刪、改。增，是增加一些新的詞語；刪，是刪去一些過於陳舊的詞語及一些過於專門的百科詞條；改，是修改那些詞語有變化、有發展，在詞義和用法上需要改動或補充的詞條。此外，對一些異體字和有異讀的字，按照國家語言文字工作委員會的規定作了一些改動。增、刪、改的原則仍依據《現代漢語詞典》的編寫宗旨，目的是使這部詞典在推廣普通話、促進漢語規範化方面，在漢語教學方面，繼續起到它應有的作用。修訂後的《現代漢語詞典》共收字、詞6萬餘條，其中語文條目增加較多。

《現代漢語詞典》始編於1958年，先後由呂叔湘先生和丁聲樹先生任主編，參加編寫的人員有數十人，編寫完和修訂完後曾先後印出"試印本"和"試用本"送審稿，直至1978年正式出版。現在，借修訂重排的機會，把曾參加過《現代漢語詞典》編寫工作的人員的名字按不同階段分列如下：

"試印本" 階段

主編　呂叔湘

參加編寫的有

孫德宣　孫崇義　何梅岑　李伯純　蕭家霖　扎凡均

王述達　劉慶隆　郭　地　李文生　劉潔修　莫　衡

吳崇康　李國炎　鄭宣沐　單耀海　呂天琛

“試用本”階段

主編　　丁聲樹　　李 榮（協助）

參加修訂的有

孫德宣　何梅岑　李伯純　劉慶隆　莫　衡　吳崇康
李國炎　單耀海　呂天琛　吳昌恒　陸卓元　曲翰章
閔家驥　韓敬體　劉潔修　舒寶璋　李玉英　張聿忠
夏義民

先後參加資料工作的有

徐世祿　賀澹江　高澤均　王煥貞　岳珺玲　趙桂鈞
王蘊明　姚寶田　宋惠德　于慶芝

語言研究所其他研究室參加編寫和修訂的人員有

徐蕭斧　范繼淹　范方蓮　傅 婧　金有景　姜　遠
王立達

一些短時間參加的就不一一列名了。

《現代漢語詞典》在 1993 年獲中國社會科學院優秀科研成果獎，1994 年獲中華人民共和國新聞出版署頒發的國家圖書獎，這對編者來説，是鼓勵，也是鞭策。

當年參加編寫的人中已有好幾位離世了，他們對《現代漢語詞典》的貢獻將在書中永存。

這次修訂工作從 1993 年開始。參加修訂工作的人員有

單耀海　韓敬體（審訂）

晁繼周　吳昌恒　吳崇康　董　琨　李志江
劉慶隆　李國炎　莫　衡　呂天琛　陸尊梧
曹蘭萍　賈采珠　黃　華

負責計算機處理和資料工作的人員有

王　偉　宋惠德　郭小妹　張　彤　張　林

在這次修訂工作中，商務印書館編輯部、出版部不少同志為

我們做了許多工作，全國科學技術名詞審定委員會的同志在本書科學技術術語的規範方面，也給予了幫助，在此謹向他們表示敬意。

《現代漢語詞典》出版後，承讀者關心和愛護，不少讀者來信指出不足，這裏，謹表衷心感謝，並希望對修訂本繼續提出寶貴意見，以便不斷修訂。

中國社會科學院語言研究所詞典編輯室

1994 年 10 月

《現代漢語詞典》修訂本出版以來，受到廣大讀者的歡迎和關注，1998 年重印時，參考專家和讀者的意見，對個別條目稍作修改。

1998 年 7 月

總　　目

凡　例

一　條目安排

1. 本詞典所收條目分單字條目和多字條目。單字條目用比較大的字體。多字條目按第一個字分列於領頭的單字條目之下。

2. 單字條目和多字條目都有同形而分條的，情況如下：

(a) 關於單字條目。形同而音、義不同的，分立條目，如‘好’hǎo ㄏㄠˇ和‘好’hào ㄏㄠˋ，‘長’cháng ㄔㄤˊ 和‘長’zhǎng ㄓㄤˇ。形、義相同而音不相同，各有適用範圍的，也分立條目，如‘剝’bāo ㄅㄠ 和‘剝’bō ㄅㄛ，‘薄’báo ㄅㄠˊ 和‘薄’bó ㄅㄛˊ。形同音同而在意義上需要分別處理的，也分立條目，在字的右肩上標註阿拉伯數字，如‘按[1]’、‘按[2]’，‘白[1]’、‘白[2]’、‘白[3]’。

(b) 關於多字條目。形同而音、義不同，分立條目，如【公差】gōngchā ㄍㄨㄥ ㄔㄚ 和【公差】gōngchāi ㄍㄨㄥ ㄔㄞ。形同音同，但在意義上需要分別處理的，也分立條目，在【　】外右上方標註阿拉伯數字，如【大白】[1]、【大白】[2]，【燃點】[1]、【燃點】[2]；注音方式不同的，不標注阿拉伯數字，如：【借款】jiè∥kuǎn ㄐㄧㄝˋ∥ㄎㄨㄢˇ 和【借款】jièkuǎn ㄐㄧㄝˋ ㄎㄨㄢˇ。

3. 本詞典全部條目的排列法如下：

(a) 單字條目按拼音字母次序排列。同音字按筆畫排列，筆畫少的在前，多的在後。筆畫相同的，按起筆筆形橫（一）、直（丨）、撇（丿）、點（、）、折（㇀）的順序排列。

(b) 單字條目之下所列的多字條目不止一條的，依第二字的拼音字母次序排列。第二字相同的，依第三字排列，以下類推。

(c) 輕聲字一般緊接在同形的非輕聲字後面，如‘家’·jia ·ㄐㄧㄚ 排在‘家’jiā ㄐㄧㄚ 的後面，【大方】dà·fang ㄉㄚˋ ·ㄈㄤ 排在【大方】dàfāng ㄉㄚˋ ㄈㄤ 的後面。但是‘了’·le ·ㄌㄜ、‘着’·zhe ·ㄓㄜ 等輕聲字排在去聲音節之後。

二　字形和詞形

4. 本詞典單字條目所用漢字形體以現在通行的為標準。少數漢字形體與通行的標準字形有異，將標準字形用楷體加方括號附列其後。如‘艾〔艾〕’、‘扁〔扁〕’。異體字（包括簡體）加圓括號附列在正體之後。括號內的異體字只適用於個別意義時，在異體字前頭加上所適用的義項數碼，如：村（❶邨）。

5. 不同寫法的多字條目，註解後加‘也作某’，如：【緣故】…也作原故；【原原本本】…‘原’也作源或元。

6. 書面上有時兒化有時不兒化，口語裏必須兒化的詞，自成條目，如：【今兒】、【小孩兒】。書面上一般不兒化，但口語裏一般兒化的，在釋義前列出兒化的詞，如【米粒】條。釋義不止一項的，如口語裏一般都兒化，就把兒化的詞放在注音之後，第一義項之前，如【模樣】條。如只有個別義項兒化，就把兒化的詞放在有關義項數碼之後，如：牌❶（牌兒）…❷（牌兒）…。

7. 重疊式在口語中經常帶‘的’或‘兒的’，條目中一般不加‘的’或‘兒的’，只在註解前面列出帶‘的’或‘兒的’的詞，如：【白花花】…（白花花的），【乖乖】…（乖乖兒的）。

三　注音

8. 每條都用漢語拼音字母和注音字母標注讀音。

9. 有異讀的詞，已經普通話審音委員會審訂過的，一般依照審音委員會的審訂。

傳統上有兩讀，都比較通行的，酌收兩讀，如：嘏（gǔ ㄍㄨˇ，又 jiǎ ㄐㄧㄚˇ）；釃（shī ㄕ，又 shāi ㄕㄞ）。

10. 條目中的輕聲字，注音不標調號，但在注音前加圓點，如：【便當】biàn·dang ㄅㄧㄢˋ·ㄉㄤ；【桌子】zhuō·zi ㄓㄨㄛ·ㄗ。

11. 一般輕讀、間或重讀的字，注音上標調號，注音前再加圓點，如【因為】注作 yīn·wèi ㄧㄣ·ㄨㄟˋ，表示‘因為’的‘為’字一般輕讀，有時也可以讀去聲。

12. 插入其他成分時，語音上有輕重變化的詞語，標上調號和圓點，再加斜的雙短橫，如【看見】注作 kàn//·jiàn ㄎㄢˋ//·ㄐㄧㄢˋ，【起來】注作 qǐ//·lái ㄑㄧˇ//·ㄌㄞˊ，表示在‘看見’、‘起來’中，‘見’字‘來’字輕讀，在‘看得見、看不見’、‘起得來、起不來’中，‘見’字‘來’字重讀。

【起來】還有 //·qǐ//·lái //·ㄑㄧˇ//·ㄌㄞˊ 的注法，表示用在動詞、形容詞後做補語時，如‘拿起來’、‘好起來’等，‘起來’兩字都有輕重的變化。例如在‘拿起來’裏，‘起來’兩字都輕讀；插入‘得、不’以後，如‘拿得起來、拿不起來’，‘起來’兩字都重讀，‘起來’兩字之間再加賓語，如‘拿得起槍來’，‘拿不起槍來’，‘起’字重讀，‘來’字輕讀。‘上來’、‘上去’、‘下來’、‘下去’、‘出來’、‘出去’等都可以有同樣的變化，注音也用同樣方式。

13. 本詞典一般不注變調。在普通話語音中兩字相連的變調情形如下：

(a) 上聲在陰平、陽平、去聲、輕聲前變半上。

(b) 上聲在上聲前一般變陽平。

但是一部分重疊式詞語，如‘沈甸甸、熱騰騰’，照實際讀法注作 chéndiāndiān ㄔㄣˊ ㄉㄧㄢ ㄉㄧㄢ、rètēngtēng ㄖㄜˋ ㄊㄥ ㄊㄥ。

14. 本詞典對於兒化音的注法，只在基本形式後面加‘r’‘ㄦ’，如【今兒】jīnr ㄐㄧㄣㄦ，不標語音上的實際變化。用漢語拼音表示普通話語音中兒化變音情形如下表：

ar	a	ai	an	*er*	e	*or*	o	*ər*	i	ei	en		
	馬	蓋	盤		歌		婆		字	輩	根		
iar	ia		ian	*ier*	ie			*iər*	i		in		
	匣		點		碟				皮		心		
uar	ua	uai	uan			*uor*	uo	*uər*		uei	uen	*ur*	u
	花	塊	玩				窩			味	紋		肚
üar			üan	*üer*	üe			*üər*	ü		ün		
			遠		月				魚		裙		
aor			ao	*our*	ou	*ãr*	ang	*ə̃r*			eng	*õr*	ong
			包		頭		缸				燈		工
iaor			iao	*iour*	iou	*iãr*	iang	*iə̃r*			ing	*iõr*	iong
			條		球		秧				影		熊
						uãr	uang	*uə̃r*			ueng		
							黃				瓮		

附註：

① 表中兒化韵母之後列舉相當的基本韵母，如 ar 後列舉 a，ai，an，表示 a，ai，an 三個韵母兒化後都變 ar。每個基本韵母之下舉一個字為例。

② 普通話裏，‘歌兒’和‘根兒’不同音，‘根兒’的韵母在本表裏用 ər 表示。ər 是一種捲舌的中央元音。

③ zi，ci，si，zhi，chi，shi，ri 中的 i 是舌尖元音，兒化後變 ər，如：‘字兒’zèr，‘事兒’shèr。

④ ã、ə̃、õ 表示鼻音化的 a、ə、o。

15. 多音詞的漢語拼音注音，以連寫為原則，結合較鬆的，在中間加短橫‘-’；詞組、成語按詞分寫。有些組合在中間加斜的雙短橫‘//’，表示中間可以插入其他成分。在中間沒有插入成分時連寫；中間有插入成分時分寫。多音詞的注音字母注音則全部分寫。

16. 多音詞的漢語拼音注音中，音節界限有混淆可能的，加隔音號（’）：

(a) 相連的兩個元音，不屬於同一個音節的，中間加隔音號，如【答案】dá’àn，【木偶】mù’ǒu。

(b) 前一音節收 -n 尾或 -ng 尾，後一音節由元音開頭的，中間加隔音號，如【恩愛】ēn’ài，【名額】míng’é。

17. 專名和姓氏的漢語拼音注音，第一個字母大寫。

四 釋義

18. 分析意義以現代漢語為標準，不詳列古義。

19. 一般條目中，標〈方〉的表示方言，標〈書〉的表示書面上的文言詞語，標〈古〉的表示古代的用法，〈方〉、〈書〉等標記適用於整個條目各個義項的，標在第一義項之前；只適用於個別義項的，標在有關義項數碼之後。

20. 有些單字條目，僅帶一個多音詞，這個多音詞外面加上‘〔 〕’，就附列在單字註中，不另立條目。如：艅 yú ㄩˊ〔艅艎〕(yúhuáng ㄩˊ ㄏㄨㄤˊ) 一種木船。

21. 釋義後舉例不止一例的，例與例之間用豎綫‘|’隔開。例中用的是比喻義時，前面加‘◇’。（釋義中如已說明‘比喻…’，舉例即不加‘◇’。）

22.‘也說…’、‘也叫…’、‘也作…’、‘注意…’等，前頭有時加‘‖’號，表示適用於以上幾個義項，如：【數字】❶…❷…❸…‖也說數目字。表示❶❷❸三個義項都可以說成‘數目字’。前頭不加‘‖’號的，只適用於本義項，如：【話筒】❶…❷…❸…也叫傳聲筒。表示只有第❸義項的物品也叫‘傳聲筒’。

23. 一般音譯的外來語附註外文，如：【沙發】…〔英 sofa〕；【蒙太奇】…〔法 montage〕。‘英、法’等字，表示語別。【鶆鷞】…〔新拉 Rhea〕，‘新拉’表示是新拉丁文。從我國少數民族來的詞只附註民族名稱，如【薩其馬】條附註‘〔滿〕’。（釋義中如已指明某民族，即不再附註民族名稱。）

漢語拼音音節表

（音節右邊的號碼指詞典正文的頁碼）

注 音 音 節 表

（音節右邊的號碼指詞典正文的頁碼）

ㄌㄟˇ	696	ㄌㄨˇ	748	˙ㄇㄣ	788	ㄋㄤˊ	829	ㄋㄨㄣˊ	852	ㄆㄧㄠˇ	882
ㄌㄟˋ	696	ㄌㄨˋ	748	ㄇㄥ	788	ㄋㄤˇ	830	ㄋㄨㄛˊ	852	ㄆㄧㄠˋ	882
˙ㄌㄟ	697	˙ㄌㄨ	752	ㄇㄥˊ	789	ㄋㄤˋ	830	ㄋㄨㄛˋ	852	ㄆㄧㄝ	883
ㄌㄥ	697	ㄌㄩˊ	752	ㄇㄥˇ	790	ㄋㄠ	830			ㄆㄧㄝˇ	883
ㄌㄥˊ	697	ㄌㄩˇ	752	ㄇㄥˋ	791	ㄋㄠˊ	830	ㄛ	854	ㄆㄧㄝˋ	883
ㄌㄥˇ	698	ㄌㄩˋ	753	ㄇㄧ	791	ㄋㄠˇ	830	ㄛˊ	854	ㄆㄧㄣ	884
ㄌㄥˋ	699	ㄌㄨㄢˊ	754	ㄇㄧˊ	791	ㄋㄠˋ	831	ㄛˇ	854	ㄆㄧㄣˊ	884
ㄌㄧ	700	ㄌㄨㄢˇ	755	ㄇㄧˇ	793	ㄋㄜˊ	832	ㄛˋ	854	ㄆㄧㄣˇ	885
ㄌㄧˊ	700	ㄌㄨㄢˋ	755	ㄇㄧˋ	794	ㄋㄜˋ	832	ㄡ	854	ㄆㄧㄣˋ	886
ㄌㄧˇ	702	ㄌㄩㄝˇ	756	ㄇㄧㄢˊ	796	˙ㄋㄜ	833	ㄡˇ	854	ㄆㄧㄥ	886
ㄌㄧˋ	705	ㄌㄩㄝˋ	756	ㄇㄧㄢˇ	797	ㄋㄟˇ	833	ㄡˋ	855	ㄆㄧㄥˊ	886
˙ㄌㄧ	711	ㄌㄨㄣ	756	ㄇㄧㄢˋ	798	ㄋㄟˋ	833			ㄆㄛ	891
ㄌㄧㄚˇ	711	ㄌㄨㄣˊ	756	ㄇㄧㄠ	799	ㄋㄣˋ	835	ㄆㄚ	856	ㄆㄛˊ	892
ㄌㄧㄢ	711	ㄌㄨㄣˇ	758	ㄇㄧㄠˊ	800	ㄋㄥˊ	835	ㄆㄚˊ	856	ㄆㄛˇ	892
ㄌㄧㄢˇ	715	ㄌㄨㄣˋ	758	ㄇㄧㄠˇ	800	ㄫˊ	836	ㄆㄚˋ	856	ㄆㄛˋ	892
ㄌㄧㄢˋ	715	ㄌㄨㄛ	759	ㄇㄧㄠˋ	801	ㄫˇ	836	ㄆㄞ	857	˙ㄆㄛ	894
ㄌㄧㄤˊ	716	ㄌㄨㄛˊ	759	ㄇㄧㄝ	801	ㄫˋ	836	ㄆㄞˊ	857	ㄆㄡ	894
ㄌㄧㄤˇ	718	ㄌㄨㄛˇ	761	ㄇㄧㄝˋ	801	ㄋㄧ	836	ㄆㄞˇ	859	ㄆㄡˊ	894
ㄌㄧㄤˋ	720	ㄌㄨㄛˋ	761	ㄇㄧㄣˊ	802	ㄋㄧˊ	836	ㄆㄞˋ	859	ㄆㄡˇ	894
ㄌㄧㄠ	721	˙ㄌㄨㄛ	763	ㄇㄧㄣˇ	804	ㄋㄧˇ	837	ㄆㄢ	860	ㄆㄨ	894
ㄌㄧㄠˊ	721			ㄇㄧㄥˊ	805	ㄋㄧˋ	838	ㄆㄢˊ	860	ㄆㄨˊ	896
ㄌㄧㄠˇ	723	ㄇ	764	ㄇㄧㄥˇ	810	ㄋㄧㄢ	839	ㄆㄢˋ	862	ㄆㄨˇ	897
ㄌㄧㄠˋ	723	ㄇˊ	764	ㄇㄧㄥˋ	810	ㄋㄧㄢˊ	839	ㄆㄤ	862	ㄆㄨˋ	898
ㄌㄧㄝ	724	ㄇˇ	764	ㄇㄧㄡˋ	810	ㄋㄧㄢˇ	841	ㄆㄤˊ	863		
ㄌㄧㄝˇ	724	ㄇㄚ	764	ㄇㄛ	811	ㄋㄧㄢˋ	842	ㄆㄤˇ	863	ㄑㄧ	899
ㄌㄧㄝˋ	724	ㄇㄚˊ	764	ㄇㄛˊ	811	ㄋㄧㄤˊ	842	ㄆㄤˋ	864	ㄑㄧˊ	901
˙ㄌㄧㄝ	726	ㄇㄚˇ	765	ㄇㄛˇ	813	ㄋㄧㄤˋ	842	ㄆㄠ	864	ㄑㄧˇ	905
ㄌㄧㄣ	726	ㄇㄚˋ	768	ㄇㄛˋ	814	ㄋㄧㄠˇ	843	ㄆㄠˊ	864	ㄑㄧˋ	908
ㄌㄧㄣˊ	726	˙ㄇㄚ	768	ㄇㄡ	817	ㄋㄧㄠˋ	843	ㄆㄠˇ	865	ㄑㄧㄚ	912
ㄌㄧㄣˇ	729	ㄇㄞˊ	769	ㄇㄡˊ	817	ㄋㄧㄝ	843	ㄆㄠˋ	866	ㄑㄧㄚˊ	912
ㄌㄧㄣˋ	730	ㄇㄞˇ	769	ㄇㄡˇ	817	ㄋㄧㄝˊ	844	ㄆㄟ	867	ㄑㄧㄚˇ	912
ㄌㄧㄥˊ	730	ㄇㄞˋ	769	ㄇㄨˊ	817	ㄋㄧㄝˋ	844	ㄆㄟˊ	867	ㄑㄧㄚˋ	912
ㄌㄧㄥˇ	734	ㄇㄢ	771	ㄇㄨˇ	818	ㄋㄧㄣˊ	844	ㄆㄟˋ	868	ㄑㄧㄢ	913
ㄌㄧㄥˋ	735	ㄇㄢˊ	771	ㄇㄨˋ	819	ㄋㄧㄥˊ	844	ㄆㄣ	869	ㄑㄧㄢˊ	916
ㄌㄧㄡ	735	ㄇㄢˇ	772			ㄋㄧㄥˇ	845	ㄆㄣˊ	870	ㄑㄧㄢˇ	920
ㄌㄧㄡˊ	736	ㄇㄢˋ	773	ㄋˊ	823	ㄋㄧㄥˋ	846	ㄆㄣˋ	870	ㄑㄧㄢˋ	920
ㄌㄧㄡˇ	740	ㄇㄤ	775	ㄋˇ	823	ㄋㄧㄡ	846	ㄆㄥ	870	ㄑㄧㄤ	921
ㄌㄧㄡˋ	741	ㄇㄤˊ	775	ㄋˋ	823	ㄋㄧㄡˊ	846	ㄆㄥˊ	871	ㄑㄧㄤˊ	922
˙ㄌㄛ	742	ㄇㄤˇ	776	ㄋㄚ	823	ㄋㄧㄡˇ	847	ㄆㄥˇ	872	ㄑㄧㄤˇ	924
ㄌㄨㄥ	742	ㄇㄠ	776	ㄋㄚˊ	823	ㄋㄧㄡˋ	848	ㄆㄥˋ	872	ㄑㄧㄤˋ	924
ㄌㄨㄥˊ	742	ㄇㄠˊ	777	ㄋㄚˇ	823	ㄋㄨㄥˊ	848	ㄆㄧ	872	ㄑㄧㄠ	925
ㄌㄨㄥˇ	744	ㄇㄠˇ	779	ㄋㄚˋ	824	ㄋㄨㄥˋ	849	ㄆㄧˊ	874	ㄑㄧㄠˊ	925
ㄌㄨㄥˋ	744	ㄇㄠˋ	780	˙ㄋㄚ	825	ㄋㄡˋ	850	ㄆㄧˇ	877	ㄑㄧㄠˇ	926
ㄌㄡ	744	˙ㄇㄜ	781	ㄋㄞˇ	825	ㄋㄨˊ	850	ㄆㄧˋ	878	ㄑㄧㄠˋ	927
ㄌㄡˊ	745	ㄇㄟˊ	781	ㄋㄞˋ	826	ㄋㄨˇ	850	ㄆㄧㄢ	878	ㄑㄧㄝ	928
ㄌㄡˇ	745	ㄇㄟˇ	784	ㄋㄢ	826	ㄋㄨˋ	850	ㄆㄧㄢˊ	880	ㄑㄧㄝˊ	928
ㄌㄡˋ	745	ㄇㄟˋ	785	ㄋㄢˊ	827	ㄋㄩˇ	851	ㄆㄧㄢˇ	880	ㄑㄧㄝˇ	928
˙ㄌㄡ	746	ㄇㄣ	786	ㄋㄢˇ	829	ㄋㄩˋ	851	ㄆㄧㄢˋ	880	ㄑㄧㄝˋ	928
ㄌㄨ	747	ㄇㄣˊ	786	ㄋㄢˋ	829	ㄋㄨㄢˇ	851	ㄆㄧㄠ	881	ㄑㄧㄣ	930
ㄌㄨˊ	747	ㄇㄣˋ	788	ㄋㄤ	829	ㄋㄩㄝˋ	852	ㄆㄧㄠˊ	882	ㄑㄧㄣˊ	931

ㄒㄩㄥ	1283	ㄧㄤˊ	1323	ㄩ	1392	ㄗㄠˋ	1428	ㄓㄣ	1450	ㄓㄨㄟˋ	1506
ㄒㄩㄥˊ	1285	ㄧㄤˇ	1326	ㄩˊ	1393	ㄗㄜˊ	1429	ㄓㄣˇ	1453	ㄓㄨㄣ	1507
ㄒㄩㄥˋ	1285	ㄧㄤˋ	1327	ㄩˇ	1397	ㄗㄜˋ	1430	ㄓㄣˋ	1454	ㄓㄨㄣˇ	1507
ㄒㄧㄡ	1285	ㄧㄠ	1328	ㄩˋ	1399	ㄗㄟˊ	1430	ㄓㄥ	1455	ㄓㄨㄛ	1508
ㄒㄧㄡˇ	1288	ㄧㄠˊ	1329	ㄩㄢ	1404	ㄗㄣˇ	1431	ㄓㄥˇ	1457	ㄓㄨㄛˊ	1508
ㄒㄧㄡˋ	1288	ㄧㄠˇ	1331	ㄩㄢˊ	1405	ㄗㄣˋ	1431	ㄓㄥˋ	1458	ㄗ	1510
ㄒㄩ	1289	ㄧㄠˋ	1331	ㄩㄢˇ	1411	ㄗㄥ	1431	ㄓ	1463	ㄗˇ	1512
ㄒㄩˊ	1291	ㄧㄝ	1333	ㄩㄢˋ	1411	ㄗㄥˋ	1432	ㄓˊ	1466	ㄗˋ	1514
ㄒㄩˇ	1291	ㄧㄝˊ	1334	ㄩㄝ	1412	ㄓㄚ	1432	ㄓˇ	1469	ㄗㄨㄥ	1519
ㄒㄩˋ	1292	ㄧㄝˇ	1334	ㄩㄝˇ	1413	ㄓㄚˊ	1433	ㄓˋ	1473	ㄗㄨㄥˇ	1520
˙ㄒㄩ	1293	ㄧㄝˋ	1335	ㄩㄝˋ	1413	ㄓㄚˇ	1433	ㄓㄨㄥ	1477	ㄗㄨㄥˋ	1522
ㄒㄩㄢ	1293	ㄧ	1337	ㄩㄣ	1416	ㄓㄚˋ	1434	ㄓㄨㄥˇ	1483	ㄗㄡ	1522
ㄒㄩㄢˊ	1295	ㄧˊ	1348	ㄩㄣˊ	1416	˙ㄓㄚ	1434	ㄓㄨㄥˋ	1483	ㄗㄡˇ	1523
ㄒㄩㄢˇ	1296	ㄧˇ	1352	ㄩㄣˇ	1418	ㄓㄞ	1434	ㄓㄡ	1486	ㄗㄡˋ	1524
ㄒㄩㄢˋ	1297	ㄧˋ	1354	ㄩㄣˋ	1418	ㄓㄞˊ	1435	ㄓㄡˊ	1487	ㄗㄨ	1524
ㄒㄩㄝ	1298	ㄧㄣ	1361			ㄓㄞˇ	1435	ㄓㄡˇ	1488	ㄗㄨˊ	1525
ㄒㄩㄝˊ	1298	ㄧㄣˊ	1365	ㄗㄚ	1421	ㄓㄞˋ	1435	ㄓㄡˋ	1488	ㄗㄨˇ	1525
ㄒㄩㄝˇ	1300	ㄧㄣˇ	1366	ㄗㄚˊ	1421	ㄓㄢ	1436	ㄓㄨ	1488	ㄗㄨㄢ	1527
ㄒㄩㄝˋ	1301	ㄧㄣˋ	1369	ㄗㄚˇ	1422	ㄓㄢˇ	1437	ㄓㄨˊ	1490	ㄗㄨㄢˇ	1527
ㄒㄩㄣ	1302	ㄧㄥ	1370	ㄗㄞ	1422	ㄓㄢˋ	1437	ㄓㄨˇ	1491	ㄗㄨㄢˋ	1527
ㄒㄩㄣˊ	1303	ㄧㄥˊ	1372	ㄗㄞˇ	1423	ㄓㄤ	1439	ㄓㄨˋ	1494	ㄗㄨㄟ	1528
ㄒㄩㄣˋ	1305	ㄧㄥˇ	1374	ㄗㄞˋ	1423	ㄓㄤˇ	1441	ㄓㄨㄚ	1497	ㄗㄨㄟˇ	1528
		ㄧㄥˋ	1375	ㄗㄢ	1424	ㄓㄤˋ	1442	ㄓㄨㄚˇ	1498	ㄗㄨㄟˋ	1528
ㄧㄚ	1307	ㄧㄛ	1377	ㄗㄢˊ	1425	ㄓㄠ	1443	ㄓㄨㄞ	1498	ㄗㄨㄣ	1529
ㄧㄚˊ	1309	˙ㄧㄛ	1377	ㄗㄢˇ	1425	ㄓㄠˊ	1444	ㄓㄨㄞˇ	1498	ㄗㄨㄣˇ	1530
ㄧㄚˇ	1310	ㄩㄥ	1377	ㄗㄢˋ	1425	ㄓㄠˇ	1445	ㄓㄨㄞˋ	1498	ㄗㄨㄣˋ	1530
ㄧㄚˋ	1310	ㄩㄥˊ	1378	˙ㄗㄢ	1426	ㄓㄠˋ	1445	ㄓㄨㄢ	1498	ㄗㄨㄛ	1530
˙ㄧㄚ	1311	ㄩㄥˇ	1378	ㄗㄤ	1426	ㄓㄜ	1447	ㄓㄨㄢˇ	1500	ㄗㄨㄛˊ	1530
ㄧㄢ	1311	ㄩㄥˋ	1379	ㄗㄤˇ	1426	ㄓㄜˊ	1447	ㄓㄨㄢˋ	1502	ㄗㄨㄛˇ	1530
ㄧㄢˊ	1313	ㄧㄡ	1380	ㄗㄤˋ	1426	ㄓㄜˇ	1449	ㄓㄨㄤ	1503	ㄗㄨㄛˋ	1531
ㄧㄢˇ	1317	ㄧㄡˊ	1382	ㄗㄠ	1426	ㄓㄜˋ	1449	ㄓㄨㄤˇ	1504		
ㄧㄢˋ	1320	ㄧㄡˇ	1387	ㄗㄠˊ	1427	˙ㄓㄜ	1450	ㄓㄨㄤˋ	1504		
ㄧㄤ	1322	ㄧㄡˋ	1391	ㄗㄠˇ	1427	ㄓㄟˋ	1450	ㄓㄨㄟ	1505		

部 首 檢 字 表

【說明】 1. 本檢字表採用的部首以《康熙字典》214部為基礎，略有刪改，共立212部。部首次序按部首筆畫數目多少排列。

2. 同一部的字按除去部首筆畫以外的畫數排列；同畫數的，按部首以外部分的筆形一（橫）丨（直）丿（撇）丶（點）乛（折）的順序排列，筆形歸屬依據中國國家語言文字工作委員會和新聞出版署1997年聯合發佈施行的《現代漢語通用字筆順規範》。

3. 對於難檢的字，檢字表後另有《難檢字筆畫索引》備查。

（一） 部首目錄

（部首右邊的號碼指檢字表的頁碼）

(二) 檢字表

1. 字右邊的號碼指詞典正文的頁碼。
2. 帶圓括弧的字是簡體字或異體字。
3. 帶方括弧的楷體字是該字的標準字形。

囗部

土部

士部

夊部

夕部

大部

女部

(屃) 1089
屉 18
局 620
五至六畫
屆 593
(屜) 1126
居 619
(届) 593
屄 57
(屄) 57
屈 947
屍 1033
屋 1202
屌 263
屏 82
889
屎 1044
七至九畫
展 1437
屎 945
屑 1267
屓 1226
屐 528
屠 1156
屖 280
屝 1126
屙 298
(屟) 1267
(属) 1066
1494
(屚) 626
(屡) 753
孱 110
123
十一畫以上
屢 753
屣 1225
屜 1089
屧 1267
履 753
(屦) 624
層 116
屨 624
屩 626
屬 1066
1494
羼 126
(屭) 1226

屮部

屯 1164
1507

山部

山 997
三至四畫
屼 1213
(屿) 1399
屾 1016
屹 383
1354
(岁) 1097
屺 905
(岂) 907
岍 914
(岙) 12
岐 901
(岖) 948
岈 1309
(岗) 375
376
377
(岘) 1241
(岺) 757
岑 116
岔 121
(岚) 681
(岛) 232
岌 536
岜 16
五畫
岵 486
岢 650
岸 8
岩 1314
(岽) 274
(岿) 671
岬 553
岫 1288
岡 374
岝 1534
岳 1414
(岳) 1416
岱 220
(岭) 735
岣 404
峁 779
峂 1148
(峃) 1298
岷 804
岧 1134
(岹) 1134
(峄) 1359
峈 818
六畫
峙 1048
峗 1474
(峡) 1229
(峣) 1330
峒 274
1148
(峤) 583
926
峇 16
峋 1303
(峥) 1456
(峦) 754
峧 574
七畫
峓 744
炭 921
(崂) 688
峬 90
峽 1229
(崃) 681
峭 927
峴 1241
峨 298
(峩) 298
島 232
峪 1400
(崄) 1239
(崟) 1239
峰 345
(峯) 345
崀 685
峻 633
八畫
崌 697
(崧) 1088
崬 274
崖 1310
(崕) 1310
崎 903
崦 1312
崍 681
(崭) 1437
崑 673
崮 414
崗 375
376
377
崔 197
崟 1365
(崯) 1365
崙 757
崤 1255
崢 1456
崩 56
崞 435
崒 1525
(崪) 1525
崇 160
崆 657
(崃) 749
崛 628
崃 749
九畫
嵌 643
921
(嵽) 266
嵖 218
(嵘) 974
嵯 120
(嵗) 1097
崴 1172
1184
嵎 1394
崽 1423
崿 300
(嵒) 1314
(嵚) 930
嵬 1187
嵛 1394
(崳) 1394
嵐 681
(嵝) 745
嵫 1510
嵋 783
十至十一畫
(歳) 1097
〔嵖〕 218
嵊 1031
嵲 844
〔嵬〕 1187
嵩 1088
嵴 540
嵯 201
嶅 11
嵽 266
嶄 1437
嶇 948
嶁 745
嶂 1442
嶍 1224
(嶍) 1224
十二至十四畫
嶢 1330
嶠 583
926
嶲 1222
嶕 575
嶔 930
嶓 87
嶙 727
嶒 116
嶗 688
嶝 242
(巘) 1320
(嶩) 830
嶧 1359
嶼 1399
嶨 1298
嶴 12
嶮 1239
崄 1239
嶰 1267
嶺 735
嶷 1351
嶽 1416
嶸 974
十六畫以上
(巅) 255
巇 1223
巍 1185
巉 124
〔巍〕 1185
巋 671
巔 255
巎 830
巒 754
巘 1320
(巖) 1314

巛(川)部

川 175
州 1486
(巡) 1303
巡 1303
巢 134

工部

工 392
左 1530
巧 926
巨 622
(巠) 603
(巩) 400
巠 603
巫 1202
差 117
121
122
123
187
(巯) 946
巰 946

己(巳)部

己 541
已 1352
巳 1085
(巳) 1085
巴 15
㠯 1353
(异) 1355
(巵) 1464
巷 455
1250
巽 1305

巾部

巾 594
一至四畫
市 350
(帀) 1421
(币) 64
布 100
(布) 101
(帅) 1070
市 1045
(师) 1034
帆 312
(帏) 482
(帏) 1187
(帐) 1442
希 1219
(帋) 1472
帊 856
五至六畫
帖 1137
1138
1140
(帜) 1476
帙 1473
帕 857
帛 87
帤 1404
帘 711
(帘) 714
帚 1488
帑 1115
帔 868
(带) 221
(帧) 1452
帥 1070
帝 252
帡 889
帣 625
626
七至九畫
(帱) 163
237
(帮) 34
帩 927
師 1034
席 1223
(席) 1223
帨 1077
帬 957
(帻) 1430
帳 1442
帶 221
常 128
(帼) 438
帷 1186
帵 1175
幅 353
幀 1452
帽 780
(幓) 925
(幝) 673
幄 1201
幈 890
幃 1187
十至十二畫
幕 822
幌 507
幎 795
幘 1430
幖 74
〔幕〕 822
幔 773
幗 438
幛 1442
幞 354
幣 64
幠 482
幡 313
幨 123
幢 180
1505
幟 1476
十三畫以上
幪 790
幧 925
幫 34
幬 163
237
(幮) 171
〔幪〕 790
幮 171
幰 1240
(幱) 683

干部

干 368
(干) 369
374
平 886
年 839
并 81
(并) 83

火(灬)部

缶部

网(⺳罒)部

羊(⺶⺷)部

羽部

老(耂)部

而部

耒部

與 1395
1398
1402
舃 1227
舅 617
舉 621
興 1277
1283
舊 617
〔舊〕 617
舋 1276

舌部

舌 1011
舍 1013
(舍) 1012
舐 1048
舒 1062
(辞) 189
舔 1133
(舖) 898
(舘) 423

舛部

舛 178
舜 1079
(舝) 1230
舞 1213

舟部

舟 1486

三至四畫

舡 176
舢 999
(舣) 1354
舭 60
(舰) 568
舨 31
(舩) 176
(舱) 111
般 29
86
860
(般) 30
舫 325
航 454

五至九畫

舸 387
(舻) 744
(舻) 748
舳 1491
舴 1430
舶 87
舲 731
船 176
舷 1237
舵 296
𦨭 876
舾 1221
(舦) 205
艄 1009
艇 1142
艅 1395
艉 1190
(䑲) 1445
艋 790
艓 266
艘 1090
艎 507
艑 71
艏 1057
〔艑〕 71

十畫以上

艡 1103
艙 111
艕 36
艖 118
艚 113
(艔) 1103
艟 158
艜 205
艨 790
(艢) 923
(艣) 748
艤 1354
艦 568
〔艨〕 790
(艪) 748
艫 748
𦪽 744

艮部

艮 390
良 716
(艰) 559
艱 559

色部

色 992
997
(艳) 1322
艴 353
艷 1322

艸(艹)部

(艸) 113

一畫

(艺) 1359

二畫

艾 3
1354
〔艾〕 3
1354
艽 572
〔艽〕 572
艿 825
〔艿〕 825
节 586
(节) 586
588
〔节〕 586
艻 693
〔艻〕 693

三畫

芋 1400
〔芋〕 1400
芏 284
〔芏〕 284
芊 914
〔芊〕 914
芃 871
〔芃〕 871
芍 1009
〔芍〕 1009
芒 775
〔芒〕 775
芑 905
〔芑〕 905
芎 1283
〔芎〕 1283
(芗) 1247

四畫

芙 350
〔芙〕 350
芫 1313
1406
〔芫〕 1313
1406
(芜) 1209
(苇) 1190
芸 1416
(芸) 1418
〔芸〕 1416
芾 332
351
〔芾〕 332
351
芰 543
〔芰〕 543
芣 351
〔芣〕 351
(苈) 710
苊 299
〔苊〕 299
芽 1309
〔芽〕 1309
芘 876
〔芘〕 876
芷 1470
〔芷〕 1470
(苒) 959
芮 981
〔芮〕 981
(苋) 1241
芼 780
〔芼〕 780
(苌) 128
花 488
〔花〕 488
芹 931
〔芹〕 931
苅 1354
〔苅〕 1354
芥 366
592
〔芥〕 366
592
(苁) 192
芩 931
〔芩〕 931
芬 337
〔芬〕 337
(苍) 111
芪 901
〔芪〕 901
芴 1213
〔芴〕 1213
芡 920
〔芡〕 920
芻 171
芨 528
〔芨〕 528
芟 999
〔芟〕 999
(芶) 403
苄 69
〔苄〕 69
芝 1464
〔芝〕 1464
芳 322
〔芳〕 322
(芛) 1190
(苎) 1495
(芦) 747
748
芯 1271
1274
〔芯〕 1271
1274
芭 16
〔芭〕 16
芤 658
〔芤〕 658
(苏) 1091
芧 1292
1494
〔芧〕 1292
1494

五畫

茉 814
〔茉〕 814
苷 369
〔苷〕 369
苦 662
〔苦〕 662
苯 55
〔苯〕 55
苣 623
950
〔苣〕 623
950
苛 646
〔苛〕 646
苤 883
〔苤〕 883
若 961
982
〔若〕 961
982
茇 16
〔茇〕 16
茂 780
〔茂〕 780
(茏) 743
(苹) 891
苫 999
1000
〔苫〕 999
1000
苡 1353
〔苡〕 1353
苴 618
〔苴〕 618
苜 821
〔苜〕 821
苗 800
〔苗〕 800
苒 959
〔苒〕 959
英 1370
〔英〕 1370
苢 1353
〔苢〕 1353
苘 941
〔苘〕 941
苲 1433
〔苲〕 1433
茌 153
〔茌〕 153
苻 351
〔苻〕 351
苽 406
〔苽〕 406
苶 844
〔苶〕 844
苓 730
〔苓〕 730
苟 403
〔苟〕 403
茆 779
〔茆〕 779
(茑) 843
苑 1411
〔苑〕 1411
(苖) 171
苞 38
〔苞〕 38
范 320
(范) 321
〔范〕 320
苧 1495
(苧) 845
〔苧〕 1495
茓 1298
〔茓〕 1298
(茔) 1372
苾 62
〔苾〕 62
(茕) 942
苠 804
〔苠〕 804
茀 351
〔茀〕 351
茁 1509
〔茁〕 1509
茄 550
928
〔茄〕 550
928
苕 1009
1134
〔苕〕 1009
1134
(茎) 604
苔 1104
1105
〔苔〕 1104
1105
茅 779
〔茅〕 779
(莓) 783

六畫

荊 604
〔荊〕 604
茸 972
〔茸〕 972
荳 499
〔荳〕 499
茜 921
1219
〔茜〕 921
1219
茬 119
〔茬〕 119
(荐) 567
(荙) 205
(荚) 553
荑 1122
1348
〔荑〕 1122
1348
(荛) 960
(荜) 63
茈 187
1513
〔茈〕 187
1513
草 113
〔草〕 113
(茧) 562
茼 1148
〔茼〕 1148
茵 1361
〔茵〕 1361
茴 512
〔茴〕 512
茱 1489
〔茱〕 1489
茛 415
〔茛〕 415
(荞) 926
茚 1369
〔茚〕 1369
茯 351
〔茯〕 351
荏 968
〔荏〕 968
荇 1283
〔荇〕 1283
荃 953
〔荃〕 953
(荟) 516
茶 119
〔茶〕 119
(荅) 203
204
荀 1303
〔荀〕 1303
荈 178
〔荈〕 178
茖 385

谷部

豆部

豕部

豸部

(三) 難檢字筆畫索引

(字右邊的號碼指詞典正文的頁碼)

A

ā (ㄚ)

吖 ā ㄚ［吖嗪］(āqín ㄚ ㄑㄧㄣˊ) 有機化合物的一類，呈環狀結構，含有一個或幾個氮原子，如吡啶、噠嗪、嘧啶等。［英 azine］

阿 ā ㄚ〈方〉前綴。❶用在排行、小名或姓的前面，有親昵的意味：阿大｜阿寶｜阿唐。❷用在某些親屬名稱的前面：阿婆｜阿爹｜阿哥。

另見 2 頁 ·a'啊'；298頁 ē。

【阿鼻地獄】ābí dìyù ㄚ ㄅㄧˊ ㄉㄧˋ ㄩˋ 佛教指犯了重罪的人死後靈魂受苦的地方。［阿鼻，梵 avīci］

【阿昌族】Āchāngzú ㄚ ㄔㄤ ㄗㄨˊ 我國少數民族之一，分佈在雲南。

【阿斗】Ā Dǒu ㄚ ㄉㄡˇ 三國蜀漢後主劉禪的小名。阿斗為人庸碌，後來多比喻懦弱無能的人。

【阿爾法粒子】ā'ěrfǎ lìzǐ ㄚ ㄦˇ ㄈㄚˇ ㄌㄧˋ ㄗˇ 見553頁〖甲種粒子〗。也作 α 粒子。［阿爾法，希臘字母的第一個字母 α］

【阿爾法射綫】ā'ěrfǎ shèxiàn ㄚ ㄦˇ ㄈㄚˇ ㄕㄜˋ ㄒㄧㄢˋ 見553頁〖甲種射綫〗。也作 α 射綫。

【阿飛】āfēi ㄚ ㄈㄟ 指身着奇裝異服、舉動輕狂的青少年流氓。

【阿公】āgōng ㄚ ㄍㄨㄥ〈方〉❶丈夫的父親。❷祖父。❸尊稱老年男子。

【阿訇】āhōng ㄚ ㄏㄨㄥ 我國伊斯蘭教稱主持清真寺教務和講授經典的人。［波斯 akhund］

【阿拉】ālā ㄚ ㄌㄚ〈方〉❶我。❷我們。

【阿拉伯人】Ālābórén ㄚ ㄌㄚ ㄅㄛˊ ㄖㄣˊ 亞洲西南部和非洲北部的主要居民。原住阿拉伯半島，多信伊斯蘭教。［阿拉伯，阿拉伯語 Arab］

【阿拉伯數字】Ālābó shùzì ㄚ ㄌㄚ ㄅㄛˊ ㄕㄨˋ ㄗˋ 國際通用的數字，就是 0，1，2，3，4，5，6，7，8，9。

【阿蘭若】ālánrě ㄚ ㄌㄢˊ ㄖㄜˇ 見682頁〖蘭若〗。［梵 araṇya］

【阿羅漢】āluóhàn ㄚ ㄌㄨㄛˊ ㄏㄢˋ 見760頁〖羅漢〗。［梵 arhat］

【阿貓阿狗】āmāo āgǒu ㄚ ㄇㄠ ㄚ ㄍㄡˇ〈方〉泛指某些人或隨便甚麼人 (含輕蔑意)。

【阿門】āmén ㄚ ㄇㄣˊ 基督教祈禱的結束語，'但願如此'的意思。［希伯來 amen］

【阿木林】āmùlín ㄚ ㄇㄨˋ ㄌㄧㄣˊ〈方〉容易上當受騙的人；傻瓜。

【阿片】āpiàn ㄚ ㄆㄧㄢˋ 從尚未成熟的罌粟果裏取出的乳狀液體，乾燥後變成淡黃色或棕色固體，味苦。醫藥上用做止瀉、鎮痛和止咳劑。常用成癮，是一種毒品。用作毒品時，叫大烟、鴉片 (雅片) 或阿芙蓉。

【阿婆】āpó ㄚ ㄆㄛˊ〈方〉❶丈夫的母親。❷祖母。❸尊稱老年婦女。

【阿Q】Ā Qiū ㄚ ㄑㄧㄡ，又 Ā Kiū ㄚ ㄎㄧㄡ 魯迅著名小說《阿Q正傳》的主人公，是'精神勝利者'的典型，受了屈辱，不敢正視，反而用自我安慰的辦法，說自己是'勝利者'。

【阿嚏】ātì ㄚ ㄊㄧˋ 象聲詞，形容打噴嚏的聲音。

【阿姨】āyí ㄚ ㄧˊ ❶〈方〉母親的姐妹。❷稱呼跟母親輩分相同、年紀差不多的婦女：王阿姨｜售票員阿姨。❸對保育員或保姆的稱呼。

啊 (呵) ā ㄚ 嘆詞，表示驚異或讚嘆：啊，出虹了！｜啊，今年的莊稼長得真好哇！

'呵'另見460頁 hē；646頁 kē。

【啊呀】āyā ㄚ ㄧㄚ 嘆詞。❶表示驚訝：啊呀，他跑得真快呀！❷表示不滿或為難：啊呀，怎麼弄了滿地的水！｜啊呀，這事不好辦哪！

【啊喲】āyō ㄚ ㄧㄛ 嘆詞，表示驚訝、痛苦等：啊喲，好大的雪呀！｜啊喲，頭痛死啦！

腌 ā ㄚ［腌臢］(ā·zā ㄚ ·ㄗㄚ)〈方〉❶髒；不乾淨：房子裏太腌臢了，快打掃打掃吧。❷(心裏) 彆扭；不痛快：晚到一步，事沒辦成，腌臢極了。❸糟踐；使難堪：算了，別腌臢人了。

另見1313頁 yān'醃'。

錒 (锕) ā ㄚ 金屬元素，符號 Ac (actinium)。有放射性。

á (ㄚˊ)

啊 (呵) á ㄚˊ 嘆詞，表示追問：啊？你明天到底去不去呀？啊？你說甚麼？

'呵'另見460頁 hē；646頁 kē。

嗄 á ㄚˊ 同'啊'(á)。

另見996頁 shà。

ǎ (ㄚˇ)

啊 (呵) ǎ ㄚˇ 嘆詞，表示驚疑：啊？這是怎麼回事啊？

'呵'另見460頁 hē；646頁 kē。

à (ㄚˋ)

啊 (呵) à ㄚˋ 嘆詞。❶表示應諾 (音較短)：啊，好吧。❷表示明白過來(音較長)：啊，原來是你，怪不得看着面熟哇！❸表示驚異或讚嘆(音較長)：啊，偉大的祖國！

'呵'另見460頁 hē；646頁 kē。

·a (·ㄚ)

啊(阿、呵) ·a ·ㄚ 助詞。❶用在句末表示讚嘆的語氣：多好的天兒啊！❷用在句末表示肯定、辯解、催促、囑咐等語氣：這話說得是啊｜我沒去是因為我有事情啊｜快去啊！｜你可要小心啊！❸用在句末表示疑問的語氣：你吃不吃啊？｜你這說的是真的啊？❹用在句中稍作停頓，讓人注意下面的話：這些年啊，咱們的日子越過越好啦。❺用在列舉的事項之後：書啊，雜誌啊，擺滿了一書架子。‖注意'啊'用在句末或句中，常受到前一字韻母或韻尾的影響而發生不同的變音，也可以寫成不同的字：

前字的韻母或韻尾	'啊'的發音和寫法	
a,e,i,o,ü	a→ia	呀
u,ao,ou	a→ua	哇
-n	a→na	哪
-ng	a→nga	

'阿'另見1頁 ā；298頁 ē。'呵'另見460頁 hē；646頁 kē。

āi (ㄞ)

哎〔哎〕(噯) āi ㄞ 嘆詞。❶表示驚訝或不滿意：哎！真是想不到的事｜哎！你怎麼能這麼說呢！❷表示提醒：哎，我倒有個辦法，你們大家看行不行？

'噯'另見3頁 ǎi；5頁 ài。

【哎呀】āiyā ㄞ ㄧㄚ 嘆詞。❶表示驚訝：哎呀！這瓜長得這麼大呀！❷表示埋怨、不耐煩、惋惜等：哎呀，你怎麼來這麼晚呢！｜哎呀，你就少說兩句吧！｜哎呀，時間都白白浪費了。

【哎喲】āiyō ㄞ ㄧㄛ 嘆詞，表示驚訝、痛苦、惋惜等：哎喲！都十二點了｜哎喲！我肚子好疼！｜哎喲，咱們怎麼沒有想到他呀！

哀 āi ㄞ ❶悲傷；悲痛：悲哀｜哀鳴。❷悼念：哀悼｜默哀。❸憐憫：哀憐｜哀矜｜哀其不幸。

【哀兵必勝】āi bīng bì shèng ㄞ ㄅㄧㄥ ㄅㄧˋ ㄕㄥˋ 《老子》六十九章：'抗兵相若，哀者勝矣。'對抗的兩軍力量相當，悲憤的一方獲得勝利。指受壓抑而奮起反抗的軍隊，必然能打勝仗。

【哀愁】āichóu ㄞ ㄔㄡˊ 悲哀憂愁：滿腹哀愁｜哀愁的目光。

【哀辭】āicí ㄞ ㄘˊ 〈書〉哀悼死者的文章，多用韵文。

【哀悼】āidào ㄞ ㄉㄠˋ 悲痛地悼念(死者)：哀悼死難烈士｜表示沈痛的哀悼。

【哀的美敦書】āidìměidūnshū ㄞ ㄉㄧˋ ㄇㄟˇ ㄉㄨㄣ ㄕㄨ 最後通牒。[哀的美敦，英 ultimatum]

【哀告】āigào ㄞ ㄍㄠˋ 苦苦央告：四處哀告。

【哀號】āiháo ㄞ ㄏㄠˊ 悲哀地號哭。也作哀嚎。

【哀嚎】āiháo ㄞ ㄏㄠˊ ❶悲哀地嚎叫：餓狼哀嚎。❷同'哀號'。

【哀鴻遍野】āi hóng biàn yě ㄞ ㄏㄨㄥˊ ㄅㄧㄢˋ ㄧㄝˇ 比喻到處都是呻吟呼號、流離失所的災民(哀鴻：哀鳴的大雁)。

【哀毀骨立】āi huǐ gǔ lì ㄞ ㄏㄨㄟˇ ㄍㄨˇ ㄌㄧˋ 形容遭父母之喪，因非常悲痛而消瘦變樣。

【哀矜】āijīn ㄞ ㄐㄧㄣ 〈書〉哀憐。

【哀苦】āikǔ ㄞ ㄎㄨˇ 悲哀痛苦：哀苦無依的孤兒。

【哀憐】āilián ㄞ ㄌㄧㄢˊ 對別人的不幸遭遇表示同情：孤兒寡母，令人哀憐。

【哀鳴】āimíng ㄞ ㄇㄧㄥˊ 悲哀地叫：寒鴉哀鳴。

【哀戚】āiqī ㄞ ㄑㄧ 〈書〉悲傷。

【哀啓】āiqǐ ㄞ ㄑㄧˇ 舊時死者親屬敍述死者生平事略的文章，通常附在訃聞之後。

【哀泣】āiqì ㄞ ㄑㄧˋ 悲傷地哭泣：嚶嚶哀泣。

【哀切】āiqiè ㄞ ㄑㄧㄝˋ 悽切(多用來形容聲音、眼神等)：情辭哀切。

【哀求】āiqiú ㄞ ㄑㄧㄡˊ 哀告請求：哀求饒命｜苦苦哀求。

【哀榮】āiróng ㄞ ㄖㄨㄥˊ 〈書〉指死後的榮譽。

【哀傷】āishāng ㄞ ㄕㄤ 悲傷：哭聲悽切哀傷｜請保重身體，切莫過於哀傷。

【哀思】āisī ㄞ ㄙ 悲哀思念的感情：寄託哀思。

【哀嘆】āitàn ㄞ ㄊㄢˋ 悲哀地嘆息：獨自哀嘆｜哀嘆自己不幸的遭遇。

【哀痛】āitòng ㄞ ㄊㄨㄥˋ 悲傷；悲痛：哀痛欲絕。

【哀慟】āitòng ㄞ ㄊㄨㄥˋ 極為悲痛：偉人長眠，舉世哀慟。

【哀婉】āiwǎn ㄞ ㄨㄢˇ 悲傷婉轉：歌聲哀婉動人。

【哀艷】āiyàn ㄞ ㄧㄢˋ 〈書〉形容文辭悽切而華麗：哀艷之詞｜詩句哀艷纏綿。

【哀怨】āiyuàn ㄞ ㄩㄢˋ 因委屈而悲傷怨恨：傾訴內心的哀怨。

【哀樂】āiyuè ㄞ ㄩㄝˋ 悲哀的樂曲，專用於喪葬或追悼。

【哀子】āizǐ ㄞ ㄗˇ 舊時死了母親的兒子稱哀子。參看407頁〖孤哀子〗。

埃[1] āi ㄞ 灰塵；塵土：塵埃｜黃埃蔽天。

埃[2] āi ㄞ 長度單位，一埃等於一億分之一厘米。主要用來計算光波等的波長。這個單位名稱是為紀念瑞典物理學家埃斯特朗(Anders Jonas Ångström)而定的。

挨 āi ㄞ ❶順着(次序)；逐一：挨個兒｜挨門挨戶地檢查衞生。❷靠近；緊接着：他家挨着工廠｜學生一個挨一個地走進教室。
另見3頁 ái‘捱’。

【挨邊】āi//biān ㄞ//ㄅㄧㄢ (挨邊兒) ❶靠着邊緣：上了大路，要挨着邊兒走。❷接近(某數，多指年齡)：我六十挨邊兒了。❸接近事實或事物應有的樣子：你說的一點也不挨邊兒！

【挨次】āicì ㄞ ㄘˋ 順次：挨次入場｜挨次檢查機器上的零件。

【挨個兒】āigèr ㄞ ㄍㄜㄦˋ 逐一；順次：挨個兒檢查。

【挨戶】āihù ㄞ ㄏㄨˋ 挨門：挨家挨戶｜挨戶詢問。

【挨家】āijiā ㄞ ㄐㄧㄚ (挨家兒)挨門：挨家逐戶。

【挨肩兒】āijiānr ㄞ ㄐㄧㄢㄦ 同胞兄弟姐妹排行相連，年歲相差很小：這哥兒倆是挨肩兒的，只差一歲。

【挨近】āi//jìn ㄞ//ㄐㄧㄣˋ 靠近：你挨近我一點兒｜兩家挨得很近。

【挨門】āimén ㄞ ㄇㄣˊ (挨門兒)一家一家地：挨門挨戶｜挨門打聽。

唉 āi ㄞ ❶答應的聲音：唉，我在這兒｜唉，我知道了。❷嘆息的聲音：他雙手抱着頭，唉唉地直嘆氣。
另見4頁 ài。

【唉聲嘆氣】āi shēng tàn qì ㄞ ㄕㄥ ㄊㄢˋ ㄑㄧˋ 因傷感、煩悶或痛苦而發出嘆息的聲音。

娭 āi ㄞ［娭毑］(āijiě ㄞ ㄐㄧㄝˇ)〈方〉❶祖母。❷尊稱年老的婦女。
另見1220頁 xī。

欸 āi ㄞ 同‘唉’(āi)。
另見3頁 ǎi；301頁 ê。

鎄(锿) āi ㄞ 金屬元素，符號Es(einsteinium)。有放射性，由人工核反應獲得。

ái (ㄞˊ)

捱(挨) ái ㄞˊ ❶遭受；忍受：捱打｜捱餓。❷困難地度過(歲月)：捱日子。❸拖延：捱時間。
‘挨’另見3頁 āi。

皚(皑) ái ㄞˊ〈書〉潔白：皚如山上雪，皎若雲間月。

【皚皚】ái'ái ㄞˊ ㄞˊ 形容霜、雪潔白：白雪皚皚。

騃(骙) ái ㄞˊ〈書〉傻：痴騃｜愚騃。

癌 ái ㄞˊ (舊讀 yán ㄧㄢˊ) 上皮組織生長出來的惡性腫瘤，如胃癌、肝癌、食道癌、皮膚癌等。也叫癌瘤或癌腫。

【癌變】áibiàn ㄞˊ ㄅㄧㄢˋ 由良性病變轉化為癌症病變。

ǎi (ㄞˇ)

毐 ǎi ㄞˇ 用於人名，嫪毐(Lào'ǎi ㄌㄠˋ ㄞˇ)，戰國時秦國人。

欸 ǎi ㄞˇ［欸乃］(ǎinǎi ㄞˇ ㄋㄞˇ)〈書〉象聲詞。❶形容搖櫓的聲音。❷划船時歌唱的聲音。
另見3頁 āi；301頁 ê。

矮 ǎi ㄞˇ ❶身材短：矮個兒｜個頭兒不矮。❷高度小的：矮牆｜矮凳兒。❸(級別、地位)低：他在學校裏比我矮一級。

【矮墩墩】ǎidūndūn ㄞˇ ㄉㄨㄣ ㄉㄨㄣ (矮墩墩的)形容矮而粗壯。

【矮小】ǎixiǎo ㄞˇ ㄒㄧㄠˇ 又矮又小：身材矮小｜矮小的草屋。

【矮星】ǎixīng ㄞˇ ㄒㄧㄥ 光度小、體積小、密度大的恒星，如天狼星的伴星。

【矮子】ǎi·zi ㄞˇ ·ㄗ 個子矮的人。

噯(嗳) ǎi ㄞˇ 嘆詞，表示不同意或否定：噯，不是這樣的｜噯，話可不能那麼說。
另見2頁 āi‘哎’；5頁 ài。

【噯氣】ǎiqì ㄞˇ ㄑㄧˋ 胃裏的氣體從嘴裏出來，並發出聲音。通稱打嗝兒。

【噯酸】ǎisuān ㄞˇ ㄙㄨㄢ 胃酸從胃裏涌到嘴裏。

藹[1]〔藹〕(蔼) ǎi ㄞˇ 和氣；態度好：和藹｜藹然。

藹[2]〔藹〕(蔼) ǎi ㄞˇ〈書〉繁茂。

【藹藹】ǎi'ǎi ㄞˇ ㄞˇ〈書〉❶形容樹木茂盛。❷形容昏暗。

【藹然】ǎirán ㄞˇ ㄖㄢˊ 和氣；和善：藹然可親。

靄(霭) ǎi ㄞˇ〈書〉雲氣：烟靄｜暮靄。

ài (ㄞˋ)

艾[1]〔艾〕 ài ㄞˋ ❶多年生草本植物，葉子有香氣，可入藥，內服可做止血劑，又供灸法上用。也叫艾蒿或蘄艾。❷(Ài)姓。

艾[2]〔艾〕 ài ㄞˋ〈書〉年老的，也指老年人：耆艾。

艾[3]〔艾〕 ài ㄞˋ〈書〉停止：方興未艾。

艾[4]〔艾〕 ài ㄞˋ〈書〉美好；漂亮：少艾(年輕漂亮的人)。

另見1354頁 yì。

【艾虎】[1] àihǔ ㄞˋ ㄏㄨˇ 哺乳動物，背部棕黃色或淡黃色。晝伏夜出，捕食小動物。毛皮可製衣物。也叫地狗。

【艾虎】[2] àihǔ ㄞˋ ㄏㄨˇ 用艾做成的像老虎的東西，舊俗端午節給兒童戴在頭上，認為可以驅邪。

【艾絨】àiróng ㄞˋ ㄖㄨㄥˊ 把艾葉曬乾搗碎而成的絨狀物，中醫用來治病。參看615頁'灸'。

【艾窩窩】àiwō·wo ㄞˋ ㄨㄛ ·ㄨㄛ 用熟糯米做成的球形食品，有餡。也作愛窩窩。

悉 ài ㄞˋ 〈書〉同'愛'。

砹〔砹〕 ài ㄞˋ 非金屬元素，符號 At (astatium)。有放射性，自然界分佈極少。

唉 ài ㄞˋ 嘆詞，表示傷感或惋惜：唉，病了幾天，把工作都耽誤了｜唉，好好的一套書弄丟了兩本。

另見 3 頁 āi。

硋 ài ㄞˋ 〈書〉同'礙'。

嗌 ài ㄞˋ 古書上指咽喉痛。

另見1356頁 yì。

愛（爱） ài ㄞˋ ❶對人或事物有很深的感情：愛祖國｜愛人民｜愛勞動｜他愛上了一個姑娘。❷喜歡：愛游泳｜愛看電影。❸愛惜；愛護：愛公物｜愛集體榮譽。❹常常發生某種行為；容易發生某種變化：愛哭｜愛開玩笑｜鐵愛生銹。

【愛不釋手】ài bù shì shǒu ㄞˋ ㄅㄨˋ ㄕˋ ㄕㄡˇ 喜愛得捨不得放下。

【愛財如命】ài cái rú mìng ㄞˋ ㄘㄞˊ ㄖㄨˊ ㄇㄧㄥˋ 形容非常吝嗇或貪財。

【愛巢】àicháo ㄞˋ ㄔㄠˊ 指新房，也指年輕夫妻的幸福家庭。

【愛稱】àichēng ㄞˋ ㄔㄥ 表示喜愛、親昵的稱呼。

【愛答不理】ài dā bù lǐ ㄞˋ ㄉㄚ ㄅㄨˋ ㄌㄧˇ (愛答不理的) 像是理睬又不理睬，形容對人冷淡、怠慢：別人同她說話，她愛答不理的。也說愛理不理。

【愛戴】àidài ㄞˋ ㄉㄞˋ 敬愛並且擁護：愛戴領袖。

【愛撫】àifǔ ㄞˋ ㄈㄨˇ 疼愛撫慰：愛撫的眼神｜母親愛撫地為女兒梳理頭髮。

【愛國】ài∥guó ㄞˋ∥ㄍㄨㄛˊ 熱愛自己的國家：愛國心｜愛國人士。

【愛國主義】àiguó zhǔyì ㄞˋ ㄍㄨㄛˊ ㄓㄨˇ ㄧˋ 指對祖國的忠誠和熱愛的思想。

【愛好】ài∥hǎo ㄞˋ∥ㄏㄠˇ 〈方〉(愛好兒) 顧惜體面，喜歡打扮：她從小就愛好，總是穿得整整齊齊的｜我這麼大歲數了，還愛甚麼好兒。

【愛好】àihào ㄞˋ ㄏㄠˋ ❶對某種事物具有濃厚的興趣：愛好體育｜他對打太極拳很愛好。❷喜愛：供應人民愛好的日用品。

【愛河】àihé ㄞˋ ㄏㄜˊ 指愛情 (佛教認為愛情像河流一樣，人沈溺其中，就不能自拔)。

【愛護】àihù ㄞˋ ㄏㄨˋ 愛惜並保護：愛護公物｜愛護年輕一代。

【愛克斯射綫】àikèsī shèxiàn ㄞˋ ㄎㄜˋ ㄙ ㄕㄜˋ ㄒㄧㄢˋ 波長很短的電磁波，有很大穿透能力，能使照相膠片感光，使某些物質發熒光，並能使氣體游離，對機體細胞有很強的破壞作用。廣泛應用於科學技術和醫療方面。是德國物理學家倫琴發現的，所以又叫倫琴射綫。也叫愛克斯光。通常寫作 X 射綫。

【愛憐】àilián ㄞˋ ㄌㄧㄢˊ 憐愛：母親愛憐地撫摩着女兒的臉。

【愛戀】àiliàn ㄞˋ ㄌㄧㄢˋ 熱愛而難以分離 (多指男女之間)：信中流露出愛戀之情。

【愛美的】àiměi·de ㄞˋ ㄇㄟˇ ·ㄉㄜ 指業餘愛好者。［法 amateur］

【愛面子】ài miàn·zi ㄞˋ ㄇㄧㄢˋ ·ㄗ 怕損害自己的體面，被人看不起：有錯就承認，不要愛面子。

【愛莫能助】ài mò néng zhù ㄞˋ ㄇㄛˋ ㄋㄥˊ ㄓㄨˋ 心裏願意幫助，但是力量做不到。

【愛慕】àimù ㄞˋ ㄇㄨˋ ❶喜歡羨慕：愛慕虛榮。❷喜愛傾慕：愛慕之情。

【愛情】àiqíng ㄞˋ ㄑㄧㄥˊ 男女相愛的感情。

【愛人】ài·ren ㄞˋ ·ㄖㄣ ❶丈夫或妻子。❷指戀愛中男女的一方。

【愛斯基摩人】Àisījīmórén ㄞˋ ㄙ ㄐㄧ ㄇㄛˊ ㄖㄣˊ 居住在北美洲北冰洋沿岸的人，一小部分住在俄羅斯東北部楚克奇半島一帶，主要從事捕魚和獵取海獸。［愛斯基摩，英 Eskimo］

【愛窩窩】àiwō·wo ㄞˋ ㄨㄛ ·ㄨㄛ 同'艾窩窩'。

【愛屋及烏】ài wū jí wū ㄞˋ ㄨ ㄐㄧˊ ㄨ《尚書大傳·大戰篇》：'愛人者，兼其屋上之烏。'比喻愛一個人而連帶地關心到跟他有關係的人或物。

【愛惜】àixī ㄞˋ ㄒㄧ ❶因重視而不糟蹋：愛惜時間｜愛惜國家財物。❷疼愛；愛護：全家對他都百般愛惜。

【愛小】àixiǎo ㄞˋ ㄒㄧㄠˇ 〈方〉好佔小便宜。

【愛心】àixīn ㄞˋ ㄒㄧㄣ 指關懷、愛護人的思想感情：老媽媽對兒童充滿愛心。

【愛重】àizhòng ㄞˋ ㄓㄨㄥˋ 喜愛，尊重：他為人熱情、正直，深受大家的愛重。

隘 ài ㄞˋ ❶狹窄：狹隘｜林深路隘。❷險要的地方：關隘｜要隘。

【隘口】àikǒu ㄞˋ ㄎㄡˇ 狹隘的山口。

【隘路】àilù ㄞˋ ㄌㄨˋ 狹窄而險要的路。

僾（𠌯） ài ㄞˋ 〈書〉❶仿佛：僾然。❷氣不順暢。

【僾尼】àiní ㄞˋ ㄋㄧˊ 部分哈尼族人的自稱。

薆〔薆〕(薆) ài ㄞˋ〈書〉❶隱蔽。❷草木茂盛的樣子。

嗳(嗳) ài ㄞˋ 嘆詞，表示悔恨、懊惱：嗳，早知如此，我就不去了。另見2頁āi‘哎’；3頁ǎi。

嫒(嫒) ài ㄞˋ 見735頁〖令嫒〗(lìng'ài)。

瑷(瑷) ài ㄞˋ 瑷琿(Àihuī ㄞˋ ㄏㄨㄟ)，地名，在黑龍江。今作愛輝。

暧(暧) ài ㄞˋ〈書〉日光昏暗。

【暧昧】àimèi ㄞˋ ㄇㄟˋ ❶(態度、用意)含糊；不明白：態度暧昧。❷(行為)不光明；不可告人：關係暧昧。

礙(碍) ài ㄞˋ 妨礙；阻礙：礙事｜有礙觀瞻｜把地下的東西收拾一下，別讓它礙腳。

【礙口】ài//kǒu ㄞˋ//ㄎㄡˇ 怕難為情或礙於情面而不便説出：求人的事，説出來真有點兒礙口。

【礙面子】ài miàn·zi ㄞˋ ㄇㄧㄢˋ ·ㄗ 怕傷情面：有意見就提，別礙面子不説。

【礙難】àinán ㄞˋ ㄋㄢˊ ❶難於(舊時公文套語)：礙難照辦｜礙難從命。❷〈方〉為難。

【礙事】ài//shì ㄞˋ//ㄕˋ ❶妨礙做事；造成不方便；有妨礙：您站遠一點兒，在這裏有點兒礙事｜傢具多了安置不好倒礙事。❷嚴重；大有關係(多用於否定式)：他的病不礙事｜擦破點兒皮，不礙甚麼事。

【礙手礙腳】ài shǒu ài jiǎo ㄞˋ ㄕㄡˇ ㄞˋ ㄐㄧㄠˇ 妨礙別人做事：咱們走吧，別在這兒礙手礙腳的。

【礙眼】ài//yǎn ㄞˋ//ㄧㄢˇ ❶不順眼：東西亂堆在那裏怪礙眼的。❷嫌有人在跟前不便：人家有事，咱們在這裏礙眼，快走吧！

靉(叆) ài ㄞˋ［靉靆］(àidài ㄞˋ ㄉㄞˋ)〈書〉形容濃雲蔽日：暮雲靉靆。

ān (ㄢ)

厂 ān ㄢ 同‘庵’(多用於人名)。另見131頁chǎng‘廠’。

广 ān ㄢ 同‘庵’(多用於人名)。另見428頁guǎng‘廣’。

安1 ān ㄢ ❶安定：心神不安｜坐不安，立不穩。❷使安定(多指心情)：安民｜安神。❸對生活、工作等感到滿足合適：安於現狀(滿足於目前的狀況，不求進步)｜安之若素。❹平安；安全(跟‘危’相對)：公安｜治安｜轉危為安。❺使有合適的位置：安插｜安頓。❻安裝；設立：安門窗｜安電燈｜咱們村上安拖拉機站了。❼加上：安罪名｜安個頭銜。❽存着；懷着(某種念頭，多指不好的)：你安的甚麼心？❾(Ān)姓。

安2 ān ㄢ〈書〉疑問代詞。❶問處所，跟‘哪裏’相同：而今安在？❷表示反問，跟‘怎麼、哪裏’相同：不入虎穴，安得虎子？｜安能若無其事？

安3 ān ㄢ 安培的簡稱。

【安邦定國】ān bāng dìng guó ㄢ ㄅㄤ ㄉㄧㄥˋ ㄍㄨㄛˊ 使國家安定、鞏固。

【安步當車】ān bù dàng chē ㄢ ㄅㄨˋ ㄉㄤˋ ㄔㄜ 慢慢地步行，就當是坐車：反正路也不遠，我們還是安步當車吧。

【安瓿】ānbù ㄢ ㄅㄨˋ 裝注射劑用的密封的小玻璃瓶，用藥時將瓶頸的上端弄破。［英ampoule］

【安插】ānchā ㄢ ㄔㄚ (人員、故事情節、文章的詞句等)放在一定的位置上：安插親信。

【安厝】āncuò ㄢ ㄘㄨㄛˋ 停放靈柩待葬或淺埋以待正式安葬。

【安定】[1] āndìng ㄢ ㄉㄧㄥˋ ❶(生活、形勢等)平靜正常；穩定：生活安定｜情緒安定｜社會秩序安定。❷使安定：安定人心。

【安定】[2] āndìng ㄢ ㄉㄧㄥˋ 藥名，有機化合物，化學式 $C_{16}H_{13}ClN_2O$。黃白色結晶粉末。有鎮靜、抗驚厥、使橫紋肌鬆弛等作用。

【安堵】āndǔ ㄢ ㄉㄨˇ〈書〉安定；安居：安堵如常。

【安頓】āndùn ㄢ ㄉㄨㄣˋ ❶使人或事物有着落；安排妥當：安頓老小｜媽媽把家務事安頓得井井有條。❷安穩：睡不安頓｜只有把事情做完心裏才安頓。

【安放】ānfàng ㄢ ㄈㄤˋ 使物件處於一定的位置：安放鋪蓋｜把儀器安放好。

【安分】ānfèn ㄢ ㄈㄣˋ 規矩老實，守本分：安分人｜安分守己｜這孩子不大安分。

【安分守己】ān fèn shǒu jǐ ㄢ ㄈㄣˋ ㄕㄡˇ ㄐㄧˇ 規矩老實，不做違法亂紀的事。

【安撫】ānfǔ ㄢ ㄈㄨˇ 安頓撫慰：安撫傷員｜安撫人心。

【安好】ānhǎo ㄢ ㄏㄠˇ 平安：全家安好，請勿掛念。

【安家】ān//jiā ㄢ//ㄐㄧㄚ ❶安置家庭：安家費｜安家落戶。❷組成家庭；結婚：他都快四十歲了，還沒安家。

【安家立業】ān jiā lì yè ㄢ ㄐㄧㄚ ㄌㄧˋ ㄧㄝˋ 安置家庭，建立事業。

【安家落戶】ān jiā luò hù ㄢ ㄐㄧㄚ ㄌㄨㄛˋ ㄏㄨˋ 在他鄉安置家庭並定居：在山區安家落戶，當一輩子農民◇經過一年多的試養，武昌魚已經在這裏安家落戶了。

【安靜】ānjìng ㄢ ㄐㄧㄥˋ ❶沒有聲音；沒有吵鬧和喧譁：病人需要安靜。❷安穩平靜：孩子睡得很安靜｜過了幾年安靜生活。

【安居樂業】ān jū lè yè ㄢ ㄐㄩ ㄌㄜˋ ㄧㄝˋ 安定

地生活，愉快地勞動。

【安康】ānkāng ㄢ ㄎㄤ 平安和健康：祝全家安康。

【安瀾】ānlán ㄢ ㄌㄢˊ 〈書〉❶指河流平靜，沒有氾濫現象。❷比喻太平：天下安瀾。

【安樂】ānlè ㄢ ㄌㄜˋ 安寧和快樂：生活安樂。

【安樂死】ānlèsǐ ㄢ ㄌㄜˋ ㄙˇ 指對無法救治的病人停止治療或使用藥物，讓病人無痛苦地死去。

【安樂窩】ānlèwō ㄢ ㄌㄜˋ ㄨㄛ 指安逸舒適的生活處所。

【安理會】Ānlǐhuì ㄢ ㄌㄧˇ ㄏㄨㄟˋ 安全理事會的簡稱。

【安謐】ānmì ㄢ ㄇㄧˋ 安寧；安靜：安謐的山村｜月色是那麼美麗而安謐。

【安眠】ānmián ㄢ ㄇㄧㄢˊ 安穩地熟睡：安眠藥｜喧囂的車馬聲，讓人終夜不得安眠。

【安民告示】ānmín gàoshì ㄢ ㄇㄧㄣˊ ㄍㄠˋ ㄕˋ 原指官府發佈的安定民心的告示，現多用來比喻政府或機關團體等在做某事之前，把有關內容、要求等先讓人知道的通知。

【安寧】ānníng ㄢ ㄋㄧㄥˊ ❶秩序正常，沒有騷擾：地方安寧｜邊境安寧。❷(心情)安定；寧靜：嘈雜的聲音，使人不得安寧。

【安排】ānpái ㄢ ㄆㄞˊ ❶有條理、分先後地處理(事物)；安置(人員)：安排工作｜安排生活｜安排他當統計員。❷規劃；改造：重新安排家鄉的山河。

【安培】ānpéi ㄢ ㄆㄟˊ 電流強度的單位，導體橫截面每秒通過的電量是1庫侖時，電流強度就是1安培。這個單位名稱是為紀念法國物理學家安培(André Ampère)而定的。簡稱安。

【安培計】ānpéijì ㄢ ㄆㄟˊ ㄐㄧˋ 測量電路中電流強度的儀器。也叫安培表、電流表。

【安貧樂道】ān pín lè dào ㄢ ㄆㄧㄣˊ ㄌㄜˋ ㄉㄠˋ 安於貧窮的境遇，樂於奉行自己信仰的道德準則。

【安琪兒】ānqí'ér ㄢ ㄑㄧˊ ㄦˊ 天使。［英 angel］

【安全】ānquán ㄢ ㄑㄩㄢˊ 沒有危險；不受威脅；不出事故：安全操作｜安全地帶｜注意交通安全。

【安全島】ānquándǎo ㄢ ㄑㄩㄢˊ ㄉㄠˇ 馬路中間供行人穿過時躲避車輛的地方。

【安全燈】ānquándēng ㄢ ㄑㄩㄢˊ ㄉㄥ ❶在礦井裏用的可以防止引起混合氣爆炸的燈。燈上有銅絲網罩，可以放散燈焰四周的熱量。根據它的火焰變化，又可以估計礦井內氣體的含毒量。❷泛指電壓低於36伏或有安全設備的照明用具。

【安全電壓】ānquán diànyā ㄢ ㄑㄩㄢˊ ㄉㄧㄢˋ ㄧㄚ 不致造成人身觸電事故的電壓，一般低於36伏。

【安全理事會】Ānquán Lǐshìhuì ㄢ ㄑㄩㄢˊ ㄌㄧˇ ㄕˋ ㄏㄨㄟˋ 聯合國的重要機構之一。根據聯合國憲章規定，它是聯合國唯一有權採取行動來維持國際和平與安全的機構。由十五個理事國組成，中、法、蘇(後由俄羅斯接替)、英、美為常任理事國，其餘十國為非常任理事國，由聯合國大會選出，任期兩年。安全理事會的決議除程序性問題外必須得到常任理事國的一致同意。簡稱安理會。

【安全門】ānquánmén ㄢ ㄑㄩㄢˊ ㄇㄣˊ 太平門。

【安全剃刀】ānquán tìdāo ㄢ ㄑㄩㄢˊ ㄊㄧˋ ㄉㄠ 保險刀。

【安全係數】ānquán xìshù ㄢ ㄑㄩㄢˊ ㄒㄧˋ ㄕㄨˋ 進行土木、機械等工程設計時，為了防止因材料的缺點、工作的偏差、外力的突增等因素所引起的後果，工程的受力部分實際上能夠擔負的力必須大於其容許擔負的力，二者之比叫做安全係數。也指做某事的安全、可靠程度。

【安然】ānrán ㄢ ㄖㄢˊ ❶平安；安安穩穩地：安然無事｜安然返航｜安然脫險。❷沒有顧慮；很放心：安然自若｜只有把這件事告訴他，他心裏才會安然。

【安如泰山】ān rú Tàishān ㄢ ㄖㄨˊ ㄊㄞˋ ㄕㄢ 形容像泰山一樣穩固，不可動搖。也說穩如泰山。

【安設】ānshè ㄢ ㄕㄜˋ 安裝設置：安設空調器｜在山頂上安設了一個氣象觀測站。

【安身】ān//shēn ㄢ// ㄕㄣ 指在某地居住和生活(多用在困窘的環境下)：無處安身｜我有了安身之地，母親也就放心了。

【安身立命】ān shēn lì mìng ㄢ ㄕㄣ ㄌㄧˋ ㄇㄧㄥˋ 生活有着落，精神有所寄託：安身立命之所。

【安神】ān//shén ㄢ// ㄕㄣˊ 使心神安定。

【安生】ānshēng ㄢ ㄕㄥ ❶生活安定：過安生日子。❷安靜；不生事(多指小孩子)：睡個安生覺｜這孩子一會兒也不安生。

【安適】ānshì ㄢ ㄕˋ 安靜而舒適：安適如常｜心裏安適｜病員在療養院裏過着安適的生活。

【安睡】ānshuì ㄢ ㄕㄨㄟˋ 安靜地睡覺；安歇：夜深了，人們都已安睡。

【安泰】āntài ㄢ ㄊㄞˋ 平安；安寧：闔家安泰。

【安恬】āntián ㄢ ㄊㄧㄢˊ 安逸恬適；安靜：安恬地睡了一覺。

【安帖】āntiē ㄢ ㄊㄧㄝ 安定；塌實②：事情都辦妥，心裏才算安帖。

【安土重遷】ān tǔ zhòng qiān ㄢ ㄊㄨˇ ㄓㄨㄥˋ ㄑㄧㄢ 在一個地方住慣了，不肯輕易遷移。

【安妥】āntuǒ ㄢ ㄊㄨㄛˇ 平安穩妥：把東西安妥地運到目的地。

【安慰】ānwèi ㄢ ㄨㄟˋ ❶心情安適：有女兒在身邊，她能得到一點安慰。❷使心情安適：安慰病人｜你要多安慰安慰他，叫他別太難過。

【安穩】ānwěn ㄢ ㄨㄣˇ ❶穩當；平穩：儀器要放安穩｜這個船大，即使颳點風，也很安穩。

❷平靜；安定：睡不安穩｜過安穩日子。❸ (舉止) 沈靜；穩重。

【安息】ānxī ㄢ ㄒㄧ ❶安靜地休息，多指入睡：一路勞頓，請早點安息。❷對死者表示悼念的用語：安息吧，親愛的戰友。

【安息日】ānxīrì ㄢ ㄒㄧ ㄖˋ《聖經》記載，上帝在六日內創造天地萬物，第七日完工休息。猶太教尊這天為聖日，名叫安息日 (即星期五日落到星期六日落的一晝夜時間)。這一天禮拜上帝，不做工作。基督教以星期日為安息日，又稱主日。

【安閑】ānxián ㄢ ㄒㄧㄢˊ 安靜清閑：神態安閑｜安閑自在｜他忙裏忙外，一日不得安閑。

【安詳】ānxiáng ㄢ ㄒㄧㄤˊ 從容不迫；穩重：面容安詳｜舉止安詳｜老人安詳地坐在靠椅裏。

【安歇】ānxiē ㄢ ㄒㄧㄝ ❶上牀睡覺：天已不早，大家該回房安歇了。❷休息：走得太累，先找個地方安歇一下。

【安心】ān//xīn ㄢ// ㄒㄧㄣ 存心；居心：安心不善｜誰知他安的甚麼心？

【安心】ānxīn ㄢ ㄒㄧㄣ 心情安定：安心工作｜家裏事多，在外也難安心。

【安逸】ānyì ㄢ ㄧˋ 安閑舒適：貪圖安逸。

【安營】ān//yíng ㄢ// ㄧㄥˊ (隊伍) 架起帳篷住下。

【安營紮寨】ān yíng zhā zhài ㄢ ㄧㄥˊ ㄓㄚ ㄓㄞˋ 原指軍隊架起帳篷、修起柵欄住下。現借指建立臨時住地 (多用於大規模的施工隊伍)。

【安葬】ānzàng ㄢ ㄗㄤˋ 埋葬 (用於比較鄭重的場合)：安葬烈士遺骨。

【安枕】ānzhěn ㄢ ㄓㄣˇ 放好枕頭 (睡覺)，借指沒有憂慮和牽挂：安枕而卧。

【安之若素】ān zhī ruò sù ㄢ ㄓ ㄖㄨㄛˋ ㄙㄨˋ (遇到不順利情況或反常現象) 像平常一樣對待，毫不在意。

【安置】ānzhì ㄢ ㄓˋ 使人或事物有着落；安放：安置人員｜安置行李｜這批新來的同志都得到了適當的安置。

【安裝】ānzhuāng ㄢ ㄓㄨㄤ 按照一定的方法、規格把機械或器材 (多指成套的) 固定在一定的地方：安裝自來水管｜安裝電話｜安裝機器。

咹 ān ㄢ 同‘唵’(ān)。
另見 8 頁 ǎn。

桉 ān ㄢ 桉樹，常綠喬木，樹幹高而直。原產澳大利亞，我國南部也種植。枝葉可提製桉油，樹皮可製鞣料，木材供建築用。也叫玉樹、黃金樹、有加利。

氨 ān ㄢ 氮和氫的化合物，化學式 NH_3。無色氣體，有刺激性臭味，易溶於水。用做致冷劑，也用來做硝酸和氮肥。也叫阿摩尼亞，通稱氨氣。［英 ammonia］

【氨基】ānjī ㄢ ㄐㄧ 氨分子失去 1 個氫原子而成的一價原子團 ($-NH_2$)。

【氨基酸】ānjīsuān ㄢ ㄐㄧ ㄙㄨㄢ 分子中同時含有氨基和羧基的有機化合物，是組成蛋白質的基本單位。

唵 ān ㄢ 嘆詞。❶表示答應：‘您開完會啦？’‘唵，開完了。’❷表示提醒、商量 (語氣較委婉)：你們責任重大，以後還得加油，唵！｜大家想的辦法，唵，我看很不錯嘛！

另見 8 頁 ǎn。

庵 (菴) ān ㄢ ❶〈書〉小草屋：茅庵。❷佛寺 (多指尼姑住的)：庵堂｜尼姑庵。

【庵堂】āntáng ㄢ ㄊㄤˊ 尼姑庵。

【庵子】ān·zi ㄢ ·ㄗ 〈方〉❶小草屋：稻草庵子。❷尼姑庵。

媕 ān ㄢ ［媕婀］(ān'ē ㄢ ㄜ)〈書〉不能決定的樣子。

腤 ān ㄢ 〈書〉烹煮 (魚、肉)。

鞍 ān ㄢ 鞍子：馬鞍｜鞍韂｜馬不歇鞍。

【鞍鼻】ānbí ㄢ ㄅㄧˊ 鼻部畸形的一種，鼻樑中間凹陷，由鼻部外傷、梅毒、結核等引起。

【鞍韂】ānchàn ㄢ ㄔㄢˋ 馬鞍子和墊在馬鞍子下面的東西。

【鞍韉】ānjiān ㄢ ㄐㄧㄢ 〈書〉鞍韂。

【鞍馬】ānmǎ ㄢ ㄇㄚˇ ❶體操器械的一種，形狀略像馬，背部有兩個半圓環，是木馬的一種。❷男子競技體操項目之一，運動員在鞍馬上，手握半圓環或撐着馬背做各種動作。❸鞍子和馬，借指騎馬或戰鬥的生活：鞍馬勞頓｜鞍馬生活。

【鞍馬勞頓】ān mǎ láodùn ㄢ ㄇㄚˇ ㄌㄠˊ ㄉㄨㄣˋ 形容旅途或戰鬥的勞累。

【鞍前馬後】ān qián mǎ hòu ㄢ ㄑㄧㄢˊ ㄇㄚˇ ㄏㄡˋ 比喻跟隨在別人身邊，小心侍候。

【鞍子】ān·zi ㄢ ·ㄗ 放在牲口背上馱運東西或供人騎坐的器具，多用皮革或木頭加棉墊製成。

鞌 ān ㄢ 〈書〉同‘鞍’。

盦1 ān ㄢ 古時盛食物的器具。

盦2 ān ㄢ 同‘庵’。

諳 (谙) ān ㄢ 〈書〉熟悉：不諳水性｜素諳針灸之術。

【諳達】āndá ㄢ ㄉㄚˊ 熟悉 (人情世故)：諳達世情。

【諳練】ānliàn ㄢ ㄌㄧㄢˋ 〈書〉熟習；熟練；有經驗。

【諳熟】ānshú ㄢ ㄕㄨˊ 熟悉 (某種事物)：諳熟地理｜培養諳熟經濟管理的人才。

鮟(鮟) ān ㄢ [鮟鱇](ānkāng ㄢ ㄎㄤ) 魚，全身無鱗，頭大而扁，常潛伏在海底捕食，能發出像老人咳嗽一樣的聲音。通稱老頭兒魚。

鵪(鹌) ān ㄢ [鵪鶉](ān·chún ㄢ ·ㄔㄨㄣ)鳥，頭小，尾巴短，羽毛赤褐色，不善飛。也叫鶉。

ǎn (ㄢˇ)

唵 ǎn ㄢˇ 同'啽³'(ǎn)。
另見7頁ān。

俺 ǎn ㄢˇ 〈方〉代詞。❶我們(不包括聽話的人)：你先去，俺幾個隨後就到。❷我：你們都走吧，就俺一個人留下。

埯(垵) ǎn ㄢˇ ❶挖小坑點種瓜、豆等：埯豆子。❷點種時挖的小坑。❸(埯兒)量詞，用於點種的瓜、豆等：一埯兒花生。

【埯子】ǎn·zi ㄢˇ ·ㄗ 點種瓜、豆等挖的小坑：埯子田｜挖個埯子。

啽¹ ǎn ㄢˇ 把手裏握着的粒狀或粉末狀的東西塞進嘴裏：啽了一口炒米｜啽了兩口雪。

啽² ǎn ㄢˇ 同'俺'。

啽³ ǎn ㄢˇ 嘆詞，表示疑問：啽，東西都收拾好了嗎？｜怎麼這兩天沒看到你呀，啽？

啽⁴ ǎn ㄢˇ 佛教咒語用字。
另見7頁ān。

揞 ǎn ㄢˇ 用藥麪兒或其他粉末敷在傷口上：傷口上抹點兒紅藥水，再揞上點兒消炎粉。

銨(铵) ǎn ㄢˇ 從氨衍生所得的帶正電荷的根，也就是銨離子。也叫銨根。[英 ammonium]

àn (ㄢˋ)

犴 àn ㄢˋ 見62頁[狴犴](bì'àn)。

岸¹ àn ㄢˋ 江、河、湖、海等水邊的陸地：江岸｜上岸｜兩岸綠柳成蔭。

岸² àn ㄢˋ 〈書〉❶高大：偉岸。❷高傲：傲岸。

【岸標】ànbiāo ㄢˋ ㄅㄧㄠ 設在岸上指示航行的標誌，可以使船舶避開沙灘、暗礁等。

【岸然】ànrán ㄢˋ ㄖㄢˊ 〈書〉嚴肅的樣子：道貌岸然。

按¹ àn ㄢˋ ❶用手或指頭壓：按電鈴｜按圖釘。❷壓住；擱下：按兵不動｜按下此事不說。❸抑制：按不住心頭怒火。❹用手壓住不動：按劍。❺依照：按時上班｜按質論價｜按制度辦事。

按²(案) àn ㄢˋ ❶〈書〉考查；核對：有原文可按。❷(編者、作者等)加按語：編者按。

【按兵不動】àn bīng bù dòng ㄢˋ ㄅㄧㄥ ㄅㄨˋ ㄉㄨㄥˋ 使軍隊暫不行動，等待時機。現也借指接受任務後不肯行動。

【按部就班】àn bù jiù bān ㄢˋ ㄅㄨˋ ㄐㄧㄡˋ ㄅㄢ 按照一定的條理，遵循一定的程序：學習科學知識，應該按部就班，循序漸進。

【按鍵】ànjiàn ㄢˋ ㄐㄧㄢˋ 用手按的鍵；鍵③。

【按金】ànjīn ㄢˋ ㄐㄧㄣ 〈方〉押金；租金。

【按釦兒】ànkòur ㄢˋ ㄎㄡㄦˋ 子母釦兒。

【按理】àn∥lǐ ㄢˋ∥ㄌㄧˇ 按照情理：按理我們應該先去看您的｜你這樣做，不管按甚麼理都說不過去。

【按例】ànlì ㄢˋ ㄌㄧˋ 按照慣例：生活困難，按例可以申請補助。

【按脉】àn∥mài ㄢˋ∥ㄇㄞˋ 診脉。

【按摩】ànmó ㄢˋ ㄇㄛˊ 用手在人身上推、按、捏、揉等，以促進血液循環，增加皮膚抵抗力，調整神經功能。也叫推拿。

【按捺】ànnà ㄢˋ ㄋㄚˋ 抑制②：按捺不住激動的心情。也作按納。

【按鈕】ànniǔ ㄢˋ ㄋㄧㄡˇ (按鈕兒)用手按的開關。

【按期】ànqī ㄢˋ ㄑㄧ 依照規定的限期：按期交工｜按期歸還。

【按時】ànshí ㄢˋ ㄕˊ 依照規定的時間：按時完成｜按時吃藥。

【按說】ànshuō ㄢˋ ㄕㄨㄛ 依照事實或情理來說：這麼大的孩子，按說該懂事了｜五一節都過了，按說該穿單衣了，可是一早一晚還離不了毛衣。

【按圖索驥】àn tú suǒ jì ㄢˋ ㄊㄨˊ ㄙㄨㄛˇ ㄐㄧˋ 按照圖像尋找好馬。比喻按照綫索尋找，也比喻辦事機械、死板。

【按下葫蘆浮起瓢】àn xià hú·lu fú qǐ piáo ㄢˋ ㄒㄧㄚˋ ㄏㄨˊ ·ㄌㄨ ㄈㄨˊ ㄑㄧˇ ㄆㄧㄠˊ 比喻顧了這頭就顧不了那頭，無法使事情得到圓滿解決。

【按壓】ànyā ㄢˋ ㄧㄚ 抑制②：按壓不住的激情。

【按驗】ànyàn ㄢˋ ㄧㄢˋ 同'案驗'。

【按語】ànyǔ ㄢˋ ㄩˇ 作者、編者對有關文章、詞句所做的說明、提示或考證。也作案語。

【按照】ànzhào ㄢˋ ㄓㄠˋ 根據；依照：按照事實說話｜按照預定的計劃執行。

胺 àn ㄢˋ 氨分子中的氫原子被烴基取代而成的有機化合物。[英 amine]

案¹ àn ㄢˋ ❶'案子'¹：條案｜書案｜拍案而起。❷古代進食用的木托盤舉案齊眉。

案² àn ㄢˋ ❶'案子'²：犯案｜破案｜五卅慘案。❷案卷；記錄：備案｜有案可查｜聲明在案。❸提出計劃、辦法或其他建議的文件：方案｜議案｜提案。❹同'按²'。

【案板】ànbǎn ㄢˋㄅㄢˇ 做麵食、切菜用的木板，多為長方形。

【案秤】ànchèng ㄢˋㄔㄥˋ 一種小型的秤，商店中使用時常把它放在櫃台上。有的地區叫枱秤。

【案底】àndǐ ㄢˋ ㄉㄧˇ 治安機關指某人過去違法或犯罪行為的記錄。

【案牘】àndú ㄢˋ ㄉㄨˊ 〈書〉公事文書。

【案犯】ànfàn ㄢˋ ㄈㄢˋ 經司法機關批准逮捕的人或刑事法庭上被控告而尚未判定有罪的人；作案的人。

【案件】ànjiàn ㄢˋ ㄐㄧㄢˋ 有關訴訟和違法的事件：刑事案件｜重大貪污案件。

【案卷】ànjuàn ㄢˋ ㄐㄩㄢˋ 機關或企業等經過分類、整理的以備存查的文件材料。

【案例】ànlì ㄢˋ ㄌㄧˋ 某種案件的例子：經濟案例｜案例分析。

【案目】ànmù ㄢˋ ㄇㄨˋ 舊時稱劇場中為觀眾找座位的人。

【案情】ànqíng ㄢˋ ㄑㄧㄥˊ 案件的情節：案情複雜｜分析案情。

【案頭】àntóu ㄢˋ ㄊㄡˊ ❶几案上或書桌上：案頭日曆｜案頭放着一些參考書。❷指案頭工作。

【案頭工作】àntóu gōngzuò ㄢˋㄊㄡˊ ㄍㄨㄥ ㄗㄨㄛˋ 指導演、演員在創作過程中所做的分析劇情、角色等的文字工作。

【案驗】ànyàn ㄢˋ ㄧㄢˋ 〈書〉調查罪證。也作按驗。

【案由】ànyóu ㄢˋ ㄧㄡˊ 案件的內容提要。

【案語】ànyǔ ㄢˋ ㄩˇ 同'按語'。

【案子】¹ àn·zi ㄢˋ ·ㄗ 一種舊式的狹長桌子或架起來代替桌子用的長木板：肉案子｜裁縫案子。

【案子】² àn·zi ㄢˋ ·ㄗ 案件：審案子｜辦了一件案子。

晻 àn ㄢˋ 同'暗'。
另見1319頁 yǎn。

暗（❶❸闇） àn ㄢˋ ❶光綫不足；黑暗（跟'明'相對，下同）：暗室｜光綫太暗｜太陽已經落山，天色漸漸暗下來了。❷隱藏不露的；秘密的：暗號｜明人不做暗事｜暗自歡喜。❸〈書〉糊塗；不明白：兼聽則明，偏信則暗。

【暗暗】àn'àn ㄢˋ ㄢˋ 在暗中或私下裏，不顯露出來：暗暗吃了一驚｜他暗暗下定決心。

【暗壩】ànbà ㄢˋ ㄅㄚˋ 不露出水面的壩。

【暗堡】ànbǎo ㄢˋ ㄅㄠˇ 隱蔽的碉堡。

【暗藏】àncáng ㄢˋ ㄘㄤˊ 隱藏；隱蔽：身上暗藏兇器｜消滅暗藏的敵人。

【暗娼】ànchāng ㄢˋ ㄔㄤ 暗地裏賣淫的妓女。

【暗場】ànchǎng ㄢˋ ㄔㄤˇ 不在舞台上表演，只在台詞中交代，使觀眾意會的情節。

【暗潮】àncháo ㄢˋ ㄔㄠˊ 比喻暗中發展，還沒有表面化的事態（多指政治鬥爭、社會運動等）。

【暗淡】àndàn ㄢˋ ㄉㄢˋ （光、色）昏暗；不光明；不鮮艷：光綫暗淡｜色彩暗淡◇前景暗淡。

【暗道】àndào ㄢˋ ㄉㄠˋ 隱蔽的道路；不露在外面的通道。

【暗地裏】àndì·li ㄢˋ ㄉㄧˋ ·ㄌㄧ 私下；背地裏：暗地裏勾結｜暗地裏直掉眼淚。也說暗地。

【暗度陳倉】àn dù Chéncāng ㄢˋ ㄉㄨˋ ㄔㄣˊ ㄘㄤ 公元前 206 年，劉邦攻下咸陽，被項羽封為漢王，帶着人馬到南鄭去，途中燒燬了棧道。不久繞道北上，在陳倉（今陝西寶雞市東）打敗秦將章邯的軍隊，回到咸陽。小說家把這段歷史演義為'明修棧道，暗度陳倉'。後來用'暗度陳倉'比喻暗中進行某種活動（多指男女私通）。

【暗房】ànfáng ㄢˋ ㄈㄤˊ 暗室①。

【暗溝】àngōu ㄢˋ ㄍㄡ 地下的排水溝。

【暗害】ànhài ㄢˋ ㄏㄞˋ 暗中殺害或陷害：險遭暗害。

【暗含】ànhán ㄢˋ ㄏㄢˊ 做事、說話包含某種意思而未明白說出：暗含不滿情緒｜這幾句話，暗含着對他的譏諷。

【暗號】ànhào ㄢˋ ㄏㄠˋ （暗號兒）彼此約定的秘密信號（利用聲音、動作等）：聯絡暗號。

【暗合】ànhé ㄢˋ ㄏㄜˊ 沒有經過商討而意思恰巧相合：媽媽的話正與他的心意暗合。

【暗盒】ànhé ㄢˋ ㄏㄜˊ 有遮光作用，專為放置沒有曝光或沖洗的膠捲的小盒。

【暗花兒】ànhuār ㄢˋ ㄏㄨㄚㄦ 隱約的花紋，如瓷器上利用凹凸構成的花紋和紡織品上利用明暗構成的花紋。

【暗火】ànhuǒ ㄢˋ ㄏㄨㄛˇ 不冒火焰的火（區別於'明火'）。

【暗疾】ànjí ㄢˋ ㄐㄧˊ 不好意思告訴別人的疾病，如性病之類。

【暗記兒】ànjìr ㄢˋ ㄐㄧㄦˋ 秘密的記號。

【暗間兒】ànjiānr ㄢˋ ㄐㄧㄢㄦ 相連的幾間屋子中不直接通向外面的房間，通常用做臥室或貯藏室。

【暗箭】ànjiàn ㄢˋ ㄐㄧㄢˋ 比喻暗中傷人的行為或詭計：明槍易躲，暗箭難防。

【暗礁】ànjiāo ㄢˋ ㄐㄧㄠ ❶海洋、江河中不露出水面的礁石，是航行的障礙。❷比喻事情在進行中遇到的潛伏的障礙。

【暗井】ànjǐng ㄢˋ ㄐㄧㄥˇ 地下採礦時，裝有提升設備而無直通地面出口的垂直或傾斜的通道。也叫盲井。

【暗裏】àn·lǐ ㄢˋ ·ㄌㄧˇ 暗中；背地裏：暗裏活動。

【暗流】ànliú ㄢˋ ㄌㄧㄡˊ ❶流動的地下水。❷比喻潛伏的思想傾向或社會動態。

【暗樓子】ànlóu·zi ㄢˋ ㄌㄡˊ ·ㄗ 屋內頂部可以藏東西的部分，在天花板上開一方口，臨時用梯子上下。

【暗碼】ànmǎ ㄢˋ ㄇㄚˇ（暗碼兒）舊時商店在商品標價上所用的代替數字的符號。

【暗昧】ànmèi ㄢˋ ㄇㄟˋ ❶曖昧：暗昧之事。❷愚昧：暗昧懵懂。

【暗門子】ànmén·zi ㄢˋ ㄇㄣˊ ·ㄗ〈方〉暗娼。

【暗盤】ànpán ㄢˋ ㄆㄢˊ（暗盤兒）指買賣雙方在市場外秘密議定的價格。

【暗器】ànqì ㄢˋ ㄑㄧˋ 暗中投射使人不及防備的兵器，如鏢、袖箭等(多見於早期白話)。

【暗弱】ànruò ㄢˋ ㄖㄨㄛˋ ❶光綫微弱，不明亮：燈光暗弱｜星光漸漸暗弱了。❷〈書〉愚昧軟弱：為人暗弱｜昏庸暗弱。

【暗沙】ànshā ㄢˋ ㄕㄚ 海中由沙和珊瑚碎屑堆成的島嶼，略高於高潮綫，或與高潮綫相平。也作暗砂。

【暗殺】ànshā ㄢˋ ㄕㄚ 乘人不備，進行殺害：慘遭暗殺｜暗殺事件。

【暗傷】ànshāng ㄢˋ ㄕㄤ ❶內傷②。❷物體上的不顯露的損傷。

【暗哨】ànshào ㄢˋ ㄕㄠˋ 隱蔽的崗哨。

【暗射】ànshè ㄢˋ ㄕㄜˋ 影射。

【暗射地圖】ànshè dìtú ㄢˋ ㄕㄜˋ ㄉㄧˋ ㄊㄨˊ 有符號標記，不註文字的地圖，教學時用來使學生辨認或填充。

【暗示】ànshì ㄢˋ ㄕˋ ❶不明白表示意思，而用含蓄的言語或示意的舉動使人領會：他用眼睛暗示我，讓我走開。❷一種心理影響，用言語、手勢、表情等使人不加考慮地接受某種意見或做某件事，如催眠就是暗示作用。

【暗事】ànshì ㄢˋ ㄕˋ 不光明正大的事：明人不做暗事。

【暗室】ànshì ㄢˋ ㄕˋ ❶有遮光設備的房間。❷〈書〉指幽暗隱蔽的地方；無人之處：不欺暗室。

【暗送秋波】àn sòng qiūbō ㄢˋ ㄙㄨㄥˋ ㄑㄧㄡ ㄅㄛ 原指暗中眉目傳情，泛指獻媚取寵，暗中勾搭。

【暗算】ànsuàn ㄢˋ ㄙㄨㄢˋ 暗中圖謀傷害或陷害：險遭暗算。

【暗鎖】ànsuǒ ㄢˋ ㄙㄨㄛˇ 嵌在門、箱子、抽屜上，只有鎖孔露在外面的鎖，一般要用鑰匙才能鎖上。

【暗灘】àntān ㄢˋ ㄊㄢ 不露出水面的石灘或沙灘。

【暗探】àntàn ㄢˋ ㄊㄢˋ ❶從事秘密偵察的人。❷暗中刺探：暗探軍機。

【暗無天日】àn wú tiān rì ㄢˋ ㄨˊ ㄊㄧㄢ ㄖˋ 形容社會極端黑暗。

【暗喜】ànxǐ ㄢˋ ㄒㄧˇ 暗自高興：心中暗喜。

【暗匣】ànxiá ㄢˋ ㄒㄧㄚˊ 暗箱。

【暗下】ànxià ㄢˋ ㄒㄧㄚˋ 背地裏；私下裏：表面不露聲色，暗下卻加緊活動。也說暗下裏。

【暗綫】ànxiàn ㄢˋ ㄒㄧㄢˋ ❶文學作品中未直接描繪的人物活動或事件所間接呈現出來的綫索。❷暗中為己方進行偵察或做內應的人。

【暗箱】ànxiāng ㄢˋ ㄒㄧㄤ 照相機的一部分，關閉時不透光，前部裝鏡頭、快門，後部裝膠片。

【暗笑】ànxiào ㄢˋ ㄒㄧㄠˋ ❶暗自高興：看到對方着急的樣子，不禁心裏暗笑。❷暗自譏笑：在場的人都暗笑他無知妄說。

【暗影】ànyǐng ㄢˋ ㄧㄥˇ 陰影。

【暗語】ànyǔ ㄢˋ ㄩˇ 彼此約定的秘密話：說暗語｜用暗語接頭。

【暗喻】ànyù ㄢˋ ㄩˋ 隱喻。

【暗中】ànzhōng ㄢˋ ㄓㄨㄥ ❶黑暗之中：躲在暗中張望｜暗中摸索。❷背地裏；私下裏；不公開的：暗中打聽｜暗中活動。

【暗轉】ànzhuǎn ㄢˋ ㄓㄨㄢˇ 戲劇演至某一場或某一幕的中間，台上燈光暫時熄滅，表示劇情時間的推移，或者同時迅速換佈景，表示地點的變動。

【暗自】ànzì ㄢˋ ㄗˋ 私下裏；暗地裏：暗自盤算｜暗自高興。

黯 àn ㄢˋ 陰暗：黯淡。

【黯淡】àndàn ㄢˋ ㄉㄢˋ 暗淡：色彩黯淡。

【黯黑】ànhēi ㄢˋ ㄏㄟ ❶烏黑：臉色黯黑。❷昏黑：黯黑的夜晚｜天色已經黯黑了。

【黯然】ànrán ㄢˋ ㄖㄢˊ ❶陰暗的樣子：黯然無光｜工地上千萬盞電燈光芒四射，連天上的星月也黯然失色。❷心裏不舒服，情緒低落的樣子：黯然淚下｜黯然神傷。

āng（ㄤ）

骯(骯) āng ㄤ ［骯髒］(āng·zāng ㄤ ·ㄗㄤ) ❶髒；不乾淨：骯髒衣服｜屋裏又凌亂又骯髒。❷比喻卑鄙、醜惡：骯髒交易｜靈魂骯髒。

áng（ㄤˊ）

卬 áng ㄤˊ〈書〉❶我。❷同'昂'。❸(Áng)姓。

昂 áng ㄤˊ ❶仰着(頭)：昂首挺胸。❷高漲：昂貴｜激昂。

【昂昂】áng'áng ㄤˊ ㄤˊ 形容精神振奮，很有氣魄：昂昂然｜氣勢昂昂｜雄赳赳，氣昂昂。

【昂藏】ángcáng ㄤˊ ㄘㄤˊ 〈書〉形容人的儀表雄偉：氣宇昂藏。
【昂奮】ángfèn ㄤˊ ㄈㄣˋ (精神) 振奮；(情緒) 高漲。
【昂貴】ángguì ㄤˊ ㄍㄨㄟˋ 價格很高：物價昂貴｜昂貴的代價。
【昂然】ángrán ㄤˊ ㄖㄢˊ 仰頭挺胸無所畏懼的樣子：昂然屹立｜氣概昂然。
【昂首】ángshǒu ㄤˊ ㄕㄡˇ 仰着頭：昂首望天｜戰馬昂首長鳴。
【昂首闊步】áng shǒu kuò bù ㄤˊ ㄕㄡˇ ㄎㄨㄛˋ ㄅㄨˋ 仰起頭，邁着大步向前。形容精神振奮，意氣昂揚。
【昂揚】ángyáng ㄤˊ ㄧㄤˊ ❶(情緒) 高漲：鬥志昂揚。❷(聲音) 高昂：歌聲激越昂揚。

àng (ㄤˋ)

枊 àng ㄤˋ 〈書〉拴馬樁。

盎1 àng ㄤˋ 古代一種腹大口小的器皿。

盎2 àng ㄤˋ 〈書〉洋溢；盛 (shèng)：盎然｜盎盎。
【盎格魯撒克遜人】Ànggélǔ-Sākèxùnrén ㄤˋ ㄍㄜˊ ㄌㄨˇ ㄙㄚ ㄎㄜˋ ㄒㄩㄣˋ ㄖㄣˊ 公元 5 世紀時，遷居英國不列顛的以盎格魯和撒克遜為主的日耳曼人。這兩個部落最早住在北歐日德蘭半島南部。[盎格魯撒克遜，英 Anglo-Saxon]
【盎然】àngrán ㄤˋ ㄖㄢˊ 形容氣氛、趣味等洋溢的樣子：春意盎然｜趣味盎然。
【盎司】àngsī ㄤˋ ㄙ 英美制重量單位，1 盎司等於 1/16 磅，約合 28.35 克。舊稱英兩或唡。[英 ounce]

āo (ㄠ)

凹 āo ㄠ 低於周圍 (跟‘凸’相對)：凹地｜凹凸不平。
另見1170頁 wā。
【凹版】āobǎn ㄠ ㄅㄢˇ 雕刻的部分凹入版面的印刷版，如銅版、鋼版、照相凹版。凹版印刷品，紙面上油墨稍微鼓起，如鈔票、郵票等。
【凹面鏡】āomiànjìng ㄠ ㄇㄧㄢˋ ㄐㄧㄥˋ 球面鏡的一種，反射面為凹面，焦點在鏡前，當光源在焦點上，所發出的光反射後形成平行光束。也叫凹鏡、會聚鏡。
【凹透鏡】āotòujìng ㄠ ㄊㄡˋ ㄐㄧㄥˋ 透鏡的一種，中央比四周薄，平行光綫透過後向四外散射。近視眼鏡的鏡片就屬於這個類型。也叫發散透鏡。
【凹陷】āoxiàn ㄠ ㄒㄧㄢˋ 向內或向下陷進去：兩頰凹陷｜地形凹陷。

熬 āo ㄠ 烹調方法，把蔬菜等放在水裏煮：熬白菜｜熬豆腐。
另見11頁 áo。
【熬心】āoxīn ㄠ ㄒㄧㄣ 〈方〉心裏不舒暢；煩悶。

爊 (爊) āo ㄠ ❶〈書〉放在微火上煨熟。❷〈方〉烹調方法，用多種香料加工某種食品：爊鴨｜爊雞。❸〈書〉同‘熬’(āo)。

áo (ㄠˊ)

敖 áo ㄠˊ ❶同‘遨’。❷(Áo) 姓。
【敖包】áobāo ㄠˊ ㄅㄠ 蒙古族人做路標和界標的堆子，用石、土、草等堆成。舊時曾把敖包當神靈的住地來祭祀。也譯作鄂博。

嶅 áo ㄠˊ 嶅陽 (Áoyáng ㄠˊ ㄧㄤˊ)，地名，在山東。

嗷 áo ㄠˊ 見下。
【嗷嗷】áo'áo ㄠˊ ㄠˊ 象聲詞，形容哀號或喊叫聲：嗷嗷叫｜嗷嗷待哺。
【嗷嗷待哺】áo'áo dài bǔ ㄠˊ ㄠˊ ㄉㄞˋ ㄅㄨˇ 形容飢餓時急於求食的樣子。

廒 (厫) áo ㄠˊ 〈書〉貯藏糧食等的倉庫：倉廒。

隞 Áo ㄠˊ 商朝的都城，在今河南鄭州西北。也作敖或囂。

璈 áo ㄠˊ 古代的一種樂器。

獒 áo ㄠˊ 狗的一種，身體大，尾巴長，四肢較短，毛黃褐色。兇猛善鬥，可做獵狗。

熬 áo ㄠˊ ❶把糧食等放在水裏，煮成糊狀：熬粥。❷為了提取有效成分或去掉所含水分、雜質，把東西放在容器裏久煮：熬鹽｜熬藥。❸忍受 (疼痛或艱苦的生活等)：熬夜｜熬苦日子。
另見11頁 āo。
【熬煎】áojiān ㄠˊ ㄐㄧㄢ 比喻折磨：受盡熬煎｜疾病時時熬煎着他。
【熬磨】áo·mó ㄠˊ ·ㄇㄛˊ 〈方〉❶痛苦地度過 (時間)。❷沒完沒了地糾纏：這孩子很聽話，從不熬磨人。
【熬頭兒】áo·tour ㄠˊ ·ㄊㄡㄦ 經受艱難困苦後，可能獲得美好生活的希望。
【熬刑】áo//xíng ㄠˊ // ㄒㄧㄥˊ 犯人忍受酷刑，不肯承認被指控的罪行：熬刑不過，只得招供。
【熬夜】áo//yè ㄠˊ // ㄧㄝˋ 通夜或深夜不睡覺。

遨 áo ㄠˊ 〈書〉遊玩。
【遨遊】áoyóu ㄠˊ ㄧㄡˊ 漫遊；遊歷：遨遊世界

｜遨遊太空。

聱 áo ㄠˊ 見536頁〖佶屈聱牙〗。

螯 áo ㄠˊ 螃蟹等節肢動物的變形的第一對腳，形狀像鉗子，能開合，用來取食或自衛。

謷 áo ㄠˊ 〈書〉詆毀。

翱(翶、䎐) áo ㄠˊ 〈書〉展翅飛。

【翱翔】áoxiáng ㄠˊ ㄒㄧㄤˊ 在空中迴旋地飛：雄鷹在高空中翱翔。

鏖 áo ㄠˊ 〈書〉鏖戰：赤壁鏖兵。

【鏖戰】áozhàn ㄠˊ ㄓㄢˋ 激烈地戰鬥；苦戰：與敵人鏖戰了三天三夜。

嚻(嚣) Áo ㄠˊ 〈書〉同'𡰔'。
另見1255頁 xiāo。

鰲(鼇、鼈) áo ㄠˊ 傳說中海裏的大龜或大鱉。

【鰲山】áoshān ㄠˊ ㄕㄢ 舊時元宵節用燈彩堆疊成的山，像傳說中的巨鰲形狀。

【鰲頭】áotóu ㄠˊ ㄊㄡˊ 指皇宮大殿前石階上刻的鰲的頭，考上狀元的人可以踏上。後來用'獨佔鰲頭'比喻佔首位或取得第一名。

ǎo (ㄠˇ)

拗(抝) ǎo ㄠˇ 〈方〉使彎曲；使斷；折：把竹竿拗斷了。
另見12頁 ào；848頁 niù。

媪〔媼〕 ǎo ㄠˇ 〈書〉年老的婦女。

襖(袄) ǎo ㄠˇ 有裏子的上衣：夾襖｜皮襖｜小棉襖兒。

鴹(䴉) ǎo ㄠˇ 見681頁〔鶆鴹〕(lái'ǎo)。

ào (ㄠˋ)

坳(㘭、岰) ào ㄠˋ 山間平地：山坳。

拗(抝) ào ㄠˋ 不順；不順從：拗口｜違拗。
另見12頁 ǎo；848頁 niù。

【拗口】àokǒu ㄠˋ ㄎㄡˇ 說起來彆扭，不順口：這兩句話讀着有點拗口，改一改吧。

【拗口令】àokǒulìng ㄠˋ ㄎㄡˇ ㄌㄧㄥˋ 繞口令。

奡 ào ㄠˋ 〈書〉❶矯健：排奡。❷同'傲'。

傲 ào ㄠˋ 驕傲：傲慢｜倨傲。

【傲岸】ào'àn ㄠˋ ㄢˋ 〈書〉高傲；自高自大。

【傲骨】àogǔ ㄠˋ ㄍㄨˇ 比喻高傲不屈的性格。

【傲慢】àomàn ㄠˋ ㄇㄢˋ 輕視別人，對人沒有禮貌：態度傲慢｜傲慢無禮。

【傲氣】àoqì ㄠˋ ㄑㄧˋ 自高自大的作風：傲氣十足。

【傲然】àorán ㄠˋ ㄖㄢˊ 堅強不屈的樣子：傲然挺立。

【傲世】àoshì ㄠˋ ㄕˋ 傲視當世和世人。

【傲視】àoshì ㄠˋ ㄕˋ 傲慢地看待：傲視萬物。

【傲物】àowù ㄠˋ ㄨˋ 〈書〉驕傲自大，瞧不起人：恃才傲物。

奥 ào ㄠˋ ❶含義深，不容易理解：深奥｜奥妙。❷古時指房屋的西南角，也泛指房屋的深處：堂奥。❸(Ào)姓。

【奥博】àobó ㄠˋ ㄅㄛˊ 〈書〉❶含義深廣：文辭奥博。❷知識豐富。

【奥林匹克運動會】Àolínpǐkè Yùndònghuì ㄠˋ ㄌㄧㄣˊ ㄆㄧˇ ㄎㄜˋ ㄩㄣˋ ㄉㄨㄥˋ ㄏㄨㄟˋ 世界性的綜合運動會。因古代希臘人常在奥林匹亞(Olympia)舉行體育競技，1894年的國際體育大會決定把世界性的綜合運動會叫做奥林匹克運動會。第一屆於1896年在希臘雅典舉行，以後每四年一次，輪流在各會員國舉行。簡稱奥運會。

【奥秘】àomì ㄠˋ ㄇㄧˋ 奥妙神秘：探索宇宙的奥秘。

【奥妙】àomiào ㄠˋ ㄇㄧㄠˋ (道理、內容)深奥微妙：奥妙無窮｜難解其中的奥妙。

【奥義】àoyì ㄠˋ ㄧˋ 深奥的義理：探求五經奥義。

【奥援】àoyuán ㄠˋ ㄩㄢˊ 〈書〉官場中暗中撐腰的力量；有力的靠山(多含貶義)。

【奥運會】Àoyùnhuì ㄠˋ ㄩㄣˋ ㄏㄨㄟˋ 奥林匹克運動會的簡稱。

【奥旨】àozhǐ ㄠˋ ㄓˇ 深奥的含義：深得其中奥旨。

慠 ào ㄠˋ 〈書〉同'傲'。

嶴(岙) ào ㄠˋ 浙江、福建等沿海一帶稱山間平地(多用於地名)：珠嶴｜薛嶴。

澳[1] ào ㄠˋ ❶海邊彎曲可以停船的地方(多用於地名)：三都澳(在福建)。❷(Ào)指澳門：港澳同胞。

澳[2] Ào ㄠˋ 指澳洲(現稱大洋洲)：澳毛(澳洲出產的羊毛)。

【澳抗】àokàng ㄠˋ ㄎㄤˋ 人體血清中一種異常蛋白質，與流行性乙型肝炎的發病有密切關係。

懊 ào ㄠˋ 煩惱；悔恨：懊恨｜懊惱。

【懊恨】àohèn ㄠˋ ㄏㄣˋ 悔恨。

【懊悔】àohuǐ ㄠˋ ㄏㄨㄟˇ 做錯了事或說錯了話，

心裏自恨不該這樣：懊悔不已。

【懊憹】àonáo ㄠˋ ㄋㄠˊ 〈書〉煩惱；痛悔。

【懊惱】àonǎo ㄠˋ ㄋㄠˇ 心裏彆扭；煩惱。

【懊喪】àosàng ㄠˋ ㄙㄤˋ 因事情不如意而情緒低落，精神不振：神情懊喪。

【懊糟】ào·zao ㄠˋ ·ㄗㄠ 〈方〉懊喪，不痛快。

隩 ào ㄠˋ 〈書〉同'奧' 2。另見1403頁 yù。

鏊 ào ㄠˋ［鏊子］(ào·zi ㄠˋ ·ㄗ) 烙餅的器具，用鐵做成，平面圓形，中心稍凸。

驁(骜) ào ㄠˋ 〈書〉❶駿馬。❷同'傲'。

B

bā (ㄅㄚ)

八 bā ㄅㄚ 數目，七加一後所得。注意‘八’字單用或在一詞一句末尾或在陰平、陽平、上聲字前唸陰平(bā ㄅㄚ)，如‘十八、一八得八、八十、八百’；在去聲字前唸陽平(bá ㄅㄚˊ)，如‘八歲、八次’。本詞典為簡便起見，條目中的‘八’字，都註陰平。參看1067頁〖數字〗。

【八拜之交】bā bài zhī jiāo ㄅㄚ ㄅㄞˋ ㄓ ㄐㄧㄠ 拜把子的關係。

【八寶菜】bābǎocài ㄅㄚ ㄅㄠˇ ㄘㄞˋ 由核桃仁、萵筍、杏仁、黃瓜、花生米等混合在一起的醬菜。

【八寶飯】bābǎofàn ㄅㄚ ㄅㄠˇ ㄈㄢˋ 糯米加果料兒、蓮子、桂圓等多種食品蒸製的甜食。

【八輩子】bābèi·zi ㄅㄚ ㄅㄟˋ ·ㄗ 好幾輩子，形容程度深或時間長：八輩子前的事兒｜倒了八輩子霉。

【八成】bāchéng ㄅㄚ ㄔㄥˊ ❶十分之八：八成新｜事情有了八成啦。❷(八成兒)多半；大概：看樣子八成兒他不來了。

【八斗才】bā dǒu cái ㄅㄚ ㄉㄡˇ ㄘㄞˊ 比喻高才。唐李商隱《可嘆》詩：‘宓妃愁坐芝田館，用盡陳王八斗才’(三國時，魏曹植，字子建，曾封為陳王)。宋無名氏《釋常談》：‘謝靈運嘗曰：“天下才有一石，曹子建獨佔八斗，我得一斗，天下共分一斗。”’

【八方】bāfāng ㄅㄚ ㄈㄤ 指東、西、南、北、東南、東北、西南、西北，泛指周圍各地：四面八方｜一方有難，八方支援。

【八分書】bāfēnshū ㄅㄚ ㄈㄣ ㄕㄨ 漢字的一種字體，即漢隸。

【八竿子打不着】bā gān·zi dǎ bù zháo ㄅㄚ ㄍㄢ ·ㄗ ㄉㄚˇ ㄅㄨˋ ㄓㄠˊ 形容二者之間關係疏遠或毫無關聯。‘竿’也作桿。

【八哥】bā·ge ㄅㄚ ·ㄍㄜ (八哥兒)鳥，羽毛黑色，頭部有羽冠，吃昆蟲和植物種子。能模仿人說話的某些聲音。也叫鴝鵒(qúyù)。

【八股】bāgǔ ㄅㄚ ㄍㄨˇ 明清科舉制度的一種考試文體，段落有嚴格規定，每篇由破題、承題、起講、入手、起股、中股、後股、束股等部分組成。從起股到束股的四個部分，其中都有兩股相互排比的文字，共為八股。內容空泛，形式死板，束縛人的思想。現在多用來比喻空洞死板的文章、講演等。

【八卦】bāguà ㄅㄚ ㄍㄨㄚˋ 我國古代的一套有象徵意義的符號。用‘—’代表陽，用‘--’代表陰，用三個這樣的符號組成八種形式，叫做八卦。每一卦形代表一定的事物。☰為乾，代表天；☷為坤，代表地；☵為坎，代表水；☲為離，代表火；☳為震，代表雷；☶為艮，代表山；☴為巽，代表風；☱為兌，代表沼澤。八卦互相搭配又得六十四卦，用來象徵各種自然現象和人事現象。例如上面☷，下面☵，‘地中有水’是師卦，上面☵，下面☷，‘地上有水’是比卦。在《易經》裏有詳細的論述。八卦相傳是伏羲所造，後來用來占卜。

【八卦教】Bāguàjiào ㄅㄚ ㄍㄨㄚˋ ㄐㄧㄠˋ 天理教的別稱。參看1128頁〖天理教〗。

【八國聯軍】Bā Guó Liánjūn ㄅㄚ ㄍㄨㄛˊ ㄌㄧㄢˊ ㄐㄩㄣ 1900年英、美、德、法、俄、日、意、奧八國為了撲滅我國義和團反對帝國主義的運動而組成的侵略軍隊。八國聯軍攻佔了天津、北京等地，於1901年強迫清政府簽訂《辛丑條約》。

【八行書】bāhángshū ㄅㄚ ㄏㄤˊ ㄕㄨ 舊式信紙大多用紅綫直分為八行，因此稱書信為八行書。簡稱八行。

【八角】bājiǎo ㄅㄚ ㄐㄧㄠˇ ❶常綠灌木，葉子長橢圓形，花紅色，果實呈八角形。也叫八角茴香或大茴香。❷這種植物的果實，是常用的調味香料。內含揮發油，中醫入藥。是我國特產之一。在不同的地區有大料、茴香等名稱。

【八角楓】bājiǎofēng ㄅㄚ ㄐㄧㄠˇ ㄈㄥ 落葉灌木或小喬木，葉子卵形或圓形，聚傘花序，花瓣白色。根、莖、葉可入藥。木材可用來做傢具等。也叫櫙木。

【八節】bājié ㄅㄚ ㄐㄧㄝˊ 指立春、春分、立夏、夏至、立秋、秋分、立冬、冬至八個節氣：四時八節。

【八進制】bājìnzhì ㄅㄚ ㄐㄧㄣˋ ㄓˋ 一種記數法，採用0，1，2，3，4，5，6，7八個數碼，逢八進位。如十進制的9，27在八進制中分別記為11，33。八進制的數較二進制的數書寫方便，常應用在電子計算機的計算中。

【八九不離十】bā jiǔ bù lí shí ㄅㄚ ㄐㄧㄡˇ ㄅㄨˋ ㄌㄧˊ ㄕˊ 幾乎接近(實際情況)：我雖然沒有親眼看見，猜也能猜個八九不離十。

【八路】Bālù ㄅㄚ ㄌㄨˋ 指八路軍，也指八路軍的幹部、戰士。

【八路軍】Bā Lù Jūn ㄅㄚ ㄌㄨˋ ㄐㄩㄣ 中國共產黨領導的抗日革命武裝，原是中國工農紅軍的主力部隊，1937年抗日戰爭開始後改編為國民革命軍第八路軍，是華北抗日的主力。第三次國內革命戰爭時期跟新四軍和其他人民武裝一起改編為中國人民解放軍。

【八面玲瓏】bāmiàn línglóng ㄅㄚ ㄇㄧㄢˋ ㄌㄧㄥˊ ㄌㄨㄥˊ 原指窗戶寬敞明亮，後用來形容人處世圓滑，不得罪任何一方。

【八旗】bāqí ㄅㄚ ㄑㄧˊ 清代滿族的軍隊組織和戶口編制，以旗為號，分正黃、正白、正紅、正藍、鑲黃、鑲白、鑲紅、鑲藍八旗。後又增建蒙古八旗和漢軍八旗。八旗官員平時管民政，戰時任將領，旗民子孫永遠當兵。

【八下裏】bāxià·li ㄅㄚ ㄒㄧㄚˋ·ㄌㄧ 〈方〉指方面太多(多表示照顧不過來)。

【八仙】bāxiān ㄅㄚ ㄒㄧㄢ ❶古代神話中的八位神仙，就是漢鍾離、張果老、呂洞賓、李鐵拐、韓湘子、曹國舅、藍采和、何仙姑。舊時常作為繪畫的題材和美術裝飾的主題。❷〈方〉八仙桌。

【八仙過海】bāxiān guòhǎi ㄅㄚ ㄒㄧㄢ ㄍㄨㄛˋ ㄏㄞˇ 諺語'八仙過海，各顯神通(或"各顯其能")'，比喻各自有一套辦法，或各自顯示本領，互相競賽。

【八仙桌】bāxiānzhuō ㄅㄚ ㄒㄧㄢ ㄓㄨㄛ (八仙桌兒)大的方桌，每邊可以坐兩個人。

【八一建軍節】Bā-Yī Jiànjūn Jié ㄅㄚ ㄧ ㄐㄧㄢˋ ㄐㄩㄣ ㄐㄧㄝˊ 中國人民解放軍建軍的節日。1927 年 8 月1日，中國共產黨領導了南昌起義，從此建立了中國人民的革命軍隊。

【八一南昌起義】Bā-Yī Nánchāng Qǐyì ㄅㄚ ㄧ ㄋㄢˊ ㄔㄤ ㄑㄧˇ ㄧˋ 中國共產黨為了挽救第一次國內革命戰爭的失敗，於 1927 年 8 月1日在江西南昌舉行的武裝起義，領導人有周恩來、朱德、賀龍、葉挺等。起義部隊於 1928 年 4 月到達井岡山，和毛澤東領導的秋收起義部隊勝利會師，組成了中國工農紅軍第四軍。

【八音盒】bāyīnhé ㄅㄚ ㄧㄣ ㄏㄜˊ 一種器物，開動匣裏的發條後，能奏出各種固定的樂曲。也叫八音琴、八音匣子。

【八月節】Bāyuè Jié ㄅㄚ ㄩㄝˋ ㄐㄧㄝˊ 中秋。

【八字】bāzì ㄅㄚ ㄗˋ (八字兒)用天干地支表示人出生的年、月、日、時，合起來是八個字。迷信的人認為根據生辰八字可以推算出一個人的命運好壞。

【八字沒一撇】bā zì méi yī piě ㄅㄚ ㄗˋ ㄇㄟˊ ㄧ ㄆㄧㄝˇ 比喻事情還沒有眉目。

【八字帖兒】bāzìtiěr ㄅㄚ ㄗˋ ㄊㄧㄝㄦˇ 舊俗訂婚時寫明男方或女方生辰八字的帖子。也叫庚帖。

巴1 bā ㄅㄚ ❶盼望：巴不得｜朝巴夜望。❷緊貼：爬山虎巴在牆上。❸黏住：粥巴了鍋了。❹黏在別的東西上的東西：鍋巴。❺〈方〉挨着：前不巴村，後不巴店。❻〈方〉張開：巴着眼瞧｜天氣乾燥，桌子都巴縫兒啦。

巴2 Bā ㄅㄚ ❶周朝國名，在今四川東部和重慶市一帶。❷指四川東部和重慶市一帶。❸姓。

巴3 bā ㄅㄚ 壓強單位，1 平方厘米的面積上受到 100 萬達因作用力，壓強就是 1 巴。氣象學上多用毫巴，聲學上多用微巴。

巴4 bā ㄅㄚ 巴士：大巴｜小巴。

【巴巴】bābā ㄅㄚ ㄅㄚ 用在形容詞後，表示程度深：乾巴巴｜可憐巴巴。

【巴巴結結】bā·bajiējiē ㄅㄚ ·ㄅㄚ ㄐㄧㄝ ㄐㄧㄝ 〈方〉❶湊合；勉強：一般書報他巴巴結結能看懂。❷勤奮；艱辛：巴巴結結地做着生活｜他巴巴結結從老遠跑來為了啥？❸形容説話不流利。

【巴巴兒地】bābārde ㄅㄚ ㄅㄚㄦ ㄉㄜ 〈方〉❶迫切；急切：他巴巴兒地等着他那老夥伴。❷特地：巴巴兒地從遠道趕來。

【巴不得】bā·bu·de ㄅㄚ ·ㄅㄨ ·ㄉㄜ 迫切盼望：他巴不得立刻見到你。

【巴豆】bādòu ㄅㄚ ㄉㄡˋ ❶常綠小喬木，葉子卵圓形，花小，結蒴果。❷這種植物的種子，是劇烈的瀉劑。

【巴結】bā·jie ㄅㄚ ·ㄐㄧㄝ ❶趨炎附勢，極力奉承：巴結上司。❷〈方〉努力；勤奮：他工作很巴結。

【巴黎公社】Bālí Gōngshè ㄅㄚ ㄌㄧˊ ㄍㄨㄥ ㄕㄜˋ 法國工人階級在巴黎建立的世界上第一個無產階級政權。1871 年 3 月18 日，巴黎工人武裝起義，推翻了資產階級政權，28 日成立巴黎公社。由於當時沒有馬克思主義政黨的領導，沒有和農民取得緊密的聯繫，沒有堅決鎮壓反革命，終於被國內外反動勢力所扼殺。

【巴里紗】bālǐshā ㄅㄚ ㄌㄧˇ ㄕㄚ 用較細的棉紗織成的薄而透氣的平紋織物，可用來做窗簾或夏季服裝。也叫玻璃紗。

【巴兒狗】bārgǒu ㄅㄚㄦ ㄍㄡˇ 哈巴狗。也作叭兒狗。

【巴山蜀水】Bā shān Shǔ shuǐ ㄅㄚ ㄕㄢ ㄕㄨˇ ㄕㄨㄟˇ 巴蜀一帶的山水，指四川。

【巴士】bāshì ㄅㄚ ㄕˋ 〈方〉公共汽車。[英 bus]

【巴松】bāsōng ㄅㄚ ㄙㄨㄥ 木管樂器，管身分短節、長節、底節和喇叭口四部分，雙簧片由金屬曲頸管連接，插在短節頂端。也叫大管。[英 bassoon]

【巴頭探腦兒】bā tóu tàn nǎor ㄅㄚ ㄊㄡˊ ㄊㄢˋ ㄋㄠㄦˇ 伸着頭(偷看)。

【巴望】bāwàng ㄅㄚ ㄨㄤˋ ❶盼望：巴望兒子早日平安歸來。❷指望；盼頭：今年收成有巴望。

【巴烏】bāwū ㄅㄚ ㄨ 哈尼族、彝族、苗族的管樂器。用竹子製成，形似笛子，有八個孔，上端有銅製簧片。橫吹，振動簧片發音。

【巴掌】bā·zhang ㄅㄚ ·ㄓㄤ 手掌：拍巴掌。

扒 bā ㄅㄚ ❶抓着可依附的東西：扒牆頭兒｜孩子扒着車窗看風景｜猴子扒着樹枝兒

採果子吃。❷刨；挖；拆：扒土｜扒堤｜扒了舊房蓋新房。❸撥動：扒開草棵。❹脱掉；剝(bāo)：把鞋襪一扒，光着腳蹚水｜把兔子皮扒下來。

另見856頁 pá。

【扒車】bā∥chē ㄅㄚ∥ㄔㄜ 攀上低速行駛的火車、公共汽車等。

【扒拉】bā·la ㄅㄚ ·ㄌㄚ ❶撥動：扒拉算盤子兒｜把鐘擺扒拉一下｜他把圍着看熱鬧的人扒拉開，自己擠了進去。❷去掉；撤掉：人太多了，要扒拉下去幾個｜他的廠長職務叫上頭給扒拉了。

另見856頁 pá·la。

【扒皮】bā∥pí ㄅㄚ∥ㄆㄧˊ 比喻進行剝削。

【扒頭兒】bā·tour ㄅㄚ ·ㄊㄡㄦ 往高處爬時可以抓住的東西：峭壁連個扒頭兒都沒有，怎麼往上爬呀？

叭 bā ㄅㄚ 同'吧'(bā)。

【叭兒狗】bārgǒu ㄅㄚㄦ ㄍㄡˇ 同'巴兒狗'。

朳 bā ㄅㄚ 〈書〉無齒的耙子。

芭〔芭〕bā ㄅㄚ 古書上説的一種香草。

【芭蕉】bājiāo ㄅㄚ ㄐㄧㄠ ❶多年生草本植物。葉子很大，花白色，果實跟香蕉相似，可以吃。原產亞熱帶。❷這種植物的果實。

【芭蕉扇】bājiāoshàn ㄅㄚ ㄐㄧㄠ ㄕㄢˋ 用蒲葵葉子(不是芭蕉葉子)做的扇子。

【芭蕾舞】bālěiwǔ ㄅㄚ ㄌㄟˇ ㄨˇ 一種起源於意大利的舞劇，用音樂、舞蹈和啞劇手法來表演戲劇情節。女演員舞蹈時常用腳趾尖點地。也叫芭蕾舞劇。[芭蕾，法 ballet]

奤 bā ㄅㄚ 奤奤屯(Hǎbātún ㄏㄚˇ ㄅㄚ ㄊㄨㄣ)，地名，在北京。

吧 bā ㄅㄚ ❶象聲詞：吧的一聲，把樹枝折斷了。❷〈方〉抽(烟)：他吧了一口烟，才開始説話。

另見20頁 ·ba。

【吧嗒】bādā ㄅㄚ ㄉㄚ 象聲詞：吧嗒一聲，鬧門關上了。

【吧嗒】bā·da ㄅㄚ ·ㄉㄚ ❶嘴唇開合作聲：他吧嗒了兩下嘴，一聲也不言語。❷〈方〉抽(旱烟)：他蹲在一邊吧嗒着葉子烟。

【吧唧】bājī ㄅㄚ ㄐㄧ 象聲詞：他光着腳在雨地裏吧唧吧唧地走。

【吧唧】bā·ji ㄅㄚ ·ㄐㄧ ❶嘴唇開合作聲。❷〈方〉抽(旱烟)：老漢不住地吧唧着烟斗。

【吧女】bānǚ ㄅㄚ ㄋㄩˇ 酒吧間的女招待。

岜 bā ㄅㄚ 石山：岜關嶺(地名，在廣西)。

峇 bā ㄅㄚ 峇厘(Bālí ㄅㄚ ㄌㄧˊ)，印度尼西亞島名。現作巴厘。

疤 bā ㄅㄚ ❶瘡口或傷口長好後留下的痕迹：瘡疤｜傷疤｜樹幹上有一個疤。❷像疤的痕迹：茶壺蓋上有個疤。

【疤痕】bāhén ㄅㄚ ㄏㄣˊ 疤：他左眼角下有一個很深的疤痕｜這樹有一個碗口大的疤痕。

【疤瘌】bā·la ㄅㄚ ·ㄌㄚ 疤。也作疤拉。

【疤瘌眼兒】bā·layǎnr ㄅㄚ ·ㄌㄚ ㄧㄢㄦˇ ❶眼皮上有疤的眼睛。❷眼皮上有疤的人。‖也作疤拉眼兒。

捌 bā ㄅㄚ '八'的大寫。參看1067頁〖數字〗。

笆 bā ㄅㄚ 用竹片或樹的枝條編成的片狀器物：竹篾笆。

【笆斗】bādǒu ㄅㄚ ㄉㄡˇ 柳條等編成的一種容器，底為半球形。

【笆籬】bālí ㄅㄚ ㄌㄧˊ 〈方〉籬笆。

【笆籬子】bālí·zi ㄅㄚ ㄌㄧˊ ·ㄗ 〈方〉監獄。

【笆簍】bālǒu ㄅㄚ ㄌㄡˇ 用樹條或竹篾等編成的器物，多用來背東西。

粑 bā ㄅㄚ 〈方〉餅類食物：糍粑｜糖粑。

【粑粑】bābā ㄅㄚ ㄅㄚ 〈方〉餅類食物：玉米粑粑。

豝(犯) bā ㄅㄚ 〈書〉母豬。

鲃(鲃) bā ㄅㄚ 魚，體側扁或略呈圓筒形，生活在淡水中，種類很多。

bá (ㄅㄚˊ)

八 bá ㄅㄚˊ 見14頁'八'(bā)。

茇〔茇〕bá ㄅㄚˊ 〈書〉❶草根。❷在草間住宿。

拔 bá ㄅㄚˊ ❶把固定或隱藏在其他物體裏的東西往外拉；抽出：拔草｜拔劍｜拔刺◇拔了禍根。❷吸出(毒氣等)：拔毒｜拔火。❸挑選(多指人才)：選拔。❹向高提：拔嗓子。❺超出；高出：海拔｜出類拔萃。❻奪取；攻克(據點、城池等)：連拔敵軍三個據點。❼〈方〉把東西放在涼水裏使變涼：把西瓜放在冰水裏拔一拔。

【拔白】bábái ㄅㄚˊ ㄅㄞˊ 〈方〉(天)剛亮。

【拔除】báchú ㄅㄚˊ ㄔㄨˊ 拔掉；除去：拔除雜草｜拔除敵軍據點。

【拔刀相助】bá dāo xiāng zhù ㄅㄚˊ ㄉㄠ ㄒㄧㄤ ㄓㄨˋ 形容見義勇為，打抱不平。

【拔份兒】bá∥fènr ㄅㄚˊ∥ㄈㄣㄦˋ 〈方〉突出個人；出風頭。

【拔高】bá∥gāo ㄅㄚˊ∥ㄍㄠ ❶提高：拔高嗓子唱。❷有意抬高某些人物或作品等的地位：劇中對主人公過分拔高，反而失去了真實性。

【拔罐子】bá guàn·zi ㄅㄚˊ ㄍㄨㄢˋ ·ㄗ 一種治療

方法，在小罐內點火燃燒片刻，把罐口扣在皮膚上，造成局部鬱血，達到治療目的。對關節炎、肺炎、神經痛等症有療效。有的地區說拔火罐兒(bá huǒguànr)。

【拔海】báhǎi ㄅㄚˊ ㄏㄞˇ 海拔。

【拔河】bá//hé ㄅㄚˊ//ㄏㄜˊ 一種體育運動，人數相等的兩隊隊員，分別握住長繩兩端，向相反方向用力拉繩，把繩上繫着標誌的一點拉過規定界綫為勝。

【拔火罐兒】bá huǒguànr ㄅㄚˊ ㄏㄨㄛˇ ㄍㄨㄢㄦˋ 〈方〉拔罐子。

【拔火罐兒】báhuǒguànr ㄅㄚˊ ㄏㄨㄛˇ ㄍㄨㄢㄦˋ 一種上端較細的短烟筒，生爐子時把它放在爐口上，使火容易燒旺。也叫拔火筒。

【拔尖】bá//jiān ㄅㄚˊ//ㄐㄧㄢ (拔尖兒) ❶出眾；超出一般：他們種的花生，產量高，質量好，在我們縣裏算是拔尖的。❷突出個人；出風頭：他好逞強，遇事愛拔尖。

【拔腳】bá//jiǎo ㄅㄚˊ//ㄐㄧㄠˇ 拔腿。

【拔節】bá//jié ㄅㄚˊ//ㄐㄧㄝˊ 指水稻、小麥、高粱、玉米等農作物發育到一定階段時，主莖的各節長得很快：小麥拔節孕穗時需要充分的養分。

【拔錨】bá//máo ㄅㄚˊ//ㄇㄠˊ 起錨。

【拔苗助長】bá miáo zhù zhǎng ㄅㄚˊ ㄇㄧㄠˊ ㄓㄨˋ ㄓㄤˇ 見1311頁〖揠(yà)苗助長〗。

【拔取】báqǔ ㄅㄚˊ ㄑㄩˇ 選擇錄用。

【拔絲】básī ㄅㄚˊ ㄙ ❶把金屬材料製成條狀或絲狀物。通常在不加熱的情況下進行。也叫拉絲。❷烹調方法，把油炸過的山藥、蘋果之類的食物放在熬滾的糖鍋裏，吃時用筷子夾起來，糖遇冷就拉成絲狀：拔絲山藥。

【拔俗】bású ㄅㄚˊ ㄙㄨˊ 〈書〉脱俗；超出凡俗。

【拔腿】bá//tuǐ ㄅㄚˊ//ㄊㄨㄟˇ ❶邁步：他答應了一聲，拔腿就跑了。❷抽身；脱身：他事情太多，拔不開腿。

【拔營】bá//yíng ㄅㄚˊ//ㄧㄥˊ 指軍隊從駐地出發轉移。

【拔擢】bázhuó ㄅㄚˊ ㄓㄨㄛˊ 〈書〉提拔。

肢 bá ㄅㄚˊ 〈書〉腿上的毛。

菝〔菝〕 bá ㄅㄚˊ ［菝葜］(báqiā ㄅㄚˊ ㄑㄧㄚ) 落葉藤本植物，葉子多為橢圓形，花黃綠色，漿果球形。根莖入中藥。

跋¹ bá ㄅㄚˊ 在山上行走：跋山涉水。

跋² bá ㄅㄚˊ 一般寫在書籍、文章、金石拓片等後面的短文，內容大多屬於評介、鑒定、考釋之類：跋語｜題跋。

【跋扈】báhù ㄅㄚˊ ㄏㄨˋ 專橫暴戾，欺上壓下：飛揚跋扈。

【跋前疐後】bá qián zhì hòu ㄅㄚˊ ㄑㄧㄢˊ ㄓˋ ㄏㄡˋ 比喻進退兩難(疐：跌倒)。'疐'也作躓。

【跋山涉水】bá shān shè shuǐ ㄅㄚˊ ㄕㄢ ㄕㄜˋ ㄕㄨㄟˇ 翻越山嶺，蹚水過河。形容旅途艱苦。

【跋涉】báshè ㄅㄚˊ ㄕㄜˋ 爬山蹚水，形容旅途艱苦：長途跋涉。

【跋文】báwén ㄅㄚˊ ㄨㄣˊ 跋²。

【跋語】báyǔ ㄅㄚˊ ㄩˇ 跋²。

魃〔魃〕 bá ㄅㄚˊ 見452頁〖旱魃〗。

鼥 bá ㄅㄚˊ 見1168頁［鼧鼥］。

bǎ (ㄅㄚˇ)

把¹ bǎ ㄅㄚˇ ❶用手握住：把舵｜兩手把着衝鋒槍。❷從後面用手托起小孩兒兩腿，讓他大小便：把尿。❸把持；把攬：要信任群眾，不要把一切工作都把着不放手。❹看守；把守：把大門。❺緊靠：把牆角兒站着｜把着胡同口兒有個小飯館。❻約束住使不裂開：用鐵葉子把住裂縫。❼〈方〉給(gěi)①②。❽車把。❾(把兒)把東西紮在一起的捆子：草把｜秫秸把。❿量詞。a)用於有把手的器具：一把刀｜一把茶壺｜一把扇子｜一把椅子。b)(把兒)一手抓起的數量：一把米｜一把花兒｜抓了一把兒韭菜。c)用於某些抽象的事物：一把年紀｜他可真有把力氣｜為了提前完成任務，咱們還得加把勁｜他在生產上真是一把好手。d)用於手的動作：拉他一把｜幫他一把。

把² bǎ ㄅㄚˇ 介詞。❶賓語是後面動詞的受事者，整個格式有處置的意思：把頭一扭｜把衣服洗洗。❷後面的動詞，是'忙、累、急、氣'等加上表示結果的補語，整個格式有致使的意思：把他樂壞了｜差點兒把他急瘋了。❸賓語是後面動詞的施事者，整個格式表示不如意的事情：正在節骨眼上偏偏把老張病了。‖ 注意 a)①②'把'的賓語都是確定的。b)用'把'的句子，動詞後邊有附加成分或補語，或前邊有'一'等特種狀語。但在詩歌戲曲裏可以不帶：領導人民把身翻｜扭轉身來把話講。c)用'把'的句子，動詞後頭一般不帶賓語，但有時帶：把衣服撕了個口子｜把這兩封信貼上郵票發出去。d)用'把'的句子，有時候後面不說出具體的動作，這種句子多半用在罵人的場合：我把你個糊塗蟲啊！e)近代漢語裏'把'曾經有過'拿'的意思，現代方言裏還有這種用法('那個人不住地把眼睛看我')。

把³ bǎ ㄅㄚˇ 加在'百、千、萬'和'里、丈、頃、斤、個'等量詞後頭，表示數量近於這個單位數(前頭不能再加數詞)：個把月｜百把塊錢。

把⁴ bǎ ㄅㄚˇ 指拜把子的關係：把兄｜把嫂。

另見18頁 bà。

【把柄】bǎbǐng ㄅㄚˇ ㄅㄧㄥˇ 器物上便於用手拿的部分。比喻可以被人用來進行要挾或攻擊的過失或錯誤等：他敢這樣對待你，是不是你有甚麼把柄叫他抓住了？

【把場】bǎchǎng ㄅㄚˇ ㄔㄤˇ 戲曲演出時，在上場門對演員進行照料、提示，叫做把場。

【把持】bǎchí ㄅㄚˇ ㄔˊ ❶獨佔位置、權利等，不讓別人參與（含貶義）：把持財權｜把持朝政。❷控制（感情等）：把持不住內心的激憤。

【把舵】bǎ∥duò ㄅㄚˇ∥ㄉㄨㄛˋ 掌舵。

【把風】bǎ∥fēng ㄅㄚˇ∥ㄈㄥ 望風。

【把關】bǎ∥guān ㄅㄚˇ∥ㄍㄨㄢ ❶把守關口。❷比喻根據已定的標準，嚴格檢查，防止差錯：集體編寫的著作，應由主編負責把關｜把好產品質量關。

【把家】bǎjiā ㄅㄚˇ ㄐㄧㄚ 〈方〉管理家務，特指善於管理家務。

【把角兒】bǎjiǎor ㄅㄚˇ ㄐㄧㄠˇㄦ 路口拐角的地方：胡同把角兒有家早點鋪。

【把酒】bǎjiǔ ㄅㄚˇ ㄐㄧㄡˇ〈書〉端起酒杯：把酒臨風｜把酒問青天。

【把口兒】bǎ∥kǒur ㄅㄚˇ∥ㄎㄡˇㄦ 正當路口：小街把口兒有一家酒店。

【把攬】bǎ·lan ㄅㄚˇ ·ㄌㄢ 儘量佔有；把持包攬。

【把牢】bǎláo ㄅㄚˇ ㄌㄠˊ 〈方〉堅實牢靠（多用於否定式）：用碎磚砌的牆，不把牢｜這個人做事不把牢。

【把脈】bǎ∥mài ㄅㄚˇ∥ㄇㄞˋ 〈方〉診脈；按脈。

【把門】bǎ∥mén ㄅㄚˇ∥ㄇㄣˊ （把門兒）❶把守門戶：這裏門衛把門很嚴，不能隨便進去◇這個人説話嘴上缺個把門的。❷把守球門。

【把勢】bǎ·shi ㄅㄚˇ ·ㄕ ❶武術：練把勢的。❷會武術的人；精於某種技術的人：車把勢｜論莊稼活，他可真是個好把勢。❸〈方〉技術：他們學會了田間勞動的全套把勢。‖也作把式。

【把手】bǎ·shou ㄅㄚˇ ·ㄕㄡ ❶拉手（lā·shou）。❷器物上手拿的地方；把兒（bàr）。

【把守】bǎshǒu ㄅㄚˇ ㄕㄡˇ 守衛；看守（重要的地方）：把守關口｜大橋有衛兵把守。

【把頭】bǎ·tóu ㄅㄚˇ ·ㄊㄡˊ 舊社會裏把持某種行業從中剝削的人：封建把頭。

【把玩】bǎwán ㄅㄚˇ ㄨㄢˊ 〈書〉拿着賞玩：把玩良久，不忍釋手。

【把穩】bǎwěn ㄅㄚˇ ㄨㄣˇ 〈方〉穩當；可靠：他辦事很把穩。

【把握】bǎwò ㄅㄚˇ ㄨㄛˋ ❶握；拿：司機把握着方向盤。❷抓住（抽象的東西）：把握時機｜透過現象，把握本質。❸成功的可靠性（多用於'有'和'沒'後）：球賽獲勝是有把握的。

【把晤】bǎwù ㄅㄚˇ ㄨˋ 〈書〉會面握手；會晤。

【把細】bǎxì ㄅㄚˇ ㄒㄧˋ 〈方〉小心謹慎；仔細：做事很把細｜凡事把細一點兒好。

【把戲】bǎxì ㄅㄚˇ ㄒㄧˋ ❶雜技：耍把戲｜看把戲。❷花招；蒙蔽人的手法：鬼把戲｜收起你這套把戲，我不會上你的當。

【把兄弟】bǎxiōngdì ㄅㄚˇ ㄒㄩㄥ ㄉㄧˋ 指結拜的弟兄。年長的稱把兄，年輕的稱把弟。也叫盟兄弟。

【把齋】bǎ∥zhāi ㄅㄚˇ∥ㄓㄞ 封齋。

【把盞】bǎzhǎn ㄅㄚˇ ㄓㄢˇ 〈書〉端着酒杯（多用於斟酒敬客）。

【把捉】bǎzhuō ㄅㄚˇ ㄓㄨㄛ 抓住（多用於抽象事物）：把捉事物的本質｜把捉文件的精神實質。

【把子】[1] bǎ·zi ㄅㄚˇ ·ㄗ ❶把東西紮在一起的捆子：秫秸把子。❷量詞。a) 人一群、一幫叫一把子（含貶義）。b) 一手抓起的數量，多用於長條形東西：一把子韭菜。c) 用於某些抽象的事物：加把子勁兒。

【把子】[2] bǎ·zi ㄅㄚˇ ·ㄗ 戲曲中所使用的武器的總稱，也指開打的動作：練把子｜單刀把子。

【把子】[3] bǎ·zi ㄅㄚˇ ·ㄗ 見27頁〖拜把子〗。

另見18頁 bà·zi。

屉 bǎ ㄅㄚˇ〈方〉❶屎；糞便：屙屉。❷拉屎：想屎就屎，想屉就屉。

【屉屉】bǎ·ba ㄅㄚˇ ·ㄅㄚ 屎；糞便（多用於小兒語）。

鈀（钯） bǎ ㄅㄚˇ 金屬元素，符號 Pd（palladium）。銀白色，化學性質不活潑，能大量吸附氫氣。用來製合金和牙科材料等。

另見856頁 pá'耙'。

靶 bǎ ㄅㄚˇ 靶子：打靶｜環靶｜胸靶｜槍槍中靶。

【靶標】bǎbiāo ㄅㄚˇ ㄅㄧㄠ 靶子：瞄準靶標。

【靶場】bǎchǎng ㄅㄚˇ ㄔㄤˇ 打靶的場地。

【靶台】bǎtái ㄅㄚˇ ㄊㄞˊ 打靶時射擊者所在的位置。

【靶心】bǎxīn ㄅㄚˇ ㄒㄧㄣ 靶子的中心部位。

【靶子】bǎ·zi ㄅㄚˇ ·ㄗ 練習射擊或射箭的目標。

bà（ㄅㄚˋ）

把（欛） bà ㄅㄚˋ （把兒）❶器具上便於用手拿的部分：缸子把兒｜撣子把兒。❷花、葉或果實的柄：花把兒｜梨把兒。

另見17頁 bǎ。

【把子】bà·zi ㄅㄚˋ ·ㄗ 把（bà）①。

另見18頁 bǎ·zi。

弝 bà ㄅㄚˋ ❶弓的中部，射箭時握弓的地方。❷〈方〉把子（bà·zi）。

爸 bà ㄅㄚˋ 父親。也説爸爸（bà·ba）。

耙（耮） bà ㄅㄚˋ ❶碎土、平地的農具。它的用處是把耕過的地裏的大土塊弄碎弄平。有釘齒耙和圓盤耙等。❷用耙弄碎土塊：三犁三耙｜那塊地已經耙過兩遍了。

另見856頁 pá。

罷(罢)

bà ㄅㄚˋ ❶停止：罷工｜欲罷不能。❷免去；解除：罷職｜罷免。❸完畢：吃罷晚飯｜說罷就走。

〈古〉又同'疲' pí。

另見20頁 ·ba '吧'。

【罷筆】bàbǐ ㄅㄚˋ ㄅㄧˇ 停止寫作。

【罷黜】bàchù ㄅㄚˋ ㄔㄨˋ 〈書〉❶貶低並排斥：罷黜百家，獨尊儒術。❷免除(官職)。

【罷工】bà∥gōng ㄅㄚˋ∥ㄍㄨㄥ 工人為實現某種要求或表示抗議而集體停止工作。

【罷官】bà∥guān ㄅㄚˋ∥ㄍㄨㄢ 解除官職。

【罷教】bà∥jiào ㄅㄚˋ∥ㄐㄧㄠˋ 教師為實現某種要求或表示抗議而集體停止教學。

【罷考】bà∥kǎo ㄅㄚˋ∥ㄎㄠˇ 考生為實現某種要求或表示抗議而集體拒絕參加考試。

【罷課】bà∥kè ㄅㄚˋ∥ㄎㄜˋ 學生為實現某種要求或表示抗議而集體停止上課。

【罷了】bà·le ㄅㄚˋ·ㄌㄜ 助詞，用在陳述句的末尾，有'僅此而已'的意思，常跟'不過、無非、只是'等詞前後呼應：這有甚麼，我不過做了我應該做的事罷了。

【罷了】bàliǎo ㄅㄚˋ ㄌㄧㄠˇ 表示容忍，有勉強放過暫不深究的意思；算了：他不願來也就罷了。

【罷論】bàlùn ㄅㄚˋ ㄌㄨㄣˋ 取消了的打算：此事已作罷論。

【罷免】bàmiǎn ㄅㄚˋ ㄇㄧㄢˇ 選民或代表機關撤銷他們所選出的人員的職務；免去(官職)：罷免權｜我這個廠長如果當得不好，你們可以隨時罷免我。

【罷免權】bàmiǎnquán ㄅㄚˋ ㄇㄧㄢˇ ㄑㄩㄢˊ ❶選民或選民單位依法撤銷他們所選出的人員職務的權利。❷政府機關或組織依法撤銷其任命的人員職務的權利。

【罷賽】bà∥sài ㄅㄚˋ∥ㄙㄞˋ 運動員為實現某種要求或表示抗議而拒絕參加比賽。

【罷市】bà∥shì ㄅㄚˋ∥ㄕˋ 商人為實現某種要求或表示抗議而聯合起來停止營業。

【罷手】bàshǒu ㄅㄚˋ ㄕㄡˇ 停止進行；住手：不試驗成功，決不罷手。

【罷訟】bà∥sòng ㄅㄚˋ∥ㄙㄨㄥˋ 罷訴。

【罷訴】bà∥sù ㄅㄚˋ∥ㄙㄨˋ 撤銷訴訟，不再打官司。

【罷休】bàxiū ㄅㄚˋ ㄒㄧㄡ 停止做某件事情(多用於否定句)：不找到新油田，決不罷休。

【罷演】bà∥yǎn ㄅㄚˋ∥ㄧㄢˇ 演員為實現某種要求或表示抗議而停止演出。

【罷戰】bàzhàn ㄅㄚˋ ㄓㄢˋ 結束戰爭；休戰。

【罷職】bà∥zhí ㄅㄚˋ∥ㄓˊ 解除職務。

鮁(鲅、鲌)

bà ㄅㄚˋ 鮁魚，身體呈紡錘形，鱗細，背部黑藍色，腹部兩側銀灰色。生活在海洋中。也叫藍點鮁、馬鮫魚、燕魚。

'鲌'另見89頁 bó。

齙(龅)

bà ㄅㄚˋ 〈方〉牙齒外露。

霸(覇)

bà ㄅㄚˋ ❶古代諸侯聯盟的首領：春秋五霸。❷強橫無理、依仗權勢壓迫人民的人：惡霸。❸指實行霸權主義的國家：反帝反霸。❹霸佔：軍閥割據，各霸一方。❺(Bà)姓。

【霸持】bàchí ㄅㄚˋ ㄔˊ 強行佔據；霸佔：霸持文壇｜霸持他人產業。

【霸道】bàdào ㄅㄚˋ ㄉㄠˋ ❶我國古代政治哲學中指憑借武力、刑法、權勢等進行統治的政策。❷強橫不講理；蠻橫：橫行霸道｜這人真霸道，一點理也不講。

【霸道】bà·dao ㄅㄚˋ·ㄉㄠ 猛烈；厲害：這酒真霸道，少喝點吧。

【霸氣】bàqì ㄅㄚˋ ㄑㄧˋ ❶蠻橫，不講道理：這個人說話太霸氣了。❷專橫的氣勢。

【霸權】bàquán ㄅㄚˋ ㄑㄩㄢˊ 在國際關係上以實力操縱或控制別國的行為。

【霸王】bàwáng ㄅㄚˋ ㄨㄤˊ ❶秦漢之間楚王項羽的稱號。❷比喻極端霸道的人。

【霸王鞭】[1] bàwángbiān ㄅㄚˋ ㄨㄤˊ ㄅㄧㄢ ❶表演民間舞蹈用的彩色短棍，兩端安有銅片。❷民間舞蹈，表演時一面舞動霸王鞭，一面歌唱。也叫花棍舞、打連廂。

【霸王鞭】[2] bàwángbiān ㄅㄚˋ ㄨㄤˊ ㄅㄧㄢ 灌木狀常綠植物，莖有五個棱，有成行的乳頭狀硬刺，開綠色小花。原產南洋群島，在熱帶常栽培做綠籬。

【霸業】bàyè ㄅㄚˋ ㄧㄝˋ 指稱霸諸侯或維持霸權的事業。

【霸佔】bàzhàn ㄅㄚˋ ㄓㄢˋ 倚仗權勢佔為己有；強行佔據：霸佔民女｜霸佔土地。

【霸主】bàzhǔ ㄅㄚˋ ㄓㄨˇ ❶春秋時代勢力最大並取得首領地位的諸侯。❷在某一領域或地區最有聲勢的人或集團：文壇霸主。

壩(坝)

bà ㄅㄚˋ ❶攔水的建築物：攔河壩。❷河工險要處鞏固堤防的建築物，如丁壩。❸〈方〉沙灘；沙洲。❹壩子②(多用於地名)：雁門壩(在四川)｜留壩(在陝西)。

【壩基】bàjī ㄅㄚˋ ㄐㄧ 堤壩的基礎。

【壩埽】bàsào ㄅㄚˋ ㄙㄠˋ 從前黃河上用埽築成的攔水護堤的建築物。參看991頁'埽'。

【壩塘】bàtáng ㄅㄚˋ ㄊㄤˊ 〈方〉山區或丘陵地區的一種小型蓄水工程。也叫塘壩。

【壩田】bàtián ㄅㄚˋ ㄊㄧㄢˊ 山腳圍繞的平坦農田。

【壩子】bà·zi ㄅㄚˋ·ㄗ ❶壩①。❷西南地區稱平地或平原：川西壩子。

灞 Bà ㄅㄚˋ 灞河，水名，在陝西。

·ba (·ㄅㄚ)

吧(罢、罷) ·ba·ㄅㄚ 助詞。❶在句末表示商量、提議、請求、命令：咱們走吧！│幫幫他吧！│你好好兒想想吧！同志們前進吧！❷在句末表示同意或認可：好吧，我答應你了│就這樣吧，明天繼續幹。❸在句末表示疑問，帶有揣測的意味：他大概不來了吧？│你不會不知道吧？❹在句末表示不敢肯定(不要求回答)：大概是前天吧，他到我這兒來了│是吧，他好像是這麼說的。❺在句中表示停頓，帶假設的語氣(常常對舉，有兩難的意味)：走吧，不好；不走吧，也不好。

另見16頁 bā。'罷'另見19頁 bà。

bāi (ㄅㄞ)

刯 bāi ㄅㄞ［刯劃］(bāi·huai ㄅㄞ·ㄏㄨㄞ)〈方〉❶處置；安排：這件事你別管了，就交給他去刯劃吧。❷修理；整治：電子鐘叫他給刯劃壞了。

掰(擘) bāi ㄅㄞ ❶用手把東西分開或折斷：掰玉米│把饅頭掰成兩半兒│小弟弟掰着手數數兒。❷〈方〉(情誼)破裂：他倆的交情早就掰了。❸〈方〉分析；說：他胡掰了半天，也沒說出個所以然。

'擘'另見90頁 bò。

【掰腕子】bāi wàn·zi ㄅㄞ ㄨㄢˋ·ㄗ 比賽臂力、腕力。兩人各伸出一隻手互相握住，擺正後，各自用力，把對方的手壓下去為勝。

蹳 bāi ㄅㄞ〈方〉腿腳有毛病，行動不方便；瘸：腳蹳手殘。

【蹳子】bāi·zi ㄅㄞ·ㄗ〈方〉腿腳有毛病、行動不方便的人；瘸子。

bái (ㄅㄞˊ)

白1 bái ㄅㄞˊ ❶像霜或雪的顏色，是物體被日光或與日光相似的光綫照射，各種波長的光都被反射時呈現的顏色(跟'黑'相對)。❷光亮；明亮：東方發白│大天白日。❸清楚；明白；弄明白：真相大白│不白之冤。❹沒有加上甚麼東西的；空白：白卷│白飯│白開水│一窮二白。❺沒有效果；徒然：白跑一趟│白費力氣│一天的時光白白浪費了。❻無代價；無報償：白吃│白給│白看戲。❼象徵反動：白軍│白區。❽指喪事：紅白事。❾用白眼珠看人，表示輕視或不滿：白了他一眼。❿(Bái)姓。

白2 bái ㄅㄞˊ (字音或字形)錯誤：寫白字│把字唸白了。

白3 bái ㄅㄞˊ ❶說明；告訴；陳述：表白│辨白│告白。❷戲曲或歌劇中在唱詞之外用說話腔調說的語句：道白│獨白│對白。❸指地方話。❹白話：文白雜糅│半文半白。

【白皚皚】bái'ái'ái ㄅㄞˊㄞˊㄞˊ(白皚皚的)形容霜、雪等潔白：白皚皚的雪鋪滿田野。

【白矮星】bái'ǎixīng ㄅㄞˊ ㄞˇ ㄒㄧㄥ 發白光而光度小的一類恒星，體積很小，密度很大。天狼星的伴星就屬於白矮星。

【白案】bái'àn ㄅㄞˊ ㄢˋ (白案兒)炊事人員分工上指做主食(如煮飯、烙餅、蒸饅頭等)的工作(區別於'紅案')。

【白班】báibān ㄅㄞˊ ㄅㄢ (白班兒)白天工作的班次；日班。

【白版】báibǎn ㄅㄞˊ ㄅㄢˇ 指書刊上沒印出文字或圖表，留下的成塊空白。

【白報紙】báibàozhǐ ㄅㄞˊ ㄅㄠˋ ㄓˇ 印報或印一般書刊用的紙。

【白鼻子】báibí·zi ㄅㄞˊ ㄅㄧˊ·ㄗ 戲曲中丑角鼻樑上多抹有白色，借以指狡詐的人，也指漢奸或叛徒。也叫白鼻頭。

【白璧微瑕】bái bì wēi xiá ㄅㄞˊ ㄅㄧˋ ㄨㄟ ㄒㄧㄚˊ 潔白的玉上面有些小斑點。比喻很好的人或事物有些小缺點。

【白璧無瑕】bái bì wú xiá ㄅㄞˊ ㄅㄧˋ ㄨˊ ㄒㄧㄚˊ 潔白的玉上面沒有一點兒小斑點。比喻人或事物完美無缺。

【白醭】báibú ㄅㄞˊ ㄅㄨˊ (白醭兒)醋、醬油等表面長的白色的黴。

【白不呲咧】bái·bucīliē ㄅㄞˊ·ㄅㄨ ㄘ ㄌㄧㄝ〈方〉(白不呲咧的)物件退色發白或湯、菜顏色滋味淡薄：藍衣服洗得有些白不呲咧的，應該染一染了│菜裏醬油放少了，白不呲咧的。

【白菜】báicài ㄅㄞˊ ㄘㄞˋ 二年生草本植物，葉子大，花淡黃色。品種很多，是普通蔬菜。也叫大白菜。有的地區叫菘菜。

【白茬】báichá ㄅㄞˊ ㄔㄚˊ (白茬兒)❶農作物收割後沒有再播種的(土地)：白茬地。❷(木製器物)未經油漆的：白茬大門│桌椅還是白茬，得請人油一油。也作白槎、白碴。❸(皮衣)未用布、綢等縫製面的：白茬老羊皮襖。也作白楂。

【白茶】báichá ㄅㄞˊ ㄔㄚˊ 茶葉的一大類，是一種不發酵，也不經揉捻，製作技術特殊的茶。種類有銀針白毫、貢眉、壽眉等。

【白痴】báichī ㄅㄞˊ ㄔ ❶病，患者智力低下，動作遲鈍，輕者語言機能不健全，重者起居飲食不能自理。❷患白痴的人。

【白熾電燈】báichì diàndēng ㄅㄞˊ ㄔˋ ㄉㄧㄢˋ ㄉㄥ 最常用的一種電燈，燈泡是真空的或充有惰性氣體的玻璃泡，裏面有燈絲，電流通過時，燈絲白熱，發出亮光。

【白唇鹿】báichúnlù ㄅㄞˊ ㄔㄨㄣˊ ㄌㄨˋ 鹿的一種，兩腮和嘴邊的毛純白色，生活在高寒地區，是我國特產珍貴動物。

【白醋】báicù ㄅㄞˊ ㄘㄨˋ 無色透明的食醋。

【白搭】báidā ㄅㄞˊ ㄉㄚ 沒有用處；不起作用；白費力氣：這場球輸定了，你上場也是白搭。

【白帶】báidài ㄅㄞˊ ㄉㄞˋ 婦女的子宮和陰道分泌的乳白色或淡黃色的黏液。

【白黨】báidǎng ㄅㄞˊ ㄉㄤˇ 稱俄國十月革命後外國武裝干涉和國內戰爭時期由反革命分子結成的叛亂集團。

【白道】báidào ㄅㄞˊ ㄉㄠˋ 月球繞地球運行的軌道。

【白地】[1] báidì ㄅㄞˊ ㄉㄧˋ ❶沒有種上莊稼的田地：留有一塊白地準備種白薯。❷沒有樹木、房屋等的土地：村子被燒成一片白地。

【白地】[2] báidì ㄅㄞˊ ㄉㄧˋ (白地兒) 白色的襯托面：白地紅花兒。

【白癜風】báidiànfēng ㄅㄞˊ ㄉㄧㄢˋ ㄈㄥ 皮膚病，多由皮膚不能形成黑色素引起。症狀是皮膚上呈現一片片白斑，不痛不癢。也叫白斑病。

【白丁】báidīng ㄅㄞˊ ㄉㄧㄥ 封建社會裏指沒有功名的人：談笑有鴻儒，往來無白丁。

【白堊】bái'è ㄅㄞˊ ㄜˋ 石灰岩的一種，主要成分是碳酸鈣，是由古生物的骨骼積聚形成的。白色，質軟，分佈很廣，用做粉刷材料等。通稱白土子，有的地區叫大白。

【白礬】báifán ㄅㄞˊ ㄈㄢˊ 明礬的通稱。

【白飯】báifàn ㄅㄞˊ ㄈㄢˋ ❶指不加菜、糖等做成並且不就菜吃的米飯。❷飯館按份計價出售飯菜時，指另加的不搭配菜肴出售的米飯：給我們來七個份兒飯，另加一份白飯。

【白費】báifèi ㄅㄞˊ ㄈㄟˋ 徒然耗費：白費力氣｜白費心思。

【白費蠟】báifèilà ㄅㄞˊ ㄈㄟˋ ㄌㄚˋ 比喻白白地耗費時間、精力：他不懂這種技術，你問他也是白費蠟。

【白粉】báifěn ㄅㄞˊ ㄈㄣˇ ❶白色的化妝粉。❷〈方〉指粉刷牆壁用的白堊。❸〈方〉白麪兒。

【白乾兒】báigānr ㄅㄞˊ ㄍㄢㄦ 白酒，因無色、含水分少而得名。

【白宮】Bái Gōng ㄅㄞˊ ㄍㄨㄥ 美國總統的官邸，在華盛頓，是一座白色的建築物。常用做美國官方的代稱。

【白骨】báigǔ ㄅㄞˊ ㄍㄨˇ 指人的屍體腐爛後剩下的骨頭。

【白骨精】báigǔjīng ㄅㄞˊ ㄍㄨˇ ㄐㄧㄥ 神話小說《西遊記》中一個陰險狡詐善於偽裝變化的女妖精。常用來比喻極為陰險毒辣的女人。

【白果】báiguǒ ㄅㄞˊ ㄍㄨㄛˇ 銀杏。

【白果兒】báiguǒr ㄅㄞˊ ㄍㄨㄛㄦˇ 〈方〉雞蛋。

【白鶴】báihè ㄅㄞˊ ㄏㄜˋ 鶴的一種，羽毛白色，翅膀大，末端黑色，能高飛，頭頂紅色，頸和腿很長，常涉水吃魚、蝦等。叫的聲音高而響亮。也叫仙鶴或丹頂鶴。

【白喉】báihóu ㄅㄞˊ ㄏㄡˊ 傳染病，病原體是白喉桿菌。多在秋冬季流行，小兒最容易感染。患者有全身中毒症狀，咽部有灰白色膜，不易剝離，有的聲音嘶啞。常引起心肌發炎和癱瘓。

【白虎星】báihǔxīng ㄅㄞˊ ㄏㄨˇ ㄒㄧㄥ 迷信的人指給人帶來災禍的人。

【白花】báihuā ㄅㄞˊ ㄏㄨㄚ 皮輥花。

【白花花】báihuāhuā ㄅㄞˊ ㄏㄨㄚ ㄏㄨㄚ (白花花的) 白得耀眼：白花花的銀子｜收棉季節，地裏一片白花花的。

【白化】báihuà ㄅㄞˊ ㄏㄨㄚˋ 生物體的病變部分由於缺乏色素或色素消退而變白。

【白化病】báihuàbìng ㄅㄞˊ ㄏㄨㄚˋ ㄅㄧㄥˋ 一種先天性疾病，患者體內缺乏色素，毛髮都呈白色，皮膚呈粉白色，眼睛怕見光。患這種病的人俗稱天老兒。

【白話】[1] báihuà ㄅㄞˊ ㄏㄨㄚˋ ❶指不能實現或沒有根據的話：空口說白話。❷〈方〉閑話；家常話：她一邊納鞋底，一邊和婆婆說白話。

【白話】[2] báihuà ㄅㄞˊ ㄏㄨㄚˋ 指現代漢語(普通話)的書面形式。它是唐宋以來在口語的基礎上形成的，起初只用於通俗文學作品，到五四運動以後才在社會上普遍應用：白話文｜白話小說。

【白話詩】báihuàshī ㄅㄞˊ ㄏㄨㄚˋ ㄕ 五四以後稱打破舊詩格律用白話寫成的詩。

【白話文】báihuàwén ㄅㄞˊ ㄏㄨㄚˋ ㄨㄣˊ 用白話寫成的文章。也叫語體文。

【白樺】báihuà ㄅㄞˊ ㄏㄨㄚˋ 落葉喬木，樹皮白色，剝離呈紙狀，葉子卵形。我國東北有出產。木材緻密，可製木器。

【白晃晃】báihuānghuāng ㄅㄞˊ ㄏㄨㄤ ㄏㄨㄤ (白晃晃的) 白而亮：白晃晃的照明彈。

【白灰】báihuī ㄅㄞˊ ㄏㄨㄟ 石灰的通稱。

【白芨】báijī ㄅㄞˊ ㄐㄧ 多年生草本植物，葉子長，開紫紅色花。地下塊莖白色，中醫入藥。

【白鱀豚】báijìtún ㄅㄞˊ ㄐㄧˋ ㄊㄨㄣˊ 白鰭豚。

【白金】báijīn ㄅㄞˊ ㄐㄧㄣ ❶鉑的通稱。❷古代指銀子。

【白金漢宮】Báijīnhàn Gōng ㄅㄞˊ ㄐㄧㄣ ㄏㄢˋ ㄍㄨㄥ 英國王宮，位於倫敦。從1837年起，英國歷代君主都住在這裏。常用作英國王室的代稱。

【白淨】bái·jing ㄅㄞˊ ·ㄐㄧㄥ 白而潔淨：皮膚白淨。

【白酒】báijiǔ ㄅㄞˊ ㄐㄧㄡˇ 用高粱、玉米、甘薯等糧食或某些果品發酵、蒸餾製成的酒，沒有顏色，含酒精量較高。也叫燒酒、白乾兒。

【白駒過隙】bái jū guò xì ㄅㄞˊ ㄐㄩ ㄍㄨㄛˋ ㄒㄧˋ 形容時間過得飛快，像小白馬在細小的縫隙前一閃而過(見於《莊子・知北遊》)。

【白卷】báijuàn ㄅㄞˊ ㄐㄩㄢˋ (白卷兒)沒有寫出文章或答案的考卷：交白卷。

【白開水】báikāishuǐ ㄅㄞˊ ㄎㄞ ㄕㄨㄟˇ 不加茶葉或其他東西的開水。

【白口】[1] báikǒu ㄅㄞˊ ㄎㄡˇ 綫裝書書口的一種格式，版口中心上下都是空白的，叫做白口(區別於'黑口')。

【白口】[2] báikǒu ㄅㄞˊ ㄎㄡˇ (白口兒)戲曲中的說白。

【白蠟】báilà ㄅㄞˊ ㄌㄚˋ ❶白蠟蟲分泌的蠟質，熔點較高，顏色潔白，是我國特產之一。可製蠟燭或藥丸外殼，又可用來塗蠟紙，密封容器。❷精製的蜂蠟，顏色潔白，可以製蠟燭。

【白鑞】báilà ㄅㄞˊ ㄌㄚˋ 焊錫。

【白蘭地】báilándì ㄅㄞˊ ㄌㄢˊ ㄉㄧˋ 用葡萄、蘋果等發酵蒸餾製成的酒。含酒精量較高。[英 brandy]

【白痢】báilì ㄅㄞˊ ㄌㄧˋ ❶中醫指大便中含黏液或膿而不含血液的痢疾。❷某些幼畜的一種急性傳染病，病原體是白痢桿菌，患病的動物糞便很稀。

【白蓮教】Báiliánjiào ㄅㄞˊ ㄌㄧㄢˊ ㄐㄧㄠˋ 一種秘密教派，因依託佛教的一個宗派白蓮宗而得名。元、明、清三代在民間流行，農民軍往往借白蓮教的名義起事。

【白蘞】báiliǎn ㄅㄞˊ ㄌㄧㄢˇ 多年生蔓生草本植物，掌狀複葉，漿果球形。根入藥。

【白亮】báiliàng ㄅㄞˊ ㄌㄧㄤˋ 白而發亮：白亮的刺刀｜電燈照得屋裏白亮白亮的。

【白磷】báilín ㄅㄞˊ ㄌㄧㄣˊ 磷的同素異形體，無色或淡黃色蠟狀晶體，有大蒜的氣味，毒性強，在空氣中能自燃，在暗處發出磷光。用來製造普通火柴、焰火或烟幕彈等。也叫黃磷。

【白蛉】báilíng ㄅㄞˊ ㄌㄧㄥˊ 昆蟲，身體小，黃白色或淺灰色，表面有很多細長的毛。雄的吸食植物的汁。雌的吸人畜的血液，能傳播黑熱病和白蛉熱。也叫白蛉子。

【白領】báilǐng ㄅㄞˊ ㄌㄧㄥˇ 某些國家或地區指從事腦力勞動的職員，如管理人員、技術人員、政府公務人員等：白領階層。

【白露】báilù ㄅㄞˊ ㄌㄨˋ 二十四節氣之一，在9月7，8或9日。參看589頁〖節氣〗、306頁〖二十四節氣〗。

【白鷺】báilù ㄅㄞˊ ㄌㄨˋ 鷺的一種，羽毛白色，腿很長，能涉水捕食魚、蝦等。也叫鷺鷥。

【白馬王子】báimǎ wángzǐ ㄅㄞˊ ㄇㄚˇ ㄨㄤˊ ㄗˇ 指少女傾慕的理想的青年男子。

【白茫茫】báimángmáng ㄅㄞˊ ㄇㄤˊ ㄇㄤˊ (白茫茫的)形容一望無邊的白(用於雲、霧、雪、大水等)：霧很大，四下裏白茫茫的｜遼闊的田野上鋪滿了積雪，白茫茫的一眼望不到盡頭。

【白茅】báimáo ㄅㄞˊ ㄇㄠˊ 多年生草本植物，春季先開花，後生葉子，花穗上密生白毛。根莖可以吃，也可入藥，葉子可以編蓑衣。也叫茅。

【白毛風】báimáofēng ㄅㄞˊ ㄇㄠˊ ㄈㄥ 〈方〉暴風雪。

【白煤】báiméi ㄅㄞˊ ㄇㄟˊ ❶〈方〉無烟煤。❷指用做動力的水流。

【白蒙蒙】báimēngmēng ㄅㄞˊ ㄇㄥ ㄇㄥ (白蒙蒙的)形容(烟、霧、蒸氣等)白茫茫一片，模糊不清：海面霧氣騰騰，白蒙蒙的甚麼也看不見。

【白米】báimǐ ㄅㄞˊ ㄇㄧˇ 碾淨了糠的大米(區別於'糙米')，有時泛指大米。

【白麪】báimiàn ㄅㄞˊ ㄇㄧㄢˋ 小麥磨成的粉：白麪饅頭。

【白麪兒】báimiànr ㄅㄞˊ ㄇㄧㄢㄦˋ 指作為毒品的海洛因。

【白面書生】báimiàn shūshēng ㄅㄞˊ ㄇㄧㄢˋ ㄕㄨ ㄕㄥ 指年輕的讀書人，也指面孔白淨的讀書人。

【白描】báimiáo ㄅㄞˊ ㄇㄧㄠˊ ❶國畫的一種畫法，純用綫條勾畫，不加彩色渲染。❷文字簡練單純，不加渲染烘托的寫作手法。

【白木耳】báimù'ěr ㄅㄞˊ ㄇㄨˋ ㄦˇ 銀耳。

【白內障】báinèizhàng ㄅㄞˊ ㄋㄟˋ ㄓㄤˋ 病，症狀是眼球的晶狀體混濁影響視力。最常見的是老年性白內障。

【白嫩】báinèn ㄅㄞˊ ㄋㄣˋ (皮膚)白皙細嫩。

【白皮書】báipíshū ㄅㄞˊ ㄆㄧˊ ㄕㄨ 政府、議會等公開發表的有關政治、外交、財政等重大問題的文件，封面為白色，所以叫白皮書。由於各國習慣和文件內容不同，也有用別種顏色的，如藍皮書、黃皮書、紅皮書。

【白皮松】báipísōng ㄅㄞˊ ㄆㄧˊ ㄙㄨㄥ 常綠喬木，樹皮老時乳白色，葉子針狀。種子可以吃。有的地區叫白果松。

【白票】báipiào ㄅㄞˊ ㄆㄧㄠˋ 投票選舉時，沒有寫上或圈出被選舉人姓名的選票。

【白旗】báiqí ㄅㄞˊ ㄑㄧˊ ❶戰爭中表示投降的旗子。❷戰爭中敵對雙方派人互相聯絡所用的旗子。

【白鰭豚】báiqítún ㄅㄞˊ ㄑㄧˊ ㄊㄨㄣˊ 哺乳動物，鯨的一種，生活在淡水中，比海裏的鯨小，身體呈紡錘形，上部淺藍灰色，下部白色。是我國特有的珍貴動物。也叫白鱀豚。

【白契】báiqì ㄅㄞˊ ㄑㄧˋ 指買賣田地房產未經官方登記蓋印的契約(區別於'紅契')。

【白鉛】báiqiān ㄅㄞˊ ㄑㄧㄢ 鋅的俗稱。

【白鏹】báiqiǎng ㄅㄞˊ ㄑㄧㄤˇ 古代當做貨幣的銀子。

【白區】báiqū ㄅㄞˊ ㄑㄩ 我國第二次國內革命戰

爭時期稱國民黨統治的地區。

【白饒】báiráo ㄅㄞˊ ㄖㄠˊ ❶無代價地額外多給：白饒碗高湯。❷〈方〉白搭：過去的辛苦全算白饒，得打頭兒重來。

【白熱】báirè ㄅㄞˊ ㄖㄜˋ 某些物質加高熱(1,200－1,500℃)後發出白色的光亮，這種狀態叫做白熱。如果溫度降低，就由白熱轉為紅熱。

【白熱化】báirèhuà ㄅㄞˊ ㄖㄜˋ ㄏㄨㄚˋ (事態、感情等)發展到最緊張的階段：鬥爭白熱化。

【白人】Báirén ㄅㄞˊ ㄖㄣˊ 指白種人。

【白刃】báirèn ㄅㄞˊ ㄖㄣˋ 鋒利的刀：白刃格鬥。

【白刃戰】báirènzhàn ㄅㄞˊ ㄖㄣˋ ㄓㄢˋ 敵對雙方接近時用槍刺、槍托等進行的格鬥。也叫肉搏戰。

【白日】báirì ㄅㄞˊ ㄖˋ ❶指太陽：白日依山盡，黃河入海流。❷白天：白日做夢。

【白日見鬼】báirì jiàn guǐ ㄅㄞˊ ㄖˋ ㄐㄧㄢˋ ㄍㄨㄟˇ 比喻出現不可能出現的事。也說白晝見鬼。

【白日撞】báirìzhuàng ㄅㄞˊ ㄖˋ ㄓㄨㄤˋ 〈方〉指白天趁人不備到人家裏偷東西的小偷兒。

【白日做夢】báirì zuò mèng ㄅㄞˊ ㄖˋ ㄗㄨㄛˋ ㄇㄥˋ 比喻幻想根本不能實現。

【白肉】báiròu ㄅㄞˊ ㄖㄡˋ 清水煮熟的豬肉。

【白潤】báirùn ㄅㄞˊ ㄖㄨㄣˋ (皮膚)白而潤澤。

【白色】báisè ㄅㄞˊ ㄙㄜˋ ❶白的顏色。❷象徵反動：白色政權｜白色恐怖。

【白色恐怖】báisè kǒngbù ㄅㄞˊ ㄙㄜˋ ㄎㄨㄥˇ ㄅㄨˋ 指在反動政權統治下，反革命暴力所造成的恐怖，如大規模的屠殺、逮捕等。

【白山黑水】báishān-hēishuǐ ㄅㄞˊ ㄕㄢ ㄏㄟ ㄕㄨㄟˇ 長白山和黑龍江，指我國東北地區。

【白鱔】báishàn ㄅㄞˊ ㄕㄢˋ 鰻鱺。

【白食】báishí ㄅㄞˊ ㄕˊ 指不出代價而得到的飲食：吃白食。

【白事】báishì ㄅㄞˊ ㄕˋ 指喪事：辦白事。

【白手】báishǒu ㄅㄞˊ ㄕㄡˇ 空手；徒手：白手起家｜這一場白手奪刀演得很精彩。

【白手起家】báishǒu qǐ jiā ㄅㄞˊ ㄕㄡˇ ㄑㄧˇ ㄐㄧㄚ 形容原來沒有基礎或條件很差而創立起一番事業。也說白手成家。

【白首】báishǒu ㄅㄞˊ ㄕㄡˇ 〈書〉指年老；白頭：白首話當年。

【白薯】báishǔ ㄅㄞˊ ㄕㄨˇ 甘薯的通稱。

【白水】báishuǐ ㄅㄞˊ ㄕㄨㄟˇ ❶白開水。❷〈書〉明淨的水。

【白蘇】báisū ㄅㄞˊ ㄙㄨ 一年生草本植物，莖方形，葉子卵圓形，花小，白色。嫩葉可以吃。種子通稱蘇子，可以榨油。也叫荏(rěn)。

【白湯】báitāng ㄅㄞˊ ㄊㄤ 煮白肉的湯或不加醬油的菜湯。

【白糖】báitáng ㄅㄞˊ ㄊㄤˊ 甘蔗或甜菜的汁提純後，分出糖蜜製成的糖，白色結晶，顆粒較小，味甜，供食用。

【白陶】báitáo ㄅㄞˊ ㄊㄠˊ 殷代用高嶺土燒成的白色陶器。

【白體】[1] báitǐ ㄅㄞˊ ㄊㄧˇ 筆劃較細的一種鉛字字體，如老宋體等(區別於'黑體')。

【白體】[2] báitǐ ㄅㄞˊ ㄊㄧˇ 對照射在上面的白光能夠完全反射的理想物體。也叫絕對白體。

【白天】bái·tiān ㄅㄞˊ ·ㄊㄧㄢ 從天亮到天黑的一段時間。

【白田】báitián ㄅㄞˊ ㄊㄧㄢˊ 沒有種上莊稼的田地，有的地區專指沒有種上莊稼的水田。

【白條】[1] báitiáo ㄅㄞˊ ㄊㄧㄠˊ (白條兒)財務上指非正式單據：打白條｜白條不能作報銷憑證。也叫白條子。

【白條】[2] báitiáo ㄅㄞˊ ㄊㄧㄠˊ 商品上指家禽、牲畜宰殺後褪毛或去頭、蹄、內臟的：白條雞｜白條豬。

【白鐵】báitiě ㄅㄞˊ ㄊㄧㄝˇ 鍍鋅鐵的通稱。

【白廳】Bái Tīng ㄅㄞˊ ㄊㄧㄥ 英國倫敦的一條大街。因過去有白廳宮而得名。現在是英國主要政府機關所在地。常用做英國官方的代稱。

【白銅】báitóng ㄅㄞˊ ㄊㄨㄥˊ 銅和鎳的合金，顏色銀白，用來製造日用器具等。

【白頭】[1] báitóu ㄅㄞˊ ㄊㄡˊ 指年老：白頭偕老。

【白頭】[2] báitóu ㄅㄞˊ ㄊㄡˊ 不署名或沒有印章的：白頭帖子(不署名的字帖兒)｜白頭材料。

【白頭翁】[1] báitóuwēng ㄅㄞˊ ㄊㄡˊ ㄨㄥ 鳥，頭部的毛黑白相間，老鳥頭部的毛變成白色，生活在山林中，吃樹木的果實，也吃害蟲。

【白頭翁】[2] báitóuwēng ㄅㄞˊ ㄊㄡˊ ㄨㄥ 多年生草本植物，花紫紅色，果實有白毛，像老翁的白髮。中醫入藥。

【白頭偕老】báitóu xié lǎo ㄅㄞˊ ㄊㄡˊ ㄒㄧㄝˊ ㄌㄠˇ 夫妻共同生活到老：百年好合，白頭偕老(新婚頌詞)。

【白玩兒】báiwánr ㄅㄞˊ ㄨㄚㄦˊ ❶不付任何代價地玩兒。❷指做某種事輕而易舉，不費力。

【白文】báiwén ㄅㄞˊ ㄨㄣˊ ❶指有註解的書的正文：先讀白文，後看註解。❷指有註解的書不錄註解只印正文的本子，如《十三經白文》。❸印章上的陰文(跟'朱文'相對)。

【白皙】báixī ㄅㄞˊ ㄒㄧ 〈書〉白淨。

【白細胞】báixìbāo ㄅㄞˊ ㄒㄧˋ ㄅㄠ 血細胞的一種，比紅細胞大，圓形或橢圓形，無色，有細胞核，產生在骨髓、脾臟和淋巴結中。作用是吞食病菌、中和病菌分泌的毒素等。也叫白血球。

【白鷴】báixián ㄅㄞˊ ㄒㄧㄢˊ 鳥，雄的背部白色，有黑色的紋，腹部黑藍色，雌的全身棕綠色。產於我國南部各省，是有名的觀賞鳥。

【白鯗】báixiǎng ㄅㄞˊ ㄒㄧㄤˇ 剖開晾乾的黃魚。

【白相】báixiàng ㄅㄞˊ ㄒㄧㄤˋ 〈方〉玩；玩耍；玩弄。

【白相人】báixiàngrén ㄅㄞˊ ㄒㄧㄤˋ ㄖㄣˊ 〈方〉遊手好閑，為非作歹的人；流氓。

【白血病】báixuèbìng ㄅㄞˊ ㄒㄩㄝˋ ㄅㄧㄥˋ 病，症狀是白細胞異常增多，紅細胞減少，脾臟腫大，眩暈等。俗稱血癌。

【白血球】báixuèqiú ㄅㄞˊ ㄒㄩㄝˋ ㄑㄧㄡˊ 白細胞。

【白眼】báiyǎn ㄅㄞˊ ㄧㄢˇ 眼睛朝上或向旁邊看，現出白眼珠，是看不起人的一種表情(跟'青眼'相對)：白眼看人｜遭人白眼。

【白眼兒狼】báiyǎnrláng ㄅㄞˊ ㄧㄢㄦˇ ㄌㄤˊ 比喻忘恩負義的人。

【白眼珠】báiyǎnzhū ㄅㄞˊ ㄧㄢˇ ㄓㄨ (白眼珠兒)眼球上白色的部分。

【白羊座】báiyángzuò ㄅㄞˊ ㄧㄤˊ ㄗㄨㄛˋ 黃道十二星座之一。參看505頁〖黃道十二宮〗。

【白藥】báiyào ㄅㄞˊ ㄧㄠˋ 中藥成藥，是一種白色粉末。能治出血疾患、跌打損傷等。雲南出產的最著名。

【白夜】báiyè ㄅㄞˊ ㄧㄝˋ 由於地軸偏斜和地球自轉、公轉的關係，在高緯度地區，有時黃昏還沒有過去就呈現黎明，這種現象叫做白夜。出現白夜的地區從緯度49°起，緯度越高白夜出現的時期越長，天空也越亮。

【白衣蒼狗】báiyī cānggǒu ㄅㄞˊ ㄧ ㄘㄤ ㄍㄡˇ 杜甫《可嘆》詩：'天上浮雲似白衣，斯須改變如蒼狗。'後來用白衣蒼狗比喻世事變幻無常。也說白雲蒼狗。

【白衣天使】báiyī tiānshǐ ㄅㄞˊ ㄧ ㄊㄧㄢ ㄕˇ 護士的美稱。

【白衣戰士】báiyī zhànshì ㄅㄞˊ ㄧ ㄓㄢˋ ㄕˋ 指醫療護理人員。因為他們身穿白色工作服，救死扶傷，跟疾病作鬥爭，所以稱做白衣戰士。

【白蟻】báiyǐ ㄅㄞˊ ㄧˇ 昆蟲，形狀像螞蟻，群居，吃木材。對森林、建築物、橋樑、鐵路等破壞性極大。

【白翳】báiyì ㄅㄞˊ ㄧˋ 中醫指眼球角膜病變後留下的疤痕，能影響視力。

【白銀】báiyín ㄅㄞˊ ㄧㄣˊ 銀①的通稱。

【白雲蒼狗】báiyún cānggǒu ㄅㄞˊ ㄩㄣˊ ㄘㄤ ㄍㄡˇ 見〖白衣蒼狗〗。

【白斬雞】báizhǎnjī ㄅㄞˊ ㄓㄢˇ ㄐㄧ 一種菜肴，用宰好的整隻雞放在水裏煮熟後，撈出切成塊，蘸作料吃。

【白芷】báizhǐ ㄅㄞˊ ㄓˇ 多年生草本植物，開白花，果實長橢圓形。根粗大，圓錐形，有香氣，中醫入藥。

【白紙黑字】bái zhǐ hēi zì ㄅㄞˊ ㄓˇ ㄏㄟ ㄗˋ 白紙上寫的黑字。指見於書面的確鑿的證據：這是白紙黑字，賴是賴不掉的。

【白質】báizhì ㄅㄞˊ ㄓˋ 腦和脊髓的白色部分，主要由神經細胞所發出的神經纖維組成。

【白種】Báizhǒng ㄅㄞˊ ㄓㄨㄥˇ 歐羅巴人種。

【白晝】báizhòu ㄅㄞˊ ㄓㄡˋ 白天：燈火通明，照得如同白晝一般。

【白朮】báizhú ㄅㄞˊ ㄓㄨˊ 多年生草本植物，葉子橢圓形，花紅色。根狀莖中醫入藥。

【白字】báizì ㄅㄞˊ ㄗˋ 寫錯或讀錯的字；別字：寫白字｜唸白字。

【白族】Báizú ㄅㄞˊ ㄗㄨˊ 我國少數民族之一，主要分佈在雲南。

【白族吹吹腔】báizú chuīchuīqiāng ㄅㄞˊ ㄗㄨˊ ㄔㄨㄟ ㄔㄨㄟ ㄑㄧㄤ 白族戲曲劇種，歷史悠久，流行於雲南西部白族聚居的地區。

【白嘴兒】báizuǐr ㄅㄞˊ ㄗㄨㄟㄦˇ 〈方〉指光吃菜不就飯或光吃飯不就菜：白嘴兒吃菜｜白嘴兒吃飯。

bǎi (ㄅㄞˇ)

百 bǎi ㄅㄞˇ ❶數目，十個十。❷比喻很多：百草｜百貨｜百科全書｜百家爭鳴｜百花齊放｜精神百倍｜百聞不如一見。

【百般】bǎibān ㄅㄞˇ ㄅㄢ ❶形容採用多種方法：百般阻撓｜百般勸解。❷各種各樣：百般花色｜百般痛苦。

【百寶箱】bǎibǎoxiāng ㄅㄞˇ ㄅㄠˇ ㄒㄧㄤ 儲藏各種珍貴物品的箱子，多用於比喻。

【百倍】bǎibèi ㄅㄞˇ ㄅㄟˋ 形容數量多或程度深(多用於抽象事物)：百倍努力｜精神百倍。

【百步穿楊】bǎi bù chuān yáng ㄅㄞˇ ㄅㄨˋ ㄔㄨㄢ ㄧㄤˊ 春秋時楚國養由基善於射箭，能在一百步以外射中楊柳的葉子(見於《戰國策．西周策》)。後用'百步穿楊'形容箭法或槍法非常高明。

【百尺竿頭，更進一步】bǎi chǐ gān tóu,gèng jìn yī bù ㄅㄞˇ ㄔˇ ㄍㄢ ㄊㄡˊ,ㄍㄥˋ ㄐㄧㄣˋ ㄧ ㄅㄨˋ 比喻學問、成績等達到了很高的程度以後仍繼續努力。

【百出】bǎichū ㄅㄞˇ ㄔㄨ 形容出現次數很多(多含貶義)：錯誤百出｜矛盾百出。

【百川歸海】bǎi chuān guī hǎi ㄅㄞˇ ㄔㄨㄢ ㄍㄨㄟ ㄏㄞˇ 條條江河流入大海。比喻大勢所趨或眾望所歸。也比喻許多分散的事物彙集到一個地方。

【百兒八十】bǎi·erbāshí ㄅㄞˇ ·ㄦ ㄅㄚ ㄕˊ 一百或比一百略少：百兒八十塊錢｜百兒八十人。

【百發百中】bǎi fā bǎi zhòng ㄅㄞˇ ㄈㄚ ㄅㄞˇ ㄓㄨㄥˋ ❶每次都命中目標，形容射箭或射擊非常準。❷比喻做事有充分把握，絕不落空。

【百廢具興】bǎi fèi jù xīng ㄅㄞˇ ㄈㄟˋ ㄐㄩˋ ㄒㄧㄥ 各種該辦未辦的事業都興辦起來。也說百廢具舉。'具'也作俱。

【百分比】bǎifēnbǐ ㄅㄞˇ ㄈㄣ ㄅㄧˇ 用百分率表示的兩個數的比例關係，例如某班50個學生當中有20個是女生，這一班中女生所佔的百分比就是40%。

【百分表】bǎifēnbiǎo ㄅㄞˇ ㄈㄣ ㄅㄧㄠˇ 一種精度很高的量具，由表針、表盤等組成，利用杠桿原理進行工作，測量精度達0.01毫米。精度達到0.001毫米的叫千分表。

【百分尺】bǎifēnchǐ ㄅㄞˇ ㄈㄣ ㄔˇ 利用螺旋原理製成的精度很高的量具，測量精度達0.01毫米。也叫分厘卡、千分尺。

【百分點】bǎifēndiǎn ㄅㄞˇ ㄈㄣ ㄉㄧㄢˇ 統計學上稱百分之一為一個百分點：同前一年相比，通貨膨脹率減少三個百分點。

【百分號】bǎifēnhào ㄅㄞˇ ㄈㄣ ㄏㄠˋ 表示分數的分母是100的符號(%)。

【百分率】bǎifēnlǜ ㄅㄞˇ ㄈㄣ ㄌㄩˋ 兩個數的比值寫成百分數的形式，叫做百分率。如$\frac{2}{5}$用百分率表示是$\frac{40}{100}$。百分率指一個數佔另一個數的百分之幾或某一部分佔整體的百分之幾。

【百分數】bǎifēnshù ㄅㄞˇ ㄈㄣ ㄕㄨˋ 分母是100的分數，通常用百分號來表示，如$\frac{11}{100}$寫作11%。

【百分之百】bǎi fēn zhī bǎi ㄅㄞˇ ㄈㄣ ㄓ ㄅㄞˇ 全部；十足：百分之百地完成了任務｜這件事我有百分之百的把握，準能成功。

【百分制】bǎifēnzhì ㄅㄞˇ ㄈㄣ ㄓˋ 學校評定學生成績的一種記分方法。一百分為最高成績，六十分為及格。

【百感】bǎigǎn ㄅㄞˇ ㄍㄢˇ 各種各樣的感觸、感慨：百感交集。

【百合】bǎihé ㄅㄞˇ ㄏㄜˊ ❶多年生草本植物，鱗莖呈球形，白色或淺紅色。花呈漏斗形，白色，供觀賞。鱗莖供食用，中醫入藥。❷這種植物的鱗莖。

【百花齊放】bǎi huā qí fàng ㄅㄞˇ ㄏㄨㄚ ㄑㄧˊ ㄈㄤˋ ❶比喻不同形式和風格的各種藝術作品自由發展。❷形容藝術界的繁榮景象。

【百花齊放，百家爭鳴】bǎi huā qí fàng,bǎi jiā zhēng míng ㄅㄞˇ ㄏㄨㄚ ㄑㄧˊ ㄈㄤˋ,ㄅㄞˇ ㄐㄧㄚ ㄓㄥ ㄇㄧㄥˊ 1956年中國共產黨提出的促進藝術發展、科學進步和社會主義文化繁榮的方針。提倡在黨的領導下，藝術上不同的形式和風格可以自由發展，科學上不同的學派可以自由爭論。

【百貨】bǎihuò ㄅㄞˇ ㄏㄨㄛˋ 以衣着、器皿和日用品為主的商品的總稱：日用百貨｜百貨公司。

【百家爭鳴】bǎi jiā zhēng míng ㄅㄞˇ ㄐㄧㄚ ㄓㄥ ㄇㄧㄥˊ ❶春秋戰國時代，社會處於大變革時期，產生了各種思想流派，如儒、法、道、墨等，他們著書講學，互相論戰，出現了學術上的繁榮景象，後世稱為百家爭鳴。❷見〖百花齊放，百家爭鳴〗。

【百科全書】bǎikē quánshū ㄅㄞˇ ㄎㄜ ㄑㄩㄢˊ ㄕㄨ 比較全面系統地介紹文化科學知識的大型工具書，收錄各種專門名詞和術語，按詞典形式分條編排，解說詳細。也有專科的百科全書，如醫學百科全書、農業百科全書等。

【百孔千瘡】bǎi kǒng qiān chuāng ㄅㄞˇ ㄎㄨㄥˇ ㄑㄧㄢ ㄔㄨㄤ 比喻破壞得很嚴重或弊病很多。

【百口莫辯】bǎi kǒu mò biàn ㄅㄞˇ ㄎㄡˇ ㄇㄛˋ ㄅㄧㄢˋ 即使有一百張嘴也辯解不清。形容事情無法說清楚(多用於受冤屈、被懷疑等情況)。

【百裏挑一】bǎi lǐ tiāo yī ㄅㄞˇ ㄌㄧˇ ㄊㄧㄠ ㄧ 一百個裏挑選出一個。形容十分出眾。

【百煉成鋼】bǎi liàn chéng gāng ㄅㄞˇ ㄌㄧㄢˋ ㄔㄥˊ ㄍㄤ 比喻久經鍛煉，變得非常堅強。

【百靈】bǎilíng ㄅㄞˇ ㄌㄧㄥˊ 鳥，比麻雀大，羽毛茶褐色，有白色斑點。飛得很高，能發出多種叫聲，吃害蟲，對農業有益。

【百衲本】bǎinàběn ㄅㄞˇ ㄋㄚˋ ㄅㄣˇ 用許多不同的版本彙集而印成的書籍，如百衲本《二十四史》。

【百衲衣】bǎinàyī ㄅㄞˇ ㄋㄚˋ ㄧ ❶袈裟，因用許多長方形小塊布片拼綴製成而得名。❷泛指補丁很多的衣服。

【百年】bǎinián ㄅㄞˇ ㄋㄧㄢˊ ❶指很多年或很長時期：百年大業｜百年不遇。❷人的一生；終身：百年好合(新婚頌詞)｜百年之後(婉辭，指死亡)。

【百年不遇】bǎi nián bù yù ㄅㄞˇ ㄋㄧㄢˊ ㄅㄨˋ ㄩˋ 一百年也碰不到。形容很少見到或很少出現。

【百年大計】bǎinián dàjì ㄅㄞˇ ㄋㄧㄢˊ ㄉㄚˋ ㄐㄧˋ 關係到長遠利益的計劃或措施：百年大計，質量第一。

【百日咳】bǎirìké ㄅㄞˇ ㄖˋ ㄎㄜˊ 傳染病，由百日咳桿菌侵入呼吸道引起，患者多為十歲以下兒童。症狀是陣發性的連續咳嗽，咳嗽後長吸氣，發出特殊的哮喘聲。

【百日維新】bǎi rì wéixīn ㄅㄞˇ ㄖˋ ㄨㄟˊ ㄒㄧㄣ 戊戌變法由頒佈新法到變法失敗，歷時一百零三天，舊稱百日維新。參看1213頁〖戊戌變法〗。

【百十】bǎishí ㄅㄞˇ ㄕˊ 指一百左右的大概數目：百十個人｜百十來年｜百十畝地。

【百世】bǎishì ㄅㄞˇ ㄕˋ 很多世代：流芳百世。

【百事通】bǎishìtōng ㄅㄞˇ ㄕˋ ㄊㄨㄥ 萬事通。

【百思不解】bǎi sībù jiě ㄅㄞˇ ㄙ ㄅㄨˋ ㄐㄧㄝˇ 反復思索，仍然不能理解。也說百思不得其解。

【百萬】bǎiwàn ㄅㄞˇ ㄨㄢˋ 一百萬，泛指數目巨大：百萬雄師｜百萬富翁。

【百聞不如一見】bǎi wén bù rú yī jiàn ㄅㄞˇ ㄨㄣˊ ㄅㄨˋ ㄖㄨˊ ㄧ ㄐㄧㄢˋ 聽到一百次也不如見到一次，表示親眼看到的遠比聽人家說的更為確切可靠。

【百無禁忌】bǎi wú jìnjì ㄅㄞˇ ㄨˊ ㄐㄧㄣˋ ㄐㄧˋ 甚麼都不忌諱。

【百無聊賴】bǎi wú liáolài ㄅㄞˇ ㄨˊ ㄌㄧㄠˊ ㄌㄞˋ 精神無所依託，感到非常無聊。

【百無一失】bǎi wú yī shī ㄅㄞˇ ㄨˊ ㄧ ㄕ 形容絕對不會出差錯。

【百無一是】bǎi wú yī shì ㄅㄞˇ ㄨˊ ㄧ ㄕˋ 沒有一點對的地方：孩子有錯，應該批評教育，但不應把孩子說得百無一是。

【百物】bǎiwù ㄅㄞˇ ㄨˋ 各種物品：百物昂貴。

【百響】bǎixiǎng ㄅㄞˇ ㄒㄧㄤˇ 〈方〉一百個爆竹編成的鞭炮，有時泛指鞭炮。

【百姓】bǎixìng ㄅㄞˇ ㄒㄧㄥˋ 人民(區別於'官吏')：平民百姓。

【百業】bǎiyè ㄅㄞˇ ㄧㄝˋ 各種行業：百業蕭條。

【百葉】bǎiyè ㄅㄞˇ ㄧㄝˋ 〈方〉❶千張。❷(百葉兒)牛羊等反芻類動物的胃，做食品時叫百葉兒。

【百葉窗】bǎiyèchuāng ㄅㄞˇ ㄧㄝˋ ㄔㄨㄤ ❶窗扇的一種，用許多橫板條製成，橫板條之間有空隙，既可以遮光擋雨，又可以通風。❷機械設備中像百葉窗的裝置。

【百葉箱】bǎiyèxiāng ㄅㄞˇ ㄧㄝˋ ㄒㄧㄤ 放在室外、裝有測量空氣溫度或濕度的儀器的白色木箱，四周有百葉窗，既可以使儀器不受輻射、降水和強風的影響，又可以讓空氣自由流通。

【百戰不殆】bǎi zhàn bù dài ㄅㄞˇ ㄓㄢˋ ㄅㄨˋ ㄉㄞˋ 多次打仗都不失敗(殆：危險)。

【百折不撓】bǎi zhé bù náo ㄅㄞˇ ㄓㄜˊ ㄅㄨˋ ㄋㄠˊ 無論受多少挫折都不退縮，形容意志堅強。也說百折不回。

【百足之蟲，死而不僵】bǎi zú zhī chóng,sǐ ér bù jiāng ㄅㄞˇ ㄗㄨˊ ㄓ ㄔㄨㄥˊ,ㄙˇ ㄦˊ ㄅㄨˋ ㄐㄧㄤ 原指馬陸這種蟲子被切斷致死後仍然蠕動的現象(《本草綱目·馬陸》：弘景曰：'此蟲甚多，寸寸斷之，亦便寸行。故《魯連子》云："百足之蟲，死而不僵"')。現用來比喻人或集團雖已失敗，但其勢力和影響依然存在(多含貶義)。

伯 bǎi ㄅㄞˇ 見210頁〖大伯子〗。
另見87頁 bó。

佰 bǎi ㄅㄞˇ '百'的大寫。

柏(栢) bǎi ㄅㄞˇ ❶柏樹，常綠喬木，葉鱗片狀，果實為球果。可用來造防風林。木材質地堅硬，用來做建築材料。❷(Bǎi)姓。
另見87頁 bó；90頁 bò。

【柏油】bǎiyóu ㄅㄞˇ ㄧㄡˊ 瀝青的通稱。

捭 bǎi ㄅㄞˇ 〈書〉分開：捭闔。

【捭闔】bǎihé ㄅㄞˇ ㄏㄜˊ 〈書〉開合，指運用手段使聯合或分化：縱橫捭闔｜捭闔之術。

擺[1](摆) bǎi ㄅㄞˇ ❶安放；排列：把東西擺好｜河邊一字兒擺開十幾條漁船｜書架上擺着各種工具書。❷顯示；炫耀：擺闊｜擺威風。❸搖動；搖擺：他向我直擺手。❹懸挂在細綫上的能做往復運動的重錘的裝置。擺的長度不變且振幅不太大時，運動的週期恒等。❺鐘錶或精密儀器上用來控制擺動頻率的機械裝置。❻說；談；陳述：擺事實，講道理｜大家都把意見擺出來。

擺[2](摆) bǎi ㄅㄞˇ 傣族地區佛教儀式或慶豐收、物資交流、文藝會演等群眾性活動的集會。[傣]
另見27頁 bǎi'襬'。

【擺佈】bǎi·bu ㄅㄞˇ ·ㄅㄨ ❶安排；佈置：這間屋子擺佈得十分雅致。❷操縱；支配(別人行動)：任人擺佈｜隨意擺佈人。

【擺盪】bǎidàng ㄅㄞˇ ㄉㄤˋ 搖晃動盪；擺動：風起浪涌，船身擺盪｜柳枝隨風擺盪。

【擺動】bǎidòng ㄅㄞˇ ㄉㄨㄥˋ 來回搖動；搖擺：樹枝兒迎風擺動｜鐘擺不停地擺動。

【擺渡】bǎi∥dù ㄅㄞˇ∥ㄉㄨˋ ❶用船運載過河：先擺渡物資，後擺渡人。❷乘船過河：會游泳的游泳過去，不會游泳的擺渡過去。

【擺渡】bǎidù ㄅㄞˇ ㄉㄨˋ 擺渡的船；渡船。

【擺份兒】bǎi∥fènr ㄅㄞˇ∥ㄈㄣㄦˋ 〈方〉講究排場，顯示身份；擺架子。

【擺好】bǎi∥hǎo ㄅㄞˇ∥ㄏㄠˇ 數說優點、長處：評功擺好。

【擺劃】bǎi·hua ㄅㄞˇ ·ㄏㄨㄚ 〈方〉❶反復擺弄：你別瞎擺劃！❷處理；安排：這件事真不好擺劃。❸整治；修理：擺劃好了，就能把這些廢渣變成寶貝｜這個收音機讓他擺劃好了。

【擺架子】bǎi jià·zi ㄅㄞˇ ㄐㄧㄚˋ ·ㄗ 指自高自大，為顯示身份而裝腔作勢。

【擺件】bǎijiàn ㄅㄞˇ ㄐㄧㄢˋ 用作擺設的工藝品：案頭擺件｜金銀擺件。

【擺款兒】bǎi∥kuǎnr ㄅㄞˇ∥ㄎㄨㄢㄦˇ 擺架子。

【擺闊】bǎi∥kuò ㄅㄞˇ∥ㄎㄨㄛˋ 講究排場，顯示闊氣：就是經濟寬裕，也不應擺闊。

【擺擂台】bǎi lèitái ㄅㄞˇ ㄌㄟˋ ㄊㄞˊ 搭起擂台招人來比武。現比喻歡迎人來應戰或參加競賽。也說擺擂。

【擺列】bǎiliè ㄅㄞˇ ㄌㄧㄝˋ 擺放；陳列：展品擺列有序。

【擺龍門陣】bǎi lóngménzhèn ㄅㄞˇ ㄌㄨㄥˊ ㄇㄣˊ ㄓㄣˋ 〈方〉談天或講故事。

【擺輪】bǎilún ㄅㄞˇ ㄌㄨㄣˊ 鐘錶內等時運動系統中的主要元件。外為圓環，中有輪輻。也叫擺盤。

【擺門面】bǎi mén·miàn ㄅㄞˇ ㄇㄣˊ ·ㄇㄧㄢˋ 講究排場，粉飾外表。

【擺弄】bǎinòng ㄅㄞˇ ㄋㄨㄥˋ ❶反復撥動或移動②：一個戰士正在那裏擺弄槍栓。❷擺佈；玩弄：受人擺弄。❸〈方〉做某項工作：擺弄牲口，他是行家｜擺弄文字，我可不行。

【擺平】bǎi//píng ㄅㄞˇ//ㄆㄧㄥˊ ❶放平，比喻公平處理或使各方面平衡：擺平關係｜兩邊要擺平。❷〈方〉懲治；收拾。

【擺譜兒】bǎi//pǔr ㄅㄞˇ//ㄆㄨㄦˇ 〈方〉❶擺門面：辦事要節約，不要擺譜兒。❷擺架子：他當了官好擺個譜兒。

【擺設】bǎishè ㄅㄞˇ ㄕㄜˋ 把物品（多指藝術品）按照審美觀點安放：屋子裏擺設得很整齊。

【擺設】bǎi·she ㄅㄞˇ·ㄕㄜ ❶（擺設兒）擺設的東西（多指供欣賞的藝術品）：小擺設｜會客室裏的擺設十分雅致。❷指徒有其表而無實際用處的東西：書是供人讀的，不是拿來當擺設的。

【擺手】bǎi//shǒu ㄅㄞˇ//ㄕㄡˇ ❶搖手：他連忙擺手，叫大家不要笑。❷招手：他倆在路上見了沒有說話，只擺了下手。

【擺攤子】bǎi tān·zi ㄅㄞˇ ㄊㄢ ·ㄗ ❶在路旁或市場中陳列貨物出售。❷把東西擺開（做開展工作的準備）。❸比喻鋪張（含貶義）：不要擺攤子，追求形式。‖也說擺攤兒。

【擺脫】bǎituō ㄅㄞˇ ㄊㄨㄛ 脫離（牽制、束縛、困難、不良的情況等）：擺脫困境｜擺脫苦惱｜擺脫落後狀態｜擺脫壞人的跟踪。

【擺治】bǎi·zhì ㄅㄞˇ·ㄓ 〈方〉❶整治；侍弄：這塊地他擺治得不錯｜小馬駒病了，他擺治了一夜。❷折磨；整治：他把我擺治得好苦。❸擺佈；操縱：他既然上了圈套，就不得不聽人家擺治。

【擺鐘】bǎizhōng ㄅㄞˇ ㄓㄨㄥ 時鐘的一種，用擺錘控制其他機件，使鐘走得快慢均勻，一般能報點。

【擺軸】bǎizhóu ㄅㄞˇ ㄓㄡˊ 擺輪的主軸，是鐘錶的主要零件之一，用優質鋼加工製成。也叫天心、擺桿。

【擺桌】bǎi//zhuō ㄅㄞˇ//ㄓㄨㄛ 指擺酒席；宴請。

【擺子】bǎi·zi ㄅㄞˇ·ㄗ 〈方〉瘧疾：打擺子。

襬（捭、擺） bǎi ㄅㄞˇ 長袍、上衣、襯衫等的最下端部分：衣襬｜下襬｜前襬｜襬寬。

'擺'另見26頁 bǎi。

bài（ㄅㄞˋ）

拜 bài ㄅㄞˋ ❶一種表示敬意的禮節：回拜｜叩拜。❷見面行禮表示祝賀：拜年｜拜壽。❸拜訪：新搬來的張同志拜街坊來了。❹用一定的禮節授與某種名位或官職：拜相｜拜將。❺結成某種關係：拜師｜拜把子。❻敬辭，用於人事往來：拜託｜拜領（收下贈品）｜拜讀大作。❼（Bài）姓。

【拜把子】bài bǎ·zi ㄅㄞˋ ㄅㄚˇ·ㄗ 朋友結為兄弟。

【拜拜】bài·bai ㄅㄞˋ·ㄅㄞ ❶舊時指婦女行禮，就是萬福。❷〈方〉指在節日或佛的誕辰日舉行迎神賽會，宴請親朋。

【拜懺】bài//chàn ㄅㄞˋ//ㄔㄢˋ 僧道唸經禮拜，代人懺悔消災。

【拜辭】bàicí ㄅㄞˋ ㄘˊ 敬辭，告別：臨行匆匆，未及拜辭，請原諒。

【拜倒】bàidǎo ㄅㄞˋ ㄉㄠˇ 跪下行禮，比喻崇拜或屈服（多含貶義）。

【拜讀】bàidú ㄅㄞˋ ㄉㄨˊ 敬辭，閱讀：拜讀大作，獲益不淺。

【拜訪】bàifǎng ㄅㄞˋ ㄈㄤˇ 敬辭，訪問：拜訪親友。

【拜佛】bài//fó ㄅㄞˋ//ㄈㄛˊ 向佛像行禮：燒香拜佛。

【拜服】bàifú ㄅㄞˋ ㄈㄨˊ 敬辭，佩服：他的博聞強識，令人拜服。

【拜賀】bàihè ㄅㄞˋ ㄏㄜˋ 敬辭，祝賀：拜賀新年。

【拜會】bàihuì ㄅㄞˋ ㄏㄨㄟˋ 拜訪會見（今多用於外交上的正式訪問）。

【拜火教】Bàihuǒjiào ㄅㄞˋ ㄏㄨㄛˇ ㄐㄧㄠˋ 起源於古波斯的宗教，認為世界有光明和黑暗（善和惡）兩種神，把火當做光明的象徵來崇拜。公元六世紀傳入中國，稱祆（xiān）教。

【拜見】bàijiàn ㄅㄞˋ ㄐㄧㄢˋ 拜會；會見（從客人方面說）：拜見尊長｜拜見恩師。

【拜節】bài//jié ㄅㄞˋ//ㄐㄧㄝˊ 向人祝賀節日。

【拜金】bàijīn ㄅㄞˋ ㄐㄧㄣ 崇拜金錢：拜金思想。

【拜客】bài//kè ㄅㄞˋ//ㄎㄜˋ 拜訪別人：出門拜客。

【拜盟】bài//méng ㄅㄞˋ//ㄇㄥˊ 拜把子。

【拜年】bài//nián ㄅㄞˋ//ㄋㄧㄢˊ 向人祝賀新年。

【拜認】bàirèn ㄅㄞˋ ㄖㄣˋ 舉行一定儀式認別人為義父、義母、師父等。

【拜掃】bàisǎo ㄅㄞˋ ㄙㄠˇ 在墓前祭奠；掃墓：拜掃烈士墓。

【拜師】bài//shī ㄅㄞˋ//ㄕ 認老師；認師傅：拜師學藝｜我願拜他為師。

【拜識】bàishí ㄅㄞˋ ㄕˊ 敬辭，結識：拜識尊顏｜聞名已久，無緣拜識。

【拜壽】bài//shòu ㄅㄞˋ//ㄕㄡˋ 祝賀壽辰。

【拜堂】bài//táng ㄅㄞˋ//ㄊㄤˊ 舊式婚禮，新郎新娘一起舉行參拜天地的儀式，也指參拜天地後拜見父母公婆。也叫拜天地。

【拜天地】bài tiāndì ㄅㄞˋ ㄊㄧㄢ ㄉㄧˋ 拜堂。

【拜託】bàituō ㄅㄞˋ ㄊㄨㄛ 敬辭，託人辦事：有一封信，拜託您帶給他。

【拜望】bàiwàng ㄅㄞˋ ㄨㄤˋ 敬辭，探望：拜望師母。

【拜物教】bàiwùjiào ㄅㄞˋ ㄨˋ ㄐㄧㄠˋ ❶原始宗教的一種形式，把某些東西（如石頭、樹木、弓箭等）當做神靈崇拜，無一定的組織形式。❷比喻對某種事物的迷信：商品拜物教。

【拜謝】bàixiè ㄅㄞˋ ㄒㄧㄝˋ 行禮表示感謝：登門拜謝。

【拜謁】bàiyè ㄅㄞˋ ㄧㄝˋ ❶拜見：專誠拜謁。❷瞻仰(陵墓、碑碣)：拜謁黃帝陵。

唄(呗) bài ㄅㄞˋ 見320頁〖梵唄〗(fànbài)。
　另見52頁 ·bei。

敗(败) bài ㄅㄞˋ ❶在戰爭或競賽中失敗(跟'勝'相對)：戰敗國｜立於不敗之地｜勝敗乃兵家常事｜甲隊以二比三敗於乙隊。❷使失敗；打敗(敵人或對手)：大敗侵略軍。❸(事情)失敗(跟'成'相對)：功敗垂成｜不計成敗。❹毀壞；搞壞(事情)：身敗名裂｜傷風敗俗｜成事不足，敗事有餘。❺解除；消除：敗毒｜敗火。❻破舊；敗落；腐爛；凋謝：敗絮｜敗肉｜敗葉｜開不敗的花朵。❼使敗落：敗家。

【敗北】bàiběi ㄅㄞˋ ㄅㄟˇ 打敗仗('北'本來是二人相背的意思，因此軍隊打敗仗背向敵人逃跑叫敗北)：身經百戰，未嘗敗北◇客隊決賽中以二比三敗北。

【敗筆】bàibǐ ㄅㄞˋ ㄅㄧˇ 寫字寫得不好的一筆；繪畫中畫得不好的部分；詩文中寫得不好的詞句。

【敗兵】bàibīng ㄅㄞˋ ㄅㄧㄥ 打了敗仗的兵；打敗仗潰散的兵。

【敗草】bàicǎo ㄅㄞˋ ㄘㄠˇ 枯萎的草：敗草殘花。

【敗壞】bàihuài ㄅㄞˋ ㄏㄨㄞˋ ❶損害；破壞(名譽、風氣等)：敗壞門風｜敗壞聲譽｜敗壞紀律。❷(道德、紀律等)極壞：道德敗壞｜紀律敗壞。

【敗火】bài∥huǒ ㄅㄞˋ∥ㄏㄨㄛˇ 中醫指清熱、涼血、解毒等：敗火藥｜綠豆湯能清心敗火。

【敗績】bàijì ㄅㄞˋ ㄐㄧˋ 〈書〉在戰爭中被打敗。

【敗家】bài∥jiā ㄅㄞˋ∥ㄐㄧㄚ 使家業敗落：由投機起家的，也會因投機而敗家。

【敗家子】bàijiāzǐ ㄅㄞˋ ㄐㄧㄚ ㄗˇ (敗家子兒)不務正業、揮霍家產的子弟。現常用來比喻揮霍浪費集體或國家財產的人。

【敗將】bàijiàng ㄅㄞˋ ㄐㄧㄤˋ 打了敗仗的將領，多用來指比試中比輸的一方：手下敗將。

【敗局】bàijú ㄅㄞˋ ㄐㄩˊ 失敗的局勢：挽回敗局。

【敗軍】bàijūn ㄅㄞˋ ㄐㄩㄣ ❶使軍隊打敗仗：敗軍亡國。❷打了敗仗的軍隊：敗軍之將。

【敗類】bàilèi ㄅㄞˋ ㄌㄟˋ 集體中的墮落或變節分子：無恥敗類｜民族敗類。

【敗露】bàilù ㄅㄞˋ ㄌㄨˋ (隱蔽的事)被人發覺：陰謀敗露｜事情敗露，無法隱瞞了。

【敗落】bàiluò ㄅㄞˋ ㄌㄨㄛˋ 由盛而衰；破落；衰落：家道敗落｜半山坡有一座敗落的古廟。

【敗訴】bàisù ㄅㄞˋ ㄙㄨˋ 訴訟中當事人的一方受到不利的判決。

【敗退】bàituì ㄅㄞˋ ㄊㄨㄟˋ 戰敗而退卻：節節敗退。

【敗亡】bàiwáng ㄅㄞˋ ㄨㄤˊ 失敗而滅亡。

【敗胃】bàiwèi ㄅㄞˋ ㄨㄟˋ 傷害胃使胃口變壞：這東西吃多了敗胃。

【敗謝】bàixiè ㄅㄞˋ ㄒㄧㄝˋ 凋謝◇青春常在，永不敗謝。

【敗興】bài∥xìng ㄅㄞˋ∥ㄒㄧㄥˋ ❶因遇到不如意的事而情緒低落；掃興：乘興而來，敗興而歸。❷〈方〉晦氣；倒霉。

【敗絮】bàixù ㄅㄞˋ ㄒㄩˋ 破棉絮：金玉其外，敗絮其中(比喻外表很好，實質很糟)。

【敗血症】bàixuèzhèng ㄅㄞˋ ㄒㄩㄝˋ ㄓㄥˋ 病，由球菌、桿菌等侵入血液而引起。症狀是寒戰，發燒，皮膚和黏膜有出血點，脾臟腫大。

【敗葉】bàiyè ㄅㄞˋ ㄧㄝˋ 乾枯凋落的葉子：枯枝敗葉。

【敗仗】bàizhàng ㄅㄞˋ ㄓㄤˋ 失利的戰役或戰鬥：打敗仗｜吃了一個大敗仗。

【敗陣】bài∥zhèn ㄅㄞˋ∥ㄓㄣˋ 在陣地上被打敗：敗陣而逃｜敗下陣來◇甲隊最後以二比三敗陣。

【敗子】bàizǐ ㄅㄞˋ ㄗˇ 敗家子：敗子回頭(敗家子覺悟悔改)。

稗 bài ㄅㄞˋ ❶稗子。❷〈書〉比喻微小、瑣碎的：稗史。

【稗官野史】bàiguān yěshǐ ㄅㄞˋ ㄍㄨㄢ ㄧㄝˇ ㄕˇ 稗官，古代的小官，專給帝王述説街談巷議、風俗故事，後來稱小説為稗官，泛稱記載逸聞瑣事的文字為稗官野史。

【稗子】bài·zi ㄅㄞˋ ·ㄗ ❶一年生草本植物，葉子像稻，果實像黍米。是稻田害草。但果實可以釀酒或做飼料，有時也當做一種作物來栽培。❷這種植物的果實。

韛(𬂩) bài ㄅㄞˋ 〈方〉風箱：風韛｜韛拐子(風箱的拉手)。

·bai (·ㄅㄞ)

㖵 ·bai ·ㄅㄞ 助詞，同'唄'(·bei)。

bān (ㄅㄢ)

扳 bān ㄅㄢ ❶使位置固定的東西改變方向或轉動：扳閘｜扳槍栓｜扳着指頭算天數。❷把輸掉的贏回來：扳本｜客隊經過苦戰，扳回一球，踢成平局。
　另見860頁 pān。

【扳本】bān∥běn ㄅㄢ∥ㄅㄣˇ 〈方〉(扳本兒)翻本。

【扳不倒兒】bānbùdǎor ㄅㄢ ㄅㄨˋ ㄉㄠㄦˇ 不倒翁。

【扳道】bān//dào ㄅㄢ//ㄉㄠˋ 扳動道岔使列車由一組軌道轉到另一組軌道上：扳道工。

【扳機】bānjī ㄅㄢ ㄐㄧ 槍上的機件，射擊時用手扳動它使槍彈射出。

【扳手】bān·shou ㄅㄢ ·ㄕㄡ ❶擰緊或鬆開螺絲、螺母等的工具。也叫扳子。❷器具上用手扳動的部分。

【扳指兒】bān·zhir ㄅㄢ ·ㄓㄦ 戴在拇指上的玉石指環，本來是射箭時戴，後來用做裝飾品。

【扳子】bān·zi ㄅㄢ ·ㄗ 扳手①。

攽 bān ㄅㄢ 〈書〉發給；分給。

班 bān ㄅㄢ ❶為了工作或學習等目的而編成的組織：大班｜作業班｜進修班。❷(班兒)指一天之內的一段工作時間：上班｜晚班兒｜值班｜日夜三班。❸軍隊編制的基層單位。❹(班兒)戲班，舊時也用於劇團的名稱：班規｜搭班｜三慶班。❺量詞。a)用於人群：這班姑娘真有幹勁。b)用於定時開行的交通運輸工具：你搭下一班飛機走吧｜公共汽車每隔四分鐘就有一班。❻按排定的時間開行的：班車｜班機。❼調回或調動(軍隊)：班師。❽(Bān)姓。

【班白】bānbái ㄅㄢ ㄅㄞˊ 同'斑白'。

【班輩】bānbèi ㄅㄢ ㄅㄟˋ (班輩兒)行輩：古稀之年的人，班輩不會小的。

【班駁】bānbó ㄅㄢ ㄅㄛˊ 同'斑駁'。

【班車】bānchē ㄅㄢ ㄔㄜ 有固定的路綫並按排定的時間開行的車輛，多指機關、團體專用的。

【班次】bāncì ㄅㄢ ㄘˋ ❶(學校)班級的次序。❷定時往來的交通運輸工具開行的次數：增加公共汽車班次。

【班底】bāndǐ ㄅㄢ ㄉㄧˇ (班底兒)❶舊時指戲班中主要演員以外的其他演員。也叫底包。❷泛指一個組織中的基本成員。

【班房】bānfáng ㄅㄢ ㄈㄤˊ ❶舊時衙門裏衙役當班的地方。也指衙役。❷監獄或拘留所的俗稱。

【班機】bānjī ㄅㄢ ㄐㄧ 有固定的航綫並按排定的時間起飛的飛機。

【班級】bānjí ㄅㄢ ㄐㄧˊ 學校裏的年級和班的總稱。

【班輪】bānlún ㄅㄢ ㄌㄨㄣˊ 有固定的航綫並按排定的時間起航的輪船。

【班門弄斧】Bān mén nòng fǔ ㄅㄢ ㄇㄣˊ ㄋㄨㄥˋ ㄈㄨˇ 在魯班(古代有名的木匠)門前擺弄斧子，比喻在行家面前賣弄本領。

【班配】bānpèi ㄅㄢ ㄆㄟˋ 般配。

【班期】bānqī ㄅㄢ ㄑㄧ ❶定期往返的輪船、飛機等開航的時間：客運班期。❷郵局投遞信件等的固定日期。

【班師】bānshī ㄅㄢ ㄕ 〈書〉調回出去打仗的軍隊，也指出征的軍隊勝利歸來。

【班主】bānzhǔ ㄅㄢ ㄓㄨˇ 舊時戲班的主持人。

【班主任】bānzhǔrèn ㄅㄢ ㄓㄨˇ ㄖㄣˋ 學校中負責一班學生的思想工作、集體活動等的教師或幹部。

【班子】bān·zi ㄅㄢ ·ㄗ ❶劇團的舊稱。❷泛指為執行一定任務而成立的組織：領導班子｜生產班子。

【班組】bānzǔ ㄅㄢ ㄗㄨˇ 企業中根據工作需要組成的較小的基層單位：班組會｜優秀班組。

般¹ bān ㄅㄢ 種；樣：這般｜百般安慰｜十八般武藝｜暴風雨般的掌聲。

般² bān ㄅㄢ 同'搬'。

另見86頁 bō；860頁 pán。

【般配】bānpèi ㄅㄢ ㄆㄟˋ 結親的雙方相稱(chèn)。也指人的身份跟衣着、住所等相稱。

斑 bān ㄅㄢ ❶斑點或斑紋：紅斑｜黑斑｜雀斑｜斑痕。❷有斑點或斑紋的：斑馬｜斑鳩｜斑竹。

【斑白】bānbái ㄅㄢ ㄅㄞˊ 〈書〉(鬚髮)花白：兩鬢斑白。也作班白、頒白。

【斑斑】bānbān ㄅㄢ ㄅㄢ 形容斑點很多：血迹斑斑。

【斑駁】bānbó ㄅㄢ ㄅㄛˊ 一種顏色中雜有別種顏色，花花搭搭的：樹影斑駁。也作班駁。

【斑駁陸離】bānbó lùlí ㄅㄢ ㄅㄛˊ ㄌㄨˋ ㄌㄧˊ 形容色彩繁雜。

【斑點】bāndiǎn ㄅㄢ ㄉㄧㄢˇ 在一種顏色的物體表面上顯露出來的別種顏色的點子。

【斑痕】bānhén ㄅㄢ ㄏㄣˊ 在一種顏色上顯露出來的別種顏色的印子；痕迹：白襯衣上有鐵銹的斑痕。

【斑鳩】bānjiū ㄅㄢ ㄐㄧㄡ 鳥，身體灰褐色，頸後有白色或黃褐色斑點，嘴短，腳淡紅色。常成群在田野裏吃穀粒，對農作物有害。

【斑斕】bānlán ㄅㄢ ㄌㄢˊ 〈書〉燦爛多彩：五色斑斕｜斑斕的瑪瑙。

【斑馬】bānmǎ ㄅㄢ ㄇㄚˇ 哺乳動物，形狀像馬，全身的毛棕色和白色條紋相間，聽覺靈敏。產在非洲，是一種珍貴的觀賞動物。

【斑馬綫】bānmǎxiàn ㄅㄢ ㄇㄚˇ ㄒㄧㄢˋ 馬路上標示人行橫道的像斑馬身上的白色條紋的橫綫，多用油漆塗成。

【斑蝥】bānmáo ㄅㄢ ㄇㄠˊ 昆蟲，觸角呈鞭狀，腿細長，鞘翅上有黃黑色斑紋，成蟲危害大豆、棉花、茄子等農作物。可入藥。

【斑禿】bāntū ㄅㄢ ㄊㄨ 皮膚病，局部頭髮突然脫落，經過一定時期，能自然痊愈。俗稱鬼剃頭。

【斑紋】bānwén ㄅㄢ ㄨㄣˊ 在一種顏色的物體表面上顯露出來的別種顏色的條紋：斑馬身上有美麗的斑紋。

【斑竹】bānzhú ㄅㄢ ㄓㄨˊ 竹子的一種，莖上有紫褐色的斑點。莖可以製裝飾品、手杖、筆桿等。也叫湘妃竹。

搬(般) bān ㄅㄢ ❶移動物體的位置(多指笨重的或較大的)：搬磚｜搬運｜把保險櫃搬走◇把小說裏的故事搬到舞台上。❷遷移：搬家｜他早就搬走了。

【搬兵】bān//bīng ㄅㄢ//ㄅㄧㄥ 搬取救兵，多比喻請求援助或增加人力。

【搬家】bān//jiā ㄅㄢ//ㄐㄧㄚ ❶把家遷到別處去。❷泛指遷移地點或挪動位置：這家工廠去年已經搬家了。

【搬弄】bānnòng ㄅㄢ ㄋㄨㄥˋ ❶用手撥動：搬弄槍栓。❷賣弄；有意顯示：他總好搬弄自己的那點兒知識。❸挑撥：搬弄是非。

【搬弄是非】bānnòng shìfēi ㄅㄢ ㄋㄨㄥˋ ㄕˋ ㄈㄟ 把別人背後說的話傳來傳去，蓄意挑撥，或在別人背後亂加議論，引起糾紛。

【搬起石頭打自己的腳】bān qǐ shí·tou dǎ zìjǐ·de jiǎo ㄅㄢ ㄑㄧˇ ㄕˊ ·ㄊㄡ ㄉㄚˇ ㄗˋ ㄐㄧˇ ·ㄉㄜ ㄐㄧㄠˇ 比喻自作自受，自食惡果。

【搬遷】bānqiān ㄅㄢ ㄑㄧㄢ 遷移：搬遷戶｜搬遷新居。

【搬舌頭】bān shé·tou ㄅㄢ ㄕㄜˊ ·ㄊㄡ 〈方〉搬弄是非。

【搬演】bānyǎn ㄅㄢ ㄧㄢˇ 把往事或別處的事重演出來：搬演故事。

【搬移】bānyí ㄅㄢ ㄧˊ ❶搬動；移動：搬移傢具。❷搬遷：這家商店已搬移到東街去了。

【搬用】bānyòng ㄅㄢ ㄩㄥˋ 不顧實際情況，機械地採用(現成的規章、辦法等)：這些做法可以參考，不能機械搬用。

【搬運】bānyùn ㄅㄢ ㄩㄣˋ 把物品從一個地方運到另一個地方：搬運工｜搬運行李｜搬運貨物｜搬運彈藥。

頒(颁) bān ㄅㄢ 發佈；頒發：頒佈｜頒行｜頒獎。

【頒白】bānbái ㄅㄢ ㄅㄞˊ 同'斑白'。

【頒佈】bānbù ㄅㄢ ㄅㄨˋ 公佈：頒佈法令｜頒佈獎懲條例。

【頒發】bānfā ㄅㄢ ㄈㄚ ❶發佈(命令、指示、政策等)：條例自頒發之日起執行。❷授與(勳章、獎狀、證書等)：頒發獎章。

【頒獎】bān//jiǎng ㄅㄢ//ㄐㄧㄤˇ 頒發獎狀、獎杯或獎品等：向勞動模範頒獎。

媥〔媥〕 bān ㄅㄢ [媥斕](bānlán ㄅㄢ ㄌㄢˊ)同'斑斕'。

瘢 bān ㄅㄢ 瘡口或傷口好了之後留下的痕迹：刀瘢｜瘢痕。

【瘢痕】bānhén ㄅㄢ ㄏㄣˊ 瘢：傷口已愈，卻留下一道瘢痕。

癍 bān ㄅㄢ 皮膚上生斑點的病。

bǎn (ㄅㄢˇ)

坂(阪) bǎn ㄅㄢˇ 〈書〉山坡；斜坡：如丸走坂(比喻迅速)。

阪 bǎn ㄅㄢˇ ❶大阪：地名。在日本。❷同"坂"。

板 bǎn ㄅㄢˇ ❶(板兒)片狀的較硬的物體：木板｜鋼板｜玻璃板。❷(板兒)專指店鋪的門板：鋪子都上板兒了。❸黑板：板報｜板書。❹演奏民族音樂或戲曲時用來打拍子的樂器：檀板。❺(板兒)音樂和戲曲中的節拍：快板兒｜慢板｜走板。參看『板眼』。❻呆板：他們都那樣活潑，顯得我太板了。❼硬得像板子似的：地板了，鋤不下去。❽表情嚴肅：他板着臉不睬人。

另見31頁 bǎn'闆'。

【板板六十四】bǎnbǎn liùshísì ㄅㄢˇ ㄅㄢˇ ㄌㄧㄡˋ ㄕˊ ㄙˋ 〈方〉形容不知變通或不能通融。

【板報】bǎnbào ㄅㄢˇ ㄅㄠˋ 黑板報。

【板壁】bǎnbì ㄅㄢˇ ㄅㄧˋ 分隔房間的木板牆。

【板擦兒】bǎncār ㄅㄢˇ ㄘㄚㄦ 擦黑板的用具，一般是在小塊木板上加絨布或棕毛製成。

【板銼】bǎncuò ㄅㄢˇ ㄘㄨㄛˋ 橫剖面呈長方形的銼。也叫扁銼。

【板蕩】bǎndàng ㄅㄢˇ ㄉㄤˋ 〈書〉《詩經·大雅》有《板》、《蕩》兩篇，都是寫當時政治黑暗、人民痛苦的。後來用'板蕩'指政局混亂，社會動盪不安。

【板凳】bǎndèng ㄅㄢˇ ㄉㄥˋ (板凳兒)用木頭做成的一種凳子，多為長條形。

【板斧】bǎnfǔ ㄅㄢˇ ㄈㄨˇ 刃平而寬的大斧子。

【板鼓】bǎngǔ ㄅㄢˇ ㄍㄨˇ 打擊樂器，一面蒙牛皮，鼓框內膛呈喇叭形，上口徑約一寸，發音脆亮，是戲曲樂隊中的指揮樂器。

【板胡】bǎnhú ㄅㄢˇ ㄏㄨˊ 胡琴的一種，琴筒呈半球形，口上蒙着薄板。發音高亢。

【板結】bǎnjié ㄅㄢˇ ㄐㄧㄝˊ 土壤因缺乏有機質，結構不良，灌水或降雨後地面變硬，不利於農作物生長，叫做板結。

【板塊】bǎnkuài ㄅㄢˇ ㄎㄨㄞˋ 大地構造理論指由地質上的活動地帶劃分的岩石圈的構造單元。全球共分為六大板塊，即歐亞板塊、太平洋板塊、美洲板塊、非洲板塊、印度洋板塊和南極洲板塊。大板塊又可劃分成小板塊。

【板栗】bǎnlì ㄅㄢˇ ㄌㄧˋ 栗子。

【板上釘釘】bǎn shàng dìng dīng ㄅㄢˇ ㄕㄤˋ ㄉㄧㄥˋ ㄉㄧㄥ 比喻事情已定，不能變更。

【板式】bǎnshì ㄅㄢˇ ㄕˋ 戲曲唱腔的節拍形式，如京劇中的慢板、快板、二六、流水等。

【板實】bǎn·shi ㄅㄢˇ ·ㄕ 〈方〉❶(土壤)硬而結實：地板實，不長莊稼。❷(書皮、衣物等)平整挺括：衣服疊得很板實。❸(身體)硬朗壯實：老人身子骨還板實。

【板書】bǎnshū ㄅㄢˇ ㄕㄨ ❶在黑板上寫字：需要板書的地方，在備課時都作了記號。❷也指在黑板上寫的字：工整的板書。

【板刷】bǎnshuā ㄅㄢˇ ㄕㄨㄚ 毛比較粗硬的刷子，板面較寬，沒有柄，多用來刷洗布衣、鞋子等。

【板瓦】bǎnwǎ ㄅㄢˇ ㄨㄚˇ 瓦的一種，瓦面較寬，彎曲的程度較小。

【板鴨】bǎnyā ㄅㄢˇ ㄧㄚ 經鹽漬並壓成扁平狀後風乾了的鴨子。

【板牙】bǎnyá ㄅㄢˇ ㄧㄚˊ ❶〈方〉門牙。❷〈方〉臼齒。❸切削外螺紋的刀具。

【板烟】bǎnyān ㄅㄢˇ ㄧㄢ 壓成塊狀或片狀的烟絲。

【板眼】bǎnyǎn ㄅㄢˇ ㄧㄢˇ ❶民族音樂和戲曲中的節拍，每小節中最強的拍子叫板，其餘的拍子叫眼。如一板三眼(四拍子)、一板一眼(二拍子)。❷比喻條理和層次：他說話做事都很有板眼。❸〈方〉比喻辦法、主意等：在我們班裏，數他板眼多。

【板油】bǎnyóu ㄅㄢˇ ㄧㄡˊ 豬的體腔內壁上呈板狀的脂肪。

【板障】bǎnzhàng ㄅㄢˇ ㄓㄤˋ ❶練習翻越障礙物用的設備，是用木板做成的，像板壁一樣。❷〈方〉板壁。

【板正】bǎnzhèng ㄅㄢˇ ㄓㄥˋ ❶(形式)端正；整齊：本子裝訂得板板正正的。❷(態度、神情等)莊重認真。

【板滯】bǎnzhì ㄅㄢˇ ㄓˋ (文章、圖畫、神情等)呆板：兩眼板滯。

【板築】bǎnzhù ㄅㄢˇ ㄓㄨˋ 同'版築'。

【板子】bǎn·zi ㄅㄢˇ ·ㄗ ❶片狀的較硬的物體(多指木質的)。❷舊時拷打或施行體罰用的長條形的木板或竹片。

版 bǎn ㄅㄢˇ ❶上面有文字或圖形的供印刷用的底子，從前用木板，現在用金屬板：鋅版｜銅版｜排版｜製版。❷書籍排印一次為一版，一版可包括多次印刷：第一版｜再版。❸報紙的一面叫一版：頭版新聞。❹築土牆用的夾板：版築。

【版本】bǎnběn ㄅㄢˇ ㄅㄣˇ 同一部書因編輯、傳抄、刻版、排版或裝訂形式的不同而產生的不同的本子。

【版次】bǎncì ㄅㄢˇ ㄘˋ 圖書出版的先後次序。圖書第一次出版的叫'第一版'或'初版'，修訂後重排出版的叫'第二版'或'再版'，以下類推。

【版畫】bǎnhuà ㄅㄢˇ ㄏㄨㄚˋ 用刀子或化學藥品等在銅版、鋅版、木版、石版、麻膠版等版面上雕刻或蝕刻後印刷出來的圖畫。

【版籍】bǎnjí ㄅㄢˇ ㄐㄧˊ 〈書〉❶登記戶口、土地的簿冊。❷泛指領土、疆域。❸書籍。

【版刻】bǎnkè ㄅㄢˇ ㄎㄜˋ 文字或圖畫的木版雕刻。

【版口】bǎnkǒu ㄅㄢˇ ㄎㄡˇ 木板書書框的中縫。也叫版心或頁心。

【版面】bǎnmiàn ㄅㄢˇ ㄇㄧㄢˋ ❶書報雜誌上每一頁的整面。❷書報雜誌的每一面上文字圖畫的編排形式：版面設計。

【版納】bǎnnà ㄅㄢˇ ㄋㄚˋ 雲南西雙版納傣族自治州所屬的舊行政區劃單位，相當於縣。1960年版納改為縣，如版納景洪改稱景洪縣。

【版權】bǎnquán ㄅㄢˇ ㄑㄩㄢˊ 即著作權。出版單位可以根據出版合同在合同有效期內獲得作品的使用權。

【版權頁】bǎnquányè ㄅㄢˇ ㄑㄩㄢˊ ㄧㄝˋ 書刊上印着書刊名、著作者、出版者、發行者、版次、印刷年月、印數、定價等的一頁。

【版式】bǎnshì ㄅㄢˇ ㄕˋ 版面的格式。

【版稅】bǎnshuì ㄅㄢˇ ㄕㄨㄟˋ 出版者按照出售出版物所得收入的約定百分數付給作者的報酬。

【版圖】bǎntú ㄅㄢˇ ㄊㄨˊ 原指戶籍和地圖，今泛指國家的領土、疆域：我國版圖遼闊。

【版心】bǎnxīn ㄅㄢˇ ㄒㄧㄣ ❶書刊等每面排印文字、圖畫的部分。❷版口。

【版築】bǎnzhù ㄅㄢˇ ㄓㄨˋ 〈書〉築土牆用的夾板和杵(築土牆時，夾板中填入泥土，用杵夯實)。泛指土木營造的事情。也作板築。

舨 bǎn ㄅㄢˇ 見999頁[舢舨]。

鈑(钣) bǎn ㄅㄢˇ 金屬板材：鋁鈑｜鋼鈑。

蝂 bǎn ㄅㄢˇ 見363頁[蝜蝂]。

闆(板) bǎn ㄅㄢˇ 見688頁〖老闆〗。'板'另見30頁 bǎn。

bàn（ㄅㄢˋ）

半 bàn ㄅㄢˋ ❶二分之一；一半(沒有整數時用在量詞前，有整數時用在量詞後)：半尺｜一斤半｜半價｜過半｜一年半載。❷在…中間：半夜｜半路上｜半山腰｜半途而廢。❸比喻很少：一星半點。❹不完全：半成品｜半新的樓房｜房門半開着。

【半百】bànbǎi ㄅㄢˋ ㄅㄞˇ 五十(多指歲數)：年過半百。

【半…半…】bàn…bàn… ㄅㄢˋ…ㄅㄢˋ… 分別用在意義相反的兩個詞或詞素前面，表示相對的兩種性質或狀態同時存在：半文半白｜半真半假｜半信半疑｜半推半就。

【半半拉拉】bàn·banlālā ㄅㄢˋ ·ㄅㄢ ㄌㄚ ㄌㄚ 不完全；沒有全部完成的：工作做了個半半拉拉就扔下了。

【半輩子】bànbèi·zi ㄅㄢˋ ㄅㄟˋ ·ㄗ 指中年以前或

中年以後的生活時間：前(或上)半輩子｜後(或下)半輩子。

【半壁】bànbì ㄅㄢˋ ㄅㄧˋ 〈書〉半邊，特指半壁江山：江南半壁。

【半壁江山】bànbì jiāngshān ㄅㄢˋ ㄅㄧˋ ㄐㄧㄤ ㄕㄢ 指保存下來的或喪失掉的部分國土。

【半邊】bànbiān ㄅㄢˋ ㄅㄧㄢ ❶(半邊兒)指某一部分或某一方面：半邊身子｜這塊地的東半邊兒種玉米，西半邊兒種棉花｜這個蘋果半邊兒紅，半邊兒綠。❷〈方〉旁邊。

【半邊人】bànbiānrén ㄅㄢˋ ㄅㄧㄢ ㄖㄣˊ 〈方〉指寡婦。

【半邊天】bànbiāntiān ㄅㄢˋ ㄅㄧㄢ ㄊㄧㄢ ❶天空的一部分：晚霞映紅了半邊天。❷比喻新社會婦女的巨大力量能頂半邊天，也用來指新社會的婦女。

【半彪子】bànbiāo·zi ㄅㄢˋ ㄅㄧㄠ ·ㄗ 〈方〉不通事理，行事魯莽的人。

【半…不…】bàn…bù… ㄅㄢˋ…ㄅㄨˋ… 略同'半…半…'(多含厭惡意)：半明不暗｜半新不舊｜半生不熟｜半死不活。

【半成品】bànchéngpǐn ㄅㄢˋ ㄔㄥˊ ㄆㄧㄣˇ 加工製造過程未全部完成的產品。也叫半製品。

【半大】bàndà ㄅㄢˋ ㄉㄚˋ 形體介乎大小之間的：半大小子｜半大桌子。

【半大不小】bàn dà bù xiǎo ㄅㄢˋ ㄉㄚˋ ㄅㄨˋ ㄒㄧㄠˇ 指人未到成年但已不是兒童的年齡。

【半島】bàndǎo ㄅㄢˋ ㄉㄠˇ 三面臨水一面連接大陸的陸地，如我國的遼東半島、雷州半島等。

【半導體】bàndǎotǐ ㄅㄢˋ ㄉㄠˇ ㄊㄧˇ 導電能力介於導體和絕緣體之間的物質，如鍺、硅、硒和很多氧化物、硫化物等。這種物質具有單向導電等特性。

【半道兒】bàndàor ㄅㄢˋ ㄉㄠㄦˋ 半路：半道兒折回。

【半點】bàndiǎn ㄅㄢˋ ㄉㄧㄢˇ (半點兒)表示極少：一星半點兒｜知識的問題是一個科學問題，來不得半點的虛偽和驕傲。

【半吊子】bàndiào·zi ㄅㄢˋ ㄉㄧㄠˋ ·ㄗ ❶不通事理，說話隨便，舉止不沉着的人。❷知識不豐富或技術不熟練的人。❸做事不認真、有始無終的人。

【半封建】bànfēngjiàn ㄅㄢˋ ㄈㄥ ㄐㄧㄢˋ 封建國家遭受帝國主義經濟侵略後形成的一種社會形態，原來的封建經濟遭到破壞，資本主義有了一定的發展，但仍然保持着封建剝削制度。

【半瘋兒】bànfēngr ㄅㄢˋ ㄈㄥㄦ ❶患有輕微精神病的人。❷指言語行動顛倒、輕狂的人。‖也叫半瘋子。

【半規管】bànguīguǎn ㄅㄢˋ ㄍㄨㄟ ㄍㄨㄢˇ 內耳的一部分，由三個半圓形的管子構成，管內有淋巴液。有維持身體平衡狀態的作用。

【半價】bànjià ㄅㄢˋ ㄐㄧㄚˋ 原價的一半：半價出售。

【半截】bànjié ㄅㄢˋ ㄐㄧㄝˊ (半截兒)一件事物的一半；半段：半截粉筆｜話說了半截兒。

【半斤八兩】bàn jīn bā liǎng ㄅㄢˋ ㄐㄧㄣ ㄅㄚ ㄌㄧㄤˇ 舊制一斤合十六兩，半斤等於八兩。比喻彼此一樣，不相上下(多含貶義)。

【半徑】bànjìng ㄅㄢˋ ㄐㄧㄥˋ 連接圓心和圓周上任意一點的綫段叫做圓的半徑；連接球心和球面上任意一點的綫段叫做球的半徑。

【半開門兒】bànkāiménr ㄅㄢˋ ㄎㄞ ㄇㄣㄦˊ 〈方〉指暗娼。

【半空】[1] bànkōng ㄅㄢˋ ㄎㄨㄥ ❶癟；不充實：半空着肚子。❷〈方〉(半空兒)指較小的不飽滿的炒花生。

【半空】[2] bànkōng ㄅㄢˋ ㄎㄨㄥ 空中：柳絮在半空飄盪。也說半空中。

【半拉】bànlǎ ㄅㄢˋ ㄌㄚˇ 〈方〉半個：半拉饅頭｜半拉蘋果｜過了半拉月。

【半勞動力】bànláodònglì ㄅㄢˋ ㄌㄠˊ ㄉㄨㄥˋ ㄌㄧˋ 指體力較弱只能從事一般輕體力勞動的人(多就農業勞動而言)。也叫半勞力。

【半流體】bànliútǐ ㄅㄢˋ ㄌㄧㄡˊ ㄊㄧˇ 介乎固體和流體之間的物質，如生雞蛋的蛋白和蛋黃。

【半路】bànlù ㄅㄢˋ ㄌㄨˋ (半路兒)❶路程的一半或中間：走到半路，天就黑了。❷比喻事情正處在進行的過程中：他聽故事入了神，不願意半路走開。‖也說半道兒。

【半路出家】bànlù chūjiā ㄅㄢˋ ㄌㄨˋ ㄔㄨ ㄐㄧㄚ 比喻原先並不是從事這一工作的，後來才改行從事這一工作。

【半票】bànpiào ㄅㄢˋ ㄆㄧㄠˋ 半價的車票、門票等。

【半瓶醋】bànpíngcù ㄅㄢˋ ㄆㄧㄥˊ ㄘㄨˋ 比喻對某種知識或某種技術只略知一二的人。也說半瓶子醋。

【半晌】bànshǎng ㄅㄢˋ ㄕㄤˇ 〈方〉半天：前半晌｜後半晌｜他想了半晌才想起來。

【半身不遂】bàn shēn bù suí ㄅㄢˋ ㄕㄣ ㄅㄨˋ ㄙㄨㄟˊ 偏癱。

【半生】bànshēng ㄅㄢˋ ㄕㄥ 半輩子：前半生｜操勞半生｜半生戎馬。

【半生不熟】bàn shēng bù shú ㄅㄢˋ ㄕㄥ ㄅㄨˋ ㄕㄨˊ ❶(食物等)沒全熟：肉煮得半生不熟的，沒法吃。❷(半生不熟的)不熟習；不熟練：他試着用半生不熟的英語跟外賓談話。

【半世】bànshì ㄅㄢˋ ㄕˋ 半輩子。

【半衰期】bànshuāiqī ㄅㄢˋ ㄕㄨㄞ ㄑㄧ 放射性元素由於衰變而使原有量的一半成為其他元素所需的時間。放射性元素的半衰期長短差別很大，短的遠小於一秒，長的可達許多萬年。

【半死】bànsǐ ㄅㄢˋ ㄙˇ 形容受到的折磨、摧殘極深：打個半死｜氣得半死。

【半死不活】bàn sǐ bù huó ㄅㄢˋ ㄙˇ ㄅㄨˋ ㄏㄨㄛˊ 形容沒有精神，沒有生氣的樣子。

【半天】bàntiān ㄅㄢˋ ㄊㄧㄢ ❶白天的一半：前半天｜後半天。❷指相當長的一段時間；好久：等了半天，他才來。

【半途】bàntú ㄅㄢˋ ㄊㄨˊ 〈書〉半路。

【半途而廢】bàntú ér fèi ㄅㄢˋ ㄊㄨˊ ㄦˊ ㄈㄟˋ 做事情沒有完成而終止。

【半文盲】bànwénmáng ㄅㄢˋ ㄨㄣˊ ㄇㄤˊ 識字不多的成年人。

【半無產階級】bàn wúchǎn jiējí ㄅㄢˋ ㄨˊ ㄔㄢˇ ㄐㄧㄝ ㄐㄧˊ 只有極少的生產資料，需要出賣部分勞動力來維持生活的人。舊中國的絕大部分半自耕農、貧農、小手工業者、店員、小販都是半無產階級。

【半休】bànxiū ㄅㄢˋ ㄒㄧㄡ 指職工因病在一定時期內每日半天工作，半天休息：半休一週。

【半夜】bànyè ㄅㄢˋ ㄧㄝˋ ❶一夜的一半：前半夜｜後半夜｜上半夜｜下半夜。❷夜裏十二點鐘前後，也泛指深夜：深更半夜｜哥兒倆談到半夜。

【半夜三更】bànyè sāngēng ㄅㄢˋ ㄧㄝˋ ㄙㄢ ㄍㄥ 深夜：半夜三更的，別再大聲說話了。

【半音】bànyīn ㄅㄢˋ ㄧㄣ 把八度音劃分為十二個音，兩個相鄰的音之間的音程叫半音。

【半元音】bànyuányīn ㄅㄢˋ ㄩㄢˊ ㄧㄣ 語音學上指擦音中氣流較弱，摩擦較小，介於元音跟輔音之間的音，如普通話 yīn·wèi (因為) 中的 'y' 和 'w'。

【半圓】bànyuán ㄅㄢˋ ㄩㄢˊ ❶圓的直徑的兩個端點把圓周分成兩條弧，每一條弧叫做半圓。❷半圓 (弧) 和直徑所圍成的平面。

【半月刊】bànyuèkān ㄅㄢˋ ㄩㄝˋ ㄎㄢ 每半月出版一次的刊物。

【半殖民地】bànzhímíndì ㄅㄢˋ ㄓˊ ㄇㄧㄣˊ ㄉㄧˋ 指形式上獨立，但在政治、經濟、文化各方面受帝國主義控制和壓迫的國家。

【半製品】bànzhìpǐn ㄅㄢˋ ㄓˋ ㄆㄧㄣˇ 半成品。

【半中腰】bànzhōngyāo ㄅㄢˋ ㄓㄨㄥ ㄧㄠ 中間；半截：他的話說到半中腰就停住了。

【半子】bànzǐ ㄅㄢˋ ㄗˇ 〈書〉指女婿。

【半自動】bànzìdòng ㄅㄢˋ ㄗˋ ㄉㄨㄥˋ 部分不靠人工而由機器裝置操作的。

【半自耕農】bànzìgēngnóng ㄅㄢˋ ㄗˋ ㄍㄥ ㄋㄨㄥˊ 指耕種少量土地另需租種部分土地或出賣部分勞動力的農民。

扮 bàn ㄅㄢˋ ❶化裝成 (某種人物)：女扮男裝｜《逼上梁山》裏他扮林沖。❷面部表情裝成 (某種樣子)：扮鬼臉。

【扮鬼臉】bàn guǐliǎn ㄅㄢˋ ㄍㄨㄟˇ ㄌㄧㄢˇ 指臉上裝出怪樣子。

【扮戲】bàn∥xì ㄅㄢˋ∥ㄒㄧˋ ❶戲曲演員化裝。❷舊稱演戲。

【扮相】bànxiàng ㄅㄢˋ ㄒㄧㄤˋ ❶演員化裝成戲中人物後的外部形象：他的扮相和唱工都很好。❷泛指打扮成的模樣：我這副扮相能見客人嗎？

【扮演】bànyǎn ㄅㄢˋ ㄧㄢˇ 化裝成某種人物出場表演：她在《白毛女》裏扮演喜兒◇知識分子在民主革命中扮演了重要角色。

【扮裝】bànzhuāng ㄅㄢˋ ㄓㄨㄤ (演員) 化裝：扮裝吧，下一場就該你上場了。

伴 bàn ㄅㄢˋ ❶(伴兒) 同伴：搭個伴兒｜結伴同行｜讓我來跟你做個伴兒吧。❷陪伴；陪同：伴唱｜伴送。

【伴唱】bànchàng ㄅㄢˋ ㄔㄤˋ 從旁歌唱，配合表演。

【伴當】bàndāng ㄅㄢˋ ㄉㄤ 舊時指跟隨着做伴的僕人或夥伴。

【伴酒】bànjiǔ ㄅㄢˋ ㄐㄧㄡˇ 陪伴人喝酒 (多指在酒店或酒吧間裏)。

【伴郎】bànláng ㄅㄢˋ ㄌㄤˊ 男儐相。

【伴侶】bànlǚ ㄅㄢˋ ㄌㄩˇ 同在一起生活、工作或旅行的人：終身伴侶 (指夫妻)｜長途跋涉中，有他做伴侶，就不寂寞了。

【伴娘】bànniáng ㄅㄢˋ ㄋㄧㄤˊ 女儐相。

【伴生】bànshēng ㄅㄢˋ ㄕㄥ (次要的) 伴隨着主要的一起存在：伴生樹｜鈦、鉻、鈷等常與鐵礦伴生。

【伴宿】bànsù ㄅㄢˋ ㄙㄨˋ 〈方〉出殯的前一天的夜裏，親屬守靈不睡。

【伴隨】bànsuí ㄅㄢˋ ㄙㄨㄟˊ 隨同；跟：伴隨左右，不離寸步｜伴隨着生產的大發展，必將出現一個文化高潮。

【伴同】bàntóng ㄅㄢˋ ㄊㄨㄥˊ 陪同；一同：去年他曾伴同我到過這裏｜蒸發和溶解的過程常有溫度下降的現象伴同發生。

【伴舞】bànwǔ ㄅㄢˋ ㄨˇ ❶陪伴人跳舞：邀她去舞會上伴舞。❷從旁跳舞，配合演唱。

【伴星】bànxīng ㄅㄢˋ ㄒㄧㄥ 雙星中較暗的一顆，圍繞着主星旋轉。

【伴音】bànyīn ㄅㄢˋ ㄧㄣ 在電影和電視中配合圖像的聲音。也叫伴聲。

【伴遊】bànyóu ㄅㄢˋ ㄧㄡˊ ❶陪同遊覽或遊玩。❷指陪同遊覽或遊玩的人。

【伴奏】bànzòu ㄅㄢˋ ㄗㄡˋ 歌唱、跳舞或獨奏時用器樂配合。

坢 bàn ㄅㄢˋ 〈方〉糞肥：豬欄坢｜牛欄坢。

拌 bàn ㄅㄢˋ ❶攪和：給牲口拌草｜把種子用藥劑拌了再種。❷爭吵：拌嘴。

【拌和】bàn·huò ㄅㄢˋ ·ㄏㄨㄛ 攪拌：拌和飼料｜餃子餡要拌和勻了。

【拌蒜】bàn∥suàn ㄅㄢˋ∥ㄙㄨㄢˋ 〈方〉指走路時兩腳常常相碰，身體搖晃不穩：酒喝多了，走起路來兩腳直拌蒜。

【拌嘴】bàn∥zuǐ ㄅㄢˋ∥ㄗㄨㄟˇ 吵嘴：兩口子時常拌嘴｜拌了幾句嘴。

柈 bàn ㄅㄢˋ ［柈子］(bàn·zi ㄅㄢˋ·ㄗ)〈方〉大塊的劈柴。

湴 bàn ㄅㄢˋ 〈方〉爛泥。

絆(绊) bàn ㄅㄢˋ 擋住或纏住，使跌倒或使行走不方便：絆手絆腳｜絆了一跤。

【絆腳石】bànjiǎoshí ㄅㄢˋ ㄐㄧㄠˇ ㄕˊ 比喻阻礙前進的人或事物：驕傲是進步的絆腳石。

【絆馬索】bànmǎsuǒ ㄅㄢˋ ㄇㄚˇ ㄙㄨㄛˇ 設在暗處用來絆倒對方人馬的繩索。

【絆兒】bànr ㄅㄢㄦˋ 絆子①：他一使絆兒就把我摔倒了。

【絆手絆腳】bàn shǒu bàn jiǎo ㄅㄢˋ ㄕㄡˇ ㄅㄢˋ ㄐㄧㄠˇ 妨礙別人做事；礙手礙腳。

【絆子】bàn·zi ㄅㄢˋ·ㄗ ❶摔跤的一種着數，用一隻腿別着對方的腿使跌倒：使絆子。❷繫在牲畜腿上使不能快跑的短繩。

靽 bàn ㄅㄢˋ 〈書〉駕車時套在牲口後部的皮帶。

辦(办) bàn ㄅㄢˋ ❶辦理；處理；料理：辦事｜辦公｜辦交涉｜辦入學手續。❷創設；經營：辦工廠｜勤儉辦一切事業。❸採購；置備：置辦｜辦貨｜辦酒席｜辦嫁妝。❹懲治：辦罪｜嚴辦｜首惡必辦。

【辦案】bàn∥àn ㄅㄢˋ∥ㄢˋ 辦理案件。

【辦差】bànchāi ㄅㄢˋ ㄔㄞ 舊指給官府辦理徵集夫役、徵收財物等事。

【辦法】bànfǎ ㄅㄢˋ ㄈㄚˇ 處理事情或解決問題的方法：想辦法｜他不答應，你也拿他沒辦法。

【辦稿】bàn∥gǎo ㄅㄢˋ∥ㄍㄠˇ 起草公文。

【辦公】bàn∥gōng ㄅㄢˋ∥ㄍㄨㄥ 辦理公務；處理公事：辦公會議｜星期天照常辦公。

【辦公會議】bàngōng huìyì ㄅㄢˋ ㄍㄨㄥ ㄏㄨㄟˋ ㄧˋ 一個部門的有關負責人舉行會議討論並處理事務的工作方式。

【辦公室】bàngōngshì ㄅㄢˋ ㄍㄨㄥ ㄕˋ ❶辦公的屋子。❷機關、學校、企業等單位內辦理行政性事務的部門。規模大的稱辦公廳。

【辦理】bànlǐ ㄅㄢˋ ㄌㄧˇ 處理（事務）；承辦：這些事情你可以斟酌辦理｜本店辦理郵購業務。

【辦事】bàn∥shì ㄅㄢˋ∥ㄕˋ 做事：辦事機構｜辦事認真｜我們是給群眾辦事的。

【辦事員】bànshìyuán ㄅㄢˋ ㄕˋ ㄩㄢˊ 機關工作人員的一種職別，在科員之下。

【辦學】bànxué ㄅㄢˋ ㄒㄩㄝˊ 興辦學校：集資辦學。

【辦置】bànzhì ㄅㄢˋ ㄓˋ 置辦。

瓣 bàn ㄅㄢˋ ❶（瓣兒）花瓣：梅花有五個瓣兒。❷（瓣兒）植物的種子、果實或球莖可以分開的小塊兒：豆瓣｜橘子瓣兒｜蒜瓣兒。❸（瓣兒）物體自然地分成或破碎後分成的部分：四角八瓣兒｜碗摔成幾瓣兒。❹瓣膜的簡稱。❺（瓣兒）量詞，用於花瓣、葉片或種子、果實、球莖分開的小塊兒：兩瓣兒蒜｜把西瓜切成四瓣兒。

【瓣膜】bànmó ㄅㄢˋ ㄇㄛˊ 人或某些動物的器官裏面可以開閉的膜狀結構。簡稱瓣。

bāng（ㄅㄤ）

邦(邦) bāng ㄅㄤ 國：邦交｜友邦｜鄰邦。

【邦交】bāngjiāo ㄅㄤ ㄐㄧㄠ 國與國之間的正式外交關係：建立邦交｜斷絕邦交｜恢復邦交。

【邦聯】bānglián ㄅㄤ ㄌㄧㄢˊ 兩個或兩個以上的國家為了達到某些共同的目的而組成的聯合體。邦聯的成員國仍保留完全的獨立主權，只是在軍事、外交等方面採取某些聯合行動。

哪 bāng ㄅㄤ 象聲詞，敲打木頭的聲音。

【哪啷】bānglāng ㄅㄤ ㄌㄤ 象聲詞，撞擊物體的聲音：哪啷一聲，大門被踹開了。

浜 bāng ㄅㄤ 〈方〉小河：河浜｜門前有條浜。

梆 bāng ㄅㄤ ❶打更等用的梆子。❷〈方〉用棍子等打；敲：奶奶手握擀麪杖要梆他｜梆樹上的紅棗兒吃。❸象聲詞，敲打木頭的聲音：梆梆梆地使勁敲門。

【梆子】bāng·zi ㄅㄤ·ㄗ ❶打更用的器具，空心，用竹子或木頭製成。❷打擊樂器，用兩根長短不同的棗木製成，多用於梆子腔的伴奏。❸梆子腔。

【梆子腔】bāng·ziqiāng ㄅㄤ·ㄗ ㄑㄧㄤ ❶戲曲聲腔之一，因用木梆子加強節奏而得名。❷用梆子腔演唱的劇種的統稱，如秦腔（陝西梆子）、山西梆子、河北梆子、山東梆子等。

幫¹(帮) bāng ㄅㄤ ❶幫助：大孩子能幫媽媽幹活兒了。❷指從事雇傭勞動：幫短工。

幫²(帮) bāng ㄅㄤ （幫兒）❶物體兩旁或周圍的部分：桶幫｜鞋幫兒｜船幫｜牀幫。❷'幫子'¹①：菜幫。

幫³(帮) bāng ㄅㄤ ❶群；夥；集團（多指為政治的或經濟的目的而結成的）：搭幫｜馬幫｜匪幫。❷量詞，用於人，是'群、夥'的意思：一幫小朋友｜一幫強盜。❸幫會：青幫｜洪幫。

【幫辦】bāngbàn ㄅㄤ ㄅㄢˋ ❶舊時指幫助主管人員辦公務：幫辦軍務。❷舊時指主管人員的助手。

【幫補】bāngbǔ ㄅㄤ ㄅㄨˇ 在經濟上幫助：我上大學時，哥哥經常寄錢幫補我。

【幫襯】bāngchèn ㄅㄤ ㄔㄣˋ 〈方〉❶幫助；幫忙：每逢集日，老頭兒總幫襯着兒子照料菜攤子。❷幫補；資助。❸逢迎；湊趣（多見於早期白話）。

【幫廚】bāng//chú ㄅㄤ//ㄔㄨˊ 非炊事人員下廚房幫助炊事員工作。

【幫湊】bāngcòu ㄅㄤ ㄘㄡˋ 湊集財物，幫助人解決困難：大家給他幫湊了點路費，送他回家｜你有困難，我們自會幫湊你。

【幫倒忙】bāng dàománg ㄅㄤ ㄉㄠˋ ㄇㄤˊ 指因幫忙不得法，反而給人添麻煩。

【幫冬】bāng//dōng ㄅㄤ//ㄉㄨㄥ 〈方〉在冬季幫工。

【幫工】bāng//gōng ㄅㄤ//ㄍㄨㄥ 幫助幹活兒，多指受雇幫人幹活：他出外幫工去了｜大忙季節，請人幫了幾天工。

【幫工】bānggōng ㄅㄤ ㄍㄨㄥ 幫工的人：麥收時，他家雇了兩個幫工。

【幫會】bānghuì ㄅㄤ ㄏㄨㄟˋ 舊社會民間秘密組織（如青幫、洪幫、哥老會等）的總稱。

【幫教】bāngjiào ㄅㄤ ㄐㄧㄠˋ 幫助和教育：對失足青少年要做好幫教工作。

【幫口】bāngkǒu ㄅㄤ ㄎㄡˇ 舊社會地方上或行業中借同鄉或其他關係結合起來的小集團。

【幫忙】bāng//máng ㄅㄤ//ㄇㄤˊ （幫忙兒）幫助別人做事，泛指在別人有困難的時候給予幫助：你搬家時我來幫忙｜這件事我實在幫不上忙。

【幫派】bāngpài ㄅㄤ ㄆㄞˋ 為共同的私利而結成的小集團：幫派思想｜幫派活動｜拉山頭，搞幫派。

【幫浦】bāngpǔ ㄅㄤ ㄆㄨˇ 泵的舊稱。［英 pump］

【幫腔】bāngqiāng ㄅㄤ ㄑㄧㄤ ❶某些戲曲中的一種演唱形式，台上一人主唱，多人在台後和着唱。❷比喻支持別人，幫他説話：幫腔助勢｜他看見沒有人幫腔，也就不再堅持了。

【幫手】bāng//shǒu ㄅㄤ//ㄕㄡˇ 幫忙：幫不上手｜幫得上手｜勞駕，請您過來幫把手。

【幫手】bāng·shou ㄅㄤ ·ㄕㄡ 幫助工作的人：找個幫手。

【幫套】bāngtào ㄅㄤ ㄊㄠˋ ❶在車轅外面的拉車的套：加上一頭牲口拉幫套。❷指在車轅外面拉車的牲口：一匹馬拉不動，再加上個幫套。

【幫貼】bāngtiē ㄅㄤ ㄊㄧㄝ 〈方〉從經濟上幫助；貼補：過去，我拖家帶口，他常幫貼我。

【幫同】bāngtóng ㄅㄤ ㄊㄨㄥˊ 幫助別人一同（做事）：幫同母親料理家務。

【幫閑】bāngxián ㄅㄤ ㄒㄧㄢˊ ❶（文人）受有錢有勢的人豢養，給他們裝點門面，為他們效勞：幫閑湊趣。❷幫閑的文人。

【幫兇】bāngxiōng ㄅㄤ ㄒㄩㄥ ❶幫助行兇或作惡。❷幫助行兇或作惡的人。

【幫傭】bāngyōng ㄅㄤ ㄩㄥ ❶為人做傭工：靠幫傭度日。❷做傭工的人。

【幫主】bāngzhǔ ㄅㄤ ㄓㄨˇ 幫會或幫派的首領。

【幫助】bāngzhù ㄅㄤ ㄓㄨˋ 替人出力、出主意或給以物質上、精神上的支援：互相幫助｜幫助災民。

【幫子】[1] bāng·zi ㄅㄤ ·ㄗ ❶白菜等蔬菜外層葉子較厚的部分：白菜幫子。❷鞋幫。

【幫子】[2] bāng·zi ㄅㄤ ·ㄗ 量詞，群；夥：來了一幫子人｜這幫子年輕人勁頭真足。

bǎng（ㄅㄤˇ）

綁（绑） bǎng ㄅㄤˇ 用繩、帶等纏繞或捆紮：綁擔架｜把行李綁緊一點兒。

【綁匪】bǎngfěi ㄅㄤˇ ㄈㄟˇ 指從事綁票的匪徒。

【綁架】bǎng//jià ㄅㄤˇ//ㄐㄧㄚˋ 用強力把人劫走。

【綁票】bǎng//piào ㄅㄤˇ//ㄆㄧㄠˋ （綁票兒）匪徒把人劫走，強迫被綁者的家屬出錢去贖。

【綁腿】bǎngtuǐ ㄅㄤˇ ㄊㄨㄟˇ 纏裹小腿的布帶。

【綁紮】bǎngzā ㄅㄤˇ ㄗㄚ 捆紮；包紮：綁紮行李｜綁紮傷口。

榜 bǎng ㄅㄤˇ ❶張貼的名單：選民榜｜光榮榜。❷古代指文告：榜文｜張榜招賢。❸匾額：題榜｜榜額。

另見36頁 bàng‘搒’；871頁 péng‘搒’。

【榜額】bǎng'é ㄅㄤˇ ㄜˊ 匾額。

【榜首】bǎngshǒu ㄅㄤˇ ㄕㄡˇ 榜上公佈的名單中的首位，泛指第一名：名列榜首｜該隊異軍突起，一躍而居大賽的榜首。

【榜書】bǎngshū ㄅㄤˇ ㄕㄨ 原指寫在宮闕門額上的大字。後來泛指招牌一類的大型字。也叫擘窠書。

【榜尾】bǎngwěi ㄅㄤˇ ㄨㄟˇ 榜上公佈的名單中的末位，泛指最後一名：在這次邀請賽上，該隊只能名列榜尾。

【榜文】bǎngwén ㄅㄤˇ ㄨㄣˊ 古代指文告。

【榜眼】bǎngyǎn ㄅㄤˇ ㄧㄢˇ 科舉時代的一種稱號。明清兩代稱殿試考取一甲（第一等）第二名的人。

【榜樣】bǎngyàng ㄅㄤˇ ㄧㄤˋ 作為仿效的人或事例（多指好的）：好榜樣｜你先帶個頭，做個榜樣讓大家看看。

牓 bǎng ㄅㄤˇ 〈書〉同‘榜’。

膀 bǎng ㄅㄤˇ ❶肩膀：膀闊腰圓。❷（膀兒）鳥類等的翅膀。

另見36頁 bàng；863頁 pāng；863頁 páng。

【膀臂】bǎngbì ㄅㄤˇ ㄅㄧˋ ❶比喻得力的助手：你來得好，給我添了個膀臂。❷〈方〉膀子①。

【膀大腰圓】bǎng dà yāo yuán ㄅㄤˇ ㄉㄚˋ ㄧㄠ ㄩㄢˊ 形容人的身體高大粗壯。

【膀子】bǎng·zi ㄅㄤˇ ·ㄗ ❶胳膊的上部靠肩的部分，也指整個胳膊：光着膀子。❷鳥類等的翅牓。

髈 bǎng ㄅㄤˇ 同'牓'(bǎng)。
另見864頁 pǎng。

bàng (ㄅㄤˋ)

蚌 bàng ㄅㄤˋ 軟體動物，有兩個橢圓形介殼，可以開閉。殼表面黑綠色，有環狀紋，裏面有珍珠層。生活在淡水中，有的種類產珍珠。
另見56頁 bèng。

棒 bàng ㄅㄤˋ ❶棍子：木棒｜炭精棒。❷(體力或能力)強；(水平)高；(成績)好：棒小夥子｜字寫得真棒｜功課棒。

【棒冰】bàngbīng ㄅㄤˋ ㄅㄧㄥ 〈方〉冰棍兒。

【棒瘡】bàngchuāng ㄅㄤˋ ㄔㄨㄤ 被棍棒打後皮膚或黏膜發生潰爛的疾病。

【棒槌】bàng·chui ㄅㄤˋ ·ㄔㄨㄟ ❶捶打用的木棒(多用來洗衣服)。❷指外行(多用於戲劇界)。

【棒喝】bànghè ㄅㄤˋ ㄏㄜˋ 比喻促人醒悟的警告：一聲棒喝。參看228頁〖當頭棒喝〗。

【棒球】bàngqiú ㄅㄤˋ ㄑㄧㄡˊ ❶球類運動項目之一，規則和用具都像壘球而稍有不同，場地比壘球的大。❷棒球運動使用的球，較壘球小而硬。

【棒兒香】bàngrxiāng ㄅㄤㄦˋ ㄒㄧㄤ 用細的竹棍或木棍做芯子的香。

【棒針】bàngzhēn ㄅㄤˋ ㄓㄣ ❶一種編織毛綫衣物的用具，較粗，多用竹子削製而成。❷用棒針編織的：棒針衫。

【棒子】bàng·zi ㄅㄤˋ ·ㄗ ❶棍子(多指粗而短的)。❷〈方〉玉米：棒子麪。

【棒子麪】bàng·zimiàn ㄅㄤˋ ·ㄗ ㄇㄧㄢˋ 〈方〉玉米麪。

棓 bàng ㄅㄤˋ 〈書〉同'棒'。
另見51頁 bèi。

傍 bàng ㄅㄤˋ ❶靠；靠近：船傍了岸｜依山傍水｜你傍我這邊坐吧。❷臨近(指時間)：傍晚。❸〈方〉跟隨：傍上他，別讓他跑了｜他曾傍梅蘭芳拉二胡。

【傍邊兒】bàng//biānr ㄅㄤˋ//ㄅㄧㄢㄦ 〈方〉靠近；接近。

【傍黑兒】bànghēir ㄅㄤˋ ㄏㄟㄦ 〈方〉傍晚：一早出的門，傍黑兒才回家。

【傍角兒】bàngjuér ㄅㄤˋ ㄐㄩㄝㄦˊ 〈方〉❶為主角配戲或伴奏。❷指為主角配戲或伴奏的人。

【傍亮兒】bàngliàngr ㄅㄤˋ ㄌㄧㄤㄦˋ 〈方〉臨近天明的時候：天剛傍亮兒他們就出發了。

【傍明】bàngmíng ㄅㄤˋ ㄇㄧㄥˊ 〈方〉臨近天明的時候：傍明，雨停了。

【傍人門戶】bàng rén ménhù ㄅㄤˋ ㄖㄣˊ ㄇㄣˊ ㄏㄨˋ 比喻依附別人，不能自主。

【傍晌】bàngshǎng ㄅㄤˋ ㄕㄤˇ 〈方〉(傍晌兒)臨近正午的時候。

【傍晚】bàngwǎn ㄅㄤˋ ㄨㄢˇ (傍晚兒)臨近晚上的時候。

【傍午】bàngwǔ ㄅㄤˋ ㄨˇ 臨近正午的時候：傍午時分，突然下起了大雨。

【傍依】bàngyī ㄅㄤˋ ㄧ 靠近；挨近：住宅小區傍依碧波盪漾的太平湖。

塝 bàng ㄅㄤˋ 〈方〉田邊土坡；溝渠或土埂的邊(多用於地名)：張家塝(在湖北)。

蒡〔蒡〕 bàng ㄅㄤˋ 見846頁〖牛蒡〗。
另見863頁 páng。

稖 bàng ㄅㄤˋ ［稖頭］(bàngtóu ㄅㄤˋ ㄊㄡˊ)〈方〉玉米。

搒(榜) bàng ㄅㄤˋ 〈書〉搖櫓使船前進；划船。
另見871頁 péng。'榜'另見35頁 bǎng。

蜯 bàng ㄅㄤˋ 〈書〉同'蚌'。

膀 bàng ㄅㄤˋ 見263頁〖吊膀子〗。
另見35頁 bǎng；863頁 pāng；863頁 páng。

磅[1] bàng ㄅㄤˋ ❶英美制重量單位。1磅等於16盎司，合453.59克。❷磅秤：過磅｜擱在磅上稱一稱。❸用磅秤稱輕重：磅體重。［英 pound］

磅[2] bàng ㄅㄤˋ 點[4]的舊稱。［英 point］
另見863頁 páng。

【磅秤】bàngchèng ㄅㄤˋ ㄔㄥˋ 枱秤①。

艕 bàng ㄅㄤˋ ❶船和船相靠。❷同'搒'(bàng)。

謗(谤) bàng ㄅㄤˋ 〈書〉誹謗：毀謗｜謗議｜謗書。

【謗毀】bànghuǐ ㄅㄤˋ ㄏㄨㄟˇ 〈書〉毀謗。

【謗書】bàngshū ㄅㄤˋ ㄕㄨ 〈書〉誹謗人的信件或書籍。

【謗議】bàngyì ㄅㄤˋ ㄧˋ 〈書〉誹謗議論。

鎊(镑) bàng ㄅㄤˋ 英國、埃及、愛爾蘭等國的本位貨幣。［英 pound］

bāo (ㄅㄠ)

包 bāo ㄅㄠ ❶用紙、布或其他薄片把東西裹起來：包書｜包餃子｜頭上包着一條白毛巾。❷(包兒)包好了的東西：藥包｜郵包｜打了個包。❸裝東西的口袋：書包◇病包兒｜壞包兒｜淘氣包兒。❹量詞，用於成包的東西：兩包大米｜一大包衣服。❺物體或身體上鼓起來的疙瘩：樹幹上有個大包｜腿上起了個包。❻氈製的圓頂帳篷：蒙古包。❼圍繞；包圍：火苗包住了鍋台｜騎兵分兩路包過去。❽容納在裏頭；總括在一起：包含｜包羅｜無所不包。❾把整個任務承擔下來，負責完成：包醫｜包教｜包片兒(負責完成一定地段或範圍的工作)。⑩擔保：包你沒錯｜包你滿意。⑪約定專用：包車｜包場｜包了一隻船。⑫(Bāo)姓。

【包辦】bāobàn ㄅㄠ ㄅㄢˋ ❶一手辦理，單獨負責：這件事你一個人包辦了吧。❷不和有關的人商量、合作，獨自作主辦理：把持包辦｜包辦婚姻｜包辦代替。

【包背裝】bāobèizhuāng ㄅㄠ ㄅㄟˋ ㄓㄨㄤ 圖書裝訂法的一種，書頁用綫或紙捻裝訂成冊，用厚紙或綾絹等包背粘連，紙捻和綫不外露。

【包庇】bāobì ㄅㄠ ㄅㄧˋ 袒護或掩護(壞人、壞事)：互相包庇｜包庇貪污犯。

【包藏】bāocáng ㄅㄠ ㄘㄤˊ 包含；隱藏在裏面：包藏禍心｜他的眼神包藏着抑鬱之情。

【包藏禍心】bāocáng huòxīn ㄅㄠ ㄘㄤˊ ㄏㄨㄛˋ ㄒㄧㄣ 懷着害人的念頭。

【包產】bāo∥chǎn ㄅㄠ∥ㄔㄢˇ 根據土地、生產工具、技術、勞動力等條件訂出產量指標，由個人或生產單位負責完成：包工包產｜包產到戶。

【包場】bāo∥chǎng ㄅㄠ∥ㄔㄤˇ 預先定下一場電影、戲劇等的全部或大部分座位。

【包抄】bāochāo ㄅㄠ ㄔㄠ 繞到敵人側面或背後進攻：分三路包抄過去。

【包車】bāo∥chē ㄅㄠ∥ㄔㄜ 定期租用車輛：包一輛車。

【包車】bāochē ㄅㄠ ㄔㄜ ❶個人或機關團體定期租用的人力車或機動車：拉包車｜包車夫｜門前擠滿了包車。❷由若干乘務員負責一列列車或由司機、售票員共同負責一輛公共汽車、電車的使用、保管等任務，叫做包車：包車組。

【包乘制】bāochéngzhì ㄅㄠ ㄔㄥˊ ㄓˋ 交通運輸部門乘務員的一種工作負責制。如鐵路部門由司機、副司機、司爐等組成若干包乘組，各組輪流駕駛一台機車，在指定區段值勤並負責保養。

【包打天下】bāo dǎ tiānxià ㄅㄠ ㄉㄚˇ ㄊㄧㄢ ㄒㄧㄚˋ 包攬打天下的重任。比喻由個人或少數人包辦代替，不放手讓其他人幹。

【包打聽】bāodǎtīng ㄅㄠ ㄉㄚˇ ㄊㄧㄥ 〈方〉❶包探。❷指好打聽消息或知道消息多的人。

【包飯】bāo∥fàn ㄅㄠ∥ㄈㄢˋ 雙方約定，一方按月付飯錢，另一方供給飯食：學校可為雙職工子女包飯。

【包飯】bāofàn ㄅㄠ ㄈㄢˋ 按月支付固定費用的飯食：孩子在街道食堂吃包飯。

【包袱】bāo·fu ㄅㄠ ·ㄈㄨ ❶包衣服等東西的布。❷用布包起來的包兒。❸比喻某種負擔：思想包袱｜不能把贍養父母看成是包袱。❹指相聲、快書等曲藝中的笑料。把笑料說出來叫抖包袱。

【包袱底兒】bāo·fudǐr ㄅㄠ ·ㄈㄨ ㄉㄧㄦˇ 〈方〉❶指家庭多年不動用的或最貴重的東西。❷比喻隱私：抖包袱底兒。❸比喻最拿手的本領：抖摟包袱底兒(顯示絕技)。

【包袱皮兒】bāo·fupír ㄅㄠ ·ㄈㄨ ㄆㄧㄦˊ 包衣服等用的布。

【包乾兒】bāogānr ㄅㄠ ㄍㄢㄦ 承擔一定範圍的工作，保證全部完成：分段包乾兒｜剩下的掃尾活兒由我們小組包乾兒。

【包工】bāo∥gōng ㄅㄠ∥ㄍㄨㄥ 按照規定的要求和期限，完成某項生產或建設任務：包工包產｜大樓由承建單位包工。

【包工】bāogōng ㄅㄠ ㄍㄨㄥ 承包工程的廠商或工頭。

【包公】Bāo Gōng ㄅㄠ ㄍㄨㄥ 包拯(zhěng)，北宋時進士，曾任開封府知府，以執法嚴正著稱。民間關於他斷案的傳說很多，尊稱他為包公或包青天。小說戲曲中把他描寫成剛正嚴明、不畏權勢的清官的典型。

【包穀】bāogǔ ㄅㄠ ㄍㄨˇ 〈方〉玉米。也作苞穀。

【包管】bāoguǎn ㄅㄠ ㄍㄨㄢˇ 擔保(表示說話的人的自信)：包管退換｜他這種病包管不用吃藥就會好。

【包裹】bāoguǒ ㄅㄠ ㄍㄨㄛˇ ❶包；包紮：用布把傷口包裹起來。❷包紮成件的包兒：他肩上背着一個小包裹｜我到郵電局寄包裹去。

【包含】bāohán ㄅㄠ ㄏㄢˊ 裏邊含有：這句話包含好幾層意思。

【包涵】bāo·han ㄅㄠ ·ㄏㄢ 客套話，請人原諒：唱得不好，大家多多包涵！

【包伙】bāo∥huǒ ㄅㄠ∥ㄏㄨㄛˇ 包飯(bāo∥fàn)。

【包伙】bāohuǒ ㄅㄠ ㄏㄨㄛˇ 包飯(bāofàn)。

【包機】bāojī ㄅㄠ ㄐㄧ ❶定期租用飛機：開展包機業務。❷包乘的飛機：一架旅遊包機。

【包剿】bāojiǎo ㄅㄠ ㄐㄧㄠˇ 圍剿。

【包金】bāojīn ㄅㄠ ㄐㄧㄣ ❶用薄金葉包在金屬首飾外面：包金項鏈。❷包銀。

【包舉】bāojǔ ㄅㄠ ㄐㄩˇ 總括；全部佔有：包舉無遺。

【包括】bāokuò ㄅㄠ ㄎㄨㄛˋ 包含(或列舉各部分，或着重指出某一部分)：語文教學應該包括聽、說、讀、寫四項，不可偏輕偏重｜我說'大家'，自然包括你在內。

【包攬】bāolǎn ㄅㄠ ㄌㄢˇ 兜攬過來，全部承擔：政府部門不可能把各種事務都包攬起來。

【包羅】bāoluó ㄅㄠ ㄌㄨㄛˊ 包括(指大範圍)：民間藝術包羅甚廣，不是三言兩語所能說完的。

【包羅萬象】bāoluó wànxiàng ㄅㄠ ㄌㄨㄛˊ ㄨㄢˋ ㄒㄧㄤˋ 內容豐富，應有盡有：這個博覽會的展品真可說是包羅萬象，美不勝收。

【包米】bāomǐ ㄅㄠ ㄇㄧˇ 〈方〉玉米。也作苞米。

【包賠】bāopéi ㄅㄠ ㄆㄟˊ 擔保賠償：包賠損失。

【包皮】bāopí ㄅㄠ ㄆㄧˊ ❶包裝的皮兒。❷陰莖前部覆蓋龜頭的外皮。

【包票】bāopiào ㄅㄠ ㄆㄧㄠˋ 保單。料事有絕對的把握時，說可以打包票：他一定能按時完成任務，我敢打包票。也說保票。

【包容】bāoróng ㄅㄠ ㄖㄨㄥˊ ❶寬容：大度包容｜一味包容。❷容納：小禮堂能包容三百個聽眾。

【包身工】bāoshēngōng ㄅㄠ ㄕㄣ ㄍㄨㄥ ❶舊社會一種變相的販賣奴隸的形式。被販賣的是青少年，由包工頭騙到工廠、礦山做工，沒有人身自由，工錢全歸包工頭所有，受資本家和包工頭的雙重剝削。❷在包身工形式下做工的人。

【包探】bāotàn ㄅㄠ ㄊㄢˋ 舊時巡捕房中的偵緝人員。

【包頭】bāo·tóu ㄅㄠ ·ㄊㄡˊ ❶裹在頭上的裝束用品(多用於少數民族)：青包頭。❷(包頭兒)附在鞋頭起保護作用的橡膠、皮革等：打包頭兒。

【包圍】bāowéi ㄅㄠ ㄨㄟˊ ❶四面圍住：亭子被茂密的松林包圍着。❷正面進攻的同時，向敵人的翼側和後方進攻。❸指包圍圈：陷於包圍之中。

【包圍圈】bāowéiquān ㄅㄠ ㄨㄟˊ ㄑㄩㄢ 軍事上指已形成的包圍態勢的圈子和已被包圍的地區：衝出包圍圈｜包圍圈越縮越小了。

【包席】bāo∥xí ㄅㄠ∥ㄒㄧˊ 訂整桌的酒席：你們是點菜還是包席？｜包三桌席。

【包席】bāoxí ㄅㄠ ㄒㄧˊ 飯館裏指整桌供應的酒席。也說包桌。

【包廂】bāoxiāng ㄅㄠ ㄒㄧㄤ 某些劇場裏特設的單間席位，一間有幾個座位，多在樓上。

【包銷】bāoxiāo ㄅㄠ ㄒㄧㄠ ❶指商人承攬貨物，負責銷售。❷指商業機構跟生產單位訂立合同，把全部產品包下來銷售。

【包心菜】bāoxīncài ㄅㄠ ㄒㄧㄣ ㄘㄞˋ 〈方〉結球甘藍。

【包銀】bāoyín ㄅㄠ ㄧㄣˊ 舊時戲院按期付給劇團或主要演員的約定的報酬。

【包圓兒】bāoyuánr ㄅㄠ ㄩㄢㄦˊ ❶把貨物或剩餘的貨物全部買下：剩下的這點兒您包圓兒吧！❷全部擔當：剩下的零碎活兒我包圓兒了。

【包月】bāo∥yuè ㄅㄠ∥ㄩㄝˋ 按月計價付款，如包飯按月付飯錢、包車按月付車錢等。

【包孕】bāoyùn ㄅㄠ ㄩㄣˋ 包含：她的信裏包孕着無盡的思念之情。

【包蘊】bāoyùn ㄅㄠ ㄩㄣˋ 包含：簡短的幾句話卻包蘊着很深的哲理。

【包紮】bāozā ㄅㄠ ㄗㄚ 包裹捆紮：包紮傷口｜待運的儀器都包紮好了。

【包裝】bāozhuāng ㄅㄠ ㄓㄨㄤ ❶在商品外面用紙包裹或把商品裝進紙盒、瓶子等：定量包裝｜包裝商品要注意質量。❷指包裝商品的東西，如紙、盒子、瓶子等：包裝美觀｜運輸不慎，包裝破損嚴重。

【包子】bāo·zi ㄅㄠ ·ㄗ ❶食品，用菜、肉或糖等做餡兒，多用發麪做皮，包成後，蒸熟。❷冶煉金屬時盛金屬溶液的器具。

【包租】bāozū ㄅㄠ ㄗㄨ ❶為了轉租而租進房屋或田地等。❷不管年成豐歉，佃戶都要按照規定數額交租，叫做包租。❸在一段時期內專由某方租用：包租汽車。

苞[1]〔苞〕bāo ㄅㄠ 花沒開時包着花骨朵的小葉片：花苞｜含苞未放。

苞[2]〔苞〕bāo ㄅㄠ 〈書〉叢生而茂密：竹苞松茂。

【苞穀】bāogǔ ㄅㄠ ㄍㄨˇ 同'包穀'。

【苞米】bāomǐ ㄅㄠ ㄇㄧˇ 同'包米'。

孢 bāo ㄅㄠ 見下。

【孢子】bāozǐ ㄅㄠ ㄗˇ 某些低等動物和植物產生的一種有繁殖作用或休眠作用的細胞，離開母體後就能形成新的個體。也作胞子。

【孢子植物】bāozǐ zhíwù ㄅㄠ ㄗˇ ㄓˊ ㄨˋ 用孢子繁殖的植物，一般包括菌、藻、苔、蘚、蕨類等植物，如海帶、水綿等。

枹 bāo ㄅㄠ 枹樹，落葉喬木，葉子互生，略呈倒卵形，邊緣有粗鋸齒，花單性，雌雄同株。種子可用來提取澱粉，樹皮可以製栲膠。有的地區叫小橡樹。

另見353頁 fú'桴'。

胞 bāo ㄅㄠ ❶胞衣。❷同父母所生的；嫡親的：胞兄｜胞妹｜胞叔(父親的胞弟)。❸同一個國家或民族的人：僑胞｜藏胞。

【胞波】bāobō ㄅㄠ ㄅㄛ 緬語是同胞和親戚的意思，緬甸人習慣用來稱呼中國人，以表示親切。

【胞衣】bāoyī ㄅㄠ ㄧ 中醫把胎盤和胎膜統稱為胞衣，也叫衣胞或胎衣。用做中藥時叫紫河車。

【胞子】bāozǐ ㄅㄠ ㄗˇ 同'孢子'。

炮 bāo ㄅㄠ ❶烹調方法，用鍋或鐺在旺火上炒(牛羊肉片等)，迅速攪拌：炮羊肉。❷烘焙：濕衣服擱在熱炕上，一會兒就炮乾了。

另見865頁 páo；866頁 pào。

剝(剥) bāo ㄅㄠ 去掉外面的皮或殼：剝花生｜剝皮。

另見86頁 bō。

煲 bāo ㄅㄠ 〈方〉❶壁較陡直的鍋：瓦煲｜沙煲｜銅煲｜電飯煲。❷用煲煮或熬：煲飯｜煲粥。

襃(褒) bāo ㄅㄠ ❶讚揚；誇獎(跟'貶'相對)：襃獎｜襃揚。❷〈書〉(衣服)肥大：襃衣博帶(寬袍大帶)。

【襃貶】bāobiǎn ㄅㄠ ㄅㄧㄢˇ 評論好壞：襃貶人

物｜一字褒貶｜不加褒貶。

【褒貶】bāo·bian ㄅㄠ ·ㄅㄧㄢ 批評缺點；指責：有意見要當面提，別在背地裏褒貶人。

【褒詞】bāocí ㄅㄠ ㄘˊ 含有褒義的詞，如'堅強'、'勇敢'等。也説褒義詞。

【褒獎】bāojiǎng ㄅㄠ ㄐㄧㄤˇ 表揚和獎勵：褒獎有功人員｜在大橋落成慶典上，許多先進工作者受到了褒獎。

【褒揚】bāoyáng ㄅㄠ ㄧㄤˊ 表揚：褒揚先進。

【褒義】bāoyì ㄅㄠ ㄧˋ 字句裏含有的讚許或好的意思：褒義詞。

齙（鮑）bāo ㄅㄠ ［齙牙］(bāoyá ㄅㄠ ㄧㄚˊ) 突出嘴唇外的牙齒。

báo（ㄅㄠˊ）

瓟 báo ㄅㄠˊ ❶〈書〉小瓜。❷見765頁〖馬瓟兒〗。

雹 báo ㄅㄠˊ 冰雹。

【雹災】báozāi ㄅㄠˊ ㄗㄞ 冰雹造成的災害。

【雹子】báo·zi ㄅㄠˊ ·ㄗ 冰雹的通稱。

薄〔薄〕báo ㄅㄠˊ ❶扁平物上下兩面之間的距離小（跟'厚'相對，下②③同）：薄板｜薄被｜薄片｜這種紙很薄◇家底薄。❷（感情）冷淡；不深：待他的情分不薄。❸不濃；淡：酒味很薄。❹不肥沃：變薄地為肥田｜這兒土薄，產量不高。

另見89頁 bó；90頁 bò。

【薄餅】báobǐng ㄅㄠˊ ㄅㄧㄥˇ 一種麵食，用燙麵做餅，很薄，兩張相疊，烙熟後能揭開。

【薄脆】báocuì ㄅㄠˊ ㄘㄨㄟˋ ❶一種糕點，形狀多樣，薄而脆。❷一種油炸麵食，薄而脆。

bǎo（ㄅㄠˇ）

保 bǎo ㄅㄠˇ ❶保護；保衞：保健｜保家衞國。❷保持：保溫｜保鮮。❸保證；擔保做到：保質保量｜這塊地旱澇保收。❹擔保（不犯罪、不逃走等）：保釋｜取保候審。❺保人；保證人：作保｜交保。❻舊時戶籍的編制單位。參看〖保甲〗。❼（Bǎo）姓。

【保安】bǎo'ān ㄅㄠˇ ㄢ ❶保衞治安：加強保安工作。❷保護工人安全，防止在生產過程中發生人身事故：保安規程｜保安制度。

【保安隊】bǎo'ānduì ㄅㄠˇ ㄢ ㄉㄨㄟˋ 舊時一種具有警察性質的地方武裝部隊。

【保安族】Bǎo'ānzú ㄅㄠˇ ㄢ ㄗㄨˊ 我國少數民族之一，分佈在甘肅。

【保本】bǎo//běn ㄅㄠˇ//ㄅㄣˇ （保本兒）保證本錢或資金不受損失：保本保值。

【保膘】bǎobiāo ㄅㄠˇ ㄅㄧㄠ 保持牲畜肥壯。

【保鏢】bǎobiāo ㄅㄠˇ ㄅㄧㄠ ❶會技擊的人佩帶武器，為別人護送財物或保護人身安全。❷指做這種工作的人。

【保不定】bǎo ·bu dìng ㄅㄠˇ ·ㄅㄨ ㄉㄧㄥˋ 保不住①。

【保不齊】bǎo ·bu qí ㄅㄠˇ ·ㄅㄨ ㄑㄧˊ 〈方〉保不住①。

【保不住】bǎo·bu zhù ㄅㄠˇ ·ㄅㄨ ㄓㄨˋ ❶難免；可能：這個天兒很難説，保不住會下雨。❷不能保持：以前要是遇到這樣的大旱，這塊地的收成就保不住了。

【保藏】bǎocáng ㄅㄠˇ ㄘㄤˊ 把東西藏起來以免遺失或損壞：保藏手稿｜把選好的種子好好保藏起來。

【保持】bǎochí ㄅㄠˇ ㄔˊ 維持（原狀），使不消失或減弱：水土保持｜保持冷靜｜保持物價穩定｜跟群眾保持密切聯繫。

【保存】bǎocún ㄅㄠˇ ㄘㄨㄣˊ 使事物、性質、意義、作風等繼續存在，不受損失或不發生變化：保存古迹｜保存實力｜保存自己，消滅敵人。

【保單】bǎodān ㄅㄠˇ ㄉㄢ ❶舊時為保證他人的行為或財力而寫的字據。❷表示在一定期限和規定的範圍內對所售或所修物品負責的單據，如修理鐘錶的保單。

【保底】bǎo//dǐ ㄅㄠˇ//ㄉㄧˇ ❶保本。❷指保證不少於最低限額：上不封頂，下不保底。

【保固】bǎogù ㄅㄠˇ ㄍㄨˋ 承包工程的人保證工程在一定時期內不會損壞，損壞時由承包人負責修理。

【保管】bǎoguǎn ㄅㄠˇ ㄍㄨㄢˇ ❶保藏和管理：圖書保管工作｜這個倉庫的糧食保管得很好。❷在倉庫中做保藏和管理工作的人：老保管｜這個糧庫有兩個保管。❸完全有把握；擔保：只要肯努力，保管你能學會。

【保護】bǎohù ㄅㄠˇ ㄏㄨˋ 盡力照顧，使不受損害：保護眼睛｜保護婦女兒童的權益。

【保護關稅】bǎohù guānshuì ㄅㄠˇ ㄏㄨˋ ㄍㄨㄢ ㄕㄨㄟˋ 為了保護本國工農業的發展，對進出口商品徵收重稅或實行減稅、免稅的政策。

【保護國】bǎohùguó ㄅㄠˇ ㄏㄨˋ ㄍㄨㄛˊ 因被迫訂立不平等條約將部分主權（如外交主權）交給別國而受其'保護'的國家。是殖民地的一種形式。

【保護鳥】bǎohùniǎo ㄅㄠˇ ㄏㄨˋ ㄋㄧㄠˇ 受人類保護，禁止隨便捕殺的鳥。如許多益鳥和某些珍稀鳥類。

【保護人】bǎohùrén ㄅㄠˇ ㄏㄨˋ ㄖㄣˊ 監護人。

【保護傘】bǎohùsǎn ㄅㄠˇ ㄏㄨˋ ㄙㄢˇ 比喻可以起保護作用的有威懾性的力量或有權勢的人（多含貶義）：核保護傘｜拉關係，找保護傘｜官僚主義往往是貪污分子的保護傘。

【保護色】bǎohùsè ㄅㄠˇ ㄏㄨˋ ㄙㄜˋ 某些動物身上的顏色跟周圍環境的顏色類似，這種顏色叫做保護色。有保護色的動物不容易讓別的動物發覺。

【保皇】bǎohuáng ㄅㄠˇ ㄏㄨㄤˊ 維護帝制或皇權，比喻效忠當權者：保皇黨｜保皇派。

【保甲】bǎojiǎ ㄅㄠˇ ㄐㄧㄚˇ 舊時統治者通過戶籍編制來統治人民的制度，若干戶編作一甲，若干甲編作一保，甲設甲長，保設保長，對人民實行層層管制。

【保價】bǎojià ㄅㄠˇ ㄐㄧㄚˋ 一種加收費用的郵遞業務，用於寄遞較貴重物品、有價證券、包裹等，如有遺失，郵電部門按保價金額負責賠償：保價信｜保價包裹。

【保駕】bǎo∥jià ㄅㄠˇ∥ㄐㄧㄚˋ 舊指保衛皇帝，現泛指保護某人(多用於開玩笑的場合)：有老張給你保駕，你怕甚麼？

【保健】bǎojiàn ㄅㄠˇ ㄐㄧㄢˋ 保護健康：保健室｜保健站｜保健工作。

【保薦】bǎojiàn ㄅㄠˇ ㄐㄧㄢˋ 負責推薦(人)：保薦賢能。

【保健操】bǎojiàncāo ㄅㄠˇ ㄐㄧㄢˋ ㄘㄠ 綜合運用我國醫學中推拿、穴位按摩等方法而編制的一種健身運動，如眼睛保健操等。

【保健球】bǎojiànqiú ㄅㄠˇ ㄐㄧㄢˋ ㄑㄧㄡˊ 放在手裏來回轉動的小鐵球，一般為兩個。也有用玉、石等做成的。

【保結】bǎojié ㄅㄠˇ ㄐㄧㄝˊ 舊時寫給官府保證他人身份或行為的文書。

【保潔】bǎojié ㄅㄠˇ ㄐㄧㄝˊ 保持清潔：保潔車｜加強公園的保潔工作。

【保舉】bǎojǔ ㄅㄠˇ ㄐㄩˇ 向上級薦舉有才或有功的人，使得到提拔任用。

【保齡球】bǎolíngqiú ㄅㄠˇ ㄌㄧㄥˊ ㄑㄧㄡˊ ❶室內體育運動項目之一。球場是用硬質木料鋪成的細長水平滑道。在滑道終端設10個大瓶柱，擺成三角形。比賽者在投擲綫上投球撞擊瓶柱。❷保齡球運動使用的球，用硬質膠木製成，空心。‖也叫地滾球。

【保留】bǎoliú ㄅㄠˇ ㄌㄧㄡˊ ❶保存不變：遵義會議會址還保留着它當年的面貌。❷暫時留着不處理：不同的意見暫時保留，下次再討論。❸表示不贊同或有異議：他對這個決議持保留態度。❹留下，不拿出來：他的藏書大部分都贈給國家圖書館了，自己只保留了一小部分｜有意見儘量談出來，不要保留｜老師把寶貴的經驗和知識毫無保留地教給學生。

【保留劇目】bǎoliú jùmù ㄅㄠˇ ㄌㄧㄡˊ ㄐㄩˋ ㄇㄨˋ 指某個劇團或主要演員演出獲得成功的並保留下來以備經常演出的戲劇。

【保媒】bǎo∥méi ㄅㄠˇ∥ㄇㄟˊ 説媒；做媒。

【保密】bǎo∥mì ㄅㄠˇ∥ㄇㄧˋ 保守機密，不泄漏出去：這事對外要絕對保密｜大家都知道了，還保甚麼密！

【保苗】bǎomiáo ㄅㄠˇ ㄇㄧㄠˊ 採取措施，使地裏有足夠株數的幼苗，並使苗壯生長：灌溉保苗，戰勝旱災。

【保命】bǎo∥mìng ㄅㄠˇ∥ㄇㄧㄥˋ 維持生命；保住性命。

【保姆】bǎomǔ ㄅㄠˇ ㄇㄨˇ ❶受雇為人照管兒童或為人從事家務勞動的婦女。也作保母。❷保育員的舊稱。

【保票】bǎopiào ㄅㄠˇ ㄆㄧㄠˋ 包票。

【保全】bǎoquán ㄅㄠˇ ㄑㄩㄢˊ ❶保住使不受損失：保全性命｜保全名譽。❷保護、維修機器設備，使正常使用：保全工。

【保人】bǎo·ren ㄅㄠˇ ·ㄖㄣ 保證人。

【保山】bǎoshān ㄅㄠˇ ㄕㄢ 舊稱保人或媒人。

【保墒】bǎoshāng ㄅㄠˇ ㄕㄤ 使土壤中保存一定的水分，以適合於農作物出苗和生長。保墒的主要方法是耙地、鎮壓和中耕。

【保釋】bǎoshì ㄅㄠˇ ㄕˋ (犯人)取保獲釋：保釋出獄。

【保守】bǎoshǒu ㄅㄠˇ ㄕㄡˇ ❶保持使不失去：保守秘密。❷維持原狀，不求改進；跟不上形勢的發展(多指思想)：思想保守｜計劃定得有些保守，要重新制定。

【保送】bǎosòng ㄅㄠˇ ㄙㄨㄥˋ 由國家、機關、學校，團體等保薦去學習：保送留學生。

【保外就醫】bǎo wài jiù yī ㄅㄠˇ ㄨㄞˋ ㄐㄧㄡˋ ㄧ 犯人在服刑期間患有嚴重疾病經批准取保出獄醫治。

【保外執行】bǎo wài zhíxíng ㄅㄠˇ ㄨㄞˋ ㄓˊ ㄒㄧㄥˊ 犯人在服刑期間取保監外執行。參看559頁〖監外執行〗。

【保衛】bǎowèi ㄅㄠˇ ㄨㄟˋ 保護使不受侵犯：保衛祖國｜保衛和平｜加強治安保衛工作。

【保溫】bǎowēn ㄅㄠˇ ㄨㄣ 保持溫度，通常指使熱不散出去：保溫杯｜積雪可以保溫保墒。

【保溫杯】bǎowēnbēi ㄅㄠˇ ㄨㄣ ㄅㄟ 有保溫作用的杯子。外殼用塑料、金屬等做成，內裝瓶膽，蓋子可以扣緊。

【保溫瓶】bǎowēnpíng ㄅㄠˇ ㄨㄣ ㄆㄧㄥˊ 日常用品，外面有竹篾、鐵皮、塑料等做成的殼，內裝瓶膽。瓶膽由雙層玻璃製成，夾層中的兩面鍍上銀等金屬，中間抽成真空，瓶口有塞子，可以在較長時間內保持瓶內的溫度。盛熱水的通常叫暖水瓶；盛冷食的通常叫冰瓶。

【保鮮】bǎoxiān ㄅㄠˇ ㄒㄧㄢ 保持蔬菜、水果、肉類等易腐食物的新鮮：保鮮紙｜食品保鮮｜改進水產品保鮮技術。

【保險】bǎoxiǎn ㄅㄠˇ ㄒㄧㄢˇ ❶集中分散的社會資金，補償因自然災害、意外事故或人身傷亡而造成的損失的方法。參加保險的人或單位，向保險機構按期繳納一定數量的費用，保險機構對在保險責任範圍內所受的損失負賠償責任。❷穩妥可靠：這樣做可不保險。❸擔保：你依我的話，保險不會出錯。

【保險刀】bǎoxiǎndāo ㄅㄠˇ ㄒㄧㄢˇ ㄉㄠ （保險刀兒）刮鬍子的用具，刀片安在特製的刀架上，使用時不會刮傷皮膚。也叫安全剃刀。

【保險燈】bǎoxiǎndēng ㄅㄠˇ ㄒㄧㄢˇ ㄉㄥ ❶一種帶燈罩的大型手提煤油燈。❷〈方〉汽燈。

【保險法】bǎoxiǎnfǎ ㄅㄠˇ ㄒㄧㄢˇ ㄈㄚˇ 有關保險的機構、管理和保險關係當事人權利、義務等方面的法規。

【保險櫃】bǎoxiǎnguì ㄅㄠˇ ㄒㄧㄢˇ ㄍㄨㄟˋ 用中間夾有石棉的兩層鐵板做成的並裝有特製的鎖的櫃子，可以防盜、防火。

【保險絲】bǎoxiǎnsī ㄅㄠˇ ㄒㄧㄢˇ ㄙ 電路中保險裝置用的導綫，一般用鉛、錫等熔點低的合金或細銅絲、銅銀合金絲製成。當電路中的電流超過限度時，絲就燒斷，電路也就斷開了，可以防止發生火災或燒燬電器。

【保險箱】bǎoxiǎnxiāng ㄅㄠˇ ㄒㄧㄢˇ ㄒㄧㄤ 小型的保險櫃，樣子像箱子。

【保修】bǎoxiū ㄅㄠˇ ㄒㄧㄡ ❶商店或工廠售出的某些商品，在規定限期內免費修理：本店所售鐘錶，保修一年。❷保養修理；維修：超額完成車輛保修任務。

【保養】bǎoyǎng ㄅㄠˇ ㄧㄤˇ ❶保護調養：保養身體。❷保護修理，使保持正常狀態：保養車輛｜機器保養得好，可以延長使用年限。

【保有】bǎoyǒu ㄅㄠˇ ㄧㄡˇ 擁有：保有土地｜作者保有修訂的權利。

【保祐】bǎoyòu ㄅㄠˇ ㄧㄡˋ 迷信的人稱神力保護和幫助。

【保育】bǎoyù ㄅㄠˇ ㄩˋ 經心照管幼兒，使好好成長。

【保育員】bǎoyùyuán ㄅㄠˇ ㄩˋ ㄩㄢˊ 幼兒園和託兒所裏負責照管兒童生活的工作人員。

【保育院】bǎoyùyuàn ㄅㄠˇ ㄩˋ ㄩㄢˋ 為保護、教育失去父母或父母無法照管的兒童而設的機構，內有託兒所、幼兒園、小學等。

【保障】bǎozhàng ㄅㄠˇ ㄓㄤˋ ❶保護（生命、財產、權利等），使不受侵犯和破壞：保障人身安全｜保障公民權利。❷起保障作用的事物：安全是生產的保障。

【保證】bǎozhèng ㄅㄠˇ ㄓㄥˋ ❶擔保；擔保做到：我們保證提前完成任務。❷確保既定的要求和標準，不打折扣：保證產品質量｜保證科研時間。❸作為擔保的事物：安定團結是我們取得勝利的保證。

【保證金】bǎozhèngjīn ㄅㄠˇ ㄓㄥˋ ㄐㄧㄣ ❶為了保證履行某種義務而繳納的一定數量的錢。❷舊時被告人為了保證不逃避審訊而向法院或警察機關繳納的一定數量的錢。

【保證人】bǎozhèngrén ㄅㄠˇ ㄓㄥˋ ㄖㄣˊ ❶保證別人的行為符合要求的人。❷擔保被告人不逃避審訊並隨傳隨到的第三人。❸法律上指擔保債務人履行債務的第三人。

【保證書】bǎozhèngshū ㄅㄠˇ ㄓㄥˋ ㄕㄨ 為了保證做到某件事情而寫成的書面材料。

【保值】bǎozhí ㄅㄠˇ ㄓˊ 指保持貨幣購買力的原有價值：保值儲蓄。

【保重】bǎozhòng ㄅㄠˇ ㄓㄨㄥˋ （希望別人）注意身體健康：保重身體｜隻身在外，請多保重。

【保狀】bǎozhuàng ㄅㄠˇ ㄓㄨㄤˋ 舊時法庭要保證人填寫的有一定格式的保證書。

【保準】bǎozhǔn ㄅㄠˇ ㄓㄨㄣˇ ❶可以信任；可靠：他說話不保準｜這片窪地要是改成稻田，收成就保準了。❷擔保；擔保做到：保準辦到｜這是我的缺點，我保準改。

葆[1]〔葆〕 bǎo ㄅㄠˇ ❶〈書〉保持；保護：永葆青春。❷（Bǎo）姓。

葆[2]〔葆〕 bǎo ㄅㄠˇ 〈書〉草茂盛。

堡 bǎo ㄅㄠˇ 堡壘：碉堡｜地堡｜橋頭堡。另見91頁 bǔ；898頁 pù。

【堡壘】bǎolěi ㄅㄠˇ ㄌㄟˇ ❶在衝要地點作防守用的堅固建築物。❷比喻難於攻破的事物或不容易接受進步思想的人：封建堡壘｜科學堡壘｜頑固堡壘（比喻十分頑固的人）。

【堡寨】bǎozhài ㄅㄠˇ ㄓㄞˋ 四周有柵欄或圍牆的村子。

飽（饱） bǎo ㄅㄠˇ ❶滿足了食量（跟'餓'相對）：我飽了，一點也吃不下了。❷飽滿：穀粒兒很飽。❸足足地；充分：飽經風霜｜飽覽大好河山。❹滿足：一飽眼福。❺中飽：剋扣軍餉，以飽私囊。

【飽餐】bǎocān ㄅㄠˇ ㄘㄢ 飽飽兒地吃：飽餐了一頓。

【飽嘗】bǎocháng ㄅㄠˇ ㄔㄤˊ ❶充分地品嘗：飽嘗美味。❷長期經受或體驗：飽嘗艱苦。

【飽嗝兒】bǎogér ㄅㄠˇ ㄍㄜㄦˊ 吃飽後打的嗝兒。

【飽含】bǎohán ㄅㄠˇ ㄏㄢˊ 充滿：眼裏飽含着熱淚｜胸中飽含着對大好河山的熱愛。

【飽漢不知餓漢飢】bǎo hàn bù zhī è hàn jī ㄅㄠˇ ㄏㄢˋ ㄅㄨˋ ㄓ ㄜˋ ㄏㄢˋ ㄐㄧ 比喻處境好的人，不能理解處於困境中的人的痛苦和難處。

【飽和】bǎohé ㄅㄠˇ ㄏㄜˊ ❶在一定溫度和壓力下，溶液所含溶質的量達到最大限度，不能再溶解。❷泛指事物在某個範圍內達到最高限度：目前市場上洗衣機的銷售已接近飽和。

【飽經滄桑】bǎo jīng cāngsāng ㄅㄠˇ ㄐㄧㄥ ㄘㄤ ㄙㄤ 形容經歷過很多世事變遷。

【飽經風霜】bǎo jīng fēngshuāng ㄅㄠˇ ㄐㄧㄥ ㄈㄥ ㄕㄨㄤ 形容經歷過很多艱苦困難。

【飽滿】bǎomǎn ㄅㄠˇ ㄇㄢˇ ❶豐滿：顆粒飽滿。❷充足：精神飽滿｜飽滿的熱情。

【飽食終日】bǎo shí zhōngrì ㄅㄠˇ ㄕˊ ㄓㄨㄥ ㄖˋ 一天到晚吃得飽飽的。比喻無所事事。

【飽學】bǎoxué ㄅㄠˇ ㄒㄩㄝˊ 學識豐富：飽學之士。

【飽以老拳】bǎo yǐ lǎo quán ㄅㄠˇ ㄧˇ ㄌㄠˇ ㄑㄩㄢˊ 用拳頭狠狠地打。

【飽雨】bǎoyǔ ㄅㄠˇ ㄩˇ 透雨。

褓(緥) bǎo ㄅㄠˇ 包嬰兒的被子。參看924頁〖襁褓〗。

鴇(鸨) bǎo ㄅㄠˇ ❶鳥類的一屬，頭小，頸長，背部平，尾巴短，不善於飛，能涉水。大鴇就屬於這一屬。❷指鴇母：老鴇。

【鴇母】bǎomǔ ㄅㄠˇ ㄇㄨˇ 開設妓院的女人。也叫鴇兒(bǎo'ér)、老鴇。

寶(宝、寳) bǎo ㄅㄠˇ ❶珍貴的東西：國寶｜獻寶｜糧食是寶中之寶。❷珍貴的：寶刀｜寶劍｜寶石。❸舊時的一種賭具，方形，多用牛角製成，上有指示方向的記號。參看1308頁〖壓寶〗。❹敬辭，用於稱對方的家眷、鋪子等：寶眷｜寶號。

【寶寶】bǎo·bǎo ㄅㄠˇ ·ㄅㄠˇ 對小孩兒的愛稱。

【寶貝】bǎobèi ㄅㄠˇ ㄅㄟˋ ❶珍奇的東西。❷(寶貝兒)對小孩兒的愛稱。❸〈方〉疼愛；喜愛：老人可寶貝這個孫子了。❹無能或奇怪荒唐的人(含諷刺意)：這個人真是個寶貝！

【寶貝疙瘩】bǎobèi gē·da ㄅㄠˇ ㄅㄟˋ ㄍㄜ ·ㄉㄚ 〈方〉比喻非常受寵愛的孩子。

【寶剎】bǎochà ㄅㄠˇ ㄔㄚˋ ❶指佛寺的塔。❷敬辭，稱僧尼所在的寺廟。

【寶刀】bǎodāo ㄅㄠˇ ㄉㄠ 用做武器的稀有而珍貴的刀。

【寶刀不老】bǎodāo bù lǎo ㄅㄠˇ ㄉㄠ ㄅㄨˋ ㄌㄠˇ 比喻年紀雖老但功夫或技術並沒減退。

【寶地】bǎodì ㄅㄠˇ ㄉㄧˋ ❶指地勢優越或物資豐富的地方。❷敬辭，稱對方所在的地方：借貴方一塊寶地暫住幾天。

【寶貴】bǎoguì ㄅㄠˇ ㄍㄨㄟˋ ❶極有價值；非常難得；珍貴：寶貴的生命｜時間極為寶貴｜這是一些十分寶貴的出土文物。❷當做珍寶看待；重視：這是極可寶貴的經驗。

【寶號】bǎohào ㄅㄠˇ ㄏㄠˋ ❶敬辭，稱對方的店鋪。❷敬辭，稱對方的名字。

【寶貨】bǎohuò ㄅㄠˇ ㄏㄨㄛˋ ❶珍貴的物品。❷活寶。

【寶劍】bǎojiàn ㄅㄠˇ ㄐㄧㄢˋ 原指稀有而珍貴的劍，後來泛指一般的劍。

【寶眷】bǎojuàn ㄅㄠˇ ㄐㄩㄢˋ 敬辭，稱對方的家眷。

【寶庫】bǎokù ㄅㄠˇ ㄎㄨˋ 儲藏珍貴物品的地方，多用於比喻：知識寶庫｜藝術寶庫｜理論寶庫。

【寶藍】bǎolán ㄅㄠˇ ㄌㄢˊ 鮮亮的藍色。

【寶瓶座】bǎopíngzuò ㄅㄠˇ ㄆㄧㄥˊ ㄗㄨㄛˋ 黃道十二星座之一。參看505頁〖黃道十二宮〗。

【寶石】bǎoshí ㄅㄠˇ ㄕˊ 顏色美麗、有光澤、透明度和硬度高的礦石，可製裝飾品、儀表的軸承或研磨劑。

【寶塔】bǎotǎ ㄅㄠˇ ㄊㄚˇ 原為塔的美稱，今泛指塔。

【寶玩】bǎowán ㄅㄠˇ ㄨㄢˊ 珍寶和古玩。

【寶物】bǎowù ㄅㄠˇ ㄨˋ 珍貴的東西。

【寶藏】bǎozàng ㄅㄠˇ ㄗㄤˋ 儲藏的珍寶或財富，多指礦產：發掘地下的寶藏◇民間藝術的寶藏真是無窮無盡。

【寶重】bǎozhòng ㄅㄠˇ ㄓㄨㄥˋ 珍惜重視：他的書法作品深為世人寶重。

【寶座】bǎozuò ㄅㄠˇ ㄗㄨㄛˋ 指帝王或神佛的座位，現多用於比喻：登上冠軍寶座。

bào (ㄅㄠˋ)

刨(鉋、鑤) bào ㄅㄠˋ ❶刨子或刨牀：刨刃兒｜牛頭刨｜平刨｜槽刨。❷用刨子或刨牀刮平木料或鋼材等：刨木頭｜這張桌面沒有刨平。

另見864頁 páo。

【刨冰】bàobīng ㄅㄠˋ ㄅㄧㄥ 一種冷食，把冰刨成碎片，加上果汁等，現做現吃：菠蘿塊兒刨冰。

【刨牀】bàochuáng ㄅㄠˋ ㄔㄨㄤˊ ❶金屬切削機牀，用來加工金屬材料的平面和各種直綫的成型面。❷刨子上的木製部分。

【刨刀】bàodāo ㄅㄠˋ ㄉㄠ ❶刨牀上用的刀具，結構跟車刀相似。❷木工用的機械刨的刀具，片狀，扁長。❸刨子上刮削木料的部分。也叫刨鐵、刨刃兒。

【刨工】bàogōng ㄅㄠˋ ㄍㄨㄥ ❶用刨牀切削金屬材料的工種。❷做上述工作的技術工人。

【刨花】bàohuā ㄅㄠˋ ㄏㄨㄚ 刨木料時刨下來的薄片，多呈捲狀。

【刨花板】bàohuābǎn ㄅㄠˋ ㄏㄨㄚ ㄅㄢˇ 用刨花和經過加工的碎木料拌以膠合劑壓製成的板材，可以製造傢具、包裝箱等。

【刨子】bào·zi ㄅㄠˋ ·ㄗ 刮平木料用的手工工具。

抱 bào ㄅㄠˋ ❶用手臂圍住：母親抱着孩子。❷初次得到(兒子或孫子)：聽説你抱孫子了。❸領養(孩子)：這孩子是抱的，不是她生的。❹〈方〉結合在一起：大家抱成團，就會有力量。❺〈方〉(衣，鞋)大小合適：這件衣服抱身兒｜這雙鞋抱腳兒。❻心裏存着(想法、意見)：青年人都抱着遠大的理想｜對他的這種決定，許多人抱有看法。❼量詞，表示兩臂合圍的量：一抱草。

另見43頁 bào'菢'。

【抱病】bào∥bìng ㄅㄠˋ∥ㄅㄧㄥˋ 有病在身：抱病工作。

【抱不平】bào bùpíng ㄅㄠˋ ㄅㄨˋ ㄆㄧㄥˊ 看見別人受到不公平的待遇，產生強烈的憤慨情緒：

打抱不平｜他心裏很替老王抱不平。

【抱殘守缺】bào cán shǒu quē ㄅㄠˋ ㄘㄢˊ ㄕㄡˇ ㄑㄩㄝ 形容保守不知改進。

【抱粗腿】bào cūtuǐ ㄅㄠˋ ㄘㄨ ㄊㄨㄟˇ 比喻攀附有權勢的人。

【抱佛腳】bào fójiǎo ㄅㄠˋ ㄈㄛˊ ㄐㄧㄠˇ 諺語：'平時不燒香，急來抱佛腳'。原來比喻平時沒有聯繫，臨時慌忙懇求，後來多指平時沒有準備，臨時慌忙應付。

【抱負】bàofù ㄅㄠˋ ㄈㄨˋ 遠大的志向：有抱負｜抱負不凡。

【抱憾】bàohàn ㄅㄠˋ ㄏㄢˋ 心中存有遺憾的事：抱憾終生。

【抱恨】bàohèn ㄅㄠˋ ㄏㄣˋ 心中存有恨事：抱恨終天（含恨一輩子）。

【抱腳兒】bàojiǎor ㄅㄠˋ ㄐㄧㄠㄦˇ 〈方〉鞋的大小、肥瘦正合腳型。

【抱愧】bàokuì ㄅㄠˋ ㄎㄨㄟˋ 心中有愧：在你困難的時候沒能盡力，實在抱愧。

【抱歉】bàoqiàn ㄅㄠˋ ㄑㄧㄢˋ 心中不安，覺着對不住別人：因事負約，深感抱歉。

【抱屈】bàoqū ㄅㄠˋ ㄑㄩ 因受委屈而心中不舒暢。也說抱委屈。

【抱拳】bào∥quán ㄅㄠˋ∥ㄑㄩㄢˊ 舊時的一種禮節，一手握拳，另一手抱着拳頭，合攏在胸前。

【抱廈】bàoshà ㄅㄠˋ ㄕㄚˋ 房屋前面加出來的門廊，也指後面毗連着的小房子。

【抱身兒】bàoshēnr ㄅㄠˋ ㄕㄣㄦ 〈方〉衣服的大小、肥瘦正合體型。

【抱頭鼠竄】bào tóu shǔ cuàn ㄅㄠˋ ㄊㄡˊ ㄕㄨˇ ㄘㄨㄢˋ 形容急忙逃走的狼狽相。

【抱團兒】bào∥tuánr ㄅㄠˋ∥ㄊㄨㄢㄦˊ 抱成一團；結成一夥：咱們只能抱團兒，不能散夥｜幾個人死死地抱成團兒。

【抱委屈】bào wěi·qu ㄅㄠˋ ㄨㄟˇ·ㄑㄩ 抱屈。

【抱薪救火】bàoxīn jiùhuǒ ㄅㄠˋ ㄒㄧㄣ ㄐㄧㄡˋ ㄏㄨㄛˇ 比喻因為方法不對，雖然有心消滅禍害，結果反而使禍害擴大。

【抱養】bàoyǎng ㄅㄠˋ ㄧㄤˇ 把別人家的孩子抱來當自己的孩子撫養：他們無兒無女，抱養了一個孩子。

【抱腰】bàoyāo ㄅㄠˋ ㄧㄠ 〈方〉比喻做他人的後援；撐腰。

【抱冤】bàoyuān ㄅㄠˋ ㄩㄢ 感到冤枉。

【抱怨】bào·yuàn ㄅㄠˋ·ㄩㄢˋ 心中不滿，數說別人不對；埋怨：做錯事只能怪自己，不能抱怨別人。

【抱柱對兒】bàozhùduìr ㄅㄠˋ ㄓㄨˋ ㄉㄨㄟㄦˋ 掛在柱子上的對聯，用木板製成，稍曲，與柱體相合。

趵 bào ㄅㄠˋ 〈方〉跳躍：趵突泉（在濟南）。另見86頁 bō。

豹 bào ㄅㄠˋ ❶哺乳動物，像虎而較小，身上有很多斑點或花紋。性兇猛，能上樹，捕食其他獸類，傷害人畜。常見的有金錢豹、雲豹等。也叫豹子（bào·zi）。❷（Bào）姓。

【豹貓】bàomāo ㄅㄠˋ ㄇㄠ 哺乳動物，形狀跟貓相似，頭部有黑色條紋，軀幹有黑褐色的斑點，尾部有橫紋。性兇猛，吃鳥、鼠、蛇、蛙等小動物。毛皮可以做衣服。也叫山貓、貍貓、貍子。

【豹頭環眼】bào tóu huán yǎn ㄅㄠˋ ㄊㄡˊ ㄏㄨㄢˊ ㄧㄢˇ 形容人的長相威武勇猛。

【豹子】bào·zi ㄅㄠˋ·ㄗ 豹。

菢〔菢〕（抱） bào ㄅㄠˋ 孵（卵成雛）：菢小雞兒｜菢窩。

'抱'另見42頁 bào。

【菢窩】bào∥wō ㄅㄠˋ∥ㄨㄛ 孵卵成雛：母雞菢窩。

報（报） bào ㄅㄠˋ ❶告訴：報告｜報名｜報賬。❷回答：報友人書◇報以熱烈的掌聲。❸報答：報效｜報酬｜報恩。❹報復：報仇｜報怨。❺報應：現世報。❻報紙①：日報｜機關報｜登報｜看報。❼指某些刊物：畫報｜學報。❽指用文字報道消息或發表意見的某些東西：喜報｜海報｜黑板報。❾指電報：發報。

【報案】bào∥àn ㄅㄠˋ∥ㄢˋ 把違反法律、危害社會治安的事件報告給公安或司法機關。

【報表】bàobiǎo ㄅㄠˋ ㄅㄧㄠˇ 向上級報告情況的表格：生產進度報表。

【報償】bàocháng ㄅㄠˋ ㄔㄤˊ 報答和補償：你能痛改前非，就是對老人最好的報償。

【報呈】bàochéng ㄅㄠˋ ㄔㄥˊ 用公文向上級報告：報呈上級備案。

【報仇】bào∥chóu ㄅㄠˋ∥ㄔㄡˊ 採取行動，打擊仇敵：報仇雪恨。

【報酬】bào·chou ㄅㄠˋ·ㄔㄡ 由於使用別人的勞動、物件等而付給別人的錢或實物：種花栽樹，是我應盡的義務，不要報酬。

【報答】bàodá ㄅㄠˋ ㄉㄚˊ 用實際行動來表示感謝：以優異的學習成績報答老師的辛勤培育。

【報單】bàodān ㄅㄠˋ ㄉㄢ ❶運貨報稅的單據。❷舊時向得官、升官、考試得中的人家送去的喜報。也叫報條。

【報導】bàodǎo ㄅㄠˋ ㄉㄠˇ 報道。

【報到】bào∥dào ㄅㄠˋ∥ㄉㄠˋ 向組織報告自己已經來到：新生今天開始報到。

【報道】bàodào ㄅㄠˋ ㄉㄠˋ ❶通過報紙、雜誌、廣播、電視或其他形式把新聞告訴群眾：報道消息。❷用書面或廣播、電視形式發表的新聞稿：他寫了一篇關於小麥豐收的報道。

【報德】bào∥dé ㄅㄠˋ∥ㄉㄜˊ 對受到的恩德予以報答：以德報德。

【報端】bàoduān ㄅㄠˋ ㄉㄨㄢ 報紙版面上的某部分：徵稿啓事已見報端。

【報恩】bào∥ēn ㄅㄠˋ∥ㄣ 由於受到恩惠而予以報答：知恩報恩。

【報廢】bào∥fèi ㄅㄠˋ∥ㄈㄟˋ 設備、器物等因不能繼續使用或不合格而作廢：由於計算失誤，這批零件全報廢了。

【報復】bào·fù ㄅㄠˋ ·ㄈㄨˋ 打擊批評自己或損害自己利益的人：打擊報復｜受到報復｜報復情緒。

【報告】bàogào ㄅㄠˋ ㄍㄠˋ ❶把事情或意見正式告訴上級或群眾：你應當把事情的經過向領導報告｜大會主席報告了開會宗旨。❷用口頭或書面的形式向上級或群眾所做的正式陳述：總結報告｜動員報告。

【報告文學】bàogào wénxué ㄅㄠˋ ㄍㄠˋ ㄨㄣˊ ㄒㄩㄝˊ 文學體裁，散文中的一類，是通訊、速寫、特寫等的統稱。以現實生活中具有典型意義的真人真事為題材，經過適當的藝術加工而成，具有新聞特點。

【報關】bào∥guān ㄅㄠˋ∥ㄍㄨㄢ 貨物、行李或船舶等進出口時，向海關申報，辦理進出口手續：報關單｜這批貨已經報過關了。

【報館】bàoguǎn ㄅㄠˋ ㄍㄨㄢˇ 報社的俗稱。

【報國】bào∥guó ㄅㄠˋ∥ㄍㄨㄛˊ 為國家效力盡忠：以身報國｜精忠報國。

【報話】bàohuà ㄅㄠˋ ㄏㄨㄚˋ ❶用無綫電通訊工具傳話：報話員｜報話機。❷用無綫電通訊工具傳的話：他一上午收發了二十份報話。

【報話機】bàohuàjī ㄅㄠˋ ㄏㄨㄚˋ ㄐㄧ 無綫電通訊工具，可以用來收發電報或通話。

【報價】bào∥jià ㄅㄠˋ∥ㄐㄧㄚˋ ❶賣方提出商品的售價：報價單｜外貿商品應統一報價。❷提出所需的價款：四家研製單位投標，中標單位的報價比其他三家要低一百多萬元。

【報捷】bào∥jié ㄅㄠˋ∥ㄐㄧㄝˊ 報告勝利的消息。

【報警】bào∥jǐng ㄅㄠˋ∥ㄐㄧㄥˇ 向治安機關報告危急情況或向有關方面發出緊急信號：發生火災要及時報警。

【報刊】bàokān ㄅㄠˋ ㄎㄢ 報紙和雜誌的總稱。

【報考】bàokǎo ㄅㄠˋ ㄎㄠˇ 報名投考：報考師範學院｜有一千多名學生前來報考。

【報礦】bào∥kuàng ㄅㄠˋ∥ㄎㄨㄤˋ 向有關部門報告發現礦石或蘊藏礦產的地方。

【報名】bào∥míng ㄅㄠˋ∥ㄇㄧㄥˊ 把自己的名字報告給主管的人或機關、團體等，表示願意參加某種活動或組織：報名投考｜報名參賽｜你先替我報上名。

【報幕】bào∥mù ㄅㄠˋ∥ㄇㄨˋ 文藝演出時在每個節目演出之前向觀眾報告節目名稱、作者和演員姓名，有時也簡單地介紹節目內容：報幕員。

【報批】bàopī ㄅㄠˋ ㄆㄧ 報請上級批准：履行報批手續。

【報屁股】bàopì·gu ㄅㄠˋ ㄆㄧˋ ·ㄍㄨ 指報紙版面上的最後的位置（含詼諧意）：報屁股文章。

【報聘】bàopìn ㄅㄠˋ ㄆㄧㄣˋ 舊時指代表本國政府到友邦回訪。

【報請】bàoqǐng ㄅㄠˋ ㄑㄧㄥˇ 用書面報告向上級請示或請求：報請上級批准。

【報人】bàorén ㄅㄠˋ ㄖㄣˊ 指從事報刊工作的人：老報人｜我以報人的身份前去採訪。

【報喪】bào∥sāng ㄅㄠˋ∥ㄙㄤ 把去世的消息通知死者的親友。

【報社】bàoshè ㄅㄠˋ ㄕㄜˋ 編輯和出版報紙的機構。

【報失】bàoshī ㄅㄠˋ ㄕ 向治安機關或有關部門報告丟失了財物，請求查找。

【報時】bào∥shí ㄅㄠˋ∥ㄕˊ 報告時間，特指廣播電台向收聽者或電話局向詢問者報告準確的時間。

【報數】bào∥shù ㄅㄠˋ∥ㄕㄨˋ 報告數目，多指排隊時每人依次報一個數目，以查點人數。

【報條】bàotiáo ㄅㄠˋ ㄊㄧㄠˊ 報單②。

【報亭】bàotíng ㄅㄠˋ ㄊㄧㄥˊ 出售報紙、期刊等的像亭子的小房子。

【報童】bàotóng ㄅㄠˋ ㄊㄨㄥˊ 在街頭賣報的兒童。

【報頭】bàotóu ㄅㄠˋ ㄊㄡˊ 報紙第一版、壁報、黑板報等上頭標報名、期數等的部分。

【報務】bàowù ㄅㄠˋ ㄨˋ 拍發和抄收電報的業務：報務員。

【報喜】bào∥xǐ ㄅㄠˋ∥ㄒㄧˇ 報告喜慶的消息。

【報銷】bàoxiāo ㄅㄠˋ ㄒㄧㄠ ❶把領用款項或收支賬目開列清單，報告上級核銷：車費可以憑票報銷。❷把用壞作廢的物件報告銷賬。❸比喻從現有的人或物中除掉（多含詼諧意）：桌上的菜他一個人全給報銷了｜我們兩面夾攻，一個班的敵人很快就報銷了。

【報曉】bàoxiǎo ㄅㄠˋ ㄒㄧㄠˇ 用聲音使人知道天已經亮了：晨雞報曉｜遠遠傳來報曉的鐘聲。

【報效】bàoxiào ㄅㄠˋ ㄒㄧㄠˋ 為報答對方的恩情而為對方盡力：報效祖國。

【報信】bào∥xìn ㄅㄠˋ∥ㄒㄧㄣˋ 把消息通知人：通風報信｜你先給他報個信。

【報修】bàoxiū ㄅㄠˋ ㄒㄧㄡ 設備等損壞或發生故障，告知有關部門前來修理：住房漏水，住戶可向房管部門報修。

【報應】bào·yìng ㄅㄠˋ ·ㄧㄥˋ 佛教用語，原指種善因得善果，種惡因得惡果，後來專指種惡因得惡果。

【報怨】bào∥yuàn ㄅㄠˋ∥ㄩㄢˋ 對所怨恨的人做出反應：以德報怨。

【報站】bào∥zhàn ㄅㄠˋ∥ㄓㄢˋ 乘務員向乘客報告車、船等所到站和即將到達的前方一站的站名：提前報站，方便乘客。

【報章】bàozhāng ㄅㄠˋ ㄓㄤ 報紙(總稱)：報章雜誌。

【報賬】bào//zhàng ㄅㄠˋ//ㄓㄤˋ 把領用或經手的款項的使用經過和結果報告主管人。

【報紙】bàozhǐ ㄅㄠˋ ㄓˇ ❶以國內外社會、政治、經濟、文化等新聞為主要內容的散頁的定期出版物，一般指日報。❷紙張的一種，用來印報或一般書刊。也叫白報紙或新聞紙。

【報子】bào·zi ㄅㄠˋ·ㄗ ❶報告消息的人；探子(多見於舊戲曲、小說)。❷舊時給得官、升官、考試得中的人家報喜而討賞錢的人。❸報單：貼報子。❹指海報或廣告：新戲的報子一貼，轟動了全城。

暴1 bào ㄅㄠˋ ❶突然而且猛烈：暴雨｜暴病｜暴怒｜暴飲暴食。❷兇狠；殘酷：暴徒｜暴行｜施暴。❸殘暴的人：安良除暴。❹急躁：他的脾氣很暴。❺(Bào)姓。

暴2 bào ㄅㄠˋ ❶鼓起來；突出：急得頭上的青筋都暴出來了。❷露出來；顯現：暴露。

暴3 bào ㄅㄠˋ 〈書〉糟蹋：自暴自棄。另見898頁pù'曝'。

【暴病】bàobìng ㄅㄠˋ ㄅㄧㄥˋ 突然發作來勢很兇的病。

【暴跌】bàodiē ㄅㄠˋ ㄉㄧㄝ (物價、聲譽等)大幅度下降：穀價暴跌｜聲價暴跌。

【暴動】bàodòng ㄅㄠˋ ㄉㄨㄥˋ 階級或集團為了破壞當時的政治制度、社會秩序而採取的武裝行動。

【暴發】bàofā ㄅㄠˋ ㄈㄚ ❶突然發財或得勢(多含貶義)：暴發戶。❷突然發作：山洪暴發。

【暴風】bàofēng ㄅㄠˋ ㄈㄥ ❶氣象學上指11級風。參看343頁〖風級〗。❷泛指猛烈而急速的風：暴風驟雨。

【暴風雪】bàofēngxuě ㄅㄠˋ ㄈㄥ ㄒㄩㄝˇ 大而急的風雪。有的地區叫白毛風。

【暴風雨】bàofēngyǔ ㄅㄠˋ ㄈㄥ ㄩˇ 大而急的風雨◇革命的暴風雨。

【暴風驟雨】bào fēng zhòu yǔ ㄅㄠˋ ㄈㄥ ㄓㄡˋ ㄩˇ 來勢急遽而猛烈的風雨。比喻聲勢浩大、發展迅猛的群眾運動。

【暴光】bào//guāng ㄅㄠˋ//ㄍㄨㄤ 同'曝光'(bào//guāng)。

【暴洪】bàohóng ㄅㄠˋ ㄏㄨㄥˊ 來勢猛而急的洪水。

【暴虎馮河】bào hǔ píng hé ㄅㄠˋ ㄏㄨˇ ㄆㄧㄥˊ ㄏㄜˊ 比喻有勇無謀，冒險蠻幹(暴虎：空手打虎；馮河：徒步渡河)。

【暴君】bàojūn ㄅㄠˋ ㄐㄩㄣ 暴虐的君主。

【暴庫】bàokù ㄅㄠˋ ㄎㄨˋ 倉庫裏貨物多到沒有空地存放的程度：銷路不暢，產品嚴重暴庫。

【暴力】bàolì ㄅㄠˋ ㄌㄧˋ ❶強制的力量；武力。❷特指國家的強制力量：軍隊、警察、法庭對於敵對階級是一種暴力。

【暴利】bàolì ㄅㄠˋ ㄌㄧˋ 用不正當的手段在短時間內獲得的巨額利潤：牟取暴利。

【暴戾】bàolì ㄅㄠˋ ㄌㄧˋ 〈書〉粗暴乖張；殘酷兇惡：脾氣暴戾｜暴戾成性。

【暴戾恣睢】bàolì zìsuī ㄅㄠˋ ㄌㄧˋ ㄗˋ ㄙㄨㄟ 形容殘暴兇狠，任意胡為。

【暴烈】bàoliè ㄅㄠˋ ㄌㄧㄝˋ ❶暴躁剛烈：性情暴烈。❷兇暴猛烈：暴烈的行動。

【暴露】bàolù ㄅㄠˋ ㄌㄨˋ (隱蔽的事物、缺陷、矛盾、問題等)顯露出來：暴露目標｜暴露無遺。

【暴露文學】bàolù wénxué ㄅㄠˋ ㄌㄨˋ ㄨㄣˊ ㄒㄩㄝˊ 指只揭露社會黑暗面，而不能指出光明前景的文學作品，如清末的《官場現形記》等。

【暴亂】bàoluàn ㄅㄠˋ ㄌㄨㄢˋ 破壞社會秩序的武裝騷動：武裝暴亂｜平定暴亂。

【暴民】bàomín ㄅㄠˋ ㄇㄧㄣˊ 參與暴動或暴亂的人。

【暴怒】bàonù ㄅㄠˋ ㄋㄨˋ 極端憤怒。

【暴虐】bàonüè ㄅㄠˋ ㄋㄩㄝˋ ❶兇惡殘酷：暴虐無道。❷〈書〉兇惡殘暴地對待：暴虐無辜｜暴虐百姓。

【暴曬】bàoshài ㄅㄠˋ ㄕㄞˋ 在強烈的陽光下久曬：烈日暴曬｜洗好的絲綢衣服不宜暴曬。

【暴屍】bàoshī ㄅㄠˋ ㄕ 死在外面屍體沒有收殮埋葬：暴屍街頭。

【暴殄天物】bào tiǎn tiān wù ㄅㄠˋ ㄊㄧㄢˇ ㄊㄧㄢ ㄨˋ 任意糟蹋東西(殄：滅絕；天物：指自然界的鳥獸草木等)。

【暴跳】bàotiào ㄅㄠˋ ㄊㄧㄠˋ 猛烈地跳腳，形容大怒的樣子：稍不如意，就暴跳起來。

【暴跳如雷】bào tiào rú léi ㄅㄠˋ ㄊㄧㄠˋ ㄖㄨˊ ㄌㄟˊ 跳着腳喊叫，像打雷一樣。形容大怒的樣子。

【暴突】bàotū ㄅㄠˋ ㄊㄨ 鼓起來；突出：青筋暴突｜氣得兩眼暴突。

【暴徒】bàotú ㄅㄠˋ ㄊㄨˊ 用強暴手段迫害別人、擾亂社會秩序的壞人。

【暴行】bàoxíng ㄅㄠˋ ㄒㄧㄥˊ 兇惡殘酷的行為：血腥暴行｜書中寫下了侵略者燒殺擄掠的暴行。

【暴雨】bàoyǔ ㄅㄠˋ ㄩˇ ❶我國指24小時內降雨量在50－100毫米之間的雨。❷大而急的雨。

【暴躁】bàozào ㄅㄠˋ ㄗㄠˋ 遇事好發急，不能控制感情：性情暴躁。

【暴漲】bàozhǎng ㄅㄠˋ ㄓㄤˇ ❶(水位)急劇上升：河水暴漲。❷(物價等)突然大幅度地上升：米價暴漲。

【暴政】bàozhèng ㄅㄠˋ ㄓㄥˋ 指反動統治者殘酷地剝削、鎮壓人民的政治措施。

【暴卒】bàozú ㄅㄠˋ ㄗㄨˊ 〈書〉得急病突然死

亡。

虣 bào ㄅㄠˋ 〈書〉同'暴(兇暴)'。

鮑(鲍) bào ㄅㄠˋ ❶鮑魚。❷(Bào)姓。

【鮑魚】[1] bàoyú ㄅㄠˋ ㄩˊ 〈書〉鹹魚：如入鮑魚之肆(肆：鋪子)，久而不聞其臭。

【鮑魚】[2] bàoyú ㄅㄠˋ ㄩˊ 軟體動物，貝殼橢圓形，生活在海中。肉可食。貝殼中醫入藥，稱石決明。也叫鰒魚(fùyú)。

瀑 Bào ㄅㄠˋ 瀑河，水名，在河北。另見898頁 pù。

曝 bào ㄅㄠˋ (舊讀 pù ㄆㄨˋ) 見下。另見898頁 pù。

【曝光】bào//guāng ㄅㄠˋ// ㄍㄨㄤ ❶使照相底片或感光紙感光。❷比喻隱秘的事(多指不光彩的)顯露出來，被眾人知道：事情在報上曝光後，引起了轟動。‖也作暴光。

【曝光表】bàoguāngbiǎo ㄅㄠˋ ㄍㄨㄤ ㄅㄧㄠˇ 一種測量光綫強度的儀表。常用於攝影，以便準確地確定攝影機的光圈和曝光速度等。

爆 bào ㄅㄠˋ ❶猛然破裂或迸出：爆炸｜豆莢爆了｜子彈打在石頭上，爆起許多火星兒。❷出人意料地出現；突然發生：爆冷門｜爆出特大新聞。❸烹調方法，用滾油稍微一炸或用滾水稍微一煮：爆肚兒｜爆魷魚捲。

【爆肚兒】bàodǔr ㄅㄠˋ ㄉㄨㄦˇ 食品，把牛羊肚兒在開水裏稍微一煮就取出來，吃時現蘸作料。另有用熱油快煎再加作料芡粉的，叫油爆肚兒。

【爆發】bàofā ㄅㄠˋ ㄈㄚ ❶火山內部的岩漿突然衝破地殼，向四外迸出：火山爆發。❷通過外部衝突的形式而發生重大變化，例如用革命的手段來推翻舊政權，建立新政權。❸(力量、情緒等)忽然發作；(事變)突然發生：爆發戰爭。

【爆發變星】bàofā biànxīng ㄅㄠˋ ㄈㄚ ㄅㄧㄢˋ ㄒㄧㄥ 恒星的一種，由於星球內部原子反應所引起的爆炸，光度突然變化。新星和超新星都屬於爆發變星。

【爆發力】bàofālì ㄅㄠˋ ㄈㄚ ㄌㄧˋ 體育運動中指在短暫間突然產生的力量，如起跑、起跳、投擲、抽球時使出的力量。

【爆發音】bàofāyīn ㄅㄠˋ ㄈㄚ ㄧㄣ 塞音。

【爆冷門】bào lěngmén ㄅㄠˋ ㄌㄥˇ ㄇㄣˊ (爆冷門兒)指在某方面突然出現意料不到的事情：本屆世界乒乓球錦標賽大爆冷門，一名新手淘汰了上屆世界冠軍。

【爆裂】bàoliè ㄅㄠˋ ㄌㄧㄝˋ (物體)突然破裂：豆莢成熟了就會爆裂。

【爆滿】bàomǎn ㄅㄠˋ ㄇㄢˇ 形容戲院、影院、競賽場所等人多到沒有空位的程度：劇院裏觀眾爆滿，盛況空前。

【爆棚】bàopéng ㄅㄠˋ ㄆㄥˊ 〈方〉爆滿。

【爆破】bàopò ㄅㄠˋ ㄆㄛˋ 用炸藥摧毀岩石、建築物等：定向爆破｜爆破敵人的碉堡。

【爆破筒】bàopòtǒng ㄅㄠˋ ㄆㄛˋ ㄊㄨㄥˇ 一種爆破用的火器，在鋼管內裝上炸藥和雷管。多用來破壞敵方的工事或鐵絲網等障礙物。

【爆炸】bàozhà ㄅㄠˋ ㄓㄚˋ ❶物體體積急劇膨大，使周圍氣壓發生強烈變化並產生巨大的聲響，叫做爆炸。核反應、急劇的氧化作用和容器內部氣體的壓力突然增高等都能引起爆炸：炮彈爆炸｜氣球爆炸｜爆炸了一顆氫彈。❷形容數量急劇增加，突破極限：人口爆炸｜信息爆炸｜知識爆炸。

【爆炸性】bàozhàxìng ㄅㄠˋ ㄓㄚˋ ㄒㄧㄥˋ 比喻出人意外、使人震驚的：爆炸性新聞。

【爆仗】bào·zhang ㄅㄠˋ ·ㄓㄤ 爆竹：放爆仗。

【爆竹】bàozhú ㄅㄠˋ ㄓㄨˊ 用紙把火藥捲起來，兩頭堵死，點着引火綫後能爆裂發聲的東西，多用於喜慶事。也叫炮仗或爆仗。

bēi (ㄅㄟ)

杯(盃) bēi ㄅㄟ ❶杯子：茶杯｜杯盤狼藉｜杯酒言歡。❷杯狀的錦標：銀杯｜獎杯｜捧杯｜奪杯。

【杯葛】bēigé ㄅㄟ ㄍㄜˊ 〈方〉抵制。[英 boycott]

【杯弓蛇影】bēi gōng shé yǐng ㄅㄟ ㄍㄨㄥ ㄕㄜˊ ㄧㄥˇ 有人請客吃飯，挂在牆上的弓映在酒杯裏，客人以為酒杯裏有蛇，回去疑心中了蛇毒，就生病了(見於《風俗通義·怪神第九》)。比喻疑神疑鬼，妄自驚慌。

【杯珓】bēijiào ㄅㄟ ㄐㄧㄠˋ 見581頁'珓'。

【杯盤狼藉】bēi pán láng jí ㄅㄟ ㄆㄢˊ ㄌㄤˊ ㄐㄧˊ 杯盤等放得亂七八糟。形容宴飲後桌上凌亂的樣子。

【杯賽】bēisài ㄅㄟ ㄙㄞˋ 以某種獎杯命名的運動競賽，如世界杯足球賽。

【杯水車薪】bēi shuǐ chē xīn ㄅㄟ ㄕㄨㄟˇ ㄔㄜ ㄒㄧㄣ 用一杯水去救一車着了火的柴。比喻無濟於事。

【杯中物】bēizhōngwù ㄅㄟ ㄓㄨㄥ ㄨˋ 指酒：酷好杯中物。

【杯子】bēi·zi ㄅㄟ ·ㄗ 盛飲料或其他液體的器具，多為圓柱狀或下部略細，一般容積不大。

卑 bēi ㄅㄟ ❶〈書〉(位置)低：地勢卑濕。❷(地位)低下：卑賤｜自卑。❸(品質或質量)低劣：卑鄙｜卑劣｜卑不足道。❹〈書〉謙恭：卑辭｜卑恭。

【卑鄙】bēibǐ ㄅㄟ ㄅㄧˇ ❶(語言、行為)惡劣；不道德：卑鄙無恥｜卑鄙齷齪(形容品質、行為惡劣)｜卑鄙的行徑。❷〈書〉卑微鄙陋。

【卑不足道】bēi bù zú dào ㄅㄟ ㄅㄨˋ ㄗㄨˊ ㄉㄠˋ 極其卑下，不值一提。

【卑辭】bēicí ㄅㄟ ㄘˊ 謙恭的話。也作卑詞。
【卑躬屈膝】bēi gōng qū xī ㄅㄟ ㄍㄨㄥ ㄑㄩ ㄒㄧ 形容沒有骨氣，諂媚奉承。也說卑躬屈節（屈節：喪失氣節）。
【卑賤】bēijiàn ㄅㄟ ㄐㄧㄢˋ ❶舊時指出身或地位低下：出身卑賤。❷卑鄙下賤：行為卑賤。
【卑劣】bēiliè ㄅㄟ ㄌㄧㄝˋ 卑鄙惡劣：手段卑劣。
【卑怯】bēiqiè ㄅㄟ ㄑㄧㄝˋ 卑鄙怯懦：卑怯的心理。
【卑微】bēiwēi ㄅㄟ ㄨㄟ 地位低下：門第卑微｜官職卑微。
【卑污】bēiwū ㄅㄟ ㄨ 品質卑劣，心地骯髒：人格卑污｜卑污小人。
【卑下】bēixià ㄅㄟ ㄒㄧㄚˋ ❶（品格、風格等）低下：素質卑下。❷（地位）低微：身份卑下。
【卑職】bēizhí ㄅㄟ ㄓˊ ❶〈書〉低微的職位。❷舊時下級官吏對上級的自稱。

陂 bēi ㄅㄟ 〈書〉❶池塘：陂塘｜陂池。❷水邊；岸。❸山坡。
另見876頁 pí；891頁 pō。
【陂塘】bēitáng ㄅㄟ ㄊㄤˊ 〈書〉水塘。

背（揹） bēi ㄅㄟ ❶（人）用脊背馱：把草捆好背回村去。❷負擔：背債｜這個責任我還背得起。❸〈方〉量詞，指一個人一次背的量：一背麥子｜一背柴火。
另見49頁 bèi。
【背榜】bēi∥bǎng ㄅㄟ∥ㄅㄤˇ 指在考試後發的榜上名列最末。
【背包袱】bēi bāo·fu ㄅㄟ ㄅㄠ ·ㄈㄨ 比喻有沈重的思想負擔：事情做錯了，改了就好，不必背包袱。
【背帶】bēidài ㄅㄟ ㄉㄞˋ ❶搭在肩上繫住褲子或裙子的帶子。❷背背包、槍等用的皮帶或帆布帶子。
【背負】bēifù ㄅㄟ ㄈㄨˋ ❶用脊背馱：背負着衣包。❷擔負：背負重任｜背負着人民的希望。
【背黑鍋】bēi hēiguō ㄅㄟ ㄏㄟ ㄍㄨㄛ 比喻代人受過，泛指受冤枉。
【背饑荒】bēi jī·huang ㄅㄟ ㄐㄧ ·ㄏㄨㄤ 〈方〉指欠債。
【背頭】bēitóu ㄅㄟ ㄊㄡˊ 男子頭髮由鬢角起都向後梳的髮式：留背頭。
【背債】bēi∥zhài ㄅㄟ∥ㄓㄞˋ 欠債；負債。
【背子】bēi·zi ㄅㄟ ·ㄗ 用來背東西的細而長的筐子，山區多用來運送物品。

桮 bēi ㄅㄟ 〈書〉同'杯'。

椑 bēi ㄅㄟ ［椑柹］（bēishì ㄅㄟ ㄕˋ）古書上說的一種柹子，果實小，青黑色。
另見876頁 pí。

悲 bēi ㄅㄟ ❶悲傷：悲痛｜悲喜交集。❷憐憫：慈悲。
【悲哀】bēi'āi ㄅㄟ ㄞ 傷心：感到悲哀｜顯出十分悲哀的樣子。
【悲慘】bēicǎn ㄅㄟ ㄘㄢˇ 處境或遭遇極其痛苦，令人傷心：悲慘的生活｜身世悲慘。
【悲愁】bēichóu ㄅㄟ ㄔㄡˊ 悲傷憂愁：她成天樂呵呵的，不知道甚麼叫孤獨和悲愁。
【悲愴】bēichuàng ㄅㄟ ㄔㄨㄤˋ 〈書〉悲傷：曲調悲愴淒涼。
【悲悼】bēidào ㄅㄟ ㄉㄠˋ 傷心地悼念：悲悼亡友。
【悲憤】bēifèn ㄅㄟ ㄈㄣˋ 悲痛憤怒：悲憤填膺（悲憤充滿胸中）。
【悲歌】bēigē ㄅㄟ ㄍㄜ ❶悲壯地歌唱：慷慨悲歌｜悲歌當哭。❷指悲壯的或哀痛的歌：一曲悲歌。
【悲觀】bēiguān ㄅㄟ ㄍㄨㄢ 精神頹喪，對事物的發展缺乏信心（跟'樂觀'相對）：悲觀失望｜悲觀情緒｜雖然試驗失敗了，但他並不悲觀。
【悲號】bēiháo ㄅㄟ ㄏㄠˊ 傷心地號哭。
【悲歡離合】bēi huān lí hé ㄅㄟ ㄏㄨㄢ ㄌㄧˊ ㄏㄜˊ 泛指聚會、別離、歡樂、悲傷的種種遭遇。
【悲劇】bēijù ㄅㄟ ㄐㄩˋ ❶戲劇的主要類別之一，以表現主人公與現實之間不可調和的衝突及其悲慘結局為基本特點。❷比喻不幸的遭遇：決不能讓這種悲劇重演。
【悲苦】bēikǔ ㄅㄟ ㄎㄨˇ 悲哀痛苦：臉上露出悲苦的神情。
【悲涼】bēiliáng ㄅㄟ ㄌㄧㄤˊ 悲哀淒涼：悲涼激越的琴聲。
【悲鳴】bēimíng ㄅㄟ ㄇㄧㄥˊ 悲哀地叫：號角悲鳴｜絕望地悲鳴。
【悲戚】bēiqī ㄅㄟ ㄑㄧ 悲痛哀傷：悲戚的面容。
【悲悽】bēiqī ㄅㄟ ㄑㄧ 悲傷悽切：遠處傳來悲悽的哭聲。
【悲泣】bēiqì ㄅㄟ ㄑㄧˋ 傷心地哭泣：暗自悲泣。
【悲切】bēiqiè ㄅㄟ ㄑㄧㄝˋ 悲哀；悲痛：萬分悲切。
【悲傷】bēishāng ㄅㄟ ㄕㄤ 傷心難過：他聽到這消息，不禁悲傷起來。
【悲酸】bēisuān ㄅㄟ ㄙㄨㄢ 悲痛心酸：陣陣悲酸，涌上心頭。
【悲嘆】bēitàn ㄅㄟ ㄊㄢˋ 悲傷嘆息：老人悲嘆時光的流逝。
【悲天憫人】bēi tiān mǐn rén ㄅㄟ ㄊㄧㄢ ㄇㄧㄣˇ ㄖㄣˊ 對社會的腐敗和人民的疾苦感到悲憤和不平。
【悲痛】bēitòng ㄅㄟ ㄊㄨㄥˋ 傷心：悲痛萬分｜化悲痛為力量。
【悲慟】bēitòng ㄅㄟ ㄊㄨㄥˋ 非常悲哀：悲慟欲絕。
【悲喜交集】bēi xǐ jiāo jí ㄅㄟ ㄒㄧˇ ㄐㄧㄠ ㄐㄧˊ 悲傷和喜悅的感情交織在一起：劫後重逢，悲喜交集！
【悲喜劇】bēixǐjù ㄅㄟ ㄒㄧˇ ㄐㄩˋ 戲劇類別之一，

兼有悲劇和喜劇的因素。一般具有圓滿的結局。

【悲辛】bēixīn ㄅㄟ ㄒㄧㄣ 〈書〉悲痛辛酸。

【悲咽】bēiyè ㄅㄟ ㄧㄝˋ 悲哀哽咽：說到傷心處，她不禁悲咽起來。

【悲壯】bēizhuàng ㄅㄟ ㄓㄨㄤˋ (聲音、詩文等)悲哀而雄壯；(情節)悲哀而壯烈：悲壯的曲調｜情節悲壯，催人淚下。

碑 bēi ㄅㄟ 刻着文字或圖畫，豎立起來作為紀念物或標記的石頭：界碑｜里程碑｜人民英雄紀念碑。

【碑額】bēi'é ㄅㄟ ㄜˊ 碑的上端。也叫碑首或碑頭。

【碑記】bēijì ㄅㄟ ㄐㄧˋ 刻在碑上的記事文章。

【碑碣】bēijié ㄅㄟ ㄐㄧㄝˊ 〈書〉碑：墓前立有碑碣。

【碑刻】bēikè ㄅㄟ ㄎㄜˋ 刻在碑上的文字或圖畫：拓印碑刻。

【碑林】bēilín ㄅㄟ ㄌㄧㄣˊ 石碑林立的地方，如陝西西安碑林。

【碑銘】bēimíng ㄅㄟ ㄇㄧㄥˊ 碑文。

【碑拓】bēità ㄅㄟ ㄊㄚˋ 碑刻的拓本。

【碑帖】bēitiè ㄅㄟ ㄊㄧㄝˋ 石刻、木刻法書的拓本或印本，多做習字時臨摹的範本。

【碑文】bēiwén ㄅㄟ ㄨㄣˊ 刻在碑上的文字；準備刻在碑上的或從碑上抄錄、拓印的文字。

【碑陰】bēiyīn ㄅㄟ ㄧㄣ 碑的背面。

【碑誌】bēizhì ㄅㄟ ㄓˋ 碑記。

【碑座】bēizuò ㄅㄟ ㄗㄨㄛˋ (碑座兒)碑下邊的底座。

箄 bēi ㄅㄟ 〈書〉捕魚的小竹籠。另見859頁 pái。

鵯(鵯) bēi ㄅㄟ 鳥類的一屬，羽毛大部為黑褐色，腿短而細。吃果實和昆蟲。

běi (ㄅㄟˇ)

北1 běi ㄅㄟˇ 四個主要方向之一，清晨面對太陽時左手的一邊：北頭兒｜北面｜北風｜北房｜城北｜往北去｜坐北朝南。

北2 běi ㄅㄟˇ 〈書〉打敗仗：敗北｜連戰皆北｜追奔逐北(追擊敗逃的敵軍)。

【北半球】běibànqiú ㄅㄟˇ ㄅㄢˋ ㄑㄧㄡˊ 地球赤道以北的部分。

【北邊】běibiān ㄅㄟˇ ㄅㄧㄢ ❶(北邊兒)北。❷北方②。

【北朝】Běi Cháo ㄅㄟˇ ㄔㄠˊ 北魏(後分裂為東魏、西魏)、北齊、北周的合稱。參看827頁〖南北朝〗。

【北辰】běichén ㄅㄟˇ ㄔㄣˊ 古書上指北極星：眾星環北辰。

【北斗星】běidǒuxīng ㄅㄟˇ ㄉㄡˇ ㄒㄧㄥ 大熊星座的七顆明亮的星，分佈成勺形，用直綫把勺形邊上兩顆星連接起來向勺口方向延長約五倍的距離，就遇到小熊座α星，即現在的北極星。

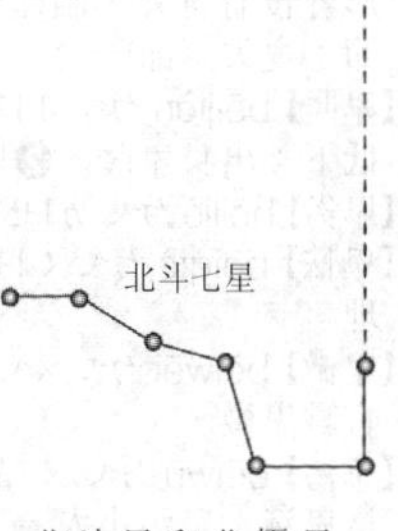

北斗星和北極星

【北豆腐】běidòu·fu ㄅㄟˇ ㄉㄡˋ ·ㄈㄨ 食品，豆漿煮開後加入鹽鹵，使凝結成塊，壓去一部分水分而成，比南豆腐水分少而硬(區別於'南豆腐')。

【北伐戰爭】Běifá Zhànzhēng ㄅㄟˇ ㄈㄚˊ ㄓㄢˋ ㄓㄥ 第一次國內革命戰爭時期，在中國共產黨領導下，以國共合作的統一戰綫為基礎進行的一次反對帝國主義和封建軍閥統治的革命戰爭(1926－1927)。因這次戰爭從廣東出師北伐，所以叫北伐戰爭。參看253頁〖第一次國內革命戰爭〗。

【北方】běifāng ㄅㄟˇ ㄈㄤ ❶北。❷北部地區，在我國一般指黃河流域及其以北的地區。

【北方話】běifānghuà ㄅㄟˇ ㄈㄤ ㄏㄨㄚˋ 長江以北的漢語方言。廣義的北方話還包括四川、雲南、貴州和廣西北部的方言。北方話是普通話的基礎方言。

【北非】Běi Fēi ㄅㄟˇ ㄈㄟ 非洲北部，通常包括埃及、蘇丹、利比亞、突尼斯、阿爾及利亞、摩洛哥、西撒哈拉等。

【北瓜】běi·guā ㄅㄟˇ ·ㄍㄨㄚ 〈方〉南瓜。

【北國】běiguó ㄅㄟˇ ㄍㄨㄛˊ 〈書〉指我國的北部：北國風光。

【北貨】běihuò ㄅㄟˇ ㄏㄨㄛˋ 北方所產的食品，如紅棗、核桃、柿餅等。

【北極】běijí ㄅㄟˇ ㄐㄧˊ ❶地軸的北端，北半球的頂點。❷北磁極，用N來表示。

【北極星】běijíxīng ㄅㄟˇ ㄐㄧˊ ㄒㄧㄥ 天空北部的一顆亮星，距天球北極很近，差不多正對着地軸，從地球上看，它的位置幾乎不變，可以靠它來辨別方向。由於歲差，北極星並不是永遠不變的某一顆星，現在是小熊座α星，到公元14,000年將是織女星。參看〖北斗星〗。

【北京時間】Běijīng shíjiān ㄅㄟˇ ㄐㄧㄥ ㄕˊ ㄐㄧㄢ 我國的標準時。以東經120°子午綫為標準的時刻，即北京所在時區的標準時刻。

【北京猿人】Běijīng yuánrén ㄅㄟˇ ㄐㄧㄥ ㄩㄢˊ ㄖㄣˊ 中國猿人的一種，生活在距今約70－20多萬年以前。1927年在北京周口店龍骨山山洞發現了第一顆牙齒化石，1929年發現了第一個完整的頭骨化石。也叫北京人。

【北歐】Běi Ōu ㄅㄟˇ ㄡ 歐洲北部，包括丹麥、挪威、瑞典、芬蘭和冰島等國。

【北齊】Běi Qí ㄅㄟˇ ㄑㄧˊ 北朝之一，公元550－577，高洋所建。參看827頁〖南北朝〗。

【北曲】běiqǔ ㄅㄟˇ ㄑㄩˇ ❶宋元以來北方諸宮調、散曲、戲曲所用的各種曲調的統稱，調子豪壯樸實。❷元代流行於北方的戲曲。參看1421頁〖雜劇〗。

【北山羊】běishānyáng ㄅㄟˇ ㄕㄢ ㄧㄤˊ 哺乳動物，形狀似山羊而大，雄雌都有角，雄的角大，向後彎曲，生活在高山地帶。也叫羱(yuán)羊。

【北上】běishàng ㄅㄟˇ ㄕㄤˋ 我國古代以北為上，後來把去本地以北的某地叫北上：近日將動身北上。

【北宋】Běi Sòng ㄅㄟˇ ㄙㄨㄥˋ 朝代，公元960－1127，自太祖(趙匡胤)建隆元年起，到欽宗(趙桓)靖康二年止。建都汴京(今河南開封)。

【北魏】Běi Wèi ㄅㄟˇ ㄨㄟˋ 北朝之一，公元386－534，鮮卑人拓跋珪所建，後來分裂為東魏和西魏。參看827頁〖南北朝〗。

【北洋】Běi Yáng ㄅㄟˇ ㄧㄤˊ 清末指奉天(遼寧)、直隸(河北)、山東沿海地區。特設北洋通商大臣，由直隸總督兼任。

【北洋軍閥】Běi Yáng Jūnfá ㄅㄟˇ ㄧㄤˊ ㄐㄩㄣ ㄈㄚˊ 民國初年(1912－1927)代表北方封建勢力的軍閥集團，是清末北洋派勢力的延續。最初的首領是袁世凱，袁死後分成幾個派系，在帝國主義的支持下先後控制了當時的北京政府，鎮壓革命力量，出賣國家主權，連年進行內戰。

【北周】Běi Zhōu ㄅㄟˇ ㄓㄡ 北朝之一，公元557－581，鮮卑人宇文覺所建。參看827頁〖南北朝〗。

bèi (ㄅㄟˋ)

孛 bèi ㄅㄟˋ 古書上指光芒四射的彗星。另見87頁 bó。

貝(贝) bèi ㄅㄟˋ ❶軟體動物的統稱。水產上指有介殼的軟體動物，如蛤蜊、蚌、鮑魚等。❷古代用貝殼做的貨幣。❸(Bèi)姓。

【貝雕】bèidiāo ㄅㄟˋ ㄉㄧㄠ 把貝殼琢磨加工製成的工藝品。

【貝多】bèiduō ㄅㄟˋ ㄉㄨㄛ 貝葉樹。也作梖多。［梵 pattra］

【貝殼】bèiké ㄅㄟˋ ㄎㄜˊ (貝殼兒)貝類的硬殼。

【貝勒】bèi·lè ㄅㄟˋ ·ㄌㄜ 清代貴族的世襲封爵，地位在親王、郡王之下。

【貝書】bèishū ㄅㄟˋ ㄕㄨ 指佛經，因古代印度用貝葉書寫佛經而得名。也叫貝葉書。

【貝塔粒子】bèitǎ lìzǐ ㄅㄟˋ ㄊㄚˇ ㄌㄧˋ ㄗˇ 乙種粒子。也作β粒子。

【貝塔射綫】bèitǎ shèxiàn ㄅㄟˋ ㄊㄚˇ ㄕㄜˋ ㄒㄧㄢˋ 乙種射綫。也作β射綫。

【貝葉樹】bèiyèshù ㄅㄟˋ ㄧㄝˋ ㄕㄨˋ 常綠喬木，高達10多米，莖上有環紋，葉子大，掌狀羽形分裂，花淡綠而帶白色。只開一次花，結果後即死亡。葉子叫貝葉，可以做扇子，又可以代替紙用來寫字。也叫貝多。

【貝子】bèizǐ ㄅㄟˋ ㄗˇ 清代貴族的世襲封爵，地位在貝勒之下。

邶 Bèi ㄅㄟˋ 古國名，在今河南湯陰南。

背1 bèi ㄅㄟˋ ❶軀幹的一部分，部位跟胸和腹相對(圖見1017頁〖身體〗)：後背｜背影。❷某些物體的反面或後部：手背｜刀背兒｜墨透紙背。

背2 bèi ㄅㄟˋ ❶背部對着(跟'向'相對)：背山面海｜背水作戰◇人心向背。❷離開：背井離鄉。❸躲避；瞞：光明正大，沒甚麼背人的事。❹背誦：背台詞｜書背熟了。❺違背；違反：背約｜背信棄義。❻朝着相反的方向：他把臉背過去，裝着沒看見。❼偏僻：背靜｜背街小巷｜深山小路很背。❽不順利；倒霉：背時｜手氣背。❾聽覺不靈：耳朵有點背。另見47頁 bēi。

【背包】bèibāo ㄅㄟˋ ㄅㄠ 行軍或外出時背(bēi)在背上的衣被包裹。

【背不住】bèi·bu zhù ㄅㄟˋ ·ㄅㄨ ㄓㄨˋ 同'備不住'。

【背城借一】bèichéng jièyī ㄅㄟˋ ㄔㄥˊ ㄐㄧㄝˋ ㄧ 在自己的城下跟敵人決一死戰，泛指跟敵人作最後一次的決戰。也說背城一戰。

【背搭子】bèidā·zi ㄅㄟˋ ㄉㄚ ·ㄗ 出門時用來裝被褥、什物等的布袋。也作被褡子。

【背道而馳】bèi dào ér chí ㄅㄟˋ ㄉㄠˋ ㄦˊ ㄔˊ 朝着相反的方向走。比喻方向、目標完全相反。

【背地】bèidì ㄅㄟˋ ㄉㄧˋ 私下；不當面：不要背地議論人。也說背地裏。

【背篼】bèidōu ㄅㄟˋ ㄉㄡ 〈方〉背(bēi)在背上運送東西的篼。

【背對背】bèiduìbèi ㄅㄟˋ ㄉㄨㄟˋ ㄅㄟˋ 背靠背。

【背風】bèifēng ㄅㄟˋ ㄈㄥ 風不能直接吹到：找個背風的地方休息一下。

【背旮旯兒】bèigālár ㄅㄟˋ ㄍㄚ ㄌㄚㄦˊ 〈方〉偏僻的角落。

【背躬】bèigōng ㄅㄟˋ ㄍㄨㄥ 戲曲的旁白：打背躬(說旁白)。

【背光】bèiguāng ㄅㄟˋ ㄍㄨㄤ 光綫不能直接照到：那兒背光，請到亮的地方來。

【背後】bèihòu ㄅㄟˋ ㄏㄡˋ ❶後面：山背後。❷不當面：有話當面說，不要背後亂說。

【背晦】bèi·hui ㄅㄟˋ ·ㄏㄨㄟ 同'悖晦'。

【背貨】bèihuò ㄅㄟˋ ㄏㄨㄛˋ 不合時宜而銷路不暢的貨物：處理背貨，使資金得以周轉。

【背集】bèijí ㄅㄟˋ ㄐㄧˊ 〈方〉沒有集市的日子：

每逢背集，他就挑起貨擔送貨下鄉。

【背脊】bèijǐ ㄅㄟˋ ㄐㄧˇ 背部。

【背剪】bèijiǎn ㄅㄟˋ ㄐㄧㄢˇ 反剪：他背剪雙手，來回走着。

【背角】bèijiǎo ㄅㄟˋ ㄐㄧㄠˇ 不被人注意的角落：兩人在背角處，不知嘀咕甚麼事。

【背井離鄉】bèi jǐng lí xiāng ㄅㄟˋ ㄐㄧㄥˇ ㄌㄧˊ ㄒㄧㄤ 離開了故鄉，在外地生活(多指不得已的)。也說離鄉背井。

【背景】bèijǐng ㄅㄟˋ ㄐㄧㄥˇ ❶舞台上或電影、電視劇裏的佈景。放在後面，襯托前景。❷圖畫、攝影裏襯托主體事物的景物。❸對人物、事件起作用的歷史情況或現實環境：歷史背景｜政治背景。❹指背後倚仗的力量：聽他說話的氣勢，恐怕是有背景的。

【背靜】bèi·jing ㄅㄟˋ ·ㄐㄧㄥ (地方)偏僻；清靜：背靜的小巷。

【背靠背】bèikàobèi ㄅㄟˋ ㄎㄠˋ ㄅㄟˋ ❶背部靠着背部：他倆背靠背地坐着。❷指不當着有關人的面(批評、揭發檢舉等)：為了避免矛盾激化，先背靠背給他提些意見。‖也說背對背。

【背筐】bèikuāng ㄅㄟˋ ㄎㄨㄤ 背(bēi)在背上的筐。

【背離】bèilí ㄅㄟˋ ㄌㄧˊ ❶離開：背離故土，流浪在外。❷違背：不能背離基本原則。

【背理】bèi∥lǐ ㄅㄟˋ∥ㄌㄧˇ 違背事理；不合理：這件事他做得有點兒背理。也作悖理。

【背令】bèilìng ㄅㄟˋ ㄌㄧㄥˋ 不合時令：背令商品。

【背簍】bèilǒu ㄅㄟˋ ㄌㄡˇ 〈方〉背(bēi)在背上運送東西的簍子。

【背面】bèimiàn ㄅㄟˋ ㄇㄧㄢˋ ❶(背面兒)物體上跟正面相反的一面：在單據的背面簽字。❷指某些動物的脊背。

【背謬】bèimiù ㄅㄟˋ ㄇㄧㄡˋ 同'悖謬'。

【背年】bèinián ㄅㄟˋ ㄋㄧㄢˊ 〈方〉指果樹歇枝、竹子等生長得慢的年份。

【背叛】bèipàn ㄅㄟˋ ㄆㄢˋ 背離，叛變：背叛祖國。

【背鰭】bèiqí ㄅㄟˋ ㄑㄧˊ 魚類背部的鰭。也叫脊鰭。(圖見905頁'鰭')

【背氣】bèi∥qì ㄅㄟˋ∥ㄑㄧˋ 由於疾病或其他原因而突然暫時停止呼吸：嬰兒背氣了，要趕快做人工呼吸｜氣得他差點兒背過氣去。

【背棄】bèiqì ㄅㄟˋ ㄑㄧˋ 違背和拋棄：背棄盟約。

【背人】bèi∥rén ㄅㄟˋ∥ㄖㄣˊ ❶隱諱不願使人知道：他得過背人的病｜他幹了不少背人的事。❷沒有人或人看不到：找個背人的地方談話。

【背時】bèishí ㄅㄟˋ ㄕˊ ❶不合時宜：背時商品。❷倒霉：這些天真背時，老遇上不順心的事。‖也作悖時。

【背書】bèi∥shū ㄅㄟˋ∥ㄕㄨ 背誦唸過的書：過去上私塾每天早晨要背書，背不出書要捱罰。

【背書】bèishū ㄅㄟˋ ㄕㄨ 票據(多指支票)背面的簽字或圖章。

【背水一戰】bèi shuǐ yī zhàn ㄅㄟˋ ㄕㄨㄟˇ ㄧ ㄓㄢˋ 在不利情況下和敵人作最後決戰。比喻面臨絕境，為求得出路而作最後一次努力。

【背水陣】bèishuǐzhèn ㄅㄟˋ ㄕㄨㄟˇ ㄓㄣˋ 韓信攻趙，在井陘口背水列陣，大破趙兵。後來將領們問他這是甚麼道理，韓信回答說兵法裏有'陷之死地而後生，置之亡地而後存'的話(見於《史記·淮陰侯列傳》)。後來用'背水陣'比喻處於死裏求生的境地。

【背誦】bèisòng ㄅㄟˋ ㄙㄨㄥˋ 憑記憶唸出讀過的文字：背誦課文。

【背心】bèixīn ㄅㄟˋ ㄒㄧㄣ (背心兒)不帶袖子和領子的上衣。

【背信棄義】bèi xìn qì yì ㄅㄟˋ ㄒㄧㄣˋ ㄑㄧˋ ㄧˋ 不守信用，不講道義。

【背興】bèixìng ㄅㄟˋ ㄒㄧㄥˋ 〈方〉倒霉：真背興，剛穿的新衣服拉了個口子。

【背眼】bèiyǎn ㄅㄟˋ ㄧㄢˇ (背眼兒)人們不易看見的(地方)。

【背陰】bèiyīn ㄅㄟˋ ㄧㄣ (背陰兒)陽光照不到的(地方)：樓後背陰的地方還有積雪。

【背影】bèiyǐng ㄅㄟˋ ㄧㄥˇ (背影兒)人體的背面形象：父親走遠了，我看着他的背影，不禁流下了眼淚。

【背約】bèi∥yuē ㄅㄟˋ∥ㄩㄝ 違背以前的約定；失信：背約毀誓。

【背運】bèiyùn ㄅㄟˋ ㄩㄣˋ ❶不好的運氣：走背運。❷運氣不好：老不來好牌，真背運。

【背字兒】bèizìr ㄅㄟˋ ㄗㄦˋ 〈方〉背運①：走背字兒。

倍 bèi ㄅㄟˋ ❶跟原數相等的數，某數的幾倍就是用幾乘某數：二的五倍是十。❷加倍：事半功倍｜勇氣倍增。

【倍道】bèidào ㄅㄟˋ ㄉㄠˋ 〈書〉兼程。

【倍加】bèijiā ㄅㄟˋ ㄐㄧㄚ 指程度比原來深得多：倍加愛惜｜雨後的空氣倍加清新。

【倍率】bèilǜ ㄅㄟˋ ㄌㄩˋ 望遠鏡、顯微鏡的物鏡焦距和目鏡焦距的比值，比值越大，放大的倍數越大。

【倍兒】bèir ㄅㄟㄦˋ 〈方〉非常；十分：倍兒新｜倍兒亮｜倍兒精神。

【倍式】bèishì ㄅㄟˋ ㄕˋ 一個整式能夠被另一整式整除，這個整式就是另一整式的倍式。如 a^2-b^2 是 $a+b$ 和 $a-b$ 的倍式。

【倍數】bèishù ㄅㄟˋ ㄕㄨˋ ❶一個數能夠被另一數整除，這個數就是另一數的倍數。如15能夠被3或5整除，因此15是3的倍數，也是5的倍數。❷一個數除以另一數所得的商。如 $a \div b = c$，就是說 a 是 b 的 c 倍，c 是倍數。

【倍增】bèizēng ㄅㄟˋ ㄗㄥ 成倍地增長：信心倍

增｜勇氣倍增。

狽(狈) bèi ㄅㄟˋ 見684頁〖狼狽〗。

悖(誖) bèi ㄅㄟˋ 〈書〉❶相反；違反：並行不悖。❷違背道理；錯誤：悖謬。❸迷惑；糊塗：悖晦。

【悖晦】bèi·hui ㄅㄟˋ ·ㄏㄨㄟ 〈方〉糊塗(多指老年人)。也作背晦。

【悖理】bèilǐ ㄅㄟˋ ㄌㄧˇ 同'背理'。

【悖謬】bèimiù ㄅㄟˋ ㄇㄧㄡˋ 〈書〉荒謬；不合道理。也作背謬。

【悖逆】bèinì ㄅㄟˋ ㄋㄧˋ 〈書〉指違反正道，犯上作亂：悖逆之罪｜悖逆天道。

【悖入悖出】bèi rù bèi chū ㄅㄟˋ ㄖㄨˋ ㄅㄟˋ ㄔㄨ 用不正當的手段得來的財物，也會被別人用不正當的手段拿走；胡亂弄來的錢又胡亂花掉(語本《禮記·大學》：'貨悖而入者，亦悖而出')。

【悖時】bèishí ㄅㄟˋ ㄕˊ 同'背時'。

被[1] bèi ㄅㄟˋ 被子：棉被｜夾被｜毛巾被｜做一牀被。

被[2] bèi ㄅㄟˋ 〈書〉❶遮蓋：被覆。❷遭遇：被災｜被難。

被[3] bèi ㄅㄟˋ ❶用在句子中表示主語是受事(施事放在被字後，但往往省略)：解放軍到處被(人)尊敬｜那棵樹被(大風)颳倒了｜這部書被人借走了一本｜他被選為代表。❷用在動詞前構成被動詞組：被壓迫｜被批評｜被剝削階級。

【被褡子】bèidā·zi ㄅㄟˋ ㄉㄚ ·ㄗ 同'背搭子'。

【被袋】bèidài ㄅㄟˋ ㄉㄞˋ 外出時裝被褥、衣物等用的圓筒形的袋。

【被單】bèidān ㄅㄟˋ ㄉㄢ (被單兒)❶鋪在牀上或蓋在被子上的布。❷單層布被。‖也叫被單子。

【被動】bèidòng ㄅㄟˋ ㄉㄨㄥˋ ❶待外力推動而行動(跟'主動'相對)：工作要主動，不要被動。❷不能造成有利局面使事情按照自己的意圖進行(跟'主動'相對)：由於事先考慮不周，事情搞得很被動。

【被動式】bèidòngshì ㄅㄟˋ ㄉㄨㄥˋ ㄕˋ 說明主語所表示的人或事物是被動者的語法格式。漢語的被動式有時沒有形式上的標誌，如：他選上了｜麥子收割了。有時在動詞前邊加助詞'被'，如：反動統治被推翻了。有時在動詞前邊加介詞'被'，引進主動者，如：敵人被我們殲滅了(口語裏常常用'叫'或'讓')。

【被服】bèifú ㄅㄟˋ ㄈㄨˊ 被褥、毯子和服裝(多指軍用的)：被服廠。

【被覆】bèifù ㄅㄟˋ ㄈㄨˋ ❶遮蓋；蒙：山上被覆着蒼翠的森林。❷遮蓋地面的草木等：濫伐森林，破壞了地面被覆。❸軍事上指用竹、木、磚、石等建築材料對建築物的內壁和外表進行加固。

【被告】bèigào ㄅㄟˋ ㄍㄠˋ 在民事和刑事案件中被控告的人。也叫被告人。

【被害人】bèihàirén ㄅㄟˋ ㄏㄞˋ ㄖㄣˊ 指刑事、民事案件中受犯罪行為侵害的人。

【被裏】bèilǐ ㄅㄟˋ ㄌㄧˇ (被裏兒)睡覺時被子貼身的一面。

【被面】bèimiàn ㄅㄟˋ ㄇㄧㄢˋ (被面兒)睡覺時被子不貼身的一面。

【被難】bèinàn ㄅㄟˋ ㄋㄢˋ ❶因災禍或重大變故而喪失生命：飛機失事，乘客全部被難。❷遭受災難：被難的老百姓正在搶運東西。

【被褥】bèirù ㄅㄟˋ ㄖㄨˋ 被子和褥子；鋪蓋：那牀被褥該拆洗了。

【被套】bèitào ㄅㄟˋ ㄊㄠˋ ❶外出時裝被褥的長方形布袋，一面的中間開口。❷為了拆洗的方便，把被裏和被面縫成袋狀，叫被套。❸棉被的胎：絲綿被套。

【被頭】bèitóu ㄅㄟˋ ㄊㄡˊ ❶縫在被子蓋上身那一頭上的布，便於拆洗，保持被裏清潔。❷〈方〉被子。

【被窩兒】bèiwōr ㄅㄟˋ ㄨㄛㄦ 為睡覺疊成的長筒形的被子：他躺在被窩兒裏不願起來。

【被臥】bèi·wo ㄅㄟˋ ·ㄨㄛ 被子：一牀被臥。

【被選舉權】bèixuǎnjǔquán ㄅㄟˋ ㄒㄩㄢˇ ㄐㄩˇ ㄑㄩㄢˊ ❶公民依法當選為國家權力機關代表或被選擔任一定職務的權利。❷各種組織的成員當選為本組織的代表或領導人的權利。

【被罩】bèizhào ㄅㄟˋ ㄓㄠˋ 套在被子外面的罩子，可以隨時取下換洗，多用寬幅的棉布或的確良做成。

【被子】bèi·zi ㄅㄟˋ ·ㄗ 睡覺時蓋在身上的東西，一般用布或綢緞做面，用布做裏子，裝上棉花或絲綿等。

【被子植物】bèizǐ-zhíwù ㄅㄟˋ ㄗˇ ㄓˊ ㄨˋ 種子植物的一大類，胚珠生在子房裏，種子包在果實裏。胚珠接受本花或異花雄蕊的花粉而受精。根據子葉數分為單子葉植物和雙子葉植物(區別於'裸子植物')。

椇(棂) bèi ㄅㄟˋ ［椇多］(bèiduō ㄅㄟˋ ㄉㄨㄛ) 同'貝多'。

棓 bèi ㄅㄟˋ 見1029頁〖五棓子〗(wǔbèizǐ)。另見36頁 bàng。

備(备、俻) bèi ㄅㄟˋ ❶具備；具有：德才兼備。❷準備：備用｜備料｜備而不用。❸防備：防旱備荒｜攻其不備。❹設備(包括人力物力)：軍備｜裝備。❺表示完全：艱苦備嘗｜關懷備至｜備受歡迎。

【備案】bèi∥àn ㄅㄟˋ∥ㄢˋ 向主管機關報告事由存案以備查考：此事已報上級備案｜本店開業一事，已向工商管理部門備案。

【備辦】bèibàn ㄅㄟˋ ㄅㄢˋ 把需要的東西置辦起

來：年貨已經備辦齊了。

【備不住】bèi·bu zhù ㄅㄟˋ·ㄅㄨ ㄓㄨˋ〈方〉說不定；或許：這件事他備不住是忘了。也作背不住。

【備查】bèichá ㄅㄟˋ ㄔㄚˊ 供查考（多用於公文）：存檔備查。

【備份】bèifèn ㄅㄟˋ ㄈㄣˋ ❶備用的一份：備份傘（備用的降落傘）｜備份節目。❷〈方〉充數；空設。

【備耕】bèigēng ㄅㄟˋ ㄍㄥ 為耕種做準備，包括修理農具、挖溝、積肥等：農民利用冬閑，加緊備耕工作。

【備荒】bèi∥huāng ㄅㄟˋ∥ㄏㄨㄤ 防備災荒：儲糧備荒。

【備貨】bèi∥huò ㄅㄟˋ∥ㄏㄨㄛˋ 準備供銷售的商品：營業前要備好貨｜應節的商品應及早備貨。

【備件】bèijiàn ㄅㄟˋ ㄐㄧㄢˋ 預備着供更換的機件。

【備考】bèikǎo ㄅㄟˋ ㄎㄠˇ （書冊、文件、表格）供參考的附錄或附註。

【備課】bèi∥kè ㄅㄟˋ∥ㄎㄜˋ 教師在講課前準備講課內容：備完課，她又忙着改作業。

【備料】bèi∥liào ㄅㄟˋ∥ㄌㄧㄠˋ 準備供應生產所需材料：備料車間｜上班前就備好了料。

【備品】bèipǐn ㄅㄟˋ ㄆㄧㄣˇ 儲備待用的機件和工具等。

【備取】bèiqǔ ㄅㄟˋ ㄑㄩˇ 招考時在正式錄取名額以外再錄取若干名以備正取不到時遞補（區別於'正取'）：備取生。

【備述】bèishù ㄅㄟˋ ㄕㄨˋ 詳盡地敍述：備述其事｜其中細節，難以備述。

【備忘錄】bèiwànglù ㄅㄟˋ ㄨㄤˋ ㄌㄨˋ ❶一種外交文書，聲明自己方面對某種問題的立場，或把某些事項的概況（包括必須注意的名稱、數字等）通知對方。❷隨時記載，幫助記憶的筆記本。

【備用】bèiyòng ㄅㄟˋ ㄩㄥˋ 準備着供隨時使用：備用件｜備用物資｜隨身攜帶以作備用。

【備戰】bèi∥zhàn ㄅㄟˋ∥ㄓㄢˋ 準備戰爭：備戰物資｜備戰備荒。

【備至】bèizhì ㄅㄟˋ ㄓˋ 極其周到（多指對人的關懷等）：關懷備至｜愛護備至。

【備註】bèizhù ㄅㄟˋ ㄓㄨˋ ❶表格上為附加必要的註解說明而留的一欄。❷指在這一欄內所加的註解說明。

焙 bèi ㄅㄟˋ 用微火烘（藥材、食品、烟葉、茶葉等）：焙乾研碎｜焙一點花椒。

【焙粉】bèifěn ㄅㄟˋ ㄈㄣˇ 發麵用的白色粉末，是碳酸氫鈉、酒石酸和澱粉的混合物。也叫發粉，有的地區叫起子。

【焙燒】bèishāo ㄅㄟˋ ㄕㄠ 把物料（如礦石）加熱而又不使熔化，以改變其化學組成或物理性質。

蓓〔蓓〕 bèi ㄅㄟˋ ［蓓蕾］（bèilěi ㄅㄟˋ ㄌㄟˇ）沒開的花；花骨朵兒：桃樹蓓蕾滿枝◇美術園地中的蓓蕾。

碚 bèi ㄅㄟˋ 地名用字：北碚（在重慶市）｜蝦蟆碚（在湖北宜昌西北）。

鞁 bèi ㄅㄟˋ ❶〈書〉鞍轡的統稱。❷同'鞴¹'。

褙 bèi ㄅㄟˋ 把布或紙一層一層地粘在一起：裱褙｜袼褙。

【褙子】bèi·zi ㄅㄟˋ·ㄗ 〈方〉袼褙：打褙子。

骳 bèi ㄅㄟˋ 見1190頁〖骫骳〗。

輩（辈） bèi ㄅㄟˋ ❶行輩；輩分：長輩｜晚輩｜同輩｜老前輩｜小一輩。❷〈書〉等；類（指人）：我輩｜無能之輩。❸（輩兒）輩子：後半輩兒。

【輩出】bèichū ㄅㄟˋ ㄔㄨ （人才）一批一批地連續出現：英雄輩出｜新人輩出。

【輩分】bèi·fen ㄅㄟˋ·ㄈㄣ 指家族、親友之間的世系次第：論輩分，我是他叔叔｜他年紀比我小，輩分比我大。

【輩行】bèiháng ㄅㄟˋ ㄏㄤˊ 輩分。

【輩數兒】bèishùr ㄅㄟˋ ㄕㄨㄦˋ 輩分：他雖然年紀輕，輩數兒小，但在村裏很有威信。

【輩子】bèi·zi ㄅㄟˋ·ㄗ 一世或一生：這輩子｜半輩子（半生）｜他當了一輩子教師。

鋇（钡） bèi ㄅㄟˋ 金屬元素，符號 Ba（baryum）。銀白色，化學性質活潑，容易氧化，燃燒時發出綠色光，用來製合金、烟火和鋇鹽等。

【鋇餐】bèicān ㄅㄟˋ ㄘㄢ 診斷某些食管、胃腸道疾患的一種檢查方法。病人服硫酸鋇後，用X射綫透視或拍片檢查有無病變。

憊（惫） bèi ㄅㄟˋ （舊讀bài ㄅㄞˋ）極端疲乏：疲憊。

【憊倦】bèijuàn ㄅㄟˋ ㄐㄩㄢˋ〈書〉疲憊困倦：酒後憊倦，昏昏欲睡。

糒 bèi ㄅㄟˋ〈書〉乾飯。

鞴¹ bèi ㄅㄟˋ 把鞍轡等套在馬上：鞴馬。

鞴² bèi ㄅㄟˋ 見403頁［鞲鞴］。

鐾 bèi ㄅㄟˋ 把刀在布、皮、石頭等物上面反復磨擦幾下，使鋒利：鐾刀｜鐾刀布。

·bei（·ㄅㄟ）

唄（呗） ·bei ·ㄅㄟ 助詞。❶表示事實或道理明顯，很容易了解：不懂，就好好學唄。❷表示勉強同意或免強讓步的語氣：去就去唄。

另見28頁 bài。

臂 ·bei ·ㄅㄟ 見384頁〖胳臂〗(gē·bei)。

另見65頁 bì。

bēn (ㄅㄣ)

奔 bēn ㄅㄣ ❶奔走；急跑：狂奔｜奔馳。❷緊趕；趕忙或趕急事：奔命｜奔喪。❸逃跑：奔逃｜東奔西竄。

另見55頁 bèn。

【奔波】bēnbō ㄅㄣ ㄅㄛ 忙忙碌碌地往來奔走：四處奔波｜不辭勞苦，為集體奔波。

【奔馳】bēnchí ㄅㄣ ㄔˊ (車、馬等)很快地跑：駿馬奔馳｜列車在廣闊的原野上奔馳。

【奔竄】bēncuàn ㄅㄣ ㄘㄨㄢˋ 走投無路地亂跑；狼狽逃跑：敵軍被打得四處奔竄。

【奔放】bēnfàng ㄅㄣ ㄈㄤˋ (思想、感情、文章氣勢等)盡情流露，不受拘束：熱情奔放｜筆意奔放。

【奔赴】bēnfù ㄅㄣ ㄈㄨˋ 奔向(一定目的地)：奔赴戰場｜奔赴前綫。

【奔勞】bēnláo ㄅㄣ ㄌㄠˊ 奔波勞碌：日夜奔勞。

【奔流】bēnliú ㄅㄣ ㄌㄧㄡˊ ❶(水)急速地流；淌得很快：大河奔流｜鐵水奔流。❷奔騰的流水；急流：奔流直下。

【奔忙】bēnmáng ㄅㄣ ㄇㄤˊ 奔走操勞：他為料理這件事，奔忙了好幾天。

【奔命】bēnmìng ㄅㄣ ㄇㄧㄥˋ 奉命奔走。參看876頁〖疲於奔命〗。

另見55頁 bèn∥mìng。

【奔跑】bēnpǎo ㄅㄣ ㄆㄠˇ 很快地跑；奔走：往來奔跑｜奔跑如飛。

【奔喪】bēn∥sāng ㄅㄣ∥ㄙㄤ 從外地急忙趕回去料理長輩親屬的喪事。

【奔駛】bēnshǐ ㄅㄣ ㄕˇ (車輛等)很快地跑。

【奔逝】bēnshì ㄅㄣ ㄕˋ (時間、水流等)飛快地過去：歲月奔逝｜奔逝的河水。

【奔逃】bēntáo ㄅㄣ ㄊㄠˊ 逃奔；逃跑：奔逃他鄉｜四散奔逃｜狼狽奔逃。

【奔騰】bēnténg ㄅㄣ ㄊㄥˊ (許多馬)跳躍着奔跑：一馬當先，萬馬奔騰◇思緒奔騰｜黃河奔騰呼嘯而來。

【奔突】bēntū ㄅㄣ ㄊㄨ 橫衝直撞；奔馳：四下奔突｜奔突向前。

【奔襲】bēnxí ㄅㄣ ㄒㄧˊ 向距離較遠的敵人迅速進軍，進行突然襲擊：命令部隊，輕裝奔襲。

【奔瀉】bēnxiè ㄅㄣ ㄒㄧㄝˋ (水流)向低處急速地流：瀑布奔瀉而下。

【奔涌】bēnyǒng ㄅㄣ ㄩㄥˇ 急速地涌出；奔流：大江奔涌｜熱淚奔涌◇激情奔涌。

【奔逐】bēnzhú ㄅㄣ ㄓㄨˊ 奔跑追逐：孩子們在田野裏盡情地奔逐嬉鬧。

【奔走】bēnzǒu ㄅㄣ ㄗㄡˇ ❶急走；跑：奔走相告。❷為一定目的而到處活動：奔走衣食｜奔走了幾天，事情仍然沒有結果。

【奔走呼號】bēnzǒu hūháo ㄅㄣ ㄗㄡˇ ㄏㄨ ㄏㄠˊ 一邊奔跑，一邊喊叫。形容為辦成某事而到處宣傳，以爭取同情和支持。

栟 bēn ㄅㄣ 栟茶(Bēnchá ㄅㄣ ㄔㄚˊ)，地名，在江蘇。

另見82頁 bīng。

賁(贲) bēn ㄅㄣ ❶見485頁〖虎賁〗。❷(Bēn)姓。

另見63頁 bì。

【賁門】bēnmén ㄅㄣ ㄇㄣˊ 胃與食管相連的部分，是胃上端的口兒，食管中的食物通過賁門進入胃內。(圖見1252頁〖消化系統〗)

犇 bēn ㄅㄣ 同'奔'。

錛(锛) bēn ㄅㄣ ❶錛子。❷用錛子削平木料：錛木頭。❸〈方〉刃出現缺口：刀使錛了｜這種刻刀不捲不錛。

【錛子】bēn·zi ㄅㄣ ·ㄗ 削平木料的工具，柄與刃具相垂直呈丁字形，刃具扁而寬，使用時向下向裏用力。

běn (ㄅㄣˇ)

本¹ běn ㄅㄣˇ ❶草木的莖或根：草本｜木本｜水有源，木有本。❷〈書〉量詞，用於花木：牡丹十本。❸事物的根本、根源(跟'末'相對)：忘本｜捨本逐末｜兵民是勝利之本。❹(本兒)本錢；本金：下本兒｜夠本兒｜賠本兒｜還本付息◇吃老本兒。❺主要的；中心的：本部｜本科。❻本來；原來：本意｜本色｜本想不去。❼自己方面的：本廠｜本校｜本國。❽現今的：本年｜本月。❾按照；根據：本着政策辦事｜這句話是有所本的。

本² běn ㄅㄣˇ ❶(本兒)本子：書本｜賬本兒。❷版本：刻本｜抄本｜稿本。❸(本兒)演出的底本：話本｜劇本。❹封建時代指奏章：修本(擬奏章)｜奏上一本。❺(本兒)量詞。a)用於書籍簿冊：五本書｜兩本兒賬。b)用於戲：頭本《西遊記》。c)用於一定長度的影片：這部電影是十四本。

【本白布】běnbáibù ㄅㄣˇ ㄅㄞˊ ㄅㄨˋ 未經漂白、染色的布。

【本本】běnběn ㄅㄣˇ ㄅㄣˇ 書本；本子：你看，本本上寫得很清楚嘛。

【本本主義】běn·běn zhǔyì ㄅㄣˇ ·ㄅㄣˇ ㄓㄨˇ ㄧˋ 一種脫離實際的、盲目地憑書本條文或上級指示辦事的作風。

【本幣】běnbì ㄅㄣˇ ㄅㄧˋ 本位貨幣的簡稱。

【本部】běnbù ㄅㄣˇ ㄅㄨˋ (機構、組織等)主要

的、中心的部分：校本部。

【本埠】běnbù ㄅㄣˇ ㄅㄨˋ 本地(多用於較大的城鎮)：平信本埠郵資一角，外埠兩角。

【本初子午綫】běnchū-zǐwǔxiàn ㄅㄣˇ ㄔㄨ ㄗˇ ㄨˇ ㄒㄧㄢˋ 0°經綫，是計算東西經度的起點。1884年國際會議決定用通過英國格林尼治(Greenwich)天文台子午儀中心的經綫為本初子午綫。1957年後，格林尼治天文台遷移台址。1968年國際上以國際協議原點(CIO)作為地極原點，經度起點實際上不變。

【本島】běndǎo ㄅㄣˇ ㄉㄠˇ 幾個島嶼中的主要島嶼，其名稱和這幾個島嶼總體的名稱相同。例如我國的台灣包括台灣本島和澎湖列島、火燒島、蘭嶼等許多島嶼。

【本地】běndì ㄅㄣˇ ㄉㄧˋ 人、物所在的地區；敘事時特指的某個地區：本地人｜本地口音。

【本分】běnfèn ㄅㄣˇ ㄈㄣˋ ❶本身應盡的責任和義務：本分的工作。❷安於所處的地位和環境：本分人｜守本分｜這個人很本分。

【本固枝榮】běn gù zhī róng ㄅㄣˇ ㄍㄨˋ ㄓ ㄖㄨㄥˊ (樹木)主幹強固，枝葉才能茂盛。比喻事物的基礎鞏固了，其他部分才能發展。

【本行】běnháng ㄅㄣˇ ㄏㄤˊ ❶個人一貫從事的或長期已經熟習的行業：他原來是醫生，還是讓他幹老本行吧。❷現在從事的工作：三句話不離本行｜熟悉本行業務。

【本紀】běnjì ㄅㄣˇ ㄐㄧˋ 紀傳體史書中帝王的傳記，一般按年月編排重要史實，列在全書的前面，對全書起總綱的作用。

【本家】běnjiā ㄅㄣˇ ㄐㄧㄚ 同宗族的人：本家兄弟。

【本家兒】běnjiār ㄅㄣˇ ㄐㄧㄚㄦ 〈方〉指當事人：本家兒不來，別人不好替他作主。

【本金】běnjīn ㄅㄣˇ ㄐㄧㄣ ❶存款者或放款者拿出的錢(區別於'利息')。❷經營工商業的本錢；營業的資本。

【本科】běnkē ㄅㄣˇ ㄎㄜ 大學或學院的基本組成部分(區別於'預科、函授部'等)。

【本來】běnlái ㄅㄣˇ ㄌㄞˊ ❶原有的：本來面貌｜本來的顏色。❷原先；先前：他本來身體很瘦弱，現在很結實了｜我本來不知道，到了這裏才聽說有這麼回事。❸表示理所當然：本來就該這樣辦。

【本利】běnlì ㄅㄣˇ ㄌㄧˋ 本金和利息。

【本領】běnlǐng ㄅㄣˇ ㄌㄧㄥˇ 技能；能力：有本領｜本領高強。

【本名】běnmíng ㄅㄣˇ ㄇㄧㄥˊ ❶本來的名字；原來的名字(區別於'別號、官銜'等)。❷給本人起的名兒：有些外國人的全名分三部分，第一部分是本名，第二部分是父名，第三部分是姓。

【本命年】běnmìngnián ㄅㄣˇ ㄇㄧㄥˋ ㄋㄧㄢˊ 我國習慣用十二生肖記人的出生年，每十二年輪迴一次。如子年出生的人屬鼠，再遇子年，就是這個人的本命年。參看1027頁〖生肖〗。

【本末】běnmò ㄅㄣˇ ㄇㄛˋ ❶樹的下部和上部，東西的底部和頂部，比喻事情從頭到尾的經過：詳述本末。❷比喻主要的與次要的：本末顛倒。

【本能】běnnéng ㄅㄣˇ ㄋㄥˊ ❶人類和動物不學就會的本領，如初生的嬰兒會哭會吃奶，蜂釀蜜等都是本能的表現。❷有機體對外界刺激不知不覺地、無意識地(作出反應)：他看見紅光一閃，本能地閉上了眼睛。

【本錢】běn·qián ㄅㄣˇ ·ㄑㄧㄢˊ ❶用來營利、生息、賭博等的錢財：做買賣得有本錢。❷比喻可以憑藉的資歷、能力、條件等：強壯的身體是做好工作的本錢。

【本人】běnrén ㄅㄣˇ ㄖㄣˊ ❶說話人指自己：這是本人的親身經歷。❷指當事人自己或前邊所提到的人自己：結婚要本人同意，別人不能包辦代替｜他的那段坎坷經歷，還是由他本人來談吧。

【本嗓】běnsǎng ㄅㄣˇ ㄙㄤˇ (本嗓兒)說話或歌唱的時候自然發出的嗓音。

【本色】běnsè ㄅㄣˇ ㄙㄜˋ 本來面貌：英雄本色。

【本色】běnshǎi ㄅㄣˇ ㄕㄞˇ (本色兒)物品原來的顏色(多指沒有染過色的織物)：本色布。

【本身】běnshēn ㄅㄣˇ ㄕㄣ 自身(多指集團、單位或事物)：要挖掘企業本身的潛力｜生活本身就是複雜多樣的。

【本生燈】běnshēngdēng ㄅㄣˇ ㄕㄥ ㄉㄥ 用煤氣做燃料的一種產生高溫的裝置，由一個長管和一個套在外面的短管組成，旁邊有孔，轉動短管就可以調節管口火焰的大小。多用在化學實驗室中。是德國化學家本生(Robert Wilhelm Bunsen)發明的。通稱煤氣燈。

【本事】běnshì ㄅㄣˇ ㄕˋ 文學作品主題所根據的故事情節：本事詩｜這些詩詞的本事，年久失考。

【本事】běn·shi ㄅㄣˇ ·ㄕ 本領：有本事｜學本事｜本事大。

【本題】běntí ㄅㄣˇ ㄊㄧˊ 談話和文章的主題或主要論點：這一段文字跟本題無關，應該刪去。

【本體】běntǐ ㄅㄣˇ ㄊㄧˇ ❶德國哲學家康德唯心主義哲學中的重要概念，指與現象對立的不可認識的'自在之物'。辯證唯物主義否認現象和本體之間有不可逾越的界限，認為只有尚未認識的東西，沒有不可認識的東西。❷機器、工程等的主要部分。

【本土】běntǔ ㄅㄣˇ ㄊㄨˇ ❶鄉土；原來的生長地：本鄉本土。❷指殖民國家本國的領土(對所掠奪的殖民地而言)。也指一個國家固有的領土。❸指本地的土壤：由於田裏土層太薄，只有借客土加厚本土，才能深耕。

【本位】běnwèi ㄅㄣˇ ㄨㄟˋ ❶貨幣制度的基礎或

貨幣價值的計算標準：金本位｜銀本位｜本位貨幣。❷自己所在的單位；自己工作的崗位：本位工作｜立足本位，一專多能。

【本位貨幣】běnwèi huòbì ㄅㄣˇ ㄨㄟˋ ㄏㄨㄛˋ ㄅㄧˋ 一國貨幣制度中的基本貨幣，如我國票面為'圓'的人民幣。簡稱本幣。

【本位主義】běnwèi zhǔyì ㄅㄣˇ ㄨㄟˋ ㄓㄨˇ ㄧˋ 為自己所在的小單位打算而不顧整體利益的思想作風。

【本文】běnwén ㄅㄣˇ ㄨㄣˊ ❶所指的這篇文章：本文準備談談經濟問題。❷原文（區別於'譯文'或'註解'）。

【本息】běnxī ㄅㄣˇ ㄒㄧ 本金和利息：償還本息。

【本戲】běnxì ㄅㄣˇ ㄒㄧˋ 成本演出的戲曲，內容包括一個完整的故事，有時不一定一次演完（區別於'折子戲'）：連台本戲。

【本鄉本土】běn xiāng běn tǔ ㄅㄣˇ ㄒㄧㄤ ㄅㄣˇ ㄊㄨˇ （本鄉本土的）家鄉；本地：菜都是本鄉本土的，請嘗嘗｜都是本鄉本土的，在外邊彼此多照應點兒。

【本相】běnxiàng ㄅㄣˇ ㄒㄧㄤˋ 本來面目；原形：本相畢露。

【本心】běnxīn ㄅㄣˇ ㄒㄧㄣ 本來的心願：出於本心。

【本性】běnxìng ㄅㄣˇ ㄒㄧㄥˋ 原來的性質或個性：江山易改，本性難移。

【本業】běnyè ㄅㄣˇ ㄧㄝˋ ❶本來的職業：士農工商，各安本業。❷〈書〉指農業。

【本意】běnyì ㄅㄣˇ ㄧˋ 原來的意思或意圖：他的本意還是好的，只是話說得重了些。

【本義】běnyì ㄅㄣˇ ㄧˋ 詞語的本來的意義，如'兵'的本義是武器，引申為戰士（拿武器的人）。

【本原】běnyuán ㄅㄣˇ ㄩㄢˊ 哲學上指一切事物的最初根源或構成世界的最根本實體。

【本源】běnyuán ㄅㄣˇ ㄩㄢˊ 事物產生的根源。

【本願】běnyuàn ㄅㄣˇ ㄩㄢˋ 本心：學醫是我的本願。

【本職】běnzhí ㄅㄣˇ ㄓˊ 指自己擔任的職務：做好本職工作。

【本質】běnzhì ㄅㄣˇ ㄓˋ 指事物本身所固有的、決定事物性質、面貌和發展的根本屬性。事物的本質是隱蔽的，是通過現象來表現的，不能用簡單的直觀去認識，必須透過現象掌握本質。

【本主兒】běnzhǔr ㄅㄣˇ ㄓㄨㄦˇ ❶本人：本主兒一會兒就來，你問他得了。❷失物的所有者：物歸本主兒｜這輛招領的自行車，本主兒還沒來取。

【本字】běnzì ㄅㄣˇ ㄗˋ 一個字通行的寫法與原來的寫法不同，原來的寫法就稱為本字，如'掰'的本字是'擘'，'搬'的本字是'般'，'喝'（喝酒）的本字是'欱'。

【本子】běn·zi ㄅㄣˇ ·ㄗ ❶把成沓的紙裝訂在一起而成的東西；冊子：筆記本子｜改本子（評改作業）。❷版本：這兩個本子都是宋本。❸指某些證件：考本子（通過考試取得駕駛執照或其他合格證書）。

苯〔苯〕 běn ㄅㄣˇ 有機化合物，化學式 C_6H_6。無色液體，有芳香氣味，容易揮發和燃燒。可用做燃料、溶劑、香料等，也用來合成有機物質。［英 benzene］

【苯甲基】běnjiǎjī ㄅㄣˇ ㄐㄧㄚˇ ㄐㄧ 甲苯分子中甲基上失去一個氫原子而成的一價基團（$C_6H_5CH_2-$）。也叫苄基。

畚 běn ㄅㄣˇ ❶簸箕①。❷〈方〉用簸箕撮：畚土｜畚爐灰。

【畚斗】běndǒu ㄅㄣˇ ㄉㄡˇ 〈方〉簸箕（專用於撮、簸糧食）。

【畚箕】běnjī ㄅㄣˇ ㄐㄧ 〈方〉簸箕。

bèn（ㄅㄣˋ）

夯 bèn ㄅㄣˋ 同'笨'（見於《西遊記》、《紅樓夢》等書）。

另見453頁 hāng。

坋 bèn ㄅㄣˋ 〈書〉塵埃。

另見339頁 fèn。

坌1 bèn ㄅㄣˋ 〈方〉翻（土）；刨：坌地。

坌2 bèn ㄅㄣˋ 〈書〉❶塵埃：塵坌｜微坌。❷聚：坌集。❸粗劣。❹用細末撒在物體上面。❺同'笨'。

奔（逩） bèn ㄅㄣˋ ❶直向目的地走去：投奔｜直奔工地｜他順着小道直奔那山頭。❷介詞，朝；向：奔這邊看｜漁輪奔漁場開去。❸年紀接近（四十歲、五十歲等）：他是奔六十的人了。❹為某事奔走：奔球票｜你們生產上還缺甚麼材料，我去奔。

另見53頁 bēn。

【奔命】bèn//mìng ㄅㄣˋ//ㄇㄧㄥˋ 拼命趕路或做事：一路奔命，連續行軍一百二十多里。

另見53頁 bēnmìng。

【奔頭兒】bèn·tour ㄅㄣˋ ·ㄊㄡㄦ 經過努力奮鬥，可指望的前途：有奔頭兒｜沒奔頭兒。

倴 bèn ㄅㄣˋ 倴城（Bènchéng ㄅㄣˋ ㄔㄥˊ），地名，在河北。

笨 bèn ㄅㄣˋ ❶理解能力和記憶能力差；不聰明：愚笨｜腦子笨｜他很笨。❷不靈巧；不靈活：嘴笨｜笨手笨腳。❸費力氣的；笨重：笨活兒｜搬大箱子、大櫃子這些笨傢具得找年輕人。

【笨伯】bènbó ㄅㄣˋ ㄅㄛˊ 〈書〉愚蠢的人。

【笨蛋】bèndàn ㄅㄣˋ ㄉㄢˋ 蠢人（罵人的話）。

【笨活兒】bènhuór ㄅㄣˋ ㄏㄨㄛㄦˊ 笨重的工作；

粗活兒。

【笨口拙舌】bèn kǒu zhuō shé ㄅㄣˋ ㄎㄡˇ ㄓㄨㄛ ㄕㄜˊ 嘴笨；沒有口才。也説笨嘴拙舌。

【笨鳥先飛】bèn niǎo xiān fēi ㄅㄣˋ ㄋㄧㄠˇ ㄒㄧㄢ ㄈㄟ 比喻能力差的人做事時，恐怕落後，比別人先行動（多用做謙辭）。

【笨手笨腳】bèn shǒu bèn jiǎo ㄅㄣˋ ㄕㄡˇ ㄅㄣˋ ㄐㄧㄠˇ 形容動作不靈活或手腳不靈巧。

【笨頭笨腦】bèn tóu bèn nǎo ㄅㄣˋ ㄊㄡˊ ㄅㄣˋ ㄋㄠˇ ❶形容人不聰明，反應遲鈍。❷形容式樣蠢笨：皮鞋做得笨頭笨腦的，年輕人不愛穿。

【笨重】bènzhòng ㄅㄣˋ ㄓㄨㄥˋ ❶龐大沈重；不靈巧：笨重傢具｜身體笨重。❷繁重而費力的：用機器代替笨重的體力勞動。

【笨拙】bènzhuō ㄅㄣˋ ㄓㄨㄛ 笨；不聰明；不靈巧：動作笨拙｜筆法笨拙。

bēng（ㄅㄥ）

伻 bēng ㄅㄥ 〈書〉使者。

祊 bēng ㄅㄥ 古代宗廟門內設祭的地方，也指在這個地方舉行的祭祀。

崩 bēng ㄅㄥ ❶倒塌；崩裂：雪崩｜山崩地裂。❷破裂：把氣球吹崩了◇兩個人談崩了。❸崩裂的東西擊中：炸起的石頭差點兒把他崩傷了。❹槍斃。❺君主時代稱帝王死：駕崩。

【崩潰】bēngkuì ㄅㄥ ㄎㄨㄟˋ 完全破壞；垮台（多指國家政治、經濟、軍事等）。

【崩裂】bēngliè ㄅㄥ ㄌㄧㄝˋ （物體）猛然分裂成若干部分：炸藥轟隆一聲，山石崩裂。

【崩龍族】Bēnglóngzú ㄅㄥ ㄌㄨㄥˊ ㄗㄨˊ 德昂族的舊稱。

【崩塌】bēngtā ㄅㄥ ㄊㄚ 崩裂而倒塌：江堤崩塌。

【崩坍】bēngtān ㄅㄥ ㄊㄢ 懸崖、陡坡上的岩石、泥土崩裂散落下來；崩塌：山崖崩坍。

嘣 bēng ㄅㄥ 象聲詞，形容跳動或爆裂的聲音：心裏嘣嘣直跳｜嘣的一聲，氣球爆了。

綳[1]（绷、繃） bēng ㄅㄥ ❶拉緊：把繩子綳直了。❷衣服、布、綢等張緊：小褂緊綳在身上不舒服。❸（物體）猛然彈起：彈簧綳飛了。❹縫紉方法，稀疏地縫住或用針別上：紅布上綳着金字。❺〈方〉勉強支持；硬撐：綳場面。❻用藤皮、棕繩等編織成的牀屜子：棕綳｜牀綳壞了，該修理了。❼綳子①：竹綳｜綳架。

綳[2]（绷、繃） bēng ㄅㄥ 〈方〉騙（財物）：坑綳拐騙｜他綳了人家幾百塊錢。

另見56頁 běng；57頁 bèng。

【綳場面】bēng chǎngmiàn ㄅㄥ ㄔㄤˇ ㄇㄧㄢˋ 〈方〉撐場面。

【綳帶】bēngdài ㄅㄥ ㄉㄞˋ 包紮傷口或患處用的紗布帶。

【綳弓子】bēnggōng·zi ㄅㄥ ㄍㄨㄥ ·ㄗ ❶裝在門上用來自動關門的裝置，用彈簧或竹片等製成。❷〈方〉彈弓。

【綳簧】bēnghuáng ㄅㄥ ㄏㄨㄤˊ 〈方〉彈簧。

【綳子】bēng·zi ㄅㄥ ·ㄗ ❶刺綉時用來綳緊布帛的用具，大件用長方形的木框子，小件用竹圈：花綳子。❷綳[1]⑥：籐綳子｜綳子牀。

鬅 bēng ㄅㄥ 同'祊'。

béng（ㄅㄥˊ）

甭 béng ㄅㄥˊ 〈方〉'不用'的合音，表示不需要：你既然都知道，我就甭説了｜這些小事兒，你甭管。

běng（ㄅㄥˇ）

菶〔菶〕 běng ㄅㄥˇ ［菶菶］〈書〉形容草木茂盛。

琫 běng ㄅㄥˇ 古代刀鞘上端的飾物。

綳（绷、繃） běng ㄅㄥˇ ❶板着：綳臉。❷勉強支撐：咬住牙綳住勁。

另見56頁 bēng；57頁 bèng。

【綳勁】běng//jìn ㄅㄥˇ // ㄐㄧㄣˋ （綳勁兒）屏住氣息用力：綳不住勁｜他一綳勁，就把大石頭舉過了頭頂。

【綳臉】běng//liǎn ㄅㄥˇ // ㄌㄧㄢˇ 板着臉，表示不高興：他綳着臉，半天一句話也不説。

鞛 běng ㄅㄥˇ 同'琫'。

鞛 běng ㄅㄥˇ 同'琫'。

bèng（ㄅㄥˋ）

泵 bèng ㄅㄥˋ ❶吸入和排出流體的機械，能把流體抽出或壓入容器，也能把液體提送到高處。平常按用途不同分為氣泵、水泵、油泵。也叫幫浦、唧筒。❷用泵壓入或抽出：泵入｜泵出｜泵油。［英 pump］

蚌 bèng ㄅㄥˋ 蚌埠（Bèngbù ㄅㄥˋ ㄅㄨˋ），地名，在安徽。

另見36頁 bàng。

迸 bèng ㄅㄥˋ ❶向外濺出或噴射：打鐵時火星兒亂迸｜潮水沖來，礁石邊上迸起乳白色的浪花◇沈默了半天，他才迸出一句話來。❷突然碎裂：迸裂｜迸碎。

【迸發】bèngfā ㄅㄥˋ ㄈㄚ 由內而外地突然發出：一錘子打到岩石上，迸發了好些火星兒◇笑聲從四面八方迸發出來。

【迸濺】bèngjiàn ㄅㄥˋ ㄐㄧㄢˋ 向四外濺：火花迸濺｜激流沖擊着岩石，迸濺起無數飛沫。

【迸裂】bèngliè ㄅㄥˋ ㄌㄧㄝˋ 破裂；裂開而往外飛濺：山石迸裂｜腦漿迸裂。

綳（绷、繃） bèng ㄅㄥˋ ❶裂開：西瓜綳了一道縫兒。❷用在'硬、直、亮'一類形容詞的前面，表示程度深：綳硬｜綳直｜綳脆｜綳亮。

另見56頁 bēng；56頁 běng。

【綳瓷】bèngcí ㄅㄥˋ ㄘˊ（綳瓷兒）表面的釉層有不規則碎紋的瓷器。這種碎紋是由於坯和釉的膨脹係數不同而形成的。

甏 bèng ㄅㄥˋ〈方〉瓮；壇子：酒甏。

蹦 bèng ㄅㄥˋ 跳：歡蹦亂跳｜皮球一拍蹦得老高｜他蹲下身子，用力一蹦，就蹦了六七尺遠◇他嘴裏不時蹦出一些新詞兒來。

【蹦蹦兒戲】bèngbèngrxì ㄅㄥˋ ㄅㄥㄦˋ ㄒㄧˋ 評劇的前身。參看890頁〖評劇〗。

【蹦躂】bèng·da ㄅㄥˋ ·ㄉㄚ 蹦跳，現多比喻掙扎：秋後的螞蚱，蹦躂不了幾天了。

【蹦豆兒】bèngdòur ㄅㄥˋ ㄉㄡㄦˋ〈方〉❶鐵蠶豆。❷小孩兒。

【蹦高】bènggāo ㄅㄥˋ ㄍㄠ（蹦高兒）跳躍：樂得直蹦高兒。

【蹦跳】bèngtiào ㄅㄥˋ ㄊㄧㄠˋ 跳躍：他高興得蹦跳起來｜孩子們從院子裏蹦蹦跳跳地跑進來。

鏰（镚） bèng ㄅㄥˋ 見下。

【鏰兒】bèngr ㄅㄥㄦˋ 鏰子。

【鏰子】bèng·zi ㄅㄥˋ ·ㄗ 原指清末不帶孔的小銅幣，十個當一個銅元，現在把小形的硬幣叫鋼圜子或鋼鏰兒。也叫鏰兒。

【鏰子兒】bèngzǐr ㄅㄥˋ ㄗㄦˇ〈方〉指極少量的錢：鏰子兒不值｜一個鏰子兒也不給。

bī（ㄅㄧ）

屄（屄） bī ㄅㄧ 陰門。

逼（偪） bī ㄅㄧ ❶逼迫；給人以威脅：威逼｜寒氣逼人｜形勢逼人｜為生活所逼。❷強迫索取：逼租｜逼債。❸靠近；接近：逼視｜逼真｜大軍已逼城郊。❹〈書〉狹窄：逼仄。

【逼宮】bī//gōng ㄅㄧ//ㄍㄨㄥ 指大臣強迫帝王退位。也泛指強迫政府首腦辭職或讓出權力。

【逼供】bīgòng ㄅㄧ ㄍㄨㄥˋ 用酷刑或威脅等手段強迫受審人招供：嚴刑逼供。

【逼婚】bīhūn ㄅㄧ ㄏㄨㄣ 用暴力或威脅手段強迫對方（多為女方）跟自己或別人結婚。

【逼近】bījìn ㄅㄧ ㄐㄧㄣˋ 靠近；接近：小艇逼近了岸邊｜天色逼近黃昏｜腳步聲從遠處漸漸逼近。

【逼良為娼】bī liáng wéi chāng ㄅㄧ ㄌㄧㄤˊ ㄨㄟˊ ㄔㄤ 逼迫良家婦女當娼妓。比喻迫使正直安分的人去做壞事。

【逼命】bīmìng ㄅㄧ ㄇㄧㄥˋ ❶指用暴力威脅人。❷比喻催促得十分緊急，使人感到緊張，難以應付：真逼命！這麼大的任務，三天內怎能完成！

【逼迫】bīpò ㄅㄧ ㄆㄛˋ 緊緊地催促；用壓力促使：在環境的逼迫下，他開始變得勤奮了。

【逼上梁山】bī shàng Liáng Shān ㄅㄧ ㄕㄤˋ ㄌㄧㄤˊ ㄕㄢ《水滸傳》中有林沖等人為官府所迫，上梁山造反的情節。後用來比喻被迫進行反抗或不得不做某種事。

【逼視】bīshì ㄅㄧ ㄕˋ 向前靠近目標，緊緊盯着：光彩奪目，不可逼視｜在眾人的逼視下，他顯得侷促不安了。

【逼問】bīwèn ㄅㄧ ㄨㄣˋ 強迫被問者回答：無論怎麼逼問，他就是不說。

【逼肖】bīxiào ㄅㄧ ㄒㄧㄠˋ〈書〉很相似：雖是絹花，卻與真花逼肖。

【逼仄】bīzè ㄅㄧ ㄗㄜˋ〈書〉（地方）狹窄：逼仄小徑｜居室逼仄。

【逼真】bīzhēn ㄅㄧ ㄓㄣ ❶極像真的：情節逼真｜這個老虎畫得十分逼真。❷真切：看得逼真｜聽得逼真。

鎞（𫓧） bī ㄅㄧ〈書〉❶釵。❷篦子。

另見874頁 pī。

鰏（鲾） bī ㄅㄧ 魚，身體小而側扁，略呈卵圓形，青褐色，口小，鱗細。生活在近海。

bí（ㄅㄧˊ）

荸〔荸〕 bí ㄅㄧˊ ［荸薺］（bí·qí ㄅㄧˊ·ㄑㄧ）❶多年生草本植物，通常栽培在水田裏，地下莖扁圓形，皮赤褐色或黑褐色，肉白色，可以吃，又可以製澱粉。❷這種植物的地下莖。‖有的地區叫地梨、地栗或馬蹄。

鼻 bí ㄅㄧˊ ❶鼻子：鼻樑｜鼻音。❷〈書〉開創：鼻祖。

【鼻翅兒】bíchìr ㄅㄧˊ ㄔㄦˋ 鼻翼的通稱。

【鼻竇】bídòu ㄅㄧˊ ㄉㄡˋ 鼻旁竇的通稱。

【鼻觀】bíguàn ㄅㄧˊ ㄍㄨㄢˋ〈書〉鼻孔：花香沁人鼻觀。

【鼻化元音】bíhuà yuányīn ㄅㄧˊ ㄏㄨㄚˋ ㄩㄢˊ ㄧㄣ 見1406頁〖元音〗。

【鼻甲】bíjiǎ ㄅㄧˊ ㄐㄧㄚˇ 把鼻腔分成窄縫的骨組織，左右鼻腔內各有三個，能使吸入的氣流變得緩慢。

【鼻尖】bíjiān ㄅㄧˊ ㄐㄧㄢ (鼻尖兒)鼻子末端最突出的部分。也叫鼻子尖兒。

【鼻孔】bíkǒng ㄅㄧˊ ㄎㄨㄥˇ 鼻腔跟外面相通的孔道。

【鼻樑】bíliáng ㄅㄧˊ ㄌㄧㄤˊ (鼻樑兒)鼻子隆起的部分：高鼻樑｜塌鼻樑兒。也叫鼻樑子。

【鼻牛兒】bíniúr ㄅㄧˊ ㄋㄧㄡㄦˊ 〈方〉鼻腔裏乾結的鼻涕。

【鼻旁竇】bípángdòu ㄅㄧˊ ㄆㄤˊ ㄉㄡˋ 頭顱內部鼻腔周圍的空腔。通稱鼻竇。

【鼻腔】bíqiāng ㄅㄧˊ ㄑㄧㄤ 鼻子內部的空腔，分左右兩個，壁上有細毛。上部黏膜中有嗅覺細胞，能分辨氣味。

【鼻青臉腫】bí qīng liǎn zhǒng ㄅㄧˊ ㄑㄧㄥ ㄌㄧㄢˇ ㄓㄨㄥˇ 鼻子青了，臉也腫了。形容面部被碰傷或打傷的樣子。也比喻遭到嚴重打擊、挫折的狼狽相。

【鼻兒】bír ㄅㄧㄦˊ ❶器物上面能夠穿上其他東西的小孔：門鼻兒｜針鼻兒。❷〈方〉像哨子的東西：用葦子做了一個鼻兒。

【鼻飼】bísì ㄅㄧˊ ㄙˋ 病人不能用嘴飲食時，用特製的管子通過鼻腔插入胃內，把流質食物或藥液從管子裏灌進去。

【鼻酸】bísuān ㄅㄧˊ ㄙㄨㄢ 鼻子發酸。比喻悲傷心酸。

【鼻涕】bítì ㄅㄧˊ ㄊㄧˋ 鼻腔黏膜所分泌的液體。

【鼻頭】bí·tou ㄅㄧˊ ·ㄊㄡ 〈方〉鼻子。

【鼻窪子】bíwā·zi ㄅㄧˊ ㄨㄚ ·ㄗ 鼻翼旁邊凹下去的部分。也叫鼻窪。

【鼻息】bíxī ㄅㄧˊ ㄒㄧ 從鼻腔出入的氣息，特指熟睡時的鼾聲：鼻息如雷。

【鼻烟】bíyān ㄅㄧˊ ㄧㄢ (鼻烟兒)由鼻孔吸入的粉末狀的烟：鼻烟壺(裝鼻烟的小瓶)。

【鼻翼】bíyì ㄅㄧˊ ㄧˋ 鼻尖兩旁的部分。通稱鼻翅兒。

【鼻音】bíyīn ㄅㄧˊ ㄧㄣ 口腔氣流通路阻塞，軟腭下垂，鼻腔通氣發出的音，例如普通話語音的 m，n，ng (ŋ) 等。

【鼻韻母】bíyùnmǔ ㄅㄧˊ ㄩㄣˋ ㄇㄨˇ 鼻音收尾的韻母。普通話語音中有 an，ian，uan，üan，en，in，un，ün，ang，iang，uang，eng，ing，ong，iong 等。

【鼻中隔】bízhōnggé ㄅㄧˊ ㄓㄨㄥ ㄍㄜˊ 把鼻腔分成左右兩部分的組織，由骨、軟骨和黏膜構成。

【鼻子】bí·zi ㄅㄧˊ ·ㄗ 人和高等動物的嗅覺器官，又是呼吸器官的一部分，位於頭部，有兩個孔。

【鼻子眼兒】bí·ziyǎnr ㄅㄧˊ ·ㄗ ㄧㄢㄦˇ 鼻孔。

【鼻祖】bízǔ ㄅㄧˊ ㄗㄨˇ 〈書〉始祖，比喻創始人。

bǐ (ㄅㄧˇ)

匕 bǐ ㄅㄧˇ ❶古人取食的器具，後代的羹匙由它演變而來。❷〈書〉指匕首：圖窮匕見。

【匕鬯不驚】bǐ chàng bù jīng ㄅㄧˇ ㄔㄤˋ ㄅㄨˋ ㄐㄧㄥ《周易·震》：'震驚百里，不喪匕鬯。'匕和鬯，都是古代祭祀用品，'匕鬯不驚'原指宗廟祭祀不受驚擾，後用來形容軍紀嚴明，不驚擾百姓。

【匕首】bǐshǒu ㄅㄧˇ ㄕㄡˇ 短劍或狹長的短刀。

比[1] bǐ ㄅㄧˇ ❶比較；較量：比幹勁｜學先進，比先進。❷能夠相比：近鄰比親｜堅比金石｜演講不比自言自語。❸比畫：連說帶比。❹〈方〉對着；向着：別拿槍比着人，小心走火。❺仿照：比着葫蘆畫瓢(比喻模仿着做事)。❻比方；比喻：打比｜人們常把聰明的人比做諸葛亮。❼比較兩個同類數量之間的倍數關係，叫做它們的比，其中一數是另一數的幾倍或幾分之幾：這裏的小麥年產量和水稻年產量約為一與四之比。❽表示比賽雙方得分的對比：甲隊以二比一勝乙隊。❾介詞，用來比較性狀和程度的差別：今天的風比昨天更大了｜許多同志都比我強。注意 a) '一'加量詞在'比'的前後重複，可以表示程度的累進：人民的生活一年比一年富裕了。b) 比較高下的時候用'比'，表示異同的時候用'跟'或'同'。

比[2] bǐ ㄅㄧˇ (舊讀 bì ㄅㄧˋ)〈書〉❶緊靠；挨着：比肩｜鱗次櫛比。❷依附；勾結：朋比為奸。❸近來：比來。❹等到：比及。

【比比】bǐbǐ ㄅㄧˇ ㄅㄧˇ 〈書〉❶頻頻；屢屢。❷到處；處處：比比皆是(到處都是)。

【比方】bǐ·fang ㄅㄧˇ ·ㄈㄤ ❶用容易明白的甲事物來說明不容易明白的乙事物：他堅貞不屈的品德，可用四季常青的松柏來比方。❷指用甲事物來說明乙事物的行為：打比方｜這不過是個比方。❸比如：郊遊的事情都安排好了，比方誰帶隊、誰開車，等等。❹表示'假如'的意思(用於有話要說而故意吞吐其詞時)：他的隸書真好，比方我求他寫一副對聯兒，他不會拒絕吧？

【比分】bǐfēn ㄅㄧˇ ㄈㄣ 比賽中雙方用來比較成績、決定勝負的得分：最後一分鐘，客隊攻進一球，把比分扳平。

【比附】bǐfù ㄅㄧˇ ㄈㄨˋ 〈書〉拿不能相比的東西來勉強相比：曲為比附。

【比畫】bǐ·hua ㄅㄧˇ ·ㄏㄨㄚ ❶用手或拿着東西做出姿勢來幫助說話或代替說話：他在一張紙上比畫着，教大家怎樣剪裁褲子。❷指練武或比武：我今天定要跟他比畫比畫，見個高低。‖也作比劃。

【比基尼】bǐjīní ㄅㄧˇ ㄐㄧ ㄋㄧˊ 一種女子穿的游泳衣，由遮蔽面積很小的褲衩和乳罩組成。也叫三點式游泳衣。［英 bikini］

【比及】bǐjí ㄅㄧˇ ㄐㄧˊ 〈書〉等到：比及趕到，船已離岸。

【比價】bǐ∥jià ㄅㄧˇ∥ㄐㄧㄚˋ 發包工程、器材或變賣產業、貨物時，比較承包人或買主用書面形式提出的價格：比價單。

【比價】bǐjià ㄅㄧˇ ㄐㄧㄚˋ 不同商品的價格比率或不同貨幣兑換的比率，如棉糧比價、外匯比價。

【比肩】bǐjiān ㄅㄧˇ ㄐㄧㄢ 〈書〉❶並肩：比肩作戰｜比肩而立。❷比喻相當；比美：他雖然是票友，水平卻可與專業演員比肩。

【比肩繼踵】bǐ jiān jì zhǒng ㄅㄧˇ ㄐㄧㄢ ㄐㄧˋ ㄓㄨㄥˇ 肩挨着肩，腳挨着腳，形容人多擁擠。也說比肩接踵。

【比較】bǐjiào ㄅㄧˇ ㄐㄧㄠˋ ❶就兩種或兩種以上同類的事物辨別異同或高下：有比較才能鑒別｜這兩塊料子比較起來，顏色是這塊好，質地是那塊好。❷介詞，用來比較性狀和程度的差別：這項政策貫徹以後，農民的生產積極性比較前一時期又有所提高。❸副詞，表示具有一定程度：這篇文章寫得比較好。

【比較價格】bǐjiào jiàgé ㄅㄧˇ ㄐㄧㄠˋ ㄐㄧㄚˋ ㄍㄜˊ 不變價格。

【比來】bǐlái ㄅㄧˇ ㄌㄞˊ 〈書〉近來。

【比例】bǐlì ㄅㄧˇ ㄌㄧˋ ❶表示兩個比相等的式子，如3：4＝9：12。❷比¹⑦：教師和學生的比例已經達到要求。❸比重②：在所銷商品中，國貨的比例比較大。

【比例尺】bǐlìchǐ ㄅㄧˇ ㄌㄧˋ ㄔˇ ❶繪製地圖或機械製圖時，圖上距離與它所表示的實際距離的比。❷指綫段比例尺，附在圖邊的表示比例的數字和綫段。❸製圖用的一種工具，上面有幾種不同比例的刻度。

【比例稅制】bǐlì-shuìzhì ㄅㄧˇ ㄌㄧˋ ㄕㄨㄟˋ ㄓˋ 對同一課稅對象不論數額多少，都按同一比例計徵的稅率制度。

【比量】bǐ·liang ㄅㄧˇ ·ㄌㄧㄤ ❶不用尺而用手、繩、棍等大概地量一量：他用胳膊一比量，那棵樹有兩圍粗。❷比試②：他拿起鐮刀比量了比量，就要動手割麥子。

【比鄰】bǐlín ㄅㄧˇ ㄌㄧㄣˊ ❶〈書〉近鄰；街坊：海內存知己，天涯若比鄰。❷位置接近；鄰近：比鄰星（離太陽最近的一顆恆星）。

【比率】bǐlǜ ㄅㄧˇ ㄌㄩˋ 比值。

【比美】bǐměi ㄅㄧˇ ㄇㄟˇ 水平不相上下，足以相比：鄉鎮企業的一些產品，已經可以跟大工廠的產品比美。

【比目魚】bǐmùyú ㄅㄧˇ ㄇㄨˋ ㄩˊ 鰈、鰨、鮃等魚的統稱。這幾種魚身體扁平，成長中兩眼逐漸移到頭部的一側，平卧在海底。也叫偏口魚。

【比擬】bǐnǐ ㄅㄧˇ ㄋㄧˇ ❶比較①：無可比擬｜難以比擬。❷修辭手法，把物擬做人或把人擬做物。

【比年】bǐnián ㄅㄧˇ ㄋㄧㄢˊ 〈書〉❶近年：比年以來，纏綿病榻。❷每年；連年：比年不登。‖也說比歲。

【比配】bǐpèi ㄅㄧˇ ㄆㄟˋ 相稱；相配：這兩件擺設放在一起很不比配。

【比丘】bǐqiū ㄅㄧˇ ㄑㄧㄡ 佛教指和尚。［梵 bhiksu］

【比丘尼】bǐqiūní ㄅㄧˇ ㄑㄧㄡ ㄋㄧˊ 佛教指尼姑。［梵 bhiksuni］

【比熱】bǐrè ㄅㄧˇ ㄖㄜˋ 單位質量的物質，溫度升高（或降低）1°C 所吸收（或放出）的熱量，叫做該物質的比熱。

【比如】bǐrú ㄅㄧˇ ㄖㄨˊ 舉例時的發端語：有些問題已經做出決定，比如招多少學生，分多少班，等等。

【比賽】bǐsài ㄅㄧˇ ㄙㄞˋ 在體育、生產等活動中，比較本領、技術的高低：象棋比賽｜比賽籃球。

【比試】bǐ·shi ㄅㄧˇ ·ㄕ ❶彼此較量高低：咱們比試一下，看誰做得又快又好。❷做出某種動作的姿勢：他把大槍一比試，不在乎地說，叫他們來吧。

【比索】bǐsuǒ ㄅㄧˇ ㄙㄨㄛˇ ❶西班牙的舊本位貨幣。❷菲律賓和一部分拉丁美洲國家的本位貨幣。［西班牙 peso］

【比武】bǐ∥wǔ ㄅㄧˇ∥ㄨˇ 比賽武藝。

【比翼】bǐyì ㄅㄧˇ ㄧˋ 翅膀挨着翅膀（飛）：比翼齊飛。

【比翼鳥】bǐ yì niǎo ㄅㄧˇ ㄧˋ ㄋㄧㄠˇ 傳說中的一種鳥，雌雄老在一起飛，古典詩詞裏用做恩愛夫妻的比喻。

【比翼齊飛】bǐ yì qí fēi ㄅㄧˇ ㄧˋ ㄑㄧˊ ㄈㄟ 比喻夫妻恩愛，朝夕相伴。也比喻互相幫助，共同前進。

【比喻】bǐyù ㄅㄧˇ ㄩˋ 修辭手法，用某些有類似點的事物來比擬想要說的某一事物，以便表達得更加生動鮮明；打比方。

【比照】bǐzhào ㄅㄧˇ ㄓㄠˋ ❶按照已有的（格式、標準、方法等）；對比着：比照着實物繪圖。❷比較對照：兩種方案一比照，就可看出明顯的差異。

【比值】bǐzhí ㄅㄧˇ ㄓˊ 兩個數相比所得的值，即前項除以後項所得的商。如8：4的比值是2。也叫比率。

【比重】bǐzhòng ㄅㄧˇ ㄓㄨㄥˋ ❶物質的重量和4°C 時同體積純水的重量的比值，叫做該物質的比重。❷一種事物在整體中所佔的分量：我國工業在整個國民經濟中的比重逐年增長。

吡 bǐ ㄅㄧˇ 見下。
另見877頁 pǐ。

【吡啶】bǐdìng ㄅㄧˇ ㄉㄧㄥˋ 有機化合物，化學式C_5H_5N。無色液體，有臭味。用做溶劑和化學試劑。［英 pyridine］

【吡咯】bǐluò ㄅㄧˇ ㄌㄨㄛˋ 有機化合物，化學式C_4H_5N。無色液體，在空氣中顏色變深，有刺激性氣味。用來製藥品。［英 pyrrole］

佊 bǐ ㄅㄧˇ 〈書〉邪。

沘 Bǐ ㄅㄧˇ 沘江，水名，在雲南。

妣 bǐ ㄅㄧˇ 〈書〉已故的母親：先妣｜如喪考妣(像死了父母一樣)。

彼 bǐ ㄅㄧˇ ❶那；那個(跟'此'相對)：彼時｜此起彼伏｜由此及彼。❷對方；他：知己知彼｜彼退我進。

【彼岸】bǐ'àn ㄅㄧˇ ㄢˋ ❶〈書〉(江、河、湖、海的)那一邊；對岸。❷佛教認為有生有死的境界好比此岸，超脱生死的境界(涅槃)好比彼岸。❸比喻所嚮往的境界：走向幸福的彼岸。

【彼此】bǐcǐ ㄅㄧˇ ㄘˇ ❶那個和這個；雙方：不分彼此｜彼此互助。❷客套話，表示大家一樣(常疊用做答話)：'您辛苦啦！''彼此彼此！'。

【彼一時，此一時】bǐ yī shí,cǐ yī shí ㄅㄧˇ ㄧ ㄕˊ，ㄘˇ ㄧ ㄕˊ 那是一個時候，現在又是一個時候，表示時間不同，情況有了改變：彼一時，此一時，不要拿老眼光看新事物。

秕(粃) bǐ ㄅㄧˇ ❶秕子：秕糠。❷(子實)不飽滿：秕粒｜秕穀子。❸〈書〉惡；壞：秕政。

【秕穀】bǐgǔ ㄅㄧˇ ㄍㄨˇ 不飽滿的稻穀或穀子。也叫秕穀子。

【秕糠】bǐkāng ㄅㄧˇ ㄎㄤ 秕子和糠，比喻沒有價值的東西。

【秕子】bǐ·zi ㄅㄧˇ ·ㄗ 空的或不飽滿的子粒：穀秕子。

俾 bǐ ㄅㄧˇ 〈書〉使(達到某種效果)：俾眾周知｜俾有所悟。

舭 bǐ ㄅㄧˇ 船底和船側間的彎曲部分。［英 bilge］

【舭艎】bǐdá ㄅㄧˇ ㄉㄚˊ 古代的一種船。

筆(笔) bǐ ㄅㄧˇ ❶寫字畫圖的用具：毛筆｜鉛筆｜鋼筆｜粉筆｜一枝筆｜一管筆。❷(寫字、畫畫、作文的)筆法：伏筆｜工筆｜敗筆｜曲筆。❸用筆寫出：代筆｜直筆｜親筆。❹手迹：遺筆。❺筆畫：'大'字有三筆。❻量詞。a)用於款項或跟款項有關的：一筆錢｜三筆賬｜五筆生意。b)用於書畫藝術：寫一筆好字｜他能畫幾筆山水畫。

【筆觸】bǐchù ㄅㄧˇ ㄔㄨˋ 書畫、文章等的筆法；格調：他用簡練而鮮明的筆觸來表現祖國壯麗的河山｜他以鋒利的筆觸諷刺了舊社會的醜惡。

【筆答】bǐdá ㄅㄧˇ ㄉㄚˊ 書面回答：筆答試題。

【筆底生花】bǐ dǐ shēng huā ㄅㄧˇ ㄉㄧˇ ㄕㄥ ㄏㄨㄚ 比喻所寫的文章非常優美。也說筆下生花。參看1024頁〖生花之筆〗。

【筆底下】bǐdǐ·xia ㄅㄧˇ ㄉㄧˇ ·ㄒㄧㄚ 指寫文章的能力：他筆底下不錯(會寫文章)｜他筆底下來得(寫文章快)。

【筆調】bǐdiào ㄅㄧˇ ㄉㄧㄠˋ 文章的格調：筆調清新｜他用文藝筆調寫了許多通俗科學讀物。

【筆端】bǐduān ㄅㄧˇ ㄉㄨㄢ 〈書〉指寫作、寫字、繪畫時筆的運用以及所表現的意境：筆端奇趣橫生｜憤激之情見於筆端。

【筆伐】bǐfá ㄅㄧˇ ㄈㄚˊ 用文字聲討：口誅筆伐。

【筆法】bǐfǎ ㄅㄧˇ ㄈㄚˇ 寫字、畫畫、作文的技巧或特色：他的字，筆法圓潤秀美｜他以豪放的筆法，寫出了大草原的風光。

【筆鋒】bǐfēng ㄅㄧˇ ㄈㄥ ❶毛筆的尖端。❷書畫的筆勢；文章的鋒芒：筆鋒蒼勁｜筆鋒犀利。

【筆桿兒】bǐgǎnr ㄅㄧˇ ㄍㄢˇㄦ 筆桿子①②。

【筆桿子】bǐgǎn·zi ㄅㄧˇ ㄍㄢˇ ·ㄗ ❶筆的手拿的部分。❷指寫文章的能力：要筆桿子｜他嘴皮子、筆桿子都比我強。‖也說筆桿兒。❸指能寫文章的人。

【筆耕】bǐgēng ㄅㄧˇ ㄍㄥ 指寫作：伏案筆耕｜筆耕不輟。

【筆供】bǐgòng ㄅㄧˇ ㄍㄨㄥˋ 用筆寫出來的供詞。

【筆管條直】bǐ guǎn tiáo zhí ㄅㄧˇ ㄍㄨㄢˇ ㄊㄧㄠˊ ㄓˊ 筆直(多指直立着)：這棵樹長得筆管條直｜大家筆管條直地站着等點名。

【筆畫】bǐhuà ㄅㄧˇ ㄏㄨㄚˋ ❶組成漢字的點、橫、直、撇、捺等。❷指筆畫數：書前有漢字筆畫索引。‖也作筆劃。

【筆會】bǐhuì ㄅㄧˇ ㄏㄨㄟˋ ❶以文章的方式對某個專題或專題的某個側面進行探討、報道等的活動：文藝評論筆會。❷一種由作家聯合成的組織。

【筆迹】bǐjì ㄅㄧˇ ㄐㄧˋ 每個人寫的字所特有的形象；字迹：對筆迹｜這可不像他的筆迹。

【筆記】bǐjì ㄅㄧˇ ㄐㄧˋ ❶用筆記錄：老人口述，請人筆記下來，整理成文。❷聽課、聽報告、讀書時所做的記錄：讀書筆記｜課堂筆記。❸一種以隨筆記錄為主的著作體裁，多由分條的短篇彙集而成：筆記小説。

【筆架】bǐjià ㄅㄧˇ ㄐㄧㄚˋ (筆架兒)用陶瓷、竹、木、金屬等製成的擱筆或插筆的架兒。

【筆尖】bǐjiān ㄅㄧˇ ㄐㄧㄢ (筆尖兒)❶筆的寫字的尖端部分。❷特指鋼筆的筆頭兒：換個筆尖。

【筆力】bǐlì ㄅㄧˇ ㄌㄧˋ 寫字、畫畫或做文章在筆法上所表現的力量：筆力雄健｜筆力遒勁。

【筆立】bǐlì ㄅㄧˇ ㄌㄧˋ 直立：筆立的山峰。

【筆錄】bǐlù ㄅㄧˇ ㄌㄨˋ ❶用筆記錄：您口述，

由我給您筆錄。❷記錄下來的文字：口供筆錄。
【筆路】bǐlù ㄅㄧˇ ㄌㄨˋ ❶筆法。❷寫作的思路。
【筆帽】bǐmào ㄅㄧˇ ㄇㄠˋ (筆帽兒)套着筆頭兒保護筆的套兒。
【筆名】bǐmíng ㄅㄧˇ ㄇㄧㄥˊ 作者發表作品時用的別名，如魯迅是周樹人的筆名。
【筆墨】bǐmò ㄅㄧˇ ㄇㄛˋ 指文字或詩文書畫等：筆墨流暢｜西湖美麗的景色，不是用筆墨可以形容的。
【筆墨官司】bǐmò guān·si ㄅㄧˇ ㄇㄛˋ ㄍㄨㄢ ·ㄙ 指書面上的爭辯：打筆墨官司。
【筆鉛】bǐqiān ㄅㄧˇ ㄑㄧㄢ 鉛筆的芯子。
【筆潤】bǐrùn ㄅㄧˇ ㄖㄨㄣˋ 潤筆。
【筆試】bǐshì ㄅㄧˇ ㄕˋ 要求把答案寫出來的考試方法(區別於'口試')。
【筆勢】bǐshì ㄅㄧˇ ㄕˋ ❶寫字、畫畫用筆的風格：筆勢沈穩。❷詩文的氣勢：這首七律，筆勢猶如大江出峽，洶湧澎湃。
【筆受】bǐshòu ㄅㄧˇ ㄕㄡˋ 〈書〉用筆記下別人口授的話。
【筆順】bǐshùn ㄅㄧˇ ㄕㄨㄣˋ 漢字筆畫的書寫次序，如'文'的筆順是1)丶，2)亠，3)ナ，4)文。
【筆算】bǐsuàn ㄅㄧˇ ㄙㄨㄢˋ 用筆寫出算式或算草來計算。
【筆談】bǐtán ㄅㄧˇ ㄊㄢˊ ❶兩人對面在紙上寫字交換意見，代替談話。❷用書面發表意見代替談話。❸筆記③(多用於書名)：《夢溪筆談》。
【筆套】bǐtào ㄅㄧˇ ㄊㄠˋ (筆套兒)❶筆帽。❷用綫、絲織成或用布做成的套筆的東西。
【筆體】bǐtǐ ㄅㄧˇ ㄊㄧˇ 各人寫的字所特有的形象；筆迹：對筆體｜我認得出他的筆體。
【筆挺】bǐtǐng ㄅㄧˇ ㄊㄧㄥˇ ❶很直地(立着)：衛兵筆挺地站在一旁。❷(衣服)燙得很平而摺疊的痕迹又很直：穿着一身筆挺的西服。
【筆筒】bǐtǒng ㄅㄧˇ ㄊㄨㄥˇ 用陶瓷、竹木等製成的插筆的筒兒。
【筆頭兒】bǐtóur ㄅㄧˇ ㄊㄡㄦˊ ❶毛筆、鋼筆等用以寫字的部分。❷指寫字的技巧或寫文章的能力：他筆頭兒有兩下子｜你筆頭兒快，還是你寫吧！也說筆頭子。
【筆誤】bǐwù ㄅㄧˇ ㄨˋ ❶因疏忽而寫了錯字：這篇文章筆誤的地方不少。❷因疏忽而寫錯的字：精神不集中，寫東西常有筆誤。
【筆洗】bǐxǐ ㄅㄧˇ ㄒㄧˇ 用陶瓷、石頭、貝殼等製成的洗涮毛筆的用具。
【筆下】bǐxià ㄅㄧˇ ㄒㄧㄚˋ ❶筆底下。❷指寫文章時作者的措辭和用意：筆下留情。
【筆心】bǐxīn ㄅㄧˇ ㄒㄧㄣ 鉛筆或圓珠筆的芯子。也作筆芯。
【筆形】bǐxíng ㄅㄧˇ ㄒㄧㄥˊ 指漢字的筆畫和由筆畫構成的形體，如'一'、'丿'、'亠'、'扌'等。
【筆削】bǐxuē ㄅㄧˇ ㄒㄩㄝ 筆指記載，削指刪改，古時在竹簡、木簡上寫字，要刪改得用刀刮去，後用做請人修改文章的敬辭。
【筆意】bǐyì ㄅㄧˇ ㄧˋ 書畫或詩文所表現的意境：筆意超逸｜筆意清新。
【筆譯】bǐyì ㄅㄧˇ ㄧˋ 用文字翻譯(區別於'口譯')。
【筆札】bǐzhá ㄅㄧˇ ㄓㄚˊ 札是古代寫字用的小木片，後來用筆札指紙筆，又轉指書信、文章等。
【筆債】bǐzhài ㄅㄧˇ ㄓㄞˋ 指受別人約請而未交付的字、畫或文章。
【筆戰】bǐzhàn ㄅㄧˇ ㄓㄢˋ 用文章來進行的爭論。
【筆者】bǐzhě ㄅㄧˇ ㄓㄜˇ 某一篇文章或某一本書的作者(多用於自稱)。
【筆政】bǐzhèng ㄅㄧˇ ㄓㄥˋ 報刊編輯中指撰寫重要評論的工作。
【筆直】bǐzhí ㄅㄧˇ ㄓˊ 很直：筆直的馬路｜站得筆直。
【筆致】bǐzhì ㄅㄧˇ ㄓˋ 書畫、文章等用筆的風格：筆致高雅。
【筆資】bǐzī ㄅㄧˇ ㄗ 舊時稱寫字、畫畫、做文章所得的報酬。
【筆走龍蛇】bǐ zǒu lóng shé ㄅㄧˇ ㄗㄡˇ ㄌㄨㄥˊ ㄕㄜˊ 形容書法筆勢雄健活潑。

鄙 bǐ ㄅㄧˇ ❶粗俗；低下：鄙陋｜卑鄙。❷謙辭，舊時用於自稱：鄙人｜鄙意｜鄙見。❸〈書〉輕視；看不起：鄙棄｜鄙薄。❹〈書〉邊遠的地方：邊鄙。
【鄙薄】bǐbó ㄅㄧˇ ㄅㄛˊ ❶輕視；看不起：鄙薄勢利小人｜臉上露出鄙薄的神情。❷〈書〉淺陋微薄(多用做謙辭)：鄙薄之志(微小的志向)。
【鄙稱】bǐchēng ㄅㄧˇ ㄔㄥ ❶鄙視地稱做：不勞而食者被鄙稱為寄生蟲。❷鄙視的稱呼：寄生蟲是對不勞而食者的鄙稱。
【鄙俚】bǐlǐ ㄅㄧˇ ㄌㄧˇ 〈書〉粗俗；淺陋：文辭鄙俚，不登大雅之堂。
【鄙吝】bǐlìn ㄅㄧˇ ㄌㄧㄣˋ 〈書〉❶鄙俗。❷過分吝嗇。
【鄙陋】bǐlòu ㄅㄧˇ ㄌㄡˋ 見識淺薄：鄙陋無知｜學識鄙陋。
【鄙棄】bǐqì ㄅㄧˇ ㄑㄧˋ 看不起；厭惡：她鄙棄那種矯揉造作的演唱作風。
【鄙人】bǐrén ㄅㄧˇ ㄖㄣˊ ❶〈書〉知識淺陋的人。❷謙辭，對人稱自己。
【鄙視】bǐshì ㄅㄧˇ ㄕˋ 輕視；看不起：他向來鄙視那些幫閑文人。
【鄙俗】bǐsú ㄅㄧˇ ㄙㄨˊ 粗俗；庸俗：言詞鄙俗。
【鄙夷】bǐyí ㄅㄧˇ ㄧˊ 〈書〉輕視；看不起。
【鄙意】bǐyì ㄅㄧˇ ㄧˋ 謙辭，稱自己的意見。

bì (ㄅㄧˋ)

必 bì ㄅㄧˋ ❶必定；必然：我明天三點鐘必到｜不戰則已，戰則必勝。❷必須；一定要：事必躬親｜事物的存在和發展，必有一定的條件。

【必得】bìděi ㄅㄧˋ ㄉㄟˇ 必須；一定要：捎信兒不行，必得你親自去一趟。

【必定】bìdìng ㄅㄧˋ ㄉㄧㄥˋ 副詞。❶表示判斷或推論的確鑿或必然：他得到信兒，必定會來｜有全組同志的共同努力，這項任務必定能完成。❷表示意志的堅決：你放心，後天我必定來接你。

【必恭必敬】bì gōng bì jìng ㄅㄧˋ ㄍㄨㄥ ㄅㄧˋ ㄐㄧㄥˋ 十分恭敬。也作畢恭畢敬。

【必然】bìrán ㄅㄧˋ ㄖㄢˊ ❶事理上確定不移：必然趨勢｜勝利必然屬於意志堅強的人。❷哲學上指不以人們意志為轉移的客觀發展規律：新事物代替舊事物是歷史發展的必然。

【必然王國】bìrán wángguó ㄅㄧˋ ㄖㄢˊ ㄨㄤˊ ㄍㄨㄛˊ 哲學上指人在尚未認識和掌握客觀世界規律之前，沒有意志自由，行動受着必然性支配的境界。參看1518頁〖自由王國〗。

【必然性】bìránxìng ㄅㄧˋ ㄖㄢˊ ㄒㄧㄥˋ 指事物發展、變化中的不可避免和一定不移的趨勢。必然性是由事物的本質決定的，認識事物的必然性就是認識事物的本質(跟'偶然性'相對)。

【必修】bìxiū ㄅㄧˋ ㄒㄧㄡ 學生依照學校規定必須學習的(區別於'選修')：必修課。

【必須】bìxū ㄅㄧˋ ㄒㄩ ❶表示事理上和情理上的必要；一定要：學習必須刻苦鑽研。❷加強命令語氣：明天你必須來。‖注意 '必須'的否定是'無須'、'不須'或'不必'。

【必需】bìxū ㄅㄧˋ ㄒㄩ 一定要有的；不可少的：日用必需品｜煤鐵等是發展工業所必需的原料。

【必需品】bìxūpǐn ㄅㄧˋ ㄒㄩ ㄆㄧㄣˇ 生活上不可缺少的物品，如糧食、衣服、被褥等。

【必要】bìyào ㄅㄧˋ ㄧㄠˋ 不可缺少；非這樣不行：開展批評和自我批評是十分必要的｜為了集體的利益，必要時可以犧牲個人的利益。

【必要產品】bìyào chǎnpǐn ㄅㄧˋ ㄧㄠˋ ㄔㄢˇ ㄆㄧㄣˇ 由勞動者的必要勞動生產出來的產品(跟'剩餘產品'相對)。

【必要勞動】bìyào láodòng ㄅㄧˋ ㄧㄠˋ ㄌㄠˊ ㄉㄨㄥˋ 勞動者為了維持自己和家屬的生活所必須付出的那一部分勞動(跟'剩餘勞動'相對)。

庇 bì ㄅㄧˋ 遮蔽；掩護：包庇｜庇護。

【庇護】bìhù ㄅㄧˋ ㄏㄨˋ 袒護；保護：庇護權｜庇護壞人。

【庇護權】bìhùquán ㄅㄧˋ ㄏㄨˋ ㄑㄩㄢˊ 國家對於因受政治迫害而來避難的外國人給以居留的權利。

【庇廕】bìyìn ㄅㄧˋ ㄧㄣˋ 〈書〉❶(樹木)遮住陽光。❷比喻尊長的照顧或祖宗的保祐。

【庇祐】bìyòu ㄅㄧˋ ㄧㄡˋ 〈書〉保祐：神明庇祐。

苾〔苾〕 bì ㄅㄧˋ 〈書〉芳香。

畀 bì ㄅㄧˋ 〈書〉給；給以：畀以重任｜投畀豺虎。

泌 bì ㄅㄧˋ 泌陽(Bìyáng ㄅㄧˋ ㄧㄤˊ)，地名，在河南。
另見794頁 mì。

邲 Bì ㄅㄧˋ 古地名，在今河南鄭州東。

柲 bì ㄅㄧˋ 〈書〉戈戟等兵器的柄。

毖 bì ㄅㄧˋ 〈書〉謹慎小心：懲前毖後。

畢〔畢〕(毕) bì ㄅㄧˋ ❶完結；完成：禮畢｜畢其功於一役。❷〈書〉全；完全：畢力｜群賢畢至。❸二十八宿之一。❹(Bì)姓。

【畢恭畢敬】bì gōng bì jìng ㄅㄧˋ ㄍㄨㄥ ㄅㄧˋ ㄐㄧㄥˋ 同'必恭必敬'。

【畢竟】bìjìng ㄅㄧˋ ㄐㄧㄥˋ 副詞，表示追根究底所得的結論；究竟；終歸；到底：這部書雖然有缺頁，畢竟是珍本。

【畢露】bìlù ㄅㄧˋ ㄌㄨˋ 完全暴露：原形畢露｜兇相畢露。

【畢命】bìmìng ㄅㄧˋ ㄇㄧㄥˋ 〈書〉結束生命(多指橫死)。

【畢生】bìshēng ㄅㄧˋ ㄕㄥ 一生；終生：畢生的精力。

【畢肖】bìxiào ㄅㄧˋ ㄒㄧㄠˋ 完全相像：神態畢肖。

【畢業】bì∥yè ㄅㄧˋ∥ㄧㄝˋ 在學校或訓練班學習期滿，達到規定的要求，結束學習：大學畢業｜他的學習成績太差，畢不了業。

秘(祕) bì ㄅㄧˋ ❶譯音用字，如秘魯(國名，在南美洲)。❷(Bì)姓。
另見794頁 mì。

狴 bì ㄅㄧˋ［狴犴］(bì'àn ㄅㄧˋ ㄢˋ)〈書〉❶傳說中的一種走獸，古代常把它的形象畫在牢獄的門上。❷借指監獄。

陛 bì ㄅㄧˋ 〈書〉宮殿的台階：石陛。

【陛下】bìxià ㄅㄧˋ ㄒㄧㄚˋ 對君主的尊稱。

萆〔萆〕 bì ㄅㄧˋ ❶同'蓖'。❷萆薢。

【萆薢】bìxiè ㄅㄧˋ ㄒㄧㄝˋ 多年生藤本植物，葉互生，雌雄異株。根狀莖橫生，呈圓柱形，表面黃褐色，可入藥。

梐 bì ㄅㄧˋ［梐枑］(bìhù ㄅㄧˋ ㄏㄨˋ)古代官署前攔住行人的東西，用木條交叉製成。

庳 bì ㄅㄧˋ 〈書〉❶低窪：陂塘污庳。❷矮：宮室卑庳（房屋低矮）。

敝 bì ㄅㄧˋ ❶〈書〉破舊；破爛：敝衣｜舌敝唇焦。❷謙辭，舊時用於跟自己有關的事物：敝姓｜敝處｜敝校。❸〈書〉衰敗：凋敝｜經久不敝。

【敝人】bìrén ㄅㄧˋ ㄖㄣˊ 對人謙稱自己。

【敝屣】bìxǐ ㄅㄧˋ ㄒㄧˇ 〈書〉破舊的鞋。比喻沒有價值的東西：視功名若敝屣。

【敝帚自珍】bì zhǒu zì zhēn ㄅㄧˋ ㄓㄡˇ ㄗˋ ㄓㄣ 破掃帚，自己當寶貝愛惜。比喻東西雖不好，可是自己珍視。也說敝帚千金。

閉（闭） bì ㄅㄧˋ ❶關；合：閉門｜閉口無言｜閉目養神。❷堵塞不通：閉氣｜閉塞。❸結束；停止：閉會｜閉經。❹（Bì）姓。

【閉關】bìguān ㄅㄧˋ ㄍㄨㄢ ❶閉塞關口，比喻不跟外界往來：閉關政策。❷佛教用語，指僧人獨居一處，靜修佛法，不與任何人交往，滿一定期限才外出。

【閉關鎖國】bì guān suǒ guó ㄅㄧˋ ㄍㄨㄢ ㄙㄨㄛˇ ㄍㄨㄛˊ 閉塞關口，封鎖國境，不跟外國往來。

【閉關自守】bì guān zì shǒu ㄅㄧˋ ㄍㄨㄢ ㄗˋ ㄕㄡˇ 閉塞關口，不跟別國往來。也比喻不跟外界交往。

【閉合】bìhé ㄅㄧˋ ㄏㄜˊ ❶首尾相連的；封閉的：閉合電路｜閉合曲綫｜電冰箱各部分之間用管道相連，形成一個閉合循環系統。❷使首尾相連；封閉；合上：電門一閉合，電流就通了。

【閉合電路】bìhé diànlù ㄅㄧˋ ㄏㄜˊ ㄉㄧㄢˋ ㄌㄨˋ 電荷沿電路繞一周後可回到原位置的電路。

【閉會】bìhuì ㄅㄧˋ ㄏㄨㄟˋ 會議結束。

【閉架式】bìjiàshì ㄅㄧˋ ㄐㄧㄚˋ ㄕˋ 圖書館的一種借閱方式。由讀者填寫借書條交管理員到書架上取書，交給讀者閱覽。

【閉經】bìjīng ㄅㄧˋ ㄐㄧㄥ 經閉。

【閉卷】bìjuàn ㄅㄧˋ ㄐㄩㄢˋ （閉卷兒）一種考試方法，參加考試的人答題時不能查閱有關資料（區別於'開卷'）。

【閉口】bìkǒu ㄅㄧˋ ㄎㄡˇ 合上嘴不講話，也比喻不發表意見：閉口不言。

【閉口韵】bìkǒuyùn ㄅㄧˋ ㄎㄡˇ ㄩㄣˋ 拿雙唇音 m 或 b 收尾的韵母。

【閉路電視】bìlùdiànshì ㄅㄧˋ ㄌㄨˋ ㄉㄧㄢˋ ㄕˋ 圖像信號只在有限的區域內通過電纜傳送的電視系統。多應用於工業、教育、醫學、科學研究等方面。

【閉門羹】bìméngēng ㄅㄧˋ ㄇㄣˊ ㄍㄥ 見150頁〖吃閉門羹〗。

【閉門思過】bì mén sī guò ㄅㄧˋ ㄇㄣˊ ㄙ ㄍㄨㄛˋ 關上房門，獨自反省過錯。多指獨自進行自我反省。

【閉門造車】bì mén zào chē ㄅㄧˋ ㄇㄣˊ ㄗㄠˋ ㄔㄜ 關上門造車。比喻只憑主觀辦事，不管客觀實際。

【閉目塞聽】bì mù sè tīng ㄅㄧˋ ㄇㄨˋ ㄙㄜˋ ㄊㄧㄥ 閉着眼睛，堵住耳朵。形容對外界事物不聞不問或不了解。

【閉幕】bì∥mù ㄅㄧˋ∥ㄇㄨˋ ❶一場演出、一個節目或一幕戲結束時閉上舞台前的幕。❷（會議、展覽會等）結束：閉幕詞｜閉幕式｜運動會勝利閉幕。

【閉氣】bì∥qì ㄅㄧˋ∥ㄑㄧˋ ❶呼吸微弱，失去知覺：跌了一跤，閉住氣了。❷有意地暫時抑止呼吸：閉氣凝神｜護士放輕腳步閉住氣走到病人牀前。

【閉塞】bìsè ㄅㄧˋ ㄙㄜˋ ❶堵塞：管道閉塞。❷交通不便；偏僻；風氣不開：他住在偏遠的山區，那裏十分閉塞。❸消息不靈通：老人久不出門，閉塞得很。

【閉市】bì∥shì ㄅㄧˋ∥ㄕˋ 商店、市場等停止營業。

【閉鎖】bìsuǒ ㄅㄧˋ ㄙㄨㄛˇ ❶自然科學上指某個系統與外界隔絕，不相聯繫。❷醫學上舊指瓣膜等嚴密合攏：大動脉閉鎖不全。

婢 bì ㄅㄧˋ 婢女：奴婢｜奴顏婢膝。

【婢女】bìnǚ ㄅㄧˋ ㄋㄩˇ 舊時有錢人家雇用的女孩子。

賁（贲） bì ㄅㄧˋ 〈書〉裝飾得很美。另見53頁 bēn。

皕 bì ㄅㄧˋ 〈書〉二百。

詖（诐） bì ㄅㄧˋ 〈書〉❶辯論。❷不正：詖辭（邪僻的言論）。

湢 bì ㄅㄧˋ 〈書〉浴室。

愊 bì ㄅㄧˋ ［愊憶］（bìyì ㄅㄧˋ ㄧˋ）〈書〉煩悶。也作腷臆。

愎 bì ㄅㄧˋ 乖戾；執拗：剛愎自用。

弼（弻） bì ㄅㄧˋ 〈書〉輔助：輔弼。

蓽[1]〔蓽〕（荜） bì ㄅㄧˋ 同'篳'。

蓽[2]〔蓽〕（荜） bì ㄅㄧˋ 見〖蓽撥〗。

【蓽撥】bìbō ㄅㄧˋ ㄅㄛ 多年生藤本植物，葉卵狀心形，雌雄異株，漿果卵形。中醫用果穗入藥。

【蓽路藍縷】bì lù lán lǚ ㄅㄧˋ ㄌㄨˋ ㄌㄢˊ ㄌㄩˇ 同'篳路藍縷'。

蓖〔蓖〕 bì ㄅㄧˋ ［蓖麻］（bìmá ㄅㄧˋ ㄇㄚˊ）一年生或多年生草本植物，葉子大，掌狀分裂。種子叫蓖麻子，榨的油叫蓖麻油，醫藥上做瀉藥，工業上做潤滑油。也叫大麻子(dàmázǐ)。

嗶〔嗶〕(哔) bì ㄅㄧˋ［嗶嘰］(bìjī ㄅㄧˋ ㄐㄧ)密度比較小的斜紋的毛織品。另有一種斜紋的棉織品，叫充嗶嘰或綫嗶嘰，簡稱嗶嘰。［法 beige］

鉍(铋) bì ㄅㄧˋ 金屬元素，符號 Bi (bismuthum)。白色或粉紅色，質軟，不純時脆，凝固時有膨脹現象。用來製低熔合金，可做保險絲、安全閥等。

腷 bì ㄅㄧˋ［腷臆］(bìyì ㄅㄧˋ ㄧˋ) 同'愊憶'(bìyì)。

痹(痺) bì ㄅㄧˋ 痹症：風痹｜寒痹｜濕痹。

【痹症】bìzhèng ㄅㄧˋ ㄓㄥˋ 中醫指由風、寒、濕等引起的肢體疼痛或麻木的病。

煏 bì ㄅㄧˋ〈方〉用火烘乾。

裨 bì ㄅㄧˋ〈書〉益處：裨益｜無裨於事(對事情沒有益處)。

另見877頁 pí。

【裨益】bìyì ㄅㄧˋ ㄧˋ〈書〉❶益處：學習先進經驗，對於改進工作，大有裨益。❷使受益：植樹造林是裨益當代、造福子孫的大事。

閟(闷) bì ㄅㄧˋ〈書〉❶閉門；閉。❷謹慎。

辟1 bì ㄅㄧˋ〈書〉君主：復辟。

辟2 bì ㄅㄧˋ〈書〉❶排除：辟邪。❷同'避'。

辟3 bì ㄅㄧˋ〈書〉帝王召見並授與官職：辟舉(徵召和薦舉)。

另見874頁 pī'闢'；878頁 pì；878頁 pì'闢'。

【辟穀】bìgǔ ㄅㄧˋ ㄍㄨˇ 不吃五穀，方士道家當做修煉成仙的方法。

【辟邪】bì∥xié ㄅㄧˋ∥ㄒㄧㄝˊ 避免或驅除邪祟。一般用做迷信語，表示降伏妖魔鬼怪使不侵擾人的意思。

【辟易】bìyì ㄅㄧˋ ㄧˋ〈書〉退避(多指受驚嚇後控制不住而離開原地)：辟易道側｜人馬俱驚，辟易數里。

琿〔琿〕(珌) bì ㄅㄧˋ〈書〉刀鞘下端的飾物。

碧 bì ㄅㄧˋ ❶〈書〉青綠色的玉石。❷青綠色：碧草｜澄碧。

【碧波】bìbō ㄅㄧˋ ㄅㄛ 碧綠色的水波：碧波蕩漾｜碧波萬頃。

【碧空】bìkōng ㄅㄧˋ ㄎㄨㄥ 青藍色的天空：碧空如洗。

【碧藍】bìlán ㄅㄧˋ ㄌㄢˊ 青藍色：碧藍的大海｜天空碧藍碧藍的。

【碧綠】bìlǜ ㄅㄧˋ ㄌㄩˋ 青綠色：碧綠的荷葉｜田野一片碧綠。

【碧螺春】bìluóchūn ㄅㄧˋ ㄌㄨㄛˊ ㄔㄨㄣ 綠茶的一種，色澤青翠，蜷曲呈螺狀，原產於太湖洞庭山。

【碧落】bìluò ㄅㄧˋ ㄌㄨㄛˋ〈書〉天空。

【碧血】bìxuè ㄅㄧˋ ㄒㄩㄝˋ《莊子·外物》：'萇弘死於蜀，藏其血，三年而化為碧。'後多用碧血指為正義事業而流的血：碧血丹心。

【碧油油】bìyōuyōu ㄅㄧˋ ㄧㄡ ㄧㄡ (碧油油的) 綠油油：碧油油的麥苗。

蔽〔蔽〕 bì ㄅㄧˋ 遮蓋；擋住：掩蔽｜遮蔽｜衣不蔽體｜浮雲蔽日。

【蔽芾】bìfèi ㄅㄧˋ ㄈㄟˋ〈書〉形容樹幹樹葉微小。

【蔽塞】bìsè ㄅㄧˋ ㄙㄜˋ 閉塞。

【蔽障】bìzhàng ㄅㄧˋ ㄓㄤˋ 遮蔽；障礙。

馝 bì ㄅㄧˋ［馝馞］(bìbó ㄅㄧˋ ㄅㄛˊ)〈書〉形容香氣很濃。

箅 bì ㄅㄧˋ［箅子］(bì·zi ㄅㄧˋ ·ㄗ) 有空隙而能起間隔作用的器具，如蒸食物用的竹箅子，下水道口上擋住垃圾的鐵箅子等。

弊 bì ㄅㄧˋ ❶欺詐矇騙、圖佔便宜的行為：作弊｜營私舞弊。❷害處；毛病：興利除弊｜切中時弊。

【弊病】bìbìng ㄅㄧˋ ㄅㄧㄥˋ ❶弊端：管理混亂，恐有弊病。❷事情上的毛病：制度不健全的弊病越來越突出了。

【弊端】bìduān ㄅㄧˋ ㄉㄨㄢ 由於工作上有漏洞而發生的損害公益的事情：消除弊端。

【弊害】bìhài ㄅㄧˋ ㄏㄞˋ 弊病；害處。

【弊絕風清】bì jué fēng qīng ㄅㄧˋ ㄐㄩㄝˊ ㄈㄥ ㄑㄧㄥ 形容社會風氣十分良好，沒有貪污舞弊等壞事情。也說風清弊絕。

【弊政】bìzhèng ㄅㄧˋ ㄓㄥˋ〈書〉有害的政治措施：抨擊弊政｜革除弊政。

幣(币) bì ㄅㄧˋ 貨幣：硬幣｜銀幣｜紙幣｜人民幣。

【幣值】bìzhí ㄅㄧˋ ㄓˊ 貨幣的價值，即貨幣購買商品的能力。

【幣制】bìzhì ㄅㄧˋ ㄓˋ 貨幣制度，包括拿甚麼做貨幣和貨幣的單位，以及硬幣的鑄造，紙幣的發行、流通等制度。

髲 bì ㄅㄧˋ〈書〉假髮。

駜(驳) bì ㄅㄧˋ〈書〉馬肥壯。

獘 bì ㄅㄧˋ〈書〉同'斃'。

潷(滗) bì ㄅㄧˋ 擋住渣滓或泡着的東西，把液體倒出：潷湯藥｜把湯潷出去。

薜〔薜〕 bì ㄅㄧˋ［薜荔］(bìlì ㄅㄧˋ ㄌㄧˋ) 木本植物，莖蔓生，葉子卵形。

果實球形，可做涼粉。

觱 bì ㄅㄧˋ［觱篥］(bìlì ㄅㄧˋ ㄌㄧˋ) 古代管樂器，用竹做管，用蘆葦做嘴，漢代從西域傳入。也作觱栗、篳篥、篳篥。

篳〔篳〕(筚) bì ㄅㄧˋ〈書〉用荊條、竹子等編成的籬笆或其他遮攔物：蓬門篳戶｜蓬篳生輝。

【篳篥】bìlì ㄅㄧˋ ㄌㄧˋ 同'觱篥'(bìlì)。

【篳路藍縷】bì lù lán lǚ ㄅㄧˋ ㄌㄨˋ ㄌㄢˊ ㄌㄩˇ《左傳》宣公十二年：'篳路藍縷，以啓山林。'意思是説駕着柴車，穿着破舊的衣服去開闢山林(篳路：柴車；藍縷：破衣服)。形容創業的艱苦。也作蓽路藍縷。

篦 bì ㄅㄧˋ 用篦子梳：篦頭。

【篦子】bì·zi ㄅㄧˋ ·ㄗ 用竹子製成的梳頭用具，中間有樑兒，兩側有密齒。

壁 bì ㄅㄧˋ ❶牆：壁報｜壁燈｜家徒四壁◇銅牆鐵壁。❷某些物體上作用像圍牆的部分：井壁｜鍋爐壁｜細胞壁。❸像牆那樣直立的山石：絕壁｜峭壁。❹壁壘：堅壁清野。❺二十八宿之一。

【壁報】bìbào ㄅㄧˋ ㄅㄠˋ 機關、團體、學校等辦的報，把稿子張貼在牆壁上。也叫牆報。

【壁櫥】bìchú ㄅㄧˋ ㄔㄨˊ 牆體上留出空間而成的櫥。也叫壁櫃。

【壁燈】bìdēng ㄅㄧˋ ㄉㄥ 裝置在牆壁上的燈。

【壁挂】bìguà ㄅㄧˋ ㄍㄨㄚˋ 挂在牆壁上的一種裝飾性織物。包括毛織壁挂、印染壁挂、刺綉壁挂、棉織壁挂等。毛織壁挂也叫壁毯、挂毯。

【壁虎】bìhǔ ㄅㄧˋ ㄏㄨˇ 爬行動物，身體扁平，四肢短，趾上有吸盤，能在壁上爬行。吃蚊、蠅、蛾等小昆蟲，對人類有益。也叫蝎虎，舊稱守宮。

【壁畫】bìhuà ㄅㄧˋ ㄏㄨㄚˋ 繪在建築物的牆壁或天花板上的圖畫：敦煌壁畫。

【壁壘】bìlěi ㄅㄧˋ ㄌㄟˇ ❶古時軍營的圍牆，泛指防禦工事。❷比喻對立的事物和界限：壁壘分明｜唯物主義和唯心主義是哲學中的兩大壁壘。

【壁壘森嚴】bìlěi sēnyán ㄅㄧˋ ㄌㄟˇ ㄙㄣ ㄧㄢˊ 比喻防守很嚴密或界限劃得很分明。

【壁立】bìlì ㄅㄧˋ ㄌㄧˋ (山崖等)像牆壁一樣陡立：壁立千仞｜壁立的山峰。

【壁爐】bìlú ㄅㄧˋ ㄌㄨˊ 就着牆壁砌成的生火取暖的設備，有烟囱通到室外。

【壁上觀】bìshàngguān ㄅㄧˋ ㄕㄤˋ ㄍㄨㄢ 見1531頁〖作壁上觀〗。

【壁虱】bìshī ㄅㄧˋ ㄕ ❶蜱(pí)。❷〈方〉臭蟲。

【壁毯】bìtǎn ㄅㄧˋ ㄊㄢˇ 毛織壁挂。也叫挂毯。

【壁障】bìzhàng ㄅㄧˋ ㄓㄤˋ 像牆壁的障礙物，多用於比喻：消除雙方之間的思想壁障。

【壁紙】bìzhǐ ㄅㄧˋ ㄓˇ 貼在室內牆上做裝飾用的紙。

【壁鐘】bìzhōng ㄅㄧˋ ㄓㄨㄥ 挂鐘。

嬖 bì ㄅㄧˋ〈書〉❶寵愛：嬖愛｜嬖昵。❷受寵愛：嬖臣｜嬖妾。❸受寵愛的人。

蹕〔蹕〕(跸) bì ㄅㄧˋ〈書〉帝王出行時，開路清道，禁止通行。泛指跟帝王行止有關的事情：駐蹕(帝王出行時沿途停留暫住)。

斃(毙) bì ㄅㄧˋ ❶死(用於人時多含貶義)：斃命｜擊斃｜牲畜倒斃。❷槍斃：昨天斃了一個土匪頭目。❸〈書〉仆倒：多行不義必自斃。

【斃命】bìmìng ㄅㄧˋ ㄇㄧㄥˋ 喪命(含貶義)。

滗 bì ㄅㄧˋ 漾滗(Yàngbì ㄧㄤˋ ㄅㄧˋ)，地名，在雲南。

臂 bì ㄅㄧˋ ❶胳膊：左臂｜臂力｜振臂高呼。❷人體解剖學上多指上臂。另見53頁 ·bei。

【臂膀】bìbǎng ㄅㄧˋ ㄅㄤˇ ❶胳膊。❷比喻助手。

【臂膊】bìbó ㄅㄧˋ ㄅㄛˊ〈方〉胳膊。

【臂力】bìlì ㄅㄧˋ ㄌㄧˋ 臂部的力量。

【臂章】bìzhāng ㄅㄧˋ ㄓㄤ 佩帶在衣袖(一般為左袖)上臂部分、表示身份或職務的標誌。

【臂助】bìzhù ㄅㄧˋ ㄓㄨˋ〈書〉❶幫助：屢承臂助，不勝感激。❷助手：收為臂助。

避 bì ㄅㄧˋ ❶躲開；迴避：避雨｜退避｜避而不談。❷防止：避孕｜避雷針。

【避風】bì//fēng ㄅㄧˋ//ㄈㄥ ❶躲避風：找個避風的地方休息休息。❷比喻避開不利的勢頭。也説避風頭(bìfēng·tou)。

【避風港】bìfēnggǎng ㄅㄧˋ ㄈㄥ ㄍㄤˇ 供船隻躲避大風浪的港灣。比喻供躲避激烈鬥爭的地方。

【避諱】bì//huì ㄅㄧˋ//ㄏㄨㄟˋ 封建時代為了維護等級制度的尊嚴，説話寫文章時遇到君主或尊親的名字都不直接説出或寫出，叫做避諱。

【避諱】bì·hui ㄅㄧˋ ·ㄏㄨㄟ ❶不願説出或聽到某些會引起不愉快的字眼兒：舊時迷信，行船的人避諱'翻'、'沈'等字眼兒。❷迴避：都是自己人，用不着避諱。

【避忌】bìjì ㄅㄧˋ ㄐㄧˋ 避諱(bì·hui)。

【避坑落井】bì kēng luò jǐng ㄅㄧˋ ㄎㄥ ㄌㄨㄛˋ ㄐㄧㄥˇ 躲過了坑，掉進了井裏。比喻避開一害，又遇另一害。

【避雷器】bìléiqì ㄅㄧˋ ㄌㄟˊ ㄑㄧˋ 保護電氣設備或無綫電收音機等避免雷擊的裝置，原理和避雷針相同。

【避雷針】bìléizhēn ㄅㄧˋ ㄌㄟˊ ㄓㄣ 保護建築物等避免雷擊的裝置。在高大建築物頂端安裝一個金屬棒，用金屬綫與埋在地下的一塊金屬板連接起來，利用金屬棒的尖端放電，使雲層所帶的電和地上的電逐漸中和。

【避免】bìmiǎn ㄅㄧˋ ㄇㄧㄢˇ 設法不使某種情形發生；防止：避免衝突｜看問題要客觀、全面，避免主觀、片面。

【避難】bì∥nàn ㄅㄧˋ∥ㄋㄢˋ 躲避災難或迫害：避難所。

【避讓】bìràng ㄅㄧˋ ㄖㄤˋ 躲避；讓開：避讓道旁。

【避世】bìshì ㄅㄧˋ ㄕˋ 脱離現實生活，避免和外界接觸：避世絕俗。

【避暑】bì∥shǔ ㄅㄧˋ∥ㄕㄨˇ ❶天氣炎熱的時候到涼爽的地方去住：避暑勝地｜夏天到北戴河避暑。❷避免中暑：天氣太熱，吃點避暑的藥。

【避嫌】bì∥xián ㄅㄧˋ∥ㄒㄧㄢˊ 避開嫌疑。

【避邪】bìxié ㄅㄧˋ ㄒㄧㄝˊ 迷信的人指用符咒等避免邪祟。

【避孕】bì∥yùn ㄅㄧˋ∥ㄩㄣˋ 用陰莖套、子宮環等用具或藥物阻止精子和卵子相結合，使不受孕。

【避重就輕】bì zhòng jiù qīng ㄅㄧˋ ㄓㄨㄥˋ ㄐㄧㄡˋ ㄑㄧㄥ 避開重要的而揀次要的來承擔，也指迴避主要的問題，只談無關重要的方面。

髀 bì ㄅㄧˋ 〈書〉大腿，也指大腿骨：撫髀長嘆。

【髀肉復生】bì ròu fù shēng ㄅㄧˋ ㄖㄡˋ ㄈㄨˋ ㄕㄥ 因為長久不騎馬，大腿上的肉又長起來了。形容長久安逸，無所作為。

奰 bì ㄅㄧˋ 〈書〉❶怒。❷壯大。

璧 bì ㄅㄧˋ 古代的一種玉器，扁平，圓形，中間有小孔：白璧無瑕。

【璧還】bìhuán ㄅㄧˋ ㄏㄨㄢˊ 〈書〉敬辭，用於歸還原物或辭謝贈品：所借圖書，不日璧還。

【璧謝】bìxiè ㄅㄧˋ ㄒㄧㄝˋ 〈書〉敬辭，退還原物，並且表示感謝（多用於辭謝贈品）。

饆〔饆〕(饆) bì ㄅㄧˋ ［饆饠］(bìluó ㄅㄧˋ ㄌㄨㄛˊ) 一種食品。

韠〔韠〕(韠) bì ㄅㄧˋ 古代朝服的蔽膝。

襞 bì ㄅㄧˋ ❶〈書〉衣服上打的褶子，泛指衣服的皺紋：皺襞。❷腸、胃等內部器官上的褶子。

躃 bì ㄅㄧˋ 同‘躄’。

躄 bì ㄅㄧˋ 〈書〉❶仆倒。❷腿瘸(qué)。

贔(赑) bì ㄅㄧˋ ［贔屭］(bìxì ㄅㄧˋ ㄒㄧˋ)〈書〉❶形容用力。❷傳説中的一種動物，像龜。舊時大石碑的石座多雕刻成贔屭形狀。

鸊 bì ㄅㄧˋ ［鸊鷉］(bìlì ㄅㄧˋ ㄌㄧˋ) 同‘鷿鷉’。

biān (ㄅㄧㄢ)

砭 biān ㄅㄧㄢ ❶砭石。❷古代用石針扎皮肉治病：針砭◇寒風砭骨｜痛砭時弊。

【砭骨】biāngǔ ㄅㄧㄢ ㄍㄨˇ 刺入骨髓，形容使人感覺非常冷或疼痛非常劇烈：朔風砭骨。

【砭石】biānshí ㄅㄧㄢ ㄕˊ 古代治病用的石針或石片。

萹〔萹〕 biān ㄅㄧㄢ ［萹蓄］(biānxù ㄅㄧㄢ ㄒㄩˋ) 一年生草本植物，葉子互生，披針形，花被綠色，有白色邊緣。全草入藥。

另見69頁 biǎn。

煸〔煸〕 biān ㄅㄧㄢ 烹飪方法，把菜、肉等放在熱油裏炒：煸鍋｜煸牛肉絲。

蝙〔蝙〕 biān ㄅㄧㄢ ［蝙蝠］(biānfú ㄅㄧㄢ ㄈㄨˊ) 哺乳動物，頭部和軀幹像老鼠，四肢和尾部之間有皮質的膜，夜間在空中飛翔，吃蚊、蛾等昆蟲。視力很弱，靠本身發出的超聲波來引導飛行。

箯 biān ㄅㄧㄢ ［箯輿］(biānyú ㄅㄧㄢ ㄩˊ) 古代的一種竹轎。

編〔編〕(编) biān ㄅㄧㄢ ❶把細長條狀的東西交叉組織起來：編筐｜編辮子｜編草帽。❷把分散的事物按照一定的條理組織起來或按照一定的順序排列起來：編組｜編隊｜編號。❸編輯：編報｜編雜誌。❹創作（歌詞、劇本等）：編歌｜編話劇｜編了個曲兒。❺捏造：瞎編｜編派。❻成本的書（常用做書名）：正編｜續編｜人手一編｜《故事新編》。❼書籍按內容劃分的單位，大於‘章’：上編｜中編｜下編。❽編制：在編｜超編｜編外。

【編次】biāncì ㄅㄧㄢ ㄘˋ 按一定的次序編排。

【編導】biāndǎo ㄅㄧㄢ ㄉㄠˇ ❶編劇和導演。❷編劇和導演的人。

【編訂】biāndìng ㄅㄧㄢ ㄉㄧㄥˋ 編纂校訂：編訂《唐宋傳奇集》。

【編隊】biān∥duì ㄅㄧㄢ∥ㄉㄨㄟˋ ❶把分散的人、運輸工具等編成一定順序或某種組織形式。❷軍事上指飛機、軍艦等按一定要求組成戰鬥單位。

【編號】biān∥hào ㄅㄧㄢ∥ㄏㄠˋ 按順序編號數：新買的圖書編號上架後才能出借。

【編號】biānhào ㄅㄧㄢ ㄏㄠˋ 編定的號數：請把這本書的編號填在借書單上。

【編輯】biānjí ㄅㄧㄢ ㄐㄧˊ ❶對資料或現成的作品進行整理、加工：編輯部｜編輯工作。❷做編輯工作的人。

【編校】biānjiào ㄅㄧㄢ ㄐㄧㄠˋ 編輯和校訂。

【編結】biānjié ㄅㄧㄢ ㄐㄧㄝˊ 編①：編結毛衣｜

編結魚網。

【編列】biānliè ㄅㄧㄢ ㄌㄧㄝˋ ❶編排：他把文章輯在一起，編列成書。❷制定規程、計劃等，安排有關項目。

【編錄】biānlù ㄅㄧㄢ ㄌㄨˋ 摘錄並編輯：該書編錄嚴謹。

【編碼】biān∥mǎ ㄅㄧㄢ∥ㄇㄚˇ 用預先規定的方法將文字、數字或其他對象編成數碼，或將信息、數據轉換成規定的電脈衝信號。編碼在電子計算機、電視、遙控和通訊等方面廣泛使用。

【編目】biān∥mù ㄅㄧㄢ∥ㄇㄨˋ 編製目錄：新購圖書尚未編目｜本館編了目的圖書已有十萬種。

【編目】biānmù ㄅㄧㄢ ㄇㄨˋ 編製成的目錄：圖書編目。

【編年】biānnián ㄅㄧㄢ ㄋㄧㄢˊ 按史實發生或文章寫作的年、月、日順序編排：編年史｜編年文集。

【編年體】biānniántǐ ㄅㄧㄢ ㄋㄧㄢˊ ㄊㄧˇ 我國傳統史書的一種體裁，按年、月、日編排史實。如《春秋》、《資治通鑑》等就是編年體史書。

【編排】biānpái ㄅㄧㄢ ㄆㄞˊ ❶按照一定的次序排列先後：課文的編排應由淺入深。❷編寫劇本並排演：編排戲劇小品。

【編派】biān·pai ㄅㄧㄢ ·ㄆㄞ 〈方〉誇大或捏造別人的缺點或過失；編造情節來取笑。

【編遣】biānqiǎn ㄅㄧㄢ ㄑㄧㄢˇ 改編並遣散編餘人員。

【編磬】biānqìng ㄅㄧㄢ ㄑㄧㄥˋ 古代打擊樂器，在木架上懸挂一組音調高低不同的石製或玉製的磬，用小木槌敲打奏樂。

【編審】biānshěn ㄅㄧㄢ ㄕㄣˇ ❶編輯和審定：編審稿件。❷做編審工作的人。

【編外】biānwài ㄅㄧㄢ ㄨㄞˋ （軍隊、機關、企業等）編制以外的：編外人員。

【編寫】biānxiě ㄅㄧㄢ ㄒㄧㄝˇ ❶就現成的材料加以整理，寫成書或文章：編寫教科書。❷創作：編寫劇本。

【編選】biānxuǎn ㄅㄧㄢ ㄒㄩㄢˇ 從資料或文章中選取一部分加以編輯：編選教材｜編選攝影作品。

【編演】biānyǎn ㄅㄧㄢ ㄧㄢˇ 創作和演出（戲曲、舞蹈等）：編演文藝節目。

【編譯】biānyì ㄅㄧㄢ ㄧˋ ❶編輯和翻譯。❷做編譯工作的人。

【編餘】biānyú ㄅㄧㄢ ㄩˊ （軍隊、機關等）整編後多餘的：編餘人員。

【編造】biānzào ㄅㄧㄢ ㄗㄠˋ ❶把資料組織排列起來（多指報表等）：編造名冊｜編造預算。❷憑想像創造（故事）：《山海經》裏有不少古人編造的神話。❸捏造：編造謊言。

【編者】biānzhě ㄅㄧㄢ ㄓㄜˇ 編寫的人；做編輯工作的人。

【編者按】biānzhě'àn ㄅㄧㄢ ㄓㄜˇ ㄢˋ 編輯人員對一篇文章或一條消息所加的意見、評論等，常常放在文章或消息的前面。也作編者案。

【編者案】biānzhě'àn ㄅㄧㄢ ㄓㄜˇ ㄢˋ 同'編者按'。

【編織】biānzhī ㄅㄧㄢ ㄓ 把細長的東西互相交錯或鈎連而組織起來：編織毛衣◇根據民間傳說編織成一篇美麗的童話。

【編制】biānzhì ㄅㄧㄢ ㄓˋ ❶組織機構的設置及其人員數量的定額和職務的分配：擴大編制。❷根據資料做出（規程、方案、計劃等）：編制教學方案。

【編製】biānzhì ㄅㄧㄢ ㄓˋ 把細長的東西交叉組織起來，製成器物：用柳條編製的筐子。

【編鐘】biānzhōng ㄅㄧㄢ ㄓㄨㄥ 古代打擊樂器，在木架上懸挂一組音調高低不同的銅鐘，用小木槌敲打奏樂。

【編著】biānzhù ㄅㄧㄢ ㄓㄨˋ 編寫；著述。

【編撰】biānzhuàn ㄅㄧㄢ ㄓㄨㄢˋ 編纂；撰寫。

【編綴】biānzhuì ㄅㄧㄢ ㄓㄨㄟˋ ❶把材料交叉組織成器物；編結：編綴花環。❷將有關的資料、文章等收集起來編成書；編集：編綴成書。

【編組】biān∥zǔ ㄅㄧㄢ∥ㄗㄨˇ 把分散的人、交通工具等安排成一定形式的單位或單元。

【編纂】biānzuǎn ㄅㄧㄢ ㄗㄨㄢˇ 編輯（多指資料較多、篇幅較大的著作）：編纂詞典｜編纂百科全書。

鞭 biān ㄅㄧㄢ ❶鞭子。❷古代兵器，用鐵做成，有節，沒有鋒刃：鋼鞭｜竹節鞭。❸形狀細長類似鞭子的東西：教鞭｜竹鞭。❹供食用或藥用的某些雄獸的陰莖：鹿鞭｜牛鞭。❺成串的小爆竹，放起來響聲連續不斷：一挂鞭｜放鞭。❻〈書〉鞭打：鞭馬｜掘墓鞭屍。

【鞭策】biāncè ㄅㄧㄢ ㄘㄜˋ 用鞭和策趕馬。比喻督促：要經常鞭策自己，努力學習。

【鞭長莫及】biān cháng mò jí ㄅㄧㄢ ㄔㄤˊ ㄇㄛˋ ㄐㄧˊ 《左傳》宣公十五年：'雖鞭之長，不及馬腹。'原來是説雖然鞭子長，但是不應該打到馬肚子上，後來借指力量達不到。

【鞭笞】biānchī ㄅㄧㄢ ㄔ 〈書〉用鞭子或板子打。

【鞭打】biāndǎ ㄅㄧㄢ ㄉㄚˇ 用鞭子打。

【鞭毛】biānmáo ㄅㄧㄢ ㄇㄠˊ 原生質伸出細胞外形成的鞭狀物，一條或多條，有運動、攝食等作用。鞭毛蟲以及各種動植物的精子等都有鞭毛。

【鞭炮】biānpào ㄅㄧㄢ ㄆㄠˋ ❶大小爆竹的統稱。❷專指成串的小爆竹。

【鞭闢入裏】biān pì rù lǐ ㄅㄧㄢ ㄆㄧˋ ㄖㄨˋ ㄌㄧˇ 形容能透徹説明問題，深中要害（裏：裏頭）。也説鞭闢近裏。

【鞭撻】biāntà ㄅㄧㄢ ㄊㄚˋ 鞭打。比喻抨擊：這

部作品對舊社會的醜惡進行了無情的揭露和鞭撻。

【鞭子】biān·zi ㄅㄧㄢ ·ㄗ 趕牲畜的用具：馬鞭子。

邊(边) biān ㄅㄧㄢ ❶幾何圖形上夾成角的射綫或圍成多邊形的綫段。❷(邊兒)邊緣①：海邊｜村邊｜田邊｜馬路邊兒。❸(邊兒)鑲在或畫在邊緣上的條狀裝飾：花邊兒｜金邊兒。❹邊界；邊境：邊疆｜邊防｜戍邊。❺界限：邊際｜一望無邊。❻靠近物體的地方：旁邊｜身邊。❼方面：雙邊會談｜這邊那邊都説好了。❽用在時間詞或數詞後，表示接近某個時間或某個數目：冬至邊上下了一場大雪｜活到六十邊上還沒有見過這種事。❾兩個或幾個'邊'字分別用在動詞前面，表示動作同時進行：邊幹邊學｜邊收件，邊打包，邊託運。❿(Biān)姓。

邊(边) ·bian ·ㄅㄧㄢ (邊兒)方位詞後綴：前邊｜裏邊｜東邊｜左邊。

【邊岸】biān'àn ㄅㄧㄢ ㄢˋ 水邊的陸地；邊際：湖水茫茫，不見邊岸。

【邊鄙】biānbǐ ㄅㄧㄢ ㄅㄧˇ 〈書〉邊遠的地方。

【邊幣】biānbì ㄅㄧㄢ ㄅㄧˋ 抗日戰爭和解放戰爭時期，陝甘寧、晉察冀、冀熱遼等邊區政府銀行所發行的紙幣。

【邊城】biānchéng ㄅㄧㄢ ㄔㄥˊ 靠近國界的城市。

【邊陲】biānchuí ㄅㄧㄢ ㄔㄨㄟˊ 邊境：邊陲重鎮。

【邊地】biāndì ㄅㄧㄢ ㄉㄧˋ 邊遠的地區。

【邊防】biānfáng ㄅㄧㄢ ㄈㄤˊ 國家邊境地區佈置的防務：邊防部隊。

【邊鋒】biānfēng ㄅㄧㄢ ㄈㄥ 足球、冰球等球類比賽中擔任邊綫進攻的隊員。

【邊幅】biānfú ㄅㄧㄢ ㄈㄨˊ 布帛的邊緣，比喻人的儀表、衣着：不修邊幅。

【邊關】biānguān ㄅㄧㄢ ㄍㄨㄢ 邊境上的關口：鎮守邊關。

【邊患】biānhuàn ㄅㄧㄢ ㄏㄨㄢˋ 〈書〉邊疆被侵擾而造成的禍害：邊患頻仍。

【邊際】biānjì ㄅㄧㄢ ㄐㄧˋ 邊緣；界限(多指地區或空間)：一片綠油油的莊稼，望不到邊際｜汪洋大海，漫無邊際。

【邊疆】biānjiāng ㄅㄧㄢ ㄐㄧㄤ 靠近國界的領土。

【邊角料】biānjiǎoliào ㄅㄧㄢ ㄐㄧㄠˇ ㄌㄧㄠˋ 製作物品時，切割、裁剪下來的零碎材料。

【邊界】biānjiè ㄅㄧㄢ ㄐㄧㄝˋ 地區和地區之間的界綫(多指國界，有時也指省界、縣界)：邊界綫｜越過邊界。

【邊境】biānjìng ㄅㄧㄢ ㄐㄧㄥˋ 靠近邊界的地方。

【邊款】biānkuǎn ㄅㄧㄢ ㄎㄨㄢˇ 刻於印章側面或上端的文字、圖案等。

【邊框】biānkuàng ㄅㄧㄢ ㄎㄨㄤˋ (邊框兒)挂屏、鏡子等扁平器物的框子。

【邊貿】biānmào ㄅㄧㄢ ㄇㄠˋ 邊境貿易：近幾年，這個地區的邊貿發展很快。

【邊門】biānmén ㄅㄧㄢ ㄇㄣˊ 旁門。

【邊民】biānmín ㄅㄧㄢ ㄇㄧㄣˊ 邊界一帶的居民。

【邊卡】biānqiǎ ㄅㄧㄢ ㄑㄧㄚˇ 邊界上的哨所或關卡。

【邊區】biānqū ㄅㄧㄢ ㄑㄩ 我國國內革命戰爭及抗日戰爭時期，共產黨領導的革命政權在幾個省連接的邊緣地帶建立的根據地，如陝甘寧邊區、晉察冀邊區等。

【邊塞】biānsài ㄅㄧㄢ ㄙㄞˋ 邊疆地區的要塞。

【邊式】biān·shi ㄅㄧㄢ ·ㄕ ❶〈方〉(裝束、體態)漂亮俏皮。❷戲曲演員的表演動作瀟灑利落：他扮演的關羽，動作邊式，嗓音洪亮。

【邊事】biānshì ㄅㄧㄢ ㄕˋ 〈書〉與邊境有關的事務，特指邊防軍情：邊事緊急。

【邊務】biānwù ㄅㄧㄢ ㄨˋ 與邊境有關的事務，特指邊防事務。

【邊綫】biānxiàn ㄅㄧㄢ ㄒㄧㄢˋ 足球、籃球、羽毛球等運動場地兩邊的界綫。

【邊沿】biānyán ㄅㄧㄢ ㄧㄢˊ 邊緣①：邊沿地帶。

【邊音】biānyīn ㄅㄧㄢ ㄧㄣ 口腔中間通路阻塞，氣流從舌頭的邊上通過而發出的輔音。如普通話語音的l。

【邊緣】biānyuán ㄅㄧㄢ ㄩㄢˊ ❶沿邊的部分：邊緣區◇處於破產的邊緣。❷靠近界綫的；同兩方面或多方面有關係的：邊緣學科。

【邊緣科學】biānyuán kēxué ㄅㄧㄢ ㄩㄢˊ ㄎㄜ ㄒㄩㄝˊ 以兩種或多種學科為基礎而發展起來的科學。如以地質學和化學為基礎的地球化學、以物理學和生物學為基礎的生物物理學等。

【邊遠】biānyuǎn ㄅㄧㄢ ㄩㄢˇ 靠近國界的；遠離中心地區的：邊遠地區｜邊遠縣份。

【邊寨】biānzhài ㄅㄧㄢ ㄓㄞˋ 邊境地區的寨子。

鯿〔鯾〕(鳊、鯾) biān ㄅㄧㄢ 鯿魚，身體側扁，頭小而尖，鱗較細。生活在淡水中。

籩(笾) biān ㄅㄧㄢ 古代祭祀或宴會時盛果實、乾肉等的竹器。

biǎn (ㄅㄧㄢˇ)

扁〔扁〕 biǎn ㄅㄧㄢˇ 圖形或字體上下的距離比左右的距離小；物體的厚度比長度、寬度小：扁圓｜扁體字｜扁盒子｜饅頭壓扁了◇別把人看扁了(不要小看人)。

另見878頁piān。

【扁柏】biǎnbǎi ㄅㄧㄢˇ ㄅㄞˇ 常綠喬木，葉子像鱗片，果實呈球形。木材可做建築材料和器物。

【扁鏟】biǎnchǎn ㄅㄧㄢˇ ㄔㄢˇ 一種刃寬而較薄的鑿子。

【扁銼】biǎncuò ㄅㄧㄢˇ ㄘㄨㄛˋ 板銼。
【扁擔】biǎn·dan ㄅㄧㄢˇ ·ㄉㄢ 放在肩上挑東西或抬東西的工具，用竹子或木頭製成，扁而長。
【扁擔星】biǎn·danxīng ㄅㄧㄢˇ ·ㄉㄢ ㄒㄧㄥ 牛郎星和它附近兩顆小星的俗稱。民間相傳小星是牛郎的兩個孩子，牛郎挑着他們去見他們的母親織女。
【扁豆】biǎndòu ㄅㄧㄢˇ ㄉㄡˋ ❶一年生草本植物，莖蔓生，小葉披針形，花白色或紫色，莢果長橢圓形，扁平，微彎。種子白色或紫黑色。嫩莢是普通蔬菜，種子可入藥。❷這種植物的莢果或種子。❸〈方〉菜豆。‖也作萹豆、稨豆、藊豆。
【扁骨】biǎngǔ ㄅㄧㄢˇ ㄍㄨˇ 扁平的骨頭，如髂骨、大多數顱骨等。
【扁平足】biǎnpíngzú ㄅㄧㄢˇ ㄆㄧㄥˊ ㄗㄨˊ 指足弓減低或塌陷，腳心逐漸變成扁平的腳，也指這樣的腳病。也叫平足。
【扁食】biǎn·shi ㄅㄧㄢˇ ·ㄕ 〈方〉餃子或餛飩。
【扁桃】biǎntáo ㄅㄧㄢˇ ㄊㄠˊ ❶落葉喬木，樹皮灰色，葉披針形，花粉紅色，果實卵圓形，光滑，易破裂。果仁供食用或藥用。❷這種植物的果實。❸蟠(pán)桃(一種桃，果實扁圓形)。
【扁桃體】biǎntáotǐ ㄅㄧㄢˇ ㄊㄠˊ ㄊㄧˇ 分佈在上呼吸道內的一些類似淋巴結的組織。通常指腭部的扁桃體，左右各一，形狀像扁桃。也叫扁桃腺。
【扁形動物】biǎnxíng dòngwù ㄅㄧㄢˇ ㄒㄧㄥˊ ㄉㄨㄥˋ ㄨˋ 無脊椎動物的一門，身體呈扁形，有的雌雄同體，如絛蟲，有的雌雄異體，如血吸蟲。

窆 biǎn ㄅㄧㄢˇ 〈書〉埋葬。

匾〔匾〕 biǎn ㄅㄧㄢˇ ❶上面題着作為標記或表示讚揚文字的長方形木牌(也有用綢布做成的)：橫匾｜綉金匾｜門上掛着一塊匾。❷用竹篾編成的器具，圓形平底，邊框很淺，用來養蠶或盛糧食。
【匾額】biǎn'é ㄅㄧㄢˇ ㄜˊ 匾①。
【匾文】biǎnwén ㄅㄧㄢˇ ㄨㄣˊ 題在匾額上的文字。

萹〔萹〕 biǎn ㄅㄧㄢˇ ［萹豆］(biǎndòu ㄅㄧㄢˇ ㄉㄡˋ) 同'扁豆'。
另見66頁 biān。

貶(贬) biǎn ㄅㄧㄢˇ ❶降低(封建時代多指官職，現代多指價值)：貶黜｜貶值。❷指出缺點，給予不好的評價(跟'褒'相對)：他被貶得一無是處。
【貶斥】biǎnchì ㄅㄧㄢˇ ㄔˋ ❶〈書〉降低官職。❷貶低並排斥或斥責。
【貶黜】biǎnchù ㄅㄧㄢˇ ㄔㄨˋ 〈書〉貶斥①；黜退。
【貶詞】biǎncí ㄅㄧㄢˇ ㄘˊ 含有貶義的詞，如'陰謀'、'叫囂'、'頑固'等。也叫貶義詞。
【貶低】biǎndī ㄅㄧㄢˇ ㄉㄧ 故意降低對人或事物的評價：對這部電影任意貶低或拔高都是不客觀的。
【貶官】biǎnguān ㄅㄧㄢˇ ㄍㄨㄢ ❶降低官職：因失職而被貶官。❷被降職的官吏。
【貶損】biǎnsǔn ㄅㄧㄢˇ ㄙㄨㄣˇ 貶低：不能貶損別人，抬高自己。
【貶抑】biǎnyì ㄅㄧㄢˇ ㄧˋ 貶低並壓制。
【貶義】biǎnyì ㄅㄧㄢˇ ㄧˋ 字句裏含有的不贊成或壞的意思：貶義詞。
【貶責】biǎnzé ㄅㄧㄢˇ ㄗㄜˊ 指出過失，加以批評；責備：橫加貶責｜不待貶責而深刻自省。
【貶謫】biǎnzhé ㄅㄧㄢˇ ㄓㄜˊ 封建時代指官吏降職，被派到遠離京城的地方。
【貶值】biǎnzhí ㄅㄧㄢˇ ㄓˊ ❶貨幣購買力下降。❷降低本國單位貨幣的含金量或降低本國貨幣對外幣的比價，叫做貶值。❸泛指價值降低：商品貶值。
【貶職】biǎnzhí ㄅㄧㄢˇ ㄓˊ 〈書〉降職。

惼〔惼〕 biǎn ㄅㄧㄢˇ 〈書〉(心胸)狹窄：惼心。

碥〔碥〕 biǎn ㄅㄧㄢˇ ❶在水旁斜着伸出來的山石。❷山崖險峻地方的登山石級。

稨〔稨〕 biǎn ㄅㄧㄢˇ ［稨豆］(biǎndòu ㄅㄧㄢˇ ㄉㄡˋ) 同'扁豆'。

褊〔褊〕 biǎn ㄅㄧㄢˇ 〈書〉狹小；狹隘。
【褊急】biǎnjí ㄅㄧㄢˇ ㄐㄧˊ 〈書〉氣量狹小，性情急躁。
【褊狹】biǎnxiá ㄅㄧㄢˇ ㄒㄧㄚˊ 〈書〉狹小：土地褊狹｜氣量褊狹。

藊〔藊〕 biǎn ㄅㄧㄢˇ ［藊豆］(biǎndòu ㄅㄧㄢˇ ㄉㄡˋ) 同'扁豆'。

biàn (ㄅㄧㄢˋ)

卞 biàn ㄅㄧㄢˋ ❶〈書〉急躁；卞急。❷(Biàn)姓。

弁 biàn ㄅㄧㄢˋ ❶古代男子戴的帽子。❷舊時稱低級武職：武弁｜馬弁。
【弁言】biànyán ㄅㄧㄢˋ ㄧㄢˊ 〈書〉序言；序文。

抃 biàn ㄅㄧㄢˋ 〈書〉鼓掌，表示歡喜：抃舞｜抃踴(鼓掌跳躍，形容非常高興)。

苄〔苄〕 biàn ㄅㄧㄢˋ ［苄基］(biànjī ㄅㄧㄢˋ ㄐㄧ) 苯甲基。［英 benzyl］

汴 Biàn ㄅㄧㄢˋ 河南開封的別稱。

忭 biàn ㄅㄧㄢˋ 〈書〉歡喜；快樂：歡忭｜忭躍(歡欣跳躍)。

昪 biàn ㄅㄧㄢˋ 〈書〉❶光明。❷歡樂。

便1 biàn ㄅㄧㄢˋ ❶方便；便利：輕便｜近便｜旅客稱便。❷方便的時候或順便的機會：便中｜得便｜搭便車。❸非正式的；簡單平常的：便飯｜便條兒。❹屎或尿：糞便。❺排泄屎、尿：大便｜小便｜便桶｜便血。

便2 biàn ㄅㄧㄢˋ ❶副詞，就：沒有各方面的通力合作，任務便無法順利完成｜這幾天不是颳風，便是下雨。❷連詞，表示假設的讓步：只要依靠群眾，便是再大的困難，也能克服。‖注意 '便' 是保留在書面語中的近代漢語，它的意義和用法基本上跟 '就' 相同。

另見880頁 pián。

【便步】biànbù ㄅㄧㄢˋ ㄅㄨˋ 隊伍行進的一種步法，隨意行走的姿勢(區別於 '正步')。

【便餐】biàncān ㄅㄧㄢˋ ㄘㄢ 便飯。

【便當】biàn·dang ㄅㄧㄢˋ ·ㄉㄤ 方便；順手；簡單；容易：這裏乘車很便當｜東西不多，收拾起來很便當。

【便道】biàndào ㄅㄧㄢˋ ㄉㄠˋ ❶近便的小路；順便的路：地裏一條小道，是貪走便道的人踩出來的。❷馬路兩邊供人行走的道路；人行道：行人走便道。❸正式道路正在修建或修整時臨時使用的道路。

【便飯】biànfàn ㄅㄧㄢˋ ㄈㄢˋ ❶日常吃的飯食：家常便飯。❷吃便飯：明晚請來舍下便飯。

【便服】biànfú ㄅㄧㄢˋ ㄈㄨˊ ❶日常穿的服裝(區別於 '禮服、制服' 等)。❷專指中式服裝。

【便函】biànhán ㄅㄧㄢˋ ㄏㄢˊ 形式比較簡便的、非正式公文的信件(區別於 '公函')。

【便壺】biànhú ㄅㄧㄢˋ ㄏㄨˊ 男人夜間或病中臥牀小便的用具。

【便箋】biànjiān ㄅㄧㄢˋ ㄐㄧㄢ ❶便條。❷供寫便條、便函用的紙。

【便捷】biànjié ㄅㄧㄢˋ ㄐㄧㄝˊ ❶直捷而方便：比較起來，這種方法最為便捷。❷動作輕快敏捷：行動便捷。

【便覽】biànlǎn ㄅㄧㄢˋ ㄌㄢˇ 總括説明；一覽(內容多為交通、郵政或風景)：《郵政便覽》。

【便利】biànlì ㄅㄧㄢˋ ㄌㄧˋ ❶使用或行動起來不感覺困難；容易達到目的：交通便利｜附近就有百貨公司，買東西很便利。❷使便利：擴大商業網，便利群眾。

【便了】biànliǎo ㄅㄧㄢˋ ㄌㄧㄠˇ 助詞，用在句末，表示決定、允諾或讓步的語氣，跟 '就是了' 相同(多見於早期白話)：如有差池，由我擔待便了。

【便帽】biànmào ㄅㄧㄢˋ ㄇㄠˋ 日常戴的帽子(區別於 '禮帽' 等)。

【便門】biànmén ㄅㄧㄢˋ ㄇㄣˊ (便門兒)正門之外的小門。

【便秘】biànmì ㄅㄧㄢˋ ㄇㄧˋ 糞便乾燥，大便困難而次數少的症狀。

【便民】biànmín ㄅㄧㄢˋ ㄇㄧㄣˊ 便利群眾：便民措施｜便民商店。

【便溺】biànniào ㄅㄧㄢˋ ㄋㄧㄠˋ ❶排泄大小便：不許隨地便溺。❷屎和尿：這種動物的便溺，有種特殊的氣味。

【便盆】biànpén ㄅㄧㄢˋ ㄆㄣˊ (便盆兒)供大小便用的盆。

【便橋】biànqiáo ㄅㄧㄢˋ ㄑㄧㄠˊ 臨時架設的簡便的橋。

【便人】biànrén ㄅㄧㄢˋ ㄖㄣˊ 順便受委託辦事的人：託便人給他帶去一本詞典。

【便士】biànshì ㄅㄧㄢˋ ㄕˋ 英國、愛爾蘭等國的輔助貨幣。［英 pence］

【便所】biànsuǒ ㄅㄧㄢˋ ㄙㄨㄛˇ 廁所。

【便條】biàntiáo ㄅㄧㄢˋ ㄊㄧㄠˊ (便條兒)寫上簡單事項的紙條；非正式的書信或通知。

【便桶】biàntǒng ㄅㄧㄢˋ ㄊㄨㄥˇ 供大小便用的桶。

【便攜式】biànxiéshì ㄅㄧㄢˋ ㄒㄧㄝˊ ㄕˋ (形體)便於攜帶的：便攜式計算機｜便攜式罐裝燃料。

【便鞋】biànxié ㄅㄧㄢˋ ㄒㄧㄝˊ 輕便的鞋，一般指布鞋。

【便血】biàn//xiě ㄅㄧㄢˋ//ㄒㄧㄝˇ 糞便中帶血或只排出血液而沒有糞便。

【便宴】biànyàn ㄅㄧㄢˋ ㄧㄢˋ 比較簡便的宴席(區別於正式宴會)：家庭便宴｜設便宴招待。

【便衣】biànyī ㄅㄧㄢˋ ㄧ ❶平常人的服裝(區別於軍警制服)。❷(便衣兒)身着便衣執行任務的軍人、警察等。

【便宜】biànyí ㄅㄧㄢˋ ㄧˊ 方便合適；便利。

另見880頁 pián·yi。

【便宜行事】biànyí xíng shì ㄅㄧㄢˋ ㄧˊ ㄒㄧㄥˊ ㄕˋ 經過特許，不必請示，根據實際情況或臨時變化就斟酌處理。也説便宜從事。

【便於】biànyú ㄅㄧㄢˋ ㄩˊ 比較容易(做某事)：便於計算｜便於攜帶。

【便中】biànzhōng ㄅㄧㄢˋ ㄓㄨㄥ 方便的時候或有順便的機會：你家裏託人帶來棉鞋兩雙，請你便中進城來取。

【便裝】biànzhuāng ㄅㄧㄢˋ ㄓㄨㄤ 便服①：身着便裝。

遍〔徧〕(徧) biàn ㄅㄧㄢˋ ❶普遍；全面：遍身｜滿山遍野。❷量詞，一個動作從開始到結束的整個過程為一遍：問了三遍｜從頭到尾看一遍。

【遍佈】biànbù ㄅㄧㄢˋ ㄅㄨˋ 分佈到所有的地方；散佈到每個地方：通信網遍佈全國。

【遍地】biàndì ㄅㄧㄢˋ ㄉㄧˋ 到處；處處：黃花遍地｜牧場上遍地是牛羊。

【遍地開花】biàn dì kāi huā ㄅㄧㄢˋ ㄉㄧˋ ㄎㄞ ㄏㄨㄚ 比喻好事情到處出現或普遍發展：電力工業已經出現遍地開花的新局面。

【遍及】biànjí ㄅㄧㄢˋ ㄐㄧˊ 普遍地達到：影響遍及海外。
【遍體鱗傷】biàn tǐ lín shāng ㄅㄧㄢˋ ㄊㄧˇ ㄌㄧㄣˊ ㄕㄤ 滿身都是傷痕，形容傷勢重。
【遍野】biànyě ㄅㄧㄢˋ ㄧㄝˇ 遍佈原野，形容很多：遍野碧綠的莊稼。

艑〔艑〕 biàn ㄅㄧㄢˋ 〈書〉船。

緶(缏) biàn ㄅㄧㄢˋ 緶子。另見880頁pián。
【緶子】biàn·zi ㄅㄧㄢˋ·ㄗ 草帽緶。

辨 biàn ㄅㄧㄢˋ 辨別；分辨：辨明｜明辨是非。
【辨白】biànbái ㄅㄧㄢˋ ㄅㄞˊ 同'辯白'。
【辨別】biànbié ㄅㄧㄢˋ ㄅㄧㄝˊ 根據不同事物的特點，在認識上加以區別：辨別真假｜辨別方向。
【辨明】biànmíng ㄅㄧㄢˋ ㄇㄧㄥˊ 辨別清楚：辨明方位｜辨明是非。
【辨認】biànrèn ㄅㄧㄢˋ ㄖㄣˋ 根據特點辨別，做出判斷，以便找出或認定某一對象：辨認筆迹｜照片已模糊不清，無法辨認。
【辨識】biànshí ㄅㄧㄢˋ ㄕˊ 辨認；識別：辨識足迹｜烟雨蒙蒙，遠處景物辨識不清。
【辨析】biànxī ㄅㄧㄢˋ ㄒㄧ 辨別分析：詞義辨析｜辨析容易寫錯的字形。
【辨正】biànzhèng ㄅㄧㄢˋ ㄓㄥˋ 辨明是非，改正錯誤。也作辯正。
【辨證】[1] biànzhèng ㄅㄧㄢˋ ㄓㄥˋ 同'辯證'①。
【辨證】[2] biànzhèng ㄅㄧㄢˋ ㄓㄥˋ 辨別症候：辨證求因｜辨證論治。也作辨症。
【辨證論治】biàn zhèng lùn zhì ㄅㄧㄢˋ ㄓㄥˋ ㄌㄨㄣˋ ㄓˋ 中醫指根據病人的發病原因、症狀、脈象等，結合中醫理論，全面分析、作出判斷，進行治療。也說辨證施治('證'同'症')。

辮(辫) biàn ㄅㄧㄢˋ ❶(辮兒)辮子①：髮辮｜小辮兒。❷(辮兒)辮子②：草帽辮。❸〈方〉(辮兒)量詞，用於編成的像辮子的東西：一辮蒜。❹〈方〉編成(辮子)：辮辮子｜把蒜辮起來。
【辮子】biàn·zi ㄅㄧㄢˋ·ㄗ ❶把頭髮分股交叉編成的條條兒：梳辮子◇把問題梳梳辮子。❷像辮子的東西：蒜辮子。❸比喻把柄：抓辮子｜揪住辮子不放。

辯(辩) biàn ㄅㄧㄢˋ 辯解；辯論：分辯｜爭辯｜真理愈辯愈明。
【辯白】biànbái ㄅㄧㄢˋ ㄅㄞˊ 說明事實真相，用來消除誤會或受到的指責：不必辯白了，大家沒有責怪你的意思。也作辨白。
【辯駁】biànbó ㄅㄧㄢˋ ㄅㄛˊ 提出理由或根據來否定對方的意見：他說的話句句在理，我無法辯駁。
【辯才】biàncái ㄅㄧㄢˋ ㄘㄞˊ 辯論的才能：在法庭上，年輕的女律師表現出出眾的辯才。
【辯辭】biàncí ㄅㄧㄢˋ ㄘˊ 辯解的話。也作辯詞。
【辯護】biànhù ㄅㄧㄢˋ ㄏㄨˋ ❶為了保護別人或自己，提出理由，事實來說明某種見解或行為是正確合理的，或是錯誤的程度不如別人所說的嚴重：不要替錯誤行為辯護｜我們要為真理辯護。❷法院審判案件時被告人為自己申辯或辯護人為被告人申辯：辯護人｜辯護律師。
【辯護權】biànhùquán ㄅㄧㄢˋ ㄏㄨˋ ㄑㄩㄢˊ 被告人對被控告的內容進行申述、辯解的權利。
【辯護人】biànhùrén ㄅㄧㄢˋ ㄏㄨˋ ㄖㄣˊ 受被告人委託或由法院許可或指定，在法庭上為被告人辯護的人。
【辯解】biànjiě ㄅㄧㄢˋ ㄐㄧㄝˇ 對受人指責的某種見解或行為加以解釋：事實俱在，無論怎麼辯解也是沒有用的。
【辯論】biànlùn ㄅㄧㄢˋ ㄌㄨㄣˋ 彼此用一定的理由來說明自己對事物或問題的見解，揭露對方的矛盾，以便最後得到正確的認識或共同的意見：辯論會｜他們為歷史分期問題辯論不休。
【辯明】biànmíng ㄅㄧㄢˋ ㄇㄧㄥˊ 分辯清楚；辯論清楚：辯明事理。
【辯難】biànnàn ㄅㄧㄢˋ ㄋㄢˋ 〈書〉辯駁或用難解答的問題質問對方：互相辯難。
【辯士】biànshì ㄅㄧㄢˋ ㄕˋ 〈書〉能言善辯的人。
【辯訴】biànsù ㄅㄧㄢˋ ㄙㄨˋ 法院審判案件時，被告人為自己申辯。
【辯誣】biànwū ㄅㄧㄢˋ ㄨ 對錯誤的指責進行辯解。
【辯學】biànxué ㄅㄧㄢˋ ㄒㄩㄝˊ ❶關於研究辯論的學問。❷邏輯學的舊稱。
【辯正】biànzhèng ㄅㄧㄢˋ ㄓㄥˋ 同'辨正'。
【辯證】biànzhèng ㄅㄧㄢˋ ㄓㄥˋ ❶辨析考證：反復辯證。也作辨證。❷合乎辯證法的：辯證關係｜辯證的統一。
【辯證法】biànzhèngfǎ ㄅㄧㄢˋ ㄓㄥˋ ㄈㄚˇ ❶關於事物矛盾的運動、發展、變化的一般規律的哲學學說。它是和形而上學相對立的世界觀和方法論，認為事物處在不斷運動、變化和發展之中，是由於事物內部的矛盾鬥爭所引起的。在歷史上辯證法經歷了自發、唯心、唯物三個階段。辯證法只有發展到了馬克思主義的唯物辯證法才成為一門真正的科學。❷特指唯物辯證法。
【辯證邏輯】biànzhèng luójí ㄅㄧㄢˋ ㄓㄥˋ ㄌㄨㄛˊ ㄐㄧˊ 馬克思主義哲學的組成部分，是研究思維辯證法的科學。辯證邏輯要求人們必須把握、研究事物的總和，從事物本身矛盾的發展、運動、變化來觀察它，把握它，只有這樣，才能認識客觀世界的本質。
【辯證唯物主義】biànzhèng wéiwù zhǔyì ㄅㄧㄢˋ ㄓㄥˋ ㄨㄟˊ ㄨˋ ㄓㄨˇ ㄧˋ 馬克思、恩格斯所創立的關於用辯證方法研究自然界、人類社會和思維發展的一般規律的科學，是無產階級的世界觀和方法論。辯證唯物主義認為世界從它的本質來講是物質的，物質按照本身固有的對立統一規律運動、發展，存在決定意識，意識反作用於存在。辯證唯物主義和歷史唯物主義是科學社會主義的理論基礎，是無產階級認識世界、改造世界的銳利武器。

變(变) biàn ㄅㄧㄢˋ ❶和原來不同；變化；改變：情況變了｜變了樣兒。❷改變(性質、狀態)；變成：沙漠變良田｜後進變先進。❸使改變：變廢為寶｜變農業國為工業國。❹能變化的；已變化的：變數｜變態。❺變賣：變產。❻變通：通權達變。❼有重大影響的突然變化：事變｜變亂。❽指變文：目連變。

【變本加厲】biàn běn jiā lì ㄅㄧㄢˋ ㄅㄣˇ ㄐㄧㄚ ㄌㄧˋ 變得比原來更加嚴重。

【變產】biàn//chǎn ㄅㄧㄢˋ//ㄔㄢˇ 變賣產業。

【變蛋】biàndàn ㄅㄧㄢˋ ㄉㄢˋ 松花。

【變電站】biàndiànzhàn ㄅㄧㄢˋ ㄉㄧㄢˋ ㄓㄢˋ 改變電壓的場所。為了把發電廠發出來的電能輸送到較遠的地方，必須把電壓升高，變為高壓電，到用戶附近再按需要把電壓降低。這種升降電壓的工作靠變電站來完成。變電站的主要設備是開關和變壓器。按規模大小不同，稱為變電所、配電室等。

【變調】biàndiào ㄅㄧㄢˋ ㄉㄧㄠˋ ❶字和字連起來說，有時發生字調和單說時不同的現象，叫做變調。例如普通話語音中兩個上聲字相連時，第一個字變成陽平。❷轉調。

【變動】biàndòng ㄅㄧㄢˋ ㄉㄨㄥˋ ❶變化(多指社會現象)：人事變動｜國際局勢發生了很大的變動。❷改變：任務變動了｜根據市場需要，變動蔬菜種植計劃。

【變法】biàn//fǎ ㄅㄧㄢˋ//ㄈㄚˇ 指歷史上對國家的法令制度做重大的變革：變法維新。

【變法兒】biàn//fǎr ㄅㄧㄢˋ//ㄈㄚˇㄦ 想另外的辦法；用各種辦法：他變着法兒算計人｜食堂裏總是變法兒把伙食搞得好一些。

【變革】biàngé ㄅㄧㄢˋ ㄍㄜˊ 改變事物的本質(多指社會制度而言)：變革社會｜偉大的歷史變革。

【變更】biàngēng ㄅㄧㄢˋ ㄍㄥ 改變；變動：變更原定賽程｜修訂版的內容有些變更。

【變工】biàngōng ㄅㄧㄢˋ ㄍㄨㄥ 老解放區和五十年代初期曾經施行過的農業勞動互助的簡單形式，是農民相互調劑勞動力的方法，有人工換人工、牛工換牛工、人工換牛工等。

【變故】biàngù ㄅㄧㄢˋ ㄍㄨˋ 意外發生的事情；災難。

【變卦】biàn//guà ㄅㄧㄢˋ//ㄍㄨㄚˋ 已定的事，忽然改變(多含貶義)：昨天說得好好的，今天怎麼變卦了｜別人一說，他就變了卦。

【變化】biànhuà ㄅㄧㄢˋ ㄏㄨㄚˋ 事物在形態上或本質上產生新的狀況：化學變化｜變化多端｜情況發生了變化。

【變幻】biànhuàn ㄅㄧㄢˋ ㄏㄨㄢˋ 不規則地改變：風雲變幻｜變幻莫測。

【變換】biànhuàn ㄅㄧㄢˋ ㄏㄨㄢˋ 事物的一種形式或內容換成另一種：變換位置｜變換手法。

【變價】biànjià ㄅㄧㄢˋ ㄐㄧㄚˋ 把實物按照時價折合(出賣)：變價出售。

【變節】biàn//jié ㄅㄧㄢˋ//ㄐㄧㄝˊ 改變自己的節操，在敵人面前屈服：變節分子｜變節自首。

【變局】biànjú ㄅㄧㄢˋ ㄐㄩˊ 變動的局勢；非常的局面：採取緊急措施以應付變局。

【變口】biànkǒu ㄅㄧㄢˋ ㄎㄡˇ 北方曲藝表演中稱運用各地方言為變口。

【變臉】biàn//liǎn ㄅㄧㄢˋ//ㄌㄧㄢˇ ❶翻臉：他一變臉，六親不認｜兩個人為了一點兒小事變了臉。❷戲曲表演特技，表演時以快速的動作改變角色的臉色或面容，多用來表示人物的極度恐懼、憤怒等。

【變量】biànliàng ㄅㄧㄢˋ ㄌㄧㄤˋ 數值可以變化的量。如一天內的氣溫就是變量。

【變亂】biànluàn ㄅㄧㄢˋ ㄌㄨㄢˋ ❶戰爭或暴力行動所造成的混亂。❷〈書〉變更並使紊亂：變亂祖制｜變亂成法。

【變賣】biànmài ㄅㄧㄢˋ ㄇㄞˋ 出賣財產什物，換取現款：變賣家產。

【變遷】biànqiān ㄅㄧㄢˋ ㄑㄧㄢ 情況或階段的變化轉移：陵谷變遷｜人事變遷｜時代變遷。

【變色】biànsè ㄅㄧㄢˋ ㄙㄜˋ ❶改變顏色：變色鏡｜這種墨水不易變色◇風雲變色(比喻時局變化)。❷改變臉色(多指發怒)：勃然變色。

【變色鏡】biànsèjìng ㄅㄧㄢˋ ㄙㄜˋ ㄐㄧㄥˋ 鏡片能隨光綫強弱而變色的眼鏡。

【變色龍】biànsèlóng ㄅㄧㄢˋ ㄙㄜˋ ㄌㄨㄥˊ ❶脊椎動物，軀幹稍扁，皮粗糙，四肢稍長，運動極慢。舌長，可舔食蟲類。表皮下有多種色素塊，能隨時變成不同的保護色。❷比喻在政治上善於變化和偽裝的人。

【變生肘腋】biàn shēng zhǒu yè ㄅㄧㄢˋ ㄕㄥ ㄓㄡˇ ㄧㄝˋ 比喻事變發生在極近的地方。

【變聲】biànshēng ㄅㄧㄢˋ ㄕㄥ 男女在青春期嗓音變粗變低。通常男子比女子顯著。

【變數】biànshù ㄅㄧㄢˋ ㄕㄨˋ ❶表示變量的數，如 $x^2+y^2=a^2$，$y=\sin x$ 中，x、y 都是變數。❷可變的因素：事情在沒有辦成之前，還會有新的變數。

【變速器】biànsùqì ㄅㄧㄢˋ ㄙㄨˋ ㄑㄧˋ 改變機牀、汽車、拖拉機等機器運轉速度或牽引力的裝置，由許多直徑大小不同的齒輪組成。通常裝在發動機的主動軸和從動軸之間。

【變速運動】biànsù yùndòng ㄅㄧㄢˋ ㄙㄨˋ ㄩㄣˋ ㄉㄨㄥˋ 物體在單位時間內通過的距離不等的運

動。

【變態】biàntài ㄅㄧㄢˋ ㄊㄞˋ ❶某些動物在個體發育過程中的形態變化，例如某些昆蟲(蚊、蠅等)經過卵、幼蟲、蛹、成蟲四個時期，稱為完全變態；另外一些昆蟲(蟬、蝗蟲等)不經過蛹期直接變為成蟲，稱為不完全變態；還有一些昆蟲(虱、衣魚等)自卵孵化後的幼體，除體小、性未成熟外，其他形狀、習性與成蟲相似，稱為無變態。此外，蛙類經過蝌蚪變為成熟的蛙也叫變態。❷某些植物因長期受環境影響而在根、莖、葉的構造上、形態上和生理機能上發生特殊變化的現象。如馬鈴薯的塊莖、仙人掌的針狀葉等。❸指人的生理、心理的不正常狀態(跟'常態'相對)：變態心理｜變態反應。

【變天】biàn//tiān ㄅㄧㄢˋ//ㄊㄧㄢ ❶天氣發生變化，由晴變陰、下雨、下雪、颳風等。❷比喻政治上發生根本變化，多指反動勢力復辟。

【變通】biàn·tōng ㄅㄧㄢˋ ·ㄊㄨㄥ 依據不同情況，作非原則性的變動：遇特殊情況，可以酌情變通處理。

【變味】biàn//wèi ㄅㄧㄢˋ//ㄨㄟˋ (變味兒)(食物等)味道發生變化(多指變壞)：昨天做的菜，今天變味了｜變了味兒的食品不能吃。

【變溫動物】biànwēn dòngwù ㄅㄧㄢˋ ㄨㄣ ㄉㄨㄥˋ ㄨˋ 沒有固定體溫的動物，體溫隨外界氣溫的高低而改變，如蛇、蛙、魚等。俗稱冷血動物。

【變文】biànwén ㄅㄧㄢˋ ㄨㄣˊ 唐代興起的一種說唱文學，多用韻文和散文交錯組成，內容原為佛經故事，後來範圍擴大，包括歷史故事、民間傳說等。如敦煌石窟裏發現的《大目乾連冥間救母變文》、《伍子胥變文》等。

【變戲法】biàn xìfǎ ㄅㄧㄢˋ ㄒㄧˋ ㄈㄚˇ (變戲法兒)表演魔術。

【變相】biànxiàng ㄅㄧㄢˋ ㄒㄧㄤˋ 內容不變，形式和原來不同(多指壞事)：變相剝削｜變相貪污。

【變心】biàn//xīn ㄅㄧㄢˋ//ㄒㄧㄣ 改變原來對人或事業的愛或忠誠：海枯石爛，永不變心。

【變星】biànxīng ㄅㄧㄢˋ ㄒㄧㄥ 光度有變化的恒星。

【變形】[1] biàn//xíng ㄅㄧㄢˋ//ㄒㄧㄥˊ 形狀、格式起變化：這個零件已經變形｜一場大病，瘦得人都變形了。

【變形】[2] biàn//xíng ㄅㄧㄢˋ//ㄒㄧㄥˊ 童話或神話故事中指人變成某種動物的形狀或動物變成人的形狀。

【變型】biànxíng ㄅㄧㄢˋ ㄒㄧㄥˊ 改變類型：轉軌變型。

【變性】biànxìng ㄅㄧㄢˋ ㄒㄧㄥˋ ❶物體的性質發生改變：變性酒精。❷機體的細胞因新陳代謝障礙而在結構和性質上發生改變。

【變性酒精】biànxìng jiǔjīng ㄅㄧㄢˋ ㄒㄧㄥˋ ㄐㄧㄡˇ ㄐㄧㄥ 工業上用的含甲醇的酒精，有毒。通常加入顏料，使人容易辨認。

【變壓器】biànyāqì ㄅㄧㄢˋ ㄧㄚ ㄑㄧˋ 利用電磁感應的原理來改變交流電壓的裝置，主要構件是初級綫圈、次級綫圈和鐵心。在電器設備和無綫電路中，常用作升降電壓、匹配阻抗等。

【變樣】biàn//yàng ㄅㄧㄢˋ//ㄧㄤˋ (變樣兒)形狀、樣式發生變化：幾年沒見，他還沒變樣｜這地方已經變了樣了。

【變異】biànyì ㄅㄧㄢˋ ㄧˋ 同種生物世代之間或同代生物不同個體之間在形態特徵、生理特徵等方面所表現的差異。

【變易】biànyì ㄅㄧㄢˋ ㄧˋ 改變；變化：變易服飾。

【變質】biàn//zhì ㄅㄧㄢˋ//ㄓˋ 人的思想或事物的本質變得與原來不同(多指向壞的方面轉變)：蛻化變質｜變了質的食品。

【變種】biànzhǒng ㄅㄧㄢˋ ㄓㄨㄥˇ ❶早期生物分類學上指物種以下的分類單位，在特徵方面與原種有一定區別，並有一定的地理分佈。現在多指在單一互相交配而生育的種群中具有不連續變異的個體。❷比喻跟已有的形式有所變化而實質相同的錯誤或反動的思潮、流派等。

【變子】biànzǐ ㄅㄧㄢˋ ㄗˇ 原子物理學中指數十種不穩定的基本粒子。

【變奏】biànzòu ㄅㄧㄢˋ ㄗㄡˋ 樂曲結構原則，運用各種手法將主題等音樂素材加以變化重複。

【變奏曲】biànzòuqǔ ㄅㄧㄢˋ ㄗㄡˋ ㄑㄩˇ 運用變奏手法譜寫的樂曲，如貝多芬的《C小調三十二次變奏曲》。

【變阻器】biànzǔqì ㄅㄧㄢˋ ㄗㄨˇ ㄑㄧˋ 可以調節電阻大小的裝置，接在電路中能調整電流的大小。一般的變阻器用電阻較大的導綫(電阻綫)和可以改變接觸點以調節電阻綫有效長度的裝置構成。

biāo (ㄅㄧㄠ)

杓 biāo ㄅㄧㄠ 古代指北斗柄部的三顆星。另見1009頁 sháo'勺'。

彪 biāo ㄅㄧㄠ ❶〈書〉小老虎，比喻身材高大：彪形大漢。❷〈書〉虎身上的斑紋，借指文采：彪炳。❸量詞，同'標'⑨：一彪人馬。❹(Biāo)姓。

【彪炳】biāobǐng ㄅㄧㄠ ㄅㄧㄥˇ 〈書〉文采煥發；照耀：彪炳青史｜彪炳千古。

【彪炳千古】biāobǐng qiāngǔ ㄅㄧㄠ ㄅㄧㄥˇ ㄑㄧㄢ ㄍㄨˇ 形容偉大的業績流傳千秋萬代。

猋 biāo ㄅㄧㄠ 〈書〉❶迅速。❷同'飆'。

摽 biāo ㄅㄧㄠ 〈書〉❶揮之使去。❷拋棄。另見77頁 biào。

【摽榜】biāobǎng ㄅㄧㄠ ㄅㄤˇ 〈書〉標榜。

𢹂 biāo ㄅㄧㄠ 〈書〉旗幟。〈古〉又同'標'。

飈(飑) biāo ㄅㄧㄠ 氣象學上指風向突然改變，風速急劇增大的天氣現象。飈出現時，氣溫下降，並可能有陣雨。

滮 biāo ㄅㄧㄠ 〈書〉水流的樣子。

標(标) biāo ㄅㄧㄠ ❶〈書〉樹木的末梢。❷事物的枝節或表面：治標不如治本。❸標誌；記號：路標｜商標｜標點。❹標準；指標：達標｜超標。❺用文字或其他事物表明：標上記號｜明碼標價。❻給競賽優勝者的獎品：錦標｜奪標。❼用比價的方式承包工程或買賣貨物時各競爭廠商所標出的價格：招標｜投標。❽清末陸軍編制之一，相當於後來的團。❾量詞，用於隊伍，數詞限用'一'：斜刺裏殺出一標人馬。也作彪。

【標榜】biāobǎng ㄅㄧㄠ ㄅㄤˇ ❶提出某種好聽的名義，加以宣揚：標榜自由。❷(互相)吹噓；誇耀：互相標榜。

【標本】biāoběn ㄅㄧㄠ ㄅㄣˇ ❶枝節和根本：標本兼治。❷保持實物原樣或經過加工整理，供學習、研究時參考用的動物、植物、礦物。❸指在同一類事物中可以作為代表的事物：我覺得蘇州園林可以算作我國各地園林的標本。❹醫學上指用來化驗或研究的血液、痰液、糞便、組織切片等。

【標兵】biāobīng ㄅㄧㄠ ㄅㄧㄥ ❶閱兵場上用來標誌界綫的兵士。泛指群眾集會中用來標誌某種界綫的人。❷比喻可以作為榜樣的人或單位：樹立標兵｜服務標兵。

【標尺】biāochǐ ㄅㄧㄠ ㄔˇ ❶測量地面或建築物高度或者標明水的深度用的有刻度的尺。❷表尺的通稱。

【標燈】biāodēng ㄅㄧㄠ ㄉㄥ 作標誌用的燈：船尾有一盞訊號標燈｜郵電局門口安了玻璃標燈，上有'夜間電報'四個字。

【標底】biāodǐ ㄅㄧㄠ ㄉㄧˇ 招標人預定的招標工程的價目。

【標的】biāodì ㄅㄧㄠ ㄉㄧˋ ❶靶子。❷目的。❸指經濟合同當事人雙方權利和義務共同指向的對象，如貨物、勞務、工程項目等。

【標點】biāodiǎn ㄅㄧㄠ ㄉㄧㄢˇ ❶標點符號。❷給原來沒有標點的著作(如古書)加上標點符號：標點二十四史。

【標點符號】biāodiǎn fúhào ㄅㄧㄠ ㄉㄧㄢˇ ㄈㄨˊ ㄏㄠˋ 用來表示停頓、語氣以及詞語性質和作用的書寫符號，包括句號(。)、問號(？)、嘆號(！)、逗號(，)、頓號(、)、分號(；)、冒號(：)、引號(“”、‘’)、括號([]、()、〔〕、【】)、破折號(——)、省略號(……)、着重號(.)、連接號(–)、間隔號(·)、書名號(《》、〈〉)、專名號(____)等。

【標定】biāodìng ㄅㄧㄠ ㄉㄧㄥˋ ❶規定以某個數值或型號為標準。❷根據一定的標準測定：車間成立了技術小組，對裝置進行全面標定｜勘探隊跑遍了整個大山，標定了十個採礦點。❸符合規定標準的：標定型自行車。

【標杆】biāogān ㄅㄧㄠ ㄍㄢ ❶測量的用具，用木杆製成，上面塗有紅白相間的油漆，主要用來指示測量點。❷樣板③：標杆鑽井隊。

【標高】biāogāo ㄅㄧㄠ ㄍㄠ 地面或建築物上的一點和作為基準的水平面之間的垂直距離。

【標格】biāogé ㄅㄧㄠ ㄍㄜˊ 〈書〉品格；風格。

【標號】biāohào ㄅㄧㄠ ㄏㄠˋ ❶某些產品用來表示性能(大多為物理性能)的數字。如水泥因抗壓強度不同，而有200號、300號、400號、500號、600號等各種標號。❷泛指標誌和符號。

【標記】biāojì ㄅㄧㄠ ㄐㄧˋ 標誌；記號。

【標價】biāo//jià ㄅㄧㄠ//ㄐㄧㄚˋ 標出貨物價格：明碼標價｜商品標了價擺上櫃枱。

【標價】biāojià ㄅㄧㄠ ㄐㄧㄚˋ 所標出的價格：所售商品均有標價。

【標金】[1] biāojīn ㄅㄧㄠ ㄐㄧㄣ 投標時的押金。

【標金】[2] biāojīn ㄅㄧㄠ ㄐㄧㄣ 用硬印標明重量和成色的金條，成色為0.978上下。

【標量】biāoliàng ㄅㄧㄠ ㄌㄧㄤˋ 有大小而沒有方向的物理量，如體積、溫度等。

【標賣】biāomài ㄅㄧㄠ ㄇㄞˋ ❶標明價目，公開出賣。❷用投標方式出賣。

【標明】biāomíng ㄅㄧㄠ ㄇㄧㄥˊ 做出記號或寫出文字使人知道：標明號碼｜車站的時刻表上標明由上海來的快車在四點鐘到達。

【標牌】biāopái ㄅㄧㄠ ㄆㄞˊ 作標誌用的牌子，上面有文字、圖案等。

【標籤】biāoqiān ㄅㄧㄠ ㄑㄧㄢ (標籤兒)貼在或繫在物品上，標明品名、用途、價格等的紙片。

【標槍】biāoqiāng ㄅㄧㄠ ㄑㄧㄤ ❶田徑運動項目之一，運動員經過助跑後把標槍投擲出去。❷田徑運動使用的投擲器械之一，槍桿木製(或金屬製)，中間粗，兩頭細，前端安着尖的金屬頭。❸舊式武器，在長桿的一端安裝槍頭，可以投擲，用來殺敵或打獵。

【標石】biāoshí ㄅㄧㄠ ㄕˊ 標定某地點位置的標誌，一般用岩石或混凝土製成，埋在地下或部分露出地面。

【標示】biāoshì ㄅㄧㄠ ㄕˋ 標明；顯示：他用筆在地圖上劃了一道紅綫，標示隊伍可從這裏通過。

【標書】biāoshū ㄅㄧㄠ ㄕㄨ 寫有招標或投標的標準、條件、價格等內容的文書。

【標題】biāotí ㄅㄧㄠ ㄊㄧˊ 標明文章、作品等內容的簡短語句：大標題｜副標題｜通欄標題。

【標題音樂】biāotí yīnyuè ㄅㄧㄠ ㄊㄧˊ ㄧㄣ ㄩㄝˋ

用題目標明中心內容的器樂曲。
【標圖】biāotú ㄅㄧㄠ ㄊㄨˊ 在軍事地圖、海圖、天氣圖等上面作出標誌。
【標新立異】biāo xīn lì yì ㄅㄧㄠ ㄒㄧㄣ ㄌㄧˋ ㄧˋ 提出新奇的主張，表示與一般不同。
【標語】biāoyǔ ㄅㄧㄠ ㄩˇ 用簡短文字寫出的有宣傳鼓動作用的口號。
【標誌】biāozhì ㄅㄧㄠ ㄓˋ ❶表明特徵的記號：地圖上有各種形式的標誌◇這篇作品是作者在創作上日趨成熟的標誌。❷表明某種特徵：這條生產綫的建成投產，標誌着這個工廠的生產能力提高到了一個新的水平。‖也作標識。
【標識】biāozhì ㄅㄧㄠ ㄓˋ 同'標誌'。
【標致】biāo·zhi ㄅㄧㄠ ·ㄓ 相貌、姿態美麗(多用於女子)：她穿上這身衣服，顯得越發標致了。
【標準】biāozhǔn ㄅㄧㄠ ㄓㄨㄣˇ ❶衡量事物的準則：技術標準｜實踐是檢驗真理的唯一標準。❷本身合於準則，可供同類事物比較核對的事物：標準音｜標準時。
【標準大氣壓】biāozhǔn dàqìyā ㄅㄧㄠ ㄓㄨㄣˇ ㄉㄚˋ ㄑㄧˋ ㄧㄚ 壓強的一種常用單位，1標準大氣壓等於 1,013.25 百帕。
【標準粉】biāozhǔnfěn ㄅㄧㄠ ㄓㄨㄣˇ ㄈㄣˇ 指一百斤麥子磨出八十五斤白麪的麪粉。
【標準化】biāozhǔnhuà ㄅㄧㄠ ㄓㄨㄣˇ ㄏㄨㄚˋ 為適應科學發展和合理組織生產的需要，在產品質量、品種規格、零件部件通用等方面規定統一的技術標準，叫做標準化。我國現在通行的有國家標準和部標準(由部一級頒定的標準)兩種。
【標準時】biāozhǔnshí ㄅㄧㄠ ㄓㄨㄣˇ ㄕˊ ❶同一標準時區內各地共同使用的時刻，一般用這個時區的中間一條子午綫的時刻做標準。❷一個國家各地共同使用的時刻，一般以首都所在時區的標準時為準。我國的標準時(北京時間)就是東八時區的標準時，比以本初子午綫為中綫的零時區早八小時。
【標準時區】biāozhǔn shíqū ㄅㄧㄠ ㄓㄨㄣˇ ㄕˊ ㄑㄩ 按經綫把地球表面平分為二十四區，每一區跨十五度，叫做一個標準時區。以本初子午綫為中綫的那一區叫做零時區。以東經 15°，30°…165° 為中綫的時區分別叫做東一時區、東二時區…東十一時區。以西經 15°，30°…165° 為中綫的時區分別叫做西一時區、西二時區…西十一時區。以東經 180°(也就是西經 180°)為中綫的時區叫做東十二時區，也就是西十二時區。相鄰兩個標準時區的標準時相差一小時。如東一時區比零時區早一小時，西一時區比零時區晚一小時。也叫時區。
【標準音】biāozhǔnyīn ㄅㄧㄠ ㄓㄨㄣˇ ㄧㄣ 標準語的語音，一般都採用佔優勢的地點方言的語音系統，例如北京語音是漢語普通話的標準音。
【標準語】biāozhǔnyǔ ㄅㄧㄠ ㄓㄨㄣˇ ㄩˇ 有一定規範的民族共同語，是全民族的交際工具，如漢語的普通話。

膘(臕) biāo ㄅㄧㄠ (膘兒)肥肉(多用於牲畜，用於人時帶貶義或戲謔意)：長膘｜蹲膘｜跌膘(變瘦)｜這塊肉膘厚。
【膘情】biāoqíng ㄅㄧㄠ ㄑㄧㄥˊ 牲畜生長的肥壯情況。

熛 biāo ㄅㄧㄠ 〈書〉火焰。

瘭 biāo ㄅㄧㄠ [瘭疽](biāojū ㄅㄧㄠ ㄐㄩ)手指頭或腳趾頭肚兒發炎化膿的病，症狀是局部紅腫，劇烈疼痛，發燒。

藨〔藨〕 biāo ㄅㄧㄠ [藨草](biāocǎo ㄅㄧㄠ ㄘㄠˇ)多年生草本植物，莖呈三棱形，葉子條形，花褐色，果實倒卵形。莖可織蓆、編草鞋，又可用來造紙。

瀌 biāo ㄅㄧㄠ [瀌瀌]〈書〉形容雨雪大。

鏢(镖) biāo ㄅㄧㄠ 舊式武器，形狀像長矛的頭，投擲出去殺傷敵人：飛鏢｜袖鏢。
【鏢局】biāojú ㄅㄧㄠ ㄐㄩˊ 保鏢的營業機構。
【鏢客】biāokè ㄅㄧㄠ ㄎㄜˋ 舊時給行旅或運輸中的貨物保鏢的人。也叫鏢師。

穮(穮) biāo ㄅㄧㄠ〈書〉除草。

驃(骠) biāo ㄅㄧㄠ 見504頁〖黃驃馬〗。另見883頁 piào。

飆(飙、飇、飈) biāo ㄅㄧㄠ〈書〉暴風：狂飆。
【飆車】biāochē ㄅㄧㄠ ㄔㄜ 〈方〉開快車：酒後飆車，釀成慘禍。
【飆風】biāofēng ㄅㄧㄠ ㄈㄥ 〈書〉猛烈的風；疾風。

鑣[1](镳) biāo ㄅㄧㄠ〈書〉馬嚼子的兩端露出嘴外的部分：分道揚鑣。

鑣[2](镳) biāo ㄅㄧㄠ 同'鏢'。

驫(骉) biāo ㄅㄧㄠ 〈書〉許多馬跑的樣子。

biǎo (ㄅㄧㄠˇ)

表 biǎo ㄅㄧㄠˇ ❶外面；外表：表面｜地表｜由表及裏。❷中表(親戚)：表哥｜表叔｜姨表｜姑表。❸把思想感情顯示出來；表示：表達｜表態｜深表同情｜按下不表(說)。❹俗稱用藥物把感受的風寒發散出來：吃服(fú)藥表一表，出身汗。❺榜樣；模範：表率｜為人師表。❻古代文體奏章的一種，用於較重大的事件：諸葛亮《出師表》。❼用表格形式排列事項的書籍或文件：《史記》十表｜統計表。❽古代測日影的標桿。參看429頁〖圭表〗。❾測量某種量(liàng)的器具：溫度表｜電表｜水表｜煤氣表。

另見77頁 biǎo'錶'。

【表白】biǎobái ㄅㄧㄠˇ ㄅㄞˊ 對人解釋，說明自己的意思：再三表白｜表白心迹。

【表筆】biǎobǐ ㄅㄧㄠˇ ㄅㄧˇ 測試儀表上用來接觸被測物的筆狀物。也叫表棒。

【表冊】biǎocè ㄅㄧㄠˇ ㄘㄜˋ 裝訂成冊的表格。

【表層】biǎocéng ㄅㄧㄠˇ ㄘㄥˊ 物體表面的一層。

【表尺】biǎochǐ ㄅㄧㄠˇ ㄔˇ 槍炮上瞄準裝置的一部分，按目標的距離，調節表尺可以提高命中率。通稱標尺。

【表達】biǎodá ㄅㄧㄠˇ ㄉㄚˊ 表示(思想、感情)：感激之情，難以表達｜提高學生的口頭表達能力。

【表格】biǎogé ㄅㄧㄠˇ ㄍㄜˊ 按項目畫成格子，分別填寫文字或數字的書面材料。

【表功】biǎo∥gōng ㄅㄧㄠˇ∥ㄍㄨㄥ ❶表白自己的功勞(多含貶義)：醜表功。❷〈書〉表揚功績。

【表記】biǎojì ㄅㄧㄠˇ ㄐㄧˋ 作為紀念品或信物而贈送給人的東西。

【表決】biǎojué ㄅㄧㄠˇ ㄐㄩㄝˊ 會議上通過舉手、投票等方式做出決定：付表決｜表決通過。

【表決權】biǎojuéquán ㄅㄧㄠˇ ㄐㄩㄝˊ ㄑㄩㄢˊ 在會議上參加表決的權利。

【表裏如一】biǎo lǐ rú yī ㄅㄧㄠˇ ㄌㄧˇ ㄖㄨˊ ㄧ 比喻思想和言行完全一致。

【表露】biǎolù ㄅㄧㄠˇ ㄌㄨˋ 流露；顯示：一個人的喜怒哀樂最容易在臉上表露出來。

【表面】biǎomiàn ㄅㄧㄠˇ ㄇㄧㄢˋ ❶物體跟外界接觸的部分：地球表面｜桌子表面的油漆鋥亮。❷外在的現象或非本質的部分：他表面上很鎮靜，內心卻十分緊張。

【表面光】biǎomiànguāng ㄅㄧㄠˇ ㄇㄧㄢˋ ㄍㄨㄤ 指事物只是外表好看：對產品不能只求表面光，還要求高質量。

【表面化】biǎomiànhuà ㄅㄧㄠˇ ㄇㄧㄢˋ ㄏㄨㄚˋ (矛盾等)由隱藏的變成明顯的：問題一經擺出來，分歧更加表面化了。

【表面積】biǎomiànjī ㄅㄧㄠˇ ㄇㄧㄢˋ ㄐㄧ 物體表面面積的總和。

【表面張力】biǎomiàn zhānglì ㄅㄧㄠˇ ㄇㄧㄢˋ ㄓㄤ ㄌㄧˋ 液體表面各部分間相互吸引的力。在這個力的作用下，液體表面有收縮到最小的趨勢。

【表明】biǎomíng ㄅㄧㄠˇ ㄇㄧㄥˊ 表示清楚：表明態度｜表明決心。

【表皮】biǎopí ㄅㄧㄠˇ ㄆㄧˊ ❶皮膚的外層。❷植物體表面初生的一種保護組織，一般由單層、無色而扁平的活細胞構成。

【表親】biǎoqīn ㄅㄧㄠˇ ㄑㄧㄣ 中表親戚。參看1478頁〖中表〗。

【表情】biǎoqíng ㄅㄧㄠˇ ㄑㄧㄥˊ ❶從面部或姿態的變化上表達內心的思想感情：表情傳意｜這個演員善於表情。❷表現在面部或姿態上的思想感情：表情嚴肅｜臉上流露出興奮的表情。

【表示】biǎoshì ㄅㄧㄠˇ ㄕˋ ❶用言語行為顯出某種思想、感情、態度等：表示關懷｜表示好感｜大家一起鼓掌表示歡迎。❷事物本身顯出某種意義或者憑藉某種事物顯出某種意義：海上紅色的燈光表示那兒有淺灘或者礁石。❸顯出思想感情的言語、動作或神情：老師心裏很喜歡他的直爽，但是臉上並沒露出讚許的表示。

【表述】biǎoshù ㄅㄧㄠˇ ㄕㄨˋ 說明；述說：表述己見。

【表率】biǎoshuài ㄅㄧㄠˇ ㄕㄨㄞˋ 好榜樣：老師要做學生的表率。

【表態】biǎo∥tài ㄅㄧㄠˇ∥ㄊㄞˋ 表示態度：這件事，你得表個態，我才好去辦。

【表土】biǎotǔ ㄅㄧㄠˇ ㄊㄨˇ 地球表面的一層土壤。農業上指耕種的熟土層。

【表現】biǎoxiàn ㄅㄧㄠˇ ㄒㄧㄢˋ ❶表示出來：他的優點，表現在許多方面。❷行為或作風中表示出來的：他在工作中的表現很好。❸故意顯示自己(含貶義)：此人一貫愛表現，好出風頭。

【表象】biǎoxiàng ㄅㄧㄠˇ ㄒㄧㄤˋ 經過感知的客觀事物在腦中再現的形象。

【表演】biǎoyǎn ㄅㄧㄠˇ ㄧㄢˇ ❶戲劇、舞蹈、雜技等演出；把情節或技藝表現出來：化裝表演｜表演體操。❷做示範性的動作：表演新操作法。

【表演唱】biǎoyǎnchàng ㄅㄧㄠˇ ㄧㄢˇ ㄔㄤˋ 一種帶有戲劇性質和舞蹈動作的演唱形式。

【表演賽】biǎoyǎnsài ㄅㄧㄠˇ ㄧㄢˇ ㄙㄞˋ 一種以宣傳體育運動為目的，對技術、戰術進行演示或示範的運動競賽。

【表揚】biǎoyáng ㄅㄧㄠˇ ㄧㄤˊ 對好人好事公開讚美：表揚勞動模範｜他在廠裏多次受到表揚。

【表意文字】biǎoyì wénzì ㄅㄧㄠˇ ㄧˋ ㄨㄣˊ ㄗˋ 用符號來表示詞或詞素的文字，如古埃及文字、楔形文字等。

【表音文字】biǎoyīn wénzì ㄅㄧㄠˇ ㄧㄣ ㄨㄣˊ ㄗˋ 用字母來表示語音的文字。參看884頁〖拼音文字〗。

【表語】biǎoyǔ ㄅㄧㄠˇ ㄩˇ 有的語法書用來指'是'字句'是'字後面的成分，也泛指名詞性謂語和形容詞性謂語。

【表彰】biǎozhāng ㄅㄧㄠˇ ㄓㄤ 表揚(偉大功績、壯烈事迹等)：表彰先進。

【表侄】biǎozhí ㄅㄧㄠˇ ㄓˊ 表弟兄的兒子。

【表侄女】biǎozhínǚ ㄅㄧㄠˇ ㄓˊ ㄋㄩˇ 表弟兄的女兒。

【表字】biǎozì ㄅㄧㄠˇ ㄗˋ 人在本名外所取的與本名有意義關係的另一名字(多見於早期白話)。

婊 biǎo ㄅㄧㄠˇ ［婊子］(biǎo·zi ㄅㄧㄠˇ ·ㄗ) 妓女(多用做罵人的話)。

裱 biǎo ㄅㄧㄠˇ ❶用紙或絲織品做襯托，把字畫書籍等裝潢起來，或加以修補，使美觀耐久：這幅畫得拿去重裱一裱。❷裱糊。

【裱褙】biǎobèi ㄅㄧㄠˇ ㄅㄟˋ 裱①。

【裱糊】biǎohú ㄅㄧㄠˇ ㄏㄨˊ 用紙糊房間的頂棚或牆壁等。

錶(表) biǎo ㄅㄧㄠˇ 計時的器具，一般指比鐘小而可以隨身攜帶的：懷錶｜手錶｜秒錶｜電子錶。

'表'另見75頁 biǎo。

【錶鏈】biǎoliàn ㄅㄧㄠˇ ㄌㄧㄢˋ (錶鏈兒) 繫在懷錶上的金屬鏈。

【錶蒙子】biǎoméng·zi ㄅㄧㄠˇ ㄇㄥˊ ·ㄗ 裝在錶盤上的透明薄片。

【錶面】biǎomiàn ㄅㄧㄠˇ ㄇㄧㄢˋ 〈方〉❶錶盤。❷錶蒙子。

【錶盤】biǎopán ㄅㄧㄠˇ ㄆㄢˊ 鐘錶、儀表上的刻度盤，上面有表示時間、度數等的刻度或數字。有的地區叫錶面。

【錶針】biǎozhēn ㄅㄧㄠˇ ㄓㄣ 鐘錶或各種測試儀表上指示刻度的針。

褾 biǎo ㄅㄧㄠˇ 〈書〉❶袖子的前端。❷衣服上的緄邊。

biào (ㄅㄧㄠˋ)

俵 biào ㄅㄧㄠˋ 〈方〉俵分。

【俵分】biàofēn ㄅㄧㄠˋ ㄈㄣ 按份兒或按人分發。

摽1 biào ㄅㄧㄠˋ ❶捆綁物體使相連接：桌子腿兒裂了，用鐵絲摽住吧！❷用胳膊緊緊地鈎住：母女倆摽着胳膊走。❸摽勁兒：這兩個小組一直在摽着幹｜我跟你摽下啦，你搬多少我就搬多少。❹親近；依附(多含貶義)：他們老摽在一塊兒。

摽2 biào ㄅㄧㄠˋ 〈書〉❶落。❷打；擊。

另見73頁 biāo。

【摽勁兒】biào//jìnr ㄅㄧㄠˋ // ㄐㄧㄣㄦˋ 雙方因賭氣或競賽等憋着勁比着(幹)：大夥兒摽着勁兒幹｜貼光榮榜後沒幾天，好幾個組就跟紅旗小組摽上勁兒了。

鰾(鳔) biào ㄅㄧㄠˋ ❶某些魚類體內可以脹縮的囊狀物。裏面充滿氮、氧、二氧化碳等混合氣體。收縮時魚下沉，膨脹時魚上浮。有的魚類的鰾有輔助聽覺或呼吸等作用。❷鰾膠。❸〈方〉用鰾膠粘上。

【鰾膠】biàojiāo ㄅㄧㄠˋ ㄐㄧㄠ 用魚鰾或豬皮等熬製的膠，黏性大，多用來粘木器。

biē (ㄅㄧㄝ)

憋 biē ㄅㄧㄝ ❶抑制或堵住不讓出來：勁頭兒憋足了｜憋着一口氣｜他正憋着一肚子話沒處説。❷悶：心裏憋得慌｜氣壓低，憋得人透不過氣來。

【憋悶】biē·men ㄅㄧㄝ ·ㄇㄣ 由於心裏有疑團不能解除或其他原因而感到不舒暢：他挨了一通訓，又沒處訴説，心裏特別憋悶｜在防空洞裏時間長了，會覺得憋悶。

【憋氣】biēqì ㄅㄧㄝ ㄑㄧˋ ❶由於外界氧氣不足或呼吸系統發生障礙等原因而引起呼吸困難。❷有委屈或煩惱而不能發泄：左也不是，右也不是，真叫人憋氣。

瘪(癟) biē ㄅㄧㄝ ［瘪三］(biēsān ㄅㄧㄝ ㄙㄢ) 上海人稱城市中無正當職業而以乞討或偷竊為生的游民為瘪三。

另見78頁 biě。

鱉(鼈、鼈) biē ㄅㄧㄝ 爬行動物，生活在水中，形狀像龜，背甲上有軟皮。也叫甲魚或團魚。有的地區叫黿。俗稱王八。

【鱉裙】biēqún ㄅㄧㄝ ㄑㄩㄣˊ 鱉的背甲四周的肉質軟邊，味道鮮美。有的地區也叫鱉邊。

bié (ㄅㄧㄝˊ)

別1 bié ㄅㄧㄝˊ ❶分離：告別｜臨別紀念｜久別重逢。❷另外：別人｜別稱｜別有用心。❸〈方〉轉動；轉變：她把頭別了過去｜這個人的脾氣一時別不過來。❹(Bié)姓。

別2 bié ㄅㄧㄝˊ ❶區分；區別：辨別｜鑒別｜分門別類。❷差別：天淵之別。❸類別：性別｜職別｜派別｜級別。

別3 bié ㄅㄧㄝˊ ❶用別針等把另一樣東西附着或固定在紙、布等物體上：把兩張發票別在一起｜胸前別着一朵紅花。❷插住；用東西卡住：皮帶上別着一支槍｜把門別上。❸摔跤時用腿使絆把對方摔倒。❹兩個人朝同一方向行車時，一方故意用車阻礙另一方車的前輪，使不能正常行進：別車。

別4 bié ㄅㄧㄝˊ ❶表示禁止或勸阻，跟'不要'的意思相同：別冒冒失失的｜你別走了，在這兒住兩天吧。❷表示揣測，通常跟'是'字合用(所揣測的事情，往往是自己所不願意的)：約定的時間都過了，別是他不來了吧？

另見78頁 biè'彆'。

【別稱】biéchēng ㄅㄧㄝˊ ㄔㄥ 正式名稱以外的名稱，如湘是湖南的別稱，鄂是湖北的別稱。

【別出心裁】bié chū xīncái ㄅㄧㄝˊ ㄔㄨ ㄒㄧㄣ ㄘㄞˊ 獨創一格，與眾不同。

【別處】biéchù ㄅㄧㄝˊ ㄔㄨˋ 另外的地方：這裏沒有你要的那種鞋，你到別處看看吧。

【別動隊】biédòngduì ㄅㄧㄝˊ ㄉㄨㄥˋ ㄉㄨㄟˋ 指離開主力單獨執行特殊任務的部隊。

【別管】biéguǎn ㄅㄧㄝˊ ㄍㄨㄢˇ 連詞，跟'無論'相同：別管是誰，一律按規章辦事。

【別號】biéhào ㄅㄧㄝˊ ㄏㄠˋ (別號兒) 名、字以外另起的稱號：李白字太白，別號青蓮居士。

【別集】biéjí ㄅㄧㄝˊ ㄐㄧˊ 收錄個人的作品而成的詩文集，如白居易《白氏長慶集》(區別於'總集')。

【別家】biéjiā ㄅㄧㄝˊ ㄐㄧㄚ 另外的人家或企業：我不是這裏人，你到別家打聽一下看｜別家商店都關門了，只有這一家還在營業。

【別價】bié·jie ㄅㄧㄝˊ ·ㄐㄧㄝ 〈方〉表示勸阻或禁止：您別價，等等再說。

【別具匠心】bié jù jiàngxīn ㄅㄧㄝˊ ㄐㄩˋ ㄐㄧㄤˋ ㄒㄧㄣ 另有一種巧妙的心思(多指文學、藝術方面創造性的構思)。

【別具一格】bié jù yī gé ㄅㄧㄝˊ ㄐㄩˋ ㄧ ㄍㄜˊ 另有一種風格。

【別具隻眼】bié jù zhī yǎn ㄅㄧㄝˊ ㄐㄩˋ ㄓ ㄧㄢˇ 另有一種獨到的見解。

【別開生面】bié kāi shēng miàn ㄅㄧㄝˊ ㄎㄞ ㄕㄥ ㄇㄧㄢˋ 另外開展新的局面或創造新的形式：在詞的發展史上，蘇軾和辛棄疾都是別開生面的大家。

【別離】biélí ㄅㄧㄝˊ ㄌㄧˊ 離別：別離了家鄉，踏上征途。

【別論】biélùn ㄅㄧㄝˊ ㄌㄨㄣˋ 另外的對待或評論：如果他確因有事，不能來，則當別論。

【別名】biémíng ㄅㄧㄝˊ ㄇㄧㄥˊ (別名兒) 正式名字以外的名稱。

【別情】biéqíng ㄅㄧㄝˊ ㄑㄧㄥˊ 離別的情懷：老友重逢，暢敍別情。

【別人】biérén ㄅㄧㄝˊ ㄖㄣˊ 另外的人：家裏只有母親和我，沒有別人。

【別人】bié·ren ㄅㄧㄝˊ ·ㄖㄣ 指自己或某人以外的人：別人都同意，就你一人反對｜把方便讓給別人，把困難留給自己。

【別史】biéshǐ ㄅㄧㄝˊ ㄕˇ 編年體、紀傳體以外，雜記歷代或一代史實的史書。

【別是】biéshì ㄅㄧㄝˊ ㄕˋ 莫非是：他這時還沒來，別是不肯來吧！

【別樹一幟】bié shù yī zhì ㄅㄧㄝˊ ㄕㄨˋ ㄧ ㄓˋ 形容與眾不同，另成一家。

【別墅】biéshù ㄅㄧㄝˊ ㄕㄨˋ 在郊區或風景區建造的供休養用的園林住宅。

【別提】biétí ㄅㄧㄝˊ ㄊㄧˊ 表示程度之深不必細說：他那個高興勁兒啊，就別提了。

【別無長物】bié wú chángwù ㄅㄧㄝˊ ㄨˊ ㄔㄤˊ ㄨˋ 沒有多餘的東西。形容窮困或儉樸(長，舊讀zhàng ㄓㄤˋ)。

【別無二致】bié wú èr zhì ㄅㄧㄝˊ ㄨˊ ㄦˋ ㄓˋ 沒有兩樣；沒有區別：這兩個人的思想別無二致。

【別緒】biéxù ㄅㄧㄝˊ ㄒㄩˋ 離別時的情緒：離愁別緒。

【別有洞天】bié yǒu dòng tiān ㄅㄧㄝˊ ㄧㄡˇ ㄉㄨㄥˋ ㄊㄧㄢ 另有一種境界。形容景物等引人入勝。

【別有風味】bié yǒu fēngwèi ㄅㄧㄝˊ ㄧㄡˇ ㄈㄥ ㄨㄟˋ 另有一種趣味或特色：圍着篝火吃烤肉，別有風味。

【別有天地】bié yǒu tiān dì ㄅㄧㄝˊ ㄧㄡˇ ㄊㄧㄢ ㄉㄧˋ 另有一種境界。形容風景等引人入勝。

【別有用心】bié yǒu yòngxīn ㄅㄧㄝˊ ㄧㄡˇ ㄩㄥˋ ㄒㄧㄣ 言論或行動中另有不可告人的企圖。

【別針】biézhēn ㄅㄧㄝˊ ㄓㄣ (別針兒) ❶一種彎曲而有彈性的針，尖端可以打開，也可以扣住，用來把布片、紙片等固定在一起或固定在衣物上。❷別在胸前或領口的裝飾品，多用金銀、玉石等製成。

【別致】bié·zhì ㄅㄧㄝˊ ·ㄓˋ 新奇，跟尋常不同：這座樓房式樣很別致。

【別傳】biézhuàn ㄅㄧㄝˊ ㄓㄨㄢˋ 記載某人逸事的傳記。

【別子】biézǐ ㄅㄧㄝˊ ㄗˇ 古代指天子、諸侯的嫡長子以外的兒子。

【別子】bié·zi ㄅㄧㄝˊ ·ㄗ ❶綫裝書的套子上或字畫手卷上用來別住開口的東西，多用骨頭製成。❷烟袋荷包的墜飾。

【別字】biézì ㄅㄧㄝˊ ㄗˋ ❶寫錯或讀錯的字，比如把'包子'寫成'飽子'，是寫別字；把'破綻'的'綻'(zhàn)讀成'定'，是讀別字。也說白字。❷別號。

蹩 bié ㄅㄧㄝˊ 〈方〉腳腕子或手腕子扭傷：走路不小心，蹩痛了腳。

【蹩腳】biéjiǎo ㄅㄧㄝˊ ㄐㄧㄠˇ 〈方〉質量不好；本領不強：蹩腳貨。

biě (ㄅㄧㄝˇ)

瘪(癟) biě ㄅㄧㄝˇ ❶物體表面凹下去；不飽滿：乾瘪｜瘪穀｜沒牙瘪嘴兒｜車帶瘪了｜乒乓球瘪了。❷〈方〉為難；使為難：作瘪｜這話經不住問，一問就瘪。

另見77頁 biē。

【瘪子】biě·zi ㄅㄧㄝˇ ·ㄗ 〈方〉❶指處境窘迫；挫折：這次去，要是弄不好，那才作瘪子呢。❷秕子：把種子放在水裏，沒長成的瘪子就漂起來了。

biè (ㄅㄧㄝˋ)

彆(別) biè ㄅㄧㄝˋ 〈方〉改變別人堅持的意見或習性(多用於'彆不過')：

我想不依他，可是又彆不過他。
‘別’另見77頁 bié。

【彆扭】biè·niu ㄅㄧㄝˋ·ㄋㄧㄡ ❶不順心；難對付：這個天氣真彆扭，一會兒冷，一會兒熱｜他的脾氣挺彆扭，説話要注意。❷意見不相投：鬧彆扭｜兩個人有些彆彆扭扭的，説不到一塊兒。❸（説話、作文）不通順；不流暢。

【彆嘴】bièzuǐ ㄅㄧㄝˋ ㄗㄨㄟˇ 〈方〉繞嘴：這段文字半文不白，讀起來彆嘴。

bīn（ㄅㄧㄣ）

邠 Bīn ㄅㄧㄣ ❶邠縣，在陝西。今作彬縣。❷同‘豳’。

玢 bīn ㄅㄧㄣ 〈書〉玉名。
另見337頁 fēn。

彬 bīn ㄅㄧㄣ ［彬彬］〈書〉形容文雅：彬彬有禮｜文質彬彬。

斌 bīn ㄅㄧㄣ 同‘彬’。

賓（宾、賔） bīn ㄅㄧㄣ ❶客人（跟‘主’相對）：外賓｜賓至如歸。❷（Bīn）姓。

【賓白】bīnbái ㄅㄧㄣ ㄅㄞˊ 戲曲中的説白。中國戲曲藝術以唱為主，故稱説白為賓白。

【賓詞】bīncí ㄅㄧㄣ ㄘˊ 一個命題的三部分之一，表示思考對象的屬性等，如在‘金屬是導體’這個命題中，‘導體’是賓詞。

【賓東】bīndōng ㄅㄧㄣ ㄉㄨㄥ 古代主人的坐位在東，客人的坐位在西，因此稱賓與主為賓東（多用於幕僚和官長，家庭教師和家長，店員和店主）。

【賓服】bīnfú ㄅㄧㄣ ㄈㄨˊ 〈書〉服從；歸附。

【賓服】bīn·fú ㄅㄧㄣ·ㄈㄨˊ 〈方〉佩服：你説的那個理，俺不賓服。

【賓館】bīnguǎn ㄅㄧㄣ ㄍㄨㄢˇ 公家招待來賓住宿的地方。現指較大而設施好的旅館。

【賓客】bīnkè ㄅㄧㄣ ㄎㄜˋ 客人（總稱）。

【賓朋】bīnpéng ㄅㄧㄣ ㄆㄥˊ 賓客；朋友：賓朋滿座。

【賓語】bīnyǔ ㄅㄧㄣ ㄩˇ 動詞的一種連帶成分，一般在動詞後邊，用來回答‘誰？’或‘甚麼？’例如‘我找廠長’的‘廠長’，‘他開拖拉機’的‘拖拉機’，‘接受批評’的‘批評’，‘他説他不知道’的‘他不知道’。有時候一個動詞可以帶兩個賓語，如‘教我們化學’的‘我們’和‘化學’。

【賓至如歸】bīn zhì rú guī ㄅㄧㄣ ㄓˋ ㄖㄨˊ ㄍㄨㄟ 客人到了這裏就像回到自己的家一樣。形容旅館、飯館等招待周到。

【賓主】bīnzhǔ ㄅㄧㄣ ㄓㄨˇ 客人和主人。

儐（傧） bīn ㄅㄧㄣ ［儐相］（bīnxiàng ㄅㄧㄣ ㄒㄧㄤˋ）❶古代稱接引賓客的人，也指讚禮的人。❷舉行婚禮時陪伴新郎新娘的人：男儐相｜女儐相。

豳 Bīn ㄅㄧㄣ 古地名，在今陝西彬縣、旬邑一帶。也作邠。

濱（滨） bīn ㄅㄧㄣ ❶水邊；近水的地方：海濱｜湖濱｜湘江之濱。❷靠近（水邊）：濱海｜濱江。

檳（槟、梹） bīn ㄅㄧㄣ ［檳子］（bīn·zi ㄅㄧㄣ·ㄗ）❶檳子樹，蘋果樹的一種。果實比蘋果小，紅色，熟後轉紫紅，味酸甜帶澀。❷這種植物的果實。
另見82頁 bīng。

瀕（濒） bīn ㄅㄧㄣ ❶緊靠（水邊）：瀕湖｜東瀕大海。❷臨近；接近：瀕危｜瀕行。

【瀕臨】bīnlín ㄅㄧㄣ ㄌㄧㄣˊ 緊接；臨近：我國瀕臨太平洋｜精神瀕臨崩潰的邊緣。

【瀕危】bīnwēi ㄅㄧㄣ ㄨㄟ 接近危險的境地；病重將死：病人瀕危。

【瀕於】bīnyú ㄅㄧㄣ ㄩˊ 臨近；接近（用於壞的遭遇）：瀕於危險｜瀕於絕望｜瀕於破產。

繽（缤） bīn ㄅㄧㄣ ［繽紛］（bīnfēn ㄅㄧㄣ ㄈㄣ）〈書〉繁多而淩亂：五彩繽紛｜落英（花）繽紛。

鑌（镔） bīn ㄅㄧㄣ ［鑌鐵］（bīntiě ㄅㄧㄣ ㄊㄧㄝˇ）精煉的鐵。

bìn（ㄅㄧㄣˋ）

擯（摈） bìn ㄅㄧㄣˋ 〈書〉拋棄；排除：擯諸門外｜擯而不用。

【擯斥】bìnchì ㄅㄧㄣˋ ㄔˋ 排斥：擯斥異己。

【擯除】bìnchú ㄅㄧㄣˋ ㄔㄨˊ 排除；拋棄：擯除陳規陋習。

【擯棄】bìnqì ㄅㄧㄣˋ ㄑㄧˋ 拋棄：擯棄舊觀念。

殯（殡） bìn ㄅㄧㄣˋ 停放靈柩；把靈柩送到埋葬或火化的地方去：出殯｜殯車。

【殯車】bìnchē ㄅㄧㄣˋ ㄔㄜ 出殯時運靈柩的車。

【殯殮】bìnliàn ㄅㄧㄣˋ ㄌㄧㄢˋ 入殮和出殯。

【殯儀館】bìnyíguǎn ㄅㄧㄣˋ ㄧˊ ㄍㄨㄢˇ 供停放靈柩和辦理喪事的機構。

【殯葬】bìnzàng ㄅㄧㄣˋ ㄗㄤˋ 出殯和埋葬。

臏（膑） bìn ㄅㄧㄣˋ 同‘髕’。

鬢（鬓、髩） bìn ㄅㄧㄣˋ 鬢角：雙鬢｜兩鬢斑白。

【鬢髮】bìnfà ㄅㄧㄣˋ ㄈㄚˋ 鬢角的頭髮：鬢髮蒼白。

【鬢角】bìnjiǎo ㄅㄧㄣˋ ㄐㄧㄠˇ 同‘鬢腳’。

【鬢腳】bìnjiǎo ㄅㄧㄣˋ ㄐㄧㄠˇ （鬢腳兒）耳朵前邊長頭髮的部位，也指長在這個部位的頭髮。也作鬢角。

髕(髌) bìn ㄅㄧㄣˋ ❶髕骨。❷古代削去髕骨的酷刑。

【髕骨】bìngǔ ㄅㄧㄣˋ ㄍㄨˇ 膝蓋部的一塊骨，略呈三角形，尖端向下。也叫膝蓋骨。(圖見410頁〖骨骼〗)

bīng (ㄅㄧㄥ)

冰(氷) bīng ㄅㄧㄥ ❶水在0°C或0°C以下凝結成的固體：湖裏結冰了。❷因接觸涼的東西而感到寒冷：剛到中秋，河水已經有些冰腿了。❸把東西和冰或涼水放在一起使涼：把汽水冰上。❹像冰的東西：冰片｜冰糖。

【冰棒】bīngbàng ㄅㄧㄥ ㄅㄤˋ 〈方〉冰棍兒。

【冰雹】bīngbáo ㄅㄧㄥ ㄅㄠˊ 空中降下來的冰塊，多在晚春和夏季的午後伴同雷陣雨出現，給農作物帶來很大危害。也叫雹，通稱雹子。有的地區叫冷子。

【冰碴兒】bīngchár ㄅㄧㄥ ㄔㄚㄦˊ 〈方〉冰的碎塊或碎末；水面上結的一層薄冰。

【冰川】bīngchuān ㄅㄧㄥ ㄔㄨㄢ 在高山或兩極地區，積雪由於自身的壓力變成冰塊(或積雪融化，下滲凍結成冰塊)，又因重力作用而沿着地面傾斜方向移動，這種移動的大冰塊叫做冰川。也叫冰河。

【冰川期】bīngchuānqī ㄅㄧㄥ ㄔㄨㄢ ㄑㄧ 地質上的一個時期，在新生代的第四紀，當時氣候非常寒冷，歐洲和美洲北部都被冰川所覆蓋。也叫冰河時代。

【冰牀】bīngchuáng ㄅㄧㄥ ㄔㄨㄤˊ 冰上滑行的交通運輸工具，形狀像雪橇，可坐六七個人，用竿子撐，也可用人力或畜力推拉。

【冰鑹】bīngcuān ㄅㄧㄥ ㄘㄨㄢ 鑿冰工具，頭部尖，有倒鈎。

【冰袋】bīngdài ㄅㄧㄥ ㄉㄞˋ 裝冰塊的橡膠袋。裝上冰塊後，敷在病人身上某一部位，使局部的溫度降低。

【冰刀】bīngdāo ㄅㄧㄥ ㄉㄠ 裝在冰鞋底下的鋼製的刀狀物。有球刀、跑刀和花樣刀三種。

【冰燈】bīngdēng ㄅㄧㄥ ㄉㄥ 用冰做成的供人觀賞的燈，燈體多為各種動植物、建築物的造型，內裝電燈或蠟燭，光彩四射。

【冰點】bīngdiǎn ㄅㄧㄥ ㄉㄧㄢˇ 水凝固時的溫度，也就是水和冰可以平衡共存的溫度。

【冰雕】bīngdiāo ㄅㄧㄥ ㄉㄧㄠ 用冰雕刻形象的藝術。也指用冰雕刻成的作品：冰雕展覽。

【冰凍】bīngdòng ㄅㄧㄥ ㄉㄨㄥˋ ❶水結成冰。❷〈方〉冰。

【冰凍三尺，非一日之寒】bīng dòng sān chǐ, fēi yī rì zhī hán ㄅㄧㄥ ㄉㄨㄥˋ ㄙㄢ ㄔˇ, ㄈㄟ ㄧ ㄖˋ ㄓ ㄏㄢˊ 比喻事物變化達到某種程度，是經過日積月累、逐漸形成的。

【冰峰】bīngfēng ㄅㄧㄥ ㄈㄥ 冰凍長年不化的山峰。

【冰糕】bīnggāo ㄅㄧㄥ ㄍㄠ 〈方〉❶冰激凌。❷冰棍兒。

【冰鎬】bīnggǎo ㄅㄧㄥ ㄍㄠˇ 鑿冰用的工具，多用於攀登冰峰。

【冰挂】bīngguà ㄅㄧㄥ ㄍㄨㄚˋ 雨凇的通稱。

【冰櫃】bīngguì ㄅㄧㄥ ㄍㄨㄟˋ 電冰櫃的簡稱。

【冰棍兒】bīnggùnr ㄅㄧㄥ ㄍㄨㄣㄦˋ 一種冷食，把水、果汁、糖等混合攪拌冷凍而成，用一根小棍做把兒。

【冰花】bīnghuā ㄅㄧㄥ ㄏㄨㄚ ❶指凝結呈花紋的薄薄冰層(多在玻璃窗上)。❷把花卉、水草、水果、活魚等實物用水凍結，形成冰罩的藝術品。❸霧凇：路旁樹上的冰花真是美。

【冰激凌】bīng·jilíng ㄅㄧㄥ ·ㄐㄧ ㄌㄧㄥˊ 一種半固體的冷食，用水、牛奶、雞蛋、糖、果汁等調和後，一面加冷一面攪拌，使凝結而成。[英ice cream]

【冰窖】bīngjiào ㄅㄧㄥ ㄐㄧㄠˋ 貯藏冰的地窖。

【冰晶】bīngjīng ㄅㄧㄥ ㄐㄧㄥ 在0°C以下時空氣中的水蒸氣凝結成的結晶狀的微小顆粒。

【冰冷】bīnglěng ㄅㄧㄥ ㄌㄥˇ ❶很冷：手腳凍得冰冷｜不要躺在冰冷的石板上。❷非常冷淡：表情冰冷。

【冰涼】bīngliáng ㄅㄧㄥ ㄌㄧㄤˊ (物體)很涼：渾身冰涼｜冰涼的酸梅湯。

【冰凌】bīnglíng ㄅㄧㄥ ㄌㄧㄥˊ 冰。

【冰輪】bīnglún ㄅㄧㄥ ㄌㄨㄣˊ 〈書〉指月亮。

【冰排】bīngpái ㄅㄧㄥ ㄆㄞˊ 大塊浮冰。

【冰瓶】bīngpíng ㄅㄧㄥ ㄆㄧㄥˊ 大口的保溫瓶，通常用來盛冰棍兒等冷食。參看40頁〖保溫瓶〗。

【冰期】bīngqī ㄅㄧㄥ ㄑㄧ ❶冰川期。❷指一次冰期中冰川活動劇烈的時期。

【冰淇淋】bīngqílín ㄅㄧㄥ ㄑㄧˊ ㄌㄧㄣˊ 冰激凌。

【冰橇】bīngqiāo ㄅㄧㄥ ㄑㄧㄠ 雪橇。

【冰清玉潔】bīng qīng yù jié ㄅㄧㄥ ㄑㄧㄥ ㄩˋ ㄐㄧㄝˊ 見1400頁〖玉潔冰清〗。

【冰球】bīngqiú ㄅㄧㄥ ㄑㄧㄡˊ ❶一種冰上運動，用冰球桿把球打進對方球門得分，分多的為勝。❷冰球運動使用的球，餅狀，用黑色的硬橡膠做成。

【冰人】bīngrén ㄅㄧㄥ ㄖㄣˊ 〈書〉稱媒人。

【冰山】bīngshān ㄅㄧㄥ ㄕㄢ ❶冰凍長年不化的大山。❷浮在海洋中的巨大冰塊，有時長到幾里，高到一百米左右，是兩極冰川末端斷裂，滑落海洋中形成的。❸比喻不能長久依賴的靠山。

【冰釋】bīngshì ㄅㄧㄥ ㄕˋ 像冰一樣溶化。比喻嫌隙、懷疑、誤會等完全消除：渙然冰釋。

【冰霜】bīngshuāng ㄅㄧㄥ ㄕㄨㄤ 〈書〉❶比喻有節操。❷比喻神情嚴肅：凜若冰霜。

【冰炭】bīngtàn ㄅㄧㄥ ㄊㄢˋ 比喻互相對立的兩種事物：冰炭不相容（比喻兩種對立的事物不能並存）。

【冰糖】bīngtáng ㄅㄧㄥ ㄊㄤˊ 一種塊狀的食糖，用白糖或紅糖加水使溶化成糖汁，經過蒸發，結晶而成。透明或半透明，多為白色或帶黃色。

【冰糖葫蘆】bīngtáng hú·lu ㄅㄧㄥ ㄊㄤˊ ㄏㄨˊ·ㄌㄨ（冰糖葫蘆兒）糖葫蘆。

【冰天雪地】bīng tiān xuě dì ㄅㄧㄥ ㄊㄧㄢ ㄒㄩㄝˇ ㄉㄧˋ 形容冰雪漫天蓋地，非常寒冷。

【冰坨】bīngtuó ㄅㄧㄥ ㄊㄨㄛˊ 水或含水的東西凍結成的硬塊。

【冰箱】bīngxiāng ㄅㄧㄥ ㄒㄧㄤ ❶冷藏食物或藥品用的器具，裏面放冰塊，保持低溫。❷電冰箱的簡稱。

【冰消瓦解】bīng xiāo wǎ jiě ㄅㄧㄥ ㄒㄧㄠ ㄨㄚˇ ㄐㄧㄝˇ 比喻完全消釋或崩潰。

【冰鞋】bīngxié ㄅㄧㄥ ㄒㄧㄝˊ 滑冰時穿的鞋，皮製，鞋底上裝着冰刀。

【冰鎮】bīngzhèn ㄅㄧㄥ ㄓㄣˋ 把食物或飲料和冰等放在一起使涼：冰鎮西瓜｜冰鎮汽水。

【冰磚】bīngzhuān ㄅㄧㄥ ㄓㄨㄢ 一種冷食，把水、奶油、糖、果汁等物混合攪拌，在低溫下凍成的磚形硬塊。

【冰錐】bīngzhuī ㄅㄧㄥ ㄓㄨㄟ（冰錐兒）雪後檐頭滴水凝成錐形的冰。也叫冰錐子、冰柱、冰溜。

并 Bīng ㄅㄧㄥ 山西太原的別稱。另見83頁 bìng‘併’；83頁 bìng‘並’。

兵 bīng ㄅㄧㄥ ❶兵器：短兵相接｜秣馬厲兵。❷軍人；軍隊：當兵｜兵種｜騎兵。❸軍隊中的最基層成員：上等兵。❹關於軍事或戰爭的：兵法｜兵書。

【兵變】bīngbiàn ㄅㄧㄥ ㄅㄧㄢˋ 軍隊譁變：發動兵變。

【兵不血刃】bīng bù xuè rèn ㄅㄧㄥ ㄅㄨˋ ㄒㄩㄝˋ ㄖㄣˋ 兵器上面沒有沾血，指未經交鋒而取得勝利。

【兵不厭詐】bīng bù yàn zhà ㄅㄧㄥ ㄅㄨˋ ㄧㄢˋ ㄓㄚˋ 用兵打仗可以使用欺詐的辦法迷惑敵人（不厭：不排斥；不以為非。語本《韓非子．難一》：‘戰陣之間，不厭詐偽’）。

【兵差】bīngchāi ㄅㄧㄥ ㄔㄞ 舊時軍隊強迫人民替他們做的勞役，主要是從事運輸等。

【兵車】bīngchē ㄅㄧㄥ ㄔㄜ ❶古代作戰用的車輛。❷指運載軍隊的列車。

【兵船】bīngchuán ㄅㄧㄥ ㄔㄨㄢˊ 指軍艦。

【兵丁】bīngdīng ㄅㄧㄥ ㄉㄧㄥ 士兵的舊稱。

【兵法】bīngfǎ ㄅㄧㄥ ㄈㄚˇ 古代指用兵作戰的策略和方法：熟諳兵法。

【兵符】bīngfú ㄅㄧㄥ ㄈㄨˊ ❶古代調兵遣將的符節。❷兵書。

【兵戈】bīnggē ㄅㄧㄥ ㄍㄜ 〈書〉兵器，指戰爭：不動兵戈｜兵戈四起。

【兵革】bīnggé ㄅㄧㄥ ㄍㄜˊ 〈書〉兵器和甲冑，借指戰爭：兵革未息。

【兵工廠】bīnggōngchǎng ㄅㄧㄥ ㄍㄨㄥ ㄔㄤˇ 製造武器裝備的工廠。

【兵貴神速】bīng guì shén sù ㄅㄧㄥ ㄍㄨㄟˋ ㄕㄣˊ ㄙㄨˋ 用兵以行動特別迅速最為重要（見於《三國志．魏志．郭嘉傳》）。

【兵荒馬亂】bīng huāng mǎ luàn ㄅㄧㄥ ㄏㄨㄤ ㄇㄚˇ ㄌㄨㄢˋ 形容戰時社會動盪不安的景象。

【兵火】bīnghuǒ ㄅㄧㄥ ㄏㄨㄛˇ 戰火，指戰爭：兵火連天｜書稿燬於兵火。

【兵家】bīngjiā ㄅㄧㄥ ㄐㄧㄚ ❶古代指軍事家。❷用兵的人：勝敗乃兵家常事｜徐州歷來為兵家必爭之地。

【兵艦】bīngjiàn ㄅㄧㄥ ㄐㄧㄢˋ 軍艦。

【兵諫】bīngjiàn ㄅㄧㄥ ㄐㄧㄢˋ 用武力脅迫君主或當權者接受規勸：發動兵諫。

【兵來將擋，水來土掩】bīng lái jiàng dǎng,shuǐ lái tǔ yǎn ㄅㄧㄥ ㄌㄞˊ ㄐㄧㄤˋ ㄉㄤˇ,ㄕㄨㄟˇ ㄌㄞˊ ㄊㄨˇ ㄧㄢˇ 比喻不管對方使用甚麼計策、手段，都有對付辦法。也比喻針對具體情況採取相應對策。

【兵力】bīnglì ㄅㄧㄥ ㄌㄧˋ 軍隊的實力，包括人員和武器裝備等：兵力雄厚｜集中兵力。

【兵臨城下】bīng lín chéng xià ㄅㄧㄥ ㄌㄧㄣˊ ㄔㄥˊ ㄒㄧㄚˋ 指大軍壓境城被圍困。形容形勢危急。

【兵亂】bīngluàn ㄅㄧㄥ ㄌㄨㄢˋ 由戰爭造成的騷擾和災害；兵災：屢遭兵亂。

【兵馬俑】bīngmǎyǒng ㄅㄧㄥ ㄇㄚˇ ㄩㄥˇ 古代用來殉葬的兵馬形象的陶俑。

【兵痞】bīngpǐ ㄅㄧㄥ ㄆㄧˇ 指在舊軍隊中長期當兵、品質惡劣、為非作歹的人。

【兵棋】bīngqí ㄅㄧㄥ ㄑㄧˊ 特製的軍隊標號圖型和人員、兵器、地物等模型，供各級指揮員在沙盤上研究作戰和訓練等情況時使用。

【兵器】bīngqì ㄅㄧㄥ ㄑㄧˋ 武器①。

【兵強馬壯】bīng qiáng mǎ zhuàng ㄅㄧㄥ ㄑㄧㄤˊ ㄇㄚˇ ㄓㄨㄤˋ 形容軍隊實力強，富有戰鬥力。

【兵權】bīngquán ㄅㄧㄥ ㄑㄩㄢˊ 指揮和調動軍隊的權力：掌握兵權。

【兵戎】bīngróng ㄅㄧㄥ ㄖㄨㄥˊ 指武器、軍隊：兵戎相見（武裝衝突的婉辭）。

【兵士】bīngshì ㄅㄧㄥ ㄕˋ 士兵。

【兵書】bīngshū ㄅㄧㄥ ㄕㄨ 講兵法的書。

【兵團】bīngtuán ㄅㄧㄥ ㄊㄨㄢˊ ❶軍隊的一級組織，下轄幾個軍或師。❷泛指團以上的部隊：主力兵團｜地方兵團。

【兵燹】bīngxiǎn ㄅㄧㄥ ㄒㄧㄢˇ 〈書〉戰爭造成的焚燒破壞等災害：藏書燬於兵燹。

【兵餉】bīngxiǎng ㄅㄧㄥ ㄒㄧㄤˇ 軍餉。

【兵役】bīngyì ㄅㄧㄥ ㄧˋ 指當兵的義務：服兵役。

【兵役法】bīngyìfǎ ㄅㄧㄥ ㄧˋ ㄈㄚˇ 國家根據憲法規定公民服兵役的法律制度。

【兵營】bīngyíng ㄅㄧㄥ ㄧㄥˊ 軍隊居住的營房。

【兵勇】bīngyǒng ㄅㄧㄥ ㄩㄥˇ 舊指士兵。

【兵油子】bīngyóu·zi ㄅㄧㄥ ㄧㄡˊ·ㄗ 指久在行伍而油滑的兵。

【兵員】bīngyuán ㄅㄧㄥ ㄩㄢˊ 兵；戰士①(總稱)：補充兵員｜五十萬兵員。

【兵源】bīngyuán ㄅㄧㄥ ㄩㄢˊ 士兵的來源：兵源充足。

【兵災】bīngzāi ㄅㄧㄥ ㄗㄞ 戰亂帶來的災難。

【兵站】bīngzhàn ㄅㄧㄥ ㄓㄢˋ 軍隊在後方交通綫上設置的供應、轉運機構，主要負責補給物資、接收傷病員、接待過往部隊等。

【兵種】bīngzhǒng ㄅㄧㄥ ㄓㄨㄥˇ 軍種內部的分類，如步兵、炮兵、裝甲兵、工程兵等是陸軍的各兵種。

【兵卒】bīngzú ㄅㄧㄥ ㄗㄨˊ 士兵的舊稱。

屏 bīng ㄅㄧㄥ ［屏營］(bīngyíng ㄅㄧㄥ ㄧㄥˊ)〈書〉形容惶恐的樣子(多用於奏章、書札)：不勝屏營待命之至。

另見82頁 bǐng；889頁 píng。

栟 bīng ㄅㄧㄥ ［栟櫚］(bīnglǘ ㄅㄧㄥ ㄌㄩˊ)古書上指棕櫚。

另見53頁 bēn。

檳(梹、梹) bīng ㄅㄧㄥ ［檳榔］(bīng·lang ㄅㄧㄥ ·ㄌㄤ) ❶常綠喬木，樹幹很高，羽狀複葉。果實可以吃，也供藥用。生長在熱帶地方。❷這種植物的果實。

另見79頁 bīn。

bǐng (ㄅㄧㄥˇ)

丙 bǐng ㄅㄧㄥˇ ❶天干的第三位。參看368頁〖干支〗。❷〈書〉丙丁：閱後付丙。

【丙部】bǐngbù ㄅㄧㄥˇ ㄅㄨˋ 子部。

【丙丁】bǐngdīng ㄅㄧㄥˇ ㄉㄧㄥ 〈書〉火的代稱：付丙丁。

【丙綸】bǐnglún ㄅㄧㄥˇ ㄌㄨㄣˊ 合成纖維的一種，質輕，耐磨，吸水性小，製成的衣物不易走樣。工業上用來製造繩索、濾布、漁網等。

【丙種射綫】bǐngzhǒng shèxiàn ㄅㄧㄥˇ ㄓㄨㄥˇ ㄕㄜˋ ㄒㄧㄢˋ 鐳和其他一些放射性元素的原子放出的射綫，是波長極短的電磁波，穿透力比愛克斯射綫更強，能穿透幾十厘米厚的鋼板。工業上用來探傷，醫學上用來消毒、治療腫瘤等。也叫伽馬(gāmǎ)射綫。也寫作γ射綫。

邴 Bǐng ㄅㄧㄥˇ 姓。

秉 bǐng ㄅㄧㄥˇ ❶〈書〉拿着；握着：秉筆｜秉燭。❷〈書〉掌握；主持：秉政。❸古代容量單位，合16斛。❹(Bǐng)姓。

【秉承】bǐngchéng ㄅㄧㄥˇ ㄔㄥˊ 承受；接受(旨意或指示)。也作稟承。

【秉持】bǐngchí ㄅㄧㄥˇ ㄔˊ 〈書〉主持；掌握。

【秉公】bǐnggōng ㄅㄧㄥˇ ㄍㄨㄥ 依照公認的道理或公平的標準：秉公辦理。

【秉性】bǐngxìng ㄅㄧㄥˇ ㄒㄧㄥˋ 性格：秉性純樸｜秉性各異。

【秉正】bǐngzhèng ㄅㄧㄥˇ ㄓㄥˋ 〈書〉秉持公正：秉正無私。

【秉燭】bǐngzhú ㄅㄧㄥˇ ㄓㄨˊ 〈書〉拿着燃着的蠟燭：秉燭待旦｜秉燭夜遊(指及時行樂)。

柄 bǐng ㄅㄧㄥˇ ❶器物的把兒：刀柄｜勺柄。❷植物的花、葉或果實跟莖或枝連着的部分：花柄｜葉柄。❸比喻在言行上被人抓住的材料：話柄｜笑柄｜把柄。❹〈書〉執掌：柄國｜柄政。❺〈書〉權：國柄。❻〈方〉量詞，用於某些帶把兒的東西：一柄斧頭｜兩柄鋤頭。

【柄子】bǐng·zi ㄅㄧㄥˇ ·ㄗ 〈方〉柄①。

昺(昞) bǐng ㄅㄧㄥˇ 〈書〉明亮；光明(多用於人名)。

炳 bǐng ㄅㄧㄥˇ 〈書〉光明；顯著：彪炳｜炳蔚。

【炳蔚】bǐngwèi ㄅㄧㄥˇ ㄨㄟˋ 〈書〉文采鮮明華美。

【炳耀】bǐngyào ㄅㄧㄥˇ ㄧㄠˋ 〈書〉❶(光彩)煥發。❷(光輝)照耀：炳耀千古。

屏 bǐng ㄅㄧㄥˇ ❶抑止(呼吸)：屏着呼吸｜屏着氣。❷除去；排除：屏除｜屏棄。

另見82頁 bīng；889頁 píng。

【屏除】bǐngchú ㄅㄧㄥˇ ㄔㄨˊ 摒除(bìngchú)。

【屏迹】bǐngjì ㄅㄧㄥˇ ㄐㄧˋ 〈書〉❶斂迹；匿迹：權貴屏迹｜盜賊屏迹。❷隱居：屏迹山村。

【屏氣】bǐng//qì ㄅㄧㄥˇ//ㄑㄧˋ 暫時抑止呼吸；有意地閉住氣：屏氣凝神｜他放輕腳步屏住氣向病房走去。

【屏棄】bǐngqì ㄅㄧㄥˇ ㄑㄧˋ 摒棄(bǐngqì)。

【屏退】bǐngtuì ㄅㄧㄥˇ ㄊㄨㄟˋ ❶使離開：屏退左右｜屏退閑人。❷〈書〉退隱：不樂仕進，常思屏退。

【屏息】bǐngxī ㄅㄧㄥˇ ㄒㄧ 屏氣：全場聽眾屏息靜聽。

稟〔禀〕 bǐng ㄅㄧㄥˇ ❶稟報；稟告：回稟｜待我稟過家父，再來回話。❷舊時稟報的文件：稟帖｜具稟詳報。❸承受：稟承。

【稟報】bǐngbào ㄅㄧㄥˇ ㄅㄠˋ 指向上級或長輩報告：據實稟報。

【稟承】bǐngchéng ㄅㄧㄥˇ ㄔㄥˊ 同'秉承'。

【稟賦】bǐngfù ㄅㄧㄥˇ ㄈㄨˋ 人的體魄、智力等

方面的素質：稟賦較弱｜稟賦聰明。

【稟告】bǐnggào ㄅㄧㄥˇ ㄍㄠˋ 指向上級或長輩告訴事情：此事待我稟告家母後再定。

【稟帖】bǐngtiě ㄅㄧㄥˇ ㄊㄧㄝˇ 舊時百姓向官府有所報告或請求用的文書。

【稟性】bǐngxìng ㄅㄧㄥˇ ㄒㄧㄥˋ 本性：稟性純厚｜江山易改，稟性難移。

餅(饼) bǐng ㄅㄧㄥˇ ❶泛稱烤熟或蒸熟的麵食，形狀大多扁而圓：月餅｜燒餅｜大餅。❷(餅兒)形體像餅的東西：鐵餅｜豆餅｜柿餅兒。

【餅鐺】bǐngchēng ㄅㄧㄥˇ ㄔㄥ 烙餅用的平底鍋。

【餅餌】bǐng'ěr ㄅㄧㄥˇ ㄦˇ 〈書〉餅類食品的總稱。

【餅肥】bǐngféi ㄅㄧㄥˇ ㄈㄟˊ 豆餅、花生餅等肥料的統稱。

【餅乾】bǐnggān ㄅㄧㄥˇ ㄍㄢ 食品，用麵粉加糖、雞蛋、牛奶等烤成的小而薄的塊兒。

【餅子】bǐng·zi ㄅㄧㄥˇ·ㄗ 用玉米麵、小米麵等貼在鍋上烙成的餅。

鞞 bǐng ㄅㄧㄥˇ 〈書〉刀鞘。

bìng (ㄅㄧㄥˋ)

併(并) bìng ㄅㄧㄥˋ 合在一起：歸併｜合併｜把三個組併成兩個。

'并'另見81頁 Bīng；83頁 bìng'並'。

【併攏】bìnglǒng ㄅㄧㄥˋ ㄌㄨㄥˇ 合攏：兩腳併攏｜併攏翅膀。

【併吞】bìngtūn ㄅㄧㄥˋ ㄊㄨㄣ 把別國的領土或別人的產業強行併入自己的範圍內。

並(并、竝) bìng ㄅㄧㄥˋ ❶兩種或兩種以上的事物平排着：並肩前進｜並蒂蓮。❷副詞，表示不同的事物同時存在，不同的事情同時進行：兩說並存｜相提並論。❸副詞，用在否定詞前面加強否定的語氣，略帶反駁的意味：你以為他糊塗，其實他並不糊塗｜所謂團結並非一團和氣。❹連詞，並且：我完全同意並擁護領導的決定。❺〈書〉用法跟'連'相同(常跟'而'、'亦'呼應)：並此而不知｜並此淺近原理亦不能明。

'并'另見81頁 Bīng；83頁 bìng'併'。

【並存】bìngcún ㄅㄧㄥˋ ㄘㄨㄣˊ 同時存在：兩種體制並存｜不同的見解可以並存。

【並蒂蓮】bìngdìlián ㄅㄧㄥˋ ㄉㄧˋ ㄌㄧㄢˊ 並排地長在同一個莖上的兩朵蓮花，文學作品中常用來比喻恩愛的夫妻。

【並發】bìngfā ㄅㄧㄥˋ ㄈㄚ 由正在患的某種病引起(另一種病)：並發症｜並發肺炎。

【並骨】bìnggǔ ㄅㄧㄥˋ ㄍㄨˇ 〈書〉指夫妻合葬。

【並駕齊驅】bìng jià qí qū ㄅㄧㄥˋ ㄐㄧㄚˋ ㄑㄧˊ ㄑㄩ 比喻齊頭並進，不分前後。也比喻地位或程度相等，不分高下。

【並肩】bìng∥jiān ㄅㄧㄥˋ∥ㄐㄧㄢ ❶肩挨着肩：他們並肩在河邊走着。❷比喻行動一致，共同努力：並肩作戰。

【並進】bìngjìn ㄅㄧㄥˋ ㄐㄧㄣˋ 不分先後，同時進行：齊頭並進。

【並舉】bìngjǔ ㄅㄧㄥˋ ㄐㄩˇ 不分先後，同時舉辦：工農業並舉。

【並力】bìnglì ㄅㄧㄥˋ ㄌㄧˋ 〈書〉一起出力：並力堅守。

【並立】bìnglì ㄅㄧㄥˋ ㄌㄧˋ 同時存在：群雄並立。

【並聯】bìnglián ㄅㄧㄥˋ ㄌㄧㄢˊ ❶並排地相聯接。❷把幾個電器或元器件，一個個並排地聯接，形成幾個平行的分支電路，這種聯接方法叫並聯。

【並列】bìngliè ㄅㄧㄥˋ ㄌㄧㄝˋ 並排平列，不分主次：這是並列的兩個分句｜比賽結果兩人並列第三名。

【並茂】bìngmào ㄅㄧㄥˋ ㄇㄠˋ 比喻兩種事物都很優美：圖文並茂｜聲情並茂。

【並排】bìngpái ㄅㄧㄥˋ ㄆㄞˊ 不分前後地排列在一條綫上：三個人並排地走過來｜這條馬路可以並排行駛四輛大卡車。

【並且】bìngqiě ㄅㄧㄥˋ ㄑㄧㄝˇ 連詞。❶用在兩個動詞或動詞性的詞組之間，表示兩個動作同時或先後進行：會上熱烈討論並且一致通過了這個生產計劃。❷用在複合句後一半裏，表示更進一層的意思：她被評為先進生產者，並且出席了先進生產者經驗交流會。

【並行】bìngxíng ㄅㄧㄥˋ ㄒㄧㄥˊ ❶並排行走：攜手並行。❷同時實行：並行不悖｜治這種病要打針和吃藥並行。

【並行不悖】bìngxíng bù bèi ㄅㄧㄥˋ ㄒㄧㄥˊ ㄅㄨˋ ㄅㄟˋ 同時實行，互不衝突。

【並用】bìngyòng ㄅㄧㄥˋ ㄩㄥˋ 同時使用：手腳並用。

【並重】bìngzhòng ㄅㄧㄥˋ ㄓㄨㄥˋ 同等重視：預防和治療並重。

病 bìng ㄅㄧㄥˋ ❶生理上或心理上發生的不正常的狀態：疾病｜心臟病｜他的病已經好了。❷生理上或心理上發生不正常狀態：他着了涼，病了三天。❸心病；私弊：弊病。❹缺點；錯誤：語病｜通病。❺〈書〉禍害；損害：禍國病民。❻〈書〉責備；不滿：詬病｜為世所病。

【病案】bìng'àn ㄅㄧㄥˋ ㄢˋ 病歷。

【病包兒】bìngbāor ㄅㄧㄥˋ ㄅㄠㄦ 多病的人(含詼諧意)：三天兩頭生病，真成了病包兒了。

【病變】bìngbiàn ㄅㄧㄥˋ ㄅㄧㄢˋ 由疾病引起的細胞或組織的變化，是病理變化的簡稱。

【病病歪歪】bìng·bingwāiwāi ㄅㄧㄥˋ ·ㄅㄧㄥ ㄨㄞ ㄨㄞ (病病歪歪的)形容病體衰弱無力的樣子。

【病程】bìngchéng ㄅㄧㄥˋ ㄔㄥˊ 指患某種病的整個過程。

【病蟲害】bìngchónghài ㄅㄧㄥˋ ㄔㄨㄥˊ ㄏㄞˋ 病害和蟲害的合稱。

【病牀】bìngchuáng ㄅㄧㄥˋ ㄔㄨㄤˊ 病人的牀鋪，特指醫院、療養院裏供住院病人用的牀。

【病毒】bìngdú ㄅㄧㄥˋ ㄉㄨˊ 比病菌更小、多用電子顯微鏡才能看見的病原體。一般能通過濾菌器，所以也叫濾過性病毒。天花、麻疹、腦炎、牛瘟等疾病就是由不同的病毒引起的。

【病篤】bìngdǔ ㄅㄧㄥˋ ㄉㄨˇ 〈書〉病勢沈重。

【病房】bìngfáng ㄅㄧㄥˋ ㄈㄤˊ 醫院、療養院裏病人住的房間。

【病夫】bìngfū ㄅㄧㄥˋ ㄈㄨ 體弱多病的人(含譏諷意)。

【病根】bìnggēn ㄅㄧㄥˋ ㄍㄣ ❶(病根子、病根兒)沒有完全治好的舊病：這是坐月子時留下的病根兒。❷比喻能引起失敗或災禍的原因：我廠連年虧損的病根要找出來。

【病故】bìnggù ㄅㄧㄥˋ ㄍㄨˋ 因病去世。

【病害】bìnghài ㄅㄧㄥˋ ㄏㄞˋ 由細菌、真菌、病毒、藻類、不適宜的氣候或土壤等因素引起的植物體發育不良、枯萎或死亡。

【病號】bìnghào ㄅㄧㄥˋ ㄏㄠˋ (病號兒)部隊、學校、機關等集體中的病人：老病號(經常生病的人)｜病號飯(給病人特做的飯食)。

【病候】bìnghòu ㄅㄧㄥˋ ㄏㄡˋ 泛指疾病反映出來的各種臨牀表現。

【病家】bìngjiā ㄅㄧㄥˋ ㄐㄧㄚ 病人和病人的家屬(就醫生、醫院、藥房方面說)。

【病假】bìngjià ㄅㄧㄥˋ ㄐㄧㄚˋ 因病請的假。

【病句】bìngjù ㄅㄧㄥˋ ㄐㄩˋ 在語法或邏輯上有毛病的句子：改正病句。

【病菌】bìngjūn ㄅㄧㄥˋ ㄐㄩㄣ 能使人或其他生物生病的細菌，如傷寒桿菌、炭疽桿菌等。也叫致病菌或病原菌。

【病況】bìngkuàng ㄅㄧㄥˋ ㄎㄨㄤˋ 病情。

【病理】bìnglǐ ㄅㄧㄥˋ ㄌㄧˇ 疾病發生和發展的過程和原理。

【病例】bìnglì ㄅㄧㄥˋ ㄌㄧˋ 某種疾病的例子。某個人或生物患過某種疾病，就是這種疾病的病例。

【病歷】bìnglì ㄅㄧㄥˋ ㄌㄧˋ 醫療部門記載病情、診斷和處理方法的記錄，每個病人一份。也叫病案。

【病魔】bìngmó ㄅㄧㄥˋ ㄇㄛˊ 比喻疾病(多指長期重病)：病魔纏身｜戰勝病魔。

【病情】bìngqíng ㄅㄧㄥˋ ㄑㄧㄥˊ 疾病變化的情況：病情好轉｜病情惡化。

【病人】bìngrén ㄅㄧㄥˋ ㄖㄣˊ 生病的人；受治療的人。

【病容】bìngróng ㄅㄧㄥˋ ㄖㄨㄥˊ 有病的氣色：面帶病容。

【病入膏肓】bìng rù gāo huāng ㄅㄧㄥˋ ㄖㄨˋ ㄍㄠ ㄏㄨㄤ 病到了無法醫治的地步，比喻事情嚴重到了不可挽救的程度(膏肓：我國古代醫學上把心尖脂肪叫膏，心臟和膈膜之間叫肓，認為是藥力達不到的地方)。

【病史】bìngshǐ ㄅㄧㄥˋ ㄕˇ 患者歷次所患疾病及診療情況。

【病逝】bìngshì ㄅㄧㄥˋ ㄕˋ 因病去世。

【病勢】bìngshì ㄅㄧㄥˋ ㄕˋ 病的輕重程度：服藥之後，病勢減輕。

【病榻】bìngtà ㄅㄧㄥˋ ㄊㄚˋ 病人的牀鋪：纏綿病榻。

【病態】bìngtài ㄅㄧㄥˋ ㄊㄞˋ 心理或生理上不正常的狀態：病態心理｜這不是正常的胖，而是一種病態◇社會病態。

【病體】bìngtǐ ㄅㄧㄥˋ ㄊㄧˇ 患病的身體。

【病痛】bìngtòng ㄅㄧㄥˋ ㄊㄨㄥˋ 指人所患的疾病(多指小病)。

【病退】bìngtuì ㄅㄧㄥˋ ㄊㄨㄟˋ 因病退職：辦病退手續。

【病危】bìngwēi ㄅㄧㄥˋ ㄨㄟ 病勢危險：醫院已經下了病危通知。

【病象】bìngxiàng ㄅㄧㄥˋ ㄒㄧㄤˋ 疾病表現出來的現象，如發燒、嘔吐、咳嗽等。

【病休】bìngxiū ㄅㄧㄥˋ ㄒㄧㄡ 因病休息：病休一週。

【病秧子】bìngyāng·zi ㄅㄧㄥˋ ㄧㄤ ·ㄗ 〈方〉多病的人。

【病疫】bìngyì ㄅㄧㄥˋ ㄧˋ 指流行性傳染病；疫病。

【病因】bìngyīn ㄅㄧㄥˋ ㄧㄣ 發生疾病的原因：病因尚未查明。

【病友】bìngyǒu ㄅㄧㄥˋ ㄧㄡˇ 稱跟自己同時住在一個醫院的病人。

【病員】bìngyuán ㄅㄧㄥˋ ㄩㄢˊ 部隊、機關、團體中稱生病的人員。

【病原】bìngyuán ㄅㄧㄥˋ ㄩㄢˊ 病因。

【病原蟲】bìngyuánchóng ㄅㄧㄥˋ ㄩㄢˊ ㄔㄨㄥˊ 寄生在人體內能引起疾病的原生動物，如瘧原蟲等。也叫原蟲。

【病原體】bìngyuántǐ ㄅㄧㄥˋ ㄩㄢˊ ㄊㄧˇ 能引起疾病的細菌、黴菌、病原蟲、病毒等的統稱。

【病源】bìngyuán ㄅㄧㄥˋ ㄩㄢˊ 發生疾病的根源。

【病院】bìngyuàn ㄅㄧㄥˋ ㄩㄢˋ 專治某種疾病的醫院：精神病院｜傳染病院。

【病灶】bìngzào ㄅㄧㄥˋ ㄗㄠˋ 機體上發生病變的部分。如肺的某一部分被結核菌破壞，這部分就是肺結核病灶。

【病徵】bìngzhēng ㄅㄧㄥˋ ㄓㄥ 表現在身體外面的顯示出是甚麼病的徵象。

【病症】bìngzhèng ㄅㄧㄥˋ ㄓㄥˋ 病：專治疑難病症。

摒

bìng ㄅㄧㄥˋ 排除：摒之於外。

【摒除】bìngchú ㄅㄧㄥˋ ㄔㄨˊ 排除；除去：摒除雜念。

【摒擋】bìngdàng ㄅㄧㄥˋ ㄉㄤˋ〈書〉料理；收拾：摒擋行李｜摒擋婚事｜摒擋一切。

【摒絕】bìngjué ㄅㄧㄥˋ ㄐㄩㄝˊ 排除：摒絕妄念｜摒絕一切應酬。

【摒棄】bìngqì ㄅㄧㄥˋ ㄑㄧˋ 捨棄：摒棄雜務，專心學習。

bō（ㄅㄛ）

波

bō ㄅㄛ ❶波浪：波紋｜隨波逐流。❷振動在介質中的傳播過程。波是振動形式的傳播，介質質點本身並不隨波前進。最常見的有機械波和電磁波。也叫波動。❸比喻事情的意外變化：風波｜一波未平，一波又起。

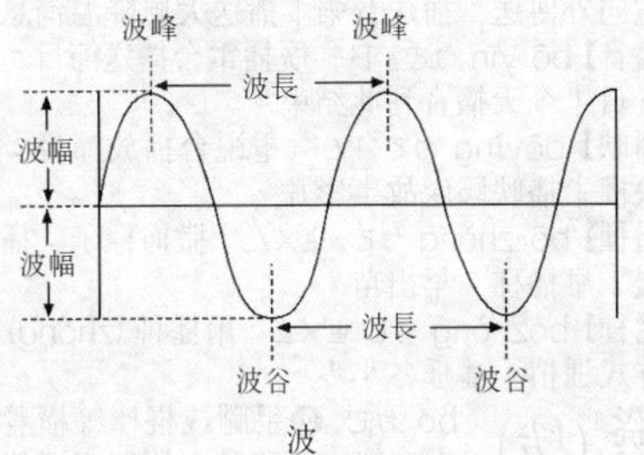

波

【波長】bōcháng ㄅㄛ ㄔㄤˊ 沿着波的傳播方向，相鄰的兩個波峰或兩個波谷之間的距離，即波在一個振動週期內傳播的距離。(圖見'波')

【波盪】bōdàng ㄅㄛ ㄉㄤˋ 起落不定；飄盪①：海水波盪｜悠揚的歌聲在空中波盪。

【波動】bōdòng ㄅㄛ ㄉㄨㄥˋ ❶起伏不定；不穩定：情緒波動｜物價波動。❷波②。

【波段】bōduàn ㄅㄛ ㄉㄨㄢˋ 無綫電廣播中，把無綫電波按波長不同而分成的段，有長波、中波、短波等。

【波爾卡】bō'ěrkǎ ㄅㄛ ㄦˇ ㄎㄚˇ 一種舞蹈，起源於捷克民族，是排成行列的雙人舞，舞曲為2/4拍。［捷 polka］

【波峰】bōfēng ㄅㄛ ㄈㄥ 在一週期內橫波在橫坐標軸以上的最高部分。(圖見'波')

【波幅】bōfú ㄅㄛ ㄈㄨˊ 在橫波中，從波峰或波谷到橫坐標軸的距離。(圖見'波')

【波谷】bōgǔ ㄅㄛ ㄍㄨˇ 在一週期內橫波在橫坐標軸以下的最低部分。(圖見'波')

【波及】bōjí ㄅㄛ ㄐㄧˊ 牽涉到；影響到：水災波及南方數省｜事件波及整個世界｜他怕此事波及自身。

【波瀾】bōlán ㄅㄛ ㄌㄢˊ 波濤，多用於比喻：波瀾壯闊｜激起感情的波瀾。

【波瀾壯闊】bōlán zhuàngkuò ㄅㄛ ㄌㄢˊ ㄓㄨㄤˋ ㄎㄨㄛˋ 比喻聲勢雄壯浩大(多用於詩文、群眾運動等)。

【波浪】bōlàng ㄅㄛ ㄌㄤˋ 江湖海洋上起伏不平的水面：波浪起伏｜波浪翻滾。

【波浪鼓】bō·langgǔ ㄅㄛ ·ㄌㄤ ㄍㄨˇ 同'撥浪鼓'。

【波棱蓋】bō·lenggài ㄅㄛ ·ㄌㄥ ㄍㄞˋ〈方〉(波棱蓋兒)膝蓋。

【波羅蜜】[1] bōluómì ㄅㄛ ㄌㄨㄛˊ ㄇㄧˋ 佛教用語，指到彼岸。也譯作波羅蜜多。［梵 pāramitā］

【波羅蜜】[2] bōluómì ㄅㄛ ㄌㄨㄛˊ ㄇㄧˋ 同'菠蘿蜜'①。

【波譜】bōpǔ ㄅㄛ ㄆㄨˇ 按照波長的長短依次排列而成的表。

【波束】bōshù ㄅㄛ ㄕㄨˋ 指有很強的方向性的電磁波。用於雷達和微波通訊。

【波速】bōsù ㄅㄛ ㄙㄨˋ 波傳播的速度，數值等於波長和頻率的乘積。

【波濤】bōtāo ㄅㄛ ㄊㄠ 大波浪：萬頃波濤｜波濤洶涌。

【波紋】bōwén ㄅㄛ ㄨㄣˊ 小波浪形成的水紋。

【波源】bōyuán ㄅㄛ ㄩㄢˊ 能夠維持振動的傳播，並能發出波的物體或物體所在的位置。

【波折】bōzhé ㄅㄛ ㄓㄜˊ 事情進行中所發生的曲折：幾經波折，養殖場終於辦起來了。

【波磔】bōzhé ㄅㄛ ㄓㄜˊ 指漢字書法的撇捺。

玻

bō ㄅㄛ 見下。

【玻璃】bō·lí ㄅㄛ ·ㄌㄧˊ ❶一種質地硬而脆的透明物體。一般用石英砂、石灰石、純鹼等混合後，在高溫下熔化、成型、冷卻後製成。主要成分是二氧化硅、氧化鈉和氧化鈣。❷指某些像玻璃的塑料：玻璃絲｜有機玻璃。

【玻璃鋼】bō·ligāng ㄅㄛ ·ㄌㄧ ㄍㄤ 用玻璃纖維及其織物增強的塑料，質輕而硬，不導電，機械強度高，耐腐蝕。可以代替鋼材製造機器零件和汽車、船舶外殼等。

【玻璃絲】bō·lisī ㄅㄛ ·ㄌㄧ ㄙ 用玻璃、塑料或其他人工合成的物質製成的細絲，可用來製玻璃布、裝飾品等。

【玻璃體】bō·litǐ ㄅㄛ ·ㄌㄧ ㄊㄧˇ 眼球內充滿在晶狀體和視網膜之間的無色透明的膠狀物質，有支撐眼球內壁的作用。

【玻璃纖維】bō·li xiānwéi ㄅㄛ ·ㄌㄧ ㄒㄧㄢ ㄨㄟˊ 用熔融玻璃製成的極細的纖維，絕緣性、耐熱性、抗腐蝕性好，機械強度高。用做絕緣材料和玻璃鋼的原料等。

【玻璃紙】bō·lizhǐ ㄅㄛ ·ㄌㄧ ㄓˇ 透明的紙狀薄膜，用紙漿經過化學處理或用塑料製成，可染成各種顏色，用於包裝或裝飾。

【玻璃磚】bō·lizhuān ㄅㄛ ·ㄌㄧ ㄓㄨㄢ ❶指較厚的玻璃。❷用玻璃製成的磚狀建築材料，多是空心的。堅固耐磨，能透光，隔音、隔熱性能好。

砵 bō ㄅㄛ ❶銅砵(Tóngbō ㄊㄨㄥˊ ㄅㄛ)，地名，在福建。❷同'鉢'。

盋 bō ㄅㄛ 〈書〉同'鉢'。

哱 bō ㄅㄛ ［哱羅］(bōluó ㄅㄛ ㄌㄨㄛˊ)古代軍中的一種號角。

趵 bō ㄅㄛ 〈書〉踢。
另見43頁 bào。

【趵趵】bōbō ㄅㄛ ㄅㄛ 〈書〉象聲詞，形容腳踏地的聲音。

般 bō ㄅㄛ ［般若］(bōrě ㄅㄛ ㄖㄜˇ)智慧(佛經用語)。［梵 prajñā］
另見29頁 bān；860頁 pán。

剝(剥) bō ㄅㄛ 義同'剝'(bāo)，專用於合成詞或成語，如剝奪，生吞活剝。
另見38頁 bāo。

【剝奪】bōduó ㄅㄛ ㄉㄨㄛˊ ❶用強制的方法奪去：剝奪勞動成果。❷依照法律取消：剝奪政治權利。

【剝離】bōlí ㄅㄛ ㄌㄧˊ (組織、皮層、覆蓋物等)脱落；分開：岩石剝離｜胎盤早期剝離。

【剝落】bōluò ㄅㄛ ㄌㄨㄛˋ 一片片地脱落：門上的油漆剝落了。

【剝蝕】bōshí ㄅㄛ ㄕˊ ❶物質表面因風化而逐漸損壞：因受風雨的剝蝕，石刻的文字已經不易辨認。❷風、流水、冰川等破壞地球表面，使隆起的部分逐漸變平。❸侵蝕。

【剝削】bōxuē ㄅㄛ ㄒㄩㄝ 無償地佔有別人的勞動或產品，主要是憑藉生產資料的私人所有權來進行的。

【剝削階級】bōxuē jiējí ㄅㄛ ㄒㄩㄝ ㄐㄧㄝ ㄐㄧˊ 在階級社會裏佔有生產資料剝削其他階級的階級，如奴隸主階級、地主階級和資產階級。

【剝啄】bōzhuó ㄅㄛ ㄓㄨㄛˊ 〈書〉象聲詞，形容輕輕敲門等的聲音。

菠〔菠〕 bō ㄅㄛ 見下。

【菠菜】bōcài ㄅㄛ ㄘㄞˋ 一年生或二年生草本植物，葉子略呈三角形，根略帶紅色，是普通蔬菜。

【菠薐菜】bōléngcài ㄅㄛ ㄌㄥˊ ㄘㄞˋ 〈方〉菠菜。

【菠蘿】bōluó ㄅㄛ ㄌㄨㄛˊ 鳳梨。

【菠蘿蜜】bōluómì ㄅㄛ ㄌㄨㄛˊ ㄇㄧˋ ❶木菠蘿。也作波羅蜜。❷鳳梨的俗稱。

鉢(钵、缽) bō ㄅㄛ ❶陶製的器具，形狀像盆而較小：飯鉢｜乳鉢(研藥末的器具)。❷鉢盂。［鉢多羅之省，梵 pātra］

【鉢頭】bōtóu ㄅㄛ ㄊㄡˊ 〈方〉鉢①。

【鉢盂】bōyú ㄅㄛ ㄩˊ 古代和尚用的飯碗，底平，口略小，形稍扁。

【鉢子】bō·zi ㄅㄛ ·ㄗ 〈方〉鉢①。

播 bō ㄅㄛ ❶傳播；傳揚：廣播｜播音。❷播種：條播｜點播｜夏播｜播了兩畝地的麥子。❸〈書〉遷移；流亡：播遷。

【播發】bōfā ㄅㄛ ㄈㄚ 通過廣播、電視發出：播發新聞。

【播放】bōfàng ㄅㄛ ㄈㄤˋ ❶通過廣播放送：播放錄音講話。❷播映：播放科教影片｜電視台播放比賽實況。

【播幅】bōfú ㄅㄛ ㄈㄨˊ 壟溝中播種作物的寬度。

【播講】bōjiǎng ㄅㄛ ㄐㄧㄤˇ 通過廣播、電視進行講述或講授：播講評書｜播講英語。

【播弄】bō·nong ㄅㄛ ·ㄋㄨㄥ ❶擺佈：人不再受命運播弄。❷挑撥：播弄是非。

【播撒】bōsǎ ㄅㄛ ㄙㄚˇ 撒播；撒：播撒樹種｜播撒藥粉。

【播送】bōsòng ㄅㄛ ㄙㄨㄥˋ 通過無綫電或有綫電向外傳送：播送音樂｜播送大風降溫消息。

【播音】bō//yīn ㄅㄛ// ㄧㄣ 廣播電台播送節目：播音員｜今天播音到此結束。

【播映】bōyìng ㄅㄛ ㄧㄥˋ 電視台播放節目：播映權｜播映國產故事影片。

【播種】bō//zhǒng ㄅㄛ// ㄓㄨㄥˇ 撒佈種子：播種機｜早播種，早出苗。

【播種】bōzhòng ㄅㄛ ㄓㄨㄥˋ 用播種(zhǒng)的方式種植：播種冬小麥。

撥(拨) bō ㄅㄛ ❶手腳或棍棒等橫着用力，使東西移動：撥門｜撥船◇撥開雲霧。❷分出一部分發給；調配：撥糧｜撥款｜撥兩個人到鍛工車間工作。❸掉轉：撥頭便往回走。❹(撥兒)量詞，用於成批的人或物：工人們分成兩撥兒幹活｜大家輪撥兒休息。

【撥發】bōfā ㄅㄛ ㄈㄚ 分出一部分發給：所需經費由上級統一撥發。

【撥付】bōfù ㄅㄛ ㄈㄨˋ 調撥並發給(款項)：撥付經費。

【撥號】bō//hào ㄅㄛ// ㄏㄠˋ 按照要通話的電話號碼，撥動撥號盤中的數字。

【撥款】bō//kuǎn ㄅㄛ// ㄎㄨㄢˇ (政府或上級)撥給款項：撥了一筆款｜撥款 10 萬元。

【撥款】bōkuǎn ㄅㄛ ㄎㄨㄢˇ 政府或上級撥給的款項：軍事撥款｜預算的支出部分是國家的撥款。

【撥拉】bō·la ㄅㄛ ·ㄌㄚ 撥①：撥拉算盤子兒。

【撥浪鼓】bō·langgǔ ㄅㄛ ·ㄌㄤ ㄍㄨˇ (撥浪鼓兒)玩具，帶把兒的小鼓，來回轉動時，兩旁繫在短繩上的鼓槌擊鼓作聲。也作波浪鼓。

【撥亂反正】bō luàn fǎn zhèng ㄅㄛ ㄌㄨㄢˋ ㄈㄢˇ ㄓㄥˋ 治理混亂的局面，使恢復正常。

【撥弄】bō·nong ㄅㄛ ·ㄋㄨㄥ ❶用手腳或棍棒等來回地撥動：撥弄琴弦｜他用小棍兒撥弄火盆裏的炭。❷擺佈：他想撥弄人，辦不到！❸挑撥：撥弄是非。

【撥冗】bōrǒng ㄅㄛ ㄖㄨㄥˇ 客套話，推開繁忙的事務，抽出時間：務希撥冗出席。

【撥雲見日】bō yún jiàn rì ㄅㄛ ㄩㄣˊ ㄐㄧㄢˋ ㄖˋ 撥開烏雲，看見太陽。比喻衝破黑暗，見到光明。

【撥子】bō·zi ㄅㄛ ·ㄗ ❶一種用金屬、木頭、象牙或塑料等製成的薄片，用以彈奏月琴、曼德琳等弦樂器。❷高撥子的簡稱。❸量詞，同'撥'④：剛才有一撥子隊伍從這裏過去了。

嶓 bō ㄅㄛ 嶓冢(Bōzhǒng ㄅㄛ ㄓㄨㄥˇ)，山名，在甘肅。

餑(饽) bō ㄅㄛ ［餑餑］(bō·bo ㄅㄛ ·ㄅㄛ)〈方〉❶糕點。❷饅頭或其他麪食，也指用雜糧麪製成的塊狀食物：棒子麪兒餑餑｜貼餑餑(貼餅子)。

鱍(鲅) bō ㄅㄛ ［鱍鱍］〈書〉魚跳躍的樣子。

bó (ㄅㄛˊ)

孛 bó ㄅㄛˊ〈書〉同'勃'。
另見49頁 bèi。

伯1 bó ㄅㄛˊ ❶伯父：大伯｜表伯。❷在弟兄排行的次序裏代表老大：伯兄。

伯2 bó ㄅㄛˊ 封建五等爵位的第三等：伯爵。
另見26頁 bǎi。

【伯伯】bó·bo ㄅㄛˊ ·ㄅㄛ 伯父：二伯伯｜張伯伯。

【伯父】bófù ㄅㄛˊ ㄈㄨˋ ❶父親的哥哥。❷稱呼跟父親輩分相同而年紀較大的男子。

【伯公】bógōng ㄅㄛˊ ㄍㄨㄥ〈方〉❶伯祖。❷丈夫的伯父。

【伯勞】bóláo ㄅㄛˊ ㄌㄠˊ 鳥，額部和頭部的兩旁黑色，頸部藍灰色，背部棕紅色，有黑色波狀橫紋。吃昆蟲和小鳥。有的地區叫虎不拉(hù·bulǎ)。

【伯樂】Bólè ㄅㄛˊ ㄌㄜˋ 春秋時秦國人，善於相馬，後來比喻善於發現和選用人才的人：各級領導要廣開視野，當好伯樂，發現和造就更多的人才。

【伯母】bómǔ ㄅㄛˊ ㄇㄨˇ 伯父的妻子。

【伯婆】bópó ㄅㄛˊ ㄆㄛˊ〈方〉❶伯祖母。❷丈夫的伯母。

【伯仲】bózhòng ㄅㄛˊ ㄓㄨㄥˋ〈書〉指兄弟的次第。比喻事物不相上下：伯仲之間。

【伯仲叔季】bó zhòng shū jì ㄅㄛˊ ㄓㄨㄥˋ ㄕㄨ ㄐㄧˋ 弟兄排行的次序，伯是老大，仲是第二，叔是第三，季是最小的。

【伯祖】bózǔ ㄅㄛˊ ㄗㄨˇ 父親的伯父。

【伯祖母】bózǔmǔ ㄅㄛˊ ㄗㄨˇ ㄇㄨˇ 父親的伯母。

帛 bó ㄅㄛˊ〈書〉絲織物的總稱：布帛｜財帛｜玉帛。

【帛畫】bóhuà ㄅㄛˊ ㄏㄨㄚˋ 我國古代畫在絲織品上的畫。

【帛書】bóshū ㄅㄛˊ ㄕㄨ 我國古代寫在絲織品上的書。

瓟 bó ㄅㄛˊ ❶〈書〉小瓜。❷古書上說的一種草。

泊 bó ㄅㄛˊ ❶船靠岸；停船：停泊｜船泊港外。❷停留：飄泊。❸〈方〉停放(車輛)：泊車。
另見891頁 pō。

【泊地】bódì ㄅㄛˊ ㄉㄧˋ 錨地。

【泊位】bówèi ㄅㄛˊ ㄨㄟˋ 航運上指港區內能停靠船舶的位置。能停泊一條船的位置稱為一個泊位。

柏 bó ㄅㄛˊ 柏林(Bólín ㄅㄛˊ ㄌㄧㄣˊ)，德國城市名。
另見26頁 bǎi；90頁 bò。

勃(敦) bó ㄅㄛˊ〈書〉旺盛：蓬勃｜勃發。

【勃勃】bóbó ㄅㄛˊ ㄅㄛˊ 精神旺盛或慾望強烈的樣子：生氣勃勃｜朝氣勃勃｜興致勃勃｜野心勃勃。

【勃發】bófā ㄅㄛˊ ㄈㄚ〈書〉❶煥發；旺盛：英姿勃發｜生機勃發。❷突然發生：戰爭勃發｜勃發事件。

【勃郎寧】bólángníng ㄅㄛˊ ㄌㄤˊ ㄋㄧㄥˊ 手槍的一種，可以連續射擊，因設計人美國的勃郎寧(John Moses Browning)而得名。

【勃然】bórán ㄅㄛˊ ㄖㄢˊ ❶興起或旺盛的樣子：勃然而興｜勃然而起。❷因生氣或驚慌等變臉色的樣子：勃然不悅｜勃然大怒。

【勃谿】bóxī ㄅㄛˊ ㄒㄧ〈書〉家庭中爭吵：姑嫂勃谿。

【勃豀】bóxī ㄅㄛˊ ㄒㄧ〈書〉同'勃谿'。

【勃興】bóxīng ㄅㄛˊ ㄒㄧㄥ〈書〉勃然興起；蓬勃發展。

亳 Bó ㄅㄛˊ 亳州，地名，在安徽。

浡 bó ㄅㄛˊ〈書〉振作；興起。

舶 bó ㄅㄛˊ 航海大船：船舶｜巨舶｜海舶。

【舶來品】bóláipǐn ㄅㄛˊ ㄌㄞˊ ㄆㄧㄣˇ 舊時指進口的貨物。

脖 bó ㄅㄛˊ (脖兒)❶脖子。❷器物上像脖子的部分：這個瓶子脖兒長。

【脖梗兒】bógěngr ㄅㄛˊ ㄍㄥˇㄦ 同'脖頸兒'。

【脖頸兒】bógěngr ㄅㄛˊ ㄍㄥˇㄦ 脖子的後部。也

叫脖頸子(bógěng·zi)。

【脖領兒】bólǐngr ㄅㄛˊ ㄌㄧㄥˇㄦ 〈方〉衣服領兒；領子。也叫脖領子。

【脖子】bó·zi ㄅㄛˊ ·ㄗ 頭和軀幹相連接的部分。

博1 bó ㄅㄛˊ ❶(量)多；豐富：淵博｜地大物博｜博而不精。❷通曉：博古通今。❸〈書〉大：寬衣博帶。

博2 bó ㄅㄛˊ 博取；取得：聊博一笑｜以博歡心。

另見89頁 bó'簙'。

【博愛】bó'ài ㄅㄛˊ ㄞˋ 指對人類普遍的愛。

【博大】bódà ㄅㄛˊ ㄉㄚˋ 寬廣；豐富(多用於抽象事物)：博大的胸懷｜學問博大而精深。

【博得】bódé ㄅㄛˊ ㄉㄜˊ 取得；得到(好感、同情等)：博得群眾的信任｜這個電影博得了觀眾的好評。

【博古】bógǔ ㄅㄛˊ ㄍㄨˇ ❶通曉古代的事情：博古多識｜博古通今。❷指古器物，也指以古器物為題材的國畫。❸仿照古器物或古代款式的：博古瓶｜博古架上擺放着古玩玉器。

【博古通今】bó gǔ tōng jīn ㄅㄛˊ ㄍㄨˇ ㄊㄨㄥ ㄐㄧㄣ 通曉古今的事情。形容知識淵博。

【博覽】bólǎn ㄅㄛˊ ㄌㄢˇ 廣泛閱覽：博覽群書。

【博覽會】bólǎnhuì ㄅㄛˊ ㄌㄢˇ ㄏㄨㄟˋ 組織許多國家參加的大型產品展覽會。有時也指一國的大型產品展覽會。

【博洽】bóqià ㄅㄛˊ ㄑㄧㄚˋ 〈書〉(學識)淵博：博洽多聞。

【博取】bóqǔ ㄅㄛˊ ㄑㄩˇ 用言語、行動取得信任、重視等：博取歡心｜博取人們的同情。

【博識】bóshí ㄅㄛˊ ㄕˊ 學識豐富：多聞博識。

【博士】bóshì ㄅㄛˊ ㄕˋ ❶學位的最高一級：文學博士。❷古時指專精某種技藝的人：茶博士｜酒博士。❸古代的一種傳授經學的官員。

【博聞強識】bó wén qiáng zhì ㄅㄛˊ ㄨㄣˊ ㄑㄧㄤˊ ㄓˋ 見聞廣博，記憶力強。也說博聞強記。

【博物】bówù ㄅㄛˊ ㄨˋ 動物、植物、礦物、生理等學科的總稱。

【博物館】bówùguǎn ㄅㄛˊ ㄨˋ ㄍㄨㄢˇ 搜集、保管、研究、陳列、展覽有關革命、歷史、文化、藝術、自然科學、技術等方面的文物或標本的機構。

【博物院】bówùyuàn ㄅㄛˊ ㄨˋ ㄩㄢˋ 博物館：故宮博物院。

【博學】bóxué ㄅㄛˊ ㄒㄩㄝˊ 學問廣博精深：博學多才。

【博雅】bóyǎ ㄅㄛˊ ㄧㄚˇ 〈書〉淵博：博雅之士｜博雅精深。

【博引】bóyǐn ㄅㄛˊ ㄧㄣˇ 廣泛地引證：旁徵博引。

渤 Bó ㄅㄛˊ 渤海，在山東半島和遼東半島之間。

搏 bó ㄅㄛˊ ❶搏鬥；對打：拼搏｜肉搏。❷撲上去抓：獅子搏兔。❸跳動：脈搏。

【搏動】bódòng ㄅㄛˊ ㄉㄨㄥˋ 有節奏地跳動(多指心臟或血脈)：心臟起搏器能模擬心臟的自然搏動，改善病人的病情。

【搏鬥】bódòu ㄅㄛˊ ㄉㄡˋ ❶徒手或用刀、棒等激烈地對打：用刺刀跟敵人搏鬥。❷比喻激烈地鬥爭：與暴風雪搏鬥｜這是一場新舊思想的大搏鬥。

【搏擊】bójī ㄅㄛˊ ㄐㄧ 奮力鬥爭和衝擊：奮力搏擊｜搏擊風浪。

【搏殺】bóshā ㄅㄛˊ ㄕㄚ 用武器格鬥：在同歹徒搏殺中，受了重傷◇兩位棋手沈着應戰，激烈搏殺。

鈸(钹) bó ㄅㄛˊ 打擊樂器，是兩個圓銅片，中間突起成半球形，正中有孔，可以穿綢條或布片，兩片合起來拍打發聲。

鉑(铂) bó ㄅㄛˊ 金屬元素，符號 Pt (platinum)。銀白色，質軟，延展性強，化學性質穩定。用來製耐腐蝕的化學儀器等，也用做催化劑。通稱白金。

駁1(驳、駮) bó ㄅㄛˊ 指出對方的意見不合事實或沒有道理；說出自己的意見，否定別人的意見：批駁｜反駁｜駁價｜這種論點不值一駁。

駁2(驳、駮) bó ㄅㄛˊ 〈書〉一種顏色夾雜着別種顏色；不純淨：斑駁。

駁3(驳) bó ㄅㄛˊ ❶駁運：起駁｜駁卸。❷駁船：鐵駁。❸〈方〉把岸或堤向外擴展：這條堤還不夠寬，最好再駁出去一米。

【駁岸】bó'àn ㄅㄛˊ ㄢˋ 保護岸或堤使不坍塌的建築物，多用石塊築成。

【駁斥】bóchì ㄅㄛˊ ㄔˋ 反駁錯誤的言論或意見。

【駁船】bóchuán ㄅㄛˊ ㄔㄨㄢˊ 用來運貨物或旅客的一種船，一般沒有動力裝置，由拖輪拉着或推着行駛。

【駁倒】bó//dǎo ㄅㄛˊ//ㄉㄠˇ 成功地否定了對方的意見：一句話就把他駁倒了｜真理是駁不倒的。

【駁回】bóhuí ㄅㄛˊ ㄏㄨㄟˊ 不允許(請求)；不採納(建議)：駁回上訴｜對無理要求，一概駁回。

【駁價】bó//jià ㄅㄛˊ//ㄐㄧㄚˋ (駁價兒)駁回賣主提出的價格；還價。

【駁殼槍】bókéqiāng ㄅㄛˊ ㄎㄜˊ ㄑㄧㄤ 手槍的一種，外有木盒，射擊時可把木盒移裝在槍後，作為托柄。能連續射擊，射程比普通手槍遠。有的地區叫盒子槍、盒子炮。

【駁面子】bó miàn·zi ㄅㄛˊ ㄇㄧㄢˋ ·ㄗ 不給情面。

【駁難】bónàn ㄅㄛˊ ㄋㄢˋ 〈書〉反駁責難：駁難攻訐。

【駁運】bóyùn ㄅㄛˊ ㄩㄣˋ 在岸與船、船與船之間用小船來往轉運旅客或貨物。

【駁雜】bózá ㄅㄛˊ ㄗㄚˊ 混雜不純：這篇文章又談景物，又談掌故，內容非常駁雜。

僰 Bó ㄅㄛˊ 我國古代稱居住在西南地區的某一少數民族。

箔1 bó ㄅㄛˊ ❶葦子或秫秸編成的簾子：葦箔｜蓆箔。❷蠶箔。

箔2 bó ㄅㄛˊ ❶金屬薄片：金箔兒｜鎳箔｜銅箔。❷塗上金屬粉末或裱上金屬薄片的紙（迷信的人在祭祀時當做紙錢焚化）：錫箔｜金銀箔。

【箔材】bócái ㄅㄛˊ ㄘㄞˊ 鋁箔，錫箔一類的材料，用做電工材料，也用於商品包裝等。

魄〔魄〕 bó ㄅㄛˊ 見762頁〖落魄〗。另見894頁 pò；1169頁 tuò。

膊 bó ㄅㄛˊ 胳膊：赤膊。

踣 bó ㄅㄛˊ 〈書〉跌倒。

薄1〔薄〕 bó ㄅㄛˊ ❶輕微；少：薄技｜廣種薄收｜這份禮太薄。❷不強健；不壯實：薄弱｜單薄。❸不厚道；不莊重：薄待｜刻薄｜輕薄。❹看不起；輕視；慢待：菲薄｜鄙薄｜厚今薄古。❺（Bó）姓。

薄2〔薄〕 bó ㄅㄛˊ〈書〉迫近；靠近：日薄西山｜薄海同歡。

另見39頁 báo；90頁 bò。

【薄產】bóchǎn ㄅㄛˊ ㄔㄢˇ 〈書〉少量的產業。

【薄地】bódì ㄅㄛˊ ㄉㄧˋ 不肥沃的田地。

【薄海】bóhǎi ㄅㄛˊ ㄏㄞˇ 指到達海邊，泛指廣大地區：薄海傳誦｜普天同慶，薄海歡騰。

【薄厚】bóhòu ㄅㄛˊ ㄏㄡˋ 厚薄。

【薄技】bójì ㄅㄛˊ ㄐㄧˋ 微小的技能，常用來謙稱自己的技藝：薄技在身｜願獻薄技。

【薄酒】bójiǔ ㄅㄛˊ ㄐㄧㄡˇ 味淡的酒，常用作待客時謙辭：薄酒一杯，不成敬意｜略備薄酒，為先生洗塵。

【薄禮】bólǐ ㄅㄛˊ ㄌㄧˇ 不豐厚的禮物，多用來謙稱自己送的禮物：些許薄禮，敬請笑納。

【薄利】bólì ㄅㄛˊ ㄌㄧˋ 微薄的利潤：薄利多銷。

【薄面】bómiàn ㄅㄛˊ ㄇㄧㄢˋ 為人求情時謙稱自己的情面：看在我的薄面上，原諒他這一次。

【薄命】bómìng ㄅㄛˊ ㄇㄧㄥˋ 指命運不好，福分不大（迷信，多用於婦女）：紅顏薄命。

【薄暮】bómù ㄅㄛˊ ㄇㄨˋ 傍晚：薄暮時分。

【薄情】bóqíng ㄅㄛˊ ㄑㄧㄥˊ 不念情義；背棄情義（多用於男女愛情）。

【薄弱】bóruò ㄅㄛˊ ㄖㄨㄛˋ 容易挫折、破壞或動搖；不雄厚；不堅強：兵力薄弱｜意志薄弱｜能力薄弱｜加強工作中的薄弱環節。

【薄田】bótián ㄅㄛˊ ㄊㄧㄢˊ 薄地。

【薄物細故】bó wù xì gù ㄅㄛˊ ㄨˋ ㄒㄧˋ ㄍㄨˋ 〈書〉微小的事情：薄物細故，不足計較。

【薄幸】bóxìng ㄅㄛˊ ㄒㄧㄥˋ 〈書〉薄情；負心。

【薄葬】bózàng ㄅㄛˊ ㄗㄤˋ 從簡辦理喪葬：提倡厚養薄葬。

馞 bó ㄅㄛˊ 見64頁［馝馞］。

鮊（鲌） bó ㄅㄛˊ 魚類的一屬，身體側扁，嘴向上翹。生活在淡水中。另見19頁 bà‘鮁’。

襏（袯） bó ㄅㄛˊ ［襏襫］（bóshì ㄅㄛˊ ㄕˋ）古時指農夫穿的蓑衣之類。

鵓（鹁） bó ㄅㄛˊ 見下。

【鵓鴿】bógē ㄅㄛˊ ㄍㄜ 鴿子的一種，身體上面灰黑色，頸部和胸部暗紅色。可以飼養。也叫家鴿。

【鵓鴣】bógū ㄅㄛˊ ㄍㄨ 鳥，羽毛黑褐色，天要下雨或剛晴的時候，常在樹上咕咕地叫。也叫水鴣鴣。

簙（博） bó ㄅㄛˊ 古代的一種棋戲，後來泛指賭博：簙徒｜簙局。‘博’另見88頁 bó。

鎛（镈） bó ㄅㄛˊ ❶古代樂器，大鐘。❷古代鋤一類的農具。

餺（馎） bó ㄅㄛˊ ［餺飥］（bótuō ㄅㄛˊ ㄊㄨㄛ）古代一種麪食。

欂〔欂〕 bó ㄅㄛˊ ［欂櫨］（bólú ㄅㄛˊ ㄌㄨˊ）古代指斗拱（dǒugǒng）。

髆 bó ㄅㄛˊ 〈書〉肩。

襮 bó ㄅㄛˊ 〈書〉❶表露：表襮（暴露）。❷外表。

礴〔礴〕 bó ㄅㄛˊ 見863頁［磅礴］。

bǒ（ㄅㄛˇ）

彼 bǒ ㄅㄛˇ 〈書〉同‘跛’。

跛 bǒ ㄅㄛˇ 腿或腳有毛病，走起路來身體不平衡：跛腳｜跛行。

【跛鱉千里】bǒ biē qiān lǐ ㄅㄛˇ ㄅㄧㄝ ㄑㄧㄢ ㄌㄧˇ 《荀子．修身》：‘故跬步而不休，跛鱉千里’（跬步：半步）。意思是跛腳的鱉不停地走，也能走千里地，比喻只要努力不懈，即使條件很差，也能取得成就。

【跛腳】bǒjiǎo ㄅㄛˇ ㄐㄧㄠˇ 因患病或受傷走路時身體不平衡的腳。

【跛子】bǒ·zi ㄅㄛˇ ·ㄗ 跛腳的人；瘸子。

簸 bǒ ㄅㄛˇ ❶把糧食等放在簸箕裏上下顛動，揚去糠秕等雜物：簸穀｜簸揚。❷泛指上下顛動：簸盪｜簸動。

另見90頁 bò。

【簸盪】bǒdàng ㄅㄛˇ ㄉㄤˋ 顛簸搖盪：風大浪高，船身簸盪得非常厲害。
【簸動】bǒdòng ㄅㄛˇ ㄉㄨㄥˋ 顛簸；上下搖動：用簸(bò)箕簸動糧食，揚去糠秕。
【簸籮】bǒ·luo ㄅㄛˇ ·ㄌㄨㄛ 笸籮(pǒ·luo)。
【簸弄】bǒ·nong ㄅㄛˇ ·ㄋㄨㄥ ❶擺弄。❷挑撥：簸弄是非。

bò（ㄅㄛˋ）

柏 bò ㄅㄛˋ 見504頁〖黃柏〗。
另見26頁 bǎi；87頁 bó。

薄〔薄〕 bò ㄅㄛˋ ［薄荷］(bò·he ㄅㄛˋ ·ㄏㄜ)多年生草本植物，莖有四棱，葉子對生，花淡紫色，莖和葉子有清涼的香味，可以入藥，提煉出來的芳香化合物可加在糖果、飲料裏。
另見39頁 báo；89頁 bó。

檗(蘗) bò ㄅㄛˋ 見504頁〖黃檗〗。

擘 bò ㄅㄛˋ〈書〉大拇指：巨擘。
另見20頁 bāi '掰'。
【擘畫】bòhuà ㄅㄛˋ ㄏㄨㄚˋ〈書〉籌劃；佈置：擘畫經營｜機構新立，一切均待擘畫。也作擘劃。

簸 bò ㄅㄛˋ 義同'簸'(bǒ)，只用於'簸箕'。
另見89頁 bǒ。
【簸箕】bò·ji ㄅㄛˋ ·ㄐㄧ ❶用竹篾或柳條編成的器具，三面有邊沿，一面敞口，用來簸糧食等。也有用鐵皮、塑料製成的，多用來清除垃圾。❷簸箕形的指紋。

·bo（·ㄅㄛ）

啵 ·bo ·ㄅㄛ〈方〉助詞，表示商量、提議、請求、命令等語氣：你看要得啵？｜你的竅門多，想個辦法，行啵？

蔔〔蔔〕(卜) ·bo ·ㄅㄛ 見760頁〖蘿蔔〗。
'卜'另見90頁 bǔ。

bū（ㄅㄨ）

峬 bū ㄅㄨ ［峬峭］(būqiào ㄅㄨ ㄑㄧㄠˋ)〈書〉(風姿、文筆)優美。也作庯峭、逋峭。

庯 bū ㄅㄨ ［庯峭］(būqiào ㄅㄨ ㄑㄧㄠˋ)〈書〉同'峬峭'(būqiào)。

晡 bū ㄅㄨ〈書〉申時，即下午三點鐘到五點鐘的時間。

逋 bū ㄅㄨ〈書〉❶逃亡：逋逃。❷拖欠；拖延：逋欠。
【逋客】būkè ㄅㄨ ㄎㄜˋ〈書〉❶逃亡的人。❷避世隱居的人。
【逋留】būliú ㄅㄨ ㄌㄧㄡˊ〈書〉逗留，稽留：逋留他鄉數載。
【逋欠】būqiàn ㄅㄨ ㄑㄧㄢˋ〈書〉拖欠：逋欠稅糧。
【逋峭】būqiào ㄅㄨ ㄑㄧㄠˋ〈書〉同'峬峭'(būqiào)。
【逋逃】būtáo ㄅㄨ ㄊㄠˊ〈書〉❶逃亡；逃竄。❷逃亡的罪人；流亡的人。
【逋逃藪】būtáosǒu ㄅㄨ ㄊㄠˊ ㄙㄡˇ〈書〉逃亡的人躲藏的地方。

bú（ㄅㄨˊ）

不 bú ㄅㄨˊ 見92頁'不'(bù)。

醭 bú ㄅㄨˊ (舊讀pú ㄆㄨˊ)(醭兒)醋、醬油等表面生出的白色的黴。

bǔ（ㄅㄨˇ）

卜 bǔ ㄅㄨˇ ❶占卜：卜卦｜卜辭｜求籤問卜。❷〈書〉預料：預卜｜存亡未卜｜勝敗可卜。❸〈書〉選擇(處所)：卜宅｜卜鄰｜卜居。❹(Bǔ)姓。
另見90頁 ·bo '蔔'。
【卜辭】bǔcí ㄅㄨˇ ㄘˊ 殷代把占卜的時間、原因、應驗等刻在龜甲或獸骨上的記錄。參看553頁〖甲骨文〗。
【卜居】bǔjū ㄅㄨˇ ㄐㄩ〈書〉選擇地方居住。
【卜課】bǔ∥kè ㄅㄨˇ∥ㄎㄜˋ 起課。
【卜筮】bǔshì ㄅㄨˇ ㄕˋ 古代用龜甲占卜叫卜，用蓍草占卜叫筮，合稱卜筮。

卟 bǔ ㄅㄨˇ［卟吩］(bǔfēn ㄅㄨˇ ㄈㄣ)有機化合物，是葉綠素、血紅蛋白等的重要組成部分。［英 porphine］

捕 bǔ ㄅㄨˇ 捉；逮：捕魚｜捕獵｜捕捉｜追捕。
【捕風捉影】bǔ fēng zhuō yǐng ㄅㄨˇ ㄈㄥ ㄓㄨㄛ ㄧㄥˇ 比喻說話或做事時用似是而非的迹象做根據。
【捕獲】bǔhuò ㄅㄨˇ ㄏㄨㄛˋ 捉到；逮住：捕獲獵物｜罪犯已被捕獲歸案。
【捕撈】bǔlāo ㄅㄨˇ ㄌㄠ 捕捉和打撈(水生動植物)：近海捕撈｜捕撈魚蝦。
【捕獵】bǔliè ㄅㄨˇ ㄌㄧㄝˋ 捕捉(野生動物)；獵取：禁止捕獵珍稀動物。
【捕殺】bǔshā ㄅㄨˇ ㄕㄚ 捕捉並殺死：捕殺害蟲。
【捕食】bǔ∥shí ㄅㄨˇ∥ㄕˊ (動物)捕取食物。
【捕食】bǔshí ㄅㄨˇ ㄕˊ (動物)捉住別的動物並且把它吃掉：青蛙捕食昆蟲。
【捕捉】bǔzhuō ㄅㄨˇ ㄓㄨㄛ 捉②：捕捉野獸｜

捕捉逃犯◇捕捉戰機。

哺 bǔ ㄅㄨˇ ❶餵(不會取食的幼兒)：哺育｜哺乳。❷〈書〉咀嚼着的食物：一飯三吐哺。

【哺乳】bǔrǔ ㄅㄨˇ ㄖㄨˇ 用乳汁餵；餵奶：哺乳期。

【哺乳動物】bǔrǔ dòngwù ㄅㄨˇ ㄖㄨˇ ㄉㄨㄥˋ ㄨˋ 最高等的脊椎動物，基本特點是靠母體的乳腺分泌乳汁哺育初生幼體。除最低等的單孔類是卵生的以外，其他哺乳動物全是胎生的。

【哺養】bǔyǎng ㄅㄨˇ ㄧㄤˇ 餵養。

【哺育】bǔyù ㄅㄨˇ ㄩˋ ❶餵養：哺育嬰兒。❷比喻培養：學生在老師的哺育下茁壯成長。

堡 bǔ ㄅㄨˇ 堡子(多用於地名)：吳堡(在陝西)｜柴溝堡(在河北)。
另見41頁 bǎo；898頁 pù。

【堡子】bǔ·zi ㄅㄨˇ ·ㄗ ❶圍有土牆的城鎮或鄉村。❷泛指村莊。

補(补) bǔ ㄅㄨˇ ❶添上材料，修理破損的東西；修補：縫補｜補牙｜補襪子｜修橋補路。❷補充；補足；填補(缺額)：彌補｜增補｜補選｜候補｜缺甚麼補甚麼。❸補養：滋補｜補品｜補腦。❹〈書〉利益；用處：補益｜不無小補｜空言無補。

【補白】bǔbái ㄅㄨˇ ㄅㄞˊ ❶報刊上填補空白的短文。❷補充說明：此事還有一點尚未談及，想借貴報一角補白幾句。

【補辦】bǔbàn ㄅㄨˇ ㄅㄢˋ 事後辦理(本應事先辦理的手續、證件等)：補辦住院手續。

【補報】bǔbào ㄅㄨˇ ㄅㄠˋ ❶事後報告；補充報告：調查結果將於近日補報。❷報答(恩德)。

【補差】bǔchā ㄅㄨˇ ㄔㄚ 補足原工資和退休金之間的差額(用於退休人員繼續工作時)。

【補償】bǔcháng ㄅㄨˇ ㄔㄤˊ 抵消(損失、消耗)；補足(缺欠、差額)：補償損失。

【補償貿易】bǔcháng màoyì ㄅㄨˇ ㄔㄤˊ ㄇㄠˋ ㄧˋ 國際貿易的一種方式，買方不以現匯支付，而以產品或加工勞務分期償付進口設備、技術、專利等費用。

【補充】bǔchōng ㄅㄨˇ ㄔㄨㄥ ❶原來不足或有損失時，增加一部分：補充兵員｜補充槍支彈藥｜對他的發言，我再做兩點補充。❷在主要事物之外追加一些：補充任務｜補充教材。

【補丁】bǔ·ding ㄅㄨˇ ·ㄉㄧㄥ 補在破損的衣服或其他物品上面的東西：打補丁｜補丁摞補丁。也作補釘、補靪。

【補過】bǔ//guò ㄅㄨˇ//ㄍㄨㄛˋ 彌補過失：將功補過。

【補花】bǔhuā ㄅㄨˇ ㄏㄨㄚ (補花兒)手工藝的一種，把彩色布片或絲絨縫在枕套、桌布、童裝等上面，構成花鳥等圖案。

【補給】bǔjǐ ㄅㄨˇ ㄐㄧˇ 補充、供給彈藥和糧草等：前綫急需及時補給。

【補給綫】bǔjǐxiàn ㄅㄨˇ ㄐㄧˇ ㄒㄧㄢˋ 軍隊作戰時，輸送物資器材的各種交通綫的總稱。

【補假】bǔ//jià ㄅㄨˇ//ㄐㄧㄚˋ ❶職工應休假而未休假，事後補給假日。❷補辦請假手續。

【補救】bǔjiù ㄅㄨˇ ㄐㄧㄡˋ 採取行動矯正差錯，扭轉不利形勢；設法使缺點不發生影響。

【補苴】bǔjū ㄅㄨˇ ㄐㄩ 〈書〉❶縫補；補綴。❷彌補(缺陷)：補苴罅漏。

【補苴罅漏】bǔjū xiàlòu ㄅㄨˇ ㄐㄩ ㄒㄧㄚˋ ㄌㄡˋ 指彌補文章、理論等的缺漏，也泛指彌補事物的缺陷。

【補考】bǔkǎo ㄅㄨˇ ㄎㄠˇ 因故未參加考試或考試不及格的人另行考試。

【補課】bǔ//kè ㄅㄨˇ//ㄎㄜˋ ❶補學或補教所缺的功課：老師放棄休息給同學補課。❷比喻某種工作做得不完善而重做。

【補漏】bǔlòu ㄅㄨˇ ㄌㄡˋ ❶修補物體上的漏洞：船至江心補漏遲｜雨季臨近，房屋補漏工作應該抓緊。❷彌補工作中的疏漏：補漏糾偏。

【補苗】bǔ//miáo ㄅㄨˇ//ㄇㄧㄠˊ 農作物幼苗出土後，發現有缺苗斷壟現象時，用移苗或補種的方法把苗補全。

【補偏救弊】bǔ piān jiù bì ㄅㄨˇ ㄆㄧㄢ ㄐㄧㄡˋ ㄅㄧˋ 補救偏差疏漏，糾正缺點錯誤。

【補票】bǔ//piào ㄅㄨˇ//ㄆㄧㄠˋ 補買車票、船票等。

【補品】bǔpǐn ㄅㄨˇ ㄆㄧㄣˇ 滋補身體的食品或藥品。

【補情】bǔqíng ㄅㄨˇ ㄑㄧㄥˊ (補情兒)報答情誼。

【補缺】bǔ//quē ㄅㄨˇ//ㄑㄩㄝ ❶填補缺額。❷彌補缺漏的部分：補缺堵漏。❸舊時指候補的官吏得到實職。

【補色】bǔsè ㄅㄨˇ ㄙㄜˋ 兩種色光以適當的比例混合而使人產生白色感覺時，這兩種色光的顏色就互為補色。也叫餘色。

【補體】bǔtǐ ㄅㄨˇ ㄊㄧˇ 血清中能協助抗體殺滅病菌的化學物質。

【補貼】bǔtiē ㄅㄨˇ ㄊㄧㄝ ❶貼補：補貼家用｜補貼糧價。❷貼補的費用：福利補貼｜副食補貼。

【補習】bǔxí ㄅㄨˇ ㄒㄧˊ 為了補足某種知識，在業餘或課外學習：補習學校｜補習外語。

【補血】bǔ//xuè ㄅㄨˇ//ㄒㄩㄝˋ 使紅細胞或血色素增加：補血藥。

【補養】bǔyǎng ㄅㄨˇ ㄧㄤˇ 用飲食或藥物來滋養身體：大病剛好，還需要精心補養。

【補藥】bǔyào ㄅㄨˇ ㄧㄠˋ 滋補身體的藥物。

【補液】bǔyè ㄅㄨˇ ㄧㄝˋ ❶把生理鹽水等輸入患者靜脈，以補充體液的不足。❷有滋補作用的飲料：營養補液。

【補遺】bǔyí ㄅㄨˇ ㄧˊ 書籍正文有遺漏，加以增補，附在後面，叫做補遺。前人的著作有遺漏，後人搜集材料加以補充，也叫補遺。

【補益】bǔyì ㄅㄨˇ ㄧˋ 〈書〉❶益處：大有補益。

❷產生益處；使獲得益處：補益國家。

【補語】bǔyǔ ㄅㄨˇ ㄩˇ 動詞或形容詞後邊的一種補充成分，用來回答'怎麼樣？'之類的問題，如'聽懂了'的'懂'，'好得很'的'很'，'拿出來'的'出來'，'走一趟'的'一趟'。

【補正】bǔzhèng ㄅㄨˇ ㄓㄥˋ 補充和改正(文字的疏漏和錯誤)。

【補助】bǔzhù ㄅㄨˇ ㄓㄨˋ 從經濟上幫助(多指組織上對個人)：補助費｜實物補助。

【補綴】bǔzhuì ㄅㄨˇ ㄓㄨㄟˋ 修補(多指衣服)。

【補足】bǔ//zú ㄅㄨˇ//ㄗㄨˊ 補充使足數：補足缺額。

鵏(鵏) bǔ ㄅㄨˇ 見248頁〖地鵏〗。

bù (ㄅㄨˋ)

不 bù ㄅㄨˋ 副詞。❶用在動詞、形容詞和其他副詞前面表示否定：不去｜不能｜不多｜不經濟｜不很好。❷加在名詞或名詞性詞素前面，構成形容詞：不法｜不規則。❸單用，做否定性的回答(答話的意思跟問題相反)：他知道嗎？——不，他不知道。❹〈方〉用在句末表示疑問，跟反復問句的作用相等：他現在身體好不？❺用在動補結構中間，表示不可能達到某種結果：拿不動｜做不好｜裝不下。❻'不'字的前後疊用相同的詞，表示不在乎或不相干(常在前邊加'甚麼')：甚麼累不累的，有工作就得做｜甚麼錢不錢的，你喜歡就拿去。❼跟'就'搭用，表示選擇：晚上他不是看書，就是寫文章。❽〈方〉不用；不要(限用於某些客套話)：不謝｜不送｜不客氣。‖注意 a)在去聲字前面，'不'字讀陽平聲，如'不會'、'不是'。b)動詞'有'的否定式是'沒有'，不是'不有'。

【不安】bù'ān ㄅㄨˋ ㄢ ❶不安定；不安寧：忐忑不安｜坐立不安｜動盪不安。❷客套話，表示歉意和感激：總給您添麻煩，真是不安。

【不白之冤】bù bái zhī yuān ㄅㄨˋ ㄅㄞˊ ㄓ ㄩㄢ 指無法辯白或難以洗雪的冤枉：蒙受不白之冤。

【不卑不亢】bù bēi bù kàng ㄅㄨˋ ㄅㄟ ㄅㄨˋ ㄎㄤˋ 既不自卑，也不高傲。形容言行自然、得體。也說不亢不卑。

【不比】bùbǐ ㄅㄨˋ ㄅㄧˇ 比不上；不同於：雖然我們條件不比他們，但我們一定能按時完成任務｜海南不比塞北，一年四季樹木葱蘢，花果飄香。

【不必】bùbì ㄅㄨˋ ㄅㄧˋ 副詞，表示事理上或情理上不需要：不必去得太早｜慢慢商議，不必着急｜為這點小事苦惱，我以為大可不必。

【不變價格】bùbiàn jiàgé ㄅㄨˋ ㄅㄧㄢˋ ㄐㄧㄚˋ ㄍㄜˊ 計算或比較各年工、農業產品總產值時，用某一時期的產品的平均價格作為固定的計算尺度，這種平均價格叫不變價格。如我國第一個五年計劃時期，用1952年第三季度的產品平均價格為不變價格。也叫比較價格、可比價格或固定價格。

【不便】bùbiàn ㄅㄨˋ ㄅㄧㄢˋ ❶不方便；不適宜：行動不便｜邊遠山區，交通不便｜他有些不情願，卻又不便馬上回絕。❷指缺錢用：你如果一時手頭不便，我可以先墊上。

【不辨菽麥】bù biàn shū mài ㄅㄨˋ ㄅㄧㄢˋ ㄕㄨ ㄇㄞˋ 分不清豆子和麥子。形容缺乏實際知識。

【不…不…】bù…bù… ㄅㄨˋ…ㄅㄨˋ… ❶用在意思相同或相近的詞或詞素的前面，表示否定(稍強調)：不乾不淨｜不明不白｜不清不楚｜不偏不倚｜不慌不忙｜不痛不癢｜不知不覺｜不言不語｜不聲不響｜不理不睬｜不聞不問｜不依不饒｜不屈不撓｜不折不扣。❷用在同類而意思相對的詞或詞素的前面，表示'既不…也不…'。a)表示適中，恰到好處：不多不少｜不大不小｜不肥不瘦。b)表示尷尬的中間狀態：不方不圓｜不明不暗｜不上不下｜不死不活。❸用在同類而意思相對的詞或詞素的前面，表示'如果不…就不…'：不見不散｜不破不立｜不塞不流｜不止不行。

【不才】bùcái ㄅㄨˋ ㄘㄞˊ 〈書〉沒有才能，常用做'我'的謙稱：其中道理，不才願洗耳聆教。

【不測】bùcè ㄅㄨˋ ㄘㄜˋ 沒有推測到的；意外：天有不測風雲｜提高警惕，以防不測。

【不曾】bùcéng ㄅㄨˋ ㄘㄥˊ '沒有'²('曾經'的否定)：我還不曾去過廣州｜除此之外，不曾發現其他疑點。

【不差累黍】bù chā lěi shǔ ㄅㄨˋ ㄔㄚ ㄌㄟˇ ㄕㄨˇ 形容絲毫不差(累黍：指微小的數量)。

【不差甚麼】bù chā shén·me ㄅㄨˋ ㄔㄚ ㄕㄣˊ·ㄇㄜ ❶不缺甚麼：原材料已經不差甚麼了，只是開工日期還沒確定。❷〈方〉差不多：這幾個地方不差甚麼我全都到過。❸〈方〉平常；普通：這一袋糧食有二百斤，不差甚麼的人還真扛不動。

【不成】bùchéng ㄅㄨˋ ㄔㄥˊ ❶不行①②。❷助詞，用在句末，表示推測或反問的語氣，前面常常有'難道、莫非'等詞相呼應：難道就這樣算了不成？｜他還不來，莫非家裏出了甚麼事不成？

【不成比例】bù chéng bǐlì ㄅㄨˋ ㄔㄥˊ ㄅㄧˇ ㄌㄧˋ 指數量或大小等方面差得很遠，不能相比。

【不成材】bùchéngcái ㄅㄨˋ ㄔㄥˊ ㄘㄞˊ 不能做材料。比喻沒出息。

【不成話】bùchénghuà ㄅㄨˋ ㄔㄥˊ ㄏㄨㄚˋ 不像話①。

【不成器】bùchéngqì ㄅㄨˋ ㄔㄥˊ ㄑㄧˋ 不成東西。比喻沒出息。

【不成體統】bù chéng tǐtǒng ㄅㄨˋ ㄔㄥˊ ㄊㄧˇ ㄊㄨㄥˇ 說話、做事不合體制，沒有規矩。

【不成文】bùchéngwén ㄅㄨˋ ㄔㄥˊ ㄨㄣˊ 沒有用文字固定下來的：不成文的規矩｜多年的老傳統不成文地沿襲了下來。

【不成文法】bùchéngwénfǎ ㄅㄨˋ ㄔㄥˊ ㄨㄣˊ ㄈㄚˇ 不經立法程序而由國家承認其有效的法律，如判例、習慣法等(跟'成文法'相對)。

【不逞】bùchěng ㄅㄨˋ ㄔㄥˇ 不得志：不逞之徒(因失意而胡作非為的人)。

【不齒】bùchǐ ㄅㄨˋ ㄔˇ 〈書〉不願意提到，表示鄙視：人所不齒。

【不恥下問】bù chǐ xià wèn ㄅㄨˋ ㄔˇ ㄒㄧㄚˋ ㄨㄣˋ 不以向地位比自己低、知識比自己少的人請教為可恥。

【不啻】bùchì ㄅㄨˋ ㄔˋ 〈書〉❶不止；不只：工程所需，不啻萬金。❷如同：相去不啻天淵。

【不揣】bùchuǎi ㄅㄨˋ ㄔㄨㄞˇ 謙辭，不自量，用於向人提出自己的見解或有所請求時：不揣淺陋｜不揣冒昧(不考慮自己的莽撞，言語、行動是否相宜)。

【不辭】bùcí ㄅㄨˋ ㄘˊ ❶不告別：不辭而別。❷不推脱；不拒絕：不辭辛勞。

【不錯】bù cuò ㄅㄨˋ ㄘㄨㄛˋ 對；正確：不錯，情況正是如此｜不錯，當初他就是這麼說的。

【不錯】bùcuò ㄅㄨˋ ㄘㄨㄛˋ 不壞；好：人家待你可真不錯｜雖說年紀大了，身體卻還不錯。

【不大離】bùdàlí ㄅㄨˋ ㄉㄚˋ ㄌㄧˊ 〈方〉(不大離兒) ❶差不多；相近：兩個孩子的身量不大離。❷還算不錯：這塊地的麥子長得不大離。

【不待】bùdài ㄅㄨˋ ㄉㄞˋ 用不着；不必：自不待言。

【不帶音】bù dàiyīn ㄅㄨˋ ㄉㄞˋ ㄧㄣ 發音時聲帶不振動。參看221頁『帶音』。

【不逮】bùdài ㄅㄨˋ ㄉㄞˋ 〈書〉不及；不到：匡其不逮(幫助他所做不到的)。

【不單】bùdān ㄅㄨˋ ㄉㄢ ❶不止②：超額完成生產任務的，不單是這幾個廠。❷不但：她不單教孩子學習，還照顧他們的生活。

【不但】bùdàn ㄅㄨˋ ㄉㄢˋ 連詞，用在表示遞進的複句的上半句裏，下半句裏通常有連詞'而且、並且'或副詞'也、還'等相呼應：不但以身作則，而且樂於助人｜這條生產綫不但在國內，即使在國際上也是一流的｜這樣做不但解決不了問題，反而會增加新的困難。

【不憚】bùdàn ㄅㄨˋ ㄉㄢˋ 不怕：不憚其煩(不怕麻煩)。

【不當】bùdàng ㄅㄨˋ ㄉㄤˋ 不合適；不恰當：處理不當｜用詞不當｜不當之處，請予指正。

【不倒翁】bùdǎowēng ㄅㄨˋ ㄉㄠˇ ㄨㄥ 玩具，形狀像老翁，上輕下重，扳倒後能自己起來。也叫扳不倒兒。

【不到黃河心不死】bù dào huáng hé xīn bù sǐ ㄅㄨˋ ㄉㄠˋ ㄏㄨㄤˊ ㄏㄜˊ ㄒㄧㄣ ㄅㄨˋ ㄙˇ 比喻不到絕境不肯死心。也比喻不達到目的決不罷休。

【不道德】bùdàodé ㄅㄨˋ ㄉㄠˋ ㄉㄜˊ 不符合道德標準的：隨地吐痰是不道德的行為。

【不得】·bu·de ·ㄅㄨ ·ㄉㄜ 用在動詞後面，表示不可以或不能夠：去不得｜要不得｜動彈不得｜老虎屁股摸不得｜科學上來不得半點虛假。

【不得勁】bù déjìn ㄅㄨˋ ㄉㄜˊ ㄐㄧㄣˋ (不得勁兒) ❶不順手；使不上勁：筆桿太細，我使着不得勁。❷不舒適：感冒了，渾身不得勁。❸〈方〉不好意思：大夥兒都看着她，弄得她怪不得勁兒的。

【不得了】bù déliǎo ㄅㄨˋ ㄉㄜˊ ㄌㄧㄠˇ ❶表示情況嚴重：哎呀，不得了，着火了！｜萬一出了岔子，那可不得了。❷表示程度很深：熱得不得了｜她急得不得了，可又沒辦法。

【不得已】bùdéyǐ ㄅㄨˋ ㄉㄜˊ ㄧˇ 無可奈何；不能不如此：萬不得已｜實在不得已，只好親自去一趟｜他們這樣做，是出於不得已。

【不等】bùděng ㄅㄨˋ ㄉㄥˇ 不一樣；不齊：數目不等｜大小不等｜水平高低不等。

【不等式】bùděngshì ㄅㄨˋ ㄉㄥˇ ㄕˋ 表示兩個數(或兩個代數式)不相等的算式。兩個數或兩個代數式之間用不等號連接，如 $5>2$，$3a<8$，$7m+1\neq 9m+2$。

【不迭】bùdié ㄅㄨˋ ㄉㄧㄝˊ ❶用在動詞後面，表示急忙或來不及：跑不迭｜忙不迭｜後悔不迭。❷不停止：稱讚不迭｜叫苦不迭。

【不定】bùdìng ㄅㄨˋ ㄉㄧㄥˋ 副詞，表示不肯定，後面常有表示疑問的詞或肯定和否定相疊的詞組：孩子不定又跑哪兒去了｜一天他不定要問多少回｜我下星期還不定走不走｜這場球賽不定誰輸誰贏呢！

【不定根】bùdìnggēn ㄅㄨˋ ㄉㄧㄥˋ ㄍㄣ 不是從胚軸的下端生出來的根。有的不定根從莖的節上生出來，如禾本科植物的根；有的從葉片上生出來，如秋海棠的根。

【不動產】bùdòngchǎn ㄅㄨˋ ㄉㄨㄥˋ ㄔㄢˇ 不能移動的財產，指土地、房屋及附着於土地、房屋上不可分離的部分(如樹木、水暖設備等)。

【不動聲色】bù dòng shēngsè ㄅㄨˋ ㄉㄨㄥˋ ㄕㄥ ㄙㄜˋ 不說話，不流露感情。形容態度鎮靜。也說不露聲色。

【不凍港】bùdònggǎng ㄅㄨˋ ㄉㄨㄥˋ ㄍㄤˇ 較冷地區常年不結冰的海港，如旅順、大連。

【不獨】bùdú ㄅㄨˋ ㄉㄨˊ 不但；不僅：植樹造林不獨有利於水土保持，而且還能提供木材。

【不端】bùduān ㄅㄨˋ ㄉㄨㄢ 不正派：品行不端。

【不斷】bùduàn ㄅㄨˋ ㄉㄨㄢˋ 連續不間斷：接連不斷｜不斷努力，不斷進步｜新生事物不斷湧現。

【不對】bù duì ㄅㄨˋ ㄉㄨㄟˋ 不正確；錯誤：數目不對｜他沒有甚麼不對的地方。

【不對】bùduì ㄅㄨˋ ㄉㄨㄟˋ ❶不正常：那人神色有點兒不對｜一聽口氣不對，連忙退了出來。❷不和睦；合不來：他們倆素來不對。

【不對茬兒】bù duìchár ㄅㄨˋ ㄉㄨㄟˋ ㄔㄚㄦˊ 不妥當；跟當時的情況不符合：他剛說了一句，覺得不對茬兒，就停住了。

【不對勁】bù duìjìn ㄅㄨˋ ㄉㄨㄟˋ ㄐㄧㄣˋ（不對勁兒）❶不稱心合意；不合適：新換的工具，使起來不對勁。❷不情投意合；不和睦：倆人有點兒不對勁，愛鬧意見。❸不正常：他越琢磨越覺得這事不對勁，其中必有原因｜他覺得身上有點不對勁就上牀睡覺了。

【不…而…】bù…ér… ㄅㄨˋ…ㄦˊ… 表示雖不具有某條件或原因而產生某結果：不寒而慄｜不勞而穫｜不謀而合｜不期而遇｜不言而喻｜不約而同｜不翼而飛｜不脛而走。

【不二法門】bù èr fǎmén ㄅㄨˋ ㄦˋ ㄈㄚˇ ㄇㄣˊ 佛教用語，'不二'指不是兩極端。'法門'指修行入道的門徑。意思是說，觀察事物的道理，要離開相對的兩個極端而用'處中'的看法，才能得其實在。後來用做比喻獨一無二的門徑。

【不二價】bù èr jià ㄅㄨˋ ㄦˋ ㄐㄧㄚˋ 定價劃一，賣給誰都是一樣的價錢：童叟無欺，言不二價。

【不貳過】bù èr guò ㄅㄨˋ ㄦˋ ㄍㄨㄛˋ 〈書〉犯過的錯誤不重犯。

【不乏】bùfá ㄅㄨˋ ㄈㄚˊ 不缺少，表示有相當數量：不乏其人｜不乏先例。

【不法】bùfǎ ㄅㄨˋ ㄈㄚˇ 違反法律的：不法行為｜不法分子。

【不凡】bùfán ㄅㄨˋ ㄈㄢˊ 不平凡；不平常：出手不凡｜自命不凡（自以為很了不起）。

【不犯】bùfàn ㄅㄨˋ ㄈㄢˋ 〈方〉犯不着；不值得：這點小事不犯跟他計較。

【不妨】bùfáng ㄅㄨˋ ㄈㄤˊ 表示可以這樣做，沒有甚麼妨礙：這種辦法沒有用過，不妨試試｜有甚麼意見，不妨當面提出來。

【不費吹灰之力】bù fèi chuī huī zhī lì ㄅㄨˋ ㄈㄟˋ ㄔㄨㄟ ㄏㄨㄟ ㄓ ㄌㄧˋ 形容做事情非常容易，不費甚麼力氣。

【不忿】bùfèn ㄅㄨˋ ㄈㄣˋ（不忿兒）不服氣；不平：心中頗有不忿之意。

【不服】bùfú ㄅㄨˋ ㄈㄨˊ ❶不順從；不信服：不服管教｜說他錯了，他還不服。❷不習慣；不能適應：不服水土｜這種烟我抽不服。

【不服水土】bù fú shuǐtǔ ㄅㄨˋ ㄈㄨˊ ㄕㄨㄟˇ ㄊㄨˇ 指不能適應某地的氣候、飲食等。

【不符】bùfú ㄅㄨˋ ㄈㄨˊ 不相合：名實不符｜賬面與庫存不符。

【不甘】bùgān ㄅㄨˋ ㄍㄢ 不甘心；不情願：不甘落後｜不甘示弱。

【不甘寂寞】bùgān jìmò ㄅㄨˋ ㄍㄢ ㄐㄧˋ ㄇㄛˋ 指不甘心冷落清閑、置身事外。指要表現自己或參加某一活動。

【不尷不尬】bù gān bù gà ㄅㄨˋ ㄍㄢ ㄅㄨˋ ㄍㄚˋ 左右為難，不好處理。

【不敢當】bù gǎndāng ㄅㄨˋ ㄍㄢˇ ㄉㄤ 謙辭，表示承當不起（對方的招待、誇獎等）。

【不公】bùgōng ㄅㄨˋ ㄍㄨㄥ 不公道；不公平：辦事不公｜分配不公。

【不共戴天】bù gòng dài tiān ㄅㄨˋ ㄍㄨㄥˋ ㄉㄞˋ ㄊㄧㄢ 不跟仇敵在一個天底下活着。形容仇恨極深。

【不苟】bùgǒu ㄅㄨˋ ㄍㄡˇ 不隨便；不馬虎：不苟言笑｜一絲不苟。

【不夠】bùgòu ㄅㄨˋ ㄍㄡˋ 表示在數量上或程度上比所要求的差些：材料不夠豐富｜分析得還不夠深入。

【不顧】bùgù ㄅㄨˋ ㄍㄨˋ ❶不照顧：只顧自己，不顧別人。❷不考慮；不顧忌：置危險於不顧｜不顧後果地一味蠻幹｜他不顧一切，跳到河裏把孩子救了起來。

【不管】bùguǎn ㄅㄨˋ ㄍㄨㄢˇ 連詞，表示在任何條件或情況下結果都不會改變，後邊常有'都、也'等副詞與它呼應：不管遠不遠他都不去｜不管困難多大，我們也要克服。

【不管不顧】bù guǎn bù gù ㄅㄨˋ ㄍㄨㄢˇ ㄅㄨˋ ㄍㄨˋ ❶不照管：他對家裏的事全都不管不顧。❷指人莽撞：他不管不顧地衝上去，揮起拳頭就打。

【不管部長】bùguǎn bùzhǎng ㄅㄨˋ ㄍㄨㄢˇ ㄅㄨˋ ㄓㄤˇ 某些國家的內閣閣員之一，不專管一個部，出席內閣會議，參與決策，並擔任政府首腦交辦的特殊重要事務。

【不管三七二十一】bùguǎn sān qī èrshíyī ㄅㄨˋ ㄍㄨㄢˇ ㄙㄢ ㄑㄧ ㄦˋ ㄕˊ ㄧ 不顧一切；不問是非情由。

【不光】bùguāng ㄅㄨˋ ㄍㄨㄤ ❶表示超出某個數量或範圍；不止：報名參加的不光是他一個人。❷不但：不光數量多，質量也不錯｜這裏不光出煤，而且出鐵。

【不軌】bùguǐ ㄅㄨˋ ㄍㄨㄟˇ 指違反法紀或搞叛亂活動：不軌之徒｜行為不軌｜圖謀不軌。

【不過】bùguò ㄅㄨˋ ㄍㄨㄛˋ ❶用在形容詞性的詞組或雙音節形容詞後面，表示程度最高：再好不過｜最快不過｜乖巧不過的孩子。❷副詞，指明範圍，含有往小裏或輕裏說的意味；僅僅：當年她參軍的時候不過十七歲。❸連詞，用在後半句的開頭兒，表示轉折，對上半句話加以限制或修正，跟'只是'相同：病人精神還不錯，不過胃口不大好。

【不過意】bù guòyì ㄅㄨˋ ㄍㄨㄛˋ ㄧˋ 過意不去：總來打擾您，心裏實在不過意。

【不含糊】bù hán·hu ㄅㄨˋ ㄏㄢˊ ·ㄏㄨ ❶認真；

不馬虎：她辦起事來丁是丁，卯是卯，一點兒不含糊。❷不錯；不一般：他那兩筆字還真不含糊｜質量是沒說的，可是價錢也不含糊。❸不示弱；不畏懼：在高手面前，他也不含糊。

【不寒而慄】bù hán ér lì ㄅㄨˋ ㄏㄢˊ ㄦˊ ㄌㄧˋ 不寒冷而發抖。形容非常恐懼。

【不好意思】bù hǎoyì·si ㄅㄨˋ ㄏㄠˇ ㄧˋ ·ㄙ ❶害羞：他被大夥兒笑得不好意思了。❷礙於情面而不便或不肯：雖然不大情願，又不好意思回絕。

【不合】bùhé ㄅㄨˋ ㄏㄜˊ ❶不符合：不合手續｜不合時宜。❷〈書〉不應該：早知如此，當初不合叫他去。❸合不來；不和：性格不合。

【不和】bùhé ㄅㄨˋ ㄏㄜˊ 不和睦：姑嫂不和｜感情不和。

【不哼不哈】bù hēng bù hā ㄅㄨˋ ㄏㄥ ㄅㄨˋ ㄏㄚ 不言語，多指該說而不說：有事情問到他，他總不哼不哈的，真急人。

【不遑】bùhuáng ㄅㄨˋ ㄏㄨㄤˊ 〈書〉來不及；沒有閑暇(做某事)：不遑顧及。

【不諱】bùhuì ㄅㄨˋ ㄏㄨㄟˋ 〈書〉❶不忌諱；無所避諱：直言不諱。❷婉辭，指死亡。

【不惑】bùhuò ㄅㄨˋ ㄏㄨㄛˋ 〈書〉《論語·為政》：'四十而不惑。'指人到了四十歲，能明辨是非而不受迷惑。後來用'不惑'指人四十歲：年屆不惑｜不惑之年。

【不羈】bùjī ㄅㄨˋ ㄐㄧ 〈書〉不受束縛：放蕩不羈。

【不及】bùjí ㄅㄨˋ ㄐㄧˊ ❶不如；比不上：這個遠不及那個好｜在刻苦學習方面我不及他。❷來不及：後悔不及｜躲閃不及。

【不即不離】bù jí bù lí ㄅㄨˋ ㄐㄧˊ ㄅㄨˋ ㄌㄧˊ 既不親近也不疏遠。

【不計】bùjì ㄅㄨˋ ㄐㄧˋ 不計較；不考慮：不計成本｜不計個人得失。

【不計其數】bù jì qí shù ㄅㄨˋ ㄐㄧˋ ㄑㄧˊ ㄕㄨˋ 無法計算數目。形容極多。

【不濟】bùjì ㄅㄨˋ ㄐㄧˋ 不好；不頂用：精力不濟｜眼神兒不濟。

【不濟事】bù jìshì ㄅㄨˋ ㄐㄧˋ ㄕˋ 不頂事；不中用：這辦法也不濟事。

【不假思索】bù jiǎ sīsuǒ ㄅㄨˋ ㄐㄧㄚˇ ㄙ ㄙㄨㄛˇ 用不着想。形容說話做事迅速。

【不見】bùjiàn ㄅㄨˋ ㄐㄧㄢˋ ❶不見面：不見不散｜這孩子一年不見，竟長得這麼高了。❷(東西)不在了；找不着(後頭必須帶'了')：我的筆剛才還在，怎麼轉眼就不見了？

【不見得】bù jiàn·dé ㄅㄨˋ ㄐㄧㄢˋ ·ㄉㄜˊ 不一定：這雨不見得下得起來｜看樣子，他不見得能來。

【不見棺材不落淚】bù jiàn guān·cai bù luò lèi ㄅㄨˋ ㄐㄧㄢˋ ㄍㄨㄢ ·ㄘㄞ ㄅㄨˋ ㄌㄨㄛˋ ㄌㄟˋ 比喻不到徹底失敗的時候不知痛悔。

【不見經傳】bù jiàn jīng zhuàn ㄅㄨˋ ㄐㄧㄢˋ ㄐㄧㄥ ㄓㄨㄢˋ 經傳中沒有記載。指人或事物沒有甚麼名氣，也指某種理論缺乏文獻上的依據。

【不解之緣】bù jiě zhī yuán ㄅㄨˋ ㄐㄧㄝˇ ㄓ ㄩㄢˊ 不能分開的緣分。指親密的關係或深厚的感情。

【不禁】bùjīn ㄅㄨˋ ㄐㄧㄣ 抑制不住；禁不住：忍俊不禁｜讀到精彩之處，他不禁大聲叫好。

【不禁不由】bùjīn bùyóu ㄅㄨˋ ㄐㄧㄣ ㄅㄨˋ ㄧㄡˊ (不禁不由兒的)不由自主地：看着孩子們跳舞，他不禁不由地打起拍子來。

【不僅】bùjǐn ㄅㄨˋ ㄐㄧㄣˇ ❶表示超出某個數量或範圍；不止：這不僅是我個人的意見。❷不但：不僅方法對頭，而且措施得力｜他們不僅提前完成了生產任務，而且還支援了兄弟單位。

【不盡然】bùjìnrán ㄅㄨˋ ㄐㄧㄣˋ ㄖㄢˊ 不一定是這樣；不完全如此：要說做生意能賺錢，也不盡然，有時也會虧本。

【不近人情】bù jìn rénqíng ㄅㄨˋ ㄐㄧㄣˋ ㄖㄣˊ ㄑㄧㄥˊ 不合乎人之常情。多指性情、言行怪僻。參看966頁〖人情〗。

【不經一事，不長一智】bù jīng yī shì,bù zhǎng yī zhì ㄅㄨˋ ㄐㄧㄥ ㄧ ㄕˋ, ㄅㄨˋ ㄓㄤˇ ㄧ ㄓˋ 不經歷一件事情，就不能增長對於那件事情的知識。

【不經意】bùjīngyì ㄅㄨˋ ㄐㄧㄥ ㄧˋ 不注意；不留神：稍不經意，就會出錯。

【不經之談】bù jīng zhī tán ㄅㄨˋ ㄐㄧㄥ ㄓ ㄊㄢˊ 荒誕的、沒有根據的話(經：正常)。

【不景氣】bù jǐngqì ㄅㄨˋ ㄐㄧㄥˇ ㄑㄧˋ ❶經濟不繁榮。❷泛指不興旺。

【不脛而走】bù jìng ér zǒu ㄅㄨˋ ㄐㄧㄥˋ ㄦˊ ㄗㄡˇ 沒有腿卻能跑。形容傳佈迅速(脛：小腿)。

【不久】bùjiǔ ㄅㄨˋ ㄐㄧㄡˇ 指距離某個時期或某件事情時間不遠：前不久他曾在電台發表談話｜工廠建成，不久即正式投產。

【不咎既往】bù jiù jì wǎng ㄅㄨˋ ㄐㄧㄡˋ ㄐㄧˋ ㄨㄤˇ 見544頁〖既往不咎〗。

【不拘】bùjū ㄅㄨˋ ㄐㄩ ❶不拘泥；不計較；不限制：不拘一格｜不拘小節｜字數不拘｜長短不拘。❷不論：不拘甚麼事，我都願意把它做好。

【不拘小節】bùjū xiǎojié ㄅㄨˋ ㄐㄩ ㄒㄧㄠˇ ㄐㄧㄝˊ 不為無關原則的瑣事所約束，現多指不注意生活小事。

【不拘一格】bùjū yī gé ㄅㄨˋ ㄐㄩ ㄧ ㄍㄜˊ 不局限於一種規格或方式：文藝創作要不拘一格，體裁可以多樣化。

【不絕如縷】bù jué rú lǚ ㄅㄨˋ ㄐㄩㄝˊ ㄖㄨˊ ㄌㄩˇ 像細綫一樣連着，差點兒就要斷了。多用來形容局勢危急或聲音細微悠長。

【不刊之論】bù kān zhī lùn ㄅㄨˋ ㄎㄢ ㄓ ㄌㄨㄣˋ 比喻不能改動或不可磨滅的言論(刊：古代指

削除刻錯了的字，不刊是說不可更改）。

【不堪】bùkān ㄅㄨˋ ㄎㄢ ❶承受不了：不堪其苦｜不堪一擊。❷不可；不能（多用於不好的方面）：不堪入耳｜不堪設想｜不堪造就。❸用在消極意義的詞後面，表示程度深：疲憊不堪｜破爛不堪｜狼狽不堪。❹壞到極深的程度：他這個人太不堪了。

【不堪回首】bùkān huíshǒu ㄅㄨˋ ㄎㄢ ㄏㄨㄟˊ ㄕㄡˇ 不忍再去回憶過去的經歷或情景。

【不堪設想】bùkān shèxiǎng ㄅㄨˋ ㄎㄢ ㄕㄜˋ ㄒㄧㄤˇ 事情的結果不能想像。指會發展到很壞或很危險的地步。

【不可】bùkě ㄅㄨˋ ㄎㄜˇ ❶不可以；不能夠：不可偏廢｜不可動搖｜二者缺一不可。❷'非…不可'，表示必須或一定：今天這個會很重要，我非去不可。

【不可告人】bù kě gào rén ㄅㄨˋ ㄎㄜˇ ㄍㄠˋ ㄖㄣˊ 不能告訴別人，多指不正當的打算或計謀不敢公開說出來。

【不可救藥】bù kě jiù yào ㄅㄨˋ ㄎㄜˇ ㄐㄧㄡˋ ㄧㄠˋ 病重到已無法救治。比喻人或事物壞到無法挽救的地步。

【不可開交】bù kě kāi jiāo ㄅㄨˋ ㄎㄜˇ ㄎㄞ ㄐㄧㄠ 無法擺脫或結束（只做'得'後面的補語）：忙得不可開交｜打得不可開交。

【不可抗力】bùkěkànglì ㄅㄨˋ ㄎㄜˇ ㄎㄤˋ ㄌㄧˋ 法律上指在當時的條件下人力所不能抵抗的破壞力，如洪水、地震等。因不可抗力而發生的損害，不追究法律責任。

【不可理喻】bù kě lǐ yù ㄅㄨˋ ㄎㄜˇ ㄌㄧˇ ㄩˋ 不能夠用道理使他明白。形容愚昧或態度蠻橫，不講道理。

【不可名狀】bù kě míng zhuàng ㄅㄨˋ ㄎㄜˇ ㄇㄧㄥˊ ㄓㄨㄤˋ 不能夠用語言形容（名：說出）。

【不可收拾】bù kě shōu·shi ㄅㄨˋ ㄎㄜˇ ㄕㄡ ·ㄕ 原指事物無法歸類整頓。後借指事情壞到無法挽回的地步。

【不可思議】bù kě sīyì ㄅㄨˋ ㄎㄜˇ ㄙ ㄧˋ 不可想像，不能理解（原來是佛教用語，含有神秘奧妙的意思）。

【不可同日而語】bù kě tóng rì ér yǔ ㄅㄨˋ ㄎㄜˇ ㄊㄨㄥˊ ㄖˋ ㄦˊ ㄩˇ 不能放在同一時間談論。形容不能相比，不能相提並論。

【不可嚮邇】bù kě xiàng ěr ㄅㄨˋ ㄎㄜˇ ㄒㄧㄤˋ ㄦˇ 不能接近：烈火燎原，不可嚮邇。

【不可一世】bù kě yī shì ㄅㄨˋ ㄎㄜˇ ㄧ ㄕˋ 自以為在當代沒有一個人能比得上。形容極其狂妄自大。

【不可知論】bùkězhīlùn ㄅㄨˋ ㄎㄜˇ ㄓ ㄌㄨㄣˋ 一種唯心主義的認識論，認為除了感覺或現象之外，世界本身是無法認識的。它否認社會發展的客觀規律，否認社會實踐的作用。

【不可終日】bù kě zhōng rì ㄅㄨˋ ㄎㄜˇ ㄓㄨㄥ ㄖˋ 一天都過不下去。形容局勢危急或心中惶恐：惶惶不可終日。

【不克】bùkè ㄅㄨˋ ㄎㄜˋ 〈書〉不能（多指能力薄弱，不能做到）：不克自拔｜不克分身。

【不快】bùkuài ㄅㄨˋ ㄎㄨㄞˋ ❶（心情）不愉快：怏怏不快。❷（身體）不舒服：幾天來身子不快。

【不愧】bùkuì ㄅㄨˋ ㄎㄨㄟˋ 當之無愧；當得起（多跟'為'或'是'連用）：岳飛不愧為一位民族英雄。

【不賴】bùlài ㄅㄨˋ ㄌㄞˋ 〈方〉不壞；好：字寫得不賴｜今年的莊稼可真不賴。

【不郎不秀】bù láng bù xiù ㄅㄨˋ ㄌㄤˊ ㄅㄨˋ ㄒㄧㄡˋ 比喻不成材或沒出息（元明時代官僚、貴族的子弟稱'秀'，平民的子弟稱'郎'）。

【不勞而穫】bù láo ér huò ㄅㄨˋ ㄌㄠˊ ㄦˊ ㄏㄨㄛˋ 自己不勞動而取得別人勞動的成果。

【不離兒】bùlír ㄅㄨˋ ㄌㄧㄦˊ 〈方〉不壞；差不多：你看他畫得還真不離兒呢。

【不力】bùlì ㄅㄨˋ ㄌㄧˋ 不盡力；不得力：辦事不力｜打擊不力。

【不利】bùlì ㄅㄨˋ ㄌㄧˋ 沒有好處；不順利：扭轉不利的局面｜地形有利於我而不利於敵。

【不良】bùliáng ㄅㄨˋ ㄌㄧㄤˊ 不好：不良現象｜消化不良｜存心不良。

【不了】bùliǎo ㄅㄨˋ ㄌㄧㄠˇ 沒完（多用於動詞加'個'之後）：忙個不了｜大雨下個不了。

【不了了之】bù liǎo liǎo zhī ㄅㄨˋ ㄌㄧㄠˇ ㄌㄧㄠˇ ㄓ 該辦的事情沒有辦完，放在一邊不去管它，就算完事。

【不料】bùliào ㄅㄨˋ ㄌㄧㄠˋ 沒想到；沒有預先料到：今天本想出門，不料竟下起雨來。

【不吝】bùlìn ㄅㄨˋ ㄌㄧㄣˋ 客套話，不吝惜（用於徵求意見）：是否有當，尚希不吝賜教。

【不倫不類】bù lún bù lèi ㄅㄨˋ ㄌㄨㄣˊ ㄅㄨˋ ㄌㄟˋ 不像這一類，也不像那一類。形容不成樣子或不規範：翻譯如果不顧本國語言的特點，死摳原文字句，就會弄出一些不倫不類的句子來，叫人看不懂。

【不論】bùlùn ㄅㄨˋ ㄌㄨㄣˋ ❶連詞，表示條件或情況不同而結果不變，後面往往有並列的詞語或表示任指的疑問代詞，下文多用'都、總'等副詞跟它呼應：不論困難有多大，他都不氣餒｜他不論考慮甚麼問題，總是把集體利益放在第一位。❷〈書〉不討論；不辯論：存而不論。

【不落窠臼】bù luò kējiù ㄅㄨˋ ㄌㄨㄛˋ ㄎㄜ ㄐㄧㄡˋ 比喻文章或藝術等有獨創風格，不落俗套。

【不滿】bùmǎn ㄅㄨˋ ㄇㄢˇ 不滿意：不滿情緒｜人們對不關心群眾疾苦的做法極為不滿。

【不蔓不枝】bù màn bù zhī ㄅㄨˋ ㄇㄢˋ ㄅㄨˋ ㄓ 原指蓮莖不分枝杈，現比喻文章簡潔。

【不毛之地】bù máo zhī dì ㄅㄨˋ ㄇㄠˊ ㄓ ㄉㄧˋ 不長莊稼的地方，泛指貧瘠、荒涼的土地或地帶。

【不免】bùmiǎn ㄅㄨˋ ㄇㄧㄢˇ 免不了：舊地重遊，不免想起往事。

【不妙】bù miào ㄅㄨˋ ㄇㄧㄠˋ 不好（多指情況的變化）。

【不敏】bùmǐn ㄅㄨˋ ㄇㄧㄣˇ〈書〉不聰明。常用來表示自謙：敬謝不敏。

【不名數】bùmíngshù ㄅㄨˋ ㄇㄧㄥˊ ㄕㄨˋ 不帶有單位名稱的數。如－9,106。

【不名一文】bù míng yī wén ㄅㄨˋ ㄇㄧㄥˊ ㄧ ㄨㄣˊ 一個錢也沒有（名：佔有）。也說不名一錢。

【不名譽】bùmíngyù ㄅㄨˋ ㄇㄧㄥˊ ㄩˋ 對名譽有損害；不體面：一時糊塗，做下不名譽的蠢事。

【不摸頭】bù mōtóu ㄅㄨˋ ㄇㄛ ㄊㄡˊ 摸不着頭緒；不了解情況：我剛來，這些事全不摸頭。

【不謀而合】bù móu ér hé ㄅㄨˋ ㄇㄡˊ ㄦˊ ㄏㄜˊ 沒有事先商量而彼此見解或行動完全一致。

【不能自已】bù néng zì yǐ ㄅㄨˋ ㄋㄥˊ ㄗˋ ㄧˇ 不能控制自己的感情。

【不佞】bùnìng ㄅㄨˋ ㄋㄧㄥˋ〈書〉沒有才能。舊時用來謙稱自己。

【不寧唯是】bù nìng wéi shì ㄅㄨˋ ㄋㄧㄥˋ ㄨㄟˊ ㄕˋ〈書〉不僅如此。

【不怕】bùpà ㄅㄨˋ ㄆㄚˋ〈方〉連詞，用法跟'哪怕'相同：不怕天氣再冷，他也要用冷水洗臉。

【不配】bùpèi ㄅㄨˋ ㄆㄟˋ ❶不相配；不般配：上衣和褲子的顏色不配｜這一男一女在一起有點兒不配。❷（資格、品級等）夠不上；不符合：我做得不好，不配當先進工作者。

【不偏不倚】bù piān bù yǐ ㄅㄨˋ ㄆㄧㄢ ㄅㄨˋ ㄧˇ 指不偏袒任何一方，表示公正或中立。也形容不偏不歪，正中目標。

【不平】bùpíng ㄅㄨˋ ㄆㄧㄥˊ ❶不公平：看見了不平的事，他都想管。❷不公平的事：路見不平，拔刀相助。❸因不公平的事而憤怒或不滿：憤憤不平。❹由不公平的事引起的憤怒和不滿：消除心中的不平。

【不平等條約】bùpíngděng tiáoyuē ㄅㄨˋ ㄆㄧㄥˊ ㄉㄥˇ ㄊㄧㄠˊ ㄩㄝ 訂約雙方（或幾方）在權利義務上不平等的條約。特指侵略國強迫別國訂立的破壞別國主權、損害別國利益的這類條約。

【不平則鳴】bù píng zé míng ㄅㄨˋ ㄆㄧㄥˊ ㄗㄜˊ ㄇㄧㄥˊ 指對不公平的事情表示憤慨。

【不期而遇】bù qī ér yù ㄅㄨˋ ㄑㄧ ㄦˊ ㄩˋ 沒有約定而意外地相遇。

【不期然而然】bù qī rán ér rán ㄅㄨˋ ㄑㄧ ㄖㄢˊ ㄦˊ ㄖㄢˊ 沒有料想到如此而竟然如此。也說不期而然。

【不起眼兒】bù qǐyǎnr ㄅㄨˋ ㄑㄧˇ ㄧㄢˇㄦˇ 不值得重視；不引人注目：不起眼兒的小人物。

【不情之請】bù qíng zhī qǐng ㄅㄨˋ ㄑㄧㄥˊ ㄓ ㄑㄧㄥˇ 客套話，不合情理的請求（向人求助時稱自己的請求）。

【不求甚解】bù qiú shèn jiě ㄅㄨˋ ㄑㄧㄡˊ ㄕㄣˋ ㄐㄧㄝˇ 原指讀書要領會精神實質，不必咬文嚼字。現多指只求懂得個大概，不求深刻了解。

【不屈】bùqū ㄅㄨˋ ㄑㄩ 不屈服：堅貞不屈｜寧死不屈。

【不然】bùrán ㄅㄨˋ ㄖㄢˊ ❶不是這樣：抄抄寫寫看起來很容易，其實不然。❷用在對話開頭，表示否定對方的話：不然，事情不像你說的那麼簡單。❸連詞，表示如果不是上文所說的情況，就發生或可能發生下文所說的情況：快走吧，不然，就要遲到了｜明天我還有點事兒，不然倒可以陪你去一趟｜他晚上不是讀書，就是寫點兒甚麼，再不然就是聽聽音樂。

【不人道】bùréndào ㄅㄨˋ ㄖㄣˊ ㄉㄠˋ 不合乎人道。參看964頁〖人道〗[1]。

【不仁】bùrén ㄅㄨˋ ㄖㄣˊ ❶不仁慈：為富不仁。❷（肢體）失去知覺：麻木不仁｜手足不仁。

【不忍】bùrěn ㄅㄨˋ ㄖㄣˇ 心裏忍受不了：於心不忍｜不忍釋手｜不忍卒讀（不忍心讀完，多形容文章悲慘動人）。

【不日】bùrì ㄅㄨˋ ㄖˋ 要不了幾天；幾天之內（限用於未來）：不日啓程｜代表團不日抵京。

【不容】bùróng ㄅㄨˋ ㄖㄨㄥˊ 不許；不讓：不容置疑｜不容置喙｜任務緊迫，不容拖延。

【不容置喙】bù róng zhì huì ㄅㄨˋ ㄖㄨㄥˊ ㄓˋ ㄏㄨㄟˋ 指不容許別人插嘴說話。

【不容置疑】bù róng zhì yí ㄅㄨˋ ㄖㄨㄥˊ ㄓˋ ㄧˊ 不容許有甚麼懷疑，指真實可信。

【不如】bùrú ㄅㄨˋ ㄖㄨˊ 表示前面提到的人或事物比不上後面所說的：走路不如騎車快｜論手巧，大家都不如他。

【不入虎穴，焉得虎子】bù rù hǔ xué, yān dé hǔ zǐ ㄅㄨˋ ㄖㄨˋ ㄏㄨˇ ㄒㄩㄝˊ, ㄧㄢ ㄉㄜˊ ㄏㄨˇ ㄗˇ 不進老虎洞，怎能捉到小老虎。比喻不歷艱險，就不能獲得成功。

【不三不四】bù sān bù sì ㄅㄨˋ ㄙㄢ ㄅㄨˋ ㄙˋ ❶不正派：不要跟那些不三不四的人來往。❷不像樣子：這篇文章改來改去，反而改得不三不四的。

【不善】bùshàn ㄅㄨˋ ㄕㄢˋ ❶不好：處理不善｜來意不善。❷不長於：不善管理。也說不善於。❸〈方〉很可觀；非同小可：別看他身體不強，幹起活來可不善。也說不善乎（bùshàn-·hu）。

【不甚了了】bù shèn liǎo liǎo ㄅㄨˋ ㄕㄣˋ ㄌㄧㄠˇ ㄌㄧㄠˇ 不太了解；不怎麼清楚。

【不勝】bùshèng ㄅㄨˋ ㄕㄥˋ ❶承擔不了；不能忍受：體力不勝｜不勝其煩。❷表示不能做或做不完（前後重複同一動詞）：防不勝防（防不住）｜數不勝數（數不完）。❸非常；十分（用於感情方面）：不勝感激｜不勝遺憾。❹〈方〉不如：身子一年不勝一年。

【不失為】bùshīwéi ㄅㄨˋ ㄕ ㄨㄟˊ 還可以算得上：這樣處理，還不失為一個好辦法。

【不時】bùshí ㄅㄨˋ ㄕˊ ❶時時；經常不斷地：一邊走着，一邊不時地四處張望｜在叢林深處，不時聽到布穀鳥的叫聲。❷隨時；不是預定的時間：以備不時之需。

【不識抬舉】bù shí tái·ju ㄅㄨˋ ㄕˊ ㄊㄞˊ ·ㄐㄩ 不接受或不珍視別人對自己的好意（用於指責人）。

【不識閑兒】bùshíxiánr ㄅㄨˋ ㄕˊ ㄒㄧㄢㄦˊ〈方〉閑不住：他手腳不識閑兒，從早忙到晚。

【不識之無】bù shí zhī wú ㄅㄨˋ ㄕˊ ㄓ ㄨˊ 指不識字（'之'和'無'是常用的字）。

【不是】bù·shi ㄅㄨˋ ·ㄕ 錯處；過失：好意勸他，反倒落個不是｜你先出口傷人，這就是你的不是了。

【不是話】bù shì huà ㄅㄨˋ ㄕˋ ㄏㄨㄚˋ （話）沒道理；不對頭。

【不是玩兒的】bù shì wánr·de ㄅㄨˋ ㄕˋ ㄨㄢㄦˊ ·ㄉㄜ 不是兒戲：多穿上點兒，受了寒可不是玩兒的！

【不是味兒】bù shì wèir ㄅㄨˋ ㄕˋ ㄨㄟㄦˋ ❶味道不正：這個菜炒得不是味兒◇他的民歌唱得不是味兒。❷不對頭；不正常：一聽這話不是味兒，就反過來追問。❸（心裏感到）不好受：看到孩子們上不了學，心裏很不是味兒。‖也說不是滋味兒。

【不適】bùshì ㄅㄨˋ ㄕˋ （身體）不舒服：偶感不適。

【不爽】[1] bùshuǎng ㄅㄨˋ ㄕㄨㄤˇ （身體、心情）不爽快。

【不爽】[2] bùshuǎng ㄅㄨˋ ㄕㄨㄤˇ 沒有差錯：毫釐不爽｜屢試不爽。

【不送氣】bù sòngqì ㄅㄨˋ ㄙㄨㄥˋ ㄑㄧˋ 語音學上指發輔音時沒有顯著的氣流出來。也叫不吐氣。

【不速之客】bù sù zhī kè ㄅㄨˋ ㄙㄨˋ ㄓ ㄎㄜˋ 指沒有邀請而自己來的客人（速：邀請）。

【不隨意肌】bùsuíyìjī ㄅㄨˋ ㄙㄨㄟˊ ㄧˋ ㄐㄧ 平滑肌。

【不遂】bùsuì ㄅㄨˋ ㄙㄨㄟˋ 不如願：謀事不遂｜稍有不遂，即大發脾氣。

【不特】bùtè ㄅㄨˋ ㄊㄜˋ〈書〉不但。

【不祧之祖】bù tiāo zhī zǔ ㄅㄨˋ ㄊㄧㄠ ㄓ ㄗㄨˇ 舊時比喻創立某種事業受到尊崇的人。（祧：古代指遠祖的祠堂。家廟中祖先的神主，輩分遠的要依次遷入祧廟合祭，只有創業的始祖或影響較大的祖宗不遷，叫做不祧。）

【不同凡響】bù tóng fánxiǎng ㄅㄨˋ ㄊㄨㄥˊ ㄈㄢˊ ㄒㄧㄤˇ 比喻事物（多指文藝作品）不平凡（凡響：平凡的音樂）。

【不圖】bùtú ㄅㄨˋ ㄊㄨˊ ❶不追求：不圖名利。❷〈書〉不料。

【不吐氣】bù tǔqì ㄅㄨˋ ㄊㄨˇ ㄑㄧˋ 見98頁〖不送氣〗。

【不外】bùwài ㄅㄨˋ ㄨㄞˋ 不超出某種範圍以外：大家所談論的不外工作問題。也說不外乎。

【不為已甚】bù wéi yǐ shèn ㄅㄨˋ ㄨㄟˊ ㄧˇ ㄕㄣˋ 指對人的責備或處罰適可而止（已甚：過分）。

【不惟】bùwéi ㄅㄨˋ ㄨㄟˊ〈書〉不但；不僅：此舉不惟無益，反而有害。

【不韙】bùwěi ㄅㄨˋ ㄨㄟˇ〈書〉過失；不對：冒天下之大不韙。

【不謂】bùwèi ㄅㄨˋ ㄨㄟˋ〈書〉❶不能說（用於表示否定的語詞前面）：任務不謂不重｜時間不謂不長。❷不料；沒想到：離別以來，以為相見無日，不謂今又重逢。

【不聞不問】bù wén bù wèn ㄅㄨˋ ㄨㄣˊ ㄅㄨˋ ㄨㄣˋ 既不聽也不問。形容漠不關心。

【不穩平衡】bùwěn-pínghéng ㄅㄨˋ ㄨㄣˇ ㄆㄧㄥˊ ㄏㄥˊ 受到微小的外力干擾就要失去平衡的平衡狀態，如雞蛋直立時的狀態。

【不無】bùwú ㄅㄨˋ ㄨˊ 不是沒有；多少有些：不無小補｜不無裨益｜不無關係｜不無遺憾。

【不惜】bùxī ㄅㄨˋ ㄒㄧ 不顧惜；捨得：不惜工本｜不惜犧牲一切｜傾家蕩產，在所不惜。

【不暇】bùxiá ㄅㄨˋ ㄒㄧㄚˊ 沒有時間；忙不過來：應接不暇｜自顧不暇。

【不下】bùxià ㄅㄨˋ ㄒㄧㄚˋ ❶'不下於'②。❷用在動詞後，表示動作沒有結果或沒有完成：屢攻不下｜相持不下｜放心不下｜委決不下。

【不下於】bùxiàyú ㄅㄨˋ ㄒㄧㄚˋ ㄩˊ ❶不低於；不比別的低：這種自來水筆雖是新產品，質量卻不下於各種名牌。❷不少於：不比某個數目少：新產品不下於二百種。也說不下。

【不相上下】bù xiāng shàng xià ㄅㄨˋ ㄒㄧㄤ ㄕㄤˋ ㄒㄧㄚˋ 分不出高低，形容程度相等：本領不相上下｜年歲不相上下。

【不祥】bùxiáng ㄅㄨˋ ㄒㄧㄤˊ 不吉利：不祥之兆。

【不詳】bùxiáng ㄅㄨˋ ㄒㄧㄤˊ ❶不詳細；不清楚：言之不詳｜地址不詳｜歷史情況不詳。❷不細說（書信中用語）。

【不想】bùxiǎng ㄅㄨˋ ㄒㄧㄤˇ 不料；沒想到：不想事情結局竟會如此。

【不像話】bù xiànghuà ㄅㄨˋ ㄒㄧㄤˋ ㄏㄨㄚˋ ❶（言語行動）不合乎道理或情理：整天撒潑耍賴，實在不像話。❷壞得沒法形容：屋子亂得不像話。

【不消】bùxiāo ㄅㄨˋ ㄒㄧㄠ 不需要；不用：不消說｜不消一會兒工夫，這個消息就傳開了。

【不孝】bùxiào ㄅㄨˋ ㄒㄧㄠˋ ❶不孝順。❷舊時父母喪事中用於自稱。

【不肖】bùxiào ㄅㄨˋ ㄒㄧㄠˋ 品行不好（多用於子弟）：不肖子孫。

【不屑】bùxiè ㄅㄨˋ ㄒㄧㄝˋ ❶認為不值得(做)：不屑一顧｜不屑置辯。也說不屑於。❷形容輕視：臉上現出不屑的神情。

【不懈】bùxiè ㄅㄨˋ ㄒㄧㄝˋ 不鬆懈：堅持不懈｜不懈地努力｜進行不懈的鬥爭。

【不興】bùxīng ㄅㄨˋ ㄒㄧㄥ ❶不流行；不合時尚：綉花鞋這裏早就不興了。❷不許：不興欺負人。❸不能(限用於反問句)：你幹嗎嚷嚷，不興小點兒聲嗎？

【不行】bùxíng ㄅㄨˋ ㄒㄧㄥˊ ❶不可以；不被允許：開玩笑可以，欺負人可不行。❷不中用：你知道，我在工程技術方面是不行的。❸接近於死亡：老太太病重，眼看不行了。❹不好：這件衣服的手工不行。❺表示程度極深；不得了(用在'得'字後做補語)：累得不行｜大街上熱鬧得不行。

【不省人事】bù xǐng rénshì ㄅㄨˋ ㄒㄧㄥˇ ㄖㄣˊ ㄕˋ ❶指人昏迷，失去知覺。❷指不懂人情世故。

【不幸】bùxìng ㄅㄨˋ ㄒㄧㄥˋ ❶不幸運；使人失望、傷心、痛苦的：不幸的消息。❷表示不希望發生而竟然發生：不幸身亡｜不幸而言中。❸指災禍：慘遭不幸。

【不休】bùxiū ㄅㄨˋ ㄒㄧㄡ 不停止(用做補語)：爭論不休，喋喋不休。

【不修邊幅】bù xiū biānfú ㄅㄨˋ ㄒㄧㄡ ㄅㄧㄢ ㄈㄨˊ 形容不注意衣着、容貌的整潔(邊幅：布帛的邊緣，比喻儀容、衣着)。

【不朽】bùxiǔ ㄅㄨˋ ㄒㄧㄡˇ 永不磨滅(多用於抽象事物)：不朽的業績｜人民英雄永垂不朽。

【不銹鋼】bùxiùgāng ㄅㄨˋ ㄒㄧㄡˋ ㄍㄤ 含鉻13%以上的合金鋼，有的還含有鎳鈦等其他元素。具有耐蝕和不銹的特性。多用來製造化工機件、耐熱的機械零件、餐具等。

【不許】bùxǔ ㄅㄨˋ ㄒㄩˇ ❶不允許：不許說謊。❷不能(用於反問句)：何必非等我，你就不許自己去嗎？

【不恤】bùxù ㄅㄨˋ ㄒㄩˋ 不顧及；不憂慮；不顧惜：不恤人言(不管別人的議論)。

【不學無術】bù xué wú shù ㄅㄨˋ ㄒㄩㄝˊ ㄨˊ ㄕㄨˋ 沒有學問，沒有能力。

【不遜】bùxùn ㄅㄨˋ ㄒㄩㄣˋ 沒有禮貌；驕傲；蠻橫：出言不遜。

【不言而喻】bù yán ér yù ㄅㄨˋ ㄧㄢˊ ㄦˊ ㄩˋ 不用說就可以明白。

【不厭】bùyàn ㄅㄨˋ ㄧㄢˋ ❶不厭煩：不厭其詳。❷不排斥；不以為非：兵不厭詐。

【不揚】bùyáng ㄅㄨˋ ㄧㄤˊ (相貌)不好看：其貌不揚。

【不要】bùyào ㄅㄨˋ ㄧㄠˋ 表示禁止和勸阻：不要大聲喧譁｜不要麻痹大意。

【不要緊】bù yàojǐn ㄅㄨˋ ㄧㄠˋ ㄐㄧㄣˇ ❶沒有妨礙；不成問題：這病不要緊，吃點兒藥就好｜路遠也不要緊，我們派車送你回去。❷表面上似乎沒有妨礙(下文有轉折)：你這麼一叫不要緊，把大夥兒都驚醒了。

【不一】bùyī ㄅㄨˋ ㄧ ❶不相同(只做謂語，不做定語)：質量不一｜長短不一。❷書信用語，表示不一一詳說：匆此不一。

【不一而足】bù yī ér zú ㄅㄨˋ ㄧ ㄦˊ ㄗㄨˊ 不止一種或一次，而是很多。

【不依】bùyī ㄅㄨˋ ㄧ ❶不聽從；不依順：孩子要甚麼，她沒有不依的。❷不允許；不寬容：不依不饒｜你要不按時來，我可不依你。

【不宜】bùyí ㄅㄨˋ ㄧˊ 不適宜：這塊地不宜種植水稻｜解決思想問題要耐心細緻，不宜操之過急。

【不遺餘力】bù yí yú lì ㄅㄨˋ ㄧˊ ㄩˊ ㄌㄧˋ 用出全部力量，一點也不保留。

【不已】bùyǐ ㄅㄨˋ ㄧˇ 繼續不停：雞鳴不已｜讚嘆不已。

【不以為然】bù yǐ wéi rán ㄅㄨˋ ㄧˇ ㄨㄟˊ ㄖㄢˊ 不認為是對的，表示不同意(多含輕視意)：不以為然地一笑｜他嘴上雖然沒有說不對，心裏卻不以為然。

【不以為意】bù yǐ wéi yì ㄅㄨˋ ㄧˇ ㄨㄟˊ ㄧˋ 不把它放在心上，表示不重視，不認真對待。

【不意】bùyì ㄅㄨˋ ㄧˋ 不料；沒想到：出其不意｜不意大雨如注，不能起程。

【不翼而飛】bù yì ér fēi ㄅㄨˋ ㄧˋ ㄦˊ ㄈㄟ ❶沒有翅膀卻能飛。比喻東西突然不見了。❷形容消息、言論等傳佈迅速。

【不亦樂乎】bù yì lè hū ㄅㄨˋ ㄧˋ ㄌㄜˋ ㄏㄨ 原意是'不也是很快樂的嗎？'(見於《論語・學而》)現常用來表示達到極點的意思：他每天東奔西跑，忙得不亦樂乎。

【不義之財】bù yì zhī cái ㄅㄨˋ ㄧˋ ㄓ ㄘㄞˊ 不應該得到的或以不正當的手段獲得的錢財。

【不易之論】bù yì zhī lùn ㄅㄨˋ ㄧˋ ㄓ ㄌㄨㄣˋ 內容正確、不可更改的言論。

【不用】bùyòng ㄅㄨˋ ㄩㄥˋ 表示事實上沒有必要：不用介紹了，我們認識｜大家都是自己人，不用客氣。參看56頁'甭'。

【不由得】bùyóu·de ㄅㄨˋ ㄧㄡˊ·ㄉㄜ ❶不容：他說得這麼透徹，不由得你不信服。❷不禁：想起過去的苦難，不由得掉下眼淚來。

【不由自主】bù yóu zì zhǔ ㄅㄨˋ ㄧㄡˊ ㄗˋ ㄓㄨˇ 由不得自己；控制不了自己。

【不虞】bùyú ㄅㄨˋ ㄩˊ 〈書〉❶意料不到：不虞之譽｜不虞之患。❷出乎意料的事：以備不虞。❸不憂慮：不虞匱乏。

【不約而同】bù yuē ér tóng ㄅㄨˋ ㄩㄝ ㄦˊ ㄊㄨㄥˊ 沒有事先商量而彼此見解或行動一致。

【不在】bùzài ㄅㄨˋ ㄗㄞˋ ❶指不在家或不在某處：您找我哥哥呀，他不在｜他不在辦公室，可能是聯繫工作去了。❷婉辭，指死亡(常帶'了')：我奶奶去年就不在了。

【不在乎】bùzài·hu ㄅㄨˋ ㄗㄞˋ ·ㄏㄨ 不放在心上：自有主張，不在乎別人怎麼説｜青年人身強力壯，多幹點活兒不在乎。

【不在話下】bù zài huà xià ㄅㄨˋ ㄗㄞˋ ㄏㄨㄚˋ ㄒㄧㄚˋ 指事物輕微，不值得説，或事屬當然，用不着説。

【不讚一詞】bù zàn yī cí ㄅㄨˋ ㄗㄢˋ ㄧ ㄘˊ《史記·孔子世家》：'至於為《春秋》，筆則筆，削則削，子夏之徒不能讚一詞。'原指文章寫得很好，別人不能再添一句話。現在説'不讚一詞'也指一言不發。

【不則聲】bù zéshēng ㄅㄨˋ ㄗㄜˊ ㄕㄥ 〈方〉不做聲。

【不擇手段】bù zé shǒuduàn ㄅㄨˋ ㄗㄜˊ ㄕㄡˇ ㄉㄨㄢˋ 為了達到目的，甚麼手段都使得出來（含貶義）。

【不怎麼樣】bù zěn·meyàng ㄅㄨˋ ㄗㄣˇ ·ㄇㄜ ㄧㄤˋ 平平常常；不很好：這個人不怎麼樣｜這幅畫兒的構思還不錯，就是着色不怎麼樣。

【不振】bùzhèn ㄅㄨˋ ㄓㄣˋ 不振作；不旺盛：精神不振｜一蹶不振｜國勢不振。

【不支】bùzhī ㄅㄨˋ ㄓ 支持不住；不能支撐下去：精力不支｜身體不支。

【不知凡幾】bù zhī fán jǐ ㄅㄨˋ ㄓ ㄈㄢˊ ㄐㄧˇ 不知道一共有多少。指同類的人或事物很多。

【不知進退】bù zhī jìn tuì ㄅㄨˋ ㄓ ㄐㄧㄣˋ ㄊㄨㄟˋ 形容言語行動冒失，沒有分寸。

【不知死活】bù zhī sǐ huó ㄅㄨˋ ㄓ ㄙˇ ㄏㄨㄛˊ 形容不知厲害，冒昧從事。

【不知所措】bù zhī suǒ cuò ㄅㄨˋ ㄓ ㄙㄨㄛˇ ㄘㄨㄛˋ 不知道怎麼辦才好。形容受窘或發急。

【不知所云】bù zhī suǒ yún ㄅㄨˋ ㄓ ㄙㄨㄛˇ ㄩㄣˊ 不知道説的是甚麼。指語言紊亂或空洞。

【不知所終】bù zhī suǒ zhōng ㄅㄨˋ ㄓ ㄙㄨㄛˇ ㄓㄨㄥ 不知道結局或下落。

【不知天高地厚】bù zhī tiān gāo dì hòu ㄅㄨˋ ㄓ ㄊㄧㄢ ㄍㄠ ㄉㄧˋ ㄏㄡˋ 形容見識短淺，狂妄自大。

【不織布】bùzhībù ㄅㄨˋ ㄓ ㄅㄨˋ 無紡織布。

【不止】bùzhǐ ㄅㄨˋ ㄓˇ ❶繼續不停：大笑不止｜血流不止。❷表示超出某個數目或範圍：他恐怕不止六十歲了｜類似情況不止一次發生。

【不只】bùzhǐ ㄅㄨˋ ㄓˇ 不但；不僅：不只生產發展了，生活也改善了｜河水不只可供灌溉，且可用來發電。

【不至於】bùzhìyú ㄅㄨˋ ㄓˋ ㄩˊ 表示不會達到某種程度：他不至於連這一點道理也不明白｜兩人有矛盾，但還不至於吵架。

【不治之症】bù zhì zhī zhèng ㄅㄨˋ ㄓˋ ㄓ ㄓㄥˋ 醫治不好的病，也比喻去除不掉的禍患或弊端。

【不致】bùzhì ㄅㄨˋ ㄓˋ 不會引起某種後果：事前做好準備，就不致臨時手忙腳亂了。

【不置】bùzhì ㄅㄨˋ ㄓˋ 〈書〉不停止：讚嘆不置｜懊喪不置。

【不置可否】bù zhì kě fǒu ㄅㄨˋ ㄓˋ ㄎㄜˇ ㄈㄡˇ 不説對，也不説不對。

【不中】bùzhōng ㄅㄨˋ ㄓㄨㄥ 〈方〉不中用；不可以；不好：這個法子不中，還得另打主意。

【不周】bùzhōu ㄅㄨˋ ㄓㄡ 不周到；不完備：考慮不周｜招待不周。

【不周延】bù zhōuyán ㄅㄨˋ ㄓㄡ ㄧㄢˊ 一個判斷的主詞（或賓詞）所包括的不是其全部外延，如在'有的工人是共青團員'這個判斷中主詞（工人）是不周延的，因為它説的不是所有的工人。

【不着邊際】bù zhuó biānjì ㄅㄨˋ ㄓㄨㄛˊ ㄅㄧㄢ ㄐㄧˋ 形容言論空泛，不切實際；離題太遠。

【不貲】bùzī ㄅㄨˋ ㄗ 〈書〉沒有限量，表示多或貴重（多用於財物）：價值不貲｜工程浩大，所費不貲。

【不自量】bù zìliàng ㄅㄨˋ ㄗˋ ㄌㄧㄤˋ 過高地估計自己：如此狂妄，太不自量。

【不自量力】bù zì liànglì ㄅㄨˋ ㄗˋ ㄌㄧㄤˋ ㄌㄧˋ 不能正確估計自己的力量（多指做力不能及的事情）。也説自不量力。

【不足】bùzú ㄅㄨˋ ㄗㄨˊ ❶不充足；不滿（某個數目）：先天不足｜估計不足｜不足三千人。❷不值得：不足道｜不足為奇｜不足挂齒。❸不可以；不能：不足為訓｜非團結不足圖存。

【不足道】bùzúdào ㄅㄨˋ ㄗㄨˊ ㄉㄠˋ 不值得説：微不足道｜個人的得失是不足道的。

【不足挂齒】bù zú guàchǐ ㄅㄨˋ ㄗㄨˊ ㄍㄨㄚˋ ㄔˇ 不值得一提：區區小事，不足挂齒。

【不足為奇】bù zú wéi qí ㄅㄨˋ ㄗㄨˊ ㄨㄟˊ ㄑㄧˊ 不值得奇怪。指事物、現象等很平常。

【不足為訓】bù zú wéi xùn ㄅㄨˋ ㄗㄨˊ ㄨㄟˊ ㄒㄩㄣˋ 不能當做典範或法則。

【不做聲】bù zuòshēng ㄅㄨˋ ㄗㄨㄛˋ ㄕㄥ 不出聲；不説話。

布 bù ㄅㄨˋ ❶用棉、麻等織成的，可以做衣服或其他物件的材料：棉布｜麻布｜花布｜粗布｜布鞋。❷古代的一種錢幣。❸（Bù）姓。

另見101頁 bù'佈'。

【布帛】bùbó ㄅㄨˋ ㄅㄛˊ 棉織品和絲織品的總稱。

【布丁】bùdīng ㄅㄨˋ ㄉㄧㄥ 用麪粉、牛奶、雞蛋、水果等製成的西餐點心。［英 pudding］

【布爾喬亞】bù'ěrqiáoyà ㄅㄨˋ ㄦˇ ㄑㄧㄠˊ ㄧㄚˋ 資產階級的音譯。［法 bourgeoisie］

【布爾什維克】bù'ěrshíwéikè ㄅㄨˋ ㄦˇ ㄕˊ ㄨㄟˊ ㄎㄜˋ 列寧建立的蘇聯共產黨用過的稱號，意思是多數派。1903 年俄國社會民主工黨召開第二次代表大會，在討論黨綱及組織原則問題上分成兩派，擁護列寧主張的一派在選舉黨的領導機構時獲得多數選票，所以有這稱號。後來

這一派成為獨立的馬克思列寧主義政黨，改稱蘇聯共產黨(布爾什維克)，簡稱聯共(布)。[俄 большевик]

【布穀】bùgǔ ㄅㄨˋ ㄍㄨˇ 杜鵑(鳥名)。

【布拉吉】bùlā·ji ㄅㄨˋ ㄌㄚ ·ㄐㄧ 連衣裙。[俄 платье]

【布朗族】Bùlǎngzú ㄅㄨˋ ㄌㄤˇ ㄗㄨˊ 我國少數民族之一，分佈在雲南。

【布匹】bùpǐ ㄅㄨˋ ㄆㄧˇ 布(總稱)。

【布頭】bùtóu ㄅㄨˋ ㄊㄡˊ (布頭兒) ❶成匹的布上剪剩下來的不成整料的部分(多在五六尺以內)。❷剪裁後剩下的零碎布塊兒。

【布紋紙】bùwénzhǐ ㄅㄨˋ ㄨㄣˊ ㄓˇ 一種印照片、放大照片用的紙，上面有像布的紋理。

【布衣】bùyī ㄅㄨˋ ㄧ ❶布衣服：布衣蔬食。❷古時指平民(平民穿布衣)：布衣出身｜布衣之交。

【布依族】Bùyīzú ㄅㄨˋ ㄧ ㄗㄨˊ 我國少數民族之一，分佈在貴州。

步1 bù ㄅㄨˋ ❶行走時兩腳之間的距離；腳步：正步｜跑步｜寸步難移◇走了一步棋。❷階段：初步｜事情一步比一步順利。❸地步；境地：不幸落到這一步。❹舊制長度單位，一步等於五尺。❺用腳走：步入會場｜亦步亦趨。❻〈書〉踩；踏：步人後塵。❼〈方〉用腳步等量地：步一步這塊地夠不夠三畝。❽(Bù)姓。

步2 bù ㄅㄨˋ 同'埠'。多用於地名，如鹽步、祿步、炭步(都在廣東)。

【步兵】bùbīng ㄅㄨˋ ㄅㄧㄥ 徒步作戰的兵種，是陸軍的主要兵種。

【步步為營】bù bù wéi yíng ㄅㄨˋ ㄅㄨˋ ㄨㄟˊ ㄧㄥˊ 軍隊前進一步就設下一道營壘。比喻行動謹慎，防備嚴密。

【步調】bùdiào ㄅㄨˋ ㄉㄧㄠˋ 行走時腳步的大小快慢，多比喻進行某種活動的方式、步驟和速度：統一步調｜步調一致。

【步伐】bùfá ㄅㄨˋ ㄈㄚˊ ❶指隊伍操練時腳步的大小快慢：步伐整齊。❷行走的步子：矯健的步伐。

【步弓】bùgōng ㄅㄨˋ ㄍㄨㄥ 弓③。

【步履】bùlǚ ㄅㄨˋ ㄌㄩˇ 〈書〉行走：步履輕盈｜步履維艱(行走艱難)。

【步槍】bùqiāng ㄅㄨˋ ㄑㄧㄤ 步兵用的一種槍，槍管比較長，有效射程約400米。

【步人後塵】bù rén hòu chén ㄅㄨˋ ㄖㄣˊ ㄏㄡˋ ㄔㄣˊ 踩着人家腳印走。比喻追隨、模仿別人。

【步哨】bùshào ㄅㄨˋ ㄕㄠˋ 軍隊駐紮時擔任警戒的士兵。

【步談機】bùtánjī ㄅㄨˋ ㄊㄢˊ ㄐㄧ 體積很小、便於攜帶的無綫電話收發機，通話距離不大。作戰時，營、連、排、班之間用它來聯絡。也叫步話機。通稱步行機。

【步武】bùwǔ ㄅㄨˋ ㄨˇ 〈書〉❶古時以六尺為步，半步為武。指不遠的距離：相去步武。❷跟着別人的腳步走。比喻效法：步武前賢。

【步行】bùxíng ㄅㄨˋ ㄒㄧㄥˊ 行走(區別於坐車、騎馬等)：下馬步行｜與其擠車，不如步行。

【步行街】bùxíngjiē ㄅㄨˋ ㄒㄧㄥˊ ㄐㄧㄝ 不准車輛通行的街，大都是商業繁華地段。

【步韻】bù//yùn ㄅㄨˋ//ㄩㄣˋ 依照別人做詩所用韻腳的次第來和(hè)詩。

【步驟】bùzhòu ㄅㄨˋ ㄓㄡˋ 事情進行的程序：有計劃、有步驟地開展工作。

【步子】bù·zi ㄅㄨˋ ·ㄗ 腳步：放慢步子｜隊伍的步子走得很整齊。

吥 bù ㄅㄨˋ 嗊吥(Gòngbù ㄍㄨㄥˋ ㄅㄨˋ)，柬埔寨地名。

佈(布) bù ㄅㄨˋ ❶宣告；宣佈：發佈｜公佈｜佈告｜開誠佈公。❷散佈；分佈：陰雲密佈｜鐵路公路遍佈全國。❸佈置：佈局｜佈防｜佈下天羅地網。

'布'另見100頁bù。

【佈菜】bù//cài ㄅㄨˋ//ㄘㄞˋ 把菜肴分給座上的客人。

【佈道】bù//dào ㄅㄨˋ//ㄉㄠˋ 指基督教宣講教義。

【佈防】bù//fáng ㄅㄨˋ//ㄈㄤˊ 佈置防守的兵力：沿江佈防。

【佈告】bùgào ㄅㄨˋ ㄍㄠˋ ❶(機關、團體)張貼出來告知群眾的文件：出佈告｜張貼佈告。❷用張貼佈告的方式告知(事項)：特此佈告｜佈告天下。

【佈景】bùjǐng ㄅㄨˋ ㄐㄧㄥˇ ❶舞台或攝影場上所佈置的景物。❷國畫用語，指按照畫幅大小安排畫中景物。

【佈局】bùjú ㄅㄨˋ ㄐㄩˊ ❶全面安排(多指作文、繪畫等)：畫面佈局勻稱｜工業佈局不盡合理。❷圍棋、象棋競賽中指一局棋的開始階段。

【佈控】bùkòng ㄅㄨˋ ㄎㄨㄥˋ (對罪犯等的行踪)佈置人員予以監控。

【佈雷】bù//léi ㄅㄨˋ//ㄌㄟˊ 佈設地雷或水雷：佈雷艦｜佈雷區。

【佈雷艦】bùléijiàn ㄅㄨˋ ㄌㄟˊ ㄐㄧㄢˋ 專門佈設水雷的軍艦，設有水雷儲放艙，並裝備有自衛火炮。

【佈設】bùshè ㄅㄨˋ ㄕㄜˋ 分散設置；佈置：佈設地雷｜佈設聲吶｜佈設圈套。

【佈施】bù shī ㄅㄨˋ ㄕ 〈書〉把財物等施捨給人。

【佈置】bùzhì ㄅㄨˋ ㄓˋ ❶在一個地方安排和陳列各種物件使這個地方適合某種需要：佈置會場｜佈置新房。❷對一些活動做出安排：佈置學習｜佈置工作。

埗 bù ㄅㄨˋ 茶埗(Chábù ㄔㄚˊ ㄅㄨˋ)，地名，在福建。

怖 bù ㄅㄨˋ 害怕：恐怖｜陰森可怖。

埔 bù ㄅㄨˋ 大埔(Dàbù ㄉㄚˋ ㄅㄨˋ)，地名，在廣東。
另見897頁pǔ。

埗 bù ㄅㄨˋ 同'埠'。多用於地名：深水埗(在香港)。

埠 bù ㄅㄨˋ ❶碼頭，多指有碼頭的城鎮：船埠｜本符埠｜外埠。❷商埠：開埠。

【埠頭】bùtóu ㄅㄨˋ ㄊㄡˊ 〈方〉碼頭。

部 bù ㄅㄨˋ ❶部分；部位：內部｜上部｜胸部｜局部。❷某些機關的名稱或機關企業中按業務而分的單位：外交部｜編輯部｜門市部。❸軍隊(連以上)等的領導機構或其所在地：連部｜司令部。❹指部隊：率部突圍。❺〈書〉統轄；統率：所部｜部領。❻量詞。a)用於書籍、影片等：兩部字典｜一部記錄片｜三部電視劇。b)用於機器或車輛：一部機器｜兩部汽車。❼(Bù)姓。

【部隊】bùduì ㄅㄨˋ ㄉㄨㄟˋ 軍隊的通稱：野戰部隊｜駐京部隊｜武警部隊｜從部隊轉業到地方。

【部分】bù·fen ㄅㄨˋ·ㄈㄣ 整體中的局部；整體裏的一些個體：檢驗機器各部分的性能｜我校部分師生參加了夏令營活動。

【部件】bùjiàn ㄅㄨˋ ㄐㄧㄢˋ 機器的一個組成部分，由若干零件裝配而成。

【部類】bùlèi ㄅㄨˋ ㄌㄟˋ 概括性較大的類：這個百貨商場的貨物部類齊全。

【部落】bùluò ㄅㄨˋ ㄌㄨㄛˋ 由若干血緣相近的氏族結合而成的集體。

【部門】bùmén ㄅㄨˋ ㄇㄣˊ 組成某一整體的部分或單位：工業部門｜文教部門｜部門經濟學(如工業經濟學、農業經濟學)｜一本書要經過編輯、出版、印刷、發行等部門，然後才能跟讀者見面。

【部首】bùshǒu ㄅㄨˋ ㄕㄡˇ 字典、詞典根據漢字形體偏旁所分的門類，如山、口、火、石等。

【部署】bùshǔ ㄅㄨˋ ㄕㄨˇ 安排；佈置(人力、任務)：部署工作｜戰略部署｜部署了一個團的兵力。

【部屬】bùshǔ ㄅㄨˋ ㄕㄨˇ 部下。

【部頭】bùtóu ㄅㄨˋ ㄊㄡˊ (部頭兒)書的厚薄和大小(主要指篇幅多的書)：大部頭著作。

【部委】bùwěi ㄅㄨˋ ㄨㄟˇ 我國國務院所屬的部和委員會的合稱。

【部位】bùwèi ㄅㄨˋ ㄨㄟˋ 位置(多用於人的身體)：發音部位｜消化道部位。

【部下】bùxià ㄅㄨˋ ㄒㄧㄚˋ 軍隊中被統率的人，泛指下級。

鈈(钚) bù ㄅㄨˋ 金屬元素，符號Pu(plutonium)。銀白色，有放射性，用作核燃料等。

瓿〔瓿〕 bù ㄅㄨˋ 〈書〉小瓮。

蔀〔蔀〕 bù ㄅㄨˋ 〈書〉❶遮蔽。❷古代曆法稱七十六年為一蔀。

餔(𫗦) bù ㄅㄨˋ 餔子。

【餔子】bù·zi ㄅㄨˋ·ㄗ 嬰兒吃的糊狀食物。

篰 bù ㄅㄨˋ 〈方〉竹子編的簍子。

簿 bù ㄅㄨˋ 簿子：賬簿｜練習簿｜收文簿｜記錄簿。

【簿冊】bùcè ㄅㄨˋ ㄘㄜˋ 記事記賬的簿子。

【簿籍】bùjí ㄅㄨˋ ㄐㄧˊ 賬簿、名冊等。

【簿記】bùjì ㄅㄨˋ ㄐㄧˋ ❶會計工作中有關記賬的技術。❷符合會計規程的賬簿。

【簿子】bù·zi ㄅㄨˋ·ㄗ 記載某種事項的本子。

C

cā (ㄘㄚ)

拆 cā ㄘㄚ 〈方〉排泄(大小便)。另見122頁 chāi。

【拆爛污】cā lànwū ㄘㄚ ㄌㄢˋ ㄨ 〈方〉比喻不負責任，把事情弄得難以收拾(爛污：稀屎)。

擦 cā ㄘㄚ ❶摩擦：擦火柴｜摩拳擦掌｜手擦破了皮。❷用布、手巾等摩擦使乾淨：擦汗｜擦桌子｜擦玻璃◇擦亮眼睛。❸塗抹：擦油｜擦粉｜擦紅藥水。❹貼近；挨着：擦黑兒｜擦肩而過｜球擦桌邊了｜燕子擦着水面飛。❺把瓜果等放在礤牀兒上來回摩擦，使成細絲兒：把蘿蔔擦成絲兒。

【擦背】cā∥bèi ㄘㄚ∥ㄅㄟˋ 〈方〉搓澡。

【擦黑兒】cāhēir ㄘㄚ ㄏㄟㄦ 〈方〉天快要黑的時候；傍晚：趕到家時，天已經擦黑兒了。

【擦屁股】cā pì·gu ㄘㄚ ㄆㄧˋ ·ㄍㄨ 比喻替人做未了的事或處理遺留的問題(多指不好辦的)。

【擦拭】cāshì ㄘㄚ ㄕˋ 擦②：擦拭武器。

【擦洗】cāxǐ ㄘㄚ ㄒㄧˇ 用濕布塊兒或酒精等擦拭使乾淨：擦洗餐桌｜這個手錶該擦洗擦洗了。

【擦音】cāyīn ㄘㄚ ㄧㄣ 口腔通路縮小，氣流從中擠出而發的輔音，如普通話語音中的f、s、sh等。

【擦澡】cā∥zǎo ㄘㄚ∥ㄗㄠˇ 用濕毛巾等擦洗全身，不用水沖。

嚓 cā ㄘㄚ 象聲詞：摩托車嚓的一聲停住了。另見118頁 chā。

磜 cā ㄘㄚ 見570頁[礓磜兒](jiāngcār)。

cǎ (ㄘㄚˇ)

礤〔磜〕 cǎ ㄘㄚˇ 〈書〉粗石。

【礤牀兒】cǎchuángr ㄘㄚˇ ㄔㄨㄤㄦˊ 把瓜、蘿蔔等擦成絲兒的器具，在木板、竹板等中間釘一塊金屬片，片上鑿開許多小窟窿，使翹起的鱗狀部分成為薄刃片。

cāi (ㄘㄞ)

偲 cāi ㄘㄞ 〈書〉多才。另見1083頁 sī。

猜 cāi ㄘㄞ ❶根據不明顯的綫索或憑想像來尋找正確的解答；猜測：猜謎語｜你猜誰來了？｜他的心思我猜不透。❷起疑心：猜忌｜兩小無猜。

【猜測】cāicè ㄘㄞ ㄘㄜˋ 推測；憑想像估計：這件事非常複雜，而且一點兒綫索也沒有，叫人很難猜測。

【猜度】cāiduó ㄘㄞ ㄉㄨㄛˊ 猜測；揣度：心裏暗自猜度，來人會是誰呢？

【猜忌】cāijì ㄘㄞ ㄐㄧˋ 猜疑別人對自己不利而心懷不滿：互相猜忌。

【猜料】cāiliào ㄘㄞ ㄌㄧㄠˋ 猜測；估計：事情的結果，現在還很難猜料。

【猜枚】cāiméi ㄘㄞ ㄇㄟˊ 一種遊戲(多用為酒令)，把瓜子、蓮子或黑白棋子等握在手心裏，讓別人猜單雙、個數或顏色，猜中的算勝。

【猜謎兒】cāi∥mèir ㄘㄞ∥ㄇㄟㄦˋ ❶猜謎底；捉摸謎語的答案。❷比喻猜測說話的真實意思或事情的真相：你有甚麼話就說出來，別讓人家猜謎兒。

【猜謎】cāi∥mí ㄘㄞ∥ㄇㄧˊ 〈書〉猜謎兒。

【猜摸】cāi·mo ㄘㄞ ·ㄇㄛ 猜測；估摸：他的心思叫人猜摸不透。

【猜拳】cāi∥quán ㄘㄞ∥ㄑㄩㄢˊ 划拳。

【猜嫌】cāixián ㄘㄞ ㄒㄧㄢˊ 猜忌。

【猜想】cāixiǎng ㄘㄞ ㄒㄧㄤˇ 猜測：我猜想他同這件事有關。

【猜疑】cāiyí ㄘㄞ ㄧˊ 無中生有地起疑心；對人對事不放心：這件事過幾天就要向大家說明，請不要胡亂猜疑。

cái (ㄘㄞˊ)

才[1] cái ㄘㄞˊ ❶才能：德才兼備｜多才多藝。❷有才能的人：幹才｜奇才。❸(Cái)姓。

才[2](纔) cái ㄘㄞˊ 副詞。❶表示以前不久：你怎麼才來就要走？❷表示事情發生得晚或結束得晚：他說星期三動身，到星期五才走｜大風到晚上才住了。❸表示只有在某種條件下然後怎樣(前面常常用'只有、必須'或含有這類意思)：只有依靠群眾，才能把工作做好。❹表示發生新情況，本來並不如此：經他解釋之後，我才明白是怎麼回事。❺對比起來表示數量小，次數少，能力差，程度低等等：這個工廠開辦時才五百工人，現在已有幾千工人了。❻表示強調所說的事(句尾常用'呢'字)：麥子長得才好呢！

【才剛】cáigāng ㄘㄞˊ ㄍㄤ 〈方〉剛才：他才剛還在這裏，這會兒出去了。

【才分】cáifèn ㄘㄞˊ ㄈㄣˋ 才能；才智。

【才幹】cáigàn ㄘㄞˊ ㄍㄢˋ 辦事的能力：增長才

幹｜他既年輕，又有才幹。
【才華】cáihuá ㄘㄞˊ ㄏㄨㄚˊ 表現於外的才能(多指文藝方面)：才華橫溢｜才華出眾。
【才具】cáijù ㄘㄞˊ ㄐㄩˋ〈書〉才能：才具有限。
【才力】cáilì ㄘㄞˊ ㄌㄧˋ 才能；能力：才力超群。
【才略】cáilüè ㄘㄞˊ ㄌㄩㄝˋ 政治或軍事上的才能和智謀：才略過人。
【才能】cáinéng ㄘㄞˊ ㄋㄥˊ 知識和能力：施展才能。
【才氣】cáiqì ㄘㄞˊ ㄑㄧˋ 才華。
【才情】cáiqíng ㄘㄞˊ ㄑㄧㄥˊ 才華；才思：賣弄才情。
【才識】cáishí ㄘㄞˊ ㄕˊ 才能和見識：才識卓異。
【才疏學淺】cái shū xué qiǎn ㄘㄞˊ ㄕㄨ ㄒㄩㄝˊ ㄑㄧㄢˇ 見識不廣，學問不深(多用於自謙)。
【才思】cáisī ㄘㄞˊ ㄙ 寫作詩文的能力：才思敏捷。
【才學】cáixué ㄘㄞˊ ㄒㄩㄝˊ 才能和學問。
【才藝】cáiyì ㄘㄞˊ ㄧˋ 才能和技藝：才藝超絕。
【才智】cáizhì ㄘㄞˊ ㄓˋ 才能和智慧：充分發揮每個人的聰明才智。
【才子】cáizǐ ㄘㄞˊ ㄗˇ 指有才華的人。

材 cái ㄘㄞˊ ❶木料，泛指材料①：木材｜鋼材｜藥材｜就地取材。❷棺材：壽材｜一口材。❸資料：教材｜題材｜素材。❹有才能的人：人材。
【材積】cáijī ㄘㄞˊ ㄐㄧ 單根樹木或許多樹木出產木材的體積。
【材料】cáiliào ㄘㄞˊ ㄌㄧㄠˋ ❶可以直接造成成品的東西，如建築用的磚瓦、紡織用的棉紗等：建築材料｜做一套衣服，這點材料不夠。❷提供著作內容的事物：他打算寫一部小說，正在搜集材料。❸可供參考的事實：人事材料。❹比喻適於做某種事情的人才：我五音不全，不是唱歌的材料。
【材質】cáizhì ㄘㄞˊ ㄓˋ ❶木材的質地：楠木材質細密。❷材料的質地；質料：各種材質的浴缸｜大理石材質的傢具。

財(财) cái ㄘㄞˊ 錢和物資的總稱：財產｜財物｜理財。
【財寶】cáibǎo ㄘㄞˊ ㄅㄠˇ 錢財和珍貴的物品。
【財帛】cáibó ㄘㄞˊ ㄅㄛˊ 錢財(古時拿布帛作貨幣)。
【財產】cáichǎn ㄘㄞˊ ㄔㄢˇ 指擁有的金錢、物資、房屋、土地等物質財富：國家財產｜私人財產。
【財產權】cáichǎnquán ㄘㄞˊ ㄔㄢˇ ㄑㄩㄢˊ 以物質財富為對象，直接與經濟利益相聯繫的民事權利，如所有權、繼承權等。簡稱產權。
【財大氣粗】cái dà qì cū ㄘㄞˊ ㄉㄚˋ ㄑㄧˋ ㄘㄨ 形容人仗着錢財多而氣勢淩人。
【財東】cáidōng ㄘㄞˊ ㄉㄨㄥ ❶舊時商店或企業的所有者。❷財主。
【財閥】cáifá ㄘㄞˊ ㄈㄚˊ 指壟斷資本家。一般指金融寡頭。
【財富】cáifù ㄘㄞˊ ㄈㄨˋ 具有價值的東西：自然財富｜物質財富｜精神財富｜創造財富。
【財經】cáijīng ㄘㄞˊ ㄐㄧㄥ 財政、經濟的合稱：財經學院。
【財會】cáikuài ㄘㄞˊ ㄎㄨㄞˋ 財務、會計的合稱：財會科｜財會人員。
【財禮】cáilǐ ㄘㄞˊ ㄌㄧˇ 綵禮。
【財力】cáilì ㄘㄞˊ ㄌㄧˋ 經濟力量(多指資金)。
【財貿】cáimào ㄘㄞˊ ㄇㄠˋ 財政、貿易的合稱：財貿系統。
【財迷】cáimí ㄘㄞˊ ㄇㄧˊ 愛錢入迷、專想發財的人。
【財氣】cái·qì ㄘㄞˊ ·ㄑㄧˋ (財氣兒)指獲得錢財的運氣；財運：財氣不佳。
【財權】cáiquán ㄘㄞˊ ㄑㄩㄢˊ ❶財產的所有權。❷經濟大權：掌握財權。
【財神】cáishén ㄘㄞˊ ㄕㄣˊ 迷信的人指可以使人發財致富的神，原為道教所崇奉的神仙，據傳姓趙名公明，亦稱趙公元帥。也叫財神爺。
【財勢】cáishì ㄘㄞˊ ㄕˋ 錢財和權勢：依仗財勢，橫行鄉里。
【財稅】cáishuì ㄘㄞˊ ㄕㄨㄟˋ 財政、稅務的合稱：財稅部門。
【財團】cáituán ㄘㄞˊ ㄊㄨㄢˊ 指資本主義社會裏控制許多公司、銀行和企業的壟斷資本家或其集團。
【財務】cáiwù ㄘㄞˊ ㄨˋ 機關、企業、團體等單位中，有關財產的管理或經營以及現金的出納、保管、計算等事務：財務處｜財務管理。
【財物】cáiwù ㄘㄞˊ ㄨˋ 錢財和物資：愛護公共財物。
【財源】cáiyuán ㄘㄞˊ ㄩㄢˊ 錢財的來源：財源茂盛｜財源枯竭｜發展經濟，開闢財源。
【財運】cáiyùn ㄘㄞˊ ㄩㄣˋ 發財的運氣：財運亨通。
【財政】cáizhèng ㄘㄞˊ ㄓㄥˋ 國家對資財的收入與支出的管理活動：財政收入｜財政赤字。
【財主】cái·zhu ㄘㄞˊ ·ㄓㄨ 佔有大量財產的人：土財主｜大財主。

裁 cái ㄘㄞˊ ❶用刀、剪等把片狀物分成若干部分：裁紙｜裁衣服。❷整張紙分成的相等的若干份；開'⑲：對裁(整張的二分之一)｜八裁報紙。❸把不用的或多餘的去掉；削減：裁軍｜裁員。❹安排取捨(多用於文學藝術)：別出心裁｜《唐詩別裁》。❺文章的體制、格式：體裁。❻衡量；判斷：裁判｜裁決。❼控制；抑止：裁制｜制裁｜獨裁。
【裁兵】cái//bīng ㄘㄞˊ // ㄅㄧㄥ 舊指裁減軍隊。
【裁併】cáibìng ㄘㄞˊ ㄅㄧㄥˋ 裁減合併(機構)。
【裁撤】cáichè ㄘㄞˊ ㄔㄜˋ 撤消；取消(機構

等)：裁撤關卡｜裁撤重疊的科室。
【裁處】cáichǔ ㄘㄞˊ ㄔㄨˇ 考慮決定並加以處置：酌情裁處。
【裁答】cáidá ㄘㄞˊ ㄉㄚˊ 〈書〉用書信、詩歌等答復。
【裁定】cáidìng ㄘㄞˊ ㄉㄧㄥˋ 法院在案件審理過程中就某個問題做出決定。
【裁斷】cáiduàn ㄘㄞˊ ㄉㄨㄢˋ 裁決判斷；考慮決定：叢書所收書目由主編裁斷。
【裁度】cáiduó ㄘㄞˊ ㄉㄨㄛˊ 〈書〉推測斷定。
【裁奪】cáiduó ㄘㄞˊ ㄉㄨㄛˊ 考慮決定：此事如何處置，懇請裁奪。
【裁縫】cáiféng ㄘㄞˊ ㄈㄥˊ 剪裁縫製(衣服)：雖是布衫布褲，但裁縫得體。
【裁縫】cái·feng ㄘㄞˊ ·ㄈㄥ 做衣服的工人。
【裁剪】cáijiǎn ㄘㄞˊ ㄐㄧㄢˇ 縫製衣服時把衣料按一定的尺寸裁開：裁剪技術｜這套衣服裁剪得很合身。
【裁減】cáijiǎn ㄘㄞˊ ㄐㄧㄢˇ 削減(機構、人員、裝備等)：裁減軍備。
【裁決】cáijué ㄘㄞˊ ㄐㄩㄝˊ 經過考慮，做出決定：如雙方發生爭執，由當地主管部門裁決。
【裁軍】cáijūn ㄘㄞˊ ㄐㄩㄣ 裁減武裝人員和軍事裝備。
【裁判】cáipàn ㄘㄞˊ ㄆㄢˋ ❶法院依照法律，對案件做出的決定，分為判決和裁定兩種。❷根據體育運動的競賽規則，對運動員競賽的成績和競賽中發生的問題做出評判。❸在體育競賽中執行評判工作的人：足球裁判｜國際裁判。也叫裁判員。
【裁汰】cáitài ㄘㄞˊ ㄊㄞˋ 〈書〉裁減(多餘的或不合用的人員)。
【裁員】cáiyuán ㄘㄞˊ ㄩㄢˊ 機關、企業裁減人員。
【裁酌】cáizhuó ㄘㄞˊ ㄓㄨㄛˊ 斟酌決定：處理是否妥當，敬請裁酌。

cǎi (ㄘㄞˇ)

采1 cǎi ㄘㄞˇ 精神；神色：神采｜興高采烈。

采2 cǎi ㄘㄞˇ 同'彩'。
另見105頁 cǎi'採'；106頁 cài。

採(采) cǎi ㄘㄞˇ ❶摘(花兒、葉子、果子)：採蓮｜採茶◇到海底採珠子。❷開採：採煤｜採礦。❸搜集：採風｜採礦樣。❹選取；取：採購｜採取。
'采'另見105頁 cǎi；106頁 cài。
【採辦】cǎibàn ㄘㄞˇ ㄅㄢˋ 採購：採辦年貨。
【採編】cǎibiān ㄘㄞˇ ㄅㄧㄢ 採訪和編輯：新聞採編｜電視台的採編人員。
【採茶戲】cǎicháxì ㄘㄞˇ ㄔㄚˊ ㄒㄧˋ 流行於江西、湖北、廣西、安徽等地的地方戲，由民間歌舞發展而成，跟花鼓戲相近。
【採伐】cǎifá ㄘㄞˇ ㄈㄚˊ 在森林中砍伐樹木，採集木材：採伐林木。
【採訪】cǎifǎng ㄘㄞˇ ㄈㄤˇ 搜集尋訪：採訪新聞｜加強圖書採訪工作。
【採風】cǎi∥fēng ㄘㄞˇ∥ㄈㄥ 搜集民歌。
【採購】cǎigòu ㄘㄞˇ ㄍㄡˋ ❶選擇購買(多指為機關或企業)：採購員｜採購建築材料。❷擔任採購工作的人：他在食堂當採購。
【採光】cǎiguāng ㄘㄞˇ ㄍㄨㄤ 設計門窗的大小和建築物的結構，使建築物內部得到適宜的光綫。
【採集】cǎijí ㄘㄞˇ ㄐㄧˊ 收集；搜羅：採集標本｜採集民間歌謠。
【採掘】cǎijué ㄘㄞˇ ㄐㄩㄝˊ 挖取；開採(礦物)：採掘金礦｜加快採掘進度。
【採礦】cǎi∥kuàng ㄘㄞˇ∥ㄎㄨㄤˋ 把地殼中的礦物開採出來。有露天採礦和地下採礦兩類。
【採蓮船】cǎiliánchuán ㄘㄞˇ ㄌㄧㄢˊ ㄔㄨㄢˊ 跑旱船。
【採錄】cǎilù ㄘㄞˇ ㄌㄨˋ ❶採集並記錄：採錄民歌。❷採訪並錄製：電視台採錄了新年晚會節目。❸〈書〉選取錄用(人員)。
【採買】cǎimǎi ㄘㄞˇ ㄇㄞˇ 選擇購買(物品)。
【採納】cǎinà ㄘㄞˇ ㄋㄚˋ 接受(意見、建議、要求)。
【採暖】cǎinuǎn ㄘㄞˇ ㄋㄨㄢˇ 設計建築物的防寒取暖裝置，使建築物內部得到適宜的溫度。
【採取】cǎiqǔ ㄘㄞˇ ㄑㄩˇ ❶選擇施行(某種方針、政策、措施、手段、形式、態度等)：採取守勢｜採取緊急措施。❷取：採取指紋。
【採擷】cǎixié ㄘㄞˇ ㄒㄧㄝˊ 〈書〉❶採摘：採擷野果。❷採集。
【採血】cǎi∥xiě ㄘㄞˇ∥ㄒㄧㄝˇ 為檢驗等目的從人的靜脈採取血液。
【採寫】cǎixiě ㄘㄞˇ ㄒㄧㄝˇ 採訪並寫出：好人好事，要及時採寫，及時報道。
【採樣】cǎiyàng ㄘㄞˇ ㄧㄤˋ 採集樣品；取樣：食品採樣檢查。
【採用】cǎiyòng ㄘㄞˇ ㄩㄥˋ 認為合適而使用：採用新工藝｜採用舉手表決方式｜那篇稿子已被編輯部採用。
【採油】cǎi∥yóu ㄘㄞˇ∥ㄧㄡˊ 開採地下的石油。
【採擇】cǎizé ㄘㄞˇ ㄗㄜˊ 選取；選擇：提出幾種方案，以供採擇。
【採摘】cǎizhāi ㄘㄞˇ ㄓㄞ 摘取(花兒、葉子、果子)：採摘葡萄｜採摘棉花。
【採製】cǎizhì ㄘㄞˇ ㄓˋ ❶採集加工：採製春茶。❷採訪並錄製：採製電視新聞。
【採種】cǎi∥zhǒng ㄘㄞˇ∥ㄓㄨㄥˇ 採集植物的種子。

彩 cǎi ㄘㄞˇ ❶顏色：五彩｜彩雲。❷稱讚誇獎的歡呼聲：喝彩｜博得滿堂彩。❸

花樣；精彩的成分：豐富多彩。❹賭博或某種遊戲中給得勝者的東西：得彩｜中彩｜彩票。❺戲曲裏表示特殊情景時所用的技術；魔術裏用的手法：火彩｜帶彩｜彩活。❻指負傷流血：挂彩｜彩號。

另見106頁 cǎi‘綵’。

【彩綢】cǎichóu ㄘㄞˇ ㄔㄡˊ 彩色的絲綢。

【彩旦】cǎidàn ㄘㄞˇ ㄉㄢˋ 戲曲中扮演女性的丑角。年齡比較老的也叫丑婆子。

【彩電】cǎidiàn ㄘㄞˇ ㄉㄧㄢˋ ❶彩色電視的簡稱：彩電中心。❷指彩色電視機：一台彩電。

【彩號】cǎihào ㄘㄞˇ ㄏㄠˋ (彩號兒) 指作戰負傷的人員：慰勞彩號｜重彩號需要特別護理。

【彩虹】cǎihóng ㄘㄞˇ ㄏㄨㄥˊ 虹。

【彩繪】cǎihuì ㄘㄞˇ ㄏㄨㄟˋ ❶器物、建築物等上的彩色圖畫：這次出土的陶器都有樸素的彩繪。❷用彩色繪畫：古老建築已彩繪一新。

【彩捲】cǎijuǎn ㄘㄞˇ ㄐㄩㄢˇ (彩捲兒) 彩色膠捲。

【彩擴】cǎikuò ㄘㄞˇ ㄎㄨㄛˋ 彩色照片擴印：電腦彩擴｜本店代理彩擴業務。

【彩練】cǎiliàn ㄘㄞˇ ㄌㄧㄢˋ 彩帶。

【彩排】cǎipái ㄘㄞˇ ㄆㄞˊ ❶戲劇、舞蹈等正式演出前的化裝排演。❷節日遊行、遊園等大型群眾活動正式開始前的化裝排練。

【彩票】cǎipiào ㄘㄞˇ ㄆㄧㄠˋ 獎券的通稱。

【彩旗】cǎiqí ㄘㄞˇ ㄑㄧˊ 各種顏色的旗子：迎賓大道上，彩旗飄揚。

【彩色】cǎisè ㄘㄞˇ ㄙㄜˋ 多種顏色：彩色照片。

【彩色電視】cǎisè diànshì ㄘㄞˇ ㄙㄜˋ ㄉㄧㄢˋ ㄕˋ 熒光屏上顯示彩色畫面的電視。簡稱彩電。

【彩色片兒】cǎisèpiānr ㄘㄞˇ ㄙㄜˋ ㄆㄧㄢㄦ 彩色片。

【彩色片】cǎisèpiàn ㄘㄞˇ ㄙㄜˋ ㄆㄧㄢˋ 帶有彩色的影片(區別於‘黑白片’)。

【彩聲】cǎishēng ㄘㄞˇ ㄕㄥ 喝彩的聲音：一陣彩聲｜彩聲四起。

【彩飾】cǎishì ㄘㄞˇ ㄕˋ 彩色的裝飾：因年久失修，樑柱上的彩飾已經剝落。

【彩塑】cǎisù ㄘㄞˇ ㄙㄨˋ 民間工藝，用黏土捏成各種人物形象，並塗上彩色顏料。

【彩陶】cǎitáo ㄘㄞˇ ㄊㄠˊ 新石器時代的一種陶器，上面繪有彩色花紋。

【彩陶文化】cǎitáo wénhuà ㄘㄞˇ ㄊㄠˊ ㄨㄣˊ ㄏㄨㄚˋ 見1326頁〖仰韶文化〗。

【彩頭】cǎitóu ㄘㄞˇ ㄊㄡˊ ❶獲利或得勝的預兆(迷信)：得了個好彩頭。❷指中獎、賭博或賞賜得來的財物。

【彩霞】cǎixiá ㄘㄞˇ ㄒㄧㄚˊ 彩色的雲霞。

【彩印】cǎiyìn ㄘㄞˇ ㄧㄣˋ ❶彩色印刷。❷洗印彩色照片。

【彩雲】cǎiyún ㄘㄞˇ ㄩㄣˊ 由於折射日光而呈現彩色的雲，以紅色為主，多在晴天的清晨或傍晚出現在天邊。

【彩照】cǎizhào ㄘㄞˇ ㄓㄠˋ 彩色照片。

【彩紙】cǎizhǐ ㄘㄞˇ ㄓˇ ❶彩色的紙張。❷彩色印相紙。

寀 cǎi ㄘㄞˇ 古代指官。

另見107頁 cài。

睬(倸) cǎi ㄘㄞˇ 答理；理會：理睬｜不要睬他｜人家對你說話，你怎麼能睬也不睬？

綵(彩) cǎi ㄘㄞˇ 彩色的絲綢：剪綵｜張燈結綵。

‘彩’另見105頁 cǎi。

【綵帶】cǎidài ㄘㄞˇ ㄉㄞˋ 彩色的絲綢帶子。

【綵轎】cǎijiào ㄘㄞˇ ㄐㄧㄠˋ 花轎。

【綵禮】cǎilǐ ㄘㄞˇ ㄌㄧˇ 舊俗訂婚時男家送給女家的財物。

【綵牌樓】cǎipái·lóu ㄘㄞˇ ㄆㄞˊ ·ㄌㄡˊ 表示喜慶、紀念等活動中用竹、木等搭成並用花、彩綢、松柏樹枝作裝飾的牌樓。

【綵棚】cǎipéng ㄘㄞˇ ㄆㄥˊ 用彩紙、彩綢、松柏樹枝等裝飾的棚子，用於喜慶活動。

跴(跴) cǎi ㄘㄞˇ ❶腳底接觸地面或物體：當心跴壞了莊稼｜妹妹跴在凳子上貼窗花。❷比喻貶低，糟蹋：這種人既會捧人，又會跴人。❸舊時指追踪(盜匪)或追查(案件)：跴捕｜跴案。

【跴道】cǎidào ㄘㄞˇ ㄉㄠˋ (跴道兒) 盜賊作案前察看地形。

【跴點】cǎidiǎn ㄘㄞˇ ㄉㄧㄢˇ 跴道。

【跴墒】cǎishāng ㄘㄞˇ ㄕㄤ 在播種的地方跴實土壤，達到保墒目的。

【跴水】cǎishuǐ ㄘㄞˇ ㄕㄨㄟˇ 一種游泳方法，人直立深水中，兩腿交替上抬下跴，身體保持不沉，並能前進。

cài (ㄘㄞˋ)

采(埰) cài ㄘㄞˋ［采地］(càidì ㄘㄞˋ ㄉㄧˋ) 古代諸侯分封給卿大夫的田地(包括耕種土地的奴隸)。也叫采邑。

另見105頁 cǎi；105頁 cǎi‘採’。

菜〔菜〕 cài ㄘㄞˋ ❶能做副食品的植物；蔬菜：種菜｜野菜。❷專指油菜：菜油。❸經過烹調供下飯下酒的蔬菜、蛋品、魚、肉等：葷菜｜川菜｜四菜一湯。

【菜案】cài'àn ㄘㄞˋ ㄢˋ 廚房分工上指做菜的工作；紅案。

【菜場】càichǎng ㄘㄞˋ ㄔㄤˇ 菜市。

【菜單】càidān ㄘㄞˋ ㄉㄢ (菜單兒) 開列各種菜肴名稱的單子。也叫菜單子。

【菜刀】càidāo ㄘㄞˋ ㄉㄠ 切菜切肉用的刀。

【菜點】càidiǎn ㄘㄞˋ ㄉㄧㄢˇ 菜肴和點心：風味菜點｜宮廷菜點｜西式菜點。

【菜豆】càidòu ㄘㄞˋ ㄉㄡˋ ❶一年生草本植物，

莖蔓生，小葉闊卵形，花白色、黃色或帶紫色，莢果較長，種子球形，白色、褐色、藍黑色或絳紅色，有花斑。嫩莢是普通蔬菜。種子可作糧食，也可入藥。❷這種植物的莢果或種子。‖通稱芸豆，也叫四季豆。有的地區叫扁豆。

【菜瓜】càiguā ㄘㄞˋ ㄍㄨㄚ ❶一年生草本植物，莖蔓生，葉子心臟形，花黃色。果實長形或橢圓形，皮白綠色，是一種蔬菜。❷這種植物的果實。‖也叫越瓜，有的地區叫老腌瓜。

【菜館】càiguǎn ㄘㄞˋ ㄍㄨㄢˇ 〈方〉(菜館兒) 飯館。也叫菜館子。

【菜花】càihuā ㄘㄞˋ ㄏㄨㄚ (菜花兒) ❶油菜的花。❷花椰菜的通稱。❸花椰菜的花，是普通蔬菜。

【菜金】càijīn ㄘㄞˋ ㄐㄧㄣ 用作買副食的錢(多指機關、團體的)。

【菜枯】càikū ㄘㄞˋ ㄎㄨ 油菜子經榨油後壓成餅狀的渣滓，是一種肥料。

【菜籃子】càilán·zi ㄘㄞˋ ㄌㄢˊ ·ㄗ 盛菜的籃子，借指城鎮的蔬菜、副食品的供應：經過幾年的努力，本市居民的菜籃子問題已基本解決。

【菜碼兒】càimǎr ㄘㄞˋ ㄇㄚㄦˇ 〈方〉麵碼兒。

【菜牛】càiniú ㄘㄞˋ ㄋㄧㄡˊ 專供宰殺食用的牛。

【菜農】càinóng ㄘㄞˋ ㄋㄨㄥˊ 以種植蔬菜為主的農民。

【菜圃】càipǔ ㄘㄞˋ ㄆㄨˇ 菜園。

【菜譜】càipǔ ㄘㄞˋ ㄆㄨˇ ❶菜單。❷介紹菜肴製作方法的書(多用做書名)：《大眾菜譜》。

【菜畦】càiqí ㄘㄞˋ ㄑㄧˊ 有土埂圍着的一塊塊排列整齊的種蔬菜的田。

【菜青】càiqīng ㄘㄞˋ ㄑㄧㄥ 綠中略帶灰黑的顏色。

【菜色】càisè ㄘㄞˋ ㄙㄜˋ 指人因靠吃菜充飢而營養不良的臉色。

【菜市】càishì ㄘㄞˋ ㄕˋ 集中出售蔬菜和肉類等副食品的場所。

【菜蔬】càishū ㄘㄞˋ ㄕㄨ ❶蔬菜。❷家常飯食或宴會所備的各種菜。

【菜薹】càitái ㄘㄞˋ ㄊㄞˊ 某些十字花科蔬菜植物的花莖，如油菜薹、芥菜薹。

【菜系】càixì ㄘㄞˋ ㄒㄧˋ 不同地區菜肴烹調在理論、方式、風味等方面具有獨特風格的體系。

【菜羊】càiyáng ㄘㄞˋ ㄧㄤˊ 專供宰殺食用的羊。

【菜肴】càiyáo ㄘㄞˋ ㄧㄠˊ 經過烹調供下飯下酒的魚、肉、蛋品、蔬菜等。

【菜油】càiyóu ㄘㄞˋ ㄧㄡˊ 用油菜子榨的油。也叫菜子油，有的地區叫清油。

【菜園】càiyuán ㄘㄞˋ ㄩㄢˊ 種蔬菜的園子。也叫菜園子。

【菜子】càizǐ ㄘㄞˋ ㄗˇ ❶(菜子兒)蔬菜的種子。❷專指油菜子。

【菜子油】càizǐyóu ㄘㄞˋ ㄗˇ ㄧㄡˊ 見〖菜油〗。

宷 cài ㄘㄞˋ 〈書〉同'采'(cài)。另見106頁 cǎi。

蔡[1]〔蔡〕 Cài ㄘㄞˋ ❶周朝國名，在今河南上蔡西南，後來遷到新蔡一帶。❷姓。

蔡[2]〔蔡〕 cài ㄘㄞˋ 〈書〉大龜：蓍蔡(占卜)。

縩(縩) cài ㄘㄞˋ 見198頁〖綷縩〗(cuìcài)。

cān (ㄘㄢ)

參[1](参) cān ㄘㄢ ❶加入；參加：參軍｜參賽。❷參考：參看｜參閱。

參[2](参) cān ㄘㄢ ❶進見；謁見：參謁｜參拜。❷封建時代指彈劾：參劾｜參他一本('本'指奏章)。

參[3](参) cān ㄘㄢ 〈書〉探究並領會(道理、意義等)：參破｜參透。

另見116頁 cēn；1019頁 shēn。

【參拜】cānbài ㄘㄢ ㄅㄞˋ 以一定的禮節進見敬重的人或瞻仰敬重的人的遺像、陵墓等：大禮參拜｜參拜孔廟。

【參半】cānbàn ㄘㄢ ㄅㄢˋ 各佔一半：疑信參半。

【參禪】cānchán ㄘㄢ ㄔㄢˊ 佛教徒靜坐冥想領會佛理叫參禪：參禪悟道。

【參訂】cāndìng ㄘㄢ ㄉㄧㄥˋ 參校訂正：這部書由張先生編次，王先生參訂。

【參觀】cānguān ㄘㄢ ㄍㄨㄢ 實地觀察(工作成績、事業、設施、名勝古迹等)：參觀團｜參觀遊覽｜參觀工廠｜謝絕參觀。

【參合】cānhé ㄘㄢ ㄏㄜˊ 〈書〉參考並綜合：參合其要｜本書參合了有關資料寫成。

【參加】cānjiā ㄘㄢ ㄐㄧㄚ ❶加入某種組織或某種活動：參加工會｜參加會議｜參加選舉｜參加綠化勞動。❷提出(意見)：這件事兒，請你也參加點兒意見。

【參見】[1] cānjiàn ㄘㄢ ㄐㄧㄢˋ 參看②(多用於書或文章的註解)。

【參見】[2] cānjiàn ㄘㄢ ㄐㄧㄢˋ 以一定禮節進見；謁見：參見師父。

【參校】cānjiào ㄘㄢ ㄐㄧㄠˋ ❶為別人所著的書做校訂的工作。❷一部書有兩種或幾種本子，拿一種做底本，參考其他本子，加以校訂。

【參軍】cān//jūn ㄘㄢ//ㄐㄩㄣ 參加軍隊。

【參看】cānkàn ㄘㄢ ㄎㄢˋ ❶讀一篇文章時參考另一篇：那篇報告寫得很好，可以參看。❷文章註釋用語，指示讀者看了此處後再看其他有關部分。

【參考】cānkǎo ㄘㄢ ㄎㄠˇ ❶為了學習或研究而

查閱有關資料：參考書｜作者寫這本書，參考了幾十種書刊。❷利用有關材料幫助了解情況：僅供參考。❸同'參看'。

【參考系】cānkǎoxì ㄘㄢ ㄎㄠˇ ㄒㄧˋ 為確定物體的位置和描述其運動而被選作標準的另一物體或物體系。也叫參照系、參照物。

【參量】cānliàng ㄘㄢ ㄌㄧㄤˋ 數值可以在一定範圍內變化的量。當這個量取不同數值時，反映出不同的狀態或性能。

【參謀】cānmóu ㄘㄢ ㄇㄡˊ ❶軍隊中參與指揮部隊行動、制定作戰計劃的幹部。❷泛指代人出主意：這事該怎麼辦，你給參謀一下。❸指代出主意的人：他給你當參謀。

【參賽】cānsài ㄘㄢ ㄙㄞˋ 參加比賽：參賽作品｜參賽選手｜取消參賽資格。

【參數】cānshù ㄘㄢ ㄕㄨˋ ❶方程中可以在某一範圍內變化的數，當此數取得一定值時，就可以得到該方程所代表的圖形。如在方程 $x^2+y^2=r^2$ 中，當 r 取得一定值時，就可以畫出該方程所代表的圓，r 就是圓周的參數。也叫參變數。❷表明任何現象、機構、裝置的某一種性質的量，如導電率、導熱率、膨脹係數等。

【參天】cāntiān ㄘㄢ ㄊㄧㄢ (樹木等)高聳在天空中：古柏參天｜參天大樹。

【參透】cān//tòu ㄘㄢ//ㄊㄡˋ 看透；透徹領會(道理、奧秘等)：參不透｜參透禪理｜參透機關(看穿陰謀或秘密)。

【參詳】cānxiáng ㄘㄢ ㄒㄧㄤˊ 詳細地觀察、研究：參詳了半天，忽有所悟｜我先把擬訂的計劃擺出來，請同志們參詳。

【參驗】cānyàn ㄘㄢ ㄧㄢˋ 考察檢驗；比較驗證。

【參謁】cānyè ㄘㄢ ㄧㄝˋ 進見尊敬的人；瞻仰尊敬的人的遺像、陵墓等：參謁黃帝陵。

【參議】cānyì ㄘㄢ ㄧˋ ❶〈書〉參與謀議：參議國事。❷官名。明代在布政使、通政使司下設參議一職，清代通政使司下也設參議。民國時期參議多為閑職。

【參議院】cānyìyuàn ㄘㄢ ㄧˋ ㄩㄢˋ 某些國家兩院制議會的上議院。

【參與】cānyù ㄘㄢ ㄩˋ 參加(事務的計劃、討論、處理)：參與其事｜他曾參與這個規劃的制訂工作。也作參預。

【參預】cānyù ㄘㄢ ㄩˋ 同'參與'。

【參閱】cānyuè ㄘㄢ ㄩㄝˋ 參看：寫這篇論文，參閱了大量的圖書資料。

【參贊】cānzàn ㄘㄢ ㄗㄢˋ ❶使館的組成人員之一，是外交代表的主要助理人。外交代表不在時，一般都由參贊以臨時代辦名義暫時代理使館事務。❷〈書〉參與協助：參贊軍務｜參贊朝政。

【參展】cānzhǎn ㄘㄢ ㄓㄢˇ 參加展覽：參展單位｜參展的商品有一千餘種。

【參戰】cānzhàn ㄘㄢ ㄓㄢˋ 參加戰爭或戰鬥：參戰國｜參戰部隊。

【參照】cānzhào ㄘㄢ ㄓㄠˋ 參考並仿照(方法、經驗等)：參照執行。

【參政】cān//zhèng ㄘㄢ//ㄓㄥˋ 指參與政治活動或參加政治機構。

【參酌】cānzhuó ㄘㄢ ㄓㄨㄛˊ 參考實際情況，加以斟酌：參酌處理｜參酌具體情況，制訂工作計劃。

餐(飡、湌) cān ㄘㄢ ❶吃(飯)：聚餐｜野餐。❷飯食：午餐｜中餐｜西餐。❸量詞，一頓飯叫一餐：一日三餐。

【餐車】cānchē ㄘㄢ ㄔㄜ 列車上專為旅客供應飯食的車廂。

【餐風宿露】cān fēng sù lù ㄘㄢ ㄈㄥ ㄙㄨˋ ㄌㄨˋ 形容旅途或野外生活的艱苦。也說風餐露宿。

【餐館】cānguǎn ㄘㄢ ㄍㄨㄢˇ 飯館。

【餐巾】cānjīn ㄘㄢ ㄐㄧㄣ 用餐時為防止弄髒衣服放在膝上或胸前的方巾。

【餐巾紙】cānjīnzhǐ ㄘㄢ ㄐㄧㄣ ㄓˇ 專供進餐時擦拭用的紙。也叫餐紙。

【餐具】cānjù ㄘㄢ ㄐㄩˋ 吃飯的用具，如碗、筷、羹匙等。

【餐廳】cāntīng ㄘㄢ ㄊㄧㄥ 供吃飯用的大房間，一般是賓館、火車站、飛機場等附設的營業性食堂，也有的用做飯館的名稱。

【餐桌】cānzhuō ㄘㄢ ㄓㄨㄛ (餐桌兒)飯桌。

鰲(鰲) cān ㄘㄢ [鰲鰷](cāntiáo ㄘㄢ ㄊㄧㄠˊ)魚，身體小，呈條狀，側扁，白色。生活在淡水中。也叫鰲魚或鰷魚。

驂(骖) cān ㄘㄢ 古代指駕在車兩旁的馬。

cán (ㄘㄢˊ)

殘(残) cán ㄘㄢˊ ❶不完整；殘缺：殘品｜殘廢｜身殘志不殘｜這部書很好，可惜殘了。❷剩餘的；將盡的：殘冬｜殘敵｜風捲殘雲。❸傷害；毀壞：摧殘｜殘害。❹兇惡：殘忍｜殘酷。

【殘敗】cánbài ㄘㄢˊ ㄅㄞˋ 殘缺衰敗：殘敗不堪｜一片殘敗的景象。

【殘暴】cánbào ㄘㄢˊ ㄅㄠˋ 殘忍兇惡：殘暴不仁｜殘暴成性｜殘暴的侵略者。

【殘杯冷炙】cán bēi lěng zhì ㄘㄢˊ ㄅㄟ ㄌㄥˇ ㄓˋ 指吃剩下的酒食。

【殘本】cánběn ㄘㄢˊ ㄅㄣˇ 殘缺不全的本子(多指古籍)。

【殘編斷簡】cán biān duàn jiǎn ㄘㄢˊ ㄅㄧㄢ ㄉㄨㄢˋ ㄐㄧㄢˇ 見287頁〖斷編殘簡〗。

【殘兵】cánbīng ㄘㄢˊ ㄅㄧㄥ 殘存下來的兵士：殘兵敗將。

【殘部】cánbù ㄘㄢˊ ㄅㄨˋ 殘存下來的部分人

馬。

【殘喘】cánchuǎn ㄘㄢˊ ㄔㄨㄢˇ 臨死時僅存的喘息：苟延殘喘。

【殘存】cáncún ㄘㄢˊ ㄘㄨㄣˊ 未被消除盡而保存下來或剩下來：殘存的封建思想｜初冬，樹上還殘存幾片枯葉。

【殘敵】cándí ㄘㄢˊ ㄉㄧˊ 殘存的敵人。

【殘毒】cándú ㄘㄢˊ ㄉㄨˊ ❶兇殘狠毒：殘毒的掠奪。❷果實、蔬菜、穀物、牧草等裏面殘存的有毒農藥或其他污染物質；動物吃了含毒植物後殘存在肉、乳、蛋裏面的有毒農藥或其他污染物質。

【殘匪】cánfěi ㄘㄢˊ ㄈㄟˇ 殘存的土匪。

【殘廢】cánfèi ㄘㄢˊ ㄈㄟˋ ❶四肢或雙目等喪失一部分或者全部的機能：他的腿是在一次車禍中殘廢的。❷殘廢的人。

【殘羹剩飯】cán gēng shèng fàn ㄘㄢˊ ㄍㄥ ㄕㄥˋ ㄈㄢˋ 指吃剩下的菜湯和飯食。

【殘骸】cánhái ㄘㄢˊ ㄏㄞˊ 人或動物的屍骨，借指殘破的建築物、機械、車輛等：尋找失事飛機的殘骸。

【殘害】cánhài ㄘㄢˊ ㄏㄞˋ 傷害或殺害：殘害肢體｜殘害生命｜殘害兒童。

【殘貨】cánhuò ㄘㄢˊ ㄏㄨㄛˋ 殘缺或不合規格的貨物。

【殘積】cánjī ㄘㄢˊ ㄐㄧ 基岩經風化作用後殘留在原地的岩石風化產物。也叫殘積物。

【殘疾】cán·jí ㄘㄢˊ ·ㄐㄧˊ 肢體、器官或其功能方面的缺陷：殘疾兒童｜他的左腿沒有治好，落下殘疾。

【殘迹】cánjì ㄘㄢˊ ㄐㄧˋ 事物殘留下的痕迹：當日巍峨的宮殿，如今只剩下一點兒殘迹了。

【殘局】cánjú ㄘㄢˊ ㄐㄩˊ ❶棋下到快要結束時的局面（多指象棋）。❷事情失敗後或社會變亂後的局面：收拾殘局｜維持殘局。

【殘酷】cánkù ㄘㄢˊ ㄎㄨˋ 兇狠冷酷：殘酷無情｜殘酷的壓迫｜手段十分殘酷。

【殘留】cánliú ㄘㄢˊ ㄌㄧㄡˊ 部分地遺留下來：面頰上還殘留着淚痕｜他頭腦中殘留着舊觀念。

【殘年】cánnián ㄘㄢˊ ㄋㄧㄢˊ ❶指人的晚年：風燭殘年｜殘年暮景。❷一年將盡的時候：殘年將盡｜倏忽過了殘年。

【殘虐】cánnüè ㄘㄢˊ ㄋㄩㄝˋ ❶兇殘暴虐：殘虐的手段。❷殘酷虐待：殘虐囚犯。

【殘篇斷簡】cán piān duàn jiǎn ㄘㄢˊ ㄆㄧㄢ ㄉㄨㄢˋ ㄐㄧㄢˇ 見287頁〖斷編殘簡〗。

【殘品】cánpǐn ㄘㄢˊ ㄆㄧㄣˇ 有毛病的成品。

【殘破】cánpò ㄘㄢˊ ㄆㄛˋ 殘缺破損：殘破的古廟。

【殘棋】cánqí ㄘㄢˊ ㄑㄧˊ 沒有下完的棋：一盤殘棋。

【殘缺】cánquē ㄘㄢˊ ㄑㄩㄝ 缺少一部分；不完整：殘缺不全。

【殘忍】cánrěn ㄘㄢˊ ㄖㄣˇ 狠毒：手段兇狠殘忍。

【殘殺】cánshā ㄘㄢˊ ㄕㄚ 殺害：自相殘殺｜殘殺無辜。

【殘生】cánshēng ㄘㄢˊ ㄕㄥ ❶殘年①：了此殘生。❷僥幸保存住的生命。

【殘損】cánsǔn ㄘㄢˊ ㄙㄨㄣˇ （物品）殘缺破損：這部綫裝書有一函殘損了｜由於商品包裝不好，在運輸途中殘損較多。

【殘效】cánxiào ㄘㄢˊ ㄒㄧㄠˋ 農藥使用後，在一定時期內殘留在植株上的藥效：殘效期。

【殘雪】cánxuě ㄘㄢˊ ㄒㄩㄝˇ 沒有融化盡的積雪。

【殘陽】cányáng ㄘㄢˊ ㄧㄤˊ 快要落山的太陽。

【殘餘】cányú ㄘㄢˊ ㄩˊ ❶剩餘；殘留：殘餘勢力。❷在消滅或淘汰的過程中殘留下來的人、事物、思想意識等：封建殘餘。

【殘垣斷壁】cán yuán duàn bì ㄘㄢˊ ㄩㄢˊ ㄉㄨㄢˋ ㄅㄧˋ 殘缺不全的牆壁。形容房屋遭受破壞後的淒涼景象。也說頹垣斷壁、斷壁殘（頹）垣。

【殘月】cányuè ㄘㄢˊ ㄩㄝˋ ❶農曆月末形狀像鈎的月亮。❷快落的月亮。

【殘渣餘孽】cán zhā yú niè ㄘㄢˊ ㄓㄚ ㄩˊ ㄋㄧㄝˋ 比喻殘存的壞人。

【殘照】cánzhào ㄘㄢˊ ㄓㄠˋ 落日的光輝。

慚（慙、慚）

cán ㄘㄢˊ 慚愧：羞慚｜大言不慚｜自慚形穢。

【慚愧】cánkuì ㄘㄢˊ ㄎㄨㄟˋ 因為自己有缺點、做錯了事或未能盡到責任而感到不安：深感慚愧｜慚愧萬分。

【慚色】cánsè ㄘㄢˊ ㄙㄜˋ 〈書〉慚愧的神色：面有慚色。

【慚顏】cányán ㄘㄢˊ ㄧㄢˊ 〈書〉羞愧的表情。

【慚怍】cánzuò ㄘㄢˊ ㄗㄨㄛˋ 〈書〉慚愧：自增慚怍。

蠶（蚕）

cán ㄘㄢˊ 家蠶、柞蠶等的統稱，通常專指家蠶。參看550頁〖家蠶〗、1534頁〖柞蠶〗。

【蠶寶寶】cánbǎobǎo ㄘㄢˊ ㄅㄠˇ ㄅㄠˇ 〈方〉蠶（愛稱）。

【蠶箔】cánbó ㄘㄢˊ ㄅㄛˊ 養蠶的器具，用竹篾等編成，圓形或長方形，平底。

【蠶蔟】cáncù ㄘㄢˊ ㄘㄨˋ 供蠶吐絲作繭的設備，有圓錐形、蛛網形等式樣。有的地區叫蠶山。

【蠶豆】cándòu ㄘㄢˊ ㄉㄡˋ ❶一年生或二年生草本植物，莖方形，中心空，花白色有紫斑，結莢果。種子供食用。❷這種植物的莢果或種子。‖也叫胡豆。

【蠶蛾】cán'é ㄘㄢˊ ㄜˊ 蠶的成蟲，白色，觸角羽毛狀，兩對翅膀，但不善飛，口器退化，不取食。

【蠶繭】cánjiǎn ㄘㄢˊ ㄐㄧㄢˇ 蠶吐絲結成的殼，

橢圓形，蠶在裏面變成蛹。是繅絲的原料。

【蠶眠】cánmián ㄘㄢˊ ㄇㄧㄢˊ 蠶每次蛻皮前不食不動的現象，蠶在生長過程中要蛻皮四次。

【蠶農】cánnóng ㄘㄢˊ ㄋㄨㄥˊ 以養蠶為主的農民。

【蠶沙】cánshā ㄘㄢˊ ㄕㄚ 家蠶的屎，黑色的顆粒。中醫入藥。

【蠶山】cánshān ㄘㄢˊ ㄕㄢ 〈方〉蠶蔟。

【蠶食】cánshí ㄘㄢˊ ㄕˊ 蠶吃桑葉。比喻逐步侵佔：蠶食政策｜蠶食鄰國。

【蠶絲】cánsī ㄘㄢˊ ㄙ 蠶吐的絲，主要用來紡織綢緞，是我國的特產之一。也叫絲。

【蠶蟻】cányǐ ㄘㄢˊ ㄧˇ 剛孵化出來的幼蠶，身體小，顏色黑，像螞蟻，所以叫蠶蟻。也叫蟻蠶。

【蠶紙】cánzhǐ ㄘㄢˊ ㄓˇ 養蠶的人通常使蠶蛾在紙上產卵，帶有蠶卵的紙叫蠶紙。

【蠶子】cánzǐ ㄘㄢˊ ㄗˇ (蠶子兒) 蠶蛾的卵。

cǎn (ㄘㄢˇ)

慘 (惨) cǎn ㄘㄢˇ ❶悲慘；悽慘：慘不忍睹｜慘絕人寰｜死得好慘。❷程度嚴重；厲害：慘重｜凍慘了｜敵人又一次慘敗。❸兇惡；狠毒：慘無人道。

【慘案】cǎn'àn ㄘㄢˇ ㄢˋ ❶指反動統治者或外國侵略者製造的屠殺人民的事件：五卅慘案。❷指造成人員大量死傷的事件：那裏曾發生一起列車相撞的慘案。

【慘白】cǎnbái ㄘㄢˇ ㄅㄞˊ ❶(景色) 暗淡。❷(面容) 蒼白：臉色慘白。

【慘敗】cǎnbài ㄘㄢˇ ㄅㄞˋ 慘重失敗：敵軍慘敗◇客隊以○比九慘敗。

【慘變】cǎnbiàn ㄘㄢˇ ㄅㄧㄢˋ ❶悲慘的變故：家庭的慘變令人心碎。❷(臉色) 改變得很厲害(多指變白)：嚇得臉色慘變。

【慘不忍睹】cǎn bù rěn dǔ ㄘㄢˇ ㄅㄨˋ ㄖㄣˇ ㄉㄨˇ 悲慘得不忍心看。形容極其悲慘。

【慘怛】cǎndá ㄘㄢˇ ㄉㄚˊ 〈書〉憂傷悲痛：慘怛於心。

【慘淡】cǎndàn ㄘㄢˇ ㄉㄢˋ ❶暗淡無色：天色慘淡｜慘淡的燈光。❷淒涼；蕭條；不景氣：秋風慘淡｜神情慘淡｜生意慘淡。❸形容苦費心力：慘淡經營。‖也作慘澹。

【慘毒】cǎndú ㄘㄢˇ ㄉㄨˊ 殘忍狠毒：手段慘毒。

【慘禍】cǎnhuò ㄘㄢˇ ㄏㄨㄛˋ 慘重的災禍。

【慘景】cǎnjǐng ㄘㄢˇ ㄐㄧㄥˇ 悽慘的景象。

【慘境】cǎnjìng ㄘㄢˇ ㄐㄧㄥˋ 悲慘的境地：陷入慘境。

【慘劇】cǎnjù ㄘㄢˇ ㄐㄩˋ 指慘痛的事情。

【慘絕人寰】cǎn jué rén huán ㄘㄢˇ ㄐㄩㄝˊ ㄖㄣˊ ㄏㄨㄢˊ 人世上還沒有過的悲慘。形容悲慘到了極點。

【慘苦】cǎnkǔ ㄘㄢˇ ㄎㄨˇ 悽慘痛苦。

【慘厲】cǎnlì ㄘㄢˇ ㄌㄧˋ 淒涼；悽慘：風聲慘厲｜慘厲的叫喊聲。

【慘烈】cǎnliè ㄘㄢˇ ㄌㄧㄝˋ ❶十分悽慘：慘烈的景象。❷極其壯烈：慘烈犧牲。❸猛烈；厲害：報復慘烈｜為害慘烈｜慘烈的鬥爭。

【慘然】cǎnrán ㄘㄢˇ ㄖㄢˊ 形容悲慘的樣子。

【慘殺】cǎnshā ㄘㄢˇ ㄕㄚ 殘殺：慘殺無辜｜遭受慘殺。

【慘死】cǎnsǐ ㄘㄢˇ ㄙˇ 悲慘地死去。

【慘痛】cǎntòng ㄘㄢˇ ㄊㄨㄥˋ 悲慘痛苦：慘痛的教訓。

【慘無人道】cǎn wú rén dào ㄘㄢˇ ㄨˊ ㄖㄣˊ ㄉㄠˋ 殘酷到了沒有一點人性的地步。形容兇惡殘暴到了極點。

【慘笑】cǎnxiào ㄘㄢˇ ㄒㄧㄠˋ 內心痛苦、煩惱而勉強作出笑容。

【慘重】cǎnzhòng ㄘㄢˇ ㄓㄨㄥˋ (損失) 極其嚴重：損失慘重｜傷亡慘重｜慘重的失敗。

【慘狀】cǎnzhuàng ㄘㄢˇ ㄓㄨㄤˋ 悲慘的情景、狀況。

憯 cǎn ㄘㄢˇ 同'慘'。

穇 (䅟) cǎn ㄘㄢˇ ［穇子］(cǎn·zi ㄘㄢˇ ·ㄗ) ❶一年生草本植物，莖有很多分枝，葉子狹長。子實橢圓形，可以吃。❷這種植物的子實。

篸 (䈀) cǎn ㄘㄢˇ 〈方〉一種簸箕。
另見1425頁 zān。

黲 (黪) cǎn ㄘㄢˇ 〈書〉❶淺青黑色：黲髮。❷昏暗。

càn (ㄘㄢˋ)

孱 càn ㄘㄢˋ 義同'孱'(chán)，用於'孱頭'。
另見123頁 chán。

【孱頭】càn·tou ㄘㄢˋ ·ㄊㄡ 〈方〉軟弱無能的人(罵人的話)。

粲 càn ㄘㄢˋ 〈書〉鮮明；美好：粲然｜雲輕星粲。

【粲然】cànrán ㄘㄢˋ ㄖㄢˊ 〈書〉❶形容鮮明發光：星光粲然。❷形容顯著明白：粲然可見。❸笑時露出牙齒的樣子：粲然一笑。

摻 (掺) càn ㄘㄢˋ 古代一種鼓曲：漁陽摻(就是漁陽三撾)。
另見123頁 chān；1000頁 shǎn。

璨 càn ㄘㄢˋ ❶美玉。❷同'粲'。

燦 (灿) càn ㄘㄢˋ 光彩耀眼：燦然｜燦若雲錦｜黃燦燦的菜花。

【燦爛】cànlàn ㄘㄢˋ ㄌㄢˋ 光彩鮮明耀眼：星光

燦爛｜燦爛輝煌。

【燦然】cànrán ㄘㄢˋ ㄖㄢˊ 形容明亮：陽光燦然｜燦然炫目｜燦然一新。

cāng （ㄘㄤ）

倉（仓） cāng ㄘㄤ ❶倉房；倉庫：糧食滿倉。❷(Cāng)姓。

【倉儲】cāngchǔ ㄘㄤ ㄔㄨˇ 用倉庫儲存。

【倉促】cāngcù ㄘㄤ ㄘㄨˋ 匆忙：倉促應戰｜時間倉促，來不及細說了。也作倉猝。

【倉猝】cāngcù ㄘㄤ ㄘㄨˋ 同'倉促'。

【倉房】cāngfáng ㄘㄤ ㄈㄤˊ 儲藏糧食或其他物資的房屋。

【倉庚】cānggēng ㄘㄤ ㄍㄥ 同'鶬鶊'(cānggēng)。

【倉皇】cānghuáng ㄘㄤ ㄏㄨㄤˊ 匆忙而慌張：倉皇失措｜倉皇逃命。也作倉黃、倉惶、蒼黃。

【倉庫】cāngkù ㄘㄤ ㄎㄨˋ 儲藏大批糧食或其他物資的建築物：糧食倉庫｜軍火倉庫。

【倉廩】cānglǐn ㄘㄤ ㄌㄧㄣˇ 〈書〉儲藏糧食的倉庫。

【倉容】cāngróng ㄘㄤ ㄖㄨㄥˊ 倉庫的容量：倉容有限。

傖（伧） cāng ㄘㄤ 〈書〉粗野：傖父(粗野的人)。

另見142頁 ·chen。

【傖俗】cāngsú ㄘㄤ ㄙㄨˊ 粗俗鄙陋：言語傖俗。

蒼〔蒼〕（苍） cāng ㄘㄤ ❶青色(包括藍和綠)：蒼松翠柏。❷灰白色：蒼髯。❸〈書〉指天或天空：上蒼｜蒼穹。❹(Cāng)姓。

【蒼白】cāngbái ㄘㄤ ㄅㄞˊ ❶白而略微發青；灰白：臉色蒼白｜蒼白的鬚髮。❷形容沒有旺盛的生命力：作品中的人物形象蒼白無力。

【蒼蒼】cāngcāng ㄘㄤ ㄘㄤ ❶(頭髮)灰白：白髮蒼蒼｜兩鬢蒼蒼。❷深綠色：松柏蒼蒼。❸蒼茫：海山蒼蒼｜夜幕初落，四野蒼蒼。

【蒼翠】cāngcuì ㄘㄤ ㄘㄨㄟˋ (草木等)深綠：林木蒼翠｜蒼翠的山巒。

【蒼黃】[1] cānghuáng ㄘㄤ ㄏㄨㄤˊ ❶黃而發青；灰暗的黃色：病人面色蒼黃｜時近深秋，竹林變得蒼黃了。❷〈書〉青色和黃色。素絲染色，可以染成青的，也可以染成黃的(見於《墨子·所染》)。比喻事物的變化。

【蒼黃】[2] cānghuáng ㄘㄤ ㄏㄨㄤˊ 同'倉皇'。

【蒼勁】cāngjìng ㄘㄤ ㄐㄧㄥˋ (樹木、書畫等)蒼老挺拔：蒼勁的古松｜他的字寫得蒼勁有力。

【蒼老】cānglǎo ㄘㄤ ㄌㄠˇ ❶(面貌、聲音等)顯出老態：病了一場，人比以前顯得蒼老多了。❷形容書畫筆力雄健。

【蒼涼】cāngliáng ㄘㄤ ㄌㄧㄤˊ 淒涼：月色蒼涼。

【蒼龍】cānglóng ㄘㄤ ㄌㄨㄥˊ ❶二十八宿中東方七宿的合稱。也叫青龍。❷古代傳說中的一種兇神惡煞。現在有時用來比喻極其兇惡的人。

【蒼茫】cāngmáng ㄘㄤ ㄇㄤˊ 空闊遼遠；沒有邊際：蒼茫大地｜暮色蒼茫｜雲水蒼茫。

【蒼莽】cāngmǎng ㄘㄤ ㄇㄤˇ 〈書〉蒼茫。

【蒼穹】cāngqióng ㄘㄤ ㄑㄩㄥˊ 〈書〉天空。也說穹蒼。

【蒼生】cāngshēng ㄘㄤ ㄕㄥ 〈書〉指老百姓。

【蒼天】cāngtiān ㄘㄤ ㄊㄧㄢ 天(古代人常以蒼天為主宰人生的神)。也叫上蒼。

【蒼蠅】cāng·ying ㄘㄤ ·ㄧㄥ 昆蟲，種類很多，通常指家蠅，頭部有一對複眼。幼蟲叫蛆。成蟲能傳染霍亂、傷寒等多種疾病。

【蒼鬱】cāngyù ㄘㄤ ㄩˋ 〈書〉(草木)蒼翠茂盛。

【蒼朮】cāngzhú ㄘㄤ ㄓㄨˊ 多年生草本植物，開白色或淡紅色的花。根可入藥。

滄（沧） cāng ㄘㄤ (水)青綠色：滄海。

【滄海】cānghǎi ㄘㄤ ㄏㄞˇ 大海(因水深而呈青綠色)。

【滄海桑田】cāng hǎi sāng tián ㄘㄤ ㄏㄞˇ ㄙㄤ ㄊㄧㄢˊ 大海變成農田，農田變成大海。比喻世事變化很大。也說桑田滄海。

【滄海一粟】cāng hǎi yī sù ㄘㄤ ㄏㄞˇ ㄧ ㄙㄨˋ 大海裏的一顆穀粒。比喻非常渺小：群眾智慧無窮無盡，個人的才能只不過是滄海一粟。

【滄桑】cāngsāng ㄘㄤ ㄙㄤ '滄海桑田'的略語：飽經滄桑(比喻經歷了許多世事變化)。

艙（舱） cāng ㄘㄤ 船或飛機中分隔開來載人或裝東西的部分：貨艙｜客艙｜前艙｜頭等艙。

【艙室】cāngshì ㄘㄤ ㄕˋ 艙(總稱)。

【艙位】cāngwèi ㄘㄤ ㄨㄟˋ 船、飛機等艙內的鋪位或座位。

鶬（鸧） cāng ㄘㄤ [鶬鶊](cānggēng ㄘㄤ ㄍㄥ)黃鸝。也作倉庚。

cáng （ㄘㄤˊ）

藏〔藏〕 cáng ㄘㄤˊ ❶躲藏；隱藏：包藏｜暗藏｜藏龍臥虎｜他藏起來了。❷收存；儲藏：收藏｜珍藏｜冷藏｜藏書。

另見1426頁 zàng。

【藏躲】cángduǒ ㄘㄤˊ ㄉㄨㄛˇ 躲藏：無處藏躲。

【藏鋒】cángfēng ㄘㄤˊ ㄈㄥ ❶〈書〉使鋒芒不外露：藏鋒守拙。❷書法中指筆鋒不顯露。

【藏富】cángfù ㄘㄤˊ ㄈㄨˋ 富有而不表露出來。

【藏垢納污】cáng gòu nà wū ㄘㄤˊ ㄍㄡˋ ㄋㄚˋ ㄨ 比喻包容壞人壞事。也説藏污納垢。

【藏奸】cángjiān ㄘㄤˊ ㄐㄧㄢ ❶心懷惡意：笑裏藏奸。❷〈方〉不肯拿出全副精力或不肯盡自己的力量幫助別人：藏奸耍滑。

【藏龍卧虎】cáng lóng wò hǔ ㄘㄤˊ ㄌㄨㄥˊ ㄨㄛˋ ㄏㄨˇ 比喻潛藏着人才。

【藏貓兒】cángmāor ㄘㄤˊ ㄇㄠㄦ 捉迷藏。

【藏悶兒】cángmēnr ㄘㄤˊ ㄇㄣㄦ 〈方〉捉迷藏。

【藏匿】cángnì ㄘㄤˊ ㄋㄧˋ 藏起來不讓人發現：在山洞裏藏匿了多天。

【藏品】cángpǐn ㄘㄤˊ ㄆㄧㄣˇ 收藏的物品：私人藏品。

【藏身】cángshēn ㄘㄤˊ ㄕㄣ 躲藏；安身：藏身之所。

【藏書】cáng∥shū ㄘㄤˊ∥ㄕㄨ 收藏書籍：藏書家｜這個圖書館藏書百萬冊。

【藏書】cángshū ㄘㄤˊ ㄕㄨ 收藏的圖書：把藏書捐給學校。

【藏書票】cángshūpiào ㄘㄤˊ ㄕㄨ ㄆㄧㄠˋ 貼在書籍封面封底或書內的紙片，記有藏書日期和人名等，一般印製精美。

【藏頭露尾】cáng tóu lù wěi ㄘㄤˊ ㄊㄡˊ ㄌㄨˋ ㄨㄟˇ 形容説話辦事故意露一點留一點，不完全表露出來。

【藏掖】cángyē ㄘㄤˊ ㄧㄝ ❶怕人知道或看見而竭力掩藏：藏掖躲閃。❷遮掩住的弊端：他為大家辦事完全公開，從來沒有藏掖。

【藏拙】cángzhuō ㄘㄤˊ ㄓㄨㄛ 怕丢醜，不願讓別人知道自己的見解或技能。

【藏踪】cángzōng ㄘㄤˊ ㄗㄨㄥ 隱藏踪迹；躲藏。

cāo（ㄘㄠ）

操 cāo ㄘㄠ ❶抓在手裏；拿：操刀｜操起扁擔就往外走。❷掌握；駕駛：操舟｜操縱｜穩操勝券｜操生殺大權。❸做(事)；從事：操作｜操勞｜重操舊業。❹用某種語言、方言説話：操英語｜操吳語。❺操練：操演｜出操。❻由一系列動作編排起來的體育活動：體操｜早操｜工間操｜健美操。❼品行；行為：操守｜操行。❽(Cāo)姓。

另見114頁 cào。

【操辦】cāobàn ㄘㄠ ㄅㄢˋ 操持辦理：操辦婚事。

【操場】cāochǎng ㄘㄠ ㄔㄤˇ 供體育鍛煉或軍事操練用的場地。

【操持】cāochí ㄘㄠ ㄔˊ ❶料理；處理：操持家務｜這件事由你操持。❷籌劃；籌辦。

【操典】cāodiǎn ㄘㄠ ㄉㄧㄢˇ 記載軍事操練要領等的書，如步兵操典、騎兵操典等。

【操勞】cāoláo ㄘㄠ ㄌㄠˊ 辛辛苦苦地勞動；費心料理(事務)：日夜操勞｜操勞過度。

【操練】cāoliàn ㄘㄠ ㄌㄧㄢˋ ❶以隊列形式學習和練習軍事或體育等方面的技能：操練人馬。❷泛指訓練或鍛煉：操練身體。

【操切】cāoqiè ㄘㄠ ㄑㄧㄝˋ 指辦事過於急躁：操切從事｜這件事他辦得太操切了。

【操琴】cāo∥qín ㄘㄠ∥ㄑㄧㄣˊ 演奏胡琴(多指京胡)。

【操神】cāo∥shén ㄘㄠ∥ㄕㄣˊ 勞神：操神受累｜他為這事可操了不少神了。

【操守】cāoshǒu ㄘㄠ ㄕㄡˇ 指人平時的行為、品德：操守清廉。

【操心】cāo∥xīn ㄘㄠ∥ㄒㄧㄣ 費心考慮和料理：為國事操心｜為兒女的事操碎了心。

【操行】cāoxíng ㄘㄠ ㄒㄧㄥˊ 品行(多指學生在學校裏的表現)。

【操演】cāoyǎn ㄘㄠ ㄧㄢˇ 操練；演習(多用於軍事、體育)：學生在操場裏操演｜操演一個動作，先要明瞭要領。

【操之過急】cāo zhī guò jí ㄘㄠ ㄓ ㄍㄨㄛˋ ㄐㄧˊ 辦事情過於急躁：這事得分步驟進行，不可操之過急。

【操縱】cāozòng ㄘㄠ ㄗㄨㄥˋ ❶控制或開動機械、儀器等：操縱自如｜遠距離操縱｜一個人操縱兩台機牀。❷用不正當的手段支配、控制：操縱市場｜幕後操縱｜那個組織曾一度被壞人所操縱。

【操縱枱】cāozòngtái ㄘㄠ ㄗㄨㄥˋ ㄊㄞˊ 裝有儀表、開關綫路或其他機件，控制機器或電氣設備運轉的工作枱。

【操作】cāozuò ㄘㄠ ㄗㄨㄛˋ ❶按照一定的程序和技術要求進行活動：操作方法｜操作規程。❷泛指勞動；幹活：在家幫助母親操作。

【操作規程】cāozuò guīchéng ㄘㄠ ㄗㄨㄛˋ ㄍㄨㄟ ㄔㄥˊ 操作時必須遵守的規定，是根據工作的條件和性質而制定的：技術操作規程｜安全操作規程。

糙 cāo ㄘㄠ 粗糙；不細緻：糙糧｜糙紙｜這活兒做得很糙。

【糙糧】cāoliáng ㄘㄠ ㄌㄧㄤˊ 〈方〉粗糧。

【糙米】cāomǐ ㄘㄠ ㄇㄧˇ 碾得不精的大米。

cáo（ㄘㄠˊ）

曹1 cáo ㄘㄠˊ ❶〈書〉輩：吾曹｜爾曹。❷古代分科辦事的官署。

曹2 Cáo ㄘㄠˊ ❶周朝國名，在今山東西部。❷姓。

嘈 cáo ㄘㄠˊ (聲音)雜亂：嘈嘈｜嘈雜。

【嘈雜】cáozá ㄘㄠˊ ㄗㄚˊ (聲音)雜亂；喧鬧：人聲嘈雜｜聲音嘈雜刺耳。

漕 cáo ㄘㄠˊ 漕運：漕糧｜漕渠｜漕船(運漕糧的船)。

【漕渡】cáodù ㄘㄠˊ ㄉㄨˋ 軍事上指用船、筏子渡河。
【漕河】cáohé ㄘㄠˊ ㄏㄜˊ 運漕糧的河道。
【漕糧】cáoliáng ㄘㄠˊ ㄌㄧㄤˊ 漕運的糧食。
【漕運】cáoyùn ㄘㄠˊ ㄩㄣˋ 舊時指國家從水道運輸糧食，供應京城或接濟軍需。

槽 cáo ㄘㄠˊ ❶盛牲畜飼料的長條形器具：豬槽｜馬槽。❷盛飲料或其他液體的器具：酒槽｜水槽。❸(槽兒)兩邊高起，中間凹下的物體，凹下的部分叫槽：河槽｜在木板上挖個槽。❹〈方〉量詞，門窗或屋內隔斷的單位：兩槽隔扇｜一槽窗戶。❺〈方〉量詞，餵豬從買進小豬到餵壯賣出叫一槽：今年他家餵了兩槽豬。
【槽牀】cáochuáng ㄘㄠˊ ㄔㄨㄤˊ 安放槽的架子或台子。
【槽坊】cáo·fang ㄘㄠˊ ·ㄈㄤ 釀酒的作坊。
【槽糕】cáogāo ㄘㄠˊ ㄍㄠ 〈方〉用模子製成的各種形狀的蛋糕。也叫槽子糕。
【槽頭】cáotóu ㄘㄠˊ ㄊㄡˊ 給牲畜餵飼料的地方。
【槽牙】cáoyá ㄘㄠˊ ㄧㄚˊ 臼齒的通稱。
【槽子】cáo·zi ㄘㄠˊ ·ㄗ 槽①②③。
【槽子糕】cáo·zigāo ㄘㄠˊ ·ㄗ ㄍㄠ 槽糕。

磋 cáo ㄘㄠˊ 斫磋(Zhuócáo ㄓㄨㄛˊ ㄘㄠˊ)，地名，在湖南。

螬 cáo ㄘㄠˊ 見904頁[蠐螬](qícáo)。

艚 cáo ㄘㄠˊ〈書〉一種木船。
【艚子】cáo·zi ㄘㄠˊ ·ㄗ 載貨的木船，有貨艙，舵前有住人的木房。

cǎo (ㄘㄠˇ)

草[1]〔草〕(艸、❹騲) cǎo ㄘㄠˇ ❶高等植物中栽培植物以外的草本植物的統稱：野草｜青草｜水草。❷指用做燃料、飼料等的稻、麥之類的莖和葉：稻草｜草繩｜草鞋。❸舊指山野、民間：草賊｜落草為寇｜草澤醫生。❹雌性的(多指家畜或家禽)：草驢｜草雞。

草[2]〔草〕(艸) cǎo ㄘㄠˇ ❶草率；不細緻：潦草｜字寫得很草。❷文字書寫形式的名稱。a) 漢字形體的一種：草書｜草寫｜真草隸篆。b) 拼音字母的手寫體：大草｜小草。❸初步的；非正式的(文稿)：草案｜草稿。❹〈書〉起草：草擬。
【草案】cǎo'àn ㄘㄠˇ ㄢˋ 擬成而未經有關機關通過、公佈的，或雖經公佈而尚在試行的法令、規章、條例等：土地管理法草案｜交通管理條例草案。
【草包】cǎobāo ㄘㄠˇ ㄅㄠ ❶用稻草等編成的袋子。❷裝着草的袋子。比喻無能的人。有的地區也比喻做事毛手毛腳、常出差錯的人：這點兒事都辦不了，真是草包一個！
【草本】[1] cǎoběn ㄘㄠˇ ㄅㄣˇ 有草質莖的(植物)。
【草本】[2] cǎoběn ㄘㄠˇ ㄅㄣˇ 文稿的底本。
【草本植物】cǎoběn zhíwù ㄘㄠˇ ㄅㄣˇ ㄓˊ ㄨˋ 有草質莖的植物。莖的地上部分在生長期終了時就枯死。
【草編】cǎobiān ㄘㄠˇ ㄅㄧㄢ 一種民間手工藝，用玉米苞葉、小麥莖、龍鬚草、金絲草等編成提籃、果盒、杯套、帽子、拖鞋、枕蓆等。
【草標兒】cǎobiāor ㄘㄠˇ ㄅㄧㄠㄦ 用草莖或草做的標誌，集市中插在比較大的物品(多半是舊貨)上表示出賣。
【草草】cǎocǎo ㄘㄠˇ ㄘㄠˇ 草率；急急忙忙：草草了事｜草草收場｜草草地看過一遍。
【草測】cǎocè ㄘㄠˇ ㄘㄜˋ 工程開始之前，對地形、地質的初步測量，精確度要求不很高：新的鐵路綫已開始草測。
【草場】cǎochǎng ㄘㄠˇ ㄔㄤˇ 長有牧草的大片土地，有天然的和人工的兩種。
【草蟲】cǎochóng ㄘㄠˇ ㄔㄨㄥˊ ❶棲息在草叢中的蟲子，如蟈蟈兒等。❷以花草和昆蟲為題材的中國畫。
【草創】cǎochuàng ㄘㄠˇ ㄔㄨㄤˋ 開始創辦或創立：草創時期。
【草刺兒】cǎocìr ㄘㄠˇ ㄘㄦˋ 比喻很細小的東西。
【草蓯蓉】cǎocōngróng ㄘㄠˇ ㄘㄨㄥ ㄖㄨㄥˊ 列當。
【草叢】cǎocóng ㄘㄠˇ ㄘㄨㄥˊ 聚生在一起的很多的草。
【草底兒】cǎodǐr ㄘㄠˇ ㄉㄧㄦˇ 草稿：作文先要打個草底兒。
【草地】cǎodì ㄘㄠˇ ㄉㄧˋ ❶長野草或鋪草皮的地方。❷草原或種植牧草的大片土地。
【草甸子】cǎodiàn·zi ㄘㄠˇ ㄉㄧㄢˋ ·ㄗ 〈方〉長滿野草的低濕地：前面是一大片草甸子。
【草墊子】cǎodiàn·zi ㄘㄠˇ ㄉㄧㄢˋ ·ㄗ 用稻草、蒲草等編的墊子。
【草稿】cǎogǎo ㄘㄠˇ ㄍㄠˇ (草稿兒)初步寫出的文稿或畫出的畫稿等：打草稿。
【草荒】cǎohuāng ㄘㄠˇ ㄏㄨㄤ 農田因缺乏管理，雜草叢生，妨礙了農作物的生長，叫草荒。
【草灰】cǎohuī ㄘㄠˇ ㄏㄨㄟ ❶草本植物燃燒後的灰，可做肥料。❷灰黃的顏色：草灰的大衣。
【草雞】cǎojī ㄘㄠˇ ㄐㄧ 〈方〉❶母雞。❷比喻軟弱或膽小畏縮。
【草菅人命】cǎo jiān rénmìng ㄘㄠˇ ㄐㄧㄢ ㄖㄣˊ ㄇㄧㄥˋ 把人命看得和野草一樣，指任意殘殺人民。
【草薦】cǎojiàn ㄘㄠˇ ㄐㄧㄢˋ 鋪牀用的草墊子。
【草芥】cǎojiè ㄘㄠˇ ㄐㄧㄝˋ 比喻最微小的、無價值的東西：視富貴如草芥。

【草寇】cǎokòu ㄘㄠˇ ㄎㄡˋ 舊指出沒山林的強盜。
【草料】cǎoliào ㄘㄠˇ ㄌㄧㄠˋ 餵牲口的飼料。
【草綠】cǎolǜ ㄘㄠˇ ㄌㄩˋ 綠而略黃的顏色。
【草碼】cǎomǎ ㄘㄠˇ ㄇㄚˇ 見1091頁〖蘇州碼子〗。
【草莽】cǎomǎng ㄘㄠˇ ㄇㄤˇ ❶草叢。❷舊指民間。
【草帽】cǎomào ㄘㄠˇ ㄇㄠˋ (草帽兒)麥稈等編成的帽子，夏天用來遮陽光。
【草帽緶】cǎomàobiàn ㄘㄠˇ ㄇㄠˋ ㄅㄧㄢˋ (草帽緶兒)用麥稈一類東西編成的扁平的帶子，是做草帽、提籃、扇子等的材料。也作草帽辮。
【草莓】cǎoméi ㄘㄠˇ ㄇㄟˊ ❶多年生草本植物，匍匐莖，葉子有長柄，花白色。花托紅色，肉質，多汁，味道酸甜，供食用。❷這種植物的花托和種子。‖有的地區叫草果或楊梅。
【草昧】cǎomèi ㄘㄠˇ ㄇㄟˋ 〈書〉未開化；蒙昧。
【草棉】cǎomián ㄘㄠˇ ㄇㄧㄢˊ 一年生草本植物，花一般淡黃色，果實的形狀像桃兒，內有白色的纖維和黑褐色的種子。纖維就是棉絮，是紡織工業中最主要的原料。種子可以榨油。通稱棉花。
【草民】cǎomín ㄘㄠˇ ㄇㄧㄣˊ 平民。
【草木灰】cǎomùhuī ㄘㄠˇ ㄇㄨˋ ㄏㄨㄟ 草、木、樹葉等燃燒後的灰，含鉀很多，是一種常用的肥料。
【草木皆兵】cǎo mù jiē bīng ㄘㄠˇ ㄇㄨˋ ㄐㄧㄝ ㄅㄧㄥ 前秦苻堅領兵進攻東晉，進抵淝水流域，登壽春城瞭望，見晉軍陣容嚴整，又遠望八公山，把山上的草木都當成晉軍，感到驚懼。後來用'草木皆兵'形容驚慌時疑神疑鬼。
【草擬】cǎonǐ ㄘㄠˇ ㄋㄧˇ 起草；初步設計：草擬文件｜草擬本地區發展的遠景規劃。
【草皮】cǎopí ㄘㄠˇ ㄆㄧˊ 連帶薄薄的一層泥土鏟下來的草，用來鋪成草坪，美化環境，或鋪在堤岸表面，防止沖刷。
【草坪】cǎopíng ㄘㄠˇ ㄆㄧㄥˊ 平坦的草地。
【草簽】cǎoqiān ㄘㄠˇ ㄑㄧㄢ 締約國代表在條約草案上臨時簽署自己姓名(多用簡寫或者第一個字母)。草簽後還有待正式簽字。也泛指一般協議、合同在正式簽字前臨時簽署姓名。
【草籤】cǎoqiān ㄘㄠˇ ㄑㄧㄢ 草標兒。
【草食】cǎoshí ㄘㄠˇ ㄕˊ 以草類、蔬菜等為食物：草食動物。
【草市】cǎoshì ㄘㄠˇ ㄕˋ 指農村的定期集市。
【草書】cǎoshū ㄘㄠˇ ㄕㄨ 漢字字體，特點是筆畫相連，寫起來快。
【草率】cǎoshuài ㄘㄠˇ ㄕㄨㄞˋ (做事)不認真，敷衍了事：草率從事｜草率收兵｜沒經過認真討論，就做了決定，太草率了。
【草台班子】cǎotái bān·zi ㄘㄠˇ ㄊㄞˊ ㄅㄢ ·ㄗ 演員較少，行頭、道具等較簡陋的戲班子，常在鄉村或小城市中流動演出。
【草灘】cǎotān ㄘㄠˇ ㄊㄢ 靠近水邊的大片地。
【草炭】cǎotàn ㄘㄠˇ ㄊㄢˋ 主要由古代的水草和藻類形成的泥炭，淺褐色，比重小，能浮於水面。主要用於乾餾。也叫草煤。參看837頁〖泥炭〗。
【草體】cǎotǐ ㄘㄠˇ ㄊㄧˇ ❶草書。❷拼音字母的手寫體。
【草頭王】cǎotóuwáng ㄘㄠˇ ㄊㄡˊ ㄨㄤˊ 舊指佔有一塊地盤的強盜頭子。
【草圖】cǎotú ㄘㄠˇ ㄊㄨˊ 初步畫出的機械圖或工程設計圖，不要求十分精確。
【草屋】cǎowū ㄘㄠˇ ㄨ 屋頂用稻草、麥秸等蓋的房子，大多簡陋矮小。也說茅草屋。
【草鞋】cǎoxié ㄘㄠˇ ㄒㄧㄝˊ 用稻草等編製鞋。
【草寫】cǎoxiě ㄘㄠˇ ㄒㄧㄝˇ 草體：'天'字的草寫是甚麼樣兒？｜α是a的草寫。
【草藥】cǎoyào ㄘㄠˇ ㄧㄠˋ 中醫指用植物做的藥材。
【草野】cǎoyě ㄘㄠˇ ㄧㄝˇ ❶舊時指民間：草野小民。❷〈書〉粗野；鄙陋。
【草魚】cǎoyú ㄘㄠˇ ㄩˊ 身體圓筒形，生活在淡水中，吃水草。是我國重要的養殖魚之一。也叫鯇(huàn)。
【草原】cǎoyuán ㄘㄠˇ ㄩㄢˊ 半乾旱地區雜草叢生的大片土地，間或雜有耐旱的樹木。
【草約】cǎoyuē ㄘㄠˇ ㄩㄝ 未正式簽字的契約或條約。
【草澤】cǎozé ㄘㄠˇ ㄗㄜˊ ❶低窪積水野草叢生的地方：深山草澤。❷舊指民間：草澤醫生｜匿迹草澤。
【草紙】cǎozhǐ ㄘㄠˇ ㄓˇ 用稻草等做原料製成的紙，一般呈黃色，質地粗糙，多用來做包裝紙或衞生用紙。
【草質莖】cǎozhìjīng ㄘㄠˇ ㄓˋ ㄐㄧㄥ 木質部不發達，比較柔軟的莖，例如水稻和小麥的莖。
【草字】cǎozì ㄘㄠˇ ㄗˋ ❶草書漢字。❷舊時謙稱自己的別名(字)。

慅 cǎo ㄘㄠˇ ［慅慅］〈書〉憂愁不安的樣子。

cào (ㄘㄠˋ)

肏 cào ㄘㄠˋ 罵人用的下流話，指男子的性交動作。

操 cào ㄘㄠˋ 同'肏'。
另見112頁 cāo。
【操蛋】càodàn ㄘㄠˋ ㄉㄢˋ 搗亂；無理取鬧(多用作罵人的話)。

cè (ㄘㄜˋ)

冊〔册〕 cè ㄘㄜˋ ❶冊子：名冊｜畫冊｜紀念冊。❷量詞：這套書一共六冊。❸〈書〉皇帝封爵的命令：冊封。

【冊封】cèfēng ㄘㄜˋ ㄈㄥ 帝王通過一定儀式把爵位、封號賜給臣子、親屬、藩屬等。

【冊立】cèlì ㄘㄜˋ ㄌㄧˋ 帝王確定皇后、太子等的身份。

【冊頁】cèyè ㄘㄜˋ ㄧㄝˋ 分頁裝裱的字畫。也作冊葉。

【冊子】cè·zi ㄘㄜˋ ·ㄗ 裝訂好的本子：相片冊子｜戶口冊子｜寫了幾個小冊子（書）。

側（侧） cè ㄘㄜˋ ❶旁邊（跟'正'相對）：左側｜側面｜公路兩側種着楊樹。❷向旁邊歪斜：側耳｜側着身子進去。

另見1430頁 zè；1434頁 zhāi。

【側扁】cèbiǎn ㄘㄜˋ ㄅㄧㄢˇ 從背部到腹部的距離大於左右兩側之間的距離，如鯽魚的身體。

【側耳】cè'ěr ㄘㄜˋ ㄦˇ 側轉頭，使一邊的耳朵向前邊歪斜。形容認真傾聽：他探身窗外，側耳細聽。

【側根】cègēn ㄘㄜˋ ㄍㄣ 從主根向周圍長出來的根。

【側擊】cèjī ㄘㄜˋ ㄐㄧ 從側面攻擊。

【側記】cèjì ㄘㄜˋ ㄐㄧˋ 關於某些活動的側面的記述（多用於報道文章的標題）：《全市中學生運動會側記》。

【側近】cèjìn ㄘㄜˋ ㄐㄧㄣˋ 附近：找側近的人打聽一下。

【側門】cèmén ㄘㄜˋ ㄇㄣˊ 旁門。

【側面】cèmiàn ㄘㄜˋ ㄇㄧㄢˋ 旁邊的一面（區別於'正面'）：從側面打擊敵人｜小門在房子的側面◇從側面了解｜注意正面的材料，也要注意側面和反面的材料。

【側目】cèmù ㄘㄜˋ ㄇㄨˋ 不敢從正面看，斜着眼睛看。形容畏懼而又憤恨：側目而視｜世人為之側目。

【側身】cèshēn ㄘㄜˋ ㄕㄣ ❶歪斜身子：他一側身躲到樹後。❷同'廁身'。

【側室】cèshì ㄘㄜˋ ㄕˋ ❶房屋兩側的房間。❷舊時指偏房；妾。

【側視圖】cèshìtú ㄘㄜˋ ㄕˋ ㄊㄨˊ 由物體的一側向另一側做正投影得到的視圖。

【側綫】cèxiàn ㄘㄜˋ ㄒㄧㄢˋ 魚類身體兩側各有一條由許多小點組成的綫，叫做側綫。每一小點內有一個小管，管內有感覺細胞，能感覺水流的方向和壓力。

【側芽】cèyá ㄘㄜˋ ㄧㄚˊ 在葉子和莖相連的部分生長出來的芽。也叫腋芽。

【側翼】cèyì ㄘㄜˋ ㄧˋ 作戰時部隊的兩翼。

【側影】cèyǐng ㄘㄜˋ ㄧㄥˇ 側面的影像：在這裏我們可以仰望寶塔的側影◇通過這部小說，可以看到當時學生運動的一個側影。

【側泳】cèyǒng ㄘㄜˋ ㄩㄥˇ 游泳的一種姿勢，身體側臥水面，兩腿夾水，兩手交替划水。

【側枝】cèzhī ㄘㄜˋ ㄓ 由主枝周圍長出的小枝。

【側重】cèzhòng ㄘㄜˋ ㄓㄨㄥˋ 着重某一方面；偏重：側重農業｜這幾項工作應有所側重。

【側足】cèzú ㄘㄜˋ ㄗㄨˊ 〈書〉❶兩腳斜着站，不敢移動。形容非常恐懼：側足而立。❷同'廁足'。

策[1]（筞） cè ㄘㄜˋ ❶古代寫字用的竹片或木片：簡策。❷古代考試的一種文體，多就政治和經濟問題發問，應試者對答：對策｜策問。❸我國數學上曾經用過的一種計算工具，形狀跟'籌'相似。清代初期把乘法的九九口訣寫在上面以計算乘除和開平方。參看163頁'籌'。❹計謀；辦法：上策｜獻策｜束手無策。❺〈書〉謀劃；籌劃：策反｜策應。❻（Cè）姓。

策[2]（筞） cè ㄘㄜˋ ❶古代趕馬用的棍子，一端有尖刺，能刺馬的身體，使它向前跑。❷用策趕馬：鞭策｜策馬前進。❸〈書〉枴杖：扶策而行。

【策動】cèdòng ㄘㄜˋ ㄉㄨㄥˋ 策劃鼓動：策動政變。

【策反】cèfǎn ㄘㄜˋ ㄈㄢˇ 深入敵對一方的內部，秘密進行鼓動，使敵對一方的人倒戈。

【策劃】cèhuà ㄘㄜˋ ㄏㄨㄚˋ 籌劃；謀劃：幕後策劃｜這部影片怎麼個拍法，請你來策劃一下。

【策勵】cèlì ㄘㄜˋ ㄌㄧˋ 督促勉勵：時刻策勵自己。

【策略】cèlüè ㄘㄜˋ ㄌㄩㄝˋ ❶根據形勢發展而制定的行動方針和鬥爭方式：鬥爭策略。❷講究鬥爭藝術，注意方式方法：談話要策略一點｜這樣做不夠策略。

【策論】cèlùn ㄘㄜˋ ㄌㄨㄣˋ 封建時代指議論當前政治問題、向朝廷獻策的文章。

【策士】cèshì ㄘㄜˋ ㄕˋ 封建時代投靠君主或公卿為其劃策的人，後來泛指有謀略的人。

【策應】cèyìng ㄘㄜˋ ㄧㄥˋ 與友軍相呼應，配合作戰。

【策源地】cèyuándì ㄘㄜˋ ㄩㄢˊ ㄌㄧˋ 戰爭、社會運動等策動、起源的地方：北京是五四運動的策源地。

廁[1]（厕） cè ㄘㄜˋ 廁所：男廁｜女廁｜公廁｜茅廁（方言中máo·si）。

廁[2]（厕） cè ㄘㄜˋ 〈書〉夾雜在裏面；參與：廁身｜雜廁（混雜）。

【廁身】cèshēn ㄘㄜˋ ㄕㄣ 〈書〉參與；置身（多用作謙辭）：廁身士林｜廁身教育界。也作側身。

【廁所】cèsuǒ ㄘㄜˋ ㄙㄨㄛˇ 專供人大小便的地方。

【廁足】cèzú ㄘㄜˋ ㄗㄨˊ 〈書〉插足；涉足：廁足其間。也作側足。

測（测） cè ㄘㄜˋ ❶測量：測繪｜目測｜深不可測。❷推測；推想：變化莫測。

【測報】cèbào ㄘㄜˋ ㄅㄠˋ 測量並報告：測報蟲情｜氣象測報。
【測定】cèdìng ㄘㄜˋ ㄉㄧㄥˋ 經測量後確定：測定方向｜測定氣溫。
【測度】cèduó ㄘㄜˋ ㄉㄨㄛˊ 推測；揣度：她的想法難以測度｜根據風向測度，今天不會下雨。
【測候】cèhòu ㄘㄜˋ ㄏㄡˋ 觀測(天文、氣象)。
【測繪】cèhuì ㄘㄜˋ ㄏㄨㄟˋ 測量和繪圖的統稱。
【測控】cèkòng ㄘㄜˋ ㄎㄨㄥˋ 觀測並控制：衞星測控中心。
【測量】cèliáng ㄘㄜˋ ㄌㄧㄤˊ ❶用儀器確定空間、時間、溫度、速度、功能等的有關數值：測量水溫｜測量空氣的清潔度。❷有關地形、地物等的測定工作：地質測量｜築路前要做好測量工作。
【測試】cèshì ㄘㄜˋ ㄕˋ ❶考查人的知識、技能：專業測試｜經測試合格方可錄用。❷對機械、儀器和電器等的性能和精度進行測量：每台電視機出廠前都要進行嚴格測試。
【測算】cèsuàn ㄘㄜˋ ㄙㄨㄢˋ 測量計算；推算：用地震儀測算地震震級｜經過反復測算，這項工程年內可以完成。
【測探】cètàn ㄘㄜˋ ㄊㄢˋ ❶推測，探尋：測探她心裏的想法。❷測量勘探：測探海底的礦藏。
【測驗】cèyàn ㄘㄜˋ ㄧㄢˋ ❶用儀器或其他辦法檢驗。❷考查學習成績等：算術測驗｜時事測驗｜智力測驗。
【測字】cè//zì ㄘㄜˋ//ㄗˋ 把漢字的偏旁筆畫拆開或合併，作出解説來占吉凶(迷信)。也説拆字。

惻(恻) cè ㄘㄜˋ ❶悲傷：悽惻｜惻然。❷〈書〉誠懇。
【惻然】cèrán ㄘㄜˋ ㄖㄢˊ 〈書〉悲傷的樣子。
【惻隱】cèyǐn ㄘㄜˋ ㄧㄣˇ 對受苦難的人表示同情；不忍：惻隱之心。

筴(筞) cè ㄘㄜˋ 〈書〉同'策'。
另見552頁 jiā。

篰 cè ㄘㄜˋ ［篰竹］(cèzhú ㄘㄜˋ ㄓㄨˊ) 竹的一種，莖高達20米，質堅韌，可做扁擔、傢具等。

cèi (ㄘㄟˋ)

䃉〔䂽〕 cèi ㄘㄟˋ (瓷器、玻璃等)打碎；摔碎：䃉了一個碗｜不小心把杯子䃉了。

cēn (ㄘㄣ)

參(参) cēn ㄘㄣ 見下。
另見 107頁 cān；1019頁 shēn。

【參差】cēncī ㄘㄣ ㄘ ❶長短、高低、大小不齊；不一致：水平參差不齊。❷〈書〉大約；幾乎：參差是。❸〈書〉差錯；蹉跎：佳期參差。
【參錯】cēncuò ㄘㄣ ㄘㄨㄛˋ 〈書〉❶參差交錯：阡陌縱橫參錯。❷錯誤脱漏：傳(zhuàn)註參錯。

cén (ㄘㄣˊ)

岑 cén ㄘㄣˊ ❶〈書〉小而高的山。❷〈書〉崖岸。❸(Cén)姓。
【岑寂】cénjì ㄘㄣˊ ㄐㄧˋ 〈書〉寂靜；寂寞。

涔 cén ㄘㄣˊ 〈書〉❶積水。❷雨水多。
【涔涔】céncén ㄘㄣˊ ㄘㄣˊ 〈書〉❶形容汗、淚、水等不斷地流下：汗涔涔下。❷形容天色陰沈。❸形容脹痛或煩悶。

cēng (ㄘㄥ)

噌1 cēng ㄘㄥ 象聲詞：麻雀噌的一聲飛上房。

噌2 cēng ㄘㄥ 〈方〉叱責：捱噌。
另見143頁 chēng。

céng (ㄘㄥˊ)

曾 céng ㄘㄥˊ 曾經：幾年前我曾見過她。
另見1431頁 zēng。

【曾幾何時】céng jǐ hé shí ㄘㄥˊ ㄐㄧˇ ㄏㄜˊ ㄕˊ 時間過去沒有多久：曾幾何時，這裏竟發生了那麼大的變化。
【曾經】céngjīng ㄘㄥˊ ㄐㄧㄥ 副詞，表示從前有過某種行為或情況：他曾經説過這件事｜這裏曾經鬧過水災。
【曾經滄海】céng jīng cāng hǎi ㄘㄥˊ ㄐㄧㄥ ㄘㄤ ㄏㄞˇ 元稹詩《離思》：'曾經滄海難為水，除卻巫山不是雲。'後來用'曾經滄海'比喻曾經經歷過很大的場面，眼界開闊，對比較平常的事物不放在眼裏。

嶒 céng ㄘㄥˊ ［崚嶒］(léngcéng ㄌㄥˊ ㄘㄥˊ)〈書〉形容山高。

層(层) céng ㄘㄥˊ ❶重疊；重複：層巒疊嶂｜層出不窮。❷重疊事物的一個部分：外層｜雲層。❸量詞。a) 用於重疊、積累的東西：五層大樓｜兩層玻璃窗。b) 用於可以分項分步的東西：去了一層顧慮｜還得進一層想。c) 用於可以從物體表面揭開或抹去的東西：一層薄膜｜擦掉一層灰。
【層報】céngbào ㄘㄥˊ ㄅㄠˋ 一級一級地向上級報告。
【層出不窮】céng chū bù qióng ㄘㄥˊ ㄔㄨ ㄅㄨˋ ㄑㄩㄥˊ 接連不斷地出現，沒有窮盡。

【層次】céngcì ㄘㄥˊ ㄘˋ ❶(說話、作文)內容的次序：層次清楚。❷相屬的各級機構：減少層次，精簡人員。❸同一事物由於大小、高低等不同而形成的區別：多層次服務｜舉行高層次領導人會談｜年齡層次不同，愛好也不同｜房子面積還可以，就是朝向和層次不理想。

【層疊】céngdié ㄘㄥˊ ㄉㄧㄝˊ 重疊：岡巒層疊｜層層疊疊的雪峰。

【層見疊出】céng jiàn dié chū ㄘㄥˊ ㄐㄧㄢˋ ㄉㄧㄝˊ ㄔㄨ 屢次出現。也說層出疊見。

【層林】cénglín ㄘㄥˊ ㄌㄧㄣˊ 一層層的樹林：深秋季節，層林盡染，景色宜人。

【層巒】céngluán ㄘㄥˊ ㄌㄨㄢˊ 重重疊疊的山嶺：層巒疊翠。

【層面】céngmiàn ㄘㄥˊ ㄇㄧㄢˋ ❶某一層次的範圍：設法增加服務層面｜這次事件影響的層面極大。❷方面：經濟層面｜談話涉及的層面很廣。

cèng（ㄘㄥˋ）

蹭 cèng ㄘㄥˋ ❶摩擦：手蹭破一點兒皮。❷因擦過去而沾上：留神蹭油！｜墨還沒乾，當心別蹭了。❸〈方〉就着某種機會不出代價而跟着得到好處；揩油：坐蹭車｜看蹭戲｜蹭吃蹭喝｜蹭了一頓飯。❹慢吞吞地行動：磨蹭｜他的腳受傷了，只能一步一步地往前蹭。

【蹭蹬】cèngdèng ㄘㄥˋ ㄉㄥˋ 〈書〉遭遇挫折；不得意：仕途蹭蹬。

chā（ㄔㄚ）

叉 chā ㄔㄚ ❶一端有兩個以上的長齒而另一端有柄的器具：鋼叉｜魚叉｜吃西餐用刀叉。❷用叉取東西：叉魚。❸(叉兒)叉形符號'×'，一般用來標誌錯誤的或作廢的事物。

另見119頁 chá；121頁 chǎ；121頁 chà。

【叉車】chāchē ㄔㄚ ㄔㄜ 鏟運車。

【叉燒】chāshāo ㄔㄚ ㄕㄠ 烤肉的一種方法，把醃漬後的瘦豬肉挂在特製的叉子上，放入爐內燒烤。也有把醃漬過的肉過油後再燒烤的：叉燒肉。

【叉腰】chā//yāo ㄔㄚ// ㄧㄠ 大拇指和其餘四指分開，緊按在腰旁：兩手叉腰站在那裏。

【叉子】chā·zi ㄔㄚ ·ㄗ 小叉。

扠 chā ㄔㄚ 同'叉'(chā)②。

杈 chā ㄔㄚ 一種農具，一端有兩個以上的略彎的長齒，一端有長柄，用來挑(tiǎo)柴草等。

另見121頁 chà。

臿 chā ㄔㄚ ❶〈書〉同'鍤'。❷〈方〉舂：臿米。

差 chā ㄔㄚ ❶義同'差'(chà)①：差別｜差異。❷減法運算中，一個數減去另一個數所得的數。如6－4＝2中，2是差。也叫差數。❸〈書〉稍微；較；尚：天氣差暖｜差可告慰。

另見121頁 chà；122頁 chāi；123頁 chài；187頁 cī。

【差別】chābié ㄔㄚ ㄅㄧㄝˊ 形式或內容上的不同：毫無差別｜縮小差別｜兩者之間差別很大。

【差池】chāchí ㄔㄚ ㄔˊ 差錯。也作差遲。

【差錯】chācuò ㄔㄚ ㄘㄨㄛˋ ❶錯誤：精神不集中，就會出差錯。❷意外的變化(多指災禍)：萬一有甚麼差錯，那可不得了。

【差額】chā'é ㄔㄚ ㄜˊ 跟作為標準或用來比較的數額相差的數：補足差額｜貿易差額。

【差額選舉】chā'é xuǎnjǔ ㄔㄚ ㄜˊ ㄒㄩㄢˇ ㄐㄩˇ 候選人名額多於當選人名額的一種選舉辦法(區別於'等額選舉')。

【差價】chājià ㄔㄚ ㄐㄧㄚˋ 同一商品因各種條件不同而產生的價格差別，如批發和零售的差價、地區差價、季節差價。

【差距】chājù ㄔㄚ ㄐㄩˋ 事物之間的差別程度，也指距離某種標準的差別程度：學先進，找差距｜他倆在看法上有很大差距。

【差可】chākě ㄔㄚ ㄎㄜˇ 勉強可以：成績差可｜差可告慰。

【差強人意】chā qiáng rényì ㄔㄚ ㄑㄧㄤˊ ㄖㄣˊ ㄧˋ 大體上還能使人滿意：那幾幅畫都不怎麼樣，只有這一幅梅花還差強人意。

【差失】chāshī ㄔㄚ ㄕ 差錯；失誤。

【差誤】chāwù ㄔㄚ ㄨˋ 錯誤：工作出了差誤。

【差異】chāyì ㄔㄚ ㄧˋ 差別；不相同：南北氣候差異很大｜賽場上幾個評委的打分有差異。

【差之毫釐，謬以千里】chā zhī háo lí, miù yǐ qiān lǐ ㄔㄚ ㄓ ㄏㄠˊ ㄌㄧˊ, ㄇㄧㄡˋ ㄧˇ ㄑㄧㄢ ㄌㄧˇ 開始相差得很小，結果會造成很大的錯誤。強調不能有一點兒差錯。也說差以毫釐，失之千里。

插 chā ㄔㄚ ❶長形或片狀的東西放進、擠入、刺進或穿入別的東西裏：插秧｜雙峰插雲｜插翅難飛｜把插銷插上。❷中間加進去或加進中間去：插手｜安插｜插花地｜插一句話。

【插班】chābān ㄔㄚ ㄅㄢ 學校根據轉學來的學生的學歷和程度編入適當班級：插班生。

【插播】chābō ㄔㄚ ㄅㄛ 臨時插進已經編排好的節目中間播放：電視台準備隨時插播奧運會比賽新聞。

【插翅難飛】chā chì nán fēi ㄔㄚ ㄔˋ ㄋㄢˊ ㄈㄟ 形容被圍或受困而難以逃脫。也說插翅難逃。

【插牀】chāchuáng ㄔㄚ ㄔㄨㄤˊ 金屬切削機牀，用來加工鍵槽。加工時工作台上的工件做縱向、橫向或旋轉運動，插刀做上下往復運動，切削工件。

【插戴】chādài ㄔㄚ ㄉㄞˋ 女子戴在頭上的裝飾品，即首飾，特指舊俗定婚時男方送給女方的首飾。

【插袋】chādài ㄔㄚ ㄉㄞˋ 插兜。

【插定】chādìng ㄔㄚ ㄉㄧㄥˋ 舊時定婚由男方送給女方的禮品：下插定。

【插兜】chādōu ㄔㄚ ㄉㄡ ❶用布或紙做成的口袋形的東西，一般由許多個連成一排或許多排，用來插放信件、報紙等。❷〈方〉衣兜：褲子兩邊有插兜。‖也叫插袋。

【插隊】chā∥duì ㄔㄚ∥ㄉㄨㄟˋ ❶插進隊伍中去：請排隊順序購票，不要插隊。❷指城市知識青年、幹部下到農村生產隊：插隊落戶｜他過去到農村插過隊。

【插杠子】chā gàng·zi ㄔㄚ ㄍㄤˋ·ㄗ 比喻中途參與談話或做事（多含貶義）：這事與你無關，你不要再插一杠子。

【插關兒】chā·guanr ㄔㄚ·ㄍㄨㄢㄦ 〈方〉小門閂(shuān)。

【插花】chā∥huā ㄔㄚ∥ㄏㄨㄚ ❶把各種供觀賞的花適當地搭配着插進花瓶、花籃裏：插花藝術。❷〈方〉綉花。

【插花】chāhuā ㄔㄚ ㄏㄨㄚ 夾雜；交錯：插花地｜玉米地裏還插花着種豆子｜農業副業插花着搞。

【插話】chā∥huà ㄔㄚ∥ㄏㄨㄚˋ 在別人談話中間插進去説幾句：我們在談正事，你別插話｜插不上一句話。

【插話】chāhuà ㄔㄚ ㄏㄨㄚˋ ❶在別人的談話中間插進去説的話。❷插在大事件中的小故事；插曲②。

【插畫】chāhuà ㄔㄚ ㄏㄨㄚˋ 藝術性的插圖。

【插架】chājià ㄔㄚ ㄐㄧㄚˋ ❶把書刊放在架上：插架萬軸（形容藏書極多）｜插架的地方誌有五百部。❷舊時懸在牆壁上的架子，類似後來的書架。

【插腳】chā∥jiǎo ㄔㄚ∥ㄐㄧㄠˇ ❶站到裏面去（多用於否定式）：屋裏坐得滿滿的，後來的人沒處插腳。❷比喻參與某種活動：這樣的事你何必去插一腳？

【插犋】chājù ㄔㄚ ㄐㄩˋ 指農民兩家或幾家的牲口、犁耙合用，共同耕作。

【插科打諢】chā kē dǎ hùn ㄔㄚ ㄎㄜ ㄉㄚˇ ㄏㄨㄣˋ 指戲曲演員在演出中穿插些滑稽的談話和動作來引人發笑。

【插空】chā∥kòng ㄔㄚ∥ㄎㄨㄥˋ 利用空隙時間：參加會演的演員還插空去工廠演出。

【插口】chā∥kǒu ㄔㄚ∥ㄎㄡˇ 插嘴。

【插口】chākǒu ㄔㄚ ㄎㄡˇ 可以插入東西的孔：擴音器上有兩個插口，一個插麥克風，一個插電唱頭。

【插屏】chāpíng ㄔㄚ ㄆㄧㄥˊ（插屏兒）擺在桌子上的陳設品，下面有座，上面插着有圖畫的鏡框、大理石或雕刻品。

【插瓶】chāpíng ㄔㄚ ㄆㄧㄥˊ 花瓶；膽瓶。

【插曲】chāqǔ ㄔㄚ ㄑㄩˇ ❶配置在電影、電視劇或話劇中比較有獨立性的樂曲。❷比喻連續進行的事情中插入的特殊片段。

【插身】chāshēn ㄔㄚ ㄕㄣ ❶把身子擠進去。❷比喻參與：他不想插身在這場糾紛中間。

【插手】chā∥shǒu ㄔㄚ∥ㄕㄡˇ ❶幫着做事：想幹又插不上手。❷比喻參與某種活動：那件事你千萬不能插手。

【插穗】chāsuì ㄔㄚ ㄙㄨㄟˋ 用於扦插的枝條。也叫插條。

【插頭】chātóu ㄔㄚ ㄊㄡˊ 裝在導綫一端的接頭，插到插座上，電路就能接通。也叫插銷。

【插圖】chātú ㄔㄚ ㄊㄨˊ 插在文字中間幫助説明內容的圖畫，包括科學性的和藝術性的。

【插銷】chāxiāo ㄔㄚ ㄒㄧㄠ ❶門窗上裝的金屬閂。❷插頭。

【插敘】chāxù ㄔㄚ ㄒㄩˋ 一種敘述方式，在敘述時不依時間次序插入其他情節。

【插秧】chā∥yāng ㄔㄚ∥ㄧㄤ 把水稻的秧從秧田裏移栽到稻田裏。

【插頁】chāyè ㄔㄚ ㄧㄝˋ 插在書刊中印有圖表照片等的單頁。

【插足】chāzú ㄔㄚ ㄗㄨˊ 比喻參與某種活動。

【插嘴】chā∥zuǐ ㄔㄚ∥ㄗㄨㄟˇ 在別人説話中間插進去説話：你別插嘴，先聽我説完｜兩位老人家正談得高興，我想説又插不上嘴。

【插座】chāzuò ㄔㄚ ㄗㄨㄛˋ 連接電路的電器元件，通常接在電源上，跟電器的插頭連接時電流就通入電器。

喳 chā ㄔㄚ 見下。
另見1433頁 zhā。

【喳喳】chāchā ㄔㄚ ㄔㄚ 小聲説話的聲音：嘁嘁喳喳。

【喳喳】chā·cha ㄔㄚ·ㄔㄚ 小聲説話：打喳喳｜他在老伴兒的耳邊喳喳了兩句。

碴 chā ㄔㄚ 見485頁〖鬍子拉碴〗。
另見120頁 chá。

艖 chā ㄔㄚ〈書〉小船。

嚓 chā ㄔㄚ 象聲詞：喀嚓｜啪嚓。
另見103頁 cā。

鍤（锸） chā ㄔㄚ 挖土的工具；鐵鍬。

餷（馇） chā ㄔㄚ ❶邊拌邊煮（豬、狗的飼料）：餷豬食。❷〈方〉熬（粥）：餷粥。
另見1434頁 ·zha。

chá（ㄔㄚˊ）

叉 chá ㄔㄚˊ 〈方〉擋住；卡住：車輛叉住了路口，過不去了。
另見117頁 chā；121頁 chǎ；121頁 chà。

垞 chá ㄔㄚˊ 小土山。多用於地名，如勝垞（在山東）。

茬〔茬〕 chá ㄔㄚˊ （茬兒）❶農作物收割後留在地裏的莖和根：麥茬兒｜豆茬兒。❷指在同一塊地上，作物種植或生長的次數，一次叫一茬：換茬｜二茬韭菜（割了一次以後又生長的韭菜）｜這塊菜地一年能種四五茬。❸同'碴兒'（chár）。

【茬口】chá·kǒu ㄔㄚˊ ·ㄎㄡˇ ❶指輪作作物的種類和輪作的次序：選好茬口，實行合理輪作。❷指某種作物收割以後的土壤：西紅柿茬口壯，種白菜很合適。❸〈方〉（茬口兒）時機；機會：這事抓緊辦，現在正是個茬口。

【茬子】chá·zi ㄔㄚˊ ·ㄗ 茬①：刨茬子｜茬子地。

茶〔茶〕 chá ㄔㄚˊ ❶常綠灌木，葉子長橢圓形，花白色，種子有硬殼。嫩葉加工後就是茶葉。是我國南方最重要的經濟作物之一。❷用茶葉做成的飲料：喝茶｜品茶。❸舊時指聘禮（古時聘禮多用茶）：下茶｜代茶。❹茶色：茶鏡｜茶晶。❺某些飲料的名稱：奶茶｜果茶。❻指油茶樹：茶油。❼指山茶：茶花。

【茶場】cháchǎng ㄔㄚˊ ㄔㄤˇ ❶從事培育、管理茶樹和採摘茶葉的單位。❷培育茶樹和採摘茶葉的地方。

【茶匙】cháchí ㄔㄚˊ ㄔˊ （茶匙兒）調飲料用的小匙子，比湯匙小。

【茶炊】cháchuī ㄔㄚˊ ㄔㄨㄟ 用銅鐵等製的燒水的器具，有兩層壁，在中間燒火，四圍裝水，供沏茶用。也叫茶湯壺，有的地區叫茶炊子、燒心壺。

【茶點】chádiǎn ㄔㄚˊ ㄉㄧㄢˇ 茶水和點心。

【茶飯】cháfàn ㄔㄚˊ ㄈㄢˋ 茶和飯，泛指飲食。

【茶房】chá·fáng ㄔㄚˊ ·ㄈㄤˊ 舊時稱在旅館、茶館、輪船、火車、劇場等處從事供應茶水等雜務的人。

【茶缸子】chágāng·zi ㄔㄚˊ ㄍㄤ ·ㄗ 比較深的帶把兒的茶杯，口和底一樣大或差不多大。

【茶館】cháguǎn ㄔㄚˊ ㄍㄨㄢˇ （茶館兒）賣茶水的鋪子，設有座位，供顧客喝茶。

【茶褐色】cháhèsè ㄔㄚˊ ㄏㄜˋ ㄙㄜˋ 赤黃而略帶黑的顏色。也叫茶色。

【茶花】cháhuā ㄔㄚˊ ㄏㄨㄚ （茶花兒）山茶、茶樹、油茶樹的花。特指山茶的花。

【茶話會】cháhuàhuì ㄔㄚˊ ㄏㄨㄚˋ ㄏㄨㄟˋ 備有茶點的集會。

【茶會】cháhuì ㄔㄚˊ ㄏㄨㄟˋ 用茶點招待賓客的社交性集會。

【茶几】chájī ㄔㄚˊ ㄐㄧ （茶几兒）放茶具用的傢具，比桌子小。

【茶雞蛋】chájīdàn ㄔㄚˊ ㄐㄧ ㄉㄢˋ 用茶葉、五香、醬油等加水煮熟的雞蛋。也叫茶葉蛋。

【茶晶】chájīng ㄔㄚˊ ㄐㄧㄥ 顏色像濃茶汁的水晶，多用來做眼鏡的鏡片。

【茶鏡】chájìng ㄔㄚˊ ㄐㄧㄥˋ 用茶晶或茶色玻璃做鏡片的眼鏡。

【茶具】chájù ㄔㄚˊ ㄐㄩˋ 喝茶用具，如茶壺、茶杯等。

【茶枯】chákū ㄔㄚˊ ㄎㄨ 油茶樹的種子榨油後壓成餅狀的渣滓，可以做肥料。也叫茶子餅。

【茶樓】chálóu ㄔㄚˊ ㄌㄡˊ 有樓的茶館（多用做茶館的名稱）。

【茶爐】chálú ㄔㄚˊ ㄌㄨˊ 燒開水的小火爐或鍋爐，有的地區也指供應或出售熱水、開水的地方：燒茶爐。

【茶滷兒】chálǔr ㄔㄚˊ ㄌㄨㄦˇ 很濃的茶汁。

【茶農】chánóng ㄔㄚˊ ㄋㄨㄥˊ 以種植茶樹為業的農民。

【茶盤】chápán ㄔㄚˊ ㄆㄢˊ （茶盤兒）放茶壺茶杯的盤子。也叫茶盤子。

【茶錢】chá·qián ㄔㄚˊ ·ㄑㄧㄢˊ ❶喝茶用的錢。❷小費的別稱。

【茶青】cháqīng ㄔㄚˊ ㄑㄧㄥ 深綠而微黃的顏色。

【茶色】chásè ㄔㄚˊ ㄙㄜˋ 茶褐色：茶色玻璃。

【茶社】cháshè ㄔㄚˊ ㄕㄜˋ 茶館兒或茶座兒①（多用做茶館兒或茶座兒的名稱）。

【茶食】chá·shi ㄔㄚˊ ·ㄕ 糕餅、果脯等食品的總稱。

【茶水】cháshuǐ ㄔㄚˊ ㄕㄨㄟˇ 泛稱茶或開水（多指供給行人或旅客用的）：茶水站｜茶水自備。

【茶湯】chátāng ㄔㄚˊ ㄊㄤ ❶糜子麪或高粱麪用開水沖成糊狀的食品。❷〈書〉茶水。

【茶湯壺】chátānghú ㄔㄚˊ ㄊㄤ ㄏㄨˊ 〈方〉茶炊。

【茶托】chátuō ㄔㄚˊ ㄊㄨㄛ （茶托兒）墊在茶碗或茶杯底下的器皿。

【茶銹】cháxiù ㄔㄚˊ ㄒㄧㄡˋ 茶水附着在茶具上的黃褐色沈澱物。

【茶葉】cháyè ㄔㄚˊ ㄧㄝˋ 經過加工的茶樹嫩葉，可以做成飲料。

【茶藝】cháyì ㄔㄚˊ ㄧˋ 有關烹茶、飲茶及以茶款待客人的藝術。

【茶餘飯後】chá yú fàn hòu ㄔㄚˊ ㄩˊ ㄈㄢˋ ㄏㄡˋ 指茶飯後的一段空閑休息時間。也說茶餘酒後。

【茶園】cháyuán ㄔㄚˊ ㄩㄢˊ ❶種植茶樹的園子。❷舊時稱戲院。

【茶磚】cházhuān ㄔㄚˊ ㄓㄨㄢ 磚茶。

【茶資】cházī ㄔㄚˊ ㄗ 茶錢。

【茶座】cházuò ㄔㄚˊ ㄗㄨㄛˋ (茶座兒) ❶賣茶的地方(多指室外的)：樹蔭下面有茶座兒。❷賣茶的地方所設的座位：茶館有五十多個茶座兒。

查 chá ㄔㄚˊ ❶檢查：盤查｜查收｜查戶口｜查衞生｜查出病來了沒有？❷調查：查訪｜查勘。❸翻檢着看：查詞典｜查地圖｜查資料。

另見1433頁 zhā。

【查辦】chábàn ㄔㄚˊ ㄅㄢˋ 查明犯罪事實或錯誤情節，加以處理：撤職查辦｜嚴加查辦。

【查抄】cháchāo ㄔㄚˊ ㄔㄠ 清查並沒收犯罪者的財產：查抄逆產。

【查處】cháchǔ ㄔㄚˊ ㄔㄨˇ 查明情況，進行處理：嚴肅查處｜對違章車輛，管理部門已予查處。

【查點】chádiǎn ㄔㄚˊ ㄉㄧㄢˇ 檢查數目：查點人數。

【查對】cháduì ㄔㄚˊ ㄉㄨㄟˋ 檢查核對：查對材料｜查對賬目｜查對原文。

【查訪】cháfǎng ㄔㄚˊ ㄈㄤˇ 調查打聽(案情等)：暗中查訪。

【查封】cháfēng ㄔㄚˊ ㄈㄥ 檢查以後，貼上封條，禁止動用：查封贓物。

【查崗】chá∥gǎng ㄔㄚˊ∥ㄍㄤˇ 查哨。

【查核】cháhé ㄔㄚˊ ㄏㄜˊ 檢查核對(賬目等)：反復查核，結算無誤。

【查獲】cháhuò ㄔㄚˊ ㄏㄨㄛˋ 偵查或搜查後獲得(罪犯、贓物、違禁品等)：查獲毒品。

【查緝】chájī ㄔㄚˊ ㄐㄧ ❶檢查(走私、偷稅等活動)；搜查：查緝走私物品。❷搜查捉拿(犯人)：查緝兇手｜查緝逃犯。

【查檢】chájiǎn ㄔㄚˊ ㄐㄧㄢˇ ❶翻檢查閱(書刊、文件等)：這部書立類得法，查檢方便。❷檢查：行李須經查檢，方可託運。

【查禁】chájìn ㄔㄚˊ ㄐㄧㄣˋ 檢查禁止：查禁賭博｜查禁黃色書刊。

【查究】chájiū ㄔㄚˊ ㄐㄧㄡ 調查追究：查究責任｜對事故必須認真查究，嚴肅處理。

【查勘】chákān ㄔㄚˊ ㄎㄢ 調查探測：查勘礦產資源。

【查看】chákàn ㄔㄚˊ ㄎㄢˋ 檢查、觀察事物的情況：查看災情｜親自到現場查看。

【查考】chákǎo ㄔㄚˊ ㄎㄠˇ 調查研究，弄清事實：作者的生卒年月已無從查考。

【查鋪】chá∥pù ㄔㄚˊ∥ㄆㄨˋ (幹部)到集體宿舍檢查睡眠情況。

【查哨】chá∥shào ㄔㄚˊ∥ㄕㄠˋ 檢查哨兵執行任務的情況。也説查崗。

【查實】cháshí ㄔㄚˊ ㄕˊ 查證核實：反復查實｜案情已經查實。

【查收】cháshōu ㄔㄚˊ ㄕㄡ 檢查後收下(多用於書信)：寄去詞典一部，請查收。

【查問】cháwèn ㄔㄚˊ ㄨㄣˋ ❶調查詢問：查問電話號碼。❷檢查盤問：查問過往行人。

【查尋】cháxún ㄔㄚˊ ㄒㄩㄣˊ 查找：郵局辦理挂號郵件的查尋業務｜查尋失散多年的親人。

【查巡】cháxún ㄔㄚˊ ㄒㄩㄣˊ 巡查。

【查詢】cháxún ㄔㄚˊ ㄒㄩㄣˊ 查問①。

【查驗】cháyàn ㄔㄚˊ ㄧㄢˋ 檢查驗看：查驗證件。

【查夜】chá∥yè ㄔㄚˊ∥ㄧㄝˋ 夜間巡查。

【查閱】cháyuè ㄔㄚˊ ㄩㄝˋ (把書刊、文件等)找出來閱讀有關的部分：查閱檔案材料。

【查賬】chá∥zhàng ㄔㄚˊ∥ㄓㄤˋ 檢查賬目：年終查賬。

【查找】cházhǎo ㄔㄚˊ ㄓㄠˇ 查；尋找：查找資料｜查找失主｜查找原因。

【查照】cházhào ㄔㄚˊ ㄓㄠˋ 舊時公文用語，叫對方注意文件內容，或按照文件內容(辦事)：即希查照｜希查照辦理。

【查證】cházhèng ㄔㄚˊ ㄓㄥˋ 調查證明：查證屬實｜犯罪事實已查證清楚。

搽〔搽〕 chá ㄔㄚˊ 用粉末、油類等塗(在臉上或手上等)：搽粉｜搽碘酒｜搽雪花膏。

嵖 chá ㄔㄚˊ 嵖岈(Cháyá ㄔㄚˊ ㄧㄚˊ)，山名，在河南。

猹 chá ㄔㄚˊ 野獸，像獾，喜歡吃瓜(見於魯迅小説《故鄉》)。

楂 chá ㄔㄚˊ (楂兒) ❶短而硬的頭髮或鬍子(多指剪落的、剪而未盡的或剛長出來的)。❷同'茬'。

另見1433頁 zhā。

詧 chá ㄔㄚˊ 〈書〉同'察'。

槎1 chá ㄔㄚˊ 〈書〉木筏：乘槎｜浮槎。

槎2 chá ㄔㄚˊ 同'茬'。

碴 chá ㄔㄚˊ 〈方〉碎片碰破(皮肉)：手讓玻璃碴破了。

另見118頁 chā。

【碴口】chákǒu ㄔㄚˊ ㄎㄡˇ 東西斷或破的地方：電綫斷了，看碴口像是刀割的。

【碴兒】chár ㄔㄚˊㄦˊ ❶小碎塊：冰碴兒｜玻璃碴兒。❷器物上的破口：碰到碗碴兒上，拉(lá)破了手。❸嫌隙；引起雙方爭執的事由：找碴兒｜過去他們倆有碴兒，現在好了。❹指提到的事情或人家剛説完的話：答碴兒｜話碴兒｜接碴兒。❺〈方〉勢頭：那個碴兒來得不善。

察 chá ㄔㄚˊ 仔細看；調查：觀察｜考察｜察其言，觀其行。

【察察為明】chá chá wéi míng ㄔㄚˊ ㄔㄚˊ ㄨㄟˊ ㄇㄧㄥˊ 形容專在細枝末節上顯示精明。

【察訪】cháfǎng ㄔㄚˊ ㄈㄤˇ 通過觀察和訪問進

行調查：察訪民情｜暗中察訪。

【察覺】chájué ㄔㄚˊ ㄐㄩㄝˊ 發覺；看出來：我察覺他的舉動有點兒異樣｜心事被人察覺。

【察看】chákàn ㄔㄚˊ ㄎㄢˋ 為了解情況而細看：察看風向｜察看動靜。

【察言觀色】chá yán guān sè ㄔㄚˊ ㄧㄢˊ ㄍㄨㄢ ㄙㄜˋ 觀察言語臉色來揣摩對方的心意。

【察驗】cháyàn ㄔㄚˊ ㄧㄢˋ 察看，檢驗：察驗物品的成色。

楂 chá ㄔㄚˊ ［楂子］(chá·zi ㄔㄚˊ ·ㄗ)〈方〉玉米等磨成的碎粒兒。

檫 chá ㄔㄚˊ 檫樹，落葉喬木，葉子大如手掌，總狀花序，果實球形。木材堅韌，供建築，造船，製傢具等用。

chǎ (ㄔㄚˇ)

叉 chǎ ㄔㄚˇ 分開成叉(chā)形：叉着腿。
另見117頁 chā；119頁 chá；121頁 chà。

衩 chǎ ㄔㄚˇ 見664頁〖褲衩〗。
另見121頁 chà。

踏 chǎ ㄔㄚˇ 踏；踩：踏了一腳泥。

鑔(镲) chǎ ㄔㄚˇ 鈸(bó)，一種打擊樂器。

chà (ㄔㄚˋ)

叉 chà ㄔㄚˋ 見858頁〖排叉兒〗、877頁〖劈叉〗。
另見117頁 chā；119頁 chá；121頁 chǎ。

汊 chà ㄔㄚˋ 分支的小河；汊港：河汊｜湖汊。

【汊港】chàgǎng ㄔㄚˋ ㄍㄤˇ 水流的分支。

【汊流】chàliú ㄔㄚˋ ㄌㄧㄡˊ 岔流。

【汊子】chà·zi ㄔㄚˋ ·ㄗ 汊。

杈 chà ㄔㄚˋ 杈子：樹杈｜打棉花杈。
另見117頁 chā。

【杈子】chà·zi ㄔㄚˋ ·ㄗ 植物的分枝：樹杈子｜打杈子(除去分枝)。

岔 chà ㄔㄚˋ ❶分歧的；由主幹分出來的(道路)：岔路｜三岔路口。❷離開原來的方向而偏到一邊兒：車子岔上了小道。❸轉移話題：打岔｜他用別的話岔開了。❹錯開時間，避免衝突：要把這兩個會的時間岔開。❺(岔兒)岔子②：出岔兒。❻〈方〉(嗓音)失常：她越説越傷心，嗓音都岔了。

【岔道兒】chàdàor ㄔㄚˋ ㄉㄠㄦˋ 岔路。

【岔換】chàhuàn ㄔㄚˋ ㄏㄨㄢˋ 〈方〉❶掉換。❷調劑(心情、口味等)。

【岔口】chàkǒu ㄔㄚˋ ㄎㄡˇ 道路分岔的地方：往前走，碰到岔口向右拐。

【岔流】chàliú ㄔㄚˋ ㄌㄧㄡˊ 從河流幹流的下游分出的流入海洋的支流。也作汊流。

【岔路】chàlù ㄔㄚˋ ㄌㄨˋ 分岔的道路：岔路口｜過了石橋，有一條到劉莊的岔路。也説岔道兒。

【岔氣】chà∥qì ㄔㄚˋ∥ㄑㄧˋ 指呼吸時兩肋覺得不舒服或疼痛。

【岔曲兒】chàqǔr ㄔㄚˋ ㄑㄩㄦˇ 在單弦開始前演唱的小段曲兒。內容多為抒情，寫景。

【岔眼】chà∥yǎn ㄔㄚˋ∥ㄧㄢˇ (馬、騾等)因視覺錯亂而驚恐：這匹馬一岔眼，猛地一尥蹶子，飛也似地跑起來。

【岔子】chà·zi ㄔㄚˋ ·ㄗ ❶岔路。❷事故；錯誤：你放心吧，出不了岔子。

侘 chà ㄔㄚˋ ［侘傺］(chàchì ㄔㄚˋ ㄔˋ)〈書〉失意的樣子。

衩 chà ㄔㄚˋ 衣服旁邊開口的地方。
另見121頁 chǎ。

剎 chà ㄔㄚˋ 佛教的寺廟：古剎。［剎多羅之省，梵 ksetra］
另見994頁 shā。

【剎那】chànà ㄔㄚˋ ㄋㄚˋ 極短的時間；瞬間：一剎那。［梵 ksana］

侘 chà ㄔㄚˋ ［侘傺］(chàchì ㄔㄚˋ ㄔˋ)〈書〉同'侘傺'。

姹(奼) chà ㄔㄚˋ〈書〉美麗。

【姹紫嫣紅】chà zǐ yān hóng ㄔㄚˋ ㄗˇ ㄧㄢ ㄏㄨㄥˊ 形容各種好看的花(嫣：嬌艷)：花園裏，姹紫嫣紅，十分絢麗。

差 chà ㄔㄚˋ ❶不相同；不相合：差得遠。❷錯誤：説差了。❸缺欠：差點兒｜還差一個人。❹不好；不夠標準：質量差。
另見117頁 chā；122頁 chāi；123頁 chài；187頁 cī。

【差不多】chà·bu duō ㄔㄚˋ ·ㄅㄨ ㄉㄨㄛ ❶(在程度、時間、距離等方面)相差有限；相近：這兩種顏色差不多｜兩人差不多同時到達終點。❷'差不多的'，指一般的、普通的人：這包大米二百斤重，差不多的扛不起來。

【差不離】chà·bu lí ㄔㄚˋ ·ㄅㄨ ㄌㄧˊ (差不離兒)差不多。

【差點兒】chà∥diǎnr ㄔㄚˋ∥ㄉㄧㄢㄦˇ ❶(質量)稍次：這種筆比那種筆差點兒。❷副詞，表示某種事情接近實現或勉強實現。如果是説話的人不希望實現的事情，説'差點兒'或'差點兒沒'都是指事情接近實現而沒有實現。如'差點兒摔倒了'和'差點兒沒摔倒'都是指幾乎摔倒但是沒有摔倒。如果是説話的人希望實現的事情，'差點兒'是惋惜它未能實現，'差點兒沒'是慶幸它終於勉強實現了。如'差點兒趕上了'是指沒趕上；'差點兒沒趕上'是指趕上了。‖也説差一點兒。

【差勁】chàjìn ㄔㄚˋ ㄐㄧㄣˋ (質量、品質、能力)差;不好:這酒差勁,味兒不正|答應了的事,又不兑現,真差勁。

【差生】chàshēng ㄔㄚˋ ㄕㄥ 學業不良的學生:幫助一些差生補習功課。

【差事】chàshì ㄔㄚˋ ㄕˋ 不中用;不合標準:這東西可太差事了,怎麼一碰就破了!

另見122頁 chāi·shi。

詫(诧) chà ㄔㄚˋ 驚訝:詫異|詫然|詫為奇事。

【詫愕】chà'è ㄔㄚˋ ㄜˋ〈書〉吃驚而發愣。

【詫然】chàrán ㄔㄚˋ ㄖㄢˊ 詫異的樣子。

【詫異】chàyì ㄔㄚˋ ㄧˋ 覺得十分奇怪:聽了這突如其來的消息,我們都十分詫異。

chāi (ㄔㄞ)

拆 chāi ㄔㄞ ❶把合在一起的東西打開:拆信|拆洗。❷拆毀:拆牆|把舊房子拆了。

另見103頁 cā。

【拆白黨】chāibáidǎng ㄔㄞ ㄅㄞˊ ㄉㄤˇ〈方〉騙取財物的流氓集團或壞人。

【拆除】chāichú ㄔㄞ ㄔㄨˊ 拆掉(建築物等):拆除腳手架|拆除防禦工事。

【拆穿】chāichuān ㄔㄞ ㄔㄨㄢ 揭露;揭穿:拆穿陰謀|拆穿騙局|拆穿西洋鏡。

【拆東牆,補西牆】chāi dōngqiáng,bǔ xīqiáng ㄔㄞ ㄉㄨㄥ ㄑㄧㄤˊ,ㄅㄨˇ ㄒㄧ ㄑㄧㄤˊ 比喻顧此失彼,處境困難。

【拆兑】chāiduì ㄔㄞ ㄉㄨㄟˋ〈方〉為應急而臨時借用(錢、物):跟您拆兑點兒錢以應急需。

【拆毀】chāihuǐ ㄔㄞ ㄏㄨㄟˇ 拆除。

【拆夥】chāi//huǒ ㄔㄞ// ㄏㄨㄛˇ 散夥。

【拆借】chāijiè ㄔㄞ ㄐㄧㄝˋ 短期借貸(按日計息的):向銀行拆借兩千萬元。

【拆零】chāilíng ㄔㄞ ㄌㄧㄥˊ 拆散零售:以拆零、批發、送貨上門等服務吸引顧客。

【拆賣】chāi//mài ㄔㄞ// ㄇㄞˋ 拆開零賣:這套傢具不拆賣。

【拆遷】chāiqiān ㄔㄞ ㄑㄧㄢ 拆除原有的建築物,居民遷移到別處:拆遷戶|限期拆遷。

【拆牆腳】chāi qiángjiǎo ㄔㄞ ㄑㄧㄤˊ ㄐㄧㄠˇ 比喻拆台。

【拆散】chāi//sǎn ㄔㄞ// ㄙㄢˇ 使成套的物件分散:這套瓷器千萬不要拆散了。

【拆散】chāi//sàn ㄔㄞ// ㄙㄢˋ 使家庭、集體等分散:拆散婚姻|拆散聯盟。

【拆台】chāi//tái ㄔㄞ// ㄊㄞˊ 用破壞手段使人或集體倒台或使事情不能順利進行。有的地區說拆台腳。

【拆息】chāixī ㄔㄞ ㄒㄧ 存款放款按日計算的利率。

【拆洗】chāixǐ ㄔㄞ ㄒㄧˇ (棉衣、棉被等)拆開來洗乾淨後又縫上。

【拆卸】chāixiè ㄔㄞ ㄒㄧㄝˋ 把機器等拆開並卸下部件。

【拆賬】chāi//zhàng ㄔㄞ// ㄓㄤˋ 舊時某些行業(如戲班、飲食、理髮等行業)的工作人員無固定工資,根據收入和勞動量,按比例分錢。也泛指按比例分配某種利益。

【拆字】chāi//zì ㄔㄞ// ㄗˋ 測字。

差 chāi ㄔㄞ ❶派遣(去做事):差遣|鬼使神差|立即差人去取。❷被派遣去做的事;公務;職務:兼差|出差。❸舊時指被派遣的人;差役:聽差|解(jiè)差。

另見117頁 chā;121頁 chà;123頁 chài;187頁 cī。

【差旅費】chāilǚfèi ㄔㄞ ㄌㄩˇ ㄈㄟˋ 因公外出時的交通、食宿等費用。

【差遣】chāiqiǎn ㄔㄞ ㄑㄧㄢˇ 分派人到外面去工作;派遣:聽候差遣。

【差使】chāishǐ ㄔㄞ ㄕˇ 差遣;派遣。

【差使】chāi·shi ㄔㄞ ·ㄕ 舊時指官場中臨時委任的職務,後來也泛指職務或官職。

【差事】chāi·shi ㄔㄞ ·ㄕ ❶被派遣去做的事情。❷同'差使'(chāi·shi)。

另見122頁 chàshì。

【差役】chāiyì ㄔㄞ ㄧˋ ❶封建統治者強迫人民從事的無償勞動。❷舊時稱在衙門中當差的人。

釵(钗) chāi ㄔㄞ 舊時婦女別在髮髻上的一種首飾,由兩股簪子合成:金釵|荊釵布裙(形容婦女裝束樸素)。

chái (ㄔㄞˊ)

柴(❷ 㾹) chái ㄔㄞˊ ❶柴火:木柴|柴草|上山打柴。❷〈方〉乾瘦;不鬆軟;纖維多,不易嚼爛:這芹菜顯得柴|醬肘子肥而不膩,瘦而不柴。❸〈方〉質量低或品質、能力差:這支筆剛用就壞,太柴了|他棋下得特柴。❹(Chái)姓。

【柴草】cháicǎo ㄔㄞˊ ㄘㄠˇ 做柴用的草、木;柴火:小山土薄,只長些柴草。

【柴扉】cháifēi ㄔㄞˊ ㄈㄟ〈書〉柴門。

【柴火】chái·huo ㄔㄞˊ ·ㄏㄨㄛ 做燃料用的樹枝、秫秸、稻稈、雜草等。

【柴雞】cháijī ㄔㄞˊ ㄐㄧ 指身體較小,產的蛋也小,腿下部一般沒有毛的雞。

【柴門】cháimén ㄔㄞˊ ㄇㄣˊ 用散碎木材、樹枝等做成的簡陋的門。舊時用來比喻貧苦人家。

【柴米】cháimǐ ㄔㄞˊ ㄇㄧˇ 做飯用的柴和米,泛指必需的生活資料。

【柴米油鹽】chái mǐ yóu yán ㄔㄞˊ ㄇㄧˇ ㄧㄡˊ ㄧㄢˊ 泛指人們的日常生活必需品。

【柴油】cháiyóu ㄔㄞˊ ㄧㄡˊ 輕質石油產品的一

類，從石油中經分餾、裂化等而得。揮發性比潤滑油高，比煤油低，用做燃料。

【柴油機】cháiyóujī ㄔㄞˊ ㄧㄡˊ ㄐㄧ 用柴油做燃料的內燃機，比汽油機功率大而燃料費用低，廣泛應用在載重汽車、機車、拖拉機、輪船、艦艇和其他機器設備上。也叫狄塞爾機。

豺 chái ㄔㄞˊ 哺乳動物，形狀像狼而小，耳朵比狼的短而圓。貪食，殘暴，常成群圍攻牛、羊等家畜。也叫豺狗。

【豺狼】cháiláng ㄔㄞˊ ㄌㄤˊ 豺和狼。比喻兇惡殘忍的人：豺狼當道｜豺狼成性。

【豺狼當道】cháiláng dāngdào ㄔㄞˊ ㄌㄤˊ ㄉㄤ ㄉㄠˋ 比喻壞人當權。

儕（侪） chái ㄔㄞˊ 〈書〉同輩；同類的人：吾儕｜儕輩｜同儕。

【儕輩】cháibèi ㄔㄞˊ ㄅㄟˋ 〈書〉同輩。

chǎi（ㄔㄞˇ）

茝〔茝〕 chǎi ㄔㄞˇ 古書上說的一種香草。

踳 chǎi ㄔㄞˇ （踳兒）碾碎了的豆子或玉米：豆踳兒｜把玉米磨成踳兒。

chài（ㄔㄞˋ）

差 chài ㄔㄞˋ 〈書〉同'瘥'。

另見117頁 chā；121頁 chà；122頁 chāi；187頁 cī。

瘥 chài ㄔㄞˋ 〈書〉病愈：久病初瘥。

另見201頁 cuó。

蠆〔蠆〕（虿） chài ㄔㄞˋ 蝎子一類的有毒的蟲：蜂蠆。

chān（ㄔㄢ）

辿（辿） chān ㄔㄢ 地名用字，如龍王辿，在山西。

梴 chān ㄔㄢ 〈書〉形容木長。

覘（觇） chān ㄔㄢ 〈書〉窺視；觀測：覘視｜覘望｜覘標。

【覘標】chānbiāo ㄔㄢ ㄅㄧㄠ 一種測量標誌，標架用幾米到幾十米高的木料或金屬等製成，架設在被觀測點上作為觀測、瞄準的目標。

摻（掺） chān ㄔㄢ 同'攙²'：摻兑｜摻雜。

另見110頁 càn；1000頁 shǎn。

幨 chān ㄔㄢ 〈書〉車帷子。

襜 chān ㄔㄢ 〈書〉❶短衣。❷車帷子。

【襜褕】chānyú ㄔㄢ ㄩˊ 〈書〉一種短的便衣。

攙¹（搀） chān ㄔㄢ 攙扶：攙着奶奶慢慢走。

攙²（搀） chān ㄔㄢ 把一種東西混合到另一種東西裏去：攙和｜飼料裏再攙點水｜初期白話文，攙用文言成分的比較多。

【攙兑】chānduì ㄔㄢ ㄉㄨㄟˋ 把成分不同的東西混合在一起：把酒精跟水攙兑起來。

【攙扶】chānfú ㄔㄢ ㄈㄨˊ 用手輕輕架住對方的手或胳膊：同學們輪流攙扶老師爬山。

【攙和】chān·huo ㄔㄢ ·ㄏㄨㄛ ❶攙雜混合在一起：把黃土、石灰、砂土攙和起來鋪在小路上。❷參加進去（多指攪亂、添麻煩）：這事你少攙和｜人家正忙着呢，別在這裏瞎攙和。

【攙假】chān//jiǎ ㄔㄢ// ㄐㄧㄚˇ 把假的攙在真的裏面或把質量差的攙在質量好的裏面。

【攙雜】chānzá ㄔㄢ ㄗㄚˊ 混雜；使混雜：別把不同的種子攙雜在一起｜喝罵聲和哭叫聲攙雜在一起｜依法辦事不能攙雜私人感情。

chán（ㄔㄢˊ）

單（单） chán ㄔㄢˊ ［單于］（chányú ㄔㄢˊ ㄩˊ）匈奴君主的稱號。

另見222頁 dān；1001頁 Shàn。

孱 chán ㄔㄢˊ 〈書〉瘦弱；軟弱：孱羸｜孱弱。

另見110頁 càn。

【孱弱】chánruò ㄔㄢˊ ㄖㄨㄛˋ 〈書〉❶（身體）瘦弱。❷軟弱無能。❸薄弱；不充實。

僝 chán ㄔㄢˊ ［僝僽］（chánzhòu ㄔㄢˊ ㄓㄡˋ）〈書〉❶憔悴；煩惱。❷折磨。❸埋怨；嗔怪。❹排遣。

鋋（铤） chán ㄔㄢˊ 古代一種鐵把的短矛。

廛 chán ㄔㄢˊ 古代指一戶平民所住的房屋：市廛。

潺 chán ㄔㄢˊ 水流動的聲音。

【潺潺】chánchán ㄔㄢˊ ㄔㄢˊ 象聲詞，形容溪水、泉水等流動的聲音：潺潺流水。

【潺湲】chányuán ㄔㄢˊ ㄩㄢˊ 〈書〉形容河水慢慢流的樣子：溪水潺湲。

嬋（婵） chán ㄔㄢˊ 見下。

【嬋娟】chánjuān ㄔㄢˊ ㄐㄩㄢ 〈書〉❶（姿態）美好，多用來形容女子。❷指月亮：千里共嬋娟。

【嬋媛】[1] chányuán ㄔㄢˊ ㄩㄢˊ 〈書〉嬋娟①。

【嬋媛】[2] chányuán ㄔㄢˊ ㄩㄢˊ 〈書〉牽連；相連：垂條嬋媛。

澶 chán ㄔㄢˊ 澶淵（Chányuān ㄔㄢˊ ㄩㄢ），古地名，在今河南濮陽西南。

禪(禅) chán ㄔㄢˊ ❶佛教用語，指排除雜念，靜坐：坐禪｜參禪。❷泛指佛教的事物：禪林｜禪杖。[梵 dhyāna]

另見1002頁 shàn。

【禪房】chánfáng ㄔㄢˊ ㄈㄤˊ 僧徒居住的房屋，泛指寺院。

【禪機】chánjī ㄔㄢˊ ㄐㄧ 禪宗和尚說法時，用言行或事物來暗示教義的訣竅。

【禪理】chánlǐ ㄔㄢˊ ㄌㄧˇ 指佛教的教義。

【禪林】chánlín ㄔㄢˊ ㄌㄧㄣˊ 指寺院。

【禪門】chánmén ㄔㄢˊ ㄇㄣˊ 佛門。

【禪師】chánshī ㄔㄢˊ ㄕ 對和尚的尊稱。

【禪堂】chántáng ㄔㄢˊ ㄊㄤˊ 僧尼參禪禮佛的處所；佛堂。

【禪悟】chánwù ㄔㄢˊ ㄨˋ 佛教指對教義的領悟。

【禪學】chánxué ㄔㄢˊ ㄒㄩㄝˊ 指佛教禪宗的教義。

【禪院】chányuàn ㄔㄢˊ ㄩㄢˋ 佛寺；寺院。

【禪杖】chánzhàng ㄔㄢˊ ㄓㄤˋ 佛教徒坐禪欲睡時，用來使驚醒的竹杖。泛指僧人用的手杖。

【禪宗】chánzōng ㄔㄢˊ ㄗㄨㄥ 我國佛教宗派之一，以靜坐默唸為修行方法。相傳南朝宋末(五世紀)由印度和尚菩提達摩傳入我國，唐宋時極盛。

蟬(蝉) chán ㄔㄢˊ 昆蟲，種類很多，雄的腹部有發音器，能連續不斷發出尖銳的聲音。幼蟲生活在土裏，吸食植物的根。成蟲刺吸植物的汁。

【蟬聯】chánlián ㄔㄢˊ ㄌㄧㄢˊ 連續(多指連任某個職務或繼續保持某種稱號)：蟬聯世界冠軍。

【蟬蛻】chántuì ㄔㄢˊ ㄊㄨㄟˋ ❶蟬的幼蟲變為成蟲時蛻下的殼，中醫入藥。❷〈書〉比喻解脫。

【蟬衣】chányī ㄔㄢˊ ㄧ 中藥上指蟬蛻。

瀍 Chán ㄔㄢˊ 瀍河，水名，在河南。

蟾 chán ㄔㄢˊ 指蟾蜍：蟾酥。

【蟾蜍】chánchú ㄔㄢˊ ㄔㄨˊ ❶兩栖動物，身體表面有許多疙瘩，內有毒腺，能分泌黏液，吃昆蟲、蝸牛等小動物，對農業有益。通稱癩蛤蟆或疥蛤蟆。❷傳說月亮裏面有三條腿的蟾蜍，因此，古代詩文裏常用來指月亮。

【蟾宮】chángōng ㄔㄢˊ ㄍㄨㄥ 〈書〉指月亮。

【蟾宮折桂】chángōng zhé guì ㄔㄢˊ ㄍㄨㄥ ㄓㄜˊ ㄍㄨㄟˋ 科舉時代比喻考取進士。

【蟾光】chánguāng ㄔㄢˊ ㄍㄨㄤ 〈書〉指月光。

【蟾酥】chánsū ㄔㄢˊ ㄙㄨ 蟾蜍表皮腺體的分泌物，白色乳狀液體，有毒。中醫入藥。

巉 chán ㄔㄢˊ 〈書〉山勢高險的樣子。

【巉峻】chánjùn ㄔㄢˊ ㄐㄩㄣˋ 〈書〉形容山勢高而險：巉峻的懸崖。

【巉岩】chányán ㄔㄢˊ ㄧㄢˊ 〈書〉高而險的山岩：峭壁巉岩｜巉岩林立。

鐔(镡) Chán ㄔㄢˊ 姓。

另見1110頁 Tán；1274頁 xín。

纏(缠) chán ㄔㄢˊ ❶纏繞：纏綫｜用鐵絲纏了幾道。❷糾纏：瑣事纏身｜胡攪蠻纏。❸〈方〉應付：這人真難纏，好說歹說都不行。

【纏綁】chánbǎng ㄔㄢˊ ㄅㄤˇ 纏繞綁紮：受傷的左腿纏綁着紗布。

【纏綿】chánmián ㄔㄢˊ ㄇㄧㄢˊ ❶糾纏不已，不能解脫(多指病或感情)：纏綿病榻｜情意纏綿。❷宛轉動人：歌聲柔和纏綿。

【纏綿悱惻】chánmián fěicè ㄔㄢˊ ㄇㄧㄢˊ ㄈㄟˇ ㄘㄜˋ 形容內心悲苦難以排遣。

【纏磨】chán·mo ㄔㄢˊ ·ㄇㄛ 糾纏；攪擾：孩子老纏磨人，不肯睡覺｜許多事情纏磨着他，使他忙亂不堪。

【纏擾】chánrǎo ㄔㄢˊ ㄖㄠˇ 糾纏，困擾：被雜事纏擾着。

【纏繞】chánrào ㄔㄢˊ ㄖㄠˋ ❶條狀物迴旋地束縛在別的物體上：枯藤纏繞｜電磁鐵的上面纏繞着導綫。❷糾纏；攪擾：煩惱纏繞心頭｜這孩子纏繞得我甚麼也幹不成。

【纏繞莖】chánràojīng ㄔㄢˊ ㄖㄠˋ ㄐㄧㄥ 不能直立，必須纏在別的東西上才能向上生長的莖，如紫藤、牽牛等的莖。

【纏身】chánshēn ㄔㄢˊ ㄕㄣ 纏擾身心：雜事纏身｜長年重病纏身。

【纏手】chán//shǒu ㄔㄢˊ//ㄕㄡˇ ❶脫不開手：孩子小，太纏手｜餵牲口這種事很纏手。❷(事情)難辦：大家的想法不一致，事情看來有些纏手。

【纏足】chán//zú ㄔㄢˊ//ㄗㄨˊ 裹腳。

躔 chán ㄔㄢˊ 〈書〉❶獸的足迹。❷天體的運行。

讒(谗) chán ㄔㄢˊ 在別人面前說某人的壞話：讒言｜讒害。

【讒害】chánhài ㄔㄢˊ ㄏㄞˋ 用讒言陷害：讒害忠良。

【讒佞】chánnìng ㄔㄢˊ ㄋㄧㄥˋ 〈書〉說人壞話和用花言巧語巴結人的人。

【讒言】chányán ㄔㄢˊ ㄧㄢˊ 毀謗的話；挑撥離間的話：進讒言｜聽信讒言。

鑱(镵) chán ㄔㄢˊ ❶古代一種鐵製的刨土工具。❷〈書〉刺(cì)①。

饞(馋) chán ㄔㄢˊ ❶看見好的食物就想吃；專愛吃好的：嘴饞。❷羨慕；看到喜愛的事物希望得到：眼饞｜看見下棋他就饞得慌。

【饞鬼】chánguǐ ㄔㄢˊ ㄍㄨㄟˇ 指嘴饞貪吃的人。

【饞貓】chánmāo ㄔㄢˊ ㄇㄠ 指嘴饞貪吃的人(含譏諷意)。

【饞涎欲滴】chánxián yù dī ㄔㄢˊ ㄒㄧㄢˊ ㄩˋ ㄉㄧ 饞得口水要流下來。形容十分貪吃，有時也用於比喻。
【饞嘴】chánzuǐ ㄔㄢˊ ㄗㄨㄟˇ ❶指貪吃。❷指貪吃的人。

chǎn（ㄔㄢˇ）

剗（刬） chǎn ㄔㄢˇ 同'鏟'②：剗除。另見126頁 chàn。
產（产） chǎn ㄔㄢˇ ❶人或動物的幼體從母體中分離出來：產婦｜產科｜產卵。❷創造物質財富或精神財富；生產：產銷｜增產｜轉產。❸出產：產糧｜產煤。❹物產；產品：土產｜特產｜水產。❺產業：家產｜財產｜破產。
【產程】chǎnchéng ㄔㄢˇ ㄔㄥˊ 分娩的過程。
【產道】chǎndào ㄔㄢˇ ㄉㄠˋ 胎兒脱離母體時所經過的通道，包括骨產道（骨盆）和軟產道（子宮頸和陰道）兩部分。
【產地】chǎndì ㄔㄢˇ ㄉㄧˋ 物品出產的地方。
【產兒】chǎn'ér ㄔㄢˇ ㄦˊ 剛出世的嬰兒◇這種工具正是技術革新運動的產兒。
【產房】chǎnfáng ㄔㄢˇ ㄈㄤˊ 供產婦分娩用的房間。
【產婦】chǎnfù ㄔㄢˇ ㄈㄨˋ 在分娩期或產褥期中的婦女。
【產科】chǎnkē ㄔㄢˇ ㄎㄜ 醫院中專門負責孕婦的孕期保健，輔助產婦分娩等的一科。
【產量】chǎnliàng ㄔㄢˇ ㄌㄧㄤˋ 產品的總量。
【產品】chǎnpǐn ㄔㄢˇ ㄆㄧㄣˇ 生產出來的物品：農產品｜畜產品｜產品出廠都要經過檢驗。
【產婆】chǎnpó ㄔㄢˇ ㄆㄛˊ 舊時以接生為業的婦女。
【產鉗】chǎnqián ㄔㄢˇ ㄑㄧㄢˊ 助產用的一種器械，在某些分娩過程中（如難產）用來牽引胎兒。
【產權】chǎnquán ㄔㄢˇ ㄑㄩㄢˊ 指財產的所有權。
【產褥期】chǎnrùqī ㄔㄢˇ ㄖㄨˋ ㄑㄧ 產婦產出胎兒後到生殖器官恢復一般狀態的一段時期。
【產生】chǎnshēng ㄔㄢˇ ㄕㄥ 由已有事物中生出新的事物；出現：產生矛盾｜在中華民族悠久的歷史中，產生了許許多多可歌可泣的英雄人物。
【產物】chǎnwù ㄔㄢˇ ㄨˋ 在一定條件下產生的事物；結果：迷信是愚昧落後的產物。
【產銷】chǎnxiāo ㄔㄢˇ ㄒㄧㄠ 生產和銷售：產銷結合｜產銷合同。
【產業】chǎnyè ㄔㄢˇ ㄧㄝˋ ❶土地、房屋、工廠等財產（多指私有的）。❷關於工業生產的（用於定語）：產業工人｜產業部門｜產業革命。
【產業工人】chǎnyè gōngrén ㄔㄢˇ ㄧㄝˋ ㄍㄨㄥ ㄖㄣˊ 在現代工業生產部門中勞動的工人，如礦工、鋼鐵工人、紡織工人、鐵路工人等。
【產院】chǎnyuàn ㄔㄢˇ ㄩㄢˋ 為產婦進行產前檢查以及供產婦度過分娩期和產後期的醫療機構。
【產值】chǎnzhí ㄔㄢˇ ㄓˊ 在一個時期內全部產品或某一項產品以貨幣計算的價值量。
滻（浐） Chǎn ㄔㄢˇ 滻河，水名，在陝西。
蕆〔蒇〕（蒇） chǎn ㄔㄢˇ 〈書〉完成：蕆事。
囅（啴） chǎn ㄔㄢˇ 〈書〉寬緩：囅緩。另見1108頁 tān。
諂（谄） chǎn ㄔㄢˇ 諂媚：諂笑｜諂上欺下。
【諂媚】chǎnmèi ㄔㄢˇ ㄇㄟˋ 用卑賤的態度向人討好：諂媚上司｜羞於諂媚。
【諂笑】chǎnxiào ㄔㄢˇ ㄒㄧㄠˋ 為了討好，故意做出笑容：脅肩諂笑。
【諂諛】chǎnyú ㄔㄢˇ ㄩˊ 為了討好，卑賤地奉承人；諂媚阿諛：諂諛之態，令人齒冷。
燀（婵） chǎn ㄔㄢˇ 〈書〉❶燃燒；燒。❷火花飛迸的樣子。❸熾熱。
鏟（铲、剷） chǎn ㄔㄢˇ ❶（鏟兒）一種用具，像簸箕或像平板，帶長把（bà），多用鐵製：煤鏟｜鍋鏟。❷用鍬或鏟撮取或清除：鏟煤｜鏟草｜把地鏟平了。
【鏟除】chǎnchú ㄔㄢˇ ㄔㄨˊ 連根除去；消滅乾淨：鏟除雜草｜鏟除禍根｜鏟除舊習俗，樹立新風尚。
【鏟蹚】chǎntāng ㄔㄢˇ ㄊㄤ 在作物的行間鋤草、鬆土和培土。
【鏟土機】chǎntǔjī ㄔㄢˇ ㄊㄨˇ ㄐㄧ 鏟土、運土用的機器，刮刀刮下的土可以自動裝入斗中運走。也叫鏟運機。
【鏟運車】chǎnyùnchē ㄔㄢˇ ㄩㄣˋ ㄔㄜ 一種搬運機械，車前部裝有鋼叉，可以升降，用來搬運、裝卸貨物。也叫叉車、鏟車。
【鏟子】chǎn·zi ㄔㄢˇ ·ㄗ 鏟①。
闡（阐） chǎn ㄔㄢˇ 講明白：闡明｜闡述。
【闡發】chǎnfā ㄔㄢˇ ㄈㄚ 闡述並發揮：闡發無遺｜文章詳細闡發了技術革命的歷史意義。
【闡明】chǎnmíng ㄔㄢˇ ㄇㄧㄥˊ 講明白（道理）：歷史唯物主義是闡明社會發展規律的科學。
【闡釋】chǎnshì ㄔㄢˇ ㄕˋ 闡述並解釋：闡釋精微。
【闡述】chǎnshù ㄔㄢˇ ㄕㄨˋ 論述：闡述自己的見解｜報告對憲法草案作了詳細的闡述。
【闡揚】chǎnyáng ㄔㄢˇ ㄧㄤˊ 説明並宣傳：闡揚真理。
驏（骣） chǎn ㄔㄢˇ 騎馬不加鞍轡：驏騎。

囅(辴、冁) chǎn ㄔㄢˇ 〈書〉笑的樣子：囅然而笑。

chàn (ㄔㄢˋ)

剗(刬) chàn ㄔㄢˋ 見1339頁〖一剗〗。另見125頁 chǎn。

懺(忏) chàn ㄔㄢˋ ❶懺悔。❷僧尼道士代人懺悔時唸的經文：拜懺。［梵 ksama］

【懺悔】chànhuǐ ㄔㄢˋ ㄏㄨㄟˇ ❶認識了過去的錯誤或罪過而感覺痛心。❷向神佛表示悔過，請求寬恕。

羼 chàn ㄔㄢˋ 攙雜：羼入｜羼雜。

【羼雜】chànzá ㄔㄢˋ ㄗㄚˊ 攙雜。

韂 chàn ㄔㄢˋ 見7頁〖鞍韂〗。

顫(颤) chàn ㄔㄢˋ 顫動；發抖：顫抖｜聲音發顫｜兩腿直顫。

另見1439頁 zhàn。

【顫動】chàndòng ㄔㄢˋ ㄉㄨㄥˋ 短促而頻繁地振動：汽車駛過，能感到橋身的顫動｜他激動得說不出話來，嘴唇在微微顫動。

【顫抖】chàndǒu ㄔㄢˋ ㄉㄡˇ 哆嗦；發抖：凍得全身顫抖◇樹枝在寒風中顫抖。

【顫巍巍】chànwēiwēi ㄔㄢˋ ㄨㄟ ㄨㄟ (顫巍巍的)抖動搖晃(多用來形容老年人或病人的某些動作)。

【顫音】chànyīn ㄔㄢˋ ㄧㄣ 舌尖或小舌等顫動時發出的輔音，例如俄語中的 P 就是舌尖顫音。

【顫悠】chàn·you ㄔㄢˋ ·ㄧㄡ 顫動搖晃：他的腳步正合着那扁擔顫悠的節拍。

chāng (ㄔㄤ)

昌 chāng ㄔㄤ ❶興旺；興盛：昌盛｜昌明。❷〈書〉正當(dàng)；美好：昌言。❸(Chāng)姓。

【昌化石】chānghuàshí ㄔㄤ ㄏㄨㄚˋ ㄕˊ 一種以葉蠟石為主要成分的石料，一般是淡粉色，或帶紅色斑點，也有全紅色的，產於浙江昌化，是製印章的名貴材料。

【昌隆】chānglóng ㄔㄤ ㄌㄨㄥˊ 興旺發達：國運昌隆。

【昌明】chāngmíng ㄔㄤ ㄇㄧㄥˊ ❶(政治、文化)興盛發達：科學昌明。❷使昌明：昌明文化｜昌明大義。

【昌盛】chāngshèng ㄔㄤ ㄕㄥˋ 興旺；興盛：文化昌盛｜把祖國建設成為一個繁榮昌盛的國家。

【昌言】chāngyán ㄔㄤ ㄧㄢˊ 〈書〉❶正當的言論；有價值的話。❷直言無隱。

倀(伥) chāng ㄔㄤ 倀鬼：為虎作倀。

【倀鬼】chāngguǐ ㄔㄤ ㄍㄨㄟˇ 傳說中被老虎咬死的人變成的鬼，這個鬼不敢離開老虎，反而給老虎做幫兇。參看1192頁〖為虎作倀〗。

倡 chāng ㄔㄤ 〈書〉❶指以演奏、歌舞為業的人。❷同'娼'。

另見131頁 chàng。

【倡優】chāngyōu ㄔㄤ ㄧㄡ ❶古代指擅長樂舞、諧戲的藝人。❷〈書〉娼妓和優伶。

菖〔菖〕 chāng ㄔㄤ［菖蒲］(chāngpú ㄔㄤ ㄆㄨˊ)多年生草本植物，生在水邊，地下有淡紅色根莖，葉子形狀像劍，肉穗花序。根莖可做香料，也可入藥。

猖 chāng ㄔㄤ 〈書〉兇猛；狂妄。

【猖獗】chāngjué ㄔㄤ ㄐㄩㄝˊ ❶兇猛而放肆：猖獗的敵人。❷〈書〉傾覆；跌倒。

【猖狂】chāngkuáng ㄔㄤ ㄎㄨㄤˊ 狂妄而放肆：打退敵人的猖狂進攻。

娼 chāng ㄔㄤ 妓女：暗娼｜淪落為娼｜逼良為娼。

【娼婦】chāngfù ㄔㄤ ㄈㄨˋ 妓女(多用於罵人)。

【娼妓】chāngjì ㄔㄤ ㄐㄧˋ 妓女。

【娼門】chāngmén ㄔㄤ ㄇㄣˊ 妓院。

閶(阊) chāng ㄔㄤ［閶闔］(chānghé ㄔㄤ ㄏㄜˊ)神話傳說中的天門；宮門。

鯧(鲳) chāng ㄔㄤ 鯧魚，身體短而側扁，沒有腹鰭。生活在海洋中。也叫銀鯧、鏡魚、平魚。

cháng (ㄔㄤˊ)

長(长) cháng ㄔㄤˊ ❶兩點之間的距離大(跟'短'相對)。a) 指空間：這條路很長｜長長的柳條垂到地面。b) 指時間：夏季晝長夜短｜長壽。❷長度：南京長江大橋氣勢雄偉，鐵路橋全長 6,772 米。❸長處：特長｜取長補短｜一技之長。❹對某事做得特別好：他長於寫作。❺(舊讀 zhàng ㄓㄤˋ)多餘；剩餘：長物。

另見1441頁 zhǎng。

【長安】Cháng'ān ㄔㄤˊ ㄢ 西漢隋唐等朝的都城，在今陝西西安一帶。也泛指都城。

【長臂猿】chángbìyuán ㄔㄤˊ ㄅㄧˋ ㄩㄢˊ 類人猿的一種，身體比猩猩小，前肢特別長，沒有尾巴，能直立行走。生活在亞洲熱帶森林中。

【長編】chángbiān ㄔㄤˊ ㄅㄧㄢ 在寫定著作之前，搜集有關材料並整理編排而成的初步稿本。

【長別】chángbié ㄔㄤˊ ㄅㄧㄝˊ ❶長久離別：傾訴長別的心情。❷永別。

【長波】chángbō ㄔㄤˊ ㄅㄛ 波長 30,000 米一

3,000 米（頻率 10－100 千赫）的無綫電波。以地波方式傳播，用於超遠程無綫電通訊和導航等方面。

【長策】chángcè ㄔㄤˊ ㄘㄜˋ 能起長遠作用的策略：治國長策｜權宜之計，決非長策。

【長城】Chángchéng ㄔㄤˊ ㄔㄥˊ 指萬里長城，也用來比喻堅強雄厚的力量、不可逾越的障礙等：中國人民解放軍是保衛祖國的鋼鐵長城。

【長程】chángchéng ㄔㄤˊ ㄔㄥˊ 路程遠的；長距離的：長程車票◇長程計劃｜長程目標。

【長蟲】cháng·chong ㄔㄤˊ ·ㄔㄨㄥ 蛇。

【長處】cháng·chu ㄔㄤˊ ·ㄔㄨ 特長；優點。

【長川】chángchuān ㄔㄤˊ ㄔㄨㄢ 常川。

【長辭】chángcí ㄔㄤˊ ㄘˊ 和人世永別，指去世：長辭人間｜與世長辭。

【長此以往】cháng cǐ yǐ wǎng ㄔㄤˊ ㄘˇ ㄧˇ ㄨㄤˇ 老是這樣下去（多就不好的情況說）。

【長笛】chángdí ㄔㄤˊ ㄉㄧˊ 管樂器，多用金屬製成，上面有孔，孔上有鍵。

【長度】chángdù ㄔㄤˊ ㄉㄨˋ 兩點之間的距離。

【長短】chángduǎn ㄔㄤˊ ㄉㄨㄢˇ ❶（長短兒）長度：這件衣裳長短兒正合適。❷意外的災禍、事故（多指生命的危險）：他獨自出海，家人提心吊膽，唯恐有個長短。❸是非；好壞：背地裏說人長短是不應該的。❹〈方〉表示無論如何：明天的歡迎大會你長短要來。

【長短句】chángduǎnjù ㄔㄤˊ ㄉㄨㄢˇ ㄐㄩˋ 詞②的別稱。

【長法】chángfǎ ㄔㄤˊ ㄈㄚˇ （長法兒）為長遠利益打算的辦法：頭疼醫頭，腳疼醫腳，不是個長法兒。

【長方體】chángfāngtǐ ㄔㄤˊ ㄈㄤ ㄊㄧˇ 六個長方形（有時相對的兩個面是正方形）所圍成的立體。

【長方形】chángfāngxíng ㄔㄤˊ ㄈㄤ ㄒㄧㄥˊ 矩形。

【長歌當哭】cháng gē dàng kū ㄔㄤˊ ㄍㄜ ㄉㄤˋ ㄎㄨ 以放聲歌咏代替哭泣，多指用詩文抒發胸中的悲憤。

【長庚】chánggēng ㄔㄤˊ ㄍㄥ 我國古代指傍晚出現在西方天空的金星。

【長工】chánggōng ㄔㄤˊ ㄍㄨㄥ 舊社會長年出賣勞力，受地主、富農剝削的貧苦農民。

【長骨】chánggǔ ㄔㄤˊ ㄍㄨˇ 長管狀的骨，如股骨、肱骨等。

【長鼓】chánggǔ ㄔㄤˊ ㄍㄨˇ ❶朝鮮族打擊樂器，圓筒形，中間細而實，兩端粗而中空，用繩繃皮做鼓面。❷瑤族打擊樂器，長筒形，腰細而實。

【長號】chánghào ㄔㄤˊ ㄏㄠˋ 管樂器，發音管可自由伸縮。俗稱拉管。

【長河】chánghé ㄔㄤˊ ㄏㄜˊ 長的河流。比喻長的過程：歷史的長河。

【長話短說】cháng huà duǎn shuō ㄔㄤˊ ㄏㄨㄚˋ ㄉㄨㄢˇ ㄕㄨㄛ 把要用很多話才能說完的事用簡短的話說完。

【長活】chánghuó ㄔㄤˊ ㄏㄨㄛˊ ❶長工的活兒：扛長活。❷〈方〉長工。

【長假】chángjià ㄔㄤˊ ㄐㄧㄚˋ 舊時機關或軍隊中稱辭職為請長假。

【長江後浪推前浪】Chángjiāng hòulàng tuī qiánlàng ㄔㄤˊ ㄐㄧㄤ ㄏㄡˋ ㄌㄤˋ ㄊㄨㄟ ㄑㄧㄢˊ ㄌㄤˋ 比喻人或事物不斷發展更迭，新陳代謝。

【長頸鹿】chángjǐnglù ㄔㄤˊ ㄐㄧㄥˇ ㄌㄨˋ 哺乳動物，頸很長，不會發聲，雌雄都有角，身上有花斑。跑得很快，吃植物的葉子，產於非洲森林中，是陸地上身體最高的動物。

【長久】chángjiǔ ㄔㄤˊ ㄐㄧㄡˇ 時間很長；長遠：長久打算｜這種混亂狀況不會長久的。

【長局】chángjú ㄔㄤˊ ㄐㄩˊ 可以長遠維持的局面（多用在'不是'後）：這樣拖下去終久不是長局。

【長卷】chángjuàn ㄔㄤˊ ㄐㄩㄢˋ 長幅的字畫：山水長卷。

【長空】chángkōng ㄔㄤˊ ㄎㄨㄥ 遼闊的天空：萬里長空。

【長款】cháng//kuǎn ㄔㄤˊ//ㄎㄨㄢˇ 指結賬時現金的數額多於賬面的數額。

【長龍】chánglóng ㄔㄤˊ ㄌㄨㄥˊ 比喻排成的長隊。

【長毛絨】chángmáoróng ㄔㄤˊ ㄇㄠˊ ㄖㄨㄥˊ 用毛紗做經，棉紗做緯織成的起絨織物，正面有挺立平整的長絨毛。適宜於做冬季服裝。

【長眠】chángmián ㄔㄤˊ ㄇㄧㄢˊ 婉辭，指死亡。

【長明燈】chángmíngdēng ㄔㄤˊ ㄇㄧㄥˊ ㄉㄥ 晝夜不滅的大油燈，大多掛在佛像或神像前面。

【長命鎖】chángmìngsuǒ ㄔㄤˊ ㄇㄧㄥˋ ㄙㄨㄛˇ 舊俗掛在小孩兒脖子上的鎖狀飾物，象徵長壽，多用金屬製成。

【長年】chángnián ㄔㄤˊ ㄋㄧㄢˊ ❶一年到頭；整年：長年在野外工作。❷〈方〉長工。❸〈書〉長壽。

另見1441頁 zhǎngnián。

【長年纍月】cháng nián lěi yuè ㄔㄤˊ ㄋㄧㄢˊ ㄌㄟˇ ㄩㄝˋ 形容經歷很多年月；很長時期。

【長袍兒】chángpáor ㄔㄤˊ ㄆㄠㄦˊ 男子穿的中式長衣。

【長跑】chángpǎo ㄔㄤˊ ㄆㄠˇ 長距離賽跑。

【長篇】chángpiān ㄔㄤˊ ㄆㄧㄢ ❶篇幅長的：長篇小說｜長篇演講。❷篇幅長的作品（多指小說）：這部小說是他創作的第一部長篇。

【長篇大論】cháng piān dà lùn ㄔㄤˊ ㄆㄧㄢ ㄉㄚˋ ㄌㄨㄣˋ 滔滔不絕的言論或篇幅冗長的文章。

【長篇小說】chángpiān xiǎoshuō ㄔㄤˊ ㄆㄧㄢ ㄒㄧㄠˇ ㄕㄨㄛ 篇幅長的小說，情節複雜，人物較多。

【長期】chángqī ㄔㄤˊ ㄑㄧ 長時期：長期計劃｜長期貸款。

【長槍】chángqiāng ㄔㄤˊ ㄑㄧㄤ ❶長杆上安鐵槍頭的舊式兵器。❷槍筒長的火器的統稱，包括步槍、馬槍、卡賓槍等。

【長驅】chángqū ㄔㄤˊ ㄑㄩ 迅速地向很遠的目的地走：長驅南下｜長驅直入。

【長驅直入】cháng qū zhí rù ㄔㄤˊ ㄑㄩ ㄓˊ ㄖㄨˋ (軍隊)長距離地、毫無阻擋地向前挺進。

【長日照植物】chángrìzhào zhíwù ㄔㄤˊ ㄖˋ ㄓㄠˋ ㄓˊ ㄨˋ 需要比較長的光照才能開花的植物，一般每天需要光照12小時以上。如大麥、豌豆、油菜等。

【長衫】chángshān ㄔㄤˊ ㄕㄢ 男子穿的大褂兒。

【長舌】chángshé ㄔㄤˊ ㄕㄜˊ 比喻愛扯閑話，搬弄是非：長舌婦。

【長生】chángshēng ㄔㄤˊ ㄕㄥ 永遠活着：長生不老(多作頌詞)。

【長生果】chángshēngguǒ ㄔㄤˊ ㄕㄥ ㄍㄨㄛˇ 〈方〉落花生。

【長逝】chángshì ㄔㄤˊ ㄕˋ 一去不回來，指死亡：溘然長逝。

【長壽】chángshòu ㄔㄤˊ ㄕㄡˋ 壽命長：長壽老人。

【長嘆】chángtàn ㄔㄤˊ ㄊㄢˋ 深深地嘆息：仰天長嘆。

【長天】chángtiān ㄔㄤˊ ㄊㄧㄢ 遼闊的天空：仰望長天。

【長亭】chángtíng ㄔㄤˊ ㄊㄧㄥˊ 古時設在城外路旁的亭子，多作行人歇腳用，也是送行話別的地方：長亭送別。

【長途】chángtú ㄔㄤˊ ㄊㄨˊ ❶路程遙遠的；長距離的：長途旅行｜長途汽車｜長途電話。❷指長途電話或長途汽車。

【長物】chángwù ㄔㄤˊ ㄨˋ (舊讀 zhàngwù ㄓㄤˋ ㄨˋ)原指多餘的東西，後來也指像樣兒的東西：身無長物(形容窮困或儉樸)。

【長綫】chángxiàn ㄔㄤˊ ㄒㄧㄢˋ 比喻(產品、專業等)供應量超過需求量(跟'短綫'相對)：長綫產品｜縮短長綫，發展短綫，把國民經濟的比例關係協調好。

【長綫產品】chángxiàn chǎnpǐn ㄔㄤˊ ㄒㄧㄢˋ ㄔㄢˇ ㄆㄧㄣˇ 企業生產的大於社會需要的產品。

【長行】chángxíng ㄔㄤˊ ㄒㄧㄥˊ 〈書〉遠行。

【長性】chángxìng ㄔㄤˊ ㄒㄧㄥˋ 常性①：這孩子沒有長性，才寫幾個字又去玩球了。

【長袖善舞】cháng xiù shàn wǔ ㄔㄤˊ ㄒㄧㄡˋ ㄕㄢˋ ㄨˇ 《韓非子·五蠹》：'鄙諺曰："長袖善舞，多錢善賈。"此言多資之易為工也。'比喻做事有所憑藉，就容易成功。後多用來形容有財勢、有手腕的人善於鑽營取巧。

【長吁短嘆】cháng xū duǎn tàn ㄔㄤˊ ㄒㄩ ㄉㄨㄢˇ ㄊㄢˋ 因傷感、煩悶、痛苦等不住地唉聲嘆氣。

【長夜】chángyè ㄔㄤˊ ㄧㄝˋ ❶漫長的黑夜，比喻黑暗的日子：長夜難明｜長夜漫漫。❷通宵；整夜：長夜不眠｜長夜之飲。

【長纓】chángyīng ㄔㄤˊ ㄧㄥ 〈書〉長帶子；長繩子。

【長於】chángyú ㄔㄤˊ ㄩˊ (對某事)做得特別好；擅長：他長於音樂。

【長圓】chángyuán ㄔㄤˊ ㄩㄢˊ 像雞蛋之類的東西的形狀。

【長遠】chángyuǎn ㄔㄤˊ ㄩㄢˇ ❶時間很長(指未來的時間)：長遠打算｜眼前利益應該服從長遠利益。❷〈方〉時間很長(指過去的時間)：長遠未見｜他好長遠沒有來了。

【長齋】chángzhāi ㄔㄤˊ ㄓㄞ 見150頁〖吃長齋〗。

【長征】chángzhēng ㄔㄤˊ ㄓㄥ ❶長途旅行；長途出征。❷特指中國工農紅軍1934－1935年由江西轉移到陝北的二萬五千里長征。

【長支】chángzhī ㄔㄤˊ ㄓ 舊時店員向店主借支款項，到年終結算，叫做長支。

【長治久安】cháng zhì jiǔ ān ㄔㄤˊ ㄓˋ ㄐㄧㄡˇ ㄢ 指社會秩序長期安定太平。

【長足】chángzú ㄔㄤˊ ㄗㄨˊ 形容進展迅速：長足的進步。

倘 cháng ㄔㄤˊ ［倘佯］(chángyáng ㄔㄤˊ ㄧㄤˊ)同'徜徉'(chángyáng)。另見1115頁 tǎng。

萇〔萇〕(苌) cháng ㄔㄤˊ ❶見〖萇楚〗。❷(Cháng)姓。

【萇楚】chángchǔ ㄔㄤˊ ㄔㄨˇ 古書上說的一種類似獼猴桃的植物。

常 cháng ㄔㄤˊ ❶一般；普通；平常：常人｜常識｜常態。❷不變的；經常：常數｜冬夏常青。❸時常；常常：常來常往｜我們常見面。❹〈書〉指倫常：三綱五常。❺(Cháng)姓。

【常備】chángbèi ㄔㄤˊ ㄅㄟˋ 經常準備或防備：常備車輛｜常備藥物｜常備不懈。

【常備軍】chángbèijūn ㄔㄤˊ ㄅㄟˋ ㄐㄩㄣ 國家平時經常保持的正規軍隊。

【常常】chángcháng ㄔㄤˊ ㄔㄤˊ (事情的發生)不止一次，而且時間相隔不久：他工作積極，常常受到表揚。

【常川】chángchuān ㄔㄤˊ ㄔㄨㄢ 經常地；連續不斷地：常川往來｜常川供給。

【常服】chángfú ㄔㄤˊ ㄈㄨˊ 日常穿的服裝(區別於'禮服')：居家常服。

【常規】chángguī ㄔㄤˊ ㄍㄨㄟ ❶沿襲下來經常實行的規矩；通常的做法：打破常規。❷醫學上稱經常使用的處理方法，如'血常規'是指紅細胞計數、白細胞計數、白細胞分類計數等的檢驗。

【常規武器】chángguī wǔqì ㄔㄤˊ ㄍㄨㄟ ㄨˇ ㄑㄧˋ

通常使用的武器，如槍、炮、飛機、坦克等，也包括冷兵器(區別於'核武器')。

【常規戰爭】chángguī zhànzhēng ㄔㄤˊ ㄍㄨㄟ ㄓㄢˋ ㄓㄥ 用常規武器進行的戰爭(區別於'核戰爭')。

【常軌】chángguǐ ㄔㄤˊ ㄍㄨㄟˇ 正常的、經常的方法或途徑：改變了生活常軌｜這類事件，可以遵循常軌解決。

【常衡】chánghéng ㄔㄤˊ ㄏㄥˊ 英美重量制度，用於金銀、藥物以外的一般物品(區別於'金衡、藥衡')。

【常會】chánghuì ㄔㄤˊ ㄏㄨㄟˋ 規定在一定期間舉行的會議；例會。

【常客】chángkè ㄔㄤˊ ㄎㄜˋ 經常來的客人。

【常理】chánglǐ ㄔㄤˊ ㄌㄧˇ (常理兒)通常的道理：按常理我應該去看望他。

【常例】chánglì ㄔㄤˊ ㄌㄧˋ 常規①；慣例：沿用常例｜不能按常例行事。

【常量】chángliàng ㄔㄤˊ ㄌㄧㄤˋ 在某一過程中，數值固定不變的量。如等速運動中的速度就是常量。也叫恒量。

【常年】chángnián ㄔㄤˊ ㄋㄧㄢˊ ❶終年；長期：山頂上常年積雪｜戰士們常年守衛在祖國的邊防。❷平常的年份：這兒小麥常年畝產五百斤。

【常情】chángqíng ㄔㄤˊ ㄑㄧㄥˊ 通常的心情或情理：按照常情，要他回來，他會回來的。

【常人】chángrén ㄔㄤˊ ㄖㄣˊ 普通的人；一般的人：他的性格與常人不同｜這種痛苦，非常人所能忍受。

【常任】chángrèn ㄔㄤˊ ㄖㄣˋ 長期擔任的：常任理事。

【常設】chángshè ㄔㄤˊ ㄕㄜˋ 不是臨時設立的(組織、機構等)：全國人民代表大會常務委員會是全國人民代表大會的常設機關。

【常識】chángshí ㄔㄤˊ ㄕˊ 普通知識：政治常識｜科學常識｜生活常識。

【常事】chángshì ㄔㄤˊ ㄕˋ 平常的事情；經常的事情：看書看到深夜，這對他來説是常事。

【常數】chángshù ㄔㄤˊ ㄕㄨˋ 表示常量的數，如圓周率π的值3.1415926…就是常數。

【常態】chángtài ㄔㄤˊ ㄊㄞˋ 正常的狀態(跟'變態'相對)：一反常態｜恢復常態。

【常套】chángtào ㄔㄤˊ ㄊㄠˋ 常用的陳陳相因的辦法或格式：擺脱才子佳人小説的常套。

【常委】chángwěi ㄔㄤˊ ㄨㄟˇ ❶某些機構由常務委員組成的領導集體；常務委員會：人大常委。❷常務委員會的成員。

【常溫】chángwēn ㄔㄤˊ ㄨㄣ 一般指15－25°C的溫度。

【常務】chángwù ㄔㄤˊ ㄨˋ 主持日常工作的：常務委員｜常務副市長。

【常行軍】chángxíngjūn ㄔㄤˊ ㄒㄧㄥˊ ㄐㄩㄣ 部隊按正常的每日行程和時速進行的行軍。

【常性】chángxìng ㄔㄤˊ ㄒㄧㄥˋ ❶能堅持做某事的性子：他無論學甚麼都沒常性，學個三五天就不幹了。❷〈書〉一定的習性。

【常言】chángyán ㄔㄤˊ ㄧㄢˊ 習慣上常説的像諺語、格言之類的話，如'不經一事，不長一智'、'人勤地不懶'。

【常用對數】chángyòng-duìshù ㄔㄤˊ ㄩㄥˋ ㄉㄨㄟˋ ㄕㄨˋ 以10為底的對數，用符號lg表示。也叫十進對數。參看291頁〖對數〗。

【常住】chángzhù ㄔㄤˊ ㄓㄨˋ ❶經常居住：常住之地｜常住人口。❷佛教指佛法無生滅變遷。❸佛教、道教指寺觀及其田產什物等。

徜

cháng ㄔㄤˊ ［徜徉］(chángyáng ㄔㄤˊ ㄧㄤˊ)〈書〉閑遊；安閑自在地步行。也作倘佯。

場(场、塲)

cháng ㄔㄤˊ ❶平坦的空地，多用來翻曬糧食，碾軋穀物：打場｜起場。❷〈方〉集；市集：趕場。❸量詞，用於事情的經過：一場透雨｜一場大戰。

另見130頁 chǎng。

【場屋】chángwū ㄔㄤˊ ㄨ 蓋在打穀場上或場院裏供人休息或存放農具的小屋子。

另見130頁 chǎngwū。

【場院】chángyuàn ㄔㄤˊ ㄩㄢˋ 有牆或籬笆環繞的平坦的空地，多用來打穀物和曬糧食。

腸(肠)

cháng ㄔㄤˊ ❶消化器官的一部分，形狀像管子，上端連胃，下端通肛門。分為小腸、大腸兩部分，起消化和吸收作用。通稱腸子，也叫腸管。❷(腸兒)在腸衣裏塞進肉、澱粉等製成的食品：香腸｜魚腸｜臘腸。

【腸斷】chángduàn ㄔㄤˊ ㄉㄨㄢˋ 〈書〉形容極度悲痛。

【腸骨】chánggǔ ㄔㄤˊ ㄍㄨˇ 髂(qià)骨。

【腸管】chángguǎn ㄔㄤˊ ㄍㄨㄢˇ 腸①。

【腸絨毛】chángróngmáo ㄔㄤˊ ㄖㄨㄥˊ ㄇㄠˊ 小腸內壁黏膜上像絨毛的組織，內含小血管，有吸收養料的作用。

【腸胃】chángwèi ㄔㄤˊ ㄨㄟˋ 腸和胃，指人的消化系統：我腸胃不大好，不能吃生冷的東西。

【腸繫膜】chángxìmó ㄔㄤˊ ㄒㄧˋ ㄇㄛˊ 腹膜的一部分，包在小腸和大腸的外面，把腸連接在腹腔的後壁上。

【腸炎】chángyán ㄔㄤˊ ㄧㄢˊ 腸黏膜的炎症，通常多指小腸黏膜的炎症。症狀是腹痛、發燒、腹瀉等。

【腸液】chángyè ㄔㄤˊ ㄧㄝˋ 由小腸黏膜腺分泌的消化液，含有很多種酶，能進一步消化食物中的糖類、脂肪等。

【腸衣】chángyī ㄔㄤˊ ㄧ 用火鹼脱去脂肪晾乾的腸子，一般用羊腸或豬的小腸等製成，可用來灌香腸，做羽毛球拍的弦、縫合傷口的綫等。

【腸子】cháng·zi ㄔㄤˊ·ㄗ 腸①的通稱。

嘗[1](尝、嚐) cháng ㄔㄤˊ ❶吃一點兒試試；辨別滋味：嘗嘗鹹淡。❷經歷；體驗：艱苦備嘗｜嘗到了體育鍛煉的甜頭。

嘗[2](尝) cháng ㄔㄤˊ 曾經：未嘗｜何嘗。

【嘗鼎一臠】cháng dǐng yī luán ㄔㄤˊ ㄉㄧㄥˇ ㄧ ㄌㄨㄢˊ 嘗嘗鼎裏的一片肉，可以知道整個鼎裏的肉味。比喻根據部分推知全體。

【嘗試】chángshì ㄔㄤˊ ㄕˋ 試；試驗：他們為了解決這個問題，嘗試過各種方法。

【嘗鮮】cháng∥xiān ㄔㄤˊ∥ㄒㄧㄢ 吃鮮美的食品；嘗新。

【嘗新】cháng∥xīn ㄔㄤˊ∥ㄒㄧㄣ 吃應時的新鮮食品：這是剛摘下的荔枝，嘗嘗新吧。

裳 cháng ㄔㄤˊ 古代指裙子。
另見1008頁 ·shang。

嫦 cháng ㄔㄤˊ ［嫦娥］(cháng'é ㄔㄤˊ ㄜˊ) 神話中由人間飛到月亮上去的仙女。又稱姮娥。

償(偿) cháng ㄔㄤˊ ❶歸還；抵補：償還｜得不償失。❷滿足：如願以償。

【償付】chángfù ㄔㄤˊ ㄈㄨˋ 償還：如期償付｜償付債務。

【償還】chánghuán ㄔㄤˊ ㄏㄨㄢˊ 歸還(所欠的債)：償還貸款｜無力償還。

【償命】cháng∥mìng ㄔㄤˊ∥ㄇㄧㄥˋ (殺人者)用生命抵償。

chǎng (ㄔㄤˇ)

昶 chǎng ㄔㄤˇ ❶〈書〉白天時間長。❷〈書〉舒暢；暢通。❸(Chǎng)姓。

惝 chǎng ㄔㄤˇ，又 tǎng ㄊㄤˇ ［惝怳］(chǎnghuǎng ㄔㄤˇ ㄏㄨㄤˇ，又 tǎnghuǎng ㄊㄤˇ ㄏㄨㄤˇ)〈書〉❶失意；不高興。❷迷迷糊糊；不清楚。‖也作惝恍。

場(场、塲) chǎng ㄔㄤˇ ❶(場兒)適應某種需要的比較大的地方：會場｜操場｜市場｜劇場｜廣場。❷舞台：上場｜下場。❸指某種活動範圍：官場｜名利場｜逢場作戲。❹事情發生的地點：現場｜當場｜事故發生時我正好在場。❺指表演或比賽的全場：開場｜終場。❻戲劇中較小的段落，每場表演故事的一個片段。❼量詞，用於文娛體育活動：三場球賽｜跳一場舞。❽電視接收機中，電子束對一幅畫面的奇數行或偶數行完成一次隔行掃描，叫做一場。奇數場和偶數場合為一幀完整畫面。❾物質存在的一種基本形態，具有能量、動量和質量。實物之間的相互作用依靠有關的場來實現。如電場、磁場、引力場等。
另見129頁 cháng。

【場次】chǎngcì ㄔㄤˇ ㄘˋ 電影、戲劇等演出的場數：增加場次，滿足更多觀眾的需要。

【場地】chǎngdì ㄔㄤˇ ㄉㄧˋ 空地，多指供文娛體育活動或施工、試驗等用的地方。

【場館】chǎngguǎn ㄔㄤˇ ㄍㄨㄢˇ 體育場和體育館的合稱：比賽場館｜新建五處體育場館。

【場合】chǎnghé ㄔㄤˇ ㄏㄜˊ 一定的時間、地點、情況：在公共場合，要遵守秩序。

【場記】chǎngjì ㄔㄤˇ ㄐㄧˋ 指攝製影視片或排演話劇時，詳細記錄攝影情況或排演情況的工作。也指做這項工作的人。

【場景】chǎngjǐng ㄔㄤˇ ㄐㄧㄥˇ ❶指戲劇、電影、電視劇中的場面。❷泛指情景：熱火朝天的勞動場景。

【場面】chǎngmiàn ㄔㄤˇ ㄇㄧㄢˋ ❶戲劇、電影、電視劇中由佈景、音樂和登場人物組合成的景況。❷敍事性文學作品中，由人物在一定場合相互發生關係而構成的生活情景。❸指戲曲演出時伴奏的人員和樂器，分文武兩種，管樂和弦樂是文場面，鑼鼓是武場面(也說'文場、武場')。❹泛指一定場合下的情景：場面壯觀｜熱烈的場面。❺表面的排場：擺場面(講排場)｜撐場面。

【場面話】chǎngmiànhuà ㄔㄤˇ ㄇㄧㄢˋ ㄏㄨㄚˋ 指敷衍應酬的話。

【場面人】chǎngmiànrén ㄔㄤˇ ㄇㄧㄢˋ ㄖㄣˊ ❶指善於在交際場合應酬的人。❷在社會上有一定地位的人。

【場面上】chǎngmiàn·shang ㄔㄤˇ ㄇㄧㄢˋ·ㄕㄤ 指社交場合：他在場面上混得很熟｜場面上都稱他為'三爺'｜大家都是場面上的人物，不必為這點兒小事傷了和氣。

【場所】chǎngsuǒ ㄔㄤˇ ㄙㄨㄛˇ 活動的處所：公共場所｜娛樂場所。

【場屋】chǎngwū ㄔㄤˇ ㄨ 科舉考試的場所。
另見129頁 chángwū。

【場子】chǎng·zi ㄔㄤˇ·ㄗ 適應某種需要的比較大的地方：大場子｜空場子。

敞 chǎng ㄔㄤˇ ❶(房屋、庭院等)寬綽；沒有遮攔：寬敞｜這屋子太敞。❷張開；打開：敞胸露懷｜敞着門｜敞着口兒。

【敞車】chǎngchē ㄔㄤˇ ㄔㄜ ❶沒有車篷的車。❷鐵路上指沒有車頂的貨車。

【敞開】chǎngkāi ㄔㄤˇ ㄎㄞ ❶大開；打開：敞開衣襟｜大門敞開着◇敞開思想。❷放開，不加限制；儘量：敞開價格，隨行就市｜你有甚麼話就敞開説吧。

【敞快】chǎng·kuài ㄔㄤˇ·ㄎㄨㄞˋ 爽快：他是個敞快人，説做就做。

【敞亮】chǎngliàng ㄔㄤˇ ㄌㄧㄤˋ 寬敞明亮：三

間敞亮的平房◇聽了一番開導，心裏敞亮多了。

【敞篷車】chǎngpéngchē ㄔㄤˇ ㄆㄥˊ ㄔㄜ 沒有篷子的車（多指機動車）。

廠（厂、厰）chǎng ㄔㄤˇ ❶工廠：鋼鐵廠｜紡織廠。❷廠子②：煤廠｜木材廠。

'厂'另見5頁 ān。

【廠房】chǎngfáng ㄔㄤˇ ㄈㄤˊ 工廠的房屋，通常專指車間。

【廠規】chǎngguī ㄔㄤˇ ㄍㄨㄟ 一個工廠所定的本廠成員必須遵守的規章。

【廠家】chǎngjiā ㄔㄤˇ ㄐㄧㄚ 指工廠：這次展銷會有幾百個廠家參加。

【廠礦】chǎngkuàng ㄔㄤˇ ㄎㄨㄤˋ 工廠和礦山的合稱。

【廠禮拜】chǎnglǐbài ㄔㄤˇ ㄌㄧˇ ㄅㄞˋ 工廠裏選定的代替星期日休假的日子。

【廠區】chǎngqū ㄔㄤˇ ㄑㄩ 工廠中進行生產的區域。通常包括車間、倉庫、動力設施（如鍋爐房）及運輸道路等。

【廠商】chǎngshāng ㄔㄤˇ ㄕㄤ 工廠和商店（多指私營的）：營造廠商｜承包廠商。

【廠絲】chǎngsī ㄔㄤˇ ㄙ 繅絲廠用機械繅製的生絲。

【廠休】chǎngxiū ㄔㄤˇ ㄒㄧㄡ 工廠規定的本廠職工的休息日；廠禮拜。

【廠子】chǎng·zi ㄔㄤˇ ·ㄗ ❶工廠：我們廠子裏新建一個車間。❷指有寬敞地面可以存放貨物並進行加工的商店。

氅 chǎng ㄔㄤˇ 外套：大氅（大衣）。

鋹（锃）chǎng ㄔㄤˇ 〈書〉銳利。

chàng（ㄔㄤˋ）

倡 chàng ㄔㄤˋ ❶帶頭發動；提倡：倡導｜倡議。❷〈書〉同'唱'。

另見126頁 chāng。

【倡辦】chàngbàn ㄔㄤˋ ㄅㄢˋ 帶頭開辦；創辦：聯合倡辦文化活動中心｜倡辦單位多達十幾家。

【倡導】chàngdǎo ㄔㄤˋ ㄉㄠˇ 帶頭提倡：倡導新風尚。

【倡首】chàngshǒu ㄔㄤˋ ㄕㄡˇ 帶頭做某事或提出某種主張；首倡：此事由他倡導，我們附議。

【倡言】chàngyán ㄔㄤˋ ㄧㄢˊ 公開地提出來：倡言革命。

【倡議】chàngyì ㄔㄤˋ ㄧˋ ❶首先建議；發起：倡議書｜我們倡議開展勞動競賽。❷首先提出的主張：這個倡議得到了熱烈的響應。

鬯1 chàng ㄔㄤˋ 古代祭祀用的一種酒。

鬯2 chàng ㄔㄤˋ 〈書〉同'暢'。

唱 chàng ㄔㄤˋ ❶口中發出（樂音）；依照樂律發出聲音：唱歌｜唱戲｜獨唱｜合唱｜演唱。❷大聲叫：唱名｜雞唱三遍。❸（唱兒）歌曲；唱詞：《穆柯寨》這齣戲裏，楊宗保的唱兒不多。❹（Chàng）姓。

【唱本】chàngběn ㄔㄤˋ ㄅㄣˇ （唱本兒）曲藝或戲曲唱詞的小冊子。

【唱酬】chàngchóu ㄔㄤˋ ㄔㄡˊ 〈書〉唱和（hè）①。

【唱詞】chàngcí ㄔㄤˋ ㄘˊ 戲曲、曲藝中唱的詞句。

【唱碟】chàngdié ㄔㄤˋ ㄉㄧㄝˊ 〈方〉唱片。

【唱獨角戲】chàng dújiǎoxì ㄔㄤˋ ㄉㄨˊ ㄐㄧㄠˇ ㄒㄧˋ 比喻一個人獨自做某件事。

【唱段】chàngduàn ㄔㄤˋ ㄉㄨㄢˋ 戲曲中一段完整的唱腔。

【唱對台戲】chàng duìtáixì ㄔㄤˋ ㄉㄨㄟˋ ㄊㄞˊ ㄒㄧˋ 比喻採取與對方相對的行動，來反對或搞垮對方。

【唱反調】chàng fǎndiào ㄔㄤˋ ㄈㄢˇ ㄉㄧㄠˋ 提出相反的主張，採取相反的行動。

【唱付】chàngfù ㄔㄤˋ ㄈㄨˋ 營業員找給顧客錢時大聲說出所找的錢數。

【唱高調】chàng gāodiào ㄔㄤˋ ㄍㄠ ㄉㄧㄠˋ （唱高調兒）說不切實際的漂亮話；光說得好聽而不去做：反對光唱高調不幹實事的作風。

【唱工】chànggōng ㄔㄤˋ ㄍㄨㄥ （唱工兒）戲曲中的歌唱藝術：唱工戲。也作唱功。

【唱功】chànggōng ㄔㄤˋ ㄍㄨㄥ 同'唱工'。

【唱和】chànghè ㄔㄤˋ ㄏㄜˋ ❶一個人做了詩或詞，別的人相應作答（大多按照原韵）：他們經常以詩詞唱和。❷指唱歌時此唱彼和，互相呼應。

【唱機】chàngjī ㄔㄤˋ ㄐㄧ 留聲機和電唱機的統稱。

【唱空城計】chàng kōngchéngjì ㄔㄤˋ ㄎㄨㄥ ㄔㄥˊ ㄐㄧˋ ❶比喻用掩飾自己力量空虛的辦法，騙過對方。參看655頁〖空城計〗。❷比喻某單位的人員全部或大部不在。

【唱名】chàng∥míng ㄔㄤˋ∥ㄇㄧㄥˊ 高聲點名：唱名表決。

【唱名】chàngmíng ㄔㄤˋ ㄇㄧㄥˊ 指唱歌時所用的do、re、mi、fa、sol、la、si（或ti）七個固定音節。

【唱盤】chàngpán ㄔㄤˋ ㄆㄢˊ 唱片。

【唱片兒】chàngpiānr ㄔㄤˋ ㄆㄧㄢㄦ 唱片（chàngpiàn）。

【唱片】chàngpiàn ㄔㄤˋ ㄆㄧㄢˋ 用蟲膠、塑料等製成的圓盤，表面有記錄聲音變化的螺旋槽紋，可以用唱機把所錄的聲音重放出來。

【唱票】chàng//piào ㄔㄤˋ//ㄆㄧㄠˋ 投票選舉後，開票時大聲唸出選票上寫的或圈定的名字：唱票人。

【唱腔】chàngqiāng ㄔㄤˋ ㄑㄧㄤ 戲曲音樂中的聲樂部分，即唱出來的曲調。

【唱喏】chàng//rě ㄔㄤˋ//ㄖㄜˇ 〈方〉作揖（在早期白話中，'唱喏'是一面作揖，一面出聲致敬）。

【唱詩】chàngshī ㄔㄤˋ ㄕ ❶基督教指唱讚美詩：唱詩班（做禮拜時唱讚美詩的合唱隊）。❷〈書〉吟詩。

【唱收】chàngshōu ㄔㄤˋ ㄕㄡ 營業員收到顧客錢時大聲説出所收的錢數。

【唱頭】chàngtóu ㄔㄤˋ ㄊㄡˊ 唱機上用來發聲的器件。

【唱戲】chàng//xì ㄔㄤˋ//ㄒㄧˋ 演唱戲曲。

【唱針】chàngzhēn ㄔㄤˋ ㄓㄣ 唱機的唱頭上裝的針，一般是鋼製的或人造寶石的。

【唱主角】chàng zhǔjué ㄔㄤˋ ㄓㄨˇ ㄐㄩㄝˊ 比喻擔負主要任務或在某方面起主導作用：這項任務由老張唱主角。

悵（怅） chàng ㄔㄤˋ 不如意：悵惘｜惆悵。

【悵悵】chàngchàng ㄔㄤˋ ㄔㄤˋ 〈書〉形容因不如意而感到不痛快：悵悵不樂｜悵悵離去。

【悵恨】chànghèn ㄔㄤˋ ㄏㄣˋ 惆悵惱恨：無限悵恨。

【悵然】chàngrán ㄔㄤˋ ㄖㄢˊ 悵悵：悵然而返｜悵然若失。

【悵惋】chàngwǎn ㄔㄤˋ ㄨㄢˇ 惆悵惋惜。

【悵惘】chàngwǎng ㄔㄤˋ ㄨㄤˇ 惆悵迷惘；心裏有事，沒精打采：神情悵惘。

瑒（玚） chàng ㄔㄤˋ 古代祭祀用的一種圭。也叫瑒圭。

另見1325頁 yáng。

暢（畅） chàng ㄔㄤˋ ❶無阻礙；不停滯：暢達｜暢行無阻。❷痛快；盡情：暢談｜暢所欲言。❸（Chàng）姓。

【暢達】chàngdá ㄔㄤˋ ㄉㄚˊ （語言、文章、交通）通暢；順暢：譯文暢達｜車輛往來暢達。

【暢懷】chànghuái ㄔㄤˋ ㄏㄨㄞˊ 盡情；開懷：暢懷痛飲｜暢懷大笑。

【暢快】chàngkuài ㄔㄤˋ ㄎㄨㄞˋ 舒暢快樂：心情暢快。

【暢所欲言】chàng suǒ yù yán ㄔㄤˋ ㄙㄨㄛˇ ㄩˋ ㄧㄢˊ 盡情地説出想説的話。

【暢談】chàngtán ㄔㄤˋ ㄊㄢˊ 盡情地談：開懷暢談。

【暢通】chàngtōng ㄔㄤˋ ㄊㄨㄥ 無阻礙地通行或通過：鐵路暢通｜血脉暢通｜暢通無阻。

【暢想】chàngxiǎng ㄔㄤˋ ㄒㄧㄤˇ 敞開思路，毫無拘束地想像：暢想曲｜暢想未來。

【暢銷】chàngxiāo ㄔㄤˋ ㄒㄧㄠ （貨物）銷路廣，賣得快：暢銷貨｜暢銷各地。

【暢行】chàngxíng ㄔㄤˋ ㄒㄧㄥˊ 順利地通行：車輛暢行。

【暢敍】chàngxù ㄔㄤˋ ㄒㄩˋ 盡情地敍談：暢敍別情。

【暢飲】chàngyǐn ㄔㄤˋ ㄧㄣˇ 盡情地喝（酒）：開懷暢飲｜暢飲幾杯。

【暢游】chàngyóu ㄔㄤˋ ㄧㄡˊ 暢快地游泳：暢游長江。

【暢遊】chàngyóu ㄔㄤˋ ㄧㄡˊ 盡情地遊覽：暢遊黃山。

韔（韔） chàng ㄔㄤˋ 〈書〉❶裝弓的袋子。❷把弓裝入弓袋。

chāo（ㄔㄠ）

抄[1]（❶鈔） chāo ㄔㄠ ❶謄寫：抄文件｜抄稿子。❷照着別人的作品、作業等寫下來當做自己的。

抄[2] chāo ㄔㄠ ❶搜查並沒收：抄家｜查抄。❷從側面或較近的小路過去：抄近道走。❸兩手在胸前相互地插在袖筒裏：抄着手。

抄[3] chāo ㄔㄠ 抓取；拿：抄起一把鐵鍬就走。

【抄靶子】chāo bǎ·zi ㄔㄠ ㄅㄚˇ ·ㄗ 〈方〉舊時巡警等攔住行人進行抄身叫抄靶子。

【抄本】chāoběn ㄔㄠ ㄅㄣˇ 抄寫的本子。

【抄查】chāochá ㄔㄠ ㄔㄚˊ 搜查違禁的東西並沒收；查抄：抄查毒品。

【抄道】chāo//dào ㄔㄠ//ㄉㄠˋ （抄道兒）走較近便的路：抄道進山。

【抄道】chāodào ㄔㄠ ㄉㄠˋ （抄道兒）近便的路：走抄道去趕集要近五里路。

【抄肥】chāoféi ㄔㄠ ㄈㄟˊ 〈方〉指撈外快。

【抄後路】chāo hòulù ㄔㄠ ㄏㄡˋ ㄌㄨˋ 繞到背後襲擊。

【抄獲】chāohuò ㄔㄠ ㄏㄨㄛˋ 搜查並獲得：抄獲贓物。

【抄家】chāo//jiā ㄔㄠ//ㄐㄧㄚ 查抄家產。

【抄件】chāojiàn ㄔㄠ ㄐㄧㄢˋ 送交有關單位參考的文件（多指複製的上級所發的文件）。

【抄近兒】chāo//jìnr ㄔㄠ//ㄐㄧㄣㄦˋ 走較近的路。

【抄錄】chāolù ㄔㄠ ㄌㄨˋ 抄寫：抄錄名人名言。

【抄沒】chāomò ㄔㄠ ㄇㄛˋ 搜查並沒收：抄沒家產。

【抄身】chāo//shēn ㄔㄠ//ㄕㄣ 搜檢身上有無私帶的東西。

【抄收】chāoshōu ㄔㄠ ㄕㄡ 收聽並抄錄（電報等）：抄收電訊。

【抄手】chāo//shǒu ㄔㄠ//ㄕㄡˇ 兩手在胸前相互插在袖筒裏或兩臂交叉放在胸前：抄着手在一旁看熱鬧。

【抄手】chāoshǒu ㄔㄠ ㄕㄡˇ 〈方〉餛飩。

【抄襲】[1] chāoxí ㄔㄠ ㄒㄧˊ ❶把別人的作品或語句抄來當做自己的。❷指不顧客觀情況，沿用別人的經驗方法等。

【抄襲】[2] chāoxí ㄔㄠ ㄒㄧˊ (軍隊)繞道到敵人側面或後面襲擊。

【抄寫】chāoxiě ㄔㄠ ㄒㄧㄝˇ 照着原文寫下來：抄寫員。

【抄用】chāoyòng ㄔㄠ ㄩㄥˋ 抄襲沿用：好經驗應該學，但不能簡單抄用。

【抄造】chāozào ㄔㄠ ㄗㄠˋ 把紙漿造成紙。

吵 chāo ㄔㄠ 見下。
另見135頁 chǎo。

【吵吵】chāo·chao ㄔㄠ ·ㄔㄠ 〈方〉許多人亂說話：別瞎吵吵了，聽他把話說完。

怊 chāo ㄔㄠ 〈書〉悲憤。

弨 chāo ㄔㄠ 〈書〉❶弓鬆弛的樣子。❷弓。

超 chāo ㄔㄠ ❶超過：超額｜超齡｜超音速。❷超出尋常的：超級｜超高溫。❸在某個範圍以外的；不受限制的：超自然｜超現實｜超階級。❹〈書〉跳躍；跨過：挾泰山以超北海。

【超拔】chāobá ㄔㄠ ㄅㄚˊ ❶高出一般；出眾：才情超拔。❷提升：超拔擢用。❸脫離(不良環境)；擺脫(壞習慣)：惡習一旦養成，則不易超拔。

【超編】chāobiān ㄔㄠ ㄅㄧㄢ 超出組織、機構人員編制的定額。

【超標】chāobiāo ㄔㄠ ㄅㄧㄠ 超過規定的標準：這個工廠因超標排污被罰了款。

【超產】chāochǎn ㄔㄠ ㄔㄢˇ 超過原定生產數量：超產百分之二十。

【超常】chāocháng ㄔㄠ ㄔㄤˊ 超過尋常；超出一般：超常兒童(智商特別高的兒童)｜競技水平超常發揮。

【超車】chāo//chē ㄔㄠ//ㄔㄜ (車輛)從旁邊越過前面同方向行駛的車輛：切莫強行超車。

【超塵拔俗】chāo chén bá sú ㄔㄠ ㄔㄣˊ ㄅㄚˊ ㄙㄨˊ 形容人品超過一般，不同凡俗。也說超塵出俗。

【超出】chāochū ㄔㄠ ㄔㄨ 越出(一定的數量或範圍)：超出定額｜超出規定。

【超導電性】chāodǎodiànxìng ㄔㄠ ㄉㄠˇ ㄉㄧㄢˋ ㄒㄧㄥˋ 某些金屬、合金或化合物，在溫度降到接近絕對零度(−273.15°C)時，電阻突然減小為零，這種性質叫超導電性。

【超導體】chāodǎotǐ ㄔㄠ ㄉㄠˇ ㄊㄧˇ 顯示出超導電性的物體。

【超低溫】chāodīwēn ㄔㄠ ㄉㄧ ㄨㄣ 比低溫更低的溫度，物理學上指低於−263°C的液態空氣的溫度。

【超度】chāodù ㄔㄠ ㄉㄨˋ 佛教和道教用語，指唸經或做法事使鬼魂脫離苦難：超度亡魂。

【超短波】chāoduǎnbō ㄔㄠ ㄉㄨㄢˇ ㄅㄛ 波長10米−1米(頻率30−300兆赫)的無綫電波。近似直綫傳播，用於電視廣播、通信、雷達等方面。也叫米波。

【超短裙】chāoduǎnqún ㄔㄠ ㄉㄨㄢˇ ㄑㄩㄣˊ 一種裙身極短，不及膝蓋的裙子。

【超額】chāo'é ㄔㄠ ㄜˊ 超過定額：超額完成任務｜超額百分之十。

【超凡】chāofán ㄔㄠ ㄈㄢˊ ❶超越凡人：超凡入聖。❷超出平常：技藝超凡。

【超凡入聖】chāo fán rù shèng ㄔㄠ ㄈㄢˊ ㄖㄨˋ ㄕㄥˋ 超出凡人，達到聖人的境界。多形容造詣精深。

【超固態】chāogùtài ㄔㄠ ㄍㄨˋ ㄊㄞˋ 物質存在的一種形態，這種形態下的固體物質，由於壓力和溫度增加到一定程度，原子核和電子緊緊擠在一起，原子內部不再有空隙。白矮星內部和地球中心區域都有超固態物質。

【超過】chāoguò ㄔㄠ ㄍㄨㄛˋ ❶由某物的後面趕到它的前面：他的車從左邊超過了前面的卡車。❷高出…之上：隊員平均年齡超過23歲｜各車間產量都超過原定計劃。

【超級】chāojí ㄔㄠ ㄐㄧˊ 超出一般等級的：超級顯微鏡｜超級豪華臥車。

【超級大國】chāojí dàguó ㄔㄠ ㄐㄧˊ ㄉㄚˋ ㄍㄨㄛˊ 指憑藉比其他國家強大的軍事和經濟實力謀求世界霸權的國家。

【超級市場】chāojí shìchǎng ㄔㄠ ㄐㄧˊ ㄕˋ ㄔㄤˇ 一種新型的綜合商店，一般不設或少設售貨員，讓顧客自行選取所需的商品，到出口處結算付款。也叫自選商場。

【超巨星】chāojùxīng ㄔㄠ ㄐㄩˋ ㄒㄧㄥ 光度、體積比巨星大而密度較小的恒星。

【超絕】chāojué ㄔㄠ ㄐㄩㄝˊ 超出尋常：技藝超絕｜超絕的智慧。

【超齡】chāolíng ㄔㄠ ㄌㄧㄥˊ 超過規定的年齡：超齡團員。

【超期】chāoqī ㄔㄠ ㄑㄧ 超過規定的期限：超期服役。

【超遷】chāoqiān ㄔㄠ ㄑㄧㄢ 〈書〉(官吏)越級提升。

【超前】chāoqián ㄔㄠ ㄑㄧㄢˊ ❶超越當前的：超前消費｜超前意識｜超前教育。❷指超過前人：超前絕後。

【超群】chāoqún ㄔㄠ ㄑㄩㄣˊ 超過一般：武藝超群。

【超然】chāorán ㄔㄠ ㄖㄢˊ 不站在對立各方的任何一方面：超然物外｜超然不群｜超然自得。

【超然物外】chāorán wù wài ㄔㄠ ㄖㄢˊ ㄨˋ ㄨㄞˋ ❶超出於社會鬥爭之外。❷比喻置身事外。

【超人】chāorén ㄔㄠ ㄖㄣˊ ❶(能力等)超過一般人：超人的記憶力。❷德國哲學家尼采

(Friedrich Wilhelm Nietzsche) 提出的所謂最強、最優、行為超出善惡，可以為所欲為的人。尼采認為超人是歷史的創造者，平常人只是超人的工具。

【超升】chāoshēng ㄔㄠ ㄕㄥ ❶佛教用語，指人死後靈魂升入極樂世界。❷〈書〉越級提升：破格超升。

【超生】chāoshēng ㄔㄠ ㄕㄥ ❶佛教用語，指人死後靈魂投生為人。❷比喻寬容或開脱：筆下超生。

【超聲波】chāoshēngbō ㄔㄠ ㄕㄥ ㄅㄛ 超過人能聽到的最高頻 (20000 赫兹) 的聲波。超聲波沿直綫傳播，有方向性，並能反射回來，對物體有破壞性。廣泛應用在各技術部門。

【超聲速】chāoshēngsù ㄔㄠ ㄕㄥ ㄙㄨˋ 超過聲速 (340 米/秒) 的速度。也叫超音速。

【超收】chāoshōu ㄔㄠ ㄕㄡ ❶收入超過計劃或規定。❷收進的款項或實物 (經過折價) 超過應收金額的部分。

【超俗】chāosú ㄔㄠ ㄙㄨˊ 超脱世俗；不落俗套：超俗絕世｜舞姿灑脱超俗。

【超速】chāosù ㄔㄠ ㄙㄨˋ 超過規定的速度：嚴禁超速行車。

【超脱】chāotuō ㄔㄠ ㄊㄨㄛ ❶不拘泥成規、傳統、形式等：性格超脱｜他的字不專門學一家，信筆寫來，十分超脱。❷超出；脱離：超脱現實｜超脱塵世。❸解脱；開脱。

【超新星】chāoxīnxīng ㄔㄠ ㄒㄧㄣ ㄒㄧㄥ 超過原來光度一千萬倍的新星。

【超一流】chāoyīliú ㄔㄠ ㄧ ㄌㄧㄡˊ 超出一流水平，指達到極高的境界：超一流棋手。

【超逸】chāoyì ㄔㄠ ㄧˋ (神態、意趣) 超脱而不俗：風度超逸｜筆意超逸。

【超員】chāo∥yuán ㄔㄠ∥ㄩㄢˊ 超過規定的人數：列車超員百分之十。

【超越】chāoyuè ㄔㄠ ㄩㄝˋ 超出；越過：超越前人｜超越時空｜我們能夠超越障礙，戰勝困難。

【超載】chāozài ㄔㄠ ㄗㄞˋ 超過運輸工具規定的載重量。

【超支】chāozhī ㄔㄠ ㄓ ❶支出超過規定或計劃。❷領取的款項或實物 (經過折價) 超過應得金額的部分。

【超重】chāo∥zhòng ㄔㄠ∥ㄓㄨㄥˋ ❶物體超過原有的重量。是由於物體沿遠離地球中心的方向作加速運動而引起的。如升降機向上起動時就有超重現象。❷超過了車輛的載重限度。❸超過規定的重量。

【超卓】chāozhuó ㄔㄠ ㄓㄨㄛˊ 〈書〉超絕；卓越。

【超擢】chāozhuó ㄔㄠ ㄓㄨㄛˊ 〈書〉越級提升。

【超子】chāozǐ ㄔㄠ ㄗˇ 質量超過中子的基本粒子，能量極高，很不穩定。

【超自然】chāozìrán ㄔㄠ ㄗˋ ㄖㄢˊ 屬於自然界以外的，即宗教迷信和唯心主義哲學中所謂神靈、鬼魂等。

鈔[1] (钞) chāo ㄔㄠ 指鈔票：現鈔。

鈔[2] (钞) chāo ㄔㄠ 同'抄[1]'①。

【鈔票】chāopiào ㄔㄠ ㄆㄧㄠˋ 紙幣。

焯 chāo ㄔㄠ 把蔬菜放在開水裏略微一煮就拿出來：焯菠菜。
另見1508頁 zhuō。

剿 (勦) chāo ㄔㄠ 〈書〉抄取；抄襲。
另見579頁 jiǎo。

【剿説】chāoshuō ㄔㄠ ㄕㄨㄛ 〈書〉因襲別人的言論作為自己的說法。

【剿襲】chāoxí ㄔㄠ ㄒㄧˊ 〈書〉同'抄襲'[1]。

綽[1] (绰) chāo ㄔㄠ 抓取：綽起一根棍子◇綽起活兒就幹。

綽[2] (绰) chāo ㄔㄠ 同'焯' (chāo)。
另見186頁 chuò。

cháo (ㄔㄠˊ)

晁 (鼂) Cháo ㄔㄠˊ 姓。

巢 cháo ㄔㄠˊ ❶鳥的窩，也稱蜂、蟻等的窩：鳥巢｜蜂巢。❷比喻盜匪等盤踞的地方：匪巢｜傾巢出動。❸ (Cháo) 姓。

【巢窟】cháokū ㄔㄠˊ ㄎㄨ 巢穴。

【巢穴】cháoxué ㄔㄠˊ ㄒㄩㄝˊ ❶鳥獸藏身的地方。❷比喻盜匪等盤踞的地方：直搗敵人的巢穴。

朝 cháo ㄔㄠˊ ❶朝廷 (跟'野'相對)：上朝◇在朝黨 (執政黨)。❷朝代：唐朝｜改朝換代。❸指一個君主的統治時期：康熙朝。❹朝見；朝拜：朝覲｜朝頂。❺面對着；向：臉朝裏｜坐東朝西。❻介詞，表示動作的方向：朝南開門｜朝學校走去。❼ (Cháo) 姓。
另見1444頁 zhāo。

【朝拜】cháobài ㄔㄠˊ ㄅㄞˋ 君主時代官員上朝向君主跪拜；宗教徒到廟宇或聖地向神、佛禮拜。

【朝代】cháodài ㄔㄠˊ ㄉㄞˋ 建立國號的君主 (一代或若干代相傳) 統治的整個時期。

【朝頂】cháodǐng ㄔㄠˊ ㄉㄧㄥˇ 佛教徒登山拜佛。

【朝奉】cháofèng ㄔㄠˊ ㄈㄥˋ 宋朝官階有'朝奉郎'、'朝奉大夫'，後來徽州方言中稱富人為朝奉，蘇、浙、皖一帶也用來稱呼當鋪的管事人。

【朝服】cháofú ㄔㄠˊ ㄈㄨˊ 封建時代君臣上朝時所穿的禮服。

【朝綱】cháogāng ㄔㄠˊ ㄍㄤ 朝廷的法紀：朝綱不振。

【朝貢】cháogòng ㄔㄠˊ ㄍㄨㄥˋ 君主時代藩屬國或外國的使臣朝見君主，敬獻禮物。
【朝見】cháojiàn ㄔㄠˊ ㄐㄧㄢˋ 臣子上朝見君主。
【朝覲】cháojìn ㄔㄠˊ ㄐㄧㄣˋ ❶〈書〉朝見。❷指宗教徒拜謁聖像、聖地等。
【朝山】cháoshān ㄔㄠˊ ㄕㄢ 佛教徒到名山寺廟燒香參拜。
【朝聖】cháoshèng ㄔㄠˊ ㄕㄥˋ ❶宗教徒朝拜宗教聖地，如伊斯蘭教徒朝拜麥加。❷到孔子誕生地（山東曲阜）去拜謁孔府、孔廟、孔林。
【朝廷】cháotíng ㄔㄠˊ ㄊㄧㄥˊ 君主時代君主聽政的地方。也指以君主為首的中央統治機構。
【朝鮮族】Cháoxiǎnzú ㄔㄠˊ ㄒㄧㄢˇ ㄗㄨˊ ❶我國少數民族之一，主要分佈在吉林、黑龍江和遼寧。❷朝鮮和韓國的人數最多的民族。
【朝向】cháoxiàng ㄔㄠˊ ㄒㄧㄤˋ （建築物的正門或房間的窗戶）正對着的方向：這套房子設備不錯，只是朝向不理想。
【朝陽】cháoyáng ㄔㄠˊ ㄧㄤˊ 向着太陽，一般指朝南：這間房子是朝陽的。

另見1444頁 zhāoyáng。
【朝陽花】cháoyánghuā ㄔㄠˊ ㄧㄤˊ ㄏㄨㄚ 向日葵。
【朝野】cháoyě ㄔㄠˊ ㄧㄝˇ 舊時指朝廷和民間。現在用來指政府方面和非政府方面：權傾朝野｜朝野一致贊成此項方案。
【朝政】cháozhèng ㄔㄠˊ ㄓㄥˋ 朝廷的政事或政權：議論朝政｜把持朝政。
【朝珠】cháozhū ㄔㄠˊ ㄓㄨ 清代高級官員等套在脖子上的串珠，下垂至胸前，多用珊瑚、瑪瑙等製成。

嘲（謿） cháo ㄔㄠˊ （舊讀 zhāo ㄓㄠ）嘲笑：嘲弄｜冷嘲熱諷。

另見1444頁 zhāo。
【嘲諷】cháofěng ㄔㄠˊ ㄈㄥˇ 嘲笑諷刺。
【嘲弄】cháonòng ㄔㄠˊ ㄋㄨㄥˋ 嘲笑戲弄。
【嘲笑】cháoxiào ㄔㄠˊ ㄒㄧㄠˋ 用言辭笑話對方。
【嘲謔】cháoxuè ㄔㄠˊ ㄒㄩㄝˋ 嘲笑戲謔。

潮1 cháo ㄔㄠˊ ❶潮汐，也指潮水：早潮｜海潮◇心潮澎湃。❷比喻大規模的社會變動或運動發展的起伏形勢：革命高潮。❸潮濕：衣服受潮了｜陰天東西容易返潮。

潮2 cháo ㄔㄠˊ 〈方〉❶成色低劣：潮銀｜潮金。❷技術不高：手藝潮。

潮3 Cháo ㄔㄠˊ 指潮州。
【潮白】cháobái ㄔㄠˊ ㄅㄞˊ 蔗糖的一種，顏色微黃，顆粒小，產於廣東潮安（今屬潮州）一帶。
【潮紅】cháohóng ㄔㄠˊ ㄏㄨㄥˊ 兩頰泛起的紅色。
【潮呼呼】cháohūhū ㄔㄠˊ ㄏㄨ ㄏㄨ （潮呼呼的）微濕的樣子：接連下了幾天雨，屋子裏甚麼都是潮呼呼的。也作潮乎乎。
【潮解】cháojiě ㄔㄠˊ ㄐㄧㄝˇ 某些晶體因吸收空氣中的水蒸氣而在晶體表面逐漸形成飽和溶液。
【潮劇】cháojù ㄔㄠˊ ㄐㄩˋ 流行於廣東潮州、汕頭等地的地方戲曲劇種。在腔調上還保留着唐宋以來的古樂曲和明代弋陽腔的傳統。
【潮流】cháoliú ㄔㄠˊ ㄌㄧㄡˊ ❶由潮汐而引起的水流運動。❷比喻社會變動或發展的趨勢：革命潮流｜歷史潮流。
【潮氣】cháoqì ㄔㄠˊ ㄑㄧˋ 指空氣裏所含水分：倉庫裏潮氣太大，糧食就容易發霉。
【潮潤】cháorùn ㄔㄠˊ ㄖㄨㄣˋ ❶（土壤、空氣等）潮濕：海風輕輕吹來，使人覺得潮潤而有涼意。❷（眼睛）含有淚水：説到這兒，她兩眼潮潤了，轉臉向窗外望去。
【潮濕】cháoshī ㄔㄠˊ ㄕ 含有比正常狀態下較多的水分：雨後新晴的原野，潮濕而滋潤。
【潮水】cháoshuǐ ㄔㄠˊ ㄕㄨㄟˇ 海洋中以及沿海地區的江河中受潮汐影響而定期漲落的水：人像潮水一樣湧進來。
【潮位】cháowèi ㄔㄠˊ ㄨㄟˋ 受潮汐影響而漲落的水位。
【潮汐】cháoxī ㄔㄠˊ ㄒㄧ ❶由於月亮和太陽的引力而產生的水位定時漲落的現象。❷特指海潮。
【潮信】cháoxìn ㄔㄠˊ ㄒㄧㄣˋ ❶指潮水，因其漲落有一定的時間。❷〈書〉婉辭，指月經。
【潮綉】cháoxiù ㄔㄠˊ ㄒㄧㄡˋ 廣東潮州出產的刺綉，色彩斑斕，富於民間特色。
【潮汛】cháoxùn ㄔㄠˊ ㄒㄩㄣˋ 一年中定期的大潮。
【潮涌】cháoyǒng ㄔㄠˊ ㄩㄥˇ 像潮水那樣涌來：人們從四面八方潮涌而來。

chǎo（ㄔㄠˇ）

吵 chǎo ㄔㄠˇ ❶聲音雜亂擾人：吵得慌｜把孩子吵醒了。❷爭吵：兩人説着説着吵了起來｜不要吵，有話好好説。

另見133頁 chāo。
【吵架】chǎo∥jià ㄔㄠˇ∥ㄐㄧㄚˋ 劇烈爭吵：拌嘴吵架｜他倆吵了一架。
【吵鬧】chǎonào ㄔㄠˇ ㄋㄠˋ ❶大聲爭吵：吵鬧不休。❷擾亂，使不安靜：他在休息，不要去吵鬧。❸（聲音）雜亂：人聲吵鬧。
【吵嚷】chǎorǎng ㄔㄠˇ ㄖㄤˇ 亂喊叫；亂哄哄地爭吵：一片吵嚷聲。
【吵擾】chǎorǎo ㄔㄠˇ ㄖㄠˇ ❶吵鬧使人不得安靜；打擾：吵擾你半天，很過意不去。❷〈方〉爭吵。
【吵人】chǎo∥rén ㄔㄠˇ∥ㄖㄣˊ 聲音大而擾人：機器噪聲太吵人。

【吵子】chǎo·zi ㄔㄠˇ ·ㄗ 〈方〉引起爭吵的事；糾紛：有甚麼吵子回家再說。

【吵嘴】chǎo//zuǐ ㄔㄠˇ // ㄗㄨㄟˇ 爭吵：倆人吵嘴｜吵了幾句嘴。

炒 chǎo ㄔㄠˇ ❶烹調方法，把食物放在鍋裏加熱並隨時翻動使熟，炒菜時要先放些油：炒辣椒｜炒雞蛋｜糖炒栗子｜炒花生。❷指倒買倒賣：炒地皮｜炒外匯。❸〈方〉指解雇。

【炒肝】chǎogān ㄔㄠˇ ㄍㄢ (炒肝兒) 一種食品，用豬肝、肥腸加大蒜、黃醬等作料勾芡燴成。

【炒更】chǎogēng ㄔㄠˇ ㄍㄥ 〈方〉指業餘時間(多為晚上)再從事別的工作掙錢。

【炒匯】chǎohuì ㄔㄠˇ ㄏㄨㄟˋ 指倒買倒賣外匯。

【炒貨】chǎohuò ㄔㄠˇ ㄏㄨㄛˋ 商店裏出售的乾炒食品(如瓜子、蠶豆、花生等)的總稱。

【炒家】chǎojiā ㄔㄠˇ ㄐㄧㄚ 指專門進行倒買倒賣的人。

【炒冷飯】chǎo lěngfàn ㄔㄠˇ ㄌㄥˇ ㄈㄢˋ 比喻重複已經說過的話或做過的事，沒有新的內容。

【炒買炒賣】chǎomǎi-chǎomài ㄔㄠˇ ㄇㄞˇ ㄔㄠˇ ㄇㄞˋ 指轉手買進和賣出，從中牟利。

【炒米】chǎomǐ ㄔㄠˇ ㄇㄧˇ ❶乾炒過的或煮熟晾乾後再炒的米：炒米花｜炒米糰。❷蒙古族人民的日常食物，用煮熟後再炒的糜子米拌牛奶或黃油做成。

【炒麪】chǎomiàn ㄔㄠˇ ㄇㄧㄢˋ ❶煮熟後再加油和作料炒過的麪條。❷炒熟的麪粉，做乾糧，通常用開水沖了吃。

【炒勺】chǎosháo ㄔㄠˇ ㄕㄠˊ 炒菜用的帶柄的鐵鍋，形狀像勺子。

【炒魷魚】chǎo yóuyú ㄔㄠˇ ㄧㄡˊ ㄩˊ 魷魚一炒就捲起來，像是捲鋪蓋，比喻解雇。

麨(麵、麵) chǎo ㄔㄠˇ 〈書〉炒熟的米粉或麪粉。

chào (ㄔㄠˋ)

耖 chào ㄔㄠˋ ❶一種像耙的農具，能把耙過的土塊弄碎。❷用耖整地：耖田。

chē (ㄔㄜ)

車(车) chē ㄔㄜ ❶陸地上有輪子的運輸工具：火車｜汽車｜馬車。❷利用輪軸旋轉的工具：紡車｜滑車｜水車。❸機器：開車｜車間。❹車削：車圓｜車螺絲釘。❺用水車取水：車水。❻〈方〉用車運東西：車垃圾。❼〈方〉用縫紉機縫製衣服：車衣。❽〈方〉轉動(多指身體)：車過頭來。❾(Chē)姓。

另見618頁 jū。

【車把】chēbǎ ㄔㄜ ㄅㄚˇ 騎車、推車、拉車時用手把住的部分。

【車把勢】chēbǎ·shi ㄔㄜ ㄅㄚˇ ·ㄕ 趕大車的人。也作車把式。

【車幫】chēbāng ㄔㄜ ㄅㄤ 卡車、大車等車體兩側的擋板。

【車場】chēchǎng ㄔㄜ ㄔㄤˇ ❶集中停放、保養和修理車輛的場所。❷鐵路車站內按用途劃分的綫路群。❸公路運輸和城市公共交通企業的一級管理機構。

【車廠】chēchǎng ㄔㄜ ㄔㄤˇ ❶舊時租賃人力車或三輪車的處所。也叫車廠子。❷製造人力車或三輪車的工廠。

【車牀】chēchuáng ㄔㄜ ㄔㄨㄤˊ 金屬切削機牀，主要用來加工內圓、外圓和螺紋等成型面。加工時工件旋轉，車刀移動着切削。也叫旋牀(xuànchuáng)。

【車次】chēcì ㄔㄜ ㄘˋ 列車的編號或長途汽車行車的次第。

【車到山前必有路】chē dào shān qián bì yǒu lù ㄔㄜ ㄉㄠˋ ㄕㄢ ㄑㄧㄢˊ ㄅㄧˋ ㄧㄡˇ ㄌㄨˋ 比喻事到臨頭，總會有解決的辦法。

【車道】chēdào ㄔㄜ ㄉㄠˋ 專供車輛行走的道路(區別於'人行道')：拓寬後的馬路由原來的四車道變為六車道。

【車隊】chēduì ㄔㄜ ㄉㄨㄟˋ ❶成隊的車輛。❷交通運輸部門的一級組織。

【車份兒】chēfènr ㄔㄜ ㄈㄣㄦˋ 〈方〉租人力車、三輪車等拉客的人付給車主的租金。

【車夫】chēfū ㄔㄜ ㄈㄨ 舊時指以推車、拉車、趕獸力車或駕駛汽車為職業的人。

【車工】chēgōng ㄔㄜ ㄍㄨㄥ ❶使用車牀進行切削的工種。❷使用車牀的技術工人。

【車公里】chēgōnglǐ ㄔㄜ ㄍㄨㄥ ㄌㄧˇ 複合量詞，計算車輛運行工作量的單位，一輛車運行一公里為一車公里。

【車鈎】chēgōu ㄔㄜ ㄍㄡ 火車車皮或機車兩端的挂鈎，有連接、牽引及緩衝的作用。

【車軲轆話】chēgū·luhuà ㄔㄜ ㄍㄨ ·ㄌㄨ ㄏㄨㄚˋ 指重複、絮叨的話。

【車禍】chēhuò ㄔㄜ ㄏㄨㄛˋ 行車(多指汽車)時發生的傷亡事故。

【車技】chējì ㄔㄜ ㄐㄧˋ 雜技的一種，演員用特製的車表演各種動作。

【車駕】chējià ㄔㄜ ㄐㄧㄚˋ 帝王的馬車。

【車間】chējiān ㄔㄜ ㄐㄧㄢ 企業內部在生產過程中完成某些工序或單獨生產某些產品的單位。

【車筐】chēkuāng ㄔㄜ ㄎㄨㄤ 裝在自行車車把前面或後架側面，用來盛物品的筐子。

【車況】chēkuàng ㄔㄜ ㄎㄨㄤˋ 交通運輸部門指車輛的性能、運行、保養等情況。

【車老闆】chēlǎobǎn ㄔㄜ ㄌㄠˇ ㄅㄢˇ 〈方〉(車老闆兒)趕大車的人。也叫車老闆子。

【車輛】chēliàng ㄔㄜ ㄌㄧㄤˋ 各種車的總稱。

【車裂】chēliè ㄔㄜ ㄌㄧㄝˋ 古代一種殘酷的刑法，用五輛車把人分拉撕裂致死。
【車流】chēliú ㄔㄜ ㄌㄧㄡˊ 道路上像河流似的連續不斷行駛的車輛。
【車輪戰】chēlúnzhàn ㄔㄜ ㄌㄨㄣˊ ㄓㄢˋ 幾個人輪流跟一個人打，或幾群人輪流跟一群人打，使對方因疲乏而戰敗。
【車馬費】chēmǎfèi ㄔㄜ ㄇㄚˇ ㄈㄟˋ 因公外出時的交通費。
【車門】chēmén ㄔㄜ ㄇㄣˊ ❶車上的門。❷大門旁專供車馬出入的門。
【車棚】chēpéng ㄔㄜ ㄆㄥˊ 存放自行車等的棚子。
【車篷】chēpéng ㄔㄜ ㄆㄥˊ 車上遮蔽日光、風雨等的裝置，用鐵、木等做架，上蓋布、皮等。
【車皮】chēpí ㄔㄜ ㄆㄧˊ 鐵路運輸上指機車以外的每一節車廂（多指貨車）。
【車錢】chēqián ㄔㄜ ㄑㄧㄢˊ 乘車所付的費用。
【車圈】chēquān ㄔㄜ ㄑㄩㄢ 瓦圈。
【車身】chē//shēn ㄔㄜ//ㄕㄣ 〈方〉轉身：沒等我說完，他車身就走了｜她又車過身來看了看熟睡的孩子。
【車身】chēshēn ㄔㄜ ㄕㄣ 車輛用來載人裝貨的部分，也指車輛整體：車身寬，胡同窄，進不去｜車身過長，車庫的門關不上。
【車手】chēshǒu ㄔㄜ ㄕㄡˇ 參加賽車比賽的選手。
【車水馬龍】chē shuǐ mǎ lóng ㄔㄜ ㄕㄨㄟˇ ㄇㄚˇ ㄌㄨㄥˊ 車像流水，馬像遊龍。形容車馬或車輛很多，來往不絕。
【車速】chēsù ㄔㄜ ㄙㄨˋ ❶車輛運行的速度。❷車牀等運轉的速度。
【車胎】chētāi ㄔㄜ ㄊㄞ 輪胎的通稱。
【車條】chētiáo ㄔㄜ ㄊㄧㄠˊ 輻條。
【車頭】chētóu ㄔㄜ ㄊㄡˊ 火車、汽車等車輛的頭部，特指機車。
【車瓦】chēwǎ ㄔㄜ ㄨㄚˇ 指安在木製車輪輞外的鐵箍。
【車位】chēwèi ㄔㄜ ㄨㄟˋ 供汽車停放的位置。
【車廂】chēxiāng ㄔㄜ ㄒㄧㄤ 火車、汽車等用來載人或裝東西的部分。也作車箱。
【車箱】chēxiāng ㄔㄜ ㄒㄧㄤ 同'車廂'。
【車削】chēxiāo ㄔㄜ ㄒㄧㄠ 用車牀進行金屬切削。
【車轅】chēyuán ㄔㄜ ㄩㄢˊ 大車前部駕牲口的兩根直木。
【車載斗量】chē zài dǒu liáng ㄔㄜ ㄗㄞˋ ㄉㄡˇ ㄌㄧㄤˊ 形容數量很多，多用來表示不足為奇。
【車閘】chēzhá ㄔㄜ ㄓㄚˊ 機動車、自行車等用來減低速度或停止前進的裝置。
【車站】chēzhàn ㄔㄜ ㄓㄢˋ 陸路交通運輸綫上設置的停車地點，是上下乘客或裝卸貨物的場所。
【車照】chēzhào ㄔㄜ ㄓㄠˋ 行車的執照；檢查車輛合格，准許行駛的憑證。
【車轍】chēzhé ㄔㄜ ㄓㄜˊ 車輛經過後車輪壓在道路上凹下去的痕迹。
【車軸】chēzhóu ㄔㄜ ㄓㄡˊ 穿入車軲轆承受車身重量的圓柱形零件。
【車主】chēzhǔ ㄔㄜ ㄓㄨˇ ❶車輛的所有者。❷舊時稱經營車廠的人。
【車資】chēzī ㄔㄜ ㄗ 車錢。
【車子】chē·zi ㄔㄜ ·ㄗ ❶車（多指小型的）。❷自行車。
【車組】chēzǔ ㄔㄜ ㄗㄨˇ 公共電、汽車或火車上負責一輛車或特定運行任務的全體成員。

俥（伡） chē ㄔㄜ 見210頁〖大車〗²。

唓（呠） chē ㄔㄜ ［唓嗻］（chēzhē ㄔㄜ ㄓㄜ）厲害；很（多見於早期白話）。

硨（砗） chē ㄔㄜ ［硨磲］（chēqú ㄔㄜ ㄑㄩˊ）軟體動物，介殼略呈三角形，大的長達1米左右。生活在熱帶海底。肉可以吃。

chě（ㄔㄜˇ）

尺 chě ㄔㄜˇ 我國民族音樂音階上的一級，樂譜上用做記音符號，相當於簡譜的'2'。參看392頁〖工尺〗。
另見154頁 chǐ。

扯（撦） chě ㄔㄜˇ ❶拉：拉扯｜沒等他說完扯着他就走◇扯開嗓子喊。❷撕；撕下：扯五尺布｜把牆上的舊廣告扯下來。❸漫無邊際地閑談：閑扯｜東拉西扯。
【扯白】chě//bái ㄔㄜˇ//ㄅㄞˊ 〈方〉說假話。
【扯淡】chě//dàn ㄔㄜˇ//ㄉㄢˋ 〈方〉閑扯；胡扯。
【扯後腿】chě hòutuǐ ㄔㄜˇ ㄏㄡˋ ㄊㄨㄟˇ 比喻利用親密的關係或感情牽制別人的行動（含貶義）。
【扯謊】chě//huǎng ㄔㄜˇ//ㄏㄨㄤˇ 說謊。
【扯皮】chě//pí ㄔㄜˇ//ㄆㄧˊ 無原則地爭論；爭吵：扯了幾句皮｜好了，我們不要扯皮了，還是談正題吧。
【扯臊】chě//sào ㄔㄜˇ//ㄙㄠˋ 〈方〉胡扯；瞎扯（罵人的話）。
【扯手】chě·shou ㄔㄜˇ ·ㄕㄡ 〈方〉繮繩。
【扯談】chětán ㄔㄜˇ ㄊㄢˊ 閑談；攀談：他們一邊吃，一邊扯談趕集的事。
【扯腿】chě//tuǐ ㄔㄜˇ//ㄊㄨㄟˇ 扯後腿。
【扯閑篇】chě xiánpiān ㄔㄜˇ ㄒㄧㄢˊ ㄆㄧㄢ（扯閑篇兒）談與正事無關的話；閑談。也說扯閑天兒。

chè（ㄔㄜˋ）

坼 chè ㄔㄜˋ 〈書〉裂開：天寒地坼。

【坼裂】chèliè ㄔㄜˋ ㄌㄧㄝˋ 〈書〉裂開。

掣 chè ㄔㄜˋ ❶拽(zhuài)；拉：掣肘。❷抽：掣籤｜他趕緊掣回手去。❸一閃而過：電掣雷鳴。

【掣電】chèdiàn ㄔㄜˋ ㄉㄧㄢˋ 〈書〉閃電；打閃。

【掣肘】chèzhǒu ㄔㄜˋ ㄓㄡˇ 拉住胳膊。比喻阻撓別人做事：相互掣肘，誰也做不成事。

撤 chè ㄔㄜˋ ❶除去：撤職｜把障礙物撤了。❷退：撤退｜撤兵。❸〈方〉減輕(氣味、分量等)：撤味兒｜撤分量。

【撤編】chèbiān ㄔㄜˋ ㄅㄧㄢ 撤銷編制：部隊奉命撤編，他轉業到地方工作。

【撤兵】chè∥bīng ㄔㄜˋ∥ㄅㄧㄥ 撤退或撤回軍隊。

【撤差】chè∥chāi ㄔㄜˋ∥ㄔㄞ 舊時稱撤銷官職。

【撤除】chèchú ㄔㄜˋ ㄔㄨˊ 除去；取消：撤除工事｜撤除代表。

【撤佃】chè∥diàn ㄔㄜˋ∥ㄉㄧㄢˋ 地主強制收回租給農民耕種的田地。

【撤防】chè∥fáng ㄔㄜˋ∥ㄈㄤˊ 撤除防禦的軍隊和工事。

【撤換】chèhuàn ㄔㄜˋ ㄏㄨㄢˋ 撤去原有的，換上另外的(人或物)：撤換人選｜木料糟了的都得撤換。

【撤回】chèhuí ㄔㄜˋ ㄏㄨㄟˊ ❶使駐在外面的人員回來：撤回軍隊｜撤回代表。❷收回(發出去的文件等)：撤回提案。

【撤軍】chè∥jūn ㄔㄜˋ∥ㄐㄩㄣ 撤出軍隊。

【撤離】chèlí ㄔㄜˋ ㄌㄧˊ 撤退；離開：撤離現場｜撤離防地。

【撤訴】chèsù ㄔㄜˋ ㄙㄨˋ (原告)撤回訴訟。

【撤退】chètuì ㄔㄜˋ ㄊㄨㄟˋ (軍隊)放棄陣地或佔領的地區。

【撤消】chèxiāo ㄔㄜˋ ㄒㄧㄠ 同'撤銷'。

【撤銷】chèxiāo ㄔㄜˋ ㄒㄧㄠ 取消：撤銷處分｜撤銷職務。也作撤消。

【撤職】chè∥zhí ㄔㄜˋ∥ㄓˊ 撤銷職務：撤職查辦｜科長因違紀被撤了職。

徹(彻) chè ㄔㄜˋ 通；透：徹夜｜徹骨｜響徹雲霄。

【徹底】chèdǐ ㄔㄜˋ ㄉㄧˇ 一直到底；深而透：徹底改正錯誤｜徹底改變舊作風。也作澈底。

【徹骨】chègǔ ㄔㄜˋ ㄍㄨˇ 透到骨頭裏。比喻程度極深：徹骨痛恨｜嚴寒徹骨。

【徹頭徹尾】chè tóu chè wěi ㄔㄜˋ ㄊㄡˊ ㄔㄜˋ ㄨㄟˇ 從頭到尾，完完全全：徹頭徹尾的謊言。

【徹悟】chèwù ㄔㄜˋ ㄨˋ 徹底覺悟；完全明白。

【徹夜】chèyè ㄔㄜˋ ㄧㄝˋ 通宵；整夜：徹夜不眠。

澈 chè ㄔㄜˋ 水清：清水｜澄澈。

【澈底】chèdǐ ㄔㄜˋ ㄉㄧˇ 同'徹底'。

chēn (ㄔㄣ)

抻(捵) chēn ㄔㄣ 拉；扯：抻麪｜抻着脖子看｜皮筋兒越抻越長。

【抻麪】chēn∥miàn ㄔㄣ∥ㄇㄧㄢˋ 用手把和(huó)好的麪糰抻成麪條兒。

【抻麪】chēnmiàn ㄔㄣ ㄇㄧㄢˋ 用手抻成的麪條兒。

郴 Chēn ㄔㄣ 郴州，地名，在湖南。

琛 chēn ㄔㄣ 〈書〉珍寶。

嗔 chēn ㄔㄣ ❶怒；生氣：似嗔非嗔｜轉嗔為喜。❷對人不滿；生人家的氣；怪罪：嗔怪｜嗔責。

【嗔怪】chēnguài ㄔㄣ ㄍㄨㄞˋ 對別人的言語或行動表示不滿：他嗔怪家人事先沒同他商量。

【嗔怒】chēnnù ㄔㄣ ㄋㄨˋ 惱怒；生氣。

瞋 chēn ㄔㄣ 〈書〉腫脹。

綝(𬘭) chēn ㄔㄣ 〈書〉❶止。❷善。另見727頁 lín。

瞋 chēn ㄔㄣ 〈書〉發怒時睜大眼睛：瞋目而視。

chén (ㄔㄣˊ)

臣 chén ㄔㄣˊ ❶君主時代的官吏，有時也包括百姓：忠臣｜君臣。❷官吏對皇帝上書或說話時的自稱。

【臣服】chénfú ㄔㄣˊ ㄈㄨˊ 〈書〉❶屈服稱臣，接受統治。❷以臣子的禮節侍奉(君主)。

【臣僚】chénliáo ㄔㄣˊ ㄌㄧㄠˊ 君主時代的文武官員。

【臣民】chénmín ㄔㄣˊ ㄇㄧㄣˊ 君主國家的臣子和百姓。

【臣子】chénzǐ ㄔㄣˊ ㄗˇ 臣。

辰1 chén ㄔㄣˊ 地支的第五位。參看368頁〖干支〗。

辰2 chén ㄔㄣˊ ❶日、月、星的統稱：星辰。❷古代把一晝夜分作十二辰：時辰。❸時光；日子：良辰美景｜誕辰。

辰3 Chén ㄔㄣˊ 指辰州(舊府名，府治在今湖南沅陵)：辰砂。

【辰光】chénguāng ㄔㄣˊ ㄍㄨㄤ 〈方〉時候。

【辰砂】chénshā ㄔㄣˊ ㄕㄚ 硃砂。舊時以湖南辰州府出的最著名，因而得名。

【辰時】chénshí ㄔㄣˊ ㄕˊ 舊式計時法指上午七點鐘到九點鐘的時間。

沈(沉) chén ㄔㄣˊ ❶(在水裏)往下落(跟'浮'相對)：石沈大海◇星沈月落，旭日東升。❷物體往下陷：地基下沈。❸使降落；向下放(多指抽象事物)：沈下心來

｜沈得住氣◇把臉一沈。❹(程度)深：沈醉｜沈痛｜睡得很沈。❺分量重：箱子裏裝滿了書，很沈。❻感覺沈重(不舒服)：胳膊沈｜頭沈。

另見1021頁 shěn；1022頁 shěn‘瀋’。

【沈沈】chénchén ㄔㄣˊ ㄔㄣˊ ❶形容沈重：穀穗兒沈沈地垂下來。❷形容深沈：暮氣沈沈。

【沈甸甸】chéndiāndiān ㄔㄣˊ ㄉㄧㄢ ㄉㄧㄢ (沈甸甸的)形容沈重：裝了沈甸甸的一口袋麥種◇任務還沒有完成，心裏老是沈甸甸的。

【沈澱】chéndiàn ㄔㄣˊ ㄉㄧㄢˋ ❶溶液中難溶解的物質沈到溶液底層。❷沈到溶液底層的難溶解的物質。❸比喻凝聚，積累：情感需要沈澱，才能寫出好詩｜過多的資金沈澱對於流通是不利的。

【沈浮】chénfú ㄔㄥˊ ㄈㄨˊ 比喻起落或盛衰消長：與世沈浮｜宦海沈浮。

【沈痼】chéngù ㄔㄣˊ ㄍㄨˋ〈書〉長久而難治的病，比喻難以改掉的壞習慣。

【沈酣】chénhān ㄔㄣˊ ㄏㄢ〈書〉指深深地沈浸在某種境界或思想活動中：睡夢沈酣｜歌舞沈酣｜沈酣經史。

【沈積】chénjī ㄔㄣˊ ㄐㄧ ❶水流、風等流體在流速減慢時，所挾帶的砂石、塵土等沈澱堆積起來。❷指物質在溶液中沈澱積聚起來。❸某些生物在生命活動中產生的物質堆積起來，如海洋生物的遺體堆積等。❹比喻沈澱，積聚(多用於抽象事物)：文化沈積｜歷史沈積。

【沈積岩】chénjīyán ㄔㄣˊ ㄐㄧ ㄧㄢˊ 地球表面分佈較廣的岩層，是地殼岩石經過機械、化學或生物的破壞後沈積而成，大部分是在水中形成的，如砂岩、頁岩、石灰岩等。其中常夾有生物化石，含有煤、石油等礦產。也叫水成岩。

【沈寂】chénjì ㄔㄣˊ ㄐㄧˋ ❶十分寂靜：沈寂的深夜。❷消息全無：音信沈寂。

【沈降】chénjiàng ㄔㄣˊ ㄐㄧㄤˋ (地層、浮在氣體或液體中的物體)向下沈：地面沈降。

【沈浸】chénjìn ㄔㄣˊ ㄐㄧㄣˋ 浸入水中。多比喻處於某種境界或思想活動中：沈浸在幸福的回憶中。

【沈靜】chénjìng ㄔㄣˊ ㄐㄧㄥˋ ❶寂靜：夜深了，四周沈靜下來。❷(性格、心情、神色)安靜；平靜：他性情沈靜，不愛多說話。

【沈痾】chénkē ㄔㄣˊ ㄎㄜ〈書〉長久而嚴重的病：妙手回春，沈痾頓愈。

【沈雷】chénléi ㄔㄣˊ ㄌㄟˊ 聲音大而低沈的雷。

【沈淪】chénlún ㄔㄣˊ ㄌㄨㄣˊ 陷入罪惡的、痛苦的境界：不甘沈淪｜沈淪於浩劫。

【沈悶】chénmèn ㄔㄣˊ ㄇㄣˋ ❶(天氣、氣氛等)使人感到沈重而煩悶。❷(心情)不舒暢；(性格)不爽朗。

【沈迷】chénmí ㄔㄣˊ ㄇㄧˊ (對某種事物)深深地迷戀：沈迷於跳舞。

【沈綿】chénmián ㄔㄣˊ ㄇㄧㄢˊ〈書〉疾病纏綿，經久不愈：沈綿不起｜沈綿枕蓆。

【沈湎】chénmiǎn ㄔㄣˊ ㄇㄧㄢˇ〈書〉沈溺：沈湎酒色。

【沈沒】chénmò ㄔㄣˊ ㄇㄛˋ 沒入水中：戰艦觸礁沈沒◇落日沈沒在遠山後面。

【沈默】chénmò ㄔㄣˊ ㄇㄛˋ ❶不愛說笑：沈默寡言。❷不說話：他沈默了一會兒又繼續說下去。

【沈溺】chénnì ㄔㄣˊ ㄋㄧˋ 陷入不良的境地(多指生活習慣方面)，不能自拔：沈溺於酒色。

【沈潛】chénqián ㄔㄣˊ ㄑㄧㄢˊ ❶在水裏潛伏；沈沒：這種魚常沈潛於水底。❷〈書〉思想感情深沈，不外露：沈潛堅忍，處逆境而不餒。❸集中精神；潛心：他沈潛在研究工作中，廢寢忘食。

【沈睡】chénshuì ㄔㄣˊ ㄕㄨㄟˋ 睡得很熟。

【沈思】chénsī ㄔㄣˊ ㄙ 深思：沈思良久｜敲門聲打斷了他的沈思。

【沈痛】chéntòng ㄔㄣˊ ㄊㄨㄥˋ ❶深深的悲痛：十分沈痛的心情。❷深刻；嚴重：應該接受這個沈痛的教訓。

【沈穩】chénwěn ㄔㄣˊ ㄨㄣˇ ❶穩重：舉止沈穩｜這個人很沈穩，考慮問題細密周到。❷安穩：睡得沈穩。

【沈陷】chénxiàn ㄔㄣˊ ㄒㄧㄢˋ ❶地面或建築物的基礎陷下去。❷深深地陷入：車子沈陷在泥濘中◇老人沈陷於往事的回憶中。

【沈香】chénxiāng ㄔㄣˊ ㄒㄧㄤ ❶常綠喬木，莖很高，葉子卵形或披針形，花白色。產於亞熱帶。木材質地堅硬而重，黃色，有香味，可入藥。❷這種植物的木材。‖也叫伽(qié)南香或奇南香。

【沈箱】chénxiāng ㄔㄣˊ ㄒㄧㄤ 一種在水底作業的設備，用金屬或混凝土製成，形狀像箱子，下面沒有底。用時沈入水底，同時通入壓縮空氣將水排出，人在裏面工作。

【沈雄】chénxióng ㄔㄣˊ ㄒㄩㄥˊ (氣勢、風格)深沈而雄偉：字體沈雄渾厚｜歌聲沈雄悲壯。

【沈抑】chényì ㄔㄣˊ ㄧˋ 低沈抑鬱；沈鬱：心情沈抑｜沈抑的曲調在深夜裏顯得分外淒涼。

【沈毅】chényì ㄔㄣˊ ㄧˋ 沈着堅毅：行動沈毅。

【沈吟】chényín ㄔㄣˊ ㄧㄣˊ ❶低聲吟咏(文辭、詩句等)：沈吟章句。❷(遇到複雜或疑難的事)遲疑不決，低聲自語：他沈吟半天，還是拿不定主意。

【沈勇】chényǒng ㄔㄣˊ ㄩㄥˇ 沈着勇敢：機智沈勇。

【沈魚落雁】chén yú luò yàn ㄔㄣˊ ㄩˊ ㄌㄨㄛˋ ㄧㄢˋ《莊子·齊物論》：‘毛嬙、麗姬，人之所美也；魚見之深入，鳥見之高飛，麋鹿見之決驟，四者孰知天下之正色哉？’後來用‘沈魚落雁’形容女子容貌極美。

【沈鬱】chényù ㄔㄣˊ ㄩˋ 低沈鬱悶：心緒沈鬱。
【沈冤】chényuān ㄔㄣˊ ㄩㄢ 難以辯白或久未昭雪的冤屈：沈冤莫白。
【沈渣】chénzhā ㄔㄣˊ ㄓㄚ 沈下去的渣滓。比喻殘存下來的腐朽無用的事物：沈渣泛起。
【沈滯】chénzhì ㄔㄣˊ ㄓˋ〈書〉凝滯：目光沈滯。
【沈重】chénzhòng ㄔㄣˊ ㄓㄨㄥˋ 分量大；程度深：沈重的腳步｜這擔子很沈重｜給敵人以沈重的打擊｜他這兩天的心情特別沈重。
【沈住氣】chén zhù qì ㄔㄣˊ ㄓㄨˋ ㄑㄧˋ 在情況緊急或感情激動時保持鎮靜：沈得住氣｜沈不住氣｜別慌，千萬要沈住氣。
【沈着】[1] chénzhuó ㄔㄣˊ ㄓㄨㄛˊ 鎮靜；不慌不忙：沈着應戰｜勇敢沈着。
【沈着】[2] chénzhuó ㄔㄣˊ ㄓㄨㄛˊ 非細胞性的物質(色素、鈣質等)沈積在有機體的組織中。
【沈醉】chénzuì ㄔㄣˊ ㄗㄨㄟˋ 大醉，多用於比喻：沈醉在節日的歡樂裏。

忱 chén ㄔㄣˊ〈書〉情意：熱忱｜謝忱｜略表微忱。

宸 chén ㄔㄣˊ ❶〈書〉屋宇；深邃的房屋。❷封建時代指帝王住的地方，引申為王位、帝王的代稱：宸章(帝王寫的文章)｜宸衷(帝王的心意)。
【宸垣】chényuán ㄔㄣˊ ㄩㄢˊ〈書〉京師。

栜 chén ㄔㄣˊ 小葉白蠟樹。

晨 chén ㄔㄣˊ 早晨，有時也泛指半夜以後到中午以前的一段時間：清晨｜淩晨五時。
【晨炊】chénchuī ㄔㄣˊ ㄔㄨㄟ 早晨燒火做飯。
【晨光】chénguāng ㄔㄣˊ ㄍㄨㄤ 清晨的太陽光：晨光熹微。
【晨昏】chénhūn ㄔㄣˊ ㄏㄨㄣ〈書〉早晨和晚上：晨昏定省(早晨和晚上服侍問候雙親)。
【晨練】chénliàn ㄔㄣˊ ㄌㄧㄢˋ 在早晨進行的練習或鍛煉：參加晨練的老人，有的做氣功，有的打太極拳。
【晨曦】chénxī ㄔㄣˊ ㄒㄧ 晨光。
【晨星】chénxīng ㄔㄣˊ ㄒㄧㄥ ❶清晨稀疏的星：寥若晨星。❷天文學上指日出以前出現在東方的金星或水星。
【晨鐘暮鼓】chén zhōng mù gǔ ㄔㄣˊ ㄓㄨㄥ ㄇㄨˋ ㄍㄨˇ 見822頁〖暮鼓晨鐘〗。

陳[1] (陈) chén ㄔㄣˊ ❶安放；擺設：陳列｜陳設。❷敍說：陳述｜另函詳陳。
〈古〉又同'陣'zhèn。

陳[2] (陈) chén ㄔㄣˊ 時間久的；舊的：陳酒｜新陳代謝｜推陳出新。

陳[3] (陈) Chén ㄔㄣˊ ❶周朝國名，在今河南淮陽一帶。❷南朝之一，公元557－589，陳霸先所建。參看827頁〖南北朝〗。❸姓。

【陳兵】chénbīng ㄔㄣˊ ㄅㄧㄥ 佈署兵力：陳兵百萬。
【陳陳相因】chén chén xiāng yīn ㄔㄣˊ ㄔㄣˊ ㄒㄧㄤ ㄧㄣ《史記·平準書》：'太倉之粟，陳陳相因。'國都糧倉裏的米穀，一年接一年地堆積起來。比喻沿襲老一套，沒有改進。
【陳詞濫調】chén cí làn diào ㄔㄣˊ ㄘˊ ㄌㄢˋ ㄉㄧㄠˋ 陳舊而不切合實際的話。
【陳醋】chéncù ㄔㄣˊ ㄘㄨˋ 存放較久的醋，醋味醇厚。
【陳放】chénfàng ㄔㄣˊ ㄈㄤˋ 陳設；安放：樣品陳放在展櫃裏。
【陳腐】chénfǔ ㄔㄣˊ ㄈㄨˇ 陳舊腐朽：內容陳腐｜打破陳腐的傳統觀念。
【陳穀子爛芝麻】chén gǔ·zi làn zhī·ma ㄔㄣˊ ㄍㄨˇ·ㄗ ㄌㄢˋ ㄓ·ㄇㄚ 比喻陳舊的無關緊要的話或事物：老太太愛嘮叨，說的盡是些陳穀子爛芝麻。
【陳規】chénguī ㄔㄣˊ ㄍㄨㄟ 已經不適用的規章制度；陳舊的規矩：墨守陳規｜陳規陋習。
【陳貨】chénhuò ㄔㄣˊ ㄏㄨㄛˋ 存放時間久的貨物；過時的貨物。
【陳迹】chénjì ㄔㄣˊ ㄐㄧˋ 過去的事情：歷史陳迹。
【陳酒】chénjiǔ ㄔㄣˊ ㄐㄧㄡˇ ❶存放多年的酒，酒味醇。❷〈方〉黃酒。
【陳舊】chénjiù ㄔㄣˊ ㄐㄧㄡˋ 舊的；過時的：設備雖然有點兒陳舊，但還能使用｜陳舊的觀念，應該拋棄。
【陳糧】chénliáng ㄔㄣˊ ㄌㄧㄤˊ 上年餘存的或存放多年的糧食。
【陳列】chénliè ㄔㄣˊ ㄌㄧㄝˋ 把物品擺出來供人看：陳列品｜商店陳列着許多新到的貨物。
【陳年】chénnián ㄔㄣˊ ㄋㄧㄢˊ 積存多年的：陳年老酒｜陳年老賬。
【陳釀】chénniàng ㄔㄣˊ ㄋㄧㄤˋ 陳酒。
【陳皮】chénpí ㄔㄣˊ ㄆㄧˊ 曬乾了的橘子皮或橙子皮，可入藥。
【陳情】chénqíng ㄔㄣˊ ㄑㄧㄥˊ 述說理由、意見等；陳訴衷情：懇切陳情。
【陳請】chénqǐng ㄔㄣˊ ㄑㄧㄥˇ 向上級或有關部門陳述情況，提出請求：陳請領導審定。
【陳紹】chénshào ㄔㄣˊ ㄕㄠˋ 存放多年的紹興酒。
【陳設】chénshè ㄔㄣˊ ㄕㄜˋ ❶擺設：屋裏陳設着新式傢具。❷擺設的東西：房間裏的一切陳設都很簡單樸素。
【陳勝吳廣起義】Chén Shèng Wú GuǎngQǐyì ㄔㄣˊ ㄕㄥˋ ㄨˊ ㄍㄨㄤˇ ㄑㄧˇ ㄧˋ 我國歷史上第一次大規模農民起義。公元前209年，貧苦農民陳勝、吳廣率戍卒九百人在蘄縣大澤鄉(今安徽宿縣東南)起義，迅速得到全國的響應。起義軍建立了自己的政權，國號張楚。這次起義導致秦王朝的滅亡。也說大澤鄉起義。

【陳世美】Chén Shìměi ㄔㄣˊ ㄕˋ ㄇㄟˇ 戲曲《鍘美案》中的人物，考中狀元後喜新厭舊，被招為駙馬而拋棄結髮妻子，後被包公處死。用來指地位提高而變心的丈夫，也泛指在情愛上見異思遷的男子。

【陳述】chénshù ㄔㄣˊ ㄕㄨˋ 有條有理地說出：陳述理由｜陳述意見。

【陳述句】chénshùjù ㄔㄣˊ ㄕㄨˋ ㄐㄩˋ 述說一件事情的句子(區別於'疑問句、祈使句、感嘆句')，如：'這是一部詞典。''今年年成很好。'在書面上，陳述句後面用句號。

【陳說】chénshuō ㄔㄣˊ ㄕㄨㄛ 陳述：陳說利害｜陳說事件的經過。

【陳訴】chénsù ㄔㄣˊ ㄙㄨˋ 訴說(痛苦或委屈)：陳訴冤情。

【陳套】chéntào ㄔㄣˊ ㄊㄠˋ 陳舊的格式或辦法：這幅畫構思新穎，不落陳套。

【陳言】[1] chényán ㄔㄣˊ ㄧㄢˊ 陳述理由、意見等：率直陳言。

【陳言】[2] chényán ㄔㄣˊ ㄧㄢˊ 〈書〉陳舊的話：陳言務去。

【陳賬】chénzhàng ㄔㄣˊ ㄓㄤˋ 老賬：這些事都是多年陳賬，不必提了。

塵(尘) chén ㄔㄣˊ ❶飛揚的或附在物體上的細小灰土：粉塵｜吸塵器｜一塵不染。❷塵世：紅塵｜塵俗。❸〈書〉踪迹：步人後塵。

【塵埃】chén'āi ㄔㄣˊ ㄞ 塵土：桌面上滿是塵埃。

【塵暴】chénbào ㄔㄣˊ ㄅㄠˋ 挾帶大量塵沙的風暴，發生在沙漠或半乾旱地區。也叫沙暴。

【塵毒】chéndú ㄔㄣˊ ㄉㄨˊ 含有有毒物質的粉塵。

【塵肺】chénfèi ㄔㄣˊ ㄈㄟˋ 職業病，由長期吸入一定量工業生產中的粉塵引起。症狀是肺結疤，彈性減弱，勞動力也逐漸減退，並容易感染肺結核、肺炎等。可分為硅肺、煤肺等。

【塵封】chénfēng ㄔㄣˊ ㄈㄥ 擱置已久，被塵土蓋滿。

【塵垢】chéngòu ㄔㄣˊ ㄍㄡˋ 灰塵和污垢。

【塵寰】chénhuán ㄔㄣˊ ㄏㄨㄢˊ 塵世；人世間：脫離塵寰。

【塵芥】chénjiè ㄔㄣˊ ㄐㄧㄝˋ 塵土和小草，比喻輕微的事物。

【塵慮】chénlǜ ㄔㄣˊ ㄌㄩˋ 指對人世間的人和事的思慮：置身此境，塵慮全消。

【塵世】chénshì ㄔㄣˊ ㄕˋ 佛教徒或道教徒指現實世界，跟他們所幻想的理想世界相對。

【塵事】chénshì ㄔㄣˊ ㄕˋ 世俗的事：不問塵事。

【塵俗】chénsú ㄔㄣˊ ㄙㄨˊ ❶世俗：這兒彷彿是另一世界，沒有一點兒塵俗氣息。❷〈書〉人間。

【塵土】chéntǔ ㄔㄣˊ ㄊㄨˇ 附在器物上或飛揚着的細土。

【塵霧】chénwù ㄔㄣˊ ㄨˋ ❶像霧一樣彌漫着的塵土：狂風怒吼，塵霧彌漫。❷塵土和烟霧。

【塵囂】chénxiāo ㄔㄣˊ ㄒㄧㄠ 人世間的紛擾喧囂：遠離塵囂。

【塵烟】chényān ㄔㄣˊ ㄧㄢ ❶像烟一樣飛揚着的塵土：汽車飛馳，捲起滾滾塵烟。❷烟和塵土：炮聲響過，塵烟四起。

【塵緣】chényuán ㄔㄣˊ ㄩㄢˊ 佛教稱塵世間的色、聲、香、味、觸、法為'六塵'，人心與'六塵'有緣分，受其拖累，叫做塵緣。泛指世俗的緣分：塵緣未斷。

諶(谌、❶訦) chén ㄔㄣˊ ❶〈書〉相信。❷〈書〉的確；誠然。❸(Chén，也有讀 Shèn ㄕㄣˋ 的)姓。

鷐(䳸) chén ㄔㄣˊ 〈方〉(鷐兒)小鳥。

chěn (ㄔㄣˇ)

砛 chěn ㄔㄣˇ ［砛踔］(chěnchuō ㄔㄣˇ ㄔㄨㄛ)〈書〉跳躍。

墋(墋) chěn ㄔㄣˇ ❶同'磣'。❷〈書〉混濁：墋黷(混濁不清)。

磣[1](碜、硶) chěn ㄔㄣˇ 食物中雜有沙子。參看1309頁〖牙磣〗。

磣[2](碜、頳) chěn ㄔㄣˇ 醜；難看。

踸 chěn ㄔㄣˇ ［踸踔］(chěnchuō ㄔㄣˇ ㄔㄨㄛ)同'砛踔'。

chèn (ㄔㄣˋ)

疢 chèn ㄔㄣˋ 〈書〉病：疢疾。

趁(趂) chèn ㄔㄣˋ ❶利用(時間、機會)：趁熱打鐵｜趁風起帆。❷〈方〉富有；擁有：趁錢｜趁幾頭牲口。❸〈書〉追逐；趕。

【趁便】chèn//biàn ㄔㄣˋ//ㄅㄧㄢˋ 順便：你回家的時候，趁便給我帶個口信。

【趁火打劫】chèn huǒ dǎ jié ㄔㄣˋ ㄏㄨㄛˇ ㄉㄚˇ ㄐㄧㄝˊ 趁人家失火的時候去搶人家的東西。比喻趁緊張危急的時候侵犯別人的權益。

【趁機】chènjī ㄔㄣˋ ㄐㄧ 利用機會：趁機溜走。

【趁錢】chèn//qián ㄔㄣˋ//ㄑㄧㄢˊ 〈方〉有錢：很趁幾個錢兒。也作稱錢。

【趁熱打鐵】chèn rè dǎ tiě ㄔㄣˋ ㄖㄜˋ ㄉㄚˇ ㄊㄧㄝˇ 比喻做事抓緊時機，加速進行。

【趁墒】chènshāng ㄔㄣˋ ㄕㄤ 趁着土壤裏有足

夠水分的時候播種。

【趁勢】chènshì ㄔㄣˋ ㄕˋ 利用有利的形勢；就勢：他越過對方後衛，趁勢把球踢入球門。

【趁手】chènshǒu ㄔㄣˋ ㄕㄡˇ 〈方〉隨手：走進屋趁手把門關上。

【趁早】chènzǎo ㄔㄣˋ ㄗㄠˇ （趁早兒）抓緊時機或提前時間（採取行動）：趁早動身｜趁早罷手。

稱（称） chèn ㄔㄣˋ 適合；相當：稱體｜稱心｜對稱｜勻稱。

另見142頁 chēng；149頁 chèng '秤'。

【稱錢】chèn∥qián ㄔㄣˋ∥ㄑㄧㄢˊ 同'趁錢'。

【稱身】chèn∥shēn ㄔㄣˋ∥ㄕㄣ （衣服）合身。

【稱體裁衣】chèn tǐ cái yī ㄔㄣˋ ㄊㄧˇ ㄘㄞˊ ㄧ 量體裁衣。

【稱心】chèn∥xīn ㄔㄣˋ∥ㄒㄧㄣ 符合心願；心滿意足：稱心如意。

【稱願】chèn∥yuàn ㄔㄣˋ∥ㄩㄢˋ 滿足願望（多指對所恨的人遭遇不幸而感覺快意）。

【稱職】chènzhí ㄔㄣˋ ㄓˊ 思想水平和工作能力都能勝任所擔任的職務。

齔（龀） chèn ㄔㄣˋ 〈書〉小孩子換牙（乳牙脫落，長出恒牙）。

儭（𫋴、嚫） chèn ㄔㄣˋ 舊時佈施僧道：儭錢。

櫬（榇） chèn ㄔㄣˋ 〈書〉棺材。

襯（衬） chèn ㄔㄣˋ ❶在裏面托上一層：襯上一層紙。❷襯在裏面的：襯布｜襯衫｜襯褲。❸（襯兒）附在衣裳、鞋、帽等某一部分的裏面的布製品：帽襯兒｜袖襯兒。❹陪襯；襯托：綠葉把紅花襯得更好看了。

【襯布】chènbù ㄔㄣˋ ㄅㄨˋ 縫製服裝時襯在衣領、兩肩或褲腰等部分的布。

【襯褲】chènkù ㄔㄣˋ ㄎㄨˋ 穿在裏面的單褲。

【襯裏】chènlǐ ㄔㄣˋ ㄌㄧˇ 服裝的裏子或襯料。

【襯料】chènliào ㄔㄣˋ ㄌㄧㄠˋ 襯在服裝面子和裏子中間的用料。

【襯領】chènlǐng ㄔㄣˋ ㄌㄧㄥˇ 扣在外衣領子裏面的領子，可隨時摘下來洗滌。也叫護領。

【襯裙】chènqún ㄔㄣˋ ㄑㄩㄣˊ 穿在裙子或旗袍裏面的裙子。

【襯衫】chènshān ㄔㄣˋ ㄕㄢ 穿在裏面的西式單上衣。

【襯托】chèntuō ㄔㄣˋ ㄊㄨㄛ 為了使事物的特色突出，用另一些事物放在一起來陪襯或對照。

【襯衣】chènyī ㄔㄣˋ ㄧ 通常穿在裏面的單衣。

【襯字】chènzì ㄔㄣˋ ㄗˋ 曲子在曲律規定字以外，為了行文或歌唱的需要而增加的字。例如《白毛女》：'北風（那個）吹，雪花（那個）飄'。括弧內的'那個'就是襯字。

讖（谶） chèn ㄔㄣˋ 迷信的人指將來要應驗的預言、預兆：讖語。

【讖緯】chènwěi ㄔㄣˋ ㄨㄟˇ 讖和緯。讖是秦漢間巫師、方士編造的預示吉凶的隱語，緯是漢代神學迷信附會儒家經義的一類書：讖緯之學。

【讖語】chènyǔ ㄔㄣˋ ㄩˇ 迷信的人指事後應驗的話。

·chen（·ㄔㄣ）

傖（伧） ·chen ·ㄔㄣ 見450頁〖寒傖〗。另見111頁 cāng。

chēng（ㄔㄥ）

偁 chēng ㄔㄥ 〈書〉同'稱¹'（chēng）。

琤（琤） chēng ㄔㄥ 見下。

【琤琤】chēngchēng ㄔㄥ ㄔㄥ 〈書〉象聲詞，形容玉器相擊聲、琴聲或水流聲。

【琤琮】chēngcōng ㄔㄥ ㄘㄨㄥ 〈書〉象聲詞，形容玉器相擊聲或水流聲：玉珮琤琮｜琤琮的溪流。

牚 chēng ㄔㄥ 〈書〉同'撐'。另見150頁 chèng。

稱¹（称） chēng ㄔㄥ ❶叫；叫做：自稱｜他足智多謀，人稱智多星｜隊員都親切地稱他為老隊長。❷名稱：簡稱｜俗稱。❸說：稱快｜稱便｜連聲稱好。❹〈書〉讚揚：稱嘆｜稱賞｜稱許。

稱²（称） chēng ㄔㄥ 測定重量：把這袋米稱一稱。

稱³（称） chēng ㄔㄥ 〈書〉舉：稱觴祝壽。

另見142頁 chèn；149頁 chèng '秤'。

【稱霸】chēngbà ㄔㄥ ㄅㄚˋ 倚仗權勢，欺壓別人：稱霸一方。

【稱便】chēngbiàn ㄔㄥ ㄅㄧㄢˋ 認為方便：公園增設了快餐部，遊客無不稱便。

【稱兵】chēngbīng ㄔㄥ ㄅㄧㄥ 〈書〉採取軍事行動。

【稱病】chēngbìng ㄔㄥ ㄅㄧㄥˋ 以生病為藉口：稱病不出｜稱病辭職。

【稱臣】chēngchén ㄔㄥ ㄔㄣˊ 自稱臣子，向對方屈服，接受統治：俯首稱臣。

【稱大】chēng∥dà ㄔㄥ∥ㄉㄚˋ 顯示自己的尊長地位；擺架子：他從不在晚輩面前稱大。

【稱貸】chēngdài ㄔㄥ ㄉㄞˋ 向別人借錢。

【稱道】chēngdào ㄔㄥ ㄉㄠˋ 稱述；稱讚：人人稱道｜這是我應盡的責任，不值得稱道。

【稱孤道寡】chēng gū dào guǎ ㄔㄥ ㄍㄨ ㄉㄠˋ ㄍㄨㄚˇ 比喻妄以首腦自居（古代君主自稱'孤'或

'寡人')。

【稱號】chēnghào ㄔㄥ ㄏㄠˋ 賦予某人、某單位或某事物的名稱(多用於光榮的)：榮獲先進工作者稱號。

【稱賀】chēnghè ㄔㄥ ㄏㄜˋ 道賀：登門稱賀。

【稱呼】chēng·hu ㄔㄥ ·ㄏㄨ ❶叫：你說我該怎麼稱呼她？稱呼大嬸行嗎？❷當面招呼用的表示彼此關係的名稱，如同志、哥哥等。

【稱快】chēngkuài ㄔㄥ ㄎㄨㄞˋ 表示快意：拍手稱快。

【稱奇】chēngqí ㄔㄥ ㄑㄧˊ 稱讚奇妙：嘖嘖稱奇。

【稱賞】chēngshǎng ㄔㄥ ㄕㄤˇ 稱讚賞識：老師對他的作文很是稱賞。

【稱述】chēngshù ㄔㄥ ㄕㄨˋ 述說：晚會節目很多，無法一一稱述。

【稱說】chēngshuō ㄔㄥ ㄕㄨㄛ 說話的時候叫出事物的名字：他稱說着這些產品，如數家珍。

【稱頌】chēngsòng ㄔㄥ ㄙㄨㄥˋ 稱讚頌揚：稱頌民族英雄｜豐功偉績，萬民稱頌。

【稱嘆】chēngtàn ㄔㄥ ㄊㄢˋ 讚嘆：連聲稱嘆。

【稱謂】chēngwèi ㄔㄥ ㄨㄟˋ 人們由於親屬和別方面的相互關係，以及身份、職業等而得來的名稱，如父親、師傅、廠長等。

【稱羨】chēngxiàn ㄔㄥ ㄒㄧㄢˋ 稱讚羨慕：他們夫妻和睦，令人稱羨。

【稱謝】chēngxiè ㄔㄥ ㄒㄧㄝˋ 道謝。

【稱兄道弟】chēng xiōng dào dì ㄔㄥ ㄒㄩㄥ ㄉㄠˋ ㄉㄧˋ 朋友間以兄弟相稱，表示關係親密。

【稱雄】chēngxióng ㄔㄥ ㄒㄩㄥˊ 憑藉武力或特殊勢力統治一方：割據稱雄。

【稱許】chēngxǔ ㄔㄥ ㄒㄩˇ 讚許：他做生意童叟無欺，深受群眾稱許。

【稱揚】chēngyáng ㄔㄥ ㄧㄤˊ 稱讚；讚揚：交口稱揚。

【稱引】chēngyǐn ㄔㄥ ㄧㄣˇ 〈書〉引證；援引(言語、事例)。

【稱譽】chēngyù ㄔㄥ ㄩˋ 稱讚：這部影片高超的拍攝技巧，為人們所稱譽。

【稱讚】chēngzàn ㄔㄥ ㄗㄢˋ 用言語表達對人或事物的優點的喜愛：他做了好事，受到老師的稱讚。

撐(撐) chēng ㄔㄥ ❶抵住：兩手撐着下巴沈思。❷用篙抵住河底使船行進：撐船。❸支持：說得他自己也撐不住，笑了。❹張開：撐傘｜把麻袋的口兒撐開。❺充滿到容不下的程度：少吃點，別撐着｜裝得連口袋都撐破了。

【撐場面】chēng chǎngmiàn ㄔㄥ ㄔㄤˇ ㄇㄧㄢˋ 維持表面的排場。也說撐門面。

【撐持】chēngchí ㄔㄥ ㄔˊ 勉強支持：撐持危局。

【撐杆跳高】chēnggān tiàogāo ㄔㄥ ㄍㄢ ㄊㄧㄠˋ ㄍㄠ 田徑運動項目之一。運動員雙手握住一根杆子，經過快速的助跑後，借助杆子反彈的力量，使身體騰起，躍過橫杆。

【撐門面】chēng mén·mian ㄔㄥ ㄇㄣˊ ·ㄇㄧㄢ 撐場面。

【撐死】chēngsǐ ㄔㄥ ㄙˇ 〈方〉表示最大的限度；至多：這手錶撐死值十塊錢｜他的文化水平撐死也就小學畢業。

【撐腰】chēng//yāo ㄔㄥ// ㄧㄠ 比喻給予有力的支持：撐腰打氣｜有群眾撐腰，你大膽幹吧！

噌 chēng ㄔㄥ ［噌吰］(chēnghóng ㄔㄥ ㄏㄨㄥˊ)〈書〉形容鐘鼓的聲音。

另見116頁 cēng。

赬(赪、赬) chēng ㄔㄥ 〈書〉紅色。

瞠 chēng ㄔㄥ 〈書〉瞪着眼看。

【瞠乎其後】chēng hū qí hòu ㄔㄥ ㄏㄨ ㄑㄧˊ ㄏㄡˋ 在後面乾瞪眼，趕不上。

【瞠目】chēngmù ㄔㄥ ㄇㄨˋ 〈書〉眼直直地瞪着，形容受窘、驚恐的樣子：瞠目以對｜瞠目相視。

【瞠目結舌】chēng mù jié shé ㄔㄥ ㄇㄨˋ ㄐㄧㄝˊ ㄕㄜˊ 瞪着眼睛說不出話來，形容受窘或驚呆的樣子。

檉(柽) chēng ㄔㄥ ［檉柳］(chēngliǔ ㄔㄥ ㄌㄧㄡˇ)落葉小喬木，老枝紅色，葉子像鱗片，夏秋兩季開花，花淡紅色，結蒴果。能耐鹹抗旱，適於造防沙林。也叫三春柳或紅柳。

蟶(蛏) chēng ㄔㄥ 蟶子：蟶田｜蟶乾。

【蟶乾】chēnggān ㄔㄥ ㄍㄢ 乾的蟶子肉。

【蟶田】chēngtián ㄔㄥ ㄊㄧㄢˊ 福建、廣東一帶海濱養蟶類的田。

【蟶子】chēng·zi ㄔㄥ ·ㄗ 軟體動物，有兩扇形狀狹長的介殼。生活在近岸的海水裏。肉可以吃。

鐺(铛) chēng ㄔㄥ 烙餅用的平底鍋：餅鐺。

另見229頁 dāng。

chéng (ㄔㄥˊ)

成[1] chéng ㄔㄥˊ ❶完成；成功(跟'敗'相對)：大功告成｜事情成了。❷成全：成人之美｜玉成其事。❸成為；變為：百煉成鋼｜雪化成水。❹成果；成就：坐享其成｜一事無成。❺生物生長到定形、成熟的階段：成蟲｜成人。❻已定的；定形的；現成的：成規｜成見｜成例｜成藥。❼表示達到一個單位(強調數量多或時間長)：成批生產｜成千成萬｜成年累月。❽表示答應、許可：成！就這麼辦吧。❾表示有能力：他可真成！甚麼都難不住他。❿(Chéng)姓。

成² chéng ㄔㄥˊ (成兒)十分之一叫一成：九成金｜村裏今年收的莊稼比去年增加兩成。

【成敗】chéngbài ㄔㄥˊ ㄅㄞˋ 成功或失敗：成敗利鈍｜成敗在此一舉。

【成本】chéngběn ㄔㄥˊ ㄅㄣˇ 生產一種產品所需的全部費用：成本核算。

【成本會計】chéngběn kuàijì ㄔㄥˊ ㄅㄣˇ ㄎㄨㄞˋ ㄐㄧˋ 為了求得產品的總成本和單位成本而核算全部生產費用的會計。

【成才】chéngcái ㄔㄥˊ ㄘㄞˊ 成為有才能的人：自學成才｜成才之路。

【成材】chéngcái ㄔㄥˊ ㄘㄞˊ 可以做材料，比喻成為有才能的人：樹要修剪才能長得直，孩子不教育怎能成材呢？

【成材林】chéngcáilín ㄔㄥˊ ㄘㄞˊ ㄌㄧㄣˊ 已經長成，能夠供應木料的樹林。

【成蟲】chéngchóng ㄔㄥˊ ㄔㄨㄥˊ 發育成熟能繁殖後代的昆蟲，例如蠶蛾是蠶的成蟲，蚊子是孑孓的成蟲。

【成法】chéngfǎ ㄔㄥˊ ㄈㄚˇ ❶已經制定的法規：恪守祖宗成法。❷現成的方法：經濟改革沒有成法可循，要因時因地制宜。

【成方】chéngfāng ㄔㄥˊ ㄈㄤ (成方兒)現成的藥方(區別於醫生診病後所開的藥方)。

【成分】chéng·fèn ㄔㄥˊ ·ㄈㄣˋ ❶指構成事物的各種不同的物質或因素：化學成分｜營養成分｜減輕了心裏不安的成分。❷指個人早先的主要經歷或職業：工人成分｜他的個人成分是學生。‖也作成份。

【成份】chéng·fèn ㄔㄥˊ ·ㄈㄣˋ 同'成分'。

【成風】chéngfēng ㄔㄥˊ ㄈㄥ 形成風氣：蔚然成風。

【成服】chéngfú ㄔㄥˊ ㄈㄨˊ ❶舊俗喪禮中死者的親屬穿上喪服叫做成服：遵禮成服。❷製成後出售的服裝：該廠年生產成服12萬件。

【成個兒】chénggèr ㄔㄥˊ ㄍㄜˋㄦ ❶生物長到跟成熟時大小相近的程度：果子已經成個兒了。❷比喻具備一定的形狀：字寫得不成個兒。

【成功】chénggōng ㄔㄥˊ ㄍㄨㄥ 獲得預期的結果(跟'失敗'相對)：試驗成功了｜大會開得很成功｜大家都希望這項革新得到成功。

【成規】chéngguī ㄔㄥˊ ㄍㄨㄟ 現成的或久已通行的規則、方法：打破成規。

【成果】chéngguǒ ㄔㄥˊ ㄍㄨㄛˇ 工作或事業的收獲：豐碩成果｜勞動成果。

【成化】Chénghuà ㄔㄥˊ ㄏㄨㄚˋ 明憲宗(朱見深)年號(公元1465－1487)。

【成婚】chénghūn ㄔㄥˊ ㄏㄨㄣ 結婚。

【成活】chénghuó ㄔㄥˊ ㄏㄨㄛˊ 培養的動植物沒有在初生或種植後的短時期內死去：成活率｜樹苗成活的關鍵是吸收到充足的水分。

【成績】chéngjì ㄔㄥˊ ㄐㄧˋ 工作或學習的收獲：學習成績｜成績優秀｜我們各方面的工作都有很大的成績。

【成家】¹ chéng∥jiā ㄔㄥˊ∥ㄐㄧㄚ (男子)結婚：成家立業｜幾個姐姐都出嫁了，哥哥也成了家。

【成家】² chéng∥jiā ㄔㄥˊ∥ㄐㄧㄚ 成為專家：成名成家。

【成家立業】chéng jiā lì yè ㄔㄥˊ ㄐㄧㄚ ㄌㄧˋ ㄧㄝˋ 指結了婚，有了一定的職業或建立某項事業。

【成見】chéngjiàn ㄔㄥˊ ㄐㄧㄢˋ ❶對人或事物所抱的固定不變的看法(多指不好的)：消除成見｜不要存成見。❷形成的個人見解；定見：對每個人的優點、缺點，她心裏都有個成見。

【成交】chéng∥jiāo ㄔㄥˊ∥ㄐㄧㄠ 交易成功；買賣做成：拍板成交｜展銷會上成交了上萬宗生意。

【成就】chéngjiù ㄔㄥˊ ㄐㄧㄡˋ ❶事業上的成績：成就輝煌｜巨大的成就。❷完成(多指事業)：成就革命大業。

【成句】chéngjù ㄔㄥˊ ㄐㄩˋ 前人用過的現成文句：'東風壓倒西風'不過是古人的成句罷了。

【成立】chénglì ㄔㄥˊ ㄌㄧˋ ❶(組織、機構等)籌備成功，開始存在：1949年10月1日，中華人民共和國成立。❷(理論、意見)有根據，站得住：這個論點理由很充分，能成立。

【成例】chénglì ㄔㄥˊ ㄌㄧˋ 現成的例子、辦法等：援引成例｜他不願意模仿已有的成例。

【成殮】chéngliàn ㄔㄥˊ ㄌㄧㄢˋ 入殮。

【成龍配套】chéng lóng pèi tào ㄔㄥˊ ㄌㄨㄥˊ ㄆㄟˋ ㄊㄠˋ 配搭起來，成為完整的系統：該產品的生產、銷售、維修已經成龍配套。也說配套成龍。

【成寐】chéngmèi ㄔㄥˊ ㄇㄟˋ 〈書〉入睡；成眠：難以成寐｜夜不成寐。

【成眠】chéngmián ㄔㄥˊ ㄇㄧㄢˊ 入睡；睡着(zháo)。

【成名】chéng∥míng ㄔㄥˊ∥ㄇㄧㄥˊ 因某種成就而有了名聲：一舉成名。

【成命】chéngmìng ㄔㄥˊ ㄇㄧㄥˋ 指已發佈的命令、決定等：收回成命。

【成年】¹ chéngnián ㄔㄥˊ ㄋㄧㄢˊ 指人發育到已經成熟的年齡，也指高等動物或樹木發育到已經長成的時期：成年人｜成年樹。

【成年】² chéngnián ㄔㄥˊ ㄋㄧㄢˊ 整年：成年纍月｜成年在外奔忙。

【成年纍月】chéng nián lěi yuè ㄔㄥˊ ㄋㄧㄢˊ ㄌㄟˇ ㄩㄝˋ 形容歷時長久：他成年纍月在田裏勞作，非常辛苦。

【成品】chéngpǐn ㄔㄥˊ ㄆㄧㄣˇ 加工完畢，可以向外供應的產品。

【成氣候】chéng qìhòu ㄔㄥˊ ㄑㄧˋ ㄏㄡˋ 比喻有成就或有發展前途(多用於否定式)：不成氣候

｜成不了甚麼氣候。
【成器】chéngqì ㄔㄥˊ ㄑㄧˋ 比喻成為有用的人：孩子成器是父母的最大安慰。
【成千成萬】chéng qiān chéng wàn ㄔㄥˊ ㄑㄧㄢ ㄔㄥˊ ㄨㄢˋ 形容數量非常多。也說成千纍萬、成千上萬。
【成親】chéng∥qīn ㄔㄥˊ∥ㄑㄧㄣ 結婚的俗稱。
【成趣】chéngqù ㄔㄥˊ ㄑㄩˋ 使人感到興趣；有意味：湖光塔影，相映成趣｜信手拈來，涉筆成趣。
【成全】chéngquán ㄔㄥˊ ㄑㄩㄢˊ 幫助人，使達到目的：成全好事。
【成人】chéng∥rén ㄔㄥˊ∥ㄖㄣˊ 人發育成熟：長大成人。
【成人】chéngrén ㄔㄥˊ ㄖㄣˊ 成年的人：成人教育｜孩子怎能同成人比？
【成人教育】chéngrén jiàoyù ㄔㄥˊ ㄖㄣˊ ㄐㄧㄠˋ ㄩˋ 通過職工學校、夜大學、廣播電視學校、函授學校等對成年人進行的教育。
【成人之美】chéng rén zhī měi ㄔㄥˊ ㄖㄣˊ ㄓ ㄇㄟˇ 成全人家的好事。
【成仁】chéngrén ㄔㄥˊ ㄖㄣˊ 見995頁〖殺身成仁〗。
【成日】chéngrì ㄔㄥˊ ㄖˋ 整天：成日無所事事。
【成色】chéngsè ㄔㄥˊ ㄙㄜˋ ❶金幣、銀幣或器物中所含純金、純銀的量：這對鐲子的成色好。❷泛指質量：茶的成色好，味也清香。
【成事】chéng∥shì ㄔㄥˊ∥ㄕˋ 辦成事情；成功：成事之後，定當重謝｜一味蠻幹，成不了事。
【成事】chéngshì ㄔㄥˊ ㄕˋ 〈書〉已經過去的事情：成事不說。
【成事不足，敗事有餘】chéng shì bù zú, bài shì yǒu yú ㄔㄥˊ ㄕˋ ㄅㄨˋ ㄗㄨˊ, ㄅㄞˋ ㄕˋ ㄧㄡˇ ㄩˊ 指人辦事極其無能。
【成書】chéngshū ㄔㄥˊ ㄕㄨ ❶寫成書：《本草綱目》成書於明代。❷已流傳的書。
【成熟】chéngshú ㄔㄥˊ ㄕㄨˊ ❶植物的果實等完全長成，泛指生物體發育到完備的階段。❷發展到完善的程度：我的意見還不成熟｜條件成熟了。
【成數】[1] chéngshù ㄔㄥˊ ㄕㄨˋ 不帶零頭的整數，如五十、二百、三千等。
【成數】[2] chéngshù ㄔㄥˊ ㄕㄨˋ 一數為另一數的幾成，泛指比率：應在生產組內找標準勞動力，互相比較，評成數。
【成説】chéngshuō ㄔㄥˊ ㄕㄨㄛ ❶現成的通行的説法：研究學問，不能囿於成説。❷〈書〉已有的約定；成議：業有成説。
【成算】chéngsuàn ㄔㄥˊ ㄙㄨㄢˋ 早已做好的打算：心有成算，遇事從容。
【成套】chéng∥tào ㄔㄥˊ∥ㄊㄠˋ 配合起來成為一整套：成套設備。
【成天】chéngtiān ㄔㄥˊ ㄊㄧㄢ 整天：成天忙碌。
【成為】chéngwéi ㄔㄥˊ ㄨㄟˊ 變成：成為先進工作者。
【成文】chéngwén ㄔㄥˊ ㄨㄣˊ ❶現成的文章，比喻老一套：抄襲成文。❷用文字固定下來的；成為書面的：成文法。
【成文法】chéngwénfǎ ㄔㄥˊ ㄨㄣˊ ㄈㄚˇ 由國家依立法程序制定，並用文字公佈施行的法律（跟'不成文法'相對）。
【成想】chéngxiǎng ㄔㄥˊ ㄒㄧㄤˇ 同'承想'。
【成效】chéngxiào ㄔㄥˊ ㄒㄧㄠˋ 功效；效果①：成效顯著｜這種藥防治棉蚜蟲，很有成效。
【成心】chéngxīn ㄔㄥˊ ㄒㄧㄣ 故意：成心搗亂｜成心跟他過不去｜那是巧合，不是成心的。
【成行】chéngxíng ㄔㄥˊ ㄒㄧㄥˊ 旅行、訪問等得到實現：去南方考察月內可成行。
【成形】chéngxíng ㄔㄥˊ ㄒㄧㄥˊ ❶自然生長或加工後而具有某種形狀：澆鑄成形。❷醫學上指修復受到損傷的組織或器官：成形外科｜骨成形術。❸醫學上指具有正常的形狀：大便成形。
【成型】chéngxíng ㄔㄥˊ ㄒㄧㄥˊ 工件、產品經過加工，成為所需要的形狀。
【成性】chéngxìng ㄔㄥˊ ㄒㄧㄥˋ 形成某種習性（多指不好的）：懶惰成性｜流氓成性。
【成宿】chéngxiǔ ㄔㄥˊ ㄒㄧㄡˇ 整夜：成宿侍候病人。
【成藥】chéngyào ㄔㄥˊ ㄧㄠˋ 藥店或藥房裏已經配製好了的各種劑型的藥品。
【成也蕭何，敗也蕭何】chéng yě Xiāo Hé, bài yě Xiāo Hé ㄔㄥˊ ㄧㄝˇ ㄒㄧㄠ ㄏㄜˊ, ㄅㄞˋ ㄧㄝˇ ㄒㄧㄠ ㄏㄜˊ 宋代洪邁《容齋續筆·蕭何給韓信》：'信之為大將軍，實蕭何所薦；今其死也，又出其謀，故俚語有"成也蕭何，敗也蕭何"之語。'比喻事情的成敗或好壞都是由同一個人造成的。
【成夜】chéngyè ㄔㄥˊ ㄧㄝˋ 整夜：成日成夜｜成夜不睡。
【成衣】chéngyī ㄔㄥˊ ㄧ ❶舊時指做衣服的（工人或鋪子）：成衣匠｜成衣鋪。❷製成後出售的衣服：出售的成衣開架讓顧客挑選。
【成議】chéngyì ㄔㄥˊ ㄧˋ 達成的協議：已有成議。
【成因】chéngyīn ㄔㄥˊ ㄧㄣ （事物）形成的原因：海洋的成因｜探討這一事變的成因。
【成蔭】chéngyīn ㄔㄥˊ ㄧㄣ 指樹木枝葉繁茂，形成樹蔭：綠樹成蔭。
【成語】chéngyǔ ㄔㄥˊ ㄩˇ 人們長期以來習用的、簡潔精闢的定型詞組或短句。漢語的成語大多由四個字組成，一般都有出處。有些成語從字面上不難理解，如'小題大做'、'後來居上'等。有些成語必須知道來源或典故才能懂得意思，如'朝三暮四'、'杯弓蛇影'等。
【成員】chéngyuán ㄔㄥˊ ㄩㄢˊ 集體或家庭的組

成人員：家庭成員｜協會成員｜聯合國成員國。

【成約】chéngyuē ㄔㄥˊ ㄩㄝ 已訂的條約；已有的約定：違背成約｜有成約在先，誰也不能後悔。

【成章】chéngzhāng ㄔㄥˊ ㄓㄤ ❶成文章：下筆成章｜出口成章。❷成條理：順理成章。

【成長】chéngzhǎng ㄔㄥˊ ㄓㄤˇ ❶生長而成熟；長成：前年栽的果樹還沒有成長。❷向成熟的階段發展；生長：年輕的一代在茁壯成長。❸〈方〉發展；增長：經濟成長率｜經濟成長減緩。

【成竹在胸】chéng zhú zài xiōng ㄔㄥˊ ㄓㄨˊ ㄗㄞˋ ㄒㄩㄥ 見1284頁〖胸有成竹〗。

【成總兒】chéngzǒngr ㄔㄥˊ ㄗㄨㄥˇㄦ ❶一總：這筆錢我還是成總兒付吧！❷整批地：用得多就成總兒買，用得少就零碎買。

丞 chéng ㄔㄥˊ 古代輔助的官吏：丞相｜縣丞。

【丞相】chéngxiàng ㄔㄥˊ ㄒㄧㄤˋ 古代輔佐君主的職位最高的大臣。

呈 chéng ㄔㄥˊ ❶具有（某種形式）；呈現（某種顏色、狀態）：果實呈長圓形｜毛皮呈暗褐色。❷恭敬地送上去：謹呈｜呈上名片。❸（呈兒）呈文：簽呈。

【呈報】chéngbào ㄔㄥˊ ㄅㄠˋ 用公文報告上級：呈報中央批准。

【呈遞】chéngdì ㄔㄥˊ ㄉㄧˋ 恭敬地遞上：呈遞國書｜呈遞公文。

【呈覽】chénglǎn ㄔㄥˊ ㄌㄢˇ 〈書〉送上審閱。

【呈露】chénglù ㄔㄥˊ ㄌㄨˋ 呈現：海水退潮，呈露出一片礁石。

【呈請】chéngqǐng ㄔㄥˊ ㄑㄧㄥˇ 用公文向上級請示：呈請立案｜呈請院部核示。

【呈送】chéngsòng ㄔㄥˊ ㄙㄨㄥˋ 恭敬地贈送或呈遞：呈送禮品｜呈送公函。

【呈文】chéngwén ㄔㄥˊ ㄨㄣˊ 舊時公文的一種，下對上用。

【呈現】chéngxiàn ㄔㄥˊ ㄒㄧㄢˋ 顯出；露出：到處呈現欣欣向榮的景象｜暴風雨過去，大海又呈現出碧藍的顏色。

【呈獻】chéngxiàn ㄔㄥˊ ㄒㄧㄢˋ 把實物或意見等恭敬地送給集體或敬愛的人。

【呈閱】chéngyuè ㄔㄥˊ ㄩㄝˋ 送上級審閱。

【呈正】chéngzhèng ㄔㄥˊ ㄓㄥˋ 〈書〉敬辭，把自己的作品送請別人批評改正。也作呈政。

【呈子】chéng·zi ㄔㄥˊ ·ㄗ 呈文（多指老百姓給官府的）。

承 chéng ㄔㄥˊ ❶托着；接着：承塵｜承重。❷承擔：承印｜承製中西服裝。❸客套話，承蒙：昨承熱情招待，不勝感激。❹繼續；接續：繼承｜承上啓下｜承先啓後。❺接受（命令或吩咐）：秉承｜敢不承命。❻（Chéng）姓。

【承辦】chéngbàn ㄔㄥˊ ㄅㄢˋ 接受辦理：承辦土木工程｜比賽由市體協和電視台聯合承辦。

【承包】chéngbāo ㄔㄥˊ ㄅㄠ 接受工程、訂貨或其他生產經營活動並且負責完成。

【承塵】chéngchén ㄔㄥˊ ㄔㄣˊ ❶古代在座位頂上設置的帳子。❷〈方〉天花板。

【承擔】chéngdān ㄔㄥˊ ㄉㄢ 擔負；擔當：承擔義務｜承擔責任。

【承當】chéngdāng ㄔㄥˊ ㄉㄤ ❶擔當：承當罪責｜這事我可承當不起。❷〈方〉答應；應承：借車的事，我已承當了人家。

【承乏】chéngfá ㄔㄥˊ ㄈㄚˊ 〈書〉謙辭，表示所在職位因一時沒有適當人選，只好暫由自己充任。

【承歡】chénghuān ㄔㄥˊ ㄏㄨㄢ 〈書〉迎合人意，博取歡心。特指侍奉父母使感到歡喜：承歡膝下。

【承繼】chéngjì ㄔㄥˊ ㄐㄧˋ ❶給沒有兒子的伯父叔父等做兒子。❷把兄弟等的兒子收做自己的兒子。❸繼承：承繼遺產。

【承建】chéngjiàn ㄔㄥˊ ㄐㄧㄢˋ 承擔建築任務；承包並修建（工程）。

【承接】chéngjiē ㄔㄥˊ ㄐㄧㄝ ❶用容器接受流下來的液體。❷承擔；接受：本刊承接廣告｜承接來料加工。❸接續：承接上文。

【承攬】chénglǎn ㄔㄥˊ ㄌㄢˇ 接受（對方所委託的業務）；承擔：承攬車輛裝修。

【承溜】chéngliù ㄔㄥˊ ㄌㄧㄡˋ 〈書〉檐溝。

【承蒙】chéngméng ㄔㄥˊ ㄇㄥˊ 客套話，受到：承蒙指點｜承蒙熱情招待，十分感激。

【承諾】chéngnuò ㄔㄥˊ ㄋㄨㄛˋ 對某項事務答應照辦：慨然承諾。

【承平】chéngpíng ㄔㄥˊ ㄆㄧㄥˊ 〈書〉太平：承平盛世。

【承前啓後】chéng qián qǐ hòu ㄔㄥˊ ㄑㄧㄢˊ ㄑㄧˇ ㄏㄡˋ 承先啓後。

【承情】chéng//qíng ㄔㄥˊ//ㄑㄧㄥˊ 客套話，領受情誼：承情關照｜別說得那麼好聽，沒人承你的情。

【承認】chéngrèn ㄔㄥˊ ㄖㄣˋ ❶表示肯定，同意，認可：承認錯誤。❷國際上指肯定新國家、新政權的法律地位。

【承上啓下】chéng shàng qǐ xià ㄔㄥˊ ㄕㄤˋ ㄑㄧˇ ㄒㄧㄚˋ 接續上面的並引起下面的（多用於寫作等）。'啓'也作起。

【承受】chéngshòu ㄔㄥˊ ㄕㄡˋ ❶接受；禁（jīn）受：承受考驗｜這塊小薄板承受不住一百斤的重量。❷繼承（財產、權利等）：承受遺產。

【承題】chéngtí ㄔㄥˊ ㄊㄧˊ 八股文的第二股，用三句或四句，承接破題，對題目作進一步說明。參看14頁〖八股〗。

【承望】chéngwàng ㄔㄥˊ ㄨㄤˋ 料到（多用於否

定式，表示出乎意外)：不承望你這時候來，太好了。

【承襲】chéngxí ㄔㄥˊ ㄒㄧˊ ❶沿襲：承襲舊制。❷繼承(封爵等)：承襲衣缽｜承襲先人基業。

【承先啓後】chéng xiān qǐ hòu ㄔㄥˊ ㄒㄧㄢ ㄑㄧˇ ㄏㄡˋ 繼承前代的並啓發後代的(多用於學問、事業等)。也說承前啓後。

【承想】chéngxiǎng ㄔㄥˊ ㄒㄧㄤˇ 料想；想到(多用於否定)：不承想｜沒承想會得到這樣的結果｜誰承想今天又颳大風呢！也作成想。

【承印】chéngyìn ㄔㄥˊ ㄧㄣˋ 承擔印刷：承印商標｜承印中外文名片。

【承應】chéngyìng ㄔㄥˊ ㄧㄥˋ 應承。

【承運】chéngyùn ㄔㄥˊ ㄩㄣˋ (運輸部門)承擔運輸業務：承運日用百貨｜行李承運處。

【承載】chéngzài ㄔㄥˊ ㄗㄞˋ 托着物體，承受它的重量◇承載人口壓力。

【承重】chéngzhòng ㄔㄥˊ ㄓㄨㄥˋ 承受重量(用於建築物和其他構件)。

【承重孫】chéngzhòngsūn ㄔㄥˊ ㄓㄨㄥˋ ㄙㄨㄣ 按宗法制度，如長子比父母先死，長孫在他祖父母死後舉辦喪禮時替長子做喪主，叫承重孫。

【承轉】chéngzhuǎn ㄔㄥˊ ㄓㄨㄢˇ 收到上級公文轉交下級，或收到下級公文轉送上級。

【承租】chéngzū ㄔㄥˊ ㄗㄨ 接受出租；租用：承租人｜承租公房。

【承做】chéngzuò ㄔㄥˊ ㄗㄨㄛˋ 承擔製做：承做各式男女服裝。

城 chéng ㄔㄥˊ ❶城牆：城外｜萬里長城。❷城牆以內的地方：城區｜東城。❸城市(跟'鄉'相對)：山城｜滿城風雨｜連下數城｜城鄉物資交流。

【城堡】chéngbǎo ㄔㄥˊ ㄅㄠˇ 堡壘式的小城。

【城池】chéngchí ㄔㄥˊ ㄔˊ 城牆和護城河，指城市：城池失守｜攻克幾座城池。

【城垛】chéngduǒ ㄔㄥˊ ㄉㄨㄛˇ ❶城牆向外突出的部分。❷城牆上面呈凹凸形的矮牆。也叫城垛口、城垛子。

【城防】chéngfáng ㄔㄥˊ ㄈㄤˊ 城市的防衛或防務：城防鞏固｜城防工事。

【城府】chéngfǔ ㄔㄥˊ ㄈㄨˇ 〈書〉比喻待人處事的心機：城府很深｜胸無城府(為人坦率)。

【城根】chénggēn ㄔㄥˊ ㄍㄣ (城根兒)指靠近城牆的地方。

【城關】chéngguān ㄔㄥˊ ㄍㄨㄢ 指城外靠近城門的一帶地方。

【城郭】chéngguō ㄔㄥˊ ㄍㄨㄛ 城牆(城指內城的牆，郭指外城的牆)，泛指城市。

【城壕】chéngháo ㄔㄥˊ ㄏㄠˊ 護城河。

【城隍】chénghuáng ㄔㄥˊ ㄏㄨㄤˊ ❶〈書〉護城河。❷迷信傳說中指主管某個城的神。

【城建】chéngjiàn ㄔㄥˊ ㄐㄧㄢˋ 城市建設(規劃、工程)。

【城郊】chéngjiāo ㄔㄥˊ ㄐㄧㄠ 城市周圍附近的地區。

【城樓】chénglóu ㄔㄥˊ ㄌㄡˊ 建築在城門洞上的樓。

【城門失火，殃及池魚】chéng mén shī huǒ, yāng jí chí yú ㄔㄥˊ ㄇㄣˊ ㄕ ㄏㄨㄛˇ, ㄧㄤ ㄐㄧˊ ㄔˊ ㄩˊ 城門着了火，大家都用護城河的水救火，水用盡了，魚也乾死了。比喻因牽連而受禍害或損失。

【城牆】chéngqiáng ㄔㄥˊ ㄑㄧㄤˊ 古代為防守而建築在城市四周的又高又厚的牆。

【城區】chéngqū ㄔㄥˊ ㄑㄩ 城裏和靠城的地區(區別於'郊區')。

【城闕】chéngquè ㄔㄥˊ ㄑㄩㄝˋ 〈書〉❶城門兩邊的望樓。❷宮闕。

【城市】chéngshì ㄔㄥˊ ㄕˋ 人口集中、工商業發達、居民以非農業人口為主的地區，通常是周圍地區的政治、經濟、文化中心。

【城市貧民】chéngshì pínmín ㄔㄥˊ ㄕˋ ㄆㄧㄣˊ ㄇㄧㄣˊ 舊時稱城市中無固定職業，依靠自己勞動而生活貧苦的人。

【城下之盟】chéng xià zhī méng ㄔㄥˊ ㄒㄧㄚˋ ㄓ ㄇㄥˊ 敵軍到了城下，抵抗不了，跟敵人訂的盟約，泛指被迫簽訂的條約。

【城廂】chéngxiāng ㄔㄥˊ ㄒㄧㄤ 城內和城門外附近的地方。

【城垣】chéngyuán ㄔㄥˊ ㄩㄢˊ 〈書〉城牆。

【城鎮】chéngzhèn ㄔㄥˊ ㄓㄣˋ 城市和集鎮：城鎮居民。

郕 Chéng ㄔㄥˊ 周朝國名，在今山東汶上北。

宬 chéng ㄔㄥˊ 古代藏書的屋子：皇史宬(明清皇家檔案庫)。

埕1 chéng ㄔㄥˊ 指蟶(chēng)田。

埕2 chéng ㄔㄥˊ 〈方〉酒瓮。

晟 Chéng ㄔㄥˊ 姓。
另見1029頁 shèng。

乘1 chéng ㄔㄥˊ ❶用交通工具或牲畜代替步行；坐：乘船｜乘馬｜乘火車。❷利用(機會等)：乘勢｜乘勝直追。注意 口語裏多說'趁'chèn。❸佛教的教義：大乘｜小乘。❹(Chéng)姓。

乘2 chéng ㄔㄥˊ 進行乘法運算。
另見1029頁 shèng。

【乘便】chéngbiàn ㄔㄥˊ ㄅㄧㄢˋ 順便(不是特地)：請你乘便把那本書帶給我。

【乘除】chéngchú ㄔㄥˊ ㄔㄨˊ ❶乘法和除法，泛指計算。❷〈書〉指世事的消長盛衰。

【乘法】chéngfǎ ㄔㄥˊ ㄈㄚˇ 數學中的一種運算方法。最簡單的是數的乘法，即幾個相同數連加的簡便算法。如2＋2＋2＋2＋2，5個2相加，就是2乘以5。

【乘方】chéngfāng ㄔㄥˊ ㄈㄤ ❶求一個數自乘若干次的積的運算，如數 a 自乘3次（$a\times a\times a$），就是 a 的3次乘方，寫作 a^3。❷一個數自乘若干次所得的積。也叫乘冪（mì）。

【乘風破浪】chéng fēng pò làng ㄔㄥˊ ㄈㄥ ㄆㄛˋ ㄌㄤˋ 《宋書·宗慤（què）傳》：'願乘長風破萬里浪。'現比喻不畏艱險勇往直前。也形容事業迅猛地向前發展。

【乘機】chéngjī ㄔㄥˊ ㄐㄧ 利用機會：乘機逃脫｜乘機反撲。

【乘積】chéngjī ㄔㄥˊ ㄐㄧ 乘法運算中，兩個或兩個以上的數相乘所得的數。如2×5＝10中，10是乘積。簡稱積。

【乘警】chéngjǐng ㄔㄥˊ ㄐㄧㄥˇ 列車上負責治安保衛工作的警察。

【乘客】chéngkè ㄔㄥˊ ㄎㄜˋ 搭乘車、船、飛機的人。

【乘涼】chéng∥liáng ㄔㄥˊ∥ㄌㄧㄤˊ 熱天在涼快透風的地方休息：在樹下乘了一會兒涼。

【乘人之危】chéng rén zhī wēi ㄔㄥˊ ㄖㄣˊ ㄓ ㄨㄟ 趁着人家危急的時候去侵害人家。

【乘時】chéngshí ㄔㄥˊ ㄕˊ 利用時機：乘時而起。

【乘勢】chéngshì ㄔㄥˊ ㄕˋ ❶利用有利的形勢；就勢：乘勢進擊。❷〈書〉憑藉權勢：乘勢欺人。

【乘務】chéngwù ㄔㄥˊ ㄨˋ 指火車、飛機、輪船等交通工具上為乘客服務的各種事務：乘務員｜乘務組。

【乘務員】chéngwùyuán ㄔㄥˊ ㄨˋ ㄩㄢˊ 在火車、輪船、飛機上為乘客服務的工作人員。電車、公共汽車上的工作人員，也叫乘務員。

【乘隙】chéngxì ㄔㄥˊ ㄒㄧˋ 利用空子；趁機會：乘隙逃脫｜乘隙休整。

【乘興】chéngxìng ㄔㄥˊ ㄒㄧㄥˋ 趁着一時高興：乘興而來，興盡而返。

【乘虛】chéngxū ㄔㄥˊ ㄒㄩ 趁着空虛：乘虛而入。

【乘員】chéngyuán ㄔㄥˊ ㄩㄢˊ 乘車、船、飛機等交通工具的人員的統稱。

【乘坐】chéngzuò ㄔㄥˊ ㄗㄨㄛˋ 坐（車、船等）：乘坐火車｜乘坐飛機。

盛 chéng ㄔㄥˊ ❶把東西放在器具裏：盛飯｜缸裏盛滿了水。❷容納：這間屋子小，盛不了這麼多東西。

另見1029頁 shèng。

【盛器】chéngqì ㄔㄥˊ ㄑㄧˋ 盛東西的器具。

棖（枨） chéng ㄔㄥˊ 〈書〉觸動：棖觸。

【棖觸】chéngchù ㄔㄥˊ ㄔㄨˋ 〈書〉❶觸動。❷感動。

程 chéng ㄔㄥˊ ❶規矩；法則：章程｜程式。❷程序：議程｜課程。❸（旅行的）道路；一段路：啓程｜送你一程。❹路程；距離：里程碑｜射程｜行程。❺〈書〉衡量；估量：計日程功｜程其器能。❻（Chéng）姓。

【程度】chéngdù ㄔㄥˊ ㄉㄨˋ ❶文化、教育、知識、能力等方面的水平：文化程度｜自動化程度。❷事物變化達到的狀況：天氣雖冷，還沒有到上凍的程度｜他的肝病已惡化到十分嚴重的程度。

【程控】chéngkòng ㄔㄥˊ ㄎㄨㄥˋ 程序控制：程控設備｜程控電話。

【程門立雪】Chéng mén lì xuě ㄔㄥˊ ㄇㄣˊ ㄌㄧˋ ㄒㄩㄝˇ 宋代楊時在下雪天拜謁著名學者程頤，程頤瞑目而坐，楊時不敢驚動，在旁站立等待。程頤醒來，門前積雪已經一尺深了（見於《宋史·楊時傳》）。後來用'程門立雪'形容尊師重道，恭敬受教。

【程式】chéngshì ㄔㄥˊ ㄕˋ 一定的格式：公文程式｜表演的程式。

【程限】chéngxiàn ㄔㄥˊ ㄒㄧㄢˋ 〈書〉❶程式和限制：創作是沒有一定的程限的。❷規定的進度：寬其程限｜讀書日有程限。

【程序】chéngxù ㄔㄥˊ ㄒㄩˋ 事情進行的先後次序：工作程序｜會議程序。

【程序控制】chéngxù kòngzhì ㄔㄥˊ ㄒㄩˋ ㄎㄨㄥˋ ㄓˋ 通過事先編制的固定程序實現的自動控制。廣泛應用於控制各種生產和工藝加工過程。

【程子】chéng·zi ㄔㄥˊ ·ㄗ 〈方〉一段時間：這程子他很忙｜到農村住了一程子。

椉 chéng ㄔㄥˊ 〈書〉同'乘'。

另見1030頁 shèng。

裎 chéng ㄔㄥˊ 〈書〉光着身子：裸裎。

另見149頁 chěng。

塍（塖） chéng ㄔㄥˊ 〈方〉田間的土埂子：田塍。

誠（诚） chéng ㄔㄥˊ ❶真實的（心意）：誠心誠意｜開誠佈公。❷〈書〉實在；的確：誠然。❸〈書〉如果；果真：誠能如是，則相見之日可期。

【誠篤】chéngdǔ ㄔㄥˊ ㄉㄨˇ 誠實真摯：誠篤君子。

【誠惶誠恐】chéng huáng chéng kǒng ㄔㄥˊ ㄏㄨㄤˊ ㄔㄥˊ ㄎㄨㄥˇ 惶恐不安。原是君主時代臣下給君主奏章中的套語。

【誠懇】chéngkěn ㄔㄥˊ ㄎㄣˇ 真誠而懇切：態度誠懇｜言出肺腑，誠懇感人。

【誠樸】chéngpǔ ㄔㄥˊ ㄆㄨˇ 誠懇樸實：為人誠樸。

【誠然】chéngrán ㄔㄥˊ ㄖㄢˊ ❶實在：他很愛那幾隻小鴨，小鴨也誠然可愛。❷固然（引起下文轉折）：文章流暢誠然很好，但主要的還在於內容。

【誠實】chéng·shí ㄔㄥˊ ·ㄕˊ 言行跟內心思想一致(指好的思想行為)；不虛假：這孩子很誠實，不會撒謊。

【誠心】chéngxīn ㄔㄥˊ ㄒㄧㄣ ❶誠懇的心意：一片誠心。❷誠懇：很誠心｜我們誠心向您求教。

【誠信】chéngxìn ㄔㄥˊ ㄒㄧㄣˋ 誠實，守信用：生意人應當以誠信為本。

【誠意】chéngyì ㄔㄥˊ ㄧˋ 真心：用實際行動來表示誠意。

【誠摯】chéngzhì ㄔㄥˊ ㄓˋ 誠懇真摯：會談是在誠摯友好的氣氛中進行的。

酲 chéng ㄔㄥˊ 〈書〉喝醉了神志不清。

鋮(铖) chéng ㄔㄥˊ 用於人名。

澄(澂) chéng ㄔㄥˊ ❶(水)很清：江澄如練。❷澄清；使清明。
另見242頁 dèng。

【澄碧】chéngbì ㄔㄥˊ ㄅㄧˋ 清而明淨：湖水澄碧。

【澄徹】chéngchè ㄔㄥˊ ㄔㄜˋ 同'澄澈'。

【澄澈】chéngchè ㄔㄥˊ ㄔㄜˋ 清澈透明：清溪澄澈見底。也作澄徹。

【澄清】chéngqīng ㄔㄥˊ ㄑㄧㄥ ❶清亮：湖水碧綠澄清。❷使混濁變為清明，比喻肅清混亂局面：澄清天下。❸弄清楚(認識、問題等)：澄清事實。
另見242頁 dèngqīng。

【澄瑩】chéngyíng ㄔㄥˊ ㄧㄥˊ 清亮：雨後，月亮更顯得澄瑩皎潔。

橙 chéng ㄔㄥˊ ❶常綠喬木或灌木，葉子橢圓形，果實圓形，多汁，果皮紅黃色，味道酸甜。❷這種植物的果實。❸紅和黃合成的顏色。

【橙紅】chénghóng ㄔㄥˊ ㄏㄨㄥˊ 像橙子那樣紅裏帶黃的顏色。

【橙黃】chénghuáng ㄔㄥˊ ㄏㄨㄤˊ 像橙子一樣黃裏帶紅的顏色。

【橙子】chéng·zi ㄔㄥˊ ·ㄗ (舊讀 chén·zi ㄔㄣˊ ·ㄗ) 橙樹的果實。

懲(惩) chéng ㄔㄥˊ ❶處罰：懲一警百｜懲惡揚善｜嚴懲不貸。❷〈書〉警戒：懲前毖後。

【懲辦】chéngbàn ㄔㄥˊ ㄅㄢˋ 處罰：嚴加懲辦。

【懲處】chéngchǔ ㄔㄥˊ ㄔㄨˇ 處罰：依法懲處。

【懲罰】chéngfá ㄔㄥˊ ㄈㄚˊ 嚴厲地處罰：從重懲罰｜無論是誰，犯了罪都要受到懲罰。

【懲戒】chéngjiè ㄔㄥˊ ㄐㄧㄝˋ 通過處罰來警戒。

【懲前毖後】chéng qián bì hòu ㄔㄥˊ ㄑㄧㄢˊ ㄅㄧˋ ㄏㄡˋ 吸取過去失敗的教訓，以後小心，不致重犯錯誤(毖：謹慎；小心)。

【懲一警百】chéng yī jǐng bǎi ㄔㄥˊ ㄧ ㄐㄧㄥˇ ㄅㄞˇ 懲罰少數人以警戒多數人。'警'也作儆。也說懲一戒百。

【懲治】chéngzhì ㄔㄥˊ ㄓˋ 懲辦：依法懲治｜懲治罪犯。

chěng (ㄔㄥˇ)

逞 chěng ㄔㄥˇ ❶顯示(自己的才能、威風等)；誇耀：逞能｜逞強｜逞威風。❷實現意願；達到目的(多指壞事)：得逞｜以求一逞。❸縱容；放任：逞性。

【逞能】chěng//néng ㄔㄥˇ // ㄋㄥˊ 顯示自己能幹：不是我逞能，一天走個百把里路不算甚麼。

【逞強】chěng//qiáng ㄔㄥˇ // ㄑㄧㄤˊ 顯示自己能力強：逞強好勝｜你一個人是搬不動的，別逞強了！

【逞性】chěngxìng ㄔㄥˇ ㄒㄧㄥˋ 任性：逞性妄為｜孩子愛在父母面前逞性。也說逞性子。

【逞兇】chěngxiōng ㄔㄥˇ ㄒㄩㄥ 做兇暴的事情；行兇：暴徒逞兇。

裎 chěng ㄔㄥˇ 古代的一種對襟單衣。
另見148頁 chéng。

騁(骋) chěng ㄔㄥˇ 〈書〉❶(馬)跑：馳騁。❷放開：騁懷｜騁目。

【騁懷】chěnghuái ㄔㄥˇ ㄏㄨㄞˊ 〈書〉開懷：騁懷痛飲。

【騁目】chěngmù ㄔㄥˇ ㄇㄨˋ 〈書〉放眼往遠處看：憑欄騁目。

chèng (ㄔㄥˋ)

秤(稱) chèng ㄔㄥˋ 測定物體重量的器具，有桿秤、地秤、台秤、彈簧秤等多種。特指桿秤。參看371頁〖桿秤〗。
'稱'另見 142頁 chèn；142頁 chēng。

【秤錘】chèngchuí ㄔㄥˋ ㄔㄨㄟˊ 稱物品時用來使秤平衡的金屬錘。也叫秤砣。

【秤桿】chènggǎn ㄔㄥˋ ㄍㄢˇ (秤桿兒)桿秤的組成部分，用木棍製成，上面鑲着計量的秤星。

【秤鈎】chènggōu ㄔㄥˋ ㄍㄡ 桿秤上的金屬鈎子，用來挂所稱的物體。

【秤毫】chèngháo ㄔㄥˋ ㄏㄠˊ 桿秤上手提的部分，條狀物，多用繩子或皮條製成。

【秤花】chènghuā ㄔㄥˋ ㄏㄨㄚ 〈方〉秤星。

【秤紐】chèngniǔ ㄔㄥˋ ㄋㄧㄡˇ 秤毫。

【秤盤子】chèngpán·zi ㄔㄥˋ ㄆㄢˊ ·ㄗ 盤秤一端繫的金屬盤子。用來盛(chéng)所稱的物品。參看861頁〖盤秤〗。

【秤砣】chèngtuó ㄔㄥˋ ㄊㄨㄛˊ 秤錘。

【秤星】chèngxīng ㄔㄥˋ ㄒㄧㄥ (秤星兒)鑲在秤桿上的金屬的小圓點，是計量的標誌。參看

371頁〖桿秤〗。

牚 chèng ㄔㄥˋ ❶斜柱。❷(牚兒)桌椅等腿中間的橫木。
另見142頁 chēng。

chī (ㄔ)

吃[1] **(喫)** chī ㄔ ❶把食物等放到嘴裏經過咀嚼嚥下去(包括吸、喝)：吃飯｜吃奶｜吃藥。❷在某一出售食物的地方吃；按某種標準吃：吃食堂｜吃館子｜吃大灶｜吃小灶。❸依靠某種事物來生活：吃老本｜靠山吃山，靠水吃水。❹吸收(液體)：道林紙不吃墨。❺某物體進入另一物體：吃刀｜這條船吃水淺。❻消滅(多用於軍事、棋戲)：吃掉敵人一個團｜拿車吃他的炮。❼領會；把握：吃透文件精神｜他的心思我還吃不準。❽承受；禁受：吃得消｜這根繩子吃不住這麼重的分量。❾受；挨：吃虧｜吃驚｜吃批評。❿耗費：吃力｜吃勁。⓫被(多見於早期白話)：吃他恥笑。

吃[2] chī ㄔ 見659頁〖口吃〗。

【吃白飯】chī báifàn ㄔ ㄅㄞˊ ㄈㄢˋ ❶吃飯時光吃主食不就菜。❷吃飯不付錢。❸只吃飯而不幹活(多指沒有工作)，也指寄居別人家裏，靠別人生活。

【吃白食】chī báishí ㄔ ㄅㄞˊ ㄕˊ 〈方〉白吃別人的飯食等。

【吃閉門羹】chī bìméngēng ㄔ ㄅㄧˋ ㄇㄣˊ ㄍㄥ 被主人拒之門外或主人不在，門鎖着，對於上門的人叫吃閉門羹。

【吃癟】chībiě ㄔ ㄅㄧㄝˇ 〈方〉❶受窘；受挫：當眾吃癟。❷被迫屈服；服輸。

【吃不服】chī·bu fú ㄔ·ㄅㄨ ㄈㄨˊ 不習慣於吃某種飲食：生冷的東西我總吃不服。

【吃不開】chī·bu kāi ㄔ·ㄅㄨ ㄎㄞ 行不通；不受歡迎：你這老一套現在可吃不開了。

【吃不來】chī·bu lái ㄔ·ㄅㄨ ㄌㄞˊ 不喜歡吃；吃不慣：辣的可以，酸的我吃不來。

【吃不了，兜着走】chī·bu liǎo, dōu·zhe zǒu ㄔ·ㄅㄨ ㄌㄧㄠˇ, ㄉㄡ·ㄓㄜ ㄗㄡˇ 〈方〉指出了問題，要承擔一切後果：主意是你出的，出了事兒你可吃不了，兜着走！

【吃不上】chī·bu shàng ㄔ·ㄅㄨ ㄕㄤˋ 吃不到：快走吧，再晚了就吃不上飯了。

【吃不消】chī·bu xiāo ㄔ·ㄅㄨ ㄒㄧㄠ 不能支持；支持不住；受不了：爬這麼高的山，上年紀的人身體怕吃不消｜這文章寫得又長又難懂，真讓看的人吃不消。

【吃不住】chī·bu zhù ㄔ·ㄅㄨ ㄓㄨˋ 承受不起；不能支持：機器太沉，這個架子恐怕吃不住。

【吃不準】chī·bu zhǔn ㄔ·ㄅㄨ ㄓㄨㄣˇ 把握不定；確定不了：這句話甚麼意思，我還吃不準。

【吃長齋】chī chángzhāi ㄔ ㄔㄤˊ ㄓㄞ 信佛的人長年吃素，叫吃長齋。

【吃吃喝喝】chī·chīhēhē ㄔ·ㄔ ㄏㄜ ㄏㄜ 吃飯喝酒，多指以酒食拉攏關係。

【吃醋】chīcù ㄔ ㄘㄨˋ 產生嫉妒情緒(多指在男女關係上)。

【吃大鍋飯】chī dàguōfàn ㄔ ㄉㄚˋ ㄍㄨㄛ ㄈㄢˋ 比喻不論工作好壞，貢獻大小，待遇、報酬都一樣。

【吃大戶】chī dàhù ㄔ ㄉㄚˋ ㄏㄨˋ ❶舊時遇着荒年，飢民團結在一起到地主富豪家去吃飯或奪取糧食。❷指借故到經濟較富裕的單位或個人那裏吃喝或索取財物。

【吃刀】chīdāo ㄔ ㄉㄠ 切削金屬時刀具切入工件：吃刀深淺要適宜。

【吃得開】chī·de kāi ㄔ·ㄉㄜ ㄎㄞ 行得通；受歡迎：他手藝好，又熱心，在村裏很吃得開。

【吃得來】chī·de lái ㄔ·ㄉㄜ ㄌㄞˊ 吃得慣(不一定喜歡吃)：牛肉我還吃得來，羊肉就吃不來了。

【吃得消】chī·de xiāo ㄔ·ㄉㄜ ㄒㄧㄠ 能支持；支持得住；受得了：一連幾天不睡覺，人怎麼能吃得消！

【吃得住】chī·de zhù ㄔ·ㄉㄜ ㄓㄨˋ 承受得住；能支持：這座木橋過大卡車也能吃得住。

【吃豆腐】chī dòu·fu ㄔ ㄉㄡˋ·ㄈㄨ 〈方〉❶調戲(婦女)。❷指開玩笑。❸舊俗喪家準備的飯菜中有豆腐，所以去喪家弔唁吃飯叫吃豆腐。也說吃豆腐飯。

【吃獨食】chī dúshí ㄔ ㄉㄨˊ ㄕˊ (吃獨食兒) ❶有東西自己一個人吃，不給別人。❷比喻獨佔利益，不讓別人分享。

【吃飯】chī∥fàn ㄔ∥ㄈㄢˋ 泛指生活或生存：靠打獵吃飯(以打獵為生)。

【吃粉筆灰】chī fěnbǐhuī ㄔ ㄈㄣˇ ㄅㄧˇ ㄏㄨㄟ 指教書工作(含詼諧意)。

【吃乾醋】chī gāncù ㄔ ㄍㄢ ㄘㄨˋ 在與自己不相干的事情上產生嫉妒情緒；沒來由地嫉妒。

【吃功夫】chī gōng·fu ㄔ ㄍㄨㄥ·ㄈㄨ 耗費精力；用功力：在《挑滑車》裏演高寵可不容易，那是個吃功夫的角色。

【吃官司】chī guān·si ㄔ ㄍㄨㄢ·ㄙ 指被控告受處罰或關在監獄裏。

【吃館子】chī guǎn·zi ㄔ ㄍㄨㄢˇ·ㄗ 到飯館裏吃飯。

【吃喝兒】chīhēr ㄔ ㄏㄜㄦ 指飲食：這裏物價高，吃喝兒不便宜。

【吃後悔藥】chī hòuhuǐyào ㄔ ㄏㄡˋ ㄏㄨㄟˇ ㄧㄠˋ 指事後懊悔。

【吃皇糧】chī huángliáng ㄔ ㄏㄨㄤˊ ㄌㄧㄤˊ 比喻在政府部門或靠國家開支經費的事業單位任

職。

【吃回扣】chī huíkòu ㄔ ㄏㄨㄟˊ ㄎㄡˋ 接受回扣。

【吃貨】chīhuò ㄔ ㄏㄨㄛˋ 光會吃不會做事的人(罵人的話)。

【吃講茶】chī jiǎngchá ㄔ ㄐㄧㄤˇ ㄔㄚˊ 〈方〉舊指有爭執的雙方及調解人到茶館裏邊喝茶邊評理，解決糾紛。

【吃教】chījiào ㄔ ㄐㄧㄠˋ 舊時稱信天主教或基督教為吃教，含譏諷的意味，因為那時有些信教的人憑藉教會的勢力來謀生或圖利。

【吃緊】chījǐn ㄔ ㄐㄧㄣˇ ❶(情勢)緊張：形勢吃緊｜銀根吃緊｜眼下正是農活兒吃緊的時候。❷重要；緊要：這事我去不去不吃緊，你不去可就辦不成了｜先把那些吃緊的地方整修一下，其他的以後再説吧。

【吃勁】chī//jìn ㄔ//ㄐㄧㄣˋ (吃勁兒)承受力量：他那條受過傷的腿走路還不吃勁｜肩上東西太重，我可吃不住勁兒了。

【吃勁】chījìn ㄔ ㄐㄧㄣˋ ❶(吃勁兒)費勁；吃力：他挑百兒八十斤也並不吃勁。❷〈方〉感覺重要或有關係(多用於否定)：這齣戲不怎麼樣，看不看不吃勁。

【吃驚】chī//jīng ㄔ//ㄐㄧㄥ 受驚：令人吃驚｜吃驚受怕｜大吃一驚。

【吃開口飯】chī kāikǒufàn ㄔ ㄎㄞ ㄎㄡˇ ㄈㄢˋ 舊時以表演戲曲、曲藝等謀生叫做吃開口飯。

【吃空額】chī kòng'é ㄔ ㄎㄨㄥˋ ㄜˊ 主管人員向上級虛報人數，非法佔有虛報名額的薪餉等。也説吃空餉。

【吃口】chīkǒu ㄔ ㄎㄡˇ ❶家庭吃飯的人：他家裏吃口多，生活比較困難。❷吃到嘴裏的感覺：麵包吃口鬆軟｜這種梨水分少，吃口略差。❸牲畜吃食物的能力：這頭牛吃口好，膘力足。

【吃苦】chī//kǔ ㄔ//ㄎㄨˇ 經受艱苦：吃苦耐勞｜吃苦在前，享樂在後。

【吃苦頭】chī kǔ·tou ㄔ ㄎㄨˇ ·ㄊㄡ 遭受痛苦或磨難：他流浪異鄉，吃過很多苦頭。

【吃虧】chī//kuī ㄔ//ㄎㄨㄟ ❶受損失：決不能讓群眾吃虧｜他吃了不老實的虧。❷在某方面條件不利：這場球賽，他們吃了經驗不足的虧，否則不會輸。

【吃勞保】chī láobǎo ㄔ ㄌㄠˊ ㄅㄠˇ 指職工因長期生病、因公致殘等享受勞保待遇。

【吃老本】chī lǎoběn ㄔ ㄌㄠˇ ㄅㄣˇ (吃老本兒)原指消耗本金，現多指只憑已有的資歷、功勞、本領過日子，不求進取和提高。

【吃裏爬外】chī lǐ pá wài ㄔ ㄌㄧˇ ㄆㄚˊ ㄨㄞˋ 受着這一方的好處，暗地裏卻為那一方盡力。'爬'也作扒。

【吃力】chīlì ㄔ ㄌㄧˋ ❶費力：爬山很吃力｜吃力不討好。❷〈方〉疲勞：跑了一天路，感到很吃力。

【吃糧】chīliáng ㄔ ㄌㄧㄤˊ 舊時指當兵。

【吃零嘴】chī língzuǐ ㄔ ㄌㄧㄥˊ ㄗㄨㄟˇ 吃零食。

【吃派飯】chī pàifàn ㄔ ㄆㄞˋ ㄈㄢˋ 臨時下鄉的工作人員到當地安排的農戶家吃飯。

【吃偏飯】chī piānfàn ㄔ ㄆㄧㄢ ㄈㄢˋ 在共同生活中吃好於別人的飯食，比喻得到特別的照顧。也説吃偏食。

【吃槍子】chī qiāngzǐ ㄔ ㄑㄧㄤ ㄗˇ (吃槍子兒)指被槍打死(罵人的話)。

【吃青】chīqīng ㄔ ㄑㄧㄥ 莊稼還沒有完全成熟就收下來吃(多在青黃不接食物缺乏時)。

【吃請】chīqǐng ㄔ ㄑㄧㄥˇ 接受邀請(多指對自己有所求的人的邀請)去吃飯：吃請受賄。

【吃兒】chīr ㄔㄦ 吃的東西：家裏沒吃兒了。

【吃食】chī·shí ㄔ ·ㄕˊ (吃食兒)(鳥、獸等)吃食物：母雞生病，不吃食了。

【吃水】[1] chīshuǐ ㄔ ㄕㄨㄟˇ 吸取水分：這塊地不吃水｜和麵時玉米麵比白麵吃水。

【吃水】[2] chīshuǐ ㄔ ㄕㄨㄟˇ ❶取用生活用水：高山地區吃水困難。❷〈方〉供食用的水(區別於洗東西用的水)。

【吃水】[3] chīshuǐ ㄔ ㄕㄨㄟˇ 船身入水的深度。

【吃素】chīsù ㄔ ㄙㄨˋ ❶不吃魚、肉等食物。佛教徒的吃素戒律還包括不吃葱蒜等。❷比喻不事殺傷(多用於否定式)：你敢搗亂？告訴你，我的拳頭可不是吃素的。

【吃透】chī//tòu ㄔ//ㄊㄡˋ 理解透徹：吃透會議精神｜這話是甚麼意思，我還吃不透。

【吃瓦片兒】chī wǎpiànr ㄔ ㄨㄚˇ ㄆㄧㄢㄦˋ 指依靠出租房子生活。

【吃閑飯】chī xiánfàn ㄔ ㄒㄧㄢˊ ㄈㄢˋ 指只吃飯而不做事，沒有經濟收入：兩個孩子都工作了，家裏沒有吃閑飯的了。

【吃現成飯】chī xiànchéngfàn ㄔ ㄒㄧㄢˋ ㄔㄥˊ ㄈㄢˋ 比喻不勞而穫，坐享其成。

【吃香】chīxiāng ㄔ ㄒㄧㄤ 受歡迎；受重視：這種產品在市場上很吃香｜手藝高超的人在哪裏都吃香。

【吃相】chīxiàng ㄔ ㄒㄧㄤˋ 吃東西時的姿態神情：吃相不雅｜吃相難看。

【吃小灶】chī xiǎozào ㄔ ㄒㄧㄠˇ ㄗㄠˋ 比喻享受特殊照顧：學校準備在考試前給學習成績差的學生吃小灶。

【吃心】chī//xīn ㄔ//ㄒㄧㄣ 〈方〉疑心；多心：我是説他呢，你吃甚麼心？

【吃鴨蛋】chī yādàn ㄔ ㄧㄚ ㄉㄢˋ 比喻在考試或競賽中得零分。

【吃啞巴虧】chī yǎ·bakuī ㄔ ㄧㄚˇ ·ㄅㄚ ㄎㄨㄟ 吃了虧無處申訴或不敢聲張，叫吃啞巴虧。

【吃一塹，長一智】chī yī qiàn, zhǎng yī zhì ㄔ ㄧ ㄑㄧㄢˋ, ㄓㄤˇ ㄧ ㄓˋ 受一次挫折，長一分見識。

【吃齋】chī//zhāi ㄔ//ㄓㄞ ❶吃素①：吃齋唸佛｜

吃長齋。❷(和尚)吃飯。❸(非出家人)在寺院吃飯。

【吃重】chīzhòng ㄔ ㄓㄨㄥˋ ❶(所擔負的責任)艱巨：他在這件事上很吃重。❷費力：搞翻譯，對我來講，是很吃重的事。❸載重：這輛車吃重多少？

【吃準】chī∥zhǔn ㄔ∥ㄓㄨㄣˇ 認定；確認：吃不準｜吃得準｜他吃準老張過幾天就會回來。

【吃嘴】chī∥zuǐ ㄔ∥ㄗㄨㄟˇ〈方〉❶吃零食。❷貪吃；嘴饞。

【吃罪】chīzuì ㄔ ㄗㄨㄟˋ 承受罪責：吃罪不起｜吃罪不輕。

哧 chī ㄔ 象聲詞：哧的一聲撕下一塊布來｜哧哧地笑。

【哧溜】chīliū ㄔ ㄌㄧㄡ 象聲詞，形容迅速滑動的聲音：哧溜一下，滑了一跤。

郗 Chī ㄔ 姓。
另見1219頁 Xī。

胵 chī ㄔ 見877頁〖膍胵〗(píchī)。

蚩 chī ㄔ〈書〉❶無知；傻。❷同'嗤'。❸同'媸'。

眵 chī ㄔ 眼瞼分泌出的黃色液體。也叫眼眵。有的地區叫眼屎或眵目糊。

笞 chī ㄔ〈書〉用鞭、杖或竹板子打：鞭笞。

瓻〔瓻〕chī ㄔ 陶製的酒壺。

摛 chī ㄔ〈書〉舒展；散佈：摛藻(鋪張辭藻)。

嗤 chī ㄔ〈書〉嗤笑：嗤之以鼻。

【嗤笑】chīxiào ㄔ ㄒㄧㄠˋ 譏笑：為人嗤笑｜嗤笑他不懂道理。

【嗤之以鼻】chī zhī yǐ bí ㄔ ㄓ ㄧˇ ㄅㄧˊ 用鼻子吭氣，表示看不起。

痴(癡) chī ㄔ ❶傻；愚笨：痴呆｜痴人說夢。❷極度迷戀某人或某種事物：痴情｜書痴。❸〈方〉由於某種事物影響變傻了的；精神失常：痴子。

【痴騃】chī'ái ㄔ ㄞˊ 痴呆；不靈敏。

【痴呆】chīdāi ㄔ ㄉㄞ ❶舉止呆滯，不活潑：兩眼痴呆地望着前面。❷傻：經過那次變故，他有點痴呆了。

【痴肥】chīféi ㄔ ㄈㄟˊ 肥胖得難看：痴肥臃腫。

【痴話】chīhuà ㄔ ㄏㄨㄚˋ 傻話；不合常理的話。

【痴狂】chīkuáng ㄔ ㄎㄨㄤˊ 形容着迷程度極深：她是個演員，痴狂地愛着自己的事業。

【痴夢】chīmèng ㄔ ㄇㄥˋ 迷夢。

【痴迷】chīmí ㄔ ㄇㄧˊ ❶沈迷：痴迷不悟。❷深深地迷戀：他讀大學時，對電影藝術曾痴迷過一段時間。

【痴男怨女】chī nán yuàn nǚ ㄔ ㄋㄢˊ ㄩㄢˋ ㄋㄩˇ 指沈湎於情愛中的男女。

【痴情】chīqíng ㄔ ㄑㄧㄥˊ ❶痴心的愛情：一片痴情。❷多情達到痴心的程度：痴情女子｜她對音樂很痴情。

【痴人說夢】chī rén shuō mèng ㄔ ㄖㄣˊ ㄕㄨㄛ ㄇㄥˋ 比喻說根本辦不到的荒唐話。

【痴想】chīxiǎng ㄔ ㄒㄧㄤˇ ❶發呆地想：他一面眺望，一面痴想，身上給雨打濕了也不覺得。❷不能實現的痴心的想法。

【痴笑】chīxiào ㄔ ㄒㄧㄠˋ 傻笑。

【痴心】chīxīn ㄔ ㄒㄧㄣ ❶沈迷於某人或某種事物的心思：一片痴心。❷形容沈迷於某人或某種事物：痴心情郎。

【痴心妄想】chī xīn wàng xiǎng ㄔ ㄒㄧㄣ ㄨㄤˋ ㄒㄧㄤˇ 指一心想着不可能實現的事。

【痴長】chīzhǎng ㄔ ㄓㄤˇ 謙辭，年紀比較大的人，說自己白白地比對方大若干歲：我痴長你幾歲，沒多學到甚麼東西。

【痴子】chī·zi ㄔ·ㄗ〈方〉❶傻子。❷瘋子。

【痴醉】chīzuì ㄔ ㄗㄨㄟˋ 對某種事物着迷並為之陶醉；迷醉：精湛的表演令人痴醉。

媸 chī ㄔ〈書〉相貌醜(跟'妍'相對)：不辨妍媸。

絺(𫄨) chī ㄔ 細葛布。

鴟(鸱) chī ㄔ 古書上指鷂鷹。

【鴟尾】chīwěi ㄔ ㄨㄟˇ 中式房屋屋脊兩端的陶製裝飾物，形狀略像鴟的尾巴。

【鴟吻】chīwěn ㄔ ㄨㄣˇ 中式房屋屋脊兩端陶製的裝飾物。

【鴟梟】chīxiāo ㄔ ㄒㄧㄠ 同'鴟鴞'。

【鴟鴞】chīxiāo ㄔ ㄒㄧㄠ 鳥類的一科，頭大，嘴短而彎曲。吃鼠、兔、昆蟲等小動物，對農業有益。鵂鶹、貓頭鷹等都屬於鴟鴞科。也作鴟梟。

【鴟鵂】chīxiū ㄔ ㄒㄧㄡ 貓頭鷹。

鵄(鸱) chī ㄔ 同'鴟'。

螭 chī ㄔ ❶古代傳說中沒有角的龍。古代建築中或工藝品上常用它的形狀做裝飾。❷同'魑'。

魑〔魑〕chī ㄔ 見下。

【魑魅】chīmèi ㄔ ㄇㄟˋ〈書〉傳說中指山林裏能害人的妖怪：魑魅魍魎。

【魑魅魍魎】chīmèi wǎngliǎng ㄔ ㄇㄟˋ ㄨㄤˇ ㄌㄧㄤˇ 比喻各種各樣的壞人。

chí（ㄔˊ）

池 chí ㄔˊ ❶池塘：游泳池｜養魚池｜鹽池。❷旁邊高中間窪的地方：花池｜樂

(yuè)池。❸舊時指劇場正廳的前部：池座。❹〈書〉護城河：城池。❺(Chí)姓。

【池湯】chítāng ㄔˊ ㄊㄤ 澡堂中的浴池(區別於'盆湯')。也說池塘、池堂。

【池塘】chítáng ㄔˊ ㄊㄤˊ ❶蓄水的坑，一般不太大，比較淺：池塘養魚。❷池湯。

【池鹽】chíyán ㄔˊ ㄧㄢˊ 從鹹水湖採取的鹽，成分和海鹽相同。

【池魚之殃】chí yú zhī yāng ㄔˊ ㄩˊ ㄓ ㄧㄤ 比喻因牽連而受到的災禍。也說池魚之禍。參看147頁〖城門失火，殃及池魚〗。

【池浴】chíyù ㄔˊ ㄩˋ 在池湯裏洗澡(區別於'盆浴')。

【池沼】chízhǎo ㄔˊ ㄓㄠˇ 比較大的水坑。

【池子】chí·zi ㄔˊ ·ㄗ ❶蓄水的坑。❷指浴池。❸指舞池。❹舊時指劇場正廳的前部。

【池座】chízuò ㄔˊ ㄗㄨㄛˋ 劇場正廳前部的座位。

弛 chí ㄔˊ 〈書〉鬆開；鬆懈：弛禁｜一張一弛。

【弛緩】chíhuǎn ㄔˊ ㄏㄨㄢˇ ❶(局勢、氣氛、心情等)變和緩：他聽了這一番話，緊張的心情漸漸弛緩下來。❷鬆弛舒緩：紀律弛緩。

【弛禁】chíjìn ㄔˊ ㄐㄧㄣˋ 〈書〉開放禁令。

【弛懈】chíxiè ㄔˊ ㄒㄧㄝˋ 〈書〉鬆弛；鬆懈：刻苦自勵，不可一日弛懈。

坻 chí ㄔˊ 〈書〉水中的小塊陸地。另見246頁 dǐ。

茌〔茬〕chí ㄔˊ 茌平(Chípíng ㄔˊ ㄆㄧㄥˊ)，地名，在山東。

持 chí ㄔˊ ❶拿着；握着：持槍◇持法。❷支持；保持：堅持｜持久。❸主管；料理：操持｜主持。❹控制；挾制：劫持｜挾持。❺對抗：僵持｜相持不下。

【持法】chífǎ ㄔˊ ㄈㄚˇ 執行法律：持法嚴明。

【持家】chíjiā ㄔˊ ㄐㄧㄚ 料理家務：勤儉持家。

【持久】chíjiǔ ㄔˊ ㄐㄧㄡˇ 保持長久：肥效持久｜爭取持久和平。

【持久戰】chíjiǔzhàn ㄔˊ ㄐㄧㄡˇ ㄓㄢˋ 持續時間較長的戰爭。是在一方較強大並企圖速戰速決的條件下，另一方採取逐步削弱敵人、最後戰勝敵人的戰略方針而形成的。

【持論】chílùn ㄔˊ ㄌㄨㄣˋ 提出主張；立論：持論公平｜持論有據。

【持平】chípíng ㄔˊ ㄆㄧㄥˊ ❶公正；公平：持平之論。❷(與相對比的數量)保持相等：鮮魚上市三百萬斤，與去年持平｜鋼窗和木製門窗的價格基本持平。

【持身】chíshēn ㄔˊ ㄕㄣ 對待自己；要求自己：持身嚴正。

【持續】chíxù ㄔˊ ㄒㄩˋ 延續不斷：持續的乾旱造成糧食大幅度減產｜兩國經濟和文化的交流已經持續了一千多年。

【持齋】chízhāi ㄔˊ ㄓㄞ 信某種宗教的人遵守不吃葷或限制吃某種東西的戒律。

【持正】chízhèng ㄔˊ ㄓㄥˋ 〈書〉❶主持正義：持正不阿。❷不偏不倚；持平①：平心持正。

【持之以恒】chí zhī yǐ héng ㄔˊ ㄓ ㄧˇ ㄏㄥˊ 長久地堅持下去：努力學習，持之以恒｜鍛煉身體要持之以恒。

【持之有故】chí zhī yǒu gù ㄔˊ ㄓ ㄧㄡˇ ㄍㄨˋ 見解或主張有一定的根據。

【持重】chízhòng ㄔˊ ㄓㄨㄥˋ 謹慎；穩重；不浮躁：老成持重。

匙 chí ㄔˊ 匙子：湯匙｜茶匙｜羹匙。另見1051頁 ·shi。

【匙子】chí·zi ㄔˊ ·ㄗ 舀液體或粉末狀物體的小勺。

馳(驰) chí ㄔˊ ❶(車馬等，使車馬等)跑得很快：馳行｜馳逐｜飛馳而過◇風馳電掣。❷傳播：馳名。❸〈書〉(心神)嚮往：神馳｜馳想。

【馳騁】chíchěng ㄔˊ ㄔㄥˇ (騎馬)奔馳：無邊的牧場，任人策馬馳騁◇馳騁文壇。

【馳電】chídiàn ㄔˊ ㄉㄧㄢˋ 迅速發出電報：馳電告急。

【馳名】chímíng ㄔˊ ㄇㄧㄥˊ 聲名傳播很遠：馳名中外。

【馳目】chímù ㄔˊ ㄇㄨˋ 〈書〉放眼(往遠處看)：馳目遠眺。

【馳驅】chíqū ㄔˊ ㄑㄩ ❶(騎馬)快跑：馳驅疆場。❷〈書〉指為人奔走效力。

【馳書】chíshū ㄔˊ ㄕㄨ 〈書〉迅速傳信：馳書告急。

【馳突】chítū ㄔˊ ㄊㄨ 〈書〉快跑猛衝：往來馳突，如入無人之境。

【馳騖】chíwù ㄔˊ ㄨˋ 〈書〉奔馳；奔走。

【馳譽】chíyù ㄔˊ ㄩˋ 聲譽傳播得很遠：馳譽學界｜馳譽全國。

【馳援】chíyuán ㄔˊ ㄩㄢˊ 奔赴援救：星夜馳援。

【馳驟】chízhòu ㄔˊ ㄓㄡˋ 〈書〉馳騁：縱橫馳驟。

漦 chí ㄔˊ 〈書〉口水；涎沫。

墀 chí ㄔˊ 〈書〉台階上面的空地；台階：丹墀。

踟 chí ㄔˊ 見下。

【踟躕】chíchú ㄔˊ ㄔㄨˊ 心裏遲疑，要走不走的樣子：踟躕不前。也作踟躇。

【踟躇】chíchú ㄔˊ ㄔㄨˊ 同'踟躕'。

篪(竾、箎) chí ㄔˊ 古代的竹管樂器，像笛子，有八孔。

遲(迟) chí ㄔˊ ❶慢：遲遲不決｜事不宜遲。❷比規定的時間或合適的時間靠後：遲到｜昨兒睡得太遲了。❸(Chí)姓。

【遲到】chídào ㄔˊ ㄉㄠˋ 到得比規定的時間晚。

【遲鈍】chídùn ㄔˊ ㄉㄨㄣˋ (感官、思想、行動等)反應慢，不靈敏：感覺遲鈍｜反應遲鈍。

【遲緩】chíhuǎn ㄔˊ ㄏㄨㄢˇ 不迅速；緩慢：動作遲緩。

【遲暮】chímù ㄔˊ ㄇㄨˋ ❶天快黑的時候；傍晚：到達目的地已是遲暮時分。❷〈書〉比喻晚年：遲暮之感。

【遲誤】chíwù ㄔˊ ㄨˋ 遲延躭誤：事關重要，不得遲誤｜他每天準時上班，從來沒有遲誤過。

【遲延】chíyán ㄔˊ ㄧㄢˊ 躭擱；拖延：情況緊急，不能再遲延了。

【遲疑】chíyí ㄔˊ ㄧˊ 拿不定主意；猶豫：遲疑不決｜他遲疑片刻，才接着說下去。

【遲早】chízǎo ㄔˊ ㄗㄠˇ 或早或晚；早晚：他遲早會來的｜問題遲早要解決。

【遲滯】chízhì ㄔˊ ㄓˋ ❶緩慢；不通暢：河道淤塞，流水遲滯。❷呆滯：目光遲滯。❸阻礙，使延遲或停滯：節節阻擊，遲滯敵人的行動。

chǐ (ㄔˇ)

尺 chǐ ㄔˇ ❶長度單位。10 寸等於 1尺，10 尺等於 1 丈。1 市尺合 1/3 米。❷量長度的器具：皮尺｜捲尺。❸畫圖的器具：丁字尺｜放大尺。❹像尺的東西：鎮尺｜計算尺。❺尺中的簡稱。參看200頁〖寸口〗。

另見137頁 chě。

【尺寸】chǐ·cun ㄔˇ·ㄘㄨㄣ ❶長度(多指一件東西的長度)：這件衣服尺寸不合適。❷分寸：他辦事很有尺寸｜說話要掌握好尺寸。

【尺牘】chǐdú ㄔˇ ㄉㄨˊ 書信(古代書簡約長一尺)：《尺牘大全》(教人如何寫信的書)。

【尺度】chǐdù ㄔˇ ㄉㄨˋ 標準：放寬尺度｜實踐是檢驗真理的尺度。

【尺短寸長】chǐ duǎn cùn cháng ㄔˇ ㄉㄨㄢˇ ㄘㄨㄣˋ ㄔㄤˊ 《楚辭·卜居》：'尺有所短，寸有所長。'由於應用的地方不同，一尺也有顯着短的時候，一寸也有顯着長的時候。比喻人或事物各有各的長處和短處。

【尺幅千里】chǐ fú qiān lǐ ㄔˇ ㄈㄨˊ ㄑㄧㄢ ㄌㄧˇ 一尺長的圖畫，把千里的景象都畫進去。比喻事物的外形雖小，但包含的內容非常豐富。

【尺骨】chǐgǔ ㄔˇ ㄍㄨˇ 上端是三棱形的長骨，在橈骨的內側。上端較粗大，與肱骨相接，下端與腕骨相接。(圖見410頁〖骨骼〗)

【尺蠖】chǐhuò ㄔˇ ㄏㄨㄛˋ 尺蠖蛾的幼蟲，行動時身體向上彎成弧狀，像用大拇指和中指量距離一樣，所以叫尺蠖。

【尺蠖蛾】chǐhuò'é ㄔˇ ㄏㄨㄛˋ ㄜˊ 昆蟲的一種，身體和腳都很細，翅膀闊，只有複眼。幼蟲叫尺蠖。種類很多，是果樹和森林的主要害蟲之一。

【尺碼】chǐmǎ ㄔˇ ㄇㄚˇ (尺碼兒) ❶尺寸(多指鞋帽)：各種尺碼的帽子都齊全。❷尺寸的大小；標準：兩件事性質不一樣，不能用一個尺碼衡量。

【尺頭兒】chǐtóur ㄔˇ ㄊㄡㄦˊ 〈方〉❶尺寸的大小；尺碼。❷零碎料子；零頭。

【尺頭】chǐ·tou ㄔˇ·ㄊㄡ 〈方〉布帛：一匹尺頭。

【尺頁】chǐyè ㄔˇ ㄧㄝˋ 一尺見方的書畫單頁或書畫冊：一幀尺頁｜一部尺頁。

【尺中】chǐzhōng ㄔˇ ㄓㄨㄥ 見200頁〖寸口〗。

【尺子】chǐ·zi ㄔˇ·ㄗ 量長度的器具。

呎 chǐ ㄔˇ，又 yīngchǐ ㄧㄥ ㄔˇ 英尺舊也作呎。

侈 chǐ ㄔˇ 〈書〉❶浪費：奢侈｜豪侈。❷誇大：侈談。

【侈糜】chǐmí ㄔˇ ㄇㄧˊ 〈書〉奢侈浪費。也作侈靡。

【侈談】chǐtán ㄔˇ ㄊㄢˊ 〈書〉❶誇大而不切實際地談論。❷誇大而不切實際的話。

哆 chǐ ㄔˇ 〈書〉張開(嘴)：哆口。

另見295頁 duō。

耻(恥) chǐ ㄔˇ ❶羞愧：可耻｜知耻。❷耻辱：雪耻｜奇耻大辱｜不以為耻，反以為榮。

【耻骨】chǐgǔ ㄔˇ ㄍㄨˇ 骨盆下部靠近外生殖器的骨頭，形狀不規則，左右兩塊結合在一起。(圖見410頁〖骨骼〗)

【耻辱】chǐrǔ ㄔˇ ㄖㄨˇ 聲譽上所受的損害；可耻的事情：蒙受耻辱｜莫大的耻辱。

【耻笑】chǐxiào ㄔˇ ㄒㄧㄠˋ 鄙視和嘲笑。

豉 chǐ ㄔˇ 見279頁〖豆豉〗。

齒(齿) chǐ ㄔˇ ❶人類和高等動物咀嚼食物的器官，由堅固的骨組織和釉質構成，每個齒分三部分。下部細長成錐形，叫齒根，上部叫齒冠，齒根和齒冠之間叫齒頸。按部位和形狀的不同，分為門齒、犬齒、前臼齒和臼齒。通稱牙或牙齒。❷(齒兒)物體上齒形的部分：鋸齒兒｜梳齒兒。❸帶齒兒的：齒輪。❹〈書〉並列；引為同類：齒列｜不齒於人類。❺〈書〉年齡：序齒｜齒德俱尊。❻

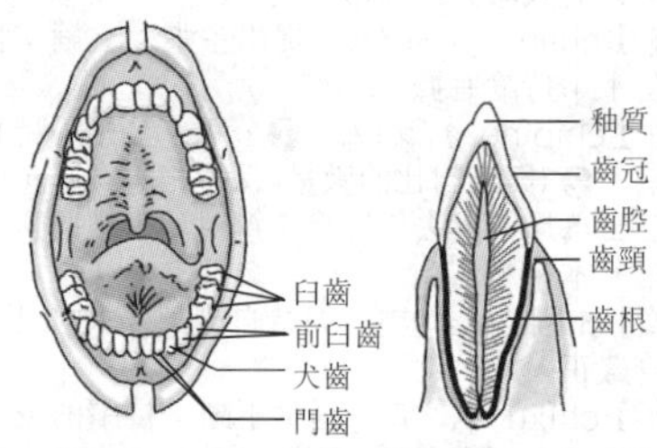

人的齒

〈書〉說到；提起：齒及｜不足齒數。
【齒唇音】chǐchúnyīn ㄔˇ ㄔㄨㄣˊ ㄧㄣ 上齒和下唇接觸而發出的輔音，例如普通話語音中的f。也叫唇齒音。
【齒及】chǐjí ㄔˇ ㄐㄧˊ〈書〉說到；提及：區區小事，何足齒及。
【齒冷】chǐlěng ㄔˇ ㄌㄥˇ〈書〉恥笑(笑則張口，時間長了，牙齒就會感覺到冷)：令人齒冷。
【齒錄】chǐlù ㄔˇ ㄌㄨˋ〈書〉❶錄用：未蒙齒錄。❷科舉時代同登一榜的人，各具姓名、年齡、籍貫、三代，彙刻成冊，叫做齒錄。
【齒輪】chǐlún ㄔˇ ㄌㄨㄣˊ 機器上有齒的輪狀機件。通常是成對嚙合，其中一個轉動，另一個被帶動。作用是改變傳動方向、轉動方向、轉動速度、力矩等。通稱牙輪。
【齒腔】chǐqiāng ㄔˇ ㄑㄧㄤ 牙齒當中的空腔，充滿齒髓。(圖見'齒')
【齒數】chǐshǔ ㄔˇ ㄕㄨˇ〈書〉說起；提起：不足齒數(不值得提起)。
【齒髓】chǐsuǐ ㄔˇ ㄙㄨㄟˇ 齒腔中的髓質，質地疏鬆，柔軟，含有很多小血管和神經。
【齒齦】chǐyín ㄔˇ ㄧㄣˊ 包住齒頸的黏膜組織，粉紅色，內有很多血管和神經。也叫牙齦，通稱牙牀，有的地區叫牙花。

褫 chǐ ㄔˇ〈書〉❶脱去；解下：解珮而褫紳。❷剝奪：褫革｜褫職。
【褫奪】chǐduó ㄔˇ ㄉㄨㄛˊ 剝奪：褫奪繼承權。
【褫革】chǐgé ㄔˇ ㄍㄜˊ〈書〉開除；撤職。

chì（ㄔˋ）

彳 chì ㄔˋ［彳亍］(chìchù ㄔˋ ㄔㄨˋ)〈書〉慢步走，走走停停：獨自在河邊彳亍。

叱 chì ㄔˋ〈書〉大聲責罵：怒叱｜叱問。
【叱呵】chìhē ㄔˋ ㄏㄜ 大聲怒斥；怒喝(hè)：叱呵部下｜叱呵牲口。
【叱喝】chìhè ㄔˋ ㄏㄜˋ 叱呵：厲聲叱喝。
【叱令】chìlìng ㄔˋ ㄌㄧㄥˋ 呵斥責令；喝令：叱令退出｜叱令匪徒放下武器。
【叱罵】chìmà ㄔˋ ㄇㄚˋ 責罵。
【叱問】chìwèn ㄔˋ ㄨㄣˋ 責問；大聲問。
【叱責】chìzé ㄔˋ ㄗㄜˊ 斥責：他從不當着客人的面叱責孩子。
【叱咤】chìzhà ㄔˋ ㄓㄚˋ〈書〉發怒吆喝。
【叱咤風雲】chì zhà fēng yún ㄔˋ ㄓㄚˋ ㄈㄥ ㄩㄣˊ 形容聲勢威力很大。

斥1 chì ㄔˋ ❶責備：申斥｜駁斥｜痛斥｜怒斥。❷使離開：排斥｜斥逐。❸〈書〉拿出(錢)；支付：斥資。❹〈書〉擴展：斥地。

斥2 chì ㄔˋ〈書〉偵察：斥候｜斥騎(擔任偵察的騎兵)。

斥3 chì ㄔˋ〈書〉斥鹵。
【斥地】chìdì ㄔˋ ㄉㄧˋ〈書〉開拓疆土：斥地千里。
【斥革】chìgé ㄔˋ ㄍㄜˊ 開除；取消：斥革功名。
【斥候】chìhòu ㄔˋ ㄏㄡˋ 舊時軍隊稱偵察(敵情)。也指進行偵察的士兵。
【斥力】chìlì ㄔˋ ㄌㄧˋ 物體之間相互排斥的力。帶同性電荷的物體之間、同性磁極之間的作用力就是斥力。
【斥鹵】chìlǔ ㄔˋ ㄌㄨˇ〈書〉指土地含有過多的鹽鹼成分，不宜耕種。
【斥罵】chìmà ㄔˋ ㄇㄚˋ 責罵：高聲斥罵。
【斥賣】chìmài ㄔˋ ㄇㄞˋ〈書〉變賣；賣掉：斥賣房產。
【斥退】chìtuì ㄔˋ ㄊㄨㄟˋ ❶舊時指免去官吏的職位或開除學生的學籍。❷喝令旁邊的人退出去：斥退左右。
【斥責】chìzé ㄔˋ ㄗㄜˊ 用嚴厲的言語指出別人的錯誤或罪行：受到斥責｜斥責這種不講公德的行為。
【斥逐】chìzhú ㄔˋ ㄓㄨˊ〈書〉驅逐：斥逐入侵之敵。
【斥資】chìzī ㄔˋ ㄗ〈書〉支付費用：斥資百萬｜斥資創建學校。

赤 chì ㄔˋ ❶比朱紅稍淺的顏色。❷泛指紅色：赤小豆｜面紅耳赤。❸象徵革命，表示用鮮血爭取自由：赤衛隊。❹忠誠：赤膽｜赤誠。❺光着；露着(身體)：赤腳｜赤膊。❻空：赤手空拳。❼指赤金：金無足赤。
【赤背】chì//bèi ㄔˋ//ㄅㄟˋ 光着上身。
【赤膊】chì//bó ㄔˋ//ㄅㄛˊ 光着上身：赤膊上陣｜男人們赤着膊在地裏鋤草。
【赤膊】chìbó ㄔˋ ㄅㄛˊ 光着的上身。
【赤膊上陣】chì bó shàng zhèn ㄔˋ ㄅㄛˊ ㄕㄤˋ ㄓㄣˋ 比喻不講策略或毫無掩飾地做某事。
【赤忱】chìchén ㄔˋ ㄔㄣˊ〈書〉❶赤誠：赤忱相見。❷極真誠的心意：一片赤忱。
【赤誠】chìchéng ㄔˋ ㄔㄥˊ 非常真誠：赤誠待人。
【赤膽忠心】chì dǎn zhōng xīn ㄔˋ ㄉㄢˇ ㄓㄨㄥ ㄒㄧㄣ 形容十分忠誠。
【赤道】chìdào ㄔˋ ㄉㄠˋ ❶環繞地球表面距離南北兩極相等的圓周綫。它把地球分為南北兩半球，是劃分緯度的基綫，赤道的緯度是0°。❷指天球赤道，就是地球赤道面和天球相交形成的大圓圈。
【赤地】chìdì ㄔˋ ㄉㄧˋ〈書〉旱災或蟲災嚴重時，寸草不生的土地：赤地千里。
【赤紅】chìhóng ㄔˋ ㄏㄨㄥˊ 紅色：赤紅臉兒。
【赤腳】chì//jiǎo ㄔˋ//ㄐㄧㄠˇ 光着腳(一般指不穿鞋襪，有時只指不穿襪子)：赤腳穿草鞋｜農民赤着腳在田裏插秧。

【赤腳】chìjiǎo ㄔˋ ㄐㄧㄠˇ 光着的腳：一雙赤腳。
【赤腳醫生】chìjiǎo yīshēng ㄔˋ ㄐㄧㄠˇ ㄧ ㄕㄥ 指農村裏亦農亦醫的醫務工作人員。
【赤金】chìjīn ㄔˋ ㄐㄧㄣ 純金。
【赤佬】chìlǎo ㄔˋ ㄌㄠˇ 〈方〉鬼；鬼子（罵人的話）。
【赤露】chìlù ㄔˋ ㄌㄨˋ （身體）裸露：赤露着胸口。
【赤裸】chìluǒ ㄔˋ ㄌㄨㄛˇ ❶（身體）裸露：全身赤裸｜赤裸着上身｜他赤裸着腳走路。❷比喻毫無遮蓋掩飾：赤裸的原野。
【赤裸裸】chìluǒluǒ ㄔˋ ㄌㄨㄛˇ ㄌㄨㄛˇ ❶形容光着身子，不穿衣服。❷形容毫無遮蓋掩飾：赤裸裸的侵略行徑。
【赤貧】chìpín ㄔˋ ㄆㄧㄣˊ 窮得甚麼也沒有：赤貧如洗。
【赤身】chìshēn ㄔˋ ㄕㄣ ❶光着身子：赤身裸體。❷比喻人一無所有：他上無老，下無小，是個無牽無挂的赤身漢。
【赤手空拳】chì shǒu kōng quán ㄔˋ ㄕㄡˇ ㄎㄨㄥ ㄑㄩㄢˊ 形容兩手空空，沒有任何可以憑藉的東西。
【赤條條】chìtiáotiáo ㄔˋ ㄊㄧㄠˊ ㄊㄧㄠˊ 形容光着身體，一絲不挂，毫無遮掩。
【赤縣】Chìxiàn ㄔˋ ㄒㄧㄢˋ 指中國。參看1021頁〖神州〗。
【赤小豆】chìxiǎodòu ㄔˋ ㄒㄧㄠˇ ㄉㄡˋ ❶一年生草本植物，葉子互生，花黃色。種子暗紅色，供食用。❷這種植物的種子。‖也叫小豆、紅小豆。
【赤心】chìxīn ㄔˋ ㄒㄧㄣ 真誠的心：赤心相待｜赤心報國。
【赤子】chìzǐ ㄔˋ ㄗˇ ❶初生的嬰兒：赤子之心（比喻純潔的心）。❷對故土懷有純真感情的人：海外赤子。
【赤字】chìzì ㄔˋ ㄗˋ 指經濟活動中支出多於收入的差額數字。簿記上登記這種數目時，用紅筆書寫。
【赤足】chìzú ㄔˋ ㄗㄨˊ 赤腳。

抶 chì ㄔˋ 〈書〉鞭打；笞。

翅（翄） chì ㄔˋ ❶昆蟲的飛行器官，一般是兩對，呈膜狀，上面有翅脈，有的前翅變成角質或革質。通常又指鳥類等動物的飛行器官。通稱翅膀。❷翅果向外伸出呈翅狀的果皮。❸魚翅：翅席。❹（翅兒）物體上形狀像翅膀的部分：紗帽有兩個翅兒。

〈古〉又同'啻'。
【翅膀】chìbǎng ㄔˋ ㄅㄤˇ ❶翅①的通稱。❷物體上形狀或作用像翅膀的部分：飛機翅膀。
【翅果】chìguǒ ㄔˋ ㄍㄨㄛˇ 果實的一種，一部分果皮向外伸出，像翅膀，藉着風力把種子散佈到遠處，如榆錢。
【翅脉】chìmài ㄔˋ ㄇㄞˋ 昆蟲翅上分佈成脉狀的構造，有支撐的作用。
【翅席】chìxí ㄔˋ ㄒㄧˊ 指菜肴中有魚翅的宴席。
【翅子】chì·zi ㄔˋ ·ㄗ ❶魚翅。❷〈方〉翅膀。

眙 chì ㄔˋ 〈書〉❶直視；注視。❷驚視。另見1348頁 yí。

敕（勅、勑） chì ㄔˋ 皇帝的詔令：宣敕｜敕命｜敕封｜敕撰。
【敕封】chìfēng ㄔˋ ㄈㄥ 指朝廷以敕令封賞（官爵、稱號）。
【敕建】chìjiàn ㄔˋ ㄐㄧㄢˋ 奉帝王命令修建。
【敕令】chìlìng ㄔˋ ㄌㄧㄥˋ ❶皇帝下達命令。❷皇帝下達的命令。
【敕書】chìshū ㄔˋ ㄕㄨ 皇帝頒給朝臣的詔書。
【敕造】chìzào ㄔˋ ㄗㄠˋ 奉帝王命令建造。

飭（饬） chì ㄔˋ 〈書〉❶整頓；整治：整飭。❷飭令：飭其遵辦。❸謹慎：謹飭。
【飭令】chìlìng ㄔˋ ㄌㄧㄥˋ 上級命令下級（多用於舊時公文）：飭令查辦。

啻 chì ㄔˋ 〈書〉但；只；僅：不啻｜何啻｜奚啻。

傺 chì ㄔˋ 見121頁［侘傺］。

瘈 chì ㄔˋ ［瘈瘲］（chìzòng ㄔˋ ㄗㄨㄥˋ）同'瘛瘲'。
另見1476頁 zhì。

憏 chì ㄔˋ 見121頁［侘憏］。

瘛 chì ㄔˋ ［瘛瘲］（chìzòng ㄔˋ ㄗㄨㄥˋ）中醫指痙攣的症狀。

熾（炽） chì ㄔˋ ❶〈書〉（火）旺。❷熱烈旺盛：熾熱｜熾烈。
【熾烈】chìliè ㄔˋ ㄌㄧㄝˋ （火）旺盛猛烈：篝火在熾烈地燃燒◇熾烈的感情。
【熾情】chìqíng ㄔˋ ㄑㄧㄥˊ 熱烈的感情：滿腔熾情。
【熾熱】chìrè ㄔˋ ㄖㄜˋ 極熱：熾熱的陽光◇熾熱的情感。
【熾盛】chìshèng ㄔˋ ㄕㄥˋ 〈書〉很旺盛。

鶒（鹣） chì ㄔˋ 見1223頁［鸂鶒］。

chōng（ㄔㄨㄥ）

充 chōng ㄔㄨㄥ ❶滿；足：充滿｜充分｜充其量。❷裝滿；塞住：充電｜充塞｜充耳不聞。❸擔任；當：充當｜充任。❹冒充：充行家｜以次充好｜打腫臉充胖子。❺（Chōng）姓。
【充暢】chōngchàng ㄔㄨㄥ ㄔㄤˋ （商品的來源、文章的氣勢）充沛暢達：貨源充暢。
【充斥】chōngchì ㄔㄨㄥ ㄔˋ 充滿；塞滿（含厭惡

意)：不能讓質量低劣的商品充斥市場。

【充磁】chōng//cí ㄔㄨㄥ//ㄘˊ 使磁性物質磁化或使磁性不足的磁體增加磁性。一般是把要充磁的物體放在有直流電通過的綫圈所形成的磁場裏。

【充當】chōngdāng ㄔㄨㄥ ㄉㄤ 取得某種身份；擔任某種職務：充當調解人｜充當大會主席。

【充電】chōng//diàn ㄔㄨㄥ//ㄉㄧㄢˋ 把直流電源接到蓄電池的兩極上使蓄電池獲得放電能力。

【充耳不聞】chōng ěr bù wén ㄔㄨㄥ ㄦˇ ㄅㄨˋ ㄨㄣˊ 塞住耳朵不聽。形容不願聽取別人的意見。

【充分】chōngfèn ㄔㄨㄥ ㄈㄣˋ ❶足夠(多用於抽象事物)：你的理由不充分｜準備工作做得很充分。❷盡量：充分利用有利條件｜必須充分發揮群眾的智慧和力量。

【充公】chōng//gōng ㄔㄨㄥ//ㄍㄨㄥ 把違法者或犯罪者與案情有關的財物沒收歸公。

【充飢】chōng//jī ㄔㄨㄥ//ㄐㄧ 解餓：他帶了幾個燒餅，預備在路上充飢。

【充軍】chōngjūn ㄔㄨㄥ ㄐㄩㄣ 封建時代的一種流刑，把罪犯解到邊遠地方去當兵或服勞役。

【充滿】chōngmǎn ㄔㄨㄥ ㄇㄢˇ ❶填滿；佈滿：眼裏充滿了淚水｜歡呼聲充滿了會場。❷充分具有：充滿激情｜歌聲裏充滿着信心和力量。

【充沛】chōngpèi ㄔㄨㄥ ㄆㄟˋ 充足而旺盛：精力充沛｜雨水充沛｜充沛的感情。

【充其量】chōngqíliàng ㄔㄨㄥ ㄑㄧˊ ㄌㄧㄤˋ 表示做最大限度的估計；至多：這箱蘋果充其量不過六十斤｜充其量十天就可以完成這個任務。

【充任】chōngrèn ㄔㄨㄥ ㄖㄣˋ 擔任：挑選懂得管理並精通技術的人充任車間主任。

【充塞】chōngsè ㄔㄨㄥ ㄙㄜˋ 塞滿；填滿：庫房裏充塞着雜亂物品。

【充實】chōngshí ㄔㄨㄥ ㄕˊ ❶豐富；充足(多指內容或人員物力的配備)：庫存充實｜文字流暢，內容充實。❷使充足；加強：選拔優秀幹部充實基層。

【充數】chōng//shù ㄔㄨㄥ//ㄕㄨˋ 用不勝任的人或不合格的物品來湊足數額：濫竽充數｜要是人手實在不夠，就由我去充個數吧。

【充血】chōngxuè ㄔㄨㄥ ㄒㄩㄝˋ 局部組織或器官，因小動脈、小靜脈以及毛細血管擴張而充滿血液。如消化時的胃腸、運動時的肌肉都有充血現象。

【充溢】chōngyì ㄔㄨㄥ ㄧˋ 充滿；流露：詩裏充溢着江南的田園情趣｜孩子們的臉上充溢着幸福的笑容。

【充盈】chōngyíng ㄔㄨㄥ ㄧㄥˊ ❶充滿：淚水充盈｜山谷裏充盈着清越的歌聲。❷(肌肉)豐滿：肌膚充盈。

【充裕】chōngyù ㄔㄨㄥ ㄩˋ 充足有餘；寬裕：經濟充裕｜時間充裕。

【充足】chōngzú ㄔㄨㄥ ㄗㄨˊ 多到能滿足需要：光綫充足｜經費充足｜理由充足。

沖[1](冲) chōng ㄔㄨㄥ ❶用開水等澆：沖茶｜沖雞蛋。❷沖洗①；沖擊：用水把碗沖乾淨｜大水沖壞了河堤。

沖[2](冲) chōng ㄔㄨㄥ 〈方〉山區的平地：沖田｜韶山沖｜翻過山就有一個很大的沖。

另見158頁 chōng‘衝’。‘沖’另見160頁 chòng‘衝’。

【沖沖】chōngchōng ㄔㄨㄥ ㄔㄨㄥ 感情激動的樣子：興沖沖｜怒氣沖沖。

【沖淡】chōngdàn ㄔㄨㄥ ㄉㄢˋ ❶加進別的液體，使原來的液體在同一個單位內所含成分相對減少：把 80 度酒精沖淡為 50 度。❷使某種氣氛、效果、感情等減弱：加了這一場，反而把整個劇本的效果沖淡了。

【沖服】chōngfú ㄔㄨㄥ ㄈㄨˊ 服藥的一種方式，用水或酒等調藥吃下去。

【沖積】chōngjī ㄔㄨㄥ ㄐㄧ 高地的砂礫、泥土被水流帶到河谷低窪地區沈積下來。

【沖劑】chōngjì ㄔㄨㄥ ㄐㄧˋ 中藥劑型的一種，把藥材煎汁、濃縮加糖等製成，顆粒狀，用開水沖服。

【沖決】chōngjué ㄔㄨㄥ ㄐㄩㄝˊ ❶水流沖破堤岸：沖決河堤。❷突破某種束縛、限制：沖決羅網。

【沖擴】chōngkuò ㄔㄨㄥ ㄎㄨㄛˋ 沖洗並擴印(照片)：沖擴機｜沖擴彩照。

【沖涼】chōng//liáng ㄔㄨㄥ//ㄌㄧㄤˊ 〈方〉洗澡。

【沖刷】chōngshuā ㄔㄨㄥ ㄕㄨㄚ ❶一面用水沖，一面刷去附着的東西：把汽車沖刷得乾乾淨淨。❷水流沖擊，使土石流失或剝蝕：岩石上有被洪水沖刷過的痕迹。

【沖田】chōngtián ㄔㄨㄥ ㄊㄧㄢˊ 丘陵地區的谷地水稻田，地勢較平緩。

【沖洗】chōngxǐ ㄔㄨㄥ ㄒㄧˇ ❶用水沖，使附着的東西去掉：路面經大雨沖洗後，顯得格外乾淨了。❷把已經曝光的膠片，進行顯影、定影等的總稱：沖洗放大。

忡(㤝) chōng ㄔㄨㄥ 〈書〉憂慮不安。

【忡忡】chōngchōng ㄔㄨㄥ ㄔㄨㄥ 憂愁的樣子：憂心忡忡。

茺〔茺〕 chōng ㄔㄨㄥ ［茺蔚］(chōngwèi ㄔㄨㄥ ㄨㄟˋ) 益母草。

涌 chōng ㄔㄨㄥ 〈方〉河汊，多用於地名：河涌｜蝦涌(在廣東)。

另見1379頁 yǒng。

翀 chōng ㄔㄨㄥ 〈書〉鳥直着向上飛。

舂 chōng ㄔㄨㄥ 把東西放在石臼或乳鉢裏搗去皮殼或搗碎：舂米｜舂藥。

惷 chōng ㄔㄨㄥ 〈書〉愚笨。

衝(冲、沖) chōng ㄔㄨㄥ ❶通行的大道；重要的地方：要衝｜首當其衝。❷很快地朝某一方向直闖，突破障礙：橫衝直撞｜衝出重圍｜直衝雲霄◇衝口而出。❸猛烈地撞擊(多用於對對方思想感情的抵觸方面)：衝突｜衝犯。❹指衝喜。❺太陽系中，除水星和金星外，其餘的某一個行星(如火星、木星或土星)運行到跟地球、太陽成一條直綫而地球正處在這個行星與太陽之間的位置時，叫做衝。這時，太陽從地平綫升起，這個行星從西邊落下；太陽下山時，這個行星從東方升起。❻互相抵消：衝賬。

另見160頁 chòng。'冲'另見157頁 chōng。'沖'另見157頁 chōng'沖'。

【衝程】chōngchéng ㄔㄨㄥ ㄔㄥˊ 內燃機工作時活塞在汽缸中往復運動，從汽缸的一端到另一端叫做一個衝程。也叫行程。

【衝刺】chōngcì ㄔㄨㄥ ㄘˋ 跑步、滑冰、游泳等體育競賽中臨近終點時全力向前衝。

【衝抵】chōngdǐ ㄔㄨㄥ ㄉㄧˇ 衝銷。

【衝動】chōngdòng ㄔㄨㄥ ㄉㄨㄥˋ ❶能引起某種動作的神經興奮：創作衝動。❷情感特別強烈，理性控制很薄弱的心理現象：不要衝動，應當冷靜考慮問題。

【衝犯】chōngfàn ㄔㄨㄥ ㄈㄢˋ 言語或行為與對方抵觸，冒犯了對方：他一時不能夠控制自己，說了幾句話，衝犯了叔父。

【衝鋒】chōngfēng ㄔㄨㄥ ㄈㄥ 進攻的部隊向敵人迅猛前進，用衝鋒槍、手榴彈、刺刀等和敵人進行戰鬥。

【衝鋒槍】chōngfēngqiāng ㄔㄨㄥ ㄈㄥ ㄑㄧㄤ 單人使用的自動武器。槍身較短，用於近戰和衝鋒，有效射程約300－400米。

【衝鋒陷陣】chōng fēng xiàn zhèn ㄔㄨㄥ ㄈㄥ ㄒㄧㄢˋ ㄓㄣˋ ❶向敵人衝鋒，深入敵人陣地。形容作戰英勇。❷泛指為正義事業英勇鬥爭。

【衝擊】chōngjī ㄔㄨㄥ ㄐㄧ ❶(水流等)撞擊物體：海浪衝擊着石崖。❷衝鋒：向敵人陣地發起衝擊。❸比喻干擾或打擊使受到影響：在外國商品衝擊下，當地一些工廠停止生產。

【衝擊波】chōngjībō ㄔㄨㄥ ㄐㄧ ㄅㄛ ❶通常指核爆炸時，爆炸中心壓力急劇升高，使周圍空氣猛烈震盪而形成的波動。衝擊波以超音速的速度從爆炸中心向周圍衝擊，具有很大的破壞力，是核爆炸重要的殺傷破壞因素之一。也叫爆炸波。❷指由超音速運動產生的強烈壓縮氣流。❸比喻使某種事物受到影響的強大力量。

【衝浪】chōnglàng ㄔㄨㄥ ㄌㄤˋ 水上體育運動之一。運動員腳踏特製的衝浪板隨海浪快速滑行，用全身的協調動作保持身體的平衡。

【衝力】chōnglì ㄔㄨㄥ ㄌㄧˋ 運動物體由於慣性作用，在動力停止後還繼續運動的力量。

【衝量】chōngliàng ㄔㄨㄥ ㄌㄧㄤˋ 作用在物體上的力和力的作用時間的乘積叫做衝量。

【衝齡】chōnglíng ㄔㄨㄥ ㄌㄧㄥˊ 〈書〉幼年(多用於帝王)：衝齡登基。

【衝破】chōngpò ㄔㄨㄥ ㄆㄛˋ 突破某種狀態、限制等：衝破封鎖｜衝破禁區｜衝破障礙物｜火光衝破漆黑的夜空。

【衝殺】chōngshā ㄔㄨㄥ ㄕㄚ 在戰場上迅速前進，殺傷敵人：奮勇衝殺。

【衝騰】chōngténg ㄔㄨㄥ ㄊㄥˊ (氣體等)向上衝；升騰：熱氣衝騰而出。

【衝天】chōngtiān ㄔㄨㄥ ㄊㄧㄢ 衝向天空，比喻情緒高漲而猛烈：怒氣衝天｜衝天的幹勁。

【衝突】chōngtū ㄔㄨㄥ ㄊㄨ ❶矛盾表面化，發生激烈爭鬥：武裝衝突｜言語衝突。❷互相矛盾；不協調：文章的論點前後衝突｜因時間衝突，會開不成了。

【衝喜】chōng∥xǐ ㄔㄨㄥ∥ㄒㄧˇ 舊時迷信風俗，家中有人病重時，用辦理喜事(如迎娶未婚妻過門)等舉動來驅除邪祟，希望轉危為安。

【衝銷】chōngxiāo ㄔㄨㄥ ㄒㄧㄠ 會計上指將有關賬戶內原記的數額部分或全部減除。

【衝要】chōngyào ㄔㄨㄥ ㄧㄠˋ ❶處於全國的或某一個地區的重要道路的會合點，因而形勢重要：徐州地處津浦鐵路和隴海鐵路的交叉點，是個十分衝要的地方。❷〈書〉指重要的職位：久居衝要。

【衝賬】chōng∥zhàng ㄔㄨㄥ∥ㄓㄤˋ 收支賬目互相抵消，或兩戶應支付的款項互相抵消。

【衝撞】chōngzhuàng ㄔㄨㄥ ㄓㄨㄤˋ ❶撞擊：海浪衝撞着山崖。❷衝犯：我很後悔不該失言衝撞她。

憧 chōng ㄔㄨㄥ 見下。

【憧憧】chōngchōng ㄔㄨㄥ ㄔㄨㄥ 往來不定；搖曳不定：人影憧憧｜燈影憧憧。

【憧憬】chōngjǐng ㄔㄨㄥ ㄐㄧㄥˇ 嚮往：憧憬着幸福的明天｜心裏充滿着對未來的憧憬。

罿 chōng ㄔㄨㄥ 〈書〉捕鳥的網。

艟 chōng ㄔㄨㄥ 見790頁[艨艟]。

chóng (ㄔㄨㄥˊ)

种 Chóng ㄔㄨㄥˊ 姓。
另見1483頁 zhǒng'種'；1486頁 zhòng'種'。

重 chóng ㄔㄨㄥˊ ❶重複：重出｜書買重了。❷重新；再：重逢｜重見天日｜舊地重遊。❸層：雲山萬重｜突破一重又一重的困難。❹〈方〉使重疊在一起；摞：把兩領蓆重在一起。
另見1484頁 zhòng。

【重版】chóngbǎn ㄔㄨㄥˊ ㄅㄢˇ (書刊)重新出版。

【重瓣胃】chóngbànwèi ㄔㄨㄥˊ ㄅㄢˋ ㄨㄟˋ 反芻動物的胃的第三部分，容積比蜂巢胃略大，內壁有書頁狀的褶。反芻後的食物進入重瓣胃繼續加以磨細。也叫瓣胃。

【重播】chóngbō ㄔㄨㄥˊ ㄅㄛ ❶已播過種子的地方重新播上種子。❷(廣播電台、電視台)重新播放已播放過的節目。

【重茬】chóngchá ㄔㄨㄥˊ ㄔㄚˊ 連作。

【重唱】chóngchàng ㄔㄨㄥˊ ㄔㄤˋ 兩個或兩個以上的歌唱者，各按所擔任的聲部演唱同一歌曲。按人數多少，可分為二重唱、三重唱、四重唱等。

【重重】chóngchóng ㄔㄨㄥˊ ㄔㄨㄥˊ 一層又一層，形容很多：重重包圍｜困難重重｜顧慮重重。

【重出】chóngchū ㄔㄨㄥˊ ㄔㄨ 重複出現(多指文字、文句)。

【重蹈覆轍】chóng dǎo fù zhé ㄔㄨㄥˊ ㄉㄠˇ ㄈㄨˋ ㄓㄜˊ 再走翻過車的老路。比喻不吸取失敗的教訓，重犯過去的錯誤。

【重疊】chóngdié ㄔㄨㄥˊ ㄉㄧㄝˊ (相同的東西)一層層堆疊：山巒重疊｜精簡重疊的機構。

【重讀】chóngdú ㄔㄨㄥˊ ㄉㄨˊ 學生因成績不合格而留在原來的年級重新學習：重讀生。
另見1484頁 zhòngdú。

【重逢】chóngféng ㄔㄨㄥˊ ㄈㄥˊ 再次遇到(多指長時間不見的)：故友重逢｜久別重逢。

【重複】chóngfù ㄔㄨㄥˊ ㄈㄨˋ ❶(相同的東西)又一次出現：內容重複｜這一段的意思跟第二段重複了。❷又一次做(相同的事情)：他把說過的話又重複了一遍。

【重光】chóngguāng ㄔㄨㄥˊ ㄍㄨㄤ ❶重新見到光明：大地重光。❷光復：驅逐外寇，重光河山。

【重合】chónghé ㄔㄨㄥˊ ㄏㄜˊ 兩個或兩個以上的幾何圖形佔有同一個空間叫做重合。

【重婚】chónghūn ㄔㄨㄥˊ ㄏㄨㄣ 法律上指已有配偶而又同別的人結婚。

【重趼】chóngjiǎn ㄔㄨㄥˊ ㄐㄧㄢˇ 手上或腳上磨的厚趼子。也作重繭。

【重繭】[1] chóngjiǎn ㄔㄨㄥˊ ㄐㄧㄢˇ 〈書〉厚的絲綿衣。

【重繭】[2] chóngjiǎn ㄔㄨㄥˊ ㄐㄧㄢˇ 同'重趼'。

【重見天日】chóng jiàn tiān rì ㄔㄨㄥˊ ㄐㄧㄢˋ ㄊㄧㄢ ㄖˋ 比喻脫離黑暗環境，重新見到光明。

【重九】chóngjiǔ ㄔㄨㄥˊ ㄐㄧㄡˇ 重陽。

【重巒疊嶂】chóng luán dié zhàng ㄔㄨㄥˊ ㄌㄨㄢˊ ㄉㄧㄝˊ ㄓㄤˋ 重重疊疊的山峰。

【重落】chóng·luo ㄔㄨㄥˊ ·ㄌㄨㄛ 〈方〉病有轉機後又變嚴重：他的病前幾天剛好了點兒，現在又重落了。

【重名】chóngmíng ㄔㄨㄥˊ ㄇㄧㄥˊ (重名兒)同名。

【重申】chóngshēn ㄔㄨㄥˊ ㄕㄣ 再一次申述：重申我國的對外政策。

【重審】chóngshěn ㄔㄨㄥˊ ㄕㄣˇ 原審法院的判決在第二審程序中被上級法院撤消而重新審理。

【重生】chóngshēng ㄔㄨㄥˊ ㄕㄥ ❶死而復生。❷機體的組織或器官的某一部分喪失或受到損傷後，重新生長。

【重生父母】chóngshēng fùmǔ ㄔㄨㄥˊ ㄕㄥ ㄈㄨˋ ㄇㄨˇ 見1423頁〖再生父母〗。

【重孫】chóngsūn ㄔㄨㄥˊ ㄙㄨㄣ 孫子的兒子。也叫重孫子(chóngsūn·zi)。

【重孫女】chóngsūn·nü ㄔㄨㄥˊ ㄙㄨㄣ ·ㄋㄩ (重孫女兒)孫子的女兒。

【重沓】chóngtà ㄔㄨㄥˊ ㄊㄚˋ 〈書〉重複繁冗。

【重圍】chóngwéi ㄔㄨㄥˊ ㄨㄟˊ 層層的包圍：殺出重圍。

【重溫舊夢】chóng wēn jiù mèng ㄔㄨㄥˊ ㄨㄣ ㄐㄧㄡˋ ㄇㄥˋ 比喻把過去的事重新經歷或回憶一次。

【重文】chóngwén ㄔㄨㄥˊ ㄨㄣˊ 〈書〉異體字。

【重五】Chóngwǔ ㄔㄨㄥˊ ㄨˇ 同'重午'。

【重午】Chóngwǔ ㄔㄨㄥˊ ㄨˇ 舊時稱端午。也作重五。

【重霄】chóngxiāo ㄔㄨㄥˊ ㄒㄧㄠ 〈書〉指極高的天空。古代傳說天有九重。也叫九重霄。

【重新】chóngxīn ㄔㄨㄥˊ ㄒㄧㄣ 副詞。❶再一次：重新抄寫一遍｜他重新來到戰鬥過的地方。❷表示從頭另行開始(變更方式或內容)：重新部署｜重新做人。

【重行】chóngxíng ㄔㄨㄥˊ ㄒㄧㄥˊ 重新另行開始(做某種動作或事情)：重行頒佈｜重行起草。

【重修】chóngxiū ㄔㄨㄥˊ ㄒㄧㄡ ❶重新翻修(建築物等)：重修古寺｜重修馬路。❷重新修訂或編寫：重修縣誌。

【重修舊好】chóng xiū jiù hǎo ㄔㄨㄥˊ ㄒㄧㄡ ㄐㄧㄡˋ ㄏㄠˇ 恢復已往的交誼。

【重言】chóngyán ㄔㄨㄥˊ ㄧㄢˊ 修辭方式，重疊單字，以加強描寫效果，如'桃之夭夭，灼灼其華'(《詩經·周南·桃夭》)，'天蒼蒼，野茫茫，風吹草低見牛羊'(北朝樂府詩《敕勒歌》)。

【重演】chóngyǎn ㄔㄨㄥˊ ㄧㄢˇ 重新演出，比喻相同的事再次出現：歷史的悲劇不許重演。

【重洋】chóngyáng ㄔㄨㄥˊ ㄧㄤˊ 一重重的海洋：遠涉重洋。

【重陽】Chóngyáng ㄔㄨㄥˊ ㄧㄤˊ 我國傳統節日，農曆九月初九日。在這一天有登高的風俗。

【重樣】chóngyàng ㄔㄨㄥˊ ㄧㄤˋ (重樣兒)樣式相

同：買了五張郵票，沒有重樣的。

【重譯】chóngyì ㄔㄨㄥˊ ㄧˋ ❶經過好幾次翻譯。❷從譯文翻譯。❸重新翻譯。

【重印】chóngyìn ㄔㄨㄥˊ ㄧㄣˋ （書刊）重新印刷。

【重圓】chóngyuán ㄔㄨㄥˊ ㄩㄢˊ 親人長久分離、失散後重又團聚：多年離散，今日重圓，悲喜交集。

【重張】chóngzhāng ㄔㄨㄥˊ ㄓㄤ 指商店重新開業。

【重整旗鼓】chóng zhěng qí gǔ ㄔㄨㄥˊ ㄓㄥˇ ㄑㄧˊ ㄍㄨˇ 指失敗之後，重新集合力量再幹（搖旗和擊鼓是古代進軍的號令）。也説重振旗鼓。

【重奏】chóngzòu ㄔㄨㄥˊ ㄗㄡˋ 兩個或兩個以上的人各按所擔任的聲部，同時用不同樂器或同一種樂器演奏同一樂曲。按人數的多少，可分為二重奏、三重奏、四重奏等。

【重足而立】chóng zú ér lì ㄔㄨㄥˊ ㄗㄨˊ ㄦˊ ㄌㄧˋ 後腳緊挨着前腳，不敢邁步。形容非常恐懼。

崇 chóng ㄔㄨㄥˊ ❶高：崇山峻嶺。❷重視；尊敬：尊崇｜推崇。❸（Chóng）姓。

【崇拜】chóngbài ㄔㄨㄥˊ ㄅㄞˋ 尊敬欽佩：崇拜英雄人物。

【崇奉】chóngfèng ㄔㄨㄥˊ ㄈㄥˋ 信仰；崇拜：崇奉禮教｜崇拜聖人。

【崇高】chónggāo ㄔㄨㄥˊ ㄍㄠ 最高的；最高尚的：品格崇高｜崇高的理想｜致以崇高的敬禮！

【崇敬】chóngjìng ㄔㄨㄥˊ ㄐㄧㄥˋ 推崇尊敬：崇敬的心情｜英雄的高尚品質為人崇敬。

【崇論閎議】chóng lùn hóng yì ㄔㄨㄥˊ ㄌㄨㄣˋ ㄏㄨㄥˊ ㄧˋ 指高出一般人的議論或見解。'閎'也作宏。

【崇山峻嶺】chóng shān jùn lǐng ㄔㄨㄥˊ ㄕㄢ ㄐㄩㄣˋ ㄌㄧㄥˇ 高而險峻的山嶺。

【崇尚】chóngshàng ㄔㄨㄥˊ ㄕㄤˋ 尊重；推崇：崇尚正義｜崇尚儉樸。

【崇洋】chóngyáng ㄔㄨㄥˊ ㄧㄤˊ 崇拜外國：盲目崇洋｜崇洋媚外｜崇洋思想。

【崇仰】chóngyǎng ㄔㄨㄥˊ ㄧㄤˇ 崇拜信仰；崇敬仰慕：崇仰真理。

【崇禎】Chóngzhēn ㄔㄨㄥˊ ㄓㄣ 明思宗（朱由檢）年號（公元1628－1644）。

蟲（虫） chóng ㄔㄨㄥˊ （蟲兒）蟲子。

【蟲草】chóngcǎo ㄔㄨㄥˊ ㄘㄠˇ 冬蟲夏草的簡稱。

【蟲吃牙】chóngchīyá ㄔㄨㄥˊ ㄔ ㄧㄚˊ 齲齒（qǔchǐ）的俗稱。

【蟲害】chónghài ㄔㄨㄥˊ ㄏㄞˋ 某些昆蟲或蜘蛛綱動物引起的植物體的破壞或死亡。

【蟲口】chóngkǒu ㄔㄨㄥˊ ㄎㄡˇ 指一定範圍內某些昆蟲個體的數量：蟲口密度。

【蟲情】chóngqíng ㄔㄨㄥˊ ㄑㄧㄥˊ 農業害蟲潛伏、發生和活動的情況：做好蟲情預報、預測工作。

【蟲牙】chóngyá ㄔㄨㄥˊ ㄧㄚˊ 齲齒（qǔchǐ）的俗稱。

【蟲眼】chóngyǎn ㄔㄨㄥˊ ㄧㄢˇ （蟲眼兒）果肉、種子、樹木、木器等上面蟲蛀的小孔。

【蟲癭】chóngyǐng ㄔㄨㄥˊ ㄧㄥˇ 植物體受到害蟲或真菌的刺激，一部分組織畸形發育而形成的瘤狀物。也叫癭。

【蟲災】chóngzāi ㄔㄨㄥˊ ㄗㄞ 因蟲害較大而造成的災害。

【蟲豸】chóngzhì ㄔㄨㄥˊ ㄓˋ 〈書〉蟲子。

【蟲子】chóng·zi ㄔㄨㄥˊ ·ㄗ 昆蟲和類似昆蟲的小動物。

chǒng（ㄔㄨㄥˇ）

寵（宠） chǒng ㄔㄨㄥˇ 寵愛；偏愛：得寵｜別把孩子寵壞了。

【寵愛】chǒng'ài ㄔㄨㄥˇ ㄞˋ （上對下）喜愛；嬌縱偏愛：她是母親最寵愛的女兒。

【寵兒】chǒng'ér ㄔㄨㄥˇ ㄦˊ 比喻受到寵愛的人：時代的寵兒。

【寵辱不驚】chǒng rǔ bù jīng ㄔㄨㄥˇ ㄖㄨˇ ㄅㄨˋ ㄐㄧㄥ 受寵或受辱都不為所動，形容把得失置之度外。

【寵物】chǒngwù ㄔㄨㄥˇ ㄨˋ 指家庭豢養的受人喜愛的小動物，如貓、狗等。

【寵信】chǒngxìn ㄔㄨㄥˇ ㄒㄧㄣˋ 寵愛信任（多含貶義）：寵信奸佞｜深得上司寵信。

【寵幸】chǒngxìng ㄔㄨㄥˇ ㄒㄧㄥˋ （地位高的人對地位低的人）寵愛。

【寵用】chǒngyòng ㄔㄨㄥˇ ㄩㄥˋ 寵愛任用：倍受寵用。

chòng（ㄔㄨㄥˋ）

晲 chòng ㄔㄨㄥˋ 〈方〉睏極小睡：瞌晲｜晲一晲。

銃（铳） chòng ㄔㄨㄥˋ 一種舊式火器：火銃｜鳥銃。

【銃子】chòng·zi ㄔㄨㄥˋ ·ㄗ 衝子（chòng·zi）。

衝[1]（冲） chòng ㄔㄨㄥˋ ❶勁頭兒足；力量大：這小夥子幹活兒真衝｜水流得很衝。❷氣味濃烈刺鼻：酒味兒很衝。❸〈方〉斥責：他一説話就衝人。

衝[2]（冲） chòng ㄔㄨㄥˋ ❶向着或對着：他扭過頭來衝我笑了笑。❷憑；根據：就衝着這幾句話，我也不能不答應｜衝他們這股子幹勁兒，一定可以提前完成任務。

衝[3]（冲） chòng ㄔㄨㄥˋ 衝壓：衝牀｜衝模。

另見158頁 chōng。'冲'另見157頁 chōng'沖'。

【衝牀】chòngchuáng ㄔㄨㄥˋ ㄔㄨㄤˊ 衝壓使金屬板成型或在金屬板上衝孔的機器。汽車外殼等就是用衝牀加工製成的。也叫衝壓機、壓力機。

【衝盹兒】chòng∥dǔnr ㄔㄨㄥˋ∥ㄉㄨㄣˇㄦ 〈方〉打盹兒。

【衝勁兒】chòngjìnr ㄔㄨㄥˋ ㄐㄧㄣˋㄦ ❶敢做、敢向前衝(chōng)的勁頭兒：這姑娘挺有衝勁兒，一個人幹了兩個人的活兒。❷強烈的刺激性：這酒有衝勁兒，少喝點兒。

【衝模】chòngmú ㄔㄨㄥˋ ㄇㄨˊ 裝在衝牀上用來使被加工的材料成型的模型，一般都是凹凸成對的。

【衝壓】chòngyā ㄔㄨㄥˋ ㄧㄚ 用衝牀進行金屬加工。

【衝子】chòng·zi ㄔㄨㄥˋ·ㄗ 用金屬做成的一種打眼器具。也作銃子。

chōu (ㄔㄡ)

抽[1] chōu ㄔㄡ ❶把夾在中間的東西取出：從信封裏抽出信紙◇抽不出身來。❷從中取出一部分：抽查｜抽肥補瘦。❸(某些植物體)長出：抽芽｜穀子抽穗。❹吸：抽烟｜抽水。

抽[2] chōu ㄔㄡ ❶收縮：這件衣服剛洗一水就抽了不少。❷打(多指用條狀物)：抽陀螺｜鞭子一抽，馬就跑了起來。

【抽測】chōucè ㄔㄡ ㄘㄜˋ 抽取一部分進行測量或測驗：抽測學習成績｜抽測車速。

【抽查】chōuchá ㄔㄡ ㄔㄚˊ 抽取一部分進行檢查：最近抽查了一些伙食單位，衞生工作都做得很好。

【抽抽兒】chōu·chour ㄔㄡ ·ㄔㄡㄦ ❶收縮：這塊布一洗就抽抽兒了。❷乾癟；萎縮：棗兒一曬就抽抽兒了｜這牛怎麼越養越抽抽兒？

【抽搐】chōuchù ㄔㄡ ㄔㄨˋ 肌肉不隨意地收縮的症狀，多見於四肢和顏面。也說抽搦。

【抽打】chōudǎ ㄔㄡ ㄉㄚˇ (用條狀物)打：趕車人揮着鞭子，不時地抽打着牲口。

【抽打】chōu·da ㄔㄡ ·ㄉㄚ 用撣子、毛巾等在衣物上打，以除掉灰塵：大衣上滿是土，得抽打抽打。

【抽搭】chōu·da ㄔㄡ ·ㄉㄚ 一吸一頓地哭泣：那孩子捂着臉不停地抽搭｜抽抽搭搭地哭。

【抽調】chōudiào ㄔㄡ ㄉㄧㄠˋ 從中調出一部分(人員、物資)：機關抽調了一批幹部加強農業生產第一綫。

【抽丁】chōu∥dīng ㄔㄡ∥ㄉㄧㄥ 舊時統治者強迫青壯年去當兵。也說抽壯丁。

【抽斗】chōudǒu ㄔㄡ ㄉㄡˇ 〈方〉抽屜。

【抽肥補瘦】chōu féi bǔ shòu ㄔㄡ ㄈㄟˊ ㄅㄨˇ ㄕㄡˋ 比喻抽取有餘的補給不足的，使相互平均或平衡。

【抽風】[1] chōu∥fēng ㄔㄡ∥ㄈㄥ ❶手腳痙攣、口眼歪斜的症狀。❷比喻做事違背常情：你抽甚麼風，半夜三更了還唱歌？

【抽風】[2] chōu∥fēng ㄔㄡ∥ㄈㄥ 利用一定裝置把空氣吸進來：抽風灶(利用自然抽風代替電力吹風的灶)。

【抽工夫】chōu gōng·fu ㄔㄡ ㄍㄨㄥ ·ㄈㄨ (抽工夫兒)抽空兒：他們正等你呢，你先抽工夫去一趟吧｜本來我也想去，可是抽不出工夫來。

【抽檢】chōujiǎn ㄔㄡ ㄐㄧㄢˇ 抽查：抽檢的產品中，符合標準的佔大多數。

【抽獎】chōu∥jiǎng ㄔㄡ∥ㄐㄧㄤˇ 用抽籤的方式確定獲獎者：抽獎活動｜抽獎儀式。

【抽筋】chōu∥jīn ㄔㄡ∥ㄐㄧㄣ ❶抽掉筋：剝皮抽筋。❷(抽筋兒)筋肉痙攣：腿受了寒，直抽筋兒。

【抽考】chōukǎo ㄔㄡ ㄎㄠˇ 抽出部分人或某科目進行考試：在幾個中學的初二學生中舉行抽考，我校成績優良｜這次代數抽考，得滿分的超過一半。

【抽空】chōu∥kòng ㄔㄡ∥ㄎㄨㄥˋ (抽空兒)擠出時間(做別的事情)：工作再忙，也要抽空學習。

【抽冷子】chōu lěng·zi ㄔㄡ ㄌㄥˇ·ㄗ 〈方〉突然；乘人不備：抽冷子一瞧，把人嚇一跳｜他抽個冷子跑了出來。

【抽搦】chōunuò ㄔㄡ ㄋㄨㄛˋ 抽搐。

【抽泣】chōuqì ㄔㄡ ㄑㄧˋ 一吸一頓地哭泣：暗自抽泣｜低聲抽泣。

【抽氣機】chōuqìjī ㄔㄡ ㄑㄧˋ ㄐㄧ 真空泵。

【抽籤】chōu∥qiān ㄔㄡ∥ㄑㄧㄢ (抽籤兒)從許多做了標誌的籤兒中抽出一根或若干根，用來決定先後次序或輸贏等。

【抽青】chōu∥qīng ㄔㄡ∥ㄑㄧㄥ (草、木)發芽變綠：老樹抽了青｜草木抽青。

【抽取】chōuqǔ ㄔㄡ ㄑㄩˇ 從中收取或取出：抽取版稅｜抽取部分資金｜抽取地下水。

【抽紗】chōushā ㄔㄡ ㄕㄚ ❶刺繡的一種。在亞麻布或棉布等材料上，根據圖案設計，抽去花紋部分的經綫或緯綫，形成透空的花紋：抽紗工藝。❷用抽紗方法製成的窗簾、枱布、手帕等工藝品。

【抽身】chōu∥shēn ㄔㄡ∥ㄕㄣ 脫身離開：工作很忙，他一直抽不出身來。

【抽水】[1] chōu∥shuǐ ㄔㄡ∥ㄕㄨㄟˇ 用水泵吸水。

【抽水】[2] chōu∥shuǐ ㄔㄡ∥ㄕㄨㄟˇ 縮水：這種布抽水厲害，得多買點兒。

【抽水機】chōushuǐjī ㄔㄡ ㄕㄨㄟˇ ㄐㄧ 水泵。

【抽水馬桶】chōushuǐ mǎtǒng ㄔㄡ ㄕㄨㄟˇ ㄇㄚˇ ㄊㄨㄥˇ 上接水箱，下通下水道的瓷質馬桶。

【抽稅】chōu∥shuì ㄔㄡ∥ㄕㄨㄟˋ 按稅率收取稅款。

【抽穗】chōu∥suì ㄔㄡ∥ㄙㄨㄟˋ 指小麥、高粱、穀子、玉米等農作物由葉鞘中長出穗。
【抽縮】chōusuō ㄔㄡ ㄙㄨㄛ 機體因受刺激而收縮：四肢抽縮。
【抽薹】chōu∥tái ㄔㄡ∥ㄊㄞˊ 油菜、韭菜等蔬菜長出薹來。
【抽屜】chōu·ti ㄔㄡ·ㄊㄧ 桌子、櫃子等傢具中可以抽拉的盛放東西用的部分，常作匣形。
【抽頭】chōu∥tóu ㄔㄡ∥ㄊㄡˊ (抽頭兒) ❶賭博時從贏得的錢裏抽一小部分歸賭博場所的主人或供役使的人。❷泛指經手人從中獲取好處：這些產品在銷售中幾經轉手，環環抽頭，損害了消費者的利益。
【抽閑】chōuxián ㄔㄡ ㄒㄧㄢˊ 抽空。
【抽象】chōuxiàng ㄔㄡ ㄒㄧㄤˋ ❶從許多事物中，捨棄個別的、非本質的屬性，抽出共同的、本質的屬性，叫抽象，是形成概念的必要手段。❷不能具體經驗到的，籠統的；空洞的：看問題要根據具體的事實，不能從抽象的定義出發。
【抽象勞動】chōuxiàng láodòng ㄔㄡ ㄒㄧㄤˋ ㄌㄠˊ ㄉㄨㄥˋ 撇開各種具體形式的人類一般勞動。即勞動者的腦力、體力在生產中的消耗。在商品生產條件下，抽象勞動形成商品的價值(跟'具體勞動'相對)。
【抽象思維】chōuxiàng sīwéi ㄔㄡ ㄒㄧㄤˋ ㄙ ㄨㄟˊ 邏輯思維。
【抽雄】chōuxióng ㄔㄡ ㄒㄩㄥˊ 指某些作物(如玉米)的雄穗露出頂端。也叫出雄。
【抽芽】chōu∥yá ㄔㄡ∥ㄧㄚˊ 植物長出芽來。
【抽驗】chōuyàn ㄔㄡ ㄧㄢˋ 抽取一部分進行檢驗：抽驗產品性能。
【抽樣】chōuyàng ㄔㄡ ㄧㄤˋ 取樣：抽樣檢查｜抽樣化驗。
【抽噎】chōuyē ㄔㄡ ㄧㄝ 抽搭。
【抽咽】chōuyè ㄔㄡ ㄧㄝˋ 抽搭。
【抽繹】chōuyì ㄔㄡ ㄧˋ 同'紬繹'(chōuyì)。
【抽印】chōuyìn ㄔㄡ ㄧㄣˋ 從整本書或刊物的印刷版中抽取一部分來單獨印製：抽印本｜抽印三百份。
【抽壯丁】chōu zhuàngdīng ㄔㄡ ㄓㄨㄤˋ ㄉㄧㄥ 抽丁。

紬(䌷) chōu ㄔㄡ 〈書〉引出；綴輯。
另見163頁 chóu '綢'。
【紬繹】chōuyì ㄔㄡ ㄧˋ 〈書〉引出頭緒。也作抽繹。

搊[1](㨨) chōu ㄔㄡ 〈書〉彈奏(樂器)。

搊[2](㨨) chōu ㄔㄡ 〈方〉❶攙扶：搊着老人走上講台。❷從器具的一端或一側用力使它翻倒：把箱子搊過來。

篘(𥫱) chōu ㄔㄡ 〈書〉❶濾酒的器具。❷過濾(酒)。

瘳 chōu ㄔㄡ 〈書〉❶病愈。❷損害。

犨 chōu ㄔㄡ 〈書〉❶牛喘息的聲音。❷突出。

chóu (ㄔㄡˊ)

仇(讎、讐) chóu ㄔㄡˊ ❶仇敵：疾惡如仇｜同仇敵愾。❷仇恨：結仇｜血淚仇｜仇深似海。
另見944頁 Qiú。
【仇敵】chóudí ㄔㄡˊ ㄉㄧˊ 仇人；敵人：視為仇敵。
【仇恨】chóuhèn ㄔㄡˊ ㄏㄣˋ ❶因利害衝突而強烈地憎恨：熱愛人民，仇恨敵人。❷因利害衝突而產生的強烈憎恨：民族的仇恨。
【仇家】chóujiā ㄔㄡˊ ㄐㄧㄚ 仇人。
【仇人】chóurén ㄔㄡˊ ㄖㄣˊ 因有仇恨而敵視的人：仇人相見，分外眼紅。
【仇殺】chóushā ㄔㄡˊ ㄕㄚ 因有仇恨而殺害：仇殺案。
【仇視】chóushì ㄔㄡˊ ㄕˋ 以仇敵相看待：互相仇視｜仇視侵略者。
【仇外】chóuwài ㄔㄡˊ ㄨㄞˋ 仇視外國：仇外心理。
【仇隙】chóuxì ㄔㄡˊ ㄒㄧˋ 〈書〉仇恨：素無仇隙。
【仇冤】chóuyuān ㄔㄡˊ ㄩㄢ 冤仇：結仇冤｜報仇冤。
【仇怨】chóuyuàn ㄔㄡˊ ㄩㄢˋ 仇恨；怨恨：仇怨極深。

惆 chóu ㄔㄡˊ 〈書〉失意；悲痛。
【惆悵】chóuchàng ㄔㄡˊ ㄔㄤˋ 傷感；失意：惆悵的心緒｜別離之後，她心裏感到一陣惆悵。

酬(酧、醻) chóu ㄔㄡˊ ❶〈書〉主人向客人敬酒：酬酢。❷報答：酬謝。❸報酬：按勞取酬｜同工同酬。❹交際往來：應酬｜酬答。❺實現：壯志未酬。
【酬報】chóubào ㄔㄡˊ ㄅㄠˋ ❶用財物或行動來報答：酬報救命之恩。❷報酬：酬報較高。
【酬賓】chóubīn ㄔㄡˊ ㄅㄧㄣ 商業上指以優惠價格出售商品給顧客：酬賓展銷｜開業頭三天，以九五折酬賓。
【酬唱】chóuchàng ㄔㄡˊ ㄔㄤˋ 用詩詞互相贈答。
【酬答】chóudá ㄔㄡˊ ㄉㄚˊ ❶酬謝：太感謝他了，真不知怎麼酬答才好。❷用言語或詩文應答：這是一首酬答友人的小詩。
【酬對】chóuduì ㄔㄡˊ ㄉㄨㄟˋ 應對；應答：善於酬對。
【酬和】chóuhè ㄔㄡˊ ㄏㄜˋ 用詩詞應答：即席酬和。

【酬金】chóujīn ㄔㄡˊ ㄐㄧㄣ 酬勞的錢：酬金豐厚。
【酬勞】chóuláo ㄔㄡˊ ㄌㄠˊ ❶酬謝(出力的人)：他備了一桌酒席，酬勞幫助搬家的朋友。❷給出力的人的報酬：這點錢請收下，這是您應得的酬勞。
【酬謝】chóuxiè ㄔㄡˊ ㄒㄧㄝˋ 用金錢、禮物等表示謝意。
【酬應】chóuyìng ㄔㄡˊ ㄧㄥˋ ❶應酬①：他不善於酬應。❷〈書〉應答；應對：酬應如流。
【酬酢】chóuzuò ㄔㄡˊ ㄗㄨㄛˋ 〈書〉賓主互相敬酒，泛指應酬。

稠 chóu ㄔㄡˊ ❶液體中含某種固體成分很多(跟'稀'相對)：粥很稠｜墨要研得稠些。❷稠密：地窄人稠｜稠人廣眾。
【稠糊】chóu·hu ㄔㄡˊ ·ㄏㄨ 〈方〉稠①。
【稠密】chóumì ㄔㄡˊ ㄇㄧˋ 多而密：人烟稠密｜枝葉稠密｜人口稠密。
【稠人廣眾】chóu rén guǎng zhòng ㄔㄡˊ ㄖㄣˊ ㄍㄨㄤˇ ㄓㄨㄥˋ 指人多的場合。也說稠人廣坐。

愁 chóu ㄔㄡˊ ❶憂慮：發愁｜不愁吃，不愁穿。❷憂傷的心情：鄉愁｜離愁。
【愁腸】chóucháng ㄔㄡˊ ㄔㄤˊ 指鬱結愁悶的心緒：愁腸百結｜愁腸寸斷。
【愁城】chóuchéng ㄔㄡˊ ㄔㄥˊ 〈書〉指愁苦的境地：陷入愁城。
【愁楚】chóuchǔ ㄔㄡˊ ㄔㄨˇ 憂愁痛苦：滿腹愁楚。
【愁懷】chóuhuái ㄔㄡˊ ㄏㄨㄞˊ 愁苦的情懷：一腔愁懷。
【愁苦】chóukǔ ㄔㄡˊ ㄎㄨˇ 憂愁苦惱：愁苦的面容。
【愁眉】chóuméi ㄔㄡˊ ㄇㄟˊ 發愁時皺着的眉頭：愁眉不展｜愁眉緊鎖。
【愁眉苦臉】chóu méi kǔ liǎn ㄔㄡˊ ㄇㄟˊ ㄎㄨˇ ㄌㄧㄢˇ 形容愁苦的神情。
【愁眉鎖眼】chóu méi suǒ yǎn ㄔㄡˊ ㄇㄟˊ ㄙㄨㄛˇ ㄧㄢˇ 形容憂愁、苦惱的樣子(鎖：緊皺)。
【愁悶】chóumèn ㄔㄡˊ ㄇㄣˋ 憂愁煩悶：一席話，說得他心中愁悶全消。
【愁容】chóuróng ㄔㄡˊ ㄖㄨㄥˊ 發愁的面容：面帶愁容。
【愁思】chóusī ㄔㄡˊ ㄙ 憂愁的思緒：愁思百結。
【愁緒】chóuxù ㄔㄡˊ ㄒㄩˋ 憂愁的情緒：愁緒縈懷。
【愁雲】chóuyún ㄔㄡˊ ㄩㄣˊ 比喻憂鬱的神色或悽慘的景象：愁雲慘霧｜滿臉愁雲。
【愁雲慘霧】chóu yún cǎn wù ㄔㄡˊ ㄩㄣˊ ㄘㄢˇ ㄨˋ 形容使人感到愁悶悽慘的景象或氣氛。

裯 chóu ㄔㄡˊ 〈書〉❶單層的被子。❷牀上的帳子。

綢(绸、紬) chóu ㄔㄡˊ 綢子：紡綢｜綢緞。
'紬'另見162頁 chōu。
【綢緞】chóuduàn ㄔㄡˊ ㄉㄨㄢˋ 綢子和緞子，泛指絲織品。
【綢繆】chóumóu ㄔㄡˊ ㄇㄡˊ 〈書〉❶纏綿：情意綢繆。❷見1191頁〖未雨綢繆〗。
【綢紋紙】chóuwénzhǐ ㄔㄡˊ ㄨㄣˊ ㄓˇ 一種洗印、放大照片用的紙，上面有像綢子的紋理(紋理比布紋紙細)。
【綢子】chóu·zi ㄔㄡˊ ·ㄗ 薄而軟的絲織品。

儔(俦) chóu ㄔㄡˊ 〈書〉❶伴侶：儔侶｜儔伴。❷等；輩：儔類。
【儔類】chóulèi ㄔㄡˊ ㄌㄟˋ 〈書〉同輩的人；同類。也作疇類。
【儔侶】chóulǚ ㄔㄡˊ ㄌㄩˇ 〈書〉伴侶。

幬(帱) chóu ㄔㄡˊ 〈書〉❶帳子。❷車帷。
另見237頁 dào。

懤(㤽) chóu ㄔㄡˊ ［懤懤］〈書〉憂愁的樣子。

疇(畴) chóu ㄔㄡˊ 〈書〉❶田地：田疇｜平疇千里。❷種類；類別：範疇｜物各有疇。
【疇日】chóurì ㄔㄡˊ ㄖˋ 〈書〉疇昔。
【疇昔】chóuxī ㄔㄡˊ ㄒㄧ 〈書〉從前。

籌(筹) chóu ㄔㄡˊ ❶竹、木或象牙等製成的小棍兒或小片兒，主要用來計數或作為領取物品的憑證：竹籌｜酒籌(行酒令時所用的籌)。❷籌劃；籌措：統籌｜自籌資金｜籌餉(籌措軍餉)。❸計策；辦法：一籌莫展｜運籌帷幄。
【籌辦】chóubàn ㄔㄡˊ ㄅㄢˋ 籌劃辦理：籌辦婚事。
【籌備】chóubèi ㄔㄡˊ ㄅㄟˋ 為進行工作、舉辦事業或成立機構等事先籌劃準備：籌備糧餉｜籌備展覽｜籌備工作已經完成。
【籌措】chóucuò ㄔㄡˊ ㄘㄨㄛˋ 設法弄到(款子、糧食等)：籌措旅費｜籌措軍糧。
【籌劃】chóuhuà ㄔㄡˊ ㄏㄨㄚˋ ❶想辦法；定計劃：這裏正在籌劃建設一座水力發電站。❷籌措：籌劃資金｜籌劃建築材料。
【籌集】chóují ㄔㄡˊ ㄐㄧˊ 籌措聚集：籌集資金。
【籌建】chóujiàn ㄔㄡˊ ㄐㄧㄢˋ 籌劃建立：籌建化肥廠。
【籌借】chóujiè ㄔㄡˊ ㄐㄧㄝˋ 設法借(財物)：籌借款項。
【籌碼】chóumǎ ㄔㄡˊ ㄇㄚˇ ❶計數和進行計算的用具，舊時常用於賭博。❷舊時稱貨幣和能夠代替貨幣的票據。‖也作籌馬。
【籌謀】chóumóu ㄔㄡˊ ㄇㄡˊ 籌劃謀慮；想辦法：籌謀解決問題的途徑。
【籌商】chóushāng ㄔㄡˊ ㄕㄤ 籌劃商議：籌商對策。
【籌算】chóusuàn ㄔㄡˊ ㄙㄨㄢˋ ❶用籌來計算；

計算。❷謀劃。

【籌資】chóuzī ㄔㄡˊ ㄗ 籌集資金：籌資辦廠。

躊(踌) chóu ㄔㄡˊ 見下。

【躊躇】chóuchú ㄔㄡˊ ㄔㄨˊ ❶猶豫：頗費躊躇｜躊躇不決｜躊躇了半天，我終於直說了。❷〈書〉停留。❸〈書〉得意的樣子：躊躇滿志。‖也作躊躕。

【躊躇滿志】chóu chú mǎn zhì ㄔㄡˊ ㄔㄨˊ ㄇㄢˇ ㄓˋ 對自己的現狀或取得的成就非常得意。

【躊佇】chóuzhù ㄔㄡˊ ㄓㄨˋ 〈書〉躊躇不前。

讎[1](雠、讐) chóu ㄔㄡˊ 校對文字：校讎。〈古〉又同'售'。

讎[2](雠、讐) chóu ㄔㄡˊ 同'仇'(chóu)。

chǒu (ㄔㄡˇ)

丑[1] chǒu ㄔㄡˇ ❶地支的第二位。參看368頁〖干支〗。❷(Chǒu)姓。

丑[2] chǒu ㄔㄡˇ 戲曲角色行當，扮演滑稽人物，鼻樑上抹白粉，有文丑、武丑之分。也叫小花臉或三花臉。

另見164頁 chǒu'醜'。

【丑旦】chǒudàn ㄔㄡˇ ㄉㄢˋ 彩旦。

【丑角】chǒujué ㄔㄡˇ ㄐㄩㄝˊ (丑角兒)❶戲曲角色行當中的丑。❷指在某一事件中充當的不光彩角色。

【丑婆子】chǒupó·zi ㄔㄡˇ ㄆㄛˊ ·ㄗ 戲曲中扮演中老年婦女的丑角。

【丑時】chǒushí ㄔㄡˇ ㄕˊ 舊式計時法指夜裏一點鐘到三點鐘的時間。

杻 chǒu ㄔㄡˇ 古代刑具，手銬之類。另見847頁 niǔ。

釗(釒丑) Chǒu ㄔㄡˇ 姓。

偢 chǒu ㄔㄡˇ 同'瞅'。另見927頁 qiào。

瞅(田丑) chǒu ㄔㄡˇ 〈方〉看：我往屋裏瞅了一眼，沒瞅見他。

【瞅見】chǒu∥jiàn ㄔㄡˇ∥ㄐㄧㄢˋ 〈方〉看見：瞅得見｜瞅不見｜她瞅見我來了，打了個招呼。

醜(丑) chǒu ㄔㄡˇ ❶醜陋；不好看(跟'美'相對)：醜媳婦｜長相太醜。❷叫人厭惡或瞧不起的：醜態｜出醜。❸〈方〉壞；不好：脾氣醜。

'丑'另見164頁 chǒu。

【醜八怪】chǒubāguài ㄔㄡˇ ㄅㄚ ㄍㄨㄞˋ 指長得很醜的人。

【醜表功】chǒubiǎogōng ㄔㄡˇ ㄅㄧㄠˇ ㄍㄨㄥ 不知羞恥地吹噓自己的功勞。

【醜詆】chǒudǐ ㄔㄡˇ ㄉㄧˇ 用很難聽的話罵人。

【醜惡】chǒu'è ㄔㄡˇ ㄜˋ 醜陋惡劣：醜惡嘴臉。

【醜化】chǒuhuà ㄔㄡˇ ㄏㄨㄚˋ 把本來不醜的事物弄成醜的或形容成醜的：醜化現實生活｜人物形象受到醜化。

【醜話】chǒuhuà ㄔㄡˇ ㄏㄨㄚˋ ❶粗俗難聽的話：這種醜話不堪入耳。❷指不中聽的話(多帶有提醒、警告的意思)：咱們把醜話說在前頭，以後要出了問題，你可別來找我。

【醜劇】chǒujù ㄔㄡˇ ㄐㄩˋ 指有戲劇性的醜惡事情。

【醜類】chǒulèi ㄔㄡˇ ㄌㄟˋ 指惡人，壞人。

【醜陋】chǒulòu ㄔㄡˇ ㄌㄡˋ (相貌或樣子)難看：相貌醜陋。

【醜史】chǒushǐ ㄔㄡˇ ㄕˇ 醜惡的歷史；不光彩的經歷(多指個人的)。

【醜事】chǒushì ㄔㄡˇ ㄕˋ 醜惡的事情；不光彩的事情。

【醜態】chǒutài ㄔㄡˇ ㄊㄞˋ 指令人厭惡的樣子和舉動：醜態百出｜醜態畢露。

【醜聞】chǒuwén ㄔㄡˇ ㄨㄣˊ 指有關人的陰私、醜事的傳言或消息：官場醜聞。

【醜行】chǒuxíng ㄔㄡˇ ㄒㄧㄥˊ 醜惡的行為：醜行敗露。

chòu (ㄔㄡˋ)

臭 chòu ㄔㄡˋ ❶(氣味)難聞(跟'香'相對)：臭氣｜臭味兒。❷惹人厭惡的：臭架子｜臭名遠揚。❸拙劣；不高明：臭棋｜這一着真臭。❹狠狠地：臭罵｜臭揍一頓。❺〈方〉(子彈)壞；失效：這顆子彈臭了。

另見1288頁 xiù。

【臭蟲】chòuchóng ㄔㄡˋ ㄔㄨㄥˊ 昆蟲，身體扁平，赤褐色，腹大，體內有臭腺。吸人畜的血液。也叫牀虱。有的地區叫壁虱。

【臭椿】chòuchūn ㄔㄡˋ ㄔㄨㄣ 落葉喬木，羽狀複葉，有臭味，花白色帶綠，果實是翅果。根和皮可入藥。也叫樗(chū)。

【臭豆腐】chòudòu·fu ㄔㄡˋ ㄉㄡˋ ·ㄈㄨ 發酵後有特殊氣味的小塊豆腐，可作菜。

【臭烘烘】chòuhōnghōng ㄔㄡˋ ㄏㄨㄥ ㄏㄨㄥ (臭烘烘的)形容很臭。

【臭乎乎】chòuhūhū ㄔㄡˋ ㄏㄨ ㄏㄨ (臭乎乎的)形容有些臭：這塊肉怎麼臭乎乎的，是不是壞了？

【臭罵】chòumà ㄔㄡˋ ㄇㄚˋ 狠狠地罵：臭罵一頓。

【臭美】chòuměi ㄔㄡˋ ㄇㄟˇ 譏諷人顯示自己漂亮或能幹：穿件新衣裳，有甚麼值得臭美的？｜別臭美，誰不知道你那兩下子。

【臭名】chòumíng ㄔㄡˋ ㄇㄧㄥˊ 壞名聲：臭名昭著。

【臭皮囊】chòupínáng ㄔㄡˋ ㄆㄧˊ ㄋㄤˊ 佛教用語，指人的軀體。

【臭棋】chòuqí ㄔㄡˋ ㄑㄧˊ 下棋時拙劣的着數；拙劣的棋術。

【臭味相投】chòu wèi xiāng tóu ㄔㄡˋ ㄨㄟˋ ㄒㄧㄤ ㄊㄡˊ 思想作風、興趣等相同，很合得來(專指壞的)。

【臭腺】chòuxiàn ㄔㄡˋ ㄒㄧㄢˋ 某些動物體內分泌臭液或放出臭氣的腺，如臭蟲和黃鼠狼體內都有臭腺。

【臭氧】chòuyǎng ㄔㄡˋ ㄧㄤˇ 氧的同素異形體，化學式O_3。無色，有特殊臭味，溶於水。放電時或在太陽紫外綫的作用下，空氣中的氧變為臭氧。用做氧化劑、殺菌劑等。

【臭氧層】chòuyǎngcéng ㄔㄡˋ ㄧㄤˇ ㄘㄥˊ 平流層中臭氧集中的一層，距地面20－30公里。太陽射向地球的紫外綫大部分被臭氧層吸收。參看215頁〖大氣層〗。

殠 chòu ㄔㄡˋ 〈書〉同'臭'。

chū (ㄔㄨ)

出 chū ㄔㄨ ❶從裏面到外面(跟'進'、'入'相對)：出來｜出去｜出門｜出國｜出院。❷來到：出席｜出場。❸超出：出軌｜出界｜不出三年。❹往外拿：出錢｜出佈告｜出題目｜出主意。❺出產；產生；發生：出煤｜出活兒｜我們廠裏出了不少勞動模範｜出問題｜這事兒出在1962年。❻出版：這家出版社出了不少好書。❼發出；發泄：出芽兒｜出汗｜出天花｜出氣。❽引文、典故等見於某處：語出《老子》。❾顯露：出名｜出面｜出頭｜出醜。❿顯得量多：機米做飯出飯｜這面蒸饅頭出數兒。⓫支出：出納｜量入為出。⓬〈方〉跟'往'連用，表示向外：散會了，大家往出走。

出 //·chu //·ㄔㄨ 用在動詞後表示向外、顯露或完成：看得出｜看不出｜拿出一張紙｜跑出大門｜看出問題｜做出成績。

另見171頁 chū '齣'。

【出版】chūbǎn ㄔㄨ ㄅㄢˇ 把書刊、圖畫等編印出來；把唱片、音像磁帶等製作出來：出版社｜出版物｜那部書已經出版了｜錄音錄像製品由音像出版單位出版。

【出榜】chū//bǎng ㄔㄨ// ㄅㄤˇ ❶貼出被錄取或被選取人的名單：考試後三日出榜。❷舊時指貼出大張的文告：出榜安民。

【出奔】chūbēn ㄔㄨ ㄅㄣ 出走：倉促出奔｜出奔他鄉。

【出殯】chū//bìn ㄔㄨ// ㄅㄧㄣˋ 把靈柩運到安葬或安厝的地點。

【出兵】chū//bīng ㄔㄨ// ㄅㄧㄥ 出動軍隊(作戰)。

【出彩】chū//cǎi ㄔㄨ// ㄘㄞˇ ❶舊時戲曲表演殺傷時，塗抹紅色表示流血，叫出彩。❷指出醜(含詼諧意)：我揭了老底，讓他當場出了彩。

【出操】chū//cāo ㄔㄨ// ㄘㄠ 出去操練：他腳崴了，今天出不了操。

【出岔子】chū chà·zi ㄔㄨ ㄔㄚˋ ·ㄗ 發生差錯或事故：手術中千萬不能出岔子。

【出差】chū//chāi ㄔㄨ// ㄔㄞ ❶(機關、部隊或企業單位的工作人員)暫時到外地辦理公事：去北京出差出了一個月的差。❷出去擔負運輸、修建等臨時任務。

【出產】chūchǎn ㄔㄨ ㄔㄢˇ ❶天然生長或人工生產：雲南出產大理石｜景德鎮出產的瓷器是世界聞名的。❷出產的物品：出產豐富。

【出場】chū//chǎng ㄔㄨ// ㄔㄤˇ ❶演員登台(表演)。❷運動員進入場地(參加表演或競賽)。

【出廠】chū//chǎng ㄔㄨ// ㄔㄤˇ 產品運出工廠：產品註明出廠日期。

【出超】chūchāo ㄔㄨ ㄔㄠ 在一定時期(一般為一年)內，對外貿易中出口貨物的總值超過進口貨物的總值(跟'入超'相對)。

【出車】chū//chē ㄔㄨ// ㄔㄜ 開出車輛(載人或運貨)：你出趟車送他們去機場。

【出乘】chu//chéng ㄔㄨ// ㄔㄥˊ (乘務員)隨車、船等出發工作。

【出醜】chū//chǒu ㄔㄨ// ㄔㄡˇ 露出醜相；丟人：當眾出醜。

【出處】chūchǔ ㄔㄨ ㄔㄨˇ 〈書〉出仕和退隱。

【出處】chūchù ㄔㄨ ㄔㄨˋ (引文或典故的)來源：文章中的引文應註明出處。

【出倒】chūdǎo ㄔㄨ ㄉㄠˇ 私營工商業主因虧損或其他原因，將企業的設備、商品和房屋、地基等全部出售，由別人繼續經營。

【出道】chū//dào ㄔㄨ// ㄉㄠˋ 學徒學藝期滿，開始從事某項工作或事業。

【出典】[1] chūdiǎn ㄔㄨ ㄉㄧㄢˇ 典故的來源；出處：'守株待兔'這個成語的出典見《韓非子·五蠹》。

【出典】[2] chūdiǎn ㄔㄨ ㄉㄧㄢˇ 指一方把土地、房屋等押給另一方使用，換取一筆錢，不付利息，議定年限，到期還款，收回原物。

【出店】chūdiàn ㄔㄨ ㄉㄧㄢˋ 〈方〉舊時商店中擔任接送貨物等外勤工作的人員。

【出頂】chūdǐng ㄔㄨ ㄉㄧㄥˇ 〈方〉指把自己租到的房屋轉租給別人。

【出動】chūdòng ㄔㄨ ㄉㄨㄥˋ ❶(隊伍)外出活動：隊部命令一分隊做好準備，待令出動。❷派出(軍隊)：出動傘兵，協同作戰。❸(許多人為某些事)行動起來：昨天大掃除，全校師生都出動了。

【出爾反爾】chū ěr fǎn ěr ㄔㄨ ㄦˇ ㄈㄢˇ ㄦˇ 《孟子·梁惠王》：'出乎爾者，反乎爾者也。'原意是你怎麼做，就會得到怎樣的後果。今指說了又翻悔或說了不照着做，表示言行前後自相矛盾，反復無常。

【出發】chūfā ㄔㄨ ㄈㄚ ❶離開原來所在的地方到別的地方去：出發日期還沒有確定｜收拾行裝，準備出發。❷考慮或處理問題時以某一方面為着眼點：從生產出發｜從長遠利益出發。

【出發點】chū fā diǎn ㄔㄨ ㄈㄚ ㄉㄧㄢˇ ❶旅程的起點。❷最根本的着眼的地方；動機：全心全意地為人民服務，一切為了人民的利益，這就是我們的出發點｜雙方的出發點不同，而要達到的目的則是一致的。

【出飯】chūfàn ㄔㄨ ㄈㄢˋ 做出來的飯多：這種米比別的米出飯。

【出訪】chūfǎng ㄔㄨ ㄈㄤˇ 到外國訪問：出訪歐美。

【出份子】chū fèn·zi ㄔㄨ ㄈㄣˋ ·ㄗ ❶各人拿出若干錢合起來送禮。❷指到辦紅白事的人家去送禮並參加慶賀或弔唁。

【出風頭】chū fēng·tou ㄔㄨ ㄈㄥ ·ㄊㄡ 出頭露面顯示自己：他就是愛出風頭｜出夠了風頭。

【出伏】chū∥fú ㄔㄨ∥ㄈㄨˊ 出了伏天；伏天結束：一出伏，天就涼快了。

【出格】chū∥gé ㄔㄨ∥ㄍㄜˊ ❶言語行動與眾不同；出眾：在這一帶，他的才學是出格的。❷越出常規；出圈兒：這孩子淘得出了格。

【出閣】chū∥gé ㄔㄨ∥ㄍㄜˊ 出嫁。

【出工】chū∥gōng ㄔㄨ∥ㄍㄨㄥ 出發上工；出勤：時間快到，就要出工了｜他每天出工，從不請假。

【出恭】chū∥gōng ㄔㄨ∥ㄍㄨㄥ 排泄大便。

【出軌】chū∥guǐ ㄔㄨ∥ㄍㄨㄟˇ ❶(火車、有軌電車等)行駛時脱離軌道。也說脱軌。❷比喻言語行動出乎常規之外：這話說得出軌了。

【出國】chū∥guó ㄔㄨ∥ㄍㄨㄛˊ 離開本國到別國去：出國留學｜出國考察。

【出海】chū∥hǎi ㄔㄨ∥ㄏㄞˇ (船隻)離開停泊地點到海上去；(海員或漁民)駕駛船隻到海上去：出海打魚。

【出航】chū∥háng ㄔㄨ∥ㄏㄤˊ (船或飛機)離開港口或機場去航行。

【出號】chū∥hào ㄔㄨ∥ㄏㄠˋ 舊時指商店裏的夥計離開商店。

【出號】chūhào ㄔㄨ ㄏㄠˋ (出號兒)比頭號的還大；特大號的：小夥子挑着兩個出號的大水桶。

【出活】chū∥huó ㄔㄨ∥ㄏㄨㄛˊ (出活兒) ❶幹出活兒：有了新式機器，幹活又輕巧，出活又快。❷單位時間內幹出較多的活：下午雖然只幹了兩個鐘頭，可是很出活。

【出擊】chūjī ㄔㄨ ㄐㄧ ❶部隊出動，向敵人進攻。❷泛指在斗爭或競賽中發動攻勢：發現罪犯踪迹，主動出擊。

【出繼】chūjì ㄔㄨ ㄐㄧˋ 過繼給別人做兒子。

【出家】chū∥jiā ㄔㄨ∥ㄐㄧㄚ 離開家庭到廟宇裏去做僧尼或道士：出家修行｜出家為尼。

【出家人】chūjiārén ㄔㄨ ㄐㄧㄚ ㄖㄣˊ 指僧尼或道士。

【出嫁】chū∥jià ㄔㄨ∥ㄐㄧㄚˋ 女子結婚。

【出價】chū∥jià ㄔㄨ∥ㄐㄧㄚˋ 在商品交易中買方提出願付的價格：這幅山水畫他出價三千元｜您要真想買，就出個價吧。

【出尖】chū∥jiān ㄔㄨ∥ㄐㄧㄢ (出尖兒) ❶超出一般；拔尖兒：出尖露眾。❷〈方〉裝滿而且稍高出容器：碗裏的米飯已經出尖了。

【出將入相】chū jiàng rù xiàng ㄔㄨ ㄐㄧㄤˋ ㄖㄨˋ ㄒㄧㄤˋ 出戰可為將，入朝可為相。舊時指人文武兼備。也指官居高位。

【出界】chū∥jiè ㄔㄨ∥ㄐㄧㄝˋ 越出界綫；越過邊界。

【出借】chūjiè ㄔㄨ ㄐㄧㄝˋ 借出去(多指物品)：新到的期刊暫不出借。

【出境】chū∥jìng ㄔㄨ∥ㄐㄧㄥˋ ❶離開國境：驅逐出境｜辦理出境手續。❷離開某個地區：這條河是縣界，過了河就出境了。

【出九】chū∥jiǔ ㄔㄨ∥ㄐㄧㄡˇ 出了數九的日子：雖說還沒有出九，天氣卻暖和多了。參見614頁'九'②。

【出局】chū∥jú ㄔㄨ∥ㄐㄩˊ 指棒球、壘球比賽擊球員或跑壘員在進攻中因犯規等被判退離球場，失去繼續進攻機會。

【出具】chūjù ㄔㄨ ㄐㄩˋ 開出；寫出(證明、證件等)：出具介紹信｜出具健康證明。

【出圈】chū∥juàn ㄔㄨ∥ㄐㄩㄢˋ 起圈。

【出科】chū∥kē ㄔㄨ∥ㄎㄜ 指在科班學戲期滿。

【出口】chū∥kǒu ㄔㄨ∥ㄎㄡˇ ❶說出話來：出口傷人｜出口成章。❷(船隻)駛出港口。❸本國或本地區的貨物運出去：出口貨｜出口稅。

【出口】chūkǒu ㄔㄨ ㄎㄡˇ 從建築物或場地出去的門或口兒：車站出口｜會場的出口。

【出口成章】chū kǒu chéng zhāng ㄔㄨ ㄎㄡˇ ㄔㄥˊ ㄓㄤ 話說出來就是一篇文章。形容文思敏捷或言語精煉，擅長辭令。

【出口傷人】chū kǒu shāng rén ㄔㄨ ㄎㄡˇ ㄕㄤ ㄖㄣˊ 一張口說話就污辱人、傷害人。

【出來】chū∥·lái ㄔㄨ∥·ㄌㄞˊ ❶從裏面到外面來：出得來｜出不來｜你出來，我跟你說句話。❷出現：經過討論，出來兩種相反的意見。

【出來】∥·chū∥·lái ∥·ㄔㄨ∥·ㄌㄞˊ ❶用在動詞後，表示動作由裏向外朝着說話的人：拿出來｜拿得出來｜拿不出來｜從屋裏走出一個人來。❷用在動詞後，表示動作完成或實現：開出很多荒地來｜創造出新產品來。❸用在動詞後，表示由隱蔽到顯露：我認出他來了｜聽着聽着漸漸聽出點意思來了｜天黑了，字都看不出來了。

【出欄】chū∥lán ㄔㄨ∥ㄌㄢˊ ❶豬羊等長成，提供屠宰叫出欄：今年養豬十萬多頭，賣給國家六萬多頭，出欄率達百分之六十。❷〈方〉起圈：出欄墊土。

【出類拔萃】chū lèi bá cuì ㄔㄨ ㄌㄟˋ ㄅㄚˊ ㄘㄨㄟˋ《孟子·公孫丑》：'出於其類，拔乎其萃。'後來用'出類拔萃'形容超出同類之上。也說出類拔群、出群拔萃。

【出力】chū∥lì ㄔㄨ∥ㄌㄧˋ 拿出力量；盡力：出力不討好｜他為人耿直，幹工作又肯出力。

【出列】chūliè ㄔㄨ ㄌㄧㄝˋ 從隊列中向前走出並立定。

【出獵】chūliè ㄔㄨ ㄌㄧㄝˋ 出去打獵。

【出溜】chū·liu ㄔㄨ ·ㄌㄧㄡ〈方〉滑；滑行：腳底下一出溜，摔了一跤｜他從沙推上出溜下來◇這孩子的學習近兩個月有點往下出溜。

【出籠】chū∥lóng ㄔㄨ∥ㄌㄨㄥˊ ❶饅頭等蒸熟後從籠屜取出。❷比喻囤積居奇的貨物大量出售，通貨膨脹時鈔票大量發行。也比喻壞的作品發表或偽劣商品上市等。

【出爐】chū∥lú ㄔㄨ∥ㄌㄨˊ 取出爐內烘烤、冶煉的東西：剛出爐的燒餅｜一號高爐準時出爐。

【出路】chūlù ㄔㄨ ㄌㄨˋ ❶通向外面的道路：在森林裏迷失方向，找不到出路。❷比喻生存或向前發展的途徑；前途：另謀出路｜農業的根本出路在於機械化。❸比喻銷售貨物的去處：品質優良的產品，不愁沒有出路。

【出亂子】chū luàn·zi ㄔㄨ ㄌㄨㄢˋ ·ㄗ 出差錯；出毛病：你放心，出不了亂子。

【出落】chū·luo ㄔㄨ ·ㄌㄨㄛ 青年人(多指女性)的體態、容貌向美好的方面變化：半年沒見，小妞兒出落得更漂亮了。

【出馬】chū∥mǎ ㄔㄨ∥ㄇㄚˇ ❶原指將士上陣作戰，今多指出頭做事：老將出馬，一個頂倆｜那件事很重要，非你親自出馬不行。❷〈方〉出診。

【出賣】chūmài ㄔㄨ ㄇㄞˋ ❶賣；出售：出賣房屋｜出賣勞動力。❷為了個人利益，做出有利於敵人的事，使國家、民族、親友等利益受到損害：出賣靈魂｜出賣情報｜出賣民族利益。

【出毛病】chū máo·bìng ㄔㄨ ㄇㄠˊ ·ㄅㄧㄥˋ 出差錯；出故障；出事故：機器要保養好，免得出毛病。

【出梅】chū∥méi ㄔㄨ∥ㄇㄟˊ 出了黃梅季；黃梅季結束。也叫斷梅。參看505頁〖黃梅季〗。

【出門】chū∥mén ㄔㄨ∥ㄇㄣˊ ❶(出門兒)外出：他剛出門，你等一會兒吧。❷(出門兒)離家遠行：出門在外｜出門後時常接到家裏來信。❸〈方〉出嫁。

【出門子】chū mén·zi ㄔㄨ ㄇㄣˊ ·ㄗ〈方〉出嫁。

【出面】chū∥miàn ㄔㄨ∥ㄇㄧㄢˋ 以個人或集體的名義(做某件事)：這事你出面交涉吧｜由工會出面，組織這次體育比賽。

【出苗】chū∥miáo ㄔㄨ∥ㄇㄧㄠˊ 見746頁〖露苗〗。

【出名】chū∥míng ㄔㄨ∥ㄇㄧㄥˊ ❶有名聲；名字為大家所熟知：他是我們廠裏出名的先進生產者。❷(出名兒)出面。

【出沒】chūmò ㄔㄨ ㄇㄛˋ 出現和隱藏：出沒無常｜森林裏常有野獸出沒。

【出謀劃策】chū móu huà cè ㄔㄨ ㄇㄡˊ ㄏㄨㄚˋ ㄘㄜˋ 出主意，定計策。

【出納】chūnà ㄔㄨ ㄋㄚˋ ❶機關、團體、企業等單位中現金、票據的付出和收進：出納科。❷擔任出納工作的人。❸泛指發出和收進的管理工作，如圖書館有出納枱。

【出盤】chūpán ㄔㄨ ㄆㄢˊ〈方〉出倒。

【出品】chūpǐn ㄔㄨ ㄆㄧㄣˇ ❶製造出來產品：這個牌子的彩電是本廠出品的。❷生產出來的物品；產品：這是本廠的新出品｜這些出品經過檢驗，完全合格。

【出聘】chūpìn ㄔㄨ ㄆㄧㄣˋ ❶出嫁：她的閨女去年出聘了。❷〈書〉出使。

【出圃】chūpǔ ㄔㄨ ㄆㄨˇ 指苗木長到一定階段從苗圃移植別處：苗圃施了大量肥料，樹苗長得旺，出圃早。

【出其不意】chū qí bù yì ㄔㄨ ㄑㄧˊ ㄅㄨˋ ㄧˋ 趁對方沒有料到(就採取行動)：出其不意，攻其無備。

【出奇】chūqí ㄔㄨ ㄑㄧˊ 特別；不平常：今年早春真暖得出奇｜山村的夜，出奇的安靜。

【出奇制勝】chū qí zhì shèng ㄔㄨ ㄑㄧˊ ㄓˋ ㄕㄥˋ 用奇兵或奇計戰勝敵人。比喻用對方意想不到的方法來取勝。

【出氣】chū∥qì ㄔㄨ∥ㄑㄧˋ 把心裏的怨憤發泄出來：在外面受了委屈，不該拿家人出氣。

【出氣筒】chūqìtǒng ㄔㄨ ㄑㄧˋ ㄊㄨㄥˇ 比喻被人用來發泄怨氣的人。

【出勤】chū∥qín ㄔㄨ∥ㄑㄧㄣˊ ❶按規定的時間到工作場所工作：出勤率。❷外出辦理公務。

【出去】chū∥·qù ㄔㄨ∥·ㄑㄩ 從裏面到外面去：出得去｜出不去｜出去走走，呼吸點新鮮空氣。

【出去】∥·chū∥·qù ∥·ㄔㄨ∥·ㄑㄩ 用在動詞後，表示動作由裏向外離開說話的人：走得出去｜走不出去｜送出大門去。

【出圈兒】chū∥quānr ㄔㄨ∥ㄑㄩㄢㄦ 比喻越出常規、範圍：這樣做就出圈兒了｜話說得出了圈兒了。

【出缺】chūquē ㄔㄨ ㄑㄩㄝ 因原任人員(多指職位較高的)離職或死亡而職位空出來。

【出讓】chūràng ㄔㄨ ㄖㄤˋ 不以謀利為目的而賣出(個人自用的東西)：出讓傢具｜廉價出讓。

【出人頭地】chū rén tóu dì ㄔㄨ ㄖㄣˊ ㄊㄡˊ ㄉㄧˋ 超出一般人；高人一等。

【出人意料】chū rén yì liào ㄔㄨ ㄖㄣˊ ㄧˋ ㄌㄧㄠˋ (事物的好壞、情況的變化、數量的大小等)出於人們的意料之外。也說出人意表。

【出任】chūrèn ㄔㄨ ㄖㄣˋ 出來擔任(某種官職)：出任要職｜出任駐外使節。

【出入】chūrù ㄔㄨ ㄖㄨˋ ❶出去和進來：出入隨手關門｜東西堆在過道，出入不方便。❷(數目、內容等)不一致；不相符：現款跟賬上的數目沒有出入｜你倆說的話有出入。

【出喪】chū//sāng ㄔㄨ//ㄙㄤ 出殯。

【出色】chūsè ㄔㄨ ㄙㄜˋ 特別好；超出一般的：表演出色｜他們出色地完成了任務。

【出山】chū//shān ㄔㄨ//ㄕㄢ 比喻出來做官，也泛指出來擔任某種職務，從事某項工作：他這次任籃球教練，已是二度出山。

【出身】chūshēn ㄔㄨ//ㄕㄣ ❶指個人早期的經歷或由家庭經濟情況所決定的身份：店員出身｜工人家庭出身。❷舊時指做官的最初資歷：翰林出身｜賜進士出身。

【出神】chū//shén ㄔㄨ//ㄕㄣˊ 因精神過度集中而發呆：孩子們聽故事，聽得出了神｜上課的鈴聲響了，他還對着窗口出神。

【出神入化】chū shén rù huà ㄔㄨ ㄕㄣˊ ㄖㄨˋ ㄏㄨㄚˋ 形容技藝達到了絕妙的境界：這一支曲子演奏得出神入化，聽眾被深深地吸引住了。

【出生】chūshēng ㄔㄨ ㄕㄥ 胎兒從母體中分離出來：出生地｜爺爺1900年出生於北京。

【出生率】chūshēnglǜ ㄔㄨ ㄕㄥ ㄌㄩˋ 每年出生嬰兒數在總人口中所佔的比率，通常用千分率來表示。

【出生入死】chū shēng rù sǐ ㄔㄨ ㄕㄥ ㄖㄨˋ ㄙˇ 形容冒着生命危險。

【出師】[1] chū//shī ㄔㄨ//ㄕ (徒弟)期滿學成：學徒三年出師。

【出師】[2] chū//shī ㄔㄨ//ㄕ 〈書〉出兵打仗：出師討伐｜出師不利。

【出使】chūshǐ ㄔㄨ ㄕˇ 接受外交使命到外國去：出使北歐諸國。

【出示】chūshì ㄔㄨ ㄕˋ ❶拿出來給人看：出示手稿｜出示乘車月票｜出示黃牌警告。❷〈書〉貼出佈告：出示安民。

【出世】chūshì ㄔㄨ ㄕˋ ❶出生：那年他還沒有出世。❷產生：舊制度滅亡，新制度出世。❸超脫人世，擺脫世事的束縛：出世思想。❹指高出人世：橫空出世(橫亘太空，高出人世，形容山極高)。

【出世作】chūshìzuò ㄔㄨ ㄕˋ ㄗㄨㄛˋ 舊時指一生中最早問世的作品。

【出仕】chūshì ㄔㄨ ㄕˋ 〈書〉出任官職。

【出事】chū//shì ㄔㄨ//ㄕˋ 發生事故：出事地點｜那裏圍了很多人，好像出了甚麼事。

【出手】chū//shǒu ㄔㄨ//ㄕㄡˇ ❶賣出貨物(多用於倒把、變賣等)；脫手②：那批貨急於出手｜貨物很快就出了手。❷拿出來：一出手就給他兩千塊錢。

【出手】chūshǒu ㄔㄨ ㄕㄡˇ ❶指袖子的長短。❷開始做某件事情時表現出來的本領：我跟他下了幾着，就覺得他出手的確不凡。❸見206頁〖打出手〗。

【出首】chūshǒu ㄔㄨ ㄕㄡˇ ❶檢舉、告發別人的犯罪行為。❷自首(多見於早期白話)。

【出售】chūshòu ㄔㄨ ㄕㄡˋ 賣：出售商品｜降價出售。

【出數兒】chū//shùr ㄔㄨ//ㄕㄨㄦˋ 產生的數量大：機米做飯出數兒。

【出台】chū//tái ㄔㄨ//ㄊㄞˊ ❶演員上場：出台演出。❷比喻公開出面活動：出台干涉。❸(政策、措施等)公佈或予以實施：管理體制的改革方案正式出台。

【出攤】chū//tān ㄔㄨ//ㄊㄢ (出攤兒)在路旁、廣場或集市上擺出貨推(售貨)：這家飯館一直堅持出攤賣早點，方便過路群眾。

【出逃】chūtáo ㄔㄨ ㄊㄠˊ 逃出去(脫離家庭或國家)：倉皇出逃｜離家出逃。

【出挑】chū ·tiāo ㄔㄨ ·ㄊㄧㄠ (青年人的體格、相貌、智能向美好的方面)發育、變化、成長：這姑娘出挑得越發標致了｜不滿一年，他就出挑成師傅的得力助手。

【出糶】chūtiào ㄔㄨ ㄊㄧㄠˋ 賣出(糧食)：把糧食運到外地出糶。

【出庭】chū//tíng ㄔㄨ//ㄊㄧㄥˊ 訴訟案件的關係人(如原告人、被告人、辯護人、代理人、律師等)到法庭上接受審訊或訊問。

【出頭】chū//tóu ㄔㄨ//ㄊㄡˊ ❶從困苦的環境中解脫出來：盼到了出頭之日。❷(物體)露出頂端：出頭的椽子先爛(比喻冒尖的人最容易受到打擊)｜堆放杉篙，不能出頭太多。❸出面；帶頭：出頭露面｜我們廠的體育活動，是他出頭搞起來的。❹(出頭兒)用在整數之後表示有零數：小麥畝產八百斤出頭｜你已是三十出頭的人了，該成家了。

【出頭露面】chūtóu lòumiàn ㄔㄨ ㄊㄡˊ ㄌㄡˋ ㄇㄧㄢˋ ❶在公眾的場合出現：他不愛出頭露面。❷出面(做事)：大家推他出頭露面去商談這件事。

【出徒】chū//tú ㄔㄨ//ㄊㄨˊ (徒工)期滿學成；出師：我剛進廠兩年，還沒出徒呢！

【出土】chū//tǔ ㄔㄨ//ㄊㄨˇ (古器物等)被發掘出來：出土文物｜這一批銅器是在壽縣出土的。

【出脫】chūtuō ㄔㄨ ㄊㄨㄛ ❶貨物賣出；脫手②。❷出落：這孩子的模樣出脫得更好看了。❸開脫(罪名)：他的詭辯不過是自我出脫。

【出外】chūwài ㄔㄨ ㄨㄞˋ 到外地去：出外謀生。

【出亡】chūwáng ㄔㄨ ㄨㄤˊ 出走；逃亡：出亡他鄉。

【出席】chū//xí ㄔㄨ//ㄒㄧˊ 有發言權和表決權的成員(有時也泛指一般人)參加會議：出席代表大會｜報告出席人數。

【出息】chū·xi ㄔㄨ ·ㄒㄧ ❶指發展前途或志氣：不管做甚麼工作，只要對人民有貢獻，就有出息｜懦夫懶漢是沒出息的。❷〈方〉長進；出落：這孩子比去年出息多了｜那姑娘出息得更漂亮了。❸〈方〉培養使有出息：這個學校就是出息人。❹〈方〉收益：咱這兒種稻子比種高粱出息大。

【出險】chū//xiǎn ㄔㄨ//ㄒㄧㄢˇ ❶(人)脱離險境：他一定有辦法保護你出險。❷(堤壩等工程)發生危險：加固堤壩，防止出險。

【出現】chūxiàn ㄔㄨ ㄒㄧㄢˋ 顯露出來；產生出來：比賽前半小時運動員已經出現在運動場上了｜近年來出現了許多優秀作品。

【出綫】chū//xiàn ㄔㄨ//ㄒㄧㄢˋ 在分階段進行的比賽裏，參賽的人員或團體取得參加下一階段比賽的資格，叫做出綫。

【出項】chūxiàng ㄔㄨ ㄒㄧㄤˋ 支出的款項：這幾年家裏人多了，出項也增加了不少。

【出血】chū//xiě ㄔㄨ//ㄒㄧㄝˇ 〈方〉比喻拿出錢或拿出東西。

【出行】chūxíng ㄔㄨ ㄒㄧㄥˊ 外出；到外地去：這次出行，跑了不少地方。

【出虛恭】chū xūgōng ㄔㄨ ㄒㄩ ㄍㄨㄥ 婉辭，指放屁。

【出巡】chūxún ㄔㄨ ㄒㄩㄣˊ 出外巡視：出巡江南。

【出芽】chū//yá ㄔㄨ//ㄧㄚˊ ❶抽芽。❷某些低等動物或植物生出芽體。

【出言】chūyán ㄔㄨ ㄧㄢˊ 説出話來：出言有章(説話有條理)｜出言不遜(説話不客氣)。

【出演】chūyǎn ㄔㄨ ㄧㄢˇ 演出；扮演：在這齣戲裏他出演包公。

【出洋】chū//yáng ㄔㄨ//ㄧㄤˊ 指到外國去：出洋考察。

【出洋相】chū yángxiàng ㄔㄨ ㄧㄤˊ ㄒㄧㄤˋ 鬧笑話；出醜。

【出遊】chūyóu ㄔㄨ ㄧㄡˊ 出去遊歷：出遊未歸。

【出語】chūyǔ ㄔㄨ ㄩˇ 説出話語：出語驚人。

【出院】chū//yuàn ㄔㄨ//ㄩㄢˋ (住院病人辦理手續後)離開醫院。

【出月】chū//yuè ㄔㄨ//ㄩㄝˋ 過了本月：這個月沒時間，出月才能把稿子寫完。

【出月子】chūyuè·zi ㄔㄨ ㄩㄝˋ·ㄗ 指婦女生育滿一個月。

【出展】chūzhǎn ㄔㄨ ㄓㄢˇ ❶到外地展覽：新產品出展歐洲獲得好評。❷展出：優秀美術作品即將在京出展。

【出戰】chūzhàn ㄔㄨ ㄓㄢˋ 出兵打仗；跟進攻的敵人作戰：出戰失利◇中國足球隊出戰世界杯外圍賽。

【出賬】chū//zhàng ㄔㄨ//ㄓㄤˋ 把支出的款項登上賬簿：這筆開支違反規定，不能出賬。

【出賬】chūzhàng ㄔㄨ ㄓㄤˋ 〈方〉支出的款項；開支：這個月出賬太多。

【出蟄】chūzhé ㄔㄨ ㄓㄜˊ 動物結束冬眠，出來活動。

【出診】chū//zhěn ㄔㄨ//ㄓㄣˇ 醫生離開醫院或診所到病人家裏去給病人治病。

【出陣】chū//zhèn ㄔㄨ//ㄓㄣˋ ❶上戰場打仗。❷比喻參加某種活動：這場拔河比賽，連退休老人都出陣了。

【出征】chū//zhēng ㄔㄨ//ㄓㄥ 出去打仗：率兵出征。

【出眾】chūzhòng ㄔㄨ ㄓㄨㄥˋ 超出眾人：成績出眾。

【出資】chūzī ㄔㄨ ㄗ 拿出錢財：這次比賽是由幾家企業出資贊助的。

【出走】chūzǒu ㄔㄨ ㄗㄡˇ 被環境逼迫不聲張地離開家庭或當地：倉促出走｜離家出走。

【出租】chūzū ㄔㄨ ㄗㄨ 收取一定的代價，讓別人暫時使用：出租圖書。

【出租汽車】chūzū qìchē ㄔㄨ ㄗㄨ ㄑㄧˋ ㄔㄜ 供人臨時雇用的汽車，多按時間或里程收費。也叫出租車。

初 chū ㄔㄨ ❶開始的；開始的部分：初夏｜年初。❷第一個：初伏｜初旬｜初一(農曆每月的第一天，等於'第一個一'，區別於'十一、二十一')｜初十(農曆每月的第十天，等於'第一個十'，區別於'二十、三十')。❸第一次；剛開始：初試｜初次見面｜初學乍練。❹最低的(等級)：初級｜初等。❺原來的；原來的情況：初心｜初志｜和好如初。❻(Chū)姓。

【初版】chūbǎn ㄔㄨ ㄅㄢˇ ❶(書籍)出第一版：本書1956年初版。❷(書籍的)第一版：這部書初版印了兩萬冊。

【初步】chūbù ㄔㄨ ㄅㄨˋ 開始階段的；不是最後的或完備的：提出初步意見｜這些問題已經得到初步解決。

【初潮】chūcháo ㄔㄨ ㄔㄠˊ 指女子第一次來月經。

【初出茅廬】chū chū máolú ㄔㄨ ㄔㄨ ㄇㄠˊ ㄌㄨˊ 比喻剛進入社會或剛到工作崗位上來，缺乏經驗。

【初創】chūchuàng ㄔㄨ ㄔㄨㄤˋ 剛剛創立：初創階段。

【初春】chūchūn ㄔㄨ ㄔㄨㄣ 春季的一段時間，即農曆正月；早春。

【初等】chūděng ㄔㄨ ㄉㄥˇ ❶比較淺近的：初等數學。❷初級：初等小學(舊稱)｜初等教育。

【初等教育】chūděng jiàoyù ㄔㄨ ㄉㄥˇ ㄐㄧㄠˋ ㄩˋ 小學程度的教育。是對少年兒童實施的全面基礎教育和對成人實施的相當於小學程度的教育。

【初冬】chūdōng ㄔㄨ ㄉㄨㄥ 冬季的一段時間，即農曆十月。

【初度】chūdù ㄔㄨ ㄉㄨˋ 〈書〉原指初生的時候，後稱生日為初度：四十初度。

【初犯】chūfàn ㄔㄨ ㄈㄢˋ 第一次犯罪或犯錯誤、過失等：因是初犯，還能原諒。

【初伏】chūfú ㄔㄨ ㄈㄨˊ ❶夏至後的第三個庚日，是三伏頭一伏的第一天。❷通常也指從夏至後第三個庚日起到第四個庚日前一天的一段時間。‖也叫頭伏。參看986頁〖三伏〗。

【初稿】chūgǎo ㄔㄨ ㄍㄠˇ 第一次的稿子，也泛指未定稿。

【初花】chūhuā ㄔㄨ ㄏㄨㄚ ❶植株在一年中第一次開花：刺槐在雲南 3 月 15 日初花，北京 4 月 29 日初花。❷ 植物最早開出的花。

【初會】chūhuì ㄔㄨ ㄏㄨㄟˋ 第一次見面：我們是初會，彼此都有點兒拘束。

【初婚】chūhūn ㄔㄨ ㄏㄨㄣ ❶第一次結婚。❷剛結婚不久。

【初級】chūjí ㄔㄨ ㄐㄧˊ 最低的階段：初級讀本｜初級形式。

【初級小學】chūjí xiǎoxué ㄔㄨ ㄐㄧˊ ㄒㄧㄠˇ ㄒㄩㄝˊ 我國實施過的前一階段的初等教育的學校。簡稱初小。

【初級中學】chūjí zhōngxué ㄔㄨ ㄐㄧˊ ㄓㄨㄥ ㄒㄩㄝˊ 我國實施的前一階段的中等教育的學校。簡稱初中。

【初交】chūjiāo ㄔㄨ ㄐㄧㄠ 認識不久或交往不久的人：我們是初交，對他不太了解。

【初虧】chūkuī ㄔㄨ ㄎㄨㄟ 日蝕或月蝕過程中，月亮和太陽圓面或地球陰影和月亮圓面第一次外切時的位置關係，也指發生這種位置關係的時刻。初虧是日蝕或月蝕過程的開始。

【初來乍到】chū lái zhà dào ㄔㄨ ㄌㄞˊ ㄓㄚˋ ㄉㄠˋ 初次來到某個地方：初來乍到，不周之處請多包涵。

【初戀】chūliàn ㄔㄨ ㄌㄧㄢˋ ❶第一次戀愛。❷剛戀愛不久。

【初露鋒芒】chū lù fēng máng ㄔㄨ ㄌㄨˋ ㄈㄥ ㄇㄤˊ 比喻剛顯露出某種力量或才能。

【初露頭角】chū lù tóu jiǎo ㄔㄨ ㄌㄨˋ ㄊㄡˊ ㄐㄧㄠˇ 比喻剛顯露出某種才華：這次展出的作品，作者大多是初露頭角的青年畫家。

【初民】chūmín ㄔㄨ ㄇㄧㄣˊ 指遠古時代的人。

【初年】chūnián ㄔㄨ ㄋㄧㄢˊ 指某一歷史時期的最初一段：民國初年。

【初評】chūpíng ㄔㄨ ㄆㄧㄥˊ 初次或初步評比或評選。

【初期】chūqī ㄔㄨ ㄑㄧ 開始的一段時期：抗戰初期｜這病的初期症狀是厭食。

【初秋】chūqiū ㄔㄨ ㄑㄧㄡ 秋季的一段時間，即農曆七月。

【初賽】chūsài ㄔㄨ ㄙㄞˋ 多輪次的體育、文藝等競賽的第一輪比賽。

【初喪】chūsāng ㄔㄨ ㄙㄤ 家中剛發生喪事的一段時期。

【初審】chūshěn ㄔㄨ ㄕㄣˇ ❶初次審查：初審合格。❷初步審問：經過初審，案犯供認了犯罪事實。

【初生之犢】chū shēng zhī dú ㄔㄨ ㄕㄥ ㄓ ㄉㄨˊ 剛生出來的小牛。俗語說：'初生之犢不畏虎。'比喻青年人勇敢大膽，敢作敢為。

【初時】chūshí ㄔㄨ ㄕˊ 起先；起初：初時我只當他說說而已，豈知他當真去了。

【初試】chūshì ㄔㄨ ㄕˋ ❶初次試驗。❷分兩次舉行的考試的第一次。參看360頁〖復試〗。

【初速】chūsù ㄔㄨ ㄙㄨˋ ❶運動物體在一個特定運動過程開始時的速度。❷特指彈頭脫離槍、炮口瞬間的運動速度。

【初歲】chūsuì ㄔㄨ ㄙㄨㄟˋ 〈書〉指一年剛開始的時候。

【初探】chūtàn ㄔㄨ ㄊㄢˋ 初步探索或探討（多用做書名或論文標題）：《大陸架成因初探》。

【初頭】chūtóu ㄔㄨ ㄊㄡˊ 〈方〉一年或一月開始不久的日子：1947 年初頭｜8 月初頭。

【初夏】chūxià ㄔㄨ ㄒㄧㄚˋ 夏季的一段時間，即農曆四月。

【初小】chūxiǎo ㄔㄨ ㄒㄧㄠˇ 初級小學的簡稱。

【初心】chūxīn ㄔㄨ ㄒㄧㄣ 最初的心願：不改初心。

【初學】chūxué ㄔㄨ ㄒㄩㄝˊ 剛開始學或學習不久：初學乍練｜這本書對初學的人很合適。

【初雪】chūxuě ㄔㄨ ㄒㄩㄝˇ 入冬後第一次下的雪。

【初旬】chūxún ㄔㄨ ㄒㄩㄣˊ 每月的第一個十天。

【初夜】chūyè ㄔㄨ ㄧㄝˋ ❶指進入夜晚不久的時候。❷指新婚第一夜。

【初葉】chūyè ㄔㄨ ㄧㄝˋ 指某一歷史時期的最初一段：二十世紀初葉｜明朝初葉。

【初願】chūyuàn ㄔㄨ ㄩㄢˋ 起初的志願或願望：他的初願是當個中學教師，沒想到後來成了大學教授。

【初月】chūyuè ㄔㄨ ㄩㄝˋ 農曆月初形狀如鈎的月亮。

【初戰】chūzhàn ㄔㄨ ㄓㄢˋ 戰爭或戰役開始的第一仗：初戰告捷。也叫序戰。

【初診】chūzhěn ㄔㄨ ㄓㄣˇ 醫院或診療所指某個病人初次來看病。

【初志】chūzhì ㄔㄨ ㄓˋ 〈書〉最初的志向：初志既定，終生不變。

【初中】chūzhōng ㄔㄨ ㄓㄨㄥ 初級中學的簡稱。

【初衷】chūzhōng ㄔㄨ ㄓㄨㄥ 最初的心願：有違初衷｜雖然經過百般挫折，也不改初衷。

㔘 chū ㄔㄨ 㔘江（Chūjiāng ㄔㄨ ㄐㄧㄤ），地名，在四川。

摴 chū ㄔㄨ 〔摴蒱〕（chūpú ㄔㄨ ㄆㄨˊ）同'樗蒲'。

樗 chū ㄔㄨ 臭椿。

【樗蒲】chūpú ㄔㄨ ㄆㄨˊ 古代一種遊戲，像後代的擲色子。也作摴蒱。

齣(出) chū ㄔㄨ 一本傳奇中的一個大段落叫一齣。戲曲的一個獨立劇目也叫一齣：三齣戲。

'出'另見165頁chū。

chú (ㄔㄨˊ)

芻(刍) chú ㄔㄨˊ 〈書〉❶餵牲口用的草：芻秣｜反芻。❷割草：芻蕘。❸謙辭，稱自己的(見解等)：芻言｜芻見。

【芻秣】chúmò ㄔㄨˊ ㄇㄛˋ 〈書〉草料。

【芻蕘】chúráo ㄔㄨˊ ㄖㄠˊ 〈書〉❶割草打柴：芻蕘有禁。❷指割草打柴的人：詢於芻蕘。❸謙辭，在向別人提供意見時把自己比作草野鄙陋的人：芻蕘之言(淺陋的話)。

【芻議】chúyì ㄔㄨˊ ㄧˋ 〈書〉謙辭，指自己的議論。

除1 chú ㄔㄨˊ ❶去掉：根除｜鏟除｜為民除害。❷不計算在內：除外｜除此而外。❸用一個數對另一個數進行除法運算叫除，例如用2除6得3。❹〈書〉授；拜(官職)。

除2 chú ㄔㄨˊ 〈書〉台階：庭除｜階除。

【除暴安良】chú bào ān liáng ㄔㄨˊ ㄅㄠˋ ㄢ ㄌㄧㄤˊ 鏟除暴徒，安撫人民。

【除弊】chúbì ㄔㄨˊ ㄅㄧˋ 除去弊端：興利除弊。

【除塵】chúchén ㄔㄨˊ ㄔㄣˊ 清除懸浮在氣體中的粉塵，以免污染大氣。

【除惡務盡】chú è wù jìn ㄔㄨˊ ㄜˋ ㄨˋ ㄐㄧㄣˋ 清除壞人壞事或邪惡勢力必須徹底。也說除惡務本。

【除法】chúfǎ ㄔㄨˊ ㄈㄚˇ 數學中的一種運算方法。最簡單的是數的除法，即從一個數連減相同數的簡便算法。如從10中減去相同數2，總共可以減去5個，就是10除以2，或者說是2除10。

【除非】chúfēi ㄔㄨˊ ㄈㄟ ❶連詞，表示唯一的條件，相當於'只有'，常跟'才、否則、不然'等合用：若要人不知，除非己莫為｜除非修個水庫，才能更好地解決灌溉問題。❷表示不計算在內，相當於'除了'：上山那條道，除非他沒人認識。

【除服】chú∥fú ㄔㄨˊ∥ㄈㄨˊ 〈書〉指守孝期滿，脫去喪服。

【除根】chú∥gēn ㄔㄨˊ∥ㄍㄣ (除根兒)從根本上消除：斬草除根｜治這種病就怕除不了根兒。

【除舊佈新】chú jiù bù xīn ㄔㄨˊ ㄐㄧㄡˋ ㄅㄨˋ ㄒㄧㄣ 破除舊的，建立新的。

【除開】chúkāi ㄔㄨˊ ㄎㄞ 除了。

【除了】chú·le ㄔㄨˊ·ㄌㄜ 介詞。❶表示所說的不計算在內：那條山路，除了他，誰也不熟悉。❷跟'還、也、只'連用，表示在甚麼之外，還有別的：他除了教課，還負責學校裏工會的工作｜他除了寫小說，有時候也寫寫詩。❸跟'就是'連用，表示不這樣就那樣：剛生下來的孩子，除了吃就是睡。

【除名】chú∥míng ㄔㄨˊ∥ㄇㄧㄥˊ 使退出集體，從名冊中除掉姓名。

【除卻】chúquè ㄔㄨˊ ㄑㄩㄝˋ 除去；去掉。

【除日】chúrì ㄔㄨˊ ㄖˋ 〈書〉農曆十二月的最後一天。

【除喪】chúsāng ㄔㄨˊ ㄙㄤ 除服。

【除外】chúwài ㄔㄨˊ ㄨㄞˋ 不計算在內：圖書館天天開放，星期一除外。

【除夕】chúxī ㄔㄨˊ ㄒㄧ 一年最後一天的夜晚，也泛指一年最後的一天：除夕之夜｜除夕聯歡會。

【除夜】chúyè ㄔㄨˊ ㄧㄝˋ 除夕晚上。

蒢〔蒭〕(刍) chú ㄔㄨˊ 同'芻'。

蜍 chú ㄔㄨˊ 見124頁〖蟾蜍〗。

鉏(钽) chú ㄔㄨˊ 〈書〉同'鋤'。另見621頁jǔ。

滁 Chú ㄔㄨˊ 滁州，地名，在安徽。

鋤(锄、耡) chú ㄔㄨˊ ❶鬆土和除草用的農具：大鋤｜小鋤。❷用鋤鬆土除草：鋤草｜這塊地鋤過三遍了。❸鏟除：鋤奸。

【鋤奸】chú∥jiān ㄔㄨˊ∥ㄐㄧㄢ 鏟除通敵的壞人。

【鋤強扶弱】chú qiáng fú ruò ㄔㄨˊ ㄑㄧㄤˊ ㄈㄨˊ ㄖㄨㄛˋ 鏟除強暴，扶助弱者。

【鋤頭】chú·tou ㄔㄨˊ·ㄊㄡ ❶南方用的形狀像鎬的農具。❷〈方〉鋤①。

【鋤頭雨】chútóuyǔ ㄔㄨˊ ㄊㄡˊ ㄩˇ 〈方〉鋤地前莊稼正需要雨水時下的雨。

廚(厨、廚) chú ㄔㄨˊ ❶廚房：下廚。❷廚師：名廚。

【廚房】chúfáng ㄔㄨˊ ㄈㄤˊ ❶做飯菜的屋子。❷舊時指廚師。

【廚具】chújù ㄔㄨˊ ㄐㄩˋ 做飯菜的用具，如鍋、炒勺、菜刀等。

【廚師】chúshī ㄔㄨˊ ㄕ 長於烹調並以此為業的人。

【廚司】chúsī ㄔㄨˊ ㄙ 〈方〉廚師。

【廚子】chú·zi ㄔㄨˊ·ㄗ 指廚師。

篨 chú ㄔㄨˊ 見949頁〔籧篨〕。

躇〔躇〕 chú ㄔㄨˊ 見164頁〖躊躇〗。

幮(㡡) chú ㄔㄨˊ 古代一種形狀像櫥的帳子。

雛(雏) chú ㄔㄨˊ 幼小的(多指鳥類)：雛雞｜雛燕◇雛形。

【雛雞】chújī ㄔㄨˊ ㄐㄧ 孵出不久的小雞。

【雛妓】chújì ㄔㄨˊ ㄐㄧˋ 未成年的妓女。

【雛兒】chúr ㄔㄨㄦˊ ❶幼小的鳥：燕雛兒｜鴨雛兒。❷比喻年紀輕、閱歷少的人。

【雛形】chúxíng ㄔㄨˊ ㄒㄧㄥˊ ❶未定型前的形式：蛹顯示出成蟲的觸角、腿、翅膀的雛形。❷依照原物縮小的模型：看了這座建築物的雛形也可想見它的規模之大了。

櫥(橱) chú ㄔㄨˊ (櫥兒)放置衣服、物件的傢具：衣櫥｜書櫥｜碗櫥。

【櫥窗】chúchuāng ㄔㄨˊ ㄔㄨㄤ ❶商店臨街的玻璃窗，用來展覽樣品。❷用來展覽圖片等的設備，形狀像櫥而較淺。

【櫥櫃】chúguì ㄔㄨˊ ㄍㄨㄟˋ ❶(櫥櫃兒)放置餐具的櫃子。❷可以做桌子用的矮立櫃。

鶵(鸰) chú ㄔㄨˊ ❶見1405頁［鵷鶵］。❷〈書〉同'雛'。

躕(蹰) chú ㄔㄨˊ 見153頁〖踟躕〗。

chǔ (ㄔㄨˇ)

杵 chǔ ㄔㄨˇ ❶一頭粗一頭細的圓木棒，用來在臼裏搗糧食或洗衣服時捶衣服：杵臼｜砧杵。❷用杵搗：杵藥。❸用細長的東西戳或捅：用手指頭杵了他一下｜得拿棍子往裏杵一杵。

【杵樂】chǔyuè ㄔㄨˇ ㄩㄝˋ 台灣省高山族的一種歌舞。三五成群的婦女站在石臼周圍，手執長杵，一邊搗臼，一邊歌唱。也叫杵舞。

處(处、處、処) chǔ ㄔㄨˇ ❶〈書〉居住：穴居野處。❷跟別人一起生活；交往：處得來｜處不來｜他的脾氣好，容易處。❸存；居：處心積慮｜設身處地｜我們工廠正處在發展、完善的階段。❹處置；辦理：論處｜處理。❺處罰：懲處｜處以徒刑。

另見173頁 chù。

【處變不驚】chǔ biàn bù jīng ㄔㄨˇ ㄅㄧㄢˋ ㄅㄨˋ ㄐㄧㄥ 面對變亂，能鎮定自若，不驚慌。

【處罰】chǔfá ㄔㄨˇ ㄈㄚˊ 對犯錯誤或犯罪的人加以懲治。

【處方】chǔfāng ㄔㄨˇ ㄈㄤ ❶醫生給病人開藥方：不是醫生，沒有處方權。❷開的藥方：按處方抓藥。

【處分】chǔfèn ㄔㄨˇ ㄈㄣˋ ❶對犯罪或犯錯誤的人按情節輕重做出處罰決定，也指這種處罰的決定：處分違反校規的學生｜給予記大過的處分。❷〈書〉處理安排。

【處境】chǔjìng ㄔㄨˇ ㄐㄧㄥˋ 所處的境地(多指不利的情況下)：處境困難｜處境危險。

【處決】chǔjué ㄔㄨˇ ㄐㄩㄝˊ ❶執行死刑：處決犯人｜立即處決。❷處理決定：大會休會期間，一切事項由常委會處決。

【處理】chǔlǐ ㄔㄨˇ ㄌㄧˇ ❶安排(事物)；解決(問題)：處理日常事務。❷處治；懲辦：依法處理｜處理了幾個帶頭鬧事的人。❸指減價或變價出售：處理品。❹用特定的方法對工件或產品進行加工，使工件或產品獲得所需要的性能：熱處理。

【處理品】chǔlǐpǐn ㄔㄨˇ ㄌㄧˇ ㄆㄧㄣˇ 減價或變價出售的物品。

【處女】chǔnǚ ㄔㄨˇ ㄋㄩˇ ❶沒有發生過性行為的女子。❷比喻第一次：處女航｜處女作。

【處女地】chǔnǚdì ㄔㄨˇ ㄋㄩˇ ㄉㄧˋ 未開墾的土地。

【處女峰】chǔnǚfēng ㄔㄨˇ ㄋㄩˇ ㄈㄥ 沒有人攀登過峰頂的山峰。

【處女航】chǔnǚháng ㄔㄨˇ ㄋㄩˇ ㄏㄤˊ ❶輪船或飛機在某航綫上第一次航行。❷新製成的輪船或飛機第一次航行。

【處女膜】chǔnǚmó ㄔㄨˇ ㄋㄩˇ ㄇㄛˊ 陰道口周圍的一層薄膜，有一個不規則的小孔。

【處女作】chǔnǚzuò ㄔㄨˇ ㄋㄩˇ ㄗㄨㄛˋ 作者的第一個作品。

【處身】chǔshēn ㄔㄨˇ ㄕㄣ 置身；安身：處身涉世(立身處世)｜處身在艱險的環境中。

【處士】chǔshì ㄔㄨˇ ㄕˋ 原來指有德才而隱居不願做官的人，後來泛指沒有做過官的讀書人。

【處世】chǔshì ㄔㄨˇ ㄕˋ 在社會上活動，跟人往來相處：立身處世｜處世為人。

【處事】chǔshì ㄔㄨˇ ㄕˋ 處理事務：他處事嚴肅，態度卻十分和藹。

【處暑】chǔshǔ ㄔㄨˇ ㄕㄨˇ 二十四節氣之一，在8月22，23或24日。參看589頁〖節氣〗、306頁〖二十四節氣〗。

【處死】chǔsǐ ㄔㄨˇ ㄙˇ 處以死刑。

【處心積慮】chǔ xīn jī lǜ ㄔㄨˇ ㄒㄧㄣ ㄐㄧ ㄌㄩˋ 千方百計地盤算(多含貶義)。

【處刑】chǔxíng ㄔㄨˇ ㄒㄧㄥˊ 法院依照法律對罪犯判處刑罰。

【處於】chǔyú ㄔㄨˇ ㄩˊ 在某種地位或狀態：處於優勢｜傷員處於昏迷狀態。

【處之泰然】chǔ zhī tàirán ㄔㄨˇ ㄓ ㄊㄞˋ ㄖㄢˊ 對待發生的緊急情況或困難，安然自得，毫不在乎。

【處治】chǔzhì ㄔㄨˇ ㄓˋ 處分；懲治：嚴加處治。

【處置】chǔzhì ㄔㄨˇ ㄓˋ ❶處理：處置失當｜處置得宜。❷發落；懲治：依法處置。

【處子】chǔzǐ ㄔㄨˇ ㄗˇ〈書〉處女。

楮 chǔ ㄔㄨˇ ❶楮樹，落葉喬木，葉子卵形，葉子和莖上有硬毛，花淡綠色，雌雄異株。樹皮是製造桑皮紙和宣紙的原料。也叫構或穀。❷〈書〉指紙：楮墨。

【楮墨】chǔmò ㄔㄨˇ ㄇㄛˋ 〈書〉❶紙和墨：珍藏楮墨◇堪付楮墨（可交付印刷）。❷借指詩文或書畫：寄心楮墨。

楚1 chǔ ㄔㄨˇ ❶〈書〉痛苦：苦楚｜悽楚。❷清晰；整齊：清楚｜齊楚。

楚2 Chǔ ㄔㄨˇ ❶周朝國名，原來在今湖北和湖南北部，後來擴展到今河南、安徽、江蘇、浙江、江西和四川。❷指湖北和湖南，特指湖北。❸姓。

【楚楚】chǔchǔ ㄔㄨˇ ㄔㄨˇ ❶鮮明；整潔：衣冠楚楚。❷（姿態）嬌柔；纖弱；秀美：楚楚可憐｜楚楚動人｜門前垂柳，楚楚可人。

【楚劇】chǔjù ㄔㄨˇ ㄐㄩˋ 湖北地方戲曲劇種之一，由湖北黃岡、孝感一帶的花鼓戲發展而成，流行湖北全省和江西部分地區。

褚 Chǔ ㄔㄨˇ 姓。
另見1494頁 zhǔ。

儲（储） chǔ ㄔㄨˇ ❶儲藏；存放：儲蓄｜儲金｜儲糧備荒。❷已經確定為繼承皇位等最高統治權的人：立儲｜王儲｜儲君。❸（Chǔ）姓。

【儲備】chǔbèi ㄔㄨˇ ㄅㄟˋ ❶（物資）儲存起來準備必要時應用：儲備糧食。❷儲存備用的東西：動用儲備｜儲備年年增長。

【儲藏】chǔcáng ㄔㄨˇ ㄘㄤˊ ❶保藏：儲藏室｜把器具儲藏起來。❷蘊藏：儲藏量｜鐵礦儲藏豐富。

【儲存】chǔcún ㄔㄨˇ ㄘㄨㄣˊ （物或錢）存放起來，暫時不用：儲存大白菜｜儲存資料。

【儲戶】chǔhù ㄔㄨˇ ㄏㄨˋ 銀行等稱存款的個人或團體為儲戶。

【儲積】chǔjī ㄔㄨˇ ㄐㄧ ❶儲存積聚；積蓄：儲積餘糧，以備急需。❷積蓄的財物。

【儲集】chǔjí ㄔㄨˇ ㄐㄧˊ 儲存聚集。

【儲君】chǔjūn ㄔㄨˇ ㄐㄩㄣ 帝王的親屬中已經確定繼承皇位等最高統治權的人。

【儲量】chǔliàng ㄔㄨˇ ㄌㄧㄤˋ （自然資源）儲藏量：探明油田的儲量｜礦產儲量極為豐富。

【儲青】chǔqīng ㄔㄨˇ ㄑㄧㄥ 儲存青飼料：打草儲青。

【儲蓄】chǔxù ㄔㄨˇ ㄒㄩˋ ❶把節約下來或暫時不用的錢或物積存起來，多指把錢存到銀行裏：儲蓄所｜踴躍儲蓄，支援國家建設。❷指積存的錢或物：家家有儲蓄。

礎（础） chǔ ㄔㄨˇ 礎石①：基礎｜月暈而風，礎潤而雨。

【礎石】chǔshí ㄔㄨˇ ㄕˊ ❶墊在房屋柱子底下的石頭。❷基礎：勤勞善良的人民，是社會的中堅與礎石。

齼（齼） chǔ ㄔㄨˇ 〈書〉牙齒痠痛。

chù（ㄔㄨˋ）

亍 chù ㄔㄨˋ 見155頁〖彳亍〗。

怵（怵） chù ㄔㄨˋ 害怕；恐懼：怵頭｜心裏直犯怵。

【怵場】chùchǎng ㄔㄨˋ ㄔㄤˇ 同'憷場'。

【怵目驚心】chù mù jīng xīn ㄔㄨˋ ㄇㄨˋ ㄐㄧㄥ ㄒㄧㄣ 看到某種嚴重的情況使人十分緊張、害怕或震驚。

【怵惕】chùtì ㄔㄨˋ ㄊㄧˋ 〈書〉恐懼警惕：怵惕不寧。

【怵頭】chùtóu ㄔㄨˋ ㄊㄡˊ 同'憷頭'。

柷 chù ㄔㄨˋ 古代樂器，木製，形狀像方形的斗。

俶 chù ㄔㄨˋ 〈書〉❶開始。❷整理：俶裝（整理行裝）。
另見1126頁 tì。

【俶爾】chù'ěr ㄔㄨˋ ㄦˇ 〈書〉忽然：魚游水中，俶爾遠逝。

畜 chù ㄔㄨˋ 禽獸，多指家畜：六畜｜牲畜｜耕畜｜種畜。
另見1292頁 xù。

【畜肥】chùféi ㄔㄨˋ ㄈㄟˊ 用做肥料的牲畜糞尿。

【畜類】chù·lei ㄔㄨˋ ·ㄌㄟ 畜生。

【畜力】chùlì ㄔㄨˋ ㄌㄧˋ 能夠使用在運輸或牽引農具等方面的牲畜的力量：山區還得用畜力運輸。

【畜生】chù·sheng ㄔㄨˋ ·ㄕㄥ 泛指禽獸（常用做罵人的話）。也作畜牲。

【畜疫】chùyì ㄔㄨˋ ㄧˋ 家畜的傳染病，如馬鼻疽、豬瘟、牛瘟等。

處（处、處、処） chù ㄔㄨˋ ❶地方：住處｜心靈深處｜大處着眼，小處着手。❷機關組織系統中按業務劃分的單位（一般比局小，比科大），也指某些機關：科研處｜總務處｜辦事處｜聯絡處。
另見172頁 chǔ。

【處處】chùchù ㄔㄨˋ ㄔㄨˋ 各個地方；各個方面：祖國處處有親人｜教師處處關心學生。

【處所】chùsuǒ ㄔㄨˋ ㄙㄨㄛˇ 地方（dì·fang）①：找個處所避雨。

絀（绌） chù ㄔㄨˋ 〈書〉❶不夠；不足：左支右絀｜相形見絀。❷同'黜'。

搐 chù ㄔㄨˋ 牽動；肌肉抽縮：抽搐。

【搐動】chùdòng ㄔㄨˋ ㄉㄨㄥˋ （肌肉等）不隨意地收縮抖動：全身搐動了一下。

【搐搦】chùnuò ㄔㄨˋ ㄋㄨㄛˋ 抽搐。

【搐縮】chùsuō ㄔㄨˋ ㄙㄨㄛ 抽縮。

滀 chù ㄔㄨˋ 〈書〉(水) 聚積。
另見1293頁 xù。

諔(诹) chù ㄔㄨˋ ［諔詭］(chùguǐ ㄔㄨˋ ㄍㄨㄟˇ)〈書〉❶奇異。❷滑稽。

憷 chù ㄔㄨˋ 害怕；畏縮：發憷｜憷頭｜憷場｜這孩子憷見生人。

【憷場】chùchǎng ㄔㄨˋ ㄔㄤˇ 害怕在公眾場合講話、表演等。也作怵場。

【憷頭】chùtóu ㄔㄨˋ ㄊㄡˊ 遇事膽怯，不敢出頭，覺着難辦。也作怵頭。

歜 chù ㄔㄨˋ 〈書〉盛怒；氣盛。

黜 chù ㄔㄨˋ 〈書〉罷免；革除：罷黜｜黜退。

【黜免】chùmiǎn ㄔㄨˋ ㄇㄧㄢˇ 〈書〉罷免 (官職)。

【黜退】chùtuì ㄔㄨˋ ㄊㄨㄟˋ 免除 (職務)。

閦 chù ㄔㄨˋ 用於人名，顏閦，戰國時齊國人。

觸(触) chù ㄔㄨˋ ❶接觸；碰；撞：抵觸｜觸電｜一觸即發。❷觸動；感動：觸起前情｜忽有所觸。

【觸電】chù//diàn ㄔㄨˋ//ㄉㄧㄢˋ 人或動物接觸較強的電流。機體觸電會受到破壞，甚至死亡。

【觸動】chùdòng ㄔㄨˋ ㄉㄨㄥˋ ❶碰；撞：他在暗中摸索了半天，忽然觸動了甚麼，響了一下。❷衝撞；觸犯：觸動現行體制｜觸動了當權者的利益。❸因某種刺激而引起 (感情變化、回憶等)：這些話觸動了老人的心事。

【觸發】chùfā ㄔㄨˋ ㄈㄚ 受到觸動而引起某種反應：雷管爆炸，觸發了近旁的炸藥｜電台播放的家鄉民歌觸發了他心底的思鄉之情。

【觸犯】chùfàn ㄔㄨˋ ㄈㄢˋ 冒犯；衝撞；侵犯：觸犯眾怒｜不能觸犯人民的利益。

【觸機】chùjī ㄔㄨˋ ㄐㄧ 觸動靈機：不假思索，觸機即發。

【觸及】chùjí ㄔㄨˋ ㄐㄧˊ 觸動到：觸及痛處｜他不敢觸及問題的要害。

【觸礁】chù//jiāo ㄔㄨˋ//ㄐㄧㄠ ❶船隻在航行中碰上暗礁。❷比喻事情進行中遇到障礙：婚姻觸礁｜談判觸礁。

【觸角】chùjiǎo ㄔㄨˋ ㄐㄧㄠˇ 昆蟲、軟體動物或甲殼類動物的感覺器官之一，生在頭上，一般呈絲狀。也叫觸鬚。

【觸景生情】chù jǐng shēng qíng ㄔㄨˋ ㄐㄧㄥˇ ㄕㄥ ㄑㄧㄥˊ 受到當前情景的觸動而產生某種感情：舊地重遊，觸景生情，當年的人和事浮上腦際。

【觸覺】chùjué ㄔㄨˋ ㄐㄩㄝˊ 皮膚、毛髮等與物體接觸時所產生的感覺。

【觸類旁通】chù lèi páng tōng ㄔㄨˋ ㄌㄟˋ ㄆㄤˊ ㄊㄨㄥ 掌握了關於某一事物的知識，而推知同類中其他事物。

【觸霉頭】chù méitóu ㄔㄨˋ ㄇㄟˊ ㄊㄡˊ 〈方〉碰到不愉快的事；倒霉。也作觸楣頭。

【觸摸】chùmō ㄔㄨˋ ㄇㄛ 用手接觸後輕輕移動：受傷處稍一觸摸即疼痛難忍。

【觸目】chùmù ㄔㄨˋ ㄇㄨˋ ❶視綫接觸到；目光所及：觸目皆是。❷顯眼；引人注目：門上的金字招牌非常觸目。

【觸目驚心】chù mù jīng xīn ㄔㄨˋ ㄇㄨˋ ㄐㄧㄥ ㄒㄧㄣ 看到某種嚴重的情況引起內心的震動。

【觸怒】chùnù ㄔㄨˋ ㄋㄨˋ 惹人發怒：他的無理取鬧觸怒了眾人。

【觸殺】chùshā ㄔㄨˋ ㄕㄚ 因接觸而殺死：這種農藥對蚜蟲等有較高的觸殺效果。

【觸手】chùshǒu ㄔㄨˋ ㄕㄡˇ 水螅等低等動物的感覺器官，多生在口旁，形狀像絲或手指，又可以用來捕食。

【觸鬚】chùxū ㄔㄨˋ ㄒㄩ 觸角。

矗 chù ㄔㄨˋ 〈書〉直立；高聳：矗立｜矗入雲霄。

【矗立】chùlì ㄔㄨˋ ㄌㄧˋ 高聳地立着：大街兩旁矗立着高樓大廈｜電視發射塔像擎天柱一般矗立在山頂上。

chuā (ㄔㄨㄚ)

欻(歘) chuā ㄔㄨㄚ 象聲詞：儀仗隊走起來欻欻的，非常整齊｜欻的一下把信撕開了。
另見1290頁 xū。

【欻拉】chuālā ㄔㄨㄚ ㄌㄚ 象聲詞：欻拉一聲，把菜倒進了油鍋。

chuāi (ㄔㄨㄞ)

揣 chuāi ㄔㄨㄞ ❶藏在衣服裏：這張照片兒揣在我口袋裏很久了。❷〈方〉牲畜懷孕：母豬揣崽兒｜騍馬揣上駒了。
另見175頁 chuǎi；175頁 chuài。

【揣手兒】chuāi//shǒur ㄔㄨㄞ//ㄕㄡㄦˇ 兩手交錯放在袖子裏。

搋 chuāi ㄔㄨㄞ ❶以手用力壓和揉：搋麪｜把衣服洗了又搋。❷用搋子疏通下水道：大便池堵住了，你去搋搋。

【搋子】chuāi·zi ㄔㄨㄞ·ㄗ 疏通下水道的工具，由長柄和橡膠碗製成。

chuái (ㄔㄨㄞˊ)

膗 chuái ㄔㄨㄞˊ 〈方〉肥胖而肌肉鬆：看他那膗樣。

chuǎi（ㄔㄨㄞˇ）

揣 chuǎi ㄔㄨㄞˇ ❶估計；忖度：揣測｜揣度｜不揣冒昧。❷(Chuǎi)姓。
另見174頁 chuāi；175頁 chuài。

【揣測】chuǎicè ㄔㄨㄞˇ ㄘㄜˋ 推測；猜測：我揣測他已經離開北京了｜他善於揣測別人的心思。

【揣度】chuǎiduó ㄔㄨㄞˇ ㄉㄨㄛˊ 〈書〉估量；推測。

【揣摩】chuǎimó ㄔㄨㄞˇ ㄇㄛˊ 反復思考推求：這篇文章的內容，要仔細揣摩才能透徹了解｜我始終揣摩不透他的意思。

【揣摸】chuǎi·mo ㄔㄨㄞˇ ·ㄇㄛ 揣摩。

【揣想】chuǎixiǎng ㄔㄨㄞˇ ㄒㄧㄤˇ 推測；猜想：他心裏揣想着究竟甚麼原因使她生氣。

chuài（ㄔㄨㄞˋ）

啜 Chuài ㄔㄨㄞˋ 姓。
另見186頁 chuò。

揣 chuài ㄔㄨㄞˋ 見829頁〖囊揣〗(nāngchuài)、1462頁〖掙揣〗(zhèngchuài)。
另見174頁 chuāi；175頁 chuǎi。

嘬 chuài ㄔㄨㄞˋ 〈書〉咬；吃。
另見1530頁 zuō。

闖(闖) chuài ㄔㄨㄞˋ 見1462頁〔閘闖〕。

踹 chuài ㄔㄨㄞˋ ❶腳底向外踢：一腳就把門踹開了｜小馬蹄子只顧亂踹。❷踩：沒留神一腳踹在水溝裏。

膪 chuài ㄔㄨㄞˋ 見829頁〖囊膪〗(nāngchuài)。

chuān（ㄔㄨㄢ）

川 chuān ㄔㄨㄢ ❶河流：河川｜高山大川｜百川歸海。❷平地；平野：米糧川｜一馬平川｜八百里秦川。❸(Chuān)指四川：川馬｜川菜。

【川菜】chuāncài ㄔㄨㄢ ㄘㄞˋ 四川風味的菜肴：川菜館｜正宗川菜。

【川地】chuāndì ㄔㄨㄢ ㄉㄧˋ 山間或河流兩邊的平坦低窪的土地。

【川費】chuānfèi ㄔㄨㄢ ㄈㄟˋ 路費；川資。

【川紅】chuānhóng ㄔㄨㄢ ㄏㄨㄥˊ 茶葉品種之一，主要產於四川筠連。

【川劇】chuānjù ㄔㄨㄢ ㄐㄩˋ 四川地方戲曲劇種之一，流行於四川全省和貴州、雲南兩省的部分地區。

【川軍】chuānjūn ㄔㄨㄢ ㄐㄩㄣ 大黃(dàihuáng)，舊稱'將軍'，四川出產的最好，所以叫川軍。

【川流不息】chuān liú bù xī ㄔㄨㄢ ㄌㄧㄡˊ ㄅㄨˋ ㄒㄧ (行人、車馬等)像水流一樣連續不斷。

【川馬】chuānmǎ ㄔㄨㄢ ㄇㄚˇ 四川產的馬，身體比較矮小，但能負重爬山。

【川芎】chuānxiōng ㄔㄨㄢ ㄒㄩㄥ 多年生草本植物，羽狀複葉，花白色，果實橢圓形。產於四川及雲南等地。根莖入藥。也叫芎藭。

【川資】chuānzī ㄔㄨㄢ ㄗ 旅費；路費。

氚 chuān ㄔㄨㄢ 氫的同位素之一，符號 T (tritium) 或 $^{3}_{1}H$。原子核中有一個質子和兩個中子。有放射性，用於熱核反應。也叫超重氫。

穿 chuān ㄔㄨㄢ ❶破；透：把紙穿了個洞｜水滴石穿。❷用在某些動詞後，表示破、透或徹底顯露：射穿｜磨穿｜看穿了他的心思｜戳穿陰謀詭計。❸通過(孔洞、縫隙、空地等)：穿針｜穿過森林｜從這個胡同穿過去。❹用繩綫等通過物體把物品連貫起來：穿糖葫蘆｜用珠子穿成珠簾。❺把衣服鞋襪等物套在身體上：穿鞋｜穿衣服。

【穿插】chuānchā ㄔㄨㄢ ㄔㄚ ❶交叉：突擊任務和日常工作穿插進行，互相推動｜人流、車輛相互穿插，使交通格外擁擠。❷小說戲曲中，為了襯托主題而安排的一些次要的情節：一些農村生活細節的穿插，使這個劇的主題更加鮮明。

【穿刺】chuāncì ㄔㄨㄢ ㄘˋ 為了診斷或治療，用特製的針刺入體腔或器官而抽出液體或組織。如肝穿刺、關節穿刺等。

【穿戴】chuāndài ㄔㄨㄢ ㄉㄞˋ ❶穿和戴，泛指打扮：她穿戴得很時髦。❷指穿的和戴的衣帽、首飾等：一身好穿戴。

【穿甲彈】chuānjiǎdàn ㄔㄨㄢ ㄐㄧㄚˇ ㄉㄢˋ 能穿透坦克、裝甲車等外部鋼板的炮彈和槍彈。

【穿孔】chuānkǒng ㄔㄨㄢ ㄎㄨㄥˇ ❶胃、腸等的壁遭到破壞，形成孔洞。❷打孔：穿孔機。

【穿廊】chuānláng ㄔㄨㄢ ㄌㄤˊ 二門兩旁的走廊。

【穿連襠褲】chuān liándāngkù ㄔㄨㄢ ㄌㄧㄢˊ ㄉㄤ ㄎㄨˋ 〈方〉比喻互相勾結、包庇。

【穿山甲】chuānshānjiǎ ㄔㄨㄢ ㄕㄢ ㄐㄧㄚˇ 哺乳動物，全身有角質鱗甲，沒有牙齒，爪銳利，善於掘土。生活在丘陵地區，吃螞蟻等昆蟲。鱗片可入藥。也叫鯪鯉(línglǐ)。

【穿梭】chuānsuō ㄔㄨㄢ ㄙㄨㄛ 像織布的梭子來回活動，形容來往頻繁：穿梭外交｜人流如穿梭。

【穿堂風】chuāntángfēng ㄔㄨㄢ ㄊㄤˊ ㄈㄥ 過堂風。

【穿堂門】chuāntángmén ㄔㄨㄢ ㄊㄤˊ ㄇㄣˊ (穿堂門兒)兩巷之間有供穿行的小巷，在小巷口所造的像門一樣的建築物。

【穿堂兒】chuāntángr ㄔㄨㄢ ㄊㄤˊㄦ 指前後有門能穿行的廳堂。

【穿綫】chuānxiàn ㄔㄨㄢ ㄒㄧㄢˋ 比喻從中撮合、聯繫：從中穿綫搭橋。

【穿小鞋】chuān xiǎoxié ㄔㄨㄢ ㄒㄧㄠˇ ㄒㄧㄝˊ (穿小鞋兒) 比喻受人(多為有職權者)暗中刁難、約束或限制：不容許給發表不同意見的群眾穿小鞋。

【穿孝】chuān∥xiào ㄔㄨㄢ∥ㄒㄧㄠˋ 舊俗，人死後親屬和親戚中的晚輩或平輩穿孝服，表示哀悼。

【穿行】chuānxíng ㄔㄨㄢ ㄒㄧㄥˊ (從孔洞、縫隙、空地等) 通過：火車在隧道中穿行｜施工重地，過路行人不得穿行。

【穿靴戴帽】chuān xuē dài mào ㄔㄨㄢ ㄒㄩㄝ ㄉㄞˋ ㄇㄠˋ 比喻寫文章或講話中套用一些空洞說教，因多在開頭和結尾部分，所以說穿靴戴帽。也說穿鞋戴帽。

【穿衣鏡】chuānyījìng ㄔㄨㄢ ㄧ ㄐㄧㄥˋ 可以照見全身的大鏡子。

【穿窬】chuānyú ㄔㄨㄢ ㄩˊ 〈書〉鑽洞和爬牆(多指偷竊)：穿窬之輩。

【穿越】chuānyuè ㄔㄨㄢ ㄩㄝˋ 通過；穿過：穿越沙漠｜穿越邊境。

【穿雲裂石】chuān yún liè shí ㄔㄨㄢ ㄩㄣˊ ㄌㄧㄝˋ ㄕˊ (聲音)穿過雲層，震裂石頭。形容樂器聲或歌聲高亢嘹亮。

【穿鑿】chuānzáo ㄔㄨㄢ ㄗㄠˊ (也有讀 chuānzuò ㄔㄨㄢ ㄗㄨㄛˋ 的) 非常牽強地解釋，把沒有這種意思的說成有這種意思：穿鑿附會。

【穿針引綫】chuān zhēn yǐn xiàn ㄔㄨㄢ ㄓㄣ ㄧㄣˇ ㄒㄧㄢˋ 比喻從中撮合聯繫，使雙方接通關係。

【穿着】chuānzhuó ㄔㄨㄢ ㄓㄨㄛˊ 衣着；裝束：穿着樸素｜穿着入時｜講究穿着。

chuán (ㄔㄨㄢˊ)

舡 chuán ㄔㄨㄢˊ 〈書〉同'船'。

船(舩) chuán ㄔㄨㄢˊ 水上的主要運輸工具：船體｜船身｜拖船｜帆船｜一隻小船｜兩艘輪船。

【船幫】[1] chuánbāng ㄔㄨㄢˊ ㄅㄤ 船身的側面。

【船幫】[2] chuánbāng ㄔㄨㄢˊ ㄅㄤ 成群結隊的船。

【船舶】chuánbó ㄔㄨㄢˊ ㄅㄛˊ 船(總稱)。

【船埠】chuánbù ㄔㄨㄢˊ ㄅㄨˋ 停船的碼頭。

【船艙】chuáncāng ㄔㄨㄢˊ ㄘㄤ 船內載乘客、裝貨物的地方。

【船夫】chuánfū ㄔㄨㄢˊ ㄈㄨ 在木船上工作的人。

【船戶】chuánhù ㄔㄨㄢˊ ㄏㄨˋ ❶船家。❷指以船為家的水上住戶。

【船家】chuánjiā ㄔㄨㄢˊ ㄐㄧㄚ 舊時靠駕駛自己的木船為生的人。

【船老大】chuánlǎodà ㄔㄨㄢˊ ㄌㄠˇ ㄉㄚˋ 〈方〉木船上的主要的船夫，也泛指船夫。

【船民】chuánmín ㄔㄨㄢˊ ㄇㄧㄣˊ 以船為家從事水上運輸的人。

【船篷】chuánpéng ㄔㄨㄢˊ ㄆㄥˊ ❶小木船上的覆蓋物，用來遮蔽日光和風雨。❷船上的帆。

【船錢】chuán·qián ㄔㄨㄢˊ ·ㄑㄧㄢˊ 雇船或搭船的人所付的費用。

【船艄】chuánshāo ㄔㄨㄢˊ ㄕㄠ 船尾。

【船台】chuántái ㄔㄨㄢˊ ㄊㄞˊ 製造輪船、艦艇等用的工作台，有堅固的基礎。船隻在船台上拼裝、製成後沿軌道下水。

【船位】chuánwèi ㄔㄨㄢˊ ㄨㄟˋ 某一時刻輪船在海洋上的位置。

【船塢】chuánwù ㄔㄨㄢˊ ㄨˋ 停泊、修理或製造船隻的地方。

【船舷】chuánxián ㄔㄨㄢˊ ㄒㄧㄢˊ 船兩側的邊兒。

【船員】chuányuán ㄔㄨㄢˊ ㄩㄢˊ 在輪船上工作的人員。

【船閘】chuánzhá ㄔㄨㄢˊ ㄓㄚˊ 使船隻能在河道上水位差較大的地段通行的水工建築物，由閘室和兩端的閘門構成。船隻駛入閘室後，關閉後閘門，調節水位，使與前面航道的水位相平或接近，然後開啓前閘門，船隻就駛出閘室而前進。

【船長】chuánzhǎng ㄔㄨㄢˊ ㄓㄤˇ 輪船上的總負責人。

【船隻】chuánzhī ㄔㄨㄢˊ ㄓ 船(總稱)：捕撈隊有大小船隻二十艘。

椽 chuán ㄔㄨㄢˊ 椽子。

【椽筆】chuánbǐ ㄔㄨㄢˊ ㄅㄧˇ 〈書〉如椽的大筆，用來稱頌別人的文章或寫作才能。

【椽子】chuán·zi ㄔㄨㄢˊ ·ㄗ 放在檁上架着屋面板和瓦的木條。(圖見324頁〖房子〗)

遄 chuán ㄔㄨㄢˊ 〈書〉❶迅速地：遄往｜遄返。❷往來頻繁。

傳(传) chuán ㄔㄨㄢˊ ❶由一方交給另一方；由上代交給下代：流傳｜由前向後傳｜古代傳下來的文化遺產。❷傳授：師傳｜把自己的手藝傳給人。❸傳播：宣傳｜勝利的消息傳遍全國。❹傳導：傳電｜傳熱。❺表達：傳神｜傳情。❻發出命令叫人來：傳訊｜把他傳來。❼傳染：這種病傳人。

另見1502頁 zhuàn。

【傳本】chuánběn ㄔㄨㄢˊ ㄅㄣˇ 書冊流傳的版本。

【傳播】chuánbō ㄔㄨㄢˊ ㄅㄛ 廣泛散佈：傳播花粉｜傳播消息｜傳播先進經驗。

【傳佈】chuánbù ㄔㄨㄢˊ ㄅㄨˋ 傳播：傳佈病菌｜傳佈消息｜傳佈新思想。

【傳唱】chuánchàng ㄔㄨㄢˊ ㄔㄤˋ (歌曲等)流傳歌唱：傳唱千古｜這首歌已在群眾中廣為傳唱。

【傳抄】chuánchāo ㄔㄨㄢˊ ㄔㄠ 輾轉抄寫：傳抄本。

【傳承】chuánchéng ㄔㄨㄢˊ ㄔㄥˊ 傳授和繼承：木雕藝術經歷代傳承，至今已有千年的歷史。

【傳出神經】chuánchū-shénjīng ㄔㄨㄢˊ ㄔㄨ ㄕㄣˊ ㄐㄧㄥ 把中樞神經系統的興奮傳到各個器官或外圍部分的神經。也叫運動神經。

【傳達】chuándá ㄔㄨㄢˊ ㄉㄚˊ ❶把一方的意思告訴給另一方：傳達命令｜傳達上級的指示。❷在機關、學校、工廠的門口管理登記和引導來賓的工作：傳達室。❸在機關、學校、工廠的門口擔任傳達工作的人。

【傳代】chuán//dài ㄔㄨㄢˊ // ㄉㄞˋ 一代接一代地繼續生存或保留下去。

【傳單】chuándān ㄔㄨㄢˊ ㄉㄢ 印成單張向外散發的宣傳品：印傳單｜撒傳單。

【傳導】chuándǎo ㄔㄨㄢˊ ㄉㄠˇ ❶熱或電從物體的一部分傳到另一部分。❷神經纖維把外界刺激傳向大腦皮層，或把大腦皮層的活動傳向外圍神經。

【傳道】chuándào ㄔㄨㄢˊ ㄉㄠˋ ❶佈道。❷舊時指傳授古代聖賢的學說。

【傳燈】chuándēng ㄔㄨㄢˊ ㄉㄥ 佛教稱佛法能像明燈一樣照亮世界，指引迷途，因以傳燈比喻傳授佛法：傳燈弟子。

【傳遞】chuándì ㄔㄨㄢˊ ㄉㄧˋ 由一方交給另一方；輾轉遞送：傳遞消息｜傳遞信件｜傳遞火炬。

【傳動】chuándòng ㄔㄨㄢˊ ㄉㄨㄥˋ 利用構件或機構把動力從機器的一部分傳遞到另一部分：機械傳動｜液壓傳動。

【傳動帶】chuándòngdài ㄔㄨㄢˊ ㄉㄨㄥˋ ㄉㄞˋ 機器上傳動的環形帶，套在皮帶輪上。

【傳粉】chuánfěn ㄔㄨㄢˊ ㄈㄣˇ 雄蕊花藥裏的花粉藉風或昆蟲做媒介，傳到雌蕊的柱頭上或直接傳到胚珠上，是子房形成果實的必要條件。

【傳告】chuángào ㄔㄨㄢˊ ㄍㄠˋ 把消息、話語等轉告給別人：互相傳告｜奔走傳告｜傳告喜訊。

【傳觀】chuánguān ㄔㄨㄢˊ ㄍㄨㄢ 傳遞着看：他拿出紀念冊來讓我們傳觀。

【傳呼】chuánhū ㄔㄨㄢˊ ㄏㄨ 電信局通知受話人去接長途電話；管理公用電話的人通知受話人去接電話：夜間傳呼｜公用傳呼電話。

【傳呼電話】chuánhū diànhuà ㄔㄨㄢˊ ㄏㄨ ㄉㄧㄢˋ ㄏㄨㄚˋ 指有人管傳呼的公用電話。

【傳話】chuán//huà ㄔㄨㄢˊ // ㄏㄨㄚˋ 把一方的話轉告給另一方：他讓我給你傳個話，他實在幫不了你的忙。

【傳喚】chuánhuàn ㄔㄨㄢˊ ㄏㄨㄢˋ ❶傳話呼喚；招呼：有事傳喚一聲。❷法院、檢察機關用傳票或通知叫與案件有關的人前來。

【傳家】chuánjiā ㄔㄨㄢˊ ㄐㄧㄚ 家庭裏世代相傳：傳家寶｜忠厚傳家。

【傳家寶】chuánjiābǎo ㄔㄨㄢˊ ㄐㄧㄚ ㄅㄠˇ 家庭裏世代相傳的寶貴物品◇艱苦樸素的作風是勞動人民的傳家寶。

【傳見】chuánjiàn ㄔㄨㄢˊ ㄐㄧㄢˋ 通知人來見面(用於上級對下級)：傳見學生代表｜聽候傳見。

【傳教】chuán//jiào ㄔㄨㄢˊ // ㄐㄧㄠˋ ❶〈書〉傳播教化。❷指宣傳宗教教義，勸人信教。

【傳教士】chuánjiàoshì ㄔㄨㄢˊ ㄐㄧㄠˋ ㄕˋ 基督教會(包括舊教和新教)派出去傳教的人。

【傳戒】chuánjiè ㄔㄨㄢˊ ㄐㄧㄝˋ 佛教用語，指寺院裏召集初出家的人受戒，使成為正式的和尚或尼姑。

【傳經】chuán//jīng ㄔㄨㄢˊ // ㄐㄧㄥ ❶傳授儒家經典。❷傳授經驗：傳經送寶。

【傳令】chuán//lìng ㄔㄨㄢˊ // ㄌㄧㄥˋ 傳達命令：傳令兵｜司令部傳令嘉獎。

【傳流】chuánliú ㄔㄨㄢˊ ㄌㄧㄡˊ 流傳。

【傳媒】chuánméi ㄔㄨㄢˊ ㄇㄟˊ ❶傳播媒介，特指報紙、廣播、電視等各種新聞工具：國內外數十家新聞傳媒對這一有趣的民俗作了介紹。❷疾病傳染的媒介或途徑：游泳池會成為紅眼病的傳媒。

【傳票】chuánpiào ㄔㄨㄢˊ ㄆㄧㄠˋ ❶法院或檢察機關簽發的傳喚與案件有關的人到案的憑證。❷會計工作中據以登記賬目的憑單。

【傳奇】chuánqí ㄔㄨㄢˊ ㄑㄧˊ ❶唐代興起的短篇小說，如《李娃傳》、《會真記》等。❷明清兩代盛行的長篇戲曲，一般每本由二十餘齣至五十餘齣組成。如明代湯顯祖的《牡丹亭》、清代孔尚任的《桃花扇》等。❸指情節離奇或人物行為超越尋常的故事：傳奇式的人物｜他一生的經歷充滿了傳奇色彩。

【傳情】chuán//qíng ㄔㄨㄢˊ // ㄑㄧㄥˊ 傳達情意(多指男女之間)：眉目傳情。

【傳染】chuánrǎn ㄔㄨㄢˊ ㄖㄢˇ ❶病原體侵入生物體，使生物體產生病理反應，叫做傳染。有明顯症狀的叫顯性傳染，無明顯症狀的叫隱性傳染。❷比喻因接觸而使情緒、感情、風氣等受影響，發生類似變化：他的不安情緒迅速傳染給了在座的人。

【傳染病】chuánrǎnbìng ㄔㄨㄢˊ ㄖㄢˇ ㄅㄧㄥˋ 由病原體傳染引起的疾病。如肺結核、麻瘋、天花、傷寒等。

【傳人】chuán//rén ㄔㄨㄢˊ // ㄖㄣˊ ❶傳授給別人

(多指特殊的技藝)：祖傳秘方向來不輕易傳人。❷(疾病)傳染給別人：感冒容易傳人。❸發話叫人來：傳人問話。

【傳人】chuánrén ㄔㄨㄢˊ ㄖㄣˊ 能夠繼承某種學術、技藝而使它流傳的人：京劇梅(蘭芳)派傳人｜瀕於失傳的絕技如今有了傳人。

【傳入神經】chuánrù-shénjīng ㄔㄨㄢˊ ㄖㄨˋ ㄕㄣˊ ㄐㄧㄥ 把各個器官或外圍部分的興奮傳到中樞神經系統的神經。也叫感覺神經。

【傳神】chuánshén ㄔㄨㄢˊ ㄕㄣˊ (優美的文學、藝術作品)描繪人或物，給人生動逼真的印象：他畫的馬非常傳神｜這段對話把一個吝嗇鬼刻畫得如見其人，可謂傳神之筆。

【傳聲器】chuánshēngqì ㄔㄨㄢˊ ㄕㄥ ㄑㄧˋ 微音器。

【傳聲筒】chuánshēngtǒng ㄔㄨㄢˊ ㄕㄥ ㄊㄨㄥˇ ❶話筒③。❷比喻照着人家的話説，自己毫無主見的人。

【傳世】chuánshì ㄔㄨㄢˊ ㄕˋ 珍寶、書畫、著作等(多指古代的)流傳到後世：傳世珍品。

【傳授】chuánshòu ㄔㄨㄢˊ ㄕㄡˋ 把學問、技藝教給別人：傳授技術｜傳授經驗｜這門手藝是他祖父傳授下來的。

【傳輸】chuánshū ㄔㄨㄢˊ ㄕㄨ 輸送(能量、信息等)：直綫傳輸｜傳輸裝置。

【傳輸綫】chuánshūxiàn ㄔㄨㄢˊ ㄕㄨ ㄒㄧㄢˋ 傳送電能的導綫。如傳送電力的輸電綫、有綫通訊的電纜和無綫電發射機與天綫的連綫。

【傳述】chuánshù ㄔㄨㄢˊ ㄕㄨˋ 傳説①：傳述故事。

【傳説】chuánshuō ㄔㄨㄢˊ ㄕㄨㄛ ❶輾轉述説：傳説他家有人立功了，不知道是他弟兄倆的哪一位。❷群眾口頭上流傳的關於某人某事的敍述或某種説法：魯班的傳説｜這種傳説並沒甚麼根據。

【傳送】chuánsòng ㄔㄨㄢˊ ㄙㄨㄥˋ 把物品、信件、消息、聲音等從一處傳遞另一處：傳送電報｜傳送消息。

【傳送帶】chuánsòngdài ㄔㄨㄢˊ ㄙㄨㄥˋ ㄉㄞˋ ❶生產流水綫中傳送材料、機件、成品等的裝置。❷特指裝置上的傳送皮帶。

【傳頌】chuánsòng ㄔㄨㄢˊ ㄙㄨㄥˋ 輾轉傳佈頌揚：全村人傳頌着他英勇救人的事迹。

【傳誦】chuánsòng ㄔㄨㄢˊ ㄙㄨㄥˋ 輾轉傳佈誦讀；輾轉傳佈稱道：傳誦一時｜他的名字在民間廣為傳誦。

【傳統】chuántǒng ㄔㄨㄢˊ ㄊㄨㄥˇ 世代相傳、具有特點的社會因素，如文化、道德、思想、制度等：發揚艱苦樸素的優良傳統｜傳統劇目。

【傳聞】chuánwén ㄔㄨㄢˊ ㄨㄣˊ ❶輾轉聽到：傳聞不如親見｜傳聞他已出國。❷輾轉流傳的事情：傳聞失實。

【傳習】chuánxí ㄔㄨㄢˊ ㄒㄧˊ 傳授和學習知識、技藝等：傳習氣功療法。

【傳檄】chuánxí ㄔㄨㄢˊ ㄒㄧˊ 〈書〉傳佈檄文：傳檄聲討。

【傳寫】chuánxiě ㄔㄨㄢˊ ㄒㄧㄝˇ 傳抄：競相傳寫｜幾經傳寫，訛誤頗多。

【傳訊】chuánxùn ㄔㄨㄢˊ ㄒㄩㄣˋ (司法機關、公安機關等)傳喚與案件有關的人到案受訊問。

【傳言】chuányán ㄔㄨㄢˊ ㄧㄢˊ ❶輾轉流傳的話：不要輕信傳言｜關於此事，外界傳言很多。❷傳話：傳言送語。

【傳揚】chuányáng ㄔㄨㄢˊ ㄧㄤˊ (事情、名聲等)傳播：這事要是傳揚出去，他可就被動了｜他的英雄事迹很快地傳揚開了。

【傳藝】chuányì ㄔㄨㄢˊ ㄧˋ 傳授技藝：收徒傳藝。

【傳譯】chuányì ㄔㄨㄢˊ ㄧˋ 從一種語言、文字翻譯成另一種語言、文字：學術報告廳有六種語言同聲傳譯系統。

【傳語】chuányǔ ㄔㄨㄢˊ ㄩˇ 傳話。

【傳閱】chuányuè ㄔㄨㄢˊ ㄩㄝˋ 傳遞着看：傳閱文件｜這篇稿子請大家傳閱並提意見。

【傳真】chuánzhēn ㄔㄨㄢˊ ㄓㄣ ❶指畫家描繪人物的形狀；寫真①。❷利用光電效應，通過有綫電或無綫電裝置把照片、圖表、書信、文件等的真迹傳送到遠方的通訊方式。

【傳種】chuán//zhǒng ㄔㄨㄢˊ // ㄓㄨㄥˇ 動植物繁殖後代：養馬要選擇優良的品種來傳種。

【傳宗接代】chuán zōng jiē dài ㄔㄨㄢˊ ㄗㄨㄥ ㄐㄧㄝ ㄉㄞˋ 子孫一代接一代地延續下去。

篅(圌) chuán ㄔㄨㄢˊ 〈方〉一種盛糧食等的器物，類似囤。
'圌'另見183頁Chuí。

chuǎn (ㄔㄨㄢˇ)

舛 chuǎn ㄔㄨㄢˇ 〈書〉❶差錯：乖舛。❷違背：舛馳(相背而馳)。❸不順遂；不幸：命途多舛。

【舛錯】chuǎncuò ㄔㄨㄢˇ ㄘㄨㄛˋ 〈書〉❶錯誤：引文舛錯。❷意外的事；意外的變化(多指災禍)。❸參差不齊；交錯。

【舛訛】chuǎn'é ㄔㄨㄢˇ ㄜˊ 〈書〉謬誤；錯亂。

【舛誤】chuǎnwù ㄔㄨㄢˇ ㄨˋ 錯誤；差錯。

荈〔荈〕 chuǎn ㄔㄨㄢˇ 〈書〉晚採的茶。

喘 chuǎn ㄔㄨㄢˇ ❶急促呼吸：喘口氣｜累得直喘。❷氣喘的簡稱：哮喘。

【喘氣】chuǎn//qì ㄔㄨㄢˇ // ㄑㄧˋ ❶呼吸；深呼吸：累得大口喘氣｜跑得喘不過氣來。❷指緊張活動中的短時休息：忙了半天，也該喘喘氣兒了。

【喘息】chuǎnxī ㄔㄨㄢˇ ㄒㄧ ❶急促呼吸：喘息未定。❷指緊張活動中的短時休息：忙得連喘息的機會都沒有。

【喘吁吁】chuǎnxūxū ㄔㄨㄢˇ ㄒㄩ ㄒㄩ （喘吁吁的）形容喘氣的樣子：累得喘吁吁的。也作喘嘘嘘。

僢 chuǎn ㄔㄨㄢˇ 〈書〉同'舛'。

踳 chuǎn ㄔㄨㄢˇ 〈書〉同'舛'。

chuàn（ㄔㄨㄢˋ）

串 chuàn ㄔㄨㄢˋ ❶連貫：貫串｜串講。❷（串兒）量詞，用於連貫起來的東西：一串珍珠｜兩串兒糖葫蘆。❸勾結（做壞事）：串供｜串騙。❹錯誤地連接：電話串綫｜字印得太密，容易看串行。❺由這裏到那裏走動：串親戚｜到處亂串｜串街遊鄉。❻擔任戲曲角色：客串｜反串｜串演。

【串供】chuàn∥gòng ㄔㄨㄢˋ∥ㄍㄨㄥˋ 互相串通，捏造口供：犯人串供。

【串花】chuànhuā ㄔㄨㄢˋ ㄏㄨㄚ 不同品種的作物進行有性雜交，一般指天然雜交。

【串換】chuànhuàn ㄔㄨㄢˋ ㄏㄨㄢˋ （互相）掉換：串換優良品種。

【串講】chuànjiǎng ㄔㄨㄢˋ ㄐㄧㄤˇ ❶語文教學中逐字逐句解釋課文的意思。❷一篇文章或一本書分段學習後，再把整個內容連貫起來做概括的講述。

【串聯】chuànlián ㄔㄨㄢˋ ㄌㄧㄢˊ ❶一個一個地聯繫；為了共同行動，進行聯繫：串聯幾戶鄉親合辦了一個養雞場。❷把幾個電器或元器件一個接一個相繼聯接起來，電路中的電流順次通過，這種聯接方法叫串聯。‖也作串連。

【串鈴】chuànlíng ㄔㄨㄢˋ ㄌㄧㄥˊ ❶中空的金屬環，裝金屬球，可以套在手上，搖動發聲，走江湖給人算命、看病的人多用來招攬顧客。❷連成串的鈴鐺，多挂在騾馬等的脖子上。

【串門】chuàn∥mén ㄔㄨㄢˋ∥ㄇㄣˊ （串門兒）到別人家去閑坐聊天兒：老太太好到四鄰串個門兒。也說串門子。

【串皮】chuànpí ㄔㄨㄢˋ ㄆㄧˊ 指藥物或酒類等進入人體後，作用散佈到周身皮膚，使皮膚發癢或變紅。

【串騙】chuànpiàn ㄔㄨㄢˋ ㄆㄧㄢˋ 互相串通，進行詐騙。

【串氣】chuànqì ㄔㄨㄢˋ ㄑㄧˋ 互通聲氣；串通：暗中串氣。

【串親戚】chuànqīn·qi ㄔㄨㄢˋ ㄑㄧㄣ ·ㄑㄧ 到親戚家看望。也說串親。

【串通】chuàntōng ㄔㄨㄢˋ ㄊㄨㄥ ❶暗中勾結，使彼此言語行動互相配合：串通一氣。❷串聯；聯繫：兩家結親的事，已由老村長串通妥當。

【串通一氣】chuàntōng yīqì ㄔㄨㄢˋ ㄊㄨㄥ ㄧ ㄑㄧˋ 暗中勾結，互相配合：他們倆串通一氣來算計我。

【串味】chuàn∥wèi ㄔㄨㄢˋ∥ㄨㄟˋ （串味兒）食品、飲料等同其他有特殊氣味的物品放在一起，染上特殊氣味：茶葉切勿與化妝品放在一起，以免串味。

【串戲】chuàn∥xì ㄔㄨㄢˋ∥ㄒㄧˋ 演戲，特指非專業演員參加專業劇團演戲。

【串綫】chuàn∥xiàn ㄔㄨㄢˋ∥ㄒㄧㄢˋ 不同的綫路相互連通：電話串綫了。

【串烟】chuàn∥yān ㄔㄨㄢˋ∥ㄧㄢ 用柴灶做飯時，飯菜因受烟熏而有烟味。

【串演】chuànyǎn ㄔㄨㄢˋ ㄧㄢˇ 扮演：早年間，她在《天河配》裏串演過織女。

【串秧兒】chuànyāngr ㄔㄨㄢˋ ㄧㄤㄦ 不同品種的動物或植物雜交，改變原來的品種。

【串遊】chuàn·you ㄔㄨㄢˋ ·ㄧㄡ 閑逛；散步：四處串遊。

【串珠】chuànzhū ㄔㄨㄢˋ ㄓㄨ 成串的珠子。

【串子】chuàn·zi ㄔㄨㄢˋ ·ㄗ 連貫起來的東西：錢串子。

釧（钏） chuàn ㄔㄨㄢˋ 鐲子：玉釧｜金釧。

chuāng（ㄔㄨㄤ）

創（创） chuāng ㄔㄨㄤ 創傷：創口｜予以重創｜創巨痛深。

另見181頁 chuàng。

【創痕】chuānghén ㄔㄨㄤ ㄏㄣˊ 傷痕。

【創口】chuāngkǒu ㄔㄨㄤ ㄎㄡˇ 傷口。

【創面】chuāngmiàn ㄔㄨㄤ ㄇㄧㄢˋ 創傷的表面。

【創傷】chuāngshāng ㄔㄨㄤ ㄕㄤ ❶身體受傷的地方；外傷：腿上的創傷已經治愈。❷比喻物質或精神遭受的破壞或傷害：戰爭的創傷｜精神上的創傷。

【創痛】chuāngtòng ㄔㄨㄤ ㄊㄨㄥˋ 因受創傷而感到的疼痛；痛苦：忍受着腿部中彈的劇烈創痛｜她用歌聲安慰母親心靈上的創痛。

【創痍】chuāngyí ㄔㄨㄤ ㄧˊ 同'瘡痍'。

窗（窓、牕、窻） chuāng ㄔㄨㄤ （窗兒）窗戶：紗窗｜玻璃窗｜窗明几淨。

【窗洞】chuāngdòng ㄔㄨㄤ ㄉㄨㄥˋ （窗洞兒）牆上開的通氣透光的洞。

【窗格子】chuānggé·zi ㄔㄨㄤ ㄍㄜˊ ·ㄗ 窗戶上用木條或鐵條交錯製成的格子。（圖見324頁〖房子〗）

【窗戶】chuāng·hu ㄔㄨㄤ ·ㄏㄨ 牆壁上通氣透光的裝置。（圖見324頁〖房子〗）

【窗花】chuānghuā ㄔㄨㄤ ㄏㄨㄚ （窗花兒）剪紙的一種，多作窗戶上的裝飾。

【窗口】chuāngkǒu ㄔㄨㄤ ㄎㄡˇ ❶窗戶。❷(窗口兒)窗戶跟前：站在窗口遠望。❸(售票處、挂號室等)牆上開的窗形的口，有活扇可以開關。❹指直接為群眾生活服務的：窗口單位｜窗口行業。❺比喻渠道；途徑：工廠開設門市部，可以成為了解市場信息的窗口。❻比喻反映或展示精神上、物質上各種現象或狀況的地方：眼睛是心靈的窗口｜王府井是北京商業的窗口。

【窗簾】chuānglián ㄔㄨㄤ ㄌㄧㄢˊ (窗簾兒)擋窗戶的東西，用布、綢子、呢絨等製成，或用綫編織而成。

【窗櫺】chuānglíng ㄔㄨㄤ ㄌㄧㄥˊ〈方〉窗格子。也叫窗欞子。

【窗幔】chuāngmàn ㄔㄨㄤ ㄇㄢˋ 窗簾(多指大幅的)。

【窗明几淨】chuāng míng jī jìng ㄔㄨㄤ ㄇㄧㄥˊ ㄐㄧ ㄐㄧㄥˋ 窗子明亮，几案潔淨。形容室內十分整潔。

【窗紗】chuāngshā ㄔㄨㄤ ㄕㄚ 安在窗戶上的冷布、鐵紗等。

【窗扇】chuāngshàn ㄔㄨㄤ ㄕㄢˋ (窗扇兒)窗戶上像門扇一樣可以開合的部分。

【窗台】chuāngtái ㄔㄨㄤ ㄊㄞˊ (窗台兒)托着窗框的平面部分。(圖見324頁〖房子〗)

【窗屜子】chuāngtì·zi ㄔㄨㄤ ㄊㄧˋ·ㄗ〈方〉窗戶上糊冷布或釘鐵紗用的木框子。

【窗帷】chuāngwéi ㄔㄨㄤ ㄨㄟˊ 窗幔。

【窗沿】chuāngyán ㄔㄨㄤ ㄧㄢˊ (窗沿兒)窗台。

【窗友】chuāngyǒu ㄔㄨㄤ ㄧㄡˇ 指同學。

【窗紙】chuāngzhǐ ㄔㄨㄤ ㄓˇ 糊窗格子的紙。

【窗子】chuāng·zi ㄔㄨㄤ·ㄗ 窗戶。

摐(𢫬) chuāng ㄔㄨㄤ〈書〉用手或器具撞擊物體：摐鐘鼓。

牕(牎) chuāng ㄔㄨㄤ 同'窗'。

瘡(疮) chuāng ㄔㄨㄤ ❶通常稱皮膚上或黏膜上發生潰爛的疾病：口瘡｜褥瘡｜凍瘡｜毒瘡。❷外傷：刀瘡｜金瘡迸裂。

【瘡疤】chuāngbā ㄔㄨㄤ ㄅㄚ ❶瘡好了以後留下的疤：背上有一塊瘡疤。❷比喻痛處、短處或隱私：別老揭人的瘡疤。

【瘡痂】chuāngjiā ㄔㄨㄤ ㄐㄧㄚ 瘡口表面所結的痂。

【瘡口】chuāngkǒu ㄔㄨㄤ ㄎㄡˇ 瘡的破口：瘡口化膿。

【瘡痍】chuāngyí ㄔㄨㄤ ㄧˊ〈書〉創傷，比喻遭受破壞或災害後的景象：滿目瘡痍｜瘡痍悽景。也作創痍。

【瘡痍滿目】chuāngyí mǎn mù ㄔㄨㄤ ㄧˊ ㄇㄢˇ ㄇㄨˋ 眼睛看到的都是創傷。形容遭受戰亂、災禍嚴重破壞後的景象。也說滿目瘡痍。

chuáng (ㄔㄨㄤˊ)

牀(床) chuáng ㄔㄨㄤˊ ❶供人躺在上面睡覺的傢具：鐵牀｜單人牀｜一張牀。❷像牀的器具：冰牀｜機牀。❸某些像牀的地面：苗牀｜河牀。❹量詞，用於被褥等：兩牀被｜一牀鋪蓋。

【牀板】chuángbǎn ㄔㄨㄤˊ ㄅㄢˇ 搭牀用的木板。

【牀單】chuángdān ㄔㄨㄤˊ ㄉㄢ (牀單兒)鋪在牀上的長方形布。也叫牀單子。

【牀鋪】chuángpù ㄔㄨㄤˊ ㄆㄨˋ 牀和鋪的總稱。

【牀榻】chuángtà ㄔㄨㄤˊ ㄊㄚˋ 牀：卧病牀榻。

【牀頭櫃】chuángtóuguì ㄔㄨㄤˊ ㄊㄡˊ ㄍㄨㄟˋ 放在牀頭邊的小櫃子。

【牀幃】chuángwéi ㄔㄨㄤˊ ㄨㄟˊ 牀上的帳子，借指男女私情：牀幃秘事。

【牀位】chuángwèi ㄔㄨㄤˊ ㄨㄟˋ 醫院、輪船、集體宿舍等為病人、旅客、住宿者設置的牀。

【牀沿】chuángyán ㄔㄨㄤˊ ㄧㄢˊ (牀沿兒)牀的邊緣。

【牀罩】chuángzhào ㄔㄨㄤˊ ㄓㄠˋ (牀罩兒)罩在牀上的長方形單子，邊上多有裝飾性的穗子或荷葉邊。

【牀子】chuáng·zi ㄔㄨㄤˊ·ㄗ ❶機牀。❷〈方〉像牀的貨架：菜牀子｜羊肉牀子。

噇 chuáng ㄔㄨㄤˊ〈方〉無節制地狂吃狂喝：噇得爛醉。

幢 chuáng ㄔㄨㄤˊ ❶古代旗子一類的東西。❷刻着佛號(佛的名字)或經咒的石柱子：經幢｜石幢。

另見1505頁 zhuàng。

【幢幢】chuángchuáng ㄔㄨㄤˊ ㄔㄨㄤˊ〈書〉形容影子搖晃：人影幢幢｜燈影幢幢。

chuǎng (ㄔㄨㄤˇ)

闖(闯) chuǎng ㄔㄨㄤˇ ❶猛衝；勇猛向前：闖勁｜闖進去｜橫衝直闖。❷闖練：他這幾年闖出來了。❸為一定目的而到處活動；奔走：闖關東｜闖江湖｜走南闖北。❹惹起：闖禍｜闖亂子。

【闖蕩】chuǎngdàng ㄔㄨㄤˇ ㄉㄤˋ 指離家在外謀生或經受鍛煉：闖蕩江湖(闖江湖)。

【闖關】chuǎng//guān ㄔㄨㄤˇ//ㄍㄨㄢ 衝過關口，多用於比喻：闖關奪隘｜我國男女單打選手都連闖幾關，獲得出綫權。

【闖關東】chuǎng Guāndōng ㄔㄨㄤˇ ㄍㄨㄢ ㄉㄨㄥ 舊時山東、河北一帶的人到山海關以東的地方謀生，叫闖關東。

【闖紅燈】chuǎng hóngdēng ㄔㄨㄤˇ ㄏㄨㄥˊ ㄉㄥ 車輛遇紅燈信號不停下來，繼續行駛，叫闖紅燈。

【闖禍】chuǎng∥huò ㄔㄨㄤˇ∥ㄏㄨㄛˋ 因疏忽大意，行動魯莽而引起事端或造成損失：孩子淘氣，三天兩頭兒地闖禍。

【闖江湖】chuǎng jiāng·hú ㄔㄨㄤˇ ㄐㄧㄤ ·ㄏㄨˊ 舊時指奔走四方，流浪謀生，從事算卦、賣藝、賣藥治病等職業。

【闖將】chuǎngjiàng ㄔㄨㄤˇ ㄐㄧㄤˋ 勇於衝鋒陷陣的將領，多用於比喻：做技術革新中的闖將。

【闖勁】chuǎngjìn ㄔㄨㄤˇ ㄐㄧㄣˋ （闖勁兒）猛衝猛幹的勁頭：我很喜歡他這股勇於開拓的闖勁。

【闖練】chuǎngliàn ㄔㄨㄤˇ ㄌㄧㄢˋ 走出家庭，到實際生活中鍛煉：年輕人應到外邊闖練闖練。

【闖牌子】chuǎng pái·zi ㄔㄨㄤˇ ㄆㄞˊ ·ㄗ 創（chuàng）牌子。

【闖世界】chuǎng shìjiè ㄔㄨㄤˇ ㄕˋ ㄐㄧㄝˋ 指奔走四方，流浪謀生：他年輕時就跟着叔叔外出闖世界。

chuàng（ㄔㄨㄤˋ）

創（创、刅、剏） chuàng ㄔㄨㄤˋ 開始（做）；（初次）做：創辦｜首創｜創新記錄。

另見179頁 chuāng。

【創辦】chuàngbàn ㄔㄨㄤˋ ㄅㄢˋ 開始辦：創辦學校｜創辦雜誌｜許多鄉鎮都創辦了農機修造廠。

【創編】chuàngbiān ㄔㄨㄤˋ ㄅㄧㄢ 創作（劇本、體操、舞蹈等）：創編歷史劇。

【創匯】chuànghuì ㄔㄨㄤˋ ㄏㄨㄟˋ 使成品出口的外匯淨收入多於外匯支出，叫做創匯。

【創獲】chuànghuò ㄔㄨㄤˋ ㄏㄨㄛˋ 過去沒有過的成果或心得；第一次發現：在技術革新中，許多技術人員、工人有不少的創獲。

【創見】chuàngjiàn ㄔㄨㄤˋ ㄐㄧㄢˋ 獨到的見解：他對明清文學的研究很有創見。

【創建】chuàngjiàn ㄔㄨㄤˋ ㄐㄧㄢˋ 創立：創建學校。

【創舉】chuàngjǔ ㄔㄨㄤˋ ㄐㄩˇ 從來沒有過的舉動或事業。

【創刊】chuàngkān ㄔㄨㄤˋ ㄎㄢ 開始刊行（報刊）：創刊號｜《人民日報》於1948年6月15日創刊。

【創刊號】chuàngkānhào ㄔㄨㄤˋ ㄎㄢ ㄏㄠˋ 報刊開始刊行的一期。

【創立】chuànglì ㄔㄨㄤˋ ㄌㄧˋ 初次建立：創立信用合作社｜創立新的學術體系。

【創利】chuànglì ㄔㄨㄤˋ ㄌㄧˋ 通過經營工商業等活動，創造利潤：增收創利｜該廠人均創利超萬元。

【創牌子】chuàng pái·zi ㄔㄨㄤˋ ㄆㄞˊ ·ㄗ 以產品質量或服務質量贏得顧客信任，從而提高產品或企業的知名度。

【創設】chuàngshè ㄔㄨㄤˋ ㄕㄜˋ ❶創辦：創設研究所。❷創造（條件）：為技術攻關創設有利的條件。

【創始】chuàngshǐ ㄔㄨㄤˋ ㄕˇ 開始建立：創始人｜中國是聯合國的創始國之一。

【創收】chuàngshōu ㄔㄨㄤˋ ㄕㄡ 學校、科研機關等非營業單位利用自身條件投入社會創造收入。

【創稅】chuàngshuì ㄔㄨㄤˋ ㄕㄨㄟˋ 納稅單位向國家財政部門交納稅款叫創稅：這家公司一年為國家創稅上百萬元。

【創新】chuàngxīn ㄔㄨㄤˋ ㄒㄧㄣ ❶拋開舊的，創造新的：要有創新精神。❷指創造性；新意：那是一座很有創新的建築物。

【創業】chuàngyè ㄔㄨㄤˋ ㄧㄝˋ 創辦事業：創業史｜創業守成｜艱苦創業。

【創議】chuàngyì ㄔㄨㄤˋ ㄧˋ ❶倡議：創議開展勞動競賽。❷首先提出的建議：這一創議得到了全廠工人的熱烈響應。

【創造】chuàngzào ㄔㄨㄤˋ ㄗㄠˋ 想出新方法、建立新理論、做出新的成績或東西：創造性｜創造新記錄｜勞動人民是歷史的創造者。

【創造性】chuàngzàoxìng ㄔㄨㄤˋ ㄗㄠˋ ㄒㄧㄥˋ ❶努力創新的思想和表現：充分調動廣大群眾在勞動中的積極性和創造性。❷屬於創新的性質：創造性的勞動。

【創制】chuàngzhì ㄔㄨㄤˋ ㄓˋ 初次制定（多指法律、文字等）：幫助沒有文字的少數民族創制文字。

【創作】chuàngzuò ㄔㄨㄤˋ ㄗㄨㄛˋ ❶創造文藝作品：創作經驗。❷指文藝作品：劃時代的創作。

滄（沧） chuàng ㄔㄨㄤˋ 〈書〉寒冷。

愴（怆） chuàng ㄔㄨㄤˋ 〈書〉悲傷：悽愴｜悲愴。

【愴然】chuàngrán ㄔㄨㄤˋ ㄖㄢˊ 〈書〉悲傷的樣子：愴然淚下。

【愴痛】chuàngtòng ㄔㄨㄤˋ ㄊㄨㄥˋ 悲痛：萬分愴痛。

chuī（ㄔㄨㄟ）

吹 chuī ㄔㄨㄟ ❶合攏嘴唇用力出氣：吹燈｜吹一口氣。❷吹氣演奏：吹笛子。❸（風、氣流等）流動；衝擊：風吹雨打｜吹風機。❹說大話；誇口：先別吹，做出成績來再說｜他胡吹一通，你還真信。❺吹捧：又吹又拍。❻（事情、交情）破裂；不成功：婚事告吹｜這個月的計劃又吹了。

【吹吹打打】chuī·chuīdǎdǎ ㄔㄨㄟ·ㄔㄨㄟ ㄉㄚˇ ㄉㄚˇ 原指樂器合奏，借指對事渲染、誇耀，以張大聲勢，引人注意。

【吹打】chuīdǎ ㄔㄨㄟ ㄉㄚˇ ❶用管樂器和打擊樂器演奏。❷(風、雨) 襲擊：經不住吹打。

【吹大氣】chuī dàqì ㄔㄨㄟ ㄉㄚˋ ㄑㄧˋ 〈方〉誇口。

【吹燈】chuī//dēng ㄔㄨㄟ//ㄉㄥ ❶把燈火吹滅。❷〈方〉比喻人死亡：去年一場病，差點兒吹燈。❸〈方〉比喻失敗；垮台；散夥：前幾回都沒有搞成，這回又吹燈啦｜兩人不知為了甚麼就吹燈了。

【吹燈拔蠟】chuī dēng bá là ㄔㄨㄟ ㄉㄥ ㄅㄚˊ ㄌㄚˋ 〈方〉比喻人死亡或垮台。

【吹法螺】chuī fǎluó ㄔㄨㄟ ㄈㄚˇ ㄌㄨㄛˊ 佛教管講經說法叫吹法螺。比喻說大話。也說大吹法螺。

【吹風】chuī//fēng ㄔㄨㄟ//ㄈㄥ ❶被風吹，身體受風寒：吃了藥別吹風。❷洗髮後，用吹風機把熱空氣吹到頭髮上，使乾而伏貼。❸(吹風兒)有意透露意向或信息使人知道：他吹風兒要咱們邀請他參加晚會｜我先給你們吹吹風，大家好有個思想準備。

【吹風機】chuīfēngjī ㄔㄨㄟ ㄈㄥ ㄐㄧ 鼓風機，多指型號較小的，如理髮店或炊事上所用的。

【吹拂】chuīfú ㄔㄨㄟ ㄈㄨˊ (微風) 掠過；拂拭：春風吹拂大地。

【吹鼓手】chuīgǔshǒu ㄔㄨㄟ ㄍㄨˇ ㄕㄡˇ ❶舊式婚禮或喪禮中吹奏樂器的人。❷比喻為某人或某事進行吹噓捧場的人(貶義)。

【吹管】chuīguǎn ㄔㄨㄟ ㄍㄨㄢˇ 以壓縮氧氣和其他可燃氣體為燃料噴出高溫火焰的管狀裝置。可以用來銲接金屬或切割金屬板。

【吹鬍子瞪眼】chuī hú·zi dèng yǎn ㄔㄨㄟ ㄏㄨˊ ·ㄗ ㄉㄥˋ ㄧㄢˇ 形容發脾氣或發怒的樣子。

【吹灰之力】chuī huī zhī lì ㄔㄨㄟ ㄏㄨㄟ ㄓ ㄌㄧˋ 比喻很小的力量(多用於否定式)：不費吹灰之力。

【吹火筒】chuī huǒtǒng ㄔㄨㄟ ㄏㄨㄛˇ ㄊㄨㄥˇ 吹火用的器具，多用打通竹節的竹子做成。

【吹喇叭】chuī lǎ·ba ㄔㄨㄟ ㄌㄚˇ·ㄅㄚ 比喻為人吹噓捧場：吹喇叭，抬轎子。

【吹擂】chuīléi ㄔㄨㄟ ㄌㄟˊ 誇口；吹噓。

【吹冷風】chuī lěngfēng ㄔㄨㄟ ㄌㄥˇ ㄈㄥ 比喻散佈冷言冷語。

【吹毛求疵】chuī máo qiú cī ㄔㄨㄟ ㄇㄠˊ ㄑㄧㄡˊ ㄘ 故意挑剔毛病，尋找差錯。

【吹牛】chuī//niú ㄔㄨㄟ//ㄋㄧㄡˊ 說大話；誇口。也說吹牛皮。

【吹拍】chuīpāi ㄔㄨㄟ ㄆㄞ 吹捧奉承。

【吹捧】chuīpěng ㄔㄨㄟ ㄆㄥˇ 吹噓捧場：無恥吹捧。

【吹腔】chuīqiāng ㄔㄨㄟ ㄑㄧㄤ 徽劇主要腔調之一，用笛子伴奏。京劇、婺劇等劇種也吸收運用這種腔調。

【吹求】chuīqiú ㄔㄨㄟ ㄑㄧㄡˊ 挑剔(毛病)。

【吹台】chuītái ㄔㄨㄟ ㄊㄞˊ (事情、交情)破裂；不成功：這事看來又得吹台｜兩人談戀愛時間不長就吹台了。

【吹噓】chuīxū ㄔㄨㄟ ㄒㄩ 誇大地或無中生有地說自己或別人的優點；誇張地宣揚：自我吹噓｜這點事不值得那麼吹噓。

【吹奏】chuīzòu ㄔㄨㄟ ㄗㄡˋ 吹某種樂器，泛指演奏各種樂器。

【吹奏樂】chuīzòuyuè ㄔㄨㄟ ㄗㄡˋ ㄩㄝˋ 用管樂器演奏的音樂。

炊 chuī ㄔㄨㄟ 燒火做飯：炊具｜炊烟。

【炊具】chuījù ㄔㄨㄟ ㄐㄩˋ 做飯菜用的器具。

【炊事】chuīshì ㄔㄨㄟ ㄕˋ 做飯、做菜及廚房裏的其他工作：炊事員(擔任炊事工作的人)。

【炊烟】chuīyān ㄔㄨㄟ ㄧㄢ 燒火做飯時冒出的烟：炊烟裊裊。

【炊帚】chuī·zhou ㄔㄨㄟ ·ㄓㄡ 刷洗鍋碗等的用具。

chuí（ㄔㄨㄟˊ）

垂〔垂〕 chuí ㄔㄨㄟˊ ❶東西的一頭向下：下垂｜垂柳。❷〈書〉敬辭，用於別人(多是長輩或上級)對自己的行動：垂念｜垂問。❸〈書〉流傳：永垂不朽｜名垂千古。❹〈書〉將近：垂暮｜垂危｜功敗垂成。

【垂愛】chuí'ài ㄔㄨㄟˊ ㄞˋ 〈書〉敬辭，稱對方(多指長輩或上級)對自己的愛護(多用於書信)。

【垂釣】chuídiào ㄔㄨㄟˊ ㄉㄧㄠˋ 垂竿釣魚：湖邊垂釣。

【垂範】chuífàn ㄔㄨㄟˊ ㄈㄢˋ 〈書〉給下級或晚輩示範；做榜樣：垂範後世。

【垂拱】chuígǒng ㄔㄨㄟˊ ㄍㄨㄥˇ 〈書〉垂衣拱手，古時多指統治者以無所作為，順其自然的方式統治天下：垂拱而治。

【垂掛】chuíguà ㄔㄨㄟˊ ㄍㄨㄚˋ 物體上端固定於某點而下垂：卧室垂掛着深綠色的窗簾。

【垂花門】chuí·huamén ㄔㄨㄟˊ ·ㄏㄨㄚ ㄇㄣˊ 舊式住宅在二門的上頭修建像屋頂樣的蓋，四角有下垂的短柱，柱端雕花彩繪，這種門叫垂花門。也說垂花二門。

【垂簾】chuílián ㄔㄨㄟˊ ㄌㄧㄢˊ 唐高宗在朝堂上跟大臣們討論政事的時候，在寶座後掛着簾子，皇后武則天在裏面參與決定政事，後來把皇后或皇太后掌握朝政叫垂簾：垂簾聽政。

【垂柳】chuíliǔ ㄔㄨㄟˊ ㄌㄧㄡˇ 落葉喬木，樹枝細長下垂，葉子呈條狀披針形，春季開花，黃綠色，雌雄異株。通稱垂楊柳。

【垂落】chuíluò ㄔㄨㄟˊ ㄌㄨㄛˋ 掛着的東西一頭向下落；物體因失去支持而掉下來：兩行眼淚

簌簌地垂落下來◇日沈西山，夜幕垂落。

【垂暮】chuímù ㄔㄨㄟˊ ㄇㄨˋ 〈書〉天將晚的時候：垂暮之時，炊烟四起◇垂暮之年(老年)。

【垂青】chuíqīng ㄔㄨㄟˊ ㄑㄧㄥ 〈書〉古時黑眼珠叫青眼，對人正視表示看得起叫青眼相看。'垂青'表示重視：多蒙垂青。

【垂手】chuíshǒu ㄔㄨㄟˊ ㄕㄡˇ ❶下垂雙手，表示容易：垂手而得。❷雙手下垂，表示恭敬：垂手侍立。

【垂手可得】chuí shǒu kě dé ㄔㄨㄟˊ ㄕㄡˇ ㄎㄜˇ ㄉㄜˊ 形容不費力氣即可得到。也說垂手而得。

【垂首帖耳】chuí shǒu tiē ěr ㄔㄨㄟˊ ㄕㄡˇ ㄊㄧㄝ ㄦˇ 形容非常馴服恭順(含貶義)。'帖'也作貼。

【垂死】chuísǐ ㄔㄨㄟˊ ㄙˇ 接近死亡：垂死掙扎。

【垂體】chuítǐ ㄔㄨㄟˊ ㄊㄧˇ 內分泌腺之一，在腦的底部，體積很小，能產生多種激素調節動物體的生長、發育和其他內分泌腺的活動。也叫腦下垂體。(圖見831頁'腦')

【垂髫】chuítiáo ㄔㄨㄟˊ ㄊㄧㄠˊ 〈書〉小孩子頭髮紮起來下垂着，指幼年。

【垂頭喪氣】chuí tóu sàng qì ㄔㄨㄟˊ ㄊㄡˊ ㄙㄤˋ ㄑㄧˋ 形容情緒低落、失望懊喪的神情。

【垂危】chuíwēi ㄔㄨㄟˊ ㄨㄟ ❶病重將死：生命垂危｜垂危病人。❷(國家、民族)臨近危亡。

【垂問】chuíwèn ㄔㄨㄟˊ ㄨㄣˋ 〈書〉敬辭，表示別人(多是長輩或上級)對自己的詢問。

【垂涎】chuíxián ㄔㄨㄟˊ ㄒㄧㄢˊ 因想吃而流口水，比喻看見別人的好東西想得到：垂涎欲滴｜垂涎三尺。

【垂涎欲滴】chuíxián yù dī ㄔㄨㄟˊ ㄒㄧㄢˊ ㄩˋ ㄉㄧ ❶形容非常貪饞想吃的樣子。❷比喻看到好的東西，十分羨慕，極想得到(含貶義)。

【垂直】chuízhí ㄔㄨㄟˊ ㄓˊ 兩條直綫相交成直角，這兩條直綫就互相垂直。這個概念可推廣到一條直綫與一個平面或兩個平面的垂直。

搥〔捶〕(搥) chuí ㄔㄨㄟˊ 用拳頭或棒槌敲打：搥背｜搥衣裳。

【搥打】chuídǎ ㄔㄨㄟˊ ㄉㄚˇ 用拳頭或器具撞擊物體：用榔頭搥打鐵板。

【搥胸頓足】chuí xiōng dùn zú ㄔㄨㄟˊ ㄒㄩㄥ ㄉㄨㄣˋ ㄗㄨˊ 用拳頭打胸部，用腳跺地。形容非常焦急、懊喪或極度悲痛的樣子。

陲〔陲〕 chuí ㄔㄨㄟˊ 〈書〉邊地：邊陲。

棰〔棰〕 chuí ㄔㄨㄟˊ 〈書〉❶短木棍。❷用棍子打。❸同'箠'。❹同'槌'。

椎 chuí ㄔㄨㄟˊ ❶同'槌'。❷同'搥'。
另見1506頁 zhuī。

【椎心泣血】chuí xīn qì xuè ㄔㄨㄟˊ ㄒㄧㄣ ㄑㄧˋ ㄒㄩㄝˋ 搥打胸膛，哭得眼中出血。形容極度悲痛的樣子。

圌 Chuí ㄔㄨㄟˊ 圌山，山名，在江蘇鎮江東。
另見178頁 chuán'篅'。

槌 chuí ㄔㄨㄟˊ (槌兒)敲打用的棒，大多一頭較大或呈球形：棒槌｜鼓槌兒。

箠〔箠〕 chuí ㄔㄨㄟˊ 〈書〉❶鞭子。❷鞭打。

錘〔錘〕(锤、鎚) chuí ㄔㄨㄟˊ ❶古代兵器，柄的上頭有一個金屬圓球。❷像錘的東西：秤錘。❸(錘兒)錘子：鐵錘｜釘錘。❹用錘子敲打：千錘百煉。

【錘骨】chuígǔ ㄔㄨㄟˊ ㄍㄨˇ 內耳聽骨之一，形狀像錘子，跟鼓膜相連，能把聲音的振動傳給砧骨和鐙骨。(圖見303頁〖耳朵〗)

【錘煉】chuíliàn ㄔㄨㄟˊ ㄌㄧㄢˋ ❶磨煉：在艱苦的環境裏錘煉自己。❷刻苦鑽研，反復琢磨使藝術等精煉、純熟：錘煉藝術表現手法。

【錘子】chuí·zi ㄔㄨㄟˊ ·ㄗ 敲打東西的工具。前有金屬等材料做的頭，有一個與頭垂直的柄。

chūn (ㄔㄨㄣ)

旾 chūn ㄔㄨㄣ 〈書〉同'春'。

春 chūn ㄔㄨㄣ ❶春季：春景｜溫暖如春。❷指一年的時間：一卧東山三十春。❸指男女情慾：懷春｜春心。❹比喻生機：妙手回春。❺(Chūn)姓。

【春餅】chūnbǐng ㄔㄨㄣ ㄅㄧㄥˇ 一種薄餅，立春日應節的食品。

【春播】chūnbō ㄔㄨㄣ ㄅㄛ 春季播種。

【春不老】chūnbùlǎo ㄔㄨㄣ ㄅㄨˋ ㄌㄠˇ 〈方〉雪裏紅。

【春綢】chūnchóu ㄔㄨㄣ ㄔㄡˊ 見1242頁〖綫春〗。

【春大麥】chūndàmài ㄔㄨㄣ ㄉㄚˋ ㄇㄞˋ 春季播種的大麥。

【春凳】chūndèng ㄔㄨㄣ ㄉㄥˋ 寬而長的凳子，工料比較講究，是一種舊式傢具。

【春分】chūnfēn ㄔㄨㄣ ㄈㄣ 二十四節氣之一，在3月20或21日。這一天，南北半球晝夜都一樣長。參看589頁〖節氣〗、306頁〖二十四節氣〗。

【春分點】chūnfēndiǎn ㄔㄨㄣ ㄈㄣ ㄉㄧㄢˇ 赤道平面和黃道的兩個相交點的一個，冬至後，太陽從南向北移動，在春分那天通過這一點。

【春風】chūnfēng ㄔㄨㄣ ㄈㄥ ❶春天的風：春風送暖。❷〈書〉比喻恩惠。❸比喻和悅的神色：春風滿面。

【春風得意】chūnfēng déyì ㄔㄨㄣ ㄈㄥ ㄉㄜˊ ㄧˋ 唐代孟郊《登科後》詩：'春風得意馬蹄疾，一日看盡長安花。'形容考上進士後得意的心情。

後來用'春風得意'稱進士及第，也用來形容人官場騰達或事業順心時揚揚得意的樣子。

【春風化雨】chūnfēng huàyǔ ㄔㄨㄣ ㄈㄥ ㄏㄨㄚˋ ㄩˇ 適宜於草木生長的風雨，比喻良好的教育。

【春風滿面】chūnfēng mǎn miàn ㄔㄨㄣ ㄈㄥ ㄇㄢˇ ㄇㄧㄢˋ 形容愉快和藹的面容。

【春耕】chūngēng ㄔㄨㄣ ㄍㄥ 春季播種之前，翻鬆土地。

【春宮】chūngōng ㄔㄨㄣ ㄍㄨㄥ ❶封建時代太子居住的宮室。❷指淫穢的圖畫。也叫春畫。

【春灌】chūnguàn ㄔㄨㄣ ㄍㄨㄢˋ 春季對農作物灌水。

【春光】chūnguāng ㄔㄨㄣ ㄍㄨㄤ 春天的景致：春光明媚｜大好春光。

【春寒】chūnhán ㄔㄨㄣ ㄏㄢˊ 指春季出現的寒冷天氣：春寒料峭。

【春華秋實】chūn huá qiū shí ㄔㄨㄣ ㄏㄨㄚˊ ㄑㄧㄡ ㄕˊ 春天開花，秋天結果（多用於比喻）。

【春畫】chūnhuà ㄔㄨㄣ ㄏㄨㄚˋ （春畫兒）春宮②。

【春荒】chūnhuāng ㄔㄨㄣ ㄏㄨㄤ 指春天青黃不接時的饑荒：度春荒｜春荒時期。

【春暉】chūnhuī ㄔㄨㄣ ㄏㄨㄟ 〈書〉春天的太陽，比喻父母的恩惠。

【春季】chūnjì ㄔㄨㄣ ㄐㄧˋ 一年的第一季，我國習慣指立春到立夏的三個月時間，也指農曆'正、二、三'三個月。參看1086頁〖四季〗。

【春假】chūnjià ㄔㄨㄣ ㄐㄧㄚˋ 學校春季放的假，多在四月初。

【春節】Chūn Jié ㄔㄨㄣ ㄐㄧㄝˊ 農曆正月初一，是我國傳統節日，也指正月初一以後的幾天。

【春酒】chūnjiǔ ㄔㄨㄣ ㄐㄧㄡˇ ❶春天釀製成的酒。❷指春節期間的宴席：吃春酒｜請春酒。

【春捲】chūnjuǎn ㄔㄨㄣ ㄐㄩㄢˇ （春捲兒）食品，用薄麪皮裹餡，捲成長條形，放在油裏炸熟。

【春困】chūnkùn ㄔㄨㄣ ㄎㄨㄣˋ 指春季精神困倦：春困秋乏（指春秋兩季人易困倦）。

【春蘭】chūnlán ㄔㄨㄣ ㄌㄢˊ 蘭花①。

【春蘭秋菊】chūn lán qiū jú ㄔㄨㄣ ㄌㄢˊ ㄑㄧㄡ ㄐㄩˊ 春天的蘭草，秋天的菊花，在不同的季節裏，各有獨特的優美風姿。比喻各有專長。

【春雷】chūnléi ㄔㄨㄣ ㄌㄟˊ 春天的雷聲（多用於比喻）：平地一聲春雷。

【春聯】chūnlián ㄔㄨㄣ ㄌㄧㄢˊ （春聯兒）春節時貼的對聯。

【春令】chūnlìng ㄔㄨㄣ ㄌㄧㄥˋ ❶春季。❷春季的氣候：冬行春令（冬天的氣候像春天）。

【春麥】chūnmài ㄔㄨㄣ ㄇㄞˋ 春小麥。

【春夢】chūnmèng ㄔㄨㄣ ㄇㄥˋ 比喻轉瞬即逝的好景或空幻的不能實現的願望。

【春牛】chūnniú ㄔㄨㄣ ㄋㄧㄡˊ 用泥土做成的牛。舊時立春日用紅綠鞭抽打春牛以迎春。參看206頁〖打春〗①。

【春情】chūnqíng ㄔㄨㄣ ㄑㄧㄥˊ 春心。

【春秋】chūnqiū ㄔㄨㄣ ㄑㄧㄡ ❶春季和秋季，常用來表示整個一年，也泛指歲月：苦度春秋。❷指人的年歲：春秋正富（年紀不大，將來的日子很長）｜春秋已高｜春秋鼎盛。

【春秋】Chūnqiū ㄔㄨㄣ ㄑㄧㄡ ❶我國古代編年體的史書，相傳魯國的《春秋》經過孔子修訂。後來常用為歷史著作的名稱。❷我國歷史上的一個時代（公元前722－公元前481），因魯國編年史《春秋》包括這一段時期而得名。現在一般把公元前 770 年到公元前 476 年，劃為春秋時代。

【春秋筆法】chūnqiū bǐfǎ ㄔㄨㄣ ㄑㄧㄡ ㄅㄧˇ ㄈㄚˇ 相傳孔子修《春秋》，一字含褒貶。後來稱文章用筆曲折而意含褒貶的寫作手法為春秋筆法。

【春色】chūnsè ㄔㄨㄣ ㄙㄜˋ ❶春天的景色：滿城春色｜春色宜人。❷指臉上呈現的喜色或酒後臉上泛起的紅色：滿面春色。

【春上】chūn·shang ㄔㄨㄣ ·ㄕㄤ 春季：今年春上雨水多。

【春試】chūnshì ㄔㄨㄣ ㄕˋ 明清兩代科舉制度，會試在春季舉行，叫做春試。

【春筍】chūnsǔn ㄔㄨㄣ ㄙㄨㄣˇ 春季長成或挖出的竹筍。

【春天】chūntiān ㄔㄨㄣ ㄊㄧㄢ 春季◇迎來科學技術發展的春天。

【春條】chūntiáo ㄔㄨㄣ ㄊㄧㄠˊ 〈方〉（春條兒）春節時貼的用紅紙寫着吉利話的字條兒。

【春頭】chūntóu ㄔㄨㄣ ㄊㄡˊ 〈方〉初春：正當春頭，家家都在忙着農活兒。

【春闈】chūnwéi ㄔㄨㄣ ㄨㄟˊ 〈書〉春試。

【春宵】chūnxiāo ㄔㄨㄣ ㄒㄧㄠ 春天的夜晚：春宵苦短。

【春小麥】chūnxiǎomài ㄔㄨㄣ ㄒㄧㄠˇ ㄇㄞˋ 春季播種的小麥。也叫春麥。

【春心】chūnxīn ㄔㄨㄣ ㄒㄧㄣ 指愛慕異性的心情。

【春汛】chūnxùn ㄔㄨㄣ ㄒㄩㄣˋ 見1116頁〖桃花汛〗。

【春藥】chūnyào ㄔㄨㄣ ㄧㄠˋ 刺激性慾的藥。

【春意】chūnyì ㄔㄨㄣ ㄧˋ ❶春天的迹象或情景：春意盎然｜樹梢發青，已經現出了幾分春意。❷春心。

【春蚓秋蛇】chūn yǐn qiū shé ㄔㄨㄣ ㄧㄣˇ ㄑㄧㄡ ㄕㄜˊ 形容書法拙劣，字寫得像蚯蚓和蛇爬行一樣彎曲難看。

【春遊】chūnyóu ㄔㄨㄣ ㄧㄡˊ 春天到郊外遊玩（多指集體組織的）：明天去香山春遊。

【春運】chūnyùn ㄔㄨㄣ ㄩㄣˋ 運輸部門指春節前後一段時間的運輸業務。

【春裝】chūnzhuāng ㄔㄨㄣ ㄓㄨㄤ 春季穿的服裝。

堾 chūn ㄔㄨㄣ 〈方〉地邊上用石塊壘起來的擋土的牆。

椿 chūn ㄔㄨㄣ ❶椿樹，就是香椿，有時也指臭椿。❷ (Chūn) 姓。

【椿象】chūnxiàng ㄔㄨㄣ ㄒㄧㄤˋ 昆蟲的一科，種類很多，身體圓形或橢圓形，頭部有單眼。有的椿象能放出惡臭。吸植物莖和果實的汁。多數是害蟲。也叫蝽。

【椿萱】chūnxuān ㄔㄨㄣ ㄒㄩㄢ 〈書〉比喻父母：椿萱並茂(比喻父母都健在)。

蝽 chūn ㄔㄨㄣ 椿象。

輴 (𬨎) chūn ㄔㄨㄣ ❶〈書〉靈車。❷古代用於泥濘路上的交通工具。

鰆 (䲠) chūn ㄔㄨㄣ 鰆魚，形狀跟鮁魚相似而稍大，尾部兩側有棱狀突起。生活在海中。

chún (ㄔㄨㄣˊ)

唇 (脣) chún ㄔㄨㄣˊ 人或某些動物口的周圍的肌肉組織。通稱嘴唇。

【唇齒】chúnchǐ ㄔㄨㄣˊ ㄔˇ 比喻互相接近而且有共同利害的兩方面：互為唇齒｜唇齒相依。

【唇齒相依】chún chǐ xiāng yī ㄔㄨㄣˊ ㄔˇ ㄒㄧㄤ ㄧ 比喻關係密切，互相依存。

【唇齒音】chúnchǐyīn ㄔㄨㄣˊ ㄔˇ ㄧㄣ 見155頁〖齒唇音〗。

【唇膏】chúngāo ㄔㄨㄣˊ ㄍㄠ 口紅。

【唇紅齒白】chún hóng chǐ bái ㄔㄨㄣˊ ㄏㄨㄥˊ ㄔˇ ㄅㄞˊ 形容人容貌秀美(多用於兒童、青少年)。

【唇焦舌敝】chún jiāo shé bì ㄔㄨㄣˊ ㄐㄧㄠ ㄕㄜˊ ㄅㄧˋ 嘴唇說乾了，舌頭說破了。形容話說得太多。也說舌敝唇焦。

【唇裂】chúnliè ㄔㄨㄣˊ ㄌㄧㄝˋ 先天性畸形，上唇直着裂開，飲食不方便，說話不清楚。也叫兔唇，通稱豁嘴。

【唇槍舌劍】chún qiāng shé jiàn ㄔㄨㄣˊ ㄑㄧㄤ ㄕㄜˊ ㄐㄧㄢˋ 形容爭辯激烈，言辭鋒利。也說舌劍唇槍。

【唇舌】chúnshé ㄔㄨㄣˊ ㄕㄜˊ 比喻言辭：這件事兒恐怕還得大費唇舌。

【唇亡齒寒】chún wáng chǐ hán ㄔㄨㄣˊ ㄨㄤˊ ㄔˇ ㄏㄢˊ 嘴唇沒有了，牙齒就會覺得冷。比喻關係密切，利害相關。

【唇吻】chúnwěn ㄔㄨㄣˊ ㄨㄣˇ 〈書〉嘴唇，比喻口才、言辭。

【唇音】chúnyīn ㄔㄨㄣˊ ㄧㄣ 雙唇音、齒唇音的統稱。

純 (纯) chún ㄔㄨㄣˊ ❶純淨；不含雜質：純金｜純水。❷純粹；單純：純白｜純黑。❸純熟：工夫不純，還得練。

【純粹】chúncuì ㄔㄨㄣˊ ㄘㄨㄟˋ ❶不攙雜別的成分的：陶器是用比較純粹的黏土製成的。❷副詞，表示判斷、結論的不容置疑(多跟'是'連用)：他說的純粹是騙人的鬼話｜這種想法純粹是為目前打算。

【純度】chúndù ㄔㄨㄣˊ ㄉㄨˋ 物質含雜質多少的程度。雜質愈少，純度愈高。

【純潔】chúnjié ㄔㄨㄣˊ ㄐㄧㄝˊ ❶純粹清白，沒有污點；沒有私心：心地純潔。❷使純潔：純潔組織。

【純淨】chúnjìng ㄔㄨㄣˊ ㄐㄧㄥˋ ❶不含雜質；單純潔淨：純淨的水，看起來是透明的。❷使純淨：優美的音樂也能純淨人們的靈魂。

【純利】chúnlì ㄔㄨㄣˊ ㄌㄧˋ 企業總收入中除去一切消耗費用後所剩下的利潤。

【純良】chúnliáng ㄔㄨㄣˊ ㄌㄧㄤˊ 純潔善良：心地純良。

【純美】chúnměi ㄔㄨㄣˊ ㄇㄟˇ 純正美好；純潔美麗：風俗純美｜心靈純美。

【純樸】chúnpǔ ㄔㄨㄣˊ ㄆㄨˇ 同'淳樸'。

【純情】chúnqíng ㄔㄨㄣˊ ㄑㄧㄥˊ ❶(女子)純潔的感情或愛情：一片純情｜少女的純情。❷感情或愛情純潔真摯：純情少女。

【純然】chúnrán ㄔㄨㄣˊ ㄖㄢˊ ❶形容純淨而不混雜：純然一色。❷單純地；單單：這段描寫純然是為了主題的需要而臆造出來的。

【純熟】chúnshú ㄔㄨㄣˊ ㄕㄨˊ 很熟練：技術純熟。

【純一】chúnyī ㄔㄨㄣˊ ㄧ 單一：想法純一。

【純音】chúnyīn ㄔㄨㄣˊ ㄧㄣ 一般的聲音是由幾種振動頻率的波組成的，只有一種振動頻率的聲音叫做純音，如音叉所發出的聲音。

【純貞】chúnzhēn ㄔㄨㄣˊ ㄓㄣ 純潔忠貞：純貞的愛情。

【純真】chúnzhēn ㄔㄨㄣˊ ㄓㄣ 純潔真誠：純真無邪。

【純正】chúnzhèng ㄔㄨㄣˊ ㄓㄥˋ ❶純粹①：他說的是純正的普通話。❷純潔正當：動機純正。

淳 chún ㄔㄨㄣˊ 〈書〉淳樸：淳厚。

【淳厚】chúnhòu ㄔㄨㄣˊ ㄏㄡˋ 淳樸：風俗淳厚。也作醇厚。

【淳美】chúnměi ㄔㄨㄣˊ ㄇㄟˇ 純美：音色淳美。

【淳樸】chúnpǔ ㄔㄨㄣˊ ㄆㄨˇ 誠實樸素：外貌淳樸｜民情淳樸。也作純樸。

【淳于】Chúnyú ㄔㄨㄣˊ ㄩˊ 姓。

蒓〔蒓〕(莼、蓴) chún ㄔㄨㄣˊ [蒓菜](chúncài ㄔㄨㄣˊ ㄘㄞˋ)多年生水草，葉子橢圓形，浮在水面，莖上和葉的背面有黏液，花暗紅色。嫩葉可以吃。

漘 chún ㄔㄨㄣˊ 〈書〉水邊。

醇 chún ㄔㄨㄣˊ ❶〈書〉含酒精多的酒。❷〈書〉純粹。❸有機化合物的一大類，是烴分子中的氫原子被羥基取代而成的化合物（不包括苯環上的氫原子被羥基取代而成的化合物）。如乙醇（酒精）、膽固醇。

【醇和】chúnhé ㄔㄨㄣˊ ㄏㄜˊ （性質、味道）純正平和：酒味醇和。

【醇厚】chúnhòu ㄔㄨㄣˊ ㄏㄡˋ ❶（氣味、滋味等）純正濃厚：香味醇厚。❷同‘淳厚’。

【醇化】chúnhuà ㄔㄨㄣˊ ㄏㄨㄚˋ 使更純粹，達到完美的境界：經過文藝工作者的努力，這種藝術更加醇化，更加豐富多彩。

【醇酒】chúnjiǔ ㄔㄨㄣˊ ㄐㄧㄡˇ 味道純正的酒。

【醇美】chúnměi ㄔㄨㄣˊ ㄇㄟˇ 純正甜美：醇美的嗓音｜酒味醇美。

【醇香】chúnxiāng ㄔㄨㄣˊ ㄒㄧㄤ （氣味、滋味）純正芳香。

【醇正】chúnzhèng ㄔㄨㄣˊ ㄓㄥˋ （滋味、氣味）濃厚純正。

錞（錞） chún ㄔㄨㄣˊ ［錞于］（chúnyú ㄔㄨㄣˊ ㄩˊ）古代一種銅製樂器。

另見292頁 duì。

鶉（鹑） chún ㄔㄨㄣˊ 鵪鶉（ān·chún）。

【鶉衣】chúnyī ㄔㄨㄣˊ ㄧ 〈書〉指破爛不堪、補丁很多的衣服：鶉衣百結。

chǔn（ㄔㄨㄣˇ）

蠢[1] chǔn ㄔㄨㄣˇ 〈書〉蠢動。

蠢[2]**（惷）** chǔn ㄔㄨㄣˇ ❶愚蠢：蠢材。❷笨拙：蠢笨。

【蠢笨】chǔnbèn ㄔㄨㄣˇ ㄅㄣˋ ❶笨拙：蠢笨的狗熊。❷不靈便：蠢笨的牛車。

【蠢材】chǔncái ㄔㄨㄣˇ ㄘㄞˊ 笨傢伙（罵人的話）。

【蠢蠢】chǔnchǔn ㄔㄨㄣˇ ㄔㄨㄣˇ 〈書〉❶蠢動的樣子：蠢蠢而動。❷動盪不安：王室蠢蠢。

【蠢蠢欲動】chǔnchǔn yù dòng ㄔㄨㄣˇ ㄔㄨㄣˇ ㄩˋ ㄉㄨㄥˋ 指敵人準備進行攻擊或壞分子策劃破壞活動。

【蠢動】chǔndòng ㄔㄨㄣˇ ㄉㄨㄥˋ ❶蟲子爬動。❷（敵人或壞分子）進行活動。

【蠢話】chǔnhuà ㄔㄨㄣˇ ㄏㄨㄚˋ 愚蠢的話；不合常情的話。

【蠢貨】chǔnhuò ㄔㄨㄣˇ ㄏㄨㄛˋ 蠢材；笨傢伙（罵人的話）。

【蠢人】chǔnrén ㄔㄨㄣˇ ㄖㄣˊ 愚笨的人。

【蠢事】chǔnshì ㄔㄨㄣˇ ㄕˋ 愚蠢的事：不能幹那種親者痛、仇者快的蠢事。

【蠢頭蠢腦】chǔn tóu chǔn nǎo ㄔㄨㄣˇ ㄊㄡˊ ㄔㄨㄣˇ ㄋㄠˇ 形容蠢笨痴呆的樣子。

chuō（ㄔㄨㄛ）

逴 chuō ㄔㄨㄛ 〈書〉❶遠。❷超越。

踔 chuō ㄔㄨㄛ 〈書〉❶跳躍：踔踔。❷超越。

【踔厲】chuōlì ㄔㄨㄛ ㄌㄧˋ 〈書〉精神振奮：踔厲風發｜發揚踔厲（指意氣昂揚，精神奮發）。

戳 chuō ㄔㄨㄛ ❶用力使長條形物體的頂端向前觸動或穿過另一物體：一戳就破。❷〈方〉（長條形物體）因猛戳另一物體而本身受傷或損壞：打球戳了手｜鋼筆尖兒戳了。❸〈方〉豎立；站：把棍子戳起來｜大夥兒都走了，他一個人還戳在那兒。❹（戳兒）圖章：戳記｜郵戳｜蓋戳。

【戳穿】chuōchuān ㄔㄨㄛ ㄔㄨㄢ ❶刺穿：刺刀戳穿了胸膛。❷說破；揭穿：假話當場被戳穿。

【戳脊樑骨】chuō jǐ·lianggǔ ㄔㄨㄛ ㄐㄧˇ ·ㄌㄧㄤ ㄍㄨˇ 指在背後指責：辦事要公正，別讓人家戳脊樑骨。

【戳記】chuōjì ㄔㄨㄛ ㄐㄧˋ 圖章（多指機關、團體的）。

chuò（ㄔㄨㄛˋ）

辵 chuò ㄔㄨㄛˋ 〈書〉忽走忽停。

娖 chuò ㄔㄨㄛˋ 〈書〉❶謹慎。❷整頓（隊伍）。

啜 chuò ㄔㄨㄛˋ 〈書〉❶喝：啜茗（喝茶）。❷抽噎的樣子：啜泣。

另見175頁 Chuài。

【啜泣】chuòqì ㄔㄨㄛˋ ㄑㄧˋ 抽噎；抽抽搭搭地哭：啜泣不止｜低聲啜泣｜嚶嚶啜泣。

惙 chuò ㄔㄨㄛˋ 〈書〉❶憂愁。❷疲乏。❸（氣）短；弱：氣息惙然。

【惙惙】chuòchuò ㄔㄨㄛˋ ㄔㄨㄛˋ 〈書〉憂愁的樣子：憂心惙惙。

婼〔婼〕 chuò ㄔㄨㄛˋ 〈書〉不順。

另見983頁 ruò。

婥 chuò ㄔㄨㄛˋ ［婥約］（chuòyuē ㄔㄨㄛˋ ㄩㄝ）〈書〉同‘綽約’。

綽（绰） chuò ㄔㄨㄛˋ 〈書〉❶寬綽：綽有餘裕。❷（體態）柔美：綽麗｜柔情綽態。

另見134頁 chāo。

【綽綽有餘】chuòchuò yǒu yú ㄔㄨㄛˋ ㄔㄨㄛˋ ㄧㄡˇ ㄩˊ 形容很寬裕，用不完。

【綽號】chuòhào ㄔㄨㄛˋ ㄏㄠˋ 外號：小張的綽

號叫小老虎。

【綽約】chuòyuē ㄔㄨㄛˋ ㄩㄝ 〈書〉形容女子姿態柔美的樣子：綽約多姿｜丰姿綽約。

輟(辍) chuò ㄔㄨㄛˋ 中止；停止：輟學｜時作時輟｜日夜不輟。

【輟筆】chuòbǐ ㄔㄨㄛˋ ㄅㄧˇ 寫作或畫畫兒沒有完成而停止：中途輟筆｜他到晚年也不曾輟筆。

【輟學】chuòxué ㄔㄨㄛˋ ㄒㄩㄝˊ 中途停止上學：因病輟學。

【輟演】chuòyǎn ㄔㄨㄛˋ ㄧㄢˇ (戲劇等)停止演出。

歠 chuò ㄔㄨㄛˋ 〈書〉❶吸；喝。❷指可以喝的，如粥、羹湯等。

齪(龊) chuò ㄔㄨㄛˋ 見1201頁[齷齪]。

cī (ㄘ)

刺 cī ㄘ 象聲詞：刺的一聲，滑了一個跟頭｜花炮點着了，刺刺地直冒火星。

另見191頁 cì。

【刺啦】cīlā ㄘ ㄌㄚ 象聲詞，形容撕裂聲、迅速劃動聲等：刺啦一聲，衣服撕了個口子｜刺啦一聲劃着了火柴。

【刺棱】cīlēng ㄘ ㄌㄥ 象聲詞，動作迅速的聲音：貓刺棱一下跑了。

【刺溜】cīliū ㄘ ㄌㄧㄡ 象聲詞，腳底下滑動的聲音；東西迅速滑過的聲音：不留神，刺溜一下滑倒了｜子彈刺溜刺溜地從耳邊擦過去。

呲 cī ㄘ (呲兒)申斥；斥責：捱呲兒｜我呲了她兩句她就哭了。

另見1512頁 zī'齜'。

差 cī ㄘ ❶〈書〉等級；等次。❷見116頁〖參差〗(cēncī)。

另見117頁 chā；121頁 chà；122頁 chāi；123頁 chài。

疵 cī ㄘ 缺點；毛病：吹毛求疵。

【疵點】cīdiǎn ㄘ ㄉㄧㄢˇ 缺點；毛病：這匹布潔白光滑，沒有甚麼疵點。

【疵品】cīpǐn ㄘ ㄆㄧㄣˇ 有缺點的產品。

【疵瑕】cīxiá ㄘ ㄒㄧㄚˊ 瑕疵。

粢 cī ㄘ [粢飯](cīfàn ㄘ ㄈㄢˋ)〈方〉一種食品，將糯米攙和粳米，用冷水浸泡，瀝乾後蒸熟，吃時中間裹油條等捏成飯糰。

另見1510頁 zī。

跐 cī ㄘ 腳下滑動：腳一跐，摔倒了｜登跐了，摔下來了。

另見190頁 cǐ。

【跐溜】cīliū ㄘ ㄌㄧㄡ 腳下滑動：他腳一跐溜，摔了個臉朝天。

骴 cī ㄘ 〈書〉肉未爛盡的骸骨。

cí (ㄘˊ)

茈〔茈〕 cí ㄘˊ 見354頁〖鳧茈〗。

另見1513頁 zǐ。

茨〔茨〕 cí ㄘˊ ❶用茅或葦蓋屋子。❷蒺藜。

【茨岡人】Cígāngrén ㄘˊ ㄍㄤ ㄖㄣˊ 見535頁〖吉卜賽人〗。[茨岡，俄 цыган]

【茨菰】cí·gu ㄘˊ ·ㄍㄨ 慈姑。

茲〔玆〕 cí ㄘˊ 龜茲(Qiūcí ㄑㄧㄡ ㄘˊ)，古代西域國名，在今新疆庫車縣一帶。

另見1510頁 zī。

祠 cí ㄘˊ 祠堂：宗祠。

【祠堂】cítáng ㄘˊ ㄊㄤˊ ❶在封建宗法制度下，同族的人共同祭祀祖先的房屋。❷在封建制度下，社會公眾或某個階層為共同祭祀某個人物而修建的房屋。

瓷〔瓷〕(甆) cí ㄘˊ 用高嶺土等燒製成的材料，質硬而脆，白色或發黃，比陶質細緻。

【瓷公雞】cígōngjī ㄘˊ ㄍㄨㄥ ㄐㄧ 比喻非常吝嗇的人：這人是個瓷公雞，一毛不拔。

【瓷瓶】cípíng ㄘˊ ㄆㄧㄥˊ ❶瓷質的瓶子。❷絕緣子的俗稱。

【瓷漆】cíqī ㄘˊ ㄑㄧ 磁漆。

【瓷器】cíqì ㄘˊ ㄑㄧˋ 瓷質的器皿。

【瓷實】cí·shi ㄘˊ ·ㄕ 〈方〉結實；扎實：打夯以後，地基就瓷實了｜他用心鑽研，學習得很瓷實。

【瓷土】cítǔ ㄘˊ ㄊㄨˇ 燒製瓷器用的黏土，主要指高嶺土。有的地區叫坩子土。

【瓷窯】cíyáo ㄘˊ ㄧㄠˊ 燒瓷器的窯。

【瓷磚】cízhuān ㄘˊ ㄓㄨㄢ 用瓷土燒製的建築材料，一般是方形，表面有釉質。主要用來裝飾牆面、地面。

詞(词) cí ㄘˊ ❶(詞兒)說話或詩歌、文章、戲劇中的語句：戲詞｜義正詞嚴｜詞不達意｜他問得我沒詞兒回答。❷一種韻文形式，由五言詩、七言詩和民間歌謠發展而成，起於唐代，盛於宋代。原是配樂歌唱的一種詩體，句的長短隨着歌調而改變，因此又叫做長短句。有小令和慢詞兩種，一般分上下兩闋。❸(詞兒)語言裏最小的、可以自由運用的單位。

【詞典】cídiǎn ㄘˊ ㄉㄧㄢˇ 收集詞彙加以解釋供人檢查參考的工具書。也作辭典。

【詞調】cídiào ㄘˊ ㄉㄧㄠˋ 詞的調子。

【詞法】cífǎ ㄘˊ ㄈㄚˇ 語言學上的形態學，有時也包括構詞法。

【詞鋒】cífēng ㄘˊ ㄈㄥ 犀利的文筆，好像刀劍的鋒芒：詞鋒銳利。

【詞賦】cífù ㄘˊ ㄈㄨˋ 同‘辭賦’。

【詞根】cígēn ㄘˊ ㄍㄣ 詞的主要組成部分。是詞義的基礎。如‘老虎’裏的‘虎’，‘桌子’裏的‘桌’，‘工業化’裏的‘工業’，‘觀察’裏的‘觀’和‘察’。

【詞根語】cígēnyǔ ㄘˊ ㄍㄣ ㄩˇ 沒有專門表示語法意義的附加成分、缺少形態變化的語言。這種語言句子裏詞與詞的語法關係依靠詞序和虛詞來表示。也叫孤立語。

【詞話】cíhuà ㄘˊ ㄏㄨㄚˋ ❶評論詞的內容、形式，或記載詞的作者事迹的書，如《碧雞漫志》、《人間詞話》。❷散文裏間雜韵文的説唱文藝形式，是章回小説的前身，起於宋元，流行到明代，如《大唐秦王詞話》。明代也把夾有詞曲的章回小説叫做詞話，如《金瓶梅詞話》。

【詞彙】cíhuì ㄘˊ ㄏㄨㄟˋ 一種語言裏所使用的詞的總稱，如漢語詞彙、英語詞彙。也指一個人或一部作品所使用的詞，如魯迅的詞彙。

【詞彙學】cíhuìxué ㄘˊ ㄏㄨㄟˋ ㄒㄩㄝˊ 語言學的一個部門，研究語言或一種語言的詞彙的組成和歷史發展。

【詞句】cíjù ㄘˊ ㄐㄩˋ 詞和句子；字句：詞句不通｜淨説好聽的詞句。

【詞類】cílèi ㄘˊ ㄌㄟˋ 詞在語法上的分類。各種語言的詞類數目不同，現代漢語的詞一般分十二類：名詞、動詞、形容詞、數詞、量詞、代詞（以上實詞），副詞、介詞、連詞、助詞、嘆詞、象聲詞（以上虛詞）。

【詞令】cílìng ㄘˊ ㄌㄧㄥˋ 同‘辭令’。

【詞牌】cípái ㄘˊ ㄆㄞˊ 詞的調子的名稱，如‘西江月’、‘蝶戀花’。

【詞譜】cípǔ ㄘˊ ㄆㄨˇ 輯錄各種詞調的格式供填詞的人應用的書，如《白香詞譜》。

【詞曲】cíqǔ ㄘˊ ㄑㄩˇ 詞和曲的總稱。

【詞人】círén ㄘˊ ㄖㄣˊ ❶擅長填詞的人。❷擅長文辭的人。

【詞訟】císòng ㄘˊ ㄙㄨㄥˋ 訴訟。也作辭訟。

【詞素】císù ㄘˊ ㄙㄨˋ 語言中最小的有意義的單位，詞根、前綴、後綴、詞尾都是詞素。有的詞只包含一個詞素，如‘人、蜈蚣’等。有的詞包含兩個或更多的詞素，如‘老虎’包含‘老’和‘虎’兩個詞素，‘蜈蚣草’包含‘蜈蚣’和‘草’兩個詞素，‘圖書館’包含‘圖’、‘書’和‘館’三個詞素。

【詞頭】cítóu ㄘˊ ㄊㄡˊ 見918頁〖前綴〗。

【詞尾】cíwěi ㄘˊ ㄨㄟˇ 加在詞的最後，表示詞形變化的詞素，如‘站着’的‘着’，‘孩子們’的‘們’。漢語語法著作中常用‘詞尾’兼指後綴和詞尾。參看481頁〖後綴〗。

【詞性】cíxìng ㄘˊ ㄒㄧㄥˋ 作為劃分詞類的根據的詞的特點，如‘一把鋸’的‘鋸’可以跟數量詞結合，是名詞，‘鋸木頭’的‘鋸’可以帶賓語，是動詞。

【詞序】cíxù ㄘˊ ㄒㄩˋ 詞在詞組或句子裏的先後次序。在漢語裏，詞序是一種主要語法手段。詞序的變動能使詞組或句子具有不同的意義，如‘不完全懂’和‘完全不懂’，‘我看他’和‘他看我’。

【詞義】cíyì ㄘˊ ㄧˋ 詞的語音形式所表達的意義，包括詞的詞匯意義和語法意義。

【詞餘】cíyú ㄘˊ ㄩˊ 曲①的別稱，意思是説曲是由詞發展而來的。

【詞語】cíyǔ ㄘˊ ㄩˇ 詞和短語；字眼：寫文章要儘量避免方言詞語｜對課文中的生僻詞語都做了簡單的註釋。

【詞韵】cíyùn ㄘˊ ㄩㄣˋ 填詞所押的韵或所依據的韵書。

【詞藻】cízǎo ㄘˊ ㄗㄠˇ 同‘辭藻’。

【詞章】cízhāng ㄘˊ ㄓㄤ 同‘辭章’。

【詞綴】cízhuì ㄘˊ ㄓㄨㄟˋ 詞中附加在詞根上的構詞成分。常見的有前綴和後綴兩種。參看918頁〖前綴〗、481頁〖後綴〗。

【詞組】cízǔ ㄘˊ ㄗㄨˇ 兩個或更多的詞的組合（區別於‘單詞’），如‘新社會，打掃乾淨，破除迷信’。

慈 cí ㄘˊ ❶和善：慈母｜心慈手軟。❷〈書〉（上對下）慈愛：敬老慈幼。❸指母親：家慈。❹（Cí）姓。

【慈愛】cí'ài ㄘˊ ㄞˋ （年長者對年幼者）仁慈憐愛：慈愛的目光｜慈愛的母親。

【慈悲】cíbēi ㄘˊ ㄅㄟ 慈善和憐憫（原來是佛教用語）：慈悲為懷｜大發慈悲。

【慈姑】cí·gu ㄘˊ ·ㄍㄨ ❶多年生草本植物，生在水田裏，葉子像箭頭，開白花。地下有球莖，黃白色或青白色，可以吃。❷這種植物的地下莖。‖也作茨菰。

【慈和】cíhé ㄘˊ ㄏㄜˊ 慈祥和藹：面容慈和。

【慈眉善目】cí méi shàn mù ㄘˊ ㄇㄟˊ ㄕㄢˋ ㄇㄨˋ 形容仁慈善良的樣子。

【慈善】císhàn ㄘˊ ㄕㄢˋ 對人關懷，富有同情心：慈善心腸。

【慈祥】cíxiáng ㄘˊ ㄒㄧㄤˊ （老年人的態度、神色）和藹安詳：祖母的臉上露出了慈祥的笑容。

【慈顏】cíyán ㄘˊ ㄧㄢˊ 尊親的容顏（多指父母的）。

磁1 cí ㄘˊ 物質能吸引鐵、鎳等金屬的性能。

磁2 cí ㄘˊ 同‘瓷’。

【磁暴】cíbào ㄘˊ ㄅㄠˋ 地球磁場的方向和強度發生急劇而不規則變化的現象，是太陽表面上耀斑異常活躍時發出的大量帶電粒子經過地球附近引起的。發生時，磁針劇烈顫動，電訊受到嚴重干擾。

【磁場】cíchǎng ㄘˊ ㄔㄤˇ 傳遞物體間磁力作用

的場。磁體和有電流通過的導體的周圍空間都有磁場存在，指南針指南就是地球磁場的作用。參看129頁'場'⑨。

【磁場強度】cíchǎng qiángdù ㄘˊ ㄔㄤˇ ㄑㄧㄤˊ ㄉㄨˋ 在任何磁介質中，磁場中某點的磁感應強度和同一點上的磁導率的比值。

【磁帶】cídài ㄘˊ ㄉㄞˋ 塗着氧化鐵粉等磁性物質的塑料帶子，用來記錄聲音、影像等。參看751頁〖錄像機〗、751頁〖錄音機〗。

【磁感應】cígǎnyìng ㄘˊ ㄍㄢˇ ㄧㄥˋ 物體在磁場中受磁力作用的現象，如鐵在磁場中被磁化，磁針在磁場中偏轉等。

【磁化】cíhuà ㄘˊ ㄏㄨㄚˋ 使某些物體具有磁性。如把鐵放在較強的磁場裏，鐵就會被磁化。

【磁極】cíjí ㄘˊ ㄐㄧˊ 磁體上磁性最強的部分。任何磁體總有成對出現的兩個磁極。條形、針形磁體的磁極在兩端，磁針指北的一端叫北極，指南的一端叫南極。

【磁力】cílì ㄘˊ ㄌㄧˋ 磁體之間相互作用的力。

【磁力綫】cílìxiàn ㄘˊ ㄌㄧˋ ㄒㄧㄢˋ 表明磁場強度和磁力方向的綫。磁力綫上的各點的切綫方向跟磁場上相應點的磁場方向一致。在磁場中放一塊玻璃板，板上撒一些鐵屑，輕輕一敲，鐵屑排列的形狀就顯示出磁力綫來。

【磁能】cínéng ㄘˊ ㄋㄥˊ 磁體場所具有的能，如磁體吸引鐵、鎳等物質就是磁能的表現。

【磁漆】cíqī ㄘˊ ㄑㄧ 漆的一種，用清漆、顏料等製成。用來塗飾機器、傢具等。也作瓷漆。

【磁石】císhí ㄘˊ ㄕˊ ❶磁鐵。❷磁鐵礦的礦石。

【磁體】cítǐ ㄘˊ ㄊㄧˇ 具有磁性的物體。磁鐵礦、磁化的鋼、有電流通過的導體以及地球、太陽和許多天體都是磁體。通常指永磁體。

【磁鐵】cítiě ㄘˊ ㄊㄧㄝˇ 用鋼或合金鋼經過磁化製成的磁體，有的用磁鐵礦加工製成。也叫磁石、吸鐵石。

【磁通量】cítōngliàng ㄘˊ ㄊㄨㄥ ㄌㄧㄤˋ 通過一個截面的磁力綫的總數，數值上等於所在處磁感應強度和截面面積的乘積。單位是韋伯。簡稱磁通。

【磁頭】cítóu ㄘˊ ㄊㄡˊ 錄音機和錄像機中重要的換能元件。不同的磁頭能記錄、重放、消去聲音或圖像。

【磁效應】cíxiàoyìng ㄘˊ ㄒㄧㄠˋ ㄧㄥˋ 電流通過導體產生跟磁鐵相同作用的現象，如使磁針偏轉。

【磁性】cíxìng ㄘˊ ㄒㄧㄥˋ 磁體能吸引鐵、鎳等金屬的性質。

【磁針】cízhēn ㄘˊ ㄓㄣ 針形磁鐵，通常是狹長菱形。中間支起，可在水平方向自由轉動，受地磁作用，靜止時兩個尖端分別指着南和北。指南針和羅盤是磁針的應用。

雌 cí ㄘˊ 生物中能產生卵細胞的(跟'雄'相對)：雌性｜雌花｜雌蕊｜雌兔。

【雌蜂】cífēng ㄘˊ ㄈㄥ 雌性的蜂類，特指雌性的蜜蜂，包括蜂王和工蜂。

【雌伏】cífú ㄘˊ ㄈㄨˊ 〈書〉❶屈居人下：丈夫當雄飛，安能雌伏！❷比喻隱藏起來，無所作為：雌伏以待。

【雌花】cíhuā ㄘˊ ㄏㄨㄚ 只有雌蕊的單性花。

【雌黃】cíhuáng ㄘˊ ㄏㄨㄤˊ ❶礦物，成分是三硫化二砷，晶體多呈柱狀，檸檬黃色，略透明，燃燒時放出大蒜氣味。可用來製顏料或做退色劑。❷古人抄書、校書常用雌黃塗改文字，因此稱亂改文字、亂發議論為'妄下雌黃'，稱不顧事實、隨口亂說為'信口雌黃'。

【雌蕊】círuǐ ㄘˊ ㄖㄨㄟˇ 花的重要部分之一，一般生在花的中央，下部膨大部分是子房，發育成果實；子房中有胚珠，受精後發育成種子；中部細長的叫花柱，花柱上端叫柱頭。(圖見488頁'花')

【雌性】cíxìng ㄘˊ ㄒㄧㄥˋ 生物兩性之一，能產生卵子：雌性動物。

【雌雄】cíxióng ㄘˊ ㄒㄩㄥˊ ❶雌性和雄性：雌雄同株。❷比喻勝負、高下：決一雌雄。

【雌雄同體】cí xióng tóng tǐ ㄘˊ ㄒㄩㄥˊ ㄊㄨㄥˊ ㄊㄧˇ 精巢和卵巢生在同一動物體內，如蚯蚓。

【雌雄同株】cí xióng tóng zhū ㄘˊ ㄒㄩㄥˊ ㄊㄨㄥˊ ㄓㄨ 雄花和雌花生在同一植株上，如玉米。

【雌雄異體】cí xióng yì tǐ ㄘˊ ㄒㄩㄥˊ ㄧˋ ㄊㄧˇ 精巢和卵巢分別生在雄性動物和雌性動物體內，高等動物都是雌雄異體的。

【雌雄異株】cí xióng yì zhū ㄘˊ ㄒㄩㄥˊ ㄧˋ ㄓㄨ 雄花和雌花分別生在兩個植株上，如大麻、銀杏等。

餈 cí ㄘˊ 〈書〉同'糍'。

糍 cí ㄘˊ ［糍粑］(cíbā ㄘˊ ㄅㄚ)把糯米蒸熟搗碎後做成的食品。

薋〔薋〕(茦) cí ㄘˊ 〈書〉堆積雜草。

辭[1] (辞、辤) cí ㄘˊ ❶優美的語言；文辭；言辭；辭藻｜修辭。❷古典文學的一種體裁：楚辭｜辭賦。❸古體詩的一種：《木蘭辭》。‖ 注意 在很多合成詞裏，'辭'也作詞。

辭[2] (辞、辤) cí ㄘˊ ❶告別：辭行｜告辭｜不辭而別。❷辭職：辭呈｜辭去主任職務。❸辭退；解雇：他被經理辭了。❹躲避；推託：推辭｜不辭辛苦。

【辭別】cíbié ㄘˊ ㄅㄧㄝˊ 臨行前告別：辭別母校，走上工作崗位。

【辭呈】cíchéng ㄘˊ ㄔㄥˊ 請求辭職的呈文。

【辭典】cídiǎn ㄘˊ ㄉㄧㄢˇ 同'詞典'。

【辭費】cífèi ㄘˊ ㄈㄟˋ 話多而無用(多用於批評寫作)。

【辭賦】cífù ㄘˊ ㄈㄨˋ 漢朝人集屈原等所作的賦稱為楚辭，因此後人泛稱賦體文學為辭賦。‖也作詞賦。

【辭工】cí∥gōng ㄘˊ∥ㄍㄨㄥ 雇主辭退傭工，也指傭工主動要求解雇：東家辭了他的工｜他要回老家，辭工不幹了。

【辭活】cí∥huó ㄘˊ∥ㄏㄨㄛˊ (辭活兒)辭工。

【辭靈】cí∥líng ㄘˊ∥ㄌㄧㄥˊ 出殯前親友向靈柩行禮告別。

【辭令】cílìng ㄘˊ ㄌㄧㄥˋ 交際場合應對得宜的話語：外交辭令｜他應對敏捷，善於辭令。也作詞令。

【辭年】cí∥nián ㄘˊ∥ㄋㄧㄢˊ 辭歲。

【辭讓】círàng ㄘˊ ㄖㄤˋ 客氣地推讓：他辭讓了一番，才坐在前排。

【辭色】císè ㄘˊ ㄙㄜˋ 〈書〉說的話和說話時的態度：不假辭色｜欣喜之情，形於辭色。

【辭書】císhū ㄘˊ ㄕㄨ 字典、詞典等工具書的統稱。

【辭訟】císòng ㄘˊ ㄙㄨㄥˋ 同‘詞訟’。

【辭歲】cí∥suì ㄘˊ∥ㄙㄨㄟˋ 農曆除夕晚上家人相聚宴飲，互祝平安。

【辭退】cítuì ㄘˊ ㄊㄨㄟˋ ❶解雇：辭退保姆。❷辭謝，不接受：辭退禮物｜導演請他飾演該片的主要角色，他辭退了。

【辭謝】cíxiè ㄘˊ ㄒㄧㄝˋ 很客氣地推辭不受：對方送給酬勞，他辭謝了。

【辭行】cí∥xíng ㄘˊ∥ㄒㄧㄥˊ 遠行前向親友告別：我們明天啓程南下，特來向老師辭行。

【辭藻】cízǎo ㄘˊ ㄗㄠˇ 詩文中工巧的詞語，常指運用的典故和古人詩文中現成詞語：辭藻華麗｜堆砌辭藻。也作詞藻。

【辭灶】cí∥zào ㄘˊ∥ㄗㄠˋ 舊俗臘月二十三日或二十四日送灶神上天。

【辭章】cízhāng ㄘˊ ㄓㄤ ❶韻文和散文的總稱。❷文章的寫作技巧；修辭。‖也作詞章。

【辭職】cí∥zhí ㄘˊ∥ㄓˊ 請求解除自己的職務：辭職書｜要求辭職。

鶿〔鷀〕(鹚) cí ㄘˊ 見748頁〔鸕鶿〕。

cǐ (ㄘˇ)

此 cǐ ㄘˇ ❶表示近指的代詞(跟‘彼’相對)；這；這個：此人｜此時｜由此及彼｜此呼彼應。❷表示此時或此地：就此告別｜談話就此結束｜從此病有起色｜由此往西。❸這樣：長此以往｜當時聽勸，何至於此。

【此岸】cǐ'àn ㄘˇ ㄢˋ 佛教指有生有死的境界。參看60頁〖彼岸〗②。

【此地】cǐdì ㄘˇ ㄉㄧˋ 當地；這個地方：此時此地｜居住此地多年。

【此地無銀三百兩】cǐ dì wú yín sān bǎi liǎng ㄘˇ ㄉㄧˋ ㄨˊ ㄧㄣˊ ㄙㄢ ㄅㄞˇ ㄌㄧㄤˇ 民間故事說，有人把銀子埋在地裏，上面寫了個‘此地無銀三百兩’的字牌；鄰居李四看到字牌，挖出銀子，在字牌的另一面寫上‘對門李四未曾偷’。比喻打出的幌子正好暴露了所要掩飾的內容。

【此後】cǐhòu ㄘˇ ㄏㄡˋ 從這以後：三年前和他車站握別，此後就沒見過面。

【此間】cǐjiān ㄘˇ ㄐㄧㄢ 指自己所在的地方；此地：此間天氣漸暖，油菜花已經盛開。

【此刻】cǐkè ㄘˇ ㄎㄜˋ 這時候：此刻颱風已過，輪船即將起航。

【此起彼伏】cǐ qǐ bǐ fú ㄘˇ ㄑㄧˇ ㄅㄧˇ ㄈㄨˊ 這裏起來，那裏落下，表示連續不斷。也說此伏彼起、此起彼落。

【此前】cǐqián ㄘˇ ㄑㄧㄢˊ 在某時或某事以前：寫小說是近幾年的事，此前他曾用筆名發表過一些詩作。

【此生】cǐshēng ㄘˇ ㄕㄥ 這一輩子：不虛此生。

【此外】cǐwài ㄘˇ ㄨㄞˋ 指除了上面所說的事物或情況之外的：院子裏種着兩棵玉蘭和兩棵海棠，此外還有幾叢月季。

【此一時，彼一時】cǐ yī shí, bǐ yī shí ㄘˇ ㄧ ㄕˊ, ㄅㄧˇ ㄧ ㄕˊ 現在是一種情況，那時又是一種情況。指情況已與過去不相同。

泚 cǐ ㄘˇ 〈書〉❶鮮明；清澈。❷流汗。❸用筆蘸墨：泚筆作書。

跐 cǐ ㄘˇ ❶為了支持身體用腳踩；踏：跐着門檻兒。❷(腳尖着地)抬起腳後跟：跐着腳往前頭看。

另見187頁 cī。

鮆(鮆) cǐ ㄘˇ 魚類的一屬，體側扁，上頜骨向後延長，有的可達臀鰭。生活在近海。

cì (ㄘˋ)

次 cì ㄘˋ ❶次序；等第：名次｜座次｜車次｜依次前進。❷次序在第二的；副的：次子｜次日。❸質量差；品質差：次品｜這個人太次，一點也不講究社會公德。❹酸根或化合物中少含兩個氧原子的：次氯酸。❺量詞，用於反復出現或可能反復出現的事情：第一次國內革命戰爭｜我是初次來北京｜試驗了十八次才成功。❻〈書〉出外遠行時停留的處所：途次｜旅次｜舟次。❼〈書〉中間：胸次｜言次。❽(Cì)姓。

【次大陸】cìdàlù ㄘˋ ㄉㄚˋ ㄌㄨˋ 面積比洲小，在地理上或政治上有某種程度獨立性的陸地。如喜馬拉雅山把印度、巴基斯坦、孟加拉地區和亞洲其他部分分割開，在地理上形成一個獨立的單元，稱為'南亞次大陸'。

【次等】cìděng ㄘˋ ㄉㄥˇ 第二等：次等貨。

【次第】cìdì ㄘˋ ㄉㄧˋ ❶次序。❷一個挨一個地：次第入座。

【次貨】cìhuò ㄘˋ ㄏㄨㄛˋ 質量較低的貨。

【次貧】cìpín ㄘˋ ㄆㄧㄣˊ 貧窮的程度比赤貧較低的。

【次品】cìpǐn ㄘˋ ㄆㄧㄣˇ 不符合質量標準的產品。

【次日】cìrì ㄘˋ ㄖˋ 第二天：次日起程。

【次生】cìshēng ㄘˋ ㄕㄥ 第二次生成的；間接造成的；派生的：次生林｜次生礦物｜次生災害。

【次生林】cìshēnglín ㄘˋ ㄕㄥ ㄌㄧㄣˊ 原有森林經採伐或破壞後又自然恢復起來的森林。

【次聲波】cìshēngbō ㄘˋ ㄕㄥ ㄅㄛ 低於人能聽到的最低頻(20赫茲)的聲波。次聲波在傳播過程中衰減很小，可用來預測風暴、地震和探礦等。

【次數】cìshù ㄘˋ ㄕㄨˋ 動作或事件重複出現的回數：練習的次數越多，熟練的程度越高。

【次序】cìxù ㄘˋ ㄒㄩˋ 事物在空間或時間上排列的先後：按照次序入場｜這些文件已經整理過，不要把次序弄亂了。

【次要】cìyào ㄘˋ ㄧㄠˋ 重要性較差的：次要地位｜內容是主要的，形式是次要的，形式要服從內容。

【次韻】cìyùn ㄘˋ ㄩㄣˋ 按原詩的韻及韻腳次序和(hè)詩。也叫步韻。

伺

cì ㄘˋ ［伺候］(cì·hou ㄘˋ ·ㄏㄡ)在人身邊供使喚，照料飲食起居：伺候病人。

另見1087頁 sì。

刺

cì ㄘˋ ❶尖的東西進入或穿過物體：刺傷｜刺綉。❷刺激：刺耳。❸暗殺：遇刺｜被刺。❹偵探；打聽：刺探。❺諷刺：譏刺。❻(刺兒)尖銳像針的東西：魚刺｜手上扎了個刺◇話裏別帶刺兒。❼〈書〉名片：名刺。

另見187頁 cī。

【刺柏】cìbǎi ㄘˋ ㄅㄞˇ 見434頁'檜'(guì)。

【刺刺不休】cì cì bù xiū ㄘˋ ㄘˋ ㄅㄨˋ ㄒㄧㄡ 說話沒完沒了；嘮叨。

【刺刀】cìdāo ㄘˋ ㄉㄠ 槍刺。

【刺耳】cì'ěr ㄘˋ ㄦˇ 聲音尖銳、雜亂或言語尖酸刻薄，使人聽着不舒服：刺耳的剎車聲｜他這話聽着有點兒刺耳。

【刺骨】cìgǔ ㄘˋ ㄍㄨˇ 寒氣侵人入骨，形容極冷：寒風刺骨。

【刺槐】cìhuái ㄘˋ ㄏㄨㄞˊ 落葉喬木，枝上有刺，羽狀複葉，花白色，有香氣，結莢果。也叫洋槐。

【刺激】cìjī ㄘˋ ㄐㄧ ❶現實的物體和現象作用於感覺器官的過程；聲、光、熱等引起生物體活動或變化的作用。❷推動事物，使起積極的變化：刺激食慾｜刺激生產力的發展。❸使人激動；使人精神上受到挫折或打擊：多年的收藏毀於一旦，對他刺激很大。

【刺客】cìkè ㄘˋ ㄎㄜˋ 用武器進行暗殺的人。

【刺目】cìmù ㄘˋ ㄇㄨˋ 刺眼。

【刺撓】cì·nao ㄘˋ ·ㄋㄠ 〈方〉很癢：有好些天沒洗澡了，身上刺撓得很。

【刺配】cìpèi ㄘˋ ㄆㄟˋ 古代在犯人臉上刺字，並發配到邊遠地方，叫做刺配。

【刺兒話】cìrhuà ㄘㄦˋ ㄏㄨㄚˋ 譏諷人的話：說刺兒話。

【刺兒頭】cìrtóu ㄘㄦˋ ㄊㄡˊ 〈方〉遇事刁難，不好對付的人。

【刺殺】cìshā ㄘˋ ㄕㄚ ❶用武器暗殺：被人刺殺。❷用上了槍刺的步槍同敵人拼殺的技術：練刺殺。

【刺絲】cìsī ㄘˋ ㄙ 腔腸動物刺細胞內絲狀的管子，捕食或自衞時立刻射出來，刺入對方體內並分泌毒液。

【刺探】cìtàn ㄘˋ ㄊㄢˋ 暗中打聽：刺探軍情。

【刺猬】cì·wei ㄘˋ ·ㄨㄟ 哺乳動物，頭小，四肢短，身上有硬刺。晝伏夜出，吃昆蟲、鼠、蛇等，對農業有益。也叫猬。

【刺細胞】cìxìbāo ㄘˋ ㄒㄧˋ ㄅㄠ 腔腸動物身體表面的一種特殊細胞，內有刺絲，外有刺針，是捕食和自衞的器官。

【刺綉】cìxiù ㄘˋ ㄒㄧㄡˋ ❶手工藝的一種，用彩色絲綫在紡織品上綉出花鳥、景物等。❷刺綉工藝的產品，如蘇綉、湘綉等。

【刺眼】cìyǎn ㄘˋ ㄧㄢˇ ❶光綫過強，使眼睛不舒服。❷惹人注意並且使人感覺不順眼：他這身大紅大綠的穿戴，顯得特別刺眼。

【刺癢】cì·yang ㄘˋ ·ㄧㄤ 癢：蚊子咬了一下，很刺癢。

【刺針】cìzhēn ㄘˋ ㄓㄣ 腔腸動物刺細胞外面的針狀物，是感覺器官。

【刺字】cì//zì ㄘˋ // ㄗˋ 在皮膚上刺文字，古代特指在罪犯臉上刺文字。

佽

cì ㄘˋ 〈書〉幫助：佽助。

賜(赐)

cì ㄘˋ ❶舊指地位高的人或長輩把財物送給地位低的人或晚輩：賜予。❷敬稱別人對自己的指示、光顧、答復等：賜教｜賜顧｜請即賜復。❸敬辭，指所受的禮物：厚賜受之有愧。

【賜教】cìjiào ㄘˋ ㄐㄧㄠˋ 敬辭，給予指教：不吝賜教。

【賜予】cìyǔ ㄘˋ ㄩˇ 賞給：賜予爵位。也作賜與。

cōng (ㄘㄨㄥ)

匆(悤、怱)

cōng ㄘㄨㄥ 急；忙：匆忙｜匆促。

【匆匆】cōngcōng ㄘㄨㄥ ㄘㄨㄥ 急急忙忙的樣子：來去匆匆｜行色匆匆。

【匆卒】cōngcù ㄘㄨㄥ ㄘㄨˋ 同'匆猝'。

【匆促】cōngcù ㄘㄨㄥ ㄘㄨˋ 匆忙；倉促：因為動身的時候太匆促了，把稿子忘在家裏沒帶來。

【匆猝】cōngcù ㄘㄨㄥ ㄘㄨˋ 匆促。也作匆卒。

【匆遽】cōngjù ㄘㄨㄥ ㄐㄩˋ 〈書〉急忙；匆促：神色匆遽。

【匆忙】cōngmáng ㄘㄨㄥ ㄇㄤˊ 急急忙忙：臨行匆忙，沒能來看你｜他剛放下飯碗，又匆匆忙忙地回到車間去了。

囱 cōng ㄘㄨㄥ 見1312頁〖烟囱〗。

葱〔蔥〕 cōng ㄘㄨㄥ ❶多年生草本植物，葉子圓筒形，中間空，鱗莖圓柱形，開小白花，種子黑色。是普通蔬菜或調味品。❷青色：葱翠｜葱綠。

【葱白】cōngbái ㄘㄨㄥ ㄅㄞˊ 最淺的藍色。

【葱白兒】cōngbáir ㄘㄨㄥ ㄅㄞㄦˊ 葱的莖。

【葱葱】cōngcōng ㄘㄨㄥ ㄘㄨㄥ 草木蒼翠茂盛的樣子：鬱鬱葱葱｜松柏葱葱。

【葱翠】cōngcuì ㄘㄨㄥ ㄘㄨㄟˋ (草木)青翠：群山葱翠｜葱翠的竹林。

【葱花】cōnghuā ㄘㄨㄥ ㄏㄨㄚ (葱花兒)切碎的葱，用來調味。

【葱蘢】cōnglóng ㄘㄨㄥ ㄌㄨㄥˊ (草木)青翠茂盛：林木葱蘢｜春天來了，大地一片葱蘢。

【葱綠】cōnglǜ ㄘㄨㄥ ㄌㄩˋ ❶淺綠而微黃的顏色。也叫葱心兒綠。❷(草木)青翠：葱綠的田野｜雨後的竹林更加葱綠可愛。

【葱頭】cōngtóu ㄘㄨㄥ ㄊㄡˊ 洋葱。

【葱鬱】cōngyù ㄘㄨㄥ ㄩˋ 葱蘢：葱鬱的松樹林。

蓯〔蓯〕(苁) cōng ㄘㄨㄥ [蓯蓉](cōngróng ㄘㄨㄥ ㄖㄨㄥˊ)草蓯蓉和肉蓯蓉的統稱。

璁 cōng ㄘㄨㄥ 〈書〉像玉的石頭。

瑽(玑) cōng ㄘㄨㄥ [瑽瑢](cōngróng ㄘㄨㄥ ㄖㄨㄥˊ)〈書〉象聲詞，形容珮玉相碰的聲音。

樅(枞) cōng ㄘㄨㄥ 冷杉。
另見1520頁 zōng。

熜 cōng ㄘㄨㄥ 〈書〉❶微火。❷熱氣。

聰(聪) cōng ㄘㄨㄥ ❶〈書〉聽覺：左耳失聰。❷聽覺靈敏：耳聰目明。❸聰明；心思敏捷：聰慧｜聰穎。

【聰慧】cōnghuì ㄘㄨㄥ ㄏㄨㄟˋ 聰明；有智慧：聰慧過人。

【聰敏】cōngmǐn ㄘㄨㄥ ㄇㄧㄣˇ 聰明敏捷：天資聰敏。

【聰明】cōng·míng ㄘㄨㄥ ·ㄇㄧㄥˊ 智力發達，記憶和理解能力強：這個孩子既聰明又用功，學習上進步很快。

【聰悟】cōngwù ㄘㄨㄥ ㄨˋ 〈書〉聰明；穎悟。

【聰穎】cōngyǐng ㄘㄨㄥ ㄧㄥˇ 〈書〉聰明。

鏦(锹) cōng ㄘㄨㄥ 古兵器，短矛。

【鏦鏦】cōngcōng ㄘㄨㄥ ㄘㄨㄥ 〈書〉象聲詞，形容金屬相擊的聲音。

驄(骢) cōng ㄘㄨㄥ 〈書〉毛色青白相間的馬。

cóng (ㄘㄨㄥˊ)

從[1](从) cóng ㄘㄨㄥˊ (⑤⑥⑦舊讀zòng ㄗㄨㄥˋ)❶跟隨：從征。❷順從；聽從：脅從｜力不從心。❸從事；參加：從藝｜從軍。❹採取某種方針或態度：從緩辦理｜一切從簡｜坦白從寬，抗拒從嚴｜其餘從略。❺跟隨的人：隨從｜侍從。❻從屬的；次要的：主從｜從犯。❼堂房(親屬)：從兄｜從叔。❽(Cóng)姓。
〈古〉又同縱橫的'縱'。

從[2](从) cóng ㄘㄨㄥˊ ❶介詞，起於，'從…'表示'拿…做起點'：從上海到北京｜從這兒往西｜從現在起｜從不懂到懂｜從無到有｜從少到多。❷介詞，表示經過，用在表示處所的詞語前面：從窗縫裏往外望｜你從橋上過，我從橋下走｜從他們前面經過。❸副詞，從來，用在否定詞前面：從沒有聽説過｜從未看見中國人民像現在這樣意氣風發，鬥志昂揚。

【從長計議】cóng cháng jì yì ㄘㄨㄥˊ ㄔㄤˊ ㄐㄧˋ ㄧˋ 慢慢兒地多加商量。指不急於做出決定。

【從此】cóngcǐ ㄘㄨㄥˊ ㄘˇ 從這個時候起：這條鐵路全綫通車，從此交通就更方便了。

【從打】cóngdǎ ㄘㄨㄥˊ ㄉㄚˇ 〈方〉自從：從打小張來後，我們的文體活動活躍多了。

【從動】cóngdòng ㄘㄨㄥˊ ㄉㄨㄥˋ 由其他零件帶動的：從動輪。

【從而】cóng'ér ㄘㄨㄥˊ ㄦˊ 連詞，上文是原因、方法等，下文是結果、目的等；因此就：由於交通事業的迅速發展，從而為城鄉物資交流提供了更為有利的條件。

【從犯】cóngfàn ㄘㄨㄥˊ ㄈㄢˋ 在共同犯罪中，幫助主犯實行犯罪的起次要作用的罪犯(區別於'主犯')。

【從簡】cóngjiǎn ㄘㄨㄥˊ ㄐㄧㄢˇ 採取簡單的辦法或方式(辦理)：手續從簡｜儀式從簡。

【從教】cóngjiào ㄘㄨㄥˊ ㄐㄧㄠˋ 從事教育工作：他從教近半個世紀，如今是桃李滿天下。

【從井救人】cóng jǐng jiù rén ㄘㄨㄥˊ ㄐㄧㄥˇ ㄐㄧㄡˋ ㄖㄣˊ 跳到井裏去救人。原來比喻徒然危害

自己而對別人並沒有好處的行為，現多用來比喻冒極大的危險去拯救別人。

【從軍】cóngjūn ㄘㄨㄥˊ ㄐㄩㄣ 參加軍隊：少小從軍。

【從來】cónglái ㄘㄨㄥˊ ㄌㄞˊ 從過去到現在：他從來不失信｜這種事我從來沒聽說過。

【從良】cóng∥liáng ㄘㄨㄥˊ∥ㄌㄧㄤˊ 指妓女脫離賣身的生活而嫁人。

【從輪】cónglún ㄘㄨㄥˊ ㄌㄨㄣˊ 機車或其他機械上，由動輪帶動的輪子。

【從略】cónglüè ㄘㄨㄥˊ ㄌㄩㄝˋ 省去某些部分不說；省略：具體辦法從略。

【從命】cóngmìng ㄘㄨㄥˊ ㄇㄧㄥˋ 聽從吩咐：欣然從命｜恭敬不如從命。

【從前】cóngqián ㄘㄨㄥˊ ㄑㄧㄢˊ 過去的時候；以前：想想從前悲慘遭遇，更加感到今天生活的幸福美滿｜從前的事兒，不必再提了。

【從權】cóngquán ㄘㄨㄥˊ ㄑㄩㄢˊ 採用權宜的手段：從權處理。

【從戎】cóngróng ㄘㄨㄥˊ ㄖㄨㄥˊ 〈書〉參加軍隊：投筆從戎。

【從容】cóngróng ㄘㄨㄥˊ ㄖㄨㄥˊ （舊讀 cōngróng ㄘㄨㄥ ㄖㄨㄥˊ）❶不慌不忙；鎮靜；沈着：舉止從容｜從容不迫｜從容就義（毫不畏縮地為正義而犧牲）。❷（時間或經濟）寬裕：時間很從容，可以仔仔細細地做｜手頭從容。

【從容不迫】cóng róng bù pò ㄘㄨㄥˊ ㄖㄨㄥˊ ㄅㄨˋ ㄆㄛˋ 非常鎮靜，不慌不忙的樣子：他滿臉挂笑，從容不迫地走上了講台。

【從善如流】cóng shàn rú liú ㄘㄨㄥˊ ㄕㄢˋ ㄖㄨˊ ㄌㄧㄡˊ 形容能很快地接受別人的好意見，像水從高處流到低處一樣自然。

【從師】cóngshī ㄘㄨㄥˊ ㄕ 跟師傅（學習）：從師習藝。

【從實】cóngshí ㄘㄨㄥˊ ㄕˊ 按真實情況；如實：從實回答。

【從事】cóngshì ㄘㄨㄥˊ ㄕˋ ❶投身到（事業中去）：從事革命｜從事文藝創作。❷（按某種辦法）處理：軍法從事。

【從屬】cóngshǔ ㄘㄨㄥˊ ㄕㄨˇ 依從；附屬：從屬關係。

【從俗】cóngsú ㄘㄨㄥˊ ㄙㄨˊ ❶按照風俗習慣；遵循通常做法：從俗辦理｜從俗就簡。❷指順從時俗：從俗浮沈。

【從速】cóngsù ㄘㄨㄥˊ ㄙㄨˋ 趕快；趕緊：從速處理｜存貨不多，欲購從速。

【從頭】cóngtóu ㄘㄨㄥˊ ㄊㄡˊ （從頭兒）❶從最初（做）：從頭兒做起。❷重新（做）：從頭兒再來。

【從先】cóngxiān ㄘㄨㄥˊ ㄒㄧㄢ 〈方〉從前：他身體比從先結實多了。

【從小】cóngxiǎo ㄘㄨㄥˊ ㄒㄧㄠˇ （從小兒）從年紀小的時候：他從小就愛運動。

【從心所欲】cóng xīn suǒ yù ㄘㄨㄥˊ ㄒㄧㄣ ㄙㄨㄛˇ ㄩˋ 隨心所欲。

【從新】cóngxīn ㄘㄨㄥˊ ㄒㄧㄣ 重新。

【從刑】cóngxíng ㄘㄨㄥˊ ㄒㄧㄥˊ 隨附主刑的刑罰，包括罰金、剝奪政治權利和沒收財產三種（這幾種刑罰也可單獨施用）。也叫附加刑。

【從業】cóngyè ㄘㄨㄥˊ ㄧㄝˋ 從事某種職業或行業；就業：從業機會｜從業人員。

【從業員】cóngyèyuán ㄘㄨㄥˊ ㄧㄝˋ ㄩㄢˊ 商業工作人員和服務性行業工作人員的統稱。

【從藝】cóngyì ㄘㄨㄥˊ ㄧˋ 從事藝術事業（多指表演藝術）。

【從影】cóngyǐng ㄘㄨㄥˊ ㄧㄥˇ 從事電影事業（多指當演員）。

【從優】cóngyōu ㄘㄨㄥˊ ㄧㄡ 給予優待：價格從優。

【從征】cóngzhēng ㄘㄨㄥˊ ㄓㄥ 隨軍出征。

【從政】cóngzhèng ㄘㄨㄥˊ ㄓㄥˋ 參政；進入政界（多指做官）。

【從中】cóngzhōng ㄘㄨㄥˊ ㄓㄨㄥ 在其間；在其中：從中取利｜從中作梗。

【從眾】cóngzhòng ㄘㄨㄥˊ ㄓㄨㄥˋ 指按多數人的意見或流行的做法（行事）。

淙 cóng ㄘㄨㄥˊ ［淙淙］象聲詞，流水的聲音：泉水淙淙。

悰 cóng ㄘㄨㄥˊ 〈書〉心情；情緒：離悰｜歡悰。

琮 cóng ㄘㄨㄥˊ 古代一種玉器，方柱形，中有圓孔。

【琮琤】cóngchēng ㄘㄨㄥˊ ㄔㄥ 形容玉石撞擊的聲音，也形容水石相擊的聲音：溪水琮琤。

賨（賨） cóng ㄘㄨㄥˊ 秦漢間今四川、湖南一帶少數民族交納的賦稅名稱，交的錢幣叫賨錢，交的布匹叫賨布。這一部分民族也因此叫賨人。

藂〔藂〕 cóng ㄘㄨㄥˊ 〈書〉聚集。

叢（丛、菆） cóng ㄘㄨㄥˊ ❶聚集：叢生｜叢集。❷生長在一起的草木：草叢｜樹叢。❸泛指聚集在一起的人或東西：人叢｜論叢｜刀叢劍樹。❹（Cóng）姓。

【叢殘】cóngcán ㄘㄨㄥˊ ㄘㄢˊ 〈書〉指瑣碎的逸聞、遺事：掇拾叢殘。

【叢脞】cóngcuǒ ㄘㄨㄥˊ ㄘㄨㄛˇ 〈書〉細碎；煩瑣。

【叢集】cóngjí ㄘㄨㄥˊ ㄐㄧˊ ❶（許多事物）聚集在一起：百感叢集｜諸事叢集。❷選取若干種書或其中的一些篇章彙集編成的一套書。

【叢刊】cóngkān ㄘㄨㄥˊ ㄎㄢ 叢書（多用做叢書的名稱）：《四部叢刊》。

【叢刻】cóngkè ㄘㄨㄥˊ ㄎㄜˋ 刻板印刷的叢書（多用做叢書名稱）。

【叢林】cónglín ㄘㄨㄥˊ ㄌㄧㄣˊ ❶茂密的樹林：

熱帶叢林。❷和尚聚集修行的處所，泛指大寺院。後道教也沿用此名。

【叢莽】cóngmǎng ㄘㄨㄥˊ ㄇㄤˇ 大片茂盛的草：密林叢莽。

【叢山】cóngshān ㄘㄨㄥˊ ㄕㄢ 連綿的群山：叢山峻嶺。

【叢生】cóngshēng ㄘㄨㄥˊ ㄕㄥ ❶(草木)聚集在一處生長：雜草叢生｜荊棘叢生。❷(疾病等)同時發生：百病叢生｜百弊叢生。

【叢書】cóngshū ㄘㄨㄥˊ ㄕㄨ 由許多書彙集編成的一套書，如《知不足齋叢書》、《歷史小叢書》。

【叢談】cóngtán ㄘㄨㄥˊ ㄊㄢˊ 性質相同或相近的若干部分合成的 文章或書(多用做篇名或書名)：《掌故叢談》。

【叢雜】cóngzá ㄘㄨㄥˊ ㄗㄚˊ 多而雜亂：事務叢雜。

【叢葬】cóngzàng ㄘㄨㄥˊ ㄗㄤˋ 許多屍體合葬在一起的埋葬方式，也指這樣的墳墓。

【叢塚】cóngzhǒng ㄘㄨㄥˊ ㄓㄨㄥˇ 〈書〉亂葬在一片地方的許多墳墓。

còu (ㄘㄡˋ)

湊(凑) còu ㄘㄡˋ ❶拼湊；聚集：湊錢｜湊足了人數｜大家湊到這裏來聽他講故事。❷碰；趕；趁：湊巧｜湊熱鬧。❸接近：往前湊湊｜湊到跟前｜她拿起一束鮮花湊着鼻子聞。

【湊搭】còu·da ㄘㄡˋ ·ㄉㄚ 〈方〉拼湊。

【湊膽子】còu dǎn·zi ㄘㄡˋ ㄉㄢˇ ·ㄗ 〈方〉聚合許多人以壯聲勢。

【湊份子】còu fèn·zi ㄘㄡˋ ㄈㄣˋ ·ㄗ ❶各人拿出若干錢合起來送禮或辦事。❷〈方〉指添麻煩。

【湊合】còu·he ㄘㄡˋ ·ㄏㄜ ❶聚集：下班以後大夥兒都湊合在一起練習唱歌。❷拼湊：預先把發言提綱準備好，不要臨時湊合。❸將就：沒有甚麼好菜，湊合着吃點吧｜這兩年日子過得還湊合。

【湊集】còují ㄘㄡˋ ㄐㄧˊ 湊在一起；聚集：人烟湊集｜湊集技術力量。

【湊近】còujìn ㄘㄡˋ ㄐㄧㄣˋ 朝某個目標靠近：他湊近小王的耳朵，嘰哩咕嚕說了一陣。

【湊攏】còulǒng ㄘㄡˋ ㄌㄨㄥˇ 朝一個地點靠近：大夥湊攏一點，商量一下明天的工作。

【湊錢】còu∥qián ㄘㄡˋ∥ㄑㄧㄢˊ 湊集錢(辦某事)；籌集款項：大家湊錢買了些圖書資料。

【湊巧】còuqiǎo ㄘㄡˋ ㄑㄧㄠˇ 表示正是時候或正遇着所希望的或所不希望的事情：我正想去找他，湊巧他來了｜真不湊巧，我還沒有趕到車站，車就開了。

【湊趣兒】còu∥qùr ㄘㄡˋ∥ㄑㄩㄦˋ ❶迎合別人的興趣，使高興。❷逗笑取樂：他跟我很熟，所以故意拿我湊趣兒｜沒事時姐妹 們在一起湊趣兒。

【湊熱鬧】còu rè·nao ㄘㄡˋ ㄖㄜˋ ·ㄋㄠ (湊熱鬧兒)❶到熱鬧的地方跟大家一起玩兒：孩子們玩得很起勁，我也去湊個熱鬧。❷指添麻煩：這裏夠忙的，別再來湊熱鬧了！

【湊手】còu∥shǒu ㄘㄡˋ∥ㄕㄡˇ 使用起來方便；順手(常指手邊的錢、物、人等)：這把鉗子湊手｜錢不湊手，下次再買吧。

【湊數】còu∥shù ㄘㄡˋ∥ㄕㄨˋ (湊數兒)❶湊足數額。❷充數：人員要精幹，不能隨便找幾個人湊數。

【湊整兒】còu∥zhěngr ㄘㄡˋ∥ㄓㄥㄦˇ 湊成整數：這裏有九十八元，你再出兩元，湊個整兒吧。

腠 còu ㄘㄡˋ ［腠理］(còulǐ ㄘㄡˋ ㄌㄧˇ)中醫指皮膚的紋理和皮下肌肉之間的空隙。

輳(辏) còu ㄘㄡˋ 〈書〉車輪的輻集中到轂上：輳集｜輻輳。

cū (ㄘㄨ)

粗(觕、麤、麁) cū ㄘㄨ ❶(條狀物)橫剖面較大(跟'細'相對，②至⑥同)：粗紗｜這棵樹很粗。❷(長條形)兩長邊的距離不十分近：粗綫條｜粗眉大眼。❸顆粒大：粗沙。❹聲音大而低：嗓門兒粗｜粗聲粗氣。❺粗糙：去粗取精｜這個手工活太粗了。❻疏忽；不周密：粗疏｜粗心大意。❼魯莽；粗野：粗暴｜粗話｜粗人。❽略微：粗知一二｜粗具規模。

【粗暴】cūbào ㄘㄨ ㄅㄠˋ 魯莽；暴躁：性情粗暴。

【粗笨】cūbèn ㄘㄨ ㄅㄣˋ ❶(身材、舉止)笨拙；不靈巧：手腳粗笨｜那人身高體大，但動作並不粗笨。❷(物體)笨重；不精細：這些粗笨傢具搬起來挺費勁。

【粗鄙】cūbǐ ㄘㄨ ㄅㄧˇ 粗俗：言語粗鄙｜舉止粗鄙。

【粗布】cūbù ㄘㄨ ㄅㄨˋ ❶一種平紋棉布，質地比較粗糙。❷土布。

【粗糙】cūcāo ㄘㄨ ㄘㄠ ❶(質料)不精細；不光滑：皮膚粗糙｜這種瓷器比較粗糙，趕不上江西瓷。❷(工作等)草率；不細緻：這套衣服的手工很粗糙。

【粗茶淡飯】cū chá dàn fàn ㄘㄨ ㄔㄚˊ ㄉㄢˋ ㄈㄢˋ 指簡單的、不精的飲食。有時用來形容生活簡樸。

【粗大】cūdà ㄘㄨ ㄉㄚˋ ❶(人體、物體)粗：長年的勞動使他的胳膊粗大有力｜他跟夥伴抬木頭，總是自己抬粗大的一頭。❷(聲音)大：嗓音粗大｜睡在周圍的人發出粗大的鼾聲。

【粗紡】cūfǎng ㄘㄨ ㄈㄤˇ 紡織過程中把棉條紡成粗紗的工序。

【粗放】cūfàng ㄘㄨ ㄈㄤˋ ❶農業上指在同一土

地面積上投入較少的生產資料和勞動進行淺耕粗作，用擴大耕地面積的方法來提高產品總量(跟'集約'相對)。這種經營方式叫做粗放經營。❷粗疏；不細緻：管理粗放。❸粗獷豪放：粗放的筆觸｜這部影片在藝術處理上粗放簡練。

【粗浮】cūfú ㄘㄨ ㄈㄨˊ 粗暴浮躁：氣質粗浮。

【粗工】cūgōng ㄘㄨ ㄍㄨㄥ ❶指技術要求較低、勞動強度較大的工種；粗活。❷壯工。

【粗估】cūgū ㄘㄨ ㄍㄨ 粗略地估計；毛估：粗估這幅畫價值千元。

【粗獷】cūguǎng ㄘㄨ ㄍㄨㄤˇ ❶粗野；粗魯：粗獷無理。❷粗豪；豪放：歌聲粗獷｜粗獷的筆觸。

【粗豪】cūháo ㄘㄨ ㄏㄠˊ ❶豪爽：性情粗豪｜粗豪坦率。❷豪壯：汽笛發出粗豪的聲音。

【粗話】cūhuà ㄘㄨ ㄏㄨㄚˋ 粗俗的話。

【粗活】cūhuó ㄘㄨ ㄏㄨㄛˊ (粗活兒)指技術性較低、勞動強度較大的工作。

【粗狂】cūkuáng ㄘㄨ ㄎㄨㄤˊ 粗豪狂放：風格粗狂。

【粗拉】cū·la ㄘㄨ ·ㄌㄚ 粗糙：活兒做得太粗拉。

【粗糲】cūlì ㄘㄨ ㄌㄧˋ ❶〈書〉糙米。❷粗糙：粗糲的飯食。

【粗糧】cūliáng ㄘㄨ ㄌㄧㄤˊ 一般指大米、白麵以外的食糧，如玉米、高粱、豆類等(區別於'細糧')。

【粗劣】cūliè ㄘㄨ ㄌㄧㄝˋ 粗糙低劣：粗劣的飯食｜這套書的插圖太粗劣。

【粗陋】cūlòu ㄘㄨ ㄌㄡˋ ❶粗糙，不精美：陳設粗陋。❷粗俗醜陋：面貌粗陋。❸粗略淺陋：那篇評介文章較為粗陋。

【粗魯】cū·lǔ ㄘㄨ ·ㄌㄨˇ 粗暴魯莽：性格粗魯｜他是個火性人，說話粗魯，你別介意。也作粗鹵。

【粗略】cūlüè ㄘㄨ ㄌㄩㄝˋ 粗粗地；大略；不精確：事先只能做粗略的估計｜粗略地看了看產品的製作過程。

【粗莽】cūmǎng ㄘㄨ ㄇㄤˇ 粗魯：粗莽漢子｜性格粗莽。

【粗淺】cūqiǎn ㄘㄨ ㄑㄧㄢˇ 淺顯；不深奧：像這樣粗淺的道理是很容易懂的。

【粗人】cūrén ㄘㄨ ㄖㄣˊ ❶魯莽、不細心的人。❷指沒有文化的人(多用作謙辭)。

【粗紗】cūshā ㄘㄨ ㄕㄚ 紡紗過程中的半成品，供細紡用。

【粗實】cū·shi ㄘㄨ ·ㄕ 粗大結實：粗實的腰身｜樹幹長得很粗實。

【粗手笨腳】cū shǒu bèn jiǎo ㄘㄨ ㄕㄡˇ ㄅㄣˋ ㄐㄧㄠˇ 形容手腳粗笨：別看他粗手笨腳的，心眼兒可多呢。

【粗疏】cūshū ㄘㄨ ㄕㄨ ❶不細心；馬虎：此書校對粗疏，錯誤很多。❷(毛髮、綫條等)粗而稀疏：鬃毛粗疏｜綫條粗疏。

【粗率】cūshuài ㄘㄨ ㄕㄨㄞˋ 粗略草率；不精確，不周到：文字粗率｜言談粗率｜粗率表態。

【粗飼料】cū sìliào ㄘㄨ ㄙˋ ㄌㄧㄠˋ 營養價值較低的飼料，如秸稈、乾草、莢殼等。

【粗俗】cūsú ㄘㄨ ㄙㄨˊ (談吐、舉止等)粗野庸俗。

【粗通】cūtōng ㄘㄨ ㄊㄨㄥ 略微懂得一些：粗通文墨。

【粗細】cūxì ㄘㄨ ㄒㄧˋ ❶粗細的程度：碗口粗細的鋼管｜這樣粗細的沙子最合適。❷粗糙和細緻的程度：桌面平不平，就看活兒的粗細。

【粗綫條】cūxiàntiáo ㄘㄨ ㄒㄧㄢˋ ㄊㄧㄠˊ ❶指筆道畫得粗的綫條，也指用粗綫條勾出的輪廓。❷比喻粗率的性格、作風或方法。❸比喻文章等粗略的構思或敍述。

【粗心】cūxīn ㄘㄨ ㄒㄧㄣ 疏忽；不細心：粗心大意｜一時粗心，鑄成大錯。

【粗啞】cūyǎ ㄘㄨ ㄧㄚˇ 聲音低而沙啞：嗓音粗啞。

【粗野】cūyě ㄘㄨ ㄧㄝˇ 粗魯；沒禮貌：舉止粗野。

【粗枝大葉】cū zhī dà yè ㄘㄨ ㄓ ㄉㄚˋ ㄧㄝˋ 比喻做事不細緻，不認真。

【粗製濫造】cū zhì làn zào ㄘㄨ ㄓˋ ㄌㄢˋ ㄗㄠˋ 指產品製作粗劣，不講究質量。也指工作不負責任，草率從事。

【粗製品】cūzhìpǐn ㄘㄨ ㄓˋ ㄆㄧㄣˇ 初步製成的毛坯產品。

【粗重】cūzhòng ㄘㄨ ㄓㄨㄥˋ ❶聲音低沈有力：粗重的嗓音｜粗重的喘息聲。❷(手或腳)粗大有力：粗重的手。❸(物體)笨重：粗重的東西都留下，只帶走細軟。❹(條狀物)寬而顏色濃：粗重的筆道兒｜他的眉毛顯得濃黑粗重。❺(工作)繁重費力：粗重的活兒，他總是搶先去做。

【粗壯】cūzhuàng ㄘㄨ ㄓㄨㄤˋ ❶(人體)粗實而健壯：身材粗壯。❷(物體)粗大而結實：粗壯的繩子。❸(聲音)大而有力。

cú (ㄘㄨˊ)

徂 cú ㄘㄨˊ 〈書〉❶往；到：自西徂東。❷過去；逝：歲月其徂。❸開始：六月徂暑。❹同'殂'。

殂 cú ㄘㄨˊ 〈書〉死亡。

【殂謝】cúxiè ㄘㄨˊ ㄒㄧㄝˋ 〈書〉死亡。

cù (ㄘㄨˋ)

卒 cù ㄘㄨˋ 同'猝'。
另見1525頁 zú。

【卒中】cùzhòng ㄘㄨˋ ㄓㄨㄥˋ 中風。

促 cù ㄘㄨˋ ❶時間短：短促｜急促。❷催；推動：催促｜督促｜促進。❸〈書〉靠近：促膝談心。

【促成】cùchéng ㄘㄨˋ ㄔㄥˊ 推動使成功：這件事是他大力促成的。

【促進】cùjìn ㄘㄨˋ ㄐㄧㄣˋ 促使前進；推動使發展：促進派｜促進工作｜促進兩國的友好合作。

【促請】cùqǐng ㄘㄨˋ ㄑㄧㄥˇ 催促並請求：促請上級早作決定。

【促聲】cùshēng ㄘㄨˋ ㄕㄥ 指入聲(跟'舒聲'相對)。

【促使】cùshǐ ㄘㄨˋ ㄕˇ 推動使達到一定目的：促使發生變化｜促使生產迅速發展。

【促膝】cùxī ㄘㄨˋ ㄒㄧ 膝蓋對着膝蓋，指兩人面對面靠近坐着：促膝談心。

【促狹】cùxiá ㄘㄨˋ ㄒㄧㄚˊ 〈方〉刁鑽，愛捉弄人：促狹鬼(促狹的人)。

【促銷】cùxiāo ㄘㄨˋ ㄒㄧㄠ 推動商品銷售：利用廣告促銷｜促銷手段不力。

【促織】cùzhī ㄘㄨˋ ㄓ 蟋蟀。

猝 cù ㄘㄨˋ 〈書〉猝然：猝不及防。

【猝不及防】cù bù jí fáng ㄘㄨˋ ㄅㄨˋ ㄐㄧˊ ㄈㄤˊ 事情突然發生，來不及防備。

【猝爾】cù'ěr ㄘㄨˋ ㄦˇ 〈書〉突然。

【猝發】cùfā ㄘㄨˋ ㄈㄚ 突然發作：因過於興奮，導致心臟病猝發。

【猝然】cùrán ㄘㄨˋ ㄖㄢˊ 突然；出乎意外：猝然而至｜猝然發問。

【猝死】cùsǐ ㄘㄨˋ ㄙˇ 醫學上指不是由於暴力而是由於體內潛在的進行性疾病引起的突然死亡。

酢 cù ㄘㄨˋ 〈書〉同'醋'。另見1535頁 zuò。

瘄 cù ㄘㄨˋ ［瘄子］(cù·zi ㄘㄨˋ ·ㄗ)〈方〉麻疹。

蔟〔蔟〕 cù ㄘㄨˋ 蠶蔟：上蔟。

醋 cù ㄘㄨˋ ❶調味用的有酸味的液體：米醋｜陳醋。❷比喻嫉妒(多指在男女關係上)：醋意｜吃醋。

【醋大】cùdà ㄘㄨˋ ㄉㄚˋ 措大。

【醋罐子】cùguàn·zi ㄘㄨˋ ㄍㄨㄢˋ ·ㄗ 醋罈子。

【醋勁兒】cùjìnr ㄘㄨˋ ㄐㄧㄣˋㄦ 嫉妒的情緒。

【醋罈子】cùtán·zi ㄘㄨˋ ㄊㄢˊ ·ㄗ 比喻在男女關係上嫉妒心很強的人。也説醋罐子。

【醋心】cù·xīn ㄘㄨˋ ·ㄒㄧㄣ 胃裏發酸。

【醋意】cùyì ㄘㄨˋ ㄧˋ 嫉妒心(多指在男女關係上)。

踧[1] cù ㄘㄨˋ 〈書〉驚懼不安的樣子。

踧[2] cù ㄘㄨˋ 〈書〉同'蹙'。

【踧踖】cùjí ㄘㄨˋ ㄐㄧˊ 〈書〉恭敬而不安的樣子。

慼 cù ㄘㄨˋ 〈書〉心裏不安的樣子。

簇 cù ㄘㄨˋ ❶聚集：簇擁。❷聚集成的團或堆：花團錦簇。❸量詞，用於聚集成團成堆的東西：一簇鮮花。

【簇居】cùjū ㄘㄨˋ ㄐㄩ 聚居：這裏的少數民族多簇居山區。

【簇生】cùshēng ㄘㄨˋ ㄕㄥ 植物體或其一部分聚集成團或成堆地生長。

【簇新】cùxīn ㄘㄨˋ ㄒㄧㄣ 極新；全新：簇新的大衣。

【簇擁】cùyōng ㄘㄨˋ ㄩㄥ (許多人)緊緊圍着：孩子們簇擁着老師走進教室。

蹙 cù ㄘㄨˋ 〈書〉❶緊迫：窮蹙。❷皺(眉頭)；收縮：蹙額。

【蹙額】cù'é ㄘㄨˋ ㄜˊ 〈書〉皺着眉頭，形容愁苦的樣子：疾首蹙額。

蹴（蹵） cù ㄘㄨˋ 〈書〉❶踢：蹴鞠(踢球)。❷踏：一蹴而就。另見618頁 ·jiu。

顣（顣） cù ㄘㄨˋ 〈書〉皺(眉頭)。

cuān （ㄘㄨㄢ）

汆 cuān ㄘㄨㄢ ❶烹調方法，把食物放到沸水裏稍微一煮：汆湯｜汆丸子｜汆黃瓜片。❷〈方〉用汆子放到旺火中很快地把水燒開。

【汆子】cuān·zi ㄘㄨㄢ ·ㄗ 燒水用的薄鐵筒，細長形，可以插入爐子火口裏，使水開得快。

攛（撺） cuān ㄘㄨㄢ 〈方〉❶拋擲。❷跳入：攛入水中。❸匆忙地做：臨時現攛。❹發怒：他攛兒了。

【攛掇】cuān·duo ㄘㄨㄢ ·ㄉㄨㄛ 從旁鼓動人(做某事)；慫恿：他一再攛掇我學滑冰｜他說他本來不想做，都是你攛掇他做的。

【攛弄】cuān·nong ㄘㄨㄢ ·ㄋㄨㄥ 攛掇。

躥（蹿） cuān ㄘㄨㄢ ❶向上或向前跳：身子往上一躥把球接住｜貓躥到樹上去了｜他一下子躥得很遠。❷〈方〉噴射：鼻子躥血。

【躥房越脊】cuān fáng yuè jǐ ㄘㄨㄢ ㄈㄤˊ ㄩㄝˋ ㄐㄧˇ 跳上房頂在上面飛快地走(多見於舊小說)。

【躥個兒】cuān//gèr ㄘㄨㄢ//ㄍㄜˋㄦ 身材在較短時間裏明顯長高：孩子躥個兒了，去年的衣服穿着短了一大截。

【躥火】cuān//huǒ ㄘㄨㄢ//ㄏㄨㄛˇ 〈方〉冒火。

【躥騰】cuān·teng ㄘㄨㄢ ·ㄊㄥ 〈方〉亂蹦亂跳：

大青馬一聲長嘶，便躥騰開了。

【躥稀】cuān//xī ㄘㄨㄢ//ㄒㄧ 〈方〉指瀉肚。

鑹（镩） cuān ㄘㄨㄢ ❶一種鑿冰工具，頭部尖，有倒鈎：冰鑹。❷用冰鑹鑿（冰）：鑹冰。

【鑹子】cuān·zi ㄘㄨㄢ·ㄗ 冰鑹。

cuán （ㄘㄨㄢˊ）

攢（攒、欑） cuán ㄘㄨㄢˊ 聚攏；拼湊：攢錢｜他買了各種零件攢了一輛自行車。

另見1425頁 zǎn。

【攢動】cuándòng ㄘㄨㄢˊ ㄉㄨㄥˋ 擁擠在一起晃動：街上人頭攢動。

【攢盒】cuánhé ㄘㄨㄢˊ ㄏㄜˊ 一種分層或分格可裝多種食品的盒子。

【攢集】cuánjí ㄘㄨㄢˊ ㄐㄧˊ 攢聚。

【攢聚】cuánjù ㄘㄨㄢˊ ㄐㄩˋ 緊緊地聚集在一起：教室前攢聚了許多學生。

【攢眉】cuánméi ㄘㄨㄢˊ ㄇㄟˊ 緊皺雙眉：攢眉苦思。

【攢三聚五】cuán sān jù wǔ ㄘㄨㄢˊ ㄙㄢ ㄐㄩˋ ㄨˇ 三三五五，聚在一起。

【攢射】cuánshè ㄘㄨㄢˊ ㄕㄜˋ （用箭或槍炮）集中射擊。

cuàn （ㄘㄨㄢˋ）

篡 cuàn ㄘㄨㄢˋ 奪取，多指篡位：篡權｜王莽篡漢。

【篡奪】cuànduó ㄘㄨㄢˋ ㄉㄨㄛˊ 用不正當的手段奪取（地位或權力）：篡奪領導權。

【篡改】cuàngǎi ㄘㄨㄢˋ ㄍㄞˇ 用作僞的手段改動或曲解（經典、理論、政策等）。

【篡國】cuàn//guó ㄘㄨㄢˋ//ㄍㄨㄛˊ 篡奪國家政權。

【篡權】cuàn//quán ㄘㄨㄢˋ//ㄑㄩㄢˊ 篡奪權力（多指政權）：竊國篡權。

【篡位】cuàn//wèi ㄘㄨㄢˋ//ㄨㄟˋ 臣子奪取君主的地位。

竄（窜） cuàn ㄘㄨㄢˋ ❶亂跑；亂逃（用於匪徒、敵軍、獸類）：流竄｜抱頭鼠竄。❷〈書〉放逐；驅逐。❸改動（文字）：竄改｜點竄。

【竄犯】cuànfàn ㄘㄨㄢˋ ㄈㄢˋ （股匪或小股的敵軍）進犯：竄犯邊境。

【竄改】cuàngǎi ㄘㄨㄢˋ ㄍㄞˇ 改動（成語、文件、古書等）：竄改原文。

【竄擾】cuànrǎo ㄘㄨㄢˋ ㄖㄠˇ 竄犯騷擾。

【竄逃】cuàntáo ㄘㄨㄢˋ ㄊㄠˊ 逃竄。

爨 cuàn ㄘㄨㄢˋ ❶〈書〉燒火煮飯：分爨｜分居異爨（舊時指弟兄分家過日子）。❷〈書〉灶：執爨。❸（Cuàn）姓。

cuī （ㄘㄨㄟ）

衰 cuī ㄘㄨㄟ ❶見241頁〖等衰〗。❷同'縗'。

另見1069頁 shuāi。

崔 cuī ㄘㄨㄟ ❶見〖崔巍〗、〖崔嵬〗。❷（Cuī）姓。

【崔巍】cuīwēi ㄘㄨㄟ ㄨㄟ 〈書〉（山、建築物）高大雄偉。

【崔嵬】cuīwéi ㄘㄨㄟ ㄨㄟˊ 〈書〉❶有石頭的土山。❷高大。

催 cuī ㄘㄨㄟ ❶叫人趕快行動或做某事：圖書館來信，催他還書。❷使事物的產生和變化加快：催生｜催眠｜催肥。

【催巴兒】cuī·bar ㄘㄨㄟ·ㄅㄚㄦ 〈方〉聽人使喚當下手幹雜事的人。

【催辦】cuībàn ㄘㄨㄟ ㄅㄢˋ 催促辦理（某事）：此事已去信催辦，很快會有答復的。

【催逼】cuībī ㄘㄨㄟ ㄅㄧ 催促逼迫：催逼還債。

【催產】cuī//chǎn ㄘㄨㄟ//ㄔㄢˇ 用藥物或其他方法使孕婦的子宮收縮，促使胎兒產出。也說催生。

【催促】cuīcù ㄘㄨㄟ ㄘㄨˋ 催：一再催促，他才動身。

【催肥】cuīféi ㄘㄨㄟ ㄈㄟˊ 肥育。

【催化】cuīhuà ㄘㄨㄟ ㄏㄨㄚˋ 某些物質在化學反應中改變反應速度，而本身的量和化學性質並不改變。

【催化劑】cuīhuàjì ㄘㄨㄟ ㄏㄨㄚˋ ㄐㄧˋ 能改變化學反應速度，而本身的量和化學性質並不改變的物質。通常把加速化學反應的物質叫正催化劑，延緩化學反應的物質叫負催化劑。舊稱觸媒。

【催淚彈】cuīlèidàn ㄘㄨㄟ ㄌㄟˋ ㄉㄢˋ 裝填有催淚性毒劑的彈種。爆炸後強烈刺激眼睛流淚。

【催眠】cuīmián ㄘㄨㄟ ㄇㄧㄢˊ 對人或動物用刺激視覺、聽覺或觸覺來引起睡眠狀態，對人還可以用言語的暗示引起。

【催眠曲】cuīmiánqǔ ㄘㄨㄟ ㄇㄧㄢˊ ㄑㄩˇ 催嬰兒入睡時唱的歌。

【催眠術】cuīmiánshù ㄘㄨㄟ ㄇㄧㄢˊ ㄕㄨˋ 催眠的方法，一般用言語暗示。

【催命】cuī//mìng ㄘㄨㄟ//ㄇㄧㄥˋ 催人死亡，比喻緊緊地催促。

【催奶】cuī//nǎi ㄘㄨㄟ//ㄋㄞˇ 用藥品或食物使產婦分泌出乳汁。

【催迫】cuīpò ㄘㄨㄟ ㄆㄛˋ 催逼。

【催情】cuīqíng ㄘㄨㄟ ㄑㄧㄥˊ 用人工方法促使雌性動物發情。

【催生】cuī//shēng ㄘㄨㄟ//ㄕㄥ 催產。

【催收】cuīshōu ㄘㄨㄟ ㄕㄡ 催討：催收貨款。

【催討】cuītǎo ㄘㄨㄟ ㄊㄠˇ 催人歸還(債款、實物等)。

摧 cuī ㄘㄨㄟ 折斷；破壞：摧折｜摧毀｜無堅不摧。

【摧殘】cuīcán ㄘㄨㄟ ㄘㄢˊ 使(政治、經濟、文化、身體、精神等)蒙受嚴重損失。

【摧毀】cuīhuǐ ㄘㄨㄟ ㄏㄨㄟˇ 用強大的力量破壞：猛烈的炮火摧毀了敵人的陣地。

【摧枯拉朽】cuī kū lā xiǔ ㄘㄨㄟ ㄎㄨ ㄌㄚ ㄒㄧㄡˇ 枯指枯草，朽指爛了的木頭。比喻腐朽勢力很容易打垮。

【摧眉折腰】cuī méi zhé yāo ㄘㄨㄟ ㄇㄟˊ ㄓㄜˊ ㄧㄠ 形容低頭彎腰阿諛逢迎的媚態。

【摧陷廓清】cuī xiàn kuò qīng ㄘㄨㄟ ㄒㄧㄢˋ ㄎㄨㄛˋ ㄑㄧㄥ 攻入敵陣，徹底肅清。多比喻清除陳腐言論。

【摧心剖肝】cuī xīn pōu gān ㄘㄨㄟ ㄒㄧㄣ ㄆㄡ ㄍㄢ 心肝破裂，比喻極大的悲痛。

【摧折】cuīzhé ㄘㄨㄟ ㄓㄜˊ ❶折斷：狂風摧折幼株。❷挫折：歷盡摧折，終於回到祖國。

榱 cuī ㄘㄨㄟ 〈書〉椽子。

獕 cuī ㄘㄨㄟ 見1190頁〖猥獕〗(wěicuī)。

縗(缞) cuī ㄘㄨㄟ 用粗麻布製成的喪服。

cuǐ (ㄘㄨㄟˇ)

漼 cuǐ ㄘㄨㄟˇ 〈書〉❶水深的樣子。❷涕淚流下的樣子。

璀 cuǐ ㄘㄨㄟˇ ［璀璨］(cuǐcàn ㄘㄨㄟˇ ㄘㄢˋ) 形容珠玉等光彩鮮明：璀璨奪目｜這座古塔是我國古代建築史上一顆璀璨的明珠。

皠 cuǐ ㄘㄨㄟˇ 〈書〉潔白。

cuì (ㄘㄨㄟˋ)

倅 cuì ㄘㄨㄟˋ 〈書〉副；副職。

脆(脃) cuì ㄘㄨㄟˋ ❶容易折斷破碎(跟'韌'相對)：這種紙不算薄，就是太脆。❷(較硬的食物)容易弄碎弄裂：脆棗｜這瓜又甜又脆。❸(聲音)清脆：她的嗓音挺脆。❹〈方〉說話做事爽利痛快；乾脆：這件事辦得很脆。

【脆骨】cuìgǔ ㄘㄨㄟˋ ㄍㄨˇ 動物的軟骨作為食品時叫脆骨。

【脆快】cuìkuài ㄘㄨㄟˋ ㄎㄨㄞˋ 〈方〉(說話、做事)乾脆爽快；簡捷痛快，不拖拉：脆快了當｜他答應得脆快｜他辦起事來總是那麼脆快。

【脆亮】cuìliàng ㄘㄨㄟˋ ㄌㄧㄤˋ (聲音)清脆響亮。

【脆弱】cuìruò ㄘㄨㄟˋ ㄖㄨㄛˋ 禁不起挫折；不堅強：感情脆弱｜脆弱的心靈。

【脆生】cuì·sheng ㄘㄨㄟˋ ·ㄕㄥ 〈方〉❶(食物)脆：涼拌黃瓜，又脆生又爽口。❷(聲音)清脆：這炮仗的聲音可真脆生。

【脆性】cuìxìng ㄘㄨㄟˋ ㄒㄧㄥˋ 物體受拉力或衝擊時，容易破碎的性質。玻璃、生鐵、磚、石都是脆性物質。

【脆棗】cuìzǎo ㄘㄨㄟˋ ㄗㄠˇ 〈方〉(脆棗兒)焦棗。

萃〔萃〕 cuì ㄘㄨㄟˋ 〈書〉❶聚集：薈萃。❷聚在一起的人或物：出類拔萃。❸(Cuì)姓。

【萃聚】cuìjù ㄘㄨㄟˋ ㄐㄩˋ 〈書〉聚集：群英萃聚。

【萃取】cuìqǔ ㄘㄨㄟˋ ㄑㄩˇ 在混合物中加入某種溶劑，利用混合物的各種成分在該溶劑中溶解度不同而將它們分離。如在含有硝酸鈾酰的水溶液中加入乙醚，硝酸鈾酰就從水中轉入乙醚中而雜質仍留在水中。

啐 cuì ㄘㄨㄟˋ ❶用力從嘴裏吐出來：啐了一口唾沫。❷嘆詞，表示唾棄、斥責或辱罵：呀啐！休要胡說(多見於早期白話)。

淬(焠) cuì ㄘㄨㄟˋ 淬火。

【淬火】cuì//huǒ ㄘㄨㄟˋ // ㄏㄨㄛˇ 把金屬工件加熱到一定溫度，然後浸入冷卻劑(油、水等)急速冷卻，以增加硬度。通稱蘸火。

悴 cuì ㄘㄨㄟˋ 〈書〉❶憂傷：愁悴。❷衰弱不振。

毳 cuì ㄘㄨㄟˋ 〈書〉鳥獸的細毛。

【毳毛】cuìmáo ㄘㄨㄟˋ ㄇㄠˊ 醫學上指除頭髮、陰毛、腋毛以外，其他部位所生的細毛。

瘁 cuì ㄘㄨㄟˋ 過度勞累：鞠躬盡瘁｜心力交瘁。

粹 cuì ㄘㄨㄟˋ 〈書〉❶純粹：粹白｜粹而不雜。❷精華：精粹。

【粹白】cuìbái ㄘㄨㄟˋ ㄅㄞˊ 〈書〉❶純粹。❷純白：粹白之裘。

翠 cuì ㄘㄨㄟˋ ❶翠綠色：翠竹｜翠玉｜翠鳥。❷指翡翠①：點翠(用翡翠鳥的羽毛來做裝飾的手工工藝)。❸指翡翠②：珠翠｜翠花。

【翠綠】cuìlǜ ㄘㄨㄟˋ ㄌㄩˋ 像翡翠那樣的綠色：滿山翠綠｜翠綠的松林。

【翠生生】cuìshēngshēng ㄘㄨㄟˋ ㄕㄥ ㄕㄥ (翠生生的)形容植物青翠鮮嫩：翠生生的秧苗。

【翠微】cuìwēi ㄘㄨㄟˋ ㄨㄟ 青綠的山色，也泛指青山。

綷(䌫) cuì ㄘㄨㄟˋ 〈書〉五色相雜；合。

【綷縩】cuìcài ㄘㄨㄟˋ ㄘㄞˋ 〈書〉象聲詞，行動

時衣服摩擦的聲音：華妝綷縩。

膵〔臎〕(脺) cuì ㄘㄨㄟˋ ［膵臟］(cuìzàng ㄘㄨㄟˋ ㄗㄤˋ)胰的舊稱。

顇(颏) cuì ㄘㄨㄟˋ 見926頁［顦顇］。

cūn (ㄘㄨㄣ)

村(❶邨) cūn ㄘㄨㄣ ❶(村兒)村莊；泛指人口聚居的地方：工人新村。❷粗俗：村野｜撒村。

【村夫俗子】cūnfū súzǐ ㄘㄨㄣ ㄈㄨ ㄙㄨˊ ㄗˇ 指粗野鄙俗的人。

【村話】cūnhuà ㄘㄨㄣ ㄏㄨㄚˋ 粗俗的話(多指罵人的話)。

【村落】cūnluò ㄘㄨㄣ ㄌㄨㄛˋ 村莊。

【村民】cūnmín ㄘㄨㄣ ㄇㄧㄣˊ 鄉村居民：村民大會。

【村塾】cūnshú ㄘㄨㄣ ㄕㄨˊ 舊時農村中的私塾。也叫村學。

【村野】cūnyě ㄘㄨㄣ ㄧㄝˇ ❶鄉村和田野：過村野生活。❷粗魯；粗俗：性情村野｜村野難聽的話語。

【村寨】cūnzhài ㄘㄨㄣ ㄓㄞˋ 村莊；寨子：村寨相望。

【村鎮】cūnzhèn ㄘㄨㄣ ㄓㄣˋ 村莊和小市鎮。

【村莊】cūnzhuāng ㄘㄨㄣ ㄓㄨㄤ 農民聚居的地方。

【村子】cūn·zi ㄘㄨㄣ ·ㄗ 村莊。

皴 cūn ㄘㄨㄣ ❶(皮膚)因受凍而裂開：手皴了。❷〈方〉皮膚上積存的泥垢：一脖子皴。❸國畫畫山石時，勾出輪廓後，為了顯示山石的紋理和陰陽面，再用淡乾墨側筆而畫，叫做皴。

【皴法】cūnfǎ ㄘㄨㄣ ㄈㄚˇ 皴③的各種方法。

【皴裂】cūnliè ㄘㄨㄣ ㄌㄧㄝˋ 皴①。

踆 cūn ㄘㄨㄣ 〈書〉❶踢。❷退；止。

【踆烏】cūnwū ㄘㄨㄣ ㄨ 古代傳説太陽中的三足烏，後來借指太陽。

cún (ㄘㄨㄣˊ)

存 cún ㄘㄨㄣˊ ❶存在；生存：殘存｜父母俱存。❷儲存；保存：封存｜存糧。❸蓄積；聚集：存食｜新建的水庫已經存滿了水。❹儲蓄：存款｜存摺｜零存整取｜把暫時不用的現款存在銀行裏。❺寄存：存車處｜行李先存在這兒，回頭再來取。❻保留：存疑｜存而不論｜去偽存真。❼結存；餘留：庫存｜收支相抵，淨存二百元。❽心裏懷着(某種想法)：存心｜心存僥幸｜不存任何顧慮。

【存案】cún//àn ㄘㄨㄣˊ//ㄢˋ 在有關機構登記備案。

【存查】cúnchá ㄘㄨㄣˊ ㄔㄚˊ 保存起來以備查考(多在批閱公文時用)：交會計科存查。

【存儲】cúnchǔ ㄘㄨㄣˊ ㄔㄨˇ 儲存：存儲量。

【存儲器】cúnchǔqì ㄘㄨㄣˊ ㄔㄨˇ ㄑㄧˋ 電子計算機中用來存貯程序、數據等信息的裝置。也叫存貯器。

【存單】cúndān ㄘㄨㄣˊ ㄉㄢ 銀行、信用合作社等給存款者作為憑證的單據。

【存檔】cún//dàng ㄘㄨㄣˊ//ㄉㄤˋ 把處理完畢的公文、資料、稿件等歸入檔案，留供以後查考。

【存底】cúndǐ ㄘㄨㄣˊ ㄉㄧˇ 商店指儲存待售的貨物：清出存底｜存底不多了，要趕快進貨。

【存而不論】cún ér bù lùn ㄘㄨㄣˊ ㄦˊ ㄅㄨˋ ㄌㄨㄣˋ 保留起來不加討論：這個問題可以暫時存而不論，先討論其他問題。

【存放】cúnfàng ㄘㄨㄣˊ ㄈㄤˋ 寄存；儲存：存放行李｜臨動身前，把幾箱子書存放在朋友家裏｜把節餘的錢存放在銀行裏。

【存根】cúngēn ㄘㄨㄣˊ ㄍㄣ 開出票據或證明後留下來的底子，上面記載着與票據或證明同樣的內容，以備查考。

【存戶】cúnhù ㄘㄨㄣˊ ㄏㄨˋ 在銀行、信用合作社等存款的戶頭。

【存活】cúnhuó ㄘㄨㄣˊ ㄏㄨㄛˊ 生存，多指生命受到威脅後生存下來：存活率。

【存貨】cún//huò ㄘㄨㄣˊ//ㄏㄨㄛˋ 儲存貨物。

【存貨】cúnhuò ㄘㄨㄣˊ ㄏㄨㄛˋ 商店中儲存待售的貨物：存貨有限，欲購從速。

【存款】cún//kuǎn ㄘㄨㄣˊ//ㄎㄨㄢˇ 把錢存在銀行裏：存款手續簡便｜到銀行去存款。

【存款】cúnkuǎn ㄘㄨㄣˊ ㄎㄨㄢˇ 存在銀行裏的錢：一筆存款｜到銀行去取存款。

【存欄】cúnlán ㄘㄨㄣˊ ㄌㄢˊ 指牲畜在飼養中(多用於統計)：全鄉生豬存欄頭數達兩萬餘。

【存糧】cún//liáng ㄘㄨㄣˊ//ㄌㄧㄤˊ 儲存糧食：存糧備荒。

【存糧】cúnliáng ㄘㄨㄣˊ ㄌㄧㄤˊ 儲存的糧食：這裏家家都有存糧。

【存留】cúnliú ㄘㄨㄣˊ ㄌㄧㄡˊ 留存：他的著作存留下來的不多。

【存念】cúnniàn ㄘㄨㄣˊ ㄋㄧㄢˋ 保存下來作為紀念。

【存身】cún//shēn ㄘㄨㄣˊ//ㄕㄣ 安身：存身之所。

【存食】cúnshí ㄘㄨㄣˊ ㄕˊ 吃了東西不消化，停留在胃裏：孩子老不想吃飯，想是存食了吧？

【存世】cúnshì ㄘㄨㄣˊ ㄕˋ 留存在世間：他身後還有一部詩作存世｜據考證，這尊佛像是存世極少的國家一級文物。

【存亡】cúnwáng ㄘㄨㄣˊ ㄨㄤˊ 生存和死亡；存在和滅亡：存亡未卜｜1937 年到 1945 年的抗

日戰爭是關係中華民族生死存亡的戰爭。
【存息】cúnxī ㄘㄨㄣˊ ㄒㄧ 存款的利息。
【存項】cúnxiàng ㄘㄨㄣˊ ㄒㄧㄤˋ 儲存或餘存的款項：手裏留點兒存項，有事就不着急了。
【存心】cún//xīn ㄘㄨㄣˊ//ㄒㄧㄣ 懷着某種念頭：存心不良｜他說這番話，不知存着甚麼心。
【存心】cúnxīn ㄘㄨㄣˊ ㄒㄧㄣ 有意；故意：你這不是存心叫我為難嗎？
【存蓄】cúnxù ㄘㄨㄣˊ ㄒㄩˋ ❶儲存：存蓄飲用水。❷指積存的錢或物：這些年多少有了些存蓄。
【存疑】cúnyí ㄘㄨㄣˊ ㄧˊ ❶對疑難問題暫時不做決定：這件事只好暫時存疑，留待將來解決。❷存在心中的疑問：他終於把心中多年的存疑說了出來。
【存在】cúnzài ㄘㄨㄣˊ ㄗㄞˋ ❶事物持續地佔據着時間和空間；實際上有，還沒有消失：東西還存在，經檢點，完好無損｜事情已解決，不存在任何問題。❷哲學上指不依賴人的意識並不以人的意識為轉移的客觀世界，即物質：存在決定意識，不是意識決定存在。
【存照】cúnzhào ㄘㄨㄣˊ ㄓㄠˋ ❶把契約文件等保存起來以備查考核對。❷指保存起來以備查考核對的契約文件等。
【存摺】cúnzhé ㄘㄨㄣˊ ㄓㄜˊ 銀行、信用合作社等給存款者作為憑證的小本子。
【存正】cúnzhèng ㄘㄨㄣˊ ㄓㄥˋ 客套話，送人作品時請人批評或提意見。
【存執】cúnzhí ㄘㄨㄣˊ ㄓˊ 存根。

蹲 cún ㄘㄨㄣˊ 〈方〉腿猛然落地，因震動而受傷：蹲了腿。
另見292頁 dūn。

cǔn（ㄘㄨㄣˇ）

刌 cǔn ㄘㄨㄣˇ 〈書〉割；截斷。

忖 cǔn ㄘㄨㄣˇ 細想；揣度：自忖。
【忖度】cǔnduó ㄘㄨㄣˇ ㄉㄨㄛˊ 推測；揣度：我忖度他今天不會來了。
【忖量】cǔnliàng ㄘㄨㄣˇ ㄌㄧㄤˋ ❶揣度：一邊走，一邊忖量着剛才他說的那番話的意思。❷思量：她忖量了半天，還沒有想好怎麼說。
【忖摸】cǔn·mo ㄘㄨㄣˇ ·ㄇㄛ 估摸；揣度。

cùn（ㄘㄨㄣˋ）

寸 cùn ㄘㄨㄣˋ ❶長度單位。10 分等於 1 寸，10 寸等於 1 尺。❷形容極短或極小：寸功｜寸進｜寸土必爭｜寸步不離｜鼠目寸光。❸〈方〉湊巧：你來得可真寸。❹寸口。❺ (Cùn) 姓。
【寸步】cùnbù ㄘㄨㄣˋ ㄅㄨˋ 指極短的距離：寸步難行｜寸步不離｜寸步不讓。
【寸步難行】cùn bù nán xíng ㄘㄨㄣˋ ㄅㄨˋ ㄋㄢˊ ㄒㄧㄥˊ 形容走路、行動困難。比喻開展某項工作困難重重。也說寸步難移。
【寸草不留】cùn cǎo bù liú ㄘㄨㄣˋ ㄘㄠˇ ㄅㄨˋ ㄌㄧㄡˊ 連小草都不留下。形容遭到天災人禍後破壞得非常嚴重的景象。
【寸草春暉】cùn cǎo chūn huī ㄘㄨㄣˋ ㄘㄠˇ ㄔㄨㄣ ㄏㄨㄟ 唐代孟郊《遊子吟》：'誰言寸草心，報得三春暉。'後來用'寸草春暉'比喻父母恩情子女難以報答。
【寸斷】cùnduàn ㄘㄨㄣˋ ㄉㄨㄢˋ 斷成許多小段◇肝腸寸斷 (形容極其悲傷)。
【寸功】cùngōng ㄘㄨㄣˋ ㄍㄨㄥ 極小的功勞：身無寸功。
【寸進】cùnjìn ㄘㄨㄣˋ ㄐㄧㄣˋ 〈書〉微小的進步：略有寸進。
【寸勁兒】cùnjìnr ㄘㄨㄣˋ ㄐㄧㄣˋㄦ 〈方〉❶巧妙的用力方法：折斷麻經兒得靠寸勁兒，不能硬拽。❷湊巧的機會：這種東西早已不興了，趕上寸勁兒，還能買到舊的。
【寸楷】cùnkǎi ㄘㄨㄣˋ ㄎㄞˇ 一寸大小的楷體字：寸楷羊毫。
【寸刻】cùnkè ㄘㄨㄣˋ ㄎㄜˋ 極短的時間：寸刻不離。
【寸口】cùnkǒu ㄘㄨㄣˋ ㄎㄡˇ ❶中醫指手腕上邊用手按時可以覺到脉搏的部分，是切脉常取的部位。❷特指寸口脉中距手腕最近的部分。中醫把上述廣義的寸口脉由下而上地分為寸口、關上、尺中三個部分。狹義的寸口簡稱寸，關上簡稱關，尺中簡稱尺。
【寸頭】cùntóu ㄘㄨㄣˋ ㄊㄡˊ 男子髮式，頂上頭髮留約一寸，兩鬢及後邊緣的頭髮比頭頂上頭髮短。
【寸土】cùntǔ ㄘㄨㄣˋ ㄊㄨˇ 指極小的一片土地：寸土必爭｜寸土不讓。
【寸心】cùnxīn ㄘㄨㄣˋ ㄒㄧㄣ ❶指中心；內心：寸心如割 (形容痛苦不堪)｜得失寸心知。❷微小的心意；小意思：聊表寸心。
【寸陰】cùnyīn ㄘㄨㄣˋ ㄧㄣ 〈書〉日影移動一寸的時間，指極短的時間。

吋 cùn ㄘㄨㄣˋ，又 yīngcùn ㄧㄥ ㄘㄨㄣˋ 英寸舊也作吋。

cuō（ㄘㄨㄛ）

搓 cuō ㄘㄨㄛ 兩個手掌反復摩擦，或把手掌放在別的東西上來回揉：急得他直搓手｜搓一條麻繩兒。
【搓板】cuōbǎn ㄘㄨㄛ ㄅㄢˇ (搓板兒) 搓洗衣服的木板，上面有窄而密的橫槽。
【搓弄】cuō·nòng ㄘㄨㄛ ·ㄋㄨㄥˋ 揉搓：她兩手

搓弄着手絹，一句話也不說。

【搓手頓腳】cuō shǒu dùn jiǎo ㄘㄨㄛ ㄕㄡˇ ㄉㄨㄣˋ ㄐㄧㄠˇ 形容焦急不耐煩：遇到困難要設法克服，光搓手頓腳也不解決問題。

【搓洗】cuōxǐ ㄘㄨㄛ ㄒㄧˇ 把衣物等浸泡在水裏，用兩手反復揉搓，去掉衣物上的污垢。

磋 cuō ㄘㄨㄛ ❶把象牙加工成器物：切磋。❷商量討論：磋商。

【磋磨】cuōmó ㄘㄨㄛ ㄇㄛˊ〈書〉切磋琢磨：相互磋磨。

【磋商】cuōshāng ㄘㄨㄛ ㄕㄤ 反復商量；仔細討論：經過多次磋商，雙方總算達成協議。

撮 cuō ㄘㄨㄛ ❶〈書〉聚合；聚攏。❷用簸箕等把東西聚在一起：撮了一簸箕土。❸〈方〉用手指捏住細碎的東西拿起來：撮藥｜撮了點兒鹽。❹摘取(要點)：撮要。❺〈方〉吃：我請你上館子撮一頓。❻容量單位。10撮等於1勺。現用市撮，1市撮合1毫升。❼量詞。a)〈方〉用於手所撮取的東西：一撮鹽｜一撮芝麻。b)借用於極少的壞人或事物：一小撮壞人。

另見1531頁 zuǒ。

【撮合】cuō·he ㄘㄨㄛ ·ㄏㄜ 從中介紹促成(多指婚姻)。

【撮箕】cuōjī ㄘㄨㄛ ㄐㄧ 〈方〉撮垃圾的簸箕。

【撮口呼】cuōkǒuhū ㄘㄨㄛ ㄎㄡˇ ㄏㄨ 見1086頁〖四呼〗。

【撮弄】cuōnòng ㄘㄨㄛ ㄋㄨㄥˋ ❶戲弄；捉弄：撮弄人。❷教唆；煽動：他本不想做買賣，是別人撮弄入股的。

【撮要】cuōyào ㄘㄨㄛ ㄧㄠˋ ❶摘取要點：把工作內容撮要報告。❷摘取出來的要點：論文撮要。

蹉 cuō ㄘㄨㄛ 〈書〉❶差誤。❷(經某地)通過。

【蹉跌】cuōdiē ㄘㄨㄛ ㄉㄧㄝ〈書〉失足跌倒，比喻失誤。

【蹉跎】cuōtuó ㄘㄨㄛ ㄊㄨㄛˊ 光陰白白地過去：歲月蹉跎｜一再蹉跎。

cuó（ㄘㄨㄛˊ）

矬 cuó ㄘㄨㄛˊ〈方〉❶(身體)短小；短：矬個兒。❷把身子往下縮：這孩子不讓人領着，直往下矬。❸削減：矬了他一塊錢工錢。

【矬子】cuó·zi ㄘㄨㄛˊ ·ㄗ〈方〉身材短小的人。

痤 cuó ㄘㄨㄛˊ ［痤瘡］(cuóchuāng ㄘㄨㄛˊ ㄔㄨㄤ) 皮膚病，多生在青年人的面部，有時也生在胸、背、肩等部位。通常是圓錐形的小紅疙瘩，有的有黑頭。多由皮脂腺分泌過多、消化不良、便秘等引起。通稱粉刺。

嵯 cuó ㄘㄨㄛˊ ［嵯峨］(cuó'é ㄘㄨㄛˊ ㄜˊ)〈書〉山勢高峻。

瘥 cuó ㄘㄨㄛˊ〈書〉病。

另見123頁 chài。

鹾(鹺) cuó ㄘㄨㄛˊ〈書〉❶鹽。❷鹹味。

酂(酇) Cuó ㄘㄨㄛˊ 酂城，地名，在河南永城西。

另見1425頁 Zàn。

cuǒ（ㄘㄨㄛˇ）

脞 cuǒ ㄘㄨㄛˇ〈書〉細小而繁多；瑣細：脞語｜脞談｜叢脞。

cuò（ㄘㄨㄛˋ）

剉 cuò ㄘㄨㄛˋ ❶〈書〉折傷。❷同'銼'。

剒(斮) cuò ㄘㄨㄛˋ〈書〉斬；割。

莝〔莝〕 cuò ㄘㄨㄛˋ〈書〉❶鍘(草)。❷鍘碎的草。

【莝草】cuòcǎo ㄘㄨㄛˋ ㄘㄠˇ〈方〉鍘碎的草。

挫 cuò ㄘㄨㄛˋ ❶挫折。❷壓下去；降低：抑揚頓挫｜挫敵人的鋭氣，長自己的威風。

【挫敗】cuòbài ㄘㄨㄛˋ ㄅㄞˋ ❶挫折與失敗：這個企業多次從挫敗中奮起。❷擊敗：挫敗敵軍的幾次進攻。

【挫傷】cuòshāng ㄘㄨㄛˋ ㄕㄤ ❶身體因碰撞或突然壓擠而形成的傷，皮膚下面呈青紫色，疼痛，但不流血。❷損傷(積極性、上進心等)。

【挫損】cuòsǔn ㄘㄨㄛˋ ㄙㄨㄣˇ 因挫折而受損：挫損鋭氣。

【挫折】cuòzhé ㄘㄨㄛˋ ㄓㄜˊ ❶壓制，阻礙，使削弱或停頓：不要挫折群眾的積極性。❷失敗；失利：經過多次挫折，終於取得了勝利。

厝 cuò ㄘㄨㄛˋ ❶〈書〉放置：厝火積薪。❷〈書〉把棺材停放待葬，或淺埋以待改葬：暫厝｜浮厝。❸〈方〉房屋：厝後邊跑出一條大黃狗。

【厝火積薪】cuò huǒ jī xīn ㄘㄨㄛˋ ㄏㄨㄛˇ ㄐㄧ ㄒㄧㄣ 把火放在柴堆下面，比喻潛伏着很大的危險。也說積薪厝火。

措 cuò ㄘㄨㄛˋ ❶安排；處置：措置｜驚惶失措｜不知所措。❷籌劃：籌措款項。

【措辦】cuòbàn ㄘㄨㄛˋ ㄅㄢˋ 籌劃辦理：措辦善後事宜｜如款項數目不大，還可措辦。

【措辭】cuò//cí ㄘㄨㄛˋ//ㄘˊ 說話或作文時選用詞句：措辭不當｜全文條理清楚，措辭嚴謹。也作措詞。

【措大】cuòdà ㄘㄨㄛˋ ㄉㄚˋ 舊時指貧寒的讀書人(含輕蔑意)：措大習氣(寒酸氣)。也說醋大。

【措舉】cuòjǔ ㄘㄨㄛˋ ㄐㄩˇ 舉措：這樣決定，也是不得已之措舉。

【措施】cuòshī ㄘㄨㄛˋ ㄕ 針對某種情況而採取的處理辦法（用於較大的事情）：計劃已經訂出，措施應該跟上。

【措手】cuòshǒu ㄘㄨㄛˋ ㄕㄡˇ 着手處理；應付：無從措手。

【措手不及】cuò shǒu bù jí ㄘㄨㄛˋ ㄕㄡˇ ㄅㄨˋ ㄐㄧˊ 臨時來不及應付：必須做好防洪準備工作，以免雨季到來時措手不及。

【措意】cuòyì ㄘㄨㄛˋ ㄧˋ 〈書〉留意；用心：讀書雖多，然於詩詞不甚措意。

【措置】cuòzhì ㄘㄨㄛˋ ㄓˋ 安排；料理：只要措置得當，不會有甚麼問題。

銼（锉） cuò ㄘㄨㄛˋ ❶手工工具，條形，多刃，主要用來對金屬、木料、皮革等表層做微量加工。按橫截面的不同分為扁銼、圓銼、方銼、三角銼等。也叫銼刀。❷用銼進行切削：圓孔用圓銼銼一銼。

【銼刀】cuòdāo ㄘㄨㄛˋ ㄉㄠ 銼①。

錯1（错） cuò ㄘㄨㄛˋ ❶參差；錯雜：交錯｜錯落。❷兩個物體相對摩擦：上下牙錯得很響。❸相對行動時避開而不碰上：錯車◇錯過了機會。❹安排辦事的時間使不衝突：這兩個會不能同時開，得錯一下。❺不正確：錯字｜這道題算錯了。❻（錯兒）過錯；錯處：沒錯兒｜出錯兒。❼壞；差（用於否定式）：這幅畫兒畫得不錯｜今年的收成錯不了。❽〈方〉錯非：錯了你，換個人我也不說這話。

錯2（错） cuò ㄘㄨㄛˋ 在凹下去的文字、花紋中鑲上或塗上金、銀等：錯金。

錯3（错） cuò ㄘㄨㄛˋ 〈書〉❶打磨玉石的石頭。❷打磨玉石：攻錯。

【錯愛】cuò'ài ㄘㄨㄛˋ ㄞˋ 謙辭，表示感謝對方愛護。

【錯案】cuò'àn ㄘㄨㄛˋ ㄢˋ 錯判的案件。

【錯別字】cuòbiézì ㄘㄨㄛˋ ㄅㄧㄝˊ ㄗˋ 錯字和別字。

【錯車】cuò//chē ㄘㄨㄛˋ//ㄔㄜ 火車、電車、汽車等在單軌上或窄路上相向行駛，或後車超越前車時，在鋪設雙軌的地方或路邊讓開，使雙方順利通行。

【錯處】cuò·chu ㄘㄨㄛˋ ·ㄔㄨ 錯誤的地方；過錯。

【錯待】cuòdài ㄘㄨㄛˋ ㄉㄞˋ 虧待：他不會錯待你，你放心好了。

【錯訛】cuò'é ㄘㄨㄛˋ ㄜˊ （文字、記載）錯誤：校對不嚴，錯訛甚多。

【錯愕】cuò'è ㄘㄨㄛˋ ㄜˋ 倉促驚訝；驚愕：錯愕良久｜他的突然到來使她大為錯愕。

【錯非】cuòfēi ㄘㄨㄛˋ ㄈㄟ 〈方〉除非；除了：錯非這種藥，沒法兒治他的病。

【錯怪】cuòguài ㄘㄨㄛˋ ㄍㄨㄞˋ 因誤會而錯誤地責備或抱怨人：是我不了解情況，錯怪了你。

【錯過】cuòguò ㄘㄨㄛˋ ㄍㄨㄛˋ 失去（時機、對象）：不要錯過農時｜錯過這個村就沒有那個店了。

【錯會】cuòhuì ㄘㄨㄛˋ ㄏㄨㄟˋ 錯誤地理解：你錯會了我的意思。

【錯金】cuòjīn ㄘㄨㄛˋ ㄐㄧㄣ 特種工藝的一種，在器物上用金屬絲鑲嵌成花紋或文字。

【錯覺】cuòjué ㄘㄨㄛˋ ㄐㄩㄝˊ 由於某種原因引起的對客觀事物的不正確的知覺。如筷子放在有水的碗內，由於光綫折射，看起來筷子是彎的，就是一種錯覺。

【錯開】cuò//kāi ㄘㄨㄛˋ//ㄎㄞ （時間、位置）互相讓開，避免衝突：為了避免公共車輛的擁擠，工廠、機關上下班的時間最好錯開。

【錯漏】cuòlòu ㄘㄨㄛˋ ㄌㄡˋ 錯誤和遺漏：文稿謄清後請再核對一遍，以免錯漏。

【錯亂】cuòluàn ㄘㄨㄛˋ ㄌㄨㄢˋ 無次序；失常態：顛倒錯亂｜精神錯亂。

【錯落】cuòluò ㄘㄨㄛˋ ㄌㄨㄛˋ 交錯紛雜：錯落有致｜錯落不齊｜蒼松翠柏，錯落其間。

【錯謬】cuòmiù ㄘㄨㄛˋ ㄇㄧㄡˋ 錯誤；差錯：錯謬之處，請多指正。

【錯時】cuòshí ㄘㄨㄛˋ ㄕˊ 錯開時間：要求各單位錯時上下班，緩解市區交通擁擠狀況。

【錯位】cuò//wèi ㄘㄨㄛˋ//ㄨㄟˋ 離開原來的或應有的位置：骨關節錯位◇名和利使他心中的榮辱觀、羞恥感發生了錯位。

【錯誤】cuòwù ㄘㄨㄛˋ ㄨˋ ❶不正確；與客觀實際不符合：錯誤思想｜錯誤的結論。❷不正確的事物、行為等：犯錯誤｜改正錯誤。

【錯銀】cuòyín ㄘㄨㄛˋ ㄧㄣˊ 特種工藝的一種，在器物上用銀絲鑲嵌成花紋或文字。

【錯雜】cuòzá ㄘㄨㄛˋ ㄗㄚˊ 兩種以上的東西夾雜在一起。

【錯字】cuòzì ㄘㄨㄛˋ ㄗˋ 寫得不正確的字或刻錯、排錯的字。

【錯綜】cuòzōng ㄘㄨㄛˋ ㄗㄨㄥ 縱橫交叉：錯綜複雜｜公路錯綜｜枝葉錯綜，繁花似錦。

【錯綜複雜】cuòzōng fùzá ㄘㄨㄛˋ ㄗㄨㄥ ㄈㄨˋ ㄗㄚˊ 形容頭緒繁多，情況複雜。

D

dā (ㄉㄚ)

吶 dā ㄉㄚ (發音短促) 吆喝牲口前進的聲音。

耷 dā ㄉㄚ 〈書〉耳朵大。

【耷拉】dā·la ㄉㄚ ·ㄌㄚ 下垂：耷拉着腦袋｜黃狗耷拉着尾巴跑了。也作搭拉。

搭〔搭〕 dā ㄉㄚ ❶支；架：搭橋｜搭棚｜喜鵲在樹上搭了個窩。❷把柔軟的東西放在可以支架的東西上：把衣服搭在竹竿上｜肩膀上搭着一條毛巾。❸連接在一起：兩根電綫搭上了｜前言不搭後語◇搭伙｜搭街坊。❹湊上；加上：把這些錢搭上就夠了｜這個工作不輕，還得搭上個人幫他才成◇差點兒連命也給搭上。❺搭配；配合：粗糧和細糧搭着吃｜大的小的搭着賣。❻共同抬起：把桌子搭起來在下面墊上幾塊磚｜書櫃已經搭走了。❼乘；坐(車、船、飛機等)：搭輪船到上海｜搭下一班汽車｜搭國際航班。

【搭班】dā//bān ㄉㄚ// ㄅㄢ (搭班兒) ❶舊時指藝人臨時參加某個戲班：搭班唱戲。❷臨時參加作業班或臨時合夥：出車時，老張總是找老工人搭班，裝卸車時助他們一臂之力。

【搭伴】dā//bàn ㄉㄚ// ㄅㄢˋ (搭伴兒) 趁便做伴：半路上遇見幾個老朋友，正好搭伴一起去｜他也到新疆去，你們搭個伴兒吧。

【搭幫】dā//bāng ㄉㄚ// ㄅㄤ 〈方〉(許多人) 結伴：搭幫結夥｜搭個幫一塊兒去。

【搭幫】dābāng ㄉㄚ ㄅㄤ 〈方〉託福；依靠；多虧。

【搭幫】dā·bang ㄉㄚ ·ㄅㄤ 〈方〉幫忙；照顧：大家搭幫着點兒，困難就解決了。

【搭背】dābèi ㄉㄚ ㄅㄟˋ 〈方〉搭腰。

【搭便】dābiàn ㄉㄚ ㄅㄧㄢˋ 順便：他是出差路過這裏的，搭便看看大家。

【搭補】dābǔ ㄉㄚ ㄅㄨˇ 補貼；幫補：搭補家用。

【搭碴兒】dā//chár ㄉㄚ// ㄔㄚㄦˊ 同'答碴兒'(dā//chár)。

【搭檔】dādàng ㄉㄚ ㄉㄤˋ ❶協作：我們兩個人搭檔吧。❷協作的人：老搭檔。‖也作搭當。

【搭話】dā//huà ㄉㄚ// ㄏㄨㄚˋ ❶搭腔：問他幾遍，他就是不搭話。❷〈方〉捎帶口信。

【搭伙】dā//huǒ ㄉㄚ// ㄏㄨㄛˇ 加入伙食組織：在食堂搭伙。

【搭夥】dā//huǒ ㄉㄚ// ㄏㄨㄛˇ 合為一夥：成群搭夥｜他們搭了夥，一起做買賣。

【搭架子】dā jià·zi ㄉㄚ ㄐㄧㄚˋ ·ㄗ ❶搭起間架，比喻事業開創或文章佈局略具規模：先搭好架子，然後再充實內容。❷〈方〉擺架子。

【搭腳兒】dā//jiǎor ㄉㄚ// ㄐㄧㄠㄦˇ 〈方〉因便免費搭乘車船。

【搭街坊】dā jiē·fang ㄉㄚ ㄐㄧㄝ ·ㄈㄤ 〈方〉做鄰居。

【搭界】dājiè ㄉㄚ ㄐㄧㄝˋ ❶交界：這裏是兩省搭界的地方。❷〈方〉發生聯繫(多用於否定)：這件事跟他不搭界｜少跟這種人搭界。

【搭救】dājiù ㄉㄚ ㄐㄧㄡˋ 幫助人脫離危險或災難。

【搭客】dā//kè ㄉㄚ// ㄎㄜˋ 〈方〉(車船)順便載客。

【搭配】dāpèi ㄉㄚ ㄆㄟˋ ❶按一定要求安排分配：車、犁、耙、套、鞭等農具，隨牲口合理搭配｜這兩個詞搭配得不適當。❷配合；配搭：師徒兩人搭配得十分合拍。❸相稱：兩人一高一矮，站在一起不搭配。

【搭腔】dā//qiāng ㄉㄚ// ㄑㄧㄤ ❶接着別人的話來說：我問了半天，沒人搭腔。❷〈方〉交談：從前他倆合不來，彼此不搭腔。‖也作答腔。

【搭橋】dā//qiáo ㄉㄚ// ㄑㄧㄠˊ ❶架橋：逢山開路，遇水搭橋。❷比喻撮合；介紹：牽綫搭橋。❸用病人自身的一段血管接在阻塞部位的兩端，使血流暢通：心臟搭橋手術。

【搭赸】dā·shàn ㄉㄚ ·ㄕㄢˋ 同'搭訕'。

【搭訕】dā·shàn ㄉㄚ ·ㄕㄢˋ 為了想跟人接近或把尷尬的局面敷衍過去而找話說。也作搭赸、答訕。

【搭手】dā//shǒu ㄉㄚ// ㄕㄡˇ 替別人出力；幫忙：搭把手｜搭不上手｜見我忙，他趕緊跑過來搭手。

【搭頭】dā·tou ㄉㄚ ·ㄊㄡ (搭頭兒) 配搭的、非主要的東西：買了個大瓜，這個小瓜是搭頭兒。

【搭腰】dā·yao ㄉㄚ ·ㄧㄠ 牲口拉車時搭在背上使車轅、套繩不致掉下的用具，多用皮條或繩索做成。有的地區叫搭背。

嗒〔嗒〕 dā ㄉㄚ 象聲詞：嗒嗒的馬蹄聲｜機槍嗒嗒地響着。

另見1103頁 tà。

答(荅) dā ㄉㄚ 義同'答'(dá)，專用於'答應、答理'等詞。

另見204頁 dá。

【答碴兒】dā//chár ㄉㄚ// ㄔㄚㄦˊ 〈方〉接着別人的話說話：他的話沒頭沒腦，叫人沒法答碴兒｜他問了半天，沒一個答他的碴兒。也作搭碴兒、搭茬兒、答茬兒。

【答理】dā·li ㄉㄚ ·ㄌㄧ 對別人的言語行動表示態度(多用於否定句)：不愛答理人｜路上碰見了，誰也沒有答理誰｜我叫了他兩聲，他沒答理我。也作搭理。

【答腔】dā∥qiāng ㄉㄚ∥ㄑㄧㄤ 同'搭腔'。

【答訕】dā·shàn ㄉㄚ ·ㄕㄢˋ 同'搭訕'。

【答言】dā∥yán ㄉㄚ∥ㄧㄢˊ 接着別人的話説；搭腔：一連問了幾遍，沒有人答言｜又沒問你，你答甚麼言！

【答應】dā·ying ㄉㄚ ·ㄧㄥ ❶應聲回答：喊了好幾聲，也沒有人答應。❷應允；同意：他起初不肯，後來答應了。

膪 dā ㄉㄚ 見330頁〖肥膪膪〗。

褡〔褡〕 dā ㄉㄚ 見下。

【褡包】dā·bāo ㄉㄚ ·ㄅㄠ 長而寬的腰帶，用布或綢做成，繫(jì)在衣服外面。

【褡褳】dā·lián ㄉㄚ ·ㄌㄧㄢˊ ❶(褡褳兒)長方形的口袋，中央開口，兩端各成一個袋子，裝錢物用，一般分大小兩種，大的可以搭在肩上，小的可以挂在腰帶上。❷摔跤運動員所穿的一種用多層布製成的上衣。

噠(哒) dā ㄉㄚ ❶象聲詞，同'嗒'(dā)。❷趕牲口的聲音。

【噠嗪】dāqín ㄉㄚㄑㄧㄣˊ 有機化合物，化學式 $C_4H_4N_2$。是嘧啶的同分異構體。［英 diazine］

鎝〔鎝〕(锴) dā ㄉㄚ 見1139頁〖鐵鎝〗。

dá（ㄉㄚˊ）

打 dá ㄉㄚˊ 量詞，十二個為一打：一打鉛筆｜兩打毛巾。［英 dozen］
另見205頁 dǎ。

怛 dá ㄉㄚˊ 〈書〉❶憂傷；悲苦：慘怛｜怛傷。❷畏懼；懼怕。

沓 dá ㄉㄚˊ (沓兒)量詞，用於重疊起來的紙張和其他薄的東西(一般不很厚)：一沓信紙｜我把報紙一沓一沓地整理好了。
另見1103頁 tà。

【沓子】dá·zi ㄉㄚˊ ·ㄗ 沓(dá)：一沓子鈔票。

妲 dá ㄉㄚˊ 用於人名，妲己，商紂王的妃子。

炟 dá ㄉㄚˊ 用於人名，劉炟，東漢章帝。

笪 dá ㄉㄚˊ ❶〈方〉一種用粗竹篾編成的形狀像蓆的東西，通常鋪在地上晾曬糧食。❷〈書〉拉船的繩索。❸(Dá)姓。

答(荅) dá ㄉㄚˊ ❶回答：對答｜一問一答｜答非所問。❷受了別人的好處，還報別人：答謝｜報答。
另見203頁 dā。

【答案】dá'àn ㄉㄚˊ ㄢˋ 對問題所做的解答：尋求答案。

【答拜】dábài ㄉㄚˊ ㄅㄞˋ 回訪。

【答辯】dábiàn ㄉㄚˊ ㄅㄧㄢˋ 答復別人的指責、控告、問難，為自己的行為或論點辯護：法庭上允許被告答辯｜進行論文答辯。

【答詞】dácí ㄉㄚˊ ㄘˊ 表示謝意或回答時所説的話：致答詞。

【答對】dáduì ㄉㄚˊ ·ㄉㄨㄟˋ 回答別人的問話：答對得體｜我叫他問得沒法答對。

【答非所問】dá fēi suǒ wèn ㄉㄚˊ ㄈㄟ ㄙㄨㄛˇ ㄨㄣˋ 回答的不是所問的內容。也説所答非所問。

【答復】dá·fù ㄉㄚˊ ·ㄈㄨˋ 對問題或要求給以回答：答復讀者提出的問題｜等研究後再答復你｜會給你一個滿意的答復的。

【答話】dáhuà ㄉㄚˊ ㄏㄨㄚˋ 回答(多用於否定式)：人家問你，你怎麼不答話？

【答卷】dá∥juàn ㄉㄚˊ∥ㄐㄩㄢˋ 解答試卷：認真地答卷。

【答卷】dájuàn ㄉㄚˊ ㄐㄩㄢˋ 對試題做了解答的卷子：標準答卷◇人生的意義究竟是甚麼？他用自己的行動交了一份很好的答卷。

【答禮】dá∥lǐ ㄉㄚˊ∥ㄌㄧˇ 回禮。

【答數】dáshù ㄉㄚˊ ㄕㄨˋ 算術運算求得的數。也叫得數。

【答謝】dáxiè ㄉㄚˊ ㄒㄧㄝˋ 受了別人的好處或招待，表示謝意：答謝宴會｜我們簡直不知道怎樣答謝你們的熱情招待。

【答疑】dáyí ㄉㄚˊ ㄧˊ 解答疑問：課堂答疑。

達(达) dá ㄉㄚˊ ❶通：鐵路四通八達｜在上海坐火車可以直達北京。❷達到：抵達｜目的已達。❸懂得透徹；通達(事理)：知書達理｜通權達變。❹表達：轉達｜傳達報告｜詞不達意。❺顯達：達官貴人。❻(Dá)姓。

【達標】dábiāo ㄉㄚˊ ㄅㄧㄠ 達到規定的標準：質量達標｜英語考試達標。

【達成】dáchéng ㄉㄚˊ ㄔㄥˊ 達到；得到(多指商談後得到結果)：達成協議。

【達旦】dádàn ㄉㄚˊ ㄉㄢˋ 直到第二天早晨：通宵達旦｜達旦不寐。

【達到】dá∥dào ㄉㄚˊ∥ㄉㄠˋ 到(多指抽象事物或程度)：達得到｜達不到｜達到目的｜達到國際水平。

【達爾文主義】Dá'ěrwén zhǔyì ㄉㄚˊ ㄦˇ ㄨㄣˊ ㄓㄨˇ ㄧˋ 英國生物學家達爾文(Charles Robert Darwin)所創關於生物界歷史發展一般規律的學説，主要內容包括生物的變異性和遺傳性、物種的起源、生存鬥爭等。也叫進化論。

【達官】dáguān ㄉㄚˊ ㄍㄨㄢ 舊時指職位高的官吏：達官貴人｜達官顯宦(職位高而聲勢顯赫的官吏)。

【達觀】dáguān ㄉㄚˊ ㄍㄨㄢ 對不如意的事情看得開：生性達觀｜遇事要達觀些，不要愁壞了身體。

【達姆彈】dámǔdàn ㄉㄚˊ ㄇㄨˇ ㄉㄢˋ 槍彈的一種，彈頭射入身體後炸裂，造成重創。國際公約禁止使用。因首先是英國人在印度達姆達姆(Dumdum)的兵工廠製造而得名。

【達斡爾族】Dáwò'ěrzú ㄉㄚˊ ㄨㄛˋ ㄦˇ ㄗㄨˊ 我國少數民族之一，主要分佈在黑龍江、內蒙古和新疆。

【達奚】Dáxī ㄉㄚˊ ㄒㄧ 姓。

【達意】dáyì ㄉㄚˊ ㄧˋ (用語言文字)表達思想：抒情達意。

【達因】dáyīn ㄉㄚˊ ㄧㄣ 力的單位，使1克質量的物體產生1厘米/秒^{2}的加速度所需的力，叫做1達因。1達因＝1/981克力。[英dyne]

靼 dá ㄉㄚˊ 見205頁[韃靼]。

瘩〔瘩〕 dá ㄉㄚˊ [瘩背](dábèi ㄉㄚˊ ㄅㄟˋ)中醫指生在背部的癰。

薘〔薘〕(荙) dá ㄉㄚˊ 見632頁〖莙薘菜〗。

闒(阘) dá ㄉㄚˊ 〈方〉樓上的窗戶。另見1104頁 tà。

韃(鞑) dá ㄉㄚˊ 見60頁〖舭韃〗(bǐdá)。

韃(鞑) dá ㄉㄚˊ [韃靼](Dádá ㄉㄚˊ ㄉㄚˊ)古時漢族對北方各游牧民族的統稱。明代指東蒙古人，住在今內蒙古和蒙古國的東部。

dǎ (ㄉㄚˇ)

打1 dǎ ㄉㄚˇ ❶用手或器具撞擊物體：打門｜打鼓。❷器皿、蛋類等因撞擊而破碎：碗打了｜雞飛蛋打。❸毆打；攻打：打架｜打援。❹發生與人交涉的行為：打官司｜打交道。❺建造；修築：打壩｜打牆。❻製造(器物、食品)：打刀｜打傢具｜打燒餅。❼攪拌：打餡兒｜打糨子。❽捆：打包裹｜打鋪蓋捲兒｜打裹腿。❾編織：打草鞋｜打毛衣。❿塗抹；畫；印：打蠟｜打個問號｜打墨綫｜打格子｜打戳子｜打圖樣兒。⓫揭；鑿開：打開蓋子｜打冰｜打井｜打眼兒。⓬舉；提：打旗子｜打燈籠｜打傘｜打簾子◇打起精神來。⓭放射；發出：打雷｜打炮｜打信號｜打電話。⓮付給或領取(證件)：打介紹信。⓯除去：打旁杈。⓰舀取：打水｜打粥。⓱買：打油｜打酒｜打車票。⓲捉(禽獸等)：打鳥｜打魚。⓳用割、砍等動作來收集：打柴｜打草。⓴定出；計算：打草稿｜打主意｜成本打二百塊錢。㉑做；從事：打雜兒｜打遊擊｜打埋伏｜打前站。㉒做某種遊戲：打球｜打撲克｜打鞦韆。㉓表示身體上的某些動作：打手勢｜打哈欠｜打嗝兒｜打踉蹌｜打前失｜打滾兒｜打晃兒(huàngr)。㉔採取某種方式：打官腔｜打比喻｜打馬虎眼。㉕定(某種罪名)：他曾被打成右派。

打2 dǎ ㄉㄚˇ 介詞，從：打這兒往西，再走三里地就到了｜他打門縫裏往外看｜打今兒起，每天晚上學習一小時。

另見204頁 dá。

【打把勢】dǎ bǎ·shi ㄉㄚˇ ㄅㄚˇ ·ㄕ ❶練武術。❷泛指手舞足蹈。‖也作打把式。

【打靶】dǎ//bǎ ㄉㄚˇ//ㄅㄚˇ 按一定規則對設置的目標進行射擊：練習打靶。

【打白條】dǎ báitiáo ㄉㄚˇ ㄅㄞˊ ㄊㄧㄠˊ (打白條兒)❶開具非正式的收據等。❷收購時用單據代替應付的現款，日後再予以兑付，叫做打白條。

【打擺子】dǎ bǎi·zi ㄉㄚˇ ㄅㄞˇ ·ㄗ 〈方〉患瘧疾。

【打敗】dǎ//bài ㄉㄚˇ//ㄅㄞˋ ❶戰勝(敵人)：打敗侵略者。❷在戰爭或競賽中失敗；打敗仗：這場比賽如果你們打敗了，就失去決賽資格。

【打扮】dǎ·ban ㄉㄚˇ ·ㄅㄢ ❶使容貌和衣着好看；裝飾：參加國慶遊園，得打扮得漂亮點兒｜節日的天安門打扮得格外壯觀。❷打扮出來的樣子；衣着穿戴：學生打扮｜看他的打扮，像是一個教員。

【打包】dǎ//bāo ㄉㄚˇ//ㄅㄠ ❶用紙、布、麻袋、稻草等包裝物品：打包機｜打包裝箱。❷打開包着的東西：打包檢查。

【打苞】dǎbāo ㄉㄚˇ ㄅㄠ (打苞兒)小麥、高粱等穀類作物孕穗。

【打抱不平】dǎ bàobùpíng ㄉㄚˇ ㄅㄠˋ ㄅㄨˋ ㄆㄧㄥˊ 幫助受欺壓的人説話或採取某種行動。

【打奔兒】dǎ//bēnr ㄉㄚˇ//ㄅㄣㄦ 〈方〉❶説話或背誦接不下去，中途間歇。❷走路時腿腳發軟或被絆了一下，幾乎跌倒。

【打比】dǎbǐ ㄉㄚˇ ㄅㄧˇ ❶用一件事物來説明另一件事物；比喻：講抽象的事情，拿具體的東西打比，就容易使人明白。❷〈方〉比較；相比：他六十多歲了，怎能跟小夥子打比呢？

【打邊鼓】dǎ biāngǔ ㄉㄚˇ ㄅㄧㄢ ㄍㄨˇ 敲邊鼓。

【打草驚蛇】dǎ cǎo jīng shé ㄉㄚˇ ㄘㄠˇ ㄐㄧㄥ ㄕㄜˊ 比喻採取機密行動時，由於透露了風聲，驚動了對方。

【打喳喳】dǎchā·cha ㄉㄚˇ ㄔㄚ ·ㄔㄚ 〈方〉小聲説話；耳語。

【打岔】dǎ//chà ㄉㄚˇ//ㄔㄚˋ 打斷別人的説話或工作：你別打岔，聽我説下去｜他在那兒做功課，你別跟他打岔。

【打場】dǎ//cháng ㄉㄚˇ//ㄔㄤˊ 麥子、高粱、豆子等農作物收割後在場上脱粒。

【打場子】dǎ chǎng·zi ㄉㄚˇ ㄔㄤˇ ·ㄗ 跑江湖的曲藝、雜技演員用敲鑼鼓、吆喝等方式把觀眾招引來圍成圓形的表演場地，叫做打場子：打場子賣藝。

【打成一片】dǎ chéng yī piàn ㄉㄚˇ ㄔㄥˊ ㄧ ㄆㄧ

ㄢˋ 合為一個整體(多指思想感情融洽)：幹部跟群眾打成一片。

【打衝鋒】dǎ chōngfēng ㄉㄚˇ ㄔㄨㄥ ㄈㄥ ❶(進攻部隊)率先前進，擔負起衝鋒的戰鬥行動：這次戰鬥由一連打衝鋒。❷比喻行動搶在別人前面：青年人在各項工作中都應該打衝鋒。

【打抽豐】dǎ chōufēng ㄉㄚˇ ㄔㄡ ㄈㄥ 打秋風。

【打出手】dǎ chūshǒu ㄉㄚˇ ㄔㄨ ㄕㄡˇ ❶(打出手兒)戲曲演武打時，以一個角色為中心，互相投擲和傳遞武器。也說過傢伙。❷〈方〉指動手打架：大打出手。

【打春】dǎ//chūn ㄉㄚˇ//ㄔㄨㄣ ❶立春(舊時府縣官在立春前一天迎接用泥土做的春牛，放在衙門前，立春日用紅綠鞭抽打，因此俗稱立春為打春)。❷舊時湖南一帶無業游民，在春節前後，敲打小鑼、竹板等，唱着歌詞，挨戶索取錢財，叫做打春。

【打從】dǎcóng ㄉㄚˇ ㄘㄨㄥˊ ❶自從(某時以後)：打從春上起，就沒有下過透雨。❷介詞，表示經過，用在表示處所的詞語前面：打從公園門口經過。

【打倒】dǎ//dǎo ㄉㄚˇ//ㄉㄠˇ ❶擊倒在地：一拳把他打倒。❷攻擊使垮台；推翻：打倒帝國主義！

【打道】dǎdào ㄉㄚˇ ㄉㄠˋ 封建時代官員外出或返回時，先使差役在前面開路，叫人迴避：打道回府。

【打的】dǎ//dí ㄉㄚˇ//ㄉㄧˊ 〈方〉租用出租汽車；乘坐出租汽車。

【打底子】dǎ dǐ·zi ㄉㄚˇ ㄉㄧˇ·ㄗ ❶畫底樣或起草稿：畫工筆畫必須先學會打底子｜這篇文章你先打個底子，咱們再商量着修改。❷墊底兒：地面用三合土打底子。❸奠定基礎：這次普查給今後制訂規劃打下了底子。

【打點】dǎ·dian ㄉㄚˇ·ㄉㄧㄢ ❶收拾；料理；準備(禮物、行裝等)：打點行李｜打點家務。❷送人錢財，請求照顧。

【打點滴】dǎ diǎndī ㄉㄚˇ ㄉㄧㄢˇ ㄉㄧ 利用輸液裝置把葡萄糖溶液、生理鹽水等通過靜脈輸入病人體內，叫做打點滴。

【打疊】dǎdié ㄉㄚˇ ㄉㄧㄝˊ 收拾；安排；準備：打疊行李｜打疊停當◇打疊精神(打起精神)。

【打動】dǎdòng ㄉㄚˇ ㄉㄨㄥˋ 使人感動：這一番話打動了他的心。

【打鬥】dǎdòu ㄉㄚˇ ㄉㄡˋ 打架爭鬥；廝打搏鬥：影片中有警匪打鬥的場面。

【打嘟嚕】dǎ dū·lu ㄉㄚˇ ㄉㄨ·ㄌㄨ (舌或小舌)發出顫動的聲音；嘴發顫，發音含混不清：聽不清他在說甚麼，光聽到他嘴裏打着嘟嚕。

【打賭】dǎ//dǔ ㄉㄚˇ//ㄉㄨˇ 拿一件事情的真相如何或能否實現賭輸贏：打個賭｜他明天一定會來，你要不信，咱們可以打賭。

【打盹兒】dǎ//dǔnr ㄉㄚˇ//ㄉㄨㄣㄦˇ 小睡；斷續地入睡(多指坐着或靠着)：打個盹兒｜晚上沒睡好，白天老是打盹兒。

【打躉兒】dǎdǔnr ㄉㄚˇ ㄉㄨㄣㄦˇ ❶成批地(買或賣)：這車西瓜是打躉兒買來的。❷歸總；打總兒：你們把這幾個月的錢打躉兒領去。

【打發】dǎ·fa ㄉㄚˇ·ㄈㄚ ❶派(出去)：我已經打發人去找他了。❷使離去：他連說帶哄才把孩子打發走了。❸消磨(時間、日子)：打發餘年｜他躺在病牀上，覺得一天的時間真難打發。❹安排；照料(多見於早期白話)：打發眾人住下。

【打榧子】dǎ fěi·zi ㄉㄚˇ ㄈㄟˇ·ㄗ 把拇指貼緊中指面，再使勁閃開，使中指打在掌上發聲。

【打嗝兒】dǎ//gér ㄉㄚˇ//ㄍㄜㄦˊ ❶呃逆的通稱。❷噯氣的通稱。

【打工】dǎ//gōng ㄉㄚˇ//ㄍㄨㄥ 做工(多指臨時的)：打工仔｜暑假裏打了一個月工。

【打躬作揖】dǎ gōng zuò yī ㄉㄚˇ ㄍㄨㄥ ㄗㄨㄛˋ ㄧ 彎身作揖，多用來形容恭順懇求。

【打鈎】dǎgōu ㄉㄚˇ ㄍㄡ 在公文、試題等上畫一個'√'，表示認可或肯定。

【打鼓】dǎ//gǔ ㄉㄚˇ//ㄍㄨˇ 比喻沒有把握，心神不定：能不能完成任務，我心裏直打鼓。

【打瓜】dǎguā ㄉㄚˇ ㄍㄨㄚ ❶西瓜的一個品種，果實較小，種子多而大。栽培這種瓜，主要是為收瓜子。❷這種植物的果實。吃時多用手打開，所以叫打瓜。

【打卦】dǎ//guà ㄉㄚˇ//ㄍㄨㄚˋ 把卦扔到地上，根據卦象推算吉凶：求神打卦。

【打官腔】dǎ guānqiāng ㄉㄚˇ ㄍㄨㄢ ㄑㄧㄤ 指說一些原則、規章等冠冕堂皇的話對人進行應付、推託、責備：動不動就打官腔訓斥人。

【打官司】dǎ guān·si ㄉㄚˇ ㄍㄨㄢ·ㄙ 進行訴訟。

【打光棍兒】dǎ guānggùnr ㄉㄚˇ ㄍㄨㄤ ㄍㄨㄣㄦˋ 指成年人過單身生活(多用於男子)。

【打鬼】dǎ//guǐ ㄉㄚˇ//ㄍㄨㄟˇ 見1136頁〖跳布扎〗。

【打滾】dǎ//gǔn ㄉㄚˇ//ㄍㄨㄣˇ (打滾兒)❶躺着滾來滾去：疼得直打滾｜毛驢在地上打滾。❷比喻長期在某種環境中生活：他從小在農村打滾長大的。

【打哈哈】dǎ hā·ha ㄉㄚˇ ㄏㄚ·ㄏㄚ 開玩笑：別拿我打哈哈！｜這是正經事，咱們可別打哈哈！

【打哈欠】dǎ hā·qian ㄉㄚˇ ㄏㄚ·ㄑㄧㄢ 困倦時嘴張開，深深吸氣，然後呼出。有的地區也說打呵(hē)欠。

【打鼾】dǎ//hān ㄉㄚˇ//ㄏㄢ 睡着時由於呼吸受阻而發出粗重的聲音。

【打夯】dǎ//hāng ㄉㄚˇ//ㄏㄤ 用夯把地基砸實。

【打橫】dǎhéng ㄉㄚˇ ㄏㄥˊ (打橫兒)圍着方桌坐時，坐在末座叫打橫。

【打呼嚕】dǎ hū·lu ㄉㄚˇ ㄏㄨ·ㄌㄨ 打鼾。

【打滑】dǎhuá ㄉㄚˇ ㄏㄨㄚˊ ❶指車輪或皮帶輪轉動時產生的摩擦力達不到要求而空轉：雪天行車要防止打滑。❷〈方〉地滑站不住，走不穩：走在冰上兩腳直打滑。

【打謊】dǎ//huǎng ㄉㄚˇ//ㄏㄨㄤˇ〈方〉撒謊。

【打晃兒】dǎ//huàngr ㄉㄚˇ//ㄏㄨㄤㄦˋ（身體）左右搖擺站立不穩：病剛好，走路還有點兒打晃兒。

【打諢】dǎhùn ㄉㄚˇ ㄏㄨㄣˋ 戲曲演出時，演員（多是丑角）即興說些可笑的話逗樂，叫做打諢。

【打火機】dǎhuǒjī ㄉㄚˇ ㄏㄨㄛˇ ㄐㄧ 一種小巧的取火器。按其燃料不同分為液體打火機和氣體打火機；按其發火方式不同分為火石打火機和電子打火機。

【打夥兒】dǎ//huǒr ㄉㄚˇ//ㄏㄨㄛㄦˇ 結伴；合夥：成幫打夥兒｜幾個人打夥兒上山採藥。

【打擊】dǎjī ㄉㄚˇ ㄐㄧ ❶敲打；撞擊：打擊樂器。❷攻擊；使受挫折：不應該打擊群眾的積極性｜給敵軍以殲滅性的打擊。

【打擊樂器】dǎjī yuèqì ㄉㄚˇ ㄐㄧ ㄩㄝˋ ㄑㄧˋ 指由於敲打樂器本身而發音的樂器，如鑼、鼓、木魚等。

【打饑荒】dǎ jī·huang ㄉㄚˇ ㄐㄧ ·ㄏㄨㄤ 比喻經濟困難或借債。

【打家劫舍】dǎ jiā jié shè ㄉㄚˇ ㄐㄧㄚ ㄐㄧㄝˊ ㄕㄜˋ 指成群結夥到人家裏搶奪財物。

【打架】dǎ//jià ㄉㄚˇ//ㄐㄧㄚˋ 互相爭執毆打：有話好說，不能打架。

【打價】dǎ//jià ㄉㄚˇ//ㄐㄧㄚˋ（打價兒）還價（多用於否定）：不打價兒。

【打尖】[1] dǎ//jiān ㄉㄚˇ//ㄐㄧㄢ 旅途中休息下來吃點東西：打過尖後再趕路。

【打尖】[2] dǎ//jiān ㄉㄚˇ//ㄐㄧㄢ 掐去棉花等作物的頂尖兒。也叫打頂。

【打漿】dǎjiāng ㄉㄚˇ ㄐㄧㄤ 攪拌紙漿，使纖維分散開，均勻地懸浮在水裏，是造紙的重要工序。

【打交道】dǎ jiāo·dao ㄉㄚˇ ㄐㄧㄠ ·ㄉㄠ 交際；來往；聯繫：我沒跟他打過交道◇他成年纍月和牲口打交道，養牲口的經驗很豐富。

【打腳】dǎ//jiǎo ㄉㄚˇ//ㄐㄧㄠˇ〈方〉因鞋不合適，走路時腳發疼甚至磨破。

【打攪】dǎjiǎo ㄉㄚˇ ㄐㄧㄠˇ ❶擾亂：人家正在看書，別去打攪。❷婉辭，指受招待：打攪您了，明兒見吧！

【打醮】dǎ//jiào ㄉㄚˇ//ㄐㄧㄠˋ 道士設壇唸經做法事。

【打劫】dǎ//jié ㄉㄚˇ//ㄐㄧㄝˊ 搶奪（財物）：趁火打劫。

【打緊】dǎ//jǐn ㄉㄚˇ//ㄐㄧㄣˇ〈方〉要緊（多用於否定）：缺你一個也不打緊。

【打開】dǎ//kāi ㄉㄚˇ//ㄎㄞ ❶揭開；拉開；解開：打開箱子｜打開抽屜｜打開書本｜打開包袱。❷使停滯的局面開展，狹小的範圍擴大：打開局面。

【打開天窗說亮話】dǎ kāi tiānchuāng shuō liàng huà ㄉㄚˇ ㄎㄞ ㄊㄧㄢ ㄔㄨㄤ ㄕㄨㄛ ㄌㄧㄤˋ ㄏㄨㄚˋ 比喻毫無隱瞞地公開說出來。也說打開窗子說亮話。

【打垮】dǎ//kuǎ ㄉㄚˇ//ㄎㄨㄚˇ 打擊使崩潰；摧毀：打垮封建勢力｜打垮了敵人的精銳師團。

【打撈】dǎlāo ㄉㄚˇ ㄌㄠ 把沈在水裏的東西（如死屍、船隻等）取上來：打撈隊｜打撈沈船。

【打雷】dǎ//léi ㄉㄚˇ//ㄌㄟˊ 指雲層放電時發出巨大響聲。

【打擂台】dǎ lèitái ㄉㄚˇ ㄌㄟˋ ㄊㄞˊ 見697頁〖擂台〗。

【打冷槍】dǎ lěngqiāng ㄉㄚˇ ㄌㄥˇ ㄑㄧㄤ 藏在暗處向沒有防備的人突然開槍。

【打冷戰】dǎ lěng·zhan ㄉㄚˇ ㄌㄥˇ ·ㄓㄢ 因寒冷或害怕身體突然顫動一兩下。也作打冷顫。

【打冷顫】dǎ lěng·zhan ㄉㄚˇ ㄌㄥˇ ·ㄓㄢ 同'打冷戰'。

【打愣】dǎ//lèng ㄉㄚˇ//ㄌㄥˋ〈方〉（打愣兒）發呆；發愣。

【打連廂】dǎ liánxiāng ㄉㄚˇ ㄌㄧㄢˊ ㄒㄧㄤ 見19頁〖霸王鞭〗[1]。

【打量】dǎ·liang ㄉㄚˇ ·ㄌㄧㄤ ❶觀察（人的衣着、外貌）：對來人上下打量了一番。❷以為；估計：你還想瞞着我，打量我不知道？

【打獵】dǎ//liè ㄉㄚˇ//ㄌㄧㄝˋ 在野外捕捉鳥獸。

【打零】dǎlíng ㄉㄚˇ ㄌㄧㄥˊ〈方〉❶做零工。❷指孤單一個；孤獨無伴。

【打落水狗】dǎ luòshuǐgǒu ㄉㄚˇ ㄌㄨㄛˋ ㄕㄨㄟˇ ㄍㄡˇ 比喻徹底打垮已經失敗了的壞人。

【打馬虎眼】dǎ mǎ·huyǎn ㄉㄚˇ ㄇㄚˇ ·ㄏㄨ ㄧㄢˇ 故意裝糊塗蒙混騙人。

【打埋伏】dǎ mái·fu ㄉㄚˇ ㄇㄞˊ ·ㄈㄨ ❶預先隱藏起來，待時行動：留下一排人在這裏打埋伏。❷比喻隱藏物資、人力或隱瞞問題：這個預算是打了埋伏的，要認真核查一下。

【打鳴兒】dǎ//míngr ㄉㄚˇ//ㄇㄧㄥㄦˊ（公雞）叫。

【打磨】dǎ·mó ㄉㄚˇ ·ㄇㄛˊ 在器物的表面磨擦，使光滑精緻：手工打磨。

【打蔫兒】dǎ//niānr ㄉㄚˇ//ㄋㄧㄢㄦ ❶植物枝葉萎縮下垂：高粱都旱得打蔫兒了。❷〈方〉形容無精打采；精神不振。

【打泡】dǎ//pào ㄉㄚˇ//ㄆㄠˋ 手腳等部分由於磨擦而起泡：才割了半天麥子，手就打泡了｜在行軍中，他腳上打了泡。

【打炮】dǎpào ㄉㄚˇ ㄆㄠˋ ❶發射炮彈。❷舊時名角兒新到某個地點登台的頭幾天演出拿手好戲：打炮戲｜打炮三天。

【打屁股】dǎ pì·gu ㄉㄚˇ ㄆㄧˋ ·ㄍㄨ 比喻嚴厲批評（多含詼諧意）：任務完不成就要打屁股。

【打平手】dǎ píngshǒu ㄉㄚˇ ㄆㄧㄥˊ ㄕㄡˇ 比賽

結果不分高下：甲乙兩隊打了個平手。

【打破】dǎ//pò ㄉㄚˇ//ㄆㄛˋ 突破原有的限制、拘束等：打破常規｜打破記錄｜打破情面｜打破沈默。

【打破沙鍋問到底】dǎpò shāguō wèn dào dǐ ㄉㄚˇ ㄆㄛˋ ㄕㄚ ㄍㄨㄛ ㄨㄣˋ ㄉㄠˋ ㄉㄧˇ 比喻對事情的原委追問到底。'問'跟'璺'諧音。

【打譜】dǎ//pǔ ㄉㄚˇ//ㄆㄨˇ ❶按照棋譜把棋子順次擺出來，學習下棋的技術。❷(打譜兒)訂出大概的計劃：你得先打個譜兒，才能跟人家商訂合同。❸合計；打算。

【打氣】dǎ//qì ㄉㄚˇ//ㄑㄧˋ ❶加壓力使氣進入(球或輪胎等)。❷比喻鼓動：撐腰打氣。

【打千】dǎ//qiān ㄉㄚˇ//ㄑㄧㄢ (打千兒)舊時的敬禮，右手下垂，左腿向前屈膝，右腿略彎曲：打千請安。

【打釺】dǎqiān ㄉㄚˇ ㄑㄧㄢ 採礦、開隧道等爆破工程中，用釺子在岩石上鑿孔。

【打前失】dǎ qián·shi ㄉㄚˇ ㄑㄧㄢˊ ·ㄕ (驢、馬等)前蹄沒站穩而跌倒或幾乎跌倒。

【打前站】dǎ qiánzhàn ㄉㄚˇ ㄑㄧㄢˊ ㄓㄢˋ 行軍或集體出行的時候，先有人到將要停留或到達的地點去辦理食宿等事務，叫打前站。

【打錢】dǎ//qián ㄉㄚˇ//ㄑㄧㄢˊ 賣藝的人向觀眾收錢。

【打槍】dǎqiāng ㄉㄚˇ ㄑㄧㄤ ❶發射槍彈。❷見922頁〖槍替〗。

【打秋風】dǎ qiūfēng ㄉㄚˇ ㄑㄧㄡ ㄈㄥ 指假借某種名義向人索取財物。也說打抽豐。

【打趣】dǎ//qù ㄉㄚˇ//ㄑㄩˋ 拿人開玩笑；嘲弄：幾個調皮的人圍上來，七嘴八舌打趣他。

【打圈子】dǎ quān·zi ㄉㄚˇ ㄑㄩㄢ ·ㄗ 轉圈子：飛機在天空嗡嗡地打圈子◇應該全面地考慮問題，不要只在一些細節上打圈子。也說打圈圈。

【打拳】dǎ//quán ㄉㄚˇ//ㄑㄩㄢˊ 練拳術。

【打群架】dǎ qúnjià ㄉㄚˇ ㄑㄩㄣˊ ㄐㄧㄚˋ 雙方聚集許多人打架。

【打擾】dǎrǎo ㄉㄚˇ ㄖㄠˇ ❶擾亂；攪擾：工作時間，請勿打擾。❷婉辭，指受招待：在府上打擾多日，非常感謝！

【打掃】dǎsǎo ㄉㄚˇ ㄙㄠˇ 掃除；清理：打掃院子｜打掃戰場。

【打閃】dǎ//shǎn ㄉㄚˇ//ㄕㄢˇ 雲層發生放電現象：天上又打雷又打閃，眼看雨就來了。

【打扇】dǎ//shàn ㄉㄚˇ//ㄕㄢˋ (給別人)扇(shān)扇子。

【打食】[1] dǎ//shí ㄉㄚˇ//ㄕˊ (打食兒)(鳥獸)到窩外尋找食物。

【打食】[2] dǎ//shí ㄉㄚˇ//ㄕˊ 用藥物幫助消化或使腸胃裏停滯的東西排出體外。

【打手】dǎ·shou ㄉㄚˇ ·ㄕㄡ 受主子豢養，替主子欺壓、毆打人的惡棍。

【打算】dǎ·suan ㄉㄚˇ ·ㄙㄨㄢ ❶考慮；計劃：通盤打算｜你打算幾時走？❷關於行動的方向、方法等的想法；念頭：畢業生有一個共同的打算，就是到祖國最需要的地方去。

【打算盤】dǎ suàn·pan ㄉㄚˇ ㄙㄨㄢˋ ·ㄆㄢ ❶用算盤計算。❷合計；盤算：別總在一些小事上打算盤。

【打胎】dǎ//tāi ㄉㄚˇ//ㄊㄞ 人工流產的通稱。

【打探】dǎtàn ㄉㄚˇ ㄊㄢˋ 打聽；探聽：打探消息。

【打鐵】dǎ//tiě ㄉㄚˇ//ㄊㄧㄝˇ 鍛造鋼鐵工件。

【打聽】dǎ·ting ㄉㄚˇ ·ㄊㄧㄥ 探問：打聽消息｜打聽同伴的下落。

【打挺兒】dǎtǐngr ㄉㄚˇ ㄊㄧㄥㄦˇ 頭頸用力向後仰，胸部和腹部挺起：這孩子不肯吃藥，在媽媽的懷裏直打挺兒。

【打通】dǎ//tōng ㄉㄚˇ//ㄊㄨㄥ 除去阻隔使相貫通：把這兩個房間打通◇打通思想。

【打通關】dǎ tōngguān ㄉㄚˇ ㄊㄨㄥ ㄍㄨㄢ 筵席上一個人跟在座的人順次劃拳喝酒。

【打頭】[1] dǎ//tóu ㄉㄚˇ//ㄊㄡˊ (打頭兒)抽頭。

【打頭】[2] dǎ//tóu ㄉㄚˇ//ㄊㄡˊ (打頭兒)帶頭；領先：誰先打個頭｜打頭的都是小夥子。

【打頭】dǎtóu ㄉㄚˇ ㄊㄡˊ 〈方〉(打頭兒)從頭：失敗了再打頭兒來。

【打頭風】dǎtóufēng ㄉㄚˇ ㄊㄡˊ ㄈㄥ 逆風。

【打頭陣】dǎ tóu zhèn ㄉㄚˇ ㄊㄡˊ ㄓㄣˋ 比喻衝在前邊帶頭幹：每次抗洪救災，當地駐軍總是打頭陣。

【打退堂鼓】dǎ tuìtánggǔ ㄉㄚˇ ㄊㄨㄟˋ ㄊㄤˊ ㄍㄨˇ 封建官吏退堂時打鼓，現在比喻做事中途退縮：有困難大家來克服，你可不能打退堂鼓。

【打圍】dǎ//wéi ㄉㄚˇ//ㄨㄟˊ 許多打獵的人從四面圍捕野獸，也泛指打獵。

【打問】[1] dǎwèn ㄉㄚˇ ㄨㄣˋ 〈方〉打聽：把事情的底細打問清楚。

【打問】[2] dǎwèn ㄉㄚˇ ㄨㄣˋ 〈書〉拷問。

【打問號】dǎ wènhào ㄉㄚˇ ㄨㄣˋ ㄏㄠˋ 表示產生懷疑：出現這種情況，我對他不得不打個問號。

【打問訊】dǎ wènxùn ㄉㄚˇ ㄨㄣˋ ㄒㄩㄣˋ 問訊③。

【打下】dǎ//xià ㄉㄚˇ//ㄒㄧㄚˋ ❶攻克(某地點)。❷奠定(基礎)。

【打下手】dǎ xiàshǒu ㄉㄚˇ ㄒㄧㄚˋ ㄕㄡˇ (打下手兒)擔任助手。

【打先鋒】dǎ xiānfēng ㄉㄚˇ ㄒㄧㄢ ㄈㄥ ❶作戰或行軍時充當先頭部隊。❷比喻帶頭奮進：要為經濟建設打先鋒。

【打響】dǎxiǎng ㄉㄚˇ ㄒㄧㄤˇ ❶指開火；接火：先頭部隊打響了。❷比喻事情初步成功：這一炮打響了，下一步就好辦了。

【打消】dǎxiāo ㄉㄚˇ ㄒㄧㄠ 消除(用於抽象的事物)：打消顧慮｜這個念頭趁早打消。
【打斜】dǎxié ㄉㄚˇ ㄒㄧㄝˊ 坐立時斜對着尊長或客人：打斜坐在一邊兒。
【打雪仗】dǎ xuězhàng ㄉㄚˇ ㄒㄩㄝˇ ㄓㄤˋ 把雪團成球，互相投擲鬧着玩。
【打鴨子上架】dǎ yā·zi shàng jià ㄉㄚˇ ㄧㄚ·ㄗ ㄕㄤˋ ㄐㄧㄚˋ 見373頁〖趕鴨子上架〗。
【打牙祭】dǎ yájì ㄉㄚˇ ㄧㄚˊ ㄐㄧˋ 〈方〉原指每逢月初、月中吃一頓有葷菜的飯，後來泛指偶爾吃一頓豐盛的飯。
【打啞謎】dǎ yǎmí ㄉㄚˇ ㄧㄚˇ ㄇㄧˊ 沒有明確地把意思說出來或表示出來，讓對方猜：有話直說，用不着打啞謎。
【打掩護】dǎ yǎnhù ㄉㄚˇ ㄧㄢˇ ㄏㄨˋ ❶在主力部隊的側面或後面跟敵人作戰，保護主力部隊完成任務。❷比喻遮蓋或包庇(壞事、壞人)：事情已經調查清楚，你用不着再替他打掩護了。
【打眼】[1] dǎ∥yǎn ㄉㄚˇ∥ㄧㄢˇ (打眼兒)鑽孔：往牆上打個眼｜打眼放炮。
【打眼】[2] dǎ∥yǎn ㄉㄚˇ∥ㄧㄢˇ 〈方〉買東西沒看出毛病，上了當。
【打眼】[3] dǎ∥yǎn ㄉㄚˇ∥ㄧㄢˇ 〈方〉惹人注意：這件紅衣服真打眼。
【打佯兒】dǎ∥yángr ㄉㄚˇ∥ㄧㄤㄦˊ 〈方〉裝做不知道的樣子：我問他，他跟我打佯兒。
【打烊】dǎ∥yàng ㄉㄚˇ∥ㄧㄤˋ 〈方〉(商店)晚上關門停止營業。
【打樣】dǎ∥yàng ㄉㄚˇ∥ㄧㄤˋ ❶在建築房屋、製造器具等之前，畫出設計圖樣。❷排版完了，印刷之前，印出樣張來供校對用。
【打藥】dǎyào ㄉㄚˇ ㄧㄠˋ ❶瀉藥。❷〈方〉舊時走江湖的醫生賣的藥(多為外敷的)。
【打野外】dǎ yěwài ㄉㄚˇ ㄧㄝˇ ㄨㄞˋ (軍隊)到野外演習。
【打夜作】dǎ yèzuò ㄉㄚˇ ㄧㄝˋ ㄗㄨㄛˋ 夜間工作：接連打了兩個夜作。
【打印】dǎ∥yìn ㄉㄚˇ∥ㄧㄣˋ 蓋圖章。
【打印】dǎyìn ㄉㄚˇ ㄧㄣˋ 打字油印：打印文件。
【打印機】dǎyìnjī ㄉㄚˇ ㄧㄣˋ ㄐㄧ 由微型電子計算機控制的打字機，沒有鍵盤，把字符的代碼轉換成字符並印出來。
【打印台】dǎyìntái ㄉㄚˇ ㄧㄣˋ ㄊㄞˊ 印台。
【打油】dǎ∥yóu ㄉㄚˇ∥ㄧㄡˊ ❶用油提子舀油，借指零星地買油。❷〈方〉榨油。❸上油：給皮鞋打點兒油。
【打油詩】dǎyóushī ㄉㄚˇ ㄧㄡˊ ㄕ 內容和詞句通俗詼諧、不拘於平仄韵律的舊體詩。相傳為唐代張打油所創，因而得名。
【打遊擊】dǎ yóujī ㄉㄚˇ ㄧㄡˊ ㄐㄧ ❶從事遊擊活動。❷比喻從事沒有固定地點的工作或活動(詼諧的說法)。
【打援】dǎ∥yuán ㄉㄚˇ∥ㄩㄢˊ 攻打增援的敵軍：圍城打援。
【打圓場】dǎ yuánchǎng ㄉㄚˇ ㄩㄢˊ ㄔㄤˇ 調解糾紛，緩和僵局：他倆正在爭吵，你去打個圓場吧。也說打圓盤。
【打雜兒】dǎ∥zár ㄉㄚˇ∥ㄗㄚㄦˊ 做雜事：他沒技術，只能在車間打雜兒。
【打造】dǎzào ㄉㄚˇ ㄗㄠˋ 製造(多指金屬器物)：打造農具｜打造船隻。
【打戰】dǎzhàn ㄉㄚˇ ㄓㄢˋ 發抖：凍得直打戰。也作打顫。
【打顫】dǎzhàn ㄉㄚˇ ㄓㄢˋ 同'打戰'。
【打仗】dǎ∥zhàng ㄉㄚˇ∥ㄓㄤˋ 進行戰爭；進行戰鬥◇我們在生產戰綫上打了個漂亮仗。
【打招呼】dǎ zhāo·hu ㄉㄚˇ ㄓㄠ·ㄏㄨ ❶用語言或動作表示問候：路上碰見熟人，打了個招呼。❷(事前或事後)就某項事情或某種問題予以通知、關照：已經給你們打過招呼，怎麼還要這樣幹？
【打照面兒】dǎ zhàomiànr ㄉㄚˇ ㄓㄠˋ ㄇㄧㄢㄦˋ ❶面對面地相遇：他倆在街上打個照面兒，一時都愣住了。❷露面：他剛才在會上打了個照面兒就走了。
【打折扣】dǎ zhékòu ㄉㄚˇ ㄓㄜˊ ㄎㄡˋ ❶降低商品的定價(出售)。參看1448頁〖折扣〗。❷比喻不完全按規定的、已承認的或已答應的來做：要保質保量地按時交活兒，不能打折扣。
【打針】dǎ∥zhēn ㄉㄚˇ∥ㄓㄣ 把液體藥物用注射器注射到有機體內。
【打整】dǎ·zheng ㄉㄚˇ·ㄓㄥ 〈方〉收拾；準備。
【打皺】dǎzhòu ㄉㄚˇ ㄓㄡˋ 〈方〉(打皺兒)起皺紋：臉上打皺｜衣服打皺了，熨平了再穿。
【打主意】dǎ zhǔ·yi ㄉㄚˇ ㄓㄨˇ·ㄧ 想辦法；設法謀取：這事還得另打主意｜做事不能只在錢上打主意。
【打住】dǎ∥zhù ㄉㄚˇ∥ㄓㄨˋ ❶停止：他說到這裏突然打住了｜在小院門口打住了腳步。❷〈方〉在別人家裏或外地暫住。
【打轉】dǎzhuàn ㄉㄚˇ ㄓㄨㄢˋ (打轉兒)繞圈子；旋轉：急得張着兩手亂打轉｜眼睛滴溜溜地直打轉◇他講的話老是在我腦子裏打轉。也說打轉轉。
【打樁】dǎ∥zhuāng ㄉㄚˇ∥ㄓㄨㄤ 把木樁、石樁等砸進地裏，使建築物基礎堅固。
【打字】dǎ∥zì ㄉㄚˇ∥ㄗˋ 用打字機把文字打在紙上。
【打字機】dǎzìjī ㄉㄚˇ ㄗˋ ㄐㄧ 按鍵或把手把字和符號打印在紙上的機械，有手打和電打兩種。
【打總兒】dǎzǒngr ㄉㄚˇ ㄗㄨㄥㄦˇ 把分為幾次做的事情合併為一次做：打總兒算賬｜打總兒買。
【打嘴】dǎ∥zuǐ ㄉㄚˇ∥ㄗㄨㄟˇ ❶打嘴巴。❷〈方〉才誇口就出醜：打嘴現眼。
【打嘴仗】dǎ zuǐzhàng ㄉㄚˇ ㄗㄨㄟˇ ㄓㄤˋ 指吵架。

【打坐】dǎ//zuò ㄉㄚˇ//ㄗㄨㄛˋ 我國古代一種養生健身法，也是僧道修行的方法。閉目盤膝而坐，調整氣息出入，手放在一定位置上，不想任何事情。

dà（ㄉㄚˋ）

大1 dà ㄉㄚˋ ❶在體積、面積、數量、力量、強度等方面超過一般或超過所比較的對象（跟‘小’相對）：房子大｜地方大｜年紀大｜聲音太大｜外面風大｜團結起來力量大。❷大小的程度：那間房子有這間兩個大｜你的孩子現在多大了？❸程度深：大紅｜真相大白｜大吃一驚｜天已經大亮了｜病已經大好了。❹用於‘不’後，表示程度淺或次數少：不大愛說話｜還不大會走路｜不大出門。❺排行第一的：老大｜大哥。❻年紀大的人：一家大小。❼敬辭，稱與對方有關的事物：尊姓大名｜大作｜大札。❽用在時令或節日前，表示強調：大清早｜大熱天｜大年初一。❾（Dà）姓。

大2 dà ㄉㄚˋ〈方〉❶父親：俺大叫我來看看你。❷伯父或叔父：三大是一個勞動英雄。

〈古〉又同‘太’‘泰’（tài），如‘大子’‘大山’。

另見219頁 dài。

【大白】[1] dàbái ㄉㄚˋ ㄅㄞˊ 〈方〉粉刷牆壁用的白堊。

【大白】[2] dàbái ㄉㄚˋ ㄅㄞˊ （事情的原委）完全清楚：真相大白｜大白於天下。

【大白菜】dàbáicài ㄉㄚˋ ㄅㄞˊ ㄘㄞˋ 白菜。

【大伯子】dàbǎi·zi ㄉㄚˋ ㄅㄞˇ ·ㄗ 丈夫的哥哥。

【大班】[1] dàbān ㄉㄚˋ ㄅㄢ 〈方〉❶舊時稱洋行的經理。❷舊時稱轎夫。

【大班】[2] dàbān ㄉㄚˋ ㄅㄢ 幼兒園裏由五週歲至六週歲兒童所編成的班級。

【大半】dàbàn ㄉㄚˋ ㄅㄢˋ ❶過半數；大部分：這個車間大半是年輕人。❷副詞，表示較大的可能性：他這時候還不來，大半是不來了。

【大鴇】dàbǎo ㄉㄚˋ ㄅㄠˇ 鳥，高約3－4尺，背部有黃褐色和黑色的斑紋，腹部灰白色，不善於飛而善於走。吃穀類和昆蟲。也叫地鵏。

【大暴雨】dàbàoyǔ ㄉㄚˋ ㄅㄠˋ ㄩˇ 指24小時內，雨量達1000－2000毫米的雨。

【大本營】dàběnyíng ㄉㄚˋ ㄅㄣˇ ㄧㄥˊ ❶指戰時軍隊的最高統帥部。❷泛指某種活動的策源地。

【大便】dàbiàn ㄉㄚˋ ㄅㄧㄢˋ ❶屎。❷拉屎。

【大兵】dàbīng ㄉㄚˋ ㄅㄧㄥ ❶指士兵（含貶義）。❷兵力強大的軍隊：大兵壓境。

【大伯】dàbó ㄉㄚˋ ㄅㄛˊ ❶伯父。❷尊稱年長的男人。

【大脖子病】dàbó·zibìng ㄉㄚˋ ㄅㄛˊ ·ㄗ ㄅㄧㄥˋ 〈方〉甲狀腺腫。

【大不了】dà·buliǎo ㄉㄚˋ ·ㄅㄨ ㄌㄧㄠˇ ❶至多也不過：趕不上車，大不了走回去就是了。❷了不得（多用於否定式）：這個病沒有甚麼大不了，吃點藥就會好的。

【大步流星】dà bù liú xīng ㄉㄚˋ ㄅㄨˋ ㄌㄧㄡˊ ㄒㄧㄥ 形容腳步邁得大，走得快。

【大材小用】dà cái xiǎo yòng ㄉㄚˋ ㄘㄞˊ ㄒㄧㄠˇ ㄩㄥˋ 大的材料用在小處。多指人事安排上不恰當，屈才。

【大菜】dàcài ㄉㄚˋ ㄘㄞˋ ❶酒席中後上的大碗的菜，如全雞、全鴨、肘子等。❷指西餐。

【大腸】dàcháng ㄉㄚˋ ㄔㄤˊ 腸的一部分，上連小腸，下通肛門，比小腸粗而短。分為盲腸、結腸和直腸三部分。主要作用是吸收水分和形成糞便。

【大氅】dàchǎng ㄉㄚˋ ㄔㄤˇ 大衣：羊皮大氅。

【大鈔】dàchāo ㄉㄚˋ ㄔㄠ 大面額的鈔票：百元大鈔。

【大潮】dàcháo ㄉㄚˋ ㄔㄠˊ ❶一個朔望月中最高的潮水。朔日和望日，月亮和太陽對地球的引力最大（是二者引力之和），按理大潮應該出現在這兩天，由於一些複雜因素的影響，大潮往往延遲兩三天出現。❷比喻聲勢大的社會潮流：改革的大潮。

【大車】[1] dàchē ㄉㄚˋ ㄔㄜ 牲口拉的兩輪或四輪載重車。

【大車】[2] dàchē ㄉㄚˋ ㄔㄜ 對火車司機或輪船上負責管理機器的人的尊稱。也作大俥。

【大臣】dàchén ㄉㄚˋ ㄔㄣˊ 君主國家的高級官員。

【大乘】dàchéng ㄉㄚˋ ㄔㄥˊ 公元一、二世紀流行的佛教派別，自以為可以普渡眾生，所以自命為大乘。參看1256頁〖小乘〗。

【大吃一驚】dà chī yī jīng ㄉㄚˋ ㄔ ㄧ ㄐㄧㄥ 形容對發生的意外事情非常吃驚。

【大衝】dàchōng ㄉㄚˋ ㄔㄨㄥ 火星離地球最近的時期，隔15－17年重複一次。因為距地球近，這時火星顯得最亮。參看158頁‘衝⑤’。

【大蟲】dàchóng ㄉㄚˋ ㄔㄨㄥˊ 〈方〉老虎。

【大出血】dàchūxuè ㄉㄚˋ ㄔㄨ ㄒㄩㄝˋ 由動脈破裂或內臟損傷等引起的大量出血的現象。

【大處落墨】dà chù luò mò ㄉㄚˋ ㄔㄨˋ ㄌㄨㄛˋ ㄇㄛˋ 繪畫或寫文章在主要的地方下工夫，比喻做事從主要的地方着眼，不把力量分散在枝節上。

【大瘡】dàchuāng ㄉㄚˋ ㄔㄨㄤ 梅毒、軟性下疳等性病在身體表面上形成的潰瘍。

【大吹大擂】dà chuī dà léi ㄉㄚˋ ㄔㄨㄟ ㄉㄚˋ ㄌㄟˊ 比喻大肆宣揚。

【大吹法螺】dà chuī fǎluó ㄉㄚˋ ㄔㄨㄟ ㄈㄚˇ ㄌㄨㄛˊ 佛家把講經說法叫吹法螺。現比喻說大話。

【大春】dàchūn ㄉㄚˋ ㄔㄨㄣ 〈方〉❶指春季。❷指春天播種的作物，如稻子、玉米。也叫大春作物。

【大醇小疵】dà chún xiǎo cī ㄉㄚˋ ㄔㄨㄣˊ ㄒㄧㄠˇ ㄘ 大體上完美，只是個別小地方有些毛病。

【大詞】dàcí ㄉㄚˋ ㄘˊ 三段論中結論的賓詞。參看986頁〖三段論〗。

【大葱】dàcōng ㄉㄚˋ ㄘㄨㄥ 葱的一種，葉子和莖較粗大。參看192頁'葱'。

【大…大…】dà…dà… ㄉㄚˋ…ㄉㄚˋ… 分別用在名詞、動詞或形容詞的前面，表示規模大，程度深：大手大腳｜大魚大肉｜大搖大擺｜大吵大鬧｜大吃大喝｜大紅大綠。

【大大】dàdà ㄉㄚˋ ㄉㄚˋ 強調數量很大或程度很深：費用大大超過了預算｜室內有了通風裝置，溫度大大降低了。

【大大咧咧】dà·daliēliē ㄉㄚˋ ·ㄉㄚ ㄌㄧㄝ ㄌㄧㄝ (大大咧咧的) 形容隨隨便便，滿不在意。

【大大落落】dà·daluōluō ㄉㄚˋ ·ㄉㄚ ㄌㄨㄛ ㄌㄨㄛ 〈方〉形容態度大方。

【大膽】dàdǎn ㄉㄚˋ ㄉㄢˇ 有勇氣；不畏縮：大膽革新｜大膽探索。

【大刀闊斧】dà dāo kuò fǔ ㄉㄚˋ ㄉㄠ ㄎㄨㄛˋ ㄈㄨˇ 比喻辦事果斷而有魄力。

【大抵】dàdǐ ㄉㄚˋ ㄉㄧˇ 大概；大都：情況大抵如此｜他們幾個人是同一年畢業的，後來的經歷也大抵相同。

【大地】dàdì ㄉㄚˋ ㄉㄧˋ ❶廣大的地面：大地回春｜陽光普照大地。❷指有關地球的：大地測量。

【大典】dàdiǎn ㄉㄚˋ ㄉㄧㄢˇ 隆重的典禮 (指國家舉行的)：開國大典。

【大殿】dàdiàn ㄉㄚˋ ㄉㄧㄢˋ ❶封建王朝舉行慶典、接見大臣或使臣等的殿。❷寺廟中供奉主要神佛的殿。

【大動干戈】dà dòng gāngē ㄉㄚˋ ㄉㄨㄥˋ ㄍㄢ ㄍㄜ 原指發動戰爭，現多比喻興師動眾或大張聲勢地做事：這部機器沒多大毛病，你卻要大拆大卸，何必如此大動干戈呢？

【大動脈】dàdòngmài ㄉㄚˋ ㄉㄨㄥˋ ㄇㄞˋ ❶主動脈。❷比喻主要的交通幹綫：京廣鐵路是我國南北交通的大動脈。

【大豆】dàdòu ㄉㄚˋ ㄉㄡˋ ❶一年生草本植物，花白色或紫色，有根瘤，豆莢有毛。種子一般黃色，供食用，也可以榨油。❷這種植物的種子。

【大都】dàdōu ㄉㄚˋ ㄉㄡ 大多：杜甫的杰出詩篇大都寫於安史之亂前後。

【大肚子】dàdù·zi ㄉㄚˋ ㄉㄨˋ ·ㄗ ❶指懷孕。❷指飯量大的人 (用於不嚴肅的口氣)。

【大肚子痞】dàdù·zipǐ ㄉㄚˋ ㄉㄨˋ ·ㄗ ㄆㄧˇ 中醫指肝臟和脾臟腫大，腹部膨大，並有腹水的症狀，常見於黑熱病、晚期血吸蟲病等。

【大度】dàdù ㄉㄚˋ ㄉㄨˋ 〈書〉氣量寬宏能容人：豁達大度｜大度包容。

【大端】dàduān ㄉㄚˋ ㄉㄨㄢ 〈書〉(事情的) 主要方面：舉其大端。

【大隊】dàduì ㄉㄚˋ ㄉㄨㄟˋ ❶隊伍編制，由若干中隊組成。❷軍隊中相當於營或團的一級組織。

【大多】dàduō ㄉㄚˋ ㄉㄨㄛ 大部分；大多數：大會的代表大多是先進工作者｜樹上的柿子大多已經成熟。

【大多數】dàduōshù ㄉㄚˋ ㄉㄨㄛ ㄕㄨˋ 超過半數很多的數量：大多數人贊成這個方案。

【大而無當】dà ér wú dàng ㄉㄚˋ ㄦˊ ㄨˊ ㄉㄤˋ 雖然大，但是不合用。

【大發】dà·fa ㄉㄚˋ ·ㄈㄚ 〈方〉超過了適當的限度；過度 (後面常跟'了'字)：病大發了｜這件事鬧大發了。

【大發雷霆】dà fā léitíng ㄉㄚˋ ㄈㄚ ㄌㄟˊ ㄊㄧㄥˊ 比喻大發脾氣，高聲訓斥。

【大法】dàfǎ ㄉㄚˋ ㄈㄚˇ ❶指國家的根本法，即憲法。❷〈書〉重要的法令、法則。

【大凡】dàfán ㄉㄚˋ ㄈㄢˊ 副詞，用在句首，表示總括一般的情形，常跟'總、都'等呼應：大凡搞基本建設的單位，流動性都比較大。

【大方】[1] dàfāng ㄉㄚˋ ㄈㄤ 〈書〉指專家學者；內行人：大方之家｜貽笑大方。

【大方】[2] dàfāng ㄉㄚˋ ㄈㄤ 綠茶的一種，產於安徽歙縣，浙江淳安等地。

【大方】dà·fang ㄉㄚˋ ·ㄈㄤ ❶對於財物不計較；不吝嗇：出手大方｜他很大方，不會計較這幾個錢。❷(言談、舉止) 自然；不拘束：舉止大方｜可以大大方方的，用不着拘束。❸(樣式、顏色等) 不俗氣：陳設大方｜這種布的顏色和花樣看着很大方。

【大放厥詞】dà fàng jué cí ㄉㄚˋ ㄈㄤˋ ㄐㄩㄝˊ ㄘˊ 大發議論 (今多含貶義)。

【大糞】dàfèn ㄉㄚˋ ㄈㄣˋ 人的糞便。

【大風】dàfēng ㄉㄚˋ ㄈㄥ ❶氣象學上指8級風。參看343頁〖風級〗。❷泛指風力很大的風：大風警報。

【大風大浪】dà fēng dà làng ㄉㄚˋ ㄈㄥ ㄉㄚˋ ㄌㄤˋ 比喻社會的大動盪，大變化。

【大夫】dàfū ㄉㄚˋ ㄈㄨ 古代官職，位於卿之下，士之上。

另見219頁 dài·fu。

【大副】dàfù ㄉㄚˋ ㄈㄨˋ 輪船上船長的主要助手，駕駛工作的負責人。大副之下有時還有二副和三副。

【大腹賈】dàfùgǔ ㄉㄚˋ ㄈㄨˋ ㄍㄨˇ 指富商 (含譏諷意)。

【大腹便便】dà fù piánpián ㄉㄚˋ ㄈㄨˋ ㄆㄧㄢˊ ㄆㄧㄢˊ 肚子肥大的樣子 (含貶義)。

【大蓋帽】dàgàimào ㄉㄚˋ ㄍㄞˋ ㄇㄠˋ 軍人、警

察或其他機關人員戴的一種頂大而平的制式帽子。也叫大檐帽。

【大概】dàgài ㄉㄚˋ ㄍㄞˋ ❶大致的內容或情況：他嘴上不說，心裏卻捉摸了個大概。❷不十分精確或不十分詳盡：他把情況做了個大概的分析｜這件事我記不太清，只有個大概的印象。❸副詞，表示有很大的可能性：雪並沒有多厚，大概在半夜就不下了｜從這裏到西山，大概有四五十里地。

【大概其】dàgàiqí ㄉㄚˋ ㄍㄞˋ ㄑㄧˊ 〈方〉大概：這本書我沒細看，只大概其翻了翻｜他說了半天，我只聽了個大概其。'其'有時也作齊。

【大綱】dàgāng ㄉㄚˋ ㄍㄤ （著作、講稿、計劃等）系統排列的內容要點：教學大綱。

【大哥】dàgē ㄉㄚˋ ㄍㄜ ❶排行最大的哥哥。❷尊稱年紀跟自己相仿的男子。

【大革命】dàgémìng ㄉㄚˋ ㄍㄜˊ ㄇㄧㄥˋ ❶大規模的革命：法國大革命。❷特指我國第一次國內革命戰爭。

【大公國】dàgōngguó ㄉㄚˋ ㄍㄨㄥ ㄍㄨㄛˊ 以大公（在公爵之上的爵位）為國家元首的國家，如盧森堡大公國（在西歐）。

【大公無私】dà gōng wú sī ㄉㄚˋ ㄍㄨㄥ ㄨˊ ㄙ ❶完全為人民群眾利益着想，毫無自私自利之心。❷處理公正，不偏袒任何一方。

【大功告成】dà gōng gào chéng ㄉㄚˋ ㄍㄨㄥ ㄍㄠˋ ㄔㄥˊ 指大的工程、事業或重要任務宣告完成。

【大姑子】dà·gū·zi ㄉㄚˋ ·ㄍㄨ ·ㄗ 丈夫的姐姐。

【大鼓】dàgǔ ㄉㄚˋ ㄍㄨˇ 曲藝的一種，用韵文演唱故事，夾有少量說白，用鼓、板、三弦等伴奏。流行地區很廣，因地區和方言、曲調的不同而有不同的名稱，如京韵大鼓、樂亭大鼓、山東大鼓、湖北大鼓等。

【大故】dàgù ㄉㄚˋ ㄍㄨˋ 〈書〉❶重大的事故，如戰爭、災禍等：國有大故。❷指父親或母親死亡。

【大褂】dàguà ㄉㄚˋ ㄍㄨㄚˋ （大褂兒）身長過膝的中式單衣。

【大觀】dàguān ㄉㄚˋ ㄍㄨㄢ 形容事物美好繁多：蔚為大觀｜洋洋大觀。

【大管】dàguǎn ㄉㄚˋ ㄍㄨㄢˇ 見15頁〖巴松〗。

【大鍋飯】dàguōfàn ㄉㄚˋ ㄍㄨㄛ ㄈㄢˋ 供多數人吃的普通伙食：吃大鍋飯。

【大海撈針】dà hǎi lāo zhēn ㄉㄚˋ ㄏㄞˇ ㄌㄠ ㄓㄣ 海底撈針。

【大寒】dàhán ㄉㄚˋ ㄏㄢˊ 二十四節氣之一，在1月20日或21日，一般是我國氣候最冷的時候。參看589頁〖節氣〗、306頁〖二十四節氣〗。

【大漢】dàhàn ㄉㄚˋ ㄏㄢˋ 身材高大的男子：彪形大漢。

【大旱望雲霓】dàhàn wàng yúnní ㄉㄚˋ ㄏㄢˋ ㄨㄤˋ ㄩㄣˊ ㄋㄧˊ 比喻渴望解除困境，好像大旱的時候盼望雨水一樣。

【大好】dàhǎo ㄉㄚˋ ㄏㄠˇ ❶很好；美好：大好形勢｜大好時光。❷（病）完全好。

【大號】[1] dàhào ㄉㄚˋ ㄏㄠˋ ❶尊稱他人的名字。❷（大號兒）較大的型號：大號皮鞋。

【大號】[2] dàhào ㄉㄚˋ ㄏㄠˋ 銅管樂器，裝有四個或五個活塞。吹奏時聲音低沈雄渾。

【大合唱】dàhéchàng ㄉㄚˋ ㄏㄜˊ ㄔㄤˋ 包括獨唱、對唱、重唱、齊唱、合唱等形式的集體演唱，有時還穿插朗誦和表演，常用管弦樂隊伴奏，如《黃河大合唱》。

【大亨】dàhēng ㄉㄚˋ ㄏㄥ 稱某一地方或某一行業的有勢力的人：金融大亨。

【大轟大嗡】dà hōng dà wēng ㄉㄚˋ ㄏㄨㄥ ㄉㄚˋ ㄨㄥ 形容不注重實際，只在形式上轟轟烈烈。

【大紅】dàhóng ㄉㄚˋ ㄏㄨㄥˊ 很紅的顏色。

【大後方】dàhòufāng ㄉㄚˋ ㄏㄡˋ ㄈㄤ 指抗日戰爭時期國民黨統治下的西南、西北地區。

【大後年】dàhòunián ㄉㄚˋ ㄏㄡˋ ㄋㄧㄢˊ 緊接在後年之後的那一年。

【大後天】dàhòutiān ㄉㄚˋ ㄏㄡˋ ㄊㄧㄢ 緊接在後天之後的那一天。也說大後兒。

【大戶】dàhù ㄉㄚˋ ㄏㄨˋ ❶舊時指有錢有勢的人家。❷人口多、分支繁的家族：王姓是該村的大戶。❸指在某一方面數量比較大的單位或個人：冰箱生產大戶｜用電大戶。

【大花臉】dàhuāliǎn ㄉㄚˋ ㄏㄨㄚ ㄌㄧㄢˇ 戲曲中花臉的一種，注重唱工，如銅錘、黑頭等。

【大話】dàhuà ㄉㄚˋ ㄏㄨㄚˋ 虛誇的話：說大話。

【大黃魚】dàhuángyú ㄉㄚˋ ㄏㄨㄤˊ ㄩˊ 黃魚的一種，鱗小，背部灰黃色，鰭黃色，是我國重要海產魚類之一。

【大會】dàhuì ㄉㄚˋ ㄏㄨㄟˋ ❶國家機關、團體等召開的全體會議。❷人數眾多的群眾集會：動員大會｜慶祝大會。

【大夥兒】dàhuǒr ㄉㄚˋ ㄏㄨㄛㄦˇ '大家'[2]：大夥兒要是沒意見，就這麼定了。也說大家夥兒。

【大吉】dàjí ㄉㄚˋ ㄐㄧˊ ❶非常吉利：大吉大利｜萬事大吉｜開市大吉。❷用在動詞或動詞結構後表示詼諧的說法：溜之大吉｜關門大吉。

【大幾】dàjǐ ㄉㄚˋ ㄐㄧˇ 用在二十、三十等整數後面，表示超過這個整數（多指年齡）：二十大幾的人了，怎麼還跟小孩子一樣。

【大計】dàjì ㄉㄚˋ ㄐㄧˋ 重要的計劃；重大的事情：百年大計｜方針大計｜共商大計。

【大薊】dàjì ㄉㄚˋ ㄐㄧˋ 多年生草本植物，莖有刺，葉子羽狀，花紫紅色，瘦果橢圓形。可入藥。也叫薊。

【大家】[1] dàjiā ㄉㄚˋ ㄐㄧㄚ ❶著名的專家：書法大家｜大家手筆。❷世家望族：大家閨秀。

【大家】[2] dàjiā ㄉㄚˋ ㄐㄧㄚ 代詞，指一定範圍內所有的人：大家的事大家辦｜大家坐好，現在開會了。注意 a）某人或某些人跟'大家'對舉的時候，這人或這些人不在‘大家’的範圍之內，如：我報告大家一個好消息｜你講個笑話給大家聽聽｜他們一進來，大家都鼓掌表示歡迎。b)‘大家’常常放在‘你們、我們、他們、咱們’後面做複指成分，如：明天咱們大家開個會談談。

【大家庭】dàjiātíng ㄉㄚˋ ㄐㄧㄚ ㄊㄧㄥˊ 人口眾多的家庭，多比喻成員多、內部和諧的集體：民族大家庭。

【大駕】dàjià ㄉㄚˋ ㄐㄧㄚˋ ❶敬辭，稱對方：恭候大駕｜這件事只好有勞大駕了。❷古代帝王乘坐的一種車子。也用作帝王的代稱。

【大建】dàjiàn ㄉㄚˋ ㄐㄧㄢˋ 農曆有30天的月份。也叫大盡。

【大獎】dàjiǎng ㄉㄚˋ ㄐㄧㄤˇ 獎金數額大的或榮譽高的獎勵：大獎賽｜這部故事片榮獲大獎。

【大將】dàjiàng ㄉㄚˋ ㄐㄧㄤˋ ❶軍銜，某些國家將官的最高一級。❷泛指高級將領。比喻得力的部屬或集體中的重要人物：她是籃球隊裏的一員大將。

【大街】dàjiē ㄉㄚˋ ㄐㄧㄝ 城鎮中路面較寬、比較繁華的街道。

【大捷】dàjié ㄉㄚˋ ㄐㄧㄝˊ 戰爭中取得的大勝利。

【大節】dàjié ㄉㄚˋ ㄐㄧㄝˊ ❶指有關國家、民族存亡安危的大事。❷指臨難不苟的節操：大節凜然｜大節不辱。❸〈書〉大綱；大體。

【大姐】dàjiě ㄉㄚˋ ㄐㄧㄝˇ ❶排行最大的姐姐。❷對女性朋友或熟人的尊稱：劉大姐｜王大姐。

【大解】dàjiě ㄉㄚˋ ㄐㄧㄝˇ 排泄大便。

【大襟】dàjīn ㄉㄚˋ ㄐㄧㄣ 紐釦在一側的中裝的前面部分，通常從左側到右側，蓋住底襟。

【大盡】dàjìn ㄉㄚˋ ㄐㄧㄣˋ 大建。

【大驚小怪】dà jīng xiǎo guài ㄉㄚˋ ㄐㄧㄥ ㄒㄧㄠˇ ㄍㄨㄞˋ 形容對於不足為奇的事情過分驚訝。

【大靜脈】dà jìngmài ㄉㄚˋ ㄐㄧㄥˋ ㄇㄞˋ 體內的靜脈彙集成的一條上腔靜脈和一條下腔靜脈，直接與右心房相連，統稱為大靜脈。

【大舅子】dàjiù·zi ㄉㄚˋ ㄐㄧㄡˋ ·ㄗ 妻子的哥哥。

【大局】dàjú ㄉㄚˋ ㄐㄩˊ 整個的局面；整個的形勢：顧全大局｜大局已定｜無關大局。

【大舉】dàjǔ ㄉㄚˋ ㄐㄩˇ ❶大規模地進行（多用於軍事行動）：大舉進攻。❷〈書〉重大的舉動：共商大舉。

【大軍】dàjūn ㄉㄚˋ ㄐㄩㄣ ❶人數眾多，聲勢浩大的武裝部隊：百萬大軍｜大軍壓境。❷指從事某種工作的大批人：產業大軍｜地質大軍。

【大卡】dàkǎ ㄉㄚˋ ㄎㄚˇ 熱量的實用單位，是1卡路里的1,000倍。也叫千卡。

【大楷】dàkǎi ㄉㄚˋ ㄎㄞˇ ❶手寫的大的楷體漢字。❷拼音字母的大寫印刷體。

【大考】dàkǎo ㄉㄚˋ ㄎㄠˇ 學校中學期終了的考試。

【大課】dàkè ㄉㄚˋ ㄎㄜˋ 課堂教學的一種形式，集合不同班級的許多學生或學員在一起上課聽講。

【大快人心】dà kuài rén xīn ㄉㄚˋ ㄎㄨㄞˋ ㄖㄣˊ ㄒㄧㄣ 指壞人受到懲罰或打擊，使大家非常痛快。

【大塊頭】dàkuàitóu ㄉㄚˋ ㄎㄨㄞˋ ㄊㄡˊ 胖子；身材高大的人。

【大款】dàkuǎn ㄉㄚˋ ㄎㄨㄢˇ 指很有錢的人。

【大牢】dàláo ㄉㄚˋ ㄌㄠˊ 監獄。

【大老婆】dàlǎo·po ㄉㄚˋ ㄌㄠˇ ·ㄆㄛ 有妾的人的妻子。有的地區叫大婆兒。

【大理石】dàlǐshí ㄉㄚˋ ㄌㄧˇ ㄕˊ 大理岩的通稱。一種變質岩，由粒狀方解石和白雲石等組成，一般是白色或帶有黑、灰、褐等色的花紋，有光澤，多用做裝飾品及雕刻、建築材料。我國雲南大理產的最有名，所以叫大理石。

【大禮拜】dàlǐbài ㄉㄚˋ ㄌㄧˇ ㄅㄞˋ ❶每兩個星期或十天休息一天，休息的那天叫大禮拜。❷每兩個星期休息三天，休息兩天的那個星期或那個星期的休息日叫大禮拜。

【大力】dàlì ㄉㄚˋ ㄌㄧˋ ❶很大的力量：出大力｜下大力。❷用很大的力量：大力支持｜大力協作。

【大麗花】dàlìhuā ㄉㄚˋ ㄌㄧˋ ㄏㄨㄚ 多年生草本植物，有塊根，葉子對生，分裂成羽狀，花有多種顏色，供觀賞。也叫西番蓮。［大麗，英dahlia］

【大殮】dàliàn ㄉㄚˋ ㄌㄧㄢˋ 喪禮中把屍體裝進棺材，釘上棺蓋叫大殮。

【大樑】dàliáng ㄉㄚˋ ㄌㄧㄤˊ 見514頁〖脊檁〗。

【大量】dàliàng ㄉㄚˋ ㄌㄧㄤˋ ❶數量多：大量節日用品源源不斷運來｜大量生產化肥，支援農業生產。❷氣量大，能容忍：寬宏大量。

【大料】dàliào ㄉㄚˋ ㄌㄧㄠˋ 八角②。

【大齡】dàlíng ㄉㄚˋ ㄌㄧㄥˊ 年齡較大的：大齡學童｜大齡青年（指超過法定婚齡較多的未婚青年人）。

【大溜】dàliù ㄉㄚˋ ㄌㄧㄡˋ 河心速度大的水流◇隨大溜。

【大陸】dàlù ㄉㄚˋ ㄌㄨˋ ❶廣大的陸地：亞洲大陸（不包括屬於亞洲的島嶼）。❷特指我國領土的廣大陸地部分（對我國沿海島嶼而言）：台胞回大陸探親。

【大陸島】dàlùdǎo ㄉㄚˋ ㄌㄨˋ ㄉㄠˇ 原來和大陸相連的島嶼，多在靠近大陸的地方，地質構造上和鄰近的大陸有聯繫。如我國的台灣島、海南島。

【大陸架】dàlùjià ㄉㄚˋ ㄌㄨˋ ㄐㄧㄚˋ 大陸從海岸向外延伸，開頭坡度較緩，相隔一段距離後，坡度突然加大，直達深海底。坡度較緩的部分叫大陸架，坡度較大的部分叫大陸坡或陸坡。大陸架也叫大陸棚、陸棚、陸架。

【大陸性氣候】dàlùxìng qìhòu ㄉㄚˋ ㄌㄨˋ ㄒㄧㄥˋ ㄑㄧˋ ㄏㄡˋ 大陸內地受海洋影響不明顯的氣候，全年和一天內的氣溫變化較大，空氣乾燥，降水量少，多集中在夏季。

【大路】dàlù ㄉㄚˋ ㄌㄨˋ ❶寬闊的道路：順着大路往前走。❷指商品質量一般而銷路廣的：大路菜｜大路產品。

【大路活】dàlùhuó ㄉㄚˋ ㄌㄨˋ ㄏㄨㄛˊ （大路活兒）原料較次，加工較粗的成品。

【大路貨】dàlùhuò ㄉㄚˋ ㄌㄨˋ ㄏㄨㄛˋ 質量一般而銷路廣的貨物。

【大略】dàlüè ㄉㄚˋ ㄌㄩㄝˋ ❶大致的情況或內容：這個廠的問題我只知道個大略。❷大概；大致：時間不多了，你大略說說吧。❸遠大的謀略：雄才大略。

【大媽】dàmā ㄉㄚˋ ㄇㄚ ❶伯母。❷尊稱年長的婦人。

【大麻】dàmá ㄉㄚˋ ㄇㄚˊ 一年生草本植物，雌雄異株，雌株叫苴麻（jūmá），雄株叫枲麻（xǐmá）。掌狀複葉，小葉披針形，花淡綠色。纖維可以製繩。種子叫麻仁，可以榨油，又可入藥。也叫綫麻。

【大麻風】dàmáfēng ㄉㄚˋ ㄇㄚˊ ㄈㄥ 麻風。

【大麻哈魚】dàmáhǎyú ㄉㄚˋ ㄇㄚˊ ㄏㄚˇ ㄩˊ 魚，身體長約2–3尺，嘴大，鱗細，生活在太平洋北部海洋中，夏初或秋末成群入黑龍江等河流產卵。刺少，肉味鮮美。也叫大馬哈魚。

【大麻子】dàmázǐ ㄉㄚˋ ㄇㄚˊ ㄗˇ ❶大麻的種子。❷蓖麻。❸蓖麻的種子。

【大馬趴】dàmǎpā ㄉㄚˋ ㄇㄚˇ ㄆㄚ 身體向前跌倒的姿勢：摔了個大馬趴。

【大麥】dàmài ㄉㄚˋ ㄇㄞˋ ❶一年生草本植物，葉子寬條形，子實的外殼有長芒。是一種糧食作物。麥芽可以製啤酒和飴糖。❷這種植物的子實。

【大忙】dàmáng ㄉㄚˋ ㄇㄤˊ 工作集中，繁忙而緊張：三夏大忙季節。

【大貓熊】dàmāoxióng ㄉㄚˋ ㄇㄠ ㄒㄩㄥˊ 貓熊。

【大毛】dàmáo ㄉㄚˋ ㄇㄠˊ 長毛的皮料，如狐肷、灘羊皮等。

【大門】dàmén ㄉㄚˋ ㄇㄣˊ 大的門，特指整個建築物（如房屋、院子、公園）臨街的一道主要的門（區別於二門和各房各屋的門）。

【大米】dàmǐ ㄉㄚˋ ㄇㄧˇ 稻的子實脫殼後叫大米。現在一般指好大米。

【大面兒】dàmiànr ㄉㄚˋ ㄇㄧㄢㄦˋ 〈方〉❶表面：大面兒上搞得很乾淨，櫃子底下還有塵土。❷面子：顧全大面兒。

【大民族主義】dà mínzú zhǔyì ㄉㄚˋ ㄇㄧㄣˊ ㄗㄨˊ ㄓㄨˇ ㄧˋ 大民族中的剝削階級思想在民族關係上的一種表現，認為本民族在政治、經濟、文化上比別的民族優越，應居支配地位，享有各種特權，其他民族理應受到歧視和壓迫。

【大名】dàmíng ㄉㄚˋ ㄇㄧㄥˊ ❶人的正式名字：他小名叫老虎，大名叫李金彪。❷盛名：大名鼎鼎（名氣很大）｜久聞大名。

【大謬不然】dà miù bù rán ㄉㄚˋ ㄇㄧㄡˋ ㄅㄨˋ ㄖㄢˊ 大錯特錯，完全不是這樣。

【大漠】dàmò ㄉㄚˋ ㄇㄛˋ 大沙漠。

【大模大樣】dà mú dà yàng ㄉㄚˋ ㄇㄨˊ ㄉㄚˋ ㄧㄤˋ 形容傲慢、滿不在乎的樣子。

【大拇哥】dà·mǔgē ㄉㄚˋ ·ㄇㄨˇ ㄍㄜ 〈方〉拇指。

【大拇指】dà·mǔzhǐ ㄉㄚˋ ·ㄇㄨˇ ㄓˇ 拇指。

【大拿】dàná ㄉㄚˋ ㄋㄚˊ 〈方〉❶掌大權的人：他現在是我們縣的大拿。❷在某方面有權威的人：技術大拿。

【大男大女】dà nán dà nǚ ㄉㄚˋ ㄋㄢˊ ㄉㄚˋ ㄋㄩˇ 指超過法定婚齡較多的未婚男女。

【大腦】dànǎo ㄉㄚˋ ㄋㄠˇ 中樞神經系統中最重要的部分，正中有一道縱溝，分左右兩個半球，表面有很多皺襞。大腦表層稍帶灰色，內部白色。人的大腦最發達，是人類在漫長的進化歷史中勞動實踐的結果。

【大腦腳】dànǎojiǎo ㄉㄚˋ ㄋㄠˇ ㄐㄧㄠˇ 中腦的一部分，前部由神經纖維構成，後部由網狀組織構成，內有神經核。有直接傳遞中樞興奮和使有機體運動協調的作用。（圖見831頁'腦'）

【大腦皮層】dànǎo-pícéng ㄉㄚˋ ㄋㄠˇ ㄆㄧˊ ㄘㄥˊ 大腦兩半球表面的一層，稍帶灰色，由神經細胞組成。記憶、分析、判斷等思維活動都得通過它，是高級神經系統的中樞，也是保證有機體內部統一並與周圍環境統一的主要機構。也叫大腦皮質。簡稱皮層或皮質。（圖見831頁'腦'）

【大腦炎】dànǎoyán ㄉㄚˋ ㄋㄠˇ ㄧㄢˊ 流行性乙型腦炎的通稱。

【大內】dànèi ㄉㄚˋ ㄋㄟˋ 舊時指皇宮。

【大鯢】dàní ㄉㄚˋ ㄋㄧˊ 兩栖動物，身體長而扁，眼小，口大，四肢短，生活在山谷的溪水中，在我國多產在廣西。叫的聲音像嬰兒，所以俗稱娃娃魚。

【大逆不道】dà nì bù dào ㄉㄚˋ ㄋㄧˋ ㄅㄨˋ ㄉㄠˋ 封建統治者對反抗封建統治、背叛封建禮教的人所加的重大的罪名。

【大年】dànián ㄉㄚˋ ㄋㄧㄢˊ ❶豐收年：今年是個大年，一畝地比往年多收百十來斤糧食｜今年的梨是大年，樹枝都快壓折了。❷農曆十二月有30天的年份。❸指春節。

【大年夜】dàniányè ㄉㄚˋ ㄋㄧㄢˊ ㄧㄝˋ 〈方〉農曆除夕。

【大娘】dàniáng ㄉㄚˋ ㄋㄧㄤˊ ❶伯母：三大娘。❷尊稱年長的婦人。❸〈方〉大老婆。

【大排行】dàpáiháng ㄉㄚˋ ㄆㄞˊ ㄏㄤˊ 叔伯兄弟姐妹依長幼排列次序：他大排行是老三。

【大炮】dàpào ㄉㄚˋ ㄆㄠˋ ❶通常指口徑大的炮。❷比喻好說大話或好發表激烈意見的人。

【大篷車】dàpéngchē ㄉㄚˋ ㄆㄥˊ ㄔㄜ 指商業部門送貨下鄉的貨車，多為臨時加篷的卡車。
【大批】dàpī ㄉㄚˋ ㄆㄧ 大量①：火車運來了大批貨物。
【大辟】dàpì ㄉㄚˋ ㄆㄧˋ 古代指死刑。
【大票】dàpiào ㄉㄚˋ ㄆㄧㄠˋ (大票兒) 面額較大的鈔票。
【大譜兒】dàpǔr ㄉㄚˋ ㄆㄨㄦˇ ❶設想的大致輪廓：究竟怎麼做，心裏應該先有個大譜兒。❷大略；大致：我大譜兒算了一下，蓋三間房得花近萬元。
【大漆】dàqī ㄉㄚˋ ㄑㄧ 生漆。
【大起大落】dà qǐ dà luò ㄉㄚˋ ㄑㄧˇ ㄉㄚˋ ㄌㄨㄛˋ 形容起伏變化極快極大：市場價格大起大落｜這部小説沒有大起大落的故事情節。
【大氣】dàqì ㄉㄚˋ ㄑㄧˋ ❶包圍地球的氣體，是乾燥空氣、水汽、微塵等的混合物。❷(大氣兒) 粗重的氣息：嚇得他大氣也不敢出。
【大氣層】dàqìcéng ㄉㄚˋ ㄑㄧˋ ㄘㄥˊ 地球的外面包圍的氣體層。按物理性質的不同，通常分為對流層、平流層、中層、熱層和外層等層次。也叫大氣圈。
【大氣候】dàqìhòu ㄉㄚˋ ㄑㄧˋ ㄏㄡˋ ❶一個廣大區域的氣候，如大洲的氣候、全球的氣候。❷比喻出現在較大範圍內的某種政治、經濟形勢或思潮。
【大氣磅礴】dà qì pángbó ㄉㄚˋ ㄑㄧˋ ㄆㄤˊ ㄅㄛˊ 形容氣勢盛大：這張畫尺幅千里，大氣磅礴。
【大氣壓】dàqìyā ㄉㄚˋ ㄑㄧˋ ㄧㄚ ❶大氣的壓強，隨着距離海面的高度增加而減小，如高空的大氣壓比地面上的大氣壓小。❷指標準大氣壓。
【大器晚成】dà qì wǎn chéng ㄉㄚˋ ㄑㄧˋ ㄨㄢˇ ㄔㄥˊ 指能擔當大事的人物要經過長期的鍛煉，所以成就比較晚。
【大千世界】dàqiān-shìjiè ㄉㄚˋ ㄑㄧㄢ ㄕˋ ㄐㄧㄝˋ 原為佛教用語，世界的千倍叫小千世界，小千世界的千倍叫中千世界，中千世界的千倍叫大千世界。指廣闊無邊的世界。
【大前年】dàqiánnián ㄉㄚˋ ㄑㄧㄢˊ ㄋㄧㄢˊ 前年以前的一年。
【大前提】dàqiántí ㄉㄚˋ ㄑㄧㄢˊ ㄊㄧˊ 三段論的一個組成部分，含有結論中的賓詞，是作為結論依據的命題。參看986頁〖三段論〗。
【大前天】dàqiántiān ㄉㄚˋ ㄑㄧㄢˊ ㄊㄧㄢ 前天以前的一天。也説大前兒。
【大錢】dàqián ㄉㄚˋ ㄑㄧㄢˊ ❶舊時的一種銅錢，較普通銅錢大，作為貨幣的價值也較高。泛指錢：不值一個大錢。❷指大量的錢：賺大錢。
【大慶】dàqìng ㄉㄚˋ ㄑㄧㄥˋ ❶大規模慶祝的事(多指國家大事)：十年大慶。❷敬辭，稱老年人的壽辰：七十大慶。
【大秋】dàqiū ㄉㄚˋ ㄑㄧㄡ ❶指九、十月收割玉米、高粱等作物的季節：大秋一過，天氣就冷起來了。❷指大秋作物或大秋時的收成：今年大秋真不錯。
【大秋作物】dàqiū zuòwù ㄉㄚˋ ㄑㄧㄡ ㄗㄨㄛˋ ㄨˋ 秋季收穫的大田作物，如高粱、玉米、穀子等。
【大全】dàquán ㄉㄚˋ ㄑㄩㄢˊ 指內容豐富，完備無缺。多用做書名，如《農村日用大全》、《中國戲曲大全》。
【大權】dàquán ㄉㄚˋ ㄑㄩㄢˊ 處理重大事情的權力，多指政權：獨攬大權｜大權旁落。
【大人】dàrén ㄉㄚˋ ㄖㄣˊ 敬辭，稱長輩(多用於書信)：父親大人。
【大人】dà·ren ㄉㄚˋ ·ㄖㄣ ❶成人(區別於'小孩兒')：大人説話，小孩兒別插嘴。❷舊時稱地位高的官長：巡撫大人。
【大人物】dàrénwù ㄉㄚˋ ㄖㄣˊ ㄨˋ 指有地位有名望的人。
【大肉】dàròu ㄉㄚˋ ㄖㄡˋ 指豬肉。
【大儒】dàrú ㄉㄚˋ ㄖㄨˊ 舊指學問淵博而有名的學者。
【大賽】dàsài ㄉㄚˋ ㄙㄞˋ 大型的、級別較高的比賽：世界杯排球大賽｜國際芭蕾舞大賽。
【大掃除】dàsǎochú ㄉㄚˋ ㄙㄠˇ ㄔㄨˊ 室內室外全面打掃：春節前，要進行一次大掃除。
【大嫂】dàsǎo ㄉㄚˋ ㄙㄠˇ ❶大哥的妻子。❷尊稱年紀跟自己相仿的婦人。
【大廈】dàshà ㄉㄚˋ ㄕㄚˋ 高大的房屋，今多用做高樓名，如'友誼大廈'。
【大少爺】dàshào·ye ㄉㄚˋ ㄕㄠˋ ·ㄧㄝ 指好逸惡勞、揮霍浪費的青年男子：大少爺作風。
【大舌頭】dàshé·tou ㄉㄚˋ ㄕㄜˊ ·ㄊㄡ 舌頭不靈活，説話不清楚。也指有這種毛病的人：他説話有點兒大舌頭｜他是個大舌頭。
【大赦】dàshè ㄉㄚˋ ㄕㄜˋ 國家依法對全國犯人(除某些例外)一律實行赦免(減輕或免除刑罰)。
【大嬸兒】dàshěnr ㄉㄚˋ ㄕㄣㄦˇ 尊稱跟母親同輩而年紀較小的婦人。
【大聲疾呼】dà shēng jí hū ㄉㄚˋ ㄕㄥ ㄐㄧˊ ㄏㄨ 大聲呼喊，提醒人們注意。
【大失所望】dà shī suǒ wàng ㄉㄚˋ ㄕ ㄙㄨㄛˇ ㄨㄤˋ 非常失望。
【大師】dàshī ㄉㄚˋ ㄕ ❶在學問或藝術上有很深的造詣，為大家所尊崇的人：藝術大師。❷某些棋類運動的等級稱號：國際象棋特級大師。❸對和尚的尊稱。
【大師傅】dàshī·fu ㄉㄚˋ ㄕ ·ㄈㄨ 對和尚的尊稱。
【大師傅】dà·shi·fu ㄉㄚˋ ·ㄕ ·ㄈㄨ 廚師。
【大使】dàshǐ ㄉㄚˋ ㄕˇ 由一國派駐在他國的最高一級的外交代表，全稱特命全權大使。
【大事】dàshì ㄉㄚˋ ㄕˋ ❶重大的或重要的事情：國家大事｜終身大事。❷大力從事：大事渲染。

【大事記】dàshìjì ㄉㄚˋ ㄕˋ ㄐㄧˋ 把重大事件按年月日順序記載，以便查考的材料。

【大勢】dàshì ㄉㄚˋ ㄕˋ 事情發展的趨勢(多指政治局勢)：大勢所趨。

【大是大非】dà shì dà fēi ㄉㄚˋ ㄕˋ ㄉㄚˋ ㄈㄟ 指原則性的是非問題。

【大手筆】dàshǒubǐ ㄉㄚˋ ㄕㄡˇ ㄅㄧˇ ❶名作家的著作。❷名作家。

【大手大腳】dà shǒu dà jiǎo ㄉㄚˋ ㄕㄡˇ ㄉㄚˋ ㄐㄧㄠˇ 形容花錢、用東西沒有節制。

【大叔】dàshū ㄉㄚˋ ㄕㄨ 尊稱跟父親同輩而年紀較小的男子。

【大暑】dàshǔ ㄉㄚˋ ㄕㄨˇ 二十四節氣之一，在7月22，23或24日。一般是我國氣候最熱的時候。參看589頁〖節氣〗、306頁〖二十四節氣〗。

【大率】dàshuài ㄉㄚˋ ㄕㄨㄞˋ 〈書〉大概；大致：大率如此。

【大肆】dàsì ㄉㄚˋ ㄙˋ 無顧忌地(多指做壞事)：大肆吹噓｜大肆揮霍｜大肆活動。

【大蒜】dàsuàn ㄉㄚˋ ㄙㄨㄢˋ 蒜。

【大踏步】dàtàbù ㄉㄚˋ ㄊㄚˋ ㄅㄨˋ 邁着大步(多虛用)：大踏步前進。

【大堂】dàtáng ㄉㄚˋ ㄊㄤˊ ❶指衙門中審理案件的廳堂。❷指賓館、飯店的大廳：大堂經理。

【大…特…】dà…tè… ㄉㄚˋ…ㄊㄜˋ… 分別用在同一個動詞前面，表示規模大，程度深：大書特書｜大吃特吃｜老一套的工作方法非大改特改不可。

【大提琴】dàtíqín ㄉㄚˋ ㄊㄧˊ ㄑㄧㄣˊ 提琴的一種，體積比小提琴大四、五倍，音比中提琴低八度。

【大體】dàtǐ ㄉㄚˋ ㄊㄧˇ ❶重要的道理：識大體，顧大局。❷就多數情形或主要方面說：我們的看法大體相同。

【大天白日】dà tiān bái rì ㄉㄚˋ ㄊㄧㄢ ㄅㄞˊ ㄖˋ 白天(強調)：大天白日的，你怎麼走迷了路！

【大田】dàtián ㄉㄚˋ ㄊㄧㄢˊ 指大面積種植作物的田地。

【大田作物】dàtián zuòwù ㄉㄚˋ ㄊㄧㄢˊ ㄗㄨㄛˋ ㄨˋ 在大田上種植的作物，如小麥、高粱、玉米、棉花等。

【大廳】dàtīng ㄉㄚˋ ㄊㄧㄥ 較大的建築物中寬敞的房間，多用於集會或招待賓客等。

【大庭廣眾】dà tíng guǎng zhòng ㄉㄚˋ ㄊㄧㄥˊ ㄍㄨㄤˇ ㄓㄨㄥˋ 人很多的公開場合：在大庭廣眾之中發言應該用普通話。

【大同】dàtóng ㄉㄚˋ ㄊㄨㄥˊ ❶指人人平等、自由的社會景象。這是我國歷史上某些思想家的一種理想。❷主要的方面一致：求大同，存小異。

【大同鄉】dàtóngxiāng ㄉㄚˋ ㄊㄨㄥˊ ㄒㄧㄤ 指籍貫跟自己是同一個省份的人(對'小同鄉'而言)。

【大同小異】dà tóng xiǎo yì ㄉㄚˋ ㄊㄨㄥˊ ㄒㄧㄠˇ ㄧˋ 大部分相同，只有小部分不同。

【大頭】dàtóu ㄉㄚˋ ㄊㄡˊ ❶套在頭上的一種假面具。❷指民國初年發行的鑄有袁世凱頭像的銀元。❸(大頭兒)大的那一端；主要的部分：抓大頭兒。❹冤大頭：拿大頭(拿人當做冤大頭)。

【大頭菜】dàtóucài ㄉㄚˋ ㄊㄡˊ ㄘㄞˋ ❶二年生草本植物，芥(jiè)菜的變種，根部肥大，有辣味，花黃色。塊根和嫩葉供食用。❷這種植物的塊根。❸〈方〉結球甘藍。

【大頭針】dàtóuzhēn ㄉㄚˋ ㄊㄡˊ ㄓㄣ 用來別紙等的一種針，一頭尖，一頭有個小疙瘩。

【大團結】dàtuánjié ㄉㄚˋ ㄊㄨㄢˊ ㄐㄧㄝˊ ❶指印有表現全國各族人民大團結圖案的拾元面額的人民幣。❷泛指人民幣。

【大團圓】dàtuányuán ㄉㄚˋ ㄊㄨㄢˊ ㄩㄢˊ ❶指全家人團聚在一起。❷小說、戲劇、電影中主要人物經過悲歡離合終於團聚的結局。

【大腿】dàtuǐ ㄉㄚˋ ㄊㄨㄟˇ 下肢從臀部到膝蓋的一段。也叫股。

【大腕】dàwàn ㄉㄚˋ ㄨㄢˋ (大腕兒)指有名氣、有實力的人(多指文藝界的)。

【大王】dàwáng ㄉㄚˋ ㄨㄤˊ ❶指壟斷某種經濟事業的財閥：石油大王｜鋼鐵大王。❷指長於某種事情的人：足球大王｜爆破大王。

另見219頁 dài·wang。

【大為】dàwéi ㄉㄚˋ ㄨㄟˊ 副詞，表示程度深，範圍大：大為提高｜大為改觀｜大為高興｜大為失望。

【大尉】dàwèi ㄉㄚˋ ㄨㄟˋ 軍銜，某些國家尉官的最高一級。

【大我】dàwǒ ㄉㄚˋ ㄨㄛˇ 指集體(跟'小我'相對)：犧牲小我的利益，服從大我的利益。

【大無畏】dàwúwèi ㄉㄚˋ ㄨˊ ㄨㄟˋ 甚麼都不怕(指對於困難、艱險等)：大無畏的精神。

【大五金】dàwǔjīn ㄉㄚˋ ㄨˇ ㄐㄧㄣ 比較粗大的金屬材料的統稱，如鐵錠、鋼管、鐵板等。

【大喜】dàxǐ ㄉㄚˋ ㄒㄧˇ 大喜事：您大喜啦！｜哪天是你們大喜的日子(指結婚日期)？

【大喜過望】dà xǐ guò wàng ㄉㄚˋ ㄒㄧˇ ㄍㄨㄛˋ ㄨㄤˋ 結果比原來希望的更好，因而感到特別高興。

【大戲】dàxì ㄉㄚˋ ㄒㄧˋ ❶大型的戲曲，情節較為複雜，各種角色齊全，伴奏樂器較多。❷〈方〉京戲。

【大顯身手】dà xiǎn shēnshǒu ㄉㄚˋ ㄒㄧㄢˇ ㄕㄣ ㄕㄡˇ 充分顯露自己的本領：運動員在賽場上大顯身手。

【大限】dàxiàn ㄉㄚˋ ㄒㄧㄢˋ 指壽數已盡、注定死亡的期限(迷信)。

【大相徑庭】dà xiāng jìngtíng ㄉㄚˋ ㄒㄧㄤ ㄐㄧㄥˋ

ㄊㄧㄥˊ《莊子·逍遙遊》：'大有徑庭，不近人情焉。'後來用'大相徑庭'表示彼此相差很遠或矛盾很大：他們的意見大相徑庭，無法折中。

【大小】dàxiǎo ㄉㄚˋ ㄒㄧㄠˇ ❶(大小兒)指大小的程度：這雙鞋我穿上大小正合適。❷輩分的高低：不分大小｜沒大小。❸大人小孩兒：全家大小五口｜大大小小六個人。❹或大或小，表示還能算得上：大小是個幹部｜大小是筆生意。❺大的和小的：這條街大小商店有幾十家｜大小要搭配起來。

【大校】dàxiào ㄉㄚˋ ㄒㄧㄠˋ 軍銜，某些國家校官的最高一級。

【大寫】dàxiě ㄉㄚˋ ㄒㄧㄝˇ ❶漢字數目字的一種筆畫較繁的寫法，如'壹、貳、叁、肆、拾、佰、仟'等，多用於賬目和文件等中(跟'小寫'相對)。參看1067頁〖數字〗。❷拼音字母的一種寫法，如拉丁字母的A、B、C，多用於句首或專名的第一個字母(跟'小寫'相對)。

【大猩猩】dàxīng·xing ㄉㄚˋ ㄒㄧㄥ·ㄒㄧㄥ 類人猿中最大的一種，身體高4—5尺，毛黑褐色，前肢比後肢長，能直立行走。產在非洲，生活在密林中，吃野果、竹筍等。

【大興土木】dà xīng tǔmù ㄉㄚˋ ㄒㄧㄥ ㄊㄨˇ ㄇㄨˋ 大規模興建土木工程，多指蓋房子。

【大行星】dàxíngxīng ㄉㄚˋ ㄒㄧㄥˊ ㄒㄧㄥ 指太陽系的九大行星。

【大型】dàxíng ㄉㄚˋ ㄒㄧㄥˊ 形狀或規模大的：大型鋼材｜大型歌劇｜大型比賽｜大型展銷會。

【大姓】dàxìng ㄉㄚˋ ㄒㄧㄥˋ ❶指世家大族。❷人多的姓，如張、王、李、劉等。

【大熊貓】dàxióngmāo ㄉㄚˋ ㄒㄩㄥˊ ㄇㄠ 貓熊。

【大熊座】dàxióngzuò ㄉㄚˋ ㄒㄩㄥˊ ㄗㄨㄛˋ 星座，位置離北極星不遠，北斗七星是大熊星座中最亮的七顆星。

【大修】dàxiū ㄉㄚˋ ㄒㄧㄡ 指對房屋、機器、車船等進行全面徹底的檢修。

【大選】dàxuǎn ㄉㄚˋ ㄒㄩㄢˇ 指某些國家對國會議員或總統的選舉。

【大學】dàxué ㄉㄚˋ ㄒㄩㄝˊ 實施高等教育的學校的一種，在我國一般指綜合大學。參看1520頁〖綜合大學〗。

【大學生】dàxuéshēng ㄉㄚˋ ㄒㄩㄝˊ ㄕㄥ 在高等學校讀書的學生。

【大學生】dàxué·sheng ㄉㄚˋ ㄒㄩㄝˊ·ㄕㄥ ❶年歲較大的學生。❷〈方〉年歲較大的男孩子。

【大雪】dàxuě ㄉㄚˋ ㄒㄩㄝˇ ❶二十四節氣之一，在12月6，7或8日。參看589頁〖節氣〗、306頁〖二十四節氣〗。❷指24小時內降雪量達5毫米以上的雪。

【大循環】dàxúnhuán ㄉㄚˋ ㄒㄩㄣˊ ㄏㄨㄢˊ 體循環。

【大牙】dàyá ㄉㄚˋ ㄧㄚˊ ❶槽牙。❷門牙：笑掉大牙。

【大雅】dàyǎ ㄉㄚˋ ㄧㄚˇ 〈書〉風雅：無傷大雅｜不登大雅之堂。

【大烟】dàyān ㄉㄚˋ ㄧㄢ 鴉片的通稱。

【大言不慚】dà yán bù cán ㄉㄚˋ ㄧㄢˊ ㄅㄨˋ ㄘㄢˊ 説大話而毫不感到難為情。

【大鹽】dàyán ㄉㄚˋ ㄧㄢˊ 用海水熬製或曬製的鹽。

【大雁】dàyàn ㄉㄚˋ ㄧㄢˋ 鴻雁(鳥名)。

【大洋】dàyáng ㄉㄚˋ ㄧㄤˊ ❶洋②：四大洋。❷銀元：五塊大洋。

【大樣】dàyàng ㄉㄚˋ ㄧㄤˋ ❶報紙的整版的清樣(區別於'小樣')。❷工程上的細部圖：足尺大樣。

【大搖大擺】dà yáo dà bǎi ㄉㄚˋ ㄧㄠˊ ㄉㄚˋ ㄅㄞˇ 形容走路挺神氣、滿不在乎的樣子：大搖大擺地闖了進去。

【大要】dàyào ㄉㄚˋ ㄧㄠˋ 主要的；概要：舉其大要。

【大爺】dàyé ㄉㄚˋ ㄧㄝˊ 指不好勞動、傲慢任性的男子：大爺作風｜大爺脾氣。

【大爺】dà·ye ㄉㄚˋ·ㄧㄝ ❶伯父。❷尊稱年長的男子。

【大業】dàyè ㄉㄚˋ ㄧㄝˋ 偉大的事業：雄圖大業。

【大衣】dàyī ㄉㄚˋ ㄧ 較長的西式外衣。

【大姨】dàyí ㄉㄚˋ ㄧˊ (大姨兒)最大的姨母。

【大姨子】dàyí·zi ㄉㄚˋ ㄧˊ·ㄗ 妻子的姐姐。

【大意】dàyì ㄉㄚˋ ㄧˋ 主要的意思：段落大意｜把他講話的大意記下來就行了。

【大意】dà·yi ㄉㄚˋ·ㄧ 疏忽；不注意：粗心大意｜他太大意了，連這樣的錯誤都沒檢查出來。

【大義】dàyì ㄉㄚˋ ㄧˋ 大道理：深明大義｜微言大義。

【大義凜然】dà yì lǐnrán ㄉㄚˋ ㄧˋ ㄌㄧㄣˇ ㄖㄢˊ 嚴峻不可侵犯的樣子。形容為了正義事業堅強不屈。

【大義滅親】dà yì miè qīn ㄉㄚˋ ㄧˋ ㄇㄧㄝˋ ㄑㄧㄣ 為了維護正義，對違反國家人民利益的親人不徇私情，使受國法制裁。

【大油】dàyóu ㄉㄚˋ ㄧㄡˊ 豬油。

【大有可為】dà yǒu kě wéi ㄉㄚˋ ㄧㄡˇ ㄎㄜˇ ㄨㄟˊ 事情很值得做，很有發展前途。

【大有作為】dà yǒu zuòwéi ㄉㄚˋ ㄧㄡˇ ㄗㄨㄛˋ ㄨㄟˊ 能充分發揮作用；能做出重大貢獻。

【大魚吃小魚】dàyú chī xiǎoyú ㄉㄚˋ ㄩˊ ㄔ ㄒㄧㄠˇ ㄩˊ 比喻勢力大的欺壓、併吞勢力小的。

【大雨】dàyǔ ㄉㄚˋ ㄩˇ ❶指24小時內雨量達25—50毫米的雨。❷指下得很大的雨。

【大員】dàyuán ㄉㄚˋ ㄩㄢˊ 舊時指職位高的人員(多用於委派時)：考察大員｜接收大員。

【大圓】dàyuán ㄉㄚˋ ㄩㄢˊ 球面被通過球心的平面所截而成的圓，是球面能夠截取的最大的圓。

【大約】dàyuē ㄉㄚˋ ㄩㄝ 副詞。❶表示估計的數目不十分精確(句子裏有數字)：他大約有六十開外了。❷表示有很大的可能性：他大約是開會去了。

【大約摸】dàyuē·mo ㄉㄚˋ ㄩㄝ ·ㄇㄛ 〈方〉大約：大約摸有七八百人｜他大約摸還不知道這件事。

【大月】dàyuè ㄉㄚˋ ㄩㄝˋ 陽曆有31天或農曆有30天的月份。

【大雜燴】dàzáhuì ㄉㄚˋ ㄗㄚˊ ㄏㄨㄟˋ 用多種菜合在一起燴成的菜。比喻把各種不同的事物胡亂拼湊在一起的混合體(含貶義)。

【大雜院兒】dàzáyuànr ㄉㄚˋ ㄗㄚˊ ㄩㄢㄦˋ 有許多戶人家居住的院子。

【大灶】dàzào ㄉㄚˋ ㄗㄠˋ ❶用磚土砌成的固定的爐灶。❷集體伙食標準中最低的一級(區別於'中灶'、'小灶')。

【大澤鄉起義】Dàzéxiāng Qǐyì ㄉㄚˋ ㄗㄜˊ ㄒㄧㄤ ㄑㄧˇ ㄧˋ 見140頁〖陳勝吳廣起義〗。

【大站】dàzhàn ㄉㄚˋ ㄓㄢˋ ❶鐵路、公路沿綫規模較大、快車和慢車都停靠的車站。❷公共汽車快車、慢車都停靠的上下乘客較多的車站。

【大戰】dàzhàn ㄉㄚˋ ㄓㄢˋ ❶大規模的戰爭，也用於比喻：世界大戰｜足球大戰。❷進行大規模的戰爭或激烈的戰鬥：大戰中原。

【大張旗鼓】dà zhāng qí gǔ ㄉㄚˋ ㄓㄤ ㄑㄧˊ ㄍㄨˇ 比喻聲勢和規模很大。

【大丈夫】dàzhàng·fu ㄉㄚˋ ㄓㄤˋ ·ㄈㄨ 指有志氣或有作為的男子：大丈夫敢做敢當。

【大政】dàzhèng ㄉㄚˋ ㄓㄥˋ 重大的政務或政策：總攬大政｜大政方針。

【大旨】dàzhǐ ㄉㄚˋ ㄓˇ 〈書〉主要的意思：究其大旨。也作大指。

【大指】dàzhǐ ㄉㄚˋ ㄓˇ ❶拇指。❷同'大旨'。

【大治】dàzhì ㄉㄚˋ ㄓˋ 指國家政治安定，經濟繁榮：天下大治。

【大致】dàzhì ㄉㄚˋ ㄓˋ ❶大體上：兩家的情況大致相同。❷大概；大約：看看太陽，大致是十一點鐘的光景。

【大智若愚】dà zhì ruò yú ㄉㄚˋ ㄓˋ ㄖㄨㄛˋ ㄩˊ 指有智慧有才能的人，不炫耀自己，外表好像很愚笨。

【大眾】dàzhòng ㄉㄚˋ ㄓㄨㄥˋ 群眾；民眾：大眾化｜勞苦大眾。

【大眾化】dàzhònghuà ㄉㄚˋ ㄓㄨㄥˋ ㄏㄨㄚˋ 變得跟廣大群眾一致；適合廣大群眾需要。

【大軸子】dàzhòu·zi ㄉㄚˋ ㄓㄡˋ ·ㄗ 一次演出的若干戲曲節目中排在最末的一齣戲。也叫大軸。

【大主教】dàzhǔjiào ㄉㄚˋ ㄓㄨˇ ㄐㄧㄠˋ 基督教某些派別的神職人員的一種頭銜。在天主教和英國聖公會(新教的一派)等是管理一個大教區的主教，領導區內各個主教(原名各不相同，都譯成'大主教')。

【大專】dàzhuān ㄉㄚˋ ㄓㄨㄢ ❶指大學和專科學院。❷大學程度的專科學校的簡稱：大專學歷。

【大篆】dàzhuàn ㄉㄚˋ ㄓㄨㄢˋ 指筆畫較繁複的篆書，是周朝的字體，秦朝創制小篆以後把它叫做大篆。

【大莊稼】dàzhuāng·jia ㄉㄚˋ ㄓㄨㄤ ·ㄐㄧㄚ 〈方〉大秋作物。

【大自然】dàzìrán ㄉㄚˋ ㄗˋ ㄖㄢˊ 自然界：征服大自然。

【大宗】dàzōng ㄉㄚˋ ㄗㄨㄥ ❶大批(貨物、款項等)：大宗貨物。❷數量最大的產品、商品：本地出產以棉花為大宗。

【大族】dàzú ㄉㄚˋ ㄗㄨˊ 指人口多、分支繁的家族。

【大作】[1] dàzuò ㄉㄚˋ ㄗㄨㄛˋ 敬辭，稱對方的著作。

【大作】[2] dàzuò ㄉㄚˋ ㄗㄨㄛˋ 猛烈發作；大起：狂風大作｜槍聲大作。

汏 dà ㄉㄚˋ 〈方〉洗；涮：汏頭｜汏衣裳。

·da (·ㄉㄚ)

疸 ·da ·ㄉㄚ 見383頁〖疙疸〗。另見223頁 dǎn。

塔〔墖〕 ·da ·ㄉㄚ 見383頁〖圪塔〗。另見1102頁 tǎ。

嶅〔嶅〕 ·da ·ㄉㄚ 見383頁〖屹嶅〗。

墶(垯) ·da ·ㄉㄚ 見383頁〖圪墶〗。

繨(纮) ·da ·ㄉㄚ 見383頁〖紇繨〗。

躂(跶) ·da ·ㄉㄚ 見57頁〖蹦躂〗、736頁〖蹓躂〗。

dāi (ㄉㄞ)

呆(獃) dāi ㄉㄞ ❶(頭腦)遲鈍；不靈敏：呆頭呆腦。❷臉上表情死板；發愣：發呆｜嚇呆了。❸同'待'(dāi)。

【呆板】dāibǎn ㄉㄞ ㄅㄢˇ (舊讀 áibǎn ㄞˊ ㄅㄢˇ)死板；不靈活：這篇文章寫得太呆板｜別看他樣子呆板，心倒很靈活。

【呆若木雞】dāi ruò mù jī ㄉㄞ ㄖㄨㄛˋ ㄇㄨˋ ㄐㄧ 呆得像木頭雞一樣，形容因恐懼或驚訝而發愣的樣子。

【呆傻】dāishǎ ㄉㄞ ㄕㄚˇ 頭腦遲鈍糊塗：他一點兒也不呆傻，內心明白得很。

【呆頭呆腦】dāi tóu dāi nǎo ㄉㄞ ㄊㄡˊ ㄉㄞ ㄋㄠˇ 形容遲鈍的樣子。

【呆小症】dāixiǎozhèng ㄉㄞ ㄒㄧㄠˇ ㄓㄥˋ 胎兒期或嬰兒期中，先天性甲狀腺機能低下或發生障礙引起的疾病。患兒頭大，身材矮小，四肢短，皮膚乾黃，臉部臃腫，舌頭大，智力低下。也叫克汀病。

【呆賬】dāizhàng ㄉㄞ ㄓㄤˋ 會計上指收不回來的賬：清理呆賬。

【呆滯】dāizhì ㄉㄞ ㄓˋ ❶遲鈍；不活動：臉色蒼白，兩眼呆滯無神。❷不流通；不周轉：呆滯商品｜避免資金呆滯。

【呆子】dāi·zi ㄉㄞ ·ㄗ 傻子。

呔（呆） dāi ㄉㄞ 嘆詞，突然大喝一聲，使人注意（多見於早期白話）。
另見1105頁 tǎi。

待 dāi ㄉㄞ 停留：待一會兒再走。也作呆。
另見220頁 dài。

dǎi（ㄉㄞˇ）

歹 dǎi ㄉㄞˇ 壞（人、事）：歹人｜歹徒｜為非作歹。

【歹毒】dǎidú ㄉㄞˇ ㄉㄨˊ 陰險狠毒：心腸歹毒。

【歹人】dǎirén ㄉㄞˇ ㄖㄣˊ 壞人，多指強盜。

【歹徒】dǎitú ㄉㄞˇ ㄊㄨˊ 歹人；壞人。

傣 Dǎi ㄉㄞˇ 指傣族。

【傣劇】dǎijù ㄉㄞˇ ㄐㄩˋ 傣族戲曲劇種之一，流行於雲南傣族聚居的地區。

【傣族】Dǎizú ㄉㄞˇ ㄗㄨˊ 我國少數民族之一，分佈在雲南。

逮 dǎi ㄉㄞˇ 捉：貓逮老鼠。
另見221頁 dài。

dài（ㄉㄞˋ）

大 dài ㄉㄞˋ 義同'大'（dà），用於'大城、大夫、大黃、大王'。
另見210頁 dà。

【大城】Dàichéng ㄉㄞˋ ㄔㄥˊ 地名，在河北。

【大夫】dài·fu ㄉㄞˋ ·ㄈㄨ 醫生。
另見211頁 dàfū。

【大黃】dàihuáng ㄉㄞˋ ㄏㄨㄤˊ 多年生草本植物，葉子大，花小，黃白色，瘦果褐色。地下塊根有苦味，可入藥。也叫川軍。

【大王】dài·wang ㄉㄞˋ ·ㄨㄤ 戲曲、舊小說中對國王或強盜首領的稱呼。
另見216頁 dàwáng。

代1 dài ㄉㄞˋ ❶代替：代課｜代筆｜代銷。❷代理：代局長。❸（Dài）姓。

代2 dài ㄉㄞˋ ❶歷史的分期；時代：古代｜近代｜現代｜當代英雄。❷朝代：漢代｜改朝換代。❸世系的輩分：第二代｜老一代｜我們這一代｜愛護下一代。❹地質年代分期的第一級，根據動植物進化的順序分地質年代為太古代、元古代、古生代、中生代和新生代，代以下為紀。跟代相應的地層系統叫做界。

【代辦】dàibàn ㄉㄞˋ ㄅㄢˋ ❶代行辦理：代辦託運｜郵政代辦所。❷一國以外交部長名義派駐另一國的外交代表。❸大使或公使不在職時，在使館的高級人員中委派的臨時負責人員，叫臨時代辦。

【代筆】dàibǐ ㄉㄞˋ ㄅㄧˇ 替別人寫文章、書信或其他文件：他不便親自寫信，只好由我代筆。

【代表】dàibiǎo ㄉㄞˋ ㄅㄧㄠˇ ❶由行政區、團體、機關等選舉出來替選舉人辦事或表達意見的人：人大代表。❷受委託或指派代替個人、團體、政府辦事或表達意見的人：全權代表。❸顯示同一類的共同特徵的人或事物：代表作。❹代替個人或集體辦事或表達意見：副部長代表部長主持開幕典禮。❺人或事物表示某種意義或象徵某種概念：這三個人物代表三種不同的性格。

【代表作】dàibiǎozuò ㄉㄞˋ ㄅㄧㄠˇ ㄗㄨㄛˋ 指具有時代意義的或最能體現作者的水平、風格的著作或藝術作品。

【代步】dàibù ㄉㄞˋ ㄅㄨˋ 〈書〉❶替代步行，指乘車、騎馬等。❷指代步的車、馬等。

【代稱】dàichēng ㄉㄞˋ ㄔㄥ 代替正式名稱的另一名稱：我國木刻書版向來用梨木和棗木，所以梨棗成了木刻書版的代稱。

【代詞】dàicí ㄉㄞˋ ㄘˊ 代替名詞、動詞、形容詞、數量詞、副詞的詞，包括：a) 人稱代詞，如'我、你、他、我們、咱們、自己、人家'；b) 疑問代詞，如'誰、甚麼、哪兒、多會兒、怎麼、怎樣、幾、多少、多麼'；c) 指示代詞，如'這、這裏、這麼、這樣、這麼些、那、那裏、那麼、那樣、那麼些'。

【代代花】dàidàihuā ㄉㄞˋ ㄉㄞˋ ㄏㄨㄚ 常綠綫木，小枝細長，有短刺。葉橢圓形。花白色，有香氣，可熏茶和製香精。也作玳玳花。

【代電】dàidiàn ㄉㄞˋ ㄉㄧㄢˋ 舊時一種公文形式，文字簡單，像電報，但作快信郵寄，名為快郵代電，簡稱代電。

【代溝】dàigōu ㄉㄞˋ ㄍㄡ 指兩代人之間在價值觀念、心理狀態、生活習慣等方面的差異：目前青年一代與老一代的代溝問題是一個熱門話題。

【代號】dàihào ㄉㄞˋ ㄏㄠˋ 為簡便或保密用來代替正式名稱（如部隊、機關、工廠、產品、度量衡單位等的名稱）的別名、編號或字母。

【代價】dàijià ㄉㄞˋ ㄐㄧㄚˋ ❶獲得某種東西所付出的錢。❷泛指為達到某種目的所耗費的物質或精力：勝利是用血的代價換來的｜用最小的代價辦更多的事情。

【代金】dàijīn ㄉㄞˋ ㄐㄧㄣ 按照實物價格折合的

現金，用來代替應該發給或交納的實物。

【代課】dài∥kè ㄉㄞˋ∥ㄎㄜˋ 代替別人講課：代課教師｜王老師病了，由李老師代課。

【代勞】dàiláo ㄉㄞˋ ㄌㄠˊ ❶(請人)代替自己辦事：我明天不能去，這件事就請你代勞了。❷代替別人辦事：這事由我代勞，您甭管了。

【代理】dàilǐ ㄉㄞˋ ㄌㄧˇ ❶暫時代人擔任某單位的負責職務：代理廠長。❷受當事人委託，代表他進行某種活動，如貿易、訴訟、納稅、簽訂合同等。

【代理人】dàilǐrén ㄉㄞˋ ㄌㄧˇ ㄖㄣˊ ❶受當事人委託，代表他進行某種活動(如貿易、訴訟、納稅、簽訂合同等)的人。❷指實際上為某人或集團的利益(多指非法利益)服務的人。

【代碼】dàimǎ ㄉㄞˋ ㄇㄚˇ 為簡便或保密用來代替某個單位、某個項目等名稱的一組數碼。

【代名詞】dàimíngcí ㄉㄞˋ ㄇㄧㄥˊ ㄘˊ ❶替代某種名稱、詞語或說法的詞語：他所說的'研究研究'不過是敷衍、推託的代名詞。❷有些語法書中稱代詞。

【代庖】dàipáo ㄉㄞˋ ㄆㄠˊ 〈書〉替別人做事。參見1415頁〖越俎代庖〗。

【代乳粉】dàirǔfěn ㄉㄞˋ ㄖㄨˇ ㄈㄣˇ 用大豆和其他有營養的原料製成的粉，可以代替鮮奶。

【代數】dàishù ㄉㄞˋ ㄕㄨˋ 代數學。

【代數方程】dàishù fāngchéng ㄉㄞˋ ㄕㄨˋ ㄈㄤ ㄔㄥˊ 用代數式表示的方程，如$ax^m+bx^{m-1}+\dots+kx+l=0$，$\sqrt{x^2-2}+7x=14$等。

【代數式】dàishùshì ㄉㄞˋ ㄕㄨˋ ㄕˋ 用代數運算法(加、減、乘、除、乘方、開方)把數和表示數的字母聯結起來的式子。如$a-b$，$8x+5y$。

【代數學】dàishùxué ㄉㄞˋ ㄕㄨˋ ㄒㄩㄝˊ 數學的一個分支，用字母代表數來研究數的運算性質和規律，從而把許多實際問題歸結為代數方程或方程組。在近代數學中，代數學的研究由數擴大到多種其他對象，研究更為一般的代數運算的性質和規律。

【代替】dàitì ㄉㄞˋ ㄊㄧˋ 以甲換乙，起乙的作用：用國產品代替進口貨｜他不能去，你代替他去一趟吧！

【代為】dàiwéi ㄉㄞˋ ㄨㄟˊ 代替：代為執行｜代為保管。

【代謝】dàixiè ㄉㄞˋ ㄒㄧㄝˋ 交替；更替：四時代謝｜新陳代謝。

【代序】dàixù ㄉㄞˋ ㄒㄩˋ 代替序言的文章(多自有標題)。

【代言人】dàiyánrén ㄉㄞˋ ㄧㄢˊ ㄖㄣˊ 代表某方面(階級、集團等)發表言論的人。

【代議制】dàiyìzhì ㄉㄞˋ ㄧˋ ㄓˋ 一種政治制度。採取這種制度的國家，在憲法中規定議會有立法和監督政府的權力，政府由議會產生並對議會負責。也叫議會制。

【代用】dàiyòng ㄉㄞˋ ㄩㄥˋ 用性能相近或相同的東西代替原用的東西：代用品｜代用材料。

甙 dài ㄉㄞˋ 有機化合物的一類，由糖類和非糖類的各種有機化合物縮合而成，多為白色晶體，廣泛存在於植物體中，也叫配糖物、葡糖苷(gān)或糖苷。

岱 Dài ㄉㄞˋ 泰山的別稱。也叫岱宗、岱岳。

玳(瑇) dài ㄉㄞˋ 見下。

【玳玳花】dàidàihuā ㄉㄞˋ ㄉㄞˋ ㄏㄨㄚ 同'代代花'。

【玳瑁】dàimào ㄉㄞˋ ㄇㄠˋ 爬行動物，形狀像龜，甲殼黃褐色，有黑斑，很光潤，可以做裝飾品。產在熱帶和亞熱帶海中。

殆 dài ㄉㄞˋ 〈書〉❶危險：知彼知己，百戰不殆。❷幾乎；差不多：敵人傷亡殆盡。

待1 dài ㄉㄞˋ ❶對待：優待｜以禮相待｜待人和氣。❷招待：待客。

待2 dài ㄉㄞˋ ❶等待：待業｜嚴陣以待｜有待改進。❷需要：自不待言。❸要；打算：待說不說｜待要上前招呼，又怕認錯了人。

另見219頁dāi。

【待承】dài·cheng ㄉㄞˋ ·ㄔㄥ 招待；看待：老漢拿出最好的東西待承客人。

【待機】dàijī ㄉㄞˋ ㄐㄧ 等待時機：待機而動｜待機行事。

【待考】dàikǎo ㄉㄞˋ ㄎㄠˇ 暫時存疑，留待查考。

【待理不理】dài lǐ bù lǐ ㄉㄞˋ ㄌㄧˇ ㄅㄨˋ ㄌㄧˇ 像要答理又不答理，形容對人態度冷淡。

【待命】dàimìng ㄉㄞˋ ㄇㄧㄥˋ 等待命令：集結待命。

【待人接物】dài rén jiē wù ㄉㄞˋ ㄖㄣˊ ㄐㄧㄝ ㄨˋ 跟人相處。

【待業】dàiyè ㄉㄞˋ ㄧㄝˋ (非農業戶口的人)等待就業：待業青年｜待業人員｜在家待業。

【待遇】dàiyù ㄉㄞˋ ㄩˋ ❶對待(人)。❷對待人的情形、態度、方式：周到的待遇｜冷淡的待遇。❸指權利、社會地位等：政治待遇｜平等待遇。❹物質報酬；工資福利：生活待遇｜待遇優厚。

【待字】dàizì ㄉㄞˋ ㄗˋ 〈書〉指女子尚未定親(字：許嫁)：待字閨中。

怠 dài ㄉㄞˋ ❶懶惰；鬆懈：怠惰｜懈怠。❷輕慢；不恭敬：怠慢。

【怠惰】dàiduò ㄉㄞˋ ㄉㄨㄛˋ 懶惰。

【怠工】dài∥gōng ㄉㄞˋ∥ㄍㄨㄥ 有意地不積極工作，降低工作效率：消極怠工。

【怠慢】dàimàn ㄉㄞˋ ㄇㄢˋ ❶冷淡：不要怠慢了客人。❷客套話，表示招待不周：怠慢之處，請多包涵。

迨 dài ㄉㄞˋ 〈書〉❶等到。❷趁着。

軑（轪） dài ㄉㄞˋ 古代指車轂上包的鐵帽。也指車輪。

帶[1]（带） dài ㄉㄞˋ ❶（帶兒）帶子或像帶子的長條物：皮帶｜鞋帶兒｜傳送帶。❷輪胎：車帶｜汽車外帶。❸地帶；區域：溫帶｜黃河一帶。❹白帶：帶下。

帶[2]（带） dài ㄉㄞˋ ❶隨身拿着；攜帶：帶行李｜帶乾糧。❷捎帶着做某事：上街帶包茶葉來（捎帶着買）｜你出去請把門帶上（隨手關上）。❸呈現；顯出：面帶笑容。❹含有：這瓜帶點兒苦味｜説話帶刺兒。❺連着；附帶：帶葉的橘子｜連説帶笑｜放牛帶割草。❻引導；領：帶隊｜帶徒弟。❼帶動：以點帶面｜他這樣一來帶得大家都勤快了。

【帶班】dài//bān ㄉㄞˋ//ㄅㄢ 帶領人值班（巡邏、勞動等）：今夜排長親自帶班｜老主任出馬，帶班操作。

【帶刺兒】dài//cìr ㄉㄞˋ//ㄘㄦˋ 指説的話裏暗含諷刺意味：有意見就提，不要話裏帶刺兒。

【帶電】dài//diàn ㄉㄞˋ//ㄉㄧㄢˋ 物體上帶有正電荷或負電荷。

【帶動】dàidòng ㄉㄞˋ ㄉㄨㄥˋ ❶通過動力使有關部分相應地動起來：機車帶動貨車。❷引導着前進；帶頭做並使別人跟着做：抓好典型，帶動全局｜在校長的帶動下，參加義務植樹的人越來越多。

【帶好兒】dài//hǎor ㄉㄞˋ//ㄏㄠㄦˇ 轉達問候：你回校時給王老師帶好兒｜你見到他時，替我帶個好兒。

【帶話】dài//huà ㄉㄞˋ//ㄏㄨㄚˋ（帶話兒）捎話。

【帶勁】dàijìn ㄉㄞˋ ㄐㄧㄣˋ ❶（帶勁兒）有力量；有勁頭兒：他幹起活來可真帶勁｜他的發言挺帶勁。❷能引起興致；來勁：下象棋不帶勁，還是打球吧｜甚麼時候我也會開飛機，那才帶勁呢！

【帶菌】dài//jūn ㄉㄞˋ//ㄐㄩㄣ（人或其他物體）帶有病菌：帶菌者｜吃了帶菌食物引起腹瀉。

【帶累】dàilěi ㄉㄞˋ ㄌㄟˇ 使（別人）連帶受損害；連累：是我帶累了你，真對不起。

【帶領】dàilǐng ㄉㄞˋ ㄌㄧㄥˇ ❶在前帶頭使後面的人跟隨着：老同學帶領新同學去見老師。❷領導或指揮（一群人進行集體活動）：老師帶領同學們去支援麥收。

【帶路】dài//lù ㄉㄞˋ//ㄌㄨˋ 引導不認得路的人行進：帶路人｜你在前面帶路。

【帶挈】dàiqiè ㄉㄞˋ ㄑㄧㄝˋ 挈帶。

【帶聲】dàishēng ㄉㄞˋ ㄕㄥ 帶音。

【帶手兒】dàishǒur ㄉㄞˋ ㄕㄡㄦˇ 〈方〉順便：你去吧，你的事我帶手兒就做了。

【帶頭】dài//tóu ㄉㄞˋ//ㄊㄡˊ 首先行動起來帶動別人；領頭兒：帶頭人｜帶頭作用◇帶頭學科。

【帶下】dàixià ㄉㄞˋ ㄒㄧㄚˋ 中醫指白帶不正常的病。

【帶孝】dài//xiào ㄉㄞˋ//ㄒㄧㄠˋ 死者的親屬和親戚，在一定時期內穿着孝服，或在袖子上纏黑紗、辮子上紮白繩等，表示哀悼。也作戴孝。

【帶音】dàiyīn ㄉㄞˋ ㄧㄣ 發音時聲帶振動叫做帶音，聲帶不振動叫不帶音。普通話語音中元音都是帶音的，輔音中的 l、m、n、ng、r 等也是帶音的。別的輔音如 p、f 等都不帶音。帶音的是濁音，不帶音的是清音。

【帶魚】dàiyú ㄉㄞˋ ㄩˊ 魚，體長側扁，形狀像帶子，銀白色，全身光滑無鱗。是我國重要海產魚類之一。有的地區叫刀魚。

【帶子】dài·zi ㄉㄞˋ·ㄗ ❶用皮、布等做成的窄而長的條狀物，用來綁紮衣物。❷錄音帶、錄像帶的俗稱。

埭 dài ㄉㄞˋ 〈方〉壩，多用於地名：石埭（在安徽）｜鐘埭（在浙江）。

袋 dài ㄉㄞˋ ❶（袋兒）口袋：布袋｜衣袋｜米袋。❷（袋兒）量詞，用於裝口袋的東西：兩袋兒麪｜一袋兒洗衣粉。❸量詞，用於水烟或旱烟：一袋烟。

【袋鼠】dàishǔ ㄉㄞˋ ㄕㄨˇ 哺乳動物的一科，前肢短小，後肢粗大，善於跳躍，尾巴粗大，能支持身體。雌的腹部有皮質的育兒袋。吃青草、野菜等。產在大洋洲。

【袋子】dài·zi ㄉㄞˋ·ㄗ 口袋：麪袋子。

紮 dài ㄉㄞˋ 旦[3]（纖度單位）的舊稱。

紿（绐） dài ㄉㄞˋ 〈書〉欺哄。

貸（贷） dài ㄉㄞˋ ❶貸款：信貸｜農貸。❷借入或借出：向銀行衡款｜銀行貸給工廠一筆款。❸推卸（責任）：責無旁貸。❹饒恕：嚴懲不貸。

【貸方】dàifāng ㄉㄞˋ ㄈㄤ 付方。

【貸款】dài//kuǎn ㄉㄞˋ//ㄎㄨㄢˇ 甲國借錢給乙國；銀行、信用合作社等機構借錢給用錢的部門或個人。一般規定利息、償還日期：向銀行貸款五十萬元。

【貸款】dàikuǎn ㄉㄞˋ ㄎㄨㄢˇ 甲國貸給乙國的款項；銀行、信用合作社等機構貸給用錢的部門或個人的款項：還清貸款。

逮[1] dài ㄉㄞˋ 〈書〉到；及：力有未逮。

逮[2] dài ㄉㄞˋ 義同'逮'（dǎi），只用於'逮捕'。

另見219頁 dǎi。

【逮捕】dàibǔ ㄉㄞˋ ㄅㄨˇ 捉拿（罪犯）：逮捕歸案。

駘（骀） dài ㄉㄞˋ ［駘蕩］(dàidàng ㄉㄞˋ ㄉㄤˋ)〈書〉❶使人舒暢（多用來形容春天的景物）：春風駘蕩。❷放蕩。

另見1105頁 tái。

戴 dài ㄉㄞˋ ❶把東西放在頭、面、頸、胸、臂等處：戴帽子｜戴花｜戴眼鏡｜戴紅領巾◇披星戴月｜不共戴天之仇。❷擁護尊敬：愛戴｜感戴。❸(Dài)姓。

【戴高帽子】dài gāomào·zi ㄉㄞˋ ㄍㄠ ㄇㄠˋ ·ㄗ 比喻對人說恭維的話。也說戴高帽兒。

【戴綠帽】dài lùmào ㄉㄞˋ ㄌㄩˋ ㄇㄠˋ（戴綠帽兒）比喻妻子有外遇。

【戴勝】dàishèng ㄉㄞˋ ㄕㄥˋ 鳥，羽毛大部為棕色，有羽冠，嘴細長而稍彎。吃昆蟲，對農業有益。通稱呼哱哱(hūbōbō)或山和尚。

【戴孝】dài∥xiào ㄉㄞˋ∥ㄒㄧㄠˋ 同'帶孝'。

【戴罪立功】dài zuì lì gōng ㄉㄞˋ ㄗㄨㄟˋ ㄌㄧˋ ㄍㄨㄥ 在承當某種罪名的情況下建立功勞。

黛 dài ㄉㄞˋ 青黑色的顏料，古代女子用來畫眉：粉黛（指婦女）。

【黛綠】dàilù ㄉㄞˋ ㄌㄩˋ 墨綠：深秋的樹林，一片黛綠，一片金黃。

黱 dài ㄉㄞˋ 〈書〉同'黛'。

襶 dài ㄉㄞˋ 見826頁［褦襶］(nàidài)。

靆（叇） dài ㄉㄞˋ 見5頁［靉靆］。

dān（ㄉㄢ）

丹 dān ㄉㄢ ❶紅色：丹砂｜丹楓。❷依成方製成的顆粒狀或粉末狀的中藥（從前道家煉藥多用硃砂，所以稱為'丹'）：丸散膏丹｜靈丹妙藥。❸指丹砂。❹(Dān)姓。

【丹頂鶴】dāndǐnghè ㄉㄢ ㄉㄧㄥˇ ㄏㄜˋ 白鶴。

【丹毒】dāndú ㄉㄢ ㄉㄨˊ 病，由丹毒鏈球菌侵入皮膚的小淋巴管引起。最常發病的部位是面部和小腿。症狀是突發高熱，病變部分呈片狀紅斑，疼痛，發熱，與正常組織之間界限很清晰。

【丹方】dānfāng ㄉㄢ ㄈㄤ ❶同'單方'。❷〈書〉煉丹的方術。

【丹鳳眼】dānfèngyǎn ㄉㄢ ㄈㄥˋ ㄧㄢˇ 眼角向上微翹的眼睛。

【丹青】dānqīng ㄉㄢ ㄑㄧㄥ〈書〉❶紅色和青色的顏料，借指繪畫：丹青手（畫師）｜丹青妙筆｜擅長丹青。❷指史冊；史籍。

【丹砂】dānshā ㄉㄢ ㄕㄚ 硃砂。

【丹田】dāntián ㄉㄢ ㄊㄧㄢˊ 指人體臍下一寸半或三寸的地方：氣沈丹田。

【丹心】dānxīn ㄉㄢ ㄒㄧㄣ 赤誠的心：一片丹心。

眈 dān ㄉㄢ ［眈眈］形容眼睛注視：眈眈相向｜虎視眈眈（兇猛地注視）。

耽 dān ㄉㄢ 〈書〉沈溺；入迷：耽玩｜耽於幻想。

另見222頁 dān'躭'。

聃（聸） dān ㄉㄢ 用於人名，老聃，古代哲學家。

躭（耽） dān ㄉㄢ 延誤；遲延：躭擱｜躭誤。

'耽'另見222頁 dān。

【躭擱】dān·ge ㄉㄢ ·ㄍㄜ ❶停留：因為有些事情沒辦完，在上海多躭擱了三天。❷拖延：躭擱時間｜事情再忙也不要躭擱治病。❸躭誤：庸醫誤診，把病給躭擱了。‖也作擔擱。

【躭誤】dān·wu ㄉㄢ ·ㄨ 因拖延或錯過時機而誤事：快走吧，別躭誤了看電影｜手續繁瑣，實在躭誤時間。

單（单） dān ㄉㄢ ❶一個（跟'雙'相對）：單扇門｜單人牀。❷奇數的（一、三、五、七等，跟'雙'相對）：單數｜單號｜單日。❸單獨：單身｜單幹｜單打一｜單槍匹馬｜形單影隻。❹只；僅：幹工作不能單憑經驗｜別的不說，單說這件事。❺項目或種類少；不複雜：簡單｜單純｜單調。❻薄弱：單薄｜單弱｜勢孤力單。❼只有一層的（衣服等）：單衣｜單褲。❽（單兒）單子①：被單兒｜牀單子。❾（單兒）單子②：名單｜傳單｜清單｜賬單｜貨單。

另見123頁 chán；1001頁 Shàn。

【單幫】dānbāng ㄉㄢ ㄅㄤ 舊時指從甲地販商品到乙地出賣的單人商販：跑單幫｜單幫客人。

【單薄】dānbó ㄉㄢ ㄅㄛˊ ❶指天涼或天冷的時候穿的衣服薄而且少：冰天雪地的，穿這麼單薄，行嗎？❷（身體）瘦弱：她從小多病，身子單薄。❸（力量、論據等）薄弱；不充實：人手單薄｜兵力單薄｜內容單薄。

【單產】dānchǎn ㄉㄢ ㄔㄢˇ 在一年或一季中單位土地面積上的產量。

【單車】dānchē ㄉㄢ ㄔㄜ ❶指單獨運行的一輛車（多指汽車、拖拉機）：單車收入日報表｜這個汽車服務公司的單車效益較好。❷〈方〉自行車。

【單程】dānchéng ㄉㄢ ㄔㄥˊ 一來或一去的行程（區別於'來回'）：單程車票。

【單傳】dānchuán ㄉㄢ ㄔㄨㄢˊ ❶幾代相傳都只有一個兒子：三世單傳。❷舊時指一個師傅所傳授，不雜有別的流派。

【單純】dānchún ㄉㄢ ㄔㄨㄣˊ ❶簡單純一；不複雜：思想單純｜情節單純。❷單一；只顧：單純技術觀點｜單純追求數量。

【單純詞】dānchúncí ㄉㄢ ㄔㄨㄣˊ ㄘˊ 只包含一個詞素的詞（區別於'合成詞'）。就漢語說，有時只用一個字來表示，如'馬、跑、快'。有時用兩個字來表示，必須合起來才有意義，如'葡萄、徘徊、朦朧'。

【單詞】dāncí ㄉㄢ ㄘˊ ❶單純詞。❷詞(區別於'詞組')。

【單打】dāndǎ ㄉㄢ ㄉㄚˇ 某些球類比賽的一種方式，由兩人對打，如乒乓球、羽毛球、網球等都可以單打。

【單打一】dāndǎyī ㄉㄢ ㄉㄚˇ ㄧ 集中力量做一件事或只接觸某一方面的事物，而不管其他方面。

【單單】dāndān ㄉㄢ ㄉㄢ 副詞，表示從一般的人或事物中指出個別的：別人都來了，單單他沒來｜其他環節都沒問題，單單這裏出了毛病。

【單刀】dāndāo ㄉㄢ ㄉㄠ ❶短柄長刀，武術用具。❷武術運動項目之一，表演或練習時只用一把單刀。

【單刀直入】dān dāo zhí rù ㄉㄢ ㄉㄠ ㄓˊ ㄖㄨˋ 比喻說話直截了當，不繞彎子。

【單調】dāndiào ㄉㄢ ㄉㄧㄠˋ 簡單、重複而沒有變化：色彩單調｜樣式單調｜只做一種遊戲，未免單調。

【單獨】dāndú ㄉㄢ ㄉㄨˊ 不跟別的合在一起；獨自：單獨行動｜請你抽空到我這裏來一下，我要單獨跟你談談｜他已經能夠離開師傅，單獨操作了。

【單方】dānfāng ㄉㄢ ㄈㄤ 民間流傳的藥方。也作丹方。

【單放機】dānfàngjī ㄉㄢ ㄈㄤˋ ㄐㄧ ❶只能放錄音磁帶而不能收音或錄音的機器。❷指放像機。

【單幹】dāngàn ㄉㄢ ㄍㄢˋ 不跟人合作，單獨幹活：單幹戶｜一個人單幹。

【單杠】dāngàng ㄉㄢ ㄍㄤˋ ❶體操器械的一種，用兩根支柱架起一根鐵杠做成。❷競技體操項目之一，運動員在單杠上做各種動作。

【單個兒】dāngèr ㄉㄢ ㄍㄜㄦˋ ❶獨自一個：說好了大家一齊去，他偏要單個兒去。❷成套或成對中的一個：這套傢具不單個兒賣。

【單軌】dānguǐ ㄉㄢ ㄍㄨㄟˇ 單綫的鐵道。

【單果】dānguǒ ㄉㄢ ㄍㄨㄛˇ 果實的一類，由一朵花的一個成熟子房發育而成。如桃、李、杏、棉、向日葵等的果實。也叫單花果。

【單過】dānguò ㄉㄢ ㄍㄨㄛˋ (分開)單獨過日子：兒子結了婚，和老人分居單過了，只在節假日回來。

【單寒】dānhán ㄉㄢ ㄏㄢˊ ❶衣服穿得少，不能禦寒。❷舊指家世寒微，沒有地位。

【單簧管】dānhuángguǎn ㄉㄢ ㄏㄨㄤˊ ㄍㄨㄢˇ 管樂器，由嘴子、小筒、管身和喇叭口四部分構成，嘴上裝有單簧片。也叫黑管。

【單季稻】dānjìdào ㄉㄢ ㄐㄧˋ ㄉㄠˋ 在同一塊稻田裏，一年之內只插一次秧，收割一次的，叫單季稻。

【單價】dānjià ㄉㄢ ㄐㄧㄚˋ 商品的單位價格。

【單間】dānjiān ㄉㄢ ㄐㄧㄢ (單間兒) ❶只有一間的屋子：單間鋪面。❷飯館、旅館內供單人或一起來的幾個人用的小房間。

【單晶體】dānjīngtǐ ㄉㄢ ㄐㄧㄥ ㄊㄧˇ 原子按照統一的規則排列的晶體。具有一定的外形，其物理性質在各個方向各不相同。

【單句】dānjù ㄉㄢ ㄐㄩˋ 不能分析成兩個或兩個以上的分句的句子。

【單據】dānjù ㄉㄢ ㄐㄩˋ 收付款項或貨物的憑據，如收據、發票、發貨單、收支傳票等。

【單口】dānkǒu ㄉㄢ ㄎㄡˇ 曲藝的一種表演形式，只有一個演員進行表演，如京韵大鼓、山東快書、單口快板等。

【單口相聲】dānkǒu xiàng·sheng ㄉㄢ ㄎㄡˇ ㄒㄧㄤˋ·ㄕㄥ 只有一個人表演的相聲。參看1250頁〖相聲〗。

【單利】dānlì ㄉㄢ ㄌㄧˋ 計算利息的一種方法，只按照本金計算利息。

【單列】dānliè ㄉㄢ ㄌㄧㄝˋ (項目等)單獨開列：計劃單列市｜這筆款項收支單列。

【單名】dānmíng ㄉㄢ ㄇㄧㄥˊ 只有一個字的名字。

【單名數】dānmíngshù ㄉㄢ ㄇㄧㄥˊ ㄕㄨˋ 只帶有一個單位名稱的數。如3尺、4.5丈。

【單皮】dānpí ㄉㄢ ㄆㄧˊ 類似小鼓的一種打擊樂器，戲曲演出時用來指揮其他樂器。

【單槍匹馬】dān qiāng pǐ mǎ ㄉㄢ ㄑㄧㄤ ㄆㄧˇ ㄇㄚˇ 比喻單獨行動，沒有別人幫助。也說匹馬單槍。

【單親】dānqīn ㄉㄢ ㄑㄧㄣ 只有父親或母親的：單親家庭(指孩子只隨父親或母親一方生活的家庭)。

【單弱】dānruò ㄉㄢ ㄖㄨㄛˋ ❶(身體)瘦弱；不結實。❷(力量)單薄：兵力單弱。

【單身】dānshēn ㄉㄢ ㄕㄣ 沒有家屬或沒有跟家屬在一起生活：單身漢｜單身宿舍｜單身在外。

【單身漢】dānshēnhàn ㄉㄢ ㄕㄣ ㄏㄢˋ 沒有妻子或沒有跟妻子一起生活的人。

【單數】dānshù ㄉㄢ ㄕㄨˋ ❶正的奇數，如1，3，5，7等。❷某些語言中由詞本身形式表示的單一的數量。例如英語裏pen表示一支鋼筆，是單數。

【單癱】dāntān ㄉㄢ ㄊㄢ 一個上肢或一個下肢發生癱瘓。多由局部神經受外傷以及腦、脊髓等疾患引起。

【單條】dāntiáo ㄉㄢ ㄊㄧㄠˊ (單條兒)立軸(區別於'屏條')。

【單位】dānwèi ㄉㄢ ㄨㄟˋ ❶計量事物的標準量的名稱。如厘米為計算長度的單位，克為計算質量的單位，秒為計算時間的單位等。❷指機關、團體或屬於一個機關、團體的各個部門：直屬單位｜下屬單位｜事業單位｜參加競賽的有很多單位。

【單弦兒】dānxiánr ㄉㄢ ㄒㄧㄢㄦˊ 曲藝的一種，用弦子和八角鼓伴奏，八角鼓由唱者自己搖或彈。流行於華北、東北等地。

【單綫】dānxiàn ㄉㄢ ㄒㄧㄢˋ ❶單獨的一條綫。❷只有一組軌道的鐵道或電車道，不能供相對方向的車輛同時通行(區別於'複綫')。

【單相思】dānxiāngsī ㄉㄢ ㄒㄧㄤ ㄙ 指男女間僅一方對另一方愛慕。

【單項】dānxiàng ㄉㄢ ㄒㄧㄤˋ 單一的項目：體操單項比賽。

【單行】dānxíng ㄉㄢ ㄒㄧㄥˊ ❶就單一事項而實行的(條例等)；僅在某個地方頒行和適用的(法規等)。❷單獨降臨：禍不單行。❸單獨印行：單行本。❹向單一的方向行駛：單行綫。

【單行本】dānxíngběn ㄉㄢ ㄒㄧㄥˊ ㄅㄣˇ ❶從報刊上或從成套成部的書裏抽出來單獨印行的著作。❷在報刊上分期發表後經整理、彙集而印行的著作。

【單行綫】dānxíngxiàn ㄉㄢ ㄒㄧㄥˊ ㄒㄧㄢˋ 只供車輛向一個方向行駛的路。也叫單行道。

【單姓】dānxìng ㄉㄢ ㄒㄧㄥˋ 只有一個字的姓，如張、王、劉、李等。

【單眼】dānyǎn ㄉㄢ ㄧㄢˇ 節肢動物的一種眼，只有一個水晶體。單眼的數目，各種節肢動物不同，如蜜蜂有三隻，蜘蛛類有兩隻到八隻。單眼只能分辨光的強弱，不能分辨顏色。

【單眼皮】dānyǎnpí ㄉㄢ ㄧㄢˇ ㄆㄧˊ (單眼皮兒)上眼皮下緣沒有褶兒的叫單眼皮。

【單一】dānyī ㄉㄢ ㄧ 只有一種：單一經濟｜品種單一｜單一的全民所有制。

【單衣】dānyī ㄉㄢ ㄧ 只有一層的衣服。

【單音詞】dānyīncí ㄉㄢ ㄧㄣ ㄘˊ 只有一個音節的詞，如'筆、水、花兒(huār)、吃、走、大、高'等。

【單元】dānyuán ㄉㄢ ㄩㄢˊ 整體中自成段落、系統，自為一組的單位(多用於教材、房屋等)：單元練習｜單元房｜三號樓二單元六室。

【單質】dānzhì ㄉㄢ ㄓˋ 由同種元素組成的純淨物，如氫、氧、溴、汞、鐵、銅等。有些元素可以形成不同的單質，如元素磷有白磷、紅磷等單質。

【單子】dān·zi ㄉㄢ ·ㄗ ❶蓋在牀上的大幅布：布單子｜牀單子。❷分項記載事物的紙片：菜單子｜要買些甚麼，請開個單子。

【單字】dānzì ㄉㄢ ㄗˋ ❶單個的漢字。❷指外國語中一個個的詞：學外語記單字很重要。

【單作】dānzuò ㄉㄢ ㄗㄨㄛˋ 在一塊耕地上，一茬只種植一種作物。

鄲(郸) dān ㄉㄢ 鄲城(Dānchéng ㄉㄢ ㄔㄥˊ)，地名，在河南。

儋 Dān ㄉㄢ 儋縣，地名，在海南。

殫(殚) dān ㄉㄢ 〈書〉盡；竭盡：殫心｜殫力｜殫思極慮(用盡心思)。

【殫精竭慮】dān jīng jié lǜ ㄉㄢ ㄐㄧㄥ ㄐㄧㄝˊ ㄌㄩˋ 用盡精力，費盡心思。

擔(担) dān ㄉㄢ ❶用肩膀挑：擔水｜人家兩個人抬一筐，他一個人擔兩筐。❷擔負；承當：承擔｜分擔｜把任務擔起來｜你叫我師傅，我可擔不起(不敢當)。

另見227頁dàn。'担'另見225頁dǎn'撣'。

【擔保】dānbǎo ㄉㄢ ㄅㄠˇ 表示負責，保證不出問題或一定辦到：出不了事，我敢擔保｜交給他辦，擔保錯不了。

【擔不是】dān bù·shi ㄉㄢ ㄅㄨˋ ·ㄕ 承當過錯：萬一出了問題，也不能讓他一個人擔不是。

【擔待】dāndài ㄉㄢ ㄉㄞˋ ❶原諒；諒解：孩子小，不懂事，您多擔待。❷擔當(責任)：擔待不起｜你放心吧！一切有我擔待。

【擔當】dāndāng ㄉㄢ ㄉㄤ 接受並負起責任：擔當重任｜再艱巨的工作，他也勇於擔當。

【擔負】dānfù ㄉㄢ ㄈㄨˋ 承當(責任、工作、費用)：擔負重任。

【擔擱】dān·ge ㄉㄢ ·ㄍㄜ 同'躭擱'。

【擔架】dānjià ㄉㄢ ㄐㄧㄚˋ 醫院或軍隊中抬送病人、傷員的用具，用木棍、竹竿等做架子，中間綳着帆布或繩子：一副擔架。

【擔驚受怕】dān jīng shòu pà ㄉㄢ ㄐㄧㄥ ㄕㄡˋ ㄆㄚˋ 提心吊膽，害怕遭受禍害。

【擔名】dān//míng ㄉㄢ// ㄇㄧㄥˊ (擔名兒)承當某種名分：他只是擔個名兒，並沒做甚麼工作。

【擔任】dānrèn ㄉㄢ ㄖㄣˋ 擔當某種職務或工作：擔任小組長｜擔任運輸工作。

【擔心】dān//xīn ㄉㄢ// ㄒㄧㄣ 放心不下：擔心情況有變｜一切都順利，請不要擔心。

【擔憂】dānyōu ㄉㄢ ㄧㄡ 發愁；憂慮：兒行千里母擔憂｜不必擔憂，他不會遇到危險的。

癉(瘅) dān ㄉㄢ [癉瘧](dānnüè ㄉㄢ ㄋㄩㄝˋ)中醫指瘧疾的一種，症狀是發高燒，不打寒戰，煩躁，口渴，嘔吐等。

另見227頁dàn。

襌(禅) dān ㄉㄢ 〈書〉單衣。

簞(箪) dān ㄉㄢ 古代盛飯用的圓形竹器。

【簞食壺漿】dān sì hú jiāng ㄉㄢ ㄙˋ ㄏㄨˊ ㄐㄧㄤ 古時老百姓用簞盛飯，用壺盛湯來歡迎他們愛戴的軍隊，後用來形容軍隊受歡迎的情況。

甔 dān ㄉㄢ 〈書〉瓶。

dǎn (ㄉㄢˇ)

疸 dǎn ㄉㄢˇ 見504頁〖黃疸〗。另見218頁·da。

亶 dǎn ㄉㄢˇ 〈書〉實在；誠然。
另見226頁 dàn。

撣（撢、撣、扫） dǎn ㄉㄢˇ 用撣子或別的東西輕輕地抽或掃，去掉灰塵等：牆壁和天花板都撣得很乾淨｜撣掉衣服上的雪。
另見1001頁 Shàn。'扫'另見224頁 dān '擔'；227頁 dàn '擔'。

【撣子】dǎn·zi ㄉㄢˇ ·ㄗ 用雞毛或布綁成的除去灰塵的用具。

賧（赕） dǎn ㄉㄢˇ 奉獻：賧佛。［傣］

【賧佛】dǎnfó ㄉㄢˇ ㄈㄛˊ 我國信奉佛教的某些少數民族向廟宇捐獻財物，求佛消災賜福。

黕 dǎn ㄉㄢˇ 〈書〉❶污垢。❷烏黑。

膽（胆） dǎn ㄉㄢˇ ❶膽囊的通稱。❷（膽兒）膽量：壯膽兒｜膽怯｜斗膽｜膽大心細｜膽小如鼠。❸裝在器物內部，可以容納水、空氣等物的東西：球膽｜瓶膽。

【膽大包天】dǎn dà bāo tiān ㄉㄢˇ ㄉㄚˋ ㄅㄠ ㄊㄧㄢ 形容膽量極大（多用於貶義）。

【膽大妄為】dǎn dà wàng wéi ㄉㄢˇ ㄉㄚˋ ㄨㄤˋ ㄨㄟˊ 毫無顧忌地胡作非為。

【膽敢】dǎngǎn ㄉㄢˇ ㄍㄢˇ 竟有膽量敢於（做某事）：敵人膽敢來侵犯，堅決把它徹底消滅。

【膽固醇】dǎngùchún ㄉㄢˇ ㄍㄨˋ ㄔㄨㄣˊ 醇的一種，白色的結晶，質地軟。人的膽汁、神經組織、血液中含膽固醇較多。是合成膽酸和類固醇激素的重要原料。膽固醇代謝失調會引起動脈硬化和膽石病。

【膽管】dǎnguǎn ㄉㄢˇ ㄍㄨㄢˇ 肝臟的輸出管，與十二指腸相連接。肝內生成的膽汁通過它流入十二指腸。也叫膽道。

【膽寒】dǎnhán ㄉㄢˇ ㄏㄢˊ 害怕。

【膽力】dǎnlì ㄉㄢˇ ㄌㄧˋ 膽量和魄力：膽力過人。

【膽量】dǎnliàng ㄉㄢˇ ㄌㄧㄤˋ 不怕危險的精神；勇氣：膽量小｜有膽量。

【膽略】dǎnlüè ㄉㄢˇ ㄌㄩㄝˋ 勇氣和智謀：膽略超群。

【膽囊】dǎnnáng ㄉㄢˇ ㄋㄤˊ 儲存膽汁的囊狀器官，在肝臟右葉的下前方，與膽管相連接。通稱膽或苦膽。（圖見1252頁〖消化系統〗）

【膽瓶】dǎnpíng ㄉㄢˇ ㄆㄧㄥˊ 頸部細長而腹部大的花瓶，形狀有點像膽。

【膽氣】dǎnqì ㄉㄢˇ ㄑㄧˋ 膽量和勇氣。

【膽怯】dǎnqiè ㄉㄢˇ ㄑㄧㄝˋ 膽小；畏縮：初上講台，還真有幾分膽怯。

【膽識】dǎnshí ㄉㄢˇ ㄕˊ 膽量和見識：膽識非凡。

【膽小鬼】dǎnxiǎoguǐ ㄉㄢˇ ㄒㄧㄠˇ ㄍㄨㄟˇ 膽量小的人（含譏諷意）。

【膽戰心驚】dǎn zhàn xīn jīng ㄉㄢˇ ㄓㄢˋ ㄒㄧㄣ ㄐㄧㄥ 形容非常害怕。

【膽汁】dǎnzhī ㄉㄢˇ ㄓ 肝臟產生的消化液，有苦味，黃褐色或綠色，儲存在膽囊中。能促進脂肪的分解、皂化和吸收。

【膽壯】dǎnzhuàng ㄉㄢˇ ㄓㄨㄤˋ 膽子大：他見到有人支持他，就更膽壯了。

【膽子】dǎn·zi ㄉㄢˇ ·ㄗ 膽量：膽子不小。

dàn（ㄉㄢˋ）

石 dàn ㄉㄢˋ 容量單位，10 斗等於 1 石。（在古書中讀 shí ㄕˊ，如'二千石、萬石'等。）
另見1036頁 shí。

旦[1] dàn ㄉㄢˋ ❶〈書〉天亮；早晨：旦暮｜旦夕｜通宵達旦｜枕戈待旦。❷（某一）天：一旦｜元旦。

旦[2] dàn ㄉㄢˋ 戲曲角色，扮演婦女，有青衣、花旦、老旦、武旦等區別。

旦[3] dàn ㄉㄢˋ 纖度單位，9,000 米長的天然絲或化學纖維重量為多少克，它的纖度就是多少旦。旦數愈小，纖維愈細。舊稱袋（dài）。［法 denier］

【旦角】dànjué ㄉㄢˋ ㄐㄩㄝˊ （旦角兒）旦[2]，有時特指青衣、花旦。

【旦夕】dànxī ㄉㄢˋ ㄒㄧ 〈書〉早晨和晚上，比喻短時間：危在旦夕｜人有旦夕禍福。

但 dàn ㄉㄢˋ ❶只：但願如此｜不求有功，但求無過｜遼闊的原野上，但見麥浪隨風起伏。❷但是：屋子小，但挺乾淨｜工作雖然忙，但一點也沒放鬆學習。❸（Dàn）姓。

【但凡】dànfán ㄉㄢˋ ㄈㄢˊ 凡是；只要是：但凡有一綫希望，也要努力爭取｜但凡過路的人，沒有一個不在這兒打尖的。

【但是】dànshì ㄉㄢˋ ㄕˋ 連詞，用在後半句話裏表示轉折，往往與'雖然、儘管'等呼應：他想睡一會兒，但是睡不着｜他雖然已經七十多了，但是精力仍然很健旺。

【但書】dànshū ㄉㄢˋ ㄕㄨ 法律條文中'但'字以下的部分，指出本條文的例外。

疍（蜑） dàn ㄉㄢˋ ［疍民］（dànmín ㄉㄢˋ ㄇㄧㄣˊ）見1075頁〖水上居民〗。

萏〔萏〕 dàn ㄉㄢˋ 見452頁［菡萏］。

啖[1]（啗、噉） dàn ㄉㄢˋ 〈書〉❶吃或給別人吃：啖飯｜以棗啖之。❷拿利益引誘人：啖以重利。

啖[2] Dàn ㄉㄢˋ 姓。

淡 dàn ㄉㄢˋ ❶液體或氣體中所含的某種成分少；稀薄（跟'濃'相對）：淡墨｜天高雲淡。❷（味道）不濃；不鹹：一杯淡酒｜淡而無味｜菜太淡，再放點鹽。❸（顏色）淺：淡青｜淡綠｜輕描淡寫。❹冷淡；不熱心：淡然處之｜淡淡地答應了一聲。❺營業不旺盛：淡季｜淡月。❻沒有意味的；無關緊要的：淡話｜淡事｜扯淡。

【淡泊】dànbó ㄉㄢˋ ㄅㄛˊ〈書〉不追求名利：淡泊名利｜淡泊寡慾｜淡泊明志。也作澹泊。

【淡薄】dànbó ㄉㄢˋ ㄅㄛˊ ❶（雲霧等）密度小：濃霧漸漸地淡薄了。❷（味道）不濃：酒味淡薄。❸（感情、興趣等）不濃厚：人情淡薄｜他對象棋的興趣逐漸淡薄。❹（印象）因淡忘而模糊：時間隔得太久，印象非常淡薄了。

【淡而無味】dàn ér wú wèi ㄉㄢˋ ㄦˊ ㄨˊ ㄨㄟˋ 指食物淡，沒有滋味。比喻事物平淡，不能引起人的興趣。

【淡化】[1] dànhuà ㄉㄢˋ ㄏㄨㄚˋ ❶（問題、情感等）逐漸冷淡下來，變得不被重視或無關緊要：家族觀念淡化了。❷使淡化：淡化情節。

【淡化】[2] dànhuà ㄉㄢˋ ㄏㄨㄚˋ 使含鹽分較多的水變成可供人類生活或工農業生產用的淡水：淡化海水｜鹹水淡化。

【淡季】dànjì ㄉㄢˋ ㄐㄧˋ 營業不旺盛的季節或某種東西出產少的季節（跟'旺季'相對）：蔬菜淡季｜旅遊淡季。

【淡漠】dànmò ㄉㄢˋ ㄇㄛˋ ❶沒有熱情；冷淡：反應淡漠｜淡漠的神情。❷記憶不真切；印象淡薄：十幾年過去了，這件事在人們的記憶裏已經淡漠了。

【淡青】dànqīng ㄉㄢˋ ㄑㄧㄥ 淺藍而微綠的顏色。

【淡然】dànrán ㄉㄢˋ ㄖㄢˊ〈書〉形容不經心；不在意：淡然置之｜淡然一笑。也作澹然。

【淡水】dànshuǐ ㄉㄢˋ ㄕㄨㄟˇ 含鹽分極少的水：淡水湖｜淡水養魚。

【淡忘】dànwàng ㄉㄢˋ ㄨㄤˋ 印象逐漸淡漠以至於忘記：許多年過去，這件事被人淡忘了。

【淡雅】dànyǎ ㄉㄢˋ ㄧㄚˇ 素淨雅致；素淡典雅：服飾淡雅｜色彩淡雅。

【淡月】dànyuè ㄉㄢˋ ㄩㄝˋ 營業不旺盛的月份（跟'旺月'相對）。

【淡妝】dànzhuāng ㄉㄢˋ ㄓㄨㄤ 淡雅的妝飾。

蛋 dàn ㄉㄢˋ ❶鳥、龜、蛇等所產的卵。❷（蛋兒）球形的東西：泥蛋兒｜山藥蛋。

【蛋白】dànbái ㄉㄢˋ ㄅㄞˊ ❶鳥卵中透明的膠狀物質，包在卵的周圍，由蛋白質組成。❷指蛋白質：動物蛋白｜植物蛋白。

【蛋白腖】dànbáidòng ㄉㄢˋ ㄅㄞˊ ㄉㄨㄥˋ 有機化合物，由蛋白質經酸、鹼或蛋白酶分解後而成。醫學上用做細菌的培養基，也用來治療消化道疾病。簡稱腖。

【蛋白酶】dànbáiméi ㄉㄢˋ ㄅㄞˊ ㄇㄟˊ 有機化合物，主要存在於動物體內，作用是把蛋白質分解成便於吸收的氨基酸。種類很多，如胃蛋白酶、胰蛋白酶等。

【蛋白質】dànbáizhì ㄉㄢˋ ㄅㄞˊ ㄓˋ 天然的高分子有機化合物，由多種氨基酸組成。是構成生物體活質的最重要部分，是生命的基礎，種類很多。舊稱朊（ruǎn）。

【蛋糕】dàngāo ㄉㄢˋ ㄍㄠ 雞蛋和麪粉加糖和油製成的鬆軟的糕。

【蛋羹】dàngēng ㄉㄢˋ ㄍㄥ 鮮蛋去殼打勻後，加適量的水和作料蒸成的食物。

【蛋黃】dànhuáng ㄉㄢˋ ㄏㄨㄤˊ （蛋黃兒）鳥卵中黃色膠狀的物體，球形，周圍有蛋白。也叫卵黃。

【蛋品】dànpǐn ㄉㄢˋ ㄆㄧㄣˇ 各種蛋類（如雞蛋、鴨蛋、鵝蛋、鵪鶉蛋等）和各種蛋類製品（如松花蛋、冰蛋、糟蛋等）的統稱。

【蛋青】dànqīng ㄉㄢˋ ㄑㄧㄥ 像青鴨蛋殼的顏色。

【蛋清】dànqīng ㄉㄢˋ ㄑㄧㄥ （蛋清兒）蛋白①。

【蛋子】dàn·zi ㄉㄢˋ ·ㄗ 蛋②。

氮 dàn ㄉㄢˋ 氣體元素，符號 N（nitrogenium）。無色，無臭，不能燃燒，也不能助燃，化學性質很不活潑。氮在空氣中約佔4/5，是植物營養的重要成分之一。用來製造氨、硝酸和氮肥，也用來填充燈泡。通稱氮氣。

【氮肥】dànféi ㄉㄢˋ ㄈㄟˊ 含氮為主的肥料，能促進作物的莖葉生長，如硫酸銨、硝酸銨、廄肥、綠肥、人糞尿等。

【氮氣】dànqì ㄉㄢˋ ㄑㄧˋ 氮的通稱。

亶 dàn ㄉㄢˋ〈書〉同'但'①②。
另見225頁 dǎn。

髧 dàn ㄉㄢˋ〈書〉頭髮下垂的樣子。

誕[1]（诞） dàn ㄉㄢˋ ❶誕生：誕辰。❷生日：華誕｜壽誕。

誕[2]（诞） dàn ㄉㄢˋ 荒唐的；不實在的；不合情理的：虛誕｜荒誕｜怪誕。

【誕辰】dànchén ㄉㄢˋ ㄔㄣˊ 生日（多用於所尊敬的人）。

【誕生】dànshēng ㄉㄢˋ ㄕㄥ （人）出生◇1949年10月1日，中華人民共和國誕生了。

憚（惮） dàn ㄉㄢˋ〈書〉怕：憚煩｜肆無忌憚｜過則勿憚改。

彈（弹） dàn ㄉㄢˋ ❶（彈兒）彈子：彈丸｜泥彈兒。❷槍彈；炮彈；炸彈：中彈｜投彈｜手榴彈｜燃燒彈｜信號彈｜原子彈｜氫彈｜導彈。❸同'蛋'。
另見1109頁 tán。

【彈道】dàndào ㄉㄢˋ ㄉㄠˋ 彈頭射出後所經的路綫。因受空氣的阻力和地心引力的影響，形成不對稱的弧綫形。

【彈弓】dàngōng ㄉㄢˋ ㄍㄨㄥ 用彈（tán）力發射

彈丸的弓，古代用做武器，現在有時用來打鳥。

【彈痕】dànhén ㄉㄢˋ ㄏㄣˊ 彈着點的痕迹：彈痕遍地｜彈痕纍纍。

【彈殼】dànké ㄉㄢˋ ㄎㄜˊ ❶藥筒的通稱。❷炸彈的外殼。

【彈坑】dànkēng ㄉㄢˋ ㄎㄥ 炮彈、地雷、炸彈等爆炸後，在地面或其他東西上形成的坑。

【彈片】dànpiàn ㄉㄢˋ ㄆㄧㄢˋ 炮彈、炸彈等爆炸後的碎片。

【彈頭】dàntóu ㄉㄢˋ ㄊㄡˊ 槍彈、炮彈、導彈等的前部，射出後能起殺傷和破壞作用。

【彈丸】dànwán ㄉㄢˋ ㄨㄢˊ ❶彈弓所用的鐵丸或泥丸。❷槍彈的彈頭。❸〈書〉比喻地方狹小：彈丸之地。

【彈藥】dànyào ㄉㄢˋ ㄧㄠˋ 槍彈、炮彈、手榴彈、炸彈、地雷等具有殺傷能力或其他特殊作用的爆炸物的統稱。

【彈着點】dànzhuódiǎn ㄉㄢˋ ㄓㄨㄛˊ ㄉㄧㄢˇ 槍彈或炮彈着落的地點。

【彈子】dàn·zǐ ㄉㄢˋ ·ㄗˇ ❶用彈弓彈（tán）射的彈丸。❷〈方〉枱球①：彈子房。

【彈子鎖】dàn·zisuǒ ㄉㄢˋ ·ㄗ ㄙㄨㄛˇ 〈方〉撞鎖。

擔（担） dàn ㄉㄢˋ ❶擔子：貨郎擔｜勇挑重擔。❷重量單位，100 斤等於 1 擔。❸量詞，用於成擔的東西：一擔水｜兩擔柴。

另見224頁 dān。'担'另見225頁 dǎn '撢'。

【擔子】dàn·zi ㄉㄢˋ ·ㄗ ❶扁擔和挂在兩頭的東西：一副擔子。❷比喻擔負的責任：我們不怕擔子重，一定要把事情辦好。

澹 dàn ㄉㄢˋ 〈書〉安靜。

另見1110頁 tán。

【澹泊】dànbó ㄉㄢˋ ㄅㄛˊ 同'淡泊'。

【澹然】dànrán ㄉㄢˋ ㄖㄢˊ 同'淡然'。

禫 dàn ㄉㄢˋ 古時喪家除服的祭祀。

癉（瘅） dàn ㄉㄢˋ 〈書〉❶由於勞累而得的病。❷憎恨：彰善癉惡。

另見224頁 dān。

贉（赕） dàn ㄉㄢˋ 〈書〉❶買東西預先付錢。❷書冊或書畫卷軸卷頭上貼綾的地方。

嘾（啗） dàn ㄉㄢˋ 〈書〉同'啖[1]'。

dāng （ㄉㄤ）

當[1]（当） dāng ㄉㄤ ❶相稱：相當｜門當戶對｜罰不當罪。❷應當：該當｜理當如此｜能省的就省，當用的還是得用。❸面對着；向着：當面｜當眾宣佈｜首當其衝。❹正在（那時候、那地方）：當今｜當初｜當地｜當場。

當[2]（当） dāng ㄉㄤ ❶擔任；充當：當幹部｜選他當代表。❷承當；承受：敢做敢當｜當之無愧｜我可當不起這樣的誇獎。❸掌管；主持：當家｜當權｜當政｜獨當一面。❹〈書〉阻擋；抵擋：螳臂當車｜銳不可當。

當[3]（当） dāng ㄉㄤ 〈書〉頂端：瓦當。另見228頁 dāng '噹'；230頁 dàng。

【當班】dāngbān ㄉㄤ ㄅㄢ 在規定的時間內擔任工作或參加勞動；值班：輪流當班｜當班工人正在緊張地勞動。

【當差】dāng//chāi ㄉㄤ//ㄔㄞ 舊時指做小官吏或當僕人。

【當差】dāngchāi ㄉㄤ ㄔㄞ 舊指男僕。

【當場】dāngchǎng ㄉㄤ ㄔㄤˇ 就在那個地方和那個時候：當場出醜｜當場捕獲｜他當場就把這種新的技術表演了一次。

【當場出彩】dāngchǎng chūcǎi ㄉㄤ ㄔㄤˇ ㄔㄨ ㄘㄞˇ 戲劇表演殺傷的時候，用紅色水塗抹，裝做流血的樣子，叫做出彩。現在多比喻當場敗露秘密或顯出醜態。

【當初】dāngchū ㄉㄤ ㄔㄨ 泛指從前或特指過去發生某件事情的時候：當初這裏是一片汪洋｜早知今日，何必當初？

【當代】dāngdài ㄉㄤ ㄉㄞˋ 當前這個時代：當代文學｜當代英雄。

【當道】dāngdào ㄉㄤ ㄉㄠˋ ❶（當道兒）路中間：別在當道站着。❷掌握政權（含貶義）：奸佞當道。❸舊時指掌握政權的大官：取悅於當道。

【當地】dāngdì ㄉㄤ ㄉㄧˋ 人、物所在的或事情發生的那個地方；本地：當地百姓｜當地風俗。

【當歸】dāngguī ㄉㄤ ㄍㄨㄟ 多年生草本植物，羽狀複葉，花白色，傘形花序。有許多細根，果實長橢圓形，整個植物有特殊香氣。根可入藥。

【當行出色】dāngháng-chūsè ㄉㄤ ㄏㄤˊ ㄔㄨ ㄙㄜˋ 做本行的事，成績特別顯著。

【當機立斷】dāng jī lì duàn ㄉㄤ ㄐㄧ ㄌㄧˋ ㄉㄨㄢˋ 抓住時機，立刻決斷。

【當即】dāngjí ㄉㄤ ㄐㄧˊ 立即；馬上就：接到命令，當即出發。

【當家】dāng//jiā ㄉㄤ//ㄐㄧㄚ 主持家務：不當家不知柴米貴｜她是個會當家的好主婦，家裏的事情處理得井井有條◇人民當家作主。

【當家的】dāngjiā·de ㄉㄤ ㄐㄧㄚ ·ㄉㄜ ❶主持家務的人；家主。❷主持寺院的和尚。❸〈方〉丈夫（zhàng·fu）。

【當間兒】dāngjiànr ㄉㄤ ㄐㄧㄢㄦˋ 〈方〉中間：堂屋當間兒放着一張大方桌。

【當街】dāngjiē ㄉㄤ ㄐㄧㄝ ❶靠近街道；臨街：這裏的酒店，都是當街一個曲尺形的大櫃枱。❷〈方〉街上：出了院門，直奔當街。

【當今】dāngjīn ㄉㄤ ㄐㄧㄣ ❶如今；現時；目前：當今世界｜當今最新技術。❷封建時代稱在位的皇帝。

【當緊】dāngjǐn ㄉㄤ ㄐㄧㄣˇ 〈方〉要緊。

【當局】dāngjú ㄉㄤ ㄐㄩˊ 指政府、黨派、學校中的領導者：政府當局｜學校當局。

【當局者迷】dāng jú zhě mí ㄉㄤ ㄐㄩˊ ㄓㄜˇ ㄇㄧˊ '當局者迷，旁觀者清'，當局者指下棋的人，旁觀者指看棋的人。比喻當事人往往因為對利害得失的考慮太多，認識不全面，反而不及旁觀的人看得清楚。

【當空】dāngkōng ㄉㄤ ㄎㄨㄥ 在上空；在天空：烈日當空｜皓月當空。

【當口兒】dāng·kour ㄉㄤ ·ㄎㄡㄦ 事情發生或進行的時候：正是抗旱緊張的當口兒，他們送來了一台抽水機。

【當啷】dānglāng ㄉㄤ ㄌㄤ 同"噹啷"。

【當量】dāngliàng ㄉㄤ ㄌㄧㄤˋ 科學技術上指與某標準數量相對應的某個數量，如化學當量、熱功當量、核裝置的梯恩梯當量。

【當令】dānglìng ㄉㄤ ㄌㄧㄥˋ 合時令：現在是伏天，西瓜正當令。

【當面】dāng//miàn ㄉㄤ//ㄇㄧㄢˋ (當面兒) 在面前；面對面 (做某件事)：當面對質｜當面說清楚。

【當面鑼對面鼓】dāng miàn luó duì miàn gǔ ㄉㄤ ㄇㄧㄢˋ ㄌㄨㄛˊ ㄉㄨㄟˋ ㄇㄧㄢˋ ㄍㄨˇ 比喻面對面地商談或爭論。

【當年】dāngnián ㄉㄤ ㄋㄧㄢˊ ❶指過去某一時間：當年舊事｜當年我離開家的時候，這裏還沒有火車。❷指身強力壯的時期：他正當年，幹活一點兒也不覺得累。

另見230頁 dàngnián。

【當前】dāngqián ㄉㄤ ㄑㄧㄢˊ ❶在面前：大敵當前｜國難當前。❷目前；現階段：當前的任務。

【當權】dāng//quán ㄉㄤ//ㄑㄩㄢˊ 掌握權力：當權者｜這件事誰當權就由誰作主。

【當兒】dāngr ㄉㄤㄦ ❶當口兒：正在犯愁的當兒，他來幫忙了。❷空兒；空隙：兩張牀中間留一尺寬的當兒。

【當然】dāngrán ㄉㄤ ㄖㄢˊ ❶應當這樣：理所當然。❷合於事理或情理，沒有疑問：群眾有困難當然應該幫助解決。

【當仁不讓】dāng rén bù ràng ㄉㄤ ㄖㄣˊ ㄅㄨˋ ㄖㄤˋ《論語·衛靈公》：'當仁不讓於師。'後泛指遇到應該做的事，積極主動去做，不退讓。

【當日】dāngrì ㄉㄤ ㄖˋ 當 (dāng) 時；當初。

另見230頁 dàngrì。

【當時】dāngshí ㄉㄤ ㄕˊ 指過去發生某件事情的時候：當時不清楚，事後才知道｜他這篇文章是 1936 年寫成的，當時並沒有發表。

另見230頁 dàngshí。

【當事人】dāngshìrén ㄉㄤ ㄕˋ ㄖㄣˊ ❶指參加訴訟的一方，如民事訴訟中的原告、被告，刑事訴訟中的自訴人，被告。❷跟事物有直接關係的人。

【當頭】dāngtóu ㄉㄤ ㄊㄡˊ ❶正對着頭；迎頭：當頭一棒。❷ (事情) 到了眼前；臨頭：那時國難當頭，全國人民同仇敵愾，奮起抗戰。❸放在首位：敢字當頭｜不能遇事錢當頭。

另見230頁 dàng·tou。

【當頭棒喝】dāng tóu bàng hè ㄉㄤ ㄊㄡˊ ㄅㄤˋ ㄏㄜˋ 佛教禪宗和尚接待來學的人的時候，常常用棒一擊或大聲一喝，促其領悟。比喻促人醒悟的警告。

【當頭一棒】dāng tóu yī bàng ㄉㄤ ㄊㄡˊ ㄧ ㄅㄤˋ ❶比喻促人醒悟的警告。參看〖當頭棒喝〗。❷比喻給人以突然打擊。

【當務之急】dāng wù zhī jí ㄉㄤ ㄨˋ ㄓ ㄐㄧˊ 當前急切應辦的事。

【當下】dāngxià ㄉㄤ ㄒㄧㄚˋ 就在那個時刻；立刻：我一聽這話，當下就愣住了。

【當先】dāngxiān ㄉㄤ ㄒㄧㄢ ❶趕在最前面：奮勇當先｜一馬當先，萬馬奔騰。❷〈方〉當初。

【當心】[1] dāngxīn ㄉㄤ ㄒㄧㄣ 小心；留神：慢點兒走，當心地上滑｜跟這種人打交道，你可千萬當心。

【當心】[2] dāngxīn ㄉㄤ ㄒㄧㄣ 〈方〉胸部的正中，泛指正中間：當心一拳｜拖拉機停在場院當心。

【當選】dāngxuǎn ㄉㄤ ㄒㄩㄢˇ 選舉時被選上：他再次當選為工會主席。

【當央】dāngyāng ㄉㄤ ㄧㄤ 〈方〉當中；正中：當屋當央擺着八仙桌。

【當腰】dāngyāo ㄉㄤ ㄧㄠ 中間 (多指長條形物體)：兩頭細，當腰粗。

【當院】dāngyuàn ㄉㄤ ㄩㄢˋ 〈方〉(當院兒) 院子裏：吃完晚飯，大家都在當院乘涼。

【當政】dāngzhèng ㄉㄤ ㄓㄥˋ 掌握政權。

【當中】dāngzhōng ㄉㄤ ㄓㄨㄥ ❶正中：烈士紀念碑坐落在廣場當中。❷中間；之內：談話當中流露出不滿情緒｜在這些英雄人物當中，他的事迹最感人。

【當中間兒】dāngzhōngjiànr ㄉㄤ ㄓㄨㄥ ㄐㄧㄢㄦˋ 正中：照片的右邊是哥哥、嫂子，左邊是我和弟弟，當中間兒是爸爸、媽媽。

【當眾】dāngzhòng ㄉㄤ ㄓㄨㄥˋ 當着大家：當眾表態｜當眾宣佈結果。

【當子】dāng·zi ㄉㄤ ·ㄗ 〈方〉當兒②：不要留那麼大的當子，靠近一點。

噹 (当、當)

dāng ㄉㄤ 象聲詞，撞擊金屬器物的聲音。

'當' 另見227頁 dāng；230頁 dàng。

【噹啷】dānglāng ㄉㄤ ㄌㄤ 象聲詞，金屬器物磕碰的聲音。也作"當啷"。

璫(珰) dāng ㄉㄤ 〈書〉❶婦女戴在耳垂上的一種裝飾品。❷指宦官。漢代宦官侍中、中常侍等的帽子上有黃金璫的裝飾品。

襠(裆) dāng ㄉㄤ ❶兩條褲腿相連的部分：褲襠｜橫襠｜直襠｜開襠褲。❷兩條腿的中間：腿襠｜胯襠。

蟷(蛸) dāng ㄉㄤ 見266頁［螲蟷］(diédāng)。

簹(筜) dāng ㄉㄤ 見1418頁［篔簹］。

鐺(铛) dāng ㄉㄤ 象聲詞，撞擊金屬器物的聲音。

另見143頁 chēng。

dǎng（ㄉㄤˇ）

擋(挡、攩) dǎng ㄉㄤˇ ❶攔住；抵擋：攔擋｜擋住去路｜兵來將擋，水來土掩｜一件單衣可擋不了夜裏的寒氣。❷遮蔽：擋風｜擋雨｜山高擋不住太陽。❸(擋兒)擋子：火擋｜爐擋兒。❹排擋的簡稱：二擋｜空擋｜挂擋。❺某些儀器和測量裝置用來表明光、電、熱等量的等級。

另見230頁 dàng。

【擋車】dǎng//chē ㄉㄤˇ//ㄔㄜ 紡織工業指看管一定數量紡織機器，並負責所看管機器上的產品的產量和質量的工作：擋車工。

【擋橫兒】dǎng//hèngr ㄉㄤˇ//ㄏㄥㄦˋ 從中干涉、攔阻：沒你的事兒，你擋甚麼橫兒？

【擋駕】dǎng//jià ㄉㄤˇ//ㄐㄧㄚˋ 婉辭，謝絕來客訪問：凡上門來求情的他一概擋駕。

【擋箭牌】dǎngjiànpái ㄉㄤˇ ㄐㄧㄢˋ ㄆㄞˊ 盾牌，比喻推託或掩飾的藉口：你不想去就對他直說，別拿我做擋箭牌。

【擋子】dǎng·zi ㄉㄤˇ·ㄗ 遮擋用的東西：窗擋子。

黨(党) dǎng ㄉㄤˇ ❶政黨，在我國特指中國共產黨：黨章｜黨校｜入黨。❷由私人利害關係結成的集團：死黨｜結黨營私。❸〈書〉偏袒：黨同伐異。❹〈書〉指親族：父黨｜母黨｜妻黨。❺(Dǎng)姓。

【黨報】dǎngbào ㄉㄤˇ ㄅㄠˋ 政黨的機關報，是政黨的綱領、路綫和政策的宣傳工具。

【黨閥】dǎngfá ㄉㄤˇ ㄈㄚˊ 指政黨內把持大權、專橫跋扈、進行宗派活動的頭目。

【黨費】dǎngfèi ㄉㄤˇ ㄈㄟˋ ❶政黨的活動經費。❷黨員按期向所在的黨的基層組織交納的錢。

【黨綱】dǎnggāng ㄉㄤˇ ㄍㄤ 黨章的總綱，是一個政黨的最基本的政治綱領和組織綱領。

【黨錮】dǎnggù ㄉㄤˇ ㄍㄨˋ 古代指禁止某一集團、派別及其有關的人擔任官職並限制其活動。

【黨棍】dǎnggùn ㄉㄤˇ ㄍㄨㄣˋ 政黨中依仗權勢作惡多端的人。

【黨國】dǎngguó ㄉㄤˇ ㄍㄨㄛˊ 國民黨統治時期指國民黨及其所掌握的國家政權。

【黨籍】dǎngjí ㄉㄤˇ ㄐㄧˊ 申請入黨的人被批准後取得的黨員資格。

【黨紀】dǎngjì ㄉㄤˇ ㄐㄧˋ 一個政黨所規定的該黨黨員必須遵守的紀律。

【黨課】dǎngkè ㄉㄤˇ ㄎㄜˋ 中國共產黨的組織為了對黨員進行黨章教育而開的課，有時也吸收申請入黨的人聽課。

【黨魁】dǎngkuí ㄉㄤˇ ㄎㄨㄟˊ 政黨的首領(多含貶義)。

【黨齡】dǎnglíng ㄉㄤˇ ㄌㄧㄥˊ 黨員入黨後經過的年數。

【黨派】dǎngpài ㄉㄤˇ ㄆㄞˋ 各政黨或政黨中各派別的統稱。

【黨旗】dǎngqí ㄉㄤˇ ㄑㄧˊ 代表一個政黨的旗幟。中國共產黨的黨旗是左上角有金黃色的鐮刀和鐵錘的紅旗。

【黨同伐異】dǎng tóng fá yì ㄉㄤˇ ㄊㄨㄥˊ ㄈㄚˊ ㄧˋ 跟自己意見相同的就袒護，跟自己意見不同的就加以攻擊。原指學術上派別之間的鬥爭，後用來指一切學術上、政治上或社會上的集團之間的鬥爭。

【黨徒】dǎngtú ㄉㄤˇ ㄊㄨˊ 參加某一集團或派別的人(含貶義)。

【黨團】dǎngtuán ㄉㄤˇ ㄊㄨㄢˊ ❶黨派和團體的簡稱，在我國特指共產黨和共青團。❷某些國家議會中，屬於同一政黨的代表的集體。

【黨委】dǎngwěi ㄉㄤˇ ㄨㄟˇ 某些政黨的各級委員會的簡稱，在我國特指中國共產黨的各級委員會。

【黨務】dǎngwù ㄉㄤˇ ㄨˋ 政黨內部有關組織建設等的事務。

【黨項】Dǎngxiàng ㄉㄤˇ ㄒㄧㄤˋ 古代羌族的一支，北宋時建立西夏政權，地區包括今甘肅、陝西、內蒙古的各一部分和寧夏。

【黨校】dǎngxiào ㄉㄤˇ ㄒㄧㄠˋ 共產黨培養、訓練黨的幹部的學校。

【黨性】dǎngxìng ㄉㄤˇ ㄒㄧㄥˋ ❶階級性最高最集中的表現。不同的階級或政黨有不同的黨性。❷特指共產黨員的黨性，就是無產階級的階級性最高最集中的表現，是衡量黨員階級覺悟的高低和立場是否堅定的準繩。

【黨羽】dǎngyǔ ㄉㄤˇ ㄩˇ 指某個派別或集團首領下面的追隨者(含貶義)。

【黨員】dǎngyuán ㄉㄤˇ ㄩㄢˊ 政黨的成員，在我國特指中國共產黨的成員。

【黨章】dǎngzhāng ㄉㄤˇ ㄓㄤ 一個政黨的章程，

一般規定該黨的總綱、組織機構、組織制度及黨員的條件、權利、義務和紀律等項。

【黨證】dǎngzhèng ㄉㄤˇ ㄓㄥˋ 政黨發給黨員的證明其黨籍的證件。

讜（谠）dǎng ㄉㄤˇ 〈書〉正直的（話）：讜言｜讜辭｜讜論。

dàng（ㄉㄤˋ）

凼（氹）dàng ㄉㄤˋ 〈方〉水坑；田地裏漚肥的小坑：水凼｜糞凼。

【凼肥】dàngféi ㄉㄤˋ ㄈㄟˊ 我國南方把垃圾、樹葉、雜草、糞尿等放在坑裏漚製成的肥料。

宕 dàng ㄉㄤˋ 〈書〉❶拖延：延宕｜推宕。❷放蕩；不受拘束：跌宕。

菪〔菪〕dàng ㄉㄤˋ 見685頁［莨菪］（làngdàng）。

當[1]（当）dàng ㄉㄤˋ ❶合宜；合適：恰當｜妥當｜得當｜用例不當｜舉措失當。❷抵得上：割麥子他一個人能當兩個人。❸作為；當做：安步當車｜不要把我當客人看待。❹以為；認為：當真｜我當你回去了，原來還在這兒。❺指事情發生的（時間）：當時｜當天｜當年。

當[2]（当、儅）dàng ㄉㄤˋ ❶用實物作抵押向當鋪借錢：當當｜典當。❷押在當鋪裏的實物：當當｜贖當。

另見227頁 dāng；228頁 dāng'噹'。

【當成】dàngchéng ㄉㄤˋ ㄔㄥˊ 當做：看錯了眼，我把他弟弟當成是他了。

【當當】dàngdàng ㄉㄤˋ ㄉㄤˋ 到當鋪當東西。

【當家子】dàngjiā·zi ㄉㄤˋ ㄐㄧㄚ ·ㄗ 〈方〉同宗族的人；本家。

【當年】dàngnián ㄉㄤˋ ㄋㄧㄢˊ 就在本年；同一年：這個工廠當年興建，當年投產。

另見228頁 dāngnián。

【當票】dàngpiào ㄉㄤˋ ㄆㄧㄠˋ 當鋪所開的單據，上面寫明抵押品和抵押的錢數，到期憑此贖取抵押品。

【當鋪】dàng·pù ㄉㄤˋ ·ㄆㄨˋ 專門收取抵押品而借款給人的店鋪。借款多少，按抵押品估價而定。到期不贖，抵押品就歸當鋪所有。

【當日】dàngrì ㄉㄤˋ ㄖˋ 當（dàng）天：當日事，當日做完。

另見228頁 dāngrì。

【當時】dàngshí ㄉㄤˋ ㄕˊ 就在那個時刻；馬上；立刻：他一聽到這個消息，當時就跑來了。

另見228頁 dāngshí。

【當天】dàngtiān ㄉㄤˋ ㄊㄧㄢ 就在本天；同一天：路不遠，早晨動身，當天就能趕回來。

【當頭】dàng·tou ㄉㄤˋ ·ㄊㄡ 向當鋪借錢時所用的抵押品。

另見228頁 dāngtóu。

【當晚】dàngwǎn ㄉㄤˋ ㄨㄢˇ 本天的晚上；同一天的晚上：早晨進城，當晚就趕回來了。

【當夜】dàngyè ㄉㄤˋ ㄧㄝˋ 本天的夜裏；同一天的夜裏：傍晚接到命令，當夜就出發了。

【當月】dàngyuè ㄉㄤˋ ㄩㄝˋ 就在本月；同一月：月票當月有效。

【當真】dàngzhēn ㄉㄤˋ ㄓㄣ ❶信以為真：這是跟你鬧着玩兒的，你別當真。❷確實；果然：此話當真？｜那天他答應給我畫幅畫兒，沒過幾天，當真送來了一幅。

【當做】dàngzuò ㄉㄤˋ ㄗㄨㄛˋ 認為；作為；看成：不要把群眾的批評當做耳旁風｜參軍後我就把部隊當做自己的家。

碭（砀）dàng ㄉㄤˋ 碭山（Dàngshān ㄉㄤˋ ㄕㄢ），地名，在安徽。

蕩[1]〔蕩〕（荡）dàng ㄉㄤˋ 放縱，行為不檢點：放蕩｜浪蕩｜淫蕩。

蕩[2]〔蕩〕（荡）dàng ㄉㄤˋ ❶淺水湖：黃天蕩｜蘆花蕩。❷同'凼'。

另見230頁 dàng'盪'。

【蕩子】dàng·zi ㄉㄤˋ ·ㄗ 〈方〉淺水湖。

盪（荡、蕩）dàng ㄉㄤˋ ❶搖動；擺動：動盪｜飄盪｜盪槳｜盪鞦韆。❷無事走來走去；閑逛：遊盪｜閑盪。❸洗：衝盪｜滌盪。❹全部搞光；清除：掃盪｜傾家盪產。❺廣闊；平坦：浩盪｜坦盪。

'蕩'另見230頁 dàng。

【盪除】dàngchú ㄉㄤˋ ㄔㄨˊ 清除：盪除積習。

【盪滌】dàngdí ㄉㄤˋ ㄉㄧˊ 〈書〉洗滌◇山光水色足以盪滌胸襟。

【盪平】dàngpíng ㄉㄤˋ ㄆㄧㄥˊ 掃盪平定：盪平天下。

【盪氣迴腸】dàng qì huí cháng ㄉㄤˋ ㄑㄧˋ ㄏㄨㄟˊ ㄔㄤˊ 見512頁〖迴腸盪氣〗。

【盪然】dàngrán ㄉㄤˋ ㄖㄢˊ 〈書〉形容原有的東西完全失去：盪然無存｜資財盪然。

【盪漾】dàngyàng ㄉㄤˋ ㄧㄤˋ （水波）一起一伏地動：湖水盪漾◇歌聲盪漾｜春風盪漾。

壋（垱）dàng ㄉㄤˋ 〈方〉為便於灌溉而築的小土堤：築壋挖塘。

擋（挡）dàng ㄉㄤˋ 見85頁〖摒擋〗（bìng-dàng）。

另見229頁 dǎng。

檔（档）dàng ㄉㄤˋ ❶帶格子的架子或櫥，多用來存放案卷：歸檔。❷檔案：查檔｜調檔。❸（檔兒）（器物上）起支撐固定作用的木條或細棍兒：牀檔｜桌子的橫檔兒。❹（商品、產品的）等級：檔次｜低檔貨

｜高檔產品。❺〈方〉貨攤；攤檔：魚檔｜大排檔。

【檔案】dàng'àn ㄉㄤˋ ㄢˋ 分類保存以備查考的文件和材料：人事檔案｜科技檔案。

【檔次】dàngcì ㄉㄤˋ ㄘˋ 按一定標準分成的不同等級：商品種類多，檔次全｜獎勤罰懶，拉開分配的不同檔次。

【檔子】dàng·zi ㄉㄤˋ ·ㄗ 〈方〉量詞。❶用於事件：這檔子事我來管吧。也說檔兒。❷用於成組的曲藝雜技等：剛過去兩檔子龍燈，又來了一檔子旱船。

dāo（ㄉㄠ）

刀 dāo ㄉㄠ ❶古代兵器，泛指切、割、削、砍、鍘的工具，一般用鋼鐵製成：菜刀｜軍刀｜鍘刀｜銑刀。❷形狀像刀的東西：冰刀｜雙刀電閘。❸量詞，計算紙張的單位，通常一百張為一刀。❹(Dāo)姓。

【刀把兒】dāobàr ㄉㄠ ㄅㄚˋㄦ ❶比喻權柄。❷〈方〉比喻把柄。‖也說刀把子。

【刀背】dāobèi ㄉㄠ ㄅㄟˋ (刀背兒)刀上與刀口相反、不用來切削的一邊。

【刀筆】dāobǐ ㄉㄠ ㄅㄧˇ 古代在竹簡上記事，用刀子刮去錯字，因此把有關公文案卷的事叫做刀筆，後世多指寫狀子的事(多含貶義)：刀筆吏｜刀筆老手｜長於刀筆。

【刀兵】dāobīng ㄉㄠ ㄅㄧㄥ 泛指武器，轉指戰事：動刀兵｜刀兵相見｜刀兵之災。

【刀鋒】dāofēng ㄉㄠ ㄈㄥ 刀尖；刀刃。

【刀耕火種】dāo gēng huǒ zhòng ㄉㄠ ㄍㄥ ㄏㄨㄛˇ ㄓㄨㄥˋ 一種原始的耕種方法，把地上的草木燒成灰做肥料，就地挖坑下種。

【刀光劍影】dāo guāng jiàn yǐng ㄉㄠ ㄍㄨㄤ ㄐㄧㄢˋ ㄧㄥˇ 形容激烈的廝殺、搏鬥或殺氣騰騰的氣勢。

【刀具】dāojù ㄉㄠ ㄐㄩˋ 切削工具的統稱，包括車刀、銑刀、刨刀、鑽頭、鉸刀等。也叫刃具。

【刀鋸】dāojù ㄉㄠ ㄐㄩˋ 刀和鋸，古代的刑具，用於割刑和刖刑。舊時泛指刑罰。

【刀口】dāokǒu ㄉㄠ ㄎㄡˇ ❶刀上用來切削的一邊：刀口鋒利。❷比喻最能發揮作用的地方：錢要花在刀口上｜把力量用在刀口上。❸動手術或受刀傷時拉開的口子：刀口尚未愈合。

【刀螂】dāo·lang ㄉㄠ ·ㄌㄤ 〈方〉螳螂。

【刀馬旦】dāomǎdàn ㄉㄠ ㄇㄚˇ ㄉㄢˋ 戲曲中旦角的一種，扮演熟習武藝的婦女，着重唱、唸和做工。

【刀片】dāopiàn ㄉㄠ ㄆㄧㄢˋ ❶裝在機械、工具上，用來切削的片狀零件。❷(刀片兒)夾在刮臉刀架中刮鬍鬚用的薄鋼片。

【刀槍】dāoqiāng ㄉㄠ ㄑㄧㄤ 刀和槍，泛指武器：刀槍劍戟｜刀槍入庫，馬放南山(形容戰爭結束，天下太平)。

【刀兒】dāor ㄉㄠㄦ 小的刀：小刀兒｜剃刀兒｜鉛筆刀兒。

【刀刃】dāorèn ㄉㄠ ㄖㄣˋ (刀刃兒)刀口①②：好鋼用在刀刃上。

【刀山火海】dāo shān huǒ hǎi ㄉㄠ ㄕㄢ ㄏㄨㄛˇ ㄏㄞˇ 比喻非常艱險和困難的地方。也說火海刀山。

【刀削麪】dāoxiāomiàn ㄉㄠ ㄒㄧㄠ ㄇㄧㄢˋ 一種麪食，先用麪加水和成較硬的麪糰，再用刀削成窄而長的麪片兒，煮着吃。也叫削麪。

【刀子】dāo·zi ㄉㄠ ·ㄗ 小刀兒。

【刀子嘴】dāo·zizuǐ ㄉㄠ ·ㄗ ㄗㄨㄟˇ 形容説話尖刻，也指説話尖刻的人。

【刀俎】dāozǔ ㄉㄠ ㄗㄨˇ 〈書〉刀和砧板，比喻宰割者或迫害者：人為刀俎，我為魚肉。

叨 dāo ㄉㄠ 見下。

另見231頁 dáo；1116頁 tāo。

【叨叨】dāo·dao ㄉㄠ ·ㄉㄠ 沒完沒了地説；嘮叨：別一個人叨叨了，聽聽大家的意見吧。

【叨登】dāo·deng ㄉㄠ ·ㄉㄥ 〈方〉❶翻騰：把箱底的衣服叨登出來曬曬。❷重提舊事：事情已經過去了，還叨登甚麼！

【叨嘮】dāo·lao ㄉㄠ ·ㄌㄠ 叨叨：為一點小事就叨嘮個沒完沒了。

【叨念】dāoniàn ㄉㄠ ㄋㄧㄢˋ 念叨。

忉 dāo ㄉㄠ ［忉忉］〈書〉形容憂愁。

氘 dāo ㄉㄠ 氫的同位素之一，符號D (deuterium)或 ^2_1H。原子核中有一個質子和一個中子，普通的氫中含有0.02%的氘。用於熱核反應。也叫重氫。

魛(鱽) dāo ㄉㄠ 古書上指身體形狀像刀的魚，如帶魚、鱭(jì)魚。

dáo（ㄉㄠˊ）

叨 dáo ㄉㄠˊ ［叨咕］(dáo·gu ㄉㄠˊ ·ㄍㄨ)〈方〉小聲絮叨：他一肚子不滿意，一邊收拾，一邊叨咕。

另見231頁 dāo；1116頁 tāo。

捯 dáo ㄉㄠˊ 〈方〉❶兩手替換着把綫或繩子拉回或繞好：把風箏捯下來｜我撐着綫，請你幫我捯一捯。❷兩腳交替着邁出：爸爸走得快，孩子小腿兒緊捯都跟不上。❸追究：捯老賬｜這件事兒已經捯出頭兒來了。

【捯飭】dáo·chi ㄉㄠˊ ·ㄔ 〈方〉修飾；打扮。

【捯根兒】dáo//gēnr ㄉㄠˊ // ㄍㄣㄦ 〈方〉追究事情的根源。

【捯氣兒】dáo//qìr ㄉㄠˊ // ㄑㄧㄦˋ 〈方〉❶指臨死前急促、斷續地呼吸。❷形容上氣不接下氣：他説得那麼快，都捯不過氣兒來了。

dǎo (ㄉㄠˇ)

倒1 dǎo ㄉㄠˇ ❶(人或豎立的東西)橫躺下來：摔倒｜臥倒｜風把樹颳倒了。❷(事業)失敗；垮台：倒閉｜倒台｜打倒。❸進行反對活動，使政府、首腦人物等垮台：倒閣｜倒袁(世凱)。❹(戲曲演員的嗓子)變低或變啞：他的嗓子倒了，不再登台。❺(食慾)變得不好：倒胃口。

倒2 dǎo ㄉㄠˇ ❶轉移；轉換：倒車｜倒班｜倒手。❷騰挪：地方太小，倒不開身兒。❸出倒：鋪子倒出去了。❹倒買倒賣：倒匯｜倒糧食。❺指倒爺。

另見234頁 dào。

【倒把】dǎobǎ ㄉㄠˇ ㄅㄚˇ 利用物價漲落，買進賣出取利：投機倒把。

【倒班】dǎo∥bān ㄉㄠˇ∥ㄅㄢ 分班輪換：倒班生產｜晝夜倒班。

【倒板】dǎobǎn ㄉㄠˇ ㄅㄢˇ 戲曲唱腔的一種特定板式，一般作為成套唱腔的先導部分。也作導板。

【倒閉】dǎobì ㄉㄠˇ ㄅㄧˋ 工廠、商店等因虧本而停業。

【倒斃】dǎobì ㄉㄠˇ ㄅㄧˋ 倒在地上死去：倒斃街頭。

【倒倉】[1] dǎo∥cāng ㄉㄠˇ∥ㄘㄤ ❶把倉裏的糧食全取出來，晾曬之後，再裝進去。❷把一個倉裏的糧食轉到另一個倉裏去。

【倒倉】[2] dǎo∥cāng ㄉㄠˇ∥ㄘㄤ 指戲曲演員在青春期發育時嗓音變低或變啞。

【倒茬】dǎochá ㄉㄠˇ ㄔㄚˊ 輪作。

【倒車】dǎo∥chē ㄉㄠˇ∥ㄔㄜ 中途換車：現在這裏可以直達北京，不用到省城再倒車了。

另見234頁 dào∥chē。

【倒伏】dǎofú ㄉㄠˇ ㄈㄨˊ 農作物因根莖無力，支持不住葉子和穗的重量而倒在地上。

【倒戈】dǎogē ㄉㄠˇ ㄍㄜ 在戰爭中投降敵人，反過來打自己人。

【倒海翻江】dǎo hǎi fān jiāng ㄉㄠˇ ㄏㄞˇ ㄈㄢ ㄐㄧㄤ 見313頁〖翻江倒海〗。

【倒換】dǎohuàn ㄉㄠˇ ㄏㄨㄢˋ ❶輪流替換：幾種作物倒換着種。❷掉換；交換：倒換次序｜倒換麥種。

【倒匯】dǎo∥huì ㄉㄠˇ∥ㄏㄨㄟˋ 倒買倒賣外匯。

【倒噍】dǎojiào ㄉㄠˇ ㄐㄧㄠˋ 同'倒嚼'。

【倒嚼】dǎojiào ㄉㄠˇ ㄐㄧㄠˋ 反芻的通稱。也作倒噍。

【倒買倒賣】dǎo mǎi dǎo mài ㄉㄠˇ ㄇㄞˇ ㄉㄠˇ ㄇㄞˋ 低價買進，高價賣出以取利的投機活動。

【倒賣】dǎomài ㄉㄠˇ ㄇㄞˋ 低價買進，高價賣出。多指投機倒把：轉手倒賣｜倒賣糧食。

【倒霉】dǎo∥méi ㄉㄠˇ∥ㄇㄟˊ 遇事不利；遭遇不好：真倒霉，趕到車站車剛開走。也作倒楣。

【倒牌子】dǎo pái·zi ㄉㄠˇ ㄆㄞˊ ·ㄗ 指產品或服務質量下降，失去信譽。

【倒兒爺】dǎoryé ㄉㄠㄦˇ ㄧㄝˊ 倒爺。

【倒嗓】dǎo∥sǎng ㄉㄠˇ∥ㄙㄤˇ 指戲曲演員嗓音變低或變啞。

【倒手】dǎo∥shǒu ㄉㄠˇ∥ㄕㄡˇ ❶把東西從一隻手轉到另一隻手：他沒倒手，一口氣把箱子提到六樓。❷把東西從一個人的手上轉到另一個人的手上(多指貨物買賣)：倒手轉賣。

【倒塌】dǎotā ㄉㄠˇ ㄊㄚ (建築物)倒下來：房屋倒塌。

【倒台】dǎo∥tái ㄉㄠˇ∥ㄊㄞˊ 垮台。

【倒騰】dǎo·teng ㄉㄠˇ ·ㄊㄥ ❶翻騰；移動：把糞倒騰到地裏去。❷掉換；調配：人手少，事情多，倒騰不開。❸買進賣出；販賣：倒騰牲口｜倒騰小買賣。‖也作搗騰。

【倒替】dǎotì ㄉㄠˇ ㄊㄧˋ 輪流替換：兩個人倒替着看護病人。

【倒頭】dǎo∥tóu ㄉㄠˇ∥ㄊㄡˊ ❶躺下：倒頭就睡。❷〈方〉指人死(常用做咒罵的話)。

【倒胃口】dǎo wèi·kou ㄉㄠˇ ㄨㄟˋ ·ㄎㄡ ❶因為膩味而不想再吃：再好吃的吃多了也倒胃口。❷比喻對某事物厭煩而不願接受：囉囉唆唆，詞不達意，讓人聽得倒胃口。

【倒休】dǎoxiū ㄉㄠˇ ㄒㄧㄡ (職工)掉換工作日和休息日。

【倒牙】dǎoyá ㄉㄠˇ ㄧㄚˊ 〈方〉吃了較多的酸性食物，牙神經受過分刺激，咀嚼時感覺不舒服。

【倒爺】dǎoyé ㄉㄠˇ ㄧㄝˊ 指從事倒買倒賣活動的人(含貶義)。也說倒兒爺。

【倒運】dǎo∥yùn ㄉㄠˇ∥ㄩㄣˋ 〈方〉倒霉。

【倒運】dǎoyùn ㄉㄠˇ ㄩㄣˋ ❶把甲地貨物運到乙地出賣，再把乙地貨物運到甲地出賣(多指非法活動)。❷把貨物從一地運到另一地；轉運。

【倒灶】dǎo∥zào ㄉㄠˇ∥ㄗㄠˋ 〈方〉❶垮台；敗落。❷倒霉；背時倒灶。

【倒賬】dǎozhàng ㄉㄠˇ ㄓㄤˋ ❶欠賬不還；賴賬：倒賬捲逃。❷收不回來的賬。

島(岛) dǎo ㄉㄠˇ 海洋裏被水環繞、面積比大陸小的陸地。也指湖裏、江河裏被水環繞的陸地。

【島國】dǎoguó ㄉㄠˇ ㄍㄨㄛˊ 全部領土由島嶼組成的國家。

【島弧】dǎohú ㄉㄠˇ ㄏㄨˊ 排列成弧形的群島。如千島群島、琉球群島。

【島嶼】dǎoyǔ ㄉㄠˇ ㄩˇ 島(總稱)。

搗(捣、擣) dǎo ㄉㄠˇ ❶用棍子等的一端撞擊：搗蒜｜搗米｜用胳膊肘搗了他一下◇直搗敵營。❷捶打：搗衣。❸攪亂：搗亂｜搗麻煩。

【搗蛋】dǎo∥dàn ㄉㄠˇ∥ㄉㄢˋ 藉端生事，無理取

鬧：調皮搗蛋。

【搗鼓】dǎo·gu ㄉㄠˇ ·ㄍㄨ 〈方〉❶反復擺弄：他下了班就愛搗鼓那些無綫電元件。❷倒(dǎo)騰；經營：搗鼓點兒小買賣。

【搗鬼】dǎo//guǐ ㄉㄠˇ//ㄍㄨㄟˇ 使用詭計：搗鬼有術｜暗中搗鬼。

【搗毀】dǎohuǐ ㄉㄠˇ ㄏㄨㄟˇ 砸壞；擊垮：搗毀敵巢。

【搗亂】dǎo//luàn ㄉㄠˇ//ㄌㄨㄢˋ ❶進行破壞；擾亂。❷(存心)跟人找麻煩。

【搗麻煩】dǎo má·fan ㄉㄠˇ ㄇㄚˊ ·ㄈㄢ 有意尋事，使人感到麻煩。

【搗騰】dǎo·teng ㄉㄠˇ ·ㄊㄥ 同'倒騰'。

導(导) dǎo ㄉㄠˇ ❶引導；疏導：導航｜導遊｜先導｜倡導｜導淮入海｜因勢利導。❷傳導：導熱｜導電｜半導體。❸開導：教導｜指導｜訓導。❹導演：導戲｜執導。

【導板】dǎobǎn ㄉㄠˇ ㄅㄢˇ 同'倒板'(dǎobǎn)。

【導標】dǎobiāo ㄉㄠˇ ㄅㄧㄠ 航標的一種，多設在港口附近的岸上或航道狹窄的地方。一般由前低後高的兩標誌組成。當見到兩標誌形成上下一直綫時，對着它航行，就是安全航行的方向。

【導出單位】dǎochū-dānwèi ㄉㄠˇ ㄔㄨ ㄉㄢ ㄨㄟˋ 見436頁〖國際單位制〗。

【導彈】dǎodàn ㄉㄠˇ ㄉㄢˋ 裝有彈頭和動力裝置並能制導的高速飛行武器。依靠控制系統制導，能使彈頭擊中預定目標。種類很多，可以從地面上、艦艇上或飛機上發射出去，轟擊地面、海上或空中的目標。

【導電】dǎodiàn ㄉㄠˇ ㄉㄧㄢˋ 讓電流通過。一般金屬都能導電。

【導讀】dǎodú ㄉㄠˇ ㄉㄨˊ 對讀書給予引導；指導閱讀(書籍)：世界名著導讀。

【導發】dǎofā ㄉㄠˇ ㄈㄚ 引發：由於疏忽導發了事故。

【導購】dǎogòu ㄉㄠˇ ㄍㄡˋ 對購買貨物給予引導；指導購買(商品)：導購小姐。

【導管】dǎoguǎn ㄉㄠˇ ㄍㄨㄢˇ ❶用來輸送液體的管子。❷動物體內輸送液體的管子。❸植物體木質部內輸送水分和無機鹽的管子。

【導航】dǎoháng ㄉㄠˇ ㄏㄤˊ 利用航行標誌、雷達、無綫電裝置等引導飛機或輪船等航行。

【導火綫】dǎohuǒxiàn ㄉㄠˇ ㄏㄨㄛˇ ㄒㄧㄢˋ ❶使爆炸物爆炸的引綫。也叫導火索。❷比喻直接引起事變爆發的事件：1914年奧國皇太子被刺事件，是第一次世界大戰的導火綫。

【導坑】dǎokēng ㄉㄠˇ ㄎㄥ 開鑿隧洞時，先開一個較小的洞，逐步擴大到設計需要的大小。所開的小洞叫做導坑。

【導輪】dǎolún ㄉㄠˇ ㄌㄨㄣˊ 裝在機車或某些機械前部、不能自動而只有支撐作用的輪子。

【導納】dǎonà ㄉㄠˇ ㄋㄚˋ 具有電阻、電感和電容的電路對交流電所起的引導和容納作用。導納的數值等於阻抗的倒數。

【導熱】dǎorè ㄉㄠˇ ㄖㄜˋ 熱傳導。

【導師】dǎoshī ㄉㄠˇ ㄕ ❶高等學校或研究機關中指導人學習、進修、寫作論文的人員：博士生導師。❷在大事業、大運動中指示方向、掌握政策的人：革命導師。

【導體】dǎotǐ ㄉㄠˇ ㄊㄧˇ 具有大量能夠自由移動的帶電粒子，容易傳導電流的物體。這種物體也容易導熱。一般金屬都是導體。

【導綫】dǎoxiàn ㄉㄠˇ ㄒㄧㄢˋ 輸送電流的金屬綫，多用銅或鋁製成。

【導向】dǎoxiàng ㄉㄠˇ ㄒㄧㄤˋ ❶使向某個方面發展：會談導向兩國關係的正常化。❷引導方向：這種火箭的導向性能良好｜氣墊火車也是靠路軌來導向的。❸指導行動或發展的方向：宣傳工作對社會潮流的導向極為重要｜產品結構調整應以市場為導向。

【導言】dǎoyán ㄉㄠˇ ㄧㄢˊ 緒論。

【導演】dǎoyǎn ㄉㄠˇ ㄧㄢˇ ❶排演戲劇或拍攝影視片的時候，組織和指導演出工作：他導演過五部電影。❷擔任導演工作的人。

【導揚】dǎoyáng ㄉㄠˇ ㄧㄤˊ 〈書〉鼓吹宣揚：導揚風化。

【導遊】dǎoyóu ㄉㄠˇ ㄧㄡˊ ❶帶領遊覽；指導遊覽：導遊者｜《西湖導遊》。❷擔任導遊工作的人。

【導語】dǎoyǔ ㄉㄠˇ ㄩˇ 長篇新聞報道的開頭，概括消息內容、背景等的簡短文字。

【導源】dǎoyuán ㄉㄠˇ ㄩㄢˊ ❶發源(後面常帶'於')：黃河導源於青海。❷由某物發展而來(後面常帶'於')：認識導源於實踐。

【導致】dǎozhì ㄉㄠˇ ㄓˋ 引起：由矛盾導致決裂。

蹈 dǎo ㄉㄠˇ ❶〈書〉踐踏；踩：赴湯蹈火｜重蹈覆轍◇循規蹈矩。❷跳動：舞蹈｜手舞足蹈。

【蹈海】dǎohǎi ㄉㄠˇ ㄏㄞˇ 〈書〉跳到海裏(自殺)：蹈海自盡｜蹈海而死。

【蹈襲】dǎoxí ㄉㄠˇ ㄒㄧˊ 走別人走過的老路；因襲：蹈襲前人｜蹈襲覆轍。

禱(祷) dǎo ㄉㄠˇ ❶禱告：祈禱｜禱祝。❷盼望(舊時書信用語)：盼禱｜是所至禱。

【禱告】dǎogào ㄉㄠˇ ㄍㄠˋ 向神祈求保祐。

【禱念】dǎoniàn ㄉㄠˇ ㄋㄧㄢˋ 禱告。

【禱祝】dǎozhù ㄉㄠˇ ㄓㄨˋ 禱告祝願。

dào (ㄉㄠˋ)

到 dào ㄉㄠˋ ❶達於某一點；到達；達到：到期｜遲到｜火車到站了｜從星期三到

星期五。❷往：到郊外去｜到群眾中去。❸用做動詞的補語，表示動作有結果：看到｜辦得到｜說到一定要做到｜想不到你來了。❹周到：想得很到｜有不到的地方請原諒。❺(Dào)姓。

【到案】dào'àn ㄉㄠˋ ㄢˋ 審理案件時，與案件有關的人出庭。

【到場】dào//chǎng ㄉㄠˋ//ㄔㄤˇ 親自到某種集會或活動的場所：展覽會開幕的時候，許多專家學者都到場表示祝賀。

【到處】dàochù ㄉㄠˋ ㄔㄨˋ 各處；處處：祖國到處是欣欣向榮的景象｜到處找也沒有找到。

【到達】dàodá ㄉㄠˋ ㄉㄚˊ 到了(某一地點、某一階段)：火車於下午3時到達北京。

【到底】dào//dǐ ㄉㄠˋ//ㄉㄧˇ 到盡頭；到終點：一竿子到底｜將革命進行到底。

【到底】dàodǐ ㄉㄠˋ ㄉㄧˇ 副詞。❶表示經過種種變化或曲折最後實現的情況：新方法到底試驗成功了｜我想了好久，到底明白了。❷用在問句裏，表示深究：火星上到底有沒有生命？｜你跟他們到底有甚麼關係？❸畢竟：到底還是年輕人幹勁大｜南方到底是南方，四月就插秧了。

【到點】dào//diǎn ㄉㄠˋ//ㄉㄧㄢˇ 達到規定的時間：商店到了點就開門｜快到點了，咱們趕緊進場吧。

【到頂】dào//dǐng ㄉㄠˋ//ㄉㄧㄥˇ 到頂點；到了盡頭：要破除增產到頂的思想。

【到家】dào//jiā ㄉㄠˋ//ㄐㄧㄚ 達到相當高的水平或標準：把工作做到家｜他的表演還不到家。

【到來】dàolái ㄉㄠˋ ㄌㄞˊ 來臨(多用於事物)：在雨季到來之前做好防汛準備｜生產建設的新高潮已經到來。

【到了兒】dàoliǎor ㄉㄠˋ ㄌㄧㄠㄦˇ 〈方〉到終了；到底：我這樣為你賣命，到了兒還落個不是｜今天盼，明天盼，到了兒也沒盼到他回來。

【到手】dào//shǒu ㄉㄠˋ//ㄕㄡˇ 拿到手；獲得：眼看就要到手的糧食，決不能讓洪水沖走。

【到頭】dào//tóu ㄉㄠˋ//ㄊㄡˊ (到頭兒)到了盡頭。

【到頭來】dàotóulái ㄉㄠˋ ㄊㄡˊ ㄌㄞˊ 副詞，到末了兒；結果(多用於壞的方面)：倒行逆施，到頭來只能搬起石頭砸自己的腳。

【到位】dào//wèi ㄉㄠˋ//ㄨㄟˋ 到達適當的位置或預定的地點：傳球到位｜資金到位｜發電機組已安裝到位。

【到職】dào//zhí ㄉㄠˋ//ㄓˊ 接受任命或委派，來到工作崗位。

倒[1] dào ㄉㄠˋ ❶上下顛倒或前後顛倒：倒影｜倒懸｜倒數第一行｜這幾本書次序放倒了。❷反面的；相反的：倒彩｜倒算｜倒找錢。❸使向相反的方向移動或顛倒：倒車｜倒退。❹反轉或傾斜容器使裏面的東西出來；傾倒：倒茶｜倒垃圾◇他恨不能把心裏的話都倒出來。

倒[2] dào ㄉㄠˋ 副詞。❶表示跟意料相反。a)相反的意思較明顯：本想省事，沒想倒費事了｜你太客氣，倒顯得見外了。b)相反的意思較輕微：屋子不寬綽，收拾得倒還乾淨(沒想到)｜你有甚麼理由，我倒要聽聽(我還以為你沒有甚麼可說了呢)｜說起他來，我倒想起一件事來了(你不說我不會想起來)。注意 a類可以改用'反倒'，b類不能。❷表示事情不是那樣，有反說的語氣：你說得倒容易，可做起來並不容易。❸表示讓步：我跟他認識倒認識，就是不太熟。❹表示催促或追問，有不耐煩的語氣：你倒說呀！｜你倒去不去呀！

另見232頁 dǎo。

【倒背如流】dào bèi rú liú ㄉㄠˋ ㄅㄟˋ ㄖㄨˊ ㄌㄧㄡˊ 倒着背誦像流水那樣順暢。形容詩文等讀得很熟。

【倒彩】dàocǎi ㄉㄠˋ ㄘㄞˇ 倒好兒：喝倒彩。

【倒插門】dàochāmén ㄉㄠˋ ㄔㄚ ㄇㄣˊ (倒插門兒)俗稱男子到女方家裏結婚並落戶。

【倒產】dàochǎn ㄉㄠˋ ㄔㄢˇ 逆產[2]。

【倒車】dào//chē ㄉㄠˋ//ㄔㄜ 使車向後退。

另見232頁 dǎo//chē。

【倒春寒】dàochūnhán ㄉㄠˋ ㄔㄨㄣ ㄏㄢˊ 春天的一種反常現象，早春回暖後，由於寒潮侵入，氣溫下降到正常年份同期平均值以下。

【倒打一耙】dào dǎ yī pá ㄉㄠˋ ㄉㄚˇ ㄧ ㄆㄚˊ 比喻不僅拒絕對方的指摘，反而指摘對方。

【倒讀數】dàodúshù ㄉㄠˋ ㄉㄨˊ ㄕㄨˋ 人造衛星、宇宙飛船等在發射前幾十秒鐘時倒着讀出數字，如5、4、3、2、1，讀完最後一個數發射。

【倒風】dàofēng ㄉㄠˋ ㄈㄥ 風從烟筒出口灌入，烟氣排不出去，叫做倒風。

【倒挂】dàoguà ㄉㄠˋ ㄍㄨㄚˋ ❶上下顛倒地挂着：崖壁上古松倒挂。❷比喻應該高的反而低，應該低的反而高：購銷價格倒挂(指商品收購價格高於銷售價格)。

【倒灌】dàoguàn ㄉㄠˋ ㄍㄨㄢˋ 河水、海水等因潮汐、颱風等原因由低處流向高處：海水倒灌｜江水倒灌市區。

【倒過兒】dào//guòr ㄉㄠˋ//ㄍㄨㄛㄦˋ 顛倒；使顛倒：這兩個字寫倒了過兒了｜把號碼倒個過兒就對了。

【倒好兒】dàohǎor ㄉㄠˋ ㄏㄠㄦˇ 對藝人、運動員等在表演或比賽中出現差錯，故意喊'好'取笑，叫'喊倒好兒'。

【倒剪】dàojiǎn ㄉㄠˋ ㄐㄧㄢˇ 反剪：倒剪雙手。

【倒立】dàolì ㄉㄠˋ ㄌㄧˋ ❶頂端朝下地豎立：水中映現出倒立的塔影。❷武術用語，指用手支撐全身，頭朝下，兩腿向上。有的地區叫拿大頂。

【倒流】dàoliú ㄉㄠˋ ㄌㄧㄡˊ ❶向上游流：河水不能倒流。❷比喻向跟正常流動相反的方向流動：商品倒流｜人口倒流｜時光不會倒流。

【倒卵形】dàoluǎnxíng ㄉㄠˋ ㄌㄨㄢˇ ㄒㄧㄥˊ 葉子的一種形狀，跟雞蛋相似，較窄的一端靠近葉柄。

【倒輪閘】dàolúnzhá ㄉㄠˋ ㄌㄨㄣˊ ㄓㄚˊ 自行車上的一種剎(shā)車裝置，腳向後登時，車就停住。

【倒賠】dàopéi ㄉㄠˋ ㄆㄟˊ 指不但不賺，反而賠本：經營不善，倒賠了兩萬元。

【倒是】dàoshì ㄉㄠˋ ㄕˋ 副詞。❶表示跟一般情理相反；反倒：該説的不説，不該説的倒是説個沒完沒了。❷表示事情不是那樣(含責怪意)：説的倒是容易，你做起來試試！❸表示出乎意料：還有甚麼理由，我倒是想聽一聽。❹表示讓步：東西倒是好東西，就是價錢太貴。❺表示轉折：屋子不大，佈置得倒是挺講究。❻用來緩和語氣：如果人手不夠，我倒是願意幫忙。❼表示催促或追問：你倒是快説呀！｜你倒是去過沒去過，別吞吞吐吐的。

【倒數】dàoshǔ ㄉㄠˋ ㄕㄨˇ 逆着次序數(shǔ)；從後向前數(shǔ)：倒數計時｜倒數第一名(最後一名)。

【倒數】dàoshù ㄉㄠˋ ㄕㄨˋ 如果兩個數的積是1，其中一個數就叫做另一數的倒數。如2的倒數是1/2，1/5的倒數是5。

【倒算】dàosuàn ㄉㄠˋ ㄙㄨㄢˋ 指地主向農民奪回由革命政權分給的土地、財產等，這種活動大多依靠反革命武裝進行。

【倒貼】dàotiē ㄉㄠˋ ㄊㄧㄝ 泛指該收的一方反向該付的一方提供財物：這東西別説賣錢，就是倒貼些錢送人都沒人要。

【倒退】dàotuì ㄉㄠˋ ㄊㄨㄟˋ 往後退；退回(後面的地方、過去的年代、以往的發展階段)：迎面一陣狂風把我颳得倒退了好幾步｜倒退三十年，我也是個壯小夥子。

【倒行逆施】dào xíng nì shī ㄉㄠˋ ㄒㄧㄥˊ ㄋㄧˋ ㄕ 原指做事違反常理，現多指所作所為違背社會正義和時代進步方向。

【倒序】dàoxù ㄉㄠˋ ㄒㄩˋ 逆序。

【倒敍】dàoxù ㄉㄠˋ ㄒㄩˋ 文章、電影等的一種藝術手法。先交代故事結局或某些情節，然後回過來交代故事的開端和經過。

【倒懸】dàoxuán ㄉㄠˋ ㄒㄩㄢˊ 〈書〉頭向下腳向上地懸挂着，比喻處境異常困苦、危急：解民於倒懸。

【倒烟】dàoyān ㄉㄠˋ ㄧㄢ 指烟不從烟筒正常排出，而從爐灶口冒出。

【倒仰】dàoyǎng ㄉㄠˋ ㄧㄤˇ 〈方〉(倒仰兒)仰面跌倒。

【倒影】dàoyǐng ㄉㄠˋ ㄧㄥˇ (倒影兒)倒立的影子：湖面映着峰巒的倒影｜石拱橋的橋洞和水中的倒影正好合成一個圓圈。

【倒映】dàoyìng ㄉㄠˋ ㄧㄥˋ 物體的形象倒着映射到另一物體上：垂柳倒映在湖面上。

【倒栽葱】dàozāicōng ㄉㄠˋ ㄗㄞ ㄘㄨㄥ 摔倒時頭先着地：一個倒栽葱，從馬鞍上跌下來｜風箏斷了綫，來了個倒栽葱。

【倒找】dàozhǎo ㄉㄠˋ ㄓㄠˇ 本應對方付給錢物，反倒付給對方錢物。

【倒置】dàozhì ㄉㄠˋ ㄓˋ 倒過來放，指顛倒事物應有的順序：本末倒置｜輕重倒置。

【倒轉】dàozhuǎn ㄉㄠˋ ㄓㄨㄢˇ ❶倒過來；反過來：倒轉來説，道理也是一樣。❷〈方〉反倒：你把字寫壞了，倒轉來怪我。

【倒轉】dàozhuàn ㄉㄠˋ ㄓㄨㄢˋ 倒着轉動：歷史的車輪不能倒轉。

【倒座兒】dàozuòr ㄉㄠˋ ㄗㄨㄛㄦˋ ❶四合房中跟正房相對的房屋：一進大門，左手三間倒座兒是客廳。❷車船上背向行駛方向的座位。

悼 dào ㄉㄠˋ 悼念：追悼｜哀悼｜悼亡｜悼詞。

【悼詞】dàocí ㄉㄠˋ ㄘˊ 對死者表示哀悼的話或文章。也作悼辭。

【悼辭】dàocí ㄉㄠˋ ㄘˊ 同'悼詞'。

【悼念】dàoniàn ㄉㄠˋ ㄋㄧㄢˋ 懷念死者，表示哀痛：沈痛悼念｜悼念亡友。

【悼亡】dàowáng ㄉㄠˋ ㄨㄤˊ 〈書〉悼念死去的妻子，也指死了妻子。

【悼唁】dàoyàn ㄉㄠˋ ㄧㄢˋ 悼念死者並慰問死者親屬：致電悼唁。

盜(盗) dào ㄉㄠˋ ❶偷：盜竊｜偷盜｜欺世盜名｜監守自盜。❷強盜：盜賊｜海盜｜竊國大盜｜開門揖盜。

【盜版】dào//bǎn ㄉㄠˋ//ㄅㄢˇ 未經版權所有者同意而翻印或翻錄：盜版書。

【盜版】dàobǎn ㄉㄠˋ ㄅㄢˇ 未經版權所有者同意而偷印或偷錄的版本：這本書在海外有三種盜版。

【盜匪】dàofěi ㄉㄠˋ ㄈㄟˇ 用暴力劫奪財物，擾亂社會治安的人(總稱)。

【盜汗】dào//hàn ㄉㄠˋ//ㄏㄢˋ 因病或身體虛弱睡眠時出汗。

【盜劫】dàojié ㄉㄠˋ ㄐㄧㄝˊ 盜竊掠奪：盜劫文物。

【盜寇】dàokòu ㄉㄠˋ ㄎㄡˋ 強盜。

【盜賣】dàomài ㄉㄠˋ ㄇㄞˋ 盜竊並出賣(公物、公產)。

【盜墓】dào//mù ㄉㄠˋ//ㄇㄨˋ 挖掘墳墓，盜取隨葬的東西。

【盜騙】dàopiàn ㄉㄠˋ ㄆㄧㄢˋ 盜竊和騙取：盜騙國家財產是犯罪行為。

【盜竊】dàoqiè ㄉㄠˋ ㄑㄧㄝˋ 用不合法的手段秘密地取得：盜竊犯｜盜竊公物。

【盜用】dàoyòng ㄉㄠˋ ㄩㄥˋ 非法使用公家的或別人的名義、財物等：盜用公款｜盜用他人名義。

【盜賊】dàozéi ㄉㄠˋ ㄗㄟˊ 強盜和小偷（總稱）。

道1 dào ㄉㄠˋ ❶（道兒）道路：鐵道｜人行道｜康莊大道｜羊腸小道。❷水流通行的途徑：河道｜下水道｜黃河故道。❸方向；方法；道理：志同道合｜頭頭是道｜即以其人之道，還治其人之身｜得道多助，失道寡助。❹道德：道義。❺技藝；技術：醫道｜茶道｜花道｜書道。❻學術或宗教的思想體系：尊師重道｜傳道｜衞道士。❼屬於道教的，也指道教徒：道院｜道士｜道姑｜老道｜一僧一道。❽指某些封建迷信組織：一貫道。❾（道兒）綫條；細長的痕迹：畫了兩條橫道兒，一條斜道兒。❿量詞。a) 用於江、河和某些長條形的東西；條：一道河｜一道擦痕｜萬道霞光。b) 用於門、牆等：兩道門｜三道防綫｜一道圍牆。c) 用於命令、題目等：一道命令｜十五道題。d) 次：上了三道漆｜省了一道手續。⓫（道兒）計量單位，忽米的通稱。

道2 dào ㄉㄠˋ ❶我國歷史上行政區域的名稱。在唐代相當於現在的省，清代和民國初年在省的下面設道。❷某些國家行政區域的名稱。

道3 dào ㄉㄠˋ ❶說：道白｜能說會道｜一語道破。❷用語言表示（情意）：道喜｜道歉｜道謝。❸說（跟文言'曰'相當，多見於早期白話）。❹以為；認為：我道是誰呢，原來是你。

【道白】dàobái ㄉㄠˋ ㄅㄞˊ 戲曲中的說白。也叫唸白。

【道班】dàobān ㄉㄠˋ ㄅㄢ 養路工人的基層組織，每個班負責若干公里鐵路或公路的養路工程：道班工人｜道班房（道班工人集體居住的房屋）。

【道別】dào//bié ㄉㄠˋ//ㄅㄧㄝˊ ❶離別；分手（一般要打個招呼或說句話）：握手道別｜過了十字路口，兩人才道別。❷辭行：起程前他到鄰居家一一道別。

【道…不…】dào…bù… ㄉㄠˋ…ㄅㄨˋ… 〈方〉嵌入意義相反的兩個單音的形容詞，表示'既不…也不…'的意思：道長不短（說長不算長，說短不算短）｜道高不矮｜道大不小｜道多不少。

【道不拾遺】dào bù shí yí ㄉㄠˋ ㄅㄨˋ ㄕˊ ㄧˊ 見749頁〖路不拾遺〗。

【道岔】dàochà ㄉㄠˋ ㄔㄚˋ （道岔兒）❶從道路幹路分出的岔路。也叫道岔子。❷使列車由一組軌道轉到另一組軌道上去的裝置。

【道場】dàochǎng ㄉㄠˋ ㄔㄤˇ 和尚或道士做法事的場所，也指所做的法事。

【道牀】dàochuáng ㄉㄠˋ ㄔㄨㄤˊ 指鋪在鐵路路基和枕木之間的一層碎石和爐渣等，能緩和列車對鐵軌的衝擊，鞏固軌道的位置。

【道道兒】dào·daor ㄉㄠˋ·ㄉㄠㄦ ❶辦法；主意：要大家肯動腦筋，完成任務的道道兒就多了。❷門道：聽了半天也沒聽出個道道兒來｜你不懂這裏面的道道兒，千萬要留神。

【道德】dàodé ㄉㄠˋ ㄉㄜˊ 社會意識形態之一，是人們共同生活及其行為的準則和規範。道德通過社會的或一定階級的輿論對社會生活起約束作用。

【道地】dàodì ㄉㄠˋ ㄉㄧˋ ❶真正是有名產地出產的：道地藥材。❷真正的；純粹：一口道地的北京話。

【道釘】dàodīng ㄉㄠˋ ㄉㄧㄥ ❶把鐵軌固定在枕木上的釘子。❷能夠反射夜間汽車燈光的裝置，用工業塑料等製成，裝在馬路的隔離帶上或盤山公路的轉彎處，以提示司機注意安全。道釘的內部構造酷似貓眼，俗稱貓眼道釘。

【道乏】dào//fá ㄉㄠˋ//ㄈㄚˊ 因為別人為自己出力而向人慰問，表示感謝：你幫了他大忙了，他要親自來給你道乏呢。

【道高一尺，魔高一丈】dào gāo yī chǐ, mó gāo yī zhàng ㄉㄠˋ ㄍㄠ ㄧ ㄔˇ, ㄇㄛˊ ㄍㄠ ㄧ ㄓㄤˋ 原為佛家告誡修行的人警惕外界誘惑的話，意思是修行到一定階段，就會有魔障干擾破壞而可能前功盡棄。後用來比喻取得一定成就後遇到的障礙會更大，也比喻正義終將戰勝邪惡。

【道姑】dàogū ㄉㄠˋ ㄍㄨ 女道士。

【道觀】dàoguàn ㄉㄠˋ ㄍㄨㄢˋ 道教的廟。

【道光】Dàoguāng ㄉㄠˋ ㄍㄨㄤ 清宣宗（愛新覺羅旻寧）年號（公元1821－1850）。

【道賀】dàohè ㄉㄠˋ ㄏㄜˋ 道喜。

【道行】dào·héng ㄉㄠˋ·ㄏㄥˊ 僧道修行的功夫，比喻技能本領：道行深。

【道家】Dàojiā ㄉㄠˋ ㄐㄧㄚ 先秦時期的一個思想派別，以老子、莊子為主要代表。道家的思想崇尚自然，有辯證法的因素和無神論的傾向，但是主張清靜無為，反對鬥爭。

【道教】Dàojiào ㄉㄠˋ ㄐㄧㄠˋ 我國宗教之一，由東漢張道陵創立，到南北朝時盛行起來。創立時，入道者須出五斗米，所以又叫'五斗米道'。道教徒尊稱張道陵為天師，因而又叫'天師道'。道教奉老子為教祖，尊稱他為'太上老君'。

【道具】dàojù ㄉㄠˋ ㄐㄩˋ 演劇或攝製電影電視片時表演用的器物，如桌子、椅子等叫大道具，紙烟、茶杯等叫小道具。

【道口】dàokǒu ㄉㄠˋ ㄎㄡˇ （道口兒）路口。特指鐵路與公路交叉的路口。

【道勞】dào//láo ㄉㄠˋ//ㄌㄠˊ 道乏。

【道理】dào·li ㄉㄠˋ·ㄌㄧ ❶事物的規律：他在跟孩子們講熱脹冷縮的道理。❷事情或論點的是非得失的根據；理由；情理：擺事實，講道理｜你的話很有道理，我完全同意。❸辦法；打算：怎麼辦我自有道理｜把情況了解清楚再作道理。

【道林紙】dàolínzhǐ ㄉㄠˋ ㄌㄧㄣˊ ㄓˇ 一種比較高級的紙，用木材為原料製成，按紙面的有無光澤分為毛道林紙和光道林紙兩種。因最初為美國道林(Dowling)公司製造而得名。

【道路】dàolù ㄉㄠˋ ㄌㄨˋ ❶地面上供人或車馬通行的部分：道路寬闊｜道路平坦◇人生道路｜走上富裕的道路。❷兩地之間的通道，包括陸地的和水上的。

【道貌岸然】dàomào ànrán ㄉㄠˋ ㄇㄠˋ ㄢˋ ㄖㄢˊ 形容神態莊嚴(現多含譏諷意)。

【道門】dàomén ㄉㄠˋ ㄇㄣˊ ❶指道家、道教。❷(道門兒)舊時某些封建迷信的組織，如一貫道、先天道等。

【道木】dàomù ㄉㄠˋ ㄇㄨˋ 枕木。

【道袍】dàopáo ㄉㄠˋ ㄆㄠˊ 道士穿的袍子。也指過於肥大的袍子。

【道破】dàopò ㄉㄠˋ ㄆㄛˋ 說穿：一語道破天機。

【道歉】dào//qiàn ㄉㄠˋ//ㄑㄧㄢˋ 表示歉意，特指認錯：賠禮道歉。

【道情】dàoqíng ㄉㄠˋ ㄑㄧㄥˊ 以唱為主的一種曲藝，用漁鼓和簡板伴奏，原為道士演唱的道教故事的曲子，後來用一般民間故事做題材。也叫漁鼓(魚鼓)、漁鼓道情(魚鼓道情)。

【道人】dào·ren ㄉㄠˋ ·ㄖㄣ ❶舊時對道士的尊稱。❷古代也稱佛教徒為道人。❸〈方〉佛寺中打雜的人。

【道士】dào·shi ㄉㄠˋ ·ㄕ 道教徒。

【道聽途說】dào tīng tú shuō ㄉㄠˋ ㄊㄧㄥ ㄊㄨˊ ㄕㄨㄛ 從道路上聽到，在道路上傳說。泛指傳聞的、沒有根據的話。

【道統】dàotǒng ㄉㄠˋ ㄊㄨㄥˇ 宋、明理學家稱儒家學術思想授受的系統。他們自認為是繼承周公、孔子的道統的。

【道喜】dào//xǐ ㄉㄠˋ//ㄒㄧˇ 對人有喜慶事表示祝賀：登門道喜。

【道謝】dào//xiè ㄉㄠˋ//ㄒㄧㄝˋ 用言語表示感謝：當面向他道謝。

【道學】dàoxué ㄉㄠˋ ㄒㄩㄝˊ ❶理學。❷形容古板迂腐：道學氣｜道學先生。

【道牙】dàoyá ㄉㄠˋ ㄧㄚˊ 馬路牙子，用一塊一塊的㇄形水泥構件連接而成。也叫道牙子。

【道義】dàoyì ㄉㄠˋ ㄧˋ 道德和正義：給以道義上的支持。

【道院】dàoyuàn ㄉㄠˋ ㄩㄢˋ ❶道士居住的地方；道觀。❷指修道院。

【道藏】dàozàng ㄉㄠˋ ㄗㄤˋ 道教書籍的總彙，包括周秦以下道家子書及六朝以來道教經典。

【道砟】dàozhǎ ㄉㄠˋ ㄓㄚˇ 鋪在鐵路路基上面的石子。

【道子】dào·zi ㄉㄠˋ ·ㄗ 綫條。

稻 dào ㄉㄠˋ ❶一年生草本植物，葉子狹長，花白色或綠色。子實叫稻穀，去殼後叫大米。是我國重要的糧食作物。主要分水稻和陸稻兩大類。通常指水稻。❷這種植物的子實。

【稻草】dàocǎo ㄉㄠˋ ㄘㄠˇ 脫粒後的稻稈。可打草繩或草簾子，又可造紙，也可做飼料、燃料等。

【稻草人】dàocǎorén ㄉㄠˋ ㄘㄠˇ ㄖㄣˊ 稻草紮成的人。比喻沒有實際本領和力量的人。

【稻穀】dàogǔ ㄉㄠˋ ㄍㄨˇ 沒有去殼的稻的子實。

【稻糠】dàokāng ㄉㄠˋ ㄎㄤ 稻穀經過加工脫出的外殼；礱糠。

【稻子】dào·zi ㄉㄠˋ ·ㄗ 稻。

幬(帱) dào ㄉㄠˋ 〈書〉覆蓋。 另見163頁 chóu。

燾(焘) dào ㄉㄠˋ，又 tāo ㄊㄠ 〈書〉同'幬'。

纛 dào ㄉㄠˋ 古代軍隊裏的大旗。

dē (ㄉㄜ)

嘚 dē ㄉㄜ 象聲詞，形容馬蹄踏地的聲音。 另見239頁 dēi。

【嘚啵】dē·bo ㄉㄜ ·ㄅㄛ 〈方〉絮叨；嘮叨：沒功夫聽他瞎嘚啵。

【嘚嘚】dē·de ㄉㄜ ·ㄉㄜ 〈方〉叨叨：一點小事，別再嘚嘚了。

dé (ㄉㄜˊ)

得1 dé ㄉㄜˊ ❶得到(跟'失'相對)：取得｜得益｜不入虎穴，焉得虎子。❷演算產生結果：二三得六｜五減一得四。❸適合：得用｜得體。❹〈書〉得意：揚揚自得。❺完成：飯得了｜衣服還沒有做得。❻用於結束談話的時候，表示同意或禁止：得，就這麼辦｜得了，別說了。❼用於情況不如人意的時候，表示無可奈何：得，這一張又畫壞了！

得2 dé ㄉㄜˊ ❶用在別的動詞前，表示許可(多見於法令和公文)：這筆錢非經批准不得擅自動用。❷〈方〉用在別的動詞前，表示可能這樣(多用於否定式)：水渠昨天剛動手挖，沒有三天不得完。

另見239頁 ·de；239頁 děi。

【得便】débiàn ㄉㄜˊ ㄅㄧㄢˋ 遇到方便的機會：這幾樣東西，請您得便捎給他。

【得病】dé//bìng ㄉㄜˊ//ㄅㄧㄥˋ 生病：不講究衛生容易得病。

【得不償失】dé bù cháng shī ㄉㄜˊ ㄅㄨˋ ㄔㄤˊ ㄕ 得到的抵不上失去的。

【得逞】déchěng ㄉㄜˊ ㄔㄥˇ (壞主意)實現；達到目的：得逞於一時｜陰謀未能得逞。

【得寵】dé//chǒng ㄉㄜˊ//ㄔㄨㄥˇ 受寵愛(含貶義)：君主昏庸，奸臣得寵。

【得寸進尺】dé cùn jìn chǐ ㄉㄜˊ ㄘㄨㄣˋ ㄐㄧㄣˋ ㄔˇ 比喻貪得無厭。

【得當】dédàng ㄉㄜˊ ㄉㄤˋ (說話或做事)恰當；合適：措詞得當｜處理得當。

【得到】dé//dào ㄉㄜˊ//ㄉㄠˋ 事物為自己所有；獲得：得到鼓勵｜得到一張獎狀｜得到一次學習的機會｜得不到一點兒消息。

【得道多助】dé dào duō zhù ㄉㄜˊ ㄉㄠˋ ㄉㄨㄛ ㄓㄨˋ 堅持正義就能得到多方面的支持(語本《孟子·公孫丑下》：'得道者多助，失道者寡助')。

【得法】défǎ ㄉㄜˊ ㄈㄚˇ (做事)採用正確的方法；找到竅門：管理得法，莊稼就長得好。

【得分】dé//fēn ㄉㄜˊ//ㄈㄣ 遊戲或比賽時得到分數。

【得分】défēn ㄉㄜˊ ㄈㄣ 遊戲或比賽時得到的分數。

【得過且過】dé guò qiě guò ㄉㄜˊ ㄍㄨㄛˋ ㄑㄧㄝˇ ㄍㄨㄛˋ 只要勉強過得去就這樣過下去；敷衍地過日子。也指對工作不負責任，敷衍了事。

【得計】déjì ㄉㄜˊ ㄐㄧˋ 計謀得以實現(多含貶義)：自以為得計。

【得濟】dé//jì ㄉㄜˊ//ㄐㄧˋ 得到好處，特指得到親屬晚輩的好處。

【得勁】déjìn ㄉㄜˊ ㄐㄧㄣˋ (得勁兒) ❶舒服合適：這兩天感冒了，渾身不得勁。❷稱心合意；順手：改進後的工具用起來很得勁。

【得救】déjiù ㄉㄜˊ ㄐㄧㄡˋ 得到救助，脫離險境：落水兒童得救了｜大火被撲滅，這批珍貴的文物得救了。

【得空】dé//kòng ㄉㄜˊ//ㄎㄨㄥˋ (得空兒)有空閑時間：白天上班，晚上要照顧病人，很少得空。

【得了】dé·le ㄉㄜˊ ·ㄌㄜ ❶表示禁止或同意；算了；行了：得了，別再說了｜得了，就這麼辦吧！❷助詞，用於陳述句，表示肯定：你走得了，不用挂念家裏的事。

另見 déliǎo。

【得力】dé//lì ㄉㄜˊ//ㄌㄧˋ ❶得益；見效：得力於平時的勤學苦練｜我吃這個藥很得力。❷得到幫助：我得他的力很不小。

【得力】délì ㄉㄜˊ ㄌㄧˋ ❶做事能幹；有幹才：得力助手｜得力幹部。❷堅強有力：領導得力。

【得了】déliǎo ㄉㄜˊ ㄌㄧㄠˇ 表示情況很嚴重(用於反問或否定式)：這還得了嗎？｜不得了啦，出了事故啦！

另見 dé·le。

【得隴望蜀】dé Lǒng wàng Shǔ ㄉㄜˊ ㄌㄨㄥˇ ㄨㄤˋ ㄕㄨˇ 後漢光武帝劉秀下命令給岑彭：'人苦不知足，既平隴，復望蜀。'教他平定隴右(今甘肅一帶)以後領兵南下，攻取西蜀(見於《後漢書·岑彭傳》)。後來用'得隴望蜀'比喻貪得無厭。

【得其所哉】dé qí suǒ zāi ㄉㄜˊ ㄑㄧˊ ㄙㄨㄛˇ ㄗㄞ 指得到適宜的處所。也用來指安排得當，稱心滿意。

【得人】dérén ㄉㄜˊ ㄖㄣˊ 〈書〉用人得當。

【得人兒】dérénr ㄉㄜˊ ㄖㄣㄦˊ 〈方〉得人心。

【得人心】dé rénxīn ㄉㄜˊ ㄖㄣˊ ㄒㄧㄣ 得到多數人的好感和擁護。

【得勝】dé//shèng ㄉㄜˊ//ㄕㄥˋ 取得勝利：得勝回朝｜旗開得勝，馬到成功。

【得失】déshī ㄉㄜˊ ㄕ ❶所得和所失；成功和失敗：不計較個人的得失。❷利弊；好處和壞處：兩種辦法各有得失。

【得時】dé//shí ㄉㄜˊ//ㄕˊ 遇到好時機；走運。

【得勢】dé//shì ㄉㄜˊ//ㄕˋ 得到權柄或勢力(多用於貶義)：小人得勢。

【得手】dé//shǒu ㄉㄜˊ//ㄕㄡˇ 做事順利；達到目的：屢屢得手｜僥幸得手。

【得手】déshǒu ㄉㄜˊ ㄕㄡˇ 指得心應手；順手：刀太笨，用起來不得手｜怎麼得手就怎麼幹吧。

【得數】déshù ㄉㄜˊ ㄕㄨˋ 答數。

【得體】détǐ ㄉㄜˊ ㄊㄧˇ (言語、行動等)得當；恰當；恰如其分：應對得體｜話說得很不得體。

【得天獨厚】dé tiān dú hòu ㄉㄜˊ ㄊㄧㄢ ㄉㄨˊ ㄏㄡˋ 獨具特殊優越的條件，也指所處的環境特別好。

【得閑】déxián ㄉㄜˊ ㄒㄧㄢˊ 得空兒。

【得心應手】dé xīn yìng shǒu ㄉㄜˊ ㄒㄧㄣ ㄧㄥˋ ㄕㄡˇ 心裏怎麼想，手就能怎麼做。形容運用自如。

【得樣兒】déyàngr ㄉㄜˊ ㄧㄤㄦˋ 〈方〉(服裝、打扮)好看；有樣子。

【得宜】déyí ㄉㄜˊ ㄧˊ 適當：措置得宜｜剪裁得宜。

【得以】déyǐ ㄉㄜˊ ㄧˇ (藉此)可以；能夠：必須放手發動群眾，讓群眾的意見得以充分發表出來。

【得意】dé//yì ㄉㄜˊ//ㄧˋ 稱心如意；感到非常滿意：得意之作｜得意門生｜得意揚揚｜自鳴得意。

【得意忘形】dé yì wàng xíng ㄉㄜˊ ㄧˋ ㄨㄤˋ ㄒㄧㄥˊ 形容淺薄的人稍稍得志，就高興得控制不住自己。

【得用】déyòng ㄉㄜˊ ㄩㄥˋ 適用；得力：這把剪子不得用｜這幾個都是很得用的幹部。

【得魚忘筌】dé yú wàng quán ㄉㄜˊ ㄩˊ ㄨㄤˋ ㄑㄩㄢˊ 《莊子·外物》：'筌者所以在魚，得魚而忘筌。'筌是用來捕魚的，得到了魚，就忘掉筌。比喻達到目的以後就忘了原來的憑藉。

【得志】dé//zhì ㄉㄜˊ//ㄓˋ 志願實現(多指滿足名利的慾望)：少年得志｜鬱鬱不得志。

【得主】dézhǔ ㄉㄜˊ ㄓㄨˇ 在比賽或評選中獲得獎杯、獎牌等的人：奧運會金牌得主。

【得罪】dé·zuì ㄉㄜˊ ·ㄗㄨㄟˋ 招人不快或懷恨；冒犯：出言不遜，多有得罪｜他做了很多得罪人的事兒。

德(悳) dé ㄉㄜˊ ❶道德；品行；政治品質：品德｜公德｜德才兼備。❷心意：一心一德｜離心離德。❸恩惠：感恩戴德｜以怨報德。❹(Dé)姓。

【德昂族】Dé'ángzú ㄉㄜˊ ㄤˊ ㄗㄨˊ 我國少數民族之一，分佈在雲南。

【德高望重】dé gāo wàng zhòng ㄉㄜˊ ㄍㄠ ㄨㄤˋ ㄓㄨㄥˋ 品德高尚，名望很大。

【德行】déxíng ㄉㄜˊ ㄒㄧㄥˊ 道德和品行。

【德行】dé·xing ㄉㄜˊ ·ㄒㄧㄥ 譏諷人的話，表示看不起他的儀容、舉止、行為、作風等。也作德性(dé·xing)。

【德育】déyù ㄉㄜˊ ㄩˋ 政治思想和道德品質的教育。

【德政】dézhèng ㄉㄜˊ ㄓㄥˋ 有益於人民的政治措施。

鍀(锝) dé ㄉㄜˊ 金屬元素，符號Tc (technetium)。有放射性，由人工核反應獲得。是第一種人工合成的元素。

·de (·ㄉㄜ)

地 ·de ·ㄉㄜ 助詞，表示它前邊的詞或詞組是狀語：天漸漸地冷了｜合理地安排和使用勞動力｜實事求是地處理問題。

另見247頁 dì。

的[1] ·de ·ㄉㄜ ❶助詞(②－⑤同)，用在定語的後面。a)定語和中心詞之間是一般的修飾關係：鐵的紀律｜幸福的生活。b)定語和中心詞之間是領屬關係：我的母親｜無產階級的黨。c)定語是人名或人稱代詞，中心詞是表示職務或身份的名詞，意思是這個人擔任這個職務或取得這個身份：今天開會是你的主席｜誰的介紹人？d)定語是指人的名詞或人稱代詞，中心詞和前邊的動詞合起來表示一種動作，意思是這個人是所說的動作的受事：開他的玩笑｜找我的麻煩。❷用來構成沒有中心詞的'的'字結構。a)代替上文所說的人或物：這是我的，那才是你的｜菊花開了，有紅的，有黃的。b)指某一種人或物：男的｜送報的｜我愛吃辣的。c)表示某種情況：大星期天的，你怎麼不出去玩兒玩兒？｜無緣無故的，你着甚麼急？d)用跟主語相同的人稱代詞加'的'字做賓語，表示別的事跟這個人無關或這事兒跟別人無關：這裏用不着你，你只管睡你的去。e)'的'字前後用相同的動詞、形容詞等，連用這樣的結構，表示有這樣的，有那樣的：推的推，拉的拉｜說的說，笑的笑｜大的大，小的小。❸用在謂語動詞後面，強調這動作的施事者或時間、地點、方式等：誰買的書？｜他是昨天進的城｜我是在車站打的票。注意 這個用法限於過去的事情。❹用在陳述句的末尾，表示肯定的語氣：這件事兒我知道的。❺用在兩個同類的詞或詞組之後，表示'等等、之類'的意思：破銅爛鐵的，他撿來一大筐｜老鄉們沏茶倒水的，待我們很親熱。❻用在兩個數量詞中間。a)表示相乘：這間屋子是五米的三米，合十五平方米。b)〈方〉表示相加：兩個的三個，一共五個。

的[2] ·de ·ㄉㄜ 同'得(·de)'②③。

另見244頁 dí；252頁 dì。

【的話】·dehuà ·ㄉㄜ ㄏㄨㄚˋ 助詞，用在表示假設的分句後面，引起下文：如果你有事的話，就不要來了。

底 ·de ·ㄉㄜ 同'的[1](·de)'①b。

另見246頁 dǐ。

得 ·de ·ㄉㄜ 助詞。❶用在動詞後面，表示可能：她去得，我也去得｜對於無理要求我們一步也退讓不得。注意 否定式是'不得'：哭不得，笑不得。❷用在動詞和補語中間，表示可能：拿得動｜辦得到｜回得來｜過得去。注意 否定式是把'得'換成'不'：拿不動｜辦不到。❸用在動詞或形容詞後面，連接表示結果或程度的補語：寫得非常好｜天氣熱得很。注意 a)'寫得好'的否定式是'寫得不好'。b)動賓結構帶這類補語時，要重複動詞，如'寫字寫得很好'，不說'寫字得很好'。❹用在動詞後面，表示動作已經完成(多見於早期白話)：出得門來。

另見237頁 dé；239頁 děi。

腻 ·de ·ㄉㄜ 又 ·te ·ㄊㄜ 見693頁[肋腻](lē·de)。

dēi (ㄉㄟ)

嘚 dēi ㄉㄟ (嘚兒)趕驢、騾前進的吆喝聲。

另見237頁 dē。

děi (ㄉㄟˇ)

得 děi ㄉㄟˇ ❶需要：這個工程得三個月才能完｜修這座水庫得多少人力？❷表示意志上或事實上的必要：咱們絕不能落後，得把工作趕上去｜要取得好成績，就得努力學習。注意 '得'的否定是'無須'或'不用'，不說'不得'。❸表示揣測的必然：快下大雨了，要不快走，就得挨淋。❹〈方〉舒服；滿意：這個沙發坐着真得。

另見237頁 dé；239頁 ·de。

【得虧】děikuī ㄉㄟˇ ㄎㄨㄟ 〈方〉幸虧；多虧：得虧我來得早，不然又趕不上了。

dèn （ㄉㄣˋ）

扽（撜） dèn ㄉㄣˋ ❶兩頭同時用力，或一頭固定而另一頭用力，把綫、繩子、布匹、衣服等猛一拉：一扽袖口｜輕一點兒，別把絲綫扽折 (shé) 了。❷〈方〉拉緊：你扽住了，不要鬆手。

dēng （ㄉㄥ）

登1 dēng ㄉㄥ ❶（人）由低處到高處（多指步行）：登山｜登陸｜登車◇一步登天。❷刊登或記載：登報｜登記｜他的名字登上了光榮榜。❸（穀物）成熟：五穀豐登。

登2 dēng ㄉㄥ ❶踩；踏：登在窗台兒上擦玻璃。❷穿（鞋、褲等）：登上鞋｜腳登長筒靴。❸同'蹬'(dēng)①。

【登場】dēng//cháng ㄉㄥ//ㄔㄤˊ （穀物）收割後運到場（cháng）上：大豆登場之後，要馬上曬。

【登場】dēng//chǎng ㄉㄥ//ㄔㄤˇ （劇中人）出現在舞台上：登場人物｜粉墨登場。

【登程】dēngchéng ㄉㄥ ㄔㄥˊ 上路；起程：已收拾好行裝，明日破曉登程。

【登第】dēndì ㄉㄥ ㄉㄧˋ 登科，特指考取進士。

【登峰造極】dēng fēng zào jí ㄉㄥ ㄈㄥ ㄗㄠˋ ㄐㄧˊ 比喻達到頂峰。

【登高】dēnggāo ㄉㄥ ㄍㄠ ❶上到高處：登高望遠◇祝步步登高。❷古時風俗，重陽節登山叫登高：重九登高。

【登基】dēngjī ㄉㄥ//ㄐㄧ 帝王即位。

【登極】dēng//jí ㄉㄥ//ㄐㄧˊ 登基。

【登記】dēngjì ㄉㄥ ㄐㄧˋ 把有關事項寫在特備的表冊上以備查考：戶口登記｜登記圖書。

【登記噸】dēngjìdūn ㄉㄥ ㄐㄧˋ ㄉㄨㄣ 計算船隻容積的單位，1 登記噸等於 2.83 立方米（合 100 立方英尺）。簡稱噸。

【登科】dēngkē ㄉㄥ ㄎㄜ 科舉時代應考人被錄取。

【登臨】dēnglín ㄉㄥ ㄌㄧㄣˊ 登山臨水，泛指遊覽山水名勝：登臨名山大川，飽覽壯麗景色。

【登陸】dēng//lù ㄉㄥ//ㄌㄨˋ 渡過海洋或江河登上陸地，特指作戰的軍隊登上敵方的陸地：登陸演習◇颱風登陸。

【登陸場】dēnglùchǎng ㄉㄥ ㄌㄨˋ ㄔㄤˇ 軍隊在強渡江河或渡海作戰的時候，在敵方的岸上所奪取的一部分地區，用來保障後續部隊渡河和上岸。

【登陸艇】dēnglùtǐng ㄉㄥ ㄌㄨˋ ㄊㄧㄥˇ 運送登陸士兵和武器裝備靠岸登陸的艦艇。有各種類型，艇底平，船舷高，船頭有可以打開的門，便於人員、坦克、車輛迅速登上陸地。

【登錄】dēnglù ㄉㄥ ㄌㄨˋ 登記：登錄在案。

【登門】dēng//mén ㄉㄥ//ㄇㄣˊ 到對方住處：登門拜訪｜我從來沒有登過他的門。

【登攀】dēngpān ㄉㄥ ㄆㄢ 攀登。

【登山】dēng//shān ㄉㄥ//ㄕㄢ ❶上山：登山臨水｜登山越嶺。❷特指登山運動：登山服｜登山協會。

【登山服】dēngshānfú ㄉㄥ ㄕㄢ ㄈㄨˊ ❶登山運動員登山時穿的一種特製防寒服裝。❷一種防寒冬裝，多用尼龍綢和羽絨等製作，一般有風帽。

【登山運動】dēngshān yùndòng ㄉㄥ ㄕㄢ ㄩㄣˋ ㄉㄨㄥˋ 一種體育運動，攀登高山。登山運動能鍛煉人的毅力和勇敢精神，對於科學研究和資源開發等有重要意義。

【登時】dēngshí ㄉㄥ ㄕˊ 立刻（多用於敍述過去的事情）：說幹就幹，大家登時動起手來了。

【登市】dēngshì ㄉㄥ ㄕˋ （季節性的貨物）開始在市場出售；上市：下月初，鮮桃即可登市。

【登台】dēng//tái ㄉㄥ//ㄊㄞˊ ❶走上講台或舞台：登台演講｜登台表演。❷比喻走上政治舞台：登台執政。

【登堂入室】dēng táng rù shì ㄉㄥ ㄊㄤˊ ㄖㄨˋ ㄕˋ 見1023頁〖升堂入室〗。

【登載】dēngzǎi ㄉㄥ//ㄗㄞˇ （新聞、文章等）在報刊上印出。

噔 dēng ㄉㄥ 象聲詞，沈重的東西落地或撞擊物體的聲音：噔噔噔地走上樓來。

燈（灯） dēng ㄉㄥ ❶照明或做其他用途的發光的器具：一盞燈｜電燈｜紅綠燈｜探照燈｜太陽燈。❷燃燒液體或氣體用來對別的東西加熱的器具：酒精燈｜本生燈。❸俗稱收音機、電視機等的電子管：五燈收音機。

【燈標】dēngbiāo ㄉㄥ ㄅㄧㄠ ❶航標的一種，裝有燈光設備，供夜間航行使用。❷用燈裝飾的或做成的標誌或標語：夜市燈標。

【燈綵】dēngcǎi ㄉㄥ ㄘㄞˇ ❶指民間製造花燈的工藝。❷舊時演戲時用做舞台裝飾或表演道具的花燈：滿台燈綵。❸泛指做裝飾用的彩色花燈：室內燈綵交輝｜國慶節用的燈綵全部安裝就緒。

【燈草】dēngcǎo ㄉㄥ ㄘㄠˇ 燈心草的莖的中心部分，白色，用做油燈的燈心。

【燈光】dēngguāng ㄉㄥ ㄍㄨㄤ ❶燈的光亮：夜深了，屋裏還有燈光。❷指舞台上或攝影棚內的照明設備：燈光佈景。

【燈紅酒綠】dēng hóng jiǔ lù ㄉㄥ ㄏㄨㄥˊ ㄐㄧㄡˇ ㄌㄩˋ 形容尋歡作樂的腐化生活。也形容都市或娛樂場所夜晚的繁華景象。

【燈虎】dēnghǔ ㄉㄥ ㄏㄨˇ （燈虎兒）燈謎：打燈虎兒。

【燈花】dēnghuā ㄉㄥ ㄏㄨㄚ （燈花兒）燈心燃燒時結成的花狀物。

【燈會】dēnghuì ㄉㄥ ㄏㄨㄟˋ 元宵節舉行的群眾觀燈集會，集會上懸挂着各式各樣的彩燈。有的燈會還有高蹺、獅子、旱船、雜技表演等娛樂活動。

【燈火】dēnghuǒ ㄉㄥ ㄏㄨㄛˇ 泛指亮着的燈：燈火輝煌｜萬家燈火。

【燈節】Dēng Jié ㄉㄥ ㄐㄧㄝˊ 元宵節。

【燈具】dēngjù ㄉㄥ ㄐㄩˋ 各種照明用具的統稱。

【燈亮兒】dēngliàngr ㄉㄥ ㄌㄧㄤˋㄦ 燈的光亮；燈火：屋裏還有燈亮兒，他還沒有睡。

【燈籠】dēng·long ㄉㄥ ·ㄌㄨㄥ 懸挂起來的或手提的照明用具，多用細竹篾或鐵絲做骨架，糊上紗或紙，裏邊點蠟燭。現在多用電燈做光源，用來做裝飾品。

【燈籠褲】dēng·longkù ㄉㄥ ·ㄌㄨㄥ ㄎㄨˋ 褲子的一種，褲腿肥大，下端縮口緊箍在腳腕上。

【燈謎】dēngmí ㄉㄥ ㄇㄧˊ 貼在燈上的謎語（有時也貼在牆上或挂在繩子上）：猜燈謎是一種傳統的娛樂活動。

【燈苗】dēngmiáo ㄉㄥ ㄇㄧㄠˊ （燈苗兒）油燈的火焰。

【燈捻】dēngniǎn ㄉㄥ ㄋㄧㄢˇ （燈捻兒）用棉花等搓成的條狀物或用綫織成的帶狀物，放在油燈裏，露出頭兒，點燃照明。也叫燈捻子。

【燈泡】dēngpào ㄉㄥ ㄆㄠˋ （燈泡兒）電燈泡。也叫燈泡子。

【燈傘】dēngsǎn ㄉㄥ ㄙㄢˇ 燈上傘狀的罩子。

【燈絲】dēngsī ㄉㄥ ㄙ 燈泡或電子管內的金屬絲，多為細鎢絲，通電時能發光、發熱、放射電子或產生射綫。

【燈塔】dēngtǎ ㄉㄥ ㄊㄚˇ 裝有強光源的高塔，晚間指引船隻航行，多設在海岸或島上。

【燈台】dēngtái ㄉㄥ ㄊㄞˊ 燈盞的底座。

【燈頭】dēngtóu ㄉㄥ ㄊㄡˊ ❶接在電燈綫末端、供安裝燈泡用的裝置：螺絲口的燈頭。❷指電燈盞數：這間屋裏有五個燈頭。❸煤油燈上裝燈心、安燈罩的部分。

【燈心】dēngxīn ㄉㄥ ㄒㄧㄣ 油燈上用來點火的燈草、紗、綫等。也作燈芯。

【燈心草】dēngxīncǎo ㄉㄥ ㄒㄧㄣ ㄘㄠˇ 多年生草本植物，莖細長，葉子狹長。花黃綠色。莖的中心部分用做油燈的燈心，可入藥。

【燈心絨】dēngxīnróng ㄉㄥ ㄒㄧㄣ ㄖㄨㄥˊ 面上有像燈心的絨條的綿織品。也叫條絨。

【燈芯】dēngxīn ㄉㄥ ㄒㄧㄣ 同‘燈心’。

【燈油】dēngyóu ㄉㄥ ㄧㄡˊ 點燈用的油，通常指煤油。

【燈語】dēngyǔ ㄉㄥ ㄩˇ 通訊方法之一，用燈光一明一暗的間歇做出長短不同的信號。

【燈盞】dēngzhǎn ㄉㄥ ㄓㄢˇ 沒有燈罩的油燈（總稱）。

【燈罩】dēngzhào ㄉㄥ ㄓㄠˋ （燈罩兒）燈上集中燈光或防風的東西，如電燈上的燈傘，煤油燈上的玻璃罩兒。也叫燈罩子。

簦 dēng ㄉㄥ ❶古代有柄的笠。❷〈方〉笠。

蹬 dēng ㄉㄥ ❶腿和腳向腳底的方向用力：蹬水車｜蹬三輪兒。❷同‘登[2]’①②。

另見242頁 dèng。

【蹬腿】dēng//tuǐ ㄉㄥ//ㄊㄨㄟˇ ❶伸出腿：他一蹬腿坐起身。❷（蹬腿兒）指人死亡（含詼諧意）。

鐙（镫） dēng ㄉㄥ ❶古代盛肉食的器皿。❷〈書〉同‘燈’，指油燈。

另見242頁 dèng。

děng（ㄉㄥˇ）

等1 děng ㄉㄥˇ ❶等級：同等｜優等｜共分三等。❷種；類：這等事｜此等人。❸程度或數量上相同：相等｜等於｜大小不等。❹同‘戥’(děng)。

等2 děng ㄉㄥˇ ❶等候；等待：等車｜請稍等一會兒｜等他來了一塊兒去。❷等到：等我寫完這封信再走也不晚。

等3 děng ㄉㄥˇ 助詞。❶〈書〉用在人稱代詞或指人的名詞後面，表示複數：我等｜彼等。❷表示列舉未盡（可以疊用）：北京、天津等地｜紙張文具等等。❸列舉後煞尾：長江、黃河、黑龍江、珠江等四大河流。

【等差】děngchā ㄉㄥˇ ㄔㄚ 〈書〉等次。

【等次】děngcì ㄉㄥˇ ㄘˋ 等級高低：產品按質量劃分等次。

【等衰】děngcuī ㄉㄥˇ ㄘㄨㄟ 〈書〉等次。

【等待】děngdài ㄉㄥˇ ㄉㄞˋ 不採取行動，直到所期望的人、事物或情況出現：等待時機｜耐心等待。

【等到】děngdào ㄉㄥˇ ㄉㄠˋ 連詞，表示時間條件：等到我們去送行，他們已經走了。

【等第】děngdì ㄉㄥˇ ㄉㄧˋ 〈書〉名次等級（指人）。

【等額選舉】děng'é xuǎnjǔ ㄉㄥˇ ㄜˊ ㄒㄩㄢˇ ㄐㄩˇ 候選人名額相等於當選人名額的一種選舉辦法（區別於‘差額選舉’）。

【等而下之】děng ér xià zhī ㄉㄥˇ ㄦˊ ㄒㄧㄚˋ ㄓ 由這一等再往下：名牌貨質量還不穩定，等而下之的雜牌貨就可想而知了。

【等份】děngfèn ㄉㄥˇ ㄈㄣˋ （等份兒）分成的數量相等的份兒：把這筐桃分成十等份。

【等號】děnghào ㄉㄥˇ ㄏㄠˋ 表示兩個數（或兩個代數式）的相等關係的符號（=）。

【等候】děnghòu ㄉㄥˇ ㄏㄡˋ 等待（多用於具體的對象）：等候命令｜等候遠方歸來的親人。

【等級】děngjí ㄉㄥˇ ㄐㄧˊ ❶按質量、程度、地

位等的差異而作出的區別：按商品等級規定價格。❷達到某種等級標準的；區分等級的：等級廚師｜等級工資制。❸奴隸佔有制度和封建制度下，在社會地位上和法律地位上不平等的社會集團。等級成分是世代相傳的。例如封建時代的法國有三個等級：1) 僧侶，2) 貴族，3) 農民、商人和手工業者。

【等價】děngjià ㄉㄥˇ ㄐㄧㄚˋ 不同商品的價值相等：等價交換。

【等價物】děngjiàwù ㄉㄥˇ ㄐㄧㄚˋ ㄨˋ 能體現另一種商品價值的商品。貨幣是體現各種商品價值的一般等價物。

【等離子態】děnglízǐtài ㄉㄥˇ ㄌㄧˊ ㄗˇ ㄊㄞˋ 物質存在的一種形態，是物質的等離子體狀態。高溫、強大的紫外綫、X射綫和丙種射綫等都能使氣態物質變成等離子態。

【等離子體】děnglízǐtǐ ㄉㄥˇ ㄌㄧˊ ㄗˇ ㄊㄧˇ 由正離子、自由電子組成的物體，是物質的高溫電離狀態，不帶電，導電性很強。太陽等大多數星體都存在等離子體。

【等量齊觀】děng liàng qí guān ㄉㄥˇ ㄌㄧㄤˋ ㄑㄧˊ ㄍㄨㄢ 不管事物間的差異，同等看待。

【等日】děngrì ㄉㄥˇ ㄖˋ 〈方〉過些時候；過幾天：這兩天沒空，等日再去看你。

【等身】děngshēn ㄉㄥˇ ㄕㄣ 跟某人身高相等（多用來形容數量多）：等身雕像｜著作等身。

【等式】děngshì ㄉㄥˇ ㄕˋ 表示兩個數（或兩個代數式）相等的算式，兩個數（或兩個代數式）之間用等號連接，如 $3+2=4+1$，$a=4$。

【等同】děngtóng ㄉㄥˇ ㄊㄨㄥˊ 當做同樣的事物看待：不能把這兩件事等同起來。

【等外】děngwài ㄉㄥˇ ㄨㄞˋ 質量在等級標準以外的：等外品。

【等閑】děngxián ㄉㄥˇ ㄒㄧㄢˊ 〈書〉❶平常：等閑之輩｜等閑視之｜紅軍不怕遠征難，萬水千山只等閑。❷隨隨便便；輕易：莫等閑白了少年頭，空悲切。❸無端；平白地：等閑平地起波瀾。

【等因奉此】děngyīn fèngcǐ ㄉㄥˇ ㄧㄣ ㄈㄥˋ ㄘˇ ‘等因’和‘奉此’都是舊時公文用語，‘等因’用來結束所引來文，‘奉此’用來引起下文。‘等因奉此’泛指文牘，比喻例行公事，官樣文章。

【等於】děngyú ㄉㄥˇ ㄩˊ ❶某數量跟另一數量相等：三加二等於五。❷差不多就是，跟…沒有區別：不識字就等於睜眼瞎子｜說了不聽，等於白說。

【等於零】děngyúlíng ㄉㄥˇ ㄩˊ ㄌㄧㄥˊ 跟零相等，指沒有效果或不起作用：說了不辦，還不是等於零。

戥 děng ㄉㄥˇ 用戥子稱東西：拿戥子戥一戥這點兒麝香有多重。也作等。

【戥子】děng·zi ㄉㄥˇ ·ㄗ 測定貴重物品或藥品重量的小秤，構造和原理跟桿秤相同，盛物體的部分是一個小盤子，最大單位是兩，小到分或釐。也作等子。

dèng（ㄉㄥˋ）

凳（櫈） dèng ㄉㄥˋ （凳兒）凳子：方凳｜板凳｜竹凳兒。

【凳子】dèng·zi ㄉㄥˋ ·ㄗ 有腿沒有靠背的、供人坐的傢具。

嶝 dèng ㄉㄥˋ 〈書〉山上可以攀登的小道。

澄 dèng ㄉㄥˋ ❶使液體裏的雜質沈下去：澄清。❷〈方〉擋着渣滓或泡着的東西，把液體倒出；潷：把湯澄出來。

另見149頁 chéng。

【澄漿泥】dèngjiāngní ㄉㄥˋ ㄐㄧㄤ ㄋㄧˊ 過濾後除去了雜質的極細膩的泥，特指製細陶瓷等用的泥。

【澄清】dèng∥qīng ㄉㄥˋ∥ㄑㄧㄥ 使雜質沈澱，液體變清：這水太渾，澄清之後才能用。

另見149頁 chéngqīng。

【澄沙】dèngshā ㄉㄥˋ ㄕㄚ 過濾後較細的豆沙：澄沙餡兒月餅。

鄧（邓） Dèng ㄉㄥˋ 姓。

磴 dèng ㄉㄥˋ ❶〈書〉石頭台階。❷（磴兒）量詞，用於台階、樓梯等：五磴台階｜這樓梯有三十來磴。

瞪 dèng ㄉㄥˋ ❶用力睜大（眼）：他把眼睛都瞪圓了。❷睜大眼睛注視，表示不滿意：老秦瞪了她一眼，嫌她多嘴。

【瞪眼】dèng∥yǎn ㄉㄥˋ∥ㄧㄢˇ ❶睜大眼睛；眼看着：乾瞪眼。❷指跟人生氣或耍態度：他就愛跟別人瞪眼｜有話好說，你瞪甚麼眼？

蹬 dèng ㄉㄥˋ 見117頁〖蹭蹬〗(cèngdèng)。

另見241頁 dēng。

鐙（镫） dèng ㄉㄥˋ 挂在鞍子兩旁供腳登的東西，多用鐵製成：馬鐙。

另見241頁 dēng。

【鐙骨】dènggǔ ㄉㄥˋ ㄍㄨˇ 聽骨之一，形狀像馬鐙，外面跟砧骨相連，裏面的一端跟內耳相連。

【鐙子】dèng·zi ㄉㄥˋ ·ㄗ 鐙。

dī（ㄉㄧ）

氐 dī ㄉㄧ ❶二十八宿之一。❷（Dī）我國古代民族，居住在今西北一帶，東晉時建立過前秦（在今黃河流域）、後涼（在今西北）。

另見246頁 dǐ。

低 dī ㄉㄧ ❶從下向上距離小；離地面近（跟‘高’相對，②③同）：低空｜飛機低飛繞場一周｜水位降低了。❷在一般標準或平均程度之下：低地｜聲音太低｜眼高手低。❸等級在下的：低年級學生｜我比哥哥低一班。❹(頭)向下垂：低着頭。

【低倍】dībèi ㄉㄧ ㄅㄟˋ 倍數小的：低倍放大鏡。

【低層】dīcéng ㄉㄧ ㄘㄥˊ ❶低的層次：他住在高層，我住在低層。❷低的等級：低層職員。

【低產】dīchǎn ㄉㄧ ㄔㄢˇ 產量低：低產田｜低產作物。

【低潮】dīcháo ㄉㄧ ㄔㄠˊ ❶在潮的一個漲落週期內，水面下降的最低潮位。❷比喻事物發展過程中低落、停滯的階段：那時革命正處於低潮。

【低沈】dīchén ㄉㄧ ㄔㄣˊ ❶天色陰暗，雲層厚而低。❷(聲音)低。❸(情緒)低落。

【低檔】dīdàng ㄉㄧ ㄉㄤˋ 質量差，價格較低的(商品)：低檔服裝｜低檔食品。

【低等動物】dīděng dòngwù ㄉㄧ ㄉㄥˇ ㄉㄨㄥˋ ㄨˋ 在動物學中，一般指身體結構簡單、組織及器官分化不顯著的無脊椎動物。

【低等植物】dīděng zhíwù ㄉㄧ ㄉㄥˇ ㄓˊ ㄨˋ 一般指構造簡單，無莖葉分化，生殖細胞多為單細胞結構的植物。舊時的低等植物範圍較大，包括苔蘚類和蕨類植物。現在以胚的有無作為區分高等植物與低等植物的標準。

【低調】dīdiào ㄉㄧ ㄉㄧㄠˋ (低調兒)低的調門兒，比喻緩和的或比較消沈的論調。

【低估】dīgū ㄉㄧ ㄍㄨ 過低估計：不要低估群眾的力量。

【低緩】dīhuǎn ㄉㄧ ㄏㄨㄢˇ ❶(聲音)低而緩慢：他語調低緩，但口氣很堅決。❷(地勢)低而坡度小：這裏地勢低緩，氣候溫和。

【低佪】dīhuí ㄉㄧ ㄏㄨㄟˊ 同'低迴'。

【低迴】dīhuí ㄉㄧ ㄏㄨㄟˊ 〈書〉❶徘徊(huái)。❷留戀：使人低迴不忍離去。❸迴旋起伏：思緒低迴｜低迴婉轉的樂曲。‖也作低佪。

【低級】dījí ㄉㄧ ㄐㄧˊ ❶初步的；形式簡單的。❷庸俗的：低級趣味。

【低級神經活動】dījí shénjīng huódòng ㄉㄧ ㄐㄧˊ ㄕㄣˊ ㄐㄧㄥ ㄏㄨㄛˊ ㄉㄨㄥˋ 大腦皮層之下各部位的神經活動，包括以無條件反射為基礎的本能活動，是人類和動物所共有的神經活動。

【低賤】dījiàn ㄉㄧ ㄐㄧㄢˋ ❶(地位)低下：出身低賤。❷(價錢)低：穀價低賤。

【低空】dīkōng ㄉㄧ ㄎㄨㄥ 距離地面較近的空間：低空飛行｜在低空是暖而濕潤的西南氣流。

【低欄】dīlán ㄉㄧ ㄌㄢˊ 女子徑賽項目之一，規定距離為 80 米，欄架高 76.2 厘米；規定距離為 100 米，欄架高 84 厘米。

【低廉】dīlián ㄉㄧ ㄌㄧㄢˊ (價錢)便宜(pián·yi)：價格低廉｜收費低廉。

【低劣】dīliè ㄉㄧ ㄌㄧㄝˋ (質量)很不好：低劣產品｜品質低劣。

【低落】dīluò ㄉㄧ ㄌㄨㄛˋ 下降：價格低落｜士氣低落｜情緒低落。

【低能】dīnéng ㄉㄧ ㄋㄥˊ 能力低下。

【低能兒】dīnéng'ér ㄉㄧ ㄋㄥˊ ㄦˊ 智力不發達、近於痴呆的兒童。也泛指智能低下的人。

【低頻】dīpín ㄉㄧ ㄆㄧㄣˊ ❶一般指低於射頻或中頻的頻率，頻率範圍與聲頻相近。❷指 30－300 千赫範圍內的頻率。

【低熱】dīrè ㄉㄧ ㄖㄜˋ 低燒。

【低人一等】dī rén yī děng ㄉㄧ ㄖㄣˊ ㄧ ㄉㄥˇ 比別人低一個等級：職業不同是社會分工不同，不存在哪個行業低人一等的問題。

【低三下四】dī sān xià sì ㄉㄧ ㄙㄢ ㄒㄧㄚˋ ㄙˋ 形容卑賤沒有骨氣。

【低燒】dīshāo ㄉㄧ ㄕㄠ 人的體溫在 37.5－38°C 叫低燒。也叫低熱。

【低聲下氣】dī shēng xià qì ㄉㄧ ㄕㄥ ㄒㄧㄚˋ ㄑㄧˋ 形容恭順小心的樣子。

【低首下心】dī shǒu xià xīn ㄉㄧ ㄕㄡˇ ㄒㄧㄚˋ ㄒㄧㄣ 形容屈服順從的樣子。

【低俗】dīsú ㄉㄧ ㄙㄨˊ 低級庸俗：言語低俗｜低俗的格調。

【低糖】dītáng ㄉㄧ ㄊㄤˊ (食品的)含糖量低：低糖糕點。

【低頭】dī//tóu ㄉㄧ // ㄊㄡˊ ❶垂下頭：低頭不語。❷比喻屈服：他在任何困難面前都不低頭。

【低窪】dīwā ㄉㄧ ㄨㄚ 比四周低的(地方)：地勢低窪｜低窪地區必須及時採取防澇、排澇的措施。

【低微】dīwēi ㄉㄧ ㄨㄟ ❶(聲音)細小：低微的呻吟。❷少；微薄：收入低微｜待遇低微。❸舊時指身份或地位低：門第低微。

【低溫】dīwēn ㄉㄧ ㄨㄣ 較低的溫度。物理學上指−192 到 −263°C 的液態空氣的溫度。

【低下】dīxià ㄉㄧ ㄒㄧㄚˋ ❶(生產水平、經濟地位等)在一般標準之下的：能力低下｜技術水平低下。❷(品質、格調等)低俗：情趣低下。

【低壓】dīyā ㄉㄧ ㄧㄚ ❶較低的壓強。❷較低的電壓。❸心臟舒張時血液對血管的壓力。

【低壓槽】dīyācáo ㄉㄧ ㄧㄚ ㄘㄠˊ 在同高度上低氣壓中心向外伸展的槽形部分。一般向南或西南方向延伸。

【低音提琴】dīyīn tíqín ㄉㄧ ㄧㄣ ㄊㄧˊ ㄑㄧㄣˊ 提琴的一種，體積最大、發音最低。

【低語】dīyǔ ㄉㄧ ㄩˇ 低聲說話：低語密談｜悄聲低語｜他在老王耳邊低語了幾句。

【低雲】dīyún ㄉㄧ ㄩㄣˊ 距離地面約 2 公里以下的雲。

羝

dī ㄉㄧ 〈書〉公羊。

堤(隄)

dī ㄉㄧ 沿河或沿海的防水建築物，多用土石等築成：河堤｜海堤｜修堤築壩。

【堤岸】dī'àn ㄉㄧ ㄢˋ 堤。
【堤壩】dībà ㄉㄧ ㄅㄚˋ 堤和壩的總稱，也泛指防水、攔水的建築物：要加緊修築堤壩，以防水患。
【堤防】dīfáng ㄉㄧ ㄈㄤˊ 堤：汛期以前，要加固堤防。
【堤圍】dīwéi ㄉㄧ ㄨㄟˊ 堤。
【堤堰】dīyàn ㄉㄧ ㄧㄢˋ 堤壩；堤：整修堤堰。

提 dī ㄉㄧ 義同'提'(tí)①，用於下列各條。另見1122頁 tí。
【提防】dī·fang ㄉㄧ ·ㄈㄤ 小心防備：對他你要提防着點兒。
【提溜】dī·liu ㄉㄧ ·ㄌㄧㄡ 〈方〉提：手裏提溜着一條魚◇提溜着心(不放心)。

嘀 dī ㄉㄧ 見下。另見245頁 dí。
【嘀嗒】dīdā ㄉㄧ ㄉㄚ 同'滴答'(dīdā)。
【嘀嗒】dī·da ㄉㄧ ·ㄉㄚ 同'滴答'(dī·dā)。
【嘀里嘟嚕】dī·lidūlū ㄉㄧ ·ㄌㄧ ㄉㄨ ㄌㄨ 形容説話很快，使人聽不清。'嘀'也作滴。

滴 dī ㄉㄧ ❶液體一點一點地向下落：滴水穿石｜汗往下直滴。❷使液體一點一點地向下落：滴眼藥｜滴上幾滴油。❸一點一點地向下落的液體：汗滴｜水滴。❹量詞，用於滴下的液體的數量：一滴汗｜兩滴墨水。
【滴答】dīdā ㄉㄧ ㄉㄚ 象聲詞，形容水滴落下或鐘錶擺動的聲音：屋裏異常寂靜，只有鐘擺滴答滴答地響着｜窗外滴滴答答，雨還沒有停。也作嘀嗒。
【滴答】dī·da ㄉㄧ ·ㄉㄚ 成滴地落下：汗直往下滴答｜屋頂上的雪化了，滴答着水。也作嘀嗒。
【滴滴涕】dīdītì ㄉㄧ ㄉㄧ ㄊㄧˋ 殺蟲劑，成分是二氯二苯三氯乙烷，白色晶體。殺蟲效力大，效用持久。通常用的有粉劑、乳劑和油溶劑。［英 DDT，是 dichloro-diphenyl-trichloro-ethane '二氯二苯三氯乙烷'的縮寫］
【滴定】dīdìng ㄉㄧ ㄉㄧㄥˋ 化學容量分析中，將標準溶液(已知濃度的溶液)滴入被測物質的溶液裏，反應終了時，根據所用標準溶液的體積，計量被測物質的含量。
【滴定管】dīdìngguǎn ㄉㄧ ㄉㄧㄥˋ ㄍㄨㄢˇ 化學容量分析用的細長玻璃管，有刻度，下端有活栓。
【滴灌】dīguàn ㄉㄧ ㄍㄨㄢˋ 灌溉的一種方法，使水流通過設置的管道系統，不斷滴到植物體的根部和土壤中。
【滴里嘟嚕】dī·lidūlū ㄉㄧ ·ㄌㄧ ㄉㄨ ㄌㄨ ❶形容大大小小的一串東西顯得很累贅，不利落：他腰帶上滴里嘟嚕地挂着好多鑰匙。❷同'嘀里嘟嚕'。
【滴瀝】dīlì ㄉㄧ ㄌㄧˋ 象聲詞，水下滴的聲音：雨水滴瀝｜泉水滴瀝。
【滴溜溜】dīliūliū ㄉㄧ ㄌㄧㄡ ㄌㄧㄡ (滴溜溜的)形容旋轉或流動：孩子不停地抽打着陀螺，只見陀螺在地上滴溜溜地轉動。
【滴溜兒】dīliūr ㄉㄧ ㄌㄧㄡㄦ ❶形容極圓：滴溜兒滾圓。❷形容很快地旋轉或流動：眼珠滴溜兒亂轉。
【滴水】dī·shui ㄉㄧ ·ㄕㄨㄟ ❶滴水瓦的瓦頭，略呈三角形。❷一座房屋和毗鄰的建築物之間為了房檐上宣泄雨水而留下的隙地。
【滴水不漏】dī shuǐ bù lòu ㄉㄧ ㄕㄨㄟˇ ㄅㄨˋ ㄌㄡˋ 形容説話、做事十分周密，沒有漏洞：她能言善辯，説出的話滴水不漏。
【滴水成冰】dī shuǐ chéng bīng ㄉㄧ ㄕㄨㄟˇ ㄔㄥˊ ㄅㄧㄥ 水一滴下來就凍成冰，形容天氣十分寒冷。
【滴水穿石】dī shuǐ chuān shí ㄉㄧ ㄕㄨㄟˇ ㄔㄨㄢ ㄕˊ 見1073頁〖水滴石穿〗。
【滴水瓦】dī·shuiwǎ ㄉㄧ ·ㄕㄨㄟ ㄨㄚˇ 一種傳統式樣的瓦，一端帶着下垂的邊兒，邊兒正面有的有花紋，蓋房頂時放在檐口。

樀 dī ㄉㄧ ［樀樀］〈書〉叩門聲。

磾(䃅) dī ㄉㄧ 用於人名，金日磾，漢代人。

鏑(镝) dī ㄉㄧ 金屬元素，符號 Dy (dysprosium)。是一種稀土金屬。用於原子能工業和激光材料等。
另見246頁 dí。

dí (ㄉㄧˊ)

狄 dí ㄉㄧˊ ❶我國古代稱北方的民族。❷(Dí)姓。

的 dí ㄉㄧˊ 〈書〉真實；實在：的當｜的是高手。
另見239頁 ·de；252頁 dì。
【的當】dídàng ㄉㄧˊ ㄉㄤˋ 恰當；非常合適：這個評語十分的當。
【的款】díkuǎn ㄉㄧˊ ㄎㄨㄢˇ 確實可靠的款項。
【的確】díquè ㄉㄧˊ ㄑㄩㄝˋ 完全確實；實在：他的確是這樣説的｜這的的確確是宋刻本。
【的確良】díquèliáng ㄉㄧˊ ㄑㄩㄝˋ ㄌㄧㄤˊ 滌綸的紡織物，有純紡的，也有與棉、毛混紡的。的確良做的衣物耐磨，不走樣，容易洗，乾得快。［英 dacron］
【的士】díshì ㄉㄧˊ ㄕˋ 〈方〉出租小汽車。［英 taxi］
【的證】dízhèng ㄉㄧˊ ㄓㄥˋ 確鑿的證據。

迪(廸) dí ㄉㄧˊ 〈書〉開導；引導：啓迪。
【迪斯科】dísikē ㄉㄧˊ ·ㄙ ㄎㄜ ❶搖擺舞音樂的一種，起源於黑人歌舞，節奏快而強烈。❷最早流行在美洲黑人間的一種節奏快而強烈的舞蹈，後廣泛流傳世界各地：跳迪斯科｜老年迪

斯科。［英 disco］

荻〔荻〕 dí ㄉㄧˊ 多年生草本植物，形狀像蘆葦，地下莖蔓延，葉子長形，紫色花穗，生長在水邊。莖可以編席箔。

笛 dí ㄉㄧˊ ❶管樂器，用竹子製成，上面有一排供吹氣、蒙笛膜和調節發音的孔，橫着吹奏。也叫橫笛。❷響聲尖鋭的發音器：汽笛｜警笛。

【笛膜】dímó ㄉㄧˊ ㄇㄛˊ (笛膜兒) 從竹子或蘆葦的莖中取出的薄膜，用來貼在笛子左端第二個孔上，吹笛時振動發聲。

【笛子】dí·zi ㄉㄧˊ·ㄗ 笛①。

髢 dí ㄉㄧˊ (舊讀 dì ㄉㄧˋ)［髢髢］(dí·dí ㄉㄧˊ·ㄉㄧˊ)〈方〉假頭髮。

頔(頔) dí ㄉㄧˊ 〈書〉美好，多用於人名。

嘀(啾) dí ㄉㄧˊ ［嘀咕］(dí·gu ㄉㄧˊ·ㄍㄨ) ❶小聲説；私下裏説：倆人一見面就嘀咕上了。❷猜疑；猶疑：他看到這種異常的情形，心裏直犯嘀咕。

另見244頁 dī。

滌(涤) dí ㄉㄧˊ 洗：洗滌｜滌盪。

【滌除】díchú ㄉㄧˊ ㄔㄨˊ 清除；去掉：滌除污垢｜滌除舊習。

【滌盪】dídàng ㄉㄧˊ ㄉㄤˋ 洗滌；清除：滌盪邪祟｜滌盪污泥濁水。

【滌卡】díkǎ ㄉㄧˊ ㄎㄚˇ 用滌綸纖維和棉紗織成的咔嘰布，一般用來做制服。

【滌綸】dílún ㄉㄧˊ ㄌㄨㄣˊ 合成纖維的一種，用乙二醇、對苯二甲酸二甲酯等原料合成。強度高、彈性大。用來織的確良或製造絕緣材料、繩索等。［英 terylene］

【滌棉布】dímiánbù ㄉㄧˊ ㄇㄧㄢˊ ㄅㄨˋ 滌綸與棉的混紡織物的統稱。俗稱棉的確良。

嫡 dí ㄉㄧˊ ❶宗法制度下指家庭的正支(跟'庶'相對)：嫡出｜嫡長子(妻子所生的長子)。❷家族中血統近的：嫡親｜嫡堂。❸正宗；正統：嫡派｜嫡傳。

【嫡出】díchū ㄉㄧˊ ㄔㄨ 舊指妻子所生(區別於'庶出')。

【嫡傳】díchuán ㄉㄧˊ ㄔㄨㄢˊ 嫡派相傳(表示正統)：嫡傳弟子。

【嫡母】dímǔ ㄉㄧˊ ㄇㄨˇ 宗法制度下妾所生的子女稱父親的妻子。

【嫡派】dípài ㄉㄧˊ ㄆㄞˋ ❶嫡系：嫡派子孫。❷得到傳授人親自傳授的一派(多指技術、武藝)：嫡派真傳。

【嫡親】díqīn ㄉㄧˊ ㄑㄧㄣ 血統最接近的(親屬)：嫡親姐姐｜嫡親侄子。

【嫡堂】dítáng ㄉㄧˊ ㄊㄤˊ 血統關係較近的(親屬)：嫡堂兄弟｜嫡堂叔伯。

【嫡系】díxì ㄉㄧˊ ㄒㄧˋ ❶宗法制度下指家族的正支：嫡系後裔。❷一綫相傳的派系；親信派系：嫡系部隊。

【嫡子】dízǐ ㄉㄧˊ ㄗˇ 舊指妻子所生的兒子，特指嫡長子(區別於'庶子')。

翟 dí ㄉㄧˊ ❶古書上指長尾的野雞。❷古代用做舞具的野雞的羽毛。❸(Dí)姓。

另見1435頁 Zhái。

敵(敌) dí ㄉㄧˊ ❶有利害衝突不能相容的：敵人｜敵軍。❷敵人：仇敵｜殘敵｜分清敵我。❸對抗；抵擋：所向無敵｜寡不敵眾。❹(力量)相等的：匹敵｜勢均力敵。

【敵敵畏】dídíwèi ㄉㄧˊ ㄉㄧˊ ㄨㄟˋ 一種有機磷殺蟲劑，無色油狀液體，有揮發性，用來防治棉蚜等農業害蟲，也用來殺死蚊蠅等。［英 DDVP，是 dimethyl-dichloro-vinyl-phosphate 的縮寫］

【敵對】díduì ㄉㄧˊ ㄉㄨㄟˋ 利害衝突不能相容；仇視而相對抗：敵對態度｜敵對勢力｜敵對行動。

【敵國】díguó ㄉㄧˊ ㄍㄨㄛˊ 敵對的國家。

【敵後】díhòu ㄉㄧˊ ㄏㄡˋ 作戰時的敵人的後方：深入敵後｜建立敵後根據地｜敵後武工隊。

【敵愾】díkài ㄉㄧˊ ㄎㄞˋ 〈書〉對敵人的憤恨：同仇敵愾。

【敵寇】díkòu ㄉㄧˊ ㄎㄡˋ 侵略者；敵人：抗擊敵寇｜殲滅敵寇。

【敵情】díqíng ㄉㄧˊ ㄑㄧㄥˊ 敵人的情況，特指敵人對我方採取行動的情況：了解敵情｜偵察敵情｜發現敵情｜敵情觀念(對敵人警惕的觀念)。

【敵酋】díqiú ㄉㄧˊ ㄑㄧㄡˊ 敵人的頭子：活捉敵酋。

【敵人】dírén ㄉㄧˊ ㄖㄣˊ 敵對的人；敵對的方面。

【敵視】díshì ㄉㄧˊ ㄕˋ 當做敵人看待；仇視：互相敵視｜敵視的態度。

【敵手】díshǒu ㄉㄧˊ ㄕㄡˇ 力量能相抗衡的對手：棋逢敵手，將遇良才｜比技術，咱們幾個都不是他的敵手。

【敵台】dítái ㄉㄧˊ ㄊㄞˊ 敵方的電台。

【敵探】dítàn ㄉㄧˊ ㄊㄢˋ 敵方派遣的刺探我方機密的間諜。

【敵特】dítè ㄉㄧˊ ㄊㄜˋ 敵方派來的特務(tè·wu)。

【敵偽】díwěi ㄉㄧˊ ㄨㄟˇ 指我國抗日戰爭時期日本侵略者、漢奸及其政權：敵偽時期｜沒收敵偽財產。

【敵我矛盾】dí-wǒ máodùn ㄉㄧˊ ㄨㄛˇ ㄇㄠˊ ㄉㄨㄣˋ 敵對階級之間由於根本利害衝突而產生的矛盾。

【敵焰】díyàn ㄉㄧˊ ㄧㄢˋ 敵人的氣焰：敵焰囂張。

【敵意】díyì ㄉㄧˊ ㄧˋ 仇視的心理；敵對的情感：心懷敵意｜露出敵意的目光。
【敵陣】dízhèn ㄉㄧˊ ㄓㄣˋ 敵人的陣地：衝入敵陣。

鬏 dí ㄉㄧˊ ［鬏髻］(díjì ㄉㄧˊ ㄐㄧˋ)〈書〉假髮盤成的髻。

蹢 dí ㄉㄧˊ 〈書〉蹄子。
另見1469頁 zhí。

鏑(镝) dí ㄉㄧˊ 〈書〉箭頭，也指箭：鋒鏑｜鳴鏑。
另見244頁 dī。

覿(觌) dí ㄉㄧˊ 〈書〉見；相見。

【覿面】dímiàn ㄉㄧˊ ㄇㄧㄢˋ 〈書〉見面；當面。

糴(籴) dí ㄉㄧˊ 買進(糧食)(跟'糶'相對)：糴麥子。

dǐ (ㄉㄧˇ)

氐 dǐ ㄉㄧˇ 〈書〉根本。
另見242頁 dī。

坻 dǐ ㄉㄧˇ 寶坻(Bǎodǐ ㄅㄠˇ ㄉㄧˇ)，地名，在天津。
另見153頁 chí。

抵1 dǐ ㄉㄧˇ ❶支撐：抵住門別讓風颳開｜他用手抵着下巴頦兒。❷抵擋；抵抗。❸抵償：抵命。❹抵押：用房屋做抵。❺抵消：收支相抵。❻相當；能代替：一個抵兩個。

抵2 dǐ ㄉㄧˇ 〈書〉抵達；到：平安抵京。

【抵補】dǐbǔ ㄉㄧˇ ㄅㄨˇ 補足所缺的部分：抵補損失。
【抵償】dǐcháng ㄉㄧˇ ㄔㄤˊ 用價值相等的事物作為賠償或補償：抵償消耗｜拿實物作抵償。
【抵觸】dǐchù ㄉㄧˇ ㄔㄨˋ 跟另一方有矛盾：抵觸情緒｜相互抵觸｜在個人利益和集體利益有抵觸的時候，應該服從集體利益。也作牴觸。
【抵達】dǐdá ㄉㄧˇ ㄉㄚˊ 到達：抵達目的地。
【抵擋】dǐdǎng ㄉㄧˇ ㄉㄤˇ 擋住壓力；抵抗：抵擋嚴寒｜攻勢太猛，抵擋不住。
【抵還】dǐhuán ㄉㄧˇ ㄏㄨㄢˊ 以價值相當的物品償還：把房產作價抵還。
【抵換】dǐhuàn ㄉㄧˇ ㄏㄨㄢˋ 以另一物代替原物。
【抵抗】dǐkàng ㄉㄧˇ ㄎㄤˋ 用力量制止對方的進攻：奮力抵抗｜抵抗敵人入侵。
【抵賴】dǐlài ㄉㄧˇ ㄌㄞˋ 用謊言和狡辯否認所犯過失或罪行：鐵證如山，不容抵賴。
【抵命】dǐ//mìng ㄉㄧˇ//ㄇㄧㄥˋ 償命：殺人抵命。
【抵事】dǐ//shì ㄉㄧˇ//ㄕˋ 頂事；中用(多用於否定式)：誰說人少了不抵事！｜究竟抵不抵事，還要試一試看。
【抵死】dǐsǐ ㄉㄧˇ ㄙˇ 拼死(表示態度堅決)：抵死也不承認。
【抵牾】dǐwǔ ㄉㄧˇ ㄨˇ 矛盾。也作牴牾。
【抵消】dǐxiāo ㄉㄧˇ ㄒㄧㄠ 兩種事物的作用因相反而互相消除：這兩種藥可別同時吃，否則藥力就抵消了。
【抵押】dǐyā ㄉㄧˇ ㄧㄚ 債務人把自己的財產押給債權人，作為清償債務的保證：抵押品｜用房產做抵押。
【抵禦】dǐyù ㄉㄧˇ ㄩˋ 抵擋；抵抗：抵禦外侮｜抵禦風沙侵襲。
【抵債】dǐ//zhài ㄉㄧˇ//ㄓㄞˋ 抵償債款。
【抵賬】dǐ//zhàng ㄉㄧˇ//ㄓㄤˋ 用實物或勞力等來還賬。
【抵制】dǐzhì ㄉㄧˇ ㄓˋ 阻止某些事物，使不能侵入或發生作用：抵制不正之風｜抵制會議的召開。
【抵罪】dǐzuì ㄉㄧˇ ㄗㄨㄟˋ 因犯罪而受到適當的懲罰。

邸 dǐ ㄉㄧˇ ❶高級官員的住所：官邸｜私邸。❷(Dǐ)姓。

【邸宅】dǐzhái ㄉㄧˇ ㄓㄞˊ 第宅；府第。

底1 dǐ ㄉㄧˇ ❶(底兒)物體的最下部分：鍋底兒｜井底｜海底。❷(底兒)事情的根源或內情：交底｜摸底兒｜刨根問底。❸(底兒)底子④：底本｜底稿兒｜留個底兒。❹(年和月的)末尾：年底｜月底。❺花紋圖案的襯托面：白底紅花。❻底數①的簡稱。❼〈書〉達到：終底於成｜伊於胡底？(到甚麼地步為止？)❽(Dǐ)姓。

底2 dǐ ㄉㄧˇ 〈書〉何；甚麼：底處｜底事。

底3 dǐ ㄉㄧˇ 〈書〉❶此；這：竹籬茅舍，底是藏春處。❷如此；這樣：長歌底有情。
另見239頁 ·de。

【底版】dǐbǎn ㄉㄧˇ ㄅㄢˇ 底片。
【底本】dǐběn ㄉㄧˇ ㄅㄣˇ ❶留做底子的稿本。❷抄寫、刊印、校勘等所依據的本子。
【底冊】dǐcè ㄉㄧˇ ㄘㄜˋ 登記事項留存備查考的冊子：清抄兩份，一份上報，一份留做底冊。
【底層】dǐcéng ㄉㄧˇ ㄘㄥˊ ❶建築物地面上最底下的一層。泛指事物最下面的部分：大樓的底層是商店｜白魚晚上就游回水的底層。❷社會、組織等的最低階層：生活在社會底層。
【底肥】dǐféi ㄉㄧˇ ㄈㄟˊ 基肥：底肥不足，麥苗長得不好。
【底稿】dǐgǎo ㄉㄧˇ ㄍㄠˇ (底稿兒)公文、信件、文章等的原稿，多保存起來備查。
【底工】dǐgōng ㄉㄧˇ ㄍㄨㄥ 基本工夫(多指戲曲表演技藝等)：底工扎實。也作底功。
【底火】dǐhuǒ ㄉㄧˇ ㄏㄨㄛˇ ❶指增添燃料以前爐灶中原有的火。❷槍彈或炮彈底部的發火裝置，是裝着雷汞的銅帽或鋼帽，受撞針撞擊時，就引起發射藥的燃燒。

【底價】dǐjià ㄉㄧˇ ㄐㄧㄚˋ 招標、拍賣前預定的價錢：這套郵票拍賣底價 130 元，成交價160元。

【底襟】dǐjīn ㄉㄧˇ ㄐㄧㄣ (底襟兒) 鈕釦在一側的中裝，掩在大襟底下的狹長部分。

【底裏】dǐlǐ ㄉㄧˇ ㄌㄧˇ 〈書〉內部的實情：不知底裏｜探聽底裏。

【底碼】dǐmǎ ㄉㄧˇ ㄇㄚˇ ❶商業中指商品的最低售價。❷銀錢業中指規定的最低限度的放款利息額。

【底牌】dǐpái ㄉㄧˇ ㄆㄞˊ ❶撲克牌遊戲中最後亮出來的牌。❷比喻內情：摸清對方底牌，再考慮如何行動。❸比喻留着最後動用的力量：不到萬不得已，別打這張底牌。

【底盤】dǐpán ㄉㄧˇ ㄆㄢˊ ❶汽車、拖拉機等的一個組成部分，包括傳動機構、行駛機構和控制機構。❷電子儀器內安裝大部分零件的板。❸〈方〉器物的底座。

【底片】dǐpiàn ㄉㄧˇ ㄆㄧㄢˋ ❶拍攝過的膠片，物像的明暗和實物相反。這種膠片用來印製相片。❷沒有拍攝過的膠片。‖也叫底版。

【底氣】dǐqì ㄉㄧˇ ㄑㄧˋ ❶指人體的呼吸量：底氣不足，爬到第三層就氣喘了｜他底氣足，唱起歌來嗓音洪亮。❷泛指氣力或勁頭：看到新一代的成長，教師們幹工作的底氣更足了。

【底情】dǐqíng ㄉㄧˇ ㄑㄧㄥˊ 內情；實情：了解底情。

【底墒】dǐshāng ㄉㄧˇ ㄕㄤ 種莊稼以前土壤中已有的水分：今春雨水多，底墒好。

【底數】dǐshù ㄉㄧˇ ㄕㄨˋ ❶求一個數的若干次乘方時，這個數就是底數，如求 a^n，a 就是底數。簡稱底。❷事情的原委；預定的計劃、數字等：心裏有了底數｜告訴你個底數。

【底土】dǐtǔ ㄉㄧˇ ㄊㄨˇ 心土下面的一層土壤。

【底細】dǐ·xì ㄉㄧˇ ·ㄒㄧˋ (人或事情的) 根源；內情：摸清底細｜不了解這件事的底細。

【底下】dǐ·xia ㄉㄧˇ ·ㄒㄧㄚ ❶下面：樹底下｜窗戶底下◇手底下工作多｜筆底下不錯 (會寫文章)。❷以後：他們底下說的話我就聽不清了。

【底下人】dǐ·xiarén ㄉㄧˇ ·ㄒㄧㄚ ㄖㄣˊ ❶下人。❷手下的人；下屬：上邊沒說話，底下人不好做主。

【底綫】[1] dǐxiàn ㄉㄧˇ ㄒㄧㄢˋ 足球、籃球、羽毛球等運動場地兩端的界綫。

【底綫】[2] dǐxiàn ㄉㄧˇ ㄒㄧㄢˋ 暗藏在對方內部刺探情況或進行其他活動的人。

【底薪】dǐxīn ㄉㄧˇ ㄒㄧㄣ ❶過去物價不穩定時的計算工資的基數。有的在這基數之外另加津貼，成為實際的工資。有的根據當時若干種主要生活必需品的物價指數，對基數加以調整，折算實際的工資。❷基本工資。

【底蘊】dǐyùn ㄉㄧˇ ㄩㄣˋ 〈書〉詳細的內容；內情：不知其中底蘊。

【底止】dǐzhǐ ㄉㄧˇ ㄓˇ 〈書〉止境：永無底止。

【底子】dǐ·zi ㄉㄧˇ ·ㄗ ❶底[1]①：鞋底子。❷底細；內情：把底子摸清了。❸基礎：底子薄｜他的底子不大好，可是學習很努力。❹可做根據的(多指草稿)：發出的文件要留個底子｜畫畫兒要打個底子。❺東西剩下的最後一部分：貨底子｜糧食底子。❻花紋圖案的襯托面：她穿件白底子小紫花的短衫。

【底座】dǐzuò ㄉㄧˇ ㄗㄨㄛˋ (底座兒) 座子 (多指在上面安裝各種零件或構件的)：磅秤的底座｜枱燈的底座｜柱子的底座是大理石的。

柢 dǐ ㄉㄧˇ 樹根：根深柢固。

牴(觝) dǐ ㄉㄧˇ 見下。

【牴觸】dǐchù ㄉㄧˇ ㄔㄨˋ 同'抵觸'。

【牴牾】dǐwǔ ㄉㄧˇ ㄨˇ 同'抵牾'。

砥 dǐ ㄉㄧˇ (舊又讀 zhǐ ㄓˇ)〈書〉細的磨刀石：砥石。

【砥礪】dǐlì ㄉㄧˇ ㄌㄧˋ 〈書〉❶磨刀石。❷磨煉：砥礪風節｜砥礪革命意志。❸勉勵：互相砥礪。

【砥柱中流】dǐzhù zhōngliú ㄉㄧˇ ㄓㄨˋ ㄓㄨㄥ ㄌㄧㄡˊ 見1479頁〖中流砥柱〗。

詆(诋) dǐ ㄉㄧˇ 〈書〉說壞話；罵：詆毀｜醜詆(辱罵)。

【詆毀】dǐhuǐ ㄉㄧˇ ㄏㄨㄟˇ 毀謗；污衊：詆毀別人，抬高自己。

骶 dǐ ㄉㄧˇ 腰部下面尾骨上面的部分。

【骶骨】dǐgǔ ㄉㄧˇ ㄍㄨˇ 腰椎下部五塊椎骨合成的一塊骨，呈三角形，上寬下窄，上部與第五腰椎相連，下部與尾骨相連。也叫骶椎、薦骨或薦椎。(圖見410頁〖骨骼〗)

dì (ㄉㄧˋ)

地 dì ㄉㄧˋ ❶地球；地殼：天地｜地層｜地質。❷陸地：地面｜地勢｜高地｜低地｜山地｜地下水。❸土地；田地：荒地｜下地幹活兒。❹地面②：水泥地。❺地區①：各地｜內地｜外地。❻地區②：省地領導｜地縣兩級幹部。❼地方 (dìfāng) ①：軍地兩用人才。❽地方 (dì·fang) ①：無地自容。❾地點：目的地｜所在地。❿地位：易地以處。⓫地步：置之死地｜預為之地。⓬ (地兒) 花紋或文字的襯托面：白地紅花兒的大碗｜白地黑字的木牌。⓭路程 (用於里數、站數後)：二十里地｜兩站地。

另見239頁 ·de。

【地板】dìbǎn ㄉㄧˋ ㄅㄢˇ ❶室內鋪在地面上的

木板，有時也指木質樓板。❷地面②：地板革｜水磨石地板。❸〈方〉田地。

【地磅】dìbàng ㄉㄧˋ ㄅㄤˋ 地秤。

【地保】dìbǎo ㄉㄧˋ ㄅㄠˇ 清朝和民國初年在地方上為官府辦差的人。

【地堡】dìbǎo ㄉㄧˋ ㄅㄠˇ 供步槍、機槍射擊用的低矮工事，有頂，通常為圓形。

【地表】dìbiǎo ㄉㄧˋ ㄅㄧㄠˇ 地球的表面，也就是地殼的最外層：地表溫度。

【地鱉】dìbiē ㄉㄧˋ ㄅㄧㄝ 昆蟲，身體扁，棕黑色，雄的有翅，雌的無翅。常在住宅牆根的土內活動。可入藥。也叫䗪蟲(zhèchóng)，通稱土鱉。

【地波】dìbō ㄉㄧˋ ㄅㄛ 指沿着地球表面傳播的無綫電波。也叫地面波。

【地鵏】dìbǔ ㄉㄧˋ ㄅㄨˇ 見210頁〖大鴇〗。

【地步】dìbù ㄉㄧˋ ㄅㄨˋ ❶處境；景況(多指不好的)：真沒想到他會落到這個地步。❷達到的程度：他興奮得到了不能入睡的地步。❸言語行動可以迴旋的地方：留地步。

【地財】dìcái ㄉㄧˋ ㄘㄞˊ 〈方〉指私人埋藏在地下的財物。

【地層】dìcéng ㄉㄧˋ ㄘㄥˊ 地殼是由一層一層的岩石構成的，這種岩石層次的系統叫做地層。

【地產】dìchǎn ㄉㄧˋ ㄔㄢˇ 屬於個人、團體或國家所有的土地。

【地潮】dìcháo ㄉㄧˋ ㄔㄠˊ 見413頁〖固體潮〗。

【地秤】dìchèng ㄉㄧˋ ㄔㄥˋ 秤的一種，安裝在地上，放物體的部分跟地面一般平，一次可以稱數噸至數十噸，多用於倉庫和車站。也叫地磅。

【地磁】dìcí ㄉㄧˋ ㄘˊ 地球磁場，地球所具有的磁性，在其周圍形成磁場。羅盤指南和磁力探礦都是地磁的利用。

【地磁極】dìcíjí ㄉㄧˋ ㄘˊ ㄐㄧˊ 地球的磁南極和磁北極，與地球的南北兩極不重合，而且位置經常緩慢移動。1970年磁北極在北緯76°、西經101°，磁南極在南緯66°、東經140°。

【地大物博】dì dà wù bó ㄉㄧˋ ㄉㄚˋ ㄨˋ ㄅㄛˊ 土地廣大，物產豐富：我國地大物博，人口眾多。

【地帶】dìdài ㄉㄧˋ ㄉㄞˋ 具有某種性質或範圍的一片地方：丘陵地帶｜草原地帶｜危險地帶。

【地道】dìdào ㄉㄧˋ ㄉㄠˋ 在地面下掘成的交通坑道(多用於軍事)。

【地道】dì·dao ㄉㄧˋ ·ㄉㄠ ❶真正是有名產地出產的：地道藥材。❷真正的；純粹：她的普通話說得真地道。❸(工作或材料的質量)實在；夠標準：他幹的活兒真地道。

【地點】dìdiǎn ㄉㄧˋ ㄉㄧㄢˇ 所在的地方：開會地點在大禮堂｜在這裏設個商場，地點倒還適中。

【地洞】dìdòng ㄉㄧˋ ㄉㄨㄥˋ 在地面下挖成的洞。

【地動】dìdòng ㄉㄧˋ ㄉㄨㄥˋ 地震的俗稱。

【地動儀】dìdòngyí ㄉㄧˋ ㄉㄨㄥˋ ㄧˊ 候風地動儀的簡稱。

【地段】dìduàn ㄉㄧˋ ㄉㄨㄢˋ 指地面上的一段或一定區域：繁華地段｜這裏是屬東城區管轄的地段。

【地方】dìfāng ㄉㄧˋ ㄈㄤ ❶各級行政區劃的統稱(跟'中央'相對)：中央工業和地方工業同時並舉。❷本地；當地：他在農村的時候，常給地方上的群眾治病。

【地方】dì·fang ㄉㄧˋ ·ㄈㄤ ❶(地方兒)某一區域；空間的一部分；部位：你是甚麼地方的人？｜你聽，飛機在甚麼地方飛？｜會場裏人都坐滿了，沒有地方了｜我這個地方有點疼。❷部分：這話有對的地方，也有不對的地方。

【地方病】dìfāngbìng ㄉㄧˋ ㄈㄤ ㄅㄧㄥˋ 經常發生在某一地區的疾病，例如我國東北的克山病。

【地方民族主義】dìfāng mínzú zhǔyì ㄉㄧˋ ㄈㄤ ㄇㄧㄣˊ ㄗㄨˊ ㄓㄨˇ ㄧˋ 在民族關係上表現出來的一種反動思想。它打着維護本民族利益的幌子，實際上是破壞民族團結和國家統一。也叫狹隘民族主義。

【地方時】dìfāngshí ㄉㄧˋ ㄈㄤ ㄕˊ 各地因經度不同，太陽經過各地子午綫的時間也不相同，把太陽正對某地子午綫的時間定為該地中午十二點，這樣定出的時間叫做地方時。

【地方稅】dìfāngshuì ㄉㄧˋ ㄈㄤ ㄕㄨㄟˋ 根據財政制度規定，劃歸地方管理並由地方徵收留用的稅款。

【地方戲】dìfāngxì ㄉㄧˋ ㄈㄤ ㄒㄧˋ 產生在某一地區，用當地方言演唱，具有鄉土色彩的劇種，如漢劇、湘劇、川劇、越劇等。

【地方性植物】dìfāngxìng zhíwù ㄉㄧˋ ㄈㄤ ㄒㄧㄥˋ ㄓˊ ㄨˋ 多分佈在一個區域或一個地方的植物。也叫風土性植物。

【地方誌】dìfāngzhì ㄉㄧˋ ㄈㄤ ㄓˋ 方誌。

【地方主義】dìfāng zhǔyì ㄉㄧˋ ㄈㄤ ㄓㄨˇ ㄧˋ 只強調本地方的利益、不顧全局利益的錯誤思想。

【地府】dìfǔ ㄉㄧˋ ㄈㄨˇ 迷信的人指人死後靈魂所在的地方：陰曹地府。

【地覆天翻】dì fù tiān fān ㄉㄧˋ ㄈㄨˋ ㄊㄧㄢ ㄈㄢ 見1127頁〖天翻地覆〗。

【地根兒】dìgēnr ㄉㄧˋ ㄍㄣㄦ 〈方〉根本；從來(多用於否定)：地根兒就不行｜我地根兒不認識他。

【地埂】dìgěng ㄉㄧˋ ㄍㄥˇ (地埂兒)田地間的埂子。也說地梗子。

【地宮】dìgōng ㄉㄧˋ ㄍㄨㄥ ❶帝王陵墓地面下安放棺槨的建築物：定陵地宮。❷佛寺保藏舍利、器物等的地下建築物。

【地溝】dìgōu ㄉㄧˋ ㄍㄡ 地下的溝渠，多用來灌溉或排除雨水、污水等。

【地瓜】dìguā ㄉㄧˋ ㄍㄨㄚ 〈方〉❶甘薯。❷豆薯。

【地核】dìhé ㄉㄧˋ ㄏㄜˊ 地球的中心部分，半徑約 3,470 公里。

【地黃牛】dìhuángniú ㄉㄧˋ ㄏㄨㄤˊ ㄋㄧㄡˊ 玩具，用竹筒做成的陀螺，旋轉時發出嗡嗡的聲音。

【地積】dìjī ㄉㄧˋ ㄐㄧ 土地的面積，過去通常用頃、畝、分等單位來計算，現在用平方米來計算。

【地基】dìjī ㄉㄧˋ ㄐㄧ ❶承受建築物重量的土層或岩層，土層一般經過夯實。有的地區叫地腳(dì·jiǎo)。❷地皮②：挖溝佔了他家的地基。

【地極】dìjí ㄉㄧˋ ㄐㄧˊ 地球的南極和北極。

【地腳】dìjiǎo ㄉㄧˋ ㄐㄧㄠˇ 書頁下邊的空白處：天頭地腳。

【地腳】dì·jiǎo ㄉㄧˋ ·ㄐㄧㄠ 〈方〉地基①：挖地腳｜打地腳。

【地腳螺絲】dìjiǎo luósī ㄉㄧˋ ㄐㄧㄠˇ ㄌㄨㄛˊ ㄙ 把機器等緊緊固定在基礎上用的螺絲。也叫地腳螺栓。

【地窖】dìjiào ㄉㄧˋ ㄐㄧㄠˋ 保藏薯類、蔬菜等的地洞或地下室。

【地界】dìjiè ㄉㄧˋ ㄐㄧㄝˋ ❶兩塊土地之間的界綫：去掉田塍地界，增加耕地面積。❷地區；管界：出了北京市就是河北地界。

【地牢】dìláo ㄉㄧˋ ㄌㄠˊ 地面下的牢獄：打入地牢。

【地老天荒】dì lǎo tiān huāng ㄉㄧˋ ㄌㄠˇ ㄊㄧㄢ ㄏㄨㄤ 見1128頁〖天荒地老〗。

【地雷】dìléi ㄉㄧˋ ㄌㄟˊ 一種爆炸性武器，多埋入地下，裝有特種引火裝置。

【地梨】dìlí ㄉㄧˋ ㄌㄧˊ ❶多年生草本植物，野生在濕地裏，地下莖像荸薺而較小，可以吃。❷這種植物的地下球莖。❸〈方〉荸薺。

【地理】dìlǐ ㄉㄧˋ ㄌㄧˇ ❶全世界或一個地區的山川、氣候等自然環境及物產、交通、居民點等社會經濟因素的總的情況：自然地理｜經濟地理。❷地理學。❸〈方〉風水：地理先生(看風水的人)。

【地理學】dìlǐxué ㄉㄧˋ ㄌㄧˇ ㄒㄩㄝˊ 以地理為研究對象的學科。通常分為自然地理學和經濟地理學。自然地理學研究人類社會的自然環境，經濟地理學研究生產的地理佈局以及各國和各地區生產發展的條件和特點，兩者之間有不可分割的聯繫。

【地力】dìlì ㄉㄧˋ ㄌㄧˋ 土地肥沃的程度：多施底肥，增加地力。

【地利】dìlì ㄉㄧˋ ㄌㄧˋ ❶地理的優勢：天時地利。❷土地有利於種植作物的條件：充分發揮地利，適合種甚麼就種甚麼。

【地栗】dìlì ㄉㄧˋ ㄌㄧˋ 〈方〉荸薺。

【地鄰】dìlín ㄉㄧˋ ㄌㄧㄣˊ 甲乙兩方的耕地鄰接，彼此互為地鄰。

【地壟】dìlǒng ㄉㄧˋ ㄌㄨㄥˇ 在耕地上培成的一行一行的土埂。

【地漏】dìlòu ㄉㄧˋ ㄌㄡˋ (地漏兒)試驗室、廚房、浴室、廁所等地面上設置的排水孔，和下水道相通。

【地脈】dìmài ㄉㄧˋ ㄇㄞˋ 迷信的人講風水所説的地形好壞。

【地幔】dìmàn ㄉㄧˋ ㄇㄢˋ 地球內介於地殼和地核之間的部分，厚度約 2,900 公里。

【地貌】dìmào ㄉㄧˋ ㄇㄠˋ 地球表面的形態。

【地面】dìmiàn ㄉㄧˋ ㄇㄧㄢˋ ❶地的表面：高出地面五尺｜兩邊空出三尺寬五尺長的地面。❷房屋等建築物內部以及周圍的地上鋪築的一層東西，材料多為木頭、磚石、混凝土等：瓷磚地面｜水磨石地面。❸地區(多指行政區域)：這裏已經進入山東地面。❹(地面兒)當地：他在地面兒上很有威信。

【地膜】dìmó ㄉㄧˋ ㄇㄛˊ 覆蓋作物的塑料薄膜，主要用來保護幼株，抵擋風寒：地膜覆蓋育苗｜推廣地膜植棉。

【地畝】dìmǔ ㄉㄧˋ ㄇㄨˇ 田地(總稱)：丈量地畝。

【地菍】dìniè ㄉㄧˋ ㄋㄧㄝˋ 多年生草本植物，葉子倒卵形或橢圓形，花紫紅色，漿果球形。全草入藥。也叫鋪地錦、地石榴。

【地盤】dìpán ㄉㄧˋ ㄆㄢˊ (地盤兒)❶佔用或控制的地方：勢力範圍：爭奪地盤。❷〈方〉建築物的地基：地盤下沉。

【地皮】dìpí ㄉㄧˋ ㄆㄧˊ ❶(地皮兒)地的表面：下雨以後，地皮還沒有乾。❷供建築等用的土地：城市裏地皮很緊張。

【地痞】dìpǐ ㄉㄧˋ ㄆㄧˇ 地方上的壞分子：地痞流氓。

【地平綫】dìpíngxiàn ㄉㄧˋ ㄆㄧㄥˊ ㄒㄧㄢˋ 向水平方向望去，天跟地交界的綫：一輪紅日，正從地平綫上升起。

【地鋪】dìpù ㄉㄧˋ ㄆㄨˋ 把鋪蓋鋪在地上做成的鋪位：打地鋪｜睡地鋪。

【地契】dìqì ㄉㄧˋ ㄑㄧˋ 買賣土地時所立的契約。

【地殼】dìqiào ㄉㄧˋ ㄑㄧㄠˋ 由岩石構成的地球外殼，主要成分是氧、硅、鋁、鎂、鐵等。平均厚度大陸地殼約 35 公里，海底地殼約 6 公里。

【地勤】dìqín ㄉㄧˋ ㄑㄧㄣˊ 航空部門指在地面上執行的各種工作，如維修飛機等(區別於'空勤')：地勤人員。

【地球】dìqiú ㄉㄧˋ ㄑㄧㄡˊ 太陽系九大行星之一，按離太陽由近而遠的次序計為第三顆，形狀像球而略扁，赤道半徑約 6,378.2 公里，極半徑約 6,356.8 公里，自轉一周的時間是一晝夜，繞太陽一周的時間是一年。周圍有大氣層包圍，表面是陸地和海洋，有人類和動植物等生存。有一個衞星(月球)。(圖見1107頁〖太陽系〗)

【地球儀】dìqiúyí ㄉㄧˋ ㄑㄧㄡˊ ㄧˊ 地球的模型，裝在支架上，可以轉動，上面畫着海洋、陸地、河流、山脈、經緯綫等。供教學和軍事上用。

【地區】dìqū ㄉㄧˋ ㄑㄩ ❶較大範圍的地方：湖北西部地區｜多山地區｜這個地區最適宜種小麥。❷我國省、自治區設立的行政區域，一般包括若干縣、市。舊稱專區。❸指未獲得獨立的殖民地、託管地等。

【地權】dìquán ㄉㄧˋ ㄑㄩㄢˊ 土地所有權。

【地兒】dìr ㄉㄧㄦˋ 坐或立的地方；容納的地方：在那間房裏騰個地兒放書櫃｜裏邊有地兒，請裏邊坐。

【地熱】dìrè ㄉㄧˋ ㄖㄜˋ 指存在於地球內部的熱：開發利用地熱資源。也叫地下熱。

【地煞】dìshà ㄉㄧˋ ㄕㄚˋ ❶星相家指主管兇殺的星。❷指兇神惡鬼，比喻惡勢力。

【地上莖】dìshàngjīng ㄉㄧˋ ㄕㄤˋ ㄐㄧㄥ 植物的莖生長在地面以上的部分。

【地勢】dìshì ㄉㄧˋ ㄕˋ 地面高低起伏的形勢：地勢險要｜地勢平坦。

【地攤】dìtān ㄉㄧˋ ㄊㄢ （地攤兒）就地陳列貨物出賣的攤子：擺地攤兒。

【地毯】dìtǎn ㄉㄧˋ ㄊㄢˇ 鋪在地上的毯子。

【地鐵】dìtiě ㄉㄧˋ ㄊㄧㄝˇ ❶地下鐵道的簡稱：地鐵車站。❷指地鐵列車：坐地鐵比坐公共汽車快。

【地頭】[1] dìtóu ㄉㄧˋ ㄊㄡˊ ❶（地頭兒）田地的兩端：地頭地腦｜請大家在地頭休息一會兒。❷〈方〉目的地：快到地頭了，你準備下車吧。❸〈方〉（地頭兒）本地方；當地：你地頭兒熟，聯繫起來方便。

【地頭】[2] dìtóu ㄉㄧˋ ㄊㄡˊ 書頁下端的空白處。參看1127頁〖天地頭〗。

【地頭蛇】dìtóushé ㄉㄧˋ ㄊㄡˊ ㄕㄜˊ 指當地的強橫無賴、欺壓人民的壞人。

【地圖】dìtú ㄉㄧˋ ㄊㄨˊ 説明地球表面的事物和現象分佈情況的圖，上面標着符號和文字，有時也着上顏色：軍用地圖｜中華人民共和國地圖｜一張大地圖｜世界地圖。

【地位】dìwèi ㄉㄧˋ ㄨㄟˋ ❶人或團體在社會關係中所處的位置：學術地位｜國際地位｜地位平等｜提高地位。❷（人或物）所佔的地方。

【地溫】dìwēn ㄉㄧˋ ㄨㄣ 地表面和土層不同深度的溫度。

【地物】dìwù ㄉㄧˋ ㄨˋ 分佈在地面上的固定性物體，如居民點、道路、水利工程建築等：利用地形地物做掩護。

【地峽】dìxiá ㄉㄧˋ ㄒㄧㄚˊ 海洋中連接兩塊陸地的狹窄陸地。

【地下】dìxià ㄉㄧˋ ㄒㄧㄚˋ ❶地面之下；地層內部：地下水｜地下鐵道｜地下商場。❷秘密活動的；不公開的：地下黨｜地下工作｜轉入地下。

【地下】dì·xia ㄉㄧˋ ·ㄒㄧㄚ 地面上：鋼筆掉在地下｜地下一點灰塵都沒有，像洗過的一樣。

【地下莖】dìxiàjīng ㄉㄧˋ ㄒㄧㄚˋ ㄐㄧㄥ 植物的莖生長在地面以下的部分，如根莖、塊莖、鱗莖等。

【地下室】dìxiàshì ㄉㄧˋ ㄒㄧㄚˋ ㄕˋ 全部或一部分建築在地下的房間（多為多層建築的最下一層）。

【地下水】dìxiàshuǐ ㄉㄧˋ ㄒㄧㄚˋ ㄕㄨㄟˇ 地面下的水，主要是雨水和其他地表水滲入地下，聚積在土壤或岩層的空隙中形成的。

【地下鐵道】dìxià tiědào ㄉㄧˋ ㄒㄧㄚˋ ㄊㄧㄝˇ ㄉㄠˋ 修建在地下隧道中的鐵道。

【地綫】dìxiàn ㄉㄧˋ ㄒㄧㄢˋ 電器與地相接的導綫。無綫電技術上，常將地綫作為高頻電路的一個迴路。其他電器的金屬外殼常接上地綫，以防電器內部絕緣破壞時使外殼帶電而發生觸電事故。

【地心説】dìxīnshuō ㄉㄧˋ ㄒㄧㄣ ㄕㄨㄛ 古時天文學上一種學説，認為地球居於宇宙中心靜止不動，太陽、月球和其他星球都圍繞地球運行。

【地心引力】dìxīn yǐnlì ㄉㄧˋ ㄒㄧㄣ ㄧㄣˇ ㄌㄧˋ 地球吸引其他物體的力，力的方向指向地心。物體落到地上就是這種力作用的結果。也叫重力。

【地形】dìxíng ㄉㄧˋ ㄒㄧㄥˊ ❶地理學上指地貌。❷測繪學上地貌和地物的總稱。

【地形圖】dìxíngtú ㄉㄧˋ ㄒㄧㄥˊ ㄊㄨˊ 表示地面上地貌、水系、植被、工程建築、居民點等的地圖。

【地學】dìxué ㄉㄧˋ ㄒㄩㄝˊ 地質學、地球物理學、地球化學、古生物學、海洋學、大氣物理學、自然資源考察等的統稱。

【地衣】dìyī ㄉㄧˋ ㄧ 低等植物的一類，植物體是菌和藻的共生體，種類很多，生長在地面、樹皮或岩石上。

【地窨子】dìyìn·zi ㄉㄧˋ ㄧㄣˋ ·ㄗ ❶地下室。❷地窖。

【地獄】dìyù ㄉㄧˋ ㄩˋ ❶某些宗教指人死後靈魂受苦的地方（跟‘天堂’相對）。❷比喻黑暗而悲慘的生活環境。

【地域】dìyù ㄉㄧˋ ㄩˋ ❶面積相當大的一塊地方：地域遼闊。❷地方（指本鄉本土）：地域觀念。

【地震】dìzhèn ㄉㄧˋ ㄓㄣˋ 由地球內部的變動引起的地殼的震動，分為陷落地震、火山地震和構造地震三種。俗稱地動。

【地震波】dìzhènbō ㄉㄧˋ ㄓㄣˋ ㄅㄛ 由於地震而產生的向四外傳播的震動。主要由橫波、縱波組成。也叫震波。

【地震烈度】dìzhèn lièdù ㄉㄧˋ ㄓㄣˋ ㄌㄧㄝˋ ㄉㄨˋ 地震發生後在地面上造成的影響或破壞的程

地質年代表

宙	代	紀	符號	同位素年齡(單位 百萬年) 開始時間	持續時間	生物發展的階段
顯生宙	新生代Kz	第四紀	Q	2.5	2.5	本紀初期人類祖先出現
		第三紀	R	67	64.5	植物和動物逐漸接近現代。早第三紀大型有孔蟲(貨幣蟲類等)繁榮。硅藻茂盛。哺乳類繁榮
	中生代Mz	白堊紀	K	137	70	本紀後期，被子植物大量發現。有孔蟲興盛。菊石和箭石漸趨絕迹。爬行類至後期急劇減少
		侏羅紀	J	195	58	真蕨、蘇鐵、銀杏和松柏類等繁榮。箭石和菊石興盛。巨大的爬行類(恐龍)發展。鳥類出現
		三疊紀	T	230	35	裸子植物進一步發展。腕足類減少。菊石和瓣鰓類發育。迷齒類絕迹。爬行類發展。哺乳類出現
	古生代Pz	二疊紀	P	285	55	至晚期，木本石松、蘆木、種子蕨、科達樹等趨於衰落，裸子植物如松柏類等開始發展。菊石、腕足類等繼續發展。本紀末，四射珊瑚、牀板珊瑚、三葉蟲、䗴類絕滅
		石炭紀	C	350	65	真蕨、木本石松、蘆木、種子蕨、科達樹等大量繁榮。筆石衰亡。珊瑚、䗴類、腕足類很多。兩栖類進一步發展。爬行類出現
		泥盆紀	D	400	50	在早期裸蕨類繁榮，中期後，蕨類植物和原始裸子植物出現。腕足類和珊瑚發育。原始菊石出現。昆蟲和原始兩栖類(迷齒類)最初發現。魚類發展。至晚期，無頜類趨於絕滅
		志留紀	S	440	40	在末期，裸蕨類開始出現。腕足類和珊瑚繁榮。三葉蟲和筆石仍繁盛。無頜類發育。至晚期，原始魚類出現
		奧陶紀	O	500	60	藻類廣泛發育。海生無脊椎動物和三葉蟲、筆石、頭足類、腕足類、棘皮動物(海林檎)等非常繁盛，板足鱟類出現。發現可靠的四射珊瑚。鈣藻發育
		寒武紀	Ꞓ	570	70	紅藻、綠藻等開始繁盛。與元古代化石記錄相比，若干門類無脊椎動物，尤其是三葉蟲等開始繁榮。低等腕足類、古杯動物等發育
隱生宙	元古代Pt	沒有國際性的劃分方案		2400	1830	藍藻和細菌開始繁盛。至末期，無脊椎動物出現
	太古代Ar	沒有國際性的劃分方案		4500	2100	晚期有菌類和低等藍藻存在，但可靠的化石記錄不多

度，與地震震級並不成比例。地震烈度分為十二度。簡稱烈度。

【地震震級】dìzhèn zhènjí ㄉㄧˋ ㄓㄣˋ ㄓㄣˋ ㄐㄧˊ 劃分震源放出的能量大小的等級。釋放能量越大，地震震級也越大。地震震級分為九級。一般小於2.5級的地震人無感覺；2.5級以上人有感覺；5級以上的地震就會造成破壞。簡稱震級。

【地政】dìzhèng ㄉㄧˋ ㄓㄥˋ 有關土地的管理、利用、徵用等行政事務。

【地支】dìzhī ㄉㄧˋ ㄓ 子、丑、寅、卯、辰、巳、午、未、申、酉、戌、亥的總稱，傳統用做表示次序的符號。也叫十二支。參看368頁〖干支〗。

【地址】dìzhǐ ㄉㄧˋ ㄓˇ （人、團體）居住或通信的地點。

【地質】dìzhì ㄉㄧˋ ㄓˋ 地殼的成分和結構。

【地質年代】dìzhì niándài ㄉㄧˋ ㄓˋ ㄋㄧㄢˊ ㄉㄞˋ 地殼中不同年代的岩石形成的時間和先後順序。相對地質年代主要依據岩石的層位和岩石中的化石，指明岩石生成時間的順序，如古生代、中生代、新生代等；絕對地質年代依據岩石中放射性同位素蛻變產物的含量，指明岩石生成至今的年數。見'地質年代表'。

【地質學】dìzhìxué ㄉㄧˋ ㄓˋ ㄒㄩㄝˊ 研究構成地球的物質和地殼構造，以探討地球的形成和發展的學科。

【地軸】dìzhóu ㄉㄧˋ ㄓㄡˊ 地球自轉的軸綫，和赤道平面相垂直。

【地主】dìzhǔ ㄉㄧˋ ㄓㄨˇ ❶佔有土地，自己不勞動，依靠出租土地剝削農民為主要生活來源的人。❷指住在本地的人（跟外地來的客人相對）：略盡地主之誼。

【地租】dìzū ㄉㄧˋ ㄗㄨ 依靠土地所有權獲得的收入。在封建制度下，地租是地主從農民直接剝削來的。在資本主義經營的形式下，土地所有者出租土地給農業資本家，農業資本家把超過平均利潤的那部分剩餘價值作為地租交給土地所有者。

玓 dì ㄉㄧˋ ［玓瓅］（dìlì ㄉㄧˋ ㄌㄧˋ）〈書〉珠光。

杕 dì ㄉㄧˋ 〈書〉形容樹木孤立。
另見296頁 duò。

弟 dì ㄉㄧˋ ❶弟弟：二弟｜小弟｜胞弟｜堂弟。❷親戚中同輩而年紀比自己小的男子：表弟｜妻弟。❸朋友相互間的謙稱（多用於書信）。❹（dì）姓。
〈古〉又同'第[1]、第[3]'。又同'悌'tì。

【弟弟】dì·di ㄉㄧˋ ·ㄉㄧ ❶同父母（或只同父、只同母）而年紀比自己小的男子。❷同輩而年紀比自己小的男子：叔伯弟弟。

【弟婦】dìfù ㄉㄧˋ ㄈㄨˋ 弟弟的妻子。

【弟妹】dìmèi ㄉㄧˋ ㄇㄟˋ ❶弟弟和妹妹。❷弟婦。

【弟兄】dì·xiong ㄉㄧˋ ·ㄒㄩㄥ 弟弟和哥哥。a）不包括本人：他沒有弟兄，只有一個姐姐。b）包括本人：他們是親弟兄｜他（們）弟兄兩個｜他就弟兄一個（沒有哥哥或弟弟）◇支援農民弟兄。

【弟子】dìzǐ ㄉㄧˋ ㄗˇ 舊稱學生；徒弟。

的 dì ㄉㄧˋ 箭靶的中心：目的｜無的放矢｜眾矢之的。
另見239頁 ·de；244頁 dí。

佛 dì ㄉㄧˋ 同'弟'，用於人名。

帝 dì ㄉㄧˋ ❶宗教徒或神話中稱宇宙的創造者和主宰者：上帝｜天帝｜玉皇大帝。❷君主；皇帝：稱帝｜三皇五帝。❸帝國主義的簡稱：反帝鬥爭。

【帝俄】Dì'é ㄉㄧˋ ㄜˊ 指沙皇統治下的俄國。也叫沙俄。

【帝國】dìguó ㄉㄧˋ ㄍㄨㄛˊ ❶一般指版圖很大或有殖民地的君主國家，如羅馬帝國、英帝國。沒有帝王而向外擴張的國家，有時也稱為帝國，如希特勒統治下的德國叫第三帝國。❷比喻經濟實力強大的企業集團：石油帝國。

【帝國主義】dìguó zhǔyì ㄉㄧˋ ㄍㄨㄛˊ ㄓㄨˇ ㄧˋ ❶資本主義發展的最高階段。它的基本特徵是壟斷代替了自由競爭，形成金融寡頭的統治。❷指帝國主義國家。

【帝君】dìjūn ㄉㄧˋ ㄐㄩㄣ 迷信的人對地位較高的神的稱呼，如文昌帝君。

【帝王】dìwáng ㄉㄧˋ ㄨㄤˊ 指君主國的最高統治者。

【帝制】dìzhì ㄉㄧˋ ㄓˋ 君主專制政體：推翻帝制。

娣 dì ㄉㄧˋ ❶古時婦人稱丈夫的弟婦為娣，丈夫的嫂子為姒（sì）：娣姒（妯娌）。❷古時姐姐稱妹妹為娣。

菂〔葯〕 dì ㄉㄧˋ 〈書〉蓮子。

第[1] dì ㄉㄧˋ ❶用在整數的數詞的前邊，表示次序，如第一、第十。❷〈書〉科第：及第｜落第｜不第。

第[2] dì ㄉㄧˋ 封建社會官僚的住宅：府第｜宅第｜門第｜進士第。

第[3] dì ㄉㄧˋ 〈書〉❶但是。❷僅；只。

【第二產業】dì èr chǎnyè ㄉㄧˋ ㄦˋ ㄔㄢˇ ㄧㄝˋ 指工業（包括採掘業、製造業、自來水、電力、蒸汽、熱水、煤氣）和建築業。

【第二次國內革命戰爭】Dì Èr Cì Guónèi Gémìng Zhànzhēng ㄉㄧˋ ㄦˋ ㄘˋ ㄍㄨㄛˊ ㄋㄟˋ ㄍㄜˊ ㄇㄧㄥˋ ㄓㄢˋ ㄓㄥ 1927－1937年中國人民在中國共產黨領導下反對國民黨反動統治的戰爭。這期間，黨領導人民在許多省份開闢了農村根據地，實行了土地改革，成立了工農民主政府，建立了中國工農紅軍，多次粉碎了國民黨反動派的'圍剿'，勝利地進行了二萬五千里長征。也叫土地革命戰爭。

【第二次世界大戰】Dì Èr Cì Shìjiè Dàzhàn ㄉㄧˋ ㄦˋ ㄘˋ ㄕˋ ㄐㄧㄝˋ ㄉㄚˋ ㄓㄢˋ 1939－1945年法西斯國家德國、意大利、日本發動的世界規模的戰爭。這次戰爭從1931年日本侵佔我國東北起開始醞釀，到1939年德國進攻波蘭，英、法對德宣戰而正式爆發。全世界人民的反法西斯鬥爭和中、蘇、美、英、法等國結成的反法西斯聯盟，最後取得勝利。

【第二次鴉片戰爭】Dì Èr Cì Yāpiàn Zhànzhēng ㄉㄧˋ ㄦˋ ㄘˋ ㄧㄚ ㄆㄧㄢˋ ㄓㄢˋ ㄓㄥ 1856－1860年英法等國對我國發動的侵略戰爭。第二次鴉片戰爭使我國繼鴉片戰爭之後又一次大量喪失領土主權。

【第二審】dì'èrshěn ㄉㄧˋ ㄦˋ ㄕㄣˇ 指上級法院按照上訴程序對第一審案件進行審理。簡稱二審。

【第二世界】dì èr shìjiè ㄉㄧˋ ㄦˋ ㄕˋ ㄐㄧㄝˋ 指處在超級大國和發展中國家之間的發達國家(總稱)。

【第二信號系統】dì èr xìnhào xìtǒng ㄉㄧˋ ㄦˋ ㄒㄧㄣˋ ㄏㄠˋ ㄒㄧˋ ㄊㄨㄥˇ 語言或文字的刺激通過人的大腦皮層中相應的區域，就形成條件聯繫，大腦皮層的這種機能系統叫做第二信號系統。第二信號系統是人類特有的。因此，人類才能進行抽象的思維。第二信號系統以第一信號系統為基礎，二者又緊密聯繫。例如吃過酸杏的人看見酸杏會分泌唾液，酸杏就是酸味的信號，這是第一信號。聽到的'酸杏'，也會分泌唾液，聽到的'酸杏'是信號的信號，所以叫做第二信號。

【第二宇宙速度】dì èr yǔzhòu sùdù ㄉㄧˋ ㄦˋ ㄩˇ ㄓㄡˋ ㄙㄨˋ ㄉㄨˋ 宇宙速度的一級，物體具有11.2公里/秒的速度時，就可以克服地心引力，脱離地球，在太陽系中運行，這個速度叫做第二宇宙速度。也叫脱離速度。

【第二職業】dì èr zhíyè ㄉㄧˋ ㄦˋ ㄓˊ ㄧㄝˋ 指職工在本職工作以外所從事的收取報酬的工作。

【第三產業】dì sān chǎnyè ㄉㄧˋ ㄙㄢ ㄔㄢˇ ㄧㄝˋ 通常指為生活、生產服務的行業，如商業、飲食業、修理業、旅遊業、市內客運、貨運、金融、保險、通信、信息、咨詢、法律事務、文化教育、科學研究事業等。

【第三次國內革命戰爭】Dì Sān Cì Guónèi Gémìng Zhànzhēng ㄉㄧˋ ㄙㄢ ㄘˋ ㄍㄨㄛˊ ㄋㄟˋ ㄍㄜˊ ㄇㄧㄥˋ ㄓㄢˋ ㄓㄥ 1946－1949年中國人民在中國共產黨領導下反對國民黨反動派的戰爭。這次戰爭消滅了八百萬國民黨軍隊，推翻了國民黨在大陸的反動統治，解放了全國絕大部分土地，完成了新民主主義革命，成立了中華人民共和國，並把帝國主義勢力趕出中國大陸。也叫解放戰爭。

【第三人】dìsānrén ㄉㄧˋ ㄙㄢ ㄖㄣˊ 法律上指相對於原告和被告的第三位對案件具有利害關係的人。

【第三世界】dì sān shìjiè ㄉㄧˋ ㄙㄢ ㄕˋ ㄐㄧㄝˋ 指亞洲、非洲、拉丁美洲以及其他地區的發展中國家(總稱)。

【第三宇宙速度】dì sān yǔzhòu sùdù ㄉㄧˋ ㄙㄢ ㄩˇ ㄓㄡˋ ㄙㄨˋ ㄉㄨˋ 宇宙速度的一級，物體具有16.7公里/秒的速度時，就可以脱離太陽系而進入其他星系，這個速度叫做第三宇宙速度。

【第三者】dìsānzhě ㄉㄧˋ ㄙㄢ ㄓㄜˇ ❶當事雙方以外的人或團體。❷特指插足於他人家庭，跟夫婦中的一方有不正當的男女關係的人：第三者插足。

【第五縱隊】dì wǔ zòngduì ㄉㄧˋ ㄨˇ ㄗㄨㄥˋ ㄉㄨㄟˋ 1936年10月西班牙內戰時，叛軍用四個縱隊進攻首都馬德里，把潛伏在馬德里城內進行破壞活動的反革命組織叫做第五縱隊。後來泛指內部潛藏的敵方組織。

【第一】dìyī ㄉㄧˋ ㄧ ❶排列在最前面的：他考了第一名。❷最重要：百年大計，質量第一。

【第一把手】dì yī bǎ shǒu ㄉㄧˋ ㄧ ㄅㄚˇ ㄕㄡˇ 領導班子中居於首位的負責人。

【第一產業】dì yī chǎnyè ㄉㄧˋ ㄧ ㄔㄢˇ ㄧㄝˋ 指農業(包括林業、牧業、漁業等)。

【第一次國內革命戰爭】Dì Yī Cì Guónèi Gémìng Zhànzhēng ㄉㄧˋ ㄧ ㄘˋ ㄍㄨㄛˊ ㄋㄟˋ ㄍㄜˊ ㄇㄧㄥˋ ㄓㄢˋ ㄓㄥ 1924－1927年中國人民在中國共產黨領導下進行的反對帝國主義、北洋軍閥的戰爭。這次戰爭以國共合作的統一戰綫為基礎，1926年從廣東出師北伐，很快發展到長江流域。由於國民黨右派發動了反革命政變和黨內右傾機會主義的錯誤領導，致使革命中途失敗。

【第一次世界大戰】Dì Yī Cì Shìjiè DàZhàn ㄉㄧˋ ㄧ ㄘˋ ㄕˋ ㄐㄧㄝˋ ㄉㄚˋ ㄓㄢˋ 1914－1918年帝國主義國家為了重新瓜分殖民地和爭奪世界霸權而進行的第一次世界規模的戰爭。參戰的一方是德國、奧匈帝國等，稱為同盟國；另一方是英、法、俄、美等，稱為協約國。中國後來也加入了協約國。最後同盟國失敗。

【第一次鴉片戰爭】Dì Yī Cì Yāpiàn Zhànzhēng ㄉㄧˋ ㄧ ㄘˋ ㄧㄚ ㄆㄧㄢˋ ㄓㄢˋ ㄓㄥ 見1307頁〖鴉片戰爭〗。

【第一審】dìyīshěn ㄉㄧˋ ㄧ ㄕㄣˇ 指法院對訴訟案件的初次審判。簡稱一審。

【第一世界】dì yī shìjiè ㄉㄧˋ ㄧ ㄕˋ ㄐㄧㄝˋ 指超級大國(總稱)。

【第一手】dìyīshǒu ㄉㄧˋ ㄧ ㄕㄡˇ 親自實踐、調查得來的；直接得來的：第一手材料｜第一手知識。

【第一信號系統】dì yī xìnhào xìtǒng ㄉㄧˋ ㄧ ㄒㄧˋ ㄏㄠˋ ㄒㄧˋ ㄊㄨㄥˇ 直接的刺激作用於感受器，就在大腦皮層中相應的區域形成條件聯繫，大腦皮層的這種機能系統叫做第一信號系統。第一信號系統是人類和一般高等動物所共有的。參看〖第二信號系統〗。

【第一宇宙速度】dì yī yǔzhòu sùdù ㄉㄧˋ ㄧ ㄩˇ ㄓㄡˋ ㄙㄨˋ ㄉㄨˋ 宇宙速度的一級，物體具有7.9公里/秒的速度時，就和地心引力平衡，環繞地球運行，不再落回地面，這個速度叫做第一宇宙速度。也叫環繞速度。

蒂〔蔕〕(蔕) dì ㄉㄧˋ 瓜、果等跟莖、枝相連的部分；把兒(bàr)：並蒂蓮｜瓜熟蒂落｜根深蒂固。

棣[1] dì ㄉㄧˋ ❶見〖棣棠〗。❷見1114頁〖棠棣〗。

棣[2] dì ㄉㄧˋ 〈書〉弟：賢棣。

【棣棠】dìtáng ㄉㄧˋ ㄊㄤˊ 落葉灌木，葉子略呈卵形，花黃色，果實黑褐色。可供觀賞。

睇 dì ㄉㄧˋ ❶〈書〉斜着眼看。❷〈方〉看；望。

禘 dì ㄉㄧˋ 古代一種祭祀。

碲 dì ㄉㄧˋ 非金屬元素，符號 Te (tellurium)。銀白色結晶或棕色粉末。是半導體材料，也用來加入金屬或合金中，以改變它們的性能。

遞(递) dì ㄉㄧˋ ❶傳送；傳遞：投遞｜把報遞給我｜呈遞國書｜給她遞了個眼色。❷順次：遞增｜遞減｜遞升｜遞降。

【遞補】dìbǔ ㄉㄧˋ ㄅㄨˇ 順次補充：委員出缺，由候補委員遞補。

【遞加】dìjiā ㄉㄧˋ ㄐㄧㄚ 遞增。

【遞減】dìjiǎn ㄉㄧˋ ㄐㄧㄢˇ 一次比一次減少：勞動生產率逐步提高，產品的成本也隨着遞減。

【遞降】dìjiàng ㄉㄧˋ ㄐㄧㄤˋ 一次比一次降低：改進工藝，使原材料消耗逐月遞降。

【遞交】dìjiāo ㄉㄧˋ ㄐㄧㄠ 當面送交：遞交本人｜遞交國書。

【遞解】dìjiè ㄉㄧˋ ㄐㄧㄝˋ 舊時指把犯人解往外地，由沿途官府派人遞相押送：遞解還鄉。

【遞升】dìshēng ㄉㄧˋ ㄕㄥ 一次比一次升高。

【遞送】dìsòng ㄉㄧˋ ㄙㄨㄥˋ 送(公文、信件等)；投遞：遞送郵件｜遞送情報。

【遞增】dìzēng ㄉㄧˋ ㄗㄥ 一次比一次增加：收入逐年遞增｜產銷兩旺，稅利遞增。

墬 dì ㄉㄧˋ 〈書〉同'地'。

締(缔) dì ㄉㄧˋ 結合；訂立：締交｜締約｜締盟。

【締交】dìjiāo ㄉㄧˋ ㄐㄧㄠ ❶〈書〉(朋友)訂交。❷締結邦交：兩國締交以後，關係一直正常。

【締結】dìjié ㄉㄧˋ ㄐㄧㄝˊ 訂立(條約等)：締結同盟｜締結貿易協定。

【締盟】dìméng ㄉㄧˋ ㄇㄥˊ 結成同盟。

【締約】dìyuē ㄉㄧˋ ㄩㄝ 訂立條約：締約國。

【締約國】dìyuēguó ㄉㄧˋ ㄩㄝ ㄍㄨㄛˊ 共同訂立某項條約的國家。

【締造】dìzào ㄉㄧˋ ㄗㄠˋ 創立；建立(多指偉大的事業)。

踶 dì ㄉㄧˋ 〈書〉踢；踏。

諦(谛) dì ㄉㄧˋ 〈書〉❶仔細(看或聽)：諦視｜諦觀｜諦聽。❷佛教指真實而正確的道理，泛指道理：真諦｜妙諦。

【諦視】dìshì ㄉㄧˋ ㄕˋ 〈書〉仔細地看：凝神諦視。

【諦聽】dìtīng ㄉㄧˋ ㄊㄧㄥ 〈書〉仔細地聽：屏息諦聽。

蝃(螮、蝃) dì ㄉㄧˋ ［蝃蝀］(dìdōng ㄉㄧˋ ㄉㄨㄥ)〈書〉虹。

diǎ (ㄉㄧㄚˇ)

嗲 diǎ ㄉㄧㄚˇ 〈方〉❶形容撒嬌的聲音或姿態：嗲聲嗲氣。❷好；優異：味道嗲！

diān (ㄉㄧㄢ)

掂(敁) diān ㄉㄧㄢ 用手托着東西上下晃動來估量輕重：你掂一掂這塊鐵有多重。

【掂對】diān·dui ㄉㄧㄢ ·ㄉㄨㄟ 〈方〉❶斟酌：大家掂對掂對，看怎麼辦好。❷掉換；對調：我這兒有玉米，想和你掂對點兒麥子。

【掂掇】diān·duo ㄉㄧㄢ ·ㄉㄨㄛ ❶斟酌：你掂掇着辦吧。❷估計：我掂掇着這麼辦能行。

【掂斤播兩】diān jīn bō liǎng ㄉㄧㄢ ㄐㄧㄣ ㄅㄛ ㄌㄧㄤˇ 比喻過分計較小事。也說掂斤簸(bǒ)兩。

【掂量】diān·liáng ㄉㄧㄢ ·ㄌㄧㄤˊ ❶掂：他掂量了一下西瓜，說有八斤來重◇你好好掂量掂量老師這句話的分量。❷斟酌：事情就是這些，各組回去掂量着辦得了。

傎 diān ㄉㄧㄢ 〈書〉顛倒錯亂。

滇 Diān ㄉㄧㄢ 雲南的別稱：滇紅｜川滇公路。

【滇紅】diānhóng ㄉㄧㄢ ㄏㄨㄥˊ 雲南出產的紅茶。

【滇劇】diānjù ㄉㄧㄢ ㄐㄩˋ 雲南主要戲曲劇種之一，腔調以皮黃為主，流行於雲南全省和貴州、四川的部分地區。

蹎 diān ㄉㄧㄢ 〈書〉跌倒。

顛[1]（颠） diān ㄉㄧㄢ ❶頭頂：華顛（頭頂上黑髮白髮相間）。❷高而直立的東西的頂：山顛｜塔顛。

顛[2]（颠） diān ㄉㄧㄢ ❶顛簸：路不平，車顛得厲害。❷跌落；倒下來：顛覆｜顛撲不破。❸〈方〉（顛兒）跳起來跑；跑：連跑帶顛｜跑跑顛顛。

顛[3]（颠） diān ㄉㄧㄢ 同'癲'。

【顛簸】diānbǒ ㄉㄧㄢ ㄅㄛˇ 上下震盪：風大了，船身更加顛簸起來。

【顛倒】diāndǎo ㄉㄧㄢ ㄉㄠˇ ❶上下、前後跟原有的或應有的位置相反：把這兩個字顛倒過來就順了｜這一面朝上，別放顛倒了。❷錯亂：神魂顛倒。

【顛倒黑白】diāndǎo hēibái ㄉㄧㄢ ㄉㄠˇ ㄏㄟ ㄅㄞˊ 把黑的說成白的，把白的說成黑的。形容歪曲事實，混淆是非。

【顛倒是非】diāndǎo shìfēi ㄉㄧㄢ ㄉㄠˇ ㄕˋ ㄈㄟ 把對的說成不對，不對的說成對。

【顛覆】diānfù ㄉㄧㄢ ㄈㄨˋ ❶翻倒：防止列車顛覆。❷採取陰謀手段從內部推翻合法的政府：顛覆活動。

【顛來倒去】diān lái dǎo qù ㄉㄧㄢ ㄌㄞˊ ㄉㄠˇ ㄑㄩˋ 翻過來倒過去，來回重複。

【顛連】[1] diānlián ㄉㄧㄢ ㄌㄧㄢˊ 〈書〉困苦：顛連無告。

【顛連】[2] diānlián ㄉㄧㄢ ㄌㄧㄢˊ 〈書〉形容連綿不斷：群山顛連起伏。

【顛末】diānmò ㄉㄧㄢ ㄇㄛˋ 〈書〉自始至終的經過情形：細述顛末。

【顛沛】diānpèi ㄉㄧㄢ ㄆㄟˋ 窮困；受挫折：顛沛流離（生活艱難，四處流浪）。

【顛仆】diānpū ㄉㄧㄢ ㄆㄨ 跌倒。

【顛撲不破】diān pū bù pò ㄉㄧㄢ ㄆㄨ ㄅㄨˋ ㄆㄛˋ 無論怎樣摔打都不破，比喻永遠不會被推翻（多指理論）：顛撲不破的真理。

【顛三倒四】diān sān dǎo sì ㄉㄧㄢ ㄙㄢ ㄉㄠˇ ㄙˋ（說話、做事）錯亂，沒有次序。

攧（攧） diān ㄉㄧㄢ 跌（多見於早期白話）：下來。

巔（巅） diān ㄉㄧㄢ 山頂：珠峰之巔。

癲（癫） diān ㄉㄧㄢ 精神錯亂：瘋癲。

【癲狂】diānkuáng ㄉㄧㄢ ㄎㄨㄤˊ ❶由精神病引起的言語或行動異常。❷（言談舉止）輕佻；不莊重。

【癲癇】diānxián ㄉㄧㄢ ㄒㄧㄢˊ 病，由腦部疾患或腦外傷等引起。發作時突然昏倒，全身痙攣，意識喪失，有的口吐泡沫。通稱羊癇風或羊角風。

【癲子】diān·zi ㄉㄧㄢ ·ㄗ 〈方〉瘋子。

diǎn（ㄉㄧㄢˇ）

典[1] diǎn ㄉㄧㄢˇ ❶標準；法則：典範｜典章。❷典範性書籍：詞典｜引經據典。❸典故：用典｜出典。❹典禮：盛典｜開國大典。❺〈書〉主持；主管：典試｜典獄。❻（Diǎn）姓。

典[2] diǎn ㄉㄧㄢˇ 一方把土地或房屋等押給另一方使用，換取一筆錢，不付利息，議定年限，到期還款，收回原物。

【典當】diǎndàng ㄉㄧㄢˇ ㄉㄤˋ ❶典和當（dàng）。也說典押。❷〈方〉當鋪。

【典範】diǎnfàn ㄉㄧㄢˇ ㄈㄢˋ 可以作為學習、仿效標準的人或事物：樹立典範｜典範作品。

【典故】diǎngù ㄉㄧㄢˇ ㄍㄨˋ 詩文裏引用的古書中的故事或詞句。

【典籍】diǎnjí ㄉㄧㄢˇ ㄐㄧˊ 記載古代法制的圖書，也泛指古代圖書：文獻典籍。

【典借】diǎnjiè ㄉㄧㄢˇ ㄐㄧㄝˋ 典[2]。

【典禮】diǎnlǐ ㄉㄧㄢˇ ㄌㄧˇ 鄭重舉行的儀式，如開幕典禮、結婚典禮、畢業典禮等。

【典型】diǎnxíng ㄉㄧㄢˇ ㄒㄧㄥˊ ❶具有代表性的人物或事件：用典型示範的方法推廣先進經驗。❷具有代表性的：這件事很典型，可以用來教育群眾。❸文學藝術作品中用藝術概括的手法，表現出人的某種社會特徵的藝術形象，它既表現了人的一定的階級特徵，同時又具有鮮明的個性特徵。

【典押】diǎnyā ㄉㄧㄢˇ ㄧㄚ 典當①。

【典雅】diǎnyǎ ㄉㄧㄢˇ ㄧㄚˇ 優美不粗俗：詞句典雅｜風格典雅。

【典章】diǎnzhāng ㄉㄧㄢˇ ㄓㄤ 法令制度：文物典章｜《元典章》（書名，元朝的法令彙編）。

碘 diǎn ㄉㄧㄢˇ 非金屬元素，符號 I（iodium）。紫黑色晶體，有金屬光澤，容易升華，蒸氣紫色，有毒。用來製藥品、染料等。

【碘酊】diǎndīng ㄉㄧㄢˇ ㄉㄧㄥ 藥名，碘和碘化鉀的稀酒精溶液，棕紅色，用做消毒劑。通稱碘酒。

【碘鎢燈】diǎnwūdēng ㄉㄧㄢˇ ㄨ ㄉㄥ 白熾燈的一種。在石英玻璃等製成的外殼中裝有鎢絲，並充入一定量的碘，通電後鎢絲灼熱發光。

踮（跕） diǎn ㄉㄧㄢˇ 抬起腳後跟用腳尖站着：他人矮，得踮着腳才能看見。也作點。

'跕'另見265頁 diē。

【踮腳】diǎnjiǎo ㄉㄧㄢˇ ㄐㄧㄠˇ 〈方〉（踮腳兒）一隻腳有病，走路做點地的樣子。

點[1]（点） diǎn ㄉㄧㄢˇ ❶（點兒）液體的小滴：雨點兒。❷（點兒）小的痕迹：墨點兒｜斑點。❸（點兒）漢字的筆畫，形狀是'、'。❹幾何學上指沒有大小(即沒有長、寬、高)而只有位置，不可分割的圖形。如兩直綫的相交處、綫段的兩端都是點。❺(點兒)小數點，如432.5讀作四三二點兒五或四百三十二點兒五。❻(點兒)量詞，表示少量：一點兒小事｜吃點兒東西再走。❼量詞，用於事項：兩點意見｜他的錯誤主要有三點。❽一定的地點或程度的標誌：起點｜終點｜冰點｜沸點｜據點｜先突破一點。❾事物的方面或部分：優點｜重點｜特點。❿用筆加上點子：點一個點兒｜評點｜畫龍點睛。⓫觸到物體立刻離開：蜻蜓點水｜他用篙一點就把船撐開了。⓬同'踮'。⓭(頭或手)向下稍微動一動立刻恢復原位：他點了點頭。⓮使液體一滴滴地向下落：點滷｜點眼藥。⓯點播[1]：點花生｜點豆子。⓰一個個地查對：點名｜點數｜清點貨品。⓱在許多人或事物中指定：點菜｜點播節目。⓲指點；啓發：他是聰明人，一點就明白了。⓳引着火：點燈｜點火◇老李是火暴性子，一點就着。⓴點綴：裝點｜點染｜點景兒(點綴景物，應景兒)。

點[2] (点) diǎn ㄉㄧㄢˇ ❶鐵製的響器，挂起來敲，用來報告時間或召集群眾。❷舊時夜間計時用更點，一更分五點：五更三點。❸時間單位，一晝夜的二十四分之一。❹規定的鐘點：誤點｜到點了。

點[3] (点) diǎn ㄉㄧㄢˇ 點心：茶點｜早點｜糕點。

點[4] (点) diǎn ㄉㄧㄢˇ 印刷上計算活字及字模的大小的單位，約等於0.35毫米。

【點播】[1] diǎnbō ㄉㄧㄢˇ ㄅㄛ 播種的一種方法，每隔一定距離挖一小坑，放入種子。也叫點種(diǎnzhòng)。

【點播】[2] diǎnbō ㄉㄧㄢˇ ㄅㄛ 指定節目請廣播電台、電視台播送：聽眾點播的音樂節目。

【點撥】diǎn·bo ㄉㄧㄢˇ ·ㄅㄛ 指點①。

【點補】diǎn·bu ㄉㄧㄢˇ ·ㄅㄨ 吃少量的食物解餓：這裏有餅乾，餓了可以先點補點補。

【點穿】diǎnchuān ㄉㄧㄢˇ ㄔㄨㄢ 點破。

【點竄】diǎncuàn ㄉㄧㄢˇ ㄘㄨㄢˋ 改換(字句)：經他一點竄，這篇文章就好多了。

【點滴】diǎndī ㄉㄧㄢˇ ㄉㄧ ❶形容零星微小：重視別人的點滴經驗｜這批資料是點點滴滴積纍起來的。❷指零星的事物：足球大賽點滴。❸見206頁〖打點滴〗。

【點厾】diǎndū ㄉㄧㄢˇ ㄉㄨ 畫家隨意點染。

【點發】diǎnfā ㄉㄧㄢˇ ㄈㄚ 點射。

【點化】diǎnhuà ㄉㄧㄢˇ ㄏㄨㄚˋ 道教傳説，神仙運用法術使物變化。借指僧道用言語啓發人悟道。也泛指啓發指導。

【點火】diǎn∥huǒ ㄉㄧㄢˇ∥ㄏㄨㄛˇ ❶引着火；使燃料開始燃燒：上午七點整，火箭發動機點火。❷比喻挑起是非，製造事端：煽風點火。

【點飢】diǎn∥jī ㄉㄧㄢˇ∥ㄐㄧ 稍微吃點東西解餓。

【點將】diǎn∥jiàng ㄉㄧㄢˇ∥ㄐㄧㄤˋ 舊時主帥對將官點名分派任務。現比喻指名要某人做某項工作。

【點卯】diǎn∥mǎo ㄉㄧㄢˇ∥ㄇㄠˇ 舊時官廳在卯時(上午五點到七點)查點到班人員，叫點卯。現指到時上班應付差事。

【點名】diǎn∥míng ㄉㄧㄢˇ∥ㄇㄧㄥˊ ❶按名冊查點人員時一個個地叫名字。❷指名：他要求派人支援，點名要你去。

【點明】diǎnmíng ㄉㄧㄢˇ ㄇㄧㄥˊ 指出來使人知道：點明主題｜點明學習的要點。

【點破】diǎnpò ㄉㄧㄢˇ ㄆㄛˋ 用一兩句話揭露真相或隱情：事情不必點破，大家心照不宣算了。

【點燃】diǎnrán ㄉㄧㄢˇ ㄖㄢˊ 使燃燒；點着：點燃火把。

【點染】diǎnrǎn ㄉㄧㄢˇ ㄖㄢˇ 繪畫時點綴景物和着色，也比喻修飾文字：一經點染，形象更加生動。

【點射】diǎnshè ㄉㄧㄢˇ ㄕㄜˋ 用機關槍、衝鋒槍、自動步槍等自動武器進行斷續的射擊。

【點收】diǎnshōu ㄉㄧㄢˇ ㄕㄡ 接收貨物或財產時一件件地查點：按清單點收。

【點題】diǎn∥tí ㄉㄧㄢˇ∥ㄊㄧˊ 用扼要的話把談話或文章的中心意思提示出來。

【點鐵成金】diǎn tiě chéng jīn ㄉㄧㄢˇ ㄊㄧㄝˇ ㄔㄥˊ ㄐㄧㄣ 神仙故事中説仙人用手指一點使鐵變成金子，比喻把不好的作品改好。

【點頭】diǎn∥tóu ㄉㄧㄢˇ∥ㄊㄡˊ (點頭兒)頭微微向下一動，表示允許、贊成、領會或打招呼：他見我進來，點了下頭｜這種做法需經局領導點頭批准｜他聽他説得有理，不由得連連點頭。

【點頭哈腰】diǎntóu-hāyāo ㄉㄧㄢˇ ㄊㄡˊ ㄏㄚ ㄧㄠ 形容恭順或過分客氣。

【點心】diǎn∥xīn ㄉㄧㄢˇ∥ㄒㄧㄣ 〈方〉點飢。

【點心】diǎn·xin ㄉㄧㄢˇ ·ㄒㄧㄣ 糕餅之類的食品。

【點穴】diǎn∥xué ㄉㄧㄢˇ∥ㄒㄩㄝˊ 相傳是拳術家的一種武功，把全身的力量運在手指上，在人身某幾處穴道上點一下，就可以使人受傷，不能動彈。

【點驗】diǎnyàn ㄉㄧㄢˇ ㄧㄢˋ 一件件地查對檢驗：按清單點驗物資。

【點種】diǎn∥zhǒng ㄉㄧㄢˇ∥ㄓㄨㄥˇ 點播種子。

【點種】diǎnzhòng ㄉㄧㄢˇ ㄓㄨㄥˋ 見〖點播〗[1]。

【點綴】diǎn·zhuì ㄉㄧㄢˇ ·ㄓㄨㄟˋ ❶加以襯托或裝飾，使原有事物更加美好：蔚藍的天空點綴着朵朵白雲｜青松翠柏把烈士陵園點綴得格外肅穆。❷裝點門面；應景兒；湊數兒。

【點子】[1] diǎn·zi ㄉㄧㄢˇ ·ㄗ ❶液體的小滴：雨點子。❷小的痕迹：油點子。❸指打擊樂器演奏時的節拍：鼓點子。❹〈方〉量詞，表示少量：

這個病抓點子藥吃就好了。

【點子】[2] diǎn·zi ㄉㄧㄢˇ·ㄗ ❶關鍵的地方：這句話說到點子上了｜勁兒沒使在點子上。❷主意；辦法：出點子｜想點子。

【點字】diǎnzì ㄉㄧㄢˇ ㄗˋ 見776頁〖盲字〗。

diàn (ㄉㄧㄢˋ)

佃 diàn ㄉㄧㄢˋ 租種土地：佃了五畝地。另見1132頁 tián。

【佃東】diàndōng ㄉㄧㄢˋ ㄉㄨㄥ 舊時佃戶稱租給他土地的地主。

【佃戶】diànhù ㄉㄧㄢˋ ㄏㄨˋ 租種某地主土地的農民稱為某地主的佃戶。

【佃農】diànnóng ㄉㄧㄢˋ ㄋㄨㄥˊ 自己不佔有土地，以租種土地為生的農民。

【佃權】diànquán ㄉㄧㄢˋ ㄑㄩㄢˊ 佃戶繼續租種土地的權利。

【佃租】diànzū ㄉㄧㄢˋ ㄗㄨ 佃戶交納給地主的地租。

甸 diàn ㄉㄧㄢˋ ❶古代指郊外的地方。❷甸子(多用於地名)：樺甸(在吉林)｜寬甸(在遼寧)。

【甸子】diàn·zi ㄉㄧㄢˋ·ㄗ 〈方〉放牧的草地。

坫 diàn ㄉㄧㄢˋ ❶古時室內放置食物、酒器等的土台子。❷〈書〉屏障。

店 diàn ㄉㄧㄢˋ ❶客店：小店兒｜住店。❷商店：布店｜百貨店｜零售店。

【店東】diàndōng ㄉㄧㄢˋ ㄉㄨㄥ 舊時稱商店或旅店的主人。

【店家】diànjiā ㄉㄧㄢˋ ㄐㄧㄚ ❶舊時指旅店、酒館、飯鋪的主人或管事的人。❷〈方〉店鋪。

【店面】diànmiàn ㄉㄧㄢˋ ㄇㄧㄢˋ 商店的門面；鋪面：店面房｜兩間店面｜裝潢店面。

【店鋪】diànpù ㄉㄧㄢˋ ㄆㄨˋ 泛指商店。

【店堂】diàntáng ㄉㄧㄢˋ ㄊㄤˊ 商店、飯館等進行營業的屋子：店堂寬敞明亮。

【店小二】diànxiǎo'èr ㄉㄧㄢˋ ㄒㄧㄠˇ ㄦˋ 飯館、酒館、客店中接待顧客的人(多見於早期白話)。

【店員】diànyuán ㄉㄧㄢˋ ㄩㄢˊ 商店的職工，有時兼指服務性行業的職工。

阽 diàn ㄉㄧㄢˋ，又 yán ㄧㄢˊ 〈書〉臨近(危險)：阽危｜阽於死亡。

玷 diàn ㄉㄧㄢˋ ❶白玉上面的斑點：白圭之玷。❷使有污點：玷污｜污辱。

【玷辱】diànrǔ ㄉㄧㄢˋ ㄖㄨˇ 使蒙受恥辱：玷辱祖先｜玷辱門戶。

【玷污】diànwū ㄉㄧㄢˋ ㄨ ❶弄髒，比喻辱沒：玷污名聲｜玷污光榮稱號。❷姦污。

淀 diàn ㄉㄧㄢˋ 淺的湖泊，多用於地名，如茶淀(在天津)、白洋淀(在河北)。另見262頁 diàn '澱'。

惦 diàn ㄉㄧㄢˋ 掛念：惦記｜老師傅雖然退休了，但心裏總惦着廠裏的工作。

【惦記】diàn·jì ㄉㄧㄢˋ·ㄐㄧˋ (對人或事物)心裏老想着，放不下心：老人孩子有我照顧，你甚麼也不要惦記。

【惦念】diànniàn ㄉㄧㄢˋ ㄋㄧㄢˋ 惦記：母親十分惦念在外地工作的女兒。

奠1 diàn ㄉㄧㄢˋ 奠定；建立：奠都｜奠基。

奠2 diàn ㄉㄧㄢˋ 用祭品向死者致祭：祭奠｜奠儀。

【奠定】diàndìng ㄉㄧㄢˋ ㄉㄧㄥˋ 使穩固；使安定：奠定基礎。

【奠都】diàndū ㄉㄧㄢˋ ㄉㄨ 確定首都的地址：奠都北京。

【奠基】diànjī ㄉㄧㄢˋ ㄐㄧ 奠定建築物的基礎：奠基石｜舉行奠基典禮｜人民英雄紀念碑是1949年9月30日奠基的◇魯迅是中國新文學的奠基人。

【奠基石】diànjīshí ㄉㄧㄢˋ ㄐㄧ ㄕˊ 建築物奠基用的刻石，上面刻有奠基的年月日等。

【奠酒】diànjiǔ ㄉㄧㄢˋ ㄐㄧㄡˇ 祭祀時的一種儀式，把酒灑在地下。

【奠儀】diànyí ㄉㄧㄢˋ ㄧˊ 指送給喪家用於祭奠的財物。

電(电) diàn ㄉㄧㄢˋ ❶有電荷存在和電荷變化的現象。電是一種很重要的能源，廣泛用在生產和生活各方面，如發光、發熱、產生動力等。❷觸電：電門可能有毛病了，我一開燈，電了我一下。❸電報：急電｜唁電｜通電致賀。❹打電報：電賀｜即電上級請示。

【電棒】diànbàng ㄉㄧㄢˋ ㄅㄤˋ 〈方〉(電棒兒)手電筒。

【電報】diànbào ㄉㄧㄢˋ ㄅㄠˋ ❶用電信號傳遞文字、照片、圖表的通信方式。有無綫電報和有綫電報兩種。發電報的方面把文字、照片、圖表變成信號，用電流或無綫電波發出去，收電報的方面把收到的符號還原。❷用電報裝置傳遞的文字、圖表等：打電報。

【電報掛號】diànbào guàhào ㄉㄧㄢˋ ㄅㄠˋ ㄍㄨㄚˋ ㄏㄠˋ 向當地電報局申請後編定的號碼，用來代替申請單位的地址和名稱。

【電筆】diànbǐ ㄉㄧㄢˋ ㄅㄧˇ 試電筆。

【電表】diànbiǎo ㄉㄧㄢˋ ㄅㄧㄠˇ ❶測量電壓、電流、電阻、電功率等的各種電氣儀表的統稱。❷瓦特小時計的通稱。

【電冰櫃】diànbīngguì ㄉㄧㄢˋ ㄅㄧㄥ ㄍㄨㄟˋ 一種冷藏裝置，工作原理跟電冰箱相同，冷藏溫度在0°C以下。簡稱冰櫃。

【電冰箱】diànbīngxiāng ㄉㄧㄢˋ ㄅㄧㄥ ㄒㄧㄤ 一種冷藏裝置，在隔熱的櫃子中裝有盤曲的管道，電動機帶動壓縮機，使冷凝劑在管道中循環產生低溫。電冰箱中低溫在 0℃以下的部分叫做冷凍室，在 0℃以上的部分叫做冷藏室。簡稱冰箱。

【電波】diànbō ㄉㄧㄢˋ ㄅㄛ 見〖電磁波〗。

【電鏟】diànchǎn ㄉㄧㄢˋ ㄔㄢˇ 掘土機。

【電場】diànchǎng ㄉㄧㄢˋ ㄔㄤˇ 傳遞電荷與電荷間相互作用的場。電荷周圍總有電場存在。參看130頁'場'⑨。

【電唱機】diànchàngjī ㄉㄧㄢˋ ㄔㄤˋ ㄐㄧ 用電動機做動力，並使用電唱頭和擴音器的留聲機。有的地區叫電轉兒。

【電唱頭】diànchàngtóu ㄉㄧㄢˋ ㄔㄤˋ ㄊㄡˊ 拾音器。

【電車】diànchē ㄉㄧㄢˋ ㄔㄜ 用電做動力的公共交通工具，電能從架空的電源綫供給，分無軌和有軌兩種。

【電陳】diànchén ㄉㄧㄢˋ ㄔㄣˊ 用電報陳述(事由)：談判一有結果，迅即電陳。

【電池】diànchí ㄉㄧㄢˋ ㄔˊ 把化學能或光能等變成電能的裝置。如手電筒用的乾電池，汽車用的電瓶，人造衛星上用的太陽能電池等。

【電船】diànchuán ㄉㄧㄢˋ ㄔㄨㄢˊ 〈方〉汽艇。

【電瓷】diàncí ㄉㄧㄢˋ ㄘˊ 瓷質的電絕緣材料，具有良好的絕緣性和機械強度，如絕緣子。

【電磁】diàncí ㄉㄧㄢˋ ㄘˊ 物質所表現的電性和磁性的統稱，如電磁感應、電磁波。

【電磁波】diàncíbō ㄉㄧㄢˋ ㄘˊ ㄅㄛ 在空間傳播的週期性變化的電磁場。無綫電波和光綫、X射綫、γ射綫等都是波長不同的電磁波。也叫電波。

【電磁場】diàncíchǎng ㄉㄧㄢˋ ㄘˊ ㄔㄤˇ 電場和磁場的統稱。變化着的電場和磁場往往同時並存，並且互相轉化。

【電磁感應】diàncí-gǎnyìng ㄉㄧㄢˋ ㄘˊ ㄍㄢˇ ㄧㄥˋ 當導體回路中的磁通量發生變化時，導體兩端產生電動勢，並在閉合電路中產生電流的現象。

【電磁爐】diàncílú ㄉㄧㄢˋ ㄘˊ ㄌㄨˊ 利用電磁感應引起渦流加熱的灶具。

【電大】diàndà ㄉㄧㄢˋ ㄉㄚˋ 電視大學的簡稱。

【電導】diàndǎo ㄉㄧㄢˋ ㄉㄠˇ 表述導體導電性能的物理量。導體的電阻愈小，電導就愈大，數值上等於電阻的倒數。單位是西門子(姆歐)。

【電燈】diàndēng ㄉㄧㄢˋ ㄉㄥ 利用電能發光的燈，通常指白熾電燈。

【電燈泡】diàndēngpào ㄉㄧㄢˋ ㄉㄥ ㄆㄠˋ (電燈泡兒)白熾電燈上用的發光器件，一般呈梨形。也叫電燈泡子，通稱燈泡。參看20頁〖白熾電燈〗。

【電動】diàndòng ㄉㄧㄢˋ ㄉㄨㄥˋ 用電力使機械運轉的：電動機｜電動玩具。

【電動機】diàndòngjī ㄉㄧㄢˋ ㄉㄨㄥˋ ㄐㄧ 把電能變為機械能的機器，是近代工業的重要動力裝備。通稱馬達。

【電動勢】diàndòngshì ㄉㄧㄢˋ ㄉㄨㄥˋ ㄕˋ 單位正電荷沿回路移動一周所作的功，叫做電源的電動勢。電源不輸出電流時，電源的電動勢等於兩極間的電勢差。單位是伏特。

【電鍍】diàndù ㄉㄧㄢˋ ㄉㄨˋ 利用電解作用，在金屬表面上均勻地附上薄薄一層別的金屬或合金。電鍍可以防止金屬器物表面生銹，使外形美觀，或增加耐磨、導電、光反射等性能。

【電風扇】diànfēngshàn ㄉㄧㄢˋ ㄈㄥ ㄕㄢˋ 電扇。

【電鎬】diàngǎo ㄉㄧㄢˋ ㄍㄠˇ 用電能做動力開鑿岩層和礦石的工具。

【電告】diàngào ㄉㄧㄢˋ ㄍㄠˋ 用電報通知或報告：請速將詳情電告中央。

【電工】diàngōng ㄉㄧㄢˋ ㄍㄨㄥ ❶電工學。❷製造、安裝各種電氣設備的技術工人。

【電工學】diàngōngxué ㄉㄧㄢˋ ㄍㄨㄥ ㄒㄩㄝˊ 研究電能應用的基礎理論學科。電機、電器以及電在產業部門和生活上的應用原理都是電工學研究的對象。

【電功率】diàngōnglǜ ㄉㄧㄢˋ ㄍㄨㄥ ㄌㄩˋ 電流在單位時間所做的功，單位是瓦特，實用單位是千瓦。

【電灌】diànguàn ㄉㄧㄢˋ ㄍㄨㄢˋ 用電力揚水灌溉：電灌站。

【電光】diànguāng ㄉㄧㄢˋ ㄍㄨㄤ 電能所發的光，多指雷電的光。

【電滾子】diàngǔn·zi ㄉㄧㄢˋ ㄍㄨㄣˇ ·ㄗ 〈方〉❶發電機。❷電動機。

【電焊】diànhàn ㄉㄧㄢˋ ㄏㄢˋ 電弧焊接的通稱。

【電荷】diànhè ㄉㄧㄢˋ ㄏㄜˋ 物體或構成物體的質點所帶的正電或負電。異種電荷相吸引，同種電荷相排斥。

【電賀】diànhè ㄉㄧㄢˋ ㄏㄜˋ 發電報祝賀：電賀中國隊榮獲冠軍。

【電弧】diànhú ㄉㄧㄢˋ ㄏㄨˊ 正負兩電極接近到一定距離時所產生的持續的火花放電。電弧能產生高溫、強光和某些射綫，用於照明、焊接、煉鋼等。

【電弧焊接】diànhú hànjiē ㄉㄧㄢˋ ㄏㄨˊ ㄏㄢˋ ㄐㄧ ·ㄝ 把要焊接的金屬作為一極，焊條作為另一極，兩極接近時產生電弧，使金屬和焊條熔化的焊接方法叫做電弧焊接。通稱電焊。

【電化教育】diànhuà jiàoyù ㄉㄧㄢˋ ㄏㄨㄚˋ ㄐㄧㄠˋ ㄩˋ 利用錄音、廣播、電視、幻燈、電影等使用電的設備進行的教育。簡稱電教。

【電話】diànhuà ㄉㄧㄢˋ ㄏㄨㄚˋ ❶利用電流使兩地的人互相交談的裝置，主要由發話器、受話器和綫路三部分組成。❷用電話裝置傳遞的話：打電話｜我沒有接到他的電話。

【電話會議】diànhuà huìyì ㄉㄧㄢˋ ㄏㄨㄚˋ ㄏㄨㄟˋ ㄧˋ (不在一個地方的人)利用電話裝置舉行的會議。

【電話亭】diànhuàtíng ㄉㄧㄢˋ ㄏㄨㄚˋ ㄊㄧㄥˊ 設在路旁或郵電局內形狀像小亭子的供公眾打電話的設施。

【電匯】diànhuì ㄉㄧㄢˋ ㄏㄨㄟˋ ❶通過電報辦理匯兑：急需用款，盼速電匯五千元。❷通過電報辦理的匯款：昨日收到一筆電匯。

【電機】diànjī ㄉㄧㄢˋ ㄐㄧ 產生和應用電能的機器，特指發電機或電動機。

【電極】diànjí ㄉㄧㄢˋ ㄐㄧˊ 電源或電器上用來接通電流的地方。

【電鍵】diànjiàn ㄉㄧㄢˋ ㄐㄧㄢˋ 使電路開合或改變綫路的裝置。種類很多，特指發電報用的按鍵。

【電教】diànjiào ㄉㄧㄢˋ ㄐㄧㄠˋ 電化教育的簡稱：電教館｜電教中心。

【電解】diànjiě ㄉㄧㄢˋ ㄐㄧㄝˇ 電流通過電解質溶液或熔融狀態的電解質，使陰陽兩極發生氧化還原反應。可用來冶煉或精煉金屬，也用來電鍍。

【電解質】diànjiězhì ㄉㄧㄢˋ ㄐㄧㄝˇ ㄓˋ 在水溶液中或在熔融狀態下能形成離子，因而能導電的化合物。如食鹽、硫酸、氫氧化鈉等。

【電介質】diànjièzhì ㄉㄧㄢˋ ㄐㄧㄝˋ ㄓˋ 不導電的物質，如空氣、玻璃、雲母片、膠木等。

【電抗】diànkàng ㄉㄧㄢˋ ㄎㄤˋ 電感或電容在電路中對交流電的阻礙作用。

【電纜】diànlǎn ㄉㄧㄢˋ ㄌㄢˇ 裝有絕緣層和保護外皮的導綫，通常是比較粗的，由多股彼此絕緣的導綫構成。多架在空中或裝在地下、水底，用於電訊或電力輸送。

【電離】diànlí ㄉㄧㄢˋ ㄌㄧˊ ❶液體、氣體的原子或分子受到粒子撞擊、射綫照射等作用而變成離子。❷電解質在溶液中或在熔融狀態下形成自由移動的離子。

【電力】diànlì ㄉㄧㄢˋ ㄌㄧˋ 電所產生的作功能力，通常指做動力用的電。

【電力網】diànlìwǎng ㄉㄧㄢˋ ㄌㄧˋ ㄨㄤˇ 由發電廠、變電站和各種不同電壓的輸電綫路組成的電力系統。

【電力綫】diànlìxiàn ㄉㄧㄢˋ ㄌㄧˋ ㄒㄧㄢˋ ❶描述電場分佈情況的假想曲綫。曲綫上各點的切綫方向與該點的電場方向一致，曲綫的疏密程度與該處的電場強度成正比。❷稱輸送動力用電的導綫。

【電量】diànliàng ㄉㄧㄢˋ ㄌㄧㄤˋ 物體所帶電荷的多少。

【電療】diànliáo ㄉㄧㄢˋ ㄌㄧㄠˊ 物理療法的一種，利用電器裝置發熱或電流刺激來治療疾病。

【電料】diànliào ㄉㄧㄢˋ ㄌㄧㄠˋ 電氣器材的統稱，如電綫、開關、燈泡、插頭等。

【電鈴】diànlíng ㄉㄧㄢˋ ㄌㄧㄥˊ 利用電磁鐵特性通電後使鈴發出音響信號的裝置。

【電流】diànliú ㄉㄧㄢˋ ㄌㄧㄡˊ ❶定向流動的電荷。電流通過導體會產生熱效應、磁效應、化學效應、發光效應等。❷指電流強度。

【電流表】diànliúbiǎo ㄉㄧㄢˋ ㄌㄧㄡˊ ㄅㄧㄠˇ 安培計。

【電流強度】diànliú qiángdù ㄉㄧㄢˋ ㄌㄧㄡˊ ㄑㄧㄤˊ ㄉㄨˋ 單位時間內通過導體橫截面的電量。電流強度的單位是安培。

【電爐】diànlú ㄉㄧㄢˋ ㄌㄨˊ 利用電能產生熱量的設備，有電弧電爐、電阻電爐、感應電爐等幾種。用於取暖、炊事以及工業上加熱、烘乾、冶煉等。

【電路】diànlù ㄉㄧㄢˋ ㄌㄨˋ 由電源、用電器、導綫、電器元件等連接而成的電流通路。

【電路圖】diànlùtú ㄉㄧㄢˋ ㄌㄨˋ ㄊㄨˊ 用規定的符號代表各種元件、器件裝置，表示所組成的電路的圖。

【電驢子】diànlǘ·zi ㄉㄧㄢˋ ㄌㄩˊ ·ㄗ 〈方〉摩托車。

【電碼】diànmǎ ㄉㄧㄢˋ ㄇㄚˇ ❶指打電報的時候所用的符號，通常有兩種。一種是用時間長短不同的電流脈衝（點和畫）來組成各種符號代替字母和數字，叫做不均勻電碼。一種是用時間長短相同而電流方向不同或有電、無電的電流脈衝來組成各種符號，叫做均勻電碼。❷我國用漢字打電報時，用四個數字代表一個漢字，也叫電碼。

【電門】diànmén ㄉㄧㄢˋ ㄇㄣˊ 開關①的通稱。

【電腦】diànnǎo ㄉㄧㄢˋ ㄋㄠˇ 指電子計算機。

【電腦病毒】diànnǎo bìngdú ㄉㄧㄢˋ ㄋㄠˇ ㄅㄧㄥˋ ㄉㄨˊ 計算機病毒。

【電能】diànnéng ㄉㄧㄢˋ ㄋㄥˊ 電所具有的能。可以用導綫輸送到遠處，並易於轉換成其他形式的能。通常也指電量。

【電鈕】diànniǔ ㄉㄧㄢˋ ㄋㄧㄡˇ 電器開關或調節等設備中通常用手操作的部分。有按下、扳動和轉動等幾種，多用膠木、塑料等絕緣材料製成。

【電瓶】diànpíng ㄉㄧㄢˋ ㄆㄧㄥˊ 蓄電池的通稱。

【電瓶車】diànpíngchē ㄉㄧㄢˋ ㄆㄧㄥˊ ㄔㄜ 用自身攜帶的電瓶做動力來源的車。

【電氣】diànqì ㄉㄧㄢˋ ㄑㄧˋ 電①。

【電氣化】diànqìhuà ㄉㄧㄢˋ ㄑㄧˋ ㄏㄨㄚˋ 為了提高勞動生產率，減輕體力勞動，把電力廣泛應用到國民經濟的各個領域，特別是用做機器的動力。

【電器】diànqì ㄉㄧㄢˋ ㄑㄧˋ ❶電路上的負載以及用來控制、調節或保護電路、電機等的設備，如揚聲器、開關、變阻器、熔斷器等。❷指家用電器，如電視機、錄音機、電冰箱、洗衣機等。

【電熱】diànrè ㄉㄧㄢˋ ㄖㄜˋ 利用電能加熱：電熱杯｜電熱毯。

【電容】diànróng ㄉㄧㄢˋ ㄖㄨㄥˊ ❶導體儲藏電荷的能力。單位是法拉。❷指電容器。

【電容器】diànróngqì ㄉㄧㄢˋ ㄖㄨㄥˊ ㄑㄧˋ 電路中用來儲存電量的器件，由兩個接近並相互絕緣的導體構成。也叫容電器。

【電扇】diànshàn ㄉㄧㄢˋ ㄕㄢˋ 利用電動機帶動葉片旋轉，使空氣流動的裝置。天氣炎熱時用來使空氣流動，讓人有涼爽的感覺。常見的有吊扇、枱扇、落地扇等。

【電石】diànshí ㄉㄧㄢˋ ㄕˊ 把生石灰和焦炭放在電爐裏加熱製成的灰色石塊狀物質，化學成分是碳化鈣，工業上用來製造乙炔。

【電視】diànshì ㄉㄧㄢˋ ㄕˋ ❶利用無綫電波傳送物體影像的裝置。由發射台把實物的影像變成電能信號傳播出去，電視機把收到的信號再變成影像映在熒光屏上。電視除了用在文化娛樂和教育方面外，也廣泛地用在其他技術和軍事方面。❷用上述裝置傳送的影像：黑白電視｜彩色電視｜看電視｜放電視。

【電視大學】diànshì dàxué ㄉㄧㄢˋ ㄕˋ ㄉㄚˋ ㄒㄩㄝˊ 通過電視實施高等教育的一種教學機構。簡稱電大。

【電視電話】diànshì diànhuà ㄉㄧㄢˋ ㄕˋ ㄉㄧㄢˋ ㄏㄨㄚˋ 帶有電視裝置的電話，通話時彼此可以看見。

【電視發射塔】diànshì fāshètǎ ㄉㄧㄢˋ ㄕˋ ㄈㄚ ㄕㄜˋ ㄊㄚˇ 發射電視廣播的天綫、支架結構的形狀像塔。通稱電視塔。

【電視接收機】diànshì jiēshōujī ㄉㄧㄢˋ ㄕˋ ㄐㄧㄝ ㄕㄡ ㄐㄧ 接收電視廣播的裝置，由接收圖像和接收聲音的兩個部分合成。通稱電視機。

【電視劇】diànshìjù ㄉㄧㄢˋ ㄕˋ ㄐㄩˋ 為電視台播映而編寫、錄製的戲劇。

【電視片】diànshìpiàn ㄉㄧㄢˋ ㄕˋ ㄆㄧㄢˋ 供電視台播送的片子，內容多為介紹人物、地區風貌等。

【電視台】diànshìtái ㄉㄧㄢˋ ㄕˋ ㄊㄞˊ 播送電視節目的場所和機構。

【電勢】diànshì ㄉㄧㄢˋ ㄕˋ 單位正電荷從某一點移到無窮遠時，電場所作的功就是電場中該點的電勢。正電荷越多，電勢也越高。也叫電位。

【電勢差】diànshìchā ㄉㄧㄢˋ ㄕˋ ㄔㄚ 帶電體或導體在電路中兩點之間電勢的差。電勢差的單位是伏特。也叫電位差、電壓。

【電台】diàntái ㄉㄧㄢˋ ㄊㄞˊ ❶無綫電台的通稱。❷指廣播電台。

【電燙】diàntàng ㄉㄧㄢˋ ㄊㄤˋ 用電熱燙髮，使鬈曲。

【電梯】diàntī ㄉㄧㄢˋ ㄊㄧ 多層建築物中作垂直方向運動的電動機械。參看1023頁〖升降機〗。

【電筒】diàntǒng ㄉㄧㄢˋ ㄊㄨㄥˇ 手電筒。

【電頭】diàntóu ㄉㄧㄢˋ ㄊㄡˊ 電訊開頭的幾個字，包括通訊社名稱，發報的地點、日期等，如'新華社北京5月1日電'。

【電網】diànwǎng ㄉㄧㄢˋ ㄨㄤˇ ❶用金屬綫架設的可以通電的障礙物，多用來防敵或防盜。❷指由發電、輸電系統形成的網絡。

【電文】diànwén ㄉㄧㄢˋ ㄨㄣˊ 電報的文字、內容：起草電文。

【電匣子】diànxiá·zi ㄉㄧㄢˋ ㄒㄧㄚˊ ·ㄗ 〈方〉收音機。

【電綫】diànxiàn ㄉㄧㄢˋ ㄒㄧㄢˋ 傳送電力的導綫，多用銅或鋁製成。有各種規格，如單股的或多股的，裸露的或用絕緣體套起來的。

【電信】diànxìn ㄉㄧㄢˋ ㄒㄧㄣˋ 利用電話、電報或無綫電設備傳遞消息的通訊方式。

【電刑】diànxíng ㄉㄧㄢˋ ㄒㄧㄥˊ ❶使電流通過人的身體，用來逼供的刑罰。❷用電椅處死犯人的刑罰。

【電訊】diànxùn ㄉㄧㄢˋ ㄒㄩㄣˋ ❶用電話、電報或無綫電設備傳播的消息。❷無綫電信號。

【電壓】diànyā ㄉㄧㄢˋ ㄧㄚ 電勢差。

【電壓表】diànyābiǎo ㄉㄧㄢˋ ㄧㄚ ㄅㄧㄠˇ 見350頁〖伏特計〗。

【電壓計】diànyājì ㄉㄧㄢˋ ㄧㄚ ㄐㄧˋ 見350頁〖伏特計〗。

【電眼】diànyǎn ㄉㄧㄢˋ ㄧㄢˇ ❶在某些自動控制設備中指光電管。❷無綫電裝置中指示調諧程度的電子管。

【電唁】diànyàn ㄉㄧㄢˋ ㄧㄢˋ 發電報弔唁。

【電椅】diànyǐ ㄉㄧㄢˋ ㄧˇ 裝有電極的椅子式的刑具。

【電影】diànyǐng ㄉㄧㄢˋ ㄧㄥˇ (電影兒)一種綜合藝術，用強燈光把拍攝的形象連續放映在銀幕上，看起來像實在活動的形象。

【電影劇本】diànyǐng jùběn ㄉㄧㄢˋ ㄧㄥˇ ㄐㄩˋ ㄅㄣˇ 專門為拍攝電影寫的劇本，分兩種，一種是跟一般劇本只稍有不同，不分場幕，叫做電影文學劇本，另一種是電影分鏡頭劇本。

【電影攝影機】diànyǐng shèyǐngjī ㄉㄧㄢˋ ㄧㄥˇ ㄕㄜˋ ㄧㄥˇ ㄐㄧ 拍攝電影用的機械，有自動連續曝光及輸片的機構。簡稱攝影機。

【電影院】diànyǐngyuàn ㄉㄧㄢˋ ㄧㄥˇ ㄩㄢˋ 專供放映電影的場所。

【電源】diànyuán ㄉㄧㄢˋ ㄩㄢˊ 把電能供給電器的裝置，如電池、發電機等。

【電灶】diànzào ㄉㄧㄢˋ ㄗㄠˋ 利用電能發熱的爐灶。

【電閘】diànzhá ㄉㄧㄢˋ ㄓㄚˊ 指較大型的電源開關。有時也單説閘。

【電鐘】diànzhōng ㄉㄧㄢˋ ㄓㄨㄥ 利用電力運轉的時鐘。現在用的電鐘多採用有旋轉軸的電磁感應裝置。

【電珠】diànzhū ㄉㄧㄢˋ ㄓㄨ 小的電燈泡，如手電筒裏所用的。

【電轉兒】diànzhuànr ㄉㄧㄢˋ ㄓㄨㄢˋㄦ 〈方〉電唱機。

【電子】diànzǐ ㄉㄧㄢˋ ㄗˇ 構成原子的基本粒子之一，質量極小，帶負電，在原子中圍繞原子核旋轉。

【電子管】diànzǐguǎn ㄉㄧㄢˋ ㄗˇ ㄍㄨㄢˇ 無綫電技術上的重要器件。在玻璃或金屬的容器內裝特製的電極，通過陰極放射的電子與其他電極相作用進行各種工作，最重要的作用是整流、檢波、放大和振盪。簡單的電子管有兩個極，叫二極管。按電極數可分為三極管、四極管、五極管等。一般常用的都是高度真空的，所以也叫真空管。

【電子計算機】diànzǐ jìsuànjī ㄉㄧㄢˋ ㄗˇ ㄐㄧˋ ㄙㄨㄢˋ ㄐㄧ 用電子管、晶體管或集成電路等構成的複雜機器，能對輸入的數據或信息非常迅速、準確地進行運算和處理。電子計算機根據工作原理，一般分為數字式和模擬式兩種，廣泛應用在工程技術、科學研究等方面。

【電子流】diànzǐliú ㄉㄧㄢˋ ㄗˇ ㄌㄧㄡˊ 自由電子在空間做定向運動所形成的電流。

【電子槍】diànzǐqiāng ㄉㄧㄢˋ ㄗˇ ㄑㄧㄤ 示波管、攝像管、電子束加工裝置等器件中產生和聚焦電子束的電極系統，電子束的方向和強度可以控制，通常由熱陰極、控制電極和若干加速陽極等組成。

【電子琴】diànzǐqín ㄉㄧㄢˋ ㄗˇ ㄑㄧㄣˊ 鍵盤樂器，採用半導體集成電路，對樂音信號進行放大，通過揚聲器產生音響。有多種類型。

【電子手錶】diànzǐ shǒubiǎo ㄉㄧㄢˋ ㄗˇ ㄕㄡˇ ㄅㄧㄠˇ 含有電子綫路的手錶。根據所用振動系統或振盪器的不同，可分為擺輪電子手錶、音叉手錶和石英手錶等。也叫電子錶。

【電子束】diànzǐshù ㄉㄧㄢˋ ㄗˇ ㄕㄨˋ 由陰極射綫產生的束狀電子流。電子顯微鏡和電視機就是利用電子束形成影像的。

【電子顯微鏡】diànzǐ xiǎnwēijìng ㄉㄧㄢˋ ㄗˇ ㄒㄧㄢˇ ㄨㄟ ㄐㄧㄥˋ 一種新型的顯微鏡，使高速電子流通過物體，經過電磁的放大裝置，使物體的影像顯現在熒光屏上。放大倍數比光學顯微鏡大得多，一般可達幾十萬倍。

【電子音樂】diànzǐ yīnyuè ㄉㄧㄢˋ ㄗˇ ㄧㄣ ㄩㄝˋ 指用電子計算機的技術手段編制創作出來的音樂。也指用電子樂器演奏的音樂。

【電阻】diànzǔ ㄉㄧㄢˋ ㄗㄨˇ ❶導體對電流通過的阻礙作用。導體的電阻隨長度、截面大小、溫度和導體成分的不同而改變。電阻的單位是歐姆。❷利用這種阻礙作用做成的元件。

【電鑽】diànzuàn ㄉㄧㄢˋ ㄗㄨㄢˋ 利用電做動力的鑽孔機。

【電嘴】diànzuǐ ㄉㄧㄢˋ ㄗㄨㄟˇ 〈方〉火花塞。

鈿(钿) diàn ㄉㄧㄢˋ 用金片做成的花朵形的裝飾品，或木器上和漆器上用螺殼鑲嵌的花紋：金鈿｜螺鈿｜寶鈿｜翠鈿。

另見1133頁 tián。

殿1 diàn ㄉㄧㄢˋ 高大的房屋，特指供奉神佛或帝王受朝理事的房屋：佛殿｜大雄寶殿｜太和殿｜金鑾殿。

殿2 diàn ㄉㄧㄢˋ 在最後：殿後｜殿軍。

【殿後】diànhòu ㄉㄧㄢˋ ㄏㄡˋ 行軍時走在部隊的最後：大部隊開始轉移，由三連殿後。

【殿軍】diànjūn ㄉㄧㄢˋ ㄐㄩㄣ ❶行軍時走在最後的部隊。❷體育、遊藝競賽中的最末一名，也指競賽後入選的最末一名。

【殿試】diànshì ㄉㄧㄢˋ ㄕˋ 科舉制度中最高一級的考試，在皇宮內大殿上舉行，由皇帝親自主持。參看647頁〖科舉〗。

【殿堂】diàntáng ㄉㄧㄢˋ ㄊㄤˊ 指宮殿、廟宇等高大建築物。

【殿下】diànxià ㄉㄧㄢˋ ㄒㄧㄚˋ 對太子或親王的尊稱。現用於外交場合。

墊(垫) diàn ㄉㄧㄢˋ ❶用東西支、鋪或襯，使加高、加厚或平正，或起隔離作用：墊豬圈｜把桌子墊高些｜熨衣服最好在上面墊一塊布。❷填補空缺：正戲還沒開演，先墊一齣小戲。❸暫時替人付錢：我先給你墊上，等你取了款再還我。❹(墊兒)墊子：靠墊｜鞋墊兒。

【墊背】diàn//bèi ㄉㄧㄢˋ // ㄅㄟˋ 〈方〉比喻代人受過。

【墊補】diàn·bu ㄉㄧㄢˋ ·ㄅㄨ 〈方〉❶錢不夠用時暫時挪用別的款項或借用別人的錢。❷吃點心；點補。

【墊底兒】diàn//dǐr ㄉㄧㄢˋ // ㄉㄧㄦˇ ❶在底部放上別的東西：魚缸裏是用細沙墊底兒的。❷先少吃點東西以暫時解餓：你先吃點東西墊墊底兒，等客人來齊了再吃。❸比喻做基礎：有了你以前的工作墊底兒，今後我的工作就好開展了。

【墊付】diànfù ㄉㄧㄢˋ ㄈㄨˋ 暫時替人付錢：由銀行墊付貨款。

【墊話】diànhuà ㄉㄧㄢˋ ㄏㄨㄚˋ 相聲演員表演正式節目前所說的開場白，用以引起觀眾注意或點出下面正式節目的內容。

【墊肩】diànjiān ㄉㄧㄢˋ ㄐㄧㄢ ❶挑或扛東西的時候放在肩膀上的墊子，用來減少摩擦，保護衣服和皮膚。❷襯在上衣肩部的三角形襯墊物，使衣服穿起來美觀。

【墊腳】diàn·jiao ㄉㄧㄢˋ ·ㄐㄧㄠ 鋪墊牲畜棚、圈的乾土、碎草等。

【墊腳石】diànjiǎoshí ㄉㄧㄢˋ ㄐㄧㄠˇ ㄕˊ 比喻藉以向上爬的人或事物。

【墊圈】diàn//juàn ㄉㄧㄢˋ // ㄐㄩㄢˋ 給牲畜的圈鋪墊乾土、碎草等。

【墊圈】diànquān ㄉㄧㄢˋ ㄑㄩㄢ (墊圈兒)墊在被連接件與螺母之間的零件。一般為扁平形的金屬環，用來保護被連接件的表面不受螺母擦傷、分散螺母對被連接件的壓力。

【墊上運動】diànshàng-yùndòng ㄉㄧㄢˋ ㄕㄤˋ ㄩㄣˋ ㄉㄨㄥˋ 指在墊子上做的各種運動。

【墊支】diànzhī ㄉㄧㄢˋ ㄓ 暫時代替支付；墊付。

【墊子】diàn·zi ㄉㄧㄢˋ ·ㄗ 墊在牀、椅子、凳子上或別的地方的東西：椅墊子｜褥墊子｜草墊子｜彈簧墊子｜墊上個墊子。

靛 diàn ㄉㄧㄢˋ ❶靛藍。❷深藍色，由藍和紫混合而成。

【靛頦兒】diànkér ㄉㄧㄢˋ ㄎㄜㄦˊ 紅點頦和藍點頦的統稱。

【靛藍】diànlán ㄉㄧㄢˋ ㄌㄢˊ 有機染料，深藍色，用蓼藍的葉子發酵製成，也有人工合成的。用來染布，顏色經久不退。通稱藍靛，有的地區叫靛青。

【靛青】diànqīng ㄉㄧㄢˋ ㄑㄧㄥ ❶深藍色。❷〈方〉靛藍。

澱(淀) diàn ㄉㄧㄢˋ 沈澱：澱粉。'淀'另見257頁diàn。

【澱粉】diànfěn ㄉㄧㄢˋ ㄈㄣˇ 有機化合物，化學式 $(C_6H_{10}O_5)_n$，是二氧化碳和水在綠色植物細胞中經光合作用形成的白色無定形的物質。多存在於植物的子粒、塊根和塊莖中，是主要的碳水化合物食物。工業上應用廣泛。

簟 diàn ㄉㄧㄢˋ 〈方〉竹席：曬簟(攤曬糧食等的席子)。

癜 diàn ㄉㄧㄢˋ 皮膚上長紫斑或白斑的病：紫癜｜白癜風。

diāo (ㄉㄧㄠ)

刁 diāo ㄉㄧㄠ ❶狡猾：放刁｜逞刁。❷〈方〉挑食過分：嘴刁。❸(Diāo)姓。

【刁悍】diāohàn ㄉㄧㄠ ㄏㄢˋ 狡猾兇狠：性情刁悍。

【刁滑】diāohuá ㄉㄧㄠ ㄏㄨㄚˊ 狡猾。

【刁難】diāonàn ㄉㄧㄠ ㄋㄢˋ 故意使人為難：百般刁難。

【刁頑】diāowán ㄉㄧㄠ ㄨㄢˊ 狡猾頑固。

【刁鑽】diāozuān ㄉㄧㄠ ㄗㄨㄢ 狡猾；奸詐：刁鑽古怪。

叼 diāo ㄉㄧㄠ 用嘴夾住(物體一部分)：嘴裏叼着烟捲｜黃鼠狼叼走了小雞。

汈 diāo ㄉㄧㄠ 汈汊(Diāochà ㄉㄧㄠ ㄔㄚˋ)，湖名，在湖北。

凋(彫) diāo ㄉㄧㄠ 凋謝：凋零｜松柏後凋。

【凋敗】diāobài ㄉㄧㄠ ㄅㄞˋ 凋謝衰敗：草木凋敗。

【凋敝】diāobì ㄉㄧㄠ ㄅㄧˋ (生活)困苦；(事業)衰敗：民生凋敝｜百業凋敝。

【凋零】diāolíng ㄉㄧㄠ ㄌㄧㄥˊ ❶(草木)凋謝零落：萬木凋零。❷衰落：家道凋零。

【凋落】diāoluò ㄉㄧㄠ ㄌㄨㄛˋ 凋謝。

【凋謝】diāoxiè ㄉㄧㄠ ㄒㄧㄝˋ ❶(草木花葉)脱落：百花凋謝。❷指老年人死：老成凋謝。

蛁 diāo ㄉㄧㄠ 古書上指蟬。

貂(鼦) diāo ㄉㄧㄠ 哺乳動物的一屬，身體細長，四肢短，耳朵三角形，聽覺敏鋭，種類很多，毛皮珍貴，如我國出產的紫貂。

碉 diāo ㄉㄧㄠ 見下。

【碉堡】diāobǎo ㄉㄧㄠ ㄅㄠˇ 軍事上防守用的堅固建築物，多用磚、石、鋼筋混凝土等建成。

【碉樓】diāolóu ㄉㄧㄠ ㄌㄡˊ 防守和瞭望用的較高建築物。

雕[1](彫、琱) diāo ㄉㄧㄠ ❶在竹木、玉石、金屬等上面刻畫：雕版｜雕漆｜雕花｜雕塑。❷指雕刻藝術或雕刻作品：石雕｜玉雕｜浮雕。❸有彩畫裝飾的：雕樑畫棟。

雕[2](鵰) diāo ㄉㄧㄠ 鳥類的一屬，猛禽，嘴呈鈎狀，視力很強，腿部有羽毛。也叫鷲。

【雕版】diāobǎn ㄉㄧㄠ ㄅㄢˇ 刻板①。

【雕蟲小技】diāo chóng xiǎo jì ㄉㄧㄠ ㄔㄨㄥˊ ㄒㄧㄠˇ ㄐㄧˋ 比喻微不足道的技能(多指文字技巧)。

【雕紅漆】diāohóngqī ㄉㄧㄠ ㄏㄨㄥˊ ㄑㄧ 見1122頁〖剔紅〗。

【雕花】diāohuā ㄉㄧㄠ ㄏㄨㄚ ❶一種工藝，在木器上或房屋的隔扇、窗戶等上頭雕刻圖案、花紋：雕花匠。❷雕刻成的圖案、花紋。

【雕鐫】diāojuān ㄉㄧㄠ ㄐㄩㄢ 〈書〉雕刻。

【雕刻】diāokè ㄉㄧㄠ ㄎㄜˋ ❶在金屬、象牙、骨頭或其他材料上刻出形象：精心雕刻。❷雕刻成的藝術作品：這套雕刻已散失不全。

【雕樑畫棟】diāo liáng huà dòng ㄉㄧㄠ ㄌㄧㄤˊ ㄏㄨㄚˋ ㄉㄨㄥˋ 指房屋的華麗的彩繪裝飾。也指有這樣裝飾的房屋。

【雕漆】diāoqī ㄉㄧㄠ ㄑㄧ 特種工藝的一種，在銅胎或木胎上塗上好些層漆，陰乾後浮雕各種花紋。也指這種雕漆的器物。北京和揚州出產的最著名。也叫漆雕。

【雕砌】diāoqì ㄉㄧㄠ ㄑㄧˋ 雕琢堆砌(文字)：寫文章切忌雕砌。

【雕飾】diāoshì ㄉㄧㄠ ㄕˋ ❶雕刻並裝飾：精心雕飾｜柱子上的盤龍雕飾得很生動。❷雕刻的花紋、圖形裝飾：門扇上的雕飾已經殘破了。❸指過分地刻畫修飾：她表演適度，不加雕飾，顯得很自然。

【雕塑】diāosù ㄉㄧㄠ ㄙㄨˋ 造型藝術的一種，用竹木、玉石、金屬、石膏、泥土等材料雕刻或塑造各種藝術形象。

【雕琢】diāozhuó ㄉㄧㄠ ㄓㄨㄛˊ ❶雕刻(玉石)：

這是用翡翠雕琢成的西瓜。❷過分地修飾(文字)。

鯛(鲷) diāo ㄉㄧㄠ 魚類的一屬，身體側扁，背部稍微凸起，頭大，口小，側綫發達。生活在海裏。最常見的是真鯛。

diǎo (ㄉㄧㄠˇ)

屌 diǎo ㄉㄧㄠˇ 男性生殖器的俗稱。

鳥(鸟) diǎo ㄉㄧㄠˇ 同'屌'。舊小説中用做罵人的話。

另見843頁 niǎo。

diào (ㄉㄧㄠˋ)

弔 diào ㄉㄧㄠˋ 祭奠死者或對遭到喪事的人家、團體給予慰問：弔喪｜弔唁。

【弔祭】diàojì ㄉㄧㄠˋ ㄐㄧˋ 祭奠。

【弔民伐罪】diào mín fá zuì ㄉㄧㄠˋ ㄇㄧㄣˊ ㄈㄚˊ ㄗㄨㄟˋ 慰問受苦的民眾，討伐有罪的統治者。

【弔喪】diào∥sāng ㄉㄧㄠˋ∥ㄙㄤ 到喪家祭奠死者。

【弔孝】diào∥xiào ㄉㄧㄠˋ∥ㄒㄧㄠˋ 弔喪。

【弔唁】diàoyàn ㄉㄧㄠˋ ㄧㄢˋ 祭奠死者並慰問家屬。

吊1 diào ㄉㄧㄠˋ ❶懸挂：門前吊着兩盞紅燈。❷用繩子等繫着向上提或向下放：把和好的水泥吊上去。❸把球從網上輕輕打到對方難以接到的地方：近網輕吊｜打吊結合。❹把皮桶子加面子或裏子縫成衣服：吊皮襖｜吊裏兒。❺收回(發出去的證件)：吊銷。

吊2 diào ㄉㄧㄠˋ 舊時錢幣單位，一般是一千個制錢叫一吊。

【吊膀子】diàobàng·zi ㄉㄧㄠˋ ㄅㄤˋ ·ㄗ 〈方〉調情。

【吊車】diàochē ㄉㄧㄠˋ ㄔㄜ 起重機的通稱。

【吊窗】diàochuāng ㄉㄧㄠˋ ㄔㄨㄤ 可以向上吊起來的舊式窗子。

【吊牀】diàochuáng ㄉㄧㄠˋ ㄔㄨㄤˊ 兩端挂起來可以睡人的用具，多用網狀織物、帆布等臨時拴在固定物體上。

【吊帶】diàodài ㄉㄧㄠˋ ㄉㄞˋ ❶圍繞在腰部從兩側垂下來吊住長筒襪子的帶子。❷圍繞在腿上吊着襪子的帶子。‖也叫吊襪帶。

【吊燈】diàodēng ㄉㄧㄠˋ ㄉㄥ 懸空垂挂的燈。

【吊兒郎當】diào·erlángdāng ㄉㄧㄠˋ ·ㄦ ㄌㄤˊ ㄉㄤ 形容儀容不整、作風散漫、態度不嚴肅等。

【吊環】diàohuán ㄉㄧㄠˋ ㄏㄨㄢˊ ❶體操器械的一種，在架上挂兩根繩，下面各有一個環。❷男子競技體操項目之一，運動員用手握住吊環做各種動作。

【吊腳樓】diàojiǎolóu ㄉㄧㄠˋ ㄐㄧㄠˇ ㄌㄡˊ 吊樓①。

【吊卷】diào∥juàn ㄉㄧㄠˋ∥ㄐㄩㄢˋ 同'調卷'。

【吊扣】diàokòu ㄉㄧㄠˋ ㄎㄡˋ 收回並扣留(發出的證件)：吊扣駕駛執照。

【吊樓】diàolóu ㄉㄧㄠˋ ㄌㄡˊ ❶後部用支柱架在水面上的房屋。也叫吊腳樓。❷山區的一種木板房或竹房子，下面用木樁做支柱，用梯子上下。

【吊毛】diàomáo ㄉㄧㄠˋ ㄇㄠˊ 戲曲中表演突然跌跤的動作。演員身體向前，頭向下，然後騰空一翻，以背着地。

【吊盤】diàopán ㄉㄧㄠˋ ㄆㄢˊ 建造豎井時，懸吊在井筒中可以升降的工作台。

【吊鋪】diàopù ㄉㄧㄠˋ ㄆㄨˋ 吊起來的簡易的鋪位。

【吊錢兒】diào·qiánr ㄉㄧㄠˋ ·ㄑㄧㄢㄦˊ 〈方〉貼在門楣上鏤有圖案和文字的刻紙。

【吊橋】diàoqiáo ㄉㄧㄠˋ ㄑㄧㄠˊ ❶全部或一部分橋面可以吊起、放下的橋。多用在護城河及軍事據點上。現代在通航的河道上，為了便利船只通過，也有架吊橋的。❷在河上、山谷等處架起兩根鋼索，然後用很多鐵條把橋面吊在鋼索上，用這種方式造成的橋樑叫吊橋。也叫懸索橋。

【吊嗓子】diào sǎng·zi ㄉㄧㄠˋ ㄙㄤˇ ·ㄗ 戲曲或歌唱演員在樂器伴奏下鍛煉嗓子。

【吊扇】diàoshàn ㄉㄧㄠˋ ㄕㄢˋ 安裝在頂棚上的電扇。

【吊桶】diàotǒng ㄉㄧㄠˋ ㄊㄨㄥˇ 桶樑上拴着繩子或竹竿的桶，用來從井中打水，或從高處向河中、坑中打水。

【吊襪帶】diàowàdài ㄉㄧㄠˋ ㄨㄚˋ ㄉㄞˋ 吊帶。

【吊胃口】diào wèikǒu ㄉㄧㄠˋ ㄨㄟˋ ㄎㄡˇ 用好吃的東西引起人的食慾，也比喻讓人產生慾望或興趣。

【吊綫】diào∥xiàn ㄉㄧㄠˋ∥ㄒㄧㄢˋ 瓦工、木工工作時，用綫吊重物形成垂綫，藉以取直。

【吊銷】diàoxiāo ㄉㄧㄠˋ ㄒㄧㄠ 收回並註銷(發出去的證件)：吊銷護照｜吊銷營業執照。

【吊裝】diàozhuāng ㄉㄧㄠˋ ㄓㄨㄤ 用人工或機械把預製構件吊起來安裝在預定的位置。

【吊子】diào·zi ㄉㄧㄠˋ ·ㄗ 同'銚子'(diào·zi)。

掉1 diào ㄉㄧㄠˋ ❶落①：掉眼淚｜被擊中的敵機掉在海裏了。❷落在後面：掉隊。❸遺失；遺漏：鋼筆掉了｜這篇文章裏掉了幾個字。❹減少；降低：掉價兒｜別讓牲口掉膘。

掉2 diào ㄉㄧㄠˋ ❶搖動；擺動：尾大不掉｜掉臂而去(甩胳膊就走)。❷回；轉：把車頭掉過來｜他掉過臉來向送行的人一一招呼。❸互換：掉換｜掉過兒。❹賣弄：掉文｜

掉書袋。

掉³ diào ㄉㄧㄠˋ 用在某些動詞後，表示動作的結果：扔掉｜除掉｜抹掉｜改掉壞習氣。

【掉包】diào//bāo ㄉㄧㄠˋ//ㄅㄠ （掉包兒）暗中用假的換真的或用壞的換好的：掉包計｜他的東西叫人掉了包。也作調包。

【掉秤】diào//chèng ㄉㄧㄠˋ//ㄔㄥˋ 〈方〉折（shé）秤。

【掉點兒】diào//diǎnr ㄉㄧㄠˋ//ㄉㄧㄢㄦˇ 落下稀疏的雨點：掉點兒了，快去收衣服吧！

【掉隊】diào//duì ㄉㄧㄠˋ//ㄉㄨㄟˋ ❶結隊行走時落在隊伍的後面：在接連三天的急行軍中，沒有一個人掉隊。❷比喻落在客觀形勢的後邊：只有加緊學習才不致掉隊。

【掉過兒】diào//guòr ㄉㄧㄠˋ//ㄍㄨㄛㄦˋ 互相掉換位置：這兩件傢具掉過兒放才合適｜你跟他掉個過兒，你就看得見台上的人了。

【掉換】diàohuàn ㄉㄧㄠˋ ㄏㄨㄢˋ ❶彼此互換：掉換位置｜咱們倆掉換一下，你上午值班，我下午值班。❷更換：掉換領導班子｜這根木料太細，掉換一根粗的。‖也作調換。

【掉價】diào//jià ㄉㄧㄠˋ//ㄐㄧㄚˋ （掉價兒）❶價格降低：菠菜掉價了。❷比喻身份、排場降低。

【掉槍花】diào qiānghuā ㄉㄧㄠˋ ㄑㄧㄤ ㄏㄨㄚ 〈方〉耍花招。

【掉色】diào//shǎi ㄉㄧㄠˋ//ㄕㄞˇ 顏色脱落（多指紡織品經日曬或水洗後）。

【掉書袋】diàoshūdài ㄉㄧㄠˋ ㄕㄨ ㄉㄞˋ 譏諷人愛引用古書詞句，賣弄才學。

【掉頭】diào//tóu ㄉㄧㄠˋ//ㄊㄡˊ ❶（人）轉回頭：他掉過頭去，裝作沒看見。❷（車、船等）轉成相反的方向：掉頭車｜胡同太窄，車子掉不了頭。也作調頭。

【掉以輕心】diào yǐ qīng xīn ㄉㄧㄠˋ ㄧˇ ㄑㄧㄥ ㄒㄧㄣ 表示對某種問題漫不經心，不當回事。

【掉轉】diàozhuǎn ㄉㄧㄠˋ ㄓㄨㄢˇ 改變成相反的方向：掉轉船頭。也作調轉。

釣（钓）diào ㄉㄧㄠˋ ❶用釣竿捉魚或其他水生動物：釣魚。❷比喻用手段獵取（名利）：沽名釣譽。❸指釣鈎：操竿下釣。

【釣餌】diào'ěr ㄉㄧㄠˋ ㄦˇ 釣魚時用來引魚上鈎的食物，也比喻用來引誘人的事物。

【釣竿】diàogān ㄉㄧㄠˋ ㄍㄢ （釣竿兒）釣魚或水中其他動物用的竿子，一端繫綫，綫端有鈎。

【釣鈎】diàogōu ㄉㄧㄠˋ ㄍㄡ 釣魚的鈎兒，比喻引誘人的圈套。

【釣具】diàojù ㄉㄧㄠˋ ㄐㄩˋ 釣魚用具，如釣竿、釣鈎等。

蓧〔蓧〕（莜）diào ㄉㄧㄠˋ 古代除草用的農具。

銱（铞）diào ㄉㄧㄠˋ 見724頁［釕銱兒］（liàodiàor）。

銚（铫）diào ㄉㄧㄠˋ （銚兒）銚子：藥銚兒｜沙銚兒。

另見1330頁 yáo。

【銚子】diào·zi ㄉㄧㄠˋ ·ㄗ 煎藥或燒水用的器具，形狀像比較高的壺，口大有蓋，旁邊有柄，用沙土或金屬製成。也作吊子。

調¹（调）diào ㄉㄧㄠˋ ❶調動；分派：對調｜調職｜調兵遣將｜他是新調來的幹部。❷調查：函調｜內查外調。

調²（调）diào ㄉㄧㄠˋ ❶（調兒）腔調：南腔北調｜這人説話的調兒有點特別。❷（調兒）論調：兩個人的意見是一個調。❸樂曲以甚麼音做 do，就叫做甚麼調。例如以 C 做 do 就叫做 C 調，以'上'做 do 就叫做'上'字調。❹（調兒）音樂上高低長短配合的成組的音：這個調很好聽。❺指語音上的聲調：調類｜調號。

另見1135頁 tiáo。

【調包】diào//bāo ㄉㄧㄠˋ//ㄅㄠ 同'掉包'。

【調撥】diàobō ㄉㄧㄠˋ ㄅㄛ ❶調動撥付（多指物資）：調撥款項｜調撥小麥種子。❷調遣：人員都聽從他的指揮和調撥。

另見1135頁 tiáobō。

【調查】diàochá ㄉㄧㄠˋ ㄔㄚˊ 為了了解情況進行考察（多指到現場）：調查事實真相｜沒有調查，就沒有發言權｜事情還沒有調查清楚，不能忙着處理。

【調調】diào·diao ㄉㄧㄠˋ ·ㄉㄧㄠ （調調兒）❶調²③④。❷論調。

【調動】diàodòng ㄉㄧㄠˋ ㄉㄨㄥˋ ❶更動（位置、用途）：調動隊伍｜調動工作。❷調集動員：調動群眾的生產積極性。

【調度】diàodù ㄉㄧㄠˋ ㄉㄨˋ ❶管理並安排（工作、人力、車輛等）。❷指做調度工作的人。

【調防】diào//fáng ㄉㄧㄠˋ//ㄈㄤˊ 換防。

【調函】diàohán ㄉㄧㄠˋ ㄏㄢˊ 調動工作人員工作的公函，一般由上級機關或用人單位發出。

【調號】diàohào ㄉㄧㄠˋ ㄏㄠˋ （調號兒）❶表示字調的符號。《漢語拼音方案》的調號，陰平是'ˉ'（ā ㄚ），陽平是'ˊ'（á ㄚˊ），上聲是'ˇ'（ǎ ㄚˇ），去聲是'ˋ'（à ㄚˋ），輕聲無號（a ㄚ）。❷音樂上指用以確定樂曲主音高度的符號。

【調虎離山】diào hǔ lí shān ㄉㄧㄠˋ ㄏㄨˇ ㄌㄧˊ ㄕㄢ 比喻為了便於乘機行事，想法子引誘有關的人離開原來的地方。

【調換】diàohuàn ㄉㄧㄠˋ ㄏㄨㄢˋ 同'掉換'。

【調集】diàojí ㄉㄧㄠˋ ㄐㄧˊ 調動使集中：調集軍隊｜調集防汛器材。

【調卷】diào//juàn ㄉㄧㄠˋ//ㄐㄩㄢˋ 提取案卷、考卷：調卷復審。也作吊卷。

【調侃兒】diào//kǎnr ㄉㄧㄠˋ//ㄎㄢㄦˇ 〈方〉同行業

的人說行話。也作調坎兒。

【調類】diàolèi ㄉㄧㄠˋ ㄌㄟˋ 有聲調的語言中聲調的類別。古漢語的調類有四個，就是平聲、上聲、去聲、入聲。普通話的調類有五個，就是陰平、陽平、上聲、去聲、輕聲。

【調令】diàolìng ㄉㄧㄠˋ ㄌㄧㄥˋ 調動工作人員工作的命令。

【調門兒】diàoménr ㄉㄧㄠˋ ㄇㄣㄦˊ ❶歌唱或說話時音調的高低：我今天嗓子不好，調門兒定低點兒｜你說話老是那麼大聲大氣，調門兒放低點兒行不行？❷指論調：這幾個人的發言都是一個調門兒。

【調派】diàopài ㄉㄧㄠˋ ㄆㄞˋ 調動分派（指人事的安排）：上級決定調派大批幹部支援農業。

【調配】diàopèi ㄉㄧㄠˋ ㄆㄟˋ 調動分配：勞動力和工具調配得合理，工作進行就順利。

另見1135頁 tiáopèi。

【調遣】diàoqiǎn ㄉㄧㄠˋ ㄑㄧㄢˇ 調派；差遣：調遣部隊｜聽從調遣。

【調任】diàorèn ㄉㄧㄠˋ ㄖㄣˋ 調動職位，擔任另一工作：調任新職。

【調式】diàoshì ㄉㄧㄠˋ ㄕˋ 樂曲中的幾個音根據它們彼此之間的關係而聯結成體系，並且有一個主音，這些音的總和叫做調式。

【調頭】diào//tóu ㄉㄧㄠˋ//ㄊㄡˊ 同'掉頭'②。

【調頭】diàotóu ㄉㄧㄠˋ ㄊㄡˊ 論調：空洞抽象的調頭必須少唱。

【調頭】diào·tou ㄉㄧㄠˋ ·ㄊㄡ 〈方〉❶調子。❷語氣。

【調研】diàoyán ㄉㄧㄠˋ ㄧㄢˊ 調查研究：開展市場調研｜深入實際，進行調研。

【調演】diàoyǎn ㄉㄧㄠˋ ㄧㄢˇ 從某些地方或文藝團體抽調演員選定節目集中在一起演出：全省戲劇調演。

【調用】diàoyòng ㄉㄧㄠˋ ㄩㄥˋ 調配使用：調用物資｜調用幹部。

【調運】diàoyùn ㄉㄧㄠˋ ㄩㄣˋ 調撥和運輸：調運工業品下鄉。

【調值】diàozhí ㄉㄧㄠˋ ㄓˊ 有聲調的語言中各調類的實際讀法，即字音的高低升降。兩個不同的方言，字調的分類法（調類）可以相同，每一調類的實際讀法（調值）卻可以不同。如北京語音（普通話標準音）的陰平讀高平調，天津話的陰平讀低平調。

【調職】diào//zhí ㄉㄧㄠˋ//ㄓˊ 從某個單位調到另一個單位去工作。

【調轉】diàozhuǎn ㄉㄧㄠˋ ㄓㄨㄢˇ ❶調動轉換（工作等）：他的調轉手續已經辦好了。❷同'掉轉'。

【調子】diào·zi ㄉㄧㄠˋ ·ㄗ ❶一組音的排列次第和相互關係。❷音樂上高低長短配合成組的音。❸說話時帶的某種情緒：他說話的調子很憂鬱。❹指論調；精神（jīngshén）②：文章只作了文字上的改動，基本調子沒有變。

窵（窎） diào ㄉㄧㄠˋ 深遠。

【窵遠】diàoyuǎn ㄉㄧㄠˋ ㄩㄢˇ （距離）遙遠。

diē（ㄉㄧㄝ）

爹 diē ㄉㄧㄝ 父親：爹娘｜爹媽。

【爹爹】diē·die ㄉㄧㄝ ·ㄉㄧㄝ 〈方〉❶父親。❷祖父。

跕 diē ㄉㄧㄝ 〈書〉跌倒；降落。

另見255頁 diǎn'跕'。

跌 diē ㄉㄧㄝ ❶摔①：跌跤｜跌倒了又爬起來了。❷（物體）落下：跌水。❸（物價）下降：金價跌了百分之二。

【跌宕】diēdàng ㄉㄧㄝ ㄉㄤˋ 〈書〉❶性格灑脫，不拘束；放蕩不羈。❷音調抑揚頓挫或文章富於變化：樂曲起伏跌宕｜文筆跌宕有致。‖也作跌蕩。

【跌蕩】diēdàng ㄉㄧㄝ ㄉㄤˋ 同'跌宕'。

【跌跌撞撞】diē·diezhuàngzhuàng ㄉㄧㄝ ·ㄉㄧㄝ ㄓㄨㄤˋ ㄓㄨㄤˋ （跌跌撞撞的）形容走路不穩。

【跌份】diē//fèn ㄉㄧㄝ//ㄈㄣˋ 〈方〉（跌份兒）降低身份；丟面子。

【跌價】diē//jià ㄉㄧㄝ//ㄐㄧㄚˋ 商品價格下降。

【跌跤】diē//jiāo ㄉㄧㄝ//ㄐㄧㄠ ❶摔跟頭：小孩兒學走路免不了要跌跤｜跌了一跤。❷比喻犯錯誤或受挫折。‖也說跌跤子。

【跌落】diēluò ㄉㄧㄝ ㄌㄨㄛˋ ❶（物體）往下掉。❷（價格、產量等）下降。

【跌水】diēshuǐ ㄉㄧㄝ ㄕㄨㄟˇ ❶突然下降的水流。❷水利工程中使水流突然下降的台階。

【跌眼鏡】diē yǎnjìng ㄉㄧㄝ ㄧㄢˇ ㄐㄧㄥˋ 〈方〉指事情的發展出乎意料，令人感到吃驚（多跟'大'連用）：出現這樣的結果，令不少行家大跌眼鏡。

【跌足】diē//zú ㄉㄧㄝ//ㄗㄨˊ 〈書〉跺腳：跌足長嘆｜跌足捶胸。

dié（ㄉㄧㄝˊ）

垤 dié ㄉㄧㄝˊ 〈書〉小土堆：丘垤｜蟻垤（螞蟻做窩時堆在穴口的小土堆）。

昳 dié ㄉㄧㄝˊ 〈書〉太陽偏西：日昳。

另見1355頁 yì。

迭 dié ㄉㄧㄝˊ ❶輪流；替換：更迭。❷屢次：迭挫強敵｜迭有新發現。❸及[1]①：忙不迭。

【迭出】diéchū ㄉㄧㄝˊ ㄔㄨ 一次又一次地出現：花樣迭出｜名家迭出。

【迭次】diécì ㄉㄧㄝˊ ㄘˋ 屢次；不止一次：迭次會商｜影片中驚險場面迭次出現。

【迭起】diéqǐ ㄉㄧㄝˊ ㄑㄧˇ 一次又一次地興起、出現：比賽高潮迭起。

瓞 dié ㄉㄧㄝˊ 〈書〉小瓜：綿綿瓜瓞（比喻子孫昌盛）。

喋 dié ㄉㄧㄝˊ 同'喋'（dié）。
另見996頁 shà。

【啑血】diéxuè ㄉㄧㄝˊ ㄒㄩㄝˋ 同'喋血'。

堞 dié ㄉㄧㄝˊ 堞牆：雉堞｜城堞。

【堞牆】diéqiáng ㄉㄧㄝˊ ㄑㄧㄤˊ 城牆上呈⎍⎍形的矮牆。

耋 dié ㄉㄧㄝˊ 〈書〉七八十歲的年紀，泛指老年：耄（mào）耋之年。

揲 dié ㄉㄧㄝˊ 〈書〉摺疊。
另見1012頁 shé。

喋 dié ㄉㄧㄝˊ 見下。
另見1433頁 zhá。

【喋喋】diédié ㄉㄧㄝˊ ㄉㄧㄝˊ 沒完沒了地說話：喋喋不休。

【喋血】diéxuè ㄉㄧㄝˊ ㄒㄩㄝˋ 〈書〉血流遍地（殺人很多）。也作啑血、蹀血。

惵 dié ㄉㄧㄝˊ 〈書〉恐懼；害怕。

絰（绖） dié ㄉㄧㄝˊ 古時喪服上的麻布帶子。

牒 dié ㄉㄧㄝˊ ❶文書或證件：通牒｜度牒。❷簿冊；書籍：譜牒｜史牒。

碟 dié ㄉㄧㄝˊ （碟兒）碟子。

【碟子】dié·zi ㄉㄧㄝˊ ·ㄗ 盛菜蔬或調味品的器皿，比盤子小，底平而淺。

嵽（嵽） dié ㄉㄧㄝˊ ［嵽嵲］（diéniè ㄉㄧㄝˊ ㄋㄧㄝˋ）〈書〉形容山高。

蝶（蜨） dié ㄉㄧㄝˊ 蝴蝶。

【蝶骨】diégǔ ㄉㄧㄝˊ ㄍㄨˇ 頭骨之一，形狀像蝴蝶，在腦顱的底部，枕骨之前。

【蝶泳】diéyǒng ㄉㄧㄝˊ ㄩㄥˇ ❶游泳的一種姿勢，也是游泳項目之一，跟蛙泳相似，但兩臂划水後須提出水面再向前擺去，因形似蝶飛而得名。❷指海豚泳。

艓 dié ㄉㄧㄝˊ 〈書〉小船。

蹀 dié ㄉㄧㄝˊ 〈書〉蹈；頓足。

【蹀躞】diéxiè ㄉㄧㄝˊ ㄒㄧㄝˋ 〈書〉❶小步走路。❷往來徘徊。

【蹀血】diéxuè ㄉㄧㄝˊ ㄒㄩㄝˋ 同'喋血'。

諜（谍） dié ㄉㄧㄝˊ ❶諜報活動。❷從事諜報活動的人：間諜｜防諜。

【諜報】diébào ㄉㄧㄝˊ ㄅㄠˋ 刺探到的關於敵方軍事、政治、經濟等的情報：諜報員（從事諜報工作的人）。

蝰 dié ㄉㄧㄝˊ ［蝰蟷］（diédāng ㄉㄧㄝˊ ㄉㄤ）一種生活在地下洞穴中的蜘蛛。
另見1477頁 zhì。

鰈（鲽） dié ㄉㄧㄝˊ 魚類的一科，身體側扁像薄片，長橢圓形，有細鱗，兩眼都在右側，左側向下卧在沙底。生活在淺海中。

疊（叠、曡） dié ㄉㄧㄝˊ ❶一層加上一層；重複：重疊｜疊石為山｜層見疊出。❷摺疊（衣被、紙張等）：疊衣服｜把信疊好裝在信封裏。

【疊牀架屋】dié chuáng jià wū ㄉㄧㄝˊ ㄔㄨㄤˊ ㄐㄧㄚˋ ㄨ 比喻重複累贅。

【疊翠】diécuì ㄉㄧㄝˊ ㄘㄨㄟˋ 林木青翠重疊：峰巒疊翠｜層林疊翠。

【疊羅漢】diéluóhàn ㄉㄧㄝˊ ㄌㄨㄛˊ ㄏㄢˋ 人上架人，重疊成各種形式，是體操、雜技表演項目之一。

【疊印】diéyìn ㄉㄧㄝˊ ㄧㄣˋ 電影、電視片中把兩個或兩個以上的內容不同的畫面重疊印在一起，用於表現劇中人的回憶、幻想，或構成並列形象。

【疊韻】diéyùn ㄉㄧㄝˊ ㄩㄣˋ 兩個字或幾個字的韻母相同叫疊韻，例如'闌干'、'千年'。

【疊嶂】diézhàng ㄉㄧㄝˊ ㄓㄤˋ 重疊的山峰：重巒疊嶂。

氎 dié ㄉㄧㄝˊ 〈書〉棉布。

dīng（ㄉㄧㄥ）

丁1 dīng ㄉㄧㄥ ❶成年男子：成丁｜壯丁。❷指人口：添丁｜丁口｜人丁。❸稱從事某些職業的人：園丁。❹（Dīng）姓。

丁2 dīng ㄉㄧㄥ 天干的第四位。參看368頁〖干支〗。

丁3 dīng ㄉㄧㄥ （丁兒）蔬菜、肉類等切成的小塊：黃瓜丁兒｜辣子炒雞丁。

丁4 dīng ㄉㄧㄥ 〈書〉遭逢；碰到：丁憂｜丁茲盛世。
另見1455頁 zhēng。

【丁壩】dīngbà ㄉㄧㄥ ㄅㄚˋ 一端跟堤岸連接成丁字形的壩，能改變水流，使河岸不受沖刷。

【丁部】dīngbù ㄉㄧㄥ ㄅㄨˋ 集部。

【丁冊】dīngcè ㄉㄧㄥ ㄘㄜˋ 舊時指戶口簿。

【丁村人】Dīngcūnrén ㄉㄧㄥ ㄘㄨㄣ ㄖㄣˊ 古代人類的一種，生活在舊石器時代中期，化石在1954年發現於山西襄汾縣丁村。

【丁噹】dīngdāng ㄉㄧㄥ ㄉㄤ 象聲詞，形容金屬、瓷器、玉飾等撞擊的聲音：環珮丁噹｜鐵馬丁噹｜碟子碗碰得丁丁噹噹的。也作叮噹、玎璫。

【丁點兒】dīngdiǎnr ㄉㄧㄥ ㄉㄧㄚㄦˇ 〈方〉量詞，

表示極少或極小(程度比'點兒'深)：一丁點兒毛病也沒有｜這丁點兒事何必放在心上。

【丁冬】dīngdōng ㄉㄧㄥ ㄉㄨㄥ 同'丁東'。

【丁東】dīngdōng ㄉㄧㄥ ㄉㄨㄥ 象聲詞，形容玉石、金屬等撞擊的聲音：玉珮丁東。也作丁冬。

【丁艱】dīngjiān ㄉㄧㄥ ㄐㄧㄢ 〈書〉丁憂。

【丁零】dīnglíng ㄉㄧㄥ ㄌㄧㄥˊ 象聲詞，形容鈴聲或小的金屬物體的撞擊聲：銅鈴丁零丁零地響。

【丁零噹啷】dīng·lingdānglāng ㄉㄧㄥ ·ㄌㄧㄥ ㄉㄤ ㄌㄤ 象聲詞，形容金屬、瓷器等連續撞擊聲。

【丁寧】dīngníng ㄉㄧㄥ ㄋㄧㄥˊ 反復地囑咐：他娘千丁寧萬囑咐，叫他一路上多加小心。也作叮嚀。

【丁是丁，卯是卯】dīng shì dīng, mǎo shì mǎo ㄉㄧㄥ ㄕˋ ㄉㄧㄥ, ㄇㄠˇ ㄕˋ ㄇㄠˇ 形容對事情認真，一點兒不含糊、不馬虎。也作釘是釘，鉚是鉚。

【丁香】[1] dīngxiāng ㄉㄧㄥ ㄒㄧㄤ ❶落葉灌木或小喬木，葉子卵圓形或腎臟形，花紫色或白色，有香味，花冠長筒狀。供觀賞。❷這種植物的花。‖也叫丁香花或紫丁香。

【丁香】[2] dīngxiāng ㄉㄧㄥ ㄒㄧㄤ 常綠喬木，葉子長橢圓形，花淡紅色，果實長球形。生在熱帶地方。花可入藥，種子可以榨丁香油，用做芳香劑。

【丁憂】dīngyōu ㄉㄧㄥ ㄧㄡ 〈書〉遭到父母的喪事。

【丁字尺】dīngzìchǐ ㄉㄧㄥ ㄗˋ ㄔˇ 繪圖的用具，多用木料或塑料製成，形狀像丁字。

【丁字鋼】dīngzìgāng ㄉㄧㄥ ㄗˋ ㄍㄤ 斷面呈T形的條狀鋼材。俗稱丁字鐵。

【丁字街】dīngzìjiē ㄉㄧㄥ ㄗˋ ㄐㄧㄝ 呈T形的街道。

仃 dīng ㄉㄧㄥ 見730頁〖伶仃〗。

叮 dīng ㄉㄧㄥ ❶(蚊子等)用針形口器插入人或牛馬等的皮膚吸取血液：腿上叫蚊子叮了一下。❷叮囑：千叮萬囑。❸追問：跟着我又叮了他一句，他說明天準去，我才放心。

【叮噹】dīngdāng ㄉㄧㄥ ㄉㄤ 同'丁噹'。

【叮嚀】dīngníng ㄉㄧㄥ ㄋㄧㄥˊ 同'丁寧'。

【叮問】dīngwèn ㄉㄧㄥ ㄨㄣˋ 〈方〉追問。

【叮咬】dīngyǎo ㄉㄧㄥ ㄧㄠˇ 叮①：蚊蟲叮咬。

【叮囑】dīngzhǔ ㄉㄧㄥ ㄓㄨˇ 再三囑咐：老師叮囑他，在新的環境下仍要繼續努力。

玎 dīng ㄉㄧㄥ 見下。

【玎璫】dīngdāng ㄉㄧㄥ ㄉㄤ 同'丁噹'。

【玎玲】dīnglíng ㄉㄧㄥ ㄌㄧㄥˊ 象聲詞，多形容玉石等撞擊的聲音。

盯 dīng ㄉㄧㄥ 把視綫集中在一點上；注視：輪到她射擊，大家的眼睛都盯住了靶心。也作釘。

【盯梢】dīng∥shāo ㄉㄧㄥ∥ㄕㄠ 同'釘梢'。

町 dīng ㄉㄧㄥ 畹町(Wǎndīng ㄨㄢˇ ㄉㄧㄥ)，地名，在雲南。

另見1142頁 tǐng。

疔 dīng ㄉㄧㄥ 中醫指病理變化急驟並有全身症狀的小瘡，堅硬而根深，形狀像釘。也叫疔瘡。

【疔毒】dīngdú ㄉㄧㄥ ㄉㄨˊ 中醫指症狀嚴重的疔瘡。

耵 dīng ㄉㄧㄥ［耵聹］(dīngníng ㄉㄧㄥ ㄋㄧㄥˊ)耳垢。

酊 dīng ㄉㄧㄥ 酊劑的簡稱。［拉 tinctura］

另見268頁 dǐng。

【酊劑】dīngjì ㄉㄧㄥ ㄐㄧˋ 把生藥浸在酒精裏或把化學藥物溶解在酒精裏而成的藥劑，如顛茄酊、橙皮酊、碘酊等。簡稱酊。

釘[1] (钉) dīng ㄉㄧㄥ (釘兒)釘子①：螺絲釘兒。

釘[2] (钉) dīng ㄉㄧㄥ ❶緊跟着不放鬆：小李釘住對方的前鋒，使他沒有得球機會。❷督促；催問：你要經常釘着他一點兒，免得他忘了。❸同'盯'。

另見271頁 dìng。

【釘齒耙】dīngchǐbà ㄉㄧㄥ ㄔˇ ㄅㄚˋ 用大鐵釘做齒的耙，用來弄碎土塊，平整地面。使用時平放在地面上，用牲畜或機器牽引。

【釘錘】dīngchuí ㄉㄧㄥ ㄔㄨㄟˊ 釘釘子用的小錘，錘頭一端是方柱形，另一端扁平，有的中間有起釘子用的狹縫。

【釘螺】dīngluó ㄉㄧㄥ ㄌㄨㄛˊ 螺的一種，卵生，殼圓錐形。生活在溫帶和亞熱帶的淡水裏和陸地上。是傳染血吸蟲病的媒介。

【釘帽】dīngmào ㄉㄧㄥ ㄇㄠˋ 釘的頂端，是承受錘打或旋轉的部分。

【釘耙】dīngpá ㄉㄧㄥ ㄆㄚˊ 用鐵釘做齒的耙子，是碎土、平土的農具。

【釘梢】dīng∥shāo ㄉㄧㄥ∥ㄕㄠ 暗中跟在後面(監視人的行動)。也作盯梢。

【釘是釘，鉚是鉚】dīng shì dīng, mǎo shì mǎo ㄉㄧㄥ ㄕˋ ㄉㄧㄥ, ㄇㄠˇ ㄕˋ ㄇㄠˇ 同'丁是丁，卯是卯'。

【釘鞋】dīngxié ㄉㄧㄥ ㄒㄧㄝˊ ❶舊式雨鞋，用布做幫，用桐油油過，鞋底釘上大帽子釘。❷體育運動上跑鞋和跳鞋的統稱。

【釘子】dīng·zi ㄉㄧㄥ ·ㄗ ❶金屬製成的細棍形的物件，一端有扁平的頭，另一端尖銳，主要起固定或連接作用，也可以用來懸挂物品或做別的用處。❷比喻難以處置或解決的事物：釘子戶。❸比喻埋伏的人：安插釘子。

【釘子戶】dīng·zihù ㄉㄧㄥ ·ㄗ ㄏㄨˋ 指在城市建

設徵用土地時，討價還價，不肯遷走的住戶。

靪 dīng ㄉㄧㄥ 補鞋底：靪前掌。

dǐng (ㄉㄧㄥˇ)

酊 dǐng ㄉㄧㄥˇ 見810頁〔酩酊〕。另見267頁dīng。

頂(顶) dǐng ㄉㄧㄥˇ ❶(頂兒)人體或物體上最高的部分：頭頂｜屋頂｜山頂｜塔頂兒。❷用頭支承：頂碗(雜技)◇頂天立地｜他頂着雨就走了。❸從下面拱起：種子的嫩芽把土頂起來了。❹用頭或角撞擊：頂球｜這頭牛時常頂人。❺支撐；抵住：拿杠子頂上門｜列車在前，機車在後面頂着走。❻對面迎着：頂風｜頂頭。❼頂撞：他聽了姑母的話很不滿意，就頂了她幾句。❽擔當；支持：活兒重，兩個人頂不下來。❾相當；抵：他一個人頂兩個人。❿頂替：頂名兒｜不能拿次貨頂好貨。⓫指轉讓或取得企業經營權、房屋租賃權：頂盤｜頂出去｜頂進來。⓬〈方〉到(某個時間)：頂下午兩點他才吃飯。⓭量詞，用於某些有頂的東西：一頂帽子｜一頂帳子。⓮副詞，表示程度最高：頂大｜頂好｜頂討厭｜頂喜歡唱歌｜頂有勁兒。

【頂班】dǐng//bān ㄉㄧㄥˇ//ㄅㄢ (頂班兒)替班：車間有人病了，他就去頂班。

【頂班】dǐngbān ㄉㄧㄥˇ ㄅㄢ 在規定時間內做頂一個勞動力的工作：頂班勞動。

【頂板】dǐngbǎn ㄉㄧㄥˇ ㄅㄢˇ ❶礦井內巷道頂上的岩石層。❷天花板。

【頂承】dǐngchéng ㄉㄧㄥˇ ㄔㄥˊ ❶承擔：出了甚麼問題，由我頂承。❷承受。

【頂燈】dǐngdēng ㄉㄧㄥˇ ㄉㄥ ❶汽車車頂上安裝的燈，燈罩上用文字或用顏色表示車輛的用途。❷安裝在天花板上的燈。

【頂點】dǐngdiǎn ㄉㄧㄥˇ ㄉㄧㄢˇ ❶角的兩條邊的交點；錐體的尖頂。❷最高點；極點：比賽的激烈程度達到了頂點。

【頂端】dǐngduān ㄉㄧㄥˇ ㄉㄨㄢ ❶最高最上的部分：登上電視塔的頂端。❷末尾：我們走到大橋的頂端。

【頂風】dǐng//fēng ㄉㄧㄥˇ//ㄈㄥ 迎着風：頂風冒雪｜頂風逆水，船走得更慢了。

【頂風】dǐngfēng ㄉㄧㄥˇ ㄈㄥ 跟(人、車、船等)前進的方向相反的風。

【頂峰】dǐngfēng ㄉㄧㄥˇ ㄈㄥ ❶山的最高處：登上泰山頂峰。❷比喻事物發展過程中的最高點：攀登科學的頂峰。

【頂缸】dǐng//gāng ㄉㄧㄥˇ//ㄍㄤ 比喻代人承擔責任。

【頂崗】dǐnggǎng ㄉㄧㄥˇ ㄍㄤˇ 〈方〉頂班：頂崗勞動｜頂崗任教。

【頂杠】dǐng//gàng ㄉㄧㄥˇ//ㄍㄤˋ 爭辯：他脾氣壞，愛跟人頂杠。也說頂杠子。

【頂格】dǐnggé ㄉㄧㄥˇ ㄍㄜˊ (頂格兒)書寫或排版時，把字寫在或排在橫行最左邊的一格或直行最上邊的一格：這行要頂格書寫。

【頂骨】dǐnggǔ ㄉㄧㄥˇ ㄍㄨˇ 頭骨之一，略呈扁方形，在頭的頂部，左右各一塊。

【頂刮刮】dǐngguāguā ㄉㄧㄥˇ ㄍㄨㄚ ㄍㄨㄚ (頂刮刮的)形容頂好。也作頂呱呱。

【頂尖】dǐngjiān ㄉㄧㄥˇ ㄐㄧㄢ (頂尖兒)❶頂心：打掉棉花頂尖。❷泛指最高最上的部分：鍍金塔的頂尖在陽光下十分耀眼。❸達到最高水平的：頂尖大學｜頂尖人物。

【頂禮】dǐnglǐ ㄉㄧㄥˇ ㄌㄧˇ 跪下，兩手伏在地上，用頭頂着所尊敬的人的腳。是佛教徒最高的敬禮：頂禮膜拜(比喻對人特別崇敬，現多用於貶義)。

【頂樑柱】dǐngliángzhù ㄉㄧㄥˇ ㄌㄧㄤˊ ㄓㄨˋ 比喻起主要作用的骨幹力量。

【頂樓】dǐnglóu ㄉㄧㄥˇ ㄌㄡˊ 樓房的最上面的一層。

【頂門兒】dǐngménr ㄉㄧㄥˇ ㄇㄣˊ 頭頂前面的部分：頂門兒上的頭髮已經脫光了。

【頂命】dǐng//mìng ㄉㄧㄥˇ//ㄇㄧㄥˋ 抵命。

【頂牛兒】[1] dǐng//niúr ㄉㄧㄥˇ//ㄋㄧㄡˊ 比喻爭持不下或互相衝突：他們兩人一談就頂起牛兒來了｜這兩節課排得頂牛兒了。

【頂牛兒】[2] dǐng//niúr ㄉㄧㄥˇ//ㄋㄧㄡˊ 骨牌的一種玩法，兩家或幾家輪流出牌，點數相同的一頭互相銜接，接不上的人從手裏選一張牌扣下，以終局不扣牌或所扣點數最小者為勝。也叫接龍。

【頂盤】dǐngpán ㄉㄧㄥˇ ㄆㄢˊ (頂盤兒)指買下出倒的工廠或商店，繼續營業。

【頂棚】dǐngpéng ㄉㄧㄥˇ ㄆㄥˊ 天棚①。

【頂事】dǐng//shì ㄉㄧㄥˇ//ㄕˋ (頂事兒)能解決問題；有用：別看他個子小，幹起活來可頂事呢｜多穿件夾衣也還頂事｜吃這藥不頂事。

【頂視圖】dǐngshìtú ㄉㄧㄥˇ ㄕˋ ㄊㄨˊ 見355頁〖俯視圖〗。

【頂數】dǐng//shù ㄉㄧㄥˇ//ㄕㄨˋ (頂數兒)❶充數：別拿不合格的產品頂數。❷有效力；有用(多用於否定式)：你說的不頂數。

【頂替】dǐngtì ㄉㄧㄥˇ ㄊㄧˋ 頂名代替；由別的人、物接替或代替：冒名頂替｜他沒來，我臨時頂替一下。

【頂天立地】dǐng tiān lì dì ㄉㄧㄥˇ ㄊㄧㄢ ㄌㄧˋ ㄉㄧˋ 形容形象高大，氣概雄偉豪邁。

【頂頭】dǐngtóu ㄉㄧㄥˇ ㄊㄡˊ 迎面：頂頭風｜一出胡同，頂頭碰上了李大媽。

【頂頭上司】dǐngtóu shàng·si ㄉㄧㄥˇ ㄊㄡˊ ㄕㄤˋ ·ㄙ 指直接領導自己的人或機構。

【頂箱】dǐngxiāng ㄉㄧㄥˇ ㄒㄧㄤ 立櫃上面的

小櫃。

【頂心】dǐngxīn ㄉㄧㄥˇ ㄒㄧㄣ 棉花等作物主莖的頂端。也叫頂尖。

【頂用】dǐng//yòng ㄉㄧㄥˇ//ㄩㄥˋ 有用；頂事：小牛再養上一年就頂用了｜這件事需要你去，我去不頂甚麼用。

【頂賬】dǐng//zhàng ㄉㄧㄥˇ//ㄓㄤˋ 抵賬。

【頂真】[1] dǐngzhēn ㄉㄧㄥˇ ㄓㄣ 〈方〉認真：大事小事他都很頂真。

【頂真】[2] dǐngzhēn ㄉㄧㄥˇ ㄓㄣ 一種修辭方法，用前面結尾的詞語或句子作下文的起頭。例如李白《白雲歌送劉十六歸山》：'楚山秦山皆白雲。白雲處處長隨君。長隨君；君入楚山裏，雲亦隨君渡湘水。湘水上，女羅衣，白雲堪臥君早歸。'也作頂針。

【頂針】dǐngzhēn ㄉㄧㄥˇ ㄓㄣ 同'頂真'[2]。

【頂針】dǐng·zhen ㄉㄧㄥˇ ·ㄓㄣ (頂針兒) 做針綫活時戴在手指上的工具，用金屬或其他材料製成，上面有許多小窩兒，用來抵住針鼻兒，使針容易穿過活計而手指不至於受傷。

【頂珠】dǐngzhū ㄉㄧㄥˇ ㄓㄨ (頂珠兒) 清朝官吏裝在帽頂正中的飾物，下有金屬小座，座上面安一個核桃大小的圓珠，珠的質料和顏色表示一定品級。也叫頂兒，頂子。

【頂撞】dǐngzhuàng ㄉㄧㄥˇ ㄓㄨㄤˋ 用強硬的話反駁別人 (多指對長輩或上級)：他後悔不該頂撞父親。

【頂子】dǐng·zi ㄉㄧㄥˇ ·ㄗ ❶亭子、塔、轎子等頂上的裝飾部分。❷頂珠。❸房頂：挑 (tiǎo) 頂子 (拆修房頂)。

【頂嘴】dǐng//zuǐ ㄉㄧㄥˇ//ㄗㄨㄟˇ 爭辯 (多指對尊長)：小孩子不要跟大人頂嘴。

【頂罪】dǐng//zuì ㄉㄧㄥˇ//ㄗㄨㄟˋ ❶代替別人承擔罪責。❷抵罪：罰不頂罪。

鼎[1] dǐng ㄉㄧㄥˇ ❶古代煮東西用的器物，三足兩耳。❷〈書〉比喻王位、帝業：定鼎｜問鼎。❸〈書〉大：鼎力｜鼎言。❹〈方〉鍋。

鼎[2] dǐng ㄉㄧㄥˇ 〈書〉正當；正在：鼎盛。

【鼎鼎】dǐngdǐng ㄉㄧㄥˇ ㄉㄧㄥˇ 盛大：鼎鼎大名。

【鼎沸】dǐngfèi ㄉㄧㄥˇ ㄈㄟˋ 〈書〉形容喧鬧、混亂，像水在鍋裏沸騰一樣：人聲鼎沸｜輿論鼎沸。

【鼎革】dǐnggé ㄉㄧㄥˇ ㄍㄜˊ 〈書〉除舊佈新，指改朝換代。參看385頁〖革故鼎新〗。

【鼎力】dǐnglì ㄉㄧㄥˇ ㄌㄧˋ 〈書〉敬辭，大力 (表示請託或感謝時用)：多蒙鼎力協助，無任感謝！

【鼎立】dǐnglì ㄉㄧㄥˇ ㄌㄧˋ 三方面的勢力對立 (像鼎的三條腿)：赤壁之戰決定了魏、蜀、吳三國鼎立的局面。

【鼎盛】dǐngshèng ㄉㄧㄥˇ ㄕㄥˋ 正當興盛或強壯：鼎盛時期｜春秋鼎盛 (正當壯年)。

【鼎新】dǐngxīn ㄉㄧㄥˇ ㄒㄧㄣ 〈書〉革新：革故鼎新。

【鼎言】dǐngyán ㄉㄧㄥˇ ㄧㄢˊ 〈書〉有分量的言論。

【鼎峙】dǐngzhì ㄉㄧㄥˇ ㄓˋ 〈書〉三方面對立。鼎有三足，所以叫鼎峙。

【鼎足】dǐngzú ㄉㄧㄥˇ ㄗㄨˊ 鼎的腿，比喻三方面對立的局勢：鼎足而三｜勢成鼎足。

dìng (ㄉㄧㄥˋ)

定 dìng ㄉㄧㄥˋ ❶平靜；穩定：立定｜坐定｜心神不定。❷固定；使固定：定影｜定睛觀看。❸決定；使確定：商定｜定計劃｜開會時間定在明天上午。❹已經確定的；不改變的：定理｜定論｜定局。❺規定的：定量｜定時｜定期。❻約定：定報｜定單｜定了一批貨。❼〈書〉必定；一定：定可取得勝利。❽ (Dìng) 姓。

【定案】dìng//àn ㄉㄧㄥˋ//ㄢˋ 對案件、方案等做最後的決定：拍板定案。

【定案】dìng'àn ㄉㄧㄥˋ ㄢˋ 對案件、方案等所做的最後決定：這個問題已有定案，不要再討論了。

【定本】dìngběn ㄉㄧㄥˋ ㄅㄣˇ 校正後改定的本子。

【定編】dìngbiān ㄉㄧㄥˋ ㄅㄧㄢ 確定編制。

【定常流】dìngchángliú ㄉㄧㄥˋ ㄔㄤˊ ㄌㄧㄡˊ 穩定流。

【定場白】dìngchǎngbái ㄉㄧㄥˋ ㄔㄤˇ ㄅㄞˊ 戲曲中角色第一次出場說的自我介紹的獨白。

【定場詩】dìngchǎngshī ㄉㄧㄥˋ ㄔㄤˇ ㄕ 戲曲中角色第一次出場開頭所唸的詩，通常是四句。

【定單】dìngdān ㄉㄧㄥˋ ㄉㄢ 同'訂單'。

【定當】dìngdàng ㄉㄧㄥˋ ㄉㄤˋ 〈方〉停當；妥當：商量定當｜安排定當。

【定點】dìngdiǎn ㄉㄧㄥˋ ㄉㄧㄢˇ ❶選定或指定在某一處：定點供應｜定點跳傘。❷選定或指定專門從事某項工作的：涉外定點飯店｜該廠是生產冰箱的定點廠。❸規定時間的：定點航船｜定點作業。

【定鼎】dìngdǐng ㄉㄧㄥˋ ㄉㄧㄥˇ 〈書〉相傳禹鑄九鼎，為古代傳國之寶，保存在王朝建都的地方。後來稱定都或建立王朝為定鼎。

【定都】dìng//dū ㄉㄧㄥˋ//ㄉㄨ 把首都設在 (某地)。

【定奪】dìngduó ㄉㄧㄥˋ ㄉㄨㄛˊ 對事情做可否或取捨的決定：等討論後再行定奪。

【定額】dìng'é ㄉㄧㄥˋ ㄜˊ ❶規定數額：定額管理｜定額供應。❷規定的數量：提前完成生產定額。

【定稿】dìnggǎo ㄉㄧㄥˋ ㄍㄠˇ ❶修改並確定稿

子：全書由主編定稿。❷修改後確定下來的稿子：年內可把定稿交出版社。

【定格】dìnggé ㄉㄧㄥˋ ㄍㄜˊ ❶電影、電視片的活動畫面突然停止在某一個畫面上，叫做定格。❷固定不變的格式；一定的規格：寫小説並無定格。

【定更】dìnggēng ㄉㄧㄥˋ ㄍㄥ 舊時晚上八點鐘左右，打鼓報告初更開始。

【定購】dìnggòu ㄉㄧㄥˋ ㄍㄡˋ 同'訂購'。

【定規】dìngguī ㄉㄧㄥˋ ㄍㄨㄟ ❶一定的規矩；成規：月底盤點，已成定規。❷〈方〉一定(專指主觀意志)：叫他不要去，他定規要去。

【定戶】dìnghù ㄉㄧㄥˋ ㄏㄨˋ 同'訂戶'。

【定滑輪】dìnghuálún ㄉㄧㄥˋ ㄏㄨㄚˊ ㄌㄨㄣˊ 位置固定的滑輪，使用時輪子轉動而整個滑輪不發生位移。使用這種滑輪能夠改變力的方向，但不能省力，也不能縮短路程。

【定婚】dìng∥hūn ㄉㄧㄥˋ∥ㄏㄨㄣ 同'訂婚'。

【定貨】dìng∥huò ㄉㄧㄥˋ∥ㄏㄨㄛˋ 同'訂貨'(dìng∥huò)。

【定貨】dìnghuò ㄉㄧㄥˋ ㄏㄨㄛˋ 同'訂貨'(dìnghuò)。

【定價】dìng∥jià ㄉㄧㄥˋ∥ㄐㄧㄚˋ 規定價錢：合理定價｜你先定個價吧。

【定價】dìngjià ㄉㄧㄥˋ ㄐㄧㄚˋ 規定的價錢：定價便宜｜降低定價。

【定見】dìngjiàn ㄉㄧㄥˋ ㄐㄧㄢˋ 確定的見解或主張。

【定金】dìngjīn ㄉㄧㄥˋ ㄐㄧㄣ 同'訂金'。

【定睛】dìngjīng ㄉㄧㄥˋ ㄐㄧㄥ 集中視綫：定睛細看。

【定居】dìng∥jū ㄉㄧㄥˋ∥ㄐㄩ 在某個地方固定地居住下來：回國定居｜定居北京。

【定居點】dìngjūdiǎn ㄉㄧㄥˋ ㄐㄩ ㄉㄧㄢˇ 指牧民、漁民等定居的地點。

【定局】dìngjú ㄉㄧㄥˋ ㄐㄩˊ ❶做最後決定：事情還沒定局，明天還可以再研究。❷確定不移的形勢：今年豐收已成定局。

【定理】dìnglǐ ㄉㄧㄥˋ ㄌㄧˇ 已經證明具有正確性、可以作為原則或規律的命題或公式，如幾何定理。

【定禮】dìnglǐ ㄉㄧㄥˋ ㄌㄧˇ 綵禮。

【定例】dìnglì ㄉㄧㄥˋ ㄌㄧˋ 沿襲下來經常實行的規矩：每到星期六我們廠總要放場電影，這差不多成了定例了。

【定量】dìngliàng ㄉㄧㄥˋ ㄌㄧㄤˋ ❶測定物質所含各種成分的數量：定量分析。❷規定數量：定量供應｜定質定量。❸規定的數量：超出定量。

【定量分析】dìngliàng fēnxī ㄉㄧㄥˋ ㄌㄧㄤˋ ㄈㄣ ㄒㄧ 分析化學上測定某種物質所含各種成分數量多少的方法。

【定律】dìnglǜ ㄉㄧㄥˋ ㄌㄩˋ 科學上對某種客觀規律的概括，反映事物在一定條件下發生一定變化過程的必然關係。

【定論】dìnglùn ㄉㄧㄥˋ ㄌㄨㄣˋ 確定的論斷：此事已有定論。

【定苗】dìng∥miáo ㄉㄧㄥˋ∥ㄇㄧㄠˊ 按一定株距留下長得好的幼苗，把多餘的苗去掉。

【定名】dìng∥míng ㄉㄧㄥˋ∥ㄇㄧㄥˊ 確定名稱；命名(不用於人)：這個連隊被定名為愛民模範連。

【定盤星】dìngpánxīng ㄉㄧㄥˋ ㄆㄢˊ ㄒㄧㄥ ❶戥子或桿秤上標誌起算點(重量為零)的星兒。❷比喻一定的主張(多用於否定句問句)；準主意：他做事沒有定盤星。

【定評】dìngpíng ㄉㄧㄥˋ ㄆㄧㄥˊ 確定的評論：這部作品早有定評。

【定期】dìngqī ㄉㄧㄥˋ ㄑㄧ ❶定下日期：定期召開代表大會。❷有一定期限的：定期刊物｜定期檢查｜定期存款。

【定錢】dìng·qián ㄉㄧㄥˋ ·ㄑㄧㄢˊ 購買或租賃時預先付給的一部分錢，作為成交的保證。

【定親】dìng∥qīn ㄉㄧㄥˋ∥ㄑㄧㄣ 訂婚(多指由父母做主的)。

【定然】dìngrán ㄉㄧㄥˋ ㄖㄢˊ 必定。

【定神】dìng∥shén ㄉㄧㄥˋ∥ㄕㄣˊ ❶集中注意力：聽見有人叫我，定神一看原來是小李。❷使心神安定。

【定時】dìngshí ㄉㄧㄥˋ ㄕˊ ❶按規定的時間；準時：定時吃藥｜定時起牀。❷一定的時間：吃飯要有定時。

【定時炸彈】dìngshí zhàdàn ㄉㄧㄥˋ ㄕˊ ㄓㄚˋ ㄉㄢˋ ❶雷管由計時器控制的炸彈，能按預定的時間爆炸。❷比喻潛在的危險。

【定式】dìngshì ㄉㄧㄥˋ ㄕˋ 長期形成的固定的方式或格式：心理定式｜思維定式。也作定勢。

【定説】dìngshuō ㄉㄧㄥˋ ㄕㄨㄛ 確定的説法：這種病的起因尚無定説。

【定位】dìngwèi ㄉㄧㄥˋ ㄨㄟˋ ❶用儀器對物體所在的位置進行測量。❷經測量後確定的位置。❸把事物放在適當的地位並做出某種評價：循名定位｜抓好產品價值定位。

【定息】dìngxī ㄉㄧㄥˋ ㄒㄧ 我國私營工商業實行全行業公私合營後，國家對工商業者的資產進行核定，在一定時期內按固定利率每年付給的利息。

【定弦】dìng∥xián ㄉㄧㄥˋ∥ㄒㄧㄢˊ (定弦兒) ❶調整樂器弦的鬆緊以校正音高。❷〈方〉比喻打定主意：你先別追問我，我還沒定弦呢。

【定向】dìngxiàng ㄉㄧㄥˋ ㄒㄧㄤˋ ❶測定方向：定向台(裝有特種接收設備，能測定被測電台電波發射方向的無綫電台)。❷指有一定方向：定向爆破｜定向招生。

【定向培育】dìngxiàng péiyù ㄉㄧㄥˋ ㄒㄧㄤˋ ㄆㄟˊ ㄩˋ 利用一定的生活環境促使動植物的遺傳

性向人們所要求的方向變化，如提高耐寒性、抗病能力等。

【定向天綫】dìngxiàng tiānxiàn ㄉㄧㄥˋ ㄒㄧㄤˋ ㄊㄧㄢ ㄒㄧㄢˋ 有方向性的天綫，在接收機上常作環形，在雷達通訊設備上常作凹面鏡形。

【定心丸】dìngxīnwán ㄉㄧㄥˋ ㄒㄧㄣ ㄨㄢˊ (定心丸兒) 比喻能使思想、情緒安定下來的言論或行動。

【定刑】dìngxíng ㄉㄧㄥˋ ㄒㄧㄥˊ 審判機關認定犯人應判處某種刑罰：定刑過重。

【定型】dìng//xíng ㄉㄧㄥˋ//ㄒㄧㄥˊ 事物的特點逐漸形成並固定下來。

【定性】dìng//xìng ㄉㄧㄥˋ//ㄒㄧㄥˋ 對犯有錯誤或罪行的人，確定其問題的性質：這個案子定性準確，量刑恰當。

【定性】dìngxìng ㄉㄧㄥˋ ㄒㄧㄥˋ 測定物質包含哪些成分及性質：定性分析。

【定性分析】dìngxìng fēnxī ㄉㄧㄥˋ ㄒㄧㄥˋ ㄈㄣ ㄒㄧ 分析化學上測定某種物質含有哪些成分的方法。

【定洋】dìngyáng ㄉㄧㄥˋ ㄧㄤˊ 定錢。

【定義】dìngyì ㄉㄧㄥˋ ㄧˋ 對於一種事物的本質特徵或一個概念的內涵和外延的確切而簡要的説明。

【定音鼓】dìngyīngǔ ㄉㄧㄥˋ ㄧㄣ ㄍㄨˇ 打擊樂器，形狀像鍋，用銅製成，在開口的一面蒙皮，裝有螺旋，能鬆緊鼓面來調整音高。主要用於交響樂隊。

【定影】dìngyǐng ㄉㄧㄥˋ ㄧㄥˇ 把經過顯影的感光材料放入配好的藥液裏，溶去全部鹵化銀，只留下銀質的影像，並把影像固定下來，不再變化。通常在暗室中進行。

【定語】dìngyǔ ㄉㄧㄥˋ ㄩˇ 名詞前邊的表示領屬、性質、數量等等的修飾成分。名詞、代詞、形容詞、數量詞等都可以做定語。例如'國家機關'的'國家'(領屬)，'新氣象'的'新'(性質)，'三架飛機'的'三架'(數量)。

【定員】dìngyuán ㄉㄧㄥˋ ㄩㄢˊ ❶規定人數：定員定編。❷規定的人數，指機關、部隊等人員編制的名額，或車船等規定容納乘客的數目。

【定閱】dìngyuè ㄉㄧㄥˋ ㄩㄝˋ 同'訂閱'。

【定植】dìngzhí ㄉㄧㄥˋ ㄓˊ 樹苗在苗圃裏生長1－2年後移植到固定的地方，也指蔬菜秧苗生長到一定時間或程度後移植到田地裏。

【定址】dìngzhǐ ㄉㄧㄥˋ ㄓˇ ❶把建築工程的位置設在(某地)：轎車總裝廠定址武漢。❷固定的住址：他成年東跑西顛，沒有個定址。

【定準】dìngzhǔn ㄉㄧㄥˋ ㄓㄨㄣˇ ❶(定準兒)確定的標準：工作要有個定準，不能各行其是。❷一定；肯定：你看見了定準滿意｜究竟派誰去，現在還沒定準。

【定子】dìngzǐ ㄉㄧㄥˋ ㄗˇ 電動機和發電機中，跟轉子相應而固定在外殼上的部分。

【定罪】dìng//zuì ㄉㄧㄥˋ//ㄗㄨㄟˋ 審判機關認定某違法行為符合刑事法律規定的某個罪名。

訂(订)

dìng ㄉㄧㄥˋ ❶經過研究商討而立下(條約、契約、計劃、章程等)：訂婚｜訂合同。❷預先約定：訂報｜預訂。❸改正(文字中的錯誤)：訂正｜修訂｜校訂。❹裝訂：訂書機｜用紙訂成一個本子。

【訂單】dìngdān ㄉㄧㄥˋ ㄉㄢ 訂購貨物的合同、單據。也作定單。

【訂購】dìnggòu ㄉㄧㄥˋ ㄍㄡˋ 約定購買(貨物等)：訂購機票。也作定購。

【訂戶】dìnghù ㄉㄧㄥˋ ㄏㄨˋ 由於預先約定而得到定期供應的個人或單位，如報刊的訂閱者，牛奶的用戶等。也作定戶。

【訂婚】dìng//hūn ㄉㄧㄥˋ//ㄏㄨㄣ 男女訂立婚約。也作定婚。

【訂貨】dìng//huò ㄉㄧㄥˋ//ㄏㄨㄛˋ 訂購產品或貨物：訂貨會｜訂貨合同｜訂了一批貨。也作定貨。

【訂貨】dìnghuò ㄉㄧㄥˋ ㄏㄨㄛˋ 預訂的產品或貨物：訂貨已如期發運。也作定貨。

【訂交】dìngjiāo ㄉㄧㄥˋ ㄐㄧㄠ 彼此結為朋友。

【訂金】dìngjīn ㄉㄧㄥˋ ㄐㄧㄣ 定錢。也作定金。

【訂立】dìnglì ㄉㄧㄥˋ ㄌㄧˋ 雙方或幾方把商定的事項用書面形式(如條約、合同等)肯定下來：訂立衛生公約｜兩國在平等互利的基礎上訂立了貿易協定。

【訂閱】dìngyuè ㄉㄧㄥˋ ㄩㄝˋ 預先付款訂購(報紙、期刊)。也作定閱。

【訂正】dìngzhèng ㄉㄧㄥˋ ㄓㄥˋ 改正(文字中的錯誤)。

釘(钉)

dìng ㄉㄧㄥˋ ❶把釘子捶打進別的東西；用釘子、螺絲釘等把東西固定在一定的位置或把分散的東西組合起來：釘釘(dīng)子｜釘馬掌｜門上釘上兩個合葉｜他用幾塊木板釘了個箱子。❷用針綫把帶子、紐釦等縫住：釘釦子。

另見267頁dīng。

飣(饤)

dìng ㄉㄧㄥˋ 見280頁〖餖飣〗。

啶

dìng ㄉㄧㄥˋ 見60頁〖吡啶〗。

腚

dìng ㄉㄧㄥˋ 〈方〉屁股。

碇(矴、椗)

dìng ㄉㄧㄥˋ 繫船的石墩：船已下碇。

鋌(铤)

dìng ㄉㄧㄥˋ 〈書〉未經冶鑄的銅鐵。

另見1142頁tǐng。

錠(锭)

dìng ㄉㄧㄥˋ ❶錠子。❷做成塊狀的金屬或藥物等：金錠｜鋼錠｜萬應錠。❸量詞，用於成錠的東西：一錠墨。

【錠劑】dìngjì ㄉㄧㄥˋ ㄐㄧˋ 藥物粉末製成的硬塊，供患者吞服、研汁內服或外用，如萬應錠、紫金錠、蟾酥錠等。

【錠子】dìng·zi ㄉㄧㄥˋ ·ㄗ 紗錠。

【錠子油】dìng·ziyóu ㄉㄧㄥˋ ·ㄗ ㄧㄡˊ 黏度中等的精製潤滑油，適用於紡紗機的錠子和各種負荷小、速度高的軸承和摩擦部分。

diū（ㄉㄧㄡ）

丟 diū ㄉㄧㄡ ❶遺失；失去：錢包丟了◇丟了工作。❷扔：不要隨地丟果皮。❸擱置；放：技術丟久了就生疏了｜只有這件事丟不開。

【丟醜】diū∥chǒu ㄉㄧㄡ∥ㄔㄡˇ 丟臉：他不願在眾人面前丟醜。

【丟掉】diūdiào ㄉㄧㄡ ㄉㄧㄠˋ ❶遺失：不小心把鑰匙丟掉了◇丟掉飯碗（失業）。❷拋棄：丟掉幻想。

【丟份】diū∥fèn ㄉㄧㄡ∥ㄈㄣˋ 〈方〉（丟份兒）有失身份；丟人。也説丟份子。

【丟臉】diū∥liǎn ㄉㄧㄡ∥ㄌㄧㄢˇ 喪失體面。

【丟面子】diū miàn·zi ㄉㄧㄡ ㄇㄧㄢˋ ·ㄗ 丟臉。

【丟棄】diūqì ㄉㄧㄡ ㄑㄧˋ 扔掉；拋棄：雖是舊衣服，他也捨不得丟棄。

【丟卻】diūquè ㄉㄧㄡ ㄑㄩㄝˋ ❶丟棄：那件心事總丟卻不下。❷遺失：書不慎丟卻，心裏好不懊惱。

【丟人】diū∥rén ㄉㄧㄡ∥ㄖㄣˊ 丟臉：丟人現眼。

【丟三落四】diū sān là sì ㄉㄧㄡ ㄙㄢ ㄌㄚˋ ㄙˋ 形容馬虎或記憶力不好而好忘事。

【丟失】diūshī ㄉㄧㄡ ㄕ 遺失：丟失行李｜丟失文件。

【丟手】diū∥shǒu ㄉㄧㄡ∥ㄕㄡˇ 放開不管：丟手不幹｜這種事趁早丟開手。

【丟眼色】diū yǎnsè ㄉㄧㄡ ㄧㄢˇ ㄙㄜˋ 用眼光暗示；使眼色。

銩（铥） diū ㄉㄧㄡ 金屬元素，符號 Tm（thulium）。是一種稀土金屬。銀白色，質軟。用作 X 射綫源等。

dōng（ㄉㄨㄥ）

冬[1] dōng ㄉㄨㄥ ❶冬季：隆冬｜冬耕｜冬眠｜在北京住了兩冬。❷（Dōng）姓。

冬[2]**（鼕）** dōng ㄉㄨㄥ 象聲詞，形容敲鼓或敲門等聲音。

【冬不拉】dōngbùlā ㄉㄨㄥ ㄅㄨˋ ㄌㄚ 哈薩克族的弦樂器，形狀略像半個梨加上長柄，一般有兩根弦或四根弦。也作東不拉。

【冬菜】dōngcài ㄉㄨㄥ ㄘㄞˋ ❶用白菜或芥菜葉醃製成的乾菜。❷冬季貯存、食用的蔬菜，如大白菜、胡蘿蔔等。

【冬蟲夏草】dōngchóng-xiàcǎo ㄉㄨㄥ ㄔㄨㄥˊ ㄒㄧㄚˋ ㄘㄠˇ 真菌的一種，寄生在鱗翅目昆蟲的幼體中，被害的幼蟲冬季鑽入土內，逐漸形成菌核，夏季從菌核或死蟲的身體上長出菌體的繁殖器官來，形狀像草，所以叫冬蟲夏草。可入藥。簡稱蟲草。

【冬耕】dōnggēng ㄉㄨㄥ ㄍㄥ 為保墒、除蟲、培養地力，在冬季翻鬆土地。

【冬菇】dōnggū ㄉㄨㄥ ㄍㄨ 冬季採集的香菇。

【冬瓜】dōngguā ㄉㄨㄥ ㄍㄨㄚ ❶一年生草本植物，莖上有捲鬚，能爬蔓，葉子大，開黃花。果實球形或長圓柱形，表面有毛和白粉，是普通蔬菜。皮和種子可入藥。❷這種植物的果實。

【冬灌】dōngguàn ㄉㄨㄥ ㄍㄨㄢˋ 冬季往田裏灌水，使土壤儲水，防止春旱。

【冬烘】dōnghōng ㄉㄨㄥ ㄏㄨㄥ （思想）迂腐，（知識）淺陋（含諷刺意）：冬烘先生｜頭腦冬烘。

【冬候鳥】dōnghòuniǎo ㄉㄨㄥ ㄏㄡˋ ㄋㄧㄠˇ 冬季在某個地區生活，春季飛到較遠而且較冷的地區繁殖，秋季又飛回原地區的鳥。如野鴨、大雁就是我國的冬候鳥。

【冬季】dōngjì ㄉㄨㄥ ㄐㄧˋ 一年的第四季，我國習慣指立冬到立春的三個月時間，也指農曆'十、十一、十二'三個月。參看1086頁〖四季〗。

【冬節】dōngjié ㄉㄨㄥ ㄐㄧㄝˊ 指冬至。

【冬令】dōnglìng ㄉㄨㄥ ㄌㄧㄥˋ ❶冬季。❷冬季的氣候：春行冬令（春天的氣候像冬天）。

【冬眠】dōngmián ㄉㄨㄥ ㄇㄧㄢˊ 某些動物對不利生活條件的一種適應。如蛙、龜、蛇、蝙蝠、刺猬等，冬季僵卧在洞裏，血液循環和呼吸非常緩慢，神經活動幾乎完全停止。

【冬青】dōngqīng ㄉㄨㄥ ㄑㄧㄥ 常綠喬木，葉子長橢圓形，前端尖，花白色，雌雄異株，果實球形，紅色，種子和樹皮可入藥。

【冬笋】dōngsǔn ㄉㄨㄥ ㄙㄨㄣˇ 冬季挖的毛竹的笋。生長在向陽而溫暖的地方，肉淺黃色，質嫩可食。

【冬天】dōngtiān ㄉㄨㄥ ㄊㄧㄢ 冬季。

【冬瘟】dōngwēn ㄉㄨㄥ ㄨㄣ 中醫稱冬季流行的瘟病。

【冬閑】dōngxián ㄉㄨㄥ ㄒㄧㄢˊ 指冬季農事較少（時節）：利用冬閑做好室內選種工作。

【冬小麥】dōngxiǎomài ㄉㄨㄥ ㄒㄧㄠˇ ㄇㄞˋ 指秋天播種第二年夏天收割的小麥。也叫冬麥。

【冬學】dōngxué ㄉㄨㄥ ㄒㄩㄝˊ 農民在冬季農閑時學習文化的組織。

【冬訓】dōngxùn ㄉㄨㄥ ㄒㄩㄣˋ 冬季訓練：籃球隊即將投入冬訓。

【冬衣】dōngyī ㄉㄨㄥ ㄧ 冬季穿的禦寒的衣服。

【冬泳】dōngyǒng ㄉㄨㄥ ㄩㄥˇ 冬季在江河湖海

裹游泳：冬泳比賽｜不畏嚴寒，堅持冬泳。

【冬月】dōngyuè ㄉㄨㄥ ㄩㄝˋ 指農曆十一月。

【冬運】dōngyùn ㄉㄨㄥ ㄩㄣˋ 運輸部門指冬季的運輸業務。

【冬蟄】dōngzhé ㄉㄨㄥ ㄓㄜˊ 冬眠。

【冬至】dōngzhì ㄉㄨㄥ ㄓˋ 二十四節氣之一，在12月21，22或23日。這一天太陽經過冬至點，北半球白天最短，夜間最長。參看589頁〖節氣〗、306頁〖二十四節氣〗。

【冬至點】dōngzhìdiǎn ㄉㄨㄥ ㄓˋ ㄉㄧㄢˇ 黃道上最南的一點，冬至這天太陽經過這個位置。

【冬至綫】dōngzhìxiàn ㄉㄨㄥ ㄓˋ ㄒㄧㄢˋ 南回歸綫。參看510頁〖回歸綫〗。

【冬裝】dōngzhuāng ㄉㄨㄥ ㄓㄨㄤ 冬季穿的禦寒的服裝。

東（东）dōng ㄉㄨㄥ ❶四個主要方向之一，太陽出來的一邊：東邊兒｜東方｜東風｜東城｜城東｜大江東去。❷主人（古時主位在東，賓位在西）：房東｜股東｜東家。❸（東兒）東道：我做東，請你們吃飯。❹（Dōng）姓。

【東半球】dōngbànqiú ㄉㄨㄥ ㄅㄢˋ ㄑㄧㄡˊ 地球的東半部，從西經20°起向東到東經160°止。陸地包括歐洲、非洲的全部，亞洲和大洋洲的絕大部分以及南極洲的大部分。

【東北】dōngběi ㄉㄨㄥ ㄅㄟˇ ❶東和北之間的方向：風向東北。❷（Dōngběi）指我國東北地區，包括遼寧、吉林、黑龍江三省以及內蒙古自治區的東部。

【東邊】dōng·bian ㄉㄨㄥ ·ㄅㄧㄢ （東邊兒）東①。

【東不拉】dōngbùlā ㄉㄨㄥ ㄅㄨˋ ㄌㄚ 同'冬不拉'。

【東昌紙】dōngchāngzhǐ ㄉㄨㄥ ㄔㄤ ㄓˇ 毛頭紙。

【東窗事發】dōng chuāng shì fā ㄉㄨㄥ ㄔㄨㄤ ㄕˋ ㄈㄚ 傳說宋朝秦檜在他家東窗下定計殺害了岳飛，地藏王（神名）化為一個行者到人間作證說東窗事犯了，秦檜不久就死了（見於元孔文卿《地藏王證東窗事犯雜劇》）。明田汝成《西湖遊覽誌餘》卷四裏說，秦檜死後他老婆請方士做法事，方士看見秦檜在陰間身帶鐵枷受苦，秦檜對他說：'可煩傳語夫人，東窗事發矣。'後來用'東窗事發'指罪行、陰謀敗露。也說東窗事犯。

【東牀】dōngchuáng ㄉㄨㄥ ㄔㄨㄤˊ 晉代太尉郗鑒派一位門客到王導家去選女婿。門客回來說：'王家的年輕人都很好，但是聽到有人去選女婿，都拘謹起來，只有一位在東邊牀上敞開衣襟吃飯的，好像沒聽到似的。'郗鑒說：'這正是一位好女婿。'這個人就是王羲之。於是把女兒嫁給他（見於《晉書·王羲之傳》）。因此，後來也稱女婿為東牀。

【東倒西歪】dōng dǎo xī wāi ㄉㄨㄥ ㄉㄠˇ ㄒㄧ ㄨㄞ ❶形容行走、坐立時身體歪斜或搖晃不穩的樣子。❷形容物體雜亂地歪斜或倒下的樣子。

【東道】dōngdào ㄉㄨㄥ ㄉㄠˋ ❶請客的主人：做東道｜略盡東道之誼。❷指請客的事兒或義務：做東道｜打個東道。

【東道國】dōngdàoguó ㄉㄨㄥ ㄉㄠˋ ㄍㄨㄛˊ 負責組織、安排國際會議、比賽等在本國舉行的國家。

【東道主】dōngdàozhǔ ㄉㄨㄥ ㄉㄠˋ ㄓㄨˇ 請客的主人。

【東佃】dōngdiàn ㄉㄨㄥ ㄉㄧㄢˋ 地主和佃戶的合稱。

【東方】[1] Dōngfāng ㄉㄨㄥ ㄈㄤ 姓。

【東方】[2] dōngfāng ㄉㄨㄥ ㄈㄤ ❶東①：東方紅，太陽升。❷（Dōngfāng）指亞洲（習慣上也包括埃及）。

【東非】Dōng Fēi ㄉㄨㄥ ㄈㄟ 非洲東部，包括索馬里、吉布提、埃塞俄比亞、肯尼亞、烏干達、盧旺達、布隆迪、坦桑尼亞和塞舌爾等。

【東風】dōngfēng ㄉㄨㄥ ㄈㄥ ❶指春風。❷比喻革命的力量或氣勢：東風壓倒西風。

【東風吹馬耳】dōngfēng chuī mǎ'ěr ㄉㄨㄥ ㄈㄥ ㄔㄨㄟ ㄇㄚˇ ㄦˇ 比喻對別人的話無動於衷。

【東宮】dōnggōng ㄉㄨㄥ ㄍㄨㄥ 封建時代太子住的地方，借指太子。

【東郭】Dōngguō ㄉㄨㄥ ㄍㄨㄛ 姓。

【東郭先生】Dōngguō xiān·sheng ㄉㄨㄥ ㄍㄨㄛ ㄒㄧㄢ ·ㄕㄥ 明馬中錫《中山狼傳》中的人物。因救助被人追逐的中山狼，差點兒被狼吃掉，是對壞人講仁慈的典型。

【東漢】Dōng Hàn ㄉㄨㄥ ㄏㄢˋ 朝代，公元25－220，自光武帝（劉秀）建武元年起到獻帝（劉協）延康元年止。建都洛陽。也叫後漢。

【東胡】Dōng Hú ㄉㄨㄥ ㄏㄨˊ 我國古代民族，居住在今內蒙古東南一帶。

【東家】dōng·jia ㄉㄨㄥ ·ㄐㄧㄚ 受人雇用或聘請的人稱他的主人；佃戶稱租給他土地的地主。

【東晉】Dōng Jìn ㄉㄨㄥ ㄐㄧㄣˋ 朝代，公元317－420，自元帝（司馬睿）建武元年起到恭帝（司馬德文）元熙二年止。建都建康（今南京）。

【東經】dōngjīng ㄉㄨㄥ ㄐㄧㄥ 本初子午綫以東的經度或經綫。參看604頁〖經度〗、606頁〖經綫〗。

【東鱗西爪】dōng lín xī zhǎo ㄉㄨㄥ ㄌㄧㄣˊ ㄒㄧ ㄓㄠˇ 見1341頁〖一鱗半爪〗。

【東南】dōngnán ㄉㄨㄥ ㄋㄢˊ ❶東和南之間的方向。❷（Dōngnán）指我國東南沿海地區，包括上海、江蘇、浙江、福建、台灣等省市。

【東南亞】Dōngnán Yà ㄉㄨㄥ ㄋㄢˊ ㄧㄚˋ 亞洲的東南部，包括越南、柬埔寨、老撾、泰國、緬甸、馬來西亞、新加坡、菲律賓、印度尼西亞和文萊等國。

【東歐】Dōng Ōu ㄉㄨㄥ ㄡ 歐洲東部，包括羅馬尼亞、波蘭、捷克、斯洛伐克、匈牙利等國和前蘇聯的歐洲部分。

【東三省】Dōng Sān Shěng ㄉㄨㄥ ㄙㄢ ㄕㄥˇ 東北遼寧、吉林、黑龍江三省的總稱。

【東山再起】Dōng Shān zài qǐ ㄉㄨㄥ ㄕㄢ ㄗㄞˋ ㄑㄧˇ 東晉謝安退職後在東山做隱士，後來又出任要職。比喻失勢之後，重新恢復地位。

【東施效顰】Dōngshī xiào pín ㄉㄨㄥ ㄕ ㄒㄧㄠˋ ㄆㄧㄣˊ 美女西施病了，皺着眉頭，按着心口。同村的醜女人看見了，覺得姿態很美，也學她的樣子，卻醜得可怕（見於《莊子·天運》）。後人把這個醜女人稱做東施。'東施效顰'比喻胡亂模仿，效果很壞。

【東魏】Dōng Wèi ㄉㄨㄥ ㄨㄟˋ 北朝之一，公元534－550，元善見所建。參看49頁〖北魏〗。

【東西】dōngxī ㄉㄨㄥ ㄒㄧ ❶東邊和西邊。❷從東到西（距離）：這座城東西三里，南北五里。

【東…西…】dōng…xī… ㄉㄨㄥ…ㄒㄧ… 表示'這裏…那裏…'的意思：東奔西跑｜東張西望｜東拼西湊｜東倒西歪｜東塗西抹｜東一句，西一句。

【東西】dōng·xi ㄉㄨㄥ ·ㄒㄧ ❶泛指各種具體的或抽象的事物：他買東西去了｜霧很大，十幾步以外的東西就看不見了｜語言這東西，不是隨便可以學好的，非下苦功不可｜咱們寫東西要用普通話。❷特指人或動物（多含厭惡或喜愛的感情）：老東西｜笨東西｜這小東西真可愛。

【東鄉族】Dōngxiāngzú ㄉㄨㄥ ㄒㄧㄤ ㄗㄨˊ 我國少數民族之一，主要分佈在甘肅。

【東亞】Dōng Yà ㄉㄨㄥ ㄧㄚˋ 亞洲東部，包括中國、朝鮮、韓國、蒙古和日本等國。

【東洋】Dōngyáng ㄉㄨㄥ ㄧㄤˊ 指日本：東洋人｜東洋貨。

【東野】Dōngyě ㄉㄨㄥ ㄧㄝˇ 姓。

【東瀛】dōngyíng ㄉㄨㄥ ㄧㄥˊ 〈書〉❶東海。❷指日本：留學東瀛。

【東正教】Dōngzhèngjiào ㄉㄨㄥ ㄓㄥˋ ㄐㄧㄠˋ 見1459頁〖正教〗。

【東周】Dōng Zhōu ㄉㄨㄥ ㄓㄡ 朝代，公元前770－公元前256，自周平王（姬宜臼）遷都洛邑（在今河南洛陽市西）起，到被秦滅亡止。

咚 dōng ㄉㄨㄥ 同'冬[2]'。

氡 dōng ㄉㄨㄥ 氣體元素，符號Rn (radon)。無色，在大氣中含量極少，有放射性，用來治療惡性腫瘤。

崬（岽） dōng ㄉㄨㄥ 崬羅（Dōngluó ㄉㄨㄥ ㄌㄨㄛˊ），地名，在廣西。

崠（蝀） dōng ㄉㄨㄥ 見254頁〔螮蝀〕(dì-dōng)。

鶇（鸫） dōng ㄉㄨㄥ 鳥的一科，嘴細長而側扁，翅膀長而平，叫的聲音好聽。

dǒng（ㄉㄨㄥˇ）

董〔董〕 dǒng ㄉㄨㄥˇ ❶〈書〉監督管理：董理｜董其成。❷董事：校董｜商董。❸(Dǒng) 姓。

【董酒】dǒngjiǔ ㄉㄨㄥˇ ㄐㄧㄡˇ 貴州遵義出產的一種白酒。

【董事】dǒngshì ㄉㄨㄥˇ ㄕˋ 董事會的成員。

【董事會】dǒngshìhuì ㄉㄨㄥˇ ㄕˋ ㄏㄨㄟˋ 某些企業或學校、團體等的領導機構。

懂〔懂〕 dǒng ㄉㄨㄥˇ 知道；了解：懂事｜懂行｜懂英語｜他的話我聽懂了。

【懂得】dǒng·de ㄉㄨㄥˇ ·ㄉㄜ 知道（意義、做法等）：懂得規矩｜你懂得這句話的意思嗎？

【懂行】dǒngháng ㄉㄨㄥˇ ㄏㄤˊ 熟悉某一種業務：向懂行的人請教。

【懂事】dǒng∥shì ㄉㄨㄥˇ∥ㄕˋ 了解別人的意圖或一般事理：懂事明理｜這孩子很懂事。

dòng（ㄉㄨㄥˋ）

侗 Dòng ㄉㄨㄥˋ 侗族。
另見1148頁 tóng；1149頁 tǒng。

【侗劇】Dòngjù ㄉㄨㄥˋ ㄐㄩˋ 侗族戲曲劇種，流行於貴州、廣西等地侗族聚居的地區。

【侗族】Dòngzú ㄉㄨㄥˋ ㄗㄨˊ 我國少數民族之一，分佈在貴州、湖南和廣西。

垌 dòng ㄉㄨㄥˋ 〈方〉田地（多用於地名）：合傘垌（在貴州）｜儒垌（在廣東）。
另見1148頁 tóng。

峒 dòng ㄉㄨㄥˋ 山洞（多用於地名）：吉峒坪（在湖南）｜峒中（在廣東）。
另見1148頁 tóng。

洞 dòng ㄉㄨㄥˋ ❶（洞兒）物體中間的穿通的或凹入較深的部分：洞穴｜山洞｜衣服破了一個洞◇漏洞。❷〈書〉穿透：彈洞其腹。❸說數字時用來代替'0'。❹深遠；透徹：洞曉｜洞察一切｜洞若觀火。

【洞察】dòngchá ㄉㄨㄥˋ ㄔㄚˊ 觀察得很清楚：洞察下情｜洞察其奸。

【洞徹】dòngchè ㄉㄨㄥˋ ㄔㄜˋ 透徹地了解：洞徹事理。

【洞達】dòngdá ㄉㄨㄥˋ ㄉㄚˊ 很明白；很了解：洞達人情世故。

【洞房】dòngfáng ㄉㄨㄥˋ ㄈㄤˊ 新婚夫婦的房間：鬧洞房｜洞房花燭（舊時結婚的景象，新婚之夜，洞房裏點花燭）。

【洞府】dòngfǔ ㄉㄨㄥˋ ㄈㄨˇ 神話傳説深山中神

仙所住的地方。

【洞見】dòngjiàn ㄉㄨㄥˋ ㄐㄧㄢˋ 很清楚地見到：洞見肺腑(形容誠懇坦白)。

【洞開】dòngkāi ㄉㄨㄥˋ ㄎㄞ (門窗等)大開：門戶洞開。

【洞若觀火】dòng ruò guān huǒ ㄉㄨㄥˋ ㄖㄨㄛˋ ㄍㄨㄢ ㄏㄨㄛˇ 形容看得清楚明白。

【洞天】dòngtiān ㄉㄨㄥˋ ㄊㄧㄢ 道教指神仙居住的地方，現在多用來指引人入勝的境地：別有洞天。

【洞天福地】dòngtiān fúdì ㄉㄨㄥˋ ㄊㄧㄢ ㄈㄨˊ ㄉㄧˋ 道教指神仙居住的地方，現泛指名山勝境。

【洞悉】dòngxī ㄉㄨㄥˋ ㄒㄧ 很清楚地知道：洞悉內情。

【洞簫】dòngxiāo ㄉㄨㄥˋ ㄒㄧㄠ 簫，因不封底而得名。

【洞曉】dòngxiǎo ㄉㄨㄥˋ ㄒㄧㄠˇ 透徹地知道；精通：洞曉音律｜洞曉其中利弊。

【洞穴】dòngxué ㄉㄨㄥˋ ㄒㄩㄝˊ 地洞或山洞(多指能藏人或東西的)。

【洞燭其奸】dòng zhú qí jiān ㄉㄨㄥˋ ㄓㄨˊ ㄑㄧˊ ㄐㄧㄢ 形容看透對方的陰謀詭計。

【洞子】dòng·zi ㄉㄨㄥˋ ·ㄗ ❶〈方〉冬天培植花草、蔬菜等的暖房：花兒洞子｜洞子貨。❷洞穴。

【洞子貨】dòng·zihuò ㄉㄨㄥˋ ·ㄗ ㄏㄨㄛˋ 〈方〉指冬天在暖房培植的花草或蔬菜。

恫 dòng ㄉㄨㄥˋ 〈書〉恐懼；恐嚇：恫恐｜恫嚇。
另見1143頁 tōng。

【恫嚇】dònghè ㄉㄨㄥˋ ㄏㄜˋ 威嚇；嚇(xià)唬：不怕武力恫嚇。

胴 dòng ㄉㄨㄥˋ ❶軀幹(gàn)。❷〈書〉大腸。

【胴體】dòngtǐ ㄉㄨㄥˋ ㄊㄧˇ ❶軀幹，特指牲畜屠宰後，除去頭、尾、四肢、內臟等剩下的部分。❷指人的軀體。

凍(冻) dòng ㄉㄨㄥˋ ❶(液體或含水分的東西)遇冷凝固：不凍港｜缸裏的水凍了｜白菜要搶收入窖，不能讓它凍壞。❷(凍兒)湯汁等凝結成的半固體：肉凍兒｜魚凍兒。❸受冷或感到冷：我的腳凍了｜今天衣服穿少了，真凍得慌。

【凍瘡】dòngchuāng ㄉㄨㄥˋ ㄔㄨㄤ 局部皮膚因受低溫損害而成的瘡。

【凍豆腐】dòngdòu·fu ㄉㄨㄥˋ ㄉㄡˋ ·ㄈㄨ 經過冰凍的豆腐。

【凍害】dònghài ㄉㄨㄥˋ ㄏㄞˋ 農業上指由於氣溫下降使植物體的組織受到破壞。

【凍結】dòngjié ㄉㄨㄥˋ ㄐㄧㄝˊ ❶液體遇冷凝結；使物體受凍凝結。❷比喻阻止流動或變動(指人員、資金等)：凍結存款。❸比喻暫不執行或發展：協議凍結｜凍結雙方關係。

【凍餒】dòngněi ㄉㄨㄥˋ ㄋㄟˇ 〈書〉寒冷飢餓；受凍捱餓。

【凍傷】dòngshāng ㄉㄨㄥˋ ㄕㄤ 機體的組織由於低溫而引起的損傷。輕的皮膚紅腫，灼痛或發癢，重的皮膚起水泡，最重的引起皮膚、肌肉甚至骨骼壞死。

【凍雨】dòngyǔ ㄉㄨㄥˋ ㄩˇ 一種特殊的降水現象，這種雨從天空落下時是0°C以下的過冷卻水滴，一落地就結為固態的冰。

【凍瘃】dòngzhú ㄉㄨㄥˋ ㄓㄨˊ 〈方〉凍瘡。

硐 dòng ㄉㄨㄥˋ 山洞、窑洞或礦坑。

動(动) dòng ㄉㄨㄥˋ ❶(事物)改變原來位置或脱離靜止狀態(跟'靜'相對)：流動｜風吹草動｜你坐着別動｜這東西一個人拿不動。❷動作；行動：輕舉妄動｜一舉一動｜只要大家動起來，甚麼事都能辦。❸改變(事物)原來的位置或樣子：搬動｜挪動｜改動｜動用｜興師動眾。❹使用；使起作用：動筆｜動手｜動腦筋。❺觸動(思想感情)：動心｜動怒｜動了公憤。❻感動：這齣戲演得很動人。❼〈方〉吃；喝(多用於否定式)：這病不宜動葷腥｜他向來不動酒。❽動不動；常常：動輒得咎｜影片一經上演，觀眾動以萬計。

【動筆】dòng//bǐ ㄉㄨㄥˋ//ㄅㄧˇ 用筆寫或畫(多指開始寫或畫)；落筆：好久沒動筆了｜動筆之前，先要想一想。

【動兵】dòng//bīng ㄉㄨㄥˋ//ㄅㄧㄥ 出動軍隊打仗。

【動不動】dòng·budòng ㄉㄨㄥˋ ·ㄅㄨ ㄉㄨㄥˋ 表示很容易產生某種行動或情況(多指不希望發生的)，常跟'就'連用：動不動就感冒｜動不動就發脾氣。

【動產】dòngchǎn ㄉㄨㄥˋ ㄔㄢˇ 可以移動的財產，指金錢、器物等。

【動詞】dòngcí ㄉㄨㄥˋ ㄘˊ 表示人或事物的動作、存在、變化的詞，如'走、笑、有、在、看、寫、飛、落、保護、開始、起來、上去'。

【動盪】dòngdàng ㄉㄨㄥˋ ㄉㄤˋ ❶波浪起伏：湖水動盪。❷比喻局勢、情況不穩定；不平靜：社會動盪｜動盪不安｜動盪的年代。

【動肝火】dòng gānhuǒ ㄉㄨㄥˋ ㄍㄢ ㄏㄨㄛˇ 指發脾氣；發怒：有話慢慢説，不要動肝火。

【動感】dònggǎn ㄉㄨㄥˋ ㄍㄢˇ 指繪畫、雕刻、文藝作品中的形象等給人以栩栩如生的感覺：塑像極富動感。

【動工】dòng//gōng ㄉㄨㄥˋ//ㄍㄨㄥ ❶開工(指土木工程)：動工不到三個月，就完成了全部工程的一半。❷施工：這裏正在動工，車輛不能通過。

【動滑輪】dònghuálún ㄉㄨㄥˋ ㄏㄨㄚˊ ㄌㄨㄣˊ 位

置不固定的滑輪，使用時整個滑輪發生位移。使用這種滑輪可以省力。

【動畫片兒】dònghuàpiānr ㄉㄨㄥˋ ㄏㄨㄚˋ ㄆㄧㄢ ㄦ 動畫片。

【動畫片】dònghuàpiàn ㄉㄨㄥˋ ㄏㄨㄚˋ ㄆㄧㄢˋ 美術片的一種，把人、物的表情、動作、變化等分段畫成許多畫幅，再用攝影機連續拍攝而成。

【動換】dòng·huan ㄉㄨㄥˋ ·ㄏㄨㄢ 動彈；活動：車內太擠，人都沒法動換了。

【動火】dòng∥huǒ ㄉㄨㄥˋ∥ㄏㄨㄛˇ （動火兒）發怒：甚麼事值得這麼動火｜他一聽這話就動起火來。

【動機】dòngjī ㄉㄨㄥˋ ㄐㄧ 推動人從事某種行為的念頭：動機好，方法不對頭，也會把事辦壞。

【動勁兒】dòngjìnr ㄉㄨㄥˋ ㄐㄧㄣˋㄦ 〈方〉使力氣。

【動靜】dòng·jing ㄉㄨㄥˋ ·ㄐㄧㄥ ❶動作或說話的聲音：屋子裏靜悄悄的，一點動靜也沒有。❷（打聽或偵察的）情況：察看對方的動靜｜一有動靜，要馬上報告。

【動力】dònglì ㄉㄨㄥˋ ㄌㄧˋ ❶使機械作功的各種作用力，如水力、風力、電力、畜力等。❷比喻推動工作、事業等前進和發展的力量：人民是創造世界歷史的動力。

【動力機】dònglìjī ㄉㄨㄥˋ ㄌㄧˋ ㄐㄧ 發動機。

【動量】dòngliàng ㄉㄨㄥˋ ㄌㄧㄤˋ 表示運動物體運動特性的一種物理量。動量是一個矢量，它的方向和物體運動的方向相同，它的大小等於運動物體的質量和速度的乘積。

【動亂】dòngluàn ㄉㄨㄥˋ ㄌㄨㄢˋ （社會）騷動變亂。

【動輪】dònglún ㄉㄨㄥˋ ㄌㄨㄣˊ 機車或其他機械上跟動力直接相連的輪子。

【動脈】dòngmài ㄉㄨㄥˋ ㄇㄞˋ ❶把心臟中壓出來的血液輸送到全身各部分的血管。❷比喻重要的交通幹綫。

【動脈弓】dòngmàigōng ㄉㄨㄥˋ ㄇㄞˋ ㄍㄨㄥ 主動脈弓。

【動脈硬化】dòngmài yìnghuà ㄉㄨㄥˋ ㄇㄞˋ ㄧㄥˋ ㄏㄨㄚˋ 病，動脈管壁增厚，彈性減弱，管腔狹窄，甚至完全堵塞。多由高血壓、血液中膽固醇含量增多等引起。

【動脈粥樣硬化】dòngmài zhōuyàngyìnghuà ㄉㄨㄥˋ ㄇㄞˋ ㄓㄡ ㄧㄤˋ ㄧㄥˋ ㄏㄨㄚˋ 動脈硬化的一種，大、中動脈內膜出現含膽固醇、類脂肪等的黃色物質，多由脂肪代謝紊亂、神經血管功能失調引起。常導致血栓形成、供血障礙等。也叫粥樣硬化。

【動摩擦】dòngmócā ㄉㄨㄥˋ ㄇㄛˊ ㄘㄚ 接觸物體之間保持相對運動時的摩擦。

【動能】dòngnéng ㄉㄨㄥˋ ㄋㄥˊ 物體由於機械運動而具有的能，它的大小是運動物體的質量和速度平方乘積的 1/2。

【動怒】dòng∥nù ㄉㄨㄥˋ∥ㄋㄨˋ 發怒。

【動氣】dòng∥qì ㄉㄨㄥˋ∥ㄑㄧˋ 生氣：病中不宜動氣｜我從來沒有看見他動過氣。

【動情】dòng∥qíng ㄉㄨㄥˋ∥ㄑㄧㄥˊ ❶情緒激動：她越說越動情，淚水嘩嘩直流。❷產生愛慕的感情。

【動人】dòngrén ㄉㄨㄥˋ ㄖㄣˊ 感動人：美麗動人｜動人的歌聲。

【動人心弦】dòng rén xīnxián ㄉㄨㄥˋ ㄖㄣˊ ㄒㄧㄣ ㄒㄧㄢˊ 激動人心；非常動人：這是個多麼動人心弦的場面！也說動人心魄。

【動容】dòngróng ㄉㄨㄥˋ ㄖㄨㄥˊ 臉上出現受感動的表情：觀者無不為之動容。

【動身】dòng∥shēn ㄉㄨㄥˋ∥ㄕㄣ 啓程；出發：行李都打好了，明天早上就動身。

【動手】dòng∥shǒu ㄉㄨㄥˋ∥ㄕㄡˇ ❶開始做；做：早點兒動手早點兒完｜大家一齊動手。❷用手接觸：展覽品只許看，不許動手。❸指打人：兩人說着說着就動起手來了。

【動態】dòngtài ㄉㄨㄥˋ ㄊㄞˋ ❶（事情）變化發展的情況：科技動態｜從這些圖片裏可以看出我國建設的動態。❷藝術形象表現出的活動神態：畫中人物，動態各異，栩栩如生。❸運動變化狀態的或從運動變化狀態考察的：動態工作點｜動態電流｜動態分析。

【動彈】dòng·tan ㄉㄨㄥˋ ·ㄊㄢ （人、動物或能轉動的東西）活動：兩腳發木，動彈不得｜風車不動彈了。

【動聽】dòngtīng ㄉㄨㄥˋ ㄊㄧㄥ 聽起來使人感動或者感覺有興趣：娓娓動聽｜極平常的事兒，讓他說起來就很動聽。

【動土】dòng∥tǔ ㄉㄨㄥˋ∥ㄊㄨˇ 刨地（多用於建築、安葬等）。

【動問】dòngwèn ㄉㄨㄥˋ ㄨㄣˋ 客套話，請問：不敢動問，您是從北京來的嗎？

【動武】dòng∥wǔ ㄉㄨㄥˋ∥ㄨˇ 使用武力（包括毆打、發動戰爭）。

【動物】dòngwù ㄉㄨㄥˋ ㄨˋ 生物的一大類，這一類生物多以有機物為食料，有神經，有感覺，能運動。

【動物纖維】dòngwù xiānwéi ㄉㄨㄥˋ ㄨˋ ㄒㄧㄢ ㄨㄟˊ 來源於動物的纖維，如蠶絲、羊毛等。

【動物學】dòngwùxué ㄉㄨㄥˋ ㄨˋ ㄒㄩㄝˊ 研究動物的形態、生理、生態、分類、分佈和怎樣控制動物的學科。

【動物油】dòngwùyóu ㄉㄨㄥˋ ㄨˋ ㄧㄡˊ 從動物取得的油脂，如牛油、豬油、鯨油等。供食用，也可以做潤滑劑和化工原料。

【動物園】dòngwùyuán ㄉㄨㄥˋ ㄨˋ ㄩㄢˊ 飼養許多種動物（特別是科學上有價值或當地罕見的動物），供人觀賞的公園。

【動向】dòngxiàng ㄉㄨㄥˋ ㄒㄧㄤˋ 活動或發展的

方向：思想動向｜市場動向｜偵察敵人的動向。

【動心】dòng//xīn ㄉㄨㄥˋ//ㄒㄧㄣ 思想、感情發生波動：見財不動心｜經人一説，他也就動了心了。

【動刑】dòng//xíng ㄉㄨㄥˋ//ㄒㄧㄥˊ 施用刑具。

【動眼神經】dòngyǎn-shénjīng ㄉㄨㄥˋ ㄧㄢˇ ㄕㄣˊ ㄐㄧㄥ 第三對腦神經，從大腦腳發出，分佈在眼球的肌肉上，主管眼球的運動。

【動搖】dòngyáo ㄉㄨㄥˋ ㄧㄠˊ ❶不穩固；不堅定：動搖分子｜意志堅定，絕不動搖。❷使動搖：動搖軍心｜環境再艱苦也動搖不了這批青年征服自然的決心。

【動議】dòngyì ㄉㄨㄥˋ ㄧˋ 會議中的建議（一般指臨時的）：緊急動議。

【動用】dòngyòng ㄉㄨㄥˋ ㄩㄥˋ 使用：動用公款｜動用武力｜不得隨意動用庫存糧食。

【動員】dòngyuán ㄉㄨㄥˋ ㄩㄢˊ ❶把國家的武裝力量由和平狀態轉入戰時狀態，以及把所有的經濟部門（工業、農業、運輸業等）轉入供應戰爭需要的工作。❷發動人參加某項活動：動員報告｜全體動員，大搞衞生。

【動輒】dòngzhé ㄉㄨㄥˋ ㄓㄜˊ 〈書〉動不動就：動輒得咎｜動輒惡語相加。

【動輒得咎】dòng zhé dé jiù ㄉㄨㄥˋ ㄓㄜˊ ㄉㄜˊ ㄐㄧㄡˋ 動不動就受到責備或處分。

【動嘴】dòngzuǐ ㄉㄨㄥˋ ㄗㄨㄟˇ 指説話：別光動嘴，快幹活！

【動作】dòngzuò ㄉㄨㄥˋ ㄗㄨㄛˋ ❶全身或身體的一部分的活動：這一節操有四個動作｜動作敏捷。❷活動；行動起來：彈鋼琴要十個指頭都動作。

棟（栋） dòng ㄉㄨㄥˋ ❶〈書〉脊檁；正樑。❷量詞，房屋一座叫一棟。

【棟樑】dòngliáng ㄉㄨㄥˋ ㄌㄧㄤˊ 房屋的大樑，比喻擔負國家重任的人：棟樑之才｜社會棟樑。

腖（胨） dòng ㄉㄨㄥˋ 蛋白腖的簡稱。［英peptone］

働 dòng ㄉㄨㄥˋ 用於'勞働'，同'勞動'。

dōu（ㄉㄡ）

哣 dōu ㄉㄡ 怒斥聲（多見於早期白話）。

都 dōu ㄉㄡ 副詞。❶表示總括，所總括的成分一般在前：全家都搞財貿工作｜他無論幹甚麼都很帶勁兒。❷跟'是'字合用，説明理由：都是你磨蹭，要不我也不會遲到｜都是昨天這場雨，害得我們就誤了一天工。❸表示'甚至'：你待我比親姐姐都好｜今天一點兒都不冷｜一動都不動。❹表示'已經'：飯都涼了，快吃吧。

另見280頁 dū。

兜[1] dōu ㄉㄡ ❶（兜兒）口袋一類的東西：網兜兒｜褲兜兒｜中山服有四個兜兒。❷做成兜形把東西攏住：小女孩兒的衣襟裏兜着幾個海棠果兒｜老大娘用手巾兜着幾個雞蛋。❸繞：兜抄｜兜圈子◇許多感想兜上心頭。❹招攬：兜銷｜兜生意。❺承擔或包下來：沒關係，有問題我兜着。❻兜底：把他的老底全給兜出來。❼正對着；衝着：兜頭蓋臉。❽同'篼'。

兜[2] dōu ㄉㄡ 同'蔸'。

【兜抄】dōuchāo ㄉㄡ ㄔㄠ 從後面和兩旁包圍攻擊。

【兜底】dōu//dǐ ㄉㄡ//ㄉㄧˇ （兜底兒）把底細全部揭露出來（多指隱諱的事）：他的事兒全讓人兜了底。

【兜兜】dōu·dou ㄉㄡ ·ㄉㄡ 兜肚。

【兜兜褲兒】dōu·doukùr ㄉㄡ ·ㄉㄡ ㄎㄨㄦˋ 小孩兒夏天穿的帶兜肚的小短褲兒。

【兜肚】dōu·du ㄉㄡ ·ㄉㄨ 貼身護在胸部和腹部的像菱形的布，用帶子套在脖子上，左右兩角釘帶子束在背後。

【兜翻】dōu·fan ㄉㄡ ·ㄈㄢ 〈方〉❶翻弄（舊存的東西）：老太太又在開箱子兜翻她那點兒綉花的活計。❷重新提起（舊事舊話）：過去的那些事別兜翻了。❸揭穿（隱諱的事情）：把他的老底都給兜翻出來了。

【兜風】dōu//fēng ㄉㄡ//ㄈㄥ ❶（船帆、車篷等）擋住風：破帆不兜風。❷坐車、騎馬或乘遊艇兜圈子乘涼或遊逛：他開着車兜風去了。

【兜攬】dōulǎn ㄉㄡ ㄌㄢˇ ❶招引（顧客）：兜攬生意。❷把事情往身上拉：他就愛兜攬個事兒。

【兜鍪】dōumóu ㄉㄡ ㄇㄡˊ 古代作戰時戴的盔。

【兜圈子】dōu quān·zi ㄉㄡ ㄑㄩㄢ ·ㄗ 繞圈兒：飛機在樹林子上空兜了兩個圈子就飛走了◇別跟我兜圈子，有話直截了當地説吧。

【兜售】dōushòu ㄉㄡ ㄕㄡˋ 兜銷。

【兜頭蓋臉】dōu tóu gài liǎn ㄉㄡ ㄊㄡˊ ㄍㄞˋ ㄌㄧㄢˇ 正對着頭和臉：一盆水兜頭蓋臉全潑在他身上。也説兜頭蓋腦。

【兜銷】dōuxiāo ㄉㄡ ㄒㄧㄠ 到處找人購買（自己手上的貨物）：兜銷存貨。

【兜子】dōu·zi ㄉㄡ ·ㄗ ❶口袋一類的東西：車兜子｜褲兜子。❷同'篼子'。

【兜嘴】dōuzuǐ ㄉㄡ ㄗㄨㄟˇ 〈方〉❶圍嘴兒。❷籠嘴。

蔸〔䒬〕（橷） dōu ㄉㄡ 〈方〉❶指某些植物的根和靠近根的莖：禾蔸。❷量詞，相當於'棵'或'叢'：一蔸樹｜兩蔸白菜｜三蔸禾。

篼 dōu ㄉㄡ 竹、藤、柳條等做成的盛東西的器具：背篼。

【篼子】dōu·zi ㄉㄡ ·ㄗ 〈方〉用竹椅子捆在兩根竹竿上做成的交通工具，作用跟轎子相同。也作兜子。

dǒu（ㄉㄡˇ）

斗 dǒu ㄉㄡˇ ❶容量單位。10升等於1斗，10斗等於1石。❷量(liáng)糧食的器具，容量是一斗，方形，也有鼓形的，多用木頭或竹子製成。❸(斗兒)形狀略像斗的東西：漏斗｜風斗兒｜烟斗。❹圓形的指紋。❺古代盛酒的器具。❻二十八宿之一。通稱南斗。❼北斗星的簡稱：斗柄。❽同'陡'。

另見279頁 dòu'鬥'。

【斗筆】dǒubǐ ㄉㄡˇ ㄅㄧˇ 一種大型毛筆，筆頭兒安裝在一個斗形部件裏，上安筆桿兒。

【斗車】dǒuchē ㄉㄡˇ ㄔㄜ 工地、礦區常用的一種運輸工具，車身有點像斗，下面有輪，放在軌道上移動。

【斗膽】dǒudǎn ㄉㄡˇ ㄉㄢˇ 形容大膽(多用做謙辭)：我斗膽説一句，這件事情您做錯了。

【斗方】dǒufāng ㄉㄡˇ ㄈㄤ (斗方兒)書畫所用的方形紙張，也指一二尺見方的字畫。

【斗方名士】dǒufāng míngshì ㄉㄡˇ ㄈㄤ ㄇㄧㄥˊ ㄕˋ 指以風雅自命的無聊文人。

【斗拱】dǒugǒng ㄉㄡˇ ㄍㄨㄥˇ，又 dòugǒng ㄉㄡˋ ㄍㄨㄥˇ 我國建築特有的一種結構。在立柱和橫樑交接處，從柱頂上加的一層層探出成弓形的承重結構叫拱，拱與拱之間墊的方形木塊叫斗。合稱斗拱。也作枓拱、枓栱。

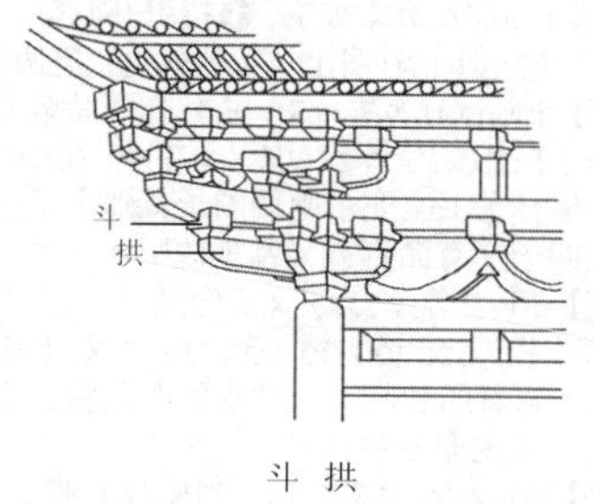

斗 拱

【斗箕】dǒu·ji ㄉㄡˇ ·ㄐㄧ 指印，因指紋有斗有箕，所以把指印叫做斗箕。

【斗笠】dǒulì ㄉㄡˇ ㄌㄧˋ 遮陽光和雨的帽子，有很寬的邊，用竹篾夾油紙或竹葉等製成。

【斗門】dǒumén ㄉㄡˇ ㄇㄣˊ 指農田灌溉系統中斗渠的水閘。

【斗篷】dǒu·peng ㄉㄡˇ ·ㄆㄥ ❶披在肩上的沒有袖子的外衣。❷〈方〉斗笠。

【斗渠】dǒuqú ㄉㄡˇ ㄑㄩˊ 由支渠引水到毛渠或灌區的渠道。

【斗筲】dǒushāo ㄉㄡˇ ㄕㄠ 〈書〉斗和筲都是容量不大的容器，比喻氣量狹小或才識短淺：斗筲之器｜斗筲之輩。

【斗室】dǒushì ㄉㄡˇ ㄕˋ 〈書〉指極小的屋子：身居斗室。

【斗烟絲】dǒuyānsī ㄉㄡˇ ㄧㄢ ㄙ 烟斗絲。

【斗轉星移】dǒu zhuǎn xīng yí ㄉㄡˇ ㄓㄨㄢˇ ㄒㄧㄥ ㄧˊ 北斗轉向，眾星移位。表示時序變遷，歲月流逝。

【斗子】dǒu·zi ㄉㄡˇ ·ㄗ ❶煤礦裏盛煤的器具，也指家庭中盛煤的鐵桶。❷用樹條、木板等製成的盛東西的器具：料斗子。

抖 dǒu ㄉㄡˇ ❶顫動；哆嗦：發抖｜渾身直抖。❷振動；甩動：抖一抖馬繮繩｜抖開被窩。❸(跟'出來'連用)全部倒出；徹底揭穿：把他幹的那些醜事都抖出來。❹振作；鼓起(精神)：抖起精神往前直趕。❺稱人因為有錢有地位等而得意(多含譏諷意)：他如今當了官，抖起來了。

【抖顫】dǒuchàn ㄉㄡˇ ㄔㄢˋ 發抖；顫抖。

【抖動】dǒudòng ㄉㄡˇ ㄉㄨㄥˋ ❶顫動：她氣得咬緊嘴唇，身子劇烈抖動。❷用手振動物體：他抖動了一下繮繩，馬便向草原飛奔而去。

【抖摟】dǒu·lou ㄉㄡˇ ·ㄌㄡ 〈方〉❶振動衣、被、包袱等，使附着的東西落下來：把衣服上的雪抖摟乾淨。❷全部倒出或説出；揭露：抖摟箱子底兒｜把以前的事全給抖摟出來。❸浪費；胡亂用(財物)：別把錢抖摟光了，留着辦點兒正事。

【抖擻】dǒusǒu ㄉㄡˇ ㄙㄡˇ 振作：精神抖擻｜抖擻精神。

阧 dǒu ㄉㄡˇ 〈書〉同'陡'。

枓 dǒu ㄉㄡˇ ［枓拱］［枓栱］(dǒugǒng ㄉㄡˇ ㄍㄨㄥˇ)同'斗拱'。

蚪 dǒu ㄉㄡˇ 見648頁〖蝌蚪〗。

陡 dǒu ㄉㄡˇ ❶坡度很大，近於垂直：陡坡｜山很陡，爬上去很困難。❷陡然：陡變。

【陡壁】dǒubì ㄉㄡˇ ㄅㄧˋ 像牆壁那樣直立的岸或山崖：陡壁懸崖。

【陡變】dǒubiàn ㄉㄡˇ ㄅㄧㄢˋ 突然改變或變化：面色陡變｜天氣陡變。

【陡峻】dǒujùn ㄉㄡˇ ㄐㄩㄣˋ (地勢)高而陡：山崖陡峻。

【陡立】dǒulì ㄉㄡˇ ㄌㄧˋ (山峰、建築物等)直立。

【陡坡】dǒupō ㄉㄡˇ ㄆㄛ 和水平面所成角度大的地面；坡度大的坡。

【陡峭】dǒuqiào ㄉㄡˇ ㄑㄧㄠˋ (山勢等)坡度很大，直上直下的：這個陡峭的山峰連山羊也上不去。

【陡然】dǒurán ㄉㄡˇ ㄖㄢˊ 突然：陡然醒悟。

dòu（ㄉㄡˋ）

豆[1] dòu ㄉㄡˋ ❶古代盛食物用的器具，有點像帶高座的盤。❷(Dòu)姓。

豆[2]（❶荳）dòu ㄉㄡˋ (豆兒) ❶豆子①②：黃豆｜綠豆。❷豆子③：花生豆兒。

【豆瓣兒醬】dòubànrjiàng ㄉㄡˋ ㄅㄢㄦˋ ㄐㄧㄤˋ 大豆或蠶豆發酵後製成的醬，裏面有豆瓣兒。

【豆包】dòubāo ㄉㄡˋ ㄅㄠ (豆包兒) 用豆沙做餡兒的包子。

【豆餅】dòubǐng ㄉㄡˋ ㄅㄧㄥˇ 大豆榨油後剩下的渣子壓成餅形，叫豆餅。可以用來製造大豆膠，也用做肥料或飼料。

【豆䶔兒】dòuchǎir ㄉㄡˋ ㄔㄞㄦˇ 〈方〉碾碎的豆子，用來做糕點或熬粥等。也叫豆䶔子。

【豆豉】dòuchǐ ㄉㄡˋ ㄔˇ 食品，把黃豆或黑豆泡透蒸熟或煮熟，經過發酵而成。有鹹淡兩種，都可放在菜裏調味，淡豆豉也入藥。

【豆腐】dòu·fu ㄉㄡˋ ·ㄈㄨ 食品，豆漿煮開後加入石膏或鹽鹵使凝結成塊，壓去一部分水分而成。

【豆腐飯】dòu·fufàn ㄉㄡˋ ·ㄈㄨ ㄈㄢˋ 〈方〉指喪家招待前來弔唁的親友吃的飯食(多為素食)。

【豆腐乾】dòu·fugān ㄉㄡˋ ·ㄈㄨ ㄍㄢ (豆腐乾兒) 食品，用布包豆腐加香料蒸製而成。

【豆腐腦兒】dòu·funǎor ㄉㄡˋ ·ㄈㄨ ㄋㄠㄦˇ 食品，豆漿煮開後，加入石膏而凝結成的半固體。

【豆腐皮】dòu·fupí ㄉㄡˋ ·ㄈㄨ ㄆㄧˊ ❶(豆腐皮兒)煮熟的豆漿表面上結的薄皮，揭下晾乾後供食用。❷〈方〉千張。

【豆腐乳】dòu·furǔ ㄉㄡˋ ·ㄈㄨ ㄖㄨˇ 食品，用小塊的豆腐做坯，經過發酵、醃製而成。也叫腐乳、醬豆腐。

【豆腐渣】dòu·fuzhā ㄉㄡˋ ·ㄈㄨ ㄓㄚ 豆渣。

【豆花兒】dòuhuār ㄉㄡˋ ㄏㄨㄚㄦ 〈方〉食品，豆漿煮開後，加入鹽滷而凝結成的半固體，比豆腐腦兒稍老。

【豆莢】dòujiá ㄉㄡˋ ㄐㄧㄚˊ 豆類的果實。

【豆漿】dòujiāng ㄉㄡˋ ㄐㄧㄤ 食品，黃豆泡透磨成的漿，加水去渣煮開而成。也叫豆腐漿或豆乳。

【豆角兒】dòujiǎor ㄉㄡˋ ㄐㄧㄠㄦˇ 豆莢(多指鮮嫩可做菜的)。

【豆秸】dòujiē ㄉㄡˋ ㄐㄧㄝ 豆類植物脫粒後剩下的莖。

【豆蔻】dòukòu ㄉㄡˋ ㄎㄡˋ ❶多年生草本植物，外形似芭蕉，花淡黃色，果實扁球形，種子像石榴子，有香味。果實和種子可入藥。❷這種植物的果實或種子。‖也叫草果或草豆蔻。

【豆蔻年華】dòukòu niánhuá ㄉㄡˋ ㄎㄡˋ ㄋㄧㄢˊ ㄏㄨㄚˊ 唐代杜牧《贈別》詩：'娉娉裊裊十三餘，豆蔻梢頭二月初。'後來稱女子十三四歲的年紀為豆蔻年華。

【豆綠】dòulǜ ㄉㄡˋ ㄌㄩˋ 像青豆一樣的綠色。

【豆萁】dòuqí ㄉㄡˋ ㄑㄧˊ 〈方〉豆秸。

【豆青】dòuqīng ㄉㄡˋ ㄑㄧㄥ 豆綠。

【豆蓉】dòuróng ㄉㄡˋ ㄖㄨㄥˊ 木豆、大豆、豌豆或綠豆煮熟曬乾後磨成的粉，用來做糕點的餡兒：豆蓉月餅。

【豆乳】dòurǔ ㄉㄡˋ ㄖㄨˇ ❶豆漿。❷〈方〉豆腐乳。

【豆沙】dòushā ㄉㄡˋ ㄕㄚ 食品，紅小豆、紅豇豆或雲豆煮爛搗成泥或乾磨成粉，加糖製成，用做點心的餡兒：豆沙包｜豆沙月餅。

【豆薯】dòushǔ ㄉㄡˋ ㄕㄨˇ ❶藤本植物，葉子略呈圓形，花淺藍色或淡紅色，塊根像甘薯，可以生吃。❷這種植物的塊根。‖有的地區叫涼薯或地瓜。

【豆芽兒】dòuyár ㄉㄡˋ ㄧㄚㄦˊ 蔬菜，用黃豆、黑豆或綠豆過水發芽而成，芽長二三寸。也叫豆芽菜。

【豆油】dòuyóu ㄉㄡˋ ㄧㄡˊ 大豆榨的油，供食用，加氫硬化後是製肥皂的原料，又供製假漆和塗料。

【豆渣】dòuzhā ㄉㄡˋ ㄓㄚ 製豆漿剩下的渣滓，可做飼料。也叫豆腐渣。

【豆汁】dòuzhī ㄉㄡˋ ㄓ ❶(豆汁兒)製綠豆粉時剩下來的汁，味酸，可做飲料。❷〈方〉豆漿。

【豆豬】dòuzhū ㄉㄡˋ ㄓㄨ 體內有囊蟲寄生的豬。因囊蟲為黃豆大小的囊泡，所以叫豆豬。

【豆子】dòu·zi ㄉㄡˋ ·ㄗ ❶豆類作物。❷豆類作物的種子：剝豆子。❸樣子像豆的東西：金豆子｜狗豆子。

【豆嘴兒】dòuzuǐr ㄉㄡˋ ㄗㄨㄟㄦˇ 泡開的大豆或剛剛露芽的大豆，做菜用。

鬥（斗、鬭、鬬）dòu ㄉㄡˋ ❶對打：械鬥｜拳鬥。❷鬥爭②：鬥惡霸。❸使動物鬥：鬥雞｜鬥蛐蛐兒。❹比賽爭勝：鬥智｜鬥嘴。❺往一塊兒湊；湊在一塊兒：鬥眼｜鬥榫兒｜這件小襖兒是用各色花布鬥起來的。

'斗'另見278頁 dǒu。

【鬥法】dòu//fǎ ㄉㄡˋ // ㄈㄚˇ 用法術相鬥(舊小說中的虛構)。比喻使用計謀，暗中爭鬥。

【鬥拱】dòugǒng ㄉㄡˋ ㄍㄨㄥˇ '斗拱'(dǒugǒng)的又音。

【鬥雞】dòu//jī ㄉㄡˋ // ㄐㄧ ❶使公雞相鬥的一種遊戲。❷一種遊戲，一隻腳站立，另一條腿彎曲着，兩手捧住腳，彼此用彎着的腿的膝蓋互相衝撞。

【鬥雞走狗】dòu jī zǒu gǒu ㄉㄡˋ ㄐㄧ ㄗㄡˇ ㄍㄡˇ 使雞相鬥，嗾使着狗跑。多用來指紈袴子弟遊手好閑，不務正業。也說鬥雞走馬。

【鬥口齒】dòu kǒuchǐ ㄉㄡˋ ㄎㄡˇ ㄔˇ 〈方〉鬥嘴。
【鬥毆】dòu'ōu ㄉㄡˋ ㄡ 爭鬥毆打：相互鬥毆。
【鬥牌】dòu∥pái ㄉㄡˋ∥ㄆㄞˊ 玩紙牌、骨牌等比輸贏。
【鬥氣】dòu∥qì ㄉㄡˋ∥ㄑㄧˋ 為意氣相爭：有話好好說，用不着鬥氣。
【鬥士】dòushì ㄉㄡˋ ㄕˋ 勇於鬥爭的人。
【鬥心眼兒】dòu xīnyǎnr ㄉㄡˋ ㄒㄧㄣ ㄧㄢㄦˇ 用心思相鬥(含貶義)。
【鬥眼】dòuyǎn ㄉㄡˋ ㄧㄢˇ (鬥眼兒)內斜視的通稱。
【鬥爭】dòuzhēng ㄉㄡˋ ㄓㄥ ❶矛盾的雙方互相衝突，一方力求戰勝另一方：階級鬥爭｜思想鬥爭｜跟歪風邪氣作堅決的鬥爭。❷群眾用說理、揭發、控訴等方式打擊敵對分子或壞分子：開鬥爭會。❸努力奮鬥：為建設美好的未來而鬥爭。
【鬥志】dòuzhì ㄉㄡˋ ㄓˋ 戰鬥的意志：激勵鬥志｜鬥志昂揚。
【鬥智】dòu∥zhì ㄉㄡˋ∥ㄓˋ 用智謀爭勝。
【鬥嘴】dòu∥zuǐ ㄉㄡˋ∥ㄗㄨㄟˇ (鬥嘴兒)❶爭吵：鬥嘴嘔氣。❷耍嘴皮子；互相開玩笑：取笑鬥嘴。

酘 dòu ㄉㄡˋ 〈書〉再釀的酒。

逗[1] (鬥、閗、鬬) dòu ㄉㄡˋ ❶引逗：他正拿着一枝紅花逗孩子玩。❷招引：這孩子兩隻靈活的大眼睛很逗人喜歡。❸〈方〉逗笑兒：這話真逗｜她是一個愛說愛逗的姑娘。

逗[2] dòu ㄉㄡˋ ❶停留。❷同'讀'(dòu)。

【逗點】dòudiǎn ㄉㄡˋ ㄉㄧㄢˇ 逗號。
【逗哏】dòu∥gén ㄉㄡˋ∥ㄍㄣˊ 用滑稽有趣的話引人發笑(多指相聲演員)。
【逗號】dòuhào ㄉㄡˋ ㄏㄠˋ 標點符號(，)，表示句子中較小的停頓。也叫逗點。
【逗樂兒】dòu∥lèr ㄉㄡˋ∥ㄌㄜㄦˋ 引人發笑：人都快急瘋了，你還有心思逗樂兒。
【逗留】dòuliú ㄉㄡˋ ㄌㄧㄡˊ 暫時停留：今年春節在家鄉逗留了一個星期。也作逗遛。
【逗遛】dòuliú ㄉㄡˋ ㄌㄧㄡˊ 同'逗留'。
【逗悶子】dòu mèn·zi ㄉㄡˋ ㄇㄣˋ·ㄗ 〈方〉開玩笑。
【逗弄】dòu·nong ㄉㄡˋ·ㄋㄨㄥ ❶引逗：老人在逗弄孫子玩。❷作弄；耍笑：逗弄人可不該。
【逗趣兒】dòu∥qùr ㄉㄡˋ∥ㄑㄩㄦˋ 逗樂打趣。也作鬥趣兒。
【逗笑兒】dòuxiàor ㄉㄡˋ ㄒㄧㄠㄦˋ 引人發笑。
【逗引】dòuyǐn ㄉㄡˋ ㄧㄣˇ 用言語、行動逗弄對方借以取樂：逗引小孩兒玩。

脰 dòu ㄉㄡˋ 〈書〉脖子；頸。

痘 dòu ㄉㄡˋ ❶天花。❷痘苗：種痘。❸出天花時或接種痘苗後，皮膚上出的豆狀皰疹。

【痘瘡】dòuchuāng ㄉㄡˋ ㄔㄨㄤ 天花[1]。
【痘苗】dòumiáo ㄉㄡˋ ㄇㄧㄠˊ 從患牛痘病的牛身上取出痘皰中的漿液，接種到牛犢身上，使發病，再從牛犢身上的痘皰中取出痘漿，把所含病毒的毒力減弱，用甘油保存起來，叫做痘苗。痘苗接種到人體上，可以預防天花。也叫牛痘苗。

窦 dòu ㄉㄡˋ 西窦(Xīdòu ㄒㄧ ㄉㄡˋ)，地名，在廣西。

餖(饾) dòu ㄉㄡˋ 見下。

【餖版】dòubǎn ㄉㄡˋ ㄅㄢˇ 木刻水印的舊稱。因為是由若干塊版拼湊而成，有如餖飣，故名餖版。
【餖飣】dòudìng ㄉㄡˋ ㄉㄧㄥˋ 〈書〉❶供陳設的食品。❷比喻堆砌詞藻。

竇(窦) dòu ㄉㄡˋ ❶孔；洞：狗竇｜疑竇(可疑的地方)。❷人體某些器官或組織的內部凹入的部分：鼻竇｜鼻旁竇。❸(Dòu)姓。

讀(读) dòu ㄉㄡˋ 語句中的停頓。古代誦讀文章，分句和讀，極短的停頓叫讀，稍長的停頓叫句，後來把'讀'寫成'逗'。現代所用逗號就是取這個意義，但分別句逗的標準不同。參看622頁〖句讀〗。

另見283頁 dú。

dū (ㄉㄨ)

厾(豛) dū ㄉㄨ 用指頭、棍棒等輕擊輕點：厾一個點兒｜點厾(國畫指用筆隨意點染)。

都 dū ㄉㄨ ❶首都：建都。❷大城市，也指以盛產某種東西而聞名的城市：都市｜通都大邑｜瓷都｜煤都。❸舊時某些地區縣與鄉之間的政權機關。❹(Dū)姓。

另見277頁 dōu。

【都城】dūchéng ㄉㄨ ㄔㄥˊ 首都。
【都督】dū·du ㄉㄨ·ㄉㄨ 古時的軍事長官。民國初年各省也設有都督，兼管民政。
【都會】dūhuì ㄉㄨ ㄏㄨㄟˋ 都市。
【都市】dūshì ㄉㄨ ㄕˋ 大城市。

㞘(启) dū ㄉㄨ［㞘子］(dū·zi ㄉㄨ·ㄗ)〈方〉❶屁股。❷蜂或蠍子等的尾部。

督 dū ㄉㄨ 監督指揮：督戰｜督辦｜督師｜督率。

【督辦】dūbàn ㄉㄨ ㄅㄢˋ ❶督促辦理；督察辦理：督辦糧秣。❷指擔任督辦工作的人。
【督察】dūchá ㄉㄨ ㄔㄚˊ ❶監督察看：派人前往

督察。❷指擔任督察工作的人。

【督促】dūcù ㄉㄨ ㄘㄨˋ 監督催促：已經佈置了的工作，應當認真督促檢查。

【督導】dūdǎo ㄉㄨ ㄉㄠˇ 〈書〉監督指導：督導員｜蒞臨督導。

【督撫】dūfǔ ㄉㄨ ㄈㄨˇ 總督和巡撫，明清兩代最高的地方行政長官。

【督軍】dūjūn ㄉㄨ ㄐㄩㄣ 民國初年一省的最高軍事長官。

【督學】dūxué ㄉㄨ ㄒㄩㄝˊ 教育行政機關中負責視察、監督學校工作的人員。

【督戰】dūzhàn ㄉㄨ ㄓㄢˋ 監督作戰：親臨前綫督戰。

嘟[1] dū ㄉㄨ 象聲詞：汽車喇叭嘟地響了一聲。

嘟[2] dū ㄉㄨ 〈方〉(噘)向前突出；撅着：弟弟聽說不讓他去，氣得嘟起了嘴。

【嘟嚕】dū·lu ㄉㄨ ·ㄌㄨ ❶量詞，用於連成一簇的東西：一嘟嚕葡萄｜一嘟嚕鑰匙。❷向下垂着；耷拉：嘟嚕着臉。❸(嘟嚕兒)連續顫動舌或小舌發音：打嘟嚕兒。

【嘟囔】dū·nang ㄉㄨ ·ㄋㄤ 連續不斷地自言自語：你在嘟囔甚麼呀？

【嘟噥】dū·nong ㄉㄨ ·ㄋㄨㄥ 嘟囔。

闍(阇) dū ㄉㄨ 〈書〉城門上的台。另見1012頁 shé。

dú (ㄉㄨˊ)

毒 dú ㄉㄨˊ ❶進入有機體後能跟有機體起化學變化，破壞體內組織和生理機能的物質：病毒｜中毒｜蝎子有毒。❷指對思想意識有害的事物：肅清流毒。❸毒品：吸毒｜販毒。❹有毒的：毒蛇｜毒藥。❺用毒物害死：買藥毒老鼠。❻毒辣；猛烈：毒打｜毒計｜他的心腸真毒｜七月的天氣，太陽正毒。

【毒草】dúcǎo ㄉㄨˊ ㄘㄠˇ 有毒的草，比喻對人民、對社會進步有害的言論和作品。

【毒打】dúdǎ ㄉㄨˊ ㄉㄚˇ 殘酷地打；狠狠地打：挨了一頓毒打｜遭到毒打。

【毒餌】dú'ěr ㄉㄨˊ ㄦˇ 在麥麩或其他食物中混入砒霜或有毒農藥製成的毒物，撒在地面上，用來毒殺螻蛄、蠐螬等害蟲，也可用來毒殺老鼠、害鳥等。

【毒害】dúhài ㄉㄨˊ ㄏㄞˋ ❶用有毒的東西使人受害：黃色錄像毒害人們的心靈。❷能毒害人的事物：清除毒害。

【毒化】dúhuà ㄉㄨˊ ㄏㄨㄚˋ ❶指用毒品(如鴉片等)殘害人民。❷利用教育、文藝等向人民灌輸落後、反動思想。❸使氣氛、關係、風尚等變得惡劣：毒化社會風氣。

【毒計】dújì ㄉㄨˊ ㄐㄧˋ 毒辣的計策：設下毒計。

【毒劑】dújì ㄉㄨˊ ㄐㄧˋ 軍事上指專門用來毒害人、畜的化學物質，大多是毒氣。

【毒辣】dúlà ㄉㄨˊ ㄌㄚˋ (心腸或手段)狠毒殘酷：陰險毒辣｜手段毒辣。

【毒瘤】dúliú ㄉㄨˊ ㄌㄧㄡˊ 惡性腫瘤的通稱。

【毒謀】dúmóu ㄉㄨˊ ㄇㄡˊ 陰險毒辣的計謀。

【毒品】dúpǐn ㄉㄨˊ ㄆㄧㄣˇ 指作為嗜好品用的鴉片、嗎啡、海洛因等。

【毒氣】dúqì ㄉㄨˊ ㄑㄧˋ ❶氣體的毒劑。舊稱毒瓦斯。❷泛指有毒的氣體。

【毒蛇】dúshé ㄉㄨˊ ㄕㄜˊ 有毒的蛇，頭部多為三角形，有毒腺，能分泌毒液。毒蛇咬人或動物時，毒液從毒牙流出使被咬的人或動物中毒。蝮蛇、白花蛇等就是毒蛇。毒液可供醫藥用。

【毒手】dúshǒu ㄉㄨˊ ㄕㄡˇ 殺人或傷害人的狠毒手段：下毒手｜險遭毒手。

【毒素】dúsù ㄉㄨˊ ㄙㄨˋ ❶某些有機體產生的有毒的物質，例如蓖麻種子中含的毒素，毒蛇的毒腺中所含的毒素等。有些毒素毒性很猛烈，能造成死亡，但把適量的毒素注射到動物體內，能產生抗毒素，含有抗毒素的動物血清有治療作用。❷比喻言論、著作中對思想意識有腐蝕作用的成分：封建毒素。

【毒瓦斯】dúwǎsī ㄉㄨˊ ㄨㄚˇ ㄙ 毒氣①的舊稱。

【毒物】dúwù ㄉㄨˊ ㄨˋ 有毒的物質。

【毒腺】dúxiàn ㄉㄨˊ ㄒㄧㄢˋ 動物體內分泌毒素的腺體。

【毒刑】dúxíng ㄉㄨˊ ㄒㄧㄥˊ 殘酷的肉刑：毒刑拷打。

【毒藥】dúyào ㄉㄨˊ ㄧㄠˋ 能危害生物體生理機能並引起死亡的藥物。

頓(顿) dú ㄉㄨˊ 見815頁'冒頓'(Mòdú)。另見293頁 dùn。

獨(独) dú ㄉㄨˊ ❶一個：獨子｜獨木橋｜無獨有偶。❷獨自：獨攬｜獨斷獨行。❸年老沒有兒子的人：鰥寡孤獨。❹唯獨：大夥兒都齊了，獨有他還沒來。❺自私；容不得人：這個人真獨，他的東西誰也碰不得。

【獨霸】dúbà ㄉㄨˊ ㄅㄚˋ 獨自稱霸；獨佔：獨霸一方｜獨霸市場。

【獨白】dúbái ㄉㄨˊ ㄅㄞˊ 戲劇、電影中角色獨自抒發個人情感和願望的話。

【獨步】dúbù ㄉㄨˊ ㄅㄨˋ 指超出同類之上，沒有可以相比的：獨步文壇。

【獨裁】dúcái ㄉㄨˊ ㄘㄞˊ 獨自裁斷。多指獨攬政權，實行專制統治：獨裁者｜個人獨裁｜獨裁統治。

【獨唱】dúchàng ㄉㄨˊ ㄔㄤˋ 一個人演唱歌曲，常用樂器伴奏。

【獨出心裁】dú chū xīn cái ㄉㄨˊ ㄔㄨ ㄒㄧㄣ ㄘㄞˊ 原指詩文的構思有獨到的地方，後來泛指想出來的辦法與眾不同。

【獨處】dúchǔ ㄉㄨˊ ㄔㄨˇ 一個人單獨生活。

【獨創】dúchuàng ㄉㄨˊ ㄔㄨㄤˋ 獨特的創造：獨創精神｜獨創一格。

【獨當一面】dú dāng yī miàn ㄉㄨˊ ㄉㄤ ㄧ ㄇㄧㄢˋ 單獨擔當一個方面的任務。

【獨到】dúdào ㄉㄨˊ ㄉㄠˋ 與眾不同(多指好的)：獨到之處｜獨到的見解。

【獨斷】dúduàn ㄉㄨˊ ㄉㄨㄢˋ 獨自決斷；專斷。

【獨斷專行】dú duàn zhuān xíng ㄉㄨˊ ㄉㄨㄢˋ ㄓㄨㄢ ㄒㄧㄥˊ 行事專斷，不考慮別人的意見。也說獨斷獨行。

【獨夫】dúfū ㄉㄨˊ ㄈㄨ 殘暴無道為人民所憎恨的統治者：獨夫民賊。

【獨孤】Dúgū ㄉㄨˊ ㄍㄨ 姓。

【獨家】dújiā ㄉㄨˊ ㄐㄧㄚ 單獨一家：獨家新聞｜獨家經營。

【獨角戲】dújiǎoxì ㄉㄨˊ ㄐㄧㄠˇ ㄒㄧˋ ❶只有一個角色的戲，比喻一個人做一般不是一個人做的工作。❷滑稽②。‖也作獨腳戲。

【獨具匠心】dú jù jiàngxīn ㄉㄨˊ ㄐㄩˋ ㄐㄧㄤˋ ㄒㄧㄣ 指具有與眾不同的巧妙的構思。

【獨具隻眼】dú jù zhī yǎn ㄉㄨˊ ㄐㄩˋ ㄓ ㄧㄢˇ 能看到別人看不到的東西，形容眼光敏銳，見解高超。

【獨攬】dúlǎn ㄉㄨˊ ㄌㄢˇ 獨自把持：獨攬大權。

【獨力】dúlì ㄉㄨˊ ㄌㄧˋ 單獨依靠自己的力量(做)：獨力經營。

【獨立】dúlì ㄉㄨˊ ㄌㄧˋ ❶單獨地站立：獨立山巔的蒼松。❷一個國家或一個政權不受別的國家或別的政權的統治而自主地存在：宣佈獨立。❸軍隊在編制上不隸屬於高一級的單位而直接隸屬於更高級的單位的，如不隸屬於團而直接隸屬於師的營叫獨立營。❹脱離原來所屬單位，成為另一單位：民俗研究室已經獨立出去了，現在叫民俗研究所。❺不依靠他人：獨立思考｜獨立工作。

【獨立國】dúlìguó ㄉㄨˊ ㄌㄧˋ ㄍㄨㄛˊ 有完整主權的國家。

【獨立王國】dúlì wángguó ㄉㄨˊ ㄌㄧˋ ㄨㄤˊ ㄍㄨㄛˊ 比喻不服從上級的指揮和領導，自搞一套的地區、部門或單位。

【獨立自主】dúlì zìzhǔ ㄉㄨˊ ㄌㄧˋ ㄗˋ ㄓㄨˇ (國家、民族或政黨等)不受外來力量控制、支配，自己行使主權。

【獨龍族】Dúlóngzú ㄉㄨˊ ㄌㄨㄥˊ ㄗㄨˊ 我國少數民族之一，分佈在雲南。

【獨輪車】dúlúnchē ㄉㄨˊ ㄌㄨㄣˊ ㄔㄜ 只有一個車輪的小車，多用手推着走。

【獨門】dúmén ㄉㄨˊ ㄇㄣˊ (獨門兒)❶只供一戶人家進出的門：獨門獨院｜獨門進出，互不干擾。❷一人或一家獨有的某種技能或秘訣：獨門兒絕活。

【獨苗】dúmiáo ㄉㄨˊ ㄇㄧㄠˊ (獨苗兒)一家或一個家族唯一的後代。也說獨苗苗。

【獨木不成林】dú mù bù chéng lín ㄉㄨˊ ㄇㄨˋ ㄅㄨˋ ㄔㄥˊ ㄌㄧㄣˊ 一棵樹不能成為樹林，比喻一個人力量有限，做不成大事。也說獨樹不成林。

【獨木難支】dú mù nán zhī ㄉㄨˊ ㄇㄨˋ ㄋㄢˊ ㄓ 一根木頭支持不住高大的房子，比喻一個人的力量難以支撐全局。

【獨木橋】dúmùqiáo ㄉㄨˊ ㄇㄨˋ ㄑㄧㄠˊ 用一根木頭搭成的橋。比喻艱難的途徑：你走你的陽關道，我走我的獨木橋。

【獨幕劇】dúmùjù ㄉㄨˊ ㄇㄨˋ ㄐㄩˋ 不分幕的小型戲劇，一般情節比較簡單緊湊。

【獨闢蹊徑】dú pì xī jìng ㄉㄨˊ ㄆㄧˋ ㄒㄧ ㄐㄧㄥˋ 獨自開闢一條路，比喻獨創一種新風格或者新方法。

【獨善其身】dú shàn qí shēn ㄉㄨˊ ㄕㄢˋ ㄑㄧˊ ㄕㄣ《孟子·盡心》：'窮則獨善其身。'意思是做不上官，就搞好自身的修養。現在也指只顧自己，缺乏集體精神。

【獨擅勝場】dú shàn shèng chǎng ㄉㄨˊ ㄕㄢˋ ㄕㄥˋ ㄔㄤˇ 獨攬競技場上的勝利。形容技藝高超。

【獨身】dúshēn ㄉㄨˊ ㄕㄣ ❶單身：獨身一人｜十幾年獨身在外。❷不結婚的：獨身主義。

【獨生女】dúshēngnǚ ㄉㄨˊ ㄕㄥ ㄋㄩˇ 唯一的女兒。

【獨生子】dúshēngzǐ ㄉㄨˊ ㄕㄥ ㄗˇ 獨子。

【獨樹一幟】dú shù yī zhì ㄉㄨˊ ㄕㄨˋ ㄧ ㄓˋ 單獨樹立起一面旗幟，比喻自成一家。

【獨特】dútè ㄉㄨˊ ㄊㄜˋ 獨有的；特別的：風格獨特｜獨特的見解。

【獨吞】dútūn ㄉㄨˊ ㄊㄨㄣ 獨自佔有：獨吞家產｜獨吞勝利果實。

【獨舞】dúwǔ ㄉㄨˊ ㄨˇ 單人表演的舞蹈。可以單獨表演，也可以是舞劇或集體舞中的一個部分。也叫單人舞。

【獨行】dúxíng ㄉㄨˊ ㄒㄧㄥˊ ❶獨自走路：踽踽獨行。❷按自己的主張去做：獨斷獨行｜獨行其是。❸〈書〉獨特的行為、操守：特立獨行。

【獨眼龍】dúyǎnlóng ㄉㄨˊ ㄧㄢˇ ㄌㄨㄥˊ 瞎了一隻眼的人(含詼諧意)。

【獨一無二】dú yī wú èr ㄉㄨˊ ㄧ ㄨˊ ㄦˋ 沒有相同的；沒有可以相比的：他的棋下得很高明，在全校是獨一無二的。

【獨院】dúyuàn ㄉㄨˊ ㄩㄢˋ (獨院兒)只有一戶人家住的院子：獨門獨院。

【獨佔】dúzhàn ㄉㄨˊ ㄓㄢˋ 獨自佔有或佔據：獨佔市場｜獨佔資本。

【獨佔鰲頭】dú zhàn áo tóu ㄉㄨˊ ㄓㄢˋ ㄠˊ ㄊㄡˊ 科舉時代稱中狀元。據説皇宮石階前刻有鰲(大鰲)的頭，狀元及第時才可以踏上。後來比喻佔首位或第一名。

【獨資】dúzī ㄉㄨˊ ㄗ 指由一個人或一方單獨拿出資金(辦企業)：獨資經營｜獨資企業。

【獨子】dúzǐ ㄉㄨˊ ㄗˇ 唯一的兒子。也叫獨生子。

【獨自】dúzì ㄉㄨˊ ㄗˋ 自己一個人：獨自玩耍｜就他一人獨自在家。

【獨奏】dúzòu ㄉㄨˊ ㄗㄡˋ 由一個人用一種樂器演奏，如小提琴獨奏、鋼琴獨奏等，有時也用其他樂器伴奏。

瀆[1]**(渎、凟)** dú ㄉㄨˊ 〈書〉輕慢；不敬：瀆犯｜褻瀆｜煩瀆｜有瀆清神(書信套語)。

瀆[2]**(渎)** dú ㄉㄨˊ 〈書〉溝渠；水道：溝瀆。

【瀆職】dúzhí ㄉㄨˊ ㄓˊ 不盡職，在執行任務時犯嚴重過失：瀆職罪｜瀆職行為。

櫝(椟、匵) dú ㄉㄨˊ 〈書〉匣子：買櫝還珠。

犢(犊) dú ㄉㄨˊ 犢子：初生之犢不畏虎。

【犢子】dú·zi ㄉㄨˊ ·ㄗ 小牛：牛犢子。

牘(牍) dú ㄉㄨˊ ❶古代寫字用的木簡。❷文件；書信：文牘｜案牘｜尺牘。

讀(读) dú ㄉㄨˊ ❶看着文字唸出聲音：朗讀｜宣讀｜讀報｜老師讀一句，同學們跟着讀一句。❷閱讀；看(文章)：讀者｜默讀｜這本小說很值得一讀。❸指上學：他讀完高中，就參加了工作。❹字的唸法；讀音：破讀｜讀破。

另見280頁 dòu。

【讀本】dúběn ㄉㄨˊ ㄅㄣˇ 課本(多指語文或文學課本)。

【讀後感】dúhòugǎn ㄉㄨˊ ㄏㄡˋ ㄍㄢˇ 讀過一本書或一篇文章以後的感想(多指書面的)。

【讀經】dújīng ㄉㄨˊ ㄐㄧㄥ 諷誦、閱讀儒家經典《五經》或《十三經》。

【讀破】dúpò ㄉㄨˊ ㄆㄛˋ 同一個字形因意義不同而有兩個或幾個讀音的時候，不照習慣上最通常的讀音來讀，叫做讀破，如‘長幼’的‘長’不讀 cháng ㄔㄤˊ 而讀 zhǎng ㄓㄤˇ，‘喜好’的‘好’不讀 hǎo ㄏㄠˇ 而讀 hào ㄏㄠˋ。zhǎng、hào 的音叫做破讀。讀破了的字叫破讀字。參看893頁〖破讀〗。

【讀破句】dú pòjù ㄉㄨˊ ㄆㄛˋ ㄐㄩˋ 斷句錯誤，把上一句末了的字連到下一句讀，或者把下一句頭上的字連到上一句讀。

【讀書】dú∥shū ㄉㄨˊ∥ㄕㄨ ❶看着書本，出聲地或不出聲地讀：讀書聲｜讀書筆記｜讀書得間(讀書時能發現問題)。❷指學習功課：他讀書很用功。❸指上學：當時，我還在讀書｜他在那個中學讀過一年書。

【讀書人】dúshūrén ㄉㄨˊ ㄕㄨ ㄖㄣˊ ❶指知識分子；士人。❷〈方〉學生。

【讀數】dúshù ㄉㄨˊ ㄕㄨˋ 儀表、機器上，由指針或水銀柱等指出的刻度的數目。

【讀物】dúwù ㄉㄨˊ ㄨˋ 供閱讀的東西，包括書籍、雜誌、報紙等：兒童讀物｜通俗讀物｜農村讀物。

【讀音】dúyīn ㄉㄨˊ ㄧㄣ (字的)唸法：這個字是多音字，有兩個讀音。

【讀者】dúzhě ㄉㄨˊ ㄓㄜˇ 閱讀書刊文章的人。

髑 dú ㄉㄨˊ［髑髏］(dúlóu ㄉㄨˊ ㄌㄡˊ)〈書〉死人的頭骨；骷髏。

黷(黩) dú ㄉㄨˊ 〈書〉❶玷污。❷輕率；輕舉妄動：黷武。

【黷武】dúwǔ ㄉㄨˊ ㄨˇ 〈書〉濫用武力：窮兵黷武｜黷武主義。

讟(讟) dú ㄉㄨˊ 〈書〉怨言。

dǔ (ㄉㄨˇ)

肚 dǔ ㄉㄨˇ (肚兒)肚子(dǔ·zi)：羊肚兒｜拌肚絲兒。

另見284頁 dù。

【肚子】dǔ·zi ㄉㄨˇ ·ㄗ 用做食品的動物的胃：豬肚子｜羊肚子。

另見284頁 dù·zi。

堵 dǔ ㄉㄨˇ ❶堵塞：把窟窿堵上｜你堵着門，叫別人怎麼走哇？❷悶；憋氣：我要不跟他說說，心裏堵得慌。❸〈書〉牆：觀者如堵。❹量詞，用於牆：一堵圍牆。❺(Dǔ)姓。

【堵車】dǔchē ㄉㄨˇ ㄔㄜ 因道路狹窄或車輛太多，車輛無法順利通行：上下班時間，這個路口經常堵車。

【堵截】dǔjié ㄉㄨˇ ㄐㄧㄝˊ 迎面攔截：圍追堵截｜堵截增援的敵軍。

【堵塞】dǔsè ㄉㄨˇ ㄙㄜˋ 阻塞(洞穴、通道)使不通：公路被塌下來的山石堵塞了◇堵塞工作中的漏洞。

【堵心】dǔxīn ㄉㄨˇ ㄒㄧㄣ 心裏憋悶：想起這件事兒就覺得怪堵心的。

【堵嘴】dǔ∥zuǐ ㄉㄨˇ∥ㄗㄨㄟˇ 比喻不讓人說話或使人沒法開口：自己做錯了事，還想堵人嘴，不讓人說。

睹(覩) dǔ ㄉㄨˇ 看見：耳聞目睹｜有目共睹｜熟視無睹｜睹物思人。

賭(赌) dǔ ㄉㄨˇ ❶賭博：賭錢｜賭場｜聚賭。❷泛指爭輸贏：打賭｜賭東道。

【賭本】dǔběn ㄉㄨˇ ㄅㄣˇ 賭博的本錢，比喻從事冒險活動時所憑藉的力量。

【賭博】dǔbó ㄉㄨˇ ㄅㄛˊ 用鬥牌、擲色子等形式，拿財物作注比輸贏◇政治賭博。
【賭場】dǔchǎng ㄉㄨˇ ㄔㄤˇ 專供賭博的場所。
【賭東道】dǔ dōngdào ㄉㄨˇ ㄉㄨㄥ ㄉㄠˋ 用做東道請客來打賭。也說賭東兒。
【賭棍】dǔgùn ㄉㄨˇ ㄍㄨㄣˋ 指精於賭博並以此為生的人。
【賭局】dǔjú ㄉㄨˇ ㄐㄩˊ 賭博的集會或場所：設賭局。
【賭具】dǔjù ㄉㄨˇ ㄐㄩˋ 賭博的用具，如牌、色子(shǎi·zi)等。
【賭氣】dǔ∥qì ㄉㄨˇ∥ㄑㄧˋ 因為不滿意或受指責而任性(行動)：他一賭氣就走了。
【賭錢】dǔ∥qián ㄉㄨˇ∥ㄑㄧㄢˊ 賭博。
【賭咒】dǔ∥zhòu ㄉㄨˇ∥ㄓㄡˋ 發誓。
【賭注】dǔzhù ㄉㄨˇ ㄓㄨˋ 賭博時所押的財物。
【賭資】dǔzī ㄉㄨˇ ㄗ 用來賭博的錢。

篤(笃) dǔ ㄉㄨˇ ❶忠實；一心一意：篤志｜篤行而不倦｜情愛甚篤。❷(病勢)沈重：危篤｜病篤。
【篤愛】dǔ'ài ㄉㄨˇ ㄞˋ 深切地愛：篤愛自己的事業。
【篤誠】dǔchéng ㄉㄨˇ ㄔㄥˊ 誠篤：篤誠之士。
【篤定】dǔdìng ㄉㄨˇ ㄉㄧㄥˋ 〈方〉❶有把握；一定：三天完成任務，篤定沒問題。❷從容不迫，不慌不忙：神情篤定。
【篤厚】dǔhòu ㄉㄨˇ ㄏㄡˋ 忠實厚道。
【篤實】dǔshí ㄉㄨˇ ㄕˊ ❶忠誠老實：篤實敦厚。❷實在：學問篤實。
【篤守】dǔshǒu ㄉㄨˇ ㄕㄡˇ 忠實地遵守：篤守遺教｜篤守諾言。
【篤信】dǔxìn ㄉㄨˇ ㄒㄧㄣˋ 忠實地信仰：篤信佛教。
【篤學】dǔxué ㄉㄨˇ ㄒㄩㄝˊ 專心好學：篤學不倦。
【篤志】dǔzhì ㄉㄨˇ ㄓˋ 〈書〉專心一意：篤志經學。

dù (ㄉㄨˋ)

芏〔芏〕 dù ㄉㄨˋ 見569頁[茳芏]。

杜[1] dù ㄉㄨˋ ❶棠梨。通稱杜樹。❷(Dù)姓。

杜[2] **(敗)** dù ㄉㄨˋ 阻塞：杜門謝客｜以杜流弊。
【杜衡】dùhéng ㄉㄨˋ ㄏㄥˊ 多年生草本植物，野生在山地裏，開紫色小花。根莖可入藥。也作杜蘅。
【杜蘅】dùhéng ㄉㄨˋ ㄏㄥˊ 同'杜衡'。
【杜鵑】[1] dùjuān ㄉㄨˋ ㄐㄩㄢ 鳥，身體黑灰色，尾巴有白色斑點，腹部有黑色橫紋。初夏時常晝夜不停地叫。吃毛蟲，是益鳥。多數把卵產在別的鳥巢中。也叫杜宇、布穀或子規。
【杜鵑】[2] dùjuān ㄉㄨˋ ㄐㄩㄢ ❶常綠或落葉灌木，葉子橢圓形，花多為紅色。供觀賞。❷這種植物的花。‖也叫映山紅。
【杜絕】dùjué ㄉㄨˋ ㄐㄩㄝˊ ❶制止；消滅(壞事)：杜絕貪污和浪費｜杜絕一切漏洞。❷舊時出賣田地房產，在契約上寫明不得回贖叫杜絕。
【杜康】dùkāng ㄉㄨˋ ㄎㄤ 相傳最早發明釀酒的人，文學作品中用來指酒。
【杜門】dùmén ㄉㄨˋ ㄇㄣˊ 〈書〉閉門：杜門謝客。
【杜撰】dùzhuàn ㄉㄨˋ ㄓㄨㄢˋ 沒有根據地編造；虛構：這個故事寫的是真人真事，不是杜撰的。

肚 dù ㄉㄨˋ (肚兒)肚子(dù·zi)。
另見283頁 dǔ。
【肚帶】dùdài ㄉㄨˋ ㄉㄞˋ 圍繞着騾馬等的肚子，把鞍子等緊繫在背上的皮帶。
【肚量】dùliàng ㄉㄨˋ ㄌㄧㄤˋ ❶同'度量'。❷飯量：小夥子肚量大。
【肚皮】dùpí ㄉㄨˋ ㄆㄧˊ 〈方〉腹部；肚子(dù·zi)。
【肚臍】dùqí ㄉㄨˋ ㄑㄧˊ (肚臍兒)肚子中間臍帶脫落的地方。也叫肚臍眼兒。
【肚子】dù·zi ㄉㄨˋ ·ㄗ ❶腹①的通稱。❷物體圓而凸起像肚子的部分：腿肚子。
另見283頁 dǔ·zi。

妒〔妬〕(妬) dù ㄉㄨˋ 忌妒：嫉賢妒能(對品德、才能比自己強的人心懷怨恨)。
【妒火】dùhuǒ ㄉㄨˋ ㄏㄨㄛˇ 指極強烈的忌妒心：妒火中燒。
【妒忌】dùjì ㄉㄨˋ ㄐㄧˋ 忌妒。

度 dù ㄉㄨˋ ❶計量長短：度量衡。❷表明物質的有關性質所達到的程度，如硬度、熱度、濃度、濕度等。❸計量單位名稱。a)弧或角，把圓周分為360等份所成的弧叫1度弧。1度弧所對的圓心角叫1度角。1度等於60分。b)經度或緯度，如北緯38度。c)電量，1度即1千瓦小時。❹程度：極度｜知名度｜透明度｜高度的責任感。❺限度：勞累過度｜以能熔化為度。❻章程；行為準則：法度｜制度。❼哲學上指一定事物保持自己質的數量界限。在這個界限內，量的增減不改變事物的質，超過這個界限，就要引起質變。❽對人對事寬容的程度：度量｜氣度。❾人的氣質或姿態：風度｜態度。❿一定範圍內的時間或空間：年度｜國度。⓫所打算或計較的：生死早已置之度外。⓬量詞，次：再度聲明｜一年一度｜這個劇曾兩度公演。⓭過(指時間)：歡度春節｜光陰沒有虛度。⓮僧尼道士勸人出家。⓯(Dù)姓。
另見295頁 duó。

【度牒】dùdié ㄉㄨˋ ㄉㄧㄝˊ 舊時官府發給和尚、尼姑的證明身份的文書。也叫戒牒。

【度假】dùjià ㄉㄨˋ ㄐㄧㄚˋ 過假日：度假村｜去海邊度假。

【度量】dùliàng ㄉㄨˋ ㄌㄧㄤˋ 指能寬容人的限度：他脾氣好，度量大，能容人。有時也作肚量。

【度量衡】dùliànghéng ㄉㄨˋ ㄌㄧㄤˋ ㄏㄥˊ 計量長短、容積、輕重的統稱。度是計量長短，量是計量容積，衡是計量輕重。

【度命】dùmìng ㄉㄨˋ ㄇㄧㄥˋ 維持生命(多指在困境中)。

【度曲】dùqǔ ㄉㄨˋ ㄑㄩˇ 〈書〉❶作曲：工於度曲。❷照現成的曲調唱。

【度日】dùrì ㄉㄨˋ ㄖˋ 過日子(多指在困境中)：度日如年(形容日子難熬)。

【度數】dù·shu ㄉㄨˋ ·ㄕㄨ 按度計算的數目：用電度數逐月增加。

渡 dù ㄉㄨˋ ❶由這一岸到那一岸；通過(江河等)：橫渡｜遠渡重洋｜飛渡太平洋｜紅軍強渡大渡河◇渡過難關。❷載運過河：渡船｜請您把我們渡過河去。❸渡口(多用於地名)：茅津渡(黃河渡口，在山西河南之間)｜深渡(新安江渡口，在安徽)。

【渡槽】dùcáo ㄉㄨˋ ㄘㄠˊ 跨越山谷、道路、水道的橋樑式水槽，兩端與渠道相接。

【渡船】dùchuán ㄉㄨˋ ㄔㄨㄢˊ 載運行人、貨物、車輛等橫渡江河、湖泊、海峽的船。

【渡口】dùkǒu ㄉㄨˋ ㄎㄡˇ 有船或筏子擺渡的地方。

【渡輪】dùlún ㄉㄨˋ ㄌㄨㄣˊ 載運行人、貨物、車輛等橫渡江河、湖泊、海峽的輪船。

【渡頭】dùtóu ㄉㄨˋ ㄊㄡˊ 渡口。

斁(斁) dù ㄉㄨˋ 〈書〉敗壞。另見1359頁 yì。

鍍(镀) dù ㄉㄨˋ 用電解或其他化學方法使一種金屬附着到別的金屬或物體表面上，形成薄層：鍍金｜鍍銀。

【鍍層】dùcéng ㄉㄨˋ ㄘㄥˊ 鍍在其他金屬或物體表面上的金屬薄層。

【鍍金】dù//jīn ㄉㄨˋ// ㄐㄧㄣ ❶在器物的表面上鍍上一薄層金子。❷譏諷人到某種環境去深造或鍛煉，只是為了取得虛名：出國留學不是為了鍍金。

【鍍錫鐵】dùxītiě ㄉㄨˋ ㄒㄧ ㄊㄧㄝˇ 表面鍍錫的鐵皮，不易生銹，多用於罐頭工業上。也叫馬口鐵。

【鍍鋅鐵】dùxīntiě ㄉㄨˋ ㄒㄧㄣ ㄊㄧㄝˇ 表面鍍鋅的鐵皮，不易生銹。通稱鉛鐵、白鐵。

蠹(蠧、螙、蠹) dù ㄉㄨˋ ❶蠹蟲①：木蠹｜書蠹。❷蛀蝕：流水不腐，戶樞不蠹。

【蠹弊】dùbì ㄉㄨˋ ㄅㄧˋ 弊病①。

【蠹蟲】dùchóng ㄉㄨˋ ㄔㄨㄥˊ ❶咬器物的蟲子。❷比喻危害集體利益的壞人：清除社會蠹蟲。

【蠹魚】dùyú ㄉㄨˋ ㄩˊ 見1347頁〖衣魚〗。

duān (ㄉㄨㄢ)

耑 duān ㄉㄨㄢ 〈書〉同‘端’。另見1498頁 zhuān‘專’。

端1 duān ㄉㄨㄢ ❶(東西的)頭：筆端｜兩端｜尖端。❷(事情的)開頭：發端｜開端。❸原因；起因：無端｜藉端生事。❹方面；項目：舉其一端｜變化多端。

端2 duān ㄉㄨㄢ ❶端正：端坐｜品行不端。❷平舉着拿：端飯上菜｜端出兩碗茶來◇把問題都端出來討論。❸(Duān)姓。

【端的】duāndì ㄉㄨㄢ ㄉㄧˋ ❶果然；的確：武松讀了印信榜文，方知端的有虎。❷究竟：這人端的是誰？❸事情的經過；底細：我一問起，方知端的。‖注意 ‘端的’多見於早期白話。

【端方】duānfāng ㄉㄨㄢ ㄈㄤ 〈書〉端正；正派：品行端方。

【端架子】duān jià·zi ㄉㄨㄢ ㄐㄧㄚˋ ·ㄗ 〈方〉拿架子。

【端節】Duān Jié ㄉㄨㄢ ㄐㄧㄝˊ 端午。

【端麗】duānlì ㄉㄨㄢ ㄌㄧˋ 端正秀麗：字體端麗｜姿容端麗。

【端量】duān·liang ㄉㄨㄢ ·ㄌㄧㄤ 仔細地看；打量：他把來人仔細端量了一番。

【端面】duānmiàn ㄉㄨㄢ ㄇㄧㄢˋ (端面兒)圓柱形工件兩端的平面。

【端木】Duānmù ㄉㄨㄢ ㄇㄨˋ 姓。

【端倪】duānní ㄉㄨㄢ ㄋㄧˊ ❶事情的眉目；頭緒；邊際：略有端倪｜莫測端倪｜端倪漸顯。❷指推測事物的始末：千變萬化，不可端倪。

【端五】Duānwǔ ㄉㄨㄢ ㄨˇ 同‘端午’。

【端午】Duānwǔ ㄉㄨㄢ ㄨˇ 我國傳統節日，農曆五月初五日。相傳古代詩人屈原在這天投江自殺，後人為了紀念他，把這天當做節日，有吃粽子、賽龍舟等風俗。也作端五。

【端綫】duānxiàn ㄉㄨㄢ ㄒㄧㄢˋ 底綫[1]。

【端詳】duānxiáng ㄉㄨㄢ ㄒㄧㄤˊ ❶詳情：聽端詳｜說端詳。❷端莊安詳：容止端詳。

【端詳】duān·xiang ㄉㄨㄢ ·ㄒㄧㄤ 仔細地看：端詳了半天，也沒認出是誰。

【端緒】duānxù ㄉㄨㄢ ㄒㄩˋ 頭緒：談了半天，仍然毫無端緒。

【端硯】duānyàn ㄉㄨㄢ ㄧㄢˋ 用廣東高要端溪地方出產的石頭製成的硯台，是硯台中的上品。

【端陽】Duānyáng ㄉㄨㄢ ㄧㄤˊ 端午。

【端由】duānyóu ㄉㄨㄢ ㄧㄡˊ 原因：他把事情的端由說了一遍。

【端正】duānzhèng ㄉㄨㄢ ㄓㄥˋ ❶物體不歪斜；物體各部分保持應有的平衡狀態：五官端正｜

字寫得端端正正。❷正派；正確：品行端正。❸使端正：端正學習態度。

【端莊】duānzhuāng ㄉㄨㄢ ㄓㄨㄤ 端正莊重：神情端莊｜舉止端莊。

duǎn（ㄉㄨㄢˇ）

短 duǎn ㄉㄨㄢˇ ❶兩端之間的距離小（跟'長'相對）。a) 指空間：短刀｜短褲。b) 指時間：短期｜夏季晝長夜短。❷缺少；欠：理短｜缺斤短兩｜別人都來了，就短他一個人了｜短你三塊錢。❸（短兒）缺點：取長補短｜説長道短｜揭短兒｜不應該護短。

【短兵相接】duǎn bīng xiāng jiē ㄉㄨㄢˇ ㄅㄧㄥ ㄒㄧㄤ ㄐㄧㄝ 雙方用刀劍等短兵器進行搏鬥。比喻面對面地進行針鋒相對的鬥爭。

【短波】duǎnbō ㄉㄨㄢˇ ㄅㄛ 波長 50－10 米（頻率 6－30 兆赫）的無綫電波。以天波的方式傳播，用於無綫電廣播和電報通訊等方面。

【短不了】duǎn·bu liǎo ㄉㄨㄢˇ ·ㄅㄨ ㄌㄧㄠˇ ❶不能缺少：人短不了水。❷免不了：我跟他住在一個院子裏，每天出來進去，短不了要點個頭，説句話。

【短程】duǎnchéng ㄉㄨㄢˇ ㄔㄥˊ 路程短的；距離小的：短程運輸｜短程導彈。

【短秤】duǎn∥chèng ㄉㄨㄢˇ∥ㄔㄥˋ 虧秤。

【短處】duǎn·chu ㄉㄨㄢˇ ·ㄔㄨ 缺點；弱點：大家各有長處，各有短處，應該取長補短，互相學習。

【短促】duǎncù ㄉㄨㄢˇ ㄘㄨˋ （時間）極短；急促：生命短促｜聲音短促｜短促的訪問。

【短打】duǎndǎ ㄉㄨㄢˇ ㄉㄚˇ ❶戲曲中武戲表演作戰時，演員穿短衣開打：短打戲｜短打武生。❷指短裝：一身短打。

【短笛】duǎndí ㄉㄨㄢˇ ㄉㄧˊ 管樂器，構造與長笛相同，比長笛短。

【短工】duǎngōng ㄉㄨㄢˇ ㄍㄨㄥ 臨時的雇工：打短工｜農忙時要雇幾個短工。

【短骨】duǎngǔ ㄉㄨㄢˇ ㄍㄨˇ 近似立方體的骨，如腕骨、跗骨等。

【短號】duǎnhào ㄉㄨㄢˇ ㄏㄠˋ 管樂器，和小號的結構相似而號管較短。

【短見】duǎnjiàn ㄉㄨㄢˇ ㄐㄧㄢˋ ❶短淺的見解。❷指自殺：自尋短見。

【短路】duǎnlù ㄉㄨㄢˇ ㄌㄨˋ ❶電路中電勢不同的兩點直接碰接或被阻抗（或電阻）非常小的導體接通時的情況。發生短路時電流強度很大，往往損壞電氣設備或引起火災。❷〈方〉攔路搶劫。

【短跑】duǎnpǎo ㄉㄨㄢˇ ㄆㄠˇ 短距離賽跑。包括男、女 100 米、200 米、400 米，少年 60 米等。

【短篇小説】duǎnpiān xiǎoshuō ㄉㄨㄢˇ ㄆㄧㄢ ㄒㄧㄠˇ ㄕㄨㄛ 比較簡短的小説，人物不多，結構緊湊。

【短平快】duǎn píng kuài ㄉㄨㄢˇ ㄆㄧㄥˊ ㄎㄨㄞˋ ❶排球比賽的一種快攻打法，二傳手傳出弧度很小的球後，扣球手迅速躍起扣出高速、平射的球。❷比喻企業、工程等投資少，歷時短，收效快：短平快項目｜短平快產品。

【短評】duǎnpíng ㄉㄨㄢˇ ㄆㄧㄥˊ （報刊上）簡短的評論：時事短評。

【短期】duǎnqī ㄉㄨㄢˇ ㄑㄧ 短時期：短期貸款｜短期訓練班。

【短氣】duǎnqì ㄉㄨㄢˇ ㄑㄧˋ 缺乏自信心；灰心喪氣：振作起來，不要説短氣的話。

【短淺】duǎnqiǎn ㄉㄨㄢˇ ㄑㄧㄢˇ （對事物的認識和分析）狹窄而膚淺：目光短淺｜見識短淺｜短淺之見。

【短欠】duǎnqiàn ㄉㄨㄢˇ ㄑㄧㄢˋ 欠；欠缺：款項短欠二十萬元。

【短槍】duǎnqiāng ㄉㄨㄢˇ ㄑㄧㄤ 槍筒短的火器的統稱，如各種手槍。

【短缺】duǎnquē ㄉㄨㄢˇ ㄑㄩㄝ 缺乏；不足：物資短缺｜經費短缺｜人手短缺。

【短日照植物】duǎnrìzhào-zhíwù ㄉㄨㄢˇ ㄖˋ ㄓㄠˋ ㄓˊ ㄨˋ 在較短的日照條件下才能發育開花的植物，每天需要 14 小時以上的連續黑暗才能生長良好。如大豆、玉米等。

【短少】duǎnshǎo ㄉㄨㄢˇ ㄕㄠˇ 缺少（多指少於定額）：保存的東西，一件也不短少。

【短視】duǎnshì ㄉㄨㄢˇ ㄕˋ ❶近視。❷眼光短淺：要糾正那種不從長遠看問題的短視觀點。

【短途】duǎntú ㄉㄨㄢˇ ㄊㄨˊ 路程近的；短距離的：短途運輸｜短途販運。

【短綫】duǎnxiàn ㄉㄨㄢˇ ㄒㄧㄢˋ 短的綫，比喻（產品、專業等）需求量超過供應量（跟'長綫'相對）：增加短綫材料的生產｜擴大短綫專業的招生名額。

【短綫產品】duǎnxiàn chǎnpǐn ㄉㄨㄢˇ ㄒㄧㄢˋ ㄔㄢˇ ㄆㄧㄣˇ 企業生產的少於社會需要的產品。

【短小】duǎnxiǎo ㄉㄨㄢˇ ㄒㄧㄠˇ ❶短而小：篇幅短小。❷（身軀）矮小：短小精幹｜身材短小。

【短小精悍】duǎnxiǎo jīnghàn ㄉㄨㄢˇ ㄒㄧㄠˇ ㄐㄧㄥ ㄏㄢˋ ❶形容人身材矮小而精明強幹。❷形容文章、戲劇等篇幅不長而有力。

【短語】duǎnyǔ ㄉㄨㄢˇ ㄩˇ 詞組。

【短暫】duǎnzàn ㄉㄨㄢˇ ㄗㄢˋ （時間）短：經過短暫的休息，隊伍又開拔了｜我跟他只有過短暫的接觸。

【短裝】duǎnzhuāng ㄉㄨㄢˇ ㄓㄨㄤ 只穿中裝上衣和褲子而不穿長衣叫短裝：短裝打扮兒。也叫穿短裝。

duàn（ㄉㄨㄢˋ）

段 duàn ㄉㄨㄢˋ ❶量詞。a) 用於長條東西分成的若干部分：兩段木頭｜一段鐵路。b) 表示一定距離：一段時間｜一段路。c) 事物的一部分：一段話｜一段文章。❷段位：九段國手。❸工礦企業中的一級行政單位：工段。❹(Duàn) 姓。

【段落】duànluò ㄉㄨㄢˋ ㄌㄨㄛˋ (文章、事情) 根據內容劃分成的部分：這篇文章段落清楚，文字流暢｜我們的工作到此告一段落。

【段位】duànwèi ㄉㄨㄢˋ ㄨㄟˋ 根據圍棋棋手技能劃分的等級，共分九段，棋藝水平越高，段位越高。

【段子】duàn·zi ㄉㄨㄢˋ·ㄗ 大鼓、相聲、評書等曲藝中可以一次表演完的節目。

塅 duàn ㄉㄨㄢˋ〈方〉指面積較大的平坦的地區 (多用於地名)：中塅 (在福建)｜田心塅 (在湖南)｜他們在塅上種稻子。

椴 duàn ㄉㄨㄢˋ 椴樹，落葉喬木，花黃色或白色，果實球形或卵圓形。木材用途很廣。樹皮中纖維很多，可製造繩索。

煅 duàn ㄉㄨㄢˋ ❶放在火裏燒 (中藥製法)：煅石膏。❷同'鍛'。

【煅燒】duànshāo ㄉㄨㄢˋ ㄕㄠ 把物料加熱到低於熔點的一定溫度，使其除去所含結晶水、二氧化碳或三氧化硫等揮發性物質。如加熱石灰石，除去二氧化碳而成生石灰。

碫 duàn ㄉㄨㄢˋ〈書〉礪石。

緞(缎) duàn ㄉㄨㄢˋ 緞子：綢緞｜錦緞｜素緞 (沒有花紋的)。

【緞子】duàn·zi ㄉㄨㄢˋ·ㄗ 質地較厚、一面平滑有光彩的絲織品，是我國的特產之一。

鍛(锻) duàn ㄉㄨㄢˋ 鍛造：鍛鐵｜鍛工｜鍛接。

【鍛錘】duànchuí ㄉㄨㄢˋ ㄔㄨㄟˊ 金屬壓力加工用的機器，由動力帶動錘頭錘打而產生壓力。常見的有空氣錘、蒸汽錘等。

【鍛工】duàngōng ㄉㄨㄢˋ ㄍㄨㄥ ❶把金屬材料加熱到一定溫度，鍛造工件或毛坯的工種。❷做這種工作的工人。

【鍛件】duànjiàn ㄉㄨㄢˋ ㄐㄧㄢˋ 經鍛造製成的毛坯或工件。

【鍛煉】duànliàn ㄉㄨㄢˋ ㄌㄧㄢˋ ❶指鍛造或冶煉。❷通過體育運動使身體強壯，培養勇敢、機警和維護集體利益等品德：體育鍛鍊｜鍛鍊身體，保衛祖國。❸通過生產勞動、社會鬥爭和工作實踐，使覺悟、工作能力等提高。

【鍛鐵】duàntiě ㄉㄨㄢˋ ㄊㄧㄝˇ 含碳量在 0.15% 以下的鐵，用生鐵精煉而成，有韌性、延性，強度較低，容易鍛造和焊接，不能淬火。用來製造鉚釘、鏈條、鐮刀等。也叫熟鐵。

【鍛壓】duànyā ㄉㄨㄢˋ ㄧㄚ 鍛造和衝壓的統稱。

【鍛造】duànzào ㄉㄨㄢˋ ㄗㄠˋ 用錘擊等方法，使在可塑狀態下的金屬材料成為具有一定形狀和尺寸的工件，並改變它的物理性質。

斷[1](断) duàn ㄉㄨㄢˋ ❶(長形的東西) 分成兩段或幾段：砍斷｜割斷｜斷磚｜繩子斷了。❷斷絕；隔絕：斷水｜斷電｜斷奶｜斷了關係｜音訊斷了。❸攔截：把對方的球斷了下來。❹戒除 (烟酒)：斷烟｜斷酒。

斷[2](断) duàn ㄉㄨㄢˋ ❶判斷；決定：斷語｜診斷｜獨斷獨行。❷〈書〉副詞。絕對；一定 (多用於否定式)：斷無此理｜斷不能信。

【斷垵】duàn∥ǎn ㄉㄨㄢˋ∥ㄢˇ 條播的粟、黍等農作物在間苗時，用小手鋤把壟斷開，使苗成為一叢一叢的。

【斷案】duàn∥àn ㄉㄨㄢˋ∥ㄢˋ 審判訴訟案件：秉公斷案。

【斷案】duàn'àn ㄉㄨㄢˋ ㄢˋ 結論①。

【斷編殘簡】duàn biān cán jiǎn ㄉㄨㄢˋ ㄅㄧㄢ ㄘㄢˊ ㄐㄧㄢˇ 殘缺不全的書本或文章。也說斷簡殘編、斷簡殘篇或殘篇斷簡。

【斷層】duàncéng ㄉㄨㄢˋ ㄘㄥˊ ❶由於地殼的變動，地層發生斷裂並沿斷裂面發生垂直、水平或傾斜方向的相對位移的現象。❷連續性的事業或人員的層次中斷，不相銜接：人才斷層。

【斷腸】duàncháng ㄉㄨㄢˋ ㄔㄤˊ 形容悲傷到極點。

【斷炊】duàn∥chuī ㄉㄨㄢˋ∥ㄔㄨㄟ 窮得沒米柴做飯。

【斷代】duàn∥dài ㄉㄨㄢˋ∥ㄉㄞˋ ❶沒有後代；斷後 (duàn∥hòu)。❷比喻事業中斷或後繼無人。

【斷代】duàndài ㄉㄨㄢˋ ㄉㄞˋ 按時代分成段落：斷代史｜對歷史進行斷代研究。

【斷代史】duàndàishǐ ㄉㄨㄢˋ ㄉㄞˋ ㄕˇ 記述某一個朝代或某一個歷史階段的史實的史書，如《漢書》、《宋史》等。

【斷檔】duàn∥dàng ㄉㄨㄢˋ∥ㄉㄤˋ 指某種商品脫銷：顧客需要的日用小百貨不能斷檔。

【斷定】duàndìng ㄉㄨㄢˋ ㄉㄧㄥˋ 下結論：我敢斷定這事是他幹的｜這場比賽的結果，還難以斷定。

【斷斷】duànduàn ㄉㄨㄢˋ ㄉㄨㄢˋ 絕對 (多用於否定式)：斷斷使不得。

【斷斷續續】duànduànxùxù ㄉㄨㄢˋ ㄉㄨㄢˋ ㄒㄩˋ ㄒㄩˋ 時而中斷，時而繼續：沿路可以聽到斷斷續續的歌聲｜這本書斷斷續續寫了五年才寫成。

【斷頓】duàn∥dùn ㄉㄨㄢˋ∥ㄉㄨㄣˋ (斷頓兒) 斷了飯食，形容窮得沒有飯吃。

【斷根】duàn∥gēn ㄉㄨㄢˋ∥ㄍㄣ (斷根兒) ❶斷後

(duàn//hòu)：斷根絕種。❷比喻徹底除去：頑疾難以斷根。

【斷喝】duànhè ㄉㄨㄢˋ ㄏㄜˋ 急促地大聲叫喊：他一聲斷喝，把所有的人都鎮住了。

【斷後】duàn//hòu ㄉㄨㄢˋ//ㄏㄡˋ 沒有子孫延續。

【斷後】duànhòu ㄉㄨㄢˋ ㄏㄡˋ 軍隊撤退時，派一部分人在後面掩護，叫斷後。

【斷乎】duànhū ㄉㄨㄢˋ ㄏㄨ 絕對(多用於否定式)：斷乎不可。

【斷簡殘編】duàn jiǎn cán biān ㄉㄨㄢˋ ㄐㄧㄢˇ ㄘㄢˊ ㄅㄧㄢ 見〖斷編殘簡〗。

【斷交】duàn//jiāo ㄉㄨㄢˋ//ㄐㄧㄠ 絕交。

【斷井頹垣】duàn jǐng tuí yuán ㄉㄨㄢˋ ㄐㄧㄥˇ ㄊㄨㄟˊ ㄩㄢˊ 形容建築等殘破的景象。

【斷句】duàn//jù ㄉㄨㄢˋ//ㄐㄩˋ 古書無標點符號，誦讀時根據文義作停頓，或同時在書上按停頓加圈點，叫做斷句。這種'句'往往比現在語法所講的'句'短。

【斷絕】duànjué ㄉㄨㄢˋ ㄐㄩㄝˊ 原來有聯繫的失去聯繫；原來連貫的不再連貫：斷絕關係｜斷絕來往｜斷絕交通。

【斷口】duànkǒu ㄉㄨㄢˋ ㄎㄡˇ 礦物受外力後不依一定結晶方向破裂的斷開面。不同的礦物斷口的形狀不同，可以利用來鑒定礦物的種類。

【斷糧】duàn//liáng ㄉㄨㄢˋ//ㄌㄧㄤˊ 糧食斷絕：斷糧絕草(草：特指餵馬的草料)。

【斷壟】duàn//lǒng ㄉㄨㄢˋ//ㄌㄨㄥˇ 條播作物的壟中有些地段缺苗，這種現象叫做斷壟。

【斷路】duànlù ㄉㄨㄢˋ ㄌㄨˋ ❶攔路搶劫：斷路劫財。❷電路斷開，電流不能通過。

【斷奶】duàn//nǎi ㄉㄨㄢˋ//ㄋㄞˇ 嬰兒或幼小的哺乳動物不繼續吃母奶，改吃別的食物。

【斷片】duànpiàn ㄉㄨㄢˋ ㄆㄧㄢˋ 片段：這些回憶是他這一時期的生活斷片。

【斷七】duàn//qī ㄉㄨㄢˋ//ㄑㄧ 迷信風俗，人死後每七天叫一個'七'，滿七個'七'即四十九天時叫'斷七'，常請和尚道士來唸經超度亡魂。

【斷氣】duàn//qì ㄉㄨㄢˋ//ㄑㄧˋ 停止呼吸；死亡。

【斷然】duànrán ㄉㄨㄢˋ ㄖㄢˊ ❶堅決；果斷：斷然拒絕｜採取斷然措施。❷斷乎：斷然不可｜思路不通，斷然寫不出好文章。

【斷送】duànsòng ㄉㄨㄢˋ ㄙㄨㄥˋ 喪失；毀滅(生命、前途等)：斷送了性命。

【斷頭台】duàntóutái ㄉㄨㄢˋ ㄊㄡˊ ㄊㄞˊ 執行斬刑的台，台上豎立木架，裝着可以升降的鍘刀，18世紀末法國資產階級革命時期用過。現多用於比喻。

【斷弦】duàn//xián ㄉㄨㄢˋ//ㄒㄧㄢˊ 指死了妻子(古時以琴瑟比喻夫婦)：斷弦再續。

【斷綫風箏】duànxiàn fēng·zheng ㄉㄨㄢˋ ㄒㄧㄢˋ ㄈㄥ ·ㄓㄥ 比喻一去不返或不知去向的人或東西。

【斷想】duànxiǎng ㄉㄨㄢˋ ㄒㄧㄤˇ 片段的感想：學詩斷想｜忽生斷想｜看完電影寫了篇斷想的小文。

【斷行】duànxíng ㄉㄨㄢˋ ㄒㄧㄥˊ 斷然施行：斷行有效辦法。

【斷言】duànyán ㄉㄨㄢˋ ㄧㄢˊ ❶十分肯定地說：可以斷言，這種辦法行不通。❷斷定的話；結論：作出這樣的斷言未免過早。

【斷語】duànyǔ ㄉㄨㄢˋ ㄩˇ 斷定的話；結論：妄下斷語。

【斷獄】duànyù ㄉㄨㄢˋ ㄩˋ 〈書〉審理案件：斷獄如神｜老吏斷獄(比喻熟練)。

【斷垣殘壁】duàn yuán cán bì ㄉㄨㄢˋ ㄩㄢˊ ㄘㄢˊ ㄅㄧˋ 形容建築物倒塌殘破的景象。

【斷章取義】duàn zhāng qǔ yì ㄉㄨㄢˋ ㄓㄤ ㄑㄩˇ ㄧˋ 不顧全篇文章或談話的內容，而只根據自己的需要孤立地取其中一段或一句的意思。

【斷種】duàn//zhǒng ㄉㄨㄢˋ//ㄓㄨㄥˇ 斷了後代；絕種。

【斷子絕孫】duàn zǐ jué sūn ㄉㄨㄢˋ ㄗˇ ㄐㄩㄝˊ ㄙㄨㄣ 絕了後代(常用做咒罵的話)。

籪(簖) duàn ㄉㄨㄢˋ 攔河插在水裏的竹柵欄，用來阻擋魚、蝦、螃蟹，以便捕捉：魚籪。

duī (ㄉㄨㄟ)

堆 duī ㄉㄨㄟ ❶堆積：糧食堆滿倉，果子堆成山。❷用手或工具把東西堆積起來：場上的人在堆麥秸｜把書堆在桌子上。❸(堆兒)堆積成的東西：柴火堆｜土堆。❹小山(多用於地名)：灩澦堆(在四川長江中，1958年整治航道時已炸平)｜雙堆集(在安徽)。❺量詞，用於成堆的物或成群的人：一堆黃土｜一堆人。

【堆疊】duīdié ㄉㄨㄟ ㄉㄧㄝˊ 一層一層地堆起來：案上堆疊着大批新書。

【堆房】duī·fang ㄉㄨㄟ ·ㄈㄤ 貯藏雜物或貨物的房間。

【堆放】duīfàng ㄉㄨㄟ ㄈㄤˋ 成堆地放置：不要在人行道上堆放建築材料。

【堆肥】duīféi ㄉㄨㄟ ㄈㄟˊ 把雜草、落葉、秸稈、骨屑、泥土、糞尿等堆積起來發酵腐爛後製成的有機肥料。肥力持久，多用作底肥。

【堆積】duījī ㄉㄨㄟ ㄐㄧ (事物)成堆地聚集：貨物堆積如山｜工地上堆積着大批木材和水泥。

【堆集】duījí ㄉㄨㄟ ㄐㄧˊ 成堆地聚在一起；堆積：案頭堆集着畫軸。

【堆砌】duīqì ㄉㄨㄟ ㄑㄧˋ ❶壘積磚石並用泥灰黏合：堆砌台階｜堆砌假山。❷比喻寫文章時使用大量華麗而無用的詞語：堆砌辭藻。

【堆棧】duīzhàn ㄉㄨㄟ ㄓㄢˋ 供臨時寄存貨物的地方。

饋(馉) duī ㄉㄨㄟ 古時的一種蒸餅。

duì (ㄉㄨㄟˋ)

兑 1 duì ㄉㄨㄟˋ ❶用舊的金銀首飾、器皿向銀樓換取新的。❷憑票據支付或領取現款：兑付｜匯兑。

兑 2 duì ㄉㄨㄟˋ 八卦之一，卦形是☱，代表沼澤。參看14頁〖八卦〗。

【兑付】duìfù ㄉㄨㄟˋ ㄈㄨˋ 憑票據支付現款。

【兑換】duìhuàn ㄉㄨㄟˋ ㄏㄨㄢˋ 用證券換取現金或用一種貨幣換取另一種貨幣：兑換現金｜用美圓兑換人民幣。

【兑換券】duìhuànquàn ㄉㄨㄟˋ ㄏㄨㄢˋ ㄑㄩㄢˋ 舊時地方政府或沒有紙幣發行權的銀行，以及銀號、錢莊、商號為了資金周轉或補助市面貨幣不足而發行的周轉券或流通券，可以向發行處兑換現金。

【兑獎】duìjiǎng ㄉㄨㄟˋ ㄐㄧㄤˇ 憑中獎的彩票或獎券兑換獎品。

【兑現】duìxiàn ㄉㄨㄟˋ ㄒㄧㄢˋ ❶憑票據向銀行換取現款，泛指結算時支付現款：這張支票不能兑現｜年終兑現時，共收入近三千元。❷比喻諾言的實現：答應孩子的事，一定要兑現。

敦 duì ㄉㄨㄟˋ 古代盛黍稷的器具。另見292頁dūn。

隊(队) duì ㄉㄨㄟˋ ❶行列：站隊｜排隊上車。❷具有某種性質的集體：球隊｜艦隊｜生產隊｜消防隊｜遊擊隊。❸特指少年先鋒隊：隊禮｜隊旗｜隊日。❹量詞：一隊人馬。

〈古〉又同'墜'。

【隊禮】duìlǐ ㄉㄨㄟˋ ㄌㄧˇ 中國少年先鋒隊隊員行的禮，右手五指並緊，手掌向前，高舉頭上，表示人民利益高於一切。

【隊列】duìliè ㄉㄨㄟˋ ㄌㄧㄝˋ 隊伍的行列：隊列訓練｜隊列整齊。

【隊日】duìrì ㄉㄨㄟˋ ㄖˋ 少年先鋒隊舉行集體活動的日子：過隊日。

【隊伍】duì·wu ㄉㄨㄟˋ ·ㄨ ❶軍隊：從隊伍上轉業回來。❷有組織的集體：幹部隊伍｜知識分子隊伍。❸有組織的群眾行列：遊行隊伍｜排好隊伍。

碓 duì ㄉㄨㄟˋ 舂米用具，用柱子架起一根木杠，杠的一端裝一塊圓形的石頭，用腳連續踏另一端，石頭就連續起落，去掉下面石臼中的糙米的皮。簡單的碓只是一個石臼，用杵搗米。

【碓房】duìfáng ㄉㄨㄟˋ ㄈㄤˊ 舂米的作坊。也叫碓屋。

對(对) duì ㄉㄨㄟˋ ❶回答；對答｜無言以對。❷對待；對付：對事不對人｜對症下藥｜刀對刀，槍對槍。❸朝着；向着(常跟'着')：對着鏡子理理頭髮｜槍口對着敵人。❹二者相對；彼此相向：對調｜對流｜對立｜對抗。❺對面的；敵對的：對岸｜對方｜對手｜作對。❻使兩個東西配合或接觸：對對子｜把門對上｜對個火兒。❼投合；適合：對勁兒｜對心眼兒｜兩個人越説越投緣，越説越對脾氣。❽把兩個東西放在一起互相比較，看是否符合；對證：對質｜校對｜對表｜對筆迹｜對號碼。❾調整使合於一定標準：對好照相機的焦距｜拿胡琴來對對弦。❿相合；正確；正常：你的話很對｜對，就這麼辦｜數目不對，還差得多｜神氣不對。⓫攙和(多指液體)：茶壺裏對點兒開水｜硃砂裏對上一點兒藤黄。⓬平均分成兩份：對半兒｜對開紙。⓭(對兒)對子：喜對｜五言對兒。⓮(對兒)量詞，雙：一對鸚鵡｜一對兒椅子｜一對模範夫妻。⓯介詞，用法基本上跟'對於'相同：對他表示謝意｜決不對困難屈服｜你的話對我有啓發｜大家對他這件事很不滿意。注意 '對'和'對於'的用法差不多，但是'對'所保留的動詞性較強，因此有些用'對'的句子不能改用'對於'，如上面頭兩個例子。

【對岸】duì'àn ㄉㄨㄟˋ ㄢˋ 一定水域互相對着的兩岸互稱對岸。

【對白】duìbái ㄉㄨㄟˋ ㄅㄞˊ 戲劇、電影中角色之間的對話。

【對半】duìbàn ㄉㄨㄟˋ ㄅㄢˋ (對半兒) ❶各半：對半兒分。❷一倍：對半兒利。

【對本】duìběn ㄉㄨㄟˋ ㄅㄣˇ 利潤或利息跟本錢相等。

【對比】duìbǐ ㄉㄨㄟˋ ㄅㄧˇ ❶(兩種事物)相對比較：古今對比｜新舊對比。❷比例：雙方人數對比是一對四。

【對比度】duìbǐdù ㄉㄨㄟˋ ㄅㄧˇ ㄉㄨˋ 指熒光屏上圖像各部分之間的明暗對比程度。

【對比色】duìbǐsè ㄉㄨㄟˋ ㄅㄧˇ ㄙㄜˋ 色相性質相反，光度明暗差別大的顏色。如紅與綠、黄與紫、橙與青等。

【對簿】duìbù ㄉㄨㄟˋ ㄅㄨˋ 〈書〉受審問：對簿公堂。

【對不起】duì·bu qǐ ㄉㄨㄟˋ ·ㄅㄨ ㄑㄧˇ 對人有愧，常用為表示抱歉的套語：對不起，讓您久等了。也説對不住。

【對策】duìcè ㄉㄨㄟˋ ㄘㄜˋ ❶古代應考的人回答皇帝所問關於治國的策略。❷對付的策略或辦法：商量對策。

【對茬兒】duì∥chár ㄉㄨㄟˋ∥ㄔㄚㄦˊ 〈方〉吻合；相符：這事情很不對茬兒，應該對證一下｜他們兩人説的話根本對不上茬兒。

【對唱】duìchàng ㄉㄨㄟˋ ㄔㄤˋ 兩人或兩組歌唱者的對答式演唱。

【對稱】duìchèn ㄉㄨㄟˋ ㄔㄣˋ 指圖形或物體對某

個點、直綫或平面而言，在大小、形狀和排列上具有一一對應關係。如人體、船、飛機的左右兩邊，在外觀上都是對稱的。

【對詞】duì//cí ㄉㄨㄟˋ//ㄘˊ （對詞兒）演員在排練中互相對台詞：她倆正在對詞走場子。

【對答】duìdá ㄉㄨㄟˋ ㄉㄚˊ 回答（問話）：對答如流｜問他的話他對答不上來。

【對答如流】duì dá rú liú ㄉㄨㄟˋ ㄉㄚˊ ㄖㄨˊ ㄌㄧㄡˊ 回答問話像流水一樣流暢，形容反應快，口才好。

【對待】duìdài ㄉㄨㄟˋ ㄉㄞˋ ❶處於相對的情況：高山與平地對待，不見高山，哪見平地？｜工作和休息是互相對待的，保證充分的休息，正是為了更好地工作。❷以某種態度或行為加之於人或事物：對待朋友要真誠｜要正確對待群眾的批評。

【對得起】duì·de qǐ ㄉㄨㄟˋ ·ㄉㄜ ㄑㄧˇ 對人無愧；不辜負：只有學好功課，才對得起老師。也說對得住。

【對等】duìděng ㄉㄨㄟˋ ㄉㄥˇ （等級、地位等）相等：雙方應派對等人員進行會談。

【對調】duìdiào ㄉㄨㄟˋ ㄉㄧㄠˋ 互相掉換：對調工作｜把你們兩個的座位對調一下。

【對方】duìfāng ㄉㄨㄟˋ ㄈㄤ 跟行為的主體處於相對地位的一方：老王結婚了，對方是幼兒園的保育員｜打球要善於抓住對方的弱點來進攻。

【對付】duì·fu ㄉㄨㄟˋ ·ㄈㄨ ❶應付①：學了幾個月的文化，看信也能對付了｜這匹烈馬很難對付。❷將就：舊衣服扔了可惜，對付着穿｜這支筆雖然不太好，對付對付也能用。❸〈方〉感情相投合：兩口兒最近好像有些不對付。

【對歌】duìgē ㄉㄨㄟˋ ㄍㄜ 雙方一問一答地唱歌。是一種民間的歌唱形式，多流行於我國某些少數民族地區。

【對工】duìgōng ㄉㄨㄟˋ ㄍㄨㄥ ❶戲曲表演上指適合演員的行當。❷〈方〉（對工兒）合適；恰當：你說得對工。

【對光】duì//guāng ㄉㄨㄟˋ//ㄍㄨㄤ ❶照相時，調整焦點距離、光圈大小和曝光時間。❷使用顯微鏡、望遠鏡等光學儀器時，調節光綫。

【對過】duìguò ㄉㄨㄟˋ ㄍㄨㄛˋ （對過兒）在街道、空地、河流等的一邊稱另一邊：我家對過就是郵局｜劇院的斜對過有家書店。

【對號】duì//hào ㄉㄨㄟˋ//ㄏㄠˋ （對號兒）❶查對相合的號數：對號入座。❷與有關事物、情況對照，相互符合：理論要與現實對號｜他說的與實際對不上號。

【對號】duìhào ㄉㄨㄟˋ ㄏㄠˋ （對號兒）表示正確的符號，用於批改學生作業或試卷。如'○'、'√'等。

【對號入座】duì hào rù zuò ㄉㄨㄟˋ ㄏㄠˋ ㄖㄨˋ ㄗㄨㄛˋ 比喻把有關的人或事物跟自己對比聯繫起來，也比喻把某人所做的事跟規章制度相比，聯繫起來。

【對話】duìhuà ㄉㄨㄟˋ ㄏㄨㄚˋ ❶兩個或更多的人之間的談話（多指小說或戲劇裏的人物之間的）：精彩的對話｜對話要符合人物的性格。❷兩方或幾方之間的接觸或談判：兩國開始就邊界問題進行對話｜領導和群眾經常對話可以加深彼此的了解。

【對換】duìhuàn ㄉㄨㄟˋ ㄏㄨㄢˋ 相互交換；對調：對換座位｜我跟你對換一下，你用我這支筆。

【對火】duì//huǒ ㄉㄨㄟˋ//ㄏㄨㄛˇ （對火兒）吸烟時借別人燃着的烟點燃自己的烟。

【對家】duìjiā ㄉㄨㄟˋ ㄐㄧㄚ ❶四人玩牌時坐在自己對面的一方。❷指說親時的對方：本家叔父給他提親，對家能力強，人品也好。

【對接】duìjiē ㄉㄨㄟˋ ㄐㄧㄝ 指兩個或兩個以上航行中的航天器（航天飛機、宇宙飛船等）靠攏後接合成為一體。

【對襟】duìjīn ㄉㄨㄟˋ ㄐㄧㄣ （對襟兒）中裝上衣的一種式樣，兩襟相對，紐釦在胸前正中。

【對勁】duìjìn ㄉㄨㄟˋ ㄐㄧㄣˋ （對勁兒）❶稱心合意；合適：這支筆太禿，寫起字來不對勁。❷合得來；相投：他們倆一向很對勁。

【對局】duìjú ㄉㄨㄟˋ ㄐㄩˊ 下棋。也指球類比賽。

【對開】duìkāi ㄉㄨㄟˋ ㄎㄞ ❶（車船等）由兩個地點相向開行。❷印刷上指相當於整張紙的二分之一。❸對半分配，即雙方各佔一半。

【對抗】duìkàng ㄉㄨㄟˋ ㄎㄤˋ ❶對立起來相持不下：階級對抗｜不能對同志的批評抱對抗情緒。❷抵抗：武裝對抗。

【對抗賽】duìkàngsài ㄉㄨㄟˋ ㄎㄤˋ ㄙㄞˋ 兩個或幾個技術水平相近單位之間組織的單項體育運動比賽。

【對抗性矛盾】duìkàngxìng máodùn ㄉㄨㄟˋ ㄎㄤˋ ㄒㄧㄥˋ ㄇㄠˊ ㄉㄨㄣˋ 必須採取外部衝突形式才能解決的矛盾。

【對空台】duìkōngtái ㄉㄨㄟˋ ㄎㄨㄥ ㄊㄞˊ 地面指揮部門對空中飛機進行指揮引導的電台。

【對口】[1] duìkǒu ㄉㄨㄟˋ ㄎㄡˇ 中醫指生在腦後、部位跟口相對的疽。也叫腦疽。

【對口】[2] duìkǒu ㄉㄨㄟˋ ㄎㄡˇ ❶相聲、山歌等的一種表演方式，兩個人交替着說或唱：對口相聲｜對口山歌。❷（對口兒）互相聯繫的兩方在工作內容和性質上相一致：工作對口｜專業對口｜對口協作。❸（味道）合口：這幾個菜都不對口。

【對口詞】duìkǒucí ㄉㄨㄟˋ ㄎㄡˇ ㄘˊ 曲藝的一種，由兩個人對口朗誦唱詞，結合動作表演，一般不用樂器伴奏。

【對口快板兒】duìkǒu kuàibǎnr ㄉㄨㄟˋ ㄎㄡˇ ㄎㄨㄞˋ ㄅㄢㄦˇ 由兩個人對口表演的快板兒。參看

665頁〖快板兒〗。

【對口相聲】duìkǒu xiàng·sheng ㄉㄨㄟˋ ㄎㄡˇ ㄒㄧㄤˋ ·ㄕㄥ 由兩個人表演的相聲。參看1250頁〖相聲〗。

【對壘】duìlěi ㄉㄨㄟˋ ㄌㄟˇ 指兩軍相持，也用於下棋、賽球等：兩軍對壘｜中國隊將於明天與日本隊對壘。

【對立】duìlì ㄉㄨㄟˋ ㄌㄧˋ ❶兩種事物或一種事物中的兩個方面之間的相互排斥、相互矛盾、相互鬥爭：對立面｜對立物｜對立的統一｜不能把工作和學習對立起來看。❷互相抵觸；敵對：對立情緒。

【對立面】duìlìmiàn ㄉㄨㄟˋ ㄌㄧˋ ㄇㄧㄢˋ 處於矛盾統一體中的相互依存、相互鬥爭的兩個方面。

【對立統一規律】duìlì tǒngyī guīlǜ ㄉㄨㄟˋ ㄌㄧˋ ㄊㄨㄥˇ ㄧ ㄍㄨㄟ ㄌㄩˋ 唯物辯證法的根本規律。它揭示出一切事物都是對立的統一，都包含着矛盾。矛盾的對立面又統一，又鬥爭，並在一定條件下互相轉化，推動着事物的變化和發展。對於任何一個具體的事物來説，對立的統一是有條件的、暫時的、過渡的，因而是相對的，對立的鬥爭則是無條件的、絕對的。

【對聯】duìlián ㄉㄨㄟˋ ㄌㄧㄢˊ (對聯兒)寫在紙上、布上或刻在竹子上、木頭上、柱子上的對偶語句。

【對流】duìliú ㄉㄨㄟˋ ㄌㄧㄡˊ 液體或氣體中較熱的部分和較冷的部分通過循環流動使溫度趨於均勻，是流體傳熱的主要方式。

【對流層】duìliúcéng ㄉㄨㄟˋ ㄌㄧㄡˊ ㄘㄥˊ 大氣層的一個層次，接近地面，經常有對流現象發生，層內氣溫隨高度而下降。雨、雪、雹等天氣現象發生在這一層。它的厚度在中緯度約10－12公里，在赤道約17－18公里，在兩極約8－9公里。

【對路】duìlù ㄉㄨㄟˋ ㄌㄨˋ ❶合於需要；合於要求：對路產品｜這種貨運到山區可不對路。❷對勁①：他覺得幹這個工作挺對路。

【對門】duìmén ㄉㄨㄟˋ ㄇㄣˊ (對門兒) ❶大門相對：對門對戶。❷大門相對的房子：別看他倆住對門，平常可很少見面｜我們家對門新搬來一家廣東人。

【對面】duìmiàn ㄉㄨㄟˋ ㄇㄧㄢˋ ❶(對面兒)對過：他家就在我家對面。❷正前方：對面來了一個人。❸(對面兒)面對面：這事兒得他們本人對面兒談。

【對牛彈琴】duì niú tán qín ㄉㄨㄟˋ ㄋㄧㄡˊ ㄊㄢˊ ㄑㄧㄣˊ 比喻對不懂道理的人講道理，對外行人説內行話。現在也用來譏笑説話的人不看對象。

【對偶】duì'ǒu ㄉㄨㄟˋ ㄡˇ 修辭方式，用對稱的字句加強語言的效果。如：下筆千言，離題萬里。沈舟側畔千帆過，病樹前頭萬木春。參看753頁〖律詩〗、880頁〖駢文〗。

【對生】duìshēng ㄉㄨㄟˋ ㄕㄥ 葉序的一種，莖的每個節上長兩個葉子，彼此相對，如槭樹、紫丁香等的葉子都是對生的。

【對手】duìshǒu ㄉㄨㄟˋ ㄕㄡˇ ❶競賽的對方：我們的對手是個素負盛名的球隊。❷特指本領、水平不相上下的競賽的對方：棋逢對手｜講拳術，他不是你的對手。

【對數】duìshù ㄉㄨㄟˋ ㄕㄨˋ 如果$a^k=b$ ($a>0$，$a\neq1$)，k就叫做以a為底的b的對數，記作$\log_a b=k$。其中a叫做底數，簡稱底；b叫做真數。

【對台戲】duìtáixì ㄉㄨㄟˋ ㄊㄞˊ ㄒㄧˋ 兩個戲班為了互相競爭，同時演出的同樣的戲。比喻雙方競爭的同類工作或事情：唱對台戲｜演對台戲。

【對頭】duì//tóu ㄉㄨㄟˋ//ㄊㄡˊ ❶正確；合適：方法對頭，效率就高。❷正常(多用於否定)：他的臉色不對頭，恐怕是病了。❸合得來(多用於否定)：兩個人脾氣不對頭，處不好。

【對頭】duì·tou ㄉㄨㄟˋ ·ㄊㄡ ❶仇敵；敵對的方面：死對頭｜冤家對頭。❷對手。

【對外貿易】duìwài-màoyì ㄉㄨㄟˋ ㄨㄞˋ ㄇㄠˋ ㄧˋ 本國(或本地區)跟外國(或外地區)進行的貿易。

【對味兒】duì//wèir ㄉㄨㄟˋ//ㄨㄟㄦˋ ❶合口味：這道菜很對味兒。❷比喻適合自己的思想感情(多用於否定式)：我覺得他的話不大對味兒。

【對蝦】duìxiā ㄉㄨㄟˋ ㄒㄧㄚ 節肢動物，身體長15－20厘米，甲殼薄而透明。第二對觸角上的鬚很長。肉味鮮美，是我國的特產之一。主要產在黃海和渤海灣中。過去市場上常成對出售，所以叫對蝦。也叫明蝦。

【對象】duìxiàng ㄉㄨㄟˋ ㄒㄧㄤˋ ❶行動或思考時作為目標的人或事物：革命的對象｜研究對象。❷特指戀愛的對方：找對象｜他有對象了。

【對消】duìxiāo ㄉㄨㄟˋ ㄒㄧㄠ 互相抵消：力量對消｜功過對消。

【對眼】duìyǎn ㄉㄨㄟˋ ㄧㄢˇ ❶合乎自己的眼光；滿意：幾塊花布看着都不對眼。❷(對眼兒)內斜視的通稱。

【對弈】duìyì ㄉㄨㄟˋ ㄧˋ 〈書〉下棋。

【對應】duìyìng ㄉㄨㄟˋ ㄧㄥˋ ❶一個系統中某一項在性質、作用、位置或數量上跟另一系統中某一項相當。❷針對某一情況的；與某一情況相應的：對應措施｜對應行動。

【對於】duìyú ㄉㄨㄟˋ ㄩˊ 介詞，引進對象或事物的關係者：我們對於公共財產，無論大小，都應該愛惜｜大家對於這個問題的意見是一致的。

【對仗】duìzhàng ㄉㄨㄟˋ ㄓㄤˋ (律詩、駢文等)按照字音的平仄和字義的虛實做成對偶的語句。

【對照】duìzhào ㄉㄨㄟˋ ㄓㄠˋ ❶互相對比參照：俄漢對照｜把譯文對照原文加以修改。❷（人或事物）相比；對比：你拿這個標準對照一下自己，看看差距有多大。

【對折】duìzhé ㄉㄨㄟˋ ㄓㄜˊ 一半的折扣：打對折｜對折處理。

【對着幹】duì·zhegàn ㄉㄨㄟˋ ·ㄓㄜ ㄍㄢˋ ❶採取與對方相對的行動，來反對或搞垮對方。❷跟對方做同樣的工作，比賽着幹。

【對陣】duìzhèn ㄉㄨㄟˋ ㄓㄣˋ 雙方擺開交戰的陣勢，比喻在競賽、競爭中交鋒：兩軍對陣｜兩國排球隊五次對陣，主隊三勝二負。

【對證】duìzhèng ㄉㄨㄟˋ ㄓㄥˋ 為了證明是否真實而加以核對：對證筆迹｜和事實對證一下，看看是不是有不符合的地方。

【對症】duì∥zhèng ㄉㄨㄟˋ∥ㄓㄥˋ 針對具體病情：對症下藥。

【對症下藥】duì zhèng xià yào ㄉㄨㄟˋ ㄓㄥˋ ㄒㄧㄚˋ ㄧㄠˋ 比喻針對具體情況決定解決問題的辦法。

【對峙】duìzhì ㄉㄨㄟˋ ㄓˋ 相對而立：兩山對峙◇兩軍對峙（相持不下）。

【對質】duìzhì ㄉㄨㄟˋ ㄓˋ 訴訟關係人在法庭上面對面互相質問，也泛指和問題有關聯的各方當面對證。

【對酌】duìzhuó ㄉㄨㄟˋ ㄓㄨㄛˊ 相對飲酒。

【對子】duì·zi ㄉㄨㄟˋ ·ㄗ ❶對偶的詞句：對對子。❷對聯：寫對子。❸成對的或相對的人或物：結成互幫互學的對子。

錞（𬭚）duì ㄉㄨㄟˋ〈書〉矛戟柄末的平底金屬套。
另見186頁 chún。

懟 duì ㄉㄨㄟˋ〈書〉❶怨恨。❷壞；惡：大憝。

懟（怼）duì ㄉㄨㄟˋ〈書〉怨恨：怨懟。

鐓（镦）duì ㄉㄨㄟˋ 同‘錞’。
另見293頁 dūn。

dūn（ㄉㄨㄣ）

惇 dūn ㄉㄨㄣ〈書〉敦厚；篤厚。

敦 dūn ㄉㄨㄣ ❶誠懇：敦厚｜敦促｜敦聘｜敦請。❷（Dūn）姓。
另見289頁 duì。

【敦促】dūncù ㄉㄨㄣ ㄘㄨˋ 催促：敦促赴會。

【敦厚】dūnhòu ㄉㄨㄣ ㄏㄡˋ 忠厚：溫柔敦厚｜質樸敦厚。

【敦睦】dūnmù ㄉㄨㄣ ㄇㄨˋ〈書〉使親善和睦：敦睦邦交。

【敦聘】dūnpìn ㄉㄨㄣ ㄆㄧㄣˋ〈書〉誠懇地聘請。

【敦請】dūnqǐng ㄉㄨㄣ ㄑㄧㄥˇ 誠懇地邀請：敦請先生與會共商大事。

【敦實】dūn·shi ㄉㄨㄣ ·ㄕ 粗短而結實：這人長得很敦實｜這個罎子真敦實。

墩 dūn ㄉㄨㄣ ❶土堆：土墩｜挖塘取水，壘土為墩。❷（墩兒）墩子：樹墩｜門墩兒。❸像墩子的坐具：錦墩｜坐墩兒。❹用拖把擦（地）：把地掃乾淨了再墩。❺量詞，用於叢生的或幾棵合在一起的植物：一墩荊條｜這塊地栽稻秧三萬墩。

【墩布】dūnbù ㄉㄨㄣ ㄅㄨˋ 拖把。

【墩子】dūn·zi ㄉㄨㄣ ·ㄗ 厚而粗大的一整塊石頭或木頭：菜墩子（切菜用具）｜坐在石墩子上。

撴 dūn ㄉㄨㄣ〈方〉揪住；拽（zhuài）：死死撴住他的手｜一伸手把他撴住。

噸（吨）dūn ㄉㄨㄣ ❶公制重量單位，1噸等於 1,000 公斤，合 2,000 市斤。也叫公噸。❷英美制重量單位。英國為英噸，美國為美噸。［法 tonne，英 ton］❸登記噸的簡稱。❹船舶運輸時按貨物的體積計算運費用的單位，根據不同的貨物定出體積換算成噸數的不同標準。

【噸公里】dūngōnglǐ ㄉㄨㄣ ㄍㄨㄥ ㄌㄧˇ 貨物運輸的計量單位，1 噸貨物運輸 1 公里為 1 噸公里，如 3 噸貨物運輸 100 公里，就是 300 噸公里。

【噸海里】dūnhǎilǐ ㄉㄨㄣ ㄏㄞˇ ㄌㄧˇ 海運貨物的運輸量計算單位，1 噸貨物運輸 1 海里為 1 噸海里。

【噸位】dūnwèi ㄉㄨㄣ ㄨㄟˋ ❶車、船等規定的最大載重量。船舶的噸位為滿載排水量減去空船排水量。❷計算船舶載重量時按船的容積計算，以登記噸為一噸位。

礅 dūn ㄉㄨㄣ 厚而粗大的一整塊石頭：石礅。

蹾（𡏧）dūn ㄉㄨㄣ〈方〉重重地往下放：箱子裏有儀器，不要往地下蹾。

蹲 dūn ㄉㄨㄣ ❶兩腿儘量彎曲，像坐的樣子，但臀部不着地：兩人在地頭蹲着談話。❷比喻呆着或閑居：他整天蹲在家裏不出門。
另見200頁 cún。

【蹲班】dūn∥bān ㄉㄨㄣ∥ㄅㄢ 留級：全班學生沒有一個蹲班的｜他去年蹲了一班，沒有畢業。

【蹲膘】dūn∥biāo ㄉㄨㄣ∥ㄅㄧㄠ（蹲膘兒）多吃好的食物而少活動，以致肥胖（多指牲畜，用於人時帶貶義）：催肥蹲膘。

【蹲點】dūn∥diǎn ㄉㄨㄣ∥ㄉㄧㄢˇ 到某個基層單位，參加實際工作，進行調查研究：下鄉蹲點｜他在西村蹲過點，對那裏情況很熟悉。

【蹲苗】dūnmiáo ㄉㄨㄣ ㄇㄧㄠˊ 在一定時期內控制施肥和灌水，進行中耕和鎮壓，使幼苗根部下扎，生長健壯，防止莖葉徒長。

鐓(镦) dūn ㄉㄨㄣ ❶衝壓金屬板，使其變形。不加熱叫冷鐓，加熱叫熱鐓。❷同'騸'。
另見292頁 duì。

騸(骟) dūn ㄉㄨㄣ 〈方〉去掉雄性家畜家禽的生殖器：騸牛｜騸雞。

dǔn（ㄉㄨㄣˇ）

不 dǔn ㄉㄨㄣˇ ［不子］(dǔn·zi ㄉㄨㄣˇ·ㄗ)〈方〉❶墩子。❷特指磚狀的瓷土塊，是製造瓷器的原料。

盹 dǔn ㄉㄨㄣˇ (盹兒) 很短時間的睡眠：打盹兒｜醒盹兒。

躉〔躉〕(趸) dǔn ㄉㄨㄣˇ ❶整批：躉批｜躉買躉賣。❷整批買進(準備出賣)：躉貨｜現躉現賣。

【躉船】dǔnchuán ㄉㄨㄣˇ ㄔㄨㄢˊ 無動力裝置的矩形平底船，固定在岸邊、碼頭，以供船舶停靠，上下旅客，裝卸貨物。

【躉批】dǔnpī ㄉㄨㄣˇ ㄆㄧ 整批(多用於買賣貨物)：躉批買進｜躉批出賣。

dùn（ㄉㄨㄣˋ）

囤 dùn ㄉㄨㄣˋ 用竹篾、荊條、稻草編成的或用蓆箔等圍成的盛糧食的器具：糧食囤｜大囤滿，小囤流。
另見1164頁 tún。

沌 dùn ㄉㄨㄣˋ 見518頁〖混沌〗(hùndùn)。
另見1502頁 Zhuàn。

砘 dùn ㄉㄨㄣˋ 播種後，用石砘子把鬆土壓實：這塊地已經砘過一遍。

【砘子】dùn·zi ㄉㄨㄣˋ·ㄗ 播種覆土以後用來鎮壓的農具。

盾[1] dùn ㄉㄨㄣˋ ❶盾牌。❷盾形的東西：金盾｜銀盾。

盾[2] dùn ㄉㄨㄣˋ 荷蘭、越南、印度尼西亞等國的本位貨幣。

【盾牌】dùnpái ㄉㄨㄣˋ ㄆㄞˊ ❶古代用來防護身體、遮擋刀箭的武器。❷比喻推託的藉口。

鈍(钝) dùn ㄉㄨㄣˋ ❶不鋒利(跟'快、利、銳'相對)：刀鈍了，要磨一磨◇成敗利鈍。❷笨拙；不靈活：遲鈍｜魯鈍。

【鈍角】dùnjiǎo ㄉㄨㄣˋ ㄐㄧㄠˇ 大於直角(90°)而小於平角(180°)的角。

楯 dùn ㄉㄨㄣˋ〈書〉同'盾'。
另見1077頁 shǔn。

頓[1](顿) dùn ㄉㄨㄣˋ ❶稍停：他頓了一下，又接着往下説。❷書法上指用力使筆着紙而暫不移動：一橫的兩頭都要頓一頓。❸(頭)叩地；(腳)跺地：頓首｜頓足。❹處理；安置：整頓｜安頓。❺立刻；忽然：頓然｜頓悟｜頓生邪念。❻量詞，用於吃飯、斥責、勸説、打罵等行為的次數：一天三頓飯｜被他説了一頓。❼(Dùn)姓。

頓[2](顿) dùn ㄉㄨㄣˋ 疲乏：困頓｜勞頓。
另見281頁 dú。

【頓挫】dùncuò ㄉㄨㄣˋ ㄘㄨㄛˋ (語調、音律等)停頓轉折：抑揚頓挫。

【頓號】dùnhào ㄉㄨㄣˋ ㄏㄠˋ 標點符號(、)，表示句子內部並列詞語之間的停頓。主要用在並列的詞或並列的較短的詞組中間。

【頓開茅塞】dùn kāi máo sè ㄉㄨㄣˋ ㄎㄞ ㄇㄠˊ ㄙㄜˋ 見779頁〖茅塞頓開〗。

【頓然】dùnrán ㄉㄨㄣˋ ㄖㄢˊ 忽然；突然：頓然醒悟｜登上頂峰，頓然覺得周圍山頭矮了一截。

【頓時】dùnshí ㄉㄨㄣˋ ㄕˊ 立刻(只用於敍述過去的事情)：喜訊傳來，人們頓時歡呼起來。

【頓首】dùnshǒu ㄉㄨㄣˋ ㄕㄡˇ 磕頭(多用於書信)。

【頓悟】dùnwù ㄉㄨㄣˋ ㄨˋ 佛教指頓然破除妄念，覺悟真理。也泛指忽然領悟。

【頓足捶胸】dùn zú chuí xiōng ㄉㄨㄣˋ ㄗㄨˊ ㄔㄨㄟˊ ㄒㄩㄥ 見183頁〖捶胸頓足〗。

遁(遯) dùn ㄉㄨㄣˋ ❶逃走：遁走｜逃遁｜遠遁。❷隱藏；消失：遁跡｜遁形｜隱遁。

【遁詞】dùncí ㄉㄨㄣˋ ㄘˊ 因為理屈詞窮而故意避開正題的話。

【遁迹】dùnjì ㄉㄨㄣˋ ㄐㄧˋ〈書〉逃避人世；隱居：遁迹潛形｜遁迹空門(出家)。

【遁世】dùnshì ㄉㄨㄣˋ ㄕˋ〈書〉避世；避開現實社會而隱居：遁世絕俗。

燉(炖) dùn ㄉㄨㄣˋ ❶烹調方法，加水燒開後用文火久煮使爛熟(多用於肉類)：清燉排骨。❷把東西盛在碗裏，再把碗放在水裏加熱：燉酒｜燉藥。

duō（ㄉㄨㄛ）

多[1] duō ㄉㄨㄛ ❶數量大(跟'少'或'寡'相對)：多年｜多種多樣｜多才多藝｜多快好省。❷超出原有或應有的數目；比原來的數目有所增加(跟'少'相對)：這句話多了一個字｜你的錢給多了，還你吧。❸過分的；不必要的：多心｜多嘴｜多疑。❹(用在數量詞後)表示有零頭：五十多歲｜兩丈多高｜三年多。❺表示相差的程度大：他比我強多了｜這樣擺好看得多。❻(Duō)姓。

多[2] duō ㄉㄨㄛ 副詞。❶用在疑問句裏，問程度：他多大年紀？｜你知道天安門多高？[注意]大都用於積極性的形容詞，如'大、高、長、遠、粗、寬、厚'等等。❷用在感嘆句裏，表示程度很高：你看他老人家多有精神！｜這問題多不簡單哪！❸指某種程度：無論山有多高，路有多陡，他總是走在前面｜有多大勁使多大勁。

【多半】duōbàn ㄉㄨㄛ ㄅㄢˋ (多半兒) ❶超過半數；大半：同學多半到操場上去了，只有少數還在教室裏。❷大概：他這會兒還不來，多半不來了。‖也說多一半。

【多寶槅】duōbǎogé ㄉㄨㄛ ㄅㄠˇ ㄍㄜˊ 分成許多格子的架子，用來放置古玩、工藝品等。也叫多寶架。

【多邊】duōbiān ㄉㄨㄛ ㄅㄧㄢ 由三個或更多方面參加的，特指由三個或更多國家參加的：多邊會談｜多邊條約｜多邊貿易。

【多邊形】duōbiānxíng ㄉㄨㄛ ㄅㄧㄢ ㄒㄧㄥˊ 由三條或三條以上的邊構成的圖形。

【多才多藝】duō cái duō yì ㄉㄨㄛ ㄘㄞˊ ㄉㄨㄛ ㄧˋ 具有多方面的才能、技藝。

【多愁善感】duō chóu shàn gǎn ㄉㄨㄛ ㄔㄡˊ ㄕㄢˋ ㄍㄢˇ 形容人感情脆弱，容易發愁或感傷。

【多此一舉】duō cǐ yī jǔ ㄉㄨㄛ ㄘˇ ㄧ ㄐㄩˇ 做不必要的、多餘的事情：何必多此一舉。

【多端】duōduān ㄉㄨㄛ ㄉㄨㄢ 多種多樣：變化多端｜詭計多端。

【多多益善】duō duō yì shàn ㄉㄨㄛ ㄉㄨㄛ ㄧˋ ㄕㄢˋ 越多越好。

【多發】duōfā ㄉㄨㄛ ㄈㄚ 發生率較高的：多發病｜事故多發地段。

【多方】duōfāng ㄉㄨㄛ ㄈㄤ 多方面：多方設法。

【多分】duōfèn ㄉㄨㄛ ㄈㄣˋ 〈方〉多半：多分是這樣｜我看這事多分沒希望了。

【多寡】duōguǎ ㄉㄨㄛ ㄍㄨㄚˇ 指數量的大小：多寡不等。

【多會兒】duō·huir ㄉㄨㄛ ·ㄏㄨㄟㄦ 甚麼時候；幾時。a) 用在疑問句裏，問時間：你是多會兒來的？b) 指某一時間或任何時間：在工作中他多會兒也沒叫過苦｜現在還不敢說定了，多會兒有空多會兒去。

【多晶體】duōjīngtǐ ㄉㄨㄛ ㄐㄧㄥ ㄊㄧˇ 由許多小晶體組成的晶體。原子在整個晶體中不是按統一的規則排列的，無一定的外形，其物理性質在各個方向都相同。

【多口相聲】duōkǒu-xiàng·sheng ㄉㄨㄛ ㄎㄡˇ ㄒㄧㄤˋ ·ㄕㄥ 由幾個人表演的相聲。參看1250頁〖相聲〗。

【多虧】duōkuī ㄉㄨㄛ ㄎㄨㄟ 表示由於別人的幫助或某種有利因素，避免了不幸或得到了好處：多虧你來了，否則我們要迷路的。

【多棱鏡】duōléngjìng ㄉㄨㄛ ㄌㄥˊ ㄐㄧㄥˋ 棱鏡，多指三棱鏡。

【多麼】duō·me ㄉㄨㄛ ·ㄇㄜ 副詞。❶用在疑問句裏，問程度：洛陽離這裏有多麼遠？❷用在感嘆句裏，表示程度很高：他的品德多麼高尚！｜國家培養一個人才是多麼不容易呀！❸指較深的程度：不管風裏雨裏，多麼冷，多麼熱，戰士們總是不停地在苦練殺敵本領。注意 '多麼'的用法基本上跟'多²'相同，'多麼'用於感嘆句為主，其他用法不如'多'普通。

【多面手】duōmiànshǒu ㄉㄨㄛ ㄇㄧㄢˋ ㄕㄡˇ 指擅長多種技能的人。

【多面體】duōmiàntǐ ㄉㄨㄛ ㄇㄧㄢˋ ㄊㄧˇ 四個或四個以上多邊形所圍成的立體。

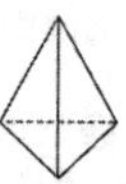
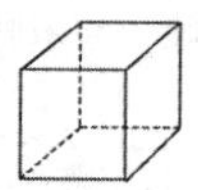
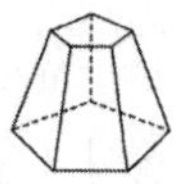

多 面 體

【多謀善斷】duō móu shàn duàn ㄉㄨㄛ ㄇㄡˊ ㄕㄢˋ ㄉㄨㄢˋ 很有智謀，又善於決斷。

【多幕劇】duōmùjù ㄉㄨㄛ ㄇㄨˋ ㄐㄩˋ 分做若干幕演出的大型戲劇，一般比獨幕劇人物多，情節複雜。依照分幕數目的多少，可以分為三幕劇、四幕劇、五幕劇等。

【多難興邦】duō nàn xīng bāng ㄉㄨㄛ ㄋㄢˋ ㄒㄧㄥ ㄅㄤ 國家多災多難，可以激發人民發憤圖強，戰勝困難，使國家興盛起來。

【多年生】duōniánshēng ㄉㄨㄛ ㄋㄧㄢˊ ㄕㄥ 能連續生活多年的，如喬木、灌木等木本植物和蒲公英、車前等草本植物。

【多情】duōqíng ㄉㄨㄛ ㄑㄧㄥˊ 重感情(多指重愛情)：自作多情。

【多如牛毛】duō rú niú máo ㄉㄨㄛ ㄖㄨˊ ㄋㄧㄡˊ ㄇㄠˊ 形容極多。

【多少】duōshǎo ㄉㄨㄛ ㄕㄠˇ ❶指數量的大小：多少不等，長短不齊。❷或多或少：這句話多少有點道理。❸稍微：一立秋，天氣多少有點涼意了。

【多少】duō·shao ㄉㄨㄛ ·ㄕㄠ 疑問代詞。❶問數量：這個村子有多少人家？｜今年收了多少糧食？❷表示不定的數量：我知道多少說多少｜有多少人，準備多少工具。

【多神教】duōshénjiào ㄉㄨㄛ ㄕㄣˊ ㄐㄧㄠˋ 不止信奉一個神的宗教，如佛教、道教等(區別於'一神教')。

【多時】duōshí ㄉㄨㄛ ㄕˊ 很長時間：等候多時｜多時未見面。

【多事】duō∥shì ㄉㄨㄛ∥ㄕˋ ❶做多餘的事：不找他他也會來的，你不必多那個事了。❷做沒必要做的事：他總愛多事，惹是非。

【多事之秋】duō shì zhī qiū ㄉㄨㄛ ㄕˋ ㄓ ㄑㄧㄡ 事故或事變多的時期，多用來形容動盪不安的政局。

【多數】duōshù ㄉㄨㄛ ㄕㄨˋ 較大的數量：絕大多數｜少數服從多數｜多數人贊成這個方案。

【多頭】duōtóu ㄉㄨㄛ ㄊㄡˊ ❶從事股票交易、期貨交易的人，預料貨價將漲而買進期貨，伺機賣出，這種人叫多頭(因為買進的貨等待賣出，所以叫'多頭'；跟'空頭'相對)。參看769頁〖買空賣空〗。❷不只一個方面的：多頭領導｜多頭政治。

【多嫌】duō·xian ㄉㄨㄛ ·ㄒㄧㄢ 〈方〉認為多餘而嫌棄(多指人)：你別胡思亂想，哪會多嫌你一個？

【多謝】duōxiè ㄉㄨㄛ ㄒㄧㄝˋ 客套話，表示感謝。

【多心】duō∥xīn ㄉㄨㄛ∥ㄒㄧㄣ 亂起疑心；用不必要的心思：你別多心，他不是衝你說的。

【多樣】duōyàng ㄉㄨㄛ ㄧㄤˋ 多種樣式：多樣化｜多種多樣。

【多一半】duōyībàn ㄉㄨㄛ ㄧ ㄅㄢˋ 多半。

【多疑】duōyí ㄉㄨㄛ ㄧˊ 疑慮過多；過分疑心：不必多疑｜生性多疑。

【多義詞】duōyìcí ㄉㄨㄛ ㄧˋ ㄘˊ 具有兩個或更多意義的詞，如'接'有'連接'(接電綫)、'接受'(接到一封信)、'迎接'(接客人)等義。多義詞的意義之間往往有共同點或某些聯繫，如'接'的三個意義都表示'使分散的人或事物合在一起'。

【多餘】duōyú ㄉㄨㄛ ㄩˊ ❶超過需要數量的：把多餘的糧食賣給國家。❷不必要的：把文章中多餘的字句刪掉｜你這種擔心完全是多餘的。

【多元論】duōyuánlùn ㄉㄨㄛ ㄩㄢˊ ㄌㄨㄣˋ 一種唯心主義的哲學觀點，認為世界是由多種獨立的、不互相依存的實體構成的(跟'一元論'相對)。

【多雲】duōyún ㄉㄨㄛ ㄩㄣˊ 我國氣象上，中、低雲雲量佔天空面積 4/10－7/10 或高雲雲量佔天空面積 6/10－10/10 叫做多雲。

【多咱】duō·zan ㄉㄨㄛ ·ㄗㄢ 〈方〉甚麼時候；幾時(用法跟'多會兒'相同)：咱們多咱走？｜這是多咱的事？

【多早晚】duō·zaowǎn ㄉㄨㄛ ·ㄗㄠ ㄨㄢˇ 多咱('多咱'就是由'多早晚'變來的)。

【多嘴】duō∥zuǐ ㄉㄨㄛ∥ㄗㄨㄟˇ 不該說而說：多嘴多舌｜你不了解情況，別多嘴！

咄 duō ㄉㄨㄛ 〈書〉表示呵斥或驚異。

【咄咄】duōduō ㄉㄨㄛ ㄉㄨㄛ 嘆詞，表示驚詫或感嘆：咄咄怪事｜咄咄稱奇。

【咄咄逼人】duōduō bī rén ㄉㄨㄛ ㄉㄨㄛ ㄅㄧ ㄖㄣˊ 形容氣勢洶洶，盛氣凌人：他說話的口氣咄咄逼人，令人十分難堪。

【咄嗟】duōjiē ㄉㄨㄛ ㄐㄧㄝ 〈書〉吆喝。

【咄嗟立辦】duōjiē lì bàn ㄉㄨㄛ ㄐㄧㄝ ㄌㄧˋ ㄅㄢˋ 原指主人一吩咐，僕人立刻就辦好，現在指馬上就辦到。

哆 duō ㄉㄨㄛ ［哆嗦］(duō·suō ㄉㄨㄛ ·ㄙㄨㄛ) 因受外界刺激而身體不由自主地顫動：凍得直哆嗦｜氣得渾身哆嗦。

另見154頁 chǐ。

剟 duō ㄉㄨㄛ 〈書〉❶刺；擊。❷削；刪除。❸割取。

塅 duō ㄉㄨㄛ 塘塅 (Tángduō ㄊㄤˊ ㄉㄨㄛ)，地名，在廣東。

掇(敠) duō ㄉㄨㄛ ❶拾取；採取。❷〈方〉用雙手拿；搬(椅子、凳子等)。

【掇弄】duōnòng ㄉㄨㄛ ㄋㄨㄥˋ 〈方〉❶收拾；修理：機器壞了，經他一掇弄就好啦。❷播弄；慫恿：受人掇弄。

【掇拾】duōshí ㄉㄨㄛ ㄕˊ 〈書〉❶拾掇。❷搜集：掇拾舊聞。

裰 duō ㄉㄨㄛ ❶縫補(破衣)：補裰。❷見1466頁〖直裰〗。

duó (ㄉㄨㄛˊ)

度 duó ㄉㄨㄛˊ 〈書〉推測；估計：揣度｜測度｜度德量力。

另見284頁 dù。

【度德量力】duó dé liàng lì ㄉㄨㄛˊ ㄉㄜˊ ㄌㄧㄤˋ ㄌㄧˋ 衡量自己的品德能否服人，估計自己的能力能否勝任。

敓 duó ㄉㄨㄛˊ 〈書〉同'奪'。

奪[1](夺) duó ㄉㄨㄛˊ ❶強取；搶：掠奪｜巧取豪奪◇強詞奪理。❷爭先取到：奪高產｜奪紅旗。❸勝過；壓倒：巧奪天工｜先聲奪人。❹使失去：剝奪｜褫奪。❺〈書〉失去：勿奪農時。

奪[2](夺) duó ㄉㄨㄛˊ 〈書〉做決定：定奪｜裁奪。

奪[3](夺) duó ㄉㄨㄛˊ 〈書〉(文字)脫漏：訛奪。

【奪杯】duó∥bēi ㄉㄨㄛˊ∥ㄅㄟ 奪取獎杯，特指奪取冠軍：我國排球隊在這次邀請賽中奪杯。

【奪標】duó∥biāo ㄉㄨㄛˊ∥ㄅㄧㄠ ❶奪取錦標，特指奪取冠軍：這場大賽中數她奪標呼聲最高。❷承包人或買主所投的標在投標競爭中中(zhòng)標：這家公司在同其他八家廠商的競爭中奪標。

【奪冠】duó∥guàn ㄉㄨㄛˊ∥ㄍㄨㄢˋ 奪取冠軍。

【奪魁】duó∥kuí ㄉㄨㄛˊ∥ㄎㄨㄟˊ 爭奪第一；奪取冠軍：這個廠的電視機在全國評比中奪魁。

【奪目】duómù ㄉㄨㄛˊ ㄇㄨˋ (光彩)耀眼：鮮艷奪目。

【奪取】duóqǔ ㄉㄨㄛˊ ㄑㄩˇ ❶用武力強取：奪

取敵人的陣地。❷努力爭取：奪取新的勝利｜奪取農業豐收。

【奪權】duó∥quán ㄉㄨㄛˊ∥ㄑㄩㄢˊ 奪取權力（多指奪取政權）。

澤（泽） duó ㄉㄨㄛˊ 見730頁〖淩澤〗。

踱 duó ㄉㄨㄛˊ 慢步行走：踱來踱去｜踱方步。

鐸（铎） duó ㄉㄨㄛˊ 古代宣佈政教法令時或有戰事時用的大鈴：木鐸｜鈴鐸｜振鐸。

duǒ（ㄉㄨㄛˇ）

朵（朶） duǒ ㄉㄨㄛˇ ❶量詞，用於花朵和雲彩或像花和雲彩的東西：兩朵牡丹｜一朵白雲｜激起朵朵浪花。❷（Duǒ）姓。

【朵兒】duǒr ㄉㄨㄛㄦˇ ❶花朵：牡丹花開的朵兒多大呀！❷量詞，同'朵'。

【朵頤】duǒyí ㄉㄨㄛˇ ㄧˊ 〈書〉指鼓動腮頰嚼東西的樣子：大快朵頤（形容食物鮮美，吃得很滿意）。

垛（垜） duǒ ㄉㄨㄛˇ 垛（duǒ）子：城牆垛口。

另見296頁 duò。

【垛堞】duǒdié ㄉㄨㄛˇ ㄉㄧㄝˊ 垛口。

【垛口】duǒkǒu ㄉㄨㄛˇ ㄎㄡˇ 城牆上呈凹凸形的短牆。

另見296頁 duòkǒu。

【垛子】duǒ·zi ㄉㄨㄛˇ ·ㄗ 牆上向外或向上突出的部分：門垛子｜城垛子。

哚（哚） duǒ ㄉㄨㄛˇ 見1367頁〔吲哚〕。

埵〔埵〕 duǒ ㄉㄨㄛˇ 〈書〉堅硬的土。

躲（躲） duǒ ㄉㄨㄛˇ 躲避；躲藏：躲雨｜躲車｜躲債｜明槍易躲，暗箭難防。

【躲避】duǒbì ㄉㄨㄛˇ ㄅㄧˋ ❶故意離開或隱蔽起來，使人看不見：這幾天他好像有意躲避我。❷離開對自己不利的事物：躲避風雨｜不應該躲避困難。

【躲藏】duǒcáng ㄉㄨㄛˇ ㄘㄤˊ 把身體隱藏起來，不讓人看見。

【躲躲閃閃】duǒ·duoshǎnshǎn ㄉㄨㄛˇ ·ㄉㄨㄛ ㄕㄢˇ ㄕㄢˇ 指有意掩飾或避開事實真相：你談問題要和盤托出，不要躲躲閃閃。

【躲懶】duǒ∥lǎn ㄉㄨㄛˇ∥ㄌㄢˇ （躲懶兒）逃避工作或勞動；偷懶。

【躲讓】duǒràng ㄉㄨㄛˇ ㄖㄤˋ 躲閃；讓開：一輛救護車急馳而來，人們紛紛往兩邊躲讓。

【躲閃】duǒshǎn ㄉㄨㄛˇ ㄕㄢˇ 迅速使身體避開：小王躲閃不及，和他撞了個滿懷。

【躲債】duǒ∥zhài ㄉㄨㄛˇ∥ㄓㄞˋ 欠債人因無錢還債，避開跟債主見面。

亸（亸、軃） duǒ ㄉㄨㄛˇ 〈書〉下垂。

軃（䡐） duǒ ㄉㄨㄛˇ 〈書〉同'亸'。

【軃都】Duǒdū ㄉㄨㄛˇ ㄉㄨ 宋時西夏毅宗年號（公元1057－1062）。

duò（ㄉㄨㄛˋ）

杕 duò ㄉㄨㄛˋ 〈書〉同'舵'。

另見252頁 dì。

剁（剁） duò ㄉㄨㄛˋ 用刀向下砍：剁排骨｜餃子餡兒剁得很細｜他把柳條剁成了三段。

【剁斧石】duòfǔshí ㄉㄨㄛˋ ㄈㄨˇ ㄕˊ 一種人造石料，製作過程是用石屑、石粉、水泥等加水拌和，抹在建築物的表面，半凝固後，用斧子剁出像經過細鑿的石頭那樣的紋理。也叫剁假石或斬假石。

垛（垜、稑） duò ㄉㄨㄛˋ ❶整齊地堆：把曬乾的稻草捆好垛起來。❷整齊地堆成的堆：麥垛｜磚垛｜柴火垛。

另見296頁 duǒ。

【垛口】duòkǒu ㄉㄨㄛˋ ㄎㄡˇ 指曲藝演員將好幾句押韻的唱詞一句緊接一句地唱出來。

【垛子】duò·zi ㄉㄨㄛˋ ·ㄗ 整齊地堆成的堆：麥秸垛子。

另見296頁 duǒ·zi。

柂（杝） duò ㄉㄨㄛˋ 〈書〉❶同'舵'。❷溝通；引。

另見1348頁 yí。'杝'另見700頁 lí。

柮 duò ㄉㄨㄛˋ 見412頁〔榾柮〕。

舵（柁） duò ㄉㄨㄛˋ 船、飛機等控制方向的裝置：掌舵｜升降舵｜方向舵。

'柁'另見1168頁 tuó。

【舵輪】duòlún ㄉㄨㄛˋ ㄌㄨㄣˊ 輪船、汽車等的方向盤。

【舵盤】duòpán ㄉㄨㄛˋ ㄆㄢˊ 舵輪。

【舵手】duòshǒu ㄉㄨㄛˋ ㄕㄡˇ ❶掌舵的人。❷比喻把握方向的領導者。

惰 duò ㄉㄨㄛˋ 懶（跟'勤'相對）：懶惰。

【惰性】duòxìng ㄉㄨㄛˋ ㄒㄧㄥˋ ❶某些物質化學性質不活潑，不易跟其他物質發生化學反應的性質。❷不想改變生活和工作習慣的傾向（多指消極落後的）。

【惰性氣體】duòxìng qìtǐ ㄉㄨㄛˋ ㄒㄧㄥˋ ㄑㄧˋ ㄊ

ㄧˇ 指氦、氖、氬、氪、氙、氡六個元素。它們化學性質極不活潑，一般不易跟其他元素化合。也叫稀有氣體。

媠 duò ㄉㄨㄛˋ 〈書〉同‘惰’。

馱(驮) duò ㄉㄨㄛˋ ［馱子］(duò·zi ㄉㄨㄛˋ·ㄗ) ❶牲口馱(tuó)着的貨物：把馱子卸下來，讓牲口休息一會兒。❷量詞，用於牲口馱(tuó)着的貨物：來了三馱子貨。

另見1168頁 tuó。

跺(跥、跢) duò ㄉㄨㄛˋ 用力踏地：跺腳。

【跺腳】duò//jiǎo ㄉㄨㄛˋ//ㄐㄧㄠˇ 腳用力踏地，表示着急、生氣、悔恨等情緒。

飿(饳) duò ㄉㄨㄛˋ 見412頁［餶飿］。

墮(堕) duò ㄉㄨㄛˋ 落；掉：墮落｜墮地｜墮入海中。

‘墮’另見509頁 huī‘隳’。

【墮落】duòluò ㄉㄨㄛˋ ㄌㄨㄛˋ ❶(思想、行為)往壞裏變：腐化墮落。❷淪落；流落(多見於早期白話)：墮落風塵。

【墮馬】duòmǎ ㄉㄨㄛˋ ㄇㄚˇ 〈書〉從馬上摔下來。

【墮胎】duò//tāi ㄉㄨㄛˋ//ㄊㄞ 人工流產。

E

ē (ㄜ)

阿1 ē ㄜ ❶迎合；偏袒：阿附｜阿諛｜剛直不阿｜阿其所好。❷〈書〉大的丘陵：崇阿。❸〈書〉彎曲的地方：山阿。

阿2 Ē ㄜ 指山東東阿：阿膠。
另見2頁 ā；2頁 ·a‘啊’。

【阿附】ēfù ㄜ ㄈㄨˋ 〈書〉逢迎附和：阿附權貴。

【阿膠】ējiāo ㄜ ㄐㄧㄠ 中藥上指用驢皮加水熬成的膠，原產山東東阿，有滋補養血的作用。也叫驢皮膠。

【阿彌陀佛】Ēmítuófó ㄜ ㄇㄧˊ ㄊㄨㄛˊ ㄈㄛˊ 佛教指西方極樂世界中最大的佛，也譯作無量壽佛或無量光佛。信佛的人用做口頭誦唸的佛號，表示祈禱或感謝神靈等意思。［梵 Amitābha］

【阿諛】ēyú ㄜ ㄩˊ 迎合別人的意思，說好聽的話(含貶義)：阿諛奉承｜阿諛曲從。

婀 ē ㄜ ［婀娜］(ēnuó ㄜ ㄋㄨㄛˊ)〈書〉同‘婀娜’。

屙 ē ㄜ 〈方〉排泄(大小便)：屙屎｜屙尿｜屙痢。

婀 ē ㄜ［婀娜］(ēnuó ㄜ ㄋㄨㄛˊ，舊讀 ěnuǒ ㄜˇ ㄋㄨㄛˇ)(姿態)柔軟而美好：婀娜多姿｜體態婀娜。

娿 ē ㄜ 見7頁［媕娿］。

痾 ē ㄜ 〈書〉病。

é (ㄜˊ)

吪 é ㄜˊ 〈書〉❶動；行動。❷化；教化。

囮 é ㄜˊ ［囮子］(é·zi ㄜˊ ·ㄗ)捕鳥時用來引誘同類鳥的鳥。也叫圝子(yóu·zi)。

俄1 é ㄜˊ 〈書〉時間很短；突然間：俄頃｜俄而陰雲密佈。

俄2 É ㄜˊ ❶指俄羅斯帝國。❷指俄羅斯聯邦。❸舊時指蘇聯。

【俄而】é'ér ㄜˊ ㄦˊ 〈書〉不久；一會兒：俄而日出，光照海上。

【俄爾】é'ěr ㄜˊ ㄦˇ 俄而。

【俄羅斯族】Éluósīzú ㄜˊ ㄌㄨㄛˊ ㄙ ㄗㄨˊ ❶我國少數民族之一，主要分佈在新疆。❷俄羅斯聯邦的人數最多的民族。

【俄頃】éqǐng ㄜˊ ㄑㄧㄥˇ 〈書〉很短的時間。

【俄延】éyán ㄜˊ ㄧㄢˊ 〈書〉拖延；遲延。

莪〔莪〕 é ㄜˊ 見下。

【莪蒿】éhāo ㄜˊ ㄏㄠ 多年生草本植物，葉子像針，花黃綠色，頭狀花序。生在水邊。

【莪朮】ézhú ㄜˊ ㄓㄨˊ 多年生草本植物，葉子長橢圓形，根狀莖圓柱形或卵形，花黃色。根狀莖可入藥，叫郁金。

哦 é ㄜˊ 〈書〉吟咏：吟哦。
另見854頁 ó；854頁 ò。

峨(峩) É ㄜˊ 〈書〉高：巍峨｜峨冠博帶。

【峨冠博帶】éguān bódài ㄜˊ ㄍㄨㄢ ㄅㄛˊ ㄉㄞˋ 高高的帽子和寬大的衣帶，古時士大夫的裝束。

涐 É ㄜˊ 古水名，就是現在的大渡河。

娥 é ㄜˊ 美女：宮娥｜嬌娥。

【娥眉】éméi ㄜˊ ㄇㄟˊ ❶形容美人細長而彎的眉毛：皓齒娥眉(形容女子美貌)。❷指美人。‖也作蛾眉。

訛(讹、❶譌) é ㄜˊ ❶錯誤：訛字｜以訛傳訛。❷訛詐：訛錢。

【訛傳】échuán ㄜˊ ㄔㄨㄢˊ 錯誤的傳說：純系訛傳，切勿輕信。

【訛舛】échuǎn ㄜˊ ㄔㄨㄢˇ 〈書〉(文字)錯誤；舛誤：校訂粗疏，訛舛甚多。

【訛奪】éduó ㄜˊ ㄉㄨㄛˊ 〈書〉訛脫。

【訛賴】élài ㄜˊ ㄌㄞˋ 〈方〉訛詐。

【訛謬】émiù ㄜˊ ㄇㄧㄡˋ 錯誤；差錯。

【訛脫】étuō ㄜˊ ㄊㄨㄛ (文字上的)錯誤和脫漏。

【訛誤】éwù ㄜˊ ㄨˋ (文字、記載)錯誤：該文記述與史實不符，訛誤頗多。

【訛詐】ézhà ㄜˊ ㄓㄚˋ ❶假借某種理由向人強行索取財物：訛詐錢財。❷威脅恫嚇：核訛詐｜政治訛詐。

眲 é ㄜˊ 〈書〉❶望；看。❷突然；不久。

蛾 é ㄜˊ 蛾子。
另見1354頁 yǐ。

【蛾眉】éméi ㄜˊ ㄇㄟˊ 同‘娥眉’。

【蛾子】é·zi ㄜˊ ·ㄗ 昆蟲，腹部短而粗，有四個帶鱗片的翅膀。多在夜間活動，常飛向燈光。其中很多種是農業害蟲。

鋨(锇) é ㄜˊ 金屬元素，符號 Os (osmium)。灰藍色，質硬而脆，比重是金屬中最大的。用於製催化劑等，鋨銥合金可作鐘錶、儀器的軸承。

鵝(鹅、䳘) é ㄜˊ 家禽，羽毛白色或灰色，額部有橙黃色或黑褐色肉質突起，雄的突起較大。頸長，嘴扁而闊，腳有蹼，能游泳，吃穀物、蔬菜、魚蝦等。

【鵝蛋臉】édànliǎn ㄜˊ ㄉㄢˋ ㄌㄧㄢˇ 指微長而豐滿，上部略圓，下部略尖的臉龐。

【鵝黃】éhuáng ㄜˊ ㄏㄨㄤˊ 像小鵝絨毛那樣的顏色；嫩黃。

【鵝卵石】éluǎnshí ㄜˊ ㄌㄨㄢˇ ㄕˊ 卵石的一種，直徑 40－150 毫米左右，是一種天然的建築材料。參看755頁〖卵石〗。

【鵝毛】émáo ㄜˊ ㄇㄠˊ 鵝的羽毛。比喻極輕微的東西：千里送鵝毛，禮輕情意重。

【鵝絨】éróng ㄜˊ ㄖㄨㄥˊ 鵝的絨毛，細軟，能保溫，可以絮被褥等。

【鵝行鴨步】é xíng yā bù ㄜˊ ㄒㄧㄥˊ ㄧㄚ ㄅㄨˋ 像鵝和鴨子那樣走路，形容行動遲緩。也說鴨步鵝行。

【鵝掌風】ézhǎngfēng ㄜˊ ㄓㄤˇ ㄈㄥ 中醫指手癬。

【鵝掌楸】ézhǎngqiū ㄜˊ ㄓㄤˇ ㄑㄧㄡ 落葉喬木，莖高 17－20 米，葉子大，形狀像鵝掌，花黃綠色，果穗長紡錘形。是世界上珍貴的樹種之一。產於我國江西、湖北等地。

額[1](额) é ㄜˊ ❶人的眉毛以上頭髮以下的部分，也指某些動物頭部大致與此相當的部位。通稱額頭。❷牌匾：匾額｜橫額。

額[2](额) é ㄜˊ 規定的數目：名額｜定額｜總額｜餘額｜空額｜超額｜額外。

【額定】édìng ㄜˊ ㄉㄧㄥˋ 規定數目的：額定人數｜額定工資。

【額角】éjiǎo ㄜˊ ㄐㄧㄠˇ 額的兩旁。

【額魯特】Élǔtè ㄜˊ ㄌㄨˇ ㄊㄜˋ 瓦剌（Wǎlà ㄨㄚˇ ㄌㄚˋ）在清代的稱呼。

【額手稱慶】é shǒu chēng qìng ㄜˊ ㄕㄡˇ ㄔㄥ ㄑㄧㄥˋ 以手加額，表示慶幸。

【額數】éshù ㄜˊ ㄕㄨˋ 規定的數目；定額。

【額頭】é·tóu ㄜˊ ·ㄊㄡˊ 額[1]①的通稱。

【額外】éwài ㄜˊ ㄨㄞˋ 超出規定的數量或範圍：額外負擔｜額外開支。

ě（ㄜˇ）

噁(恶、惡) ě ㄜˇ ［噁心］(ě·xin ㄜˇ ·ㄒㄧㄣ) ❶有要嘔吐的感覺：胃裏不舒服，一陣一陣地噁心。❷令人感到厭惡：這種醜事，讓人噁心。❸〈方〉揭人短處，使難堪：他太摳門兒，得找個機會噁心噁心他。

'惡' 另見299頁 è；1203頁 wū；1215頁 wù。

è（ㄜˋ）

厄(戹) è ㄜˋ ❶災難；困苦：困厄｜厄運。❷受困：海輪厄於風浪。

【厄境】èjìng ㄜˋ ㄐㄧㄥˋ 苦難的境遇：身處厄境。

【厄難】ènàn ㄜˋ ㄋㄢˋ 災難；苦難：屢遭厄難。

【厄運】èyùn ㄜˋ ㄩㄣˋ 困苦的遭遇；不幸的命運。

苊〔苊〕 è ㄜˋ 碳氫化合物的一類，化學式 $C_{12}H_{10}$。無色針狀結晶，可做媒染劑。［英 acenaphthene］

扼 è ㄜˋ ❶用力掐住：扼殺。❷把守；控制：扼守｜扼制。

【扼殺】èshā ㄜˋ ㄕㄚ ❶掐住脖子弄死。❷比喻壓制、摧殘使不能存在或發展：扼殺新生事物。

【扼守】èshǒu ㄜˋ ㄕㄡˇ 把守（險要的地方）。

【扼死】èsǐ ㄜˋ ㄙˇ 掐住脖子弄死。

【扼腕】èwàn ㄜˋ ㄨㄢˋ 〈書〉用一隻手握住自己另一隻手的手腕，表示振奮、惋惜等情緒：扼腕嘆息。

【扼要】èyào ㄜˋ ㄧㄠˋ 抓住要點（多指發言或寫文章）：簡明扼要。

【扼制】èzhì ㄜˋ ㄓˋ 抑制；控制：扼制心裏的怒火｜扼制通往內河的航道。

呃 è ㄜˋ 嘆詞，表示感嘆、提醒等：呃，你還在這裏啊！｜呃，別忘了帶鑰匙。

另見301頁 ·e。

【呃逆】ènì ㄜˋ ㄋㄧˋ 由於膈肌痙攣，急促吸氣後，聲門突然關閉，發出聲音。通稱打嗝兒。

阨 è ㄜˋ 〈書〉險要的地方：險阨。

哫〔呝〕 è ㄜˋ 〈書〉❶同'呃'(è)。❷形容鳥鳴聲。

堊(垩) è ㄜˋ ❶白堊。❷〈書〉用白堊塗飾。❸〈方〉施（肥）。

軛(轭) è ㄜˋ 牛馬等拉東西時架在脖子上的器具。

惡(恶) è ㄜˋ ❶很壞的行為；犯罪的事情（跟'善'相對）：作惡｜罪大惡極｜懲惡勸善｜疾惡如仇。❷兇惡；兇狠；兇猛：惡霸｜惡罵｜惡戰。❸惡劣；壞：惡習｜惡意。

另見299頁 ě'噁'；1203頁 wū；1215頁 wù。

【惡霸】èbà ㄜˋ ㄅㄚˋ 獨霸一方，欺壓人民的壞人。

【惡變】èbiàn ㄜˋ ㄅㄧㄢˋ 醫學上指腫瘤由良性轉變成惡性。

【惡病質】èbìngzhì ㄜˋ ㄅㄧㄥˋ ㄓˋ 醫學上指人體顯著消瘦、貧血、精神衰頹等全身機能衰竭的現象，多由癌症和其他嚴重慢性病引起。

【惡臭】èchòu ㄜˋ ㄔㄡˋ ❶難聞的臭氣：一股惡臭讓人喘不過氣來。❷很臭：名聲惡臭。

【惡鬥】èdòu ㄜˋ ㄉㄡˋ 兇猛激烈的爭鬥：一場惡鬥。

【惡毒】èdú ㄜˋ ㄉㄨˊ (心術、手段、語言)陰險狠毒：用心惡毒｜惡毒攻擊。

【惡感】ègǎn ㄜˋ ㄍㄢˇ 不滿或仇恨的情緒。

【惡貫滿盈】è guàn mǎn yíng ㄜˋ ㄍㄨㄢˋ ㄇㄢˇ ㄧㄥˊ 作惡極多，已到末日。

【惡棍】ègùn ㄜˋ ㄍㄨㄣˋ 兇惡無賴，欺壓群眾的壞人。

【惡果】èguǒ ㄜˋ ㄍㄨㄛˇ 壞結果；壞的下場：自食惡果｜任其發展，會引起嚴重惡果。

【惡狠狠】èhěnhěn ㄜˋ ㄏㄣˇ ㄏㄣˇ (惡狠狠的)形容非常兇狠：惡狠狠地瞪了他一眼。

【惡化】èhuà ㄜˋ ㄏㄨㄚˋ ❶向壞的方面變：防止病情惡化｜兩國關係日趨惡化。❷使變壞：軍備競賽，惡化了國際局勢。

【惡疾】èjí ㄜˋ ㄐㄧˊ 令人厭惡的、不容易治好的疾病。

【惡浪】èlàng ㄜˋ ㄌㄤˋ ❶來勢兇猛的浪頭：狂風惡浪｜惡浪掀天。❷比喻邪惡的勢力。

【惡劣】èliè ㄜˋ ㄌㄧㄝˋ 很壞：品行惡劣｜手段惡劣｜環境惡劣｜惡劣的作風｜惡劣的天氣。

【惡露】èlù ㄜˋ ㄌㄨˋ 產婦分娩後由子宮排出的餘血和濁液。正常情況下，產後二至三週完全排盡。

【惡名】èmíng ㄜˋ ㄇㄧㄥˊ 壞名聲：蒙受惡名。

【惡魔】èmó ㄜˋ ㄇㄛˊ ❶佛教稱阻礙佛法及一切善事的惡神、惡鬼。❷比喻十分兇惡的人。

【惡念】èniàn ㄜˋ ㄋㄧㄢˋ 邪惡的想法；犯罪的念頭：心生惡念。

【惡氣】èqì ㄜˋ ㄑㄧˋ ❶難聞的氣味；臭氣：惡氣熏人。❷指受到的欺壓、侮辱等：他悶悶不樂，是受誰的惡氣了？❸指心中的怨恨、不滿等：出了一口惡氣。

【惡人】èrén ㄜˋ ㄖㄣˊ 品質惡劣的人；心腸惡毒的人。

【惡煞】èshà ㄜˋ ㄕㄚˋ 迷信的人指兇神，也用來比喻兇惡的人：兇神惡煞。

【惡少】èshào ㄜˋ ㄕㄠˋ 品行惡劣、胡作非為的年輕人：洋場惡少。

【惡聲】èshēng ㄜˋ ㄕㄥ ❶謾罵的話；壞話：惡聲對罵。❷〈書〉壞名聲。

【惡聲惡氣】è shēng è qì ㄜˋ ㄕㄥ ㄜˋ ㄑㄧˋ 形容語調、態度兇狠。

【惡俗】èsú ㄜˋ ㄙㄨˊ ❶不好的風俗；陋俗。❷粗俗；庸俗：語言惡俗｜趣味惡俗。

【惡習】èxí ㄜˋ ㄒㄧˊ 壞習慣，多指賭博、吸食毒品等：沾染惡習｜痛改惡習。

【惡性】èxìng ㄜˋ ㄒㄧㄥˋ 能產生嚴重後果的：惡性循環｜惡性腫瘤｜惡性事故。

【惡性循環】èxìng xúnhuán ㄜˋ ㄒㄧㄥˋ ㄒㄩㄣˊ ㄏㄨㄢˊ 若干事物互為因果，循環不已，越來越壞。

【惡性腫瘤】èxìng zhǒngliú ㄜˋ ㄒㄧㄥˋ ㄓㄨㄥˇ ㄌㄧㄡˊ 腫瘤的一種，周圍沒有包膜，細胞異常增生，形狀、大小很不規則，與正常組織之間的界限不明顯。能在體內轉移，破壞性很大。癌和肉瘤都屬於惡性腫瘤。通稱毒瘤。

【惡意】èyì ㄜˋ ㄧˋ 不良的居心；壞的用意：一句玩笑，並無惡意｜不要把人家的一片好心當成惡意。

【惡語】èyǔ ㄜˋ ㄩˇ 粗野的言語；惡毒的話：穢言惡語｜惡語傷人。

【惡戰】èzhàn ㄜˋ ㄓㄢˋ 非常激烈的戰鬥。

【惡仗】èzhàng ㄜˋ ㄓㄤˋ 惡戰。

【惡濁】èzhuó ㄜˋ ㄓㄨㄛˊ 污穢；不乾淨：空氣惡濁。

【惡作劇】èzuòjù ㄜˋ ㄗㄨㄛˋ ㄐㄩˋ 捉弄耍笑，使人難堪：不要搞惡作劇。

萼〔蕚〕 è ㄜˋ 花萼。

【萼片】èpiàn ㄜˋ ㄆㄧㄢˋ 環列在花的最外面一輪的葉狀薄片，一般呈綠色。花萼是由若干萼片組成的。(圖見488頁‘花’)

鄂 È ㄜˋ ❶湖北的別稱。❷姓。

【鄂博】èbó ㄜˋ ㄅㄛˊ 敖包。

【鄂倫春族】Èlúnchūnzú ㄜˋ ㄌㄨㄣˊ ㄔㄨㄣ ㄗㄨˊ 我國少數民族之一，分佈在內蒙古和黑龍江。

【鄂溫克族】Èwēnkèzú ㄜˋ ㄨㄣ ㄎㄜˋ ㄗㄨˊ 我國少數民族之一，分佈在內蒙古和黑龍江。

崿 è ㄜˋ 〈書〉山崖：危岩峭崿。

愕 è ㄜˋ 驚訝；發愣：愕然｜驚愕。

【愕然】èrán ㄜˋ ㄖㄢˊ 形容吃驚：意外的消息傳來，大家都為之愕然。

搤 è ㄜˋ 〈書〉同‘扼’。

遏 è ㄜˋ 阻止；禁止：遏止｜響遏行雲｜怒不可遏。

【遏抑】èyì ㄜˋ ㄧˋ 壓制；抑止：遏抑不住胸中的怒火｜百感交集，難以遏抑。

【遏止】èzhǐ ㄜˋ ㄓˇ 用力阻止：洪流滾滾，不可遏止。

【遏制】èzhì ㄜˋ ㄓˋ 制止；控制：遏制對方的攻勢｜遏制不住的激情。

遻 è ㄜˋ 〈書〉遇到。

腭 è ㄜˋ 口腔的上壁。前部由骨和肌肉構成，叫硬腭，後部由結締組織和肌肉構成，叫軟腭。通稱上膛。

【腭裂】èliè ㄜˋ ㄌㄧㄝˋ 先天性畸形，常與唇裂同時出現。患者的腭部部分或全部裂開，飲食不方便，說話不清楚。

碍 è ㄜˋ ［碍嘉］(Èjiā ㄜˋ ㄐㄧㄚ) 地名，在雲南。

餓(饿) è ㄜˋ ❶肚子空，想吃東西（跟'飽'相對）：飢餓｜餓虎撲食。❷使捱餓：牲口多拉幾趟不要緊，可別餓着牠。

【餓飯】è//fàn ㄜˋ//ㄈㄢˋ 捱餓。

【餓虎撲食】è hǔ pū shí ㄜˋ ㄏㄨˇ ㄆㄨ ㄕˊ 比喻動作迅速而猛烈。也說餓虎撲羊。

【餓殍】èpiǎo ㄜˋ ㄆㄧㄠˇ 〈書〉餓死的人。

頞(頞) è ㄜˋ 〈書〉鼻梁。

噩 è ㄜˋ 兇惡驚人的：噩夢｜噩耗。

【噩耗】èhào ㄜˋ ㄏㄠˋ 指親近的人死亡的消息。

【噩夢】èmèng ㄜˋ ㄇㄥˋ 可怕的夢。

【噩運】èyùn ㄜˋ ㄩㄣˋ 壞的運氣。

【噩兆】èzhào ㄜˋ ㄓㄠˋ 壞的兆頭。

諤(谔) è ㄜˋ ［諤諤］〈書〉形容直話直說：千人之諾諾，不如一士之諤諤（有許多人說順從奉承的話，不如有一個人直言不諱）。

閼(阏) è ㄜˋ 〈書〉❶堵塞。❷閘板。
另見1313頁 yān。

鍔(锷) è ㄜˋ 〈書〉刀劍的刃。

顎(颚) è ㄜˋ ❶某些節肢動物攝取食物的器官：上顎｜下顎。❷同'腭'。

鶚(鹗) è ㄜˋ 鳥，背部褐色，頭、頸和腹部白色。性兇猛。在樹上或岩石上築巢，常在水面上飛翔，吃魚類。通稱魚鷹。

鱷(鳄、鰐) è ㄜˋ 爬行動物的一屬，大的身體長達3－6米，四肢短，尾巴長，全身有灰褐色的硬皮。善於游泳，性兇惡，捕食魚、蛙和鳥類，有的也吃人、畜。多產在熱帶和亞熱帶，其中揚子鱷是我國的特產。俗稱鱷魚。

【鱷魚眼淚】èyú yǎnlèi ㄜˋ ㄩˊ ㄧㄢˇ ㄌㄟˋ 西方古代傳說，鱷魚吞食人畜，一邊吃，一邊掉眼淚。比喻壞人的假慈悲。

·e (·ㄜ)

呃 ·e ·ㄜ 助詞，用在句末，表示讚嘆或驚異的語氣：紅霞映山崖呃！
另見299頁 è。

ē (ㄝ)

欸(诶) ē ㄝ 又 ēi ㄟ 嘆詞，表示招呼：欸，你快來！

é (ㄝˊ)

欸(诶) é ㄝˊ 又 éi ㄟˊ 嘆詞，表示詫異：欸，他怎麼走了！

ě (ㄝˇ)

欸(诶) ě ㄝˇ 又 ěi ㄟˇ 嘆詞，表示不以為然：欸，你這話可不對呀！

è (ㄝˋ)

欸(诶) è ㄝˋ 又 èi ㄟˋ 嘆詞，表示答應或同意：欸，我這就來！｜欸，就這麼辦！
另見3頁 āi；3頁 ǎi。

ēn (ㄣ)

奀 ēn ㄣ 〈方〉瘦小（多用於人名）。

恩 ēn ㄣ ❶恩惠：恩德｜恩深似海｜忘恩負義。❷(Ēn)姓。

【恩愛】ēn'ài ㄣ ㄞˋ （夫妻）親熱：恩愛夫妻｜小兩口兒十分恩愛。

【恩賜】ēncì ㄣ ㄘˋ 原指帝王給予賞賜，現泛指因憐憫而施捨。

【恩德】ēndé ㄣ ㄉㄜˊ 恩惠。

【恩典】ēndiǎn ㄣ ㄉㄧㄢˇ ❶恩惠。❷給予恩惠：懇請大人恩典。

【恩斷義絕】ēn duàn yì jué ㄣ ㄉㄨㄢˋ ㄧˋ ㄐㄩㄝˊ 感情破裂，情義斷絕。多指夫妻離異。

【恩惠】ēnhuì ㄣ ㄏㄨㄟˋ 給予的或受到的好處。

【恩將仇報】ēn jiāng chóu bào ㄣ ㄐㄧㄤ ㄔㄡˊ ㄅㄠˋ 用仇恨報答恩惠。

【恩情】ēnqíng ㄣ ㄑㄧㄥˊ 深厚的情義；恩惠：報答恩情｜恩情似海深。

【恩人】ēnrén ㄣ ㄖㄣˊ 對自己有大恩的人：救命恩人。

【恩師】ēnshī ㄣ ㄕ 稱對自己有恩情的師傅或老師。

【恩同再造】ēn tóng zài zào ㄣ ㄊㄨㄥˊ ㄗㄞˋ ㄗㄠˋ 形容恩惠極大，如同重新給予生命。

【恩怨】ēnyuàn ㄣ ㄩㄢˋ 恩惠和仇恨（多偏指仇恨）：恩怨分明｜不計個人恩怨。

【恩澤】ēnzé ㄣ ㄗㄜˊ 稱帝王或官吏給予臣民的恩惠。

蒽〔蒽〕 ēn ㄣ 有機化合物，化學式 $C_{14}H_{10}$。無色晶體，有熒光，是菲的同分異構體。用來製染料等。［英 anthracene］

èn（ㄣˋ）

摁 èn ㄣˋ（用手）按：摁電鈴｜摁動快門｜一把將他摁倒在地。

【摁釘兒】èndīngr ㄣˋ ㄉㄧㄥㄦ 圖釘。

【摁鈕兒】ènkòur ㄣˋ ㄎㄡㄦˋ 子母鈕兒。

ēng（ㄥ）

鞥 ēng ㄥ〈書〉馬韁繩。

ér（ㄦˊ）

而 ér ㄦˊ ❶連詞（不連接名詞）。a）連接語意相承的成分：偉大而艱巨的任務｜戰而勝之｜取而代之｜我們正從事一個偉大的事業，而偉大的事業必須有最廣泛的群眾的參加和支持。b）連接肯定和否定互相補充的成分：梔子花的香，濃而不烈，清而不淡｜馬克思主義叫我們看問題不要從抽象的定義出發，而要從客觀存在的事實出發。c）連接語意相反的成分，表示轉折：如果能集中生產而不集中，就會影響改進技術、提高生產。d）連接事理上前後相因的成分：因困難而畏懼而退卻而消極的人，不會有任何成就。❷連詞，有‘到’的意思：一而再，再而三｜由秋而冬｜由南而北。❸把表示時間或方式的成分連接到動詞上面：匆匆而來｜挺身而出｜盤旋而上｜相輔而行。❹插在主語謂語中間，有‘如果’的意思：民族戰爭而不依靠人民大眾，毫無疑義將不能取得勝利。

【而後】érhòu ㄦˊ ㄏㄡˋ 以後；然後：確有把握而後動手。注意 ‘以後’可以單用，表示從現在以後，‘而後’不能單用。

【而今】érjīn ㄦˊ ㄐㄧㄣ 如今。

【而況】érkuàng ㄦˊ ㄎㄨㄤˋ 連詞，何況：這麼多的事情一個人一天做完是困難的，而況他又是新手。注意 ‘何況’前可以加‘更、又’，‘而況’前不能加。

【而立】érlì ㄦˊ ㄌㄧˋ 〈書〉《論語・為政》：‘三十而立。’指年至三十，學有成就。後來用‘而立’指人三十歲：年屆而立｜而立之年。

【而且】érqiě ㄦˊ ㄑㄧㄝˇ 連詞，表示進一步，前面往往有‘不但、不僅’等跟它呼應：他不僅會開汽車，而且還會修理｜不但戰勝了各種災害，而且獲得了豐收。

【而已】éryǐ ㄦˊ ㄧˇ 助詞，罷了：如此而已，豈有他哉｜我只不過是隨便説説而已，不必過於認真。

兒[1]（儿） ér ㄦˊ ❶小孩子：嬰兒｜幼兒｜兒童。❷年輕的人（多指青年男子）：男兒｜健兒｜兒女英雄。❸兒子：兒孫｜兒媳｜生兒育女｜妻兒老小。❹雄性的：兒馬。

兒[2]（儿） ér ㄦˊ 後綴（註音作 r）。❶名詞後綴，主要有下面幾種作用。a）表示微小，如：盆兒、棍兒、窟窿兒、小車兒。b）表示詞性變化，如：吃兒、蓋兒、捲（juǎn）兒（動詞名詞化）；亮兒、熱鬧兒、零碎兒（形容詞名詞化）。c）表示具體事物抽象化，如：門兒、根兒、油水兒。d）區別不同事物，如：白麪－白麪兒（海洛因），老家－老家兒（父母和家中其他長輩）。❷少數動詞的後綴：玩兒｜火兒。參看〖兒化〗。

另見836頁 Ní。

【兒歌】érgē ㄦˊ ㄍㄜ 為兒童創作的、適合兒童唱的歌謠。

【兒化】érhuà ㄦˊ ㄏㄨㄚˋ 漢語普通話和某些方言中的一種語音現象，就是後綴‘兒’字不自成音節，而和前頭的音節合在一起，使前一音節的韻母成為捲舌韻母。例如‘花兒’的發音是 huār，不是 huā’ér。

【兒皇帝】érhuángdì ㄦˊ ㄏㄨㄤˊ ㄉㄧˋ 五代時，石敬瑭勾結契丹，建立後晉，對契丹主自稱兒皇帝。後來泛指投靠外國，取得統治地位的賣國賊。

【兒科】érkē ㄦˊ ㄎㄜ 醫院中專門為兒童治病的一科。也叫小兒科。

【兒郎】érláng ㄦˊ ㄌㄤˊ ❶男兒；男子。❷兒子。❸稱士兵或嘍囉：三千兒郎。

【兒馬】érmǎ ㄦˊ ㄇㄚˇ 公馬。

【兒男】érnán ㄦˊ ㄋㄢˊ ❶男子漢：見義勇為的好兒男。❷男孩兒：只有一女，別無兒男。

【兒女】érnǚ ㄦˊ ㄋㄩˇ ❶子女：把兒女撫養成人◇英雄的中華兒女。❷男女：兒女情長（指過分看重情愛或與家人之間的感情）。

【兒孫】érsūn ㄦˊ ㄙㄨㄣ 兒子和孫子，泛指後代。

【兒童】értóng ㄦˊ ㄊㄨㄥˊ 較幼小的未成年人（年紀比‘少年’小）：兒童讀物。

【兒童節】Értóng Jié ㄦˊ ㄊㄨㄥˊ ㄐㄧㄝˊ 六一兒童節。

【兒童團】Értóngtuán ㄦˊ ㄊㄨㄥˊ ㄊㄨㄢˊ 民主革命時期中國共產黨在革命根據地領導建立的少年兒童組織。

【兒童文學】értóng wénxué ㄦˊ ㄊㄨㄥˊ ㄨㄣˊ ㄒㄩㄝˊ 為少年兒童創作的文學作品。具有適應少年兒童的年齡、智力和興趣等特點。

【兒媳婦兒】érxí·fur ㄦˊ ㄒㄧˊ ·ㄈㄨㄦ 兒子的妻子。

【兒戲】érxì ㄦˊ ㄒㄧˋ 像小孩子遊戲那樣鬧着玩兒。比喻對工作或事情不負責、不認真：視同兒戲｜不能拿工作任務當兒戲。

【兒子】ér·zi ㄦˊ ·ㄗ 男孩子（對父母而言）：二兒

子◇人民的好兒子。

洏 ér ㄦˊ 見713頁〖漣洏〗。

栭 ér ㄦˊ 〈書〉❶斗拱。❷朽木上生的蕈類。

胹 ér ㄦˊ 〈書〉煮；煮爛。

輀(轜、輭) ér ㄦˊ 〈書〉喪車：靈輀。

鴯(鸸) ér ㄦˊ ［鴯鶓］(érmiáo ㄦˊㄇㄧㄠˊ)鳥，形狀像鴕鳥，嘴短而扁，羽毛灰色或褐色。翅膀退化，腿長，有三趾，善於走，產在澳洲森林中，吃樹葉和野果。［英 emu］

鮞(鲕) ér ㄦˊ 〈書〉魚卵。

ěr (ㄦˇ)

耳1 ěr ㄦˇ ❶耳朵：耳聾眼花｜耳聞目睹。❷形狀像耳朵的東西：木耳｜銀耳。❸位置在兩旁的：耳房｜耳門。

耳2 ěr ㄦˇ 〈書〉助詞，而已；罷了：想當然耳｜技止此耳。

【耳報神】ěrbàoshén ㄦˇ ㄅㄠˋ ㄕㄣˊ 〈方〉比喻暗中通風報信的人(多含貶義)。

【耳背】ěrbèi ㄦˇ ㄅㄟˋ 聽覺不靈：老人身體還硬朗，就是有點耳背。

【耳邊風】ěrbiānfēng ㄦˇ ㄅㄧㄢ ㄈㄥ 耳邊吹過的風。比喻聽過後不放在心上的話(多指勸告、囑咐)。也說耳旁風。

【耳鬢廝磨】ěr bìn sī mó ㄦˇ ㄅㄧㄣˋ ㄙ ㄇㄛˊ 指兩人的耳朵和鬢髮相接觸，形容親密相處(多指小兒女)：青梅竹馬，耳鬢廝磨。

【耳沉】ěrchén ㄦˇ ㄔㄣˊ 〈方〉耳背。

【耳垂】ěrchuí ㄦˇ ㄔㄨㄟˊ (耳垂兒)耳郭的一部分，在耳輪的下面。(圖見〖耳朵〗)

【耳聰目明】ěr cōng mù míng ㄦˇ ㄘㄨㄥ ㄇㄨˋ ㄇㄧㄥˊ 聽得清楚，看得分明。形容頭腦清楚，眼光敏銳。

【耳朵】ěr·duo ㄦˇ ·ㄉㄨㄛ 聽覺器官。人和哺乳動物的耳朵分為外耳、中耳、內耳三部分。內耳除管聽覺外，還管身體的平衡。

【耳朵底子】ěr·duo dǐ·zi ㄦˇ ·ㄉㄨㄛ ㄉㄧˇ ·ㄗ 〈方〉中耳炎。

【耳朵軟】ěr·duo ruǎn ㄦˇ ·ㄉㄨㄛ ㄖㄨㄢˇ 形容沒有主見，容易輕信別人的話：她耳朵軟，聽人家一說就信以為真了。

【耳朵眼兒】ěr·duoyǎnr ㄦˇ ·ㄉㄨㄛ ㄧㄢㄦˇ ❶外耳門的通稱。❷為了戴耳環等裝飾品，在耳垂上扎的孔。

【耳房】ěrfáng ㄦˇ ㄈㄤˊ 跟正房相連的兩側的小屋，也指廂房兩旁的小屋。

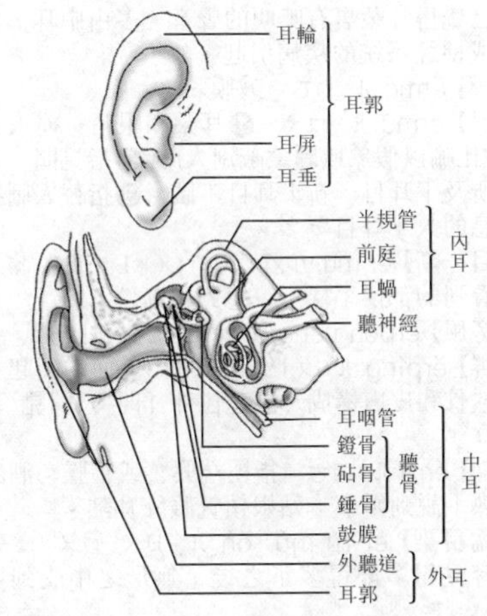

人的耳朵

【耳風】ěr·feng ㄦˇ ·ㄈㄥ 〈方〉指聽來的不一定可靠的消息。

【耳福】ěrfú ㄦˇ ㄈㄨˊ 聽到美好的音樂、戲曲、曲藝等的福分：大飽耳福。

【耳根】ěrgēn ㄦˇ ㄍㄣ ❶耳朵的根部。❷耳朵：耳根清淨。‖也說耳根子。

【耳垢】ěrgòu ㄦˇ ㄍㄡˋ 外耳道內皮脂腺分泌的蠟狀物質，黃色，有濕潤耳內細毛和防止昆蟲進入耳內的作用。也叫耵聹(dīngníng)，俗稱耳屎。

【耳鼓】ěrgǔ ㄦˇ ㄍㄨˇ 鼓膜。

【耳刮子】ěrguā·zi ㄦˇ ㄍㄨㄚ ·ㄗ 耳光。

【耳摑子】ěrguāi·zi ㄦˇ ㄍㄨㄞ ·ㄗ 〈方〉耳刮子。

【耳管】ěrguǎn ㄦˇ ㄍㄨㄢˇ 外聽道。

【耳光】ěrguāng ㄦˇ ㄍㄨㄤ 用手打在耳朵附近的部位叫打耳光◇事實給了造謠的人一記響亮耳光。也說耳光子。

【耳郭】ěrguō ㄦˇ ㄍㄨㄛ 外耳的一部分，主要由軟骨構成，有收集聲波的作用。也叫耳廓。(圖見〖耳朵〗)

【耳環】ěrhuán ㄦˇ ㄏㄨㄢˊ 戴在耳垂上的裝飾品，多用金、銀、玉石等製成。

【耳機】ěrjī ㄦˇ ㄐㄧ ❶受話器。❷通常指受話器和發話器連在一起的電訊器件。‖也叫聽筒、耳機子。

【耳尖】ěrjiān ㄦˇ ㄐㄧㄢ 形容聽覺銳敏。

【耳孔】ěrkǒng ㄦˇ ㄎㄨㄥˇ 外耳門。

【耳力】ěrlì ㄦˇ ㄌㄧˋ 聽力：耳力不濟。

【耳輪】ěrlún ㄦˇ ㄌㄨㄣˊ 耳郭的邊緣，大部分向前捲曲，下連耳垂。(圖見〖耳朵〗)

【耳門】ěrmén ㄦˇ ㄇㄣˊ 大門兩側的小門；正門旁邊的小門。

【耳鳴】ěrmíng ㄦˇ ㄇㄧㄥˊ 外界並無聲音而患者

自己覺得耳朵裏有鳴叫的聲音。多由中耳、內耳或神經系統的疾病引起。

【耳膜】ěrmó ㄦˇ ㄇㄛˊ 鼓膜。

【耳目】ěrmù ㄦˇ ㄇㄨˋ ❶耳朵和眼睛：掩人耳目(比喻以假象欺騙蒙蔽別人)。❷指見聞：耳目所及｜耳目一新｜耳目不廣。❸指替人刺探消息的人：耳目眾多。

【耳目一新】ěr mù yī xīn ㄦˇ ㄇㄨˋ ㄧ ㄒㄧㄣ 聽到的看到的都換了樣子，感到很新鮮。

【耳旁風】ěrpángfēng ㄦˇ ㄆㄤˊ ㄈㄥ 耳邊風。

【耳屏】ěrpíng ㄦˇ ㄆㄧㄥˊ 外耳門前面的突起，由軟骨和皮膚構成，能遮住外耳門。(圖見〖耳朵〗)

【耳熱】ěrrè ㄦˇ ㄖㄜˋ 指極端興奮或害臊：酒酣耳熱｜說到婚事，姑娘頓覺臉紅耳熱。

【耳濡目染】ěr rú mù rǎn ㄦˇ ㄖㄨˊ ㄇㄨˋ ㄖㄢˇ 形容見得多聽得多了之後，無形之中受到影響。

【耳軟心活】ěr ruǎn xīn huó ㄦˇ ㄖㄨㄢˇ ㄒㄧㄣ ㄏㄨㄛˊ 耳朵軟，心眼活。指沒有主見，容易輕信別人的話。

【耳塞】ěrsāi ㄦˇ ㄙㄞ ❶小型受話器，可塞在耳中，常用在收音機和助聽器上。❷可以塞在耳中的塞子，游泳時用來防止水進入耳內，也可以用來減低噪聲干擾。

【耳塞】ěr·sai ㄦˇ ·ㄙㄞ 耳垢。

【耳生】ěrshēng ㄦˇ ㄕㄥ 聽着生疏(跟'耳熟'相對)：不知誰在說話，聽着耳生。

【耳食】ěrshí ㄦˇ ㄕˊ 〈書〉指聽到傳聞不加審察就信以為真。

【耳屎】ěrshǐ ㄦˇ ㄕˇ 耳垢的俗稱。

【耳熟】ěrshú ㄦˇ ㄕㄨˊ 聽着熟悉(跟'耳生'相對)：人我不認識，可名字聽着怪耳熟的。

【耳熟能詳】ěr shú néng xiáng ㄦˇ ㄕㄨˊ ㄋㄥˊ ㄒㄧㄤˊ 聽的次數多了，熟悉得能詳盡地說出來。

【耳順】ěrshùn ㄦˇ ㄕㄨㄣˋ ❶〈書〉《論語·為政》：'六十而耳順。'指年至六十，聽到別人的話，就能深刻理解其中的意思。後來用'耳順'指人六十歲：年逾耳順｜耳順之年。❷順耳：這個唱腔我聽着倒還耳順。

【耳提面命】ěr tí miàn mìng ㄦˇ ㄊㄧˊ ㄇㄧㄢˋ ㄇㄧㄥˋ 《詩經·大雅·抑》：'匪面命之，言提其耳。'意思是不但當面告訴他，而且揪着他的耳朵叮囑。後來用'耳提面命'形容懇切地教導。

【耳挖子】ěrwā·zi ㄦˇ ㄨㄚ ·ㄗ 掏耳垢用的小勺兒。

【耳聞】ěrwén ㄦˇ ㄨㄣˊ 聽說：耳聞不如目見｜這事略有耳聞，詳細情況不很清楚。

【耳蝸】ěrwō ㄦˇ ㄨㄛ 內耳的一部分，在內耳的最前部，形狀像蝸牛殼，內部有淋巴和聽神經，是聽覺的感受器。(圖見〖耳朵〗)

【耳下腺】ěrxiàxiàn ㄦˇ ㄒㄧㄚˋ ㄒㄧㄢˋ 腮腺。

【耳性】ěr·xìng ㄦˇ ·ㄒㄧㄥ 受了告誡之後，沒有記在心上，依然犯同樣的毛病，叫做沒有耳性(多指小孩子)。

【耳穴】ěrxué ㄦˇ ㄒㄩㄝˊ 人體某一部分有病時，就會反應在耳郭的一定部位上，這些部位就是耳針治療的刺激點，統稱為耳穴。

【耳咽管】ěryānguǎn ㄦˇ ㄧㄢ ㄍㄨㄢˇ 從中耳向下通咽部的管子，由骨和軟骨構成，有調節鼓膜內外壓力的作用。也叫咽鼓管。(圖見〖耳朵〗)

【耳音】ěryīn ㄦˇ ㄧㄣ 聽力：瞧你這耳音，連我的聲音也聽不出來了。

【耳語】ěryǔ ㄦˇ ㄩˇ 湊近別人耳朵小聲說話；咬耳朵。

【耳墜】ěrzhuì ㄦˇ ㄓㄨㄟˋ (耳墜兒)耳環(多指帶着墜兒的)。也說耳墜子。

【耳子】ěr·zi ㄦˇ ·ㄗ 器物兩旁供人提的部分。

洱 ěr ㄦˇ 洱海(Ěrhǎi ㄦˇ ㄏㄞˇ)，湖名，在雲南。

珥 ěr ㄦˇ 〈書〉用珠子或玉石做的耳環。

爾(尔) ěr ㄦˇ 〈書〉❶你：爾曹｜非爾之過。❷如此；這樣：果爾｜不過爾爾｜何其相似乃爾。❸那；這：爾日｜爾時。❹助詞，而已；罷了：無他，但手熟爾。❺形容詞後綴(這類形容詞多用做狀語)：率爾｜卓爾不群｜莞爾而笑。

【爾曹】ěrcáo ㄦˇ ㄘㄠˊ 〈書〉你們這些人。

【爾代節】Ěrdàijié ㄦˇ ㄉㄞˋ ㄐㄧㄝˊ 開齋節。

【爾耳】ěr'ěr ㄦˇ ㄦˇ 〈書〉如此罷了；如此而已：不過爾耳｜聊復爾耳。

【爾格】ěrgé ㄦˇ ㄍㄜˊ 功的單位，是1達因的力使物體在力的方向上移動1厘米所作的功。[英erg]

【爾後】ěrhòu ㄦˇ ㄏㄡˋ 從此以後：前年在上海見過一面，爾後就不知他的去向了。

【爾虞我詐】ěr yú wǒ zhà ㄦˇ ㄩˊ ㄨㄛˇ ㄓㄚˋ 彼此猜疑，互相欺騙。也說爾詐我虞。

鉺(铒) ěr ㄦˇ 金屬元素，符號 Er (erbium)。是一種稀土金屬。暗灰色，質軟，用來製有色玻璃、搪瓷等。

餌(饵) ěr ㄦˇ ❶糕餅：果餌。❷鈎魚時引魚上鈎的食物：魚餌｜釣餌。❸〈書〉用東西引誘：餌以重利。

【餌料】ěrliào ㄦˇ ㄌㄧㄠˋ ❶養魚業上指魚的食物；魚餌。❷拌上毒藥，誘殺螻蛄等害蟲的食物。

【餌子】ěr·zi ㄦˇ ·ㄗ 魚餌。

駬(弭) ěr ㄦˇ 見751頁〖騄駬〗(lù'ěr)。

邇(迩) ěr ㄦˇ 〈書〉近：遐邇馳名(遠近聞名)。

【邇來】ěrlái ㄦˇ ㄌㄞˊ 〈書〉近來。

èr（ㄦˋ）

二 èr ㄦˋ ❶數目，一加一後所得。參看1067〖數字〗。注意‘二’和‘兩’用法上的分別，參看718頁‘兩’。❷兩樣：不二價｜不二法門｜心無二用。

【二八】èrbā ㄦˋ ㄅㄚ〈書〉指十六歲：年方二八。

【二把刀】èrbǎdāo ㄦˋ ㄅㄚˇ ㄉㄠ〈方〉❶對某項工作知識不足，技術不高。❷稱某項工作知識不足，技術不高的人。

【二百二】èrbǎi'èr ㄦˋ ㄅㄞˇ ㄦˋ 汞溴紅的通稱。也叫二百二十。

【二百五】èrbǎiwǔ ㄦˋ ㄅㄞˇ ㄨˇ ❶譏稱有些傻氣，做事莽撞的人。❷〈方〉半瓶醋。

【二部制】èrbùzhì ㄦˋ ㄅㄨˋ ㄓˋ 中小學把學生分成兩部輪流在校上課的教學組織形式。

【二重性】èrchóngxìng ㄦˋ ㄔㄨㄥˊ ㄒㄧㄥˋ 指事物本身所固有的互相矛盾的兩種屬性，即一種事物同時具有兩種互相對立的性質。如商品，一方面它有使用價值，另一方面它有價值。也說兩重性。

【二次能源】èr cì néngyuán ㄦˋ ㄘˋ ㄋㄥˊ ㄩㄢˊ 指依靠一次能源來產生或製取的能源，如水力發電產生的電能，分餾石油製取的汽油、柴油等。

【二道販子】èr dào fàn·zi ㄦˋ ㄉㄠˋ ㄈㄢˋ ·ㄗ 指從商店或別人手中買進貨物，轉手倒賣，從中牟利的人(多含貶義)。

【二地主】èrdìzhǔ ㄦˋ ㄉㄧˋ ㄓㄨˇ 向地主租入大量土地，自己不耕種，轉租給別人，以收取地租為主要生活來源的人。

【二房】èrfáng ㄦˋ ㄈㄤˊ ❶舊時家族中排行第二的一支。❷小老婆；妾。

【二房東】èrfángdōng ㄦˋ ㄈㄤˊ ㄉㄨㄥ 指把租來的房屋轉租給別人而從中取利的人。

【二伏】èrfú ㄦˋ ㄈㄨˊ 中伏。

【二副】èrfù ㄦˋ ㄈㄨˋ 輪船上船員的職務名稱，職位次於大副。參看211頁〖大副〗。

【二鍋頭】èrguōtóu ㄦˋ ㄍㄨㄛ ㄊㄡˊ 一種較純的白酒，在蒸餾時，除去最先出的和最後出的酒，留下來的就是二鍋頭。

【二胡】èrhú ㄦˋ ㄏㄨˊ 胡琴的一種，比京胡大，琴筒用木頭做成，前端稍大，蒙蟒皮，有兩根弦，聲音低沈圓潤。也叫南胡。

【二乎】èr·hu ㄦˋ ·ㄏㄨ〈方〉❶畏縮：他在困難面前向來不二乎。❷心裏猶疑，不能確定：你越說越把我弄二乎了。❸指望不大：我看這件事二乎了，你說呢？‖也作二忽。

【二花臉】èrhuāliǎn ㄦˋ ㄏㄨㄚ ㄌㄧㄢˇ 架子花。

【二話】èrhuà ㄦˋ ㄏㄨㄚˋ 別的話；不同的意見(指後悔、抱怨、講條件等，多用於否定句)：二話不提｜儘管吩咐就是了，我決無二話。

【二黃】èrhuáng ㄦˋ ㄏㄨㄤˊ 戲曲聲腔之一，用胡琴伴奏。跟西皮合稱皮黃。也作二簧。

【二婚】èrhūn ㄦˋ ㄏㄨㄣ 再婚(多指婦女再嫁)。

【二婚頭】èrhūntóu ㄦˋ ㄏㄨㄣ ㄊㄡˊ 指再嫁的婦女(含輕視意)。也叫二婚兒。

【二極管】èrjíguǎn ㄦˋ ㄐㄧˊ ㄍㄨㄢˇ 有兩個電極的電子管或晶體管。參看604頁〖晶體管〗、261頁〖電子管〗。

【二進制】èrjìnzhì ㄦˋ ㄐㄧㄣˋ ㄓˋ 一種記數法，採用0和1兩個數碼，逢二進位。如十進制的2，5在二進制中分別記為10，101。二進制廣泛應用在電子計算機的計算中。

【二郎腿】èrlángtuǐ ㄦˋ ㄌㄤˊ ㄊㄨㄟˇ 坐着的時候把一條腿擱在另一條腿上的姿勢。

【二老】èrlǎo ㄦˋ ㄌㄠˇ 指父母：二老雙親。

【二愣子】èrlèng·zi ㄦˋ ㄌㄥˋ ·ㄗ 指魯莽的人。

【二流子】èrliú·zi ㄦˋ ㄌㄧㄡˊ ·ㄗ 遊手好閑、不務正業的人。

【二毛】èrmáo ㄦˋ ㄇㄠˊ〈書〉❶花白的頭髮。❷指頭髮花白的老人。

【二門】èrmén ㄦˋ ㄇㄣˊ (較大的院落等)大門裏面的一道總的門。

【二拇指】èr·muzhǐ ㄦˋ ·ㄇㄨ ㄓˇ 第二個手指頭；食指。

【二年生】èrniánshēng ㄦˋ ㄋㄧㄢˊ ㄕㄥ 種子萌發的當年只長出根和葉子，次年才開花結實，然後死亡的，如蘿蔔、白菜、洋蔥等植物都是二年生的。

【二七大罷工】Èr-Qī Dà Bàgōng ㄦˋ ㄑㄧ ㄉㄚˋ ㄅㄚˋ ㄍㄨㄥ 1923年京漢鐵路工人在中國共產黨領導下舉行的反帝、反軍閥的政治罷工。2月7日，軍閥吳佩孚在漢口、長辛店等地鎮壓罷工工人，造成流血慘案，所以這次罷工叫二七大罷工。

【二人台】èrréntái ㄦˋ ㄖㄣˊ ㄊㄞˊ ❶流行於內蒙古自治區的一種曲藝，用笛子、四胡、揚琴等樂器伴奏，由二人對唱對舞。❷由曲藝二人台發展而成的地方戲曲劇種。

【二人轉】èrrénzhuàn ㄦˋ ㄖㄣˊ ㄓㄨㄢˋ ❶流行於黑龍江、吉林、遼寧一帶的曲藝，用板胡、嗩吶等樂器伴奏，一般由二人舞蹈說唱。❷由曲藝二人轉發展而成的地方戲曲劇種。

【二審】èrshěn ㄦˋ ㄕㄣˇ 見253頁〖第二審〗。

【二十八宿】èrshíbā xiù ㄦˋ ㄕˊ ㄅㄚ ㄒㄧㄡˋ 我國古代天文學家把天空中可見的星分成二十八組，叫做二十八宿，東西南北四方各七宿。東方蒼龍七宿是角、亢、氐(dī)、房、心、尾、箕；北方玄武七宿是斗、牛、女、虛、危、室、壁；西方白虎七宿是奎、婁、胃、昴(mǎo)、畢、觜(zī)、參(shēn)；南方朱雀七宿是井、鬼、柳、星、張、翼、軫(zhěn)。印度、波斯、阿拉伯古代也有類似我國二十八宿的説法。

【二十四節氣】èrshísì jiéqì ㄦˋ ㄕˊ ㄙˋ ㄐㄧㄝˊ ㄑㄧˋ 指立春、雨水、驚蟄、春分、清明、穀雨、立夏、小滿、芒種、夏至、小暑、大暑、立秋、處暑、白露、秋分、寒露、霜降、立冬、小雪、大雪、冬至、小寒、大寒等二十四個節氣。二十四節氣表明氣候變化和農事季節，在農業生產上有重要的意義。

【二十四史】èrshísì shǐ ㄦˋ ㄕˊ ㄙˋ ㄕˇ 指舊時稱為正史的二十四部紀傳體史書，即：《史記》、《漢書》、《後漢書》、《三國志》、《晉書》、《宋書》、《南齊書》、《梁書》、《陳書》、《魏書》、《北齊書》、《周書》、《隋書》、《南史》、《北史》、《唐書(舊唐書)》、《新唐書》、《五代史(舊五代史)》、《新五代史》、《宋史》、《遼史》、《金史》、《元史》、《明史》。

【二十五史】èrshíwǔ shǐ ㄦˋ ㄕˊ ㄨˇ ㄕˇ 二十四史與《新元史》的合稱。

【二手】èrshǒu ㄦˋ ㄕㄡˇ (二手兒)指間接的；輾轉得來的(事物)：二手資料｜從國外購進的二手設備。

【二踢腳】èrtījiǎo ㄦˋ ㄊㄧ ㄐㄧㄠˇ 雙響(一種爆竹)。

【二天】èrtiān ㄦˋ ㄊㄧㄢ 〈方〉過一兩天；改天：二天有空我再來看你。

【二五眼】èr·wuyǎn ㄦˋ ·ㄨ ㄧㄢˇ 〈方〉❶(人)能力差；(物品)質量差。❷能力差的人。

【二綫】èrxiàn ㄦˋ ㄒㄧㄢˋ ❶戰爭中的第二道防綫。❷比喻不負有直接領導責任的地位：退居二綫。

【二心】èrxīn ㄦˋ ㄒㄧㄣ ❶不忠實；異心：懷有二心。❷不專心；三心二意。‖也作貳心。

【二性子】èrxìng·zi ㄦˋ ㄒㄧㄥˋ ·ㄗ 兩性人的通稱。

【二氧化碳】èryǎnghuàtàn ㄦˋ ㄧㄤˇ ㄏㄨㄚˋ ㄊㄢˋ 無機化合物，化學式CO_2。無色無臭的氣體，比空氣重，空氣中含量約為0.04%。動物呼吸時吸入氧氣，呼出二氧化碳；綠色植物進行光合作用時放出氧氣，吸入二氧化碳。用來製純鹼、清涼性飲料等，也用來滅火。也叫碳酐或碳酸氣。

【二一添作五】èr yī tiān zuò wǔ ㄦˋ ㄧ ㄊㄧㄢ ㄗㄨㄛˋ ㄨˇ 本是珠算除法的一句口訣，是1/2＝0.5的意思，借指雙方平分。

【二意】èryì ㄦˋ ㄧˋ 二心：決無二意｜三心二意。

【二元論】èryuánlùn ㄦˋ ㄩㄢˊ ㄌㄨㄣˋ 一種企圖調和唯物主義和唯心主義的哲學觀點，認為世界的本原是精神和物質兩個實體。二元論實質上堅持精神離開物質而獨立存在，歸根結底還是唯心的。

【二戰】Èrzhàn ㄦˋ ㄓㄢˋ 第二次世界大戰的簡稱。

弍 èr ㄦˋ 同‘二’。

刵 èr ㄦˋ 古代割耳朵的酷刑。

佴 èr ㄦˋ 〈書〉停留；置。另見826頁 Nài。

咡 èr ㄦˋ 〈書〉口旁；兩頰。

貳(贰) èr ㄦˋ ❶‘二’的大寫。參看1067頁〖數字〗。❷變節；背叛：貳臣。

【貳臣】èrchén ㄦˋ ㄔㄣˊ 指在前一朝代做了官，投降後一朝代又做官的人。

【貳心】èrxīn ㄦˋ ㄒㄧㄣ 同‘二心’。

樲(樲) èr ㄦˋ 古書上指酸棗樹。

F

fā（ㄈㄚ）

發（发） fā ㄈㄚ ❶送出；交付：發貨｜發稿｜分發｜印發。❷發射：發炮｜百發百中。❸產生；發生：發芽｜發電｜發水｜發病。❹表達：發表｜發佈｜發誓｜發言。❺擴大；開展：發展｜發揚｜發育。❻因得到大量財物而興旺：發家｜暴發戶｜他這兩年跑買賣可發了。❼食物因發酵或水浸而膨脹：麪發了｜發海參。❽放散；散開：發散｜揮發｜蒸發。❾揭露；打開：發現｜揭發｜發掘。❿因變化而顯現、散發：發黃｜發潮｜發臭｜發酸。⓫流露(感情)：發怒｜發笑｜發愁。⓬感到(多指不愉快的情況)：發麻｜發癢｜嘴裏發苦。⓭起程：出發｜整裝待發｜朝發夕至。⓮開始行動：發起｜奮發｜先發制人。⓯引起；啓發：發人深省。⓰量詞，顆，用於槍彈、炮彈：一發子彈｜上百發炮彈。

'发'另見312頁 fà'髮'。

【發榜】fā//bǎng ㄈㄚ//ㄅㄤˇ 考試後公佈考試成績的名次或被錄取者的名單：本市高考首批錄取新生今起發榜。

【發包】fābāo ㄈㄚ ㄅㄠ 把建築、加工、訂貨等任務交給承擔單位或個人承包。

【發報】fā//bào ㄈㄚ//ㄅㄠˋ 用無綫電或有綫電裝置把消息、情報等發給收報人。

【發標】fā//biāo ㄈㄚ//ㄅㄧㄠ〈方〉發威風；發脾氣。

【發表】fābiǎo ㄈㄚ ㄅㄧㄠˇ ❶向集體或社會表達(意見)；宣佈：發表談話｜發表聲明｜代表團成員已經確定，名單尚未正式發表。❷在刊物上登載(文章、繪畫、歌曲等)：發表論文。

【發兵】fā//bīng ㄈㄚ//ㄅㄧㄥ 派出軍隊(作戰)。

【發病】fā//bìng ㄈㄚ//ㄅㄧㄥˋ 某種疾病在有機體內開始發生：發病率｜秋冬之交容易發病。

【發佈】fābù ㄈㄚ ㄅㄨˋ 宣佈(命令、指示、新聞等)：發佈戰報｜新聞發佈會。

【發財】fā//cái ㄈㄚ//ㄘㄞˊ ❶獲得大量錢財：發財致富｜升官發財。❷客套話，問人在哪裏工作稱在哪裏發財。

【發車】fā//chē ㄈㄚ//ㄔㄜ (從車站或停放地點)開出車輛：每隔五分鐘發車一次｜首班車早晨五點半發車。

【發痴】fā//chī ㄈㄚ//ㄔ〈方〉❶發呆。❷發瘋。

【發愁】fā//chóu ㄈㄚ//ㄔㄡˊ 因為沒有主意或辦法而感到愁悶：你先別發愁，資金問題我來想辦法解決。

【發出】fāchū ㄈㄚ ㄔㄨ ❶發生(聲音、疑問等)：發出笑聲。❷發表；發佈(命令、指示)：發出號召｜發出通告。❸送出(貨物、信件等)；開出(車輛等)。

【發怵】fāchù ㄈㄚ ㄔㄨˋ〈方〉膽怯；畏縮：初次登台，心裏有點發怵。

【發達】fādá ㄈㄚ ㄉㄚˊ ❶(事物)已有充分發展；(事業)興盛：肌肉發達｜四肢發達｜工業發達｜交通發達。❷使充分發展：發達經濟｜發達貿易。

【發呆】fā//dāi ㄈㄚ//ㄉㄞ 因着急、害怕或心思有所專注，而對外界事物完全不注意：他話也不說，眼直直地瞪着，坐在那ㄦ發呆。

【發單】fādān ㄈㄚ ㄉㄢ 發票。

【發嗲】fādiǎ ㄈㄚ ㄉㄧㄚˇ〈方〉撒嬌。

【發電】fādiàn ㄈㄚ ㄉㄧㄢˋ ❶發出電力：水力發電｜原子能發電。❷打電報。

【發動】fādòng ㄈㄚ ㄉㄨㄥˋ ❶使開始：發動戰爭｜發動新攻勢。❷使行動起來：發動群眾。❸使機器運轉：天氣太冷，柴油機不容易發動。

【發動機】fādòngjī ㄈㄚ ㄉㄨㄥˋ ㄐㄧ 把熱能、電能等變為機械能的機器，用來帶動其他機械工作。如電動機、蒸汽機、渦輪機、內燃機、風車。也叫動力機。

【發抖】fādǒu ㄈㄚ ㄉㄡˇ 由於害怕、生氣或受到寒冷等原因而身體顫動：嚇得發抖｜凍得渾身發抖。

【發端】fāduān ㄈㄚ ㄉㄨㄢ 開始；開端。

【發端詞】fāduāncí ㄈㄚ ㄉㄨㄢ ㄘˊ 發語詞。

【發凡】fāfán ㄈㄚ ㄈㄢˊ 陳述全書或某一學科的要旨：發凡起例(說明全書要旨，擬定編撰體例)。

【發放】fāfàng ㄈㄚ ㄈㄤˋ ❶(政府、機構)把錢或物資等發給需要的人：發放貸款｜發放救濟糧｜發放經營許可證。❷發出；放出：發放信號彈。❸處理；處置(多見於早期白話)。

【發粉】fāfěn ㄈㄚ ㄈㄣˇ 見52頁〖焙粉〗。

【發憤】fāfèn ㄈㄚ ㄈㄣˋ 決心努力：發憤忘食｜發憤圖強。也作發奮。

【發奮】fāfèn ㄈㄚ ㄈㄣˋ ❶振作起來；奮發：發奮努力｜發奮有為。❷同'發憤'。

【發瘋】fā//fēng ㄈㄚ//ㄈㄥ ❶精神受到刺激而發生精神病的症狀。❷比喻做事出於常情之外：你發瘋啦，這麼大熱天，還穿棉襖！

【發福】fā//fú ㄈㄚ//ㄈㄨˊ 客套話，稱人發胖(多用於中年以上的人)。

【發付】fāfù ㄈㄚ ㄈㄨˋ 打發(多見於早期白話)。

【發紺】fāgàn ㄈㄚ ㄍㄢˋ 皮膚或黏膜呈現青紫

色。由呼吸或循環系統發生障礙，血液中缺氧引起。也叫青紫。

【發糕】fāgāo ㄈㄚ ㄍㄠ 用米粉、麪粉等發酵做成的糕，有的還加糖、棗兒、青絲等。

【發稿】fā//gǎo ㄈㄚ//ㄍㄠˇ 發出稿件。如通訊社發送電訊稿給報社，編輯部門把書刊、圖片等稿件交給出版部門或印刷廠。

【發汗】fā//hàn ㄈㄚ//ㄏㄢˋ (用藥物等)使身體出汗。

【發行】fāháng ㄈㄚ ㄏㄤˊ 批發。
另見 fāxíng。

【發號施令】fā hào shī lìng ㄈㄚ ㄏㄠˋ ㄕ ㄌㄧㄥˋ 發佈命令；指揮。

【發狠】fā//hěn ㄈㄚ//ㄏㄣˇ ❶下決心，不顧一切：發狠讀書｜他一發狠，三天的任務，兩天就完成了。❷惱怒；動氣。

【發橫】fā//hèng ㄈㄚ//ㄏㄥˋ 發脾氣；耍橫：有理講理，發甚麼橫？

【發花】fā//huā ㄈㄚ//ㄏㄨㄚ 眼睛看東西模糊不清：餓得兩眼發花。

【發話】fā//huà ㄈㄚ//ㄏㄨㄚˋ ❶給予口頭指示；口頭上提出警告或要求：到底該怎麼辦，你發話吧｜人家早發話啦，不許咱再到這裏來。❷氣沖沖地說出話。

【發還】fāhuán ㄈㄚ ㄏㄨㄢˊ 把收來的東西還回去(多用於上對下)：發還原主。

【發慌】fā//huāng ㄈㄚ//ㄏㄨㄤ 因害怕、着急或虛弱而心神不定：沈住氣，別發慌。

【發揮】fāhuī ㄈㄚ ㄏㄨㄟ ❶把內在的性質或能力表現出來：發揮積極性｜發揮模範作用｜發揮技術水平｜發揮炮兵的威力。❷把意思或道理充分表達出來：發揮題意｜借題發揮。

【發昏】fā//hūn ㄈㄚ//ㄏㄨㄣ 神志不清：頭腦發昏。

【發火】fā//huǒ ㄈㄚ//ㄏㄨㄛˇ ❶開始燃燒：發火點。❷子彈、炮彈的底火經撞擊後火藥爆發。❸〈方〉發生火警；失火。❹(爐灶)生火容易旺。❺(發火兒)發脾氣：有話好好說，不必發火。

【發急】fā//jí ㄈㄚ//ㄐㄧˊ 着急：他還不來，讓人等得發急。

【發迹】fā//jì ㄈㄚ//ㄐㄧˋ 指人變得有錢有勢：發迹變泰。

【發家】fā//jiā ㄈㄚ//ㄐㄧㄚ 使家庭變得富裕：發家致富。

【發賤】fā//jiàn ㄈㄚ//ㄐㄧㄢˋ 因不自重而表現出讓人看不起的舉動。

【發酵】fā//jiào ㄈㄚ//ㄐㄧㄠˋ 複雜的有機化合物在微生物的作用下分解成比較簡單的物質。發麪、釀酒等都是發酵的應用。也作醱酵。

【發酵酒】fājiàojiǔ ㄈㄚ ㄐㄧㄠˋ ㄐㄧㄡˇ 釀造後不經過蒸餾而可以直接飲用的酒，酒精含量較低，如黃酒、葡萄酒等。也叫釀造酒。

【發窘】fājiǒng ㄈㄚ ㄐㄩㄥˇ 感到為難；表現出窘態。

【發酒瘋】fājiǔfēng ㄈㄚ ㄐㄧㄡˇ ㄈㄥ 撒酒瘋。

【發掘】fājué ㄈㄚ ㄐㄩㄝˊ 挖掘埋藏在地下的東西：發掘古物｜發掘寶藏◇發掘潛力｜發掘人才。

【發覺】fājué ㄈㄚ ㄐㄩㄝˊ 開始知道(隱藏的或以前沒注意到的事)：火撲滅了以後，他才發覺自己受了傷。

【發刊詞】fākāncí ㄈㄚ ㄎㄢ ㄘˊ 刊物創刊號上說明本刊的宗旨、性質等的文章。

【發棵】fākē ㄈㄚ ㄎㄜ 〈方〉(發棵兒) ❶分蘖。❷植株逐漸長大。

【發狂】fā//kuáng ㄈㄚ//ㄎㄨㄤˊ 發瘋。

【發困】fākùn ㄈㄚ ㄎㄨㄣˋ 感到困倦，想睡覺：今天起得過早，午飯後有點兒發困。

【發懶】fālǎn ㄈㄚ ㄌㄢˇ 因身體或心情不好，懶得動。

【發愣】fā//lèng ㄈㄚ//ㄌㄥˋ 發呆。

【發利市】fālìshì ㄈㄚ ㄌㄧˋ ㄕˋ 〈方〉❶商店把開門後做成第一筆買賣叫做發利市。❷泛指獲得利潤。

【發令】fālìng ㄈㄚ ㄌㄧㄥˋ 發出命令或口令：發令槍｜發令開火。

【發令槍】fālìngqiāng ㄈㄚ ㄌㄧㄥˋ ㄑㄧㄤ 徑賽、游泳比賽等開始時，用來發出聲音信號的器械，形狀像手槍。

【發聾振聵】fā lóng zhèn kuì ㄈㄚ ㄌㄨㄥˊ ㄓㄣˋ ㄎㄨㄟˋ 發出很大的響聲，使耳聾的人也能聽見。比喻用語言文字喚醒糊塗的人。

【發落】fāluò ㄈㄚ ㄌㄨㄛˋ 處理；處置：聽候發落。

【發毛】fā//máo ㄈㄚ//ㄇㄠˊ ❶害怕；驚慌：他從沒見過這陣勢，心裏直發毛。❷〈方〉發脾氣。

【發霉】fā//méi ㄈㄚ//ㄇㄟˊ 有機質滋生黴菌而變質◇思想發霉。

【發蒙】fāmēng ㄈㄚ ㄇㄥ 糊塗；弄不清楚：一人一個說法，聽得我發蒙。

【發蒙】fāméng ㄈㄚ ㄇㄥˊ 舊時指教少年、兒童開始識字讀書：發蒙讀物。

【發麪】fā//miàn ㄈㄚ//ㄇㄧㄢˋ 使麪發酵。

【發麪】fāmiàn ㄈㄚ ㄇㄧㄢˋ 經過發酵的麪：發麪餅。

【發明】fāmíng ㄈㄚ ㄇㄧㄥˊ ❶創造(新的事物或方法)：發明指南針｜火藥是中國最早發明的。❷創造出的新事物或新方法：新發明｜四大發明。❸〈書〉創造性地闡發；發揮：發明文義｜本書對《老子》的哲理頗多發明。

【發墨】fā//mò ㄈㄚ//ㄇㄛˋ 指硯台磨墨易濃：這種硯石細膩如玉，發墨也快。

【發難】fā//nàn ㄈㄚ//ㄋㄢˋ ❶發動反抗或叛亂：辛亥革命在武昌首先發難。❷〈書〉問難：提問發難。

【發蔫】fāniān ㄈㄚ ㄋㄧㄢ ❶花木、水果等顯現出萎縮：幾天沒澆水，海棠花有些發蔫了。❷表現出精神不振：他這兩天有點發蔫，不像往日愛說愛笑。
【發苶】fānié ㄈㄚ ㄋㄧㄝˊ 委靡不振；發蔫②。
【發怒】fā⁄nù ㄈㄚ⁄ㄋㄨˋ 因憤怒而表現出粗暴的聲色舉動。
【發排】fāpái ㄈㄚ ㄆㄞˊ 把稿子交給排印部門排版。
【發胖】fāpàng ㄈㄚ ㄆㄤˋ （身體）變胖。
【發配】fāpèi ㄈㄚ ㄆㄟˋ 充軍（多見於早期白話）。
【發脾氣】fā pí·qi ㄈㄚ ㄆㄧˊ·ㄑㄧ 因事情不如意而吵鬧或罵人。
【發飄】fāpiāo ㄈㄚ ㄆㄧㄠ 感覺輕飄飄的：這把木鍁使着發飄｜頭沈得厲害，腳下有點兒發飄。
【發票】fāpiào ㄈㄚ ㄆㄧㄠˋ 商店或其他收款部門開出的收款單據。
【發起】fāqǐ ㄈㄚ ㄑㄧˇ ❶倡議（做某件事情）：發起人｜他們發起組織一個讀書會。❷發動（戰役、進攻等）：發起衝鋒｜發起反攻。
【發情】fāqíng ㄈㄚ ㄑㄧㄥˊ 雌性的高等動物卵子成熟前後，生理上要求交配：發情期。
【發球】fā⁄qiú ㄈㄚ⁄ㄑㄧㄡˊ 球類比賽時，一方把球發出，使比賽開始或繼續。
【發熱】fā⁄rè ㄈㄚ⁄ㄖㄜˋ ❶溫度增高；產生熱量：恒星本身發光發熱。❷發燒。❸比喻不冷靜，不清醒：頭腦發熱。
【發人深省】fā rén shēn xǐng ㄈㄚ ㄖㄣˊ ㄕㄣ ㄒㄧㄥˇ 啓發人深刻醒悟。'省'也作醒。
【發軔】fārèn ㄈㄚ ㄖㄣˋ 〈書〉拿掉支住車輪的木頭，使車前進。比喻新事物或某種局面開始出現：發軔之作｜新文學運動發軔於五四運動。
【發散】fāsàn ㄈㄚ ㄙㄢˋ ❶（光綫等）由某一點向四周散開：發散透鏡。❷中醫指用發汗的藥物把體內的熱散出去，以治療疾病。
【發喪】fā⁄sāng ㄈㄚ⁄ㄙㄤ ❶喪家向親友宣告某人死去。❷辦理喪事。
【發痧】fā⁄shā ㄈㄚ⁄ㄕㄚ 〈方〉中暑（zhòng⁄shǔ）。
【發傻】fā⁄shǎ ㄈㄚ⁄ㄕㄚˇ ❶因為某種意外情況出現而目瞪口呆。❷說傻話或做傻事；犯傻。
【發燒】fā⁄shāo ㄈㄚ⁄ㄕㄠ 體溫增高。人的正常體溫是37°C左右，如超過37.5°C，就是發燒，是疾病的一種症狀。也說發熱。
【發燒友】fāshāoyǒu ㄈㄚ ㄕㄠ ㄧㄡˇ 〈方〉對某項事業或活動非常迷戀專注的人；狂熱的愛好者。
【發射】fāshè ㄈㄚ ㄕㄜˋ 射出（槍彈、炮彈、火箭、電波、人造衛星等）。
【發身】fāshēn ㄈㄚ ㄕㄣ 男女到青春期，生殖器官發育成熟，身體其他各部分也發生變化，逐漸長成成年人的樣子，這種生理變化叫做發身。
【發神經】fā shénjīng ㄈㄚ ㄕㄣˊ ㄐㄧㄥ 發瘋。
【發生】fāshēng ㄈㄚ ㄕㄥ ❶原來沒有的事出現了；產生：發生變化｜發生事故｜發生關係。❷卵子受精後逐漸生長的過程。
【發市】fā⁄shì ㄈㄚ⁄ㄕˋ 指商店等一天裏第一次成交。
【發事】fā⁄shì ㄈㄚ⁄ㄕˋ 出事：發事地點。
【發誓】fā⁄shì ㄈㄚ⁄ㄕˋ 莊嚴地說出表示決心的話或對某事提出保證：指天發誓｜發誓要為烈士報仇。
【發售】fāshòu ㄈㄚ ㄕㄡˋ 出售：公開發售｜發售紀念郵票。
【發抒】fāshū ㄈㄚ ㄕㄨ 表達（意見、感情）：發抒己見。
【發水】fā⁄shuǐ ㄈㄚ⁄ㄕㄨㄟˇ 鬧水災。
【發送】fāsòng ㄈㄚ ㄙㄨㄥˋ ❶無綫電發射機把無綫電信號發射出去。❷發出；送出：發送文件｜這個火車站每天發送旅客在五萬人以上。
【發送】fā·song ㄈㄚ ·ㄙㄨㄥ 辦喪事，特指殯葬。
【發痠】fāsuān ㄈㄚ ㄙㄨㄢ 因疾病或疲勞而感到肢體痠痛無力：站了一天了，兩腿發痠。
【發酸】fāsuān ㄈㄚ ㄙㄨㄢ ❶食物變酸：鹼放少了，饅頭發酸。❷要流淚時眼睛、鼻子感到不舒適：看到感人之處，鼻子一陣發酸｜兩眼發酸，淚水止不住流了下來。
【發文】fā⁄wén ㄈㄚ⁄ㄨㄣˊ 發出公文：中央三個單位聯合發文。
【發文】fāwén ㄈㄚ ㄨㄣˊ 本單位發出的公文：發文簿（登記發文的本子）。
【發問】fāwèn ㄈㄚ ㄨㄣˋ 口頭提出問題。
【發物】fā·wù ㄈㄚ ·ㄨˋ 指富於營養或有刺激性，容易使瘡癤或某些病狀發生變化的食物，如羊肉、魚蝦等。
【發現】fāxiàn ㄈㄚ ㄒㄧㄢˋ ❶經過研究、探索等，看到或找到前人沒有看到的事物或規律：發現新的基本粒子｜有所發明，有所發現，有所創造。❷發覺：這兩天，我發現他好像有甚麼心事。
【發祥】fāxiáng ㄈㄚ ㄒㄧㄤˊ 〈書〉❶指發生吉祥的事。❷興起；發生：發祥地。
【發祥地】fāxiángdì ㄈㄚ ㄒㄧㄤˊ ㄉㄧˋ 原指帝王祖先興起的地方，現用來指民族、革命、文化等起源的地方：黃河流域物產豐富，山河壯麗，是我國古代文化的發祥地。
【發笑】fāxiào ㄈㄚ ㄒㄧㄠˋ 笑起來：引人發笑。
【發泄】fāxiè ㄈㄚ ㄒㄧㄝˋ 儘量發出（情慾或不滿情緒）：發泄獸慾｜發泄私憤。
【發行】fāxíng ㄈㄚ ㄒㄧㄥˊ 發出新印製的貨幣、債券或新出版的書刊、新製作的電影等。

另見 fāháng。
【發虛】fāxū ㄈㄚ ㄒㄩ ❶因膽怯或沒有把握而感到心虛。❷（身體）顯得虛弱：他病剛好，身子還有些發虛。
【發噱】fāxué ㄈㄚ ㄒㄩㄝˊ 〈方〉能引人發笑；可笑。
【發芽】fā⁄yá ㄈㄚ⁄ㄧㄚˊ 種子的胚發育長大，突破種皮而出。

【發言】fā//yán ㄈㄚ//ㄧㄢˊ 發表意見（多指在會議上）：積極發言｜發言權｜他已經發過言了。

【發言】fāyán ㄈㄚ ㄧㄢˊ 發表的意見（多指在會議上）：他在大會上的發言很中肯。

【發言人】fāyánrén ㄈㄚ ㄧㄢˊ ㄖㄣˊ 代表某一政權機關或組織發表意見的人：外交部發言人。

【發揚】fāyáng ㄈㄚ ㄧㄤˊ ❶發展和提倡（優良作風、傳統等）：發揚光大｜發揚民主｜發揚勤儉節約、艱苦奮鬥的精神。❷發揮：發揚火力，消滅敵人。

【發揚踔厲】fāyáng chuōlì ㄈㄚ ㄧㄤˊ ㄔㄨㄛ ㄌㄧˋ 指精神奮發，意氣昂揚。也説發揚蹈厲。

【發揚光大】fāyáng guāngdà ㄈㄚ ㄧㄤˊ ㄍㄨㄤ ㄉㄚˋ 發展提倡，使日益盛大。

【發洋財】fā yángcái ㄈㄚ ㄧㄤˊ ㄘㄞˊ 原指在與外國人有關的活動中發財，後泛指獲得意外的財物。

【發瘧子】fā yào·zi ㄈㄚ ㄧㄠˋ ·ㄗ 患瘧疾。

【發音】fā//yīn ㄈㄚ//ㄧㄣ 發出語音或樂音，也泛指發出聲音：練習發音｜發音方法。

【發音】fāyīn ㄈㄚ ㄧㄣ 發出的語音：他的發音很準確。

【發引】fāyǐn ㄈㄚ ㄧㄣˇ 古代出殯時送喪的人用紼牽引靈柩作前導，叫做發引。後來也指出殯時抬出靈柩。

【發語詞】fāyǔcí ㄈㄚ ㄩˇ ㄘˊ 文言虛詞，用於一篇或一段文章的開頭，如'夫、蓋、維'。也叫發端詞。

【發育】fāyù ㄈㄚ ㄩˋ 生物體成熟之前，機能和構造發生變化，如植物開花結果，動物的性腺逐漸成熟。

【發源】fāyuán ㄈㄚ ㄩㄢˊ （河流）開始流出；起源：發源地｜淮河發源於桐柏山。

【發願】fāyuàn ㄈㄚ ㄩㄢˋ 表明心願或願望：起誓發願。

【發運】fāyùn ㄈㄚ ㄩㄣˋ （貨物）運出去：裝船發運｜訂貨已經發運，不日即可收到。

【發展】fāzhǎn ㄈㄚ ㄓㄢˇ ❶事物由小到大、由簡單到複雜、由低級到高級的變化：事態還在發展｜社會發展規律。❷擴大（組織、規模等）：發展新會員｜發展輕紡工業。

【發怔】fāzhèng ㄈㄚ ㄓㄥˋ 發呆。

【發縱指示】fā zòng zhǐ shì ㄈㄚ ㄗㄨㄥˋ ㄓˇ ㄕˋ 放出獵狗，指示方向，要它追捕野獸。比喻指揮、調度。也説發踪指示。

【發作】fāzuò ㄈㄚ ㄗㄨㄛˋ ❶（隱伏的事物）突然暴發或起作用：胃病發作｜酒力發作｜藥性發作。❷發脾氣：心懷不滿，借機發作｜他有些生氣，但當着大家的面不好發作。

醱（酦） fā ㄈㄚ［醱酵］（fā//jiào ㄈㄚ//ㄐㄧㄠ）同'發酵'。

另見892頁 pō。

fá（ㄈㄚˊ）

乏 fá ㄈㄚˊ ❶缺乏：乏味｜貧乏｜不乏其人。❷疲倦：疲乏｜解乏｜走乏了｜人困馬乏。❸〈方〉沒力量；不起作用：乏話｜乏煤｜貼乏了的膏藥。

【乏貨】fáhuò ㄈㄚˊ ㄏㄨㄛˋ 〈方〉不中用的人（罵人的話）。

【乏力】fálì ㄈㄚˊ ㄌㄧˋ ❶身體疲倦，沒有力氣：渾身乏力。❷沒有能力；能力不足：回天乏力。

【乏煤】fáméi ㄈㄚˊ ㄇㄟˊ 燃燒過而沒有燒透的煤。

【乏汽】fáqì ㄈㄚˊ ㄑㄧˋ 從蒸汽機、汽輪機等排出的已經做過功的蒸汽。

【乏術】fáshù ㄈㄚˊ ㄕㄨˋ 沒有辦法；缺少辦法：進攻乏術｜回春乏術。

【乏味】fáwèi ㄈㄚˊ ㄨㄟˋ 沒有趣味；缺少情趣：語言乏味｜這種單調的生活實在乏味得很。

伐1 fá ㄈㄚˊ ❶砍（樹）：伐木｜伐了幾棵樹。❷攻打：征伐｜討伐｜北伐。

伐2 fá ㄈㄚˊ 〈書〉自誇：伐善｜不矜不伐（不自大自誇）。

【伐木】fámù ㄈㄚˊ ㄇㄨˋ 採伐林木：上山伐木｜伐木工人。

【伐善】fáshàn ㄈㄚˊ ㄕㄢˋ 〈書〉誇耀自己的長處。

垡1 fá ㄈㄚˊ 〈方〉❶耕地翻土：耕垡。❷翻耕過的土塊：打垡｜深耕曬垡。

垡2 fá ㄈㄚˊ 地名用字：榆垡（在北京）｜落垡（在河北）。

【垡子】fá·zi ㄈㄚˊ ·ㄗ 〈方〉❶翻耕出來或掘出的土塊。也叫垡頭。❷指相當長的一段時間：這一垡子｜那一垡子。

筏（栰） fá ㄈㄚˊ 筏子：竹筏｜木筏｜皮筏。

【筏子】fá·zi ㄈㄚˊ ·ㄗ 水上行駛的竹排或木排，也有用牛羊皮、橡膠等製造的。

罰（罚） fá ㄈㄚˊ 處罰：懲罰｜責罰｜賞罰分明｜罰他喝一杯。

【罰不當罪】fá bù dāng zuì ㄈㄚˊ ㄅㄨˋ ㄉㄤ ㄗㄨㄟˋ 處罰和所犯的罪行不相當。多指處罰過重。

【罰金】fájīn ㄈㄚˊ ㄐㄧㄣ ❶司法機關強制罪犯繳納一定數額的錢，是一種刑事處罰，常作為附加刑使用。❷被判罰金時繳納的錢。

【罰款】fá//kuǎn ㄈㄚˊ//ㄎㄨㄢˇ ❶行政機關強制違法者繳納一定數量的錢，是一種行政處罰。❷訂合同的一方處罰違反合同的另一方以一定數量的錢。

【罰款】fákuǎn ㄈㄚˊ ㄎㄨㄢˇ 被罰款時繳納的錢。

【罰沒】fámò ㄈㄚˊ ㄇㄛˋ 行政機關強制違法者繳納罰金和沒收其非法所得的財物。

【罰球】fá//qiú ㄈㄚˊ // ㄑㄧㄡˊ 足球、籃球等球類比賽中，一方隊員犯規時，由對方隊員執行射門、投籃等處罰。

閥[1]（阀） fá ㄈㄚˊ 指在某一方面有支配勢力的人物、家族或集團：軍閥｜財閥。

閥[2]（阀） fá ㄈㄚˊ 管道或機器中調節和控制流體的流量、壓力和流動方向的裝置，種類很多，如氣閥、水閥、油閥等。也叫閥門、凡爾，通稱活門。［英 valve］

【閥閱】fáyuè ㄈㄚˊ ㄩㄝˋ 〈書〉❶功勛（'閥'也作'伐'，指功勞，'閱'指經歷）。❷指有功勛的世家。

fǎ（ㄈㄚˇ）

法[1] fǎ ㄈㄚˇ ❶體現統治階級的意志，由國家制定或認可，受國家強制力保證執行的行為規則的總稱，包括法律、法令、條例、命令、決定等：合法｜犯法｜變法｜軍法｜婚姻法｜繩之以法。❷方法；方式：辦法｜用法｜土法｜加法。❸標準；模範；可以仿效的：法帖｜法書｜效法｜取法乎上。❹仿效；效法：師法｜法其遺志。❺佛教的道理：佛法｜現身說法。❻法術：作法｜鬥（dòu）法。❼（Fǎ）姓。

法[2] fǎ ㄈㄚˇ 法拉的簡稱。

【法案】fǎ'àn ㄈㄚˇ ㄢˋ 提交國家立法機關審查討論的關於法律、法令問題的議案。

【法辦】fǎbàn ㄈㄚˇ ㄅㄢˋ 依法懲辦：逮捕法辦。

【法寶】fǎbǎo ㄈㄚˇ ㄅㄠˇ ❶佛教用語，指佛說的法，也指和尚用的衣鉢、錫杖等。❷神話中說的能制伏或殺傷妖魔的寶物。❸比喻用起來特別有效的工具、方法或經驗：群眾路綫是我們工作的法寶。

【法幣】fǎbì ㄈㄚˇ ㄅㄧˋ 1935 年以後國民黨政府發行的紙幣。

【法場】fǎchǎng ㄈㄚˇ ㄔㄤˇ ❶僧道做法事的場所；道場。❷舊時執行死刑的地方；刑場。

【法典】fǎdiǎn ㄈㄚˇ ㄉㄧㄢˇ 經過整理的比較完備、系統的某一類法律的總稱，如民法典、刑法典。

【法定】fǎdìng ㄈㄚˇ ㄉㄧㄥˋ 由法律、法令所規定：法定人數｜法定婚齡｜法定計量單位｜按照法定的手續辦理。

【法定人數】fǎdìng rénshù ㄈㄚˇ ㄉㄧㄥˋ ㄖㄣˊ ㄕㄨˋ 正式規定的為召開會議或通過有效決議所必要的人數。

【法度】fǎdù ㄈㄚˇ ㄉㄨˋ ❶法令制度；法律。❷行為的準則；規矩：不合法度。

【法古】fǎgǔ ㄈㄚˇ ㄍㄨˇ 效法古代、古人：他的書法法古而不泥古，別具神韵。

【法官】fǎguān ㄈㄚˇ ㄍㄨㄢ 法院中審判人員的通稱。

【法規】fǎguī ㄈㄚˇ ㄍㄨㄟ 法律、法令、條例、規則、章程等的總稱。

【法紀】fǎjì ㄈㄚˇ ㄐㄧˋ 法律和紀律：遵守法紀｜目無法紀。

【法家】Fǎjiā ㄈㄚˇ ㄐㄧㄚ 先秦時期的一個思想流派，以申不害、商鞅、韓非為代表，主張法治，反對禮治，代表了當時新興地主階級的利益。

【法警】fǎjǐng ㄈㄚˇ ㄐㄧㄥˇ 司法警察。法院、檢察院中執行逮捕或押送犯人，傳喚當事人、證人和維持法庭秩序等任務的警察。

【法拉】fǎlā ㄈㄚˇ ㄌㄚ 電容單位，1個電容器，充以1庫侖電量時，電勢升高1伏特，電容就是1法拉。這個單位名稱是為紀念英國物理學家法拉第（Michael Faraday）而定的。簡稱法。

【法郎】fǎláng ㄈㄚˇ ㄌㄤˊ 法國、瑞士等國的本位貨幣。［法 franc］

【法老】fǎlǎo ㄈㄚˇ ㄌㄠˇ 古代埃及國王的稱號。［希臘 pharao］

【法理】fǎlǐ ㄈㄚˇ ㄌㄧˇ ❶法律的理論根據。❷〈書〉法則。❸佛法的義理。

【法力】fǎlì ㄈㄚˇ ㄌㄧˋ 佛法的力量。也泛指神奇的力量：法力無邊。

【法令】fǎlìng ㄈㄚˇ ㄌㄧㄥˋ 政權機關所頒佈的命令、指示、決定等的總稱。

【法律】fǎlǜ ㄈㄚˇ ㄌㄩˋ 由立法機關制定，國家政權保證執行的行為規則。法律體現統治階級的意志，是階級專政的工具之一。

【法螺】fǎluó ㄈㄚˇ ㄌㄨㄛˊ 軟體動物的一屬，多生活在海洋中，殼圓錐形，壁厚，長約1尺，表面有很多瘤狀突起。磨去尖頂的殼吹起來很響，古代做佛事時用來做樂器，所以叫法螺。漁船、航船等也用來做號角。

【法盲】fǎmáng ㄈㄚˇ ㄇㄤˊ 缺乏法律知識的人。

【法門】fǎmén ㄈㄚˇ ㄇㄣˊ ❶佛教指修行者入道的門徑，也指佛門。❷泛指門徑；方法。

【法名】fǎmíng ㄈㄚˇ ㄇㄧㄥˊ 指出家當僧尼或道士後由師父另起的名字。

【法器】fǎqì ㄈㄚˇ ㄑㄧˋ 和尚、道士等舉行宗教儀式時所用的器物，如鐘、鼓、鐃、鈸、木魚和瓶、鉢、杖等。

【法權】fǎquán ㄈㄚˇ ㄑㄩㄢˊ 權利；特權。

【法人】fǎrén ㄈㄚˇ ㄖㄣˊ 法律上指根據法律參加民事活動的組織，如公司、社團等。法人享有與其業務有關的民事權利，承擔相應的民事義務（區別於'自然人'）。

【法師】fǎshī ㄈㄚˇ ㄕ 對和尚或道士的尊稱。

【法式】fǎshì ㄈㄚˇ ㄕˋ 標準的格式：《營造法式》。

【法事】fǎshì ㄈㄚˇ ㄕˋ 指僧道拜懺、打醮等事。
【法書】fǎshū ㄈㄚˇ ㄕㄨ ❶有高度藝術性的可以作為書法典範的字。❷敬辭，稱對方寫的字。
【法術】fǎshù ㄈㄚˇ ㄕㄨˋ ❶指法家的學術。❷道士、巫婆等所用的畫符念咒等騙人手法。
【法堂】fǎtáng ㄈㄚˇ ㄊㄤˊ ❶舊時指官吏審理案件的地方；公堂。❷講說佛法的場所。
【法帖】fǎtiè ㄈㄚˇ ㄊㄧㄝˋ 供人臨摹或欣賞的名家書法的拓本或印本。
【法庭】fǎtíng ㄈㄚˇ ㄊㄧㄥˊ ❶法院所設立的審理訴訟案件的機構。❷法院審理訴訟案件的地方。
【法統】fǎtǒng ㄈㄚˇ ㄊㄨㄥˇ 憲法和法律的傳統，是統治權力的法律根據。
【法王】fǎwáng ㄈㄚˇ ㄨㄤˊ ❶佛教對釋迦牟尼的尊稱。❷元明兩代授予喇嘛教首領的封號。
【法網】fǎwǎng ㄈㄚˇ ㄨㄤˇ 比喻嚴密的法律制度：難逃法網｜落入法網。
【法西斯】fǎxīsī ㄈㄚˇ ㄒㄧ ㄙ ❶'權標'（拉丁 fasces）的譯音，權標是意大利法西斯黨的標誌。❷指法西斯主義的（傾向、運動、體制等）。
【法西斯蒂】fǎxīsīdì ㄈㄚˇ ㄒㄧ ㄙ ㄉㄧˋ 指法西斯主義的組織或成員。［意 fascisti (fascista 的複數)］
【法西斯主義】fǎxīsī zhǔyì ㄈㄚˇ ㄒㄧ ㄙ ㄓㄨˇ ㄧˋ 一種最反動最野蠻的獨裁制度和思想體系。對內實行恐怖統治，對外實行武力侵略和民族壓迫。起源於意大利獨裁者墨索里尼的法西斯黨。
【法學】fǎxué ㄈㄚˇ ㄒㄩㄝˊ 研究國家和法的學科。
【法眼】fǎyǎn ㄈㄚˇ ㄧㄢˇ 佛教指能認識到事物真相的眼力，泛指敏鋭深邃的眼力。
【法衣】fǎyī ㄈㄚˇ ㄧ 和尚、道士等在舉行宗教儀式時穿的衣服。
【法醫】fǎyī ㄈㄚˇ ㄧ 法院中專門負責用法醫學來協助審理案件的醫生。
【法醫學】fǎyīxué ㄈㄚˇ ㄧ ㄒㄩㄝˊ 醫學的一個分科，研究並解決法律案件中有關醫學的問題，如創傷或死亡的原因等。
【法院】fǎyuàn ㄈㄚˇ ㄩㄢˋ 獨立行使審判權的國家機關。
【法則】fǎzé ㄈㄚˇ ㄗㄜˊ ❶規律：自然法則。❷〈書〉法規。❸〈書〉模範；榜樣。
【法政】fǎzhèng ㄈㄚˇ ㄓㄥˋ 舊時對法律和政治的合稱。
【法旨】fǎzhǐ ㄈㄚˇ ㄓˇ 神的意旨（迷信）。
【法制】fǎzhì ㄈㄚˇ ㄓˋ 統治階級按照自己的意志，通過政權機關建立起來的法律制度，包括法律的制定、執行和遵守，是統治階級實行專政的方法和工具：健全法制｜增強法制觀念。
【法治】fǎzhì ㄈㄚˇ ㄓˋ ❶先秦時期法家的政治思想，主張以法為準則，統治人民，處理國事。❷指根據法律治理國家。
【法子】fǎ·zi ㄈㄚˇ ·ㄗ 方法：想法子｜沒法子。

砝 fǎ ㄈㄚˇ ［砝碼］(fǎmǎ ㄈㄚˇ ㄇㄚˇ) 天平上作為重量標準的物體，通常為金屬塊或金屬片，可以表明較精確的重量。

灋 fǎ ㄈㄚˇ 〈書〉同'法'。

fà（ㄈㄚˋ）

珐(琺) fà ㄈㄚˋ 見下。

【珐琅】fàláng ㄈㄚˋ ㄌㄤˊ 用石英、長石、硝石和碳酸鈉等加上鉛和錫的氧化物燒製成的像釉子的物質。塗在銅質或銀質器物上，經過燒製，能形成不同顏色的釉質表面，用來製造景泰藍、證章、紀念章等。
【珐琅質】fàlángzhì ㄈㄚˋ ㄌㄤˊ ㄓˋ 見1392頁〖釉質〗。

髮(发) fà ㄈㄚˋ 頭髮：毛髮｜鬚髮｜白髮｜假髮｜理髮。
'发'另見307頁 fā'發'。

【髮膠】fàjiāo ㄈㄚˋ ㄐㄧㄠ 理髮或燙髮後用來固定髮型的化妝品。
【髮蠟】fàlà ㄈㄚˋ ㄌㄚˋ 用凡士林加香料製成的化妝品，抹在頭髮上，使有光澤而不蓬鬆。
【髮廊】fàláng ㄈㄚˋ ㄌㄤˊ 美容理髮店，多指小型的個體美容理髮店。
【髮妻】fàqī ㄈㄚˋ ㄑㄧ 指第一次娶的妻子（古詩'結髮為夫妻'，結髮指初成年）。
【髮卡】fàqiǎ ㄈㄚˋ ㄑㄧㄚˇ 婦女用來別頭髮的卡子。
【髮式】fàshì ㄈㄚˋ ㄕˋ 頭髮梳理成的式樣。
【髮網】fàwǎng ㄈㄚˋ ㄨㄤˇ 婦女罩頭髮用的網子。
【髮型】fàxíng ㄈㄚˋ ㄒㄧㄥˊ 髮式。
【髮指】fàzhǐ ㄈㄚˋ ㄓˇ 頭髮豎起來。形容非常憤怒：令人髮指｜為之髮指。

·fa（·ㄈㄚ）

哦 ·fa ·ㄈㄚ 〈方〉語助詞，相當於'嗎'：番茄要哦？｜夜飯吃過哦？

fān（ㄈㄢ）

帆 fān ㄈㄢ ❶掛在桅杆上的布篷，利用風力使船前進：帆檣｜一帆風順｜揚帆遠航。❷〈書〉指帆船：征帆｜千帆競發。

【帆布】fānbù ㄈㄢ ㄅㄨˋ 用棉紗或亞麻等織成的一種粗厚的布，用來做帳篷、行軍牀、衣服、鞋等。

【帆布牀】fānbùchuáng ㄈㄢ ㄅㄨˋ ㄔㄨㄤˊ 行軍牀。
【帆船】fānchuán ㄈㄢ ㄔㄨㄢˊ 利用風力張帆行駛的船。
【帆檣】fānqiáng ㄈㄢ ㄑㄧㄤˊ 〈書〉船上挂帆的杆子，借指船隻：帆檣林立。

番1 fān ㄈㄢ 指外國或外族：番邦｜番茄｜番薯。

番2 fān ㄈㄢ 量詞。❶種；樣：別有一番天地。❷回；次；遍：思考一番｜幾番周折｜三番五次｜翻了一番(數量加了一倍)。
另見860頁 pān。

【番邦】fānbāng ㄈㄢ ㄅㄤ 舊時指外國或外族。
【番菜】fāncài ㄈㄢ ㄘㄞˋ 西餐的舊稱：番菜館。
【番瓜】fānguā ㄈㄢ ㄍㄨㄚ 〈方〉南瓜。
【番號】fānhào ㄈㄢ ㄏㄠˋ 部隊的編號。
【番椒】fānjiāo ㄈㄢ ㄐㄧㄠ 中藥上指辣椒。
【番茄】fānqié ㄈㄢ ㄑㄧㄝˊ ❶一年生或二年生草本植物，全株有軟毛，花黃色。結漿果，球形或扁圓形，紅或黃色，是普通蔬菜。❷這種植物的果實。‖也叫西紅柿。
【番薯】fānshǔ ㄈㄢ ㄕㄨˇ 〈方〉甘薯。

蕃〔蕃〕 fān ㄈㄢ 同'番¹'(fān)。
另見315頁 fán。

幡(旛) fān ㄈㄢ 一種窄長的旗子，垂直懸挂。

【幡兒】fānr ㄈㄢㄦ 舊俗出殯時舉的窄長像幡的東西，多用白紙剪成。也叫引魂幡。
【幡然】fānrán ㄈㄢ ㄖㄢˊ 同'翻然'。
【幡子】fān·zi ㄈㄢ ·ㄗ 〈方〉幡兒。

藩〔藩〕 fān ㄈㄢ ❶籬笆：藩籬。❷〈書〉屏障：屏藩。❸封建王朝的屬國或屬地：藩國｜外藩。

【藩國】fānguó ㄈㄢ ㄍㄨㄛˊ 封建時代作為宗主國藩屬的國家。
【藩籬】fānlí ㄈㄢ ㄌㄧˊ 籬笆。比喻門戶或屏障。
【藩屬】fānshǔ ㄈㄢ ㄕㄨˇ 封建王朝的屬地或屬國。
【藩鎮】fānzhèn ㄈㄢ ㄓㄣˋ 唐代中期在邊境和重要地區設節度使，掌管當地的軍政，後來權力逐漸擴大，兼管民政、財政，形成軍人割據，常與朝廷對抗，歷史上叫做藩鎮。

翻 fān ㄈㄢ ❶上下或內外交換位置；歪倒；反轉：推翻｜翻身｜車翻了｜人仰馬翻。❷為了尋找而移動上下物體的位置：翻箱倒櫃｜從箱子底下翻出來一條舊圍巾。❸推翻原來的：翻供｜翻案。❹爬過；越過：翻牆而過｜翻山越嶺。❺(數量)成倍地增加：翻番｜翻了幾倍。❻翻譯：把德文翻成中文。❼(翻兒)翻臉：鬧翻了｜把他惹翻了。

【翻案】fān∥àn ㄈㄢ∥ㄢˋ ❶推翻原定的判決：為蒙冤者翻案。❷泛指推翻原來的處分、結論、評價等：翻案文章。
【翻把】fān∥bǎ ㄈㄢ∥ㄅㄚˇ 〈方〉❶敵對的一方被打敗以後重佔上風。也說反把。❷不承認說過的話；不認賬。
【翻白眼】fān báiyǎn ㄈㄢ ㄅㄞˊ ㄧㄢˇ (翻白眼兒)黑眼珠偏斜，露出較多的眼白，是為難、失望、憤恨或不滿時眼睛的表情，有時是病勢危險時的生理現象。
【翻版】fānbǎn ㄈㄢ ㄅㄢˇ ❶翻印的版本。❷比喻照搬、照抄或生硬模仿的行為。
【翻本】fānběn ㄈㄢ ㄅㄣˇ (翻本兒)賭博時贏回已經輸掉的錢。
【翻茬】fān∥chá ㄈㄢ∥ㄔㄚˊ 農作物收割後進行淺耕，將留下的莖和根翻入土中。
【翻場】fān∥cháng ㄈㄢ∥ㄔㄤˊ 翻動攤曬在場上的農作物，使乾得快，容易脫粒。
【翻車】fān∥chē ㄈㄢ∥ㄔㄜ ❶車輛翻覆：發生一起翻車事故。❷比喻事情中途受挫或失敗。
【翻車】fānchē ㄈㄢ ㄔㄜ 〈方〉水車。
【翻船】fān∥chuán ㄈㄢ∥ㄔㄨㄢˊ ❶船隻翻覆。❷比喻事情中途受挫或失敗：奪魁呼聲最高的北京隊在半決賽中翻船。
【翻動】fāndòng ㄈㄢ ㄉㄨㄥˋ 改變原來的位置或樣子：翻動身子｜要勤翻動，免得受熱不均。
【翻斗】fāndǒu ㄈㄢ ㄉㄡˇ 指可以翻轉的、形狀略像斗的車廂：翻斗車。
【翻番】fān∥fān ㄈㄢ∥ㄈㄢ 數量加倍：鑽井速度翻番｜這個縣工農業總產值十年翻了兩番。
【翻覆】fānfù ㄈㄢ ㄈㄨˋ ❶翻①：車輛翻覆。❷巨大而徹底的變化：天地翻覆。❸來回翻動身體：夜間翻覆不成眠。❹〈書〉反復。
【翻改】fāngǎi ㄈㄢ ㄍㄞˇ 把舊的衣服拆開另行改做：翻改大衣。
【翻蓋】fāngài ㄈㄢ ㄍㄞˋ 把舊的房屋拆除後重新建造。
【翻跟頭】fān gēn·tou ㄈㄢ ㄍㄣ ·ㄊㄡ ❶身體向下翻轉而後恢復原狀。❷比喻受挫。
【翻個兒】fān∥gèr ㄈㄢ∥ㄍㄜㄦˋ 翻過來；顛倒過來：場上曬的麥子該翻個兒了。
【翻工】fān∥gōng ㄈㄢ∥ㄍㄨㄥ 〈方〉返工。
【翻供】fān∥gòng ㄈㄢ∥ㄍㄨㄥˋ 推翻自己以前所供認的話。
【翻滾】fāngǔn ㄈㄢ ㄍㄨㄣˇ ❶上下滾動；翻騰：白浪翻滾｜烏雲翻滾◇樁樁往事在腦子裏翻滾。❷來回翻身打滾兒；翻轉滾動：兩個人扭打起來，滿地翻滾。
【翻黃】fānhuáng ㄈㄢ ㄏㄨㄤˊ 竹黃。也作翻簧。
【翻悔】fānhuǐ ㄈㄢ ㄏㄨㄟˇ 對以前允諾的事後悔而不承認：這件事原是他親口答應的，如今卻翻悔不認賬了。
【翻檢】fānjiǎn ㄈㄢ ㄐㄧㄢˇ 翻動查看(書籍、文件等)：翻檢詞典｜翻檢資料。
【翻建】fānjiàn ㄈㄢ ㄐㄧㄢˋ 翻蓋：翻建危房。
【翻江倒海】fān jiāng dǎo hǎi ㄈㄢ ㄐㄧㄤ ㄉㄠˇ

ㄏㄞˇ 形容水勢浩大，多用來比喻力量或聲勢非常壯大。也説倒海翻江。

【翻漿】fān//jiāng ㄈㄢ//ㄐㄧㄤ 春暖解凍的時候，地面或道路表面發生裂紋並滲出水分和泥漿。

【翻捲】fānjuǎn ㄈㄢ ㄐㄩㄢˇ 上下翻動：紅旗翻捲｜雪花在空中翻捲｜船尾翻捲着層層浪花。

【翻刻】fānkè ㄈㄢ ㄎㄜˋ 按照原版重新雕版(印刷)：翻刻本｜翻刻重印。

【翻來覆去】fān lái fù qù ㄈㄢ ㄌㄞˊ ㄈㄨˋ ㄑㄩˋ ❶來回翻身：躺在牀上翻來覆去，怎麼也睡不着。❷一次又一次；多次重複：這話已經翻來覆去説過不知多少遍。

【翻臉】fān//liǎn ㄈㄢ//ㄌㄧㄢˇ 對人的態度突然變得不好：翻臉無情｜翻臉不認人｜兩口子從來沒翻過臉。

【翻領】fānlǐng ㄈㄢ ㄌㄧㄥˇ (翻領兒)衣領的一種樣式，領子上部翻轉向外，或全部翻轉向外，領口敞開：翻領襯衫。

【翻錄】fānlù ㄈㄢ ㄌㄨˋ 照原樣重錄磁帶(多指不是原出版者重錄)。

【翻毛】fānmáo ㄈㄢ ㄇㄠˊ (翻毛兒)❶毛皮的毛朝外的：翻毛大衣。❷皮革的反面朝外的：翻毛皮鞋。

【翻弄】fānnòng ㄈㄢ ㄋㄨㄥˋ 來回翻動：他心不在焉地翻弄着報紙。

【翻拍】fānpāi ㄈㄢ ㄆㄞ 以圖片、文稿等為對象拍攝複製：翻拍照片｜翻拍文件。

【翻皮】fānpí ㄈㄢ ㄆㄧˊ 翻毛。

【翻然】fānrán ㄈㄢ ㄖㄢˊ 很快而徹底地(改變)：翻然改進｜翻然悔悟。也作幡然。

【翻砂】fānshā ㄈㄢ ㄕㄚ ❶鑄工①的通稱。❷製造砂型。

【翻曬】fānshài ㄈㄢ ㄕㄞˋ 在陽光下翻動物體使吸收光和熱：翻曬糧食｜翻曬被褥。

【翻身】fān//shēn ㄈㄢ//ㄕㄣ ❶躺着轉動身體。❷比喻從受壓迫、受剝削的情況下解放出來：翻身戶｜翻身作主。❸比喻改變落後面貌或不利處境：只有進行改革，我廠的生產才能翻身。❹〈方〉轉身；回身。

【翻騰】fān·téng ㄈㄢ ·ㄊㄥˊ ❶上下滾動：波浪翻騰◇許多問題在他腦子裏像滾了鍋一樣翻騰着。❷翻動：幾個櫃子都翻騰到了，也沒找到那件衣服◇那些事兒，不去翻騰也好。

【翻天】fān//tiān ㄈㄢ//ㄊㄧㄢ ❶形容吵鬧得很兇：吵翻天｜鬧翻了天。❷比喻造反。

【翻天覆地】fān tiān fù dì ㄈㄢ ㄊㄧㄢ ㄈㄨˋ ㄉㄧˋ ❶形容變化巨大而徹底：農村面貌有了翻天覆地的變化。❷形容鬧得很兇：這一鬧，把家鬧得個翻天覆地。

【翻胃】fān//wèi ㄈㄢ//ㄨㄟˋ 見318頁〖反胃〗。

【翻箱倒櫃】fān xiāng dǎo guì ㄈㄢ ㄒㄧㄤ ㄉㄠˇ ㄍㄨㄟˋ 形容徹底地翻檢、搜查。也説翻箱倒篋(qiè)。

【翻新】fānxīn ㄈㄢ ㄒㄧㄣ ❶把舊的東西拆了重做(多指衣服)。❷從舊的變化出新的：手法翻新｜花樣翻新。

【翻修】fānxiū ㄈㄢ ㄒㄧㄡ 把舊的房屋、道路等拆除後就原有規模重建。

【翻譯】fānyì ㄈㄢ ㄧˋ ❶把一種語言文字的意義用另一種語言文字表達出來(也指方言與民族共同語、方言與方言、古代語與現代語之間一種用另一種表達)；把代表語言文字的符號或數碼用語言文字表達出來：翻譯外國小説｜把密碼翻譯出來。❷做翻譯工作的人：他當過三年翻譯。

【翻印】fānyìn ㄈㄢ ㄧㄣˋ 照原樣重印書刊、圖畫等(多指不是原出版者重印)：版權所有，翻印必究。

【翻涌】fānyǒng ㄈㄢ ㄩㄥˇ (雲、水等)上下滾動；翻騰：波濤翻涌◇熱血翻涌｜思緒翻涌。

【翻越】fānyuè ㄈㄢ ㄩㄝˋ 越過；跨過：翻越山嶺｜翻越障礙物。

【翻閱】fānyuè ㄈㄢ ㄩㄝˋ 翻着看(書籍、文件等)：翻閱雜誌。

【翻雲覆雨】fān yún fù yǔ ㄈㄢ ㄩㄣˊ ㄈㄨˋ ㄩˇ 唐杜甫詩《貧交行》：'翻手作雲覆手雨，紛紛輕薄何須數。'後來用'翻雲覆雨'比喻反復無常或玩弄手段。

【翻造】fānzào ㄈㄢ ㄗㄠˋ 拆除舊的重新建造；翻蓋。

繙(缙) fān ㄈㄢ 同'翻'⑥。另見316頁 fán。

飜(飒) fān ㄈㄢ 〈書〉同'帆'。

飜 fān ㄈㄢ 同'翻'。

fán (ㄈㄢˊ)

凡[1](凢) fán ㄈㄢˊ ❶平凡：凡庸｜自命不凡。❷宗教迷信和神話故事中稱人世間：思凡｜天仙下凡。

凡[2](凢) fán ㄈㄢˊ ❶凡是：凡年滿十八歲公民都有選舉權與被選舉權。❷〈書〉總共：不知凡幾｜全書凡二十卷。❸〈書〉大概；要略：大凡｜發凡起例。

凡[3](凢) fán ㄈㄢˊ 我國民族音樂音階上的一級，樂譜上用做記音符號，相當於簡譜的'4'。參看392頁〖工尺〗。

【凡塵】fánchén ㄈㄢˊ ㄔㄣˊ 佛教、道教或神話故事中指人世間；塵世。

【凡爾丁】fán'ěrdīng ㄈㄢˊ ㄦˇ ㄉㄧㄥ 一種平紋單色毛織品，常用綫做經、紗做緯織成，質地薄而挺括，適宜於做夏季服裝。[英 valetin]

【凡夫】fánfū ㄈㄢˊ ㄈㄨ 凡人：凡夫俗子。

【凡例】fánlì ㄈㄢˊ ㄌㄧˋ 書前關於本書體例的

說明。

【凡人】fánrén ㄈㄢˊ ㄖㄣˊ ❶平常的人：凡人瑣事。❷指塵世的人(區別於'神仙')。

【凡士林】fánshìlín ㄈㄢˊ ㄕˋ ㄌㄧㄣˊ 石蠟和重油的混合物，半透明，半固態，淡黃色，精煉後成純白色。醫藥上用來製油膏，工業上用做防銹劑和潤滑劑。也叫礦脂。[英 vaseline]

【凡事】fánshì ㄈㄢˊ ㄕˋ 不論甚麼事情：凡事多跟群眾商量總有好處。

【凡是】fánshì ㄈㄢˊ ㄕˋ 總括某個範圍內的一切：凡是新生的事物總是在同舊事物的鬥爭中成長起來的。

【凡俗】fánsú ㄈㄢˊ ㄙㄨˊ 平凡庸俗；平常：不同凡俗｜流於凡俗。

【凡響】fánxiǎng ㄈㄢˊ ㄒㄧㄤˇ 平凡的音樂：不同凡響｜非同凡響。

【凡心】fánxīn ㄈㄢˊ ㄒㄧㄣ 僧道指對塵世的思念、留戀之心。

【凡庸】fányōng ㄈㄢˊ ㄩㄥ 平平常常；普普通通(多形容人)：才能凡庸｜凡庸之輩。

氾 Fán ㄈㄢˊ 姓。
另見320頁 fàn。

釩(钒) fán ㄈㄢˊ 金屬元素，符號 V (vanadium)。銀白色，質硬，耐腐蝕，用來製造合金鋼等。

煩(烦) fán ㄈㄢˊ ❶煩悶：煩惱｜心煩意亂。❷厭煩：耐煩｜這些話都聽煩了。❸又多又亂：煩雜｜要言不煩。❹煩勞：有事相煩｜煩您給帶個信兒。

【煩勞】fánláo ㄈㄢˊ ㄌㄠˊ 敬辭，表示請託：煩勞您順便給我們捎個信兒去。

【煩亂】fánluàn ㄈㄢˊ ㄌㄨㄢˋ ❶(心情)煩躁不安：心裏煩亂極了，不知幹甚麼好。❷同'繁亂'。

【煩悶】fánmèn ㄈㄢˊ ㄇㄣˋ 心情不暢快。

【煩難】fánnán ㄈㄢˊ ㄋㄢˊ 同'繁難'。

【煩惱】fánnǎo ㄈㄢˊ ㄋㄠˇ 煩悶苦惱：自尋煩惱｜不必為區區小事而煩惱。

【煩請】fánqǐng ㄈㄢˊ ㄑㄧㄥˇ 敬辭，表示請求：煩請光臨。

【煩擾】fánrǎo ㄈㄢˊ ㄖㄠˇ ❶攪擾：他太累了，我實在不忍心再煩擾他。❷因受攪擾而心煩。

【煩人】fánrén ㄈㄢˊ ㄖㄣˊ 使人心煩或厭煩：煩人的毛毛雨下起來沒完沒了。

【煩冗】fánrǒng ㄈㄢˊ ㄖㄨㄥˇ ❶(事務)繁雜。❷(文章)煩瑣冗長。‖也作繁冗。

【煩瑣】fánsuǒ ㄈㄢˊ ㄙㄨㄛˇ 繁雜瑣碎：手續煩瑣｜煩瑣的考據。也作繁瑣。

【煩囂】fánxiāo ㄈㄢˊ ㄒㄧㄠ (聲音)嘈雜擾人：煩囂的集市｜這裏煩囂的聲音一點也聽不到了，只有樹葉在微風中沙沙作響。

【煩心】fánxīn ㄈㄢˊ ㄒㄧㄣ ❶使心煩：別談這些煩心的事情了。❷〈方〉費心；操心：孩子太淘氣，真讓人煩心。

【煩言】fányán ㄈㄢˊ ㄧㄢˊ 〈書〉❶氣憤或不滿的話：嘖有煩言｜心無結怨，口無煩言。❷煩瑣的話：煩言碎辭。也作繁言。

【煩憂】fányōu ㄈㄢˊ ㄧㄡ 煩惱憂愁。

【煩雜】fánzá ㄈㄢˊ ㄗㄚˊ 同'繁雜'。

【煩躁】fánzào ㄈㄢˊ ㄗㄠˋ 煩悶急躁：煩躁不安。

墦 fán ㄈㄢˊ 〈書〉墳墓。

蕃〔蕃〕 fán ㄈㄢˊ 〈書〉❶(草木)茂盛：蕃茂｜蕃昌。❷繁殖：蕃息｜蕃孳。
另見313頁 fān。

【蕃息】fánxī ㄈㄢˊ ㄒㄧ 〈書〉滋生眾多；繁殖增多：萬物蕃息。

【蕃衍】fányǎn ㄈㄢˊ ㄧㄢˇ 同'繁衍'。

樊 fán ㄈㄢˊ ❶〈書〉籬笆：樊籬。❷(Fán)姓。

【樊籬】fánlí ㄈㄢˊ ㄌㄧˊ 籬笆。比喻對事物的限制：衝破舊禮教的樊籬。

【樊籠】fánlóng ㄈㄢˊ ㄌㄨㄥˊ 關鳥獸的籠子。比喻受束縛而不自由的境地。

璠 fán ㄈㄢˊ 〈書〉美玉。

膰 fán ㄈㄢˊ 古代祭祀所用的熟肉。

燔 fán ㄈㄢˊ 〈書〉❶焚燒：燔燒。❷烤：燔之炙之。

繁(緐) fán ㄈㄢˊ ❶繁多；複雜(跟'簡'相對)：紛繁｜繁雜｜繁星｜刪繁就簡。❷繁殖(牲畜)：自繁自養。
另見892頁 Pó。

【繁本】fánběn ㄈㄢˊ ㄅㄣˇ 有多種版本的著作中內容、文字較多的版本；改寫成簡本或縮寫本所根據的原本。

【繁博】fánbó ㄈㄢˊ ㄅㄛˊ (引證)多而廣泛。

【繁多】fánduō ㄈㄢˊ ㄉㄨㄛ (種類)多；豐富：花色繁多｜品種繁多｜名目繁多。

【繁複】fánfù ㄈㄢˊ ㄈㄨˋ 多而複雜：手續繁複｜繁複的組織工作。

【繁花】fánhuā ㄈㄢˊ ㄏㄨㄚ 繁茂的花；各種各樣的花：繁花似錦｜萬紫千紅，繁花怒放。

【繁華】fánhuá ㄈㄢˊ ㄏㄨㄚˊ (城鎮、街市)繁榮熱鬧：王府井是北京繁華的商業街。

【繁麗】fánlì ㄈㄢˊ ㄌㄧˋ (辭藻)豐富華麗。

【繁亂】fánluàn ㄈㄢˊ ㄌㄨㄢˋ (事情)多而雜亂：頭緒繁亂。也作煩亂。

【繁忙】fánmáng ㄈㄢˊ ㄇㄤˊ 事情多，不得空：工作繁忙。

【繁茂】fánmào ㄈㄢˊ ㄇㄠˋ (草木)繁密茂盛：花木繁茂｜枝葉繁茂，蒼翠欲滴。

【繁密】fánmì ㄈㄢˊ ㄇㄧˋ 多而密：人口繁密｜繁

密的樹林｜繁密的鞭炮聲。

【繁難】fánnán ㄈㄢˊ ㄋㄢˊ 複雜困難：工作繁難｜遇到了繁難的事。也作煩難。

【繁鬧】fánnào ㄈㄢˊ ㄋㄠˋ 繁榮熱鬧：昔日偏僻的漁村，如今已是繁鬧的市鎮。

【繁榮】fánróng ㄈㄢˊ ㄖㄨㄥˊ ❶(經濟或事業)蓬勃發展；昌盛：經濟繁榮｜把祖國建設得繁榮富強。❷使繁榮：繁榮經濟｜繁榮文化藝術事業。

【繁冗】fánrǒng ㄈㄢˊ ㄖㄨㄥˇ 同'煩冗'。

【繁縟】fánrù ㄈㄢˊ ㄖㄨˋ 〈書〉多而瑣碎：禮儀繁縟。

【繁盛】fánshèng ㄈㄢˊ ㄕㄥˋ ❶繁榮興盛：這個城市越來越繁盛了。❷繁密茂盛：花草繁盛。

【繁瑣】fánsuǒ ㄈㄢˊ ㄙㄨㄛˇ 同'煩瑣'。

【繁體】fántǐ ㄈㄢˊ ㄊㄧˇ ❶筆畫未經簡化的：繁體字。❷指繁體字：'车'的繁體是'車'。

【繁體字】fántǐzì ㄈㄢˊ ㄊㄧˇ ㄗˋ 已有簡化字代替的漢字，例如'禮'是'礼'的繁體字。參看563頁〖簡化漢字〗。

【繁文縟節】fán wén rù jié ㄈㄢˊ ㄨㄣˊ ㄖㄨˋ ㄐㄧㄝˊ 煩瑣而不必要的禮節，也比喻其他煩瑣多餘的事項。也說繁文縟禮。

【繁蕪】fánwú ㄈㄢˊ ㄨˊ (文字等)繁多蕪雜。

【繁星】fánxīng ㄈㄢˊ ㄒㄧㄥ 多而密的星星：繁星點點｜繁星滿天。

【繁言】fányán ㄈㄢˊ ㄧㄢˊ 同'煩言'②。

【繁衍】fányǎn ㄈㄢˊ ㄧㄢˇ 逐漸增多或增廣：子孫繁衍｜繁衍生息。也作蕃衍。

【繁育】fányù ㄈㄢˊ ㄩˋ 繁殖培育：繁育蝦苗｜繁育優良品種。

【繁雜】fánzá ㄈㄢˊ ㄗㄚˊ (事情)多而雜亂：內容繁雜｜繁雜的家務勞動。也作煩雜。

【繁徵博引】fán zhēng bó yǐn ㄈㄢˊ ㄓㄥ ㄅㄛˊ ㄧㄣˇ 形容論證時大量引用材料。

【繁殖】fánzhí ㄈㄢˊ ㄓˊ 生物產生新的個體，以傳代。

【繁重】fánzhòng ㄈㄢˊ ㄓㄨㄥˋ (工作、任務)多而重：機械化取代了繁重的體力勞動。

繙(𰬸) fán ㄈㄢˊ ［繙帑］(fányuān ㄈㄢˊ ㄩㄢ)〈書〉❶風吹擺動的樣子。❷亂取。

另見314頁 fān。

蹯 fán ㄈㄢˊ 〈書〉獸足：熊蹯(熊掌)。

蘩〔蘩〕 fán ㄈㄢˊ 〈書〉白蒿。

礬(矾) fán ㄈㄢˊ 泛稱某些金屬硫酸鹽的含水複鹽，如明礬、膽礬、綠礬。

鷭(𫛭) fán ㄈㄢˊ 鳥，外形略像雞，身體黑灰色或黑褐色，前額有紅色塊狀物。生活在沼澤或河、湖岸邊，捕食昆蟲、小魚等。

fǎn (ㄈㄢˇ)

反 fǎn ㄈㄢˇ ❶顛倒的；方向相背的(跟'正'相對)：適得其反｜絨衣穿反了。❷(對立面)轉換；翻過來：易如反掌｜反敗為勝｜物極必反。❸回；還：反光｜反攻｜反問。❹反抗；反對：反霸｜反封建｜反法西斯。❺背叛：反叛｜官逼民反。❻指反革命、反動派：鎮反｜有反必肅。❼類推：舉一反三。❽反而；相反地：他遇到困難，不但沒有氣餒，反更堅強起來。❾用在反切後頭，表示前兩字是注音用的反切。如'塑，桑故反'。參看〖反切〗。

【反把】fǎnbǎ ㄈㄢˇ ㄅㄚˇ 〈方〉翻把①。

【反霸】fǎnbà ㄈㄢˇ ㄅㄚˋ ❶指反對霸權主義。❷指反對地方上或行業中的惡霸，特指土地改革運動中清算惡霸地主的罪行。

【反綁】fǎnbǎng ㄈㄢˇ ㄅㄤˇ 兩手綁在背後。

【反比】fǎnbǐ ㄈㄢˇ ㄅㄧˇ ❶兩個事物或一事物的兩個方面，一方發生變化，其另一方隨之起相反的變化，如老年人隨着年齡的增長，體力反而逐漸衰弱，就是反比。❷把一個比的前項作為後項，後項作為前項，所構成的比和原來的比互為反比。如9：3和3：9互為反比。

【反比例】fǎnbǐlì ㄈㄢˇ ㄅㄧˇ ㄌㄧˋ 兩個量(a和b)，如果其中的一個量(a)擴大到若干倍，另一個量(b)反而縮小到原來的若干分之一，或一個量(a)縮小到原來的若干分之一，另一個量(b)反而擴大到若干倍，這兩個量的變化關係叫做反比例，記作 $a\propto\frac{1}{b}$。

【反駁】fǎnbó ㄈㄢˇ ㄅㄛˊ 說出自己的理由，來否定別人跟自己不同的理論或意見。

【反哺】fǎnbǔ ㄈㄢˇ ㄅㄨˇ 傳說雛烏長大後，銜食餵母烏。比喻子女長大奉養父母：反哺之情。

【反側】fǎncè ㄈㄢˇ ㄘㄜˋ 〈書〉❶(身體)翻來覆去，形容睡臥不安：輾轉反側。❷不順從；不安定：反側之民。❸反復無常：天命反側。

【反差】fǎnchā ㄈㄢˇ ㄔㄚ ❶照片、底片或景物等黑白對比的差異。❷指人或事物優劣、美醜等方面對比的差異：今指對比，反差強烈。

【反常】fǎncháng ㄈㄢˇ ㄔㄤˊ 跟正常的情況不同：天氣反常｜態度反常｜反常現象｜反常心理。

【反襯】fǎnchèn ㄈㄢˇ ㄔㄣˋ 從反面來襯托：對英雄的讚美就反襯着對懦夫的嘲諷。

【反衝力】fǎnchōnglì ㄈㄢˇ ㄔㄨㄥ ㄌㄧˋ 與衝力方向相反的作用力。

【反芻】fǎnchú ㄈㄢˇ ㄔㄨˊ ❶偶蹄類的某些動物

把粗粗咀嚼後嚥下去的食物再反回到嘴裏細細咀嚼，然後再嚥下。通稱倒嚼(dǎojiào)。❷比喻對過去的事物反復地追憶、回味。

【反串】fǎnchuàn ㄈㄢˇ ㄔㄨㄢˋ 戲曲演員臨時扮演自己行當以外的角色。

【反唇相譏】fǎn chún xiāng jī ㄈㄢˇ ㄔㄨㄣˊ ㄒㄧㄤ ㄐㄧ 受到指責不服氣而反過來譏諷對方(《漢書·賈誼傳》原作'反唇而相稽'，稽：計較)。

【反倒】fǎndào ㄈㄢˇ ㄉㄠˋ 反而：讓他走慢點兒，他反倒加快了腳步｜好心幫助他，反倒落下許多埋怨。

【反調】fǎndiào ㄈㄢˇ ㄉㄧㄠˋ 指相反的觀點、言論：唱反調。

【反動】fǎndòng ㄈㄢˇ ㄉㄨㄥˋ ❶指思想上或行動上維護舊制度，反對進步，反對革命：反動階級｜思想反動。❷相反的作用：從歷史來看，黨八股是對於五四運動的一個反動。

【反動派】fǎndòngpài ㄈㄢˇ ㄉㄨㄥˋ ㄆㄞˋ 反對進步、反對革命事業的集團或分子。

【反對】fǎnduì ㄈㄢˇ ㄉㄨㄟˋ 不贊成；不同意：反對侵略｜反對平均主義｜有反對的意見沒有？

【反對黨】fǎnduìdǎng ㄈㄢˇ ㄉㄨㄟˋ ㄉㄤˇ 某些國家中的在野黨。

【反而】fǎn'ér ㄈㄢˇ ㄦˊ 連詞，表示跟上文意思相反或出乎預料和常情：風不但沒停，反而越來越大了｜你太拘禮了，反而弄得大家不方便。

【反方】fǎnfāng ㄈㄢˇ ㄈㄤ 指辯論中對某一論斷持相反意見的一方(跟'正方'相對)。

【反覆】fǎnfù ㄈㄢˇ ㄈㄨˋ ❶一遍又一遍；多次重複：反覆思考｜反覆實踐。❷顛過來倒過去；翻悔：反覆無常｜說一是一，說二是二，決不反覆。❸重複的情況：鬥爭往往會有反覆。

【反感】fǎngǎn ㄈㄢˇ ㄍㄢˇ 反對或不滿的情緒：你這樣說話容易引起他們的反感。

【反戈】fǎngē ㄈㄢˇ ㄍㄜ 掉轉兵器的鋒芒(進行反擊)，多用於比喻：反戈一擊。

【反革命】fǎngémìng ㄈㄢˇ ㄍㄜˊ ㄇㄧㄥˋ ❶與革命政權對立，進行破壞活動，企圖推翻革命政權的：反革命活動｜反革命言論。❷反革命分子：鎮壓反革命。

【反攻】fǎngōng ㄈㄢˇ ㄍㄨㄥ 防禦的一方對進攻的一方實行進攻。

【反攻倒算】fǎngōng dàosuàn ㄈㄢˇ ㄍㄨㄥ ㄉㄠˋ ㄙㄨㄢˋ 指被打倒的地主階級借反革命勢力反過來打擊農民，奪取經革命政權分配給農民的土地、財產等。也指被打倒的階級敵人對群眾實行打擊報復。

【反躬自問】fǎn gōng zì wèn ㄈㄢˇ ㄍㄨㄥ ㄗˋ ㄨㄣˋ 反過來問問自己。也說撫躬自問。

【反光】fǎnguāng ㄈㄢˇ ㄍㄨㄤ ❶使光綫反射：反光鏡｜白牆反光，屋裏顯得很敞亮。❷反射的光綫：雪地上的反光讓人睜不開眼。

【反光燈】fǎnguāngdēng ㄈㄢˇ ㄍㄨㄤ ㄉㄥ 利用反光鏡把強烈的光綫集中照射的燈，主要用在舞台或高大建築物上。

【反話】fǎnhuà ㄈㄢˇ ㄏㄨㄚˋ 故意說的跟自己真正意思相反的話。

【反悔】fǎnhuǐ ㄈㄢˇ ㄏㄨㄟˇ 翻悔：一言為定，決不反悔。

【反擊】fǎnjī ㄈㄢˇ ㄐㄧ 回擊：反擊戰｜奮起反擊。

【反剪】fǎnjiǎn ㄈㄢˇ ㄐㄧㄢˇ 兩手交叉地放在背後或綁在背後。

【反間】fǎnjiàn ㄈㄢˇ ㄐㄧㄢˋ 原指利用敵人的間諜使敵人獲得虛假的情報，後專指用計使敵人內部不團結：反間計。

【反詰】fǎnjié ㄈㄢˇ ㄐㄧㄝˊ 反問。

【反抗】fǎnkàng ㄈㄢˇ ㄎㄤˋ 用行動反對；抵抗：反抗精神｜反抗侵略｜哪裏有壓迫，哪裏就有反抗。

【反客為主】fǎn kè wéi zhǔ ㄈㄢˇ ㄎㄜˋ ㄨㄟˊ ㄓㄨˇ 客人反過來成為主人，多用來比喻變被動為主動。

【反口】fǎnkǒu ㄈㄢˇ ㄎㄡˇ 推翻原來說的話：話已說出，不能反口。

【反饋】fǎnkuì ㄈㄢˇ ㄎㄨㄟˋ ❶把放大器的輸出電路中的一部分能量送回輸入電路中，以增強或減弱輸入訊號的效應。增強輸入訊號效應的叫正反饋；減弱輸入訊號效應的叫負反饋。正反饋常用來產生振盪；負反饋能穩定放大，減少失真，因而廣泛應用於放大器中。❷醫學上指某些生理的或病理的效應反過來影響引起這種效應的原因。起增強作用的叫正反饋；起減弱作用的叫負反饋。❸(信息、反映等)返回：市場銷售情況的信息不斷反饋到工廠。

【反面】fǎnmiàn ㄈㄢˇ ㄇㄧㄢˋ ❶(反面兒)物體上跟正面相反的一面：這塊緞子正面兒是藍地兒黃花兒，反面兒全是藍的。❷壞的、消極的一面(跟'正面'相對)：反面教員｜反面角色。❸事情、問題等的另一面：不但要看問題的正面，還要看問題的反面。

【反面人物】fǎnmiàn rénwù ㄈㄢˇ ㄇㄧㄢˋ ㄖㄣˊ ㄨˋ 指文學藝術作品中反動的、被否定的人物。

【反目】fǎnmù ㄈㄢˇ ㄇㄨˋ 不和睦(多指夫妻)：反目成仇。

【反派】fǎnpài ㄈㄢˇ ㄆㄞˋ 戲劇、電影、電視、小說中的壞人；反面人物。

【反叛】fǎnpàn ㄈㄢˇ ㄆㄢˋ 叛變；背叛：反叛封建禮教。

【反叛】fǎn·pan ㄈㄢˇ ·ㄆㄢ 叛變的人；背叛者。

【反批評】fǎnpīpíng ㄈㄢˇ ㄆㄧ ㄆㄧㄥˊ 針對別人的批評做出的解釋，以表達自己不同的觀點(多指學術論爭)。

【反撲】fǎnpū ㄈㄢˇ ㄆㄨ (猛獸、敵人等)被打退後又撲過來。

【反其道而行之】fǎn qí dào ér xíng zhī ㄈㄢˇ ㄑㄧˊ ㄉㄠˋ ㄦˊ ㄒㄧㄥˊ ㄓ 採取跟對方相反的辦法行事(見於《史記·淮陰侯列傳》)。

【反潛】fǎnqián ㄈㄢˇ ㄑㄧㄢˊ 對潛入一定海域的敵潛艇進行搜索、封鎖、限制或消滅等戰鬥行動。

【反潛機】fǎnqiánjī ㄈㄢˇ ㄑㄧㄢˊ ㄐㄧ 海軍用來搜索和攻擊敵潛艇的飛機。

【反切】fǎnqiè ㄈㄢˇ ㄑㄧㄝˋ 我國傳統的一種注音方法，用兩個字來注另一個字的音，例如‘塑，桑故切(或桑故反)’。被切字的聲母跟反切上字相同(‘塑’字聲母跟‘桑’字聲母相同，都是 s)，被切字的韵母和字調跟反切下字相同(‘塑’字的韵母和字調跟‘故’相同，都是 u 韵母，都是去聲)。

【反求諸己】fǎn qiú zhū jǐ ㄈㄢˇ ㄑㄧㄡˊ ㄓㄨ ㄐㄧˇ 指從自己方面尋找原因或對自己提出要求。

【反射】fǎnshè ㄈㄢˇ ㄕㄜˋ ❶光綫、聲波從一種媒質進入另一種媒質時返回原媒質的現象。❷有機體通過神經系統，對於刺激所發生的反應，如瞳孔隨光刺激的強弱而改變大小，吃東西時分泌唾液。參看1134頁〖條件反射〗、328頁〖非條件反射〗。

【反身】fǎnshēn ㄈㄢˇ ㄕㄣ 轉過身子；轉身：見她反身要走，我急忙攔住。

【反噬】fǎnshì ㄈㄢˇ ㄕˋ 〈書〉反咬。

【反手】fǎn//shǒu ㄈㄢˇ//ㄕㄡˇ ❶反過手來；手放到背後：進了屋反手把門拉上。❷形容事情容易辦到：反手可得。

【反水】fǎn//shuǐ ㄈㄢˇ//ㄕㄨㄟˇ 〈方〉❶叛變。❷反悔；變卦。

【反思】fǎnsī ㄈㄢˇ ㄙ 思考過去的事情，從中總結經驗教訓：反思過去，是為了以後。

【反訴】fǎnsù ㄈㄢˇ ㄙㄨˋ 在同一訴訟中，被告向法院對原告提出的訴訟。

【反鎖】fǎnsuǒ ㄈㄢˇ ㄙㄨㄛˇ 人在屋裏，門由外面鎖上；人在屋外，門由裏面鎖上。

【反彈】fǎntán ㄈㄢˇ ㄊㄢˊ ❶壓緊的彈簧彈回；運動的物體遇到障礙物後向相反的方向彈回。❷比喻價格、行情回升：股市反彈。

【反坦克炮】fǎntǎnkèpào ㄈㄢˇ ㄊㄢˇ ㄎㄜˋ ㄆㄠˋ 彈道低，直射距離大，發射速度快，配有高速穿甲彈的火炮，主要用來射擊坦克和裝甲車輛。舊稱防坦克炮、戰防炮。

【反胃】fǎnwèi ㄈㄢˇ ㄨㄟˋ 指食物嚥下後，胃裏不舒服，噁心甚至嘔吐。也說翻胃。

【反問】fǎnwèn ㄈㄢˇ ㄨㄣˋ ❶反過來對提問的人發問：我等他把所有的問題都提完了，反問他一句，‘你說這些問題該怎麼解決呢？’❷用疑問語氣表達與字面相反的意義，例如‘難道我不想搞好工作？’

【反誣】fǎnwū ㄈㄢˇ ㄨ 不承認對方的揭發指摘，反過來誣告對方。

【反響】fǎnxiǎng ㄈㄢˇ ㄒㄧㄤˇ 回響；反應：她曾經登台演出，反響不一｜此事在報上披露後，在社會上引起強烈反響。

【反省】fǎnxǐng ㄈㄢˇ ㄒㄧㄥˇ 回想自己的思想行動，檢查其中的錯誤：停職反省。

【反咬】fǎnyǎo ㄈㄢˇ ㄧㄠˇ (被控告的人)誣賴控訴人、檢舉人、見證人：反咬一口。

【反義詞】fǎnyìcí ㄈㄢˇ ㄧˋ ㄘˊ 意義相反的詞，如‘高’和‘低’、‘好’和‘壞’、‘成功’和‘失敗’。

【反映】fǎnyìng ㄈㄢˇ ㄧㄥˋ ❶反照，比喻把客觀事物的實質表現出來：這部小說反映了現實的生活和鬥爭。❷把情況、意見等告訴上級或有關部門：把情況反映到縣裏｜他反映的意見值得重視。❸指有機體接受和回答客觀事物影響的活動過程。

【反映論】fǎnyìnglùn ㄈㄢˇ ㄧㄥˋ ㄌㄨㄣˋ 唯物主義的認識論。辯證唯物主義的反映論認為人的感性、理性的全部認識過程都是客觀世界在人腦中的反映。並認為社會實踐是認識的基礎和檢驗真理的標準，反映過程是積極的，能動的，辯證發展着的。

【反應】fǎnyìng ㄈㄢˇ ㄧㄥˋ ❶有機體受到體內或體外的刺激而引起的相應的活動。❷化學反應。❸打針或服藥所引起的嘔吐、發燒、頭痛、腹痛等症狀。❹原子核受到外力作用而發生變化：熱核反應。❺事情所引起的意見、態度或行動：他的演說引起了不同的反應。

【反應堆】fǎnyìngduī ㄈㄢˇ ㄧㄥˋ ㄉㄨㄟ 原子反應堆的簡稱。

【反語】fǎnyǔ ㄈㄢˇ ㄩˇ 反話。

【反照】fǎnzhào ㄈㄢˇ ㄓㄠˋ 光綫反射。也作返照。

【反正】fǎnzhèng ㄈㄢˇ ㄓㄥˋ ❶指復歸於正道：撥亂反正。❷敵方的軍隊或人員投到己方。

【反正】fǎn·zhèng ㄈㄢˇ ·ㄓㄥˋ 副詞。❶表示情況雖然不同而結果並無區別：反正去不去都是一樣｜不管你怎麼說，反正他不答應。❷表示堅決肯定的語氣：你別着急，反正不是甚麼要緊的大事。

【反證】fǎnzhèng ㄈㄢˇ ㄓㄥˋ ❶可以駁倒原論證的證據。❷由證明與論題相矛盾的判斷是不真實的來證明論題的真實性，是一種間接論證。

【反證法】fǎnzhèngfǎ ㄈㄢˇ ㄓㄥˋ ㄈㄚˇ 證明定理的一種方法，先提出和定理中的結論相反的假定，然後從這個假定中得出和已知條件相矛盾的結果來，這樣就否定了原來的假定而肯定了定理。也叫歸謬法。

【反之】fǎnzhī ㄈㄢˇ ㄓ 與此相反；反過來說或反過來做。

【反坐】fǎnzuò ㄈㄢˇ ㄗㄨㄛˋ 指把被誣告的罪名所應得的刑罰加在誣告人身上。

【反作用】fǎnzuòyòng ㄈㄢˇ ㄗㄨㄛˋ ㄩㄥˋ ❶承受作用力的物體對於施力的物體的作用。反作用力和作用力的大小相等，方向相反，並在同一條直綫上。❷相反的作用：填鴨式的教學方法只能起反作用。

返 fǎn ㄈㄢˇ 回：往返｜遣返｜流連忘返｜一去不復返。

【返場】fǎn//chǎng ㄈㄢˇ//ㄔㄤˇ 指演員演完下場後，應觀眾要求，再次上場表演。

【返潮】fǎn//cháo ㄈㄢˇ//ㄔㄠˊ 由於空氣濕度很大或地下水分上升，地面、牆根、糧食、衣物等變得潮濕。

【返程】fǎnchéng ㄈㄢˇ ㄔㄥˊ 歸程；歸途。

【返防】fǎn//fáng ㄈㄢˇ//ㄈㄤˊ （軍隊）回到駐防的地方。

【返工】fǎn//gōng ㄈㄢˇ//ㄍㄨㄥ 因為質量不合要求而重新加工或製作。

【返歸】fǎnguī ㄈㄢˇ ㄍㄨㄟ 回返；回歸：返歸自然。

【返航】fǎn//háng ㄈㄢˇ//ㄏㄤˊ （船、飛機等）駛回或飛回出發的地方。

【返還】fǎnhuán ㄈㄢˇ ㄏㄨㄢˊ 歸還；退還：返還定金。

【返回】fǎnhuí ㄈㄢˇ ㄏㄨㄟˊ 回；回到（原來的地方）。

【返老還童】fǎn lǎo huán tóng ㄈㄢˇ ㄌㄠˇ ㄏㄨㄢˊ ㄊㄨㄥˊ 由衰老恢復青春。

【返聘】fǎnpìn ㄈㄢˇ ㄆㄧㄣˋ 聘請離休、退休人員回原單位繼續工作。

【返璞歸真】fǎn pú guī zhēn ㄈㄢˇ ㄆㄨˊ ㄍㄨㄟ ㄓㄣ 見431頁〖歸真返璞〗。

【返青】fǎn//qīng ㄈㄢˇ//ㄑㄧㄥ 指某些植物的幼苗移栽或越冬後，由黃色轉為綠色並恢復生長。

【返俗】fǎn//sú ㄈㄢˇ//ㄙㄨˊ 還俗。

【返銷】fǎnxiāo ㄈㄢˇ ㄒㄧㄠ ❶把從農村徵購來的糧食再銷售到農村：返銷糧。❷從某個國家或地區進口原料或元器件等，製成產品後再銷售到那個國家或地區。

【返修】fǎnxiū ㄈㄢˇ ㄒㄧㄡ 退給原修理者重新修理；退給出品單位修理：返修率｜這台彩電，先後返修了兩次。

【返照】fǎnzhào ㄈㄢˇ ㄓㄠˋ 同'反照'。

fàn （ㄈㄢˋ）

犯 fàn ㄈㄢˋ ❶抵觸；違犯：犯法｜犯規｜犯忌諱｜眾怒難犯。❷侵犯：進犯｜秋毫無犯｜人不犯我，我不犯人；人若犯我，我必犯人｜井水不犯河水。❸罪犯：主犯｜盜竊犯。❹發作；發生（多指錯誤的或不好的事情）：犯愁｜犯錯誤｜犯脾氣｜他的胃病又犯了。

【犯案】fàn//àn ㄈㄢˋ//ㄢˋ 指作案後被發覺。

【犯病】fàn//bìng ㄈㄢˋ//ㄅㄧㄥˋ 病重新發作：出院後他很注意調養，沒犯過病。

【犯不上】fàn ·bu shàng ㄈㄢˋ ·ㄅㄨ ㄕㄤˋ 犯不着：他不懂事，跟他計較犯不上。

【犯不着】fàn ·bu zháo ㄈㄢˋ ·ㄅㄨ ㄓㄠˊ 不值得：犯不着為這點小事情着急。

【犯愁】fàn//chóu ㄈㄢˋ//ㄔㄡˊ 發愁：現在吃穿不用犯愁了｜孩子上學問題，真叫我犯了愁。

【犯憷】fàn//chù ㄈㄢˋ//ㄔㄨˋ 〈方〉膽怯；畏縮：初上講台，她有點兒犯憷｜不管在甚麼場合，他從沒犯過憷。

【犯得上】fàn ·de shàng ㄈㄢˋ ·ㄉㄜ ㄕㄤˋ 犯得着：一點小事，跟孩子發脾氣犯得上嗎？

【犯得着】fàn ·de zháo ㄈㄢˋ ·ㄉㄜ ㄓㄠˊ 值得（多用於反問）：為這麼點小事犯得着再去麻煩人嗎？

【犯法】fàn//fǎ ㄈㄢˋ//ㄈㄚˇ 違反法律、法令：知法犯法｜誰犯了法都要受到法律的制裁。

【犯規】fàn//guī ㄈㄢˋ//ㄍㄨㄟ 違犯規則、規定：比賽中他有意犯規｜六號隊員犯了規，被罰下場。

【犯諱】fàn//huì ㄈㄢˋ//ㄏㄨㄟˋ ❶舊時指不避尊親或上級的名諱。❷說出忌諱的事或會引起不愉快的字眼兒：這個地方，早晨起來誰要是說'蛇'、'虎'、'鬼'甚麼的，就被認為是犯諱，不吉利。

【犯渾】fàn//hún ㄈㄢˋ//ㄏㄨㄣˊ 說話做事不知輕重，不合情理：我一時犯渾，說話衝撞了您，請您多原諒｜他犯起渾來，誰的話都不聽。

【犯忌】fàn//jì ㄈㄢˋ//ㄐㄧˋ 違犯禁忌：你說的話犯了他的忌｜過去在船上話裏帶'翻'字是犯忌。

【犯賤】fàn//jiàn ㄈㄢˋ//ㄐㄧㄢˋ 行動不自重，顯得輕賤。

【犯節氣】fàn jié·qi ㄈㄢˋ ㄐㄧㄝˊ ·ㄑㄧ 指某些慢性病在季節轉換、天氣有較大變化時發作：我這病犯節氣，立冬以後就喘得利害。

【犯戒】fàn//jiè ㄈㄢˋ//ㄐㄧㄝˋ 違犯戒律。

【犯禁】fàn//jìn ㄈㄢˋ//ㄐㄧㄣˋ 違犯禁令。

【犯困】fàn//kùn ㄈㄢˋ//ㄎㄨㄣˋ 困倦想睡。

【犯難】fàn//nán ㄈㄢˋ//ㄋㄢˊ 感到為難：這件事叫我犯了難｜你有甚麼犯難的事，可以給大家說說。

【犯人】fànrén ㄈㄢˋ ㄖㄣˊ 犯罪的人，特指在押的。

【犯傻】fàn//shǎ ㄈㄢˋ//ㄕㄚˇ 〈方〉❶裝糊塗；裝傻：這事情很清楚，你別犯傻啦。❷做傻事：你怎麼又犯傻了，忘了上次的教訓了？❸發呆：別人都走了，他還坐在那兒犯傻呢。

【犯上】fàn//shàng ㄈㄢˋ//ㄕㄤˋ 觸犯長輩或上級：犯上作亂。

【犯事】fàn//shì ㄈㄢˋ//ㄕˋ 做犯罪或違紀的事。

【犯顏】fànyán ㄈㄢˋ ㄧㄢˊ 〈書〉冒犯君主或尊長的威嚴：犯顏直諫。
【犯疑】fàn∥yí ㄈㄢˋ∥ㄧˊ 起疑心。也說犯疑心。
【犯嘴】fàn∥zuǐ ㄈㄢˋ∥ㄗㄨㄟˇ 〈方〉爭辯；吵架。
【犯罪】fàn∥zuì ㄈㄢˋ∥ㄗㄨㄟˋ 做出犯法的、應受處罰的事。

氾(泛) fàn ㄈㄢˋ 氾濫：黃氾區(黃河氾濫過的地方)。

另見315頁 Fán；'泛' 另見320頁 fàn。

【氾濫】fànlàn ㄈㄢˋ ㄌㄢˋ ❶江河湖泊的水溢出：洪水氾濫｜氾濫成災。❷比喻壞的事物不受限制地流行：不能讓錯誤思想和言行自由氾濫。

范〔范〕 Fàn ㄈㄢˋ 姓。

另見321頁 fàn '範'。

泛(汎) fàn ㄈㄢˋ ❶〈書〉漂浮：泛舟｜泛萍浮梗｜沈渣泛起。❷透出；冒出：臉上泛紅｜泛出香味兒。❸廣泛；一般地：泛論｜泛指。❹膚淺；不深入：浮泛｜空泛。

另見320頁 fàn '氾'。

【泛稱】fànchēng ㄈㄢˋ ㄔㄥ 總稱；統稱。
【泛泛】fànfàn ㄈㄢˋ ㄈㄢˋ ❶不深入：泛泛之交｜泛泛而談｜泛泛地一說。❷普通；平平常常。
【泛神論】fànshénlùn ㄈㄢˋ ㄕㄣˊ ㄌㄨㄣˋ 一種哲學理論，主張神不存在於自然之外，自然便是神的體現。在有些哲學家那裏，曾用泛神論的形式表達唯物主義的自然觀。後來變成企圖調和科學和宗教的唯心主義哲學，認為世界存在於神之中。
【泛酸】fàn∥suān ㄈㄢˋ∥ㄙㄨㄢ 〈方〉指胃酸過多而上涌。
【泛音】fànyīn ㄈㄢˋ ㄧㄣ 一般的樂音都是複音，一個複音中，除去基音(頻率最低的純音)外，所有其餘的純音叫做泛音。也叫陪音。
【泛舟】fànzhōu ㄈㄢˋ ㄓㄡ 〈書〉坐船遊玩：泛舟西湖。

畈 fàn ㄈㄢˋ 〈方〉❶田地(多用於地名)：畈田｜周黨畈(在河南)｜白水畈(在湖北)｜葛畈(在浙江)。❷量詞，用於大片田地：一畈田。

梵 fàn ㄈㄢˋ ❶關於古代印度的：梵語｜梵文。❷關於佛教的：梵剎。［梵 brahmā (清靜)］

【梵唄】fànbài ㄈㄢˋ ㄅㄞˋ 佛教作法事時唸誦經文的聲音：空山梵唄。
【梵剎】fànchà ㄈㄢˋ ㄔㄚˋ 佛寺。
【梵宮】fàngōng ㄈㄢˋ ㄍㄨㄥ 佛寺。
【梵文】fànwén ㄈㄢˋ ㄨㄣˊ 印度古代的一種語言文字。
【梵啞鈴】fànyǎlíng ㄈㄢˋ ㄧㄚˇ ㄌㄧㄥˊ 小提琴。［英 violin］

販(贩) fàn ㄈㄢˋ ❶(商人)買貨：販貨｜販牲口｜販藥材。❷販賣東西的人：小販｜攤販｜商販。

【販毒】fàndú ㄈㄢˋ ㄉㄨˊ 販賣毒品。
【販夫】fànfū ㄈㄢˋ ㄈㄨ 舊時指小販：販夫走卒(舊時泛指社會地位低下的人)。
【販賣】fànmài ㄈㄢˋ ㄇㄞˋ 商人買進貨物再賣出以獲取利潤：販賣乾鮮果品◇打着辯證法的旗號販賣不可知論的哲學觀點。
【販私】fànsī ㄈㄢˋ ㄙ 販賣私貨：嚴厲打擊販私活動。
【販運】fànyùn ㄈㄢˋ ㄩㄣˋ (商人)從甲地買貨運到乙地(出賣)：販運貨物｜短途販運。
【販子】fàn·zi ㄈㄢˋ ·ㄗ 往來各地販賣東西的人(多含貶義)：牲口販子◇戰爭販子。

飯(饭) fàn ㄈㄢˋ ❶煮熟的穀類食品：稀飯｜乾飯。❷特指大米飯：吃飯吃麪都行。❸每天定時吃的食物：早飯｜中飯｜晚飯。

【飯菜】fàncài ㄈㄢˋ ㄘㄞˋ ❶飯和菜。❷下飯的菜(區別於'酒菜')。
【飯店】fàndiàn ㄈㄢˋ ㄉㄧㄢˋ ❶較大而設備好的旅館：北京飯店。❷〈方〉飯館。
【飯館】fànguǎn ㄈㄢˋ ㄍㄨㄢˇ (飯館兒)出售飯菜供人食用的店鋪。
【飯盒】fànhé ㄈㄢˋ ㄏㄜˊ (飯盒兒)用來裝飯菜的盒子，用鋁、不銹鋼等製成。
【飯局】fànjú ㄈㄢˋ ㄐㄩˊ 宴會；聚餐。
【飯口】fànkǒu ㄈㄢˋ ㄎㄡˇ (飯口兒)吃飯的當口兒：一到飯口時間，飯館裏顧客絡繹不絕。
【飯粒】fànlì ㄈㄢˋ ㄌㄧˋ (飯粒兒)飯的顆粒：嘴邊粘着飯粒｜鍋裏還剩幾個飯粒兒。
【飯量】fàn·liàng ㄈㄢˋ ·ㄌㄧㄤˋ 一個人一頓飯能吃的食物的量：飯量小｜飯量增加。
【飯囊】fànnáng ㄈㄢˋ ㄋㄤˊ 裝飯的口袋。比喻沒有用的人：飯囊衣架(比喻庸碌無能的人)。
【飯鋪】fànpù ㄈㄢˋ ㄆㄨˋ (飯鋪兒)規模較小的飯館。
【飯時】fànshí ㄈㄢˋ ㄕˊ 〈方〉指吃早飯、午飯或晚飯的時候。
【飯食】fàn·shi ㄈㄢˋ ·ㄕ (飯食兒)飯和菜(多就質量說)：這裏飯食不錯，花樣多。
【飯廳】fàntīng ㄈㄢˋ ㄊㄧㄥ 專供吃飯用的比較寬敞的房子。
【飯桶】fàntǒng ㄈㄢˋ ㄊㄨㄥˇ 裝飯的桶。比喻只會吃飯而不會做事的人。
【飯碗】fànwǎn ㄈㄢˋ ㄨㄢˇ ❶盛飯的碗。❷(飯碗兒)比喻職業：找飯碗｜鐵飯碗。
【飯轍】fànzhé ㄈㄢˋ ㄓㄜˊ 〈方〉吃飯的門路；維持生活的門路。
【飯莊】fànzhuāng ㄈㄢˋ ㄓㄨㄤ 規模較大的飯館。
【飯桌】fànzhuō ㄈㄢˋ ㄓㄨㄛ (飯桌兒)供吃飯用

的桌子。

範(范) fàn ㄈㄢˋ ❶〈書〉模子：錢範｜鐵範。❷模範；好榜樣：典範｜規範｜示範｜範例。❸範圍：範疇｜就範。❹〈書〉限制：防範。

'范'另見320頁Fàn。

【範本】fànběn ㄈㄢˋ ㄅㄣˇ 可做模範的樣本(多指書畫)：習字範本。

【範疇】fànchóu ㄈㄢˋ ㄔㄡˊ ❶人的思維對客觀事物的普遍本質的概括和反映。各門科學都有自己的一些基本範疇，如化合、分解等，是化學的範疇；商品價值、抽象勞動、具體勞動等，是政治經濟學的範疇；本質和現象、形式和內容、必然性和偶然性等，是唯物辯證法的基本範疇。❷類型；範圍：漢字屬於表意文字的範疇。

【範例】fànlì ㄈㄢˋ ㄌㄧˋ 可以當做典範的事例：我們一個團打垮了敵人三個團，創造了以少勝多的戰鬥範例。

【範圍】fànwéi ㄈㄢˋ ㄨㄟˊ ❶周圍界限：地區範圍｜工作範圍｜活動範圍｜他們談話的範圍很廣，涉及政治、科學、文學等各方面。❷〈書〉限制；概括：縱橫四溢，不可範圍。

【範文】fànwén ㄈㄢˋ ㄨㄣˊ 語文教學中作為學習榜樣的文章：熟讀範文｜講解範文。

【範性】fànxìng ㄈㄢˋ ㄒㄧㄥˋ 見1094頁【塑性】。

嬔 fàn ㄈㄢˋ 〈方〉鳥類下蛋：雞嬔蛋。

fāng (ㄈㄤ)

方1 fāng ㄈㄤ ❶四個角都是 90° 的四邊形或六個面都是方形的六面體：正方｜長方｜方塊字｜這塊木頭是方的。❷乘方：平方｜立方｜2 的 3 次方是 8。❸量詞。a) 用於方形的東西：一方手帕｜兩方臘肉｜三方圖章｜幾方石碑。b) 平方或立方的簡稱，一般指平方米或立方米：鋪地板十五方｜土石方。❹正直：品行方正。❺(Fāng) 姓。

方2 fāng ㄈㄤ ❶方向：東方｜那一方｜四面八方。❷方面：我方｜甲方｜對方｜雙方。❸地方：遠方｜方言｜天各一方。

方3 fāng ㄈㄤ ❶方法：方略｜千方百計｜教導有方。❷(方兒)藥方：驗方｜偏方兒。

方4 fāng ㄈㄤ 〈書〉副詞。❶正在；正當：方興未艾｜來日方長｜方今盛世。❷方才｜：如夢方醒｜年方二十。

【方案】fāng'àn ㄈㄤ ㄢˋ ❶工作的計劃：教學方案｜建廠方案。❷制定的法式：漢語拼音方案。

【方便】fāngbiàn ㄈㄤ ㄅㄧㄢˋ ❶便利：大開方便之門｜北京市的交通很方便｜把方便讓給別人，把困難留給自己。❷使便利；給予便利：方便群眾。❸適宜：這兒說話不方便。❹婉辭，指有富裕的錢：手頭兒不方便。❺婉辭，指大小便：車停一會兒，大家可以方便方便。

【方便麪】fāngbiànmiàn ㄈㄤ ㄅㄧㄢˋ ㄇㄧㄢˋ 烘乾的熟麪條，用開水沖泡，加上調料就可以吃。

【方步】fāngbù ㄈㄤ ㄅㄨˋ 斯斯文文的大而慢的步子：踱方步｜邁方步。

【方才】fāngcái ㄈㄤ ㄘㄞˊ ❶不久以前；剛才：方才的情形，他都知道了。❷副詞，表示時間或條件關係，跟'才'相同而語氣稍重：等到天黑，他方才回來。

【方材】fāngcái ㄈㄤ ㄘㄞˊ 截面呈方形或長方形的木材。也叫方子。

【方程】fāngchéng ㄈㄤ ㄔㄥˊ 含有未知數的等式，如$x+1=3$，$x+1=y+2$。也叫方程式。

【方尺】fāngchǐ ㄈㄤ ㄔˇ ❶一尺見方。❷平方尺。

【方寸】fāngcùn ㄈㄤ ㄘㄨㄣˋ ❶一寸見方：方寸之木。❷平方寸。❸〈書〉指人的內心；心緒：方寸已亂。

【方隊】fāngduì ㄈㄤ ㄉㄨㄟˋ 方形的隊列。

【方法】fāngfǎ ㄈㄤ ㄈㄚˇ 關於解決思想、說話、行動等問題的門路、程序等：工作方法｜學習方法｜思想方法。

【方法論】fāngfǎlùn ㄈㄤ ㄈㄚˇ ㄌㄨㄣˋ ❶關於認識世界、改造世界的根本方法的學說。❷在某一門具體學科上所採用的研究方式、方法的綜合。

【方方面面】fāng fāng miàn miàn ㄈㄤ ㄈㄤ ㄇㄧㄢˋ ㄇㄧㄢˋ 各個方面：要辦好一件事，須要考慮到方方面面的問題。

【方根】fānggēn ㄈㄤ ㄍㄣ 一個數的 n 次冪(n 為大於 1 的整數)等於 a，這個數就是 a 的 n 次方根。如 16 的 4 次方根是 +2 和 −2。簡稱根。

【方技】fāngjì ㄈㄤ ㄐㄧˋ 舊時總稱醫、卜、星、相之類的技術。

【方劑】fāngjì ㄈㄤ ㄐㄧˋ 藥方①。

【方家】fāngjiā ㄈㄤ ㄐㄧㄚ '大方之家'的簡稱，本義是深明大道的人，後多指精通某種學問、藝術的人。

【方將】fāngjiāng ㄈㄤ ㄐㄧㄤ 〈書〉正要。

【方巾氣】fāngjīnqì ㄈㄤ ㄐㄧㄣ ㄑㄧˋ 指思想、言行迂腐的作風習氣(方巾：明代書生日常戴的帽子)。

【方今】fāngjīn ㄈㄤ ㄐㄧㄣ 如今；現時：方今盛世。

【方塊字】fāngkuàizì ㄈㄤ ㄎㄨㄞˋ ㄗˋ 指漢字，因為每個漢字一般佔一個方形面積。

【方框圖】fāngkuàngtú ㄈㄤ ㄎㄨㄤˋ ㄊㄨˊ 表示電路、程序、工藝流程等內在聯繫的圖形。方框內表示各獨立部分的性能、作用等，方框之間用綫連接起來，表示各部分之間的相互關係。簡稱框圖。也叫方塊圖。

【方臘起義】Fāng Là Qǐyì ㄈㄤ ㄌㄚˋ ㄑㄧˇ ㄧˋ 北宋末年（公元1120年）方臘領導的江東（今安徽南部和江西東北部）、兩浙（今浙江全省和江蘇南部）農民起義。

【方里】fānglǐ ㄈㄤ ㄌㄧˇ ❶一里見方。❷平方里。

【方略】fānglüè ㄈㄤ ㄌㄩㄝˋ 全盤的計劃和策略：作戰方略。

【方面】fāngmiàn ㄈㄤ ㄇㄧㄢˋ 就相對的或並列的幾個人或幾個事物之一說，叫方面：優勢是在我們方面，不是在敵人方面｜必須不斷提高農業生產方面的機械化水平。

【方面軍】fāngmiànjūn ㄈㄤ ㄇㄧㄢˋ ㄐㄩㄣ 擔負一個方面作戰任務的軍隊的最高一級編組，轄若干集團軍（兵團）或軍。

【方枘圓鑿】fāng ruì yuán záo ㄈㄤ ㄖㄨㄟˋ ㄩㄢˊ ㄗㄠˊ（'鑿'也有讀 zuò ㄗㄨㄛˋ 的）《楚辭·九辯》：'圓鑿而方枘兮，吾固知其鉏鋙而難入。'意思是說，方榫頭和圓卯眼，兩下合不起來。形容格格不入。也說圓鑿方枘。

【方勝】fāngshèng ㄈㄤ ㄕㄥˋ 古代一種首飾，形狀是由兩個斜方形一部分重疊相連而成，後也泛指這種形狀。

【方始】fāngshǐ ㄈㄤ ㄕˇ 方才②：斟酌再三，方始下筆｜現在種的樹，要過幾年方始見效益。

【方士】fāngshì ㄈㄤ ㄕˋ 古代稱從事求仙、煉丹等活動的人。

【方式】fāngshì ㄈㄤ ㄕˋ 說話做事所採取的方法和形式：工作方式｜批評人要注意方式。

【方術】fāngshù ㄈㄤ ㄕㄨˋ 舊時指醫、卜、星、相、煉丹等技術；方技。

【方外】fāngwài ㄈㄤ ㄨㄞˋ 〈書〉❶中國以外的地方；異域：方外之國。❷塵世之外：方外之人。

【方位】fāngwèi ㄈㄤ ㄨㄟˋ ❶方向。東、南、西、北為基本方位；東北、東南、西北、西南為中間方位。❷方向和位置：下着大雨，辨不清方位。

【方位詞】fāngwèicí ㄈㄤ ㄨㄟˋ ㄘˊ 名詞的一種，是表示方向或位置的詞，分單純的和合成的兩類。單純的方位詞是'上、下、前、後、左、右、東、西、南、北、裏、外、中、內、間、旁'。合成的方位詞由單純的方位詞用下面的方式構成。a) 前邊加'以'或'之'，如'以上、之下'。b) 後邊加'邊、面、頭'，如'前邊、左面、裏頭'。c) 對舉，如'上下、前後、裏外'。d) 其他，如'底下，頭裏、當中'。

【方向】fāngxiàng ㄈㄤ ㄒㄧㄤˋ ❶指東、南、西、北等：在山裏迷失了方向。❷正對的位置；前進的目標：軍隊朝渡口的方向行進。

【方向】fāng·xiang ㄈㄤ ·ㄒㄧㄤ 〈方〉情勢：看方向做事。

【方向舵】fāngxiàngduò ㄈㄤ ㄒㄧㄤˋ ㄉㄨㄛˋ 用來控制飛機向左或向右飛行的片狀裝置，裝在飛機的尾部，和水平面垂直。

【方向盤】fāngxiàngpán ㄈㄤ ㄒㄧㄤˋ ㄆㄢˊ 輪船、汽車等的操縱行駛方向的輪狀裝置。

【方興未艾】fāng xīng wèi ài ㄈㄤ ㄒㄧㄥ ㄨㄟˋ ㄞˋ 事物正在發展，一時不會終止。

【方言】fāngyán ㄈㄤ ㄧㄢˊ 一種語言中跟標準語有區別的、只在一個地區使用的話，如漢語的粵方言、吳方言等。

【方藥】fāngyào ㄈㄤ ㄧㄠˋ 中醫藥方中用的藥。也指方劑。

【方音】fāngyīn ㄈㄤ ㄧㄣ 方言的語音，包括：a) 方言所特有的元音、輔音、聲調，例如作為聲母的舌根鼻音 ng（上海話'牙、我'的聲母）。b) 方言與標準語同有而使用上有分歧的元音、輔音、聲調，例如昆明話把'雨'讀如'椅'，西安話把'稅'讀如'費'等。

【方圓】fāngyuán ㄈㄤ ㄩㄢˊ ❶指周圍：方圓左近的人，他都認識。❷指周圍的長度：方圓幾十里見不到一個人影。❸方形和圓形。比喻一定的規則或標準：不依規矩，不能成方圓。

【方丈】fāngzhàng ㄈㄤ ㄓㄤˋ ❶一丈見方。❷平方丈。

【方丈】fāng·zhang ㄈㄤ ·ㄓㄤ ❶佛寺或道觀中住持住的房間。❷寺院的住持。

【方針】fāngzhēn ㄈㄤ ㄓㄣ 引導事業前進的方向和目標：方針政策｜教育方針。

【方正】fāngzhèng ㄈㄤ ㄓㄥˋ ❶成正方形，不偏不歪：字寫得很方正。❷正直：為人方正｜方正不阿。

【方誌】fāngzhì ㄈㄤ ㄓˋ 記載某一地方的地理、歷史、風俗、教育、物產、人物等情況的書，如縣誌、府誌等。也叫地方誌。

【方舟】[1] fāngzhōu ㄈㄤ ㄓㄡ 〈書〉兩船相並。

【方舟】[2] fāngzhōu ㄈㄤ ㄓㄡ 《聖經》故事中義士諾亞（Noah）為躲避洪水造的長方木櫃形大船。

【方桌】fāngzhuō ㄈㄤ ㄓㄨㄛ 桌面是方形的桌子。

【方子】[1] fāng·zi ㄈㄤ ·ㄗ 方材。也作枋子。

【方子】[2] fāng·zi ㄈㄤ ·ㄗ ❶藥方。❷配方的通稱。

坊

fāng ㄈㄤ ❶里巷（多用於街巷名）：白紙坊（在北京）。❷牌坊：節義坊。

另見323頁 fáng。

【坊本】fāngběn ㄈㄤ ㄅㄣˇ 舊時書坊刻印的書籍的版本。

【坊間】fāngjiān ㄈㄤ ㄐㄧㄢ 街市上（舊時多指書坊）。

芳〔芳〕

fāng ㄈㄤ ❶香：芬芳｜芳草｜芳香。❷花卉：群芳｜眾芳。❸

美好的（德行、名聲）：芳名｜流芳百世。❹〈書〉敬辭，用於對方或跟對方有關的事物：芳鄰。❺（Fāng）姓。

【芳菲】fāngfēi ㄈㄤ ㄈㄟ 〈書〉❶花草的芳香：春草芳菲。❷花草：芳菲滿園，蝶飛燕舞。

【芳鄰】fānglín ㄈㄤ ㄌㄧㄣˊ 〈書〉❶好鄰居。❷敬辭，稱別人的鄰居。

【芳齡】fānglíng ㄈㄤ ㄌㄧㄥˊ 指女子的年齡，一般用於年輕女子。

【芳名】fāngmíng ㄈㄤ ㄇㄧㄥˊ ❶指女子的名字，一般用於年輕女子。❷美好的名聲：芳名永垂。

【芳香】fāngxiāng ㄈㄤ ㄒㄧㄤ 香味（多指花草）：梅花的芳香沁人心脾。

【芳心】fāngxīn ㄈㄤ ㄒㄧㄣ 〈書〉指年輕女子的心。

【芳澤】fāngzé ㄈㄤ ㄗㄜˊ ❶古代婦女潤髮用的有香氣的油，泛指香氣。❷〈書〉借指婦女的風範、容貌。

邡 fāng ㄈㄤ 什邡（Shífāng ㄕˊ ㄈㄤ），地名，在四川。

枋[1] fāng ㄈㄤ 古書上說的一種樹，木材可以做車。

枋[2] fāng ㄈㄤ ❶方柱形的木材。❷〈書〉兩根柱子間起連接作用的方形橫木。

【枋子】fāng·zi ㄈㄤ ·ㄗ ❶同‘方子1’。❷〈方〉棺材。

蚄 fāng ㄈㄤ 見1513頁［蚟蚄］（zǐfāng）。

鈁[1]（钫） fāng ㄈㄤ 金屬元素，符號 Fr (francium)。有放射性。

鈁[2]（钫） fāng ㄈㄤ ❶古代盛酒器皿，青銅製成，方口大腹。❷〈書〉鍋一類的器皿。

fáng（ㄈㄤˊ）

坊 fáng ㄈㄤˊ 小手工業者的工作場所：作坊｜油坊｜染坊｜磨坊｜粉坊。另見322頁 fāng。

妨 fáng ㄈㄤˊ 妨礙：妨害｜不妨事。

【妨礙】fáng'ài ㄈㄤˊ ㄞˋ 使事情不能順利進行；阻礙：大聲說話妨礙別人學習｜這個大櫃子放在過道裏，妨礙走路。

【妨害】fánghài ㄈㄤˊ ㄏㄞˋ 有害於：吸烟妨害健康｜雨水過多，會妨害大豆生長。

防 fáng ㄈㄤˊ ❶防備：預防｜防澇｜以防萬一｜謹防假冒。❷防守；防禦：國防｜邊防｜海防｜佈防。❸堤；擋水的建築物：堤防。❹（Fáng）姓。

【防暴】fángbào ㄈㄤˊ ㄅㄠˋ 防止暴力或暴動：防暴術｜防暴警察｜防暴武器。

【防備】fángbèi ㄈㄤˊ ㄅㄟˋ 做好準備以應付攻擊或避免受害：防備敵人突然襲擊｜路上很滑，走路要小心，防備跌倒。

【防不勝防】fáng bù shèng fáng ㄈㄤˊ ㄅㄨˋ ㄕㄥˋ ㄈㄤˊ 要防備的太多，防備不過來。

【防潮】fángcháo ㄈㄤˊ ㄔㄠˊ ❶防止潮濕：防潮紙｜儲存糧食要注意防潮。❷防備潮水：防潮閘門。

【防除】fángchú ㄈㄤˊ ㄔㄨˊ 預防和消除（害蟲）等：防除白蟻。

【防彈】fángdàn ㄈㄤˊ ㄉㄢˋ 防止子彈射進：防彈服｜防彈玻璃。

【防盜】fángdào ㄈㄤˊ ㄉㄠˋ 防止壞人進行盜竊：防盜門｜節日期間要注意防火防盜。

【防地】fángdì ㄈㄤˊ ㄉㄧˋ （軍隊）防守的地區或地段。

【防凍】fángdòng ㄈㄤˊ ㄉㄨㄥˋ ❶防止遭受凍害：冬貯大白菜要注意防凍。❷防止結冰：防凍劑。

【防毒】fángdú ㄈㄤˊ ㄉㄨˊ 防止毒物對人畜等的危害：防毒面具。

【防毒面具】fángdú miànjù ㄈㄤˊ ㄉㄨˊ ㄇㄧㄢˋ ㄐㄩˋ 戴在頭上，保護呼吸器官、眼睛和面部，免受毒劑、細菌武器和放射性物質傷害的器具。

【防範】fángfàn ㄈㄤˊ ㄈㄢˋ 防備；戒備：對走私活動必須嚴加防範。

【防風林】fángfēnglín ㄈㄤˊ ㄈㄥ ㄌㄧㄣˊ 在乾旱多風的地區，為了降低風速、阻擋風沙而種植的防護林。

【防腐】fángfǔ ㄈㄤˊ ㄈㄨˇ 用藥品等抑制微生物的生長、繁殖，以防止有機體腐爛：防腐劑。

【防寒】fánghán ㄈㄤˊ ㄏㄢˊ 防禦寒冷；防備寒冷的侵害：穿件棉衣，可以防寒｜採取防寒措施，確保苗木安全越冬。

【防洪】fánghóng ㄈㄤˊ ㄏㄨㄥˊ 防備洪水成災：修築堤堰，疏浚河道，防洪防澇。

【防護】fánghù ㄈㄤˊ ㄏㄨˋ 防備和保護：這些精密儀器在運輸途中要嚴加防護。

【防護林】fánghùlín ㄈㄤˊ ㄏㄨˋ ㄌㄧㄣˊ 為了調節氣候，減免水、旱、風、沙等自然災害所營造的林帶或大片森林。

【防患未然】fáng huàn wèi rán ㄈㄤˊ ㄏㄨㄢˋ ㄨㄟˋ ㄖㄢˊ 在事故或災害尚未發生之前採取預防措施。

【防火牆】fánghuǒqiáng ㄈㄤˊ ㄏㄨㄛˇ ㄑㄧㄤˊ 兩所房子之間或者一所房屋的兩個部分之間的厚而高的牆，可以防止火災蔓延。

【防空】fángkōng ㄈㄤˊ ㄎㄨㄥ 為防備敵人空襲而採取各種措施。

【防空洞】fángkōngdòng ㄈㄤˊ ㄎㄨㄥ ㄉㄨㄥˋ ❶為了防備敵人空襲減少損害而挖掘的洞。❷比喻可以掩護壞人、壞思想的事物。

【防空壕】fángkōngháo ㄈㄤˊ ㄎㄨㄥ ㄏㄠˊ 為了防備敵人空襲減少損害而挖掘的壕溝。

【防老】fánglǎo ㄈㄤˊ ㄌㄠˇ 防備年老時供養無着：防老錢｜養兒防老。

【防凌】fánglíng ㄈㄤˊ ㄌㄧㄥˊ 防止解凍的時候冰塊阻塞水道。

【防區】fángqū ㄈㄤˊ ㄑㄩ 防守的區域。

【防身】fángshēn ㄈㄤˊ ㄕㄣ 保護自身不受侵害：防身術。

【防守】fángshǒu ㄈㄤˊ ㄕㄡˇ ❶警戒守衛：防守軍事重鎮。❷在鬥爭或比賽中防備對方進攻：這個隊不僅防守嚴密，而且能抓住機會快速反擊。

【防暑】fángshǔ ㄈㄤˊ ㄕㄨˇ 防止受到暑熱的侵害；預防中暑：防暑茶｜防暑降溫。

【防特】fángtè ㄈㄤˊ ㄊㄜˋ 防止特務活動。

【防微杜漸】fáng wēi dù jiàn ㄈㄤˊ ㄨㄟ ㄉㄨˋ ㄐㄧㄢˋ 在錯誤或壞事萌芽的時候及時制止，不讓它發展。

【防衛】fángwèi ㄈㄤˊ ㄨㄟˋ 防禦和保衛：正當防衛｜加強防衛力量。

【防務】fángwù ㄈㄤˊ ㄨˋ 有關國家安全防禦方面的事務。

【防綫】fángxiàn ㄈㄤˊ ㄒㄧㄢˋ 防禦工事連成的綫：鋼鐵防綫｜突破敵軍防綫。

【防汛】fángxùn ㄈㄤˊ ㄒㄩㄣˋ 在江河漲水的時期採取措施，防止氾濫成災。

【防疫】fángyì ㄈㄤˊ ㄧˋ 預防傳染病：防疫針｜防疫站｜防疫措施。

【防雨布】fángyǔbù ㄈㄤˊ ㄩˇ ㄅㄨˋ 雨水浸不透的紡織品。用緻密的帆布、亞麻布或亞麻和棉的混紡織品浸在防水液體中製成。粗而厚的做遮蓋貨物的苫布，細而薄的用來做雨衣。

【防禦】fángyù ㄈㄤˊ ㄩˋ 抗擊敵人的進攻：防禦戰｜不能消極防禦，要主動進攻。

【防震】fángzhèn ㄈㄤˊ ㄓㄣˋ ❶採取一定的措施或安裝某種裝置，使建築物、機器、儀表等免受震動：防震手錶。❷防備地震：防震棚。

【防止】fángzhǐ ㄈㄤˊ ㄓˇ 預先設法制止（壞事發生）：防止煤氣中毒｜防止交通事故。

【防治】fángzhì ㄈㄤˊ ㄓˋ 預防和治療（疾病、病蟲害等）：防治結核病｜防治蚜蟲。

肪 fáng ㄈㄤˊ 見1466頁〖脂肪〗。

房[1]〔房〕 fáng ㄈㄤˊ ❶房子：一所房｜瓦房｜樓房｜平房。❷房間：卧房｜客房｜書房｜廚房。❸結構和作用像房子的東西：蜂房｜蓮房（蓮蓬）。❹指家族的分支：長房｜堂房｜遠房。❺量詞：兩房兒媳婦。❻二十八宿之一。❼（Fáng）姓。

房[2]〔房〕 fáng ㄈㄤˊ 同‘坊’（fáng）。

【房艙】fángcāng ㄈㄤˊ ㄘㄤ 輪船上乘客住的小房間。

【房產】fángchǎn ㄈㄤˊ ㄔㄢˇ 個人或團體保有所有權的房屋。

【房產主】fángchǎnzhǔ ㄈㄤˊ ㄔㄢˇ ㄓㄨˇ 出租房屋的人。

【房東】fángdōng ㄈㄤˊ ㄉㄨㄥ 出租或出借房屋的人（對‘房客’而言）。

【房改】fánggǎi ㄈㄤˊ ㄍㄞˇ 住房制度改革：房改方案。

【房管】fǎngguǎn ㄈㄤˊ ㄍㄨㄢˇ 房地產管理：房管局｜房管人員。

【房基】fángjī ㄈㄤˊ ㄐㄧ 房屋的地基：房基下沈。

【房間】fángjiān ㄈㄤˊ ㄐㄧㄢ 房子內隔成的各個部分：這套房子有五個房間。

【房客】fángkè ㄈㄤˊ ㄎㄜˋ 租房或借房居住的人（對‘房東’而言）。

【房契】fángqì ㄈㄤˊ ㄑㄧˋ 買賣房屋時所立的契約。

【房錢】fáng·qián ㄈㄤˊ ·ㄑㄧㄢˊ 房租。

【房山】fángshān ㄈㄤˊ ㄕㄢ ❶山牆。❷〈方〉泛指房屋四周的牆：前房山｜後房山。

【房事】fángshì ㄈㄤˊ ㄕˋ 指人性交的事。

【房帖】fángtiě ㄈㄤˊ ㄊㄧㄝˇ （房帖兒）貼在門口或街頭的房屋招租啓事。

【房屋】fángwū ㄈㄤˊ ㄨ 房子（總稱）。

【房檐】fángyán ㄈㄤˊ ㄧㄢˊ （房檐兒）房頂伸出牆外的部分。

【房子】fáng·zi ㄈㄤˊ ·ㄗ 有牆、頂、門、窗，供人居住或做其他用途的建築物。

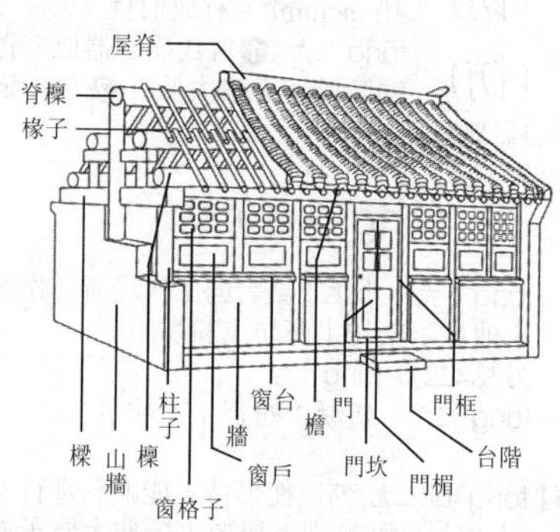

房 子

【房租】fángzū ㄈㄤˊ ㄗㄨ 租房屋的錢。

魴（鲂） fáng ㄈㄤˊ 魚，形狀跟鯿魚相似而較寬，銀灰色，胸部略平，腹部中央隆起。生活在淡水中。

【魴鮄】fángfú ㄈㄤˊ ㄈㄨˊ 魚類的一科，身體略呈圓筒狀，後部稍側扁，頭部有骨質板。生活在海中。

fǎng (ㄈㄤˇ)

仿(倣) fǎng ㄈㄤˇ ❶仿效；效法：仿造｜仿着原樣做了一個。❷類似；像：他長得跟他舅舅相仿。❸依照範本寫的字：判仿｜寫了一張仿。

【仿辦】fǎngbàn ㄈㄤˇ ㄅㄢˋ 仿照辦理：這種做法各地可以仿辦。

【仿單】fǎngdān ㄈㄤˇ ㄉㄢ 介紹商品的性質、用途、使用法的説明書，多附在商品包裝內。

【仿佛】fǎngfú ㄈㄤˇ ㄈㄨˊ ❶似乎；好像：他幹起活來仿佛不知道甚麼是疲倦。❷像；類似：他的模樣還和十年前相仿佛。

【仿古】fǎnggǔ ㄈㄤˇ ㄍㄨˇ 模仿古器物或古藝術品：紫砂仿古陶器｜仿古的唐三彩。

【仿冒】fǎngmào ㄈㄤˇ ㄇㄠˋ 仿造冒充：不法廠商仿冒名牌商品。

【仿若】fǎngruò ㄈㄤˇ ㄖㄨㄛˋ 仿佛；好像：回憶往事，仿若隔世。

【仿生學】fǎngshēngxué ㄈㄤˇ ㄕㄥ ㄒㄩㄝˊ 研究生物系統的結構、功能等，用來改進工程技術系統的科學。如模擬人腦的結構和功能原理，改善電子計算機。

【仿宋】fǎngsòng ㄈㄤˇ ㄙㄨㄥˋ 印刷字體的一種，仿照宋版書上所刻的字體，筆畫粗細均勻，有長、方、扁三體。也叫仿宋體、仿宋字。

【仿效】fǎngxiào ㄈㄤˇ ㄒㄧㄠˋ 模仿(別人的方法、式樣等)：藝術貴在創新，不能一味仿效別人。

【仿行】fǎngxíng ㄈㄤˇ ㄒㄧㄥˊ 仿照實行：這個辦法很好，可以參照仿行。

【仿影】fǎngyǐng ㄈㄤˇ ㄧㄥˇ 練習寫毛筆字的時候，放在仿紙下照着寫的樣字。

【仿造】fǎngzào ㄈㄤˇ ㄗㄠˋ 模仿一定的式樣製造：這些古瓶都是仿造的。

【仿照】fǎngzhào ㄈㄤˇ ㄓㄠˋ 按照已有的方法或式樣去做：仿照辦理｜仿照蘇州園林風格修建花園。

【仿紙】fǎngzhǐ ㄈㄤˇ ㄓˇ 練習拿毛筆寫大字用的紙，多印有格子。

【仿製】fǎngzhì ㄈㄤˇ ㄓˋ 仿造：仿製品。

彷 fǎng ㄈㄤˇ［彷彿］(fǎngfú ㄈㄤˇ ㄈㄨˊ)同'仿佛'。
另見863頁 páng。

昉 fǎng ㄈㄤˇ 〈書〉❶明亮。❷起始。

舫 fǎng ㄈㄤˇ 船：畫舫｜遊舫｜石舫。

紡(纺) fǎng ㄈㄤˇ ❶把絲、麻、棉、毛等纖維擰成紗，或把紗捻成綫：紡紗｜紡綫｜紡棉花。❷比綢子稀而輕、薄的絲織品：杭紡。

【紡車】fǎngchē ㄈㄤˇ ㄔㄜ 手搖或腳踏的有輪子的紡紗或紡綫工具。

【紡綢】fǎngchóu ㄈㄤˇ ㄔㄡˊ 一種平紋絲織品，用生絲織成，質地細軟輕薄，適宜做夏季服裝。

【紡錘】fǎngchuí ㄈㄤˇ ㄔㄨㄟˊ 紡紗工具，是個中間粗兩頭尖的小圓木棒，把棉絮或棉紗的一端固定在上面，紡錘旋轉，就把棉絮紡成紗，或把紗紡成綫。

【紡錠】fǎngdìng ㄈㄤˇ ㄉㄧㄥˋ 見995頁〖紗錠〗。

【紡織】fǎngzhī ㄈㄤˇ ㄓ 把棉、麻、絲、毛等纖維紡成紗或綫，織成布匹、綢緞、呢絨等：紡織廠｜紡織工藝。

【紡織品】fǎngzhīpǐn ㄈㄤˇ ㄓ ㄆㄧㄣˇ 用棉、麻、絲、毛等纖維經過紡織及其複製加工的產品。包括單紗、股綫、機織物、針織物、編織物、氈毯等。

訪(访) fǎng ㄈㄤˇ ❶訪問：訪友｜有客來訪。❷調查；尋求：訪查｜採訪｜明察暗訪。

【訪古】fǎnggǔ ㄈㄤˇ ㄍㄨˇ 尋訪古迹：河套訪古｜訪古尋幽。

【訪舊】fǎngjiù ㄈㄤˇ ㄐㄧㄡˋ 訪問故舊，故地：尋根訪舊。

【訪求】fǎngqiú ㄈㄤˇ ㄑㄧㄡˊ 查訪尋求：訪求善本古籍。

【訪談】fǎngtán ㄈㄤˇ ㄊㄢˊ 訪問並交談：訪談錄｜登門訪談。

【訪問】fǎngwèn ㄈㄤˇ ㄨㄣˋ 有目的地去探望人並跟他談話：訪問先進工作者◇我懷着崇敬的心情，訪問了這座英雄的城市。

【訪尋】fǎngxún ㄈㄤˇ ㄒㄩㄣˊ 打聽尋找；訪求：訪尋失散的親人｜訪尋草藥和良方。

【訪員】fǎngyuán ㄈㄤˇ ㄩㄢˊ 報社外勤記者的舊稱。

髣 fǎng ㄈㄤˇ［髣髴］(fǎngfú ㄈㄤˇ ㄈㄨˊ)同'仿佛'。

fàng (ㄈㄤˋ)

放 fàng ㄈㄤˋ ❶解除約束，使自由：釋放｜把俘虜放回去。❷在一定的時間停止(學習、工作)：放學｜放工。❸放縱：放任｜放聲高歌｜放言高論。❹讓牛羊等在草地上吃草和活動：放牛｜放羊。❺把人驅逐到邊遠的地方：放逐｜流放。❻發出：放槍｜放冷箭｜放光｜玉簪花放出陣陣的清香。❼點燃：放火｜放爆竹。❽借錢給人，收取利息：放債｜放款。❾擴展：放大｜放寬｜上衣的身長要放一寸。❿(花)開：百花齊放。⓫擱置：這件事情不要緊，先放一放。⓬弄倒：上山放樹。⓭使處於一定的位置：把書放在桌子上。⓮加進去：菜裏多放點醬油。⓯控制自己的行動，採取某種態度，達到某種分寸：放明白些｜放穩重些｜腳步放輕些。

【放榜】fàngbǎng ㄈㄤˋ ㄅㄤˇ 發榜。

【放包袱】fàngbāo·fu ㄈㄤˋ ㄅㄠ ·ㄈㄨ 比喻消除思想顧慮。

【放步】fàng//bù ㄈㄤˋ//ㄅㄨˋ 邁開大步：放步前進。

【放黜】fàngchù ㄈㄤˋ ㄔㄨˋ 〈書〉放逐；斥退。

【放達】fàngdá ㄈㄤˋ ㄉㄚˊ 〈書〉言行不受世俗禮法的拘束：縱酒放達｜放達不羈。

【放大】fàngdà ㄈㄤˋ ㄉㄚˋ 使圖像、聲音、功能等變大：放大鏡｜放大器｜放大照片。

【放大鏡】fàngdàjìng ㄈㄤˋ ㄉㄚˋ ㄐㄧㄥˋ 凸透鏡的通稱。

【放大器】fàngdàqì ㄈㄤˋ ㄉㄚˋ ㄑㄧˋ ❶能把輸入訊號的電壓或功率放大的無綫電裝置，由電子管或晶體管、電源變壓器和其他電器元件組成。用在通訊、廣播、雷達、電視、自動控制等各種裝置中。❷畫圖的時候，放大或縮小圖形的用具。也叫放大尺。

【放大紙】fàngdàzhǐ ㄈㄤˋ ㄉㄚˋ ㄓˇ 放大相片的感光紙，上面塗有鹵化銀乳劑，感光程度比印相紙高。

【放貸】fàngdài ㄈㄤˋ ㄉㄞˋ 貸給款項。

【放膽】fàngdǎn ㄈㄤˋ ㄉㄢˇ 放開膽量：你儘管放膽試驗，大家支持你｜他遲疑了一會兒，才放膽走進屋裏。

【放誕】fàngdàn ㄈㄤˋ ㄉㄢˋ 行為放縱，言語荒唐：生性放誕。

【放蕩】fàngdàng ㄈㄤˋ ㄉㄤˋ 放縱，不受約束或行為不檢點：放蕩不羈｜生活放蕩。

【放電】fàng//diàn ㄈㄤˋ//ㄉㄧㄢˋ ❶帶電體的電荷消失而趨於中性。閃電就是自然界的放電現象。❷電池等釋放電能。

【放刁】fàng//diāo ㄈㄤˋ//ㄉㄧㄠ 用惡劣的手段或態度跟人為難：放刁撒潑。

【放定】fàng//dìng ㄈㄤˋ//ㄉㄧㄥˋ 舊俗訂婚時，男方給女方送訂婚禮物（定：指金銀首飾等訂婚禮物）；下定。

【放毒】fàng//dú ㄈㄤˋ//ㄉㄨˊ ❶投放毒物或施放毒氣。❷比喻散佈、宣揚反動言論。

【放飛】fàngfēi ㄈㄤˋ ㄈㄟ ❶准許飛機起飛。❷把鳥撒出去使高飛：這批信鴿從濟南市放飛，賽程約 500 公里。❸使風箏升起：放飛風箏。

【放風】fàng//fēng ㄈㄤˋ//ㄈㄥ ❶使空氣流通。❷監獄裏定時放坐牢的人到院子裏散步或上廁所叫放風。❸透露或散佈消息：有人放出風來，說廠領導要調整。❹〈方〉把風；望風。

【放歌】fànggē ㄈㄤˋ ㄍㄜ 放聲歌唱；縱情高歌：放歌一曲。

【放工】fàng//gōng ㄈㄤˋ//ㄍㄨㄥ 工人下班：下午五點鐘工廠放工｜有些事咱們放了工再研究。

【放虎歸山】fàng hǔ guī shān ㄈㄤˋ ㄏㄨˇ ㄍㄨㄟ ㄕㄢ 見1522頁〖縱虎歸山〗。

【放懷】fànghuái ㄈㄤˋ ㄏㄨㄞˊ ❶縱情；盡情：放懷暢飲｜放懷大笑。❷放心：妻子的病有了好轉，我也就放懷了些。

【放還】fànghuán ㄈㄤˋ ㄏㄨㄢˊ ❶放回（扣押的人、畜等）：放還人質。❷放到原來的位置：架上期刊，閱後放還原處。

【放荒】fàng//huāng ㄈㄤˋ//ㄏㄨㄤ 放火燒山野的草木。

【放火】fàng//huǒ ㄈㄤˋ//ㄏㄨㄛˇ ❶有意破壞，引火燒燬房屋、糧草、森林等。❷比喻煽動或發動騷亂事件。

【放假】fàng//jià ㄈㄤˋ//ㄐㄧㄚˋ 在規定的日期停止工作或學習：放了三天假｜國慶節放假兩天。

【放課】fàngkè ㄈㄤˋ ㄎㄜˋ 下課；放學。

【放空】fàng//kōng ㄈㄤˋ//ㄎㄨㄥ 運營的車、船等沒有載人或載貨而空着行駛：做好調度工作，避免車輛放空。

【放空炮】fàngkōngpào ㄈㄤˋ ㄎㄨㄥ ㄆㄠˋ 比喻說空話，說了不能兑現：要說到做到，不能放空炮。

【放空氣】fàngkōngqì ㄈㄤˋ ㄎㄨㄥ ㄑㄧˋ 比喻故意製造某種氣氛或散佈某種消息（多含貶義）：他早就放出空氣，說先進工作者非他莫屬。

【放寬】fàngkuān ㄈㄤˋ ㄎㄨㄢ 使要求、標準等由嚴變寬：放寬尺度｜入學年齡限制適當放寬。

【放款】fàng//kuǎn ㄈㄤˋ//ㄎㄨㄢˇ ❶（銀行或信用合作社等）把錢借給用戶。❷放債。

【放曠】fàngkuàng ㄈㄤˋ ㄎㄨㄤˋ 〈書〉曠達；放達：放曠不檢｜恃才放曠。

【放浪】fànglàng ㄈㄤˋ ㄌㄤˋ 〈書〉放蕩；放縱：行為放浪。

【放浪形骸】fànglàng xínghái ㄈㄤˋ ㄌㄤˋ ㄒㄧㄥˊ ㄏㄞˊ 行為放縱，不受世俗禮法的束縛。

【放冷風】fàng lěngfēng ㄈㄤˋ ㄌㄥˇ ㄈㄥ 比喻散佈流言飛語。

【放冷箭】fàng lěngjiàn ㄈㄤˋ ㄌㄥˇ ㄐㄧㄢˋ 比喻暗中害人。

【放量】fàngliàng ㄈㄤˋ ㄌㄧㄤˋ 盡量（吃、喝）：放開量喝酒｜你放量吃吧，有的是。

【放療】fàngliáo ㄈㄤˋ ㄌㄧㄠˊ 利用放射綫（如X射綫、丙種射綫等）治療惡性腫瘤等症。

【放牧】fàngmù ㄈㄤˋ ㄇㄨˋ 牧放：放牧羊群。

【放盤】fàng//pán ㄈㄤˋ//ㄆㄢˊ （放盤兒）指商店減價出售或增價收買。

【放炮】fàng//pào ㄈㄤˋ//ㄆㄠˋ ❶使炮彈發射出去。❷點燃引火綫，使爆竹爆炸。❸用火藥爆破岩石、礦石等：放炮開山。❹密閉的物體爆裂：車胎放炮。❺比喻發表激烈抨擊的言論：發言要慎重，不能亂放炮。

【放屁】fàng//pì ㄈㄤˋ//ㄆㄧˋ ❶從肛門排出臭氣。

❷比喻説話沒有根據或不合情理(罵人的話)。

【放棄】fàngqì ㄈㄤˋ ㄑㄧˋ 丟掉(原有的權利、主張、意見等)：放棄陣地｜工作離不開，他只好放棄了這次進修的機會。

【放青】fàng//qīng ㄈㄤˋ // ㄑㄧㄥ 把牲畜放到青草地上吃草。

【放青苗】fàngqīngmiáo ㄈㄤˋ ㄑㄧㄥ ㄇㄧㄠˊ 舊時地主或商人在穀物沒有成熟的時候，利用農民需要現款的機會，用低價預購穀物，是一種變相的高利貸。

【放情】fàngqíng ㄈㄤˋ ㄑㄧㄥˊ 盡情；縱情：放情歌唱｜放情丘壑(縱情遊山玩水)。

【放晴】fàng//qíng ㄈㄤˋ // ㄑㄧㄥˊ 陰雨後轉晴：天已放晴，人們忙着曬衣服｜等放了晴再走。

【放權】fàngquán ㄈㄤˋ ㄑㄩㄢˊ 把權力交給下屬或下屬部門：簡政放權。

【放任】fàngrèn ㄈㄤˋ ㄖㄣˋ 聽其自然，不加約束或干涉：放任自流｜對錯誤的行為不能放任不管。

【放散】fàngsàn ㄈㄤˋ ㄙㄢˋ (烟、氣味等)向外散開。

【放哨】fàng//shào ㄈㄤˋ // ㄕㄠˋ 站崗或巡邏。

【放射】fàngshè ㄈㄤˋ ㄕㄜˋ 由一點向四外射出：放射形｜太陽放射出耀眼的光芒。

【放射病】fàngshèbìng ㄈㄤˋ ㄕㄜˋ ㄅㄧㄥˋ 病，由各種放射綫(如原子彈或氫彈爆炸時放出的射綫)破壞人體組織而引起。症狀是體溫增高，噁心，皮膚和黏膜出血，毛髮脱落，白細胞減少等。

【放射綫】fàngshèxiàn ㄈㄤˋ ㄕㄜˋ ㄒㄧㄢˋ 某些元素(如鐳、鈾等)的不穩定原子核衰變時放射出來的有穿透性的粒子束。分為甲種射綫、乙種射綫和丙種射綫，其中丙種射綫貫穿力最強。

【放射形】fàngshèxíng ㄈㄤˋ ㄕㄜˋ ㄒㄧㄥˊ 從中心一點向周圍伸展出去的形狀：放射形道路。

【放射性】fàngshèxìng ㄈㄤˋ ㄕㄜˋ ㄒㄧㄥˋ ❶某些元素(如鐳、鈾等)的不穩定原子核自發地放出射綫而衰變成另外的元素的性質。❷醫學上指由一個痛點向周圍擴散的現象◇放射性影響。

【放射性元素】fàngshèxìng yuánsù ㄈㄤˋ ㄕㄜˋ ㄒㄧㄥˋ ㄩㄢˊ ㄙㄨˋ 能發出射綫而衰變成另一種元素的化學元素，如鐳、鈾、鏷、鈁。

【放生】fàng//shēng ㄈㄤˋ // ㄕㄥ 把捉住的小動物放掉，特指信佛的人把別人捉住的魚鳥等買來放掉：放生池。

【放聲】fàngshēng ㄈㄤˋ ㄕㄥ 放開喉嚨出聲：放聲痛哭｜放聲大笑。

【放手】fàng//shǒu ㄈㄤˋ // ㄕㄡˇ ❶鬆開握住物體的手：放開手｜他一放手，筆記本就掉了。❷比喻解除顧慮或限制：放手發動群眾。

【放肆】fàngsì ㄈㄤˋ ㄙˋ (言行)輕率任意，毫無顧忌：説話注意點，不要太放肆。

【放鬆】fàngsōng ㄈㄤˋ ㄙㄨㄥ 對事物的注意或控制由緊變鬆：放鬆警惕｜放鬆肌肉｜放鬆學習，就會落後。

【放送】fàngsòng ㄈㄤˋ ㄙㄨㄥˋ 播送：放送音樂｜放送大會實況錄音。

【放下屠刀，立地成佛】fàng xià túdāo, lìdì chéngfó ㄈㄤˋ ㄒㄧㄚˋ ㄊㄨˊ ㄉㄠ, ㄌㄧˋ ㄉㄧˋ ㄔㄥˊ ㄈㄛˊ 原為佛教徒勸人修行的話，後用來比喻作惡的人只要決心悔改，就會變成好人。

【放像機】fàngxiàngjī ㄈㄤˋ ㄒㄧㄤˋ ㄐㄧ 只能用來放錄像帶而不能錄像的機器。

【放血】fàngxiě ㄈㄤˋ ㄒㄧㄝˇ 醫學上指用針刺破靜脉，放出血液，或用水蛭放在耳部周圍吸血。

【放心】fàng//xīn ㄈㄤˋ // ㄒㄧㄣ 心情安定，沒有憂慮和牽挂：你只管放心，出不了錯｜看到一切都安排好了，他才放了心。

【放行】fàngxíng ㄈㄤˋ ㄒㄧㄥˊ (崗哨、海關等)准許通過：免税放行。

【放學】fàng//xué ㄈㄤˋ // ㄒㄩㄝˊ ❶學校裏一天或半天課業完畢，學生回家。❷指學校裏放假。

【放眼】fàngyǎn ㄈㄤˋ ㄧㄢˇ 放開眼界(觀看)：放眼未來｜胸懷祖國，放眼世界｜放眼望去，一派生氣勃勃的景象。

【放羊】fàng//yáng ㄈㄤˋ // ㄧㄤˊ ❶把羊趕到野外吃草。❷比喻不加管理，任其自由行動：老師沒來上課，學生只好放羊。

【放洋】fàngyáng ㄈㄤˋ ㄧㄤˊ ❶舊時指出使外國或到外國留學。❷〈書〉船隻出海航行。

【放養】fàngyǎng ㄈㄤˋ ㄧㄤˇ 把魚蝦、白蠟蟲、柞蠶或水浮蓮、紅萍等有經濟價值的動植物放到一定的地方使它們生長繁殖：放養草魚｜放養海帶。

【放樣】fàng//yàng ㄈㄤˋ // ㄧㄤˋ (放樣兒)在正式施工或製造之前，製作建築物或製成品的模型，作為樣品。

【放印子】fàngyìn·zi ㄈㄤˋ ㄧㄣˋ·ㄗ 借給別人印子錢。參看1369頁〖印子錢〗。

【放映】fàngyìng ㄈㄤˋ ㄧㄥˋ 利用強光裝置把圖片或影片上的形象照射在幕上或牆上。一般指電影放映。

【放映機】fàngyìngjī ㄈㄤˋ ㄧㄥˋ ㄐㄧ 放映電影用的機器，用強光源透過影片上的形象，經過鏡頭映在銀幕上。放映機附帶光電設備，把影片上的聲帶變成聲音。

【放淤】fàngyū ㄈㄤˋ ㄩ 把泥水引到地裏，使泥土淤積，增加土地的肥力，擴大可耕面積。

【放債】fàng//zhài ㄈㄤˋ // ㄓㄞˋ 借錢給人收取利息。

【放賬】fàng//zhàng ㄈㄤˋ // ㄓㄤˋ 放債。

【放賑】fàngzhèn ㄈㄤˋ ㄓㄣˋ 向災民或貧民發放救濟物資：開倉放賑。

【放置】fàngzhì ㄈㄤˋ ㄓˋ 安放：放置不用。

【放逐】fàngzhú ㄈㄤˋ ㄓㄨˊ 古時把被判罪的人

驅逐到邊遠地方。

【放恣】fàngzì ㄈㄤˋ ㄗˋ 〈書〉驕傲放縱，任意胡為。

【放縱】fàngzòng ㄈㄤˋ ㄗㄨㄥˋ ❶縱容；不加約束：放縱不管。❷不守規矩；沒有禮貌：驕奢放縱｜放縱不羈。

fēi (ㄈㄟ)

妃 fēi ㄈㄟ 皇帝的妾；太子、王、侯的妻：妃嬪｜貴妃｜王妃。

【妃嬪】fēipín ㄈㄟ ㄆㄧㄣˊ 妃和嬪，泛指皇帝的妾。

【妃色】fēisè ㄈㄟ ㄙㄜˋ 淡紅色。

【妃子】fēi·zi ㄈㄟ ·ㄗ 皇帝的妾，地位次於皇后。

非1 fēi ㄈㄟ ❶錯誤；不對(跟'是'相對)：是非｜習非成是｜痛改前非。❷不合於：非法｜非禮｜非分(fèn)。❸不以為然；反對；責備：非難｜非議｜無可厚非。❹不是：非賣品｜非無產階級思想｜非司機不得開車｜答非所問｜非筆墨所能形容。❺跟'不'呼應，表示必須：要想做出成績，非下苦功不可。❻必須；偏偏：不行，我非去(一定要去)！❼〈書〉不好；糟：景況日非。

非2 Fēi ㄈㄟ 指非洲。

【非常】fēicháng ㄈㄟ ㄔㄤˊ ❶異乎尋常的；特殊的：非常時期｜非常會議。❷十分；極：非常光榮｜非常高興｜非常努力｜他非常會説話。

【非但】fēidàn ㄈㄟ ㄉㄢˋ 不但：他非但能完成自己的任務，還肯幫助別人｜非但我不知道，連他也不知道。

【非導體】fēidǎotǐ ㄈㄟ ㄉㄠˇ ㄊㄧˇ 絕緣體。

【非得】fēiděi ㄈㄟ ㄉㄟˇ 表示必須(一般跟'不'呼應)：棉花長了蚜蟲，非得打藥(不成)｜幹這活兒非得膽子大(不行)。

【非電解質】fēidiànjiězhì ㄈㄟ ㄉㄧㄢˋ ㄐㄧㄝˇ ㄓˋ 在水溶液中或在熔融狀態下不能形成離子，因而不能導電的化合物。如蔗糖、乙醇、甘油等。

【非獨】fēidú ㄈㄟ ㄉㄨˊ 〈書〉不但：蜜蜂能傳花粉，非獨無害，而且有益。

【非對抗性矛盾】fēiduìkàngxìng máodùn ㄈㄟ ㄉㄨㄟˋ ㄎㄤˋ ㄒㄧㄥˋ ㄇㄠˊ ㄉㄨㄣˋ 不需要通過外部衝突形式去解決的矛盾：人民內部矛盾是非對抗性矛盾。

【非法】fēifǎ ㄈㄟ ㄈㄚˇ 不合法：非法收入｜非法活動｜非法佔據｜倒賣文物是非法的。

【非凡】fēifán ㄈㄟ ㄈㄢˊ 超過一般；不尋常：非凡的組織才能｜市場上熱鬧非凡。

【非…非…】fēi…fēi… ㄈㄟ…ㄈㄟ… 既不是…又不是…：非親非故｜非驢非馬。

【非分】fēifèn ㄈㄟ ㄈㄣˋ ❶不守本分；不安分：非分之想｜不做非分的事。❷不屬自己分內的：非分之財。

【非…即…】fēi…jí… ㄈㄟ…ㄐㄧˊ… 不是…就是…：非此即彼｜非親即友｜非打即罵。

【非金屬】fēijīnshǔ ㄈㄟ ㄐㄧㄣ ㄕㄨˇ 一般沒有金屬光澤和延展性、不易導電、傳熱的單質。除溴以外，在常溫下都是氣體或固體，如氧、氮、硫、磷等。

【非晶體】fēijīngtǐ ㄈㄟ ㄐㄧㄥ ㄊㄧˇ 外形和內部原子排列都無定形的固體，如玻璃、松香、瀝青、電木。有的物質既可以是晶體又可以是非晶體，如天然石英是晶體，熔化的石英是非晶體。

【非禮】fēilǐ ㄈㄟ ㄌㄧˇ 不合禮節；不禮貌：非禮舉動。

【非賣品】fēimàipǐn ㄈㄟ ㄇㄞˋ ㄆㄧㄣˇ 只用於展覽、贈送等而不出賣的物品。

【非命】fēimìng ㄈㄟ ㄇㄧㄥˋ 遭受意外的災禍而死亡叫死於非命。

【非難】fēinàn ㄈㄟ ㄋㄢˋ 指摘和責問：遭到非難｜他這樣做是對的，是無可非難的。

【非人】fēirén ㄈㄟ ㄖㄣˊ 不屬於人應有的：非人待遇｜過着非人的生活。

【非特】fēitè ㄈㄟ ㄊㄜˋ 〈書〉不但。

【非條件刺激】fēitiáojiàn cìjī ㄈㄟ ㄊㄧㄠˊ ㄐㄧㄢˋ ㄘˋ ㄐㄧ 能引起機體非條件反射的刺激。如狗吃食物時就分泌唾液，食物就是引起唾液分泌的非條件刺激。也叫無條件刺激。

【非條件反射】fēitiáojiàn fǎnshè ㄈㄟ ㄊㄧㄠˊ ㄐㄧㄢˋ ㄈㄢˇ ㄕㄜˋ 人或其他動物生來就具有的比較簡單的反射活動。如手碰着火，就立刻縮回去。也叫無條件反射。

【非同小可】fēi tóng xiǎo kě ㄈㄟ ㄊㄨㄥˊ ㄒㄧㄠˇ ㄎㄜˇ 形容事情重要或情況嚴重，不能輕視。

【非徒】fēitú ㄈㄟ ㄊㄨˊ 不僅(常跟'而且'呼應)：溺愛子女，非徒無益，而且有害。

【非笑】fēixiào ㄈㄟ ㄒㄧㄠˋ 譏笑：受人非笑。

【非刑】fēixíng ㄈㄟ ㄒㄧㄥˊ 在法律規定之外施行的殘酷的肉體刑罰：非刑拷打｜受盡非刑折磨。

【非議】fēiyì ㄈㄟ ㄧˋ 責備：無可非議。

飛(飞) fēi ㄈㄟ ❶(鳥、蟲等)鼓動翅膀在空中活動：飛蝗｜鳥飛了。❷利用動力機械在空中行動：飛行｜明天有飛機飛上海。❸在空中飄浮游動：飛雲｜飛沙走石｜飛雪花了。❹形容極快：飛奔｜飛跑｜飛漲。❺〈方〉非常；極：飛快｜飛靈。❻揮發：蓋上瓶子吧，免得香味兒飛了｜樟腦放久了，都飛淨了。❼意外的；憑空而來的：飛災｜飛禍｜流言飛語。❽〈方〉飛輪②。

【飛白】fēibái ㄈㄟ ㄅㄞˊ 一種特殊的書法，筆畫中露出一絲絲的白地，像用枯筆寫成的樣子。也叫飛白書。

【飛鏢】fēibiāo ㄈㄟ ㄅㄧㄠ ❶舊式武器，形狀像長矛的頭，投擲出去能擊傷人。❷一種投擲運動，鏢多用木料製成。比賽時，以在一定時間內擲出和收回的飛鏢最多者或鏢的飛行時間最長者為優勝。

【飛播】fēibō ㄈㄟ ㄅㄛ 用飛機撒種：飛播造林｜飛播優良牧草一萬多畝。

【飛車】fēichē ㄈㄟ ㄔㄜ ❶騎車或開車飛快地行駛：飛車走壁。❷飛快行駛的車：開飛車是造成交通事故的重要原因之一。

【飛車走壁】fēi chē zǒu bì ㄈㄟ ㄔㄜ ㄗㄡˇ ㄅㄧˋ 雜技的一種，演員騎着自行車或開着摩托車和特製的小汽車，在口大底小的木製的圓形建築物內壁上奔馳。

【飛馳】fēichí ㄈㄟ ㄔˊ (車馬) 很快地跑：列車飛馳而過｜駿馬在原野上飛馳。

【飛船】fēichuán ㄈㄟ ㄔㄨㄢˊ ❶指宇宙飛船。❷舊時指飛艇。

【飛彈】fēidàn ㄈㄟ ㄉㄢˋ ❶裝有自動飛行裝置的炸彈，如導彈。❷流彈。

【飛地】fēidì ㄈㄟ ㄉㄧˋ ❶指位居甲省 (縣) 而行政上隸屬乙省 (縣) 的土地。❷指甲國境內的隸屬乙國的領土。

【飛碟】fēidié ㄈㄟ ㄉㄧㄝˊ ❶指空中不明飛行物，發光，速度很快，多呈圓形。❷射擊用的一種靶，形狀像碟，用拋靶機拋射到空中：飛碟射擊 (一種體育運動比賽項目)。

【飛短流長】fēi duǎn liú cháng ㄈㄟ ㄉㄨㄢˇ ㄌㄧㄡˊ ㄔㄤˊ 造謠生事，搬弄是非。'飛' 也作蜚。

【飛蛾投火】fēi é tóu huǒ ㄈㄟ ㄜˊ ㄊㄡˊ ㄏㄨㄛˇ 比喻自取滅亡。也説飛蛾撲火。

【飛歸】fēiguī ㄈㄟ ㄍㄨㄟ 珠算中兩位數除法的一種算法，口訣跟歸除不同，比歸除簡捷。

【飛紅】fēihóng ㄈㄟ ㄏㄨㄥˊ ❶(臉) 很紅：她一時答不上，急得滿臉飛紅。❷(臉) 很快變紅：小張飛紅了臉，更加忸怩起來。

【飛鴻】fēihóng ㄈㄟ ㄏㄨㄥˊ 〈書〉❶指鴻雁：飛鴻踏雪 (比喻往事留下的痕迹)。❷比喻書信：飛鴻傳情｜萬里飛鴻。

【飛花】fēihuā ㄈㄟ ㄏㄨㄚ 紡織和彈花時飛散的棉花纖維。

【飛黃騰達】fēihuáng téngdá ㄈㄟ ㄏㄨㄤˊ ㄊㄥˊ ㄉㄚˊ 韓愈詩《符讀書城南》：'飛黃騰踏去，不能顧蟾蜍。' (飛黃：古代傳説中的神馬名) 後來用飛黃騰達比喻官職、地位上升得很快。

【飛機】fēijī ㄈㄟ ㄐㄧ 飛行的工具，由機翼、機身、發動機等構成。種類很多。廣泛用在交通運輸、軍事、農業、探礦、測量等方面。

【飛濺】fēijiàn ㄈㄟ ㄐㄧㄢˋ 向四外濺：鋼花飛濺，鐵水奔流。

【飛快】fēikuài ㄈㄟ ㄎㄨㄞˋ ❶非常迅速：漁船鼓着白帆，飛快地向遠處駛去｜日子過得飛快，轉眼又是一年。❷非常鋒利：鐮刀磨得飛快。

【飛來橫禍】fēi lái hènghuò ㄈㄟ ㄌㄞˊ ㄏㄥˋ ㄏㄨㄛˋ 突然發生的意外災禍。

【飛靈】fēilíng ㄈㄟ ㄌㄧㄥˊ 〈方〉❶特別靈活或靈敏：腦子飛靈。❷特別靈驗：這藥治感冒，飛靈。

【飛輪】fēilún ㄈㄟ ㄌㄨㄣˊ ❶機器上安裝的大而重的輪子。利用它的慣性使機器旋轉均勻。❷(飛輪兒) 自行車後輪上裝的傳動齒輪。

【飛毛腿】fēimáotuǐ ㄈㄟ ㄇㄠˊ ㄊㄨㄟˇ ❶指跑得特別快的腿。❷指跑得特別快的人。

【飛盤】fēipán ㄈㄟ ㄆㄢˊ (飛盤兒) 一種投擲的玩具，形狀像圓盤子，用塑料製成。

【飛蓬】fēipéng ㄈㄟ ㄆㄥˊ 多年生草本植物，葉子像柳葉，邊緣有鋸齒。秋天開花，花外圍白色，中心黃色。也叫蓬。

【飛潛動植】fēi qián dòng zhí ㄈㄟ ㄑㄧㄢˊ ㄉㄨㄥˋ ㄓˊ 指各種動物和植物 (飛：天空飛的；潛：水中游的)。

【飛禽】fēiqín ㄈㄟ ㄑㄧㄣˊ 會飛的鳥類，也泛指鳥類：飛禽走獸。

【飛泉】fēiquán ㄈㄟ ㄑㄩㄢˊ ❶從峭壁上的泉眼噴出的泉水。❷噴泉。

【飛人】fēirén ㄈㄟ ㄖㄣˊ ❶指懸空進行雜技表演：空中飛人。❷指跳得特別高或跑得非常快的人：女飛人｜世界飛人。

【飛散】fēisàn ㄈㄟ ㄙㄢˋ ❶(烟、霧等) 在空中飄動着散開：一團濃烟在空中飛散着，由黑色漸漸變成灰白。❷(鳥等) 飛着向四下散開：麻雀聽到槍聲驚慌地飛散了。

【飛沙走石】fēi shā zǒu shí ㄈㄟ ㄕㄚ ㄗㄡˇ ㄕˊ 沙子飛揚，石塊滾動。形容風很大：驟然狂風大作，飛沙走石，天昏地暗。

【飛身】fēishēn ㄈㄟ ㄕㄣ 身體輕快地跳起：飛身上馬｜飛身越過壕溝。

【飛升】fēishēng ㄈㄟ ㄕㄥ ❶往上升；往上飛。❷舊時指修煉成功，飛向仙境 (迷信)。

【飛逝】fēishì ㄈㄟ ㄕˋ (時間等) 很快地過去或消失：時光飛逝｜流星飛逝。

【飛鼠】fēishǔ ㄈㄟ ㄕㄨˇ ❶哺乳動物，形態和習性均似鼯鼠而體較小，前後肢之間的薄膜寬大多毛。❷〈書〉蝙蝠。

【飛速】fēisù ㄈㄟ ㄙㄨˋ 非常迅速：飛速發展｜飛速前進。

【飛騰】fēiténg ㄈㄟ ㄊㄥˊ 迅速飛起；很快地向上升；飛揚：烟霧飛騰｜烈焰飛騰。

【飛天】fēitiān ㄈㄟ ㄊㄧㄢ 佛教壁畫或石刻中的在空中飛舞的神。梵語稱神為提婆，因提婆有'天'的意思，所以漢語譯為飛天。

【飛艇】fēitǐng ㄈㄟ ㄊㄧㄥˇ 飛行工具，沒有翼，利用裝着氫氣或氦氣的氣囊所產生的浮力上升，靠螺旋槳推動前進。飛行速度比飛機慢。

【飛吻】fēiwěn ㄈㄟ ㄨㄣˇ 先吻自己的手，然後向對方揮手，表示吻對方。

【飛舞】fēiwǔ ㄈㄟ ㄨˇ 像跳舞似地在空中飛：雪花飛舞｜蝴蝶在花叢中飛舞。

【飛翔】fēixiáng ㄈㄟ ㄒㄧㄤˊ 盤旋地飛，泛指飛：展翅飛翔｜鴿子在天空飛翔。

【飛行】fēixíng ㄈㄟ ㄒㄧㄥˊ (飛機、火箭等)在空中航行：飛行員｜低空飛行。

【飛行器】fēixíngqì ㄈㄟ ㄒㄧㄥˊ ㄑㄧˋ 能夠在空中飛行的機器或裝置的統稱，包括氣球、飛機、火箭、人造衞星、宇宙飛船等。

【飛行員】fēixíngyuán ㄈㄟ ㄒㄧㄥˊ ㄩㄢˊ 飛機等的駕駛員。

【飛旋】fēixuán ㄈㄟ ㄒㄩㄢˊ 盤旋地飛：雄鷹在天空飛旋◇他那爽朗的笑聲不時在我耳邊飛旋。

【飛檐】fēiyán ㄈㄟ ㄧㄢˊ 我國傳統建築檐部形式，屋檐特別是屋角的檐部向上翹起。

【飛檐走壁】fēi yán zǒu bì ㄈㄟ ㄧㄢˊ ㄗㄡˇ ㄅㄧˋ 舊小説中形容練武的人身體輕捷，能在房檐和牆壁上行走如飛。

【飛眼】fēi∥yǎn ㄈㄟ∥ㄧㄢˇ (飛眼兒)用眼睛表達意思。

【飛揚】fēiyáng ㄈㄟ ㄧㄤˊ ❶向上飄起：彩旗飛揚｜塵土飛揚。❷形容精神興奮得意：神采飛揚。‖也作飛颺。

【飛揚跋扈】fēi yáng bá hù ㄈㄟ ㄧㄤˊ ㄅㄚˊ ㄏㄨˋ 驕橫放肆。

【飛魚】fēiyú ㄈㄟ ㄩˊ 魚，身體長筒形，胸鰭特別發達，像翅膀，能躍出水面在空中滑翔。產於溫帶和亞熱帶海中，我國黃海、東海和南海都有。

【飛語】fēiyǔ ㄈㄟ ㄩˇ 沒有根據的話：流言飛語。也作蜚語。

【飛越】fēiyuè ㄈㄟ ㄩㄝˋ ❶飛着從上空越過：飛越大西洋。❷〈書〉飛揚②：心神飛越。

【飛躍】fēiyuè ㄈㄟ ㄩㄝˋ ❶事物從舊質到新質的轉化。由於事物性質的不同，飛躍有時通過爆發的方式來實現，有時通過新質要素的逐漸積累和舊質要素的逐漸消亡來實現。不同形式的飛躍都是質變。❷比喻突飛猛進：飛躍發展。❸飛騰跳躍；騰空跳躍：麻雀在叢林中飛躍｜你剛才這一飛躍翻身的動作，真有功夫。

【飛災】fēizāi ㄈㄟ ㄗㄞ 意外的災難：飛災橫禍。

【飛賊】fēizéi ㄈㄟ ㄗㄟˊ ❶指手腳靈便能很快地登牆上房的賊。❷指由空中進犯的敵人。

【飛漲】fēizhǎng ㄈㄟ ㄓㄤˇ (物價、水勢等)很快地往上漲：物價飛漲｜連日暴雨，河水飛漲。

【飛舟】fēizhōu ㄈㄟ ㄓㄡ 行駛極快的船：浪遏飛舟｜飛舟競渡。

菲[1]〔菲〕 fēi ㄈㄟ 形容花草美、香味濃：芳菲。

菲[2]〔菲〕 fēi ㄈㄟ 有機化合物，分子式 $C_{14}H_{10}$。無色晶體，有熒光，是蒽的同分異構體。用來製染料、藥品等。[英 phenanthrene]

另見331頁 fěi。

【菲菲】fēifēi ㄈㄟ ㄈㄟ 〈書〉❶花草茂盛、美麗。❷花草香氣濃郁。

【菲林】fēilín ㄈㄟ ㄌㄧㄣˊ 〈方〉膠捲。[英 film]

啡 fēi ㄈㄟ 見634頁〖咖啡〗、768頁〖嗎啡〗。

扉〔扉〕 fēi ㄈㄟ 門扇：柴扉◇心扉。

【扉畫】fēihuà ㄈㄟ ㄏㄨㄚˋ 書籍正文前的插圖。

【扉頁】fēiyè ㄈㄟ ㄧㄝˋ 書刊封面之內印着書名、著者、出版者等項內容的一頁。

蜚 fēi ㄈㄟ 〈書〉同'飛'。

另見332頁 fěi。

【蜚短流長】fēi duǎn liú cháng ㄈㄟ ㄉㄨㄢˇ ㄌㄧㄡˊ ㄔㄤˊ 同'飛短流長'。

【蜚聲】fēishēng ㄈㄟ ㄕㄥ 〈書〉揚名：蜚聲文壇。

【蜚語】fēiyǔ ㄈㄟ ㄩˇ 同'飛語'。

緋(绯) fēi ㄈㄟ 紅色：緋紅｜深緋。

【緋紅】fēihóng ㄈㄟ ㄏㄨㄥˊ 鮮紅：兩頰緋紅｜緋紅的晚霞。

【緋聞】fēiwén ㄈㄟ ㄨㄣˊ 桃色新聞：影壇緋聞。

霏 fēi ㄈㄟ 〈書〉❶霏霏：雨雪其霏。❷飄揚；飄散：烟霏雲斂。

【霏霏】fēifēi ㄈㄟ ㄈㄟ 〈書〉(雨、雪)紛飛；(烟、雲等)很盛：雨雪霏霏｜霏霏細雨｜雲霧霏霏。

【霏微】fēiwēi ㄈㄟ ㄨㄟ 〈書〉霧氣、細雨等彌漫的樣子：烟雨霏微。

騑(骓) fēi ㄈㄟ 〈書〉古時指車前駕在轅馬兩旁的馬。

鯡(鲱) fēi ㄈㄟ 魚，身體側扁而長，背部灰黑色，兩側銀白略帶綠色，沒有側綫，生活在海洋中。是重要的經濟魚類。也叫鰊。

féi (ㄈㄟˊ)

肥 féi ㄈㄟˊ ❶含脂肪多(跟'瘦'相對，除'肥胖、減肥'外，一般不用於人)：肥豬｜肥肉｜馬不得夜草不肥。❷肥沃：土地很肥。❸使肥沃：肥田粉。❹肥料：底肥｜綠肥｜化肥｜積肥。❺收入多；油水多：肥差｜活兒肥。❻指由不正當的收入而富裕。❼利益；好處：分肥｜抄肥(撈外快)。❽肥大①(跟'瘦'相對)：棉襖的袖子太肥了。

【肥差】féichāi ㄈㄟˊ ㄔㄞ 指從中可多得好處的差事。

【肥腸】féicháng ㄈㄟˊ ㄔㄤˊ (肥腸兒)指用做食品的豬的大腸：溜肥腸｜燴肥腸。

【肥膪膪】féidādā ㄈㄟˊ ㄉㄚ ㄉㄚ 形容肥胖的

樣子。

【肥大】féidà ㄈㄟˊ ㄉㄚˋ ❶(衣服等)又寬又大：肥大的燈籠褲｜這件褂子很肥大。❷(生物體或生物體的某部分)粗大壯實：肥大的河馬｜豌豆角很肥大。❸人體的某一臟器或某一部分組織，由於病變而體積增加：心臟肥大｜扁桃體肥大。

【肥分】féifèn ㄈㄟˊ ㄈㄣˋ 肥料中含氮、磷、鉀等營養元素的成分，一般用百分數來表示。

【肥厚】féihòu ㄈㄟˊ ㄏㄡˋ ❶肥而厚實：肥厚的手掌｜肥厚的橡皮樹葉子。❷人體的某一臟器或部分組織由於病變而體積增加：右心室肥厚。❸(土層)肥沃而厚。❹多；優厚：油水肥厚｜獎金肥厚。

【肥力】féilì ㄈㄟˊ ㄌㄧˋ 土壤肥沃的程度：提高土地肥力。

【肥料】féiliào ㄈㄟˊ ㄌㄧㄠˋ 能供給養分使植物發育生長的物質。肥料的種類很多，所含的養分主要是氮、磷、鉀三種：化學肥料。

【肥美】féiměi ㄈㄟˊ ㄇㄟˇ ❶肥沃：河流兩岸是肥美的土地。❷肥壯；豐美：肥美的牛羊｜肥美的牧草。❸肥而味美：肥美的羊肉。

【肥胖】féipàng ㄈㄟˊ ㄆㄤˋ 胖：肥胖症。

【肥缺】féiquē ㄈㄟˊ ㄑㄩㄝ 指收入(主要是非法收入)多的官職。

【肥實】féi·shi ㄈㄟˊ ·ㄕ ❶肥胖：肥實的棗紅馬。❷脂肪多：這塊肉很肥實。❸富足；有錢：他家日子過得挺肥實。

【肥瘦兒】féishòur ㄈㄟˊ ㄕㄡㄦˋ ❶衣服的寬窄：你看這件衣裳的肥瘦兒怎麼樣？❷〈方〉半肥半瘦的肉：來半斤肥瘦兒。

【肥水】féishuǐ ㄈㄟˊ ㄕㄨㄟˇ 〈方〉含有養分的水；液體肥料：肥水不流外人田(比喻好處不能讓給別人)。

【肥碩】féishuò ㄈㄟˊ ㄕㄨㄛˋ ❶(果實等)又大又飽滿。❷(肢體)大而肥胖。

【肥田】féi//tián ㄈㄟˊ//ㄊㄧㄢˊ 採用施肥等措施使土地肥沃：草木灰可以肥田。

【肥田】féitián ㄈㄟˊ ㄊㄧㄢˊ 肥沃的田地：肥田沃土。

【肥沃】féiwò ㄈㄟˊ ㄨㄛˋ (土地)含有較多的適合植物生長的養分、水分：土壤肥沃。

【肥效】féixiào ㄈㄟˊ ㄒㄧㄠˋ 肥料的效力：肥效高｜肥效持久。

【肥育】féiyù ㄈㄟˊ ㄩˋ 在宰殺之前的一段時期使豬、雞等家畜、家禽很快地長肥。通常是餵給大量的精飼料。也叫育肥、催肥。

【肥源】féiyuán ㄈㄟˊ ㄩㄢˊ 肥料的來源，如人畜的糞便、動物的骨頭、綠肥作物、榨油後剩下的油餅，以及某些礦物質。

【肥皂】féizào ㄈㄟˊ ㄗㄠˋ 洗滌去污用的化學製品，通常製成塊狀。一般洗滌用的肥皂用油脂和氫氧化鈉製成。工業上用重金屬或鹼土金屬鹽的肥皂做潤滑劑。有的地區叫胰子。

【肥壯】féizhuàng ㄈㄟˊ ㄓㄨㄤˋ (生物體)肥大而健壯：禾苗肥壯｜肥壯的牛羊。

淝 Féi ㄈㄟˊ 淝河，河名，在安徽。也叫淝水。

腓1 féi ㄈㄟˊ 腿肚子。

腓2 féi ㄈㄟˊ 〈書〉病；枯萎：百卉俱腓。

【腓腸肌】féichángjī ㄈㄟˊ ㄔㄤˊ ㄐㄧ 脛骨後面的一塊肌肉，扁平，在小腿後面形成隆起部分。

【腓骨】féigǔ ㄈㄟˊ ㄍㄨˇ 小腿外側的長形骨，比脛骨細而短，有三個棱。(圖見410頁〖骨骼〗)

fěi (ㄈㄟˇ)

朏 fěi ㄈㄟˇ 〈書〉新月開始發光。

匪1 fěi ㄈㄟˇ 強盜：盜匪｜土匪｜匪徒｜匪患｜剿匪。

匪2 fěi ㄈㄟˇ 〈書〉非：獲益匪淺｜匪夷所思。

【匪幫】fěibāng ㄈㄟˇ ㄅㄤ 有組織的匪徒或行為如同盜匪的反動政治集團：法西斯匪幫。

【匪盜】fěidào ㄈㄟˇ ㄉㄠˋ 盜匪。

【匪患】fěihuàn ㄈㄟˇ ㄏㄨㄢˋ 盜匪造成的禍患。

【匪禍】fěihuò ㄈㄟˇ ㄏㄨㄛˋ 匪患。

【匪首】fěishǒu ㄈㄟˇ ㄕㄡˇ 盜匪的頭子。

【匪徒】fěitú ㄈㄟˇ ㄊㄨˊ ❶強盜：財物被匪徒搶劫一空。❷危害人民的反動派或壞分子。

【匪穴】fěixué ㄈㄟˇ ㄒㄩㄝˊ 敵人、盜匪盤踞的地方：直搗匪穴。

【匪夷所思】fěi yí suǒ sī ㄈㄟˇ ㄧˊ ㄙㄨㄛˇ ㄙ 指言談行動超出常情，不是一般人所能想像的(夷：平常)。

菲〔菲〕 fěi ㄈㄟˇ ❶古書上指蘿蔔一類的菜。❷〈書〉菲薄(多用做謙辭)：菲禮｜菲酌｜菲材。

另見330頁 fēi。

【菲薄】fěibó ㄈㄟˇ ㄅㄛˊ ❶微薄(指數量少、質量次)：待遇菲薄｜菲薄的禮物。❷瞧不起：妄自菲薄｜菲薄前人。

【菲敬】fěijìng ㄈㄟˇ ㄐㄧㄥˋ 謙辭，菲薄的禮物。

【菲儀】fěiyí ㄈㄟˇ ㄧˊ 謙辭，菲薄的禮物。

【菲酌】fěizhuó ㄈㄟˇ ㄓㄨㄛˊ 謙辭，不豐盛的酒飯：敬備菲酌，恭候光臨。

悱 fěi ㄈㄟˇ 〈書〉想説又不知道怎麼説。

【悱惻】fěicè ㄈㄟˇ ㄘㄜˋ 〈書〉形容內心悲苦：纏綿悱惻。

棐 fěi ㄈㄟˇ 〈書〉輔助。

斐 fěi ㄈㄟˇ 〈書〉有文采：斐然。

【斐然】fěirán ㄈㄟˇ ㄖㄢˊ 〈書〉❶有文采的樣子：斐然成章。❷顯著：成績斐然｜斐然可觀。

榧 fěi ㄈㄟˇ 榧子樹，常綠喬木，樹皮灰綠色，葉子針形，種子有硬殼，兩端尖，仁可以吃。木質堅硬，可做建築材料。通稱香榧。

【榧子】fěi·zi ㄈㄟˇ ·ㄗ ❶榧子樹。❷榧子樹的種子。

蜚 fěi ㄈㄟˇ 古書上指蝗蟲一類的昆蟲。另見330頁 fēi。

【蜚蠊】fěilián ㄈㄟˇ ㄌㄧㄢˊ 蟑螂。

翡 fěi ㄈㄟˇ 古書上指一種有紅毛的鳥。

【翡翠】fěicuì ㄈㄟˇ ㄘㄨㄟˋ ❶鳥的一屬，嘴長而直，有藍色和綠色的羽毛，飛得很快，生活在水邊，吃魚蝦等。羽毛可做裝飾品。❷礦物，成分是$NaAl(Si_2O_6)$。綠色、藍綠色或白色中帶綠色斑紋，有玻璃光澤，硬度6－7，可做裝飾品。也叫硬玉。

誹(诽) fěi ㄈㄟˇ 毀謗：誹謗。

【誹謗】fěibàng ㄈㄟˇ ㄅㄤˋ 無中生有，說人壞話，毀人名譽；誣衊：惡意誹謗｜誹謗中傷。

篚 fěi ㄈㄟˇ 〈書〉圓形的竹筐。

fèi（ㄈㄟˋ）

芾〔芾〕 fèi ㄈㄟˋ 見64頁〖蔽芾〗。另見351頁 fú。

吠 fèi ㄈㄟˋ （狗）叫：狂吠｜雞鳴犬吠。

【吠形吠聲】fèi xíng fèi shēng ㄈㄟˋ ㄒㄧㄥˊ ㄈㄟˋ ㄕㄥ 《潛夫論・賢難》：'一犬吠形，百犬吠聲。'比喻不明察事情的真偽而盲目附和。也說吠影吠聲。

肺 fèi ㄈㄟˋ 人和高等動物的呼吸器官。人的肺在胸腔中，左右各一，和支氣管相連。由心臟出來含有二氧化碳的血液經肺動脈到肺泡內進行氣體交換，變成含有氧氣的血液，經肺靜脈流回心臟。也叫肺臟。

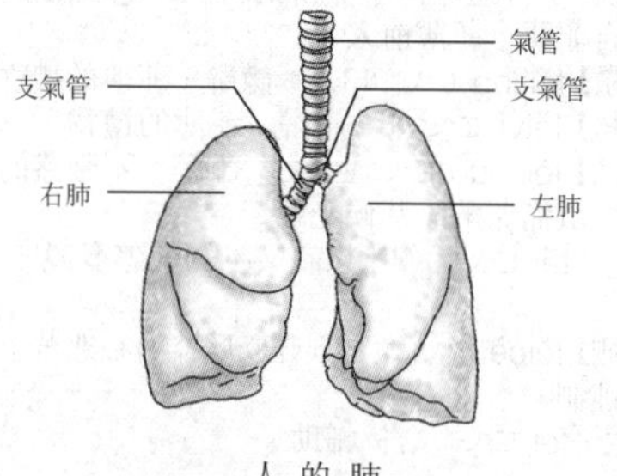

人的肺

【肺病】fèibìng ㄈㄟˋ ㄅㄧㄥˋ 肺結核的通稱。

【肺動脈】fèidòngmài ㄈㄟˋ ㄉㄨㄥˋ ㄇㄞˋ 從心向肺輸送血液的血管，短而粗，共有兩條，從右心室發出，分別進入左右兩肺，分為小枝成毛細血管網包住肺泡。肺動脈中的血液含有二氧化碳，顏色暗紅。（圖見1268頁'心'）

【肺腑】fèifǔ ㄈㄟˋ ㄈㄨˇ ❶肺臟：香沁肺腑。❷比喻內心：感人肺腑。

【肺腑之言】fèifǔ zhī yán ㄈㄟˋ ㄈㄨˇ ㄓ ㄧㄢˊ 發自內心的真誠的話。

【肺活量】fèihuóliàng ㄈㄟˋ ㄏㄨㄛˊ ㄌㄧㄤˋ 一次盡力吸氣後再盡力呼出的氣體總量。成年男子正常的肺活量約為3.5－4升，成年女子正常的肺活量約為3升。

【肺結核】fèijiéhé ㄈㄟˋ ㄐㄧㄝˊ ㄏㄜˊ 慢性傳染病，病原體是結核桿菌。症狀是低熱，夜間盜汗，咳嗽，多痰，消瘦，有時咯血。通稱肺病。

【肺靜脈】fèijìngmài ㄈㄟˋ ㄐㄧㄥˋ ㄇㄞˋ 從肺向心輸送血液的血管，從左右兩肺各發出兩條，進入左心房。肺靜脈中的血液含有氧氣，顏色鮮紅。（圖見1268頁'心'）

【肺癆】fèiláo ㄈㄟˋ ㄌㄠˊ 中醫指肺結核。

【肺泡】fèipào ㄈㄟˋ ㄆㄠˋ 肺的主要組成部分，位置在最小支氣管的末端，略呈半球形，周圍有毛細血管網圍繞。血液在肺泡內進行氣體交換。

【肺循環】fèixúnhuán ㄈㄟˋ ㄒㄩㄣˊ ㄏㄨㄢˊ 心臟收縮的時候，右心室中含有二氧化碳的血液，經過肺動脈流入肺部，在肺內進行氣體交換，排出多餘的二氧化碳，吸收新鮮的氧氣，經過肺靜脈流入左心房，再流入左心室。血液的這種循環叫做肺循環，也叫小循環。

【肺炎】fèiyán ㄈㄟˋ ㄧㄢˊ 肺部發炎的病，由細菌、病毒等引起，種類較多。症狀是發高熱，咳嗽，胸痛，呼吸困難等。

【肺葉】fèiyè ㄈㄟˋ ㄧㄝˋ 肺表面深而長的裂溝把左肺分成兩部分，把右肺分成三部分，每一部分叫一個肺葉。

【肺臟】fèizàng ㄈㄟˋ ㄗㄤˋ 肺。

狒 fèi ㄈㄟˋ ［狒狒］哺乳動物，身體形狀像猴，頭部形狀像狗，毛灰褐色，四肢粗，尾細長。群居，雜食。多產在非洲。

沸 fèi ㄈㄟˋ 沸騰：沸水｜沸油｜揚湯止沸◇沸天震地（形容聲音極響）。

【沸點】fèidiǎn ㄈㄟˋ ㄉㄧㄢˇ 液體開始沸騰時的溫度。沸點隨外界壓力變化而改變，壓力低，沸點也低。

【沸反盈天】fèi fǎn yíng tiān ㄈㄟˋ ㄈㄢˇ ㄧㄥˊ ㄊㄧㄢ 形容喧譁吵鬧，亂成一團。

【沸沸揚揚】fèifèiyángyáng ㄈㄟˋ ㄈㄟˋ ㄧㄤˊ ㄧㄤˊ

像沸騰的水一樣喧鬧，多形容議論紛紛。

【沸泉】fèiquán ㄈㄟˋ ㄑㄩㄢˊ 溫度在80°C以上的泉水。

【沸熱】fèirè ㄈㄟˋ ㄖㄜˋ 火熱：沸熱的南風◇沸熱的心。

【沸水】fèishuǐ ㄈㄟˋ ㄕㄨㄟˇ 滾水；開水。

【沸騰】fèiténg ㄈㄟˋ ㄊㄥˊ ❶液體達到一定溫度時急劇轉化為氣體的現象，這時液體發生汽化，產生氣泡。❷比喻情緒高漲：熱血沸騰。❸比喻喧嚣嘈雜：群情激憤，人聲沸騰。

【沸騰爐】fèiténglú ㄈㄟˋ ㄊㄥˊ ㄌㄨˊ 鍋爐的一種，因燒煤時空氣把煤粒吹得上下翻動，像開水沸騰而得名。導熱強度高，可燒用劣質煤或矸石。

剕(跸) fèi ㄈㄟˋ 古代砍掉腳的酷刑。

費(费) fèi ㄈㄟˋ ❶費用；水電費｜醫藥費｜免費。❷花費；耗費：費心｜消費｜費了半天工夫。❸用得多；消耗得多(跟'省'相對)：老式汽車費油｜走山路費鞋｜孩子穿衣裳真費。❹(Fèi)姓。

【費工】fèi//gōng ㄈㄟˋ//ㄍㄨㄥ 耗費工夫：加工這種零件比較費工，一小時怕完不了。

【費話】fèi//huà ㄈㄟˋ//ㄏㄨㄚˋ 耗費言詞，多說話：一說他就明白，用不着費話｜我費了許多話才把他說服。

【費解】fèijiě ㄈㄟˋ ㄐㄧㄝˇ (文章的詞句、說的話)不好懂：這篇文章詞意隱晦，實在費解。

【費勁】fèi//jìn ㄈㄟˋ//ㄐㄧㄣˋ (費勁兒)費力：腿腳不好，上樓費勁｜費了半天勁，也沒有幹好。

【費力】fèi//lì ㄈㄟˋ//ㄌㄧˋ 耗費力量：費力勞心｜他有氣喘病，說話很費力。

【費難】fèi//nán ㄈㄟˋ//ㄋㄢˊ 〈方〉感到困難，不容易做：他學過木匠，打個櫃子不費難｜讓他去介紹經驗，他可費了難。

【費神】fèi//shén ㄈㄟˋ//ㄕㄣˊ 耗費精神(常用做請託時客套話)：這篇稿子您費神看看吧。

【費時】fèishí ㄈㄟˋ ㄕˊ 耗費時間：這座大樓費時一年才建成。

【費事】fèi//shì ㄈㄟˋ//ㄕˋ 事情複雜，不容易辦；費工：給同志們燒點水喝，並不費事｜洗件衣服，費不了甚麼事。

【費手腳】fèi shǒujiǎo ㄈㄟˋ ㄕㄡˇ ㄐㄧㄠˇ 費事：真要把這件事做好，也得費點手腳。

【費心】fèi//xīn ㄈㄟˋ//ㄒㄧㄣ 耗費心神(多用做請託或致謝時客套話)：您要是見到他，費心把這封信交給他｜這孩子真讓人費心。

【費用】fèi·yong ㄈㄟˋ·ㄩㄥ 花費的錢；開支：生活費用｜這幾個月家裏費用太大。

痱(痱) fèi ㄈㄟˋ 見下。

【痱子】fèi·zi ㄈㄟˋ·ㄗ 皮膚病，暑天皮膚上起的紅色或白色小疹，很刺癢，常由出汗多、皮膚不清潔、毛孔被泥垢堵塞引起。

【痱子粉】fèi·zifěn ㄈㄟˋ·ㄗ ㄈㄣˇ 用滑石粉、氧化鋅、水楊酸、硫磺、薄荷腦等加香料製成的一種藥粉，可用來防治痱子。

廢(废) fèi ㄈㄟˋ ❶不再使用；不再繼續：廢除｜半途而廢。❷荒蕪；衰敗：廢園｜廢墟。❸沒有用的或失去了原來的作用的：廢話｜廢紙｜廢鐵｜修舊利廢。❹殘廢：廢疾。❺〈書〉廢黜。

【廢弛】fèichí ㄈㄟˋ ㄔˊ (政令、風紀等)因不執行或不被重視而失去約束作用：紀律廢弛。

【廢除】fèichú ㄈㄟˋ ㄔㄨˊ 取消；廢止(法令、制度、條約等)：廢除農奴制｜廢除不平等條約。

【廢黜】fèichù ㄈㄟˋ ㄔㄨˋ ❶〈書〉罷免；革除(官職)。❷取消王位或廢除特權地位。

【廢話】fèihuà ㄈㄟˋ ㄏㄨㄚˋ ❶沒有用的話：廢話連篇｜少說廢話。❷說廢話：別廢話，快幹你的事去。

【廢舊】fèijiù ㄈㄟˋ ㄐㄧㄡˋ 廢棄的和陳舊的(東西)：廢舊物資。

【廢料】fèiliào ㄈㄟˋ ㄌㄧㄠˋ 在製造某種產品過程中剩下的而對本生產過程沒有用的材料：造紙廠的廢料可以製造酒精。

【廢品】fèipǐn ㄈㄟˋ ㄆㄧㄣˇ ❶不合出廠規格的產品。❷破的、舊的或失去原有使用價值的物品：廢品收購站。

【廢氣】fèiqì ㄈㄟˋ ㄑㄧˋ 工業生產或動力機械運轉中所產生的對本生產過程沒有用的氣體。參看986頁〖三廢〗。

【廢棄】fèiqì ㄈㄟˋ ㄑㄧˋ 拋棄不用：把廢棄的土地變成良田｜舊的規章制度要一概廢棄。

【廢寢忘食】fèi qǐn wàng shí ㄈㄟˋ ㄑㄧㄣˇ ㄨㄤˋ ㄕˊ 顧不得睡覺，忘記吃飯。形容非常專心努力。也說廢寢忘餐。

【廢然】fèirán ㄈㄟˋ ㄖㄢˊ 〈書〉形容消極失望的樣子：廢然而返｜廢然而嘆。

【廢熱】fèirè ㄈㄟˋ ㄖㄜˋ 在工業生產中所產生的對本生產過程沒有用的熱水、熱氣：利用工廠廢熱取暖。

【廢人】fèirén ㄈㄟˋ ㄖㄣˊ 因殘廢而失去工作能力的人。也泛指無用的人。

【廢水】fèishuǐ ㄈㄟˋ ㄕㄨㄟˇ 工業生產中所產生的對本生產過程沒有用的液體。也叫廢液。參看986頁〖三廢〗。

【廢物】fèiwù ㄈㄟˋ ㄨˋ 失去原有使用價值的東西：廢物利用。

【廢物】fèi·wu ㄈㄟˋ·ㄨ 比喻沒有用的人(罵人的話)。

【廢墟】fèixū ㄈㄟˋ ㄒㄩ 城市、村莊遭受破壞或災害後變成的荒涼地方：一片廢墟｜大地震後，整個城市成了廢墟。

【廢學】fèixué ㄈㄟˋ ㄒㄩㄝˊ 不再繼續上學；輟

學：中途廢學。

【廢渣】fèizhā ㄈㄟˋ ㄓㄚ 工業生產中所產生的對本生產過程沒有用的固態物質。參看986頁〖三廢〗。

【廢止】fèizhǐ ㄈㄟˋ ㄓˇ 取消，不再行使(法令、制度)：本條令公佈後，以前的暫行條例即行廢止。

【廢址】fèizhǐ ㄈㄟˋ ㄓˇ 〈書〉已經毀壞的建築物的地址：這裏原是清代縣衙門的廢址。

【廢置】fèizhì ㄈㄟˋ ㄓˋ 認為沒有用而擱在一邊：這些材料廢置不用，太可惜了。

鐨(镄) fèi ㄈㄟˋ 金屬元素，符號 Fm (fermium)。有放射性，由人工核反應獲得。

癈(㾱) fèi ㄈㄟˋ 〈書〉竹蓆。

fēn (ㄈㄣ)

分 fēn ㄈㄣ ❶使整體事物變成幾部分或使聯在一起的事物離開(跟'合'相對)：分裂｜分散｜分離｜一個瓜分兩半。❷分配：這個工作分給你。❸辨別：分清是非｜不分皂白。❹分支；部分：分會｜分局｜第三分冊。❺分數：約分｜通分。❻表示分數：二分之一｜百分之五。❼(某些計量單位的) 10 分之 1：分米｜分升。❽計量單位名稱。a) 長度，10 釐等於 1 分，10 分等於 1 寸。b) 地積，10 釐等於 1 分，10 分等於 1 畝。c) 重量，10 釐等於 1 分，10 分等於 1 錢。d) 貨幣，10 分等於 1 角。e) 時間，60 秒等於 1 分，60 分等於 1 小時。f) 弧或角，60 秒等於 1 分，60 分等於 1 度。g) 經度或緯度，60 秒等於 1 分，60 分等於 1 度。h) 利率，年利一分按十分之一計算，月利一分按百分之一計算。i) (分兒) 評定成績等：考試得了一百分｜這場球賽雙方只差幾分。❾〈方〉指鈔票或十元的人民幣：撈分(賺錢)｜賺了十張分。

另見338頁 fèn。

【分貝】fēnbèi ㄈㄣ ㄅㄟˋ 計量聲音強度或電功率相對大小的單位，它的數值等於音強或功率比值的常用對數的10倍。當選定一個基準音強或功率時，分貝數也表示音強或功率的絕對大小。[英 decibel]

【分崩離析】fēn bēng lí xī ㄈㄣ ㄅㄥ ㄌㄧˊ ㄒㄧ 形容集團、國家等分裂瓦解。

【分辨】fēnbiàn ㄈㄣ ㄅㄧㄢˋ 辨別：分辨香花和毒草｜天下着大雨，連方向也分辨不清了。

【分辯】fēnbiàn ㄈㄣ ㄅㄧㄢˋ 辯白：證據俱在，無需分辯｜他們説甚麼就是甚麼，我不想分辯。

【分別】[1] fēnbié ㄈㄣ ㄅㄧㄝˊ 離別：暫時分別，不久就能見面｜他們分別了好多年啦。

【分別】[2] fēnbié ㄈㄣ ㄅㄧㄝˊ ❶辨別：分別是非｜分別輕重緩急。❷不同：分別對待｜分別處理｜看不出有甚麼分別。❸分頭；各自：會議商定，幾個人分別去做動員工作｜部隊到達前沿，分別進入陣地。

【分兵】fēnbīng ㄈㄣ ㄅㄧㄥ 分開或分散兵力：分兵而進｜分兵把守要隘。

【分佈】fēnbù ㄈㄣ ㄅㄨˋ 散佈(在一定的地區內)：人口分佈圖｜商業網點分佈得不均勻。

【分餐】fēncān ㄈㄣ ㄘㄢ ❶集體吃飯的時候，把菜肴分開吃：我因為有病，跟家裏人分餐。❷指把菜肴分開吃的吃飯方式：吃分餐。

【分冊】fēncè ㄈㄣ ㄘㄜˋ 一部篇幅較大的書，按內容分成若干本，每一本叫一個分冊。

【分成】fēn∥chéng ㄈㄣ∥ㄔㄥˊ (分成兒) 按成數分錢財、物品等：四六分成｜三七分成。

【分爨】fēncuàn ㄈㄣ ㄘㄨㄢˋ 〈書〉分家過日子：兄弟分爨。

【分寸】fēn·cun ㄈㄣ ·ㄘㄨㄣ 説話或做事的適當限度：有分寸｜沒分寸｜注意説話的分寸。

【分擔】fēndān ㄈㄣ ㄉㄢ 擔負一部分：分擔任務｜分擔責任。

【分道揚鑣】fēn dào yáng biāo ㄈㄣ ㄉㄠˋ ㄧㄤˊ ㄅㄧㄠ 指分道而行。比喻因目標不同而各奔各的前程或各幹各的事情。

【分店】fēndiàn ㄈㄣ ㄉㄧㄢˋ 一個商店分設的店：這家商行去年又開設了兩家分店。

【分隊】fēnduì ㄈㄣ ㄉㄨㄟˋ 一般指軍隊中相當於營到班一級的組織。

【分發】fēnfā ㄈㄣ ㄈㄚ ❶一個個地發給：分發慰問品。❷分派(人員到工作崗位)。

【分肥】fēn∥féi ㄈㄣ∥ㄈㄟˊ 分取利益(一般指不正當的)。

【分付】fēn·fù ㄈㄣ ·ㄈㄨˋ 同'吩咐'。

【分割】fēngē ㄈㄣ ㄍㄜ 把整體或有聯繫的東西分開：民主和集中這兩方面，任何時候都不能分割開。

【分隔】fēngé ㄈㄣ ㄍㄜˊ 在中間隔斷：夫妻分隔兩地｜壘了一道牆，把一間房子分隔成兩間。

【分工】fēn∥gōng ㄈㄣ∥ㄍㄨㄥ 分別從事各種不同而又互相補充的工作：社會分工｜分工合作｜他分工抓生產｜這幾件事，咱們分分工吧。

【分管】fēnguǎn ㄈㄣ ㄍㄨㄢˇ 分工管理(某方面工作)：他分管農業｜這是老張分管的地段。

【分毫】fēnháo ㄈㄣ ㄏㄠˊ 指很少的數量；些微：分毫不爽｜不差分毫。

【分號】[1] fēnhào ㄈㄣ ㄏㄠˋ 標號符號(；)，表示一句話中間並列分句之間的停頓。

【分號】[2] fēnhào ㄈㄣ ㄏㄠˋ 分店：本店只此一家，別無分號。

【分紅】fēn∥hóng ㄈㄣ∥ㄏㄨㄥˊ ❶指人民公社時期社員定期分配工分值。❷企業分配盈餘或利潤：年終分紅｜按股分紅。

【分洪】fēnhóng ㄈㄣ ㄏㄨㄥˊ 為了使某些地區不遭受洪水災害，在上游適宜地點，把一部分洪水引入別的地方，這種措施叫做分洪。

【分化】fēnhuà ㄈㄣ ㄏㄨㄚˋ ❶性質相同的事物變成性質不同的事物；統一的事物變成分裂的事物：兩極分化｜有些字，古代本是一個，由於後來加上了不同的偏旁，就分化成幾個。❷使分化：分化瓦解｜分化敵人。❸在生物個體發育的過程中，細胞向不同的方向發展，在構造和機能上，由一般變為特殊的現象，例如胚胎時期的某些細胞分化成為肌細胞，另一些細胞分化成為結締組織。

【分機】fēnjī ㄈㄣ ㄐㄧ 需通過總機才能接通電話的通話裝置。

【分家】fēn//jiā ㄈㄣ// ㄐㄧㄚ ❶原來在一起生活的親屬把共有的家產分了，各自成家過活：分家單過。❷泛指一個整體分開：鞋底和鞋幫分了家。

【分節歌】fēnjiégē ㄈㄣ ㄐㄧㄝˊ ㄍㄜ 指用幾段歌詞配同一曲調的歌曲。各段歌詞在字數、韵律方面大致相同。民歌和群眾歌曲中常見，如《蘭花花》、《綉金匾》、《三大紀律八項注意》等。

【分解】fēnjiě ㄈㄣ ㄐㄧㄝˇ ❶一個整體分成它的各個組成部分，例如物理學上力的分解，數學上因式的分解等。❷一種物質經過化學反應而生成兩種或兩種以上其他物質，如碳酸鈣加熱分解成氧化鈣和二氧化碳。❸排解（糾紛）；調解：難以分解｜讓他替你們分解分解。❹分化瓦解：做好各項工作，促使敵人內部分解。❺解說；分辯：且聽下回分解（章回小說用語）｜不容他分解，就把他拉走了。

【分界】fēn//jiè ㄈㄣ// ㄐㄧㄝˋ 劃分界綫：分界綫｜河北省和遼寧省在山海關分界。

【分界】fēnjiè ㄈㄣ ㄐㄧㄝˋ 劃分的界綫：赤道是南半球和北半球的分界。

【分界綫】fēnjièxiàn ㄈㄣ ㄐㄧㄝˋ ㄒㄧㄢˋ ❶劃分開地區的界綫：過了河北河南兩省的分界綫，就進入了豫北。❷比喻界限：是非的分界綫不容混淆。

【分斤掰兩】fēn jīn bāi liǎng ㄈㄣ ㄐㄧㄣ ㄅㄞ ㄌㄧㄤˇ 比喻過分計較小事。

【分鏡頭】fēnjìngtóu ㄈㄣ ㄐㄧㄥˋ ㄊㄡˊ 導演將整個影片或電視片的內容按景別、攝法、對話、音樂、鏡頭長度等分切成許多準備拍攝的鏡頭，稱為分鏡頭。

【分居】fēn//jū ㄈㄣ// ㄐㄩ 一家人分開生活：分居另過｜他們夫妻兩地分居。

【分句】fēnjù ㄈㄣ ㄐㄩˋ 語法上指複句裏劃分出來的相當於單句的部分。分句和分句之間一般有停頓，在書面上用逗號或者分號表示。分句和分句在意義上有一定的聯繫，常用一些關聯詞語（連詞、有關聯作用的副詞或詞組）來連接，如：天晴了，雪也化了。參看362頁〖複句〗。

【分開】fēn//kāi ㄈㄣ// ㄎㄞ ❶人或事物不聚在一起：弟兄兩人分開已經三年了｜這些問題是彼此分開而又聯繫着的。❷使分開：老趙用手分開人群，擠到台前｜這兩件事要分開解決。

【分類】fēn//lèi ㄈㄣ// ㄌㄟˋ 根據事物的特點分別歸類：圖書分類法｜把文件分類存檔。

【分釐卡】fēnlíkǎ ㄈㄣ ㄌㄧˊ ㄎㄚˇ 見25頁〖百分尺〗。

【分離】fēnlí ㄈㄣ ㄌㄧˊ ❶分開：理論與實踐是不可分離的｜從空氣中分離出氮氣來。❷別離：分離了多年的兄弟又重逢了。

【分力】fēnlì ㄈㄣ ㄌㄧˋ 幾個力同時對某物體的作用和另外一個力對該物體的作用效果相同，這幾個力就是那一個力的分力。

【分列式】fēnlièshì ㄈㄣ ㄌㄧㄝˋ ㄕˋ 軍隊等按照不同的兵種或編制排列成一定的隊形，依次走正步、行注目禮通過檢閱台，這種隊形叫分列式。

【分裂】fēnliè ㄈㄣ ㄌㄧㄝˋ ❶整體的事物分開：細胞分裂。❷使整體的事物分開：分裂組織。

【分流】fēnliú ㄈㄣ ㄌㄧㄡˊ ❶從幹流中分出一股或幾股水流注入另外的河流或單獨入海。❷（人員、車輛等）分別向不同的道路、方向流動：人車分流｜消費資金分流。

【分餾】fēnliú ㄈㄣ ㄌㄧㄡˊ 液體中含有幾種揮發性不同的物質時，蒸餾液體，使它所含的成分互相分離：分餾石油可以得到汽油、煤油等。

【分袂】fēnmèi ㄈㄣ ㄇㄟˋ 〈書〉離別；分手。

【分門別類】fēn mén bié lèi ㄈㄣ ㄇㄣˊ ㄅㄧㄝˊ ㄌㄟˋ 根據事物的特性分成各種門類：把收集的標本分門別類地擺列起來。

【分泌】fēnmì ㄈㄣ ㄇㄧˋ ❶從生物體的某些細胞、組織或器官裏產生出某種物質。如胃分泌胃液，花分泌花蜜，病菌分泌毒素等。❷岩石中的裂隙逐漸被流動的礦物溶液填滿。也指這樣形成的礦物。

【分蜜】fēnmì ㄈㄣ ㄇㄧˋ 製糖的一道工序，把熬出來的糖膏裏的糖蜜和糖的結晶分離開。

【分娩】fēnmiǎn ㄈㄣ ㄇㄧㄢˇ ❶生小孩兒。❷生幼畜。

【分秒】fēnmiǎo ㄈㄣ ㄇㄧㄠˇ 一分一秒。指極短的時間：分秒必爭｜時間不饒人，分秒賽黃金。

【分秒必爭】fēn miǎo bì zhēng ㄈㄣ ㄇㄧㄠˇ ㄅㄧˋ ㄓㄥ 一點兒時間也不放鬆。

【分明】fēnmíng ㄈㄣ ㄇㄧㄥˊ ❶清楚：黑白分明｜愛憎分明。❷明明；顯然：他分明朝你來的方向去的，你怎麼沒有看見他？

【分母】fēnmǔ ㄈㄣ ㄇㄨˇ 見〖分數〗。

【分櫱】fēnniè ㄈㄣ ㄋㄧㄝˋ 稻、麥、甘蔗等植物發育的時候，在幼苗靠近土壤的部分生出分枝。有的地區叫發棵。

【分派】fēnpài ㄈㄣ ㄆㄞˋ ❶分別指定人去完成工作或任務：分派專人負責。❷指定分攤；攤派：這次旅遊的費用，由參加的人分派。

【分配】fēnpèi ㄈㄣ ㄆㄟˋ ❶按一定的標準或規定分(東西)：分配宿舍｜分配勞動果實。❷安排；分派：服從組織分配｜合理分配勞動力。❸經濟學上指把生產資料分給生產單位或把消費資料分給消費者。分配的方式決定於社會制度。

【分片】fēn//piàn ㄈㄣ//ㄆㄧㄢˋ (分片兒)根據工作需要，把較大的地區或範圍劃分成若干小的區域或範圍：分片包幹。

【分歧】fēnqí ㄈㄣ ㄑㄧˊ (思想、意見、記載等)不一致；有差別：分歧點｜理論分歧｜消除分歧。

【分清】fēn//qīng ㄈㄣ//ㄑㄧㄥ 分辨清楚：分清是非｜一片汪洋，分不清哪是天哪是水。

【分群】fēn//qún ㄈㄣ//ㄑㄩㄣˊ 養蜂業中指新的母蜂產生後兩三天內，舊的母蜂和一部分工蜂離開原來的蜂巢，到另一個地方組成新的蜂群。

【分潤】fēnrùn ㄈㄣ ㄖㄨㄣˋ 分享利益(多指金錢)。

【分散】fēnsàn ㄈㄣ ㄙㄢˋ ❶散在各處；不集中：分散活動｜山村的人家住得很分散。❷使分散：分散注意力。❸散發；分發：分散傳單。

【分色鏡】fēnsèjìng ㄈㄣ ㄙㄜˋ ㄐㄧㄥˋ 一種專用鏡片，能反射某種色光，而透過其他色光。

【分設】fēnshè ㄈㄣ ㄕㄜˋ 分別設置：局下面分設三個處。

【分身】fēn//shēn ㄈㄣ//ㄕㄣ 抽出時間去照顧其他方面(多用於否定式)：難以分身｜無法分身｜一直想去看看您，可總是分不開身。

【分神】fēn//shén ㄈㄣ//ㄕㄣˊ 分心：要集中注意力，不要分神｜那本書請您分神去找一找，我們等着用。

【分式】fēnshì ㄈㄣ ㄕˋ 有除法運算，而且除式中含有字母的有理式。如$\frac{1}{x}$，$\frac{a}{b-c^2}$。

【分手】fēn//shǒu ㄈㄣ//ㄕㄡˇ 別離；分開：我要往北走了，咱們在這兒分手吧｜他們兩人合不到一起，早分了手。

【分數】fēnshù ㄈㄣ ㄕㄨˋ ❶評定成績或勝負時所記的分兒的數字：三門功課的平均分數是87分｜鞍馬，他得的分數是9.5分。❷把一個單位分成若干等份，表示其中的一份或幾份的數，是除法的一種書寫形式，如$\frac{2}{5}$(讀作五分之二)，$2\frac{3}{7}$(讀作二又七分之三)。在分數中，符號'—'叫做分數綫，相當於除號；分數綫上面的數叫做分子，相當於被除數，如$\frac{2}{5}$中的2；分數綫下面的數叫做分母，相當於除數，如$\frac{2}{5}$中的5。

【分數綫】fēnshùxiàn ㄈㄣ ㄕㄨˋ ㄒㄧㄢˋ ❶見〖分數〗。❷考生被錄取的最低分數標準：他的考試成績超過了本市錄取分數綫。

【分水嶺】fēnshuǐlǐng ㄈㄣ ㄕㄨㄟˇ ㄌㄧㄥˇ ❶兩個流域分界的山脊或高原。也叫分水綫。❷比喻不同事物的主要分界。

【分說】fēnshuō ㄈㄣ ㄕㄨㄛ 分辯(多用在'不容、不由'等否定語之後)。

【分攤】fēntān ㄈㄣ ㄊㄢ 分擔(費用)：聚餐的錢，大家分攤。

【分庭抗禮】fēn tíng kàng lǐ ㄈㄣ ㄊㄧㄥˊ ㄎㄤˋ ㄌㄧˇ 原指賓主相見，站在庭院的兩邊，相對行禮。現在用來比喻平起平坐，互相對立。

【分頭】[1] fēntóu ㄈㄣ ㄊㄡˊ 若干人分幾個方面(進行工作)：分頭辦理｜大家分頭去準備。

【分頭】[2] fēntóu ㄈㄣ ㄊㄡˊ 短頭髮向兩邊分開梳的式樣：他留着分頭。

【分文】fēnwén ㄈㄣ ㄨㄣˊ 指很少的錢：分文不值｜身無分文｜分文不取。

【分文不取】fēn wén bù qǔ ㄈㄣ ㄨㄣˊ ㄅㄨˋ ㄑㄩˇ 一個錢也不要(多指應給的報酬或應收的費用)：我要是治不好你的病，分文不取。

【分析】fēnxī ㄈㄣ ㄒㄧ 把一件事物、一種現象、一個概念分成較簡單的組成部分，找出這些部分的本質屬性和彼此之間的關係(跟'綜合'相對)：化學分析｜分析問題｜分析目前國際形勢。

【分析語】fēnxīyǔ ㄈㄣ ㄒㄧ ㄩˇ 語言學上指詞與詞間的語法關係主要不是靠詞本身的形態變化，而是靠詞序、虛詞等來表示的語言。一般認為漢語是典型的分析語。

【分享】fēnxiǎng ㄈㄣ ㄒㄧㄤˇ 和別人分着享受(歡樂、幸福、好處等)：晚會中老師也分享着孩子們的歡樂。

【分曉】fēnxiǎo ㄈㄣ ㄒㄧㄠˇ ❶事情的底細或結果(多用於'見'後)：究竟誰是冠軍，明天就見分曉。❷明白；清楚：問個分曉｜且看下圖，便可分曉。❸道理(多用於否定式)：沒分曉的話｜這個人好沒分曉，信口亂說。

【分心】fēn//xīn ㄈㄣ//ㄒㄧㄣ ❶分散注意力；不專心：孩子的功課叫家長分心。❷費心：分心勞神｜這件事您多分心吧。

【分野】fēnyě ㄈㄣ ㄧㄝˇ 劃分的範圍；界限①：政治分野｜思想分野。

【分陰】fēnyīn ㄈㄣ ㄧㄣ 日影移動一分的時間。指極短的時間：惜分陰。

【分憂】fēn//yōu ㄈㄣ//ㄧㄡ 分擔別人的憂慮；幫助別人解決困難：分憂解愁｜為國分憂。

【分贓】fēn//zāng ㄈㄣ//ㄗㄤ ❶分取贓款贓物：坐地分贓。❷比喻分取不正當的權利或利益。

【分張】fēnzhāng ㄈㄣ ㄓㄤ 〈書〉分手；離別。

【分賬】fēnzhàng ㄈㄣ ㄓㄤˋ 按照一定比例分錢財：三七分賬。

【分針】fēnzhēn ㄈㄣ ㄓㄣ 鐘錶上指示分數的指針，比時針長。

【分支】fēnzhī ㄈㄣ ㄓ 從一個系統或主體中分出來的部分：分支機構。

【分至點】fēnzhìdiǎn ㄈㄣ ㄓˋ ㄉㄧㄢˇ 春分點、秋分點、夏至點、冬至點的合稱。

【分子】fēnzǐ ㄈㄣ ㄗˇ ❶見〖分數〗②。❷物質中能夠獨立存在並保持本物質一切化學性質的最小微粒，由原子組成。

另見339頁 fènzǐ。

【分子量】fēnzǐliàng ㄈㄣ ㄗˇ ㄌㄧㄤˋ 分子的相對質量。是一個分子中各原子的原子量的總和，如水 (H_2O) 的分子量約為 18，氫 (H_2) 的分子量約為 2。

【分子篩】fēnzǐshāi ㄈㄣ ㄗˇ ㄕㄞ 用吸附性很強的物質 (如硅鋁酸鹽) 塑成的物體。具有許多孔徑大小均一的微孔，能有選擇的吸附某種小於孔徑的分子。用於液體和氣體的乾燥、分離、淨化。

【分子式】fēnzǐshì ㄈㄣ ㄗˇ ㄕˋ 用元素符號表示物質分子組成的式子，如水的分子式是 H_2O，氧的分子式是 O_2。

芬〔芬〕 fēn ㄈㄣ 香氣：芬芳｜清芬。

【芬芳】fēnfāng ㄈㄣ ㄈㄤ 香；香氣：芬芳的花朵｜氣味芬芳｜空氣裏彌漫着桂花的芬芳。

吩 fēn ㄈㄣ ［吩咐］(fēn·fù ㄈㄣ ·ㄈㄨ) 口頭指派或命令；囑咐：父親吩咐大哥務必在月底以前趕回來｜我們倆做甚麼，請你吩咐。也作分付。

玢 fēn ㄈㄣ 見985頁〖賽璐玢〗。

另見79頁 bīn。

氛 fēn ㄈㄣ 氣；氣象③：氣氛｜戰氛。

【氛圍】fēnwéi ㄈㄣ ㄨㄟˊ 周圍的氣氛和情調：人們在歡樂的氛圍中迎來了新的一年。也作雰圍。

紛(纷) fēn ㄈㄣ ❶多；雜亂：紛亂｜紛飛。❷糾紛：排難解紛。

【紛呈】fēnchéng ㄈㄣ ㄔㄥˊ 紛紛呈現：色彩紛呈｜戲曲彙演，流派紛呈。

【紛繁】fēnfán ㄈㄣ ㄈㄢˊ 多而複雜：頭緒紛繁。

【紛飛】fēnfēi ㄈㄣ ㄈㄟ (雪、花等) 多而雜亂地在空中飄揚：大雪紛飛｜柳絮紛飛◇戰火紛飛。

【紛紛】fēnfēn ㄈㄣ ㄈㄣ ❶(言論、往下落的東西等) 多而雜亂：議論紛紛｜落葉紛紛。❷(許多人或事物) 接二連三地：大家紛紛提出問題。

【紛紛揚揚】fēnfēnyángyáng ㄈㄣ ㄈㄣ ㄧㄤˊ ㄧㄤˊ (雪、花、葉等) 飄灑得多而雜亂：鵝毛大雪紛紛揚揚｜碎紙紛紛揚揚地落了一地。

【紛亂】fēnluàn ㄈㄣ ㄌㄨㄢˋ 雜亂；混亂：思緒紛亂｜紛亂的腳步聲。

【紛披】fēnpī ㄈㄣ ㄆㄧ 〈書〉散亂張開的樣子：枝葉紛披。

【紛擾】fēnrǎo ㄈㄣ ㄖㄠˇ 混亂：內心紛擾｜世事紛擾。

【紛紜】fēnyún ㄈㄣ ㄩㄣˊ (言論、事情等) 多而雜亂：頭緒紛紜｜眾說紛紜，莫衷一是。

【紛雜】fēnzá ㄈㄣ ㄗㄚˊ 多而亂；紛亂：頭緒紛雜｜紛雜的思緒。

【紛爭】fēnzhēng ㄈㄣ ㄓㄥ 糾紛；爭執：引起一場紛爭。

【紛至沓來】fēn zhì tà lái ㄈㄣ ㄓˋ ㄊㄚˋ ㄌㄞˊ 紛紛到來；連續不斷地到來：顧客紛至沓來，應接不暇。

棻〔棻〕 fēn ㄈㄣ 〈書〉有香氣的木頭。

酚 fēn ㄈㄣ 有機化合物的一類，是芳香烴分子中苯環上的氫原子被羥基取代而成的化合物。特指苯酚。［英 phenol］

雰 fēn ㄈㄣ 〈書〉霧氣；氣。

【雰雰】fēnfēn ㄈㄣ ㄈㄣ 〈書〉霜雪等很盛的樣子：雨雪雰雰。

【雰圍】fēnwéi ㄈㄣ ㄨㄟˊ 同'氛圍'。

黺(𱌥) fēn ㄈㄣ 〈方〉未曾：黺來過。

fén (ㄈㄣˊ)

汾 Fén ㄈㄣˊ 汾河，水名，在山西。

【汾酒】fénjiǔ ㄈㄣˊ ㄐㄧㄡˇ 山西汾陽出產的一種白酒。

蚡 fén ㄈㄣˊ 〈書〉同'鼢'。

棼 fén ㄈㄣˊ 〈書〉紛亂：治絲益棼。

焚 fén ㄈㄣˊ 燒：焚香｜玩火自焚｜憂心如焚。

【焚風】fénfēng ㄈㄣˊ ㄈㄥ 氣流沿山坡下降而形成的熱而乾的風。多焚風的地區，空氣平常比較乾燥，容易發生森林火災。

【焚膏繼晷】fén gāo jì guǐ ㄈㄣˊ ㄍㄠ ㄐㄧˋ ㄍㄨㄟˇ 點燃燈燭來接替日光照明。形容夜以繼日地用功讀書或努力工作。

【焚化】fénhuà ㄈㄣˊ ㄏㄨㄚˋ 燒掉 (屍骨、神像、紙錢等)。

【焚燬】fénhuǐ ㄈㄣˊ ㄏㄨㄟˇ 燒壞；燒燬：一場大火焚燬了半個村子的民房。

【焚琴煮鶴】fén qín zhǔ hè ㄈㄣˊ ㄑㄧㄣˊ ㄓㄨˇ ㄏㄜˋ 見1494頁〖煮鶴焚琴〗。

【焚燒】fénshāo ㄈㄣˊ ㄕㄠ 燒燬；燒掉：焚燒毒品。

【焚香】fén//xiāng ㄈㄣˊ//ㄒㄧㄤ ❶燒香：焚香拜佛。❷點燃香：焚香靜坐｜焚香操琴。

墳(坟) fén ㄈㄣˊ 墳墓：祖墳｜上墳｜一座墳。

【墳地】féndì ㄈㄣˊ ㄉㄧˋ 埋葬死人的地方；墳墓所在的地方。

【墳墓】fénmù ㄈㄣˊ ㄇㄨˋ 埋葬死人的穴和上面的墳頭。

【墳山】fénshān ㄈㄣˊ ㄕㄢ 〈方〉❶用做墳地的山。泛指墳地。❷高大的墳頭。❸墳墓或墳地後面的土圍子。也叫墳山子。

【墳頭】féntóu ㄈㄣˊ ㄊㄡˊ (墳頭兒)埋葬死人之後在地面上築起的土堆，也有用磚石等砌成的。

【墳塋】fényíng ㄈㄣˊ ㄧㄥˊ ❶墳墓。❷墳地。

濆(㵒) fén ㄈㄣˊ 〈書〉水邊。

鼢 fén ㄈㄣˊ ［鼢鼠］(fénshǔ ㄈㄣˊ ㄕㄨˇ)哺乳動物，身體灰色，尾短，眼小，在地下打洞，吃甘薯、花生、豆類等植物的地下部分，也吃牧草，對農牧業危害性很大。也叫盲鼠，有的地區叫地羊。

豶(豮) fén ㄈㄣˊ 〈方〉雄性的牲畜：豶豬。

fěn (ㄈㄣˇ)

粉 fěn ㄈㄣˇ ❶粉末：麪粉｜藕粉｜花粉。❷特指化妝用的粉末：香粉｜塗脂抹粉。❸用澱粉製成的食品：涼粉｜粉皮。❹特指粉條或粉絲：米粉｜綠豆粉｜菠菜炒粉。❺變成粉末：粉碎｜粉身碎骨｜石灰放得太久，已經粉了。❻〈方〉粉刷：牆剛粉過。❼帶着白粉的；白色的：粉蝶｜粉連紙。❽粉紅：粉色｜粉牡丹｜這塊綢子是粉的。

【粉筆】fěnbǐ ㄈㄣˇ ㄅㄧˇ 在黑板上寫字用的條狀物，用白堊、熟石膏粉等加水攪拌，灌入模型後凝固製成。

【粉腸】fěncháng ㄈㄣˇ ㄔㄤˊ (粉腸兒)用糰粉加少量油脂、鹽、作料等灌入腸衣做熟的副食品。

【粉塵】fěnchén ㄈㄣˇ ㄔㄣˊ 在燃燒或工業生產過程中產生的粉末狀的廢物：粉塵污染。

【粉刺】fěncì ㄈㄣˇ ㄘˋ 痤瘡(cuóchuāng)的通稱。

【粉黛】fěndài ㄈㄣˇ ㄉㄞˋ 〈書〉❶婦女化妝用的白粉和青黑色的顏料：不施粉黛。❷借指婦女：六宮粉黛。

【粉蝶】fěndié ㄈㄣˇ ㄉㄧㄝˊ 蝴蝶的一種，翅白色，有黑色斑點，也有黃色或橙色的。幼蟲吃白菜、油菜、蘿蔔等十字花科蔬菜的葉，是農業害蟲。

【粉坊】fěnfáng ㄈㄣˇ ㄈㄤˊ 做粉皮、粉條、粉絲等食品的作坊。

【粉紅】fěnhóng ㄈㄣˇ ㄏㄨㄥˊ 紅和白合成的顏色。

【粉劑】fěnjì ㄈㄣˇ ㄐㄧˋ 散劑。

【粉連紙】fěnliánzhǐ ㄈㄣˇ ㄌㄧㄢˊ ㄓˇ 一種白色的一面光的紙，比較薄，半透明，可以蒙在字畫上描摹。

【粉末】fěnmò ㄈㄣˇ ㄇㄛˋ (粉末兒)極細的顆粒；細屑：金屬粉末｜研成粉末。

【粉墨登場】fěn mò dēng chǎng ㄈㄣˇ ㄇㄛˋ ㄉㄥ ㄔㄤˇ 化裝上台演戲。今多比喻登上政治舞台(含譏諷意)。

【粉牌】fěnpái ㄈㄣˇ ㄆㄞˊ 白色的水牌。

【粉皮】fěnpí ㄈㄣˇ ㄆㄧˊ (粉皮兒)用綠豆、白薯等的澱粉製成的片狀的食品。

【粉撲兒】fěnpūr ㄈㄣˇ ㄆㄨㄦ 撲粉的用具，多用棉質物製成。

【粉芡】fěnqiàn ㄈㄣˇ ㄑㄧㄢˋ 芡粉加水攪拌而成的糊狀物，供做菜時勾芡用。

【粉牆】fěnqiáng ㄈㄣˇ ㄑㄧㄤˊ 白色的牆(多指用白堊等粉刷過的牆)。

【粉沙】fěnshā ㄈㄣˇ ㄕㄚ 土壤中介於沙與黏土之間的細顆粒，捏在手中像麪粉，細膩而不粘手。含粉沙的土壤保水能力好，適於種植馬鈴薯、花生等。

【粉身碎骨】fěn shēn suì gǔ ㄈㄣˇ ㄕㄣ ㄙㄨㄟˋ ㄍㄨˇ 身體粉碎(多指為了某種目的而喪生)。

【粉飾】fěnshì ㄈㄣˇ ㄕˋ 塗飾表面，掩蓋污點或缺點：粉飾門面｜粉飾太平。

【粉刷】fěnshuā ㄈㄣˇ ㄕㄨㄚ ❶用白堊等塗抹牆壁等：房屋粉刷一新。❷〈方〉在建築物的表面抹上泥、石灰、水泥等材料，有時再刷上灰漿或做出各種花紋。❸〈方〉抹在建築物表面的保護層。

【粉絲】fěnsī ㄈㄣˇ ㄙ 用綠豆等的澱粉製成的綫狀的食品。

【粉碎】fěnsuì ㄈㄣˇ ㄙㄨㄟˋ ❶碎成粉末：粉碎性骨折｜茶杯摔得粉碎。❷使粉碎：粉碎機｜粉碎礦石。❸使徹底失敗或毀滅：粉碎敵人的進攻。

【粉條】fěntiáo ㄈㄣˇ ㄊㄧㄠˊ (粉條兒)用綠豆、白薯等的澱粉製成的細條狀的食品。

【粉綫】fěnxiàn ㄈㄣˇ ㄒㄧㄢˋ 沾着黃、白等顏色粉末的綫，裁衣服時用來在衣料上打上綫條：打粉綫。

【粉蒸肉】fěnzhēngròu ㄈㄣˇ ㄓㄥ ㄖㄡˋ 米粉肉。

fèn (ㄈㄣˋ)

分[1] fèn ㄈㄣˋ ❶成分：水分｜鹽分｜養分。❷職責、權利等的限度：本分｜過分｜恰如其分｜非分之想。❸情分；情誼：看在老朋友的分上，原諒他吧。❹同'份'。

分2 fèn ㄈㄣˋ 〈書〉料想：自分不能肩此重任。
另見334頁 fēn。

【分際】fènjì ㄈㄣˋ ㄐㄧˋ ❶合適的界限；分寸：説話做事嚴守分際。❷地步：想不到他竟胡塗到這個分際。

【分量】fèn·liàng ㄈㄣˋ·ㄌㄧㄤˋ 重量：這個南瓜的分量不下二十斤◇話説得很有分量。

【分內】fènnèi ㄈㄣˋ ㄋㄟˋ 本分以內：關心學生是教師分內的事。

【分外】fènwài ㄈㄣˋ ㄨㄞˋ ❶超過平常；特別：分外高興｜月到中秋分外明。❷本分以外：他從來不把幫助別人看做分外的事。

【分子】fènzǐ ㄈㄣˋ ㄗˇ 屬於一定階級、階層、集團或具有某種特徵的人：資產階級分子｜知識分子｜積極分子。
另見337頁 fēnzǐ。

份 fèn ㄈㄣˋ ❶整體裏的一部：股份。❷(份兒)量詞。a)用於搭配成組的東西：一份兒飯｜一份兒禮。b)用於報刊、文件等：一份《人民日報》｜本合同一式兩份，雙方各執一份。❸用在'省、縣、年、月'後面，表示劃分的單位：省份｜年份。
〈古〉'份'又同'彬'bīn。

【份額】fèn'é ㄈㄣˋ ㄜˊ 整體中分佔的額數：把節能所得效益的一定份額撥給企業。

【份兒】fènr ㄈㄣㄦˋ ❶搭配成整體的東西；整體分成的部分：這一份兒是你的。❷地位：這個團體裏沒有我的份兒。❸〈方〉派頭；氣勢：擺份兒｜跌份兒。❹程度；地步：都鬧到這份兒上了，他還當沒事兒呢。

【份兒飯】fènrfàn ㄈㄣㄦˋ ㄈㄢˋ 論份兒賣的飯；分成份兒吃的飯。

【份子】fèn·zi ㄈㄣˋ·ㄗ ❶集體送禮時各人分攤的錢：湊份子。❷泛指做禮物的現金：出份子。

坋 fèn ㄈㄣˋ 古坋(Gǔfèn ㄍㄨˇ ㄈㄣˋ)，地名，在福建。
另見55頁 bèn。

忿1 fèn ㄈㄣˋ 同'憤'。

忿2 fèn ㄈㄣˋ 見94頁〖不忿〗、909頁〖氣不忿兒〗。

【忿忿】fènfèn ㄈㄣˋ ㄈㄣˋ 同'憤憤'。

【忿詈】fènlì ㄈㄣˋ ㄌㄧˋ 〈書〉因憤怒而罵。

僨(偾) fèn ㄈㄣˋ 〈書〉毀壞；敗壞：僨事。

【僨事】fènshì ㄈㄣˋ ㄕˋ 〈書〉把事情搞壞：膽大而心不細，只能僨事。

憤(愤) fèn ㄈㄣˋ 因為不滿意而感情激動；發怒：氣憤｜義憤｜公憤｜憤世嫉俗。

【憤憤】fènfèn ㄈㄣˋ ㄈㄣˋ 很生氣的樣子：憤憤不平。也作忿忿。

【憤恨】fènhèn ㄈㄣˋ ㄏㄣˋ 憤慨痛恨：不正之風，令人憤恨。

【憤激】fènjī ㄈㄣˋ ㄐㄧ 憤怒而激動：憤激的情緒。

【憤慨】fènkǎi ㄈㄣˋ ㄎㄞˇ 氣憤不平：無比憤慨｜無恥行為，令人憤慨。

【憤懣】fènmèn ㄈㄣˋ ㄇㄣˋ 〈書〉氣憤；抑鬱不平：憤懣之情，溢於言表。

【憤怒】fènnù ㄈㄣˋ ㄋㄨˋ 因極度不滿而情緒激動：憤怒的人群｜憤怒聲討侵略者的罪行。

【憤然】fènrán ㄈㄣˋ ㄖㄢˊ 形容氣憤發怒的樣子：憤然離去。

【憤世嫉俗】fèn shì jí sú ㄈㄣˋ ㄕˋ ㄐㄧˊ ㄙㄨˊ 對不合理的社會和習俗表示憤恨憎惡。

奮(奋) fèn ㄈㄣˋ ❶鼓起勁來；振作：振奮｜興奮｜勤奮。❷搖動；舉起：奮臂高呼｜奮筆疾書。

【奮不顧身】fèn bù gù shēn ㄈㄣˋ ㄅㄨˋ ㄍㄨˋ ㄕㄣ 奮勇直前，不顧生命。

【奮鬥】fèndòu ㄈㄣˋ ㄉㄡˋ 為了達到一定目的而努力幹：艱苦奮鬥｜為實現偉大理想而奮鬥。

【奮發】fènfā ㄈㄣˋ ㄈㄚ 精神振作，情緒高漲：奮發有為｜奮發向上。

【奮發圖強】fèn fā tú qiáng ㄈㄣˋ ㄈㄚ ㄊㄨˊ ㄑㄧㄤˊ 振作精神，努力自強。

【奮飛】fènfēi ㄈㄣˋ ㄈㄟ (鳥)振翅飛翔。

【奮激】fènjī ㄈㄣˋ ㄐㄧ 興奮激昂；激奮：情緒奮激。

【奮進】fènjìn ㄈㄣˋ ㄐㄧㄣˋ 奮勇前進：催人奮進。

【奮力】fènlì ㄈㄣˋ ㄌㄧˋ 充分鼓起勁來：奮力拼搏｜奮力搶救落水兒童。

【奮袂】fènmèi ㄈㄣˋ ㄇㄟˋ 〈書〉指感情激動時把袖子一甩，準備行動：奮袂而起。

【奮勉】fènmiǎn ㄈㄣˋ ㄇㄧㄢˇ 振作努力。

【奮起】fènqǐ ㄈㄣˋ ㄑㄧˇ ❶振作起來：奮起直追｜奮起反擊。❷有力地舉起或拿起來：奮起鐵拳。

【奮勇】fènyǒng ㄈㄣˋ ㄩㄥˇ 鼓起勇氣：奮勇殺敵｜自告奮勇。

【奮戰】fènzhàn ㄈㄣˋ ㄓㄢˋ 奮勇戰鬥：浴血奮戰。

糞(粪) fèn ㄈㄣˋ ❶從肛門排泄出來的經過消化的食物的渣滓；屎：牛糞｜拾糞｜上糞。❷〈書〉施肥：糞地｜糞田。❸〈書〉掃除：糞除。

【糞便】fènbiàn ㄈㄣˋ ㄅㄧㄢˋ 屎和尿。

【糞除】fènchú ㄈㄣˋ ㄔㄨˊ 〈書〉掃除。

【糞肥】fènféi ㄈㄣˋ ㄈㄟˊ 用做肥料的人或家畜、鳥類等的糞便。

【糞箕子】fènjī·zi ㄈㄣˋ ㄐㄧ·ㄗ 盛糞的器具，用荊條、竹篾等編成，形狀像簸箕，有提樑。也叫糞箕。

【糞坑】fènkēng ㄈㄣˋ ㄎㄥ ❶積糞便的坑。❷指茅廁坑。‖也叫糞坑子。

【糞筐】fènkuāng ㄈㄣˋ ㄎㄨㄤ ❶拾糞的時候用來盛糞的筐。❷糞箕子。

【糞門】fènmén ㄈㄣˋ ㄇㄣˊ 〈方〉肛門。

【糞土】fèntǔ ㄈㄣˋ ㄊㄨˇ 糞便和泥土。比喻不值錢的東西。

瀵 fèn ㄈㄣˋ 〈書〉水由地面下噴出漫溢。

【瀵泉】fènquán ㄈㄣˋ ㄑㄩㄢˊ 從地層深處噴出地表的水，含有氮、磷、鉀等元素，用於灌溉，肥效顯著。

鱝(鲼) fèn ㄈㄣˋ 魚類的一科，身體扁平，呈菱形，尾部細長像鞭子，有的種類尾部有硬刺。生活在熱帶和亞熱帶海洋中。

fēng (ㄈㄥ)

丰 fēng ㄈㄥ 美好的容貌和姿態：丰采｜丰姿｜丰韵。

另見346頁 fēng‘豐’。

【丰采】fēngcǎi ㄈㄥ ㄘㄞˇ 同‘風采’①。

【丰韵】fēngyùn ㄈㄥ ㄩㄣˋ 同‘風韵’。

【丰姿】fēngzī ㄈㄥ ㄗ 同‘風姿’。

封1 fēng ㄈㄥ ❶古時帝王把爵位(有時連土地)或稱號賜給臣子：封王｜分封諸侯。❷(Fēng)姓。

封2 fēng ㄈㄥ ❶封閉：查封｜封河｜大雪封山｜封住瓶口｜把信封起來。❷(封兒)封起來的或用來封東西的紙包或紙袋：賞封｜信封。❸量詞，用於封起來的東西：一封信｜一封銀子。

【封閉】fēngbì ㄈㄥ ㄅㄧˋ ❶嚴密蓋住或關住使不能通行或隨便打開：大雪封閉了道路｜用火漆封閉瓶口。❷查封：封閉賭場。

【封閉療法】fēngbì liáofǎ ㄈㄥ ㄅㄧˋ ㄌㄧㄠˊ ㄈㄚˇ 一種治療方法，把麻醉劑注射在身體的一定部位，使局部病變的惡性刺激不再傳到大腦皮層，對大腦皮層有保護性的抑制作用，從而達到治療的目的。

【封存】fēngcún ㄈㄥ ㄘㄨㄣˊ 封閉起來保存：資料暫時封存起來。

【封底】fēngdǐ ㄈㄥ ㄉㄧˇ 書刊的背面，跟封面③相對的一面。也叫封四。

【封地】fēngdì ㄈㄥ ㄉㄧˋ 奴隸社會或封建社會君主分封給諸侯、諸侯再向下面分封的土地。

【封頂】fēngdǐng ㄈㄥ ㄉㄧㄥˇ ❶植株的頂芽停止生長。❷建成建築物頂部：大樓已經按期封頂。❸指限定最高數額：獎金不封頂。

【封凍】fēngdòng ㄈㄥ ㄉㄨㄥˋ ❶(江、河等)水面結冰。❷土地上凍。

【封二】fēng'èr ㄈㄥ ㄦˋ 書刊中指封面③的背面。

【封港】fēnggǎng ㄈㄥ ㄍㄤˇ 指由於沈船、施工或冰凍等原因，港口或航道停止通航。

【封官許願】fēng guān xǔ yuàn ㄈㄥ ㄍㄨㄢ ㄒㄩˇ ㄩㄢˋ 為了使別人替自己賣力而答應給以名利地位。

【封河】fēng//hé ㄈㄥ//ㄏㄜˊ 冰封閉了河面：封河期。

【封火】fēng//huǒ ㄈㄥ//ㄏㄨㄛˇ 把爐火壓住，讓它燃燒不旺，但不熄滅。

【封建】fēngjiàn ㄈㄥ ㄐㄧㄢˋ ❶一種政治制度，君主把土地分給宗室和功臣，讓他們在這土地上建國。我國周代開始有這種制度，其後有些朝代也曾仿行。歐洲中世紀君主把土地分給親信的人，形式跟我國古代封建相似，我國也把它叫做封建。❷指封建主義社會形態：反封建｜封建剝削。❸帶有封建社會的色彩：頭腦封建。

【封建割據】fēngjiàn gējù ㄈㄥ ㄐㄧㄢˋ ㄍㄜ ㄐㄩˋ 封建時代擁有武力的人佔據部分地區，對抗中央政權，各自為政，形成分裂對抗的局面。

【封建社會】fēngjiàn shèhuì ㄈㄥ ㄐㄧㄢˋ ㄕㄜˋ ㄏㄨㄟˋ 一種社會形態，特徵是地主佔有土地，農民只有很少土地或全無土地，只能耕種地主的土地，絕大部分產品被地主剝奪。封建社會比奴隸社會前進了一步，農民可以有自己的個體經濟，但終身依附土地，實際上仍無人身自由。保護封建剝削制度的權力機關是地主階級的封建國家。

【封建主】fēngjiànzhǔ ㄈㄥ ㄐㄧㄢˋ ㄓㄨˇ 封建社會的領主。

【封建主義】fēngjiàn zhǔyì ㄈㄥ ㄐㄧㄢˋ ㄓㄨˇ ㄧˋ 一種社會制度，它的基礎是地主佔有土地，剝削農民。參看〖封建社會〗。

【封疆】fēngjiāng ㄈㄥ ㄐㄧㄤ ❶〈書〉疆界。❷指統治一方的將帥，明清兩代指總督、巡撫等：身任封疆｜封疆大吏。

【封禁】fēngjìn ㄈㄥ ㄐㄧㄣˋ ❶封閉：封禁府庫。❷查封；禁止：封禁了一批黃色書刊。

【封鏡】fēngjìng ㄈㄥ ㄐㄧㄥˋ 指影片、電視片拍攝工作結束。

【封口】fēng//kǒu ㄈㄥ//ㄎㄡˇ (封口兒) ❶封閉張開的地方(傷口、瓶口、信封口等)：這封信還沒封口｜腿上的傷已經封口了。❷閉口不談；把話說死不再改變：他沒封口，還可以商量｜人家已經封了口，沒法兒再談了。

【封口】fēngkǒu ㄈㄥ ㄎㄡˇ (封口兒)信封、封套等可以封起來的地方：信件的封口要粘牢。

【封裏】fēnglǐ ㄈㄥ ㄌㄧˇ 書刊中指封二，有時也兼指封三。

【封門】fēng//mén ㄈㄥ//ㄇㄣˊ ❶在門上貼上封條，禁止開啓。❷(封門兒)把話說死不再改變；封口②：幾句話他就封了門兒。❸〈方〉舊時死了長輩的人家，用白紙把門上的對聯或門神像封起來。

【封面】fēngmiàn ㄈㄥ ㄇㄧㄢˋ ❶綫裝書指書皮裏面印着書名和刻書者的名稱等的一頁。❷新式裝訂的書刊指最外面的一層，用厚紙、布、皮等做成。❸特指新式裝訂的書刊印着書刊名稱等的第一面。也叫封一。

【封皮】fēngpí ㄈㄥ ㄆㄧˊ ❶封面②。❷信封。❸〈方〉包裹在物品外面的紙等。❹〈方〉封條。

【封妻蔭子】fēng qī yìn zǐ ㄈㄥ ㄑㄧ ㄧㄣˋ ㄗˇ 君主時代功臣的妻子得到封號，子孫世襲官職。

【封三】fēngsān ㄈㄥ ㄙㄢ 書刊中指封四的前一面，就是封底之內的那一面。

【封山育林】fēng shān yù lín ㄈㄥ ㄕㄢ ㄩˋ ㄌㄧㄣˊ 保證樹林成長的一種措施，對長有幼林或可能生長林木的山地在一定時間裏不准放牧、採伐、砍柴。

【封禪】fēngshàn ㄈㄥ ㄕㄢˋ 古代帝王上泰山祭祀天地。

【封賞】fēngshǎng ㄈㄥ ㄕㄤˇ ❶古代帝王把土地、爵位、稱號或財物賞賜臣子：封賞群臣。❷指封賞的東西：領封賞。

【封四】fēngsì ㄈㄥ ㄙˋ 封底。

【封鎖】fēngsuǒ ㄈㄥ ㄙㄨㄛˇ ❶(用強制力量)使跟外界聯繫斷絕：經濟封鎖｜封鎖消息。❷(採取軍事等措施)使不能通行：封鎖綫｜封鎖邊境。

【封套】fēngtào ㄈㄥ ㄊㄠˋ 裝文件、書刊等用的套子，多用比較厚的紙製成。

【封條】fēngtiáo ㄈㄥ ㄊㄧㄠˊ 封閉門戶或器物時粘貼的紙條，上面注明封閉日期並蓋有印章。

【封一】fēngyī ㄈㄥ ㄧ 封面③。

【封齋】fēng//zhāi ㄈㄥ// ㄓㄞ ❶伊斯蘭教奉行的一種齋戒，在伊斯蘭教歷的九月裏白天不進飲食。也叫把齋。❷天主教的齋戒期，教徒在封齋期內的特定日期必須守齋。

【封嘴】fēng//zuǐ ㄈㄥ// ㄗㄨㄟˇ ❶封口②：先不要封嘴，再考慮一下。❷使人不說話：他想封住我的嘴，辦不到。

風(风) fēng ㄈㄥ ❶跟地面大致平行的空氣流動，是由於氣壓分佈不均勻而產生的。❷借風力吹(使東西乾燥或純淨)：風乾｜曬乾風淨。❸借風力吹乾的：風雞｜風肉。❹像風那樣快：風發｜風行。❺風氣；風俗：蔚然成風｜移風易俗｜不正之風。❻景象：風景｜風光。❼態度：作風｜風度。❽(風兒)風聲；消息：聞風而動｜剛聽見一點風兒就來打聽。❾傳說的；沒有確實根據的：風聞｜風言風語。❿指民歌(《詩經》裏的《國風》，是古代十五國的民歌)：採風。⓫中醫指某些疾病：羊癇風｜鵝掌風。⓬(Fēng)姓。

〈古〉又同'諷'fěng。

【風暴】fēngbào ㄈㄥ ㄅㄠˋ ❶颳大風而且往往同時有大雨的天氣現象。❷比喻規模大而氣勢猛烈的事件或現象：革命的風暴。

【風泵】fēngbèng ㄈㄥ ㄅㄥˋ 用來抽氣或壓縮氣體的裝置。也叫氣泵。

【風波】fēngbō ㄈㄥ ㄅㄛ 比喻糾紛或亂子：一場風波｜平地風波｜政治風波。

【風采】fēngcǎi ㄈㄥ ㄘㄞˇ 〈書〉❶人的儀表舉止(指美好的)；神采：風采動人。也作丰采。❷文采。

【風餐露宿】fēng cān lù sù ㄈㄥ ㄘㄢ ㄌㄨˋ ㄙㄨˋ 形容旅途或野外生活的艱苦。也說露宿風餐。

【風操】fēngcāo ㄈㄥ ㄘㄠ 風範操守。

【風鏟】fēngchǎn ㄈㄥ ㄔㄢˇ 風動工具，跟風鎬相似，用鏟子或鑿子代替釺子，用來分離岩體上的土壤或鏟平鑄件的毛邊等。

【風潮】fēngcháo ㄈㄥ ㄔㄠˊ 指群眾為迫使當局接受某種要求或改變某種措施而採取的各種集體行動：鬧風潮｜平息風潮。

【風車】fēngchē ㄈㄥ ㄔㄜ ❶利用風力的動力機械裝置，可以帶動其他機器，用來發電、提水、磨麪、榨油等。❷扇車。❸兒童玩具，裝有葉輪，能迎風轉動。

【風塵】fēngchén ㄈㄥ ㄔㄣˊ ❶比喻旅途勞累：風塵僕僕｜滿面風塵(旅途勞累的神色)。❷比喻紛亂的社會或漂泊江湖的境況：風塵俠士｜淪落風塵。❸〈書〉比喻戰亂：風塵之警。

【風馳電掣】fēng chí diàn chè ㄈㄥ ㄔˊ ㄉㄧㄢˋ ㄔㄜˋ 形容像颷風和閃電那樣迅速。

【風傳】fēngchuán ㄈㄥ ㄔㄨㄢˊ ❶輾轉流傳：村裏風傳，說他要辦工廠。❷輾轉流傳的事情：這是風傳，不一定可靠。

【風吹草動】fēng chuī cǎo dòng ㄈㄥ ㄔㄨㄟ ㄘㄠˇ ㄉㄨㄥˋ 比喻輕微的變故。

【風錘】fēngchuí ㄈㄥ ㄔㄨㄟˊ 手持的錘擊工具，用壓縮空氣做動力。多用於鉚工。

【風擋】fēngdǎng ㄈㄥ ㄉㄤˇ 汽車、飛機等前面擋風的裝置：飛機風擋。

【風刀霜劍】fēng dāo shuāng jiàn ㄈㄥ ㄉㄠ ㄕㄨㄤ ㄐㄧㄢˋ 寒風像刀子，霜像劍一樣刺人的肌膚。形容氣候寒冷。也比喻惡劣的環境。

【風燈】fēngdēng ㄈㄥ ㄉㄥ ❶一種手提或懸掛的能防風雨的油燈。也叫風雨燈。❷〈方〉一種家庭裏懸掛的裝飾品，形狀像宮燈。

【風笛】fēngdí ㄈㄥ ㄉㄧˊ 管樂器，由風囊、吹管和若干簧管組成，流行於歐洲民間。

【風斗】fēngdǒu ㄈㄥ ㄉㄡˇ (風斗兒)冬季安在窗戶上的通氣擋風的東西，多用紙糊成。

【風度】fēngdù ㄈㄥ ㄉㄨˋ 美好的舉止姿態：有風度翩翩。

【風發】fēngfā ㄈㄥ ㄈㄚ 原指像風一樣迅速，現多指奮發：意氣風發。

【風帆】fēngfān ㄈㄥ ㄈㄢ 船帆◇鼓起生活的風帆。

風級表

風力等級	風速 (米/秒)	海面情況	地面情況
0	0～0.2	靜。	靜，烟直上。
1	0.3～1.5	漁船略覺搖動。	烟能表示方向，樹葉略有搖動。
2	1.6～3.3	漁船張帆時，可以隨風移動，每小時 2～3 千米。	人的臉感覺有風，樹葉有微響，旗子開始飄動。
3	3.4～5.4	漁船漸覺簸動，隨風移動，每小時 5～6 千米。	樹葉和很細的樹枝搖動不息，旗子展開。
4	5.5～7.9	漁船滿帆時，船身向一側傾斜。	能吹起地面上的灰塵和紙張，小樹枝搖動。
5	8.0～10.7	漁船縮帆(即收去帆的一部分)。	有葉的小樹搖擺，內陸的水面有小波。
6	10.8～13.8	漁船加倍縮帆，捕魚須注意風險。	大樹枝搖動，電綫呼呼有聲，舉傘困難。
7	13.9～17.1	漁船停息港中，在海面上的漁船應下錨。	全樹搖動，迎風步行感覺不便。
8	17.2～20.7	近港的漁船都停留在港內不出來。	折毀小樹枝，迎風步行感到阻力很大。
9	20.8～24.4	機帆船航行困難。	烟囱頂部和平瓦移動，小房子被破壞。
10	24.5～28.4	機帆船航行很危險。	陸地上少見。能把樹木拔起或把建築物摧毀。
11	28.5～32.6	機帆船遇到這种風極危險。	陸地上很少見。有則必有嚴重災害。
12	大於 32.6	海浪滔天。	陸地上絕少見。摧毀力極大。

【風範】fēngfàn ㄈㄥ ㄈㄢˋ 〈書〉風度；氣派：大家風範｜名將風範。

【風風火火】fēngfēnghuǒhuǒ ㄈㄥ ㄈㄥ ㄏㄨㄛˇ ㄏㄨㄛˇ (風風火火的) ❶形容急急忙忙、冒冒失失的樣子：他風風火火地闖了進來。❷形容很活躍、有勁頭的樣子：風風火火的戰鬥年代。

【風乾】fēnggān ㄈㄥ ㄍㄢ 放在陰涼的地方，讓風吹乾：風乾栗子｜風乾臘肉｜木材經過風乾可以防止腐爛。

【風鎬】fēnggǎo ㄈㄥ ㄍㄠˇ 手持的風動工具，用壓縮空氣推動活塞往復運動，使鎬頭不斷撞擊。用於採礦、築路等。

【風格】fēnggé ㄈㄥ ㄍㄜˊ ❶氣度；作風：風格高｜發揚助人為樂的高尚風格。❷一個時代、一個民族、一個流派或一個人的文藝作品所表現的主要的思想特點和藝術特點：藝術風格｜民族風格。

【風骨】fēnggǔ ㄈㄥ ㄍㄨˇ ❶指人的氣概、品格。❷(詩文書畫)雄健有力的風格。

【風光】fēngguāng ㄈㄥ ㄍㄨㄤ 風景；景象：北國風光｜風光旖旎(yǐnǐ)｜青山綠水風光好。

【風光】fēng·guang ㄈㄥ ·ㄍㄨㄤ 〈方〉熱鬧；體面：兒子有出息，母親也覺得風光。

【風害】fēnghài ㄈㄥ ㄏㄞˋ 大風造成的災害。

【風寒】fēnghán ㄈㄥ ㄏㄢˊ 冷風和寒氣：經常用冷水擦身可以抵禦風寒。

【風耗】fēnghào ㄈㄥ ㄏㄠˋ 颳風造成的損耗：煤廠安裝了噴霧裝置，減少了煤炭風耗。

【風戽】fēnghù ㄈㄥ ㄏㄨˋ 用風力來帶動的汲水灌田的器具。

【風花雪月】fēng huā xuě yuè ㄈㄥ ㄏㄨㄚ ㄒㄩㄝˇ ㄩㄝˋ ❶原指古典文學裏描寫自然景物的四種對象，後轉喻堆砌詞藻而內容貧乏的詩文。❷指男女情愛的事。

【風華】fēnghuá ㄈㄥ ㄏㄨㄚˊ 〈書〉風采和才華：風華正茂｜風華絕代。

【風化】[1] fēnghuà ㄈㄥ ㄏㄨㄚˋ 風俗教化：有傷風化。

【風化】[2] fēnghuà ㄈㄥ ㄏㄨㄚˋ ❶由於長期的風吹日曬、雨水沖刷、生物的破壞等作用，地殼表面和組成地殼的各種岩石受到破壞或發生變化。❷含結晶水的化合物在空氣中失去結晶水。

【風火牆】fēnghuǒqiáng ㄈㄥ ㄏㄨㄛˇ ㄑㄧㄤˊ 防火牆。

【風機】fēngjī ㄈㄥ ㄐㄧ 鼓風機。

【風雞】fēngjī ㄈㄥ ㄐㄧ 醃製風乾的雞。雞殺後不退毛，除去內臟，在腹內抹上花椒、鹽等風乾。

【風級】fēngjí ㄈㄥ ㄐㄧˊ 風力的等級。一般分為十三級，速度每秒 0.2 米以下的風是零級風，32.6 米以上的風是十二級風。

【風紀】fēngjì ㄈㄥ ㄐㄧˋ 作風和紀律：軍容風紀｜整頓風紀。

【風紀釦】fēngjìkòu ㄈㄥ ㄐㄧˋ ㄎㄡˋ 制服、中山裝等的領釦兒。扣上領釦兒顯得整齊嚴肅，所以叫做風紀釦。

【風景】fēngjǐng ㄈㄥ ㄐㄧㄥˇ 一定地域內由山水、花草、樹木、建築物以及某些自然現象(如雨、雪)形成的可供人觀賞的景象：風景點｜風景區｜風景宜人｜秋天的西山，風景格外美麗。

【風鏡】fēngjìng ㄈㄥ ㄐㄧㄥˋ 擋風沙的眼鏡，玻璃片的四周有棉紗、橡膠或塑料做成的罩子。

【風捲殘雲】fēng juǎn cán yún ㄈㄥ ㄐㄩㄢˇ ㄘㄢˊ ㄩㄣˊ 大風吹散殘存的浮雲。比喻一下子消滅乾淨。

【風口】fēngkǒu ㄈㄥ ㄎㄡˇ 山口、街口、巷口等有風的地方：身上出汗不要站在風口上。

【風口浪尖】fēng kǒu làng jiān ㄈㄥ ㄎㄡˇ ㄌㄤˋ ㄐㄧㄢ 比喻社會鬥爭最為激烈、尖銳的地方。

【風浪】fēnglàng ㄈㄥ ㄌㄤˋ ❶水面上的風和波浪：風浪大，船顛簸得很厲害。❷比喻艱險的遭遇：久經風浪。

【風雷】fēngléi ㄈㄥ ㄌㄟˊ 狂風和暴雷。比喻氣勢浩大而猛烈的衝擊力量：革命的風雷。

【風力】fēnglì ㄈㄥ ㄌㄧˋ ❶風的力量：風力發電。❷風的強度：風力三四級。參看〖風級〗。

【風涼】fēngliáng ㄈㄥ ㄌㄧㄤˊ 有風而涼爽：大家坐在風涼的地方休息。

【風涼話】fēngliánghuà ㄈㄥ ㄌㄧㄤˊ ㄏㄨㄚˋ 不負責任的冷言冷語：說風涼話。

【風量】fēngliàng ㄈㄥ ㄌㄧㄤˋ 單位時間內空氣的流通量，用於表明鼓風機或通風設備的能力，單位是米^3/秒。

【風鈴】fēnglíng ㄈㄥ ㄌㄧㄥˊ 佛殿、寶塔等檐下懸挂的鈴，風吹時搖動發出聲音。

【風流】fēngliú ㄈㄥ ㄌㄧㄡˊ ❶有功績而又有文采的；英俊杰出的：數風流人物，還看今朝。❷指有才學而不拘禮法：風流才子｜名士風流。❸指跟男女間情愛有關的：風流案｜風流韵事。

【風流雲散】fēng liú yún sàn ㄈㄥ ㄌㄧㄡˊ ㄩㄣˊ ㄙㄢˋ 形容四散消失。也說雲散風流。

【風馬牛不相及】fēng mǎ niú bù xiāng jí ㄈㄥ ㄇㄚˇ ㄋㄧㄡˊ ㄅㄨˋ ㄒㄧㄤ ㄐㄧˊ《左傳》僖公四年：'君居北海，寡人居南海，唯是風馬牛不相及也。'(風：雌雄相引誘) 比喻兩者全不相干。

【風帽】fēngmào ㄈㄥ ㄇㄠˋ ❶禦寒擋風的帽子，後面較長，披到背上。❷連在皮大衣、棉大衣等上面的擋風的帽子。

【風貌】fēngmào ㄈㄥ ㄇㄠˋ ❶風格和面貌：時代風貌｜民間藝術的風貌。❷風采相貌：風貌娉婷。❸景象：遠近風貌，歷歷在目。

【風門】fēngmén ㄈㄥ ㄇㄣˊ (風門兒) 冬天在房門外面加設的擋風的門。也叫風門子。

【風靡】fēngmǐ ㄈㄥ ㄇㄧˇ 形容事物很風行，像風吹倒草木：風靡一時｜風靡世界。

【風魔】fēngmó ㄈㄥ ㄇㄛˊ 同'瘋魔'。

【風磨】fēngmò ㄈㄥ ㄇㄛˋ 利用風力轉動的磨。

【風平浪靜】fēng píng làng jìng ㄈㄥ ㄆㄧㄥˊ ㄌㄤˋ ㄐㄧㄥˋ 沒有風浪，水面很平靜。比喻平靜無事。

【風起雲涌】fēng qǐ yún yǒng ㄈㄥ ㄑㄧˇ ㄩㄣˊ ㄩㄥˇ ❶大風起來，烏雲涌現：風起雲涌，雷電交加。❷比喻事物迅速發展，聲勢浩大。

【風氣】fēngqì ㄈㄥ ㄑㄧˋ 社會上或某個集體中流行的愛好或習慣：社會風氣｜不良風氣。

【風琴】fēngqín ㄈㄥ ㄑㄧㄣˊ 鍵盤樂器，外形是一個長方木箱，裏面排列着銅簧片，上面有鍵盤，按鍵就能壓動銅簧片上的開關；下面有踏板，用來鼓動風箱生風，使銅簧片振動發音。

【風情】fēngqíng ㄈㄥ ㄑㄧㄥˊ ❶關於風向、風力的情況。❷〈書〉人的儀表舉止。❸〈書〉情懷；意趣：別有一番風情。❹流露出來的男女相愛的感情 (常含貶義)：賣弄風情。❺指風土人情：南國風情。

【風趣】fēngqù ㄈㄥ ㄑㄩˋ 幽默或詼諧的趣味 (多指話或文章)：他講話很風趣。

【風圈】fēngquān ㄈㄥ ㄑㄩㄢ (風圈兒) 日暈或月暈的通稱。

【風騷】[1] fēngsāo ㄈㄥ ㄙㄠ〈書〉❶風指《詩經》中的《國風》，騷指屈原的《離騷》，後來泛稱文學。❷在文壇居於領袖地位或在某方面領先叫領風騷。

【風騷】[2] fēngsāo ㄈㄥ ㄙㄠ 指婦女舉止輕佻：賣弄風騷。

【風色】fēngsè ㄈㄥ ㄙㄜˋ ❶颳風的情況：風色突然變了，由南往北颳，而且風勢漸漸大起來了。❷比喻情勢：看風色｜風色不對。

【風沙】fēngshā ㄈㄥ ㄕㄚ 風和被風捲起的沙土：漫天的風沙。

【風扇】fēngshàn ㄈㄥ ㄕㄢˋ ❶熱天取涼的舊式用具，用布製成，吊在樑上，用人力拉動生風。❷電扇。

【風尚】fēngshàng ㄈㄥ ㄕㄤˋ 在一定時期中社會上流行的風氣和習慣：時代風尚｜社會風尚。

【風聲】fēngshēng ㄈㄥ ㄕㄥ ❶颳風的聲音：風聲鶴唳。❷指傳播出來的消息：走漏風聲｜風聲越來越緊。

【風聲鶴唳】fēng shēng hè lì ㄈㄥ ㄕㄥ ㄏㄜˋ ㄌㄧˋ 前秦苻堅領兵進攻東晉，大敗而逃，潰兵聽到風聲和鶴叫，都疑心是追兵（見於《晉書·謝玄傳》）。形容驚慌疑懼。

【風蝕】fēngshí ㄈㄥ ㄕˊ 地表（如岩石等）被風力逐漸破壞，這種現象在沙漠地區特別顯著。

【風勢】fēngshì ㄈㄥ ㄕˋ ❶風的勢頭：到了傍晚，風勢減弱。❷比喻情勢：探探風勢再說｜他一看風勢不對，拔腿就跑。

【風霜】fēngshuāng ㄈㄥ ㄕㄨㄤ 比喻旅途上或生活中所經歷的艱難困苦：飽經風霜。

【風水】fēng·shuǐ ㄈㄥ ·ㄕㄨㄟˇ 指住宅基地、墳地等的地理形勢，如地脉、山水的方向等。迷信的人認為風水好壞可以影響其家族、子孫的盛衰吉凶：看風水｜風水寶地（風水好的地方）。

【風俗】fēngsú ㄈㄥ ㄙㄨˊ 社會上長期形成的風尚、禮節、習慣等的總和：風俗人情。

【風俗畫】fēngsúhuà ㄈㄥ ㄙㄨˊ ㄏㄨㄚˋ 用當時社會風俗及日常生活做題材的繪畫。

【風速】fēngsù ㄈㄥ ㄙㄨˋ 風的速度，通常以米/秒、千米/小時為單位。

【風癱】fēngtān ㄈㄥ ㄊㄢ 癱瘓①的通稱。也作瘋癱。

【風調雨順】fēng tiáo yǔ shùn ㄈㄥ ㄊㄧㄠˊ ㄩˇ ㄕㄨㄣˋ 指風雨適合農時。

【風頭】fēng·tou ㄈㄥ ·ㄊㄡ ❶比喻形勢的發展方向或與個人有利害關係的情勢：避避風頭｜看風頭辦事。❷出頭露面，顯示個人的表現（含貶義）：出風頭｜風頭十足。

【風土】fēngtǔ ㄈㄥ ㄊㄨˇ 一個地方特有的自然環境（土地、山川、氣候、特產等）和風俗、習慣的總稱：風土人情。

【風味】fēngwèi ㄈㄥ ㄨㄟˋ 事物的特色（多指地方色彩）：風味小吃｜家鄉風味｜江南風味｜這首詩有民歌風味。

【風聞】fēngwén ㄈㄥ ㄨㄣˊ 由傳聞而得知（沒有證實）：風聞他要去留學。

【風物】fēngwù ㄈㄥ ㄨˋ 一個地方特有的景物。

【風險】fēngxiǎn ㄈㄥ ㄒㄧㄢˇ 可能發生的危險：擔風險｜冒着風險去搞試驗。

【風箱】fēngxiāng ㄈㄥ ㄒㄧㄤ 壓縮空氣而產生氣流的裝置。最常見的一種由木箱、活塞、活門構成，用來鼓風，使爐火旺盛。

【風向】fēngxiàng ㄈㄥ ㄒㄧㄤˋ ❶風的來向，如從東方吹來的風叫東風，從西北方吹來的風叫西北風。❷比喻情勢：看風向行動。

【風向標】fēngxiàngbiāo ㄈㄥ ㄒㄧㄤˋ ㄅㄧㄠ 指示風向的儀器，一般是安在高杆上的一支鐵箭，鐵箭可隨風轉動，箭頭指着風吹來的方向。

【風行】fēngxíng ㄈㄥ ㄒㄧㄥˊ ❶普遍流行；盛行：風行一時｜風行全國。❷形容迅速：雷厲風行。

【風雅】fēngyǎ ㄈㄥ ㄧㄚˇ 〈書〉❶《詩經》有《國風》、《大雅》、《小雅》等部分，後來用風雅泛指詩文方面的事：附庸風雅。❷文雅：舉止風雅。

【風言風語】fēng yán fēng yǔ ㄈㄥ ㄧㄢˊ ㄈㄥ ㄩˇ ❶沒有根據的話；惡意中傷的話。❷私下裏議論或暗中散佈某種傳聞：有些人風言風語，說的話很難聽。

【風謠】fēngyáo ㄈㄥ ㄧㄠˊ 古代指民謠或風俗歌謠。

【風衣】fēngyī ㄈㄥ ㄧ 一種擋風的外衣。

【風雨】fēngyǔ ㄈㄥ ㄩˇ ❶風和雨：風雨無阻｜風雨大作。❷比喻艱難困苦：經風雨，見世面。

【風雨飄搖】fēngyǔ piāoyáo ㄈㄥ ㄩˇ ㄆㄧㄠ ㄧㄠˊ 形容形勢很不穩定。

【風雨同舟】fēngyǔ tóngzhōu ㄈㄥ ㄩˇ ㄊㄨㄥˊ ㄓㄡ 比喻共同度過困難。

【風源】fēngyuán ㄈㄥ ㄩㄢˊ ❶風的來源：查風源，治流沙。❷產生某種風氣的根源。

【風月】fēngyuè ㄈㄥ ㄩㄝˋ ❶風和月，泛指景色：風月清幽。❷指男女戀愛的事情：風月債｜風月場。

【風雲】fēngyún ㄈㄥ ㄩㄣˊ ❶風和雲：天有不測風雲。❷比喻變幻動盪的局勢：風雲突變。

【風雲人物】fēngyún rénwù ㄈㄥ ㄩㄣˊ ㄖㄣˊ ㄨˋ 指在社會上很活躍，很有影響的人。

【風韵】fēngyùn ㄈㄥ ㄩㄣˋ 優美的姿態（多用於女子）：風韵猶存。也作丰韵。

【風災】fēngzāi ㄈㄥ ㄗㄞ 暴風、颱風或颶風過境造成的災害。

【風閘】fēngzhá ㄈㄥ ㄓㄚˊ 機車或其他車輛、機器中用壓縮氣體做動力的制動裝置。

【風障】fēngzhàng ㄈㄥ ㄓㄤˋ 在菜畦旁邊用葦子、高粱稈等編成的屏障，用來擋風，保護秧苗。

【風箏】fēng·zheng ㄈㄥ ·ㄓㄥ 一種玩具，在竹篾等做的骨架上糊紙或絹，拉着繫在上面的長綫，趁着風勢可以放上天空。

【風致】fēngzhì ㄈㄥ ㄓˋ 〈書〉❶美好的容貌和舉止：風致翩翩。❷風味；風趣：別有風致。

【風中之燭】fēng zhōng zhī zhú ㄈㄥ ㄓㄨㄥ ㄓ ㄓㄨˊ 比喻隨時可能死亡的人或隨時可能消滅的事物。

【風燭殘年】fēng zhú cán nián ㄈㄥ ㄓㄨˊ ㄘㄢˊ

ㄋㄧㄢˊ 比喻隨時可能死亡的晚年(風燭：風中之燭)。

【風姿】fēngzī ㄈㄥ ㄗ 風度姿態：風姿秀逸｜風姿綽約。也作丰姿。

【風鑽】fēngzuàn ㄈㄥ ㄗㄨㄢˋ ❶鑿岩機。❷用壓縮空氣做動力的金屬加工工具，用於鑽孔。

峰(峯)

fēng ㄈㄥ ❶山的突出的尖頂：峰巒｜高峰｜頂峰。❷形狀像山峰的事物：波峰｜駝峰｜單峰駱駝。❸量詞，用於駱駝：一峰駱駝。

【峰巔】fēngdiān ㄈㄥ ㄉㄧㄢ 頂峰。

【峰迴路轉】fēng huí lù zhuǎn ㄈㄥ ㄏㄨㄟˊ ㄌㄨˋ ㄓㄨㄢˇ 形容山峰、道路迂迴曲折。

【峰巒】fēngluán ㄈㄥ ㄌㄨㄢˊ 山峰和山巒：峰巒起伏｜峰巒重疊。

【峰年】fēngnián ㄈㄥ ㄋㄧㄢˊ 在一定時期內，自然界中某種活動達到高峰的年度：1980 年前後是太陽活動的峰年。

烽

fēng ㄈㄥ 烽火：烽燧。

【烽火】fēnghuǒ ㄈㄥ ㄏㄨㄛˇ ❶古時邊防報警點的烟火。❷比喻戰火或戰爭：烽火連天。

【烽燧】fēngsuì ㄈㄥ ㄙㄨㄟˋ 古時遇敵人來犯，邊防人員點烟火報警，夜裏點的火叫烽，白天放的烟叫燧。

【烽烟】fēngyān ㄈㄥ ㄧㄢ 烽火：烽烟四起。

葑〔葑〕

fēng ㄈㄥ 古書上指蕪菁。另見347頁 fèng。

渢(沨)

fēng ㄈㄥ 〈書〉水聲。

楓(枫)

fēng ㄈㄥ 楓樹，落葉喬木，葉子互生，通常三裂，邊緣有鋸齒，秋季變成紅色，花黃褐色，翅果。樹脂可入藥。也叫楓香樹。

蜂(蠭)

fēng ㄈㄥ ❶昆蟲，種類很多，有毒刺，能螫人，常成群住在一起。❷特指蜜蜂：蜂箱｜蜂蜜。❸比喻成群地：蜂起｜蜂擁｜蜂聚。

【蜂巢】fēngcháo ㄈㄥ ㄔㄠˊ 蜂類的窩，特指蜜蜂的窩。

【蜂巢胃】fēngcháowèi ㄈㄥ ㄔㄠˊ ㄨㄟˋ 反芻動物的胃的第二部分，內壁有蜂巢狀的構造。

【蜂房】fēngfáng ㄈㄥ ㄈㄤˊ 蜜蜂用分泌的蜂蠟造成的六角形的巢，是蜜蜂產卵和儲藏蜂蜜的地方。

【蜂糕】fēnggāo ㄈㄥ ㄍㄠ 用發酵的麪粉加糖等蒸的糕，比較鬆軟，切開後斷面呈蜂窩狀。

【蜂聚】fēngjù ㄈㄥ ㄐㄩˋ 像蜂群似的聚在一起。

【蜂蠟】fēnglà ㄈㄥ ㄌㄚˋ 蜜蜂腹部的蠟腺分泌的蠟質，是蜜蜂造蜂巢的材料。通稱黃蠟。

【蜂蜜】fēngmì ㄈㄥ ㄇㄧˋ 蜜蜂用採集的花蜜釀成的黏稠液體，黃白色，有甜味，主要成分是葡萄糖和果糖。供食用和藥用。也叫蜜。

【蜂鳥】fēngniǎo ㄈㄥ ㄋㄧㄠˇ 鳥類中最小的一種，大小跟大拇指差不多，羽毛很細，在日光照射下呈現出不同的顏色，嘴細長。吃花蜜和花上的小昆蟲。產於南美洲。

【蜂起】fēngqǐ ㄈㄥ ㄑㄧˇ 像蜂飛一樣成群地起來：義軍蜂起。

【蜂王】fēngwáng ㄈㄥ ㄨㄤˊ 母蜂。

【蜂王漿】fēngwángjiāng ㄈㄥ ㄨㄤˊ ㄐㄧㄤ 王漿。

【蜂窩】fēngwō ㄈㄥ ㄨㄛ ❶蜂巢的通稱。❷像蜂窩似的多孔形狀：蜂窩煤｜混凝土構件上的蜂窩現象。

【蜂窩煤】fēngwōméi ㄈㄥ ㄨㄛ ㄇㄟˊ 煤末摻適量石灰或黏土加水和勻，用模型壓製成的短圓柱形燃料，有許多上下貫通的孔。

【蜂箱】fēngxiāng ㄈㄥ ㄒㄧㄤ 用來養蜜蜂的箱子。

【蜂擁】fēngyōng ㄈㄥ ㄩㄥ 像蜂群似的擁擠着(走)：蜂擁而上｜歡呼着的人群向廣場蜂擁而來。

碸(砜)

fēng ㄈㄥ 硫酰基與烴基結合而成的有機化合物。［英 sulfone］

瘋(疯)

fēng ㄈㄥ ❶神經錯亂；精神失常：發瘋。❷指沒有約束地玩耍：她跟孩子瘋了一會兒。❸指農作物生長旺盛，但是不結果實：瘋長｜瘋枝｜這些棉花瘋了。

【瘋癲】fēngdiān ㄈㄥ ㄉㄧㄢ 瘋①。

【瘋瘋癲癲】fēng·fengdiāndiān ㄈㄥ ·ㄈㄥ ㄉㄧㄢ ㄉㄧㄢ (瘋瘋癲癲的)精神失常的樣子，常用來形容人言語行動輕狂或超出常態。

【瘋狗】fēnggǒu ㄈㄥ ㄍㄡˇ 患狂犬病的狗。參看669頁〖狂犬病〗。

【瘋話】fēnghuà ㄈㄥ ㄏㄨㄚˋ 顛三倒四的話；不合常理的話。

【瘋狂】fēngkuáng ㄈㄥ ㄎㄨㄤˊ 發瘋。比喻猖狂：打退敵人的瘋狂進攻。

【瘋魔】fēngmó ㄈㄥ ㄇㄛˊ ❶瘋①。❷入迷；入魔：他們下棋下瘋魔了。❸使入迷：這場足球比賽幾乎瘋魔了所有的球迷。‖也作風魔。

【瘋人院】fēngrényuàn ㄈㄥ ㄖㄣˊ ㄩㄢˋ 專門收容精神病人的病院。

【瘋癱】fēngtān ㄈㄥ ㄊㄢ 同'風癱'。

【瘋長】fēngzhǎng ㄈㄥ ㄓㄤˇ ❶農作物莖葉發育過旺，不結果實。❷花卉枝葉長得很旺，不開花。

【瘋枝】fēngzhī ㄈㄥ ㄓ 農作物植株上不結果實的分枝。也叫瘋杈。

【瘋子】fēng·zi ㄈㄥ ·ㄗ 患嚴重精神病的人。

鋒(锋)

fēng ㄈㄥ ❶(刀、劍等)鋭利或尖端的部分：刀鋒｜筆鋒｜針鋒相對◇詞鋒。❷在前列帶頭的(多指軍隊)：前鋒｜先鋒。❸鋒面：冷鋒｜暖鋒。

【鋒鏑】fēngdí ㄈㄥ ㄉㄧˊ 〈書〉刀刃和箭頭，泛指兵器，也比喻戰爭：鋒鏑餘生。

【鋒利】fēnglì ㄈㄥ ㄌㄧˋ ❶(工具、武器等)頭尖或刃薄，容易刺入或切入物體：鋒利的匕首。❷(言論、文筆等)尖銳：談吐鋒利｜鋒利的目光。

【鋒芒】fēngmáng ㄈㄥ ㄇㄤˊ ❶刀劍的尖端，多比喻事物的尖利部分：鬥爭的鋒芒指向帝國主義。❷比喻顯露出來的才幹：鋒芒外露。‖也作鋒鋩。

【鋒鋩】fēngmáng ㄈㄥ ㄇㄤˊ 同'鋒芒'。

【鋒面】fēngmiàn ㄈㄥ ㄇㄧㄢˋ 大氣中冷、暖氣團之間的交界面。

豐(丰) fēng ㄈㄥ ❶豐富：豐滿｜豐盛｜豐收｜豐衣足食。❷大：豐碑｜豐功偉績。❸(Fēng)姓。

'丰'另見340頁fēng。

【豐碑】fēngbēi ㄈㄥ ㄅㄟ 高大的石碑。比喻不朽的杰作或偉大的功績：歷史的豐碑。

【豐產】fēngchǎn ㄈㄥ ㄔㄢˇ 農業上指比一般產量高：豐產田｜豐產經驗。

【豐登】fēngdēng ㄈㄥ ㄉㄥ 豐收：五穀豐登。

【豐富】fēngfù ㄈㄥ ㄈㄨˋ ❶(物質財富、學識經驗等)種類多或數量大：物產豐富｜豐富多彩｜豐富的知識。❷使豐富：開展文體活動，豐富業餘生活｜通過實踐，豐富工作經驗。

【豐功偉績】fēng gōng wěi jì ㄈㄥ ㄍㄨㄥ ㄨㄟˇ ㄐㄧˋ 偉大的功績。也說豐功偉業。

【豐厚】fēnghòu ㄈㄥ ㄏㄡˋ ❶多而厚實：海貍的皮絨毛豐厚。❷豐富；多：收入豐厚｜豐厚的禮品。

【豐滿】fēngmǎn ㄈㄥ ㄇㄢˇ ❶充足：今年好收成，囤裏的糧食都很豐滿。❷(身體或身體的一部分)胖得勻稱好看：他比去年生病的時候豐滿多了。

【豐茂】fēngmào ㄈㄥ ㄇㄠˋ 茂盛；茂密：樹木叢生，百草豐茂｜大樹長出了豐茂的枝葉。

【豐美】fēngměi ㄈㄥ ㄇㄟˇ 多而好：豐美的食品｜水草豐美的牧場。

【豐年】fēngnián ㄈㄥ ㄋㄧㄢˊ 農作物豐收的年頭兒：瑞雪兆豐年。

【豐沛】fēngpèi ㄈㄥ ㄆㄟˋ (雨水)充足。

【豐饒】fēngráo ㄈㄥ ㄖㄠˊ 富饒：物產豐饒｜遼闊豐饒的大平原。

【豐潤】fēngrùn ㄈㄥ ㄖㄨㄣˋ (肌膚等)豐滿滋潤：兩頰豐潤。

【豐贍】fēngshàn ㄈㄥ ㄕㄢˋ〈書〉豐富；充足：內容豐贍。

【豐盛】fēngshèng ㄈㄥ ㄕㄥˋ 豐富(指物質方面)：豐盛的酒席。

【豐收】fēngshōu ㄈㄥ ㄕㄡ 收成好(跟'歉收'相對)：豐收年｜糧食豐收◇今年的文藝創作獲得豐收。

【豐碩】fēngshuò ㄈㄥ ㄕㄨㄛˋ (果實)又多又大(多用於抽象事物)：豐碩的成果。

【豐衣足食】fēng yī zú shí ㄈㄥ ㄧ ㄗㄨˊ ㄕˊ 形容生活富裕。

【豐盈】fēngyíng ㄈㄥ ㄧㄥˊ ❶(身體)豐滿：體態豐盈。❷富裕；豐富：衣食豐盈。

【豐腴】fēngyú ㄈㄥ ㄩˊ ❶豐盈①。❷多而好：豐腴的酒席｜牧場水草豐腴。

【豐裕】fēngyù ㄈㄥ ㄩˋ 富裕；富足：生活豐裕。

【豐足】fēngzú ㄈㄥ ㄗㄨˊ 富裕；充足：衣食豐足。

酆 Fēng ㄈㄥ 姓。

【酆都】Fēngdū ㄈㄥ ㄉㄨ 地名，在四川。今作豐都。

【酆都城】Fēngdūchéng ㄈㄥ ㄉㄨ ㄔㄥˊ 迷信傳說指陰間。

灃(沣) Fēng ㄈㄥ 灃水，水名，在陝西。

féng (ㄈㄥˊ)

逢 féng ㄈㄥˊ ❶遇到；遇見：相逢｜逢場作戲｜千載難逢｜每逢佳節倍思親。❷(Féng)姓。

【逢場作戲】féng chǎng zuò xì ㄈㄥˊ ㄔㄤˇ ㄗㄨㄛˋ ㄒㄧˋ 原指賣藝的人遇到合適的演出場地，就開場表演，後來指遇到機會，偶然玩玩，湊湊熱鬧。

【逢集】féngjí ㄈㄥˊ ㄐㄧˊ 輪到有集市的日子：黃村是三、六、九逢集。

【逢迎】féngyíng ㄈㄥˊ ㄧㄥˊ 說話和做事故意迎合別人的心意(含貶義)：百般逢迎｜阿諛逢迎。

馮(冯) Féng ㄈㄥˊ 姓。

另見890頁píng。

縫(缝) féng ㄈㄥˊ 用針綫將原來不在一起或開了口兒的東西連上：縫件衣裳｜鞋開了綻要縫上｜動過手術，傷口剛縫好。

另見348頁fèng。

【縫補】féngbǔ ㄈㄥˊ ㄅㄨˇ 縫和補：縫補衣服｜這件襯衫縫縫補補穿了好多年。

【縫縫連連】féngféngliánlián ㄈㄥˊ ㄈㄥˊ ㄌㄧㄢˊ ㄌㄧㄢˊ 泛指縫補工作：拆拆洗洗、縫縫連連的活兒，她都很內行。

【縫合】fénghé ㄈㄥˊ ㄏㄜˊ 外科手術上指用特製的針和綫把傷口縫上。

【縫窮】féngqióng ㄈㄥˊ ㄑㄩㄥˊ 舊時指貧苦婦女以代人縫補衣服謀生。

【縫紉】féngrèn ㄈㄥˊ ㄖㄣˋ 指裁剪製作衣服、鞋帽等。

【縫紉機】féngrènjī ㄈㄥˊ ㄖㄣˋ ㄐㄧ 做針綫活的機

器，一般用腳蹬，也有用手搖或用電動機做動力的。

【縫綴】féngzhuì ㄈㄥˊ ㄓㄨㄟˋ 把一個東西縫在另一個東西上；縫補：新戰士把領章縫綴在軍裝的領子上｜縫綴破衣服。

fěng（ㄈㄥˇ）

覂 fěng ㄈㄥˇ 〈書〉(車馬) 翻：覂駕 (翻車)。

唪 fěng ㄈㄥˇ 大聲吟誦。

【唪經】fěngjīng ㄈㄥˇ ㄐㄧㄥ (和尚、道士) 唸經。

諷(讽) fěng ㄈㄥˇ ❶用含蓄的話指責或勸告：譏諷｜嘲諷｜冷嘲熱諷。❷〈書〉誦讀：諷誦。

【諷刺】fěngcì ㄈㄥˇ ㄘˋ 用比喻、誇張等手法對人或事進行揭露、批評或嘲笑：諷刺畫｜用話諷刺了他幾句。

【諷諫】fěngjiàn ㄈㄥˇ ㄐㄧㄢˋ 〈書〉用含蓄委婉的話向君主進諫。

【諷誦】fěngsòng ㄈㄥˇ ㄙㄨㄥˋ 抑揚頓挫地誦讀：諷誦古詩。

【諷喻】fěngyù ㄈㄥˇ ㄩˋ 一種修辭手段，用說故事等方式說明事物的道理：諷喻詩。

fèng（ㄈㄥˋ）

奉 fèng ㄈㄥˋ ❶給；獻給 (多指對上級或長輩)：奉獻｜奉上新書一冊。❷接受 (多指上級或長輩的)：奉旨｜奉到命令。❸尊重：崇奉｜奉為圭臬。❹信仰：信奉｜素奉佛教。❺侍候：奉養｜侍奉。❻敬辭，用於自己的舉動涉及對方時：奉託｜奉陪｜奉勸｜奉告。❼ (Fèng) 姓。

【奉承】fèng·cheng ㄈㄥˋ·ㄔㄥ 用好聽的話恭維人，向人討好：奉承話。

【奉達】fèngdá ㄈㄥˋ ㄉㄚˊ 敬辭，告訴；表達 (多用於書信)：特此奉達。

【奉復】fèngfù ㄈㄥˋ ㄈㄨˋ 敬辭，回復 (多用於書信)：謹此奉復。

【奉告】fènggào ㄈㄥˋ ㄍㄠˋ 敬辭，告訴：詳情待我回來後當面奉告。

【奉公】fènggōng ㄈㄥˋ ㄍㄨㄥ 奉行公事：克己奉公。

【奉公守法】fèng gōng shǒu fǎ ㄈㄥˋ ㄍㄨㄥ ㄕㄡˇ ㄈㄚˇ 奉行公事，遵守法令。

【奉還】fènghuán ㄈㄥˋ ㄏㄨㄢˊ 敬辭，歸還：原物奉還｜如數奉還。

【奉令】fèng//lìng ㄈㄥˋ//ㄌㄧㄥˋ 奉命。

【奉命】fèng//mìng ㄈㄥˋ//ㄇㄧㄥˋ 接受使命；遵守命令：奉命出發。

【奉陪】fèngpéi ㄈㄥˋ ㄆㄟˊ 敬辭，陪伴；陪同做某事：恕不奉陪｜我還有點急事，不能奉陪了。

【奉勸】fèngquàn ㄈㄥˋ ㄑㄩㄢˋ 敬辭，勸告：奉勸你少喝點兒酒。

【奉使】fèngshǐ ㄈㄥˋ ㄕˇ 奉命出使：奉使西歐。

【奉送】fèngsòng ㄈㄥˋ ㄙㄨㄥˋ 敬辭，贈送。

【奉託】fèngtuō ㄈㄥˋ ㄊㄨㄛ 敬辭，拜託：這件事只好奉託您了。

【奉為圭臬】fèng wéi guī niè ㄈㄥˋ ㄨㄟˊ ㄍㄨㄟ ㄋㄧㄝˋ 把某些言論或事物當做準則。參看429頁〖圭臬〗。

【奉獻】fèngxiàn ㄈㄥˋ ㄒㄧㄢˋ ❶恭敬地交付；呈獻：把青春奉獻給祖國。❷奉獻出的東西；貢獻②：她要為山區的建設做點奉獻。

【奉行】fèngxíng ㄈㄥˋ ㄒㄧㄥˊ 遵照實行：奉行獨立自主的外交政策｜奉行故事 (按老規矩辦事)。

【奉養】fèngyǎng ㄈㄥˋ ㄧㄤˇ 侍奉和贍養 (父母或其他尊親)：奉養二老。

【奉迎】fèngyíng ㄈㄥˋ ㄧㄥˊ ❶奉承；逢迎：奉迎上級。❷敬辭，迎接：他是專程前來奉迎諸位的。

【奉贈】fèngzèng ㄈㄥˋ ㄗㄥˋ 敬辭，贈送。

賵 fèng ㄈㄥˋ 〈方〉不用。

俸 fèng ㄈㄥˋ ❶俸祿：薪俸。❷ (Fèng) 姓。

【俸祿】fènglù ㄈㄥˋ ㄌㄨˋ 封建時代官吏的薪水。

葑〔葑〕 fèng ㄈㄥˋ 古書上指菰的根。另見345頁 fēng。

鳳(凤) fèng ㄈㄥˋ ❶鳳凰：龍鳳｜鸞鳳｜丹鳳朝陽。❷ (Fèng) 姓。

【鳳冠】fèngguān ㄈㄥˋ ㄍㄨㄢ 古代后妃所戴的帽子，上面有用貴金屬和寶石等做成鳳凰形狀的裝飾，舊時婦女出嫁也用做禮帽：鳳冠霞帔。

【鳳凰】fènghuáng ㄈㄥˋ ㄏㄨㄤˊ 古代傳說中的百鳥之王，羽毛美麗，雄的叫鳳，雌的叫凰。常用來象徵祥瑞。

【鳳梨】fènglí ㄈㄥˋ ㄌㄧˊ ❶多年生草本植物，葉子大，邊緣有鋸齒，花紫色，果實密集在一起，外部呈鱗片狀，果肉味甜酸，有很濃的香味。產於熱帶，我國廣東、台灣等地都有出產。❷這種植物的果實。‖也叫菠蘿，俗稱菠蘿蜜。

【鳳毛麟角】fèng máo lín jiǎo ㄈㄥˋ ㄇㄠˊ ㄌㄧㄣˊ ㄐㄧㄠˇ 比喻稀少而可貴的人或事物。

【鳳尾魚】fèngwěiyú ㄈㄥˋ ㄨㄟˇ ㄩˊ 鱭 (jì) 的通稱。

賵(赗) fèng ㄈㄥˋ 〈書〉❶用財物幫助人辦喪事：賻賵。❷送給辦喪事人家的東西。

縫（缝） fèng ㄈㄥˋ （縫兒）❶接合的地方：繚縫兒｜無縫鋼管。❷縫隙：裂縫｜門縫兒｜見縫插針｜牀板有道縫。

另見346頁 féng。

【縫隙】fèngxì ㄈㄥˋ ㄒㄧˋ 裂開或自然露出的狹長的空處：從大門的縫隙向外張望。

【縫子】fèng·zi ㄈㄥˋ ·ㄗ 縫隙：牆裂了道縫子。

fiào（ㄈㄧㄠˋ）

覅 fiào ㄈㄧㄠˋ 〈方〉不要：覅。

fó（ㄈㄛˊ）

佛 fó ㄈㄛˊ ❶佛陀的簡稱。❷佛教徒稱修行圓滿的人：立地成佛。❸佛教：佛寺｜佛家｜佛老。❹佛像：銅佛｜大殿上塑着三尊佛。❺佛號或佛經：唸佛｜誦佛。

另見351頁 fú。

【佛典】fódiǎn ㄈㄛˊ ㄉㄧㄢˇ 佛教的經典。

【佛法】fófǎ ㄈㄛˊ ㄈㄚˇ ❶佛教的教義。❷佛教徒和迷信的人認為佛所具有的法力。

【佛光】fóguāng ㄈㄛˊ ㄍㄨㄤ ❶佛教徒指佛帶來的光明：佛光普照。❷佛像頭上的光輝。❸山區的一種自然景象，在與太陽相對方向的雲層或霧層上呈現圍繞人影的彩色光環，由光綫通過雲霧區的小水滴經衍射作用而形成。

【佛號】fóhào ㄈㄛˊ ㄏㄠˋ 佛的名號，特指信佛的人唸的'阿彌陀佛'名號：口誦佛號。

【佛教】Fójiào ㄈㄛˊ ㄐㄧㄠˋ 世界上主要宗教之一，相傳為公元前六至五世紀古印度的迦毗羅衛國（今尼泊爾境內）王子釋迦牟尼所創，廣泛流傳於亞洲的許多國家。西漢末年傳入我國。

【佛經】fójīng ㄈㄛˊ ㄐㄧㄥ 佛教的經典。也叫釋典。參看1051頁〖釋藏〗。

【佛龕】fókān ㄈㄛˊ ㄎㄢ 供奉佛像的小閣子，多用木頭製成。

【佛口蛇心】fó kǒu shé xīn ㄈㄛˊ ㄎㄡˇ ㄕㄜˊ ㄒㄧㄣ 比喻嘴上說得好聽，心腸卻非常狠毒。

【佛老】Fó-Lǎo ㄈㄛˊ ㄌㄠˇ 佛和老子。也指佛教和道教。

【佛門】fómén ㄈㄛˊ ㄇㄣˊ 指佛教：佛門弟子｜佛門規矩｜皈（guī）依佛門。

【佛事】fóshì ㄈㄛˊ ㄕˋ 指僧尼拜懺的事情：做佛事。

【佛手】fóshǒu ㄈㄛˊ ㄕㄡˇ ❶常綠小喬木，葉子長圓形，花白色。果實鮮黃色，下端有裂紋，形狀像半握着的手，有芳香。可入藥。❷這種植物的果實。

【佛寺】fósì ㄈㄛˊ ㄙˋ 佛教的廟宇。

【佛頭着糞】fó tóu zhuó fèn ㄈㄛˊ ㄊㄡˊ ㄓㄨㄛˊ ㄈㄣˋ 佛的塑像上着了鳥雀的糞便。比喻好東西上添上不好的東西，把好東西給糟蹋了（含譏諷意）。

【佛陀】Fótuó ㄈㄛˊ ㄊㄨㄛˊ 佛教徒稱釋迦牟尼。簡稱佛。［梵 buddha］

【佛像】fóxiàng ㄈㄛˊ ㄒㄧㄤˋ ❶佛陀的像。❷泛指佛教供奉的神像。

【佛學】fóxué ㄈㄛˊ ㄒㄩㄝˊ 指佛教及其研究的學問。

【佛牙】fóyá ㄈㄛˊ ㄧㄚˊ 佛教徒指釋迦牟尼遺體火化後留下的牙齒。

【佛爺】fó·ye ㄈㄛˊ ·ㄧㄝ 佛教徒對釋迦牟尼的尊稱。

【佛珠】fózhū ㄈㄛˊ ㄓㄨ （佛珠兒）數珠。

【佛祖】fózǔ ㄈㄛˊ ㄗㄨˇ 佛教徒指佛和開創宗派的祖師，也專指釋迦牟尼。

fǒu（ㄈㄡˇ）

缶 fǒu ㄈㄡˇ ❶古代一種大肚子小口兒的瓦器。❷古代一種瓦質的打擊樂器。

否 fǒu ㄈㄡˇ ❶否定：否決｜否認。❷〈書〉表示不同意，相當於口語的'不'。❸〈書〉用在問句尾表示詢問：知其事否？❹'是否、能否、可否'等表示'是不是、能不能、可不可'等意思：明日能否出發，尚待最後決定。

另見877頁 pǐ。

【否定】fǒudìng ㄈㄡˇ ㄉㄧㄥˋ ❶否認事物的存在或事物的真實性（跟'肯定'相對）：全盤否定｜否定一切。❷表示否認的；反面的（跟'肯定'相對）：否定判斷。

【否決】fǒujué ㄈㄡˇ ㄐㄩㄝˊ 否定（議案）：提案被否決了。

【否決權】fǒujuéquán ㄈㄡˇ ㄐㄩㄝˊ ㄑㄩㄢˊ ❶某些國家的元首、上議院所享有的推翻已通過的議案或使其延緩生效的權力。❷在會議中少數否決多數的權力。如聯合國安全理事會常任理事國享有的否決權。

【否認】fǒurèn ㄈㄡˇ ㄖㄣˋ 不承認：矢口否認｜否認事實。

【否則】fǒuzé ㄈㄡˇ ㄗㄜˊ 連詞，是'如果不這樣'的意思：首先必須把場地清理好，否則無法施工。

fū（ㄈㄨ）

夫 fū ㄈㄨ ❶丈夫（zhàng·fu）：夫妻｜夫婦｜姐夫｜姑夫。❷成年男子：匹夫｜一夫守關，萬夫莫開。❸從事某種體力勞動的人：漁夫｜農夫｜轎夫。❹舊時服勞役的人，特指被統治階級強迫去做苦工的人：夫役｜拉夫。

另見349頁 fú。

【夫唱婦隨】fū chàng fù suí ㄈㄨ ㄔㄤˋ ㄈㄨˋ ㄙㄨㄟˊ 比喻夫妻互相配合，行動一致。也指夫妻和睦。'唱'也作倡。

【夫婦】fūfù ㄈㄨ ㄈㄨˋ 夫妻：新婚夫婦。

【夫妻】fūqī ㄈㄨ ㄑㄧ 丈夫和妻子：結髮夫妻。

【夫妻店】fūqīdiàn ㄈㄨ ㄑㄧ ㄉㄧㄢˋ 由夫妻兩人經營的、一般不用店員的小店。

【夫權】fūquán ㄈㄨ ㄑㄩㄢˊ 指封建社會丈夫支配妻子的權力。

【夫人】fū·rén ㄈㄨ ·ㄖㄣˊ 古代諸侯的妻子稱夫人，明清時一二品官的妻子封夫人，後來用來尊稱一般人的妻子。現在多用於外交場合。

【夫役】fūyì ㄈㄨ ㄧˋ ❶舊時指服勞役、做苦工的人。❷舊時指受雇做雜務的人。‖也作伕役。

【夫子】fūzǐ ㄈㄨ ㄗˇ ❶舊時對學者的尊稱：孔夫子｜孟夫子｜朱夫子。❷舊時學生稱老師(多用於書信)。❸舊時妻稱夫。❹讀古書而思想陳腐的人(含譏諷意)：老夫子｜迂夫子｜夫子氣。

【夫子自道】fūzǐ zìdào ㄈㄨ ㄗˇ ㄗˋ ㄉㄠˋ 指本意是説別人而事實上卻正説着了自己。

伕 fū ㄈㄨ 同'夫'(fū)④。

呋 fū ㄈㄨ 見下。

【呋喃】fūnán ㄈㄨ ㄋㄢˊ 有機化合物，化學式 C_4H_4O。無色液體，有特殊氣味，用來製藥品，也是重要的化工原料。[英 furan]

【呋喃西林】fūnánxīlín ㄈㄨ ㄋㄢˊ ㄒㄧ ㄌㄧㄣˊ 藥名，有機化合物，化學式 $C_6H_6O_4N_4$。淺黃色粉末，對多種細菌有抑制和殺滅作用，外用可作皮膚、黏膜的消毒劑。[新拉 furacilinum]

玞 fū ㄈㄨ 見1212頁[珷玞]。

柎 fū ㄈㄨ 〈書〉❶花萼。❷鐘鼓架的腿。

砆 fū ㄈㄨ 見1212頁[碔砆]。

趺 fū ㄈㄨ 〈書〉❶同'跗'。❷碑下的石座：石趺｜龜趺。

【趺坐】fūzuò ㄈㄨ ㄗㄨㄛˋ 〈書〉佛教徒盤腿端坐，左腳放在右腿上，右腳放在左腿上。

跗 fū ㄈㄨ 腳背：跗骨｜跗面。

【跗骨】fūgǔ ㄈㄨ ㄍㄨˇ 蹠骨和脛骨之間的骨，構成腳跟和腳面的一部分，由七塊小骨組成。

【跗面】fūmiàn ㄈㄨ ㄇㄧㄢˋ 腳面。

【跗蹠】fūzhí ㄈㄨ ㄓˊ 鳥類的腿以下到趾之間的部分，通常沒有羽毛，表皮角質鱗狀。

稃 fū ㄈㄨ 小麥等植物的花外面包着的硬殼：內稃｜外稃。

鈇(𫓧) fū ㄈㄨ 〈書〉鍘刀：鈇鑕(鍘刀和鍘刀座)。

痡 fū ㄈㄨ 〈書〉病；疲勞過度。

孵 fū ㄈㄨ 鳥類伏在卵上，用體溫使卵內的胚胎發育成雛鳥。也指用人工的方法調節溫度和濕度，使卵內的胚胎發育成雛鳥：孵了一窩小雞。

【孵化】fūhuà ㄈㄨ ㄏㄨㄚˋ 昆蟲、魚類、鳥類或爬行動物的卵在一定的溫度和其他條件下變成幼蟲或小動物。

【孵育】fūyù ㄈㄨ ㄩˋ 孵；孵化：剛孵育出來的小雞就會走會啄食。

鄜 Fū ㄈㄨ 鄜縣，地名，在陝西。今已改作富縣。

麩(麸、麱) fū ㄈㄨ 麩子。

【麩子】fū·zi ㄈㄨ ·ㄗ 通常指小麥磨成麪篩過後剩下的麥皮和碎屑。也叫麩皮。

敷 fū ㄈㄨ ❶搽上；塗上：敷粉｜敷藥。❷鋪開；擺開：敷設。❸夠；足：入不敷出。

【敷陳】fūchén ㄈㄨ ㄔㄣˊ 〈書〉詳細敍述。

【敷料】fūliào ㄈㄨ ㄌㄧㄠˋ 外科上用來包紮傷口的紗布、藥棉等。

【敷設】fūshè ㄈㄨ ㄕㄜˋ ❶鋪(軌道、管道等)：敷設電纜｜敷設鐵路。❷設置(水雷、地雷等)。

【敷衍】fūyǎn ㄈㄨ ㄧㄢˇ 〈書〉敍述並發揮：敷衍經文要旨。也作敷演。

【敷衍】fū·yǎn ㄈㄨ ·ㄧㄢˇ ❶做事不負責或待人不懇切，只做表面上的應付：敷衍塞責｜敷衍了事。❷勉強維持：手裏的錢還夠敷衍幾天。

【敷演】fūyǎn ㄈㄨ ㄧㄢˇ 同'敷衍'。

膚(肤) fū ㄈㄨ 皮膚：切膚之痛｜體無完膚。

【膚泛】fūfàn ㄈㄨ ㄈㄢˋ 浮淺空泛：膚泛之論。

【膚覺】fūjué ㄈㄨ ㄐㄩㄝˊ 皮膚、黏膜等受外界刺激時所產生的感覺，分為觸覺、痛覺、溫覺等。

【膚廓】fūkuò ㄈㄨ ㄎㄨㄛˋ 〈書〉內容空洞浮泛，不切合實際。

【膚皮潦草】fūpí liáocǎo ㄈㄨ ㄆㄧˊ ㄌㄧㄠˊ ㄘㄠˇ 見352頁〖浮皮潦草〗。

【膚淺】fūqiǎn ㄈㄨ ㄑㄧㄢˇ (學識)淺；(理解)不深：膚淺的認識｜我對戲曲的了解很膚淺。

【膚色】fūsè ㄈㄨ ㄙㄜˋ 皮膚的顏色。

fú (ㄈㄨˊ)

夫 fú ㄈㄨˊ 〈書〉❶指示詞。那；這：獨不見夫螳螂乎？❷代詞。他：使夫往而學焉。❸助詞。a) 用在一句話的開始：夫戰，勇氣也。b) 用在一句話的末尾或句中停頓的地方表示感嘆：人定勝天，信夫｜逝者如斯夫，不捨晝夜。

另見348頁 fū。

市 fú ㄈㄨˊ 同'韍'(fú)。

弗 fú ㄈㄨˊ〈書〉不：自愧弗如。

伏1 fú ㄈㄨˊ ❶身體向前靠在物體上；趴：伏案。❷低下去：起伏｜此起彼伏。❸隱藏：潛伏｜伏擊｜晝伏夜出。❹初伏、中伏、末伏的統稱；伏天：入伏｜初伏｜三伏天。❺屈服；低頭承認；被迫接受：伏輸｜伏罪｜伏誅。❻使屈服；降伏：降龍伏虎。❼(Fú)姓。

伏2 fú ㄈㄨˊ 伏特的簡稱。

【伏案】fú'àn ㄈㄨˊ ㄢˋ 上身靠在桌子上(讀書、寫字)：伏案寫作。

【伏筆】fúbǐ ㄈㄨˊ ㄅㄧˇ 文章裏前段為後段埋伏的綫索。

【伏辯】fúbiàn ㄈㄨˊ ㄅㄧㄢˋ 舊時指認罪的供狀或悔過書。也作服辯。

【伏兵】fúbīng ㄈㄨˊ ㄅㄧㄥ 埋伏下來伺機攻擊敵人的軍隊。

【伏地】fúdì ㄈㄨˊ ㄉㄧˋ〈方〉本地出產或土法製造的：伏地小米兒｜伏地麪。

【伏法】fúfǎ ㄈㄨˊ ㄈㄚˇ (犯人)被執行死刑：罪犯已於昨天伏法。

【伏旱】fúhàn ㄈㄨˊ ㄏㄢˋ 伏天出現的旱情：戰勝伏旱。

【伏擊】fújī ㄈㄨˊ ㄐㄧ 用埋伏的兵力突然襲擊敵人：打伏擊｜途中遭到伏擊。

【伏侍】fú·shi ㄈㄨˊ ·ㄕ 同'服侍'。

【伏輸】fú∥shū ㄈㄨˊ∥ㄕㄨ 承認失敗。也作服輸。

【伏暑】fúshǔ ㄈㄨˊ ㄕㄨˇ 炎熱的伏天。

【伏特】fútè ㄈㄨˊ ㄊㄜˋ 電壓單位，1安培的電流通過電阻為1歐姆的導綫時，導綫兩端的電壓是1伏特。這個單位名稱是為紀念意大利物理學家伏特(Conte Alessandro Volta，也譯作伏打)而定的。簡稱伏。

【伏特計】fútèjì ㄈㄨˊ ㄊㄜˋ ㄐㄧˋ 測量電路中兩點間電壓的儀器。也叫電壓表或電壓計。

【伏特加】fútèjiā ㄈㄨˊ ㄊㄜˋ ㄐㄧㄚ 俄羅斯的一種烈性酒。[俄 водка]

【伏天】fútiān ㄈㄨˊ ㄊㄧㄢ 指三伏時期，是一年中最熱的時候。參看986頁〖三伏〗。

【伏帖】fútiē ㄈㄨˊ ㄊㄧㄝ ❶舒適：心裏很伏帖。也作伏貼。❷同'服帖'①。

【伏貼】fútiē ㄈㄨˊ ㄊㄧㄝ ❶緊貼在上面：壁紙糊得很伏貼。❷同'伏帖'①。

【伏綫】fúxiàn ㄈㄨˊ ㄒㄧㄢˋ 埋下的綫索；伏筆。

【伏汛】fúxùn ㄈㄨˊ ㄒㄩㄣˋ 在伏天裏發生的河水暴漲。

【伏誅】fúzhū ㄈㄨˊ ㄓㄨ〈書〉伏法。

【伏罪】fú∥zuì ㄈㄨˊ∥ㄗㄨㄟˋ 承認自己的罪過：低頭伏罪。也作服罪。

扶 fú ㄈㄨˊ ❶用手支持使人、物或自己不倒：扶犁｜扶老攜幼｜扶着欄杆。❷用手幫助躺着或倒下的人坐或立；用手使倒下的東西豎直：扶苗｜護士扶起傷員，給他換藥。❸扶助：扶貧｜扶危濟困｜救死扶傷。❹(Fú)姓。

【扶病】fúbìng ㄈㄨˊ ㄅㄧㄥˋ 帶着病(做某件事)：扶病出席｜扶病工作。

【扶持】fúchí ㄈㄨˊ ㄔˊ ❶攙扶。❷扶助；護持：扶持新辦的學校｜老人沒有子女，病中全靠街坊盡心扶持。

【扶乩】fú∥jī ㄈㄨˊ∥ㄐㄧ 同'扶箕'。

【扶箕】fú∥jī ㄈㄨˊ∥ㄐㄧ 一種迷信活動，在架子上吊一根棍兒，兩個人扶着架子，棍兒就在沙盤上畫出字句來作為神的指示。也作扶乩。

【扶鸞】fú∥luán ㄈㄨˊ∥ㄌㄨㄢˊ 扶箕。

【扶苗】fú∥miáo ㄈㄨˊ∥ㄇㄧㄠˊ 把倒伏的農作物的苗扶直，使它正常生長。

【扶貧】fúpín ㄈㄨˊ ㄆㄧㄣˊ 扶助貧困戶或貧困地區發展生產，改變窮困面貌：做好農村扶貧工作。

【扶桑】[1] fúsāng ㄈㄨˊ ㄙㄤ ❶古代神話中海外的大樹，據說太陽從這裏出來。❷(Fúsāng)傳說中東方海中的古國名，舊時指日本。‖也作榑桑。

【扶桑】[2] fúsāng ㄈㄨˊ ㄙㄤ 見1489頁〖朱槿〗。

【扶手】fú·shou ㄈㄨˊ ·ㄕㄡ 能讓手扶住的東西(如欄杆頂上的橫木)。

【扶疏】fúshū ㄈㄨˊ ㄕㄨ〈書〉枝葉茂盛，高低疏密有致：枝葉扶疏｜花木扶疏。

【扶梯】fútī ㄈㄨˊ ㄊㄧ ❶有扶手的樓梯。❷〈方〉梯子。

【扶危濟困】fú wēi jì kùn ㄈㄨˊ ㄨㄟ ㄐㄧˋ ㄎㄨㄣˋ 扶助處境危急的人，救濟生活困難的人。也說扶危濟急、扶危救困。

【扶養】fúyǎng ㄈㄨˊ ㄧㄤˇ 養活：把孩子扶養成人。

【扶搖】fúyáo ㄈㄨˊ ㄧㄠˊ〈書〉自下而上的旋風。

【扶搖直上】fúyáo zhí shàng ㄈㄨˊ ㄧㄠˊ ㄓˊ ㄕㄤˋ 形容地位、名聲、價值等迅速往上升。

【扶掖】fúyè ㄈㄨˊ ㄧㄝˋ〈書〉攙扶；扶助。

【扶正】fú∥zhèng ㄈㄨˊ∥ㄓㄥˋ 舊時把妾提到妻的地位叫扶正。

【扶植】fúzhí ㄈㄨˊ ㄓˊ 扶助培植：扶植新生力量。

【扶助】fúzhù ㄈㄨˊ ㄓㄨˋ 幫助：扶助老弱｜扶助困難戶。

芙〔芙〕 fú ㄈㄨˊ 見下。

【芙蕖】fúqú ㄈㄨˊ ㄑㄩˊ〈書〉荷花。

【芙蓉】fúróng ㄈㄨˊ ㄖㄨㄥˊ ❶木芙蓉。❷荷花：出水芙蓉。

芾〔芾〕 fú ㄈㄨˊ 〈書〉❶草木茂盛。❷同'黻'。宋朝書畫家米芾，也作米黻。

另見332頁 fèi。

芣〔芣〕 fú ㄈㄨˊ ［芣苢］(fúyǐ ㄈㄨˊ ㄧˇ)古書上指車前(草名)。

佛 fú ㄈㄨˊ 同'拂'③。

另見348頁 fó。

【佛戾】fúlì ㄈㄨˊ ㄌㄧˋ 〈書〉違背；違反。

孚 fú ㄈㄨˊ 使人信服：深孚眾望(很使群眾信服)。

刜 fú ㄈㄨˊ 〈書〉用刀砍；擊。

拂 fú ㄈㄨˊ ❶輕輕擦過：春風拂面。❷甩動；抖：拂袖。❸〈書〉違背(別人的意圖)：拂逆｜拂意｜拂耳(逆耳)。

〈古〉又同'弼'bì。

【拂塵】fúchén ㄈㄨˊ ㄔㄣˊ 撣塵土和驅除蚊蠅的用具，柄的一端紮馬尾(mǎyǐ)。

【拂拂】fúfú ㄈㄨˊ ㄈㄨˊ 形容風輕輕地吹動：涼風拂拂。

【拂逆】fúnì ㄈㄨˊ ㄋㄧˋ 違背；不順：他不敢拂逆老人家的意旨。

【拂拭】fúshì ㄈㄨˊ ㄕˋ 撣掉或擦掉(塵土)：拿抹布把桌椅拂拭了一遍。

【拂曉】fúxiǎo ㄈㄨˊ ㄒㄧㄠˇ 天快亮的時候：拂曉出發。

【拂袖】fúxiù ㄈㄨˊ ㄒㄧㄡˋ 〈書〉把衣袖一甩(舊時衣袖較長)，表示生氣：拂袖而去。

【拂煦】fúxù ㄈㄨˊ ㄒㄩˋ 〈書〉(風)吹來溫暖：微風拂煦。

【拂意】fúyì ㄈㄨˊ ㄧˋ 不合心意；不如意：稍有拂意，就大發雷霆。

苻〔苻〕 fú ㄈㄨˊ ❶同'莩'(fú)。❷(Fú)姓。

茀〔茀〕 fú ㄈㄨˊ 〈書〉❶雜草太多。❷福。

彿 fú ㄈㄨˊ 見325頁［彷彿］。

服 fú ㄈㄨˊ ❶衣服；衣裳：制服｜便服。❷喪服：有服在身。❸穿(衣服)：服喪。❹吃(藥)：服藥｜內服。❺擔任(職務)；承當(義務或刑罰)：服役｜服刑。❻服從；信服：心服口服｜你有道理，我算服了你了。❼使信服：服眾｜以理服人。❽適應：不服水土。❾(Fú)姓。

另見357頁 fù。

【服辯】fúbiàn ㄈㄨˊ ㄅㄧㄢˋ 同'伏辯'。

【服從】fúcóng ㄈㄨˊ ㄘㄨㄥˊ 遵照；聽從：服從命令｜少數服從多數｜個人利益服從集體利益。

【服毒】fú//dú ㄈㄨˊ//ㄉㄨˊ 吃毒藥(自殺)。

【服老】fúlǎo ㄈㄨˊ ㄌㄠˇ 承認年老，精力不如人(多用於否定式)：不服老。

【服滿】fúmǎn ㄈㄨˊ ㄇㄢˇ 服喪期滿。

【服氣】fúqì ㄈㄨˊ ㄑㄧˋ 由衷地信服：兩個人都很自負，互不服氣。

【服軟】fú//ruǎn ㄈㄨˊ//ㄖㄨㄢˇ (服軟兒)❶伏輸：不在困難面前服軟。❷認錯：向老人服個軟兒｜他知道是自己錯了，可嘴上還不肯服軟。

【服喪】fúsāng ㄈㄨˊ ㄙㄤ 長輩或平輩親屬等死後，遵照禮俗，在一定期間內帶孝。

【服色】fúsè ㄈㄨˊ ㄙㄜˋ 衣服的樣式、顏色：民族服色。

【服式】fúshì ㄈㄨˊ ㄕˋ 服裝的式樣：新潮服式。

【服侍】fú·shi ㄈㄨˊ ·ㄕ 伺候；照料：服侍父母｜在他病中同志們輪流來服侍。也作伏侍、服事。

【服飾】fúshì ㄈㄨˊ ㄕˋ 衣着和裝飾：服飾淡雅｜華麗的服飾。

【服輸】fú//shū ㄈㄨˊ//ㄕㄨ 同'伏輸'。

【服帖】fútiē ㄈㄨˊ ㄊㄧㄝ ❶馴服；順從：他能使劣馬變得服帖。也作伏帖。❷妥當；平妥：事情都弄得服服帖帖。

【服務】fúwù ㄈㄨˊ ㄨˋ 為集體(或別人的)利益或為某種事業而工作：服務行業｜為人民服務｜科學為生產服務｜他在郵局服務了三十年。

【服務行業】fúwù hángyè ㄈㄨˊ ㄨˋ ㄏㄤˊ ㄧㄝˋ 為人服務、使人生活上得到方便的行業，如飲食業、旅館業、理髮業、修理生活日用品的行業等。

【服務員】fúwùyuán ㄈㄨˊ ㄨˋ ㄩㄢˊ 機關的勤雜人員；旅館、飯店等服務行業中招待客人的工作人員。

【服刑】fú//xíng ㄈㄨˊ//ㄒㄧㄥˊ 服徒刑：服了兩年刑｜正在勞改農場服刑。

【服藥】fú//yào ㄈㄨˊ//ㄧㄠˋ 吃藥。

【服役】fú//yì ㄈㄨˊ//ㄧˋ ❶服兵役：他在部隊服役多年。❷舊時指服勞役。

【服膺】fúyīng ㄈㄨˊ ㄧㄥ 〈書〉(道理、格言等)牢牢記在心裏；衷心信服。

【服裝】fúzhuāng ㄈㄨˊ ㄓㄨㄤ 衣服鞋帽的總稱，一般專指衣服：服裝商店｜服裝整齊｜民族服裝。

【服罪】fú//zuì ㄈㄨˊ//ㄗㄨㄟˋ 同'伏罪'。

怫 fú ㄈㄨˊ 〈書〉形容憂愁或憤怒：怫鬱(鬱悶氣憤)｜怫然。

【怫然】fúrán ㄈㄨˊ ㄖㄢˊ 〈書〉生氣的樣子：怫然作色｜怫然不悅。

茯〔茯〕 fú ㄈㄨˊ ［茯苓］(fúlíng ㄈㄨˊ ㄌㄧㄥˊ)寄生在松樹根上的菌類植物，形狀像甘薯，外皮黑褐色，裏面白色或粉紅色。可入藥。

罘 fú ㄈㄨˊ 芝罘(Zhīfú ㄓ ㄈㄨˊ)，山名，在山東。

【罘罳】fúsī ㄈㄨˊ ㄙ ❶古代的一種屏風，設在門外。❷設在屋檐下防鳥雀來築巢的金屬網。‖也作罦罳。

氟 fú ㄈㄨˊ 氣體元素，符號 F (fluorum)。淡黃綠色，劇毒，有強烈的腐蝕性和刺激性。化學性質非常活潑，與氫直接化合能發生爆炸，許多金屬都能在氟氣裏燃燒。含氟的塑料和橡膠，性能特別良好。

俘 fú ㄈㄨˊ ❶俘虜①：俘獲｜被俘。❷俘虜②：戰俘｜遣俘(遣返戰俘)。

【俘獲】fúhuò ㄈㄨˊ ㄏㄨㄛˋ 俘虜和繳獲：俘獲甚眾。

【俘虜】fúlǔ ㄈㄨˊ ㄌㄨˇ ❶打仗時捉住(敵人)：俘虜了敵軍師長。❷打仗時捉住的敵人：釋放俘虜。

洑 fú ㄈㄨˊ ❶漩渦。❷水在地面下流。另見359頁 fù。

袚 fú ㄈㄨˊ ❶古時一種除災求福的祭祀。❷〈書〉掃除。

莩〔莩〕 fú ㄈㄨˊ 〈書〉蘆葦稈子裏面的薄膜。另見882頁 piǎo。

栿 fú ㄈㄨˊ 〈書〉房梁。

砩 fú ㄈㄨˊ 砩石，礦物，成分是氟化鈣。現作氟石。

蚨 fú ㄈㄨˊ 見933頁〖青蚨〗(qīngfú)。

郛 fú ㄈㄨˊ 古代指城外面圍着的大城。

浮 fú ㄈㄨˊ ❶停留在液體表面上(跟'沈'相對)：浮萍｜油浮在水上◇浮雲｜臉上浮着微笑。❷〈方〉在水裏游：他能一口氣浮到對岸。❸在表面上的：浮土｜浮雕。❹可移動的：浮財。❺暫時的：浮記｜浮支。❻輕浮；浮躁：他人太浮，辦事不塌實。❼空虛；不切實：浮名｜浮誇。❽超過；多餘：人浮於事｜浮額。

【浮報】fúbào ㄈㄨˊ ㄅㄠˋ 以少報多；虛報：浮報產量。

【浮標】fúbiāo ㄈㄨˊ ㄅㄧㄠ 設置在水面上的標誌，用來指示航道的界限、航行的障礙物和危險地區。

【浮財】fúcái ㄈㄨˊ ㄘㄞˊ 指金錢、首飾、糧食、衣服、什物等動產。

【浮沈】fúchén ㄈㄨˊ ㄔㄣˊ 在水中忽上忽下◇與世浮沈(比喻跟着世俗走，隨波逐流)｜宦海浮沈(舊時比喻官職升降)。

【浮塵】fúchén ㄈㄨˊ ㄔㄣˊ 在空中飛揚或附在器物表面的灰塵。

【浮船塢】fúchuánwù ㄈㄨˊ ㄔㄨㄢˊ ㄨˋ 可以在水上移動並能沈浮的凹形船塢，用來修理船隻。

【浮詞】fúcí ㄈㄨˊ ㄘˊ 不切實際的言詞；沒有根據的話：浮詞艷句｜滿紙浮詞。

【浮厝】fúcuò ㄈㄨˊ ㄘㄨㄛˋ 暫時把靈柩停放在地面上，周圍用磚石等砌起來掩蓋，以待改葬。

【浮蕩】fúdàng ㄈㄨˊ ㄉㄤˋ ❶飄蕩：歌聲在空中浮蕩｜小船在湖中浮蕩。❷輕浮放蕩。

【浮雕】fúdiāo ㄈㄨˊ ㄉㄧㄠ 雕塑的一種，在平面上雕出的凸起的形象。

【浮吊】fúdiào ㄈㄨˊ ㄉㄧㄠˋ 能在水上移動，進行起重作業的船。也叫起重船。

【浮動】fúdòng ㄈㄨˊ ㄉㄨㄥˋ ❶飄浮移動；流動：樹葉在水面上浮動。❷上下變動；不固定：浮動匯率｜向上浮動一級工資。❸不穩定；解放前物價飛漲，人心浮動。

【浮動匯率】fúdòng huìlǜ ㄈㄨˊ ㄉㄨㄥˋ ㄏㄨㄟˋ ㄌㄩˋ 兑換比例不予以固定，根據外匯市場的供求關係任其自由漲落的匯率。

【浮泛】fúfàn ㄈㄨˊ ㄈㄢˋ ❶〈書〉漂浮在水面上：輕舟浮泛。❷流露：她的臉上浮泛着天真的表情。❸表面的；不切實的：言詞浮泛｜浮泛的研究。

【浮光掠影】fú guāng lüè yǐng ㄈㄨˊ ㄍㄨㄤ ㄌㄩㄝˋ ㄧㄥˇ 比喻印象不深刻，好像水面的光和掠過的影子一樣，一晃就消逝。

【浮華】fúhuá ㄈㄨˊ ㄏㄨㄚˊ 講究表面上的華麗或闊氣，不顧實際：浮華的裝飾品。

【浮滑】fúhuá ㄈㄨˊ ㄏㄨㄚˊ 輕浮油滑：浮滑習氣。

【浮記】fújì ㄈㄨˊ ㄐㄧˋ 商店把賬目暫時記在水牌上，泛指賬目沒有切實結算而暫時記上。

【浮家泛宅】fú jiā fàn zhái ㄈㄨˊ ㄐㄧㄚ ㄈㄢˋ ㄓㄞˊ 形容長時期在水上生活，漂泊不定。也說泛家浮宅。

【浮誇】fúkuā ㄈㄨˊ ㄎㄨㄚ 虛誇，不切實：語言浮誇｜浮誇作風。

【浮禮兒】fúlǐr ㄈㄨˊ ㄌㄧㄦˇ 〈方〉虛禮。

【浮力】fúlì ㄈㄨˊ ㄌㄧˋ 物體在流體中受到的向上托的力。浮力的大小等於被物體所排開的流體的重量。

【浮面】fúmiàn ㄈㄨˊ ㄇㄧㄢˋ (浮面兒)表面[1]：把浮面的一層稀泥鏟掉｜他浮面上裝出像沒事的樣子。

【浮名】fúmíng ㄈㄨˊ ㄇㄧㄥˊ 虛名：浮名虛譽｜不慕浮名。

【浮皮】fúpí ㄈㄨˊ ㄆㄧˊ ❶(浮皮兒)生物體的表皮。❷(浮皮兒)物體的表面。

【浮皮潦草】fúpí liáocǎo ㄈㄨˊ ㄆㄧˊ ㄌㄧㄠˊ ㄘㄠˇ 形容不認真，不仔細。也說膚皮潦草。

【浮漂】fúpiāo ㄈㄨˊ ㄆㄧㄠ (工作、學習等)不塌實；不認真：作風浮漂。

【浮籤】fúqiān ㄈㄨˊ ㄑㄧㄢ (浮籤兒)一端粘在試卷、書冊、文稿上，便於揭去的紙籤。

【浮淺】fúqiǎn ㄈㄨˊ ㄑㄧㄢˇ 淺薄；膚淺：內容浮淺｜他對社會的認識很浮淺。
【浮橋】fúqiáo ㄈㄨˊ ㄑㄧㄠˊ 在並列的船或筏子上鋪上木板而成的橋。
【浮生】fúshēng ㄈㄨˊ ㄕㄥ ❶指短暫虛幻的人生(對人生的消極看法)：浮生若夢。❷浮在水面上生長：浮萍浮生在池塘中。
【浮屍】fúshī ㄈㄨˊ ㄕ 浮在水上的屍體。
【浮水】fúshuǐ ㄈㄨˊ ㄕㄨㄟˇ 在水裏游。
【浮筒】fútǒng ㄈㄨˊ ㄊㄨㄥˇ 漂浮在水面上的密閉金屬筒，下部用鐵錨固定，用來繫船或做航標等。
【浮頭】fútóu ㄈㄨˊ ㄊㄡˊ 漁業上指水中缺氧時魚類把口吻伸出水面呼吸。
【浮頭兒】fútóur ㄈㄨˊ ㄊㄡㄦˊ 〈方〉浮面：筐裏浮頭兒的一層蘋果，都是大個兒的。
【浮屠】fútú ㄈㄨˊ ㄊㄨˊ ❶佛陀。❷〈書〉和尚。❸塔：七級浮屠。‖也作浮圖。
【浮圖】fútú ㄈㄨˊ ㄊㄨˊ 同'浮屠'。
【浮土】fútǔ ㄈㄨˊ ㄊㄨˇ (浮土兒) ❶地表層的鬆土。❷器物表面的灰塵：撣掉鞋上的浮土。
【浮現】fúxiàn ㄈㄨˊ ㄒㄧㄢˋ ❶(過去經歷的事情)再次在腦子裏顯現：往事又浮現在眼前。❷呈現；顯露：臉上浮現出笑容。
【浮想】fúxiǎng ㄈㄨˊ ㄒㄧㄤˇ ❶頭腦裏涌現的感想：浮想聯翩。❷回想：獨對孤燈，浮想起一幕幕的往事。
【浮性】fúxìng ㄈㄨˊ ㄒㄧㄥˋ 物體在流體表面(如船在水面)或在流體中(如氣球在空氣中)浮於一定平衡位置的能力。
【浮艷】fúyàn ㄈㄨˊ ㄧㄢˋ ❶浮華艷麗：衣飾浮艷。❷辭章華美而內容貧乏：詞句浮艷。
【浮游】fúyóu ㄈㄨˊ ㄧㄡˊ 在水面上漂浮移動：浮游生物。
【浮遊】fúyóu ㄈㄨˊ ㄧㄡˊ 〈書〉漫遊：浮遊四方。
【浮游生物】fúyóu-shēngwù ㄈㄨˊ ㄧㄡˊ ㄕㄥ ㄨˋ 生活在海洋或湖沼中，行動能力微弱，全受水流支配，並且身體較小的動物或植物，如水母、藻類。
【浮員】fúyuán ㄈㄨˊ ㄩㄢˊ 多餘的人員：裁汰浮員。
【浮雲】fúyún ㄈㄨˊ ㄩㄣˊ 飄浮的雲彩：浮雲蔽日。
【浮躁】fúzào ㄈㄨˊ ㄗㄠˋ 輕浮急躁：性情浮躁。
【浮腫】fúzhǒng ㄈㄨˊ ㄓㄨㄥˇ 水腫的通稱。
【浮子】fú·zi ㄈㄨˊ ·ㄗ 魚漂。

莩〔菔〕 fú ㄈㄨˊ 見681頁〖萊菔〗。

桴¹ fú ㄈㄨˊ ❶〈書〉小筏子。❷〈方〉房屋大樑上的小樑。也叫桴子。

桴²(枹) fú ㄈㄨˊ 〈書〉鼓槌：桴鼓相應。'枹'另見38頁 bāo。

【桴鼓相應】fú gǔ xiāng yìng ㄈㄨˊ ㄍㄨˇ ㄒㄧㄤ ㄧㄥˋ 用鼓槌打鼓，鼓就響起來。比喻相互應和，配合得很緊密。
【桴子】fú·zi ㄈㄨˊ ·ㄗ ❶〈方〉小筏子。❷桴[1] ②。

符 fú ㄈㄨˊ ❶符節：兵符｜虎符(虎形的兵符)。❷代表事物的標記；記號：符號｜音符。❸符合(多跟'相'或'不'合用)：兩個數目相符｜他所說的與事實不符。❹道士所畫的一種圖形或綫條，聲稱能驅使鬼神、給人帶來禍福：護身符｜畫了一張符。❺(Fú)姓。

【符號】fúhào ㄈㄨˊ ㄏㄠˋ ❶記號；標記：標點符號｜文字是記錄語言的符號。❷佩帶在身上表明職別、身份等的標誌。
【符號論】fúhàolùn ㄈㄨˊ ㄏㄠˋ ㄌㄨㄣˋ 一種主觀唯心主義的理論。認為人的感覺、觀念不是外界事物的反映，而僅僅是一些和外界事物沒有任何相似之處的記號、符號或象形文字。也叫象形文字論。
【符號邏輯】fúhào luójí ㄈㄨˊ ㄏㄠˋ ㄌㄨㄛˊ ㄐㄧˊ 數理邏輯。
【符合】fúhé ㄈㄨˊ ㄏㄜˊ (數量、形狀、情節等)相合：符合事實｜這些產品不符合質量標準。
【符節】fújié ㄈㄨˊ ㄐㄧㄝˊ 古代派遣使者或調兵時用做憑證的東西。用竹、木、玉、銅等製成，刻上文字，分成兩半，一半存朝廷，一半給外任官員或出征將帥。
【符籙】fúlù ㄈㄨˊ ㄌㄨˋ 符④(總稱)。
【符咒】fúzhòu ㄈㄨˊ ㄓㄡˋ 道教的符和咒語。

匐 fú ㄈㄨˊ 見896頁〖匍匐〗。

涪 Fú ㄈㄨˊ 涪江，水名，在四川。

袱 fú ㄈㄨˊ 包裹、覆蓋用的布單：包袱。

艴 fú ㄈㄨˊ 〈書〉形容生氣：艴然。

紱(绂) fú ㄈㄨˊ ❶古代繫印章的絲繩。❷〈書〉同'黻'(fú)。

紼(绋) fú ㄈㄨˊ 〈書〉大繩，特指牽引靈柩的大繩：執紼。

幅 fú ㄈㄨˊ ❶(幅兒)布帛、呢絨等的寬度：幅面｜單幅｜雙幅｜寬幅的白布。❷泛指寬度：幅度｜幅員｜振幅。❸(幅兒)量詞，用於布帛、呢絨、圖畫等：一幅畫｜用兩幅布做一個牀單兒。

【幅度】fúdù ㄈㄨˊ ㄉㄨˋ 物體振動或搖擺所展開的寬度。比喻事物變動的大小：今年小麥增產的幅度較大｜產品質量有較大幅度的提高。
【幅面】fúmiàn ㄈㄨˊ ㄇㄧㄢˋ 布帛、呢絨等的寬度：幅面寬｜幅面窄。
【幅員】fúyuán ㄈㄨˊ ㄩㄢˊ 領土面積(幅：寬度；員：周圍)：幅員廣大｜幅員遼闊。

罦 fú ㄈㄨˊ 〈書〉捕鳥的網。

【罦罳】fúsī ㄈㄨˊ ㄙ 同'罘罳'(fúsī)。

蜉 fú ㄈㄨˊ [蜉蝣](fúyóu ㄈㄨˊ ㄧㄡˊ)昆蟲的一科。若蟲生活在水中一年至五、六年。成蟲有翅兩對，常在水面飛行，壽命很短，只有數小時至一星期左右。

鳧(凫) fú ㄈㄨˊ ❶野鴨：鳧趨雀躍(比喻人歡欣鼓舞)。❷同'浮'：鳧水。

【鳧茈】fúcí ㄈㄨˊ ㄘˊ 古書上指荸薺。

福 fú ㄈㄨˊ ❶幸福；福氣(跟'禍'相對)：福利｜享福｜造福。❷舊時婦女行'萬福'禮：福了一福。❸(Fú)指福建：福橘。❹(Fú)姓。

【福地】fúdì ㄈㄨˊ ㄉㄧˋ ❶道教指神仙居住的地方：福地洞天。❷指幸福的地方：身在福地不知福。

【福分】fú·fen ㄈㄨˊ ·ㄈㄣ 福氣：有福分｜福分不淺。

【福將】fújiàng ㄈㄨˊ ㄐㄧㄤˋ 指運氣好、每戰總能獲勝的將領。借指做事處處如意的人。

【福晉】fújìn ㄈㄨˊ ㄐㄧㄣˋ 滿族稱親王、郡王等的妻子。

【福利】fúlì ㄈㄨˊ ㄌㄧˋ ❶生活上的利益。特指對職工生活(食、宿、醫療等)的照顧：福利費｜福利事業｜為人民謀福利。❷使生活上得到利益：發展生產，福利人民。

【福氣】fú·qi ㄈㄨˊ ·ㄑㄧ 指享受幸福生活的命運：有福氣｜福氣大。

【福如東海】fú rú dōng hǎi ㄈㄨˊ ㄖㄨˊ ㄉㄨㄥ ㄏㄞˇ 福氣像東海一樣無邊無際。用作對人的祝頌(多與'壽比南山'連用)。

【福無雙至】fú wú shuāng zhì ㄈㄨˊ ㄨˊ ㄕㄨㄤ ㄓˋ 幸運的事情不會連續到來(常與'禍不單行'連用)。

【福相】fúxiàng ㄈㄨˊ ㄒㄧㄤˋ 有福氣的相貌。

【福星】fúxīng ㄈㄨˊ ㄒㄧㄥ 象徵能給大家帶來幸福、希望的人或事物。

【福音】fúyīn ㄈㄨˊ ㄧㄣ ❶基督教徒稱耶穌所說的話及其門徒所傳佈的教義。❷比喻有利於公眾的好消息：希望你能帶來福音。

【福音書】fúyīnshū ㄈㄨˊ ㄧㄣ ㄕㄨ 指基督教《新約全書》中的《馬太福音》、《馬可福音》、《路加福音》、《約翰福音》，裏面記載傳說的耶穌生平事迹和教訓。

【福至心靈】fú zhì xīn líng ㄈㄨˊ ㄓˋ ㄒㄧㄣ ㄌㄧㄥˊ 運氣來了，心思也顯得靈巧了。

【福州戲】fúzhōuxì ㄈㄨˊ ㄓㄡ ㄒㄧˋ 閩劇。

榑 fú ㄈㄨˊ [榑桑](fúsāng ㄈㄨˊ ㄙㄤ)見350頁〖扶桑〗[1]。

箙 fú ㄈㄨˊ 〈書〉盛箭的用具。

韍(韨) fú ㄈㄨˊ ❶古代祭服前面的護膝圍裙，用熟皮做成。❷古代繫璽印的絲繩。

髴 fú ㄈㄨˊ 見325頁[髣髴]。

蝠 fú ㄈㄨˊ 蝙蝠。

幞 fú ㄈㄨˊ 〈書〉❶幞頭。❷同'袱'。

【幞頭】fútóu ㄈㄨˊ ㄊㄡˊ 古代男子用的一種頭巾。

輻(辐) fú ㄈㄨˊ 車輪中連接車轂和輪輞的一條條直棍兒。(圖見758頁〖輪子〗)

【輻輳】fúcòu ㄈㄨˊ ㄘㄡˋ 〈書〉形容人或物聚集像車輻集中於車轂一樣：車船輻輳。也作輻湊。

【輻射】fúshè ㄈㄨˊ ㄕㄜˋ ❶從中心向各個方向沿着直綫伸展出去：輻射形。❷熱的傳播方式的一種，從熱源沿直綫向四周發散出去。光綫、無綫電波等電磁波的傳播也叫輻射。

【輻條】fútiáo ㄈㄨˊ ㄊㄧㄠˊ 輻。

鮄(鲱) fú ㄈㄨˊ 見234頁〖魴鮄〗。

黻 fú ㄈㄨˊ ❶古代禮服上綉的半青半黑的花紋。❷同'韍'(fú)。

襆 fú ㄈㄨˊ 〈書〉❶被單。❷包紮：襆被。❸同'袱'(fú)。

【襆被】fúbèi ㄈㄨˊ ㄅㄟˋ 〈書〉用袱子包紮衣被，準備行裝：襆被前往。

鵩(鹏) fú ㄈㄨˊ 古書上說的像貓頭鷹一類的鳥。

fǔ (ㄈㄨˇ)

父 fǔ ㄈㄨˇ 〈書〉❶老年人：田父｜漁父。❷同'甫[1]'①。
另見356頁 fù。

甫[1] fǔ ㄈㄨˇ ❶古代加在男子名字下面的美稱，如孔丘字仲尼，也稱尼甫，後來指人的表字：台甫。❷(Fǔ)姓。

甫[2] fǔ ㄈㄨˇ 〈書〉剛剛：驚魂甫定｜年甫二十。

拊 fǔ ㄈㄨˇ 〈書〉拍：拊手｜拊掌。

【拊膺】fǔyīng ㄈㄨˇ ㄧㄥ 〈書〉拍胸，表示悲痛：拊膺長嘆｜拊膺頓足。

【拊掌】fǔzhǎng ㄈㄨˇ ㄓㄤˇ 〈書〉拍手：拊掌大笑。也作撫掌。

斧 fǔ ㄈㄨˇ ❶斧子：板斧。❷古代一種兵器：斧鉞。

【斧頭】fǔ·tóu ㄈㄨˇ ·ㄊㄡˊ 斧子。

【斧削】fǔxuē ㄈㄨˇ ㄒㄩㄝ 〈書〉斧正。

【斧鉞】fǔyuè ㄈㄨˇ ㄩㄝˋ 〈書〉斧和鉞，古代兵器，用於斬刑。借指重刑：甘冒斧鉞以陳。

【斧鑿】fǔzáo ㄈㄨˇ ㄗㄠˊ ❶斧子和鑿子。❷比喻詩文詞句造作，不自然：斧鑿痕。

【斧正】fǔzhèng ㄈㄨˇ ㄓㄥˋ 〈書〉敬辭，用於請人改文章。也作斧政。
【斧鑕】fǔzhì ㄈㄨˇ ㄓˋ 古代斬人的刑具，像鍘刀。
【斧子】fǔ·zi ㄈㄨˇ ·ㄗ 砍竹、木等用的金屬工具，頭呈楔形，裝有木柄。

府 fǔ ㄈㄨˇ ❶舊時指官吏辦理公事的地方，現在指國家政權機關：官府｜政府。❷舊時官府收藏文書、財物的地方：府庫。❸舊時指大官、貴族的住宅，現在也指某些國家元首辦公或居住的地方：王府｜元首府｜總統府。❹敬辭，稱對方的家：貴府。❺唐朝至清朝的行政區劃，比縣高一級：開封府｜濟南府。❻(Fǔ)姓。
〈古〉又同'腑'。
【府城】fǔchéng ㄈㄨˇ ㄔㄥˊ 舊時指府一級的行政機構所在的城市。
【府綢】fǔchóu ㄈㄨˇ ㄔㄡˊ 一種平紋棉織品，質地細密平滑，有光澤，多用來做襯衣。
【府邸】fǔdǐ ㄈㄨˇ ㄉㄧˇ 府第。
【府第】fǔdì ㄈㄨˇ ㄉㄧˋ 貴族官僚或大地主的住宅。
【府上】fǔ·shàng ㄈㄨˇ ·ㄕㄤˋ 敬辭，稱對方的家或老家：改日我一定到府上請教｜您府上是杭州嗎？

俛 fǔ ㄈㄨˇ 〈書〉同'俯'。
另見797頁 miǎn。

俯 fǔ ㄈㄨˇ ❶頭低下(跟'仰'相對)：俯首｜俯視｜俯衝。❷敬辭，舊時公文書信中用來稱對方對自己的行動：俯允。
【俯察】fǔchá ㄈㄨˇ ㄔㄚˊ 〈書〉❶向低處看：仰觀俯察。❷敬辭，稱對方或上級對自己理解：所陳一切，尚祈俯察。
【俯衝】fǔchōng ㄈㄨˇ ㄔㄨㄥ (飛機等)以高速度和大角度向下飛：俯衝轟炸｜老鷹從天空俯衝下來。
【俯伏】fǔfú ㄈㄨˇ ㄈㄨˊ 趴在地上(多表示屈服或崇敬)：俯伏聽命。
【俯角】fǔjiǎo ㄈㄨˇ ㄐㄧㄠˇ 視綫在水平綫以下時，在視綫所在的垂直平面內，視綫與水平綫所成的角叫做俯角。

俯角

【俯就】fǔjiù ㄈㄨˇ ㄐㄧㄡˋ ❶敬辭，用於請對方同意擔任職務：經理一職，尚祈俯就。❷遷就；將就：事事俯就。
【俯瞰】fǔkàn ㄈㄨˇ ㄎㄢˋ 俯視。
【俯念】fǔniàn ㄈㄨˇ ㄋㄧㄢˋ 敬辭，稱對方或上級體念：俯念群情。
【俯拾即是】fǔ shí jí shì ㄈㄨˇ ㄕˊ ㄐㄧˊ ㄕˋ 只要彎下身子來撿，到處都是。形容地上的某一類東西、要找的某一類例證、文章中的錯別字等很多。也說俯拾皆是。
【俯視】fǔshì ㄈㄨˇ ㄕˋ 從高處往下看：站在山上俯視蜿蜒的公路。
【俯視圖】fǔshìtú ㄈㄨˇ ㄕˋ ㄊㄨˊ 由物體上方向下做正投影得到的視圖。也叫頂視圖。
【俯首】fǔshǒu ㄈㄨˇ ㄕㄡˇ ❶低下頭：俯首沈思。❷比喻順從：俯首聽命。
【俯首帖耳】fǔ shǒu tiē ěr ㄈㄨˇ ㄕㄡˇ ㄊㄧㄝ ㄦˇ 形容非常馴服恭順(含貶義)。'帖'也作貼。
【俯卧】fǔwò ㄈㄨˇ ㄨㄛˋ 臉朝下躺着：戰士一動也不動地俯卧在地上。
【俯卧撐】fǔwòchēng ㄈㄨˇ ㄨㄛˋ ㄔㄥ 增強臂力的一種輔助性體育運動。兩手和兩前腳掌撐地，身體俯卧，連續平起平落。
【俯仰】fǔyǎng ㄈㄨˇ ㄧㄤˇ 〈書〉❶低頭和抬頭：俯仰之間。❷指一舉一動：俯仰由人。
【俯仰由人】fǔ yǎng yóu rén ㄈㄨˇ ㄧㄤˇ ㄧㄡˊ ㄖㄣˊ 比喻一切受人支配。
【俯仰之間】fǔ yǎng zhī jiān ㄈㄨˇ ㄧㄤˇ ㄓ ㄐㄧㄢ 形容時間很短：俯仰之間，船已駛出港口。
【俯允】fǔyǔn ㄈㄨˇ ㄩㄣˇ 敬辭，稱對方或上級允許：承蒙俯允所請，不勝感激。

釜 fǔ ㄈㄨˇ 古代的炊事用具，相當於現在的鍋：破釜沈舟｜釜底抽薪。
【釜底抽薪】fǔ dǐ chōu xīn ㄈㄨˇ ㄉㄧˇ ㄔㄡ ㄒㄧㄣ 抽去鍋底下的柴火。比喻從根本上解決。
【釜底游魚】fǔ dǐ yóu yú ㄈㄨˇ ㄉㄧˇ ㄧㄡˊ ㄩˊ 比喻處在極端危險境地的人。

脯 fǔ ㄈㄨˇ ❶肉乾：兔脯｜鹿脯。❷蜜餞果乾：果脯｜桃脯｜杏脯。
另見896頁 pú。

腑 fǔ ㄈㄨˇ 中醫把膽、胃、大腸、小腸、三焦和膀胱叫六腑。參看1426頁〖臟腑〗。

滏 fǔ ㄈㄨˇ 滏陽(Fǔyáng ㄈㄨˇ ㄧㄤˊ)，河名，在河北，與滹沱河會合後叫子牙河。

輔(辅) fǔ ㄈㄨˇ ❶輔助：輔幣｜相輔而行。❷〈書〉國都附近的地方：畿輔。
【輔幣】fǔbì ㄈㄨˇ ㄅㄧˋ 輔助貨幣的簡稱。
【輔弼】fǔbì ㄈㄨˇ ㄅㄧˋ 〈書〉輔佐：輔弼大臣。
【輔車相依】fǔ chē xiāng yī ㄈㄨˇ ㄔㄜ ㄒㄧㄤ ㄧ 《左傳》僖公五年：'諺所謂輔車相依、唇亡齒寒者，其虞虢之謂也'(輔：頰骨；車：牙牀)。比喻兩者關係密切，互相依存。
【輔導】fǔdǎo ㄈㄨˇ ㄉㄠˇ 幫助和指導：輔導員｜課外輔導｜輔導學生學習基礎知識。
【輔料】fǔliào ㄈㄨˇ ㄌㄧㄠˋ ❶對產品生產起輔助作用的材料：許多輕工業生產需用的原料和輔料得靠農業供應。❷指烹飪中的輔助原材料，如做菜用的葱、香菜、木耳等。

【輔音】fǔyīn ㄈㄨˇ ㄧㄣ 發音時氣流通路有阻礙的音，如普通話語音的b，t，s，m，l等。也叫子音。

【輔助】fǔzhù ㄈㄨˇ ㄓㄨˋ ❶從旁幫助：多加輔助。❷輔助性的；非主要的：輔助勞動｜輔助人員。

【輔助單位】fǔzhù dānwèi ㄈㄨˇ ㄓㄨˋ ㄉㄢ ㄨㄟˋ 見436頁〖國際單位制〗。

【輔助貨幣】fǔzhù huòbì ㄈㄨˇ ㄓㄨˋ ㄏㄨㄛˋ ㄅㄧˋ 在本位貨幣之外發行的起輔助性作用的幣值小的貨幣，如我國單位為角或分的人民幣。簡稱輔幣。

【輔佐】fǔzuǒ ㄈㄨˇ ㄗㄨㄛˇ 協助：輔佐朝政。

腐 fǔ ㄈㄨˇ ❶腐爛；變壞：腐朽｜腐敗｜流水不腐。❷豆腐：腐乳。

【腐敗】fǔbài ㄈㄨˇ ㄅㄞˋ ❶腐爛①：不要吃腐敗的食物｜木材塗上油漆，可以防止腐敗。❷(思想)陳舊；(行為)墮落：腐敗分子。❸(制度、組織、機構、措施等)混亂、黑暗：政治腐敗。

【腐臭】fǔchòu ㄈㄨˇ ㄔㄡˋ 有機體腐爛後散發的臭味：一股腐臭難聞的氣味。

【腐惡】fǔ'è ㄈㄨˇ ㄜˋ 腐朽兇惡，也指腐朽兇惡的勢力。

【腐化】fǔhuà ㄈㄨˇ ㄏㄨㄚˋ ❶思想行為變壞(多指過分貪圖享樂)：生活腐化｜貪污腐化。❷使腐化墮落；腐蝕②：封建餘毒腐化了一些人的靈魂。❸腐爛①：屍體已經腐化。

【腐舊】fǔjiù ㄈㄨˇ ㄐㄧㄡˋ 陳腐；陳舊：腐舊思想。

【腐爛】fǔlàn ㄈㄨˇ ㄌㄢˋ ❶有機體由於微生物的滋生而破壞：受傷的地方，肌肉開始腐爛。❷腐敗②：生活腐爛｜腐爛的靈魂。❸腐敗③：剝削制度腐爛透頂。

【腐儒】fǔrú ㄈㄨˇ ㄖㄨˊ 迂腐不明事理的讀書人。

【腐乳】fǔrǔ ㄈㄨˇ ㄖㄨˇ 豆腐乳。

【腐生】fǔshēng ㄈㄨˇ ㄕㄥ 生物分解有機物或已死的生物體，並攝取養分以維持生活，如大多數黴菌、細菌等都以這種方式生活。

【腐蝕】fǔshí ㄈㄨˇ ㄕˊ ❶通過化學作用，使物體逐漸消損破壞，如鐵生銹、氫氧化鈉破壞肌肉和植物纖維：氫氟酸腐蝕性很強，能腐蝕玻璃。❷使人在壞的思想、行為、環境等因素影響下逐漸變質墮落：黃色讀物會腐蝕青少年。

【腐蝕劑】fǔshíjì ㄈㄨˇ ㄕˊ ㄐㄧˋ 有腐蝕作用的化學物質，如氫氧化鈉、硝酸。

【腐熟】fǔshú ㄈㄨˇ ㄕㄨˊ 不易分解的有機物(如糞尿、秸稈、落葉、雜草)經過微生物的發酵分解，產生有效肥分，同時也形成腐殖質。

【腐朽】fǔxiǔ ㄈㄨˇ ㄒㄧㄡˇ ❶木料等含有纖維的物質由於長時期的風吹、雨打或微生物的侵害而破壞：埋在地裏的木樁都腐朽了。❷比喻思想陳腐、生活墮落或制度敗壞：思想腐朽｜腐朽的生活。

【腐殖質】fǔzhízhì ㄈㄨˇ ㄓˊ ㄓˋ 已死的生物體在土壤中經微生物分解而形成的有機物質。黑褐色，含有植物生長發育所需要的一些元素，能改善土壤，增加肥力。

【腐竹】fǔzhú ㄈㄨˇ ㄓㄨˊ 捲緊成條狀的乾豆腐皮。

撫(抚) fǔ ㄈㄨˇ ❶安慰；慰問：撫問｜撫恤。❷保護：撫養｜撫育。❸輕輕地按着：撫摩。❹同'拊'。

【撫愛】fǔ'ài ㄈㄨˇ ㄞˋ 照料，愛護：撫愛兒女。

【撫躬自問】fǔ gōng zì wèn ㄈㄨˇ ㄍㄨㄥ ㄗˋ ㄨㄣˋ 見317頁〖反躬自問〗。

【撫今追昔】fǔ jīn zhuī xī ㄈㄨˇ ㄐㄧㄣ ㄓㄨㄟ ㄒㄧ 接觸當前的事物而回想過去。也說撫今思昔。

【撫摸】fǔmō ㄈㄨˇ ㄇㄛ 撫摩。

【撫摩】fǔmó ㄈㄨˇ ㄇㄛˊ 用手輕輕按着並來回移動：媽媽撫摩着女兒的頭髮。

【撫琴】fǔqín ㄈㄨˇ ㄑㄧㄣˊ 〈書〉彈琴。

【撫慰】fǔwèi ㄈㄨˇ ㄨㄟˋ 安慰：百般撫慰｜撫慰災民。

【撫恤】fǔxù ㄈㄨˇ ㄒㄩˋ (國家或組織)對因公受傷或致殘的人員，或因公犧牲以及病故的人員的家屬進行安慰並給以物質幫助。

【撫養】fǔyǎng ㄈㄨˇ ㄧㄤˇ 愛護並教養：撫養子女。

【撫育】fǔyù ㄈㄨˇ ㄩˋ ❶照料、教育兒童，使健康地成長：撫育孤兒。❷照管動植物，使很好地生長：撫育幼畜｜撫育森林。

【撫掌】fǔzhǎng ㄈㄨˇ ㄓㄤˇ 同'拊掌'。

頫(𫖯) fǔ ㄈㄨˇ 〈書〉同'俯'。

黼 fǔ ㄈㄨˇ 〈書〉同'釜'。

簠 fǔ ㄈㄨˇ 古代祭祀時盛穀物的器皿，長方形，有蓋，有耳。

黼 fǔ ㄈㄨˇ 古代禮服上綉的半白半黑的花紋。

fù (ㄈㄨˋ)

父 fù ㄈㄨˋ ❶父親：父子｜老父。❷家族或親戚中的長輩男子：祖父｜伯父｜舅父。

另見354頁fǔ。

【父輩】fùbèi ㄈㄨˋ ㄅㄟˋ 跟父親同輩的親友。

【父本】fùběn ㄈㄨˋ ㄅㄣˇ 植物繁殖過程中親代的雄性植株。參看930頁〖親代〗。

【父老】fùlǎo ㄈㄨˋ ㄌㄠˇ 一國或一鄉的長者：父老兄弟。

【父母】fùmǔ ㄈㄨˋ ㄇㄨˇ 父親和母親。

【父母官】fùmǔguān ㄈㄨˋ ㄇㄨˇ ㄍㄨㄢ 舊時指地方長官(多指州、縣一級的)。

【父親】fù·qīn ㄈㄨˋ ·ㄑㄧㄣ 有子女的男子是子女的父親。

【父權制】fùquánzhì ㄈㄨˋ ㄑㄩㄢˊ ㄓˋ 原始公社後期形成的男子在經濟上及社會關係上佔支配地位的制度。由於男子所從事的畜牧業和農業在生活中逐漸起決定作用,造成氏族內男子地位的上升與女子地位的下降。又由於對偶制婚姻的出現,子女的血統關係由確認生母轉為確認生父。這樣就形成了以男子為中心的父系氏族公社。參看818頁〖母權制〗。

【父系】fùxì ㄈㄨˋ ㄒㄧˋ ❶在血統上屬於父親方面的:父系親屬。❷父子相承的:父系家族制度。

【父兄】fùxiōng ㄈㄨˋ ㄒㄩㄥ ❶父親和哥哥。❷泛指家長。

【父執】fùzhí ㄈㄨˋ ㄓˊ 〈書〉父親的朋友。

付1 fù ㄈㄨˋ ❶交給:交付|託付|付表決|付諸實施|付之一炬|盡付東流。❷給(錢):付款|支付。❸(Fù)姓。

付2 fù ㄈㄨˋ 同'副2'。

【付丙】fùbǐng ㄈㄨˋ ㄅㄧㄥˇ 〈書〉(把信件等)用火燒掉:閱後付丙。也說付丙丁(丙丁:指火)。

【付出】fùchū ㄈㄨˋ ㄔㄨ 交出(款項、代價等):付出現款|付出辛勤的勞動。

【付方】fùfāng ㄈㄨˋ ㄈㄤ 簿記賬戶的右方,記載資產的減少,負債的增加和淨值的增加(跟'收方'相對)。也叫貸方。

【付排】fùpái ㄈㄨˋ ㄆㄞˊ 稿件交給印刷部門排版:書稿已經付排,不日即可與讀者見面。

【付訖】fùqì ㄈㄨˋ ㄑㄧˋ 交清(多指款項):報費付訖。

【付託】fùtuō ㄈㄨˋ ㄊㄨㄛ 交給別人辦理:付託得人|勝利地完成了祖國人民付託給我們的任務。

【付現】fùxiàn ㄈㄨˋ ㄒㄧㄢˋ 交付現金:購物一律要付現,不收支票。

【付型】fùxíng ㄈㄨˋ ㄒㄧㄥˊ 稿件完成排版、校對後,把活字版製成紙型:書稿已經付型,不便再作大的改動。

【付印】fùyìn ㄈㄨˋ ㄧㄣˋ ❶稿件交付出版社,準備出版。❷稿件已完成排版校對過程,交付印刷:清樣簽字後,才能付印。

【付郵】fùyóu ㄈㄨˋ ㄧㄡˊ 交給郵局遞送。

【付與】fùyǔ ㄈㄨˋ ㄩˇ 拿出;交給:盡力完成時代付與我們的使命。

【付賬】fù//zhàng ㄈㄨˋ//ㄓㄤˋ 賒購貨物後,理髮洗澡後,或在飯館、茶館吃喝後,付給應付的錢。

【付之一炬】fù zhī yī jù ㄈㄨˋ ㄓ ㄧ ㄐㄩˋ 給它一把火,指全部燒燬。也說付諸一炬。

【付之一笑】fù zhī yī xiào ㄈㄨˋ ㄓ ㄧ ㄒㄧㄠˋ 一笑了之,表示毫不介意。

【付諸東流】fù zhū dōng liú ㄈㄨˋ ㄓㄨ ㄉㄨㄥ ㄌㄧㄡˊ 把東西扔在東流的水裏沖走。比喻希望落空,前功盡棄。

【付梓】fùzǐ ㄈㄨˋ ㄗˇ 古時用木版印刷,在木板上刻字叫梓,因此把稿件交付刊印叫付梓。

汷 fù ㄈㄨˋ 湖汷(Húfù ㄏㄨˊ ㄈㄨˋ),地名,在江蘇。

咐 fù ㄈㄨˋ 見337頁〖吩咐〗。

阜 fù ㄈㄨˋ 〈書〉❶土山。❷(物資)多:物阜民豐。

服 fù ㄈㄨˋ 量詞,用於中藥;劑:一服藥。另見351頁fú。

附(坿) fù ㄈㄨˋ ❶附帶:附設|附則|附寄照片一張|你給我再附上一筆,讓他收到信後就回信。❷靠近:附近|附在他的耳朵旁邊低聲說話。❸依從;依附:附議|附庸|魂不附體。

【附白】fùbái ㄈㄨˋ ㄅㄞˊ 附上說明:這部書上卷的插畫說明印錯了,擬在下卷裏附白訂正。

【附筆】fùbǐ ㄈㄨˋ ㄅㄧˇ 書信、文件等寫完後另外加上的話。

【附帶】fùdài ㄈㄨˋ ㄉㄞˋ ❶另外有所補充的;順便:附帶條件|附帶聲明一句。❷非主要的:附帶的勞動。

【附耳】fù'ěr ㄈㄨˋ ㄦˇ 嘴貼近別人的耳邊(小聲說話):附耳低語|他們倆附耳談了幾句。

【附睾】fùgāo ㄈㄨˋ ㄍㄠ 男子和雄性哺乳動物生殖器官的一部分,附於睾丸的後上緣,由許多彎曲的小管構成,功用是儲存精子。

【附和】fùhè ㄈㄨˋ ㄏㄜˋ (言語、行動)追隨別人(多含貶義):隨聲附和。

【附會】fùhuì ㄈㄨˋ ㄏㄨㄟˋ 把沒有關係的事物說成有關係;把沒有某種意義的事物說成有某種意義:牽強附會|穿鑿附會。也作傅會。

【附驥】fùjì ㄈㄨˋ ㄐㄧˋ 蚊蠅附在好馬的尾巴上,可以遠行千里。比喻依附名人而出名。也說附驥尾。

【附加】fùjiā ㄈㄨˋ ㄐㄧㄚ ❶附帶加上;額外加上:條文後面附加兩項說明|除運費外,還得附加手續費。❷附帶的;額外的:附加刑|附加稅。

【附加刑】fùjiāxíng ㄈㄨˋ ㄐㄧㄚ ㄒㄧㄥˊ 見193頁〖從刑〗。

【附件】fùjiàn ㄈㄨˋ ㄐㄧㄢˋ ❶隨同主要文件一同制定的文件。❷隨同文件發出的有關的文件或物品。❸組成機器、器械的某些零件或部件;機器、器械成品附帶的零件或部件:汽車附件|新買的機器沒有帶附件。

【附近】fùjìn ㄈㄨˋ ㄐㄧㄣˋ ❶靠近某地的:附近地區|附近居民。❷附近的地方:他家就在附

近，幾分鐘就可以走到。

【附麗】fùlì ㄈㄨˋ ㄌㄧˋ 〈書〉依附；附着：無所附麗。

【附錄】fùlù ㄈㄨˋ ㄌㄨˋ 附在正文後面與正文有關的文章或參考資料：詞典正文後面有五種附錄。

【附逆】fùnì ㄈㄨˋ ㄋㄧˋ 投靠叛逆集團：變節附逆。

【附設】fùshè ㄈㄨˋ ㄕㄜˋ 附帶設置：這個圖書館附設了一個讀書指導部。

【附屬】fùshǔ ㄈㄨˋ ㄕㄨˇ ❶某一機構所附設或管轄的(學校、醫院等)：附屬小學｜附屬工廠。❷依附；歸屬：這所醫院附屬於醫科大學。

【附屬國】fùshǔguó ㄈㄨˋ ㄕㄨˇ ㄍㄨㄛˊ 名義上保有一定的主權，但在經濟和政治方面以某種形式從屬於其他國家的國家。

【附送】fùsòng ㄈㄨˋ ㄙㄨㄥˋ 附帶贈送：在本店購買收錄機一台，附送錄音帶兩盒。

【附小】fùxiǎo ㄈㄨˋ ㄒㄧㄠˇ 附屬小學的簡稱。

【附議】fùyì ㄈㄨˋ ㄧˋ 同意別人的提議，作為共同提議人：小陳提議選老魏為工會主席，還有兩個人附議。

【附庸】fùyōng ㄈㄨˋ ㄩㄥ ❶古代指附屬於大國的小國，今借指為別的國家所操縱的國家。❷泛指依附於其他事物而存在的事物：語言文字學在清代還只是經學的附庸。

【附庸風雅】fùyōng fēngyǎ ㄈㄨˋ ㄩㄥ ㄈㄥ ㄧㄚˇ 為了裝點門面而結交名士，從事有關文化的活動。

【附載】fùzǎi ㄈㄨˋ ㄗㄞˇ 附帶記載：省委的報告後面還附載了三個縣委的調查報告。

【附則】fùzé ㄈㄨˋ ㄗㄜˊ 附在法規、條約、規則、章程等後面的補充性條文，一般是關於生效日期、修改程序等的規定。

【附識】fùzhì ㄈㄨˋ ㄓˋ 附在文章、書刊上的有關記述：再版附識。

【附中】fùzhōng ㄈㄨˋ ㄓㄨㄥ 附屬中學的簡稱。

【附註】fùzhù ㄈㄨˋ ㄓㄨˋ 補充説明或解釋正文的文字，放在篇後，或一頁的末了，或用括號插在正文中間。

【附着】fùzhuó ㄈㄨˋ ㄓㄨㄛˊ 較小的物體黏着在較大的物體上：這種病菌附着在病人使用過的東西上。

赴 fù ㄈㄨˋ ❶到(某處)去：赴會｜赴宴｜赴京。❷在水裏游：赴水。❸同'訃'。

【赴敵】fùdí ㄈㄨˋ ㄉㄧˊ 〈書〉到戰場去跟敵人作戰。

【赴難】fùnàn ㄈㄨˋ ㄋㄢˋ 趕去拯救國家的危難：慷慨赴難。

【赴湯蹈火】fù tāng dǎo huǒ ㄈㄨˋ ㄊㄤ ㄉㄠˇ ㄏㄨㄛˇ 比喻不避艱險：為了人民的利益，赴湯蹈火，在所不辭。

【赴約】fùyuē ㄈㄨˋ ㄩㄝ 去和約會的人見面。

負(负) fù ㄈㄨˋ ❶背(bēi)：負荊｜負重。❷擔負：負責任｜身負重任。❸依仗；倚靠：負隅｜負險固守。❹遭受：負傷｜負屈。❺享有：久負盛名。❻虧欠；拖欠：負債。❼背棄；辜負：負約｜忘恩負義｜有負重託。❽失敗(跟'勝'相對)：勝負｜負於客隊。❾小於零的(跟'正'相對)：負數｜負號。❿指得到電子的(跟'正'相對)：負極｜負電。

【負擔】fùdān ㄈㄨˋ ㄉㄢ ❶承當(責任、工作、費用等)。❷承受的壓力或擔當的責任、費用等：思想負擔｜家庭負擔｜減輕負擔。

【負電】fùdiàn ㄈㄨˋ ㄉㄧㄢˋ 物體得到多餘電子時表現出帶電現象，這種性質的電叫做負電。也叫陰電。

【負荷】fùhè ㄈㄨˋ ㄏㄜˋ ❶〈書〉負擔①：不克負荷。❷動力設備、機械設備以及生理組織等在單位時間內所擔負的工作量。也指建築構件承受的重量。也叫負載或載荷。

【負極】fùjí ㄈㄨˋ ㄐㄧˊ 陰極①。

【負荊】fùjīng ㄈㄨˋ ㄐㄧㄥ 戰國時，廉頗和藺相如同在趙國做官。藺相如因功大，拜為上卿，位在廉頗之上。廉頗不服，想侮辱藺相如。藺相如為了國家的利益，處處退讓。後來廉頗知道了，感到很慚愧，就脱了上衣，背着荊條，向藺相如請罪，請他責罰(見於《史記·廉頗藺相如列傳》)。後來用'負荊'表示認錯賠禮：負荊請罪。

【負疚】fùjiù ㄈㄨˋ ㄐㄧㄡˋ 〈書〉自己覺得抱歉，對不起人：事情沒辦好，感到負疚。

【負離子】fùlízǐ ㄈㄨˋ ㄌㄧˊ ㄗˇ 帶負電荷的離子。如氯離子 Cl^-、硝酸根離子 NO_3^- 等。也叫陰離子。

【負利率】fùlìlǜ ㄈㄨˋ ㄌㄧˋ ㄌㄩˋ 低於同期物價上漲幅度的利率。

【負面】fùmiàn ㄈㄨˋ ㄇㄧㄢˋ 壞的、消極的一面；反面：負面效果｜負面影響。

【負片】fùpiàn ㄈㄨˋ ㄆㄧㄢˋ 經曝光、顯影、定影等處理後的膠片，物像的明暗與實物相反(黑白膠片)或互為補色(彩色膠片)，用來印製正片。

【負氣】fùqì ㄈㄨˋ ㄑㄧˋ 賭氣：負氣出走。

【負屈】fùqū ㄈㄨˋ ㄑㄩ 遭受委屈或冤屈：負屈含冤。

【負傷】fù∥shāng ㄈㄨˋ∥ㄕㄤ 受傷：因公負傷｜他在戰爭中負過傷。

【負數】fùshù ㄈㄨˋ ㄕㄨˋ 小於零的數，如-3，-0.25。

【負心】fùxīn ㄈㄨˋ ㄒㄧㄣ 背棄情誼(多指轉移愛情)：負心漢。

【負隅】fùyú ㄈㄨˋ ㄩˊ (敵人或盜賊)倚靠險要的地勢(抵抗)：負隅頑抗。也作負嵎。

【負嵎】fùyú ㄈㄨˋ ㄩˊ 同'負隅'。

【負約】fùyuē ㄈㄨˋ ㄩㄝ 違背諾言；失約。
【負載】fùzài ㄈㄨˋ ㄗㄞˋ 負荷②。
【負責】fùzé ㄈㄨˋ ㄗㄜˊ ❶擔負責任：負責後勤工作｜這裏的事由你負責。❷(工作)盡到應盡的責任；認真塌實：他對工作很負責。
【負債】fù//zhài ㄈㄨˋ//ㄓㄞˋ 欠人錢財：負債纍纍。
【負債】fùzhài ㄈㄨˋ ㄓㄞˋ 資產負債表的一方，表現營業資金的來源。參看1511頁〖資產負債表〗。
【負重】fùzhòng ㄈㄨˋ ㄓㄨㄥˋ ❶背上背(bēi)着沈重的東西：負重競走｜負重泅渡。❷承擔重任：忍辱負重。

訃(讣) fù ㄈㄨˋ ❶報喪。❷報喪的信。
【訃告】fùgào ㄈㄨˋ ㄍㄠˋ ❶報喪。❷報喪的通知。
【訃聞】fùwén ㄈㄨˋ ㄨㄣˊ 向親友報喪的通知，多附有死者的事略。也作訃文。

洑 fù ㄈㄨˋ 在水裏游：洑水｜洑水過河去。另見352頁 fú。
【洑水】fùshuǐ ㄈㄨˋ ㄕㄨㄟˇ 在水裏游：洑水過河。

祔 fù ㄈㄨˋ ❶古代的一種祭祀，後死者附祭於祖廟。❷〈書〉合葬。

副1 fù ㄈㄨˋ ❶居第二位的；輔助的(區別於'正'或'主')：副主席｜副班長｜副食品。❷輔助的職務；擔任輔助職務的人：團副｜二副。❸附帶的：副業｜副作用。❹符合：名副其實｜名不副實。

副2 fù ㄈㄨˋ 量詞。a)用於成套的東西：一副對聯｜一副手套｜一副象棋｜全副武裝。b)用於面部表情：一副笑臉｜一副莊嚴的面孔。
【副本】fùběn ㄈㄨˋ ㄅㄣˇ ❶著作原稿以外的謄錄本：《永樂大典》副本。❷文件正本以外的其他本：照會的副本。
【副標題】fùbiāotí ㄈㄨˋ ㄅㄧㄠ ㄊㄧˊ 副題。
【副產品】fùchǎnpǐn ㄈㄨˋ ㄔㄢˇ ㄆㄧㄣˇ 製造某種物品時附帶產生的物品，如煉焦的副產品是苯、蒽、萘等。也叫副產物。
【副詞】fùcí ㄈㄨˋ ㄘˊ 修飾或限制動詞和形容詞，表示範圍、程度等，而不能修飾或限制名詞的詞，如'都、只、再三、屢次、很、更、越、也、還、不、竟然、居然'等。
【副官】fùguān ㄈㄨˋ ㄍㄨㄢ 舊時軍隊中辦理行政事務的軍官。
【副虹】fùhóng ㄈㄨˋ ㄏㄨㄥˊ 見837頁'霓'。
【副交感神經】fùjiāogǎnshénjīng ㄈㄨˋ ㄐㄧㄠ ㄍㄢˇ ㄕㄣˊ ㄐㄧㄥ 植物神經系統的一部分，上部從中腦和延髓發出，下部從脊髓的最下部(骶部)發出，分佈在體內各器官裏。作用跟交感神經相反，有抑制和減緩心臟收縮，使瞳孔收縮、腸蠕動加強等作用。
【副教授】fùjiàoshòu ㄈㄨˋ ㄐㄧㄠˋ ㄕㄡˋ 高等學校中職別次於教授的教師。
【副淨】fùjìng ㄈㄨˋ ㄐㄧㄥˋ 架子花的舊稱。
【副刊】fùkān ㄈㄨˋ ㄎㄢ 報紙上刊登文藝作品、學術論文等的專頁或專欄。
【副科】fùkē ㄈㄨˋ ㄎㄜ 所學課程中的次要科目：學校設置課程不能重主科，輕副科。
【副品】fùpǐn ㄈㄨˋ ㄆㄧㄣˇ 質量沒達到標準要求的產品。
【副熱帶】fùrèdài ㄈㄨˋ ㄖㄜˋ ㄉㄞˋ 亞熱帶。
【副神經】fùshénjīng ㄈㄨˋ ㄕㄣˊ ㄐㄧㄥ 第十一對腦神經，從延髓發出，分佈在頸部和胸部的肌肉中。主管咽部和肩部肌肉的運動。
【副腎】fùshèn ㄈㄨˋ ㄕㄣˋ 腎上腺。
【副食】fùshí ㄈㄨˋ ㄕˊ 指下飯的魚肉蔬菜等：副食品｜副食店。
【副手】fùshǒu ㄈㄨˋ ㄕㄡˇ 助手；幫手。
【副題】fùtí ㄈㄨˋ ㄊㄧˊ 加在文章、新聞等標題旁邊或下面作為補充説明的標題。也叫副標題。
【副性徵】fùxìngzhēng ㄈㄨˋ ㄒㄧㄥˋ ㄓㄥ 人和動物發育到一定階段表現出來的與性別有關的特徵。如男子長鬍鬚、喉結突出、聲調低；女子乳房發育、聲調高等。
【副修】fùxiū ㄈㄨˋ ㄒㄧㄡ 主修以外，附帶學習(某門課程或專業)：副修課。
【副業】fùyè ㄈㄨˋ ㄧㄝˋ 主要職業以外，附帶經營的事業，如農民從事的編席、採集藥材等。
【副油箱】fùyóuxiāng ㄈㄨˋ ㄧㄡˊ ㄒㄧㄤ 裝在飛機體外的油箱，用來增加飛機的航程，必要時可以拋掉。
【副職】fùzhí ㄈㄨˋ ㄓˊ 副的職位：副職幹部｜擔任副職。
【副作用】fùzuòyòng ㄈㄨˋ ㄗㄨㄛˋ ㄩㄥˋ 隨着主要作用而附帶發生的不好的作用：這種藥沒有副作用。

婦(妇) fù ㄈㄨˋ ❶婦女：婦科｜婦幼｜婦聯(婦女聯合會)。❷已婚的女子：少婦。❸妻：夫婦。
【婦道】fùdào ㄈㄨˋ ㄉㄠˋ 舊時指婦女應該遵守的行為準則：克盡婦道｜謹守婦道。
【婦道】fù·dao ㄈㄨˋ·ㄉㄠ 指婦女：婦道人家。
【婦科】fùkē ㄈㄨˋ ㄎㄜ 醫院中專門治婦女病的一科。
【婦女】fùnǚ ㄈㄨˋ ㄋㄩˇ 成年女子的通稱：婦女幹部｜勞動婦女。
【婦女病】fùnǚbìng ㄈㄨˋ ㄋㄩˇ ㄅㄧㄥˋ 婦女特有的病症，如月經病。
【婦女節】fùnǚjié ㄈㄨˋ ㄋㄩˇ ㄐㄧㄝˊ 見986頁〖三八婦女節〗。
【婦孺】fùrú ㄈㄨˋ ㄖㄨˊ 婦幼：婦孺皆知。
【婦幼】fùyòu ㄈㄨˋ ㄧㄡˋ 婦女和兒童：婦幼衛生｜婦幼保健站。

傅[1] fù ㄈㄨˋ ❶〈書〉輔助；教導。❷負責教導或傳授技藝的人：師傅。❸(Fù)姓。

傅[2] fù ㄈㄨˋ 〈書〉❶附着；加上：皮之不存，毛將安傅？❷塗抹；搽：傅粉。

【傅粉】fù//fěn ㄈㄨˋ//ㄈㄣˇ〈書〉搽粉。

【傅會】fùhuì ㄈㄨˋ ㄏㄨㄟˋ 同'附會'。

【傅科擺】fùkēbǎi ㄈㄨˋ ㄎㄜ ㄅㄞˇ 用來證明地球自轉運動的天文儀器，一根長十幾或幾十米的金屬絲，一端繫一個重球，另一端懸挂在支架上。由於地球自轉，在北半球，擺動所形成的扇狀面按順時針方向旋轉；在南半球則按逆時針方向旋轉。因法國科學家傅科(Léon Foucault)發明而得名。

復[1](复) fù ㄈㄨˋ ❶轉過去或轉回來：反復｜往復｜翻來復去。❷回答；答復：復信｜敬復｜電復。

復[2](复) fù ㄈㄨˋ ❶恢復：光復｜收復｜復原｜復婚。❷報復：復仇。

復[3](复) fù ㄈㄨˋ 再；又：復發｜復蘇｜死灰復燃｜無以復加｜一去不復返。

'复'另見362頁fù'複'。

【復辟】fùbì ㄈㄨˋ ㄅㄧˋ 失位的君主復位。泛指被推翻的統治者恢復原有的地位或被消滅的制度復活。

【復查】fùchá ㄈㄨˋ ㄔㄚˊ 再一次檢查：上次透視發現肺部有陰影，今天去復查。

【復仇】fù//chóu ㄈㄨˋ//ㄔㄡˊ 報仇：復仇雪恥。

【復出】fùchū ㄈㄨˋ ㄔㄨ 不再擔任職務或停止社會活動的人又出來擔任職務或參加社會活動(多指名人)。

【復發】fùfā ㄈㄨˋ ㄈㄚ (患過的病)再次發作。

【復工】fù//gōng ㄈㄨˋ//ㄍㄨㄥ 停工或罷工後恢復工作。

【復古】fùgǔ ㄈㄨˋ ㄍㄨˇ 恢復古代的制度、風尚、觀念等：學習古代文化，不是為了復古，而是古為今用。

【復歸】fùguī ㄈㄨˋ ㄍㄨㄟ 回復到(某種狀態)：暴風雨過後，湖面復歸平靜。

【復核】fùhé ㄈㄨˋ ㄏㄜˊ ❶審查核對：把報告裏面的數字復核一下。❷法院判處死刑案件的特定司法程序。在我國指最高人民法院對於判處死刑的案件做再一次的審核。

【復會】fù//huì ㄈㄨˋ//ㄏㄨㄟˋ 中途停止的會議恢復開會。

【復婚】fù//hūn ㄈㄨˋ//ㄏㄨㄣ 離婚的男女恢復婚姻關係。

【復活】fùhuó ㄈㄨˋ ㄏㄨㄛˊ ❶死了又活過來。多用於比喻：經過修理，報廢的車牀又復活了。❷使復活：反對復活軍國主義。

【復活節】Fùhuó Jié ㄈㄨˋ ㄏㄨㄛˊ ㄐㄧㄝˊ 基督教紀念耶穌復活的節日，是春分後第一次月圓之後的第一個星期日。

【復交】fùjiāo ㄈㄨˋ ㄐㄧㄠ ❶恢復交誼。❷特指恢復外交關係。

【復舊】fù//jiù ㄈㄨˋ//ㄐㄧㄡˋ ❶恢復陳舊的習俗、觀念、制度等。❷恢復原來的樣子：復舊如初。

【復刊】fù//kān ㄈㄨˋ//ㄎㄢ (報刊)停刊後恢復刊行。

【復課】fù//kè ㄈㄨˋ//ㄎㄜˋ 停課或罷課後恢復上課。

【復明】fùmíng ㄈㄨˋ ㄇㄧㄥˊ 眼失明後又恢復視力：白內障患者，有的可以經過手術復明。

【復命】fùmìng ㄈㄨˋ ㄇㄧㄥˋ 執行命令後回報。

【復賽】fùsài ㄈㄨˋ ㄙㄞˋ 體育競賽中初賽後決賽前進行的比賽。

【復審】fùshěn ㄈㄨˋ ㄕㄣˇ ❶再一次審查：稿子初審已過，有待復審。❷法院對已審理的案件再一次進行審理。

【復生】fùshēng ㄈㄨˋ ㄕㄥ 復活。

【復市】fùshì ㄈㄨˋ ㄕˋ 商店、集市等罷市或停止營業後恢復營業。

【復試】fùshì ㄈㄨˋ ㄕˋ 有些考試分兩次舉行，第一次叫做初試，第二次叫做復試(一般是第一次考普通科目，及格後再考專門科目)。

【復述】fùshù ㄈㄨˋ ㄕㄨˋ ❶把別人説過的話或自己説過的話重説一遍。❷語文教學上指學生把讀物的內容用自己的話説出來，是教學方法之一。

【復蘇】fùsū ㄈㄨˋ ㄙㄨ ❶生物體或離體的器官、組織或細胞等在生理機能極度減緩後又恢復正常的生命活動；蘇醒過來：死而復蘇◇大地復蘇，麥苗返青。❷資本主義再生產週期中繼蕭條之後的一個階段，其特徵是生產逐漸恢復，市場漸趨活躍，物價回升，利潤增加等：經濟復蘇。

【復位】fù//wèi ㄈㄨˋ//ㄨㄟˋ ❶脱位的骨關節回復到原來的部位。❷失去地位的君主重新掌權。

【復信】fù//xìn ㄈㄨˋ//ㄒㄧㄣˋ 答復來信：及時復信｜收到讀者來信後，就立即復了信。

【復信】fùxìn ㄈㄨˋ ㄒㄧㄣˋ 答復的信：信寄出很久了，還沒有收到復信。

【復興】fùxīng ㄈㄨˋ ㄒㄧㄥ ❶衰落後再興盛起來：民族復興｜文藝復興。❷使復興：復興國家｜復興農業。

【復學】fù//xué ㄈㄨˋ//ㄒㄩㄝˊ 休學或退學後再上學。

【復業】fùyè ㄈㄨˋ ㄧㄝˋ ❶恢復本業。❷商店停業後恢復營業：飯店停業整頓，年後復業。

【復議】fùyì ㄈㄨˋ ㄧˋ 對已做決定的事做再一次的討論：事關大局，廠領導還要復議。

【復元】fù//yuán ㄈㄨˋ//ㄩㄢˊ 同'復原'①。

【復原】fù//yuán ㄈㄨˋ//ㄩㄢˊ ❶病後恢復健康：身體已經復原。也作復元。❷恢復原狀：被破壞的壁畫已無法復原。

【復員】fù∥yuán ㄈㄨˋ∥ㄩㄢˊ ❶武裝力量和一切經濟、政治、文化等部門從戰時狀態轉入和平狀態。❷軍人因服役期滿或戰爭結束等原因而退出現役：復員軍人｜復員回鄉｜他去年從部隊復了員。

【復圓】fùyuán ㄈㄨˋ ㄩㄢˊ 日蝕或月蝕的過程中，月亮陰影和太陽圓面或地球陰影和月亮圓面第二次外切時的位置關係，也指發生這種位置關係的時刻。復圓是日蝕或月蝕過程的結束。參看1040頁〖蝕相〗。

【復診】fùzhěn ㄈㄨˋ ㄓㄣˇ 醫療部門指病人經過初診後再來看病。

【復職】fù∥zhí ㄈㄨˋ∥ㄓˊ 解職後又恢復原職。

【復壯】fùzhuàng ㄈㄨˋ ㄓㄨㄤˋ 恢復品種的原有優良特性並提高種子的生活力：品種復壯｜某些春播作物進行冬播可以使種子復壯。

富 fù ㄈㄨˋ ❶財產多（跟'貧、窮'相對）：富裕｜富有｜富戶｜農村富了。❷使變富：富國強兵｜富民政策。❸資源；財產：富源｜財富。❹豐富；多：富饒｜富於養分。❺(Fù)姓。

【富貴】fùguì ㄈㄨˋ ㄍㄨㄟˋ 指有錢又有地位：榮華富貴｜富貴人家。

【富貴病】fùguìbìng ㄈㄨˋ ㄍㄨㄟˋ ㄅㄧㄥˋ 俗稱需要長期休養和滋補調理的某些慢性病。

【富國】fùguó ㄈㄨˋ ㄍㄨㄛˊ ❶使國家富足：富國裕民｜富國強兵。❷富足的國家：由於盛產石油，這個國家很快由窮國變成了富國。

【富豪】fùháo ㄈㄨˋ ㄏㄠˊ 指有錢又有權勢的人。

【富礦】fùkuàng ㄈㄨˋ ㄎㄨㄤˋ 品位較高的礦石或礦牀。

【富麗】fùlì ㄈㄨˋ ㄌㄧˋ 宏偉美麗：富麗堂皇｜陳設豪華富麗。

【富民】fùmín ㄈㄨˋ ㄇㄧㄣˊ 使人民富足：富國富民｜富民政策。

【富農】fùnóng ㄈㄨˋ ㄋㄨㄥˊ 農村中以剝削雇傭勞動（兼放高利貸或出租部分土地）為主要生活來源的人。一般佔有土地和比較優良的生產工具以及活動資本。自己參加勞動，但收入主要是由剝削來的。

【富強】fùqiáng ㄈㄨˋ ㄑㄧㄤˊ （國家）出產豐富，力量強大：繁榮富強｜國家富強，人民安樂。

【富饒】fùráo ㄈㄨˋ ㄖㄠˊ 物產多；財富多：富饒之國｜富饒的長江流域。

【富商】fùshāng ㄈㄨˋ ㄕㄤ 錢財多的商人：富商大賈。

【富實】fù·shí ㄈㄨˋ ·ㄕˊ （家產、資財）富足；富裕：家業富實。

【富庶】fùshù ㄈㄨˋ ㄕㄨˋ 物產豐富，人口眾多。

【富態】fù·tai ㄈㄨˋ ·ㄊㄞ 婉辭，身體胖：這人長得很富態。

【富翁】fùwēng ㄈㄨˋ ㄨㄥ 擁有大量財產的人。

【富有】fùyǒu ㄈㄨˋ ㄧㄡˇ ❶擁有大量的財產：富有的商人。❷充分地具有（多指積極方面）：富有生命力｜富有代表性。

【富裕】fùyù ㄈㄨˋ ㄩˋ ❶（財物）充裕：日子過得挺富裕｜農民一天天地富裕起來。❷使富裕：發展生產，富裕人民。

【富裕中農】fùyù zhōngnóng ㄈㄨˋ ㄩˋ ㄓㄨㄥ ㄋㄨㄥˊ 上中農。

【富餘】fù·yu ㄈㄨˋ ·ㄩ 足夠而有剩餘：富餘人員｜把富餘的錢存銀行｜時間還富餘，不必着急｜這裏抽水機有富餘，可以支援你們兩台。

【富源】fùyuán ㄈㄨˋ ㄩㄢˊ 自然資源，如森林、礦產等。

【富足】fùzú ㄈㄨˋ ㄗㄨˊ 豐富充足：過着富餘的日子。

腹 fù ㄈㄨˋ ❶軀幹的一部分。人的腹在胸的下面，動物的腹在胸的後面。通稱肚子(dù·zi)。（圖見1017頁〖身體〗）❷指內心：腹案｜腹議。❸指鼎、瓶子等器物的中空而凸出的部分：壺腹｜瓶腹。

【腹案】fù'àn ㄈㄨˋ ㄢˋ ❶內心考慮的方案：他初步有了個腹案。❷指已經擬定而尚未公開的方案：這是他們經過半年研究得出的腹案。

【腹背受敵】fù bèi shòu dí ㄈㄨˋ ㄅㄟˋ ㄕㄡˋ ㄉㄧˊ 前面和後面都受到敵人的攻擊。

【腹地】fùdì ㄈㄨˋ ㄉㄧˋ 靠近中心的地區；內地：深入腹地。

【腹誹】fùfěi ㄈㄨˋ ㄈㄟˇ 〈書〉嘴裏雖然不說，心裏認為不對。也說腹非。

【腹稿】fùgǎo ㄈㄨˋ ㄍㄠˇ 已經想好但還沒寫出的文稿。

【腹股溝】fùgǔgōu ㄈㄨˋ ㄍㄨˇ ㄍㄡ 大腿和腹部相連的部分。也叫鼠蹊(shǔxī)。

【腹面】fùmiàn ㄈㄨˋ ㄇㄧㄢˋ 動物身上胸部、腹部的那一面。

【腹膜】fùmó ㄈㄨˋ ㄇㄛˊ 腹腔內包着胃腸等臟器的薄膜，由結締組織構成。

【腹鰭】fùqí ㄈㄨˋ ㄑㄧˊ 魚類腹部的鰭，左右各一，是轉換方向和支持身體平衡的器官。（圖見905頁'鰭'）

【腹腔】fùqiāng ㄈㄨˋ ㄑㄧㄤ 體腔的一部分，上部有橫膈膜和胸腔隔開，下部是骨盆，前部和兩側是腹壁，後部是脊椎和腰部肌肉。胃、腸、胰、腎、肝、脾等器官都在腹腔內。

【腹水】fùshuǐ ㄈㄨˋ ㄕㄨㄟˇ 腹腔內因病積聚的液體，心臟病、腎炎、肝硬變等疾病都能引起腹水。

【腹瀉】fùxiè ㄈㄨˋ ㄒㄧㄝˋ 指排便次數增多，大便稀薄或呈水狀，有的帶膿血，常兼有腹痛。由於腸道感染，消化機能障礙而引起。也叫水瀉。通稱拉稀、瀉肚或鬧肚子。

【腹心】fùxīn ㄈㄨˋ ㄒㄧㄣ ❶比喻要害或中心部分：腹心之患。❷比喻極親近的人；心腹：言聽計從，倚為腹心。❸〈書〉比喻真心誠意：敢佈腹心｜腹心相照。

【腹議】fùyì ㄈㄨˋ ㄧˋ 〈書〉嘴上沒説出，心裏有看法。

複(复)

fù ㄈㄨˋ ❶重複：複寫｜複製｜複綫。❷繁複：複姓｜複分數｜複比例。

'复'另見360頁 fù '復'。

【複本】fùběn ㄈㄨˋ ㄅㄣˇ 同一種書刊收藏不止一部時，第一部以外的稱為複本。

【複本位制】fùběnwèizhì ㄈㄨˋ ㄅㄣˇ ㄨㄟˋ ㄓˋ 一國同時用黃金和白銀作本位貨幣的貨幣制度。

【複方】fùfāng ㄈㄨˋ ㄈㄤ ❶中醫指由兩個或兩個以上成方配成的方子：複方丹參片。❷西醫指成藥中含有兩種或兩種以上藥品的：複方阿司匹林。

【複分解】fùfēnjiě ㄈㄨˋ ㄈㄣ ㄐㄧㄝˇ 兩種化合物經過化學反應互相交換成分而生成兩種另外的化合物，如氯化鈉和硝酸銀反應生成硝酸鈉和氯化銀。

【複輔音】fùfǔyīn ㄈㄨˋ ㄈㄨˇ ㄧㄣ 兩個或更多的輔音結合在一起叫複輔音，如俄語 книга (書) 中的 кн，英語 spring (春天) 中的 spr 等。有的書把塞擦音 (如普通話語音的 z，zh，j，c，ch，q 和送氣音 (如普通話語音的 p，t，k，c，ch，q 也叫做複輔音。

【複果】fùguǒ ㄈㄨˋ ㄍㄨㄛˇ 果實的一類，由生長在一個花序上的許多花的成熟子房和其他花器官聯合發育而成。如菠蘿、無花果等的結實。也叫聚花果。

【複合】fùhé ㄈㄨˋ ㄏㄜˊ 合在一起；結合起來：複合詞｜複合元音｜複合材料。

【複合詞】fùhécí ㄈㄨˋ ㄏㄜˊ ㄘˊ 見461頁〖合成詞〗。

【複合量詞】fùhé liàngcí ㄈㄨˋ ㄏㄜˊ ㄌㄧㄤˋ ㄘˊ 表示複合單位的量詞，如'架次、人次、秒立方米、噸公里'。

【複合元音】fùhé yuányīn ㄈㄨˋ ㄏㄜˊ ㄩㄢˊ ㄧㄣ 在一個音節裏的音值前後不一致的元音，發音時嘴唇和舌頭從一個元音的位置過渡到另一個元音的位置，如普通話語音中的 ai，ei，ao，ou，uai，uei 等。

【複句】fùjù ㄈㄨˋ ㄐㄩˋ 語法上指能分成兩個或兩個以上相當於單句的分段的句子，如：梅花才落，杏花又開了｜河不深，可是水太冷｜明天不下雨，我們上西山去。這三個複句各包含兩個分句。同一複句裏的分句，説的是有關係的事。一個複句只有一個句終語調，不同於連續的幾個單句。參看335頁〖分句〗。

【複利】fùlì ㄈㄨˋ ㄌㄧˋ 計算利息的一種方法，把前一期的利息和本金加在一起算做本金，再計算利息。

【複名數】fùmíngshù ㄈㄨˋ ㄇㄧㄥˊ ㄕㄨˋ 帶有兩個或兩個以上單位名稱的數，如5元8角、3丈5尺2寸等。

【複數】fùshù ㄈㄨˋ ㄕㄨˋ ❶某些語言中由詞的形態變化等表示的屬於兩個或兩個以上的數量。例如英語裏 book (書，單數) 指一本書，books (書，複數) 指兩本或兩本以上的書。❷形如 $a+bi$ 的數叫做複數。其中，a，b 是實數，$i^2=-1$，i 是虛數單位。a 叫做複數的實部，bi 叫做複數的虛部。如 $1-3i$，$5i$ 都是複數。

【複胃】fùwèi ㄈㄨˋ ㄨㄟˋ 反芻動物的胃。

【複習】fùxí ㄈㄨˋ ㄒㄧˊ 重複學習學過的東西，使鞏固：複習功課｜複習提綱。

【複綫】fùxiàn ㄈㄨˋ ㄒㄧㄢˋ 有兩組或兩組以上軌道的鐵道或電車道，相對方向的車輛可以同時通行 (區別於'單綫')。

【複寫】fùxiě ㄈㄨˋ ㄒㄧㄝˇ 把複寫紙夾在兩張或幾張紙之間書寫，一次可以寫出若干份。

【複寫紙】fùxiězhǐ ㄈㄨˋ ㄒㄧㄝˇ ㄓˇ 一種塗着蠟質顏料供複寫或打字用的紙。

【複姓】fùxìng ㄈㄨˋ ㄒㄧㄥˋ 不止一個字的姓，如歐陽、司馬等。

【複眼】fùyǎn ㄈㄨˋ ㄧㄢˇ 昆蟲主要的視覺器官，由許多六角形的小眼構成，例如螞蟻一個複眼由 50 個小眼構成。

【複音】fùyīn ㄈㄨˋ ㄧㄣ 由許多純音組成的聲音。複音的頻率用組成這個複音的基音的頻率來表示。一般樂器發出的聲音都是複音。

【複音詞】fùyīncí ㄈㄨˋ ㄧㄣ ㄘˊ 有兩個或幾個音節的詞。如葡萄、服務、革命、共產黨等。

【複印】fùyìn ㄈㄨˋ ㄧㄣˋ 照原樣重印，特指用複印機重印：複印資料｜複印了十份設計圖紙。

【複印機】fùyìnjī ㄈㄨˋ ㄧㄣˋ ㄐㄧ 利用光敏導體的靜電特性和光敏特性將文件、圖片等照原樣重印在紙上的機器。

【複雜】fùzá ㄈㄨˋ ㄗㄚˊ (事物的種類、頭緒等) 多而雜：顏色複雜｜複雜的問題｜複雜的人際關係。

【複雜勞動】fùzá láodòng ㄈㄨˋ ㄗㄚˊ ㄌㄠˊ ㄉㄨㄥˋ 需要經過專門訓練，具有一定技術才能勝任的勞動 (跟'簡單勞動'相對)。

【複製】fùzhì ㄈㄨˋ ㄓˋ 仿造原件 (多指藝術品) 或翻印書籍等：複製品｜這些文物都是複製的。

【複種】fùzhòng ㄈㄨˋ ㄓㄨㄥˋ 在同一塊地上，一年播種和收獲兩次以上的耕作方法。

駙(驸)

fù ㄈㄨˋ 古代幾匹馬共同拉一輛車時，駕轅之外的馬叫駙。

【駙馬】fùmǎ ㄈㄨˋ ㄇㄚˇ 漢代有'駙馬都尉'的官職，後來皇帝的女婿常做這個官，因此駙馬成為皇帝的女婿的專稱。

賦[1](赋)

fù ㄈㄨˋ (上對下) 交給：賦予。

賦[2](赋)

fù ㄈㄨˋ ❶舊時指農業税：田賦｜賦税。❷〈書〉徵收 (賦稅)：賦以重稅。

賦[3] **(赋)** fù ㄈㄨˋ ❶我國古代文體，盛行於漢魏六朝，是韵文和散文的綜合體，通常用來寫景敍事，也有以較短的篇幅抒情説理的。❷做(詩、詞)：賦詩一首。

【賦稅】fùshuì ㄈㄨˋ ㄕㄨㄟˋ 田賦和各種捐稅的總稱。

【賦閑】fùxián ㄈㄨˋ ㄒㄧㄢˊ 晉朝潘岳辭官家居，作《閑居賦》，後來因稱沒有職業在家閑着為賦閑。

【賦性】fùxìng ㄈㄨˋ ㄒㄧㄥˋ 天性：賦性剛強｜賦性聰穎。

【賦役】fùyì ㄈㄨˋ ㄧˋ 賦稅和徭役。

【賦有】fùyǒu ㄈㄨˋ ㄧㄡˇ 具有(某種性格、氣質等)：勞動人民賦有忠厚質樸的性格。

【賦予】fùyǔ ㄈㄨˋ ㄩˇ 交給(重大任務、使命等)：這是歷史賦予我們的重任。

蝮 fù ㄈㄨˋ ［蝮蛇］(fùshé ㄈㄨˋ ㄕㄜˊ) 毒蛇的一種，頭部呈三角形，身體灰褐色，有斑紋。生活在山野和島上，捕食小動物，也能傷害人或家畜。

蝜 **(蝜)** fù ㄈㄨˋ ［蝜蝂］(fùbǎn ㄈㄨˋ ㄅㄢˇ) 寓言中説的一種好負重物的小蟲(見於唐朝柳宗元《蝜蝂傳》)。

鮒 **(鲋)** fù ㄈㄨˋ 古書上指鯽魚：涸轍之鮒。

縛 **(缚)** fù ㄈㄨˋ 捆綁：束縛｜作繭自縛｜手無縛雞之力。

賻 **(赙)** fù ㄈㄨˋ 〈書〉賻贈：賻儀｜賻金。

【賻儀】fùyí ㄈㄨˋ ㄧˊ 〈書〉向辦喪事的人家送的禮。

【賻贈】fùzèng ㄈㄨˋ ㄗㄥˋ 〈書〉贈送財物給辦喪事的人家。

覆 fù ㄈㄨˋ ❶蓋住：覆蓋｜被覆｜天覆地載。❷底朝上翻過來；歪倒：顛覆｜前車之覆，後車之鑒。❸同'復[1]'。

【覆被】fùbèi ㄈㄨˋ ㄅㄟˋ 覆蓋：森林覆被佔全省面積三分之一以上。

【覆巢無完卵】fù cháo wú wán luǎn ㄈㄨˋ ㄔㄠˊ ㄨˊ ㄨㄢˊ ㄌㄨㄢˇ 鳥窩翻落下來不會有完好的鳥蛋。比喻整體覆滅，個體不能幸免。

【覆蓋】fùgài ㄈㄨˋ ㄍㄞˋ ❶遮蓋：積雪覆蓋着地面。❷指地面上的植物，對於土壤有保護作用：沒有覆蓋，水土容易流失。

【覆蓋面】fùgàimiàn ㄈㄨˋ ㄍㄞˋ ㄇㄧㄢˋ ❶覆蓋的面積：森林的覆蓋面日益減少。❷泛指涉及或影響到的範圍：擴大法制教育的覆蓋面。

【覆滅】fùmiè ㄈㄨˋ ㄇㄧㄝˋ 全部被消滅：全軍覆滅。

【覆沒】fùmò ㄈㄨˋ ㄇㄛˋ ❶〈書〉(船)翻而沈沒。❷(軍隊)被消滅。❸〈書〉淪陷①：中原覆沒。

【覆盆之冤】fù pén zhī yuān ㄈㄨˋ ㄆㄣˊ ㄓ ㄩㄢ 形容無處申訴的冤枉(覆盆：翻過來放着的盆子，裏面陽光照不到)。

【覆水難收】fù shuǐ nán shōu ㄈㄨˋ ㄕㄨㄟˇ ㄋㄢˊ ㄕㄡ 倒(dào)在地上的水無法再收回。比喻已成事實的事難以挽回(多用於夫妻離異)。

【覆亡】fùwáng ㄈㄨˋ ㄨㄤˊ 滅亡。

【覆轍】fùzhé ㄈㄨˋ ㄓㄜˊ 翻過車的道路。比喻曾經失敗的做法：重蹈覆轍。

馥 fù ㄈㄨˋ 〈書〉香；香氣：馥郁。

【馥馥】fùfù ㄈㄨˋ ㄈㄨˋ 〈書〉形容香氣很濃。

【馥郁】fùyù ㄈㄨˋ ㄩˋ 〈書〉形容香氣濃厚：芬芳馥郁｜花朵散發着馥郁的香氣。

鰒 **(鳆)** fù ㄈㄨˋ ［鰒魚］(fùyú ㄈㄨˋ ㄩˊ) 同'鮑魚'[2]。

G

gā（ㄍㄚ）

旮 gā ㄍㄚ 見下。

【旮旮旯旯兒】gā·galálár ㄍㄚ·ㄍㄚㄌㄚˊㄌㄚㄦˊ〈方〉所有的角落：旮旮旯旯兒都打掃乾淨了。

【旮旯兒】gālár ㄍㄚㄌㄚㄦˊ〈方〉❶角落：牆旮旯兒。❷狹窄偏僻的地方：山旮旯兒｜背旮旯兒。

夾（夹） gā ㄍㄚ［夾肢窩］(gā·zhiwō ㄍㄚ·ㄓㄨㄛ) 腋窩的通稱。也作胳肢窩。

另見549頁 jiā；552頁 jiá。

伽 gā ㄍㄚ［伽馬射綫］(gāmǎ shèxiàn ㄍㄚㄇㄚˇ ㄕㄜˋ ㄒㄧㄢˋ) 丙種射綫。也作γ射綫。

另見550頁 jiā；928頁 qié。

呷 gā ㄍㄚ［呷呷］同'嘎嘎'(gāgā)。

另見1228頁 xiā。

咖 gā ㄍㄚ［咖喱］(gālí ㄍㄚㄌㄧˊ) 用胡椒、薑黃、番椒、茴香、陳皮等的粉末製成的調味品，味香而辣，色黃。［英 curry］

另見634頁 kā。

胳 gā ㄍㄚ［胳肢窩］(gā·zhiwō ㄍㄚ·ㄓㄨㄛ) 同'夾肢窩'(gā·zhiwō)。

另見384頁 gē；386頁 gé。

嘎 gā ㄍㄚ 象聲詞，形容短促而響亮的聲音：汽車嘎的一聲剎住了。

另見364頁 gá；364頁 gǎ。

【嘎巴】gābā ㄍㄚㄅㄚ 象聲詞，形容樹枝等折斷的聲音：嘎巴一聲，樹枝折(shé)成兩截兒。

【嘎巴】gā·ba ㄍㄚ·ㄅㄚ〈方〉黏的東西乾後附着在器物上：飯粒都嘎巴在鍋底上了。

【嘎巴兒】gā·bar ㄍㄚ·ㄅㄚㄦ〈方〉附着在器物上的乾了的粥、糨糊等：衣裳上還有粥嘎巴兒。

【嘎嘣脆】gā·bēngcuì ㄍㄚ·ㄅㄥ ㄘㄨㄟˋ〈方〉❶很脆。❷形容直截了當；乾脆：説話辦事嘎嘣脆。

【嘎嘎】gāgā ㄍㄚㄍㄚ 象聲詞，形容鴨子、大雁等叫的聲音。也作呷呷。

另見364頁 gá·ga。

【嘎渣兒】gā·zhar ㄍㄚ·ㄓㄚㄦ〈方〉❶痂。❷食物粘在鍋上的部分或烤焦、烤黃的硬皮。

【嘎吱】gāzhī ㄍㄚㄓ 象聲詞，形容物件受壓力而發出的聲音(多重疊用)：他挑着行李，扁擔壓得嘎吱嘎吱的響。

gá（ㄍㄚˊ）

軋（轧） gá ㄍㄚˊ〈方〉❶擠：人軋人。❷結交：軋朋友。❸核算；查對：軋賬。

另見1311頁 yà；1433頁 zhá。

尜 gá ㄍㄚˊ［尜尜］(gá·ga ㄍㄚˊ·ㄍㄚ) ❶(尜尜兒) 一種兒童玩具，兩頭尖，中間大。也叫尜兒。❷像尜尜的：尜尜棗｜尜尜湯(用玉米麪等做的食品)。‖也作嘎嘎(gá·ga)。

釓（钆） gá ㄍㄚˊ 金屬元素，符號 Gd (gadolinium)。是一種稀土金屬。銀白色，磁性強，低溫時具有超導性，用於微波技術，也用做原子反應堆的結構材料等。

嘎 gá ㄍㄚˊ 見下。

另見364頁 gā；364頁 gǎ。

【嘎調】gádiào ㄍㄚˊ ㄉㄧㄠˋ 京劇唱腔裏，用特別拔高的音唱某個字，唱出的音叫嘎調。

【嘎嘎】gá·ga ㄍㄚˊ·ㄍㄚ 同'尜尜'(gá·ga)。

另見364頁 gāgā。

噶〔噶〕 gá ㄍㄚˊ 見下。

【噶倫】gálún ㄍㄚˊ ㄌㄨㄣˊ 原西藏地方政府主要官員。

【噶廈】gáxià ㄍㄚˊ ㄒㄧㄚˋ 原西藏地方政府，由噶倫四人組成。1959 年 3 月後解散。

gǎ（ㄍㄚˇ）

生 gǎ ㄍㄚˇ〈方〉❶乖僻；脾氣不好：這人生得很，不好説話。❷調皮：生小子。

【生古】gǎ·gu ㄍㄚˇ·ㄍㄨ〈方〉(人的脾氣、東西的質量、事情的結局等) 不好。

【生子】gǎ·zi ㄍㄚˇ·ㄗ〈方〉調皮的人(有時用來稱小孩兒，含喜愛意)。也作嘎子。

尕 gǎ ㄍㄚˇ〈方〉小：尕娃｜尕李。

嘎 gǎ ㄍㄚˇ 同'生'：嘎古｜嘎子。

另見364頁 gā；364頁 gá。

【嘎子】gǎ·zi ㄍㄚˇ·ㄗ 同'生子'。

gà（ㄍㄚˋ）

尬 gà ㄍㄚˋ 見371頁［尷尬］(gāngà)。

gāi (ㄍㄞ)

垓[1] gāi ㄍㄞ 古代數目名，指一萬萬。

垓[2] gāi ㄍㄞ 垓下(Gāixià ㄍㄞ ㄒㄧㄚˋ)，古地名，在今安徽靈壁東南。項羽在這裏被圍失敗。

【垓心】gāixīn ㄍㄞ ㄒㄧㄣ 戰場的中心(多見於舊小說)：困在垓心。

荄〔荄〕 gāi ㄍㄞ 〈書〉草根。

陔 gāi ㄍㄞ 〈書〉❶靠近台階下邊的地方。❷級；層。❸田間的土崗子。

賅(赅) gāi ㄍㄞ 〈書〉❶兼；包括：舉一賅百｜以偏賅全。❷完備；全：言簡意賅。

【賅博】gāibó ㄍㄞ ㄅㄛˊ 〈書〉淵博。也作該博。

【賅括】gāikuò ㄍㄞ ㄎㄨㄛˋ 〈書〉概括。

該[1](该) gāi ㄍㄞ ❶應當：應該｜該説的一定要説｜你累了，該休息一下了｜該兩天幹的活兒，一天就幹完了。❷應當是；應當(由…來做)：這一回該我了吧？｜這個工作該老張來擔任。注意 有時帶'着'(·zhe)：今天晚上該着你值班了。❸理應如此：活該｜該！誰叫他淘氣來着。❹表示根據情理或經驗推測必然的或可能的結果：天一涼，就該加衣服了｜再不澆水，花都該蔫了。注意 用在感嘆句中兼有加強語氣的作用，如：我們的責任該有多重啊！｜要是水泵今天就運到，該多麼好哇！

該[2](该) gāi ㄍㄞ 欠：該賬｜我該他兩塊錢。

該[3](该) gāi ㄍㄞ 指示詞，指上文説過的人或事物(多用於公文)：該地交通便利｜該生品學兼優。

該[4](该) gāi ㄍㄞ 同'賅'。

【該博】gāibó ㄍㄞ ㄅㄛˊ 同'賅博'。

【該當】gāidāng ㄍㄞ ㄉㄤ 應當：該當何罪？｜大夥兒的事，我該當出力，沒説的。

【該欠】gāiqiàn ㄍㄞ ㄑㄧㄢˋ 借別人的財物沒有還；短欠：我量入為出，從來不該欠別人的。

【該死】gāisǐ ㄍㄞ ㄙˇ 表示厭惡、憤恨或埋怨的話：該死的貓又叼去一條魚｜真該死，我又把鑰匙丢在家裏了。

【該應】gāiyīng ㄍㄞ ㄧㄥ 〈方〉❶應該。❷該着。

【該着】gāizháo ㄍㄞ ㄓㄠˊ 指命運注定，不可避免(迷信)：剛一出門就摔了一跤，該着我倒霉。

gǎi (ㄍㄞˇ)

改 gǎi ㄍㄞˇ ❶改變；更改：改口｜改名｜改朝換代｜幾年之間，家鄉完全改了樣子了。❷修改：改文章｜這扇門太大，得往小裏改一改。❸改正：改邪歸正｜有錯誤一定要改。❹(Gǎi)姓。

【改扮】gǎibàn ㄍㄞˇ ㄅㄢˋ 改換打扮，成另外的模樣：為了偵察敵情，他改扮成一個遊街串巷的算命先生。

【改編】gǎibiān ㄍㄞˇ ㄅㄧㄢ ❶根據原著重寫(體裁往往與原著不同)：這部電影是由同名小説改編攝製的。❷改變原來的編制(多指軍隊)：把原來的三個師改編成兩個師。

【改變】gǎibiàn ㄍㄞˇ ㄅㄧㄢˋ ❶事物發生顯著的差別：山區面貌大有改變｜隨着政治、經濟關係的改變，人和人的關係也改變了。❷改換；更動：改變樣式｜改變口氣｜改變計劃｜改變戰略。

【改產】gǎi∥chǎn ㄍㄞˇ∥ㄔㄢˇ 不再生產原來產品而生產別的產品；轉產。

【改朝換代】gǎi cháo huàn dài ㄍㄞˇ ㄔㄠˊ ㄏㄨㄢˋ ㄉㄞˋ 舊的朝代為新的朝代所代替。泛指政權更替。

【改竄】gǎicuàn ㄍㄞˇ ㄘㄨㄢˋ 竄改。

【改道】gǎi∥dào ㄍㄞˇ∥ㄉㄠˋ ❶改變行走的路綫：此處翻修馬路，車輛必須改道行駛。❷(河流)改變經過的路綫：黃河改道。

【改點】gǎi∥diǎn ㄍㄞˇ∥ㄉㄧㄢˇ 更改原定的時間：列車改點運行。

【改訂】gǎidìng ㄍㄞˇ ㄉㄧㄥˋ 修訂(書籍文字、規章制度等)：改訂計劃。

【改動】gǎidòng ㄍㄞˇ ㄉㄨㄥˋ 變動(文字、項目、次序等)：這篇文章我只改動了個別詞句｜這學期的課程沒有大改動。

【改革】gǎigé ㄍㄞˇ ㄍㄜˊ 把事物中舊的不合理的部分改成新的、能適應客觀情況的：技術改革｜文字改革｜改革經濟管理體制。

【改觀】gǎiguān ㄍㄞˇ ㄍㄨㄢ 改變原來的樣子，出現新的面目：這一帶防風林長起來，沙漠的面貌就要大大改觀。

【改過】gǎiguò ㄍㄞˇ ㄍㄨㄛˋ 改正過失或錯誤：改過自新｜勇於改過。

【改行】gǎi∥háng ㄍㄞˇ∥ㄏㄤˊ 放棄原來的行業，從事新的行業：張大夫已經改行當老師了。

【改換】gǎihuàn ㄍㄞˇ ㄏㄨㄢˋ 改掉原來的，換成另外的：改換門庭｜改換生活方式｜這句話不好懂，最好改換一個説法。

【改換門庭】gǎihuàn méntíng ㄍㄞˇ ㄏㄨㄢˋ ㄇㄣˊ ㄊㄧㄥˊ ❶改變門第出身，提高社會地位。❷投靠新的主人或勢力，以圖維持、發展。

【改悔】gǎihuǐ ㄍㄞˇ ㄏㄨㄟˇ 認識錯誤，加以改

正：不知改悔。

【改嫁】gǎi∥jià ㄍㄞˇ∥ㄐㄧㄚˋ 婦女離婚後或丈夫死後再跟別人結婚。

【改建】gǎijiàn ㄍㄞˇ ㄐㄧㄢˋ 在原有的基礎上加以改造，使適合於新的需要(多指廠礦、建築物等)。

【改醮】gǎijiào ㄍㄞˇ ㄐㄧㄠˋ 舊時稱改嫁。

【改進】gǎijìn ㄍㄞˇ ㄐㄧㄣˋ 改變舊有情況，使有所進步：改進工作｜操作方法有待改進。

【改口】gǎi∥kǒu ㄍㄞˇ∥ㄎㄡˇ ❶改變自己原來説話的內容或語氣：他發覺自己説錯了，於是連忙改口。❷改變稱呼：叫慣了姐姐，如今要改口叫嫂子，真有點彆扭。

【改良】gǎiliáng ㄍㄞˇ ㄌㄧㄤˊ ❶去掉事物的個別缺點，使更適合要求：改良土壤｜改良品種。❷改善。

【改良主義】gǎiliáng zhǔyì ㄍㄞˇ ㄌㄧㄤˊ ㄓㄨˇ ㄧˋ 反對從根本上推翻不合理的社會制度，主張在原有社會制度的基礎上加以改善的思想。

【改判】gǎipàn ㄍㄞˇ ㄆㄢˋ 法院更改原來所做的判決。

【改期】gǎi∥qī ㄍㄞˇ∥ㄑㄧ 改變預定的日期：會議改期舉行。

【改日】gǎirì ㄍㄞˇ ㄖˋ 改天：改日登門拜訪。

【改色】gǎisè ㄍㄞˇ ㄙㄜˋ ❶改變原有的顏色：秋末冬初，林木改色。❷改變神色：面不改色。

【改善】gǎishàn ㄍㄞˇ ㄕㄢˋ 改變原有情況使好一些：改善生活｜改善兩國邦交。

【改天】gǎitiān ㄍㄞˇ ㄊㄧㄢ 以後的某一天(指距離説話時不很遠的一天)：改天見｜今天我還有別的事，咱們改天再談吧。

【改天換地】gǎi tiān huàn dì ㄍㄞˇ ㄊㄧㄢ ㄏㄨㄢˋ ㄉㄧˋ 指從根本上改造大自然，也比喻巨大變革：治山治水，改天換地｜這是一場改天換地的政治鬥爭。

【改頭換面】gǎi tóu huàn miàn ㄍㄞˇ ㄊㄡˊ ㄏㄨㄢˋ ㄇㄧㄢˋ 比喻只改形式，不變內容(貶義)。

【改弦更張】gǎi xián gēng zhāng ㄍㄞˇ ㄒㄧㄢˊ ㄍㄥ ㄓㄤ 琴聲不和諧，換了琴弦，重新安上。比喻改革制度或變更方法。

【改弦易轍】gǎi xián yì zhé ㄍㄞˇ ㄒㄧㄢˊ ㄧˋ ㄓㄜˊ 改換琴弦，變更行車道路。比喻改變方法或態度。

【改綫】gǎi∥xiàn ㄍㄞˇ∥ㄒㄧㄢˋ 改變公共交通、電話等的綫路。

【改邪歸正】gǎi xié guī zhèng ㄍㄞˇ ㄒㄧㄝˊ ㄍㄨㄟ ㄓㄥˋ 不再做壞事，走上正路。

【改寫】gǎixiě ㄍㄞˇ ㄒㄧㄝˇ ❶修改：論文在吸收別人意見的基礎上，改寫了一次。❷根據原著重寫：把這篇小説改寫成劇本。

【改選】gǎixuǎn ㄍㄞˇ ㄒㄩㄢˇ 當選人任期屆滿或在任期中由於其他原因而重新選舉：改選工會委員。

【改樣】gǎi∥yàng ㄍㄞˇ∥ㄧㄤˋ (改樣兒)改變原來的式樣或模樣；變樣：幾年沒見，您還沒改樣兒。

【改業】gǎi∥yè ㄍㄞˇ∥ㄧㄝˋ 改行。

【改易】gǎiyì ㄍㄞˇ ㄧˋ 改動；更換：改易文章標題。

【改元】gǎiyuán ㄍㄞˇ ㄩㄢˊ 君主、王朝改換年號，每一個年號開始的一年稱'元年'。

【改造】gǎizào ㄍㄞˇ ㄗㄠˋ ❶就原有的事物加以修改或變更，使適合需要：改造低產田。❷從根本上改變舊的、建立新的，使適應新的形勢和需要：改造思想｜勞動能改造世界。

【改轍】gǎi∥zhé ㄍㄞˇ∥ㄓㄜˊ 比喻改變辦法。

【改正】gǎizhèng ㄍㄞˇ ㄓㄥˋ 把錯誤的改為正確的：改正缺點｜改正錯別字。

【改制】gǎizhì ㄍㄞˇ ㄓˋ 改變政治、經濟等制度。

【改裝】gǎizhuāng ㄍㄞˇ ㄓㄨㄤ ❶改變裝束：她這一改裝，幾乎讓人認不出來了。❷改變包裝：商品改裝。❸改變原來的裝置：為了保證安全，已經將高壓保險器改裝過了。

【改錐】gǎizhuī ㄍㄞˇ ㄓㄨㄟ 裝卸螺絲釘用的工具，尖端有十字、扁平等形狀，適用於釘帽上有槽紋的螺絲釘。也叫螺絲刀。

【改組】gǎizǔ ㄍㄞˇ ㄗㄨˇ 改變原來的組織或更換原有的人員：改組內閣。

【改嘴】gǎi∥zuǐ ㄍㄞˇ∥ㄗㄨㄟˇ 改口。

胲 gǎi ㄍㄞˇ 〈書〉頰上的肌肉。另見445頁 hǎi。

gài (ㄍㄞˋ)

丐 gài ㄍㄞˋ 〈書〉❶乞求。❷乞丐。❸給；施與。

匄 gài ㄍㄞˋ 〈書〉同'丐'。

芥〔芥〕 gài ㄍㄞˋ 見下。另見592頁 jiè。

【芥菜】gàicài ㄍㄞˋ ㄘㄞˋ 同'蓋菜'。另見592頁 jiècài。

【芥藍菜】gàiláncài ㄍㄞˋ ㄌㄢˊ ㄘㄞˋ 二年生草本植物，葉柄長，葉片短而闊，花白色或黃色。是一種不結球的甘藍。嫩葉和菜薹是普通蔬菜。

鈣(钙) gài ㄍㄞˋ 金屬元素，符號 Ca (calcium)。銀白色，化學性質活潑。鈣的化合物在建築工程和醫藥上用途很廣。

【鈣化】gàihuà ㄍㄞˋ ㄏㄨㄚˋ 機體的組織由於鈣鹽的沈着而變硬。如兒童的骨骼經過鈣化變成成人的骨骼，又如肺結核的病灶經過鈣化而痊愈。

溉 gài ㄍㄞˋ 〈書〉灌；澆：灌溉。

蓋[1]〔葢〕(盖) gài ㄍㄞˋ ❶(蓋兒)器物上部有遮蔽作用的東西：鍋蓋｜茶壺蓋兒◇膝蓋｜天靈蓋。❷(蓋兒)動物背部的甲殼：螃蟹蓋兒｜烏龜蓋兒。❸古時把傘叫蓋(現在方言還有把傘叫雨蓋的)：華蓋(古代車上像傘的篷子)。❹由上而下地遮掩；蒙上：遮蓋｜蓋蓋兒｜蓋被子｜撒種後蓋上一層土◇醜事情想蓋也蓋不住。❺打上(印)：蓋鋼印｜蓋圖章。❻超過；壓倒：他的嗓門很大，把別人的聲音都蓋下去了。❼〈方〉超出一般地好；非常好：昨晚的戲演得真蓋。❽建築(房屋)：翻蓋樓房｜宿舍蓋好了。❾耮(lào)。❿(Gài)姓。

蓋[2]〔葢〕(盖) gài ㄍㄞˋ 〈書〉❶大概：此書之印行蓋在1902年。❷承上文申說理由或原因：屈平之作《離騷》，蓋自怨生也。

另見387頁Gě。

【蓋菜】gàicài ㄍㄞˋ ㄘㄞˋ 一年生草本植物，芥(jiè)菜的變種，葉子大，表面多皺紋，葉脈顯著，是普通蔬菜。也作芥(gài)菜。

【蓋飯】gàifàn ㄍㄞˋ ㄈㄢˋ 一種論份兒吃的飯，用碗盤等盛米飯後在上面加菜而成。也叫蓋澆飯。

【蓋棺論定】gài guān lùn dìng ㄍㄞˋ ㄍㄨㄢ ㄌㄨㄣˋ ㄉㄧㄥˋ 指一個人的是非功過到死後做出結論。

【蓋火】gài·huo ㄍㄞˋ ·ㄏㄨㄛ 蓋在爐口上壓火的鐵器，圓形，中凸，頂端有小孔。

【蓋建】gàijiàn ㄍㄞˋ ㄐㄧㄢˋ 建築(房屋等)。

【蓋韭】gàijiǔ ㄍㄞˋ ㄐㄧㄡˇ 冬天種在陽畦裏的韭菜，夜間蓋上馬糞、麥糠等，白天扒掉。

【蓋簾】gàilián ㄍㄞˋ ㄌㄧㄢˊ (蓋簾兒)用細秫秸等做成的圓形用具，多用來蓋在缸、盆等上面。

【蓋帽兒】gài∥màor ㄍㄞˋ∥ㄇㄠㄦˋ ❶籃球運動防守技術之一，指防守隊員跳起，打掉進攻隊員在頭的上部出手投籃時的球。❷〈方〉形容極好：拔尖蓋帽兒。

【蓋然性】gàiránxìng ㄍㄞˋ ㄖㄢˊ ㄒㄧㄥˋ 有可能但又不是必然的性質。

【蓋世】gàishì ㄍㄞˋ ㄕˋ (才能、功績等)高出當代之上：蓋世無雙｜英名蓋世。

【蓋世太保】Gàishìtàibǎo ㄍㄞˋ ㄕˋ ㄊㄞˋ ㄅㄠˇ 法西斯德國的國家秘密警察組織。希特勒曾用它在德國國內及佔領區進行大規模的恐怖屠殺。也譯作蓋斯塔波。[德 Gestapo，是 Geheime Staatspolizei(國家秘密警察)的縮寫]

【蓋頭】gài·tou ㄍㄞˋ ·ㄊㄡ 舊式婚禮新娘蒙在頭上遮住臉的紅綢布。

【蓋碗】gàiwǎn ㄍㄞˋ ㄨㄢˇ (蓋碗兒)帶蓋兒的茶碗：蓋碗茶｜細瓷蓋碗。

【蓋造】gàizào ㄍㄞˋ ㄗㄠˋ 建造(房屋等)。

【蓋子】gài·zi ㄍㄞˋ ·ㄗ ❶器物上部有遮蔽作用的東西：茶杯蓋子碎了◇內幕總要揭開，捂蓋子是沒有用的。❷動物背上的甲殼。

概[1](槩) gài ㄍㄞˋ ❶大略：梗概｜大概｜概況｜概要。❷一律：貨物出門，概不退換。

概[2] gài ㄍㄞˋ ❶氣度神情：氣概。❷〈書〉景象；狀況：勝概(優美的景色)。

【概觀】gàiguān ㄍㄞˋ ㄍㄨㄢ 概括的觀察；概況(多用於書名)：市場概觀｜《紅學概觀》。

【概況】gàikuàng ㄍㄞˋ ㄎㄨㄤˋ 大概的情況：生活概況｜敦煌歷史概況。

【概括】gàikuò ㄍㄞˋ ㄎㄨㄛˋ ❶把事物的共同特點歸結在一起；總括：各小組的辦法雖然都不一樣，但概括起來不外兩種。❷簡單扼要：他把劇本的故事向大家概括地說了一遍。

【概覽】gàilǎn ㄍㄞˋ ㄌㄢˇ 概觀(多用於手冊一類的書名)：《上海概覽》。

【概率】gàilǜ ㄍㄞˋ ㄌㄩˋ 某種事件在同一條件下可能發生也可能不發生，表示發生的可能性大小的量叫做概率。例如在一般情況下，一個雞蛋孵出的小雞是雌性或雄性的概率都是1/2。也叫幾率(jīlǜ)，舊稱或然率。

【概略】gàilüè ㄍㄞˋ ㄌㄩㄝˋ ❶大概情況：這只是整個故事的概略，詳細情節可以看原書。❷簡單扼要；大致：概略介紹｜概略說明。

【概論】gàilùn ㄍㄞˋ ㄌㄨㄣˋ 概括的論述(多用於書名)：《地質學概論》｜《中國文學概論》。

【概貌】gàimào ㄍㄞˋ ㄇㄠˋ 大概的狀況：沿海城市概貌｜地形概貌。

【概莫能外】gài mò néng wài ㄍㄞˋ ㄇㄛˋ ㄋㄥˊ ㄨㄞˋ 一概不能超出這個範圍；一概不能例外：這是共同的道理，古今中外，概莫能外。

【概念】gàiniàn ㄍㄞˋ ㄋㄧㄢˋ 思維的基本形式之一，反映客觀事物的一般的、本質的特徵。人類在認識過程中，把所感覺到的事物的共同特點抽出來，加以概括，就成為概念。比如從白雪、白馬、白紙等事物裏抽出它們的共同特點，就得出'白'的概念。

【概念化】gàiniànhuà ㄍㄞˋ ㄋㄧㄢˋ ㄏㄨㄚˋ 指文藝創作中缺乏深刻的具體描寫和典型形象的塑造，用抽象概念代替人物個性的不良傾向：要克服文藝創作中的概念化傾向。

【概述】gàishù ㄍㄞˋ ㄕㄨˋ 大略地敘述：當事人概述了事態的發展過程。

【概數】gàishù ㄍㄞˋ ㄕㄨˋ 大概的數目。或者用幾、多、來、左右、上下等來表示，如幾年、三斤多米、十來天、一百步左右、四十歲上下；或者拿數詞連用來表示，如三五個、一兩天、七八十人。

【概算】gàisuàn ㄍㄞˋ ㄙㄨㄢˋ 編制預算以前對收支指標所提出的大概數字，預算就是在這個數字的基礎上，經過進一步的詳細計算而編制出來的。

【概要】gàiyào ㄍㄞˋ ㄧㄠˋ 重要內容的大概(多用於書名)：《中國文學史概要》。

隑(隑) gài ㄍㄞˋ 〈方〉❶斜靠：梯子隑在牆上。❷依仗：隑牌頭(倚仗別人的面子或勢力)。

戤 gài ㄍㄞˋ 〈方〉❶冒牌圖利。❷同'隑'。

gān (ㄍㄢ)

干1 gān ㄍㄢ ❶古代指盾。❷(Gān)姓。

干2 gān ㄍㄢ ❶〈書〉冒犯：干犯。❷牽連；涉及：干連｜干涉｜這件事與你無干。❸〈書〉追求(職位、俸祿等)：干祿。

干3 gān ㄍㄢ 〈書〉水邊：江干｜河干。

干4 gān ㄍㄢ 天干：干支。

另見369頁 gān'乾'；另見374頁 gàn'幹'。

【干礙】gān'ài ㄍㄢ ㄞˋ 關係；牽連；妨礙。

【干城】gānchéng ㄍㄢ ㄔㄥˊ 〈書〉盾牌和城牆。比喻捍衛國家的將士。

【干犯】gānfàn ㄍㄢ ㄈㄢˋ 冒犯；侵犯：干犯國法。

【干戈】gāngē ㄍㄢ ㄍㄜ 泛指武器，比喻戰爭：干戈四起｜大動干戈｜化干戈為玉帛。

【干將】gānjiāng ㄍㄢ ㄐㄧㄤ 古代寶劍名，常跟莫邪並説，泛指寶劍。

【干連】gānlián ㄍㄢ ㄌㄧㄢˊ 牽連。

【干擾】gānrǎo ㄍㄢ ㄖㄠˇ ❶擾亂；打擾：他正在備課，我不便去干擾他。❷妨礙無綫電設備正常接收信號的電磁振盪。主要由接收設備附近的電氣裝置引起。日光、磁暴等天文、氣象上的變化也會引起干擾。

【干涉】gānshè ㄍㄢ ㄕㄜˋ ❶過問或制止，多指不應該管硬管：互不干涉內政。❷關涉；關係：二者了無干涉。

【干係】gān·xì ㄍㄢ ·ㄒㄧˋ 牽涉到責任或能引起糾紛的關係：干係重大。

【干謁】gānyè ㄍㄢ ㄧㄝˋ 〈書〉有所企圖或要求而求見(顯達的人)。

【干與】gānyù ㄍㄢ ㄩˋ 同'干預'。

【干預】gānyù ㄍㄢ ㄩˋ 過問(別人的事)：事涉隱私，不便干預。也作干與。

【干政】gānzhèng ㄍㄢ ㄓㄥˋ 干預政事：宦官干政。

【干支】gānzhī ㄍㄢ ㄓ 天干和地支的合稱。拿十干的'甲、丙、戊、庚、壬'和十二支的'子、寅、辰、午、申、戌'相配，十干的'乙、丁、己、辛、癸'和十二支的'丑、卯、巳、未、酉、亥'相配，共配成六十組，用來表示年、月、日的次序，週而復始，循環使用。干支最初是用來紀日的，後來多用來紀年，現農曆的年份仍用干支。

甘 gān ㄍㄢ ❶甜；甜美(跟'苦'相對)：甘泉｜甘露｜同甘共苦｜苦盡甘來。❷自願；樂意(多為不好的事)：甘願｜不甘落後。❸(Gān)姓。

【甘拜下風】gān bài xià fēng ㄍㄢ ㄅㄞˋ ㄒㄧㄚˋ ㄈㄥ 佩服別人，自認不如：您的棋實在高明，我只有甘拜下風。

【甘草】gāncǎo ㄍㄢ ㄘㄠˇ 多年生草本植物，莖有毛，花紫色，莢果褐色。根有甜味，可入藥，又可做烟草、醬油等的香料。

【甘結】gānjié ㄍㄢ ㄐㄧㄝˊ 舊時交給官府的一種字據，表示願意承當某種義務或責任，如果不能履行諾言，甘願接受處罰。

【甘居】gānjū ㄍㄢ ㄐㄩ 情願處在(較低的地位)：甘居人下｜甘居中游。

【甘苦】gānkǔ ㄍㄢ ㄎㄨˇ ❶比喻美好的處境和艱苦的處境：同甘苦，共患難。❷在工作或經歷中體會到的滋味，多偏指苦的一面：沒有搞過這種工作，就不知道其中的甘苦。

【甘藍】gānlán ㄍㄢ ㄌㄢˊ 二年生草本植物，葉子寬而厚，一般是藍綠色，表面有蠟質，花黃白色。變種很多，可做蔬菜，如結球甘藍、花椰菜、苤藍等。

【甘霖】gānlín ㄍㄢ ㄌㄧㄣˊ 指久旱以後所下的雨。

【甘露】gānlù ㄍㄢ ㄌㄨˋ 甜美的露水。

【甘美】gānměi ㄍㄢ ㄇㄟˇ 甜美：甘美的果汁。

【甘泉】gānquán ㄍㄢ ㄑㄩㄢˊ 甜美的泉水。

【甘薯】gānshǔ ㄍㄢ ㄕㄨˇ ❶一年生或多年生草本植物，蔓細長，匍匐地面。塊根，皮色發紅或發白，肉黃白色，除供食用外，還可以製糖和酒精。❷這種植物的塊根。‖通稱紅薯或白薯，在不同地區還有番薯、山芋、地瓜、紅苕(sháo)等名稱。

【甘甜】gāntián ㄍㄢ ㄊㄧㄢˊ 甜：甘甜可口。

【甘味】gānwèi ㄍㄢ ㄨㄟˋ 〈書〉❶美味。❷感覺味美：食不甘味。

【甘心】gānxīn ㄍㄢ ㄒㄧㄣ ❶願意：甘心情願。❷稱心滿意：不拿到金牌決不甘心。

【甘心情願】gānxīn qíngyuàn ㄍㄢ ㄒㄧㄣ ㄑㄧㄥˊ ㄩㄢˋ 心甘情願。

【甘休】gānxiū ㄍㄢ ㄒㄧㄡ 情願罷休；罷手：善罷甘休｜試驗不成功，決不甘休。

【甘於】gānyú ㄍㄢ ㄩˊ 甘心於；情願：甘於犧牲。

【甘願】gānyuàn ㄍㄢ ㄩㄢˋ 心甘情願：甘願受罰。

【甘蔗】gān·zhe ㄍㄢ ·ㄓㄜ ❶多年生草本植物，莖圓柱形，有節，表皮光滑，黃綠色或紫色。莖含糖質，是主要的製糖原料。❷這種植物的莖。

【甘之如飴】gān zhī rú yí ㄍㄢ ㄓ ㄖㄨˊ ㄧˊ 感到像糖一樣甜，表示甘願承受艱難、痛苦。

忓 gān ㄍㄢ 〈書〉干擾。

玕 gān ㄍㄢ 見685頁〖琅玕〗。

杆 gān ㄍㄢ 杆子(gān·zi)：旗杆。另見371頁 gǎn‘桿’。

【杆塔】gāntǎ ㄍㄢ ㄊㄚˇ 架設電綫用的支柱的總稱。一般用木材、鋼筋混凝土或鋼鐵製成，有單杆、雙杆、A形杆、鐵塔等。

【杆子】gān·zi ㄍㄢ ·ㄗ ❶有一定用途的細長的木頭或類似的東西(多直立在地上，上端較細)：電綫杆子。❷〈方〉指結夥搶劫的土匪：拉杆子｜杆子頭兒。

肝 gān ㄍㄢ 人和高等動物的消化器官之一。人的肝在腹腔內右上部，分為兩葉。主要功能是分泌膽汁，儲藏動物澱粉，調節蛋白質、脂肪和碳水化合物的新陳代謝等，還有解毒、造血和凝血作用。也叫肝臟。(圖見1252頁〖消化系統〗)

【肝腸】gāncháng ㄍㄢ ㄔㄤˊ 肝和腸，多用於比喻：肝腸欲裂｜痛斷肝腸。

【肝腸寸斷】gāncháng cùn duàn ㄍㄢ ㄔㄤˊ ㄘㄨㄣˋ ㄉㄨㄢˋ 形容非常悲痛。

【肝膽】gāndǎn ㄍㄢ ㄉㄢˇ ❶比喻真誠的心：肝膽相照。❷比喻勇氣、血性：肝膽過人。

【肝膽相照】gāndǎn xiāng zhào ㄍㄢ ㄉㄢˇ ㄒㄧㄤ ㄓㄠˋ 比喻以真心相見。

【肝火】gānhuǒ ㄍㄢ ㄏㄨㄛˇ 指容易急躁的情緒；怒氣：動肝火｜肝火旺。

【肝腦塗地】gān nǎo tú dì ㄍㄢ ㄋㄠˇ ㄊㄨˊ ㄉㄧˋ 原指戰亂中慘死，後用來表示犧牲生命。

【肝氣】gānqì ㄍㄢ ㄑㄧˋ ❶中醫指有兩肋脹痛、嘔吐、腹瀉等症狀的病。❷容易發怒的心理狀態。

【肝兒】gānr ㄍㄢㄦ 指供食用的豬、牛、羊等動物的肝臟。

【肝兒顫】gānrchàn ㄍㄢㄦ ㄔㄢˋ 〈方〉形容非常害怕。

【肝臟】gānzàng ㄍㄢ ㄗㄤˋ 肝。

坩 gān ㄍㄢ 〈書〉盛東西的陶器。

【坩堝】gānguō ㄍㄢ ㄍㄨㄛ 熔化金屬或其他物質的器皿，一般用黏土、石墨等耐火材料製成。化學實驗用的坩堝，用瓷土、鉑、鎳或其他材料製成。

苷〔苷〕 gān ㄍㄢ 見1114頁〖糖苷〗。

矸 gān ㄍㄢ 見下。

【矸石】gānshí ㄍㄢ ㄕˊ 煤裏含的石塊，不易燃燒。

【矸子】gān·zi ㄍㄢ ·ㄗ 矸石。

泔 gān ㄍㄢ 泔水。

【泔腳】gānjiǎo ㄍㄢ ㄐㄧㄠˇ 〈方〉倒掉的殘湯剩菜和刷過鍋碗的水。

【泔水】gān·shuǐ ㄍㄢ ·ㄕㄨㄟˇ 淘米、洗菜、洗刷鍋碗等用過的水。有的地區叫潲水。

柑 gān ㄍㄢ ❶常綠灌木，開白色小花，果實球形稍扁，果肉多汁，味道甜，果皮粗糙，成熟後黃色。樹皮、果皮、葉子、花、種子都入藥。❷這種植物的果實。‖有的地區叫柑子。

【柑橘】gānjú ㄍㄢ ㄐㄩˊ 果樹的一類，指柑、橘、柚、橙等。

【柑子】gān·zi ㄍㄢ ·ㄗ 〈方〉柑。

竿 gān ㄍㄢ 竿子：釣竿｜百尺竿頭，更進一步。

【竿子】gān·zi ㄍㄢ ·ㄗ 竹竿，截取竹子的主幹而成。

酐 gān ㄍㄢ 酸酐的簡稱。

疳 gān ㄍㄢ 中醫指小兒面黃肌瘦、腹部膨大的病，多由飲食沒有節制或腹內有寄生蟲引起。也叫疳積。

乾(干) gān ㄍㄢ ❶沒有水分或水分很少(跟‘濕’相對)：乾燥｜乾柴｜油漆未乾｜衣服晾乾了。❷不用水的：乾洗｜乾餾法。❸(乾兒)加工製成的乾的食品：餅乾｜葡萄乾兒｜豆腐乾兒。❹空虛；空無所有：外強中乾｜錢都花乾了。❺只具形式的：乾笑｜乾號(háo)。❻指拜認的親屬關係：乾媽｜乾兒子。❼徒然；白：乾着急｜乾瞪眼｜乾打雷，不下雨。❽〈方〉形容說話太直太粗(不委婉)：你說話別那麼乾。❾〈方〉當面說氣話或抱怨的話使人難堪：我又乾了他一頓。❿〈方〉慢待；置之不理：主人走了，把咱們乾起來了。

另見918頁 qián。‘干’另見368頁 gān；374頁 gàn‘幹’。

【乾巴】gān·ba ㄍㄢ ·ㄅㄚ ❶失去水分而收縮或變硬：棗兒都曬乾巴了。❷缺少脂肪，皮膚乾燥：人老了，皮膚就變得乾巴了。❸(語言文字)枯燥，不生動：話說得乾巴乏味。

【乾巴巴】gānbābā ㄍㄢ ㄅㄚ ㄅㄚ (乾巴巴的)❶乾燥(含厭惡意)：過去乾巴巴的紅土地帶，如今變成了米糧川。❷(語言文字)內容不生動，不豐富：文章寫得乾巴巴的，讀着引不起興趣。

【乾板】gānbǎn ㄍㄢ ㄅㄢˇ 表面塗有感光藥膜的玻璃片，用於照相。也叫硬片。

【乾杯】gān//bēi ㄍㄢ//ㄅㄟ 喝乾杯中的酒(用於勸別人喝酒和表示慶祝的場合)：為客人們的健康而乾杯。

【乾貝】gānbèi ㄍㄢ ㄅㄟˋ 用海產扇貝的肉柱(即閉殼肌)曬乾而成的食品。

【乾癟】gānbiě ㄍㄢ ㄅㄧㄝˇ ❶乾而收縮，不豐滿：牆上挂着一串串辣椒，風吹日曬，都已經乾癟了｜別看他是個乾癟老頭兒，力氣可大着呢。❷(文辭等)內容貧乏，枯燥無味。

【乾冰】gānbīng ㄍㄢ ㄅㄧㄥ 固態的二氧化碳，白色，半透明，形狀像冰。在常溫常壓下不經液化直接變成氣體，產生低溫。用做冷凍劑，也用於人工降雨。

【乾菜】gāncài ㄍㄢ ㄘㄞˋ 曬乾或晾乾的蔬菜。

【乾草】gāncǎo ㄍㄢ ㄘㄠˇ 曬乾的草，有時特指曬乾的穀草。

【乾柴烈火】gān chái lièhuǒ ㄍㄢ ㄔㄞˊ ㄌㄧㄝˋ ㄏㄨㄛˇ 比喻一觸即發的形勢，也比喻情慾正盛的男女。

【乾脆】gāncuì ㄍㄢ ㄘㄨㄟˋ ❶直截了當；爽快：說話乾脆利落。❷索性：那人不講理，乾脆別理他。

【乾打雷，不下雨】gān dǎ léi, bù xià yǔ ㄍㄢ ㄉㄚˇ ㄌㄟˊ, ㄅㄨˋ ㄒㄧㄚˋ ㄩˇ 比喻只有聲勢，沒有實際行動。

【乾打壘】gāndǎlěi ㄍㄢ ㄉㄚˇ ㄌㄟˇ ❶一種簡易的築牆方法，在兩塊固定的木板中間填入黏土夯實。❷用乾打壘方法築牆所蓋的房。

【乾瞪眼】gāndèngyǎn ㄍㄢ ㄉㄥˋ ㄧㄢˇ 形容在一旁着急而又無能為力。

【乾電池】gāndiànchí ㄍㄢ ㄉㄧㄢˋ ㄔˊ 電池的一種。參看258頁〖電池〗。

【乾飯】gānfàn ㄍㄢ ㄈㄢˋ 做熟後不帶湯的米飯。

【乾肥】gānféi ㄍㄢ ㄈㄟˊ 把人的糞尿跟泥土攙在一起曬乾而成的肥料。

【乾粉】gānfěn ㄍㄢ ㄈㄣˇ 乾的粉條或粉絲。

【乾股】gāngǔ ㄍㄢ ㄍㄨˇ 指不出股金、賺了分紅而賠了不受損失的股份。

【乾果】gānguǒ ㄍㄢ ㄍㄨㄛˇ ❶果實的一大類，包括莢果、堅果、穎果和瘦果。通常指外有硬殼而水分少的果實，如栗子、榛子、核桃。❷曬乾了的水果，如柿餅。

【乾旱】gānhàn ㄍㄢ ㄏㄢˋ 因降水不足而土壤、氣候乾燥。

【乾號】gānháo ㄍㄢ ㄏㄠˊ 不落淚地大聲哭叫。也作乾嚎。

【乾嚎】gānháo ㄍㄢ ㄏㄠˊ 同'乾號'。

【乾涸】gānhé ㄍㄢ ㄏㄜˊ (河道、池塘等)沒有水了。

【乾花】gānhuā ㄍㄢ ㄏㄨㄚ 利用乾燥劑等使鮮花迅速脫水而製成的花。這種花可以較長時間保持鮮花原有的色澤和形態。

【乾貨】gānhuò ㄍㄢ ㄏㄨㄛˋ 指曬乾、風乾的果品。

【乾急】gānjí ㄍㄢ ㄐㄧˊ 心裏着急而沒有辦法。

【乾結】gānjié ㄍㄢ ㄐㄧㄝˊ 含液體少，發硬：大便乾結。

【乾淨】gānjìng ㄍㄢ ㄐㄧㄥˋ ❶沒有塵土、雜質等：孩子們都穿得乾乾淨淨的。❷形容說話、動作不拖泥帶水：筆下乾淨。❸比喻一點兒不剩：打掃乾淨｜消滅乾淨。

【乾酒】gānjiǔ ㄍㄢ ㄐㄧㄡˇ 一種不含糖分的酒，多用葡萄釀成。

【乾咳】gānké ㄍㄢ ㄎㄜˊ 只咳嗽，沒有痰。

【乾枯】gānkū ㄍㄢ ㄎㄨ ❶草木由於衰老或缺乏營養、水分等而失去生機：一夜大風，地上落滿了乾枯的樹葉。❷因缺少脂肪或水分而皮膚乾燥。❸乾涸：乾枯的古井。

【乾酪】gānlào ㄍㄢ ㄌㄠˋ 牛奶等發酵、凝固製成的食品。

【乾冷】gānlěng ㄍㄢ ㄌㄥˇ (天氣)乾燥而寒冷。

【乾禮】gānlǐ ㄍㄢ ㄌㄧˇ 用錢代替禮品送的禮。

【乾糧】gān·liáng ㄍㄢ ·ㄌㄧㄤˊ 預先做好的供外出食用的乾的主食，如炒米、炒麪、饅頭、烙餅等。有的地區也指在家食用的乾的麪食，如饅頭、烙餅等。

【乾裂】gānliè ㄍㄢ ㄌㄧㄝˋ 因乾燥而裂開：土地乾裂｜嘴唇乾裂｜在北方，竹器容易乾裂。

【乾餾】gānliú ㄍㄢ ㄌㄧㄡˊ 把固體燃料和空氣隔絕，加熱使分解，如煤乾餾後分解成焦炭、焦油和煤氣。也叫碳化。

【乾親】gānqīn ㄍㄢ ㄑㄧㄣ 沒有血緣關係或婚姻關係而結成的親戚，如乾爹、乾娘。

【乾澀】gānsè ㄍㄢ ㄙㄜˋ ❶因發乾而顯得滯澀或不潤澤；枯澀：乾澀的嘴唇。❷(聲音)沙啞；不圓潤：嗓音乾澀。❸形容表情、動作生硬、做作：乾澀地一笑。

【乾屍】gānshī ㄍㄢ ㄕ 外形完整沒有腐爛的乾癟屍體。

【乾瘦】gānshòu ㄍㄢ ㄕㄡˋ 瘦而乾癟。

【乾爽】gānshuǎng ㄍㄢ ㄕㄨㄤˇ ❶(氣候)乾燥清爽。❷(土地、道路等)乾鬆；乾燥：到處都是雨水，找不到乾爽的地方。

【乾鬆】gān·song ㄍㄢ ·ㄙㄨㄥ 〈方〉乾燥鬆散：躺在乾鬆的草堆上曬太陽。

【乾洗】gānxǐ ㄍㄢ ㄒㄧˇ 用汽油或其他溶劑去掉衣服上的污垢(區別於用水洗)。

【乾笑】gānxiào ㄍㄢ ㄒㄧㄠˋ 不想笑而勉強裝着笑。

【乾薪】gānxīn ㄍㄢ ㄒㄧㄣ ❶挂名不工作而領取的薪金。❷指不包括其他收入的純工資。

【乾噦】gān·yue ㄍㄢ ·ㄩㄝ 要嘔吐又吐不出來：他一聞到汽油味就乾噦。

【乾燥】gānzào ㄍㄢ ㄗㄠˋ ❶沒有水分或水分很少：沙漠地方氣候很乾燥。❷枯燥，沒有趣味：演講生動，聽的人不會覺得乾燥無味。

澉 gān ㄍㄢ 〈書〉乾燥。

尷(尴、尲) gān ㄍㄢ [尷尬](gāngà ㄍㄢ ㄍㄚˋ) ❶處境困難，不好處理：他覺得去也不好，不去也不好，實在尷尬。❷〈方〉(神色、態度)不自然：表情尷尬。

gǎn (ㄍㄢˇ)

桿(杆) gǎn ㄍㄢˇ ❶(桿兒)器物的像棍子的細長部分(包括中空的)：鋼筆桿兒｜秤桿｜槍桿。❷量詞，用於有桿的器物：一桿秤｜一桿槍。

'杆'另見369頁 gān。

【桿秤】gǎnchèng ㄍㄢˇ ㄔㄥˋ 秤的一種，秤桿用木頭製成，桿上有秤星。稱物品時，移動秤錘，秤桿平衡之後，從秤星上可以知道物體的重量。

【桿菌】gǎnjūn ㄍㄢˇ ㄐㄩㄣ 細菌的一類，桿狀或近似桿狀，分佈廣泛，種類很多，如大腸桿菌、布氏桿菌等。

【桿子】gǎn·zi ㄍㄢˇ ·ㄗ 桿(gǎn)①：槍桿子｜筆桿子。

笴 gǎn ㄍㄢˇ 〈書〉箭桿(gǎn)。

敢[1] gǎn ㄍㄢˇ ❶有勇氣；有膽量：勇敢｜果敢。❷表示有膽量做某種事情：敢作敢為｜敢想、敢說、敢幹。❸表示有把握做某種判斷：我不敢說他究竟哪一天來。❹〈書〉謙辭，表示冒昧地請求別人：敢問｜敢請｜敢煩。

敢[2] gǎn ㄍㄢˇ 〈方〉莫非；怕是；敢是。

【敢情】gǎn·qing ㄍㄢˇ ·ㄑㄧㄥ 〈方〉副詞。❶表示發現原來沒有發現的情況：喲！敢情夜裏下了大雪啦。❷表示情理明顯，不必懷疑：辦個託兒所嗎？那敢情好！

【敢是】gǎn·shì ㄍㄢˇ ·ㄕˋ 〈方〉莫非；大概是：這不像是去李莊的道兒，敢是走錯了吧？

【敢死隊】gǎnsǐduì ㄍㄢˇ ㄙˇ ㄉㄨㄟˋ 軍隊為完成最艱巨的戰鬥任務由不怕死的人組成的先鋒隊伍。

【敢許】gǎnxǔ ㄍㄢˇ ㄒㄩˇ 〈方〉也許；或許。

【敢於】gǎnyú ㄍㄢˇ ㄩˊ 有決心，有勇氣(去做或去爭取)：敢於挑重擔。

【敢自】gǎn·zi ㄍㄢˇ ·ㄗ 〈方〉敢情。

稈(秆) gǎn ㄍㄢˇ (稈兒)某些植物的莖：烟稈｜麥稈兒｜麻稈兒。

【稈子】gǎn·zi ㄍㄢˇ ·ㄗ 某些植物的莖：高粱稈子。

感 gǎn ㄍㄢˇ ❶覺得：身體偶感不適。❷感動：感人肺腑｜深有所感。❸對別人的好意懷着謝意：感謝｜感恩｜感激。❹中醫指感受風寒：外感內傷。❺感覺①；情感；感想：美感｜好感｜自豪感｜親切之感｜觀感｜百感交集。❻(攝影膠片、曬圖紙等)接觸光綫而發生變化：感光。

【感觸】gǎnchù ㄍㄢˇ ㄔㄨˋ 跟外界事物接觸而引起思想情緒：他對此事很有感觸｜舊地重遊，感觸萬端。

【感戴】gǎndài ㄍㄢˇ ㄉㄞˋ 感激而擁護(用於對上級)。

【感到】gǎndào ㄍㄢˇ ㄉㄠˋ 覺得：從他的話裏我感到事情有點不妙。

【感動】gǎndòng ㄍㄢˇ ㄉㄨㄥˋ ❶思想感情受外界事物的影響而激動，引起同情或向慕：看到戰士捨身救人的英勇行為，群眾深受感動。❷使感動：他的話感動了在座的人。

【感恩】gǎn//ēn ㄍㄢˇ//ㄣ 對別人所給的幫助表示感激：感恩不盡｜感恩圖報。

【感恩戴德】gǎn ēn dài dé ㄍㄢˇ ㄣ ㄉㄞˋ ㄉㄜˊ 對別人所給的恩德表示感激。

【感恩圖報】gǎn ēn tú bào ㄍㄢˇ ㄣ ㄊㄨˊ ㄅㄠˋ 感激他人對自己所施的恩惠而設法報答。

【感憤】gǎnfèn ㄍㄢˇ ㄈㄣˋ 有所感觸而憤慨。

【感奮】gǎnfèn ㄍㄢˇ ㄈㄣˋ 因感動、感激而興奮或奮發：勝利的喜訊使人們感奮不已。

【感官】gǎnguān ㄍㄢˇ ㄍㄨㄢ 感覺器官的簡稱。

【感光】gǎn//guāng ㄍㄢˇ//ㄍㄨㄤ 照相膠片等受光的照射而起化學變化。

【感光片】gǎnguāngpiàn ㄍㄢˇ ㄍㄨㄤ ㄆㄧㄢˋ 表面塗有感光藥膜的塑料片、玻璃片等。

【感光紙】gǎnguāngzhǐ ㄍㄢˇ ㄍㄨㄤ ㄓˇ 表面塗有感光藥膜的紙，如放大紙、印相紙、曬圖紙等。

【感化】gǎnhuà ㄍㄢˇ ㄏㄨㄚˋ 用行動影響或善意勸導，使人的思想、行為逐漸向好的方面變化：感化失足者。

【感懷】gǎnhuái ㄍㄢˇ ㄏㄨㄞˊ 有所感觸；感傷地懷念：感懷詩｜感懷身世。

【感激】gǎn·jī ㄍㄢˇ ·ㄐㄧ 因對方的好意或幫助而對他產生好感：感激涕零｜非常感激你給我的幫助。

【感激涕零】gǎn·jī tì líng ㄍㄢˇ ·ㄐㄧ ㄊㄧˋ ㄌㄧㄥˊ 因感激而流淚，形容非常感激。

【感覺】gǎnjué ㄍㄢˇ ㄐㄩㄝˊ ❶客觀事物的個別特性在人腦中引起的反應，如蘋果作用於我們的感官時，通過視覺可以感到它的顏色，通過味覺可以感到它的味道。感覺是最簡單的心理過程，是形成各種複雜心理過程的基礎。❷覺得①：一場秋雨過後就感覺有點冷了。❸覺得②：他感覺工作還順利。

【感覺器官】gǎnjué qìguān ㄍㄢˇ ㄐㄩㄝˊ ㄑㄧˋ ㄍㄨㄢ 感受客觀事物刺激的器官，如皮膚、眼睛、耳朵等。簡稱感官。

【感慨】gǎnkǎi ㄍㄢˇ ㄎㄞˇ 有所感觸而慨嘆：感慨萬端。

【感慨繫之】gǎnkǎi xì zhī ㄍㄢˇ ㄎㄞˇ ㄒㄧˋ ㄓ 感

慨的心情聯繫着某件事，指對某件事有所感觸而不禁慨嘆。

【感愧】gǎnkuì ㄍㄢˇ ㄎㄨㄟˋ 感激並慚愧：感愧交加。

【感喟】gǎnkuì ㄍㄢˇ ㄎㄨㄟˋ 〈書〉有所感觸而嘆息：人事滄桑，感喟不已。

【感冒】gǎnmào ㄍㄢˇ ㄇㄠˋ ❶傳染病，病原體是病毒，在身體過度疲勞、着涼、抵抗力降低時容易引起。症狀是咽喉發乾、鼻塞、咳嗽、打噴嚏、頭痛、發燒等。❷患這種病。‖也叫傷風。

【感念】gǎnniàn ㄍㄢˇ ㄋㄧㄢˋ 因感激或感動而思念：感念不忘。

【感佩】gǎnpèi ㄍㄢˇ ㄆㄟˋ 感激佩服：衷心感佩。

【感情】gǎnqíng ㄍㄢˇ ㄑㄧㄥˊ ❶對外界刺激的比較強烈的心理反應：動感情｜感情流露。❷對人或事物關切、喜愛的心情：聯絡感情｜他對農村產生了深厚的感情。

【感情用事】gǎnqíng yòng shì ㄍㄢˇ ㄑㄧㄥˊ ㄩㄥˋ ㄕˋ 不冷靜考慮，憑個人好惡或一時的感情衝動處理事情。

【感染】gǎnrǎn ㄍㄢˇ ㄖㄢˇ ❶受到傳染：身體不好，容易感染流行性感冒。❷通過語言或行為引起別人相同的思想感情：感染力｜歡樂的氣氛感染了每一個人。

【感人】gǎnrén ㄍㄢˇ ㄖㄣˊ 感動人：感人至深｜生動感人。

【感人肺腑】gǎn rén fèifǔ ㄍㄢˇ ㄖㄣˊ ㄈㄟˋ ㄈㄨˇ 使人內心深受感動：言詞懇切，感人肺腑。

【感紉】gǎnrèn ㄍㄢˇ ㄖㄣˋ 〈書〉感激（多用於書信）。

【感傷】gǎnshāng ㄍㄢˇ ㄕㄤ 因感觸而悲傷：一陣感傷，潸然淚下。

【感世】gǎnshì ㄍㄢˇ ㄕˋ 對不正的世風、世事有所感慨：他的詩文多為感世之作。

【感受】gǎnshòu ㄍㄢˇ ㄕㄡˋ ❶受到（影響）；接受：感受風寒。❷接觸外界事物得到的影響；體會：生活感受｜看到經濟特區全面迅速的發展，感受很深。

【感受器】gǎnshòuqì ㄍㄢˇ ㄕㄡˋ ㄑㄧˋ 神經系統的末梢組織，能把所感受的外界刺激變成神經興奮傳入中樞神經。如表皮下面的接觸、疼痛和溫度的感受器等。

【感嘆】gǎntàn ㄍㄢˇ ㄊㄢˋ 有所感觸而嘆息。

【感嘆號】gǎntànhào ㄍㄢˇ ㄊㄢˋ ㄏㄠˋ 嘆號。

【感嘆句】gǎntànjù ㄍㄢˇ ㄊㄢˋ ㄐㄩˋ 帶有濃厚感情的句子，如：'哎喲！''好哇！''喲！你也來了！'在書面上，感嘆句末用嘆號。

【感同身受】gǎn tóng shēn shòu ㄍㄢˇ ㄊㄨㄥˊ ㄕㄣ ㄕㄡˋ 感激的心情如同親身受到（恩惠），也泛指給人帶來的麻煩，自己也能親身感受到。多用來代替別人表示謝意。

【感悟】gǎnwù ㄍㄢˇ ㄨˋ 有所感觸而領悟：在奮鬥中感悟到人生的真諦。

【感想】gǎnxiǎng ㄍㄢˇ ㄒㄧㄤˇ 由接觸外界事物引起的思想反應：看了這封信，你有何感想？

【感謝】gǎnxiè ㄍㄢˇ ㄒㄧㄝˋ 感激或用言語行動表示感激：再三感謝｜我很感謝他的熱情幫助。

【感性】gǎnxìng ㄍㄢˇ ㄒㄧㄥˋ 指屬於感覺、知覺等心理活動的（跟'理性'相對）：感性認識。

【感性認識】gǎnxìng rèn·shi ㄍㄢˇ ㄒㄧㄥˋ ㄖㄣˋ ·ㄕ 通過感覺器官對客觀事物的片面的、現象的和外部聯繫的認識。感覺、知覺、表象等是感性認識的形式。感性認識是認識過程中的低級階段。要認識事物的全體、本質和內部聯繫，必須把感性認識上升為理性認識。參看703頁〖理性認識〗。

【感言】gǎnyán ㄍㄢˇ ㄧㄢˊ 表達感想的話：建廠三十五週年感言。

【感應】gǎnyìng ㄍㄢˇ ㄧㄥˋ ❶某些物體或電磁裝置受到電場或磁場的作用而發生電磁狀態的變化，叫做感應。也叫誘導。❷因受外界影響而引起相應的感情或動作：凡是動物都有對外界的刺激發生比較靈敏的感應的特性。

【感應電流】gǎnyìng diànliú ㄍㄢˇ ㄧㄥˋ ㄉㄧㄢˋ ㄌㄧㄡˊ 由電磁感應產生的電流。如日常使用的市電。也叫感生電流、應電流。

【感召】gǎnzhào ㄍㄢˇ ㄓㄠˋ 感化和召喚：感召力。

【感知】gǎnzhī ㄍㄢˇ ㄓ ❶客觀事物通過感覺器官在人腦中的直接反映。❷感覺：已能感知腹中胎兒的蠕動。

趕（赶） gǎn ㄍㄢˇ ❶追：你追我趕｜學先進，趕先進。❷加快行動，使不誤時間：趕路｜趕任務｜他騎着車飛也似地往廠裏趕。❸去；到（某處）：趕集｜趕考｜趕廟會。❹駕御：趕驢｜趕大車。❺驅逐：趕蒼蠅。❻遇到（某種情況）；趁着（某個時機）：趕巧｜趕上一場雨。❼介詞，用在時間詞前面表示等到某個時候：趕明兒咱們也去｜趕年下再回家。

【趕不及】gǎn ·bu jí ㄍㄢˇ ·ㄅㄨ ㄐㄧˊ 來不及：船七點開，動身晚了就趕不及了。

【趕不上】gǎn ·bu shàng ㄍㄢˇ ·ㄅㄨ ㄕㄤˋ ❶追不上；跟不上：他已經走遠了，趕不上了◇我的功課趕不上他｜這裏的環境趕不上北京。❷來不及：離開車只有十分鐘，怕趕不上了。❸遇不着（所希望的事物）：這幾個星期日總趕不上好天氣。

【趕場】gǎn//cháng ㄍㄢˇ//ㄔㄤˊ 〈方〉趕集。

【趕場】gǎn//chǎng ㄍㄢˇ//ㄔㄤˇ （演員）在一個地方表演完畢趕緊到另一個地方去表演。

【趕潮流】gǎn cháoliú ㄍㄢˇ ㄔㄠˊ ㄌㄧㄡˊ 比喻追隨社會時尚，做適應形勢的事。

【趕車】gǎn∥chē ㄍㄢˇ∥ㄔㄜ 駕御牲畜拉的車。

【趕得及】gǎn ·de jí ㄍㄢˇ ·ㄉㄜ ㄐㄧˊ 來得及：馬上就動身，還趕得及。

【趕得上】gǎn ·de shàng ㄍㄢˇ ·ㄉㄜ ㄕㄤˋ ❶追得上；跟得上：你先去吧，我走得快，趕得上你◇你的功課趕得上他嗎？❷來得及：車還沒開，你現在去，還趕得上跟他們告別。❸遇得着(所希望的事物)：趕得上好天氣，去郊遊吧。

【趕點】gǎn∥diǎn ㄍㄢˇ∥ㄉㄧㄢˇ ❶(車、船等)晚點後加快速度，爭取正點到達。❷(趕點兒)趕上時機：你真趕上點兒啦，正缺你一個呢。❸〈方〉擲色子賭博時在一旁叫喊，希望出現某個點數，叫做趕點。

【趕赴】gǎnfù ㄍㄢˇ ㄈㄨˋ 趕到(某處)去：趕赴現場。

【趕工】gǎngōng ㄍㄢˇ ㄍㄨㄥ 為按時或提前完成任務而加快進度：日夜趕工挖水渠。

【趕海】gǎn∥hǎi ㄍㄢˇ∥ㄏㄞˇ 〈方〉趁退潮時到海灘去捕捉、拾取各種海洋生物：趕海人。

【趕汗】gǎn∥hàn ㄍㄢˇ∥ㄏㄢˋ 〈方〉為治感冒，喝很燙的茶水或喝有發汗作用的流質使出汗。

【趕集】gǎn∥jí ㄍㄢˇ∥ㄐㄧˊ 到集市上買賣貨物。

【趕腳】gǎnjiǎo ㄍㄢˇ ㄐㄧㄠˇ 指趕着驢或騾子供人雇用。

【趕街】gǎn∥jiē ㄍㄢˇ∥ㄐㄧㄝ 〈方〉趕集。

【趕緊】gǎnjǐn ㄍㄢˇ ㄐㄧㄣˇ 抓緊時機，毫不拖延：他病得不輕，要趕緊送醫院｜天要下雨了，趕緊把曬的衣服收進來。

【趕盡殺絕】gǎn jìn shā jué ㄍㄢˇ ㄐㄧㄣˋ ㄕㄚ ㄐㄩㄝˊ 消滅淨盡，泛指對人狠毒，不留餘地。

【趕考】gǎnkǎo ㄍㄢˇ ㄎㄠˇ 去參加科舉考試。

【趕快】gǎnkuài ㄍㄢˇ ㄎㄨㄞˋ 抓住時機，加快速度：時間不早了，我們趕快走吧。

【趕浪頭】gǎn làng·tou ㄍㄢˇ ㄌㄤˋ ·ㄊㄡ 比喻緊緊追隨時尚，做適應當前形勢的事。

【趕路】gǎn∥lù ㄍㄢˇ∥ㄌㄨˋ 為了早到目的地加快速度走路：今天好好睡一覺，明天一早起來趕路｜趕了一天路，走得人困馬乏。

【趕忙】gǎnmáng ㄍㄢˇ ㄇㄤˊ 趕緊；連忙：趁熄燈前趕忙把日記寫完。

【趕廟會】gǎn miàohuì ㄍㄢˇ ㄇㄧㄠˋ ㄏㄨㄟˋ 到廟會上去買賣貨物或遊玩。

【趕明兒】gǎnmíngr ㄍㄢˇ ㄇㄧㄥㄦˊ 等到明天，泛指以後；將來：趕明兒我長大了，也要當醫生。

【趕巧】gǎnqiǎo ㄍㄢˇ ㄑㄧㄠˇ 湊巧：上午我去找他，趕巧他不在家。

【趕熱鬧】gǎn rè·nao ㄍㄢˇ ㄖㄜˋ ·ㄋㄠ (趕熱鬧兒)到熱鬧的地方去玩：他最不喜歡趕熱鬧，見人多的地方就躲着。

【趕時髦】gǎn shímáo ㄍㄢˇ ㄕˊ ㄇㄠˊ 指迎合當時最流行的風尚。

【趕趟兒】gǎn∥tàngr ㄍㄢˇ∥ㄊㄤㄦˋ 趕得上：不必今天就動身，明天一早兒去也趕趟兒｜再不走可就趕不上趟兒了。

【趕圩】gǎn∥xū ㄍㄢˇ∥ㄒㄩ 〈方〉趕集。

【趕鴨子上架】gǎn yā·zi shàng jià ㄍㄢˇ ㄧㄚ ·ㄗ ㄕㄤˋ ㄐㄧㄚˋ 比喻迫使做能力所不及的事情：我不會唱，你偏叫我唱，不是趕鴨子上架嗎？也說打鴨子上架。

【趕早】gǎnzǎo ㄍㄢˇ ㄗㄠˇ (趕早兒)趁早；趕緊：趕早把貨脫手｜還是趕早兒走吧，要不就來不及了。

【趕嘴】gǎn∥zuǐ ㄍㄢˇ∥ㄗㄨㄟˇ 〈方〉趕上別人正吃東西，也參加同吃。

澉 gǎn ㄍㄢˇ 澉浦(Gǎnpǔ ㄍㄢˇ ㄆㄨˇ)，地名，在浙江。

擀(扞) gǎn ㄍㄢˇ ❶用棍棒來回碾(使東西延展變平、變薄或變得細碎)：擀麪｜擀氈子｜擀餃子皮兒｜把鹽擀一擀。❷〈方〉來回細擦：先用水把玻璃擦淨，然後再擀一過兒。

'扞'另見451頁 hàn。

【擀麪杖】gǎnmiànzhàng ㄍㄢˇ ㄇㄧㄢˋ ㄓㄤˋ 擀麪用的木棍兒。

【擀氈】gǎn∥zhān ㄍㄢˇ∥ㄓㄢ ❶用羊毛、駝毛等擀製成氈子。❷蓬鬆的絨毛、頭髮等結成片狀：皮襖擀氈了｜頭髮都擀氈了，快梳一梳吧。

橄 gǎn ㄍㄢˇ 見下。

【橄欖】gǎnlǎn ㄍㄢˇ ㄌㄢˇ ❶常綠喬木，羽狀複葉，小葉長橢圓形，花白色，果實長橢圓形，兩端稍尖，綠色，可以吃，也可入藥。❷這種植物的果實。有的地區叫青果。❸油橄欖的通稱。

【橄欖綠】gǎnlǎnlǜ ㄍㄢˇ ㄌㄢˇ ㄌㄩˋ 像橄欖果實那樣的青綠色。

【橄欖球】gǎnlǎnqiú ㄍㄢˇ ㄌㄢˇ ㄑㄧㄡˊ ❶球類運動項目之一，球場類似足球場，比賽分兩隊，每隊十一人，球可以用腳踢，用手傳，也可以抱球奔跑。有英式和美式兩種，規則和記分法有所不同。❷橄欖球運動使用的球，用皮革製成，形狀似橄欖，大小和籃球差不多。

【橄欖枝】gǎnlǎnzhī ㄍㄢˇ ㄌㄢˇ ㄓ 油橄欖的枝葉，西方用作和平的象徵。

鱤(鰔) gǎn ㄍㄢˇ 魚，身體長而大，青黃色，吻尖，尾鰭分叉。性兇猛，捕食其他魚類，對淡水養殖業有害。也叫黃鑽(zuàn)。

gàn (ㄍㄢˋ)

旰 gàn ㄍㄢˋ 〈書〉天色晚；晚上：宵衣旰食。

淦 Gàn ㄍㄢˋ ❶淦水，水名，在江西。❷姓。

紺(绀) gàn ㄍㄢˋ 稍微帶紅的黑色。

【紺青】gànqīng ㄍㄢˋ ㄑㄧㄥ 黑裏透紅的顏色。也說紺紫。

幹[1](干、榦) gàn ㄍㄢˋ ❶事物的主體或重要部分：樹幹｜骨幹。❷指幹部：調幹｜幹群關係。

幹[2](干) gàn ㄍㄢˋ ❶做(事)：實幹｜幹活兒｜埋頭苦幹。❷能幹；有能力的：幹練｜幹才。❸擔任；從事：他幹過廠長。❹〈方〉事情變壞；糟：要幹｜幹了，鑰匙忘在屋裏了。

'干'另見368頁 gān；369頁 gān '乾'。

【幹部】gànbù ㄍㄢˋ ㄅㄨˋ ❶國家機關、軍隊、人民團體中的公職人員(士兵、勤雜人員除外)。❷指擔任一定的領導工作或管理工作的人員：工會幹部｜區鄉幹部。

【幹部學校】gànbù xuéxiào ㄍㄢˋ ㄅㄨˋ ㄒㄩㄝˊ ㄒㄧㄠˋ 培養、訓練幹部的學校。簡稱幹校。

【幹才】gàncái ㄍㄢˋ ㄘㄞˊ ❶辦事的才能：這個人還有點幹才。❷有辦事才能的人：這位副經理是公關上的幹才。

【幹道】gàndào ㄍㄢˋ ㄉㄠˋ 行車的主要道路。

【幹掉】gàn∥diào ㄍㄢˋ∥ㄉㄧㄠˋ 鏟除；消滅。

【幹架】gàn∥jià ㄍㄢˋ∥ㄐㄧㄚˋ 〈方〉打架；吵架。

【幹將】gànjiàng ㄍㄢˋ ㄐㄧㄤˋ 能幹的或敢幹的人：得力幹將｜一員幹將。

【幹勁】gànjìn ㄍㄢˋ ㄐㄧㄣˋ (幹勁兒)做事的勁頭：幹勁兒十足｜鼓足幹勁，力爭上游。

【幹警】gànjǐng ㄍㄢˋ ㄐㄧㄥˇ 公、檢、法部門中幹部和警察的合稱，有時泛指警察。

【幹練】gànliàn ㄍㄢˋ ㄌㄧㄢˋ 又有才能又有經驗：他的確是一個精明幹練的人才。

【幹流】gànliú ㄍㄢˋ ㄌㄧㄡˊ 同一水系內全部支流所流注的河流。也叫主流。

【幹嗎】gànmá ㄍㄢˋ ㄇㄚˊ 幹甚麼：您幹嗎說這些話？｜你問這件事幹嗎？

【幹渠】gànqú ㄍㄢˋ ㄑㄩˊ 從水源引水的渠道。

【幹甚麼】gàn shén·me ㄍㄢˋ ㄕㄣˊ ·ㄇㄜ 詢問原因或目的：你幹甚麼不早說呀？｜他老說這些幹甚麼？[注意] 詢問客觀事物的道理，只能用'為甚麼'或'怎麼'，不能用'幹甚麼'或'幹嗎'，如：蜘蛛的絲為甚麼不能織布？｜西瓜怎麼長得這麼大？

【幹事】gàn·shi ㄍㄢˋ ·ㄕ 專門負責某項具體事務的人員，如宣傳幹事、人事幹事等。

【幹綫】gànxiàn ㄍㄢˋ ㄒㄧㄢˋ 交通綫、電綫、輸送管(水管、輸油管之類)等的主要路綫(跟'支綫'相對)。

【幹校】gànxiào ㄍㄢˋ ㄒㄧㄠˋ 幹部學校的簡稱。

【幹仗】gàn∥zhàng ㄍㄢˋ∥ㄓㄤˋ 〈方〉打架；吵架。

骭 gàn ㄍㄢˋ 〈書〉❶小腿。❷肋骨。

澉 gàn ㄍㄢˋ 澉井溝(Gànjǐnggōu ㄍㄢˋ ㄐㄧㄥˇ ㄍㄡ)，地名，在四川忠縣。

贛(赣、灨) Gàn ㄍㄢˋ 〈書〉同'贛'。

贛(赣) Gàn ㄍㄢˋ ❶贛江，水名，在江西。❷江西的別稱。

〈古〉又同'貢' gòng。

【贛劇】gànjù ㄍㄢˋ ㄐㄩˋ 江西地方戲曲劇種之一，由弋陽腔發展而來，流行於上饒、景德鎮等地區。

gāng (ㄍㄤ)

江 Gāng ㄍㄤ 姓。

扛 gāng ㄍㄤ ❶用兩手舉(重物)：力能扛鼎。❷〈方〉抬東西。

另見643頁 káng。

杠 gāng ㄍㄤ 〈書〉❶橋。❷旗杆。

另見377頁 gàng。

肛 gāng ㄍㄤ 肛門和肛道的總稱：脫肛。

【肛道】gāngdào ㄍㄤ ㄉㄠˋ 直腸末端通肛門的部分。周圍有肛門括約肌圍繞。也叫肛管。

【肛門】gāngmén ㄍㄤ ㄇㄣˊ 直腸末端的口兒，糞便從這裏排出體外。

矼 gāng ㄍㄤ 〈書〉石橋。

岡(冈) gāng ㄍㄤ 較低而平的山脊：山岡｜景陽岡。

【岡陵】gānglíng ㄍㄤ ㄌㄧㄥˊ 山岡和丘陵。

【岡巒】gāngluán ㄍㄤ ㄌㄨㄢˊ 連綿的山岡：岡巒起伏。

缸(甌) gāng ㄍㄤ ❶(缸兒)盛東西的器物，一般底小口大，用陶、瓷、搪瓷、玻璃等燒製而成：水缸｜酒缸｜小魚缸兒。❷缸瓦：缸磚｜缸盆。❸形狀像缸的器物：汽缸。

【缸管】gāngguǎn ㄍㄤ ㄍㄨㄢˇ 陶管的通稱。

【缸盆】gāngpén ㄍㄤ ㄆㄣˊ 缸瓦製成的盆。

【缸瓦】gāngwǎ ㄍㄤ ㄨㄚˇ 用砂子、陶土等混合而成的一種質料，製成器物時外面多塗上釉，缸、缸盆等就是用缸瓦製造的。

【缸磚】gāngzhuān ㄍㄤ ㄓㄨㄢ 用陶土燒製成的磚，黃色或赤褐色，是耐高溫、耐磨和耐侵蝕的建築材料。

【缸子】gāng·zi ㄍㄤ ·ㄗ 喝水或盛東西等用的器物，形狀像罐兒：茶缸子｜糖缸子｜玻璃缸子。

罡 gāng ㄍㄤ ［罡風］(gāngfēng ㄍㄤ ㄈㄥ) 道家稱天空極高處的風，現在有時用來指強烈的風。也作剛風。

剛[1] **(刚)** gāng ㄍㄤ ❶硬；堅強（跟'柔'相對）：剛強｜剛直｜他的性情太剛。❷(Gāng) 姓。

剛[2] **(刚)** gāng ㄍㄤ 副詞。❶恰好：不大不小，剛合適。❷表示勉強達到某種程度；僅僅：清早出發的時候天還很黑，剛能看出前面的人的背包。❸表示行動或情況發生在不久以前：他剛從省裏回來｜那時弟弟剛學會走路。❹用在複句裏，後面用'就'字呼應，表示兩件事緊接：剛過立春，天氣就異乎尋常地熱了起來。

【剛愎】gāngbì ㄍㄤ ㄅㄧˋ 倔強固執，不接受別人的意見：剛愎自用。

【剛才】gāngcái ㄍㄤ ㄘㄞˊ 指剛過去不久的時間：他把剛才的事兒忘了｜剛才他在車間勞動，這會兒開會去了。

【剛度】gāngdù ㄍㄤ ㄉㄨˋ 工程上指機械、構件等在受到外力時抵抗變形的能力。

【剛風】gāngfēng ㄍㄤ ㄈㄥ 同'罡風'。

【剛剛】gāng·gāng ㄍㄤ ·ㄍㄤ 剛[2]：不多不少，剛剛一杯｜箱子不大，剛剛裝下衣服和書籍｜他剛剛走，你快去追吧！

【剛好】gānghǎo ㄍㄤ ㄏㄠˇ ❶正合適：這雙鞋他穿着不大不小，剛好。❷恰巧；正巧：他們兩個人剛好編在一個小組裏｜剛好大叔要到北京去，信就託他捎去吧。

【剛健】gāngjiàn ㄍㄤ ㄐㄧㄢˋ （性格、風格、姿態等）堅強有力：畫風剛健質樸。

【剛介】gāngjiè ㄍㄤ ㄐㄧㄝˋ 〈書〉剛強耿介。

【剛勁】gāngjìng ㄍㄤ ㄐㄧㄥˋ （姿態、風格等）挺拔有力：筆力剛勁｜棗樹伸出剛勁的樹枝。

【剛烈】gāngliè ㄍㄤ ㄌㄧㄝˋ 剛強有氣節：稟性剛烈。

【剛毛】gāngmáo ㄍㄤ ㄇㄠˊ 人或動物體上長的硬毛，如人的鼻毛、蚯蚓表皮上的細毛。

【剛強】gāngqiáng ㄍㄤ ㄑㄧㄤˊ （性格、意志）堅強，不怕困難或不屈服於惡勢力：剛強不屈。

【剛巧】gāngqiǎo ㄍㄤ ㄑㄧㄠˇ 恰巧；正湊巧：你算趕上了，明天剛巧有車進城。

【剛柔相濟】gāng róu xiāng jì ㄍㄤ ㄖㄡˊ ㄒㄧㄤ ㄐㄧˋ 剛強的和柔和的互相補充，使恰到好處。

【剛體】gāngtǐ ㄍㄤ ㄊㄧˇ 物理學上指任何情況下各點之間距離都保持不變，即形狀和大小始終不變的物體。

【剛毅】gāngyì ㄍㄤ ㄧˋ 剛強堅毅：剛毅的神色。

【剛玉】gāngyù ㄍㄤ ㄩˋ 礦物，成分是三氧化二鋁，晶體，有玻璃光澤，硬度僅次於金剛石。紅色透明的叫紅寶石，藍色透明的叫藍寶石，是貴重的裝飾品。剛玉可用作精密儀器的軸承，也用作研磨材料。

【剛正】gāngzhèng ㄍㄤ ㄓㄥˋ 剛強正直：為人剛正。

【剛直】gāngzhí ㄍㄤ ㄓˊ 剛正：剛直不阿。

掆 **(㧏)** gāng ㄍㄤ 〈書〉同'扛'(gāng)。

崗 **(岗)** gāng ㄍㄤ 同'岡'。
另見376頁 gǎng；377頁 gàng。

釭 **(缸)** gāng ㄍㄤ 〈書〉油燈。

棡 **(㭎)** gāng ㄍㄤ 見933頁〖青棡〗。

堽 gāng ㄍㄤ 堽城屯（Gāngchéng Tún ㄍㄤ ㄔㄥˊ ㄊㄨㄣˊ），地名，在山東。

綱 **(纲)** gāng ㄍㄤ ❶提網的總繩（多用於比喻）：綱目｜提綱挈領｜綱舉目張。❷比喻事物最主要的部分（多指文件或言論）：綱領｜大綱｜提綱。❸生物學中把同一門的生物按照彼此相似的特徵和親緣關係再分為若干群，每一群叫一綱，如苔蘚植物門分為苔綱和蘚綱，脊椎動物亞門分為魚、鳥、哺乳等綱。綱以下為目。❹舊時成批運輸貨物的組織：鹽綱｜花石綱。

【綱常】gāngcháng ㄍㄤ ㄔㄤˊ 三綱五常的簡稱。

【綱紀】gāngjì ㄍㄤ ㄐㄧˋ 〈書〉社會的秩序和國家的法紀：綱紀有序｜綱紀廢弛。

【綱舉目張】gāng jǔ mù zhāng ㄍㄤ ㄐㄩˇ ㄇㄨˋ ㄓㄤ 綱是網上的大繩子，目是網上的眼，提起大繩子來，一個個網眼就都張開了。比喻文章條理分明，或做事抓住主要的環節，帶動次要的環節。

【綱領】gānglǐng ㄍㄤ ㄌㄧㄥˇ ❶政府、政黨、社團根據自己在一定時期內的任務而規定的奮鬥目標和行動步驟：政治綱領。❷泛指起指導作用的原則：綱領性文件。

【綱目】gāngmù ㄍㄤ ㄇㄨˋ 大綱和細目：擬定調查綱目｜《本草綱目》。

【綱要】gāngyào ㄍㄤ ㄧㄠˋ ❶提綱：他把問題寫成綱要，準備在會議上提出討論。❷概要（多用做書名或文件名）：《農業發展綱要》。

鋼 **(钢)** gāng ㄍㄤ 鐵和碳的合金，含碳量0.03－2%，並含有少量的錳、硅、硫、磷等元素。是重要的工業材料。
另見377頁 gàng。

【鋼板】gāngbǎn ㄍㄤ ㄅㄢˇ ❶板狀的鋼材。❷汽車上使用的片狀彈簧。❸謄寫鋼版的簡稱。

【鋼包】gāngbāo ㄍㄤ ㄅㄠ 盛鋼水的鋼製容器，內砌耐火磚，鋼水由底部的口流出，進行澆鑄。也叫鋼水包。

【鋼鏰兒】gāngbèngr ㄍㄤ ㄅㄥˋㄦ 指金屬輔幣。也叫鋼鏰子。

【鋼筆】gāngbǐ ㄍㄤ ㄅㄧˇ 筆頭用金屬製成的筆。一種是用筆尖蘸墨水寫字，也叫蘸水鋼筆。另一種有貯存墨水的裝置，寫字時墨水流到筆尖，也叫自來水筆。

【鋼材】gāngcái ㄍㄤ ㄘㄞˊ 鋼錠或鋼坯經過軋製後的成品，如鋼板、鋼管、型鋼等。

【鋼錠】gāngdìng ㄍㄤ ㄉㄧㄥˋ 把熔化的鋼水注入模型，經冷凝而成的塊狀物。是製造各種鋼材的原料。

【鋼管】gāngguǎn ㄍㄤ ㄍㄨㄢˇ 管狀的鋼材。

【鋼軌】gāngguǐ ㄍㄤ ㄍㄨㄟˇ 鋪設軌道所用的鋼條，橫斷面形狀像'工'字。也叫鐵軌。

【鋼花】gānghuā ㄍㄤ ㄏㄨㄚ 指飛濺的鋼水。

【鋼化】gānghuà ㄍㄤ ㄏㄨㄚˋ 把玻璃加熱至接近軟化時急速均勻冷卻，以增加硬度。

【鋼筋】gāngjīn ㄍㄤ ㄐㄧㄣ 鋼筋混凝土中所用的鋼條。按斷面形狀不同可分為圓鋼筋、方鋼筋等，按表面形狀不同可分為光鋼筋、竹節鋼筋、螺紋鋼筋等。也叫鋼骨。

【鋼筋混凝土】gāngjīn hùnníngtǔ ㄍㄤ ㄐㄧㄣ ㄏㄨㄣˋ ㄋㄧㄥˊ ㄊㄨˇ 用鋼筋做骨架的混凝土。鋼筋可以承受拉力，增加機械強度。廣泛應用在土建工程上。也叫鋼骨混凝土、鋼骨水泥。

【鋼精】gāngjīng ㄍㄤ ㄐㄧㄥ 指製造日用器皿的鋁：鋼精鍋。也叫鋼種。

【鋼口】gāng·kou ㄍㄤ ·ㄎㄡ (鋼口兒) 指刀、劍等刃部的質量：這把菜刀鋼口兒不錯。

【鋼盔】gāngkuī ㄍㄤ ㄎㄨㄟ 士兵、消防隊員戴的帽子，金屬製成，用來保護頭部。

【鋼坯】gāngpī ㄍㄤ ㄆㄧ 用鋼錠軋製成的半成品，形狀比較簡單，供繼續軋製型鋼、鋼板、綫材等。

【鋼瓶】gāngpíng ㄍㄤ ㄆㄧㄥˊ 貯存高壓氧氣、煤氣、石油液化氣等的鋼製瓶。

【鋼琴】gāngqín ㄍㄤ ㄑㄧㄣˊ 鍵盤樂器，體內裝有許多鋼絲弦和包有絨氈的木槌，一按鍵盤就能帶動木槌敲打鋼絲弦而發出聲音。

【鋼水】gāngshuǐ ㄍㄤ ㄕㄨㄟˇ 液體狀態的鋼。鋼水一般都鑄成鋼錠，也可以直接澆鑄成鑄件。

【鋼絲】gāngsī ㄍㄤ ㄙ 用細圓鋼拉製成的綫狀成品，粗細不等，是製造彈簧、鋼絲繩、鋼絲網等的材料。

【鋼絲鋸】gāngsījù ㄍㄤ ㄙ ㄐㄩˋ 鋸的一種，形狀像弓，鋸條用鋼絲製成，上面有細齒，用來在工件上鋸出鏤空的圖案。有的地區叫鎪弓子(sōugōng·zi)。

【鋼絲繩】gāngsīshéng ㄍㄤ ㄙ ㄕㄥˊ 用幾根鋼絲絞成一股，再由幾股絞成的繩，多用做起重的繩索。

【鋼鐵】gāngtiě ㄍㄤ ㄊㄧㄝˇ ❶鋼和鐵的合稱，有時專指鋼。❷比喻堅強：鋼鐵戰士。

【鋼印】gāngyìn ㄍㄤ ㄧㄣˋ 機關、團體、學校、企業等部門使用的硬印，蓋在公文、證件上面，可以使印文在紙面上凸起。也指用鋼印蓋出的印痕。

【鋼渣】gāngzhā ㄍㄤ ㄓㄚ 浮在鋼水上面的渣滓，是鋼內雜質氧化而成的氧化物。

【鋼紙】gāngzhǐ ㄍㄤ ㄓˇ 用濃氯化鋅溶液處理過的特種紙，質地輕而硬，多用做絕緣材料和隔熱材料等。

【鋼種】gāngzhǒng ㄍㄤ ㄓㄨㄥˇ 鋼精。

【鋼珠】gāngzhū ㄍㄤ ㄓㄨ (鋼珠兒) 滾珠。

gǎng (ㄍㄤˇ)

䀭 gǎng ㄍㄤˇ ❶同'䲳'。❷雲南德宏傣語地區過去相當於鄉一級的行政區劃，也用來稱鄉一級的頭人。

崗 (岗) gǎng ㄍㄤˇ ❶(崗兒) 崗子①：黃土崗兒。❷(崗兒) 崗子②：眉毛脱了，只剩下兩道肉崗兒。❸崗位；崗哨：站崗｜門崗。

另見375頁 gāng；377頁 gàng。

【崗地】gǎngdì ㄍㄤˇ ㄉㄧˋ 坡度較平緩的丘陵地帶上的旱田。

【崗警】gǎngjǐng ㄍㄤˇ ㄐㄧㄥˇ 在站崗的警察。

【崗樓】gǎnglóu ㄍㄤˇ ㄌㄡˊ 碉堡的一種，上有槍眼，可以居高臨下，從內向外射擊。

【崗卡】gǎngqiǎ ㄍㄤˇ ㄑㄧㄚˇ 為收税或警備而設置的檢查站或崗哨。

【崗哨】gǎngshào ㄍㄤˇ ㄕㄠˋ ❶站崗放哨的處所。❷站崗放哨的人。

【崗亭】gǎngtíng ㄍㄤˇ ㄊㄧㄥˊ 為軍警站崗而設置的亭子。

【崗位】gǎngwèi ㄍㄤˇ ㄨㄟˋ 原指軍警守衛的處所，現泛指職位：堅守工作崗位。

【崗子】gǎng·zi ㄍㄤˇ ·ㄗ ❶不高的山或高起的土坡：土崗子。❷平面上凸起的一長道：胸口上腫起一道崗子。

港 gǎng ㄍㄤˇ ❶港灣：軍港｜港口｜不凍港。❷航空港：飛機離港。❸江河的支流(多用於河流名)，如江山港、常山港(都在浙江)。❹(Gǎng)指香港：港幣｜港澳同胞。❺形容具有香港地方的特色：打扮得真港｜她這一身兒才港呢！

【港幣】gǎngbì ㄍㄤˇ ㄅㄧˋ 香港地方通行的貨幣，以圓為單位。

【港埠】gǎngbù ㄍㄤˇ ㄅㄨˋ 港口；碼頭：國際港埠。

【港汊】gǎngchà ㄍㄤˇ ㄔㄚˋ 河汊子：港汊縱橫。

【港警】gǎngjǐng ㄍㄤˇ ㄐㄧㄥˇ 港口上維持秩序、保護運輸安全的警察。

【港口】gǎngkǒu ㄍㄤˇ ㄎㄡˇ 在河、海等的岸邊設有碼頭，便於船隻停泊、旅客上下和貨物裝卸的地方。有的港口兼有航空設備。

【港灣】gǎngwān ㄍㄤˇ ㄨㄢ 便於船隻停泊的海灣，一般有防風、防浪設備。

【港務】gǎngwù ㄍㄤˇ ㄨˋ 港口管理工作。
【港紙】gǎngzhǐ ㄍㄤˇ ㄓˇ 〈方〉港幣。

航（𬴂） gǎng ㄍㄤˇ 〈書〉鹽澤。

gàng（ㄍㄤˋ）

杠（槓） gàng ㄍㄤˋ ❶較粗的棍子：頂門杠。❷體操器械，有單杠、雙杠、高低杠等。❸機牀上的棍狀零件：絲杠。❹出殯時抬送靈柩的工具。❺（杠兒）批改文字或閱讀中作為標記所畫的粗直綫：他看過的書都打了不少紅杠。❻把不通的文字或錯字用直綫劃去或標出：他一面看，一面用紅筆在稿子上杠了許多杠子。❼（杠兒）比喻一定的標準。
另見374頁 gāng。
【杠房】gàngfáng ㄍㄤˋ ㄈㄤˊ 舊時稱出租殯葬用具和代為安排儀仗鼓樂等的鋪子。
【杠夫】gàngfū ㄍㄤˋ ㄈㄨ 舊時稱殯葬時抬運靈柩的工人。
【杠桿】gànggǎn ㄍㄤˋ ㄍㄢˇ ❶簡單機械，是一個能繞着固定點轉動的桿。繞着轉動的固定點叫支點，動力的作用點叫動力點，阻力的作用點叫阻力點。改變三點的兩段距離的比率，可以改變力的大小。如剪刀（支點在中間）、鍘刀（阻力點在中間）、鑷子（動力點在中間）等就屬於這一類。❷比喻起平衡或調控作用的事物或力量：經濟杠桿｜發揮金融機構在經濟發展中的杠桿作用。
【杠杠】gàng·gang ㄍㄤˋ ·ㄍㄤ ❶杠⑤：在紙上畫了一條杠杠。❷杠⑦：這條法規就是判斷合法交易與非法交易的杠杠｜這次工資調整，規定了幾條杠杠。
【杠鈴】gànglíng ㄍㄤˋ ㄌㄧㄥˊ 舉重器械，在橫杠的兩端安上圓盤形的金屬片，金屬片最重的50公斤，最輕的0.25公斤。金屬片外加卡箍，以防止滑出。鍛煉或比賽時，可以根據體力調節重量。
【杠頭】gàngtóu ㄍㄤˋ ㄊㄡˊ 〈方〉❶杠夫的頭目。❷愛抬扛（爭辯）的人。
【杠子】gàng·zi ㄍㄤˋ ·ㄗ ❶較粗的棍子。❷杠②：盤杠子。❸杠⑤：老師把寫錯了的字都打上杠子。

崗（岗） gàng ㄍㄤˋ 見下。
另見375頁 gāng；376頁 gǎng。
【崗尖】gàngjiān ㄍㄤˋ ㄐㄧㄢ 〈方〉（崗尖兒）❶形容極滿：崗尖滿的一車土｜手裏端着崗尖一碗米飯。❷超出一般的；極好：這是一批崗尖兒的大蘋果。
【崗口兒甜】gàngkǒurtián ㄍㄤˋ ㄎㄡㄦˇ ㄊㄧㄢˊ 〈方〉形容極甜：哈密瓜崗口兒甜。

筻 gàng ㄍㄤˋ 筻口（Gàngkǒu ㄍㄤˋ ㄎㄡˇ），地名，在湖南。

鋼（钢） gàng ㄍㄤˋ ❶把刀放在布、皮、石頭等上面磨，使它快些：鋼刀布｜把刀鋼一鋼。❷在刀口上加上點兒鋼，重新打造，使更鋒利：這口鍘刀該鋼了。
另見375頁 gāng。

戇（戆） gàng ㄍㄤˋ 〈方〉傻；愣②：戇頭戇腦。
另見1505頁 zhuàng。
【戇大】gàngdà ㄍㄤˋ ㄉㄚˋ 〈方〉傻瓜。
【戇頭】gàngtóu ㄍㄤˋ ㄊㄡˊ 〈方〉傻瓜。

gāo（ㄍㄠ）

皋（臯） gāo ㄍㄠ ❶〈書〉水邊的高地：漢皋｜江皋。❷（Gāo）姓。

高 gāo ㄍㄠ ❶從下向上距離大；離地面遠（跟'低'相對）：高樓大廈｜這裏地勢很高。❷高度：那棵樹有兩丈高｜書桌長四尺，寬三尺，高二尺五。❸三角形、平行四邊形等從底部到頂部（頂點或平行綫）的垂直距離。❹在一般標準或平均程度之上：高速度｜體溫高｜見解比別人高。❺等級在上的：高等｜高級。❻敬辭，稱別人的事物：高見｜高論。❼（Gāo）姓。
【高矮】gāo'ǎi ㄍㄠ ㄞˇ （高矮兒）高矮的程度：這兩棵白楊差不多一樣的高矮。
【高昂】gāo'áng ㄍㄠ ㄤˊ ❶高高地揚起：騎兵隊伍騎着雄健的戰馬，高昂着頭通過了廣場。❷（聲音、情緒）向上高起：士氣高昂｜廣場上的歌聲愈來愈高昂。❸昂貴：價格高昂。
【高傲】gāo'ào ㄍㄠ ㄠˋ 自以為了不起，看不起人；極其驕傲：神態高傲｜高傲自大。
【高倍】gāobèi ㄍㄠ ㄅㄟˋ 倍數大的：高倍望遠鏡。
【高撥子】gāobō·zi ㄍㄠ ㄅㄛ ·ㄗ 徽劇主要腔調之一。京劇、婺劇等劇種也用高撥子。簡稱撥子。
【高不成，低不就】gāo bù chéng, dī bù jiù ㄍㄠ ㄅㄨˋ ㄔㄥˊ, ㄉㄧ ㄅㄨˋ ㄐㄧㄡˋ 高而合意的，做不了或得不到；做得了、能得到的，又認為低而不合意，不肯做或不肯要（多用於選擇工作或選擇配偶）。
【高才生】gāocáishēng ㄍㄠ ㄘㄞˊ ㄕㄥ 指成績優異的學生。'才'也作材。
【高層】gāocéng ㄍㄠ ㄘㄥˊ ❶（樓房等）層數多的：高層住宅｜高層建築。❷居於上層的：高層崗位｜高層領導｜高層人物。
【高產】gāochǎn ㄍㄠ ㄔㄢˇ ❶產量高：高產作物。❷高的產量：創高產｜戰高溫，奪高產。
【高超】gāochāo ㄍㄠ ㄔㄠ 好得超過一般水平：見解高超｜技術高超。
【高潮】gāocháo ㄍㄠ ㄔㄠˊ ❶在潮的一個漲落週期內，水面上升的最高潮位。❷比喻事物高度發展的階段。❸小說、戲劇、電影情節中矛盾發展的頂點。

【高程】gāochéng ㄍㄠ ㄔㄥˊ 從某個基準面起算的某點的高度，如從平均海水面起算的山的高度，從某個測量點所在的平面起算的建築物的高度。

【高大】gāodà ㄍㄠ ㄉㄚˋ ❶又高又大：高大的建築｜身材高大。❷(年歲)大(多見於早期白話)：老夫年紀高大。

【高檔】gāodàng ㄍㄠ ㄉㄤˋ 質量好，價格較高的(商品)：高檔傢具｜高檔服裝。

【高等】gāoděng ㄍㄠ ㄉㄥˇ ❶比較高深的：高等數學。❷高級：高等學校。

【高等動物】gāoděng dòngwù ㄍㄠ ㄉㄥˇ ㄉㄨㄥˋ ㄨˋ 在動物學中，一般指身體結構複雜、組織和器官分化顯著並具有脊椎的動物。但在脊椎動物中，對魚類而言，稱四足類(包括兩栖類、爬行類、鳥類和哺乳類)為高等動物；對兩栖類以下的無羊膜動物而言，則稱爬行類以上的羊膜動物為高等動物；對爬行類以下的變溫動物而言，則稱鳥類和哺乳類恒溫動物為高等動物。更狹義的專指哺乳類為高等動物。

【高等教育】gāoděng jiàoyù ㄍㄠ ㄉㄥˇ ㄐㄧㄠˋ ㄩˋ 培養具有專門知識、技能的人材的教育。實施高等教育的學校有大學、專門學院等。簡稱高教。

【高等學校】gāoděng xuéxiào ㄍㄠ ㄉㄥˇ ㄒㄩㄝˊ ㄒㄧㄠˋ 大學、專門學院和高等專科學校的統稱。簡稱高校。

【高等植物】gāoděng zhíwù ㄍㄠ ㄉㄥˇ ㄓˊ ㄨˋ 指個體發育過程中具有胚胎期的植物，包括苔蘚類、蕨類和種子植物。一般有莖、葉的分化和由多細胞構成的生殖器官。舊時的高等植物範圍較小，僅指種子植物。

【高低】gāodī ㄍㄠ ㄉㄧ ❶高低的程度：朗誦時，聲音的高低要掌握好｜因為離得遠，估不出山崖的高低。❷高下：兩個人的技術水平差不多，很難分出高低。❸深淺輕重(指說話或做事)：不知高低。❹無論如何：嘴都說破了，老王高低不答應。❺〈方〉到底；終究：這本書找了好幾天，高低找到了。

【高低杠】gāodīgàng ㄍㄠ ㄉㄧ ㄍㄤˋ ❶女子體操器械的一種，用兩根木杠一高一低平行地裝置在鐵製或木製的架上構成。❷女子競技體操項目之一，運動員在高低杠上做各種動作。

【高地】gāodì ㄍㄠ ㄉㄧˋ 地勢高的地方，軍事上特指地勢較高能夠俯視、控制四周的地方：無名高地。

【高調】gāodiào ㄍㄠ ㄉㄧㄠˋ (高調兒)高的調門兒，比喻脫離實際的議論或說了而不去實踐的漂亮話：唱高調。

【高度】gāodù ㄍㄠ ㄉㄨˋ ❶高低的程度；從地面或基準面向上到某處的距離；從物體的底部到頂端的距離：飛行的高度｜這座山的高度是四千二百米。❷程度很高的：高度的勞動熱情｜高度評價他的業績｜這個問題應該受到高度重視。

【高度計】gāodùjì ㄍㄠ ㄉㄨˋ ㄐㄧˋ 利用氣壓、雷達等來測量高度的儀表，常用於航空和登山。也叫高度表。

【高爾夫球】gāo'ěrfūqiú ㄍㄠ ㄦˇ ㄈㄨ ㄑㄧㄡˊ ❶球類運動之一，用棒桿擊球，使通過障礙進入小圓洞。❷這種運動使用的球，用橡皮等製成，比網球小。[高爾夫，英 golf]

【高風亮節】gāo fēng liàng jié ㄍㄠ ㄈㄥ ㄌㄧㄤˋ ㄐㄧㄝˊ 高尚的品格，堅貞的節操：高風亮節，舉世同仰。

【高峰】gāofēng ㄍㄠ ㄈㄥ ❶高的山峰：1960 年 5 月 25 日我國登山隊勝利地登上了世界第一高峰珠穆朗瑪峰。❷比喻事物發展的最高點：把革命推向勝利的高峰｜上下班高峰時間路上比較擁擠。

【高高在上】gāo gāo zài shàng ㄍㄠ ㄍㄠ ㄗㄞˋ ㄕㄤˋ 形容領導者不深入實際，脫離群眾。

【高歌】gāogē ㄍㄠ ㄍㄜ 放聲歌唱：高歌一曲。

【高歌猛進】gāo gē měng jìn ㄍㄠ ㄍㄜ ㄇㄥˇ ㄐㄧㄣˋ 放聲歌唱，勇猛前進。形容行進中情緒高漲，鬥志昂揚。

【高閣】gāogé ㄍㄠ ㄍㄜˊ ❶高大的樓閣。❷放置書籍、器物的高架子：置之高閣｜束之高閣。

【高跟兒鞋】gāogēnrxié ㄍㄠ ㄍㄣㄦ ㄒㄧㄝˊ 後跟部分特別高的女鞋。

【高貴】gāoguì ㄍㄠ ㄍㄨㄟˋ ❶達到高度道德水平的：高貴品質。❷極為貴重的：服飾高貴。❸指地位特殊、生活享受優越的：高貴人物。

【高寒】gāohán ㄍㄠ ㄏㄢˊ 地勢高而寒冷：高寒地帶。

【高胡】gāohú ㄍㄠ ㄏㄨˊ 高音二胡，一般用鋼絲弦。

【高級】gāojí ㄍㄠ ㄐㄧˊ ❶(階段、級別等)達到一定高度的：高級神經中樞｜高級幹部｜高級人民法院。❷(質量、水平等)超過一般的：高級商品｜高級毛料。

【高級神經活動】gāojí shénjīng huódòng ㄍㄠ ㄐㄧˊ ㄕㄣˊ ㄐㄧㄥ ㄏㄨㄛˊ ㄉㄨㄥˋ 大腦皮層的活動。人類的語言、思維和實踐活動都是高級神經活動的表現。

【高級小學】gāojí xiǎoxué ㄍㄠ ㄐㄧˊ ㄒㄧㄠˇ ㄒㄩㄝˊ 我國實施過的後一階段的初等教育的學校。簡稱高小。

【高級中學】gāojí zhōngxué ㄍㄠ ㄐㄧˊ ㄓㄨㄥ ㄒㄩㄝˊ 我國實施的後一階段的中等教育的學校。簡稱高中。

【高甲戲】gāojiǎxì ㄍㄠ ㄐㄧㄚˇ ㄒㄧˋ 福建地方戲曲劇種之一，流行於該省泉州、廈門、漳州和台灣等地區。也叫戈甲戲、九角戲。

【高價】gāojià ㄍㄠ ㄐㄧㄚˋ 高出一般的價格：高價商品｜高價出售｜高價收購古畫。

【高見】gāojiàn ㄍㄠ ㄐㄧㄢˋ 敬辭，高明的見解：不知高見以為如何？

【高教】gāojiào ㄍㄠ ㄐㄧㄠˋ 高等教育的簡稱。

【高潔】gāojié ㄍㄠ ㄐㄧㄝˊ 高尚純潔：品行高潔｜高潔的情懷。

【高就】gāojiù ㄍㄠ ㄐㄧㄡˋ 敬辭，指人離開原來的職位就任較高的職位：另有高就。

【高舉】gāojǔ ㄍㄠ ㄐㄩˇ 高高地舉起：高舉火把｜他高舉着獎杯向觀眾致意。

【高峻】gāojùn ㄍㄠ ㄐㄩㄣˋ (山勢、地勢等)高而陡。

【高看】gāokàn ㄍㄠ ㄎㄢˋ 看重；重視。

【高亢】gāokàng ㄍㄠ ㄎㄤˋ ❶(聲音)高而洪亮：高亢的歌聲。❷(地勢)高：計劃平整七十畝高亢地。❸〈書〉高傲：神態高亢。

【高考】gāokǎo ㄍㄠ ㄎㄠˇ 高等學校招收新生的考試：參加高考。

【高空】gāokōng ㄍㄠ ㄎㄨㄥ 距地面較高的空間：高空飛行｜高空作業。

【高空作業】gāokōng zuòyè ㄍㄠ ㄎㄨㄥ ㄗㄨㄛˋ ㄧㄝˋ 登上架子、杆子等在高處進行操作。修建高的建築物或橋樑，架設電纜等工程都有這種作業。

【高欄】gāolán ㄍㄠ ㄌㄢˊ 男子徑賽項目之一，規定距離為 110 米，欄架高 106.7 厘米。

【高麗】Gāolí ㄍㄠ ㄌㄧˊ 朝鮮歷史上的王朝(公元 918－1392)。我國習慣上多沿用來指稱朝鮮或關於朝鮮的：高麗參｜高麗紙。

【高麗紙】gāolízhǐ ㄍㄠ ㄌㄧˊ ㄓˇ 用桑樹皮製造的白色綿紙，質地堅韌，多用來糊窗戶。

【高利】gāolì ㄍㄠ ㄌㄧˋ 特別高的利息或利潤：高利盤剝｜牟取高利。

【高利貸】gāolìdài ㄍㄠ ㄌㄧˋ ㄉㄞˋ 索取特別高額利息的貸款：放高利貸。

【高粱】gāo·liang ㄍㄠ ·ㄌㄧㄤ ❶一年生草本植物，葉和玉米相似，但較窄，花序圓錐形，生在莖的頂端，子實紅褐色。品種很多，子實供食用外，還可釀酒和製澱粉。❷這種植物的子實。‖也叫蜀黍。

【高粱米】gāo·liangmǐ ㄍㄠ ·ㄌㄧㄤ ㄇㄧˇ 碾去皮的高粱子實。

【高齡】gāolíng ㄍㄠ ㄌㄧㄥˊ ❶敬辭，稱老人的年齡(多指六十歲以上)：他已經到了八十多歲的高齡，精神還很健旺。❷歲數較大(就一般標準來說)：高齡孕婦。

【高嶺土】gāolǐngtǔ ㄍㄠ ㄌㄧㄥˇ ㄊㄨˇ 純淨的黏土，主要成分是鋁和硅的氧化物。白色或灰白色粉末，熔點約 1,750°C，是陶瓷工業和其他化學工業的原料。因為我國江西景德鎮高嶺所產的質量最好，所以叫高嶺土。

【高爐】gāolú ㄍㄠ ㄌㄨˊ 從礦石提煉生鐵的熔煉爐，直立圓筒形，內壁用耐火材料砌成。由頂上的開口裝料(礦石、石灰石、焦炭等)，鐵水從靠近爐底的口流出。

【高邁】gāomài ㄍㄠ ㄇㄞˋ 〈書〉❶(年紀)大；老邁。❷高超非凡；超逸：風神高邁。

【高慢】gāomàn ㄍㄠ ㄇㄢˋ 高傲；傲慢：態度高慢，目中無人。

【高帽子】gāomào·zi ㄍㄠ ㄇㄠˋ ·ㄗ 比喻恭維的話：戴高帽子。也說高帽兒。

【高門】gāomén ㄍㄠ ㄇㄣˊ 高大的門，舊時指顯貴的人家：高門大戶｜高門望族。

【高妙】gāomiào ㄍㄠ ㄇㄧㄠˋ 高明巧妙：手藝高妙。

【高明】gāomíng ㄍㄠ ㄇㄧㄥˊ ❶(見解、技能)高超：主意高明。❷高明的人：另請高明。

【高難】gāonán ㄍㄠ ㄋㄢˊ (技巧上)要求高，難度大：他練的武術有許多高難動作。

【高能】gāonéng ㄍㄠ ㄋㄥˊ 具有很高能量的：高能粒子｜高能食品。

【高攀】gāopān ㄍㄠ ㄆㄢ 指跟社會地位比自己高的人交朋友或結成親戚(多用於客套話'不敢高攀'等)。

【高朋滿座】gāo péng mǎn zuò ㄍㄠ ㄆㄥˊ ㄇㄢˇ ㄗㄨㄛˋ 高貴的賓客坐滿了席位，形容來賓很多。

【高氣壓區】gāoqìyāqū ㄍㄠ ㄑㄧˋ ㄧㄚ ㄑㄩ 氣壓比周圍高的地區。高氣壓區內空氣往往下沉，天氣多晴朗。

【高腔】gāoqiāng ㄍㄠ ㄑㄧㄤ 戲曲聲腔之一，由弋陽腔與各地民間曲調結合而成，音調高亢，唱法、伴奏樂器和弋陽腔相同，有湘劇高腔、川劇高腔等。

【高強】gāoqiáng ㄍㄠ ㄑㄧㄤˊ (武藝)高超。

【高蹺】gāoqiāo ㄍㄠ ㄑㄧㄠ 民間舞蹈，表演者踩着有踏腳裝置的木棍，邊走邊表演。也指表演高蹺用的木棍。

【高熱】gāorè ㄍㄠ ㄖㄜˋ 高燒。

【高人】gāorén ㄍㄠ ㄖㄣˊ ❶〈書〉高士。❷學術、技能、地位高的人。

【高人一等】gāo rén yī děng ㄍㄠ ㄖㄣˊ ㄧ ㄉㄥˇ 比別人高出一等：自視高人一等的人往往是淺薄無知的人。

【高山反應】gāoshān fǎnyìng ㄍㄠ ㄕㄢ ㄈㄢˇ ㄧㄥˋ 登上空氣稀薄的高山或高原地區而發生的反應。一般健康人在海拔 4,000 米以上有頭痛、頭暈、噁心、呼吸困難、心跳加快等症狀。也叫高山病。

【高山景行】gāo shān jǐng xíng ㄍㄠ ㄕㄢ ㄐㄧㄥˇ ㄒㄧㄥˊ 《詩經．小雅．車舝》：'高山仰止，景行行止'(高山：比喻道德高尚；景行：比喻行為光明正大；止：語助詞)，後來用'高山景行'指崇高的德行。

【高山流水】gāo shān liú shuǐ ㄍㄠ ㄕㄢ ㄌㄧㄡˊ ㄕㄨㄟˇ《列子·湯問》：'伯牙善鼓琴，鍾子期善聽。伯牙鼓琴，志在登高山，鍾子期曰："善哉，峨峨兮若泰山！"志在流水，鍾子期曰："善哉，洋洋兮若江河！"'後來用'高山流水'比喻知音或樂曲高妙。

【高山族】Gāoshānzú ㄍㄠ ㄕㄢ ㄗㄨˊ 我國少數民族之一，主要分佈在台灣。

【高尚】gāoshàng ㄍㄠ ㄕㄤˋ ❶道德水平高：高尚的情操。❷有意義的，不是低級趣味的：高尚的娛樂。

【高燒】gāoshāo ㄍㄠ ㄕㄠ 人的體溫在 39°C 以上叫高燒。也叫高熱。

【高射機關槍】gāoshè-jīguānqiāng ㄍㄠ ㄕㄜˋ ㄐㄧ ㄍㄨㄢ ㄑㄧㄤ 機關槍的一種，裝有特種槍架和瞄準器，主要用於射擊低空飛行的敵機和空降兵，對空有效射程約 2,000 米。

【高射炮】gāoshèpào ㄍㄠ ㄕㄜˋ ㄆㄠˋ 地面上或艦艇上防空用的火炮，用於射擊飛機、空降兵和其他空中目標。

【高深】gāoshēn ㄍㄠ ㄕㄣ 水平高，程度深（多指學問、技術）：莫測高深｜高深的理論。

【高升】gāoshēng ㄍㄠ ㄕㄥ ❶職務由低向高提升：步步高升。❷〈方〉起火(qǐ·huo)；雙響。

【高師】gāoshī ㄍㄠ ㄕ 高等師範學校的簡稱，包括師範大學、師範學院、師範專科學校、教育學院等。

【高士】gāoshì ㄍㄠ ㄕˋ〈書〉志趣、品行高尚的人，多指隱士。

【高視闊步】gāo shì kuò bù ㄍㄠ ㄕˋ ㄎㄨㄛˋ ㄅㄨˋ 形容氣概不凡或態度傲慢。

【高手】gāoshǒu ㄍㄠ ㄕㄡˇ（高手兒）技能特別高明的人：下棋的高手｜他在外科手術上是有名的高手。

【高壽】gāoshòu ㄍㄠ ㄕㄡˋ ❶長壽。❷敬辭，用於問老人的年紀：老大爺高壽啦？

【高聳】gāosǒng ㄍㄠ ㄙㄨㄥˇ 高而直：高聳入雲｜高聳的紀念碑。

【高速】gāosù ㄍㄠ ㄙㄨˋ 高速度：高速發展｜高速公路。

【高速公路】gāosù gōnglù ㄍㄠ ㄙㄨˋ ㄍㄨㄥ ㄌㄨˋ 專供汽車高速行駛的公路。道路平直，在和其他道路相交時採用立體交叉。

【高抬貴手】gāo tái guì shǒu ㄍㄠ ㄊㄞˊ ㄍㄨㄟˋ ㄕㄡˇ 客套話，多用於請求對方饒恕或通融。

【高談闊論】gāo tán kuò lùn ㄍㄠ ㄊㄢˊ ㄎㄨㄛˋ ㄌㄨㄣˋ 漫無邊際地大發議論（多含貶義）：越是一知半解的人，往往越是喜歡高談闊論。

【高湯】gāotāng ㄍㄠ ㄊㄤ 煮肉或雞鴨等的清湯，也指一般的清湯。

【高堂】gāotáng ㄍㄠ ㄊㄤˊ ❶高大的廳堂。❷〈書〉指父母。

【高挑兒】gāotiǎor ㄍㄠ ㄊㄧㄠㄦˇ〈方〉(身材)瘦長：細高挑兒｜高挑兒身材｜高挑兒的個子。

【高頭大馬】gāo tóu dà mǎ ㄍㄠ ㄊㄡˊ ㄉㄚˋ ㄇㄚˇ ❶體形高大的馬。❷比喻人身材高大。

【高徒】gāotú ㄍㄠ ㄊㄨˊ 水平高的徒弟，泛指有成就的學生：嚴師出高徒。

【高位】gāowèi ㄍㄠ ㄨㄟˋ ❶〈書〉顯貴的職位：高位厚祿。❷(肢體)靠上的部位：高位截肢。

【高溫】gāowēn ㄍㄠ ㄨㄣ 較高的溫度，在不同的情況下所指的具體數值不同，例如在某些技術上指幾千攝氏度以上，在工作場所指 32 攝氏度以上。

【高溫作業】gāowēn zuòyè ㄍㄠ ㄨㄣ ㄗㄨㄛˋ ㄧㄝˋ 在溫度很高的廠房裏進行生產操作。

【高屋建瓴】gāo wū jiàn líng ㄍㄠ ㄨ ㄐㄧㄢˋ ㄌㄧㄥˊ 在房頂上用瓶子往下倒水（建：傾倒；瓴：盛水的瓶子），形容居高臨下的形勢（見於《史記·高祖本紀》）。

【高下】gāoxià ㄍㄠ ㄒㄧㄚˋ 上下[1]③；優劣（用於比較雙方的水平）：兩個人的技術難分高下。

【高限】gāoxiàn ㄍㄠ ㄒㄧㄢˋ 指山區生物分佈的最高界限。

【高小】gāoxiǎo ㄍㄠ ㄒㄧㄠˇ 高級小學的簡稱。

【高校】gāoxiào ㄍㄠ ㄒㄧㄠˋ 高等學校的簡稱。

【高效】gāoxiào ㄍㄠ ㄒㄧㄠˋ 效能高的；效率高的：高效滅蟲劑。

【高薪】gāoxīn ㄍㄠ ㄒㄧㄣ 高額的薪金：高薪聘請。

【高興】gāoxìng ㄍㄠ ㄒㄧㄥˋ ❶愉快而興奮：聽説你要來，我們全家都很高興。❷帶着愉快的情緒去做某件事；喜歡：他就是高興看電影，對看戲不感興趣。

【高血壓】gāoxuèyā ㄍㄠ ㄒㄩㄝˋ ㄧㄚ 成人的動脈血壓持續超過 140/90 毫米水銀柱時叫做高血壓。有兩種類型，一種叫症狀性高血壓，由某些疾病引起；另一種叫原發性高血壓，由大腦皮層功能紊亂引起。通常把後者稱為高血壓病。

【高壓】gāoyā ㄍㄠ ㄧㄚ ❶較高的壓強。❷較高的電壓。❸高氣壓區。❹心臟收縮時血液對血管的壓力。❺殘酷迫害；極度壓制：高壓政策｜高壓手段。

【高壓電】gāoyādiàn ㄍㄠ ㄧㄚ ㄉㄧㄢˋ 工業上指電壓在 3,000－11,000 伏的電源。通常指電壓在 250 伏以上的電源。

【高壓鍋】gāoyāguō ㄍㄠ ㄧㄚ ㄍㄨㄛ 鍋蓋裝有膠圈的密封鍋，多用鋁合金製成。加熱時鍋內氣壓升高，食物熟得快。也叫壓力鍋。

【高壓脊】gāoyājǐ ㄍㄠ ㄧㄚ ㄐㄧˇ 在同高度上，高氣壓中心向外突出的部分，其氣壓高於其他部分。也叫高空脊、高壓楔。

【高壓綫】gāoyāxiàn ㄍㄠ ㄧㄚ ㄒㄧㄢˋ 輸送高壓電流的導綫。

【高雅】gāoyǎ ㄍㄠ ㄧㄚˇ 高尚，不粗俗：格調高雅。

【高揚】gāoyáng ㄍㄠ ㄧㄤˊ ❶高高升起或舉起：情緒高揚｜士氣高揚。❷高度發揚：高揚見義勇為精神。

【高原】gāoyuán ㄍㄠ ㄩㄢˊ 海拔較高、地形起伏較小的大片平地。

【高遠】gāoyuǎn ㄍㄠ ㄩㄢˇ 高而深遠：高遠的藍天｜志向高遠。

【高瞻遠矚】gāo zhān yuǎn zhǔ ㄍㄠ ㄓㄢ ㄩㄢˇ ㄓㄨˇ 形容眼光遠大。

【高漲】gāozhǎng ㄍㄠ ㄓㄤˇ (物價、運動、情緒等)急劇上升或發展。

【高招】gāozhāo ㄍㄠ ㄓㄠ (高招兒)好辦法；好主意：出高招｜就這兩下子，沒有甚麼高招。也作高着。

【高着】gāozhāo ㄍㄠ ㄓㄠ 同'高招'。

【高枕】gāozhěn ㄍㄠ ㄓㄣˇ 墊高了枕頭(睡覺)：高枕而卧(形容不加警惕)｜高枕無憂。

【高枕無憂】gāo zhěn wú yōu ㄍㄠ ㄓㄣˇ ㄨˊ ㄧㄡ 墊高了枕頭睡覺，無所憂慮。比喻平安無事，不用擔憂。

【高枝兒】gāozhīr ㄍㄠ ㄓㄦ 比喻高的職位或職位高的人：攀高枝兒｜巴高枝兒。

【高中】gāozhōng ㄍㄠ ㄓㄨㄥ 高級中學的簡稱。

【高姿態】gāozītài ㄍㄠ ㄗ ㄊㄞˋ 指對自己要求嚴格，而對別人表現出寬容、諒解的態度：你要高姿態，不要和他計較。

【高足】gāozú ㄍㄠ ㄗㄨˊ 敬辭，稱呼別人的學生。

【高祖】gāozǔ ㄍㄠ ㄗㄨˇ ❶曾祖的父親。❷〈書〉指始祖或遠祖。

【高祖母】gāozǔmǔ ㄍㄠ ㄗㄨˇ ㄇㄨˇ 曾祖的母親。

羔 gāo ㄍㄠ (羔兒)羔子：羊羔｜羔兒皮｜鹿羔。

【羔皮】gāopí ㄍㄠ ㄆㄧˊ 小羊、小鹿等的毛皮。

【羔羊】gāoyáng ㄍㄠ ㄧㄤˊ 小羊，多比喻天真、純潔或弱小者：替罪的羔羊。

【羔子】gāo·zi ㄍㄠ ·ㄗ 小羊，也指某些動物的崽子：兔羔子。

槔(橰) gāo ㄍㄠ 見587頁〖桔槔〗(jié-gāo)。

睪 gāo ㄍㄠ [睪丸](gāowán ㄍㄠ ㄨㄢˊ)男子或某些雄性哺乳動物生殖器官的一部分，在陰囊內，橢圓形，能產生精子。也叫精巢。人的睪丸也叫外腎。

膏 gāo ㄍㄠ ❶脂肪；油：膏火｜春雨如膏。❷很稠的糊狀物：膏藥｜梨膏｜牙膏｜雪花膏。❸肥沃：膏壤｜膏腴。

另見383頁 gào。

【膏肓】gāohuāng ㄍㄠ ㄏㄨㄤ 見84頁〖病入膏肓〗。

【膏火】gāohuǒ ㄍㄠ ㄏㄨㄛˇ 〈書〉燈火(膏：燈油)。比喻夜間工作的費用(多指求學的費用)。

【膏劑】gāojì ㄍㄠ ㄐㄧˋ 中醫指內服的膏狀藥物。

【膏粱】gāoliáng ㄍㄠ ㄌㄧㄤˊ 肥肉和細糧，泛指美味的飯菜：膏粱子弟(指富貴人家的子弟)。

【膏血】gāoxuè ㄍㄠ ㄒㄩㄝˋ (人的)脂肪和血液，比喻用血汗換來的勞動成果：國家財產是人民的膏血。

【膏藥】gāo·yao ㄍㄠ ·ㄧㄠ 一種中藥外用藥，用植物油加藥熬煉成膏，塗在布、紙或皮的一面，可以較長時間地貼在患處，用來治瘡癤、消腫痛等。

【膏腴】gāoyú ㄍㄠ ㄩˊ 〈書〉肥沃：膏腴之地。

【膏澤】gāozé ㄍㄠ ㄗㄜˊ 〈書〉❶滋潤作物的及時雨。❷比喻給予恩惠：膏澤下民。

【膏子】gāo·zi ㄍㄠ ·ㄗ 熬成濃汁服用或外敷的藥物。

篙 gāo ㄍㄠ 撐船的竹竿或木杆。

【篙頭】gāo·tou ㄍㄠ ·ㄊㄡ 〈方〉篙。

【篙子】gāo·zi ㄍㄠ ·ㄗ 〈方〉❶篙。❷曬衣服用的杆子。

糕(餻) gāo ㄍㄠ 用米粉、麵粉等製成的食品，種類很多，如年糕、蜂糕、蛋糕等。

【糕餅】gāobǐng ㄍㄠ ㄅㄧㄥˇ 〈方〉糕點。

【糕點】gāodiǎn ㄍㄠ ㄉㄧㄢˇ 糕和點心(總稱)。

【糕乾】gāo·gan ㄍㄠ ·ㄍㄢ 一種代乳品，主要用米粉和糖等製成。

櫜 gāo ㄍㄠ 〈書〉❶收藏盔甲、弓矢的器具。❷儲藏。

gǎo (ㄍㄠˇ)

杲 gǎo ㄍㄠˇ ❶〈書〉明亮：杲日。❷(Gǎo)姓。

【杲杲】gǎogǎo ㄍㄠˇ ㄍㄠˇ 〈書〉(太陽)很明亮的樣子：杲杲出日｜秋陽杲杲。

搞 gǎo ㄍㄠˇ ❶做；幹；從事：搞生產｜搞工作｜搞建設。❷設法獲得；弄：搞點兒水來｜搞材料。❸整治人，使吃苦頭：他們合起來搞我。

【搞鬼】gǎo∥guǐ ㄍㄠˇ∥ㄍㄨㄟˇ 暗中使用詭計或做手腳：不怕他搞鬼｜你又搞甚麼鬼？

【搞活】gǎohuó ㄍㄠˇ ㄏㄨㄛˊ 採取措施使事物有活力：解放思想，搞活經濟。

槁(槀) gǎo ㄍㄠˇ 乾枯：枯槁。

【槁木】gǎomù ㄍㄠˇ ㄇㄨˋ 枯槁的樹幹：形如槁木。

【槁木死灰】gǎomù sǐhuī ㄍㄠˇ ㄇㄨˋ ㄙˇ ㄏㄨㄟ 枯槁的樹幹和火滅後的冷灰。比喻心情冷淡，對一切事情無動於衷。

暠 gǎo ㄍㄠˇ 〈書〉白。
另見460頁 hào。

稿[1] **(稾)** gǎo ㄍㄠˇ 〈書〉穀類植物的莖：稿薦。

稿[2] **(稾)** gǎo ㄍㄠˇ ❶(稿兒)稿子：手稿｜定稿｜稿紙｜打個稿兒｜心裏也沒有個稿兒(心中無數)。❷外發公文的草稿：擬稿｜核稿。

【稿本】gǎoběn ㄍㄠˇ ㄅㄣˇ 著作的底稿。
【稿酬】gǎochóu ㄍㄠˇ ㄔㄡˊ 稿費。
【稿費】gǎofèi ㄍㄠˇ ㄈㄟˋ 圖書、報刊等出版機構在發表著作、譯稿、圖畫、照片等的時候付給作者的報酬。
【稿件】gǎojiàn ㄍㄠˇ ㄐㄧㄢˋ 出版社、報刊編輯部等稱作者交來的作品。
【稿薦】gǎojiàn ㄍㄠˇ ㄐㄧㄢˋ 稻草、麥稭等編成的墊子，用來鋪牀。
【稿約】gǎoyuē ㄍㄠˇ ㄩㄝ 刊物的編輯部向投稿人說明刊物的性質、歡迎哪些稿件以及其他注意事項的告白，一般寫成條文，登載在刊物上。
【稿紙】gǎozhǐ ㄍㄠˇ ㄓˇ 供寫稿用的紙，多印有一行行的直綫或小方格兒。
【稿子】gǎo·zi ㄍㄠˇ ·ㄗ ❶詩文、圖畫等的草稿：寫稿子。❷寫成的詩文：這篇稿子是誰寫的？❸心裏的計劃；譜⑤：心裏還沒個準稿子。

縞(缟) gǎo ㄍㄠˇ 古代的一種白絹。

【縞素】gǎosù ㄍㄠˇ ㄙㄨˋ 〈書〉白衣服，指喪服。

藁〔藳〕 gǎo ㄍㄠˇ 藁城(Gǎochéng ㄍㄠˇ ㄔㄥˊ)，地名，在河北。

鎬(镐) gǎo ㄍㄠˇ 刨土用的工具：鶴嘴鎬。
另見460頁 hào。

【鎬頭】gǎo·tou ㄍㄠˇ ·ㄊㄡ 鎬。

gào (ㄍㄠˋ)

告 gào ㄍㄠˋ ❶把事情向人陳述、解說：告訴｜告知｜廣告｜報告｜通告｜忠告。❷向國家行政司法機關檢舉、控訴：告狀｜到法院去告他。❸為了某事而請求：告假｜告貸。❹表明：告辭｜自告奮勇。❺宣佈或表示某種情況的實現：告成｜告罄｜告一段落。

【告白】gàobái ㄍㄠˋ ㄅㄞˊ ❶(機關、團體或個人)對公眾的聲明或啓事。❷說明；表白：向朋友告白自己的憂慮。
【告便】gào∥biàn ㄍㄠˋ∥ㄅㄧㄢˋ 婉辭，向人表示自己將要離開一會兒(多指上廁所)。
【告別】gào∥bié ㄍㄠˋ∥ㄅㄧㄝˊ ❶離別；分手(一般要打個招呼或說句話)：告別親友｜他把信交給了隊長，就匆匆告別了。❷辭行：動身的那天清早，我特地去向他告別。❸和死者最後訣別，表示哀悼。
【告成】gàochéng ㄍㄠˋ ㄔㄥˊ 宣告完成(較重要的工作)：大功告成。
【告吹】gàochuī ㄍㄠˋ ㄔㄨㄟ (事情、交情)宣告破裂；不成功。
【告辭】gào∥cí ㄍㄠˋ∥ㄘˊ (向主人)辭別：我怕躭誤他的時間，談了一會兒就告辭走了。
【告貸】gàodài ㄍㄠˋ ㄉㄞˋ 請求旁人借錢給自己：四處告貸｜告貸無門(沒處借錢)。
【告地狀】gàodìzhuàng ㄍㄠˋ ㄉㄧˋ ㄓㄨㄤˋ 把自己的不幸遭遇寫在紙上鋪在街頭或用粉筆寫在地上，向路人乞求錢財或其他幫助。
【告發】gàofā ㄍㄠˋ ㄈㄚ 向公安機關、法院或政府檢舉揭發：寫信告發他的違法行為｜儘管多方遮掩，還是被人告發了。
【告負】gàofù ㄍㄠˋ ㄈㄨˋ (體育比賽等)失敗：甲隊以0比3告負。
【告急】gào∥jí ㄍㄠˋ∥ㄐㄧˊ 報告情況緊急並請求援救(多指軍事、災害等)：前綫告急｜災區告急｜告急電報。
【告假】gào∥jià ㄍㄠˋ∥ㄐㄧㄚˋ 請假：他家裏有事，想告兩天假。
【告捷】gào∥jié ㄍㄠˋ∥ㄐㄧㄝˊ ❶(作戰、比賽等)取得勝利：初戰告捷。❷報告得勝的消息：向司令部告捷。
【告竭】gàojié ㄍㄠˋ ㄐㄧㄝˊ 指財物、礦藏等淨盡：庫藏告竭｜該地區礦藏由於長期開採，今已告竭。
【告戒】gàojiè ㄍㄠˋ ㄐㄧㄝˋ 同'告誡'。
【告借】gàojiè ㄍㄠˋ ㄐㄧㄝˋ 請求別人借錢物給自己：告借無門。
【告誡】gàojiè ㄍㄠˋ ㄐㄧㄝˋ 警告勸戒(多用於上級對下級或長輩對晚輩)：再三告誡｜諄諄告誡。也作告戒。
【告警】gàojǐng ㄍㄠˋ ㄐㄧㄥˇ 報告發生緊急情況，請求加強戒備或援助：告警電話。
【告絕】gàojué ㄍㄠˋ ㄐㄩㄝˊ 宣告絕迹：匪患告絕。
【告竣】gàojùn ㄍㄠˋ ㄐㄩㄣˋ 宣告事情完畢(多指較大的工程)：鐵路修建工程已全部告竣。
【告勞】gàoláo ㄍㄠˋ ㄌㄠˊ 向別人表示自己的勞苦：不敢告勞。
【告老】gào∥lǎo ㄍㄠˋ∥ㄌㄠˇ 舊時官吏年老請求辭職，泛指年老退休：告老還鄉。
【告密】gào∥mì ㄍㄠˋ∥ㄇㄧˋ 向有關部門告發旁人的私下言論或活動(多含貶義)。
【告罄】gàoqìng ㄍㄠˋ ㄑㄧㄥˋ 指財物用完或貨物售完：存糧告罄。
【告饒】gào∥ráo ㄍㄠˋ∥ㄖㄠˊ 求饒：求情告饒。
【告示】gào·shi ㄍㄠˋ ·ㄕ ❶佈告：安民告示。❷舊時指標語：紅綠告示。
【告送】gào·song ㄍㄠˋ ·ㄙㄨㄥ 〈方〉告訴；告

知。也作告誦。

【告訴】gàosù ㄍㄠˋ ㄙㄨˋ 受害人向法院告發：告訴到法院。

【告訴】gào·su ㄍㄠˋ ·ㄙㄨ 説給人，使人知道：請你告訴他，今天晚上七點鐘開會。

【告退】gàotuì ㄍㄠˋ ㄊㄨㄟˋ ❶在集會中要求先離去：我有點事，先告退了。❷從集體中退出：老隊員已先後挂拍告退。❸舊時指自請辭去職位：年老告退。

【告慰】gàowèi ㄍㄠˋ ㄨㄟˋ 表示安慰；感到安慰：請大家加把勁兒，把文集早日印出來，以此告慰死者在天之靈。

【告枕頭狀】gào zhěn·touzhuàng ㄍㄠˋ ㄓㄣˇ ·ㄊㄡ ㄓㄨㄤˋ 妻子向丈夫説別人的壞話，叫告枕頭狀。

【告知】gàozhī ㄍㄠˋ ㄓ 告訴使知道：把通信地址告知在京的同志。

【告終】gàozhōng ㄍㄠˋ ㄓㄨㄥ 宣告結束：第二次世界大戰以德、意、日三個法西斯國家的失敗而告終。

【告狀】gào//zhuàng ㄍㄠˋ//ㄓㄨㄤˋ ❶(當事人)請求司法機關審理某一案件。❷向某人的上級或長輩訴説自己或別人受到這個人的欺負或不公正的待遇：就這點小事，幹嗎到處告狀？

郜 Gào ㄍㄠˋ 姓。

誥(诰) gào ㄍㄠˋ ❶〈書〉告訴(用於上對下)。❷古代一種告誡性的文章。❸帝王對臣子的命令：誥封。

【誥封】gàofēng ㄍㄠˋ ㄈㄥ 封建王朝對官員及其先代、妻室授予爵位或稱號。

【誥命】gàomìng ㄍㄠˋ ㄇㄧㄥˋ ❶帝王對臣子的命令。❷封建時代指受過封號的婦女(多見於早期白話)。

膏 gào ㄍㄠˋ ❶在軸承或機器等經常轉動發生摩擦的部分加潤滑油：膏車｜在軸上膏點兒油。❷把毛筆蘸上墨，在硯台邊上掭勻：膏筆｜膏墨。

另見381頁 gāo。

鋯(锆) gào ㄍㄠˋ 金屬元素，符號 Zr (zirconium)。銀灰色，質硬，熔點高，耐腐蝕。用來製合金、閃光粉等，也用作真空中的除氣劑，緊密壓製的純鋯用作核反應堆的鈾棒外套。

gē (ㄍㄜ)

戈 gē ㄍㄜ ❶古代兵器，橫刃，用青銅或鐵製成，裝有長柄。❷(Gē)姓。

【戈比】gēbǐ ㄍㄜ ㄅㄧˇ 俄羅斯等國的輔助貨幣。［俄 копейка］

【戈壁】gēbì ㄍㄜ ㄅㄧˋ 蒙古人稱沙漠地區，這種地區盡是沙子和石塊，地面上缺水，植物稀少。

仡 gē ㄍㄜ ［仡佬族］(Gēlǎozú ㄍㄜ ㄌㄠˇ ㄗㄨˊ)我國少數民族之一，主要分佈在貴州。

另見1354頁 yì。

圪 gē ㄍㄜ 見下。

【圪墶】gē·da ㄍㄜ ·ㄉㄚ ❶同‘疙瘩’。❷小土丘。也作圪塔。

【圪塔】gē·da ㄍㄜ ·ㄉㄚ 同‘圪墶’。

【圪節】gē·jie ㄍㄜ ·ㄐㄧㄝ 〈方〉❶稻、麥、高粱、竹子等莖上分枝長葉的地方。❷兩個圪節間的一段。❸泛指長條形東西的一段：這根棍子斷成三圪節了。

【圪蹴】gē·jiu ㄍㄜ ·ㄐㄧㄡ 〈方〉蹲：老羊倌圪蹴在門前石凳上聽廣播。

【圪塄】gē·láo ㄍㄜ ·ㄌㄠˊ 〈方〉角落(也用做地名)：炕圪塄｜王家圪塄(在陝西)。

【圪針】gē·zhen ㄍㄜ ·ㄓㄣ 〈方〉指某些植物枝梗上的刺兒：棗圪針。

屹 gē ㄍㄜ ［屹嶝］(gē·da ㄍㄜ ·ㄉㄚ)❶同‘疙瘩’。❷小土丘。

另見1354頁 yì。

疙 gē ㄍㄜ 見下。

【疙疤】gē·ba ㄍㄜ ·ㄅㄚ 〈方〉痂：瘡疙疤。

【疙疸】gē·da ㄍㄜ ·ㄉㄚ 同‘疙瘩’。

【疙瘩】gē·da ㄍㄜ ·ㄉㄚ ❶皮膚上突起的或肌肉上結成的硬塊。❷小球形或塊狀的東西：麪疙瘩｜芥菜疙瘩｜綫結成疙瘩了。❸不易解決的問題：心上的疙瘩早去掉了｜解開他們兩人中間的疙瘩。❹〈方〉量詞：一疙瘩石頭｜一疙瘩糕。❺〈方〉麻煩；彆扭。‖也作疙疸。

【疙疙瘩瘩】gē·gedādā ㄍㄜ ·ㄍㄜ ㄉㄚ ㄉㄚ (疙疙瘩瘩的)不平滑；不順利：路上淨是石頭子兒，疙疙瘩瘩的，不好走｜這事情疙疙瘩瘩的，辦得很不順手。也説疙裏疙瘩。

咯 gē ㄍㄜ 見下。

另見635頁 kǎ；742頁 ·lo；761頁 luò。

【咯噔】gēdēng ㄍㄜ ㄉㄥ 象聲詞：從樓梯上傳來了咯噔咯噔的皮靴聲｜聽説廠裏出了事兒，我心裏咯噔一下子，腿都軟了。也作格登(gēdēng)。

【咯咯】gēgē ㄍㄜ ㄍㄜ 同‘格格’(gēgē)。

【咯吱】gēzhī ㄍㄜ ㄓ 象聲詞：扁擔壓得咯吱咯吱地直響。

紇(纥) gē ㄍㄜ ［紇縫］(gē·da ㄍㄜ ·ㄉㄚ)同‘疙瘩’②，多用於紗、綫、織物等：綫紇縫｜包袱紇縫。

另見465頁 hé。

格 gē ㄍㄜ 見下。

另見385頁 gé。

【格登】gēdēng ㄍㄜ ㄉㄥ 同‘咯噔’(gēdēng)。

【格格】gēgē ㄍㄜ ㄍㄜ 象聲詞。❶形容笑聲：

他格格地笑了起來。❷形容咬牙聲：牙齒咬得格格響。❸形容機關槍的射擊聲。❹形容某些鳥的叫聲。‖也作咯咯。

哥 gē ㄍㄜ ❶哥哥：大哥｜二哥。❷親戚中同輩而年紀比自己大的男子：表哥。❸稱呼年紀跟自己差不多的男子(含親熱意)：李二哥。

【哥哥】gē·ge ㄍㄜ ·ㄍㄜ ❶同父母(或只同父、只同母)而年紀比自己大的男子。❷同族同輩而年紀比自己大的男子：叔伯哥哥｜遠房哥哥。

【哥老會】Gēlǎohuì ㄍㄜ ㄌㄠˇ ㄏㄨㄟˋ 幫會的一種，清末在長江流域各地活動，成員多數是城鄉游民。最初具有反清意識，後來分化為不同支派，常為反動勢力所利用。

【哥們兒】gē·menr ㄍㄜ ·ㄇㄣㄦ ❶弟兄們：他們家哥們兒好幾個呢。❷用於朋友間，帶親熱的口氣：他和我是哥們兒，倆人好得無話不說。‖也說哥兒們(gēr·men)。

【哥兒】gēr ㄍㄜㄦ ❶弟弟和哥哥(包括本人)：你們哥兒幾個？｜哥兒倆都是運動員。❷稱有錢人家的男孩子：公子哥兒。

【哥兒們】gēr·men ㄍㄜㄦ ·ㄇㄣ 哥們兒。

【哥薩克人】Gēsàkèrén ㄍㄜ ㄙㄚˋ ㄎㄜˋ ㄖㄣˊ 俄羅斯人的一部分，主要散居在頓河、庫班河一帶。[哥薩克，俄 казак]

胳(肐) gē ㄍㄜ 見下。
另見364頁 gā；386頁 gé。

【胳臂】gē·bei ㄍㄜ ·ㄅㄟ 胳膊。

【胳膊】gē·bo ㄍㄜ ·ㄅㄛ 肩膀以下手腕以上的部分。

【胳膊擰不過大腿】gē·bo nǐng bù·guo dàtuǐ ㄍㄜ ·ㄅㄛ ㄋㄧㄥˇ ㄅㄨˋ ·ㄍㄨㄛ ㄉㄚˋ ㄊㄨㄟˇ 比喻弱小的敵不過強大的。也說胳膊扭不過大腿。

【胳膊腕子】gē·bo wàn·zi ㄍㄜ ·ㄅㄛ ㄨㄢˋ ·ㄗ 腕子。也叫胳膊腕兒。

【胳膊肘朝外拐】gē·bo zhǒu cháo wài guǎi ㄍㄜ ·ㄅㄛ ㄓㄡˇ ㄔㄠˊ ㄨㄞˋ ㄍㄨㄞˇ 比喻不向着自家人而向着外人。也說胳膊肘向外拐。

【胳膊肘子】gē·bo zhǒu·zi ㄍㄜ ·ㄅㄛ ㄓㄡˇ ·ㄗ 肘。也叫胳膊肘兒。

袼 gē ㄍㄜ [袼褙](gē·bei ㄍㄜ ·ㄅㄟ)用碎布或舊布加襯紙裱成的厚片，多用來製布鞋。

割 gē ㄍㄜ ❶用刀截斷：割麥子｜割肉。❷分割；捨棄：割地｜割愛。

【割愛】gē'ài ㄍㄜ ㄞˋ 放棄心愛的東西：忍痛割愛。

【割除】gēchú ㄍㄜ ㄔㄨˊ 割掉；除去：割除腫瘤。

【割地】gē//dì ㄍㄜ//ㄉㄧˋ 割讓領土：割地求和。

【割斷】gēduàn ㄍㄜ ㄉㄨㄢˋ 截斷；切斷：割斷繩索◇歷史無法割斷。

【割雞焉用牛刀】gē jī yān yòng niúdāo ㄍㄜ ㄐㄧ ㄧㄢ ㄩㄥˋ ㄋㄧㄡˊ ㄉㄠ 殺個雞何必用宰牛的刀。比喻做小事情不值得用大的力量。

【割膠】gē//jiāo ㄍㄜ//ㄐㄧㄠ 把橡膠樹幹的表皮割開，使膠乳流出來。

【割據】gējù ㄍㄜ ㄐㄩˋ 一國之內，擁有武力的人佔據部分地區，形成分裂對抗的局面：封建割據｜割據稱雄。

【割禮】gēlǐ ㄍㄜ ㄌㄧˇ 猶太教、伊斯蘭教的一種儀式，把男性教徒的生殖器包皮割去少許。猶太教在嬰兒初生時舉行，伊斯蘭教在童年舉行。

【割裂】gēliè ㄍㄜ ㄌㄧㄝˋ 把不應當分割的東西分割開(多指抽象的事物)。

【割蜜】gē//mì ㄍㄜ//ㄇㄧˋ 舊法養蜂的取蜜法，把蜂巢中儲存蜜的部分用刀割下來。

【割漆】gē//qī ㄍㄜ//ㄑㄧ 把漆樹幹的表皮割開，使漆樹的樹脂流出來。

【割棄】gēqì ㄍㄜ ㄑㄧˋ 割除並拋棄；捨棄：與主題無關的情節，就應割棄。

【割槍】gēqiāng ㄍㄜ ㄑㄧㄤ 氣割用的帶活門的工具，形狀略像槍，前端有噴嘴。也叫割炬。

【割讓】gēràng ㄍㄜ ㄖㄤˋ 因戰敗或受侵略，被迫把一部分領土讓給外國。

【割捨】gēshě ㄍㄜ ㄕㄜˇ 捨棄；捨去：割捨舊情。

【割蓆】gēxí ㄍㄜ ㄒㄧˊ 〈書〉三國時管寧跟華歆同學，合坐一張蓆讀書，後來管寧鄙視華歆的為人，把蓆割開分坐(見於《世說新語·德行》)。後世指跟朋友絕交。

【割綫】gēxiàn ㄍㄜ ㄒㄧㄢˋ 通過圓周或其他曲綫上任意兩點的直綫。

歌 gē ㄍㄜ ❶(歌兒)歌曲：民歌｜山歌兒｜唱一個歌兒。❷唱：歌者｜高歌一曲。

【歌本】gēběn ㄍㄜ ㄅㄣˇ (歌本兒)專門刊載歌曲的書，也指專用來抄錄歌曲的本子。

【歌唱】gēchàng ㄍㄜ ㄔㄤˋ ❶唱(歌)：歌唱家｜盡情歌唱。❷用唱歌、朗誦等形式頌揚：歌唱祖國的繁榮富強。

【歌詞】gēcí ㄍㄜ ㄘˊ 歌曲中的詞。

【歌功頌德】gē gōng sòng dé ㄍㄜ ㄍㄨㄥ ㄙㄨㄥˋ ㄉㄜˊ 歌頌功績和恩德(多用於貶義)。

【歌喉】gēhóu ㄍㄜ ㄏㄡˊ 指唱歌人的嗓子，也指唱的聲音：歌喉婉轉。

【歌劇】gējù ㄍㄜ ㄐㄩˋ 綜合詩歌、音樂、舞蹈等藝術而以歌唱為主的戲劇。

【歌訣】gējué ㄍㄜ ㄐㄩㄝˊ 為了便於記誦，按事物的內容要點編成的韵文或無韵的整齊句子；口訣：湯頭歌訣(用湯藥成方中的藥名編成的口訣)。

【歌迷】gēmí ㄍㄜ ㄇㄧˊ 喜歡聽歌曲或唱歌而入迷的人。

【歌女】gēnǚ ㄍㄜ ㄋㄩˇ 在舞廳等場所以歌唱為業的女子。

【歌片兒】gēpiānr ㄍㄜ ㄆㄧㄢㄦ 印有歌曲的紙片。
【歌譜】gēpǔ ㄍㄜ ㄆㄨˇ 歌曲的譜子。
【歌曲】gēqǔ ㄍㄜ ㄑㄩˇ 供人歌唱的作品，是詩歌和音樂的結合。
【歌聲】gēshēng ㄍㄜ ㄕㄥ 唱歌的聲音：歡樂的歌聲｜歌聲四起。
【歌手】gēshǒu ㄍㄜ ㄕㄡˇ 擅長歌唱的人：賽歌會上，歌手如雲。
【歌頌】gēsòng ㄍㄜ ㄙㄨㄥˋ 用詩歌頌揚，泛指用言語文字等讚美：歌頌祖國的大好河山。
【歌壇】gētán ㄍㄜ ㄊㄢˊ 指歌唱界；聲樂界：歌壇新秀。
【歌舞】gēwǔ ㄍㄜ ㄨˇ 唱歌和舞蹈的合稱：歌舞團｜表演歌舞。
【歌舞伎】gēwǔjì ㄍㄜ ㄨˇ ㄐㄧˋ 日本戲劇的一種，表演時演員不歌唱，只有動作和説白，另由伴奏音樂的人配合演員的動作在後面歌唱。
【歌舞劇】gēwǔjù ㄍㄜ ㄨˇ ㄐㄩˋ 兼有歌唱、音樂和舞蹈的戲劇。
【歌星】gēxīng ㄍㄜ ㄒㄧㄥ 有名的歌唱演員。
【歌謠】gēyáo ㄍㄜ ㄧㄠˊ 指隨口唱出，沒有音樂伴奏的韵語，如民歌、民謠、兒歌等。
【歌吟】gēyín ㄍㄜ ㄧㄣˊ 歌唱；吟咏。
【歌咏】gēyǒng ㄍㄜ ㄩㄥˇ 唱(歌)：歌咏隊｜歌咏比賽。
【歌仔戲】gēzǎixì ㄍㄜ ㄗㄞˇ ㄒㄧˋ 台灣地方戲曲劇種之一，由當地民謠山歌發展而成。流行於台灣和福建薌江(九龍江)一帶。福建稱之為薌劇。
【歌子】gē·zi ㄍㄜ ·ㄗ 歌曲：嘴裏哼着歌子。

餎(饹) gē ㄍㄜ [餎餷](gē·zha ㄍㄜ ·ㄓㄚ)一種食品，用豆麪做成餅形，切成塊炸着吃或炒菜吃：綠豆餎餷。
另見694頁 ·le。

擱(搁) gē ㄍㄜ ❶使處於一定的位置：把箱子擱在屋子裏。❷加進去：豆漿裏擱點糖。❸擱置：這件事擱一擱再辦吧｜都是緊急任務，一樣也擱不下。
另見387頁 gé。
【擱筆】gēbǐ ㄍㄜ ㄅㄧˇ (寫作、繪畫)停筆；放下筆。
【擱淺】gē∥qiǎn ㄍㄜ∥ㄑㄧㄢˇ ❶(船隻)進入水淺的地方，不能行駛。❷比喻事情遭到阻礙，不能進行：談判擱淺。
【擱置】gēzhì ㄍㄜ ㄓˋ 放下；停止進行：事情重要，不能擱置。

鴿(鸽) gē ㄍㄜ 鴿子：信鴿。
【鴿子】gē·zi ㄍㄜ ·ㄗ 鳥，翅膀大，善於飛行，品種很多，羽毛有白色、灰色、醬紫色等，以穀類植物的種子為食物，有的可以用來傳遞書信。常用做和平的象徵。

謌(谞) gē ㄍㄜ 〈書〉同'歌'。

gé (ㄍㄜˊ)

革1 gé ㄍㄜˊ ❶去了毛並且加過工的獸皮：皮革｜製革。❷(Gé)姓。
革2 gé ㄍㄜˊ ❶改變：革新｜變革。❷開除；撤除(職務)：開革｜革職。
另見536頁 jí。
【革出】géchū ㄍㄜˊ ㄔㄨ 開除出去。
【革除】géchú ㄍㄜˊ ㄔㄨˊ ❶鏟除；去掉：革除陋習。❷開除；撤職。
【革故鼎新】gé gù dǐng xīn ㄍㄜˊ ㄍㄨˋ ㄉㄧㄥˇ ㄒㄧㄣ 去掉舊的，建立新的。
【革履】gélǚ ㄍㄜˊ ㄌㄩˇ 皮鞋：西裝革履。
【革命】gé∥mìng ㄍㄜˊ∥ㄇㄧㄥˋ ❶被壓迫階級用暴力奪取政權，摧毀舊的腐朽的社會制度，建立新的進步的社會制度。革命破壞舊的生產關係，建立新的生產關係，解放生產力，推動社會的發展。❷具有革命意識的：工人階級是最革命的階級。❸根本改革：思想革命｜技術革命｜產業革命。
【革命家】gémìngjiā ㄍㄜˊ ㄇㄧㄥˋ ㄐㄧㄚ 具有革命思想，從事革命工作，並做出重大貢獻的人：魯迅是偉大的思想家和革命家。
【革新】géxīn ㄍㄜˊ ㄒㄧㄣ 革除舊的，創造新的：技術革新｜革新運動。
【革職】gé∥zhí ㄍㄜˊ∥ㄓˊ 撤職：革職查辦｜他上個月被革了職。

菩〔茖〕 gé ㄍㄜˊ [菩葱](gécōng ㄍㄜˊ ㄘㄨㄥ)多年生草本植物，野生，莖細，葉子長橢圓形，花白色。莖葉可以吃，也可入藥。

格1 gé ㄍㄜˊ ❶(格兒)格子：方格紙｜把字寫在格兒裏｜四格兒的書架。❷規格；格式：品格｜格律｜合格｜別具一格。❸品質；風度：人格｜風格。❹〈書〉阻礙；限制：格於成例。❺(Gé)姓。
格2 gé ㄍㄜˊ 某些語言中名詞(有的包括代詞、形容詞)的語法範疇，用詞尾變化來表示它和別的詞之間的語法關係。例如俄語的名詞、代詞、形容詞都有六個格。
格3 gé ㄍㄜˊ 〈書〉推究：格物。
格4 gé ㄍㄜˊ 打：格鬥｜格殺。
另見383頁 gē。
【格調】gédiào ㄍㄜˊ ㄉㄧㄠˋ ❶指不同作家或不同作品的藝術特點的綜合表現：格調高雅。❷〈書〉指人的風格或品格。
【格鬥】gédòu ㄍㄜˊ ㄉㄡˋ 緊張激烈地搏鬥。
【格格不入】gé gé bù rù ㄍㄜˊ ㄍㄜˊ ㄅㄨˋ ㄖㄨˋ 有抵觸，不投合。

【格局】géjú ㄍㄜˊ ㄐㄩˊ 結構和格式：經濟迅速發展，不斷打破舊格局，形成新格局｜這篇文章寫得很亂，簡直不成個格局。

【格里曆】gélǐlì ㄍㄜˊ ㄌㄧˇ ㄌㄧˋ 公曆，因1582年羅馬教皇格里哥里（Gregorius）十三世修改而得名。

【格林尼治時間】Gélínnízhì shíjiān ㄍㄜˊ ㄌㄧㄣˊ ㄋㄧˊ ㄓˋ ㄕˊ ㄐㄧㄢ 世界時。舊譯作格林威治時間。

【格律】gélǜ ㄍㄜˊ ㄌㄩˋ 詩、賦、詞、曲等關於字數、句數、對偶、平仄、押韻等方面的格式和規則。

【格殺勿論】gé shā wù lùn ㄍㄜˊ ㄕㄚ ㄨˋ ㄌㄨㄣˋ 指把行兇、拒捕或違反禁令的人當場打死，不以殺人論罪。

【格式】gé·shi ㄍㄜˊ ·ㄕ 一定的規格式樣：公文格式｜書信格式。

【格外】géwài ㄍㄜˊ ㄨㄞˋ ❶副詞，表示超過尋常：久別重逢，大家格外親熱｜國慶節的天安門，顯得格外莊嚴而美麗。❷額外；另外：卡車裝不下，格外找了一輛大車。

【格物】géwù ㄍㄜˊ ㄨˋ 〈書〉推究事物的道理：格物致知。

【格物致知】gé wù zhì zhī ㄍㄜˊ ㄨˋ ㄓˋ ㄓ 窮究事物的原理法則而總結為理性知識。

【格言】géyán ㄍㄜˊ ㄧㄢˊ 含有勸戒和教育意義的話，一般較為精練，如'滿招損，謙受益'，'虛心使人進步，驕傲使人落後'。

【格致】gézhì ㄍㄜˊ ㄓˋ 〈書〉'格物致知'的略語。清朝末年講西學的人用它做物理、化學等科學的總稱。

【格子】gé·zi ㄍㄜˊ ·ㄗ 隔成的方形空欄或框子：打格子｜格子布。

鬲 gé ㄍㄜˊ ❶鬲津（Géjīn ㄍㄜˊ ㄐㄧㄣ），水名，發源於河北，流入山東。❷膠鬲（Jiāogé ㄐㄧㄠ ㄍㄜˊ），殷末周初人。

另見708頁 lì。

胳 gé ㄍㄜˊ ［胳肢］（gé·zhi ㄍㄜˊ ·ㄓ）〈方〉在別人身上抓撓，使發癢。

另見364頁 gā；384頁 gē。

葛〔葛〕 gé ㄍㄜˊ ❶多年生草本植物，莖蔓生，上有黃色細毛，葉子大，分成三片，花紫紅色。根肥大，叫葛根，可製澱粉，也供藥用。莖皮可製葛布。通稱葛麻。❷表面有花紋的紡織品，用絲做經，棉綫或麻綫等做緯。

另見387頁 Gě。

【葛布】gébù ㄍㄜˊ ㄅㄨˋ 用葛的纖維織成的布，可以做夏季服裝等。

【葛藤】géténg ㄍㄜˊ ㄊㄥˊ 比喻糾纏不清的關係。

蛤 gé ㄍㄜˊ ❶蛤蜊、文蛤等瓣鰓類軟體動物。❷見〖蛤蚧〗。

另見444頁 há。

【蛤蚧】géjiè ㄍㄜˊ ㄐㄧㄝˋ 爬行動物，形似壁虎而大，頭大，背部灰色而有紅色斑點。吃蚊、蠅等小蟲。可入藥。

【蛤蜊】gé·lí ㄍㄜˊ ·ㄌㄧˊ ❶軟體動物，長約3厘米，殼卵圓形，淡褐色，邊緣紫色。生活在淺海底。❷文蛤的通稱。

塥 gé ㄍㄜˊ 〈方〉沙地。多用於地名，如青草塥（在安徽）。

嗝 gé ㄍㄜˊ （嗝兒）❶胃裏的氣體從嘴裏出來時發出的聲音（多在吃飽後）。❷橫膈膜痙攣，吸氣後聲門突然關閉而發出的一種特殊聲音。

滆 Gé ㄍㄜˊ 滆湖，湖名，在江蘇。

隔（隔） gé ㄍㄜˊ ❶遮斷；阻隔：一間屋隔成兩間｜隔着一重山｜隔河相望。❷間隔；距離：隔兩天再去｜相隔很遠。

【隔岸觀火】gé àn guān huǒ ㄍㄜˊ ㄢˋ ㄍㄨㄢ ㄏㄨㄛˇ 比喻見人有危難不援助而採取看熱鬧的態度。

【隔壁】gébì ㄍㄜˊ ㄅㄧˋ 左右相毗連的屋子或人家：左隔壁｜隔壁鄰居。

【隔斷】géduàn ㄍㄜˊ ㄉㄨㄢˋ 阻隔；使斷絕：高山大河不能隔斷我們兩國人民之間的聯繫和往來。

【隔斷】gé·duan ㄍㄜˊ ·ㄉㄨㄢ 把一間屋子隔成幾間的遮擋的東西，如板壁、隔扇等。

【隔房】géfáng ㄍㄜˊ ㄈㄤˊ 指家族中不是同一房的：隔房兄弟。

【隔行】géháng ㄍㄜˊ ㄏㄤˊ 行業不相同：隔行不隔理｜隔行如隔山。

【隔閡】géhé ㄍㄜˊ ㄏㄜˊ 彼此情意不通，思想有距離：感情隔閡｜消除隔閡。

【隔絕】géjué ㄍㄜˊ ㄐㄩㄝˊ 隔斷（géduàn）：音信隔絕｜與世隔絕｜降低溫度和隔絕空氣是滅火的根本方法。

【隔離】gélí ㄍㄜˊ ㄌㄧˊ ❶不讓聚在一起，使斷絕往來。❷把患傳染病的人、畜和健康的人、畜分開，避免接觸：隔離病房。

【隔膜】gémó ㄍㄜˊ ㄇㄛˊ ❶情意不相通，彼此不了解：消除隔膜｜兩人之間有些隔膜。❷不通曉；外行：我對這種技術實在隔膜。

【隔牆有耳】gé qiáng yǒu ěr ㄍㄜˊ ㄑㄧㄤˊ ㄧㄡˇ ㄦˇ 比喻說秘密的事會有人偷聽。

【隔日】gérì ㄍㄜˊ ㄖˋ 隔一天：夜校隔日上課。

【隔三差五】gé sān chà wǔ ㄍㄜˊ ㄙㄢ ㄔㄚˋ ㄨˇ 每隔不久；時常：她隔三差五回娘家看看。'差'也作岔。

【隔山】géshān ㄍㄜˊ ㄕㄢ 指同父異母的兄弟姐妹之間的關係：隔山兄弟。

【隔扇】gé·shan ㄍㄜˊ ·ㄕㄢ 在房屋內部起隔開作用的一扇一扇的木板牆，上部一般做成窗櫺，糊紙或裝玻璃。

【隔世】géshì ㄍㄜˊ ㄕˋ 隔了一世：恍如隔世｜回念前塵，有如隔世。

【隔心】géxīn ㄍㄜˊ ㄒㄧㄣ 彼此心裏有隔閡；不投合：咱倆不隔心，有甚麼事你別瞞我。

【隔靴搔癢】gé xuē sāo yǎng ㄍㄜˊ ㄒㄩㄝ ㄙㄠ ㄧㄤˇ 比喻説話作文等不中肯，沒有抓住解決問題的關鍵。

【隔夜】gé∥yè ㄍㄜˊ∥ㄧㄝˋ 隔一夜：隔夜的茶不能喝，快倒了。

【隔音】gé∥yīn ㄍㄜˊ∥ㄧㄣ 隔絕聲音的傳播：隔音板。

【隔音符號】géyīn fúhào ㄍㄜˊㄧㄣ ㄈㄨˊ ㄏㄠˋ 漢語拼音方案所規定的符號(')，必要時放在 a，o，e 前頭，使音節的界限清楚，如：激昂 jī'áng，定額 dìng'é。

槅 gé ㄍㄜˊ ❶房屋中有窗格子的門或隔扇：槅門。❷分層放置器物的架子：槅子｜多寶槅。

【槅門】gémén ㄍㄜˊ ㄇㄣˊ 舊式建築中的一種比較講究的門，上部做成窗櫺，糊紙或裝玻璃，對開或中間對開、兩邊單開。

【槅扇】gé·shan ㄍㄜˊ ·ㄕㄢ 隔扇。

搿 gé ㄍㄜˊ 〈方〉用力抱。

【搿倶】géjù ㄍㄜˊ ㄐㄩˋ 〈方〉插倶。

膈 gé ㄍㄜˊ 人或哺乳動物胸腔和腹腔之間的膜狀肌肉。收縮時胸腔擴大，鬆弛時胸腔縮小。也叫膈膜或橫膈膜。

另見388頁 gè。

閤 (阁) gé ㄍㄜˊ〈書〉❶小門。❷同'閣'。❸ (Gé) 姓。

另見466頁 hé '閤'。

閣 (阁) gé ㄍㄜˊ ❶風景區或庭園裏的一種建築物，四方形、六角形或八角形，一般兩層，周圍開窗，多建築在高處，可以憑高遠望：亭台樓閣。❷舊時指女子的住屋：閨閣｜出閣。❸指內閣：組閣。❹〈書〉放東西的架子：束之高閣。

【閣樓】gélóu ㄍㄜˊ ㄌㄡˊ 在較高的房間內上部架起的一層矮小的樓。

【閣下】géxià ㄍㄜˊ ㄒㄧㄚˋ 敬辭，稱對方，從前書函中常用，今多用於外交場合：大使閣下｜首相閣下。

【閣員】géyuán ㄍㄜˊ ㄩㄢˊ 內閣的成員。

【閣子】gé·zi ㄍㄜˊ ·ㄗ ❶小的木板房子：板閣子。❷〈方〉閣樓。

頜 (颌) gé ㄍㄜˊ 〈書〉口。

另見466頁 hé。

骼 gé ㄍㄜˊ 見410頁〖骨骼〗。

擱 (搁) gé ㄍㄜˊ 禁受。

另見385頁 gē。

【擱不住】gé ·bu zhù ㄍㄜˊ ·ㄅㄨ ㄓㄨˋ 禁受不住：絲織品擱不住揉搓。

【擱得住】gé ·de zhù ㄍㄜˊ ·ㄉㄜ ㄓㄨˋ 禁受得住：再結實的東西，擱得住你這麼使嗎？

鎘 (镉) gé ㄍㄜˊ 金屬元素，符號 Cd (cadmium)。銀白色，質軟，延展性強。用來製合金、光電管和核反應堆的中子吸收棒等，也用於電鍍。

轕〔轕〕(轕) gé ㄍㄜˊ 見576頁〔轇轕〕(jiāogé)。

gě (ㄍㄜˇ)

合 gě ㄍㄜˇ ❶容量單位。10勺等於1合，10合等於1升。❷量糧食的器具，容量是1合，方形或圓筒形，多用木頭或竹筒製成。

另見460頁 hé。

各 gě ㄍㄜˇ 〈方〉特別(含貶義)：這人真各。

另見387頁 gè。

個 (个) gě ㄍㄜˇ 見1515頁〖自個兒〗。

另見388頁 gè。

哿 gě ㄍㄜˇ 〈書〉可；嘉。

舸 gě ㄍㄜˇ 〈書〉大船。

葛〔葛〕 Gě ㄍㄜˇ 姓。

另見386頁 gé。

蓋〔蓋〕(盖) Gě ㄍㄜˇ 姓。

另見367頁 gài。

gè (ㄍㄜˋ)

各 gè ㄍㄜˋ ❶指示詞。a) 表示不止一個：世界各國｜各位來賓。b) 表示不止一個並且彼此不同：各種原材料都備齊了｜各人回各人的家。❷副詞，表示不止一人或一物同做某事或同有某種屬性：左右兩側各有一門｜三種辦法各有優點和缺點｜雙方各執一詞。

另見387頁 gě。

【各別】gèbié ㄍㄜˋ ㄅㄧㄝˊ ❶各不相同；有分別：對於本質上不同的事物，應該各別對待，不應該混為一談。❷〈方〉別致；新奇：這個枱燈式樣很各別。❸特別(貶義)：這個人真各別，為這點小事生那麼大的氣。

【各得其所】gè dé qí suǒ ㄍㄜˋ ㄉㄜˊ ㄑㄧˊ ㄙㄨㄛˇ 每一個人或事物都得到合適的安頓。

【各個】gègè ㄍㄜˋ ㄍㄜˋ ❶每個；所有的那些個：各個廠礦｜各個方面。❷逐個：各個擊破。

【各就各位】gè jiù gè wèi ㄍㄜˋ ㄐㄧㄡˋ ㄍㄜˋ ㄨㄟˋ 各自到各自的位置或崗位上。

【各色】gèsè ㄍㄜˋ ㄙㄜˋ ❶各種各樣：各色貨物，一應俱全。❷〈方〉特別(貶義)：這個人真各色，跟誰都説不到一塊兒。

【各行其是】gè xíng qí shì ㄍㄜˋ ㄒㄧㄥˊ ㄑㄧˊ ㄕˋ 各自按照自己以為對的去做。

【各有千秋】gè yǒu qiān qiū ㄍㄜˋ ㄧㄡˇ ㄑㄧㄢ ㄑㄧㄡ 各有各的存在的價值；各有所長；各有特色。

【各自】gèzì ㄍㄜˋ ㄗˋ 各人自己；各個方面自己的一方：既要各自努力，也要彼此幫助｜工作中出了問題，不能只責怪對方，各自要多做自我批評。

【各自為政】gè zì wéi zhèng ㄍㄜˋ ㄗˋ ㄨㄟˊ ㄓㄥˋ 按照各自的主張做事，不互相配合；不顧全局，各搞自己的一套。

虼 gè ㄍㄜˋ 見下。

【虼螂】gèláng ㄍㄜˋ ㄌㄤˊ 蜣螂。

【虼蚤】gè·zao ㄍㄜˋ ·ㄗㄠ 跳蚤。

個[1]**(个、箇)** gè ㄍㄜˋ ❶量詞。a) 用於沒有專用量詞的名詞(有些名詞除了用專用量詞之外也能用'個')：三個蘋果｜一個理想｜兩個星期。b) 用於約數的前面：哥兒倆也不過差個兩三歲｜一天走個百兒八十里，不在話下。c) 用於帶賓語的動詞後面，有表示動量的作用(原來不能用'個'的地方也用'個')：見個面兒，説個話兒。d) 用於動詞和補語的中間，使補語略帶賓語的性質(有時跟'得'連用)：吃個飽｜玩兒個痛快｜笑個不停｜雨下個不停｜學了個八九不離十｜掃得個乾乾淨淨。❷單獨的：個人｜個體。

個[2]**(个、箇)** gè ㄍㄜˋ ❶量詞'些'的後綴：那些個花兒｜這麼些個書哪看得完｜有一些個令人鼓舞的消息。❷〈方〉加在'昨兒、今兒、明兒'等時間詞後面，跟'某日裏'的意思相近。

另見387頁 gě。

【個案】gè'àn ㄍㄜˋ ㄢˋ 個別的、特殊的案件或事例：作個案處理。

【個別】gèbié ㄍㄜˋ ㄅㄧㄝˊ ❶單個；各個：個別談話｜個別處理。❷極少數；少有：這種情況是極其個別的。

【個兒】gèr ㄍㄜㄦˋ ❶身體或物體的大小：他是個大個兒｜棉桃的個兒真不小。❷指一個個的人或物：挨個兒握手問好｜買雞蛋論斤不論個兒。❸〈方〉夠條件的人；有能力較量的對手：跟我摔跤，你還不是個兒。

【個人】gèrén ㄍㄜˋ ㄖㄣˊ ❶一個人(跟'集體'相對)：個人利益服從集體利益｜集體領導同個人負責相結合。❷自稱，我(在正式場合發表意見時用)：個人認為這個辦法是非常合理的。

【個人主義】gèrén zhǔyì ㄍㄜˋ ㄖㄣˊ ㄓㄨˇ ㄧˋ 一切從個人出發，把個人利益放在集體利益之上，只顧自己，不顧別人的錯誤思想。個人主義是生產資料私有制的產物，是資產階級世界觀的核心。它的表現形式是多方面的，如個人英雄主義、自由主義、本位主義等。

【個體】gètǐ ㄍㄜˋ ㄊㄧˇ ❶單個的人或生物。❷指個體戶。

【個體戶】gètǐhù ㄍㄜˋ ㄊㄧˇ ㄏㄨˋ 個體經營的農民或工商業者。

【個體經濟】gètǐ jīngjì ㄍㄜˋ ㄊㄧˇ ㄐㄧㄥ ㄐㄧˋ 以生產資料私有制和個體勞動為基礎的經濟形式。

【個體所有制】gètǐ suǒyǒuzhì ㄍㄜˋ ㄊㄧˇ ㄙㄨㄛˇ ㄧㄡˇ ㄓˋ 生產資料和產品歸個體勞動者所有的制度。參看1259頁〖小生產者〗。

【個頭兒】gètóur ㄍㄜˋ ㄊㄡㄦˊ 身材或物體的大小：這種柿子個頭兒特別大。

【個位】gèwèi ㄍㄜˋ ㄨㄟˋ 十進制計數的基礎的一位。個位以上有十位、百位等，以下有十分位、百分位等。

【個性】gèxìng ㄍㄜˋ ㄒㄧㄥˋ ❶在一定的社會條件和教育影響下形成的一個人的比較固定的特性：個性強｜這個人很有個性。❷事物的特性，即矛盾的特殊性。一切個性都是有條件地、暫時地存在的，所以是相對的。

【個展】gèzhǎn ㄍㄜˋ ㄓㄢˇ 個人作品(多為書法、繪畫、雕塑等)展覽。

【個中】gèzhōng ㄍㄜˋ ㄓㄨㄥ 〈書〉其中：個中滋味。

【個子】gè·zi ㄍㄜˋ ·ㄗ ❶指人的身材，也指動物身體的大小：高個子｜矮個子｜這隻貓個子大。❷指某些捆在一起的條狀物：穀個子｜麥個子｜高粱個子。

硌 gè ㄍㄜˋ 觸着凸起的東西覺得不舒服或受到損傷：硌牙｜硌腳｜褥子沒鋪平，躺在上面硌得難受。

另見761頁 luò。

【硌窩兒】gèwōr ㄍㄜˋ ㄨㄛㄦ 〈方〉指雞鴨等的蛋因受擠壓而蛋殼稍有破損：硌窩兒雞蛋。

鉻(铬) gè ㄍㄜˋ 金屬元素，符號 Cr (chromium)。銀灰色，質硬而脆，耐腐蝕。用來製特種鋼等，鍍在別種金屬上可以防銹。也叫克羅米。

膈 gè ㄍㄜˋ ［膈應］(gè·yīng ㄍㄜˋ ·ㄧㄥ)〈方〉討厭；膩味。

另見387頁 gé。

gěi (ㄍㄟˇ)

給(给) gěi ㄍㄟˇ ❶使對方得到某些東西或某種遭遇：叔叔給他一支筆｜杭州給我的印象很好｜我們給敵人一個沈重的打擊。❷用在動詞後面，表示交與，付出：送給他｜貢獻給祖國。注意 動詞本身有給予意義的，後面可以用'給'，也可以不用'給'；本身沒有給予意義的，後面必須用'給'，如：還(給)他一本書｜送(給)我一支筆｜捎給他一個包袱｜留給你鑰匙。❸為(wèi)②：他給我們當翻譯｜醫生給他們看病。❹引進動作的對象，跟'向'相同：小朋友給老師行禮。注意 這種用法，普通話有一定限制，有的說法方言裏有，普通話裏沒有，如'車走遠了，她還在給我們招手'，普通話用'向'或'跟'。❺叫；讓。a)表示使對方做某件事：農場撥出一塊地來給他們做試驗。b)表示容許對方做某種動作：那封信他收着不給看。c)表示某種遭遇：羊給狼吃了｜樹給炮彈打斷了。❻助詞，直接用在表示被動、處置等意思的句子的謂語動詞前面，以加強語氣：褲腿都叫露水給濕透了｜弟弟把花瓶給打了｜我記性不好，保不住就給忘了。

另見541頁 jǐ。

【給面子】gěi miàn·zi ㄍㄟˇ ㄇㄧㄢˋ ·ㄗ 照顧情面，使人面子上下得來：你們倆是老同學，你總得給他點面子。也說給臉。

【給以】gěi//yǐ ㄍㄟˇ//ㄧˇ 給①：職工生病的時候，應當給以幫助｜對於勞動競賽中優勝的單位或個人，應該給以適當的獎勵。注意 '給以'後面只說所給的事物(並且多為抽象事物)，不說接受的人。要是說出接受的人，'給以'就要改成'給'：職工生病的時候，應當給他幫助｜對於勞動競賽中優勝的單位和個人，應當給他們適當的獎勵。

gēn (ㄍㄣ)

根 gēn ㄍㄣ ❶(根兒)高等植物的營養器官，分直根和鬚根兩大類。根能夠把植物固定在土地上，吸收土壤裏的水分和溶解在水中的養分，有的根還能貯藏養料。❷比喻子孫後代：這孩子是他們家的根。❸(根兒)物體的下部或某部分和其他東西連着的地方：耳根｜舌根｜牆根｜根基｜根底。❹(根兒)事物的本原；人的出身底細：禍根｜尋根｜刨根問底｜我們是老街坊，彼此都知根知底的。❺根本地；徹底：根究｜根治｜根絕。❻依據；作為根本：根據｜無根之談。❼(根兒)量詞，用於細長的東西：兩根筷子｜一根無縫鋼管。❽方根的簡稱。❾一元方程的解。❿化學上指帶電的基：氨根｜硫酸根。

【根本】gēnběn ㄍㄣ ㄅㄣˇ ❶事物的根源或最重要的部分：應當從根本上考慮解決問題的方法。❷主要的；重要的：不要迴避最根本的問題。❸本來；從來：這話我根本沒說過。❹從頭到尾；始終；全然(多用於否定式)：他根本就沒想到這些問題｜我根本就不贊成這種做法。❺徹底：問題已經根本解決。

【根本法】gēnběnfǎ ㄍㄣ ㄅㄣˇ ㄈㄚˇ ❶指國家的憲法，因一切法律都要根據它來制定。❷有的國家指某些方面的基本法律。

【根插】gēnchā ㄍㄣ ㄔㄚ 扦插的一種，把植物的根切成幾段埋在土中，使生根，成為獨立的植物體。某些不易生根的植物如蒲公英可以用這種方法繁殖。

【根除】gēnchú ㄍㄣ ㄔㄨˊ 徹底鏟除：根除陋習｜根除血吸蟲病。

【根底】gēndǐ ㄍㄣ ㄉㄧˇ ❶基礎：他的古文根底很好。❷底細：追問根底｜探聽根底。

【根雕】gēndiāo ㄍㄣ ㄉㄧㄠ 在樹根上進行雕刻的藝術，也指用樹根雕刻成的工藝品。

【根基】gēnjī ㄍㄣ ㄐㄧ ❶基礎：建築房屋一定要把根基打好。❷比喻家底：咱們家根基差，花錢可不能那樣大手大腳。

【根腳】gēn·jiao ㄍㄣ ·ㄐㄧㄠ ❶建築物的地下部分：這座房子的根腳很牢靠。❷指出身、來歷(多見於早期白話)。

【根莖】gēnjīng ㄍㄣ ㄐㄧㄥ 地下莖的一種，一般是長形，橫着生長在地下，外形像根，有節，沒有根冠而有頂芽。如蓮、蘆葦等的地下莖。

【根究】gēnjiū ㄍㄣ ㄐㄧㄡ 徹底追究：根究事故責任。

【根據】gēnjù ㄍㄣ ㄐㄩˋ ❶把某種事物作為結論的前提或語言行動的基礎：根據氣象台的預報，明天要下雨｜根據大家的意見，把計劃修改一下。❷作為根據的事物：說話要有根據。

【根據地】gēnjùdì ㄍㄣ ㄐㄩˋ ㄉㄧˋ 據以長期進行武裝鬥爭的地方，特指我國在第二次國內革命戰爭、抗日戰爭和解放戰爭時期的革命根據地。

【根絕】gēnjué ㄍㄣ ㄐㄩㄝˊ 徹底消滅：根絕蟲害｜根絕浪費現象。

【根瘤】gēnliú ㄍㄣ ㄌㄧㄡˊ 生長在豆科植物根部的球狀小瘤，由根瘤菌侵入根部形成。

【根毛】gēnmáo ㄍㄣ ㄇㄠˊ 密生在根的尖端的細毛，是根吸收水分和養料的主要部分。

【根苗】gēnmiáo ㄍㄣ ㄇㄧㄠˊ ❶植物的根和最初破土長出的部分。❷事物的來由和根源：聽我細說根苗。❸指傳宗接代的子孫：他是這家留下的唯一根苗。

【根深蒂固】gēn shēn dì gù ㄍㄣ ㄕㄣ ㄉㄧˋ ㄍㄨˋ 比喻基礎穩固，不容易動搖。也說根深柢(dǐ)固。

【根式】gēnshì ㄍㄣ ㄕˋ 含有開方運算的算式或代數式。如 $\sqrt[n]{a}$ (n 為大於 1 的正整數，n 為奇數時，a 為一切實數；n 為偶數時，$a\geq0$)。

【根系】gēnxì ㄍㄣ ㄒㄧˋ 主根和全部側根的總稱，一般分直根系和鬚根系兩種。

【根由】gēnyóu ㄍㄣ ㄧㄡˊ 來歷；緣故：追問根由。

【根源】gēnyuán ㄍㄣ ㄩㄢˊ ❶使事物產生的根本原因：尋找事故的根源。❷起源(於)：經濟危機根源於資本主義制度。

【根植】gēnzhí ㄍㄣ ㄓˊ 扎根(多用於比喻)：只有根植於生活，藝術才會有生命力。

【根治】gēnzhì ㄍㄣ ㄓˋ 徹底治好(指災害、疾病)：根治黃河｜根治血吸蟲病。

【根子】gēn·zi ㄍㄣ ·ㄗ ❶根①。❷根④。

跟 gēn ㄍㄣ ❶(跟兒)腳的後部或鞋襪的後部：腳後跟｜高跟兒鞋。❷在後面緊接着向同一方向行動：他跑得快，我也跟得上◇跟上形勢。❸指嫁給某人：他要是不好好工作，我就不跟他。❹介詞，引進動作的對象。a)同：有事要跟群眾商量。b)向：你這主意好，快跟大家說說。❺介詞，引進比較異同的對象；同：她待我跟待親兒子一樣｜高山上的氣壓跟平地上不一樣｜他的脾氣從小就跟他爸爸非常相像。❻連詞，表示聯合關係；和：車上裝的是機器跟材料｜他的胳膊跟大腿都受了傷。

【跟班】gēn//bān ㄍㄣ//ㄅㄢ 隨同某一勞動集體或學習集體(勞動或學習)：跟班幹活兒｜跟班聽課。

【跟班】gēnbān ㄍㄣ ㄅㄢ 舊時跟隨在官員身邊供使喚的人。也叫跟班兒的。

【跟包】gēnbāo ㄍㄣ ㄅㄠ ❶舊時指專為某個戲曲演員管理服裝及做其他雜務。❷指做這種工作的人。

【跟差】gēnchāi ㄍㄣ ㄔㄞ 跟班(gēnbān)。

【跟從】gēncóng ㄍㄣ ㄘㄨㄥˊ ❶跟隨：只要你領頭幹，我一定跟從你。❷舊指隨從人員。

【跟斗】gēn·dou ㄍㄣ ·ㄉㄡ 〈方〉跟頭。

【跟腳】gēnjiǎo ㄍㄣ ㄐㄧㄠˇ 〈方〉❶舊指跟隨主人出門，照料伺候：跟腳的。❷(孩子)跟隨大人，不肯離開。❸(鞋)大小合適，便於走路。❹(跟腳兒)隨即(限用於行走之類的動作)：你剛走，他跟腳兒也出去了。

【跟屁蟲】gēnpìchóng ㄍㄣ ㄆㄧˋ ㄔㄨㄥˊ (跟屁蟲兒)指老跟在別人背後的人(含厭惡意)。

【跟前】gēnqián ㄍㄣ ㄑㄧㄢˊ ❶(跟前兒)身邊；附近：請你到我跟前來｜她坐在窗戶跟前的牀上。❷臨近的時間：春節跟前。

【跟前】gēn·qian ㄍㄣ ·ㄑㄧㄢ 身體的近旁(專指有無兒女說)：他跟前只有一個女兒。

【跟梢】gēn//shāo ㄍㄣ//ㄕㄠ 釘梢。

【跟手】gēnshǒu ㄍㄣ ㄕㄡˇ 〈方〉(跟手兒)❶隨手：他一進屋子，跟手就把門關上。❷隨即：他接到電報，跟手兒搭上汽車走了。

【跟隨】gēnsuí ㄍㄣ ㄙㄨㄟˊ ❶跟②：他從小就跟隨着爸爸在山裏打獵。❷指隨從人員。

【跟趟兒】gēn//tàngr ㄍㄣ//ㄊㄤㄦˋ 〈方〉❶趕上一般人的水平：他學習跟上趟兒了｜他的認識有點兒跟不上趟兒。❷來得及：吃完飯再去看電影還跟趟兒。

【跟頭】gēn·tou ㄍㄣ ·ㄊㄡ (人、物等)失去平衡而摔倒或向下彎曲而翻轉的動作：栽跟頭｜翻跟頭。

【跟尾兒】gēnyǐr ㄍㄣ ㄧㄦˇ 〈方〉隨後：你先回家吧，我跟尾兒就去。

【跟着】gēn·zhe ㄍㄣ ·ㄓㄜ ❶跟②。❷緊接着：聽完報告跟着就討論。

【跟踪】gēnzōng ㄍㄣ ㄗㄨㄥ 緊緊跟在後面(追趕、監視)：跟踪追擊。

gén (ㄍㄣˊ)

哏 gén ㄍㄣˊ 〈方〉❶滑稽；有趣：這段相聲真哏｜這孩子笑的樣子有點兒哏。❷滑稽有趣的語言或動作：逗哏。

gěn (ㄍㄣˇ)

艮1 gěn ㄍㄣˇ 〈方〉(性子)直；(說話)生硬：這個人真艮！｜他說的話太艮！

艮2 gěn ㄍㄣˇ 〈方〉(食物)堅韌而不脆：發艮｜艮蘿蔔不好吃。

另見390頁 gèn。

gèn (ㄍㄣˋ)

亘(亙) gèn ㄍㄣˋ (空間上或時間上)延續不斷：橫亘｜綿亘｜亘古。

【亘古】gèngǔ ㄍㄣˋ ㄍㄨˇ 整個古代；終古：亘古以來｜亘古至今(從古到今)｜亘古未有。

艮 gèn ㄍㄣˋ ❶八卦之一，卦形是'☶'，代表山。參看14頁〖八卦〗。❷(Gèn)姓。

另見390頁 gěn。

茛〔茛〕 gèn ㄍㄣˋ 見777頁〖毛茛〗。

gēng (ㄍㄥ)

更1 gēng ㄍㄥ ❶改變；改換：變更｜更改｜更衣｜更名改姓｜除舊更新。❷〈書〉經歷：少不更事。

更2 gēng ㄍㄥ 舊時一夜分成五更，每更大約兩小時：打更｜三更半夜。

另見392頁 gèng。

【更次】gēngcì ㄍㄥ ㄘˋ 指夜間一更(約兩小時)長的時間：睡了約有一個更次。

【更迭】gēngdié ㄍㄥ ㄉㄧㄝˊ 輪流更換：人事更迭｜朝代更迭。

【更定】gēngdìng ㄍㄥ ㄉㄧㄥˋ 改訂：更定法律｜更定規章制度。

【更動】gēngdòng ㄍㄥ ㄉㄨㄥˋ 改動；變更：比賽日程有所更動｜這部書再版時，作者在章節上做了一些更動。

【更番】gēngfān ㄍㄥ ㄈㄢ 輪流替換：更番守護。

【更改】gēnggǎi ㄍㄥ ㄍㄞˇ 改換；改動：更改時間｜更改名稱｜飛往上海的飛機中途遇霧，臨時更改航綫。

【更換】gēnghuàn ㄍㄥ ㄏㄨㄢˋ 變換；替換：更換位置｜更換衣裳｜更換值班人員｜展覽館裏的展品不斷更換。

【更闌】gēnglán ㄍㄥ ㄌㄢˊ 〈書〉更深夜盡；深夜：更闌人靜。

【更名】gēngmíng ㄍㄥ ㄇㄧㄥˊ 更換名字或名稱：更名改姓。

【更年期】gēngniánqī ㄍㄥ ㄋㄧㄢˊ ㄑㄧ 人由成年期向老年期過渡的時期。通常女子在45－55歲，卵巢功能逐漸減退，月經終止；男子在55－65歲，睾丸逐漸退化，精子生成減少。

【更僕難數】gēng pú nán shǔ ㄍㄥ ㄆㄨˊ ㄋㄢˊ ㄕㄨˇ 換了很多人來數，還是數不完，形容人或事物很多。

【更深】gēngshēn ㄍㄥ ㄕㄣ 指半夜以後；夜深：更深人靜｜更深夜靜。

【更生】gēngshēng ㄍㄥ ㄕㄥ ❶重新得到生命，比喻復興：自力更生。❷再生③：更生布。

【更始】gēngshǐ ㄍㄥ ㄕˇ 〈書〉除去舊的，建立新的；重新起頭：與民更始。

【更替】gēngtì ㄍㄥ ㄊㄧˋ 更換；替換：季節更替｜人員更替。

【更新】gēngxīn ㄍㄥ ㄒㄧㄣ ❶舊的去了，新的來到；除去舊的，換成新的：萬象更新｜歲序更新｜更新設備｜更新武器。❷森林經過採伐、火災或破壞後重新長起來。

【更衣】gēngyī ㄍㄥ ㄧ ❶換衣服。❷婉辭，指上廁所。

【更易】gēngyì ㄍㄥ ㄧˋ 更改；改動：更易習俗｜這篇稿子更易過兩三次。

【更張】gēngzhāng ㄍㄥ ㄓㄤ 調節琴弦，比喻變更或改革。參看366頁〖改弦更張〗。

【更正】gēngzhèng ㄍㄥ ㄓㄥˋ 改正已發表的談話或文章中有關內容或字句上的錯誤：更正啓事｜那篇講話要更正幾個字。

庚 gēng ㄍㄥ ❶天干的第七位。參看368頁〖干支〗。❷年齡：年庚｜同庚。❸(Gēng)姓。

【庚齒】gēngchǐ ㄍㄥ ㄔˇ 〈書〉年庚；年齡。

【庚日】gēngrì ㄍㄥ ㄖˋ 用干支來紀日時，有天干第七位'庚'字的日子。夏至三庚數伏，就是指夏至後的第三個庚日開始初伏。

【庚帖】gēngtiě ㄍㄥ ㄊㄧㄝˇ 八字帖。

畊 gēng ㄍㄥ 〈書〉同'耕'。

耕 gēng ㄍㄥ ❶用犁把田裏的土翻鬆：耕田｜耕種｜春耕｜深耕細作。❷比喻從事某種勞動：筆耕｜舌耕。

【耕畜】gēngchù ㄍㄥ ㄔㄨˋ 用來耕地的牲畜，主要是牛、馬、騾子等。

【耕地】gēng//dì ㄍㄥ//ㄉㄧˋ 用犁把田地裏的土翻鬆。

【耕地】gēngdì ㄍㄥ ㄉㄧˋ 種植農作物的土地：耕地面積｜不能隨意佔用耕地。

【耕讀】gēngdú ㄍㄥ ㄉㄨˊ 指既從事農業勞動又讀書或教學：耕讀小學｜耕讀教師。

【耕耘】gēngyún ㄍㄥ ㄩㄣˊ 耕地和除草，常用於比喻：着意耕耘，自有收穫。

【耕雲播雨】gēng yún bō yǔ ㄍㄥ ㄩㄣˊ ㄅㄛ ㄩˇ 指控制降雨，改造自然，多用於比喻：為文藝園地百花盛開而耕雲播雨。

【耕種】gēngzhòng ㄍㄥ ㄓㄨㄥˋ 耕地和種植：開春了，農民都忙着耕種土地。

【耕作】gēngzuò ㄍㄥ ㄗㄨㄛˋ 用各種方法處理土壤的表層，使適於農作物的生長發育，包括耕、耙、鋤等。

浭 Gēng ㄍㄥ 浭水，水名，薊運河的上游，在河北。

賡(赓) gēng ㄍㄥ ❶〈書〉繼續；連續：賡續。❷(Gēng)姓。

【賡續】gēngxù ㄍㄥ ㄒㄩˋ 〈書〉繼續：賡續舊好。

絙(緪、縆、絚) gēng ㄍㄥ 〈方〉粗繩索。

【絙索】gēngsuǒ ㄍㄥ ㄙㄨㄛˇ 〈方〉粗的繩索。

鶊(鹒) gēng ㄍㄥ 見111頁〔鶬鶊〕(cāng-gēng)。

羹 gēng ㄍㄥ 通常用蒸、煮等方法做成的糊狀食物：豆腐羹｜雞蛋羹。

【羹匙】gēngchí ㄍㄥ ㄔˊ 匙子；湯匙。

gěng (ㄍㄥˇ)

埂 gěng ㄍㄥˇ ❶(埂兒)埂子：田埂兒。❷地勢高起的長條地方：再往前走，就是一道小山埂。❸用泥土築成的堤防：埂堰｜堤埂。

【埂子】gěng·zi ㄍㄥˇ·ㄗ 田地裏稍稍高起的分界綫，像狹窄的小路：地埂子。

耿 gěng ㄍㄥˇ ❶〈書〉光明。❷耿直。❸(Gěng)姓。

【耿耿】gěnggěng ㄍㄥˇㄍㄥˇ ❶明亮：耿耿星河。❷形容忠誠：耿耿丹心｜忠心耿耿。❸形容有心事：耿耿不寐｜耿耿於懷。

【耿介】gěngjiè ㄍㄥˇ ㄐㄧㄝˋ 〈書〉正直，不同於流俗：性情耿介｜耿介之士。

【耿直】gěngzhí ㄍㄥˇ ㄓˊ (性格)正直；直爽：他是個耿直人，一向知無不言，言無不盡。也作梗直、鯁直。

哽 gěng ㄍㄥˇ ❶食物堵塞喉嚨不能下嚥：慢點吃，別哽着。❷因感情激動等原因喉嚨阻塞發不出聲音：哽咽｜他心裏一酸，喉嚨哽得説不出話來。

【哽塞】gěngsè ㄍㄥˇ ㄙㄜˋ 哽②：她才説了兩個字，話便哽塞在嗓子眼兒裏了。

【哽噎】gěngyē ㄍㄥˇ ㄧㄝ ❶食物堵住食管：他嘴裏像有甚麼東西哽噎住，説不出話來。❷哽咽。

【哽咽】gěngyè ㄍㄥˇ ㄧㄝˋ 哭時不能痛快地出聲。也作梗咽。

梗 gěng ㄍㄥˇ ❶(梗兒)某些植物的枝或莖：花梗｜高粱梗兒。❷挺直：梗着脖子。❸直爽：梗直。❹〈書〉頑固：頑梗。❺阻塞；妨礙：梗塞｜從中作梗。

【梗概】gěnggài ㄍㄥˇ ㄍㄞˋ 大略的內容：故事梗概。

【梗塞】gěngsè ㄍㄥˇ ㄙㄜˋ ❶阻塞。❷局部動脈堵塞，血流停止。

【梗死】gěngsǐ ㄍㄥˇ ㄙˇ 組織因缺血而壞死。多發生於心、腎、肺、腦等器官。

【梗咽】gěngyè ㄍㄥˇ ㄧㄝˋ 同'哽咽'。

【梗直】gěngzhí ㄍㄥˇ ㄓˊ 同'耿直'。

【梗阻】gěngzǔ ㄍㄥˇ ㄗㄨˇ ❶阻塞：道路梗阻｜山川梗阻。❷攔擋：橫加梗阻。

綆(绠) gěng ㄍㄥˇ 〈書〉汲水用的繩子。

【綆短汲深】gěng duǎn jí shēn ㄍㄥˇ ㄉㄨㄢˇ ㄐㄧˊ ㄕㄣ 吊桶的繩子很短，卻要打很深的井裏的水，比喻能力薄弱，任務重大(多用做謙辭)。

頸(颈) gěng ㄍㄥˇ 見88頁〖脖頸兒〗(bógěngr)。

另見609頁 jǐng。

鯁(鲠、骾) gěng ㄍㄥˇ ❶〈書〉魚骨頭：如鯁在喉。❷(魚骨頭等)卡在喉嚨裏。❸〈書〉正直：鯁直。

【鯁直】gěngzhí ㄍㄥˇ ㄓˊ 同'耿直'。

gèng (ㄍㄥˋ)

更 gèng ㄍㄥˋ 副詞。❶更加：颳了一夜北風，天更冷了｜更好地工作。❷〈書〉再；又：更上一層樓。

另見390頁 gēng。

【更加】gèngjiā ㄍㄥˋ ㄐㄧㄚ 副詞，表示程度上又深了一層或者數量上進一步增加或減少：公家的書，應該更加愛護｜天色漸亮，晨星更加稀少了。

【更其】gèngqí ㄍㄥˋ ㄑㄧˊ 〈書〉更加。

【更上一層樓】gèng shàng yī céng lóu ㄍㄥˋ ㄕㄤˋ ㄧ ㄘㄥˊ ㄌㄡˊ 唐王之渙《登鸛雀樓》詩：'欲窮千里目，更上一層樓。'後來用'更上一層樓'比喻再提高一步：今年力爭生產更上一層樓。

堩(埂) gèng ㄍㄥˋ 〈書〉道路。

暅(晒) gèng ㄍㄥˋ 〈書〉曬。多用於人名。

gōng (ㄍㄨㄥ)

工[1] gōng ㄍㄨㄥ ❶工人和工人階級：礦工｜鉗工｜瓦工｜技工｜女工｜工農聯盟。❷工作；生產勞動：做工｜上工｜加工｜勤工儉學｜省料又省工。❸工程：動工｜竣工。❹工業：化工(化學工業)｜工交系統。❺指工程師：高工(高級工程師)｜王工。❻一個工人或農民一個勞動日的工作：砌這道牆要六個工。❼(工兒)技術和技術修養：唱工｜做工。❽長於；善於：工詩善畫。❾精巧；精緻：工巧｜工穩。

工[2] gōng ㄍㄨㄥ 我國民族音樂音階上的一級，樂譜上用做記音符號，相當於簡譜的'3'。參看〖工尺〗。

【工本】gōngběn ㄍㄨㄥ ㄅㄣˇ 製造物品所用的成本：工本費｜不惜工本。

【工筆】gōngbǐ ㄍㄨㄥ ㄅㄧˇ 國畫的一種畫法，用筆工整，注重細部的描繪(區別於'寫意')。

【工兵】gōngbīng ㄍㄨㄥ ㄅㄧㄥ 工程兵的舊稱。

【工場】gōngchǎng ㄍㄨㄥ ㄔㄤˇ 手工業者集合在一起生產的場所。

【工廠】gōngchǎng ㄍㄨㄥ ㄔㄤˇ 直接進行工業生產活動的單位，通常包括不同的車間。

【工潮】gōngcháo ㄍㄨㄥ ㄔㄠˊ 工人為實現某種要求或表示抗議而掀起的風潮。

【工尺】gōngchě ㄍㄨㄥ ㄔㄜˇ 我國民族音樂音階上各個音的總稱，也是樂譜上各個記音符號的總稱。符號各個時代不同，現在通用的是：合、四、一、上、尺、工、凡、六、五、乙。

【工程】gōngchéng ㄍㄨㄥ ㄔㄥˊ ❶土木建築或其他生產、製造部門用比較大而複雜的設備來進行的工作，如土木工程、機械工程、化學工程、採礦工程、水利工程等。❷泛指某項需要投入巨大人力和物力的工作：菜籃子工程(指解決城鎮蔬菜、副食供應問題的規劃和措施)。

【工程兵】gōngchéngbīng ㄍㄨㄥ ㄔㄥˊ ㄅㄧㄥ 擔任複雜的工程保障任務的兵種。執行構築工事、架橋、築路、偽裝、設置和排除障礙物等工程任務。也稱這一兵種的士兵。舊稱工兵。

【工程師】gōngchéngshī ㄍㄨㄥ ㄔㄥˊ ㄕ 技術幹部的職務名稱之一。能夠獨立完成某一專門技術任務的設計、施工工作的專門人員。

【工地】gōngdì ㄍㄨㄥ ㄉㄧˋ 進行建築、開發、生產等工作的現場。

【工讀】gōngdú ㄍㄨㄥ ㄉㄨˊ ❶用本人勞動的收入來供自己讀書：工讀生。❷指工讀教育。

【工讀教育】gōngdú jiàoyù ㄍㄨㄥ ㄉㄨˊ ㄐㄧㄠˋ ㄩˋ 對有較輕違法犯罪行為的青少年進行改造、挽救的教育。

【工段】gōngduàn ㄍㄨㄥ ㄉㄨㄢˋ ❶建築、交通、水利等工程部門根據具體情況劃分的施工組織。❷工廠車間內按生產過程劃分的生產組織，由若干生產班組組成。

【工房】gōngfáng ㄍㄨㄥ ㄈㄤˊ 〈方〉❶由國家或集體建造分配給職工或居民居住的房屋；工人宿舍。❷廠房；工棚。

【工分】gōngfēn ㄍㄨㄥ ㄈㄣ 某些集體經濟組織計算個人工作量和勞動報酬的單位。

【工蜂】gōngfēng ㄍㄨㄥ ㄈㄥ 蜜蜂中生殖器官發育不完全的雌蜂，身體小，深黃灰色，翅膀長，善於飛行，有毒刺，腹部有分泌蠟質的蠟腺，兩隻後腳上有花粉籃。工蜂擔任修築蜂巢，採集花粉和花蜜，哺養幼蟲和母蜂等工作，不能傳種。

【工夫】gōngfū ㄍㄨㄥ ㄈㄨ 舊指臨時雇的短工。

【工夫】gōng·fu ㄍㄨㄥ ·ㄈㄨ （工夫兒）❶時間（指佔用的時間）：他三天工夫就學會了游泳。❷空閑時間：明天有工夫再來玩兒吧！❸〈方〉時候：我當閨女那工夫，婚姻全憑父母之命，媒妁之言。‖也作功夫。

【工會】gōnghuì ㄍㄨㄥ ㄏㄨㄟˋ 工人階級的群眾性組織。最早出現於18世紀中葉的英國，後各國相繼建立。一般分為產業工會和職業工會兩大類。

【工價】gōngjià ㄍㄨㄥ ㄐㄧㄚˋ 指建築或製作某項物品用於人工方面的費用（多用於制訂計劃或計算成本時）。

【工架】gōngjià ㄍㄨㄥ ㄐㄧㄚˋ 戲曲演員表演時的身段和姿勢。也作功架。

【工間】gōngjiān ㄍㄨㄥ ㄐㄧㄢ 指從上班到下班的工作時間以內的（多用於其間的某種活動）：工間操｜工間休息。

【工間操】gōngjiāncāo ㄍㄨㄥ ㄐㄧㄢ ㄘㄠ 機關和企業中的工作人員每天在工作時間內抽出一定時間來集體做的體操。

【工件】gōngjiàn ㄍㄨㄥ ㄐㄧㄢˋ 作件。

【工匠】gōngjiàng ㄍㄨㄥ ㄐㄧㄤˋ 手藝工人。

【工交】gōngjiāo ㄍㄨㄥ ㄐㄧㄠ 工業和交通運輸業的合稱：工交系統。

【工具】gōngjù ㄍㄨㄥ ㄐㄩˋ ❶進行生產勞動時所使用的器具，如鋸、刨、犁、鋤。❷比喻用以達到目的的事物：語言是人們交流思想的工具。

【工具書】gōngjùshū ㄍㄨㄥ ㄐㄩˋ ㄕㄨ 專為讀者查考字義、詞義、字句出處和各種事實而編纂的書籍，如字典、詞典、索引、歷史年表、年鑒、百科全書等。

【工楷】gōngkǎi ㄍㄨㄥ ㄎㄞˇ 工整的楷書。

【工科】gōngkē ㄍㄨㄥ ㄎㄜ 教學上對有關工程學科的統稱。

【工礦】gōngkuàng ㄍㄨㄥ ㄎㄨㄤˋ 工業和礦業的合稱：工礦企業。

【工力】gōnglì ㄍㄨㄥ ㄌㄧˋ ❶本領和力量：做到這樣是不容易的，必須用很大的工力。❷指完成某項工作所需要的人力。

【工力悉敵】gōnglì xī dí ㄍㄨㄥ ㄌㄧˋ ㄒㄧ ㄉㄧˊ 〈書〉指雙方本領和力量相等，不分上下。

【工料】gōngliào ㄍㄨㄥ ㄌㄧㄠˋ ❶人工和材料（多用於制訂計劃或計算成本時）。❷指工程所需的材料：購買工料。

【工齡】gōnglíng ㄍㄨㄥ ㄌㄧㄥˊ 工人或職員的工作年數。

【工農聯盟】gōng nóng liánméng ㄍㄨㄥ ㄋㄨㄥˊ ㄌㄧㄢˊ ㄇㄥˊ 工人階級和勞動農民在工人階級政黨領導下的革命聯合。

【工棚】gōngpéng ㄍㄨㄥ ㄆㄥˊ 工地上臨時搭起來供工作或住宿用的簡便房屋。

【工期】gōngqī ㄍㄨㄥ ㄑㄧ 工程的期限：延長工期｜工期定為一年。

【工錢】gōng·qian ㄍㄨㄥ ·ㄑㄧㄢ ❶做零活兒的報酬：做套衣服要多少工錢？❷〈方〉工資。

【工巧】gōngqiǎo ㄍㄨㄥ ㄑㄧㄠˇ 細緻，精巧（多用於工藝品或詩文、書畫）。

【工區】gōngqū ㄍㄨㄥ ㄑㄩ 某些工礦企業部門的基層生產單位。

【工人】gōng·rén ㄍㄨㄥ ·ㄖㄣˊ 個人不佔有生產資料、依靠工資收入為生的勞動者（多指體力勞動者）。

【工人階級】gōngrén jiējí ㄍㄨㄥ ㄖㄣˊ ㄐㄧㄝ ㄐㄧˊ 不佔有任何生產資料、依靠工資為生的勞動者所形成的階級，是無產階級革命的領導階級，代表着最先進的生產力，它最有遠見，大公無私，具有高度的組織性、紀律性和徹底的革命性。

【工日】gōngrì ㄍㄨㄥ ㄖˋ 一個勞動者工作一天為一個工日。

【工傷】gōngshāng ㄍㄨㄥ ㄕㄤ 在生產勞動過程中受到的意外傷害：工傷事故。

【工商業】gōngshāngyè ㄍㄨㄥ ㄕㄤ ㄧㄝˋ 工業和商業的統稱。

【工時】gōngshí ㄍㄨㄥ ㄕˊ 工人工作一小時為一個工時，是工業上計算工人勞動量的時間單位。

【工事】gōngshì ㄍㄨㄥ ㄕˋ 保障軍隊發揚火力和隱蔽安全的建築物，如地堡、塹壕、交通壕、掩蔽部等。

【工頭】gōngtóu ㄍㄨㄥ ㄊㄡˊ （工頭兒）資本家雇用來監督工人勞動的人。也泛指指揮、帶領工人勞動的人。

【工穩】gōngwěn ㄍㄨㄥ ㄨㄣˇ 工整而妥帖（多指詩文）：造句工穩｜對仗工穩。

【工細】gōngxì ㄍㄨㄥ ㄒㄧˋ 精巧細緻：雕刻工細。

【工效】gōngxiào ㄍㄨㄥ ㄒㄧㄠˋ 工作效率：提高

工效。

【工薪】gōngxīn ㄍㄨㄥ ㄒㄧㄣ 工資。

【工休】gōngxiū ㄍㄨㄥ ㄒㄧㄡ ❶指工作一階段的休息：工休日｜全體司機放棄工休運送旅客。❷指工間休息：工休時，女工們有的聊天，有的打毛衣。

【工序】gōngxù ㄍㄨㄥ ㄒㄩˋ 組成整個生產過程的各段加工，也指各段加工的先後次序。材料經過各道工序，加工成成品。

【工業】gōngyè ㄍㄨㄥ ㄧㄝˋ 採取自然物質資源，製造生產資料、生活資料，或對農產品、半成品等進行加工的生產事業。

【工業革命】gōngyè gémìng ㄍㄨㄥ ㄧㄝˋ ㄍㄜˊ ㄇㄧㄥˋ 產業革命。

【工業國】gōngyèguó ㄍㄨㄥ ㄧㄝˋ ㄍㄨㄛˊ 現代工業在國民經濟中佔主要地位的國家。

【工業化】gōngyèhuà ㄍㄨㄥ ㄧㄝˋ ㄏㄨㄚˋ 使現代工業在國民經濟中佔主要地位。

【工蟻】gōngyǐ ㄍㄨㄥ ㄧˇ 生殖器官不發達的螞蟻，在群體中數量佔絕對優勢。參看1354頁'蟻'。

【工役】gōngyì ㄍㄨㄥ ㄧˋ 舊時給機關、學校或官僚、紳士人家做雜事的人。

【工藝】gōngyì ㄍㄨㄥ ㄧˋ ❶將原材料或半成品加工成產品的工作、方法、技術等：工藝複雜｜工藝精細。❷手工藝：工藝品。

【工藝美術】gōngyì měishù ㄍㄨㄥ ㄧˋ ㄇㄟˇ ㄕㄨˋ 指工藝品的造型設計和裝飾性美術。

【工藝品】gōngyìpǐn ㄍㄨㄥ ㄧˋ ㄆㄧㄣˇ 手工藝的產品。

【工友】gōngyǒu ㄍㄨㄥ ㄧㄡˇ ❶機關、學校的勤雜人員。❷舊時稱工人，也用於工人之間的互稱。

【工於】gōngyú ㄍㄨㄥ ㄩˊ 長於；善於：工於心計｜他工於工筆花鳥。

【工餘】gōngyú ㄍㄨㄥ ㄩˊ 工作時間以外的：他利用工餘時間學習文化知識。

【工整】gōngzhěng ㄍㄨㄥ ㄓㄥˇ 細緻整齊；不潦草：字寫得工整極了。

【工緻】gōngzhì ㄍㄨㄥ ㄓˋ 精巧細緻：這一枝梅花畫得很工緻。

【工種】gōngzhǒng ㄍㄨㄥ ㄓㄨㄥˇ 工礦企業中按生產勞動的性質和任務而劃分的種類，如鉗工、車工、鑄工等。

【工資】gōngzī ㄍㄨㄥ ㄗ 作為勞動報酬按期付給勞動者的貨幣或實物。

【工作】gōngzuò ㄍㄨㄥ ㄗㄨㄛˋ ❶從事體力或腦力勞動，也泛指機器、工具受人操縱而發揮生產作用：積極工作｜開始工作｜鏟土機正在工作。❷職業：找工作｜工作沒有貴賤之分。❸業務；任務：工作量｜宣傳工作｜工會工作｜科學研究工作。

【工作服】gōngzuòfú ㄍㄨㄥ ㄗㄨㄛˋ ㄈㄨˊ 為工作需要而特製的服裝。

【工作面】gōngzuòmiàn ㄍㄨㄥ ㄗㄨㄛˋ ㄇㄧㄢˋ ❶直接開採礦物或岩石的工作地點，隨着採掘進度而移動。❷零件上進行機械加工的部位。

【工作母機】gōngzuò mǔjī ㄍㄨㄥ ㄗㄨㄛˋ ㄇㄨˇ ㄐㄧ 製造機器和機械的機器，如車牀、銑牀、刨牀和磨牀等。也叫機牀、工具機，簡稱母機。

【工作日】gōngzuòrì ㄍㄨㄥ ㄗㄨㄛˋ ㄖˋ ❶一天中按規定做工作的時間。❷按規定應該工作的日子：本週星期一至星期五是工作日，星期六和星期天是休息日。

【工作證】gōngzuòzhèng ㄍㄨㄥ ㄗㄨㄛˋ ㄓㄥˋ 表示一個人在某單位工作的證件。

弓 gōng ㄍㄨㄥ ❶射箭或發彈丸的器械，在近似弧形的有彈性的木條兩端之間繫着堅韌的弦，拉開弦後，猛然放手，藉弦和弓背的彈力把箭或彈丸射出：弓箭｜彈弓｜左右開弓。❷(弓兒)弓子：彈棉花的綳弓兒。❸丈量地畝的器具，用木頭製成，形狀略像弓，兩端的距離是5尺。也叫步弓。❹舊時丈量地畝的計算單位，1弓等於5尺。❺使彎曲：弓背｜弓着腰｜弓着腿坐着。❻(Gōng)姓。

【弓子】gōng·zi ㄍㄨㄥ ·ㄗ 形狀或作用像弓的東西：胡琴弓子｜三輪車上的車弓子。

公1 gōng ㄍㄨㄥ ❶屬於國家或集體的(跟'私'相對)：公款｜公物｜公事公辦。❷共同的；大家承認的：公分母｜公議｜公約。❸屬於國際間的：公海｜公制｜公曆。❹使公開：公佈｜公之於世。❺公平；公正：公買公賣｜大公無私｜秉公辦理。❻公事；公務：辦公｜公餘。❼(Gōng)姓。

公2 gōng ㄍㄨㄥ ❶封建五等爵位的第一等：公爵｜公侯｜王公大臣。❷對上了年紀的男子的尊稱：諸公｜張公。❸丈夫的父親；公公：公婆。❹(禽獸)雄性的(跟'母'相對)：公羊｜這隻小雞是公的。

【公安】gōng'ān ㄍㄨㄥ ㄢ 社會整體(包括社會秩序、公共財產、公民權利等)的治安：公安局｜公安人員。

【公案】gōng'àn ㄍㄨㄥ ㄢˋ ❶指官吏審理案件時用的桌子。❷指疑難案件，泛指有糾紛的或離奇的事情：一樁公案｜公案小說。

【公辦】gōngbàn ㄍㄨㄥ ㄅㄢˋ 國家創辦：公辦學校｜公辦企業。

【公報】gōngbào ㄍㄨㄥ ㄅㄠˋ ❶公開發表的關於重大會議的決議、國際談判的進展、國際協議的成立、軍事行動的進行等的正式文告：新聞公報｜聯合公報。❷由政府編印的刊物，專門登載法律、法令、決議、命令、條約、協定及其他官方文件。

【公報私仇】gōng bào sī chóu ㄍㄨㄥ ㄅㄠˋ ㄙ ㄔㄡˊ 藉公事來報個人的仇。也說官報私仇。

【公佈】gōngbù ㄍㄨㄥ ㄅㄨˋ (政府機關的法律、

命令、文告，團體的通知事項）公開發佈，使大家知道：公佈於眾｜公佈新憲法｜食堂的賬目每月公佈一次。

【公差】gōngchā ㄍㄨㄥ ㄔㄚ 機器製造業中，對機械或機器零件的尺寸許可的誤差。

【公差】gōngchāi ㄍㄨㄥ ㄔㄞ ❶臨時派遣去做的公務：出公差。❷舊時在衙門裏當差的人。

【公產】gōngchǎn ㄍㄨㄥ ㄔㄢˇ 公共財產：侵吞公產。

【公稱】gōngchēng ㄍㄨㄥ ㄔㄥ 機器性能、圖紙尺寸等的規格或標準。

【公出】gōngchū ㄍㄨㄥ ㄔㄨ 因辦理公事而外出：我要公出一個月，家裏的事就拜託你了。

【公畜】gōngchù ㄍㄨㄥ ㄔㄨˋ 雄性牲畜，畜牧業上通常指留種用的。

【公道】gōngdào ㄍㄨㄥ ㄉㄠˋ 公正的道理：主持公道｜公道自在人心。

【公道】gōng·dao ㄍㄨㄥ ·ㄉㄠ 公平；合理：說句公道話｜辦事公道｜價錢公道。

【公德】gōngdé ㄍㄨㄥ ㄉㄜˊ 公共道德：講公德｜社會公德。

【公敵】gōngdí ㄍㄨㄥ ㄉㄧˊ 共同的敵人：人民公敵。

【公爹】gōngdiē ㄍㄨㄥ ㄉㄧㄝ 〈方〉公公①。

【公斷】gōngduàn ㄍㄨㄥ ㄉㄨㄢˋ ❶由非當事人居中裁斷：聽候眾人公斷。❷秉公裁斷：執法部門自會公斷。

【公法】gōngfǎ ㄍㄨㄥ ㄈㄚˇ ❶西方法學中指與國家利益有關的法律，如憲法、行政法等（區別於'私法'）。❷指調整國際關係的準則：國際公法。

【公方】gōngfāng ㄍㄨㄥ ㄈㄤ 指公私合營企業中國家的一方（跟'私方'相對）：公方代表｜公方人員。

【公房】gōngfáng ㄍㄨㄥ ㄈㄤˊ 屬於公家的房屋。

【公費】gōngfèi ㄍㄨㄥ ㄈㄟˋ 由國家或團體供給的費用：公費醫療｜公費留學。

【公憤】gōngfèn ㄍㄨㄥ ㄈㄣˋ 公眾的憤怒：激起公憤。

【公幹】gōnggàn ㄍㄨㄥ ㄍㄢˋ ❶公事：有何公幹？❷辦理公事：外出公幹｜來京公幹。

【公告】gōnggào ㄍㄨㄥ ㄍㄠˋ ❶通告①：以上通令，公告全體公民周知。❷政府或機關團體等向公眾發出的通告。

【公公】gōng·gong ㄍㄨㄥ ·ㄍㄨㄥ ❶丈夫的父親。❷〈方〉祖父。❸〈方〉外祖父。❹尊稱年老的男子：劉公公｜老公公。❺對太監的稱呼（多見於早期白話）。

【公共】gōnggòng ㄍㄨㄥ ㄍㄨㄥˋ 屬於社會的；公有公用的：公共衛生｜公共汽車｜公共場所｜愛護公共財產。

【公共關係】gōnggòng guān·xì ㄍㄨㄥ ㄍㄨㄥˋ ㄍㄨㄢ ·ㄒㄧˋ 指團體、企業或個人在社會活動中的相互關係。簡稱公關。

【公共積纍】gōnggòng jīlěi ㄍㄨㄥ ㄍㄨㄥˋ ㄐㄧ ㄌㄟˇ 公積金。

【公共汽車】gōnggòng qìchē ㄍㄨㄥ ㄍㄨㄥˋ ㄑㄧˋ ㄔㄜ 供乘客乘坐的汽車。有固定的路綫和停車站。

【公股】gōnggǔ ㄍㄨㄥ ㄍㄨˇ 公私合營的工商企業中，國家所有的股份。

【公關】gōngguān ㄍㄨㄥ ㄍㄨㄢ 公共關係的簡稱：公關部門｜公關小姐（從事公關工作的女職員）。

【公館】gōngguǎn ㄍㄨㄥ ㄍㄨㄢˇ 官員、富人的住宅。

【公國】gōngguó ㄍㄨㄥ ㄍㄨㄛˊ 歐洲封建時代的諸侯國家，以公爵為國家元首。

【公海】gōnghǎi ㄍㄨㄥ ㄏㄞˇ 各國都可使用的不受任何國家權力支配的海域。

【公害】gōnghài ㄍㄨㄥ ㄏㄞˋ ❶各種污染源對社會公共環境造成的污染和破壞。❷比喻對公眾有害的事物：賭博是一大公害。

【公函】gōnghán ㄍㄨㄥ ㄏㄢˊ 平行及不相隸屬的部門間的來往公文（區別於'便函'）。

【公會】gōnghuì ㄍㄨㄥ ㄏㄨㄟˋ 同業公會。

【公積金】gōngjījīn ㄍㄨㄥ ㄐㄧ ㄐㄧㄣ 生產單位從收益中提取的用做擴大再生產的資金。

【公祭】gōngjì ㄍㄨㄥ ㄐㄧˋ ❶公共團體或社會人士舉行祭奠，向死者表示哀悼：公祭死難烈士。❷這種祭禮：公祭在哀樂聲中開始。

【公家】gōng·jia ㄍㄨㄥ ·ㄐㄧㄚ 指國家、機關、企業、團體（區別於'私人'）：不能把公家的東西據為己有。

【公教人員】gōng jiào rényuán ㄍㄨㄥ ㄐㄧㄠˋ ㄖㄣˊ ㄩㄢˊ 對機關工作人員和學校教員的合稱。

【公舉】gōngjǔ ㄍㄨㄥ ㄐㄩˇ 共同推舉：公舉代表。

【公決】gōngjué ㄍㄨㄥ ㄐㄩㄝˊ 共同決定：全民公決｜這件事須經大家討論公決。

【公開】gōngkāi ㄍㄨㄥ ㄎㄞ ❶不加隱蔽；面對大家（跟'秘密'相對）：公開活動。❷使秘密的成為公開的：這件事暫時不能公開。

【公開信】gōngkāixìn ㄍㄨㄥ ㄎㄞ ㄒㄧㄣˋ 寫給個人或集體，但作者認為有使公眾知道的必要，因而公開發表的信。

【公款】gōngkuǎn ㄍㄨㄥ ㄎㄨㄢˇ 屬於國家、機關、企業、團體的錢。

【公理】gōnglǐ ㄍㄨㄥ ㄌㄧˇ ❶經過人類長期反復實踐的考驗，不需要再加證明的命題，如：如果 A＝B，B＝C，則 A＝C。❷社會上多數人公認的正確道理。

【公立】gōnglì ㄍㄨㄥ ㄌㄧˋ 政府設立：公立學校。

【公例】gōnglì ㄍㄨㄥ ㄌㄧˋ 一般的規律。

【公曆】gōnglì ㄍㄨㄥ ㄌㄧˋ 陽曆的一種，是現在國際通用的曆法。一年 365 天，分為十二個月，一、三、五、七、八、十、十二月為大月，每月31天，四、六、九、十一月為小月，每月 30 天，二月是 28 天。因地球繞太陽一周實際為 365.24219 天(太陽年)，所以每 400 年中有 97 個閏年，閏年在二月末加一天，全年是 366 天。閏年的計算法是：公元年數用 4 除得盡的是閏年(如1960 年)，用100 除得盡的是平年(如1900 年)，用100 除得盡用 400 也除得盡的是閏年(如 2000 年)。紀元是從傳說的耶穌生年算起。也叫格里曆，通稱陽曆。

【公糧】gōngliáng ㄍㄨㄥ ㄌㄧㄤˊ 農業生產者或農業生產單位每年繳納給國家的作為農業稅的糧食。

【公了】gōngliǎo ㄍㄨㄥ ㄌㄧㄠˇ 雙方發生糾紛，通過上級或主管部門調解或判決了結(跟'私了'相對)。

【公路】gōnglù ㄍㄨㄥ ㄌㄨˋ 市區以外的可以通行各種車輛的寬闊平坦的道路。

【公論】gōnglùn ㄍㄨㄥ ㄌㄨㄣˋ 公眾的評論：尊重公論｜是非自有公論。

【公民】gōngmín ㄍㄨㄥ ㄇㄧㄣˊ 具有或取得某國國籍，並根據該國法律規定享有權利和承擔義務的人。

【公民權】gōngmínquán ㄍㄨㄥ ㄇㄧㄣˊ ㄑㄩㄢˊ 公民根據憲法規定所享受的權利。

【公母倆】gōng·muliǎ ㄍㄨㄥ ·ㄇㄨ ㄌㄧㄚˇ 〈方〉夫妻二人：老公母倆的感情可真好。

【公墓】gōngmù ㄍㄨㄥ ㄇㄨˋ 公共墳地(區別於一姓一家的墳地)。

【公派】gōngpài ㄍㄨㄥ ㄆㄞˋ 由國家派遣：公派留學。

【公判】gōngpàn ㄍㄨㄥ ㄆㄢˋ ❶公開宣判，就是法院在群眾大會上向當事人和公眾宣佈案件的判決。❷公眾評判。

【公平】gōng·píng ㄍㄨㄥ ·ㄆㄧㄥˊ 處理事情合情合理，不偏袒哪一方面：公平合理｜公平交易｜裁判公平。

【公平秤】gōngpíngchèng ㄍㄨㄥ ㄆㄧㄥˊ ㄔㄥˋ 商業單位設置的供顧客檢驗所購商品分量是否準確的標準秤。

【公婆】gōngpó ㄍㄨㄥ ㄆㄛˊ ❶丈夫的父親和母親；公公和婆婆。❷〈方〉指夫妻，夫妻兩人叫兩公婆。

【公僕】gōngpú ㄍㄨㄥ ㄆㄨˊ 為公眾服務的人：社會公僕｜人民公僕。

【公然】gōngrán ㄍㄨㄥ ㄖㄢˊ 公開地；毫無顧忌地：公然作弊｜公然撕毀協議。

【公認】gōngrèn ㄍㄨㄥ ㄖㄣˋ 大家一致認為：他的刻苦精神是大家公認的。

【公社】gōngshè ㄍㄨㄥ ㄕㄜˋ ❶原始社會中，人們共同生產、共同消費的一種結合形式，如氏族公社等。在階級社會中也保持了很長一個時期。❷歐洲歷史上的城市自治機關，如法國、意大利等國早期的公社。它是資產階級政權的初級形式。❸無產階級政權的一種形式，如法國 1871 年的巴黎公社，我國 1927 年的廣州公社。❹特指人民公社。

【公設】gōngshè ㄍㄨㄥ ㄕㄜˋ 不需要證明就可以認為是真的假設，例如，由一點到另一點可以引一條直綫。

【公審】gōngshěn ㄍㄨㄥ ㄕㄣˇ 我國人民法院公開審判案件的一種方式，在群眾參加下審判有重大社會意義的案件。

【公使】gōngshǐ ㄍㄨㄥ ㄕˇ 由一國派駐在另一國的次於大使一級的外交代表，全稱是特命全權公使。

【公式】gōngshì ㄍㄨㄥ ㄕˋ ❶用數學符號或文字表示各個數量之間的關係的式子，具有普遍性，適合於同類關係的所有問題。如圓面積公式是 $S=\pi R^2$，長方形面積公式是面積＝長×寬。❷泛指可以應用於同類事物的方式、方法。

【公式化】gōngshìhuà ㄍㄨㄥ ㄕˋ ㄏㄨㄚˋ ❶指文藝創作中套用某種固定格式來描寫現實生活和人物性格的不良傾向。❷指不針對具體情況而死板地根據某種固定方式處理問題。

【公事】gōngshì ㄍㄨㄥ ㄕˋ ❶公家的事；集體的事(區別於'私事')：公事公辦｜先辦公事，後辦私事。❷〈方〉指公文：每天上午看公事。

【公輸】Gōngshū ㄍㄨㄥ ㄕㄨ 姓。

【公司】gōngsī ㄍㄨㄥ ㄙ 一種工商業組織，經營產品的生產、商品的流轉或某些建設事業等。

【公私】gōngsī ㄍㄨㄥ ㄙ 公家和私人：公私兼顧｜公私合營。

【公私合營】gōngsī héyíng ㄍㄨㄥ ㄙ ㄏㄜˊ ㄧㄥˊ 我國對民族資本主義工商業實行社會主義改造的一種形式，分為個別企業公私合營和全行業公私合營兩個階段。

【公訴】gōngsù ㄍㄨㄥ ㄙㄨˋ 刑事訴訟的一種方式，由檢察機關代表國家對認為確有犯罪行為、應負刑事責任的人向法院提起的訴訟(區別於'自訴')。

【公訴人】gōngsùrén ㄍㄨㄥ ㄙㄨˋ ㄖㄣˊ 代表國家向法院提起公訴的人。

【公孫】Gōngsūn ㄍㄨㄥ ㄙㄨㄣ 姓。

【公所】gōngsuǒ ㄍㄨㄥ ㄙㄨㄛˇ ❶舊時區、鄉、村政府辦公的地方：區公所｜鄉公所｜村公所。❷舊時同業或同鄉組織辦公的地方：布業公所。

【公堂】gōngtáng ㄍㄨㄥ ㄊㄤˊ ❶指官吏審理案件的地方：私設公堂｜對簿公堂。❷指祠堂。

【公帑】gōngtǎng ㄍㄨㄥ ㄊㄤˇ 〈書〉公款：糜費公帑。

【公推】gōngtuī ㄍㄨㄥ ㄊㄨㄟ 共同推舉(某人擔

任某種職務或做某事)：大家公推他當代表。

【公文】gōngwén ㄍㄨㄥ ㄨㄣˊ 機關相互往來聯繫事務的文件：公文袋｜公文要求簡明扼要。

【公物】gōngwù ㄍㄨㄥ ㄨˋ 屬於公家的東西：愛護公物。

【公務】gōngwù ㄍㄨㄥ ㄨˋ 關於國家或集體的事務：辦理公務｜公務人員｜公務繁忙。

【公務員】gōngwùyuán ㄍㄨㄥ ㄨˋ ㄩㄢˊ ❶政府機關的工作人員。❷舊時稱機關、團體中做勤雜工作的人員。

【公心】gōngxīn ㄍㄨㄥ ㄒㄧㄣ ❶公正之心：秉持公心｜處以公心。❷為公眾利益着想的心意：他這樣做是出於公心。

【公休】gōngxiū ㄍㄨㄥ ㄒㄧㄡ 星期日、節日等集體的休假：公休日。

【公演】gōngyǎn ㄍㄨㄥ ㄧㄢˇ 公開演出：這齣新戲將於近期公演。

【公議】gōngyì ㄍㄨㄥ ㄧˋ 大家在一起評議。

【公益】gōngyì ㄍㄨㄥ ㄧˋ 公共的利益(多指衞生、救濟等群眾福利事業)：熱心公益。

【公益金】gōngyìjīn ㄍㄨㄥ ㄧˋ ㄐㄧㄣ 企業單位、生產單位用來興辦本單位的文化事業和公共福利事業的資金。

【公營】gōngyíng ㄍㄨㄥ ㄧㄥˊ 由國家或地方經營：公營企業。

【公映】gōngyìng ㄍㄨㄥ ㄧㄥˋ (影片)公開放映：這部影片即將公映。

【公用】gōngyòng ㄍㄨㄥ ㄩㄥˋ 公共使用；共同使用：公用電話｜公用事業｜兩家公用一個廚房。

【公用事業】gōngyòng shìyè ㄍㄨㄥ ㄩㄥˋ ㄕˋ ㄧㄝˋ 城市和鄉鎮中供居民使用的電報、電話、電燈、自來水、公共交通等企業的統稱。

【公有】gōngyǒu ㄍㄨㄥ ㄧㄡˇ 集體或全民所有：公有制｜公有財產。

【公有制】gōngyǒuzhì ㄍㄨㄥ ㄧㄡˇ ㄓˋ 生產資料歸公共所有的制度。現在我國存在着兩種公有制，即社會主義的全民所有制和社會主義的集體所有制。

【公餘】gōngyú ㄍㄨㄥ ㄩˊ 辦公時間以外的時間：公餘以寫字、畫畫兒作為消遣。

【公寓】gōngyù ㄍㄨㄥ ㄩˋ ❶舊時租期較長、房租論月計算的旅館，住宿的人多半是謀事或求學的。❷能容許多人家居住的房屋，多為樓房，房間成套，設備較好。

【公元】gōngyuán ㄍㄨㄥ ㄩㄢˊ 國際通用的公曆的紀元，是大多數國家紀年的標準，從傳說的耶穌誕生那一年算起。我國從1949年正式規定採用公元紀年。

【公園】gōngyuán ㄍㄨㄥ ㄩㄢˊ 供公眾遊覽休息的園林。

【公約】gōngyuē ㄍㄨㄥ ㄩㄝ ❶條約的一種名稱。一般指三個或三個以上的國家締結的某些政治性的或關於某一專門問題的條約。❷機關、團體或街道居民內部擬訂的共同遵守的章程：愛國公約｜衞生公約。

【公允】gōngyǔn ㄍㄨㄥ ㄩㄣˇ 公平恰當：持論公允。

【公債】gōngzhài ㄍㄨㄥ ㄓㄞˋ 國家向公民或外國借的債。

【公債券】gōngzhàiquàn ㄍㄨㄥ ㄓㄞˋ ㄑㄩㄢˋ 公債債權人取本息的證券。

【公章】gōngzhāng ㄍㄨㄥ ㄓㄤ 機關、團體使用的印章。

【公正】gōngzhèng ㄍㄨㄥ ㄓㄥˋ 公平正直，沒有偏私：為人公正｜公正的評價。

【公證】gōngzhèng ㄍㄨㄥ ㄓㄥˋ 法院或被授以權力的機關對於民事上權利義務關係所做的證明，如對合同、遺囑等都可進行公證。

【公職】gōngzhí ㄍㄨㄥ ㄓˊ 指國家機關或公共企業、事業單位中的正式職務：擔任公職｜開除公職｜公職人員。

【公制】gōngzhì ㄍㄨㄥ ㄓˋ 國際公制的簡稱。

【公眾】gōngzhòng ㄍㄨㄥ ㄓㄨㄥˋ 社會上大多數的人；大眾：公眾領袖｜公眾利益。

【公諸同好】gōng zhū tóng hào ㄍㄨㄥ ㄓㄨ ㄊㄨㄥˊ ㄏㄠˋ 把自己喜愛的東西給有同樣愛好的人共同享受。

【公主】gōngzhǔ ㄍㄨㄥ ㄓㄨˇ 君主的女兒。

【公助】gōngzhù ㄍㄨㄥ ㄓㄨˋ ❶共同資助：社會公助。❷國家資助：這是一座民辦公助的學校。

【公轉】gōngzhuàn ㄍㄨㄥ ㄓㄨㄢˋ 一個天體繞着另一個天體轉動叫做公轉。如太陽系的行星繞着太陽轉動，行星的衞星繞着行星轉動。地球繞太陽公轉一周的時間是365天6小時9分10秒；月球繞地球公轉一周的時間是27天7小時43分11.5秒。

【公子】gōngzǐ ㄍㄨㄥ ㄗˇ 古代稱諸侯的兒子，後稱官僚的兒子，也用來尊稱人的兒子。

【公子哥兒】gōngzǐgēr ㄍㄨㄥ ㄗˇ ㄍㄜㄦ 原稱官僚和有錢人家不知人情世故的子弟，後泛指嬌生慣養的年輕男子。

【公子王孫】gōngzǐ wángsūn ㄍㄨㄥ ㄗˇ ㄨㄤˊ ㄙㄨㄣ 舊時泛指貴族、官僚的子弟。

功

gōng ㄍㄨㄥ ❶功勞(跟'過'相對)：立功｜記一大功。❷成效和表現成效的事情(多指較大的)：教育之功｜功虧一簣｜大功告成｜好大喜功。❸(功兒)技術和技術修養：唱功｜功架｜基本功。❹一個力使物體沿力的方向通過一段距離，這個力就對物體做了功。

【功敗垂成】gōng bài chuí chéng ㄍㄨㄥ ㄅㄞˋ ㄔㄨㄟˊ ㄔㄥˊ 快要成功的時候遭到失敗(含惋惜意)。

【功臣】gōngchén ㄍㄨㄥ ㄔㄣˊ 有功勞的臣子，泛指對某項事業有顯著功勞的人：航天事業的功臣。

【功成不居】gōng chéng bù jū ㄍㄨㄥ ㄔㄥˊ ㄅㄨˋ ㄐㄩ 立了功而不把功勞歸於自己(語出《老子》二章:'功成而不居')。

【功成名就】gōng chéng míng jiù ㄍㄨㄥ ㄔㄥˊ ㄇㄧㄥˊ ㄐㄧㄡˋ 功業建立了,名聲也有了。也説功成名立、功成名遂。

【功德】gōngdé ㄍㄨㄥ ㄉㄜˊ ❶功勞和恩德:歌頌人民英雄的功德。❷指佛教徒行善、誦經唸佛、為死者做佛事及道士打醮等:做功德。

【功底】gōngdǐ ㄍㄨㄥ ㄉㄧˇ 基本功的底子:功底扎實|他的書法有着深厚的功底。

【功夫】gōng·fu ㄍㄨㄥ ·ㄈㄨ ❶本領;造詣:他的詩功夫很深|這個雜技演員真有功夫。❷同'工夫'(gōng·fu)。

【功夫茶】gōng·fuchá ㄍㄨㄥ ·ㄈㄨ ㄔㄚˊ 福建廣東一帶的一種飲茶風尚,茶具小巧精緻,沏茶、飲茶有一定的程序、禮儀。

【功夫片兒】gōng·fupiānr ㄍㄨㄥ ·ㄈㄨ ㄆㄧㄢㄦ 功夫片。

【功夫片】gōng·fupiàn ㄍㄨㄥ ·ㄈㄨ ㄆㄧㄢˋ 表現以武打為主的故事片。

【功績】gōngjì ㄍㄨㄥ ㄐㄧˋ 功勞和業績:功績卓著|不可磨滅的功績。

【功架】gōngjià ㄍㄨㄥ ㄐㄧㄚˋ 同'工架'。

【功課】gōngkè ㄍㄨㄥ ㄎㄜˋ ❶學生按照規定學習的知識、技能:他在學校裏每門功課都很好。❷指教師給學生佈置的作業:做完功課再看電視。❸佛教徒按時誦經唸佛等稱為做功課。

【功虧一簣】gōng kuī yī kuì ㄍㄨㄥ ㄎㄨㄟ ㄧ ㄎㄨㄟˋ 偽古文《尚書·旅獒》:'為山九仞,功虧一簣。'堆九仞高的土山,只差一筐土而不能完成。比喻一件大事只差最後一點兒人力物力而不能成功(含惋惜意)。

【功勞】gōng·láo ㄍㄨㄥ ·ㄌㄠˊ 對事業的貢獻:汗馬功勞。

【功力】gōnglì ㄍㄨㄥ ㄌㄧˋ ❶功效:草藥的功力不能忽視。❷功夫和力量:他的字蒼勁灑脱,頗見功力。

【功利】gōnglì ㄍㄨㄥ ㄌㄧˋ ❶功效和利益:功利顯著。❷功名利祿:追求功利。

【功利主義】gōnglì zhǔyì ㄍㄨㄥ ㄌㄧˋ ㄓㄨˇ ㄧˋ 主張以實際功效或利益為行為準則的倫理觀點。

【功令】gōnglìng ㄍㄨㄥ ㄌㄧㄥˋ 舊時指法令。

【功率】gōnglǜ ㄍㄨㄥ ㄌㄩˋ 功跟完成這些功所用時間的比,即單位時間內所做的功。電能的功率單位有瓦特、千瓦等。機械能的功率單位有千克米/秒、馬力等。

【功名】gōngmíng ㄍㄨㄥ ㄇㄧㄥˊ 封建時代指科舉稱號或官職名位:革除功名。

【功能】gōngnéng ㄍㄨㄥ ㄋㄥˊ 事物或方法所發揮的有利的作用;效能:功能齊全|這種藥物功能顯著。

【功效】gōngxiào ㄍㄨㄥ ㄒㄧㄠˋ 功能;效率:立見功效。

【功勛】gōngxūn ㄍㄨㄥ ㄒㄩㄣ 指對國家、人民做出的重大貢獻,立下的特殊的功勞:功勛卓著|立下不朽功勛。

【功業】gōngyè ㄍㄨㄥ ㄧㄝˋ 功勛事業:建立功業。

【功用】gōngyòng ㄍㄨㄥ ㄩㄥˋ 功能;用途。

攻 gōng ㄍㄨㄥ ❶攻打;進攻(跟'守'相對):圍攻|攻城|能攻能守|攻下敵人的橋頭堡。❷對別人的過失、錯誤進行指責或對別人的議論進行駁斥:群起而攻之|攻其一點,不及其餘。❸致力研究;學習:他是專攻地質學的。

【攻城略地】gōng chéng lüè dì ㄍㄨㄥ ㄔㄥˊ ㄌㄩㄝˋ ㄉㄧˋ 攻佔城池,奪取土地。

【攻錯】gōngcuò ㄍㄨㄥ ㄘㄨㄛˋ 〈書〉《詩經·小雅·鶴鳴》:'他山之石,可以為錯。'又:'他山之石,可以攻玉。'後來用'攻錯'比喻拿別人的長處補救自己的短處(錯:磨刀石;攻:治)。

【攻打】gōngdǎ ㄍㄨㄥ ㄉㄚˇ 為佔領敵方陣地或據點而進攻。

【攻讀】gōngdú ㄍㄨㄥ ㄉㄨˊ 努力讀書或鑽研某一門學問:攻讀博士學位|攻讀中醫經典。

【攻關】gōngguān ㄍㄨㄥ ㄍㄨㄢ 攻打關口,比喻努力突破科學、技術等方面的難點:刻苦鑽研,立志攻關|對於重點科研項目,要組織有關人員協作攻關。

【攻擊】gōngjī ㄍㄨㄥ ㄐㄧ ❶進攻:發動攻擊|攻擊敵人陣地。❷惡意指摘:進行人身攻擊。

【攻殲】gōngjiān ㄍㄨㄥ ㄐㄧㄢ 攻擊並殲滅:攻殲被圍之敵。

【攻堅】gōngjiān ㄍㄨㄥ ㄐㄧㄢ ❶攻打敵人的堅固防禦工事:攻堅戰。❷比喻努力解決某項任務中最困難的問題。

【攻堅戰】gōngjiānzhàn ㄍㄨㄥ ㄐㄧㄢ ㄓㄢˋ 攻擊敵人堅固陣地的戰鬥。

【攻訐】gōngjié ㄍㄨㄥ ㄐㄧㄝˊ 〈書〉揭發別人的過失或陰私而加以攻擊(多指因個人或派系利害矛盾)。

【攻克】gōngkè ㄍㄨㄥ ㄎㄜˋ 攻下(敵人的據點)。

【攻破】gōngpò ㄍㄨㄥ ㄆㄛˋ 打破;攻下:攻破防綫。

【攻其不備】gōng qí bù bèi ㄍㄨㄥ ㄑㄧˊ ㄅㄨˋ ㄅㄟˋ 趁敵人沒有防備的時候進攻。

【攻取】gōngqǔ ㄍㄨㄥ ㄑㄩˇ 攻打並奪取:攻取據點。

【攻勢】gōngshì ㄍㄨㄥ ㄕˋ 向敵方進攻的行動或形勢:冬季攻勢|採取攻勢◇這次足球比賽,客隊的攻勢非常猛烈。

【攻守同盟】gōng shǒu tóngméng ㄍㄨㄥ ㄕㄡˇ ㄊㄨㄥˊ ㄇㄥˊ ❶兩個或兩個以上的國家為了在戰爭時對其他國家採取聯合進攻或防禦而結成的同盟。❷指共同作案的人為了應付追查或審訊而事先約定共同隱瞞、互不揭發的行為。

【攻陷】gōngxiàn ㄍㄨㄥ ㄒㄧㄢˋ 攻克；攻佔。

【攻心】gōngxīn ㄍㄨㄥ ㄒㄧㄣ ❶從精神上或心理上瓦解對方：攻心戰術。❷俗稱因悲痛、憤怒而神志昏迷為'怒氣攻心'，因渾身潰爛或燒傷而發生生命危險為'毒氣攻心'或'火氣攻心'。

【攻佔】gōngzhàn ㄍㄨㄥ ㄓㄢˋ 攻擊並佔領(敵方的據點)。

供 gōng ㄍㄨㄥ ❶供給；供應：供不應求。❷提供某種利用的條件(給對方利用)：供讀者參考｜供旅客休息。

另見401頁 gòng。

【供不應求】gōng bù yìng qiú ㄍㄨㄥ ㄅㄨˋ ㄧㄥˋ ㄑㄧㄡˊ 供應的東西不能滿足需求。

【供稿】gōnggǎo ㄍㄨㄥ ㄍㄠˇ 提供稿件：本版詩文、照片均由運動會宣傳組供稿。

【供給】gōngjǐ ㄍㄨㄥ ㄐㄧˇ 把生活中必需的物資、錢財、資料等給需要的人使用：學習用品由訓練班免費供給。

【供給制】gōngjǐzhì ㄍㄨㄥ ㄐㄧˇ ㄓˋ 按大致相同的標準直接供給生活資料的分配制度。

【供求】gōngqiú ㄍㄨㄥ ㄑㄧㄡˊ 供給和需求(多指商品)：供求關係｜調劑物資，使供求平衡。

【供求率】gōngqiúlǜ ㄍㄨㄥ ㄑㄧㄡˊ ㄌㄩˋ 社會總商品量與社會有支付能力的需求量之間的比率。它是商品的生產和消費之間的關係在市場上的反映。

【供銷】gōngxiāo ㄍㄨㄥ ㄒㄧㄠ 供應生產資料和消費品，以及銷售各種產品的商業性活動：供銷合同｜供銷部門。

【供銷合作社】gōngxiāo hézuòshè ㄍㄨㄥ ㄒㄧㄠ ㄏㄜˊ ㄗㄨㄛˋ ㄕㄜˋ 為滿足農村生產和生活需要而設立的銷售生產工具、生活用品和收購農產品、副業產品的商業機構。簡稱供銷社。

【供需】gōngxū ㄍㄨㄥ ㄒㄩ 供求：避免供需脫節。

【供養】gōngyǎng ㄍㄨㄥ ㄧㄤˇ 供給長輩或年長的人生活所需；贍養：供養老人。

另見402頁 gòngyǎng。

【供應】gōngyìng ㄍㄨㄥ ㄧㄥˋ 以物資滿足需要(有時也指以人力滿足需要)：供應站｜計劃供應｜農業用糧食和原料供應工業｜發展生產才能夠保證供應。

【供應艦】gōngyìngjiàn ㄍㄨㄥ ㄧㄥˋ ㄐㄧㄢˋ 專門擔負海上補給、修理任務的軍艦。也叫補給艦。

肱 gōng ㄍㄨㄥ 〈書〉胳膊上從肩到肘的部分，也泛指胳膊：股肱｜曲肱而枕。

【肱骨】gōnggǔ ㄍㄨㄥ ㄍㄨˇ 上臂中的長骨，上端跟肩部相連，下端跟尺骨和橈骨相連。(圖見410頁〖骨骼〗)

紅(红) gōng ㄍㄨㄥ 見851頁〖女紅〗。另見474頁 hóng。

恭 gōng ㄍㄨㄥ 恭敬：恭候｜恭賀｜洗耳恭聽。

【恭賀】gōnghè ㄍㄨㄥ ㄏㄜˋ 恭敬地祝賀：恭賀新禧。

【恭候】gōnghòu ㄍㄨㄥ ㄏㄡˋ 敬辭，等候：恭候光臨｜我們已經恭候很久了。

【恭謹】gōngjǐn ㄍㄨㄥ ㄐㄧㄣˇ 恭敬謹慎：態度恭謹。

【恭敬】gōngjìng ㄍㄨㄥ ㄐㄧㄥˋ 對尊長或賓客嚴肅有禮貌。

【恭請】gōngqǐng ㄍㄨㄥ ㄑㄧㄥˇ 恭敬地邀請。

【恭順】gōngshùn ㄍㄨㄥ ㄕㄨㄣˋ 恭敬順從：態度恭順。

【恭桶】gōngtǒng ㄍㄨㄥ ㄊㄨㄥˇ 馬桶。

【恭惟】gōng·wei ㄍㄨㄥ ·ㄨㄟ 同'恭維'。

【恭維】gōng·wei ㄍㄨㄥ ·ㄨㄟ 為討好而讚揚：恭維話｜曲意恭維。也作恭惟。

【恭喜】gōngxǐ ㄍㄨㄥ ㄒㄧˇ 客套話，祝賀人家的喜事：恭喜發財｜恭喜！恭喜！恭喜你們試驗成功。

【恭迎】gōngyíng ㄍㄨㄥ ㄧㄥˊ 恭敬地迎接。

蚣 gōng ㄍㄨㄥ 見1209頁［蜈蚣］。

躬(躳) gōng ㄍㄨㄥ ❶自身；親自：反躬自問｜躬行實踐｜躬逢其盛(親自參加了盛典或親身經歷了盛世)。❷彎下(身子)：躬身下拜。

【躬親】gōngqīn ㄍㄨㄥ ㄑㄧㄣ 〈書〉親自去做：事必躬親。

【躬行】gōngxíng ㄍㄨㄥ ㄒㄧㄥˊ〈書〉親身實行：躬行節儉。

宮[1] gōng ㄍㄨㄥ ❶帝后太子等居住的房屋：宮殿｜行宮｜故宮｜東宮。❷神話中神仙居住的房屋：天宮｜龍宮｜月宮｜蟾宮。❸廟宇的名稱：碧霞宮｜雍和宮。❹人民文化活動或娛樂用的房屋的名稱：少年宮｜民族宮｜勞動人民文化宮。❺指子宮：宮頸｜刮宮｜宮外孕。❻(Gōng)姓。

宮[2] gōng ㄍㄨㄥ 古代五音之一，相當於簡譜的'1'。參看1211頁〖五音〗。

【宮燈】gōngdēng ㄍㄨㄥ ㄉㄥ 八角或六角形的燈，每面糊絹或鑲玻璃，並畫有彩色圖畫，下面懸挂流蘇。原為宮廷使用，因此得名。

【宮殿】gōngdiàn ㄍㄨㄥ ㄉㄧㄢˋ 泛指帝王居住的高大華麗的房屋。

【宮調】gōngdiào ㄍㄨㄥ ㄉㄧㄠˋ 中國古樂曲的調式。唐代規定二十八調，即琵琶的四根弦上每根七調。最低的一根弦(宮弦)上的調式叫宮，其餘的叫調。後來宮調的數目逐漸減少。元代雜劇，一般只用五個宮(正宮，中呂宮，南呂宮，仙呂宮，黃鐘宮)和四個別的弦上的調(大石調，雙調，商調，越調)。這是後世所謂九宮。

【宮娥】gōng'é ㄍㄨㄥ ㄜˊ 宮女。

【宮禁】gōngjìn ㄍㄨㄥ ㄐㄧㄣˋ ❶帝王居住的地方：宮禁重地。❷宮闈的禁令。

【宮頸】gōngjǐng ㄍㄨㄥ ㄐㄧㄥˇ 子宮頸的簡稱：宮頸癌｜宮頸糜爛。

【宮女】gōngnǚ ㄍㄨㄥ ㄋㄩˇ 被徵選在宮廷裏服役的女子。

【宮闕】gōngquè ㄍㄨㄥ ㄑㄩㄝˋ 指宮殿。

【宮室】gōngshì ㄍㄨㄥ ㄕˋ 古時房屋的通稱，後來特指帝王的宮殿。

【宮廷】gōngtíng ㄍㄨㄥ ㄊㄧㄥˊ ❶帝王的住所。❷由帝王及其大臣構成的統治集團。

【宮廷政變】gōngtíng zhèngbiàn ㄍㄨㄥ ㄊㄧㄥˊ ㄓㄥˋ ㄅㄧㄢˋ 原指帝王宮廷內發生篡奪王位的事件。現在一般用來指某個國家統治集團少數人從內部採取行動奪取國家政權。

【宮闈】gōngwéi ㄍㄨㄥ ㄨㄟˊ 〈書〉宮廷①。

【宮刑】gōngxíng ㄍㄨㄥ ㄒㄧㄥˊ 古代閹割生殖器的殘酷肉刑。

【宮掖】gōngyè ㄍㄨㄥ ㄧㄝˋ 〈書〉宮室；宮廷。

埄 gōng ㄍㄨㄥ 用於人名，李埄，清初學者。

觥 gōng ㄍㄨㄥ 古代用獸角做的酒器：觥籌交錯。

【觥籌交錯】gōng chóu jiāocuò ㄍㄨㄥ ㄔㄡˊ ㄐㄧㄠ ㄘㄨㄛˋ 形容許多人相聚飲酒的熱鬧場面。

【觥觥】gōnggōng ㄍㄨㄥ ㄍㄨㄥ 〈書〉形容剛直或健壯的樣子。

鴩(䴔) gōng ㄍㄨㄥ 鳥，大小如雞，羽毛黑褐色，有橫紋，嘴尖而長。善走而不善飛，吃昆蟲、蜘蛛等，也吃植物的根和種子。產於美洲。

龔(龚) Gōng ㄍㄨㄥ 姓。

gǒng (ㄍㄨㄥˇ)

汞 gǒng ㄍㄨㄥˇ 金屬元素，符號 Hg (hydrargyrum)。銀白色液體，內聚力強，蒸氣有劇毒，化學性質不活潑，能溶解許多種金屬。用來製藥品、溫度計、氣壓計等。通稱水銀。

拱[1] gǒng ㄍㄨㄥˇ ❶兩手相合，臂的前部上舉：拱手。❷環繞：拱衛｜眾星拱月｜四山環拱的大湖。❸肢體彎曲成弧形：拱肩縮背｜黑貓拱了拱腰。❹建築物成弧形的：拱門｜連拱壩。

拱[2] gǒng ㄍㄨㄥˇ ❶用身體撞動別的東西或撥開土地等物體：用身子拱開了大門｜豬用嘴拱地｜蚯蚓從地下拱出許多土來｜一個小孩兒從人群裏拱出去了。❷植物生長，從土裏向外鑽或頂：苗兒拱出土了。

【拱抱】gǒngbào ㄍㄨㄥˇ ㄅㄠˋ (山巒)環繞；環抱：群峰拱抱。

【拱璧】gǒngbì ㄍㄨㄥˇ ㄅㄧˋ 〈書〉大璧，泛指珍寶：這些藏書對於他來說不啻拱璧。

【拱火】gǒng//huǒ ㄍㄨㄥˇ//ㄏㄨㄛˇ 〈方〉(拱火兒)用言行促使人發火或使火氣更大：他已經煩得夠受的，你就別再拱火了。

【拱門】gǒngmén ㄍㄨㄥˇ ㄇㄣˊ 上端是弧形的門，也指門口由弧綫相交或由其他對稱曲綫構成的門。

【拱棚】gǒngpéng ㄍㄨㄥˇ ㄆㄥˊ 頂部成弧形、上面覆蓋塑料薄膜的棚，用於冬季培育花木、蔬菜、秧苗等。

【拱橋】gǒngqiáo ㄍㄨㄥˇ ㄑㄧㄠˊ 中部高起、橋洞呈弧形的橋：石拱橋。

【拱讓】gǒngràng ㄍㄨㄥˇ ㄖㄤˋ 拱手相讓：勞動成果怎能拱讓他人？

【拱手】gǒng//shǒu ㄍㄨㄥˇ//ㄕㄡˇ 兩手在胸前相抱表示恭敬：拱手相迎｜拱手道別。

【拱衛】gǒngwèi ㄍㄨㄥˇ ㄨㄟˋ 環繞在周圍保衛着：遼東半島和山東半島像兩個巨人，緊緊環抱着渤海，同時也拱衛着首都北京。

【拱券】gǒngxuàn ㄍㄨㄥˇ ㄒㄩㄢˋ 橋樑、門窗等建築物上築成弧形的部分。也叫券(xuàn)。

珙 gǒng ㄍㄨㄥˇ 〈書〉一種玉。

栱 gǒng ㄍㄨㄥˇ 見278頁[枓栱]。

蛩 gǒng ㄍㄨㄥˇ，又 qióng ㄑㄩㄥˊ 古書上指蟋蟀。

鞏(巩) gǒng ㄍㄨㄥˇ ❶鞏固。❷(Gǒng)姓。

【鞏固】gǒnggù ㄍㄨㄥˇ ㄍㄨˋ ❶堅固；不易動搖(多用於抽象的事物)：基礎鞏固｜政權鞏固。❷使堅固：鞏固國防｜鞏固工農聯盟。

【鞏膜】gǒngmó ㄍㄨㄥˇ ㄇㄛˊ 眼球最外層的纖維膜，白色，很堅韌，前面與角膜相連，有保護眼球內部組織的作用。(圖見1318頁'眼')

gòng (ㄍㄨㄥˋ)

共 gòng ㄍㄨㄥˋ ❶相同的；共同具有的：共性｜共通。❷共同具有或承受：同甘苦，共患難。❸在一起；一齊：共鳴｜和平共處。❹一共；總計：這兩個集子共收小說十二篇｜全書共十卷。❺共產黨的簡稱：中共。

〈古〉又同'恭'gōng；又同'供'gōng。

【共產黨】gòngchǎndǎng ㄍㄨㄥˋ ㄔㄢˇ ㄉㄤˇ 無產階級的政黨。共產黨是無產階級的先鋒隊，是無產階級的階級組織的最高形式。它的指導思想是馬克思列寧主義，目的是領導無產階級和其他一切被壓迫的勞動人民，通過革命鬥爭奪取政權，用無產階級專政代替資產階級專政，實現社會主義和共產主義。中國共產黨成立於1921年7月。

【共產主義】gòngchǎn zhǔyì ㄍㄨㄥˋ ㄔㄢˇ ㄓㄨˇ ㄧˋ ❶指無產階級的整個思想體系。參看647頁〖科學社會主義〗。❷人類最理想的社會制度。它在發展上分兩個階段，初級階段是社會主義，高級階段是共產主義。通常所說的共產主義，指共產主義的高級階段。在這個階段，生產力高度發展，社會產品極大豐富，人們具有高度的思想覺悟，勞動成為生活的第一需要，消滅了三大差別，實行共產主義公有制，分配原則是'各盡所能，按需分配'。

【共產主義青年團】gòngchǎn zhǔyì qīngniántuán ㄍㄨㄥˋ ㄔㄢˇ ㄓㄨˇ ㄧˋ ㄑㄧㄥ ㄋㄧㄢˊ ㄊㄨㄢˊ 在共產黨領導下的先進青年的群眾性組織。中國共產主義青年團是黨的有力助手，它團結和教育青年一代為共產主義事業而奮鬥。簡稱共青團。

【共處】gòngchǔ ㄍㄨㄥˋ ㄔㄨˇ 相處；共同存在：共處一室｜和平共處。

【共存】gòngcún ㄍㄨㄥˋ ㄘㄨㄣˊ 共同存在。

【共度】gòngdù ㄍㄨㄥˋ ㄉㄨˋ 共同度過：共度難關｜全國各民族共度佳節。

【共犯】gòngfàn ㄍㄨㄥˋ ㄈㄢˋ ❶共同犯罪。❷共同犯罪中的罪犯。

【共管】gòngguǎn ㄍㄨㄥˋ ㄍㄨㄢˇ ❶共同管理：社會治安需要動員全社會的力量齊抓共管。❷國際共管的簡稱。

【共和】gònghé ㄍㄨㄥˋ ㄏㄜˊ ❶歷史上稱西周從厲王失政到宣王執政之間的十四年為共和。共和元年為公元前841年。❷共和制。

【共和國】gònghéguó ㄍㄨㄥˋ ㄏㄜˊ ㄍㄨㄛˊ 實施共和政體的國家。

【共和制】gònghézhì ㄍㄨㄥˋ ㄏㄜˊ ㄓˋ 國家元首和國家權力機關定期由選舉產生的一種政治制度。

【共計】gòngjì ㄍㄨㄥˋ ㄐㄧˋ ❶合起來計算：共計三千萬元。❷共同計議；共議：共計大事。

【共居】gòngjū ㄍㄨㄥˋ ㄐㄩ 同時存在(多指抽象事物)：矛盾的兩個方面因一定的條件共居於一個統一體中。

【共聚】gòngjù ㄍㄨㄥˋ ㄐㄩˋ 兩種或兩種以上的單體聚合成高分子化合物。如丁二烯和苯乙烯聚合成丁苯橡膠。

【共勉】gòngmiǎn ㄍㄨㄥˋ ㄇㄧㄢˇ 共同努力；互相勉勵：提出這一希望，並與你共勉。

【共鳴】gòngmíng ㄍㄨㄥˋ ㄇㄧㄥˊ ❶物體因共振而發聲的現象，如兩個頻率相同的音叉靠近，其中一個振動發聲時，另一個也會發聲。❷由別人的某種情緒引起的相同的情緒：詩人的愛國主義思想感染了讀者，引起了他們的共鳴。

【共栖】gòngqī ㄍㄨㄥˋ ㄑㄧ 兩種不同的生物生活在一起，不是相依生存，只對其中一種有利，這種生活方式叫做共栖。如文鳥專在胡蜂窩的附近築巢，因為胡蜂有毒刺，許多動物不敢接近，文鳥也就得到保護。

【共青團】gòngqīngtuán ㄍㄨㄥˋ ㄑㄧㄥ ㄊㄨㄢˊ 共產主義青年團的簡稱。

【共生】gòngshēng ㄍㄨㄥˋ ㄕㄥ 兩種不同的生物生活在一起，相依生存，對彼此都有利，這種生活方式叫做共生。如白蟻腸內的鞭毛蟲幫助白蟻消化木材纖維，白蟻給鞭毛蟲提供養料，如果分離，二者都不能獨立生存。

【共識】gòngshí ㄍㄨㄥˋ ㄕˊ 共同的認識：經過多次討論，雙方消除了分歧，達成共識｜對國家前途的共識使他們成為摯友。

【共事】gòng∥shì ㄍㄨㄥˋ∥ㄕˋ 在一起工作：我和他共事多年，對他比較了解。

【共通】gòngtōng ㄍㄨㄥˋ ㄊㄨㄥ ❶通行於或適用於各方面的：共通的道理。❷共同①：這三篇習作有一個共通的毛病。

【共同】gòngtóng ㄍㄨㄥˋ ㄊㄨㄥˊ ❶屬於大家的；彼此都具有的：共同點｜共同語言｜搞好經濟建設是全國人民的共同心願。❷大家一起(做)：共同努力。

【共同市場】gòngtóng shìchǎng ㄍㄨㄥˋ ㄊㄨㄥˊ ㄕˋ ㄔㄤˇ 若干國家為了共同的政治、經濟利益而組成的相互合作的統一市場。

【共同體】gòngtóngtǐ ㄍㄨㄥˋ ㄊㄨㄥˊ ㄊㄧˇ ❶人們在共同條件下結成的集體。❷由若干國家在某一方面組成的集體組織。

【共同語言】gòngtóng yǔyán ㄍㄨㄥˋ ㄊㄨㄥˊ ㄩˇ ㄧㄢˊ 指相同的思想、認識和生活情趣等：他倆缺乏共同語言，難以長期在一起生活。

【共性】gòngxìng ㄍㄨㄥˋ ㄒㄧㄥˋ 指不同事物所共同具有的普遍性質：各種地方戲都有其個性，但作為戲曲又有其共性。

【共議】gòngyì ㄍㄨㄥˋ ㄧˋ 共同商議：共議國是。

【共振】gòngzhèn ㄍㄨㄥˋ ㄓㄣˋ 兩個振動頻率相同的物體，當一個發生振動時，引起另一個物體振動的現象。

【共總】gòngzǒng ㄍㄨㄥˋ ㄗㄨㄥˇ 一共；總共：這幾筆賬共總多少？

供1 gòng ㄍㄨㄥˋ ❶把香燭等放在神佛或先輩的像(或牌位)前面表示敬奉；祭祀時擺設祭品：遺像前供着鮮花。❷陳列的表示虔敬的東西；供品：蜜供｜上供。

供2 gòng ㄍㄨㄥˋ ❶受審者陳述案情：供認｜供出作案同夥。❷口供；供詞：錄供｜問不出供來。

另見399頁 gōng。

【供案】gòng'àn ㄍㄨㄥˋ ㄢˋ 供桌：雕花供案。

【供詞】gòngcí ㄍㄨㄥˋ ㄘˊ 受審者所陳述的或所

寫的與案情有關的話。

【供奉】gòngfèng ㄍㄨㄥˋ ㄈㄥˋ ❶敬奉；供養：供奉神佛｜供奉父母。❷以某種技藝侍奉帝王的人：老供奉｜內廷供奉。

【供品】gòngpǐn ㄍㄨㄥˋ ㄆㄧㄣˇ 供奉神佛祖宗用的瓜果酒食等。

【供認】gòngrèn ㄍㄨㄥˋ ㄖㄣˋ 被告人承認所做的事情：供認不諱。

【供事】gòng∥shì ㄍㄨㄥˋ∥ㄕˋ 擔任職務。

【供養】gòngyǎng ㄍㄨㄥˋ ㄧㄤˇ 用供品祭祀(神佛和祖先)。

另見399頁 gōngyǎng。

【供職】gòng∥zhí ㄍㄨㄥˋ∥ㄓˊ 擔任職務：在海關供職三十年。

【供狀】gòngzhuàng ㄍㄨㄥˋ ㄓㄨㄤˋ 指書面的供詞。

【供桌】gòngzhuō ㄍㄨㄥˋ ㄓㄨㄛ 陳設供品的桌子。

貢(贡) gòng ㄍㄨㄥˋ ❶古代臣民或屬國把物品獻給朝廷：貢奉｜貢米。❷貢品：進貢。❸封建時代稱選拔(人才)，薦給朝廷：貢生｜貢院。❹(Gòng)姓。

【貢緞】gòngduàn ㄍㄨㄥˋ ㄉㄨㄢˋ 一種紋路像緞子的棉織品，光滑，有亮光，多用做被面。

【貢奉】gòngfèng ㄍㄨㄥˋ ㄈㄥˋ 向朝廷或上級貢獻物品；進貢。

【貢品】gòngpǐn ㄍㄨㄥˋ ㄆㄧㄣˇ 古代臣民或屬國獻給帝王的物品。

【貢生】gòngshēng ㄍㄨㄥˋ ㄕㄥ 明清兩代科舉制度中，由府、州、縣學推薦到京師國子監學習的人。

【貢稅】gòngshuì ㄍㄨㄥˋ ㄕㄨㄟˋ 古代臣民向皇室繳納的金錢、實物等；賦稅。也叫貢賦。

【貢獻】gòngxiàn ㄍㄨㄥˋ ㄒㄧㄢˋ ❶拿出物資、力量、經驗等獻給國家或公眾：為祖國貢獻自己的一切。❷對國家或公眾所做的有益的事：他們為國家做出了新的貢獻。

【貢院】gòngyuàn ㄍㄨㄥˋ ㄩㄢˋ 科舉時代舉行鄉試或會試的場所。

嗊(唝) gòng ㄍㄨㄥˋ 嗊吥(Gòngbù ㄍㄨㄥˋ ㄅㄨˋ)，柬埔寨地名。

另見477頁 hǒng。

gōu (ㄍㄡ)

勾[1](句) gōu ㄍㄡ ❶用筆畫出鈎形符號，表示刪除或截取：勾銷｜把這篇文章裏最精彩的對話勾出來。❷畫出形象的邊緣；描畫：用鉛筆勾一個輪廓。❸用灰、水泥等塗抹磚石建築物的縫：勾牆縫。❹調和使黏：勾芡。❺招引；引：勾引｜勾魂｜這件事勾起了我的回憶。❻結合：勾結｜勾通。❼(Gōu)姓。

勾[2](句) gōu ㄍㄡ 我國古代稱不等腰直角三角形中較短的直角邊。

另見404頁 gòu。'句'另見403頁 gōu；622頁 jù。

【勾搭】gōu·da ㄍㄡ ·ㄉㄚ 引誘或互相串通做不正當的事：勾搭一起做壞事｜幾個人整天勾勾搭搭的，不知要幹甚麼。

【勾兑】gōuduì ㄍㄡ ㄉㄨㄟˋ 把不同的酒適量混合，並加添調味酒，進行配製：勾兑工藝。

【勾股形】gōugǔxíng ㄍㄡ ㄍㄨˇ ㄒㄧㄥˊ 我國古代稱直角三角形。

【勾畫】gōuhuà ㄍㄡ ㄏㄨㄚˋ 勾勒描繪；用簡短的文字描寫：勾畫臉譜｜這篇遊記勾畫了桂林的秀麗山水。

【勾魂】gōu∥hún ㄍㄡ∥ㄏㄨㄣˊ (勾魂兒)招引靈魂離開肉體(迷信)。比喻事物吸引人，使心神不定：看他那坐立不安的樣子，像是被勾了魂似的。

【勾魂攝魄】gōu hún shè pò ㄍㄡ ㄏㄨㄣˊ ㄕㄜˋ ㄆㄛˋ 形容事物具有強烈的吸引力，使人心神搖盪，不能自制。

【勾稽】gōujī ㄍㄡ ㄐㄧ 同'鈎稽'。

【勾結】gōujié ㄍㄡ ㄐㄧㄝˊ 為了進行不正當的活動暗中互相串通、結合：暗中勾結｜勾結官府。

【勾欄】gōulán ㄍㄡ ㄌㄢˊ 宋元時稱演出雜劇、百戲的場所，後來指妓院。也作勾闌。

【勾闌】gōulán ㄍㄡ ㄌㄢˊ 同'勾欄'。

【勾勒】gōulè ㄍㄡ ㄌㄜˋ ❶用綫條畫出輪廓；雙鈎。❷用簡單的筆墨描寫事物的大致情況：作品善於勾勒場面，渲染氣氛。

【勾連】gōulián ㄍㄡ ㄌㄧㄢˊ ❶勾結：暗中勾連｜他們勾連在一起，幹了不少壞事。❷牽涉；牽連：我懷疑這事與他有勾連。‖也作勾聯。

【勾臉】gōu∥liǎn ㄍㄡ∥ㄌㄧㄢˇ (勾臉兒)畫臉譜。

【勾留】gōuliú ㄍㄡ ㄌㄧㄡˊ 逗留。

【勾描】gōumiáo ㄍㄡ ㄇㄧㄠˊ 勾勒描繪：用細綫條把景物的輪廓勾描出來。

【勾芡】gōu∥qiàn ㄍㄡ∥ㄑㄧㄢˋ 做菜做湯時加上芡粉使汁變稠。

【勾通】gōutōng ㄍㄡ ㄊㄨㄥ 暗中串通；勾結。

【勾銷】gōuxiāo ㄍㄡ ㄒㄧㄠ 取消；抹掉：一筆勾銷。

【勾心鬥角】gōu xīn dòu jiǎo ㄍㄡ ㄒㄧㄣ ㄉㄡˋ ㄐㄧㄠˇ 同'鈎心鬥角'。

【勾乙】gōuyǐ ㄍㄡ ㄧˇ 在報刊書籍的某些詞句兩端，畫上形狀像'乙'的記號(⌊ ⌉)，表示要抄錄下來，作為資料。

【勾引】gōuyǐn ㄍㄡ ㄧㄣˇ ❶勾結某種勢力，或引誘人做不正當的事：他被壞人勾引，變成了一個小偷。❷引動；吸引：他的話勾引起我對往事的回憶。

【勾針】gōuzhēn ㄍㄡ ㄓㄣ 同'鈎針'。

句 gōu ㄍㄡ 高句驪(Gāogōulí ㄍㄠ ㄍㄡ ㄌㄧˊ)，古國名。又人名用字，句踐(Gōujiàn ㄍㄡ ㄐㄧㄢˋ)，春秋時越國國王。
另見622頁 jù。

佝 gōu ㄍㄡ 見下。

【佝僂】gōu·lóu ㄍㄡ ·ㄌㄡˊ 脊背向前彎曲。

【佝僂病】gōulóubìng ㄍㄡ ㄌㄡˊ ㄅㄧㄥˋ 病，患者多為嬰幼兒，由缺乏維生素D，腸道吸收鈣、磷的能力降低等引起。症狀是頭大，雞胸，駝背，兩腿彎曲，腹部膨大，發育遲緩。也叫軟骨病。

枸 gōu ㄍㄡ ［枸橘］(gōujú ㄍㄡ ㄐㄩˊ)見1472頁'枳'(zhǐ)。
另見404頁 gǒu；621頁 jǔ。

鉤(钩、鈎) gōu ㄍㄡ ❶(鉤兒)鉤子①：秤鉤兒｜釣魚鉤兒。❷(鉤兒)漢字的筆畫，附在橫、竪等筆畫的末端，成鉤形，形狀是'亅、乛、乚、㇂'。❸(鉤兒)鉤形符號，形狀是'√'，一般用來標誌內容正確的文字、算式或合格的事物，舊時也用做勾乙或刪除的符號。❹使用鉤子搭，挂或探取：鉤住高枝兒採桑葉｜把掉在井裏頭的東西鉤上來｜雜技演員用腳鉤住繩索倒挂在空中。❺探求：鉤沈｜鉤玄。❻用帶鉤的針編織：鉤一個針綫包。❼縫紉方法，用針粗縫：鉤貼邊。❽説數字時用來代表9。❾(Gōu)姓。

【鉤沈】gōuchén ㄍㄡ ㄔㄣˊ 探索深奧的道理或佚失的內容：《古小説鉤沈》。

【鉤秤】gōuchèng ㄍㄡ ㄔㄥˋ 桿秤的一種，裝有鐵鉤，用來挂所稱物品。

【鉤尺】gōuchǐ ㄍㄡ ㄔˇ 測量原木小頭橫截面直徑的尺子，尺端(零點處)有一個鉤。

【鉤蟲】gōuchóng ㄍㄡ ㄔㄨㄥˊ 寄生蟲，成蟲綫形，很小，乳白色或淡紅色，口部有鉤，寄生在人的小腸內。蟲卵隨糞便排出體外。幼蟲絲狀，鑽入人的皮膚，最後進入小腸，吸人血，引起丘疹、貧血等。

【鉤稽】gōujī ㄍㄡ ㄐㄧ ❶查考：鉤稽文壇故實。❷核算。‖也作勾稽。

【鉤心鬥角】gōu xīn dòu jiǎo ㄍㄡ ㄒㄧㄣ ㄉㄡˋ ㄐㄧㄠˇ 原指宮室結構精巧工緻，後來比喻各用心機，互相排擠。'鉤'也作勾。

【鉤玄】gōuxuán ㄍㄡ ㄒㄩㄢˊ 〈書〉探求精深的道理：鉤玄提要。

【鉤針】gōuzhēn ㄍㄡ ㄓㄣ (鉤針兒)編織花邊等用的帶鉤的針。也作勾針。

【鉤子】gōu·zi ㄍㄡ ·ㄗ ❶懸挂東西或探取東西的用具，形狀彎曲：火鉤子。❷形狀像鉤子的東西：蠍子的鉤子有毒。

溝(沟) gōu ㄍㄡ ❶人工挖掘的水道或工事：暗溝｜交通溝。❷(溝兒)淺槽；和溝類似的窪處：地面上軋了一道溝｜瓦溝裏流下水來。❸(溝兒)一般的水道：山溝｜小河溝兒。

【溝瀆】gōudú ㄍㄡ ㄉㄨˊ 〈書〉溝渠。

【溝溝坎坎】gōugōukǎnkǎn ㄍㄡ ㄍㄡ ㄎㄢˇ ㄎㄢˇ 比喻遇到的困難或障礙。

【溝谷】gōugǔ ㄍㄡ ㄍㄨˇ 徑流在地面上衝出的溝。雨季溝中有流水，平時乾涸。

【溝灌】gōuguàn ㄍㄡ ㄍㄨㄢˋ 灌溉的一種方法，在農作物行間挖溝培壟，把水引到溝裏，水從邊上滲入土壟。

【溝壑】gōuhè ㄍㄡ ㄏㄜˋ 山溝；坑：溝壑縱橫。

【溝塹】gōuqiàn ㄍㄡ ㄑㄧㄢˋ 壕溝。

【溝渠】gōuqú ㄍㄡ ㄑㄩˊ 為灌溉或排水而挖的水道的統稱。

【溝通】gōutōng ㄍㄡ ㄊㄨㄥ 使兩方能通連：溝通思想｜溝通兩國文化｜溝通南北的長江大橋。

【溝洫】gōuxù ㄍㄡ ㄒㄩˋ 〈書〉水道；溝渠。

【溝沿兒】gōuyánr ㄍㄡ ㄧㄢㄦˊ 溝渠的邊沿兒。

【溝子】gōu·zi ㄍㄡ ·ㄗ 〈方〉溝。

緱(缑) gōu ㄍㄡ ❶〈書〉刀劍等柄上所纏的繩。❷(Gōu)姓。

篝 gōu ㄍㄡ 〈書〉籠(lóng)。

【篝火】gōuhuǒ ㄍㄡ ㄏㄨㄛˇ 原指用籠子罩着的火，現借指在空曠處或野外架木柴、樹枝燃燒的火堆：營火會上燃起熊熊的篝火。

【篝火狐鳴】gōu huǒ hú míng ㄍㄡ ㄏㄨㄛˇ ㄏㄨˊ ㄇㄧㄥˊ《史記·陳涉世家》：'夜篝火，狐鳴呼曰："大楚興，陳勝王。"'陳涉準備起義，夜裏用籠罩住火，忽隱忽現像燐火，同時還學狐叫，假託狐鬼發動戍卒起事。後用來比喻策劃起義。

韝 gōu ㄍㄡ ［韝鞴］(gōubèi ㄍㄡ ㄅㄟˋ)見521頁〖活塞〗。

gǒu (ㄍㄡˇ)

苟[1]〔茍〕(❷芶) gǒu ㄍㄡˇ ❶隨便：一筆不苟｜不苟言笑。❷(Gǒu)姓。

苟[2]〔茍〕 gǒu ㄍㄡˇ 〈書〉假使；如果：苟無民，何以有君。

【苟安】gǒu'ān ㄍㄡˇ ㄢ 只顧眼前，暫且偷安：苟安一時。

【苟存】gǒucún ㄍㄡˇ ㄘㄨㄣˊ 〈書〉苟且生存。

【苟合】gǒuhé ㄍㄡˇ ㄏㄜˊ 不正當的結合(指男女間)。

【苟活】gǒuhuó ㄍㄡˇ ㄏㄨㄛˊ 苟且圖生存：忍辱苟活。

【苟簡】gǒujiǎn ㄍㄡˇ ㄐㄧㄢˇ 〈書〉苟且簡略；草率簡陋。

【苟且】gǒuqiě ㄍㄡˇ ㄑㄧㄝˇ ❶只顧眼前，得過

且過：苟且偷安。❷敷衍了事；馬虎：因循苟且｜他做翻譯，一字一句都不敢苟且。❸不正當的（多指男女關係）。

【苟全】gǒuquán ㄍㄡˇ ㄑㄩㄢˊ 苟且保全（生命）：苟全性命。

【苟同】gǒutóng ㄍㄡˇ ㄊㄨㄥˊ 〈書〉隨便地同意：未敢苟同。

【苟延殘喘】gǒu yán cán chuǎn ㄍㄡˇ ㄧㄢˊ ㄘㄢˊ ㄔㄨㄢˇ 勉強拖延一口沒斷的氣，比喻勉強維持生存。

岣 gǒu ㄍㄡˇ 岣嶁（Gǒulǒu ㄍㄡˇ ㄌㄡˇ），山名，就是衡山，在湖南。

狗 gǒu ㄍㄡˇ 哺乳動物，種類很多，嗅覺和聽覺都很靈敏，毛有黃、白、黑等顏色。是一種家畜，有的可以訓練成警犬，有的用來幫助打獵、牧羊等。也叫犬。

【狗吃屎】gǒu chī shǐ ㄍㄡˇ ㄔ ㄕˇ 身體向前跌倒的姿勢（含嘲笑意）：摔了個狗吃屎。

【狗膽包天】gǒu dǎn bāo tiān ㄍㄡˇ ㄉㄢˇ ㄅㄠ ㄊㄧㄢ 指人膽大妄為（罵人的話）。

【狗苟蠅營】gǒu gǒu yíng yíng ㄍㄡˇ ㄍㄡˇ ㄧㄥˊ ㄧㄥˊ 見1374頁〖蠅營狗苟〗。

【狗獾】gǒuhuān ㄍㄡˇ ㄏㄨㄢ 哺乳動物，毛一般灰色，腹部和四肢黑色，頭部有三條白色縱紋。趾端有長而銳利的爪，善於掘土，穴居在山野，晝伏夜出。脂肪煉的獾油用來治療燙傷等。也叫獾。

【狗急跳牆】gǒu jí tiào qiáng ㄍㄡˇ ㄐㄧˊ ㄊㄧㄠˋ ㄑㄧㄤˊ 比喻走投無路時不顧一切地行動。

【狗皮膏藥】gǒupí gāo·yao ㄍㄡˇ ㄆㄧˊ ㄍㄠ ·ㄧㄠ 藥膏塗在小塊狗皮上的一種膏藥，療效比一般膏藥好。舊時走江湖的人常假造這種膏藥來騙取錢財，因而用來比喻騙人的貨色。

【狗屁】gǒupì ㄍㄡˇ ㄆㄧˋ 指毫無可取的話或文章（罵人的話）：放狗屁｜狗屁不通｜狗屁文章。

【狗屎堆】gǒushǐduī ㄍㄡˇ ㄕˇ ㄉㄨㄟ 比喻令人深惡痛絕的人。

【狗頭軍師】gǒutóu jūnshī ㄍㄡˇ ㄊㄡˊ ㄐㄩㄣ ㄕ 指愛給人出主意而主意並不高明的人。

【狗腿子】gǒutuǐ·zi ㄍㄡˇ ㄊㄨㄟˇ ·ㄗ 指給有勢力的壞人奔走幫兇的人（罵人的話）。

【狗尾草】gǒuwěicǎo ㄍㄡˇ ㄨㄟˇ ㄘㄠˇ 一年生草本植物，葉子細長，花序圓柱形，穗有毛。也叫莠（yǒu）。

【狗尾續貂】gǒu wěi xù diāo ㄍㄡˇ ㄨㄟˇ ㄒㄩˋ ㄉㄧㄠ 比喻拿不好的東西接到好的東西後面，顯得好壞不相稱（多指文學作品）。

【狗熊】gǒuxióng ㄍㄡˇ ㄒㄩㄥˊ ❶黑熊。❷比喻怯懦無用的人：誰英雄，誰狗熊，咱比比！

【狗血噴頭】gǒuxuè pēn tóu ㄍㄡˇ ㄒㄩㄝˋ ㄆㄣ ㄊㄡˊ 形容罵得很兇。也說狗血淋頭。

【狗咬狗】gǒu yǎo gǒu ㄍㄡˇ ㄧㄠˇ ㄍㄡˇ 比喻壞人之間互相傾軋，爭鬥。

【狗仗人勢】gǒu zhàng rén shì ㄍㄡˇ ㄓㄤˋ ㄖㄣˊ ㄕˋ 比喻仗勢欺人（罵人的話）。

【狗嘴吐不出象牙】gǒuzuǐ tǔ ·bu chū xiàngyá ㄍㄡˇ ㄗㄨㄟˇ ㄊㄨˇ ·ㄅㄨ ㄔㄨ ㄒㄧㄤˋ ㄧㄚˊ 比喻壞人嘴裏說不出好話來。也說狗嘴長不出象牙。

耇（耉） gǒu ㄍㄡˇ 〈書〉年老；長壽。

枸 gǒu ㄍㄡˇ ［枸杞］（gǒuqǐ ㄍㄡˇ ㄑㄧˇ）落葉灌木，葉子披針形，花淡紫色。果實叫枸杞子（gǒuqǐzǐ），是圓形或橢圓形的漿果，紅色，可入藥。

另見403頁 gōu；621頁 jǔ。

笱 gǒu ㄍㄡˇ 〈方〉竹製的捕魚器具，魚進去出不來。

gòu（ㄍㄡˋ）

勾（句） gòu ㄍㄡˋ ❶同'夠'（多見於早期白話）。❷（Gòu）姓。

另見402頁 gōu。'句'另見403頁 gōu；622頁 jù。

【勾當】gòu·dàng ㄍㄡˋ ·ㄉㄤˋ 事情，今多指壞事情：罪惡勾當｜從事走私勾當。

垢 gòu ㄍㄡˋ ❶〈書〉污穢；骯髒：蓬頭垢面。❷髒東西：油垢｜牙垢｜泥垢。❸〈書〉恥辱：含垢忍辱。

【垢污】gòuwū ㄍㄡˋ ㄨ 污垢。

姤 gòu ㄍㄡˋ 〈書〉❶同'遘'（gòu）。❷善；美好。

冓 gòu ㄍㄡˋ 〈書〉宮室的深處。

夠（够） gòu ㄍㄡˋ ❶數量上可以滿足需要：錢夠不夠？｜老覺得時間不夠用。❷達到某一點或某種程度：夠格｜夠結實。❸（用手等）伸向不易達到的地方去接觸或拿來：夠不着｜夠得着。

【夠本】gòu//běn ㄍㄡˋ//ㄅㄣˇ （夠本兒）❶買賣不賠不賺；賭博不輸不贏。❷比喻得失相當。

【夠格】gòu//gé ㄍㄡˋ//ㄍㄜˊ （夠格兒）符合一定的標準或條件：他體力差，參加搶險不夠格。

【夠交情】gòu jiāo·qing ㄍㄡˋ ㄐㄧㄠ ·ㄑㄧㄥ ❶指交情很深。❷夠朋友。

【夠勁兒】gòujìnr ㄍㄡˋ ㄐㄧㄣㄦˋ 擔負的分量極重；程度極高：一頭騾子拉這麼多煤，真夠勁兒｜這辣椒辣得真夠勁兒。

【夠朋友】gòu péng·you ㄍㄡˋ ㄆㄥˊ ·ㄧㄡ 能盡朋友的情分。

【夠嗆】gòuqiàng ㄍㄡˋ ㄑㄧㄤˋ 同'夠戧'。

【夠戧】gòuqiàng ㄍㄡˋ ㄑㄧㄤˋ 〈方〉十分厲害；夠受的：累得夠戧。也作夠嗆。

【夠瞧的】gòuqiáo·de ㄍㄡˋ ㄑㄧㄠˊ ·ㄉㄜ 十分厲害；夠受的；看不下去：天熱得真夠瞧的，莊稼都曬蔫了｜這個人脾氣越來越大，真夠瞧的。

【夠受的】gòushòu·de ㄍㄡˋ ㄕㄡˋ ·ㄉㄜ 達到或超過人所能忍受的最大限度，含有使人受不了的意思：幹了一天活兒，累得真夠受的。

【夠味兒】gòuwèir ㄍㄡˋ ㄨㄟˋㄦ 工力達到相當高的水平；意味深長；耐人尋味：這兩句你唱得可真夠味兒。

【夠意思】gòu yì·si ㄍㄡˋ ㄧˋ·ㄙ ❶達到相當的水平（多用來表示讚賞）：這篇評論説得頭頭是道，真夠意思。❷夠朋友；夠交情：他能抽空陪你玩，就夠意思的了｜他這樣做，有點兒不夠意思。

彀[1] gòu ㄍㄡˋ 張滿弓弩：彀中。

彀[2] gòu ㄍㄡˋ 同'夠'。

【彀中】gòuzhōng ㄍㄡˋ ㄓㄨㄥ 〈書〉箭能射及的範圍，比喻牢籠、圈套：入我彀中。

搆 gòu ㄍㄡˋ 同'構'。

【搆陷】gòuxiàn ㄍㄡˋ ㄒㄧㄢˋ 同'構陷'。

雊 gòu ㄍㄡˋ 〈書〉野雞叫。

詬（诟） gòu ㄍㄡˋ 〈書〉❶恥辱。❷怒罵；辱罵：詬病。

【詬病】gòubìng ㄍㄡˋ ㄅㄧㄥˋ 〈書〉指責：為世詬病。

【詬罵】gòumà ㄍㄡˋ ㄇㄚˋ 〈書〉辱罵。

媾 gòu ㄍㄡˋ 〈書〉❶結為婚姻：婚媾（兩家結親）。❷交好：媾和。❸交配：交媾。

【媾和】gòuhé ㄍㄡˋ ㄏㄜˊ 交戰國締結和約，結束戰爭狀態。也指一國之內交戰團體達成和平協議，結束戰爭。

遘 gòu ㄍㄡˋ 〈書〉相遇。

構[1]（构） gòu ㄍㄡˋ ❶構造；組合：構圖｜構詞。❷結成（用於抽象事物）：虛構｜構怨。❸指文藝作品：佳構。

構[2]（构） gòu ㄍㄡˋ 見172頁'楮'（chǔ）①。

【構成】gòuchéng ㄍㄡˋ ㄔㄥˊ ❶形成；造成：眼鏡由鏡片和鏡架構成｜違法情節輕微，還沒有構成犯罪。❷結構①：研究所目前的人員構成不盡合理。

【構詞法】gòucífǎ ㄍㄡˋ ㄘˊ ㄈㄚˇ 由詞素構成詞的方式。

【構架】gòujià ㄍㄡˋ ㄐㄧㄚˋ 建築物的框架，比喻事物的組織結構：木構架｜藝術構架。

【構件】gòujiàn ㄍㄡˋ ㄐㄧㄢˋ ❶組成機構的單元，可以是一個零件，也可以是由許多零件構成的剛體。❷組成建築物某一結構的單元，如樑、柱。

【構建】gòujiàn ㄍㄡˋ ㄐㄧㄢˋ 建立（多用於抽象事物）：構建新的學科體系。

【構思】gòusī ㄍㄡˋ ㄙ 做文章或製作藝術品時運用心思：構思精巧｜藝術構思。

【構圖】gòutú ㄍㄡˋ ㄊㄨˊ 繪畫時根據題材和主題思想的要求，把要表現的形象適當地組織起來，構成協調的完整的畫面。

【構陷】gòuxiàn ㄍㄡˋ ㄒㄧㄢˋ 定計陷害，使別人落下罪名。也作搆陷。

【構想】gòuxiǎng ㄍㄡˋ ㄒㄧㄤˇ ❶構思：構想巧妙｜這部小説，構想和行文都不高明。❷形成的想法：提出體制改革的構想。

【構象】gòuxiàng ㄍㄡˋ ㄒㄧㄤˋ 有機化合物分子中，由於碳原子上結合的原子（或原子團）的相對位置改變而產生的不同的空間排列方式。

【構造】gòuzào ㄍㄡˋ ㄗㄠˋ 各個組成部分的安排、組織和相互關係：人體構造｜地層的構造｜句子的構造。

【構造地震】gòuzào dìzhèn ㄍㄡˋ ㄗㄠˋ ㄉㄧˋ ㄓㄣˋ 地震的一種，由地層發生斷層而引起。波及範圍廣，破壞性很大。世界上 90% 以上的地震屬於構造地震。也叫斷層地震。

【構築】gòuzhù ㄍㄡˋ ㄓㄨˋ 建造；修築：構築工事。

【構築物】gòuzhùwù ㄍㄡˋ ㄓㄨˋ ㄨˋ 一般不直接在裏面進行生產和生活活動的建築物，如水塔、烟囱等。

覯（觏） gòu ㄍㄡˋ 〈書〉遇見。

購（购） gòu ㄍㄡˋ 買：採購｜統購統銷｜認購公債。

【購買】gòumǎi ㄍㄡˋ ㄇㄞˇ 買：購買力｜購買年貨。

【購買力】gòumǎilì ㄍㄡˋ ㄇㄞˇ ㄌㄧˋ ❶指個人或機關團體購買商品和支付生活費用的能力。❷指單位貨幣購買商品的能力。

【購銷】gòuxiāo ㄍㄡˋ ㄒㄧㄠ 商業上的購進和銷售：購銷兩旺。

【購置】gòuzhì ㄍㄡˋ ㄓˋ 購買（長期使用的器物）：購置圖書資料｜為了擴大生產，這家工廠購置了一批新設備。

gū（ㄍㄨ）

估 gū ㄍㄨ 估計；揣測：估一估這塊地能收多少糧食｜不要低估他的作用。另見412頁 gù。

【估產】gū//chǎn ㄍㄨ// ㄔㄢˇ 憑生產經驗，預先估計農作物等的產量。

【估堆兒】gū//duīr ㄍㄨ// ㄉㄨㄟㄦ 估計成堆商品的數量或價格。

【估計】gūjì ㄍㄨ ㄐㄧˋ 根據某些情況，對事物的性質、數量、變化等做大概的推斷：估計他今天會來｜最近幾天估計不會下雨。

【估價】gū//jià ㄍㄨ// ㄐㄧㄚˋ 估計商品的價格：請

給這件古董估個價吧。

【估價】gūjià ㄍㄨ ㄐㄧㄚˋ 對人或事物給以評價：對歷史人物的估價不能離開歷史條件。

【估量】gū·liáng ㄍㄨ ·ㄌㄧㄤˊ 估計：難以估量的損失。

【估摸】gū·mo ㄍㄨ ·ㄇㄛ 估計：我估摸着他會來。

【估算】gūsuàn ㄍㄨ ㄙㄨㄢˋ 大致推算：估算產量。

苽〔菰〕 gū ㄍㄨ 〈書〉同'菰'。

咕 gū ㄍㄨ 象聲詞，母雞、斑鳩等的叫聲。

【咕咚】gūdōng ㄍㄨ ㄉㄨㄥ 象聲詞，重東西落下或大口喝水的聲音：大石頭咕咚一聲掉到水裏去了｜他拿起啤酒瓶，對着嘴咕咚咕咚地喝了幾口。

【咕嘟】gūdū ㄍㄨ ㄉㄨ 象聲詞，液體沸騰、水流涌出或大口喝水的聲音：鍋裏的粥咕嘟咕嘟響｜泉水咕嘟咕嘟地往外冒｜小劉端起一碗水，咕嘟咕嘟地喝了下去。

【咕嘟】gū·du ㄍㄨ ·ㄉㄨ ❶〈方〉長時間煮：把海帶咕嘟爛了再吃。❷(嘴)撅着；鼓起：他生氣了，咕嘟着嘴半天不説話。

【咕唧】gūjī ㄍㄨ ㄐㄧ 象聲詞，水受壓力而向外排出的聲音：他在雨地裏走着，腳底下咕唧咕唧地直響。也作咕嘰。

【咕唧】gū·ji ㄍㄨ ·ㄐㄧ 小聲交談或自言自語：他們倆交頭接耳地咕唧了半天｜他一邊想心事，一邊咕唧。也作咕嘰。

【咕嘰】gūjī ㄍㄨ ㄐㄧ 同'咕唧'(gūjī)。

【咕嘰】gū·ji ㄍㄨ ·ㄐㄧ 同'咕唧'(gū·ji)。

【咕隆】gūlōng ㄍㄨ ㄌㄨㄥ 象聲詞，雷聲、大車聲等：雷聲咕隆咕隆，由遠而近。也説咕隆隆。

【咕嚕】gūlū ㄍㄨ ㄌㄨ 象聲詞，水流動或東西滾動的聲音：他端起一杯水咕嚕一口就喝完了｜石頭咕嚕咕嚕滾下去了。也説咕嚕嚕。

【咕嚕】gū·lu ㄍㄨ ·ㄌㄨ 咕噥。

【咕噥】gū·nong ㄍㄨ ·ㄋㄨㄥ 小聲説話(多指自言自語，並帶不滿情緒)：他低着頭嘴裏不知咕噥些甚麼。

呱 gū ㄍㄨ 見下。
另見415頁 guā；416頁 guǎ。

【呱呱】gūgū ㄍㄨ ㄍㄨ 〈書〉小兒哭聲：呱呱而泣。
另見415頁 guāguā。

【呱呱墜地】gūgū zhuì dì ㄍㄨ ㄍㄨ ㄓㄨㄟˋ ㄉㄧˋ 指嬰兒出生。

沽¹ gū ㄍㄨ 〈書〉❶買：沽酒。❷賣：待價而沽。

沽² Gū ㄍㄨ 天津的別稱。

【沽名】gūmíng ㄍㄨ ㄇㄧㄥˊ 故意做作或用某種手段謀取名譽：沽名釣譽｜沽名之作。

姑¹ gū ㄍㄨ ❶(姑兒)父親的姐妹：大姑｜二姑｜表姑。❷丈夫的姐妹：大姑子｜小姑兒。❸〈書〉丈夫的母親：翁姑。❹出家修行或從事迷信職業的婦女：尼姑｜三姑六婆。

姑² gū ㄍㄨ 〈書〉姑且；暫且：姑置勿論。

【姑表】gūbiǎo ㄍㄨ ㄅㄧㄠˇ 一家的父親和另一家的母親是兄妹或姐弟的親戚關係(區別於'姨表')：姑表親｜姑表兄弟｜姑表姐妹。

【姑爹】gūdiē ㄍㄨ ㄉㄧㄝ 〈方〉姑夫。

【姑夫】gū·fu ㄍㄨ ·ㄈㄨ 姑母的丈夫。

【姑父】gū·fu ㄍㄨ ·ㄈㄨ 姑夫。

【姑姑】gū·gu ㄍㄨ ·ㄍㄨ 姑母。

【姑舅】gūjiù ㄍㄨ ㄐㄧㄡˋ 姑表：姑舅兄弟｜姑舅姐妹。

【姑寬】gūkuān ㄍㄨ ㄎㄨㄢ 姑息寬容：從嚴查處，決不姑寬。

【姑老爺】gūlǎo·ye ㄍㄨ ㄌㄠˇ ·ㄧㄝ ❶岳家對女婿的尊稱。❷母親的姑夫。

【姑姥姥】gūlǎo·lao ㄍㄨ ㄌㄠˇ ·ㄌㄠ 母親的姑母。

【姑媽】gūmā ㄍㄨ ㄇㄚ 姑母(指已婚的)。

【姑母】gūmǔ ㄍㄨ ㄇㄨˇ 父親的姐妹。

【姑奶奶】gūnǎi·nai ㄍㄨ ㄋㄞˇ ·ㄋㄞ ❶父親的姑母。❷娘家稱已經出嫁的女兒。

【姑娘】gūniáng ㄍㄨ ㄋㄧㄤˊ 〈方〉❶姑母。❷丈夫的姐妹。

【姑娘】gū·niang ㄍㄨ ·ㄋㄧㄤ ❶未婚的女子。❷女兒。

【姑娘兒】gū·niangr ㄍㄨ ·ㄋㄧㄤㄦ 〈方〉稱妓女。

【姑婆】gūpó ㄍㄨ ㄆㄛˊ 〈方〉❶丈夫的姑母。❷父親的姑母。

【姑且】gūqiě ㄍㄨ ㄑㄧㄝˇ 副詞，表示暫時地：此事姑且擱起｜我這裏有支鋼筆，你姑且用着。

【姑嫂】gūsǎo ㄍㄨ ㄙㄠˇ 女子和她的弟兄的妻子的合稱(嫂兼指弟婦)。

【姑妄聽之】gū wàng tīng zhī ㄍㄨ ㄨㄤˋ ㄊㄧㄥ ㄓ 姑且聽聽(不必信以為真)。

【姑妄言之】gū wàng yán zhī ㄍㄨ ㄨㄤˋ ㄧㄢˊ ㄓ 姑且説説(對於自己不能深信不疑的事情，説給別人時常用此語以示保留)。

【姑息】gūxī ㄍㄨ ㄒㄧ 無原則地寬容：對自己的錯誤不應該有一點兒姑息。

【姑息養奸】gūxī yǎng jiān ㄍㄨ ㄒㄧ ㄧㄤˇ ㄐㄧㄢ 由於過分寬容而助長壞人壞事。

【姑爺】gū·ye ㄍㄨ ·ㄧㄝ 岳家稱女婿。

【姑爺爺】gūyé·ye ㄍㄨ ㄧㄝˊ ·ㄧㄝ 父親的姑夫。也叫姑爺(gūyé)。

【姑丈】gūzhàng ㄍㄨ ㄓㄤˋ 姑夫。

【姑子】gū·zi ㄍㄨ ·ㄗ 尼姑。

孤 gū ㄍㄨ ❶幼年喪父或父母雙亡的：孤兒。❷單獨；孤單：孤雁｜孤島｜孤掌難鳴。❸封建王侯的自稱。

【孤哀子】gū'āizǐ ㄍㄨ ㄞ ㄗˇ 舊時兒子死了父親稱孤子，死了母親稱哀子，父母都死了稱孤哀子(多用於訃聞)。

【孤傲】gū'ào ㄍㄨ ㄠˋ 孤僻高傲：孤傲不群。

【孤本】gūběn ㄍㄨ ㄅㄣˇ 指某書僅有一份在世間流傳的版本，也指僅存的一份未刊手稿或原物已亡，僅存的一份拓本。

【孤雌生殖】gūcí-shēngzhí ㄍㄨ ㄘˊ ㄕㄥ ㄓˊ 某些比較低等的生物的卵未經受精就能發育成新的個體，這種繁殖叫做孤雌生殖。動物中如蚜蟲不經過交配就能繁殖，植物中如黃瓜不經過傳粉受精就能結果。

【孤單】gūdān ㄍㄨ ㄉㄢ ❶單身無靠，感到寂寞：孤單一人｜她一個人生活很孤單。❷(力量)單薄：勢力孤單。

【孤膽】gūdǎn ㄍㄨ ㄉㄢˇ 單獨跟許多敵人英勇作戰的：孤膽英雄。

【孤獨】gūdú ㄍㄨ ㄉㄨˊ 獨自一個人；孤單：孤獨的老人｜兒女都不在身邊，他感到很孤獨。

【孤兒】gū'ér ㄍㄨ ㄦˊ ❶死了父親的兒童：孤兒寡母。❷失去父母的兒童：孤兒院。

【孤芳自賞】gū fāng zì shǎng ㄍㄨ ㄈㄤ ㄗˋ ㄕㄤˇ 比喻自命清高，自我欣賞。

【孤負】gūfù ㄍㄨ ㄈㄨˋ 同'辜負'。

【孤高】gūgāo ㄍㄨ ㄍㄠ 〈書〉高傲，不合群：性情孤高｜孤高不群。

【孤寡】gūguǎ ㄍㄨ ㄍㄨㄚˇ ❶孤兒和寡婦：老弱孤寡。❷孤獨：孤寡老人｜家裏只剩下我一個孤寡老婆子。

【孤拐】gū·guai ㄍㄨ ·ㄍㄨㄞ 〈方〉❶顴骨。❷腳掌兩旁突出的部分。

【孤寂】gūjì ㄍㄨ ㄐㄧˋ 孤獨寂寞：孤寂難耐｜他一個人留在家裏，感到十分孤寂。

【孤家寡人】gūjiā guǎrén ㄍㄨ ㄐㄧㄚ ㄍㄨㄚˇ ㄖㄣˊ 古代君主自己謙稱為孤或寡人('孤家'多見於戲曲)，現在用'孤家寡人'比喻脱離群眾，孤立無助的人。

【孤軍】gūjūn ㄍㄨ ㄐㄩㄣ 孤立無援的軍隊：孤軍作戰｜孤軍深入。

【孤苦】gūkǔ ㄍㄨ ㄎㄨˇ 孤單無靠，生活困苦：孤苦伶仃｜孤苦無依｜孤苦的老人。

【孤苦伶仃】gū kǔ líng dīng ㄍㄨ ㄎㄨˇ ㄌㄧㄥˊ ㄉㄧㄥ 形容孤獨困苦，無依無靠。也作孤苦零丁。

【孤老】gūlǎo ㄍㄨ ㄌㄠˇ ❶孤獨而年老。❷孤獨而年老的人：贍養孤老。

【孤立】gūlì ㄍㄨ ㄌㄧˋ ❶同其他事物不相聯繫：湖心有個孤立的小島｜這個事件不是孤立的。❷不能得到同情和援助：孤立無援。❸使得不到同情和援助：孤立敵人。

【孤立木】gūlìmù ㄍㄨ ㄌㄧˋ ㄇㄨˋ 生長在空曠地上的單株樹木，樹幹多彎曲，下部粗，上部細，樹冠大，節子較多(區別於'林木')。

【孤立語】gūlìyǔ ㄍㄨ ㄌㄧˋ ㄩˇ 詞根語。

【孤零零】gūlínglíng ㄍㄨ ㄌㄧㄥˊ ㄌㄧㄥˊ 形容孤單，無依無靠或沒有陪襯：家裏只剩下他孤零零一個人｜山腳下有一間孤零零的小草房。

【孤陋寡聞】gū lòu guǎ wén ㄍㄨ ㄌㄡˋ ㄍㄨㄚˇ ㄨㄣˊ 知識淺陋，見聞不廣。

【孤僻】gūpì ㄍㄨ ㄆㄧˋ 孤獨怪僻：性情孤僻。

【孤身】gūshēn ㄍㄨ ㄕㄣ 孤單一人(多指沒有親屬或親屬不在身邊)：父母早年去世，只剩下他孤身一人。

【孤孀】gūshuāng ㄍㄨ ㄕㄨㄤ ❶孤兒寡婦。❷寡婦。

【孤行】gūxíng ㄍㄨ ㄒㄧㄥˊ 不顧別人反對而獨自行事：孤行己見｜一意孤行。

【孤掌難鳴】gū zhǎng nán míng ㄍㄨ ㄓㄤˇ ㄋㄢˊ ㄇㄧㄥˊ 一個巴掌難以拍響。比喻力量單薄，難以成事。

【孤證】gūzhèng ㄍㄨ ㄓㄥˋ 單一的證據或例證。

【孤注一擲】gū zhù yī zhì ㄍㄨ ㄓㄨˋ ㄧ ㄓˋ 把所有的錢一下投做賭注，企圖最後得勝。比喻在危急時把全部力量拿出來冒一次險。

【孤子】gūzǐ ㄍㄨ ㄗˇ ❶孤兒。❷見〖孤哀子〗。

骨 gū ㄍㄨ 見下。
另見409頁gǔ。

【骨朵兒】gū·duor ㄍㄨ ·ㄉㄨㄛㄦ 沒有開放的花朵：花骨朵兒。

【骨碌碌】gūlūlū ㄍㄨ ㄌㄨ ㄌㄨ 形容很快地轉動：他眼睛骨碌碌地看看這個，又看看那個。

【骨碌】gū·lu ㄍㄨ ·ㄌㄨ 滾動：皮球在地上骨碌｜他一骨碌從牀上爬起來。

菰〔菰〕 gū ㄍㄨ ❶多年生草本植物，生長在池沼裏，花單性，紫紅色。嫩莖的基部經某種菌寄生後，膨大，做蔬菜吃，叫茭白。❷同'菇'。

菇〔菇〕 gū ㄍㄨ 蘑菇：香菇｜冬菇。

罛 gū ㄍㄨ 〈書〉一種大的魚網。

蛄 gū ㄍㄨ 見516頁〔蟪蛄〕(huìgū)、745頁〖螻蛄〗(lóugū)。
另見411頁gǔ。

辜 gū ㄍㄨ ❶罪：無辜｜死有餘辜。❷〈書〉背棄；違背：辜負｜辜恩背義。❸(Gū)姓。

【辜負】gūfù ㄍㄨ ㄈㄨˋ 對不住(別人的好意、期望或幫助)：不辜負您的期望。也作孤負。

軲(轱) gū ㄍㄨ 見下。

【軲轆】gū·lu ㄍㄨ ·ㄌㄨ ❶車輪子。❷滾動：油桶軲轆遠了。也作軲轤、轂轆。

【軲轆】gū·lu ㄍㄨ ·ㄌㄨ 同'軲轆'。

軱(𫐐) gū ㄍㄨ 〈書〉大骨。

酤 gū ㄍㄨ 〈書〉❶薄酒；清酒。❷買(酒)。❸賣(酒)。

觚 gū ㄍㄨ ❶古代一種盛酒的器具。❷古代寫字用的木板：操觚(寫文章)。❸〈書〉棱角。

蓇〔蓇〕 gū ㄍㄨ ［蓇葖］(gūtū ㄍㄨ ㄊㄨ) ❶果實的一種，由一個心皮構成，子房只有一個室，成熟時，果皮僅在一面裂開，如芍藥、八角的果實。❷骨朵兒。

箍 gū ㄍㄨ ❶用竹篾或金屬條捆緊；用帶子之類勒住：用鐵環箍木桶｜他頭上箍着條毛巾。❷(箍兒)緊緊套在東西外面的圈兒：柱子上圍了六七道金箍｜左胳膊上帶着紅箍兒。

【箍眼】gū·yan ㄍㄨ ·ㄧㄢ 〈方〉眼罩①。

【箍嘴】gū·zui ㄍㄨ ·ㄗㄨㄟ 〈方〉籠嘴。

鴣(鸪) gū ㄍㄨ 見89頁〖鵓鴣〗(bógū)、1450頁［鷓鴣］(zhègū)。

轂(毂) gū ㄍㄨ ［轂轆］(gū·lu ㄍㄨ·ㄌㄨ) 同'軲轆'。
另見412頁 gǔ。

gǔ (ㄍㄨˇ)

古 gǔ ㄍㄨˇ ❶古代(跟'今'相對)：太古｜厚今薄古。❷經歷多年的：古畫｜古城｜這座廟古得很。❸具有古代風格的：古拙｜古樸。❹真摯純樸：人心不古。❺古體詩：五古｜七古。❻(Gǔ)姓。

【古奧】gǔ'ào ㄍㄨˇ ㄠˋ 古老深奧，難於理解(多指詩文)：行文古奧。

【古板】gǔbǎn ㄍㄨˇ ㄅㄢˇ (思想、作風)固執守舊；呆板少變化：為人古板｜脾氣古板。

【古代】gǔdài ㄍㄨˇ ㄉㄞˋ ❶過去距離現代較遠的時代(區別於'近代、現代')。在我國歷史分期上多指19世紀中葉以前。❷特指奴隸社會時代(有時也包括原始公社時代)。

【古道熱腸】gǔ dào rè cháng ㄍㄨˇ ㄉㄠˋ ㄖㄜˋ ㄔㄤˊ 指待人真摯、熱情。

【古典】gǔdiǎn ㄍㄨˇ ㄉㄧㄢˇ ❶典故。❷古代流傳下來的在一定時期認為正宗或典範的：古典哲學｜古典政治經濟學。

【古典文學】gǔdiǎn wénxué ㄍㄨˇ ㄉㄧㄢˇ ㄨㄣˊ ㄒㄩㄝˊ 古代優秀的、典範的文學作品。也泛指古代的文學作品。

【古典主義】gǔdiǎn zhǔyì ㄍㄨˇ ㄉㄧㄢˇ ㄓㄨˇ ㄧˋ 西歐文學藝術上的一個流派，盛行於17世紀，延續到18世紀後期。主要特點是模仿古希臘、羅馬的藝術形式，尊重傳統，崇尚理性，要求均衡、簡潔，表現出反宗教權威的精神。但由於模擬多，創造少，不能反映現實。

【古董】gǔdǒng ㄍㄨˇ ㄉㄨㄥˇ ❶古代留傳下來的器物，可供了解古代文化的參考。❷比喻過時的東西或頑固守舊的人。‖也作骨董。

【古都】gǔdū ㄍㄨˇ ㄉㄨ 古代的都城：古都洛陽。

【古爾邦節】Gǔ'ěrbāng Jié ㄍㄨˇ ㄦˇ ㄅㄤ ㄐㄧㄝˊ 宰牲節。［古爾邦，阿拉伯 qurbān］

【古方】gǔfāng ㄍㄨˇ ㄈㄤ (古方兒)古代傳下來的藥方。

【古風】gǔfēng ㄍㄨˇ ㄈㄥ ❶古代的風俗習慣，多指質樸的生活作風：古風猶存。❷古體詩。

【古怪】gǔguài ㄍㄨˇ ㄍㄨㄞˋ 跟一般情況很不相同，使人覺得詫異的；生疏罕見的：脾氣古怪｜樣子古怪。

【古國】gǔguó ㄍㄨˇ ㄍㄨㄛˊ 歷史悠久的國家。

【古話】gǔhuà ㄍㄨˇ ㄏㄨㄚˋ 流傳下來的古人的話。

【古籍】gǔjí ㄍㄨˇ ㄐㄧˊ 古書。

【古迹】gǔjì ㄍㄨˇ ㄐㄧˋ 古代的遺迹，多指古代留傳下來的建築物：名勝古迹。

【古舊】gǔjiù ㄍㄨˇ ㄐㄧㄡˋ 古老陳舊：古舊建築。

【古來】gǔlái ㄍㄨˇ ㄌㄞˊ 自古以來。

【古蘭經】Gǔlánjīng ㄍㄨˇ ㄌㄢˊ ㄐㄧㄥ 伊斯蘭教的經典。［古蘭，也譯作可蘭，阿拉伯 Qur'ān］

【古老】gǔlǎo ㄍㄨˇ ㄌㄠˇ 經歷了久遠年代的：古老的風俗｜古老的民族。

【古樸】gǔpǔ ㄍㄨˇ ㄆㄨˇ 樸素而有古代的風格：建築風格古樸典雅｜筆力蒼勁古樸。

【古琴】gǔqín ㄍㄨˇ ㄑㄧㄣˊ 我國很古就有的一種弦樂器，用梧桐等木料做成，有五根弦，後來增加為七根，沿用到現代。也叫七弦琴。

【古人】gǔrén ㄍㄨˇ ㄖㄣˊ 泛指古代的人。

【古色古香】gǔ sè gǔ xiāng ㄍㄨˇ ㄙㄜˋ ㄍㄨˇ ㄒㄧㄤ 形容富於古雅的色彩或情調。

【古生物】gǔshēngwù ㄍㄨˇ ㄕㄥ ㄨˋ 古代動物和古代植物的統稱。古代生物的遺體有少數變成化石保存下來，如三葉蟲、恐龍、猛獁等。

【古詩】gǔshī ㄍㄨˇ ㄕ ❶古體詩。❷泛指古代詩歌。

【古書】gǔshū ㄍㄨˇ ㄕㄨ 古代的書籍或著作。

【古體詩】gǔtǐshī ㄍㄨˇ ㄊㄧˇ ㄕ 唐代以後指區別於近體詩(律詩、絕句)的一種詩體，有四言、五言、六言、七言等形式，句數沒有限制，每句的字數也可以不齊，平仄和用韻都比較自由。也叫古詩或古風。

【古銅色】gǔtóngsè ㄍㄨˇ ㄊㄨㄥˊ ㄙㄜˋ 像古代銅器的深褐色。

【古玩】gǔwán ㄍㄨˇ ㄨㄢˊ 古董①。

【古往今來】gǔ wǎng jīn lái ㄍㄨˇ ㄨㄤˇ ㄐㄧㄣ ㄌㄞˊ 從古代到現在：他記得許多古往今來的故事。

【古文】gǔwén ㄍㄨˇ ㄨㄣˊ ❶五四以前的文言文

的統稱（一般不包括'駢文'）。❷漢代通行隸書，因此把秦以前的字體叫做古文，特指許慎《説文解字》裏的古文。

【古文字】gǔwénzì ㄍㄨˇ ㄨㄣˊ ㄗˋ 古代的文字。在我國指古代傳下的篆文體系的文字，特指秦以前的文字，如甲骨文和金文。

【古物】gǔwù ㄍㄨˇ ㄨˋ 古代的器物。

【古昔】gǔxī ㄍㄨˇ ㄒㄧ 〈書〉古時候。

【古稀】gǔxī ㄍㄨˇ ㄒㄧ 指人七十歲（源於杜甫《曲江》詩句'人生七十古來稀'）：年近古稀。

【古訓】gǔxùn ㄍㄨˇ ㄒㄩㄣˋ 指古代流傳下來的、可以作為準則的話。

【古雅】gǔyǎ ㄍㄨˇ ㄧㄚˇ 古樸雅致（多指器物或詩文）：這套瓷器很古雅。

【古諺】gǔyàn ㄍㄨˇ ㄧㄢˋ 古代流傳下來的諺語：中國有句古諺，只要功夫深，鐵杵磨成針。

【古音】gǔyīn ㄍㄨˇ ㄧㄣ ❶泛指古代的語音。❷專指周秦時期的語音。參看595頁〖今音〗。

【古語】gǔyǔ ㄍㄨˇ ㄩˇ ❶古代的詞語：書中個別古語加了註釋。❷古話：古語説，滿招損，謙受益。

【古箏】gǔzhēng ㄍㄨˇ ㄓㄥ 弦樂器，木製長形。唐宋時有十三根弦，後增至十六根，現發展到二十五根弦。也叫箏。

【古裝】gǔzhuāng ㄍㄨˇ ㄓㄨㄤ 古代式樣的服裝（跟'時裝'相對）：古裝戲。

【古拙】gǔzhuō ㄍㄨˇ ㄓㄨㄛ 古樸少修飾：這幅畫氣韻古拙，可能出自名家之手｜這個石刻雖然形式古拙，但是很有藝術價值。

谷 gǔ ㄍㄨˇ ❶兩山或兩塊高地中間的狹長而有出口的地帶（特別是當中有水道的）：萬丈深谷。❷（Gǔ）姓。

另見412頁 gǔ'穀'；1400頁 yù。

【谷底】gǔdǐ ㄍㄨˇ ㄉㄧˇ 比喻下降到的最低點；升降中的最低限度：產品銷售量大幅度下降，目前已跌至谷底。

【谷地】gǔdì ㄍㄨˇ ㄉㄧˋ 地面上向一定方向傾斜的低窪地。如山谷、河谷。

【谷坊】gǔfáng ㄍㄨˇ ㄈㄤˊ 在溝底修築的小水壩，用來調整坡度，減緩流速，防止溝底被沖刷。

【谷風】gǔfēng ㄍㄨˇ ㄈㄥ 氣象學上指白天從谷底吹向山頂的風。

【谷神星】gǔshénxīng ㄍㄨˇ ㄕㄣˊ ㄒㄧㄥ 太陽系中最大的小行星，直徑約 1,000 公里。

汩 gǔ ㄍㄨˇ 〈書〉水流動的樣子。

【汩汩】gǔgǔ ㄍㄨˇ ㄍㄨˇ 水流動的聲音或樣子：水車又轉動了，河水汩汩地流入田裏。

【汩沒】gǔmò ㄍㄨˇ ㄇㄛˋ 〈書〉埋沒。

股[1] gǔ ㄍㄨˇ ❶大腿。（圖見1017頁〖身體〗）❷某些機關、企業、團體中的組織單位：總務股｜人事股。❸（股兒）繩綫等的組成部分：三股兒繩｜把綫捻成股兒。❹（股兒）集合資金的一份或一筆財物平均分配的一份：股份｜分股｜按股均分，每股五百元。❺（股兒）量詞。a）用於成條的東西：一股綫｜一股泉水｜上山有兩股道。b）用於氣體、氣味、力氣等：一股熱氣｜一股香味｜一股勁。c）用於成批的人：兩股土匪｜一股敵軍。

股[2] gǔ ㄍㄨˇ 我國古代稱不等腰直角三角形中較長的直角邊。

【股本】gǔběn ㄍㄨˇ ㄅㄣˇ 股份公司用發行股票方式組成的資本。也指其他合夥經營的工商企業的資本或資金。

【股東】gǔdōng ㄍㄨˇ ㄉㄨㄥ 股份公司的股票持有人，有權出席股東大會並有表決權。也指其他合夥經營的工商企業的投資人。

【股匪】gǔfěi ㄍㄨˇ ㄈㄟˇ 成批的土匪。

【股分】gǔfèn ㄍㄨˇ ㄈㄣˋ 同'股份'。

【股份】gǔfèn ㄍㄨˇ ㄈㄣˋ ❶股份公司或其他合夥經營的資本單位。❷投入消費合作社的資金的單位。‖也作股分。

【股份公司】gǔfèn gōngsī ㄍㄨˇ ㄈㄣˋ ㄍㄨㄥ ㄙ 集股經營的企業，公司獲得的利潤按各個股東擁有的股票額分配。

【股份制】gǔfènzhì ㄍㄨˇ ㄈㄣˋ ㄓˋ 以投資入股或認購股票的方式聯合起來的企業財產組織形式，按股權多少進行收入分配。

【股肱】gǔgōng ㄍㄨˇ ㄍㄨㄥ 〈書〉比喻左右輔助得力的人。

【股骨】gǔgǔ ㄍㄨˇ ㄍㄨˇ 大腿中的長骨，是全身最長的骨，上端跟髖骨相連，下端跟脛骨相連。（圖見410頁〖骨骼〗）

【股金】gǔjīn ㄍㄨˇ ㄐㄧㄣ 投入股份制企業或消費合作社中的股份資金。

【股利】gǔlì ㄍㄨˇ ㄌㄧˋ 股息。

【股票】gǔpiào ㄍㄨˇ ㄆㄧㄠˋ 用來表示股份的證券。

【股市】gǔshì ㄍㄨˇ ㄕˋ ❶買賣股票的市場：香港股市。❷指股票的行市：股市暴跌。

【股息】gǔxī ㄍㄨˇ ㄒㄧ 股份公司按照股票的數量分給各股東的利潤。也叫股利。

【股子】gǔ·zi ㄍㄨˇ ·ㄗ 股[1]⑤。

牯 gǔ ㄍㄨˇ 牯牛。

【牯牛】gǔniú ㄍㄨˇ ㄋㄧㄡˊ 公牛。

瞽 gǔ ㄍㄨˇ 〈方〉瞪大眼睛（表示不滿）。

骨 gǔ ㄍㄨˇ ❶骨頭（gǔ·tou）①。❷比喻在物體內部支撐的架子：鋼骨水泥｜船的龍骨。❸品質；氣概：骨氣｜媚骨｜傲骨｜俠骨。

另見407頁 gū。

【骨刺】gǔcì ㄍㄨˇ ㄘˋ 骨頭上增生的針狀物，通常引起疼痛或其他神經系統症狀。

【骨董】gǔdǒng ㄍㄨˇ ㄉㄨㄥˇ 同'古董'。

【骨朵】gǔduǒ ㄍㄨˇ ㄉㄨㄛˇ 古代兵器，用鐵或硬木製成，像長棍子，頂端瓜形。後來只用做儀仗，叫金瓜。

【骨幹】gǔgàn ㄍㄨˇ ㄍㄢˋ ❶長骨的中央部分，兩端跟骨骺相連，裏面是空腔。(圖見〖骨頭〗) ❷比喻在總體中起主要作用的人或事物：骨幹分子｜骨幹企業｜業務骨幹。

【骨骼】gǔgé ㄍㄨˇ ㄍㄜˊ 人或動物體內或體表堅硬的組織。分兩種，人和高等動物的骨骼在體內，由許多塊骨頭組成，叫內骨骼；節肢動物、軟體動物體外的硬殼以及某些脊椎動物(如魚、龜等)體表的鱗、甲等叫外骨骼。通常說的骨骼指內骨骼。

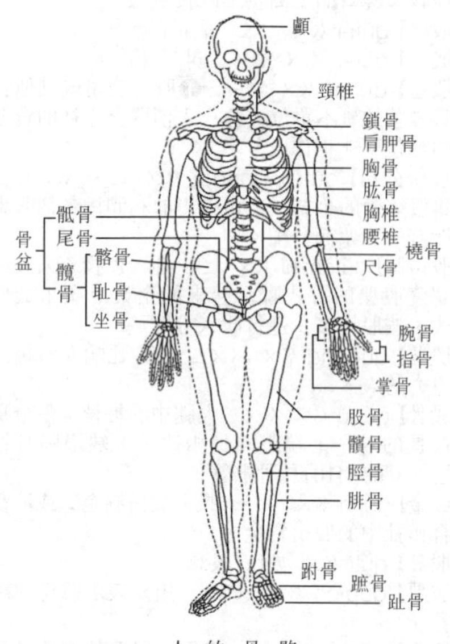

人的骨骼

【骨鯁】gǔgěng ㄍㄨˇ ㄍㄥˇ 〈書〉❶魚骨頭：骨鯁在喉。❷耿直：骨鯁之氣｜骨鯁之臣。

【骨鯁在喉】gǔgěng zài hóu ㄍㄨˇ ㄍㄥˇ ㄗㄞˋ ㄏㄡˊ 魚骨頭卡在喉嚨裏，比喻心裏有話沒說出來，非常難受：骨鯁在喉，不吐不快。

【骨骺】gǔhóu ㄍㄨˇ ㄏㄡˊ 長骨兩端的部分。也叫骺。(圖見〖骨頭〗)

【骨灰】gǔhuī ㄍㄨˇ ㄏㄨㄟ ❶人焚化後骨骼燒成的灰。❷動物骨頭燒成的灰，成分以磷酸鈣為主，是製磷和過磷酸鈣的原料，又可直接用做肥料。

【骨架】gǔjià ㄍㄨˇ ㄐㄧㄚˋ 骨頭架子，比喻在物體內部支撐的架子：這種豬的骨架大，而且瘦肉率很高｜工地上聳立着房屋的骨架。

【骨膠】gǔjiāo ㄍㄨˇ ㄐㄧㄠ 用動物的骨頭熬成的膠狀物質，可以做黏合劑。

【骨節】gǔjié ㄍㄨˇ ㄐㄧㄝˊ 骨頭的關節。

【骨庫】gǔkù ㄍㄨˇ ㄎㄨˋ 醫院中儲存供移植用的骨頭的設備。

【骨力】gǔlì ㄍㄨˇ ㄌㄧˋ 雄健的筆力：這副對聯寫得很有骨力，功夫很深。

【骨膜】gǔmó ㄍㄨˇ ㄇㄛˊ 骨頭表面的一層薄膜，由結締組織構成，很堅韌，含有大量的血管和神經。

【骨牌】gǔpái ㄍㄨˇ ㄆㄞˊ 牌類娛樂用具，每副三十二張，用骨頭、象牙、竹子或烏木製成，上面刻着以不同方式排列的從兩個到十二個點子。

【骨盆】gǔpén ㄍㄨˇ ㄆㄣˊ 人和脊椎動物骨骼的一部分，由髖骨、骶骨和尾骨組成，形狀像盆，有支撐脊柱和保護膀胱等臟器的作用。(圖見〖骨骼〗)

【骨氣】gǔqì ㄍㄨˇ ㄑㄧˋ ❶剛強不屈的氣概：他是個有骨氣的人，寧死也不向惡勢力低頭。❷書法所表現的雄健的氣勢：他的字寫得很有骨氣。

【骨肉】gǔròu ㄍㄨˇ ㄖㄡˋ ❶指父母兄弟子女等親人：骨肉之情｜骨肉團聚｜親生骨肉。❷比喻緊密相連，不可分割的關係：親如骨肉｜情同骨肉。

【骨殖】gǔ·shi ㄍㄨˇ ·ㄕ 屍骨。

【骨瘦如柴】gǔ shòu rú chái ㄍㄨˇ ㄕㄡˋ ㄖㄨˊ ㄔㄞˊ 形容非常瘦(多用於人)。

【骨髓】gǔsuǐ ㄍㄨˇ ㄙㄨㄟˇ 骨頭空腔中柔軟像膠的物質。(圖見〖骨頭〗)

【骨炭】gǔtàn ㄍㄨˇ ㄊㄢˋ 把獸骨密閉、加熱、脫脂所得的活性炭，能吸收溶液中的雜質。

【骨頭】gǔ·tou ㄍㄨˇ ·ㄊㄡ ❶人和脊椎動物體內支持身體、保護內臟的堅硬組織，主要成分是碳酸鈣和磷酸鈣。根據形狀的不同，分為長骨、短骨、扁骨等。❷比喻人的品質：懶骨頭｜硬骨頭。❸〈方〉比喻話裏暗含的不滿、諷刺等意思：話裏有骨頭。

骨骺
骨髓
骨幹
骨骺

骨頭

【骨頭架子】gǔ·tou jià·zi ㄍㄨˇ ·ㄊㄡ ㄐㄧㄚˋ ·ㄗ ❶人或高等動物的骨骼。❷形容極瘦的人。

【骨頭節兒】gǔ·toujiér ㄍㄨˇ ·ㄊㄡ ㄐㄧㄝㄦˊ 〈方〉骨節。

【骨血】gǔxuè ㄍㄨˇ ㄒㄩㄝˋ 骨肉①(多指子女等後代)：她確是這對夫婦的親骨血。

【骨折】gǔzhé ㄍㄨˇ ㄓㄜˊ 由於外傷或骨組織的病變，骨頭折斷、變成碎塊或發生裂紋。

【骨子】gǔ·zi ㄍㄨˇ ·ㄗ 東西裏面起支撐作用的架子：傘骨子｜扇骨子｜鋼條紮成的骨子。

【骨子裏】gǔ·zilǐ ㄍㄨˇ·ㄗ ㄌㄧˇ ❶比喻內心或實質上：他表面上不動聲色，骨子裏卻早有打算。❷〈方〉比喻私人之間：這是他們骨子裏的事，你不用管。也說骨子裏頭。

罟 gǔ ㄍㄨˇ 〈書〉❶捕魚的網。❷用網捕魚。

羖(羖) gǔ ㄍㄨˇ 〈書〉公羊。

蛄 gǔ ㄍㄨˇ 見678頁〖蝲蛄〗(làgǔ)、678頁〖蝲蝲蛄〗(làlàgǔ)。

另見407頁 gū。

詁(诂) gǔ ㄍㄨˇ 用通行的話解釋古代語言文字或方言字義：訓詁｜解詁。

鼓 gǔ ㄍㄨˇ ❶(鼓兒)打擊樂器，多為圓筒形或扁圓形，中間空，一面或兩面蒙着皮革：銅鼓｜手鼓｜花鼓。❷形狀、聲音、作用像鼓的：石鼓｜蛙鼓｜耳鼓。❸使某些樂器或東西發出聲音；敲：鼓琴｜鼓掌。❹用風箱等扇(風)：鼓風。❺發動；振奮：鼓動｜鼓勵｜鼓舞｜鼓起勇氣。❻凸起；漲大：他鼓着嘴半天沒出聲｜口袋裝得鼓鼓的。

【鼓包】gǔ//bāo ㄍㄨˇ//ㄅㄠ (鼓包兒)物體或身體上鼓起疙瘩：他的臉上鼓了一個包兒。

【鼓包】gǔbāo ㄍㄨˇ ㄅㄠ (鼓包兒)物體或身體上的凸起物：頭上碰了個鼓包。

【鼓吹】gǔchuī ㄍㄨˇ ㄔㄨㄟ ❶宣傳提倡：鼓吹革命。❷吹噓：鼓吹自己如何如何。

【鼓搗】gǔ·dao ㄍㄨˇ·ㄉㄠ 〈方〉❶反復擺弄：他一邊同我談話，一邊鼓搗收音機。❷挑撥；設法支使：一定是他鼓搗你去幹的。

【鼓點】gǔdiǎn ㄍㄨˇ ㄉㄧㄢˇ (鼓點兒)❶打鼓時的音響節奏。❷戲曲中的鼓板的節奏，用來指揮其他樂器。‖也說鼓點子。

【鼓動】gǔdòng ㄍㄨˇ ㄉㄨㄥˋ ❶扇動：小鳥鼓動翅膀。❷用語言、文字等激發人們的情緒，使他們行動起來：宣傳鼓動｜經他一鼓動，不少人都去學習氣功了。

【鼓風機】gǔfēngjī ㄍㄨˇ ㄈㄥ ㄐㄧ 產生氣流的機械，常見的是在蝸牛狀的外殼裏裝着葉輪，用於各種爐灶的送風，建築物和礦井的通風、排氣等。也叫風機。

【鼓風爐】gǔfēnglú ㄍㄨˇ ㄈㄥ ㄌㄨˊ 裝有鼓風裝置的冶煉爐。多用來煉銅、錫、鎳等。冶煉爐的鼓風裝置也叫鼓風爐。

【鼓鼓囊囊】gǔ·gunāngnāng ㄍㄨˇ·ㄍㄨ ㄋㄤ ㄋㄤ (鼓鼓囊囊的)形容口袋、包裹等填塞得凸起的樣子：背包裝得鼓鼓囊囊的。

【鼓惑】gǔhuò ㄍㄨˇ ㄏㄨㄛˋ 同'蠱惑'。

【鼓角】gǔjiǎo ㄍㄨˇ ㄐㄧㄠˇ 古代軍隊中用來發出號令的戰鼓和號角：鼓角齊鳴。

【鼓勁】gǔ//jìn ㄍㄨˇ//ㄐㄧㄣˋ (鼓勁兒)鼓動情緒，使振作起來：鼓起勁來｜互相鼓勁。

【鼓勵】gǔlì ㄍㄨˇ ㄌㄧˋ 激發；勉勵：車間主任鼓勵大家努力完成增產指標｜大家的讚揚給了他很大的鼓勵。

【鼓樓】gǔlóu ㄍㄨˇ ㄌㄡˊ 舊時城市中設置大鼓的樓，樓內按時敲鼓報告時辰。

【鼓膜】gǔmó ㄍㄨˇ ㄇㄛˊ 外聽道和中耳之間的薄膜，由纖維組織構成，橢圓形，半透明。內表面與聽骨相連，外界的聲波震動鼓膜，使聽骨發生振動。也叫耳鼓、耳膜。(圖見303頁〖耳朵〗)

【鼓弄】gǔ·nong ㄍㄨˇ·ㄋㄨㄥ 擺弄：這孩子就喜歡鼓弄積木。

【鼓兒詞】gǔrcí ㄍㄨㄦˇ ㄘˊ 大鼓的唱詞。

【鼓舌】gǔ//shé ㄍㄨˇ//ㄕㄜˊ 賣弄口舌，多指花言巧語：鼓其如簧之舌｜搖唇鼓舌。

【鼓師】gǔshī ㄍㄨˇ ㄕ 戲曲樂隊中敲擊板鼓的人。

【鼓室】gǔshì ㄍㄨˇ ㄕˋ 中耳的一部分，位於鼓膜和內耳之間，是一個不規則的含氣空腔。

【鼓手】gǔshǒu ㄍㄨˇ ㄕㄡˇ 樂隊中打鼓的人。

【鼓書】gǔshū ㄍㄨˇ ㄕㄨ 大鼓(曲藝的一種)。

【鼓舞】gǔwǔ ㄍㄨˇ ㄨˇ ❶使振作起來，增強信心或勇氣：鼓舞人心｜鼓舞士氣。❷興奮；振作：令人鼓舞｜歡欣鼓舞。

【鼓樂】gǔyuè ㄍㄨˇ ㄩㄝˋ 敲鼓聲和奏樂聲：鼓樂齊鳴｜鼓樂喧天。

【鼓噪】gǔzào ㄍㄨˇ ㄗㄠˋ 古代指出戰時擂鼓吶喊，以壯聲勢。今泛指喧嚷：鼓噪一時。

【鼓掌】gǔ//zhǎng ㄍㄨˇ//ㄓㄤˇ 拍手，多表示高興、贊成或歡迎：當中央首長進入會場時，代表們熱烈鼓掌，表示歡迎。

【鼓脹】gǔzhàng ㄍㄨˇ ㄓㄤˋ ❶凸起；脹起：手背上暴出幾條鼓脹的青筋。❷中醫指由水、氣、瘀血、寄生蟲等原因引起的腹部膨脹的病。也作臌脹。

賈(贾) gǔ ㄍㄨˇ ❶商人(古時'賈'指坐商，'商'指行商)：商賈｜書賈。❷做買賣：多財善賈。❸〈書〉買：賈馬。❹〈書〉招致；招引：賈禍。❺〈書〉賣：餘勇可賈。

另見554頁 Jiǎ。

【賈禍】gǔhuò ㄍㄨˇ ㄏㄨㄛˋ 〈書〉招來禍害：驕貪賈禍。

【賈人】gǔrén ㄍㄨˇ ㄖㄣˊ 〈書〉做買賣的人。

鈷(钴) gǔ ㄍㄨˇ 金屬元素，符號 Co (cobaltum)。銀白色，用來製合金和瓷器釉料等，醫學上用放射性鈷 (^{60}Co) 治療惡性腫瘤。

【鈷鉧】gǔmǔ ㄍㄨˇ ㄇㄨˇ 〈書〉熨斗。

【鈷炮】gǔpào ㄍㄨˇ ㄆㄠˋ 指用放射性鈷 (^{60}Co) 進行放射治療的裝置。

縠 gǔ ㄍㄨˇ 見172頁'楮'(chǔ)①。

嘏 gǔ ㄍㄨˇ，又 jiǎ ㄐㄧㄚˇ〈書〉福。

榾 gǔ ㄍㄨˇ［榾柮］(gǔduò ㄍㄨˇ ㄉㄨㄛˋ)〈方〉木頭塊；樹根墩子。

穀1 gǔ ㄍㄨˇ〈書〉❶善；好：穀旦(吉利的日子)。❷俸祿。

穀2 (谷) gǔ ㄍㄨˇ ❶穀類作物：百穀｜五穀雜糧。❷穀子(粟)：穀草｜穀穗兒。❸〈方〉稻或稻穀。

'谷'另見409頁 gǔ；1400頁 yù。

【穀草】gǔcǎo ㄍㄨˇ ㄘㄠˇ ❶穀子(粟)脱粒後的稈，可做飼料。❷〈方〉稻草。

【穀類作物】gǔlèi zuòwù ㄍㄨˇ ㄌㄟˋ ㄗㄨㄛˋ ㄨˋ 稻、麥、穀子、高粱、玉米等作物的統稱。

【穀物】gǔwù ㄍㄨˇ ㄨˋ ❶穀類作物的子實。❷穀類作物的通稱。

【穀雨】gǔyǔ ㄍㄨˇ ㄩˇ 二十四節氣之一，在4月19，20 或 21 日。參看589頁〖節氣〗、306頁〖二十四節氣〗。

【穀子】gǔ·zi ㄍㄨˇ ·ㄗ ❶一年生草本植物，莖直立，葉子條狀披針形，有毛，穗狀圓錐花序，子實圓形或橢圓形，脱殼後叫小米，是我國北方的糧食作物。也叫粟(sù)。❷穀子的沒有去殼的子實。也叫粟。❸〈方〉稻的沒有去殼的子實。

箍 gǔ ㄍㄨˇ［箍子］(gǔ·zi ㄍㄨˇ ·ㄗ)烹飪用具，周圍陡直的深鍋，一般用沙土燒製，也有鐵製的：沙箍子｜瓷箍子。

轂 (轂) gǔ ㄍㄨˇ 車輪的中心部分，有圓孔，可以插軸。(圖見758頁〖輪子〗)

另見408頁 gū。

臌 gǔ ㄍㄨˇ 鼓脹：水臌｜氣臌。

【臌脹】gǔzhàng ㄍㄨˇ ㄓㄤˋ 同'鼓脹'②。

瞽 gǔ ㄍㄨˇ〈書〉❶眼睛瞎：瞽者。❷指沒有識別能力的：瞽説(不達事理的言論)。

【瞽言】gǔyán ㄍㄨˇ ㄧㄢˊ〈書〉沒有根據或不合情理的話(多用作謙辭)：瞽言芻議。

鹽 gǔ ㄍㄨˇ〈書〉❶鹽池。❷不堅固。❸停止。

鵠 (鹄) gǔ ㄍㄨˇ〈書〉射箭的目標；箭靶子：中鵠。

另見485頁 hú。

【鵠的】gǔdì ㄍㄨˇ ㄉㄧˋ〈書〉❶箭靶子的中心；練習射擊的目標：三發連中鵠的。❷目的。

餶 (馉) gǔ ㄍㄨˇ［餶飿］(gǔduò ㄍㄨˇ ㄉㄨㄛˋ)古時一種麵製食品。

瀔 gǔ ㄍㄨˇ 瀔水(Gǔshuǐ ㄍㄨˇ ㄕㄨㄟˇ)，地名，在湖南。也作谷水。

鶻 (鹘) gǔ ㄍㄨˇ［鶻鵃］(gǔzhōu ㄍㄨˇ ㄓㄡ)古書上説的一種鳥。

另見485頁 hú。

蠱 (蛊) gǔ ㄍㄨˇ 古代傳説把許多毒蟲放在器皿裏使互相吞食，最後剩下不死的毒蟲叫蠱，用來放在食物裏害人。

【蠱惑】gǔhuò ㄍㄨˇ ㄏㄨㄛˋ 毒害；迷惑：蠱惑人心。也作鼓惑。

gù (ㄍㄨˋ)

估 gù ㄍㄨˋ［估衣］(gù·yi ㄍㄨˋ ·ㄧ)出售的舊衣服或原料較次、加工較粗的新衣服：估衣鋪。

另見405頁 gū。

固1 gù ㄍㄨˋ ❶結實；牢固：穩固｜本固枝榮｜基礎已固｜大堤要加高、加寬、加固。❷堅硬：固體｜凝固。❸堅決地；堅定地：固辭｜固請｜固守陣地。❹使堅固：固本｜固防。❺〈書〉鄙陋：固陋。❻同'痼'：固疾｜固習。❼(Gù)姓。

固2 gù ㄍㄨˋ〈書〉❶本來；原來：固有｜固當如此｜固所願也。❷固然：坐車固可，坐船亦無不可。

【固步自封】gù bù zì fēng ㄍㄨˋ ㄅㄨˋ ㄗˋ ㄈㄥ 同'故步自封'。

【固辭】gùcí ㄍㄨˋ ㄘˊ〈書〉堅決推辭：固辭不就。

【固氮】gùdàn ㄍㄨˋ ㄉㄢˋ 植物通過微生物的作用把空氣中的氮轉變為植物可以吸收和利用的氨或其他含氮有機物。

【固定】gùdìng ㄍㄨˋ ㄉㄧㄥˋ ❶不變動或不移動的(跟'流動'相對)：固定職業｜固定資產。❷使固定：把學習制度固定下來。

【固定匯率】gùdìng huìlǜ ㄍㄨˋ ㄉㄧㄥˋ ㄏㄨㄟˋ ㄌㄩˋ 指兑換比例只能根據國際協定的規定，在官價上下限的幅度內波動的匯率。

【固定價格】gùdìng jiàgé ㄍㄨˋ ㄉㄧㄥˋ ㄐㄧㄚˋ ㄍㄜˊ 不變價格。

【固定資產】gùdìng zīchǎn ㄍㄨˋ ㄉㄧㄥˋ ㄗ ㄔㄢˇ 單位價值在規定限額以上，使用期限在一年以上，能作為勞動資料或其他用途的財產，例如廠礦、企業、機關、學校中的房屋、機器、運輸設備、傢具、圖書等(跟'流動資產'相對)。

【固定資金】gùdìng zījīn ㄍㄨˋ ㄉㄧㄥˋ ㄗ ㄐㄧㄣ 企業用於購置機器設備、運輸工具和其他耐用器材以及修建廠房、職工住宅等的資金。按用途可分為生產固定資金和非生產固定資金(跟'流動資金'相對)。

【固陋】gùlòu ㄍㄨˋ ㄌㄡˋ〈書〉見聞不廣。

【固然】gùrán ㄍㄨˋ ㄖㄢˊ 連詞。❶表示承認某個事實，引起下文轉折：這樣辦固然穩當，但是太費事，怕緩不濟急。❷表示承認甲事實，也不否認乙事實：意見對，固然應該接受，就是不對也可作為參考。

【固若金湯】gù ruò jīn tāng ㄍㄨˋ ㄖㄨㄛˋ ㄐㄧㄣ

ㄊㄤ 形容城池或陣地堅固，不易攻破(金：指金屬造的城；湯：指滾水的護城河)。

【固沙林】gùshālín ㄍㄨˋ ㄕㄚ ㄌㄧㄣˊ 在沙荒和沙漠地帶為了固定流沙而造的防護林。

【固守】gùshǒu ㄍㄨˋ ㄕㄡˇ ❶堅決地守衛：固守陣地｜據險固守。❷主觀固執地遵循：固守成法。

【固態】gùtài ㄍㄨˋ ㄊㄞˋ 物質的固體狀態。是物質存在的一種形態。

【固體】gùtǐ ㄍㄨˋ ㄊㄧˇ 有一定體積和一定形狀，質地比較堅硬的物體。在常溫下，鋼、鐵、岩石、木材、玻璃等都是固體。

【固體潮】gùtǐcháo ㄍㄨˋ ㄊㄧˇ ㄔㄠˊ 由於月球、太陽等的引力而產生的地球固體部分的升降運動。也叫地潮。

【固習】gùxí ㄍㄨˋ ㄒㄧˊ 同'痼習'。

【固有】gùyǒu ㄍㄨˋ ㄧㄡˇ 本來有的；不是外來的：固有文化。

【固執】gù·zhí ㄍㄨˋ·ㄓˊ 堅持己見，不肯改變：固執己見｜性情固執。

故[1] gù ㄍㄨˋ ❶事故：變故。❷緣故；原因：無故缺勤｜不知何故。❸故意；有意：故作鎮靜｜明知故犯。❹所以；因此：因大雨，故未如期起程。

故[2] gù ㄍㄨˋ ❶原來的；從前的；舊的：故址｜故鄉｜依然故我。❷朋友；友情：親故｜沾親帶故。❸(人)死亡：病故｜染病身故｜父母早故｜故友。

【故步自封】gù bù zì fēng ㄍㄨˋ ㄅㄨˋ ㄗˋ ㄈㄥ 比喻安於現狀，不求進步(故步：走老步子；封：限制住)。'故'也作固。

【故常】gùcháng ㄍㄨˋ ㄔㄤˊ 〈書〉慣例；舊例：不依故常｜習為故常｜囿於故常。

【故此】gùcǐ ㄍㄨˋ ㄘˇ 因此；所以：因為天氣不好，今天的登山活動故此作罷。

【故道】gùdào ㄍㄨˋ ㄉㄠˋ ❶從前走過的道路；老路。❷水流改道後的舊河道：黃河故道。

【故地】gùdì ㄍㄨˋ ㄉㄧˋ 曾居住過的地方：故地重遊。

【故都】gùdū ㄍㄨˋ ㄉㄨ 過去的國都。

【故而】gù'ér ㄍㄨˋ ㄦˊ 因而；所以：聽說老人家身體欠安，故而特來看望。

【故宮】gùgōng ㄍㄨˋ ㄍㄨㄥ 舊王朝的宮殿，特指北京的清故宮。

【故國】gùguó ㄍㄨˋ ㄍㄨㄛˊ 〈書〉❶歷史悠久的國家。❷祖國。❸故鄉。

【故技】gùjì ㄍㄨˋ ㄐㄧˋ 老花招；老手法：故技重演。也作故伎。

【故交】gùjiāo ㄍㄨˋ ㄐㄧㄠ 老朋友：故交新知。

【故舊】gùjiù ㄍㄨˋ ㄐㄧㄡˋ 舊友(總稱)：親戚故舊。

【故居】gùjū ㄍㄨˋ ㄐㄩ 曾居住過的房子：魯迅故居。

【故里】gùlǐ ㄍㄨˋ ㄌㄧˇ 故鄉；老家：榮歸故里。

【故弄玄虛】gù nòng xuánxū ㄍㄨˋ ㄋㄨㄥˋ ㄒㄩㄢˊ ㄒㄩ 故意玩弄使人迷惑的欺騙手段。

【故去】gùqù ㄍㄨˋ ㄑㄩˋ 死去(多指長輩)：父親故去快三年了。

【故人】gùrén ㄍㄨˋ ㄖㄣˊ ❶老朋友；舊友：過訪故人。❷死去的人：弔祭故人｜不料一別之後，竟成故人。

【故殺】gùshā ㄍㄨˋ ㄕㄚ 故意殺害(區別於'誤殺')。

【故實】gùshí ㄍㄨˋ ㄕˊ ❶以往的有歷史意義的事實。❷出處；典故。

【故世】gùshì ㄍㄨˋ ㄕˋ 去世。

【故事】gùshì ㄍㄨˋ ㄕˋ 舊日的行事制度；例行的事：虛應故事｜奉行故事(按照老規矩敷衍塞責)。

【故事】gù·shi ㄍㄨˋ·ㄕ ❶真實的或虛構的用做講述對象的事情，有連貫性，富吸引力，能感染人：神話故事｜民間故事。❷文藝作品中用來體現主題的情節：故事性。

【故事片兒】gù·shipiānr ㄍㄨˋ·ㄕ ㄆㄧㄢㄦ 故事片。

【故事片】gù·shipiàn ㄍㄨˋ·ㄕ ㄆㄧㄢˋ 表演故事的影片。

【故書】gùshū ㄍㄨˋ ㄕㄨ ❶古書。❷舊書。

【故態】gùtài ㄍㄨˋ ㄊㄞˋ 舊日的情況或態度。

【故態復萌】gùtài fù méng ㄍㄨˋ ㄊㄞˋ ㄈㄨˋ ㄇㄥˊ 舊日的習氣或老毛病重新出現。

【故土】gùtǔ ㄍㄨˋ ㄊㄨˇ 故鄉：懷念故土｜故土難離。

【故我】gùwǒ ㄍㄨˋ ㄨㄛˇ 舊日的我：依然故我。

【故習】gùxí ㄍㄨˋ ㄒㄧˊ 舊習：一洗故習。

【故鄉】gùxiāng ㄍㄨˋ ㄒㄧㄤ 出生或長期居住過的地方；家鄉；老家。

【故意】gùyì ㄍㄨˋ ㄧˋ 有意識地(那樣做)：他故意把聲音提高，好引起大家的注意｜他不是故意不理你，是沒看見你。

【故友】gùyǒu ㄍㄨˋ ㄧㄡˇ ❶死去了的朋友。❷舊日的朋友；老朋友：故友重逢。

【故園】gùyuán ㄍㄨˋ ㄩㄢˊ 故鄉：故園風物依舊。

【故障】gùzhàng ㄍㄨˋ ㄓㄤˋ (機械、儀器等)發生的不能順利運轉的情況；毛病①：發生故障｜排除故障。

【故知】gùzhī ㄍㄨˋ ㄓ 〈書〉老朋友；舊友。

【故址】gùzhǐ ㄍㄨˋ ㄓˇ 舊址。

【故紙堆】gùzhǐduī ㄍㄨˋ ㄓˇ ㄉㄨㄟ 指數量很多並且十分陳舊的書籍、資料等。

【故智】gùzhì ㄍㄨˋ ㄓˋ 以前用過的計謀。

堌 gù ㄍㄨˋ 堤。多用於地名：青堌集(在山東)｜龍堌(在江蘇)。

梏 gù ㄍㄨˋ 古代木製的手銬：桎梏。

崮 gù ㄍㄨˋ 四周陡峭，頂上較平的山。多用於地名：孟良崮｜抱犢崮（都在山東）。

牿 gù ㄍㄨˋ 〈書〉❶綁在牛角上使牛不得頂人的橫木。❷養牛馬的圈（juàn）。

雇〔僱〕(㑿) gù ㄍㄨˋ ❶出錢讓人給自己做事：雇用｜雇保姆。❷出錢使別人用車、船等給自己服務：雇車｜雇船。

【雇工】gù∥gōng ㄍㄨˋ∥ㄍㄨㄥ 雇用工人。

【雇工】gùgōng ㄍㄨˋ ㄍㄨㄥ ❶受雇用的工人。❷指雇農。

【雇農】gùnóng ㄍㄨˋ ㄋㄨㄥˊ 農村中的長工、月工、零工等。他們沒有或只有極少量的土地和生產工具，主要依靠出賣勞動力為生。

【雇請】gùqǐng ㄍㄨˋ ㄑㄧㄥˇ 出錢請人替自己做事：雇請傭工。

【雇傭】gùyōng ㄍㄨˋ ㄩㄥ 用貨幣購買勞動力。

【雇傭兵役制】gùyōng bīngyìzhì ㄍㄨˋ ㄩㄥ ㄅㄧㄥ ㄧˋ ㄓˋ 某些國家施行的一種招募士兵的制度，形式上是士兵自願應募，實質上是雇傭。

【雇傭觀點】gùyōng guāndiǎn ㄍㄨˋ ㄩㄥ ㄍㄨㄢ ㄉㄧㄢˇ 工作中缺乏主人翁思想而採取的拿一分錢幹一分活的消極態度。

【雇傭勞動】gùyōng láodòng ㄍㄨˋ ㄩㄥ ㄌㄠˊ ㄉㄨㄥˋ 受雇於資本家的工人的勞動。在資本主義制度下，被剝奪了生產資料的勞動者被迫把勞動力當作商品出賣給資本家，為資本家創造剩餘價值。

【雇用】gùyòng ㄍㄨˋ ㄩㄥˋ 出錢讓人為自己做事：雇用臨時工。

【雇員】gùyuán ㄍㄨˋ ㄩㄢˊ 被雇用的職員或編制以外的臨時工作人員。

【雇主】gùzhǔ ㄍㄨˋ ㄓㄨˇ 雇用雇工或車船等的人。

痼 gù ㄍㄨˋ 經久難治愈的；長期養成不易克服的：痼疾｜痼習｜痼癖。

【痼疾】gùjí ㄍㄨˋ ㄐㄧˊ 經久難治愈的病：醫學越來越發達，很多所謂痼疾都能治好。

【痼癖】gùpǐ ㄍㄨˋ ㄆㄧˇ 長期養成不易改掉的癖好。

【痼習】gùxí ㄍㄨˋ ㄒㄧˊ 長期養成不易改掉的習慣。也作固習。

錮（锢） gù ㄍㄨˋ ❶熔化金屬堵塞（物體的空隙）。❷〈書〉禁錮：黨錮。

【錮露】gù·lou ㄍㄨˋ ·ㄌㄡ 用熔化的金屬堵塞金屬物品的漏洞：錮露鍋。也作錮漏。

鯝（鲴） gù ㄍㄨˋ 魚類的一屬，體長30厘米左右，側扁，口小。生活在河流、湖泊中，吃藻類和其他水生植物。

顧[1]〔頋〕(顾) gù ㄍㄨˋ ❶轉過頭看；看：環顧｜相顧一笑。❷注意；照管：兼顧｜奮不顧身。❸拜訪：三顧茅廬。❹商店或服務行業指前來購買東西或要求服務的：顧客。❺（Gù）姓。

顧[2]〔頋〕(顾) gù ㄍㄨˋ 〈書〉❶但是。❷反而。

【顧此失彼】gù cǐ shī bǐ ㄍㄨˋ ㄘˇ ㄕ ㄅㄧˇ 顧了這個，顧不了那個。

【顧及】gùjí ㄍㄨˋ ㄐㄧˊ 照顧到；注意到：無暇顧及｜既要顧及生產，又要顧及職工生活。

【顧忌】gùjì ㄍㄨˋ ㄐㄧˋ 恐怕對人或對事情不利而有顧慮：無所顧忌。

【顧家】gù∥jiā ㄍㄨˋ∥ㄐㄧㄚ 顧念家庭，多指照管家務，贍養家屬等。

【顧客】gùkè ㄍㄨˋ ㄎㄜˋ 商店或服務行業稱來買東西或要求服務的人：顧客至上。

【顧憐】gùlián ㄍㄨˋ ㄌㄧㄢˊ 顧念愛憐：我這樣做全是為了顧憐他。

【顧臉】gù∥liǎn ㄍㄨˋ∥ㄌㄧㄢˇ 顧惜臉面：不顧臉｜都到這份兒上了，你還顧甚麼臉。

【顧戀】gùliàn ㄍㄨˋ ㄌㄧㄢˋ 顧念；留戀：顧戀老小｜顧戀子女。

【顧慮】gùlǜ ㄍㄨˋ ㄌㄩˋ 恐怕對自己、對人或對事情不利而不敢照自己本意說話或行動：打消顧慮｜顧慮重重。

【顧名思義】gù míng sī yì ㄍㄨˋ ㄇㄧㄥˊ ㄙ ㄧˋ 看到名稱，就聯想到它的意義：川劇，顧名思義，就是流行於四川的地方戲。

【顧念】gùniàn ㄍㄨˋ ㄋㄧㄢˋ 惦念；顧及：承您老人家這樣顧念我們。

【顧盼】gùpàn ㄍㄨˋ ㄆㄢˋ 向兩旁或周圍看來看去：左右顧盼。

【顧盼自雄】gùpàn zì xióng ㄍㄨˋ ㄆㄢˋ ㄗˋ ㄒㄩㄥˊ 形容自以為了不起。

【顧全】gùquán ㄍㄨˋ ㄑㄩㄢˊ 顧及，使不受損害：顧全大局｜顧全面子。

【顧問】gùwèn ㄍㄨˋ ㄨㄣˋ 有某方面的專門知識，供個人或機關團體咨詢的人：軍事顧問。

【顧惜】gùxī ㄍㄨˋ ㄒㄧ ❶顧全愛惜：顧惜身體｜顧惜國家財產。❷照顧憐惜：大家都很顧惜這個沒爹沒娘的孩子。

【顧綉】gùxiù ㄍㄨˋ ㄒㄧㄡˋ 指沿用明代顧氏綉法製成的刺綉，所綉花鳥人物形象逼真。

【顧影自憐】gù yǐng zì lián ㄍㄨˋ ㄧㄥˇ ㄗˋ ㄌㄧㄢˊ 望着自己的影子，自己憐惜自己。形容孤獨失意的樣子。也指自我欣賞。

【顧主】gùzhǔ ㄍㄨˋ ㄓㄨˇ 顧客。

guā（ㄍㄨㄚ）

瓜 guā ㄍㄨㄚ ❶葫蘆科植物，莖蔓生，葉子像手掌，花多是黃色，果實可以吃。種類很多，如西瓜、南瓜、冬瓜、黃瓜等。❷這種植物的果實。

【瓜代】guādài ㄍㄨㄚ ㄉㄞˋ 〈書〉春秋時齊襄公叫

連稱和管至父兩個人去戍守葵丘地方，那時正當瓜熟的季節，就對他們說，明年吃瓜的時候叫人來接替（見於《左傳》莊公八年）。後來把任期已滿換人接替叫做瓜代。

【瓜分】guāfēn ㄍㄨㄚ ㄈㄣ 像切瓜一樣地分割或分配，多指分割疆土。

【瓜葛】guāgé ㄍㄨㄚ ㄍㄜˊ 瓜和葛都是蔓生的植物，能纏繞或攀附在別的物體上，比喻輾轉相連的社會關係，也泛指兩件事情互相牽連的關係：他與此事沒有瓜葛。

【瓜農】guānóng ㄍㄨㄚ ㄋㄨㄥˊ 以種瓜為主的農民。

【瓜皮帽】guāpímào ㄍㄨㄚ ㄆㄧˊ ㄇㄠˋ（瓜皮帽兒）像半個西瓜皮形狀的舊式便帽，一般用六塊黑緞子或絨布連綴製成。

【瓜片】guāpiàn ㄍㄨㄚ ㄆㄧㄢˋ 綠茶的一種。產於安徽六安、霍山一帶。

【瓜期】guāqī ㄍㄨㄚ ㄑㄧ〈書〉指任職期滿換人接替的日期。參看〖瓜代〗。

【瓜熟蒂落】guā shú dì luò ㄍㄨㄚ ㄕㄨˊ ㄉㄧˋ ㄌㄨㄛˋ 比喻條件成熟了，事情自然會成功。

【瓜田李下】guā tián lǐ xià ㄍㄨㄚ ㄊㄧㄢˊ ㄌㄧˇ ㄒㄧㄚˋ 古詩《君子行》：'瓜田不納履，李下不正冠。'經過瓜田，不彎下身來提鞋，免得人家懷疑摘瓜；走過李樹下面，不舉起手來整理帽子，免得人家懷疑摘李子。後用'瓜田李下'比喻容易引起嫌疑的地方。

【瓜子】guāzǐ ㄍㄨㄚ ㄗˇ（瓜子兒）瓜的種子，特指炒熟做食品的西瓜子、南瓜子等。

【瓜子臉】guāzǐliǎn ㄍㄨㄚ ㄗˇ ㄌㄧㄢˇ 指微長而窄，上部略圓，下部略尖的面龐。

呱 guā ㄍㄨㄚ 見下。
另見406頁 gū；416頁 guǎ。

【呱嗒】guādā ㄍㄨㄚ ㄉㄚ ❶象聲詞：地是凍硬的，走起來呱嗒呱嗒地響。❷〈方〉諷刺；挖苦：呱嗒人。‖也作呱噠。

【呱嗒】guā·da ㄍㄨㄚ ·ㄉㄚ〈方〉❶因不高興而板起（臉）：呱嗒着臉，半天不説一句話。❷説話（含貶義）：亂呱嗒一陣。‖也作呱噠。

【呱嗒板兒】guā·dabǎnr ㄍㄨㄚ ·ㄉㄚ ㄅㄢㄦˇ ❶演唱快板兒等打拍子用的器具，由兩塊大竹板或若干塊小竹板用繩連接而成。❷〈方〉趿拉板兒（tā·labǎnr）。

【呱噠】guādā ㄍㄨㄚ ㄉㄚ 同'呱嗒'（guādā）。

【呱噠】guā·da ㄍㄨㄚ ·ㄉㄚ 同'呱嗒'（guā·da）。

【呱呱】guāguā ㄍㄨㄚ ㄍㄨㄚ 象聲詞，形容鴨子、青蛙等的響亮的叫聲。
另見406頁 gūgū。

【呱呱叫】guāguājiào ㄍㄨㄚ ㄍㄨㄚ ㄐㄧㄠˋ 形容極好：他象棋下得呱呱叫。也作刮刮叫。

【呱唧】guā·ji ㄍㄨㄚ ·ㄐㄧ ❶象聲詞，多形容鼓掌的聲音。❷指鼓掌：歡迎小王唱個歌，大家給他呱唧呱唧。

刮 guā ㄍㄨㄚ ❶用刀等貼着物體的表面移動，把物體表面上的某些東西去掉或取下來：刮鬍子｜刮鍋｜刮垢磨光。❷在物體表面上塗抹（多用於糨糊一類稠東西）：刮糨子。❸搜刮（財物）。❹〈方〉訓斥。
另見416頁 guā'颳'。

【刮鼻子】guā bí·zi ㄍㄨㄚ ㄅㄧˊ ·ㄗ ❶用食指刮對方的鼻子，表示處罰對方（多用在玩牌遊戲時）。❷刮自己的鼻子，表示使對方感到羞臊或難為情。❸〈方〉比喻訓斥或斥責：他讓連長狠狠地刮了頓鼻子。

【刮刀】guādāo ㄍㄨㄚ ㄉㄠ 手工工具，條形，橫截面有扁平形、半圓形、三角形等不同形狀。主要用來刮去工件表面的微量金屬，提高工件的外形精度和光潔度。

【刮地皮】guā dìpí ㄍㄨㄚ ㄉㄧˋ ㄆㄧˊ 比喻搜刮民財。

【刮宮】guā//gōng ㄍㄨㄚ// ㄍㄨㄥ 把子宮口擴大，用特製的醫療器械去掉胚胎或子宮的內膜。刮宮手術多用於人工流產。

【刮刮叫】guāguājiào ㄍㄨㄚ ㄍㄨㄚ ㄐㄧㄠˋ 同'呱呱叫'。

【刮鬍子】guā hú·zi ㄍㄨㄚ ㄏㄨˊ ·ㄗ〈方〉比喻訓斥。

【刮臉】guā//liǎn ㄍㄨㄚ// ㄌㄧㄢˇ 用剃刀等把臉上的鬍鬚和寒毛刮掉。

【刮臉皮】guā liǎnpí ㄍㄨㄚ ㄌㄧㄢˇ ㄆㄧˊ〈方〉用手指頭在臉上劃，表示對方不知羞恥。

【刮目】guāmù ㄍㄨㄚ ㄇㄨˋ 指徹底改變眼光：令人刮目｜刮目相看。

【刮目相看】guāmù xiāng kàn ㄍㄨㄚ ㄇㄨˋ ㄒㄧㄤ ㄎㄢˋ 用新的眼光來看待。也説刮目相待。

【刮痧】guāshā ㄍㄨㄚ ㄕㄚ 民間治療某些疾病的方法，用銅錢等物蘸水或油刮患者的胸、背等處，使局部皮膚充血，減輕內部炎症。

【刮舌子】guāshé·zi ㄍㄨㄚ ㄕㄜˊ ·ㄗ 刮除舌面污垢的用具。

【刮削】guāxiāo ㄍㄨㄚ ㄒㄧㄠ ❶用刀子一類的工具把物體表面的東西去掉。❷比喻剋扣或盤剝：刮削錢財。

括 guā ㄍㄨㄚ 見1142頁〖挺括〗。
另見674頁 kuò。

苦〔苦〕guā ㄍㄨㄚ［苦蔞］（guālóu ㄍㄨㄚ ㄌㄡˊ）同'栝樓'。

胍 guā ㄍㄨㄚ 有機化合物，化學式 CH_5N_3。無色晶體，容易潮解。用來製磺胺類藥物和染料等。［英 guanidine］

栝 guā ㄍㄨㄚ ❶古書上指檜（guì）樹。❷〈書〉箭末扣弦處。
另見674頁 kuò。

【栝樓】guālóu ㄍㄨㄚ ㄌㄡˊ ❶多年生草本植物，莖上有捲鬚，葉子心臟形，花白色，雌雄異株，果實卵圓形，黃色，種子長圓形。可入藥。❷這種植物的果實。‖也作苦蔞。

劀 guā ㄍㄨㄚ 〈書〉刮去。

颳(刮) guā ㄍㄨㄚ (風)吹：又颳起風來了！'刮'另見415頁 guā。

緺(㖞) guā ㄍㄨㄚ ❶〈書〉紫青色的綬(絲帶)。❷古時女子頭髮一束為一緺。

鴰(鸹) guā ㄍㄨㄚ 見689頁〖老鴰〗。

騧(䯄) guā ㄍㄨㄚ 古代指黑嘴的黃馬。

guǎ (ㄍㄨㄚˇ)

呱 guǎ ㄍㄨㄚˇ 見676頁〖拉呱兒〗(lā//guǎr)。另見406頁 gū；415頁 guā。

剮(剐) guǎ ㄍㄨㄚˇ ❶割肉離骨，指封建時代的凌遲刑：千刀萬剮。❷尖銳的東西劃破：手上剮了一個口子。

寡 guǎ ㄍㄨㄚˇ ❶少；缺少(跟'眾、多'相對)：寡歡｜沈默寡言｜寡不敵眾｜孤陋寡聞。❷淡而無味：清湯寡水。❸婦女死了丈夫：守寡｜寡居。

【寡不敵眾】guǎ bù dí zhòng ㄍㄨㄚˇ ㄅㄨˋ ㄉㄧˊ ㄓㄨㄥˋ 人少的一方抵擋不住人多的一方。

【寡婦】guǎ·fu ㄍㄨㄚˇ·ㄈㄨ 死了丈夫的婦人。

【寡合】guǎhé ㄍㄨㄚˇ ㄏㄜˊ 〈書〉不易同人合得來：性情孤僻，落落寡合。

【寡歡】guǎhuān ㄍㄨㄚˇ ㄏㄨㄢ 缺少歡樂，不高興：鬱鬱寡歡。

【寡酒】guǎjiǔ ㄍㄨㄚˇ ㄐㄧㄡˇ 喝酒不就菜或無人陪伴叫吃寡酒。

【寡居】guǎjū ㄍㄨㄚˇ ㄐㄩ 守寡：寡居多年。

【寡廉鮮恥】guǎ lián xiǎn chǐ ㄍㄨㄚˇ ㄌㄧㄢˊ ㄒㄧㄢˇ ㄔˇ 不廉潔，不知羞恥。

【寡情】guǎqíng ㄍㄨㄚˇ ㄑㄧㄥˊ 缺乏情義；薄情。

【寡人】guǎrén ㄍㄨㄚˇ ㄖㄣˊ 古代君主自稱。

【寡頭】guǎtóu ㄍㄨㄚˇ ㄊㄡˊ 掌握政治、經濟大權的少數頭子：金融寡頭。

【寡頭政治】guǎtóu zhèngzhì ㄍㄨㄚˇ ㄊㄡˊ ㄓㄥˋ ㄓˋ 由少數統治者操縱一切的政治制度，如古代羅馬的貴族政權。

【寡味】guǎwèi ㄍㄨㄚˇ ㄨㄟˋ 沒有滋味；缺乏意味：茶飯寡味｜他的講話索然寡味。

【寡言】guǎyán ㄍㄨㄚˇ ㄧㄢˊ 很少說話；不愛說話：沈默寡言｜憨厚寡言｜寡言少語。

guà (ㄍㄨㄚˋ)

卦 guà ㄍㄨㄚˋ 古代的占卜符號，後也指迷信占卜活動所用的器具：占卦｜打卦求籤。

【卦辭】guàcí ㄍㄨㄚˋ ㄘˊ 見1160頁〖彖辭〗(tuàncí)。

掛(挂) guà ㄍㄨㄚˋ ❶借助於繩子、鈎子、釘子等使物體附着於某處的一點或幾點：掛鐘｜把大衣掛在衣架上｜牆上掛着一幅世界地圖◇一輪明月掛在天上。❷(案件等)懸而未決：這個案子還掛着呢。❸把耳機放回電話機上使電路斷開：電話先不要掛，等我查一下。❹指交換機接通電話，也指打電話：請你掛總務科｜給防汛指揮部掛個電話。❺鈎：釘子把衣服掛住了。❻(內心)牽掛：他總是掛着家裏的事。❼(物體表面)蒙上；糊着：臉上掛了一層塵土｜瓦器外面掛一層釉子。❽登記：掛失｜掛一個號。❾量詞，多用於成套或成串的東西：一掛四輪大車｜十多掛鞭炮。

【掛礙】guà'ài ㄍㄨㄚˋ ㄞˋ 牽掛；牽掣：心中沒有掛礙。

【掛錶】guàbiǎo ㄍㄨㄚˋ ㄅㄧㄠˇ 〈方〉懷錶。

【掛不住】guà ·bu zhù ㄍㄨㄚˋ·ㄅㄨ ㄓㄨˋ 〈方〉因羞辱而沈不住氣：他受到一點兒批評就掛不住了。

【掛彩】guà//cǎi ㄍㄨㄚˋ//ㄘㄞˇ 作戰負傷流血：在戰鬥中，幾個戰士掛了彩。

【掛綵】guà//cǎi ㄍㄨㄚˋ//ㄘㄞˇ 懸掛彩綢，表示慶賀：披紅掛綵。

【掛車】guàchē ㄍㄨㄚˋ ㄔㄜ 由機車或汽車牽引而本身沒有動力裝置的車輛。

【掛齒】guàchǐ ㄍㄨㄚˋ ㄔˇ 說起；提起(常用做客套話)：這點小事，何足掛齒。

【掛鋤】guà//chú ㄍㄨㄚˋ//ㄔㄨˊ 指鋤地工作結束。

【掛單】guàdān ㄍㄨㄚˋ ㄉㄢ (遊方和尚)到廟裏投宿。也說掛褡(guàdā)。

【掛斗】guàdǒu ㄍㄨㄚˋ ㄉㄡˇ 拖在汽車、拖拉機等後邊裝貨的較小車輛，沒有動力裝置。

【掛鈎】guà//gōu ㄍㄨㄚˋ//ㄍㄡ ❶用鈎把兩節車廂連接起來。❷比喻建立某種聯繫：基層供銷社直接跟產地掛鈎｜這兩個單位早就掛起鈎來了。

【掛鈎】guàgōu ㄍㄨㄚˋ ㄍㄡ 用來吊起重物或把車廂等連接起來的鈎：吊車掛鈎｜火車掛鈎。

【掛冠】guàguān ㄍㄨㄚˋ ㄍㄨㄢ 〈書〉指辭去官職：掛冠歸隱｜掛冠而去。

【掛果】guà//guǒ ㄍㄨㄚˋ//ㄍㄨㄛˇ (果樹)結果實：三年成林，五年掛果｜這片蘋果樹今年第一次掛了果。

【掛號】guà//hào ㄍㄨㄚˋ//ㄏㄠˋ ❶為了確定次序並便於查考而編號登記：看病要先掛號。❷重要信件和印刷品付郵時由郵電局登記編號，給收據，叫掛號。掛號郵件如有遺失，由郵電局負責追查。

【掛花】guà//huā ㄍㄨㄚˋ//ㄏㄨㄚ ❶(樹木)開花：

正是梨樹掛花的時候，遠遠望去一片雪白。❷作戰負傷流血：排長掛花了，班長代替指揮｜他腿上掛過兩次花。

【掛懷】guàhuái ㄍㄨㄚˋ ㄏㄨㄞˊ 掛念；掛心：區區小事，不必掛懷。

【掛幌子】guà huǎng·zi ㄍㄨㄚˋ ㄏㄨㄤˇ·ㄗ 〈方〉❶在商店門前懸掛表示所售貨物的標誌或象徵營業的記號，如顏料店掛漆成五色的小棍，飯鋪掛笊籬。❷比喻某種迹象顯露在外面：他剛才準是喝了酒，臉上都掛幌子了(指臉紅)。

【掛火】guàhuǒ ㄍㄨㄚˋ ㄏㄨㄛˇ 〈方〉(掛火兒)發怒；生氣：有話慢慢說，別掛火。

【掛記】guà·ji ㄍㄨㄚˋ·ㄐㄧ 掛念；惦記：你安心工作，家裏的事用不着掛記。

【掛甲】guàjiǎ ㄍㄨㄚˋ ㄐㄧㄚˇ 指軍人退役：掛甲歸田◇女排幾位老隊員先後掛甲離隊。

【掛件】guàjiàn ㄍㄨㄚˋ ㄐㄧㄢˋ 掛在牆壁上或脖子上的裝飾品：金掛件。

【掛鏡綫】guàjìngxiàn ㄍㄨㄚˋ ㄐㄧㄥˋ ㄒㄧㄢˋ 釘在室內四周牆壁上部的水平木條，用來懸掛鏡框、畫幅等。也叫畫鏡綫。

【掛靠】guàkào ㄍㄨㄚˋ ㄎㄠˋ 機構或組織從屬或依附於另一機構或組織叫掛靠：掛靠單位｜旅遊協會掛靠在旅遊局。

【掛累】guàlěi ㄍㄨㄚˋ ㄌㄟˇ 牽掛；連累：沒有任何掛累｜受此事掛累的人很多。

【掛曆】guàlì ㄍㄨㄚˋ ㄌㄧˋ 掛在牆上用的月曆。

【掛鐮】guà∥lián ㄍㄨㄚˋ∥ㄌㄧㄢˊ 指一年中最後一茬莊稼的收割工作結束。

【掛零】guàlíng ㄍㄨㄚˋ ㄌㄧㄥˊ (掛零兒)整數外還有零數：這個人看樣子頂多不過四十掛零。

【掛漏】guàlòu ㄍㄨㄚˋ ㄌㄡˋ 掛一漏萬：掛漏之處，在所難免。

【掛慮】guàlǜ ㄍㄨㄚˋ ㄌㄩˋ 掛念，不放心：家裏的事有我照顧呢，你不用掛慮。

【掛麪】guàmiàn ㄍㄨㄚˋ ㄇㄧㄢˋ 特製的麪條，絲狀或帶狀，因懸掛晾乾得名。

【掛名】guà∥míng ㄍㄨㄚˋ∥ㄇㄧㄥˊ (掛名兒)擔空頭名義，不做實際工作：掛名差使｜掛名充數。

【掛念】guàniàn ㄍㄨㄚˋ ㄋㄧㄢˋ 因想念而放心不下：母親十分掛念在外地唸書的兒子。

【掛拍】guàpāi ㄍㄨㄚˋ ㄆㄞ (掛拍兒) ❶指乒乓球、羽毛球、網球等運動員結束運動員生活，不再參加正規訓練和比賽。❷指乒乓球、羽毛球、網球等比賽結束：全國少年乒乓球賽掛拍。

【掛牌】guà∥pái ㄍㄨㄚˋ∥ㄆㄞˊ ❶指醫生、律師等正式開業：他行醫多年，在上海和北京都掛過牌。❷(掛牌兒)醫生、售貨員、服務員等工作時胸前佩戴印有姓名、號碼等的標牌：掛牌服務｜掛牌售貨。

【掛屏】guàpíng ㄍㄨㄚˋ ㄆㄧㄥˊ (掛屏兒)貼在帶框的木板上或者鑲在鏡框裏的屏條。

【掛氣】guà∥qì ㄍㄨㄚˋ∥ㄑㄧˋ 〈方〉(掛氣兒)生氣；發怒：犯不着為這點小事掛氣！

【掛牽】guàqiān ㄍㄨㄚˋ ㄑㄧㄢ 掛念；牽掛。

【掛欠】guàqiàn ㄍㄨㄚˋ ㄑㄧㄢˋ 賒賬。

【掛失】guà∥shī ㄍㄨㄚˋ∥ㄕ 遺失票據或證件時，到原發的機關去登記，聲明作廢。

【掛帥】guà∥shuài ㄍㄨㄚˋ∥ㄕㄨㄞˋ 掌帥印，當元帥。比喻居於領導、統帥地位：廠長掛帥抓產品質量工作。

【掛鎖】guàsuǒ ㄍㄨㄚˋ ㄙㄨㄛˇ 一種用時掛在屈戌兒的環孔中的鎖。

【掛毯】guàtǎn ㄍㄨㄚˋ ㄊㄢˇ 壁毯。

【掛圖】guàtú ㄍㄨㄚˋ ㄊㄨˊ 掛起來看的大幅地圖、圖表或圖畫：教學掛圖。

【掛孝】guà∥xiào ㄍㄨㄚˋ∥ㄒㄧㄠˋ 帶孝。

【掛鞋】guàxié ㄍㄨㄚˋ ㄒㄧㄝˊ 指足球、滑冰、田徑等運動員結束運動員生活，不再參加正規訓練和比賽。也說掛靴。

【掛心】guàxīn ㄍㄨㄚˋ ㄒㄧㄣ 牽掛在心上；掛念：他掛心家裏，恨不得馬上趕回去。

【掛羊頭賣狗肉】guà yángtóu mài gǒuròu ㄍㄨㄚˋ ㄧㄤˊ ㄊㄡˊ ㄇㄞˋ ㄍㄡˇ ㄖㄡˋ 比喻用好的名義做幌子，實際上做壞事。

【掛一漏萬】guà yī lòu wàn ㄍㄨㄚˋ ㄧ ㄌㄡˋ ㄨㄢˋ 形容列舉不全，遺漏很多。

【掛賬】guà∥zhàng ㄍㄨㄚˋ∥ㄓㄤˋ 賒賬。

【掛職】guàzhí ㄍㄨㄚˋ ㄓˊ ❶臨時擔任某種職務(以進行鍛煉)：這位作家掛職副縣長，深入生活搜集創作素材。❷保留原職務(下放到基層單位工作)：掛職下放。

【掛鐘】guàzhōng ㄍㄨㄚˋ ㄓㄨㄥ 掛在牆上的時鐘(區別於'座鐘')。

【掛軸】guàzhóu ㄍㄨㄚˋ ㄓㄡˊ (掛軸兒)裝裱成軸可以懸掛的字畫。

罣(詿) guà ㄍㄨㄚˋ 同'挂'⑥。

【罣誤】guàwù ㄍㄨㄚˋ ㄨˋ 同'詿誤'。

絓(絓) guà ㄍㄨㄚˋ 〈書〉絆住；阻礙。

詿(诖) guà ㄍㄨㄚˋ 〈書〉❶欺騙。❷牽累；貽誤：詿誤。

【詿誤】guàwù ㄍㄨㄚˋ ㄨˋ 被別人牽連而受到處分或損害。也作罣誤。

褂 guà ㄍㄨㄚˋ (褂兒)褂子：短褂兒｜小褂兒(短的)｜大褂兒(長的)｜馬褂兒。

【褂子】guà·zi ㄍㄨㄚˋ·ㄗ 中式的單上衣。

guāi（ㄍㄨㄞ）

乖1 guāi ㄍㄨㄞ ❶(小孩兒)不鬧；聽話：小寶很乖，阿姨都喜歡他。❷伶俐；機警：這孩子嘴乖｜上了一次當，他也學得乖多了。

乖[2] guāi ㄍㄨㄞ 〈書〉❶違反；背離：乖背｜有乖人情。❷(性情、行為)不正常：乖戾｜乖謬。

【乖舛】guāichuǎn ㄍㄨㄞ ㄔㄨㄢˇ 〈書〉❶謬誤；差錯。❷不順遂：命途乖舛。

【乖乖】guāiguāi ㄍㄨㄞ ㄍㄨㄞ ❶(乖乖兒的)順從；聽話：孩子們都乖乖兒地坐着聽阿姨講故事。❷對小孩兒的愛稱。

【乖乖】guāi·guāi ㄍㄨㄞ ·ㄍㄨㄞ 嘆詞，表示驚訝或讚嘆：乖乖，外邊真冷！｜乖乖，這艘船真大！

【乖蹇】guāijiǎn ㄍㄨㄞ ㄐㄧㄢˇ 〈書〉(命運)不好：時運乖蹇。

【乖覺】guāijué ㄍㄨㄞ ㄐㄩㄝˊ 機警；聰敏：乖覺伶俐｜小松鼠乖覺得很，聽到了一點兒響聲就溜跑了。

【乖剌】guāilà ㄍㄨㄞ ㄌㄚˋ 〈書〉違背常情；乖戾：措置乖剌。

【乖戾】guāilì ㄍㄨㄞ ㄌㄧˋ (性情、言語、行為)彆扭，不合情理：性情乖戾｜語多乖戾。

【乖謬】guāimiù ㄍㄨㄞ ㄇㄧㄡˋ 荒謬反常：這人性情怪僻，行動多有乖謬難解之處。

【乖僻】guāipì ㄍㄨㄞ ㄆㄧˋ 怪僻；乖戾：性情乖僻。

【乖巧】guāiqiǎo ㄍㄨㄞ ㄑㄧㄠˇ ❶(言行等)合人心意；討人喜歡：為人乖巧。❷機靈：乖巧伶俐｜又頑皮又乖巧的孩子。

【乖違】guāiwéi ㄍㄨㄞ ㄨㄟˊ 〈書〉❶錯亂反常：寒暑乖違。❷違背；背離。❸離別；分離。

【乖張】guāizhāng ㄍㄨㄞ ㄓㄤ ❶怪僻，不講情理：脾氣乖張｜行為乖張。❷〈書〉不順：命運乖張。

摑(掴) guāi ㄍㄨㄞ，又 guó ㄍㄨㄛˊ 用巴掌打：摑了一記耳光。

guǎi (ㄍㄨㄞˇ)

拐[1] guǎi ㄍㄨㄞˇ ❶轉變方向：那人拐進胡同裏去了｜前面不能通行，拐回來吧！❷〈方〉彎曲處；角：牆拐｜門拐。❸瘸(qué)：他一拐一拐地走了過來。❹說數字時用來代表'7'。

拐[2] guǎi ㄍㄨㄞˇ 拐騙：誘拐｜拐款潛逃。另見418頁 guǎi '枴'。

【拐脖兒】guǎibór ㄍㄨㄞˇ ㄅㄛㄦˊ 彎成直角的鐵皮烟筒，用來連接兩節烟筒，使互相垂直。

【拐帶】guǎidài ㄍㄨㄞˇ ㄉㄞˋ 用欺騙手段把婦女小孩兒攜帶遠走：拐帶人口。

【拐角】guǎijiǎo ㄍㄨㄞˇ ㄐㄧㄠˇ (拐角兒)拐彎兒的地方：房子的拐角有個消火栓｜那個小商店就在胡同的拐角。

【拐賣】guǎimài ㄍㄨㄞˇ ㄇㄞˋ 拐騙並賣掉(人)：拐賣婦女｜拐賣人口。

【拐騙】guǎipiàn ㄍㄨㄞˇ ㄆㄧㄢˋ 用欺騙手段弄走(人或財物)：拐騙錢財｜拐騙兒童。

【拐彎】guǎi∥wān ㄍㄨㄞˇ∥ㄨㄢ (拐彎兒)❶行路轉方向：拐了三道彎兒｜車輛拐彎要慢行。❷(思路、語言等)轉變方向：話說得離題太遠，不容易拐過彎兒來。❸拐角。

【拐彎抹角】guǎi wān mò jiǎo ㄍㄨㄞˇ ㄨㄢ ㄇㄛˋ ㄐㄧㄠˇ (拐彎抹角的)❶沿着彎彎曲曲的路走。❷比喻說話、寫文章不直截了當。

【拐棗】guǎizǎo ㄍㄨㄞˇ ㄗㄠˇ ❶落葉喬木，葉子卵形或卵圓形，花淡黃綠色，果實近球形，果柄肥厚彎曲，肉質，紅褐色，味甜，可以吃。種子扁圓形。果柄、種子、樹皮等均可入藥。也叫枳椇(zhǐjǔ)、雞爪樹。❷這種植物的果實和果柄。

【拐子】[1] guǎi·zi ㄍㄨㄞˇ ·ㄗ 腿腳瘸的人。

【拐子】[2] guǎi·zi ㄍㄨㄞˇ ·ㄗ 一種簡單的木製工具，形狀略像'工'字，兩頭橫木短，中間直木長。把絲紗等繞在上面，拿下來就可以成桄(guàng)。

【拐子】[3] guǎi·zi ㄍㄨㄞˇ ·ㄗ 拐騙人口、財物的人。

枴(拐) guǎi ㄍㄨㄞˇ 下肢患病或有殘疾的人走路拄的棍子，上端有短橫木便於放在腋下拄着走。

'拐'另見418頁 guǎi。

【枴棒】guǎibàng ㄍㄨㄞˇ ㄅㄤˋ (枴棒兒)彎曲的棍子。

【枴棍】guǎigùn ㄍㄨㄞˇ ㄍㄨㄣˋ (枴棍兒)走路時拄的棍子，手拿的一頭多是彎曲的。

【枴杖】guǎizhàng ㄍㄨㄞˇ ㄓㄤˋ 枴棍。

【枴子】guǎi·zi ㄍㄨㄞˇ ·ㄗ 枴杖。

guài (ㄍㄨㄞˋ)

夬 guài ㄍㄨㄞˋ 《易經》六十四卦的一個卦名。

怪[1](恠) guài ㄍㄨㄞˋ ❶奇怪：怪事。❷覺得奇怪：大驚小怪。❸很；非常：怪不好意思的｜箱子提着怪費勁的。❹怪物；妖怪(迷信)：鬼怪。

怪[2](恠) guài ㄍㄨㄞˋ 責備；怨：不能怪他，只怪我沒說清楚。

【怪不得】[1] guài ·bu ·de ㄍㄨㄞˋ ·ㄅㄨ ·ㄉㄜ 表示明白了原因，對某種情況就不覺得奇怪：天氣預報說今晚有雨，怪不得這麼悶熱。

【怪不得】[2] guài ·bu ·de ㄍㄨㄞˋ ·ㄅㄨ ·ㄉㄜ 不能責備；別見怪：昨天下了那麼大的雨，他沒有趕到，也怪不得他。

【怪誕】guàidàn ㄍㄨㄞˋ ㄉㄢˋ 荒誕離奇；古怪：怪誕不經(不經：不正常)｜關於沙漠，曾有許多怪誕的傳說。

【怪道】guài·dào ㄍㄨㄞˋ ·ㄉㄠˋ 〈方〉怪不得；難怪：她是我過去的學生，怪道覺得眼熟。

【怪話】guàihuà ㄍㄨㄞˋ ㄏㄨㄚˋ 怪誕的話，也指無原則的牢騷或議論：怪話連篇｜背後說怪話。
【怪譎】guàijué ㄍㄨㄞˋ ㄐㄩㄝˊ 〈書〉怪異荒誕。
【怪裏怪氣】guài·liguàiqì ㄍㄨㄞˋ ·ㄌㄧ ㄍㄨㄞˋ ㄑㄧˋ (形狀、裝束、聲音等) 奇特，跟一般的不同 (含貶義)：戲台上的媒婆總是那麼怪裏怪氣的。
【怪模怪樣】guài mú guài yàng ㄍㄨㄞˋ ㄇㄨˊ ㄍㄨㄞˋ ㄧㄤˋ (怪模怪樣兒的) 形態奇怪：她這身打扮土不土，洋不洋，怪模怪樣的。
【怪癖】guàipǐ ㄍㄨㄞˋ ㄆㄧˇ 古怪的癖好。
【怪僻】guàipì ㄍㄨㄞˋ ㄆㄧˋ 古怪：性情怪僻。
【怪圈】guàiquān ㄍㄨㄞˋ ㄑㄩㄢ 比喻難以擺脫的某種怪現象 (多指惡性循環的)：有些地區總跳不出'越窮越生孩子，越生孩子越窮'的怪圈。
【怪事】guàishì ㄍㄨㄞˋ ㄕˋ 奇怪的事情：咄咄怪事。
【怪物】guài·wu ㄍㄨㄞˋ ·ㄨ ❶神話傳說中奇形怪狀的妖魔，泛指奇異的東西。❷稱性情非常古怪的人。
【怪異】guàiyì ㄍㄨㄞˋ ㄧˋ ❶奇異：行為怪異｜怪異的聲音引起了我的警覺。❷奇異反常的現象：怪異叢生。
【怪怨】guàiyuàn ㄍㄨㄞˋ ㄩㄢˋ 責怪埋怨：自己沒搞好，不要怪怨別人。
【怪罪】guàizuì ㄍㄨㄞˋ ㄗㄨㄟˋ 責備；埋怨：這事不要怪罪他｜要是上面怪罪下來怎麼辦？

guān (ㄍㄨㄢ)

官[1] guān ㄍㄨㄢ ❶政府機關或軍隊中經過任命的、一定等級以上的公職人員：官員｜武官｜做官｜外交官。❷指屬於政府的或公家的：官辦｜官費。❸公共的；公用的：官大道｜官廁所。❹ (Guān) 姓。
官[2] guān ㄍㄨㄢ 器官：五官｜感官。
【官辦】guānbàn ㄍㄨㄢ ㄅㄢˋ 政府開辦或經營：官辦企業。
【官報私仇】guān bào sī chóu ㄍㄨㄢ ㄅㄠˋ ㄙ ㄔㄡˊ 公報私仇。
【官兵】guānbīng ㄍㄨㄢ ㄅㄧㄥ ❶軍官和士兵：正確處理官兵關係。❷舊時指政府的軍隊。
【官艙】guāncāng ㄍㄨㄢ ㄘㄤ 舊時輪船中的高等艙位。
【官差】guānchāi ㄍㄨㄢ ㄔㄞ ❶官府的公務：出官差。❷官府的差役。
【官場】guānchǎng ㄍㄨㄢ ㄔㄤˇ 指官吏階層及其活動範圍 (貶義，強調其中的虛偽、欺詐、逢迎、傾軋等特點)。
【官倒】guāndǎo ㄍㄨㄢ ㄉㄠˇ ❶政府機構或政府工作人員進行的倒買倒賣活動。❷指進行倒買倒賣活動的政府機構或政府工作人員。
【官邸】guāndǐ ㄍㄨㄢ ㄉㄧˇ 由公家提供的高級官員的住所 (區別於'私邸')：首相官邸。
【官方】guānfāng ㄍㄨㄢ ㄈㄤ 政府方面：官方消息｜官方人士｜官方評論。
【官費】guānfèi ㄍㄨㄢ ㄈㄟˋ 舊時指由政府供給的費用：官費生｜官費留學。
【官府】guānfǔ ㄍㄨㄢ ㄈㄨˇ ❶舊時稱行政機關，特指地方上的。❷稱封建官吏。
【官官相護】guān guān xiāng hù ㄍㄨㄢ ㄍㄨㄢ ㄒㄧㄤ ㄏㄨˋ 當官的人相互包庇、袒護。也說官官相衞。
【官話】guānhuà ㄍㄨㄢ ㄏㄨㄚˋ ❶普通話的舊稱。作為漢族共同語的基礎方言的北方話也統稱官話。❷官腔。
【官宦】guānhuàn ㄍㄨㄢ ㄏㄨㄢˋ 〈書〉泛指做官的人：官宦人家。
【官家】guānjiā ㄍㄨㄢ ㄐㄧㄚ ❶指官府或朝廷。❷古代對皇帝的稱呼。❸舊時稱官吏。
【官價】guānjià ㄍㄨㄢ ㄐㄧㄚˋ 指政府規定的價格。
【官階】guānjiē ㄍㄨㄢ ㄐㄧㄝ 官員的等級。
【官爵】guānjué ㄍㄨㄢ ㄐㄩㄝˊ 官職爵位。
【官吏】guānlì ㄍㄨㄢ ㄌㄧˋ 舊時政府工作人員的總稱。
【官僚】guānliáo ㄍㄨㄢ ㄌㄧㄠˊ ❶官員；官吏。❷指官僚主義：耍官僚。
【官僚主義】guānliáo zhǔyì ㄍㄨㄢ ㄌㄧㄠˊ ㄓㄨˇ ㄧˋ 指脫離實際，脫離群眾，不關心群眾利益，只知發號施令而不進行調查研究的工作作風和領導作風。
【官僚資本】guānliáo zīběn ㄍㄨㄢ ㄌㄧㄠˊ ㄗ ㄅㄣˇ 官僚資產階級所擁有的資本。
【官僚資本主義】guānliáo zīběn zhǔyì ㄍㄨㄢ ㄌㄧㄠˊ ㄗ ㄅㄣˇ ㄓㄨˇ ㄧˋ 半殖民地半封建國家中的買辦的、封建的國家壟斷資本主義。
【官僚資產階級】guānliáo zīchǎn jiējí ㄍㄨㄢ ㄌㄧㄠˊ ㄗ ㄔㄢˇ ㄐㄧㄝ ㄐㄧˊ 半封建半殖民地國家裏，勾結帝國主義和地主階級勢力，掌握國家政權，壟斷全國經濟命脈的買辦性的資產階級。
【官迷】guānmí ㄍㄨㄢ ㄇㄧˊ 指一心想做官的人。
【官名】guānmíng ㄍㄨㄢ ㄇㄧㄥˊ ❶舊時稱在乳名以外起的正式名字。❷官銜。
【官能】guānnéng ㄍㄨㄢ ㄋㄥˊ 有機體的器官的功能，例如視覺是眼睛的官能。
【官能團】guānnéngtuán ㄍㄨㄢ ㄋㄥˊ ㄊㄨㄢˊ 有機化合物分子中能夠決定有機化合物主要化學性質的原子或原子團。如雙鍵、叁鍵、羥基、羧基等。也叫功能團。
【官氣】guānqì ㄍㄨㄢ ㄑㄧˋ 官僚作風：官氣十足。
【官腔】guānqiāng ㄍㄨㄢ ㄑㄧㄤ 舊時稱官場中的

門面話，今指利用規章、手續等來敷衍推託或責備的話：打官腔。

【官人】guānrén ㄍㄨㄢ ㄖㄣˊ ❶〈書〉有官職的人。❷宋朝對一般男子的尊稱。❸妻子稱呼丈夫(多見於早期白話)。

【官紗】guānshā ㄍㄨㄢ ㄕㄚ 浙江杭州、紹興一帶產的一種絲織品，經綫用生絲，緯綫用熟絲織成，質薄而輕，可做夏衣，舊時多貢內廷，所以叫官紗。

【官商】guānshāng ㄍㄨㄢ ㄕㄤ ❶舊時指官辦商業，也指從事這種商業的人。❷現指有官僚作風的國營商業部門或這些部門的人員。

【官書】guānshū ㄍㄨㄢ ㄕㄨ ❶舊時由官方編修或刊行的書。❷〈書〉指文書；公文。

【官署】guānshǔ ㄍㄨㄢ ㄕㄨˇ 官廳。

【官司】guān·si ㄍㄨㄢ ·ㄙ 指訴訟：打官司◇筆墨官司(書面上的爭辯)。

【官廳】guāntīng ㄍㄨㄢ ㄊㄧㄥ 舊時稱政府機關。

【官位】guānwèi ㄍㄨㄢ ㄨㄟˋ 官員的職位；官職。

【官銜】guānxián ㄍㄨㄢ ㄒㄧㄢˊ 官員的職位名稱。

【官樣文章】guānyàng-wénzhāng ㄍㄨㄢ ㄧㄤˋ ㄨㄣˊ ㄓㄤ 徒具形式，照例敷衍的虛文濫調。

【官員】guānyuán ㄍㄨㄢ ㄩㄢˊ 經過任命的、擔任一定職務的政府工作人員(現在多用於外交場合)。

【官運】guānyùn ㄍㄨㄢ ㄩㄣˋ 做官的運氣：官運亨通。

【官長】guānzhǎng ㄍㄨㄢ ㄓㄤˇ ❶指官吏。❷舊時指軍官。

【官職】guānzhí ㄍㄨㄢ ㄓˊ 官吏的職位：在封建時代，宰相是最高的官職。

【官佐】guānzuǒ ㄍㄨㄢ ㄗㄨㄛˇ 舊時指軍官。

冠 guān ㄍㄨㄢ ❶帽子：皇冠｜桂冠｜衣冠整齊｜怒髮衝冠。❷形狀像帽子或在頂上的東西：雞冠｜樹冠。

另見424頁 guàn。

【冠蓋】guāngài ㄍㄨㄢ ㄍㄞˋ 古代官吏的帽子和車蓋，借指官吏：冠蓋相望｜冠蓋雲集。

【冠冕】guānmiǎn ㄍㄨㄢ ㄇㄧㄢˇ ❶古代帝王、官員戴的帽子。❷冠冕堂皇；體面②：盡說些冠冕話有甚麼用？

【冠冕堂皇】guānmiǎn tánghuáng ㄍㄨㄢ ㄇㄧㄢˇ ㄊㄤˊ ㄏㄨㄤˊ 形容表面上莊嚴或正大的樣子。

【冠狀動脈】guānzhuàng-dòngmài ㄍㄨㄢ ㄓㄨㄤˋ ㄉㄨㄥˋ ㄇㄞˋ 供給心臟養分的動脈，起於主動脈，分左右兩條，環繞在心臟的表面，形狀像王冠。(圖見1268頁'心')

【冠子】guān·zi ㄍㄨㄢ ·ㄗ 鳥類頭上紅色的肉質突起：雞冠子。

矜 guān ㄍㄨㄢ 〈書〉❶同'鰥'。❷同'瘝'。另見597頁 jīn；931頁 qín。

莞〔莞〕 guān ㄍㄨㄢ 指水葱一類的植物。

另見422頁 guǎn；1177頁 wǎn。

倌 guān ㄍㄨㄢ (倌兒) ❶農村中專管飼養某些家畜的人員：羊倌兒｜豬倌兒。❷舊時某些行業中被雇用專做某種活計的人：堂倌兒｜磨倌兒(磨麪的人)。

棺 guān ㄍㄨㄢ 棺材：蓋棺論定。

【棺材】guān·cai ㄍㄨㄢ ·ㄘㄞ 裝殮死人的東西，一般用木材製成。

【棺椁】guānguǒ ㄍㄨㄢ ㄍㄨㄛˇ 棺和椁，泛指棺材。

【棺木】guānmù ㄍㄨㄢ ㄇㄨˋ 棺材。

綸(纶) guān ㄍㄨㄢ［綸巾］(guānjīn ㄍㄨㄢ ㄐㄧㄣ) 古代配有青絲帶的頭巾：羽扇綸巾。

另見757頁 lún。

瘝 guān ㄍㄨㄢ 〈書〉病；痛苦：恫瘝在抱。

關(关、関) guān ㄍㄨㄢ ❶使開着的物體合攏：關窗戶｜把抽屜關上。❷使機器等停止運轉；使電氣裝置結束工作狀態：關機｜關燈｜關電視。❸放在裏面不使出來：鳥兒關在籠子裏｜監獄是關犯人的。❹(企業等)倒閉；歇業：有一年，鎮上關了好幾家店鋪。❺古代在交通險要或邊境出入的地方設置的守衞處所：關口｜關防｜山海關｜嘉峪關◇我的責任就是不讓廢品混過關去。❻城門外附近的地區：城關｜北關｜關廂。❼門栓：門插關兒｜斬關落鎖。❽'關上'的簡稱。❾貨物出口和入口收稅的地方：海關｜關稅。❿比喻重要的轉折點或不容易度過的一段時間：難關｜只要突破這一關，就好辦了。⓫起轉折關聯作用的部分：機關｜關節｜關鍵。⓬牽連；關係：這些見解很關重要｜此事與他無關｜交有關部門處理。⓭發放或領取(工資)：關餉。⓮(Guān)姓。

【關愛】guān'ài ㄍㄨㄢ ㄞˋ 關懷愛護：老師的關愛使她很受感動。

【關隘】guān'ài ㄍㄨㄢ ㄞˋ〈書〉險要的關口。

【關礙】guān'ài ㄍㄨㄢ ㄞˋ 妨礙；阻礙：這次事故對公司信譽大有關礙。

【關閉】guānbì ㄍㄨㄢ ㄅㄧˋ ❶關①：門窗都緊緊關閉着◇關閉機場。❷企業、商店、學校等歇業或停辦：關閉了幾所學校。

【關尺】guānchǐ ㄍㄨㄢ ㄔˇ 舊時海關收稅用的標準尺，1 關尺合 0.358 米。

【關東】Guāndōng ㄍㄨㄢ ㄉㄨㄥ 指山海關以東一帶地區，泛指東北各省：闖關東。也叫關外。

【關東糖】guāndōngtáng ㄍㄨㄢ ㄉㄨㄥ ㄊㄤˊ 一種麥芽糖，用麥芽和米或雜糧製成，白色或帶黃色。

【關防】guānfáng ㄍㄨㄢ ㄈㄤˊ ❶防止泄漏機密的措施：關防嚴密。❷舊時政府機關或軍隊用的印信，多為長方形。❸〈書〉有駐軍防守的關口要塞。

【關乎】guānhū ㄍㄨㄢ ㄏㄨ 關係到；涉及：調整物價是關乎人民生活的一件大事。

【關懷】guānhuái ㄍㄨㄢ ㄏㄨㄞˊ 關心：關懷備至｜親切關懷｜關懷青年人的成長。

【關鍵】guānjiàn ㄍㄨㄢ ㄐㄧㄢˋ ❶門閂或功能類似門閂的東西。❷比喻事物最關緊要的部分；對情況起決定作用的因素：摸清情況是解決問題的關鍵｜辦好學校關鍵在於提高教學質量。❸最關緊要的：關鍵問題｜關鍵時刻。

【關節】guānjié ㄍㄨㄢ ㄐㄧㄝˊ ❶骨頭互相連接的地方。根據構造可分為三種，不動的如頭骨的各關節，稍動的如椎骨的關節，活動的如四肢的關節。❷起關鍵性作用的環節：這是問題關節的所在｜認真分析，找出關節。❸指暗中行賄勾通官府或官員的事：打關節｜暗通關節。

【關津】guānjīn ㄍㄨㄢ ㄐㄧㄣ 〈書〉關口和渡口，也指設在關口或渡口的關卡。

【關緊】guānjǐn ㄍㄨㄢ ㄐㄧㄣˇ 〈方〉要緊。

【關口】guānkǒu ㄍㄨㄢ ㄎㄡˇ ❶來往必須經過的處所：把守關口。❷關鍵地方；關頭。

【關裏】Guānlǐ ㄍㄨㄢ ㄌㄧˇ 關內。

【關連】guānlián ㄍㄨㄢ ㄌㄧㄢˊ 關聯。

【關聯】guānlián ㄍㄨㄢ ㄌㄧㄢˊ 事物相互之間發生牽連和影響：國民經濟各部門是互相關聯互相依存的｜這可是關聯着生命安全的大事。

【關聯詞】guānliáncí ㄍㄨㄢ ㄌㄧㄢˊ ㄘˊ 在語句中起關聯作用的詞語。如'因為…所以…'、'一方面…，另一方面…'、'總而言之'等。

【關門】guān∥mén ㄍㄨㄢ∥ㄇㄣˊ ❶比喻停業。❷比喻把話說死，無商量餘地。❸比喻不願容納：關門主義。❹指最後的：關門之作｜關門弟子。

【關門】guānmén ㄍㄨㄢ ㄇㄣˊ 關口上的門。

【關內】Guānnèi ㄍㄨㄢ ㄋㄟˋ 指山海關以西或嘉峪關以東一帶地區。

【關卡】guānqiǎ ㄍㄨㄢ ㄑㄧㄚˇ 為收税或警備在交通要道設立的檢查站、崗哨。

【關切】guānqiè ㄍㄨㄢ ㄑㄧㄝˋ ❶親切：他待人非常和藹、關切。❷關心：感謝同志們對我的關切｜對他的處境深表關切。

【關塞】guānsài ㄍㄨㄢ ㄙㄞˋ 關口上的要塞。

【關山】guānshān ㄍㄨㄢ ㄕㄢ 關口和山嶽：關山迢遞（形容路途遙遠）。

【關上】guānshàng ㄍㄨㄢ ㄕㄤˋ 見200頁〖寸口〗。

【關涉】guānshè ㄍㄨㄢ ㄕㄜˋ 關聯；牽涉：他與此案毫無關涉。

【關書】guānshū ㄍㄨㄢ ㄕㄨ 舊時聘請教師或幕僚的文書。

【關税】guānshuì ㄍㄨㄢ ㄕㄨㄟˋ 國家對進出口商品所徵收的税。

【關説】guānshuō ㄍㄨㄢ ㄕㄨㄛ 〈書〉代人陳說；從中給人說好話。

【關頭】guāntóu ㄍㄨㄢ ㄊㄡˊ 起決定作用的時機或轉折點：緊要關頭｜危急關頭。

【關外】Guānwài ㄍㄨㄢ ㄨㄞˋ 指山海關以東或嘉峪關以西一帶地區。

【關係】guān·xì ㄍㄨㄢ ·ㄒㄧ ❶事物之間相互作用、相互影響的狀態：正確處理科學技術普及和提高的關係｜這個電門跟那盞燈沒有關係。❷人和人或人和事物之間的某種性質的聯繫：拉關係｜關係戶｜同志關係｜軍民關係｜社會關係。❸對有關事物的影響或重要性；值得注意的地方（常跟'沒有、有'連用）：這一點很有關係｜沒有關係，修理修理照樣兒能用。❹泛指原因、條件等：由於時間關係，暫時談到這裏為止。❺表明有某種組織關係的證件：隨身帶上團的關係。❻關聯；牽涉：棉花是關係到國計民生的重要物資。

【關廂】guānxiāng ㄍㄨㄢ ㄒㄧㄤ 城門外大街和附近的地區。

【關餉】guān∥xiǎng ㄍㄨㄢ∥ㄒㄧㄤˇ （軍隊）發餉，泛指發工資。

【關心】guān∥xīn ㄍㄨㄢ∥ㄒㄧㄣ （把人或事物）常放在心上；重視和愛護：關心群眾生活｜這是廠裏的大事，希望大家多關點兒心。

·【關押】guānyā ㄍㄨㄢ ㄧㄚ 把犯罪的人關起來：關押犯人。

【關於】guānyú ㄍㄨㄢ ㄩˊ ❶介詞，引進某種行為的關係者，組成介詞結構做狀語：關於興修水利，上級已經做了指示。❷介詞，引進某種事物的關係者，組成介詞結構做定語（後面要加'的'），或在'是…的'式中做謂語：他讀了幾本關於政治經濟學的書｜今天在廠裏開了一個會，是關於愛國衛生運動的。‖注意 a）表示關涉，用'關於'不用'對於'，如：關於織女星，民間有個美麗的傳說。指出對象，用'對於'不用'關於'，如：對於文化遺產，我們必須進行研究分析。兼有兩種情況的可以用'關於'，也可以用'對於'，如：關於（對於）訂立公約，大家都很贊成。b）'關於'有提示性質，用'關於'組成的介詞結構，可以單獨作文章的題目，如：關於人生觀｜關於雜文。用'對於'組成的介詞結構，只有跟名詞組成偏正詞組，才能作題目，如：對於百花齊放政策的認識。

【關張】guān∥zhāng ㄍㄨㄢ∥ㄓㄤ 指商店停止營業，也指商店倒閉。

【關照】guānzhào ㄍㄨㄢ ㄓㄠˋ ❶關心照顧：我走後，這裏的工作請你多多關照。❷互相照應，全面安排。❸口頭通知：你關照食堂一聲，給開會的人留飯。

【關中】Guānzhōng ㄍㄨㄢ ㄓㄨㄥ 指陝西渭河流域一帶。

【關注】guānzhù ㄍㄨㄢ ㄓㄨˋ 關心重視：多蒙關注｜這件事引起了各界人士的關注。

【關子】guān·zi ㄍㄨㄢ ·ㄗ 小説、戲劇情節中最緊要、最吸引人的地方，比喻事情的關鍵。參看771頁〖賣關子〗。

鰥 guān ㄍㄨㄢ 無妻或喪妻的：鰥寡孤獨｜鰥居。

【鰥夫】guānfū ㄍㄨㄢ ㄈㄨ 無妻或喪妻的人。

【鰥寡孤獨】guān guǎ gū dú ㄍㄨㄢ ㄍㄨㄚˇ ㄍㄨ ㄉㄨˊ 泛指喪失勞動力而又無依無靠的人。

觀〔觀〕(观) guān ㄍㄨㄢ ❶看：觀日出｜走馬觀花｜坐井觀天。❷景象或樣子：奇觀｜改觀。❸對事物的認識或看法：樂觀｜悲觀｜世界觀。

另見425頁 guàn。

【觀測】guāncè ㄍㄨㄢ ㄘㄜˋ ❶觀察並測量(天文、地理、氣象、方向等)：觀測風力。❷觀察並測度(情況)：觀測敵情。

【觀察】guānchá ㄍㄨㄢ ㄔㄚˊ 仔細察看(事物或現象)：觀察地形｜觀察動靜｜觀察問題。

【觀察家】guānchájiā ㄍㄨㄢ ㄔㄚˊ ㄐㄧㄚ 政治評論家。通常用做報刊上重要政治評論文章作者的署名。

【觀察哨】guāncháshào ㄍㄨㄢ ㄔㄚˊ ㄕㄠˋ 觀察敵情的哨兵或哨所。也叫瞭望哨。

【觀察所】guānchásuǒ ㄍㄨㄢ ㄔㄚˊ ㄙㄨㄛˇ 軍隊作戰時，為觀察戰場而設置的場所，通常設在隱蔽而又視野開闊的地點。

【觀察員】guāncháyuán ㄍㄨㄢ ㄔㄚˊ ㄩㄢˊ 一個國家派遣的列席國際會議的外交代表，依照國際慣例，觀察員只有發言權，沒有表決權。

【觀點】guāndiǎn ㄍㄨㄢ ㄉㄧㄢˇ ❶觀察事物時所處的位置或採取的態度：生物學觀點｜純技術觀點。❷專指政治觀點：沒有正確的立場，就不會有正確的觀點。

【觀風】guān//fēng ㄍㄨㄢ//ㄈㄥ 望風。

【觀感】guāngǎn ㄍㄨㄢ ㄍㄢˇ 看到事物以後所產生的印象和感想：代表們暢談訪問農村的觀感｜就自己觀感所及，寫些通訊。

【觀光】guānguāng ㄍㄨㄢ ㄍㄨㄤ 參觀外國或外地的景物、建設等：觀光客｜有不少外賓前來桂林觀光｜他陪同我們在上海各處觀光了一番。

【觀看】guānkàn ㄍㄨㄢ ㄎㄢˋ 特意地看；參觀；觀察：觀看景物｜觀看動靜｜觀看足球比賽。

【觀禮】guān//lǐ ㄍㄨㄢ//ㄌㄧˇ (被邀請)參觀典禮：觀禮台｜國慶觀禮。

【觀摩】guānmó ㄍㄨㄢ ㄇㄛˊ 觀看，多指觀看彼此的成績，交流經驗，互相學習：觀摩演出。

【觀念】guānniàn ㄍㄨㄢ ㄋㄧㄢˋ ❶思想意識：破除舊的傳統觀念。❷客觀事物在人腦裏留下的概括的形象(有時指表象)。

【觀念形態】guānniàn xíngtài ㄍㄨㄢ ㄋㄧㄢˋ ㄒㄧㄥˊ ㄊㄞˋ 意識形態。

【觀賞】guānshǎng ㄍㄨㄢ ㄕㄤˇ 觀看欣賞：觀賞名花異草｜觀賞雜技表演。

【觀賞魚】guānshǎngyú ㄍㄨㄢ ㄕㄤˇ ㄩˊ 形狀奇異，顏色美麗，可供觀賞的魚，如金魚和熱帶產的許多小魚。

【觀賞植物】guānshǎng zhíwù ㄍㄨㄢ ㄕㄤˇ ㄓˊ ㄨˋ 專門培植來供觀賞的植物，一般都有美麗的花或形態比較奇異。

【觀世音】Guānshìyīn ㄍㄨㄢ ㄕˋ ㄧㄣ 佛教菩薩之一，佛教徒認為是救苦救難之神。也叫觀自在、觀音大士。俗稱觀音。

【觀望】guānwàng ㄍㄨㄢ ㄨㄤˋ ❶懷着猶豫的心情觀看事物的發展變化：意存觀望｜徘徊觀望。❷張望：四下觀望。

【觀象台】guānxiàngtái ㄍㄨㄢ ㄒㄧㄤˋ ㄊㄞˊ 觀測天文、氣象、地磁、地震等現象的機構，按其任務的不同，現已分別採用天文台、氣象台、地磁台、地震台等名稱。

【觀音土】guānyīntǔ ㄍㄨㄢ ㄧㄣ ㄊㄨˇ 一種白色的黏土。也叫觀音粉。

【觀瞻】guānzhān ㄍㄨㄢ ㄓㄢ ❶具體的景象和景象給人的印象；外觀和對外觀發生的反應：以壯觀瞻｜有礙觀瞻。❷瞻望；觀賞：樓閣建成後，觀瞻者絡繹不絕。

【觀戰】guānzhàn ㄍㄨㄢ ㄓㄢˋ 從旁觀看戰爭、戰鬥，自己不參加。也借指體育競賽時從旁觀看助興。

【觀止】guānzhǐ ㄍㄨㄢ ㄓˇ 看到這裏就可以不再看了，稱讚所看到的事物好到極點：嘆為觀止。參看1112頁〖嘆觀止矣〗。

【觀眾】guānzhòng ㄍㄨㄢ ㄓㄨㄥˋ 看表演或比賽的人：電視觀眾｜演出結束，觀眾起立鼓掌。

guǎn (ㄍㄨㄢˇ)

莞〔莞〕 guǎn ㄍㄨㄢˇ 東莞(Dōngguǎn ㄉㄨㄥ ㄍㄨㄢˇ)，地名，在廣東。

另見420頁 guān；1177頁 wǎn。

琯 guǎn ㄍㄨㄢˇ 古代樂器，用玉製成，六孔，像笛。

筦 guǎn ㄍㄨㄢˇ ❶同'管'。❷(Guǎn)姓。

痯 guǎn ㄍㄨㄢˇ 〈書〉疲勞；病。

管1 guǎn ㄍㄨㄢˇ ❶(管兒)管子：鋼管｜竹管｜水管｜筆管｜氣管兒。❷吹奏的樂器：管弦樂。❸形狀像管的電器件：電子管｜晶體管。❹量詞，用於細長圓筒形的東西：一管毛筆｜兩管牙膏。❺(Guǎn)姓。

管2 guǎn ㄍㄨㄢˇ ❶管理；看管：管賬｜管圖書｜誰管倉庫？｜她能同時管十台機器。❷管轄：這個省管着幾十個縣。❸管教：管孩子。❹擔任(工作)：我管宣傳，你管文體。❺過問：管閑事｜這事我們不能不管。❻保證；負責供給：管保｜不好管換｜管吃管住。❼介詞，作用跟'把'相近，專跟'叫'配合：他長得又矮又胖，大家都管他叫小胖子。❽〈方〉介詞，作用跟'向'相近：管他借錢｜管我要東西。❾〈方〉不管；無論：這是國家財產，管甚麼也不能讓它受到損失。❿〈方〉關涉；牽涉：他不願來，管我甚麼事？

【管保】guǎnbǎo ㄍㄨㄢˇ ㄅㄠˇ 完全有把握；保證：管保成功｜有了水和肥，管保能多打糧食。

【管材】guǎncái ㄍㄨㄢˇ ㄘㄞˊ 管狀的材料，如鋼管、陶管等。

【管道】guǎndào ㄍㄨㄢˇ ㄉㄠˋ 用金屬或其他材料製成的管子，用來輸送或排除流體(如水蒸氣、煤氣、石油、水等)。

【管段】guǎnduàn ㄍㄨㄢˇ ㄉㄨㄢˋ 分段管理的地段：這一管段的治安狀況良好。

【管風琴】guǎnfēngqín ㄍㄨㄢˇ ㄈㄥ ㄑㄧㄣˊ 鍵盤樂器，用幾組音色不同的管子構成，由風箱壓縮空氣通過管子而發出聲音。

【管家】guǎn·jiā ㄍㄨㄢˇ ·ㄐㄧㄚ ❶舊時稱呼為地主、官僚等管理家產和日常事務的地位較高的僕人：女管家。❷現在指為集體管理財物或日常生活的人：大家都說食堂管理員是群眾的好管家。

【管家婆】guǎnjiāpó ㄍㄨㄢˇ ㄐㄧㄚ ㄆㄛˊ ❶舊時稱呼為地主、官僚等管理家務的地位較高的女僕。❷主婦。

【管見】guǎnjiàn ㄍㄨㄢˇ ㄐㄧㄢˋ 謙辭，淺陋的見識(像從管子裏看東西，看到的範圍很小)：略陳管見。

【管教】[1] guǎnjiào ㄍㄨㄢˇ ㄐㄧㄠˋ 管保。

【管教】[2] guǎnjiào ㄍㄨㄢˇ ㄐㄧㄠˋ ❶約束教導：嚴加管教。❷管制並勞教：管教所｜解除管教。

【管界】guǎnjiè ㄍㄨㄢˇ ㄐㄧㄝˋ ❶管轄的地區。❷管轄地區的邊界。

【管井】guǎnjǐng ㄍㄨㄢˇ ㄐㄧㄥˇ 用機械開鑿、裝上鐵管或缸管等而通到深層地下水的井。

【管窺】guǎnkuī ㄍㄨㄢˇ ㄎㄨㄟ 從管子裏看東西，比喻所見片面：管窺所及。

【管窺蠡測】guǎnkuī lícè ㄍㄨㄢˇ ㄎㄨㄟ ㄌㄧˊ ㄘㄜˋ 從竹管裏看天，用瓢來量海水，比喻眼光狹窄，見識短淺。

【管理】guǎnlǐ ㄍㄨㄢˇ ㄌㄧˇ ❶負責某項工作使順利進行：管理財務｜管理國家大事。❷保管和料理：管理圖書｜公園管理處。❸照管並約束(人或動物)：管理罪犯｜管理牲口。

【管片】guǎnpiàn ㄍㄨㄢˇ ㄆㄧㄢˋ (管片兒)分片管理的地段：雨季前本管片的房屋檢修工作已全部完成。

【管鉗子】guǎnqián·zi ㄍㄨㄢˇ ㄑㄧㄢˊ ·ㄗ 用來扳動或卡住圓柱形工件的工具。也叫管扳子。

【管區】guǎnqū ㄍㄨㄢˇ ㄑㄩ 管轄的區域。

【管事】guǎn∥shì ㄍㄨㄢˇ∥ㄕˋ ❶負責管理事務。❷(管事兒)管用：這個藥很管事兒，保你吃了見好。

【管事】guǎnshì ㄍㄨㄢˇ ㄕˋ 舊時稱在企業單位或有錢人家裏管總務的人。

【管束】guǎnshù ㄍㄨㄢˇ ㄕㄨˋ 加以約束，使不越軌。

【管轄】guǎnxiá ㄍㄨㄢˇ ㄒㄧㄚˊ 管理；統轄(人員、事務、區域、案件等)：管轄範圍｜直轄市由國務院直接管轄。

【管弦樂】guǎnxiányuè ㄍㄨㄢˇ ㄒㄧㄢˊ ㄩㄝˋ 用管樂器、弦樂器和打擊樂器配合演奏的音樂。

【管綫】guǎnxiàn ㄍㄨㄢˇ ㄒㄧㄢˋ 各種管道和電綫、電纜等的總稱：鋪設管綫。

【管押】guǎnyā ㄍㄨㄢˇ ㄧㄚ 臨時拘押。

【管用】guǎn∥yòng ㄍㄨㄢˇ∥ㄩㄥˋ 有效；起作用：這種藥挺管用，吃了就見好｜學普通話光聽不管用，必須常講多練。

【管樂器】guǎnyuèqì ㄍㄨㄢˇ ㄩㄝˋ ㄑㄧˋ 指由於管中空氣振動而發音的樂器，如笛、簫、號等。

【管制】guǎnzhì ㄍㄨㄢˇ ㄓˋ ❶強制管理：管制燈火。❷強制性的管理：軍事管制｜交通管制。❸對罪犯或壞分子施行強制管束。

【管中窺豹】guǎn zhōng kuī bào ㄍㄨㄢˇ ㄓㄨㄥ ㄎㄨㄟ ㄅㄠˋ 通過竹管子的小孔來看豹，只看到豹身上的一塊斑紋(見於《世説新語·方正》)。比喻只見到事物的一小部分。有時同'可見一斑'連用，比喻從觀察到的部分，可以推測全貌。

【管子】guǎn·zi ㄍㄨㄢˇ ·ㄗ 圓而細長中間空的東西：自來水管子。

【管自】guǎnzì ㄍㄨㄢˇ ㄗˋ 〈方〉❶徑自：他水也沒喝一口，管自回家去了。❷只管；只顧：讓他們去商量吧，我們管自幹。

輨(輨、錧) guǎn ㄍㄨㄢˇ 〈書〉包在大車轂頭上的鐵。

館(馆、舘) guǎn ㄍㄨㄢˇ ❶招待賓客居住的房屋：賓館｜旅館。❷一個國家在另一國家辦理外交的人員常駐的處所：使館｜領事館。❸(館兒)某些服務性商店的名稱：理髮館｜照相館｜飯館兒。❹儲藏、陳列文物或進行文體活動的場所：博物館｜天文館｜文化館｜圖書館｜展覽館｜體育館。❺舊時指塾師教書的地方：坐館｜他教過三年館。

【館藏】guǎncáng ㄍㄨㄢˇ ㄘㄤˊ ❶圖書館或博物館等收藏：館藏中外書刊七十萬冊。❷圖書館、博物館等收藏的圖書、器物等。

【館子】guǎn·zi ㄍㄨㄢˇ ·ㄗ 賣酒飯的店鋪：下館子｜吃館子(到館子裏吃東西)。

鱠(鳤) guǎn ㄍㄨㄢˇ 魚，體長1－2尺，銀白色，圓筒形，鱗小。生活在淡水中。

guàn (ㄍㄨㄢˋ)

毌 guàn ㄍㄨㄢˋ 〈書〉同'貫'。

丱 guàn ㄍㄨㄢˋ 〈書〉形容兒童束髮成兩角的樣子。

冠 guàn ㄍㄨㄢˋ ❶〈書〉把帽子戴在頭上(古代男子二十歲舉行冠禮，表示已成年)：未冠(不到二十歲)。❷在前面加上某種名號或文字：縣名前冠上省名。❸居第一位：冠軍。❹指冠軍：奪冠｜三連冠(連續三次獲得冠軍)。❺(Guàn)姓。

另見420頁 guān。

【冠軍】guànjūn ㄍㄨㄢˋ ㄐㄩㄣ 體育運動等競賽中的第一名。

【冠軍賽】guànjūnsài ㄍㄨㄢˋ ㄐㄩㄣ ㄙㄞˋ 錦標賽。

涫 guàn ㄍㄨㄢˋ〈書〉沸。

貫(贯) guàn ㄍㄨㄢˋ ❶穿；貫通：如雷貫耳｜學貫古今。❷連貫：魚貫而入｜纍纍如貫珠。❸舊時的制錢，用繩子穿上，每一千個叫一貫：萬貫家私。❹世代居住的地方：籍貫｜鄉貫。❺〈書〉事例；成例：一仍舊貫。❻(Guàn)姓。

【貫徹】guànchè ㄍㄨㄢˋ ㄔㄜˋ 徹底實現或體現(方針、政策、精神、方法等)：貫徹始終｜貫徹增產節約的方針。

【貫穿】guànchuān ㄍㄨㄢˋ ㄔㄨㄢ ❶穿過；連通：這條公路貫穿本省十幾個縣。❷貫串：團結互助的精神貫穿在我們整個車間裏。

【貫串】guànchuàn ㄍㄨㄢˋ ㄔㄨㄢˋ 從頭到尾穿過一個或一系列事物：這部小說的各篇各章都貫串着一個基本思想。

【貫口】guànkǒu ㄍㄨㄢˋ ㄎㄡˇ 指曲藝演員以很快的速度歌唱、背誦唱詞或連續敍述許多事物。一般在不換氣或不明顯地換氣的情況下進行。

【貫氣】guànqì ㄍㄨㄢˋ ㄑㄧˋ 迷信的人指風水上地脉貫通，認為這樣會走好運。

【貫通】guàntōng ㄍㄨㄢˋ ㄊㄨㄥ ❶(學術、思想等方面)全部透徹地了解：融會貫通｜貫通中西醫學。❷連接；溝通：上下貫通｜武漢長江大橋修成後，京廣鐵路就全綫貫通了。

【貫注】guànzhù ㄍㄨㄢˋ ㄓㄨˋ ❶(精神、精力)集中：把精力貫注在工作上｜他全神貫注地聽着。❷(語意、語氣)連貫；貫穿：這兩句是一氣貫注下來的。

祼 guàn ㄍㄨㄢˋ 古代酌酒灌地的祭禮。

摜(掼) guàn ㄍㄨㄢˋ 〈方〉❶扔；摔：摜手榴彈｜把棉襖摜在牀上。❷握住東西的一端而摔另一端：摜稻。❸跌；使跌：他摜了一個跟頭｜對方抱住他的腰，又把他摜倒了。

【摜跤】guàn//jiāo ㄍㄨㄢˋ//ㄐㄧㄠ〈方〉摔跤。

【摜紗帽】guàn shāmào ㄍㄨㄢˋ ㄕㄚ ㄇㄠˋ 〈方〉比喻因氣憤或不滿而辭職。

慣(惯) guàn ㄍㄨㄢˋ ❶習以為常，積久成性；習慣：我勞動慣了，一天不幹活就不舒服。❷縱容(子女)養成不良習慣或作風：嬌生慣養｜不能慣着孩子。

【慣常】guàncháng ㄍㄨㄢˋ ㄔㄤˊ ❶習以為常的；成了習慣的：從那慣常的動作上，可以看出他是個熟練的水手。❷經常：慣常出門的人，知道旅途上的許多不便。❸平常；平時：他恢復了慣常的鎮定。

【慣犯】guànfàn ㄍㄨㄢˋ ㄈㄢˋ 經常犯罪而屢教不改的罪犯。

【慣匪】guànfěi ㄍㄨㄢˋ ㄈㄟˇ 經常搶劫的匪徒。

【慣技】guànjì ㄍㄨㄢˋ ㄐㄧˋ 經常使用的手段(貶義)：慣技重演。

【慣家】guàn·jia ㄍㄨㄢˋ ·ㄐㄧㄚ 指慣於做某種事情的人；老手(多含貶義)。

【慣例】guànlì ㄍㄨㄢˋ ㄌㄧˋ ❶一向的做法；常規：打破慣例｜因循慣例｜國際慣例。❷司法上指法律沒有明文規定，但過去曾經施行、可以仿照辦理的做法或事實。

【慣量】guànliàng ㄍㄨㄢˋ ㄌㄧㄤˋ 物體慣性的大小。慣量是用物體質量的大小來表示的，質量大的，慣量也大。

【慣竊】guànqiè ㄍㄨㄢˋ ㄑㄧㄝˋ 經常盜竊的人。

【慣偷】guàntōu ㄍㄨㄢˋ ㄊㄡ 慣竊。

【慣性】guànxìng ㄍㄨㄢˋ ㄒㄧㄥˋ 物體保持自身原有運動狀態或靜止狀態的性質，如行駛的機車剎車後不馬上停止前進，靜止的物體不受外力作用就不變位置，都是由於慣性的作用。

【慣用】guànyòng ㄍㄨㄢˋ ㄩㄥˋ 慣於使用；經常運用：慣用語｜慣用伎倆。

【慣賊】guànzéi ㄍㄨㄢˋ ㄗㄟˊ 慣竊。

【慣縱】guànzòng ㄍㄨㄢˋ ㄗㄨㄥˋ 嬌慣放縱：對孩子可不能慣縱。

盥 guàn ㄍㄨㄢˋ 〈書〉❶洗(手、臉)。❷盥洗用的器皿。

【盥漱】guànshù ㄍㄨㄢˋ ㄕㄨˋ 洗臉漱口：盥漱室。

【盥洗】guànxǐ ㄍㄨㄢˋ ㄒㄧˇ 洗手洗臉：盥洗室。

灌〔灌〕 guàn ㄍㄨㄢˋ ❶澆；灌溉：引水灌田。❷倒進去或裝進去(多指液體、氣體或顆粒狀物體）：灌了一瓶熱水｜風雪呼呼地灌進門來｜那響亮的聲音直往他耳朵裏灌。❸指錄音：灌唱片。

【灌腸】guàn∥cháng ㄍㄨㄢˋ∥ㄔㄤˊ 為了清洗腸道、治療疾病等，把水、液體藥物等從肛門灌到腸內。

【灌腸】guàn·chang ㄍㄨㄢˋ·ㄔㄤ 一種食品，原來是用腸衣塞肉末和澱粉，現在多用澱粉製成，吃時切成片，用油煎熟。

【灌頂】guàndǐng ㄍㄨㄢˋ ㄉㄧㄥˇ 佛教的一種儀式，凡繼承闍梨位或弟子入門的，須先經師父用水或醍醐灌灑頭頂。

【灌溉】guàngài ㄍㄨㄢˋ ㄍㄞˋ 把水輸送到田地裏：灌溉農田。

【灌溉渠】guàngàiqú ㄍㄨㄢˋ ㄍㄞˋ ㄑㄩˊ 引水灌溉田地的較大的人工水道。也叫灌渠。

【灌漿】guàn∥jiāng ㄍㄨㄢˋ∥ㄐㄧㄤ ❶為了使建築物堅固，把灰漿澆灌到砌起來的磚塊或石塊之間的空隙中。❷糧食作物快成熟時，養料通過導管灌到子粒裏去。胚乳逐漸發育成漿液狀。❸通常指疱疹中的液體變成膿，多見於天花或接種的牛痘。

【灌錄】guànlù ㄍㄨㄢˋ ㄌㄨˋ 錄製（唱片、磁帶）。

【灌米湯】guàn mǐ·tang ㄍㄨㄢˋ ㄇㄧˇ·ㄊㄤ 比喻用甜言蜜語奉承人迷惑人。

【灌木】guànmù ㄍㄨㄢˋ ㄇㄨˋ 矮小而叢生的木本植物，如荊、玫瑰、茉莉等。

【灌區】guànqū ㄍㄨㄢˋ ㄑㄩ 指某一水利灌溉工程的受益區域：韶山灌區。

【灌渠】guànqú ㄍㄨㄢˋ ㄑㄩˊ 灌溉渠。

【灌輸】guànshū ㄍㄨㄢˋ ㄕㄨ ❶把流水引導到需要水分的地方。❷輸送（思想、知識等）：灌輸愛國主義思想｜灌輸文化科學知識。

【灌音】guàn∥yīn ㄍㄨㄢˋ∥ㄧㄣ 錄音。

【灌製】guànzhì ㄍㄨㄢˋ ㄓˋ 用錄音設備錄製：灌製唱片｜灌製教學磁帶。

【灌注】guànzhù ㄍㄨㄢˋ ㄓㄨˋ 澆進；注入：把鐵水灌注到砂型裏，凝固後就成了鑄件◇她把心血全都灌注在孩子的身上。

瓘〔瓘〕 guàn ㄍㄨㄢˋ 古書上指一種玉。

罐〔罐〕（鑵） guàn ㄍㄨㄢˋ ❶（罐兒）罐子：瓦罐｜水罐兒｜茶葉罐兒。❷煤礦裝煤用的斗車。

【罐車】guànchē ㄍㄨㄢˋ ㄔㄜ 裝運液體物品的貨車。

【罐籠】guànlóng ㄍㄨㄢˋ ㄌㄨㄥˊ 礦井裏的升降機，用於運送人員、礦石、材料等。

【罐頭】guàn·tou ㄍㄨㄢˋ·ㄊㄡ ❶〈方〉罐子。❷罐頭食品的簡稱，是加工後裝在密封的鐵皮罐子或玻璃瓶裏的食品，可以存放較長的時間。

【罐子】guàn·zi ㄍㄨㄢˋ·ㄗ 盛東西用的大口的器皿，多為陶器或瓷器：空罐子｜兩罐子水。

觀〔觀〕（观） guàn ㄍㄨㄢˋ ❶道教的廟宇：道觀｜白雲觀。❷（Guàn）姓。

另見422頁guān。

鸛〔鸛〕（鹳） guàn ㄍㄨㄢˋ 鳥類的一屬，形狀像白鶴，嘴長而直，羽毛灰色、白色或黑色。生活在水邊，吃魚、蝦等。較常見的有白鸛。

guāng（ㄍㄨㄤ）

光 guāng ㄍㄨㄤ ❶通常指照在物體上，使人能看見物體的那種物質，如太陽光、燈光、月光等。可見光是波長0.77－0.39微米的電磁波。此外還包括看不見的紅外光和紫外光。因為光是電磁波的一種，所以也叫光波；在一般情況下光沿直綫傳播，所以也叫光綫。參看476頁〖紅外綫〗、1514頁〖紫外綫〗。❷景物：風光｜春光明媚。❸光彩；榮譽：為國增光。❹比喻好處：沾光｜叨光｜借光。❺敬辭，表示光榮，用於對方來臨：光臨｜光顧。❻光大：光前裕後。❼明亮：光明｜光澤。❽光滑；光溜：磨光｜這種紙很光。❾一點兒不剩；全沒有了；完了：精光｜用光｜把敵人消滅光。❿（身體）露着：光膀子｜光着頭。⓫只；單：任務這麼重，光靠你們兩個人恐怕不行。⓬（Guāng）姓。

【光斑】guāngbān ㄍㄨㄤ ㄅㄢ 太陽表面上特別明亮的纖維狀斑點，是太陽活動比較劇烈的部分。

【光板兒】guāngbǎnr ㄍㄨㄤ ㄅㄢㄦˇ ❶磨掉了毛的皮衣服或皮褥子。❷指沒有軋上花紋和字的銅元。

【光波】guāngbō ㄍㄨㄤ ㄅㄛ 光①。

【光彩】guāngcǎi ㄍㄨㄤ ㄘㄞˇ ❶顏色和光澤；光輝：大放光彩｜櫥窗裏面擺着光彩奪目的各色絲綢。❷光榮：小張當了勞動模範，咱全村都很光彩。

【光彩照人】guāngcǎi zhào rén ㄍㄨㄤ ㄘㄞˇ ㄓㄠˋ ㄖㄣˊ 形容人或事物十分美好或藝術成就輝煌，令人注目、敬仰。

【光燦燦】guāngcàncàn ㄍㄨㄤ ㄘㄢˋ ㄘㄢˋ （光燦燦的）形容光亮耀眼：光燦燦的秋陽。

【光赤】guāngchì ㄍㄨㄤ ㄔˋ （身體）露着。

【光寵】guāngchǒng ㄍㄨㄤ ㄔㄨㄥˇ〈書〉（賜給的）榮耀或恩惠。

【光大】guāngdà ㄍㄨㄤ ㄉㄚˋ〈書〉❶使顯赫盛大：光大門楣｜發揚光大。❷廣大。

【光刀】guāngdāo ㄍㄨㄤ ㄉㄠ ❶利用激光代替鋼製手術刀進行手術的裝置。❷這種裝置的光束。

【光導纖維】guāngdǎo-xiānwéi ㄍㄨㄤ ㄉㄠˇ ㄒㄧㄢ ㄨㄟˊ 一種能夠導光的纖維。用玻璃或塑料製成。光綫在纖維中可以彎曲傳導，並能改變像的形狀。用於醫療器械、電子光學儀器、光通訊綫路等方面。也叫光學纖維，簡稱光纖。

【光電池】guāngdiànchí ㄍㄨㄤ ㄉㄧㄢˋ ㄔˊ 利用光的照射產生電能的器件，用光電效應強的物質如硒、氧化銅等製成。攝影上測量光度的光度計就是用光電池做成的。

【光度】guāngdù ㄍㄨㄤ ㄉㄨˋ ❶光源所發的光的強度。通常以燭光為單位。❷恒星的真實亮度，用整個恒星的表面每秒鐘放出的能量來表示。

【光風霽月】guāng fēng jì yuè ㄍㄨㄤ ㄈㄥ ㄐㄧˋ ㄩㄝˋ 雨過天晴時風清月明的景象，比喻開闊的胸襟和坦白的心地，也比喻太平清明的政治局面。也說霽月光風。

【光復】guāngfù ㄍㄨㄤ ㄈㄨˋ 恢復(已亡的國家)；收回(失去的領土)：光復舊物｜光復河山。

【光桿兒】guānggǎnr ㄍㄨㄤ ㄍㄢㄦˇ ❶指花葉盡落的草木或沒有葉子襯托的花朵：光桿兒牡丹｜高粱被雹子打得成了光桿兒。❷比喻孤獨的人或失去群眾、沒有助手的領導：光桿兒司令｜他家只剩下他一個光桿兒。

【光顧】guānggù ㄍㄨㄤ ㄍㄨˋ 敬辭，稱客人來到，商家多用來歡迎顧客。

【光怪陸離】guāng guài lù lí ㄍㄨㄤ ㄍㄨㄞˋ ㄌㄨˋ ㄌㄧˊ 形容現象奇異、色彩繁雜。

【光棍】guāng·gùn ㄍㄨㄤ ·ㄍㄨㄣˋ ❶地痞；流氓。❷〈方〉指識時務的人：光棍不吃眼前虧。

【光棍兒】guānggùnr ㄍㄨㄤ ㄍㄨㄣㄦˋ 沒有妻子的成年人；單身漢：打光棍兒(過單身漢的生活)。

【光合作用】guānghé-zuòyòng ㄍㄨㄤ ㄏㄜˊ ㄗㄨㄛˋ ㄩㄥˋ 光化作用的一類，如綠色植物的葉綠素在日光照射下把水和二氧化碳合成有機物質並排出氧氣。

【光華】guānghuá ㄍㄨㄤ ㄏㄨㄚˊ 明亮的光輝：日月光華。

【光滑】guāng·huá ㄍㄨㄤ ·ㄏㄨㄚˊ 物體表面平滑；不粗糙：皮膚光滑｜大理石的桌面很光滑。

【光化作用】guānghuà-zuòyòng ㄍㄨㄤ ㄏㄨㄚˋ ㄗㄨㄛˋ ㄩㄥˋ 物質由於光的照射而產生化學變化的作用，包括光合作用和光解作用兩類。

【光環】guānghuán ㄍㄨㄤ ㄏㄨㄢˊ ❶某些行星周圍明亮的環狀物，由冰和鐵等構成，如土星、天王星等都有數量不等的光環。❷發光的環子：霓虹燈組成了象徵奧運會的五彩光環。❸特指神像或聖像頭部周圍畫的環形光輝；靈光②。

【光輝】guānghuī ㄍㄨㄤ ㄏㄨㄟ ❶閃爍耀目的光：太陽的光輝。❷光明，燦爛：光輝前程。

【光火】guāng//huǒ ㄍㄨㄤ//ㄏㄨㄛˇ 〈方〉發怒；惱怒。

【光潔】guāngjié ㄍㄨㄤ ㄐㄧㄝˊ 光亮而潔淨：在燈光照耀下，平滑的大理石顯得格外光潔。

【光潔度】guāngjiédù ㄍㄨㄤ ㄐㄧㄝˊ ㄉㄨˋ 舊稱機器零件、工件等的表面粗糙程度。

【光解作用】guāngjiě-zuòyòng ㄍㄨㄤ ㄐㄧㄝˇ ㄗㄨㄛˋ ㄩㄥˋ 光化作用的一類，如照相材料在可見光的照射下感光，碘化氫在紫外綫的照射下分解成氫和碘。

【光景】guāngjǐng ㄍㄨㄤ ㄐㄧㄥˇ ❶時光景物：好一派草原光景。❷境況；狀況；情景：他家的光景還不錯｜我們倆初次見面的光景，我還記得很清楚。❸表示估計。a) 一般的情況：今天太悶熱，光景是要下雨。b) 時間或數量(用在表時間或數量的詞語後面)：半夜光景起了風｜裏面有十幾個小孩子，大都只有五六歲光景。

【光纜】guānglǎn ㄍㄨㄤ ㄌㄢˇ 由許多根經過技術處理的光導纖維組合而成的纜，用來傳輸光信號。

【光亮】guāngliàng ㄍㄨㄤ ㄌㄧㄤˋ ❶明亮：光亮的窗子｜這套傢具油漆得挺光亮。❷亮光：山洞裏一點兒光亮也沒有。

【光臨】guānglín ㄍㄨㄤ ㄌㄧㄣˊ 敬辭，稱賓客來到：敬請光臨｜歡迎光臨指導。

【光溜】guāng·liu ㄍㄨㄤ ·ㄌㄧㄡ 光滑；滑溜：這種道林紙比電光紙還光溜。

【光溜溜】guāngliūliū ㄍㄨㄤ ㄌㄧㄡ ㄌㄧㄡ (光溜溜的)❶形容光滑：她走在光溜溜的冰上有點害怕。❷形容地面、物體、身體上沒有遮蓋的樣子：院子裏種上點花兒，省得光溜溜的不好看｜孩子們脫得光溜溜的在河裏洗澡。

【光芒】guāngmáng ㄍㄨㄤ ㄇㄤˊ 向四面放射的強烈光綫：光芒萬丈｜光芒四射。

【光明】guāngmíng ㄍㄨㄤ ㄇㄧㄥˊ ❶亮光：黑暗中的一綫光明。❷明亮：這條街上的路燈，一個個都像通體光明的水晶球。❸比喻正義的或有希望的：光明大道｜光明的遠景。❹(胸襟)坦白；沒有私心：光明正大｜光明磊落｜心地光明。

【光明磊落】guāngmíng lěiluò ㄍㄨㄤ ㄇㄧㄥˊ ㄌㄟˇ ㄌㄨㄛˋ 形容沒有私心，胸懷坦白。

【光明正大】guāngmíng zhèngdà ㄍㄨㄤ ㄇㄧㄥˊ ㄓㄥˋ ㄉㄚˋ 形容襟懷坦白，行為正派。也說正大光明。

【光能】guāngnéng ㄍㄨㄤ ㄋㄥˊ 光所具有的能。

【光年】guāngnián ㄍㄨㄤ ㄋㄧㄢˊ 天文學上的一種距離單位，即以光在1年內在真空中走過的路程為 1 光年。光速每秒約 30 萬公里，1 光年約等於 94,605 億公里。

【光譜】guāngpǔ ㄍㄨㄤ ㄆㄨˇ 複色光通過棱鏡或光柵後，分解成的單色光按波長大小排成的光帶。日光的光譜是紅、橙、黃、綠、藍、靛、紫七色。

【光譜儀】guāngpǔyí ㄍㄨㄤ ㄆㄨˇ ㄧˊ 把成分複雜的光分解為光譜綫的儀器，用棱鏡或衍射光柵等構成。

【光前裕後】guāng qián yù hòu ㄍㄨㄤ ㄑㄧㄢˊ ㄩˋ ㄏㄡˋ 給前人增光，為後代造福（多用來稱頌別人的功業）。

【光圈】guāngquān ㄍㄨㄤ ㄑㄩㄢ 攝影機等光學儀器的鏡頭中改變通光孔徑的大小、調節進入光量的裝置。也叫光孔、光闌。

【光榮】guāngróng ㄍㄨㄤ ㄖㄨㄥˊ ❶由於做了有利於人民的和正義的事情而被公認為值得尊敬的：光榮之家｜光榮犧牲。❷榮譽：光榮歸於祖國。

【光榮榜】guāngróngbǎng ㄍㄨㄤ ㄖㄨㄥˊ ㄅㄤˇ 表揚先進人物的榜，榜上列出姓名，有時加上照片和先進事迹。

【光潤】guāngrùn ㄍㄨㄤ ㄖㄨㄣˋ 光滑潤澤（多指皮膚）。

【光柵】guāngshān ㄍㄨㄤ ㄕㄢ 能產生衍射現象的光學器件，光綫透過它或被它反射時就形成光譜，一般用玻璃或金屬製成，上面刻有很密的平行細紋。

【光閃閃】guāngshǎnshǎn ㄍㄨㄤ ㄕㄢˇ ㄕㄢˇ （光閃閃的）形容光亮閃爍：光閃閃的珍珠。

【光束】guāngshù ㄍㄨㄤ ㄕㄨˋ 呈束狀的光綫，如探照燈的光。

【光速】guāngsù ㄍㄨㄤ ㄙㄨˋ 光波傳播的速度，在真空中每秒約30萬公里，在空氣中也與這個數值相近。

【光趟】guāng·tang ㄍㄨㄤ ·ㄊㄤ 〈方〉光滑；不粗糙：葦子編得又細密又光趟。

【光天化日】guāng tiān huà rì ㄍㄨㄤ ㄊㄧㄢ ㄏㄨㄚˋ ㄖˋ 比喻大家看得很清楚的地方：光天化日之下。

【光通量】guāngtōngliàng ㄍㄨㄤ ㄊㄨㄥ ㄌㄧㄤˋ 單位時間內通過某一面積的光的量。單位是流明。

【光頭】guāng∥tóu ㄍㄨㄤ∥ㄊㄡˊ 頭上不戴帽子：他不習慣戴帽子，一年四季總光着頭。

【光頭】guāngtóu ㄍㄨㄤ ㄊㄡˊ 剃光的頭；沒有頭髮的頭；禿頭。

【光禿禿】guāngtūtū ㄍㄨㄤ ㄊㄨ ㄊㄨ （光禿禿的）形容沒有草木、樹葉、毛髮等蓋着的樣子：冬天葉子全掉了，只剩下光禿禿的樹枝。

【光鮮】guāngxiān ㄍㄨㄤ ㄒㄧㄢ ❶明亮鮮艷；整潔漂亮：衣着光鮮。❷〈方〉光彩；光榮：總想把事情辦得光鮮體面一點兒。

【光綫】guāngxiàn ㄍㄨㄤ ㄒㄧㄢˋ 光①。

【光緒】Guāngxù ㄍㄨㄤ ㄒㄩˋ 清德宗（愛新覺羅載湉）年號（公元1875－1908）。

【光學】guāngxué ㄍㄨㄤ ㄒㄩㄝˊ 物理學的一個分支，研究光的本性、光的發射、傳播和接收規律，以及光跟其他物質的相互作用等。

【光學玻璃】guāngxué bō·lí ㄍㄨㄤ ㄒㄩㄝˊ ㄅㄛ ·ㄌㄧˊ 用來製造光學儀器的高級玻璃，具有良好的光學性能。攝影機、經緯儀、望遠鏡等的鏡頭都用光學玻璃製成。

【光壓】guāngyā ㄍㄨㄤ ㄧㄚ 射在物體上的光對物體所產生的壓力。彗星的尾巴背着太陽就是太陽的光壓造成的。

【光焰】guāngyàn ㄍㄨㄤ ㄧㄢˋ 光芒；光輝：萬丈光焰｜光焰耀目。

【光艷】guāngyàn ㄍㄨㄤ ㄧㄢˋ 鮮明艷麗。

【光洋】guāngyáng ㄍㄨㄤ ㄧㄤˊ 〈方〉銀圓。

【光耀】guāngyào ㄍㄨㄤ ㄧㄠˋ ❶光輝①：光耀奪目。❷榮耀：立功是光耀的事。❸光大：光耀門庭。❹光輝照耀（多用於比喻）：光耀史冊。

【光陰】guāngyīn ㄍㄨㄤ ㄧㄣ ❶時間：光陰似箭｜青年時代的光陰是最寶貴的｜一寸光陰一寸金，寸金難買寸光陰。❷〈方〉日子③。

【光源】guāngyuán ㄍㄨㄤ ㄩㄢˊ 發光（通常指可見光）的物體，如太陽、燈、火等。

【光澤】guāngzé ㄍㄨㄤ ㄗㄜˊ 物體表面上反射出來的亮光：臉盤紅潤而有光澤。

【光照】guāngzhào ㄍㄨㄤ ㄓㄠˋ ❶光綫的照射。是生物生長和發育的必要條件之一。❷光輝照耀（多用於比喻）：光照人間。

【光照度】guāngzhàodù ㄍㄨㄤ ㄓㄠˋ ㄉㄨˋ 物體單位面積上所得到的光的量，用來表明物體被照亮的程度。單位是勒克斯。簡稱照度。

【光針】guāngzhēn ㄍㄨㄤ ㄓㄣ ❶利用激光代替毫針進行針灸的裝置。❷這種裝置的光束。

【光柱】guāngzhù ㄍㄨㄤ ㄓㄨˋ 光束：探照燈的光柱劃破長空。

【光子】guāngzǐ ㄍㄨㄤ ㄗˇ 構成光的基本粒子，具有一定的能量，是光能的最小單位。光子的能量隨着光的波長而變化，波長愈短，能量愈大。也叫光量子。

【光宗耀祖】guāng zōng yào zǔ ㄍㄨㄤ ㄗㄨㄥ ㄧㄠˋ ㄗㄨˇ 指為祖先、宗族增添光彩。

咣 guāng ㄍㄨㄤ 象聲詞，形容撞擊振動的聲音：咣的一聲，關上了大門。

【咣噹】guāngdāng ㄍㄨㄤ ㄉㄤ 象聲詞，形容撞擊振動的聲音：水缸碰得咣噹咣噹響。

洸 guāng ㄍㄨㄤ 滃洸（Hánguāng ㄏㄢˊ ㄍㄨㄤ），地名，在廣東。

珖 guāng ㄍㄨㄤ 〈書〉一種玉（多用於人名）。

桄 guāng ㄍㄨㄤ ［桄榔］（guāngláng ㄍㄨㄤ ㄌㄤˊ）❶常綠喬木，羽狀複葉，肉穗花序，果實倒圓錐形，有辣味。產在熱帶地方。莖中的髓可以製澱粉，葉柄的纖維可製繩。❷這種植物的果實。

另見428頁 guàng。

胱 guāng ㄍㄨㄤ ❶［胱氨酸］(guāng'ānsuān ㄍㄨㄤ ㄢ ㄙㄨㄢ) 含有二硫鍵(兩個硫原子連接在一起的鍵)的氨基酸，廣泛存在於毛、髮、骨、角中。❷見863頁［膀胱］。

guǎng (ㄍㄨㄤˇ)

廣[1] (广) guǎng ㄍㄨㄤˇ ❶(面積、範圍)寬闊(跟'狹'相對)：廣場｜地廣人稀｜這支小調流行很廣。❷多：大庭廣眾。❸擴大；擴充：推廣｜以廣流傳。

廣[2] (广) Guǎng ㄍㄨㄤˇ ❶指廣東、廣州：廣貨。注意 廣西簡稱廣，限於兩廣(廣東和廣西)。❷姓。

'广'另見5頁 ān。

【廣播】guǎngbō ㄍㄨㄤˇ ㄅㄛ ❶廣播電台、電視台發射無綫電波，播送節目。有綫電播送節目也叫廣播。❷指廣播電台或有綫電播送的節目：聽廣播。❸〈書〉廣泛傳揚：詩名廣播｜廣播儒風。

【廣播電台】guǎngbō diàntái ㄍㄨㄤˇ ㄅㄛ ㄉㄧㄢˋ ㄊㄞˊ 用無綫電波向外播送新聞、報刊文章、科學常識和文藝等節目的機構。

【廣播段】guǎngbōduàn ㄍㄨㄤˇ ㄅㄛ ㄉㄨㄢˋ 無綫電廣播所使用的波長範圍，包括中波、中短波和短波。

【廣播劇】guǎngbōjù ㄍㄨㄤˇ ㄅㄛ ㄐㄩˋ 專供廣播電台播送的戲劇。

【廣播體操】guǎngbō tǐcāo ㄍㄨㄤˇ ㄅㄛ ㄊㄧˇ ㄘㄠ 通過廣播指揮做的健身體操，一般有音樂配合。也叫廣播操。

【廣博】guǎngbó ㄍㄨㄤˇ ㄅㄛˊ 範圍大，方面多(多指學識)：知識廣博。

【廣場】guǎngchǎng ㄍㄨㄤˇ ㄔㄤˇ 面積廣闊的場地，特指城市中的廣闊場地：天安門廣場。

【廣大】guǎngdà ㄍㄨㄤˇ ㄉㄚˋ ❶(面積、空間)寬闊：廣大區域｜拖拉機在廣大的田野上耕作。❷(範圍、規模)巨大：有廣大的組織｜掀起廣大的增產節約運動。❸(人數)眾多：廣大群眾｜廣大幹部｜廣大讀者。

【廣東戲】guǎngdōngxì ㄍㄨㄤˇ ㄉㄨㄥ ㄒㄧˋ 粵劇。

【廣東音樂】Guǎngdōng yīnyuè ㄍㄨㄤˇ ㄉㄨㄥ ㄧㄣ ㄩㄝˋ 主要流行於廣東一帶的民間音樂。演奏時以高胡、揚琴等弦樂器為主，配以笛子、洞簫等。

【廣度】guǎngdù ㄍㄨㄤˇ ㄉㄨˋ (事物)廣狹的程度：向生產的深度和廣度進軍。

【廣泛】guǎngfàn ㄍㄨㄤˇ ㄈㄢˋ (涉及的)方面廣，範圍大；普遍：內容廣泛｜題材廣泛｜廣泛徵求群眾意見。

【廣告】guǎnggào ㄍㄨㄤˇ ㄍㄠˋ 向公眾介紹商品、服務內容或文娛體育節目的一種宣傳方式，一般通過報刊、電視、廣播、招貼等形式進行。

【廣貨】guǎnghuò ㄍㄨㄤˇ ㄏㄨㄛˋ 廣東出產的百貨。

【廣角鏡】guǎngjiǎojìng ㄍㄨㄤˇ ㄐㄧㄠˇ ㄐㄧㄥˋ ❶廣角鏡頭。❷比喻使視角範圍廣的事物：這部書是開闊眼界、增長知識的廣角鏡。

【廣角鏡頭】guǎngjiǎo-jìngtóu ㄍㄨㄤˇ ㄐㄧㄠˇ ㄐㄧㄥˋ ㄊㄡˊ 鏡頭的一種，視角比一般鏡頭廣而焦距短，常用於拍攝面積很大的景物。

【廣開言路】guǎng kāi yán lù ㄍㄨㄤˇ ㄎㄞ ㄧㄢˊ ㄌㄨˋ 儘量給下屬和群眾創造發表意見的條件。

【廣闊】guǎngkuò ㄍㄨㄤˇ ㄎㄨㄛˋ 廣大寬闊：視野廣闊｜廣闊天地｜廣闊的國土。

【廣袤】guǎngmào ㄍㄨㄤˇ ㄇㄠˋ 〈書〉❶土地的長和寬(東西的長度叫'廣'，南北的長度叫'袤')：廣袤千里。❷廣闊；寬廣：蔚藍的天空，廣袤無際。

【廣漠】guǎngmò ㄍㄨㄤˇ ㄇㄛˋ 廣大空曠：廣漠的沙灘上，留着潮水退落後的痕迹。

【廣土眾民】guǎng tǔ zhòng mín ㄍㄨㄤˇ ㄊㄨˇ ㄓㄨㄥˋ ㄇㄧㄣˊ 廣闊的土地和眾多的人民。

【廣綉】guǎngxiù ㄍㄨㄤˇ ㄒㄧㄡˋ 廣東出產的刺綉。也叫粵綉。

【廣義】guǎngyì ㄍㄨㄤˇ ㄧˋ 範圍較寬的定義(跟'狹義'相對)：廣義的雜文也可以包括小品文在內。

【廣遠】guǎngyuǎn ㄍㄨㄤˇ ㄩㄢˇ 廣闊遼遠；廣大深遠：川澤廣遠｜影響廣遠。

【廣種薄收】guǎng zhòng bó shōu ㄍㄨㄤˇ ㄓㄨㄥˋ ㄅㄛˊ ㄕㄡ 農業上一種粗放的經營方式，大面積播種，單位面積產量較低。

【廣州起義】Guǎngzhōu Qǐyì ㄍㄨㄤˇ ㄓㄡ ㄑㄧˇ ㄧˋ 中國共產黨為了挽救第一次國內革命戰爭的失敗，於1927年12月11日在廣州舉行的武裝起義。領導人有張太雷、葉挺、葉劍英等。由工人和革命士兵三萬餘人組成的起義部隊，經過英勇奮戰，佔領了市內絕大部分地區，建立了工農民主政權——廣州公社。後在敵人反撲下失敗。

獷 (犷) guǎng ㄍㄨㄤˇ 〈書〉粗野：粗獷｜獷悍。

【獷悍】guǎnghàn ㄍㄨㄤˇ ㄏㄢˋ 粗野強悍。

guàng (ㄍㄨㄤˋ)

桄 guàng ㄍㄨㄤˋ ❶把綫繞在桄子上：把綫桄上。❷(桄兒)在桄子或拐子上繞好後取下來的成圈的綫：綫桄兒。❸(桄兒)量詞，用於綫：一桄綫。

另見427頁 guāng。

【桄子】guàng·zi ㄍㄨㄤˋ ·ㄗ 竹木製成的繞綫器具。

逛 guàng ㄍㄨㄤˋ 外出散步；閑遊；遊覽：閑逛｜逛大街｜東遊西逛。

【逛盪】guàng·dang ㄍㄨㄤˋ·ㄉㄤ 閑逛；遊盪(含貶義)。

【逛燈】guàng∥dēng ㄍㄨㄤˋ∥ㄉㄥ 指農曆正月十五日夜晚上街觀賞花燈。

【逛遊】guàng·you ㄍㄨㄤˋ·ㄧㄡ 閑逛。

guī (ㄍㄨㄟ)

圭1 guī ㄍㄨㄟ ❶古代帝王諸侯舉行禮儀時所用的玉器，上尖下方。❷指圭表：圭臬。

圭2 guī ㄍㄨㄟ 古代容量單位，一升的十萬分之一。

【圭表】guībiǎo ㄍㄨㄟ ㄅㄧㄠˇ 我國古代天文儀器，是在石座上平放着一個尺(圭)，南北兩端各立一個標杆(表)。根據日影的長短可以測定節氣和一年時間的長短。

【圭角】guījiǎo ㄍㄨㄟ ㄐㄧㄠˇ 〈書〉圭的棱角，比喻鋒芒，也比喻迹象：初露圭角｜不露圭角。

【圭臬】guīniè ㄍㄨㄟ ㄋㄧㄝˋ 〈書〉指圭表，比喻準則或法度：奉為圭臬。

邽 guī ㄍㄨㄟ ❶下邽(Xiàguī ㄒㄧㄚˋ ㄍㄨㄟ)，地名，在陝西。❷(Guī)姓。

皈 guī ㄍㄨㄟ ［皈依］(guīyī ㄍㄨㄟ ㄧ)原指佛教的入教儀式，後來泛指虔誠地信奉佛教或參加其他宗教組織。也作歸依。

珪 guī ㄍㄨㄟ 同'圭'。

規(规、槼) guī ㄍㄨㄟ ❶畫圓形的工具：圓規｜兩腳規。❷規則；成例：校規｜革除陋規。❸勸告：規勸｜規勉。❹謀劃；打主意：規劃｜規定。

【規避】guībì ㄍㄨㄟ ㄅㄧˋ 設法避開；躲避：臨場規避｜規避實質性問題。

【規程】guīchéng ㄍㄨㄟ ㄔㄥˊ 對某種政策、制度等所做的分章分條的規定：操作規程。

【規定】guīdìng ㄍㄨㄟ ㄉㄧㄥˋ ❶對某一事物做出關於方式、方法或數量、質量的決定：規定產品的質量標準｜不得超過規定的日期。❷所規定的內容：關於職工退職、退休問題，中央已經有了規定。

【規定動作】guīdìng dòngzuò ㄍㄨㄟ ㄉㄧㄥˋ ㄉㄨㄥˋ ㄗㄨㄛˋ 某些體育項目(如跳水、體操等)比賽時，規定運動員必須做的整套或單個的動作。

【規範】guīfàn ㄍㄨㄟ ㄈㄢˋ ❶約定俗成或明文規定的標準：語音規範｜道德規範。❷合乎規範：這個詞的用法不規範。❸使合乎規範：用新的社會道德來規範人們的行動。

【規範化】guīfànhuà ㄍㄨㄟ ㄈㄢˋ ㄏㄨㄚˋ 使合於一定的標準：實行規範化服務。

【規復】guīfù ㄍㄨㄟ ㄈㄨˋ 〈書〉恢復(機構、制度等)；收復(失地)：規復約法｜規復中原。

【規格】guīgé ㄍㄨㄟ ㄍㄜˊ ❶產品質量的標準，如一定的大小、輕重、精密度、性能等：產品合乎規格。❷泛指規定的要求或條件：接待來賓的規格很高。

【規劃】guīhuà ㄍㄨㄟ ㄏㄨㄚˋ ❶比較全面的長遠的發展計劃：制訂規劃｜十年規劃。❷做規劃：興修水利問題，應當全面規劃。

【規諫】guījiàn ㄍㄨㄟ ㄐㄧㄢˋ 〈書〉忠言勸戒；規勸。

【規誡】guījiè ㄍㄨㄟ ㄐㄧㄝˋ 〈書〉規勸告誡。也作規戒。

【規矩】guī·ju ㄍㄨㄟ ·ㄐㄩ ❶一定的標準、法則或習慣：老規矩｜立規矩｜守規矩｜按規矩辦事。❷(行為)端正老實；合乎標準或常理：規矩人｜字寫得很規矩。

【規律】guīlǜ ㄍㄨㄟ ㄌㄩˋ 事物之間的內在的本質聯繫。這種聯繫不斷重複出現，在一定條件下經常起作用，並且決定着事物必然向着某種趨向發展。規律是客觀存在的，是不以人們的意志為轉移的，但人們能夠通過實踐認識它，利用它。也叫法則。

【規模】guīmó ㄍㄨㄟ ㄇㄛˊ (事業、機構、工程、運動等)所具有的格局、形式或範圍：粗具規模｜規模宏大。

【規勸】guīquàn ㄍㄨㄟ ㄑㄩㄢˋ 鄭重地勸告，使改正錯誤：多次規勸，他仍無悔改之意。

【規行矩步】guī xíng jǔ bù ㄍㄨㄟ ㄒㄧㄥˊ ㄐㄩˇ ㄅㄨˋ ❶比喻舉動合乎規矩，毫不苟且。❷比喻墨守成規，不知變通。

【規約】guīyuē ㄍㄨㄟ ㄩㄝ ❶經過相互協議規定下來的共同遵守的條款：競賽規約｜履行規約。❷限制，約束：用理智規約言行。

【規則】guīzé ㄍㄨㄟ ㄗㄜˊ ❶規定出來供大家共同遵守的制度或章程：交通規則｜借書規則｜工廠管理規則。❷規律；法則：自然規則｜造字規則。❸(在形狀、結構或分佈上)合乎一定的方式；整齊：規則四邊形｜這條河流的水道原來很不規則。

【規章】guīzhāng ㄍㄨㄟ ㄓㄤ 規則章程：規章制度｜法令規章。

【規整】guīzhěng ㄍㄨㄟ ㄓㄥˇ 合乎一定的規格；規矩整齊：規整的仿宋字｜形制規整｜規規整整的四合院。

【規正】guīzhèng ㄍㄨㄟ ㄓㄥˋ ❶〈書〉規勸，使改正；匡正：互相規正｜規正風俗。❷規整：他們圍坐成一個不很規正的圓圈。

【規制】guīzhì ㄍㄨㄟ ㄓˋ ❶規則；制度。❷(建築物的)規模形制：天安門雖經多次修繕，但規制未變。

硅 guī ㄍㄨㄟ 非金屬元素，符號 Si (silicium)。黑灰色晶體或粉末，自然界分佈極廣，普通的沙子就是不純的二氧化硅。有單向導電性。用來製合金等，也是重要的半導體材料。舊稱矽（xī）。

【硅肺】guīfèi ㄍㄨㄟ ㄈㄟˋ 一種職業病，由長期吸入含二氧化硅的灰塵引起，病狀是呼吸短促，胸口發悶或疼痛，咳嗽，體力減弱，常並發肺結核症。舊稱矽肺。

【硅鋼】guīgāng ㄍㄨㄟ ㄍㄤ 含硅量高於0.4%的合金鋼。舊稱矽鋼。

【硅化】guīhuà ㄍㄨㄟ ㄏㄨㄚˋ 古代植物遺體由於其中某些成分被硅酸鹽所置換而逐漸變硬，成為化石。

傀〔傀〕 guī ㄍㄨㄟ 〈書〉❶怪異：傀奇。❷獨立的樣子：傀然獨立。
另見672頁 kuǐ。

媯（妫、嬀） Guī ㄍㄨㄟ ❶媯水，水名，在河北。❷姓。

瑰〔瑰〕 guī ㄍㄨㄟ 〈書〉❶一種像玉的石頭。❷珍奇：瑰麗｜瑰異。

【瑰寶】guībǎo ㄍㄨㄟ ㄅㄠˇ 特別珍貴的東西：敦煌壁畫是我國古代藝術中的瑰寶。

【瑰麗】guīlì ㄍㄨㄟ ㄌㄧˋ 異常美麗：江邊的夜景是雄偉而瑰麗的｜這些作品為我們的文學藝術增添了新的瑰麗花朵。

【瑰奇】guīqí ㄍㄨㄟ ㄑㄧˊ 瑰麗奇異：瑰奇的黃山雲海。

【瑰偉】guīwěi ㄍㄨㄟ ㄨㄟˇ 同'瑰瑋'。

【瑰瑋】guīwěi ㄍㄨㄟ ㄨㄟˇ 〈書〉❶（品質）奇特。❷（文辭）華麗。‖也作瑰偉。

【瑰異】guīyì ㄍㄨㄟ ㄧˋ 瑰奇。

廆 Guī ㄍㄨㄟ 廆山，古山名。
另見1190頁 wěi。

閨（闺） guī ㄍㄨㄟ ❶〈書〉上圓下方的小門。❷閨房：深閨｜閨門。

【閨範】guīfàn ㄍㄨㄟ ㄈㄢˋ ❶封建時代指婦女所應遵守的道德規範。❷指女子的風範：舉止端莊，有大家閨範。

【閨房】guīfáng ㄍㄨㄟ ㄈㄤˊ 舊稱女子居住的內室。

【閨閣】guīgé ㄍㄨㄟ ㄍㄜˊ 閨房。

【閨閫】guīkǔn ㄍㄨㄟ ㄎㄨㄣˇ 舊指婦女居住的地方。

【閨門】guīmén ㄍㄨㄟ ㄇㄣˊ 閨房的門。

【閨門旦】guīméndàn ㄍㄨㄟ ㄇㄣˊ ㄉㄢˋ 戲曲中旦角的一種，演閨閣小姐或天真活潑的年輕姑娘。

【閨女】guī·nü ㄍㄨㄟ ·ㄋㄩ ❶沒有結婚的女子。❷女兒。

【閨秀】guīxiù ㄍㄨㄟ ㄒㄧㄡˋ 舊時稱富貴人家的女兒：大家閨秀。

鮭（鲑） guī ㄍㄨㄟ 魚類的一科，身體大，略呈紡錘形，鱗細而圓，是重要的食用魚類。常見的有大麻哈魚。
另見1266頁 xié。

歸（归） guī ㄍㄨㄟ ❶返回：歸國華僑｜無家可歸。❷還給；歸還：物歸原主。❸趨向或集中於一個地方：殊途同歸｜千條河流歸大海｜把性質相同的問題歸為一類。❹由（誰負責）：一切雜事都歸這一組管。❺屬於（誰所有）：功勞歸大家｜這些東西歸你。❻用在相同的動詞之間，表示動作並未引起相應的結果：表揚歸表揚，可就是突擊任務沒分配給我們。❼珠算中一位除數的除法。❽（Guī）姓。

【歸案】guī//àn ㄍㄨㄟ//ㄢˋ 隱藏或逃走的罪犯被逮捕、押解或引渡到有關司法機關，以便審訊結案：捉拿歸案。

【歸併】guībìng ㄍㄨㄟ ㄅㄧㄥˋ ❶把這個併到那個裏頭；併入：撤消第三組，把人歸併到第一組和第二組。❷合在一起；歸攏：把三筆賬歸併起來，一共是五千五百元。

【歸程】guīchéng ㄍㄨㄟ ㄔㄥˊ 返回來的路程：在外漂泊數載的遊子，終於踏上了歸程。

【歸除】guīchú ㄍㄨㄟ ㄔㄨˊ 珠算中兩位或兩位以上除數的除法。

【歸檔】guī//dàng ㄍㄨㄟ//ㄉㄤˋ 把公文、資料等分類保存起來。

【歸隊】guī//duì ㄍㄨㄟ//ㄉㄨㄟˋ ❶回到原來所在的隊伍。❷比喻回到原來所從事的行業或專業：他是學冶金的，畢業後改行做了多年行政工作，現在歸隊了。

【歸附】guīfù ㄍㄨㄟ ㄈㄨˋ 原來不屬於這一方面的投到這一方面來。

【歸根】guī//gēn ㄍㄨㄟ//ㄍㄣ 比喻客居他鄉的人最終返回本鄉：葉落歸根｜認祖歸根。

【歸根結底】guī gēn jié dǐ ㄍㄨㄟ ㄍㄣ ㄐㄧㄝˊ ㄉㄧˇ 歸結到根本上：歸根結底，人民的力量是無敵的，人民的意志是不可違抗的。'底'也作柢。也說歸根結蒂。

【歸公】guī//gōng ㄍㄨㄟ//ㄍㄨㄥ 交給公家：一切繳獲要歸公。

【歸功】guīgōng ㄍㄨㄟ ㄍㄨㄥ 把功勞歸於某個人或集體：優異成績的取得歸功於老師的辛勤教導。

【歸還】guīhuán ㄍㄨㄟ ㄏㄨㄢˊ 把借來的錢或物還給原主：向圖書館借書，要按時歸還｜撿到東西要歸還失主。

【歸回】guīhuí ㄍㄨㄟ ㄏㄨㄟˊ 返回；回到：歸回故鄉｜歸回祖國。

【歸結】guījié ㄍㄨㄟ ㄐㄧㄝˊ ❶總括而求得結論：原因很複雜，歸結起來不外三個方面。❷結局：這件事兒總算有了一個歸結。

【歸咎】guījiù ㄍㄨㄟ ㄐㄧㄡˋ 歸罪：把錯誤都歸咎於客觀原因是不正確的。

【歸口】guī//kǒu ㄍㄨㄟ//ㄎㄡˇ ❶按性質分類劃歸有關部門：歸口管理。❷指回到原來所從事的行業或專業：他下放到農村十年，歸口以後感到專業荒疏了許多。

【歸來】guīlái ㄍㄨㄟ ㄌㄞˊ 從別處回到原來的地方：海外歸來。

【歸裏包堆】guī·libāoduī ㄍㄨㄟ ·ㄌㄧ ㄅㄠ ㄉㄨㄟ 〈方〉總計；攏共：家裏歸裏包堆就我和老伴兩個人。

【歸攏】guī·lǒng ㄍㄨㄟ ·ㄌㄨㄥˇ 把分散着的東西聚集到一起：歸攏農具｜把散放的書歸攏歸攏。

【歸謬法】guīmiùfǎ ㄍㄨㄟ ㄇㄧㄡˋ ㄈㄚˇ 見318頁〖反證法〗。

【歸納】guīnà ㄍㄨㄟ ㄋㄚˋ ❶歸攏並使有條理(多用於抽象事物)：大家提的意見，歸納起來主要就是這三點。❷一種推理方法，由一系列具體的事實概括出一般原理(跟'演繹'相對)。

【歸寧】guīníng ㄍㄨㄟ ㄋㄧㄥˊ 〈書〉回娘家看望父母。

【歸期】guīqī ㄍㄨㄟ ㄑㄧ 返回的日期：歸期未定。

【歸齊】guīqí ㄍㄨㄟ ㄑㄧˊ 〈方〉❶到底；結果：說了歸齊，今天的事不能怨他｜他張羅了好幾天，歸齊還是沒去成。❷攏共：連去帶回，歸齊不到一個星期。

【歸僑】guīqiáo ㄍㄨㄟ ㄑㄧㄠˊ 歸國的僑民。

【歸屬】guīshǔ ㄍㄨㄟ ㄕㄨˇ 屬於；劃定從屬關係：無所歸屬｜歸屬未定。

【歸順】guīshùn ㄍㄨㄟ ㄕㄨㄣˋ 歸附順從；向敵對勢力屈服。

【歸宿】guīsù ㄍㄨㄟ ㄙㄨˋ 人或事物最終的着落：人生的歸宿｜導河，開湖，讓千山萬壑的溪流有了歸宿。

【歸天】guī//tiān ㄍㄨㄟ//ㄊㄧㄢ 婉辭，指人死。

【歸田】guītián ㄍㄨㄟ ㄊㄧㄢˊ 〈書〉指退職回鄉：解甲歸田｜告老歸田。

【歸途】guītú ㄍㄨㄟ ㄊㄨˊ 返回的路途。

【歸西】guī//xī ㄍㄨㄟ//ㄒㄧ 婉辭，指人死(西：西天)。

【歸降】guīxiáng ㄍㄨㄟ ㄒㄧㄤˊ 投降。

【歸向】guīxiàng ㄍㄨㄟ ㄒㄧㄤˋ 向好的一方面靠攏(多指政治上的傾向)：人心歸向。

【歸心】guīxīn ㄍㄨㄟ ㄒㄧㄣ ❶回家的念頭：歸心似箭。❷心悅誠服而歸附：四海歸心。

【歸省】guīxǐng ㄍㄨㄟ ㄒㄧㄥˇ 〈書〉回家探親。

【歸依】guīyī ㄍㄨㄟ ㄧ ❶同'皈依'(guīyī)。❷〈書〉投靠；依附：無所歸依。

【歸陰】guī//yīn ㄍㄨㄟ//ㄧㄣ 指死亡(陰：陰間)。

【歸隱】guīyǐn ㄍㄨㄟ ㄧㄣˇ 〈書〉回到民間或故鄉隱居：歸隱故園。

【歸於】guīyú ㄍㄨㄟ ㄩˊ ❶屬於(多用於抽象事物)：光榮歸於祖國。❷趨向；趨於：經過討論，大家的意見已經歸於一致了。

【歸着】guī·zhe ㄍㄨㄟ ·ㄓㄜ 歸置。

【歸真】guīzhēn ㄍㄨㄟ ㄓㄣ ❶佛教、伊斯蘭教指人死。❷見〖歸真返璞〗。

【歸真返璞】guī zhēn fǎn pú ㄍㄨㄟ ㄓㄣ ㄈㄢˇ ㄆㄨˊ 去掉外在的裝飾，恢復原來的質樸狀態。也說歸真返樸。

【歸整】guī·zhěng ㄍㄨㄟ ·ㄓㄥˇ 歸置：歸整傢什。

【歸置】guī·zhi ㄍㄨㄟ ·ㄓ 整理(散亂的東西)；收拾：把東西歸置歸置，馬上就要動身了。

【歸總】guīzǒng ㄍㄨㄟ ㄗㄨㄥˇ 把分散的歸併到一處；總共：把各小組報的數字歸總一下｜說甚麼大隊人馬，歸總才十幾個人！

【歸罪】guīzuì ㄍㄨㄟ ㄗㄨㄟˋ 把罪過歸於某個人或集體：歸罪於人。

龜(龟) guī ㄍㄨㄟ 爬行動物的一科，身體長圓而扁，背部隆起，有堅硬的殼，四肢短，趾有蹼，頭、尾巴和四肢都能縮入甲殼內。多生活在水邊，吃植物或小動物。常見的有烏龜。

另見632頁 jūn；944頁 qiū。

【龜板】guībǎn ㄍㄨㄟ ㄅㄢˇ 龜甲，中醫用做藥材。

【龜趺】guīfū ㄍㄨㄟ ㄈㄨ 碑的龜形底座。

【龜甲】guījiǎ ㄍㄨㄟ ㄐㄧㄚˇ 烏龜的硬殼，古人用它來占卜。殷代占卜用的龜甲遺存至今，上面刻着有關占卜的記載。參看553頁〖甲骨文〗。

【龜鑒】guījiàn ㄍㄨㄟ ㄐㄧㄢˋ 比喻借鑒(龜：占卜用的龜甲；鑒：鏡子)。

【龜鏡】guījìng ㄍㄨㄟ ㄐㄧㄥˋ 龜鑒。

【龜縮】guīsuō ㄍㄨㄟ ㄙㄨㄛ 比喻像烏龜的頭縮在甲殼內一樣，躲藏在裏面不出來：敵軍龜縮在碉堡裏。

【龜頭】guītóu ㄍㄨㄟ ㄊㄡˊ 陰莖前端膨大的部分。

【龜足】guīzú ㄍㄨㄟ ㄗㄨˊ 甲殼類動物，身體外形像龜的腳，有石灰質的殼，足能從殼口伸出捕取食物。生活在海邊的岩石縫裏。也叫石蜐(shíjié)。

瓌 guī ㄍㄨㄟ 同'瑰'。

鬹(鬶) guī ㄍㄨㄟ 古代陶製炊事器具，有三個空心的足。

guǐ (ㄍㄨㄟˇ)

氿 guǐ ㄍㄨㄟˇ 氿泉，從側面噴出的泉。另見615頁 jiǔ。

宄 guǐ ㄍㄨㄟˇ 見557頁〖奸宄〗。

庋(庪) guǐ ㄍㄨㄟˇ 〈書〉❶放東西的架子。❷放置；保存：庋藏。

佹 guǐ ㄍㄨㄟˇ 〈書〉❶乖戾。❷奇異。❸偶然：佹得佹失。

垝(陒) guǐ ㄍㄨㄟˇ 〈書〉毀壞；坍塌：垝垣。

軌(轨) guǐ ㄍㄨㄟˇ ❶路軌①：鋼軌｜鐵軌。❷軌道①：出軌｜無軌電車。❸比喻辦法、規矩、秩序等：常軌｜越軌｜步入正軌。❹〈書〉依照；遵循：軌於法令。

【軌道】guǐdào ㄍㄨㄟˇ ㄉㄠˋ ❶用條形的鋼材鋪成的供火車、電車等行駛的路綫。❷天體在宇宙間運行的路綫。也叫軌迹。❸物體運動的路綫，多指有一定規則的，如原子內電子的運動和人造衛星的運行都有一定的軌道。❹行動應遵循的規則、程序或範圍：生產已經走上軌道。

【軌道衡】guǐdàohéng ㄍㄨㄟˇ ㄉㄠˋ ㄏㄥˊ 鐵路上使用的鋪有軌道的地秤。

【軌度】guǐdù ㄍㄨㄟˇ ㄉㄨˋ 〈書〉法度：不循軌度。

【軌範】guǐfàn ㄍㄨㄟˇ ㄈㄢˋ 行動所遵循的標準。

【軌迹】guǐjì ㄍㄨㄟˇ ㄐㄧˋ ❶一個點在空間移動，它所通過的全部路徑叫做這個點的軌迹。❷軌道②。❸比喻人生經歷的或事物發展的道路：這些詩篇記錄了詩人一生的軌迹｜文章勾勒出漢字發展演變的軌迹。

【軌轍】guǐzhé ㄍㄨㄟˇ ㄓㄜˊ 車輪行過留下來的痕迹。比喻已往曾有人走過的道路或做過的事情。

【軌枕】guǐzhěn ㄍㄨㄟˇ ㄓㄣˇ 墊在鋼軌下面的結構物，通常用木頭或特製的鋼筋混凝土製成，用來固定鋼軌的位置，並將火車的壓力傳到道牀和路基上。

鬼〔鬼〕 guǐ ㄍㄨㄟˇ ❶迷信的人所說的人死後的靈魂。❷稱有不良嗜好或行為的人（含厭惡意）：烟鬼｜討厭鬼｜吝嗇鬼。❸躲躲閃閃；不光明：鬼頭鬼腦｜鬼鬼祟祟。❹不可告人的打算或勾當：搗鬼｜心裏有鬼。❺惡劣；糟糕（限做定語）：鬼天氣｜鬼主意｜這鬼地方連棵草都不長。❻機靈（多指小孩兒或動物）：這孩子鬼得很！❼二十八宿之一。

【鬼把戲】guǐbǎxì ㄍㄨㄟˇ ㄅㄚˇ ㄒㄧˋ ❶陰險的手段或計策。❷暗中捉弄人的手段。

【鬼才】guǐcái ㄍㄨㄟˇ ㄘㄞˊ 指某種特殊的才能，也指有某種特殊才能的人：文壇鬼才。

【鬼點子】guǐdiǎn·zi ㄍㄨㄟˇ ㄉㄧㄢˇ ·ㄗ 壞主意。

【鬼斧神工】guǐ fǔ shén gōng ㄍㄨㄟˇ ㄈㄨˇ ㄕㄣˊ ㄍㄨㄥ 形容建築、雕塑等技藝的精巧。也說神工鬼斧。

【鬼怪】guǐguài ㄍㄨㄟˇ ㄍㄨㄞˋ 鬼和妖怪：妖魔鬼怪。

【鬼畫符】guǐhuàfú ㄍㄨㄟˇ ㄏㄨㄚˋ ㄈㄨˊ ❶形容寫字隨意塗抹，潦草難認。❷比喻虛偽的話。

【鬼話】guǐhuà ㄍㄨㄟˇ ㄏㄨㄚˋ 不真實的話；謊話：鬼話連篇。

【鬼魂】guǐhún ㄍㄨㄟˇ ㄏㄨㄣˊ 死人的靈魂（迷信）。

【鬼混】guǐhùn ㄍㄨㄟˇ ㄏㄨㄣˋ ❶糊裏糊塗地生活：在外鬼混多年，甚麼也沒學到。❷過不正當的生活：兩人整天在一起鬼混。

【鬼火】guǐhuǒ ㄍㄨㄟˇ ㄏㄨㄛˇ 燐火的俗稱。

【鬼哭狼嚎】guǐ kū láng háo ㄍㄨㄟˇ ㄎㄨ ㄌㄤˊ ㄏㄠˊ 形容大聲哭叫聲音淒厲（含貶義）。

【鬼臉】guǐliǎn ㄍㄨㄟˇ ㄌㄧㄢˇ （鬼臉兒）❶用厚紙做成的假面具，是一種兒童玩具，多按照戲曲中的臉譜製作。❷故意做出來的滑稽的面部表情：扮鬼臉｜他把舌頭一伸，做了個鬼臉。

【鬼魅】guǐmèi ㄍㄨㄟˇ ㄇㄟˋ 〈書〉鬼怪。

【鬼門關】guǐménguān ㄍㄨㄟˇ ㄇㄣˊ ㄍㄨㄢ 迷信傳說中的陰陽交界的關口，比喻兇險的地方。

【鬼迷心竅】guǐ mí xīn qiào ㄍㄨㄟˇ ㄇㄧˊ ㄒㄧㄣ ㄑㄧㄠˋ 指受迷惑，犯糊塗：我真是鬼迷心竅，把壞人當好人。

【鬼神】guǐshén ㄍㄨㄟˇ ㄕㄣˊ 鬼怪和神靈：不信鬼神｜鬼神莫測（形容極其神奇奧妙）。

【鬼使神差】guǐ shǐ shén chāi ㄍㄨㄟˇ ㄕˇ ㄕㄣˊ ㄔㄞ 好像鬼神暗中差使一樣，形容意外地發生某種湊巧的事或不由自主地做出某種意想不到的事。也說神差鬼使。

【鬼祟】guǐsuì ㄍㄨㄟˇ ㄙㄨㄟˋ ❶偷偷摸摸；不光明正大：行為鬼祟｜只見一個人鬼鬼祟祟地探頭探腦。❷鬼怪。

【鬼胎】guǐtāi ㄍㄨㄟˇ ㄊㄞ 比喻不可告人的念頭：心懷鬼胎。

【鬼剃頭】guǐtìtóu ㄍㄨㄟˇ ㄊㄧˋ ㄊㄡˊ 斑禿的俗稱。

【鬼頭鬼腦】guǐ tóu guǐ nǎo ㄍㄨㄟˇ ㄊㄡˊ ㄍㄨㄟˇ ㄋㄠˇ 形容行為鬼祟。

【鬼物】guǐwù ㄍㄨㄟˇ ㄨˋ 鬼；鬼怪。

【鬼雄】guǐxióng ㄍㄨㄟˇ ㄒㄩㄥˊ 〈書〉鬼中的雄杰，用於稱頌壯烈死去的人。

【鬼蜮】guǐyù ㄍㄨㄟˇ ㄩˋ ❶鬼怪。❷陰險害人的：鬼蜮伎倆。

【鬼子】guǐ·zi ㄍㄨㄟˇ ·ㄗ 對侵略我國的外國人的憎稱。

姽 guǐ ㄍㄨㄟˇ ［姽嫿］(guǐhuà ㄍㄨㄟˇ ㄏㄨㄚˋ)〈書〉形容女子嫻靜美好。

癸 guǐ ㄍㄨㄟˇ 天干的第十位。參看368頁〖干支〗。

匭(匦) guǐ ㄍㄨㄟˇ 匣子：票匭。

毀 guǐ ㄍㄨㄟˇ 同'簋'，見於金文。

晷 guǐ ㄍㄨㄟˇ ❶〈書〉日影，比喻時光：餘晷｜焚膏繼晷。❷古代用來觀測日影以定時刻的儀器。

詭(诡) guǐ ㄍㄨㄟˇ ❶欺詐；奸滑：詭詐｜詭計。❷〈書〉奇異：詭形｜詭觀｜詭異。

【詭辯】guǐbiàn ㄍㄨㄟˇ ㄅㄧㄢˋ ❶外表上、形式上好像是運用正確的推理手段，實際上違反邏輯規律，做出似是而非的推論。❷無理狡辯。

【詭誕】guǐdàn ㄍㄨㄟˇ ㄉㄢˋ 虛妄荒誕：詭誕不經。

【詭怪】guǐguài ㄍㄨㄟˇ ㄍㄨㄞˋ 奇異怪誕：行事詭怪。

【詭計】guǐjì ㄍㄨㄟˇ ㄐㄧˋ 狡詐的計策：詭計多端。

【詭譎】guǐjué ㄍㄨㄟˇ ㄐㄩㄝˊ 〈書〉❶奇異多變。❷離奇古怪：言語詭譎。❸詭詐：為人詭譎。

【詭秘】guǐmì ㄍㄨㄟˇ ㄇㄧˋ (行動、態度等)隱秘不易捉摸：行蹤詭秘。

【詭奇】guǐqí ㄍㄨㄟˇ ㄑㄧˊ 詭異：詭奇難測｜情節詭奇。

【詭異】guǐyì ㄍㄨㄟˇ ㄧˋ 奇異；奇特：詭異的筆調｜故事詭異有趣。

【詭詐】guǐzhà ㄍㄨㄟˇ ㄓㄚˋ 狡詐：詭詐異常｜陰險詭詐。

簋 guǐ ㄍㄨㄟˇ 古代盛食物的器具，圓口，兩耳。

guì （ㄍㄨㄟˋ）

炅 Guì ㄍㄨㄟˋ 姓。另見613頁 jiǒng。

炔 Guì ㄍㄨㄟˋ 姓。另見955頁 quē。

桂1 guì ㄍㄨㄟˋ ❶肉桂：桂皮。❷木犀：金桂｜桂花。❸月桂樹：桂冠。❹桂皮樹。

桂2 Guì ㄍㄨㄟˋ ❶桂江，水名，在廣西。❷廣西的別稱。❸姓。

【桂冠】guìguān ㄍㄨㄟˋ ㄍㄨㄢ 月桂樹葉編的帽子，古代希臘人授予杰出的詩人或競技的優勝者。後來歐洲習俗以桂冠為光榮的稱號。現在也用來指競賽中的冠軍：爭奪桂冠。

【桂花】guìhuā ㄍㄨㄟˋ ㄏㄨㄚ 木犀的通稱。

【桂劇】guìjù ㄍㄨㄟˋ ㄐㄩˋ 廣西地方戲曲劇種之一，流行於廣西漢族說北方話的地區。

【桂皮】guìpí ㄍㄨㄟˋ ㄆㄧˊ ❶桂皮樹，常綠喬木，葉呈卵形，花黃色，果實黑色。樹皮可入藥或做香料。❷桂皮樹的皮。❸肉桂樹的皮，可入藥，也可做香料或製桂油。

【桂圓】guìyuán ㄍㄨㄟˋ ㄩㄢˊ 龍眼。

【桂竹】guìzhú ㄍㄨㄟˋ ㄓㄨˊ 竹子的一種，稈高大，堅韌緻密，用作建築材料，也可製器物。產於台灣省。也作筀竹。

【桂子】guìzǐ ㄍㄨㄟˋ ㄗˇ 〈書〉桂花：桂子飄香。

硊 guì ㄍㄨㄟˋ 石硊鎮(Shíguìzhèn ㄕˊ ㄍㄨㄟˋ ㄓㄣˋ)，地名，在安徽。

貴(贵) guì ㄍㄨㄟˋ ❶價格高；價值大(跟'賤'相對)：綢緞比棉布貴｜春雨貴如油。❷評價高；值得珍視或重視：寶貴｜可貴。❸以某種情況為可貴：人貴有自知之明｜鍛煉身體，貴在堅持。❹地位優越(跟'賤'相對)：貴族｜貴婦人｜達官貴人。❺敬辭，稱與對方有關的事物：貴姓｜貴國｜高抬貴手。❻(Guì)姓。

【貴賓】guìbīn ㄍㄨㄟˋ ㄅㄧㄣ 尊貴的客人(多指外賓)。

【貴妃】guìfēi ㄍㄨㄟˋ ㄈㄟ 次於皇后的地位高的妃子。

【貴幹】guìgàn ㄍㄨㄟˋ ㄍㄢˋ 敬辭，問人要做甚麼：有何貴幹？

【貴庚】guìgēng ㄍㄨㄟˋ ㄍㄥ 敬辭，問人年齡。

【貴賤】guìjiàn ㄍㄨㄟˋ ㄐㄧㄢˋ ❶價錢的高低：管它貴賤，只要看中了，就買了來。❷地位的高低：無論貴賤，都以禮相待。❸〈方〉無論如何；反正：他嫌太累，貴賤不肯去。

【貴金屬】guìjīnshǔ ㄍㄨㄟˋ ㄐㄧㄣ ㄕㄨˇ 通常指在自然界含量較少，不易開採，因而價格昂貴的金屬，包括金、銀和鉑族元素(釕、銠、鈀、鋨、銥、鉑)。

【貴客】guìkè ㄍㄨㄟˋ ㄎㄜˋ 尊貴的客人：貴客臨門。

【貴人】guìrén ㄍㄨㄟˋ ㄖㄣˊ ❶尊貴的人：達官貴人｜貴人眼高。❷古代皇宮中女官名。

【貴姓】guìxìng ㄍㄨㄟˋ ㄒㄧㄥˋ 敬辭，問人姓氏。

【貴恙】guìyàng ㄍㄨㄟˋ ㄧㄤˋ 敬辭，稱對方的病。

【貴重】guìzhòng ㄍㄨㄟˋ ㄓㄨㄥˋ 價值高；值得重視：貴重儀器｜貴重物品。

【貴胄】guìzhòu ㄍㄨㄟˋ ㄓㄡˋ 〈書〉貴族的後代。

【貴子】guìzǐ ㄍㄨㄟˋ ㄗˇ 敬辭，稱人的兒子(多含祝福的意思)：喜生貴子。

【貴族】guìzú ㄍㄨㄟˋ ㄗㄨˊ 奴隸社會或封建社會以及現代君主國家裏統治階級的上層，享有特權。

筀 guì ㄍㄨㄟˋ [筀竹](guìzhú ㄍㄨㄟˋ ㄓㄨˊ)同'桂竹'。

跪 guì ㄍㄨㄟˋ 兩膝彎曲，使一個或兩個膝蓋着地：下跪｜跪拜。

【跪拜】guìbài ㄍㄨㄟˋ ㄅㄞˋ 舊時一種禮節，跪在地上磕頭。

【跪射】guìshè ㄍㄨㄟˋ ㄕㄜˋ 射擊訓練和比賽的一種姿勢，一條腿跪在地上射擊。

劌(刿) guì ㄍㄨㄟˋ 〈書〉傷；割。

劊(刽) guì ㄍㄨㄟˋ 〈書〉割斷。

【劊子手】guì·zishǒu ㄍㄨㄟˋ ·ㄗ ㄕㄡˇ ❶舊時執行死刑的人。❷比喻屠殺人民的人。

檜(桧) guì ㄍㄨㄟˋ 常綠喬木，幼樹的葉子像針，大樹的葉子像鱗片，雌雄異株，雄花鮮黃色，果實球形，種子三棱形。也叫刺柏。

另見516頁 huì。

櫃(柜) guì ㄍㄨㄟˋ ❶(櫃兒)收藏衣物、文件等用的器具，方形或長方形，一般為木製或鐵製：衣櫃｜碗櫃兒｜櫥櫃｜保險櫃。❷櫃房，也指商店：現款都交了櫃了。

'柜'另見621頁 jǔ。

【櫃櫥】guìchú ㄍㄨㄟˋ ㄔㄨˊ 櫥櫃。

【櫃房】guìfáng ㄍㄨㄟˋ ㄈㄤˊ 商店的賬房。

【櫃上】guì·shang ㄍㄨㄟˋ ·ㄕㄤ 指櫃房，也指商店。

【櫃枱】guìtái ㄍㄨㄟˋ ㄊㄞˊ 商店營業用的裝置，式樣像櫃而長，用木料、金屬或玻璃板製成。

【櫃子】guì·zi ㄍㄨㄟˋ ·ㄗ 櫃①。

鱖(鳜) guì ㄍㄨㄟˋ 鱖魚，口大，鱗片細小，背部黃綠色，全身有黑色斑點。生活在淡水中，是我國的特產。有的地區叫花鯽魚。

鱥(鱥) guì ㄍㄨㄟˋ 魚，身體側扁，有黑色小點，吻尖，口大。生活在溪流中。

gǔn (ㄍㄨㄣˇ)

袞(衮) gǔn ㄍㄨㄣˇ 古代君王等的禮服：袞服｜袞冕(袞服和冕旒)。

【袞服】gǔnfú ㄍㄨㄣˇ ㄈㄨˊ 天子的禮服。

【袞袞】gǔngǔn ㄍㄨㄣˇ ㄍㄨㄣˇ 〈書〉連續不斷；眾多。

【袞袞諸公】gǔngǔn zhū gōng ㄍㄨㄣˇ ㄍㄨㄣˇ ㄓㄨ ㄍㄨㄥ 稱居高位而無所作為的官僚。

滾(滚) gǔn ㄍㄨㄣˇ ❶滾動；翻轉：荷葉上滾着亮晶晶的水珠｜那騾子就地打了個滾兒又站起來。❷走開；離開(含斥責意)：滾開｜你給我滾！❸(液體)翻騰，特指受熱沸騰：鍋裏水滾了。❹使滾動；使在滾動中沾上(東西)：滾元宵｜滾雪球◇利滾利。❺縫紉方法，同'緄'③。❻(Gǔn)姓。

【滾邊】gǔnbiān ㄍㄨㄣˇ ㄅㄧㄢ 同'緄邊'。

【滾齒機】gǔnchǐjī ㄍㄨㄣˇ ㄔˇ ㄐㄧ 金屬切削機牀，用來加工齒輪、渦輪和花鍵軸等的齒形。加工時，工件和滾刀做相對滾動，滾刀一面旋轉，一面推進切削。

【滾存】gǔncún ㄍㄨㄣˇ ㄘㄨㄣˊ 簿記用語，指逐日纍計的積存。

【滾蛋】gǔn∥dàn ㄍㄨㄣˇ∥ㄉㄢˋ 離開；走開(斥責或罵人的話)。

【滾刀肉】gǔndāoròu ㄍㄨㄣˇ ㄉㄠ ㄖㄡˋ 〈方〉比喻不通情理、胡攪蠻纏的人。

【滾動】gǔndòng ㄍㄨㄣˇ ㄉㄨㄥˋ 一個物體(多為圓球形或圓柱形)在另一物體上接觸面不斷改變地移動：車輪滾動。

【滾動軸承】gǔndòng zhóuchéng ㄍㄨㄣˇ ㄉㄨㄥˋ ㄓㄡˊ ㄔㄥˊ 軸承的一種，利用滾珠或滾柱的滾動來代替滑動。摩擦力較小，但承受衝擊負荷不及滑動軸承。按構造不同，可分為滾珠軸承、滾柱軸承和滾針軸承。

【滾翻】gǔnfān ㄍㄨㄣˇ ㄈㄢ 體操動作，全身向前、向後或向側翻轉：前滾翻｜後滾翻。

【滾肥】gǔnféi ㄍㄨㄣˇ ㄈㄟˊ 非常肥(多指動物)：這頭豬餵得滾肥滾肥的。

【滾沸】gǔnfèi ㄍㄨㄣˇ ㄈㄟˋ (液體)沸騰翻滾：一鍋滾沸的湯◇滾沸的感情。

【滾杠】gǔngàng ㄍㄨㄣˇ ㄍㄤˋ 機器或簡單機械中能轉動的圓柱形用具。一般在運輸重物時起車輪的作用。

【滾瓜爛熟】gǔnguā-lànshú ㄍㄨㄣˇ ㄍㄨㄚ ㄌㄢˋ ㄕㄨˊ 形容讀書或背書流利純熟。

【滾瓜溜圓】gǔnguā-liūyuán ㄍㄨㄣˇ ㄍㄨㄚ ㄌㄧㄡ ㄩㄢˊ 滾圓，多用來形容牲畜肥壯。

【滾滾】gǔngǔn ㄍㄨㄣˇ ㄍㄨㄣˇ ❶形容急速地滾動或翻騰：車輪滾滾｜大江滾滾東去｜狂風捲起了滾滾的黃沙。❷形容連續不斷：雷聲滾滾｜財源滾滾。

【滾雷】gǔnléi ㄍㄨㄣˇ ㄌㄟˊ ❶聲音連續不斷的雷。❷從高處滾放的能延時爆炸的地雷。

【滾輪】gǔnlún ㄍㄨㄣˇ ㄌㄨㄣˊ 運動器械的一種，由若干鐵棍連接兩個大小相同的鐵環製成。人在輪裏手攀腳登，使環滾動。舊稱虎伏。

【滾木】gǔnmù ㄍㄨㄣˇ ㄇㄨˋ 古代作戰時從高處推下以打擊敵人的大木頭：滾木礌石。

【滾熱】gǔnrè ㄍㄨㄣˇ ㄖㄜˋ 非常熱(多指飲食或體溫)：喝一杯滾熱的茶｜他頭上滾熱，可能是發燒了。

【滾水】gǔnshuǐ ㄍㄨㄣˇ ㄕㄨㄟˇ 正在開着的或剛開過的水。

【滾燙】gǔntàng ㄍㄨㄣˇ ㄊㄤˋ 滾熱。

【滾筒】gǔntǒng ㄍㄨㄣˇ ㄊㄨㄥˇ 機器上能轉動的圓筒形機件的統稱。

【滾雪球】gǔn xuěqiú ㄍㄨㄣˇ ㄒㄩㄝˇ ㄑㄧㄡˊ 在雪地上玩的一種遊戲，滾動成團的雪，使體積越來越大。也用於比喻。

【滾圓】gǔnyuán ㄍㄨㄣˇ ㄩㄢˊ 非常圓：腰身滾圓的母牛｜兩隻眼睛睜得滾圓滾圓的。

【滾珠】gǔnzhū ㄍㄨㄣˇ ㄓㄨ (滾珠兒)鋼製的圓珠形零件。也叫鋼珠。參看〖滾珠軸承〗。

【滾珠軸承】gǔnzhū zhóuchéng ㄍㄨㄣˇ ㄓㄨ ㄓㄡˊ ㄔㄥˊ 滾動軸承的一種，滾珠裝在內鋼圈和外鋼圈的中間，能承受較大的載荷。也叫球軸承。參看〖滾動軸承〗。

緄(绲) gǔn ㄍㄨㄣˇ ❶織成的帶子。❷〈書〉繩。❸縫紉方法，沿着衣服等的邊緣縫上布條、帶子等：緄邊｜用紅緞子在領口上緄一道邊兒。

【緄邊】gǔnbiān ㄍㄨㄣˇ ㄅㄧㄢ （緄邊兒）在衣服、布鞋等的邊緣特別縫製的一種圓棱的邊兒。也作滾邊。

輥（辊） gǔn ㄍㄨㄣˇ 機器上能滾動的圓柱形機件的統稱。也叫羅拉。

【輥子】gǔn·zi ㄍㄨㄣˇ ·ㄗ 輥。

磙（磙） gǔn ㄍㄨㄣˇ ❶磙子：石磙。❷用磙子軋：磙地。

【磙子】gǔn·zi ㄍㄨㄣˇ ·ㄗ ❶碌碡（liù·zhóu）。❷播種以後把覆土軋緊的農具，通常是圓柱形的石頭，中間粗兩頭略細，裝在軸架上。❸泛指圓柱形的碾軋器具。

鯀（鲧、鮌） Gǔn ㄍㄨㄣˇ 古人名，傳説是禹的父親。

gùn（ㄍㄨㄣˋ）

棍1 gùn ㄍㄨㄣˋ （棍兒）棍子：木棍｜鐵棍｜小棍兒。

棍2 gùn ㄍㄨㄣˋ 無賴；壞人：惡棍｜賭棍｜訟棍。

【棍棒】gùnbàng ㄍㄨㄣˋ ㄅㄤˋ ❶棍子（總稱）。❷器械體操用具。

【棍兒茶】gùnrchá ㄍㄨㄣㄦˋ ㄔㄚˊ 用茶樹的葉柄或嫩莖製成的低級茶。

【棍子】gùn·zi ㄍㄨㄣˋ ·ㄗ 用樹枝、竹子截成，或用金屬製成的圓長條。

guō（ㄍㄨㄛ）

咼（咼） Guō ㄍㄨㄛ 姓。

崞 Guō ㄍㄨㄛ 崞縣，舊縣名，在山西。

郭 guō ㄍㄨㄛ ❶古代在城的外圍加築的一道城牆：城郭｜東郭。❷物體周圍的邊或框：耳郭。❸（Guō）姓。

堝（埚） guō ㄍㄨㄛ 見369頁〖坩堝〗（gān-guō）。

聒 guō ㄍㄨㄛ 聲音嘈雜，使人厭煩：聒噪｜聒耳。

【聒耳】guō'ěr ㄍㄨㄛ ㄦˇ （聲音）嘈雜刺耳。

【聒噪】guōzào ㄍㄨㄛ ㄗㄠˋ 〈方〉聲音雜亂；吵鬧。

渦（涡） Guō ㄍㄨㄛ 渦河，發源於河南，流入安徽。

另見1200頁 wō。

過（过） Guō ㄍㄨㄛ 姓。

另見440頁 guò。

蟈（蝈） guō ㄍㄨㄛ ［蟈蟈兒］（guō·guor ㄍㄨㄛ ·ㄍㄨㄛㄦ）昆蟲，身體綠色或褐色，腹部大，翅膀短，善於跳躍，吃植物的嫩葉和花。雄的前翅有發音器，能發出清脆的聲音。有的地區稱叫哥哥。

鍋（锅） guō ㄍㄨㄛ ❶炊事用具，圓形中凹，多用鐵、鋁等製成：一口鍋｜鐵鍋｜沙鍋｜鋼精鍋。❷某些裝液體加熱用的器具：鍋爐｜火鍋。❸（鍋兒）鍋子②：烟袋鍋兒。

【鍋巴】guōbā ㄍㄨㄛ ㄅㄚ ❶燜飯時緊貼着鍋的焦了的一層飯。❷米粟加佐料等烘製成的一種食品：三鮮鍋巴。

【鍋餅】guō·bing ㄍㄨㄛ ·ㄅㄧㄥ 一種較硬較大較厚的烙餅。

【鍋伙】guō·huo ㄍㄨㄛ ·ㄏㄨㄛ （鍋伙兒）舊時單身工人、小販等臨時組成的集體食宿處，設備簡陋。

【鍋盔】guō·kuī ㄍㄨㄛ ·ㄎㄨㄟ 較小的鍋餅。

【鍋爐】guōlú ㄍㄨㄛ ㄌㄨˊ 產生水蒸氣的裝置，由盛水的鋼製容器和燒火的裝置構成。產生的水蒸氣用來取暖或發動蒸汽機、汽輪機。有的鍋爐也用來燒熱水。

【鍋台】guōtái ㄍㄨㄛ ㄊㄞˊ 灶上面放東西的平面部分。

【鍋貼兒】guōtiēr ㄍㄨㄛ ㄊㄧㄝㄦ 在鐺（chēng）上加少量的油和水煎熟的餃子。

【鍋駝機】guōtuójī ㄍㄨㄛ ㄊㄨㄛˊ ㄐㄧ 鍋爐和蒸汽機連在一起的動力機器，可以帶動水車、發電機或其他機械，用煤炭、木柴、重油等做燃料。

【鍋烟子】guōyān·zi ㄍㄨㄛ ㄧㄢ ·ㄗ 鍋底上的烟子，可做黑色顏料。

【鍋莊】guōzhuāng ㄍㄨㄛ ㄓㄨㄤ 藏族的民間舞蹈。在節日或農閑時跳，男女圍成圓圈，自右而左，邊歌邊舞。有些彝族地區也流行這種舞蹈。

【鍋子】guō·zi ㄍㄨㄛ ·ㄗ ❶〈方〉鍋。❷某些器物上像鍋的部分：烟袋鍋子。❸火鍋：涮鍋子。

彍（弡、彉） guō ㄍㄨㄛ 〈書〉拉開弓弦。

guó（ㄍㄨㄛˊ）

國（国、囯） guó ㄍㄨㄛˊ ❶國家：國內｜祖國｜外國｜保家衛國。❷代表或象徵國家的：國徽｜國旗｜國花。❸在一國內最好的：國手｜國色。❹指本國的，特指我國的：國產｜國術｜國畫｜國藥。❺（Guó）姓。

【國寶】guóbǎo ㄍㄨㄛˊ ㄅㄠˇ ❶國家的寶物：傳為國寶。❷比喻對國家有特殊貢獻的人：這些老藝術家都是我們的國寶。

【國本】guóběn ㄍㄨㄛˊ ㄅㄣˇ 立國的根本：民為國本。

【國賓】guóbīn ㄍㄨㄛˊ ㄅㄧㄣ 應本國政府邀請前來訪問的外國元首或政府首腦。

【國柄】guóbǐng ㄍㄨㄛˊ ㄅㄧㄥˇ〈書〉國家大權。

【國策】guócè ㄍㄨㄛˊ ㄘㄜˋ 國家的基本政策。

【國產】guóchǎn ㄍㄨㄛˊ ㄔㄢˇ 本國生產的：國產汽車｜國產影片。

【國恥】guóchǐ ㄍㄨㄛˊ ㄔˇ 因外國的侵略而使國家蒙受的恥辱，如割地、簽訂不平等條約等：洗雪國恥。

【國仇】guóchóu ㄍㄨㄛˊ ㄔㄡˊ 因國家受到侵略而產生的仇恨：國仇家恨。

【國粹】guócuì ㄍㄨㄛˊ ㄘㄨㄟˋ 指我國固有文化中的精華。

【國道】guódào ㄍㄨㄛˊ ㄉㄠˋ 由國家統一規劃修築和管理的幹綫公路，一般跨省和直轄市。

【國都】guódū ㄍㄨㄛˊ ㄉㄨ 首都。

【國度】guódù ㄍㄨㄛˊ ㄉㄨˋ 指國家（多就國家區域而言）：他們來自不同的國度。

【國法】guófǎ ㄍㄨㄛˊ ㄈㄚˇ 國家的法紀：國法難容。

【國防】guófáng ㄍㄨㄛˊ ㄈㄤˊ 一個國家為了保衛自己的領土主權，防備外來侵略，而擁有的人力、物力，以及和軍事有關的一切設施：鞏固國防｜國防建設。

【國防軍】guófángjūn ㄍㄨㄛˊ ㄈㄤˊ ㄐㄩㄣ 保衛國家的正規軍。

【國父】guófù ㄍㄨㄛˊ ㄈㄨˋ 尊稱為創建國家建立特殊功勛的領導人。

【國歌】guógē ㄍㄨㄛˊ ㄍㄜ 由國家正式規定的代表本國的歌曲。我國國歌是《義勇軍進行曲》。

【國格】guógé ㄍㄨㄛˊ ㄍㄜˊ 指國家的體面或尊嚴（多體現在涉外活動中）。

【國故】[1] guógù ㄍㄨㄛˊ ㄍㄨˋ 我國固有的文化（多指語言文字、文學、歷史等）：整理國故。

【國故】[2] guógù ㄍㄨㄛˊ ㄍㄨˋ〈書〉國家遭受的災荒、瘟疫、戰爭等重大變故。

【國號】guóhào ㄍㄨㄛˊ ㄏㄠˋ 國家的稱號，如漢、唐、宋、元、明等。

【國花】guóhuā ㄍㄨㄛˊ ㄏㄨㄚ 國家把本國人民喜愛的花作為國家的象徵，這種花叫做國花。

【國畫】guóhuà ㄍㄨㄛˊ ㄏㄨㄚˋ 我國傳統的繪畫（區別於'西洋畫'）。

【國徽】guóhuī ㄍㄨㄛˊ ㄏㄨㄟ 由國家正式規定的代表本國的標誌。我國國徽，中間是五星照耀下的天安門，周圍是穀穗和齒輪。

【國會】guóhuì ㄍㄨㄛˊ ㄏㄨㄟˋ 議會。

【國魂】guóhún ㄍㄨㄛˊ ㄏㄨㄣˊ 指一個國家國民的特殊的精神。

【國貨】guóhuò ㄍㄨㄛˊ ㄏㄨㄛˋ 本國製造的工業品。

【國籍】guójí ㄍㄨㄛˊ ㄐㄧˊ ❶指個人具有的屬於某個國家的身份。❷指飛機、船隻等屬於某個國家的關係：一架國籍不明的飛機。

【國計民生】guó jì mín shēng ㄍㄨㄛˊ ㄐㄧˋ ㄇㄧㄣˊ ㄕㄥ 國家經濟和人民生活。

【國際】guójì ㄍㄨㄛˊ ㄐㄧˋ ❶國與國之間；世界各國之間：國際協定｜國際地位｜國際關係｜國際足球錦標賽。❷與世界各國有關的（事物）：國際音標。

【國際裁判】guójì cáipàn ㄍㄨㄛˊ ㄐㄧˋ ㄘㄞˊ ㄆㄢˋ 經國際體育運動組織批准，具有在國際體育運動競賽中擔任裁判資格的裁判員。

【國際單位制】guójì dānwèizhì ㄍㄨㄛˊ ㄐㄧˋ ㄉㄢ ㄨㄟˋ ㄓˋ 一種計量制度，1960年第十一屆國際計量大會通過採用。長度的單位米，質量的單位千克（公斤），電流強度的單位安培等，是國際單位制的基本單位；由基本單位推導出來的單位叫導出單位，如面積的單位平方米，速度的單位米/秒等；既可以看作基本單位，又可以看作導出單位的叫輔助單位，如平面角的單位弧度等。簡稱國際制。

【國際兒童節】Guójì Értóng Jié ㄍㄨㄛˊ ㄐㄧˋ ㄦˊ ㄊㄨㄥˊ ㄐㄧㄝˊ 見741頁〖六一兒童節〗。

【國際法】guójìfǎ ㄍㄨㄛˊ ㄐㄧˋ ㄈㄚˇ 國際公法的簡稱。

【國際婦女節】Guójì Fùnǚ Jié ㄍㄨㄛˊ ㄐㄧˋ ㄈㄨˋ ㄋㄩˇ ㄐㄧㄝˊ 見986頁〖三八婦女節〗。

【國際歌】Guójì Gē ㄍㄨㄛˊ ㄐㄧˋ ㄍㄜ 國際無產階級革命歌曲。法國鮑狄埃（Eugène Pottier）作詞，狄蓋特（Pierre Degeyter）配曲。

【國際公法】guójì gōngfǎ ㄍㄨㄛˊ ㄐㄧˋ ㄍㄨㄥ ㄈㄚˇ 調整各國之間的政治、經濟、軍事、文化等各種關係的準則的總稱。這些準則是由各國通過協議來制定、修改和執行的，沒有統一的立法機關和執行機關，它的淵源是國際條約、國際慣例和國際機構的決議。通常簡稱國際法。

【國際公制】guójì gōngzhì ㄍㄨㄛˊ ㄐㄧˋ ㄍㄨㄥ ㄓˋ 一種計量制度，創始於法國，1875年十七個國家的代表在法國巴黎開會議定為國際通用的計量制度。長度的主單位是米，一米等於通過巴黎的子午綫的四千萬分之一。標準米尺用鉑銥合金製成，斷面為X形，在0°C時標準米尺上兩端所刻的綫之間的距離為一米。質量的主單位是公斤，標準公斤的砝碼是用鉑銥合金製成的圓柱體，在緯度45°的海平面上的重量為一公斤。容量的主單位是升，一升等於一公斤純水在標準大氣壓下4°C（密度最大）時的體積。也叫米制。簡稱公制。

【國際共管】guójì gòngguǎn ㄍㄨㄛˊ ㄐㄧˋ ㄍㄨㄥˋ ㄍㄨㄢˇ 由兩個或兩個以上的國家共同統治或管理某一地區、國家或某一國家的部分領土。簡稱共管。

【國際慣例】guójì guànlì ㄍㄨㄛˊ ㄐㄧˋ ㄍㄨㄢˋ ㄌㄧˋ 在國際交往中逐漸形成的一些習慣做法和先例，是國際法的主要淵源之一。

【國際勞動節】Guójì Láodòng Jié ㄍㄨㄛˊ ㄐㄧˋ ㄌㄠˊ ㄉㄨㄥˋ ㄐㄧㄝˊ 見1211頁〖五一勞動節〗。

【國際聯盟】Guójì Liánméng ㄍㄨㄛˊ ㄐㄧˋ ㄌㄧㄢˊ ㄇㄥˊ 第一次世界大戰後（1920年）成立的國際組織，它標榜以防止世界大戰再度發生和解決國際糾紛為目的，實際上只是保護第一次世界大戰的戰勝國的既得利益，維護既成的國際秩序。第二次世界大戰爆發後，聯盟無形瓦解，到1946年正式解散。簡稱國聯。

【國際日期變更綫】guójì rìqī biàngēngxiàn ㄍㄨㄛˊ ㄐㄧˋ ㄖˋ ㄑㄧ ㄅㄧㄢˋ ㄍㄥ ㄒㄧㄢˋ 地球表面上的一條假想綫，在地球180°經綫附近，稍有彎曲，用作劃分相連兩日的界綫。也叫日界綫。

【國際私法】guójì sīfǎ ㄍㄨㄛˊ ㄐㄧˋ ㄙ ㄈㄚˇ 國家處理和調整涉及外國公民的民事法律關係的規則的總稱。這種關係一般是由於對外貿易和本國人同外國人往來而產生的。

【國際象棋】guójì xiàngqí ㄍㄨㄛˊ ㄐㄧˋ ㄒㄧㄤˋ ㄑㄧˊ 棋類運動的一種，黑白棋子各十六個，分成六種，一王、一后、兩象、兩車、兩馬、八兵。棋盤為正方形，由六十四個黑白小方格相間排列而成。兩人對下，按規則移動棋子，將（jiāng）死對方的王為勝。

【國際音標】guójì yīnbiāo ㄍㄨㄛˊ ㄐㄧˋ ㄧㄣ ㄅㄧㄠ 國際語音學會制定的標音符號。初稿在1888年發表，後來經過不斷的修改，內容逐漸完備，各種語言常用的音都有適當的符號。形式以拉丁字母的小楷為主，加以補充。在各種音標中，是通行範圍較廣的一種。

【國際制】guójìzhì ㄍㄨㄛˊ ㄐㄧˋ ㄓˋ 國際單位制的簡稱。

【國際主義】guójì zhǔyì ㄍㄨㄛˊ ㄐㄧˋ ㄓㄨˇ ㄧˋ 馬克思主義關於國際無產階級團結的思想，是國際共產主義運動的指導原則之一。

【國際縱隊】guójì zòngduì ㄍㄨㄛˊ ㄐㄧˋ ㄗㄨㄥˋ ㄉㄨㄟˋ 指1936－1939年西班牙內戰期間，許多國家的工人、農民等為支援西班牙人民反對佛朗哥反動軍隊和德、意法西斯武裝干涉所組成的志願軍。後泛指為反對侵略，不同國籍的人志願組成的軍隊。

【國家】guójiā ㄍㄨㄛˊ ㄐㄧㄚ ❶階級統治的工具，是統治階級對被統治階級實行專政的暴力組織，主要由軍隊、警察、法庭、監獄等組成。國家是階級矛盾不可調和的產物和表現，它隨着階級的產生而產生，也將隨着階級的消滅而自行消亡。❷指一個國家的整個區域。

【國家裁判】guójiā cáipàn ㄍㄨㄛˊ ㄐㄧㄚ ㄘㄞˊ ㄆㄢˋ 國家級裁判員的簡稱，是經我國體育運動組織批准的最高一級裁判員的稱號。

【國家機關】guójiā jīguān ㄍㄨㄛˊ ㄐㄧㄚ ㄐㄧ ㄍㄨㄢ ❶行使國家權力、管理國家事務的機關。包括國家權力機關、國家行政機關、審判機關、檢察機關和軍隊等。如我國的全國人民代表大會、國務院、地方各級人民代表大會和人民政府、各級人民法院、人民檢察院、公安機關等。也叫政權機關。❷特指中央一級機關。

【國家所有制】guójiā suǒyǒuzhì ㄍㄨㄛˊ ㄐㄧㄚ ㄙㄨㄛˇ ㄧㄡˇ ㄓˋ 生產資料和產品歸國家所有的制度，它的性質因社會制度的不同而不同。

【國交】guójiāo ㄍㄨㄛˊ ㄐㄧㄠ 國家與國家間的外交關係。

【國腳】guójiǎo ㄍㄨㄛˊ ㄐㄧㄠˇ 指入選國家隊的足球運動員。

【國教】guójiào ㄍㄨㄛˊ ㄐㄧㄠˋ 某些國家明文規定的本國所信仰的正統宗教。

【國界】guójiè ㄍㄨㄛˊ ㄐㄧㄝˋ 相鄰國家領土的分界綫：劃定國界。

【國境】guójìng ㄍㄨㄛˊ ㄐㄧㄥˋ ❶一個國家行使主權的領土範圍。❷指國家的邊境：偷越國境｜國境檢查站。

【國劇】guójù ㄍㄨㄛˊ ㄐㄩˋ 指一個國家的廣為流行的傳統劇種，如我國的京劇。

【國君】guójūn ㄍㄨㄛˊ ㄐㄩㄣ 君主國家的統治者。

【國庫】guókù ㄍㄨㄛˊ ㄎㄨˋ 金庫的通稱。

【國庫券】guókùquàn ㄍㄨㄛˊ ㄎㄨˋ ㄑㄩㄢˋ 國家銀行發行的一種債券。簡稱庫券。

【國力】guólì ㄍㄨㄛˊ ㄌㄧˋ 國家在政治、經濟、軍事、科學技術等方面所具備的實力：增強國力｜國力強大。

【國立】guólì ㄍㄨㄛˊ ㄌㄧˋ 由國家設立的（用於學校、醫院等）：國立大學。

【國聯】Guólián ㄍㄨㄛˊ ㄌㄧㄢˊ 國際聯盟的簡稱。

【國門】guómén ㄍㄨㄛˊ ㄇㄣˊ 〈書〉指國都的城門，也指邊境：拒敵於國門之外｜產品走出國門，打入國際市場。

【國民】guómín ㄍㄨㄛˊ ㄇㄧㄣˊ 具有某國國籍的人是這個國家的國民。

【國民黨】guómíndǎng ㄍㄨㄛˊ ㄇㄧㄣˊ ㄉㄤˇ 1912年8月，孫中山在中國同盟會的基礎上，合併統一共和黨、國民共進會、國民公黨等幾個黨派組建的資產階級政黨。

【國民經濟】guómín jīngjì ㄍㄨㄛˊ ㄇㄧㄣˊ ㄐㄧㄥ ㄐㄧˋ 一個國家的生產、流通、分配和消費的總體，包括各個生產部門和為生產服務的流通部門，如工業、農業、建築業、交通運輸業、商業等，也包括文化、教育、科學研究、醫藥衛生等非生產部門。

【國民收入】guómín shōurù ㄍㄨㄛˊ ㄇㄧㄣˊ ㄕㄡ ㄖㄨˋ 一個國家國民經濟各個生產部門在一個時期內新創造的價值的總和。就是從一個時期內的社會總產品的價值中，減去生產上消耗掉的生產資料的價值後剩餘的部分。

【國難】guónàn ㄍㄨㄛˊ ㄋㄢˋ 國家的危難，特指由外國侵略造成的國家災難。

【國戚】guóqī ㄍㄨㄛˊ ㄑㄧ 帝王的外戚：皇親國戚。

【國旗】guóqí ㄍㄨㄛˊ ㄑㄧˊ 由國家正式規定的代表本國的旗幟。我國國旗是五星紅旗。

【國情】guóqíng ㄍㄨㄛˊ ㄑㄧㄥˊ 一個國家的社會性質、政治、經濟、文化等方面的基本情況和特點。也特指一個國家某一時期的基本情況和特點：適合國情｜熟悉國情。

【國慶】guóqìng ㄍㄨㄛˊ ㄑㄧㄥˋ 開國紀念日。我國國慶是10月1日。

【國人】guórén ㄍㄨㄛˊ ㄖㄣˊ 指本國的人。

【國喪】guósāng ㄍㄨㄛˊ ㄙㄤ 指皇帝、皇后、太上皇、太后的喪事。

【國色】guósè ㄍㄨㄛˊ ㄙㄜˋ 〈書〉在一國內容貌最美的女子：天姿國色。

【國殤】guóshāng ㄍㄨㄛˊ ㄕㄤ 〈書〉為國犧牲的人。

【國史】guóshǐ ㄍㄨㄛˊ ㄕˇ ❶一國或一個朝代的歷史。❷古代的史官。

【國事】guóshì ㄍㄨㄛˊ ㄕˋ 國家大事。

【國事訪問】guóshì fǎngwèn ㄍㄨㄛˊ ㄕˋ ㄈㄤˇ ㄨㄣˋ 一國元首或政府首腦接受他國邀請而進行的正式訪問。

【國是】guóshì ㄍㄨㄛˊ ㄕˋ 〈書〉國家大計：共商國是。

【國勢】guóshì ㄍㄨㄛˊ ㄕˋ ❶國力：國勢強大｜國勢蒸蒸日上。❷國家的形勢：國勢危殆。

【國手】guóshǒu ㄍㄨㄛˊ ㄕㄡˇ 精通某種技能(如醫道、棋藝等)在國內數第一流的人，也指入選國家隊的選手。

【國書】guóshū ㄍㄨㄛˊ ㄕㄨ 一國派遣或召回大使(或公使)時，由國家元首寫給駐在一國元首的文書。大使(或公使)只有在向所駐國呈遞國書以後，才能得到國際法所賦予的地位。

【國術】guóshù ㄍㄨㄛˊ ㄕㄨˋ 指我國傳統的武術。

【國泰民安】guó tài mín ān ㄍㄨㄛˊ ㄊㄞˋ ㄇㄧㄣˊ ㄢ 國家太平，人民生活安定。

【國帑】guótǎng ㄍㄨㄛˊ ㄊㄤˇ 〈書〉國家的公款：盜用國帑｜消耗國帑。

【國體】guótǐ ㄍㄨㄛˊ ㄊㄧˇ ❶表明國家根本性質的國家體制，是由社會各階級在國家中的地位來決定的。我國的國體是工人階級(經過共產黨)領導的，以工農聯盟為基礎的無產階級專政。❷國家的體面。

【國統區】guótǒngqū ㄍㄨㄛˊ ㄊㄨㄥˇ ㄑㄩ 抗日戰爭和解放戰爭時期稱國民黨政府統治的地區。

【國土】guótǔ ㄍㄨㄛˊ ㄊㄨˇ 國家的領土：收復國土。

【國王】guówáng ㄍㄨㄛˊ ㄨㄤˊ 古代某些國家的統治者；現代某些君主制國家的元首。

【國威】guówēi ㄍㄨㄛˊ ㄨㄟ 國家的聲威：大振國威。

【國文】guówén ㄍㄨㄛˊ ㄨㄣˊ ❶本國的文字，舊時指漢語漢文。❷舊時指中小學的語文課。

【國務】guówù ㄍㄨㄛˊ ㄨˋ 國家的事務；國事：國務會議。

【國務卿】guówùqīng ㄍㄨㄛˊ ㄨˋ ㄑㄧㄥ ❶民國初年協助大總統處理國務的人。❷美國國務院的領導人，由總統任命。

【國務委員】guówù wěiyuán ㄍㄨㄛˊ ㄨˋ ㄨㄟˇ ㄩㄢˊ 我國國務院組成人員，相當於副總理。

【國務院】guówùyuàn ㄍㄨㄛˊ ㄨˋ ㄩㄢˋ ❶我國最高國家權力機關的執行機關，即最高國家行政機關，也就是中央人民政府，由總理、副總理、國務委員、各部部長、各委員會主任等人員組成。國務院對全國人民代表大會和它的常務委員會負責並報告工作。❷民國初年的內閣，以國務總理為首。❸美國政府中主管外交兼管部分內政的部門，主管者稱國務卿。

【國學】guóxué ㄍㄨㄛˊ ㄒㄩㄝˊ ❶稱我國傳統的學術文化，包括哲學、歷史學、考古學、文學、語言學等。❷古代指國家設立的學校，如太學、國子監。

【國宴】guóyàn ㄍㄨㄛˊ ㄧㄢˋ 國家元首或政府首腦為招待國賓或在重要節日招待各界人士而舉行的隆重宴會。

【國藥】guóyào ㄍㄨㄛˊ ㄧㄠˋ 中藥。

【國醫】guóyī ㄍㄨㄛˊ ㄧ 中醫。

【國音】guóyīn ㄍㄨㄛˊ ㄧㄣ 舊時指國家審定的漢語標準音。

【國營】guóyíng ㄍㄨㄛˊ ㄧㄥˊ 由國家投資經營，在我國有中央國營和地方國營兩種形式：國營農場｜國營企業｜這家商店是國營的。

【國有】guóyǒu ㄍㄨㄛˊ ㄧㄡˇ 國家所有：國有化｜國有企業｜土地國有｜鐵路國有。

【國語】guóyǔ ㄍㄨㄛˊ ㄩˇ ❶指本國人民共同使用的語言。在我國是漢語普通話的舊稱。❷舊時指中小學的語文課。

【國樂】guóyuè ㄍㄨㄛˊ ㄩㄝˋ 指我國傳統的音樂。

【國運】guóyùn ㄍㄨㄛˊ ㄩㄣˋ 〈書〉國家的命運：國運昌隆。

【國葬】guózàng ㄍㄨㄛˊ ㄗㄤˋ 以國家名義為有特殊功勛的人舉行的葬禮。

【國賊】guózéi ㄍㄨㄛˊ ㄗㄟˊ 危害國家或出賣國家主權的敗類。

【國債】guózhài ㄍㄨㄛˊ ㄓㄞˋ 國家所欠的債務。

【國子監】guózǐjiàn ㄍㄨㄛˊ ㄗˇ ㄐㄧㄢˋ 我國封建時代最高的教育管理機關，有的朝代兼為最高學府。

摑(掴) guó ㄍㄨㄛˊ '摑'(guāi)的又音。

幗(帼) guó ㄍㄨㄛˊ 見594頁〖巾幗〗。

淉(涠) guó ㄍㄨㄛˊ 北淉(Běiguó ㄅㄟˇ ㄍㄨㄛˊ)，地名，在江蘇。

膕(腘) guó ㄍㄨㄛˊ 膝部的後面。腿彎曲時膕部形成一個窩，叫膕窩。(圖見1017頁〖身體〗)

虢 Guó ㄍㄨㄛˊ ❶周朝國名。西虢在今陝西寶雞東，後來遷到河南陝縣東南。東虢在今河南鄭州西北。❷姓。

聝(聝) guó ㄍㄨㄛˊ 古代戰爭中割掉敵人的左耳計數獻功。也指割下的左耳。

漷 guó ㄍㄨㄛˊ 〈書〉水流聲：溪水漷漷。

guǒ (ㄍㄨㄛˇ)

果1 guǒ ㄍㄨㄛˇ ❶(果兒)果實①：水果｜開花結果。❷事情的結局；結果(跟'因'相對)：成果｜前因後果。❸(Guǒ)姓。

果2 guǒ ㄍㄨㄛˇ 果斷：果敢。

果3 guǒ ㄍㄨㄛˇ 果然：如果｜果不出所料。

【果報】guǒbào ㄍㄨㄛˇ ㄅㄠˋ 因果報應，是起源於佛教的一種宿命論：果報不爽。

【果不其然】guǒ ·bu qí rán ㄍㄨㄛˇ ·ㄅㄨ ㄑㄧˊ ㄖㄢˊ 果然(強調不出所料)：我早說要下雨，果不其然，下了吧！也說果不然。

【果丹皮】guǒdānpí ㄍㄨㄛˇ ㄉㄢ ㄆㄧˊ 一種用乾、鮮紅果或製作紅果脯、蘋果脯等的下腳料為原料製成的食品。

【果凍兒】guǒdòngr ㄍㄨㄛˇ ㄉㄨㄥㄦˋ 用水果的汁和糖加工製成的半固體食品。

【果斷】guǒduàn ㄍㄨㄛˇ ㄉㄨㄢˋ 有決斷；不猶豫：他處理問題很果斷。

【果餌】guǒ'ěr ㄍㄨㄛˇ ㄦˇ 糖果點心(總稱)。

【果粉】guǒfěn ㄍㄨㄛˇ ㄈㄣˇ 某些植物(如蘋果、冬瓜等)的果實成熟後表皮上覆蓋的一層白色粉末。

【果脯】guǒfǔ ㄍㄨㄛˇ ㄈㄨˇ 用桃、杏、梨、棗等水果加糖或蜜製成的食品的統稱。

【果腹】guǒfù ㄍㄨㄛˇ ㄈㄨˋ 〈書〉吃飽肚子：食不果腹。

【果乾兒】guǒgānr ㄍㄨㄛˇ ㄍㄢㄦ 水果經晾曬或烘乾而製成的食品的統稱。

【果敢】guǒgǎn ㄍㄨㄛˇ ㄍㄢˇ 勇敢並有決斷：勇猛果敢的戰士｜他的指揮還不夠果敢。

【果醬】guǒjiàng ㄍㄨㄛˇ ㄐㄧㄤˋ 用水果加糖、果膠製成的糊狀食品。也叫果子醬。

【果酒】guǒjiǔ ㄍㄨㄛˇ ㄐㄧㄡˇ 用水果發酵製成的酒。也叫果子酒。

【果決】guǒjué ㄍㄨㄛˇ ㄐㄩㄝˊ 果敢堅決：辦事果決。

【果料兒】guǒliàor ㄍㄨㄛˇ ㄌㄧㄠㄦˋ 加在甜點心上的青絲、紅絲、松仁、瓜子仁、葡萄乾兒等物品的總稱。

【果綠】guǒlǜ ㄍㄨㄛˇ ㄌㄩˋ 淺綠。

【果木】guǒmù ㄍㄨㄛˇ ㄇㄨˋ 果樹。

【果農】guǒnóng ㄍㄨㄛˇ ㄋㄨㄥˊ 栽培果樹，從事果品生產的農民。

【果盤】guǒpán ㄍㄨㄛˇ ㄆㄢˊ (果盤兒)專用於盛放果品的盤子。

【果皮】guǒpí ㄍㄨㄛˇ ㄆㄧˊ 植物果實的皮，分內果皮、中果皮和外果皮三層，一般所指的是外果皮。

【果品】guǒpǐn ㄍㄨㄛˇ ㄆㄧㄣˇ 水果和乾果的總稱：果品店｜乾鮮果品。

【果兒】guǒr ㄍㄨㄛㄦˇ 〈方〉雞蛋：臥果兒(把去殼的雞蛋整個放在湯裏煮)｜甩果兒(把去殼的雞蛋攪勻後撒在湯裏)。

【果然】guǒrán ㄍㄨㄛˇ ㄖㄢˊ ❶副詞，表示事實與所說或所料相符：果然名不虛傳｜他說要下雪，果然下雪了。❷連詞，假設事實與所說或所料相符：你果然愛她，就該幫助她。

【果肉】guǒròu ㄍㄨㄛˇ ㄖㄡˋ 水果可以吃的部分，一般是中果皮，如桃兒的果肉就是核和外層薄皮之間的部分。

【果實】guǒshí ㄍㄨㄛˇ ㄕˊ ❶植物體的一部分，花受精後，子房逐漸長大，成為果實。有些果實可供食用。❷比喻經過鬥爭或勞動得到的勝利品或收穫：勞動果實。

【果樹】guǒshù ㄍㄨㄛˇ ㄕㄨˋ 果實主要供食用的樹木，如桃樹、蘋果樹等。

【果穗】guǒsuì ㄍㄨㄛˇ ㄙㄨㄟˋ 指某些植物(如玉米、高粱)的聚集在一起的果實。

【果糖】guǒtáng ㄍㄨㄛˇ ㄊㄤˊ 有機化合物，是蔗糖、甜菜糖等的組成物質，化學式$C_6H_{12}O_6$。白色結晶，味甜。水果和蜂蜜中含有果糖。也叫左旋糖。

【果園】guǒyuán ㄍㄨㄛˇ ㄩㄢˊ 種植果樹的園地。也叫果木園。

【果真】guǒzhēn ㄍㄨㄛˇ ㄓㄣ 果然：這一次勞動競賽二組果真奪到了紅旗｜果真是這樣，那就好辦了。

【果汁】guǒzhī ㄍㄨㄛˇ ㄓ 用鮮果的汁水製成的飲料。

【果枝】guǒzhī ㄍㄨㄛˇ ㄓ ❶果樹上結果實的枝。❷棉花植株上結棉桃的枝。

【果子】guǒ·zi ㄍㄨㄛˇ ·ㄗ ❶指可以吃的果實。❷同'餜子'。

【果子醬】guǒ·zijiàng ㄍㄨㄛˇ ·ㄗ ㄐㄧㄤˋ 果醬。

【果子酒】guǒ·zijiǔ ㄍㄨㄛˇ ·ㄗ ㄐㄧㄡˇ 果酒。

【果子露】guǒ·zilù ㄍㄨㄛˇ ·ㄗ ㄌㄨˋ 在蒸餾水中加入果汁製成的飲料。

菓〔菓〕 guǒ ㄍㄨㄛˇ 同'果1'①，用於水菓、紅菓兒等。

椁(槨) guǒ ㄍㄨㄛˇ 古代套在棺材外面的大棺材：棺椁。

蜾 guǒ ㄍㄨㄛˇ ［蜾蠃］(guǒluǒ ㄍㄨㄛˇ ㄌㄨㄛˇ)一種寄生蜂。參看810頁〖螟蛉〗。

裹 guǒ ㄍㄨㄛˇ ❶(用紙、布或其他片狀物)纏繞；包紮：包裹｜裹腿｜用繃帶把傷口裹好。❷包裹好的東西：大包小裹。❸為了不正當的目的把人或物夾雜在別的人或物裏面：土匪逃跑時裹走了村子裏的幾個人。❹〈方〉吸(奶)：小孩兒一生下來就會裹奶。

【裹腳】guǒ//jiǎo ㄍㄨㄛˇ//ㄐㄧㄠˇ 舊時一種陋習，用長布條把女孩子的腳緊緊地纏住，為使腳纖小，而造成腳骨畸形。

【裹腳】guǒ·jiao ㄍㄨㄛˇ·ㄐㄧㄠ 舊時婦女裹腳用的長布條。也叫裹腳布。

【裹亂】guǒ//luàn ㄍㄨㄛˇ//ㄌㄨㄢˋ 〈方〉加入其中擾亂；攪擾：他正在寫文章，不許去裹亂。

【裹腿】guǒ·tui ㄍㄨㄛˇ·ㄊㄨㄟ 纏在褲子外邊小腿部分的布條，舊時士兵行軍時多打裹腿。

【裹脅】guǒxié ㄍㄨㄛˇ ㄒㄧㄝˊ 用脅迫手段使人跟從(做壞事)。也叫裹挾。

【裹挾】guǒxié ㄍㄨㄛˇ ㄒㄧㄝˊ ❶(風、流水等)把別的東西捲入，使隨着移動：河水裹挾着泥沙，滾滾東流。❷(形勢、潮流等)把人捲進去，迫使其採取某種態度。❸同'裹脅'。

【裹紮】guǒzā ㄍㄨㄛˇ ㄗㄚ 包紮：裹紮傷口。

【裹足不前】guǒ zú bù qián ㄍㄨㄛˇ ㄗㄨˊ ㄅㄨˋ ㄑㄧㄢˊ 停步不進(多指有所顧慮)。

餜(馃) guǒ ㄍㄨㄛˇ 餜子。

【餜子】guǒ·zi ㄍㄨㄛˇ·ㄗ ❶一種油炸的麵食。❷〈方〉舊式點心的統稱。‖也作果子。

guò (ㄍㄨㄛˋ)

過(过) guò ㄍㄨㄛˋ ❶從一個地點或時間移到另一個地點或時間；經過某個空間或時間：過來｜過去｜過河｜過橋｜過年｜過節｜日子越來越好過了。❷從甲方轉移到乙方：過戶｜過賬。❸使經過(某種處理)：過羅｜過篩子｜過濾｜過淋｜過磅｜過秤｜過油肉｜過過數兒。❹用眼看或用腦子回憶：過目｜把昨天的事在腦子裏過了一遍。❺超過(某個範圍和限度)：過分｜過期｜過猶不及｜樹長得過了房。❻〈書〉探望；拜訪：過訪。❼〈方〉去世：老太太過了好幾天了。❽過失(跟'功'相對)：過錯｜記過｜勇於改過。❾用在動詞加'得'的後面，表示勝過或通過的意思：幹起活兒來，他抵得過兩三個人｜這種人我們信得過。❿〈方〉傳染：這個病過人。

過(过) ·guo ·ㄍㄨㄛ ❶用在動詞後，表示完畢：吃過飯再走｜杏花和碧桃都已經開過了。❷用在動詞後，表示某種行為或變化曾經發生，但並未繼續到現在：他去年來過北京｜我們吃過虧，上過當，有了經驗了。

另見435頁 Guō。

【過半】guòbàn ㄍㄨㄛˋ ㄅㄢˋ 超過總數的一半：時間過半，任務過半。

【過磅】guò//bàng ㄍㄨㄛˋ//ㄅㄤˋ 用磅秤稱。

【過不去】guò ·bu qù ㄍㄨㄛˋ ·ㄅㄨ ㄑㄩˋ ❶有阻礙，通不過：大橋正在修理，這裏過不去。❷為難：請放心，他不會跟你過不去的。❸過意不去；抱歉：讓他白跑一趟，心裏真有點過不去。

【過場】guòchǎng ㄍㄨㄛˋ ㄔㄤˇ ❶戲曲中角色上場後，不多停留，就穿過舞台從另一側下場。❷戲劇中用來貫串前後情節的簡短表演。❸見1523頁〖走過場〗。

【過程】guòchéng ㄍㄨㄛˋ ㄔㄥˊ 事情進行或事物發展所經過的程序：認識過程｜生產過程｜到了新地方要有一個適應的過程。

【過秤】guò//chèng ㄍㄨㄛˋ//ㄔㄥˋ 用秤稱：這筐蘋果還沒過秤。

【過從】guòcóng ㄍㄨㄛˋ ㄘㄨㄥˊ 〈書〉來往；交往：兩人過從甚密。

【過錯】guòcuò ㄍㄨㄛˋ ㄘㄨㄛˋ 過失；錯誤②。

【過當】guòdàng ㄍㄨㄛˋ ㄉㄤˋ 超過適當的數量或限度：防衛過當｜藥劑用量過當。

【過道】guòdào ㄍㄨㄛˋ ㄉㄠˋ ❶新式房子由大門通向各房間的走道。❷舊式房子連通各個院子的走道，特指大門所在的一間或半間屋子。

【過得去】guò ·de qù ㄍㄨㄛˋ ·ㄉㄜ ㄑㄩˋ ❶無阻礙，通得過：這條胡同兒很寬，汽車過得去。❷(生活)不很困難。❸說得過去：準備一些茶點招待客人，也就過得去了。❹過意得去(多用於反問)：看把您累成那個樣子，叫我心裏怎麼過得去呢？

【過電】guò//diàn ㄍㄨㄛˋ//ㄉㄧㄢˋ 電流通過(身體)；觸電。

【過冬】guò//dōng ㄍㄨㄛˋ//ㄉㄨㄥ 度過冬天：這件薄棉襖能過得了冬嗎？｜大雁每年都來這兒過冬。

【過冬作物】guòdōng zuòwù ㄍㄨㄛˋ ㄉㄨㄥ ㄗㄨㄛˋ ㄨˋ 越冬作物。

【過度】guòdù ㄍㄨㄛˋ ㄉㄨˋ 超過適當的限度：過度疲勞｜過度興奮。

【過渡】guòdù ㄍㄨㄛˋ ㄉㄨˋ 事物由一個階段或一種狀態逐漸發展變化而轉入另一個階段或另一種狀態：過渡時期｜過渡地帶。

【過渡內閣】guòdù nèigé ㄍㄨㄛˋ ㄉㄨˋ ㄋㄟˋ ㄍㄜˊ 看守內閣。也叫過渡政府。

【過房】guòfáng ㄍㄨㄛˋ ㄈㄤˊ 〈方〉過繼。

【過訪】guòfǎng ㄍㄨㄛˋ ㄈㄤˇ 〈書〉訪問。

【過分】guò//fèn ㄍㄨㄛˋ//ㄈㄣˋ (說話、做事)超過一定的程度或限度：過分謙虛，就顯得虛偽了｜這幅畫雖然畫得不夠好，但你把它說得一文不值，也未免過分了。

【過付】guòfù ㄍㄨㄛˋ ㄈㄨˋ 雙方交易，由中人經手交付錢或貨物。

【過關】guò∥guān ㄍㄨㄛˋ∥ㄍㄨㄢ 通過關口，多用於比喻：過技術關｜蒙混過關｜產品質量不合標準就不能過關。

【過關斬將】guò guān zhǎn jiàng ㄍㄨㄛˋ ㄍㄨㄢ ㄓㄢˇ ㄐㄧㄤˋ 比喻競賽中戰勝對手，進入下一輪比賽，也比喻在前進中克服困難。

【過河拆橋】guò hé chāi qiáo ㄍㄨㄛˋ ㄏㄜˊ ㄔㄞ ㄑㄧㄠˊ 比喻達到目的以後，就把曾經幫助過自己的人一腳踢開。

【過後】guòhòu ㄍㄨㄛˋ ㄏㄡˋ ❶往後：這件事暫且這麼決定，有甚麼問題，過後再說。❷後來：我先去通知了他，過後才來通知你的。

【過戶】guò∥hù ㄍㄨㄛˋ∥ㄏㄨˋ 房產、車輛、記名有價證券等在買賣、繼承或贈與時，依照法定手續更換物主姓名。

【過話】guò∥huà ㄍㄨㄛˋ∥ㄏㄨㄚˋ 〈方〉(過話兒) ❶交談：我們倆不太熟，只見面打個招呼，沒有過過話兒。❷傳話：請你替我過個話兒，就說明天我不去找他了。

【過活】guòhuó ㄍㄨㄛˋ ㄏㄨㄛˊ 生活；過日子：那時，一家人就靠父親做工過活。

【過火】guò∥huǒ ㄍㄨㄛˋ∥ㄏㄨㄛˇ (說話、做事)超過適當的分寸或限度：這話說得有點過火。

【過激】guòjī ㄍㄨㄛˋ ㄐㄧ 過於激烈：過激的言論。

【過繼】guòjì ㄍㄨㄛˋ ㄐㄧˋ 把自己的兒子給沒有兒子的兄弟、堂兄弟或親戚做兒子；沒有兒子的人以兄弟、堂兄弟或親戚的兒子為自己的兒子。

【過傢伙】guò jiā·huo ㄍㄨㄛˋ ㄐㄧㄚ ·ㄏㄨㄛ 打出手①。

【過獎】guòjiǎng ㄍㄨㄛˋ ㄐㄧㄤˇ 謙辭，過分的表揚或誇獎(用於對方讚揚自己時)：您過獎了，我不過做了該做的事。

【過街老鼠】guò jiē lǎoshǔ ㄍㄨㄛˋ ㄐㄧㄝ ㄌㄠˇ ㄕㄨˇ 比喻人人痛恨的壞人。

【過街樓】guòjiēlóu ㄍㄨㄛˋ ㄐㄧㄝ ㄌㄡˊ 跨在街道或胡同上的樓，底下可以通行。

【過街天橋】guò jiē tiānqiáo ㄍㄨㄛˋ ㄐㄧㄝ ㄊㄧㄢ ㄑㄧㄠˊ 為了行人橫穿馬路而在馬路上空架設的橋。

【過節】guò∥jié ㄍㄨㄛˋ∥ㄐㄧㄝˊ ❶在節日進行慶祝等活動。❷指過了節日：過節後咱們就開始做新的工作。

【過節兒】guò·jiér ㄍㄨㄛˋ ·ㄐㄧㄝㄦˊ 〈方〉❶待人接物時所應重視的禮節或手續。❷嫌隙：你們之間的過節兒，你也有不是的地方。❸細節；瑣事：這雖是小過節兒，但也不能忽視。

【過境】guò∥jìng ㄍㄨㄛˋ∥ㄐㄧㄥˋ 通過國境或地區管界：過境稅｜颱風過境。

【過客】guòkè ㄍㄨㄛˋ ㄎㄜˋ 過路的客人；旅客。

【過來】guò∥lái ㄍㄨㄛˋ∥·ㄌㄞ 從另一個地點向說話人(或敍述的對象)所在地來：車來了，趕快過來吧！｜那邊有隻小船過來了。

【過來】∥·guò∥·lái ∥·ㄍㄨㄛˋ∥·ㄌㄞ ❶用在動詞後，表示時間、能力、數量充分(多跟'得'或'不'連用)：活兒不多，我一個人幹得過來｜這幾天我忙不過來。❷用在動詞後，表示來到自己所在的地方：捷報從四面八方飛過來｜敵人幾次三番想衝過橋來，都叫我們給打退了。❸用在動詞後，表示正面對着自己：他轉過臉來，我才認出是位老同學。❹用在動詞後，表示回到原來的、正常的狀態：醒過來了｜覺悟過來了｜他真固執，簡直勸不過來｜爬到山頂，大家都累得喘不過氣來。

【過來人】guò·láirén ㄍㄨㄛˋ ·ㄌㄞ ㄖㄣˊ 對某事曾經有過親身經歷和體驗的人：你是過來人，當然明白其中的道理。

【過禮】guò∥lǐ ㄍㄨㄛˋ∥ㄌㄧˇ ❶舊俗，結婚前男家把綵禮送往女家。❷指以禮相見；行禮。

【過量】guò∥liàng ㄍㄨㄛˋ∥ㄌㄧㄤˋ 超過限量：飲酒過量｜過量施肥對作物生長不利。

【過淋】guòlìn ㄍㄨㄛˋ ㄌㄧㄣˋ 過濾：把煎好的藥用紗布過淋一下。

【過錄】guòlù ㄍㄨㄛˋ ㄌㄨˋ 把一個本子上的文字抄寫在另一個本子上：從流水賬過錄到總賬上｜把這三種批注用不同顏色的筆過錄到一個本子上。

【過路】guòlù ㄍㄨㄛˋ ㄌㄨˋ 途中經過某個地方：我是個過路的人，對這兒的情況不了解。

【過路財神】guòlù cáishén ㄍㄨㄛˋ ㄌㄨˋ ㄘㄞˊ ㄕㄣˊ 比喻暫時經手大量錢財而沒有所有權和支配權的人。

【過慮】guòlǜ ㄍㄨㄛˋ ㄌㄩˋ 憂慮不必憂慮的事：你過慮了，情況沒那麼嚴重。

【過濾】guòlǜ ㄍㄨㄛˋ ㄌㄩˋ 使流體通過濾紙或其他多孔材料，把所含的固體顆粒或有害成分分離出去。

【過濾嘴】guòlǜzuǐ ㄍㄨㄛˋ ㄌㄩˋ ㄗㄨㄟˇ 一種起過濾作用的烟嘴兒，用泡沫塑料等材料製成，安在香烟的一頭。也指帶過濾嘴的香烟。

【過門】guò∥mén ㄍㄨㄛˋ∥ㄇㄣˊ (過門兒) 女子出嫁到男家：剛過門的新媳婦。

【過門兒】guòménr ㄍㄨㄛˋ ㄇㄣㄦˊ 唱段或歌曲的前後或中間，由器樂單獨演奏的部分，具有承前啓後的作用。

【過敏】guòmǐn ㄍㄨㄛˋ ㄇㄧㄣˇ ❶有機體對某些藥物或外界刺激的感受性不正常地增高的現象：藥物過敏。❷過於敏感：你不要過敏，沒人說你壞話。

【過目】guò∥mù ㄍㄨㄛˋ∥ㄇㄨˋ 看一遍(多用來表示審核)：名單已經排好，請過一下目。

【過目成誦】guò mù chéng sòng ㄍㄨㄛˋ ㄇㄨˋ ㄔㄥˊ ㄙㄨㄥˋ 看了一遍就能背誦出來，形容記憶力強。

【過年】guò//nián ㄍㄨㄛˋ//ㄋㄧㄢˊ ❶在新年或春節期間進行慶祝等活動。❷指過了新年或過了春節：這事不急，等過了年再說。

【過年】guò·nian ㄍㄨㄛˋ·ㄋㄧㄢ 明年：這孩子過年該上學了。

【過期】guò//qī ㄍㄨㄛˋ//ㄑㄧ 超過期限：過期作廢。

【過謙】guòqiān ㄍㄨㄛˋ ㄑㄧㄢ 過分謙虛(指推讓)：這個會由你來主持最合適，不必過謙了。

【過去】guòqù ㄍㄨㄛˋ ㄑㄩˋ 時間詞，現在以前的時期(區別於'現在、將來')：過去的工作只不過像萬里長征走完了第一步。

【過去】guò//·qù ㄍㄨㄛˋ//·ㄑㄩ ❶離開或經過說話人(或敍述的對象)所在地向另一個地點去：你在這裏等着，我過去看看｜門口剛過去一輛汽車。❷婉辭，死亡(後面要加'了')：他祖父昨天夜裏過去了。

【過去】//·guò//·qù //·ㄍㄨㄛˋ//·ㄑㄩ ❶用在動詞後，表示離開或經過自己所在的地方：我對準了球門一腳把球踢過去｜老鄉又送過去幾牀被子給戰士們蓋。❷用在動詞後，表示反面對着自己：我把信封翻過去，細看郵戳上的日子。❸用在動詞後，表示失去原來的、正常的狀態：病人暈過去了。❹用在動詞後，表示通過：蒙混不過去了。❺用在形容詞後，表示超過(多跟'得'或'不'連用)：雞蛋還能硬得過石頭去？｜天氣再熱，也熱不過鄉親們的心去。

【過兒】guòr ㄍㄨㄛㄦˋ 〈方〉量詞，遍：這衣服洗了三過兒了｜我把書溫了好幾過兒。

【過熱】guòrè ㄍㄨㄛˋ ㄖㄜˋ 比喻事物發展的勢頭猛，超過了應有的限度：經濟發展過熱。

【過人】guòrén ㄍㄨㄛˋ ㄖㄣˊ 超過一般人：聰明過人｜他在工作中表現出了過人的才智。

【過日子】guò rì·zi ㄍㄨㄛˋ ㄖˋ·ㄗ 生活；過活：小兩口兒和和氣氣地過日子。

【過篩子】guò shāi·zi ㄍㄨㄛˋ ㄕㄞ·ㄗ ❶使糧食、礦石等通過篩子，進行挑選。❷比喻選擇：先把該解決的問題過一下篩子。

【過晌】guòshǎng ㄍㄨㄛˋ ㄕㄤˇ 〈方〉過午。

【過甚】guòshèn ㄍㄨㄛˋ ㄕㄣˋ 過分；誇大(多指說話)：言之過甚｜過甚其詞。

【過生日】guò shēng·ri ㄍㄨㄛˋ ㄕㄥ·ㄖ 在生日這一天，舉行慶祝活動。

【過剩】guòshèng ㄍㄨㄛˋ ㄕㄥˋ ❶數量遠遠超過限度，剩餘過多：精力過剩。❷供給遠遠超過需要或市場購買力：生產過剩。

【過失】guòshī ㄍㄨㄛˋ ㄕ 因疏忽而犯的錯誤。

【過時】guò//shí ㄍㄨㄛˋ//ㄕˊ ❶過了規定的時間：過時不候。❷過去流行現在已經不流行；陳舊不合時宜：他穿着一件過時的長袍。

【過世】guò//shì ㄍㄨㄛˋ//ㄕˋ 去世。

【過手】guò//shǒu ㄍㄨㄛˋ//ㄕㄡˇ 經手辦理(特指錢財)：他過手的錢，從未出過差錯。

【過數】guò//shù ㄍㄨㄛˋ//ㄕㄨˋ (過數兒)清點數目：這是貨款，你過一下數。

【過堂】guò//táng ㄍㄨㄛˋ//ㄊㄤˊ 舊時指訴訟當事人到公堂上受審問。

【過堂風】guòtángfēng ㄍㄨㄛˋ ㄊㄤˊ ㄈㄥ (過堂風兒)通過穿堂、過道或相對的門窗的風。

【過天】guòtiān ㄍㄨㄛˋ ㄊㄧㄢ 〈方〉改天。

【過廳】guòtīng ㄍㄨㄛˋ ㄊㄧㄥ 舊式房屋中，前後開門，可以由中間通過的廳堂。現在樓房卧室之間的過道也有叫過廳的。

【過頭】guò//tóu ㄍㄨㄛˋ//ㄊㄡˊ (過頭兒)超過限度；過分：說過頭話，做過頭事｜他對自己的估計有點兒過頭。

【過屠門而大嚼】guò túmén ér dà jué ㄍㄨㄛˋ ㄊㄨˊ ㄇㄣˊ ㄦˊ ㄉㄚˋ ㄐㄩㄝˊ 比喻心中羨慕而不能如願以償，用不實際的辦法安慰自己(屠門：肉鋪)。

【過往】guòwǎng ㄍㄨㄛˋ ㄨㄤˇ ❶來去：過往客商｜今天趕集，路上過往的人很多。❷來往；交往：他們倆是老同學，過往很密。

【過望】guòwàng ㄍㄨㄛˋ ㄨㄤˋ 超過自己原來的希望：大喜過望。

【過問】guòwèn ㄍㄨㄛˋ ㄨㄣˋ 參與其事；參加意見；表示關心：過問政治｜過問生產｜水泥堆在外面無人過問。

【過午】guòwǔ ㄍㄨㄛˋ ㄨˇ 中午以後：上午他不在家，請你過午再來吧。

【過細】guòxì ㄍㄨㄛˋ ㄒㄧˋ 仔細：過細檢查一遍｜要過細地做工作。

【過心】guòxīn ㄍㄨㄛˋ ㄒㄧㄣ 〈方〉❶多心：我直話直說，你別過心。❷知心：咱倆是過心的朋友，有甚麼話不能說？

【過眼】guò//yǎn ㄍㄨㄛˋ//ㄧㄢˇ 過目。

【過眼雲烟】guò yǎn yúnyān ㄍㄨㄛˋ ㄧㄢˇ ㄩㄣˊ ㄧㄢ 比喻很快就消失的事物。也說過眼烟雲。

【過夜】guò//yè ㄍㄨㄛˋ//ㄧㄝˋ ❶度過一夜(多指在外住宿)：在工地過夜。❷隔夜：不喝過夜茶。

【過意不去】guò yì bù qù ㄍㄨㄛˋ ㄧˋ ㄅㄨˋ ㄑㄩˋ 心中不安(抱歉)：這本書借了這麼多日子才還你，真有點過意不去。也說不過意。

【過癮】guò//yǐn ㄍㄨㄛˋ//ㄧㄣˇ 滿足某種特別深的癖好，泛指滿足愛好：這段唱腔優美，聽起來真過癮。

【過硬】guò//yìng ㄍㄨㄛˋ//ㄧㄥˋ 禁受得起嚴格的考驗或檢驗：過得硬｜技術過硬｜過硬本領。

【過猶不及】guò yóu bù jí ㄍㄨㄛˋ ㄧㄡˊ ㄅㄨˋ ㄐㄧˊ 事情辦得過火，就跟做得不夠一樣，都是不好的。

【過於】guòyú ㄍㄨㄛˋ ㄩˊ 副詞，表示程度或數量過分；太：過於勞累｜過於着急｜過於樂觀。

【過譽】guòyù ㄍㄨㄛˋ ㄩˋ 過分稱讚（多用做謙辭）：您如此過譽，倒叫我惶恐了｜人們稱讚他是人民的公僕，並非過譽。

【過逾】guò·yu ㄍㄨㄛˋ·ㄩ 過分；過甚：小心沒過逾。

【過載】guòzài ㄍㄨㄛˋ ㄗㄞˋ ❶超載。❷把一個運輸工具上裝載的東西卸下來，裝到另一個運輸工具上。也作過儎。

【過儎】guòzài ㄍㄨㄛˋ ㄗㄞˋ 同'過載'②。

【過賬】guò//zhàng ㄍㄨㄛˋ//ㄓㄤˋ 過去指商業上把賬目由甲賬轉入乙賬，現在簿記上指把傳票、單據記在總賬上或把日記賬轉登在分類賬上。

H

hā (ㄏㄚ)

哈[1] hā ㄏㄚ ❶張口呼氣：哈了一口氣。❷象聲詞，形容笑聲（大多疊用）：哈哈大笑。❸嘆詞，表示得意或滿意（大多疊用）：哈哈，我猜着了｜哈哈，這回可輸給我了。

哈[2]（蝦） hā ㄏㄚ 見〖哈腰〗。
另見444頁 hǎ；444頁 hà。

【哈哈】hā·ha ㄏㄚ ·ㄏㄚ 見206頁〖打哈哈〗。

【哈哈鏡】hāhājìng ㄏㄚ ㄏㄚ ㄐㄧㄥˋ 用凹凸不平的玻璃做成的鏡子，照起來奇形怪狀，引人發笑。

【哈哈兒】hā·har ㄏㄚ ·ㄏㄚㄦ 〈方〉可笑的事：這真是個哈哈兒｜鬧了個哈哈兒。

【哈喇】[1] hā·la ㄏㄚ ·ㄌㄚ 食油或含油食物日久味道變壞：點心哈喇了，不能吃了。

【哈喇】[2] hā·la ㄏㄚ ·ㄌㄚ 殺死（多見於早期白話）。

【哈喇子】hālá·zi ㄏㄚ ㄌㄚˊ ·ㄗ 〈方〉流出來的口水。

【哈里發】hālǐfā ㄏㄚ ㄌㄧˇ ㄈㄚ ❶穆罕默德逝世（公元 632）後，伊斯蘭教國家政教合一的領袖的稱呼。❷我國伊斯蘭教對在寺院中學習伊斯蘭經典的人員的稱呼。［阿拉伯 khalīfah］

【哈密瓜】hāmìguā ㄏㄚ ㄇㄧˋ ㄍㄨㄚ ❶甜瓜的一大類，品種很多，果實較大，果肉香甜，多栽培於新疆哈密一帶。❷這種植物的果實。

【哈尼族】Hānízú ㄏㄚ ㄋㄧˊ ㄗㄨˊ 我國少數民族之一，分佈在雲南。

【哈氣】hā//qì ㄏㄚ//ㄑㄧˋ 張口呼氣：他把手放在嘴邊哈了一口氣。

【哈氣】hāqì ㄏㄚ ㄑㄧˋ ❶張口呼出來的氣。❷指凝結在玻璃等上面的水蒸氣。

【哈欠】hā·qian ㄏㄚ ·ㄑㄧㄢ 困倦時嘴張開，深深吸氣，然後呼出，是血液內二氧化碳增多，刺激腦部的呼吸中樞而引起的生理現象：打哈欠。

【哈薩克族】Hāsàkèzú ㄏㄚ ㄙㄚˋ ㄎㄜˋ ㄗㄨˊ 我國少數民族之一，主要分佈在新疆、甘肅。

【哈腰】hā//yāo ㄏㄚ//ㄧㄠ ❶彎腰：一哈腰把鋼筆掉在地上了。❷稍微彎腰表示禮貌（不及鞠躬鄭重）：點頭哈腰。

鉿（铪） hā ㄏㄚ 金屬元素，符號 Hf（hafnium）。銀白色，熔點高。用於製高強度高溫合金，也用作 X 射綫管的陰極，在核反應堆中做中子吸收劑。

há (ㄏㄚˊ)

蛤 há ㄏㄚˊ 見下。
另見386頁 gé。

【蛤蟆】há·má ㄏㄚˊ ·ㄇㄚˊ 青蛙和蟾蜍的統稱。也作蝦蟆。

【蛤蟆夯】há·mahāng ㄏㄚˊ ·ㄇㄚ ㄏㄤ 用電動機作動力的夯，工作時鐵砣轉動，把夯帶動跳起，隨即向前移動，砸實地基。工作方式像蛙跳。

【蛤蟆鏡】há·majìng ㄏㄚˊ ·ㄇㄚ ㄐㄧㄥˋ 鏡架較大的太陽鏡的俗稱。鏡片略呈蛤蟆眼睛形狀。

蝦（虾） há ㄏㄚˊ ［蝦蟆］（há·má ㄏㄚˊ ·ㄇㄚˊ）同‘蛤蟆’（há·má）。
另見1229頁 xiā。

hǎ (ㄏㄚˇ)

哈 hǎ ㄏㄚˇ ❶〈方〉斥責：哈他一頓。❷（Hǎ）姓。
另見444頁 hā；444頁 hà。

【哈巴狗】hǎ·bagǒu ㄏㄚˇ ·ㄅㄚ ㄍㄡˇ ❶（哈巴狗兒）一種體小毛長腿短的狗。供玩賞。也叫獅子狗或巴兒狗。❷比喻馴順的奴才。

【哈達】hǎdá ㄏㄚˇ ㄉㄚˊ 藏族和部分蒙古族人表示敬意和祝賀用的長條絲巾或紗巾，多為白色，也有黃、藍等色。

畲 hǎ ㄏㄚˇ 畲昝屯（Hǎbātún ㄏㄚˇ ㄅㄚ ㄊㄨㄣˊ），地名，在北京市。
另見 1105頁 tǎi‘呔’。

hà (ㄏㄚˋ)

哈 hà ㄏㄚˋ 見下。
另見444頁 hā；444頁 hǎ。

【哈巴】hà·ba ㄏㄚˋ ·ㄅㄚ 〈方〉走路時兩膝向外彎曲。

【哈什螞】hà·shimǎ ㄏㄚˋ ·ㄕ ㄇㄚˇ 蛙的一種，身體灰褐色，生活在陰濕的地方。雌性的腹內有脂肪狀物質，叫哈什螞油，可入藥。哈什螞是我國特產之一，主要產在東北各省。［滿］

hāi (ㄏㄞ)

咍 hāi ㄏㄞ 〈書〉❶譏笑：為眾人所咍。❷歡笑；喜悅：歡咍。❸同‘咳’。

咳 hāi ㄏㄞ 嘆詞，表示傷感、後悔或驚異：咳！我怎麼這麼糊塗！｜咳！真有這種怪事兒！
另見648頁 ké。

嗨 hāi ㄏㄞ ［嗨喲］（hāiyō ㄏㄞ ㄧㄛ）嘆詞，做重體力勞動（大多集體操作）時呼喊的聲音：加油幹吶，嗨喲！
另見469頁 hēi '嘿'。

hái（ㄏㄞˊ）

孩 hái ㄏㄞˊ （孩兒）孩子：小孩兒｜女孩兒。

【孩兒】hái'ér ㄏㄞˊ ㄦˊ 父母稱呼兒女或兒女對父母自稱（多見於早期白話）。

【孩提】háití ㄏㄞˊ ㄊㄧˊ 〈書〉兒童；幼兒。

【孩童】háitóng ㄏㄞˊ ㄊㄨㄥˊ 兒童：三尺孩童。

【孩子】hái·zi ㄏㄞˊ ·ㄗ ❶兒童：小孩子｜男孩子。❷子女：她有兩個孩子。

【孩子氣】hái·ziqì ㄏㄞˊ ·ㄗ ㄑㄧˋ ❶孩子似的脾氣或神氣：他一臉的孩子氣。❷脾氣或神氣像孩子：他越來越孩子氣了。

【孩子頭】hái·zitóu ㄏㄞˊ ·ㄗ ㄊㄡˊ （孩子頭兒）❶愛跟孩子們玩的大人。❷在一群孩子中充當頭頭兒的孩子。

骸 hái ㄏㄞˊ ❶骸骨：四肢百骸。❷借指身體：形骸｜病骸｜遺骸。

【骸骨】háigǔ ㄏㄞˊ ㄍㄨˇ 人的骨頭（多指屍骨）。

還（还） hái ㄏㄞˊ 副詞。❶表示現象繼續存在或動作繼續進行；仍舊：十年沒見了，她還那麼年輕｜半夜了，他還在工作。❷表示在某種程度之上有所增加或在某個範圍之外有所補充：今天比昨天還冷｜改完作業，還要備課。❸用在形容詞前，表示程度上勉強過得去（一般是往好的方面說）：屋子不大，收拾得倒還乾淨。❹用在上半句話裏，表示陪襯，下半句進而推論，多用反問的語氣；尚且：你還搬不動，何況我呢？❺表示對某件事物，沒想到如此，而居然如此：他還真有辦法。❻表示早已如此：還在幾年以前，我們就研究過這個方案。
另見500頁 huán。

【還是】hái·shi ㄏㄞˊ ·ㄕ ❶還（hái）①：儘管今天風狂雨大，他們還是照常出工。❷還（hái）⑤：沒想到這事兒還是真難辦。❸表示希望，含有'這麼辦比較好'的意思：天氣涼了，還是多穿點兒吧。❹用在問句裏，表示選擇，放在每一個選擇的項目的前面，不過第一項之前也可以不用'還是'：你還是上午去？還是下午去？｜去看朋友，還是去電影院，還是去滑冰場，他一時拿不定主意。

hǎi（ㄏㄞˇ）

胲 hǎi ㄏㄞˇ 有機化合物的一類，是羥胺的烴基衍生物的統稱。［英 hydroxylamine］
另見366頁 gǎi。

浬 hǎilǐ ㄏㄞˇ ㄌㄧˇ，又 lǐ ㄌㄧˇ 海里舊也作浬。

海 hǎi ㄏㄞˇ ❶大洋靠近陸地的部分，有的大湖也叫海，如青海、裏海。❷比喻連成一大片的很多同類事物：人海｜火海。❸大的（器皿或容量等）：海碗｜海量◇誇下海口。❹古代指從外國來的：海棠｜海棗。❺〈方〉極多（後面一般跟'了、啦'等）：街上的人可海啦！❻〈方〉漫無目標地：海罵｜她丢了個別針，海找。❼〈方〉毫無節制地：海吃海喝。❽（Hǎi）姓。

【海岸】hǎi'àn ㄏㄞˇ ㄢˋ 鄰接海洋邊緣的陸地。

【海岸綫】hǎi'ànxiàn ㄏㄞˇ ㄢˋ ㄒㄧㄢˋ 陸地和海洋的分界綫。

【海拔】hǎibá ㄏㄞˇ ㄅㄚˊ 以平均海水面做標準的高度。也叫拔海。

【海報】hǎibào ㄏㄞˇ ㄅㄠˋ 戲劇、電影等演出或球賽等活動的招貼。

【海濱】hǎibīn ㄏㄞˇ ㄅㄧㄣ 海邊；沿海地帶：海濱浴場｜海濱城市。

【海菜】hǎicài ㄏㄞˇ ㄘㄞˋ 泛指海洋裏出產的供食用的植物。

【海產】hǎichǎn ㄏㄞˇ ㄔㄢˇ ❶海洋裏出產的：海產植物。❷海洋裏出產的動植物，如海蜇、海藻等。

【海潮】hǎicháo ㄏㄞˇ ㄔㄠˊ 海洋潮汐。指海洋水面定時漲落的現象。

【海程】hǎichéng ㄏㄞˇ ㄔㄥˊ 船隻在海上航行的路程：再有半天的海程，我們就可到達目的地了。

【海帶】hǎidài ㄏㄞˇ ㄉㄞˋ 褐藻的一種，生長在海底的岩石上，形狀像帶子，含有大量的碘質，可用來提製碘、鉀等。中醫入藥時叫昆布。

【海島】hǎidǎo ㄏㄞˇ ㄉㄠˇ 海洋中的島嶼。

【海盜】hǎidào ㄏㄞˇ ㄉㄠˋ 出沒在海洋上的強盜。

【海底撈月】hǎi dǐ lāo yuè ㄏㄞˇ ㄉㄧˇ ㄌㄠ ㄩㄝˋ 比喻根本做不到，白費氣力。也說水中撈月。

【海底撈針】hǎi dǐ lāo zhēn ㄏㄞˇ ㄉㄧˇ ㄌㄠ ㄓㄣ 比喻極難找到。也說大海撈針。

【海防】hǎifáng ㄏㄞˇ ㄈㄤˊ 在沿海地區和領海內佈置的防務。

【海匪】hǎifěi ㄏㄞˇ ㄈㄟˇ 海盜。

【海風】hǎifēng ㄏㄞˇ ㄈㄥ ❶海上颳的風。❷氣象學上指沿海地帶白天從海洋吹向大陸的風。

【海港】hǎigǎng ㄏㄞˇ ㄍㄤˇ 沿海停泊船隻的港口，有軍港、商港、漁港等。

【海溝】hǎigōu ㄏㄞˇ ㄍㄡ 深度超過 6,000 米的狹長的海底凹地。兩側坡度陡急，分佈於大洋邊緣。如太平洋的菲律賓海溝、大西洋的波多黎各海溝等。

【海狗】hǎigǒu ㄏㄞˇ ㄍㄡˇ 哺乳動物，四肢短，像鰭，趾有蹼，尾巴短，毛紫褐色或深黑色，雌的毛色淡。生活在海洋中，能在陸地上爬行。它的陰莖和睾丸叫做膃肭 (wànà) 臍，可入藥。毛皮珍貴。也叫膃肭獸或海熊。

【海關】hǎiguān ㄏㄞˇ ㄍㄨㄢ 對出入國境的一切商品和物品進行監督、檢查並照章徵收關稅的國家機關。

【海涵】hǎihán ㄏㄞˇ ㄏㄢˊ 敬辭，大度包容 (用於請人原諒時)：由於條件簡陋，招待不周，還望海涵。

【海魂衫】hǎihúnshān ㄏㄞˇ ㄏㄨㄣˊ ㄕㄢ 水兵穿的橫的藍白條紋相間的汗衫，圓領，長袖。

【海貨】hǎihuò ㄏㄞˇ ㄏㄨㄛˋ 指市場上出售的海產品。

【海疆】hǎijiāng ㄏㄞˇ ㄐㄧㄤ 指沿海地區和沿海海域：萬里海疆。

【海椒】hǎijiāo ㄏㄞˇ ㄐㄧㄠ 〈方〉辣椒。

【海禁】hǎijìn ㄏㄞˇ ㄐㄧㄣˋ 指禁止外國人到中國沿海通商和中國人到海外經商的禁令。明清兩代都有過這種禁令。

【海軍】hǎijūn ㄏㄞˇ ㄐㄩㄣ 在海上作戰的軍隊，通常由水面艦艇、潛艇、海軍航空兵、海軍陸戰隊等兵種及各專業部隊組成。

【海軍呢】hǎijūnní ㄏㄞˇ ㄐㄩㄣ ㄋㄧˊ 用粗毛紗織成的呢子，原料、織物組織、色澤和麥爾登呢相似，但質地稍差，常用來做制服等。

【海口】[1] hǎikǒu ㄏㄞˇ ㄎㄡˇ ❶河流通海的地方。❷海灣內的港口。

【海口】[2] hǎikǒu ㄏㄞˇ ㄎㄡˇ 漫無邊際地說大話叫誇海口。

【海枯石爛】hǎi kū shí làn ㄏㄞˇ ㄎㄨ ㄕˊ ㄌㄢˋ 直到海水枯乾，石頭粉碎。形容經歷極長的時間 (多用於誓言，反襯意志堅定，永遠不變)：海枯石爛，此心不移。

【海況】hǎikuàng ㄏㄞˇ ㄎㄨㄤˋ ❶指海區的溫度、海水成分、浮游生物組成等情況。❷指海面在風的作用下波動的情況，根據波浪的大小有無，分為 0－9 共 10 級。見'海況表'。

【海闊天空】hǎi kuò tiān kōng ㄏㄞˇ ㄎㄨㄛˋ ㄊㄧㄢ ㄎㄨㄥ 形容大自然的廣闊，也比喻想像或說話毫無拘束，漫無邊際：兩人都很健談，海闊天空，聊起來沒個完。

【海藍】hǎilán ㄏㄞˇ ㄌㄢˊ 像大海那樣的藍顏色。

【海里】hǎilǐ ㄏㄞˇ ㄌㄧˇ 計量海洋上距離的長度單位，一海里等於 1,852 米。舊也作浬。

【海量】hǎiliàng ㄏㄞˇ ㄌㄧㄤˋ ❶敬辭，寬宏的度量：對不住的地方，望您海量包涵。❷指很大的酒量：您是海量，不妨多喝幾杯。

【海嶺】hǎilǐng ㄏㄞˇ ㄌㄧㄥˇ 海底的山脉。一般較陸地的山脉高而長，兩側較陡。也叫海脊。

【海流】hǎiliú ㄏㄞˇ ㄌㄧㄡˊ ❶見1323頁〖洋流〗。❷泛指流動的海水。

【海路】hǎilù ㄏㄞˇ ㄌㄨˋ 海上運輸的航綫。

【海輪】hǎilún ㄏㄞˇ ㄌㄨㄣˊ 專在海洋上航行的輪船。

海 況 表

海況等級	海面徵狀
0	海面光滑如鏡。
1	波紋。
2	波浪很小，波峰開始破裂，但浪花不是白色，而是玻璃色的。
3	波浪不大，但很觸目，波峰破裂，其中有些地方形成白色浪花——白浪。
4	波浪具有很明顯的形狀，到處形成白浪。
5	出現高大波峰，有浪花的波頂佔了波峰上很大的面積，風開始削去波峰上的浪花。
6	波峰上被風削去的浪花開始沿波浪斜面伸長成帶狀，有時波峰出現風暴波的長波形狀。
7	風削去的浪花帶佈滿了波浪的斜面，並且有些地方達到波谷。
8	稠密的浪花帶佈滿了波浪斜面，海面因而變成白色，只在波底有些地方才沒有浪花。
9	整個海面佈滿了稠密的浪花層，空气中充滿了水滴和飛沫，能見度顯著降低。

【海螺】hǎiluó ㄏㄞˇ ㄌㄨㄛˊ 海裏產的螺的統稱。個兒一般較大，殼可以做號角或手工藝品。

【海洛因】hǎiluòyīn ㄏㄞˇ ㄌㄨㄛˋ ㄧㄣ 有機化合物，白色晶體，有苦味，有毒，用嗎啡製成。醫藥上用做鎮靜、麻醉劑。常用成癮。作為毒品時，叫白麪兒。[英 heroin]

【海米】hǎimǐ ㄏㄞˇ ㄇㄧˇ 海產的小蝦去頭去殼之後曬乾而成的食品。

【海綿】hǎimián ㄏㄞˇ ㄇㄧㄢˊ ❶低等多細胞動物，種類很多，多生在海底岩石間，單體或群體附在其他物體上，從水中吸取有機物質為食物。有的體內有柔軟的骨骼。❷專指海綿的角質骨骼。❸用橡膠或塑料製成的多孔材料，有彈力，像海綿：海綿底球鞋｜海綿球拍。

【海面】hǎimiàn ㄏㄞˇ ㄇㄧㄢˋ 海水的表面。

【海難】hǎinàn ㄏㄞˇ ㄋㄢˋ 船舶在海上所發生的災難，如失火、沈沒等。

【海內】hǎinèi ㄏㄞˇ ㄋㄟˋ 古人認為我國疆土四面環海，因此稱國境以內為海內：風行海內｜海內孤本。

【海派】hǎipài ㄏㄞˇ ㄆㄞˋ 以上海為代表的京劇表演風格。泛指在某方面具有上海特色的：海派川菜｜海派服裝。

【海盆】hǎipén ㄏㄞˇ ㄆㄣˊ 深度在3,000－6,000米之間的海底盆地，除海嶺和海溝外，底部平緩。海盆面積佔海洋總面積的70%以上。

【海侵】hǎiqīn ㄏㄞˇ ㄑㄧㄣ 地面下沈時，海水淹沒陸地。也叫海進。

【海區】hǎiqū ㄏㄞˇ ㄑㄩ 海洋上的一定區域。根據軍事需要劃定的海區，範圍一般用坐標標明。

【海參】hǎishēn ㄏㄞˇ ㄕㄣ 棘皮動物的一綱，身體略呈圓柱狀，體壁多肌肉，口和肛門在兩端，口的周圍有觸手。種類很多，生活在海底，吃各種小動物。是珍貴的食品。

【海蝕】hǎishí ㄏㄞˇ ㄕˊ 海水的衝擊和侵蝕。

【海市蜃樓】hǎi shì shèn lóu ㄏㄞˇ ㄕˋ ㄕㄣˋ ㄌㄡˊ ❶大氣中由於光綫的折射作用而形成的一種自然現象。當空氣各層的密度有較大的差異時，遠處的光綫通過密度不同的空氣層就發生折射或全反射，這時可以看見在空中或地面以下有遠處物體的影像。這種現象多在夏天出現在沿海一帶或沙漠地方。古人誤認為蜃吐氣而成，所以叫海市蜃樓，也叫蜃景。❷比喻虛幻的事物。

【海事】hǎishì ㄏㄞˇ ㄕˋ ❶泛指一切有關海上的事情。如航海、造船、驗船、海運法規、海損事故處理等。❷指船舶在海上航行或停泊所發生的事故，如觸礁、失火等。

【海誓山盟】hǎi shì shān méng ㄏㄞˇ ㄕˋ ㄕㄢ ㄇㄥˊ 男女相愛時所立的誓言和盟約，表示愛情要像山和海一樣永恒不變。也說山盟海誓。

【海獸】hǎishòu ㄏㄞˇ ㄕㄡˋ 生活在海洋中的哺乳動物，如海豚、鯨等。

【海損】hǎisǔn ㄏㄞˇ ㄙㄨㄣˇ ❶貨物在海運中受到的損失。❷船舶在海上航行中受到損壞。

【海獺】hǎitǎ ㄏㄞˇ ㄊㄚˇ 哺乳動物，身體圓而長，前肢比後肢短，趾有爪，尾巴短而扁，毛深褐色。生活在近岸的海洋中。毛皮很珍貴。通稱海龍。

【海灘】hǎitān ㄏㄞˇ ㄊㄢ 海邊的沙灘。

【海棠】hǎitáng ㄏㄞˇ ㄊㄤˊ ❶落葉小喬木，葉子卵形或橢圓形，花白色或淡粉紅色。果實球形，黃色或紅色，味酸甜。❷這種植物的果實。

【海塘】hǎitáng ㄏㄞˇ ㄊㄤˊ 防禦海潮的堤。

【海塗】hǎitú ㄏㄞˇ ㄊㄨˊ 河流或海流夾雜的泥沙在地勢較平的河流入海處或海岸附近沈積而形成的淺海灘。低潮時，其較高部分露出海面。修築圍堤，擋住海水可以墾殖。簡稱塗。

【海圖】hǎitú ㄏㄞˇ ㄊㄨˊ 航海用的標明海洋情況的圖。

【海豚】hǎitún ㄏㄞˇ ㄊㄨㄣˊ 哺乳動物，身體長達一丈，鼻孔長在頭頂上，背部青黑色，有背鰭，腹部白色，前肢變為鰭。生活在海洋中，吃魚、烏賊、蝦等。通稱海豬。

【海豚泳】hǎitúnyǒng ㄏㄞˇ ㄊㄨㄣˊ ㄩㄥˇ 游泳的一種姿勢，也是游泳項目之一，是蝶泳的變形，兩臂的動作跟蝶泳相同，兩腿同時上下打水，因像海豚游水的姿勢而得名。有時也叫蝶泳。

【海外】hǎiwài ㄏㄞˇ ㄨㄞˋ 國外：銷行海外｜海外奇聞。參看〖海內〗。

【海外奇談】hǎiwài qítán ㄏㄞˇ ㄨㄞˋ ㄑㄧˊ ㄊㄢˊ 指沒有根據的、希奇古怪的談論或傳說。

【海灣】hǎiwān ㄏㄞˇ ㄨㄢ 海洋伸入陸地的部分。

【海碗】hǎiwǎn ㄏㄞˇ ㄨㄢˇ 特別大的碗。

【海王星】hǎiwángxīng ㄏㄞˇ ㄨㄤˊ ㄒㄧㄥ 太陽系九大行星之一，按離太陽由近而遠的次序計為第八顆，繞太陽公轉週期約164.8年，自轉週期約22小時。光度較弱，肉眼看不見。(圖見1107頁〖太陽系〗)

【海味】hǎiwèi ㄏㄞˇ ㄨㄟˋ 海洋裏出產的食品(多指珍貴的)：山珍海味。

【海峽】hǎixiá ㄏㄞˇ ㄒㄧㄚˊ 兩塊陸地之間連接兩片海洋的狹窄水道。

【海鮮】hǎixiān ㄏㄞˇ ㄒㄧㄢ 供食用的新鮮的海魚、海蝦等。

【海象】hǎixiàng ㄏㄞˇ ㄒㄧㄤˋ 哺乳動物，身體大，顏色深褐或灰黃，皮上沒有毛，眼小，沒有耳郭，上頜有兩個特別長的牙。生活在海洋中，也能在陸地上行動。長牙可以做象牙的代用品。

【海嘯】hǎixiào ㄏㄞˇ ㄒㄧㄠˋ 由海底地震或風暴引起的海水劇烈波動。海水沖上陸地，往往造成災害。

【海尋】hǎixún ㄏㄞˇ ㄒㄩㄣˊ 計量海洋水深的長度單位，國際公制1海尋等於1.852米(1/1,000海里)。舊也作浔。

【海蜒】hǎiyán ㄏㄞˇ ㄧㄢˊ 幼鯷(tí)加工製成的魚乾。參看1124頁'鯷'。

【海鹽】hǎiyán ㄏㄞˇ ㄧㄢˊ 用海水曬成或熬成的鹽，是主要的食用鹽。

【海晏河清】hǎi yàn hé qīng ㄏㄞˇ ㄧㄢˋ ㄏㄜˊ ㄑㄧㄥ 見465頁〖河清海晏〗。

【海洋】hǎiyáng ㄏㄞˇ ㄧㄤˊ 海和洋的統稱。

【海洋權】hǎiyángquán ㄏㄞˇ ㄧㄤˊ ㄑㄩㄢˊ 沿海國家對距離海岸綫一定寬度的海域及其資源的所有權。

【海洋生物】hǎiyáng shēngwù ㄏㄞˇ ㄧㄤˊ ㄕㄥ ㄨˋ 生活在海洋中的動物和植物。

【海洋性氣候】hǎiyángxìng qìhòu ㄏㄞˇ ㄧㄤˊ ㄒㄧㄥˋ ㄑㄧˋ ㄏㄡˋ 近海地區受海洋影響明顯的氣候，全年和一天內的氣溫變化較小，空氣濕潤，降水量多，分佈均勻。

【海洋學】hǎiyángxué ㄏㄞˇ ㄧㄤˊ ㄒㄩㄝˊ 研究海水的性質、海浪和潮汐等現象以及海水與海中生物關係的學科。

【海魚】hǎiyú ㄏㄞˇ ㄩˊ 生活在海裏的魚，如帶魚、黃魚等。

【海域】hǎiyù ㄏㄞˇ ㄩˋ 指海洋的一定範圍（包括水上和水下）。

【海員】hǎiyuán ㄏㄞˇ ㄩㄢˊ 在海洋輪船上工作的人員的通稱。

【海運】hǎiyùn ㄏㄞˇ ㄩㄣˋ 海洋上的運輸。

【海葬】hǎizàng ㄏㄞˇ ㄗㄤˋ 處理死人遺體的一種方法，把屍體投入海洋。

【海戰】hǎizhàn ㄏㄞˇ ㄓㄢˋ 敵對雙方海軍兵力在海洋上進行的戰役或戰鬥。

【海蜇】hǎizhé ㄏㄞˇ ㄓㄜˊ 腔腸動物，身體半球形，青藍色，半透明，上面有傘狀部分，下面有八條口腕，口腕下端有絲狀器官。生活在海中，靠傘狀部分的伸縮而運動。傘狀部分叫海蜇皮，口腕叫海蜇頭，可以吃。

【海子】hǎi·zi ㄏㄞˇ ·ㄗ 〈方〉湖。

醢 hǎi ㄏㄞˇ 〈書〉❶肉、魚等製成的醬。❷剁成肉醬。

hài （ㄏㄞˋ）

亥 hài ㄏㄞˋ 地支的第十二位。參看368頁〖干支〗。

【亥時】hàishí ㄏㄞˋ ㄕˊ 舊式計時法指夜間九點鐘到十一點鐘的時間。

恔 hài ㄏㄞˋ 〈書〉痛苦；愁苦。

氦 hài ㄏㄞˋ 氣體元素，符號 He (helium)。無色無臭無味，在大氣中含量極少，化學性質極不活潑。可用來填充燈泡和霓虹燈管，也用來製造泡沫塑料。液態的氦常用做冷卻劑。通稱氦氣。

害 hài ㄏㄞˋ ❶禍害；害處（跟'利、益'相對）：災害｜蟲害｜為民除害｜吸烟對身體有害。❷有害的（跟'益'相對）：害蟲｜害鳥。❸使受損害：害人不淺｜你把地址搞錯了，害得我白跑了一趟。❹殺害：遇害。❺發生疾病：害眼｜害了一場大病。❻發生不安的情緒：害羞｜害怕。

〈古〉又同'曷'hé。

【害病】hài∥bìng ㄏㄞˋ∥ㄅㄧㄥˋ 生病。

【害蟲】hàichóng ㄏㄞˋ ㄔㄨㄥˊ 對人有害的昆蟲。有的傳染疾病，如蒼蠅、蚊子，有的危害農作物，如蝗蟲、螟蟲、棉蚜。

【害處】hài·chu ㄏㄞˋ ·ㄔㄨ 對人或事物不利的因素；壞處。

【害口】hài∥kǒu ㄏㄞˋ∥ㄎㄡˇ 〈方〉害喜。

【害鳥】hàiniǎo ㄏㄞˋ ㄋㄧㄠˇ 以農作物或果樹的果實和種子為主要食物的鳥類，如斑鳩。此外有些鳥吃魚苗，也是害鳥，如翠鳥。

【害怕】hài∥pà ㄏㄞˋ∥ㄆㄚˋ 遇到困難，危險等而心中不安或發慌：害怕走夜路｜洞裏陰森森的，叫人害怕。

【害群之馬】hài qún zhī mǎ ㄏㄞˋ ㄑㄩㄣˊ ㄓ ㄇㄚˇ 比喻危害集體的人。

【害人蟲】hàirénchóng ㄏㄞˋ ㄖㄣˊ ㄔㄨㄥˊ 比喻害人的人。

【害臊】hài∥sào ㄏㄞˋ∥ㄙㄠˋ 害羞。

【害獸】hàishòu ㄏㄞˋ ㄕㄡˋ 損害農作物，破壞森林、草原，危害家畜、家禽或傳染疾病的各種獸類，如鼠、獾、狼、野豬、黑熊等。

【害喜】hài∥xǐ ㄏㄞˋ∥ㄒㄧˇ 因懷孕而噁心、嘔吐、食慾異常。有的地區說害口。

【害羞】hài∥xiū ㄏㄞˋ∥ㄒㄧㄡ 因膽怯、怕生或做錯了事怕人嗤笑而心中不安；怕難為情：她是第一次當眾講話，有些害羞｜你平時很老練，怎麼這會兒倒害起羞來了？

【害眼】hài∥yǎn ㄏㄞˋ∥ㄧㄢˇ 患眼病。

嗐 hài ㄏㄞˋ 嘆詞，表示傷感、惋惜、悔恨等：嗐！他怎麼病成這個樣子。

駭（骇） hài ㄏㄞˋ 驚嚇；震驚：驚濤駭浪｜駭人聽聞。

【駭怪】hàiguài ㄏㄞˋ ㄍㄨㄞˋ 驚訝；驚詫。

【駭怕】hàipà ㄏㄞˋ ㄆㄚˋ 害怕。

【駭然】hàirán ㄏㄞˋ ㄖㄢˊ 驚訝的樣子：駭然失色｜駭然不知所措。

【駭人聽聞】hài rén tīng wén ㄏㄞˋ ㄖㄣˊ ㄊㄧㄥ ㄨㄣˊ 使人聽了非常吃驚（多指社會上發生的壞事）。

【駭異】hàiyì ㄏㄞˋ ㄧˋ 驚訝；驚異。

hān （ㄏㄢ）

犴 hān ㄏㄢ 〈方〉駝鹿。

蚶 hān ㄏㄢ 蚶子。

【蚶田】hāntián ㄏㄢ ㄊㄧㄢˊ 沿海養殖蚶子的田。

【蚶子】hān·zi ㄏㄢ ·ㄗ 軟體動物，殼厚而堅硬，外表淡褐色，有瓦壟狀的縱綫，內壁白色，邊緣有鋸齒。肉可食。也叫瓦壟子或瓦楞子。

頇（顸） hān ㄏㄢ 〈方〉粗①：這綫太頇，換根細一點兒的。

【頇實】hān·shi ㄏㄢ ·ㄕ 〈方〉（物體）粗而結實：把挺頇實的一根棍子弄折了。

酣 hān ㄏㄢ ❶飲酒盡興：酣飲｜半酣｜酒酣耳熱。❷泛指盡興、暢快：酣歌｜酣睡。

【酣暢】hānchàng ㄏㄢ ㄔㄤˋ 暢快：喝得酣暢｜睡得很酣暢。

【酣夢】hānmèng ㄏㄢ ㄇㄥˋ 酣暢的睡夢；熟睡。

【酣眠】hānmián ㄏㄢ ㄇㄧㄢˊ 熟睡。

【酣然】hānrán ㄏㄢ ㄖㄢˊ 酣暢的樣子：酣然大醉｜酣然入夢。

【酣睡】hānshuì ㄏㄢ ㄕㄨㄟˋ 熟睡。
【酣飲】hānyǐn ㄏㄢ ㄧㄣˇ 暢飲。
【酣戰】hānzhàn ㄏㄢ ㄓㄢˋ 劇烈戰鬥：兩軍酣戰。

憨 hān ㄏㄢ ❶傻；痴呆：憨痴｜憨笑。❷樸實；天真：憨直｜憨厚｜憨態可掬。❸(Hān)姓。
【憨厚】hān·hòu ㄏㄢ ·ㄏㄡˋ 老實厚道：心地憨厚。
【憨實】hānshí ㄏㄢ ㄕˊ 憨厚老實：為人純樸憨實。
【憨態】hāntài ㄏㄢ ㄊㄞˋ 天真而略顯傻氣的神態：憨態可掬。
【憨笑】hānxiào ㄏㄢ ㄒㄧㄠˋ 傻笑；天真地笑。
【憨直】hānzhí ㄏㄢ ㄓˊ 憨實直爽。
【憨子】hān·zi ㄏㄢ ·ㄗ 〈方〉傻子；傻瓜。

鼾 hān ㄏㄢ 睡着時粗重的呼吸：鼾聲｜打鼾。
【鼾聲】hānshēng ㄏㄢ ㄕㄥ 打呼嚕的聲音：鼾聲如雷。
【鼾睡】hānshuì ㄏㄢ ㄕㄨㄟˋ 熟睡而打呼嚕。

hán (ㄏㄢˊ)

邗 hán ㄏㄢˊ 邗江(Hánjiāng ㄏㄢˊ ㄐㄧㄤ)，地名，在江蘇。

汗 hán ㄏㄢˊ 可汗(kèhán)的簡稱。另見451頁 hàn。

含 hán ㄏㄢˊ ❶東西放在嘴裏，不嚥下也不吐出：含一口水｜含着青果。❷藏在裏面；包括在內；容納：含着眼淚｜這種梨含水分很多｜工齡滿三十年以上(含三十年)者均可申請。❸帶有某種意思、情感等，不完全表露出來：含怒｜含羞｜含笑。
【含苞】hánbāo ㄏㄢˊ ㄅㄠ 裹着花苞：含苞待放。
【含悲】hánbēi ㄏㄢˊ ㄅㄟ 懷着悲痛或悲傷：含悲忍淚｜含悲飲泣。
【含垢忍辱】hán gòu rěn rǔ ㄏㄢˊ ㄍㄡˋ ㄖㄣˇ ㄖㄨˇ 忍受恥辱。
【含恨】hán∥hèn ㄏㄢˊ∥ㄏㄣˋ 懷着怨恨或仇恨：含恨終生｜含恨離開了人世。
【含胡】hán·hu ㄏㄢˊ ·ㄏㄨ 同'含糊'。
【含糊】hán·hu ㄏㄢˊ ·ㄏㄨ ❶不明確；不清晰：含糊其辭｜他的話很含糊，不明白是甚麼意思。❷不認真；馬虎：這事一點兒也不能含糊。❸示弱(多用於否定)：要比就比，我絕不含糊。‖也作含胡。
【含混】hánhùn ㄏㄢˊ ㄏㄨㄣˋ 模糊；不明確：含混不清｜言辭含混，令人費解。
【含量】hánliàng ㄏㄢˊ ㄌㄧㄤˋ 一種物質中所包含的某種成分的數量：這種食品的脂肪含量很高。
【含怒】hán∥nù ㄏㄢˊ∥ㄋㄨˋ 有怒氣而沒有發作。
【含情】hánqíng ㄏㄢˊ ㄑㄧㄥˊ 臉上帶着或內心懷着情意、情感(多指愛情)：含情脈脈。
【含沙射影】hán shā shè yǐng ㄏㄢˊ ㄕㄚ ㄕㄜˋ ㄧㄥˇ 傳說水中有一種叫蜮的怪物，看到人的影子就噴沙子，被噴着的人就會得病。比喻暗地裏誹謗中傷。
【含笑】hán∥xiào ㄏㄢˊ∥ㄒㄧㄠˋ 面帶笑容：含笑點頭｜含笑於九泉。
【含辛茹苦】hán xīn rú kǔ ㄏㄢˊ ㄒㄧㄣ ㄖㄨˊ ㄎㄨˇ 經受艱辛困苦(茹：吃)。也說茹苦含辛。
【含羞】hán∥xiū ㄏㄢˊ∥ㄒㄧㄡ 臉上帶着害羞的神情：含羞不語｜含羞而去。
【含蓄】hánxù ㄏㄢˊ ㄒㄩˋ ❶包含：簡短的話語，卻含蓄着深刻的意義。❷(言語、詩文)意思含而不露，耐人尋味。❸(思想、感情)不輕易流露：性格含蓄。‖也作涵蓄。
【含血噴人】hán xuè pēn rén ㄏㄢˊ ㄒㄩㄝˋ ㄆㄣ ㄖㄣˊ 比喻捏造事實，誣賴別人。
【含飴弄孫】hán yí nòng sūn ㄏㄢˊ ㄧˊ ㄋㄨㄥˋ ㄙㄨㄣ 含着糖逗小孫子。形容老年人閑適生活的樂趣。
【含意】hányì ㄏㄢˊ ㄧˋ (詩文、說話等)含有的意思：猜不透她這話的含意。
【含義】hányì ㄏㄢˊ ㄧˋ (詞句等)所包含的意義：含義深奧。也作涵義。
【含英咀華】hán yīng jǔ huá ㄏㄢˊ ㄧㄥ ㄐㄩˇ ㄏㄨㄚˊ 比喻琢磨和領會詩文的要點和精神。
【含冤】hán∥yuān ㄏㄢˊ∥ㄩㄢ 有冤未申：含冤而死。
【含蘊】hányùn ㄏㄢˊ ㄩㄣˋ 含有(某種思想、感情等)；包含：一番話含蘊着豐富的哲理。

邯 hán ㄏㄢˊ 邯鄲(Hándān ㄏㄢˊ ㄉㄢ)，地名，在河北。
【邯鄲學步】hándān xué bù ㄏㄢˊ ㄉㄢ ㄒㄩㄝˊ ㄅㄨˋ 戰國時有個燕國人到趙國都城邯鄲去，看到那裏的人走路的姿勢很美，就跟着人家學，結果不但沒學會，連自己原來的走法也忘掉了，只好爬着回去(見於《莊子·秋水》)。後來用'邯鄲學步'比喻模仿別人不成，反而喪失了原有的技能。

函(凾) hán ㄏㄢˊ ❶〈書〉匣；封套：石函｜鏡函｜這部《全唐詩》分成十二函。❷信件：公函｜來函｜函授｜函購。
【函電】hándiàn ㄏㄢˊ ㄉㄧㄢˋ 信和電報的總稱。
【函告】hángào ㄏㄢˊ ㄍㄠˋ 用書信告訴：行期如有變化，當及時函告。
【函購】hángòu ㄏㄢˊ ㄍㄡˋ 用通信方式向生產或經營的單位購買：函購電視英語教材｜開展函購業務。
【函件】hánjiàn ㄏㄢˊ ㄐㄧㄢˋ 信件。
【函授】hánshòu ㄏㄢˊ ㄕㄡˋ 以通信輔導為主的教學方式(區別於'面授')：函授生｜函授教材。

【函授教育】hánshòu jiàoyù ㄏㄢˊ ㄕㄡˋ ㄐㄧㄠˋ ㄩˋ 以通訊方式開展教學的教育。學生以自學函授教材為主，並由函授學校給以輔導和考核。

【函數】hánshù ㄏㄢˊ ㄕㄨˋ 在某一變化過程中，兩個變量 x、y，對於某一範圍內的 x 的每一個值，y 都有確定的值和它對應，y 就是 x 的函數。這種關係一般用 $y=f(x)$ 來表示。

【函索】hánsuǒ ㄏㄢˊ ㄙㄨㄛˇ 用通信方式索取(宣傳品、資料等)：本公司備有產品說明書，函索即寄。

浛 hán ㄏㄢˊ 浛洸(Hánguāng ㄏㄢˊ ㄍㄨㄤ)，地名，在廣東。

琀 hán ㄏㄢˊ 〈書〉死者口中所含的珠玉。

晗 hán ㄏㄢˊ 〈書〉天將明。

涵 hán ㄏㄢˊ ❶包含；包容：涵養｜海涵。❷指涵洞：橋涵(橋和涵洞)。

【涵洞】hándòng ㄏㄢˊ ㄉㄨㄥˋ 公路或鐵路與溝渠相交的地方使水從路下流過的通道，作用和橋類似，但一般孔徑較小。

【涵蓋】hángài ㄏㄢˊ ㄍㄞˋ 包括；包容：作品題材很廣，涵蓋了社會各個領域。

【涵管】hánguǎn ㄏㄢˊ ㄍㄨㄢˇ ❶用來砌涵洞等的管子。❷管狀的涵洞。

【涵容】hánróng ㄏㄢˊ ㄖㄨㄥˊ 〈書〉包容；包涵：不周之處，尚望涵容。

【涵蓄】hánxù ㄏㄢˊ ㄒㄩˋ 同'含蓄'。

【涵養】hányǎng ㄏㄢˊ ㄧㄤˇ ❶能控制情緒的功夫；修養：很有涵養。❷蓄積並保持(水分等)：用造林來涵養水源｜改良土壤結構，涵養地力。

【涵義】hányì ㄏㄢˊ ㄧˋ 同'含義'。

【涵閘】hánzhá ㄏㄢˊ ㄓㄚˊ 涵洞和水閘的總稱。

焓 hán ㄏㄢˊ 熱學上表示物質系統能量狀態的一個狀態參數。數值等於系統的內能加上壓強與體積的乘積。也叫熱函。

寒 hán ㄏㄢˊ ❶冷(跟'暑'相對)：寒冬｜寒風｜天寒地凍｜受了一點寒。❷害怕；畏懼：心寒｜膽寒。❸窮困：貧寒。

【寒蟬】hánchán ㄏㄢˊ ㄔㄢˊ ❶天冷時不再叫或叫聲低微的蟬：寒蟬悽切｜噤若寒蟬。❷蟬的一種，身體小，黑色，有黃綠色的斑點，翅膀透明。雄的有發音器，夏末秋初時在樹上叫。

【寒潮】háncháo ㄏㄢˊ ㄔㄠˊ 從北方寒冷地帶向南方侵襲的冷空氣，寒潮過境時氣溫顯著下降，時常帶來雨、雪或大風，過境後往往發生霜凍。

【寒傖】hán·chen ㄏㄢˊ ·ㄔㄣ 同'寒磣'。

【寒磣】hán·chen ㄏㄢˊ ·ㄔㄣ ❶醜陋；難看：這孩子長得不寒磣。❷丟臉；不體面：全班同學就我不及格，真寒磣！❸譏笑，揭人短處，使失去體面：你這是存心寒磣我｜叫人寒磣了一頓。

【寒窗】hánchuāng ㄏㄢˊ ㄔㄨㄤ 比喻艱苦的讀書生活：十年寒窗。

【寒帶】hándài ㄏㄢˊ ㄉㄞˋ 南極圈、北極圈以內的地帶，氣候寒冷。近兩極的地方，半年是白天，半年是黑夜。

【寒冬】hándōng ㄏㄢˊ ㄉㄨㄥ 寒冷的冬天；冬季。

【寒冬臘月】hán dōng làyuè ㄏㄢˊ ㄉㄨㄥ ㄌㄚˋ ㄩㄝˋ 指農曆十二月天氣最冷的時候。泛指寒冷的冬季。

【寒光】hánguāng ㄏㄢˊ ㄍㄨㄤ 使人感覺寒冷或害怕的光(多形容刀劍等反射的光)：刺刀閃着寒光｜眼睛射出兩道兇狠的寒光。

【寒假】hánjià ㄏㄢˊ ㄐㄧㄚˋ 學校中冬季的假期，在一二月間。

【寒螿】hánjiāng ㄏㄢˊ ㄐㄧㄤ 古書上說的一種蟬。

【寒噤】hánjìn ㄏㄢˊ ㄐㄧㄣˋ 因受冷或受驚而身體顫動：打寒噤。

【寒苦】hánkǔ ㄏㄢˊ ㄎㄨˇ 貧窮困苦：家境寒苦。

【寒來暑往】hán lái shǔ wǎng ㄏㄢˊ ㄌㄞˊ ㄕㄨˇ ㄨㄤˇ 炎夏過去，寒冬來臨。指時光流逝。

【寒冷】hánlěng ㄏㄢˊ ㄌㄥˇ 冷①：氣候寒冷｜寒冷的季節。

【寒流】hánliú ㄏㄢˊ ㄌㄧㄡˊ ❶從高緯度流向低緯度的洋流。寒流的水溫比它所到區域的水溫低。❷指寒潮。

【寒露】hánlù ㄏㄢˊ ㄌㄨˋ 二十四節氣之一，在10月8日或9日。參看589頁〖節氣〗、306頁〖二十四節氣〗。

【寒毛】hán·máo ㄏㄢˊ ·ㄇㄠˊ 人體皮膚表面上的細毛。(圖見875頁〖皮膚〗)

【寒門】hánmén ㄏㄢˊ ㄇㄣˊ 〈書〉❶貧寒的家庭。舊時多用來謙稱自己的家。❷微賤的家庭：出身寒門。

【寒氣】hánqì ㄏㄢˊ ㄑㄧˋ ❶冷的氣流：寒氣逼人。❷指因受凍而產生的冷的感覺：喝口酒去去寒氣。

【寒峭】hánqiào ㄏㄢˊ ㄑㄧㄠˋ 〈書〉形容冷氣逼人：北風寒峭。

【寒秋】hánqiū ㄏㄢˊ ㄑㄧㄡ 深秋。

【寒熱】hánrè ㄏㄢˊ ㄖㄜˋ ❶中醫指身體發冷發燒的症狀。❷〈方〉發燒。

【寒色】hánsè ㄏㄢˊ ㄙㄜˋ 給人以寒冷感的顏色，如青、綠、紫。

【寒舍】hánshè ㄏㄢˊ ㄕㄜˋ 謙辭，對人稱自己的家：請光臨寒舍一敍。

【寒食】Hánshí ㄏㄢˊ ㄕˊ 節名，在清明前一天。古人從這一天起，三天不生火做飯，所以叫寒食。有的地區清明叫寒食。

【寒士】hánshì ㄏㄢˊ ㄕˋ 〈書〉貧窮的讀書人。

【寒暑】hánshǔ ㄏㄢˊ ㄕㄨˇ ❶冷和熱：寒暑表。❷冬天和夏天，常用來表示整個一年：寒暑易節｜經歷了十五個寒暑才完成這部書稿。

【寒暑表】hánshǔbiǎo ㄏㄢˊ ㄕㄨˇ ㄅㄧㄠˇ 測量氣溫的一種溫度計，表上刻度通常分華氏、攝氏兩種。

【寒素】hánsù ㄏㄢˊ ㄙㄨˋ 〈書〉❶清貧：家世寒素。❷清貧的人：拔擢寒素。❸樸素；簡陋：衣裝寒素。

【寒酸】hánsuān ㄏㄢˊ ㄙㄨㄢ ❶形容窮苦讀書人的不大方的姿態：寒酸相｜寒酸氣。❷形容簡陋或過於儉樸而顯得不體面：穿得太寒酸了。

【寒腿】hántuǐ ㄏㄢˊ ㄊㄨㄟˇ 腿部的風濕性關節炎。

【寒微】hánwēi ㄏㄢˊ ㄨㄟ 指家世、出身貧苦，社會地位低下：出身寒微。

【寒心】hán//xīn ㄏㄢˊ // ㄒㄧㄣ ❶因失望而痛心：孩子這樣不爭氣，真叫人寒心。❷害怕。

【寒星】hánxīng ㄏㄢˊ ㄒㄧㄥ 指寒夜的星斗：寒星點點｜寒星閃爍。

【寒暄】hánxuān ㄏㄢˊ ㄒㄩㄢ 見面時談天氣冷暖之類的應酬話：賓主寒暄了一陣，便轉入正題。

【寒衣】hányī ㄏㄢˊ ㄧ 禦寒的衣服，如棉衣、棉褲等。

【寒意】hányì ㄏㄢˊ ㄧˋ 寒冷的感覺：深秋的夜晚，風吹在身上，已有幾分寒意。

【寒戰】hánzhàn ㄏㄢˊ ㄓㄢˋ 寒噤：一陣冷風吹來，她禁不住打了個寒戰。也作寒顫。

【寒顫】hánzhàn ㄏㄢˊ ㄓㄢˋ 同'寒戰'。

韓(韩) Hán ㄏㄢˊ ❶周朝國名，在今河南中部和山西東南部。❷姓。

hǎn (ㄏㄢˇ)

罕 hǎn ㄏㄢˇ ❶稀少：希罕｜罕見｜罕聞｜罕有｜人迹罕至。❷(Hàn)姓。

【罕觀】hǎngòu ㄏㄢˇ ㄍㄡˋ 〈書〉難得遇見。

【罕見】hǎnjiàn ㄏㄢˇ ㄐㄧㄢˋ 難得見到；很少見到：人迹罕見｜罕見的奇迹。

【罕有】hǎnyǒu ㄏㄢˇ ㄧㄡˇ 很少有：古今罕有。

喊 hǎn ㄏㄢˇ ❶大聲叫：喊口號。❷叫(人)：你去喊他一聲。❸〈方〉稱呼：論輩分他要喊我姨媽。

【喊話】hǎn//huà ㄏㄢˇ // ㄏㄨㄚˋ 在前沿陣地上對敵人大聲宣傳或勸降。

【喊叫】hǎnjiào ㄏㄢˇ ㄐㄧㄠˋ 大聲叫：大聲喊叫。

【喊嗓子】hǎn sǎng·zi ㄏㄢˇ ㄙㄤˇ ·ㄗ 戲曲演員鍛煉嗓子，不用樂器伴奏，多在空曠的地方進行。

【喊冤】hǎn//yuān ㄏㄢˇ // ㄩㄢ 訴說冤枉：喊冤叫屈。

㘎(㘎、闞) hǎn ㄏㄢˇ 〈書〉虎叫聲。'闞'另見643頁kàn。

hàn (ㄏㄢˋ)

扞1 hàn ㄏㄢˋ 同'捍'。

扞2 hàn ㄏㄢˋ［扞格］(hàngé ㄏㄢˋ ㄍㄜˊ)〈書〉互相抵觸：扞格不入。
另見373頁gǎn'擀'。

汗 hàn ㄏㄢˋ 人或高等動物從皮膚排泄出來的液體，是皮膚散熱的主要方式。
另見449頁hán。

【汗斑】hànbān ㄏㄢˋ ㄅㄢ 汗碱。

【汗褂兒】hànguàr ㄏㄢˋ ㄍㄨㄚˋㄦ 汗衫①。

【汗碱】hànjiǎn ㄏㄢˋ ㄐㄧㄢˇ 汗乾後留在衣帽等上面的白色痕迹。

【汗津津】hànjīnjīn ㄏㄢˋ ㄐㄧㄣ ㄐㄧㄣ (汗津津的)形容微微出汗的樣子：汗津津的頭髮｜臉上汗津津的。

【汗孔】hànkǒng ㄏㄢˋ ㄎㄨㄥˇ 汗腺在皮膚表面的開口，汗從這裏排泄出來。也叫毛孔。

【汗淋淋】hànlīnlīn ㄏㄢˋ ㄌㄧㄣ ㄌㄧㄣ (汗淋淋的)形容汗水往下流的樣子：他跑得渾身汗淋淋的。

【汗流浹背】hàn liú jiā bèi ㄏㄢˋ ㄌㄧㄡˊ ㄐㄧㄚ ㄅㄟˋ 汗水濕透了背上的衣服。形容汗出得很多。

【汗馬功勞】hàn mǎ gōngláo ㄏㄢˋ ㄇㄚˇ ㄍㄨㄥ ㄌㄠˊ 指戰功。後也泛指大的功勞(汗馬：將士騎馬作戰，馬累得出汗)。

【汗漫】hànmàn ㄏㄢˋ ㄇㄢˋ 〈書〉❶廣泛，無邊際：汗漫之言。❷形容水勢浩蕩。

【汗毛】hànmáo ㄏㄢˋ ㄇㄠˊ 寒毛。

【汗牛充棟】hàn niú chōng dòng ㄏㄢˋ ㄋㄧㄡˊ ㄔㄨㄥ ㄉㄨㄥˋ 形容書籍極多(汗牛：用牛運輸，牛累得出汗；充棟：堆滿了屋子)。

【汗青】hànqīng ㄏㄢˋ ㄑㄧㄥ ❶古時在竹簡上記事，採來青色的竹子，要用火烤得竹板冒出水分才容易書寫，因此後世把著作完成叫做汗青。❷史冊。

【汗衫】hànshān ㄏㄢˋ ㄕㄢ ❶一種上身穿的薄內衣。❷〈方〉襯衫。

【汗水】hànshuǐ ㄏㄢˋ ㄕㄨㄟˇ 汗(指較多的)：汗水濕透衣衫。

【汗褟兒】hàntār ㄏㄢˋ ㄊㄚㄦ 〈方〉夏天貼身穿的中式小褂。

【汗腺】hànxiàn ㄏㄢˋ ㄒㄧㄢˋ 皮膚中分泌汗的腺體。汗腺受交感神經的支配，分泌量隨外界溫度和心理狀態的變化而增減。(圖見875頁〖皮膚〗)

【汗顏】hànyán ㄏㄢˋ ㄧㄢˊ 因羞慚而出汗。泛指慚愧：深感汗顏｜汗顏無地(羞愧得無地自容)。

【汗液】hànyè ㄏㄢˋ ㄧㄝˋ 汗。

【汗珠子】hànzhū·zi ㄏㄢˋ ㄓㄨ ·ㄗ 成滴的汗。也叫汗珠兒。

【汗漬】hànzì ㄏㄢˋ ㄗˋ 汗迹：襯衣上留下一片片汗漬。

旱 hàn ㄏㄢˋ ❶長時間沒有降水或降水太少（多跟'澇'相對）：旱災｜天旱｜防旱｜抗旱｜莊稼旱了。❷跟水無關的：旱烟｜旱傘｜旱冰。❸非水田的；陸地上的：旱地｜旱稻｜旱獺｜旱船。❹指陸地交通：旱路｜起旱。

【旱魃】hànbá ㄏㄢˋ ㄅㄚˊ 傳説中引起旱災的怪物：旱魃為虐。

【旱船】hànchuán ㄏㄢˋ ㄔㄨㄢˊ ❶〈方〉園林中形狀略像船的臨水房屋。❷民間舞蹈'跑旱船'所用的船形道具。

【旱道】hàndào ㄏㄢˋ ㄉㄠˋ 〈方〉(旱道兒) 旱路。

【旱稻】hàndào ㄏㄢˋ ㄉㄠˋ 種在旱地裏的稻，抗旱能力比水稻強，根系比較發達，葉片較寬，米質軟，光澤少。也叫陸稻。

【旱地】hàndì ㄏㄢˋ ㄉㄧˋ 旱田。

【旱季】hànjì ㄏㄢˋ ㄐㄧˋ 不下雨或雨水少的季節。

【旱井】hànjǐng ㄏㄢˋ ㄐㄧㄥˇ ❶在水源缺少的地方為了積蓄雨水而挖的口小肚大的井。❷像井的深洞，冬天用來貯藏蔬菜等。

【旱澇保收】hàn lào bǎo shōu ㄏㄢˋ ㄌㄠˋ ㄅㄠˇ ㄕㄡ 不管發生旱災還是澇災，都能保證收成。比喻無論出現甚麼情況都能得到好處。

【旱路】hànlù ㄏㄢˋ ㄌㄨˋ 陸地上的交通路綫。

【旱橋】hànqiáo ㄏㄢˋ ㄑㄧㄠˊ 橫跨在經常沒有水的山谷、河溝或城市交通要道上空的橋。

【旱情】hànqíng ㄏㄢˋ ㄑㄧㄥˊ (某個地區) 乾旱的情況：由於連日降雨，旱情已得到緩解。

【旱傘】hànsǎn ㄏㄢˋ ㄙㄢˇ 陽傘。

【旱獺】hàntǎ ㄏㄢˋ ㄊㄚˇ 哺乳動物，全身棕灰色或帶黃黑色，前肢的爪發達，善於掘土，成群穴居，有冬眠的習性。皮可製衣帽。旱獺是鼠疫桿菌的主要傳播者。也叫土撥鼠。

【旱田】hàntián ㄏㄢˋ ㄊㄧㄢˊ ❶土地表面不蓄水的田地，如種小麥、雜糧、棉花、花生等的田地。❷澆不上水的耕地。

【旱象】hànxiàng ㄏㄢˋ ㄒㄧㄤˋ 乾旱的現象：旱象嚴重。

【旱鴨子】hànyā·zi ㄏㄢˋ ㄧㄚ ·ㄗ 指不會游泳的人(含詼諧意)。

【旱煙】hànyān ㄏㄢˋ ㄧㄢ 裝在旱煙袋裏吸的煙絲或碎煙葉。

【旱煙袋】hànyāndài ㄏㄢˋ ㄧㄢ ㄉㄞˋ 一種吸煙用具，一般在細竹管的一端安着煙袋鍋兒，可以裝煙，另一端安着玉石、翡翠等的嘴兒，可以銜在嘴裏吸。通稱煙袋。

【旱災】hànzāi ㄏㄢˋ ㄗㄞ 由於長期乾旱缺水造成作物枯死或大量減產的災害。

垾 hàn ㄏㄢˋ 小堤，多用於地名：中垾(在安徽)。

捍 hàn ㄏㄢˋ 保衛；防禦：捍衛｜捍禦。

【捍衛】hànwèi ㄏㄢˋ ㄨㄟˋ 保衛：捍衛領空｜捍衛主權。

【捍禦】hànyù ㄏㄢˋ ㄩˋ 〈書〉保衛；抵禦：捍禦邊疆｜捍禦外侮。

悍 hàn ㄏㄢˋ ❶勇猛：強悍｜一員悍將。❷兇狠；蠻橫：兇悍。

【悍然】hànrán ㄏㄢˋ ㄖㄢˊ 蠻橫的樣子：悍然不顧｜悍然撕毀協議。

【悍勇】hànyǒng ㄏㄢˋ ㄩㄥˇ 強悍勇敢：悍勇好鬥。

菡〔菡〕 hàn ㄏㄢˋ ［菡萏］(hàndàn ㄏㄢˋ ㄉㄢˋ)〈書〉荷花。

焊(銲、釬) hàn ㄏㄢˋ 用熔化的金屬把金屬工件連接起來，或用熔化的金屬修補金屬器物：焊接｜電焊｜焊洋鐵壺。

【焊工】hàngōng ㄏㄢˋ ㄍㄨㄥ ❶金屬焊接工作。❷做焊接工作的工人。

【焊劑】hànjì ㄏㄢˋ ㄐㄧˋ 焊接時用的粒狀、粉狀或糊狀的物質，能清除金屬工件焊接部分表面的雜質，防止氧化，使容易焊接，如松香等。也叫焊藥。

【焊接】hànjiē ㄏㄢˋ ㄐㄧㄝ ❶用加熱、加壓等方法把金屬工件連接起來。如氣焊、電焊、冷焊等。❷用熔化的焊錫把金屬連接起來。

【焊鑞】hànlà ㄏㄢˋ ㄌㄚˋ ❶軟焊料。參看〖焊料〗。❷〈方〉焊錫。

【焊料】hànliào ㄏㄢˋ ㄌㄧㄠˋ 焊接時用來填充工件接合處的材料。分軟焊料和硬焊料兩種。軟焊料熔點較低，質軟，也叫焊鑞，如鉛錫合金(焊錫)。硬焊料熔點較高，質硬，如銅鋅合金。

【焊鉗】hànqián ㄏㄢˋ ㄑㄧㄢˊ 電焊用的工具，有兩個柄，形狀像鉗子。作用是夾住電焊條，作為電焊時的一個電極。

【焊槍】hànqiāng ㄏㄢˋ ㄑㄧㄤ 氣焊用的帶活門的工具，形狀略像槍，前端有噴嘴。也叫焊炬。

【焊絲】hànsī ㄏㄢˋ ㄙ 氣焊或電焊時熔化填充在工件接合處的金屬絲。焊絲的表面不塗防氧化作用的焊劑。

【焊條】hàntiáo ㄏㄢˋ ㄊㄧㄠˊ 氣焊或電焊時熔化填充在焊接工件的接合處的金屬條。焊條的材料通常跟工件的材料相同。

【焊錫】hànxī ㄏㄢˋ ㄒㄧ 錫鉛合金，熔點較低，用於焊接鐵、銅等金屬物件。也叫白鑞，有的地區叫錫鑞。

閈(闬) hàn ㄏㄢˋ 〈書〉❶里巷的門。❷牆垣。

晘 hàn ㄏㄢˋ 〈書〉眼睛瞪大突出。

蔊〔蔊〕 hàn ㄏㄢˋ ［蔊菜］(hàncài ㄏㄢˋ ㄘㄞˋ) 一年生草本植物，葉形變化很大，基部葉子分裂多，莖部葉子長橢圓形，花小，黃色，結角果。全草中醫入藥。

漢[1]（汉） Hàn ㄏㄢˋ ❶朝代，公元前206－公元220，劉邦所建。參看1217頁〖西漢〗、273頁〖東漢〗。❷後漢。❸元末農民起義領袖陳友諒所建的政權(公元1360－1363)。❹漢族：漢人｜漢語。❺男子：老漢｜好漢｜英雄漢｜彪形大漢。

漢[2]（汉） hàn ㄏㄢˋ 指銀河：銀漢。

【漢白玉】hànbáiyù ㄏㄢˋ ㄅㄞˊ ㄩˋ 一種白色的大理石，可以做建築和雕刻的材料。

【漢堡包】hànbǎobāo ㄏㄢˋ ㄅㄠˇ ㄅㄠ 夾牛肉、乳酪等的圓麪包。［英 hamburger］

【漢調】hàndiào ㄏㄢˋ ㄉㄧㄠˋ 漢劇的舊稱。

【漢奸】hànjiān ㄏㄢˋ ㄐㄧㄢ 原指漢族的敗類，後泛指投靠侵略者、出賣國家民族利益的中華民族的敗類。

【漢劇】hànjù ㄏㄢˋ ㄐㄩˋ 湖北地方戲曲劇種之一，腔調以西皮、二黃為主，流行於湖北全省和河南、陝西、湖南的部分地區，歷史較久，對京劇的形成有很大的影響。舊稱漢調。

【漢民】Hànmín ㄏㄢˋ ㄇㄧㄣˊ 指漢族人。

【漢人】Hànrén ㄏㄢˋ ㄖㄣˊ ❶漢族；漢族人。❷指西漢、東漢時代的人。

【漢文】Hànwén ㄏㄢˋ ㄨㄣˊ ❶漢語：漢文翻譯｜譯成漢文。❷漢字：學寫漢文。

【漢姓】hànxìng ㄏㄢˋ ㄒㄧㄥˋ ❶漢族的姓。❷特指非漢族的人所用的漢族的姓。

【漢學】hànxué ㄏㄢˋ ㄒㄩㄝˊ ❶漢代人研究經學着重名物、訓詁，後世因而稱研究經、史、名物、訓詁、考據之學為漢學。❷外國人指研究中國的文化、歷史、語言、文學等方面的學問。

【漢語】Hànyǔ ㄏㄢˋ ㄩˇ 漢族的語言，是我國的主要語言。現代漢語的標準語是普通話。參看897頁〖普通話〗。

【漢語拼音方案】Hànyǔ Pīnyīn Fāng'àn ㄏㄢˋ ㄩˇ ㄆㄧㄣ ㄧㄣ ㄈㄤ ㄢˋ 給漢字注音和拼寫普通話語音的方案，1958年2月11日第一屆全國人民代表大會第五次會議批准。這方案採用拉丁字母，並用附加符號表示聲調，是幫助學習漢字和推廣普通話的工具。

【漢子】hàn·zi ㄏㄢˋ ·ㄗ ❶男子。❷〈方〉丈夫。

【漢字】Hànzì ㄏㄢˋ ㄗˋ 記錄漢語的文字。除極個別的例外，都是一個漢字代表一個音節。

【漢族】Hànzú ㄏㄢˋ ㄗㄨˊ 我國人數最多的民族，分佈在全國各地。

撖 Hàn ㄏㄢˋ 姓。

暵 hàn ㄏㄢˋ 〈書〉❶曬乾。❷乾枯。

熯 hàn ㄏㄢˋ 〈方〉❶焙。❷用極少的油煎。❸蒸。

翰 hàn ㄏㄢˋ 〈書〉原指羽毛，後來借指毛筆、文字、書信等：揮翰｜翰墨｜書翰。

【翰林】hànlín ㄏㄢˋ ㄌㄧㄣˊ 唐以後皇帝的文學侍從官，明清兩代從進士中選拔。

【翰墨】hànmò ㄏㄢˋ ㄇㄛˋ 〈書〉筆和墨。借指文章書畫等。

撼 hàn ㄏㄢˋ 搖；搖動：搖撼｜震撼天地｜蚍蜉撼大樹，可笑不自量。

【撼動】hàndòng ㄏㄢˋ ㄉㄨㄥˋ 搖動；震動：一聲巨響，撼動山嶽｜這一重大發現，撼動了整個世界。

【撼天動地】hàn tiān dòng dì ㄏㄢˋ ㄊㄧㄢ ㄉㄨㄥˋ ㄉㄧˋ 形容聲音響亮或聲勢浩大：喊殺聲撼天動地｜撼天動地的革命風暴。

頷（颔） hàn ㄏㄢˋ 〈書〉❶下巴。❷點頭：頷首。

【頷聯】hànlián ㄏㄢˋ ㄌㄧㄢˊ 律詩的第二聯(三、四兩句)，一般要求對仗。

【頷首】hànshǒu ㄏㄢˋ ㄕㄡˇ 〈書〉點頭：頷首微笑｜頷首讚許。

憾 hàn ㄏㄢˋ 失望；不滿足：缺憾｜遺憾｜憾事｜引以為憾。

【憾然】hànrán ㄏㄢˋ ㄖㄢˊ 失望的樣子：不勝憾然。

【憾事】hànshì ㄏㄢˋ ㄕˋ 認為不完美而感到遺憾的事情：終身憾事。

瀚 hàn ㄏㄢˋ 〈書〉廣大：浩瀚。

【瀚海】hànhǎi ㄏㄢˋ ㄏㄞˇ 〈書〉指沙漠：瀚海無垠。

hāng (ㄏㄤ)

夯（硶） hāng ㄏㄤ ❶砸實地基用的工具或機械，有木夯、石夯、鐵夯、蛤蟆夯等：打夯。❷用夯砸：夯實｜夯地｜夯土。❸〈方〉用力打：舉起拳頭向下夯｜用大板來夯。❹〈方〉用力扛。

另見55頁 bèn。

【夯歌】hānggē ㄏㄤ ㄍㄜ 打夯時唱的歌。

【夯砣】hāngtuó ㄏㄤ ㄊㄨㄛˊ 夯接觸地面的部分，用石頭或金屬做成。

háng (ㄏㄤˊ)

亢 háng ㄏㄤˊ 同'吭'(háng)。

另見643頁 kàng。

行 háng ㄏㄤˊ ❶行列：雙行｜第五行｜楊柳成行。❷排行：您行幾？｜我行三。

❸行業：內行｜同行｜在行｜懂行｜改行｜各行各業｜幹一行，愛一行。❹某些營業機構：商行｜銀行｜車行。❺量詞，用於成行的東西：一行字｜幾行樹｜兩行眼淚。

另見455頁 hàng；470頁 héng；1278頁 xíng。

【行幫】hángbāng ㄏㄤˊ ㄅㄤ 同一行業的人為了維護自己的利益而結成的小團體。

【行輩】hángbèi ㄏㄤˊ ㄅㄟˋ 輩分：他行輩比我大。

【行車】hángchē ㄏㄤˊ ㄔㄜ 〈方〉見1127頁〖天車〗。

另見1278頁 xíngchē。

【行當】háng·dang ㄏㄤˊ ·ㄉㄤ ❶(行當兒)行業：他是哪一個行當上的？❷戲曲演員專業分工的類別，主要根據角色類型來劃分，如京劇的生、旦、淨、丑。

【行道】háng·dao ㄏㄤˊ ·ㄉㄠ 〈方〉行業。

另見1278頁 xíngdào。

【行東】hángdōng ㄏㄤˊ ㄉㄨㄥ 商行、作坊的業主。

【行販】hángfàn ㄏㄤˊ ㄈㄢˋ (行販兒)販賣貨物的小商人；小販。

【行規】hángguī ㄏㄤˊ ㄍㄨㄟ 行會所制定的各種章程，由同行業的人共同遵守。

【行話】hánghuà ㄏㄤˊ ㄏㄨㄚˋ 某個行業的專門用語(一般人不大理解)。

【行會】hánghuì ㄏㄤˊ ㄏㄨㄟˋ 舊時城市中同行業的手工業者或商人的聯合組織。每一個行會都有自己的行規。

【行貨】hánghuò ㄏㄤˊ ㄏㄨㄛˋ 加工不精細的器具、服裝等商品。

【行家】háng·jia ㄏㄤˊ ·ㄐㄧㄚ ❶內行人：老行家。❷〈方〉在行(用於肯定式)：您對種樹挺行家呀！

【行間】hángjiān ㄏㄤˊ ㄐㄧㄢ ❶〈書〉行伍之間。❷行與行之間：字裏行間｜栽種向日葵行間的距離要寬。

【行距】hángjù ㄏㄤˊ ㄐㄩˋ 相鄰的兩行之間的距離，通常指兩行植株之間的距離。

【行款】hángkuǎn ㄏㄤˊ ㄎㄨㄢˇ 書寫或排印文字的行列款式。

【行列】hángliè ㄏㄤˊ ㄌㄧㄝˋ 人或物排成的直行和橫行的總稱：他站在行列的最前面◇這家工廠經過整頓，已經進入了同類企業的先進行列。

【行情】hángqíng ㄏㄤˊ ㄑㄧㄥˊ 市面上商品的一般價格。也指金融市場上利率、匯率、證券價格等的一般情況：摸行情｜熟悉行情｜行情看漲。

【行市】háng·shi ㄏㄤˊ ·ㄕ 市面上商品的一般價格：行市看好｜摸準行市。

【行伍】hángwǔ ㄏㄤˊ ㄨˇ 舊時稱軍隊的行列。泛指軍中：投身行伍｜行伍出身(當兵出身)。

【行業】hángyè ㄏㄤˊ ㄧㄝˋ 工商業中的類別。泛指職業：飲食行業｜服務行業。

【行業語】hángyèyǔ ㄏㄤˊ ㄧㄝˋ ㄩˇ 行話。

【行院】hángyuàn ㄏㄤˊ ㄩㄢˋ 金、元時代指妓女或優伶的住所。有時也指妓女或優伶。也作衖衏。

【行棧】hángzhàn ㄏㄤˊ ㄓㄢˋ 代人存放貨物並介紹買賣的行業。

【行子】háng·zi ㄏㄤˊ ·ㄗ 〈方〉稱不喜愛的人或東西：我不希罕這行子。

吭 háng ㄏㄤˊ 喉嚨：引吭高歌。
另見654頁 kēng。

杭 Háng ㄏㄤˊ ❶指杭州。❷姓。

【杭紡】hángfǎng ㄏㄤˊ ㄈㄤˇ 指杭州出產的一種紡綢。

【杭育】hángyō ㄏㄤˊ ㄧㄛ 象聲詞，重體力勞動(大多集體操作)時呼喊的聲音。

迒 háng ㄏㄤˊ 〈書〉❶野獸的腳印或車輪的痕迹。❷道路。

衖 háng ㄏㄤˊ ［衖衏］(hángyuàn ㄏㄤ ㄩㄢˋ)同'行院'(hángyuàn)。

航 háng ㄏㄤˊ ❶船。❷航行：航海｜航空｜航綫｜航向｜航程｜領航。

【航班】hángbān ㄏㄤˊ ㄅㄢ 客輪或客機航行的班次。也指某一班次的客輪或客機。

【航標】hángbiāo ㄏㄤˊ ㄅㄧㄠ 指示船舶安全航行的標誌：航標燈。

【航測】hángcè ㄏㄤˊ ㄘㄜˋ 航空攝影測量。在飛機上利用特製的攝影機連續對地面照相，根據攝取的相片繪製地形圖。

【航程】hángchéng ㄏㄤˊ ㄔㄥˊ 指飛機、船隻航行的路程：航程萬里。

【航船】hángchuán ㄏㄤˊ ㄔㄨㄢˊ ❶江浙一帶定期行駛於城鎮之間的載客運貨的木船。❷泛指航行的船隻。

【航次】hángcì ㄏㄤˊ ㄘˋ ❶船舶、飛機出航編排的次第。❷出航的次數。

【航道】hángdào ㄏㄤˊ ㄉㄠˋ 船舶或飛機安全航行的通道：主航道｜疏浚航道｜開闢新的航道。

【航海】hánghǎi ㄏㄤˊ ㄏㄞˇ 駕駛船隻在海洋上航行：航海家｜航海日誌。

【航空】hángkōng ㄏㄤˊ ㄎㄨㄥ ❶指飛機在空中飛行：航空事業｜航空公司｜民用航空。❷跟飛機飛行有關的：航空信｜航空母艦。

【航空兵】hángkōngbīng ㄏㄤˊ ㄎㄨㄥ ㄅㄧㄥ 裝備有各種軍用飛機，在空中執行任務的部隊的統稱。

【航空港】hángkōnggǎng ㄏㄤˊ ㄎㄨㄥ ㄍㄤˇ 固定航綫上的大型機場。

【航空母艦】hángkōng mǔjiàn ㄏㄤˊ ㄎㄨㄥ ㄇㄨˇ

ㄐㄧㄢˋ 作為海軍飛機海上活動基地的大型軍艦。通常與若干艘巡洋艦、驅逐艦、護衛艦等編成航空母艦編隊，遠離海岸機動作戰。按任務和所載飛機的不同，分為攻擊航空母艦、反潛航空母艦等。

【航空器】hángkōngqì ㄏㄤˊ ㄎㄨㄥ ㄑㄧˋ 指在大氣層中飛行的飛行器，如氣球、飛艇、飛機等。

【航空信】hángkōngxìn ㄏㄤˊ ㄎㄨㄥ ㄒㄧㄣˋ 由飛機運送的信。

【航路】hánglù ㄏㄤˊ ㄌㄨˋ 船隻、飛機航行的路綫：航路暢通。

【航模】hángmó ㄏㄤˊ ㄇㄛˊ 飛機和船隻的模型：航模表演｜航模比賽。

【航速】hángsù ㄏㄤˊ ㄙㄨˋ 航行的速度。

【航天】hángtiān ㄏㄤˊ ㄊㄧㄢ ❶指人造衛星、宇宙飛船等在地球附近空間或太陽系空間飛行。❷跟航天有關的：航天技術｜航天事業。

【航天飛機】hángtiān fēijī ㄏㄤˊ ㄊㄧㄢ ㄈㄟ ㄐㄧ 兼有航空和航天功能的空中運載工具。利用助推火箭垂直起飛，然後啓動軌道飛行器進行軌道航行，返回地面時滑翔降落。可以重複使用。

【航務】hángwù ㄏㄤˊ ㄨˋ 有關船舶、飛機運輸的業務。

【航綫】hángxiàn ㄏㄤˊ ㄒㄧㄢˋ 水上和空中航行路綫的統稱：開闢新航綫。

【航向】hángxiàng ㄏㄤˊ ㄒㄧㄤˋ 航行的方向。也用於比喻：偏離航向｜撥正航向｜指引革命航向。

【航行】hángxíng ㄏㄤˊ ㄒㄧㄥˊ 船在水裏或飛機在空中行駛。

【航運】hángyùn ㄏㄤˊ ㄩㄣˋ 水上運輸事業的統稱，分內河航運、沿海航運、遠洋航運。

絎（绗） háng ㄏㄤˊ 用針綫固定面兒和裏子以及所絮的棉花等，縫時針孔疏密相間，綫大部分藏在夾層中間，正反兩面露出的都很短：絎棉襖｜絎被子。

頏（颃） háng ㄏㄤˊ 見1265頁〖頡頏〗。

hàng （ㄏㄤˋ）

行 hàng ㄏㄤˋ 見1068頁〖樹行子〗。
另見453頁 háng；470頁 héng；1278頁 xíng。

沆 hàng ㄏㄤˋ 〈書〉形容大水。

【沆瀣】hàngxiè ㄏㄤˋ ㄒㄧㄝˋ 〈書〉夜間的水氣。

【沆瀣一氣】hàng xiè yī qì ㄏㄤˋ ㄒㄧㄝˋ ㄧ ㄑㄧˋ 唐朝崔瀣參加科舉考試，考官崔沆取中了他。於是當時有人嘲笑說，'座主門生，沆瀣一氣'（見於錢易《南部新書》）。後來比喻臭味相投的人結合在一起。

巷 hàng ㄏㄤˋ 巷道。
另見1250頁 xiàng。

【巷道】hàngdào ㄏㄤˋ ㄉㄠˋ 採礦或探礦時在地面或地下挖掘的大致成水平方向的坑道，一般用於運輸和排水，地下的也用於通風。

hāo （ㄏㄠ）

蒿〔蒿〕 hāo ㄏㄠ 蒿子。

【蒿子】hāo·zi ㄏㄠ ·ㄗ 通常指花小、葉子作羽狀分裂、有某種特殊氣味的草本植物。

【蒿子稈兒】hāo·zigǎnr ㄏㄠ ·ㄗ ㄍㄢˇㄦˋ 茼蒿的嫩莖葉，做蔬菜時叫蒿子稈兒。

薅〔薅〕 hāo ㄏㄠ ❶用手拔（草等）：薅苗（間苗）。❷〈方〉揪：一把把他從座位上薅起來。

【薅鋤】hāochú ㄏㄠ ㄔㄨˊ 除草用的短柄小鋤。

嚆〔嚆〕 hāo ㄏㄠ ［嚆矢］（hāoshǐ ㄏㄠ ㄕˇ）帶響聲的箭。比喻事物的開端或先行者：人造地球衛星的發射是人類星際旅行的嚆矢。

háo （ㄏㄠˊ）

蚝（蠔） háo ㄏㄠˊ 牡蠣。

【蚝油】háoyóu ㄏㄠˊ ㄧㄡˊ 用牡蠣的肉製成的濃汁，供調味用。

毫 háo ㄏㄠˊ ❶細長而尖的毛：狼毫筆｜羊毫筆。❷指毛筆：揮毫。❸秤或戥子上用手提的繩：頭毫｜二毫。❹一點兒（只用於否定式）：毫不足怪｜毫無頭緒。❺（某些計量單位的）千分之一：毫米｜毫升｜毫克。❻計量單位名稱。a) 長度10絲等於1毫，10毫等於1釐。b) 重量，10絲等於1毫，10毫等於1釐。❼〈方〉貨幣單位，即角。

【毫髮】háofà ㄏㄠˊ ㄈㄚˋ 〈書〉毫毛和頭髮。比喻極小的數量（多用於否定式）：毫髮不爽｜不差毫髮。

【毫分】háofēn ㄏㄠˊ ㄈㄣ 分毫：不差毫分。

【毫釐】háolí ㄏㄠˊ ㄌㄧˊ 一毫一釐。形容極少的數量：毫釐不爽｜失之毫釐，謬以千里。

【毫毛】háomáo ㄏㄠˊ ㄇㄠˊ 人或鳥獸身上的細毛。多用於比喻：不准你動他一根毫毛。

【毫末】háomò ㄏㄠˊ ㄇㄛˋ 〈書〉毫毛的梢兒。比喻極微小的數量或部分：毫末之差｜毫末之利。

【毫無二致】háo wú èr zhì ㄏㄠˊ ㄨˊ ㄦˋ ㄓˋ 絲毫沒有兩樣；完全一樣。

【毫洋】háoyáng ㄏㄠˊ ㄧㄤˊ 舊時廣東、廣西等地區通行的本位貨幣。

【毫針】háozhēn ㄏㄠˊ ㄓㄣ 針刺穴位用的針，根據粗細和長短的不同分為若干型號。

【毫子】háo·zi ㄏㄠˊ ·ㄗ ❶舊時廣東、廣西等地區使用的一角、二角、五角的銀幣，二角的最常見。❷毫⑦。

號（号） háo ㄏㄠˊ ❶拖長聲音大聲叫喚：呼號｜號叫◇北風怒號。❷大聲哭：哀號。

另見459頁 hào。

【號叫】háojiào ㄏㄠˊ ㄐㄧㄠˋ 大聲叫：她一面哭，一面號叫着。

【號哭】háokū ㄏㄠˊ ㄎㄨ 連喊帶叫地大聲哭：號哭不止。

【號喪】háo∥sāng ㄏㄠˊ∥ㄙㄤ 舊俗，家中有喪事，來弔唁的人和守靈的人大聲乾哭，叫號喪。

【號喪】háo·sang ㄏㄠˊ ·ㄙㄤ 〈方〉哭（罵人的話）：誰也沒欺負你，你號喪甚麼！

【號咷】háotáo ㄏㄠˊ ㄊㄠˊ 同'號啕'。

【號啕】háotáo ㄏㄠˊ ㄊㄠˊ 形容大聲哭：號啕大哭｜號啕痛哭。也作號咷、嚎啕、嚎咷。

嗥（嘷） háo ㄏㄠˊ （豺狼等）大聲叫。

【嗥叫】háojiào ㄏㄠˊ ㄐㄧㄠˋ 號叫（多指豺狼等）。

貉 háo ㄏㄠˊ 義同'貉'（hé），專用於'貉絨、貉子'。

另見466頁 hé；815頁 mò'貊'。

【貉絨】háoróng ㄏㄠˊ ㄖㄨㄥˊ 拔去硬毛的貉子皮，質地輕軟，是珍貴的毛皮。

【貉子】háo·zi ㄏㄠˊ ·ㄗ 貉（hé）的通稱。

豪 háo ㄏㄠˊ ❶具有杰出才能的人：英豪｜文豪。❷氣魄大；直爽痛快，沒有拘束的：豪放｜豪爽｜豪邁｜豪言壯語◇豪雨。❸指有錢有勢：豪門｜豪富。❹強橫：豪強｜巧取豪奪。

【豪放】háofàng ㄏㄠˊ ㄈㄤˋ 氣魄大而無所拘束：豪放不羈｜性情豪放｜文筆豪放。

【豪富】háofù ㄏㄠˊ ㄈㄨˋ 有錢有勢。也指有錢有勢的人。

【豪橫】háohèng ㄏㄠˊ ㄏㄥˋ 強橫；仗勢欺人。

【豪橫】háo·heng ㄏㄠˊ ·ㄏㄥ 〈方〉性格剛強有骨氣。

【豪華】háohuá ㄏㄠˊ ㄏㄨㄚˊ ❶（生活）過分鋪張；奢侈。❷（建築、設備或裝飾）富麗堂皇；十分華麗：豪華的客廳｜豪華型轎車｜室內擺設非常豪華。

【豪杰】háojié ㄏㄠˊ ㄐㄧㄝˊ 才能出眾的人：英雄豪杰。

【豪舉】háojǔ ㄏㄠˊ ㄐㄩˇ 指有魄力的行動。也指闊綽的行動。

【豪邁】háomài ㄏㄠˊ ㄇㄞˋ 氣魄大；勇往直前：氣概豪邁｜豪邁的事業。

【豪門】háomén ㄏㄠˊ ㄇㄣˊ 指有錢有勢的家庭：豪門大族｜豪門子弟｜豪門出身。

【豪氣】háoqì ㄏㄠˊ ㄑㄧˋ 英雄氣概；豪邁的氣勢。

【豪強】háoqiáng ㄏㄠˊ ㄑㄧㄤˊ ❶強橫。❷指依仗權勢欺壓人民的人：剪除豪強。

【豪情】háoqíng ㄏㄠˊ ㄑㄧㄥˊ 豪邁的情懷：豪情壯志。

【豪紳】háoshēn ㄏㄠˊ ㄕㄣ 指地方上依仗封建勢力欺壓人民的紳士。

【豪爽】háoshuǎng ㄏㄠˊ ㄕㄨㄤˇ 豪放直爽：性情豪爽。

【豪俠】háoxiá ㄏㄠˊ ㄒㄧㄚˊ ❶勇敢而有義氣：豪俠之士。❷勇敢而有義氣的人：江湖豪俠。

【豪興】háoxìng ㄏㄠˊ ㄒㄧㄥˋ 好的興致；濃厚的興趣：豪興盡消｜老人吟詩作畫的豪興不減當年。

【豪言壯語】háo yán zhuàng yǔ ㄏㄠˊ ㄧㄢˊ ㄓㄨㄤˋ ㄩˇ 氣魄很大的話。

【豪飲】háoyǐn ㄏㄠˊ ㄧㄣˇ 放量飲酒。

【豪雨】háoyǔ ㄏㄠˊ ㄩˇ 大雨：一夜豪雨。

【豪語】háoyǔ ㄏㄠˊ ㄩˇ 豪邁的話。

【豪豬】háozhū ㄏㄠˊ ㄓㄨ 哺乳動物，全身黑色，自肩部以後長着許多長而硬的刺，刺的顏色黑白相雜，穴居，晝伏夜出。也叫箭豬。

【豪壯】háozhuàng ㄏㄠˊ ㄓㄨㄤˋ 雄壯：豪壯的事業｜豪壯的聲音。

【豪族】háozú ㄏㄠˊ ㄗㄨˊ 指有錢有勢的家族。

壕 háo ㄏㄠˊ ❶護城河：城壕。❷壕溝：戰壕｜防空壕｜溝滿壕平。

【壕溝】háogōu ㄏㄠˊ ㄍㄡ ❶為作戰時起掩護作用而挖掘的溝。❷溝；溝渠。

【壕塹】háoqiàn ㄏㄠˊ ㄑㄧㄢˋ 塹壕。

嚎 háo ㄏㄠˊ ❶大聲叫：一聲長嚎｜狼嚎。❷同'號'（háo）②：嚎啕。

【嚎春】háochūn ㄏㄠˊ ㄔㄨㄣ 有些動物發情時發出叫聲，因多在春季，所以叫嚎春。

【嚎咷】háotáo ㄏㄠˊ ㄊㄠˊ 同'號啕'。

【嚎啕】háotáo ㄏㄠˊ ㄊㄠˊ 同'號啕'。

濠 háo ㄏㄠˊ 護城河：城濠。

hǎo （ㄏㄠˇ）

好 hǎo ㄏㄠˇ ❶優點多的；使人滿意的（跟'壞'相對）：好人｜好東西｜好事情｜好脾氣｜莊稼長得很好。❷用在動詞前，表示使人滿意的性質在哪方面：好看｜好聽｜好吃。❸友愛；和睦：友好｜好朋友｜他跟我好。❹（身體）健康；（疾病）痊愈：您好哇！｜他的病好了。❺用於套語：好睡｜您好走。❻用在動詞後頭，表示完成或達到完善的地步：計劃訂好了｜功課準備好了｜外邊太冷，穿好了衣服再出去｜坐好吧，要開會了。❼表示讚許、同意或結束等語氣：好，就這麼辦｜好了，不要再説了。❽反話，表示不滿意：好，這一下可麻煩了。❾容易：那個歌兒好唱｜這問題很好回答。❿便於：地整平了好種莊稼｜告訴我他在哪兒，我好找他去。⓫〈方〉應該；可以：我好進來嗎？｜時間不早了，你好走了。⓬用在數量詞、時間詞前面，表示多或久：好多｜好久｜好幾個｜好一會兒｜好大半天。⓭用在形容詞、動詞前，表示程度深，並帶感嘆語氣：好冷｜好香｜好漂亮｜好面熟｜好大的工程｜原來你躲在這兒，害得我好找！⓮用在形容詞前面問數量或程度，用法跟'多'相同：哈爾濱離北京好遠？

另見458頁 hào。

【好比】hǎobǐ ㄏㄠˇ ㄅㄧˇ 表示跟以下所説的一樣；如同：批評和自我批評就好比洗臉掃地，要經常做。

【好不】hǎobù ㄏㄠˇ ㄅㄨˋ 副詞，用在某些雙音形容詞前面表示程度深，並帶感嘆語氣，跟'多麼'相同：人來人往，好不熱鬧。注意這樣用的'好不'都可以換用'好'，'好熱鬧'和'好不熱鬧'的意思都是很熱鬧，是肯定的。但是在'容易'前面，用'好'或'好不'意思都是否定的，如'好容易才找着他'跟'好不容易才找着他'都是'不容易'的意思。

【好處】hǎo·chu ㄏㄠˇ ·ㄔㄨ ❶對人或事物有利的因素：喝酒過量對身體沒有好處。❷使人有所得而感到滿意的事物：他從中得到不少好處｜給他點好處他就暈頭轉向了。

【好處費】hǎochùfèi ㄏㄠˇ ㄔㄨˋ ㄈㄟˋ 託人辦事時付給的額外費用。

【好歹】hǎodǎi ㄏㄠˇ ㄉㄞˇ ❶好壞：這人真不知好歹。❷(好歹兒)指危險(多指生命危險)：萬一她有個好歹，這可怎麼辦？❸不問條件好壞，將就地(做某件事)：時間太緊了，好歹吃點兒就行了！❹不管怎樣；無論如何：她要是在這裏，好歹也能拿個主意。

【好端端】hǎoduānduān ㄏㄠˇ ㄉㄨㄢ ㄉㄨㄢ (好端端的)形容情況正常、良好：好端端的，怎麼生起氣來了？｜好端端的公路，竟被糟蹋成這個樣子。

【好多】hǎoduō ㄏㄠˇ ㄉㄨㄛ ❶許多：好多人｜好多東西。❷〈方〉多少(問數量)：今天到會的人有好多？

【好感】hǎogǎn ㄏㄠˇ ㄍㄢˇ 對人對事滿意或喜歡的情緒：有好感｜產生好感。

【好過】hǎoguò ㄏㄠˇ ㄍㄨㄛˋ ❶生活上困難少，日子容易過：她家現在好過多了。❷好受：他吃了藥，覺得好過一點兒了。

【好漢】hǎohàn ㄏㄠˇ ㄏㄢˋ 勇敢堅強或有膽識有作為的男子：英雄好漢｜好漢做事好漢當。

【好好兒】hǎohāor ㄏㄠˇ ㄏㄠㄦ (好好兒的)❶形容情況正常；完好：那棵百年老樹，至今還長得好好兒的｜好好兒的一支筆，叫他給弄折了。❷盡力地；盡情地；耐心地：大家再好好兒想一想｜我真得好好兒謝謝他｜咱們好好兒地玩兒幾天｜你好好兒跟他談，別着急。

【好好先生】hǎohǎo-xiān·shēng ㄏㄠˇ ㄏㄠˇ ㄒㄧㄢ ·ㄕㄥ 一團和氣、與人無爭，不問是非曲直、只求相安無事的人。

【好話】hǎohuà ㄏㄠˇ ㄏㄨㄚˋ ❶有益的話：他們説的都是好話，你別當作耳旁風。❷讚揚的話；好聽的話：好話説盡，壞事做絕。❸求情的話；表示歉意的話：向他説了不少好話，他就是不答應。

【好幾】hǎojǐ ㄏㄠˇ ㄐㄧˇ ❶用在整數的後面表示有較多的零數：他已經三十好幾了。❷用在數量詞、時間詞前面表示多：好幾倍｜好幾千兩銀子｜咱們好幾年沒見了。

【好傢伙】hǎojiā·huo ㄏㄠˇ ㄐㄧㄚ ·ㄏㄨㄛ 嘆詞，表示驚訝或讚嘆：好傢伙，他們一夜足足走了一百里｜好傢伙，你們怎麼幹得這麼快呀！

【好景】hǎojǐng ㄏㄠˇ ㄐㄧㄥˇ 美好的景況：好景不常。

【好久】hǎojiǔ ㄏㄠˇ ㄐㄧㄡˇ 很久；許久：我站在這兒等他好久了｜好久沒收到她的來信了。

【好看】hǎokàn ㄏㄠˇ ㄎㄢˋ ❶看着舒服；美觀：這花布做裙子穿一定很好看。❷臉上有光彩；體面：兒子立了功，做娘的臉上也好看。❸使人難堪叫做要人的好看：你讓我上台表演，這不是要我的好看嗎？

【好賴】hǎolài ㄏㄠˇ ㄌㄞˋ 好歹①③④。

【好力寶】hǎolìbǎo ㄏㄠˇ ㄌㄧˋ ㄅㄠˇ 蒙古族的一種曲藝，流行於內蒙古自治區，原為民間歌手自拉自唱，現在有獨唱、對唱、重唱、合唱等形式，有時還夾有快板節奏的説白，用四胡或馬頭琴伴奏。也叫好來寶。

【好臉】hǎoliǎn ㄏㄠˇ ㄌㄧㄢˇ (好臉兒)和悦的臉色：你一天到晚沒個好臉，是誰得罪你啦？

【好評】hǎopíng ㄏㄠˇ ㄆㄧㄥˊ 好的評價：這次演出獲得觀眾的好評。

【好氣兒】hǎoqìr ㄏㄠˇ ㄑㄧㄦˋ 好態度(多用於否定式)：老人看見別人浪費財物，就沒有好氣兒。

【好兒】hǎor ㄏㄠㄦˇ ❶恩惠：人家過去對咱有過好兒，咱不能忘了。❷好處：這事要是讓他知道了，還會有你的好兒？❸指問好的話：見着你母親，給我帶個好兒。

【好人】hǎorén ㄏㄠˇ ㄖㄣˊ ❶品行好的人；先進的人：好人好事。❷沒有傷、病、殘疾的人。❸老好人：她只想做個好人，連説句話也怕得罪人。

【好人家】hǎorénjiā ㄏㄠˇ ㄖㄣˊ ㄐㄧㄚ (好人家兒)清白的人家。

【好日子】hǎorì·zi ㄏㄠˇ ㄖˋ ·ㄗ ❶吉利的日子。

❷辦喜事的日子：你們的好日子定在哪一天？❸美好的生活：這幾年他才過上好日子。

【好容易】hǎoróngyì ㄏㄠˇ ㄖㄨㄥˊ ㄧˋ 很不容易(才做到某件事)：跑遍了全城，好容易才買到這本書。參看〖好不〗。

【好生】hǎoshēng ㄏㄠˇ ㄕㄥ 〈方〉❶多麼；很；極：這個人好生面熟｜老太太聽了，心中好生不快。❷好好兒地：有話好生說｜好生耍(好好兒地玩兒)。

【好聲好氣】hǎo shēng hǎo qì ㄏㄠˇ ㄕㄥ ㄏㄠˇ ㄑㄧˋ (好聲好氣的)語調柔和，態度溫和：人家好聲好氣地勸他，他倒不耐煩起來。

【好事】hǎoshì ㄏㄠˇ ㄕˋ ❶好事情；有益的事情：好人好事。❷指僧道拜懺、打醮等事。❸指慈善的事情。❹〈書〉喜慶事。

另見458頁 hàoshì。

【好事多磨】hǎoshì duō mó ㄏㄠˇ ㄕˋ ㄉㄨㄛ ㄇㄛˊ 好事情在實現、成功前常常會經歷許多波折。

【好手】hǎoshǒu ㄏㄠˇ ㄕㄡˇ 精於某種技藝的人；能力很強的人：游泳好手｜論烹調，他可是一把好手。

【好受】hǎoshòu ㄏㄠˇ ㄕㄡˋ 感到身心愉快；舒服：出了身汗，現在好受多了｜你別說了，他心裏正不好受呢！

【好說】hǎoshuō ㄏㄠˇ ㄕㄨㄛ ❶客套話，用在別人向自己致謝或恭維自己時，表示不敢當：好說，好說！您太誇獎了。❷表示同意或好商量：關於參觀的事，好說｜只要你沒意見，她那邊就好說了。

【好說歹說】hǎo shuō dǎi shuō ㄏㄠˇ ㄕㄨㄛ ㄉㄞˇ ㄕㄨㄛ 用各種理由或方式反復請求或勸說：我好說歹說，他總算答應了。

【好說話兒】hǎo shuōhuàr ㄏㄠˇ ㄕㄨㄛ ㄏㄨㄚㄦˋ 指脾氣好，容易商量、通融：他這人好說話兒，你只管去。

【好似】hǎosì ㄏㄠˇ ㄙˋ 好像。

【好天兒】hǎotiānr ㄏㄠˇ ㄊㄧㄢㄦ 指晴朗的天氣。

【好聽】hǎotīng ㄏㄠˇ ㄊㄧㄥ ❶(聲音)聽着舒服；悅耳：這段曲子很好聽。❷(言語)使人滿意：話說得好聽，但還要看行動。

【好玩兒】hǎowánr ㄏㄠˇ ㄨㄢㄦˊ 有趣；能引起興趣。

【好像】hǎoxiàng ㄏㄠˇ ㄒㄧㄤˋ 有些像；仿佛：他們倆一見面就好像是多年的老朋友｜靜悄悄的，好像屋子裏沒有人｜他低着頭不作聲，好像在想甚麼事。

【好笑】hǎoxiào ㄏㄠˇ ㄒㄧㄠˋ 引人發笑；可笑。

【好些】hǎoxiē ㄏㄠˇ ㄒㄧㄝ 許多：他在這裏工作好些年了。

【好心】hǎoxīn ㄏㄠˇ ㄒㄧㄣ 好意：一片好心。

【好性兒】hǎoxìngr ㄏㄠˇ ㄒㄧㄥㄦˋ 好脾氣。

【好樣兒的】hǎoyàngr·de ㄏㄠˇ ㄧㄤㄦˋ ·ㄉㄜ 有骨氣、有膽量或有作為的人。

【好意】hǎoyì ㄏㄠˇ ㄧˋ 善良的心意：好心好意｜一番好意｜謝謝你對我的好意。

【好意思】hǎoyì·si ㄏㄠˇ ㄧˋ ·ㄙ 不害羞；不怕難為情(多用在反詰句中)：做了這種事，虧他還好意思說呢！

【好在】hǎozài ㄏㄠˇ ㄗㄞˋ 表示具有某種有利的條件或情況：我有空再來，好在離這兒不遠。

【好轉】hǎozhuǎn ㄏㄠˇ ㄓㄨㄢˇ 向好的方面轉變：病情好轉｜局勢好轉。

【好自為之】hǎo zì wéi zhī ㄏㄠˇ ㄗˋ ㄨㄟˊ ㄓ 自己妥善處置，好好幹。

郝 Hǎo ㄏㄠˇ 姓。

hào (ㄏㄠˋ)

好 hào ㄏㄠˋ ❶喜愛(跟'惡'wù 相對)：嗜好｜好學｜好動腦筋｜好吃懶做｜他這個人好表現自己。❷常容易(發生某種事情)：剛會騎車的人好摔跤。

另見456頁 hǎo。

【好大喜功】hào dà xǐ gōng ㄏㄠˋ ㄉㄚˋ ㄒㄧˇ ㄍㄨㄥ 指不管條件是否許可，一心想做大事，立大功(多含貶義)。

【好高務遠】hào gāo wù yuǎn ㄏㄠˋ ㄍㄠ ㄨˋ ㄩㄢˇ 不切實際地追求過高的目標。'務'也作鶩。

【好客】hàokè ㄏㄠˋ ㄎㄜˋ 指樂於接待客人，對客人熱情。

【好奇】hàoqí ㄏㄠˋ ㄑㄧˊ 對自己所不了解的事物覺得新奇而感興趣：好奇心｜孩子們好奇，甚麼事都想知道個究竟。

【好強】hàoqiáng ㄏㄠˋ ㄑㄧㄤˊ 要強：她是個好強的姑娘，從來不肯落後。

【好色】hàosè ㄏㄠˋ ㄙㄜˋ (男子)沈溺於情慾，貪戀女色：好色之徒。

【好善樂施】hào shàn lè shī ㄏㄠˋ ㄕㄢˋ ㄌㄜˋ ㄕ 喜歡做善事，樂於拿財物幫助人。也說樂施好善。

【好尚】hàoshàng ㄏㄠˋ ㄕㄤˋ 愛好和崇尚：各有好尚。

【好勝】hàoshèng ㄏㄠˋ ㄕㄥˋ 處處都想勝過別人：好勝心｜爭強好勝。

【好事】hàoshì ㄏㄠˋ ㄕˋ 好管閑事；喜歡多事。

另見458頁 hǎoshì。

【好為人師】hào wéi rén shī ㄏㄠˋ ㄨㄟˊ ㄖㄣˊ ㄕ 喜歡以教育者自居，不謙虛。

【好惡】hàowù ㄏㄠˋ ㄨˋ 喜好和厭惡，指興趣：好惡不同｜不能從個人的好惡出發來評定文章的好壞。

【好逸惡勞】hào yì wù láo ㄏㄠˋ ㄧˋ ㄨˋ ㄌㄠˊ 貪圖安逸，厭惡勞動。

【好整以暇】hào zhěng yǐ xiá ㄏㄠˋ ㄓㄥˇ ㄧˇ ㄒㄧ

ㄚˊ 形容雖在百忙之中，仍然從容不迫。

昊 hào ㄏㄠˋ 〈書〉❶廣大無邊。❷指天。

耗1 hào ㄏㄠˋ ❶減損；消耗：點燈耗油｜鍋裏的水快耗乾了。❷〈方〉拖延：你別耗着了，快走吧。

耗2 hào ㄏㄠˋ 壞的音信或消息：噩耗｜死耗｜音耗。

【耗費】hàofèi ㄏㄠˋ ㄈㄟˋ 消耗：耗費時間｜耗費人力物力。

【耗竭】hàojié ㄏㄠˋ ㄐㄧㄝˊ 消耗淨盡：兵力耗竭｜物資耗竭。

【耗神】hàoshén ㄏㄠˋ ㄕㄣˊ 消耗精力：耗神費力。

【耗損】hàosǔn ㄏㄠˋ ㄙㄨㄣˇ 消耗損失：耗損精神｜減少糧食的耗損。

【耗資】hàozī ㄏㄠˋ ㄗ 耗費資財：工程耗資上億。

【耗子】hào·zi ㄏㄠˋ·ㄗ 〈方〉老鼠。

浩 hào ㄏㄠˋ ❶浩大：浩繁。❷多：浩博｜浩如烟海。

【浩博】hàobó ㄏㄠˋ ㄅㄛˊ 非常多；豐富：徵引浩博。

【浩大】hàodà ㄏㄠˋ ㄉㄚˋ （氣勢、規模等）盛大；巨大：聲勢浩大｜工程浩大。

【浩蕩】hàodàng ㄏㄠˋ ㄉㄤˋ ❶水勢大：江水浩蕩｜烟波浩蕩。❷形容廣闊或壯大：軍威浩蕩｜春風浩蕩｜遊行隊伍浩浩蕩蕩地通過天安門。

【浩繁】hàofán ㄏㄠˋ ㄈㄢˊ 浩大而繁多；繁重：卷帙浩繁｜浩繁的開支。

【浩瀚】hàohàn ㄏㄠˋ ㄏㄢˋ ❶形容水勢盛大：湖水浩瀚｜浩瀚的大海。❷形容廣大；繁多：典籍浩瀚｜浩瀚的沙漠。

【浩劫】hàojié ㄏㄠˋ ㄐㄧㄝˊ 大災難：空前浩劫｜慘遭浩劫。

【浩茫】hàománg ㄏㄠˋ ㄇㄤˊ 〈書〉廣闊無邊：浩茫的大地◇心事浩茫。

【浩淼】hàomiǎo ㄏㄠˋ ㄇㄧㄠˇ 形容水面遼闊：烟波浩淼。也作浩渺。

【浩渺】hàomiǎo ㄏㄠˋ ㄇㄧㄠˇ 同'浩淼'。

【浩氣】hàoqì ㄏㄠˋ ㄑㄧˋ 浩然之氣；正氣：浩氣長存｜浩氣凜然。

【浩然】hàorán ㄏㄠˋ ㄖㄢˊ 〈書〉❶形容廣闊，盛大：江流浩然｜洪波浩然。❷形容正大剛直：浩然之氣。

【浩然之氣】hàorán zhī qì ㄏㄠˋ ㄖㄢˊ ㄓ ㄑㄧˋ 正大剛直的精神。

【浩如烟海】hào rú yān hǎi ㄏㄠˋ ㄖㄨˊ ㄧㄢ ㄏㄞˇ 形容文獻、資料等非常豐富。

【浩嘆】hàotàn ㄏㄠˋ ㄊㄢˋ 大聲嘆息。

【浩特】hàotè ㄏㄠˋ ㄊㄜˋ 蒙古族牧人居住的自然村，也指城市。[蒙]

淏 hào ㄏㄠˋ 〈書〉水清。

皓（皜） hào ㄏㄠˋ ❶白；潔白：皓首｜明眸皓齒。❷明亮：皓月。

【皓首】hàoshǒu ㄏㄠˋ ㄕㄡˇ 〈書〉白頭（指年老）：皓首窮經（鑽研經典到老）。

【皓月】hàoyuè ㄏㄠˋ ㄩㄝˋ 明亮的月亮：皓月當空。

號1（号） hào ㄏㄠˋ ❶名稱：國號｜年號。❷原指名和字以外另起的別號，後來也泛指名以外另起的字：蘇軾字子瞻，號東坡｜孔明是諸葛亮的號。❸商店：商號｜銀號｜分號｜寶號。❹（號兒）標誌；信號：記號｜問號｜加減號｜暗號兒｜擊掌為號。❺（號兒）排定的次第：掛號｜編號。❻（號兒）表示等級：大號｜中號｜小號｜五號鉛字。❼種；類：這號人甭理他｜這號生意不能做。❽（號兒）指某種人員：病號｜傷號｜彩號。❾（號兒）表示次序（多放在數字後）。a）一般的：第三號簡報｜門牌二號。b）特指一個月裏的日子：五月一號是國際勞動節。❿量詞。a）用於人數：今天有一百多號人出工。b）（號兒）用於成交的次數：一會兒工夫就做了幾號買賣。⓫標上記號：號房子｜把這些東西都號一號。⓬切（脉搏）：號脉。

號2（号） hào ㄏㄠˋ ❶號令：發號施令。❷號筒。❸軍隊或樂隊裏所用的西式喇叭。❹用號吹出的表示一定意義的聲音：起牀號｜集合號｜衝鋒號。

另見456頁 háo。

【號兵】hàobīng ㄏㄠˋ ㄅㄧㄥ 軍隊中管吹號的士兵。

【號稱】hàochēng ㄏㄠˋ ㄔㄥ ❶以某種名號著稱：四川號稱天府之國。❷對外宣稱；名義上稱做：敵人的這個師號稱一萬二千人，實際上只有七八千。

【號房】hàofáng ㄏㄠˋ ㄈㄤˊ 舊時指傳達室或做傳達工作的人。

【號角】hàojiǎo ㄏㄠˋ ㄐㄧㄠˇ 古時軍隊中傳達命令的管樂器，後世泛指喇叭一類的東西◇石油大會戰的號角吹響了。

【號坎兒】hàokǎnr ㄏㄠˋ ㄎㄢˇㄦ 舊時車夫、轎夫、搬運工等所穿的有號碼的坎肩兒。

【號令】hàolìng ㄏㄠˋ ㄌㄧㄥˋ ❶軍隊中用口說或軍號等傳達命令：號令三軍。❷特指戰鬥時指揮戰士的命令：發佈號令。

【號碼】hàomǎ ㄏㄠˋ ㄇㄚˇ （號碼兒）表示事物次第的數目字：門牌號碼｜電話號碼。

【號脉】hào//mài ㄏㄠˋ ㄇㄞˋ 診脉。

【號炮】hàopào ㄏㄠˋ ㄆㄠˋ 為傳達信號而放的炮。

【號手】hàoshǒu ㄏㄠˋ ㄕㄡˇ 吹號的人。

【號筒】hàotǒng ㄏㄠˋ ㄊㄨㄥˇ 舊時軍隊中傳達命

令的管樂器，筒狀，管細口大，最初用竹、木等製成，後用銅製成。

【號頭】hàotóu ㄏㄠˋ ㄊㄡˊ ❶(號頭兒) 號碼。❷〈方〉指一個月的特定的一天。

【號外】hàowài ㄏㄠˋ ㄨㄞˋ 報社因需要及時報道某重要消息而臨時增出的小張報紙，因在定期出版的報紙順序編號之外，所以叫號外。

【號衣】hàoyī ㄏㄠˋ ㄧ 舊時兵士、差役等所穿的帶記號的衣服。

【號召】hàozhào ㄏㄠˋ ㄓㄠˋ 召喚(群眾共同去做某事)：響應號召｜號召全廠職工積極參加義務勞動。

【號誌燈】hàozhìdēng ㄏㄠˋ ㄓˋ ㄉㄥ 鐵路上用的手提的信號燈。

【號子】[1] hào·zi ㄏㄠˋ ·ㄗ ❶〈方〉記號；標誌。❷指監獄裏關押犯人的房間，每個房間有統一編排的號碼。

【號子】[2] hào·zi ㄏㄠˋ ·ㄗ 集體勞動中協同使勁時，為統一步調，減輕疲勞等所唱的歌，大都由一人領唱，大家應和。

鄗 Hào ㄏㄠˋ 古縣名，在今河北柏鄉北。

滈 Hào ㄏㄠˋ 古水名，在今陝西長安。

暠 hào ㄏㄠˋ 〈書〉同'皓'。
另見382頁 gǎo。

皞 hào ㄏㄠˋ 〈書〉明亮。

澔 hào ㄏㄠˋ 〈書〉同'浩'。

鎬(镐) Hào ㄏㄠˋ 周朝初年的國都，在今陝西西安西南。
另見382頁 gǎo。

顥(颢) hào ㄏㄠˋ 〈書〉白而發光。

灝(灏) hào ㄏㄠˋ 〈書〉❶同'浩'。❷同'皓'。

hē (ㄏㄜ)

呵[1] hē ㄏㄜ 呼(氣)；哈(氣)：呵一口氣｜一氣呵成｜他一邊寫，一邊呵手。

呵[2](訶) hē ㄏㄜ 呵斥：呵責。

呵[3] hē ㄏㄜ 同'嗬'(hē)。
另見 1 頁 ā'啊'；1 頁 á'啊'；1 頁 ǎ'啊'；1 頁 à'啊'；2 頁 ·a'啊'；646頁 kē。

【呵斥】hēchì ㄏㄜ ㄔˋ 大聲斥責：受了一通呵斥。也作呵叱。

【呵呵】hēhē ㄏㄜ ㄏㄜ 象聲詞，形容笑聲：呵呵大笑｜呵呵地笑了起來。

【呵喝】hēhè ㄏㄜ ㄏㄜˋ 〈書〉為了申斥、恫嚇或禁止而大聲喊叫。

【呵護】hēhù ㄏㄜ ㄏㄨˋ 〈書〉❶保祐。❷愛護；保護：呵護備至。

【呵欠】hē·qiàn ㄏㄜ ·ㄑㄧㄢˋ 〈方〉哈欠。

【呵責】hēzé ㄏㄜ ㄗㄜˊ 呵斥。

喝[1](欱) hē ㄏㄜ ❶把液體或流食嚥下去：喝水｜喝茶｜喝酒｜喝粥◇喝風。❷特指喝酒：愛喝｜喝醉了｜遇上高興的事總要喝兩口。

喝[2] hē ㄏㄜ 同'嗬'。
另見467頁 hè。

【喝悶酒】hē mènjiǔ ㄏㄜ ㄇㄣˋ ㄐㄧㄡˇ 煩悶時一人獨自飲酒叫喝悶酒。

【喝墨水】hē mòshuǐ ㄏㄜ ㄇㄛˋ ㄕㄨㄟˇ (喝墨水兒) 指上學讀書：他沒喝過幾年墨水。

【喝西北風】hē xīběifēng ㄏㄜ ㄒㄧ ㄅㄟˇ ㄈㄥ 指沒有東西吃，捱餓。

訶[1](诃) hē ㄏㄜ 同'呵[2]'(hē)。

訶[2](诃) hē ㄏㄜ ［訶子］(hēzǐ ㄏㄜ ㄗˇ) ❶常綠喬木，葉子卵形或橢圓形。果實像橄欖，可以入藥。產於我國雲南、廣東一帶，以及印度、緬甸、馬來亞等地。❷這種植物的果實。‖也叫藏青果。

嗬〔嗬〕 hē ㄏㄜ 嘆詞，表示驚訝：嗬，真不得了！｜嗬，這小夥子真棒！

蠚〔蠚〕 hē ㄏㄜ 〈方〉蜇(zhē)。

hé (ㄏㄜˊ)

禾 hé ㄏㄜˊ ❶禾苗。特指水稻的植株。❷古書上指粟。

【禾場】héchǎng ㄏㄜˊ ㄔㄤˊ 〈方〉打稻子或曬稻子等用的場地。

【禾苗】hémiáo ㄏㄜˊ ㄇㄧㄠˊ 穀類作物的幼苗。

合[1] hé ㄏㄜˊ ❶閉；合攏：合上眼｜笑得合不上嘴。❷結合到一起；湊到一起；共同(跟'分'相對)：合辦｜同心合力。❸全：合村｜合家團聚。❹符合：合情合理｜正合心意。❺折合；共計：一公頃合十五市畝｜這件衣服連工帶料合多少錢？❻〈書〉應當；應該：理合聲明。❼量詞，舊小說中指交戰的回合：大戰三十餘合。❽在太陽系中，當行星運行到與太陽、地球成一直綫，並且地球不在太陽與該行星之間的位置時，叫做合。❾(Hé) 姓。

合[2] hé ㄏㄜˊ 我國民族音樂音階上的一級，樂譜上用做記音符號，相當於簡譜的'5̣'。參看392頁〖工尺〗。
另見387頁 gě。

【合抱】hébào ㄏㄜˊ ㄅㄠˋ 兩臂圍攏(多指樹木、柱子等的粗細)：院裏有兩棵合抱的大樹。

【合璧】hébì ㄏㄜˊ ㄅㄧˋ 指把不同的東西放在一

起而配合得宜。也指兩種東西擺在一起對比參照：詩畫合璧｜中西合璧。

【合併】hébìng ㄏㄜˊ ㄅㄧㄥˋ ❶結合到一起：合併機構｜這三個提議合併討論。❷指正在患某種病的同時又發生(另一種疾病)：麻疹合併肺炎。

【合不來】hé ·bu lái ㄏㄜˊ ·ㄅㄨ ㄌㄞˊ 性情不相投，不能相處。

【合不着】hé ·bu zháo ㄏㄜˊ ·ㄅㄨ ㄓㄠˊ 〈方〉不上算；不值得：跑這麼遠的路去看一場戲，實在合不着。

【合唱】héchàng ㄏㄜˊ ㄔㄤˋ 由若干人分幾個聲部共同演唱一首多聲部的歌曲，如男聲合唱、女聲合唱、混聲合唱等。

【合成】héchéng ㄏㄜˊ ㄔㄥˊ ❶由部分組成整體：合成詞｜合力是分力合成的。❷通過化學反應使成分比較簡單的物質變成成分複雜的物質。

【合成詞】héchéngcí ㄏㄜˊ ㄔㄥˊ ㄘˊ 兩個以上的詞素構成的詞。合成詞可以分為兩類。a) 由兩個或兩個以上詞根合成的，如'朋友、慶祝、火車、立正、照相機、人行道'。b) 由詞根加詞綴構成的，如'桌子、瘦子、花兒、木頭、甜頭、阿姨'。前一類也叫複合詞，後一類也叫派生詞。

【合成洗滌劑】héchéng xǐdíjì ㄏㄜˊ ㄔㄥˊ ㄒㄧˇ ㄉㄧˊ ㄐㄧˋ 洗滌用品，用化學合成方法製成。除家庭洗滌用以外，也用於紡織、印染、製革等工業。通稱洗滌劑。

【合成洗衣粉】héchéng xǐyīfěn ㄏㄜˊ ㄔㄥˊ ㄒㄧˇ ㄧ ㄈㄣˇ 洗滌用品，用化學合成方法製成粉粒狀，用於洗滌衣服、織物等。通稱洗衣粉。

【合成纖維】héchéng xiānwéi ㄏㄜˊ ㄔㄥˊ ㄒㄧㄢ ㄨㄟˊ 高分子化合物，是用煤、石油、天然氣、乙炔等為原料合成的纖維，如滌綸、錦綸、維綸。合成纖維強度高，耐磨，可製繩索、傳送帶、輪胎的簾布等，也用來做紡織品。

【合成橡膠】héchéng xiàngjiāo ㄏㄜˊ ㄔㄥˊ ㄒㄧㄤˋ ㄐㄧㄠ 高分子化合物，用石油、天然氣、煤、電石等為原料合成。種類很多，如丁苯橡膠、異戊橡膠等。

【合得來】hé ·de lái ㄏㄜˊ ·ㄉㄜ ㄌㄞˊ 性情相合，能夠相處。

【合得着】hé ·de zháo ㄏㄜˊ ·ㄉㄜ ㄓㄠˊ 〈方〉上算；值得。

【合度】hédù ㄏㄜˊ ㄉㄨˋ 合乎尺度；合適：適宜。

【合法】héfǎ ㄏㄜˊ ㄈㄚˇ 符合法律規定：合法權利｜合法地位｜合法鬥爭｜合理合法。

【合該】hégāi ㄏㄜˊ ㄍㄞ 理應；應該：合該如此。

【合格】hégé ㄏㄜˊ ㄍㄜˊ 符合標準：質量合格｜檢查合格｜產品完全合格。

【合共】hégòng ㄏㄜˊ ㄍㄨㄥˋ 一共：兩個班合共八十人。

【合股】hégǔ ㄏㄜˊ ㄍㄨˇ 若干人聚集資本(經營工商業)：合股經營。

【合乎】héhū ㄏㄜˊ ㄏㄨ 符合；合於：合乎事實｜合乎規律｜合乎要求。

【合歡】héhuān ㄏㄜˊ ㄏㄨㄢ ❶(相愛的男女)歡聚。❷落葉喬木，樹皮灰色，羽狀複葉，小葉對生，白天張開，夜間合攏。花萼和花瓣黃綠色，花絲粉紅色，莢果扁平。木材可以做傢具。也叫馬纓花。

【合夥】héhuǒ ㄏㄜˊ ㄏㄨㄛˇ (合夥兒)合成一夥(做某事)：合夥經營｜合夥幹壞事。

【合擊】héjī ㄏㄜˊ ㄐㄧ 幾路軍隊共同進攻同一目標：分進合擊。

【合計】héjì ㄏㄜˊ ㄐㄧˋ 合在一起計算；總共：兩處合計六十人。

【合計】hé·ji ㄏㄜˊ ·ㄐㄧ ❶盤算：他心裏老合計這件事。❷商量：大家合計合計這事該怎麼辦。

【合劑】héjì ㄏㄜˊ ㄐㄧˋ 由兩種或兩種以上的藥物配製而成的水性藥劑，如鎮咳用的複方甘草合劑。

【合家】héjiā ㄏㄜˊ ㄐㄧㄚ 全家：合家歡樂。

【合家歡】héjiāhuān ㄏㄜˊ ㄐㄧㄚ ㄏㄨㄢ 一家大小合攝的相片兒。

【合腳】hé//jiǎo ㄏㄜˊ// ㄐㄧㄠˇ (鞋、襪)適合腳的大小和肥瘦。

【合金】héjīn ㄏㄜˊ ㄐㄧㄣ 由一種金屬元素跟其他金屬或非金屬元素熔合而成的、具有金屬特性的物質。一般合金的熔點比組成它的各金屬低，而硬度比組成它的各金屬高。

【合巹】héjǐn ㄏㄜˊ ㄐㄧㄣˇ 〈書〉成婚(巹是瓢，把一個匏瓜剖成兩個瓢，新郎新娘各拿一個飲酒，是舊時成婚時的一種儀式)。

【合口】hé//kǒu ㄏㄜˊ// ㄎㄡˇ 瘡口或傷口長好。

【合口】hékǒu ㄏㄜˊ ㄎㄡˇ 適合口味：鹹淡合口｜味道合口。

【合口呼】hékǒuhū ㄏㄜˊ ㄎㄡˇ ㄏㄨ 見1086頁〖四呼〗。

【合餎】hé·le ㄏㄜˊ ·ㄌㄜ 同'餄餎'。

【合理】hélǐ ㄏㄜˊ ㄌㄧˇ 合乎道理或事理：合理使用｜合理密植｜他說的話很合理。

【合理化】hélǐhuà ㄏㄜˊ ㄌㄧˇ ㄏㄨㄚˋ 設法調整改進，使更合理：合理化建議。

【合力】hélì ㄏㄜˊ ㄌㄧˋ ❶一起出力：同心合力。❷一個力對某物體的作用和另外幾個力同時對該物體的作用的效果相同，這一個力就是那幾個力的合力。

【合流】héliú ㄏㄜˊ ㄌㄧㄡˊ ❶(河流)匯合在一起：運河和大清河在天津附近合流。❷比喻在思想行動上趨於一致。❸學術、藝術等方面的不同流派融為一體。

【合龍】hé//lóng ㄏㄜˊ//ㄌㄨㄥˊ 修築堤壩或橋樑等從兩端施工，最後在中間接合，叫做合龍。

【合攏】hé//lǒng ㄏㄜˊ//ㄌㄨㄥˇ 合到一起；閉合：合攏書本｜心裏焦急煩躁，到半夜也合不攏眼。

【合謀】hémóu ㄏㄜˊ ㄇㄡˊ 共同策劃(進行某種活動)：合謀作案。

【合拍】hé//pāi ㄏㄜˊ//ㄆㄞ 符合節奏。比喻協調一致：兩個人思路合拍。

【合拍】hépāi ㄏㄜˊ ㄆㄞ ❶合作拍攝(電影、電視等)。❷在一起拍照(相片)。

【合情合理】hé qíng hé lǐ ㄏㄜˊ ㄑㄧㄥˊ ㄏㄜˊ ㄌㄧˇ 合乎情理。

【合群】héqún ㄏㄜˊ ㄑㄩㄣˊ ❶(合群兒)跟大家關係融洽，合得來：她性情孤僻，向來不合群。❷結成團體，互助合作。

【合扇】héshàn ㄏㄜˊ ㄕㄢˋ 〈方〉合葉。

【合身】hé//shēn ㄏㄜˊ//ㄕㄣ (合身兒)(衣服)適合身材：這套衣服做得比較合身。

【合十】héshí ㄏㄜˊ ㄕˊ 佛教的一種敬禮方式，兩掌在胸前對合(十：十指)：雙手合十。

【合時】héshí ㄏㄜˊ ㄕˊ 合乎時尚；合乎時宜：穿戴合時｜這話說得不大合時。

【合式】héshì ㄏㄜˊ ㄕˋ ❶合乎一定的規格、程式。❷同‘合適’。

【合適】héshì ㄏㄜˊ ㄕˋ 符合實際情況或客觀要求：這雙鞋你穿着正合適｜這個字用在這裏不合適。

【合數】héshù ㄏㄜˊ ㄕㄨˋ 在大於1的整數中，除了1和這個數本身，還能被其他正整數整除的數，如4，6，9，15，21。

【合算】hésuàn ㄏㄜˊ ㄙㄨㄢˋ ❶所費人力物力較少而收效較大：適於種花生的地用來種棉花，當然不合算。❷算計②：去還是不去，得仔細合算合算。

【合體】hé//tǐ ㄏㄜˊ//ㄊㄧˇ 合身。

【合體】hétǐ ㄏㄜˊ ㄊㄧˇ 漢字按結構可分獨體、合體。合體是由兩個或更多的獨體合成的，如‘解’由‘刀、牛、角’合成，‘橫’由‘木’和‘黃’合成。

【合同】hé·tong ㄏㄜˊ ·ㄊㄨㄥ 兩方面或幾方面在辦理某事時，為了確定各自的權利和義務而訂立的共同遵守的條文：產銷合同。

【合同工】hé·tonggōng ㄏㄜˊ ·ㄊㄨㄥ ㄍㄨㄥ 以簽訂勞動合同的辦法招收的工人。

【合圍】héwéi ㄏㄜˊ ㄨㄟˊ ❶四面包圍(敵人或獵物等)。❷合抱：樹身粗壯，五人才能合圍。

【合心】hé//xīn ㄏㄜˊ//ㄒㄧㄣ 合意：這件衣服挺合心｜這事辦得正合他的心。

【合眼】hé//yǎn ㄏㄜˊ//ㄧㄢˇ ❶指睡覺：他一夜沒合眼｜忙了一夜，到早上才合了合眼。❷指死亡。

【合演】héyǎn ㄏㄜˊ ㄧㄢˇ 共同表演；同台演出：他們兩個人曾合演過《兄妹開荒》。

【合葉】héyè ㄏㄜˊ ㄧㄝˋ 由兩片金屬構成的鉸鏈，大多裝在門、窗、箱、櫃上面。也作合頁。有的地區叫合扇。

【合宜】héyí ㄏㄜˊ ㄧˊ 合適：由他擔任這個工作倒很合宜。

【合意】hé//yì ㄏㄜˊ//ㄧˋ 合乎心意；中意：你的想法正合他的意。

【合議庭】héyìtíng ㄏㄜˊ ㄧˋ ㄊㄧㄥˊ 由審判員或審判員和陪審員共同審理案件時組成的審判庭。

【合營】héyíng ㄏㄜˊ ㄧㄥˊ 共同經營：公私合營｜中外合營｜合營企業。

【合影】hé//yǐng ㄏㄜˊ//ㄧㄥˇ 若干人合在一塊兒照相：合影留念。

【合影】héyǐng ㄏㄜˊ ㄧㄥˇ 若干人合在一塊兒照的相片：這張合影是我們畢業時照的。

【合用】héyòng ㄏㄜˊ ㄩㄥˋ ❶共同使用：兩家合用一個廚房。❷適合使用：繩子太短，不合用。

【合約】héyuē ㄏㄜˊ ㄩㄝ 合同(多指條文比較簡單的)。

【合葬】hézàng ㄏㄜˊ ㄗㄤˋ 人死後同葬一個墓穴，特指夫妻死後同葬在一個墓穴裏。

【合照】hézhào ㄏㄜˊ ㄓㄠˋ ❶若干人一起照相：合照一張照片。❷若干人合在一塊兒照的相片。

【合轍】hé//zhé ㄏㄜˊ//ㄓㄜˊ (合轍兒)❶若干輛車的車輪在地上軋出來的痕迹相合。比喻一致：兩個人的想法一樣，所以一說就合轍兒。❷(戲曲、小調)押韻：快板合轍兒，容易記。

【合資】hézī ㄏㄜˊ ㄗ 雙方或幾方共同投資(辦企業)：合資經營｜中外合資企業。

【合子】hézǐ ㄏㄜˊ ㄗˇ 生物體進行有性繁殖時，雌性和雄性生殖細胞互相融合形成的一個新細胞。合子逐漸發育，成為新的生物體。

【合子】hé·zi ㄏㄜˊ ·ㄗ ❶類似餡兒餅的一種食品。❷同‘盒子’。

【合奏】hézòu ㄏㄜˊ ㄗㄡˋ 幾種樂器或按種類分成的幾組樂器，分別擔任某些聲部，演奏同一樂曲，如管樂合奏。

【合作】hézuò ㄏㄜˊ ㄗㄨㄛˋ 互相配合做某事或共同完成某項任務：分工合作｜技術合作。

【合作化】hézuòhuà ㄏㄜˊ ㄗㄨㄛˋ ㄏㄨㄚˋ 用合作社的組織形式，把分散的個體勞動者和小私有者組織起來。

【合作社】hézuòshè ㄏㄜˊ ㄗㄨㄛˋ ㄕㄜˋ 勞動人民根據互助合作的原則自願建立起來的經濟組織。合作社按照經營業務的不同，可以分為生產合作社、消費合作社、供銷合作社、信用合作社等。

何 hé ㄏㄜˊ ❶疑問代詞。a)甚麼：何人｜何物｜何事。b)哪裏：何往｜從何而來？c)為甚麼：吾何畏彼哉？❷表示反問：何濟於事？｜何足挂齒？｜談何容易？｜有何不可？❸(hé)姓。

〈古〉又同'荷'hè。

【何必】hébì ㄏㄜˊ ㄅㄧˋ 用反問的語氣表示不必：既然不會下雨，何必帶傘！

【何不】hébù ㄏㄜˊ ㄅㄨˋ 用反問的語氣表示應該或可以，意思跟'為甚麼不'相同：既然有事，何不早說？｜他也進城，你何不搭他的車一同去呢？

【何曾】hécéng ㄏㄜˊ ㄘㄥˊ 用反問的語氣表示未曾：這些年來，他何曾忘記過家鄉的一草一木？

【何嘗】hécháng ㄏㄜˊ ㄔㄤˊ 用反問的語氣表示未曾或並非：我何嘗不想去，只是沒工夫罷了。

【何啻】héchì ㄏㄜˊ ㄔˋ 〈書〉用反問的語氣表示不止：今昔生活對比，何啻天壤之別！

【何等】héděng ㄏㄜˊ ㄉㄥˇ ❶甚麼樣的：你知道他是何等人物？❷用感嘆的語氣表示不同尋常；多麼：這是何等巧妙的技術！｜他們生活得何等幸福！

【何妨】héfáng ㄏㄜˊ ㄈㄤˊ 用反問的語氣表示不妨：何妨試試｜拿出來叫人們見識一下，又何妨呢？

【何故】hégù ㄏㄜˊ ㄍㄨˋ 為甚麼；甚麼原因：他何故至今未到？

【何苦】hékǔ ㄏㄜˊ ㄎㄨˇ 何必自尋苦惱，用反問的語氣表示不值得：你何苦在這些小事上傷腦筋？｜冒着這麼大的雨趕去看電影，何苦呢？也說何苦來。

【何況】hékuàng ㄏㄜˊ ㄎㄨㄤˋ 連詞，用反問的語氣表示更進一層的意思：他在生人面前都不習慣講話，何況要到大庭廣眾之中呢？

【何樂而不為】hé lè ér bù wéi ㄏㄜˊ ㄌㄜˋ ㄦˊ ㄅㄨˋ ㄨㄟˊ 用反問的語氣表示很可以做或很願意做：儲蓄對國家對自己都有好處，何樂而不為？

【何其】héqí ㄏㄜˊ ㄑㄧˊ 多麼(多帶有不以為然的口氣)：何其糊塗｜何其相似。

【何去何從】hé qù hé cóng ㄏㄜˊ ㄑㄩˋ ㄏㄜˊ ㄘㄨㄥˊ 指在重大問題上採取甚麼態度，決定做不做或怎麼做。

【何如】hérú ㄏㄜˊ ㄖㄨˊ ❶怎麼樣：你先試驗一下，何如？❷怎樣的：我還不清楚他是何如人。❸用反問的語氣表示不如：與其靠外地供應，何如就地取材，自己製造。

【何首烏】héshǒuwū ㄏㄜˊ ㄕㄡˇ ㄨ 多年生草本植物，莖細長，能纏繞物體，葉子互生，秋天開花，白色。根塊狀，可入藥。也叫首烏。

【何謂】héwèi ㄏㄜˊ ㄨㄟˋ 〈書〉❶甚麼叫做；甚麼是：何謂靈感？｜何謂幸福？❷指甚麼；是甚麼意思(後面常帶'也'字)：此何謂也？

【何須】héxū ㄏㄜˊ ㄒㄩ 用反問的語氣表示不須要：詳情我都知道了，何須再說！｜從這裏走到車站，何須半個鐘頭？

【何許】héxǔ ㄏㄜˊ ㄒㄩˇ 〈書〉何處：何許人(原指甚麼地方人，後來也指甚麼樣的人)。

【何以】héyǐ ㄏㄜˊ ㄧˇ ❶〈書〉用甚麼：何以教我｜何以為生。❷為甚麼：既經說定，何以變卦？

【何在】hézài ㄏㄜˊ ㄗㄞˋ 〈書〉在哪裏：理由何在？

【何止】hézhǐ ㄏㄜˊ ㄓˇ 用反問的語氣表示超出某個數目或範圍：這個風景區方圓何止十里｜廠裏的先進人物何止這幾個？

和[1] (**龢**) hé ㄏㄜˊ ❶平和；和緩：溫和｜柔和｜和顏悅色。❷和諧；和睦：和衷共濟｜弟兄不和。❸結束戰爭或爭執：講和｜媾和。❹(下棋或賽球)不分勝負：和棋｜和局｜末了一盤和了。❺(Hé)姓。

和[2] hé ㄏㄜˊ ❶連帶：和盤托出｜和衣而卧(不脫衣服睡覺)。❷介詞，表示相關、比較等：他和大家講他過去的經歷｜櫃枱正和我一樣高。❸連詞，表示聯合；跟；與：工人和農民都是國家的主人。❹加法運算中，一個數加上另一個數所得的數，如6+4=10中，10是和。也叫和數。

和[3] Hé ㄏㄜˊ 指日本：和服。

另見466頁 hè；483頁 hú；519頁 huó；525頁 huò。

【和藹】hé'ǎi ㄏㄜˊ ㄞˇ 態度溫和，容易接近：和藹可親｜慈祥和藹的笑容。

【和暢】héchàng ㄏㄜˊ ㄔㄤˋ 溫和舒暢：春風和暢。

【和風】héfēng ㄏㄜˊ ㄈㄥ 溫和的風。多指春風：和風麗日｜和風拂面。

【和風細雨】hé fēng xì yǔ ㄏㄜˊ ㄈㄥ ㄒㄧˋ ㄩˇ 比喻方式和緩，不粗暴。

【和服】héfú ㄏㄜˊ ㄈㄨˊ 日本式的服裝。

【和光同塵】hé guāng tóng chén ㄏㄜˊ ㄍㄨㄤ ㄊㄨㄥˊ ㄔㄣˊ 指不露鋒芒、與世無爭的處世態度(見於《老子》第四章)。

【和好】héhǎo ㄏㄜˊ ㄏㄠˇ ❶和睦：兄弟和好。❷恢復和睦的感情：和好如初｜重新和好。

【和緩】héhuǎn ㄏㄜˊ ㄏㄨㄢˇ ❶平和；緩和：態度和緩｜藥性和緩｜口氣和緩｜局勢和緩了。❷使和緩：和緩一下氣氛。

【和會】héhuì ㄏㄜˊ ㄏㄨㄟˋ 戰爭雙方為了正式結束戰爭狀態而舉行的會議。一般在休戰之後舉行。

【和解】héjiě ㄏㄜˊ ㄐㄧㄝˇ 不再爭執或仇視，歸於和好：雙方和解。

【和局】héjú ㄏㄜˊ ㄐㄩˊ (下棋或賽球)不分勝負的結果：三盤棋卻有兩盤是和局。

【和樂】hélè ㄏㄜˊ ㄌㄜˋ 和睦快樂：和樂的氣氛

｜一家大小，和樂度日。

【和美】héměi ㄏㄜˊ ㄇㄟˇ 和睦美滿：和美的家庭｜小兩口兒日子過得挺和美｜和和美美地過日子。

【和睦】hémù ㄏㄜˊ ㄇㄨˋ 相處融洽友愛；不爭吵：家庭和睦｜和睦相處。

【和暖】hénuǎn ㄏㄜˊ ㄋㄨㄢˇ 暖和：天氣和暖｜和暖的陽光。

【和盤托出】hé pán tuō chū ㄏㄜˊ ㄆㄢˊ ㄊㄨㄛ ㄔㄨ 比喻全部說出或拿出來，沒有保留。

【和平】hépíng ㄏㄜˊ ㄆㄧㄥˊ ❶指沒有戰爭的狀態：和平環境｜保衛世界和平。❷溫和；不猛烈：藥性和平。❸平靜；寧靜：聽了這番話，他心裏和平了一些。

【和平鴿】hépínggē ㄏㄜˊ ㄆㄧㄥˊ ㄍㄜ 象徵和平的鴿子。西方傳說古代洪水後，坐在船裏的挪亞(Noah)放出鴿子，鴿子銜着橄欖(齊墩果)樹枝回來，證實洪水已經退去(見於《舊約·創世記》八章)。後世就用鴿子和橄欖枝象徵和平，並把象徵和平的鴿子的圖畫或模型叫做和平鴿。

【和平共處】hépíng gòng chǔ ㄏㄜˊ ㄆㄧㄥˊ ㄍㄨㄥˋ ㄔㄨˇ 指不同社會制度的國家，用和平方式解決彼此爭端，在平等互利的基礎上，發展彼此間經濟和文化聯繫。

【和平共處五項原則】hépíng gòngchǔ wǔxiàngyuánzé ㄏㄜˊ ㄆㄧㄥˊ ㄍㄨㄥˋ ㄔㄨˇ ㄨˇ ㄒㄧㄤˋ ㄩㄢˊ ㄗㄜˊ 我國倡導的處理社會制度不同國家相互關係的重要原則。即：1. 互相尊重主權和領土完整；2. 互不侵犯；3. 互不干涉內政；4. 平等互利；5. 和平共處。

【和平談判】hépíng tánpàn ㄏㄜˊ ㄆㄧㄥˊ ㄊㄢˊ ㄆㄢˋ 交戰雙方為了結束戰爭而進行的談判。

【和棋】héqí ㄏㄜˊ ㄑㄧˊ 下棋不分勝負的終局。

【和氣】hé·qi ㄏㄜˊ ·ㄑㄧ ❶態度溫和：對人和氣。❷和睦：和和氣氣｜他們彼此很和氣。❸和睦的感情：咱們別為小事兒傷了和氣。

【和洽】héqià ㄏㄜˊ ㄑㄧㄚˋ 和睦融洽：相處和洽。

【和親】héqīn ㄏㄜˊ ㄑㄧㄣ 封建王朝與邊疆少數民族統治集團結親和好：和親政策。

【和善】héshàn ㄏㄜˊ ㄕㄢˋ 溫和善良；和藹：態度和善｜性情和善。

【和尚】hé·shang ㄏㄜˊ ·ㄕㄤ 出家修行的男佛教徒。

【和尚頭】hé·shangtóu ㄏㄜˊ ·ㄕㄤ ㄊㄡˊ 俗指剃光的頭；光頭(guāngtóu)。

【和聲】héshēng ㄏㄜˊ ㄕㄥ ❶語調溫和：她說話總是和聲細氣的。❷指同時發聲的幾個樂音的協調的配合。

【和事老】héshìlǎo ㄏㄜˊ ㄕˋ ㄌㄠˇ 調停爭端的人。特指無原則地進行調解的人。

【和順】héshùn ㄏㄜˊ ㄕㄨㄣˋ 溫和順從：性情和順。

【和談】hétán ㄏㄜˊ ㄊㄢˊ 和平談判。

【和婉】héwǎn ㄏㄜˊ ㄨㄢˇ 溫和委婉：語氣和婉。

【和文】héwén ㄏㄜˊ ㄨㄣˊ 日本文。

【和諧】héxié ㄏㄜˊ ㄒㄧㄝˊ 配合得適當和勻稱：音調和諧｜這張畫的顏色很和諧◇和諧的氣氛。

【和煦】héxù ㄏㄜˊ ㄒㄩˋ 溫暖：春風和煦｜和煦的陽光。

【和顏悅色】hé yán yuè sè ㄏㄜˊ ㄧㄢˊ ㄩㄝˋ ㄙㄜˋ 形容態度和藹可親。

【和議】héyì ㄏㄜˊ ㄧˋ 交戰雙方關於恢復和平的談判。

【和易】héyì ㄏㄜˊ ㄧˋ 態度溫和，容易接近：和易近人｜性情和易。

【和約】héyuē ㄏㄜˊ ㄩㄝ 交戰雙方訂立的結束戰爭、恢復和平關係的條約。

【和悅】héyuè ㄏㄜˊ ㄩㄝˋ 和藹愉悅：神情和悅。

【和衷共濟】hé zhōng gòng jì ㄏㄜˊ ㄓㄨㄥ ㄍㄨㄥˋ ㄐㄧˋ 比喻同心協力，共同克服困難。

劾 hé ㄏㄜˊ 揭發罪狀：彈劾｜參劾。

河 hé ㄏㄜˊ ❶天然的或人工的大水道：江河｜河流｜內河｜運河｜護城河。❷指銀河系：河外星系。❸(Hé)特指黃河：河西｜河套。

【河浜】hébāng ㄏㄜˊ ㄅㄤ 〈方〉小河。

【河北梆子】héběi bāng·zi ㄏㄜˊ ㄅㄟˇ ㄅㄤ ·ㄗ 河北地方戲曲劇種之一，由清乾隆年間傳入河北的秦腔和山西梆子逐漸演變而成。參看34頁〖梆子腔〗。

【河槽】hécáo ㄏㄜˊ ㄘㄠˊ 河牀。

【河汊子】héchà·zi ㄏㄜˊ ㄔㄚˋ ·ㄗ 大河旁出的小河。

【河川】héchuān ㄏㄜˊ ㄔㄨㄢ 大小河流的統稱。

【河牀】héchuáng ㄏㄜˊ ㄔㄨㄤˊ 河流兩岸之間容水的部分。也叫河槽或河身。

【河道】hédào ㄏㄜˊ ㄉㄠˋ 河流的路綫，通常指能通航的河：疏通河道。

【河防】héfáng ㄏㄜˊ ㄈㄤˊ ❶防止河流水患的工作。特指黃河的河防：河防工程。❷指黃河的軍事防禦：河防部隊｜河防主力。

【河肥】héféi ㄏㄜˊ ㄈㄟˊ 做肥料用的江河、湖泊或池塘中的淤泥。

【河工】hégōng ㄏㄜˊ ㄍㄨㄥ ❶治理河道、防止水患的工程。特指治理黃河的工程。❷治河工人。

【河溝】hégōu ㄏㄜˊ ㄍㄡ 小水道。

【河谷】hégǔ ㄏㄜˊ ㄍㄨˇ 河流兩岸之間低於地平面的部分，包括河牀和兩邊的坡地。

【河漢】héhàn ㄏㄜˊ ㄏㄢˋ 〈書〉❶銀河。❷比喻

不着邊際、不可憑信的空話。轉指不相信或忽視(某人的話)：幸毋河漢斯言。

【河口】hékǒu ㄏㄜˊ ㄎㄡˇ 河流流入海洋、湖泊或其他河流的地方。

【河流】héliú ㄏㄜˊ ㄌㄧㄡˊ 地球表面較大的天然水流(如江、河等)的統稱。

【河漏】hé·lou ㄏㄜˊ·ㄌㄡ 見466頁〔餄餎〕。

【河馬】hémǎ ㄏㄜˊ ㄇㄚˇ 哺乳動物，身體肥大，頭大，長方形，嘴寬而大，尾巴短，皮厚無毛，黑褐色。大部分時間生活在水中，頭部露出水面。產於非洲。

【河漫灘】hémàntān ㄏㄜˊ ㄇㄢˋ ㄊㄢ 河兩岸由洪水帶來的泥沙淤積而成的可耕平地。

【河南梆子】Hénán bāng·zi ㄏㄜˊ ㄋㄢˊ ㄅㄤ ·ㄗ 豫劇。

【河南墜子】Hénán zhuì·zi ㄏㄜˊ ㄋㄢˊ ㄓㄨㄟˋ·ㄗ 曲藝墜子的通稱。

【河清海晏】hé qīng hǎi yàn ㄏㄜˊ ㄑㄧㄥ ㄏㄞˇ ㄧㄢˋ 黃河的水清了，大海也平靜了。用來形容天下太平。也說海晏河清。

【河曲】héqū ㄏㄜˊ ㄑㄩ 河流彎曲的地方。

【河渠】héqú ㄏㄜˊ ㄑㄩˊ 河和渠。泛指水道：興水利，開河渠。

【河山】héshān ㄏㄜˊ ㄕㄢ 指國家的疆土：錦綉河山｜大好河山。

【河身】héshēn ㄏㄜˊ ㄕㄣ 河牀。

【河灘】hétān ㄏㄜˊ ㄊㄢ 河邊水深時淹沒、水淺時露出的地方。

【河套】hétào ㄏㄜˊ ㄊㄠˋ ❶圍成大半個圈的河道。也指這樣的河道圍着的地方。❷(Hétào)指黃河從寧夏橫城到陝西府谷的一段。過去也指黃河的這一段圍着的地區；現在則指黃河的這一段和賀蘭山、狼山、大青山之間的地區。

【河豚】hétún ㄏㄜˊ ㄊㄨㄣˊ 魚，頭圓形，口小，背部黑褐色，腹部白色，鰭常為黃色。肉味鮮美。卵巢、血液和肝臟有劇毒。我國沿海和某些內河有出產。也叫魨(tún)。

【河外星系】héwài-xīngxì ㄏㄜˊ ㄨㄞˋ ㄒㄧㄥ ㄒㄧˋ 在銀河系以外的恒星的集合體，距離地球在數百萬光年以上。河外星系是和銀河系相當的恒星系。舊稱河外星雲。

【河網】héwǎng ㄏㄜˊ ㄨㄤˇ 縱橫交錯的許多水道所構成的整體：河網化｜河網如織。

【河西走廊】Héxī-zǒuláng ㄏㄜˊ ㄒㄧ ㄗㄡˇ ㄌㄤˊ 甘肅西北部祁連山以北、合黎山和龍首山以南、烏鞘嶺以西的狹長地帶，東西長約 1,000 公里，南北寬約 100－200 公里，因在黃河之西而得名。

【河鮮】héxiān ㄏㄜˊ ㄒㄧㄢ 供食用的新鮮的河魚、河蝦等。

【河沿】héyán ㄏㄜˊ ㄧㄢˊ (河沿兒)河流的邊沿。

【河魚】héyú ㄏㄜˊ ㄩˊ 生活在河裏的魚，如鯽魚、鱖魚、鯉魚等。

【河運】héyùn ㄏㄜˊ ㄩㄣˋ 內河運輸。

曷 hé ㄏㄜˊ 〈書〉❶怎麼。❷何時。

郃 hé ㄏㄜˊ 郃陽(Héyáng ㄏㄜˊ ㄧㄤˊ)，地名，在陝西。今作合陽。

紇(纥) hé ㄏㄜˊ 見510頁〖回紇〗。
另見383頁 gē。

盍(盇) hé ㄏㄜˊ 〈書〉何不：盍往視之？

荷[1]〔荷〕 hé ㄏㄜˊ 蓮。

荷[2]〔荷〕 Hé ㄏㄜˊ 指荷蘭。
另見467頁 hè。

【荷包】hé·bāo ㄏㄜˊ·ㄅㄠ ❶隨身攜帶、裝零錢和零星東西的小包。❷指衣服上的兜兒。

【荷包蛋】hé·bāodàn ㄏㄜˊ·ㄅㄠ ㄉㄢˋ 去殼後在開水裏煮熟或在滾油裏煎熟的整個兒的雞蛋。

【荷爾蒙】hé'ěrméng ㄏㄜˊ ㄦˇ ㄇㄥˊ 激素的舊稱。〔英 hormone〕

【荷花】héhuā ㄏㄜˊ ㄏㄨㄚ ❶蓮的花。❷蓮。

【荷塘】hétáng ㄏㄜˊ ㄊㄤˊ 種蓮的池塘。

核[1] hé ㄏㄜˊ ❶核果中心的堅硬部分，裏面有果仁：桃核｜杏核。❷物體中像核的部分：菌核｜細胞核。❸指原子核、核能、核武器等：核裝置｜核訛詐。

核[2](覈) hé ㄏㄜˊ ❶仔細地對照考察：審核｜核算｜核實｜核准。❷〈書〉真實：其文直，其事核。
另見484頁 hú。

【核查】héchá ㄏㄜˊ ㄔㄚˊ 審查核實：對案情認真核查｜核查了工廠的固定資產。

【核彈】hédàn ㄏㄜˊ ㄉㄢˋ 原子彈、氫彈等原子武器的統稱。

【核彈頭】hédàntóu ㄏㄜˊ ㄉㄢˋ ㄊㄡˊ 指作為導彈或炮彈彈頭的原子彈，或作為導彈彈頭的氫彈等。

【核電站】hédiànzhàn ㄏㄜˊ ㄉㄧㄢˋ ㄓㄢˋ 利用原子能發電的機構。

【核定】hédìng ㄏㄜˊ ㄉㄧㄥˋ 核對審定：核定資金｜核定產量。

【核對】héduì ㄏㄜˊ ㄉㄨㄟˋ 審核查對：核對賬目｜核對事實。

【核訛詐】hé'ézhà ㄏㄜˊ ㄜˊ ㄓㄚˋ 憑藉擁有的核武器進行威脅恫嚇。

【核發】héfā ㄏㄜˊ ㄈㄚ 核准後發給：核發駕駛執照。

【核反應】héfǎnyìng ㄏㄜˊ ㄈㄢˇ ㄧㄥˋ 帶電粒子、中子或光子與原子核相互作用，使核的結構發生變化，形成新核，並放出一個或幾個粒子。

【核反應堆】héfǎnyìngduī ㄏㄜˊ ㄈㄢˇ ㄧㄥˋ ㄉㄨㄟ 原子反應堆。

【核輻射】héfúshè ㄏㄜˊ ㄈㄨˊ ㄕㄜˋ ❶指放射性原子核放射阿爾法、貝塔、伽馬射綫。❷指阿爾法、貝塔、伽馬射綫。通常也包括中子射綫。

【核果】héguǒ ㄏㄜˊ ㄍㄨㄛˇ 液果的一種。外果皮很薄。中果皮多汁，是食用部分。內果皮是堅硬的殼，裏面包着種子。如桃、梅、李等。

【核計】héjì ㄏㄜˊ ㄐㄧˋ 核算：核計成本。

【核減】héjiǎn ㄏㄜˊ ㄐㄧㄢˇ 審核後決定減少：核減經費。

【核力】hélì ㄏㄜˊ ㄌㄧˋ 核子之間的相互作用力。在距離不超過原子核的大小時，這種力才起作用。

【核能】hénéng ㄏㄜˊ ㄋㄥˊ 原子能。因原子能是原子核裂變或聚變時釋放出來的，所以也叫核能。

【核潛艇】héqiántǐng ㄏㄜˊ ㄑㄧㄢˊ ㄊㄧㄥˇ 用原子能做動力的潛艇。能長時間地連續地在水中進行戰鬥活動。

【核燃料】héránliào ㄏㄜˊ ㄖㄢˊ ㄌㄧㄠˋ 用來在原子反應堆中進行核裂變，同時產生原子能的放射性物質，主要的有鈾、鈈、釷等。

【核實】héshí ㄏㄜˊ ㄕˊ 審核是否屬實：核實情況｜核實數據。

【核算】hésuàn ㄏㄜˊ ㄙㄨㄢˋ 企業經營上的核查計算：核算成本｜資金核算。

【核桃】hé·tao ㄏㄜˊ ·ㄊㄠ ❶核桃樹，落葉喬木，羽狀複葉，小葉橢圓形，核果球形，外果皮平滑，內果皮堅硬，有皺紋。木材堅韌，可以做器物，果仁可以吃，可以榨油，也可以入藥。❷這種植物的果實。‖也叫胡桃。

【核武器】héwǔqì ㄏㄜˊ ㄨˇ ㄑㄧˋ 利用核子反應所放出的能量造成殺傷和破壞的武器，包括原子彈、氫彈、中子彈和放射性戰劑等。也叫原子武器。

【核心】héxīn ㄏㄜˊ ㄒㄧㄣ 中心；主要部分（就事物之間的關係說）：領導核心｜核心小組｜核心工事｜核心作用。

【核戰爭】hézhànzhēng ㄏㄜˊ ㄓㄢˋ ㄓㄥ 用核武器進行的戰爭（區別於'常規戰爭'）。

【核裝置】hézhuāngzhì ㄏㄜˊ ㄓㄨㄤ ㄓˋ 能發生核子反應的裝置。多指原子彈和氫彈。

【核准】hézhǔn ㄏㄜˊ ㄓㄨㄣˇ 審核後批准：施工計劃已經審計部門核准。

【核資】hézī ㄏㄜˊ ㄗ 核查資金、資產：清產核資。

【核子】hézǐ ㄏㄜˊ ㄗˇ 構成原子核的基本粒子，即質子和中子的統稱。

盉 hé ㄏㄜˊ 古代溫酒的銅製器具，形狀像壺，有三條腿。

菏〔菏〕 hé ㄏㄜˊ 菏澤（Hézé ㄏㄜˊ ㄗㄜˊ），地名，在山東。

盒 hé ㄏㄜˊ （盒兒）❶盒子①：飯盒兒｜鉛筆盒兒｜火柴盒兒。❷盒子②：花盒。

【盒帶】hédài ㄏㄜˊ ㄉㄞˋ 盒式錄音帶或錄像帶。

【盒飯】héfàn ㄏㄜˊ ㄈㄢˋ 裝在盒子裏出售的份兒飯。

【盒子】hé·zi ㄏㄜˊ ·ㄗ ❶盛東西的器物，一般比較小，用紙糊成或用木板、金屬、塑料等製成，大多有蓋，間或是抽屜式。❷一種烟火，外形像盒子。❸指盒子槍。

【盒子槍】hé·ziqiāng ㄏㄜˊ ·ㄗ ㄑㄧㄤ 〈方〉駁殼槍。也有叫盒子炮的。

涸 hé ㄏㄜˊ 〈書〉乾涸：涸轍。

【涸轍之鮒】hé zhé zhī fù ㄏㄜˊ ㄓㄜˊ ㄓ ㄈㄨˋ 在乾涸了的車轍裏的鮒魚（鯽魚）（見於《莊子·外物》）。比喻處在困境中急待救援的人。

訸（诃） hé ㄏㄜˊ 〈書〉和諧。多用於人名。

貉 hé ㄏㄜˊ 哺乳動物，毛棕灰色，兩耳短小，兩頰有長毛橫生。栖息在山林中，晝伏夜出，吃魚蝦和鼠兔等小動物。是一種重要的毛皮獸。通稱貉子（háo·zi），也叫貍。

另見456頁 háo；815頁 mò'貊'。

餄（饸） hé ㄏㄜˊ ［餄餎］（hé·le ㄏㄜˊ·ㄌㄜ）用餄餎牀子（做餄餎的工具，底有漏孔）把和（huó）好的蕎麥麪、高粱麪等軋成的長條，煮着吃。也作合餎。也說河漏（hé·lou）。

閡（阂） hé ㄏㄜˊ 阻隔不通：隔閡。

頜（颌） hé ㄏㄜˊ 構成口腔上部和下部的骨頭和肌肉組織。上部叫上頜，下部叫下頜。

另見387頁 gé。

【頜下腺】héxiàxiàn ㄏㄜˊ ㄒㄧㄚˋ ㄒㄧㄢˋ 下頜部的唾液腺，左右各一。參看1169頁〖唾液腺〗。

翮 hé ㄏㄜˊ ❶鳥羽的莖狀部分，中空透明。❷〈書〉指鳥的翅膀：振翮高飛。

鞨 hé ㄏㄜˊ 見815頁［靺鞨］。

齕（龁） hé ㄏㄜˊ 〈書〉咬。

闔（阖、閤） hé ㄏㄜˊ ❶全；總共：闔家｜闔城。❷關閉：闔戶。

'閤' 另見387頁 gé。

【闔第】hédì ㄏㄜˊ ㄉㄧˋ 闔府。

【闔府】héfǔ ㄏㄜˊ ㄈㄨˇ 敬辭，稱對方全家。

鶡（鹖） hé ㄏㄜˊ 古書上說的一種善鬥的鳥。

【鶡雞】héjī ㄏㄜˊ ㄐㄧ 褐馬雞。

hè（ㄏㄜˋ）

和 hè ㄏㄜˋ ❶和諧地跟着唱：曲高和寡｜一唱百和。❷依照別人的詩詞的題材和體裁做詩詞：奉和一首。

另見463頁 hé；483頁 hú；519頁 huó；525頁 huò。

【和詩】hè∥shī ㄏㄜˋ∥ㄕ 指作詩與別人互相唱和。也指這種唱和的詩。

佫 Hè ㄏㄜˋ 姓。

荷〔荷〕 hè ㄏㄜˋ ❶背(bēi)或扛：荷鋤｜荷槍實彈。❷〈書〉承當：荷天下之重任。❸負擔：肩負重荷。❹承受恩惠(多用在書信裏表示客氣)：感荷｜為荷。

另見465頁 hé。

【荷槍實彈】hè qiāng shí dàn ㄏㄜˋ ㄑㄧㄤ ㄕˊ ㄉㄢˋ 扛着槍，子彈上膛。指軍隊、警察等處於戒備狀態。

【荷載】hèzài ㄏㄜˋ ㄗㄞˋ ❶指作用在物體上的外力。❷承載；承重。

【荷重】hèzhòng ㄏㄜˋ ㄓㄨㄥˋ 建築物能夠承受的重量。

喝 hè ㄏㄜˋ 大聲喊叫：吆喝｜喝問｜大喝一聲。

另見460頁 hē。

【喝彩】hè∥cǎi ㄏㄜˋ∥ㄘㄞˇ 大聲叫好：齊聲喝彩｜全場觀眾都喝起彩來。

【喝倒彩】hè dàocǎi ㄏㄜˋ ㄉㄠˋ ㄘㄞˇ 喊倒好兒。參看234頁〖倒好兒〗。

【喝道】hèdào ㄏㄜˋ ㄉㄠˋ 封建時代官員出門時，前面引路的差役喝令行人讓路。

【喝令】hèlìng ㄏㄜˋ ㄌㄧㄥˋ 大聲命令。

【喝問】hèwèn ㄏㄜˋ ㄨㄣˋ 大聲地問：嚴詞喝問。

猲 hè ㄏㄜˋ〈書〉❶喘息恐懼的樣子。❷威脅；嚇唬。

另見1267頁 xiē。

愒 hè ㄏㄜˋ〈書〉嚇唬：虛愒｜恐愒。

另見640頁 kài；911頁 qì。

賀(贺) hè ㄏㄜˋ ❶慶祝；慶賀：祝賀｜道賀｜賀喜｜賀信｜賀詞｜賀電。❷(Hè)姓。

【賀詞】hècí ㄏㄜˋ ㄘˊ 在喜慶的儀式上所說的表示祝賀的話。

【賀電】hèdiàn ㄏㄜˋ ㄉㄧㄢˋ 祝賀的電報。

【賀函】hèhán ㄏㄜˋ ㄏㄢˊ 賀信。

【賀卡】hèkǎ ㄏㄜˋ ㄎㄚˇ 祝賀親友新婚、生日或節日用的紙片，一般印有祝賀文字和圖畫。

【賀禮】hèlǐ ㄏㄜˋ ㄌㄧˇ 祝賀時贈送的禮物。

【賀年】hè∥nián ㄏㄜˋ∥ㄋㄧㄢˊ (向人)慶賀新年：賀年片。

【賀喜】hè∥xǐ ㄏㄜˋ∥ㄒㄧˇ 道喜。

【賀信】hèxìn ㄏㄜˋ ㄒㄧㄣˋ 祝賀的信。也叫賀函。

赫[1] hè ㄏㄜˋ ❶顯著；盛大：顯赫｜煊赫。❷(Hè)姓。

赫[2] hè ㄏㄜˋ 赫茲的簡稱。

【赫赫】hèhè ㄏㄜˋ ㄏㄜˋ 顯著盛大的樣子：赫赫有名。

【赫然】hèrán ㄏㄜˋ ㄖㄢˊ ❶形容令人驚訝或引人注目的事物突然出現：巨幅標語赫然在目。❷形容大怒：赫然而怒。

【赫哲族】Hèzhézú ㄏㄜˋ ㄓㄜˊ ㄗㄨˊ 我國少數民族之一，分佈在黑龍江。

【赫茲】hèzī ㄏㄜˋ ㄗ 頻率單位，一秒鐘振動一次是一赫茲。這個單位名稱是為紀念德國物理學家赫茲(Heinrich Rudolf Hertz)而定的。簡稱赫。

褐 hè ㄏㄜˋ ❶〈書〉粗布或粗布衣服：短褐。❷像栗子皮那樣的顏色：褐鐵礦。

【褐馬雞】hèmǎjī ㄏㄜˋ ㄇㄚˇ ㄐㄧ 鳥，體長約一米，羽毛大部分黑褐色，尾羽基部白色，末端黑而有紫藍色光澤，可作裝飾品，是我國特有的珍禽。也叫鶡雞。

【褐煤】hèméi ㄏㄜˋ ㄇㄟˊ 煤的一種，一般褐色，有的灰黑色，含水分較多。除做燃料外，還用來提煉汽油、煤油、焦油等。

翯 hè ㄏㄜˋ［翯翯］〈書〉形容羽毛潔白潤澤。

壑 hè ㄏㄜˋ 山溝或大水坑：丘壑｜溝壑｜千山萬壑◇慾壑難填。

嚇(吓) hè ㄏㄜˋ ❶恐嚇；恫嚇。❷嘆詞，表示不滿：嚇，怎麼能這樣呢！

另見1234頁 xià。

鶴(鹤) hè ㄏㄜˋ 鳥類的一屬，頭小頸長，嘴長而直，腳細長，羽毛白色或灰色，群居或雙棲，常在河邊或海岸捕食魚和昆蟲。常見的有白鶴、灰鶴等。

【鶴髮童顏】hè fà tóng yán ㄏㄜˋ ㄈㄚˋ ㄊㄨㄥˊ ㄧㄢˊ 白白的頭髮，紅紅的面色。形容老年人氣色好，有精神。也說童顏鶴髮。

【鶴立雞群】hè lì jī qún ㄏㄜˋ ㄌㄧˋ ㄐㄧ ㄑㄩㄣˊ 比喻一個人的才能或儀表在一群人裏頭顯得很突出。

【鶴嘴鎬】hèzuǐgǎo ㄏㄜˋ ㄗㄨㄟˇ ㄍㄠˇ 挖掘土石用的工具，鎬頭兩頭尖，或一頭尖一頭扁平，中間裝着木把。通稱洋鎬。

hēi（ㄏㄟ）

黑 hēi ㄏㄟ ❶像煤或墨的顏色，是物體完全吸收日光或與日光相似的光綫時所呈現的顏色(跟'白'相對)：黑板｜黑白分明｜白紙黑字。❷黑暗：天黑了｜屋子裏很黑。❸秘密；非法的；不公開的：黑市｜黑話｜黑戶｜黑社會。❹壞；狠毒：黑心。❺象徵反動：黑幫。❻(Hēi)姓。

【黑暗】hēi'àn ㄏㄟ ㄢˋ ❶沒有光：山洞裏一片黑暗。❷比喻（社會狀況）落後；（統治勢力）腐敗：黑暗勢力｜黑暗統治。

【黑白】hēibái ㄏㄟ ㄅㄞˊ ❶黑色和白色：黑白片｜黑白分明。❷比喻是非、善惡：黑白不分｜顛倒黑白｜混淆黑白。

【黑白片兒】hēibáipiānr ㄏㄟ ㄅㄞˊ ㄆㄧㄢㄦ 黑白片。

【黑白片】hēibáipiàn ㄏㄟ ㄅㄞˊ ㄆㄧㄢˋ 沒有彩色的影片（區別於'彩色片'）。

【黑板】hēibǎn ㄏㄟ ㄅㄢˇ 用木頭或玻璃等製成的可以在上面用粉筆寫字的黑色平板。

【黑板報】hēibǎnbào ㄏㄟ ㄅㄢˇ ㄅㄠˋ 工廠、機關、團體、學校等辦的報，寫在黑板上，內容簡短扼要。

【黑幫】hēibāng ㄏㄟ ㄅㄤ 指社會上暗中活動的犯罪團夥和其他反動集團或其成員：黑幫頭目｜黑幫分子。

【黑不溜秋】hēi·buliūqiū ㄏㄟ ·ㄅㄨ ㄌㄧㄡ ㄑㄧㄡ 〈方〉（黑不溜秋的）形容黑得難看。

【黑沈沈】hēichénchén ㄏㄟ ㄔㄣˊ ㄔㄣˊ （黑沈沈的）形容黑暗（多指天色）。

【黑道】hēidào ㄏㄟ ㄉㄠˋ （黑道兒）❶夜間沒有亮光的道路：拿着電筒，省得走黑道。❷指不正當的或非法的行徑：黑道買賣。❸指流氓盜匪等結成的黑社會組織：黑道人物。

【黑燈瞎火】hēidēng-xiāhuǒ ㄏㄟ ㄉㄥ ㄒㄧㄚ ㄏㄨㄛˇ 形容黑暗沒有燈光：樓道裏黑燈瞎火的，下樓時注意點兒。也說黑燈下火。

【黑地】hēidì ㄏㄟ ㄉㄧˋ 指沒有登記在國家地畝冊子上的田地。

【黑店】hēidiàn ㄏㄟ ㄉㄧㄢˋ 殺人劫貨的客店（多見於早期白話）。

【黑洞洞】hēidōngdōng ㄏㄟ ㄉㄨㄥ ㄉㄨㄥ （黑洞洞的）形容黑暗：隧道裏頭黑洞洞的，伸手不見五指。

【黑洞】hēidòng ㄏㄟ ㄉㄨㄥˋ 演變到最後階段的恒星。由中子星進一步收縮而成，有巨大的引力場，使得它所發射的任何電磁波都無法向外傳播，變成看不見的孤立天體，人們只能通過引力作用來確定它的存在，所以叫做黑洞。也叫坍縮星。

【黑豆】hēidòu ㄏㄟ ㄉㄡˋ 子實表皮黑色的大豆。多做牲口的飼料。

【黑非洲】Hēi Fēizhōu ㄏㄟ ㄈㄟ ㄓㄡ 指非洲撒哈拉大沙漠以南的廣大地區。居民絕大多數是黑人。

【黑鈣土】hēigàitǔ ㄏㄟ ㄍㄞˋ ㄊㄨˇ 暗黑色的土壤，在我國主要分佈在東北、西北地區。腐殖質含量高，養分豐富，是肥沃的土壤之一。

【黑更半夜】hēigēng-bànyè ㄏㄟ ㄍㄥ ㄅㄢˋ ㄧㄝˋ （黑更半夜的）指深夜。

【黑咕隆咚】hēi·gulōngdōng ㄏㄟ ·ㄍㄨ ㄌㄨㄥ ㄉㄨㄥ （黑咕隆咚的）形容很黑暗：天還黑咕隆咚的，他就起來了｜屋裏拉上了窗簾，黑咕隆咚的。

【黑管】hēiguǎn ㄏㄟ ㄍㄨㄢˇ 單簧管。

【黑光】hēiguāng ㄏㄟ ㄍㄨㄤ 指紫外綫。

【黑鍋】hēiguō ㄏㄟ ㄍㄨㄛ 見47頁〖背黑鍋〗。

【黑糊糊】hēihūhū ㄏㄟ ㄏㄨ ㄏㄨ （黑糊糊的）❶形容顏色發黑：一個黑糊糊的沙罐｜兩手油泥，黑糊糊的。❷光綫昏暗：天黑糊糊的｜屋子裏黑糊糊的。❸形容人或東西多，從遠處看模糊不清：遠處是一片黑糊糊的樹林｜路旁站着黑糊糊的一片人。‖也作黑乎乎。

【黑戶】hēihù ㄏㄟ ㄏㄨˋ 指沒有戶口的住戶。也指沒有營業執照的商號。

【黑話】hēihuà ㄏㄟ ㄏㄨㄚˋ ❶幫會、流氓、盜匪等所使用的暗語。❷指反動而隱晦的話。

【黑貨】hēihuò ㄏㄟ ㄏㄨㄛˋ 指漏稅或違禁的貨物。

【黑膠綢】hēijiāochóu ㄏㄟ ㄐㄧㄠ ㄔㄡˊ 一種塗有薯莨汁液的平紋絲織品，適於做夏季衣料。主要產於廣東。也叫莨綢、拷綢。

【黑口】hēikǒu ㄏㄟ ㄎㄡˇ 綫裝書書口的一種格式，版口中心上下端所刻的綫條，粗闊的叫大黑口，細狹的叫小黑口（區別於'白口[1]'）。

【黑馬】hēimǎ ㄏㄟ ㄇㄚˇ 比喻實力難測的競爭者或出人意料的優勝者。

【黑茫茫】hēimángmáng ㄏㄟ ㄇㄤˊ ㄇㄤˊ （黑茫茫的）形容一望無邊的黑（多用於夜色）：黑茫茫的夜空｜眼前黑茫茫的一片，分不清哪兒是荒草，哪兒是道路。

【黑蒙蒙】hēimēngmēng ㄏㄟ ㄇㄥ ㄇㄥ （黑蒙蒙的）形容光綫昏暗，看不清楚：部隊趁着黑蒙蒙的夜色急速前進。

【黑名單】hēimíngdān ㄏㄟ ㄇㄧㄥˊ ㄉㄢ 反動統治者或反革命集團等為進行政治迫害而開列的革命者和進步人士的名單。

【黑幕】hēimù ㄏㄟ ㄇㄨˋ 黑暗的內幕。

【黑錢】hēiqián ㄏㄟ ㄑㄧㄢˊ 指以貪污受賄或敲詐勒索等非法手段得來的錢。

【黑槍】hēiqiāng ㄏㄟ ㄑㄧㄤ ❶非法暗藏的槍支。❷乘人不備暗中射出的槍彈：挨黑槍｜打黑槍。

【黑黢黢】hēiqūqū ㄏㄟ ㄑㄩ ㄑㄩ （黑黢黢的）形容很黑：深夜，屋外黑黢黢的，甚麼也看不見。

【黑熱病】hēirèbìng ㄏㄟ ㄖㄜˋ ㄅㄧㄥˋ 寄生蟲病，病原體是黑熱病原蟲（舊稱利什曼原蟲），由白蛉傳染。症狀是發燒，鼻和牙齦出血，肝、脾腫大，貧血，白細胞減少等。

【黑人】Hēirén ㄏㄟ ㄖㄣˊ 指黑種人。

【黑人】hēirén ㄏㄟ ㄖㄣˊ ❶姓名沒有登記在戶籍上的人。❷躲藏起來不敢公開露面的人。

【黑色火藥】hēisè huǒyào ㄏㄟ ㄙㄜˋ ㄏㄨㄛˇ ㄧ

ㄠˋ 用 75% 的硝酸鉀、10% 的硫和 15%的木炭混合製成的火藥，黑色，粒狀，爆炸時烟霧很大。供軍用、獵用和爆破用，也用來做花炮。黑色火藥是我國唐朝時發明的。

【黑色金屬】hēisè jīnshǔ ㄏㄟ ㄙㄜˋ ㄐㄧㄣ ㄕㄨˇ 工業上鐵、錳和鉻的統稱。包括鋼和其他以鐵為主的合金。

【黑色素】hēisèsù ㄏㄟ ㄙㄜˋ ㄙㄨˋ 皮膚、毛髮和眼球的虹膜所含的一種色素。這些組織的顏色的深淺由所含黑色素的多少而定。

【黑社會】hēishèhuì ㄏㄟ ㄕㄜˋ ㄏㄨㄟˋ 指社會上暗中進行犯罪活動的各種黑暗勢力，如反動幫會，流氓、盜竊集團，走私、販毒團夥等。

【黑市】hēishì ㄏㄟ ㄕˋ 暗中進行的不合法買賣的市場：黑市交易。

【黑手】hēishǒu ㄏㄟ ㄕㄡˇ 比喻暗中進行陰謀活動的人或勢力。

【黑糖】hēitáng ㄏㄟ ㄊㄤˊ 〈方〉紅糖。

【黑陶】hēitáo ㄏㄟ ㄊㄠˊ 新石器時代的一種陶器，表面漆黑光亮。

【黑陶文化】hēitáo wénhuà ㄏㄟ ㄊㄠˊ ㄨㄣˊ ㄏㄨㄚˋ 見743頁〖龍山文化〗。

【黑體】hēitǐ ㄏㄟ ㄊㄧˇ ❶排版、印刷上指筆畫特別粗，撇捺等不尖的字體(區別於'白體')。❷對照射在上面的白光能夠全部吸收的理想物體。一個中空的不透明物體，表面留一透光小孔，這個小孔就十分近似於黑體的表面。也叫絕對黑體。

【黑頭】hēitóu ㄏㄟ ㄊㄡˊ 戲曲中花臉的一種，因勾黑臉譜而得名。起初專指扮演包公的角色，後來指偏重唱工的花臉。

【黑土】hēitǔ ㄏㄟ ㄊㄨˇ 黑色的土壤，在我國主要分佈在東北地區。腐殖質含量高，養分豐富，是肥沃的土壤之一。

【黑窩】hēiwō ㄏㄟ ㄨㄛ 比喻壞人隱藏或幹壞事的地方：掏黑窩。

【黑瞎子】hēixiā·zi ㄏㄟ ㄒㄧㄚ ·ㄗ 〈方〉黑熊。

【黑匣子】hēixiá·zi ㄏㄟ ㄒㄧㄚˊ ·ㄗ 飛行記錄儀。裝在座艙裏，用來記錄飛機飛行中的各種資料。飛機失事後，可依其記錄分析失事原因。

【黑下】hēi·xia ㄏㄟ ·ㄒㄧㄚ 〈方〉黑夜。

【黑心】hēixīn ㄏㄟ ㄒㄧㄣ ❶陰險狠毒的心腸：起黑心。❷心腸陰險狠毒：黑心的傢伙。

【黑信】hēixìn ㄏㄟ ㄒㄧㄣˋ 匿名信。

【黑猩猩】hēixīng·xing ㄏㄟ ㄒㄧㄥ ·ㄒㄧㄥ 哺乳動物，直立時高可達一米半，毛黑色，面部灰褐色，無毛，眉骨高。生活在非洲森林中，喜歡群居，吃野果、小鳥和昆蟲。是和人類最相似的高等動物。

【黑熊】hēixióng ㄏㄟ ㄒㄩㄥˊ 哺乳動物，身體肥大，尾巴短，腳掌大，爪有鈎，胸部有新月形白斑，其餘部分黑色，會游泳，能爬樹。肉、膽和油均可入藥。也叫狗熊，有的地區叫黑瞎子。

【黑魆魆】hēixūxū ㄏㄟ ㄒㄩ ㄒㄩ (黑魆魆的)形容黑暗：洞裏黑魆魆的，甚麼也看不見。

【黑壓壓】hēiyāyā ㄏㄟ ㄧㄚ ㄧㄚ (黑壓壓的)形容密集的人，也形容密集的或大片的東西：廣場上黑壓壓的站滿了人｜遠處黑壓壓的一片，看不清是些甚麼東西。也作黑鴉鴉。

【黑眼珠】hēiyǎnzhū ㄏㄟ ㄧㄢˇ ㄓㄨ (黑眼珠兒)眼球上黑色的部分。

【黑夜】hēiyè ㄏㄟ ㄧㄝˋ 夜晚；夜裏：白天黑夜不停地施工。

【黑油油】hēiyōuyōu ㄏㄟ ㄧㄡ ㄧㄡ (黑油油的)形容黑得發亮：黑油油的頭髮｜黑油油的土地。也作黑黝黝。

【黑黝黝】hēiyōuyōu ㄏㄟ ㄧㄡ ㄧㄡ (黑黝黝的)❶同'黑油油'。❷光綫昏暗，看不清楚：四周黑黝黝的，沒有一點兒光｜一片黑黝黝的松林。也作黑幽幽。

【黑魚】hēiyú ㄏㄟ ㄩˊ 烏鱧的通稱。

【黑棗】hēizǎo ㄏㄟ ㄗㄠˇ ❶落葉喬木，葉子橢圓形，花暗紅色或綠白色。果實球形或橢圓形，黃色，貯藏一個時期後變成黑褐色，可以吃，味甜。❷這種植物的果實。‖也叫軟棗。❸〈方〉被槍斃叫吃黑棗(含詼諧意)。

【黑種】Hēizhǒng ㄏㄟ ㄓㄨㄥˇ 指主要分佈在非洲的尼格羅－澳大利亞人種。

【黑子】hēizǐ ㄏㄟ ㄗˇ ❶〈書〉黑色的痣。❷見1107頁〖太陽黑子〗。

嘿(嗨) hēi ㄏㄟ 嘆詞。❶表示招呼或提起注意：嘿，老張，快走吧！｜嘿！我說的你聽見沒有？❷表示得意：嘿，咱們生產的機器可實在不錯呀！❸表示驚異：嘿，下雪了！｜嘿，這是甚麼話！

另見815頁 mò。'嗨'另見444頁 hāi。

【嘿嘿】hēihēi ㄏㄟ ㄏㄟ 象聲詞，形容笑聲。

hén (ㄏㄣˊ)

痕 hén ㄏㄣˊ 痕迹：淚痕｜刀痕｜傷痕｜裂痕。

【痕迹】hénjì ㄏㄣˊ ㄐㄧˋ ❶物體留下的印兒：車輪的痕迹｜白襯衣上有墨水痕迹。❷殘存的迹象：這個山村，舊日的痕迹幾乎完全消失了。

hěn (ㄏㄣˇ)

很 hěn ㄏㄣˇ 副詞，表示程度相當高：很快｜很不壞｜很喜歡｜很能辦事｜好得很｜大家的意見很接近｜我很知道他的脾氣。

狠[1] hěn ㄏㄣˇ ❶兇惡；殘忍：兇狠｜狠毒。❷控制感情，下定決心：狠着心把淚止住。❸堅決：狠抓業務。❹嚴厲；厲害：對自己人要和，對敵人要狠｜狠狠打擊各種犯罪分子。

狠2 hěn ㄏㄣˇ 同'很'。

【狠毒】hěndú ㄏㄣˇ ㄉㄨˊ 兇狠毒辣：心腸狠毒｜陰險狠毒的傢伙。

【狠命】hěnmìng ㄏㄣˇ ㄇㄧㄥˋ 用盡全力；拼命：狠命追趕｜狠命往人堆裏擠。

【狠心】hěn//xīn ㄏㄣˇ//ㄒㄧㄣ 下定決心不顧一切：狠一狠心｜狠了心。

【狠心】hěnxīn ㄏㄣˇ ㄒㄧㄣ ❶心腸殘忍：狠心的人。❷極大的決心：下狠心離開了他。

hèn (ㄏㄣˋ)

恨 hèn ㄏㄣˋ ❶仇視；怨恨：恨入骨髓｜恨之入骨。❷悔恨；不稱心：恨事｜遺恨。

【恨不得】hèn·bu·de ㄏㄣˋ·ㄅㄨ·ㄉㄜ 急切希望(實現某事)；巴不得：他恨不得長出翅膀來一下子飛到北京去。也說恨不能。

【恨人】hènrén ㄏㄣˋ ㄖㄣˊ 〈方〉使人生氣；讓人怨恨：他又把飯做煳了，真恨人！

【恨入骨髓】hèn rù gǔsuǐ ㄏㄣˋ ㄖㄨˋ ㄍㄨˇ ㄙㄨㄟˇ 形容痛恨到了極點。也說恨之入骨。

【恨事】hènshì ㄏㄣˋ ㄕˋ 憾事：引為恨事。

【恨鐵不成鋼】hèn tiě bù chéng gāng ㄏㄣˋ ㄊㄧㄝˇ ㄅㄨˋ ㄔㄥˊ ㄍㄤ 比喻對人要求嚴格，希望他變得更好。

hēng (ㄏㄥ)

亨1 hēng ㄏㄥ ❶順利：亨通。❷(Hēng)姓。

〈古〉又同'烹'pēng。

亨2 hēng ㄏㄥ 亨利的簡稱。

【亨利】hēnglì ㄏㄥ ㄌㄧˋ 電感單位，電路中電流強度在1秒鐘內的變化為1安培、產生的電動勢為1伏特時，電感就是1亨利。這個單位名稱是為紀念美國物理學家亨利(Joseph Henry)而定的。簡稱亨。

【亨通】hēngtōng ㄏㄥ ㄊㄨㄥ 順利：萬事亨通｜他這幾年青雲直上，官運亨通。

哼 hēng ㄏㄥ ❶鼻子發出聲音：痛得哼了幾聲。❷低聲唱或吟哦：他一邊走一邊哼着小曲兒｜這幾首詩是在旅途上哼出來的。

另見472頁 hng。

【哼哧】hēngchī ㄏㄥ ㄔ 象聲詞，形容粗重的喘息聲：他累得哼哧哼哧地直喘氣。

【哼哈二將】Hēng-Hā èr jiàng ㄏㄥ ㄏㄚ ㄦˋ ㄐㄧㄤˋ 佛教的守護廟門的兩個神，形象威武兇惡，《封神演義》把他們描寫成有法術的監督押運糧草的官，一個鼻子裏哼出白氣，一個口中哈出黃氣。後多用來比喻有權勢者手下得力而盛氣凌人的人(如果碰巧是兩個)。也比喻狼狽為奸的兩個人。

【哼唧】hēng·ji ㄏㄥ·ㄐㄧ 低聲說話、歌唱或誦讀：他哼唧了半天，也沒說明白｜他一邊勞動，一邊哼唧着小曲兒。

【哼兒哈兒】hēngrhār ㄏㄥㄦ ㄏㄚㄦ 象聲詞，形容鼻子和嘴發出的聲音(多表示不在意)：他總是哼兒哈兒的，問他也沒用！

【哼唷】hēngyō ㄏㄥ ㄧㄛ 嘆詞，做重體力勞動(大多集體操作)時發出的有節奏的聲音。

啈 hēng ㄏㄥ 嘆詞，表示禁止。

另見472頁 hèng。

脝 hēng ㄏㄥ 見871頁〖膨脝〗。

héng (ㄏㄥˊ)

行 héng ㄏㄥˊ 見236頁〖道行〗(dào·héng)。

另見453頁 háng；455頁 hàng；1278頁 xíng。

恒(恆) héng ㄏㄥˊ ❶永久；持久：永恒｜恒心。❷恒心：有恒｜持之以恒。❸平常；經常：恒態｜恒言｜人之恒情。❹(Héng)姓。

【恒產】héngchǎn ㄏㄥˊ ㄔㄢˇ 指田地房屋等比較固定的產業；不動產。

【恒齒】héngchǐ ㄏㄥˊ ㄔˇ 人或哺乳動物的乳齒脫落後長出的牙齒。恒齒脫落後不再生牙齒。也叫恒牙。

【恒等式】héngděngshì ㄏㄥˊ ㄉㄥˇ ㄕˋ 所含的未知量用任意數代替，等號兩邊的數值永遠相等的式子。如$\cos^2x+\sin^2x=1$，$(a+b)^2=a^2+2ab+b^2$。

【恒定】héngdìng ㄏㄥˊ ㄉㄧㄥˋ 永恒固定。

【恒河沙數】héng hé shā shù ㄏㄥˊ ㄏㄜˊ ㄕㄚ ㄕㄨˋ 形容數量極多，像恒河裏的沙子一樣(原是佛經裏的話，恒河是印度的大河)。

【恒久】héngjiǔ ㄏㄥˊ ㄐㄧㄡˇ 永久；持久：恒久不變。

【恒量】héngliàng ㄏㄥˊ ㄌㄧㄤˋ 常量。

【恒溫】héngwēn ㄏㄥˊ ㄨㄣ 相對穩定的溫度。

【恒溫動物】héngwēn dòngwù ㄏㄥˊ ㄨㄣ ㄉㄨㄥˋ ㄨˋ 能自動調節體溫，在外界溫度變化的情況下，能保持體溫相對穩定的動物，如鳥類和哺乳類。也叫常溫動物、溫血動物、熱血動物。

【恒心】héngxīn ㄏㄥˊ ㄒㄧㄣ 長久不變的意志：學習要有恒心。

【恒星】héngxīng ㄏㄥˊ ㄒㄧㄥ 本身能發出光和熱的天體，如織女星、太陽。過去認為這些天體的位置是固定不動的，所以叫做恒星。實際上恒星也在運動。

【恒星年】héngxīngnián ㄏㄥˊ ㄒㄧㄥ ㄋㄧㄢˊ 地球繞太陽一周實際所需的時間，也就是從地球上觀測，以太陽和某一個恒星在同一位置上為起點，當觀測到太陽再回到這個位置時所需的時間。一恒星年等於 365 天 6 小時 9 分 10 秒。

【恒星系】héngxīngxì ㄏㄥˊ ㄒㄧㄥ ㄒㄧˋ 由無數恒星組成的集合體，如銀河系和河外星系。簡稱星系。

姮 héng ㄏㄥˊ ［姮娥］(Héng'é ㄏㄥˊ ㄜˊ)〈書〉嫦娥。

珩 héng ㄏㄥˊ 古代佩玉上面的橫玉，形狀像古代的磬。

【珩磨】héngmó ㄏㄥˊ ㄇㄛˊ 用若干油石或砂條組成磨具，在工件內作旋轉或往復運動。可使工件達到很高的精度和光潔度。

桁 héng ㄏㄥˊ 檁(lǐn)。

【桁架】héngjià ㄏㄥˊ ㄐㄧㄚˋ 房屋、橋樑等的架空的骨架式承重結構。

橫 héng ㄏㄥˊ ❶跟地面平行的(跟'豎、直'相對)：橫額｜橫樑。❷地理上東西向的(跟'縱'相對)：黃河橫貫本省。❸從左到右或從右到左的(跟'豎、直、縱'相對)：橫寫｜一隊飛機橫過我們的頭頂。❹跟物體的長的一邊垂直的(跟'豎、直、縱'相對)：橫剖面｜人行橫道。❺使物體成橫向：把扁擔橫過來。❻縱橫雜亂：蔓草橫生｜老淚橫流。❼蠻橫；兇惡：橫加阻攔｜橫行霸道。注意 與'橫'(hèng)①義相近，但只用於成語或文言詞中。❽(橫兒)漢字的筆畫，平着由左向右，形狀是'一'。❾〈方〉橫豎；反正：我橫不那麼辦！｜事情是你幹的，我橫沒過問。❿〈方〉橫是：今天下雨，他橫不來了。

另見472頁 hèng。

【橫標】héngbiāo ㄏㄥˊ ㄅㄧㄠ 橫幅標語：巨幅橫標。

【橫波】héngbō ㄏㄥˊ ㄅㄛ ❶〈書〉形容眼神流動。也比喻女子的眼睛：橫波一笑。❷介質質點振動方向與傳播方向垂直的機械波。

【橫衝直撞】héng chōng zhí zhuàng ㄏㄥˊ ㄔㄨㄥ ㄓˊ ㄓㄨㄤˋ 亂衝亂闖。也說橫衝直闖。

【橫倒豎歪】héng dǎo shù wāi ㄏㄥˊ ㄉㄠˇ ㄕㄨˋ ㄨㄞ 形容東西放得縱橫雜亂：幾條破板凳橫倒豎歪地放在屋子裏。

【橫笛】héngdí ㄏㄥˊ ㄉㄧˊ 見245頁'笛'①。

【橫渡】héngdù ㄏㄥˊ ㄉㄨˋ 從江河等的這一邊過到那一邊：橫渡長江。

【橫隊】héngduì ㄏㄥˊ ㄉㄨㄟˋ 橫的隊形：三列橫隊。

【橫幅】héngfú ㄏㄥˊ ㄈㄨˊ 橫的字畫、標語、錦旗等：一條(張、幅)橫幅。

【橫膈膜】hénggémó ㄏㄥˊ ㄍㄜˊ ㄇㄛˊ 見387頁'膈'。

【橫亘】hénggèn ㄏㄥˊ ㄍㄣˋ (橋樑、山脉等)橫跨；橫臥：大橋橫亘在廣闊的水面上｜兩縣交界的地方橫亘着幾座山嶺。

【橫貫】héngguàn ㄏㄥˊ ㄍㄨㄢˋ (山脉、河流、道路等)橫着通過去：隴海鐵路橫貫我國中部。

【橫加】héngjiā ㄏㄥˊ ㄐㄧㄚ 不講道理，強行施加：橫加指責｜橫加阻撓。

【橫結腸】héngjiécháng ㄏㄥˊ ㄐㄧㄝˊ ㄔㄤˊ 結腸的一部分，上端與升結腸相連，橫過胃的下面，下端與降結腸相結。(圖見1252頁〖消化系統〗)

【橫流】héngliú ㄏㄥˊ ㄌㄧㄡˊ ❶形容淚水往四下流：老淚橫流。❷水往四處亂流；氾濫：洪水橫流◇物欲橫流。

【橫眉】héngméi ㄏㄥˊ ㄇㄟˊ 形容怒目而視的樣子：橫眉豎眼。

【橫眉怒目】héng méi nù mù ㄏㄥˊ ㄇㄟˊ ㄋㄨˋ ㄇㄨˋ 怒視的樣子。多用來形容強橫或強硬的神情。也說橫眉努目、橫眉立目。

【橫批】héngpī ㄏㄥˊ ㄆㄧ 同對聯相配的橫幅。

【橫披】héngpī ㄏㄥˊ ㄆㄧ 長條形的橫幅字畫。

【橫剖面】héngpōumiàn ㄏㄥˊ ㄆㄡ ㄇㄧㄢˋ 從垂直於物體的軸心綫的方向切斷物體後所呈現出的表面，如圓柱體的橫剖面是一個圓形。也叫橫斷面、橫切面。

【橫七豎八】héng qī shù bā ㄏㄥˊ ㄑㄧ ㄕㄨˋ ㄅㄚ 形容縱橫雜亂：地上橫七豎八地堆放着各種農具。

【橫肉】héngròu ㄏㄥˊ ㄖㄡˋ 使相貌顯得兇惡的肌肉：一臉橫肉。

【橫掃】héngsǎo ㄏㄥˊ ㄙㄠˇ ❶掃盪；掃除：橫掃千軍。❷目光迅速地左右移動着看：他把會場橫掃了一遍也沒找到他。

【橫生】héngshēng ㄏㄥˊ ㄕㄥ ❶縱橫雜亂地生長：蔓草橫生。❷意外地發生：橫生枝節｜橫生是非。❸層出不窮地表露：妙趣橫生。

【橫生枝節】héngshēng zhījié ㄏㄥˊ ㄕㄥ ㄓ ㄐㄧㄝˊ 比喻意外地插進了一些問題使主要問題不能順利解決。

【橫是】héng·shi ㄏㄥˊ ·ㄕ 〈方〉副詞，表示揣測；大概：他橫是快四十了吧？｜天又悶又熱，橫是要下雨了。

【橫豎】héng·shù ㄏㄥˊ ·ㄕㄨˋ 反正(表示肯定)：他橫豎要來的，不必着急。

【橫挑鼻子豎挑眼】héng tiāo bí·zi shù tiāo yǎn ㄏㄥˊ ㄊㄧㄠ ㄅㄧˊ ·ㄗ ㄕㄨˋ ㄊㄧㄠ ㄧㄢˇ 比喻多方挑剔。

【橫紋肌】héngwénjī ㄏㄥˊ ㄨㄣˊ ㄐㄧ 由細長圓柱形細胞組成的肌肉，細胞上橫列着許多明暗相間的條紋。橫紋肌的兩端附着在骨骼上，它的活動受人的意志支配。也叫隨意肌、骨骼肌。

【橫向】héngxiàng ㄏㄥˊ ㄒㄧㄤˋ ❶平行的；非上下級之間的：橫向比較｜橫向交流｜橫向協作｜橫向經濟聯合。❷指東西方向：京廣鐵路是縱向的，隴海鐵路是橫向的。

【橫心】héng∥xīn ㄏㄥˊ∥ㄒㄧㄣ 下決心不顧一切：這一次他可是橫了心了。

【橫行】héngxíng ㄏㄥˊ ㄒㄧㄥˊ 行動蠻橫；倚仗勢力做壞事：橫行不法｜橫行無忌。

【橫行霸道】héngxíng bàdào ㄏㄥˊ ㄒㄧㄥˊ ㄅㄚˋ ㄉㄠˋ 仗勢胡作非為，蠻不講理。

【橫痃】héngxuán ㄏㄥˊ ㄒㄩㄢˊ 由下疳引起的腹股溝淋巴結腫脹、發炎的症狀。

【橫溢】héngyì ㄏㄥˊ ㄧˋ ❶(江河等)氾濫：江河橫溢。❷(才華等)充分顯露：才思橫溢。

【橫徵暴斂】héng zhēng bào liǎn ㄏㄥˊ ㄓㄥ ㄅㄠˋ ㄌㄧㄢˇ 強徵捐稅，搜刮人民財富。

【橫直】héngzhí ㄏㄥˊ ㄓˊ 〈方〉副詞，反正；橫豎(héng·shù)。

衡 héng ㄏㄥˊ ❶秤桿。泛指稱重量的器具。❷稱重量：衡器。❸衡量：衡情度理。❹〈書〉平；不傾斜：平衡｜均衡。❺(Héng)姓。

【衡量】héng·liáng ㄏㄥˊ ·ㄌㄧㄤ ❶比較，評定：衡量得失。❷考慮；斟酌：你衡量一下這件事該怎麼辦。

【衡器】héngqì ㄏㄥˊ ㄑㄧˋ 稱重量的器具，如秤、天平。

鴴(鸻) héng ㄏㄥˊ 鳥類的一屬，體形較小，嘴短而直，前端略膨大，翅膀的羽毛長。只有前趾，沒有後趾。多群居在海濱。

蘅〔蘅〕 héng ㄏㄥˊ 見284頁〖杜蘅〗。

hèng (ㄏㄥˋ)

啈 hèng ㄏㄥˋ 發狠的聲音。
另見470頁 hēng。

橫 hèng ㄏㄥˋ ❶粗暴；兇暴：蠻橫｜強橫｜橫話。❷不吉利的；意外的：橫事｜橫禍。
另見471頁 héng。

【橫暴】hèngbào ㄏㄥˋ ㄅㄠˋ 強橫兇暴：橫暴不法｜橫暴的行為。

【橫財】hèngcái ㄏㄥˋ ㄘㄞˊ 意外得來的錢財(多指用不正當的手段得來的)：發橫財。

【橫禍】hènghuò ㄏㄥˋ ㄏㄨㄛˋ 意外的禍患：慘遭橫禍。

【橫蠻】hèngmán ㄏㄥˋ ㄇㄢˊ 蠻橫。

【橫逆】hèngnì ㄏㄥˋ ㄋㄧˋ 橫暴的行為。

【橫事】hèngshì ㄏㄥˋ ㄕˋ 凶事；橫禍。

【橫死】hèngsǐ ㄏㄥˋ ㄙˇ 指因自殺、被害或意外事故而死亡。

hm (ㄏㄇ)

噷 hm ㄏㄇ〔h跟單純的雙唇鼻音拼合的音〕嘆詞，表示申斥或不滿意：噷，你還鬧哇！｜噷，你騙得了我？

hng (ㄏㄫ)

哼 hng ㄏㄫ〔h跟單純的舌根鼻音拼合的音〕表示不滿意或不相信：哼，你信他的！
另見470頁 hēng。

hōng (ㄏㄨㄥ)

吽 hōng ㄏㄨㄥ 佛教咒語用字。

哄 hōng ㄏㄨㄥ ❶象聲詞，形容許多人大笑聲或喧譁聲。❷許多人同時發出聲音：哄動｜哄傳。
另見477頁 hǒng；477頁 hòng'鬨'。

【哄傳】hōngchuán ㄏㄨㄥ ㄔㄨㄢˊ 紛紛傳說：四處哄傳｜這消息很快就哄傳開了。

【哄動】hōngdòng ㄏㄨㄥ ㄉㄨㄥˋ 同'轟動'。

【哄搶】hōngqiǎng ㄏㄨㄥ ㄑㄧㄤˇ 許多人擁上去搶購或搶奪(財物)。

【哄然】hōngrán ㄏㄨㄥ ㄖㄢˊ 形容許多人同時發出聲音：輿論哄然｜哄然大笑。

【哄抬】hōngtái ㄏㄨㄥ ㄊㄞˊ 投機商人紛紛抬高(價格)：哄抬物價。

【哄堂】hōngtáng ㄏㄨㄥ ㄊㄤˊ 形容全屋子的人同時大笑：哄堂大笑。

訇 hōng ㄏㄨㄥ ❶形容大聲：訇然｜訇的一聲。❷見1頁〖阿訇〗。

烘 hōng ㄏㄨㄥ ❶用火或蒸汽使身體暖和或者使東西變熟、變熱或乾燥：烘箱｜烘手｜把濕衣服烘一烘。❷襯托：烘襯｜烘托。

【烘焙】hōngbèi ㄏㄨㄥ ㄅㄟˋ 用火烘乾(茶葉、烟葉等)。

【烘襯】hōngchèn ㄏㄨㄥ ㄔㄣˋ 烘托；陪襯。

【烘烘】hōnghōng ㄏㄨㄥ ㄏㄨㄥ 象聲詞，形容火着得旺的聲音：爐火烘烘。

【烘籠】hōnglóng ㄏㄨㄥ ㄌㄨㄥˊ (烘籠兒)竹片、柳條或荊條等編成的籠子，罩在爐子或火盆上，用來烘乾衣物。

【烘染】hōngrǎn ㄏㄨㄥ ㄖㄢˇ 烘托渲染：他把自己所聽到的，加上許多烘染之詞，活靈活現地講給大家聽。

【烘托】hōngtuō ㄏㄨㄥ ㄊㄨㄛ ❶國畫的一種畫法，用水墨或淡的色彩點染輪廓外部，使物像鮮明。❷寫作時先從側面描寫，然後再引出主題，使要表現的事物鮮明突出。❸泛指陪襯，使明顯突出：藍天烘托着白雲｜紅花還要綠葉烘托。

【烘箱】hōngxiāng ㄏㄨㄥ ㄒㄧㄤ 用加熱的方法把潮濕物品中水分去掉的箱形裝置，多用於工業。

【烘雲托月】hōng yún tuō yuè ㄏㄨㄥ ㄩㄣˊ ㄊㄨㄛ ㄩㄝˋ 比喻從側面加以點染以烘托所描繪的事物。

揈（轰） hōng ㄏㄨㄥ 趕；驅逐：揈麻雀｜他搖着鞭子揈牲口｜把他揈出去。

薨〔薨〕 hōng ㄏㄨㄥ 君主時代稱諸侯或大官等的死：薨逝。

轟（轰） hōng ㄏㄨㄥ ❶象聲詞：突然轟的一聲，震得山鳴谷應。❷（雷）鳴；（炮）擊；（火藥）爆炸：轟炸｜轟擊｜雷轟電閃。

【轟動】hōngdòng ㄏㄨㄥ ㄉㄨㄥˋ 同時驚動很多人：轟動全國｜轟動一時｜全場轟動。也作哄動。

【轟趕】hōnggǎn ㄏㄨㄥ ㄍㄢˇ 驅趕；驅逐：轟趕牲口｜轟趕蒼蠅。

【轟轟烈烈】hōnghōnglièliè ㄏㄨㄥ ㄏㄨㄥ ㄌㄧㄝˋ ㄌㄧㄝˋ 形容氣魄雄偉，聲勢浩大：轟轟烈烈地做一番事業｜開展了轟轟烈烈的群眾運動。

【轟擊】hōngjī ㄏㄨㄥ ㄐㄧ ❶用炮火攻擊：轟擊敵人陣地。❷用質子、中子、甲種射綫或陰極射綫等撞擊元素的原子核等。

【轟隆】hōnglōng ㄏㄨㄥ ㄌㄨㄥ 象聲詞，形容雷聲、爆炸聲、機器聲等：炮聲轟隆轟隆直響｜轟隆一聲巨響，房子倒塌下來。

【轟鳴】hōngmíng ㄏㄨㄥ ㄇㄧㄥˊ 發出轟隆轟隆的巨大聲音：禮炮轟鳴。

【轟然】hōngrán ㄏㄨㄥ ㄖㄢˊ 形容大聲：轟然大笑｜轟然作響。

【轟響】hōngxiǎng ㄏㄨㄥ ㄒㄧㄤˇ 轟鳴：馬達轟響。

【轟炸】hōngzhà ㄏㄨㄥ ㄓㄚˋ 從飛機上對地面或水上各種目標投擲炸彈：輪番轟炸。

【轟炸機】hōngzhàjī ㄏㄨㄥ ㄓㄚˋ ㄐㄧ 用來從空中對地面或水上目標進行轟炸的飛機，有裝置炸彈、導彈等的專門設備和防禦性的射擊武器，載重量大，飛行距離遠。

hóng（ㄏㄨㄥˊ）

弘 hóng ㄏㄨㄥˊ ❶大：弘圖｜弘願｜弘旨。現多作宏。❷擴充；光大：恢弘。❸（Hóng）姓。

【弘論】hónglùn ㄏㄨㄥˊ ㄌㄨㄣˋ 同'宏論'。

【弘圖】hóngtú ㄏㄨㄥˊ ㄊㄨˊ 同'宏圖'。

【弘揚】hóngyáng ㄏㄨㄥˊ ㄧㄤˊ 〈書〉發揚光大：弘揚祖國文化。也作宏揚。

【弘願】hóngyuàn ㄏㄨㄥˊ ㄩㄢˋ 同'宏願'。

【弘旨】hóngzhǐ ㄏㄨㄥˊ ㄓˇ 同'宏旨'。

【弘治】Hóngzhì ㄏㄨㄥˊ ㄓˋ 明孝宗（朱祐樘）年號（公元1488－1505）。

吰 hóng ㄏㄨㄥˊ 見143頁〔噌吰〕（chēng-hóng）。

宏 hóng ㄏㄨㄥˊ ❶宏大：宏偉｜宏圖｜宏願｜寬宏。❷（Hóng）姓。

【宏大】hóngdà ㄏㄨㄥˊ ㄉㄚˋ 巨大；宏偉：規模宏大｜宏大的志願。

【宏富】hóngfù ㄏㄨㄥˊ ㄈㄨˋ 豐富：採摭宏富｜徵引宏富。

【宏觀】hóngguān ㄏㄨㄥˊ ㄍㄨㄢ ❶不涉及分子、原子、電子等內部結構或機制的（跟'微觀'相對）：宏觀世界｜宏觀觀察。❷指大範圍的或涉及整體的：宏觀經濟｜對市場進行宏觀調控。

【宏觀經濟學】hóngguān jīngjìxué ㄏㄨㄥˊ ㄍㄨㄢ ㄐㄧㄥ ㄐㄧˋ ㄒㄩㄝˊ 以整個國民經濟活動作為研究對象的經濟學。

【宏觀世界】hóngguān shìjiè ㄏㄨㄥˊ ㄍㄨㄢ ㄕˋ ㄐㄧㄝˋ 不涉及分子、原子、電子等結構的物質世界。

【宏麗】hónglì ㄏㄨㄥˊ ㄌㄧˋ 宏偉壯麗；富麗：宏麗的建築物。

【宏論】hónglùn ㄏㄨㄥˊ ㄌㄨㄣˋ 見識廣博的言論：大發宏論。也作弘論。

【宏贍】hóngshàn ㄏㄨㄥˊ ㄕㄢˋ 〈書〉（學識等）豐富：學力宏贍。

【宏圖】hóngtú ㄏㄨㄥˊ ㄊㄨˊ 遠大的設想；宏偉的計劃：宏圖大略｜大展宏圖。也作弘圖、鴻圖。

【宏偉】hóngwěi ㄏㄨㄥˊ ㄨㄟˇ （規模、計劃等）雄壯偉大：氣勢宏偉｜宏偉的藍圖。

【宏揚】hóngyáng ㄏㄨㄥˊ ㄧㄤˊ 同'弘揚'。

【宏願】hóngyuàn ㄏㄨㄥˊ ㄩㄢˋ 偉大的志願：改造自然的宏願。也作弘願。

【宏旨】hóngzhǐ ㄏㄨㄥˊ ㄓˇ 大旨；主要的意思：無關宏旨。也作弘旨。

泓 hóng ㄏㄨㄥˊ 〈書〉❶水深而廣。❷量詞，清水一道或一片叫一泓：一泓清泉｜一泓秋水。

虹 hóng ㄏㄨㄥˊ 大氣中一種光的現象，天空中的小水珠經日光照射發生折射和反射作用而形成的弧形彩帶，由外圈至內圈呈紅、橙、黃、綠、藍、靛、紫七種顏色。出現在和太陽相對着的方向。也叫彩虹。

另見571頁jiàng。

【虹膜】hóngmó ㄏㄨㄥˊ ㄇㄛˊ 眼球前部含色素的環形薄膜，由結締組織細胞、肌纖維等構成，當中是瞳孔。眼球的顏色是由虹膜所含色素的多少決定的。舊稱虹彩。（圖見1318頁'眼'）

【虹吸管】hóngxīguǎn ㄏㄨㄥˊ ㄒㄧ ㄍㄨㄢˇ 使液

體產生虹吸現象所用的彎管，呈倒U字形而一端較長，使用時管內要預先充滿液體。通稱過山龍。

【虹吸現象】hóngxī-xiànxiàng ㄏㄨㄥˊ ㄒㄧ ㄒㄧㄢˋ ㄒㄧㄤˋ 依靠大氣壓強，液體從較高的地方通過虹吸管，先向上再向下流到較低地方去的現象。

竑 hóng ㄏㄨㄥˊ 〈書〉廣大。

洪 hóng ㄏㄨㄥˊ ❶大：洪水｜洪鐘｜洪爐｜洪量。❷指洪水：防洪｜蓄洪｜分洪｜山洪暴發。❸(Hóng)姓。

【洪幫】Hóng Bāng ㄏㄨㄥˊ ㄅㄤ 從天地會發展出來的一個幫會，流行於長江流域和珠江流域一帶。清末曾參加反清鬥爭，後來有些派別被反動勢力所利用。

【洪大】hóngdà ㄏㄨㄥˊ ㄉㄚˋ (聲音等)大：洪大的回聲。

【洪峰】hóngfēng ㄏㄨㄥˊ ㄈㄥ 河流在漲水期間達到最高點的水位。也指漲達最高水位的洪水。

【洪福】hóngfú ㄏㄨㄥˊ ㄈㄨˊ 大福氣：洪福齊天。也作鴻福。

【洪荒】hónghuāng ㄏㄨㄥˊ ㄏㄨㄤ 混沌蒙昧的狀態。借指太古時代：洪荒時代｜洪荒世界。

【洪亮】hóngliàng ㄏㄨㄥˊ ㄌㄧㄤˋ (聲音)大；響亮：洪亮的回聲｜嗓音洪亮。

【洪量】hóngliàng ㄏㄨㄥˊ ㄌㄧㄤˋ ❶寬宏的氣量。❷大的酒量。

【洪流】hóngliú ㄏㄨㄥˊ ㄌㄧㄡˊ 巨大的水流：春暖雪融的時候，洪流的沖刷力特別猛烈◇時代洪流。

【洪爐】hónglú ㄏㄨㄥˊ ㄌㄨˊ 大爐子。多比喻陶冶和鍛煉人的環境：革命的洪爐。

【洪水】hóngshuǐ ㄏㄨㄥˊ ㄕㄨㄟˇ 河流因大雨或融雪而引起的暴漲的水流：洪水氾濫。

【洪水猛獸】hóngshuǐ měngshòu ㄏㄨㄥˊ ㄕㄨㄟˇ ㄇㄥˇ ㄕㄡˋ 比喻極大的禍害。

【洪武】Hóngwǔ ㄏㄨㄥˊ ㄨˇ 明太祖(朱元璋)年號(公元1368－1398)。

【洪熙】Hóngxī ㄏㄨㄥˊ ㄒㄧ 明仁宗(朱高熾)年號(公元1425)。

【洪災】hóngzāi ㄏㄨㄥˊ ㄗㄞ 洪水造成的災害。

【洪鐘】hóngzhōng ㄏㄨㄥˊ ㄓㄨㄥ 〈書〉大鐘：聲如洪鐘。

紅(红) hóng ㄏㄨㄥˊ ❶像鮮血或石榴花的顏色：紅棗｜紅領巾。❷象徵喜慶的紅布：披紅｜挂紅。❸象徵順利、成功或受人重視、歡迎：紅運｜開門紅｜滿堂紅｜他唱戲唱紅了。❹象徵革命或政治覺悟高：紅軍｜又紅又專。❺紅利：分紅。

另見399頁gōng。

【紅案】hóng'àn ㄏㄨㄥˊ ㄢˋ (紅案兒)炊事分工上指做菜的工作(區別於'白案')。

【紅白喜事】hóng bái xǐshì ㄏㄨㄥˊ ㄅㄞˊ ㄒㄧˇ ㄕˋ 男女結婚是喜事，高壽的人病逝的喪事叫喜喪，統稱紅白喜事。有時也說紅白事。泛指婚喪。

【紅榜】hóngbǎng ㄏㄨㄥˊ ㄅㄤˇ 指光榮榜，因多用紅紙寫成，所以叫紅榜。

【紅包】hóngbāo ㄏㄨㄥˊ ㄅㄠ (紅包兒)包着錢的紅紙包兒，用於饋贈或獎勵等：送紅包｜發紅包。

【紅寶石】hóngbǎoshí ㄏㄨㄥˊ ㄅㄠˇ ㄕˊ 紅色透明的剛玉，硬度大，用來做首飾和精密儀器的軸承等。參看375頁〖剛玉〗。

【紅不棱登】hóng·bulēngdēng ㄏㄨㄥˊ ·ㄅㄨ ㄌㄥ ㄉㄥ (紅不棱登的)紅(含厭惡意)：這件藍布大褂染得不好，太陽一曬變得紅不棱登的。

【紅茶】hóngchá ㄏㄨㄥˊ ㄔㄚˊ 茶葉的一大類，是全發酵茶。色澤烏黑油潤，沏出的茶色紅艷，具有特別的香氣和滋味。

【紅潮】hóngcháo ㄏㄨㄥˊ ㄔㄠˊ ❶害羞時兩頰上泛起的紅色。❷指月經。

【紅塵】hóngchén ㄏㄨㄥˊ ㄔㄣˊ 指繁華的社會。泛指人世間：看破紅塵。

【紅蛋】hóngdàn ㄏㄨㄥˊ ㄉㄢˋ 用顏料染紅的雞蛋，舊俗生孩子的人家用來分送親友。

【紅燈區】hóngdēngqū ㄏㄨㄥˊ ㄉㄥ ㄑㄩ 指某些城市中妓院、舞廳、酒吧、夜總會等集中的地區。

【紅點頦】hóngdiǎnké ㄏㄨㄥˊ ㄉㄧㄢˇ ㄎㄜˊ 鳥，歌鴝(qú)的一種。羽毛褐色，雄的喉部鮮紅色，叫的聲音很好聽。通稱紅靛頦兒。

【紅豆】hóngdòu ㄏㄨㄥˊ ㄉㄡˋ ❶紅豆樹，喬木，羽狀複葉，小葉長橢圓形，圓錐花序，花白色，莢果扁平，種子鮮紅色。產在亞熱帶地方。❷這種植物的種子。古代文學作品中常用來象徵相思。也叫相思子。

【紅骨髓】hónggǔsuǐ ㄏㄨㄥˊ ㄍㄨˇ ㄙㄨㄟˇ 含有很多血管和神經的紅色骨髓，有造血功能。嬰兒的骨髓都是紅骨髓，成人長骨骨腔的紅骨髓變為黃骨髓。

【紅光滿面】hóng guāng mǎn miàn ㄏㄨㄥˊ ㄍㄨㄤ ㄇㄢˇ ㄇㄧㄢˋ 形容人的臉色紅潤，有光澤。也說滿面紅光。

【紅果兒】hóngguǒr ㄏㄨㄥˊ ㄍㄨㄛㄦˇ 〈方〉山裏紅。

【紅火】hóng·huo ㄏㄨㄥˊ ·ㄏㄨㄛ 形容旺盛、興隆、熱鬧：五月的石榴花越開越紅火｜她家的日子越過越紅火｜小店辦得日趨紅火｜聯歡晚會節目很多，開得很紅火。

【紅貨】hónghuò ㄏㄨㄥˊ ㄏㄨㄛˋ 舊時指珠寶一類的貴重物品：紅貨鋪。

【紅教】Hóngjiào ㄏㄨㄥˊ ㄐㄧㄠˋ 藏族地區喇嘛教的一派。8世紀到9世紀盛行。

【紅淨】hóngjìng ㄏㄨㄥˊ ㄐㄧㄥˋ 戲曲中淨角的一種，專演紅色臉譜的人物。

【紅角】hóngjué ㄏㄨㄥˊ ㄐㄩㄝˊ (紅角兒) 指受廣大觀眾歡迎的演員。

【紅軍】Hóngjūn ㄏㄨㄥˊ ㄐㄩㄣ ❶第二次國內革命戰爭時期中國共產黨領導下的革命軍隊，全稱中國工農紅軍。參看1478頁〖中國工農紅軍〗。❷指 1946 年以前的蘇聯軍隊。

【紅利】hónglì ㄏㄨㄥˊ ㄌㄧˋ ❶指企業分給股東的利潤或分給職工的額外報酬。❷參加集體生產單位的個人所得的額外收益。

【紅臉】hóng∥liǎn ㄏㄨㄥˊ∥ㄌㄧㄢˇ ❶指害羞：這小姑娘見了生人就紅臉。❷指發怒：我們倆從來沒紅過臉。

【紅領巾】hónglǐngjīn ㄏㄨㄥˊ ㄌㄧㄥˇ ㄐㄧㄣ ❶紅色的領巾，代表紅旗的一角，少年先鋒隊員的標誌。❷指少先隊員。

【紅綠燈】hónglǜdēng ㄏㄨㄥˊ ㄌㄩˋ ㄉㄥ 指揮車輛通行的信號燈，多設在城市的交叉路口，紅燈指示停止，綠燈指示前進。

【紅毛坭】hóngmáoní ㄏㄨㄥˊ ㄇㄠˊ ㄋㄧˊ 〈方〉水泥。

【紅帽子】hóngmào·zi ㄏㄨㄥˊ ㄇㄠˋ ·ㄗ ❶在白色恐怖時期，進步人士被反動派指為共產黨員或與共產黨有聯繫，叫做被戴上紅帽子。❷稱火車站上裝卸貨物、搬運行李的工人，他們工作時頭戴紅色帽子。

【紅模子】hóngmú·zi ㄏㄨㄥˊ ㄇㄨˊ ·ㄗ 供兒童練習毛筆字用的紙，印有紅色的字，用墨筆順着紅字的筆畫寫。

【紅木】hóngmù ㄏㄨㄥˊ ㄇㄨˋ 紫檀一類的木材，多為紅色或褐色，質地堅硬，大多用來做貴重的傢具。

【紅男綠女】hóng nán lǜ nǚ ㄏㄨㄥˊ ㄋㄢˊ ㄌㄩˋ ㄋㄩˇ 指穿着各種漂亮服裝的青年男女。

【紅娘】Hóngniáng ㄏㄨㄥˊ ㄋㄧㄤˊ《西廂記》中崔鶯鶯的侍女，促成了鶯鶯和張生的結合。後來用做媒人的代稱。

【紅牌】hóngpái ㄏㄨㄥˊ ㄆㄞˊ 紅色的硬紙片。某些球類比賽中裁判員用來處罰嚴重犯規的球員。足球比賽中被出示紅牌的球員須立即退出賽場，同時不得參加下一場或幾場球賽。

【紅盤】hóngpán ㄏㄨㄥˊ ㄆㄢˊ (紅盤兒) 舊時商業用語，指春節後開始營業時的價格。

【紅皮書】hóngpíshū ㄏㄨㄥˊ ㄆㄧˊ ㄕㄨ 見22頁〖白皮書〗。

【紅票】hóngpiào ㄏㄨㄥˊ ㄆㄧㄠˋ ❶舊時戲劇或雜技等的演出者贈送給人的免費入場券。❷舊時戲劇演出以較高價格售出的票 (多為硬性攤派)。

【紅撲撲】hóngpūpū ㄏㄨㄥˊ ㄆㄨ ㄆㄨ (紅撲撲的) 形容臉色紅：喝了幾杯酒，臉上紅撲撲的。

【紅葡萄藤】hóngpú·taoténg ㄏㄨㄥˊ ㄆㄨˊ ·ㄊㄠ ㄊㄥˊ 落葉藤本植物，葉子闊卵形，有細長的葉柄，聚傘花序，漿果成熟時藍黑色。秋天葉子變成紅色。莖和根可入藥。也叫爬牆虎。

【紅旗】hóngqí ㄏㄨㄥˊ ㄑㄧˊ ❶紅色的旗子，是無產階級革命的象徵：紅旗飄飄。❷競賽中用來獎勵優勝者的紅色旗子。❸比喻先進：紅旗手｜紅旗單位。

【紅契】hóngqì ㄏㄨㄥˊ ㄑㄧˋ 舊時指買田地房產時經過納稅而由官廳蓋印的契約 (區別於'白契')。

【紅青】hóngqīng ㄏㄨㄥˊ ㄑㄧㄥ 黑裏透紅的顏色。也叫紺青 (gànqīng)。

【紅區】hóngqū ㄏㄨㄥˊ ㄑㄩ 第二次國內革命戰爭時期共產黨建立的農村根據地。

【紅壤】hóngrǎng ㄏㄨㄥˊ ㄖㄤˇ 紅色的土壤，在我國主要分佈在長江以南和台灣地區。鐵鋁含量高，酸性強，養分少。也叫紅土。

【紅熱】hóngrè ㄏㄨㄥˊ ㄖㄜˋ 某些物質加高溫 (500－1,200°C) 後發出暗紅色至橙紅色的光亮，這種狀態叫做紅熱。如果溫度繼續升高，就由紅熱轉為白熱。

【紅人】hóngrén ㄏㄨㄥˊ ㄖㄣˊ (紅人兒) 稱受寵信的人。

【紅潤】hóngrùn ㄏㄨㄥˊ ㄖㄨㄣˋ 紅而滋潤 (多指皮膚)：孩子的臉像蘋果一樣紅潤。

【紅色】hóngsè ㄏㄨㄥˊ ㄙㄜˋ ❶紅的顏色。❷象徵革命或政治覺悟高：紅色政權｜紅色根據地。

【紅燒】hóngshāo ㄏㄨㄥˊ ㄕㄠ 一種烹調方法，把肉、魚等加油、糖略炒，並加醬油等作料，燜熟使成黑紅色：紅燒肉｜紅燒鯉魚。

【紅苕】hóngsháo ㄏㄨㄥˊ ㄕㄠˊ 〈方〉甘薯。

【紅生】hóngshēng ㄏㄨㄥˊ ㄕㄥ 戲曲中扮演勾紅臉人物的生角。

【紅十字會】Hóngshízìhuì ㄏㄨㄥˊ ㄕˊ ㄗˋ ㄏㄨㄟˋ 一種國際性的志願救濟團體，救護戰時病傷軍人和平民，也救濟其他災害的受難者。1864 年日內瓦公約規定以在白地兒上加紅十字作為它的標誌。

【紅薯】hóngshǔ ㄏㄨㄥˊ ㄕㄨˇ 甘薯的通稱。

【紅糖】hóngtáng ㄏㄨㄥˊ ㄊㄤˊ 糖的一種，褐黃色，赤褐色或黑色，用甘蔗的糖漿熬成，含有砂糖和糖蜜。供食用。有的地區叫黑糖或黃糖。

【紅彤彤】hóngtōngtōng ㄏㄨㄥˊ ㄊㄨㄥ ㄊㄨㄥ (紅彤彤的) 形容很紅：紅彤彤的火苗｜紅彤彤的晚霞｜臉上曬得紅彤彤的。也作紅通通。

【紅頭文件】hóngtóu-wénjiàn ㄏㄨㄥˊ ㄊㄡˊ ㄨㄣˊ ㄐㄧㄢˋ 指黨政領導機關 (多指中央一級) 下發的文件，因版頭文件名稱多印成紅色，故稱紅頭文件。

【紅土】hóngtǔ ㄏㄨㄥˊ ㄊㄨˇ ❶紅壤。❷紅土子。

【紅土子】hóngtǔ·zi ㄏㄨㄥˊ ㄊㄨˇ ·ㄗ 一種顏料，暗紅色或淡紅色，用赤鐵礦研細而成，用來繪畫，也用於建築方面。也叫鐵丹或紅土。

【紅外綫】hóngwàixiàn ㄏㄨㄥˊ ㄨㄞˋ ㄒㄧㄢˋ 波長比可見光長的電磁波，波長0.77－1,000微米，在光譜上位於紅色光的外側。易於被物體吸收，穿透雲霧的能力比可見光強。具有很強的熱能，工業上用做烘烤的熱源，也用於通訊、探測、醫療等。也叫紅外光或熱綫。

【紅細胞】hóngxìbāo ㄏㄨㄥˊ ㄒㄧˋ ㄅㄠ 血細胞的一種，比白細胞小，圓餅狀，紅色，沒有細胞核，含血紅蛋白，產生在紅骨髓中。作用是輸送氧氣到各組織並把二氧化碳帶到肺泡內。也叫紅血球。

【紅心】hóngxīn ㄏㄨㄥˊ ㄒㄧㄣ 比喻忠於無產階級革命事業的思想：一顆紅心為人民。

【紅星】hóngxīng ㄏㄨㄥˊ ㄒㄧㄥ ❶紅色的五角星。❷指非常受歡迎的明星：影視紅星。

【紅學】hóngxué ㄏㄨㄥˊ ㄒㄩㄝˊ 指研究古典小說《紅樓夢》的學問：紅學家。

【紅血球】hóngxuèqiú ㄏㄨㄥˊ ㄒㄩㄝˋ ㄑㄧㄡˊ 紅細胞。

【紅顏】hóngyán ㄏㄨㄥˊ ㄧㄢˊ 指貌美的女子。

【紅眼】hóng//yǎn ㄏㄨㄥˊ//ㄧㄢˇ ❶指發怒或發急：輸紅了眼。❷眼紅。

【紅眼病】hóngyǎnbìng ㄏㄨㄥˊ ㄧㄢˇ ㄅㄧㄥˋ ❶病，因急性結膜炎而眼白發紅。俗稱紅眼。❷羨慕別人有名或有利而心懷忌妒的毛病。

【紅艷艷】hóngyànyàn ㄏㄨㄥˊ ㄧㄢˋ ㄧㄢˋ (紅艷艷的) 形容紅得鮮艷奪目：紅艷艷的杜鵑花。

【紅樣】hóngyàng ㄏㄨㄥˊ ㄧㄤˋ 用紅筆批改過的校樣。

【紅葉】hóngyè ㄏㄨㄥˊ ㄧㄝˋ 楓樹、黃櫨、槭樹等的葉子秋天變成紅色，叫紅葉。

【紅纓槍】hóngyīngqiāng ㄏㄨㄥˊ ㄧㄥ ㄑㄧㄤ 一種舊式兵器，在長柄的一端裝有尖銳的金屬槍頭，槍頭和柄相連的部分裝飾着紅纓。

【紅雲】hóngyún ㄏㄨㄥˊ ㄩㄣˊ 比喻臉上呈現的紅暈：兩頰泛起紅雲。

【紅運】hóngyùn ㄏㄨㄥˊ ㄩㄣˋ 好運氣：走紅運。也作鴻運。

【紅暈】hóngyùn ㄏㄨㄥˊ ㄩㄣˋ 中心濃而四周漸淡的一團紅色：臉上泛出紅暈。

【紅妝】hóngzhuāng ㄏㄨㄥˊ ㄓㄨㄤ 同'紅裝'。

【紅裝】hóngzhuāng ㄏㄨㄥˊ ㄓㄨㄤ 〈書〉❶婦女的紅色裝飾。泛指婦女的艷麗裝束。❷指青年婦女。‖也作紅妝。

翃(翃) hóng ㄏㄨㄥˊ 〈書〉飛。

紘(纮) hóng ㄏㄨㄥˊ 古代帽子上的帶子，用來把帽子繫在頭上。

渱〔渱〕 hóng ㄏㄨㄥˊ 同'葒'。

葒〔葒〕(荭) hóng ㄏㄨㄥˊ [葒草] (hóngcǎo ㄏㄨㄥˊ ㄘㄠˇ) 一年生草本植物，莖高達3米，葉子闊卵形，花紅色或白色，果實黑色。供觀賞。

鋐(铉) hóng ㄏㄨㄥˊ 形容金屬撞擊的聲音(多用於人名)。

閎(闳) hóng ㄏㄨㄥˊ ❶〈書〉巷門。❷〈書〉宏大。❸(Hóng)姓。

【閎中肆外】hóng zhōng sì wài ㄏㄨㄥˊ ㄓㄨㄥ ㄙˋ ㄨㄞˋ 形容文章內容豐富，文筆豪放。

鉷(鉷) hóng ㄏㄨㄥˊ 〈書〉弩弓上射箭的裝置。

魟(魟) hóng ㄏㄨㄥˊ 魚類的一屬，身體扁平，略呈方形或圓形，尾呈鞭狀，有毒刺。生活在我國沿海，吃無脊椎動物和小魚。

蕻〔蕻〕 hóng ㄏㄨㄥˊ 見1300頁〖雪裏蕻〗。

另見477頁 hòng。

鴻(鸿) hóng ㄏㄨㄥˊ ❶鴻雁：鴻毛。❷〈書〉指書信：來鴻(來信)。❸大：鴻圖｜鴻儒。❹(Hóng)姓。

【鴻福】hóngfú ㄏㄨㄥˊ ㄈㄨˊ 同'洪福'。

【鴻溝】Hónggōu ㄏㄨㄥˊ ㄍㄡ 古代運河，在今河南境內，楚漢相爭時是兩軍對峙的臨時分界。比喻明顯的界綫：我們之間並不存在不可逾越的鴻溝。

【鴻鵠】hónghú ㄏㄨㄥˊ ㄏㄨˊ 天鵝。因飛得很高，所以常用來比喻志向遠大的人：鴻鵠高翔｜鴻鵠之志。

【鴻毛】hóngmáo ㄏㄨㄥˊ ㄇㄠˊ 鴻雁的毛。比喻事物輕微或不足道：死有重於泰山，有輕於鴻毛。

【鴻門宴】Hóngményàn ㄏㄨㄥˊ ㄇㄣˊ ㄧㄢˋ 公元前206年劉邦攻佔秦都咸陽，派兵守函谷關。不久項羽率四十萬大軍攻入，進駐鴻門(今陝西臨潼東)，準備進攻劉邦。劉邦到鴻門跟項羽會見。酒宴中，項羽的謀士范增讓項莊舞劍，想乘機殺死劉邦。劉邦在項伯、樊噲等人的護衛下乘隙脫逃(見於《史記·項羽本紀》)。後來用'鴻門宴'指加害客人的宴會。

【鴻蒙】hóngméng ㄏㄨㄥˊ ㄇㄥˊ 〈書〉古人認為天地開闢之前是一團混沌的元氣，這種自然的元氣叫做鴻蒙：鴻蒙初闢。也作鴻濛。

【鴻篇巨製】hóng piān jù zhì ㄏㄨㄥˊ ㄆㄧㄢ ㄐㄩˋ ㄓˋ 指規模宏大的著作。

【鴻儒】hóngrú ㄏㄨㄥˊ ㄖㄨˊ 〈書〉淵博的學者。

【鴻圖】hóngtú ㄏㄨㄥˊ ㄊㄨˊ 同'宏圖'。

【鴻雁】hóngyàn ㄏㄨㄥˊ ㄧㄢˋ ❶鳥，羽毛紫褐色，腹部白色，嘴扁平，腿短，趾間有蹼。吃植物的種子，也吃魚和蟲。群居在水邊，飛時一般排列成行，是一種冬候鳥。也叫大雁。❷〈書〉比喻書信。

【鴻運】hóngyùn ㄏㄨㄥˊ ㄩㄣˋ 同'紅運'。
【鴻爪】hóngzhǎo ㄏㄨㄥˊ ㄓㄠˇ 見1300頁〖雪泥鴻爪〗。

黌(黉) hóng ㄏㄨㄥˊ 古代的學校。
【黌門】hóngmén ㄏㄨㄥˊ ㄇㄣˊ 古代稱學校：黌門學子｜黌門秀才。

hǒng (ㄏㄨㄥˇ)

哄 hǒng ㄏㄨㄥˇ ❶哄騙：你這是哄我，我不信。❷哄逗。特指看(kān)小孩兒或帶小孩兒：奶奶哄着孫子玩兒。
另見472頁 hōng；477頁 hòng'鬨'。
【哄逗】hǒngdòu ㄏㄨㄥˇ ㄉㄡˋ 用言語或行動引人高興：哄逗孩子。
【哄弄】hǒng·nòng ㄏㄨㄥˇ·ㄋㄨㄥˋ 〈方〉欺騙；耍弄。
【哄騙】hǒngpiàn ㄏㄨㄥˇ ㄆㄧㄢˋ 用假話或手段騙人：你這番話哄騙不了人。

嗊(唝) hǒng ㄏㄨㄥˇ 羅嗊曲，詞牌名。
另見402頁 gòng。

hòng (ㄏㄨㄥˋ)

訌(讧) hòng ㄏㄨㄥˋ 〈書〉爭吵；混亂：內訌。

澒(澒) hòng ㄏㄨㄥˋ［澒洞］(hòngdòng ㄏㄨㄥˋ ㄉㄨㄥˋ)〈書〉瀰漫無際。

蕻〔葒〕 hòng ㄏㄨㄥˋ ❶〈書〉茂盛。❷〈方〉某些蔬菜的長莖：菜蕻。
另見476頁 hóng。

鬨(哄) hòng ㄏㄨㄥˋ 吵鬧；開玩笑：起鬨｜一鬨而散。
'哄'另見472頁 hōng；477頁 hǒng。
【鬨鬧】hòngnào ㄏㄨㄥˋ ㄋㄠˋ 許多人同時喧鬧：會場上一片鬨鬧聲。

hōu (ㄏㄡ)

齁1 hōu ㄏㄡ ［齁聲］(hōushēng ㄏㄡ ㄕㄥ)打呼嚕的聲音。

齁2 hōu ㄏㄡ ❶太甜或太鹹的食物使喉嚨不舒服：這個菜鹹得齁人。❷〈方〉非常(多表示不滿意)：齁鹹｜齁苦｜齁酸｜天氣齁熱。

hóu (ㄏㄡˊ)

侯 hóu ㄏㄡˊ ❶封建五等爵位的第二等：侯爵｜公侯。❷泛指達官貴人：侯門似海。❸(Hóu)姓。
另見478頁 hòu。

喉 hóu ㄏㄡˊ 介於咽和氣管之間的部分，由甲狀軟骨、環狀軟骨和會厭軟骨等構成。喉是呼吸器官的一部分，喉內有聲帶，又是發音器官。也叫喉頭。

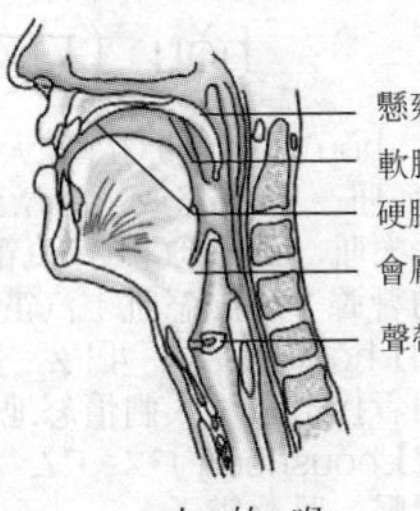

人的喉

【喉擦音】hóucāyīn ㄏㄡˊ ㄘㄚ ㄧㄣ 聲帶靠近，氣流從中擠出而發出的輔音，例如上海話的'好、鞋'等字起頭的音，國際音標分別用[h]和[ɦ]來表示。
【喉結】hóujié ㄏㄡˊ ㄐㄧㄝˊ 男子頸部由甲狀軟骨構成的隆起物。也叫結喉。
【喉嚨】hóu·lóng ㄏㄡˊ·ㄌㄨㄥˊ 咽部和喉部的統稱。
【喉塞音】hóusèyīn ㄏㄡˊ ㄙㄜˋ ㄧㄣ 聲帶緊閉，然後突然打開而發出的輔音，例如上海話的'一、十、百'等字收尾的音，國際音標用[ʔ]來表示。
【喉舌】hóushé ㄏㄡˊ ㄕㄜˊ 泛指説話的器官。多比喻代為發表言論的工具或人：我們的報紙是人民的喉舌。
【喉頭】hóutóu ㄏㄡˊ ㄊㄡˊ 喉。

猴 hóu ㄏㄡˊ ❶(猴兒)哺乳動物，種類很多，形狀略像人，身上有毛，多為灰色或褐色，有尾巴，行動靈活，好群居，口腔有儲存食物的頰囊，以果實、野菜、鳥卵和昆蟲為食物。通稱猴子。❷〈方〉乖巧；機靈(多指孩子)：這孩子多猴啊！❸〈方〉像猴似的蹲着：他猴在台階上嗑瓜子兒。
【猴年馬月】hóu nián mǎ yuè ㄏㄡˊ ㄋㄧㄢˊ ㄇㄚˇ ㄩㄝˋ 見752頁〖驢年馬月〗。
【猴皮筋兒】hóupíjīnr ㄏㄡˊ ㄆㄧˊ ㄐㄧㄣㄦ 橡皮筋。也叫猴筋兒。
【猴兒精】hóurjīng ㄏㄡㄦˊ ㄐㄧㄥ 〈方〉❶形容人很精明：這小子猴兒精猴兒精的。❷比喻機靈而頑皮的人。
【猴戲】hóuxì ㄏㄡˊ ㄒㄧˋ ❶用猴子耍的把戲，猴子穿衣服、戴假面，模仿人的某些動作。❷指以孫悟空為主角的戲曲表演。
【猴子】hóu·zi ㄏㄡˊ·ㄗ 猴的通稱。

睺 hóu ㄏㄡˊ 見760頁〖羅睺〗(luóhóu)。

瘊 hóu ㄏㄡˊ ［瘊子］(hóu·zi ㄏㄡˊ·ㄗ)疣(yóu)的通稱。

篌 hóu ㄏㄡˊ 見657頁〖箜篌〗。

骺 hóu ㄏㄡˊ 見410頁〖骨骺〗。

餱(糇) hóu ㄏㄡˊ 〈書〉乾糧：餱糧。

hǒu（ㄏㄡˇ）

吼 hǒu ㄏㄡˇ ❶(猛獸)大聲叫：牛吼｜獅子吼。❷發怒或情緒激動時大聲叫喊：狂吼｜大吼一聲。❸(風、汽笛、大炮等)發出很大的響聲：北風怒吼｜汽笛長吼了一聲。

【吼叫】hǒujiào ㄏㄡˇ ㄐㄧㄠˋ 大聲叫；吼：獅子吼叫着撲上去｜人們憤怒地吼叫起來。

【吼聲】hǒushēng ㄏㄡˇ ㄕㄥ 大的呼喊聲；巨大的響聲：吼聲震天。

犼 hǒu ㄏㄡˇ 古書上説的一種吃人的野獸，形狀像狗。

hòu（ㄏㄡˋ）

后 hòu ㄏㄡˋ ❶君主的妻子：皇后｜后妃。❷古代稱君主：商之先后。❸(Hòu)姓。

另見478頁 hòu‘後’。

厚 hòu ㄏㄡˋ ❶扁平物上下兩面之間的距離大(跟‘薄’相對)：厚木板｜厚棉衣｜嘴唇很厚。❷厚度：下了兩寸厚的雪。❸(感情)深：深情厚誼｜交情很厚。❹厚道：寬厚｜忠厚。❺(利潤)大；(禮物價值)大：厚利｜厚禮。❻(味道)濃：酒味很厚。❼(家產)富有；殷實：家底兒厚。❽優待；推崇；重視：厚此薄彼｜厚今薄古。❾(Hòu)姓。

【厚愛】hòu'ài ㄏㄡˋ ㄞˋ 稱對方對自己深切的喜愛或愛護：承蒙厚愛。

【厚薄】hòubó ㄏㄡˋ ㄅㄛˊ ❶厚度：這塊板子的厚薄正合適。❷指重視與輕視，優待與慢待，親近與疏遠：都是朋友，為何要分厚薄？

【厚薄規】hòubóguī ㄏㄡˋ ㄅㄛˊ ㄍㄨㄟ 測量兩個接合面的間隙的量具，由不同厚度(一般為0.01－0.50毫米)的金屬薄片組成。也叫塞尺。

【厚此薄彼】hòu cǐ bó bǐ ㄏㄡˋ ㄘˇ ㄅㄛˊ ㄅㄧˇ 重視或優待一方，輕視或慢待另一方。指對人或事不同等看待。

【厚待】hòudài ㄏㄡˋ ㄉㄞˋ 優厚地對待；優待：人家這樣厚待咱們，心裏實在過意不去。

【厚道】hòu·dao ㄏㄡˋ ·ㄉㄠ 待人誠懇，能寬容，不刻薄：為人厚道｜他是個厚道人。

【厚度】hòudù ㄏㄡˋ ㄉㄨˋ 扁的物體上下兩面之間的距離。

【厚墩墩】hòudūndūn ㄏㄡˋ ㄉㄨㄣ ㄉㄨㄣ (厚墩墩的)形容很厚：厚墩墩的棉大衣。

【厚古薄今】hòu gǔ bó jīn ㄏㄡˋ ㄍㄨˇ ㄅㄛˊ ㄐㄧㄣ 指在學術研究上，重視古代，輕視現代。

【厚今薄古】hòu jīn bó gǔ ㄏㄡˋ ㄐㄧㄣ ㄅㄛˊ ㄍㄨˇ 指在學術研究上，重視現代，輕視古代。

【厚禮】hòulǐ ㄏㄡˋ ㄌㄧˇ 豐厚的禮物：贈以厚禮。

【厚利】hòulì ㄏㄡˋ ㄌㄧˋ 大的利潤或高的利息：賺取厚利。

【厚實】hòu·shi ㄏㄡˋ ·ㄕ ❶厚：這布挺厚實｜炕上厚厚實實地鋪着一層稻草。❷寬厚結實：厚實的肩膀。❸深厚扎實：武功厚實｜學術基礎厚實。❹〈方〉忠厚誠實：為人厚實｜心眼厚實。❺豐富；富裕：家底厚實。

【厚望】hòuwàng ㄏㄡˋ ㄨㄤˋ 很大的期望：寄予厚望。

【厚顏】hòuyán ㄏㄡˋ ㄧㄢˊ 臉皮厚，不知羞恥：厚顏無恥。

【厚意】hòuyì ㄏㄡˋ ㄧˋ 深厚的情意：多謝各位的厚意。

【厚誼】hòuyì ㄏㄡˋ ㄧˋ 深厚的情誼：深情厚誼。

【厚遇】hòuyù ㄏㄡˋ ㄩˋ 優厚的待遇。

【厚葬】hòuzàng ㄏㄡˋ ㄗㄤˋ 用隆重的儀式安葬。也指耗費大量錢財辦理喪事。

【厚重】hòuzhòng ㄏㄡˋ ㄓㄨㄥˋ ❶又厚又重：厚重的棉簾子。❷豐厚：厚重的禮物。❸〈書〉敦厚持重：為人厚重篤實。

侯 hòu ㄏㄡˋ 閩侯(Mǐnhòu ㄇㄧㄣˇ ㄏㄡˋ)，地名，在福建。

另見477頁 hóu。

垕 hòu ㄏㄡˋ ❶同‘厚’①－⑧。❷神垕(Shénhòu ㄕㄣˊ ㄏㄡˋ)，地名，在河南。

郈 Hòu ㄏㄡˋ 姓。

後(后) hòu ㄏㄡˋ ❶在背面的(指空間，跟‘前’相對)：後門｜村前村後。❷未來的；較晚的(指時間，跟‘前’、‘先’相對)：後天｜日後｜後輩｜先來後到。❸次序靠近末尾的(跟‘前’相對)：後排｜後十五名。❹後代的人。指子孫等：無後。

‘后’另見478頁 hòu。

【後半晌】hòubànshǎng ㄏㄡˋ ㄅㄢˋ ㄕㄤˇ 〈方〉(後半晌兒)下午。

【後半天】hòubàntiān ㄏㄡˋ ㄅㄢˋ ㄊㄧㄢ (後半天兒)下午。

【後半夜】hòubànyè ㄏㄡˋ ㄅㄢˋ ㄧㄝˋ 從半夜到天亮的一段時間。也説下半夜。

【後備】hòubèi ㄏㄡˋ ㄅㄟˋ 為補充而準備的(人員、物資等)：後備軍｜後備力量｜精打細算，留有後備。

【後備軍】hòubèijūn ㄏㄡˋ ㄅㄟˋ ㄐㄩㄣ ❶預備役軍人的總稱。❷指某些職業隊伍的補充力量：產業後備軍。

【後輩】hòubèi ㄏㄡˋ ㄅㄟˋ ❶後代。指子孫。❷同行中年輕的或資歷淺的人。

【後邊】hòu·bian ㄏㄡˋ ·ㄅㄧㄢ (後邊兒)後面。

【後步】hòubù ㄏㄡˋ ㄅㄨˋ 説話做事時為了以後伸縮迴旋而留的地步：話不要説絕，得給自己留個後步。

【後塵】hòuchén ㄏㄡˋ ㄔㄣˊ 〈書〉走路時後面揚起來的塵土。比喻別人的後面：步人後塵。

【後代】hòudài ㄏㄡˋ ㄉㄞˋ ❶某一時代以後的時代：這些遠古的事，大都是後代人們的推測。❷後代的人。也指個人的子孫：我們要為後代造福｜這家人沒有後代。

【後爹】hòudiē ㄏㄡˋ ㄉㄧㄝ 繼父。

【後盾】hòudùn ㄏㄡˋ ㄉㄨㄣˋ 指背後的支持和援助力量：堅強的後盾。

【後發制人】hòu fā zhì rén ㄏㄡˋ ㄈㄚ ㄓˋ ㄖㄣˊ 先退讓一步，使自己處於有利的地位後，再制服對方。

【後方】hòufāng ㄏㄡˋ ㄈㄤ ❶遠離戰綫的地區（跟'前綫'、'前方'相對）。❷後面；後頭：在我艦的右後方，發現一艘潛艇。

【後福】hòufú ㄏㄡˋ ㄈㄨˊ 未來的或晚年的幸福：大難不死，必有後福。

【後父】hòufù ㄏㄡˋ ㄈㄨˋ 繼父。

【後跟】hòugēn ㄏㄡˋ ㄍㄣ （後跟兒）鞋或襪挨近腳跟的部分：鞋後跟｜襪子後跟。

【後宮】hòugōng ㄏㄡˋ ㄍㄨㄥ ❶君主時代妃嬪住的宮室。❷指妃嬪。

【後顧】hòugù ㄏㄡˋ ㄍㄨˋ ❶回過頭來照顧：無暇後顧｜後顧之憂。❷指回憶：後顧與前瞻。

【後顧之憂】hòu gù zhī yōu ㄏㄡˋ ㄍㄨˋ ㄓ ㄧㄡ 需要回過頭來照顧的憂患。泛指來自後方的或家裏的憂患：孩子入託了，解除了家長上班的後顧之憂。

【後果】hòuguǒ ㄏㄡˋ ㄍㄨㄛˇ 最後的結果（多用在壞的方面）：後果堪慮｜檢查制度不嚴，會造成很壞的後果。

【後漢】Hòu Hàn ㄏㄡˋ ㄏㄢˋ ❶東漢。❷五代之一，公元947－950，劉知遠所建。參看1209頁〖五代〗。

【後話】hòuhuà ㄏㄡˋ ㄏㄨㄚˋ 在敍述的過程中，指留待以後再說的事情：這是後話，暫且不提。

【後患】hòuhuàn ㄏㄡˋ ㄏㄨㄢˋ 以後的禍患：後患無窮｜根絕後患。

【後悔】hòuhuǐ ㄏㄡˋ ㄏㄨㄟˇ 事後懊悔：後悔莫及｜事前要三思，免得將來後悔。

【後悔藥】hòuhuǐyào ㄏㄡˋ ㄏㄨㄟˇ ㄧㄠˋ 見150頁〖吃後悔藥〗。

【後會有期】hòu huì yǒu qī ㄏㄡˋ ㄏㄨㄟˋ ㄧㄡˇ ㄑㄧ 以後還有相見的時候（多用於離別時安慰對方）。

【後婚兒】hòuhūnr ㄏㄡˋ ㄏㄨㄣㄦ 稱再嫁的婦女。

【後記】hòujì ㄏㄡˋ ㄐㄧˋ 寫在書籍、文章等後面的短文，用以說明寫作目的、經過或補充個別內容。

【後繼】hòujì ㄏㄡˋ ㄐㄧˋ 後面繼續跟上來；後來接續前頭（的）：後繼有人｜前赴後繼。

【後腳】hòujiǎo ㄏㄡˋ ㄐㄧㄠˇ ❶邁步時在後面的一隻腳：前腳一滑，後腳也站不穩。❷與前腳連說時表示在別人後面（時間上很接近）：我前腳進大門，他後腳就趕到了。

【後金】Hòu Jīn ㄏㄡˋ ㄐㄧㄣ 明代建州左衞（在今遼寧新賓一帶）都指揮使愛新覺羅·努爾哈赤於公元1616年建立金國，自稱金國汗。歷史上稱為後金，以與12、13世紀的金代相區別。

【後襟】hòujīn ㄏㄡˋ ㄐㄧㄣ 上衣、袍子等背後的部分。

【後勁】hòujìn ㄏㄡˋ ㄐㄧㄣˋ ❶顯露較慢的作用或力量：這酒後勁大。❷用在後一階段的力量：他後勁足，最後衝刺時超過了所有的對手。

【後晉】Hòu Jìn ㄏㄡˋ ㄐㄧㄣˋ 五代之一，公元936－947，石敬瑭所建。參看1209頁〖五代〗。

【後進】hòujìn ㄏㄡˋ ㄐㄧㄣˋ ❶學識或資歷較淺的人：提攜後進。❷進步比較慢、水平比較低的：後進班組。❸指進步比較慢、水平比較低的人或集體：學先進，幫後進。

【後景】hòujǐng ㄏㄡˋ ㄐㄧㄥˇ 畫面上襯托在主體後面的景物。

【後來】hòulái ㄏㄡˋ ㄌㄞˊ ❶指在過去某一時間之後的時間：他還是去年二月裏來過一封信，後來再沒有來過信。注意 '後來'跟'以後'的分別。a)'以後'可以單用，也可以作為後置成分，'後來'只能單用，例如只能說'七月以後'，不能說'七月後來'。b)'以後'可以指過去，也可以指將來，'後來'只指過去，例如只能說'以後你要注意'，不能說'後來你要注意'。❷後到的；後成長起來的：後來人｜後來居上。

【後來居上】hòu lái jū shàng ㄏㄡˋ ㄌㄞˊ ㄐㄩ ㄕㄤˋ 後起的超過先前的。

【後浪推前浪】hòu làng tuī qián làng ㄏㄡˋ ㄌㄤˋ ㄊㄨㄟ ㄑㄧㄢˊ ㄌㄤˋ 比喻後面的事物推動前面的事物，不斷前進。

【後臉兒】hòuliǎnr ㄏㄡˋ ㄌㄧㄢㄦˇ 〈方〉指人或東西的背面：前面走的那個人，看後臉兒好像張老師｜怎麼把鐘的後臉兒朝前擺着？

【後梁】Hòu Liáng ㄏㄡˋ ㄌㄧㄤˊ 五代之一，公元907－923，朱溫（後改名全忠）所建。參看1209頁〖五代〗。

【後路】hòulù ㄏㄡˋ ㄌㄨˋ ❶軍隊背後的運輸綫或退路：抄後路。❷（後路兒）比喻迴旋的餘地；後步。

【後媽】hòumā ㄏㄡˋ ㄇㄚ 繼母。

【後門】hòumén ㄏㄡˋ ㄇㄣˊ （後門兒）❶房子、院子等後面的門。❷比喻通融的、舞弊的途徑：走後門｜開後門。

【後面】hòu·mian ㄏㄡˋ ·ㄇㄧㄢ （後面兒）❶空間或位置靠後的部分：房子後面有一個花園｜前面坐滿了，後面還有座位。❷次序靠後的部分；文章或講話中後於現在所敍述的部分：關於這個問題，後面還要詳細說。

【後母】hòumǔ ㄏㄡˋ ㄇㄨˇ 繼母。

【後腦】hòunǎo ㄏㄡˋ ㄋㄠˇ 腦的一部分，位於腦顱的後部，由腦橋、延髓和小腦構成。

【後腦勺兒】hòunǎosháor ㄏㄡˋ ㄋㄠˇ ㄕㄠㄦˊ 〈方〉腦袋後面突出的部分。也叫後腦勺子。

【後年】hòunián ㄏㄡˋ ㄋㄧㄢˊ 明年的明年。

【後娘】hòuniáng ㄏㄡˋ ㄋㄧㄤˊ 繼母。

【後怕】hòupà ㄏㄡˋ ㄆㄚˋ 事後感到害怕：想起那次海上遇到的風暴，還有些後怕。

【後期】hòuqī ㄏㄡˋ ㄑㄧ 某一時期的後一階段：十九世紀後期｜抗日戰爭後期。

【後起】hòuqǐ ㄏㄡˋ ㄑㄧˇ 後出現的或新成長起來的(多指人才)：後起之秀｜他們大多是球壇上後起的好手。

【後起之秀】hòu qǐ zhī xiù ㄏㄡˋ ㄑㄧˇ ㄓ ㄒㄧㄡˋ 後出現的或新成長起來的優秀人物。

【後勤】hòuqín ㄏㄡˋ ㄑㄧㄣˊ 指後方對前方的一切供應工作。也指機關、團體等的行政事務性工作。

【後鞧】hòuqiū ㄏㄡˋ ㄑㄧㄡ 套車時拴在駕轅牲口屁股周圍的皮帶、帆布帶等。

【後兒】hòur ㄏㄡㄦˋ 後天。也說後兒個。

【後人】hòurén ㄏㄡˋ ㄖㄣˊ ❶後代的人：前人種樹，後人乘涼。❷子孫。

【後任】hòurèn ㄏㄡˋ ㄖㄣˋ 在原來擔任某項職務的人去職後繼任這個職務的人。

【後廈】hòushà ㄏㄡˋ ㄕㄚˋ 房屋後面的廊子：前廊後廈。

【後晌】hòushǎng ㄏㄡˋ ㄕㄤˇ 〈方〉下午。

【後晌】hòu·shang ㄏㄡˋ ·ㄕㄤ 〈方〉晚上：後晌飯。

【後身】hòu·shēn ㄏㄡˋ ㄕㄣ ❶(後身兒)身體後邊的部分：我只看見後身，認不清是誰。❷(後身兒)上衣、袍子等背後的部分：這件襯衫後身太長了。❸(後身兒)房屋等的後邊：房後身有幾棵棗樹。❹人或動物來世轉生的人或動物(迷信)。❺(機構、制度等)由早先的一個轉變而成的另一個(有的只是改變名稱)：八路軍、新四軍的後身是中國人民解放軍。

【後生】hòu·shēng ㄏㄡˋ ·ㄕㄥ 〈方〉❶青年男子：好後生。❷年輕：後生家(年輕人)｜他長得後生，看不出是四十多歲的人。

【後生可畏】hòushēng kě wèi ㄏㄡˋ ㄕㄥ ㄎㄜˇ ㄨㄟˋ 指青年人是新生的力量，很容易超過他們的前輩。

【後世】hòushì ㄏㄡˋ ㄕˋ ❶後代①：《詩經》和《楚辭》對後世的文學有很大的影響。❷後裔。❸佛教指來世。

【後事】hòushì ㄏㄡˋ ㄕˋ ❶以後的事情：前事不忘，後事之師｜欲知後事如何，且聽下回分解。❷指喪事：準備後事｜料理後事。

【後手】hòushǒu ㄏㄡˋ ㄕㄡˇ ❶舊時指接替的人。❷舊時指接受票據的人。❸下棋時被動的形勢(跟'先手'相對)：後手棋｜這一着兒一走錯，就變成後手了。❹(後手兒)後路②。

【後首】hòushǒu ㄏㄡˋ ㄕㄡˇ 〈方〉❶後來：當時沒有聽懂，後首一想才明白了。❷後頭；後面。

【後嗣】hòusì ㄏㄡˋ ㄙˋ 指子孫。

【後台】hòutái ㄏㄡˋ ㄊㄞˊ ❶劇場中在舞台後面的部分。演出的藝術工作屬於後台的範圍。❷比喻在背後操縱、支持的人或集團。

【後台老闆】hòutái lǎobǎn ㄏㄡˋ ㄊㄞˊ ㄌㄠˇ ㄅㄢˇ 原指戲班子的班主，借指背後操縱、支持的人或集團。

【後唐】Hòu Táng ㄏㄡˋ ㄊㄤˊ 五代之一，公元923－936，李存勗(xù)所建。參看1209頁〖五代〗。

【後天】[1] hòutiān ㄏㄡˋ ㄊㄧㄢ 明天的明天。

【後天】[2] hòutiān ㄏㄡˋ ㄊㄧㄢ 人或動物離開母體後單獨生活和成長的時期(跟'先天'相對)：先天不足，後天失調。

【後頭】hòu·tou ㄏㄡˋ ·ㄊㄡ ❶後面①：樓後頭有一片果樹林。❷後面②：怎樣預防的問題，後頭還要細談。❸〈方〉後來①。

【後退】hòutuì ㄏㄡˋ ㄊㄨㄟˋ 向後退；退回(後面的地方或以往的發展階段)：後退兩步｜怎麼成績沒提高，反而後退了？

【後衛】hòuwèi ㄏㄡˋ ㄨㄟˋ ❶軍隊行軍時在後方擔任掩護或警戒的部隊。❷籃球、足球等球類比賽中主要擔任防禦的隊員。

【後效】hòuxiào ㄏㄡˋ ㄒㄧㄠˋ 後來的效果；後來的表現：略示薄懲，以觀後效。

【後心】hòuxīn ㄏㄡˋ ㄒㄧㄣ 脊背當中的部位。

【後行】hòuxíng ㄏㄡˋ ㄒㄧㄥˊ 後進行；以後進行。

【後續】hòuxù ㄏㄡˋ ㄒㄩˋ ❶接着來的：後續部隊。❷〈方〉續娶；續弦。

【後學】hòuxué ㄏㄡˋ ㄒㄩㄝˊ 後進的學者或讀書人(常用做謙辭)。

【後遺症】hòuyízhèng ㄏㄡˋ ㄧˊ ㄓㄥˋ ❶某種疾病痊愈或主要症狀消退之後所遺留下的一些症狀。後遺症有的消退得很慢，有的終生不消退。❷比喻由於做事情或處理問題不認真、不妥善而留下的消極影響。

【後尾兒】hòuyǐr ㄏㄡˋ ㄧㄦˇ 最後的部分；後邊：車後尾兒｜船後尾兒｜他走得慢，落在後尾兒了。

【後裔】hòuyì ㄏㄡˋ ㄧˋ 已經死去的人的子孫。

【後影】hòuyǐng ㄏㄡˋ ㄧㄥˇ (後影兒)從後邊看到的人或東西的形狀：那人一下就跑過去了，只看見一個後影兒。

【後援】hòuyuán ㄏㄡˋ ㄩㄢˊ 援軍，泛指支援的力量。

【後院】hòuyuàn ㄏㄡˋ ㄩㄢˋ (後院兒)❶正房後面的院落。❷比喻後方或內部：後院起火(比喻內部鬧矛盾或後方出了麻煩事）。

【後賬】hòuzhàng ㄏㄡˋ ㄓㄤˋ ❶不公開的賬。❷以後再算的賬，多指事後追究責任的事：只要自己行得正，不怕別人算後賬。

【後罩房】hòuzhàofáng ㄏㄡˋ ㄓㄠˋ ㄈㄤˊ〈方〉四合院中正房後邊跟正房平行的一排房屋。

【後肢】hòuzhī ㄏㄡˋ ㄓ 昆蟲或有四肢的脊椎動物長在身體後部的兩條腿。

【後周】Hòu Zhōu ㄏㄡˋ ㄓㄡ 五代之一，公元951－960，郭威所建。參看1209頁〖五代〗。

【後綴】hòuzhuì ㄏㄡˋ ㄓㄨㄟˋ 加在詞根後面的構詞成分，如'作家、科學家'裏的'家'，'規範化、綠化'裏的'化'，'人民性、黨性'裏的'性'。

【後坐】hòuzuò ㄏㄡˋ ㄗㄨㄛˋ 彈頭射出時槍炮向後運動：後坐力。

【後坐力】hòuzuòlì ㄏㄡˋ ㄗㄨㄛˋ ㄌㄧˋ 指槍彈、炮彈射出時的反衝力。

候1 hòu ㄏㄡˋ ❶等待：候車｜你稍候一會兒，他馬上就來。❷問候；問好：致候｜敬候起居。

候2 hòu ㄏㄡˋ ❶時節：時候｜氣候｜候鳥。❷古代五天為一候，現在氣象學上仍沿用：候溫。❸（候兒）情況：徵候｜火候。

【候補】hòubǔ ㄏㄡˋ ㄅㄨˇ 等候遞補缺額：候補委員。

【候場】hòuchǎng ㄏㄡˋ ㄔㄤˇ 等候上場（演出）：演員按時到後台候場。

【候車】hòuchē ㄏㄡˋ ㄔㄜ 等候乘車：候車室。

【候蟲】hòuchóng ㄏㄡˋ ㄔㄨㄥˊ 隨季節而生或鳴叫的昆蟲，如夏天的蟬、秋天的蟋蟀等。

【候風地動儀】hòufēng dìdòngyí ㄏㄡˋ ㄈㄥ ㄉㄧˋ ㄉㄨㄥˋ ㄧˊ 我國東漢時天文學家張衡創製的世界上最早的地震儀。簡稱地動儀。

【候光】hòuguāng ㄏㄡˋ ㄍㄨㄤ〈書〉敬辭，等候光臨（多用於請帖）：潔樽候光。

【候教】hòujiào ㄏㄡˋ ㄐㄧㄠˋ 敬辭，等候指教：本星期日下午在舍下候教。

【候鳥】hòuniǎo ㄏㄡˋ ㄋㄧㄠˇ 隨季節的變更而遷徙的鳥，如杜鵑、家燕、鴻雁等。參看272頁〖冬候鳥〗、1234頁〖夏候鳥〗。

【候審】hòushěn ㄏㄡˋ ㄕㄣˇ （原告、被告）等候審問：出庭候審。

【候溫】hòuwēn ㄏㄡˋ ㄨㄣ 每候（五天）的平均氣溫。

【候選人】hòuxuǎnrén ㄏㄡˋ ㄒㄩㄢˇ ㄖㄣˊ 在選舉前預先提名作為選舉對象的人。

【候診】hòuzhěn ㄏㄡˋ ㄓㄣˇ （病人）門診時等候診斷治療：候診室。

逅 hòu ㄏㄡˋ 見1267頁［邂逅］。

堠 hòu ㄏㄡˋ 古代瞭望敵方情況的土堡。

鲘（鲘） hòu ㄏㄡˋ 鲘門（Hòumén ㄏㄡˋ ㄇㄣˊ），地名，在廣東。

鱟1**（鲎）** hòu ㄏㄡˋ 節肢動物，頭胸部的甲殼略呈馬蹄形，腹部的甲殼呈六角形，尾部呈劍狀，生活在海底。肉可以吃。俗稱鱟魚。

鱟2**（鲎）** hòu ㄏㄡˋ 〈方〉虹。

hū（ㄏㄨ）

乎1 hū ㄏㄨ 〈書〉助詞。❶表示疑問，跟'嗎'相同：王侯將相寧有種乎？❷表示選擇的疑問，跟'呢'相同：然乎？否乎？❸表示揣度，跟'吧'相同：成敗興亡之機，其在斯乎？

乎2 hū ㄏㄨ ❶動詞後綴，作用跟'於'相同：在乎｜無須乎｜出乎意料｜合乎規律｜超乎尋常。❷形容詞或副詞後綴：巍巍乎｜郁郁乎｜迥乎不同｜確乎重要。

乎3 hū ㄏㄨ 〈書〉嘆詞，跟'啊'相同：天乎！

呼1 hū ㄏㄨ ❶生物體把體內的氣體排出體外（跟'吸'相對）：呼吸｜呼出一口氣。❷大聲喊：呼聲｜歡呼｜呼口號｜大聲疾呼。❸叫；叫人來：直呼其名｜一呼百諾｜呼之即來，揮之即去。❹（Hū）姓。

呼2 hū ㄏㄨ 象聲詞：北風呼呼地吹。

【呼哧】hūchī ㄏㄨ ㄔ 象聲詞，形容喘息的聲音：呼哧呼哧地喘着粗氣。也作呼蚩。

【呼蚩】hūchī ㄏㄨ ㄔ 同'呼哧'。

【呼風喚雨】hū fēng huàn yǔ ㄏㄨ ㄈㄥ ㄏㄨㄢˋ ㄩˇ 使颳風下雨。原指神仙道士的法力，現在比喻能夠支配自然。有時也比喻進行煽動性的活動。

【呼喊】hūhǎn ㄏㄨ ㄏㄢˇ 喊；嚷：大聲呼喊｜呼喊口號。

【呼號】hūháo ㄏㄨ ㄏㄠˊ 因極端悲傷而哭叫；因處於困境需要援助而叫喊：仰天呼號｜奔走呼號。

【呼號】hūhào ㄏㄨ ㄏㄠˋ ❶無綫電通訊中使用的各種代號，有時專指廣播電台的名稱的字母代號。❷某些組織專用的口號，如中國少年先鋒隊的呼號是：'準備着，為共產主義事業而奮鬥！'

【呼喚】hūhuàn ㄏㄨ ㄏㄨㄢˋ ❶召喚：祖國在呼喚我們！❷呼喊：大聲呼喚。

【呼叫】hūjiào ㄏㄨ ㄐㄧㄠˋ ❶電台上用呼號叫對方：勇敢號！勇敢號！我在呼叫！｜船長！管理局在呼叫我們。❷呼喊：高聲呼叫。

【呼救】hūjiù ㄏㄨ ㄐㄧㄡˋ 呼叫求救：落水兒童大聲呼救｜情況危急，趕快通過電台向總部呼救。

【呼啦】hūlā ㄏㄨ ㄌㄚ 象聲詞：紅旗被風吹得呼啦呼啦地響。也作呼喇。也說呼啦啦。

【呼喇】hūlā ㄏㄨ ㄌㄚ 同'呼啦'。

【呼嚕】hūlū ㄏㄨ ㄌㄨ 象聲詞：他氣管炎犯了，嗓子裏呼嚕呼嚕老響。

【呼嚕】hū·lu ㄏㄨ ·ㄌㄨ 睡着時由於呼吸受阻而發出的粗重的呼吸聲；鼾聲：打呼嚕。

【呼朋引類】hū péng yǐn lèi ㄏㄨ ㄆㄥˊ ㄧㄣˇ ㄌㄟˋ 招引同類的人。多指壞人結成一夥做壞事。

【呼扇】hū·shān ㄏㄨ ·ㄕㄢ ❶(片狀物)顫動：跳板太長，走在上面直呼扇。❷用片狀物扇風：他滿頭大汗，摘下草帽不停地呼扇。‖也作唿扇。

【呼哨】hūshào ㄏㄨ ㄕㄠˋ 把手指放在嘴裏用力吹時，或物體迅速運動時，發出的尖銳的像哨子的聲音：打呼哨｜一聲呼哨。也作唿哨。

【呼聲】hūshēng ㄏㄨ ㄕㄥ ❶呼喊的聲音：呼聲動天◇此次聯賽，北京隊奪冠呼聲最高。❷指群眾的意見和要求：傾聽群眾的呼聲。

【呼天搶地】hū tiān qiāng dì ㄏㄨ ㄊㄧㄢ ㄑㄧㄤ ㄉㄧˋ 大聲叫天，用頭撞地。形容極度悲痛。

【呼吸】hūxī ㄏㄨ ㄒㄧ ❶生物體與外界進行氣體交換。人和高等動物用肺呼吸，低等動物靠皮膚呼吸，植物通過表面的組織進行氣體交換。❷〈書〉一呼一吸。比喻極短的時間：成敗在呼吸之間。

【呼吸道】hūxīdào ㄏㄨ ㄒㄧ ㄉㄠˋ 人或高等動物呼吸空氣的通路，包括鼻腔、咽、喉、氣管和支氣管。

【呼吸相通】hūxī xiāng tōng ㄏㄨ ㄒㄧ ㄒㄧㄤ ㄊㄨㄥ 比喻思想一致，利害相關：呼吸相通，患難與共。

【呼嘯】hūxiào ㄏㄨ ㄒㄧㄠˋ 發出高而長的聲音：北風呼嘯｜炮彈從頭頂上呼嘯而過。

【呼延】Hūyán ㄏㄨ ㄧㄢˊ 姓。

【呼幺喝六】hū yāo hè liù ㄏㄨ ㄧㄠ ㄏㄜˋ ㄌㄧㄡˋ ❶擲色子時的喊聲(幺、六是色子的點子)。泛指賭博喧譁聲。❷〈方〉形容盛氣淩人的樣子。

【呼應】hūyìng ㄏㄨ ㄧㄥˋ 一呼一應，互相聯繫或照應：前後呼應｜遙相呼應。

【呼籲】hūyù ㄏㄨ ㄩˋ 向個人或社會申述，請求援助或主持公道：奔走呼籲｜呼籲各界人士捐款賑濟災區。

【呼之欲出】hū zhī yù chū ㄏㄨ ㄓ ㄩˋ ㄔㄨ 指人像等畫得逼真，似乎叫他一聲他就會從畫裏走出來。泛指文學作品中人物的描寫十分生動。

忽[1] hū ㄏㄨ 不注意；不重視：忽略｜忽視｜疏忽。

忽[2] hū ㄏㄨ 忽而：天氣忽冷忽熱｜油燈被風吹得忽明忽暗。

忽[3] hū ㄏㄨ ❶(某些計量單位的)十萬分之一：忽米。❷計量單位名稱。a)長度，10忽等於1絲。b)重量，10忽等於1絲。

【忽地】hūdì ㄏㄨ ㄉㄧˋ 忽然；突然：燈忽地滅了｜忽地下起雨來。

【忽而】hū'ér ㄏㄨ ㄦˊ 忽然(大多同時用在意義相對或相近的動詞、形容詞等前頭)：忽而說，忽而笑｜湖上的歌聲忽而高，忽而低。

【忽忽】hūhū ㄏㄨ ㄏㄨ ❶形容時間過得很快：離開杭州，忽忽又是一年。❷〈書〉形容失意或迷惘：忽忽不樂｜忽忽如有所失。

【忽律】hūlǜ ㄏㄨ ㄌㄩˋ 同'𤞑猈'。

【忽略】hūlüè ㄏㄨ ㄌㄩㄝˋ 沒有注意到；疏忽：只追求數量，忽略了質量。

【忽然】hūrán ㄏㄨ ㄖㄢ 副詞，表示來得迅速而又出乎意料；突然：他正要出去，忽然下起大雨來了。

【忽閃】hūshǎn ㄏㄨ ㄕㄢˇ 形容閃光：閃光彈忽閃一亮，又忽閃一亮。

【忽閃】hū·shan ㄏㄨ ·ㄕㄢ 閃耀；閃動：小姑娘忽閃着大眼睛看着媽媽。

【忽視】hūshì ㄏㄨ ㄕˋ 不注意；不重視：不應該強調一方面而忽視另一方面｜忽視安全生產，後果將不堪設想。

【忽悠】hū·you ㄏㄨ ·ㄧㄡ 〈方〉晃動：大旗叫風吹得直忽悠｜漁船上的燈火忽悠忽悠的。

烀 hū ㄏㄨ 用少量的水，蓋緊鍋蓋，加熱，半蒸半煮，把食物弄熟：烀白薯。

唿 hū ㄏㄨ 見下。

【唿扇】hū·shān ㄏㄨ ·ㄕㄢ 同'呼扇'。

【唿哨】hūshào ㄏㄨ ㄕㄠˋ 同'呼哨'。

𤞑 hū ㄏㄨ ［𤞑猈］(hūlǜ ㄏㄨ ㄌㄩˋ)指鱷魚(見於《水滸》)。也作忽律。

淴 hū ㄏㄨ ［淴浴］(hū//yù ㄏㄨ//ㄩˋ)〈方〉洗澡。

惚 hū ㄏㄨ 見507頁〖恍惚〗。

軤(轷) Hū ㄏㄨ 姓。

嘑 hū ㄏㄨ 〈書〉同'呼'。

滹 hū ㄏㄨ 滹沱(Hūtuó ㄏㄨ ㄊㄨㄛˊ)，水名，在河北。

幠[1] **(怃)** hū ㄏㄨ 〈方〉覆蓋：小苗讓草幠住了，趕快鋤吧！

幠[2] **(怃)** hū ㄏㄨ 〈書〉❶寬大；大。❷傲慢；怠慢。

糊 hū ㄏㄨ 用較濃的糊狀物塗抹縫子、窟窿或平面：用灰把牆縫糊上｜往牆上糊了一層泥。

另見484頁 hú；487頁 hù。

戲(戏、戲) hū ㄏㄨ 見1202頁〖於戲〗(wūhū)。

另見1227頁 xì。

hú (ㄏㄨˊ)

囫 hú ㄏㄨˊ 見下。

【囫圇】húlún ㄏㄨˊ ㄌㄨㄣˊ 完整；整個兒：囫圇覺｜囫圇吞棗。

【囫圇覺】hú·lunjiào ㄏㄨˊ ·ㄌㄨㄣ ㄐㄧㄠˋ 整夜不被驚醒的睡眠；整宿(xiǔ)的覺：她每天夜裏起來給孩子餵奶，換尿布，沒睡過一個囫圇覺。

【囫圇吞棗】húlún tūn zǎo ㄏㄨˊ ㄌㄨㄣˊ ㄊㄨㄣ ㄗㄠˇ 把棗兒整個兒吞下去。比喻讀書等不加分析地籠統接受。

和 hú ㄏㄨˊ 打麻將或鬥紙牌時某一家的牌合乎規定的要求，取得勝利。

另見463頁 hé；466頁 hè；519頁 huó；525頁 huò。

狐 hú ㄏㄨˊ ❶哺乳動物的一屬，外形略像狼，面部較長，耳朵三角形，尾巴長，毛通常赤黃色。性狡猾多疑，晝伏夜出，吃野鼠、鳥類、家禽等。毛皮可做衣物。較常見的是草狐和赤狐。通稱狐狸。❷(Hú)姓。

【狐臭】húchòu ㄏㄨˊ ㄔㄡˋ 由於腋窩、陰部等部位的皮膚內汗腺分泌異常而產生的刺鼻臭味。也作胡臭，也叫狐臊。

【狐假虎威】hú jiǎ hǔ wēi ㄏㄨˊ ㄐㄧㄚˇ ㄏㄨˇ ㄨㄟ 老虎捉到一隻狐狸，要吃它。狐狸說：'上天命令我做百獸的王，你吃了我就違背了天意。如果你不信，你跟我一塊兒走，百獸見了我沒有一個不逃跑的。'老虎依了它的話，跟它一塊兒走，果然各種走獸見了都逃跑了。老虎不知道百獸是怕自己，還真以為是怕狐狸(見於《戰國策．楚策》)。比喻倚仗別人的勢力來欺壓人。

【狐狸】hú·li ㄏㄨˊ ·ㄌㄧ 狐的通稱。

【狐狸精】hú·lijīng ㄏㄨˊ ·ㄌㄧ ㄐㄧㄥ 指妖媚迷人的女子(罵人的話)。

【狐狸尾巴】hú·li wěi·ba ㄏㄨˊ ·ㄌㄧ ㄨㄟˇ ·ㄅㄚ 傳說狐狸變成人形後，尾巴會經常露出來。後來用狐狸尾巴比喻終究要暴露出來的壞主意或壞行為。

【狐媚】húmèi ㄏㄨˊ ㄇㄟˋ 用媚態迷惑人。

【狐朋狗友】hú péng gǒu yǒu ㄏㄨˊ ㄆㄥˊ ㄍㄡˇ ㄧㄡˇ 比喻品行不端的朋友。

【狐肷】húqiǎn ㄏㄨˊ ㄑㄧㄢˇ 毛皮業上指狐狸的胸腹部和腋下的毛皮。

【狐群狗黨】hú qún gǒu dǎng ㄏㄨˊ ㄑㄩㄣˊ ㄍㄡˇ ㄉㄤˇ 比喻勾結在一起的壞人。也說狐朋狗黨。

【狐死首丘】hú sǐ shǒu qiū ㄏㄨˊ ㄙˇ ㄕㄡˇ ㄑㄧㄡ 古代傳說狐狸如果死在外面，一定把頭朝着它的洞穴(見於《禮記．檀弓上》)。比喻不忘本或懷念故鄉。

【狐疑】húyí ㄏㄨˊ ㄧˊ 懷疑①：滿腹狐疑｜狐疑不決。

弧 hú ㄏㄨˊ ❶圓周上任意兩點間的部分。❷古代指弓：弦木為弧(用弦綳在樹枝上做成弓)。

【弧度】húdù ㄏㄨˊ ㄉㄨˋ 平面角的度量單位。圓心角所對的弧長和半徑相等，這個角就是一弧度角。也叫弳(jìng)。

【弧光】húguāng ㄏㄨˊ ㄍㄨㄤ 電弧所發出的光。光度很強，帶藍紫色。

【弧光燈】húguāngdēng ㄏㄨˊ ㄍㄨㄤ ㄉㄥ 用碳質電極產生的電弧做光源的照明用具。這種燈能發出極強的光，可以做探照燈，也可以用於電影的製片和放映。也叫炭精燈。

胡1 Hú ㄏㄨˊ ❶古代泛稱北方和西方的少數民族：胡人。❷(hú)古代稱來自北方和西方少數民族的(東西)。也泛指來自國外的(東西)：胡琴｜胡桃｜胡椒。❸姓。

胡2 hú ㄏㄨˊ 副詞，表示隨意亂來：胡鬧｜胡說。

胡3 hú ㄏㄨˊ 〈書〉疑問詞，為甚麼；何故：胡不歸？

另見485頁 hú'鬍'。

【胡扯】húchě ㄏㄨˊ ㄔㄜˇ 閑談；瞎說：兩個人胡扯了一通｜胡扯，世上哪有這種事！

【胡臭】húchòu ㄏㄨˊ ㄔㄡˋ 同'狐臭'。

【胡蝶】húdié ㄏㄨˊ ㄉㄧㄝˊ 同'蝴蝶'。

【胡豆】húdòu ㄏㄨˊ ㄉㄡˋ 蠶豆。

【胡蜂】húfēng ㄏㄨˊ ㄈㄥ 昆蟲，頭胸部褐色，有黃色斑紋，腹部深黃色，中間有黑褐色橫紋。尾部有毒刺，能蜇人。以花蜜和蟲類為食物。通稱馬蜂。

【胡話】húhuà ㄏㄨˊ ㄏㄨㄚˋ 神志不清時說的話：他燒得直說胡話。

【胡笳】hújiā ㄏㄨˊ ㄐㄧㄚ 我國古代北方民族的一種樂器，類似笛子。

【胡椒】hújiāo ㄏㄨˊ ㄐㄧㄠ ❶常綠藤本植物，葉子卵形或長橢圓形，花黃色。果實小，球形，成熟時紅色。未成熟果實乾後果皮變黑，叫黑胡椒；成熟的果實去皮後色白，叫白胡椒。有辣味，是調味品，又可入藥。❷這種植物的果實。

【胡攪】hújiǎo ㄏㄨˊ ㄐㄧㄠˇ ❶瞎搗亂；擾亂。❷狡辯；強辯。

【胡攪蠻纏】hú jiǎo mán chán ㄏㄨˊ ㄐㄧㄠˇ ㄇㄢˊ ㄔㄢˊ 不講道理，胡亂糾纏。

【胡來】húlái ㄏㄨˊ ㄌㄞˊ ❶不按規程，任意亂做：既然不會，就別胡來。❷胡鬧；胡作非為：放規矩些，不許胡來。

【胡嚕】hú·lu ㄏㄨˊ ·ㄌㄨ 〈方〉❶撫摩：他的頭碰疼了，你給他胡嚕胡嚕。❷用拂拭的動作把東西除去或歸攏在一處：把瓜子皮兒胡嚕到簸箕裏｜把棋子都胡嚕到一堆兒。❸應付；辦理：

事太多，一個人還真胡嚕不過來。

【胡亂】húluàn ㄏㄨˊ ㄌㄨㄢˋ ❶馬虎；隨便：胡亂塗上幾筆｜胡亂吃了兩口就走了。❷任意；沒有道理：他話還沒聽完，就胡亂批評一氣｜糧食不能胡亂糟蹋。

【胡蘿蔔】húluó·bo ㄏㄨˊ ㄌㄨㄛˊ·ㄅㄛ ❶二年生草本植物，羽狀複葉，開白色小花，果實長圓形。根長圓錐形，肉質，有紫紅、橘紅、黃色等多種，是常見的蔬菜。❷這種植物的根。

【胡鬧】húnào ㄏㄨˊ ㄋㄠˋ 行動沒有道理；無理取鬧：任意胡鬧。

【胡琴】hú·qin ㄏㄨˊ·ㄑㄧㄣ (胡琴兒)弦樂器，在竹弓上繫馬尾毛，放在兩弦之間拉動。有京胡、二胡等。

【胡說】húshuō ㄏㄨˊ ㄕㄨㄛ ❶瞎說：信口胡說。❷沒有根據的或沒有道理的話：這純屬胡說，不必理會。

【胡說八道】hú shuō bā dào ㄏㄨˊ ㄕㄨㄛ ㄅㄚ ㄉㄠˋ 胡說。

【胡思亂想】hú sī luàn xiǎng ㄏㄨˊ ㄙ ㄌㄨㄢˋ ㄒㄧㄤˇ 沒有根據或不切實際地瞎想。

【胡桃】hútáo ㄏㄨˊ ㄊㄠˊ 核桃。

【胡同】(衚衕) hú·tòng ㄏㄨˊ·ㄊㄨㄥ (胡同兒)巷；小街道。注意 用做巷名時，'同'字輕聲不兒化。

【胡塗】hú·tu ㄏㄨˊ·ㄊㄨ 同'糊塗'。

【胡言】húyán ㄏㄨˊ ㄧㄢˊ ❶胡說：胡言亂語。❷胡話：一派胡言。

【胡謅】húzhōu ㄏㄨˊ ㄓㄡ 隨口瞎編；胡說：順嘴胡謅｜胡謅一氣。

【胡作非為】hú zuò fēi wéi ㄏㄨˊ ㄗㄨㄛˋ ㄈㄟ ㄨㄟˊ 不顧法紀或輿論，任意行動。

核 hú ㄏㄨˊ ［核兒］(húr ㄏㄨㄦˊ) 同'核¹'(hé) ①②，用於某些口語詞，如'梨核兒、煤核兒、冰核兒'。

另見465頁 hé。

斛 hú ㄏㄨˊ 舊量器，方形，口小，底大，容量本為十斗，後來改為五斗。

壺(壷) hú ㄏㄨˊ ❶陶瓷或金屬等製成的容器，有嘴兒，有把兒或提樑，用來盛液體，從嘴兒往外倒：茶壺｜酒壺｜噴壺。❷(Hú)姓。

葫〔葫〕 hú ㄏㄨˊ ［葫蘆］(hú·lu ㄏㄨˊ·ㄌㄨ) ❶一年生草本植物，莖蔓生，葉子互生，心臟形，花白色。果實中間細，像兩個球連在一起，表面光滑，可做器皿，也供玩賞。❷這種植物的果實。

猢 hú ㄏㄨˊ ［猢猻］(húsūn ㄏㄨˊ ㄙㄨㄣ) 獼猴的一種，身上有密毛，生活在我國北方山林中。

湖 hú ㄏㄨˊ ❶被陸地圍着的大片積水：太湖｜洞庭湖。❷(Hú)指浙江湖州：湖筆｜湖縐。❸(Hú)指湖南、湖北：湖廣。

【湖筆】húbǐ ㄏㄨˊ ㄅㄧˇ 浙江湖州製造的毛筆。

【湖光山色】hú guāng shān sè ㄏㄨˊ ㄍㄨㄤ ㄕㄢ ㄙㄜˋ 湖和山相映襯的秀麗景色。

【湖廣】Húguǎng ㄏㄨˊ ㄍㄨㄤˇ 指湖北、湖南，原是明代省名。元代的湖廣包括兩廣在內，明代把兩廣劃出，但仍用舊名。

【湖綠】húlǜ ㄏㄨˊ ㄌㄩˋ 淡綠色。

【湖泊】húpō ㄏㄨˊ ㄆㄛ 湖的總稱。

【湖色】húsè ㄏㄨˊ ㄙㄜˋ 淡綠色。

【湖田】hútián ㄏㄨˊ ㄊㄧㄢˊ 在湖泊地區開闢的水田，四周修築圍埝。

【湖澤】húzé ㄏㄨˊ ㄗㄜˊ 湖泊和沼澤。

【湖縐】húzhòu ㄏㄨˊ ㄓㄡˋ 浙江湖州出產的有縐紋的絲織品。

瑚 hú ㄏㄨˊ 見999頁〖珊瑚〗。

搰 hú ㄏㄨˊ 〈書〉❶掘。❷攪渾。

煳 hú ㄏㄨˊ 食品經火變焦發黑；衣物等經火變黃、變黑：煳鍋巴｜飯燒煳了｜衣服烤煳了。

嚛 hú ㄏㄨˊ 蒲式耳的舊稱。

槲 hú ㄏㄨˊ 落葉喬木或灌木，葉子略呈倒卵形，花黃褐色，結堅果，球形，木材堅硬。樹皮可以做黑色染料。葉子和果實可入藥。

【槲櫟】húlì ㄏㄨˊ ㄌㄧˋ 落葉喬木，莖高近30米，葉子長橢圓形，邊緣有波狀的齒，背面有白毛，果實長橢圓形。也叫青岡。

蝴 hú ㄏㄨˊ 見下。

【蝴蝶】húdié ㄏㄨˊ ㄉㄧㄝˊ 昆蟲，翅膀闊大，顏色美麗，靜止時四翅豎立在背部，腹部瘦長。吸花蜜。種類很多，有的幼蟲吃農作物，是害蟲，有的幼蟲吃蚜蟲，是益蟲。簡稱蝶。也作胡蝶。

【蝴蝶結】húdiéjié ㄏㄨˊ ㄉㄧㄝˊ ㄐㄧㄝˊ 形狀像蝴蝶的結子。

【蝴蝶瓦】húdiéwǎ ㄏㄨˊ ㄉㄧㄝˊ ㄨㄚˇ 小青瓦。

【蝴蝶裝】húdiézhuāng ㄏㄨˊ ㄉㄧㄝˊ ㄓㄨㄤ 圖書裝訂法的一種，有字的紙面相對摺疊，中縫的背面用膠或糨糊粘連，再以厚紙包裹做書面。展開時，兩邊向外，像蝴蝶的雙翅，故名。

衚 hú ㄏㄨˊ ［衚衕］(hú·tòng ㄏㄨˊ·ㄊㄨㄥˋ) 見484頁〖胡同〗。

糊¹ hú ㄏㄨˊ 用黏性物把紙、布等粘起來或粘在別的器物上：糊信封｜糊牆｜糊頂棚｜糊風箏。

糊² hú ㄏㄨˊ 同'煳'。

糊³ hú ㄏㄨˊ 同'餬'。

另見482頁 hū；487頁 hù。

【糊糊】hú·hu ㄏㄨˊ·ㄏㄨ 〈方〉用玉米麪、麪粉等熬成的粥：稀糊糊｜棒子糊糊。
【糊口】húkǒu ㄏㄨˊ ㄎㄡˇ 同'餬口'。
【糊塗】hú·tu ㄏㄨˊ·ㄊㄨ ❶不明事理；對事物的認識模糊或混亂：他越解釋，我越糊塗。❷內容混亂的：糊塗賬｜一塌糊塗。❸〈方〉模糊。‖也作胡塗。
【糊塗蟲】hú·tuchóng ㄏㄨˊ·ㄊㄨ ㄔㄨㄥˊ 不明事理的人(罵人的話)。
【糊塗賬】hú·tuzhàng ㄏㄨˊ·ㄊㄨ ㄓㄤˋ 混亂不清的賬目：一筆糊塗賬。

縠 hú ㄏㄨˊ 〈書〉有縐紋的紗。

醐 hú ㄏㄨˊ 見1124頁[醍醐](tíhú)。

觳 hú ㄏㄨˊ [觳觫](húsù ㄏㄨˊ ㄙㄨˋ)〈書〉因恐懼而發抖。

餬(糊) hú ㄏㄨˊ 粥類。

【餬口】húkǒu ㄏㄨˊ ㄎㄡˇ 勉強維持生活：養家餬口｜擺小攤賺幾個錢餬口。也作糊口。

鵠(鹄) hú ㄏㄨˊ 見1127頁〖天鵝〗。另見412頁 gǔ。

【鵠立】húlì ㄏㄨˊ ㄌㄧˋ 〈書〉直立：瞻望鵠立。
【鵠望】húwàng ㄏㄨˊ ㄨㄤˋ 〈書〉直立而望。形容盼望等待。

鬍(胡) hú ㄏㄨˊ 鬍子①：鬍鬚。'胡'另見483頁 hú。

【鬍匪】húfěi ㄏㄨˊ ㄈㄟˇ 〈方〉舊時稱土匪。也叫鬍子。
【鬍鬚】húxū ㄏㄨˊ ㄒㄩ 鬍子①。
【鬍子】hú·zi ㄏㄨˊ·ㄗ ❶嘴周圍和連着鬢角長的毛。❷〈方〉鬍匪。
【鬍子拉碴】hú·zilāchā ㄏㄨˊ·ㄗ ㄌㄚ ㄔㄚ (鬍子拉碴的)形容滿臉鬍子未加修飾。

鶘(鹕) hú ㄏㄨˊ 見1124頁[鵜鶘]。

鶻(鹘) hú ㄏㄨˊ 隼(sǔn)。另見412頁 gǔ。

hǔ (ㄏㄨˇ)

虎[1] hǔ ㄏㄨˇ ❶哺乳動物，毛黃色，有黑色的斑紋。聽覺和嗅覺都很敏銳，性兇猛，力氣大，夜裏出來捕食鳥獸，有時傷害人。通稱老虎。❷比喻勇猛威武：虎將｜虎虎有生氣。❸〈方〉露出兇相：虎起臉。❹(Hǔ)姓。

虎[2] hǔ ㄏㄨˇ 同'唬'。另見486頁 hù。

【虎背熊腰】hǔ bèi xióng yāo ㄏㄨˇ ㄅㄟˋ ㄒㄩㄥˊ ㄧㄠ 形容人的身體魁梧強壯。
【虎賁】hǔbēn ㄏㄨˇ ㄅㄣ 古代指勇士；武士。
【虎彪彪】hǔbiāobiāo ㄏㄨˇ ㄅㄧㄠ ㄅㄧㄠ 形容壯實而威風：虎彪彪的小夥子。
【虎步】hǔbù ㄏㄨˇ ㄅㄨˋ ❶矯健威武的腳步：邁着虎步，噔地走上台來。❷〈書〉形容舉止威武，也指稱雄於一方：虎步關中。
【虎符】hǔfú ㄏㄨˇ ㄈㄨˊ 古代調兵用的憑證，用銅鑄成虎形，分兩半，右半存朝廷，左半給統兵將帥。調動軍隊時須持符驗證。
【虎將】hǔjiàng ㄏㄨˇ ㄐㄧㄤˋ 勇猛善戰的將領。
【虎勁】hǔjìn ㄏㄨˇ ㄐㄧㄣˋ (虎勁兒)勇猛的勁頭兒：他幹起活來真有股子虎勁兒。
【虎踞龍盤】hǔ jù lóng pán ㄏㄨˇ ㄐㄩˋ ㄌㄨㄥˊ ㄆㄢˊ 像虎蹲着，像龍盤着。形容地勢險要。'盤'也作蟠。也説龍盤虎踞。
【虎口】[1] hǔkǒu ㄏㄨˇ ㄎㄡˇ 比喻危險的境地：虎口脱險｜逃離虎口。
【虎口】[2] hǔkǒu ㄏㄨˇ ㄎㄡˇ 大拇指和食指相連的部分。
【虎口拔牙】hǔ kǒu bá yá ㄏㄨˇ ㄎㄡˇ ㄅㄚˊ ㄧㄚˊ 比喻做十分危險的事。
【虎口餘生】hǔ kǒu yú shēng ㄏㄨˇ ㄎㄡˇ ㄩˊ ㄕㄥ 比喻經歷大難而僥幸保全生命。
【虎狼】hǔláng ㄏㄨˇ ㄌㄤˊ 比喻兇狠殘暴的人：虎狼之輩｜虎狼之心。
【虎皮宣】hǔpíxuān ㄏㄨˇ ㄆㄧˊ ㄒㄩㄢ 有淺色斑紋的紅、黃、綠等色的宣紙。
【虎魄】hǔpò ㄏㄨˇ ㄆㄛˋ 同'琥珀'。
【虎氣】hǔ·qì ㄏㄨˇ·ㄑㄧ 形容有氣勢：小夥子方臉大眼，瞧着挺虎氣。
【虎鉗】hǔqián ㄏㄨˇ ㄑㄧㄢˊ 老虎鉗①。
【虎生生】hǔshēngshēng ㄏㄨˇ ㄕㄥ ㄕㄥ (虎生生的)形容威武而有生氣：虎生生的大眼睛｜他看着這群虎生生的年輕人，心裏特別高興。
【虎視】hǔshì ㄏㄨˇ ㄕˋ ❶貪婪而兇狠地注視：虎視中原。❷威嚴地注視：戰士們虎視着山下的敵人，抑制不住滿腔怒火。
【虎視眈眈】hǔ shì dāndān ㄏㄨˇ ㄕˋ ㄉㄢ ㄉㄢ 形容貪婪而兇狠地注視。
【虎勢】hǔ·shi ㄏㄨˇ·ㄕ 〈方〉形容健壯：這小夥子膀大腰粗的，長得真虎勢。也作虎實。
【虎頭虎腦】hǔ tóu hǔ nǎo ㄏㄨˇ ㄊㄡˊ ㄏㄨˇ ㄋㄠˇ 形容健壯憨厚的樣子(多指兒童)：小傢伙兒虎頭虎腦的，非常可愛。
【虎頭蛇尾】hǔ tóu shé wěi ㄏㄨˇ ㄊㄡˊ ㄕㄜˊ ㄨㄟˇ 比喻做事有始無終，起初聲勢很大，後來勁頭很小。
【虎威】hǔwēi ㄏㄨˇ ㄨㄟ 指武將的威風。也指威武的氣概。
【虎穴】hǔxué ㄏㄨˇ ㄒㄩㄝˊ 比喻危險的境地：龍潭虎穴｜不入虎穴，不得虎子。
【虎穴龍潭】hǔ xué lóng tán ㄏㄨˇ ㄒㄩㄝˊ ㄌㄨㄥˊ ㄊㄢˊ 見743頁〖龍潭虎穴〗。
【虎牙】hǔyá ㄏㄨˇ ㄧㄚˊ 俗稱突出的犬牙。

【虎躍龍騰】hǔ yuè lóng téng ㄏㄨˇ ㄩㄝˋ ㄌㄨㄥˊ ㄊㄥˊ 見743頁〖龍騰虎躍〗。

唬(虎) hǔ ㄏㄨˇ 虛張聲勢、誇大事實來嚇人或蒙混人：唬人｜差一點兒叫他唬住了。
另見1234頁 xià。

琥 hǔ ㄏㄨˇ ［琥珀］(hǔpò ㄏㄨˇ ㄆㄛˋ) 古代松柏樹脂的化石，成分是$C_{10}H_{16}O$。淡黃色、褐色或紅褐色的固體，質脆，燃燒時有香氣，摩擦時生電。用來製造琥珀酸和各種漆，也可做裝飾品，可入藥。也作虎魄。

滸(浒) hǔ ㄏㄨˇ 水邊。
另見1291頁 xǔ。

【滸灣】Hǔwān ㄏㄨˇ ㄨㄢ 地名，在河南。
另見1291頁 Xǔwān。

hù (ㄏㄨˋ)

互 hù ㄏㄨˋ 互相：互訪｜互通有無｜互不干涉｜互敬互愛。

【互補】hùbǔ ㄏㄨˋ ㄅㄨˇ ❶互為補角。❷互相補充：沿海和內地互通有無，互補互利。

【互感】hùgǎn ㄏㄨˋ ㄍㄢˇ 由於電路中電流的變化，而在鄰近的另一電路中產生感生電動勢的現象。也叫互感應。

【互惠】hùhuì ㄏㄨˋ ㄏㄨㄟˋ 互相給予好處：平等互惠｜互惠待遇｜互惠關稅。

【互見】hùjiàn ㄏㄨˋ ㄐㄧㄢˋ ❶(兩處或幾處的文字)相互說明補充。❷(兩者)都有；同時存在：瑕瑜互見。

【互利】hùlì ㄏㄨˋ ㄌㄧˋ 互相有利：平等互利。

【互讓】hùràng ㄏㄨˋ ㄖㄤˋ 彼此謙讓：互諒互讓。

【互溶】hùróng ㄏㄨˋ ㄖㄨㄥˊ 一般指兩種液體(如水和酒精)能以任何比例互相溶解。

【互生】hùshēng ㄏㄨˋ ㄕㄥ 葉序的一種，莖的每個節上只長一個葉子，相鄰的兩個葉子長在相對的兩側，如楊樹、桃樹等的葉子。

【互通】hùtōng ㄏㄨˋ ㄊㄨㄥ 互相溝通、交換：互通消息｜互通有無。

【互相】hùxiāng ㄏㄨˋ ㄒㄧㄤ 副詞，表示彼此同樣對待的關係：互相尊重｜互相幫助｜互相支持。

【互訓】hùxùn ㄏㄨˋ ㄒㄩㄣˋ (兩處或幾處的文字)相互註釋。

【互質】hùzhì ㄏㄨˋ ㄓˋ 兩個正整數只有公約數1時，它們的關係叫做互質。如3和11互質。

【互質數】hùzhìshù ㄏㄨˋ ㄓˋ ㄕㄨˋ 只有公約數1的兩個正整數叫做互質數，如4和5，7和8。

【互助】hùzhù ㄏㄨˋ ㄓㄨˋ 互相幫助：互助合作｜互助小組。

【互助會】hùzhùhuì ㄏㄨˋ ㄓㄨˋ ㄏㄨㄟˋ 經濟上互相幫助的群眾性組織，多由基層工會組織領導。

【互助組】hùzhùzǔ ㄏㄨˋ ㄓㄨˋ ㄗㄨˇ ❶在生產、工作或學習上互相幫助的小集體。❷我國農業合作化的初級形式，由若干戶農民自願組織起來，在勞動力、農具、牲畜等方面進行互助合作。

戶〔户〕 hù ㄏㄨˋ ❶門：門戶｜夜不閉戶。❷人家；住戶：戶籍｜專業戶｜全村好幾百戶。❸門第：門當戶對。❹戶頭：存戶｜賬戶｜開個戶。❺(Hù)姓。

【戶籍】hùjí ㄏㄨˋ ㄐㄧˊ 地方民政機關以戶為單位登記本地區內居民的冊子。轉指作為本地區居民的身份。

【戶口】hùkǒu ㄏㄨˋ ㄎㄡˇ ❶住戶和人口，例如舊時稱某一地有若干戶，若干口。❷戶籍：報戶口｜遷戶口。

【戶口簿】hùkǒubù ㄏㄨˋ ㄎㄡˇ ㄅㄨˋ 記載住戶成員的姓名、籍貫、年齡、職業等內容的冊子。也說戶口本兒。

【戶樞不蠹】hù shū bù dù ㄏㄨˋ ㄕㄨ ㄅㄨˋ ㄉㄨˋ 門的轉軸不會被蟲蛀蝕。比喻經常運動着的東西不易被腐蝕：流水不腐，戶樞不蠹。

【戶頭】hùtóu ㄏㄨˋ ㄊㄡˊ 會計部門稱賬冊上有賬務關係的個人或團體：開戶頭｜這個戶頭很久沒有來提款了。

【戶限】hùxiàn ㄏㄨˋ ㄒㄧㄢˋ 〈書〉門檻(kǎn)：戶限為穿(形容進出的人很多)。

【戶牖】hùyǒu ㄏㄨˋ ㄧㄡˇ 〈書〉門窗；門戶①。

【戶長】hùzhǎng ㄏㄨˋ ㄓㄤˇ 〈方〉戶主。

【戶主】hùzhǔ ㄏㄨˋ ㄓㄨˇ 戶籍上一戶的負責人。

沍(冱) hù ㄏㄨˋ 〈書〉❶凍：沍寒。❷閉塞。

楛 hù ㄏㄨˋ 見62頁［梐楛］(bìhù)。

虎 hù ㄏㄨˋ ［虎不拉］(hù·bulǎ ㄏㄨˋ ·ㄅㄨ ㄌㄚˇ)〈方〉伯勞。
另見485頁 hǔ。

岵 hù ㄏㄨˋ 〈書〉多草木的山。

戽〔戽〕 hù ㄏㄨˋ ❶戽斗。也泛指汲水灌田的農具：風戽。❷汲(水灌田)：戽水機｜戽水抗旱。

【戽斗】hùdǒu ㄏㄨˋ ㄉㄡˇ 汲水灌田的舊式農具，形狀略像斗，兩邊有繩，兩人引繩，提斗汲水。

怙 hù ㄏㄨˋ 〈書〉依靠：失怙(指死了父親)。

【怙惡不悛】hù è bù quān ㄏㄨˋ ㄜˋ ㄅㄨˋ ㄑㄩㄢ 堅持作惡，不肯悔改。

【怙恃】hùshì ㄏㄨˋ ㄕˋ 〈書〉❶依仗；憑藉。❷《詩·小雅·蓼莪》：'無父何怙，無母何恃。'後來用'怙恃'為父母的代稱：少失怙恃。

祜 hù ㄏㄨˋ 〈書〉福。

笏 hù ㄏㄨˋ 古代君臣在朝廷上相見時手中所拿的狹長板子，用玉、象牙或竹製成，上面可以記事。

瓠 hù ㄏㄨˋ 瓠子。

【瓠果】hùguǒ ㄏㄨˋ ㄍㄨㄛˇ 指漿果中屬於瓜類的果實，由子房和花托一起發育而成，如西瓜、黃瓜、南瓜等。

【瓠子】hù·zi ㄏㄨˋ ·ㄗ ❶一年生草本植物，莖蔓生，花白色，果實細長，圓筒形，表皮淡綠色，果肉白色，可做蔬菜。❷這種植物的果實。有的地區叫蒲瓜。

扈〔扈〕 hù ㄏㄨˋ ❶〈書〉隨從：扈從。❷(Hù)姓。

【扈從】hùcóng ㄏㄨˋ ㄘㄨㄥˊ 〈書〉❶帝王或官吏的隨從。❷隨從；跟隨：隨駕扈從｜扈從大帥西征。

楛〔楛〕 hù ㄏㄨˋ 古書上指荊一類的植物，莖可製箭桿。

另見663頁kǔ。

鄠 Hù ㄏㄨˋ 鄠縣，在陝西。今作戶縣。

滬〔滬〕(沪) Hù ㄏㄨˋ 上海的別稱。

【滬劇】hùjù ㄏㄨˋ ㄐㄩˋ 上海的地方戲曲劇種，由上海灘簧發展而成。

糊 hù ㄏㄨˋ 樣子像粥的食物：麵糊｜芝麻糊｜辣椒糊。

另見482頁hū；484頁hú。

【糊弄】hù·nong ㄏㄨˋ ·ㄋㄨㄥ 〈方〉❶欺騙；蒙混：說老實話，別糊弄人。❷將就：衣服舊了些，糊弄着穿吧。

【糊弄局】hù·nongjú ㄏㄨˋ ·ㄋㄨㄥ ㄐㄩˊ 〈方〉(糊弄局兒)敷衍蒙混的事情：他馬馬虎虎拾掇一下就走了，這不是糊弄局嗎？

護〔護〕(护) hù ㄏㄨˋ ❶保護；保衛：愛護｜護路｜護航｜護林。❷袒護；包庇：護短｜官官相護。

【護岸】hù'àn ㄏㄨˋ ㄢˋ 保護海岸、河岸等使不受波浪沖擊的建築物，多用石塊或混凝土築成。

【護岸林】hù'ànlín ㄏㄨˋ ㄢˋ ㄌㄧㄣˊ 栽種在渠道、河流兩岸使免受沖刷的防護林。

【護壁】hùbì ㄏㄨˋ ㄅㄧˋ 牆裙。

【護兵】hùbīng ㄏㄨˋ ㄅㄧㄥ 隨從官吏的衛兵。

【護城河】hùchénghé ㄏㄨˋ ㄔㄥˊ ㄏㄜˊ 人工挖掘的圍繞城牆的河，古代為防守用。

【護持】hùchí ㄏㄨˋ ㄔˊ ❶保護維持：交通要道要派專人護持。❷愛護照料：她像姐姐似的護持我。

【護從】hùcóng ㄏㄨˋ ㄘㄨㄥˊ ❶跟隨保衛。❷跟隨保衛的人。

【護犢子】hù dú·zi ㄏㄨˋ ㄉㄨˊ ·ㄗ 〈方〉比喻庇護自己的孩子(含貶義)。

【護短】hù//duǎn ㄏㄨˋ//ㄉㄨㄢˇ 為自己(或與自己有關的人)的缺點或過失辯護：孩子有了錯誤，做家長的不應護短。

【護耳】hù'ěr ㄏㄨˋ ㄦˇ 保護耳朵使不受凍的用品。

【護法】hùfǎ ㄏㄨˋ ㄈㄚˇ ❶衛護佛法。❷衛護佛法的人。後來指施捨財物給寺廟的人。❸衛護國法。

【護封】hùfēng ㄏㄨˋ ㄈㄥ 包在圖書外面的紙，一般印着書名或圖案，有保護和裝飾的作用。

【護符】hùfú ㄏㄨˋ ㄈㄨˊ 護身符。

【護航】hùháng ㄏㄨˋ ㄏㄤˊ 護送船隻或飛機航行：護航艦｜專機有戰鬥機護航。

【護駕】hùjià ㄏㄨˋ ㄐㄧㄚˋ 保駕。

【護欄】hùlán ㄏㄨˋ ㄌㄢˊ ❶設置在路邊或人行道與車道之間的鐵柵欄。❷起保護作用的欄杆：草地周圍有護欄。

【護理】hùlǐ ㄏㄨˋ ㄌㄧˇ ❶配合醫生治療，觀察和了解病人的病情，並照料病人的飲食起居等：護理員｜護理病人。❷保護管理，使不受損害：護理林木｜精心護理小麥越冬。

【護林】hùlín ㄏㄨˋ ㄌㄧㄣˊ 保護森林：護林防火。

【護坡】hùpō ㄏㄨˋ ㄆㄛ 河岸或路旁用石塊、水泥等築成的斜坡，用來防止河流或雨水沖刷。

【護身符】hùshēnfú ㄏㄨˋ ㄕㄣ ㄈㄨˊ ❶道士或巫師等所畫的符或唸過咒的物件，迷信的人認為隨身佩帶，可以驅邪免災。❷比喻保護自己、藉以避免困難或懲罰的人或事物。‖也說護符。

【護士】hù·shi ㄏㄨˋ ·ㄕ 醫療機構中擔任護理工作的人員。

【護送】hùsòng ㄏㄨˋ ㄙㄨㄥˋ 陪同前往使免遭意外(多指用武裝保護)：護送傷員｜護送糧草｜護送出境。

【護腿】hùtuǐ ㄏㄨˋ ㄊㄨㄟˇ 保護小腿的用品。

【護衛】hùwèi ㄏㄨˋ ㄨㄟˋ ❶保護；保衛：在保安人員的護衛下安全抵達機場。❷執行護衛任務的武裝人員。

【護衛艦】hùwèijiàn ㄏㄨˋ ㄨㄟˋ ㄐㄧㄢˋ 以火炮和反潛武器為主要裝備的輕型軍艦。用於護航、反潛、巡邏、佈雷、支援部隊登陸等。裝有導彈的護衛艦叫導彈護衛艦。

【護衛艇】hùwèitǐng ㄏㄨˋ ㄨㄟˋ ㄊㄧㄥˇ 炮艇。

【護膝】hùxī ㄏㄨˋ ㄒㄧ 保護膝部的用品。

【護養】hùyǎng ㄏㄨˋ ㄧㄤˇ ❶護理培育：護養秧苗｜精心護養仔豬。❷養護：護養公路。

【護祐】hùyòu ㄏㄨˋ ㄧㄡˋ 保護；保祐：護祐一方。

【護照】hùzhào ㄏㄨˋ ㄓㄠˋ ❶國家主管機關發給

出國執行任務、旅行或在國外居住的本國公民的證件，證明其國籍和身份。❷舊時因出差、旅行或運輸貨物向主管機關領取的憑證。

鸌〔鸌〕(鹱) hù ㄏㄨˋ 鳥類的一科，身體大，嘴的尖端略呈鈎狀，趾間有蹼。會游泳和潛水，生活在海岸邊，吃魚類和軟體動物。

鱯〔鱯〕(鳠) hù ㄏㄨˋ 魚，身體細長，灰褐色，有黑色小點，無鱗，口部有四對鬚。生活在淡水中。

huā (ㄏㄨㄚ)

化 huā ㄏㄨㄚ 同'花²'：化錢｜化工夫。另見494頁 huà。

【化子】huā·zi ㄏㄨㄚ·ㄗ 同'花子'。

花¹〔花〕huā ㄏㄨㄚ ❶(花兒)種子植物的有性繁殖器官。花由花瓣、花萼、花托、花蕊組成，有各種顏色，有的長得很艷麗，有香味：一朵花兒。❷(花兒)可供觀賞的植物：花木｜花盆兒｜花兒匠｜種花兒。❸(花兒)形狀像花朵的東西：燈花兒｜火花｜雪花兒。❹烟火的一種，以黑色火藥加別種化學物質製成，在夜間燃放，能噴出許多火花，供人觀賞：花炮｜禮花｜放花。❺(花兒)花紋：白地藍花兒｜這被面花兒太密。❻用花或花紋裝飾的：花圈｜花籃｜花燈｜花車｜花布。❼顏色或種類錯雜的：花白｜花貓｜花花綠綠。❽(眼睛)模糊迷亂：眼花｜昏花。❾衣服磨損或要破沒破的樣子：袖子都磨花了。❿用來迷惑人的；不真實或不真誠的：花招兒｜花賬｜花言巧語。⓫比喻事業的精華：文藝之花｜革命之花。⓬比喻年輕漂亮的女子：校花｜交際花。⓭指妓女或跟妓女有關的：花魁｜花街柳巷｜尋花問柳。⓮指棉花：軋花｜彈花｜花紗布。⓯(花兒)指某些小的顆粒、塊、滴等：淚花｜油花兒｜葱花。⓰指某些幼小動物：蠶花｜魚花。⓱(花兒)痘：天花｜種花兒｜出過花兒。⓲作戰時受的外傷：挂了兩次花。⓳(Huā)姓。

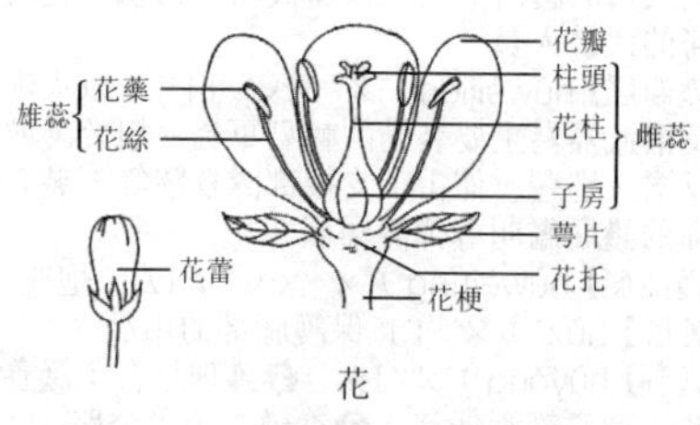

花

花²〔花〕huā ㄏㄨㄚ 用；耗費：花費｜花錢｜花時間｜該花的花，該省的省。

【花把勢】huābǎ·shi ㄏㄨㄚ ㄅㄚˇ·ㄕ 指有經驗的花農或花匠。泛指擅長種花的人。

【花白】huābái ㄏㄨㄚ ㄅㄞˊ (鬚髮)黑白混雜：花白鬍鬚｜才四十歲的人頭髮都花白了。

【花瓣】huābàn ㄏㄨㄚ ㄅㄢˋ 花冠的組成部分之一，構造和葉子相似，但細胞裏含有各種不同的色素，所以有各種不同的顏色。(圖見'花')

【花苞】huābāo ㄏㄨㄚ ㄅㄠ 苞①的通稱。

【花被】huābèi ㄏㄨㄚ ㄅㄟˋ 花萼和花冠的統稱，有保護花蕊和引誘昆蟲的作用。

【花邊】huābiān ㄏㄨㄚ ㄅㄧㄢ ❶(花邊兒)帶花紋的邊緣：瓶口上有一道藍色的花邊。❷(花邊兒)手工藝品，編織或刺綉成各種花樣的帶子，通常用做衣服的鑲邊。❸(花邊兒)印刷用語，文字圖畫的花紋邊框：花邊新聞。❹〈方〉銀圓的俗稱。

【花不棱登】huā·bulēngdēng ㄏㄨㄚ·ㄅㄨ ㄌㄥ ㄉㄥ (花不棱登的)形容顏色錯雜(含厭惡意)：這件衣服花不棱登的，我不喜歡。

【花草】huācǎo ㄏㄨㄚ ㄘㄠˇ 指供觀賞的花和草。

【花插】huāchā ㄏㄨㄚ ㄔㄚ ❶插花用的底座，一般放在淺口的水盆裏。❷供插花用的各種形狀的瓶子。

【花插着】huā·chā·zhe ㄏㄨㄚ·ㄔㄚ·ㄓㄜ 交叉；交錯：大人、孩子花插着坐在樹蔭下聽評書。

【花茶】huāchá ㄏㄨㄚ ㄔㄚˊ 用茉莉花等鮮花熏製的綠茶。也叫香片。

【花車】huāchē ㄏㄨㄚ ㄔㄜ 舉行喜慶典禮或迎接貴賓時特別裝飾的汽車、火車或馬車。

【花池子】huāchí·zi ㄏㄨㄚ ㄔˊ·ㄗ 庭園中四周矮欄圍繞、中間種植花草的地方。

【花叢】huācóng ㄏㄨㄚ ㄘㄨㄥˊ 叢生在一起的花：蝴蝶在花叢中飛來飛去。

【花搭着】huā·dā·zhe ㄏㄨㄚ·ㄉㄚ·ㄓㄜ 種類或質量不同的東西錯綜搭配：細糧粗糧花搭着吃。

【花旦】huādàn ㄏㄨㄚ ㄉㄢˋ 戲曲中旦角的一種，扮演性格活潑或放蕩潑辣的年輕女子。

【花燈】huādēng ㄏㄨㄚ ㄉㄥ 用花彩裝飾的燈。特指元宵節供觀賞的燈：鬧花燈｜看花燈。

【花燈戲】huādēngxì ㄏㄨㄚ ㄉㄥ ㄒㄧˋ 流行於雲南、四川等地的地方戲，由民間玩耍花燈的歌舞發展而成，跟花鼓戲相近。

【花點子】huādiǎn·zi ㄏㄨㄚ ㄉㄧㄢˇ·ㄗ ❶欺騙人的狡猾手段、計策等。❷不切實際的主意。

【花雕】huādiāo ㄏㄨㄚ ㄉㄧㄠ 上等的紹興黃酒，因裝在雕花的罎子裏而得名。

【花朵】huāduǒ ㄏㄨㄚ ㄉㄨㄛˇ 花¹①(總稱)：這株牡丹的花朵特別大◇兒童是祖國的花朵。

【花萼】huā'è ㄏㄨㄚ ㄜˋ 花的組成部分之一，由若干萼片組成，包在花瓣外面，花開時托着花冠。簡稱萼。

【花兒】huā'ér ㄏㄨㄚ ㄦˊ 甘肅、青海、寧夏一帶流行的一種民間歌曲。
【花房】huāfáng ㄏㄨㄚ ㄈㄤˊ 養花草的溫室。
【花肥】huāféi ㄏㄨㄚ ㄈㄟˊ ❶在棉花、油菜等作物開花期施的肥，能促使多開花結果，提高產量。❷指給盆栽觀賞植物施的肥。
【花費】huāfèi ㄏㄨㄚ ㄈㄟˋ 因使用而消耗掉：花費金錢｜花費時間｜花費心血。
【花費】huā·fei ㄏㄨㄚ ·ㄈㄟ 消耗的錢：這次搬家要不少花費。
【花粉】huāfěn ㄏㄨㄚ ㄈㄣˇ ❶花藥裏的粉粒，多是黃色的，也有青色或黑色的。每個粉粒裏都有一個生殖細胞。❷中醫指栝樓根製成的澱粉。
【花粉籃】huāfěnlán ㄏㄨㄚ ㄈㄣˇ ㄌㄢˊ 工蜂後足上由硬毛圍成的器官，用來攜帶花粉。
【花崗岩】huāgāngyán ㄏㄨㄚ ㄍㄤ ㄧㄢˊ ❶火成岩的一種，在地殼上分佈最廣，是岩漿在地殼深處逐漸冷卻凝結成的結晶岩體，主要成分是石英、長石和雲母。一般是黃色帶粉紅的，也有灰白色的。質地堅硬，色澤美麗，是很好的建築材料。通稱花崗石。❷比喻頑固不化：花崗岩腦袋。
【花梗】huāgěng ㄏㄨㄚ ㄍㄥˇ 花的柄，是莖的分枝，構造和莖相同。(圖見'花')
【花骨朵】huāgū·duo ㄏㄨㄚ ㄍㄨ ·ㄉㄨㄛ 花蕾的通稱。
【花鼓】huāgǔ ㄏㄨㄚ ㄍㄨˇ 一種民間舞蹈，一般由男女兩人對舞，一人敲小鑼，一人打小鼓，邊敲打，邊歌舞。
【花鼓戲】huāgǔxì ㄏㄨㄚ ㄍㄨˇ ㄒㄧˋ 流行於湖北、湖南、安徽等省的地方戲曲劇種，由民間歌舞花鼓發展而成。
【花冠】[1] huāguān ㄏㄨㄚ ㄍㄨㄢ 花的組成部分之一，由若干花瓣組成。雙子葉植物的花冠一般可分為合瓣花冠和離瓣花冠兩大類。
【花冠】[2] huāguān ㄏㄨㄚ ㄍㄨㄢ 舊時婦女出嫁時戴的裝飾華麗的帽子。
【花棍舞】huāgùnwǔ ㄏㄨㄚ ㄍㄨㄣˋ ㄨˇ 見19頁〖霸王鞭〗[1]。
【花好月圓】huā hǎo yuè yuán ㄏㄨㄚ ㄏㄠˇ ㄩㄝˋ ㄩㄢˊ 比喻美好團聚(多用做新婚的頌詞)。
【花和尚】huāhé·shang ㄏㄨㄚ ㄏㄜˊ ·ㄕㄤ 指不守戒規(如喝酒、吃肉等)的和尚。
【花紅】[1] huāhóng ㄏㄨㄚ ㄏㄨㄥˊ ❶落葉小喬木，葉子卵形或橢圓形，花粉紅色。果實球形，像蘋果而小，黃綠色帶微紅，是常見的水果。❷這種植物的果實。‖也叫林檎或沙果。
【花紅】[2] huāhóng ㄏㄨㄚ ㄏㄨㄥˊ ❶指有關婚姻等喜慶事的禮物：花紅綵禮。❷紅利。❸賞錢。
【花紅柳綠】huā hóng liǔ lù ㄏㄨㄚ ㄏㄨㄥˊ ㄌㄧㄡˇ ㄌㄩˋ ❶形容春天花木繁茂艷麗的景色。❷形容顏色鮮艷多彩：姑娘們一個個打扮得花紅柳綠。
【花花腸子】huā·hua-cháng·zi ㄏㄨㄚ ·ㄏㄨㄚ ㄔㄤˊ ·ㄗ 〈方〉比喻狡猾的心計：那傢伙花花腸子可多了。
【花花搭搭】huā·huadādā ㄏㄨㄚ ·ㄏㄨㄚ ㄉㄚ ㄉㄚ (花花搭搭的) ❶花搭着：米飯，麵食花花搭搭地換着樣兒吃。❷形容大小、疏密不一致：天氣雖然還冷，樹上已經花花搭搭地開了些花兒了｜地太乾，高粱苗出得花花搭搭的。
【花花公子】huāhuā-gōngzǐ ㄏㄨㄚ ㄏㄨㄚ ㄍㄨㄥ ㄗˇ 指富貴人家中不務正業，只知吃喝玩樂的子弟。
【花花綠綠】huāhuālùlù ㄏㄨㄚ ㄏㄨㄚ ㄌㄩˋ ㄌㄩˋ (花花綠綠的)形容顏色鮮艷多彩：牆上貼着花花綠綠的年畫｜姑娘們穿得花花綠綠的，在廣場上跳舞。
【花花世界】huāhuā-shìjiè ㄏㄨㄚ ㄏㄨㄚ ㄕˋ ㄐㄧㄝˋ 指繁華地區或燈紅酒綠、尋歡作樂的場所。也泛指人世間(含貶義)。
【花環】huāhuán ㄏㄨㄚ ㄏㄨㄢˊ ❶用鮮花或紙花紮成的環狀物，多用來表演舞蹈、迎接貴賓等。❷花圈。
【花卉】huāhuì ㄏㄨㄚ ㄏㄨㄟˋ ❶花草。❷以花草為題材的中國畫。
【花會】huāhuì ㄏㄨㄚ ㄏㄨㄟˋ ❶一種民間體育和文藝活動，多在春節期間舉行，節目有高蹺、獅子舞、龍燈、旱船、中幡等等。❷花卉展銷大會。有的地方在花會期間同時進行土特產展覽交易，有的還演出民間戲曲，表演民間武術等。
【花甲】huājiǎ ㄏㄨㄚ ㄐㄧㄚˇ 指六十歲(用干支紀年，錯綜搭配，六十年週而復始)：花甲之年｜年逾花甲。
【花架】huājià ㄏㄨㄚ ㄐㄧㄚˋ 專用來擺放盆花的架子。
【花架子】huājià·zi ㄏㄨㄚ ㄐㄧㄚˋ ·ㄗ ❶指花哨而不實用的武術動作。❷比喻外表好看但缺少實用價值的東西。也指形式主義的做法：工作要講實效，不要做表面文章，擺花架子。
【花椒】huājiāo ㄏㄨㄚ ㄐㄧㄠ ❶落葉灌木或小喬木，枝上有刺，果實球形，暗紅色。種子黑色，可以做調味的香料，也可入藥。❷這種植物的種子。
【花轎】huājiào ㄏㄨㄚ ㄐㄧㄠˋ 舊俗結婚時新娘所坐的裝飾華麗的轎子。
【花街柳巷】huā jiē liǔ xiàng ㄏㄨㄚ ㄐㄧㄝ ㄌㄧㄡˇ ㄒㄧㄤˋ 指妓院較集中的地方。
【花鏡】huājìng ㄏㄨㄚ ㄐㄧㄥˋ 矯正花眼用的眼鏡，鏡片是凸透鏡。
【花捲】huājuǎn ㄏㄨㄚ ㄐㄩㄢˇ (花捲兒)一種蒸熟吃的麵食，多捲成螺旋狀。
【花魁】huākuí ㄏㄨㄚ ㄎㄨㄟˊ 百花的魁首。多指梅花。舊時也比喻有名的妓女。

【花籃】huālán ㄏㄨㄚ ㄌㄢˊ (花籃兒) ❶裝着鮮花的籃子，祝賀時用做禮物，有時弔喪、祭奠也用。❷裝飾美麗的或編製有圖案的籃兒。

【花蕾】huālěi ㄏㄨㄚ ㄌㄟˇ 沒有開放的花。通稱花骨朵。(圖見'花')

【花裏胡哨】huā·lihúshào ㄏㄨㄚ ·ㄌㄧ ㄏㄨˊ ㄕㄠˋ (花裏胡哨的) ❶形容顏色過分鮮艷繁雜(含厭惡意)：穿得花裏胡哨的。❷比喻浮華，不實在。

【花臉】huāliǎn ㄏㄨㄚ ㄌㄧㄢˇ 淨[2]的通稱。因必須勾臉譜而得名，有銅錘、黑頭、架子花等區別。

【花翎】huālíng ㄏㄨㄚ ㄌㄧㄥˊ 清代官吏禮帽上的孔雀翎，根據品級不同有單眼、雙眼、三眼的區別(眼：孔雀翎端的圓形紋理)。

【花令】huālìng ㄏㄨㄚ ㄌㄧㄥˋ 植物開花的季節：養蜂必須隨着花令遷移蜂箱。

【花柳病】huāliǔbìng ㄏㄨㄚ ㄌㄧㄡˇ ㄅㄧㄥˋ 性病。

【花露水】huālùshuǐ ㄏㄨㄚ ㄌㄨˋ ㄕㄨㄟˇ 稀酒精中加香料製成的化妝品。

【花蜜】huāmì ㄏㄨㄚ ㄇㄧˋ ❶花朵分泌出來的甜汁，能引誘蜂蝶等昆蟲來傳播花粉。❷指蜂蜜。

【花面貍】huāmiànlí ㄏㄨㄚ ㄇㄧㄢˋ ㄌㄧˊ 哺乳動物，身體比家貓細長，全身灰色，鼻部和眼部有白紋，耳部有白色環紋。生活在山林中，吃果實、穀物、小鳥等。毛皮可用來製衣帽。也叫果子貍、青猺。

【花苗】huāmiáo ㄏㄨㄚ ㄇㄧㄠˊ ❶花[1]②的幼苗。❷〈方〉棉花的幼苗。

【花名冊】huāmíngcè ㄏㄨㄚ ㄇㄧㄥˊ ㄘㄜˋ 人員名冊。

【花木】huāmù ㄏㄨㄚ ㄇㄨˋ 供觀賞的花和樹木。

【花呢】huāní ㄏㄨㄚ ㄋㄧˊ 指表面起條、格、點等花紋的一類毛織品。

【花鳥】huāniǎo ㄏㄨㄚ ㄋㄧㄠˇ 以花、鳥為題材的中國畫。

【花農】huānóng ㄏㄨㄚ ㄋㄨㄥˊ 以種植花木為業的農民。

【花盤】huāpán ㄏㄨㄚ ㄆㄢˊ ❶花托頂部膨大扁平呈盤狀的部分。❷裝在機牀主軸上的圓盤形夾具，常用來固定形狀較複雜的工件。

【花炮】huāpào ㄏㄨㄚ ㄆㄠˋ 烟火和炮仗。

【花瓶】huāpíng ㄏㄨㄚ ㄆㄧㄥˊ (花瓶兒) 插花用的瓶子。放在室內，作裝飾品。

【花圃】huāpǔ ㄏㄨㄚ ㄆㄨˇ 種花草的園地。

【花期】huāqī ㄏㄨㄚ ㄑㄧ 植物開花的時間：梅花的花期在冬季｜這種月季花期特別長。

【花旗】huāqí ㄏㄨㄚ ㄑㄧˊ 指美國，由美國國旗的形象得名。

【花扦兒】huāqiānr ㄏㄨㄚ ㄑㄧㄢㄦ 連枝折下來的鮮花或人工製成的絹花、紙花。

【花腔】huāqiāng ㄏㄨㄚ ㄑㄧㄤ ❶有意把歌曲或戲曲的基本腔調複雜化、曲折化的唱法。❷比喻花言巧語：耍花腔。

【花槍】huāqiāng ㄏㄨㄚ ㄑㄧㄤ ❶舊式兵器，像矛而較短。❷花招兒②：耍花槍。

【花牆】huāqiáng ㄏㄨㄚ ㄑㄧㄤˊ 上半段砌成鏤空花樣的牆。

【花圈】huāquān ㄏㄨㄚ ㄑㄩㄢ 用鮮花或紙花等紮成的圓形的祭奠物品：獻花圈。

【花拳綉腿】huā quán xiù tuǐ ㄏㄨㄚ ㄑㄩㄢˊ ㄒㄧㄡˋ ㄊㄨㄟˇ 指姿勢好看而搏鬥時用處不大的拳術。

【花兒洞子】huārdòng·zi ㄏㄨㄚㄦ ㄉㄨㄥˋ ·ㄗ 一半在地面以下的養花的溫室。

【花兒匠】huārjiàng ㄏㄨㄚㄦ ㄐㄧㄤˋ ❶稱以種花、賣花為業的人。❷稱製作花扦兒的人。

【花兒樣子】huāryàng·zi ㄏㄨㄚㄦ ㄧㄤˋ ·ㄗ 綉花用的底樣。

【花兒針】huārzhēn ㄏㄨㄚㄦ ㄓㄣ 綉花用的細針。

【花容月貌】huā róng yuè mào ㄏㄨㄚ ㄖㄨㄥˊ ㄩㄝˋ ㄇㄠˋ 形容女子美麗的容貌。

【花蕊】huāruǐ ㄏㄨㄚ ㄖㄨㄟˇ 花的雄蕊和雌蕊的統稱。

【花色】huāsè ㄏㄨㄚ ㄙㄜˋ ❶花紋和顏色：這布的花色很好看。❷同一品種的物品從外表上區分的種類：花色品種｜燈具花色繁多。

【花紗布】huāshābù ㄏㄨㄚ ㄕㄚ ㄅㄨˋ 棉花、棉紗、棉布的合稱。

【花哨】huā·shao ㄏㄨㄚ ·ㄕㄠ ❶顏色鮮艷多彩(指裝飾)：穿着過於花哨。❷花樣多；變化多：鼓點子敲得又響亮又花哨｜電視上的廣告越來越花哨。

【花生】huāshēng ㄏㄨㄚ ㄕㄥ 見762頁〖落花生〗。

【花生豆兒】huāshēngdòur ㄏㄨㄚ ㄕㄥ ㄉㄡㄦˋ 〈方〉花生米。

【花生醬】huāshēngjiàng ㄏㄨㄚ ㄕㄥ ㄐㄧㄤˋ 把花生米炒熟、磨碎製成的糊狀食品。

【花生米】huāshēngmǐ ㄏㄨㄚ ㄕㄥ ㄇㄧˇ 落花生的果實去殼後剩下的種子。供食用，可以榨油。也叫花生仁。

【花生油】huāshēngyóu ㄏㄨㄚ ㄕㄥ ㄧㄡˊ 用花生米榨的油，含脂肪較多，供食用，也是製造肥皂、化妝品等的原料。

【花市】huāshì ㄏㄨㄚ ㄕˋ 集中出售花卉的集市。

【花事】huāshì ㄏㄨㄚ ㄕˋ 指花卉開花的情況：花事已過｜當年，花事最盛的去處就數西山了。

【花飾】huāshì ㄏㄨㄚ ㄕˋ 裝飾性的花紋。

【花束】huāshù ㄏㄨㄚ ㄕㄨˋ 成束的花。

【花説柳説】huā shuō liǔ shuō ㄏㄨㄚ ㄕㄨㄛ ㄌㄧㄡˇ ㄕㄨㄛ 〈方〉説虛假而動聽的話。

【花絲】huāsī ㄏㄨㄚ ㄙ 雄蕊的下部，多為絲狀，作用是支撐花藥。(圖見'花')

【花壇】huātán ㄏㄨㄚ ㄊㄢˊ 種植花卉的土台子，

四周有矮牆，或堆成梯田形式，邊緣砌磚石，用來點綴庭園等。

【花天酒地】huā tiān jiǔ dì ㄏㄨㄚ ㄊㄧㄢ ㄐㄧㄡˇ ㄉㄧˋ 形容沈湎於吃喝嫖賭的荒淫腐化生活。

【花廳】huātīng ㄏㄨㄚ ㄊㄧㄥ 某些住宅中大廳以外的客廳，多蓋在跨院或花園中。

【花頭】huā·tou ㄏㄨㄚ ·ㄊㄡ 〈方〉❶花紋。❷花招兒：出花頭。❸新奇的主意或辦法：這些人裏面就數他花頭最多。❹奧妙的地方：這種遊戲看起來簡單，裏面的花頭還真不少。

【花團錦簇】huā tuán jǐn cù ㄏㄨㄚ ㄊㄨㄢˊ ㄐㄧㄣˇ ㄘㄨˋ 形容五彩繽紛、十分華麗的形象。

【花托】huātuō ㄏㄨㄚ ㄊㄨㄛ 花的組成部分之一，是花梗頂端長花的部分。有些植物的果實是由花托發育而成的，如蘋果和梨。(圖見‘花’)

【花紋】huāwén ㄏㄨㄚ ㄨㄣˊ (花紋兒) 各種條紋和圖形：貝殼上面有綠色的花紋｜他能織各種花紋的蓆子。

【花綫】huāxiàn ㄏㄨㄚ ㄒㄧㄢˋ ❶電綫的一種，由許多根很細的金屬絲合為一股，用絕緣材料套起來後，再將兩股(或三股)擰在一起，通常用做沒有固定位置的用電設備(如枱燈、電熨斗等)的電源綫。也叫軟綫。❷〈方〉綉花用的彩色絲綫。

【花項】huā·xiàng ㄏㄨㄚ ·ㄒㄧㄤˋ 〈方〉花錢的項目：沒有甚麼花項，要不了這麼多的錢。

【花消】huā·xiao ㄏㄨㄚ ·ㄒㄧㄠ ❶花費(錢)：他的工資也就只夠他一個人花消的。❷開支的費用：人口多，花消也就大些。❸舊時稱買賣產業或商品時的佣金或捐稅。‖也作花銷。

【花信】huāxìn ㄏㄨㄚ ㄒㄧㄣˋ 花期。

【花鬚】huāxū ㄏㄨㄚ ㄒㄩ 指花蕊。

【花序】huāxù ㄏㄨㄚ ㄒㄩˋ 花在花軸上排列的方式，分有限花序和無限花序兩大類，前者如聚傘花序，後者如總狀花序、穗狀花序、傘形花序。

【花絮】huāxù ㄏㄨㄚ ㄒㄩˋ 比喻各種有趣的零碎新聞(多用做新聞報道的標題)：大會花絮｜賽場花絮。

【花押】huāyā ㄏㄨㄚ ㄧㄚ 舊時公文契約上的草書簽名：畫花押。

【花芽】huāyá ㄏㄨㄚ ㄧㄚˊ 發育後長成花朵的芽，通常比同株植物的葉芽肥大。

【花言巧語】huā yán qiǎo yǔ ㄏㄨㄚ ㄧㄢˊ ㄑㄧㄠˇ ㄩˇ ❶指虛假而動聽的話：他的那套花言巧語，我早有領教。❷說虛假而動聽的話：他整天花言巧語，變着法兒騙人。

【花眼】huāyǎn ㄏㄨㄚ ㄧㄢˇ 老視眼的通稱。

【花樣】huāyàng ㄏㄨㄚ ㄧㄤˋ (花樣兒) ❶花紋的式樣。也泛指一切式樣或種類：花樣繁多｜花樣翻新｜花樣滑冰。❷綉花用的底樣，多用紙剪成或刻成。❸花招兒：玩花樣｜這又是他鬧的甚麼新花樣。

【花樣刀】huāyàngdāo ㄏㄨㄚ ㄧㄤˋ ㄉㄠ 冰刀的一種，裝在花樣滑冰冰鞋的底下，刀口中間有槽，頭部彎曲有齒，尾部直而較短。

【花藥】huāyào ㄏㄨㄚ ㄧㄠˋ ❶雄蕊的上部，長在花絲的頂端，呈囊狀，裏面有花粉。(圖見‘花’) ❷治花卉病蟲害的藥。

【花椰菜】huāyēcài ㄏㄨㄚ ㄧㄝ ㄘㄞˋ 二年生草本植物，葉子大。花呈塊狀，黃白色，是蔬菜。通稱菜花，有的地區叫花菜。

【花園】huāyuán ㄏㄨㄚ ㄩㄢˊ (花園兒) 種植花木供遊玩休息的場所。也叫花園子。

【花障】huāzhàng ㄏㄨㄚ ㄓㄤˋ (花障兒) 有花草攀附的籬笆。

【花賬】huāzhàng ㄏㄨㄚ ㄓㄤˋ 浮報的賬目：開花賬。

【花招】huāzhāo ㄏㄨㄚ ㄓㄠ (花招兒) ❶練武術時，變化靈巧、姿勢好看的動作(不一定是真工夫)。泛指巧妙的陪襯手法。❷欺騙人的狡猾手段、計策等：耍花招｜玩弄花招。‖也作花着。

【花着】huāzhāo ㄏㄨㄚ ㄓㄠ 同‘花招’。

【花朝】huāzhāo ㄏㄨㄚ ㄓㄠ 農曆二月十二日(也有人說是二月初二或二月十五日)，相傳為百花生日，所以叫花朝。

【花枝招展】huāzhī zhāozhǎn ㄏㄨㄚ ㄓ ㄓㄠ ㄓㄢˇ 形容婦女打扮得十分艷麗。

【花軸】huāzhóu ㄏㄨㄚ ㄓㄡˊ 生長花的莖。也叫花莖。

【花燭】huāzhú ㄏㄨㄚ ㄓㄨˊ 舊式結婚新房裏點的蠟燭，上面多用龍鳳圖案等做裝飾：洞房花燭｜花燭夫妻(舊時指正式結婚的夫妻)。

【花柱】huāzhù ㄏㄨㄚ ㄓㄨˋ 雌蕊的一部分，在子房和柱頭之間，形狀像細長的管。(圖見‘花’)

【花磚】huāzhuān ㄏㄨㄚ ㄓㄨㄢ 表面光潔，有彩色花紋的磚，主要用來墁地。

【花子】huā·zi ㄏㄨㄚ ·ㄗ 乞丐。也作化子。

【花子兒】huāzǐr ㄏㄨㄚ ㄗㄦˇ ❶供觀賞的花草的種子。❷〈方〉指棉花子。

砉 huā ㄏㄨㄚ 象聲詞，形容迅速動作的聲音：烏鴉砉的一聲從樹上直飛起來。

另見1289頁 xū。

嘩〔嘩〕(哗) huā ㄏㄨㄚ 象聲詞：鐵門嘩的一聲拉上了｜流水嘩嘩地響。

另見494頁 huá‘譁’。

【嘩啦】huālā ㄏㄨㄚ ㄌㄚ 象聲詞：嘩啦一聲，牆倒了｜雨嘩啦嘩啦地下。

huá (ㄏㄨㄚˊ)

划1 huá ㄏㄨㄚˊ 撥水前進：划船｜划槳。

划2 huá ㄏㄨㄚˊ 合算：划得來｜划不來｜划得着｜划不着。
　　另見493頁 huá'劃'；497頁 huà'劃'；498頁 ·huai'劃'。

【划不來】huá ·bu lái ㄏㄨㄚˊ ·ㄅㄨ ㄌㄞˊ 不合算；不值得：為這點兒小事跑那麼遠的路划不來。

【划得來】huá ·de lái ㄏㄨㄚˊ ·ㄉㄜ ㄌㄞˊ 合算；值得：花這麼點兒錢，解決那麼多問題，划得來！

【划拳】huá//quán ㄏㄨㄚˊ//ㄑㄩㄢˊ 飲酒時兩人同時伸出手指並各説一個數，誰説的數目跟雙方所伸手指的總數相符，誰就算贏，輸的人喝酒：划拳行令。也作豁拳、搳拳。

【划算】huásuàn ㄏㄨㄚˊ ㄙㄨㄢˋ ❶計算；盤算：划算來，划算去，半夜沒有合上眼。❷上算；合算：這塊地還是種麥子划算。

【划子】huá·zi ㄏㄨㄚˊ ·ㄗ 用槳撥水行駛的小船。

華1〔華〕(华) huá ㄏㄨㄚˊ ❶光彩①；光輝：華美｜華麗｜華燈｜光華。❷出現在太陽或月亮周圍的彩色光環，內紫外紅。❸繁盛：繁華｜榮華。❹精華：英華｜才華。❺奢侈：浮華｜奢華。❻指時光：韶華｜似水年華。❼(頭髮)花白：華髮。❽〈書〉敬辭，用於跟對方有關的事物：華翰｜華誕｜華宗(稱人同姓)。
　　〈古〉又同'花'huā。

華2〔華〕(华) huá ㄏㄨㄚˊ 泉水中的礦物質由於沈積而形成的物質：鈣華｜矽華。

華3〔華〕(华) Huá ㄏㄨㄚˊ ❶指中國：華夏｜華北｜華南｜駐華大使。❷漢(語)：華俄詞典。❸姓(應讀Huà ㄏㄨㄚˋ，近年也有讀Huá的)。
　　另見495頁Huà。

【華北】Huáběi ㄏㄨㄚˊ ㄅㄟˇ 指我國北部河北、山西、北京市、天津市一帶地區。

【華表】huábiǎo ㄏㄨㄚˊ ㄅㄧㄠˇ 古代宮殿、陵墓等大建築物前面做裝飾用的巨大石柱，柱身多雕刻龍鳳等圖案，上部橫插着雕花的石板。

【華達呢】huádání ㄏㄨㄚˊ ㄉㄚˊ ㄋㄧˊ 密度較小，帶有斜紋的毛織品或棉織品，質地柔軟結實，適宜於做制服。

【華誕】huádàn ㄏㄨㄚˊ ㄉㄢˋ 〈書〉敬辭，稱人的生日。

【華燈】huádēng ㄏㄨㄚˊ ㄉㄥ 雕飾華美或光華燦爛的燈：華燈初上｜長安街上華燈齊放。

【華東】Huádōng ㄏㄨㄚˊ ㄉㄨㄥ 指我國東部地區，包括山東、江蘇、浙江、安徽、江西、福建、台灣七省和上海市。

【華而不實】huá ér bù shí ㄏㄨㄚˊ ㄦˊ ㄅㄨˋ ㄕˊ 只開花不結果。比喻外表好看，內容空虛。

【華爾街】Huá'ěr Jiē ㄏㄨㄚˊ ㄦˇ ㄐㄧㄝ 美國紐約的一條街，有許多壟斷組織和金融機構的總管理處設在這裏。常用做美國財閥的代稱。［英Wall Street］

【華爾茲】huá'ěrzī ㄏㄨㄚˊ ㄦˇ ㄗ 交際舞的一種，起源於奧地利民間的一種 3/4 拍舞蹈。用圓舞曲伴奏，舞時兩人成對旋轉，分快步和慢步兩種。［英 waltz］

【華髮】huáfà ㄏㄨㄚˊ ㄈㄚˋ 〈書〉花白的頭髮。

【華蓋】huágài ㄏㄨㄚˊ ㄍㄞˋ ❶古代帝王所乘車子上傘形的遮蔽物。❷古星名。迷信的人認為運氣不好，是有華蓋星犯命，叫交華蓋運。但據説和尚華蓋罩頂是走好運。

【華工】huágōng ㄏㄨㄚˊ ㄍㄨㄥ 指舊時在國外做工的中國工人。

【華貴】huáguì ㄏㄨㄚˊ ㄍㄨㄟˋ ❶華麗珍貴：華貴的地毯。❷豪華富貴：華貴之家。

【華翰】huáhàn ㄏㄨㄚˊ ㄏㄢˋ 〈書〉敬辭，稱對方的書信。

【華里】huálǐ ㄏㄨㄚˊ ㄌㄧˇ 市里的舊稱。

【華麗】huálì ㄏㄨㄚˊ ㄌㄧˋ 美麗而有光彩：服飾華麗｜宏偉華麗的宮殿。

【華美】huáměi ㄏㄨㄚˊ ㄇㄟˇ 華麗。

【華南】Huánán ㄏㄨㄚˊ ㄋㄢˊ 指我國南部地區，包括廣東、廣西和海南。

【華僑】huáqiáo ㄏㄨㄚˊ ㄑㄧㄠˊ 旅居國外的中國人。

【華人】huárén ㄏㄨㄚˊ ㄖㄣˊ ❶中國人。❷指取得所在國國籍的中國血統的外國公民：美籍華人。

【華氏溫標】Huáshì wēnbiāo ㄏㄨㄚˊ ㄕˋ ㄨㄣ ㄅㄧㄠ 溫標的一種，規定在一個標準大氣壓下，純水的冰點為 32 度，沸點為 212 度，32 度至 212 度之間均勻分成 180 份，每份表示 1 度。這種溫標是德國物理學家華蘭海特(Gabriel Daniel Fahrenheit)制定的。

【華氏溫度】Huáshì wēndù ㄏㄨㄚˊ ㄕˋ ㄨㄣ ㄉㄨˋ 華氏溫標的標度，用符號'°F'表示。

【華文】Huáwén ㄏㄨㄚˊ ㄨㄣˊ 指中文：華文學校｜華文報紙。

【華西】Huáxī ㄏㄨㄚˊ ㄒㄧ 指我國長江上游地區四川一帶。

【華夏】Huáxià ㄏㄨㄚˊ ㄒㄧㄚˋ 我國的古稱。

【華嚴宗】huáyánzōng ㄏㄨㄚˊ ㄧㄢˊ ㄗㄨㄥ 我國佛教宗派之一，因依《華嚴經》創立宗派而得名。

【華裔】huáyì ㄏㄨㄚˊ ㄧˋ ❶指我國和我國的四鄰。❷華僑在僑居國所生並取得僑居國國籍的子女。

【華語】Huáyǔ ㄏㄨㄚˊ ㄩˇ 指漢語。

【華章】huázhāng ㄏㄨㄚˊ ㄓㄤ 〈書〉華美的詩文(多用於稱頌)。

【華中】Huázhōng ㄏㄨㄚˊ ㄓㄨㄥ 指我國長江中游湖北、湖南一帶。

【華胄】huázhòu ㄏㄨㄚˊ ㄓㄡˋ 〈書〉貴族的

後裔。

【華胄】[2] huázhòu ㄏㄨㄚˊ ㄓㄡˋ 〈書〉華夏的後裔，指漢族。

搳 huá ㄏㄨㄚˊ ［搳拳］(huá∥quán ㄏㄨㄚˊ∥ㄑㄩㄢˊ) 同'划拳'。

猾 huá ㄏㄨㄚˊ 狡猾：奸猾｜猾吏。

滑 huá ㄏㄨㄚˊ ❶光滑；滑溜：又圓又滑的小石子｜長滿青苔的路滑得很。❷滑動；滑行：滑冰｜滑雪｜滑了一跤。❸油滑；狡詐：耍滑｜滑頭滑腦。❹用搪塞或瞞哄的方法混過去：這次查得很嚴，想滑是滑不過去的。❺(Huá)姓。

【滑冰】huá∥bīng ㄏㄨㄚˊ∥ㄅㄧㄥ ❶體育運動項目之一。穿着冰鞋在冰上滑行。比賽分花樣滑冰(做出各種姿勢和花樣)和速度滑冰兩種。❷泛指在冰上滑行。

【滑不唧溜】huá·bujīliū ㄏㄨㄚˊ·ㄅㄨ ㄐㄧ ㄌㄧㄡ 〈方〉(滑不唧溜的)形容很滑(含厭惡意)：剛下過雨，地上滑不唧溜的不好走。也說滑不唧、滑不唧唧。

【滑車神經】huáchē shénjīng ㄏㄨㄚˊ ㄔㄜ ㄕㄣˊ ㄐㄧㄥ 第四對腦神經，從中腦發出，分佈在眼球周圍的肌肉中，主管眼球的運動。

【滑動】huádòng ㄏㄨㄚˊ ㄉㄨㄥˋ 一個物體在另一物體上接觸面不變地移動，如滑冰時冰刀在冰上的運動。

【滑竿】huágān ㄏㄨㄚˊ ㄍㄢ (滑竿兒)一種舊式的交通工具，在兩根長竹竿中間，架上類似躺椅的坐位，講究的形似轎子而無頂，都由兩個人抬着走。

【滑稽】huá·jī ㄏㄨㄚˊ·ㄐㄧ (在古書中唸gǔjī ㄍㄨˇ ㄐㄧ)❶(言語、動作)引人發笑：這個丑角的表演非常滑稽。❷曲藝的一種，流行於上海、杭州、蘇州等地，和北方相聲相近。

【滑稽戲】huájīxì ㄏㄨㄚˊ ㄐㄧ ㄒㄧˋ 一種專門以滑稽手段來表現人物的劇種，流行於上海、江蘇和浙江的部分地區。也叫滑稽劇。

【滑精】huá∥jīng ㄏㄨㄚˊ∥ㄐㄧㄥ 中醫指無夢而遺精。

【滑溜】huáliū ㄏㄨㄚˊ ㄌㄧㄡ 烹調方法，把肉、魚等切好，用芡粉拌勻，再用油炒，加葱、蒜等作料，再勾上芡，使汁變稠：滑溜魚片｜滑溜裏脊。

【滑溜】huá·liu ㄏㄨㄚˊ·ㄌㄧㄡ 光滑(含喜愛意)：緞子被面摸着挺滑溜。

【滑輪】huálún ㄏㄨㄚˊ ㄌㄨㄣˊ 簡單機械，是一個裝在架子上的周緣有槽的輪子，能穿上繩子或鏈條，多用來提起重物。通稱滑車。

【滑輪組】huálúnzǔ ㄏㄨㄚˊ ㄌㄨㄣˊ ㄗㄨˇ 由定滑輪和動滑輪組成的滑輪裝置。

【滑膩】huánì ㄏㄨㄚˊ ㄋㄧˋ 光滑細膩(多形容皮膚)。

【滑坡】huápō ㄏㄨㄚˊ ㄆㄛ ❶指地表斜坡上大量的土石整體地向下滑動的自然現象。速度快的滑坡會產生巨響，並發出火光。滑坡對建築物、公路、鐵路、農田、森林會造成很大破壞。❷比喻下降；走下坡路：質量滑坡｜經營不善，旅遊業出現滑坡。

【滑潤】huárùn ㄏㄨㄚˊ ㄖㄨㄣˋ 光滑潤澤：肌膚滑潤。

【滑膛】huátáng ㄏㄨㄚˊ ㄊㄤˊ 沒有膛綫的槍膛或炮膛：滑膛炮。

【滑梯】huátī ㄏㄨㄚˊ ㄊㄧ 兒童體育活動器械，在高架子的一面裝上梯子，另一面裝上斜的滑板，兒童從梯子上去，從斜板滑下來。

【滑頭】huátóu ㄏㄨㄚˊ ㄊㄡˊ ❶油滑不老實的人：老滑頭。❷油滑，不老實：這傢伙滑頭得很。

【滑頭滑腦】huá tóu huá nǎo ㄏㄨㄚˊ ㄊㄡˊ ㄏㄨㄚˊ ㄋㄠˇ 形容人油滑，不老實。

【滑翔】huáxiáng ㄏㄨㄚˊ ㄒㄧㄤˊ 某些物體不依靠動力，而利用空氣的浮力和本身重力的相互作用在空中飄行。

【滑翔機】huáxiángjī ㄏㄨㄚˊ ㄒㄧㄤˊ ㄐㄧ 沒有動力裝置，構造簡單而輕便的飛行器，有翅膀，用於飛行訓練和航空體育運動。一般用飛機、汽車或彈性繩索等來牽引它上升，然後借上升氣流在空中滑翔。

【滑行】huáxíng ㄏㄨㄚˊ ㄒㄧㄥˊ ❶滑動前進：他穿着冰鞋在冰上快速滑行。❷機動車行駛時，把離合器分開或用空擋使傳動裝置脱離發動機，靠慣性前進。

【滑雪】huá∥xuě ㄏㄨㄚˊ∥ㄒㄩㄝˇ 腳登滑雪板，手拿滑雪杖在雪地上滑行。

【滑雪板】huáxuěbǎn ㄏㄨㄚˊ ㄒㄩㄝˇ ㄅㄢˇ 滑雪時固定在滑雪鞋上的長條形薄板，前端稍微翹起。

【滑雪衫】huáxuěshān ㄏㄨㄚˊ ㄒㄩㄝˇ ㄕㄢ 〈方〉一種像夾克的冬季上衣，原多為登山、滑雪時所穿，所以叫滑雪衫。

【滑音】huáyīn ㄏㄨㄚˊ ㄧㄣ 音樂上指從一個音向上或向下滑到另一個音的演唱或演奏的方法。

劃(划) huá ㄏㄨㄚˊ 用尖鋭的東西把別的東西分開或在表面上刻過去、擦過去：劃玻璃｜劃根火柴｜手上劃了一個口子。

另見497頁 huà；498頁 ·huai。'划'另見492頁 huá。

【劃拉】huá·la ㄏㄨㄚˊ·ㄌㄚ 〈方〉❶用拂拭的方式除去或取去；掃；撣：把身上的泥土劃拉掉｜你沒事把裏外屋劃拉劃拉。❷尋找；設法獲取：從倉庫裏劃拉些舊零件湊合着用。❸摟(lōu)①：在山上劃拉乾草◇劃拉幾個錢花。❹隨意塗抹；潦草寫字。

豁 huá ㄏㄨㄚˊ ［豁拳］(huá//quán ㄏㄨㄚˊ//ㄑㄩㄢˊ) 同'划拳'。
另見519頁 huō；526頁 huò。

譁〔譁〕(哗、嘩) huá ㄏㄨㄚˊ 喧譁；喧鬧：譁然｜譁笑｜譁變｜寂靜無譁。
'嘩'另見491頁 huā。

【譁變】huábiàn ㄏㄨㄚˊ ㄅㄧㄢˋ (軍隊)突然叛變。

【譁然】huárán ㄏㄨㄚˊ ㄖㄢˊ 形容許多人吵吵嚷嚷：舉座譁然｜輿論譁然。

【譁眾取寵】huá zhòng qǔ chǒng ㄏㄨㄚˊ ㄓㄨㄥˋ ㄑㄩˇ ㄔㄨㄥˇ 用言論行動迎合眾人，以博得好感或擁護。

鏵〔鏵〕(铧) huá ㄏㄨㄚˊ 犁鏵。

驊〔驊〕(骅) huá ㄏㄨㄚˊ ［驊騮］(huáliú ㄏㄨㄚˊ ㄌㄧㄡˊ)〈書〉赤色的駿馬。

鮰(鮰) huá ㄏㄨㄚˊ 魚類的一屬，身體側扁，頭部略尖，有鬚一對，尾鰭分叉。生活在淡水中。

huà (ㄏㄨㄚˋ)

化[1] huà ㄏㄨㄚˋ ❶變化；使變化：化膿｜化名｜化裝｜頑固不化｜泥古不化｜化整為零｜化險為夷。❷感化：教化｜潛移默化。❸熔化；融化：化凍｜化鐵爐｜太陽一出來，冰雪都化了。❹消化；消除：化食｜化痰止咳◇食古不化。❺燒化：焚化｜火化。❻(僧道)死：坐化｜羽化。❼指化學：理化｜化工｜化肥。❽後綴，加在名詞或形容詞之後構成動詞，表示轉變成某種性質或狀態：綠化｜美化｜惡化｜電氣化｜機械化｜水利化。

化[2] huà ㄏㄨㄚˋ (僧道)向人求佈施：募化｜化緣｜化齋。
另見488頁 huā。

【化除】huàchú ㄏㄨㄚˋ ㄔㄨˊ 消除(多用於抽象事物)：化除成見｜一經解釋，疑慮化除。

【化凍】huà//dòng ㄏㄨㄚˋ//ㄉㄨㄥˋ 冰凍的江河、土地等融化。

【化肥】huàféi ㄏㄨㄚˋ ㄈㄟˊ 化學肥料的簡稱。

【化干戈為玉帛】huà gān gē wéi yù bó ㄏㄨㄚˋ ㄍㄢ ㄍㄜ ㄨㄟˊ ㄩˋ ㄅㄛˊ 比喻把戰爭或爭鬥變為和平、友好。

【化工】huàgōng ㄏㄨㄚˋ ㄍㄨㄥ 化學工業的簡稱。

【化合】huàhé ㄏㄨㄚˋ ㄏㄜˊ 兩種或兩種以上的物質經過化學反應而生成另一種物質，如氫與氧化合成水。

【化合價】huàhéjià ㄏㄨㄚˋ ㄏㄜˊ ㄐㄧㄚˋ 一定數目的一種元素的原子跟一定數目的其他元素原子化合的性質。通常以氫的化合價等於1為標準，其他元素的化合價就是該元素的一個原子相化合(或置換出)的氫原子數。也叫原子價。簡稱價。

【化合物】huàhéwù ㄏㄨㄚˋ ㄏㄜˊ ㄨˋ 由不同種元素組成的純淨物，有固定的組成和性質，如氧化鎂、氯酸鉀等。

【化解】huàjiě ㄏㄨㄚˋ ㄐㄧㄝˇ 解除；消除：化解矛盾｜心中的疑慮難以化解。

【化境】huàjìng ㄏㄨㄚˋ ㄐㄧㄥˋ 幽雅清新的境地；極其高超的境界(多指藝術技巧等)：身入化境｜他的水墨山水已達化境。

【化療】huàliáo ㄏㄨㄚˋ ㄌㄧㄠˊ 用化學藥物治療惡性腫瘤。

【化名】huà//míng ㄏㄨㄚˋ//ㄇㄧㄥˊ 為了使人不知道真實姓名而用別的名字：他原叫張杰，化名王成。

【化名】huàmíng ㄏㄨㄚˋ ㄇㄧㄥˊ 為了使人不知道真實姓名而用的假名字：他原叫張杰，王成是他的化名。

【化募】huàmù ㄏㄨㄚˋ ㄇㄨˋ 募化。

【化膿】huà//nóng ㄏㄨㄚˋ//ㄋㄨㄥˊ 人或動物體的組織因細菌感染等而生膿。

【化身】huàshēn ㄏㄨㄚˋ ㄕㄣ ❶佛教稱佛或菩薩暫時出現在人間的形體◇這本小說的主人公正是作者自己的化身。❷指抽象觀念的具體形象：舊小說裏把包公描寫成正義的化身。

【化生】huàshēng ㄏㄨㄚˋ ㄕㄥ ❶機體的一種組織由於細胞生活環境改變或理化因素刺激，在形態和機能上變為另一種組織的過程，是機體的一種適應現象。如支氣管黏膜的柱狀上皮組織長期受刺激變為鱗狀上皮組織。❷〈書〉化育生長：天地化生萬物。

【化石】huàshí ㄏㄨㄚˋ ㄕˊ 古代生物的遺體、遺物或遺迹埋藏在地下變成的跟石頭一樣的東西。研究化石可以了解生物的演化並能幫助確定地層的年代。

【化外】huàwài ㄏㄨㄚˋ ㄨㄞˋ 舊時指政令教化達不到的偏遠落後的地方：化外之民｜化外之邦。

【化纖】huàxiān ㄏㄨㄚˋ ㄒㄧㄢ 化學纖維的簡稱。

【化險為夷】huà xiǎn wéi yí ㄏㄨㄚˋ ㄒㄧㄢˇ ㄨㄟˊ ㄧˊ 使危險的情況或處境變為平安。

【化形】huàxíng ㄏㄨㄚˋ ㄒㄧㄥˊ 指神話傳說中妖魔鬼怪變化形狀。

【化學】huàxué ㄏㄨㄚˋ ㄒㄩㄝˊ ❶研究物質的組成、結構、性質和變化規律的科學，是自然科學中的基礎學科之一。❷賽璐珞的俗稱：這把梳子是化學的。

【化學變化】huàxué biànhuà ㄏㄨㄚˋ ㄒㄩㄝˊ ㄅㄧㄢˋ ㄏㄨㄚˋ 物質變化中生成其他物質的變化，如木材燃燒放出光和熱剩下灰，鐵在潮濕空氣中生銹等。發生化學變化時，物質的組成和化學性質都改變。

【化學電池】huàxué diànchí ㄏㄨㄚˋ ㄒㄩㄝˊ ㄉㄧㄢˋ ㄔˊ 把化學能轉變為電能的裝置。主要部分是電解質溶液和浸在溶液中的正、負電極。使用時用導綫接通兩極，得到電流。

【化學反應】huàxué fǎnyìng ㄏㄨㄚˋ ㄒㄩㄝˊ ㄈㄢˇ ㄧㄥˋ 物質發生化學變化而產生性質、成分、結構與原來不同的新物質的過程。

【化學方程式】huàxué fāngchéngshì ㄏㄨㄚˋ ㄒㄩㄝˊ ㄈㄤ ㄔㄥˊ ㄕˋ 用化學式表明化學反應的式子。化學方程式中，反應物的化學式寫在左邊，生成物的化學式寫在右邊，中間用等號連接，各元素在兩側的原子數相等。如 $N_2+3H_2=2NH_3$。也叫化學反應式。簡稱方程式。

【化學肥料】huàxué féiliào ㄏㄨㄚˋ ㄒㄩㄝˊ ㄈㄟˊ ㄌㄧㄠˋ 以空氣、水、礦物等為原料，經過化學反應或機械加工製成的肥料，肥分多，見效快，通常用做追肥。有氮肥、磷肥、鉀肥及微量元素肥料等。簡稱化肥。

【化學分析】huàxué fēnxī ㄏㄨㄚˋ ㄒㄩㄝˊ ㄈㄣ ㄒㄧ 確定物質化學成分或組成的方法。根據分析要求不同，可分為定性分析和定量分析。

【化學工業】huàxué gōngyè ㄏㄨㄚˋ ㄒㄩㄝˊ ㄍㄨㄥ ㄧㄝˋ 利用化學反應生產化學產品的工業，包括基本化學工業和塑料、合成纖維、石油、橡膠、藥劑、染料等各種工業。簡稱化工。

【化學鍵】huàxuéjiàn ㄏㄨㄚˋ ㄒㄩㄝˊ ㄐㄧㄢˋ 分子中相鄰原子之間通過電子而產生的相互結合的作用。化學結構式中用短綫(—)表示。

【化學能】huàxuénéng ㄏㄨㄚˋ ㄒㄩㄝˊ ㄋㄥˊ 物質進行化學反應時放出的能，如物質燃燒時放出的光和熱、化學電池放出的電。

【化學平衡】huàxué pínghéng ㄏㄨㄚˋ ㄒㄩㄝˊ ㄆㄧㄥˊ ㄏㄥˊ 可逆反應中，正反應和逆反應速度相等，反應混合物裏各組成成分百分含量保持不變的狀態。

【化學式】huàxuéshì ㄏㄨㄚˋ ㄒㄩㄝˊ ㄕˋ 用化學符號表示物質化學組成的式子，包括分子式、實驗式(最簡式)、結構式、示性式、電子式等。

【化學武器】huàxué wǔqì ㄏㄨㄚˋ ㄒㄩㄝˊ ㄨˇ ㄑㄧˋ 利用毒劑大規模殺傷破壞的一種武器，包括毒劑和施放毒劑的各種武器彈藥。也指噴火或發烟的軍用器械等。

【化學纖維】huàxué xiānwéi ㄏㄨㄚˋ ㄒㄩㄝˊ ㄒㄧㄢ ㄨㄟˊ 用高分子化合物為原料製成的纖維。用天然的高分子化合物製成的叫人造纖維，用合成的高分子化合物製成的叫合成纖維。簡稱化纖。

【化學性質】huàxué xìngzhì ㄏㄨㄚˋ ㄒㄩㄝˊ ㄒㄧㄥˋ ㄓˋ 物質在發生化學變化時表現出來的性質，如酸性、碱性、化學穩定性等。

【化學元素】huàxué yuánsù ㄏㄨㄚˋ ㄒㄩㄝˊ ㄩㄢˊ ㄙㄨˋ 具有相同核電荷數(即相同質子數)的同一類原子的總稱。簡稱元素。

【化驗】huàyàn ㄏㄨㄚˋ ㄧㄢˋ 用物理的或化學的方法檢驗物質的成分和性質：化驗員｜藥品化驗｜化驗大便。

【化雨春風】huàyǔ chūnfēng ㄏㄨㄚˋ ㄩˇ ㄔㄨㄣ ㄈㄥ 見184頁〖春風化雨〗。

【化育】huàyù ㄏㄨㄚˋ ㄩˋ 滋養；養育：陽光雨露，化育萬物。

【化緣】huà//yuán ㄏㄨㄚˋ//ㄩㄢˊ 僧尼或道士向人求佈施。

【化齋】huà//zhāi ㄏㄨㄚˋ//ㄓㄞ 僧道挨門乞討飯食。也説打齋、打齋飯。

【化妝】huà//zhuāng ㄏㄨㄚˋ//ㄓㄨㄤ 用脂粉等使容貌美麗。

【化妝品】huàzhuāngpǐn ㄏㄨㄚˋ ㄓㄨㄤ ㄆㄧㄣˇ 化妝用的物品，如脂粉、唇膏、香水等。

【化裝】huà//zhuāng ㄏㄨㄚˋ//ㄓㄨㄤ ❶演員為了適合所扮演的角色的形象而修飾容貌。❷改變裝束、容貌；假扮：化裝舞會｜他化裝成乞丐模樣。

華〔華〕(华) Huà ㄏㄨㄚˋ ❶華山，山名，在陝西。❷姓(近年也有讀 Huá ㄏㄨㄚˊ 的)。

另見492頁 huá。

畫[1] (画) huà ㄏㄨㄚˋ ❶用筆或類似筆的東西做出圖形：畫山水｜畫人像｜畫畫兒。❷(畫兒)畫成的藝術品：年畫｜壁畫｜油畫｜風景畫。❸用畫兒裝飾的：畫屏｜畫堂｜畫棟雕樑。

畫[2] (画、劃) huà ㄏㄨㄚˋ ❶用筆或類似筆的東西做出綫或作為標記的文字：畫綫｜畫押｜畫到｜畫十字。❷漢字的一筆叫一畫：筆畫｜'天'字四畫。❸〈方〉漢字的一横叫一畫。

【畫板】huàbǎn ㄏㄨㄚˋ ㄅㄢˇ 繪畫用的板子，畫畫時畫紙釘在上面。

【畫報】huàbào ㄏㄨㄚˋ ㄅㄠˋ 以刊登圖畫和照片為主的期刊或報紙：《兒童畫報》。

【畫筆】huàbǐ ㄏㄨㄚˋ ㄅㄧˇ 繪畫用的筆。

【畫餅充飢】huà bǐng chōng jī ㄏㄨㄚˋ ㄅㄧㄥˇ ㄔㄨㄥ ㄐㄧ 比喻借空想安慰自己。

【畫布】huàbù ㄏㄨㄚˋ ㄅㄨˋ 畫油畫用的布，多為麻布。

【畫冊】huàcè ㄏㄨㄚˋ ㄘㄜˋ 裝訂成本子的畫。

【畫策】huàcè ㄏㄨㄚˋ ㄘㄜˋ 同'劃策'。

【畫到】huà//dào ㄏㄨㄚˋ//ㄉㄠˋ 簽到。

【畫地為牢】huà dì wéi láo ㄏㄨㄚˋ ㄉㄧˋ ㄨㄟˊ ㄌㄠˊ 在地上畫一個圈兒當做監獄。比喻只許在指定的範圍之內活動。

【畫舫】huàfǎng ㄏㄨㄚˋ ㄈㄤˇ 裝飾華美專供遊人乘坐的船。

【畫符】huà//fú ㄏㄨㄚˋ//ㄈㄨˊ 道士做符籙：畫符

唸咒。

【畫幅】huàfú ㄏㄨㄚˋ ㄈㄨˊ ❶圖畫（總稱）◇美麗的田野是天然的畫幅。❷畫的尺寸：畫幅雖然不大，所表現的天地卻十分廣闊。

【畫稿】huà//gǎo ㄏㄨㄚˋ//ㄍㄠˇ 負責人在公文稿上簽字或批字表示認可。

【畫稿】huàgǎo ㄏㄨㄚˋ ㄍㄠˇ （畫稿兒）圖畫的底稿。

【畫工】huàgōng ㄏㄨㄚˋ ㄍㄨㄥ ❶以繪畫為職業的人。❷指繪畫的技法：畫工精細。也作畫功。

【畫供】huà//gòng ㄏㄨㄚˋ//ㄍㄨㄥˋ 犯人在供狀上畫押，表示承認上面記錄的供詞屬實。

【畫虎類狗】huà hǔ lèi gǒu ㄏㄨㄚˋ ㄏㄨˇ ㄌㄟˋ ㄍㄡˇ《後漢書・馬援傳》：'畫虎不成反類狗。'比喻模仿得不到家，反而弄得不倫不類。也說畫虎類犬。

【畫夾】huàjiā ㄏㄨㄚˋ ㄐㄧㄚ 繪畫用的夾子，較大較硬，繪畫時畫紙鋪在上面。

【畫家】huàjiā ㄏㄨㄚˋ ㄐㄧㄚ 擅長繪畫的人。

【畫架】huàjià ㄏㄨㄚˋ ㄐㄧㄚˋ 繪畫用的架子，有三條腿，繪畫時把畫板或蒙畫布的框子斜放在上面。

【畫匠】huàjiàng ㄏㄨㄚˋ ㄐㄧㄤˋ 繪畫的工匠。舊時也指缺乏藝術性的畫家。

【畫境】huàjìng ㄏㄨㄚˋ ㄐㄧㄥˋ 圖畫中的境界：風景優美，如入畫境。

【畫鏡綫】huàjìngxiàn ㄏㄨㄚˋ ㄐㄧㄥˋ ㄒㄧㄢˋ 挂鏡綫。

【畫具】huàjù ㄏㄨㄚˋ ㄐㄩˋ 繪畫用的工具，如畫筆、畫板、畫架等。

【畫卷】huàjuàn ㄏㄨㄚˋ ㄐㄩㄢˋ ❶成捲軸形的畫。❷比喻壯麗的景色或動人的場面。

【畫廊】huàláng ㄏㄨㄚˋ ㄌㄤˊ ❶有彩繪的走廊。❷展覽圖畫照片的走廊。

【畫龍點睛】huà lóng diǎn jīng ㄏㄨㄚˋ ㄌㄨㄥˊ ㄉㄧㄢˇ ㄐㄧㄥ 傳說梁代張僧繇（yóu）在金陵安樂寺壁上畫了四條龍，不點眼睛，說點了就會飛掉。聽到的人不相信，偏叫他點上。剛點了兩條，就雷電大發，震破牆壁，兩條龍乘雲上天，只剩下沒有點眼睛的兩條（見於唐張彥遠《歷代名畫記》）。比喻作文或說話時在關鍵地方加上精闢的語句，使內容更加生動傳神。

【畫眉】huàméi ㄏㄨㄚˋ ㄇㄟˊ 鳥，身體棕褐色，腹部灰白色，頭、後頸和背部有黑褐色斑紋，有白色的眼圈。叫的聲音很好聽，雄鳥好鬥。

【畫面】huàmiàn ㄏㄨㄚˋ ㄇㄧㄢˋ 畫幅、銀幕、屏幕等上面呈現的形象：畫面清晰。

【畫皮】huàpí ㄏㄨㄚˋ ㄆㄧˊ 傳說中妖怪偽裝美女時披在身上的人皮，可以取下來描畫（見於《聊齋誌異・畫皮》）。比喻掩蓋猙獰面目或醜惡本質的美麗外表。

【畫片兒】huàpiānr ㄏㄨㄚˋ ㄆㄧㄢㄦ 畫片。

【畫片】huàpiàn ㄏㄨㄚˋ ㄆㄧㄢˋ 印製的小幅圖畫。

【畫屏】huàpíng ㄏㄨㄚˋ ㄆㄧㄥˊ 用圖畫裝飾的屏風。

【畫譜】huàpǔ ㄏㄨㄚˋ ㄆㄨˇ ❶畫帖。❷鑒別圖畫或評論畫法的書。

【畫蛇添足】huà shé tiān zú ㄏㄨㄚˋ ㄕㄜˊ ㄊㄧㄢ ㄗㄨˊ 蛇本來沒有腳，畫蛇添上腳（見於《戰國策・齊策》）。比喻做多餘的事，反而不恰當。

【畫師】huàshī ㄏㄨㄚˋ ㄕ ❶畫家。❷以繪畫為職業的人。

【畫十字】huà shízì ㄏㄨㄚˋ ㄕˊ ㄗˋ ❶不識字的人在契約或文書上畫個'十'字代替簽字。❷基督教徒祈禱時一種儀式，用右手從額上到胸前，再從一肩到另一肩畫個'十'字形，紀念耶穌被釘在十字架上。

【畫室】huàshì ㄏㄨㄚˋ ㄕˋ 繪畫用的房間。

【畫壇】huàtán ㄏㄨㄚˋ ㄊㄢˊ 繪畫界。

【畫帖】huàtiè ㄏㄨㄚˋ ㄊㄧㄝˋ 臨摹用的圖畫範本。

【畫圖】huà//tú ㄏㄨㄚˋ//ㄊㄨˊ 畫圖形（多指圖樣或地圖）：畫圖員。

【畫圖】huàtú ㄏㄨㄚˋ ㄊㄨˊ 圖畫（多用於比喻）：這些詩篇構成了一幅農村生活的多彩的畫圖。

【畫外音】huàwàiyīn ㄏㄨㄚˋ ㄨㄞˋ ㄧㄣ 電影、電視等指不是由畫面中的人或物體直接發出的聲音。

【畫像】huà//xiàng ㄏㄨㄚˋ//ㄒㄧㄤˋ 畫人像：給他畫個像。

【畫像】huàxiàng ㄏㄨㄚˋ ㄒㄧㄤˋ 畫成的人像：一幅魯迅先生的畫像。

【畫行】huà//xíng ㄏㄨㄚˋ//ㄒㄧㄥˊ 舊時主管人在公文稿上寫一'行'字，表示認可。

【畫押】huà//yā ㄏㄨㄚˋ//ㄧㄚ 在公文、契約或供詞上畫花押或寫'押'字、'十'字，表示認可：簽字畫押。

【畫頁】huàyè ㄏㄨㄚˋ ㄧㄝˋ 書報裏印有圖畫或照片的一頁。

【畫院】huàyuàn ㄏㄨㄚˋ ㄩㄢˋ 古代供奉內廷的繪畫機構，宋徽宗時代（公元 1101－1125）的最著名，畫法往往以工細為特點。後來稱這種風格為畫院派。現在的某些繪畫機構也叫做畫院。

【畫展】huàzhǎn ㄏㄨㄚˋ ㄓㄢˇ 繪畫展覽會。

【畫知】huà//zhī ㄏㄨㄚˋ//ㄓ 在知單上自己的名字下面寫一'知'字，表示已經知道。

【畫軸】huàzhóu ㄏㄨㄚˋ ㄓㄡˊ 裱後帶軸的圖畫（總稱）：仕女畫軸｜山水畫軸。

【畫字】huà//zì ㄏㄨㄚˋ//ㄗˋ 〈方〉畫押（多指畫一個'十'字的）。

話（话）

huà ㄏㄨㄚˋ ❶（話兒）說出來的能夠表達思想的聲音，也指把這種聲音記錄下來的文字：講話｜會話｜土話｜這兩句話説得不妥當。❷説；談：話別｜話家常。

【話把兒】huàbàr ㄏㄨㄚˋ ㄅㄚㄦˋ 話柄。

【話白】huàbái ㄏㄨㄚˋ ㄅㄞˊ ❶戲曲中的説白。❷舊時評書演員登台後，先唸上場詩，接着拍醒木，再説幾句引入正書的話，叫做話白。

【話本】huàběn ㄏㄨㄚˋ ㄅㄣˇ 宋代興起的白話小説，用通俗文字寫成，多以歷史故事和當時社會生活為題材，是宋元民間藝人説唱的底本。今存《清平山堂話本》、《全相平話五種》等。

【話別】huà//bié ㄏㄨㄚˋ//ㄅㄧㄝˊ 離別前聚在一塊兒談話：臨行話別，不勝依依。

【話柄】huàbǐng ㄏㄨㄚˋ ㄅㄧㄥˇ 被人拿來做談笑資料的言論或行為：留下話柄。

【話茬兒】huàchár ㄏㄨㄚˋ ㄔㄚㄦˊ 〈方〉❶話頭：我剛説到這兒，她就接上了話茬兒。❷口風；口氣：聽他的話茬兒，這件事好辦。

【話鋒】huàfēng ㄏㄨㄚˋ ㄈㄥ 話頭：把話鋒一轉｜避開話鋒。

【話舊】huàjiù ㄏㄨㄚˋ ㄐㄧㄡˋ 跟久別重逢的朋友談往事；敍舊。

【話劇】huàjù ㄏㄨㄚˋ ㄐㄩˋ 用對話和動作來表演的戲劇。

【話口兒】huàkǒur ㄏㄨㄚˋ ㄎㄡㄦˇ 〈方〉口氣；口風：聽他的話口兒是不想去的意思。

【話裏有話】huà·li yǒu huà ㄏㄨㄚˋ·ㄌㄧ ㄧㄡˇ ㄏㄨㄚˋ 話裏暗含有別的意思。

【話説】huàshuō ㄏㄨㄚˋ ㄕㄨㄛ ❶舊小説中常用的發語詞。❷説；講述：《話説長江》。

【話題】huàtí ㄏㄨㄚˋ ㄊㄧˊ 談話的中心：話題轉了｜換個話題接着説。

【話筒】huàtǒng ㄏㄨㄚˋ ㄊㄨㄥˇ ❶發話器。❷微音器的通稱。❸向附近許多人大聲講話用的類似圓錐形的筒。也叫傳聲筒。

【話頭】huàtóu ㄏㄨㄚˋ ㄊㄡˊ (話頭兒)談話的頭緒：打斷話頭。

【話務員】huàwùyuán ㄏㄨㄚˋ ㄨˋ ㄩㄢˊ 使用交換機分配電話綫路的工作人員。

【話匣子】huàxiá·zi ㄏㄨㄚˋ ㄒㄧㄚˊ·ㄗ 〈方〉❶原指留聲機，後來也指收音機。❷比喻話多的人。

【話音】huàyīn ㄏㄨㄚˋ ㄧㄣ (話音兒) ❶説話的聲音：話音未落，只聽外面一聲巨響。❷言外之意：聽他的話音兒，準是另有打算。

【話語】huàyǔ ㄏㄨㄚˋ ㄩˇ 言語；説的話：天真的話語｜他話語不多，可句句中聽。

樺〔樺〕(桦) huà ㄏㄨㄚˋ 雙子葉植物的一屬，落葉喬木或灌木，樹皮白色、灰色、黃色或黑色，葉子互生。在我國多產於東北地區。白樺、黑樺就是這一屬的植物。

劃1 (划) huà ㄏㄨㄚˋ ❶劃分：劃界｜劃定範圍。❷劃撥：劃付｜劃款｜劃賬。❸計劃：籌劃｜策劃。

劃2 (划) huà ㄏㄨㄚˋ 同'畫2'。另見493頁 huá；498頁 ·huai。'划'另見492頁 huá。

【劃撥】huàbō ㄏㄨㄚˋ ㄅㄛ ❶(款項或賬目)從某一單位或戶頭轉到另一單位或戶頭：這筆款子由銀行劃撥。❷分出來撥給：劃撥鋼材｜劃撥物資。

【劃策】huàcè ㄏㄨㄚˋ ㄘㄜˋ 出主意；籌謀計策：出謀劃策。也作畫策。

【劃分】huàfēn ㄏㄨㄚˋ ㄈㄣ ❶把整體分成幾部分：劃分行政區域。❷區分：劃分階級｜劃分人民內部矛盾和敵我矛盾。

【劃粉】huàfěn ㄏㄨㄚˋ ㄈㄣˇ 裁剪衣服時用來劃綫的粉塊。

【劃價】huà//jià ㄏㄨㄚˋ//ㄐㄧㄚˋ (醫院藥房)計算患者藥費和其他醫療費用，把款額寫在處方上。

【劃時代】huàshídài ㄏㄨㄚˋ ㄕˊ ㄉㄞˋ 開闢新時代(多做定語用)：劃時代的作品｜劃時代的事件｜劃時代的文獻。

【劃一】huàyī ㄏㄨㄚˋ ㄧ ❶一致；一律：整齊劃一。❷使一致：劃一體例。

【劃一不二】huà yībù èr ㄏㄨㄚˋ ㄧ ㄅㄨˋ ㄦˋ ❶不二價；照定價不折不扣。❷(做事)一律；刻板：寫文章，可長可短，沒有劃一不二的公式。

嫿(婳) huà ㄏㄨㄚˋ 見432頁［姽嫿］。

huái (ㄏㄨㄞˊ)

徊 huái ㄏㄨㄞˊ 見859頁［徘徊］。另見512頁 huí。

淮 Huái ㄏㄨㄞˊ 淮河，發源於河南，流經安徽，入江蘇。

【淮北】Huáiběi ㄏㄨㄞˊ ㄅㄟˇ 指淮河以北的地區。特指安徽的北部。

【淮海】Huái-Hǎi ㄏㄨㄞˊ ㄏㄞˇ 指以徐州為中心的淮河以北及海州(現在的連雲港西南)一帶的地區。

【淮劇】huáijù ㄏㄨㄞˊ ㄐㄩˋ 江蘇地方戲曲劇種之一，原名江淮戲，流行於淮陰、鹽城等地。

【淮南】Huáinán ㄏㄨㄞˊ ㄋㄢˊ 指淮河以南、長江以北的地區，特指安徽的中部。

槐〔槐〕 huái ㄏㄨㄞˊ ❶槐樹，落葉喬木，羽狀複葉，花淡黃色，結莢果，圓筒形。花蕾可以製黃色染料。花、果實以及根上的皮都入中藥。❷(Huái)姓。

踝 huái ㄏㄨㄞˊ 小腿與腳之間部位的左右兩側的突起，是由脛骨和腓骨下端的膨大部分形成的。參看833頁〖內踝〗、1173頁〖外踝〗。(圖見1017頁〖身體〗)

【踝子骨】huái·zigǔ ㄏㄨㄞˊ·ㄗ ㄍㄨˇ〈方〉內踝和外踝的統稱。

懷（怀）huái ㄏㄨㄞˊ ❶胸部或胸前：掩着懷｜小孩兒睡在媽媽懷裏。❷心懷；胸懷：壯懷｜襟懷｜正中下懷。❸思念；懷念：懷鄉｜懷友｜懷古。❹腹中有（胎）：懷胎｜懷孕。❺心裏存有：懷恨｜不懷好意｜少懷大志。❻（Huái）姓。

【懷抱】huáibào ㄏㄨㄞˊ ㄅㄠˋ ❶抱在懷裏：懷抱着嬰兒。❷胸前：睡在母親的懷抱裏◇回到祖國的懷抱。❸心裏存有：懷抱着遠大的理想。❹〈書〉心胸；打算：別有懷抱。❺〈方〉（懷抱兒）指嬰兒時期。

【懷錶】huáibiǎo ㄏㄨㄞˊ ㄅㄧㄠˇ 裝在衣袋裏使用的錶，一般比手錶大。

【懷才不遇】huái cái bù yù ㄏㄨㄞˊ ㄘㄞˊ ㄅㄨˋ ㄩˋ 有才能而得不到施展的機會。

【懷春】huáichūn ㄏㄨㄞˊ ㄔㄨㄣ〈書〉指少女愛慕異性。

【懷古】huáigǔ ㄏㄨㄞˊ ㄍㄨˇ 追念古代的事情（多用做有關古迹的詩題）：懷古傷今｜赤壁懷古。

【懷鬼胎】huái guǐtāi ㄏㄨㄞˊ ㄍㄨㄟˇ ㄊㄞ 比喻心裏藏着不可告人的事或念頭。

【懷恨】huái∥hèn ㄏㄨㄞˊ∥ㄏㄣˋ 心裏怨恨；記恨：懷恨在心。

【懷舊】huáijiù ㄏㄨㄞˊ ㄐㄧㄡˋ 懷念往事和舊日有來往的人。

【懷戀】huáiliàn ㄏㄨㄞˊ ㄌㄧㄢˋ 懷念：懷戀故園風物。

【懷念】huáiniàn ㄏㄨㄞˊ ㄋㄧㄢˋ 思念：懷念故鄉｜懷念親人。

【懷柔】huáiróu ㄏㄨㄞˊ ㄖㄡˊ 用政治手段籠絡其他的民族或國家，使歸附自己：懷柔政策。

【懷胎】huái∥tāi ㄏㄨㄞˊ∥ㄊㄞ 懷孕：十月懷胎。

【懷想】huáixiǎng ㄏㄨㄞˊ ㄒㄧㄤˇ 懷念：臨風懷想，遐思悠悠。

【懷疑】huáiyí ㄏㄨㄞˊ ㄧˊ ❶疑惑；不很相信：他的話叫人懷疑｜對於這個結論誰也沒有懷疑。❷猜測：我懷疑他今天來不了。

【懷孕】huái∥yùn ㄏㄨㄞˊ∥ㄩㄣˋ 婦女或雌性哺乳動物有了胎。

耲 huái ㄏㄨㄞˊ［耲耙］（huái·bà ㄏㄨㄞˊ·ㄅㄚˋ）東北地區一種翻土的農具。

huài（ㄏㄨㄞˋ）

壞（坏）huài ㄏㄨㄞˋ ❶缺點多的；使人不滿意的（跟'好'相對）：工作做得不壞。❷品質惡劣的；起破壞作用的：壞人壞事。❸變成不健全、無用、有害：水果壞了｜玩具摔壞了。❹使變壞：吃了不乾淨的食物容易壞肚子｜成事不足，壞事有餘。❺表示身體或精神受到某種影響而達到極不舒服的程度，有時只表示程度深：餓壞了｜氣壞了｜忙壞了｜這件事可把他樂壞了。❻壞主意：使壞｜一肚子壞。

'坏'另見873頁 pī'坯'。

【壞處】huài·chu ㄏㄨㄞˋ·ㄔㄨ 對人或事物有害的因素：這麼做一點壞處也沒有。

【壞蛋】huàidàn ㄏㄨㄞˋ ㄉㄢˋ 壞人（罵人的話）。

【壞東西】huàidōng·xi ㄏㄨㄞˋ ㄉㄨㄥ·ㄒㄧ 壞人。

【壞分子】huàifènzǐ ㄏㄨㄞˋ ㄈㄣˋ ㄗˇ 指盜竊犯、詐騙犯、殺人放火犯、流氓和其他嚴重破壞社會秩序的壞人。

【壞話】huàihuà ㄏㄨㄞˋ ㄏㄨㄚˋ ❶不對的話；不入耳的話：不能光聽頌揚，好話壞話都要聽。❷對人對事不利的話：有話當面講，不要在背後說人壞話。

【壞疽】huàijū ㄏㄨㄞˋ ㄐㄩ 壞死的一種，機體的大塊組織壞死後，受腐敗菌的作用變成黃綠色或黑色。

【壞人】huàirén ㄏㄨㄞˋ ㄖㄣˊ ❶品質惡劣的人。❷壞分子。

【壞事】huài∥shì ㄏㄨㄞˋ∥ㄕˋ 使事情搞糟：照他說的做，非壞事不可。

【壞事】huàishì ㄏㄨㄞˋ ㄕˋ 壞事情；有害的事情：壞人壞事。

【壞水】huàishuǐ ㄏㄨㄞˋ ㄕㄨㄟˇ〈方〉（壞水兒）比喻狡詐的心計；壞主意：一肚子壞水。

【壞死】huàisǐ ㄏㄨㄞˋ ㄙˇ 機體的局部組織或細胞死亡。壞死後原有的功能喪失。形成壞死的原因很多，如局部血液循環斷絕，強酸、強鹼等化學藥品對局部組織的破壞。

【壞賬】huàizhàng ㄏㄨㄞˋ ㄓㄤˋ 會計上指確定無法收回的賬。

·huai（·ㄏㄨㄞ）

劃（划）·huai ·ㄏㄨㄞ 見20頁［刉劃］（bāi·huai）。

另見493頁 huá；497頁 huà。'划'另見492頁 huá。

huān（ㄏㄨㄢ）

嚾〔嚾〕（讙）huān ㄏㄨㄢ〈書〉❶喧譁。❷同'歡'。

歡〔歡〕（欢、懽）huān ㄏㄨㄢ ❶快樂；高興：歡喜｜歡樂｜歡迎｜歡送｜歡呼。❷喜愛，也指所喜愛的人（多指情人）：歡心｜新歡。❸〈方〉起勁；活躍：火着得很歡｜雨越下越歡｜文娛活動搞得挺歡。

【歡蹦亂跳】huān bèng luàn tiào ㄏㄨㄢ ㄅㄥˋ ㄌㄨㄢˋ ㄊㄧㄠˋ 形容健康、活潑、生命力旺盛：幼兒園裏的孩子個個都是歡蹦亂跳的。也說活蹦亂跳。

【歡暢】huānchàng ㄏㄨㄢ ㄔㄤˋ 高興，痛快：心情歡暢。

【歡歌】huāngē ㄏㄨㄢ ㄍㄜ ❶歡樂地歌唱：盡情歡歌。◇汽笛在歡歌。❷歡樂的歌聲：歡歌笑語｜遠處傳來了青年們的陣陣歡歌。

【歡呼】huānhū ㄏㄨㄢ ㄏㄨ 歡樂地呼喊：熱烈歡呼｜歡呼勝利。

【歡聚】huānjù ㄏㄨㄢ ㄐㄩˋ 快樂地團聚：歡聚一堂。

【歡快】huānkuài ㄏㄨㄢ ㄎㄨㄞˋ 歡樂輕快：歡快的心情｜歡快的樂曲。

【歡樂】huānlè ㄏㄨㄢ ㄌㄜˋ 快樂（多指集體的）：廣場上歡樂的歌聲此起彼伏。

【歡鬧】huānnào ㄏㄨㄢ ㄋㄠˋ ❶高興地鬧着玩：孩子們在操場上歡鬧。❷喧鬧：歡鬧的鑼鼓聲、鞭炮聲響成一片。

【歡洽】huānqià ㄏㄨㄢ ㄑㄧㄚˋ 歡樂而融洽：兩情歡洽｜兩人談得十分歡洽。

【歡聲】huānshēng ㄏㄨㄢ ㄕㄥ 歡呼的聲音：歡聲雷動。

【歡實】huān·shi ㄏㄨㄢ ·ㄕ 〈方〉起勁；活躍：你看，孩子們多歡實啊！｜機器轉得挺歡實。也作歡勢。

【歡送】huānsòng ㄏㄨㄢ ㄙㄨㄥˋ 高興地送別（多用集會方式）：歡送會｜前來歡送的人很多。

【歡騰】huānténg ㄏㄨㄢ ㄊㄥˊ 歡喜得手舞足蹈：喜訊傳來，人們立刻歡騰起來。

【歡天喜地】huān tiān xǐ dì ㄏㄨㄢ ㄊㄧㄢ ㄒㄧˇ ㄉㄧˋ 形容非常歡喜。

【歡喜】huānxǐ ㄏㄨㄢ ㄒㄧˇ ❶快樂；高興：滿心歡喜｜歡歡喜喜過春節｜她掩藏不住心中的歡喜。❷喜歡；喜愛：他歡喜打乒乓球｜他很歡喜這個孩子。

【歡笑】huānxiào ㄏㄨㄢ ㄒㄧㄠˋ 快活地笑：室內傳出陣陣歡笑聲。

【歡心】huānxīn ㄏㄨㄢ ㄒㄧㄣ 對人或事物喜愛或賞識的心情：討人歡心｜這孩子人小嘴甜，最得爺爺奶奶的歡心。

【歡欣】huānxīn ㄏㄨㄢ ㄒㄧㄣ 快樂而興奮：歡欣鼓舞。

【歡顏】huānyán ㄏㄨㄢ ㄧㄢˊ 〈書〉快樂的表情；笑容：強作歡顏。

【歡迎】huānyíng ㄏㄨㄢ ㄧㄥˊ ❶很高興地迎接：歡迎大會｜歡迎貴賓。❷樂意接受：歡迎你參加我們的工作｜新產品很受消費者的歡迎。

【歡悅】huānyuè ㄏㄨㄢ ㄩㄝˋ 歡樂喜悅：滿心歡悅｜歡悅的笑聲。

【歡躍】huānyuè ㄏㄨㄢ ㄩㄝˋ 歡騰。

獾〔貛〕（獾） huān ㄏㄨㄢ 狗獾。

驩〔驩〕（驩） huān ㄏㄨㄢ 〈書〉同‘歡’。

huán（ㄏㄨㄢˊ）

萑〔萑〕 huán ㄏㄨㄢˊ 多年生草本植物，地下莖粗壯，葉子心臟形，花白色帶紫色條紋，果實橢圓形。全草入藥。

郇 Huán ㄏㄨㄢˊ 姓。
另見1303頁 Xún。

洹 Huán ㄏㄨㄢˊ 洹水，水名，在河南。也叫安陽河。

桓 Huán ㄏㄨㄢˊ 姓。

雈〔雈〕 huán ㄏㄨㄢˊ 雈苻澤（Huánfú Zé ㄏㄨㄢˊ ㄈㄩˊ ㄗㄜˊ），春秋時鄭國澤名。據記載，那裏常有盜賊聚集出沒。

貆 huán ㄏㄨㄢˊ 〈書〉❶幼小的貉。❷豪豬。
〈古〉又同‘獾’（huān）。

圜 huán ㄏㄨㄢˊ 見1500頁〖轉圜〗。
另見1410頁 yuán。

澴 Huán ㄏㄨㄢˊ 澴水，水名，在湖北。

寰 huán ㄏㄨㄢˊ 廣大的地域：寰宇｜寰海｜人寰。

【寰球】huánqiú ㄏㄨㄢˊ ㄑㄧㄡˊ 整個地球；全世界。也作環球。

【寰宇】huányǔ ㄏㄨㄢˊ ㄩˇ 〈書〉寰球；天下：聲振寰宇。也作環宇。

嬛 huán ㄏㄨㄢˊ 見685頁〖琅嬛〗。

環（环） huán ㄏㄨㄢˊ ❶（環兒）圓圈形的東西：耳環｜花環｜鐵環。❷指射擊、射箭比賽中射中環靶的環數，射中靶心，一般以十環計，離靶心遠的，所得環數依次遞減：三槍打中了二十八環。❸環節：從事科學研究，搜集資料是最基本的一環。❹圍繞：環繞｜環球｜環城鐵路。❺（Huán）姓。

【環靶】huánbǎ ㄏㄨㄢˊ ㄅㄚˇ 當中一個圓點，外面套着若干層圓圈的靶子。

【環保】huánbǎo ㄏㄨㄢˊ ㄅㄠˇ 環境保護的簡稱。

【環抱】huánbào ㄏㄨㄢˊ ㄅㄠˋ 圍繞（多用於自然景物）：群山環抱｜青松翠柏，環抱陵墓。

【環襯】huánchèn ㄏㄨㄢˊ ㄔㄣˋ 指某些書籍封面後、扉頁前的一頁，一般不印任何文字。

【環島】huándǎo ㄏㄨㄢˊ ㄉㄠˇ 指交叉路口中心的高出路面的圓形設置。

【環顧】huángù ㄏㄨㄢˊ ㄍㄨˋ 〈書〉向四周看；環視：環顧左右｜環顧四座。

【環合】huánhé ㄏㄨㄢˊ ㄏㄜˊ 環繞（多用於自然景物）：四面竹樹環合，清幽異常。

【環節】huánjié ㄏㄨㄢˊ ㄐㄧㄝˊ ❶某些低等動物如蚯蚓、蜈蚣等，身體由許多大小差不多的環狀結構互相連接組成，這些結構叫做環節，能伸縮。❷指互相關聯的許多事物中的一個：主要環節｜薄弱環節。

【環節動物】huánjié dòngwù ㄏㄨㄢˊ ㄐㄧㄝˊ ㄉㄨㄥˋ ㄨˋ 動物的一門，身體長而柔軟，由許多環節構成，表面有像玻璃的薄膜，頭、胸、腹不分明，腸子長而直，前端為口，後端為肛門，如蚯蚓、水蛭等。

【環境】huánjìng ㄏㄨㄢˊ ㄐㄧㄥˋ ❶周圍的地方：環境優美｜環境衞生。❷周圍的情況和條件：客觀環境｜工作環境。

【環境保護】huánjìng bǎohù ㄏㄨㄢˊ ㄐㄧㄥˋ ㄅㄠˇ ㄏㄨˋ 有關防止自然環境惡化，改善環境使之適於人類勞動和生活的工作。簡稱環保。

【環境污染】huánjìng wūrǎn ㄏㄨㄢˊ ㄐㄧㄥˋ ㄨ ㄖㄢˇ 由於人為的因素，環境受到有害物質的污染，使生物的生長繁殖和人類的正常生活受到有害影響。

【環流】huánliú ㄏㄨㄢˊ ㄌㄧㄡˊ 流體的循環流動，由流體各部分的溫度、密度、濃度不同，或由外力的推動而形成：全球大氣環流。

【環球】huánqiú ㄏㄨㄢˊ ㄑㄧㄡˊ ❶圍繞地球：環球旅行。❷同'寰球'。

【環繞】huánrào ㄏㄨㄢˊ ㄖㄠˋ 圍繞：村莊四周有竹林環繞。

【環生】huánshēng ㄏㄨㄢˊ ㄕㄥ 一個接一個地發生：險象環生。

【環視】huánshì ㄏㄨㄢˊ ㄕˋ 向周圍看：環視四周。

【環衞】huánwèi ㄏㄨㄢˊ ㄨㄟˋ 指關於環境衞生的：環衞工人｜環衞部門。

【環綫】huánxiàn ㄏㄨㄢˊ ㄒㄧㄢˋ 環行路綫：地鐵環綫｜沿環綫行駛。

【環行】huánxíng ㄏㄨㄢˊ ㄒㄧㄥˊ 繞着圈子走：環行電車｜環行公路｜環行一周。

【環形】huánxíng ㄏㄨㄢˊ ㄒㄧㄥˊ 圓環。也指這樣的形狀。

【環形交叉】huánxíng jiāochā ㄏㄨㄢˊ ㄒㄧㄥˊ ㄐㄧㄠ ㄔㄚ 平面交叉的一種。兩條或兩條以上的道路相交時，通過交叉路口的車輛一律繞環島單向環形行駛，再轉入所去的道路。

【環形山】huánxíngshān ㄏㄨㄢˊ ㄒㄧㄥˊ ㄕㄢ 月球、火星等表面上最突出的一種結構。山呈環形，四周高起，中間平地上又常有小山，多由隕星撞擊而形成。

【環宇】huányǔ ㄏㄨㄢˊ ㄩˇ 同'寰宇'。

【環誌】huánzhì ㄏㄨㄢˊ ㄓˋ 戴在候鳥身上的金屬或塑料環形標誌，上面刻有國名、單位、編碼等標記，用做研究候鳥遷徙規律的依據。

【環狀軟骨】huánzhuàng ruǎngǔ ㄏㄨㄢˊ ㄓㄨㄤˋ ㄖㄨㄢˇ ㄍㄨˇ 人的喉部下方的軟骨，呈環形，上連甲狀軟骨，下連氣管。

【環子】huán·zi ㄏㄨㄢˊ ·ㄗ 圓圈形的東西：門環子。

還（还）

huán ㄏㄨㄢˊ ❶返回原來的地方或恢復原來的狀態：還家｜還鄉｜還原｜還俗。❷歸還：償還｜還書。❸回報別人對自己的行動：還嘴｜還手｜還擊｜還價｜還禮｜以牙還牙，以眼還眼。❹(Huán)姓。

另見455頁 hái。

【還報】huánbào ㄏㄨㄢˊ ㄅㄠˋ 報答；回報。

【還本】huán//běn ㄏㄨㄢˊ//ㄅㄣˇ 歸還借款的本金：還本付息。

【還魂】huán//hún ㄏㄨㄢˊ//ㄏㄨㄣˊ ❶死而復活(迷信)。❷〈方〉再生③：還魂紙｜還魂橡膠。

【還擊】huánjī ㄏㄨㄢˊ ㄐㄧ 回擊。

【還價】huán//jià ㄏㄨㄢˊ//ㄐㄧㄚˋ (還價兒)買方因嫌貨價高而說出願付的價格：討價還價。

【還口】huán//kǒu ㄏㄨㄢˊ//ㄎㄡˇ 回嘴：罵不還口｜他自知理虧，怎麼說他也不還口。

【還禮】huán//lǐ ㄏㄨㄢˊ//ㄌㄧˇ ❶回答別人的敬禮：連長敬了一個禮，參謀長也舉手還禮。❷回贈禮品。

【還情】huán//qíng ㄏㄨㄢˊ//ㄑㄧㄥˊ 報答別人的恩情或美意。

【還手】huán//shǒu ㄏㄨㄢˊ//ㄕㄡˇ 因被打或受到攻擊而反過來打擊對方：打不還手｜無還手之力。

【還俗】huán//sú ㄏㄨㄢˊ//ㄙㄨˊ 僧尼或出家的道士恢復普通人的身份。

【還席】huán//xí ㄏㄨㄢˊ//ㄒㄧˊ (被人請吃飯之後)回請對方吃飯：明天晚上我還席，請諸位光臨。

【還陽】huán//yáng ㄏㄨㄢˊ//ㄧㄤˊ 死而復活(迷信)。

【還原】huán//yuán ㄏㄨㄢˊ//ㄩㄢˊ ❶事物恢復原狀。❷指含氧物質被奪去氧。也泛指物質在化學反應中得到電子或電子對偏近。如氧化銅和氫氣加熱後生成銅和水。還原和氧化是伴同發生的。

【還願】huán//yuàn ㄏㄨㄢˊ//ㄩㄢˋ ❶(求神保祐的人)實踐對神許下的報酬。❷比喻實踐諾言。

【還債】huán//zhài ㄏㄨㄢˊ//ㄓㄞˋ 歸還所欠的債。

【還賬】huán//zhàng ㄏㄨㄢˊ//ㄓㄤˋ 歸還所欠的債或償付所欠的貨款。

【還嘴】huán//zuǐ ㄏㄨㄢˊ//ㄗㄨㄟˇ 回嘴。

鍰（锾）

huán ㄏㄨㄢˊ 古代重量單位，一鍰等於六兩。

繯（缳）

huán ㄏㄨㄢˊ 〈書〉❶繩索的套子：投繯(上吊)。❷絞殺：繯首。

轘（轘）

huán ㄏㄨㄢˊ 轘轅(Huányuán ㄏㄨㄢˊ ㄩㄢˊ)，關名，在河南轘轅山。

另見503頁 huàn。

闤（阓）

huán ㄏㄨㄢˊ ［闤闠］(huánhuì ㄏㄨㄢˊ ㄏㄨㄟˋ)〈書〉街市。

鬟 huán ㄏㄨㄢˊ 婦女梳的環形的髮髻：雲鬟。

瓛（瓛） huán ㄏㄨㄢˊ 玉圭的一種，多用於人名。

鹮（鹮） huán ㄏㄨㄢˊ 鳥類的一科，身體大，嘴細長而彎曲，腿長。生活在水邊。

huǎn（ㄏㄨㄢˇ）

緩（缓） huǎn ㄏㄨㄢˇ ❶遲；慢：遲緩｜緩步｜緩不濟急。❷延緩；推遲：緩辦｜緩期｜這事緩幾天再說。❸緩和；不緊張：緩衝｜緩急。❹恢復正常的生理狀態：昏過去又緩過來｜蔫了的花，澆上水又緩過來了。

【緩兵之計】huǎn bīng zhī jì ㄏㄨㄢˇ ㄅㄧㄥ ㄓ ㄐㄧˋ 使敵人延緩進攻的計策。借指使事態暫時緩和同時積極設法應付的策略。

【緩不濟急】huǎn bù jì jí ㄏㄨㄢˇ ㄅㄨˋ ㄐㄧˋ ㄐㄧˊ 指行動或辦法趕不上迫切需要：臨渴掘井，緩不濟急。

【緩衝】huǎnchōng ㄏㄨㄢˇ ㄔㄨㄥ 使衝突緩和：緩衝地帶｜緩衝作用。

【緩和】huǎnhé ㄏㄨㄢˇ ㄏㄜˊ ❶(局勢、氣氛等)變和緩：緊張的心情慢慢緩和下來了。❷使和緩：緩和空氣｜緩和緊張局勢。

【緩急】huǎnjí ㄏㄨㄢˇ ㄐㄧˊ ❶和緩和急迫：分別輕重緩急。❷急迫的事；困難的事：緩急相助。

【緩頰】huǎnjiá ㄏㄨㄢˇ ㄐㄧㄚˊ 〈書〉為人求情。

【緩解】huǎnjiě ㄏㄨㄢˇ ㄐㄧㄝˇ ❶劇烈、緊張的程度有所減輕；緩和：病情緩解｜展寬馬路後，交通阻塞現象有了緩解。❷使緩解：緩解市內交通擁擠狀況。

【緩慢】huǎnmàn ㄏㄨㄢˇ ㄇㄢˋ 不迅速；慢：行動緩慢。

【緩坡】huǎnpō ㄏㄨㄢˇ ㄆㄛ 和水平面所成角度小的地面；坡度小的坡。

【緩期】huǎnqī ㄏㄨㄢˇ ㄑㄧ 把預定的時間向後推：緩期執行｜緩期付款。

【緩氣】huǎn∥qì ㄏㄨㄢˇ∥ㄑㄧˋ 恢復正常呼吸(多指極度疲勞後的休息)：乘勝追擊，不給敵人緩氣的機會。

【緩限】huǎnxiàn ㄏㄨㄢˇ ㄒㄧㄢˋ 延緩限期：予以通融，緩限三天。

【緩瀉】huǎnxiè ㄏㄨㄢˇ ㄒㄧㄝˋ 用藥物潤滑腸壁、軟化糞便使大便通暢。也叫輕瀉。

【緩刑】huǎnxíng ㄏㄨㄢˇ ㄒㄧㄥˊ 對犯人所判處的刑罰在一定條件下延期執行或不執行。緩刑期間，如不再犯新罪，就不再執行原判刑罰，否則，就把前後所判處的刑罰合併執行。

【緩行】huǎnxíng ㄏㄨㄢˇ ㄒㄧㄥˊ ❶慢慢地走或行駛：拄杖緩行｜車輛緩行。❷暫緩實行：計劃緩行。

【緩醒】huǎn·xing ㄏㄨㄢˇ·ㄒㄧㄥ 〈方〉失去知覺之後又恢復過來。

【緩役】huǎnyì ㄏㄨㄢˇ ㄧˋ 緩期服兵役。

【緩徵】huǎnzhēng ㄏㄨㄢˇ ㄓㄥ 緩期徵收或徵集。

huàn（ㄏㄨㄢˋ）

幻 huàn ㄏㄨㄢˋ ❶沒有現實根據的；不真實的：虛幻｜夢幻｜幻想。❷奇異地變化：幻術｜變幻莫測。

【幻燈】huàndēng ㄏㄨㄢˋ ㄉㄥ ❶利用強光和透鏡的裝置，映射在白幕上的圖畫或文字：放幻燈｜看幻燈。❷幻燈機。

【幻燈機】huàndēngjī ㄏㄨㄢˋ ㄉㄥ ㄐㄧ 放映幻燈的裝置，主要由光源、透鏡和機箱構成。也叫幻燈。

【幻化】huànhuà ㄏㄨㄢˋ ㄏㄨㄚˋ 奇異地變化：雪後的山谷，幻化成一個奇特的琉璃世界。

【幻景】huànjǐng ㄏㄨㄢˋ ㄐㄧㄥˇ 虛幻的景象；幻想中的景物。

【幻境】huànjìng ㄏㄨㄢˋ ㄐㄧㄥˋ 虛幻奇異的境界：走進原始森林，好像走進了童話的幻境。

【幻覺】huànjué ㄏㄨㄢˋ ㄐㄩㄝˊ 視覺、聽覺、觸覺等方面，沒有外在刺激而出現的虛假的感覺。患有某種精神病或在催眠狀態中的人常出現幻覺。

【幻夢】huànmèng ㄏㄨㄢˋ ㄇㄥˋ 虛幻的夢；幻想：一場幻夢｜從幻夢中醒悟過來。

【幻滅】huànmiè ㄏㄨㄢˋ ㄇㄧㄝˋ (希望等)像幻境一樣地消失。

【幻術】huànshù ㄏㄨㄢˋ ㄕㄨˋ 魔術。

【幻想】huànxiǎng ㄏㄨㄢˋ ㄒㄧㄤˇ ❶以社會或個人的理想和願望為依據，對還沒有實現的事物有所想像：科學幻想｜幻想成為一名月球上的公民。❷這樣的想像：一個美麗的幻想。

【幻象】huànxiàng ㄏㄨㄢˋ ㄒㄧㄤˋ 幻想出來的或由幻覺產生的形象。

【幻影】huànyǐng ㄏㄨㄢˋ ㄧㄥˇ 幻想中的景象。

奐（奂） huàn ㄏㄨㄢˋ 〈書〉❶盛；多。❷文采鮮明。

宦 huàn ㄏㄨㄢˋ ❶官吏：宦海。❷做官：仕宦｜宦遊。❸宦官。❹(Huàn) 姓。

【宦官】huànguān ㄏㄨㄢˋ ㄍㄨㄢ 君主時代宮廷內侍奉帝王及其家屬的人員，由閹割後的男子充任。也叫太監。

【宦海】huànhǎi ㄏㄨㄢˋ ㄏㄞˇ 比喻官吏爭奪功名富貴的場所；官場：宦海沈浮｜宦海風波。

【宦途】huàntú ㄏㄨㄢˋ ㄊㄨˊ 〈書〉指做官的生活、經歷、遭遇等；官場：宦途失意。

【宦遊】huànyóu ㄏㄨㄢˋ ㄧㄡˊ 〈書〉為求做官而出

外奔走：宦遊四方。

浣（澣） huàn ㄏㄨㄢˋ ❶洗：浣衣｜浣紗。❷唐代定制，官吏十天一次休息沐浴，每月分為上浣、中浣、下浣，後來借作上旬、中旬、下旬的別稱。

患 huàn ㄏㄨㄢˋ ❶禍害；災難：患難｜水患｜防患未然。❷憂慮：憂患｜患得患失。❸害（病）：患病｜患者。

【患處】huànchù ㄏㄨㄢˋ ㄔㄨˋ 長瘡癤或受外傷的地方。

【患得患失】huàn dé huàn shī ㄏㄨㄢˋ ㄉㄜˊ ㄏㄨㄢˋ ㄕ 《論語·陽貨》：'其未得之也，患得之；既得之，患失之。'指對於個人的利害得失斤斤計較。

【患難】huànnàn ㄏㄨㄢˋ ㄋㄢˋ 困難和危險的處境：同甘苦，共患難｜患難之交（共過患難的朋友）。

【患難與共】huànnàn yǔ gòng ㄏㄨㄢˋ ㄋㄢˋ ㄩˇ ㄍㄨㄥˋ 在不利處境中，共同承受困難或災禍。

【患者】huànzhě ㄏㄨㄢˋ ㄓㄜˇ 患某種疾病的人：肺結核患者。

換（换） huàn ㄏㄨㄢˋ ❶給人東西同時從他那裏取得別的東西：交換｜調換。❷變換；更換：換車｜換人｜換衣服。❸兑換。

【換班】huàn∥bān ㄏㄨㄢˋ∥ㄅㄢ （工作人員）按時輪流替換上班：日班和夜班的工人正在換班。

【換茬】huàn∥chá ㄏㄨㄢˋ∥ㄔㄚˊ 一種農作物收穫後，換種另一種農作物。

【換代】huàndài ㄏㄨㄢˋ ㄉㄞˋ ❶改變朝代：改朝換代。❷指產品在結構、性能等方面比原來的有明顯的改進和發展：換代產品｜加快產品的更新換代。

【換防】huàn∥fáng ㄏㄨㄢˋ∥ㄈㄤˊ 原在某處駐防的部隊移交防守任務，由新調來的部隊接替。

【換個兒】huàn∥gèr ㄏㄨㄢˋ∥ㄍㄜㄦˋ 互相調換位置：咱倆換個個兒坐｜這兩個抽屜大小不一樣，不能換個兒。

【換工】huàn∥gōng ㄏㄨㄢˋ∥ㄍㄨㄥ 農業生產單位之間或農戶之間在自願基礎上互相換着幹活。

【換季】huàn∥jì ㄏㄨㄢˋ∥ㄐㄧˋ （衣着）隨着季節而更換：眼看就熱了，換季衣服要準備好。

【換肩】huàn∥jiān ㄏㄨㄢˋ∥ㄐㄧㄢ 把挑的擔子或扛的東西從一個肩移到另一個肩上。

【換屆】huànjiè ㄏㄨㄢˋ ㄐㄧㄝˋ 領導機構一屆期滿後另行改選或調任：換屆選舉。

【換馬】huànmǎ ㄏㄨㄢˋ ㄇㄚˇ 比喻撤換擔負某項職務的人（含貶義）。

【換腦筋】huàn nǎojīn ㄏㄨㄢˋ ㄋㄠˇ ㄐㄧㄣ 指改造思想或改變舊的觀念。

【換氣扇】huànqìshàn ㄏㄨㄢˋ ㄑㄧˋ ㄕㄢˋ 安在牆壁或窗戶上，排除室內污濁氣體，保持空氣清新的電風扇。也叫排風扇。

【換錢】huàn∥qián ㄏㄨㄢˋ∥ㄑㄧㄢˊ ❶把整錢換成零錢或把零錢換成整錢；把一種貨幣換成另一種貨幣。❷把東西賣出得到錢：破銅爛鐵也可以換錢。

【換親】huànqīn ㄏㄨㄢˋ ㄑㄧㄣ 兩家互娶對方的女兒做媳婦。

【換取】huànqǔ ㄏㄨㄢˋ ㄑㄩˇ 用交換的方法取得：用工業品換取農產品。

【換算】huànsuàn ㄏㄨㄢˋ ㄙㄨㄢˋ 把某種單位的數量折合成另一種單位的數量。

【換湯不換藥】huàn tāng bù huàn yào ㄏㄨㄢˋ ㄊㄤ ㄅㄨˋ ㄏㄨㄢˋ ㄧㄠˋ 比喻只改變形式，不改變內容。

【換帖】huàn∥tiě ㄏㄨㄢˋ∥ㄊㄧㄝˇ 舊時朋友結拜為異姓兄弟時，交換寫着姓名、年齡、籍貫、家世的帖兒：換帖弟兄。

【換文】huàn∥wén ㄏㄨㄢˋ∥ㄨㄣˊ （國家與國家之間）交換文書。

【換文】huànwén ㄏㄨㄢˋ ㄨㄣˊ 國家與國家之間就已經達成協議的事項而交換的內容相同的文書。一般用來補充正式條約或確定已達成的協議，如建立外交關係的換文，處理邊界問題的換文等。

【換洗】huànxǐ ㄏㄨㄢˋ ㄒㄧˇ 更換並洗滌（衣服、牀單等）：衣服要勤換洗｜這次出門，就帶了幾件換洗的衣服。

【換血】huàn∥xiě ㄏㄨㄢˋ∥ㄒㄧㄝˇ 比喻調整、更換組織、機構等的成員。

【換牙】huàn∥yá ㄏㄨㄢˋ∥ㄧㄚˊ 乳牙逐一脱落，恒牙逐一生出來。一般人在六歲到八歲時開始換牙，十二歲到十四歲時全部乳牙被恒牙所代替。

【換言之】huàn yán zhī ㄏㄨㄢˋ ㄧㄢˊ ㄓ 〈書〉換句話説。

睆 huàn ㄏㄨㄢˋ 〈書〉❶明亮。❷美好。

喚（唤） huàn ㄏㄨㄢˋ 發出大聲，使對方覺醒、注意或隨聲而來：呼喚｜喚醒｜喚起。

【喚起】huànqǐ ㄏㄨㄢˋ ㄑㄧˇ ❶號召使奮起：喚起民眾。❷引起（注意、回憶等）：這封信喚起了我對往事的回憶。

【喚頭】huàn·tou ㄏㄨㄢˋ ·ㄊㄡ 街頭流動的小販或服務性行業的人（如磨刀的、理髮的）用來招引顧客的各種響器。

【喚醒】huànxǐng ㄏㄨㄢˋ ㄒㄧㄥˇ ❶叫醒：他把我從睡夢中喚醒。❷使醒悟：喚醒民眾。

渙（涣） huàn ㄏㄨㄢˋ 消散：渙散。

【渙渙】huànhuàn ㄏㄨㄢˋ ㄏㄨㄢˋ 〈書〉形容水勢盛大。

【渙然】huànrán ㄏㄨㄢˋ ㄖㄢˊ 形容嫌隙、疑慮、

誤會等完全消除：渙然冰釋。

【渙散】huànsàn ㄏㄨㄢˋ ㄙㄢˋ ❶(精神、組織、紀律等)散漫；鬆懈：士氣渙散｜精神渙散。❷使渙散：渙散軍心｜渙散組織。

逭 huàn ㄏㄨㄢˋ 〈書〉逃；避：罪實難逭。

奐 Huàn ㄏㄨㄢˋ 姓。

豢 huàn ㄏㄨㄢˋ 豢養。

【豢養】huànyǎng ㄏㄨㄢˋ ㄧㄤˇ 餵養(牲畜)。比喻收買並利用。

煥(焕) huàn ㄏㄨㄢˋ 光明；光亮：煥發。

【煥發】huànfā ㄏㄨㄢˋ ㄈㄚ ❶光彩四射：精神煥發｜容光煥發。❷振作：煥發激情｜煥發革命精神。

【煥然】huànrán ㄏㄨㄢˋ ㄖㄢˊ 形容有光彩：煥然一新。

【煥然一新】huànrán yī xīn ㄏㄨㄢˋ ㄖㄢˊ ㄧ ㄒㄧㄣ 形容出現了嶄新的面貌：店面經過裝飾，煥然一新。

瘓(痪) huàn ㄏㄨㄢˋ 見1109頁〖癱瘓〗。

漶 huàn ㄏㄨㄢˋ 見774頁〖漫漶〗。

擐 huàn ㄏㄨㄢˋ 〈書〉穿：擐甲執兵｜躬擐甲冑。

鯇(鲩) huàn ㄏㄨㄢˋ 見114頁〖草魚〗。

轘(轘) huàn ㄏㄨㄢˋ 古代一種用車分裂人體的酷刑。

另見500頁 huán。

huāng (ㄏㄨㄤ)

肓 huāng ㄏㄨㄤ 見84頁〖病入膏肓〗。

荒〔荒〕 huāng ㄏㄨㄤ ❶荒蕪：地荒了。❷荒涼：荒村｜荒郊｜荒島。❸荒歉：荒年｜備荒。❹荒地：生荒｜熟荒｜開荒｜墾荒。❺荒疏：別把功課荒了｜多年不下棋，荒了。❻嚴重的缺乏：糧荒｜煤荒｜房荒。❼不合情理：荒謬｜荒誕。❽〈方〉不確定的：荒信｜荒數兒。❾〈書〉迷亂；放縱：荒淫。

【荒草】huāngcǎo ㄏㄨㄤ ㄘㄠˇ 野草：荒草叢生。

【荒村】huāngcūn ㄏㄨㄤ ㄘㄨㄣ 荒僻的村落。

【荒誕】huāngdàn ㄏㄨㄤ ㄉㄢˋ 極不真實；極不近情理：荒誕不經｜荒誕無稽｜情節荒誕。

【荒地】huāngdì ㄏㄨㄤ ㄉㄧˋ 沒有開墾或沒有耕種的土地。

【荒廢】huāngfèi ㄏㄨㄤ ㄈㄟˋ ❶該種而沒有耕種：村裏沒有一畝荒廢的土地。❷荒疏：荒廢學業。❸不利用；浪費(時間)：他學習抓得很緊，從不荒廢一點工夫。

【荒古】huānggǔ ㄏㄨㄤ ㄍㄨˇ 太古：荒古世界。

【荒寂】huāngjì ㄏㄨㄤ ㄐㄧˋ 荒涼寂靜：四周空曠荒寂｜荒寂的山谷。

【荒涼】huāngliáng ㄏㄨㄤ ㄌㄧㄤˊ 人烟少；冷清：一片荒涼。

【荒亂】huāngluàn ㄏㄨㄤ ㄌㄨㄢˋ 指社會秩序極端不安定：荒亂年月，民不安生。

【荒謬】huāngmiù ㄏㄨㄤ ㄇㄧㄡˋ 極端錯誤；非常不合情理：荒謬絕倫｜荒謬的論調。

【荒漠】huāngmò ㄏㄨㄤ ㄇㄛˋ ❶荒涼而又無邊無際：荒漠的草原。❷荒涼的沙漠或曠野：渺無人烟的荒漠｜變荒漠為綠洲。

【荒年】huāngnián ㄏㄨㄤ ㄋㄧㄢˊ 農作物收成很壞或沒有收成的年頭兒。

【荒僻】huāngpì ㄏㄨㄤ ㄆㄧˋ 荒涼偏僻：荒僻的山區。

【荒歉】huāngqiàn ㄏㄨㄤ ㄑㄧㄢˋ 農作物沒有收成或收成很壞。

【荒時暴月】huāng shí bào yuè ㄏㄨㄤ ㄕˊ ㄅㄠˋ ㄩㄝˋ 指年成很壞或青黃不接的時候。

【荒疏】huāngshū ㄏㄨㄤ ㄕㄨ (學業、技術)因平時缺乏練習而生疏：因病休學，功課都荒疏了。

【荒數】huāngshù ㄏㄨㄤ ㄕㄨˋ 〈方〉(荒數兒)大約的、不確定的數目。

【荒唐】huāng·táng ㄏㄨㄤ ·ㄊㄤˊ ❶(思想、言行)錯誤到使人覺得奇怪的程度：荒唐之言｜荒唐無稽｜這個想法毫無道理，實在荒唐。❷(行為)放蕩，沒有節制。

【荒無人烟】huāng wú rén yān ㄏㄨㄤ ㄨˊ ㄖㄣˊ ㄧㄢ 十分荒涼，沒有人家。

【荒蕪】huāngwú ㄏㄨㄤ ㄨˊ (田地)因無人管理而長滿野草：田園荒蕪。

【荒信】huāngxìn ㄏㄨㄤ ㄒㄧㄣˋ 〈方〉(荒信兒)不確定的或沒有證實的消息。

【荒野】huāngyě ㄏㄨㄤ ㄧㄝˇ 荒涼的野外。

【荒淫】huāngyín ㄏㄨㄤ ㄧㄣˊ 貪戀酒色：荒淫無恥。

【荒原】huāngyuán ㄏㄨㄤ ㄩㄢˊ 荒涼的原野：過去沙碱為害的荒原，變成了稻浪翻滾的良田。

塃〔塃〕 huāng ㄏㄨㄤ 〈方〉開採出來的礦石。

慌〔慌〕 huāng ㄏㄨㄤ 慌張：驚慌｜恐慌｜心慌｜慌手慌腳｜沈住氣，不要慌。

慌〔慌〕 ·huang ·ㄏㄨㄤ 表示難以忍受(用做補語，前面加'得')：疼得慌｜累得慌｜悶得慌。

【慌促】huāngcù ㄏㄨㄤ ㄘㄨˋ 慌忙急促：臨行慌促，把東西忘在家裏了。

【慌亂】huāngluàn ㄏㄨㄤ ㄌㄨㄢˋ 慌張而混亂：腳步慌亂｜心中一點也不慌亂。

【慌忙】huāngmáng ㄏㄨㄤ ㄇㄤˊ 急忙；不從容：慌忙之中，把衣服都穿反了。

【慌神兒】huāng//shénr ㄏㄨㄤ//ㄕㄣˊㄦ 心慌意亂：考試時不能慌神兒｜越慌神兒，越容易出錯。

【慌手慌腳】huāng shǒu huāng jiǎo ㄏㄨㄤ ㄕㄡˇ ㄏㄨㄤ ㄐㄧㄠˇ （慌手慌腳的）形容做事慌張忙亂。

【慌張】huāng·zhāng ㄏㄨㄤ ·ㄓㄤ 心裏不沈着，動作忙亂：神色慌張。

huáng（ㄏㄨㄤˊ）

皇 huáng ㄏㄨㄤˊ ❶〈書〉盛大。❷君主；皇帝：皇宮｜三皇五帝。❸(Huáng) 姓。〈古〉又同'遑'。

【皇朝】huángcháo ㄏㄨㄤˊ ㄔㄠˊ 封建王朝。

【皇儲】huángchǔ ㄏㄨㄤˊ ㄔㄨˇ 確定的繼承皇位的人。

【皇帝】huángdì ㄏㄨㄤˊ ㄉㄧˋ 最高封建統治者的稱號。在我國皇帝的稱號始於秦始皇。

【皇甫】Huángfǔ ㄏㄨㄤˊ ㄈㄨˇ 姓。

【皇宮】huánggōng ㄏㄨㄤˊ ㄍㄨㄥ 皇帝居住的地方。

【皇冠】huángguān ㄏㄨㄤˊ ㄍㄨㄢ 皇帝戴的帽子，多用來象徵皇權。

【皇后】huánghòu ㄏㄨㄤˊ ㄏㄡˋ 皇帝的妻子。

【皇皇】[1] huánghuáng ㄏㄨㄤˊ ㄏㄨㄤˊ 同'惶惶'。

【皇皇】[2] huánghuáng ㄏㄨㄤˊ ㄏㄨㄤˊ 同'遑遑'。

【皇皇】[3] huánghuáng ㄏㄨㄤˊ ㄏㄨㄤˊ 形容堂皇，盛大：皇皇文告｜皇皇巨著。

【皇家】huángjiā ㄏㄨㄤˊ ㄐㄧㄚ 皇室。

【皇曆】huáng·li ㄏㄨㄤˊ ·ㄌㄧ 曆書。也作黃曆。

【皇糧】huángliáng ㄏㄨㄤˊ ㄌㄧㄤˊ ❶舊時指官府的糧食；公糧。❷借指國家供給的資金、物資。

【皇權】huángquán ㄏㄨㄤˊ ㄑㄩㄢˊ 指皇帝的權力。

【皇上】huáng·shang ㄏㄨㄤˊ ·ㄕㄤ 我國封建時代稱在位的皇帝。

【皇室】huángshì ㄏㄨㄤˊ ㄕˋ ❶皇帝的家族。❷指朝廷：效忠皇室。

【皇太后】huángtàihòu ㄏㄨㄤˊ ㄊㄞˋ ㄏㄡˋ 皇帝的母親。

【皇太子】huángtàizǐ ㄏㄨㄤˊ ㄊㄞˋ ㄗˇ 皇帝的兒子中已經確定繼承皇位的。

【皇天】huángtiān ㄏㄨㄤˊ ㄊㄧㄢ 指天；蒼天：皇天后土｜皇天不負苦心人。

【皇天后土】huáng tiān hòu tǔ ㄏㄨㄤˊ ㄊㄧㄢ ㄏㄡˋ ㄊㄨˇ 指天和地。古人認為天地能主持公道，主宰萬物。

【皇位】huángwèi ㄏㄨㄤˊ ㄨㄟˋ 皇帝的地位：繼承皇位。

【皇子】huángzǐ ㄏㄨㄤˊ ㄗˇ 皇帝的兒子。

【皇族】huángzú ㄏㄨㄤˊ ㄗㄨˊ 皇帝的家族。

凰 huáng ㄏㄨㄤˊ 見347頁〖鳳凰〗。

黃1 huáng ㄏㄨㄤˊ ❶像絲瓜花或向日葵花的顏色。❷指黃金：黃貨｜黃白之物。❸(黃兒)指蛋黃：雙黃蛋。❹象徵腐化墮落，特指色情：查禁黃書。❺(Huáng)指黃河：治黃｜黃氾區。❻(Huáng)指黃帝，我國古代傳說中的帝王：炎黃子孫。❼(Huáng)姓。

黃2 huáng ㄏㄨㄤˊ 事情失敗或計劃不能實現：買賣黃了。

【黃斑】huángbān ㄏㄨㄤˊ ㄅㄢ 眼球視網膜正中央的一部分，略呈圓形，黃色。黃斑正對瞳孔，物體的影像正落在這一點上時，看得最清楚。

【黃包車】huángbāochē ㄏㄨㄤˊ ㄅㄠ ㄔㄜ〈方〉人力車②。

【黃驃馬】huángbiāomǎ ㄏㄨㄤˊ ㄅㄧㄠ ㄇㄚˇ 一種黃毛夾雜着白點子的馬。

【黃表紙】huángbiǎozhǐ ㄏㄨㄤˊ ㄅㄧㄠˇ ㄓˇ 迷信的人祭神用的黃色的紙。

【黃柏】huángbò ㄏㄨㄤˊ ㄅㄛˋ 同'黃檗'。

【黃檗】huángbò ㄏㄨㄤˊ ㄅㄛˋ 落葉喬木，樹皮淡灰色，羽狀複葉，小葉卵形或卵狀披針形，開黃綠色小花，果實黑色。木材堅硬，可以製造槍托，莖可以製黃色染料。樹皮可入藥。也作黃柏。

【黃菜】huángcài ㄏㄨㄤˊ ㄘㄞˋ〈方〉用打散了的雞蛋攤成的菜叫攤黃菜，溜成的菜叫溜黃菜。

【黃燦燦】huángcàncàn ㄏㄨㄤˊ ㄘㄢˋ ㄘㄢˋ （黃燦燦的）形容金黃而鮮艷：麥苗綠油油，菜花黃燦燦。

【黃巢起義】Huáng Cháo Qǐyì ㄏㄨㄤˊ ㄔㄠˊ ㄑㄧˇ ㄧˋ 黃巢所領導的唐末農民大起義。公元875年，黃巢發動起義，起義軍提出'均平'的政治口號。公元881年，起義軍攻下唐都長安，建立了農民革命政權，國號大齊，也叫齊。後來起義雖被唐王朝所鎮壓，但卻導致了唐王朝的迅速滅亡。

【黃疸】huángdǎn ㄏㄨㄤˊ ㄉㄢˇ 病人的皮膚、黏膜和眼球的鞏膜發黃的症狀，由血液中膽紅素增高而引起。某些肝炎有這種症狀。通稱黃病。

【黃道】huángdào ㄏㄨㄤˊ ㄉㄠˋ 地球一年繞太陽轉一周，我們從地球上看成太陽一年在天空中移動一圈，太陽這樣移動的路綫叫做黃道。它是天球上假設的一個大圓圈，即地球軌道在天球上的投影。黃道和赤道平面相交於春分點和秋分點。

【黃道帶】huángdàodài ㄏㄨㄤˊ ㄉㄠˋ ㄉㄞˋ 黃道兩旁各寬八度的範圍。日、月、行星都在帶內運行。

【黃道吉日】huángdào jírì ㄏㄨㄤˊ ㄉㄠˋ ㄐㄧˊ ㄖˋ 迷信的人認為宜於辦事的好日子。也說黃道日。

【黃道十二宮】huángdào shí'èrgōng ㄏㄨㄤˊ ㄉㄠˋ ㄕˊ ㄦˋ ㄍㄨㄥ 古代把黃道帶分為十二等份，叫做黃道十二宮，每宮包括一個星座。它們的名稱，從春分點起，依次為白羊、金牛、雙子、巨蟹、獅子、室女、天秤、天蠍、人馬、摩羯、寶瓶、雙魚。由於春分點移動，現在十二宮和十二星座的劃分已不一致。

【黃澄澄】huángdēngdēng ㄏㄨㄤˊ ㄉㄥ ㄉㄥ (黃澄澄的) 形容金黃色：穀穗兒黃澄澄的｜黃澄澄的金質獎章。

【黃帝】Huángdì ㄏㄨㄤˊ ㄉㄧˋ 見1315頁〖炎黃〗。

【黃豆】huángdòu ㄏㄨㄤˊ ㄉㄡˋ 表皮黃色的大豆。

【黃骨髓】huánggǔsuǐ ㄏㄨㄤˊ ㄍㄨˇ ㄙㄨㄟˇ 含有很多脂肪細胞的黃色骨髓，缺乏造血功能。存在於成人長骨骨腔內。

【黃瓜】huáng·gua ㄏㄨㄤˊ ·ㄍㄨㄚ ❶一年生草本植物，莖蔓生，有捲鬚，葉子互生，花黃色。果實圓柱形，通常有刺，成熟時黃綠色，是普通蔬菜。❷這種植物的果實。‖有的地區叫胡瓜。

【黃花】huánghuā ㄏㄨㄤˊ ㄏㄨㄚ ❶指菊花。❷(黃花兒) 金針菜的通稱。❸指沒有經過性交的(青年男女)：黃花後生｜黃花女兒。

【黃花女兒】huánghuānǚr ㄏㄨㄤˊ ㄏㄨㄚ ㄋㄩㄦˇ 處女的俗稱。

【黃昏】huánghūn ㄏㄨㄤˊ ㄏㄨㄣ 日落以後天黑以前的時候。

【黃昏戀】huánghūnliàn ㄏㄨㄤˊ ㄏㄨㄣ ㄌㄧㄢˋ 指老年男女之間的戀愛。

【黃醬】huángjiàng ㄏㄨㄤˊ ㄐㄧㄤˋ 黃豆、麪粉等發酵後製成的醬，呈紅黃色。

【黃教】Huángjiào ㄏㄨㄤˊ ㄐㄧㄠˋ 藏族地區喇嘛教的一派，14世紀末宗喀巴所創，是喇嘛教中最大的教派。

【黃巾起義】Huángjīn Qǐyì ㄏㄨㄤˊ ㄐㄧㄣ ㄑㄧˇ ㄧˋ 東漢末年張角領導的大規模農民起義。張角創立太平道，組織民眾，進行活動，公元184年發動起義，頭裹黃巾為標誌，故稱黃巾軍。起義失敗後，餘部仍堅持鬥爭二十多年，沉重打擊了東漢王朝的統治。

【黃金】huángjīn ㄏㄨㄤˊ ㄐㄧㄣ ❶金[1]④的通稱。❷比喻寶貴：黃金時代｜黃金地段｜電視廣播的黃金時間。

【黃金分割】huángjīn fēngē ㄏㄨㄤˊ ㄐㄧㄣ ㄈㄣ ㄍㄜ 把一條綫段分成兩部分，使其中一部分與全長的比等於另一部分與這部分的比，比值為 $\frac{\sqrt{5}-1}{2}=0.618\cdots$，這種分割稱為黃金分割，因這種比例在造型上比較美觀而得名。也叫中外比。

【黃金時代】huángjīn shídài ㄏㄨㄤˊ ㄐㄧㄣ ㄕˊ ㄉㄞˋ ❶指政治、經濟或文化最繁榮的時期。❷指人一生中最寶貴的時期。

【黃獍】huángjīng ㄏㄨㄤˊ ㄐㄧㄥ 指某些小型的鹿類。參看542頁'麂'。

【黃酒】huángjiǔ ㄏㄨㄤˊ ㄐㄧㄡˇ 用糯米、大米、黃米等釀造的酒，色黃，含酒精量較低。

【黃口小兒】huáng kǒu xiǎo ér ㄏㄨㄤˊ ㄎㄡˇ ㄒㄧㄠˇ ㄦˊ 指嬰兒，多用來譏誚無知的年輕人(黃口：雛鳥的嘴)。

【黃蠟】huánglà ㄏㄨㄤˊ ㄌㄚˋ 蜂蠟的通稱。

【黃鸝】huánglí ㄏㄨㄤˊ ㄌㄧˊ 鳥，身體黃色，自眼部至頭後部黑色，嘴淡紅色。叫的聲音很好聽，吃森林中的害蟲，對林業有益。也叫鶬鶊或黃鶯。

【黃曆】huáng·li ㄏㄨㄤˊ ·ㄌㄧ 同'皇曆'。

【黃連】huánglián ㄏㄨㄤˊ ㄌㄧㄢˊ 多年生草本植物，莖高三四寸到一尺多，羽狀複葉，花小，白色。根莖味苦，可入藥。

【黃連木】huángliánmù ㄏㄨㄤˊ ㄌㄧㄢˊ ㄇㄨˋ 落葉喬木，羽狀複葉，小葉披針形，花單性，雌雄異株，果實球形，紫色。種子可以榨油，樹皮和葉子可以製栲膠。鮮葉有香味，可以提製芳香油。有的地區叫楷(jiē)樹。

【黃粱夢】huángliángmèng ㄏㄨㄤˊ ㄌㄧㄤˊ ㄇㄥˋ 有個盧生，在邯鄲旅店中遇見一個道士呂翁，盧生自嘆窮困。道士借給他一個枕頭，要他枕着睡覺。這時店家正煮小米飯。盧生在夢中享盡了一生榮華富貴。一覺醒來，小米飯還沒有熟(見於唐沈既濟《枕中記》)。後用來比喻想要實現的好事落得一場空。也說黃粱美夢、一枕黃粱。

【黃龍】Huánglóng ㄏㄨㄤˊ ㄌㄨㄥˊ 黃龍府，金國的地名，在今吉林農安。宋金交戰時，岳飛曾經說要直搗黃龍府。後來泛指敵方的要地：直搗黃龍｜痛飲黃龍。

【黃櫨】huánglú ㄏㄨㄤˊ ㄌㄨˊ 落葉灌木，葉子互生，卵形或倒卵形，秋季變紅，花單性和兩性同株共存，果實腎臟形。木材黃色，可以製染料。

【黃毛丫頭】huángmáo yā·tou ㄏㄨㄤˊ ㄇㄠˊ ㄧㄚ ·ㄊㄡ 年幼的女孩子(含戲謔或輕侮意)。

【黃梅季】huángméijì ㄏㄨㄤˊ ㄇㄟˊ ㄐㄧˋ 春末夏初梅子黃熟的一段時期，這段時期我國長江中下游地方連續下雨，空氣潮濕，衣物等容易發霉。也叫黃梅天。

【黃梅戲】huángméixì ㄏㄨㄤˊ ㄇㄟˊ ㄒㄧˋ 安徽地方戲曲劇種之一，流行於該省中部，因主要曲調由湖北黃梅傳入而得名。也叫黃梅調。

【黃梅雨】huángméiyǔ ㄏㄨㄤˊ ㄇㄟˊ ㄩˇ 黃梅季下的雨。也叫梅雨、霉雨。

【黃米】huángmǐ ㄏㄨㄤˊ ㄇㄧˇ 黍子去了殼的子實，比小米稍大，顏色很黃，煮熟後很黏。

【黃牛】huángniú ㄏㄨㄤˊ ㄋㄧㄡˊ ❶牛的一種，角短，皮毛黃褐色，或黑色，也有雜色的，毛短。用來耕地或拉車，肉供食用，皮可以製革。❷〈方〉指恃力氣或利用不正當手法搶購物資以及車票、門票後高價出售而從中取利的人：黃牛黨。❸〈方〉指言而無信的人。

【黃牌】huángpái ㄏㄨㄤˊ ㄆㄞˊ 黃色的牌子。體育比賽中，運動員、教練員等嚴重犯規，裁判員出示黃牌予以警告◇交通管理部門向發生重大交通事故的單位亮黃牌。

【黃袍加身】huáng páo jiā shēn ㄏㄨㄤˊ ㄆㄠˊ ㄐㄧㄚ ㄕㄣ 五代後周時，趙匡胤在陳橋驛發動兵變，部下給他披上黃袍，推擁為皇帝。後來用'黃袍加身'指政變成功，奪得政權。

【黃皮書】huángpíshū ㄏㄨㄤˊ ㄆㄧˊ ㄕㄨ 見22頁〖白皮書〗。

【黃芪】huángqí ㄏㄨㄤˊ ㄑㄧˊ 多年生草本植物，羽狀複葉，小葉長圓形，有毛茸，開淡黃色小花。根可入藥。

【黃泉】huángquán ㄏㄨㄤˊ ㄑㄩㄢˊ 地下的泉水。指人死後埋葬的地方，迷信的人指陰間：黃泉之下｜命赴黃泉。

【黃壤】huángrǎng ㄏㄨㄤˊ ㄖㄤˇ 黃色的土壤，在我國主要分佈在四川、貴州、廣西等省區。鐵的含水氧化物含量高，酸性強，養分較豐富。

【黃色】huángsè ㄏㄨㄤˊ ㄙㄜˋ ❶黃的顏色。❷象徵腐化墮落，特指色情：黃色小説｜黃色錄像。

【黃色炸藥】huángsè zhàyào ㄏㄨㄤˊ ㄙㄜˋ ㄓㄚˋ ㄧㄠˋ 烈性炸藥，成分是三硝基甲苯，黃色結晶。也叫梯恩梯。

【黃鱔】huángshàn ㄏㄨㄤˊ ㄕㄢˋ 魚，身體像蛇而無鱗，黃褐色，有黑色斑點。生活在水邊泥洞裏。也叫鱔魚。

【黃熟】huángshú ㄏㄨㄤˊ ㄕㄨˊ 穀類作物成熟時，子實內部變硬，植株大部分變成黃色，不再生長，叫黃熟。

【黃鼠狼】huángshǔláng ㄏㄨㄤˊ ㄕㄨˇ ㄌㄤˊ 黃鼬。

【黃湯】huángtāng ㄏㄨㄤˊ ㄊㄤ 指黃酒(罵人喝酒時説)。

【黃糖】huángtáng ㄏㄨㄤˊ ㄊㄤˊ 〈方〉紅糖。

【黃體】huángtǐ ㄏㄨㄤˊ ㄊㄧˇ 卵巢裏由許多黃色顆粒狀細胞形成的內分泌腺體。卵巢每次排卵後有黃體出現，妊娠後，黃體發育增大，所分泌的激素有使子宮黏膜增厚，抑制子宮收縮，促進乳腺分泌等作用。

【黃土】huángtǔ ㄏㄨㄤˊ ㄊㄨˇ 砂粒、黏土和少量方解石的混合物，灰黃或黃褐色，用手搓捻容易成粉末。我國西北地區是世界有名的黃土地帶，土層厚度一般20－30米。

【黃癬】huángxuǎn ㄏㄨㄤˊ ㄒㄩㄢˇ 頭癬的一種，在頭部發生黃色斑點或小膿疱，有特殊的臭味，結痂後，毛髮脱落，痊愈後留下疤痕，不生毛髮。北方叫禿瘡或癩，南方叫瘌痢。

【黃烟】huángyān ㄏㄨㄤˊ ㄧㄢ 〈方〉旱烟。

【黃猺】huángyáo ㄏㄨㄤˊ ㄧㄠˊ 青鼬。

【黃鶯】huángyīng ㄏㄨㄤˊ ㄧㄥ 黃鸝。

【黃油】huángyóu ㄏㄨㄤˊ ㄧㄡˊ ❶從石油中分餾出來的膏狀油脂，黃色或褐色，黏度大，多用做潤滑油。❷從牛奶或奶油中提取的淡黃色固體，主要成分為脂肪，是一種食品。

【黃鼬】huángyòu ㄏㄨㄤˊ ㄧㄡˋ 哺乳動物，身體細長，四肢短，尾蓬鬆，背部棕灰色。晝伏夜出，主要捕食鼠類，有時也吃家禽。是一種毛皮獸，尾毛可製毛筆。也叫黃鼠狼。有的地區叫黃皮子。

【黃魚】huángyú ㄏㄨㄤˊ ㄩˊ ❶魚類的一屬，身體側扁，尾巴狹窄，頭大，側綫以下有分泌黃色物質的腺體。生活在海中。分大黃魚和小黃魚兩種。也叫黃花魚。❷舊時指輪船水手、汽車司機等為撈取外快而私帶的旅客。❸〈方〉指金條。

【黃賬】huángzhàng ㄏㄨㄤˊ ㄓㄤˋ 〈方〉收不回來的賬。

【黃紙板】huángzhǐbǎn ㄏㄨㄤˊ ㄓˇ ㄅㄢˇ 用稻草、麥秸等製成的一種紙板，黃色，質地粗糙，多用來製作紙盒。俗稱馬糞紙。

【黃種】huángzhǒng ㄏㄨㄤˊ ㄓㄨㄥˇ 蒙古人種。

喤 huáng ㄏㄨㄤˊ ［喤喤］〈書〉❶形容鐘鼓聲大而和諧：鐘鼓喤喤。❷形容小兒啼哭聲洪亮。

徨 huáng ㄏㄨㄤˊ 見863頁［彷徨］。

湟 Huáng ㄏㄨㄤˊ 湟水，水名，發源於青海，流入甘肅。

惶 huáng ㄏㄨㄤˊ 恐懼：惶恐｜驚惶。

【惶惶】huánghuáng ㄏㄨㄤˊ ㄏㄨㄤˊ 恐懼不安：人心惶惶｜惶惶不可終日。也作皇皇。

【惶惑】huánghuò ㄏㄨㄤˊ ㄏㄨㄛˋ 疑惑畏懼：他整天惶惑不安。

【惶遽】huángjù ㄏㄨㄤˊ ㄐㄩˋ 〈書〉驚慌：神色惶遽。

【惶恐】huángkǒng ㄏㄨㄤˊ ㄎㄨㄥˇ 驚慌害怕：萬分惶恐｜惶恐不安。

【惶然】huángrán ㄏㄨㄤˊ ㄖㄢˊ 恐懼不安的樣子：惶然不知所措。

【惶悚】huángsǒng ㄏㄨㄤˊ ㄙㄨㄥˇ 〈書〉惶恐：惶悚不安。

隍 huáng ㄏㄨㄤˊ 沒有水的城壕：城隍。

煌 huáng ㄏㄨㄤˊ 明亮：輝煌。

【煌煌】huánghuáng ㄏㄨㄤˊ ㄏㄨㄤˊ 形容明亮：明星煌煌。

遑 huáng ㄏㄨㄤˊ 〈書〉閑暇：不遑。

【遑遑】huánghuáng ㄏㄨㄤˊ ㄏㄨㄤˊ 〈書〉匆忙。也作皇皇。

【遑論】huánglùn ㄏㄨㄤˊ ㄌㄨㄣˋ 〈書〉不必論及；談不上：生計無着，遑論享樂。

蝗 huáng ㄏㄨㄤˊ 蝗蟲：蝗災｜滅蝗。

【蝗蟲】huángchóng ㄏㄨㄤˊ ㄔㄨㄥˊ 昆蟲，種類很多，口器堅硬，前翅狹窄而堅韌，後翅寬大而柔軟，善於飛行，後肢很發達，善於跳躍。主要危害禾本科植物，是農業害蟲。有的地區叫螞蚱。

【蝗蝻】huángnǎn ㄏㄨㄤˊ ㄋㄢˇ 蝗蟲的若蟲，形狀像成蟲而翅膀很短，身體小，頭大。也叫跳蝻。

【蝗災】huángzāi ㄏㄨㄤˊ ㄗㄞ 成群的蝗蟲吃掉大量農作物的莖葉造成的災害。

篁 huáng ㄏㄨㄤˊ 〈書〉竹林，泛指竹子：幽篁｜修篁（長竹子）。

艎 huáng ㄏㄨㄤˊ 見1395頁〔艅艎〕。

潢1 huáng ㄏㄨㄤˊ 〈書〉積水池。

潢2 huáng ㄏㄨㄤˊ 染紙：裝潢。

璜 huáng ㄏㄨㄤˊ 〈書〉半壁形的玉。

磺 huáng ㄏㄨㄤˊ 硫磺（用於合成詞）：硝磺（硝石和硫磺）。

鍠（锽） huáng ㄏㄨㄤˊ 古代一種兵器。

【鍠鍠】huánghuáng ㄏㄨㄤˊ ㄏㄨㄤˊ 〈書〉形容鐘鼓聲。

餭（馆） huáng ㄏㄨㄤˊ 見1441頁〔餦餭〕。

癀 huáng ㄏㄨㄤˊ 〔癀病〕（huángbìng ㄏㄨㄤˊ ㄅㄧㄥˋ）〈方〉牛、馬、豬、綿羊等家畜的炭疽病。

蟥 huáng ㄏㄨㄤˊ 見768頁〖螞蟥〗。

簧 huáng ㄏㄨㄤˊ ❶樂器裏用銅或其他質料製成的發聲薄片。❷器物上有彈力的機件：彈簧｜鎖簧｜鬧鐘的簧摔斷了。

鐄（𫓯） huáng ㄏㄨㄤˊ 同'簧'。

鰉（鳇） huáng ㄏㄨㄤˊ 魚類的一屬，大的體長可達5米，有5行硬鱗，嘴很突出，半月形，兩旁有扁平的鬚。夏季在江河中產卵，過一段時間後，回到海洋中生活。

huǎng（ㄏㄨㄤˇ）

怳 huǎng ㄏㄨㄤˇ 見130頁〔惝怳〕。

恍 huǎng ㄏㄨㄤˇ ❶恍然：恍悟。❷彷彿（與'如、若'等連用）：恍如夢境｜恍如隔世。

【恍忽】huǎng·hū ㄏㄨㄤˇ ·ㄏㄨ 同'恍惚'。

【恍惚】huǎng·hū ㄏㄨㄤˇ ·ㄏㄨ ❶神志不清；精神不集中：精神恍惚。❷（記得、聽得、看得）不真切；不清楚：我恍惚聽見他回來了。‖也作恍忽。

【恍然】huǎngrán ㄏㄨㄤˇ ㄖㄢˊ 形容忽然醒悟：恍然大悟。

【恍如隔世】huǎng rú gé shì ㄏㄨㄤˇ ㄖㄨˊ ㄍㄜˊ ㄕˋ 好像隔了一世。多用來形容對時間的變遷、事物的變化的感慨。

【恍悟】huǎngwù ㄏㄨㄤˇ ㄨˋ 忽然醒悟。

晃 huǎng ㄏㄨㄤˇ ❶（光芒）閃耀：太陽晃得眼睛睜不開。❷很快地閃過：虛晃一刀｜窗外有個人影兒一晃就不見了。

另見508頁 huàng。

【晃眼】huǎngyǎn ㄏㄨㄤˇ ㄧㄢˇ ❶光綫過強，刺得眼睛不舒服：攝影棚內強烈的燈光直晃眼。❷形容極短的時間；瞬間：剛才還看見他在這兒，怎麼晃眼就不見了？

幌 huǎng ㄏㄨㄤˇ 〈書〉帷幔。

【幌子】huǎng·zi ㄏㄨㄤˇ ·ㄗ ❶商店門外表明所賣商品的標誌。❷比喻進行某種活動時所假借的名義：打着開會的幌子遊山玩水。

謊〔謊〕（谎） huǎng ㄏㄨㄤˇ ❶謊話：說謊｜撒謊｜漫天大謊。❷說謊話：謊報｜謊稱。

【謊報】huǎngbào ㄏㄨㄤˇ ㄅㄠˋ 故意不真實地報告：謊報軍情｜謊報成績。

【謊花】huǎnghuā ㄏㄨㄤˇ ㄏㄨㄚ （謊花兒）不結果實的花，如南瓜、西瓜等的雄花。

【謊話】huǎnghuà ㄏㄨㄤˇ ㄏㄨㄚˋ 不真實的、騙人的話；假話：謊話連篇。

【謊價】huǎngjià ㄏㄨㄤˇ ㄐㄧㄚˋ （謊價兒）出售貨物時所要的高於一般的價錢。

【謊信】huǎngxìn ㄏㄨㄤˇ ㄒㄧㄣˋ 〈方〉（謊信兒）荒信。

【謊言】huǎngyán ㄏㄨㄤˇ ㄧㄢˊ 謊話：戳穿謊言。

huàng（ㄏㄨㄤˋ）

晃[1]（熀） huàng ㄏㄨㄤˋ 搖動；擺動：搖頭晃腦｜風颳得樹枝直晃。

晃[2] Huàng ㄏㄨㄤˋ 晃縣，舊縣名，在湖南。

另見507頁 huǎng。

【晃盪】huàng·dang ㄏㄨㄤˋ·ㄉㄤ ❶向兩邊擺動：小船在水裏直晃盪｜桶裏水很滿，一晃盪就撒出來了。❷閑逛；無所事事：他在河邊晃盪了一天｜正經事兒不做，一天到晚瞎晃盪。

【晃動】huàngdòng ㄏㄨㄤˋ ㄉㄨㄥˋ 搖晃；擺動：小樹被風吹得直晃動。

【晃悠】huàng·you ㄏㄨㄤˋ·ㄧㄡ 晃盪：樹枝來回晃悠｜老太太晃晃悠悠地走來。

滉 huàng ㄏㄨㄤˋ 〈書〉水深而廣。

榥 huàng ㄏㄨㄤˋ 〈書〉帷幕、屏風之類。

皝 huàng ㄏㄨㄤˋ 用於人名，慕容皝，東晉初年鮮卑族的首領，建立前燕國。

huī（ㄏㄨㄟ）

灰 huī ㄏㄨㄟ ❶物質經過燃燒後剩下的粉末狀的東西：爐灰｜烟灰｜柴灰｜灰燼｜灰肥。❷塵土；某些粉末狀的東西：青灰｜把桌子上的灰撣掉。❸特指石灰：灰牆｜灰頂｜抹灰。❹像木柴灰的顏色，介於黑色和白色之間：銀灰｜灰鼠。❺消沈；失望：心灰意懶。

【灰暗】huī'àn ㄏㄨㄟ ㄢˋ 暗淡；不鮮明：天色灰暗｜前途灰暗。

【灰白】huībái ㄏㄨㄟ ㄅㄞˊ 淺灰色：灰白的炊烟｜頭髮灰白。

【灰不溜丟】huī·buliūdiū ㄏㄨㄟ·ㄅㄨ ㄌㄧㄡ ㄉㄧㄡ 〈方〉(灰不溜丟的) 形容灰色(含厭惡意)。也說灰不溜秋。

【灰塵】huīchén ㄏㄨㄟ ㄔㄣˊ 塵土：打掃灰塵。

【灰沈沈】huīchénchén ㄏㄨㄟ ㄔㄣˊ ㄔㄣˊ (灰沈沈的) 形容灰暗(多指天色)：天空灰沈沈的，像是要下雨的樣子。

【灰頂】huīdǐng ㄏㄨㄟ ㄉㄧㄥˇ 抹(mò)石灰而不蓋瓦的房頂。

【灰分】huīfèn ㄏㄨㄟ ㄈㄣˋ 物質燃燒後剩下的灰的重量與原物質重量的比值，叫做這種物質的灰分。如100千克的煤，燃燒後剩灰25千克，這種煤的灰分就是25%。

【灰膏】huīgāo ㄏㄨㄟ ㄍㄠ 除去渣滓沈澱後呈膏狀的熟石灰。是常用的建築材料。

【灰光】huīguāng ㄏㄨㄟ ㄍㄨㄤ 農曆每月月初，月球被地球陰影遮住的部分現出的微光。灰光是地球反射的太陽光照亮了月球，再反射回地球而形成的。發灰光的部分和娥眉月形成一個整圓。

【灰化土】huīhuàtǔ ㄏㄨㄟ ㄏㄨㄚˋ ㄊㄨˇ 枯萎凋落的枝葉被真菌分解而成的土壤，灰白色，在我國主要分佈於東北、西北的部分林區。這種土壤酸性強，含腐殖質少，缺乏養分。

【灰漿】huījiāng ㄏㄨㄟ ㄐㄧㄤ ❶石灰、水泥或青灰等加水拌和而成的漿，用來粉刷牆壁。❷見994頁〖砂漿〗。

【灰燼】huījìn ㄏㄨㄟ ㄐㄧㄣˋ 物品燃燒後的灰和燒剩下的東西：化為灰燼。

【灰溜溜】huīliūliū ㄏㄨㄟ ㄌㄧㄡ ㄌㄧㄡ (灰溜溜的) ❶形容顏色暗淡(含厭惡意)：屋子多年沒粉刷，灰溜溜的。❷形容神情懊喪或消沈：他挨了一頓訓斥，灰溜溜地走出來｜不知甚麼原因，他這陣子顯得灰溜溜的。

【灰蒙蒙】huīmēngmēng ㄏㄨㄟ ㄇㄥ ㄇㄥ (灰蒙蒙的) 形容暗淡模糊(多指景色)：灰蒙蒙的夜色｜一起風沙，天地都變得灰蒙蒙的。

【灰棚】huīpéng ㄏㄨㄟ ㄆㄥˊ 〈方〉❶堆草木灰的矮小的房子。❷(灰棚兒) 灰頂的小房子。

【灰色】huīsè ㄏㄨㄟ ㄙㄜˋ ❶像木柴灰的顏色。❷比喻頹廢和失望：灰色的作品｜灰色的心情。❸比喻態度曖昧。

【灰頭土臉兒】huītóu-tǔliǎnr ㄏㄨㄟ ㄊㄡˊ ㄊㄨˇ ㄌㄧㄢㄦˇ 〈方〉(灰頭土臉兒的) ❶滿頭滿臉沾上塵土的樣子：他揚完了場，鬧了個灰頭土臉兒。❷形容神情懊喪或消沈：你高高興興地去了，可別弄得灰頭土臉兒地回來。

【灰土】huītǔ ㄏㄨㄟ ㄊㄨˇ 塵土：車後捲起一片灰土。

【灰心】huī//xīn ㄏㄨㄟ//ㄒㄧㄣ (因遭到困難、失敗) 意志消沈：灰心喪氣｜不怕失敗，只怕灰心。

【灰質】huīzhì ㄏㄨㄟ ㄓˋ 腦和脊髓的灰色部分，主要由神經細胞組成。

虺 huī ㄏㄨㄟ ［虺隤］(huītuí ㄏㄨㄟ ㄊㄨㄟˊ) 〈書〉疲勞生病(多用於馬)。也作虺隤。另見513頁 huǐ。

咴 huī ㄏㄨㄟ ［咴兒咴兒］(huīrhuīr ㄏㄨㄟㄦ ㄏㄨㄟㄦ) 象聲詞，形容馬叫的聲音。

恢 huī ㄏㄨㄟ 廣大；寬廣：恢弘。

【恢復】huīfù ㄏㄨㄟ ㄈㄨˋ ❶變成原來的樣子：秩序恢復了｜健康已完全恢復。❷使變成原來的樣子；把失去的收回來：恢復原狀｜恢復失地。

【恢弘】huīhóng ㄏㄨㄟ ㄏㄨㄥˊ 〈書〉❶寬闊；廣大：氣度恢弘。❷發揚：恢弘士氣。‖也作恢宏。

【恢宏】huīhóng ㄏㄨㄟ ㄏㄨㄥˊ 同'恢弘'。

【恢恢】huīhuī ㄏㄨㄟ ㄏㄨㄟ 〈書〉形容非常廣大：天網恢恢，疏而不漏(形容作惡者一定受到懲罰)。

【恢廓】huīkuò ㄏㄨㄟ ㄎㄨㄛˋ〈書〉❶寬宏：恢廓的胸襟。❷擴展：恢廓祖業。

虺 huī ㄏㄨㄟ 見1294頁〖喧虺〗(xuānhuī)。

撝(㧑、撝) huī ㄏㄨㄟ〈書〉指揮。

揮(挥) huī ㄏㄨㄟ ❶揮舞：揮手｜揮拳｜揮刀｜大筆一揮。❷用手把眼淚、汗珠兒等抹掉：揮淚｜揮汗。❸指揮(軍隊)：揮師東進。❹散出；散：揮發｜發揮｜揮金如土。

【揮斥】huīchì ㄏㄨㄟ ㄔˋ〈書〉❶指摘；斥責。❷(意氣)奔放。

【揮動】huīdòng ㄏㄨㄟ ㄉㄨㄥˋ 揮舞：揮動手臂｜揮動皮鞭。

【揮發】huīfā ㄏㄨㄟ ㄈㄚ 液體在常溫下變為氣體向四周散佈，如醚、酒精、石油等都能揮發。

【揮發油】huīfāyóu ㄏㄨㄟ ㄈㄚ ㄧㄡˊ 容易揮發的油類。有時專指汽油。

【揮戈】huīgē ㄏㄨㄟ ㄍㄜ 揮動着戈。形容勇猛進軍：揮戈躍馬｜揮戈東進。

【揮毫】huīháo ㄏㄨㄟ ㄏㄠˊ〈書〉指用毛筆寫字或畫畫兒：揮毫潑墨｜對客揮毫。

【揮霍】huīhuò ㄏㄨㄟ ㄏㄨㄛˋ ❶任意花錢：揮霍無度｜揮霍錢財。❷〈書〉形容輕捷、灑脫：運筆揮霍。

【揮金如土】huī jīn rú tǔ ㄏㄨㄟ ㄐㄧㄣ ㄖㄨˊ ㄊㄨˇ 形容任意揮霍錢財，毫不在乎。

【揮灑】huīsǎ ㄏㄨㄟ ㄙㄚˇ ❶灑(淚、水等)：揮灑熱血。❷比喻寫文章、畫畫兒運筆不拘束：揮灑自如｜隨意揮灑。❸〈書〉灑脫自然：風神揮灑。

【揮師】huīshī ㄏㄨㄟ ㄕ 指揮軍隊：揮師北上。

【揮手】huī//shǒu ㄏㄨㄟ//ㄕㄡˇ 舉手擺動：揮手告別｜揮手示意。

【揮舞】huīwǔ ㄏㄨㄟ ㄨˇ 舉起手臂(連同拿着的東西)搖擺：孩子們揮舞着鮮花歡呼。

琿(珲) huī ㄏㄨㄟ 瑷琿(Àihuī ㄞˋ ㄏㄨㄟ)，地名，在黑龍江。今作愛輝。

另見518頁 hún。

暉(晖) huī ㄏㄨㄟ 陽光：春暉｜朝暉｜斜暉。

【暉映】huīyìng ㄏㄨㄟ ㄧㄥˋ 同'輝映'。

詼(诙) huī ㄏㄨㄟ〈書〉❶戲謔。❷嘲笑。

【詼諧】huīxié ㄏㄨㄟ ㄒㄧㄝˊ 說話有風趣，引人發笑：談吐詼諧。

褘(袆) huī ㄏㄨㄟ 褘衣，古時王后的一種祭服。

輝(辉、煇) huī ㄏㄨㄟ ❶閃耀的光彩：光輝｜晚霞的餘輝。❷照耀：輝映｜星月交輝。

【輝煌】huīhuáng ㄏㄨㄟ ㄏㄨㄤˊ 光輝燦爛：燈火輝煌｜金碧輝煌◇戰果輝煌｜輝煌的成績。

【輝映】huīyìng ㄏㄨㄟ ㄧㄥˋ 照耀；映射：燈光月色，交相輝映｜絢麗的晚霞輝映着大地。也作暉映。

麾 huī ㄏㄨㄟ ❶古代指揮軍隊的旗子。❷〈書〉指揮(軍隊)：麾軍前進。

【麾下】huīxià ㄏㄨㄟ ㄒㄧㄚˋ〈書〉❶指將帥的部下。❷敬辭，稱將帥。

翬(翚) huī ㄏㄨㄟ ❶〈書〉飛翔。❷古書中指一種有五彩羽毛的野雞。

徽[1] huī ㄏㄨㄟ ❶表示某個集體的標誌；符號：國徽｜團徽｜校徽｜徽章。❷美好的：徽號。

徽[2] Huī ㄏㄨㄟ 指徽州(舊府名，府治在今安徽歙縣)：徽墨。

【徽調】huīdiào ㄏㄨㄟ ㄉㄧㄠˋ ❶徽劇所用的腔調。包括吹腔、高撥子、二黃、西皮等。清代傳到北京，對京劇腔調的形成有很大的影響。❷徽劇的舊稱。

【徽號】huīhào ㄏㄨㄟ ㄏㄠˋ 美好的稱號：同學送給他'詩人'的徽號。

【徽記】huījì ㄏㄨㄟ ㄐㄧˋ 標誌：飛機上的徽記。

【徽劇】huījù ㄏㄨㄟ ㄐㄩˋ 安徽地方戲曲劇種之一，流行於該省和江蘇、浙江、江西等地區。舊稱徽調。

【徽墨】huīmò ㄏㄨㄟ ㄇㄛˋ 徽州出產的墨。

【徽章】huīzhāng ㄏㄨㄟ ㄓㄤ 佩帶在身上用來表示身份、職業等的標誌，多用金屬製成。

隳(隓) huī ㄏㄨㄟ〈書〉毀壞。

'隓'另見297頁 duò'隓'。

huí (ㄏㄨㄟˊ)

回[1](囘、囬) huí ㄏㄨㄟˊ ❶從別處到原來的地方；還：回家｜回鄉｜送回原處。❷掉轉：回頭｜回過身來。❸答復；回報：回信｜回敬。❹回稟。❺謝絕(邀請)；退掉(預定的酒席等)；辭去(夥計、傭工)。❻量詞，指事情、動作的次數：來了一回｜聽過兩回｜那是另一回事。❼量詞，說書的一個段落，章回小說的一章：一百二十回抄本《紅樓夢》。

回[2](囘、囬) Huí ㄏㄨㄟˊ ❶回族：回民。❷姓。

另見512頁 huí'迴'。

【回拜】huíbài ㄏㄨㄟˊ ㄅㄞˋ 回訪。

【回報】huíbào ㄏㄨㄟˊ ㄅㄠˋ ❶報告(任務、使命等執行的情況)。❷報答；酬報：做好事不圖回報。❸報復：你這樣惡意攻擊人家，總有一天會遭到回報的。

【回稟】huíbǐng ㄏㄨㄟˊ ㄅㄧㄥˇ 舊時指向上級或

長輩報告：回稟父母。

【回駁】huíbó ㄏㄨㄟˊ ㄅㄛˊ 否定或駁斥別人提出的意見或道理：當面回駁｜據理回駁。

【回採】huícǎi ㄏㄨㄟˊ ㄘㄞˇ 修建巷道後進行採掘、裝運等，叫做回採。

【回茬】huíchá ㄏㄨㄟˊ ㄔㄚˊ 一年內一茬農作物收穫後複種的那一茬：回茬麥。

【回潮】huí∥cháo ㄏㄨㄟˊ∥ㄔㄠˊ ❶已經曬乾或烤乾的東西又變濕：連下幾天雨，曬好的糧食又回潮了。❷比喻已經消失了的舊事物、舊習慣、舊思想等重新出現：近幾年，一些地方的迷信活動又回潮了。

【回嗔作喜】huí chēn zuò xǐ ㄏㄨㄟˊ ㄔㄣ ㄗㄨㄛˋ ㄒㄧˇ 由生氣變為高興。

【回程】huíchéng ㄏㄨㄟˊ ㄔㄥˊ 返回的路程：回程車。

【回春】huíchūn ㄏㄨㄟˊ ㄔㄨㄣ ❶冬天去了，春天到來：大地回春。❷比喻醫術高明或藥物靈驗，能把重病治好：妙手回春｜回春靈藥。

【回答】huídá ㄏㄨㄟˊ ㄉㄚˊ 對問題給予解釋；對要求表示意見：回答不出來｜滿意的回答。

【回單】huídān ㄏㄨㄟˊ ㄉㄢ （回單兒）回條。

【回電】huí∥diàn ㄏㄨㄟˊ∥ㄉㄧㄢˋ 接到電報或信件後用電報回復：趕快給他回個電。

【回電】huídiàn ㄏㄨㄟˊ ㄉㄧㄢˋ 回復的電報：收到一個回電。

【回跌】huídiē ㄏㄨㄟˊ ㄉㄧㄝ （商品價格）上漲後又往下降：物價回跌。

【回返】huífǎn ㄏㄨㄟˊ ㄈㄢˇ 往回走；返回：回返家鄉｜回返路程。

【回訪】huífǎng ㄏㄨㄟˊ ㄈㄤˇ 在對方來拜訪以後去拜訪對方。

【回復】huífù ㄏㄨㄟˊ ㄈㄨˋ ❶回答；答復（多指用書信）：回復群眾來信。❷恢復（原狀）：回復常態。

【回顧】huígù ㄏㄨㄟˊ ㄍㄨˋ 回過頭來看◇回顧過去，瞻望未來。

【回光返照】huí guāng fǎn zhào ㄏㄨㄟˊ ㄍㄨㄤ ㄈㄢˇ ㄓㄠˋ 指太陽剛落到地平綫下時，由於反射作用而發生的天空中短時發亮的現象。比喻人臨死之前精神忽然興奮的現象。也比喻舊事物滅亡之前暫時興旺的現象。

【回光鏡】huíguāngjìng ㄏㄨㄟˊ ㄍㄨㄤ ㄐㄧㄥˋ 用於聚光燈、車燈等照明裝置中的凹面鏡。

【回歸】huíguī ㄏㄨㄟˊ ㄍㄨㄟ 回到（原來地方）；歸回：回歸自然｜回歸祖國｜這個研究單位獨立幾年後，又回歸科學院了。

【回歸帶】huíguīdài ㄏㄨㄟˊ ㄍㄨㄟ ㄉㄞˋ 見962頁〖熱帶〗。

【回歸年】huíguīnián ㄏㄨㄟˊ ㄍㄨㄟ ㄋㄧㄢˊ 太陽中心連續兩次經過春分點所需要的時間。一個回歸年等於365天5小時48分46秒。也叫太陽年。

【回歸綫】huíguīxiàn ㄏㄨㄟˊ ㄍㄨㄟ ㄒㄧㄢˋ 地球上赤道南北各23°26'處的緯度圈。北邊的叫北回歸綫，南邊的叫南回歸綫。夏至時，太陽直射在北緯23°26'；冬至時，太陽直射在南緯23°26'。太陽直射的範圍限於這兩條緯綫之間，來回移動，所以叫回歸綫。

【回鍋】huí∥guō ㄏㄨㄟˊ∥ㄍㄨㄛ 重新加熱（已熟的食品）：把這碗菜回回鍋再吃。

【回合】huíhé ㄏㄨㄟˊ ㄏㄜˊ 舊小說中描寫武將交鋒時一方用兵器攻擊一次而另一方用兵器招架一次叫一個回合。現在也指雙方較量一次：拳擊賽進行到第十個回合仍不分勝負。

【回紇】Huíhé ㄏㄨㄟˊ ㄏㄜˊ 我國古代少數民族，主要分佈在今鄂爾渾河流域。唐時曾建立回紇政權。也叫回鶻。

【回鶻】Huíhú ㄏㄨㄟˊ ㄏㄨˊ 回紇。

【回護】huíhù ㄏㄨㄟˊ ㄏㄨˋ 袒護；包庇：你老這樣回護他，他越發放縱了。

【回話】huí∥huà ㄏㄨㄟˊ∥ㄏㄨㄚˋ 回答別人問話（舊時用於下對上）。

【回話】huíhuà ㄏㄨㄟˊ ㄏㄨㄚˋ （回話兒）答復的話（多指由別人轉告的）：我一定來，請你帶個回話給他。

【回還】huíhuán ㄏㄨㄟˊ ㄏㄨㄢˊ 回到原來的地方：回還故里｜一去不回還。

【回回】Huí·hui ㄏㄨㄟˊ ·ㄏㄨㄟ 舊時稱回民。

【回火】huí∥huǒ ㄏㄨㄟˊ∥ㄏㄨㄛˇ ❶把淬火後的工件加熱（不超過臨界溫度），然後冷卻，使能保持一定的硬度，增加韌性。也叫配火。❷氧炔吹管等的火焰向反方向燃燒。

【回擊】huíjī ㄏㄨㄟˊ ㄐㄧ 受到攻擊後，反過來攻擊對方：奮力回擊。

【回見】huíjiàn ㄏㄨㄟˊ ㄐㄧㄢˋ 客套話，用於分手時，表示回頭再見面。

【回教】Huíjiào ㄏㄨㄟˊ ㄐㄧㄠˋ 我國稱伊斯蘭教。

【回敬】huíjìng ㄏㄨㄟˊ ㄐㄧㄥˋ 回報別人的敬意或饋贈：回敬你一杯。

【回絕】huíjué ㄏㄨㄟˊ ㄐㄩㄝˊ 答復對方，表示拒絕：一口回絕｜回絕了他的不合理要求。

【回空】huíkōng ㄏㄨㄟˊ ㄎㄨㄥ （車船等）回程不載旅客或貨物：回空車｜回空的船。

【回口】huí∥kǒu ㄏㄨㄟˊ∥ㄎㄡˇ 〈方〉回嘴。

【回扣】huíkòu ㄏㄨㄟˊ ㄎㄡˋ 經手採購或代賣主招攬顧客的人向賣主索取的佣錢。這種錢實際上是從買主支付的價款中扣出的，所以叫回扣。有的地區也叫回佣（huíyòng）。

【回來】huí∥·lái ㄏㄨㄟˊ∥·ㄌㄞˊ 從別處到原來的地方來：他剛從外地回來｜他每天早晨出去，晚上才回來。

【回來】∥·huí∥·lái ∥·ㄏㄨㄟˊ∥·ㄌㄞˊ 用在動詞後，表示到原來的地方來：跑回來｜把借出的書要回來。

【回老家】huí lǎojiā ㄏㄨㄟˊ ㄌㄠˇ ㄐㄧㄚ 指死去

(多含詼諧意)。

【回禮】huí//lǐ ㄏㄨㄟˊ//ㄌㄧˇ ❶回答別人的敬禮：首長向站崗的衞兵回了個禮。❷回贈禮品。

【回禮】huílǐ ㄏㄨㄟˊ ㄌㄧˇ 回贈的禮品：一份回禮。

【回曆】Huílì ㄏㄨㄟˊ ㄌㄧˋ 伊斯蘭教曆。

【回流】huíliú ㄏㄨㄟˊ ㄌㄧㄡˊ 流過去或流出去的又流回；倒流：河水回流◇人才回流。

【回籠】huí//lóng ㄏㄨㄟˊ//ㄌㄨㄥˊ ❶把冷了的饅頭、包子等放回籠屜再蒸。❷在社會上流通的貨幣回到發行的銀行：貨幣回籠。

【回爐】huí//lú ㄏㄨㄟˊ//ㄌㄨˊ 重新熔化(金屬)；重新烘烤(燒餅之類)：廢鐵回爐｜回爐重造◇落榜考生回爐補課。

【回祿】Huílù ㄏㄨㄟˊ ㄌㄨˋ 〈書〉傳説中的火神名，多借指火災：回祿之災｜慘遭回祿。

【回路】huílù ㄏㄨㄟˊ ㄌㄨˋ ❶返回去的路：回路已被截斷。❷電流通過器件或其他介質後流回電源的通路。通常指閉合電路。

【回落】huíluò ㄏㄨㄟˊ ㄌㄨㄛˋ (水位、物價等)上漲後下降：水位已回落到警戒綫以下。

【回馬槍】huímǎqiāng ㄏㄨㄟˊ ㄇㄚˇ ㄑㄧㄤ 回過頭來給追擊者的突然襲擊：殺回馬槍。

【回門】huí//mén ㄏㄨㄟˊ//ㄇㄣˊ 結婚後若干日內(有的當天，有的三天，多則一月)新夫婦一起到女家拜見長輩和親友，叫做回門。

【回民】Huímín ㄏㄨㄟˊ ㄇㄧㄣˊ 指回族人。

【回眸】huímóu ㄏㄨㄟˊ ㄇㄡˊ 回過頭看(多指女子)：回眸一笑。

【回目】huímù ㄏㄨㄟˊ ㄇㄨˋ 章回小説每一回的標題。也指章回小説標題的總目錄。

【回念】huíniàn ㄏㄨㄟˊ ㄋㄧㄢˋ 回想；回顧：回念往事。

【回暖】huínuǎn ㄏㄨㄟˊ ㄋㄨㄢˇ 天氣由冷轉暖。

【回聘】huípìn ㄏㄨㄟˊ ㄆㄧㄣˋ 對已離開職位的人員重新加以聘用：回聘退休人員。也説返聘。

【回棋】huí//qí ㄏㄨㄟˊ//ㄑㄧˊ 悔棋。

【回遷】huíqiān ㄏㄨㄟˊ ㄑㄧㄢ 搬離後又搬回原住地：新樓建好後，居民紛紛回遷。

【回青】huí//qīng ㄏㄨㄟˊ//ㄑㄧㄥ 返青：麥苗回青。

【回請】huíqǐng ㄏㄨㄟˊ ㄑㄧㄥˇ 被人請後(如請吃飯等)，還請對方。

【回去】huí//·qù ㄏㄨㄟˊ//·ㄑㄩ 從別處到原來的地方去：離開家鄉十年，一次也沒回去過。

【回去】//·huí//·qù //·ㄏㄨㄟ//·ㄑㄩ 用在動詞後，表示到原來的地方去：跑回去｜把這支筆給他送回去。

【回煞】huíshà ㄏㄨㄟˊ ㄕㄚˋ 迷信的人認為人死若干日後，靈魂要回家一次，叫做回煞。

【回身】huí//shēn ㄏㄨㄟˊ//ㄕㄣ 轉身：回過身來｜他放下東西，回身就走了。

【回神】huí//shén ㄏㄨㄟˊ//ㄕㄣˊ (回神兒)從驚詫、恐慌、出神等狀態中恢復正常：等他回過神兒來，報信的人早已跑遠了。

【回升】huíshēng ㄏㄨㄟˊ ㄕㄥ 下降後又往上升：產量回升｜物價回升｜氣溫回升。

【回生】[1] huíshēng ㄏㄨㄟˊ ㄕㄥ 死後再活過來：起死回生。

【回生】[2] huíshēng ㄏㄨㄟˊ ㄕㄥ 對前一階段已經學會的東西又感到生疏：幾天不練琴，手指就回生。

【回聲】huíshēng ㄏㄨㄟˊ ㄕㄥ 聲波遇到障礙物反射回來再度被聽到的聲音：山谷中響起他叫喊的回聲。

【回師】huíshī ㄏㄨㄟˊ ㄕ 作戰時把軍隊往回調動。

【回收】huíshōu ㄏㄨㄟˊ ㄕㄡ ❶把物品(多指廢品或舊貨)收回利用：回收餘熱｜回收廢舊物資。❷把發放或發射出的東西收回：回收貸款｜回收人造衞星。

【回手】huíshǒu ㄏㄨㄟˊ ㄕㄡˇ ❶把手伸向身後或轉回身去伸手：走出了屋子，回手把門帶上。❷還手；還擊：打不回手。

【回首】huíshǒu ㄏㄨㄟˊ ㄕㄡˇ ❶把頭轉向後方：屢屢回首，不忍離去。❷〈書〉回憶：回首往事。

【回書】huíshū ㄏㄨㄟˊ ㄕㄨ 〈書〉答復的信。

【回溯】huísù ㄏㄨㄟˊ ㄙㄨˋ 回憶：回溯過去，瞻望未來。

【回天】huítiān ㄏㄨㄟˊ ㄊㄧㄢ 形容力量大，能扭轉很難挽回的局面：回天之力｜回天乏術。

【回填】huítián ㄏㄨㄟˊ ㄊㄧㄢˊ 土石方工程上指把挖起來的土重新填回去：回填土｜回填的時候要逐層夯實。

【回條】huítiáo ㄏㄨㄟˊ ㄊㄧㄠˊ (回條兒)收到信件或物品後交來人帶回的收據。

【回帖】huítiě ㄏㄨㄟˊ ㄊㄧㄝˇ (回帖兒)舊時收款人收到郵電局匯款時，蓋章後交郵電局寄回匯款人的憑證。

【回頭】huí//tóu ㄏㄨㄟˊ//ㄊㄡˊ ❶把頭轉向後方：一回頭就看見了｜請你回過頭來。❷回來；返回：一去不回頭。❸悔悟；改邪歸正：敗子回頭｜現在回頭還不算晚。

【回頭】huítóu ㄏㄨㄟˊ ㄊㄡˊ 少等一會兒；過一段時間以後：你先吃飯，回頭再談｜我先走了，回頭見！

【回頭客】huítóukè ㄏㄨㄟˊ ㄊㄡˊ ㄎㄜˋ 商店、飯館、旅館等指再次光顧的顧客。

【回頭路】huítóulù ㄏㄨㄟˊ ㄊㄡˊ ㄌㄨˋ 比喻倒退的道路或已經走過的老路。

【回頭人】huítóurén ㄏㄨㄟˊ ㄊㄡˊ ㄖㄣˊ 〈方〉指再嫁的寡婦。

【回頭是岸】huí tóu shì àn ㄏㄨㄟˊ ㄊㄡˊ ㄕˋ ㄢˋ 佛教説'苦海無邊，回頭是岸'，比喻罪惡雖大，只要悔改，就有出路。

【回味】huíwèi ㄏㄨㄟˊ ㄨㄟˋ ❶食物吃過後的餘味。❷從回憶裏體會。

【回席】huí∥xí ㄏㄨㄟˊ∥ㄒㄧˊ 還席。

【回戲】huí∥xì ㄏㄨㄟˊ∥ㄒㄧˋ （戲曲）臨時因故不能演出。

【回響】huíxiǎng ㄏㄨㄟˊ ㄒㄧㄤˇ ❶回聲：歌聲在山谷中激起了回響。❷響應：增產節約的倡議得到了全廠各車間的回響。

【回想】huíxiǎng ㄏㄨㄟˊ ㄒㄧㄤˇ 想（過去的事）：回想不起來｜回想起不少往事。

【回銷】huíxiāo ㄏㄨㄟˊ ㄒㄧㄠ 返銷：回銷糧。

【回心轉意】huí xīn zhuǎn yì ㄏㄨㄟˊ ㄒㄧㄣ ㄓㄨㄢˇ ㄧˋ 改變態度，不再堅持過去的成見和主張（多指放棄嫌怨，恢復感情）。

【回信】huí∥xìn ㄏㄨㄟˊ∥ㄒㄧㄣˋ 答復來信：希望早日回信｜給他回了一封信。

【回信】huíxìn ㄏㄨㄟˊ ㄒㄧㄣˋ ❶答復的信：給哥哥寫了一封回信。❷（回信兒）答復的話：事情辦妥了，我給你個回信兒。

【回修】huíxiū ㄏㄨㄟˊ ㄒㄧㄡ 返工修理：回修活兒。

【回敍】huíxù ㄏㄨㄟˊ ㄒㄩˋ ❶倒敍：作品在這裏插入一段回敍。❷敍說過去的事情：回敍往事。

【回血】huí∥xuè ㄏㄨㄟˊ∥ㄒㄩㄝˋ 靜脈注射時，針頭扎進血管後回流進針管少量的血。

【回憶】huíyì ㄏㄨㄟˊ ㄧˋ 回想：回憶過去｜童年生活的回憶。

【回憶錄】huíyìlù ㄏㄨㄟˊ ㄧˋ ㄌㄨˋ 一種文體，記敍個人所經歷的生活或所熟悉的歷史事件。

【回音】huíyīn ㄏㄨㄟˊ ㄧㄣ ❶回聲：禮堂回音大，演奏效果差一些。❷答復的信；回話：我連去三封信，但一直沒有回音｜不管行還是不行，請給個回音。

【回應】huíyìng ㄏㄨㄟˊ ㄧㄥˋ 回答；答應：叫了半天，也不見有人回應。

【回佣】huíyòng ㄏㄨㄟˊ ㄩㄥˋ 〈方〉回扣。

【回游】huíyóu ㄏㄨㄟˊ ㄧㄡˊ 同'洄游'。

【回贈】huízèng ㄏㄨㄟˊ ㄗㄥˋ 接受贈禮後，還贈對方禮物：回贈一束鮮花。

【回漲】huízhǎng ㄏㄨㄟˊ ㄓㄤˇ （水位、物價等）下降後重新上漲。

【回執】huízhí ㄏㄨㄟˊ ㄓˊ ❶回條。❷向寄件人證明某種郵件已經遞到的憑據，由收件人蓋章或簽字交郵局寄回給寄件人。

【回轉】huízhuǎn ㄏㄨㄟˊ ㄓㄨㄢˇ ❶返回：回轉故里。❷掉轉：回轉身去｜他回轉馬頭向原地跑去。

【回轉儀】huízhuǎnyí ㄏㄨㄟˊ ㄓㄨㄢˇ ㄧˊ 利用陀螺高速旋轉時軸的方向恒定不變的特性而製成的一種裝置，輪船上用來指示方向，軍事上用來瞄準目標。

【回族】Huízú ㄏㄨㄟˊ ㄗㄨˊ 我國少數民族之一，主要分佈在寧夏、甘肅、青海、河南、河北、山東、雲南、安徽、新疆、遼寧及北京等地。

【回嘴】huí∥zuǐ ㄏㄨㄟˊ∥ㄗㄨㄟˇ 受到指責時進行辯駁；捱罵時反過來罵對方：他自知理虧，無論你怎麼說，都不回嘴。

茴〔苘〕 huí ㄏㄨㄟˊ［茴香］（huíxiāng ㄏㄨㄟˊ ㄒㄧㄤ）❶多年生草本植物，葉子分裂成絲狀，花黃色。莖葉供食用，果實長橢圓形，可以做調味香料。果實榨的油叫茴香油，供藥用。❷〈方〉八角②。

徊 huí ㄏㄨㄟˊ 見243頁〖低徊〗。另見497頁 huái。

洄 huí ㄏㄨㄟˊ 〈書〉水流迴旋。

【洄游】huíyóu ㄏㄨㄟˊ ㄧㄡˊ 海洋中一些動物（主要是魚類）因為產卵、覓食或季節變化的影響，沿着一定路綫有規律地往返遷移。也作回游。參看543頁〖季節洄游〗、1027頁〖生殖洄游〗。

迴（回、逥） huí ㄏㄨㄟˊ 曲折環繞：迴旋｜巡迴｜迂迴｜迴形針｜峰迴路轉。

'回'另見509頁 huí。

【迴避】huíbì ㄏㄨㄟˊ ㄅㄧˋ ❶讓開；躲開：迴避要害問題。❷偵破人員或審判人員由於同案件有利害關係或其他關係而不參加該案的偵破或審判。

【迴腸】[1] huícháng ㄏㄨㄟˊ ㄔㄤˊ 小腸的一部分，上接空腸，下連盲腸，形狀彎曲。（圖見1252頁〖消化系統〗）

【迴腸】[2] huícháng ㄏㄨㄟˊ ㄔㄤˊ 〈書〉形容內心焦慮，好像腸子在旋轉：迴腸九轉。

【迴腸盪氣】huí cháng dàng qì ㄏㄨㄟˊ ㄔㄤˊ ㄉㄤˋ ㄑㄧˋ 形容文章、樂曲等十分動人。也說盪氣迴腸。

【迴盪】huídàng ㄏㄨㄟˊ ㄉㄤˋ （聲音等）來回飄盪：歌聲在大廳裏迴盪。

【迴環】huíhuán ㄏㄨㄟˊ ㄏㄨㄢˊ 曲折環繞：溪水迴環。

【迴廊】huíláng ㄏㄨㄟˊ ㄌㄤˊ 曲折環繞的走廊。

【迴繞】huírào ㄏㄨㄟˊ ㄖㄠˋ 曲折環繞：這裏泉水迴繞，古木參天。

【迴文詩】huíwénshī ㄏㄨㄟˊ ㄨㄣˊ ㄕ 一種詩體。可以倒着或反復迴旋地閱讀。如詩句'池蓮照曉月，幔錦拂朝風'，倒讀就是'風朝拂錦幔，月曉照蓮池'。多屬文字遊戲。

【迴翔】huíxiáng ㄏㄨㄟˊ ㄒㄧㄤˊ 盤旋地飛：鷹在空中迴翔。

【迴形針】huíxíngzhēn ㄏㄨㄟˊ ㄒㄧㄥˊ ㄓㄣ 曲別針。

【迴旋】huíxuán ㄏㄨㄟˊ ㄒㄩㄢˊ ❶盤旋；繞來繞去地活動：飛機在上空迴旋着｜迴旋的地區很大。❷可進退；可商量：留點兒迴旋的餘地，別把話說死了。

【迴旋曲】huíxuánqǔ ㄏㄨㄟˊ ㄒㄩㄢˊ ㄑㄩˇ 樂曲形式之一，特點是表現基本主題的旋律屢次反復。

蛔(蚘、蛕) huí ㄏㄨㄟˊ 蛔蟲。

【蛔蟲】huíchóng ㄏㄨㄟˊ ㄔㄨㄥˊ 寄生蟲，形狀像蚯蚓，白色或米黃色，成蟲長約4－8寸，雌蟲較大。能附着在人的腸壁上引起蛔蟲病，進入肝臟、膽道等還會造成其他疾病。

鮰(鮰) huí ㄏㄨㄟˊ 古書上指鮠魚(wéi-yú)。

huǐ（ㄏㄨㄟˇ）

虺 huǐ ㄏㄨㄟˇ 古書上說的一種毒蛇。另見508頁 huī。

【虺虺】huǐhuǐ ㄏㄨㄟˇ ㄏㄨㄟˇ 〈書〉打雷的聲音。

悔 huǐ ㄏㄨㄟˇ 懊悔；後悔：悔悟｜追悔｜懺悔。

【悔不當初】huǐ bù dāngchū ㄏㄨㄟˇ ㄅㄨˋ ㄉㄤ ㄔㄨ 後悔當初不該這樣做或沒有那樣做：早知如此，悔不當初。

【悔改】huǐgǎi ㄏㄨㄟˇ ㄍㄞˇ 認識錯誤並加以改正：他已表示願意悔改。

【悔過】huǐguò ㄏㄨㄟˇ ㄍㄨㄛˋ 承認並追悔自己的錯誤：悔過自新｜誠懇悔過。

【悔恨】huǐhèn ㄏㄨㄟˇ ㄏㄣˋ 懊悔：悔恨不已。

【悔婚】huǐ∥hūn ㄏㄨㄟˇ∥ㄏㄨㄣ 訂婚後一方廢棄婚約。

【悔棋】huǐ∥qí ㄏㄨㄟˇ∥ㄑㄧˊ 棋子下定後收回重下。也說回棋。

【悔悟】huǐwù ㄏㄨㄟˇ ㄨˋ 認識到自己的過錯，悔恨而醒悟。

【悔罪】huǐ∥zuì ㄏㄨㄟˇ∥ㄗㄨㄟˋ 悔恨自己的罪惡：有悔罪表現。

毀(❷譭) huǐ ㄏㄨㄟˇ ❶破壞；糟蹋：毀滅｜銷毀｜好好兒的一本書，讓你給毀了。❷毀謗；說別人壞話：毀譽｜詆毀。❸〈方〉把成件的舊東西改成別的東西(多指衣服)：用一件大褂給孩子毀兩條褲子。

另見513頁 huǐ'燬'。

【毀謗】huǐbàng ㄏㄨㄟˇ ㄅㄤˋ 誹謗。

【毀害】huǐhài ㄏㄨㄟˇ ㄏㄞˋ 毀壞；禍害③：這一帶常有野獸毀害莊稼。

【毀壞】huǐhuài ㄏㄨㄟˇ ㄏㄨㄞˋ 損壞；破壞：不許毀壞古迹｜毀壞他人名譽。

【毀家紓難】huǐ jiā shū nàn ㄏㄨㄟˇ ㄐㄧㄚ ㄕㄨ ㄋㄢˋ 捐獻全部家產，幫助國家減輕困難(紓：緩和)。

【毀滅】huǐmiè ㄏㄨㄟˇ ㄇㄧㄝˋ 摧毀消滅：毀滅罪惡勢力｜遭到毀滅性打擊。

【毀棄】huǐqì ㄏㄨㄟˇ ㄑㄧˋ 毀壞拋棄。

【毀容】huǐ∥róng ㄏㄨㄟˇ∥ㄖㄨㄥˊ 毀壞面容。

【毀傷】huǐshāng ㄏㄨㄟˇ ㄕㄤ 破壞；傷害。

【毀損】huǐsǔn ㄏㄨㄟˇ ㄙㄨㄣˇ 損傷；損壞：不得毀損公共財物。

【毀譽】huǐyù ㄏㄨㄟˇ ㄩˋ 毀謗和稱讚；說壞話和說好話：毀譽參半｜不計毀譽。

【毀約】huǐ∥yuē ㄏㄨㄟˇ∥ㄩㄝ 撕毀共同商定的協議、條約、合同等。

燬(毀) huǐ ㄏㄨㄟˇ 燒掉：燒燬｜焚燬。'毀' 另見513頁 huǐ。

huì（ㄏㄨㄟˋ）

卉 huì ㄏㄨㄟˋ 各種草(多指供觀賞的)的總稱：花卉｜奇花異卉。

恚 huì ㄏㄨㄟˋ 〈書〉怨恨：恚恨。

彗(篲) huì ㄏㄨㄟˋ (舊讀 suì ㄙㄨㄟˋ)〈書〉掃帚。

【彗星】huìxīng ㄏㄨㄟˋ ㄒㄧㄥ 繞着太陽旋轉的一種星體，通常在背着太陽的一面拖着一條掃帚狀的長尾巴，體積很大，密度很小。通稱掃帚星。(圖見1107頁〖太陽系〗)

晦 huì ㄏㄨㄟˋ ❶農曆每月的末一天：晦朔。❷昏暗；不明顯：晦澀｜晦暝｜隱晦。❸夜晚：風雨如晦。❹〈書〉隱藏：晦迹｜韜晦。

【晦暗】huì'àn ㄏㄨㄟˋ ㄢˋ 昏暗；暗淡：天色晦暗◇心情晦暗。

【晦明】huìmíng ㄏㄨㄟˋ ㄇㄧㄥˊ 〈書〉❶夜間和白天。❷昏暗和晴朗。

【晦暝】huìmíng ㄏㄨㄟˋ ㄇㄧㄥˊ 〈書〉昏暗：風雨晦暝。也作晦冥。

【晦氣】huì·qì ㄏㄨㄟˋ ·ㄑㄧˋ ❶不吉利；倒霉：真晦氣，剛出門就遇上大雨。❷指人倒霉或生病時難看的氣色：滿臉晦氣。

【晦澀】huìsè ㄏㄨㄟˋ ㄙㄜˋ (詩文、樂曲等的含意)隱晦不易懂：文字晦澀。

【晦朔】huìshuò ㄏㄨㄟˋ ㄕㄨㄛˋ 〈書〉從農曆某月的末一天到下月的第一天。也指從天黑到天明。

惠 huì ㄏㄨㄟˋ ❶給予的或受到的好處；恩惠：小恩小惠｜施惠於人｜受惠無窮。❷給人好處：平等互惠。❸敬辭，用於對方對待自己的行動：惠臨｜惠顧｜惠存。❹(Huì)姓。

〈古〉又同'慧'。

【惠存】huìcún ㄏㄨㄟˋ ㄘㄨㄣˊ 敬辭，請保存(多用於送人相片、書籍等紀念品時所題的上款)。

【惠風】huìfēng ㄏㄨㄟˋ ㄈㄥ 〈書〉和風：惠風和暢。

【惠顧】huìgù ㄏㄨㄟˋ ㄍㄨˋ 惠臨(多用於商店對

顧客)：傢具展銷，敬請惠顧。

【惠及】huìjí ㄏㄨㄟˋ ㄐㄧˊ 〈書〉把好處給予某人或某地：惠及遠方。

【惠臨】huìlín ㄏㄨㄟˋ ㄌㄧㄣˊ 敬辭，指對方到自己這裏來：日前惠臨，失迎為歉。

【惠允】huìyǔn ㄏㄨㄟˋ ㄩㄣˇ 敬辭，指對方允許自己(做某事)。

【惠贈】huìzèng ㄏㄨㄟˋ ㄗㄥˋ 敬辭，指對方贈予(財物)。

喙 huì ㄏㄨㄟˋ 〈書〉❶鳥獸的嘴：長喙｜短喙。❷借指人的嘴：百喙莫辯｜不容置喙(不容許插嘴)。

匯[1] (汇、滙) huì ㄏㄨㄟˋ 匯合：百川所匯｜匯成巨流。

匯[2] (汇、滙) huì ㄏㄨㄟˋ ❶通過郵電局、銀行等把甲地款項劃撥到乙地：電匯｜匯款｜匯給他一筆路費。❷指外匯：換匯｜創匯。

'汇'另見515頁 huì'彙'。

【匯兌】huìduì ㄏㄨㄟˋ ㄉㄨㄟˋ 銀行或郵局根據匯款人的委託，把款項匯交指定的收款人。

【匯費】huìfèi ㄏㄨㄟˋ ㄈㄟˋ 銀行或郵局辦理匯款業務時，按匯款金額所收的手續費。也叫匯水。

【匯合】huìhé ㄏㄨㄟˋ ㄏㄜˊ (水流)聚集；會合：小河匯合成大河◇人民的意志匯合成一支巨大的力量。

【匯價】huìjià ㄏㄨㄟˋ ㄐㄧㄚˋ 匯率。

【匯款】huì//kuǎn ㄏㄨㄟˋ//ㄎㄨㄢˇ 把款匯出：他到郵局匯款去了。

【匯款】huìkuǎn ㄏㄨㄟˋ ㄎㄨㄢˇ 匯出或匯到的款項：收到一筆匯款。

【匯流】huìliú ㄏㄨㄟˋ ㄌㄧㄡˊ 水流等會合：數條小溪在這裏匯流成河。

【匯率】huìlǜ ㄏㄨㄟˋ ㄌㄩˋ 一個國家的貨幣兌換其他國家的貨幣的比例。也叫匯價。

【匯票】huìpiào ㄏㄨㄟˋ ㄆㄧㄠˋ 銀行或郵局承辦匯兌業務時發給的支取匯款的票據。

【匯水】huìshuǐ ㄏㄨㄟˋ ㄕㄨㄟˇ 匯費。

賄 (贿) huì ㄏㄨㄟˋ ❶〈書〉財物。❷賄賂：行賄｜受賄｜納賄｜索賄。

【賄賂】huìlù ㄏㄨㄟˋ ㄌㄨˋ ❶用財物買通別人：賄賂上司。❷用來買通別人的財物：接受賄賂。

【賄賂公行】huìlù gōng xíng ㄏㄨㄟˋ ㄌㄨˋ ㄍㄨㄥ ㄒㄧㄥˊ 公開行賄受賄。

【賄選】huìxuǎn ㄏㄨㄟˋ ㄒㄩㄢˇ 用財物買通選舉人使選舉自己或跟自己同派系的人。

會[1] (会) huì ㄏㄨㄟˋ ❶聚合；合在一起：會合｜會齊｜會診｜會審。❷見面；會見：會面｜會客｜昨天沒有會着他。❸有一定目的的集會：晚會｜舞會｜開會｜報告會｜晚上有一個會。❹某些團體：工會｜婦女聯合會。❺廟會：趕會。❻民間朝山進香或酬神求年成時所組織的集體活動，如香會、迎神賽會等。❼民間一種小規模經濟互助組織，入會成員按期平均交款，分期輪流使用。❽主要的城市：都會｜省會。❾時機：機會｜適逢其會。❿〈書〉恰巧；正好：會有客來。⓫〈書〉應當：長風破浪會有時。

會[2] (会) huì ㄏㄨㄟˋ ❶理解；懂得：體會｜誤會｜心領神會｜只可意會，不可言傳。❷熟習；通曉：會英文｜會兩齣京戲。❸表示懂得怎樣做或有能力做(多半指需要學習的事情)：我不會滑冰｜這孩子剛會走路，還不大會說話。❹表示擅長：能說會道｜會寫會畫的人倒不太講究紙的好壞。❺表示有可能實現：他不會不來｜樹上的果子熟了，自然會掉下來。參看835頁'能'條[注意]a，b，c三項。

會[3] (会) huì ㄏㄨㄟˋ 付賬：我會過了。

會[4] (会) huì ㄏㄨㄟˋ 見〖會兒〗、〖會子〗。

另見666頁 kuài。

【會標】huìbiāo ㄏㄨㄟˋ ㄅㄧㄠ 代表某個集會的標誌。

【會餐】huì//cān ㄏㄨㄟˋ//ㄘㄢ 聚餐：節日會餐。

【會操】huì//cāo ㄏㄨㄟˋ//ㄘㄠ 指會合舉行軍事或體育方面的操演：下午兩點在大操場會操。

【會場】huìchǎng ㄏㄨㄟˋ ㄔㄤˇ 開會的場所。

【會鈔】huì//chāo ㄏㄨㄟˋ//ㄔㄠ 會賬。

【會車】huìchē ㄏㄨㄟˋ ㄔㄜ 相向行駛的列車、汽車等同時在某一地點交錯通過。

【會黨】huìdǎng ㄏㄨㄟˋ ㄉㄤˇ 清末以反清復明為宗旨的一些原始形式的民間秘密團體的總稱。如哥老會、三合會等。

【會道門】huìdàomén ㄏㄨㄟˋ ㄉㄠˋ ㄇㄣˊ (會道門兒)會門和道門的合稱。

【會典】huìdiǎn ㄏㄨㄟˋ ㄉㄧㄢˇ 記載某一朝代法令制度的書籍，多用做書名，如《明會典》。

【會費】huìfèi ㄏㄨㄟˋ ㄈㄟˋ 會員按期向所屬組織交的錢。

【會攻】huìgōng ㄏㄨㄟˋ ㄍㄨㄥ 聯合進攻：兵分兩路，會攻匪巢。

【會館】huìguǎn ㄏㄨㄟˋ ㄍㄨㄢˇ 同省、同府、同縣或同業的人在京城、省城或大商埠設立的機構，主要以館址的房屋供同鄉、同業聚會或寄寓。

【會合】huìhé ㄏㄨㄟˋ ㄏㄜˊ 聚集到一起：兩軍會合後繼續前進｜黃浦江在吳淞口與長江會合。

【會話】huìhuà ㄏㄨㄟˋ ㄏㄨㄚˋ 對話①(多用於學習別種語言或方言時)。

【會徽】huìhuī ㄏㄨㄟˋ ㄏㄨㄟ 代表某個集會的標誌：全國運動會會徽。

【會集】huìjí ㄏㄨㄟˋ ㄐㄧˊ 同'彙集'。

【會見】huìjiàn ㄏㄨㄟˋ ㄐㄧㄢˋ 跟別人相見：會見親友｜友好的會見。
【會聚】huìjù ㄏㄨㄟˋ ㄐㄩˋ 聚集。也作彙聚。
【會考】huìkǎo ㄏㄨㄟˋ ㄎㄠˇ 統考。
【會客】huì//kè ㄏㄨㄟˋ//ㄎㄜˋ 和來訪的客人見面：會客室。
【會門】huìmén ㄏㄨㄟˋ ㄇㄣˊ （會門兒）某些封建迷信的組織。
【會面】huì//miàn ㄏㄨㄟˋ//ㄇㄧㄢˋ 見面。
【會期】huìqī ㄏㄨㄟˋ ㄑㄧ ❶開會的日子：會期定在九月一日。❷開會的天數：會期三天。
【會齊】huì//qí ㄏㄨㄟˋ//ㄑㄧˊ 聚齊：各村參加集訓的民兵後天到縣裏會齊。
【會旗】huìqí ㄏㄨㄟˋ ㄑㄧˊ 某些集會的旗幟：主席台上高懸着繪有駿馬和弓箭的那達慕會旗。
【會簽】huìqiān ㄏㄨㄟˋ ㄑㄧㄢ 雙方或多方共同簽署。
【會兒】huìr ㄏㄨㄟㄦˋ 指很短的一段時間：一會兒｜這會兒｜等會兒｜用不了多大會兒。
【會商】huìshāng ㄏㄨㄟˋ ㄕㄤ 雙方或多方共同商量：會商大計。
【會審】huìshěn ㄏㄨㄟˋ ㄕㄣˇ ❶會同審理（案件等）。❷會同審查：會審施工圖紙。
【會師】huì//shī ㄏㄨㄟˋ//ㄕ 幾支獨立行動的部隊在戰地會合：勝利會師◇各地革新能手在首都會師。
【會試】huìshì ㄏㄨㄟˋ ㄕˋ 明清兩代各省舉人參加的科舉考試，每三年在京城舉行一次。
【會首】huìshǒu ㄏㄨㄟˋ ㄕㄡˇ 舊時民間各種叫做會的組織的發起人。也叫會頭。
【會水】huì//shuǐ ㄏㄨㄟˋ//ㄕㄨㄟˇ 會游泳：他從小就會水。
【會談】huìtán ㄏㄨㄟˋ ㄊㄢˊ 雙方或多方共同商談：兩國會談。
【會堂】huìtáng ㄏㄨㄟˋ ㄊㄤˊ 禮堂（多用做建築物名稱）：科學會堂｜人民大會堂。
【會通】huìtōng ㄏㄨㄟˋ ㄊㄨㄥ 〈書〉融會貫通。
【會同】huìtóng ㄏㄨㄟˋ ㄊㄨㄥˊ 跟有關方面會合起來（辦事）：這事由商業局會同有關部門辦理。
【會晤】huìwù ㄏㄨㄟˋ ㄨˋ 會面；會見：兩國領導人會晤｜會晤當地知名人士。
【會務】huìwù ㄏㄨㄟˋ ㄨˋ 集會或會議的事務：主持會務｜會務工作。
【會銜】huìxián ㄏㄨㄟˋ ㄒㄧㄢˊ （兩個或兩個以上的機關）在發出的公文上共同具名。
【會心】huìxīn ㄏㄨㄟˋ ㄒㄧㄣ 領會別人沒有明白表示的意思：別有會心｜會心的微笑。
【會演】huìyǎn ㄏㄨㄟˋ ㄧㄢˇ 各地或各單位的文藝節目集中起來，單獨或同台演出。具有彙報、互相學習、交流經驗的作用。也作彙演。
【會厭】huìyàn ㄏㄨㄟˋ ㄧㄢˋ 喉頭上前部的樹葉狀的結構，由會厭軟骨和黏膜構成。呼吸或說話時，會厭向上，使喉腔開放；嚥東西時，會厭向下，蓋住氣管，使東西不至進入氣管內。（圖見477頁'喉'）
【會厭軟骨】huìyàn ruǎngǔ ㄏㄨㄟˋ ㄧㄢˋ ㄖㄨㄢˇ ㄍㄨˇ 構成會厭的軟骨，形狀扁平，像樹葉，下部附着在結喉的內壁上。
【會要】huìyào ㄏㄨㄟˋ ㄧㄠˋ 記載某一朝代各項經濟政治制度的書籍，多用做書名，如《唐會要》。
【會議】huìyì ㄏㄨㄟˋ ㄧˋ ❶有組織有領導地商議事情的集會：全體會議｜廠務會議｜工作會議。❷一種經常商討並處理重要事務的常設機構或組織：中國人民政治協商會議｜部長會議。
【會意】[1] huìyì ㄏㄨㄟˋ ㄧˋ 六書之一。會意是說字的整體的意義由部分的意義合成，如'公'字、'信'字。'背私為公'，'公'字由'八'字和'厶'（私）字合成，'八'表示'違背'的意思，跟'自私'相反叫'公'。'人言為信'，'信'字由'人'字和'言'字合成，表示人說的話有信用。
【會意】[2] huìyì ㄏㄨㄟˋ ㄧˋ 會心。
【會陰】huìyīn ㄏㄨㄟˋ ㄧㄣ 肛門與外生殖器之間的部分。
【會友】huìyǒu ㄏㄨㄟˋ ㄧㄡˇ ❶指同一個組織的成員。❷〈書〉結交朋友：以文會友。
【會元】huìyuán ㄏㄨㄟˋ ㄩㄢˊ 明清兩代稱會試考取第一名的人。
【會員】huìyuán ㄏㄨㄟˋ ㄩㄢˊ 某些群眾組織或政治組織的成員：工會會員。
【會戰】huìzhàn ㄏㄨㄟˋ ㄓㄢˋ ❶戰爭雙方主力在一定地區和時間內進行的決戰。❷比喻集中有關力量，突擊完成某項任務：石油大會戰。
【會賬】huì//zhàng ㄏㄨㄟˋ//ㄓㄤˋ （在飯館、酒館、茶館、澡堂、理髮館等處）付賬（多指一人給大家付賬）。也說會鈔。
【會診】huì//zhěn ㄏㄨㄟˋ//ㄓㄣˇ 幾個醫生共同診斷疑難病症：他的病明天由內科醫生會診。
【會眾】huìzhòng ㄏㄨㄟˋ ㄓㄨㄥˋ ❶到會的人；參加開會的人。❷舊時指參加某些會道門等組織的人。
【會子】huì·zi ㄏㄨㄟˋ·ㄗ 指一段時間：說會子話兒｜喝了會子茶｜來了會子了，該回去了。

彙（汇）

huì ㄏㄨㄟˋ ❶聚集；聚合：彙報｜彙印成書。❷聚集而成的東西：詞彙｜總彙。

'汇'另見514頁huì'匯'。

【彙報】huìbào ㄏㄨㄟˋ ㄅㄠˋ 綜合材料向上級報告，也指綜合材料向群眾報告：聽彙報｜彙報處理結果。
【彙編】huìbiān ㄏㄨㄟˋ ㄅㄧㄢ ❶把文章、文件等彙總編排在一起：彙編成書。❷編在一起的文章、文件等（多用做書名）：法規彙編｜資料彙編。

【彙集】huìjí ㄏㄨㄟˋ ㄐㄧˊ 聚集：彙集材料｜把資料彙集在一起研究｜遊行隊伍從大街小巷彙集到天安門廣場上。也作會集。
【彙聚】huìjù ㄏㄨㄟˋ ㄐㄩˋ 同'會聚'。
【彙攏】huìlǒng ㄏㄨㄟˋ ㄌㄨㄥˇ 聚集；聚合：幾股人群彙攏一起｜彙攏群眾的意見。
【彙演】huìyǎn ㄏㄨㄟˋ ㄧㄢˇ 同'會演'。
【彙展】huìzhǎn ㄏㄨㄟˋ ㄓㄢˇ (商品等)匯集在一起展覽：南北糕點彙展｜名牌時裝彙展。
【彙總】huìzǒng ㄏㄨㄟˋ ㄗㄨㄥˇ (資料、單據、款項等)彙集到一起：等各組的資料到齊後彙總上報。

篲〔彗〕 huì ㄏㄨㄟˋ (舊讀 suì ㄙㄨㄟˋ)見1180頁〖王篲〗(wánghuì)。

嘒 huì ㄏㄨㄟˋ 〈書〉形容微小。

僡 huì ㄏㄨㄟˋ 〈書〉同'惠'。

誨(诲) huì ㄏㄨㄟˋ 教導；誘導：教誨｜誨人不倦。
【誨人不倦】huì rén bù juàn ㄏㄨㄟˋ ㄖㄣˊ ㄅㄨˋ ㄐㄩㄢˋ 教育人極有耐心，不知疲倦。
【誨淫誨盜】huì yín huì dào ㄏㄨㄟˋ ㄧㄣˊ ㄏㄨㄟˋ ㄉㄠˋ 引誘人做姦淫、盜竊的事。

慧 huì ㄏㄨㄟˋ 聰明：智慧｜聰慧｜慧心。
【慧根】huìgēn ㄏㄨㄟˋ ㄍㄣ 佛教指能透徹領悟佛理的天資。借指人天賦的智慧。
【慧黠】huìxiá ㄏㄨㄟˋ ㄒㄧㄚˊ 〈書〉聰明而狡猾：慧黠過人。
【慧心】huìxīn ㄏㄨㄟˋ ㄒㄧㄣ 原是佛教用語，指能領悟佛理的心。今泛指智慧。
【慧眼】huìyǎn ㄏㄨㄟˋ ㄧㄢˇ 原是佛教用語，指能認識到過去未來的眼力。今泛指敏銳的眼力：獨具慧眼｜慧眼識英雄。

槥 huì ㄏㄨㄟˋ 〈書〉粗陋的小棺材。

蕙〔蕙〕 huì ㄏㄨㄟˋ 多年生草本植物，葉子叢生，狹長而尖，初夏開花，黃綠色，有香味，生在山野。

潓 Huì ㄏㄨㄟˋ 古水名。

憓 huì ㄏㄨㄟˋ 〈書〉同'惠'。

薈〔薈〕(荟) huì ㄏㄨㄟˋ 〈書〉草木繁盛。
【薈萃】huìcuì ㄏㄨㄟˋ ㄘㄨㄟˋ (英俊的人物或精美的東西)會集；聚集：薈萃一堂｜人才薈萃。

殨(㱮、潰) huì ㄏㄨㄟˋ (瘡)潰爛：殨膿。
'潰'另見672頁 kuì。

噦(哕) huì ㄏㄨㄟˋ 〈書〉鳥鳴聲。
另見1413頁 yuě。
【噦噦】huìhuì ㄏㄨㄟˋ ㄏㄨㄟˋ 〈書〉鈴聲。

諱(讳) huì ㄏㄨㄟˋ ❶因有所顧忌而不敢說或不願說；忌諱：隱諱｜直言不諱。❷忌諱的事情：犯了他的諱了。❸舊時不敢直稱帝王或尊長的名字，叫諱。也指所諱的名字：名諱。
【諱疾忌醫】huì jí jì yī ㄏㄨㄟˋ ㄐㄧˊ ㄐㄧˋ ㄧ 怕人知道有病而不肯醫治。比喻掩飾缺點，不願改正。
【諱忌】huìjì ㄏㄨㄟˋ ㄐㄧˋ 忌諱：毫不諱忌｜不知諱忌。
【諱莫如深】huì mò rú shēn ㄏㄨㄟˋ ㄇㄛˋ ㄖㄨˊ ㄕㄣ 緊緊隱瞞。
【諱言】huìyán ㄏㄨㄟˋ ㄧㄢˊ 不敢或不願說：無可諱言。

澮(浍) Huì ㄏㄨㄟˋ 澮河，水名，發源於河南，流入安徽。
另見666頁 kuài。

檜(桧) huì ㄏㄨㄟˋ 用於人名，秦檜，南宋奸臣。
另見434頁 guì。

燴(烩) huì ㄏㄨㄟˋ ❶烹飪方法，炒菜後加少量的水和芡粉：燴蝦仁｜燴什錦。❷烹飪方法，把米飯等和葷菜、素菜混在一起加水煮：燴飯｜燴餅。

螝 huì ㄏㄨㄟˋ ［螝蛄］(huìgū ㄏㄨㄟˋ ㄍㄨ) 蟬的一種，吻長，身體短，黃綠色，有黑色條紋，翅膀有黑斑。

穢(秽) huì ㄏㄨㄟˋ ❶骯髒：污穢。❷醜惡；醜陋：穢行｜自慚形穢。
【穢跡】huìjì ㄏㄨㄟˋ ㄐㄧˋ 〈書〉醜惡的事跡。
【穢氣】huìqì ㄏㄨㄟˋ ㄑㄧˋ 難聞的氣味；臭氣。
【穢土】huìtǔ ㄏㄨㄟˋ ㄊㄨˇ 垃圾。
【穢聞】huìwén ㄏㄨㄟˋ ㄨㄣˊ 〈書〉醜惡的名聲(多指淫亂的名聲)：穢聞四播｜穢聞遠揚。
【穢行】huìxíng ㄏㄨㄟˋ ㄒㄧㄥˊ 〈書〉醜惡的行為(多指淫亂的行為)。
【穢語】huìyǔ ㄏㄨㄟˋ ㄩˇ 淫穢的話：市井穢語。

繢(缋) huì ㄏㄨㄟˋ 〈書〉同'繪'。

翽(翙) huì ㄏㄨㄟˋ ［翽翽］〈書〉鳥飛聲。

繪(绘) huì ㄏㄨㄟˋ 畫[1]①：描繪｜繪畫｜繪圖。
【繪畫】huìhuà ㄏㄨㄟˋ ㄏㄨㄚˋ 造型藝術的一種，用色彩、綫條把實在的或想像中的物體形象描繪在紙、布或其他底子上。從使用的工具和材料來分，有油畫、水彩畫、墨筆畫、木炭畫等。
【繪聲繪色】huì shēng huì sè ㄏㄨㄟˋ ㄕㄥ ㄏㄨㄟˋ ㄙㄜˋ 見〖繪影繪聲〗。
【繪事】huìshì ㄏㄨㄟˋ ㄕˋ 〈書〉關於繪畫的事情。

【繪圖】huìtú ㄏㄨㄟˋ ㄊㄨˊ 繪製圖樣或地圖等。

【繪影繪聲】huì yǐng huì shēng ㄏㄨㄟˋ ㄧㄥˇ ㄏㄨㄟˋ ㄕㄥ 形容敍述、描寫生動逼真。也說繪聲繪影、繪聲繪色。

【繪製】huìzhì ㄏㄨㄟˋ ㄓˋ 畫(圖表)：繪製工程設計圖。

闠(阓) huì ㄏㄨㄟˋ 見500頁[闤闠]。

靧(頮) huì ㄏㄨㄟˋ 〈書〉洗臉。

hūn (ㄏㄨㄣ)

昏 hūn ㄏㄨㄣ ❶天剛黑的時候：黃昏｜晨昏。❷黑暗；模糊：昏暗｜昏黃｜昏花｜天昏地暗。❸頭腦迷糊；神志不清：昏庸｜昏頭昏腦。❹失去知覺：昏厥｜昏迷。
〈古〉又同'婚'。

【昏暗】hūn'àn ㄏㄨㄣ ㄢˋ 光綫不足；暗：燈光昏暗｜太陽下山了，屋裏漸漸昏暗起來。

【昏沈】hūnchén ㄏㄨㄣ ㄔㄣˊ ❶暗淡：暮色昏沈。❷頭腦迷糊，神志不清：喝醉了酒，頭腦昏沈。

【昏黑】hūnhēi ㄏㄨㄣ ㄏㄟ 黑暗；昏暗：夜色昏黑｜昏黑的小屋。

【昏花】hūnhuā ㄏㄨㄣ ㄏㄨㄚ (眼光)模糊(多指老年人)：老眼昏花。

【昏黃】hūnhuáng ㄏㄨㄣ ㄏㄨㄤˊ 暗淡模糊的黃色(用於天色、燈光等)：月色昏黃。

【昏厥】hūnjué ㄏㄨㄣ ㄐㄩㄝˊ 因腦部貧血引起供氧不足而短時間失去知覺。心情過分悲痛、精神過度緊張、大出血、直立過久、心臟疾患等都能引起昏厥。也叫暈厥(yūnjué)。

【昏君】hūnjūn ㄏㄨㄣ ㄐㄩㄣ 昏庸的帝王。

【昏聵】hūnkuì ㄏㄨㄣ ㄎㄨㄟˋ 眼花耳聾。比喻頭腦糊塗，不明是非：神志昏聵｜昏聵無能。

【昏亂】hūnluàn ㄏㄨㄣ ㄌㄨㄢˋ ❶頭腦迷糊，神志不清：思路昏亂。❷〈書〉政治黑暗，社會混亂。

【昏迷】hūnmí ㄏㄨㄣ ㄇㄧˊ 因大腦功能嚴重紊亂而長時間失去知覺。嚴重的外傷、腦出血、腦膜炎等都能引起昏迷。

【昏睡】hūnshuì ㄏㄨㄣ ㄕㄨㄟˋ 昏昏沈沈地睡：病人仍處在昏睡狀態。

【昏天黑地】hūn tiān hēi dì ㄏㄨㄣ ㄊㄧㄢ ㄏㄟ ㄉㄧˋ ❶形容天色昏暗：到了晚上，昏天黑地的，山路就更不好走了。❷形容神志不清：當時我流血過多，覺得昏天黑地的。❸形容生活荒唐頽廢：你可不能跟這幫人昏天黑地地鬼混了。❹形容打鬥或吵鬧得厲害：吵得個昏天黑地。❺形容社會黑暗或秩序混亂。

【昏頭昏腦】hūn tóu hūn nǎo ㄏㄨㄣ ㄊㄡˊ ㄏㄨㄣ ㄋㄠˇ 形容頭腦迷糊，神志不清：他一天到晚忙得昏頭昏腦的，哪顧得這件事。也說昏頭脹腦。

【昏星】hūnxīng ㄏㄨㄣ ㄒㄧㄥ 我國古代指日落以後出現在西方天空的金星或水星。

【昏眩】hūnxuàn ㄏㄨㄣ ㄒㄩㄢˋ 頭腦昏沈，眼花繚亂：一陣昏眩，便暈倒在地。

【昏庸】hūnyōng ㄏㄨㄣ ㄩㄥ 糊塗而愚蠢：老朽昏庸。

惛 hūn ㄏㄨㄣ 〈書〉糊塗。

婚 hūn ㄏㄨㄣ ❶結婚：未婚｜新婚。❷婚姻：婚約｜結婚｜離婚。

【婚變】hūnbiàn ㄏㄨㄣ ㄅㄧㄢˋ 家庭中婚姻關係的變化。多指夫妻離異或有外遇。

【婚嫁】hūnjià ㄏㄨㄣ ㄐㄧㄚˋ 泛指男女婚事。

【婚檢】hūnjiǎn ㄏㄨㄣ ㄐㄧㄢˇ 指結婚前的身體檢查。

【婚禮】hūnlǐ ㄏㄨㄣ ㄌㄧˇ 結婚儀式：舉行婚禮。

【婚戀】hūnliàn ㄏㄨㄣ ㄌㄧㄢˋ 結婚和戀愛：雲南各民族有着不同的婚戀風情。

【婚齡】hūnlíng ㄏㄨㄣ ㄌㄧㄥˊ ❶結婚的年數：他倆的婚齡已有50年。❷法定的結婚年齡：他倆今年剛夠婚齡。

【婚配】hūnpèi ㄏㄨㄣ ㄆㄟˋ 結婚(多就已婚未婚說)：子女兩人，均未婚配。

【婚紗】hūnshā ㄏㄨㄣ ㄕㄚ 結婚時新娘穿的一種特製的禮服。

【婚事】hūnshì ㄏㄨㄣ ㄕˋ 有關結婚的事：辦婚事｜婚事新辦。

【婚書】hūnshū ㄏㄨㄣ ㄕㄨ 舊式結婚證書。

【婚俗】hūnsú ㄏㄨㄣ ㄙㄨˊ 有關婚姻的習俗：不同民族有不同的婚俗。

【婚外戀】hūnwàiliàn ㄏㄨㄣ ㄨㄞˋ ㄌㄧㄢˋ 指與配偶以外的人發生戀情。

【婚姻】hūnyīn ㄏㄨㄣ ㄧㄣ 結婚的事；因結婚而產生的夫妻關係：婚姻法｜婚姻自主｜他們的婚姻十分美滿。

【婚姻法】hūnyīnfǎ ㄏㄨㄣ ㄧㄣ ㄈㄚˇ 規定有關婚姻和家庭制度的法律。

【婚約】hūnyuē ㄏㄨㄣ ㄩㄝ 男女雙方對婚姻的約定。

棔 hūn ㄏㄨㄣ 古書上指合歡樹。

葷〔葷〕(荤) hūn ㄏㄨㄣ ❶指雞鴨魚肉等食物(跟'素'相對)：葷菜｜三葷一素｜她不吃葷｜餃子餡兒是葷的還是素的？❷佛教徒稱葱蒜等有特殊氣味的菜：五葷。❸指粗俗的、淫穢的：葷話｜葷口。
另見1302頁 xūn。

【葷菜】hūncài ㄏㄨㄣ ㄘㄞˋ 用雞鴨魚肉等做的菜。

【葷話】hūnhuà ㄏㄨㄣ ㄏㄨㄚˋ 指粗俗下流的話；髒話。

【葷口】hūnkǒu ㄏㄨㄣ ㄎㄡˇ 曲藝表演中指低級、粗俗的話。(區別於'淨口')
【葷腥】hūnxīng ㄏㄨㄣ ㄒㄧㄥ 指魚肉等食品：老人家常年吃素，不沾葷腥。
【葷油】hūnyóu ㄏㄨㄣ ㄧㄡˊ 指食用的豬油。
閽(阍) hūn ㄏㄨㄣ 〈書〉❶看門：閽者(看門的人)。❷門(多指宮門)：叩閽。

hún (ㄏㄨㄣˊ)

混 hún ㄏㄨㄣˊ 同'渾'①②。
另見518頁 hùn。
【混蛋】húndàn ㄏㄨㄣˊ ㄉㄢˋ 同'渾蛋'。
【混球兒】húnqiúr ㄏㄨㄣˊ ㄑㄧㄡㄦˊ 同'渾球兒'。
【混水摸魚】hún shuǐ mō yú ㄏㄨㄣˊ ㄕㄨㄟˇ ㄇㄛ ㄩˊ 同'渾水摸魚'。
渾(浑) hún ㄏㄨㄣˊ ❶渾濁：渾水｜把水攪渾。❷糊塗；不明事理：渾人｜渾頭渾腦。❸天然的：渾樸｜渾厚｜渾金璞玉。❹全；滿：渾身｜渾似。❺(Hún)姓。
【渾蛋】húndàn ㄏㄨㄣˊ ㄉㄢˋ 不明事理的人(罵人的話)。也作混蛋。
【渾噩】hún'è ㄏㄨㄣˊ ㄜˋ 形容無知無識、糊裏糊塗：渾噩麻木。
【渾古】húngǔ ㄏㄨㄣˊ ㄍㄨˇ 渾厚古樸：所刻印章疏密有致，蒼勁渾古。
【渾厚】húnhòu ㄏㄨㄣˊ ㄏㄡˋ ❶淳樸老實：天性渾厚。❷(藝術風格等)樸實雄厚；不纖巧：筆力渾厚。❸(聲音)低沈有力：嗓音渾厚。
【渾渾噩噩】húnhún'è'è ㄏㄨㄣˊ ㄏㄨㄣˊ ㄜˋ ㄜˋ 形容混沌無知的樣子。
【渾家】húnjiā ㄏㄨㄣˊ ㄐㄧㄚ 妻子(qī·zi ㄑㄧ ·ㄗ，多見於早期白話)。
【渾金璞玉】hún jīn pú yù ㄏㄨㄣˊ ㄐㄧㄣ ㄆㄨˊ ㄩˋ 見897頁〖璞玉渾金〗。
【渾樸】húnpǔ ㄏㄨㄣˊ ㄆㄨˇ 渾厚樸實：字體渾樸｜風俗渾樸。
【渾球兒】húnqiúr ㄏㄨㄣˊ ㄑㄧㄡㄦˊ 〈方〉渾蛋。也作混球兒。
【渾然】húnrán ㄏㄨㄣˊ ㄖㄢˊ ❶形容完整不可分割：渾然一體｜渾然天成。❷完全地；全然：渾然不覺｜渾然不理。
【渾如】húnrú ㄏㄨㄣˊ ㄖㄨˊ 完全像；很像：蠟像做得渾如真人一樣。
【渾身】húnshēn ㄏㄨㄣˊ ㄕㄣ 全身：渾身是汗｜渾身是膽(形容膽量極大)｜使出渾身解數。
【渾水摸魚】hún shuǐ mō yú ㄏㄨㄣˊ ㄕㄨㄟˇ ㄇㄛ ㄩˊ 比喻趁混亂的時機攫取利益。'渾'也作混(hún)。
【渾說】húnshuō ㄏㄨㄣˊ ㄕㄨㄛ 胡說；亂說：信口渾說。
【渾似】húnsì ㄏㄨㄣˊ ㄙˋ 非常像；酷似。
【渾天儀】húntiānyí ㄏㄨㄣˊ ㄊㄧㄢ ㄧˊ ❶渾儀。❷渾象。
【渾象】húnxiàng ㄏㄨㄣˊ ㄒㄧㄤˋ 我國古代的一種天文儀器，相當於現代的天球儀。也叫渾天儀。
【渾儀】húnyí ㄏㄨㄣˊ ㄧˊ 我國古代測量天體位置的儀器。也叫渾天儀。
【渾圓】húnyuán ㄏㄨㄣˊ ㄩㄢˊ 很圓：渾圓的珍珠｜渾圓的月亮。
【渾濁】húnzhuó ㄏㄨㄣˊ ㄓㄨㄛˊ 混濁(hùnzhuó)。
琿(珲) hún ㄏㄨㄣˊ 〈書〉一種玉。
另見509頁 huī。
【琿春】Húnchūn ㄏㄨㄣˊ ㄔㄨㄣ 地名，在吉林。
魂〔䰟〕 hún ㄏㄨㄣˊ ❶(魂兒)靈魂①。❷指精神或情緒：夢魂縈繞｜神魂顛倒。❸特指崇高的精神：國魂｜民族魂。
【魂不附體】hún bù fù tǐ ㄏㄨㄣˊ ㄅㄨˋ ㄈㄨˋ ㄊㄧˇ 形容恐懼萬分。
【魂不守舍】hún bù shǒu shè ㄏㄨㄣˊ ㄅㄨˋ ㄕㄡˇ ㄕㄜˋ 靈魂離開了軀殼。形容精神恍惚、心神不定。也形容驚恐萬分。
【魂飛魄散】hún fēi pò sàn ㄏㄨㄣˊ ㄈㄟ ㄆㄛˋ ㄙㄢˋ 形容非常驚恐。
【魂靈】hún·líng ㄏㄨㄣˊ ·ㄌㄧㄥˊ (魂靈兒)靈魂①。
【魂魄】húnpò ㄏㄨㄣˊ ㄆㄛˋ 迷信的人指附在人體內可以脫離人體存在的精神。
【魂牽夢縈】hún qiān mèng yíng ㄏㄨㄣˊ ㄑㄧㄢ ㄇㄥˋ ㄧㄥˊ 形容思念情切：他認出了這正是失散多年、日夜魂牽夢縈的兒子。
餛(馄) hún ㄏㄨㄣˊ 〔餛飩〕(hún·tún ㄏㄨㄣˊ ·ㄊㄨㄣ)麪食，用薄麪片包餡兒，通常是煮熟後帶湯吃。

hùn (ㄏㄨㄣˋ)

圂 hùn ㄏㄨㄣˋ 〈書〉廁所。
混 hùn ㄏㄨㄣˋ ❶攙雜：混合｜混為一談。❷蒙混：混充｜魚目混珠。❸苟且地生活：混日子｜混了半輩子。❹胡亂：混出主意。
另見518頁 hún。
【混充】hùnchōng ㄏㄨㄣˋ ㄔㄨㄥ 蒙混冒充：混充內行。
【混沌】hùndùn ㄏㄨㄣˋ ㄉㄨㄣˋ ❶我國傳說中指宇宙形成以前模糊一團的景象：混沌初開。❷形容糊裏糊塗、無知無識的樣子。
【混紡】hùnfǎng ㄏㄨㄣˋ ㄈㄤˇ ❶用不同類別的纖維混合在一起紡織。常用化學纖維和天然纖維或不同的化學纖維混紡。混紡可以節約較貴重的原料，或使紡織品具有某種新的性能。❷混紡的紡織品。

【混合】hùnhé ㄏㄨㄣˋ ㄏㄜˊ ❶攙雜在一起：男女混合雙打｜客貨混合列車。❷兩種或兩種以上的物質攙和在一起，相互間不發生化學反應，各自保持原有的化學性質。

【混合麪兒】hùnhémiànr ㄏㄨㄣˋ ㄏㄜˊ ㄇㄧㄢㄦˋ 抗日戰爭時期華北、東北淪陷區作為糧食配售的一種用玉米心、豆餅、糠秕等混合磨成的粉。

【混合物】hùnhéwù ㄏㄨㄣˋ ㄏㄜˊ ㄨˋ 由兩種或兩種以上的單質或化合物混合而成的物質，沒有固定的組成，各成分仍保持各自原有的性質。如空氣是氮氣、氧氣、二氧化碳、惰性氣體等的混合物。

【混混兒】hùn·hunr ㄏㄨㄣˋ ·ㄏㄨㄣㄦ 〈方〉流氓；無賴。

【混迹】hùnjì ㄏㄨㄣˋ ㄐㄧˋ 〈書〉隱蔽本來面目混雜在某種場合：混迹江湖。

【混交】hùnjiāo ㄏㄨㄣˋ ㄐㄧㄠ 兩種或兩種以上的樹木混生在一起：帶狀混交｜松樹和櫟樹混交。

【混亂】hùnluàn ㄏㄨㄣˋ ㄌㄨㄢˋ 沒條理；沒秩序：思想混亂｜秩序混亂。

【混凝土】hùnníngtǔ ㄏㄨㄣˋ ㄋㄧㄥˊ ㄊㄨˇ 一種建築材料，用水泥、砂、石子和水按比例拌和而成，具有耐壓、耐水、耐火、可塑性等性能。

【混世魔王】hùn shì mówáng ㄏㄨㄣˋ ㄕˋ ㄇㄛˊ ㄨㄤˊ 比喻擾亂世界、給人民帶來嚴重危害的惡人。

【混事】hùn∥shì ㄏㄨㄣˋ∥ㄕˋ 只以取得衣食為目的而從事某種職業；謀生（含貶義）。

【混同】hùntóng ㄏㄨㄣˋ ㄊㄨㄥˊ 把本質上有區別的人或事物同樣看待。

【混為一談】hùn wéi yī tán ㄏㄨㄣˋ ㄨㄟˊ ㄧ ㄊㄢˊ 把不同的事物混在一起，說成是同樣的事物。

【混淆】hùnxiáo ㄏㄨㄣˋ ㄒㄧㄠˊ ❶混雜；界限模糊（多用於抽象事物）：真偽混淆。❷使混淆；使界限模糊：混淆黑白｜混淆是非。

【混血兒】hùnxuè'ér ㄏㄨㄣˋ ㄒㄩㄝˋ ㄦˊ 指不同種族的男女相結合所生的孩子。

【混一】hùnyī ㄏㄨㄣˋ ㄧ 不同的事物混合成為一體。

【混雜】hùnzá ㄏㄨㄣˋ ㄗㄚˊ 混合攙雜：魚龍混雜。

【混戰】hùnzhàn ㄏㄨㄣˋ ㄓㄢˋ 目標不明或對象常變的戰爭或戰鬥：軍閥混戰｜一場混戰。

【混賬】hùnzhàng ㄏㄨㄣˋ ㄓㄤˋ 言語行動無理無恥（罵人的話）：混賬話｜混賬小子。

【混濁】hùnzhuó ㄏㄨㄣˋ ㄓㄨㄛˊ （水、空氣等）含有雜質，不清潔，不新鮮。

溷 hùn ㄏㄨㄣˋ 〈書〉❶混亂：溷濁。❷廁所。

【溷濁】hùnzhuó ㄏㄨㄣˋ ㄓㄨㄛˊ 〈書〉同'混濁'。

慁（㥵） hùn ㄏㄨㄣˋ 〈書〉❶憂患。❷擾亂。

諢（诨） hùn ㄏㄨㄣˋ 戲謔；開玩笑：諢名｜打諢。

【諢號】hùnhào ㄏㄨㄣˋ ㄏㄠˋ 諢名。

【諢名】hùnmíng ㄏㄨㄣˋ ㄇㄧㄥˊ 外號。

huō（ㄏㄨㄛ）

耠 huō ㄏㄨㄛ 用耠子翻鬆（土壤）：耠地。

【耠子】huō·zi ㄏㄨㄛ ·ㄗ 翻鬆土壤用的農具，比犁輕巧，多用於中耕。也用來開溝播種。

劐〔劐〕 huō ㄏㄨㄛ ❶用刀尖插入物體然後順勢拉（lá）開：把魚肚子劐開｜用刀一劐，繩子就斷了。❷同'耠'。

嚄〔嚄〕 huō ㄏㄨㄛ 嘆詞，表示驚訝：嚄！好大的魚！

另見526頁 huò；854頁 ǒ。

鍃（锪） huō ㄏㄨㄛ 一種金屬加工方法。用專門的刀具對工件上已有的孔進行加工，刮平端面或切出錐形、圓柱形凹坑。

豁1 huō ㄏㄨㄛ 裂開：豁了一個口子｜紐襻兒豁了。

豁2 huō ㄏㄨㄛ 狠心付出很高的代價；捨棄：豁出三天工夫也得把它做好。

另見494頁 huá；526頁 huò。

【豁出去】huō·chu·qu ㄏㄨㄛ ·ㄔㄨ ·ㄑㄩ 表示不惜付出任何代價：事已至此，我也只好豁出去了。

【豁口】huōkǒu ㄏㄨㄛ ㄎㄡˇ （豁口兒）缺口：城牆豁口｜碗邊有個豁口｜北風從山的豁口吹過來。

【豁子】huō·zi ㄏㄨㄛ ·ㄗ 〈方〉❶豁口：碗上有個豁子。❷指豁嘴的人。

【豁嘴】huōzuǐ ㄏㄨㄛ ㄗㄨㄟˇ （豁嘴兒）❶唇裂。❷指唇裂的人。

騞（䂄） huō ㄏㄨㄛ 〈書〉東西破裂的聲音。

攉 huō ㄏㄨㄛ 把堆積的東西倒出來。特指把採出的煤、礦石等鏟起來倒到另一個地方或容器中：攉土｜攉煤機。

huó（ㄏㄨㄛˊ）

和 huó ㄏㄨㄛˊ 在粉狀物中加液體攪拌或揉弄使有黏性：和麪｜和泥｜和點兒水泥把窟窿堵上。

另見463頁 hé；466頁 hè；483頁 hú；525頁 huò。

活1 huó ㄏㄨㄛˊ ❶生存；有生命（跟'死'相對）：活人｜活到老，學到老｜魚在水裏才能活。❷在活的狀態下：活捉。❸維持生命；救活：養家活口｜活人一命。❹活動；靈活：活水｜活結｜活頁｜活塞。❺生動活潑；不死板：活氣｜活躍｜這一段描寫得很活。❻真正；簡直：活現｜這孩子説話活像個大人。

活2 huó ㄏㄨㄛˊ (活兒) ❶工作(一般指體力勞動的，屬於工農業生產或修理服務性質的)：細活｜重活｜莊稼活｜幹活兒。❷產品；製成品：出活兒｜箱子上配着銅活｜這一批活兒做得很好。

【活版】huóbǎn ㄏㄨㄛˊ ㄅㄢˇ 活字版：活版印刷術。

【活寶】huóbǎo ㄏㄨㄛˊ ㄅㄠˇ 指可笑的人或滑稽的人(一般含貶義)。

【活報劇】huóbàojù ㄏㄨㄛˊ ㄅㄠˋ ㄐㄩˋ 反映時事新聞的短小活潑的戲劇，可以在街頭演出。

【活蹦亂跳】huó bèng luàn tiào ㄏㄨㄛˊ ㄅㄥˋ ㄌㄨㄢˋ ㄊㄧㄠˋ 歡蹦亂跳。

【活便】huó·bian ㄏㄨㄛˊ ·ㄅㄧㄢ 〈方〉❶靈活；活動：手腳活便。❷方便；便利：事情還是這麼辦比較活便｜開兩個門進出活便一點。

【活茬】huóchá ㄏㄨㄛˊ ㄔㄚˊ 〈方〉(活茬兒) 農活。

【活地圖】huódìtú ㄏㄨㄛˊ ㄉㄧˋ ㄊㄨˊ 指對某地區地理情況很熟悉的人。

【活地獄】huódìyù ㄏㄨㄛˊ ㄉㄧˋ ㄩˋ 比喻黑暗悲慘的社會環境。

【活動】huó·dòng ㄏㄨㄛˊ ·ㄉㄨㄥ ❶(肢體) 動彈；運動：坐久了應該站起來活動活動｜出去散散步，活動一下筋骨。❷為某種目的而行動：這一帶常有遊擊隊活動。❸動搖；不穩定：這個桌子直活動｜門牙活動了。❹靈活；不固定：活動模型｜活動房屋｜條文規定得比較活動。❺為達到某種目的而採取的行動：野外活動｜文娛活動｜體育活動｜政治活動。❻指鑽營、説情、行賄：他為逃避納稅四處活動。

【活動家】huódòngjiā ㄏㄨㄛˊ ㄉㄨㄥˋ ㄐㄧㄚ 在政治生活、社會生活中積極活動並有較大影響的人。

【活泛】huó·fan ㄏㄨㄛˊ ·ㄈㄢ ❶能隨機應變；靈活：心眼活泛｜腦筋不活泛。❷指經濟寬裕：錢你先用着，等手頭活泛了再還我。

【活佛】huófó ㄏㄨㄛˊ ㄈㄛˊ ❶喇嘛教中用轉世制度繼位的上層喇嘛。❷舊小説中稱濟世救人的僧人。

【活該】huógāi ㄏㄨㄛˊ ㄍㄞ ❶表示應該這樣，一點也不委屈(有值不得憐惜的意思)：活該如此。❷〈方〉應該；該當(含命中注定意)：我活該有救，碰上了這樣的好醫生。

【活化】huóhuà ㄏㄨㄛˊ ㄏㄨㄚˋ 使分子或原子的能量增強。如把普通木炭放在密閉器中加熱，變成吸附能力較強的活性炭。

【活化石】huóhuàshí ㄏㄨㄛˊ ㄏㄨㄚˋ ㄕˊ 指某些在地質年代中曾繁盛一時，廣泛分佈，而現在只限於局部地區，數量不多，有可能滅絕的生物。如大貓熊和水杉。也叫孑遺生物。

【活話】huóhuà ㄏㄨㄛˊ ㄏㄨㄚˋ (活話兒) 不很肯定的話：他臨走的時候留下個活話兒，説也許下個月能回來。

【活活】huóhuó ㄏㄨㄛˊ ㄏㄨㄛˊ (活活兒的) ❶在活的狀態下(多指有生命的東西受到損害)：活活打死｜活活氣死。❷簡直，表示完全如此或差不多如此：瞧你這個樣子，活活是個瘋子！

【活火】huóhuǒ ㄏㄨㄛˊ ㄏㄨㄛˇ 有焰的火。

【活火山】huóhuǒshān ㄏㄨㄛˊ ㄏㄨㄛˇ ㄕㄢ 在人類歷史時期經常或週期性地噴發的火山。

【活計】huó·ji ㄏㄨㄛˊ ·ㄐㄧ ❶過去專指手藝或縫紉、刺繡等，現在泛指各種體力勞動：針綫活計｜地裏的活計快幹完了。❷做成的或待做的手工製品：她拿着活計給大家看。

【活檢】huójiǎn ㄏㄨㄛˊ ㄐㄧㄢˇ 醫學上指對活體組織進行檢驗。

【活見鬼】huójiànguǐ ㄏㄨㄛˊ ㄐㄧㄢˋ ㄍㄨㄟˇ 形容離奇或無中生有：書明明放在桌子上，怎麼忽然不見了，真是活見鬼！

【活校】huójiào ㄏㄨㄛˊ ㄐㄧㄠˋ 按照原稿校對，同時檢查原稿有無錯誤、缺漏，叫活校(區別於'死校')。

【活結】huójié ㄏㄨㄛˊ ㄐㄧㄝˊ 一拉就開的繩結(區別於'死結')。

【活局子】huójú·zi ㄏㄨㄛˊ ㄐㄩˊ ·ㄗ 〈方〉圈套；騙局。

【活口】huókǒu ㄏㄨㄛˊ ㄎㄡˇ ❶命案發生時在場而沒有被殺死，可以提供綫索或情況的人。❷指可以提供情況的俘虜、罪犯等。

【活扣】huókòu ㄏㄨㄛˊ ㄎㄡˋ (活扣兒) 活結。

【活勞動】huóláodòng ㄏㄨㄛˊ ㄌㄠˊ ㄉㄨㄥˋ 物質資料生產過程中消耗的勞動(跟'物化勞動'相對)。

【活力】huólì ㄏㄨㄛˊ ㄌㄧˋ 旺盛的生命力：身上充滿了青春的活力。

【活靈活現】huó líng huó xiàn ㄏㄨㄛˊ ㄌㄧㄥˊ ㄏㄨㄛˊ ㄒㄧㄢˋ 形容描述或模仿的人或事物生動逼真。也説活龍活現。

【活路】huólù ㄏㄨㄛˊ ㄌㄨˋ ❶走得通的路：遇見白楊樹向右轉是一條活路。❷比喻行得通的方法：他提出的技術革新方案，大家覺得是條活路。❸比喻能夠生活下去的辦法：得找條活路，不能等着捱餓。

【活路】huó·lu ㄏㄨㄛˊ ·ㄌㄨ 泛指各種體力勞動：粗細活路他都會幹｜家裏活路忙，我抽不開身。

【活絡】huóluò ㄏㄨㄛˊ ㄌㄨㄛˋ 〈方〉❶(筋骨、器物的零件等) 活動：人上了年紀，牙齒也有點活絡了｜板凳腿活絡了，你抽空修一修。❷靈活；不確定：頭腦活絡｜眼神活絡｜他説得很活絡，不知道究竟肯不肯去。
【活埋】huómái ㄏㄨㄛˊ ㄇㄞˊ 把活人埋起來弄死。
【活賣】huómài ㄏㄨㄛˊ ㄇㄞˋ 房地產出賣後，賣主保留贖回的權利叫活賣。
【活門】huómén ㄏㄨㄛˊ ㄇㄣˊ 閥[2]的通稱。
【活命】huó∥mìng ㄏㄨㄛˊ∥ㄇㄧㄥˋ ❶維持生命：他在舊社會靠賣藝活命。❷〈書〉救活性命：活命之恩。
【活命】huómìng ㄏㄨㄛˊ ㄇㄧㄥˋ 生命；性命：留他一條活命。
【活潑】huó·po ㄏㄨㄛˊ ·ㄆㄛ ❶生動自然；不呆板：天真活潑的孩子｜這篇報道，文字活潑。❷指單質或化合物容易與其他單質或化合物發生化學變化。
【活菩薩】huópú·sa ㄏㄨㄛˊ ㄆㄨˊ ·ㄙㄚ 比喻心腸慈善、救苦救難的人。
【活期】huóqī ㄏㄨㄛˊ ㄑㄧ 存戶隨時可以提取的：活期儲蓄｜這筆存款是活期的。
【活契】huóqì ㄏㄨㄛˊ ㄑㄧˋ 出賣房地產時所立的契約，上面規定房地產可以贖回的，叫活契。
【活氣】huóqì ㄏㄨㄛˊ ㄑㄧˋ 生氣；活力：這裏荒無人烟，沒有一點活氣｜車水的車水，插秧的插秧，田裏充滿了一片活氣。
【活錢兒】huóqiánr ㄏㄨㄛˊ ㄑㄧㄢㄦˊ ❶指現錢：他節假日外出打工，掙些活錢兒｜把雞蛋賣了，換幾個活錢兒使。❷指工資外的收入：他每月除工資外，還有些活錢兒。
【活塞】huósāi ㄏㄨㄛˊ ㄙㄞ 汽缸或唧筒裏往復運動的機件，通常圓餅形或圓柱形。在發動機汽缸裏，活塞的作用是把蒸汽或燃料爆發的壓力變為機械能。也叫鞲鞴(gōubèi)。
【活生生】huóshēngshēng ㄏㄨㄛˊ ㄕㄥ ㄕㄥ (活生生的) ❶實際生活中的；發生在眼前的：活生生的事實｜活生生的例子｜這篇小說裏的人物都是活生生的，有血有肉的。❷活活①：包辦的婚姻把她活生生地斷送了。
【活食】huóshí ㄏㄨㄛˊ ㄕˊ (活食兒) 指某些動物吃的活的蚯蚓、螞蚱、兔子、小魚等。
【活受罪】huóshòuzuì ㄏㄨㄛˊ ㄕㄡˋ ㄗㄨㄟˋ 活着而遭受苦難，表示抱怨或憐憫(大多是誇張的說法)：要我這五音不全的人登台唱歌，簡直是活受罪！
【活水】huóshuǐ ㄏㄨㄛˊ ㄕㄨㄟˇ 有源頭而常流動的水：挖條渠把活水引進湖裏。
【活體】huótǐ ㄏㄨㄛˊ ㄊㄧˇ 自然科學指具有生命的物體，如活着的動物、植物、人體及其組織。
【活脫兒】huótuōr ㄏㄨㄛˊ ㄊㄨㄛㄦ (相貌、舉止)跟脫胎一樣十分相像：他長得活脫兒是他爺爺。
【活現】huóxiàn ㄏㄨㄛˊ ㄒㄧㄢˋ 逼真地顯現：神氣活現｜他的形象又活現在我眼前了。
【活像】huóxiàng ㄏㄨㄛˊ ㄒㄧㄤˋ 極像：這孩子長得活像他媽媽。
【活性炭】huóxìngtàn ㄏㄨㄛˊ ㄒㄧㄥˋ ㄊㄢˋ 吸附能力很強的炭，把硬木、果殼、骨頭等放在密閉容器中燒成炭再增加其孔隙後製成。防毒面具中用來過濾氣體，工業上用來脫色、使溶液純淨，醫藥上用來吸收胃腸中的毒素、細菌或氣體。
【活血】huóxuè ㄏㄨㄛˊ ㄒㄩㄝˋ 中醫指使血脈暢通：舒筋活血。
【活閻王】huóyán·wang ㄏㄨㄛˊ ㄧㄢˊ ·ㄨㄤ 比喻極兇惡殘忍的人。
【活頁】huóyè ㄏㄨㄛˊ ㄧㄝˋ 書頁等不裝訂成冊，可以隨意分合的：活頁文選｜活頁筆記本。
【活躍】huóyuè ㄏㄨㄛˊ ㄩㄝˋ ❶行動活潑而積極；氣氛蓬勃而熱烈：他是文體活躍分子｜學習討論會開得很活躍。❷使活躍：活躍部隊生活｜活躍農村經濟。
【活質】huózhì ㄏㄨㄛˊ ㄓˋ 最基本的有生命的物質，主要由蛋白質組成，有細胞結構和非細胞結構兩種。
【活捉】huózhuō ㄏㄨㄛˊ ㄓㄨㄛ 活活地抓住。多指在作戰中抓住活的敵人。
【活字】huózì ㄏㄨㄛˊ ㄗˋ 印刷上用的金屬或木質的方柱形物體，一頭鑄着或刻着單個反着的文字或符號，排版時可以自由組合。
【活字版】huózìbǎn ㄏㄨㄛˊ ㄗˋ ㄅㄢˇ 用金屬、木頭等製成的活字排成的印刷版。也指用活字排版印刷的書本。
【活字典】huózìdiǎn ㄏㄨㄛˊ ㄗˋ ㄉㄧㄢˇ 指字、詞等知識特別豐富的人。泛指對某一方面情況非常熟悉能隨時提供情況、數據等的人。
【活字印刷】huózì yìnshuā ㄏㄨㄛˊ ㄗˋ ㄧㄣˋ ㄕㄨㄚ 採用活字排版的印刷。是我國北宋慶曆(1041－1048)年間畢昇首先發明的。
【活罪】huózuì ㄏㄨㄛˊ ㄗㄨㄟˋ 活着所遭受的苦難：受活罪。

huǒ (ㄏㄨㄛˇ)

火 huǒ ㄏㄨㄛˇ ❶(火兒) 物體燃燒時所發的光和焰：火光｜火花｜燈火｜點火。❷指槍炮彈藥：火器｜火力｜火網｜軍火｜走火。❸火氣③：上火｜敗火。❹形容紅色：火雞｜火腿。❺比喻緊急：火速｜火急。❻(火兒)比喻暴躁或憤怒：火性｜冒火｜心頭火起｜他火兒了。❼興旺；興隆：買賣很火。❽同'伙'。❾同'夥[2]'。❿(Huǒ)姓。
【火把】huǒbǎ ㄏㄨㄛˇ ㄅㄚˇ 用於夜間照明的東西，有的用竹篾等編成長條，有的在棍棒的一端紮上棉花，蘸上油。
【火把節】Huǒbǎ Jié ㄏㄨㄛˇ ㄅㄚˇ ㄐㄧㄝˊ 彝、白、傈僳、納西、拉祜等族的傳統節日。一般於農曆六月二十四日舉行。屆時人們舉行鬥牛、賽馬、摔跤等各種娛樂活動，夜裏燃點火把，奔馳田間，驅除蟲害，並飲酒歌舞。

【火伴】huǒbàn ㄏㄨㄛˇ ㄅㄢˋ 見525頁〖夥伴〗。

【火棒】huǒbàng ㄏㄨㄛˇ ㄅㄤˋ 遊藝用的短棒，一端釘有許多層布，成球形，蘸上酒精，點着後在黑暗處揮舞，使火光呈各種曲綫形。

【火暴】huǒbào ㄏㄨㄛˇ ㄅㄠˋ 〈方〉❶暴躁；急躁：火暴性子。❷旺盛；熱鬧；紅火：牡丹開得真火暴｜這一場戲的場面很火暴｜日子越過越火暴。‖也作火爆。

【火爆】huǒbào ㄏㄨㄛˇ ㄅㄠˋ 同'火暴'。

【火併】huǒbìng ㄏㄨㄛˇ ㄅㄧㄥˋ 同夥決裂，自相殺傷或併吞。

【火柴】huǒchái ㄏㄨㄛˇ ㄔㄞˊ 用細小的木條蘸上磷或硫的化合物製成的取火的東西。現在常用的是安全火柴。

【火場】huǒchǎng ㄏㄨㄛˇ ㄔㄤˇ 失火的現場。

【火車】huǒchē ㄏㄨㄛˇ ㄔㄜ 一種重要的交通運輸工具，由機車牽引若干節車廂或車皮在鐵路上行駛。

【火車頭】huǒchētóu ㄏㄨㄛˇ ㄔㄜ ㄊㄡˊ ❶機車的通稱。❷比喻起帶頭作用或領導作用的人或事物。

【火熾】huǒchì ㄏㄨㄛˇ ㄔˋ 旺盛；熱鬧；緊張：石榴花開得真火熾｜籃球賽到了最火熾的階段。

【火刀】huǒdāo ㄏㄨㄛˇ ㄉㄠ 〈方〉火鐮。

【火電】huǒdiàn ㄏㄨㄛˇ ㄉㄧㄢˋ 火力發電的簡稱。

【火夫】huǒfū ㄏㄨㄛˇ ㄈㄨ ❶舊時指機器間或鍋爐房中燒鍋爐的工人。❷舊時指軍隊、機關、學校的廚房中挑水、煮飯的人。也作伙夫。

【火罐兒】huǒguànr ㄏㄨㄛˇ ㄍㄨㄢㄦˋ 拔罐子使用的小罐兒。

【火光】huǒguāng ㄏㄨㄛˇ ㄍㄨㄤ 火發出的光：火光衝天。

【火鍋】huǒguō ㄏㄨㄛˇ ㄍㄨㄛ (火鍋兒)金屬或陶瓷製成的用具，鍋中央有爐膛，置炭火，使菜保持相當熱度，或使鍋中的湯經常沸騰，把肉片或蔬菜等放在湯裏，隨煮隨吃。也有用酒精、石油液化氣等做燃料的。用電加熱的叫電火鍋。

【火海】huǒhǎi ㄏㄨㄛˇ ㄏㄞˇ 指大片的火：太陽的表面像個火海｜陣地上打成一片火海。

【火海刀山】huǒ hǎi dāo shān ㄏㄨㄛˇ ㄏㄞˇ ㄉㄠ ㄕㄢ 見231頁〖刀山火海〗。

【火紅】huǒhóng ㄏㄨㄛˇ ㄏㄨㄥˊ ❶像火一樣紅：火紅的太陽。❷形容旺盛或熱烈：火紅的青春｜日子過得火紅。

【火候】huǒ·hou ㄏㄨㄛˇ ·ㄏㄡ (火候兒)❶燒火的火力大小和時間長短：燒窰煉鐵都要看火候｜她炒的菜，作料和火候都很到家。❷比喻修養程度的深淺：他的書法到火候了。❸比喻緊要的時機：這兒正缺人，你來得正是火候。

【火花】[1] huǒhuā ㄏㄨㄛˇ ㄏㄨㄚ 迸發的火焰：烟火噴出燦爛的火花◇生命的火花。

【火花】[2] huǒhuā ㄏㄨㄛˇ ㄏㄨㄚ (火花兒)火柴盒上的圖案。

【火花塞】huǒhuāsāi ㄏㄨㄛˇ ㄏㄨㄚ ㄙㄞ 內燃機上的點火裝置，形狀像塞子，裝在汽缸蓋上，通過高壓電時能產生火花，使汽缸裏的燃料爆發。有的地區叫電嘴。

【火化】huǒhuà ㄏㄨㄛˇ ㄏㄨㄚˋ 火葬。

【火浣布】huǒhuànbù ㄏㄨㄛˇ ㄏㄨㄢˋ ㄅㄨˋ 用石棉織成的布，能耐火。

【火急】huǒjí ㄏㄨㄛˇ ㄐㄧˊ 非常緊急：十萬火急。

【火急火燎】huǒ jí huǒ liǎo ㄏㄨㄛˇ ㄐㄧˊ ㄏㄨㄛˇ ㄌㄧㄠˇ 形容非常焦急：聽説發生了事故，他心裏火急火燎的。

【火剪】huǒjiǎn ㄏㄨㄛˇ ㄐㄧㄢˇ ❶生火時夾煤炭、柴火的用具，形狀像剪刀而特別長。也叫火鉗。❷燙髮的用具。形狀像剪刀。

【火箭】huǒjiàn ㄏㄨㄛˇ ㄐㄧㄢˋ 利用反衝力推進的飛行器，速度很快，用來運載人造衞星、宇宙飛船等，也可以裝上彈頭製成導彈。

【火箭彈】huǒjiàndàn ㄏㄨㄛˇ ㄐㄧㄢˋ ㄉㄢˋ 用火箭炮、火箭筒等發射的彈藥，由彈頭、推進裝置和穩定裝置構成，有時專指彈頭。

【火箭炮】huǒjiànpào ㄏㄨㄛˇ ㄐㄧㄢˋ ㄆㄠˋ 利用火箭的反衝力把炮彈發射出去的一種火炮。有多管式、滑軌式等。

【火箭筒】huǒjiàntǒng ㄏㄨㄛˇ ㄐㄧㄢˋ ㄊㄨㄥˇ 單人使用的發射火箭彈的輕型武器，圓筒形。裝有紅外綫瞄準鏡，發射時無後坐力，用於摧毀近距離的裝甲目標和堅固工事。

【火井】huǒjǐng ㄏㄨㄛˇ ㄐㄧㄥˇ 指能噴出天然氣的井。

【火警】huǒjǐng ㄏㄨㄛˇ ㄐㄧㄥˇ 失火的事件(包括成災的和不成災的)：報火警｜火警電話。

【火鏡】huǒjìng ㄏㄨㄛˇ ㄐㄧㄥˋ 指凸透鏡(因為可以用來取火)。

【火酒】huǒjiǔ ㄏㄨㄛˇ ㄐㄧㄡˇ 〈方〉酒精。

【火居道士】huǒjū dào·shi ㄏㄨㄛˇ ㄐㄩ ㄉㄠˋ ·ㄕ 不出家，可娶妻的道士。

【火具】huǒjù ㄏㄨㄛˇ ㄐㄩˋ 點火和引爆的器材的總稱，包括拉火管、導火索、雷管等。也叫火工品。

【火炬】huǒjù ㄏㄨㄛˇ ㄐㄩˋ 火把：火炬接力賽。

【火炕】huǒkàng ㄏㄨㄛˇ ㄎㄤˋ 設有烟道，可以燒火取暖的炕。

【火坑】huǒkēng ㄏㄨㄛˇ ㄎㄥ 比喻極端悲慘的生活環境：跳出火坑。

【火筷子】huǒkuài·zi ㄏㄨㄛˇ ㄎㄨㄞˋ ·ㄗ 夾爐中煤炭或通火的用具，用鐵製成，形狀像兩根筷子，一端由鐵鏈子連起來。

【火辣辣】huǒlālā ㄏㄨㄛˇ ㄌㄚ ㄌㄚ (火辣辣的) ❶形容酷熱：太陽火辣辣的。❷形容因被火燒或鞭打等而產生的疼痛的感覺：手燙傷了，疼得火辣辣的。❸形容激動的情緒(如興奮、焦急、暴躁、害羞等)：我心裏火辣辣的，恨不得馬上趕到工地去｜臉上火辣辣的，羞得不敢抬頭。❹形容動作、性格潑辣；言詞尖鋭：火辣辣的性格｜火辣辣的批評。

【火老鴉】huǒlǎoyā ㄏㄨㄛˇ ㄌㄠˇ ㄧㄚ〈方〉大火時飛騰的火苗。

【火犁】huǒlí ㄏㄨㄛˇ ㄌㄧˊ〈方〉農業上用的拖拉機。

【火力】huǒlì ㄏㄨㄛˇ ㄌㄧˋ ❶利用煤、石油、天然氣等做燃料獲得的動力。❷彈藥發射或投擲後所形成的殺傷力和破壞力。❸指人體的抗寒能力：年輕人火力旺。

【火力點】huǒlìdiǎn ㄏㄨㄛˇ ㄌㄧˋ ㄉㄧㄢˇ 輕重機槍、直接瞄準火炮等配置和發射的地點。也叫發射點。

【火力發電】huǒlì fādiàn ㄏㄨㄛˇ ㄌㄧˋ ㄈㄚ ㄉㄧㄢˋ 用煤、煤氣、汽油、柴油等做燃料產生動力而發電。

【火力圈】huǒlìquān ㄏㄨㄛˇ ㄌㄧˋ ㄑㄩㄢ 在一個區域內各種火力所及的範圍。

【火鐮】huǒlián ㄏㄨㄛˇ ㄌㄧㄢˊ 取火的用具，用鋼製成，形狀像鐮刀，打在火石上，發出火星，點着火絨。

【火亮】huǒliàng ㄏㄨㄛˇ ㄌㄧㄤˋ〈方〉(火亮兒)小的火光：爐子裏一點火亮也沒有了。

【火龍】huǒlóng ㄏㄨㄛˇ ㄌㄨㄥˊ ❶形容連成一串的燈火或連成一綫的火焰：大堤上的燈籠火把像一條火龍｜火龍乘着風勢迅速延伸。❷〈方〉從爐灶通向烟囱的傾斜的孔道。

【火籠】huǒlóng ㄏㄨㄛˇ ㄌㄨㄥˊ〈方〉烘籃。

【火爐】huǒlú ㄏㄨㄛˇ ㄌㄨˊ (火爐兒)爐子。也叫火爐子。

【火輪船】huǒlúnchuán ㄏㄨㄛˇ ㄌㄨㄣˊ ㄔㄨㄢˊ 舊時稱輪船。也叫火輪。

【火冒三丈】huǒ mào sān zhàng ㄏㄨㄛˇ ㄇㄠˋ ㄙㄢ ㄓㄤˋ 形容怒氣特別大。

【火媒】huǒméi ㄏㄨㄛˇ ㄇㄟˊ 同'火煤'。

【火煤】huǒméi ㄏㄨㄛˇ ㄇㄟˊ (火煤兒)指引柴、紙煤兒等引火用的東西。也作火媒。

【火苗】huǒmiáo ㄏㄨㄛˇ ㄇㄧㄠˊ (火苗兒)火焰的通稱。也叫火苗子。

【火磨】huǒmò ㄏㄨㄛˇ ㄇㄛˋ 用電動機或內燃機帶動的磨。

【火捻】huǒniǎn ㄏㄨㄛˇ ㄋㄧㄢˇ (火捻兒) ❶火煤。❷用紙裹火硝等做成的引火的東西。

【火炮】huǒpào ㄏㄨㄛˇ ㄆㄠˋ 炮①。

【火盆】huǒpén ㄏㄨㄛˇ ㄆㄣˊ 盛炭火等的盆子，用來取暖或烘乾衣物。

【火拼】huǒpīn ㄏㄨㄛˇ ㄆㄧㄣ 火併。

【火漆】huǒqī ㄏㄨㄛˇ ㄑㄧ 用松脂和石蠟加顏料製成的物質，稍加熱就熔化，並有黏性，用來封瓶口、信件等。也叫封蠟。

【火氣】huǒqì ㄏㄨㄛˇ ㄑㄧˋ ❶怒氣；暴躁的脾氣：壓不住心頭的火氣。❷指人體中的熱量：年輕人火氣足，不怕冷。❸中醫指引起發炎、紅腫、煩躁等症狀的病因。

【火器】huǒqì ㄏㄨㄛˇ ㄑㄧˋ 利用炸藥等的爆炸或燃燒性能起破壞作用的武器，如槍、炮、火箭筒、手榴彈等。

【火鉗】huǒqián ㄏㄨㄛˇ ㄑㄧㄢˊ 火剪①。

【火槍】huǒqiāng ㄏㄨㄛˇ ㄑㄧㄤ 裝火藥和鐵砂的舊式槍，現多用於打獵。

【火牆】huǒqiáng ㄏㄨㄛˇ ㄑㄧㄤˊ ❶中間有通熱氣的烟道、可以取暖的牆。❷火網。

【火情】huǒqíng ㄏㄨㄛˇ ㄑㄧㄥˊ 失火時火燃燒的情況：火情嚴重。

【火熱】huǒrè ㄏㄨㄛˇ ㄖㄜˋ ❶像火一樣熱：火熱的太陽。❷形容感情熱烈：火熱的心｜他那火熱的話語感動了在場的每一個人。❸親熱：談得火熱｜兩個人打得火熱。❹緊張激烈：火熱的鬥爭。

【火絨】huǒróng ㄏㄨㄛˇ ㄖㄨㄥˊ 用火鐮和火石取火時引火的東西，用艾草等蘸硝做成。

【火肉】huǒròu ㄏㄨㄛˇ ㄖㄡˋ〈方〉火腿肉。

【火色】huǒsè ㄏㄨㄛˇ ㄙㄜˋ〈方〉火候：看火色｜拿穩了火色。

【火山】huǒshān ㄏㄨㄛˇ ㄕㄢ 因地球表層壓力減低，地球深處的岩漿等高溫物質從裂縫中噴出地面而形成的錐形高地。火山由火山錐、火山口、火山通道組成。參看520頁〖活火山〗、1084頁〖死火山〗、1286頁〖休眠火山〗。

【火山地震】huǒshān dìzhèn ㄏㄨㄛˇ ㄕㄢ ㄉㄧˋ ㄓㄣˋ 地震的一種，由火山爆發而引起。波及範圍和破壞性都較小。

【火傷】huǒshāng ㄏㄨㄛˇ ㄕㄤ 因接觸火焰的高溫而造成的燒傷。

【火上加油】huǒ shàng jiā yóu ㄏㄨㄛˇ ㄕㄤˋ ㄐㄧㄚ ㄧㄡˊ 比喻使人更加憤怒或使事態更加嚴重。也說火上澆油。

【火燒】huǒ·shao ㄏㄨㄛˇ ·ㄕㄠ 表面沒有芝麻的燒餅。

【火燒火燎】huǒ shāo huǒ liǎo ㄏㄨㄛˇ ㄕㄠ ㄏㄨㄛˇ ㄌㄧㄠˇ (火燒火燎的)比喻身上熱得難受或心中十分焦灼。

【火燒眉毛】huǒ shāo méi·mao ㄏㄨㄛˇ ㄕㄠ ㄇㄟˊ ·ㄇㄠ 比喻非常急迫：火燒眉毛眼下急｜這是火燒眉毛的事兒，別這麼慢條斯理的。

【火燒雲】huǒshāoyún ㄏㄨㄛˇ ㄕㄠ ㄩㄣˊ 日出或日落時出現的赤色雲霞。

【火舌】huǒshé ㄏㄨㄛˇ ㄕㄜˊ 比較高的火苗。

【火繩】huǒshéng ㄏㄨㄛˇ ㄕㄥˊ 用艾、草等搓成

的繩，燃燒發烟，用來驅除蚊蟲，也可以引火。

【火石】huǒshí ㄏㄨㄛˇ ㄕˊ ❶燧石的通稱。❷用鈰、鑭、鐵製成的合金，摩擦時能產生火花。通常用於打火機中。

【火勢】huǒshì ㄏㄨㄛˇ ㄕˋ 火燃燒的情勢：火勢已得到控制。

【火樹銀花】huǒ shù yín huā ㄏㄨㄛˇ ㄕㄨˋ ㄧㄣˊ ㄏㄨㄚ 形容燦爛的燈火或烟火。

【火速】huǒsù ㄏㄨㄛˇ ㄙㄨˋ 用最快的速度（做緊急的事）：火速行動｜任務緊急，必須火速完成。

【火炭】huǒtàn ㄏㄨㄛˇ ㄊㄢˋ 燃燒中的木炭或木柴。

【火塘】huǒtáng ㄏㄨㄛˇ ㄊㄤˊ 〈方〉室內地上挖成的小坑，四周壘磚石，中間生火取暖。

【火燙】huǒtàng ㄏㄨㄛˇ ㄊㄤˋ ❶非常熱；滾燙：他正在發燒，臉上火燙。❷用燒熱的火剪燙髮。

【火頭】huǒtóu ㄏㄨㄛˇ ㄊㄡˊ ❶（火頭兒）火焰：油燈的火頭兒太小。❷（火頭兒）火候①：火頭兒不到，餅就烙不好。❸火主。❹（火頭兒）怒氣：你先把火頭壓一壓，別着急。

【火頭軍】huǒtóujūn ㄏㄨㄛˇ ㄊㄡˊ ㄐㄩㄣ 近代小說戲曲中稱軍隊中的炊事員（現代用做戲謔的話）。

【火頭上】huǒtóu·shang ㄏㄨㄛˇ ㄊㄡˊ ·ㄕㄤ 發怒的時候：他正在火頭上，等他消消氣再跟他細說。

【火腿】huǒtuǐ ㄏㄨㄛˇ ㄊㄨㄟˇ 醃製的豬腿。浙江金華和雲南宣威出產的最有名。

【火網】huǒwǎng ㄏㄨㄛˇ ㄨㄤˇ 彈道縱橫交織的密集火力。也叫火力網。

【火險】huǒxiǎn ㄏㄨㄛˇ ㄒㄧㄢˇ ❶火災的保險。❷失火的危險：火險隱患。

【火綫】huǒxiàn ㄏㄨㄛˇ ㄒㄧㄢˋ ❶作戰雙方對峙的前沿地帶。❷電路中輸送電的電源綫。在市電上指對地電壓大的導綫，在直流電路中指接正極的導綫。

【火星】[1] huǒxīng ㄏㄨㄛˇ ㄒㄧㄥ 太陽系九大行星之一，按離太陽由近而遠的次序計為第四顆，比地球小，公轉週期約 687 天，自轉週期約 24 小時 37 分。（圖見1107頁〖太陽系〗）

【火星】[2] huǒxīng ㄏㄨㄛˇ ㄒㄧㄥ （火星兒）極小的火：鐵錘打在石頭上，迸出不少火星◇他氣得兩眼直冒火星。

【火性】huǒxìng ㄏㄨㄛˇ ㄒㄧㄥˋ 急躁的、容易發怒的脾氣。也說火性子。

【火眼】huǒyǎn ㄏㄨㄛˇ ㄧㄢˇ 中醫指急性結膜炎。

【火眼金睛】huǒ yǎn jīn jīng ㄏㄨㄛˇ ㄧㄢˇ ㄐㄧㄣ ㄐㄧㄥ 《西遊記》第七回寫孫悟空被放在八卦爐裏鍛煉，他那一雙被爐烟熏紅的眼叫做火眼金睛，能識別各種妖魔鬼怪。借指能洞察一切的眼力。

【火焰】huǒyàn ㄏㄨㄛˇ ㄧㄢˋ 燃燒着的可然氣體，發光、發熱，閃爍而向上升。其他可燃體如石油、蠟燭、木材等，燃燒時先產生可燃氣體，所以也有火焰。通稱火苗。

【火焰噴射器】huǒyàn pēnshèqì ㄏㄨㄛˇ ㄧㄢˋ ㄆㄣ ㄕㄜˋ ㄑㄧˋ 見870頁〖噴火器〗。

【火藥】huǒyào ㄏㄨㄛˇ ㄧㄠˋ 炸藥的一類。爆炸時有的有烟，如黑色火藥，有的沒有烟，如硝酸纖維素。

【火藥味】huǒyàowèi ㄏㄨㄛˇ ㄧㄠˋ ㄨㄟˋ （火藥味兒）比喻強烈的敵意或激烈的衝突氣氛：他今天的發言帶火藥味｜辯論會上火藥味很濃。

【火印】huǒyìn ㄏㄨㄛˇ ㄧㄣˋ 把燒熱的鐵器或鐵質的圖章烙在木器、竹片等物體上而留下的標記。

【火油】huǒyóu ㄏㄨㄛˇ ㄧㄡˊ 〈方〉煤油。

【火災】huǒzāi ㄏㄨㄛˇ ㄗㄞ 失火造成的災害：防止森林火災。

【火葬】huǒzàng ㄏㄨㄛˇ ㄗㄤˋ 處理死人遺體的一種方法，用火焚化屍體。

【火針】huǒzhēn ㄏㄨㄛˇ ㄓㄣ 一種針刺療法，將針尖燒紅，迅速刺入一定部位的皮下組織，並立即拔出。也叫燔針、淬針和燒針。

【火紙】huǒzhǐ ㄏㄨㄛˇ ㄓˇ ❶塗着硝的紙，容易燃燒，多用做火煤兒。❷〈方〉迷信的人祭奠死人時燒的紙。

【火中取栗】huǒ zhōng qǔ lì ㄏㄨㄛˇ ㄓㄨㄥ ㄑㄩˇ ㄌㄧˋ 一隻猴子和一隻貓看見爐火中烤着栗子，猴子叫貓去偷，貓用爪子從火中取出幾個栗子，自己腳上的毛被燒掉，栗子卻都被猴子給吃了（見於法國拉·封登〔Jean de La Fontaine〕的寓言）。比喻冒危險給別人出力，自己上了大當，一無所得。

【火種】huǒzhǒng ㄏㄨㄛˇ ㄓㄨㄥˇ 供引火用的火◇革命的火種。

【火燭】huǒzhú ㄏㄨㄛˇ ㄓㄨˊ 泛指可以引起火災的東西：小心火燭。

【火主】huǒzhǔ ㄏㄨㄛˇ ㄓㄨˇ 引起火災的人家。

【火柱】huǒzhù ㄏㄨㄛˇ ㄓㄨˋ 柱狀的火焰。

【火箸】huǒzhù ㄏㄨㄛˇ ㄓㄨˋ 〈方〉火筷子。

【火磚】huǒzhuān ㄏㄨㄛˇ ㄓㄨㄢ 耐火磚。

伙（火） huǒ ㄏㄨㄛˇ 伙食：起伙｜包伙。另見525頁 huǒ ‘夥’。

【伙房】huǒfáng ㄏㄨㄛˇ ㄈㄤˊ 學校、部隊等集體中的廚房。

【伙夫】huǒfū ㄏㄨㄛˇ ㄈㄨ 同‘火夫’②。

【伙食】huǒ·shí ㄏㄨㄛˇ ·ㄕˊ 飯食，多指部隊、機關、學校等集體中所辦的飯食：伙食費｜改善伙食。

鈥（钬） huǒ ㄏㄨㄛˇ 金屬元素，符號 Ho (holmium)。是一種稀土金屬。

夥1 huǒ ㄏㄨㄛˇ 〈書〉多：獲益甚夥。

夥2 (伙、火) huǒ ㄏㄨㄛˇ ❶同伴；夥計：夥伴｜夥友。❷由同伴組成的集體：合夥｜入夥｜成群搭夥。❸量詞，用於人群：一夥人｜分成兩夥｜三個一群，五個一夥。❹共同；聯合：夥同｜夥辦｜幾個人夥着幹。

'伙' 另見524頁 huǒ。

【夥伴】huǒbàn ㄏㄨㄛˇ ㄅㄢ 古代兵制十人為一火，火長一人管炊事，同火者稱為火伴，現在泛指共同參加某種組織或從事某種活動的人，寫作夥伴。

【夥耕】huǒgēng ㄏㄨㄛˇ ㄍㄥ 共同耕種：他們夥耕了十來畝地。

【夥計】huǒ·ji ㄏㄨㄛˇ ·ㄐㄧ ❶合作的人；夥伴(多用來當面稱對方)：夥計，咱得加快幹。❷舊時指店員或長工：當年我在這個店當夥計。

【夥同】huǒtóng ㄏㄨㄛˇ ㄊㄨㄥˊ 跟別人合在一起(做事)：老王夥同幾個退休工人辦起了農機修理廠。

【夥種】huǒzhòng ㄏㄨㄛˇ ㄓㄨㄥˋ 夥耕。

【夥子】huǒ·zi ㄏㄨㄛˇ ·ㄗ 夥2③：他們是一夥子。

漷 huǒ ㄏㄨㄛˇ 漷縣(Huǒxiàn ㄏㄨㄛˇ ㄒㄧㄢˋ)，地名，在北京市通縣。

huò (ㄏㄨㄛˋ)

或 huò ㄏㄨㄛˋ ❶或許；也許：慰問團已經起程，明日上午或可到達。❷或者②：或多或少｜不解決橋或船的問題，過河就是一句空話｜他生怕我沒聽清或不注意，所以又囑咐了一遍。❸〈書〉某人；有的人：或告之曰。❹〈書〉稍微：不可或缺｜不可或忽。

【或然】huòrán ㄏㄨㄛˋ ㄖㄢˊ 有可能而不一定：或然性。

【或然率】huòránlǜ ㄏㄨㄛˋ ㄖㄢˊ ㄌㄩˋ 概率的舊稱。

【或許】huòxǔ ㄏㄨㄛˋ ㄒㄩˇ 也許：他沒來，或許是病了。

【或則】huòzé ㄏㄨㄛˋ ㄗㄜˊ 或者②(大多疊用)：天晴的日子，老人家或則到城外散步，或則到河邊釣魚。

【或者】huòzhě ㄏㄨㄛˋ ㄓㄜˇ ❶或許：你快走，或者還趕得上車。❷連詞，用在敍述句裏，表示選擇關係：你們叫我楊同志或者老楊都行，可別再叫我楊科長｜這本書或者你先看，或者我先看。

和1 huò ㄏㄨㄛˋ 粉狀或粒狀物攙和在一起，或加水攪拌使成較稀的東西：和藥｜藕粉裏和點兒糖。

和2 huò ㄏㄨㄛˋ 量詞，指洗東西換水的次數或一劑藥煎的次數：衣裳已經洗了三和｜二和藥。

另見463頁 hé；466頁 hè；483頁 hú；519頁 huó。

【和弄】huò·nong ㄏㄨㄛˋ ·ㄋㄨㄥ 〈方〉❶攪拌。❷挑撥。

【和稀泥】huò xīní ㄏㄨㄛˋ ㄒㄧ ㄋㄧˊ 比喻無原則地調解或折中。

貨 (货) huò ㄏㄨㄛˋ ❶貨幣；錢：通貨。❷貨物；商品：百貨｜南貨｜訂貨｜銷貨｜貨真價實｜奇貨可居。❸指人(罵人的話)：笨貨｜蠢貨｜好吃懶做的貨。❹〈書〉出賣：貨賣。

【貨幣】huòbì ㄏㄨㄛˋ ㄅㄧˋ 充當一切商品的等價物的特殊商品。貨幣是價值的一般代表，可以購買任何別的商品。

【貨艙】huòcāng ㄏㄨㄛˋ ㄘㄤ 船或飛機上專用於裝載貨物的艙。

【貨場】huòchǎng ㄏㄨㄛˋ ㄔㄤˇ 車站、商店、倉庫等儲存或臨時堆放貨物的場地。

【貨車】huòchē ㄏㄨㄛˋ ㄔㄜ 主要用來載運貨物的車輛。

【貨船】huòchuán ㄏㄨㄛˋ ㄔㄨㄢˊ 主要用來載運貨物的船。

【貨櫃】huòguì ㄏㄨㄛˋ ㄍㄨㄟˋ ❶擺放貨物的櫃枱。❷〈方〉集裝箱。

【貨機】huòjī ㄏㄨㄛˋ ㄐㄧ 主要用來載運貨物的飛機。

【貨架子】huòjià·zi ㄏㄨㄛˋ ㄐㄧㄚˋ ·ㄗ ❶商店裏放貨物的架子。❷指自行車的座子後面的架子。

【貨款】huòkuǎn ㄏㄨㄛˋ ㄎㄨㄢˇ 買賣貨物的款子。

【貨郎】huòláng ㄏㄨㄛˋ ㄌㄤˊ 在農村、山區或城市小街僻巷流動地販賣日用品的人，有的也兼營收購：貨郎擔(貨郎裝貨物的擔子)。

【貨郎鼓】huòlánggǔ ㄏㄨㄛˋ ㄌㄤˊ ㄍㄨˇ 貨郎招攬顧客用的手搖小鼓，形狀跟撥浪鼓相同而比較大。

【貨輪】huòlún ㄏㄨㄛˋ ㄌㄨㄣˊ 主要用來載運貨物的輪船。

【貨票】huòpiào ㄏㄨㄛˋ ㄆㄧㄠˋ 運輸企業承運貨物時開給託運人的票據，是託運人或收貨人提貨的憑證。

【貨品】huòpǐn ㄏㄨㄛˋ ㄆㄧㄣˇ 貨物。也指貨物的品種：貨品豐富。

【貨色】huòsè ㄏㄨㄛˋ ㄙㄜˋ ❶貨物(就品種或質量說)：貨色齊全｜上等貨色。❷也指人或思想言論、作品等(多含貶義)。

【貨聲】huòshēng ㄏㄨㄛˋ ㄕㄥ 小販等叫賣的聲音或做某些修補工作的人走街串巷招攬主顧的吆喝聲。

【貨損】huòsǔn ㄏㄨㄛˋ ㄙㄨㄣˇ 貨物在運輸過程

中發生的損壞：貨損嚴重｜禁止野蠻裝卸，減少貨損。

【貨攤】huòtān ㄏㄨㄛˋ ㄊㄢ (貨攤兒)設在路旁、廣場上的售貨處：擺貨攤。

【貨梯】huòtī ㄏㄨㄛˋ ㄊㄧ 主要用來運載貨物的電梯。

【貨位】huòwèi ㄏㄨㄛˋ ㄨㄟˋ ❶鐵路運輸上可裝滿一車皮的貨物量，叫一貨位。❷車站、商店、倉庫等儲存或臨時堆放貨物的位置。

【貨物】huòwù ㄏㄨㄛˋ ㄨˋ 供出售的物品。

【貨樣】huòyàng ㄏㄨㄛˋ ㄧㄤˋ 貨物的樣品。

【貨源】huòyuán ㄏㄨㄛˋ ㄩㄢˊ 貨物的來源：貨源充足｜開闢貨源｜擴大貨源。

【貨運】huòyùn ㄏㄨㄛˋ ㄩㄣˋ 運輸企業承運貨物的業務。

【貨棧】huòzhàn ㄏㄨㄛˋ ㄓㄢˋ 營業性質的堆放貨物的房屋或場地。

【貨真價實】huò zhēn jià shí ㄏㄨㄛˋ ㄓㄣ ㄐㄧㄚˋ ㄕˊ 貨物不是冒牌的，價錢也是實在的。原是商人招攬生意的用語。現在引申為實實在在，一點不假。

【貨殖】huòzhí ㄏㄨㄛˋ ㄓˊ 古代指經營商業和工礦業。

【貨主】huòzhǔ ㄏㄨㄛˋ ㄓㄨˇ 運輸部門稱所運貨物的主人。

惑 huò ㄏㄨㄛˋ ❶疑惑；迷惑：惶惑｜大惑不解｜智者不惑。❷使迷惑：惑亂｜惑人耳目｜謠言惑眾。

【惑亂】huòluàn ㄏㄨㄛˋ ㄌㄨㄢˋ 使迷惑混亂：惑亂人心｜惑亂軍心。

禍(祸) huò ㄏㄨㄛˋ ❶禍事；災難(跟'福'相對)：車禍｜闖禍｜大禍臨頭｜禍不單行。❷損害：禍國殃民。

【禍不單行】huò bù dān xíng ㄏㄨㄛˋ ㄅㄨˋ ㄉㄢ ㄒㄧㄥˊ 表示不幸的事接連發生。

【禍端】huòduān ㄏㄨㄛˋ ㄉㄨㄢ 〈書〉禍根。

【禍根】huògēn ㄏㄨㄛˋ ㄍㄣ 禍事的根源；引起災難的人或事物：留下禍根｜鏟除禍根。

【禍國殃民】huò guó yāng mín ㄏㄨㄛˋ ㄍㄨㄛˊ ㄧㄤ ㄇㄧㄣˊ 使國家受害，人民遭殃。

【禍害】huò·hai ㄏㄨㄛˋ ·ㄏㄞ ❶禍事：黃河在歷史上經常引起禍害。❷引起災難的人或事物。❸損害；損壞：野豬禍害了一大片莊稼。

【禍患】huòhuàn ㄏㄨㄛˋ ㄏㄨㄢˋ 禍事；災難：消除禍患。

【禍亂】huòluàn ㄏㄨㄛˋ ㄌㄨㄢˋ 災難和變亂；禍事：禍亂不斷｜禍亂臨頭。

【禍起蕭牆】huò qǐ xiāoqiáng ㄏㄨㄛˋ ㄑㄧˇ ㄒㄧㄠ ㄑㄧㄤˊ 禍亂發生在家裏。比喻內部發生禍亂。

【禍事】huòshì ㄏㄨㄛˋ ㄕˋ 危害性大的事情。

【禍首】huòshǒu ㄏㄨㄛˋ ㄕㄡˇ 引起禍患的主要人物：罪魁禍首。

【禍水】huòshuǐ ㄏㄨㄛˋ ㄕㄨㄟˇ 比喻引起禍患的人或事。

【禍祟】huòsuì ㄏㄨㄛˋ ㄙㄨㄟˋ 迷信的人指鬼神帶給人的災禍。

【禍胎】huòtāi ㄏㄨㄛˋ ㄊㄞ 禍根。

【禍心】huòxīn ㄏㄨㄛˋ ㄒㄧㄣ 作惡的念頭：包藏禍心。

【禍殃】huòyāng ㄏㄨㄛˋ ㄧㄤ 災禍：招惹禍殃。

腫 huò ㄏㄨㄛˋ 同'臛'。

霍 huò ㄏㄨㄛˋ ❶霍然。❷(Huò)姓。

【霍地】huòdì ㄏㄨㄛˋ ㄉㄧˋ 副詞，表示動作突然發生：霍地閃開｜霍地立起身來。

【霍霍】huòhuò ㄏㄨㄛˋ ㄏㄨㄛˋ ❶象聲詞：磨刀霍霍。❷閃動：電光霍霍。

【霍亂】huòluàn ㄏㄨㄛˋ ㄌㄨㄢˋ ❶急性腸道傳染病，病原體是霍亂弧菌。症狀是腹瀉，嘔吐，大便很稀，像米泔水，四肢痙攣冰冷，休克。患者因脱水而眼窩凹陷，手指、腳趾乾癟。❷中醫泛指有劇烈吐瀉、腹痛等症狀的胃腸疾患。

【霍然】huòrán ㄏㄨㄛˋ ㄖㄢˊ ❶副詞，突然：手電筒霍然一亮。❷〈書〉疾病迅速消除：病體霍然。

【霍閃】huòshǎn ㄏㄨㄛˋ ㄕㄢˇ 〈方〉閃電。

嚄〔嚄〕 huò ㄏㄨㄛˋ 〈書〉❶大呼；大笑。❷嘆詞，表示驚訝。

另見519頁 huō；854頁 ǒ。

獲〔獲〕(获) huò ㄏㄨㄛˋ ❶捉住；擒住：捕獲｜俘獲。❷得到；獲得：獲勝｜獲利｜獲獎｜獲罪｜獲救｜不勞而獲。

'获'另見527頁 huò'穫'。

【獲得】huòdé ㄏㄨㄛˋ ㄉㄜˊ 取得；得到(多用於抽象事物)：獲得好評｜獲得寶貴的經驗｜獲得顯著的成績。

【獲救】huòjiù ㄏㄨㄛˋ ㄐㄧㄡˋ 得到挽救：食物中毒的民工均已獲救。

【獲取】huòqǔ ㄏㄨㄛˋ ㄑㄩˇ 取得；獵取：獲取情報｜獲取利潤。

【獲釋】huòshì ㄏㄨㄛˋ ㄕˋ 得到釋放，恢復自由：獲釋出獄。

【獲悉】huòxī ㄏㄨㄛˋ ㄒㄧ 得到消息知道(某事)：日前獲悉，他已南下探親。

【獲知】huòzhī ㄏㄨㄛˋ ㄓ 獲悉：獲知你已康復出院，大家都十分高興。

【獲致】huòzhì ㄏㄨㄛˋ ㄓˋ 獲得；得到：產權糾紛獲致解決。

【獲准】huòzhǔn ㄏㄨㄛˋ ㄓㄨㄣˇ 得到准許：開業申請業已獲准。

臒〔臒〕 huò ㄏㄨㄛˋ 〈書〉紅色或青色的可作顏料的礦物，泛指好的彩色：丹臒。

豁 huò ㄏㄨㄛˋ ❶開闊；開通；通達：豁然｜豁達｜顯豁。❷免除：豁免。

另見494頁 huá；519頁 huō。

【豁達】huòdá ㄏㄨㄛˋ ㄉㄚˊ 性格開朗；氣量大：胸襟豁達｜豁達大度。

【豁朗】huòlǎng ㄏㄨㄛˋ ㄌㄤˇ （心情）開朗：他覺得天地是那麼廣闊，心裏是那麼豁朗。

【豁亮】huòliàng ㄏㄨㄛˋ ㄌㄧㄤˋ ❶寬敞明亮：這間房子又乾淨又豁亮。❷（嗓音）響亮。

【豁免】huòmiǎn ㄏㄨㄛˋ ㄇㄧㄢˇ 免除（捐稅、勞役等）。

【豁然】huòrán ㄏㄨㄛˋ ㄖㄢˊ 形容開闊或通達：豁然開朗｜豁然貫通｜豁然醒悟。

穫〔穫〕（获） huò ㄏㄨㄛˋ 收割：收穫。

'获'另見526頁 huò'獲'。

藿〔藿〕 huò ㄏㄨㄛˋ 〈書〉豆類作物的葉子。

嚯 huò ㄏㄨㄛˋ ❶嘆詞，表示驚訝或讚嘆：嚯，原來你們也在這兒！❷象聲詞：嚯嚯大笑。

蠖〔蠖〕 huò ㄏㄨㄛˋ 見154頁〖尺蠖〗。

鱯（鱯） huò ㄏㄨㄛˋ 魚類的一屬，身體長形，側扁，牙齒呈絨毛狀，頭上的鱗圓形，其他部分的鱗呈櫛狀。生活在海洋中。

獾 huò ㄏㄨㄛˋ〔獾狮狓〕（huòjiāpí ㄏㄨㄛˋ ㄐㄧㄚ ㄆㄧˊ）哺乳動物，體形像長頸鹿，但小得多，毛赤褐色，臀部與四肢有黑白相間的橫紋。生活在非洲原始森林中，吃樹葉。［英okapi］

臛 huò ㄏㄨㄛˋ 〈書〉肉羹。

鑊〔鑊〕（镬） huò ㄏㄨㄛˋ ❶〈方〉鍋。❷古代的大鍋：斧鋸鼎鑊（指古代殘酷的刑具）。

【鑊子】huò·zi ㄏㄨㄛˋ ·ㄗ 〈方〉鍋。

J

jī (ㄐㄧ)

几 jī ㄐㄧ (几兒) 小桌子：茶几兒｜窗明几淨。另見530頁jī'幾'；541頁jǐ'幾'。

【几案】jī'àn ㄐㄧ ㄢˋ 條案，也泛指桌子。

乩 jī ㄐㄧ 見350頁〖扶乩〗。

肌 jī ㄐㄧ 肌肉：平滑肌｜肌膚。

【肌膚】jīfū ㄐㄧ ㄈㄨ 〈書〉肌肉和皮膚。

【肌腱】jījiàn ㄐㄧ ㄐㄧㄢˋ 腱。

【肌理】jīlǐ ㄐㄧ ㄌㄧˇ 〈書〉皮膚的紋理：肌理細膩。

【肌肉】jīròu ㄐㄧ ㄖㄡˋ 人和動物體內的一種組織，由許多肌纖維集合構成。上面有神經纖維，在神經衝動的影響下收縮，引起器官運動。可分為橫紋肌、平滑肌和心肌三種。也叫筋肉。

【肌體】jītǐ ㄐㄧ ㄊㄧˇ 指身體，也用來比喻組織機構。

【肌纖維】jīxiānwéi ㄐㄧ ㄒㄧㄢ ㄨㄟˊ 構成肌肉的細而長的細胞，呈纖維狀。許多肌纖維組成一個肌束，許多肌束組成一塊肌肉。

圾 jī ㄐㄧ 見676頁〔垃圾〕。

芨〔芨〕 jī ㄐㄧ 見〖芨芨草〗、21頁〖白芨〗。

【芨芨草】jījīcǎo ㄐㄧ ㄐㄧ ㄘㄠˇ 多年生草本植物，葉子狹而長，花淡綠色。生長在鹼性土壤的草灘上，是良好的固沙耐鹼植物。可作飼料，又可編織筐、簍、席等。也叫枳機草。

其 jī ㄐㄧ 用於人名，酈食其(Lì Yìjī ㄌㄧˋ ㄧˋ ㄐㄧ)，漢朝人。
另見901頁qí。

奇 jī ㄐㄧ ❶單的；不成對的(跟'偶'相對)：奇數｜奇偶。❷〈書〉零數：五十有奇。
另見901頁qí。

【奇零】jīlíng ㄐㄧ ㄌㄧㄥˊ 〈書〉零數。也作畸零。

【奇數】jīshù ㄐㄧ ㄕㄨˋ 不能被2整除的整數，如1，3，5，－7。正的奇數也叫單數。

畟 jī ㄐㄧ〔畟姦〕(jījiān ㄐㄧ ㄐㄧㄢ)同'雞姦'。

咭 jī ㄐㄧ 同'嘰'。

剞 jī ㄐㄧ〔剞劂〕(jījué ㄐㄧ ㄐㄩㄝˊ)〈書〉❶雕刻用的彎刀。❷雕版；刻書。

唧 jī ㄐㄧ 噴射(液體)：唧筒｜唧他一身水。

【唧咕】jī·gu ㄐㄧ ·ㄍㄨ 同'嘰咕'。

【唧唧】jījī ㄐㄧ ㄐㄧ 象聲詞，形容蟲叫聲等。

【唧唧嘎嘎】jī·jigāgā ㄐㄧ·ㄐㄧ ㄍㄚ ㄍㄚ 同'嘰嘰嘎嘎'。

【唧唧喳喳】jī·jizhāzhā ㄐㄧ·ㄐㄧ ㄓㄚ ㄓㄚ 象聲詞，形容雜亂細碎的聲音：小鳥兒唧唧喳喳地叫。也作嘰嘰喳喳。

【唧噥】jī·nong ㄐㄧ ·ㄋㄨㄥ 小聲説話：貼着耳根唧噥了好一會｜他們倆在隔壁唧唧噥噥商量了半天。

【唧筒】jītǒng ㄐㄧ ㄊㄨㄥˇ 泵。

笄 jī ㄐㄧ 古代束髮用的簪子：及笄。

飢(饥) jī ㄐㄧ 餓：飢餐渴飲｜如飢似渴。'饥'另見535頁jī'饑'。

【飢不擇食】jī bù zé shí ㄐㄧ ㄅㄨˋ ㄗㄜˊ ㄕˊ 比喻急需的時候顧不得選擇。

【飢腸】jīcháng ㄐㄧ ㄔㄤˊ 〈書〉飢餓的肚子：飢腸轆轆(形容非常飢餓)。

【飢餓】jī'è ㄐㄧ ㄜˋ 餓：飢餓難忍。

【飢餓綫】jī'èxiàn ㄐㄧ ㄜˋ ㄒㄧㄢˋ 飢餓的境地。

【飢寒】jīhán ㄐㄧ ㄏㄢˊ 飢餓和寒冷：飢寒交迫(形容生活極其貧困)。

【飢民】jīmín ㄐㄧ ㄇㄧㄣˊ 因饑荒捱餓的人：賑濟飢民。

【飢色】jīsè ㄐㄧ ㄙㄜˋ 因受飢餓而表現出來的營養不良的臉色：面帶飢色。

屐 jī ㄐㄧ ❶木頭鞋：木屐。❷泛指鞋：屐履。

姬 jī ㄐㄧ ❶古代對婦女的美稱。❷古代稱妾：侍姬｜姬妾。❸舊時稱以歌舞為業的女子：歌姬。❹(Jī)姓。

基 jī ㄐㄧ ❶基礎：房基｜地基｜路基。❷起頭的；根本的：基層｜基數。❸化合物分子中所含的一部分原子，被看做是一個單位時叫做基，如羥基、氨基。

【基本】jīběn ㄐㄧ ㄅㄣˇ ❶根本：人民是國家的基本。❷根本的：基本矛盾｜基本原理。❸主要的：基本條件｜基本群眾。❹大體上：質量基本合格｜大壩工程已經基本完成。

【基本詞彙】jīběn cíhuì ㄐㄧ ㄅㄣˇ ㄘˊ ㄏㄨㄟˋ 詞彙中最主要的一部分，生存最久、通行最廣、構成新詞和詞組的能力最強，如'人、手、上、下、來、去'等。

【基本單位】jīběn dānwèi ㄐㄧ ㄅㄣˇ ㄉㄢ ㄨㄟˋ 見436頁〖國際單位制〗。

【基本法】jīběnfǎ ㄐㄧ ㄅㄣˇ ㄈㄚˇ 根本法。

【基本功】jīběngōng ㄐㄧ ㄅㄣˇ ㄍㄨㄥ 從事某種

工作所必需掌握的基本的知識和技能。

【基本建設】jīběn jiànshè ㄐㄧ ㄅㄣˇ ㄐㄧㄢˋ ㄕㄜˋ ❶國民經濟各部門增添固定資產的建設，如建設廠房、礦井、鐵路、橋樑、農田水利、住宅以及安裝機器設備，添置船舶、機車、車輛、拖拉機等。簡稱基建。❷比喻對全局有重大作用的工作：購置圖書資料是研究所的一項基本建設。

【基本粒子】jīběn lìzǐ ㄐㄧ ㄅㄣˇ ㄌㄧˋ ㄗˇ 構成物體的比原子核更簡單的物質，包括電子、正電子、質子、中子、光子、介子、超子、變子、反粒子等。也叫粒子。

【基本矛盾】jīběn máodùn ㄐㄧ ㄅㄣˇ ㄇㄠˊ ㄉㄨㄣˋ 規定事物發展全過程的本質，並規定和影響這個過程其他矛盾的存在和發展的矛盾。

【基本上】jīběn·shang ㄐㄧ ㄅㄣˇ ·ㄕㄤ ❶主要地：這項任務，基本上要靠第一車間來完成。❷大體上：一年的任務，到十月份已經基本上完成。

【基層】jīcéng ㄐㄧ ㄘㄥˊ 各種組織中最低的一層，它跟群眾的聯繫最直接：基層單位｜基層幹部｜深入基層。

【基礎】jīchǔ ㄐㄧ ㄔㄨˇ ❶建築物的根腳。❷事物發展的根本或起點：基礎知識｜在原有的基礎上提高。❸見605頁〖經濟基礎〗。

【基礎代謝】jīchǔ dàixiè ㄐㄧ ㄔㄨˇ ㄉㄞˋ ㄒㄧㄝˋ 人或動物在清醒而安靜的情況下，不受運動、食物、神經緊張、外界溫度改變等影響時總的能量消耗。

【基礎教育】jīchǔ jiàoyù ㄐㄧ ㄔㄨˇ ㄐㄧㄠˋ ㄩˋ 國家規定的對兒童實施的初等教育。

【基礎科學】jīchǔ kēxué ㄐㄧ ㄔㄨˇ ㄎㄜ ㄒㄩㄝˊ 研究自然現象的基本理論，作為應用科學的基礎的科學。

【基礎課】jīchǔkè ㄐㄧ ㄔㄨˇ ㄎㄜˋ 高等學校中，使學生獲得有關學科的基本概念、基本規律的知識和技能的課程，是學生進一步學習專門知識的基礎。

【基地】jīdì ㄐㄧ ㄉㄧˋ 作為某種事業基礎的地區：軍事基地｜工業建設基地。

【基點】jīdiǎn ㄐㄧ ㄉㄧㄢˇ ❶作為開展某種活動的基礎的地方：以產棉鄉為基點推廣棉花生產新技術。❷基礎②：通過調查研究弄清情況是解決問題的基點。

【基調】jīdiào ㄐㄧ ㄉㄧㄠˋ ❶音樂作品中主要的調，作品通常用基調開始或結束。❷主要精神；基本觀點：這部作品雖然有缺點，但它的基調是鼓舞人向上的。

【基督】Jīdū ㄐㄧ ㄉㄨ 基督教稱救世主。參看616頁〖救世主〗。［希臘 christos］

【基督教】Jīdūjiào ㄐㄧ ㄉㄨ ㄐㄧㄠˋ 世界上主要宗教之一，公元 1世紀產生於亞細亞的西部地區，奉耶穌為救世主。公元4世紀成為羅馬帝國的國教，公元11 世紀分裂為天主教和東正教。公元16世紀宗教改革以後，又陸續從天主教分裂出許多新的教派，合稱新教。我國所稱基督教，多指新教。

【基肥】jīféi ㄐㄧ ㄈㄟˊ 在作物播種或移栽前施的肥。廄肥、堆肥、綠肥等遲效肥料適於做基肥。也叫底肥。

【基幹】jīgàn ㄐㄧ ㄍㄢˋ 基礎；骨幹：基幹民兵。

【基價】jījià ㄐㄧ ㄐㄧㄚˋ 計算各個時期的平均物價指數時，用來作為基礎的某一固定時期的物價。

【基建】jījiàn ㄐㄧ ㄐㄧㄢˋ 基本建設的簡稱：基建工程｜基建投資。

【基金】jījīn ㄐㄧ ㄐㄧㄣ 為興辦、維持或發展某種事業而儲備的資金或專門撥款。基金必須用於指定的用途，並單獨進行核算。如教育基金、福利基金等。

【基諾族】Jīnuòzú ㄐㄧ ㄋㄨㄛˋ ㄗㄨˊ 我國少數民族之一，分佈在雲南。

【基期】jīqī ㄐㄧ ㄑㄧ 統計中計算指數或發展速度等動態指標時，作為對比基礎的時期，如1986年同1984年對比物價指數時，1984年為基期。

【基色】jīsè ㄐㄧ ㄙㄜˋ 原色。

【基石】jīshí ㄐㄧ ㄕˊ ❶做建築物基礎的石頭。❷比喻基礎或中堅力量：工農聯盟是我國現代化建設的基石。

【基數】jīshù ㄐㄧ ㄕㄨˋ ❶一、二、三…一百、三千等普通整數，區別於第一、第二、第三…第一百、第三千等序數。❷作為計算標準或起點的數目。

【基態】jītài ㄐㄧ ㄊㄞˋ 原子、原子核等所具有的各種狀態中能量最低、也最穩定的狀態。

【基體】jītǐ ㄐㄧ ㄊㄧˇ 由兩種或兩種以上不同物質製成的材料或物品中，作為主體部分的物質叫做基體。

【基綫】jīxiàn ㄐㄧ ㄒㄧㄢˋ 測量時作為基準的綫段。

【基業】jīyè ㄐㄧ ㄧㄝˋ 事業發展的基礎：創立基業。

【基因】jīyīn ㄐㄧ ㄧㄣ 生物體遺傳的基本單位，存在於細胞的染色體上，作直綫排列。［英 gene］

【基因工程】jīyīn gōngchéng ㄐㄧ ㄧㄣ ㄍㄨㄥ ㄔㄥˊ 見1350頁〖遺傳工程〗。

【基音】jīyīn ㄐㄧ ㄧㄣ 複音中頻率最低部分的聲音。是聲音的最主要成分，由發聲體整體振動所產生。

【基於】jīyú ㄐㄧ ㄩˊ 根據①：基於以上理由，我不贊成他的意見。

【基質】jīzhì ㄐㄧ ㄓˋ ❶植物、微生物從中吸取養分藉以生存的物質，如營養液等。❷混合物中作為溶劑或起類似溶劑作用的成分：凡士林是許多種藥膏的基質。

【基準】jīzhǔn ㄐㄧ ㄓㄨㄣˇ 測量時的起算標準。泛指標準。

期(朞) jī ㄐㄧ 〈書〉一週年；一整月：期年｜期月。
另見900頁 qī。

犄 jī ㄐㄧ 見下。

【犄角】jījiǎo ㄐㄧ ㄐㄧㄠˇ 〈方〉(犄角兒) ❶物體兩個邊沿相接的地方；棱角：桌子犄角。❷角落：屋子犄角。

【犄角】jī·jiao ㄐㄧ ·ㄐㄧㄠ 〈方〉牛、羊等頭上長出的堅硬的東西：牛犄角。

嵇 Jī ㄐㄧ 姓。

幾(几) jī ㄐㄧ 〈書〉幾乎；近乎：殲滅敵軍，幾三千人。
另見541頁 jǐ。'几'另見528頁 jī。

【幾乎】jīhū ㄐㄧ ㄏㄨ ❶將近於；接近於：今天到會的幾乎有五千人。❷差點兒②：不是你提醒我，我幾乎忘了｜兩條腿一軟，幾乎摔倒。也說幾幾乎。

【幾率】jīlǜ ㄐㄧ ㄌㄩˋ 概率。

畸 jī ㄐㄧ ❶偏：畸輕畸重。❷不正常的；不規則的：畸變｜畸形。❸〈書〉數的零頭：畸零。

【畸變】jībiàn ㄐㄧ ㄅㄧㄢˋ ❶不正常變化。❷失真②。

【畸零】jīlíng ㄐㄧ ㄌㄧㄥˊ ❶同'奇零'(jīlíng)。❷孤零零：畸零人｜畸零無侶。

【畸輕畸重】jī qīng jī zhòng ㄐㄧ ㄑㄧㄥ ㄐㄧ ㄓㄨㄥˋ 偏輕偏重。

【畸形】jīxíng ㄐㄧ ㄒㄧㄥˊ ❶生物體某部分發育不正常：畸形發育。❷泛指事物發展不正常，偏於某一方面：我國產業地區分佈的畸形狀況正在改變。

箕 jī ㄐㄧ ❶簸箕：箕踞。❷簸箕形的指紋：斗箕。❸二十八宿之一。❹(Jī)姓。

【箕斗】jīdǒu ㄐㄧ ㄉㄡˇ 〈書〉❶箕宿和斗宿。泛指群星。❷《詩經·小雅·大東》：'維南有箕，不可以簸揚；維北有斗，不可以挹酒漿。'後來用'箕斗'比喻虛有其名。❸手指印；斗箕：驗明箕斗。

【箕踞】jījù ㄐㄧ ㄐㄩˋ 〈書〉古人席地而坐，隨意伸開兩腿，像個簸箕，是一種不拘禮節、傲慢不敬的坐法。

嘰(叽) jī ㄐㄧ 象聲詞：小鳥嘰嘰叫。

【嘰咕】jī·gu ㄐㄧ ·ㄍㄨ 小聲說話：他們兩個嘰嘰咕咕，不知在說甚麼。也作唧咕。

【嘰嘰嘎嘎】jī·jigāgā ㄐㄧ ·ㄐㄧ ㄍㄚ ㄍㄚ 象聲詞，形容說笑聲等：他們嘰嘰嘎嘎地嚷着笑着。也作唧唧嘎嘎。

【嘰嘰喳喳】jī·jizhāzhā ㄐㄧ ·ㄐㄧ ㄓㄚ ㄓㄚ 同'唧喳喳'。

【嘰裏旮旯兒】jī·ligālár ㄐㄧ ·ㄌㄧ ㄍㄚ ㄌㄚㄦˊ 〈方〉各個角落；到處：他的工作室裏，嘰裏旮旯兒都是昆蟲標本。

【嘰裏咕嚕】jī·ligūlū ㄐㄧ ·ㄌㄧ ㄍㄨ ㄌㄨ 象聲詞，形容說話別人聽不清楚或聽不懂。也形容物體滾動的聲音：他們倆嘰裏咕嚕地說了半天｜石頭嘰裏咕嚕滾下山去。

【嘰裏呱啦】jī·liguālā ㄐㄧ ·ㄌㄧ ㄍㄨㄚ ㄌㄚ 象聲詞，形容大聲說話：嘰裏呱啦說個沒完。

稽¹ jī ㄐㄧ ❶查考：稽查｜無稽之談｜有案可稽。❷計較：反脣相稽。❸(Jī)姓。

稽² jī ㄐㄧ 〈書〉停留；拖延：稽留｜稽延。
另見908頁 qǐ。

【稽查】jīchá ㄐㄧ ㄔㄚˊ ❶檢查(走私、偷稅、違禁等活動)。❷擔任這種檢查工作的人。

【稽核】jīhé ㄐㄧ ㄏㄜˊ 查對計算(多指賬目)。

【稽考】jīkǎo ㄐㄧ ㄎㄠˇ 〈書〉查考：無可稽考。

【稽留】jīliú ㄐㄧ ㄌㄧㄡˊ 〈書〉停留：因事稽留，未能如期南下。

【稽延】jīyán ㄐㄧ ㄧㄢˊ 〈書〉拖延：稽延時日。

觭 jī ㄐㄧ 〈書〉單數，同'奇'(jī)。

緝(缉) jī ㄐㄧ 緝拿：緝私｜通緝。
另見901頁 qī。

【緝捕】jībǔ ㄐㄧ ㄅㄨˇ 緝拿：緝捕在逃兇手。

【緝查】jīchá ㄐㄧ ㄔㄚˊ 搜查：挨戶緝查。

【緝毒】jīdú ㄐㄧ ㄉㄨˊ 檢查販賣毒品的行為，緝捕販賣毒品的犯人。

【緝獲】jīhuò ㄐㄧ ㄏㄨㄛˋ 拿獲；查獲：緝獲罪犯｜緝獲走私貨物。

【緝拿】jīná ㄐㄧ ㄋㄚˊ 搜查捉拿(犯罪的人)：緝拿歸案。

【緝私】jīsī ㄐㄧ ㄙ 檢查走私行為，緝捕走私的犯人。

畿 jī ㄐㄧ 國都附近的地區：京畿｜畿輔。

【畿輔】jīfǔ ㄐㄧ ㄈㄨˇ 〈書〉國都附近的地方。

璣(玑) jī ㄐㄧ ❶〈書〉不圓的珠子：珠璣。❷古代的一種天文儀器。

機(机) jī ㄐㄧ ❶機器：縫紉機｜打字機｜插秧機｜拖拉機。❷飛機：客機｜運輸機｜僚機｜機群。❸事情變化的樞紐；有重要關係的環節：事機｜生機｜轉機。❹機會；時機：乘機｜隨機應變｜機不可失。❺生活機能：有機體｜無機化學。❻重要的事務：日理萬機。❼心思；念頭：動機｜心機｜殺機。❽能迅速適應事物的變化的；靈活：機智｜機警。

【機變】jībiàn ㄐㄧ ㄅㄧㄢˋ 〈書〉隨機應變：善於機變。

【機艙】jīcāng ㄐㄧ ㄘㄤ ❶輪船上裝置機器的地方。❷飛機內載乘客裝貨物的地方。

【機場】jīchǎng ㄐㄧ ㄔㄤˇ 飛機起飛、降落、停放的場地。

【機車】jīchē ㄐㄧ ㄔㄜ 用來牽引車廂在鐵路上行駛的動力車。有蒸汽機車、電力機車、內燃機車等。通稱火車頭。

【機牀】jīchuáng ㄐㄧ ㄔㄨㄤˊ 工作母機，也特指金屬切削機牀。

【機電】jīdiàn ㄐㄧ ㄉㄧㄢˋ 機械和電力設備的統稱：機電產品。

【機動】[1] jīdòng ㄐㄧ ㄉㄨㄥˋ 利用機器開動的：機動車。

【機動】[2] jīdòng ㄐㄧ ㄉㄨㄥˋ ❶權宜（處置）；靈活（運用）：這筆經費你們可以機動使用。❷準備靈活運用的：機動費｜機動力量。

【機帆船】jīfānchuán ㄐㄧ ㄈㄢ ㄔㄨㄢˊ 有動力裝置的帆船。

【機房】jīfáng ㄐㄧ ㄈㄤˊ ❶舊時設置織機從事手工紡織的房屋。❷泛指安裝機器的房屋。

【機耕】jīgēng ㄐㄧ ㄍㄥ 用機器耕地：機耕地。

【機工】jīgōng ㄐㄧ ㄍㄨㄥ 機械工人。

【機構】jīgòu ㄐㄧ ㄍㄡˋ ❶機械的內部構造或機械內部的一個單元：傳動機構｜液壓機構。❷泛指機關、團體或其他工作單位：外交機構｜這個機構已經撤銷了。❸機關、團體等的內部組織：機構龐大｜調整機構。

【機關】jīguān ㄐㄧ ㄍㄨㄢ ❶整個機械的關鍵部分：搖動水車的機關，把河水引到田裏。❷用機械控制的：機關槍｜機關佈景。❸辦理事務的部門：行政機關｜軍事機關｜機關工作。❹周密而巧妙的計謀：識破機關｜機關用盡。

【機關報】jīguānbào ㄐㄧ ㄍㄨㄢ ㄅㄠˋ 國家機關、政黨或群眾組織出版的報紙和刊物。

【機關刊物】jīguān kānwù ㄐㄧ ㄍㄨㄢ ㄎㄢ ㄨˋ 國家機關、政黨或群眾組織出版的刊物。

【機關槍】jīguānqiāng ㄐㄧ ㄍㄨㄢ ㄑㄧㄤ 裝有槍架、能自動連續發射的槍，分為輕機關槍、重機關槍、高射機關槍等幾種。簡稱機槍。

【機灌】jīguàn ㄐㄧ ㄍㄨㄢˋ 用機器抽水灌溉。

【機徽】jīhuī ㄐㄧ ㄏㄨㄟ 漆在飛機身上表明飛機所屬的標誌。

【機會】jī·huì ㄐㄧ ·ㄏㄨㄟˋ 恰好的時候；時機：錯過機會｜千載一時的好機會。

【機會主義】jīhuì zhǔyì ㄐㄧ ㄏㄨㄟˋ ㄓㄨˇ ㄧˋ 工人運動中或無產階級政黨內部的反馬克思主義思潮。機會主義有兩種。一種是右傾機會主義，其主要特點是犧牲工人階級長遠的、全局的利益，貪圖暫時的、局部的利益，反對革命，以至向反革命勢力投降。一種是'左'傾機會主義，其主要特點是不顧客觀實際的可能性，不注意鬥爭的策略，採取盲目的冒險行動。

【機件】jījiàn ㄐㄧ ㄐㄧㄢˋ 組成機器的各個零件。

【機井】jījǐng ㄐㄧ ㄐㄧㄥˇ 用水泵汲水的深水井。這種井用機械開鑿。

【機警】jījǐng ㄐㄧ ㄐㄧㄥˇ 對情況的變化覺察得快；機智敏銳：機警的目光。

【機具】jījù ㄐㄧ ㄐㄩˋ 機械和工具的統稱。

【機理】jīlǐ ㄐㄧ ㄌㄧˇ 見〖機制〗①②③。

【機靈】[1] jī·ling ㄐㄧ ·ㄌㄧㄥ 聰明伶俐；機智：這孩子怪機靈的。也作機伶。

【機靈】[2] jī·ling ㄐㄧ ·ㄌㄧㄥ 同'激靈'。

【機米】jīmǐ ㄐㄧ ㄇㄧˇ 用機器碾出的大米。現在一般指用機器碾出的籼米。

【機密】jīmì ㄐㄧ ㄇㄧˋ ❶重要而秘密：機密文件。❷機密的事：保守國家的機密。

【機敏】jīmǐn ㄐㄧ ㄇㄧㄣˇ 機警靈敏：反應機敏｜機敏過人。

【機謀】jīmóu ㄐㄧ ㄇㄡˊ 〈書〉能迅速適應事物變化的計謀。

【機能】jīnéng ㄐㄧ ㄋㄥˊ 細胞組織或器官等的作用和活動能力：人體機能。

【機器】jī·qì ㄐㄧ ·ㄑㄧˋ 由零件裝成、能運轉、能變換能量或產生有用的功的裝置。機器可以作為生產工具，能減輕人的勞動強度，提高生產率。

【機器翻譯】jī·qì fānyì ㄐㄧ ·ㄑㄧˋ ㄈㄢ ㄧˋ 利用電子計算機一類的裝置把一種語言文字譯成另一種語言文字。

【機器腳踏車】jī·qì jiǎotàchē ㄐㄧ ·ㄑㄧˋ ㄐㄧㄠˇ ㄊㄚˋ ㄔㄜ 〈方〉摩托車。

【機器人】jī·qìrén ㄐㄧ ·ㄑㄧˋ ㄖㄣˊ 一種自動機械，由電子計算機控制，能代替人做某些工作。也叫機械人。

【機器油】jī·qìyóu ㄐㄧ ·ㄑㄧˋ ㄧㄡˊ 塗在機器的軸承或其他摩擦部分的各種潤滑油。

【機槍】jīqiāng ㄐㄧ ㄑㄧㄤ 機關槍的簡稱。

【機巧】jīqiǎo ㄐㄧ ㄑㄧㄠˇ 靈活巧妙：應對機巧。

【機群】jīqún ㄐㄧ ㄑㄩㄣˊ 編隊飛行的一群飛機。

【機體】jītǐ ㄐㄧ ㄊㄧˇ 具有生命的個體的統稱，包括植物和動物，如最低等最原始的單細胞生物、最高等最複雜的人類。也叫有機體。

【機務】jīwù ㄐㄧ ㄨˋ 指機器或機車的使用、維修、保養等方面的事務：機務段｜機務員。

【機械】jīxiè ㄐㄧ ㄒㄧㄝˋ ❶利用力學原理組成的各種裝置。杠桿、滑輪、機器以及槍炮等都是機械。❷比喻方式拘泥死板，沒有變化；不是辯證的：工作方法太機械。

【機械波】jīxièbō ㄐㄧ ㄒㄧㄝˋ ㄅㄛ 機械振動在介質中的傳播過程。如水波、聲波等。

【機械化】jīxièhuà ㄐㄧ ㄒㄧㄝˋ ㄏㄨㄚˋ 廣泛使用機器裝備以代替或減輕體力勞動，提高效能：農業機械化｜機械化部隊。

【機械論】jīxièlùn ㄐㄧ ㄒㄧㄝˋ ㄌㄨㄣˋ 機械唯物主義。

【機械能】jīxiènéng ㄐㄧ ㄒㄧㄝˋ ㄋㄥˊ 機械運動具有的能，包括動能和勢能。

【機械手】jīxièshǒu ㄐㄧ ㄒㄧㄝˋ ㄕㄡˇ 能代替人手

做某些動作的機械裝置，種類很多。

【機械唯物主義】jīxiè wéiwù zhǔyì ㄐㄧ ㄒㄧㄝˋ ㄨㄟˊ ㄨˋ ㄓㄨˇ ㄧˋ 形而上學的唯物主義，十七世紀和十八世紀盛行於歐洲。它肯定世界是物質的和運動的，同時用機械力學原理來解釋一切現象和過程，用孤立的、片面的觀點觀察世界，把自然界和社會的變化過程歸結為數量增減、位置變更，把運動看作是外力的推動，否認事物運動的內部原因、質的變化和發展的飛躍。也叫機械論。

【機械效率】jīxiè xiàolǜ ㄐㄧ ㄒㄧㄝˋ ㄒㄧㄠˋ ㄌㄩˋ 機械所做的有用功和總功的比值，通常用百分數表示。

【機械運動】jīxiè yùndòng ㄐㄧ ㄒㄧㄝˋ ㄩㄣˋ ㄉㄨㄥˋ 物體之間或物體中各點之間相對位置改變的運動，是物質最簡單、最基本的運動形式，如機械運轉、車輛行駛等。

【機修】jīxiū ㄐㄧ ㄒㄧㄡ 機器維修：機修工。

【機要】jīyào ㄐㄧ ㄧㄠˋ 機密重要的：機要工作｜機要部門｜機要秘書。

【機宜】jīyí ㄐㄧ ㄧˊ 針對客觀情勢處理事務的方針、辦法等：面授機宜。

【機油】jīyóu ㄐㄧ ㄧㄡˊ 機器油。特指用於內燃機等的自動潤滑系統中的潤滑油。

【機遇】jīyù ㄐㄧ ㄩˋ 境遇；時機；機會(多指有利的)：難得的機遇。

【機緣】jīyuán ㄐㄧ ㄩㄢˊ 機會和緣分：機緣湊巧。

【機制】jīzhì ㄐㄧ ㄓˋ ❶機器的構造和工作原理，如計算機的機制。❷有機體的構造、功能和相互關係，如動脈硬化的機制。❸指某些自然現象的物理、化學規律。如優選法中優化對象的機制。‖也叫機理。❹泛指一個工作系統的組織或部分之間相互作用的過程和方式：市場機制｜競爭機制。

【機智】jīzhì ㄐㄧ ㄓˋ 腦筋靈活，能夠隨機應變：英勇機智的戰士。

【機製】jīzhì ㄐㄧ ㄓˋ 用機器製造的：機製紙｜機製煤球。

【機杼】jīzhù ㄐㄧ ㄓㄨˋ ❶〈書〉指織布機。❷比喻詩文的構思和佈局：自出機杼。

【機子】jī·zi ㄐㄧ ·ㄗ ❶指某些機械或裝置，如織布機、電話機等。❷槍上的扳機。

【機組】jīzǔ ㄐㄧ ㄗㄨˇ ❶由幾種不同機器組成的一組機器，能夠共同完成一項工作。如汽輪機、發電機和其他附屬設備組成汽輪發電機組。❷一架飛機上的全體工作人員。

墼 jī ㄐㄧ 見1111頁〖炭墼〗。

積(积) jī ㄐㄧ ❶積纍：積少成多｜日積月纍。❷堆積：積木｜積土成山｜貨物山積。❸長時間積纍下來的：積習｜積弊。❹中醫指兒童消化不良的病：食積｜奶積｜捏積｜這個孩子有積了。❺乘積的簡稱。

【積案】jī'àn ㄐㄧ ㄢˋ 長期積壓而未了結的案件：清理積案｜積案如山。

【積弊】jībì ㄐㄧ ㄅㄧˋ 積久相沿的弊病：清除積弊。

【積不相能】jī bù xiāng néng ㄐㄧ ㄅㄨˋ ㄒㄧㄤ ㄋㄥˊ 〈書〉素來不和睦。

【積儲】jīchǔ ㄐㄧ ㄔㄨˇ 積存。

【積存】jīcún ㄐㄧ ㄘㄨㄣˊ 積聚儲存：每月積存一點錢，以備他用。

【積德】jī//dé ㄐㄧ // ㄉㄜˊ 迷信的人指為了求福而做好事。泛指做好事：積德行善。

【積非成是】jī fēi chéng shì ㄐㄧ ㄈㄟ ㄔㄥˊ ㄕˋ 長期沿襲下來的謬誤，會被認為是正確的。

【積肥】jī//féi ㄐㄧ // ㄈㄟˊ 積攢肥料。

【積分】jīfēn ㄐㄧ ㄈㄣ 參加若干場比賽纍計所得的分數：在足球聯賽中，北京隊積分暫居第二。

【積憤】jīfèn ㄐㄧ ㄈㄣˋ 鬱積在心中的憤慨：傾吐胸中的積憤。

【積極】jījí ㄐㄧ ㄐㄧˊ ❶肯定的；正面的(跟'消極'相對，多用於抽象事物)：起積極作用｜從積極方面想辦法。❷進取的；熱心的(跟'消極'相對)：積極分子｜他對於社會工作一向很積極。

【積極分子】jījí fènzǐ ㄐㄧ ㄐㄧˊ ㄈㄣˋ ㄗˇ ❶政治上要求進步，工作上積極負責的人。❷在體育、文娛及社會活動等方面比較積極的人。

【積極性】jījíxìng ㄐㄧ ㄐㄧˊ ㄒㄧㄥˋ 進取向上，努力工作的思想和表現：調動廣大群眾的積極性。

【積聚】jījù ㄐㄧ ㄐㄩˋ 積纍①：把積聚起來的錢存入銀行。

【積勞】jīláo ㄐㄧ ㄌㄠˊ 〈書〉長期經受勞累：積勞成疾。

【積纍】jīlěi ㄐㄧ ㄌㄟˇ ❶(事物)逐漸聚集：積纍資金｜積纍材料｜積纍經驗。❷國民收入中用在擴大再生產的部分。

【積纍基金】jīlěi jījīn ㄐㄧ ㄌㄟˇ ㄐㄧ ㄐㄧㄣ 指國民收入中用於擴大再生產、進行非生產性基本建設和建立物資儲備的那部分基金。

【積木】jīmù ㄐㄧ ㄇㄨˋ 兒童玩具，是一套大小和形狀不相同的木塊，大多是彩色的，可以用來擺成多種形式的建築物的模型。

【積年】jīnián ㄐㄧ ㄋㄧㄢˊ 〈書〉多年：積年舊案。

【積年纍月】jī nián lěi yuè ㄐㄧ ㄋㄧㄢˊ ㄌㄟˇ ㄩㄝˋ 形容經歷時間很長。

【積欠】jīqiàn ㄐㄧ ㄑㄧㄢˋ ❶纍次欠下：還清了積欠的債務。❷積纍下的虧欠：清理積欠。

【積善】jī//shàn ㄐㄧ // ㄕㄢˋ 積德：積善之家。

【積食】jī//shí ㄐㄧ // ㄕˊ 〈方〉停食(多指兒童)。

【積溫】jīwēn ㄐㄧ ㄨㄣ 在一定時期內，每日的平均溫度和某給定溫度的差的總和。

【積習】jīxí ㄐㄧ ㄒㄧˊ 長期形成的習慣(多指不良的)：積習甚深｜積習難改。

【積蓄】jīxù ㄐㄧ ㄒㄩˋ ❶積存：積蓄力量。❷積存的錢：月月都有積蓄。

【積壓】jīyā ㄐㄧ ㄧㄚ 長期積存，未作處理：積壓物資◇積壓在心中的疑問。

【積羽沈舟】jī yǔ chén zhōu ㄐㄧ ㄩˇ ㄔㄣˊ ㄓㄡ 羽毛雖輕，堆積多了也可以把船壓沈(見於《戰國策·魏策一》)。比喻細微的事物積纍多了也可以產生巨大的作用。

【積鬱】jīyù ㄐㄧ ㄩˋ 鬱結：積鬱成疾｜發泄積鬱在心中的不滿。

【積攢】jīzǎn ㄐㄧ ㄗㄢˇ 一點一點地聚集：積攢肥料｜多年省吃儉用，積攢了一筆錢。

【積重難返】jī zhòng nán fǎn ㄐㄧ ㄓㄨㄥˋ ㄋㄢˊ ㄈㄢˇ 指長期形成的不良的風俗、習慣不易改變。

【積銖纍寸】jī zhū lěi cùn ㄐㄧ ㄓㄨ ㄌㄟˇ ㄘㄨㄣˋ 見1489頁〖銖積寸纍〗。

錤(錤) jī ㄐㄧ 見1512頁〔鎡錤〕(zījī)。

激 jī ㄐㄧ ❶(水)因受到阻礙或震盪而向上涌：江水沖到礁石上，激起六七尺高◇激起了一場風波。❷冷水突然刺激身體使得病：他被雨水激着了。❸〈方〉用冷水沖或泡食物等使變涼：把西瓜放在冰水裏激一激。❹使發作；使感情衝動：刺激｜勸將不如激將。❺(感情)激動：感激｜激於義憤。❻急劇；強烈：激戰｜激流｜偏激。

【激昂】jī'áng ㄐㄧ ㄤˊ (情緒、語調等)激動昂揚：激昂慷慨｜群情激昂。

【激昂慷慨】jī'áng kāngkǎi ㄐㄧ ㄤˊ ㄎㄤ ㄎㄞˇ 見643頁〖慷慨激昂〗。

【激變】jībiàn ㄐㄧ ㄅㄧㄢˋ 急劇變化：形勢激變。

【激磁】jīcí ㄐㄧ ㄘˊ 綫圈內因有電流通過，受到激發而產生磁場：激磁綫圈｜激磁電流。也叫勵磁。

【激盪】jīdàng ㄐㄧ ㄉㄤˋ ❶因受衝擊而動盪：海水激盪｜感情激盪。❷衝擊使動盪：激盪人心。

【激動】jīdòng ㄐㄧ ㄉㄨㄥˋ ❶(感情)因受刺激而衝動：情緒激動。❷使感情衝動：激動人心。❸激盪。

【激發】jīfā ㄐㄧ ㄈㄚ ❶刺激使奮發：激發群眾的積極性。❷使分子、原子等由能量較低的狀態變為能量較高的狀態。

【激憤】jīfèn ㄐㄧ ㄈㄣˋ 激動而憤怒：群情激憤。也作激忿。

【激奮】jīfèn ㄐㄧ ㄈㄣˋ 激動振奮：精神激奮｜激奮人心。

【激光】jīguāng ㄐㄧ ㄍㄨㄤ 某些物質原子中的粒子受光或電的激發，由低能級的原子躍遷為高能級原子，當高能級原子的數目大於低能級原子的數目，並由高能級躍遷回低能級時，就放射出相位、頻率、方向等完全相同的光，這種光叫做激光。顏色很純，能量高度集中，廣泛應用在工業、軍事、醫學、探測、通訊等方面。也叫萊塞。

【激光器】jīguāngqì ㄐㄧ ㄍㄨㄤ ㄑㄧˋ 產生激光的裝置，有固體、液體、氣體、半導體等幾種類型。根據工作方式不同又分為連續激光器和脉衝激光器。也叫萊塞。

【激化】jīhuà ㄐㄧ ㄏㄨㄚˋ ❶(矛盾)向激烈尖銳的方面發展：避免矛盾激化。❷使激化：激化矛盾。

【激活】jīhuó ㄐㄧ ㄏㄨㄛˊ 刺激有機體內某種物質，使其活躍地發揮作用：某些植物成分能激活細胞免疫反應。

【激將】jījiàng ㄐㄧ ㄐㄧㄤˋ 用刺激性的話或反面的話鼓動人去做(原來不願做或不敢做的事)：激將法｜請將不如激將。

【激進】jījìn ㄐㄧ ㄐㄧㄣˋ 急進：激進派｜觀點激進。

【激劇】jījù ㄐㄧ ㄐㄩˋ ❶激烈：看樣子他是在激劇地進行思想鬥爭。❷急劇：激劇發展。

【激浪】jīlàng ㄐㄧ ㄌㄤˋ 洶涌急劇的波浪：激浪滔滔。

【激勵】jīlì ㄐㄧ ㄌㄧˋ 激發鼓勵：激勵將士。

【激烈】jīliè ㄐㄧ ㄌㄧㄝˋ ❶(動作、言論等)劇烈：百米賽跑是一項很激烈的運動｜大家爭論得很激烈。❷(性情、情懷)激奮，剛烈：壯懷激烈。

【激靈】jī·ling ㄐㄧ ·ㄌㄧㄥ 〈方〉受驚嚇猛然抖動：他嚇得一激靈就醒了。也作機靈。

【激流】jīliú ㄐㄧ ㄌㄧㄡˊ 湍急的水流。

【激酶】jīméi ㄐㄧ ㄇㄟˊ 具有刺激作用的酶。某些酶從細胞中分泌出來以後，必須經過激酶的刺激才有作用。

【激怒】jīnù ㄐㄧ ㄋㄨˋ 刺激使發怒：他這一說更把趙大叔激怒了。

【激切】jīqiè ㄐㄧ ㄑㄧㄝˋ 〈書〉(言語)激烈而直率：言辭激切。

【激情】jīqíng ㄐㄧ ㄑㄧㄥˊ 強烈激動的情感：創作激情｜激情滿懷。

【激賞】jīshǎng ㄐㄧ ㄕㄤˇ 〈書〉極其讚賞：激賞不已。

【激素】jīsù ㄐㄧ ㄙㄨˋ 內分泌腺分泌的物質。直接進入血液分佈到全身，對肌體的代謝、生長、發育和繁殖等起重要調節作用。包括甲狀腺素、腎上腺素、胰島素等。舊稱荷爾蒙。

【激揚】jīyáng ㄐㄧ ㄧㄤˊ ❶激濁揚清：指點江山，激揚文字。❷激動昂揚：激揚的歡呼聲。❸激勵使振作起來：激揚士氣。

【激越】jīyuè ㄐㄧ ㄩㄝˋ (聲音、情緒等)強烈、高亢：雄渾激越的軍號聲｜感情激越。

【激增】jīzēng ㄐㄧ ㄗㄥ (數量等)急速地增長。

【激戰】jīzhàn ㄐㄧ ㄓㄢˋ 激烈戰鬥：激戰一場，不分勝負。

【激濁揚清】jī zhuó yáng qīng ㄐㄧ ㄓㄨㄛˊ ㄧㄤˊ ㄑㄧㄥ 沖去污水，讓清水上來。比喻抨擊壞人壞事，獎勵好人好事。也說揚清激濁。

襀(䙝) jī ㄐㄧ 〈書〉衣服的褶兒。

禨(机) jī ㄐㄧ 〈書〉福；祥。

擊(击) jī ㄐㄧ ❶打；敲打：擊鼓｜擊掌｜旁敲側擊。❷攻打：襲擊｜遊擊｜聲東擊西。❸碰；接觸：衝擊｜撞擊◇目擊(親眼看見)。

【擊敗】jībài ㄐㄧ ㄅㄞˋ 打敗：擊敗對手，獲得冠軍。

【擊斃】jībì ㄐㄧ ㄅㄧˋ 打死(多指用槍)。

【擊發】jīfā ㄐㄧ ㄈㄚ 射擊時用手指扳動扳機。

【擊毀】jīhuǐ ㄐㄧ ㄏㄨㄟˇ 擊中並摧毀：擊毀敵方坦克三輛｜建築物被雷電擊毀。

【擊劍】jījiàn ㄐㄧ ㄐㄧㄢˋ 體育運動項目之一，比賽時運動員穿着特製的保護服裝，用劍互刺或互劈。

【擊節】jījié ㄐㄧ ㄐㄧㄝˊ 打拍子，表示得意或讚賞：擊節嘆賞(形容對詩文、音樂等的讚賞)。

【擊潰】jīkuì ㄐㄧ ㄎㄨㄟˋ 打垮；打散：擊潰敵軍一個師。

【擊落】jīluò ㄐㄧ ㄌㄨㄛˋ 打下來(天空的飛機等)。

【擊破】jīpò ㄐㄧ ㄆㄛˋ 打垮；打敗：各個擊破。

【擊賞】jīshǎng ㄐㄧ ㄕㄤˇ 〈書〉擊節稱賞；讚賞。

【擊水】jīshuǐ ㄐㄧ ㄕㄨㄟˇ ❶拍打水面：舉翼擊水。❷指游泳。

【擊掌】jīzhǎng ㄐㄧ ㄓㄤˇ ❶拍手：擊掌稱好｜擊掌為號。❷雙方相互拍擊手掌，表示對所立誓言，永不反悔：擊掌為盟。

磯(矶) jī ㄐㄧ 水邊突出的岩石或石灘：釣磯｜燕子磯(在江蘇)｜採石磯(在安徽)。

雞(鸡、鷄) jī ㄐㄧ 家禽，品種很多，嘴短，上嘴稍彎曲，頭部有肉質的冠。翅膀短，不能高飛。也叫家雞。

【雞雛】jīchú ㄐㄧ ㄔㄨˊ 幼小的雞。

【雞蛋裏挑骨頭】jīdàn·li tiāo gǔ·tou ㄐㄧ ㄉㄢˋ ·ㄌㄧ ㄊㄧㄠ ㄍㄨˇ ·ㄊㄡ 比喻故意挑毛病。

【雞飛蛋打】jī fēi dàn dǎ ㄐㄧ ㄈㄟ ㄉㄢˋ ㄉㄚˇ 雞飛走了，蛋也打破了。比喻兩頭落空，毫無所得。

【雞公車】jīgōngchē ㄐㄧ ㄍㄨㄥ ㄔㄜ 〈方〉獨輪手推車。

【雞冠】jīguān ㄐㄧ ㄍㄨㄢ 雞頭上高起的肉冠。也叫雞冠子。

【雞黃】jīhuáng ㄐㄧ ㄏㄨㄤˊ 〈方〉孵出不久的小雞，身上有淡黃色的毹毛。

【雞姦】jījiān ㄐㄧ ㄐㄧㄢ 指男人與男人之間發生性行為。也作要姦(jījiān)。

【雞口牛後】jī kǒu niú hòu ㄐㄧ ㄎㄡˇ ㄋㄧㄡˊ ㄏㄡˋ 《戰國策．韓策》：'寧為雞口，無為牛後。'比喻寧願在局面小的地方當家作主，不願在局面大的地方任人支配。也說雞尸牛從(尸：主)。

【雞肋】jīlèi ㄐㄧ ㄌㄟˋ 〈書〉雞的肋骨，吃着沒味，扔了可惜。比喻沒有多大價值、多大意思的事情(見於《三國志．魏書．武帝紀》註)。

【雞零狗碎】jī líng gǒu suì ㄐㄧ ㄌㄧㄥˊ ㄍㄡˇ ㄙㄨㄟˋ 比喻事物零零碎碎，不成片段。

【雞毛撣子】jīmáo dǎn·zi ㄐㄧ ㄇㄠˊ ㄉㄢˇ ·ㄗ 撣灰塵的用具，把雞毛紮在藤或竹竿的一端製成。有的地區叫雞毛帚。

【雞毛店】jīmáodiàn ㄐㄧ ㄇㄠˊ ㄉㄧㄢˋ 舊時最簡陋的小客店。沒有被褥，墊雞毛取暖。

【雞毛蒜皮】jīmáo suànpí ㄐㄧ ㄇㄠˊ ㄙㄨㄢˋ ㄆㄧˊ 比喻無關緊要的瑣事。

【雞毛信】jīmáoxìn ㄐㄧ ㄇㄠˊ ㄒㄧㄣˋ 過去須要火速傳遞的緊急公文、信件，就插上雞毛，叫雞毛信。

【雞毛帚】jīmáozhǒu ㄐㄧ ㄇㄠˊ ㄓㄡˇ 〈方〉雞毛撣子。

【雞鳴狗盜】jī míng gǒu dào ㄐㄧ ㄇㄧㄥˊ ㄍㄡˇ ㄉㄠˋ 戰國時，齊國孟嘗君被秦國扣留。他的一個門客裝做狗夜裏潛入秦宮，偷出本已獻給秦王的狐白裘獻給秦王的愛姬，才得釋放。孟嘗君深夜到函谷關，城門緊閉，他的另一個門客學公雞叫，騙開城門，才得脫險逃回齊國(見於《史記．孟嘗君列傳》)。後來用'雞鳴狗盜'比喻微不足道的技能。

【雞皮疙瘩】jīpí gē·da ㄐㄧ ㄆㄧˊ ㄍㄜ ·ㄉㄚ 因受冷或驚恐等皮膚上形成的小疙瘩，樣子和去掉毛的雞皮相似。

【雞犬不寧】jī quǎn bù níng ㄐㄧ ㄑㄩㄢˇ ㄅㄨˋ ㄋㄧㄥˊ 形容攪擾得很厲害，連雞狗都不得安寧。

【雞犬升天】jī quǎn shēng tiān ㄐㄧ ㄑㄩㄢˇ ㄕㄥ ㄊㄧㄢ 傳說漢代淮南王劉安修煉成仙，連雞狗吃了剩下的仙藥也都升了天(見於漢代王充《論衡．道虛》)。後來用'雞犬升天'比喻一個人得勢，同他有關係的人也跟着沾光。

【雞尸牛從】jī shī niú cóng ㄐㄧ ㄕ ㄋㄧㄡˊ ㄘㄨㄥˊ 見〖雞口牛後〗。

【雞尾酒】jīwěijiǔ ㄐㄧ ㄨㄟˇ ㄐㄧㄡˇ 用幾種酒加果汁、香料等混合起來的酒，多在飲用時臨時調製。

【雞瘟】jīwēn ㄐㄧ ㄨㄣ 雞的各種急性傳染病。特指雞新城疫。

【雞心】jīxīn ㄐㄧ ㄒㄧㄣ ❶上圓下尖近似心臟的形狀：雞心領。❷指一種雞心形的首飾。

【雞新城疫】jīxīnchéngyì ㄐㄧ ㄒㄧㄣ ㄔㄥˊ ㄧˋ 雞

瘟的一種，由濾過性病毒引起。症狀是雞冠變成紫色或紫黑色，口鼻流黏水，排黃綠色的稀糞，腿麻痹不能起立，多數死亡。

【雞胸】jīxiōng ㄐㄧ ㄒㄩㄥ 因佝僂病形成的胸骨突出像雞的胸脯的症狀。

【雞血石】jīxuèshí ㄐㄧ ㄒㄩㄝˋ ㄕˊ 帶紅色斑點或全紅色的昌化石，是珍貴的製印章的材料。

【雞眼】jīyǎn ㄐㄧ ㄧㄢˇ 皮膚病，腳掌或腳趾上角質層增生而形成的小圓硬塊，樣子像雞的眼睛，局部有壓痛。也叫肉刺。

【雞雜】jīzá ㄐㄧ ㄗㄚˊ (雞雜兒) 雞的肫、肝、心等做食物時叫雞雜。

【雞子】jī·zi ㄐㄧ ·ㄗ 〈方〉雞。

【雞子兒】jīzǐr ㄐㄧ ㄗㄦˇ 雞蛋。

【雞樅】jīzōng ㄐㄧ ㄗㄨㄥ 蕈的一種，菌蓋圓錐形，中央凸起，熟時微黃色，可食用。

譏(讥) jī ㄐㄧ 譏諷：譏笑｜譏刺｜反唇相譏。

【譏嘲】jīcháo ㄐㄧ ㄔㄠˊ 譏諷：譏嘲的筆調。

【譏刺】jīcì ㄐㄧ ㄘˋ 譏諷。

【譏諷】jīfěng ㄐㄧ ㄈㄥˇ 用旁敲側擊或尖刻的話指責或嘲笑對方的錯誤、缺點或某種表現：譏諷的口吻。

【譏誚】jīqiào ㄐㄧ ㄑㄧㄠˋ 冷言冷語地譏諷。

【譏笑】jīxiào ㄐㄧ ㄒㄧㄠˋ 譏諷和嘲笑：別人有缺點要熱情幫助，不要譏笑。

饑(饥) jī ㄐㄧ 饑荒①：連年大饑。‘饥’另見528頁jī‘飢’。

【饑荒】jī·huang ㄐㄧ ·ㄏㄨㄤ ❶莊稼收成不好或沒有收成。❷經濟困難；周轉不靈：家裏鬧饑荒。❸債：拉饑荒。

【饑饉】jījǐn ㄐㄧ ㄐㄧㄣˇ 〈書〉饑荒①。

羈(羁) jī ㄐㄧ 〈書〉馬韁繩。

躋(跻) jī ㄐㄧ 〈書〉登；上升：使中國科學躋於世界先進科學之列。

【躋身】jīshēn ㄐㄧ ㄕㄣ 使自己上升到(某種行列、位置等)；置身：躋身文壇｜躋身前八名。

齎(赍) jī ㄐㄧ 〈書〉❶懷着；抱着：齎志而歿(志未遂而死去)。❷把東西送給人。

【齎恨】jīhèn ㄐㄧ ㄏㄣˋ 〈書〉抱恨：齎恨而亡｜機遇若失，將齎恨終身。

【齎賞】jīshǎng ㄐㄧ ㄕㄤˇ 賞賜。

齏(齑) jī ㄐㄧ 〈書〉❶調味用的薑、蒜或韭菜碎末兒。❷細；碎：齏粉。

【齏粉】jīfěn ㄐㄧ ㄈㄣˇ 〈書〉細粉；碎屑：化為齏粉。

羈(羇、覊) jī ㄐㄧ 〈書〉❶馬籠頭：無羈之馬。❷拘束：羈絆｜放蕩不羈。❸停留；使停留：羈旅｜羈留。

【羈絆】jībàn ㄐㄧ ㄅㄢˋ 〈書〉纏住了不能脫身；束縛：掙脫羈絆｜衝破舊習慣勢力的羈絆。

【羈勒】jīlè ㄐㄧ ㄌㄜˋ 〈書〉束縛：擺脫禮教的羈勒。

【羈留】jīliú ㄐㄧ ㄌㄧㄡˊ ❶(在外地)停留。❷羈押。

【羈旅】jīlǚ ㄐㄧ ㄌㄩˇ 〈書〉長久寄居他鄉：羈旅異鄉。

【羈縻】jīmí ㄐㄧ ㄇㄧˊ 〈書〉❶籠絡(藩屬等)。❷羈留。

【羈押】jīyā ㄐㄧ ㄧㄚ 〈書〉拘留；拘押。

jí (ㄐㄧˊ)

及[1] jí ㄐㄧˊ ❶達到：波及｜普及｜及格｜目力所及｜由表及裏｜將及十載。❷趕上：及時｜及早｜望塵莫及。❸比得上：論學習，我不及他。❹〈書〉推及；顧及：老吾老，以及人之老｜攻其一點，不及其餘。❺(Jí)姓。

及[2] jí ㄐㄧˊ 連詞，連接並列的名詞或名詞性詞組：圖書、儀器、標本及其他。注意 用‘及’連接的成分多在意義上有主次之分，主要的成分放在‘及’的前面。

【及第】jídì ㄐㄧˊ ㄉㄧˋ 科舉時代考試中選。特指考取進士，明清兩代只用於殿試前三名：狀元及第。

【及格】jí//gé ㄐㄧˊ//ㄍㄜˊ (考試成績)達到規定的最低標準。

【及冠】jíguàn ㄐㄧˊ ㄍㄨㄢˋ 〈書〉指男子年滿二十歲，到了成年(冠：古代男子二十歲舉行冠禮，戴上成年人戴的帽子)。

【及笄】jíjī ㄐㄧˊ ㄐㄧ 〈書〉指女子年滿十五歲(笄：束髮用的簪子。古時女子滿十五歲把頭髮綰起來，戴上簪子)。

【及齡】jílíng ㄐㄧˊ ㄌㄧㄥˊ 達到規定的年齡：及齡兒童已全部入學。

【及門】jímén ㄐㄧˊ ㄇㄣˊ 〈書〉正式拜師求學的：及門弟子｜及門之士。

【及時】jíshí ㄐㄧˊ ㄕˊ ❶正趕上時候，適合需要：及時雨｜及時播種。❷不拖延；馬上；立刻：有問題就及時解決。

【及時雨】jíshíyǔ ㄐㄧˊ ㄕˊ ㄩˇ ❶指在農作物需要雨水時下的雨：這場及時雨緩解了旱情。❷比喻能在緊急關頭解救危難的人或事物。

【及早】jízǎo ㄐㄧˊ ㄗㄠˇ 趁早：生了病要及早治。

【及至】jízhì ㄐㄧˊ ㄓˋ 連詞，表示等到出現某種情況：及至上了岸，才知道是個荒島。

吉 jí ㄐㄧˊ ❶吉利；吉祥(跟‘凶’相對)：凶多吉少｜萬事大吉。❷(Jí)姓。

【吉卜賽人】Jíbǔsàirén ㄐㄧˊ ㄅㄨˇ ㄙㄞˋ ㄖㄣˊ 原來居住在印度西北部的居民，十世紀時開始向外遷移，流浪在西亞、北非、歐洲、美洲等

地，多從事占卜、歌舞等職業。也叫茨岡人。［吉卜賽，英 Gypsy］

【吉光片羽】jíguāng piàn yǔ ㄐㄧˊ ㄍㄨㄤ ㄆㄧㄢˋ ㄩˇ 古代傳說，吉光是神獸，毛皮為裘，入水數日不沉，入火不焦。'吉光片羽'指神獸的一小塊毛皮，比喻殘存的珍貴的文物：吉光片羽，彌足珍貴。

【吉劇】jíjù ㄐㄧˊ ㄐㄩˋ 吉林地方戲曲劇種，在曲藝二人轉的基礎上吸收東北其他民間歌舞和地方戲曲逐步發展而成。

【吉利】jílì ㄐㄧˊ ㄌㄧˋ 吉祥順利：吉利話。

【吉普車】jípǔchē ㄐㄧˊ ㄆㄨˇ ㄔㄜ 輕型越野汽車，能適應高低不平的道路。［吉普，英 jeep］

【吉期】jíqī ㄐㄧˊ ㄑㄧ 吉日。特指結婚的日子。

【吉慶】jíqìng ㄐㄧˊ ㄑㄧㄥˋ 吉祥：吉慶話｜平安吉慶。

【吉人天相】jí rén tiān xiàng ㄐㄧˊ ㄖㄣˊ ㄊㄧㄢ ㄒㄧㄤˋ 舊時迷信的人認為好人有上天保祐（多用作遭遇危險或困難時的安慰語）。

【吉日】jírì ㄐㄧˊ ㄖˋ 吉利的日子：吉日良辰。

【吉他】jítā ㄐㄧˊ ㄊㄚ 六弦琴。［英 guitar］

【吉祥】jíxiáng ㄐㄧˊ ㄒㄧㄤˊ 幸運；吉利：吉祥如意。

【吉祥物】jíxiángwù ㄐㄧˊ ㄒㄧㄤˊ ㄨˋ 某些大型運動會上用來象徵吉祥的標記，多選用動物圖案或模型。

【吉星】jíxīng ㄐㄧˊ ㄒㄧㄥ 迷信的人指顯示吉兆的星。借指能帶來吉祥的人或事物：吉星高照。

【吉凶】jíxiōng ㄐㄧˊ ㄒㄩㄥ 好運氣和壞運氣；吉利和凶險：吉凶未卜。

【吉言】jíyán ㄐㄧˊ ㄧㄢˊ 吉利的話。

【吉兆】jízhào ㄐㄧˊ ㄓㄠˋ 吉祥的預兆。

伋 jí ㄐㄧˊ 人名用字。孔伋，字子思，孔子的孫子。

岌 jí ㄐㄧˊ 〈書〉山高的樣子。

【岌岌】jíjí ㄐㄧˊ ㄐㄧˊ 〈書〉❶形容山勢高聳。❷形容十分危險，快要傾覆或滅亡：岌岌可危｜岌岌不可終日。

汲 jí ㄐㄧˊ ❶從下往上打水：從井裏汲水。❷（Jí）姓。

【汲汲】jíjí ㄐㄧˊ ㄐㄧˊ 〈方〉形容心情急切，努力追求：汲汲於富貴。

【汲取】jíqǔ ㄐㄧˊ ㄑㄩˇ 吸取：汲取經驗｜汲取營養。

【汲引】jíyǐn ㄐㄧˊ ㄧㄣˇ 〈書〉引水。比喻舉薦提拔。

彶 jí ㄐㄧˊ 同'急'。

即[1] jí ㄐㄧˊ ❶靠近；接觸：若即若離｜可望而不可即。❷到；開始從事：即位。❸當下；目前：即日｜即期｜成功在即。❹就着（當前環境）：即景生情。

即[2] jí ㄐㄧˊ 〈書〉❶就是：荷花即蓮花｜非此即彼。❷就；便：一觸即發｜招之即來｜聞過即改。❸即使：即無他方之支援，也能按期完成任務。參看616頁'就[2]'。

【即便】jíbiàn ㄐㄧˊ ㄅㄧㄢˋ 即使。

【即或】jíhuò ㄐㄧˊ ㄏㄨㄛˋ 即使。

【即將】jíjiāng ㄐㄧˊ ㄐㄧㄤ 將要；就要：理想即將實現｜展覽會即將閉幕。

【即景】jíjǐng ㄐㄧˊ ㄐㄧㄥˇ 〈書〉就眼前的景物（作詩文或繪畫）：即景詩｜農村即景｜西湖即景。

【即景生情】jí jǐng shēng qíng ㄐㄧˊ ㄐㄧㄥˇ ㄕㄥ ㄑㄧㄥˊ 對眼前的情景有所感觸而產生某種思想感情。

【即刻】jíkè ㄐㄧˊ ㄎㄜˋ 立刻：即刻出發。

【即令】jílìng ㄐㄧˊ ㄌㄧㄥˋ 即使。

【即日】jírì ㄐㄧˊ ㄖˋ ❶當天：本條例自即日起施行。❷最近幾天；近日：本片即日放映。

【即若】jíruò ㄐㄧˊ ㄖㄨㄛˋ 〈書〉即使。

【即食】jíshí ㄐㄧˊ ㄕˊ 立即可以食用的：即食麵（方便麵）。

【即時】jíshí ㄐㄧˊ ㄕˊ 立即：即時投產。

【即使】jíshǐ ㄐㄧˊ ㄕˇ 連詞，表示假設的讓步：即使我們的工作取得了很大的成績，也不能驕傲自滿｜即使你當時在場，恐怕也沒有別的辦法。注意 '即使'所表示的條件，可以是尚未實現的事情，也可以是與既成事實相反的事情。

【即事】jíshì ㄐㄧˊ ㄕˋ 對眼前的事物、情景有所感觸而創作：即事詩。

【即位】jí//wèi ㄐㄧˊ//ㄨㄟˋ 〈書〉❶就位。❷指開始做帝王或諸侯。

【即席】jíxí ㄐㄧˊ ㄒㄧˊ 〈書〉❶在宴會或集會上：即席講話｜即席賦詩。❷入席；就位。

【即興】jíxìng ㄐㄧˊ ㄒㄧㄥˋ 對眼前景物有所感觸，臨時發生興致而創作：即興之作｜即興表演。

佶 jí ㄐㄧˊ 〈書〉健壯。

【佶屈聱牙】jíqū áoyá ㄐㄧˊ ㄑㄩ ㄠˊ ㄧㄚˊ （文章）讀起來不順口（佶屈：曲折；聱牙：拗口）。也作詰屈聱牙。

扊〔扊〕 jí ㄐㄧˊ 〈書〉門閂。

革 jí ㄐㄧˊ 〈書〉（病）危急。

另見385頁 gé。

亟 jí ㄐㄧˊ 〈書〉急迫地：亟待解決｜亟須糾正。

另見909頁 qì。

【亟亟】jíjí ㄐㄧˊ ㄐㄧˊ 〈書〉急迫；急忙：亟亟奔走｜不必亟亟。

急 jí ㄐㄧˊ ❶想要馬上達到某種目的而激動不安；着急：急着要走｜眼都急紅了。

❷使着急：火車快開了，他還不來，實在急人。❸容易發怒；急躁：急性子｜沒說上三句話他就急了。❹很快而且猛烈；急促：急雨｜急轉彎｜水流很急｜炮聲甚急｜話說得很急。❺急迫；緊急：急事｜急件｜急中生智。❻緊急嚴重的事情：告急｜救急｜當務之急。❼對大家的事或別人的困難，趕快幫助：急公好義｜急人之難(nàn)。

【急巴巴】jíbābā ㄐㄧˊ ㄅㄚ ㄅㄚ 急迫的樣子。

【急變】jíbiàn ㄐㄧˊ ㄅㄧㄢˋ 緊急的事變。

【急病】jíbìng ㄐㄧˊ ㄅㄧㄥˋ 急症：生急病｜害急病。

【急茬兒】jíchár ㄐㄧˊ ㄔㄚㄦˊ 〈方〉緊急的事情：這是急茬兒，可不能躭誤了。

【急赤白臉】jí·chibáiliǎn ㄐㄧˊ ·ㄔ ㄅㄞˊ ㄌㄧㄢˇ 〈方〉(急赤白臉的)心裏着急，臉色難看：兩個人急赤白臉地吵個沒完。也說急扯白臉。

【急匆匆】jícōngcōng ㄐㄧˊ ㄘㄨㄥ ㄘㄨㄥ (急匆匆的)非常匆忙的樣子：急匆匆走來一個人。

【急促】jícù ㄐㄧˊ ㄘㄨˋ ❶快而短促：呼吸急促｜急促的腳步聲。❷(時間)短促：時間很急促，不能再猶豫了。

【急電】jídiàn ㄐㄧˊ ㄉㄧㄢˋ 需要趕緊拍發和遞送的電報。

【急風暴雨】jí fēng bào yǔ ㄐㄧˊ ㄈㄥ ㄅㄠˋ ㄩˇ 急劇而猛烈的風雨，多用來形容聲勢浩大的革命運動。

【急公好義】jí gōng hào yì ㄐㄧˊ ㄍㄨㄥ ㄏㄠˋ ㄧˋ 熱心公益，愛幫助人。

【急功近利】jí gōng jìn lì ㄐㄧˊ ㄍㄨㄥ ㄐㄧㄣˋ ㄌㄧˋ 急於求目前的成效和利益。

【急火】[1] jíhuǒ ㄐㄧˊ ㄏㄨㄛˇ 指燒煮東西時的猛火：急火煮不好飯。

【急火】[2] jíhuǒ ㄐㄧˊ ㄏㄨㄛˇ 因着急而產生的火氣：急火攻心。

【急急巴巴】jí·jibābā ㄐㄧˊ ·ㄐㄧ ㄅㄚ ㄅㄚ (急急巴巴的)形容急忙：他的任務還沒完成，為甚麼要急急巴巴地叫他回來？

【急急風】jíjífēng ㄐㄧˊ ㄐㄧˊ ㄈㄥ 戲曲打擊樂的一種打法，節奏很快，多用來配合緊張、急速的動作。

【急急如律令】jí jí rú lǜ lìng ㄐㄧˊ ㄐㄧˊ ㄖㄨˊ ㄌㄩˋ ㄌㄧㄥˋ 立即遵照命令。本是漢代公文用語，後來道士唸咒驅使鬼神，末尾照例用這句話。

【急件】jíjiàn ㄐㄧˊ ㄐㄧㄢˋ 須要很快送到的緊急文件。

【急進】jíjìn ㄐㄧˊ ㄐㄧㄣˋ 急於改革和進取：急進派。

【急救】jíjiù ㄐㄧˊ ㄐㄧㄡˋ 緊急救治：急救危重病人。

【急救包】jíjiùbāo ㄐㄧˊ ㄐㄧㄡˋ ㄅㄠ 裝有急救藥品及消過毒的紗布、繃帶等的小包，供急救傷病員時使用。

【急就章】jíjiùzhāng ㄐㄧˊ ㄐㄧㄡˋ ㄓㄤ 為了應付需要，匆忙完成的作品或事情(原為書名，也叫《急就篇》，漢代史游作)。

【急劇】jíjù ㄐㄧˊ ㄐㄩˋ 急速；迅速而劇烈：氣溫急劇下降。

【急遽】jíjù ㄐㄧˊ ㄐㄩˋ 急速。

【急口令】jíkǒulìng ㄐㄧˊ ㄎㄡˇ ㄌㄧㄥˋ 〈方〉繞口令。

【急流】jíliú ㄐㄧˊ ㄌㄧㄡˊ 湍急的水流：急流滾滾｜渡過急流險灘。

【急流勇退】jí liú yǒng tuì ㄐㄧˊ ㄌㄧㄡˊ ㄩㄥˇ ㄊㄨㄟˋ 舊時比喻仕途順利的時候毅然退出官場，現也比喻在複雜的鬥爭中及早抽身。

【急忙】jímáng ㄐㄧˊ ㄇㄤˊ 心裏着急，行動加快：聽說廠裏有要緊事兒，他急忙穿上衣服跑出門去｜急急忙忙趕着去上班。

【急難】jí∥nàn ㄐㄧˊ∥ㄋㄢˋ 〈書〉熱心地幫助別人擺脫患難：扶危急難｜急人之難。

【急難】jínàn ㄐㄧˊ ㄋㄢˋ 危急患難：急難之中見人心。

【急迫】jípò ㄐㄧˊ ㄆㄛˋ 馬上需要應付或辦理，不容許遲延：情況急迫｜急迫的任務。

【急起直追】jí qǐ zhí zhuī ㄐㄧˊ ㄑㄧˇ ㄓˊ ㄓㄨㄟ 馬上行動起來，迅速趕上進步較快的人或發展水平較高的事物。

【急切】jíqiè ㄐㄧˊ ㄑㄧㄝˋ ❶迫切：需要急切｜急切地盼望成功。❷倉促：急切間找不着適當的人。

【急如星火】jí rú xīng huǒ ㄐㄧˊ ㄖㄨˊ ㄒㄧㄥ ㄏㄨㄛˇ 形容非常急迫。

【急事】jíshì ㄐㄧˊ ㄕˋ 急需辦理的事；緊急的事情。

【急速】jísù ㄐㄧˊ ㄙㄨˋ 非常快：火車急速地向前飛奔。

【急湍】jítuān ㄐㄧˊ ㄊㄨㄢ ❶很急的水流。❷湍急：急湍的溪流。

【急彎】jíwān ㄐㄧˊ ㄨㄢ ❶道路突然轉折的地方：前有急彎，行車小心。❷車、船、飛機等行進方向的突然改變：戰鬥機拐了個急彎，向西南飛去。

【急務】jíwù ㄐㄧˊ ㄨˋ 緊急的事務：當前急務。

【急先鋒】jíxiānfēng ㄐㄧˊ ㄒㄧㄢ ㄈㄥ 比喻在行動上積極領頭的人。

【急行軍】jíxíngjūn ㄐㄧˊ ㄒㄧㄥˊ ㄐㄩㄣ 部隊執行緊急任務時進行的快速行軍。

【急性】jíxìng ㄐㄧˊ ㄒㄧㄥˋ ❶發作急劇的、變化快的(病)：急性闌尾炎。❷(急性兒)急性子。

【急性病】jíxìngbìng ㄐㄧˊ ㄒㄧㄥˋ ㄅㄧㄥˋ ❶發病急劇、病情變化很快、症狀較重的疾病，例如霍亂、急性闌尾炎等。❷比喻不顧客觀實際、急於求成的毛病。

【急性子】jíxìng·zi ㄐㄧˊ ㄒㄧㄥˋ ·ㄗ ❶性情急躁：急性子人。❷性情急躁的人：他是個急性子，總要一口氣把話説完。

【急需】jíxū ㄐㄧˊ ㄒㄩ 緊急需要：急需處理｜以應急需。

【急眼】jí//yǎn ㄐㄧˊ//ㄧㄢˇ 〈方〉❶發火；發脾氣：人家這麼兩句話就把你惹急眼啦。❷着急；急：他一急眼，連話都説不出來了。

【急用】jíyòng ㄐㄧˊ ㄩㄥˋ 緊急需用（多指金錢方面）：節約儲蓄，以備急用。

【急於】jíyú ㄐㄧˊ ㄩˊ 想要馬上實現：急於求成｜他急於回廠，準備今天就走。

【急躁】jízào ㄐㄧˊ ㄗㄠˋ ❶碰到不稱心的事情馬上激動不安：性情急躁｜一聽説事情弄糟了，他就急躁起來了。❷想馬上達到目的，不做好準備就開始行動：急躁冒進｜別急躁，大家商量好再動手。

【急診】jízhěn ㄐㄧˊ ㄓㄣˇ 指病情嚴重，需要馬上診治：急診室｜看急診。

【急症】jízhèng ㄐㄧˊ ㄓㄥˋ 突然發作來勢很猛的病症。

【急智】jízhì ㄐㄧˊ ㄓˋ 在緊急情況下突然想出來的應付辦法。

【急中生智】jí zhōng shēng zhì ㄐㄧˊ ㄓㄨㄥ ㄕㄥ ㄓˋ 在緊急中想出好的應付辦法。

【急驟】jízhòu ㄐㄧˊ ㄓㄡˋ 急速：急驟的腳步聲。

【急轉直下】jí zhuǎn zhí xià ㄐㄧˊ ㄓㄨㄢˇ ㄓˊ ㄒㄧㄚˋ （形勢、劇情、文筆等）突然轉變，並且很快地順勢發展下去。

姞 Jí ㄐㄧˊ 姓。

笈 jí ㄐㄧˊ 〈書〉❶書箱：負笈從師。❷書籍；典籍。

疾1 jí ㄐㄧˊ ❶疾病：積勞成疾。❷痛苦：疾苦。❸痛恨：疾惡如仇。

疾2 jí ㄐㄧˊ 急速；猛烈：疾風｜疾馳｜疾走｜大聲疾呼。

【疾病】jíbìng ㄐㄧˊ ㄅㄧㄥˋ 病（總稱）：預防疾病｜疾病纏身。

【疾步】jíbù ㄐㄧˊ ㄅㄨˋ 快步：疾步行走。

【疾馳】jíchí ㄐㄧˊ ㄔˊ （車馬等）奔馳：汽車疾馳而過。

【疾惡如仇】jí è rú chóu ㄐㄧˊ ㄜˋ ㄖㄨˊ ㄔㄡˊ 恨壞人壞事像痛恨仇敵一樣。也作嫉惡如仇。

【疾風】jífēng ㄐㄧˊ ㄈㄥ ❶氣象學上指7級風。參看343頁〖風級〗。❷猛烈的風：疾風勁草｜疾風迅雨。

【疾風勁草】jí fēng jìng cǎo ㄐㄧˊ ㄈㄥ ㄐㄧㄥˋ ㄘㄠˇ 在猛烈的大風中，只有堅韌的草才不會被吹倒。比喻在大風浪或艱苦危急之中，只有立場堅定、意志堅決的人才經得起考驗。也説疾風知勁草。

【疾患】jíhuàn ㄐㄧˊ ㄏㄨㄢˋ 〈書〉病。

【疾苦】jíkǔ ㄐㄧˊ ㄎㄨˇ （人民生活中的）困苦：關心群眾的疾苦。

【疾駛】jíshǐ ㄐㄧˊ ㄕˇ （車輛等）快速行駛：疾駛而去。

【疾首蹙額】jí shǒu cù é ㄐㄧˊ ㄕㄡˇ ㄘㄨˋ ㄜˊ 形容厭惡、痛恨的樣子（疾首：頭痛；蹙額：皺眉）。

【疾書】jíshū ㄐㄧˊ ㄕㄨ 迅速地書寫：奮筆疾書。

【疾言厲色】jí yán lì sè ㄐㄧˊ ㄧㄢˊ ㄌㄧˋ ㄙㄜˋ 説話急躁，神色嚴厲。形容發怒時的神情。

級（级） jí ㄐㄧˊ ❶等級：高級｜上級｜縣級｜級差｜三級工。❷年級：留級｜同級不同班。❸台階兒：石級。❹量詞，用於台階、樓梯等：十多級台階。

【級別】jíbié ㄐㄧˊ ㄅㄧㄝˊ 等級的區別；等級的高低次序：幹部級別｜舉重比賽已決出三個級別的名次。

【級差】jíchā ㄐㄧˊ ㄔㄚ 等級之間的差別程度：工資級差。

【級任】jírèn ㄐㄧˊ ㄖㄣˋ 中小學校裏設過的負責管理一個班級的教師：級任老師。

棘 jí ㄐㄧˊ ❶酸棗樹。❷泛指有刺的草木：披荊斬棘。❸刺；扎：棘手。

【棘刺】jícì ㄐㄧˊ ㄘˋ 豪豬等脊背上長的硬而長的刺。泛指動植物體上的針狀物。

【棘輪】jílún ㄐㄧˊ ㄌㄨㄣˊ 一種輪狀零件，通常是有齒的。棘輪和棘爪、連桿等組成間歇運動機構。

【棘皮動物】jípí dòngwù ㄐㄧˊ ㄆㄧˊ ㄉㄨㄥˋ ㄨˋ 無脊椎動物的一門，外皮一般具有石灰質的刺狀突起，身體球形、星形或圓棒形，生活在海底，運動緩慢或不運動，如海星、海膽、海參、海百合等。

【棘手】jíshǒu ㄐㄧˊ ㄕㄡˇ 形容事情難辦，像荊棘刺手：棘手的問題｜這件事情非常棘手。

【棘爪】jízhuǎ ㄐㄧˊ ㄓㄨㄚˇ 撥動棘輪做間歇運動的零件。棘爪由連桿帶動做往復運動，從而帶動棘輪做單向運動。

戢 jí ㄐㄧˊ ❶〈書〉收斂；收藏：戢翼｜戢怒｜戢兵。❷（Jí）姓。

集 jí ㄐㄧˊ ❶集合；聚集：彙集｜齊集｜集思廣益｜驚喜交集。❷集市：趕集。❸集子：詩集｜文集｜全集｜地圖集。❹某些篇幅較長的著作或作品中相對獨立的部分：《康熙字典》分為子、丑、寅、卯等十二集｜影片上下兩集，一次放映｜三十集電視連續劇。❺'集合'2的簡稱。❻（Jí）姓。

【集部】jíbù ㄐㄧˊ ㄅㄨˋ 我國古代圖書分類的一大部類。包括各種體裁的文學著作。也叫丁部。參看1086頁〖四部〗。

【集成】jíchéng ㄐㄧˊ ㄔㄥˊ 同類著作彙集在一起（多用做書名）：《叢書集成》｜《中國古典戲曲論著集成》。

【集成電路】jíchéng-diànlù ㄐㄧˊ ㄔㄥˊ ㄉㄧㄢˋ ㄌㄨˋ 在同一硅片上製作許多晶體管和電阻，並將它們聯成一定的電路，完成一定的功能，這種電路稱為集成電路。具有體積小，耐震，耐潮，穩定性高等特點。廣泛應用於電子計算機、測量儀器和其他方面。

【集大成】jí dàchéng ㄐㄧˊ ㄉㄚˋ ㄔㄥˊ 集中某類事物的各個方面，達到相當完備的程度：這是一部集大成的優秀著作。

【集合】[1] jíhé ㄐㄧˊ ㄏㄜˊ ❶許多分散的人或物聚在一起：全校同學已經在操場集合了。❷彙集：集合各種材料，加以分析。

【集合】[2] jíhé ㄐㄧˊ ㄏㄜˊ 數學上指若干具有共同屬性的事物的總體。如全部整數就成一個整數的集合，一個工廠的全體工人就成一個該工廠全體工人的集合。簡稱集。

【集會】jíhuì ㄐㄧˊ ㄏㄨㄟˋ 集合在一起開會。

【集結】jíjié ㄐㄧˊ ㄐㄧㄝˊ 聚集。特指軍隊等集合到一處：集結待命｜集結兵力。

【集錦】jíjǐn ㄐㄧˊ ㄐㄧㄣˇ 編輯在一起的精彩的圖畫、詩文等(多用做標題)：圖片集錦｜郵票集錦。

【集句】jíjù ㄐㄧˊ ㄐㄩˋ 摘取前人的詩句拼成的詩(多為律詩)。詞也有集句而成的。

【集聚】jíjù ㄐㄧˊ ㄐㄩˋ 集合；聚合：人們集聚在老槐樹下休息。

【集刊】jíkān ㄐㄧˊ ㄎㄢ 學術機構刊行的成套的、定期或不定期出版的論文集：《紅樓夢研究集刊》。

【集攏】jílǒng ㄐㄧˊ ㄌㄨㄥˇ 聚集：場院中集攏了一群人。

【集錄】jílù ㄐㄧˊ ㄌㄨˋ (把資料)收集、抄錄在一起或編印成書。

【集權】jíquán ㄐㄧˊ ㄑㄩㄢˊ 政治、經濟、軍事大權集中於中央。

【集日】jírì ㄐㄧˊ ㄖˋ 有集市的日子：這個鎮的集日是每旬的三六九。

【集散地】jísàndì ㄐㄧˊ ㄙㄢˋ ㄉㄧˋ 本地區貨物集中外運和外地貨物由此分散到區內各地的地方。

【集市】jíshì ㄐㄧˊ ㄕˋ 農村或城市中定期買賣貨物的市場：集市貿易。

【集思廣益】jí sī guǎng yì ㄐㄧˊ ㄙ ㄍㄨㄤˇ ㄧˋ 集中眾人的智慧，廣泛吸收有益的意見。

【集體】jítǐ ㄐㄧˊ ㄊㄧˇ 許多人合起來的有組織的整體(跟'個人'相對)：集體生活｜集體領導｜個人利益服從集體利益。

【集體經濟】jítǐ jīngjì ㄐㄧˊ ㄊㄧˇ ㄐㄧㄥ ㄐㄧˋ 以生產資料集體所有制和共同勞動為基礎的經濟形式。

【集體所有制】jítǐ suǒyǒuzhì ㄐㄧˊ ㄊㄧˇ ㄙㄨㄛˇ ㄧㄡˇ ㄓˋ 社會主義所有制的低級形式，主要的生產資料、產品等歸生產者集體所有。

【集體舞】jítǐwǔ ㄐㄧˊ ㄊㄧˇ ㄨˇ ❶多人共同表演的舞蹈，常用樂器伴奏。也叫群舞。❷形式比較自由、動作比較簡單的群眾娛樂性的舞蹈。

【集體主義】jítǐ zhǔyì ㄐㄧˊ ㄊㄧˇ ㄓㄨˇ ㄧˋ 一切從集體出發，把集體利益放在個人利益之上的思想，是社會主義、共產主義的基本精神。

【集團】jítuán ㄐㄧˊ ㄊㄨㄢˊ 為了一定的目的組織起來共同行動的團體。

【集團軍】jítuánjūn ㄐㄧˊ ㄊㄨㄢˊ ㄐㄩㄣ 軍隊的一級編組，轄若干個軍或師。

【集訓】jíxùn ㄐㄧˊ ㄒㄩㄣˋ 集中到一個地方訓練：幹部輪流集訓｜運動員提前一個月集訓。

【集腋成裘】jí yè chéng qiú ㄐㄧˊ ㄧㄝˋ ㄔㄥˊ ㄑㄧㄡˊ 狐狸腋下的皮雖然很小，但是聚集起來就能縫成一件皮袍。比喻積少成多。

【集郵】jí//yóu ㄐㄧˊ//ㄧㄡˊ 收集和保存各種郵票，也包括與郵政有關的各種封、片、戳等用品。

【集郵冊】jíyóucè ㄐㄧˊ ㄧㄡˊ ㄘㄜˋ 一種特製的用於集郵的本子。也叫插冊。

【集約】jíyuē ㄐㄧˊ ㄩㄝ ❶農業上指在同一土地面積上投入較多的生產資料和勞動，進行精耕細作，用提高單位面積產量的方法來增加產品總量(跟'粗放'相對)。這種經營方式叫做集約經營。❷泛指採用現代化管理方法和科學技術，加強分工、協作，提高資金、資源使用效率的經營方式。

【集運】jíyùn ㄐㄧˊ ㄩㄣˋ 集中起來運輸：集運木材。

【集鎮】jízhèn ㄐㄧˊ ㄓㄣˋ 以非農業人口為主的比城市小的居住區。

【集中】jízhōng ㄐㄧˊ ㄓㄨㄥ 把分散的人、事物、力量等聚集起來；把意見、經驗等歸納起來：集中兵力｜集中資金｜精神集中。

【集中營】jízhōngyíng ㄐㄧˊ ㄓㄨㄥ ㄧㄥˊ 帝國主義國家或反動政權把政治犯、戰俘或擄來的非交戰人員集中起來監禁或殺害的地方。

【集注】jízhù ㄐㄧˊ ㄓㄨˋ (精神、眼光等)集中：代表們的眼光都集注在大會主席台上。

【集註】jízhù ㄐㄧˊ ㄓㄨˋ 彙集前人關於某部書的註釋再加上自己的見解進行註釋，多用做書名。也叫集解或集釋。

【集裝箱】jízhuāngxiāng ㄐㄧˊ ㄓㄨㄤ ㄒㄧㄤ 具有一定規格、便於機械裝卸、可以重複使用的裝運貨物的大型容器，形狀像箱子，多用金屬材料製成。有的地區叫貨櫃。

【集資】jízī ㄐㄧˊ ㄗ 聚集資金：集資經營。

【集子】jí·zi ㄐㄧˊ·ㄗ 把許多單篇著作或單張作品收集在一起編成的書：這個集子裏一共有二十篇小說。

蒺〔蒺〕 jí ㄐㄧˊ［蒺藜］(jí·lí ㄐㄧˊ·ㄌㄧ) ❶一年生草本植物，莖平鋪在地上，羽狀複葉，小葉長橢圓形，開黃色小花，果皮有尖刺。種子可入藥。❷這種植物的果實。‖也作蒺蔾。

極(极) jí ㄐㄧˊ ❶頂點；盡頭：登峰造極｜無所不用其極（用盡可能使用的各種手段）。❷地球的南北兩端；磁體的兩端；電源或電器上電流進入或流出的一端：南極｜北極｜陰極｜陽極。❸盡；達到頂點：極力｜極目四望｜物極必反｜極一時之盛。❹最終的；最高的：極度｜極端｜極量。❺副詞，表示達到最高度：極重要｜極少數。注意‘極’也可做補語，但前頭不能用‘得’，後面一般帶‘了’，如‘忙極了’。

【極地】jídì ㄐㄧˊ ㄉㄧˋ 極圈以內的地區。

【極點】jídiǎn ㄐㄧˊ ㄉㄧㄢˇ 程度上不能再超過的界限：高興到了極點。

【極頂】jídǐng ㄐㄧˊ ㄉㄧㄥˇ ❶山的最高處；山頂：泰山極頂。❷極點：他對你佩服到極頂。❸達到極點的：極頂聰明｜極頂糊塗。

【極度】jídù ㄐㄧˊ ㄉㄨˋ ❶程度極深的：極度興奮｜極度的疲勞。❷極點：他的忍耐已經到了極度。

【極端】jíduān ㄐㄧˊ ㄉㄨㄢ ❶事物順着某個發展方向達到的頂點：看問題要全面，不要走極端。❷達到極點的：極端興奮｜極端困難。

【極光】jíguāng ㄐㄧˊ ㄍㄨㄤ 在高緯度地區，高空中大氣稀薄的地方出現的一種光的現象。由太陽發出的高速帶電粒子受地球磁場影響，進入兩極附近，激發高空中的原子和分子而引起。通常是弧狀、帶狀或幕狀，微弱時白色，明亮時黃綠色，有時還有紅、灰、紫、藍等色。

【極口】jíkǒu ㄐㄧˊ ㄎㄡˇ 在言談中極力（稱道、讚揚或抨擊、抗辯等）：極口稱揚｜極口詆毀。

【極樂世界】jílè shìjiè ㄐㄧˊ ㄌㄜˋ ㄕˋ ㄐㄧㄝˋ 佛經中指阿彌陀佛所居住的國土。佛教徒認為居住在這個地方，就可獲得光明、清淨和快樂，擺脫人間一切煩惱。也叫西天。

【極力】jílì ㄐㄧˊ ㄌㄧˋ 用盡一切力量；想盡一切辦法：極力設法｜極力克服困難。

【極量】jíliàng ㄐㄧˊ ㄌㄧㄤˋ ❶醫學上指在一定時間內，病人服藥或注射藥水最大限度的劑量。❷泛指作為極限的數量。

【極目】jímù ㄐㄧˊ ㄇㄨˋ 用盡目力（遠望）：極目遠眺。

【極品】jípǐn ㄐㄧˊ ㄆㄧㄣˇ 〈書〉❶最上等的（物品）：極品狼毫（一種毛筆）｜關東人參號稱極品。❷最高的官階：官居極品。

【極其】jíqí ㄐㄧˊ ㄑㄧˊ 副詞，非常；極端：勞動是極其光榮的事情｜受到了極其深刻的教育。

【極圈】jíquān ㄐㄧˊ ㄑㄩㄢ 地球上 66°34' 的緯綫所形成的圈。

【極權】jíquán ㄐㄧˊ ㄑㄩㄢˊ 指統治者依靠暴力行使統治權力，人民毫無自由：極權統治。

【極為】jíwéi ㄐㄧˊ ㄨㄟˊ 副詞，表示程度達到極點：極為勇敢｜極為不滿｜極為貧困。

【極限】jíxiàn ㄐㄧˊ ㄒㄧㄢˋ ❶最高的限度：輪船的載重已經達到了極限。❷如果變量 x 逐漸變化，趨近於定量 a，即它們的差的絕對值可以小於任何已知的正數時，定量 a 叫做變量 x 的極限。可寫成 $x \to a$，或 $\lim x = a$。如數列 $\frac{1}{2}$，$\frac{2}{3}$，…，$n/n+1$ 的極限是 1，寫做 $\lim_{n\to\infty} \frac{n}{n+1} = 1$。

【極限量規】jíxiàn liángguī ㄐㄧˊ ㄒㄧㄢˋ ㄌㄧㄤˊ ㄍㄨㄟ 界限量規。

【極刑】jíxíng ㄐㄧˊ ㄒㄧㄥˊ 指死刑：處以極刑。

【極意】jíyì ㄐㄧˊ ㄧˋ 用盡心思；盡心：極意奉承｜極意模仿。

【極晝】jízhòu ㄐㄧˊ ㄓㄡˋ 極圈以內的地區，每年總有一個時期太陽不落到地平綫以下，一天 24 小時都是白天，這個時期叫做極晝。

楫 jí ㄐㄧˊ 槳：舟楫。

殛 jí ㄐㄧˊ 〈書〉殺死：雷殛。

嵴 jí ㄐㄧˊ 山脊。

詰(诘) jí ㄐㄧˊ ［詰屈聱牙］同‘佶屈聱牙’。

另見589頁 jié。

嫉 jí ㄐㄧˊ ❶忌妒：嫉賢妒能。❷憎恨：嫉惡如仇。

【嫉妒】jídù ㄐㄧˊ ㄉㄨˋ 忌妒。

【嫉惡如仇】jí è rú chóu ㄐㄧˊ ㄜˋ ㄖㄨˊ ㄔㄡˊ 同‘疾惡如仇’。

【嫉恨】jíhèn ㄐㄧˊ ㄏㄣˋ 因忌妒而憤恨；憎恨。

【嫉賢妒能】jí xián dù néng ㄐㄧˊ ㄒㄧㄢˊ ㄉㄨˋ ㄋㄥˊ 對品德、才能比自己強的人心懷怨恨嫉妒。

蕺〔蕺〕 jí ㄐㄧˊ 蕺菜。

【蕺菜】jícài ㄐㄧˊ ㄘㄞˋ 多年生草本植物，莖上有節，葉子互生，心臟形，花小而密，結蒴果。莖和葉有魚腥氣。全草入藥。也叫魚腥草。

踖 jí ㄐㄧˊ 見196頁〖踧踖〗(cùjí)。

瘠 jí ㄐㄧˊ 〈書〉❶（身體）瘦弱。❷瘠薄：瘠土｜瘠田。

【瘠薄】jíbó ㄐㄧˊ ㄅㄛˊ （土地）缺少植物生長所需的養分、水分；不肥沃。

【瘠田】jítián ㄐㄧˊ ㄊㄧㄢˊ 不肥沃的田地。

輯(辑) jí ㄐㄧˊ ❶編輯；輯錄。❷整套書籍、資料等按內容或發表先後次序分成的各個部分：新聞簡報第一輯｜這部叢書分為十輯，每輯五本。

【輯錄】jílù ㄐㄧˊ ㄌㄨˋ 把有關的資料或著作收集起來編成書。

【輯佚】jíyì ㄐㄧˊ ㄧˋ ❶輯錄前人或今人通行的集子以外的散佚的文章或作品：輯佚並印行古籍數十種。❷輯佚而編成的書或文章（多用做書名）：《魯迅著作輯佚》。‖也作輯逸。

藉〔耤〕 jí ㄐㄧˊ ❶〈書〉踐踏；侮辱。❷（Jí）姓。

另見594頁 jiè。

踖 jí ㄐㄧˊ 〈書〉小步。

籍 jí ㄐㄧˊ ❶書籍；冊子：古籍。❷籍貫：原籍。❸代表個人對國家、組織的隸屬關係：國籍｜黨籍｜學籍。❹（Jí）姓。

【籍貫】jíguàn ㄐㄧˊ ㄍㄨㄢˋ 祖居或個人出生的地方。

【籍沒】jímò ㄐㄧˊ ㄇㄛˋ 〈書〉登記並沒收（家產）。

鶺（鹡） jí ㄐㄧˊ ［鶺鴒］（jílíng ㄐㄧˊ ㄌㄧㄥˊ）鳥類的一屬，最常見的一種，身體小，頭頂黑色，前額純白色，嘴細長，尾和翅膀都很長，黑色，有白斑，腹部白色。吃昆蟲和小魚等，是保護鳥。

jǐ（ㄐㄧˇ）

己 jǐ ㄐㄧˇ ❶自己：知己知彼｜捨己為人｜嚴於律己。❷天干的第六位。參看368頁〖干支〗。

【己方】jǐfāng ㄐㄧˇ ㄈㄤ 自己這一方面。

【己見】jǐjiàn ㄐㄧˇ ㄐㄧㄢˋ 自己的意見：各抒己見｜固執己見。

【己任】jǐrèn ㄐㄧˇ ㄖㄣˋ 自己的任務：以天下為己任。

紀（纪） Jǐ ㄐㄧˇ 姓（近年也有讀 Jì 的）。

另見544頁 jì。

脊 jǐ ㄐㄧˇ ❶人或動物背上中間的骨頭；脊柱：脊髓｜脊椎。❷物體上形狀像脊柱的部分：山脊｜屋脊｜書脊。

【脊背】jǐbèi ㄐㄧˇ ㄅㄟˋ 背[1]①。

【脊樑】jǐ·liang ㄐㄧˇ ·ㄌㄧㄤ 脊背。

【脊樑骨】jǐ·lianggǔ ㄐㄧˇ ·ㄌㄧㄤ ㄍㄨˇ 脊柱。

【脊檁】jǐlǐn ㄐㄧˇ ㄌㄧㄣˇ 架在屋架或山牆上面最高的一根橫木。也叫大樑或正樑。（圖見324頁〖房子〗）

【脊鰭】jǐqí ㄐㄧˇ ㄑㄧˊ 背鰭。

【脊神經】jǐshénjīng ㄐㄧˇ ㄕㄣˊ ㄐㄧㄥ 連接在脊髓上的神經。共分31對，分佈在軀幹，腹側面和四肢的肌肉中。主管頸部以下的感覺和運動。

【脊髓】jǐsuǐ ㄐㄧˇ ㄙㄨㄟˇ 人和脊椎動物中樞神經系統的一部分，在椎管裏面，上端連接延髓，兩旁發出成對的神經，分佈到四肢、體壁和內臟。脊髓的內部有一個H形灰色神經組織，主要由神經細胞構成，外層為白色神經組織，由神經纖維構成。脊髓是許多簡單反射的中樞。

【脊髓灰質炎】jǐsuǐ huīzhìyán ㄐㄧˇ ㄙㄨㄟˇ ㄏㄨㄟ ㄓˋ ㄧㄢˊ 急性傳染病，由病毒侵入血液循環系統引起，部分病毒可侵入神經系統。患者多為一至六歲兒童，主要症狀是發熱，全身不適，嚴重時肢體疼痛，發生癱瘓。通稱小兒麻痹症。

【脊索】jǐsuǒ ㄐㄧˇ ㄙㄨㄛˇ 某些動物身體內部的支柱，略呈棒形，由柔軟的大細胞構成。高等動物的脊柱是由胚胎時期的脊索變化而成的，低等動物（如文昌魚）的脊索終生不變。

【脊索動物】jǐsuǒ dòngwù ㄐㄧˇ ㄙㄨㄛˇ ㄉㄨㄥˋ ㄨˋ 動物的一個門，包括原索動物和脊椎動物。

【脊柱】jǐzhù ㄐㄧˇ ㄓㄨˋ 人和脊椎動物背部的主要支架。人的脊柱由33個椎骨構成，形狀像柱子，在背部的中央，中間有椎管，內有脊髓。脊柱分為頸、胸、腰、骶、尾五個部分。有的地區叫脊樑骨（jǐ·lianggǔ）。

【脊椎】jǐzhuī ㄐㄧˇ ㄓㄨㄟ ❶脊柱：脊椎動物。❷椎骨。

【脊椎動物】jǐzhuī dòngwù ㄐㄧˇ ㄓㄨㄟ ㄉㄨㄥˋ ㄨˋ 有脊椎骨的動物，是脊索動物的一個亞門。這一類動物一般體形左右對稱，全身分為頭、軀幹、尾三個部分，軀幹又被橫膈膜分成胸部和腹部，有比較完善的感覺器官、運動器官和高度分化的神經系統。包括魚類、兩栖動物、爬行動物、鳥類和哺乳動物等五大類。

【脊椎骨】jǐzhuīgǔ ㄐㄧˇ ㄓㄨㄟ ㄍㄨˇ 椎骨的通稱。

掎 jǐ ㄐㄧˇ 〈書〉❶牽住；拖住。❷牽引；拉。

【掎角之勢】jǐ jiǎo zhī shì ㄐㄧˇ ㄐㄧㄠˇ ㄓ ㄕˋ 比喻作戰時分兵牽制或合兵夾擊的形勢。

戟 jǐ ㄐㄧˇ ❶古代兵器，在長柄的一端裝有青銅或鐵製成的槍尖，旁邊附有月牙形鋒刃。❷〈書〉刺激①。

給（给） jǐ ㄐㄧˇ ❶供給；供應：補給｜配給｜自給自足。❷富裕充足：家給戶足。

另見388頁 gěi。

【給付】jǐfù ㄐㄧˇ ㄈㄨˋ 付給（應付的款項等）：按保險條例給付保險金。

【給水】jǐshuǐ ㄐㄧˇ ㄕㄨㄟˇ 供應生產或生活用水。

【給養】jǐyǎng ㄐㄧˇ ㄧㄤˇ 指軍隊中人員的伙食、牲畜的飼料以及炊事燃料等物資：補充給養。

【給予】jǐyǔ ㄐㄧˇ ㄩˇ 〈書〉給（gěi）：給予幫助｜給予同情。也作給與。

幾（几） jǐ ㄐㄧˇ ❶詢問數目（估計數目不太大）：來了幾個人？｜你能在家住幾天？❷表示大於一而小於十的不定的數目：幾本書｜十幾歲｜幾百人。

另見530頁 jī。'几'另見528頁 jī。

【幾曾】jǐcéng ㄐㄧˇ ㄘㄥˊ 用反問的語氣表示未

曾；幾時曾經：在他重病期間，我幾曾安睡過一夜。

【幾次三番】jǐ cì sān fān ㄐㄧˇ ㄘˋ ㄙㄢ ㄈㄢ 一次又一次；屢次：朋友們幾次三番地勸說，他都當成了耳旁風。

【幾多】jǐduō ㄐㄧˇ ㄉㄨㄛ 〈方〉❶疑問代詞。a) 詢問數量：幾多人？｜這袋米有幾多重？b) 表示不定的數量：在他身上，父母不知花費了幾多精力，幾多錢財。❷多麼：這孩子幾多懂事！

【幾何】jǐhé ㄐㄧˇ ㄏㄜˊ ❶〈書〉多少：價值幾何？｜曾幾何時。❷幾何學的簡稱。

【幾何體】jǐhétǐ ㄐㄧˇ ㄏㄜˊ ㄊㄧˇ 空間的有限部分，由平面和曲面所圍成。如棱柱體、正方體、圓柱體、球體。也叫立體。

【幾何圖形】jǐhé túxíng ㄐㄧˇ ㄏㄜˊ ㄊㄨˊ ㄒㄧㄥˊ 點、綫、面、體或它們的組合。簡稱圖形。

【幾何學】jǐhéxué ㄐㄧˇ ㄏㄜˊ ㄒㄩㄝˊ 研究空間圖形的形狀、大小和位置的相互關係的學科。

【幾經】jǐjīng ㄐㄧˇ ㄐㄧㄥ 經過多次：幾經波折｜幾經交涉。

【幾兒】jǐr ㄐㄧㄦˇ 〈方〉哪一天：你幾兒來的？｜今兒是幾兒？

【幾時】jǐshí ㄐㄧˇ ㄕˊ 甚麼時候：你們幾時走？｜你幾時有空兒過來坐吧。

【幾許】jǐxǔ ㄐㄧˇ ㄒㄩˇ 〈書〉多少：不知幾許。

麂 jǐ ㄐㄧˇ 哺乳動物的一屬，是小型的鹿，雄的有長牙和短角。腿細而有力，善於跳躍，毛棕色，皮很柔軟，可以製革。通稱麂子。

鮆(𬶨) jǐ ㄐㄧˇ 魚類的一屬，身體側扁，略呈橢圓形，頭小而鈍，口小。生活在海底岩石間。

擠(挤) jǐ ㄐㄧˇ ❶(人、物)緊緊靠攏在一起；(事情)集中在同一時間內：擠做一團｜屋裏擠滿了人｜事情全擠在一塊兒了。❷在擁擠的環境中用身體排開人或物：人多擠不進來。❸用壓力使從孔隙中出來：擠牛奶｜擠牙膏◇擠時間學習。❹排斥；排擠：我的名額被擠掉了。

【擠兌】jǐduì ㄐㄧˇ ㄉㄨㄟˋ 許多人到銀行裏擠着兌現。

【擠對】jǐ·dui ㄐㄧˇ·ㄉㄨㄟ 〈方〉逼迫使屈從：他不願意，就別擠對他了。

【擠咕】jǐ·gu ㄐㄧˇ·ㄍㄨ 〈方〉擠(眼)：眼睛裏進去了沙子，一個勁兒地擠咕。

【擠眉弄眼】jǐ méi nòng yǎn ㄐㄧˇ ㄇㄟˊ ㄋㄨㄥˋ ㄧㄢˇ 用眉眼示意：幾個人都對他擠眉弄眼，叫他別去。

【擠牙膏】jǐ yágāo ㄐㄧˇ ㄧㄚˊ ㄍㄠ 比喻說話不爽快，經別人一步一步追問，才一點兒一點兒說。

【擠軋】jǐyà ㄐㄧˇ ㄧㄚˋ 排擠傾軋：互相擠軋。

【擠佔】jǐzhàn ㄐㄧˇ ㄓㄢˋ 強行擠入並佔用：擠佔耕地。

濟(济) Jǐ ㄐㄧˇ 濟水，古水名，發源於今河南，流經山東入渤海。現在黃河下游的河道就是原來的濟水的河道。今河南濟源，山東濟南、濟寧、濟陽，都從濟水得名。

另見547頁 jì。

【濟濟】jǐjǐ ㄐㄧˇ ㄐㄧˇ 形容人多：人才濟濟｜濟濟一堂。

【濟濟一堂】jǐjǐ yītáng ㄐㄧˇ ㄐㄧˇ ㄧ ㄊㄤˊ 形容許多有才能的人聚集在一起。

蟣(虮) jǐ ㄐㄧˇ 蟣子。

【蟣子】jǐ·zi ㄐㄧˇ·ㄗ 虱子的卵。

jì（ㄐㄧˋ）

伎 jì ㄐㄧˋ ❶同'技'。❷古代稱以歌舞為業的女子。

【伎倆】jìliǎng ㄐㄧˋ ㄌㄧㄤˇ 不正當的手段：騙人的伎倆。

技 jì ㄐㄧˋ 技能；本領：技術｜技巧｜絕技｜黔驢技窮｜無所施其技。

【技法】jìfǎ ㄐㄧˋ ㄈㄚˇ 技巧和方法：雕塑技法｜技法純熟。

【技工】jìgōng ㄐㄧˋ ㄍㄨㄥ 有專門技術的工人。

【技工學校】jìgōng xuéxiào ㄐㄧˋ ㄍㄨㄥ ㄒㄩㄝˊ ㄒㄧㄠˋ 培養某種專業技術工人的中等學校。簡稱技校。

【技擊】jìjī ㄐㄧˋ ㄐㄧ 用於搏鬥的武術：精於技擊。

【技能】jìnéng ㄐㄧˋ ㄋㄥˊ 掌握和運用專門技術的能力：基本技能｜技能低下。

【技巧】jìqiǎo ㄐㄧˋ ㄑㄧㄠˇ ❶表現在藝術、工藝、體育等方面的巧妙的技能：運用技巧｜繪畫技巧｜熟練的技巧。❷指技巧運動：技巧比賽。

【技巧運動】jìqiǎo yùndòng ㄐㄧˋ ㄑㄧㄠˇ ㄩㄣˋ ㄉㄨㄥˋ 體操運動項目之一。動作以翻騰、拋接、造型等為主，並配有徒手操和舞蹈動作。有單人、雙人、三人、四人等項。

【技師】jìshī ㄐㄧˋ ㄕ 技術人員的職稱之一，相當於初級工程師或高級技術員的技術人員。

【技士】jìshì ㄐㄧˋ ㄕˋ 技術人員的職稱之一，低於工程師。

【技術】jìshù ㄐㄧˋ ㄕㄨˋ ❶人類在利用自然和改造自然的過程中積纍起來並在生產勞動中體現出來的經驗和知識，也泛指其他操作方面的技巧：鑽研技術｜技術先進。❷指技術裝備：技術改造。

【技術革命】jìshù gémìng ㄐㄧˋ ㄕㄨˋ ㄍㄜˊ ㄇㄧㄥˋ 指生產技術上的根本變革，例如從用體力、畜力生產改為用蒸汽做動力生產，用手工工具生產改為用機器生產。

【技術革新】jìshù géxīn ㄐㄧˋ ㄕㄨˋ ㄍㄜˊ ㄒㄧㄣ 指生產技術上的改進，如工藝規程、機器部件等的改進。也叫技術改革。

【技術科學】jìshù kēxué ㄐㄧˋ ㄕㄨˋ ㄎㄜ ㄒㄩㄝˊ 應用科學。

【技術性】jìshùxìng ㄐㄧˋ ㄕㄨˋ ㄒㄧㄥˋ 有關技術方面的：技術性問題｜這種工作，技術性要求較高。

【技術學校】jìshù xuéxiào ㄐㄧˋ ㄕㄨˋ ㄒㄩㄝˊ ㄒㄧㄠˋ 培養某種專業技術人員的中等學校，如鐵路技術學校、郵電技術學校。簡稱技校。

【技術員】jìshùyuán ㄐㄧˋ ㄕㄨˋ ㄩㄢˊ 技術人員的職稱之一，在工程師的指導下，能夠完成一定技術任務的技術人員。

【技術裝備】jìshù zhuāngbèi ㄐㄧˋ ㄕㄨˋ ㄓㄨㄤ ㄅㄟˋ 生產上用的各種機械、儀器、儀表、工具等設備。

【技術作物】jìshù zuòwù ㄐㄧˋ ㄕㄨˋ ㄗㄨㄛˋ ㄨˋ 經濟作物。

【技校】jìxiào ㄐㄧˋ ㄒㄧㄠˋ 技術學校或技工學校的簡稱。

【技癢】jìyǎng ㄐㄧˋ ㄧㄤˇ 有某種技能的人遇到機會時極想施展：他看別人打球，不覺技癢。

【技藝】jìyì ㄐㄧˋ ㄧˋ 富於技巧性的表演藝術或手藝：技藝高超｜精湛的技藝。

芰〔芰〕 jì ㄐㄧˋ 古書上指菱。

忌 jì ㄐㄧˋ ❶忌妒：忌刻｜猜忌。❷怕：顧忌｜忌憚。❸認為不適宜而避免：忌嘴｜忌生冷。❹戒除：忌烟｜忌酒。

【忌辰】jìchén ㄐㄧˋ ㄔㄣˊ 先輩去世的日子（舊俗這一天忌舉行宴會或從事娛樂，所以叫忌辰）。

【忌憚】jìdàn ㄐㄧˋ ㄉㄢˋ 〈書〉顧忌；畏懼：肆無忌憚。

【忌妒】jì·du ㄐㄧˋ ·ㄉㄨ 對才能、名譽、地位或境遇等比自己好的人心懷怨恨：忌妒心｜忌妒人。

【忌諱】jì·huì ㄐㄧˋ ·ㄏㄨㄟ ❶因風俗習慣或個人理由等，對某些言語或舉動有所顧忌，積久成為禁忌：過年過節忌諱說不吉利的話。❷對某些可能產生不利後果的事力求避免：在學習上，最忌諱的是有始無終。❸〈方〉指醋。

【忌刻】jìkè ㄐㄧˋ ㄎㄜˋ 對人忌妒刻薄。也作忌克。

【忌口】jì//kǒu ㄐㄧˋ//ㄎㄡˇ 因有病或其他原因忌吃不相宜的食品。也說忌嘴。

【忌日】jìrì ㄐㄧˋ ㄖˋ ❶忌辰。❷迷信的人指不宜做某事的日子。

【忌嘴】jì//zuǐ ㄐㄧˋ//ㄗㄨㄟˇ 忌口。

妓 jì ㄐㄧˋ 妓女：娼妓｜狎妓。

【妓女】jìnǚ ㄐㄧˋ ㄋㄩˇ 以賣淫為業的女人。

【妓院】jìyuàn ㄐㄧˋ ㄩㄢˋ 妓女賣淫的處所。

季 jì ㄐㄧˋ ❶一年分春夏秋冬四季，一季三個月。❷（季兒）季節：雨季｜旺季｜西瓜季兒。❸指一個時期的末了：清季（清朝末年）｜季世。❹指一季的第三個月：季春。參看791頁‘孟’、1484頁‘仲’。❺在弟兄排行裏代表第四或最小的：伯仲叔季｜季弟。❻（Jì）姓。

【季度】jìdù ㄐㄧˋ ㄉㄨˋ 以一季為單位時稱為季度：季度預算｜這本書預定在第二季度出版。

【季風】jìfēng ㄐㄧˋ ㄈㄥ 隨季節而改變風向的風，主要是海洋和陸地間溫度差異造成的。冬季由大陸吹向海洋，夏季由海洋吹向大陸。

【季風氣候】jìfēng qìhòu ㄐㄧˋ ㄈㄥ ㄑㄧˋ ㄏㄡˋ 指受季風影響較顯著的地區的氣候。特點是夏季受海洋氣流影響，高溫多雨，冬季受大陸氣流影響，低溫乾燥。

【季候】jìhòu ㄐㄧˋ ㄏㄡˋ 〈方〉季節：隆冬季候。

【季節】jìjié ㄐㄧˋ ㄐㄧㄝˊ 一年裏的某個有特點的時期：季節性｜農忙季節｜嚴寒季節。

【季節工】jìjiégōng ㄐㄧˋ ㄐㄧㄝˊ ㄍㄨㄥ 因季節性的需要而雇用的臨時工。

【季節洄游】jìjié huíyóu ㄐㄧˋ ㄐㄧㄝˊ ㄏㄨㄟˊ ㄧㄡˊ 海洋中某些魚類每年春夏兩季隨暖流北游，秋冬兩季隨寒流南游，這種現象叫季節洄游。

【季軍】jìjūn ㄐㄧˋ ㄐㄩㄣ 體育運動等競賽中的第三名。

【季刊】jìkān ㄐㄧˋ ㄎㄢ 每季出版一次的刊物。

【季世】jìshì ㄐㄧˋ ㄕˋ 〈書〉末世；末葉：殷周季世。

垍 jì ㄐㄧˋ 〈書〉堅硬的土。

計（计） jì ㄐㄧˋ ❶計算：核計｜共計｜不計其數｜數以萬計。❷測量或計算度數、時間等的儀器：時計｜體溫計｜血壓計｜晴雨計。❸主意；策略；計劃：計策｜巧計｜緩兵之計｜眉頭一皺，計上心來｜百年大計。❹做計劃；打算：設計｜為加強安全計，制定了工廠保衞條例。❺計較；考慮：不計成敗｜無暇計及。❻（Jì）姓。

【計策】jìcè ㄐㄧˋ ㄘㄜˋ 為對付某人或某種情勢而預先安排的方法或策略。

【計程車】jìchéngchē ㄐㄧˋ ㄔㄥˊ ㄔㄜ 〈方〉小型出租汽車。

【計酬】jìchóu ㄐㄧˋ ㄔㄡˊ 計算報酬：按勞計酬。

【計劃】jìhuà ㄐㄧˋ ㄏㄨㄚˋ ❶工作或行動以前預先擬定的具體內容和步驟：科研計劃｜五年計劃。❷做計劃：先計劃一下再動手。

【計劃經濟】jìhuà jīngjì ㄐㄧˋ ㄏㄨㄚˋ ㄐㄧㄥ ㄐㄧˋ 按照統一計劃管理的國民經濟。

【計價】jìjià ㄐㄧˋ ㄐㄧㄚˋ 計算價錢：計價器｜計價標準｜按質計價。

【計件工資】jìjiàn gōngzī ㄐㄧˋ ㄐㄧㄢˋ ㄍㄨㄥ ㄗ

按照生產的產品合格件數或完成的作業量來計算的工資。

【計較】jìjiào ㄐㄧˋ ㄐㄧㄠˋ ❶計算比較：斤斤計較｜他從不計較個人的得失。❷爭論：我不同你計較，等你氣平了再說。❸打算；計議：此事暫且不論，日後再作計較。

【計量】jìliàng ㄐㄧˋ ㄌㄧㄤˋ ❶把一個暫時未知的量與一個已知的量做比較，如用尺量布，用體溫計量體溫。❷計算：影響之大，是不可計量的。

【計謀】jìmóu ㄐㄧˋ ㄇㄡˊ 計策；策略：有計謀。

【計日程功】jì rì chéng gōng ㄐㄧˋ ㄖˋ ㄔㄥˊ ㄍㄨㄥ 可以數着日子計算進度。形容在較短期間就可以成功。

【計時工資】jìshí gōngzī ㄐㄧˋ ㄕˊ ㄍㄨㄥ ㄗ 按照勞動時間多少和技術熟練程度來計算的工資。

【計數】jìshǔ ㄐㄧˋ ㄕㄨˇ 統計(數目)；計算：不可計數｜難以計數。

【計數】jì//shù ㄐㄧˋ//ㄕㄨˋ 數(shǔ)事物的個數；統計數目：計數器｜計數單位。

【計數器】jìshùqì ㄐㄧˋ ㄕㄨˋ ㄑㄧˋ 能自動計數的儀器。種類很多，根據機械、光電、電磁等不同原理製成，在科學研究和生產技術中廣泛應用。

【計算】jìsuàn ㄐㄧˋ ㄙㄨㄢˋ ❶根據已知數通過數學方法求得未知數：計算人數｜計算產值。❷考慮；籌劃：做事沒個計算，幹到哪兒算哪兒。❸暗中謀劃損害別人：當心被小人計算。

【計算尺】jìsuànchǐ ㄐㄧˋ ㄙㄨㄢˋ ㄔˇ 根據對數原理製成的一種輔助計算用的工具，由兩個有刻度的尺構成，其中一個嵌在另一個尺的中間並能滑動，把兩個尺上一定的刻度對準，即能直接求出運算的結果。應用於乘、除、乘方、開方、三角函數及對數等運算上。也叫算尺。

【計算機】jìsuànjī ㄐㄧˋ ㄙㄨㄢˋ ㄐㄧ 能進行數學運算的機器。有的用機械裝置做成，如手搖計算機；有的用電子元件做成，如電子計算機。

【計算機病毒】jìsuànjībìngdú ㄐㄧˋ ㄙㄨㄢˋ ㄐㄧ ㄅㄧㄥˋ ㄉㄨˊ 計算機軟件中故意設計來破壞正常程序的程序。也叫電腦病毒。

【計算中心】jìsuàn zhōngxīn ㄐㄧˋ ㄙㄨㄢˋ ㄓㄨㄥ ㄒㄧㄣ 配備有通用電子計算機，進行各種類型科學計算、工程設計、數據處理等的服務機構。

【計議】jìyì ㄐㄧˋ ㄧˋ 商議：從長計議｜他們計議着生產競賽的辦法。

洎 jì ㄐㄧˋ 〈書〉到；及：自古洎今｜洎乎近世。

既 jì ㄐㄧˋ ❶已經：既成事實｜既得利益｜既往不咎。❷既然：既來之，則安之｜既要當運動員，就要刻苦訓練。❸〈書〉完了；盡：食既。❹連詞，跟'且、又、也'等副詞呼應，表示兩種情況兼而有之：既高且大｜既聰明又用功｜既要有周密的計劃，也要有切實的措施。

【既而】jì'ér ㄐㄧˋ ㄦˊ 〈書〉時間副詞，用在全句或下半句的頭上，表示上文所說的情況或動作發生之後不久：既而雨霽，欣然登山。

【既然】jìrán ㄐㄧˋ ㄖㄢˊ 連詞，用在上半句話裏，下半句話裏往往用副詞'就、也、還'跟它呼應，表示先提出前提，而後加以推論：既然知道做錯了，就應當趕快糾正｜你既然一定要去，我也不便阻攔。

【既是】jìshì ㄐㄧˋ ㄕˋ 既然：既是他不願意，那就算了吧。

【既往不咎】jì wǎng bù jiù ㄐㄧˋ ㄨㄤˇ ㄅㄨˋ ㄐㄧㄡˋ 對過去的錯誤不再責備。也說不咎既往。

【既望】jìwàng ㄐㄧˋ ㄨㄤˋ 〈書〉指望日的次日，通常指農曆每月十六日。

紀[1] (纪) jì ㄐㄧˋ 紀律：軍紀｜政紀｜風紀｜違法亂紀。

紀[2] (纪) jì ㄐㄧˋ ❶義同'記'，主要用於'紀念、紀年、紀元、紀傳'等，別的地方多用'記'。❷古時以十二年為一紀，今指更長的時間：世紀｜中世紀。❸地質年代分期的第二級。根據生物在地球上出現和進化的順序劃分。各紀延續的時間長短不同，如寒武紀延續了八千萬年，侏羅紀延續了三千萬年。跟紀相應的地層系統叫做系(xì)。

另見541頁 Jǐ。

【紀綱】jìgāng ㄐㄧˋ ㄍㄤ 〈書〉法度。

【紀檢】jìjiǎn ㄐㄧˋ ㄐㄧㄢˇ 紀律檢查：紀檢工作。

【紀錄】jìlù ㄐㄧˋ ㄌㄨˋ 同'記錄'。

【紀錄片兒】jìlùpiānr ㄐㄧˋ ㄌㄨˋ ㄆㄧㄢㄦ 同'記錄片兒'。

【紀錄片】jìlùpiàn ㄐㄧˋ ㄌㄨˋ ㄆㄧㄢˋ 同'記錄片'。

【紀律】jìlǜ ㄐㄧˋ ㄌㄩˋ 政黨、機關、部隊、團體、企業等為了維護集體利益並保證工作的正常進行而制定的要求每個成員遵守的規章、條文：紀律嚴明｜遵守紀律。

【紀年】jìnián ㄐㄧˋ ㄋㄧㄢˊ ❶記年代，如我國過去用干支紀年，從漢武帝到清末又兼用皇帝的年號紀年，公曆紀年用傳說的耶穌生年為第一年。❷史書體裁之一，依照年月先後排列歷史事實，如《竹書紀年》。

【紀念】jìniàn ㄐㄧˋ ㄋㄧㄢˋ ❶用事物或行動對人或事表示懷念：用實際行動紀念先烈。❷用來表示紀念的(物品)：紀念品｜紀念碑｜紀念塔。❸紀念品：這張照片給你做個紀念吧。‖也作記念。

【紀念碑】jìniànbēi ㄐㄧˋ ㄋㄧㄢˋ ㄅㄟ 為紀念有功績的人或重大事件而立的石碑：人民英雄紀念碑。

【紀念幣】jìniànbì ㄐㄧˋ ㄋㄧㄢˋ ㄅㄧˋ 為紀念重大

事件、著名人物、珍貴物品而發行的一種特殊的貨幣。一般用金、銀等貴重金屬鑄成。

【紀念冊】jìniàncè ㄐㄧˋ ㄋㄧㄢˋ ㄘㄜˋ 有紀念性質的冊子，多請人在上面題寫文字。

【紀念館】jìniànguǎn ㄐㄧˋ ㄋㄧㄢˋ ㄍㄨㄢˇ 為紀念有卓越貢獻的人或重大歷史事件而建立的陳設實物、圖片等的房屋：魯迅紀念館｜南昌起義紀念館。

【紀念品】jìniànpǐn ㄐㄧˋ ㄋㄧㄢˋ ㄆㄧㄣˇ 表示紀念的物品。

【紀念日】jìniànrì ㄐㄧˋ ㄋㄧㄢˋ ㄖˋ 發生過重大事情值得紀念的日子，如國慶日、中國共產黨成立紀念日、國際勞動節。

【紀念郵票】jìniàn yóupiào ㄐㄧˋ ㄋㄧㄢˋ ㄧㄡˊ ㄆㄧㄠˋ 郵政部門為紀念國內、國際上重要人物、重大事件或其他紀念性內容而發行的郵票。

【紀念章】jìniànzhāng ㄐㄧˋ ㄋㄧㄢˋ ㄓㄤ 表示紀念的徽章。

【紀實】jìshí ㄐㄧˋ ㄕˊ ❶記錄真實情況：紀實文學。❷指記錄真實情況的文字（多用於標題）：《植樹活動紀實》。

【紀事】jìshì ㄐㄧˋ ㄕˋ ❶記錄事實：紀事詩。❷記載某些事迹、史實的文字（多用於書名）：《唐詩紀事》。

【紀事本末體】jìshìběnmòtǐ ㄐㄧˋ ㄕˋ ㄅㄣˇ ㄇㄛˋ ㄊㄧˇ 我國傳統史書的一種體裁，以重要事件為綱，自始至終有系統地把它記載下來。創始於南宋袁樞的《通鑒紀事本末》。

【紀行】jìxíng ㄐㄧˋ ㄒㄧㄥˊ 記載旅行見聞的文字、圖畫（多用於標題）：《延安紀行》。

【紀要】jìyào ㄐㄧˋ ㄧㄠˋ 記錄要點的文字：新聞紀要｜會談紀要。也作記要。

【紀元】jìyuán ㄐㄧˋ ㄩㄢˊ 紀年的開始，如公曆以傳說的耶穌出生那一年為元年。

【紀傳體】jìzhuàntǐ ㄐㄧˋ ㄓㄨㄢˋ ㄊㄧˇ 我國傳統史書的一種體裁，主要以人物傳記為中心，敍述當時的史實。'紀'是帝王本紀，列在全書的前面，'傳'是其他人物的列傳。創始於漢代司馬遷的《史記》。

記（记）jì ㄐㄧˋ ❶把印象保持在腦子裏：記憶｜記性｜記得｜記不清｜好好記住。❷記錄；記載；登記：記事｜記賬｜摘記｜記一大功。❸記載、描寫事物的書或文章（常用做書名或篇名）：日記｜筆記｜遊記｜《岳陽樓記》。❹（記兒）標誌；符號：標記｜鈐記｜暗記兒。❺皮膚上的生下來就有的深色的斑：左邊眉毛上有個黑記。❻〈方〉量詞（多用於某些動作的次數）：打一記耳光｜一記勁射，足球應聲入網。

【記仇】jì∥chóu ㄐㄧˋ∥ㄔㄡˊ 把對別人的仇恨記在心裏：他這個人從來不記仇｜我說了他幾句，他就記了仇。

【記得】jì·de ㄐㄧˋ·ㄉㄜ 想得起來；沒有忘掉：他說的話我還記得｜這件事不記得是在哪一年了。

【記分】jì∥fēn ㄐㄧˋ∥ㄈㄣ （記分兒）記錄工作、比賽、遊戲中得到的分數：記分員。

【記工】jì∥gōng ㄐㄧˋ∥ㄍㄨㄥ 記錄工作時間或工作量。

【記功】jì∥gōng ㄐㄧˋ∥ㄍㄨㄥ 登記功績，作為一種獎勵：記功一次。

【記挂】jìguà ㄐㄧˋ ㄍㄨㄚˋ 〈方〉惦念；挂念：好好養病，不要記挂廠裏的事。

【記過】jì∥guò ㄐㄧˋ∥ㄍㄨㄛˋ 登記過失，作為一種處分：記了一次過。

【記號】jì·hao ㄐㄧˋ·ㄏㄠ 為引起注意，幫助識別、記憶而做成的標記：聯絡記號｜有錯別字的地方，請你做個記號。

【記恨】jì·hèn ㄐㄧˋ·ㄏㄣ 把對別人的怨恨記在心裏：記恨在心｜咱們倆誰也別記恨誰。

【記錄】jìlù ㄐㄧˋ ㄌㄨˋ ❶把聽到的話或發生的事寫下來：記錄在案。❷當場記錄下來的材料：會議記錄。❸做記錄的人：推舉他當記錄。❹在一定時期、一定範圍以內記載下來的最高成績：打破記錄｜創造新的世界記錄。‖也作紀錄。

【記錄片兒】jìlùpiānr ㄐㄧˋ ㄌㄨˋ ㄆㄧㄢㄦ 記錄片。也作紀錄片兒。

【記錄片】jìlùpiàn ㄐㄧˋ ㄌㄨˋ ㄆㄧㄢˋ 專門報道某一問題或事件的影片。也作紀錄片。

【記名】jìmíng ㄐㄧˋ ㄇㄧㄥˊ 記載姓名，表明權利或責任的所在：記名證券｜無記名投票。

【記念】jìniàn ㄐㄧˋ ㄋㄧㄢˋ 同'紀念'。

【記念】jì·niàn ㄐㄧˋ·ㄋㄧㄢ 惦記；挂念：心裏記念着家鄉的親人。

【記取】jìqǔ ㄐㄧˋ ㄑㄩˇ 記住（教訓、囑咐等）。

【記認】jìrèn ㄐㄧˋ ㄖㄣˋ ❶辨認：她穿着一條黃裙子，最好記認｜這個字形體特別，容易記認。❷〈方〉指便於記住和識別的標誌：借來各家的椅子要做個記認，將來不要還錯了。

【記事】jì∥shì ㄐㄧˋ∥ㄕˋ ❶把事情記錄下來：記事冊。❷記述歷史經過。

【記事兒】jìshìr ㄐㄧˋ ㄕㄦˋ 指小孩兒對事物已經有記憶的能力：二十年前我跟媽媽到過上海，那時還不記事兒，所以毫無印象。

【記述】jìshù ㄐㄧˋ ㄕㄨˋ 用文字敍述；記載：記述往事｜那篇文章對此事有翔實的記述。

【記誦】jìsòng ㄐㄧˋ ㄙㄨㄥˋ 默記和背誦；熟讀：他從小就記誦了許多古代詩文。

【記性】jì·xing ㄐㄧˋ·ㄒㄧㄥ 記憶力：記性好｜沒記性。

【記敍】jìxù ㄐㄧˋ ㄒㄩˋ 記述：記敍文｜記敍體。

【記敍文】jìxùwén ㄐㄧˋ ㄒㄩˋ ㄨㄣˊ 泛指記人、敍事、描寫景物的文章。

【記要】jìyào ㄐㄧˋ ㄧㄠˋ 同'紀要'。

【記憶】jìyì ㄐㄧˋ ㄧˋ ❶記住或想起：小時候的事

情有些還能記憶起來。❷保持在腦子裏的過去事物的印象：記憶猶新。

【記憶力】jìyìlì ㄐㄧˋ ㄧˋ ㄌㄧˋ 記住事物的形象或事情的經過的能力：記憶力強｜記憶力弱。

【記載】jìzǎi ㄐㄧˋ ㄗㄞˇ ❶把事情寫下來：據實記載｜回憶錄記載了當年的戰鬥歷程。❷記載事情的文章：我讀過一篇當時寫下的記載。

【記者】jìzhě ㄐㄧˋ ㄓㄜˇ 通訊社、報刊、廣播電台、電視台等採訪新聞和寫通訊報道的專職人員。

迹(跡、蹟) jì ㄐㄧˋ ❶留下的印子；痕迹：足迹｜血迹｜筆迹｜踪迹。❷前人遺留的事物(主要指建築或器物)：古迹｜陳迹｜事迹｜史迹。❸形迹：迹近違抗(行動近乎違背、抗拒上級指示)。

【迹地】jìdì ㄐㄧˋ ㄉㄧˋ 林業上指採伐之後還沒重新種樹的土地。

【迹象】jìxiàng ㄐㄧˋ ㄒㄧㄤˋ 指表露出來的不很顯著的情況，可藉以推斷事物的過去或將來：迹象可疑｜從迹象看，這事不像是他做的。

偈 jì ㄐㄧˋ 佛經中的唱詞。[偈陀之省，梵gatha，頌]

另見587頁 jié。

徛 jì ㄐㄧˋ 〈方〉站立。

祭 jì ㄐㄧˋ ❶祭祀：祭壇｜祭祖宗。❷祭奠：公祭死難烈士。❸使用(法寶)。

另見1435頁 Zhài。

【祭奠】jìdiàn ㄐㄧˋ ㄉㄧㄢˋ 為死去的人舉行儀式，表示追念：祭奠英靈。

【祭禮】jìlǐ ㄐㄧˋ ㄌㄧˇ ❶祭祀或祭奠的儀式。❷祭祀或祭奠用的禮品。

【祭祀】jì·sì ㄐㄧˋ ·ㄙ 舊俗備供品向神佛或祖先行禮，表示崇敬並求保祐。

【祭壇】jìtán ㄐㄧˋ ㄊㄢˊ 祭祀用的台。

【祭文】jìwén ㄐㄧˋ ㄨㄣˊ 祭祀或祭奠時對神或死者朗讀的文章。

【祭灶】jì//zào ㄐㄧˋ//ㄗㄠˋ 舊俗臘月二十三或二十四日祭灶神。

悸 jì ㄐㄧˋ 〈書〉因害怕而心跳得厲害：悸動｜驚悸｜心有餘悸。

寄 jì ㄐㄧˋ ❶原指託人遞送，現在專指通過郵局遞送：寄信｜寄錢｜包裹已經寄走了。❷付託；寄託：寄存｜賦詩寄懷｜寄希望於青年。❸依附別人；依附別的地方：寄食｜寄居｜寄人籬下。❹認的(親屬)：寄父｜寄母｜寄兒｜寄女。

【寄存】jìcún ㄐㄧˋ ㄘㄨㄣˊ 寄放：小件行李寄存處｜把大衣寄存在衣帽間。

【寄存器】jìcúnqì ㄐㄧˋ ㄘㄨㄣˊ ㄑㄧˋ 電子計算機中用來在操作時暫時存儲信息的部件。

【寄遞】jìdì ㄐㄧˋ ㄉㄧˋ 郵局遞送郵件。

【寄放】jìfàng ㄐㄧˋ ㄈㄤˋ 把東西暫時付託給別人保管：把箱子寄放在朋友家。

【寄費】jìfèi ㄐㄧˋ ㄈㄟˋ 郵資。

【寄籍】jìjí ㄐㄧˋ ㄐㄧˊ 指長期離開本籍，居住外地，附於外地的籍貫(區別於'原籍')。

【寄居】jìjū ㄐㄧˋ ㄐㄩ 住在他鄉或別人家裏：寄居青島｜她從小就寄居在外祖父家裏。

【寄賣】jìmài ㄐㄧˋ ㄇㄞˋ 委託代為出賣物品或受託代賣：寄賣行｜收音機放在信託商店裏寄賣。也說寄售。

【寄名】jìmíng ㄐㄧˋ ㄇㄧㄥˊ 舊俗叫幼童認僧尼為師或認他人為義父母，以求長壽，叫做寄名。

【寄情】jìqíng ㄐㄧˋ ㄑㄧㄥˊ 寄託情懷：寄情山水。

【寄人籬下】jì rén lí xià ㄐㄧˋ ㄖㄣˊ ㄌㄧˊ ㄒㄧㄚˋ 比喻依靠別人過活。

【寄生】jìshēng ㄐㄧˋ ㄕㄥ ❶一種生物生活在另一種生物的體內或體表，並從寄主取得養分，維持生活。如動物中的蛔蟲、蟯蟲、跳蚤、虱子；植物中的菟絲子。❷指自己不勞動而靠剝削別人生活：寄生階級｜寄生生活。

【寄生蟲】jìshēngchóng ㄐㄧˋ ㄕㄥ ㄔㄨㄥˊ ❶寄生在別的動物或植物體內或體表的動物，如跳蚤、虱子、蛔蟲、薑片蟲、小麥綫蟲。寄生蟲從寄主取得養分，有的並能傳染疾病，對寄主有害。❷比喻能勞動而不勞動、依靠剝削為生的人。

【寄售】jìshòu ㄐㄧˋ ㄕㄡˋ 寄賣。

【寄宿】jìsù ㄐㄧˋ ㄙㄨˋ ❶借宿：我暫時寄宿在一個朋友家裏。❷(學生)在學校宿舍裏住宿(區別於'走讀')：寄宿生｜寄宿學校。

【寄宿生】jìsùshēng ㄐㄧˋ ㄙㄨˋ ㄕㄥ 在學校宿舍裏住宿的學生。

【寄託】jìtuō ㄐㄧˋ ㄊㄨㄛ ❶託付：把孩子寄託在鄰居家裏。❷把理想、希望、感情等放在(某人身上或某種事物上)：寄託哀思｜作者把自己的思想、情感寄託在劇中主人公身上。

【寄養】jìyǎng ㄐㄧˋ ㄧㄤˇ 託付給別人撫養或飼養：她從小寄養在姑母家｜我出門這幾天，把貓寄養在鄰居家裏。

【寄予】jìyǔ ㄐㄧˋ ㄩˇ ❶寄託：國家對於青年一代寄予極大的希望。❷給予(同情、關懷等)：寄予無限同情。‖也作寄與。

【寄寓】jìyù ㄐㄧˋ ㄩˋ ❶〈書〉寄居：寄寓他鄉。❷寄託②：小說寄寓着作者對勞動人民的深切同情。

【寄主】jìzhǔ ㄐㄧˋ ㄓㄨˇ 寄生物所寄生的生物，例如人就是蛔蟲的寄主。也叫宿主。

寂 jì ㄐㄧˋ ❶寂靜：沈寂｜寂寥｜寂無一人｜萬籟俱寂。❷寂寞：枯寂｜孤寂。

【寂靜】jìjìng ㄐㄧˋ ㄐㄧㄥˋ 沒有聲音；很靜：寂靜無聲。

【寂寥】jìliáo ㄐㄧˋ ㄌㄧㄠˊ 〈書〉寂靜；空曠。

【寂寞】jìmò ㄐㄧˋ ㄇㄛˋ ❶孤單冷清：晚上只剩下我一個人在家裏，真是寂寞。❷清靜；寂靜：寂寞的原野。

【寂然】jìrán ㄐㄧˋ ㄖㄢˊ 〈書〉形容寂靜的樣子。

惎 jì ㄐㄧˋ 〈書〉❶怨恨；忌刻。❷教；指點。

墍 jì ㄐㄧˋ 〈書〉❶塗屋頂。❷休息。❸取。

勣(勣) jì ㄐㄧˋ 〈書〉功績。

跽 jì ㄐㄧˋ 〈書〉雙膝着地，上身挺直。

穊 jì ㄐㄧˋ 〈書〉稠密：深耕穊種。

齊(齐) jì ㄐㄧˋ 〈書〉❶調味品。❷合金（此義今多讀 qí）。

另見903頁 qí。

漈 jì ㄐㄧˋ 〈書〉水邊。

暨 jì ㄐㄧˋ ❶〈書〉和；及；與。❷〈書〉到；至：暨今。❸(Jì)姓。

際(际) jì ㄐㄧˋ ❶靠邊的或分界的地方：邊際｜分際｜天際｜一望無際。❷裏邊；中間：腦際｜胸際。❸彼此之間：國際｜星際旅行。❹時候：正當革命勝利之際。❺正當(指時機、境遇)：際此盛會。❻遭遇：遭際｜際遇。

【際會】jìhuì ㄐㄧˋ ㄏㄨㄟˋ 際遇；遇合：風雲際會。

【際涯】jìyá ㄐㄧˋ ㄧㄚˊ 〈書〉邊際：渺無際涯。

【際遇】jìyù ㄐㄧˋ ㄩˋ 〈書〉遭遇(多指好的)。

稷 jì ㄐㄧˋ ❶古代稱一種糧食作物，有的書說是黍一類的作物，有的書說是穀子(粟)。❷古代以稷為百穀之長，因此帝王奉祀為穀神：社稷。

薊[1]〔薊〕(蓟) jì ㄐㄧˋ 見212頁〖大薊〗。

薊[2]〔薊〕(蓟) Jì ㄐㄧˋ 古地名，在今北京城西南，曾為周朝燕國國都。

髻 jì ㄐㄧˋ 在頭頂或腦後盤成各種形狀的頭髮：髮髻｜抓髻｜蝴蝶兒髻。

冀1 jì ㄐㄧˋ 〈書〉希望；希圖：希冀｜冀求｜冀盼｜冀其成功。

冀2 Jì ㄐㄧˋ ❶河北的別稱。❷姓。

【冀圖】jìtú ㄐㄧˋ ㄊㄨˊ 希圖：冀圖東山再起。

【冀望】jìwàng ㄐㄧˋ ㄨㄤˋ 〈書〉希望。

穄 jì ㄐㄧˋ 穄子。

【穄子】jì·zi ㄐㄧˋ ·ㄗ ❶一年生草本植物，形狀跟黍子相似，但子實不黏。❷這種植物的子實。‖也叫糜子(méi·zi)。

劑(剂) jì ㄐㄧˋ ❶藥劑；製劑：針劑｜麻醉劑。❷指某些起化學作用或物理作用的物質：殺蟲劑｜冷凍劑。❸(劑兒)劑子：麪劑兒。❹量詞，用於若干味藥配合起來的湯藥：一劑藥。也說服(fù)。

【劑量】jìliàng ㄐㄧˋ ㄌㄧㄤˋ 醫學上指藥品的使用分量。也指化學試劑和用於治療的放射綫等的用量。

【劑型】jìxíng ㄐㄧˋ ㄒㄧㄥˊ 藥物製成的形狀，例如片狀、丸狀、膏狀等。

【劑子】jì·zi ㄐㄧˋ ·ㄗ 做饅頭、餃子等的時候，從和好了的長條形的麪上分出來的小塊兒。

薺〔薺〕(荠) jì ㄐㄧˋ 指薺菜：其甘如薺。

另見904頁 qí。

【薺菜】jìcài ㄐㄧˋ ㄘㄞˋ 一年或多年生草本植物，葉子羽狀分裂，裂片有缺刻，花白色。嫩葉可以吃。全草入藥。

嚌(哜) jì ㄐㄧˋ 〈書〉嘗(滋味)。

【嚌嚌嘈嘈】jì·jicáocáo ㄐㄧˋ ·ㄐㄧ ㄘㄠˊ ㄘㄠˊ 象聲詞，形容說話聲音又急又亂：屋裏面嚌嚌嘈嘈，不知他們在說些甚麼。

覬(觊) jì ㄐㄧˋ 〈書〉希望；希圖。

【覬覦】jìyú ㄐㄧˋ ㄩˊ 〈書〉希望得到(不應該得到的東西)。

罽 jì ㄐㄧˋ 〈書〉用毛做成的氈子一類的東西：罽帳｜罽幕。

濟(济) jì ㄐㄧˋ ❶過河；渡：同舟共濟。❷救；救濟：接濟｜緩不濟急。❸(對事情)有益；成：無濟於事｜假公濟私。

另見542頁 Jǐ。

【濟貧】jìpín ㄐㄧˋ ㄆㄧㄣˊ 救濟貧苦的人：賑災濟貧。

【濟世】jìshì ㄐㄧˋ ㄕˋ 救濟世人：行醫濟世｜濟世安民。

【濟事】jìshì ㄐㄧˋ ㄕˋ 能成事；中用(多用於否定)：人多了浪費，人少了不濟事。

績(绩) jì ㄐㄧˋ ❶把麻纖維披開接續起來搓成綫：紡績｜績麻。❷功業；成果：成績｜功績｜勞績｜戰績。

【績效】jìxiào ㄐㄧˋ ㄒㄧㄠˋ 成績；成效：績效顯著。

檵 jì ㄐㄧˋ [檵木](jìmù ㄐㄧˋ ㄇㄨˋ)常綠灌木或小喬木，葉子橢圓形或卵圓形，花淡黃色，結蒴果，褐色。枝條和葉子可以提製栲膠，種子可以榨油。

鯽(鲫) jì ㄐㄧˋ 鯽魚，體側扁，頭部尖，中部高，尾部較窄，生活在淡水中，是常見的食用魚。

繫(系) jì ㄐㄧˋ 打結；扣：繫鞋帶｜繫着圍裙｜把領釦兒繫上。

另見1228頁 xì。'系'另見1226頁 xì；1226頁 xì'係'。

鱀(鳖) jì ㄐㄧˋ 見21頁〖白鱀豚〗。

繼(继) jì ㄐㄧˋ ❶繼續；接續：繼任｜中繼綫｜前赴後繼｜相繼落成。❷繼而：初感頭暈，繼又吐瀉。

【繼承】jìchéng ㄐㄧˋ ㄔㄥˊ ❶依法承受(死者的遺產等)：繼承權｜繼承人。❷泛指把前人的作風、文化、知識等接受過來：繼承優良傳統｜繼承文化遺產。❸後人繼續做前人遺留下來的事業：繼承先烈的遺業。

【繼承權】jìchéngquán ㄐㄧˋ ㄔㄥˊ ㄑㄩㄢˊ 依法或遵遺囑承受死者遺產等的權利。

【繼承人】jìchéngrén ㄐㄧˋ ㄔㄥˊ ㄖㄣˊ ❶依法或遵遺囑繼承遺產等的人。❷君主國家中指定或依法繼承王位的人：王位繼承人。

【繼而】jì'ér ㄐㄧˋ ㄦˊ 副詞，表示緊隨着某一情況或動作之後：人們先是一驚，繼而哄堂大笑｜先是領唱的一個人唱，繼而全體跟着一起唱。

【繼父】jìfù ㄐㄧˋ ㄈㄨˋ 婦女帶着子女再嫁，再嫁的丈夫是她原有的子女的繼父。

【繼母】jìmǔ ㄐㄧˋ ㄇㄨˇ 男子已有子女後續娶，續娶的妻子是他原有的子女的繼母。

【繼配】jìpèi ㄐㄧˋ ㄆㄟˋ 指在元配死後續娶的妻子。也叫繼室。

【繼任】jìrèn ㄐㄧˋ ㄖㄣˋ 接替前任職務。

【繼室】jìshì ㄐㄧˋ ㄕˋ 繼配。

【繼嗣】jìsì ㄐㄧˋ ㄙˋ 〈書〉❶過繼。❷繼承者。

【繼往開來】jì wǎng kāi lái ㄐㄧˋ ㄨㄤˇ ㄎㄞ ㄌㄞˊ 繼承前人的事業，並為將來開闢道路。

【繼武】jìwǔ ㄐㄧˋ ㄨˇ 〈書〉接上前面的足迹。比喻繼續前人的事業。

【繼續】jìxù ㄐㄧˋ ㄒㄩˋ ❶(活動)連下去；延長下去；不間斷：繼續不停｜繼續工作｜大雨繼續了三晝夜。❷跟某一事有連續關係的另一事：中國革命是偉大的十月革命的繼續。

【繼子】jìzǐ ㄐㄧˋ ㄗˇ ❶過繼來的兒子。❷後夫或後妻原有的兒子。

霽(霁) jì ㄐㄧˋ 〈書〉❶雨後或雪後轉晴：雪霽｜光風霽月。❷怒氣消散：色霽｜霽顏。

鰶(鲚) jì ㄐㄧˋ 魚，體長 5－6 寸，側扁，背部灰綠色，兩側銀白色。組成背鰭的鰭條中最後一根特別長。生活在我國沿海。

鱭(鲚) jì ㄐㄧˋ 魚，體側扁，長約 3－4 寸，無側綫，頭小而尖，尾尖而細。生活在海洋中，春季或初夏到河中產卵。通稱鳳尾魚。

驥(骥) jì ㄐㄧˋ 〈書〉❶好馬：按圖索驥。❷比喻賢能。

jiā (ㄐㄧㄚ)

加 jiā ㄐㄧㄚ ❶兩個或兩個以上的東西或數目合在一起：二加三等於五｜功上加功。❷使數量比原來大或程度比原來高；增加：加大｜加強｜加快｜加速｜加多｜加急｜加了一個人。❸把本來沒有的添上去：加符號｜加註解。❹加以：不加考慮｜嚴加管束。注意'加'跟'加以'用法不同之點是'加'多用在單音狀語之後。❺(Jiā)姓。

【加班】jiā//bān ㄐㄧㄚ//ㄅㄢ 在規定以外增加工作時間或班次：加班加點｜加班費(加班得到的報酬)。

【加倍】jiā//bèi ㄐㄧㄚ//ㄅㄟˋ ❶增加跟原有數量相等的數量：產量加倍｜加倍償還。❷指程度比原來深得多：加倍努力｜加倍的同情。

【加點】jiā//diǎn ㄐㄧㄚ//ㄉㄧㄢˇ 在規定的工作時間終了之後繼續工作一段時間：加班加點。

【加法】jiāfǎ ㄐㄧㄚ ㄈㄚˇ 數學中的一種運算方法。最簡單的是數的加法，即兩個或兩個以上的數合成一個數的計算方法。

【加封】jiā//fēng ㄐㄧㄚ//ㄈㄥ 貼上封條。

【加封】jiāfēng ㄐㄧㄚ ㄈㄥ 封建時代指在原有的基礎上再封給(名位、土地等)。

【加工】jiā//gōng ㄐㄧㄚ//ㄍㄨㄥ ❶把原材料、半成品等製成成品，或使達到規定的要求：來料加工｜加工成型｜麪粉加工廠。❷指做使成品更完美、精緻的各種工作：技術加工｜藝術加工。

【加固】jiāgù ㄐㄧㄚ ㄍㄨˋ 使建築物等堅固：加固堤壩｜加固樓房。

【加緊】jiājǐn ㄐㄧㄚ ㄐㄧㄣˇ 加快速度或加大強度：加緊生產｜加緊訓練｜加緊田間管理工作。

【加勁】jiā//jìn ㄐㄧㄚ//ㄐㄧㄣˋ (加勁兒)增加力量；努力：加勁工作。

【加劇】jiājù ㄐㄧㄚ ㄐㄩˋ 加深嚴重程度：病勢加劇｜矛盾加劇。

【加快】jiākuài ㄐㄧㄚ ㄎㄨㄞˋ ❶使變得更快：加快建設進度｜他加快了步子，走到隊伍的前面。❷鐵路部門指持有慢車車票的旅客辦理手續後改乘快車。

【加料】jiā//liào ㄐㄧㄚ//ㄌㄧㄠˋ 把原料裝進操作的容器之中；添加原料：加料工人｜自動加料。

【加料】jiāliào ㄐㄧㄚ ㄌㄧㄠˋ 原料比一般用得多，質量比一般好的(製成品)。

【加侖】jiālún ㄐㄧㄚ ㄌㄨㄣˊ 英美制容量單位，英制 1 加侖等於 4.546 升，美制 1 加侖等於 3.785 升。[英 gallon]

【加碼】jiā//mǎ ㄐㄧㄚ//ㄇㄚˇ ❶(加碼兒)指提高商品價格。❷指增加賭注。❸提高數量指標：層層加碼。

【加盟】jiāméng ㄐㄧㄚ ㄇㄥˊ 加入某個團體或組織：因有世界一流球星加盟，該隊實力大增。

【加冕】jiā/miǎn ㄐㄧㄚ/ㄇㄧㄢˇ 某些國家的君主即位時所舉行的儀式，把皇冠戴在君主頭上。

【加農榴彈炮】jiānóng-liúdànpào ㄐㄧㄚ ㄋㄨㄥˊ ㄌㄧㄡˊ ㄉㄢˋ ㄆㄠˋ 兼有加農炮和榴彈炮彈道特點的火炮，主要用來射擊較遠距離目標和破壞工程設施。簡稱加榴炮。

【加農炮】jiānóngpào ㄐㄧㄚ ㄋㄨㄥˊ ㄆㄠˋ 炮身長、初速大、彈道低伸的火炮，多用於直接瞄準射擊，以及射擊遠距離的目標。［加農，英cannon］

【加強】jiāqiáng ㄐㄧㄚ ㄑㄧㄤˊ 使更堅強或更有效：加強團結｜加強領導｜加強愛國主義教育。

【加熱】jiā/rè ㄐㄧㄚ/ㄖㄜˋ 使物體的溫度增高。

【加人一等】jiā rén yī děng ㄐㄧㄚ ㄖㄣˊ ㄧ ㄉㄥˇ 高出別人一等。形容學問、才能等出眾。

【加入】jiārù ㄐㄧㄚ ㄖㄨˋ ❶加上；攙進去：加入食糖少許。❷參加進去：加入工會｜加入足球隊。

【加塞兒】jiā/sāir ㄐㄧㄚ/ㄙㄞㄦ 為了取巧而不守秩序，插進排好的隊列裏。

【加深】jiāshēn ㄐㄧㄚ ㄕㄣ 加大深度；變得更深：加深了解｜矛盾加深。

【加速】jiāsù ㄐㄧㄚ ㄙㄨˋ ❶加快速度：火車正在加速運行。❷使速度加快：加速其自身的滅亡。

【加速度】jiāsùdù ㄐㄧㄚ ㄙㄨˋ ㄉㄨˋ 速度的變化與發生這種變化所用的時間的比，即單位時間內速度的變化。

【加速器】jiāsùqì ㄐㄧㄚ ㄙㄨˋ ㄑㄧˋ 用人工方法產生高速運動粒子的裝置，是研究原子核和基本粒子性質的工具，如靜電加速器、迴旋加速器、直綫加速器、同步加速器等。

【加委】jiāwěi ㄐㄧㄚ ㄨㄟˇ 舊時主管機關對所屬單位或群眾團體推舉出來的公職人員辦理委任手續。

【加壓釜】jiāyāfǔ ㄐㄧㄚ ㄧㄚ ㄈㄨˇ 工業上在高壓下進行化學反應的設備，有的附有攪拌或傳熱裝置。也叫熱壓釜或高壓釜。

【加以】jiāyǐ ㄐㄧㄚ ㄧˇ ❶用在多音的動詞前，表示如何對待或處理前面所提到的事物：施工方案必須加以論證｜發現問題要及時加以解決。注意 '加以' 跟 '予以' 不同之處是 '予以' 可以用在一般名詞之前，表示給與，如 '予以自新之路'，'加以' 沒有這種用法。❷連詞，表示進一步的原因或條件：他本來就聰明，加以特別用功，所以進步很快。

【加意】jiāyì ㄐㄧㄚ ㄧˋ 特別注意；非常留意：加意保護｜加意經營。

【加油】jiā/yóu ㄐㄧㄚ/ㄧㄡˊ ❶添加燃料油、潤滑油等：加油站。❷（加油兒）比喻進一步努力；加勁兒：加油幹｜大家為運動員鼓掌加油。

【加之】jiāzhī ㄐㄧㄚ ㄓ 連詞，表示進一步的原因或條件：天氣悶熱，加之窗外車馬聲不斷，簡直無法休息。

【加重】jiāzhòng ㄐㄧㄚ ㄓㄨㄥˋ 增加重量或程度：加重負擔｜加重語氣｜病勢加重｜責任加重了。

夾（夹、❷挾） jiā ㄐㄧㄚ ❶從兩個相對的方面加壓力，使物體固定不動：夾菜｜用鉗子夾住燒紅的鐵。❷胳膊向脅部用力，使腋下放着的東西不掉下：夾着書包｜夾起鋪蓋捲兒。❸處在兩者之間：兩座大山夾着一條小溝｜你在左，我在右，他夾在中間｜把信夾在書本裏。❹夾雜；攙雜：夾在人群裏｜風聲夾着雨聲｜白話夾文言，唸起來不順口。❺夾子：文件夾。

另見364頁gā；552頁jiá。'挾' 另見1264頁xié。

【夾板】jiābǎn ㄐㄧㄚ ㄅㄢˇ 用來夾住物體的板子，多用木頭或金屬製成。

【夾板氣】jiābǎnqì ㄐㄧㄚ ㄅㄢˇ ㄑㄧˋ 指來自對立的雙方的責難：受夾板氣。

【夾層】jiācéng ㄐㄧㄚ ㄘㄥˊ 雙層的牆或其他片狀物，中空或夾着別的東西：夾層牆｜夾層玻璃。

【夾層玻璃】jiācéng bō·lí ㄐㄧㄚ ㄘㄥˊ ㄅㄛ ·ㄌㄧˊ 安全玻璃的一種，在兩層玻璃之間夾聚乙烯等塑料薄片黏合而成。這種玻璃破碎時，碎片不會飛散，多用在汽車、飛機等交通工具的門窗上。

【夾帶】jiādài ㄐㄧㄚ ㄉㄞˋ ❶藏在身上或混雜在其他物品中間偷偷攜帶：嚴禁夾帶危險品上車。❷考試時作弊，暗中攜帶的與試題有關的材料。

【夾道】jiādào ㄐㄧㄚ ㄉㄠˋ ❶（夾道兒）左右都有牆壁等的狹窄道路。❷（許多人或物）排列在道路的兩邊：夾道歡迎｜松柏夾道。

【夾縫】jiāfèng ㄐㄧㄚ ㄈㄥˋ （夾縫兒）兩個靠近的物體中間的狹窄空隙：書掉在兩張桌子的夾縫裏。

【夾肝】jiāgān ㄐㄧㄚ ㄍㄢ 〈方〉牛、羊、豬等動物的胰腺作為食物時叫夾肝。

【夾攻】jiāgōng ㄐㄧㄚ ㄍㄨㄥ 從兩方面同時進攻：左右夾攻｜內外夾攻。

【夾棍】jiāgùn ㄐㄧㄚ ㄍㄨㄣˋ 舊時的一種刑具，用兩根木棍做成，行刑時用力夾犯人的腿。

【夾擊】jiājī ㄐㄧㄚ ㄐㄧ 夾攻：兩面夾擊｜前後夾擊。

【夾剪】jiājiǎn ㄐㄧㄚ ㄐㄧㄢˇ 夾取物件的工具，用鐵製成，形狀像剪刀，但沒有鋒刃，頭上較寬而平。

【夾具】jiājù ㄐㄧㄚ ㄐㄩˋ 用來固定工件的裝置。也叫卡具。

【夾克】jiākè ㄐㄧㄚ ㄎㄜˋ 一種長短只到腰部，下口束緊的短外套：夾克衫｜皮夾克。也作茄克。［英 jacket］

【夾批】jiāpī ㄐㄧㄚ ㄆㄧ 在書籍、文稿的文字行間所寫的批註。

【夾七夾八】jiā qī jiā bā ㄐㄧㄚ ㄑㄧ ㄐㄧㄚ ㄅㄚ 混雜不清，沒有條理（多指說話）：她夾七夾八地說了許多話，我也沒聽懂是甚麼意思。

【夾生】jiāshēng ㄐㄧㄚ ㄕㄥ （食物）沒有熟透：夾生飯◇這孩子不用功，學的功課都是夾生的。

【夾生飯】jiāshēngfàn ㄐㄧㄚ ㄕㄥ ㄈㄢˋ ❶半生不熟的飯。❷比喻開始做沒有做好再做也很難做好的事情，或開始沒有徹底解決以後也很難解決的問題。

【夾絲玻璃】jiāsī bō·lí ㄐㄧㄚ ㄙ ㄅㄛ ·ㄌㄧˊ 安全玻璃的一種，把金屬網鑄在玻璃中間。這種玻璃破碎時不會散落，多用在建築物的天窗上。

【夾餡】jiāxiàn ㄐㄧㄚ ㄒㄧㄢˋ （夾餡兒）裏面有餡兒的：夾餡饅頭｜夾餡燒餅。

【夾心】jiāxīn ㄐㄧㄚ ㄒㄧㄣ （夾心兒）夾餡：夾心餅乾｜夾心糖。

【夾雜】jiāzá ㄐㄧㄚ ㄗㄚˊ 攙雜：腳步聲和笑語聲夾雜在一起。

【夾註】jiāzhù ㄐㄧㄚ ㄓㄨˋ 夾在正文字句中間的字體較小的註釋文字。

【夾子】jiā·zi ㄐㄧㄚ ·ㄗ 夾東西的器具：頭髮夾子｜皮夾子｜講義夾子｜把文件放在夾子裏。

伽 jiā ㄐㄧㄚ ［伽倻琴］(jiāyēqín ㄐㄧㄚ ㄧㄝ ㄑㄧㄣˊ) 朝鮮族的弦樂器，有些像箏。
另見364頁 gā；928頁 qié。

茄〔茄〕 jiā ㄐㄧㄚ ❶古書上指荷花的莖。❷見〖茄克〗、1300頁〖雪茄〗。
另見928頁 qié。

【茄克】jiākè ㄐㄧㄚ ㄎㄜˋ 同'夾克'(jiākè)。

佳 jiā ㄐㄧㄚ 美；好：佳句｜佳音｜成績甚佳｜身體欠佳。

【佳賓】jiābīn ㄐㄧㄚ ㄅㄧㄣ 同'嘉賓'。

【佳話】jiāhuà ㄐㄧㄚ ㄏㄨㄚˋ 流傳一時，當做談話資料的好事或趣事：傳為佳話｜千秋佳話。

【佳節】jiājié ㄐㄧㄚ ㄐㄧㄝˊ 歡樂愉快的節日：中秋佳節｜每逢佳節倍思親。

【佳境】jiājìng ㄐㄧㄚ ㄐㄧㄥˋ ❶風景優美的地方：西山佳境。❷美好的境界；美好的意境：漸入佳境。

【佳麗】jiālì ㄐㄧㄚ ㄌㄧˋ ❶（容貌、風景等）美麗；美好。❷〈書〉美貌的女子。

【佳釀】jiāniàng ㄐㄧㄚ ㄋㄧㄤˋ 美酒：名酒佳釀。

【佳偶】jiā'ǒu ㄐㄧㄚ ㄡˇ 〈書〉感情融洽、生活美滿的夫妻；美好的配偶。

【佳期】jiāqī ㄐㄧㄚ ㄑㄧ ❶結婚的日期。❷相愛着的男女幽會的日期、時間。

【佳人】jiārén ㄐㄧㄚ ㄖㄣˊ 〈書〉美人：才子佳人｜絕代佳人。

【佳肴】jiāyáo ㄐㄧㄚ ㄧㄠˊ 精美的菜肴：佳肴美酒。

【佳音】jiāyīn ㄐㄧㄚ ㄧㄣ 〈書〉好消息：靜候佳音。

【佳作】jiāzuò ㄐㄧㄚ ㄗㄨㄛˋ 優秀的作品：影視佳作。

猳 jiā ㄐㄧㄚ 見527頁［玃猳狓］。

珈 jiā ㄐㄧㄚ 古代婦女的一種首飾。

枷 jiā ㄐㄧㄚ 舊時套在罪犯脖子上的刑具，用木板製成：披枷帶鎖。

【枷鎖】jiāsuǒ ㄐㄧㄚ ㄙㄨㄛˇ 枷和鎖鏈。比喻所受的壓迫和束縛：精神枷鎖｜掙脫封建枷鎖。

迦 jiā ㄐㄧㄚ 用於譯音，也用於專名。

痂 jiā ㄐㄧㄚ 傷口或瘡口表面上由血小板和纖維蛋白凝結而成的塊狀物，傷口或瘡口痊愈後自行脫落。

浹(浃) jiā ㄐㄧㄚ 〈書〉透；遍及：汗流浹背。

家 jiā ㄐㄧㄚ ❶家庭；人家：他家有五口人｜張家和王家是親戚。❷家庭的住所：回家｜這兒就是我的家｜我的家在上海。❸借指部隊或機關中某個成員工作的處所：我找到營部，剛好營長不在家。❹經營某種行業的人家或具有某種身份的人：農家｜漁家｜船家｜東家｜行(háng)家。❺掌握某種專門學識或從事某種專門活動的人：專家｜畫家｜政治家｜科學家｜藝術家｜社會活動家。❻學術流派：儒家｜法家｜百家爭鳴｜一家之言。❼指相對各方中的一方：上家｜下家｜公家｜兩家下成和棋。❽謙辭，用於對別人稱自己的輩分高或年紀大的親屬：家父｜家兄。❾飼養的（跟'野'相對）：家畜｜家禽｜家兔｜家鴿。❿〈方〉飼養後馴服：這隻小鳥已經養家了，放了它也不會飛走。⓫量詞，用來計算家庭或企業：一家人家｜兩家飯館｜三家商店。⓬(Jiā)姓。

家 ·jia ·ㄐㄧㄚ 後綴。❶用在某些名詞後面，表示屬於那一類人：女人家｜孩子家｜姑娘家｜學生家。❷〈方〉用在男人的名字或排行後面，指他的妻：秋生家｜老三家。
另見594頁 ·jie。

【家財】jiācái ㄐㄧㄚ ㄘㄞˊ 家庭的錢財；家產：萬貫家財。

【家蠶】jiācán ㄐㄧㄚ ㄘㄢˊ 昆蟲，幼蟲灰白色，吃桑葉，蛻皮四次，吐絲做繭，變成蛹，蛹變成蠶蛾。蠶蛾交尾產卵後就死去。幼蟲吐的絲是重要的紡織原料。也叫桑蠶。

【家產】jiāchǎn ㄐㄧㄚ ㄔㄢˇ 家庭的財產：繼承家產。

【家長裏短】jiā cháng lǐ duǎn ㄐㄧㄚ ㄔㄤˊ ㄌㄧˇ ㄉㄨㄢˇ 〈方〉(家長裏短兒) 指家庭日常生活瑣事：談談家長裏短兒。

【家常】jiācháng ㄐㄧㄚ ㄔㄤˊ 家庭日常生活：家常話｜家常便飯｜拉家常｜她們倆談起家常來。

【家常便飯】jiācháng biànfàn ㄐㄧㄚ ㄔㄤˊ ㄅㄧㄢˋ ㄈㄢˋ ❶家庭日常的飯食。❷比喻經常發生、習以為常的事情：他太忙了，加班熬夜是家常便飯。‖也說家常飯。

【家醜】jiāchǒu ㄐㄧㄚ ㄔㄡˇ 家庭內部的不體面的事情：家醜不可外揚。

【家畜】jiāchù ㄐㄧㄚ ㄔㄨˋ 人類為了經濟或其他目的而馴養的獸類，如豬、牛、羊、馬、駱駝、家兔、貓、狗等。

【家慈】jiācí ㄐㄧㄚ ㄘˊ 〈書〉謙辭，對人稱自己的母親。

【家當】jiā·dàng ㄐㄧㄚ ·ㄉㄤˋ (家當兒) 家產：置家當｜好不容易才掙下這份家當。

【家道】jiādào ㄐㄧㄚ ㄉㄠˋ 家境：家道小康｜家道殷實｜家道中落。

【家底】jiādǐ ㄐㄧㄚ ㄉㄧˇ (家底兒) 家裏長期積纍起來的財產：家底厚｜家底薄。

【家電】jiādiàn ㄐㄧㄚ ㄉㄧㄢˋ 家用電器的簡稱：家電產品｜家電維修部。

【家丁】jiādīng ㄐㄧㄚ ㄉㄧㄥ 舊時大地主或官僚家裏雇來保護自己並供差使的僕役。

【家法】jiāfǎ ㄐㄧㄚ ㄈㄚˇ ❶古代學者師徒相傳的學術理論和治學方法。❷封建家長統治本家或本族人的一套法度。❸封建家長責打家人的用具。

【家訪】jiāfǎng ㄐㄧㄚ ㄈㄤˇ 因工作需要到人家裏訪問：通過家訪，深入了解學生的情況。

【家父】jiāfù ㄐㄧㄚ ㄈㄨˋ 謙辭，對人稱自己的父親。

【家鴿】jiāgē ㄐㄧㄚ ㄍㄜ 鵓鴿(bógē)。

【家館】jiāguǎn ㄐㄧㄚ ㄍㄨㄢˇ 舊時設在家裏的教學處所，聘請教師教自己的子弟。

【家規】jiāguī ㄐㄧㄚ ㄍㄨㄟ 家庭中的規矩：國有國法，家有家規。

【家伙】jiā·huo ㄐㄧㄚ ·ㄏㄨㄛ 同'傢伙'。

【家給人足】jiā jǐ rén zú ㄐㄧㄚ ㄐㄧˇ ㄖㄣˊ ㄗㄨˊ 家家戶戶豐衣足食。

【家計】jiājì ㄐㄧㄚ ㄐㄧˋ 家庭生計：維持家計｜家計艱難。

【家家戶戶】jiājiāhùhù ㄐㄧㄚ ㄐㄧㄚ ㄏㄨˋ ㄏㄨˋ 每家每戶；各家各戶：家家戶戶都打掃得很乾淨。

【家教】jiājiào ㄐㄧㄚ ㄐㄧㄠˋ 家長對子弟進行的關於道德、禮節的教育：有家教｜沒家教。

【家景】jiājǐng ㄐㄧㄚ ㄐㄧㄥˇ 家境。

【家境】jiājìng ㄐㄧㄚ ㄐㄧㄥˋ 家庭的經濟狀況：家境貧寒｜家境優裕。

【家居】jiājū ㄐㄧㄚ ㄐㄩ 沒有就業，在家閒着。

【家具】jiā·jù ㄐㄧㄚ ·ㄐㄩˋ 同'傢具'。

【家眷】jiājuàn ㄐㄧㄚ ㄐㄩㄢˋ 指妻子兒女等(有時專指妻子)。

【家口】jiākǒu ㄐㄧㄚ ㄎㄡˇ 家裏人；家中人口：家口不多｜養活家口。

【家累】jiālěi ㄐㄧㄚ ㄌㄟˇ 家庭生活負擔：沒有家累｜上有老，下有小，家累不輕。

【家門】jiāmén ㄐㄧㄚ ㄇㄣˊ ❶家庭住所的大門，借指家：工作單位離家門不遠，上班方便｜新媳婦娶進了家門。❷〈書〉稱自己的家族：辱沒家門。❸〈方〉本家：他是我的家門堂兄弟。❹指個人的家世、經歷、家庭成員及經濟狀況等：自報家門。

【家母】jiāmǔ ㄐㄧㄚ ㄇㄨˇ 謙辭，對人稱自己的母親。

【家譜】jiāpǔ ㄐㄧㄚ ㄆㄨˇ 家族記載本族世系和重要人物事迹的書。

【家雀兒】jiāqiǎor ㄐㄧㄚ ㄑㄧㄠㄦˇ 〈方〉麻雀(鳥名)。

【家禽】jiāqín ㄐㄧㄚ ㄑㄧㄣˊ 人類為了經濟或其他目的而馴養的鳥類，如雞、鴨、鵝等。

【家人】jiārén ㄐㄧㄚ ㄖㄣˊ ❶一家的人：家人團聚。❷舊稱僕人。

【家世】jiāshì ㄐㄧㄚ ㄕˋ 〈書〉家庭的世系；門第。

【家事】jiāshì ㄐㄧㄚ ㄕˋ ❶家庭的事情：一切家事，都是兩個人商量着辦。❷〈方〉家境。

【家室】jiāshì ㄐㄧㄚ ㄕˋ ❶家庭；家眷(有時專指妻子)：無家室之累｜已有家室。❷〈書〉房舍；住宅。

【家什】jiā·shi ㄐㄧㄚ ·ㄕ 同'傢什'。

【家書】jiāshū ㄐㄧㄚ ㄕㄨ 家信：代寫家書。

【家塾】jiāshú ㄐㄧㄚ ㄕㄨˊ 舊時把教師請到家裏來教自己的子弟讀書的私塾，有的兼收親友子弟。

【家屬】jiāshǔ ㄐㄧㄚ ㄕㄨˇ 家庭內戶主本人以外的成員，也指職工本人以外的家庭成員。

【家私】jiāsī ㄐㄧㄚ ㄙ 家產：萬貫家私｜變賣家私。

【家庭】jiātíng ㄐㄧㄚ ㄊㄧㄥˊ 以婚姻和血統關係為基礎的社會單位，包括父母、子女和其他共同生活的親屬在內。

【家庭婦女】jiātíng fùnǚ ㄐㄧㄚ ㄊㄧㄥˊ ㄈㄨˋ ㄋㄩˇ 只做家務而沒有就業的婦女。

【家徒四壁】jiā tú sì bì ㄐㄧㄚ ㄊㄨˊ ㄙˋ ㄅㄧˋ 家裏只有四堵牆。形容十分貧窮。也說家徒壁立。

【家務】jiāwù ㄐㄧㄚ ㄨˋ 家庭事務：操持家務｜家務勞動。

【家鄉】jiāxiāng ㄐㄧㄚ ㄒㄧㄤ 自己的家庭世代居住的地方。

【家小】jiāxiǎo ㄐㄧㄚ ㄒㄧㄠˇ 妻子和兒女，有時專指妻子：丟下家小無人照料｜未娶家小。

【家信】jiāxìn ㄐㄧㄚ ㄒㄧㄣˋ 家庭成員間彼此往來的信件：平安家信。

【家兄】jiāxiōng ㄐㄧㄚ ㄒㄩㄥ 謙辭，對人稱自己的哥哥。

【家學】jiāxué ㄐㄧㄚ ㄒㄩㄝˊ〈書〉❶家庭裏世代相傳的學問：家學淵源。❷家塾。

【家嚴】jiāyán ㄐㄧㄚ ㄧㄢˊ〈書〉謙辭，對人稱自己的父親。

【家燕】jiāyàn ㄐㄧㄚ ㄧㄢˋ 燕的一種，身體小，背部羽毛黑色，有光澤，腹部白色，頸部有深紫色圓斑，多在屋檐下築窩。通稱燕子。

【家養】jiāyǎng ㄐㄧㄚ ㄧㄤˇ 人工飼養（區別於'野生'）。

【家業】jiāyè ㄐㄧㄚ ㄧㄝˋ ❶家產：重建家業｜繼承家業。❷〈書〉家傳的事業或學問。

【家用】jiāyòng ㄐㄧㄚ ㄩㄥˋ ❶家庭中的生活費用：貼補家用｜供給家用。❷家庭日常使用的：家用電器｜家用小商品。

【家用電器】jiāyòng diànqì ㄐㄧㄚ ㄩㄥˋ ㄉㄧㄢˋㄑㄧˋ 日常生活中使用的各種電氣器具，如電視機、錄音機、洗衣機、電冰箱等。簡稱家電。

【家喻戶曉】jiā yù hù xiǎo ㄐㄧㄚ ㄩˋ ㄏㄨˋ ㄒㄧㄠˇ 每家每戶都知道。

【家園】jiāyuán ㄐㄧㄚ ㄩㄢˊ ❶家中的庭園。泛指家鄉或家庭：返回家園｜重建家園。❷〈方〉家中園地上出產的：家園茶葉。

【家賊】jiāzéi ㄐㄧㄚ ㄗㄟˊ 指偷盜自家財物的人。

【家宅】jiāzhái ㄐㄧㄚ ㄓㄞˊ 住宅。也指家庭：一人出事，鬧得家宅不寧。

【家長】jiāzhǎng ㄐㄧㄚ ㄓㄤˇ ❶家長制之下的一家中為首的人。❷指父母或其他監護人：學校裏明天開家長座談會。

【家長制】jiāzhǎngzhì ㄐㄧㄚ ㄓㄤˇ ㄓˋ 奴隸社會和封建社會的家庭組織制度，產生於原始公社末期。作為家長的男子掌握經濟大權，在家庭中居支配地位，其他成員都要絕對服從他。

【家政】jiāzhèng ㄐㄧㄚ ㄓㄥˋ 指家庭事務的管理工作，如有關家庭生活中烹調、縫紉、編織及養育嬰幼兒等。

【家種】jiāzhòng ㄐㄧㄚ ㄓㄨㄥˋ ❶人工種植：把野生藥材改為家種。❷自己家裏種植的：家種蔬菜。

【家資】jiāzī ㄐㄧㄚ ㄗ 家財；家產：家資耗盡。

【家子】jiā·zi ㄐㄧㄚ ·ㄗ 家庭；人家：這家子有八口人，相處得很和睦｜那邊好幾家子都是新搬來的。

【家族】jiāzú ㄐㄧㄚ ㄗㄨˊ 以血統關係為基礎而形成的社會組織，包括同一血統的幾輩人。

笳 jiā ㄐㄧㄚ 胡笳。

袈 jiā ㄐㄧㄚ［袈裟］(jiāshā ㄐㄧㄚ ㄕㄚ)和尚披在外面的法衣，由許多長方形小塊布片拼綴製成。［梵 kasāya］

葭〔葭〕jiā ㄐㄧㄚ〈書〉初生的蘆葦。

【葭莩】jiāfú ㄐㄧㄚ ㄈㄨˊ〈書〉蘆葦莖中的薄膜。比喻關係疏遠的親戚：葭莩之親。

跏 jiā ㄐㄧㄚ［跏趺］(jiāfū ㄐㄧㄚ ㄈㄨ)盤腿而坐，腳背放在股上，是佛教徒的一種坐法。

傢 jiā ㄐㄧㄚ 見下。

【傢伙】jiā·huo ㄐㄧㄚ ·ㄏㄨㄛ ❶指工具或武器。❷指人（含輕視或戲謔意）：你這個傢伙真會開玩笑。❸指牲畜：這傢伙真機靈，見了主人就搖尾巴。‖也作家伙。

【傢具】jiā·jù ㄐㄧㄚ ·ㄐㄩˋ 家庭用具，主要指牀、櫃、桌、椅等。也作家具。

【傢什】jiā·shi ㄐㄧㄚ ·ㄕ 用具；器物；傢具：食堂裏的傢什擦得很乾淨｜鑼鼓傢什打得震天價響。也作家什。

筴（筞、梜）jiā ㄐㄧㄚ 古代指箸；筷子。

另見116頁 cè。

嘉 jiā ㄐㄧㄚ ❶美好：嘉賓｜嘉禮（婚禮）。❷誇獎；讚許：嘉獎｜嘉納（讚許並採納）｜其志可嘉。❸（Jiā）姓。

【嘉賓】jiābīn ㄐㄧㄚ ㄅㄧㄣ 尊貴的客人：嘉賓如雲｜嘉賓滿座。也作佳賓。

【嘉獎】jiājiǎng ㄐㄧㄚ ㄐㄧㄤˇ ❶稱讚和獎勵：通令嘉獎｜嘉獎有功人員。❷稱讚的話語或獎勵的實物：最高的嘉獎。

【嘉靖】Jiājìng ㄐㄧㄚ ㄐㄧㄥˋ 明世宗（朱厚熜）年號（公元1522－1566）。

【嘉勉】jiāmiǎn ㄐㄧㄚ ㄇㄧㄢˇ〈書〉嘉獎勉勵：函電嘉勉。

【嘉慶】Jiāqìng ㄐㄧㄚ ㄑㄧㄥˋ 清仁宗（愛新覺羅顒琰）年號（公元1796－1820）。

【嘉許】jiāxǔ ㄐㄧㄚ ㄒㄩˇ〈書〉誇獎；讚許：品學兼優，深得師長嘉許。

【嘉言懿行】jiā yán yì xíng ㄐㄧㄚ ㄧㄢˊ ㄧˋ ㄒㄧㄥˊ〈書〉有教育意義的好言語和好行為。

麚 jiā ㄐㄧㄚ〈書〉牡鹿。

鎵（镓）jiā ㄐㄧㄚ 金屬元素，符號 Ga (gallium)。銀白色，質軟。用作製光學玻璃、真空管、半導體等的原料，也用來製高溫溫度計。

jiá（ㄐㄧㄚˊ）

夾（夹、裌、袷）jiá ㄐㄧㄚˊ 雙層的（衣被等）：夾襖｜夾被｜這件衣服是夾的。

另見364頁 gā；549頁 jiā。'袷'另見912頁 qiā。

恝 jiá ㄐㄧㄚˊ〈書〉無動於衷；不經心。

【恝然】jiárán ㄐㄧㄚˊ ㄖㄢˊ 〈書〉冷漠不在意的樣子：恝然置之｜恝然而去。
【恝置】jiázhì ㄐㄧㄚˊ ㄓˋ 〈書〉淡然置之，不加理會。
莢〔荚〕(荚) jiá ㄐㄧㄚˊ 一般指豆類植物的果實：豆莢｜皂莢｜槐樹莢。
【莢果】jiáguǒ ㄐㄧㄚˊ ㄍㄨㄛˇ 乾果的一種，由一個心皮構成，成熟時裂成兩片，如豆類的果實。
郟(郏) Jiá ㄐㄧㄚˊ ❶郟縣，地名，在河南。❷姓。
戛(戛) jiá ㄐㄧㄚˊ 〈書〉輕輕地敲打：戛擊。
【戛戛】jiájiá ㄐㄧㄚˊ ㄐㄧㄚˊ 〈書〉❶形容困難：戛戛乎難哉！❷形容獨創：戛戛獨造。
【戛然】jiárán ㄐㄧㄚˊ ㄖㄢˊ 〈書〉❶形容嘹亮的鳥鳴聲：戛然長鳴。❷形容聲音突然中止：戛然而止。
跲 jiá ㄐㄧㄚˊ 〈書〉絆倒。
蛺(蛱) jiá ㄐㄧㄚˊ ［蛺蝶］(jiádié ㄐㄧㄚˊ ㄉㄧㄝˊ) 蝴蝶的一類，成蟲赤黃色，幼蟲灰黑色，身上有很多刺。有的吃麻類植物的葉子，對農作物有害。
鋏(铗) jiá ㄐㄧㄚˊ 〈書〉❶冶鑄用的鉗：鐵鋏。❷劍：長鋏。❸劍柄。
頰(颊) jiá ㄐㄧㄚˊ 臉的兩側從眼到下頜的部分：兩頰。
【頰囊】jiánáng ㄐㄧㄚˊ ㄋㄤˊ 倉鼠等嚙齒動物和猿猴的口腔內兩側的囊狀構造，用來暫時貯存食物。也叫頰嗛 (jiáqiǎn)。

jiǎ (ㄐㄧㄚˇ)

甲¹ jiǎ ㄐㄧㄚˇ ❶天干的第一位。參看368頁〖干支〗。❷居第一位：甲等｜桂林山水甲天下。❸(Jiǎ) 姓。
甲² jiǎ ㄐㄧㄚˇ ❶爬行動物和節肢動物身上的硬殼：龜甲｜甲殼。❷手指和腳趾上的角質硬殼：指甲。❸圍在人體或物體外面起保護作用的裝備，用金屬、皮革等製成：盔甲｜裝甲車。
甲³ jiǎ ㄐㄧㄚˇ 舊時的一種戶口編制。參看40頁〖保甲〗。
【甲板】jiǎbǎn ㄐㄧㄚˇ ㄅㄢˇ 輪船上分隔上下各層的板(多指最上面即船面的一層)。
【甲兵】jiǎbīng ㄐㄧㄚˇ ㄅㄧㄥ 〈書〉❶鎧甲和兵器。泛指武備、軍事。❷披堅執銳的士卒。
【甲部】jiǎbù ㄐㄧㄚˇ ㄅㄨˋ 經部。
【甲蟲】jiǎchóng ㄐㄧㄚˇ ㄔㄨㄥˊ 鞘翅目昆蟲的統稱，身體外部有硬殼，前翅是角質，厚而硬，後翅是膜質，如金龜子、天牛、象鼻蟲等。
【甲骨文】jiǎgǔwén ㄐㄧㄚˇ ㄍㄨˇ ㄨㄣˊ 古代刻在龜甲和獸骨上的文字，內容多是殷人占卜的記錄，現在的漢字就是從甲骨文演變下來的。
【甲殼】jiǎqiào ㄐㄧㄚˇ ㄑㄧㄠˋ 蝦、蟹等動物的外殼，由殼質、石灰質及色素等形成，質地堅硬，有保護身體的作用。
【甲殼動物】jiǎqiào dòngwù ㄐㄧㄚˇ ㄑㄧㄠˋ ㄉㄨㄥˋ ㄨˋ 節肢動物的一類，全身有硬的甲殼，頭部和胸部結合成頭胸部，後面是腹部。頭胸部前端有大小兩對觸角，足的數目不等。生活在水中，用鰓呼吸。蝦和蟹是最常見的甲殼動物。
【甲午戰爭】Jiǎwǔ Zhànzhēng ㄐㄧㄚˇ ㄨˇ ㄓㄢˋ ㄓㄥ 1894－1895年，日本發動的併吞朝鮮侵略中國的戰爭。因為1894年是甲午年，所以稱甲午戰爭。
【甲魚】jiǎyú ㄐㄧㄚˇ ㄩˊ 鱉。
【甲種粒子】jiǎzhǒng lìzǐ ㄐㄧㄚˇ ㄓㄨㄥˇ ㄌㄧˋ ㄗˇ 某些放射性物質衰變時放射出來的氦原子核，由兩個中子和兩個質子構成，質量為氫原子的四倍，速度每秒可達兩萬公里，帶正電荷。穿透力不大，能傷害動物的皮膚。也叫阿爾法粒子。
【甲種射綫】jiǎzhǒng shèxiàn ㄐㄧㄚˇ ㄓㄨㄥˇ ㄕㄜˋ ㄒㄧㄢˋ 放射性物質衰變時放射出來的甲種粒子流。也叫阿爾法射綫。
【甲冑】jiǎzhòu ㄐㄧㄚˇ ㄓㄡˋ 〈書〉盔甲。
【甲狀軟骨】jiǎzhuàngruǎngǔ ㄐㄧㄚˇ ㄓㄨㄤˋ ㄖㄨㄢˇ ㄍㄨˇ 頸部前面的方形軟骨，左右各一，在頸部的正前方連接在一起，下部跟環狀軟骨相連。男性的特別突出，叫喉結。
【甲狀腺】jiǎzhuàngxiàn ㄐㄧㄚˇ ㄓㄨㄤˋ ㄒㄧㄢˋ 內分泌腺之一，在甲狀軟骨下面的兩側，分左右兩葉，彼此相連，能分泌甲狀腺素。甲狀腺素是含碘的化合物，有促進新陳代謝、增加血糖等作用。
【甲子】jiǎzǐ ㄐㄧㄚˇ ㄗˇ 用干支紀年或計算歲數時，六十組干支字輪一周叫一個甲子。參看368頁〖干支〗。
岬 jiǎ ㄐㄧㄚˇ ❶岬角(多用於地名)：成山岬(也叫成山角，在山東)。❷兩山之間。
【岬角】jiǎjiǎo ㄐㄧㄚˇ ㄐㄧㄠˇ 突入海中的尖形陸地。
胛 jiǎ ㄐㄧㄚˇ 肩胛：胛骨(肩胛骨)。
假 jiǎ ㄐㄧㄚˇ ❶虛偽的；不真實的；偽造的；人造的(跟'真'相對)：假話｜假髮｜假山｜假證件｜假仁假義。❷假定：假設｜假說。❸假如：假若｜假使。❹借用：久假不歸｜假公濟私◇不假思索。

另見555頁 jià。

【假扮】jiǎbàn ㄐㄧㄚˇ ㄅㄢˋ 為了使人錯認而裝扮成跟本人不同的另一種人或另一個人；化裝：

他假扮甚麼人，就像甚麼人。

【假充】jiǎchōng ㄐㄧㄚˇ ㄔㄨㄥ 裝出某種樣子；冒充：假充正經｜假充內行。

【假道學】jiǎdàoxué ㄐㄧㄚˇ ㄉㄠˋ ㄒㄩㄝˊ 表面上正經，實際上很壞的人；偽君子。

【假定】jiǎdìng ㄐㄧㄚˇ ㄉㄧㄥˋ ❶姑且認定：假定他明天起程，後天就可以到達延安。❷科學上的假設，從前也叫假定。參看〖假設〗。

【假根】jiǎgēn ㄐㄧㄚˇ ㄍㄣ 由單一的細胞發育而成的根，形狀像絲，沒有維管束，作用與根相同，如苔蘚植物的根。

【假公濟私】jiǎ gōng jì sī ㄐㄧㄚˇ ㄍㄨㄥ ㄐㄧˋ ㄙ 假借公事的名義，取得私人的利益。

【假果】jiǎguǒ ㄐㄧㄚˇ ㄍㄨㄛˇ 果實的食用部分不是子房壁發育而成，而是花托或萼發育而成的叫做假果，如梨、蘋果、無花果、桑葚等。

【假借】jiǎjiè ㄐㄧㄚˇ ㄐㄧㄝˋ ❶利用某種名義、力量等來達到目的：假借名義，招搖撞騙。❷六書之一。許慎《説文解字敍》：'假借者，本無其字，依聲託事。'假借是説借用已有的文字表示語言中同音而不同義的詞。例如借當小麥講的'來'作來往的'來'，借當毛皮講的'求'作請求的'求'。❸〈書〉寬容：針砭時弊，不稍假借。

【假冒】jiǎmào ㄐㄧㄚˇ ㄇㄠˋ 冒充：認清商標，謹防假冒。

【假寐】jiǎmèi ㄐㄧㄚˇ ㄇㄟˋ 〈書〉不脱衣服小睡：憑几假寐｜閉目假寐。

【假面具】jiǎmiànjù ㄐㄧㄚˇ ㄇㄧㄢˋ ㄐㄩˋ ❶仿照人物或獸類臉形製成的面具，古代演戲時化裝用，後多用做玩具。❷比喻虛偽的外表。

【假名】jiǎmíng ㄐㄧㄚˇ ㄇㄧㄥˊ 日本文所用的字母，多借用漢字的偏旁。楷書叫片假名，草書叫平假名。

【假模假式】jiǎ·mojiǎshì ㄐㄧㄚˇ ·ㄇㄛ ㄐㄧㄚˇ ㄕˋ 裝模作樣。也説假模假樣。

【假撇清】jiǎpiēqīng ㄐㄧㄚˇ ㄆㄧㄝ ㄑㄧㄥ 〈方〉假裝自己清白，跟壞事無關。

【假仁假義】jiǎ rén jiǎ yì ㄐㄧㄚˇ ㄖㄣˊ ㄐㄧㄚˇ ㄧˋ 虛假的仁義道德。

【假如】jiǎrú ㄐㄧㄚˇ ㄖㄨˊ 如果：假如明天不下雨，我一定去。

【假若】jiǎruò ㄐㄧㄚˇ ㄖㄨㄛˋ 如果：假若你遇見這種事，你該怎麼辦？

【假嗓子】jiǎsǎng·zi ㄐㄧㄚˇ ㄙㄤˇ ·ㄗ 歌唱時使用的非本嗓發出的嗓音。

【假山】jiǎshān ㄐㄧㄚˇ ㄕㄢ 園林中用石塊(大多是太湖石)堆砌而成的小山。

【假設】jiǎshè ㄐㄧㄚˇ ㄕㄜˋ ❶姑且認定：這本書印了十萬冊，假設每冊只有一個讀者，那也就有十萬個讀者。❷虛構：故事情節是假設的。❸科學研究上對客觀事物的假定的説明，假設要根據事實提出，經過實踐證明是正確的，就成為理論。

【假使】jiǎshǐ ㄐㄧㄚˇ ㄕˇ 如果：假使你同意，我們明天一清早就出發。

【假釋】jiǎshì ㄐㄧㄚˇ ㄕˋ 在一定條件下，把未滿刑期的犯人暫時釋放。假釋期間，如不再犯新罪，就認為原判刑罰已經執行完畢，否則，就把前後所判處的刑罰合併執行。

【假手】jiǎ∥shǒu ㄐㄧㄚˇ∥ㄕㄡˇ 利用別人做某種事來達到自己的目的：假手於人。

【假説】jiǎshuō ㄐㄧㄚˇ ㄕㄨㄛ 假設③。

【假死】jiǎsǐ ㄐㄧㄚˇ ㄙˇ ❶因觸電、癲癇、溺水、中毒或呼吸道堵塞等，引起呼吸停止，心臟跳動微弱，面色蒼白，四肢冰冷，叫做假死。嬰兒初生，由於肺未張開，不會啼哭，也不出氣，也叫假死。如果及時搶救，大都可以救活。❷某些動物遇到敵人時，為了保護自己，裝成死的樣子。

【假託】jiǎtuō ㄐㄧㄚˇ ㄊㄨㄛ ❶推託：他假託家裏有事，站起來先走了。❷假冒：他假託經理的名義簽訂合同。❸憑藉：寓言是假託故事來説明道理的文學作品。

【假想】jiǎxiǎng ㄐㄧㄚˇ ㄒㄧㄤˇ 想像；假設②：假想敵｜假想的故事結局。

【假想敵】jiǎxiǎngdí ㄐㄧㄚˇ ㄒㄧㄤˇ ㄉㄧˊ 軍事演習時所設想的敵人。

【假相】jiǎxiàng ㄐㄧㄚˇ ㄒㄧㄤˋ 同'假象'。

【假象】jiǎxiàng ㄐㄧㄚˇ ㄒㄧㄤˋ 跟事物本質不符合的表面現象：擦亮眼睛，不要被假象所迷惑。也作假相。

【假象牙】jiǎxiàngyá ㄐㄧㄚˇ ㄒㄧㄤˋ ㄧㄚˊ 賽璐珞的舊稱。

【假小子】jiǎxiǎo·zi ㄐㄧㄚˇ ㄒㄧㄠˇ ·ㄗ 指性格潑辣、舉止大膽奔放像男子的女孩子。

【假惺惺】jiǎxīng·xīng ㄐㄧㄚˇ ㄒㄧㄥ ·ㄒㄧㄥ 虛情假意的樣子。

【假牙】jiǎyá ㄐㄧㄚˇ ㄧㄚˊ 牙齒脱落或拔除後鑲上的牙，多用瓷或塑料等製成。

【假意】jiǎyì ㄐㄧㄚˇ ㄧˋ ❶虛假的心意：虛情假意。❷故意(表現或做出)：他假意笑着問，'剛來的這位是誰呢？'

【假造】jiǎzào ㄐㄧㄚˇ ㄗㄠˋ ❶模仿真的造假的：假造證件。❷捏造：假造理由。

【假裝】jiǎzhuāng ㄐㄧㄚˇ ㄓㄨㄤ 故意做出某種動作或姿態來掩飾真相：他繼續幹着手裏的活兒，假裝沒聽見｜假裝糊塗。

【假座】jiǎzuò ㄐㄧㄚˇ ㄗㄨㄛˋ 借用(某個場所)：假座俱樂部舉辦聯誼會。

斝(斝) jiǎ ㄐㄧㄚˇ 古代盛酒的器具，圓口，三足。

賈(贾) Jiǎ ㄐㄧㄚˇ 姓。
〈古〉又同'價(价)'jià。
另見411頁 gǔ。

【賈憲三角】Jiǎ Xiàn sānjiǎo ㄐㄧㄚˇ ㄒㄧㄢˋ ㄙㄢ ㄐㄧㄠˇ 楊輝三角。

鉀(钾) jiǎ ㄐㄧㄚˇ 金屬元素，符號K(kalium)。銀白色，質軟。化學性質極活潑，容易氧化，燃燒時發出紫色光，遇水劇烈反應，放出氫氣，同時燃燒起火。在工農業中用途很廣。

【鉀肥】jiǎféi ㄐㄧㄚˇ ㄈㄟˊ 含鉀的肥料，能促使作物的莖稈堅韌，提高產量，如氯化鉀、硫酸鉀、草木灰等。

瘕 jiǎ ㄐㄧㄚˇ ‘瘕’gǔ 的又音。

榎 jiǎ ㄐㄧㄚˇ 古同‘檟’。

瘕 jiǎ ㄐㄧㄚˇ 〈書〉肚子裏結塊的病。

檟(槚) jiǎ ㄐㄧㄚˇ 古書上指楸樹或茶樹。

jià (ㄐㄧㄚˋ)

架 jià ㄐㄧㄚˋ ❶(架兒)架子①：房架｜書架｜衣架兒｜腳手架。❷支撐；支起：架橋｜架電綫｜梯子架在樹旁。❸招架：拿槍架住砍過來的刀。❹綁架：他爹被下山的土匪架走了。❺攙扶：連攙帶架｜架着傷員慢慢走。❻毆打或爭吵的事：打架｜吵架｜勸架。❼量詞。a)用於有支柱的或有機械的東西：一架機器｜幾架飛機｜三架鋼琴。b)〈方〉用於山，相當於‘座’：一架山。

【架不住】jià ·bu zhù ㄐㄧㄚˋ·ㄅㄨ ㄓㄨˋ 〈方〉❶禁不住；受不住：雙拳難敵四手，好漢架不住人多｜老大娘開始還有些懷疑，架不住大家七嘴八舌地一說，也就相信了。❷抵不上：你們雖然力氣大，架不住她們會找竅門。

【架次】jiàcì ㄐㄧㄚˋ ㄘˋ 複合量詞，表示飛機出動或出現若干次架數的總和。如一架飛機出動三次為三架次，三架飛機出動一次也是三架次。又如在一天內飛機出動三次，第一次三架，第二次六架，第三次九架，那一天總共出動十八架次。

【架得住】jià ·de zhù ㄐㄧㄚˋ·ㄉㄜ ㄓㄨˋ 〈方〉禁得住；受得住：有的小學給學生留的家庭作業太多，孩子怎能架得住？

【架構】jiàgòu ㄐㄧㄚˋ ㄍㄡˋ ❶建造；構築。❷框架；支架。❸比喻事物的組織、結構、格局：市場架構｜故事架構龐大。

【架空】jiàkōng ㄐㄧㄚˋ ㄎㄨㄥ ❶房屋、器物下面用柱子等撐住而離開地面：竹樓是架空的，離地約有六七尺高。❷比喻沒有基礎：沒有相應的措施，計劃就會成為架空的東西。❸比喻表面推崇，暗中排擠，使失去實權。

【架設】jiàshè ㄐㄧㄚˋ ㄕㄜˋ 支起並安設(淩空的物體)：架設橋樑｜架設電綫。

【架勢】jià·shi ㄐㄧㄚˋ·ㄕ ❶姿勢；姿態：雙方擺開架勢準備較量｜看他走路的架勢像是個軍人。❷〈方〉勢頭；形勢：看她病的架勢是不行了｜看今春這架勢，雨水少不了。‖也作架式。

【架秧子】jiàyāng·zi ㄐㄧㄚˋ ㄧㄤ ·ㄗ 〈方〉鬨鬧；起鬨：起鬨架秧子。

【架子】jià·zi ㄐㄧㄚˋ·ㄗ ❶由若干材料縱橫交叉地構成的東西，用來放置器物、支撐物體或安裝工具等：花瓶架子｜骨頭架子｜保險刀的架子。❷比喻事物的組織、結構：寫文章要先搭好架子。❸自高自大、裝腔作勢的作風：官架子｜拿架子｜那位局長一點兒架子都沒有。❹架勢；姿勢：鋤地有鋤地的架子，一拿鋤頭就看出他是內行。

【架子車】jià·zichē ㄐㄧㄚˋ·ㄗ ㄔㄜ 一種用人力推拉的兩輪車。用木料等做車架，上面鋪木板、竹板或薄鐵板製成。

【架子工】jià·zigōng ㄐㄧㄚˋ·ㄗ ㄍㄨㄥ ❶專門搭、拆腳手架的工種。❷做這種工作的建築工人。

【架子花】jià·zihuā ㄐㄧㄚˋ·ㄗ ㄏㄨㄚ 戲曲中花臉的一種，因偏重做工和工架而得名。

【架子豬】jià·zizhū ㄐㄧㄚˋ·ㄗ ㄓㄨ 已長大但沒有養肥的豬。有的地區叫殼郎豬(ké·langzhū)。

假 jià ㄐㄧㄚˋ 按照規定或經過批准暫時不工作或不學習的時間：請假｜暑假｜病假｜婚假｜春節有三天假。

另見553頁 jiǎ。

【假期】jiàqī ㄐㄧㄚˋ ㄑㄧ 放假或休假的時期。

【假日】jiàrì ㄐㄧㄚˋ ㄖˋ 放假或休假的日子。

【假條】jiàtiáo ㄐㄧㄚˋ ㄊㄧㄠˊ (假條兒)寫明請假理由和期限的紙條子。

嫁 jià ㄐㄧㄚˋ ❶女子結婚(跟‘娶’相對)：出嫁｜改嫁｜嫁人｜嫁女兒。❷轉移(罪名、損失、負擔等)：轉嫁｜嫁禍於人。

【嫁接】jiàjiē ㄐㄧㄚˋ ㄐㄧㄝ 把要繁殖的植物的枝或芽接到另一種植物體上，使它們結合在一起，成為一個獨立生長的植株。嫁接能保持植物原有的某些特性，是常用的改良品種的方法。

【嫁妝】jià·zhuang ㄐㄧㄚˋ·ㄓㄨㄤ 女子出嫁時，從娘家帶到丈夫家去的衣被、傢具及其他用品。也作嫁裝。

價(价) jià ㄐㄧㄚˋ ❶價格：物價｜調價｜物美價廉｜無價之寶。❷價值：等價交換。❸化合價的簡稱：氫是一價的元素。

另見594頁 ·jie。‘价’另見592頁 jiè。

【價格】jiàgé ㄐㄧㄚˋ ㄍㄜˊ 商品價值的貨幣表現，如一件衣服賣五十元人民幣，五十元就是衣服的價格。

【價款】jiàkuǎn ㄐㄧㄚˋ ㄎㄨㄢˇ 買賣貨物時收付的款項。

【價碼】jiàmǎ ㄐㄧㄚˋ ㄇㄚˇ (價碼兒) 價目；價錢：標明價碼。

【價目】jiàmù ㄐㄧㄚˋ ㄇㄨˋ 標明的商品價格：價目表。

【價錢】jià·qian ㄐㄧㄚˋ ·ㄑㄧㄢ 價格：價錢公道。

【價值】jiàzhí ㄐㄧㄚˋ ㄓˊ ❶體現在商品裏的社會必要勞動。價值量的大小決定於生產這一商品所需的社會必要勞動時間的多少。不經過人類勞動加工的東西，如空氣，即使對人們有使用價值，也不具有價值。❷積極作用：這些資料很有參考價值｜粗製濫造的作品毫無價值。

【價值規律】jiàzhí guīlǜ ㄐㄧㄚˋ ㄓˊ ㄍㄨㄟ ㄌㄩˋ 商品生產的基本經濟規律。依照這個規律，商品的交換是根據兩個商品所包含的社會必要勞動量(價值量)相等而相互交換。

【價值量】jiàzhíliàng ㄐㄧㄚˋ ㄓˊ ㄌㄧㄤˋ 指體現在商品中的社會必要勞動量。

【價值形式】jiàzhí xíngshì ㄐㄧㄚˋ ㄓˊ ㄒㄧㄥˊ ㄕˋ 商品價值的表現形式，也就是交換價值。一個商品的價值不能由這個商品自身來表現，而必須在同另一種商品交換時，通過所交換的一定數量的商品才能表現出來。如一丈布可以交換二斗米，二斗米就是一丈布的價值形式或交換價值。

稼 jià ㄐㄧㄚˋ ❶種植(穀物)：耕稼｜稼穡。❷穀物：莊稼。

【稼穡】jiàsè ㄐㄧㄚˋ ㄙㄜˋ 〈書〉種植和收割。泛指農業勞動：稼穡艱難。

駕(驾) jià ㄐㄧㄚˋ ❶使牲口拉(車或農具)：兩匹馬駕着車｜駕着牲口耕地。❷駕駛：駕車｜駕飛機◇騰雲駕霧。❸指車輛，借用為敬辭，稱對方：車駕｜大駕｜勞駕｜擋駕。❹特指帝王的車，借指帝王：晏駕｜駕崩(帝王死去)。

【駕到】jiàdào ㄐㄧㄚˋ ㄉㄠˋ 敬辭，稱客人來到。

【駕臨】jiàlín ㄐㄧㄚˋ ㄌㄧㄣˊ 敬辭，稱對方到來：敬備菲酌，恭候駕臨。

【駕凌】jiàlíng ㄐㄧㄚˋ ㄌㄧㄥˊ 凌駕。

【駕輕就熟】jià qīng jiù shú ㄐㄧㄚˋ ㄑㄧㄥ ㄐㄧㄡˋ ㄕㄨˊ 駕輕車，就熟路。比喻對事情熟習，做起來容易。

【駕駛】jiàshǐ ㄐㄧㄚˋ ㄕˇ 操縱(車、船、飛機、拖拉機等)使行駛：駕駛員｜駕駛艙。

【駕馭】jiàyù ㄐㄧㄚˋ ㄩˋ 同'駕御'。

【駕御】jiàyù ㄐㄧㄚˋ ㄩˋ ❶驅使車馬行進：這匹馬不好駕御。❷使服從自己的意志而行動：駕御自然。‖也作駕馭。

【駕轅】jià∥yuán ㄐㄧㄚˋ∥ㄩㄢˊ 駕着車轅拉車。

jiān (ㄐㄧㄢ)

尖 jiān ㄐㄧㄢ ❶末端細小；尖銳：把鉛筆削尖了｜尖下巴頦兒。❷聲音高而細：尖聲尖氣｜尖嗓子。❸(耳、目、鼻子)靈敏：眼尖｜耳朵尖｜他鼻子尖得很，有一點異味都聞得出。❹使嗓音高而細：她尖着嗓子喊。❺(尖兒)物體銳利的末端或細小的頭兒：筆尖兒｜針尖兒｜刀尖兒｜塔尖。❻(尖兒)出類拔萃的人或物品：尖兒貨｜姐妹三個裏頭就數她是個尖兒。❼〈方〉吝嗇；摳門兒：尖摳｜這人可尖了，一點兒虧也不吃。❽尖刻：他嘴尖，説話不留情面。

【尖兵】jiānbīng ㄐㄧㄢ ㄅㄧㄥ ❶行軍時派出的擔任警戒任務的分隊：尖兵班。❷比喻工作上走在前面開創道路的人：我們是地質戰綫上的尖兵。

【尖刀】jiāndāo ㄐㄧㄢ ㄉㄠ 比喻作戰時最先插入敵人陣地的：尖刀連｜尖刀組｜尖刀部隊。

【尖頂】jiāndǐng ㄐㄧㄢ ㄉㄧㄥˇ 頂端；頂點。

【尖端】jiānduān ㄐㄧㄢ ㄉㄨㄢ ❶尖銳的末梢；頂點。❷發展水平最高的(科學技術等)：尖端科學｜尖端技術｜尖端產品。

【尖刻】jiānkè ㄐㄧㄢ ㄎㄜˋ 尖酸刻薄：語言尖刻｜他為人尖刻。

【尖利】jiānlì ㄐㄧㄢ ㄌㄧˋ ❶尖銳；銳利：筆鋒尖利｜他的眼光非常尖利，一眼就看出對方的畏怯。❷同'尖厲'。

【尖厲】jiānlì ㄐㄧㄢ ㄌㄧˋ 形容聲音高而刺耳：哨聲尖厲｜寒風尖厲地呼嘯着。

【尖溜溜】jiānliūliū ㄐㄧㄢ ㄌㄧㄡ ㄌㄧㄡ 〈方〉(尖溜溜的)形容尖細或鋒利：尖溜溜的嗓子。

【尖臍】jiānqí ㄐㄧㄢ ㄑㄧˊ ❶螃蟹腹下面的甲是尖形的(雄蟹的特徵，區別於'團臍')。❷指雄蟹。

【尖銳】jiānruì ㄐㄧㄢ ㄖㄨㄟˋ ❶物體有鋒芒，容易刺破其他物體的；鋒利①：把錐子磨得非常尖銳。❷認識客觀事物靈敏而深刻；敏銳：眼光尖銳｜他看問題很尖銳。❸(聲音)高而刺耳：尖銳的哨聲｜子彈發出尖銳的嘯聲。❹(言論、鬥爭等)激烈：尖銳的批評｜進行了尖銳的鬥爭。

【尖酸】jiānsuān ㄐㄧㄢ ㄙㄨㄢ 説話帶刺，使人難受：尖酸刻薄｜氣量狹小，口角尖酸。

【尖團音】jiāntuányīn ㄐㄧㄢ ㄊㄨㄢˊ ㄧㄣ 尖音和團音的合稱。尖音指 z、c、s 聲母拼 i、ü 或 i、ü 起頭的韻母，團音指 j、q、x 聲母拼 i、ü 或 i、ü 起頭的韻母。有的方言中分別'尖團'，如把'尖、千、先'讀作ziān、ciān、siān，把'兼、牽、掀'讀作jiān、qiān、xiān。普通話語音中不分'尖團'，如'尖＝兼'jiān，'千＝牽'qiān，'先＝掀'xiān。昆曲所謂尖團音範圍還要廣些，z、c、s 和 zh、ch、sh 的分別也叫尖團音，如'災'zāi 是尖音，'齋'zhāi 是團音，'三'sān 是尖音，'山'shān 是團音。

【尖音】jiānyīn ㄐㄧㄢ ㄧㄣ 見〖尖團音〗。

【尖子】jiān·zi ㄐㄧㄢ ·ㄗ ❶尖⑤。❷尖⑥：他是

我們班的尖子，名次總不出前三名。❸戲曲中指忽然高亢的唱腔。

【尖嘴薄舌】jiān zuǐ bó shé ㄐㄧㄢ ㄗㄨㄟˇ ㄅㄛˊ ㄕㄜˊ 形容說話尖酸刻薄。

【尖嘴猴腮】jiān zuǐ hóu sāi ㄐㄧㄢ ㄗㄨㄟˇ ㄏㄡˊ ㄙㄞ 形容人面部瘦削，相貌醜陋。

奸 jiān ㄐㄧㄢ ❶奸詐：奸笑｜奸計｜老奸巨猾。❷不忠於國家或君主的：奸臣。❸出賣國家、民族或階級利益的人：漢奸｜內奸｜為黨除奸。❹自私；取巧：藏奸耍滑｜這個人才奸哪，躲躲閃閃不肯出力。

另見557頁jiān'姦'。

【奸臣】jiānchén ㄐㄧㄢ ㄔㄣˊ 指殘害忠良或陰謀篡奪帝位的大臣。

【奸宄】jiānguǐ ㄐㄧㄢ ㄍㄨㄟˇ 〈書〉壞人(由內而起叫奸，由外而起叫宄)。

【奸猾】jiānhuá ㄐㄧㄢ ㄏㄨㄚˊ 詭詐狡猾。也作奸滑。

【奸滑】jiānhuá ㄐㄧㄢ ㄏㄨㄚˊ 同'奸猾'。

【奸計】jiānjì ㄐㄧㄢ ㄐㄧˋ 奸詐的計謀：中了奸計。

【奸佞】jiānnìng ㄐㄧㄢ ㄋㄧㄥˋ 〈書〉❶奸邪諂媚：奸佞小人。❷奸邪諂媚的人：奸佞專權。

【奸商】jiānshāng ㄐㄧㄢ ㄕㄤ 用投機倒把、囤積居奇等不正當手段牟取暴利的商人。

【奸徒】jiāntú ㄐㄧㄢ ㄊㄨˊ 奸險的人。

【奸細】jiān·xi ㄐㄧㄢ ·ㄒㄧ 給敵人刺探消息的人。

【奸險】jiānxiǎn ㄐㄧㄢ ㄒㄧㄢˇ 奸詐陰險：為人奸險狠毒。

【奸笑】jiānxiào ㄐㄧㄢ ㄒㄧㄠˋ 陰險地笑：滿臉奸笑。

【奸邪】jiānxié ㄐㄧㄢ ㄒㄧㄝˊ 〈書〉❶奸詐邪惡。❷奸詐邪惡的人：奸邪當道。

【奸雄】jiānxióng ㄐㄧㄢ ㄒㄩㄥˊ 用奸詐手段取得大權高位的人：亂世奸雄。

【奸賊】jiānzéi ㄐㄧㄢ ㄗㄟˊ 奸險的人；奸臣。

【奸詐】jiānzhà ㄐㄧㄢ ㄓㄚˋ 虛偽詭詐。

戔(戋) jiān ㄐㄧㄢ ［戔戔］〈書〉少；細微：為數戔戔｜戔戔微物。

肩〔肩〕 jiān ㄐㄧㄢ ❶肩膀：兩肩｜並肩。(圖見1017頁〖身體〗)❷擔負：身肩大任。❸〈方〉扛(káng)：肩着魚叉｜肩起扁擔上路。

【肩膀】jiānbǎng ㄐㄧㄢ ㄅㄤˇ (肩膀兒)人的胳膊或動物前肢和軀幹相連的部分◇肩膀兒硬(能擔負重大責任)｜溜肩膀(不負責任)。

【肩負】jiānfù ㄐㄧㄢ ㄈㄨˋ 擔負：我們肩負着建設社會主義的偉大任務。

【肩胛】jiānjiǎ ㄐㄧㄢ ㄐㄧㄚˇ ❶肩膀。❷醫學上指肩膀的後部。

【肩胛骨】jiānjiǎgǔ ㄐㄧㄢ ㄐㄧㄚˇ ㄍㄨˇ 人體胸背部最上部外側的骨頭，左右各一，略呈三角形。肩胛骨、鎖骨和肱骨構成肩關節。也叫胛骨。有的地區叫琵琶骨。(圖見410頁〖骨骼〗)

【肩摩轂擊】jiān mó gǔ jī ㄐㄧㄢ ㄇㄛˊ ㄍㄨˇ ㄐㄧ 肩膀和肩膀相接觸，車輪和車輪相碰撞。形容行人車輛非常擁擠。也說摩肩擊轂。

【肩摩踵接】jiān mó zhǒng jiē ㄐㄧㄢ ㄇㄛˊ ㄓㄨㄥˇ ㄐㄧㄝ 見812頁〖摩肩接踵〗。

【肩頭】jiāntóu ㄐㄧㄢ ㄊㄡˊ ❶肩膀上：肩頭的擔子不輕。❷〈方〉肩膀：兩個肩頭不一般高。

【肩窩】jiānwō ㄐㄧㄢ ㄨㄛ (肩窩兒)肩膀上凹下的部分。

【肩章】jiānzhāng ㄐㄧㄢ ㄓㄤ 軍人或某些部門的工作人員佩帶在制服的兩肩上用來表示行業、級別等的標誌。

姦(奸) jiān ㄐㄧㄢ 姦淫：通姦｜強姦。'奸'另見557頁jiān。

【姦污】jiānwū ㄐㄧㄢ ㄨ 強姦或誘姦。

【姦淫】jiānyín ㄐㄧㄢ ㄧㄣˊ ❶男女間不正當的性行為。❷姦污：姦淫擄掠。

兼 jiān ㄐㄧㄢ ❶兩倍的：兼程｜兼旬。❷同時涉及或具有幾種事物：兼而有之｜兼收並蓄｜品學兼優｜兼聽則明，偏信則暗｜他是副廠長兼總工程師。

【兼備】jiānbèi ㄐㄧㄢ ㄅㄟˋ 同時具備幾個方面：德才兼備｜文武兼備｜形神兼備。

【兼併】jiānbìng ㄐㄧㄢ ㄅㄧㄥˋ 把別的國家的領土併入自己的國家或把別人的產業併為己有。

【兼差】jiānchāi ㄐㄧㄢ ㄔㄞ 舊時稱兼職。

【兼程】jiānchéng ㄐㄧㄢ ㄔㄥˊ 一天走兩天的路；以加倍的速度趕路：兼程前進｜日夜兼程。

【兼顧】jiāngù ㄐㄧㄢ ㄍㄨˋ 同時照顧幾個方面：統籌兼顧｜公私兼顧。

【兼毫】jiānháo ㄐㄧㄢ ㄏㄠˊ 用羊毫和狼毫在一起製造的毛筆(羊毫較軟，狼毫較硬，兼毫適中)。

【兼課】jiān∥kè ㄐㄧㄢ∥ㄎㄜˋ 在本職以外兼任教課工作。

【兼任】jiānrèn ㄐㄧㄢ ㄖㄣˋ ❶同時擔任幾個職務：總務主任兼任學校工會主席。❷不是專任的：兼任教員。

【兼容】jiānróng ㄐㄧㄢ ㄖㄨㄥˊ 同時容納幾個方面：兼容並包｜善惡不能兼容。

【兼容並包】jiān róng bìng bāo ㄐㄧㄢ ㄖㄨㄥˊ ㄅㄧㄥˋ ㄅㄠ 把各個方面或各種事物都容納進去。

【兼收並蓄】jiān shōu bìng xù ㄐㄧㄢ ㄕㄡ ㄅㄧㄥˋ ㄒㄩˋ 把內容不同、性質相反的東西都吸收進來。也說兼容並蓄。

【兼祧】jiāntiāo ㄐㄧㄢ ㄊㄧㄠ 〈書〉宗法制度下一個男子兼做兩房或兩家的繼承人。

【兼之】jiānzhī ㄐㄧㄢ ㄓ 加以②：人手不多，兼之期限迫近，緊張情形可以想見。

【兼職】jiān∥zhí ㄐㄧㄢ∥ㄓˊ 在本職之外兼任其他職務：身兼數職｜兼職教師。

【兼職】jiānzhí ㄐㄧㄢ ㄓˊ 在本職之外兼任的職務：辭去兼職。

菅〔菅〕jiān ㄐㄧㄢ ❶多年生草本植物，葉子細長而尖，花綠色，結穎果，褐色。❷(Jiān)姓。

堅(坚) jiān ㄐㄧㄢ ❶硬；堅固：堅冰｜堅城｜堅不可破｜堅如磐石。❷堅固的東西或陣地：攻堅｜披堅執銳｜無堅不摧。❸堅定；堅決：堅信｜堅守陣地。❹(Jiān)姓。

【堅壁】jiānbì ㄐㄧㄢ ㄅㄧˋ 藏起來使不落到敵人的手裏(多指藏物資)：把糧食堅壁起來。

【堅壁清野】jiānbì qīngyě ㄐㄧㄢ ㄅㄧˋ ㄑㄧㄥ ㄧㄝˇ 作戰時採用的一種對付入侵之敵的策略，堅守據點，轉移周圍的人口、牲畜、財物、糧食，毀掉戰地附近的房屋、樹木等，使敵人既攻不下據點，也搶不到東西。

【堅不可摧】jiān bù kě cuī ㄐㄧㄢ ㄅㄨˋ ㄎㄜˇ ㄘㄨㄟ 非常堅固，摧毀不了。

【堅持】jiānchí ㄐㄧㄢ ㄔˊ 堅決保持、維護或進行：堅持原則｜堅持己見｜堅持不懈｜堅持工作。

【堅定】jiāndìng ㄐㄧㄢ ㄉㄧㄥˋ ❶(立場、主張、意志等)穩定堅強；不動搖：堅定不移｜各級領導要堅定地貫徹群眾路綫。❷使堅定：堅定立場｜堅定信念。

【堅固】jiāngù ㄐㄧㄢ ㄍㄨˋ 結合緊密，不容易破壞；牢固；結實：陣地堅固｜堅固耐用。

【堅果】jiānguǒ ㄐㄧㄢ ㄍㄨㄛˇ 乾果的一種，果皮很堅硬，果實裏只有一個種子，如栗子、橡子等。

【堅決】jiānjué ㄐㄧㄢ ㄐㄩㄝˊ (態度、主張、行動等)確定不移；不猶豫：態度堅決｜認識了錯誤就堅決改正｜堅決抓好安全生產的各項工作。

【堅苦】jiānkǔ ㄐㄧㄢ ㄎㄨˇ 堅忍刻苦。

【堅苦卓絕】jiānkǔ zhuójué ㄐㄧㄢ ㄎㄨˇ ㄓㄨㄛˊ ㄐㄩㄝˊ (在艱難困苦中)堅忍刻苦的精神超越尋常。

【堅強】jiānqiáng ㄐㄧㄢ ㄑㄧㄤˊ ❶強固有力，不可動搖或摧毀：意志堅強｜堅強不屈。❷使堅強：豐富自己的知識，堅強自己的信心。

【堅忍】jiānrěn ㄐㄧㄢ ㄖㄣˇ (在艱苦困難的情況下)堅持而不動搖：堅忍不拔的意志。

【堅韌】jiānrèn ㄐㄧㄢ ㄖㄣˋ 堅固有韌性：質地堅韌。

【堅實】jiānshí ㄐㄧㄢ ㄕˊ ❶堅固結實：堅實的基礎。❷健壯：身體堅實。

【堅守】jiānshǒu ㄐㄧㄢ ㄕㄡˇ 堅決守衛；不離開：堅守陣地｜堅守崗位。

【堅挺】jiāntǐng ㄐㄧㄢ ㄊㄧㄥˇ ❶堅強有力；硬而直：堅挺的身架｜枝條上有堅挺的刺。❷價格呈上升趨勢或穩定(多用於貨幣)：價格堅挺。

【堅信】jiānxìn ㄐㄧㄢ ㄒㄧㄣˋ 堅決相信：堅信我們的事業一定要勝利。

【堅毅】jiānyì ㄐㄧㄢ ㄧˋ 堅定有毅力：性格堅毅｜堅毅的神態。

【堅硬】jiānyìng ㄐㄧㄢ ㄧㄥˋ 非常硬：堅硬的山石。

【堅貞】jiānzhēn ㄐㄧㄢ ㄓㄣ 節操堅定不變：堅貞不屈。

淺(浅、濺) jiān ㄐㄧㄢ [淺淺]〈書〉形容流水聲。

另見920頁 qiǎn。'濺'另見568頁 jiàn。

湔 jiān ㄐㄧㄢ 〈書〉洗：湔洗｜湔雪。

【湔洗】jiānxǐ ㄐㄧㄢ ㄒㄧˇ 〈書〉❶洗濯。❷除去(恥辱、污點等)：湔洗前罪。

【湔雪】jiānxuě ㄐㄧㄢ ㄒㄩㄝˇ 〈書〉洗雪：湔雪冤屈。

間(间、閒) jiān ㄐㄧㄢ ❶中間：彼此間｜同志之間｜居間調停。❷一定的空間或時間裏：田間｜人間｜晚間｜一剎那間。❸一間屋子；房間：裏間｜車間｜衣帽間。❹量詞，房屋的最小單位：一間卧室｜三間門面。

另見566頁 jiàn。'閒'另見 1237頁 xián '閑'。

【間冰期】jiānbīngqī ㄐㄧㄢ ㄅㄧㄥ ㄑㄧ 兩個冰期之間相對溫暖的時期。

【間不容髮】jiān bù róng fà ㄐㄧㄢ ㄅㄨˋ ㄖㄨㄥˊ ㄈㄚˋ 中間容不下一根頭髮。比喻與災禍相距極近，情勢極其危急。

【間架】jiānjià ㄐㄧㄢ ㄐㄧㄚˋ 本指房屋的結構形式，借指漢字書寫的筆畫結構。也指文章的佈局。

【間距】jiānjù ㄐㄧㄢ ㄐㄩˋ 兩者之間的距離：從足迹的前後間距可以知道動物四肢或軀體的長短。

【間量】jiān·liang ㄐㄧㄢ ·ㄌㄧㄤ 〈方〉(間量兒)房間的面積：這間屋子間量兒太小。

【間腦】jiānnǎo ㄐㄧㄢ ㄋㄠˇ 腦的一部分，在大腦兩半球的中間，由許多形狀不規則的灰質塊和神經纖維構成。間腦包括丘腦和下丘腦。參看943頁〖丘腦〗。

【間奏曲】jiānzòuqǔ ㄐㄧㄢ ㄗㄡˋ ㄑㄩˇ 戲曲或歌劇中在兩幕(或場)之間演奏的小型器樂曲。

瑊 jiān ㄐㄧㄢ 〈書〉瑊玏。

【瑊玏】jiānlè ㄐㄧㄢ ㄌㄜˋ 〈書〉像玉的美石。

揀 jiān ㄐㄧㄢ (用筷子)夾：揀菜。

蒹〔蒹〕jiān ㄐㄧㄢ 古書上指蘆葦一類的植物。

椷 jiān ㄐㄧㄢ 〈書〉同'箋'。

犍 jiān ㄐㄧㄢ 指犍牛：老犍。
另見918頁 qián。

【犍牛】jiānniú ㄐㄧㄢ ㄋㄧㄡˊ 閹割過的公牛。犍牛比較馴順，容易駕御，易於肥育。

煎 jiān ㄐㄧㄢ ❶烹飪方法，鍋裏放少量油，加熱後，把食物放進去使表面變黃：煎魚｜煎豆腐。❷把東西放在水裏煮，使所含的成分進入水中：煎茶｜煎藥。❸量詞，煎中藥的次數：頭煎｜二煎｜這病吃一煎藥就好。

【煎熬】jiān'áo ㄐㄧㄢ ㄠˊ 比喻折磨：受盡煎熬。

【煎餅】jiān·bing ㄐㄧㄢ·ㄅㄧㄥ 用高粱、小麥或小米等浸水磨成糊狀，在鏊子上攤勻烙熟的薄餅。

監(监) jiān ㄐㄧㄢ ❶從旁察看；監視：監考｜監察。❷牢獄：收監｜探監。
另見566頁 jiàn。

【監測】jiāncè ㄐㄧㄢ ㄘㄜˋ 監視檢測：監測衞星｜環境監測｜空氣污染監測。

【監察】jiānchá ㄐㄧㄢ ㄔㄚˊ 監督各級國家機關和機關工作人員的工作並檢舉違法失職的機關或工作人員。

【監場】jiān//chǎng ㄐㄧㄢ//ㄔㄤˇ 監視考場，使應考的人遵守考試紀律。

【監督】jiāndū ㄐㄧㄢ ㄉㄨ ❶察看並督促：監督執行｜接受監督。❷做監督工作的人：舞台監督。

【監犯】jiānfàn ㄐㄧㄢ ㄈㄢˋ 監獄中的犯人。

【監工】jiān//gōng ㄐㄧㄢ//ㄍㄨㄥ 在廠礦或工地監督工作。

【監工】jiāngōng ㄐㄧㄢ ㄍㄨㄥ 做監工工作的人。

【監管】jiānguǎn ㄐㄧㄢ ㄍㄨㄢˇ 監視管理：監管犯人。

【監規】jiānguī ㄐㄧㄢ ㄍㄨㄟ 監獄中要求犯人遵守的各項規定：違反監規。

【監護】jiānhù ㄐㄧㄢ ㄏㄨˋ ❶法律上指對未成年人、精神病人等的人身、財產以及其他一切合法權益的監督和保護。❷仔細觀察並護理：監護病人｜新生兒監護。

【監護人】jiānhùrén ㄐㄧㄢ ㄏㄨˋ ㄖㄣˊ 法律上指負責監護的人。

【監禁】jiānjìn ㄐㄧㄢ ㄐㄧㄣˋ 把犯人押起來，限制他的自由。

【監考】jiān//kǎo ㄐㄧㄢ//ㄎㄠˇ 監視應考的人，使遵守考試紀律。

【監考】jiānkǎo ㄐㄧㄢ ㄎㄠˇ 做監考工作的人。

【監控】jiānkòng ㄐㄧㄢ ㄎㄨㄥˋ ❶監測和控制（機器、儀表的工作狀態或某些事物的變化等）。❷監督控制：實行物價監控。

【監牢】jiānláo ㄐㄧㄢ ㄌㄠˊ 監獄。

【監視】jiānshì ㄐㄧㄢ ㄕˋ 從旁嚴密注視、觀察：跟踪監視｜瞭望哨遠遠監視着敵人。

【監守】jiānshǒu ㄐㄧㄢ ㄕㄡˇ 看管：選舉時票箱由專人監守。

【監守自盜】jiānshǒu zì dào ㄐㄧㄢ ㄕㄡˇ ㄗˋ ㄉㄠˋ 盜竊自己所看管的財物。

【監聽】jiāntīng ㄐㄧㄢ ㄊㄧㄥ 利用無綫電等設備對別人的談話或發出的無綫電信號進行監督。

【監外執行】jiān wài zhíxíng ㄐㄧㄢ ㄨㄞˋ ㄓˊ ㄒㄧㄥˊ 指法院對具有某種法定原因（如患有嚴重疾病，懷孕或正在哺乳自己的嬰兒）的犯人暫不羈押，而交付一定機關監管。

【監押】jiānyā ㄐㄧㄢ ㄧㄚ ❶監禁；關押：監押罪犯。❷押解：法警監押犯人去受審。

【監獄】jiānyù ㄐㄧㄢ ㄩˋ 監禁犯人的處所。

【監製】jiānzhì ㄐㄧㄢ ㄓˋ 監督製造（商品）；監督攝製（影片、電視片）。

箋(笺、❷❸牋) jiān ㄐㄧㄢ ❶註解：箋註。❷寫信或題詞用的紙：信箋｜便箋。❸信札：箋札（書信）。

【箋註】jiānzhù ㄐㄧㄢ ㄓㄨˋ 古書的註釋。

漸(渐) jiān ㄐㄧㄢ 〈書〉❶浸：漸染。❷流入：東漸於海。
另見566頁 jiàn。

【漸染】jiānrǎn ㄐㄧㄢ ㄖㄢˇ 〈書〉因接觸久了而逐漸受到影響。

緘(缄) jiān ㄐㄧㄢ 封閉（常用在信封上寄信人姓名後）：王緘｜上海劉緘。

【緘口】jiānkǒu ㄐㄧㄢ ㄎㄡˇ 〈書〉閉着嘴（不說話）：緘口不語。

【緘默】jiānmò ㄐㄧㄢ ㄇㄛˋ 閉口不說話：保持緘默｜緘默無言。

熸 jiān ㄐㄧㄢ 〈書〉❶火熄滅。❷軍隊潰敗。

縑(缣) jiān ㄐㄧㄢ 〈書〉細絹。

【縑帛】jiānbó ㄐㄧㄢ ㄅㄛˊ 古代一種質地細薄的絲織品。古人在紙發明以前常在縑帛上書寫文字。

艱(艰) jiān ㄐㄧㄢ 困難：艱苦｜艱深｜物力維艱。

【艱巨】jiānjù ㄐㄧㄢ ㄐㄩˋ 困難而繁重：艱巨的任務｜這個工程非常艱巨。

【艱苦】jiānkǔ ㄐㄧㄢ ㄎㄨˇ 艱難困苦：艱苦奮鬥｜環境艱苦｜艱苦的歲月｜艱苦的工作。

【艱苦卓絕】jiānkǔ zhuójué ㄐㄧㄢ ㄎㄨˇ ㄓㄨㄛˊ ㄐㄩㄝˊ 形容鬥爭十分艱苦，超出尋常。

【艱難】jiānnán ㄐㄧㄢ ㄋㄢˊ 困難：行動艱難｜生活艱難｜不畏艱難險阻。

【艱澀】jiānsè ㄐㄧㄢ ㄙㄜˋ （文詞）晦澀，不流暢，不易理解。

【艱深】jiānshēn ㄐㄧㄢ ㄕㄣ （道理、文詞）深奧難懂：文字艱深｜艱深的哲理。

【艱危】jiānwēi ㄐㄧㄢ ㄨㄟ 艱難危險（多指國家、民族）：處境艱危｜形勢日益艱危。

【艱險】jiānxiǎn ㄐㄧㄢ ㄒㄧㄢˇ 困難和危險：不避艱險｜路途艱險。

【艱辛】jiānxīn ㄐㄧㄢ ㄒㄧㄣ 艱苦：歷盡艱辛，方有今日。

韃 jiān ㄐㄧㄢ 馬上盛弓箭的器具。

櫼 jiān ㄐㄧㄢ 〈書〉木片楔子(xiē·zi)。

殲(歼) jiān ㄐㄧㄢ 殲滅：殲匪｜圍殲｜殲敵五千｜聚而殲之。

【殲擊】jiānjī ㄐㄧㄢ ㄐㄧ 攻擊和殲滅：殲擊逃敵。

【殲擊機】jiānjījī ㄐㄧㄢ ㄐㄧ ㄐㄧ 一種主要用來在空中殲滅敵機和其他空襲兵器的飛機，裝有機關槍、機關炮和導彈等武器。速度快，爬升迅速，操縱靈便。舊稱驅逐機或戰鬥機。

【殲滅】jiānmiè ㄐㄧㄢ ㄇㄧㄝˋ 消滅(敵人)：集中優勢兵力，各個殲滅敵人。

【殲滅戰】jiānmièzhàn ㄐㄧㄢ ㄇㄧㄝˋ ㄓㄢˋ 消滅全部或大部敵人的戰役或戰鬥。

鰜(鳒) jiān ㄐㄧㄢ 魚，身體長卵圓形，一般兩眼都在身體的左側，也有在右側的，上方的眼睛靠近頭頂，有眼的一側黃褐色，無眼的一側白色。主要產在我國南海地區。

鶼(鹣) jiān ㄐㄧㄢ 鶼鶼，古代傳說中的比翼鳥。

【鶼鰈】jiāndié ㄐㄧㄢ ㄉㄧㄝˊ 〈書〉比喻恩愛的夫妻：鶼鰈情深。

鰹(鲣) jiān ㄐㄧㄢ 魚，身體紡錘形，側扁，兩側有數條濃青色縱綫，嘴尖。生活在熱帶海洋中。

韉〔韀〕(鞯) jiān ㄐㄧㄢ 見7頁〖鞍韉〗。

jiǎn (ㄐㄧㄢˇ)

囝 jiǎn ㄐㄧㄢˇ 〈方〉❶兒子。❷兒女。另見826頁 nān'囝'。

柬 jiǎn ㄐㄧㄢˇ 信件、名片、帖子等的統稱：書柬｜柬札｜柬帖｜請柬。

梘[1](枧) jiǎn ㄐㄧㄢˇ 同'筧'。

梘[2](枧) jiǎn ㄐㄧㄢˇ 〈方〉指肥皂：番梘(洗衣服用的肥皂)｜香梘(香皂)。

趼(繭) jiǎn ㄐㄧㄢˇ 趼子。

【趼子】jiǎn·zi ㄐㄧㄢˇ ·ㄗ 手掌或腳掌上因摩擦而生成的硬皮。也作繭子。也說老趼。

剪 jiǎn ㄐㄧㄢˇ ❶剪刀。❷形狀像剪刀的器具：夾剪｜火剪。❸用剪刀等使東西斷開：剪裁｜剪紙｜剪指甲｜剪幾尺布做衣服。❹除去：剪除｜剪滅｜剪草除根。

【剪報】jiǎn∥bào ㄐㄧㄢˇ∥ㄅㄠˋ 把報紙上有參考價值的文字剪下來。

【剪報】jiǎnbào ㄐㄧㄢˇ ㄅㄠˋ 從報紙上剪下來的文章等：她積纍的剪報有兩萬多張。

【剪裁】jiǎncái ㄐㄧㄢˇ ㄘㄞˊ ❶縫製衣服時把衣料按照一定尺寸剪斷裁開。❷比喻做文章時對材料的取捨安排：把情節複雜的小說改編成電影是需要很好地加以剪裁的。

【剪綵】jiǎn∥cǎi ㄐㄧㄢˇ∥ㄘㄞˇ 在新造車船出廠、道路橋樑首次通車、大建築物落成或展覽會等開幕時舉行的儀式上剪斷彩帶。

【剪除】jiǎnchú ㄐㄧㄢˇ ㄔㄨˊ 鏟除(惡勢力)；消滅(壞人)：剪除奸宄。

【剪牀】jiǎnchuáng ㄐㄧㄢˇ ㄔㄨㄤˊ 剪金屬薄板用的機牀。所用的刀具由兩片合成，刀片的一邊有刃，作用跟剪刀相同。

【剪刀】jiǎndāo ㄐㄧㄢˇ ㄉㄠ 使布、紙、繩等東西斷開的鐵製器具，兩刃交錯，可以開合。

【剪刀差】jiǎndāochā ㄐㄧㄢˇ ㄉㄠ ㄔㄚ 一般指工業品的價格比農業品的價格高時，兩者之間的差額。用統計圖來表示這種差額時，圖上形成剪刀張開的形狀，因此稱為剪刀差。

【剪輯】jiǎnjí ㄐㄧㄢˇ ㄐㄧˊ ❶影片、電視片的一道製作工序，按照劇本結構和創作構思的要求，把拍攝好的許多鏡頭和聲帶，經過選擇、剪裁、整理，編排成結構完整的影片或電視片。❷經過選擇、剪裁，重新編排，也指這樣編排的作品：剪輯照片｜新聞圖片剪輯｜話劇錄音剪輯。

【剪接】jiǎnjiē ㄐㄧㄢˇ ㄐㄧㄝ 剪輯①。

【剪滅】jiǎnmiè ㄐㄧㄢˇ ㄇㄧㄝˋ 剪除；消滅：剪滅群雄。

【剪票】jiǎn∥piào ㄐㄧㄢˇ∥ㄆㄧㄠˋ 鐵路或公路上查票時，用鉗狀器具在車票的邊緣剪出缺口，表示經過查驗。

【剪貼】jiǎntiē ㄐㄧㄢˇ ㄊㄧㄝ ❶把資料從書報上剪下來，貼在卡片或本子上。❷一種手工工藝，用彩色紙等剪成人或東西的形象，貼在紙或別的東西上。

【剪影】jiǎnyǐng ㄐㄧㄢˇ ㄧㄥˇ ❶照人臉或人體、物體的輪廓剪紙成形。也指剪出的作品。❷比喻對於事物輪廓的描寫：京華剪影。

【剪紙】jiǎnzhǐ ㄐㄧㄢˇ ㄓˇ 民間工藝，用紙剪成人物、花草、鳥獸等的形象。也指剪成的工藝品。

【剪紙片兒】jiǎnzhǐpiānr ㄐㄧㄢˇ ㄓˇ ㄆㄧㄢㄦ 剪紙片。

【剪紙片】jiǎnzhǐpiàn ㄐㄧㄢˇ ㄓˇ ㄆㄧㄢˋ 美術片的一種，把人、物的表情、動作、變化等剪成許多剪紙，再用攝影機拍攝而成。

【剪子】jiǎn·zi ㄐㄧㄢˇ ·ㄗ 剪刀。

揀[1](拣) jiǎn ㄐㄧㄢˇ 挑選：揀選｜揀擇｜挑肥揀瘦｜時間有限，請揀要緊的説。

揀²(拣) jiǎn ㄐㄧㄢˇ 同'撿'。

【揀選】jiǎnxuǎn ㄐㄧㄢˇ ㄒㄩㄢˇ 選擇：揀選上等藥材。

【揀擇】jiǎnzé ㄐㄧㄢˇ ㄗㄜˊ 挑選；選擇：揀擇吉日。

揃 jiǎn ㄐㄧㄢˇ〈書〉剪斷；分割。

減(减) jiǎn ㄐㄧㄢˇ ❶從總體或某個數量中去掉一部分：削減｜裁減｜減員｜偷工減料｜五減三是二。❷降低；衰退：減色｜工作熱情有增無減｜人雖老了，幹活還是不減當年！

【減產】jiǎn∥chǎn ㄐㄧㄢˇ∥ㄔㄢˇ 產量減少；減少生產：糧食減產｜採取減產措施，降低庫存。

【減低】jiǎndī ㄐㄧㄢˇ ㄉㄧ 降低：減低物價｜減低速度。

【減法】jiǎnfǎ ㄐㄧㄢˇ ㄈㄚˇ 數學中的一種運算方法。最簡單的是數的減法，即從一個數減去另一個數的計算方法。

【減肥】jiǎn∥féi ㄐㄧㄢˇ∥ㄈㄟˊ 指採取節制飲食、增加鍛煉等辦法減輕肥胖的程度：減肥茶｜減肥健美操。

【減河】jiǎnhé ㄐㄧㄢˇ ㄏㄜˊ 為了減少河流的水量，在原來河道之外另開的通入海洋、湖泊、窪地或別的河流的河道。

【減緩】jiǎnhuǎn ㄐㄧㄢˇ ㄏㄨㄢˇ (程度)減輕；(速度)變慢：老年人新陳代謝減緩。

【減免】jiǎnmiǎn ㄐㄧㄢˇ ㄇㄧㄢˇ 減輕或免除(捐稅、刑罰等)。

【減輕】jiǎnqīng ㄐㄧㄢˇ ㄑㄧㄥ 減少重量、數量或程度：減輕負擔｜病勢減輕。

【減弱】jiǎnruò ㄐㄧㄢˇ ㄖㄨㄛˋ (氣勢、力量等)變弱：風勢減弱｜興趣減弱｜凝聚力減弱了。

【減色】jiǎnsè ㄐㄧㄢˇ ㄙㄜˋ 指事物的精彩程度降低：原定的一些節目不能演出，使今天的晚會減色不少。

【減少】jiǎnshǎo ㄐㄧㄢˇ ㄕㄠˇ 減去一部分：減少人員｜減少麻煩｜工作中的缺點減少了。

【減速】jiǎn∥sù ㄐㄧㄢˇ∥ㄙㄨˋ 降低速度：減速行駛。

【減損】jiǎnsǔn ㄐㄧㄢˇ ㄙㄨㄣˇ 減少；減弱：雖經磨難，而鬥志絲毫沒有減損。

【減縮】jiǎnsuō ㄐㄧㄢˇ ㄙㄨㄛ 縮減：減縮課時。

【減退】jiǎntuì ㄐㄧㄢˇ ㄊㄨㄟˋ (程度)下降；減弱：近年視力有些減退｜雨後，炎熱減退了許多。

【減刑】jiǎn∥xíng ㄐㄧㄢˇ∥ㄒㄧㄥˊ 法院根據犯人在服刑期間改惡從善的程度，依法把原來判處的刑罰減輕。

【減削】jiǎnxuē ㄐㄧㄢˇ ㄒㄩㄝ 削減：減削經費。

【減員】jiǎn∥yuán ㄐㄧㄢˇ∥ㄩㄢˊ ❶由於傷病、死亡等原因而人員減少(多指部隊)。❷裁減人員。

暕 jiǎn ㄐㄧㄢˇ〈書〉明亮(多用於人名)。

筧(笕) jiǎn ㄐㄧㄢˇ 引水的長竹管，安在檐下或田間。

絸(纼) jiǎn ㄐㄧㄢˇ〈書〉同'繭'。

碱(鹻、堿) jiǎn ㄐㄧㄢˇ ❶電解質電離時所生成的陰離子全部是氫氧根離子的化合物。能跟酸中和生成鹽和水，水溶液有澀味，可使石蕊試紙變藍。如氫氧化鈉、氫氧化鉀等。❷含有10個分子結晶水的碳酸鈉，無色晶體，用作洗滌劑，也用來中和發麪中的酸味。❸被鹽碱侵蝕：這間房子的牆都碱了。

【碱地】jiǎndì ㄐㄧㄢˇ ㄉㄧˋ 見1317頁〖鹽碱地〗。

【碱荒】jiǎnhuāng ㄐㄧㄢˇ ㄏㄨㄤ 荒廢的鹽碱地：改造碱荒，種植水稻。

【碱土】jiǎntǔ ㄐㄧㄢˇ ㄊㄨˇ 含碳酸鈉、重碳酸鈉較多、呈強碱性反應的土壤。

戩(戬) jiǎn ㄐㄧㄢˇ〈書〉❶剪除；消滅。❷福；吉祥。

儉(俭) jiǎn ㄐㄧㄢˇ 儉省：勤儉｜節儉｜省吃儉用｜儉以養廉。

【儉樸】jiǎnpǔ ㄐㄧㄢˇ ㄆㄨˇ 儉省樸素：服裝儉樸｜生活儉樸。

【儉省】jiǎnshěng ㄐㄧㄢˇ ㄕㄥˇ 愛惜物力；不浪費財物：精打細算，過日子儉省。

【儉約】jiǎnyuē ㄐㄧㄢˇ ㄩㄝ〈書〉儉省。

翦 jiǎn ㄐㄧㄢˇ ❶同'剪'。❷(Jiǎn)姓。

撿(捡) jiǎn ㄐㄧㄢˇ 拾取：撿柴｜撿了東西要送交招領處。

【撿漏】jiǎn∥lòu ㄐㄧㄢˇ∥ㄌㄡˋ 檢修房頂漏雨的部分。

【撿漏兒】jiǎn∥lòur ㄐㄧㄢˇ∥ㄌㄡㄦˋ〈方〉抓住別人的漏洞；抓把柄。

【撿破爛兒】jiǎn pòlànr ㄐㄧㄢˇ ㄆㄛˋ ㄌㄚㄦˋ 撿取別人扔掉的廢品。

【撿拾】jiǎnshí ㄐㄧㄢˇ ㄕˊ 拾取：在海灘上撿拾貝殼。

【撿洋落兒】jiǎn yánglàor ㄐㄧㄢˇ ㄧㄤˊ ㄌㄠㄦˋ〈方〉原指撿拾外國人丟棄的物品，後泛指得到意外的財物或好處。

檢(检) jiǎn ㄐㄧㄢˇ ❶查：檢驗｜檢閱｜體檢｜檢字表。❷約束；檢點：行為不檢｜言語失檢。❸同'撿'。❹(Jiǎn)姓。

【檢波】jiǎnbō ㄐㄧㄢˇ ㄅㄛ 從經過調制的高頻振盪電流中分離出調制信號，叫做檢波。

【檢測】jiǎncè ㄐㄧㄢˇ ㄘㄜˋ 檢驗測定：質量檢測。

【檢查】jiǎnchá ㄐㄧㄢˇ ㄔㄚˊ ❶為了發現問題而用心查看：檢查身體｜檢查工作。❷翻檢查考（書籍、文件等）。❸檢討①：口頭檢查｜犯了錯誤要做檢查。

【檢察】jiǎnchá ㄐㄧㄢˇ ㄔㄚˊ〈書〉檢舉核查；考察。

【檢察院】jiǎncháyuàn ㄐㄧㄢˇ ㄔㄚˊ ㄩㄢˋ 指審查批准逮捕、審查決定起訴、出席法庭支持公訴的國家機關。在我國，人民檢察院有時也簡稱檢察院。

【檢場】jiǎnchǎng ㄐㄧㄢˇ ㄔㄤˇ ❶舊時戲曲演出時，在不閉幕的情況下，在舞台上佈置或收拾道具。❷做檢場工作的人。

【檢點】jiǎndiǎn ㄐㄧㄢˇ ㄉㄧㄢˇ ❶查看符合與否；查點：檢點行李｜檢點人數。❷注意約束（自己的言語行為）：說話失於檢點｜糖尿病人對飲食尤要多加檢點。

【檢定】jiǎndìng ㄐㄧㄢˇ ㄉㄧㄥˋ 檢查鑒定：藥品檢定｜檢定計量器具｜教師資格檢定考試。

【檢舉】jiǎnjǔ ㄐㄧㄢˇ ㄐㄩˇ 向司法機關或其他有關國家機關和組織揭發違法、犯罪行為。

【檢錄】jiǎnlù ㄐㄧㄢˇ ㄌㄨˋ 比賽前給運動員點名並帶領入場：檢錄員｜檢錄處。

【檢票】jiǎn//piào ㄐㄧㄢˇ//ㄆㄧㄠˋ 檢驗車船票、選票等。

【檢視】jiǎnshì ㄐㄧㄢˇ ㄕˋ 檢驗查看：檢視現場。

【檢束】jiǎnshù ㄐㄧㄢˇ ㄕㄨˋ 檢點，約束：行為有所檢束。

【檢索】jiǎnsuǒ ㄐㄧㄢˇ ㄙㄨㄛˇ 查檢尋找（圖書、資料等）：數據檢索｜資料按音序排列便於檢索。

【檢討】jiǎntǎo ㄐㄧㄢˇ ㄊㄠˇ ❶找出缺點和錯誤，並做自我批評：書面檢討｜工作檢討｜生活檢討會。❷總結分析；研究：原稿不在手邊，一時無從檢討。

【檢修】jiǎnxiū ㄐㄧㄢˇ ㄒㄧㄡ 檢查並修理（機器、建築物等）：檢修設備｜檢修工具｜檢修房屋。

【檢驗】jiǎnyàn ㄐㄧㄢˇ ㄧㄢˋ 檢查驗看：檢驗汽車機件｜實踐是檢驗真理的唯一標準。

【檢疫】jiǎnyì ㄐㄧㄢˇ ㄧˋ 防止傳染病在國內蔓延和國際間傳播的預防措施。如對傳染病區來的人或貨物、船隻等進行檢查和消毒，或者採取隔離措施等。

【檢閱】jiǎnyuè ㄐㄧㄢˇ ㄩㄝˋ ❶高級首長親臨軍隊或群眾隊伍的面前，舉行檢驗儀式：檢閱儀仗隊。❷翻檢閱讀：檢閱書稿。

【檢字法】jiǎnzìfǎ ㄐㄧㄢˇ ㄗˋ ㄈㄚˇ 字典或其他工具書裏文字排列次序的檢查方法。檢查漢字常用的有部首檢字法、音序檢字法、筆畫檢字法、四角號碼檢字法等。

蹇 jiǎn ㄐㄧㄢˇ ❶〈書〉跛。❷〈書〉不順利：命運多蹇。❸〈書〉指驢。也指駑馬。❹（Jiǎn）姓。

謇 jiǎn ㄐㄧㄢˇ 〈書〉❶口吃；言辭不順暢。❷正直。

襇（裥） jiǎn ㄐㄧㄢˇ 〈方〉衣服上打的褶子。

繭[1]〔蠒〕（茧） jiǎn ㄐㄧㄢˇ 某些昆蟲的幼蟲在變成蛹之前吐絲做成的殼，通常是白色或黃色的。蠶繭是繅絲的原料。

繭[2]〔蠒〕（茧） jiǎn ㄐㄧㄢˇ 同‘趼’。

【繭綢】jiǎnchóu ㄐㄧㄢˇ ㄔㄡˊ 柞絲綢的舊稱。

【繭子】[1] jiǎn·zi ㄐㄧㄢˇ·ㄗ 〈方〉蠶繭。

【繭子】[2] jiǎn·zi ㄐㄧㄢˇ·ㄗ 同‘趼子’。

瞼[1]（睑） jiǎn ㄐㄧㄢˇ 〈書〉眼瞼；眼皮。

瞼[2]（睑） jiǎn ㄐㄧㄢˇ 唐代南詔地區的行政單位，大致與州相當。

簡[1]（简） jiǎn ㄐㄧㄢˇ ❶簡單（跟‘繁’相對）：簡便｜簡體｜言簡意賅｜刪繁就簡。❷使簡單；簡化：精兵簡政。❸（Jiǎn）姓。

簡[2]（简） jiǎn ㄐㄧㄢˇ ❶古代用來寫字的竹片：簡札｜簡冊｜銀雀山竹簡。❷信件：書簡｜小簡。

簡[3]（简） jiǎn ㄐㄧㄢˇ 〈書〉選擇（人才）：簡拔｜簡任。

【簡板】jiǎnbǎn ㄐㄧㄢˇ ㄅㄢˇ 打擊樂器，用兩片一尺多長的木板或竹板製成。用作戲曲或道情的伴奏。

【簡報】jiǎnbào ㄐㄧㄢˇ ㄅㄠˋ 內容比較簡略的報道：新聞簡報｜工作簡報。

【簡本】jiǎnběn ㄐㄧㄢˇ ㄅㄣˇ 內容、文字較為簡單的或較原著簡略的版本。

【簡編】jiǎnbiān ㄐㄧㄢˇ ㄅㄧㄢ 內容比較簡略的著作。也指某一著作的簡本（多用做書名）：《中國通史簡編》。

【簡便】jiǎnbiàn ㄐㄧㄢˇ ㄅㄧㄢˋ 簡單方便：簡便算法｜使用方法簡便｜做事要周到，不要光圖簡便。

【簡稱】jiǎnchēng ㄐㄧㄢˇ ㄔㄥ ❶較複雜的名稱的簡化形式。如中專（中等專業學校）、奧運會（奧林匹克運動會）。❷簡單地稱呼：化學肥料簡稱化肥。

【簡單】jiǎndān ㄐㄧㄢˇ ㄉㄢ ❶結構單純；頭緒少；容易理解、使用或處理：情節簡單｜簡單扼要｜這種機器比較簡單｜他簡簡單單說了幾句話。❷（經歷、能力等）平凡（多用於否定式）：李隊長主意多，有魄力，可真不簡單。❸草率；不細緻：簡單從事。

【簡單機械】jiǎndān jīxiè ㄐㄧㄢˇ ㄉㄢ ㄐㄧ ㄒㄧㄝˋ 杠桿、輪軸、滑輪、斜面、螺旋和劈的總稱，是複雜機械的基礎。

【簡單勞動】jiǎndān láodòng ㄐㄧㄢˇ ㄉㄢ ㄌㄠˊ ㄉㄨㄥˋ 不需要經過專門訓練，一般勞動者都能勝任的勞動(跟'複雜勞動'相對)。
【簡單商品生產】jiǎndān shāngpǐnshēngchǎn ㄐㄧㄢˇ ㄉㄢ ㄕㄤ ㄆㄧㄣˇ ㄕㄥ ㄔㄢˇ 以個體所有制和個體勞動為基礎，為交換或出賣而進行的產品生產。也叫小商品生產。
【簡單再生產】jiǎndān zàishēngchǎn ㄐㄧㄢˇ ㄉㄢ ㄗㄞˋ ㄕㄥ ㄔㄢˇ 按原有生產規模進行的再生產。參看1423頁〖再生產〗。
【簡短】jiǎnduǎn ㄐㄧㄢˇ ㄉㄨㄢˇ 內容簡單，言詞不長：話説得很簡短｜壁報的文章要簡短生動。
【簡古】jiǎngǔ ㄐㄧㄢˇ ㄍㄨˇ 〈書〉簡略古奧；單純古樸：文筆簡古。
【簡化】jiǎnhuà ㄐㄧㄢˇ ㄏㄨㄚˋ 把繁雜的變成簡單的：簡化手續｜力求簡化。
【簡化漢字】jiǎnhuà Hànzì ㄐㄧㄢˇ ㄏㄨㄚˋ ㄏㄢˋ ㄗˋ ❶簡化漢字的筆畫，如把'禮'簡化為'礼'，'動'簡化為'动'。同時精簡漢字的數目，在異體字裏選定一個，不用其餘的，如在'勳、勛'裏選用'勳'，不用'勛'，在'劫、刦、刧、刼'裏選用'劫'，不用'刦、刧、刼'。❷經過簡化的漢字，如'礼''动'等。
【簡化字】jiǎnhuàzì ㄐㄧㄢˇ ㄏㄨㄚˋ ㄗˋ 簡化漢字②。
【簡捷】jiǎnjié ㄐㄧㄢˇ ㄐㄧㄝˊ ❶直截了當。也作簡截。❷簡便快捷：算法簡捷。
【簡截】jiǎnjié ㄐㄧㄢˇ ㄐㄧㄝˊ 同'簡捷'①。
【簡潔】jiǎnjié ㄐㄧㄢˇ ㄐㄧㄝˊ (説話、行文等)簡明扼要，沒有多餘的內容：文筆簡潔｜話語簡潔。
【簡介】jiǎnjiè ㄐㄧㄢˇ ㄐㄧㄝˋ ❶簡要地介紹。❷簡要介紹的文字：中國民航事業簡介。
【簡況】jiǎnkuàng ㄐㄧㄢˇ ㄎㄨㄤˋ 簡要的情況；概況：介紹候選人簡況。
【簡括】jiǎnkuò ㄐㄧㄢˇ ㄎㄨㄛˋ 簡單而概括：簡括的總結｜把意見簡括地談一下。
【簡歷】jiǎnlì ㄐㄧㄢˇ ㄌㄧˋ 簡要的履歷。
【簡練】jiǎnliàn ㄐㄧㄢˇ ㄌㄧㄢˋ (措辭)簡要；精練：文字簡練｜用詞簡練。
【簡陋】jiǎnlòu ㄐㄧㄢˇ ㄌㄡˋ (房屋、設備等)簡單粗陋；不完備：設備簡陋｜簡陋的工棚。
【簡略】jiǎnlüè ㄐㄧㄢˇ ㄌㄩㄝˋ (言語、文章的內容)簡單；不詳細：簡略地説明｜敍述過於簡略，不能説明問題。
【簡慢】jiǎnmàn ㄐㄧㄢˇ ㄇㄢˋ 怠慢失禮：今天簡慢你啦｜簡慢得很，請多多原諒。
【簡明】jiǎnmíng ㄐㄧㄢˇ ㄇㄧㄥˊ 簡單明白：簡明扼要｜他的談話簡明有力。
【簡樸】jiǎnpǔ ㄐㄧㄢˇ ㄆㄨˇ (語言、文筆、生活作風等)簡單樸素：陳設簡樸｜衣着簡樸。
【簡譜】jiǎnpǔ ㄐㄧㄢˇ ㄆㄨˇ 用阿拉伯數字1、2、3、4、5、6、7及附加符號做音符的樂譜。
【簡任】jiǎnrèn ㄐㄧㄢˇ ㄖㄣˋ 民國時期文官的第二等，在特任以下，薦任以上。
【簡省】jiǎnshěng ㄐㄧㄢˇ ㄕㄥˇ 把繁雜的、多餘的去掉；節省：簡省手續｜簡省費用。
【簡縮】jiǎnsuō ㄐㄧㄢˇ ㄙㄨㄛ 精簡：各種報表的數量應該儘量簡縮。
【簡體】jiǎntǐ ㄐㄧㄢˇ ㄊㄧˇ ❶筆畫經簡化後變得比較簡單的：簡體字。❷指簡體字：'車'的簡體是'车'。
【簡體字】jiǎntǐzì ㄐㄧㄢˇ ㄊㄧˇ ㄗˋ 用簡體寫法寫出的漢字，如刘(劉)、灭(滅)等。
【簡寫】jiǎnxiě ㄐㄧㄢˇ ㄒㄧㄝˇ 指漢字的簡體寫法，如'刘'是'劉'的簡寫，'灭'是'滅'的簡寫。
【簡訊】jiǎnxùn ㄐㄧㄢˇ ㄒㄩㄣˋ 簡短的消息：時事簡訊｜科技簡訊。
【簡要】jiǎnyào ㄐㄧㄢˇ ㄧㄠˋ 簡單扼要：敍述簡要｜簡要的介紹。
【簡易】jiǎnyì ㄐㄧㄢˇ ㄧˋ ❶簡單而容易的：簡易辦法。❷設施簡陋的：簡易公路｜簡易樓房。
【簡約】jiǎnyuē ㄐㄧㄢˇ ㄩㄝ ❶簡略：文字簡約｜構圖簡約。❷節儉：生活簡約。
【簡則】jiǎnzé ㄐㄧㄢˇ ㄗㄜˊ 簡要的規則。
【簡章】jiǎnzhāng ㄐㄧㄢˇ ㄓㄤ 簡要的章程：招生簡章。
【簡直】jiǎnzhí ㄐㄧㄢˇ ㄓˊ 副詞。❶表示完全如此(語氣帶誇張)：屋子裏熱得簡直呆不住｜街上的汽車一輛跟着一輛，簡直沒個完。❷〈方〉索性：雨下得那麼大，你簡直別回去了。
【簡裝】jiǎnzhuāng ㄐㄧㄢˇ ㄓㄨㄤ (商品)包裝簡單(區別於'精裝'②)：簡裝奶粉。

鬋 jiǎn ㄐㄧㄢˇ 〈書〉❶下垂的鬢髮。❷剪鬚髮。

鐧(锏) jiǎn ㄐㄧㄢˇ 古代兵器，金屬製成，長條形，有四棱，無刃，上端略小，下端有柄。

另見568頁jiàn。

瀽 jiǎn ㄐㄧㄢˇ 〈方〉潑(水)；傾倒(液體)。

劗(𠜾) jiǎn ㄐㄧㄢˇ 〈書〉同'剪'。

譾(谫) jiǎn ㄐㄧㄢˇ 〈書〉淺薄。

【譾陋】jiǎnlòu ㄐㄧㄢˇ ㄌㄡˋ 〈書〉淺陋：學識譾陋。

鹼(硷、碱) jiǎn ㄐㄧㄢˇ 同'碱'。

jiàn (ㄐㄧㄢˋ)

件 jiàn ㄐㄧㄢˋ ❶量詞，用於個體事物：一件事｜兩件衣裳。❷(件兒)指可以一一計算的事物：鑄件｜工件｜零件兒｜案件。❸文件：來件｜急件｜密件。

見[1]（见） jiàn ㄐㄧㄢˋ ❶看到；看見：罕見｜眼見是實｜喜聞樂見｜視而不見。❷接觸；遇到：這種藥怕見光｜冰見熱就化。❸看得出；顯現出：見效｜病已見好｜日久見人心。❹指明出處或需要參看的地方：見上｜見右圖｜見本書附錄｜見《史記·項羽本紀》。❺會見；會面：接見｜他要來見你。❻對於事物的看法；意見：主見｜成見｜見解｜固執己見。❼ (Jiàn) 姓。

見[2]（见） jiàn ㄐㄧㄢˋ〈書〉助詞。❶用在動詞前面表示被動：見重於當時｜見笑於人。❷用在動詞前面表示對我怎麼樣：見告｜見示｜見教｜見諒。

另見1241頁 xiàn'現'。

【見報】jiàn∥bào ㄐㄧㄢˋ∥ㄅㄠˋ 在報紙上刊登出來：這篇文章明天就可以見報。

【見背】jiànbèi ㄐㄧㄢˋ ㄅㄟˋ〈書〉婉辭，指長輩去世。

【見不得】jiàn ·bu ·dé ㄐㄧㄢˋ ·ㄅㄨ ·ㄉㄜˊ ❶不能遇見（遇見就有問題）：雪見不得太陽。❷不能讓人看見或知道：不做見不得人的事。❸〈方〉看不慣；不願看見：我見不得懶漢。

【見長】jiàncháng ㄐㄧㄢˋ ㄔㄤˊ 在某方面顯示出特長：先生學貫古今，尤以詩詞見長。

另見 jiànzhǎng。

【見得】jiàn·dé ㄐㄧㄢˋ ·ㄉㄜˊ 看出來；能確定（只用於否定式或疑問式）：怎麼見得他來不了？參看95頁〖不見得〗。

【見地】jiàndì ㄐㄧㄢˋ ㄉㄧˋ 見解：很有見地｜見地很高。

【見方】jiànfāng ㄐㄧㄢˋ ㄈㄤ 用在表長度的數量詞後，表示以該長度為邊的正方形：這間屋子有一丈見方。

【見風是雨】jiàn fēng shì yǔ ㄐㄧㄢˋ ㄈㄥ ㄕˋ ㄩˇ 比喻只看到一點迹象，就輕率地信以為真。

【見風轉舵】jiàn fēng zhuǎn duò ㄐㄧㄢˋ ㄈㄥ ㄓㄨㄢˇ ㄉㄨㄛˋ 見642頁〖看風使舵〗。

【見縫插針】jiàn fèng chā zhēn ㄐㄧㄢˋ ㄈㄥˋ ㄔㄚ ㄓㄣ 比喻儘量利用一切可以利用的空間或時間。

【見怪】jiànguài ㄐㄧㄢˋ ㄍㄨㄞˋ 責備；怪（多指對自己）：事情沒給您辦好，請不要見怪。

【見鬼】jiàn∥guǐ ㄐㄧㄢˋ∥ㄍㄨㄟˇ ❶比喻離奇古怪：真是見鬼了，怎麼一轉眼就不見了？❷指死亡或毀滅：讓這些害人蟲見鬼去吧！

【見好】jiànhǎo ㄐㄧㄢˋ ㄏㄠˇ （病勢）有好轉。

【見機】jiànjī ㄐㄧㄢˋ ㄐㄧ 看機會；看形勢：見機行事。

【見教】jiànjiào ㄐㄧㄢˋ ㄐㄧㄠˋ 客套話，指教（我）：有何見教？

【見解】jiànjiě ㄐㄧㄢˋ ㄐㄧㄝˇ 對事物的認識和看法：見解正確｜他對中醫理論有獨到的見解。

【見老】jiànlǎo ㄐㄧㄢˋ ㄌㄠˇ （相貌）顯出比過去老：他這兩年見老多了。

【見禮】jiàn∥lǐ ㄐㄧㄢˋ∥ㄌㄧˇ 見面行禮：連忙上前見禮。

【見諒】jiànliàng ㄐㄧㄢˋ ㄌㄧㄤˋ 客套話，表示請人諒解（多用於書信）：敬希見諒。

【見獵心喜】jiàn liè xīn xǐ ㄐㄧㄢˋ ㄌㄧㄝˋ ㄒㄧㄣ ㄒㄧˇ 原指愛打獵的人見別人打獵，自己也很興奮。比喻看見別人演的技藝或做的遊戲正是自己以往所喜好的，不由得心動，想來試一試。

【見面】jiàn∥miàn ㄐㄧㄢˋ∥ㄇㄧㄢˋ 彼此對面相見：跟這位老戰友多年沒見面了◇思想見面。

【見面禮】jiànmiànlǐ ㄐㄧㄢˋ ㄇㄧㄢˋ ㄌㄧˇ 初次見面時贈送的禮物（多指年長對年幼的）。

【見輕】jiànqīng ㄐㄧㄢˋ ㄑㄧㄥ （病勢）顯出好轉。

【見仁見智】jiàn rén jiàn zhì ㄐㄧㄢˋ ㄖㄣˊ ㄐㄧㄢˋ ㄓˋ《易經·繫辭上》：'仁者見之謂之仁，智者見之謂之智。'指對於同一個問題各人有各人的見解。

【見世面】jiàn shìmiàn ㄐㄧㄢˋ ㄕˋ ㄇㄧㄢˋ 在外經歷各種事情，熟悉各種情況：經風雨，見世面。

【見識】jiàn·shi ㄐㄧㄢˋ ·ㄕ ❶接觸事物，擴大見聞：到各處走走，見識見識也是好的。❷見聞；知識：長見識｜見識廣。

【見所未見】jiàn suǒ wèi jiàn ㄐㄧㄢˋ ㄙㄨㄛˇ ㄨㄟˋ ㄐㄧㄢˋ 見到從來沒有看到過的。形容事物十分希罕。

【見天】jiàntiān ㄐㄧㄢˋ ㄊㄧㄢ （見天兒）每天：他見天早上出去散步。

【見外】jiànwài ㄐㄧㄢˋ ㄨㄞˋ 當外人看待：你對我這樣客氣，倒有點見外了｜請隨便些，不要見外。

【見危授命】jiàn wēi shòu mìng ㄐㄧㄢˋ ㄨㄟ ㄕㄡˋ ㄇㄧㄥˋ 在危亡關頭勇於獻出生命。

【見微知著】jiàn wēi zhī zhù ㄐㄧㄢˋ ㄨㄟ ㄓ ㄓㄨˋ 見到一點苗頭就能知道它的發展趨向或問題的實質。

【見聞】jiànwén ㄐㄧㄢˋ ㄨㄣˊ 見到和聽到的事：見聞廣｜增長見聞。

【見習】jiànxí ㄐㄧㄢˋ ㄒㄧˊ 初到工作崗位的人在現場實習：見習技術員。

【見笑】jiànxiào ㄐㄧㄢˋ ㄒㄧㄠˋ ❶被人笑話（多用做謙辭）：寫得不好，見笑，見笑。❷笑話（我）：這是我剛學會的一點粗活兒，您可別見笑。

【見效】jiànxiào ㄐㄧㄢˋ ㄒㄧㄠˋ 發生效力：見效快｜這藥吃下去就見效。

【見新】jiàn∥xīn ㄐㄧㄢˋ∥ㄒㄧㄣ〈方〉修理裝飾舊房屋、器物，使像新的：把門面油漆一下，見見新。

【見異思遷】jiàn yì sī qiān ㄐㄧㄢˋ ㄧˋ ㄙ ㄑㄧㄢ 看

見不同的事物就改變原來的主意。指意志不堅定，喜愛不專一。

【見義勇為】jiàn yì yǒng wéi ㄐㄧㄢˋ ㄧˋ ㄩㄥˇ ㄨㄟˊ 看到正義的事情奮勇地去做。

【見於】jiànyú ㄐㄧㄢˋ ㄩˊ 指明文字出處或可以參看的地方：'背私為公'見於《韓非子·五蠹篇》。

【見長】jiànzhǎng ㄐㄧㄢˋ ㄓㄤˇ 看着比原來高或大：一場春雨後，麥苗見長了｜孩子的個頭見長。

另見 jiàncháng。

【見證】jiànzhèng ㄐㄧㄢˋ ㄓㄥˋ ❶當場目睹可以作證的：見證人。❷指見證人或可作證據的物品：他親眼看見的，可以做見證◇歷史是最好的見證。

【見罪】jiànzuì ㄐㄧㄢˋ ㄗㄨㄟˋ 〈書〉見怪；怪罪：招待不周，請勿見罪。

牮 jiàn ㄐㄧㄢˋ ❶斜着支撐：打牮撥正(房屋傾斜，用長木頭支起弄正)。❷用土石擋水。

洊 jiàn ㄐㄧㄢˋ 北洊(Běijiàn ㄅㄟˇ ㄐㄧㄢˋ)，越南地名。

建1 jiàn ㄐㄧㄢˋ ❶建築：新建｜擴建。❷設立；成立：建國｜建都｜建軍。❸提出；首倡：建議。

建2 Jiàn ㄐㄧㄢˋ ❶建江，就是閩江，在福建。❷指福建：建蘭｜建漆。

【建安】Jiàn'ān ㄐㄧㄢˋ ㄢ 漢獻帝(劉協)年號(公元196－220)。

【建白】jiànbái ㄐㄧㄢˋ ㄅㄞˊ 〈書〉提出(建議)；陳述(主張)。

【建材】jiàncái ㄐㄧㄢˋ ㄘㄞˊ 建築材料：建材工業。

【建都】jiàn//dū ㄐㄧㄢˋ//ㄉㄨ 建立首都；把首都設在某地。

【建國】jiàn//guó ㄐㄧㄢˋ//ㄍㄨㄛˊ ❶建立國家：建國功臣。❷建設國家：勤儉建國。

【建交】jiàn//jiāo ㄐㄧㄢˋ//ㄐㄧㄠ 建立外交關係。

【建蘭】jiànlán ㄐㄧㄢˋ ㄌㄢˊ 多年生草本植物，葉子叢生，條狀披針形，夏秋季開花，淡黃綠色，有紫色條紋，氣味清香，是觀賞植物。也叫蘭花，俗稱蘭草。

【建立】jiànlì ㄐㄧㄢˋ ㄌㄧˋ ❶開始成立：建立政權｜建立新的工業基地。❷開始產生；開始形成：建立友誼｜建立邦交。

【建漆】jiànqī ㄐㄧㄢˋ ㄑㄧ 福建出產的一種漆，由生漆和樹脂清漆加工製成。也指用這種漆製造的漆器。

【建設】jiànshè ㄐㄧㄢˋ ㄕㄜˋ 創立新事業；增加新設施：經濟建設｜組織建設｜建設家園｜建設現代化強國◇思想建設。

【建樹】jiànshù ㄐㄧㄢˋ ㄕㄨˋ ❶建立(功績)：建樹了不朽的功勛。❷建立的功績：在事業上頗有建樹。

【建文】Jiànwén ㄐㄧㄢˋ ㄨㄣˊ 明惠帝(朱允炆[wén])年號(公元1399－1402)。

【建議】jiànyì ㄐㄧㄢˋ ㄧˋ ❶向集體、領導等提出自己的主張：我建議休會一天。❷向集體、領導等提出的主張：合理化建議。

【建元】jiànyuán ㄐㄧㄢˋ ㄩㄢˊ 開國後第一次建立年號；也泛指建國。

【建造】jiànzào ㄐㄧㄢˋ ㄗㄠˋ 建築；修建：建造房屋｜建造花園。

【建制】jiànzhì ㄐㄧㄢˋ ㄓˋ 機關、軍隊的組織編制和行政區劃等制度的總稱。

【建築】jiànzhù ㄐㄧㄢˋ ㄓㄨˋ ❶修建(房屋、道路、橋樑等)：建築橋樑｜建築鐵路｜這座禮堂建築得非常堅固◇不能把自己的幸福建築在別人的痛苦上。❷建築物：古老的建築◇上層建築。

健 jiàn ㄐㄧㄢˋ ❶強健：健康｜健全。❷使強健：健身｜健胃。❸在某一方面顯示的程度超過一般；善於：健談｜健忘。

【健步】jiànbù ㄐㄧㄢˋ ㄅㄨˋ 善於走路；腳步輕快有力：健步如飛。

【健存】jiàncún ㄐㄧㄢˋ ㄘㄨㄣˊ 健在：許多同輩相繼去世，健存的屈指可數了。

【健兒】jiàn'ér ㄐㄧㄢˋ ㄦˊ 稱體魄強健而富有活力的人(多指英勇善戰或長於體育技巧的青壯年)：空軍健兒｜體壇健兒。

【健將】jiànjiàng ㄐㄧㄢˋ ㄐㄧㄤˋ ❶稱某種活動中的能手。❷運動員等級中最高一級的稱號，由國家授予。

【健康】jiànkāng ㄐㄧㄢˋ ㄎㄤ ❶(人體)生理機能正常，沒有缺陷和疾病：恢復健康｜使兒童健康地成長。❷(事物)情況正常，沒有缺陷：各種課外活動健康地開展起來｜促進漢語規範化，為祖國語言的純潔健康而奮鬥。

【健美】jiànměi ㄐㄧㄢˋ ㄇㄟˇ 健康而優美：健美的體魄。

【健美運動】jiànměi yùndòng ㄐㄧㄢˋ ㄇㄟˇ ㄩㄣˋ ㄉㄨㄥˋ 一種使身體強健、肌肉發達的體育運動。主要用啞鈴、杠鈴、擴胸器等進行鍛煉。

【健全】jiànquán ㄐㄧㄢˋ ㄑㄩㄢˊ ❶強健而沒有缺陷：身心健全｜頭腦健全。❷(事物)完善，沒有欠缺：設施健全。❸使完備：健全基層組織｜健全生產責任制度。

【健身】jiànshēn ㄐㄧㄢˋ ㄕㄣ 使身體健康：健身操｜健身房｜飯後散步也是一種健身活動。

【健身房】jiànshēnfáng ㄐㄧㄢˋ ㄕㄣ ㄈㄤˊ 專門為體育鍛煉而建築或裝備的屋子。

【健談】jiàntán ㄐㄧㄢˋ ㄊㄢˊ 善於說話，經久不倦。

【健忘】jiànwàng ㄐㄧㄢˋ ㄨㄤˋ 容易忘事。

【健旺】jiànwàng ㄐㄧㄢˋ ㄨㄤˋ 身體健康，精力旺盛：精神健旺｜年紀雖老，但人還健旺。

【健在】jiànzài ㄐㄧㄢˋ ㄗㄞˋ 健康地活着(多指上年紀的人)：父母都健在。

【健壯】jiànzhuàng ㄐㄧㄢˋ ㄓㄨㄤˋ 強健：身體健壯｜牧草肥美，牛羊健壯。

間(间、閒) jiàn ㄐㄧㄢˋ ❶(間兒)空隙：乘間｜當間兒。❷嫌隙；隔閡：親密無間。❸隔開；不連接：間隔｜黑白相間。❹挑撥使人不和；離間：反間計。❺拔去或鋤去(多餘的苗)：間蘿蔔苗。

另見558頁 jiān。'閒'另見1237頁 xián'閑'。

【間壁】jiànbì ㄐㄧㄢˋ ㄅㄧˋ ❶隔壁。❷〈方〉把房間隔開的簡易牆壁。

【間道】jiàndào ㄐㄧㄢˋ ㄉㄠˋ 〈書〉偏僻的或抄近的小路。

【間諜】jiàndié ㄐㄧㄢˋ ㄉㄧㄝˊ 被敵方或外國派遣、收買，從事刺探軍事情報、國家機密或進行顛覆活動的人。

【間斷】jiànduàn ㄐㄧㄢˋ ㄉㄨㄢˋ (連續的事情)中間隔斷不連接：試驗不能間斷｜他每天都去鍛煉身體，從沒有間斷過。

【間伐】jiànfá ㄐㄧㄢˋ ㄈㄚˊ 為加速林木生長或為防止病蟲害等，有選擇地砍伐部分樹木。

【間隔】jiàngé ㄐㄧㄢˋ ㄍㄜˊ ❶事物在空間或時間上的距離：菜苗間隔勻整。❷隔開；隔絕：兩個療程之間要間隔一週｜彼此音訊間隔。

【間隔號】jiàngéhào ㄐㄧㄢˋ ㄍㄜˊ ㄏㄠˋ 標點符號(·)，表示外國人或某些少數民族人名內各部分的分界，也用來表示書名與篇(章、卷)名或朝代與人名之間的分界。

【間或】jiànhuò ㄐㄧㄢˋ ㄏㄨㄛˋ 偶然；有時候：大家聚精會神地聽着，間或有人笑一兩聲。

【間接】jiànjiē ㄐㄧㄢˋ ㄐㄧㄝ 通過第三者發生關係的(跟'直接'相對)：間接傳染｜間接選舉｜間接經驗。

【間接經驗】jiànjiē jīngyàn ㄐㄧㄢˋ ㄐㄧㄝ ㄐㄧㄥ ㄧㄢˋ 從書本或別人的經驗中取得的經驗(跟'直接經驗'相對)。

【間接稅】jiànjiēshuì ㄐㄧㄢˋ ㄐㄧㄝ ㄕㄨㄟˋ 從出售商品(主要是日用品)或服務性行業中徵收的稅。這種稅不由納稅人負擔，間接由消費者等負擔，所以叫間接稅。

【間接推理】jiànjiē tuīlǐ ㄐㄧㄢˋ ㄐㄧㄝ ㄊㄨㄟ ㄌㄧˇ 由兩個以上的前提推出結論的推理。參看986頁〖三段論〗。

【間接選舉】jiànjiē xuǎnjǔ ㄐㄧㄢˋ ㄐㄧㄝ ㄒㄩㄢˇ ㄐㄩˇ 由選民選出代表，再由代表選舉上一級代表的選舉制度。

【間苗】jiàn//miáo ㄐㄧㄢˋ // ㄇㄧㄠˊ 為了使作物的每棵植株有一定的營養面積，按照一定的株距留下幼苗，把多餘的苗去掉。

【間日】jiànrì ㄐㄧㄢˋ ㄖˋ 〈書〉隔一天。

【間色】jiànsè ㄐㄧㄢˋ ㄙㄜˋ 兩種原色配合成的顏色，如紅和黃配合成的橙色，黃和青配合成的綠色。

【間隙】jiànxì ㄐㄧㄢˋ ㄒㄧˋ 空隙：利用工作間隙學習｜利用玉米地的間隙套種綠豆。

【間歇】jiànxiē ㄐㄧㄢˋ ㄒㄧㄝ 動作、變化等每隔一定時間停止一會兒：心臟病患者常常有間歇脈搏。

【間雜】jiànzá ㄐㄧㄢˋ ㄗㄚˊ 錯雜：紅白間雜。

【間作】jiànzuò ㄐㄧㄢˋ ㄗㄨㄛˋ 在一塊耕地上間隔地種植兩種或兩種以上作物。如玉米和綠豆兩種作物間作，就是在兩行玉米之間種一行或兩行綠豆。也叫間種。

楗 jiàn ㄐㄧㄢˋ 〈書〉❶插門的木棍子。❷堵塞河堤決口所用的竹木土石等材料。

毽 jiàn ㄐㄧㄢˋ (毽兒)毽子。

【毽子】jiàn·zi ㄐㄧㄢˋ ·ㄗ 遊戲用具，用布等把銅錢或金屬片包紮好，然後裝上雞毛。遊戲時，用腳連續向上踢，不讓落地。

腱 jiàn ㄐㄧㄢˋ 連接肌肉與骨骼的結締組織，白色，質地堅韌。也叫肌腱。

【腱鞘】jiànqiào ㄐㄧㄢˋ ㄑㄧㄠˋ 包着長肌腱的管狀纖維組織，手和足部最多，有約束肌腱和減少摩擦的作用。

【腱子】jiàn·zi ㄐㄧㄢˋ ·ㄗ 人身上或牛羊等小腿上肌肉發達的部分。

監(监) jiàn ㄐㄧㄢˋ ❶古代官府名：欽天監｜國子監。❷(Jiàn)姓。

另見559頁 jiān。

【監本】jiànběn ㄐㄧㄢˋ ㄅㄣˇ 歷代國子監刻印的書。

【監利】Jiànlì ㄐㄧㄢˋ ㄌㄧˋ 地名，在湖北。

【監生】jiànshēng ㄐㄧㄢˋ ㄕㄥ 明清兩代稱在國子監(封建時代國家最高學校)讀書或取得進國子監讀書資格的人。清代可以用捐納的辦法取得這種稱號。

僭 jiàn ㄐㄧㄢˋ 〈書〉超越本分。古時指地位在下的冒用地位在上的名義或禮儀、器物：僭號(冒用帝王的稱號)｜僭越(超越本分，冒用在上的名義或物品)。

漸(渐) jiàn ㄐㄧㄢˋ 逐步；逐漸：天氣漸冷｜歌聲漸遠。

另見559頁 jiān。

【漸變】jiànbiàn ㄐㄧㄢˋ ㄅㄧㄢˋ 逐漸的變化。

【漸次】jiàncì ㄐㄧㄢˋ ㄘˋ 〈書〉漸漸：雨聲漸次停息。

【漸漸】jiànjiàn ㄐㄧㄢˋ ㄐㄧㄢˋ 副詞，表示程度或數量的逐步增減：過了清明，天氣漸漸暖起來了｜十點鐘以後，馬路上的行人漸漸少了｜站台上的人群向漸漸遠去的火車招着手。

【漸進】jiànjìn ㄐㄧㄢˋ ㄐㄧㄣˋ 逐漸前進、發展：循序漸進。

【漸悟】jiànwù ㄐㄧㄢˋ ㄨˋ 佛教指必須不斷排除

障礙，漸漸覺悟真理。泛指漸漸領悟。

賤（贱） jiàn ㄐㄧㄢˋ ❶（價錢）低（跟'貴'相對）：賤賣｜賤價｜菜賤了。❷地位低下（跟'貴'相對）：貧賤｜卑賤。❸卑鄙；下賤：賤骨頭。❹謙辭，稱有關自己的事物：（您）貴姓？賤姓王。

【賤骨頭】jiàngǔ·tou ㄐㄧㄢˋ ㄍㄨˇ ·ㄊㄡ ❶指不自尊重或不知好歹的人（罵人的話）。❷指有福不會享而甘願受苦的人（含戲謔意）。

【賤貨】jiànhuò ㄐㄧㄢˋ ㄏㄨㄛˋ ❶不值錢的貨物。❷指下賤的人（罵人的話）。

【賤民】jiànmín ㄐㄧㄢˋ ㄇㄧㄣˊ ❶舊時指社會地位低下，沒有選擇職業自由的人（區別於'良民'①）。❷印度種姓之外的社會地位最低下的階層。參看1483頁〖種姓〗。

踐（践） jiàn ㄐㄧㄢˋ ❶踩：踐踏。❷履行；實行：實踐｜踐約。

【踐諾】jiànnuò ㄐㄧㄢˋ ㄋㄨㄛˋ 〈書〉履行諾言。

【踐踏】jiàntà ㄐㄧㄢˋ ㄊㄚˋ ❶踩：不要踐踏青苗。❷比喻摧殘：憑藉勢力踐踏鄉鄰。

【踐約】jiàn∥yuē ㄐㄧㄢˋ∥ㄩㄝ 履行約定的事情（多指約會）。

【踐祚】jiànzuò ㄐㄧㄢˋ ㄗㄨㄛˋ 〈書〉即位；登基。

箭 jiàn ㄐㄧㄢˋ ❶古代兵器，長約二三尺的細桿裝上尖頭，桿的末梢附有羽毛，搭在弓弩上發射。現代射箭運動用的箭一般用鋼、鋁合金、塑料等製成。❷指箭能射到的距離：一箭之遙｜半箭多路。

【箭靶子】jiànbǎ·zi ㄐㄧㄢˋ ㄅㄚˇ ·ㄗ 練習射箭時用做目標的東西。

【箭步】jiànbù ㄐㄧㄢˋ ㄅㄨˋ 一下子躥得很遠的腳步：他一個箭步躥上月台。

【箭垛子】jiànduǒ·zi ㄐㄧㄢˋ ㄉㄨㄛˇ ·ㄗ ❶女牆。❷箭靶子。

【箭樓】jiànlóu ㄐㄧㄢˋ ㄌㄡˊ 城樓，周圍有供瞭望和射箭用的小窗。

【箭頭】jiàntóu ㄐㄧㄢˋ ㄊㄡˊ （箭頭兒）❶箭的尖頭。❷箭頭形符號，常用來指示方向。

【箭在弦上】jiàn zài xián shàng ㄐㄧㄢˋ ㄗㄞˋ ㄒㄧㄢˊ ㄕㄤˋ 比喻事情已經到了不得不做或話已經到了不得不說的時候：箭在弦上，不得不發。

【箭竹】jiànzhú ㄐㄧㄢˋ ㄓㄨˊ 竹子的一種，稈高約3米，深紫色，嫩枝葉是貓熊愛吃的食物。

【箭鏃】jiànzú ㄐㄧㄢˋ ㄗㄨˊ 箭前端的尖頭，多用金屬製成。

劍（剑、劒） jiàn ㄐㄧㄢˋ 古代兵器，長條形，一端尖，兩邊有刃，安有短柄。現在擊劍運動用的劍，劍身是長而寬的鋼條，無刃，頂端為一小圓球。

【劍拔弩張】jiàn bá nǔ zhāng ㄐㄧㄢˋ ㄅㄚˊ ㄋㄨˇ ㄓㄤ 形容形勢緊張，一觸即發。

【劍客】jiànkè ㄐㄧㄢˋ ㄎㄜˋ 舊指精於劍術的人；劍俠。

【劍眉】jiànméi ㄐㄧㄢˋ ㄇㄟˊ 較直而末端翹起的眉毛。

【劍術】jiànshù ㄐㄧㄢˋ ㄕㄨˋ 武術或擊劍運動中用劍的技術。

【劍俠】jiànxiá ㄐㄧㄢˋ ㄒㄧㄚˊ 精於劍術的俠客（多見於舊小說）。

諓（諓） jiàn ㄐㄧㄢˋ 〈書〉巧言；能言善辯。

澗（涧） jiàn ㄐㄧㄢˋ 山間流水的溝：溪澗｜山澗。

薦[1]〔薦〕（荐） jiàn ㄐㄧㄢˋ ❶推舉；介紹：舉薦｜推薦｜薦人。❷〈書〉獻；祭。

薦[2]〔薦〕（荐） jiàn ㄐㄧㄢˋ 〈書〉❶草。❷草墊子：草薦。

【薦骨】jiàngǔ ㄐㄧㄢˋ ㄍㄨˇ 骶（dǐ）骨。

【薦舉】jiànjǔ ㄐㄧㄢˋ ㄐㄩˇ 介紹；推薦：薦舉人才。

【薦任】jiànrèn ㄐㄧㄢˋ ㄖㄣˋ 民國時期文官的第三等，在簡任以下，委任以上。

【薦頭】jiàn·tou ㄐㄧㄢˋ ·ㄊㄡ 〈方〉舊時以介紹傭工為業的人：薦頭行｜薦頭店。

【薦引】jiànyǐn ㄐㄧㄢˋ ㄧㄣˇ 〈書〉薦舉；引薦。

【薦椎】jiànzhuī ㄐㄧㄢˋ ㄓㄨㄟ 骶（dǐ）骨。

踺 jiàn ㄐㄧㄢˋ 〔踺子〕（jiàn·zi ㄐㄧㄢˋ ·ㄗ）體操運動等的一種翻身動作。

餞[1]（饯） jiàn ㄐㄧㄢˋ 餞行：餞別。

餞[2]（饯） jiàn ㄐㄧㄢˋ 浸漬（果品）：蜜餞。

【餞別】jiànbié ㄐㄧㄢˋ ㄅㄧㄝˊ 餞行：餞別宴會。

【餞行】jiànxíng ㄐㄧㄢˋ ㄒㄧㄥˊ 設酒食送行：為代表團餞行。

諫（谏） jiàn ㄐㄧㄢˋ 〈書〉規勸（君主、尊長或朋友），使改正錯誤：進諫｜直言敢諫｜從諫如流。

【諫諍】jiànzhèng ㄐㄧㄢˋ ㄓㄥˋ 〈書〉直爽地說出人的過錯，勸人改正。

瞷（瞯、覸） jiàn ㄐㄧㄢˋ 〈書〉窺視。

鍵（键） jiàn ㄐㄧㄢˋ ❶使軸與齒輪、皮帶輪等連接並固定在一起的零件，一般是用鋼製的長方塊，裝在被連接的兩個機件上預先製成的鍵槽中。❷〈書〉插門的金屬棍子。❸某些樂器、打字機或其他機器上，使用時按動的部分：琴鍵｜鍵盤。❹在化學結構式中表示元素原子價的短橫綫。

【鍵槽】jiàncáo ㄐㄧㄢˋ ㄘㄠˊ 機器上安裝鍵的槽子，多在軸和輪上，一般為長條形。

【鍵盤】jiànpán ㄐㄧㄢˋ ㄆㄢˊ 鋼琴、風琴、打字機等上面安着很多鍵的部分。

【鍵盤樂器】jiànpán yuèqì ㄐㄧㄢˋ ㄆㄢˊ ㄩㄝˋ ㄑㄧˋ

指有鍵盤裝置的樂器，如風琴、鋼琴等。

檻(槛) jiàn ㄐㄧㄢˋ ❶欄杆。❷關禽獸的木籠；囚籠：獸檻｜檻車(古代運送囚犯的車)。

另見642頁 kǎn。

濺(溅) jiàn ㄐㄧㄢˋ 液體受衝擊向四外射出：濺了一身泥。

另見558頁 jiān'淺'。

【濺落】jiànluò ㄐㄧㄢˋ ㄌㄨㄛˋ 重物從高空落入江河湖海中。特指人造衞星、宇宙飛船等返回地球時，落入海洋。

艦(舰) jiàn ㄐㄧㄢˋ 排水量在500噸以上的軍用船隻；軍艦：艦隊｜主力艦｜巡洋艦｜驅逐艦｜航空母艦。

【艦隊】jiànduì ㄐㄧㄢˋ ㄉㄨㄟˋ ❶擔負某一戰略海區作戰任務的海軍兵力，通常由水面艦艇、潛艇、海軍航空兵、海軍陸戰隊等部隊組成。❷根據作戰、訓練或某種任務的需要，以多艘艦艇臨時組成的編隊。

【艦日】jiànrì ㄐㄧㄢˋ ㄖˋ 一艘軍艦在海上活動一天叫一個艦日。

【艦艇】jiàntǐng ㄐㄧㄢˋ ㄊㄧㄥˇ 各種軍用船隻的總稱。

【艦隻】jiànzhī ㄐㄧㄢˋ ㄓ 艦(總稱)。

鐧(锏) jiàn ㄐㄧㄢˋ 嵌在車軸上的鐵條，可以保護車軸並減少摩擦。

另見563頁 jiǎn。

鑒(鉴、鑑) jiàn ㄐㄧㄢˋ ❶鏡子(古代用銅製成)。❷照：水清可鑒。❸仔細看；審察：鑒別｜鑒定。❹可以作為警戒或引為教訓的事：引以為鑒｜前車之覆，後車之鑒。❺舊式書信套語，用在開頭的稱呼之後，表示請人看信：惠鑒｜台鑒｜鈞鑒。

【鑒別】jiànbié ㄐㄧㄢˋ ㄅㄧㄝˊ 辨別(真假好壞)：鑒別古畫｜鑒別真偽。

【鑒定】jiàndìng ㄐㄧㄢˋ ㄉㄧㄥˋ ❶鑒別和評定(人的優缺點)：鑒定書｜自我鑒定。❷評定人的優缺點的文字：寫鑒定｜一份鑒定。❸辨別並確定事物的真偽、優劣等：鑒定碑帖｜鑒定出土文物的年代。

【鑒定人】jiàndìngrén ㄐㄧㄢˋ ㄉㄧㄥˋ ㄖㄣˊ 受偵察、審判機關委託，運用專門知識或技能對案件的專門事項進行鑒別和判斷的人。

【鑒戒】jiànjiè ㄐㄧㄢˋ ㄐㄧㄝˋ 可以使人警惕的事情：引為鑒戒。

【鑒賞】jiànshǎng ㄐㄧㄢˋ ㄕㄤˇ 鑒定和欣賞(藝術品、文物等)：鑒賞字畫。

【鑒於】jiànyú ㄐㄧㄢˋ ㄩˊ 覺察到；考慮到：鑒於黨在國家和社會生活中的領導地位，黨更加需要向黨的一切組織和黨員提出嚴格的要求。注意用在表示因果關係的偏句裏，前邊一般不用主語。

jiāng (ㄐㄧㄤ)

江 jiāng ㄐㄧㄤ ❶大河：長江｜珠江｜黑龍江。❷(Jiāng)指長江：江漢｜江淮｜江南｜江左。❸(Jiāng)姓。

【江北】Jiāngběi ㄐㄧㄤ ㄅㄟˇ ❶長江下游以北的地區，就是江蘇、安徽兩省靠近長江北岸的一帶。❷泛指長江以北。

【江東】Jiāngdōng ㄐㄧㄤ ㄉㄨㄥ 長江在蕪湖、南京之間為西南、東北走向，古代是南北往來主要渡口所在的江段，習慣上稱自此以下的南岸地區為江東。也指三國時吳國孫權統治下的全部地區。

【江防】jiāngfáng ㄐㄧㄤ ㄈㄤˊ ❶防止江河水患的工作。特指長江的江防。❷指長江的軍事防禦：江防工事。

【江河日下】jiāng hé rì xià ㄐㄧㄤ ㄏㄜˊ ㄖˋ ㄒㄧㄚˋ 江河的水天天向下游流。比喻情況一天天壞下去。

【江湖】jiānghú ㄐㄧㄤ ㄏㄨˊ 舊時泛指四方各地：走江湖｜闖江湖｜流落江湖。

【江湖】jiāng·hú ㄐㄧㄤ ·ㄏㄨˊ 舊時指各處流浪靠賣藝、賣藥等生活的人。也指這種人所從事的行業：江湖藝人。

【江湖騙子】jiānghú piàn·zi ㄐㄧㄤ ㄏㄨˊ ㄆㄧㄢˋ ·ㄗ 原指闖盪江湖靠賣假藥等騙術謀生的人。

【江郎才盡】Jiāngláng cái jìn ㄐㄧㄤ ㄌㄤˊ ㄘㄞˊ ㄐㄧㄣˋ 南朝江淹年少時以文才著稱，晚年詩文無佳句，人們說他才盡了。後來用'江郎才盡'比喻才思枯竭。

【江蘺】jiānglí ㄐㄧㄤ ㄌㄧˊ ❶紅藻的一種，暗紅色，細圓柱形，有不規則的分枝。生在海灣淺水中。可用來製造瓊脂。❷古書上說的一種香草。

【江輪】jiānglún ㄐㄧㄤ ㄌㄨㄣˊ 專在江河中行駛的輪船。

【江米】jiāngmǐ ㄐㄧㄤ ㄇㄧˇ 糯米。

【江米酒】jiāngmǐjiǔ ㄐㄧㄤ ㄇㄧˇ ㄐㄧㄡˇ 糯米加麴釀造的食品，甘甜，酒味淡。也叫酒釀、醪糟。

【江米紙】jiāngmǐzhǐ ㄐㄧㄤ ㄇㄧˇ ㄓˇ 糯米紙。

【江南】Jiāngnán ㄐㄧㄤ ㄋㄢˊ ❶長江下游以南的地區，就是江蘇、安徽兩省的南部和浙江省的北部。❷泛指長江以南。

【江山】jiāngshān ㄐㄧㄤ ㄕㄢ 江河和山嶺，多用來指國家或國家的政權：江山如此多嬌｜打江山。

【江天】jiāngtiān ㄐㄧㄤ ㄊㄧㄢ 江河水面上的廣闊空際：萬里江天。

【江豚】jiāngtún ㄐㄧㄤ ㄊㄨㄣˊ 哺乳動物，生活在江河中，形狀很像魚，沒有背鰭，頭圓，眼小，全身黑色。吃小魚和其他小動物。通稱江豬。

【江洋大盜】jiāngyáng dàdào ㄐㄧㄤ ㄧㄤˊ ㄉㄚˋ ㄉㄠˋ 在江河海洋上搶劫行兇的強盜。

【江珧】jiāngyáo ㄐㄧㄤ ㄧㄠˊ 軟體動物，殼略呈三角形，表面蒼黑色。生活在海岸的泥沙裏。

【江珧柱】jiāngyáozhù ㄐㄧㄤ ㄧㄠˊ ㄓㄨˋ 江珧的閉殼肌乾製後叫江珧柱，是珍貴的食品。乾貝通常也叫江珧柱。

茳〔茳〕 jiāng ㄐㄧㄤ ［茳芏］(jiāngdù ㄐㄧㄤ ㄉㄨˋ) 多年生草本植物，莖呈三棱形，葉子細長，花綠褐色。莖可用來織蓆。

姜 Jiāng ㄐㄧㄤ 姓。

豇 jiāng ㄐㄧㄤ ［豇豆］(jiāngdòu ㄐㄧㄤ ㄉㄡˋ) ❶一年生草本植物，莖蔓生，葉子由三個菱形小葉合成，花淡紫色。果實為圓筒形長莢果，種子呈腎臟形。嫩莢是普通的蔬菜。❷這種植物的莢果或種子。

將（将） jiāng ㄐㄧㄤ ❶〈書〉攙扶；領；帶：出郭相扶將。❷保養：將養｜將息。❸〈方〉(牲畜)繁殖；生：將羔。❹〈書〉做(事)：慎重將事。❺下象棋時攻擊對方的'將'或'帥'。❻用言語刺激：他做事穩重，你將他沒用。❼介詞，拿⑧(多見於成語或方言)：將功折罪｜將雞蛋碰石頭。❽介詞，把[2]：將他請來｜將門關上。❾將要：船將啓碇。❿又；且(疊用)：將信將疑。⓫〈方〉助詞，用在動詞和'進來、出去'等表示趨向的補語中間：走將進去｜打將起來。⓬(Jiāng)姓。

另見571頁 jiàng；921頁 qiāng。

【將次】jiāngcì ㄐㄧㄤ ㄘˋ 〈書〉將要；快要。

【將錯就錯】jiāng cuò jiù cuò ㄐㄧㄤ ㄘㄨㄛˋ ㄐㄧㄡˋ ㄘㄨㄛˋ 事情既然做錯了，索性順着錯誤做下去。

【將計就計】jiāng jì jiù jì ㄐㄧㄤ ㄐㄧˋ ㄐㄧㄡˋ ㄐㄧˋ 利用對方的計策向對方使計策。

【將近】jiāngjìn ㄐㄧㄤ ㄐㄧㄣˋ (數量等)快要接近：將近掌燈時分｜中國有將近四千年的有文字可考的歷史。

【將就】jiāng//·jiu ㄐㄧㄤ//·ㄐㄧㄡ 勉強適應不很滿意的事物或環境：將就吃一點兒｜衣服稍微小一點，你將就着穿吧！

【將軍】jiāng//jūn ㄐㄧㄤ//ㄐㄩㄣ ❶將⑤。❷比喻給人出難題，使人為難：他當眾將了我一軍，要我表演舞蹈。

【將軍】jiāngjūn ㄐㄧㄤ ㄐㄩㄣ ❶將(jiàng)級軍官。❷泛指高級將領。

【將軍肚】jiāngjūn dù ㄐㄧㄤ ㄐㄩㄣ ㄉㄨˋ 指男子因發胖而形成的向前腆起的腹部(含戲謔意)。

【將來】jiānglái ㄐㄧㄤ ㄌㄞˊ 時間詞，現在以後的時間(區別於'過去、現在')：這些資料要妥為保存，以供將來參考。

【將息】jiāngxī ㄐㄧㄤ ㄒㄧ 將養：大病初愈，一定要好好將息。

【將心比心】jiāng xīn bǐ xīn ㄐㄧㄤ ㄒㄧㄣ ㄅㄧˇ ㄒㄧㄣ 拿自己的心去比照別人的心。指遇事設身處地替別人着想。

【將信將疑】jiāng xìn jiāng yí ㄐㄧㄤ ㄒㄧㄣˋ ㄐㄧㄤ ㄧˊ 有些相信，又有些懷疑：我說了半天，他還是將信將疑。

【將養】jiāngyǎng ㄐㄧㄤ ㄧㄤˇ 休息和調養：醫生說再將養兩個禮拜就可以好了。

【將要】jiāngyào ㄐㄧㄤ ㄧㄠˋ 副詞，表示行為或情況在不久以後發生：他將要來北京。

僵（❶殭） jiāng ㄐㄧㄤ ❶僵硬：僵屍｜手腳都凍僵了｜百足之蟲，死而不僵。❷事情難於處理，停滯不進：大家一時想不出適當的話，情形非常僵｜不要把事情弄僵了，以致無法解決。❸〈方〉收斂笑容，使表情嚴肅：他僵着臉。

【僵持】jiāngchí ㄐㄧㄤ ㄔˊ 相持不下：雙方僵持了好久。

【僵化】jiānghuà ㄐㄧㄤ ㄏㄨㄚˋ 變僵硬；停止發展：驕傲自滿只能使思想僵化。

【僵局】jiāngjú ㄐㄧㄤ ㄐㄩˊ 僵持的局面：陷入僵局｜打破僵局。

【僵屍】jiāngshī ㄐㄧㄤ ㄕ 僵硬的死屍。常用來比喻腐朽的事物。

【僵死】jiāngsǐ ㄐㄧㄤ ㄙˇ 僵硬而失去生命力。

【僵硬】jiāngyìng ㄐㄧㄤ ㄧㄥˋ ❶(肢體)不能活動：他的兩條腿僵硬了。❷呆板；不靈活：工作方法僵硬。

【僵直】jiāngzhí ㄐㄧㄤ ㄓˊ 僵硬，不能彎曲：手指凍得僵直。

漿（浆） jiāng ㄐㄧㄤ ❶較濃的液體：豆漿｜泥漿｜紙漿｜粉漿｜牛痘漿。❷用粉漿或米湯浸紗、布或衣服使乾後發硬發挺：漿洗｜襯衫領子要漿一下。

另見572頁 jiàng '糨'。

【漿果】jiāngguǒ ㄐㄧㄤ ㄍㄨㄛˇ 液果的一種，中果皮和內果皮都是肉質，水分很多，如葡萄、番茄等的果實。

【漿洗】jiāngxǐ ㄐㄧㄤ ㄒㄧˇ 洗並且漿：衣服漿洗得很乾淨。

【漿液】jiāngyè ㄐㄧㄤ ㄧㄝˋ 機體內漿膜分泌的液體，無色，透明，有潤滑作用。

薑〔薑〕（姜） jiāng ㄐㄧㄤ ❶多年生草本植物，根莖黃褐色，葉子披針形，穗狀花序，花冠黃綠色，通常不開花。根莖有辣味，是常用的調味品，也可入藥。❷這種植物的根莖。

【薑黃】jiānghuáng ㄐㄧㄤ ㄏㄨㄤˊ ❶多年生草本植物，葉子很大，根莖橢圓形，深黃色，開黃花。根莖入藥，也可以做黃色染料。❷形容像薑似的黃顏色：病人臉色薑黃，氣息微弱。

螿（螀） jiāng ㄐㄧㄤ 見450頁〖寒螿〗(hánjiāng)。

礓 jiāng ㄐㄧㄤ ❶［礓䃰兒］(jiāngcār ㄐㄧㄤ ㄘㄚㄦ)〈方〉台階。❷見994頁〖砂礓〗。

疆 jiāng ㄐㄧㄤ ❶邊界；疆界：邊疆｜疆域。❷(Jiāng) 指新疆：南疆(新疆天山以南的地區)。

【疆場】jiāngchǎng ㄐㄧㄤ ㄔㄤˇ 戰場：馳騁疆場。

【疆界】jiāngjiè ㄐㄧㄤ ㄐㄧㄝˋ 國家或地域的邊界。

【疆土】jiāngtǔ ㄐㄧㄤ ㄊㄨˇ 疆域；領土。

【疆埸】jiāngyì ㄐㄧㄤ ㄧˋ 〈書〉❶田邊。❷邊境。

【疆域】jiāngyù ㄐㄧㄤ ㄩˋ 國家領土(着重面積大小)。

繮(缰、韁) jiāng ㄐㄧㄤ 繮繩：信馬由繮｜脱繮的野馬。

【繮繩】jiāng·shéng ㄐㄧㄤ ·ㄕㄥˊ 牽牲口的繩子。

鱂(鳉) jiāng ㄐㄧㄤ 魚類的一科，頭部扁平，腹部突出，口小。生活在淡水中。

jiǎng（ㄐㄧㄤˇ）

蔣〔蔣〕(蒋) Jiǎng ㄐㄧㄤˇ 姓。

膙(膙) jiǎng ㄐㄧㄤˇ ［膙子］(jiǎng·zi ㄐㄧㄤˇ ·ㄗ)〈方〉趼(jiǎn)子：兩手磨起了膙子。

槳(桨) jiǎng ㄐㄧㄤˇ 划船用具，多為木製，上半圓柱形，下半扁平而略寬。

獎(奖、奬) jiǎng ㄐㄧㄤˇ ❶獎勵；誇獎：褒獎｜嘉獎｜有功者獎。❷為了鼓勵或表揚而給予的榮譽或財物等：得獎｜發獎｜一等獎。

【獎杯】jiǎngbēi ㄐㄧㄤˇ ㄅㄟ 發給競賽優勝者的杯狀獎品，一般用金屬製成。

【獎懲】jiǎngchéng ㄐㄧㄤˇ ㄔㄥˊ 獎勵和懲罰：獎懲分明｜獎懲制度。

【獎金】jiǎngjīn ㄐㄧㄤˇ ㄐㄧㄣ 作獎勵用的錢。

【獎勵】jiǎnglì ㄐㄧㄤˇ ㄌㄧˋ 給予榮譽或財物來鼓勵：物質獎勵｜獎勵先進生產者。

【獎牌】jiǎngpái ㄐㄧㄤˇ ㄆㄞˊ 發給競賽優勝者的金屬牌，有金牌、銀牌、銅牌等。

【獎品】jiǎngpǐn ㄐㄧㄤˇ ㄆㄧㄣˇ 作獎勵用的物品。

【獎券】jiǎngquàn ㄐㄧㄤˇ ㄑㄩㄢˋ 一種證券，上面編着號碼，按票面價格出售。開獎後，持有中獎號碼獎券的，可按規定領獎。

【獎賞】jiǎngshǎng ㄐㄧㄤˇ ㄕㄤˇ 對有功的或在競賽中獲勝的集體或個人給予獎勵。

【獎售】jiǎngshòu ㄐㄧㄤˇ ㄕㄡˋ ❶用獎勵的方法鼓勵出售產品。❷作為獎勵而售給：這些名牌自行車是獎售賣糧食較多的農戶的。

【獎學金】jiǎngxuéjīn ㄐㄧㄤˇ ㄒㄩㄝˊ ㄐㄧㄣ 學校、團體或個人給予學習成績優良的學生的獎金。

【獎掖】jiǎngyè ㄐㄧㄤˇ ㄧㄝˋ 〈書〉獎勵提拔：獎掖後進。

【獎挹】jiǎngyì ㄐㄧㄤˇ ㄧˋ 〈書〉獎掖。

【獎章】jiǎngzhāng ㄐㄧㄤˇ ㄓㄤ 發給受獎人佩帶的徽章。

【獎狀】jiǎngzhuàng ㄐㄧㄤˇ ㄓㄨㄤˋ 為獎勵而發給的證書。

耩 jiǎng ㄐㄧㄤˇ 用耬來播種：耩地｜耩豆子。也叫耬播。

【耩子】jiǎng·zi ㄐㄧㄤˇ ·ㄗ 〈方〉耬。

講(讲) jiǎng ㄐㄧㄤˇ ❶説：講故事｜他高興得話都講不出來了。❷解釋；説明；論述：講書｜這個字有幾個講法｜這本書是講氣象的。❸商量；商議：講價兒。❹就某方面説；論：講技術他不如你，講幹勁兒他比你足。❺講求：講衛生｜講團結｜講速度。

【講法】jiǎng·fa ㄐㄧㄤˇ ·ㄈㄚ ❶指措詞。❷指意見；見解；解釋：這種講法過於牽強｜這句話可有好幾種講法。參看1079頁〖説法〗(shuō·fa)。

【講稿】jiǎnggǎo ㄐㄧㄤˇ ㄍㄠˇ (講稿兒)講演、報告或教課前所寫的底稿。

【講古】jiǎnggǔ ㄐㄧㄤˇ ㄍㄨˇ 講述過去的傳説、故事：孩子們圍坐樹下聽老人講古。

【講和】jiǎng//hé ㄐㄧㄤˇ//ㄏㄜˊ 結束戰爭或糾紛，彼此和解。

【講話】jiǎng//huà ㄐㄧㄤˇ//ㄏㄨㄚˋ ❶説話；發言：他很會講話｜這次座談會沒有一個不講話的｜來賓也都講了話。❷指責；非議：你這樣搞特殊，難怪人家要講話了。

【講話】jiǎnghuà ㄐㄧㄤˇ ㄏㄨㄚˋ ❶講演的話：他的講話代表了多數人的要求。❷一種普及性的著作體裁(多用做書名)：《形式邏輯講話》。

【講價】jiǎng//jià ㄐㄧㄤˇ//ㄐㄧㄚˋ (講價兒)討價還價。

【講價錢】jiǎng jià·qian ㄐㄧㄤˇ ㄐㄧㄚˋ ·ㄑㄧㄢ ❶講價：他買東西從不講價錢。❷比喻在接受任務或舉行談判時提出要求和條件。

【講解】jiǎngjiě ㄐㄧㄤˇ ㄐㄧㄝˇ 解釋；解説：講解員｜他指着模型給大家講解。

【講究】jiǎng·jiu ㄐㄧㄤˇ ·ㄐㄧㄡ ❶講求；重視：講究衛生｜我們一向講究實事實是。❷(講究兒)值得注意或推敲的內容：翻譯的技術大有講究。❸精美：房間佈置得很講究。

【講課】jiǎng//kè ㄐㄧㄤˇ//ㄎㄜˋ 講授功課：他在我們學校講課｜上午講了三堂課。

【講理】jiǎng//lǐ ㄐㄧㄤˇ//ㄌㄧˇ ❶評是非曲直：咱們跟他講理去。❷遵從道理：蠻不講理｜他是個講理的人。

【講論】jiǎnglùn ㄐㄧㄤˇ ㄌㄨㄣˋ ❶談論；議論：她從不在背地裏講論別人。❷論述：這是一本講論戲劇的書。

【講盤兒】jiǎng//pánr ㄐㄧㄤˇ//ㄆㄢㄦˊ 〈方〉商談價錢或條件。也説講盤子。

【講評】jiǎngpíng ㄐㄧㄤˇ ㄆㄧㄥˊ 講述和評論：講評作文｜文章講評。

【講情】jiǎng//qíng ㄐㄧㄤˇ//ㄑㄧㄥˊ 替人求情，請求寬恕。

【講求】jiǎngqiú ㄐㄧㄤˇ ㄑㄧㄡˊ 重視某一方面，並設法使它實現，滿足要求；追求：辦事要講求效率｜要講求實際，不要講求形式。

【講師】jiǎngshī ㄐㄧㄤˇ ㄕ 高等學校中職別次於副教授的教師。

【講史】jiǎngshǐ ㄐㄧㄤˇ ㄕˇ 我國古代民間流行的口頭文學形式，主要講述歷史上朝代興亡和戰爭的故事，篇幅較長，如《三國志平話》、《五代史平話》等。

【講授】jiǎngshòu ㄐㄧㄤˇ ㄕㄡˋ 講解傳授：講授數學課。

【講述】jiǎngshù ㄐㄧㄤˇ ㄕㄨˋ 把事情或道理講出來：講述事情經過｜講述機械原理。

【講台】jiǎngtái ㄐㄧㄤˇ ㄊㄞˊ 在教室或會場的一端建造的高出地面的台子，人在上面講課或講演。

【講壇】jiǎngtán ㄐㄧㄤˇ ㄊㄢˊ 講台；泛指講演討論的場所。

【講習】jiǎngxí ㄐㄧㄤˇ ㄒㄧˊ ❶講授和學習：講習班。❷研習：講習學問。

【講學】jiǎng//xué ㄐㄧㄤˇ//ㄒㄩㄝˊ 公開講述自己的學術理論：應邀出國講學｜他在這裏講過學。

【講演】jiǎngyǎn ㄐㄧㄤˇ ㄧㄢˇ 對聽眾講述有關某一事物的知識或對某一問題的見解：登台講演｜他的講演很生動。

【講義】jiǎngyì ㄐㄧㄤˇ ㄧˋ 為講課而編寫的教材。

【講座】jiǎngzuò ㄐㄧㄤˇ ㄗㄨㄛˋ 一種教學形式，多利用報告會、廣播、電視或刊物連載的方式進行：漢語拼音講座。

jiàng（ㄐㄧㄤˋ）

匠 jiàng ㄐㄧㄤˋ ❶工匠：鐵匠｜銅匠｜木匠｜瓦匠｜石匠｜能工巧匠。❷〈書〉指在某方面很有造詣的人：宗匠｜文學巨匠。

【匠人】jiàngrén ㄐㄧㄤˋ ㄖㄣˊ 舊指手藝工人。

【匠心】jiàngxīn ㄐㄧㄤˋ ㄒㄧㄣ 〈書〉巧妙的心思：獨具匠心｜匠心獨運。

虹 jiàng ㄐㄧㄤˋ 義同'虹'(hóng)，限於單用。

另見473頁 hóng。

洚 jiàng ㄐㄧㄤˋ 〈書〉大水氾濫：洚水(洪水)。

降 jiàng ㄐㄧㄤˋ ❶落下(跟'升'相對)：降落｜降雨｜溫度下降。❷使落下；降低(跟'升'相對)：降價｜降級。❸(Jiàng)姓。

另見1248頁 xiáng。

【降班】jiàng//bān ㄐㄧㄤˋ//ㄅㄢ (學生)降級；留班。

【降半旗】jiàng bànqí ㄐㄧㄤˋ ㄅㄢˋ ㄑㄧˊ 下半旗。

【降塵】jiàngchén ㄐㄧㄤˋ ㄔㄣˊ 顆粒較大，不能在空中長時間飄浮的粉塵。也叫落塵。

【降低】jiàngdī ㄐㄧㄤˋ ㄉㄧ 下降；使下降：溫度降低了｜降低物價｜降低要求。

【降幅】jiàngfú ㄐㄧㄤˋ ㄈㄨˊ (價格、利潤、收入等)降低的幅度：商品零售價平均降幅2.5%。

【降格】jiàng//gé ㄐㄧㄤˋ//ㄍㄜˊ 降低標準、身份等：降格以求。

【降級】jiàng//jí ㄐㄧㄤˋ//ㄐㄧˊ 從較高的等級或班級降到較低的等級或班級。

【降價】jiàng//jià ㄐㄧㄤˋ//ㄐㄧㄚˋ 降低原來的定價：滯銷貨物降價處理。

【降結腸】jiàngjiécháng ㄐㄧㄤˋ ㄐㄧㄝˊ ㄔㄤˊ 結腸的一部分，上端與橫結腸相連，向下行，在左髂骨附近與乙狀結腸相連。(圖見1252頁〖消化系統〗)

【降解】jiàngjiě ㄐㄧㄤˋ ㄐㄧㄝˇ ❶有機化合物分子中的碳原子數目減少，分子量降低。❷高分子化合物的大分子分解成較小的分子。

【降臨】jiànglín ㄐㄧㄤˋ ㄌㄧㄣˊ 來到：夜色降臨｜大駕降臨。

【降落】jiàngluò ㄐㄧㄤˋ ㄌㄨㄛˋ 落下；下降着落：飛機降落在跑道上。

【降落傘】jiàngluòsǎn ㄐㄧㄤˋ ㄌㄨㄛˋ ㄙㄢˇ 憑藉空氣阻力使人或物體從空中緩慢下降着陸的傘狀器具。

【降旗】jiàng//qí ㄐㄧㄤˋ//ㄑㄧˊ 把旗子降下。

【降生】jiàngshēng ㄐㄧㄤˋ ㄕㄥ 出生；出世(多指宗教的創始人或其他方面的有名人物)。

【降水】jiàngshuǐ ㄐㄧㄤˋ ㄕㄨㄟˇ 從大氣中落到地面的固體或液體形式的水，主要有雨、雪、霰、雹等。

【降溫】jiàng//wēn ㄐㄧㄤˋ//ㄨㄣ ❶降低溫度。特指用噴水或噴冷空氣等方法使高溫廠房和車間等溫度降低：防暑降溫。❷氣溫下降。❸比喻熱情下降或事物發展的勢頭減弱；搶購熱已降溫。

弶 jiàng ㄐㄧㄤˋ 〈書〉❶捕捉老鼠、鳥雀等的工具。❷用弶捕捉。

強(强、彊) jiàng ㄐㄧㄤˋ 強硬不屈；固執：倔強。

另見922頁 qiáng；924頁 qiǎng。

【強嘴】jiàngzuǐ ㄐㄧㄤˋ ㄗㄨㄟˇ 頂嘴；強辯。也作犟嘴。

將(将) jiàng ㄐㄧㄤˋ ❶將官；將領；泛指軍官：少將｜全軍將士。❷〈書〉帶(兵)：韓信將兵，多多益善。

另見569頁 jiāng；921頁 qiāng。

【將才】jiàngcái ㄐㄧㄤˋ ㄘㄞˊ 領導、指揮軍隊的才能。也指有將才的人。

【將官】jiàngguān ㄐㄧㄤˋ ㄍㄨㄢ 將級軍官，低於元帥，高於校官。

【將官】jiàng·guan ㄐㄧㄤˋ ·ㄍㄨㄢ 將領。

【將領】jiànglǐng ㄐㄧㄤˋ ㄌㄧㄥˇ 高級的軍官：陸軍將領。

【將令】jiànglìng ㄐㄧㄤˋ ㄌㄧㄥˋ 軍令(多見於早期白話)。

【將門】jiàngmén ㄐㄧㄤˋ ㄇㄣˊ 將帥之家：將門虎子。

【將士】jiàngshì ㄐㄧㄤˋ ㄕˋ 將領和士兵的統稱：將士用命(軍官和士兵都服從命令)。

【將帥】jiàngshuài ㄐㄧㄤˋ ㄕㄨㄞˋ 泛指軍隊的高級指揮官：將帥之才。

【將校】jiàngxiào ㄐㄧㄤˋ ㄒㄧㄠˋ 將官和校官。泛指高級軍官。

【將指】jiàngzhǐ ㄐㄧㄤˋ ㄓˇ 〈書〉手的中指；腳的大趾。

絳(绛) jiàng ㄐㄧㄤˋ 深紅色。

【絳紫】jiàngzǐ ㄐㄧㄤˋ ㄗˇ 暗紫中略帶紅的顏色。也作醬紫。

犟(強、勥) jiàng ㄐㄧㄤˋ 固執；不服勸導：脾氣犟。

【犟勁】jiàngjìn ㄐㄧㄤˋ ㄐㄧㄣˋ 頑強的意志、勁頭：他犟勁一上來，誰也勸不住。

【犟嘴】jiàngzuǐ ㄐㄧㄤˋ ㄗㄨㄟˇ 同'強嘴'(jiàngzuǐ)。

糨(糡、漿、糡) jiàng ㄐㄧㄤˋ 液體很稠：大米粥熬得太糨了。

'漿'另見569頁 jiāng。

【糨糊】jiàng·hu ㄐㄧㄤˋ ·ㄏㄨ 用麪粉等做成的可以粘貼東西的糊狀物。

【糨子】jiàng·zi ㄐㄧㄤˋ ·ㄗ 糨糊：打糨子。

醬(酱) jiàng ㄐㄧㄤˋ ❶豆、麥發酵後，加上鹽做成的糊狀調味品：黃醬｜甜麪醬｜炸醬。❷用醬或醬油醃的(菜)；用醬油煮的(肉)：醬蘿蔔｜醬肘子。❸用醬或醬油醃(菜)：把蘿蔔醬一醬。❹像醬的糊狀食品：芝麻醬｜花生醬｜果子醬｜辣椒醬。

【醬菜】jiàngcài ㄐㄧㄤˋ ㄘㄞˋ 用醬或醬油醃製的菜蔬。

【醬豆腐】jiàngdòu·fu ㄐㄧㄤˋ ㄉㄡˋ ·ㄈㄨ 豆腐乳。

【醬坊】jiàngfáng ㄐㄧㄤˋ ㄈㄤˊ 醬園。

【醬缸】jiànggāng ㄐㄧㄤˋ ㄍㄤ 製造和儲存醬、醬油、醬菜所用的缸。

【醬色】jiàngsè ㄐㄧㄤˋ ㄙㄜˋ 深赭色。

【醬油】jiàngyóu ㄐㄧㄤˋ ㄧㄡˊ 用豆、麥和鹽釀造的鹹的液體調味品。

【醬園】jiàngyuán ㄐㄧㄤˋ ㄩㄢˊ 製造並出售醬、醬油、醬菜等的作坊、商店。

【醬紫】jiàngzǐ ㄐㄧㄤˋ ㄗˇ 同'絳紫'。

jiāo (ㄐㄧㄠ)

艽〔艽〕 jiāo ㄐㄧㄠ 見931頁〖秦艽〗。

交1 jiāo ㄐㄧㄠ ❶把事物轉移給有關方面：交活｜交稅｜交公糧｜把任務交給我們這個組吧。❷到(某一時辰或季節)：交子時｜明天就交冬至了｜交九的天氣。❸(時間、地區)相連接：交界｜春夏之交｜太行山在河北、山西兩省之交。❹交叉：兩直綫相交於一點。❺結交；交往：交朋友｜建交。❻友誼；交情：絕交｜一面之交。❼(人)性交；(動植物)交配：交媾｜雜交。❽互相：交換｜交流｜交易｜交談。❾一齊；同時(發生)：風雪交加｜飢寒交迫｜驚喜交集。

交2 jiāo ㄐㄧㄠ 同'跤'(jiāo)。

【交白卷】jiāo báijuàn ㄐㄧㄠ ㄅㄞˊ ㄐㄩㄢˋ (交白卷兒) ❶考生不能回答試題，把空白試卷交出去。❷比喻完全沒有完成任務：咱們必須把情況摸清楚，不能回去交白卷。

【交班】jiāo∥bān ㄐㄧㄠ∥ㄅㄢ 把工作任務交給下一班。

【交辦】jiāobàn ㄐㄧㄠ ㄅㄢˋ 交給某人辦理(多指上級對下級)：這是上級交辦的任務。

【交保】jiāo∥bǎo ㄐㄧㄠ∥ㄅㄠˇ 司法機關將人犯交付有信用的保人，保證他不逃避偵查和審判，隨傳隨到：交保釋放。

【交杯酒】jiāobēijiǔ ㄐㄧㄠ ㄅㄟ ㄐㄧㄡˇ 舊俗舉行婚禮時新婚夫婦飲的酒，把兩個酒杯用紅絲綫繫在一起，新婚夫婦交換着喝兩個酒杯裏的酒。

【交兵】jiāobīng ㄐㄧㄠ ㄅㄧㄥ 〈書〉交戰：兩國交兵。

【交叉】jiāochā ㄐㄧㄠ ㄔㄚ ❶幾個方向不同的綫條或綫路互相穿過：交叉火力網｜立體交叉橋｜公路和鐵路交叉。❷有相同有不同的；有相重的：交叉的意見｜交叉學科。❸間隔穿插：交叉作業。

【交差】jiāo∥chāi ㄐㄧㄠ∥ㄔㄞ 任務完成後把結果報告上級：事情不辦好，怎麼回去交差？

【交錯】jiāocuò ㄐㄧㄠ ㄘㄨㄛˋ 〈書〉交叉；錯雜：犬牙交錯｜縱橫交錯的溝渠。

【交代】jiāodài ㄐㄧㄠ ㄉㄞˋ ❶把經手的事務移交給接替的人：交代工作。❷囑咐：他一再交代我們要注意工程質量。❸把事情或意見向有關的人說明；把錯誤或罪行坦白出來：交代政策｜交代問題。也作交待。

【交待】jiāodài ㄐㄧㄠ ㄉㄞˋ ❶同'交代'③。❷完結(指結局不如意的，含詼諧意)：要是飛機出了事，這條命也就交待了。

【交道】jiāodào ㄐㄧㄠ ㄉㄠˋ 指交際來往的事：打交道｜我和他曾有過幾次交道。

【交底】jiāo∥dǐ ㄐㄧㄠ∥ㄉㄧˇ （交底兒）交代事物的底細：你不向我交底，我自然不明白其中奧妙。

【交點】jiāodiǎn ㄐㄧㄠ ㄉㄧㄢˇ 綫與綫、綫與面相交的點。

【交鋒】jiāo∥fēng ㄐㄧㄠ∥ㄈㄥ 雙方作戰：敵人不敢和我們交鋒◇這兩支足球勁旅將在明日交鋒。

【交付】jiāofù ㄐㄧㄠ ㄈㄨˋ 交給：交付定金｜交付任務｜新樓房已經交付使用。

【交感神經】jiāogǎn-shénjīng ㄐㄧㄠ ㄍㄢˇ ㄕㄣˊ ㄐㄧㄥ 從胸部和腰部的脊髓發出的神經，在脊柱兩側形成串狀的交感神經節，再由交感神經節發出神經纖維分佈到內臟、腺體和血管的壁上。作用跟副交感神經相反，有加強和加速心臟收縮，使瞳孔擴大，使腸蠕動減弱等作用。

【交割】jiāogē ㄐㄧㄠ ㄍㄜ ❶雙方結清手續（多用於商業）：這筆貨款業已交割。❷移交；交代：工作都交割清了。

【交工】jiāo∥gōng ㄐㄧㄠ∥ㄍㄨㄥ 施工單位把已完成的工程移交給建設單位。

【交媾】jiāogòu ㄐㄧㄠ ㄍㄡˋ 性交。

【交關】jiāoguān ㄐㄧㄠ ㄍㄨㄢ ❶相關聯：性命交關。❷〈方〉非常；很：上海今年冬天交關冷。❸〈方〉很多：公園裏人交關。

【交好】jiāohǎo ㄐㄧㄠ ㄏㄠˇ 互相往來，結成知己或友邦：兩國交好｜交好有年。

【交合】jiāohé ㄐㄧㄠ ㄏㄜˊ ❶連接在一起：悲喜交合｜兩旁行道樹，枝葉交合。❷指性交。

【交互】jiāohù ㄐㄧㄠ ㄏㄨˋ ❶互相：教師宣佈答案之後，就讓同學們交互批改。❷替換着：他兩手交互地抓住野藤，向山頂上爬。

【交還】jiāohuán ㄐㄧㄠ ㄏㄨㄢˊ 歸還；退還：文件閱後請及時交還。

【交換】jiāohuàn ㄐㄧㄠ ㄏㄨㄢˋ ❶雙方各拿出自己的給對方；互換：交換紀念品｜交換意見｜兩隊交換場地。❷以商品換商品；買賣商品。

【交換機】jiāohuànjī ㄐㄧㄠ ㄏㄨㄢˋ ㄐㄧ 設在各電話用戶之間，能按通話人的要求來接通電話的機器。交換機有人工的和自動的兩大類。

【交換價值】jiāohuàn jiàzhí ㄐㄧㄠ ㄏㄨㄢˋ ㄐㄧㄚˋ ㄓˊ 某種商品和另一種商品互相交換時的量的比例，例如一把斧子換二十斤糧食，二十斤糧食就是一把斧子的交換價值。商品的交換價值是商品價值的表現形式。

【交匯】jiāohuì ㄐㄧㄠ ㄏㄨㄟˋ （水流、氣流等）聚集到一起；會合：長江口因為鹹水和淡水交匯，魚類資源極為豐富。

【交會】jiāohuì ㄐㄧㄠ ㄏㄨㄟˋ 會合；相交：鄭州是京廣、隴海兩條鐵路的交會點。

【交火】jiāo∥huǒ ㄐㄧㄠ∥ㄏㄨㄛˇ 交戰；互相開火。

【交集】jiāojí ㄐㄧㄠ ㄐㄧˊ （不同的感情、事物等）同時出現：百感交集｜驚喜交集｜雷雨交集。

【交際】jiāojì ㄐㄧㄠ ㄐㄧˋ 人與人之間的往來接觸；社交：語言是人們的交際工具｜他不善於交際。

【交際花】jiāojìhuā ㄐㄧㄠ ㄐㄧˋ ㄏㄨㄚ 在社交場中活躍而有名的女子（含輕蔑意）。

【交際舞】jiāojìwǔ ㄐㄧㄠ ㄐㄧˋ ㄨˇ 一種社交性的舞蹈，男女兩人合舞。也叫交誼舞。

【交加】jiāojiā ㄐㄧㄠ ㄐㄧㄚ （兩種事物）同時出現或同時加在一個人身上：風雪交加｜驚喜交加｜拳足交加。

【交接】jiāojiē ㄐㄧㄠ ㄐㄧㄝ ❶連接：夏秋交接的季節。❷移交和接替：新上任的保管和老保管辦理交接手續。❸結交：他交接的朋友也是愛好京劇的。

【交結】jiāojié ㄐㄧㄠ ㄐㄧㄝˊ ❶結交；交往：交結朋友｜他在文藝界交結很廣。❷〈書〉互相連接：交結盤錯。

【交界】jiāojiè ㄐㄧㄠ ㄐㄧㄝˋ 兩地相連，有共同的疆界：雲南省南部跟越南、老撾和緬甸交界。

【交九】jiāojiǔ ㄐㄧㄠ ㄐㄧㄡˇ 進入從冬至開始的'九'。參看614頁'九'②。

【交卷】jiāo∥juàn ㄐㄧㄠ∥ㄐㄩㄢˋ （交卷兒）❶應考的人考完交出試卷。❷比喻完成所接受的任務：這事交給他辦，三天準能交卷。

【交口】jiāokǒu ㄐㄧㄠ ㄎㄡˇ ❶眾口同聲（說）：交口稱譽。❷〈方〉交談：他們久已沒有交口。

【交困】jiāokùn ㄐㄧㄠ ㄎㄨㄣˋ 各種困難同時出現：內外交困｜上下交困。

【交流】jiāoliú ㄐㄧㄠ ㄌㄧㄡˊ ❶交錯地流淌：涕淚交流｜河港交流。❷彼此把自己有的供給對方：物資交流｜文化交流｜交流工作經驗。

【交流電】jiāoliúdiàn ㄐㄧㄠ ㄌㄧㄡˊ ㄉㄧㄢˋ 方向和強度作週期性變化的電流。現在使用的交流電，一般是方向和強度每秒改變50次。

【交納】jiāonà ㄐㄧㄠ ㄋㄚˋ 向政府或公共團體交付規定數額的金錢或實物：交納會費｜交納膳費｜交納農業稅。

【交配】jiāopèi ㄐㄧㄠ ㄆㄟˋ 雌雄動物發生性的行為；植物的雌雄生殖細胞相結合。

【交迫】jiāopò ㄐㄧㄠ ㄆㄛˋ （不同的事物）同時逼迫：飢寒交迫｜貧病交迫。

【交情】jiāo·qing ㄐㄧㄠ ·ㄑㄧㄥ 人與人互相交往而發生的感情：交情深｜他們之間很有交情。

【交融】jiāoróng ㄐㄧㄠ ㄖㄨㄥˊ 融合在一起：水乳交融。

【交涉】jiāoshè ㄐㄧㄠ ㄕㄜˋ 跟對方商量解決有關的問題：辦交涉｜你去交涉一下，看能不能提前交貨。

【交手】jiāo∥shǒu ㄐㄧㄠ∥ㄕㄡˇ 雙方搏鬥：他倆交過三次手都不分高下。

【交談】jiāotán ㄐㄧㄠ ㄊㄢˊ 互相接觸談話：親切地交談｜他們用英語交談起來。

【交替】jiāotì ㄐㄧㄠ ㄊㄧˋ ❶接替：新舊交替。❷替換着；輪流：循環交替｜兒童的作業和休息應當交替進行。

【交通】jiāotōng ㄐㄧㄠ ㄊㄨㄥ ❶往來通達：阡陌交通。❷各種運輸和郵電事業的總稱。❸抗日戰爭和解放戰爭時期指通信和聯絡工作。❹指交通員。❺〈書〉結交；勾結：交通權貴｜交通官府。

【交通車】jiāotōngchē ㄐㄧㄠ ㄊㄨㄥ ㄔㄜ 機關、團體等為公務來往而定時行駛的大型汽車或火車。

【交通島】jiāotōngdǎo ㄐㄧㄠ ㄊㄨㄥ ㄉㄠˇ 道路中間的圓形小平台，警察站在上面指揮交通，有時也用白漆劃綫表示。

【交通工具】jiāotōng gōngjù ㄐㄧㄠ ㄊㄨㄥ ㄍㄨㄥ ㄐㄩˋ 運輸用的車輛、船隻和飛機等。

【交通壕】jiāotōngháo ㄐㄧㄠ ㄊㄨㄥ ㄏㄠˊ 陣地內連接塹壕和其他工事以供交通聯絡的壕溝。在重要地段上有射擊設施。也叫交通溝。

【交通綫】jiāotōngxiàn ㄐㄧㄠ ㄊㄨㄥ ㄒㄧㄢˋ 運輸的路綫，包括鐵路綫、公路綫、航綫等。

【交通員】jiāotōngyuán ㄐㄧㄠ ㄊㄨㄥ ㄩㄢˊ 抗日戰爭和解放戰爭中擔任通訊聯絡工作的人員。

【交頭接耳】jiāo tóu jiē ěr ㄐㄧㄠ ㄊㄡˊ ㄐㄧㄝ ㄦˇ 彼此在耳朵邊低聲說話。

【交往】jiāowǎng ㄐㄧㄠ ㄨㄤˇ 互相來往：我跟他沒有交往｜他不大和人交往。

【交尾】jiāowěi ㄐㄧㄠ ㄨㄟˇ 動物交配。

【交惡】jiāowù ㄐㄧㄠ ㄨˋ 互相憎恨仇視：兩國交惡。

【交相輝映】jiāo xiāng huī yìng ㄐㄧㄠ ㄒㄧㄤ ㄏㄨㄟ ㄧㄥˋ (各種光亮、彩色等)相互映照：星月燈火，交相輝映。

【交響樂】jiāoxiǎngyuè ㄐㄧㄠ ㄒㄧㄤˇ ㄩㄝˋ 由管弦樂隊演奏的大型樂曲，通常由四個樂章組成，能夠表現出多樣的、變化複雜的思想感情。

【交卸】jiāoxiè ㄐㄧㄠ ㄒㄧㄝˋ 舊時官吏卸職，向後任交代。

【交心】jiāo∥xīn ㄐㄧㄠ∥ㄒㄧㄣ 把自己內心深處的想法無保留地說出來：通過交心，他們相互間加深了了解。

【交椅】jiāoyǐ ㄐㄧㄠ ㄧˇ ❶古代椅子，腿交叉，能摺疊：坐第一把交椅(指當大頭領，現比喻當第一把手)。❷〈方〉椅子(多指有扶手的)。

【交易】jiāoyì ㄐㄧㄠ ㄧˋ 買賣商品：交易市場｜做了一筆交易◇不能拿原則做交易。

【交易所】jiāoyìsuǒ ㄐㄧㄠ ㄧˋ ㄙㄨㄛˇ 進行證券或商品交易的市場，所買賣的可以是現貨，也可以是期貨。通常有證券交易所和商品交易所兩種。

【交誼】jiāoyì ㄐㄧㄠ ㄧˋ 交情；友誼。

【交遊】jiāoyóu ㄐㄧㄠ ㄧㄡˊ 〈書〉結交朋友：交遊很廣。

【交戰】jiāo∥zhàn ㄐㄧㄠ∥ㄓㄢˋ 雙方作戰：交戰國。

【交戰國】jiāozhànguó ㄐㄧㄠ ㄓㄢˋ ㄍㄨㄛˊ 實際上已交戰或彼此宣佈處於戰爭狀態的國家。

【交賬】jiāo∥zhàng ㄐㄧㄠ∥ㄓㄤˋ ❶移交賬務。❷比喻向有關的人交代自己承擔的事情：把你凍壞了，我怎麼向你哥交賬。

【交織】jiāozhī ㄐㄧㄠ ㄓ ❶錯綜複雜地合在一起：各色各樣的烟火在天空中交織成一幅美麗的圖畫。❷用不同品種或不同顏色的經緯綫織：棉麻交織｜黑白交織。

茭〔茭〕 jiāo ㄐㄧㄠ 〈書〉餵牲口的乾草。

【茭白】jiāobái ㄐㄧㄠ ㄅㄞˊ 菰的嫩莖經某種病菌寄生後膨大，做蔬菜吃叫茭白。

峧 jiāo ㄐㄧㄠ 地名用字。

郊 jiāo ㄐㄧㄠ 城市周圍的地區：四郊｜郊外｜郊野｜郊遊。

【郊區】jiāoqū ㄐㄧㄠ ㄑㄩ 城市周圍在行政管轄上屬這個城市的地區。

【郊外】jiāowài ㄐㄧㄠ ㄨㄞˋ 城市外面的地方(對某一城市說)：古都郊外名勝很多。

【郊野】jiāoyě ㄐㄧㄠ ㄧㄝˇ 郊區曠野。

【郊遊】jiāoyóu ㄐㄧㄠ ㄧㄡˊ 到郊外遊覽。

姣 jiāo ㄐㄧㄠ 〈書〉相貌美：姣好。

教 jiāo ㄐㄧㄠ 把知識或技能傳給人：教唱歌｜教小孩兒識字｜師傅把技術教給徒弟。另見581頁 jiào。

【教書】jiāo∥shū ㄐㄧㄠ∥ㄕㄨ 教學生學習功課：教書先生｜他在小學裏教書。

【教書匠】jiāoshūjiàng ㄐㄧㄠ ㄕㄨ ㄐㄧㄤˋ 指教師(含輕蔑意)。

【教學】jiāo∥xué ㄐㄧㄠ∥ㄒㄩㄝˊ 教書。另見582頁 jiàoxué。

椒 jiāo ㄐㄧㄠ 指某些果實或種子有刺激性味道的植物：花椒｜辣椒｜秦椒。

【椒鹽】jiāoyán ㄐㄧㄠ ㄧㄢˊ (椒鹽兒)把焙過的花椒和鹽軋碎製成的調味品：椒鹽排骨｜椒鹽月餅。

蛟 jiāo ㄐㄧㄠ 蛟龍。

【蛟龍】jiāolóng ㄐㄧㄠ ㄌㄨㄥˊ 古代傳說中指興風作浪、能發洪水的龍。

焦[1] jiāo ㄐㄧㄠ ❶物體受熱後失去水分，呈現黃黑色並發硬、發脆：樹燒焦了◇舌敝唇焦。❷焦炭：煤焦｜煉焦。❸着急：焦急｜心焦。❹中醫指身體的某些部位。參看1005頁〖上焦〗、1232頁〖下焦〗、1479頁〖中焦〗。❺

(Jiāo) 姓。

焦² jiāo ㄐㄧㄠ 焦耳的簡稱。

【焦愁】jiāochóu ㄐㄧㄠ ㄔㄡˊ 焦急憂愁：母親為他的病晝夜焦愁。

【焦點】jiāodiǎn ㄐㄧㄠ ㄉㄧㄢˇ ❶某些與橢圓、雙曲綫或拋物綫有特殊關係的點。如橢圓的兩個焦點到橢圓上任意一點的距離的和是一個常數。❷平行光綫經透鏡折射或曲面鏡反射後的會聚點。❸比喻事情或道理引人注意的集中點：爭論的焦點。

【焦耳】jiāo'ěr ㄐㄧㄠ ㄦˇ 功的單位，1 牛頓的力使其作用點在力的方向上位移 1 米所作的功，就是 1 焦耳。1 焦耳等於 10^7 爾格。這個單位名稱是為紀念英國物理學家焦耳 (James Prescott Joule) 而定的。簡稱焦。

【焦黑】jiāohēi ㄐㄧㄠ ㄏㄟ 物體燃燒後呈現的黑色。

【焦化】jiāohuà ㄐㄧㄠ ㄏㄨㄚˋ 指有機物質碳化變焦。特指煤的高溫乾餾並同時收回化工產品。

【焦黃】jiāohuáng ㄐㄧㄠ ㄏㄨㄤˊ 黃而乾枯的顏色：面色焦黃｜焦黃的豆莢。

【焦急】jiāojí ㄐㄧㄠ ㄐㄧˊ 着急：焦急萬分｜心裏焦急。

【焦距】jiāojù ㄐㄧㄠ ㄐㄩˋ 曲面鏡的頂點或薄透鏡的中心到主焦點的距離。

【焦渴】jiāokě ㄐㄧㄠ ㄎㄜˇ 非常乾渴：焦渴難耐。

【焦枯】jiāokū ㄐㄧㄠ ㄎㄨ (植物) 乾枯：久旱不雨，禾苗焦枯。

【焦雷】jiāoléi ㄐㄧㄠ ㄌㄟˊ 聲音響亮的雷。

【焦慮】jiāolǜ ㄐㄧㄠ ㄌㄩˋ 焦急憂慮：焦慮不安｜萬分焦慮。

【焦煤】jiāoméi ㄐㄧㄠ ㄇㄟˊ 烟煤的一種，煉焦時結焦性強，單獨用這種煤煉的焦強度高，塊大，但塊過大不易從爐中出焦。也叫主焦煤。

【焦炭】jiāotàn ㄐㄧㄠ ㄊㄢˋ 一種固體燃料，質硬，多孔，發熱量高。用煤高溫乾餾而成。多用於煉鐵。

【焦頭爛額】jiāo tóu làn é ㄐㄧㄠ ㄊㄡˊ ㄌㄢˋ ㄜˊ 比喻十分狼狽窘迫。

【焦土】jiāotǔ ㄐㄧㄠ ㄊㄨˇ 烈火燒焦的土地。指建築物、莊稼等毀於炮火之後的景象。

【焦心】jiāoxīn ㄐㄧㄠ ㄒㄧㄣ 着急：至今沒有接到兒子來信，真叫人焦心。

【焦油】jiāoyóu ㄐㄧㄠ ㄧㄡˊ 煤焦油和木焦油的統稱。舊稱溚 (tǎ)。

【焦棗】jiāozǎo ㄐㄧㄠ ㄗㄠˇ 一種焦而脆的棗，將棗去核，用火烤乾而成。有的地區叫脆棗。

【焦躁】jiāozào ㄐㄧㄠ ㄗㄠˋ 着急而煩躁：焦躁不安｜心裏焦躁。

【焦砟】jiāozhǎ ㄐㄧㄠ ㄓㄚˇ 烟煤或煤球燃燒後凝成的塊狀物。

【焦炙】jiāozhì ㄐㄧㄠ ㄓˋ 形容心裏像火烤一樣焦急：心情焦炙萬分。

【焦灼】jiāozhuó ㄐㄧㄠ ㄓㄨㄛˊ 非常着急：焦灼不安。

跤 jiāo ㄐㄧㄠ 跟頭：跌跤｜摔了一跤。

僬 jiāo ㄐㄧㄠ ［僬僥］(jiāoyáo ㄐㄧㄠ ㄧㄠˊ) 古代傳説中的矮人。

蕉〔蕉〕 jiāo ㄐㄧㄠ 指某些有像芭蕉那樣的大叶子的植物：香蕉｜美人蕉。

另見926頁 qiáo。

【蕉農】jiāonóng ㄐㄧㄠ ㄋㄨㄥˊ 以种植香蕉為主的農民。

嶕 jiāo ㄐㄧㄠ ［嶕嶢］(jiāoyáo ㄐㄧㄠ ㄧㄠˊ) 〈書〉高聳。

膠(胶) jiāo ㄐㄧㄠ ❶某些具有黏性的物質，用動物的皮、角等熬成或由植物分泌出來，也有人工合成的。通常用來黏合器物，如鰾膠、桃膠、萬能膠，有的供食用或入藥，如果膠，阿膠。❷用膠粘：膠柱鼓瑟｜鏡框壞了，把它膠上◇不可膠於成規。❸像膠一樣黏的：膠泥。❹指橡膠：膠皮｜膠鞋｜膠布。

【膠版】jiāobǎn ㄐㄧㄠ ㄅㄢˇ 膠印的印刷底版。

【膠布】jiāobù ㄐㄧㄠ ㄅㄨˋ ❶塗上黏性橡膠的布，多用於包紮電綫接頭。❷橡皮膏。

【膠帶】jiāodài ㄐㄧㄠ ㄉㄞˋ 用塑料製成的磁帶。

【膠合】jiāohé ㄐㄧㄠ ㄏㄜˊ 用膠把東西粘在一起。

【膠合板】jiāohébǎn ㄐㄧㄠ ㄏㄜˊ ㄅㄢˇ 用多層木質單板黏合、壓製成的板材。層數多為單數，各層的木紋縱橫交錯。強度大，節約木材，廣泛用於建築工程和製造傢具等。

【膠結】jiāojié ㄐㄧㄠ ㄐㄧㄝˊ 糨糊、膠等半流體乾燥後變硬黏結在一起。

【膠捲】jiāojuǎn ㄐㄧㄠ ㄐㄩㄢˇ (膠捲兒) 成捲的照相膠片。

【膠木】jiāomù ㄐㄧㄠ ㄇㄨˋ 橡膠和多量硫磺加熱製成的硬質材料，多用做電器的絕緣材料，也用來製其他日用品。

【膠囊】jiāonáng ㄐㄧㄠ ㄋㄤˊ 醫藥上指用明膠製成的囊狀物，把味苦或刺激性大的藥粉按劑量裝入膠囊中，便於吞服。

【膠泥】jiāoní ㄐㄧㄠ ㄋㄧˊ 含有水分的黏土，黏性很大。

【膠皮】jiāopí ㄐㄧㄠ ㄆㄧˊ ❶硫化橡膠的通稱。❷〈方〉人力車②。

【膠片】jiāopiàn ㄐㄧㄠ ㄆㄧㄢˋ 塗有感光藥膜的塑料片，用於攝影。也叫軟片。

【膠乳】jiāorǔ ㄐㄧㄠ ㄖㄨˇ ❶割開橡膠樹樹皮後流出的白色乳狀液體，是製造橡膠的原料。❷樹脂粉末懸浮在水中而成的乳狀液，用來製合成橡膠或某些不易加工的產品，如膠綫、薄膜等。

【膠水】jiāoshuǐ ㄐㄧㄠ ㄕㄨㄟˇ （膠水兒）粘東西用的液體的膠。

【膠體溶液】jiāotǐ róngyè ㄐㄧㄠ ㄊㄧˇ ㄖㄨㄥˊ ㄧㄝˋ 溶膠。

【膠鞋】jiāoxié ㄐㄧㄠ ㄒㄧㄝˊ 用橡膠製成的鞋。有時也指橡膠底布面的鞋。

【膠靴】jiāoxuē ㄐㄧㄠ ㄒㄩㄝ 用橡膠製成的靴子。

【膠印】jiāoyìn ㄐㄧㄠ ㄧㄣˋ 用膠版印刷。印版不直接和紙張接觸，先把油墨從印版移印到有彈性的膠布面，由膠布面轉印到紙上。

【膠粘劑】jiāozhānjì ㄐㄧㄠ ㄓㄢ ㄐㄧˋ 黏合劑。

【膠柱鼓瑟】jiāo zhù gǔ sè ㄐㄧㄠ ㄓㄨˋ ㄍㄨˇ ㄙㄜˋ 比喻固執拘泥，不能變通（柱：瑟上調弦的短木。柱被粘住，就不能調整音高）：情況變了，辦法也要改進，不能膠柱鼓瑟。

【膠着】jiāozhuó ㄐㄧㄠ ㄓㄨㄛˊ 比喻相持不下，不能解決：膠着狀態。

澆[1]（浇） jiāo ㄐㄧㄠ ❶讓水或別的液體落在物體上：澆水｜大雨澆得全身都濕透了。❷灌溉：車水澆地。❸澆灌①：澆鑄｜澆鉛字｜澆版。

澆[2]（浇） jiāo ㄐㄧㄠ 〈書〉刻薄：澆薄。

【澆薄】jiāobó ㄐㄧㄠ ㄅㄛˊ 〈書〉（人情、風俗）刻薄；不淳厚：人情澆薄｜世風澆薄。

【澆灌】jiāoguàn ㄐㄧㄠ ㄍㄨㄢˋ ❶把流體向模子內灌注：澆灌混凝土。❷澆水灌溉。

【澆冷水】jiāo lěngshuǐ ㄐㄧㄠ ㄌㄥˇ ㄕㄨㄟˇ 比喻打擊別人的熱情。也說潑冷水。

【澆漓】jiāolí ㄐㄧㄠ ㄌㄧˊ 〈書〉（風俗等）不樸素敦厚：世道澆漓，人心日下。

【澆頭】jiāo·tou ㄐㄧㄠ ·ㄊㄡ 〈方〉加在盛好的麵條或米飯上面的菜。

【澆注】jiāozhù ㄐㄧㄠ ㄓㄨˋ 把金屬熔液、混凝土等注入（模型等）。

【澆築】jiāozhù ㄐㄧㄠ ㄓㄨˋ 土木建築工程中指把混凝土等材料灌注到模子裏製成預定形體：澆築大壩。

【澆鑄】jiāozhù ㄐㄧㄠ ㄓㄨˋ 把熔化了的金屬等倒入模型，鑄成物體。

嬌（娇） jiāo ㄐㄧㄠ ❶（女子、小孩、花朵等）柔嫩、美麗可愛：嬌嬈｜嫩紅嬌綠。❷嬌氣：才走幾里地，就說腿疲，未免太嬌了。❸過度愛護：嬌生慣養｜別把孩子嬌壞了。

【嬌寵】jiāochǒng ㄐㄧㄠ ㄔㄨㄥˇ 嬌慣寵愛：對孩子不能過於嬌寵。

【嬌滴滴】jiāodīdī ㄐㄧㄠ ㄉㄧ ㄉㄧ ❶形容嬌媚：嬌滴滴的聲音。❷形容過分嬌氣的樣子。

【嬌兒】jiāo'ér ㄐㄧㄠ ㄦˊ 心愛的兒子。也泛指心愛的幼小兒女。

【嬌慣】jiāoguàn ㄐㄧㄠ ㄍㄨㄢˋ 寵愛縱容（多指對幼年兒女）：別把孩子嬌慣壞了。

【嬌貴】jiāo·gui ㄐㄧㄠ ·ㄍㄨㄟ ❶看得貴重，過度愛護：這點雨還怕，身子就太嬌貴啦！❷（物品）貴重而容易損壞：儀表嬌貴，要小心輕放。

【嬌客】jiāokè ㄐㄧㄠ ㄎㄜˋ ❶指女婿。❷嬌貴的人。

【嬌媚】jiāomèi ㄐㄧㄠ ㄇㄟˋ ❶形容撒嬌獻媚的樣子。❷嫵媚：舞姿嬌媚。

【嬌嫩】jiāo·nen ㄐㄧㄠ ·ㄋㄣ 柔嫩：嬌嫩的鮮花｜她的身體也太嬌嫩，風一吹就病了。

【嬌氣】jiāo·qì ㄐㄧㄠ ·ㄑㄧˋ ❶意志脆弱、不能吃苦、習慣於享受的作風。❷指物品、花草等容易損壞。

【嬌嬈】jiāoráo ㄐㄧㄠ ㄖㄠˊ 〈書〉嬌艷妖嬈：體態嬌嬈。

【嬌柔】jiāoróu ㄐㄧㄠ ㄖㄡˊ 嬌媚溫柔。

【嬌生慣養】jiāo shēng guàn yǎng ㄐㄧㄠ ㄕㄥ ㄍㄨㄢˋ ㄧㄤˇ 從小被寵愛縱容。

【嬌娃】jiāowá ㄐㄧㄠ ㄨㄚˊ ❶美麗的少女。❷〈方〉指嬌生慣養的孩子：這幫大城市來的嬌娃都經受了艱苦的考驗。

【嬌小】jiāoxiǎo ㄐㄧㄠ ㄒㄧㄠˇ 嬌嫩小巧：嬌小的女孩子｜嬌小的野花。

【嬌小玲瓏】jiāoxiǎo línglóng ㄐㄧㄠ ㄒㄧㄠˇ ㄌㄧㄥˊ ㄌㄨㄥˊ 小巧靈活：身材嬌小玲瓏。

【嬌羞】jiāoxiū ㄐㄧㄠ ㄒㄧㄡ 形容少女害羞的樣子。

【嬌艷】jiāoyàn ㄐㄧㄠ ㄧㄢˋ 嬌嫩艷麗：嬌艷的桃花。

【嬌養】jiāoyǎng ㄐㄧㄠ ㄧㄤˇ （對小孩）寵愛放任，不加管教。

【嬌縱】jiāozòng ㄐㄧㄠ ㄗㄨㄥˋ 嬌養放縱：嬌縱孩子，不是愛他而是害他。

礁 jiāo ㄐㄧㄠ ❶礁石。❷由珊瑚虫的遺骸堆積成的岩石狀物。

【礁石】jiāoshí ㄐㄧㄠ ㄕˊ 河流、海水中距水面很近的岩石。

鮫（鲛） jiāo ㄐㄧㄠ 鯊魚。

鵁（䴔） jiāo ㄐㄧㄠ ［鵁鶄］(jiāojīng ㄐㄧㄠ ㄐㄧㄥ) 古書上說的一種水鳥。

轇（轇） jiāo ㄐㄧㄠ ［轇轕］(jiāogé ㄐㄧㄠ ㄍㄜˊ)〈書〉交錯。

驕（骄） jiāo ㄐㄧㄠ ❶驕傲①：戒驕戒躁｜勝不驕，敗不餒。❷〈書〉猛烈：驕陽。

【驕傲】jiāo'ào ㄐㄧㄠ ㄠˋ ❶自以為了不起，看不起別人：驕傲自滿｜虛心使人進步，驕傲使人落後。❷自豪：我們都以是炎黃子孫而感到驕傲。❸值得自豪的人或事物：古代四大發明是中國的驕傲。

【驕橫】jiāohèng ㄐㄧㄠ ㄏㄥˋ 驕傲專橫：驕橫一時。

【驕矜】jiāojīn ㄐㄧㄠ ㄐㄧㄣ 〈書〉驕傲自大；傲慢：面有驕矜之色。

【驕慢】jiāomàn ㄐㄧㄠ ㄇㄢˋ 傲慢：為人驕慢｜態度驕慢。

【驕氣】jiāo·qì ㄐㄧㄠ ·ㄑㄧˋ 驕傲自滿的作風。

【驕奢淫逸】jiāo shē yín yì ㄐㄧㄠ ㄕㄜ ㄧㄣˊ ㄧˋ 驕橫奢侈，荒淫無度。

【驕陽】jiāoyáng ㄐㄧㄠ ㄧㄤˊ 〈書〉強烈的陽光：驕陽似火。

【驕躁】jiāozào ㄐㄧㄠ ㄗㄠˋ 驕傲浮躁：驕躁情緒。

【驕子】jiāozǐ ㄐㄧㄠ ㄗˇ 受寵愛的兒子，多用於比喻：天之驕子｜時代的驕子。

【驕縱】jiāozòng ㄐㄧㄠ ㄗㄨㄥˋ 驕傲放縱。

鷦(鹪) jiāo ㄐㄧㄠ ［鷦鷯］(jiāoliáo ㄐㄧㄠ ㄌㄧㄠˊ)鳥，体長約三寸，羽毛赤褐色，略有黑褐色斑點，尾羽短，略向上翹。以昆虫為主要食物。

jiáo（ㄐㄧㄠˊ）

矯(矫) jiáo ㄐㄧㄠˊ 矯情。
另見579頁 jiǎo。

【矯情】jiáo·qing ㄐㄧㄠˊ ·ㄑㄧㄥ 〈方〉指強詞奪理，無理取鬧：這個人太矯情｜犯矯情。
另見580頁 jiǎoqíng。

嚼 jiáo ㄐㄧㄠˊ 上下牙齒磨碎食物：細嚼慢嚥◇咬文嚼字。
另見583頁 jiào；630頁 jué。

【嚼裏兒】jiáo·guor ㄐㄧㄠˊ ·ㄍㄨㄛㄦ 〈方〉指生活費用：辛苦一年，掙的錢剛夠嚼裏兒。也說繳裏兒(jiǎo·guor)。

【嚼舌】jiáoshé ㄐㄧㄠˊ ㄕㄜˊ ❶信口胡說；搬弄是非：有意見當面提，別在背後嚼舌。❷無謂地爭辯：沒工夫跟你嚼舌。‖也說嚼舌頭(jiáoshé·tou)、嚼舌根(jiáoshé·gen)。

【嚼用】jiáo·yong ㄐㄧㄠˊ ·ㄩㄥ 〈方〉生活費用：人口多，嚼用大。

【嚼子】jiáo·zi ㄐㄧㄠˊ ·ㄗ 為便於駕御，橫放在牲口嘴裏的小鐵鏈，兩端連在籠頭上。

jiǎo（ㄐㄧㄠˇ）

角[1] jiǎo ㄐㄧㄠˇ ❶牛、羊、鹿等頭上長出的堅硬的東西，一般細長而彎曲，上端較尖：牛角｜鹿角。❷古時軍中吹的樂器：號角。❸形狀像角的東西：皂角｜菱角。❹岬角。多用於地名：鎮海角(在福建)。❺(角兒)物體兩個邊沿相接的地方；角落：桌子角兒｜牆角兒｜拐角兒｜東南角◇英語角。❻從一個點引出兩條射綫所形成的，或從一條直綫上展開的兩個平面或從一點上展開的多個平面所形成的圖形，直角｜鋭角｜兩面角｜多面角。❼量詞，四分之一：一角餅。❽二十八宿之一。

角[2] jiǎo ㄐㄧㄠˇ 我國貨幣的輔助單位，一角等於一圓的十分之一。

角[3] jiǎo ㄐㄧㄠˇ 同'餃'。
另見627頁 jué。

【角暗裏】jiǎo'àn·li ㄐㄧㄠˇ ㄢˋ ·ㄌㄧ 〈方〉角落。指偏僻的地方。

【角尺】jiǎochǐ ㄐㄧㄠˇ ㄔˇ 一種檢驗或畫綫用的工具，兩邊互成直角。木工用的曲尺也叫角尺。

【角度】jiǎodù ㄐㄧㄠˇ ㄉㄨˋ ❶角的大小。通常用度或弧度來表示。❷看事情的出發點：如果光從自己的角度來看問題，意見就難免有些片面。

【角鋼】jiǎogāng ㄐㄧㄠˇ ㄍㄤ 斷面呈L形的條狀鋼材，分等邊的和不等邊的兩種。俗稱角鐵、三角鐵。

【角弓反張】jiǎogōng-fǎnzhāng ㄐㄧㄠˇ ㄍㄨㄥ ㄈㄢˇ ㄓㄤ 頭和頸僵硬、向後仰，胸部向前挺，下肢彎曲的症狀，常見於腦膜炎、破傷風等病。

【角果】jiǎoguǒ ㄐㄧㄠˇ ㄍㄨㄛˇ 乾果的一種，由兩個心皮構成，成熟時果皮由基部向上裂開。如油菜、白菜、荞菜等的果實。

【角樓】jiǎolóu ㄐㄧㄠˇ ㄌㄡˊ 城角上供瞭望和防守用的樓。

【角落】jiǎoluò ㄐㄧㄠˇ ㄌㄨㄛˋ ❶兩堵牆或類似牆的東西相接處的凹角：他找遍了屋子的每個角落，也沒有找到那塊錶｜院子的一個角落長着一棵桃樹。❷指偏僻的地方：他的事迹傳遍了祖國的每一個角落。

【角門】jiǎomén ㄐㄧㄠˇ ㄇㄣˊ 整個建築物的靠近角上的小門。泛指小的旁門。也作腳門。

【角膜】jiǎomó ㄐㄧㄠˇ ㄇㄛˊ 黑眼珠表面的一層透明薄膜，由結締組織構成，向前凸出，沒有血管分佈，有很多神經纖維，感覺非常靈敏，後部與鞏膜相連。(圖見1318頁'眼')

【角膜接觸鏡】jiǎomó jiēchù jìng ㄐㄧㄠˇ ㄇㄛˊ ㄐㄧㄝ ㄔㄨˋ ㄐㄧㄥˋ 眼鏡的一種，鏡片用高分子材料製成，很薄，直接貼附在眼球角膜上，以達到矯正視力的作用。通稱隱形眼鏡。

【角票】jiǎopiào ㄐㄧㄠˇ ㄆㄧㄠˋ 票面以角為單位的紙幣的統稱。也叫毛票。

【角速度】jiǎosùdù ㄐㄧㄠˇ ㄙㄨˋ ㄉㄨˋ 物體轉動時在單位時間內所轉過的角度。勻速轉動的物體，角速度＝轉過的角度/時間。

【角台】jiǎotái ㄐㄧㄠˇ ㄊㄞˊ 棱台。

【角質】jiǎozhì ㄐㄧㄠˇ ㄓˋ 某些動植物體表皮的一層組織，質地堅韌，是由殼質、石灰質等構成的，有保護內部組織的作用。

【角子】jiǎo·zi ㄐㄧㄠˇ ·ㄗ 〈方〉舊時通用的一角和

兩角的小銀幣。

佼 jiǎo ㄐㄧㄠˇ 〈書〉美好。

【佼佼】jiǎojiǎo ㄐㄧㄠˇ ㄐㄧㄠˇ 〈書〉勝過一般水平的：庸中佼佼。

狡 jiǎo ㄐㄧㄠˇ 狡猾；狡計。

【狡辯】jiǎobiàn ㄐㄧㄠˇ ㄅㄧㄢˋ 狡猾地強辯：事實勝於狡辯。

【狡猾】jiǎohuá ㄐㄧㄠˇ ㄏㄨㄚˊ 詭計多端，不可信任。也作狡滑。

【狡滑】jiǎohuá ㄐㄧㄠˇ ㄏㄨㄚˊ 同'狡猾'。

【狡計】jiǎojì ㄐㄧㄠˇ ㄐㄧˋ 狡猾的計謀。

【狡獪】jiǎokuài ㄐㄧㄠˇ ㄎㄨㄞˋ 〈書〉狡詐：故弄狡獪(故意迷惑人)。

【狡賴】jiǎolài ㄐㄧㄠˇ ㄌㄞˋ 狡辯抵賴：百般狡賴。

【狡兔三窟】jiǎo tù sān kū ㄐㄧㄠˇ ㄊㄨˋ ㄙㄢ ㄎㄨ 狡猾的兔子有三個窩。比喻藏身的地方多。

【狡黠】jiǎoxiá ㄐㄧㄠˇ ㄒㄧㄚˊ 〈書〉狡詐。

【狡詐】jiǎozhà ㄐㄧㄠˇ ㄓㄚˋ 狡猾奸詐：陰險狡詐。

皎 jiǎo ㄐㄧㄠˇ ❶白而亮：皎潔｜皎月。❷(Jiǎo)姓。

【皎皎】jiǎojiǎo ㄐㄧㄠˇ ㄐㄧㄠˇ 形容很白很亮：皎皎的月光。

【皎潔】jiǎojié ㄐㄧㄠˇ ㄐㄧㄝˊ (月亮等)明亮而潔白。

筊 jiǎo ㄐㄧㄠˇ 〈書〉用竹子編的繩索。

湫 jiǎo ㄐㄧㄠˇ 〈書〉低窪。
另見944頁 qiū。

【湫隘】jiǎo'ài ㄐㄧㄠˇ ㄞˋ 〈書〉低窪狹小：街巷湫隘。

絞(绞) jiǎo ㄐㄧㄠˇ ❶把兩股以上條狀物扭在一起：鐵索是用許多鐵絲絞成的◇好多問題絞在一起，鬧不清楚了。❷握住條狀物的兩端同時向相反方向轉動，使受到擠壓；擰：把毛巾絞乾◇絞盡腦汁。❸用絞刀切削：絞孔。❹勒死；吊死：絞殺｜絞架｜絞索。❺把繩索一端繫在輪上，轉動輪軸，使繫在另一端的物體移動：絞車｜絞盤｜絞着轆轤打水。❻量詞，用於紗、毛綫等：一絞紗。

【絞包針】jiǎobāozhēn ㄐㄧㄠˇ ㄅㄠ ㄓㄣ 縫麻袋等大型包裹用的一種鐵針，較粗而長，略呈彎形。

【絞車】jiǎochē ㄐㄧㄠˇ ㄔㄜ 捲揚機的通稱。

【絞刀】jiǎodāo ㄐㄧㄠˇ ㄉㄠ 金屬切削工具，用來使工件上原有的孔光潔或使直徑擴大。

【絞架】jiǎojià ㄐㄧㄠˇ ㄐㄧㄚˋ 把人吊死的刑具，在架子上繫着絞索。

【絞臉】jiǎo//liǎn ㄐㄧㄠˇ//ㄌㄧㄢˇ 舊時婦女整容時用絞在一起的細綫一張一合去掉臉上的寒毛。

【絞腦汁】jiǎo nǎozhī ㄐㄧㄠˇ ㄋㄠˇ ㄓ 費思慮；費腦筋。

【絞盤】jiǎopán ㄐㄧㄠˇ ㄆㄢˊ 利用輪軸的原理製成的一種起重機械。船上起錨和用繩索牽引重物等都用絞盤。

【絞殺】jiǎoshā ㄐㄧㄠˇ ㄕㄚ ❶用繩勒死。❷比喻壓制、摧殘使不能存在或發展：絞殺革命｜絞殺新生事物。

【絞手】jiǎoshǒu ㄐㄧㄠˇ ㄕㄡˇ 一種手工工具，有兩個把兒，用以卡住絲錐、絞刀等工具對工件進行切削，板牙絞手。

【絞索】jiǎosuǒ ㄐㄧㄠˇ ㄙㄨㄛˇ 絞刑用的繩子。

【絞刑】jiǎoxíng ㄐㄧㄠˇ ㄒㄧㄥˊ 死刑的一種，用繩子勒死。

敫 Jiǎo ㄐㄧㄠˇ 姓。

腳(脚) jiǎo ㄐㄧㄠˇ ❶人或動物的腿的下端，接觸地面支持身體的部分：腳面｜腳背。(圖見1017頁〖身體〗)❷東西的最下部：牆腳｜山腳｜高腳杯。❸指跟體力搬運有關的：腳夫｜腳行｜腳力。
另見629頁 jué。

【腳板】jiǎobǎn ㄐㄧㄠˇ ㄅㄢˇ 腳掌。

【腳背】jiǎobèi ㄐㄧㄠˇ ㄅㄟˋ 腳掌的反面。也叫腳面。

【腳本】jiǎoběn ㄐㄧㄠˇ ㄅㄣˇ 表演戲劇、曲藝，攝製電影等所依據的本子，裏面記載台詞、故事情節等。

【腳脖子】jiǎobó·zi ㄐㄧㄠˇ ㄅㄛˊ ·ㄗ 〈方〉腳腕子。

【腳步】jiǎobù ㄐㄧㄠˇ ㄅㄨˋ ❶指走路時兩腳之間的距離：腳步大。❷指走路時腿的動作：放輕腳步｜嚓嚓的腳步聲。

【腳踩兩隻船】jiǎo cǎi liǎng zhī chuán ㄐㄧㄠˇ ㄘㄞˇ ㄌㄧㄤˇ ㄓ ㄔㄨㄢˊ 比喻因為對事物認識不清或存心投機取巧而跟兩方面都保持聯繫。也說腳踏兩隻船。

【腳燈】jiǎodēng ㄐㄧㄠˇ ㄉㄥ ❶安裝在舞台口邊緣向內照射的一排燈。❷貼近地面安設的燈，便於黑暗中行走。

【腳蹬子】jiǎodēng·zi ㄐㄧㄠˇ ㄉㄥ ·ㄗ 某些機器或機械上專供踏腳的部件。

【腳底】jiǎodǐ ㄐㄧㄠˇ ㄉㄧˇ 腳掌：腳底起了繭。也說腳底板。

【腳伕】jiǎofū ㄐㄧㄠˇ ㄈㄨ ❶舊稱搬運工人。❷舊稱趕着牲口供人雇用的人。

【腳根】jiǎogēn ㄐㄧㄠˇ ㄍㄣ 同'腳跟'。

【腳跟】jiǎogēn ㄐㄧㄠˇ ㄍㄣ 腳的後部◇立定腳跟(站得穩，不動搖)。也作腳根。

【腳孤拐】jiǎogū·guai ㄐㄧㄠˇ ㄍㄨ ·ㄍㄨㄞ 〈方〉大趾和腳掌相連向外突出的地方。

【腳行】jiǎoháng ㄐㄧㄠˇ ㄏㄤˊ 舊稱搬運業或搬運工人。

【腳後跟】jiǎohòu·gen ㄐㄧㄠˇ ㄏㄡˋ ·ㄍㄣ 腳跟。

【腳迹】jiǎojì ㄐㄧㄠˇ ㄐㄧˋ 腳印。
【腳尖】jiǎojiān ㄐㄧㄠˇ ㄐㄧㄢ (腳尖兒) 腳的最前部分：踮着腳尖走。
【腳勁】jiǎojìn ㄐㄧㄠˇ ㄐㄧㄣˋ 〈方〉(腳勁兒) 兩腿的力氣：媽媽的眼睛不如從前了，可是腳勁還很好。
【腳扣】jiǎokòu ㄐㄧㄠˇ ㄎㄡˋ 套在鞋上爬電綫杆子用的一種弧形鐵製用具。
【腳力】jiǎolì ㄐㄧㄠˇ ㄌㄧˋ ❶兩腿的力气：他一天能走八九十里，腳力很好。❷舊稱搬運工人。❸腳錢。❹舊時給前來送禮的伕役的賞錢。
【腳鐐】jiǎoliào ㄐㄧㄠˇ ㄌㄧㄠˋ 套在犯人腳腕子上使不能快走的刑具，由一條鐵鏈連着兩個鐵箍做成。
【腳爐】jiǎolú ㄐㄧㄠˇ ㄌㄨˊ 冷天烘腳用的小銅爐，狀圓而稍扁，有提樑，蓋上有許多小孔，爐中燃燒炭墼、鋸末或礱糠。
【腳輪】jiǎolún ㄐㄧㄠˇ ㄌㄨㄣˊ 安在提包、箱籠、沙發腿、牀腿底下的小輪子。
【腳門】jiǎomén ㄐㄧㄠˇ ㄇㄣˊ 同'角門'。
【腳面】jiǎomiàn ㄐㄧㄠˇ ㄇㄧㄢˋ 腳背。
【腳盆】jiǎopén ㄐㄧㄠˇ ㄆㄣˊ 洗腳用的盆。
【腳片】jiǎopiàn ㄐㄧㄠˇ ㄆㄧㄢˋ 〈方〉腳。
【腳蹼】jiǎopǔ ㄐㄧㄠˇ ㄆㄨˇ 一種潛水的用具，仿照動物的蹼，用橡膠或塑料壓製而成，戴在腳上，以增加撥水的能力。
【腳氣】jiǎoqì ㄐㄧㄠˇ ㄑㄧˋ ❶由於缺乏維生素 B_1 而引起的疾病。症狀是患者疲勞軟弱，小腿沈重，肌肉疼痛萎縮，手足痙攣，頭痛，失眠，下肢發生水腫，心力衰竭等。❷腳癬的通稱。
【腳錢】jiǎo·qian ㄐㄧㄠˇ ·ㄑㄧㄢ 指付給搬送東西的人的工錢。
【腳手架】jiǎoshǒujià ㄐㄧㄠˇ ㄕㄡˇ ㄐㄧㄚˋ 為了建築工人在高處操作而搭的架子。
【腳踏車】jiǎotàchē ㄐㄧㄠˇ ㄊㄚˋ ㄔㄜ 〈方〉自行車。
【腳踏兩隻船】jiǎo tà liǎng zhī chuán ㄐㄧㄠˇ ㄊㄚˋ ㄌㄧㄤˇ ㄓ ㄔㄨㄢˊ 見〖腳踩兩隻船〗。
【腳踏實地】jiǎo tà shídì ㄐㄧㄠˇ ㄊㄚˋ ㄕˊ ㄉㄧˋ 形容做事踏實認真。
【腳腕子】jiǎowàn·zi ㄐㄧㄠˇ ㄨㄢˋ ·ㄗ 小腿和腳連接的部分。也叫腳腕兒。
【腳下】jiǎoxià ㄐㄧㄠˇ ㄒㄧㄚˋ ❶腳底下。❷〈方〉目前；現時：腳下是農忙季節，要合理使用勞力。❸〈方〉臨近的時候：冬至腳下。
【腳心】jiǎoxīn ㄐㄧㄠˇ ㄒㄧㄣ 腳掌的中央部分。
【腳癬】jiǎoxuǎn ㄐㄧㄠˇ ㄒㄩㄢˇ 皮膚病，病原體是一種黴菌，多發生在腳趾之間。症狀是起水泡，奇癢，抓破後流黃水，嚴重時潰爛。通稱腳氣。
【腳丫子】jiǎoyā·zi ㄐㄧㄠˇ ㄧㄚ ·ㄗ 〈方〉腳。也作腳鴨子。
【腳印】jiǎoyìn ㄐㄧㄠˇ ㄧㄣˋ (腳印兒) 腳踏過的痕迹。
【腳掌】jiǎozhǎng ㄐㄧㄠˇ ㄓㄤˇ 腳接觸地面的部分。
【腳爪】jiǎozhǎo ㄐㄧㄠˇ ㄓㄠˇ 〈方〉動物的爪子。
【腳指頭】jiǎozhǐ·tou ㄐㄧㄠˇ ㄓˇ ·ㄊㄡ 腳趾。
【腳趾】jiǎozhǐ ㄐㄧㄠˇ ㄓˇ 腳前端的分支。
【腳註】jiǎozhù ㄐㄧㄠˇ ㄓㄨˋ 列在一頁末了的附註。
【腳鐲】jiǎozhuó ㄐㄧㄠˇ ㄓㄨㄛˊ 套在腳腕子上的環形裝飾品，多用金、銀、玉等做成。舞蹈用的腳鐲繫有小鈴鐺。

剿 (勦) jiǎo ㄐㄧㄠˇ 剿滅；討伐：圍剿｜剿匪。
另見134頁 chāo。
【剿除】jiǎochú ㄐㄧㄠˇ ㄔㄨˊ 剿滅。
【剿滅】jiǎomiè ㄐㄧㄠˇ ㄇㄧㄝˋ 用武力消滅：剿滅土匪。

僥 (侥) jiǎo［僥幸］(jiǎoxìng ㄐㄧㄠˇ ㄒㄧㄥˋ) 由於偶然的原因而得到成功或免去災害：心存僥幸｜僥幸心理。也作儌倖、徼倖。
另見1330頁 yáo。

鉸 (铰) jiǎo ㄐㄧㄠˇ ❶剪③：用剪子鉸。❷同'絞'③。❸指鉸鏈：鉸接。
【鉸接】jiǎojiē ㄐㄧㄠˇ ㄐㄧㄝ 用鉸鏈連接，鉸接式無軌電車。
【鉸鏈】jiǎoliàn ㄐㄧㄠˇ ㄌㄧㄢˋ 連接機器、車輛、門窗，器物的兩個部分的裝置或零件，所連接的兩部分或其中的一部分能繞着鉸鏈的軸轉動。

餃 (饺) jiǎo ㄐㄧㄠˇ (餃兒) 餃子：水餃兒｜燙麵餃兒。
【餃子】jiǎo·zi ㄐㄧㄠˇ ·ㄗ 半圓形的有餡兒的麵食。

撟 (挢) jiǎo ㄐㄧㄠˇ 〈書〉❶抬起；舉起；翹起：撟首高視。❷同'矯¹'①(jiǎo)。

儌 jiǎo ㄐㄧㄠˇ［儌倖］(jiǎoxìng ㄐㄧㄠˇ ㄒㄧㄥˋ) 同'僥幸'。

徼 jiǎo ㄐㄧㄠˇ 〈書〉求。
另見583頁 jiào。
【徼倖】jiǎoxìng ㄐㄧㄠˇ ㄒㄧㄥˋ 同'僥幸'。

矯¹ (矫) jiǎo ㄐㄧㄠˇ ❶矯正：矯枉過正。❷(Jiǎo) 姓。

矯² (矫) jiǎo ㄐㄧㄠˇ 強壯；勇武：矯健｜矯若游龍。

矯³ (矫) jiǎo ㄐㄧㄠˇ 假託：矯飾｜矯命。
另見577頁 jiáo。
【矯健】jiǎojiàn ㄐㄧㄠˇ ㄐㄧㄢˋ 強壯有力：身手矯健｜矯健的步伐。
【矯捷】jiǎojié ㄐㄧㄠˇ ㄐㄧㄝˊ 矯健而敏捷：他飛

速地攀到柱頂，像猿猴那樣矯捷。

【矯命】jiǎomìng ㄐㄧㄠˇ ㄇㄧㄥˋ 〈書〉假託上級命令。

【矯情】jiǎoqíng ㄐㄧㄠˇ ㄑㄧㄥˊ 〈書〉故意違反常情，表示高超或與眾不同。

另見577頁 jiáo·qing。

【矯揉造作】jiǎo róu zào zuò ㄐㄧㄠˇ ㄖㄡˊ ㄗㄠˋ ㄗㄨㄛˋ 形容過分做作，極不自然。

【矯飾】jiǎoshì ㄐㄧㄠˇ ㄕˋ 故意造作來掩飾。

【矯枉過正】jiǎo wǎng guò zhèng ㄐㄧㄠˇ ㄨㄤˇ ㄍㄨㄛˋ ㄓㄥˋ 糾正偏差做得過了頭：應該糾正浪費的習慣，但是一變而為吝嗇，那就是矯枉過正了。

【矯形】jiǎoxíng ㄐㄧㄠˇ ㄒㄧㄥˊ 用外科手術把人體上畸形的部分改變成正常狀態，如矯正畸形脊柱、關節等。

【矯正】jiǎozhèng ㄐㄧㄠˇ ㄓㄥˋ 改正；糾正：矯正發音｜矯正錯誤｜矯正偏差。

【矯治】jiǎozhì ㄐㄧㄠˇ ㄓˋ 矯正並醫治(斜視、口吃等缺陷)：矯治口吃｜對視力減退的學生進行藥物矯治。

皦 jiǎo ㄐㄧㄠˇ ❶〈書〉(珠玉)純白；明亮。❷(書)清白；清晰。❸(Jiǎo)姓。

繳(缴) jiǎo ㄐㄧㄠˇ ❶交納；交出(指履行義務或被迫)：上繳｜繳費｜繳槍不殺。❷迫使交出(多指武器)：繳了敵人的槍。

另見1510頁 zhuó。

【繳裏兒】jiǎo·guor ㄐㄧㄠˇ ·ㄍㄨㄛㄦ 見577頁〖嚼裏兒〗。

【繳獲】jiǎohuò ㄐㄧㄠˇ ㄏㄨㄛˋ 從戰敗的敵人或罪犯等那裏取得(武器、兇器等)：繳獲敵軍大炮三門。

【繳納】jiǎonà ㄐㄧㄠˇ ㄋㄚˋ 交納：繳納公粮｜繳納稅款。

【繳銷】jiǎoxiāo ㄐㄧㄠˇ ㄒㄧㄠ 繳回註銷：汽車報廢時應將原牌照繳銷。

【繳械】jiǎo∥xiè ㄐㄧㄠˇ∥ㄒㄧㄝˋ ❶迫使敵人交出武器：把敵人繳械｜繳了敵人的械。❷被迫交出武器：繳械投降。

攪(搅) jiǎo ㄐㄧㄠˇ ❶攪拌：茶湯攪勻了｜把粥攪一攪。❷擾亂；打擾：攪擾｜胡攪。

【攪拌】jiǎobàn ㄐㄧㄠˇ ㄅㄢˋ 用棍子等在混合物中轉動、和弄，使均勻：攪拌箱｜攪拌種子｜攪拌混凝土。

【攪拌機】jiǎobànjī ㄐㄧㄠˇ ㄅㄢˋ ㄐㄧ 攪拌材料用的機器，通常指混凝土攪拌機。

【攪動】jiǎo∥dòng ㄐㄧㄠˇ∥ㄉㄨㄥˋ ❶用棍子等在液體中翻動或和弄：用鐵鍬在泥漿池裏攪動。❷攪擾；攪亂：嘈雜的聲音攪動得人心神不寧。

【攪渾】jiǎo∥hún ㄐㄧㄠˇ∥ㄏㄨㄣˊ 攪動使渾濁：把水攪渾(多用於比喻)。

【攪混】jiǎo·hun ㄐㄧㄠˇ ·ㄏㄨㄣ 〈方〉混合；攙雜：歌聲和笑聲攪混成一片。

【攪和】jiǎo·huo ㄐㄧㄠˇ ·ㄏㄨㄛ 〈方〉❶混合；攙雜：惊奇和喜悅的心情攪和在一起。❷擾亂：事情讓他攪和糟了。

【攪局】jiǎo∥jú ㄐㄧㄠˇ∥ㄐㄩˊ 擾亂別人安排好的事情。

【攪亂】jiǎoluàn ㄐㄧㄠˇ ㄌㄨㄢˋ 攪擾使混亂；擾亂：攪亂人心｜攪亂會場。

【攪擾】jiǎorǎo ㄐㄧㄠˇ ㄖㄠˇ (動作、聲音或用動作、聲音)影響別人使人感到不安：姐姐溫習功課，別去攪擾她。

jiào (ㄐㄧㄠˋ)

叫[1](呌) jiào ㄐㄧㄠˋ ❶人或動物的發音器官發出較大的聲音，表示某種情緒、感覺或慾望：雞叫｜蟈蟈兒叫｜拍手叫好｜大叫一聲◇汽笛連聲叫。❷招呼；呼喚：外邊有人叫你｜把他們都叫到這兒來｜電話叫通了。❸告訴某些人員(多為服務行業)送來所需要的東西：叫車｜叫兩個菜。❹(名稱)是；稱為：這叫不銹鋼｜您怎麼稱呼？——我叫王勇◇那真叫好！｜這叫甚麼打槍呀？瞧我的。❺〈方〉雄性的(某些家畜和家禽)：叫驢｜叫雞。

叫[2](呌) jiào ㄐㄧㄠˋ ❶使；命令：叫他早點回去｜要叫窮山變富山。❷容許或聽任：他不叫去，我就不去。❸被[3]①：他叫雨淋了｜你把窗戶打開點兒，別叫煤氣熏着。

【叫板】jiàobǎn ㄐㄧㄠˋ ㄅㄢˇ 戲曲中把道白的最後一句節奏化，以便引入到下面的唱腔上去。用動作規定下面唱段的節奏也叫叫板。

【叫春】jiàochūn ㄐㄧㄠˋ ㄔㄨㄣ 指貓發情時發出叫聲。

【叫喊】jiàohǎn ㄐㄧㄠˋ ㄏㄢˇ 大聲叫；嚷：高聲叫｜叫的聲音越來越近。

【叫好】jiào∥hǎo ㄐㄧㄠˋ∥ㄏㄠˇ (叫好兒)對於精彩的表演等大聲喊'好'，以表示讚賞。

【叫號】jiào∥hào ㄐㄧㄠˋ∥ㄏㄠˋ (叫號兒)❶呼喚表示先後次序的號：看病的人都坐在門外等候醫生叫號。❷〈方〉喊號子：幾個小夥子叫着號把大木頭抬起來。❸〈方〉用言語向對方挑戰或挑釁：他這樣說簡直是在叫號｜甭叫號，這點問題難不倒人。

【叫化子】jiàohuā·zi ㄐㄧㄠˋ ㄏㄨㄚ ·ㄗ 同'叫花子'。

【叫花子】jiàohuā·zi ㄐㄧㄠˋ ㄏㄨㄚ ·ㄗ 乞丐。也作叫化子。

【叫喚】jiào·huan ㄐㄧㄠˋ ·ㄏㄨㄢ ❶大聲叫：疼得直叫喚。❷(動物)叫：牲口叫喚｜小鳥兒在樹上唧唧喳喳地叫喚。

【叫魂】jiào∥hún ㄐㄧㄠˋ∥ㄏㄨㄣˊ (叫魂兒) 迷信認為人患某些疾病是由於靈魂離開身體所致，呼喚病人的名字能使靈魂回到人的身上，治好疾病，這種做法叫做叫魂。

【叫雞】jiàojī ㄐㄧㄠˋ ㄐㄧ 〈方〉公雞。

【叫勁】jiào∥jìn ㄐㄧㄠˋ∥ㄐㄧㄣˋ 同'較勁'。

【叫絕】jiàojué ㄐㄧㄠˋ ㄐㄩㄝˊ 稱讚事物好到極點：拍案叫絕。

【叫苦】jiào∥kǔ ㄐㄧㄠˋ∥ㄎㄨˇ 訴説苦處：叫苦不迭。

【叫苦連天】jiào kǔ lián tiān ㄐㄧㄠˋ ㄎㄨˇ ㄌㄧㄢˊ ㄊㄧㄢ 不斷叫苦，形容痛苦得很。

【叫驢】jiàolǘ ㄐㄧㄠˋ ㄌㄩˊ 公驢。

【叫罵】jiàomà ㄐㄧㄠˋ ㄇㄚˋ 大聲罵人。

【叫賣】jiàomài ㄐㄧㄠˋ ㄇㄞˋ 吆喝着招攬主顧：沿街叫賣。

【叫門】jiào∥mén ㄐㄧㄠˋ∥ㄇㄣˊ 在門外叫裏邊的人來開門。

【叫名】jiàomíng ㄐㄧㄠˋ ㄇㄧㄥˊ ❶ (叫名兒) 名稱：活字本是版本方面的叫名。❷〈方〉在名義上：這孩子叫名十歲，其實還不到九歲。

【叫屈】jiào∥qū ㄐㄧㄠˋ∥ㄑㄩ 訴説受到冤屈：鳴冤叫屈。

【叫嚷】jiàorǎng ㄐㄧㄠˋ ㄖㄤˇ 喊叫。

【叫囂】jiàoxiāo ㄐㄧㄠˋ ㄒㄧㄠ 大聲叫喊吵鬧：瘋狂叫囂。

【叫嘯】jiàoxiào ㄐㄧㄠˋ ㄒㄧㄠˋ 呼嘯：江水在峽谷中奔騰叫嘯。

【叫真】jiào∥zhēn ㄐㄧㄠˋ∥ㄓㄣ 同'較真'。

【叫陣】jiào∥zhèn ㄐㄧㄠˋ∥ㄓㄣˋ 在陣前叫喊，挑戰。

【叫子】jiào·zi ㄐㄧㄠˋ ·ㄗ 〈方〉哨兒。

【叫座】jiàozuò ㄐㄧㄠˋ ㄗㄨㄛˋ (叫座兒) (戲劇或演員) 能吸引觀眾，看的人多：這齣戲連演三十幾場，很叫座。

【叫做】jiàozuò ㄐㄧㄠˋ ㄗㄨㄛˋ (名稱) 是；稱為：這東西叫做三角板｜跟緯綫垂直的綫叫做經綫。

珓

jiào ㄐㄧㄠˋ 〈書〉占卜用具，用蚌殼、竹片或木片製成。也叫杯珓。

校

jiào ㄐㄧㄠˋ ❶訂正；校對：校改｜校勘｜校稿子｜校樣。❷同'較¹'：校場。

另見1261頁 xiào。

【校本】jiàoběn ㄐㄧㄠˋ ㄅㄣˇ 根據不同版本校勘過的書本。

【校場】jiàochǎng ㄐㄧㄠˋ ㄔㄤˇ 舊時操演或比武的場地。也作較場。

【校讎】jiàochóu ㄐㄧㄠˋ ㄔㄡˊ 〈書〉校勘。

【校點】jiàodiǎn ㄐㄧㄠˋ ㄉㄧㄢˇ 校訂並加標點：校點古籍。

【校訂】jiàodìng ㄐㄧㄠˋ ㄉㄧㄥˋ 對照可靠的材料改正書籍、文件中的錯誤。

【校對】jiàoduì ㄐㄧㄠˋ ㄉㄨㄟˋ ❶核對是否合標準：一切計量器都必需校對合格才可以發售。❷按原稿核對抄件或付印樣張，看有沒有錯誤。❸做校對工作的人：他在印刷廠當校對。

【校改】jiàogǎi ㄐㄧㄠˋ ㄍㄞˇ 校對並改正錯誤。

【校勘】jiàokān ㄐㄧㄠˋ ㄎㄢ 用同一部書的不同版本和有關資料加以比較，考訂文字的異同，目的在於確定原文的真相。

【校勘學】jiàokānxué ㄐㄧㄠˋ ㄎㄢ ㄒㄩㄝˊ 研究校勘的學問，是整理古書的專業知識。

【校樣】jiàoyàng ㄐㄧㄠˋ ㄧㄤˋ 書刊報紙等印刷品印刷前供校對用的樣張。

【校閲】jiàoyuè ㄐㄧㄠˋ ㄩㄝˋ ❶審閲校訂 (書刊內容)。❷〈書〉檢閲：校閲三軍｜校閲陣法。

【校正】jiàozhèng ㄐㄧㄠˋ ㄓㄥˋ 校對訂正：校正錯字｜重新校正炮位。

【校註】jiàozhù ㄐㄧㄠˋ ㄓㄨˋ 校訂並註釋。

【校準】jiào∥zhǔn ㄐㄧㄠˋ∥ㄓㄨㄣˇ 校對機器、儀器等使準確。

窌 (窖)

jiào ㄐㄧㄠˋ 〈書〉地窖。

教¹

jiào ㄐㄧㄠˋ ❶教導；教育：管教｜請教｜受教｜因材施教。❷宗教：佛教｜伊斯蘭教｜信教｜在教。❸ (Jiào) 姓。

教²

jiào ㄐㄧㄠˋ 同'叫²'。

另見574頁 jiāo。

【教案】¹ jiào'àn ㄐㄧㄠˋ ㄢˋ 教師在授課前準備的教學方案，內容包括教學目的、時間、方法、步驟、檢查以及教材的組織等等。

【教案】² jiào'àn ㄐㄧㄠˋ ㄢˋ 清末指因外國教會欺壓人民而引起的訴訟案件，也指人民反抗教會欺壓而引起的外交事件。

【教本】jiàoběn ㄐㄧㄠˋ ㄅㄣˇ 教科書。

【教鞭】jiàobiān ㄐㄧㄠˋ ㄅㄧㄢ 教師講課時指示板書、圖片用的棍兒。

【教材】jiàocái ㄐㄧㄠˋ ㄘㄞˊ 有關講授內容的材料，如書籍、講義、圖片、講授提綱等。

【教程】jiàochéng ㄐㄧㄠˋ ㄔㄥˊ 專門學科的課程 (多用做書名)：近代史教程｜政治經濟學教程。

【教導】jiàodǎo ㄐㄧㄠˋ ㄉㄠˇ 教育指導：教導處｜教導有方。

【教導員】jiàodǎoyuán ㄐㄧㄠˋ ㄉㄠˇ ㄩㄢˊ 政治教導員的通稱。

【教範】jiàofàn ㄐㄧㄠˋ ㄈㄢˋ 軍事上指技術方面的基本教材，如射擊教範、維護修理教範等。

【教父】jiàofù ㄐㄧㄠˋ ㄈㄨˋ ❶基督教指公元 2－12 世紀在制訂或闡述教義方面有權威的神學家。❷天主教、正教及新教某些教派新入教者接受洗禮時的男性監護人。

【教改】jiàogǎi ㄐㄧㄠˋ ㄍㄞˇ 教育改革。

【教工】jiàogōng ㄐㄧㄠˋ ㄍㄨㄥ 學校裏的教員、職員和工人的合稱。

【教官】jiàoguān ㄐㄧㄠˋ ㄍㄨㄢ 軍隊、軍校中擔

任教練的軍官。

【教規】jiàoguī ㄐㄧㄠˋ ㄍㄨㄟ 宗教要求教徒遵守的規則。

【教化】jiàohuà ㄐㄧㄠˋ ㄏㄨㄚˋ 〈書〉教育感化。

【教皇】jiàohuáng ㄐㄧㄠˋ ㄏㄨㄤˊ 天主教會的最高統治者，由樞機主教選舉產生，任期終身，駐在梵蒂岡。

【教會】jiàohuì ㄐㄧㄠˋ ㄏㄨㄟˋ 天主教、東正教、新教等教派的信徒的組織。

【教誨】jiàohuì ㄐㄧㄠˋ ㄏㄨㄟˋ 〈書〉教訓；教導：諄諄教誨。

【教具】jiàojù ㄐㄧㄠˋ ㄐㄩˋ 教學時用來講解說明某事某物的模型、實物、圖表和幻燈等的總稱。

【教科書】jiàokēshū ㄐㄧㄠˋ ㄎㄜ ㄕㄨ 按照教學大綱編寫的為學生上課和複習用的書。

【教練】jiàoliàn ㄐㄧㄠˋ ㄌㄧㄢˋ ❶訓練別人掌握某種技術或動作（如體育運動和駕駛汽車、飛機等）：教練車｜教練工作｜教練得法。❷從事上述工作的人員：足球教練。

【教齡】jiàolíng ㄐㄧㄠˋ ㄌㄧㄥˊ 教師從事教學工作的年數。

【教令】jiàolìng ㄐㄧㄠˋ ㄌㄧㄥˋ 軍隊中通常以命令形式頒發的帶試驗性的原則規定，如飛行教令、步兵武器實彈射擊教令等。

【教門】jiàomén ㄐㄧㄠˋ ㄇㄣˊ ❶（教門兒）指伊斯蘭教。❷教派。

【教母】jiàomǔ ㄐㄧㄠˋ ㄇㄨˇ 天主教、正教及新教某些教派新入教者接受洗禮時的女性監護人。

【教派】jiàopài ㄐㄧㄠˋ ㄆㄞˋ 某種宗教內部的派別。

【教區】jiàoqū ㄐㄧㄠˋ ㄑㄩ 天主教主教管轄的宗教事務行政區。新教的一些教會也用來作為宗教事務行政區的名稱。

【教師】jiàoshī ㄐㄧㄠˋ ㄕ 教員：人民教師。

【教士】jiàoshì ㄐㄧㄠˋ ㄕˋ 基督教會傳教的神職人員。

【教室】jiàoshì ㄐㄧㄠˋ ㄕˋ 學校裏進行教學的房間。

【教授】jiàoshòu ㄐㄧㄠˋ ㄕㄡˋ ❶對學生講解說明教材的內容：教授數學｜教授有方。❷高等學校中職別最高的教師。

【教唆】jiàosuō ㄐㄧㄠˋ ㄙㄨㄛ 慫恿指使（別人做壞事）：教唆犯。

【教堂】jiàotáng ㄐㄧㄠˋ ㄊㄤˊ 基督教徒舉行宗教儀式的場所。

【教條】jiàotiáo ㄐㄧㄠˋ ㄊㄧㄠˊ ❶宗教上的信條，只要求信徒信從，不容許批評懷疑。❷只憑信仰，不加思考而盲目接受或引用的原則、原理。❸指教條主義。

【教條主義】jiàotiáo zhǔyì ㄐㄧㄠˋ ㄊㄧㄠˊ ㄓㄨˇ ㄧˋ 主觀主義的一種，不分析事物的變化、發展，不研究事物矛盾的特殊性，只是生搬硬套現成的原則、概念來處理問題。

【教廷】jiàotíng ㄐㄧㄠˋ ㄊㄧㄥˊ 天主教會的最高統治機構，設在羅馬城梵蒂岡。

【教頭】jiàotóu ㄐㄧㄠˋ ㄊㄡˊ 宋代軍隊中教練武藝的人，後來也泛指傳授技藝的人。現也指體育運動的教練員（含詼諧意）。

【教徒】jiàotú ㄐㄧㄠˋ ㄊㄨˊ 信仰某一種宗教的人。

【教務】jiàowù ㄐㄧㄠˋ ㄨˋ 學校中跟教學活動有關的行政工作：教務處。

【教習】jiàoxí ㄐㄧㄠˋ ㄒㄧˊ ❶教員的舊稱。❷〈書〉教授（學業）；教練①：教習書法｜教習水軍。

【教學】jiàoxué ㄐㄧㄠˋ ㄒㄩㄝˊ 教師把知識、技能傳授給學生的過程。

另見574頁 jiāo//xué。

【教學相長】jiào xué xiāng zhǎng ㄐㄧㄠˋ ㄒㄩㄝˊ ㄒㄧㄤ ㄓㄤˇ 通過教學，不但學生得到進步，教師自己也得到提高。

【教訓】jiào·xun ㄐㄧㄠˋ ·ㄒㄩㄣ ❶教育訓戒：教訓孩子。❷從錯誤或失敗中取得的知識：接受教訓，改進工作。

【教研室】jiàoyánshì ㄐㄧㄠˋ ㄧㄢˊ ㄕˋ 教育廳、局和學校中研究教學問題的組織。

【教研組】jiàoyánzǔ ㄐㄧㄠˋ ㄧㄢˊ ㄗㄨˇ 研究教學問題的組織，規模比教研室小。

【教養】jiàoyǎng ㄐㄧㄠˋ ㄧㄤˇ ❶教育培養：教養子女。❷指一般文化和品德的修養：有教養。

【教養員】jiàoyǎngyuán ㄐㄧㄠˋ ㄧㄤˇ ㄩㄢˊ 幼兒園負責全面教育兒童的人員。

【教益】jiàoyì ㄐㄧㄠˋ ㄧˋ 受教導後得到的益處：希望大家對我們的工作提出批評，使我們能夠得到教益。

【教義】jiàoyì ㄐㄧㄠˋ ㄧˋ 某一種宗教所信奉的道理。

【教育】jiàoyù ㄐㄧㄠˋ ㄩˋ ❶培養新生一代準備從事社會生活的整個過程，主要是指學校對兒童、少年、青年進行培養的過程。❷用道理說服人使照着（規則、指示或要求等）做：說服教育。

【教員】jiàoyuán ㄐㄧㄠˋ ㄩㄢˊ 擔任教學工作的人員：中學教員。

【教正】jiàozhèng ㄐㄧㄠˋ ㄓㄥˋ 〈書〉指教改正（把自己的作品送給人看時用的客套話）：送上拙著一冊，敬希教正。

【教職員】jiàozhíyuán ㄐㄧㄠˋ ㄓˊ ㄩㄢˊ 學校裏的教員和職員的合稱。

【教主】jiàozhǔ ㄐㄧㄠˋ ㄓㄨˇ 某一宗教的創始人，如釋迦牟尼是佛教的教主。

窖 jiào ㄐㄧㄠˋ ❶收藏東西的地洞或坑：花兒窖｜白菜窖｜白薯都已經入了窖。❷把東西收藏在窖裏：把白薯窖起來。

【窖藏】jiàocáng ㄐㄧㄠˋ ㄘㄤˊ 用窖儲藏：保存白薯的最好辦法是窖藏。
【窖肥】jiàoféi ㄐㄧㄠˋ ㄈㄟˊ 〈方〉漚肥。

較[1]（较） jiào ㄐㄧㄠˋ ❶比較：較量｜較一較勁兒｜工作較前更為努力｜用較少的錢，辦較多的事。❷〈書〉計較：錙銖必較。

較[2]（较） jiào ㄐㄧㄠˋ 〈書〉明顯：彰明較著｜二者較然不同。

【較比】jiàobǐ ㄐㄧㄠˋ ㄅㄧˇ 〈方〉副詞，表示具有一定程度；比較：這間屋子比較寬綽｜這裏的氣候比較熱。
【較場】jiàochǎng ㄐㄧㄠˋ ㄔㄤˇ 同'校場'。
【較勁】jiào∥jìn ㄐㄧㄠˋ∥ㄐㄧㄣˋ （較勁兒）❶比力氣；較量高低：他們幾個你追我趕，暗中較上了勁兒。❷作對；鬧彆扭；對着幹：這天真較勁，你越是需要雨，它越是不下。❸指特別需要發揮作用或使用力氣：眼下是三夏時期，正是較勁的時候。‖也作叫勁。
【較量】jiàoliàng ㄐㄧㄠˋ ㄌㄧㄤˋ ❶用競賽或斗爭的方式比本領、實力的高低：較量槍法。❷〈方〉計較。
【較為】jiàowéi ㄐㄧㄠˋ ㄨㄟˊ 副詞，表示有差別，但程度不很深（多用於同類事物相比較）：這會兒他覺得較為舒服些｜這樣做較為安全。
【較真】jiào∥zhēn ㄐㄧㄠˋ∥ㄓㄣ 〈方〉（較真兒）認真：他辦事很較真兒。也作叫真。
【較著】jiàozhù ㄐㄧㄠˋ ㄓㄨˋ 〈書〉顯著：彰明較著。

滘 jiào ㄐㄧㄠˋ 〈方〉分支的河道。多用於地名，如道滘、雙滘墟（都在廣東）。

斠 jiào ㄐㄧㄠˋ ❶古時平斗斛的器具。❷〈書〉校訂。

酵 jiào ㄐㄧㄠˋ 發酵。

【酵母】jiàomǔ ㄐㄧㄠˋ ㄇㄨˇ 真菌的一種，黃白色，圓形或卵形，內有細胞核、液泡等。釀酒、製醬、發麪等都是利用酵母引起的化學變化。也叫酵母菌或釀母菌。
【酵子】jiào·zi ㄐㄧㄠˋ·ㄗ 〈方〉含有酵母的麪糰。也叫引酵。

嘦 jiào ㄐㄧㄠˋ 〈方〉只要。

漖 jiào ㄐㄧㄠˋ 同'滘'：東漖（在廣東）。

噍 jiào ㄐㄧㄠˋ 〈書〉嚼；吃東西。

【噍類】jiàolèi ㄐㄧㄠˋ ㄌㄟˋ 〈書〉能吃東西的動物，特指活着的人。

嶠（峤） jiào ㄐㄧㄠˋ 〈書〉山道。
另見926頁 qiáo。

噭 jiào ㄐㄧㄠˋ 〈書〉同'叫'。

徼 jiào ㄐㄧㄠˋ 〈書〉❶邊界。❷巡查。
另見579頁 jiǎo。

藠〔䕣〕 jiào ㄐㄧㄠˋ［藠頭］(jiào·tou) 薤(xiè)。

轎（轿） jiào ㄐㄧㄠˋ 轎子：花轎｜抬轎。

【轎車】jiàochē ㄐㄧㄠˋ ㄔㄜ ❶舊時供人乘坐的車，車廂外面套着帷子，用騾、馬等拉着走。❷供人乘坐的，有固定車頂的汽車：大轎車｜小轎車。
【轎子】jiào·zi ㄐㄧㄠˋ·ㄗ 舊時的交通工具，方形，用竹子或木頭製成，外面套着帷子，兩邊各有一根杆子，由人抬着走或由騾馬馱着走：坐轎子｜抬轎子。

醮 jiào ㄐㄧㄠˋ ❶古代結婚時用酒祭神的禮：再醮（再嫁）。❷打醮。

嚼 jiào ㄐㄧㄠˋ 見232頁〖倒嚼〗(dǎojiào)。
另見577頁 jiáo；630頁 jué。

覺（觉） jiào ㄐㄧㄠˋ 睡眠（指從睡着到睡醒）：午覺｜好好地睡一覺｜一覺醒來，天已經大亮。
另見630頁 jué。

皭 jiào ㄐㄧㄠˋ 〈書〉潔白；乾淨。

jiē（ㄐㄧㄝ）

皆 jiē ㄐㄧㄝ 都；都是：比比皆是｜放之四海而皆準。

【皆大歡喜】jiē dà huān xǐ ㄐㄧㄝ ㄉㄚˋ ㄏㄨㄢ ㄒㄧˇ 大家都很滿意很高興。

接 jiē ㄐㄧㄝ ❶靠近；接觸：鄰接｜接近｜交頭接耳。❷連接；使連接：接電綫｜接紗頭｜這一句跟上一句接不上｜這部影片上下兩集接着演。❸托住；承受：接球｜書掉下來了，趕快用手接住。❹接受：接見｜接待｜接到來信。❺迎接：到車站接人。❻接替：接事｜誰接你的班？❼(Jiē)姓。

【接班】jiē∥bān ㄐㄧㄝ∥ㄅㄢ （接班兒）❶接替上一班的工作：我們下午三點接班，晚十一點交班。❷指接替前輩人的工作、事業：老工人張師傅退休了，由他女兒接了班。
【接茬兒】jiē∥chár ㄐㄧㄝ∥ㄔㄚㄦˊ 〈方〉❶接着別人的話頭說下去；搭腔：他幾次跟我說到老王的事，我都沒接茬兒。❷（一件事完了）緊接着做另外一件事：隨後他們接茬兒商量晚上開會的事。
【接長不短】jiē cháng bù duǎn ㄐㄧㄝ ㄔㄤˊ ㄅㄨˋ ㄉㄨㄢˇ 〈方〉形容時常，隔不多久：幾位老人接長不短聚會歡談。
【接觸】jiēchù ㄐㄧㄝ ㄔㄨˋ ❶挨上；碰着：皮膚和物體接觸後產生的感覺就是觸覺◇他過去從沒有接觸過書本。❷（人跟人）接近並發生交往或衝突：領導應該多跟群眾接觸｜先頭部隊已經跟敵人的前哨接觸。

【接待】jiēdài ㄐㄧㄝ ㄉㄞˋ 招待：接待室｜接待來賓。

【接地】jiēdì ㄐㄧㄝ ㄉㄧˋ ❶為了保護人身或設備的安全，把電力電訊等裝置的金屬底盤或外殼接上地綫。❷接上地綫，利用大地作電流回路。

【接二連三】jiē èr lián sān ㄐㄧㄝ ㄦˋ ㄌㄧㄢˊ ㄙㄢ 一個接着一個，形容接連不斷：喜訊接二連三地傳來。

【接防】jiē//fáng ㄐㄧㄝ//ㄈㄤˊ (部隊)接替原在某地駐守的部隊的防務。

【接風】jiēfēng ㄐㄧㄝ ㄈㄥ 請剛從遠道來的人吃飯：設宴接風｜接風洗塵。

【接羔】jiē//gāo ㄐㄧㄝ//ㄍㄠ 照顧羊、鹿等產羔。

【接管】jiēguǎn ㄐㄧㄝ ㄍㄨㄢˇ 接收並管理：接管政權｜接管財務。

【接軌】jiē//guǐ ㄐㄧㄝ//ㄍㄨㄟˇ 連接路軌：新建的鐵路已全綫接軌鋪通◇調整匯率，和國際接軌。

【接合】jiēhé ㄐㄧㄝ ㄏㄜˊ 連接使合在一起。

【接火】jiē//huǒ ㄐㄧㄝ//ㄏㄨㄛˇ (接火兒)❶開始用槍炮互相射擊：先頭部隊跟敵人接火了。❷內外電綫接通，開始供電：電燈安好了，但是還沒接火。

【接濟】jiējì ㄐㄧㄝ ㄐㄧˋ 在物質上援助：接濟糧草｜接濟物資｜他經常接濟那些窮困的青年。

【接見】jiējiàn ㄐㄧㄝ ㄐㄧㄢˋ 跟來的人見面：接見外賓｜接見與會代表。

【接界】jiējiè ㄐㄧㄝ ㄐㄧㄝˋ 交界：這個車站臨近兩省接界的地方。

【接近】jiējìn ㄐㄧㄝ ㄐㄧㄣˋ 靠近；相距不遠：接近群眾｜時間已接近半夜｜這項技術已接近世界先進水平｜大家的意見已經很接近，沒有多大分歧了。

【接境】jiējìng ㄐㄧㄝ ㄐㄧㄥˋ 交界：山西東部同河北接境。

【接客】jiē//kè ㄐㄧㄝ//ㄎㄜˋ ❶接待客人。❷指妓女接待嫖客。

【接力】jiēlì ㄐㄧㄝ ㄌㄧˋ 一個接替一個地進行：接力賽跑｜接力運輸。

【接力棒】jiēlìbàng ㄐㄧㄝ ㄌㄧˋ ㄅㄤˋ 接力賽跑時使用的短棒，用木料或金屬等製成。

【接力賽跑】jiēlì sàipǎo ㄐㄧㄝ ㄌㄧˋ ㄙㄞˋ ㄆㄠˇ 徑賽項目之一，由每隊四名運動員一個接一個傳遞接力棒跑完一定距離。有400米、800米、1,600米接力，和1,000米、1,500米異程接力賽(各人所跑的距離不等)及穿梭(迎面)接力等。

【接連】jiēlián ㄐㄧㄝ ㄌㄧㄢˊ 一次跟着一次；一個跟着一個：接連不斷｜他接連説了三次。

【接龍】jiē//lóng ㄐㄧㄝ//ㄌㄨㄥˊ 見268頁〖頂牛兒〗[2]。

【接目鏡】jiēmùjìng ㄐㄧㄝ ㄇㄨˋ ㄐㄧㄥˋ 見821頁〖目鏡〗。

【接納】jiēnà ㄐㄧㄝ ㄋㄚˋ ❶接受(個人或團體參加組織、參加活動等)：他被接納為工會會員｜展覽會每天接納上萬人參觀。❷採納：他接納了大家的意見。

【接盤】jiēpán ㄐㄧㄝ ㄆㄢˊ 受盤。

【接氣】jiē//qì ㄐㄧㄝ//ㄑㄧˋ 連貫(多指文章的內容)：這一段跟下一段不很接氣。

【接洽】jiēqià ㄐㄧㄝ ㄑㄧㄚˋ 跟人聯繫，洽談有關事項：接洽工作。

【接腔】jiē//qiāng ㄐㄧㄝ//ㄑㄧㄤ 接着別人的話來説：他説完話，大家誰也沒有接腔。

【接親】jiē//qīn ㄐㄧㄝ//ㄑㄧㄣ 男方到女方家中迎娶新娘。

【接壤】jiērǎng ㄐㄧㄝ ㄖㄤˇ 交界：河北西部和山西接壤。

【接任】jiērèn ㄐㄧㄝ ㄖㄣˋ 接替職務：校長一職已由原教務主任接任。

【接墒】jiēshāng ㄐㄧㄝ ㄕㄤ 下雨或澆水後，上下濕土相接，土壤中所含水分能滿足農作物出苗或生長的需要。

【接生】jiē//shēng ㄐㄧㄝ//ㄕㄥ 幫助產婦分娩：接生員。

【接事】jiēshì ㄐㄧㄝ ㄕˋ 接受職務並開始工作。

【接收】jiēshōu ㄐㄧㄝ ㄕㄡ ❶收受：接收來稿｜接收無綫電信號。❷根據法令把機構、財產等拿過來：接收逆產。❸接納：接收新會員。

【接手】jiēshǒu ㄐㄧㄝ ㄕㄡˇ 接替：他走後，俱樂部工作由你接手。

【接受】jiēshòu ㄐㄧㄝ ㄕㄡˋ 對事物容納而不拒絕：接受任務｜接受考驗｜接受教訓｜虛心接受批評。

【接穗】jiēsuì ㄐㄧㄝ ㄙㄨㄟˋ 嫁接植物時用來接在砧木上的枝或芽。參看1452頁〖砧木〗。

【接榫】jiē//sǔn ㄐㄧㄝ//ㄙㄨㄣˇ ❶連接榫頭。❷比喻前後銜接：這篇文章在前後接榫的地方沒處理好，顯得太散。

【接談】jiētán ㄐㄧㄝ ㄊㄢˊ 接見並交談：負責人跟來訪的群眾接談。

【接替】jiētì ㄐㄧㄝ ㄊㄧˋ 從別人那裏把工作接過來並繼續下去；代替：上級已派人去接替他的工作。

【接頭】jiē//tóu ㄐㄧㄝ//ㄊㄡˊ ❶使兩個物體接起來。❷接洽；聯繫：領導上叫我來跟你接頭。❸熟悉某事的情況：我剛來，這件事我還不接頭。

【接頭兒】jiē·tóur ㄐㄧㄝ ·ㄊㄡㄦˊ 兩個物體的連接處：這條牀單有個接頭兒。

【接吻】jiē//wěn ㄐㄧㄝ//ㄨㄣˇ 親嘴。

【接物鏡】jiēwùjìng ㄐㄧㄝ ㄨˋ ㄐㄧㄥˋ 見1214頁〖物鏡〗。

【接綫】jiē//xiàn ㄐㄧㄝ//ㄒㄧㄢˋ 用導綫連接綫路。

【接綫】jiēxiàn ㄐㄧㄝ ㄒㄧㄢˋ 電器上用來接電源

或連接各電器元件的導綫。

【接綫員】jiēxiànyuán ㄐㄧㄝ ㄒㄧㄢˋ ㄩㄢˊ 話務員。

【接續】jiēxù ㄐㄧㄝ ㄒㄩˋ 接着前面的；繼續：請您接續講下去。

【接應】jiēyìng ㄐㄧㄝ ㄧㄥˋ ❶配合自己一方的人行動：你們先衝上去，二排隨後接應。❷接濟；供應：糧草接應不上。

【接援】jiēyuán ㄐㄧㄝ ㄩㄢˊ 接應援助（多用於軍隊）。

【接站】jiē∥zhàn ㄐㄧㄝ∥ㄓㄢˋ 到車站接人：派專車負責接站。

【接着】jiē·zhe ㄐㄧㄝ ·ㄓㄜ ❶用手接：我往下扔，你在下面接着。❷連着（上面的話）；緊跟着（前面的動作）：我講完了你接着講｜這本書，你看完了我接着看。

【接踵】jiēzhǒng ㄐㄧㄝ ㄓㄨㄥˇ 〈書〉後面的人的腳尖接着前面的人的腳跟。形容人多，接連不斷：摩肩接踵｜接踵而來。

【接種】jiēzhòng ㄐㄧㄝ ㄓㄨㄥˋ 把疫苗注射到人或動物體內，以預防疾病，如種痘。

秸（稭） jiē ㄐㄧㄝ 農作物脱粒後剩下的莖：麥秸｜秫秸｜豆秸。

【秸稈】jiēgǎn ㄐㄧㄝ ㄍㄢˇ 農作物脱粒後剩下的莖。

痎 jiē ㄐㄧㄝ 古書上指一種瘧疾。

揭 jiē ㄐㄧㄝ ❶把粘在別的物體上的片狀物成片取下：揭下牆上的畫｜揭下粘在手上的膏藥。❷把覆蓋或遮擋的東西拿開：揭幕｜揭鍋蓋。❸揭露：揭底。❹〈書〉高舉：揭竿而起。❺（Jiē）姓。

【揭榜】jiē∥bǎng ㄐㄧㄝ∥ㄅㄤˇ ❶考試後出榜；發榜。❷揭下寫有招聘或招標等內容的榜，表示應徵。

【揭不開鍋】jiē·bukāi guō ㄐㄧㄝ ·ㄅㄨ ㄎㄞ ㄍㄨㄛ 指斷炊。

【揭穿】jiēchuān ㄐㄧㄝ ㄔㄨㄢ 揭露；揭破：揭穿陰謀｜揭穿謊言｜揭穿他的老底｜假面具被揭穿了。

【揭瘡疤】jiē chuāngbā ㄐㄧㄝ ㄔㄨㄤ ㄅㄚ 比喻揭露人的短處。

【揭底】jiē∥dǐ ㄐㄧㄝ∥ㄉㄧˇ （揭底兒）揭露底細：他很怕人家揭他的底。

【揭短】jiē∥duǎn ㄐㄧㄝ∥ㄉㄨㄢˇ （揭短兒）揭露人的短處：不該當眾揭他的短。

【揭發】jiēfā ㄐㄧㄝ ㄈㄚ 揭露（壞人壞事）：揭發罪行｜檢舉揭發。

【揭蓋子】jiē gài·zi ㄐㄧㄝ ㄍㄞˋ ·ㄗ 比喻揭露矛盾或問題。

【揭竿而起】jiē gān ér qǐ ㄐㄧㄝ ㄍㄢ ㄦˊ ㄑㄧˇ 漢代賈誼《過秦論》：'斬木為兵，揭竿為旗。'後用'揭竿而起'指人民起義。

【揭露】jiēlù ㄐㄧㄝ ㄌㄨˋ 使隱蔽的事物顯露：揭露矛盾｜揭露問題的本質｜陰謀被揭露出來。

【揭秘】jiēmì ㄐㄧㄝ ㄇㄧˋ 揭露秘密：這段歷史公案有待揭秘。

【揭幕】jiēmù ㄐㄧㄝ ㄇㄨˋ ❶在紀念碑、雕像等落成典禮的儀式上，把蒙在上面的布揭開。❷比喻重大活動的開始：展覽會揭幕｜國際排球錦標賽揭幕。

【揭破】jiēpò ㄐㄧㄝ ㄆㄛˋ 使掩蓋着的真相顯露出來：揭破詭計。

【揭示】jiēshì ㄐㄧㄝ ㄕˋ ❶公佈（文告等）：揭示牌。❷使人看見原來不容易看出的事物：揭示客觀規律。

【揭帖】jiētiě ㄐㄧㄝ ㄊㄧㄝˇ 舊時指張貼的啓事（多指私人的）。

【揭曉】jiēxiǎo ㄐㄧㄝ ㄒㄧㄠˇ 公佈（事情的結果）：錄取名單還沒有揭曉｜乒乓球賽的結果已經揭曉。

喈 jiē ㄐㄧㄝ ［喈喈］〈書〉❶形容聲音和諧：鐘鼓喈喈。❷鳥鳴聲：雞鳴喈喈。

街 jiē ㄐㄧㄝ ❶街道；街市：街頭｜大街小巷｜上街買東西｜街上很熱鬧。❷〈方〉集市：趕街。

【街道】jiēdào ㄐㄧㄝ ㄉㄠˋ ❶旁邊有房屋的比較寬闊的道路。❷關於街巷居民的：街道工作。

【街燈】jiēdēng ㄐㄧㄝ ㄉㄥ 路燈。

【街坊】jiē·fang ㄐㄧㄝ ·ㄈㄤ 鄰居：我們是街坊。

【街壘】jiēlěi ㄐㄧㄝ ㄌㄟˇ 用磚、石、車輛、裝了泥沙的麻袋等在街道或建築物間的空地上堆成的障礙物：街壘戰。

【街門】jiēmén ㄐㄧㄝ ㄇㄣˊ 院子臨街的門。

【街面兒上】jiēmiànr·shang ㄐㄧㄝ ㄇㄧㄢˋㄦ ·ㄕㄤ 〈方〉❶市面：一到春節，街面兒上特別熱鬧。❷指附近街巷：他在這兒住了幾十年，街面兒上都知道他。

【街市】jiēshì ㄐㄧㄝ ㄕˋ 商店較多的市區。

【街談巷議】jiē tán xiàng yì ㄐㄧㄝ ㄊㄢˊ ㄒㄧㄤˋ ㄧˋ 大街小巷裏人們的談論。

【街頭】jiētóu ㄐㄧㄝ ㄊㄡˊ 街；街上：十字街頭。

【街頭巷尾】jiē tóu xiàng wěi ㄐㄧㄝ ㄊㄡˊ ㄒㄧㄤˋ ㄨㄟˇ 指大街小巷。

【街心】jiēxīn ㄐㄧㄝ ㄒㄧㄣ 街道的中央部分：街心花園。

湝 jiē ㄐㄧㄝ ［湝湝］〈書〉形容水流動：淮水湝湝。

階（阶、堦） jiē ㄐㄧㄝ ❶台階：階梯。❷等級，官階。

【階層】jiēcéng ㄐㄧㄝ ㄘㄥˊ ❶指在同一個階級中因社會經濟地位不同而分成的層次。如農民階級分成貧農、中農等。❷指由不同階級出身，因某種相同的特徵而形成的社會集團，如以腦力勞動為主的知識分子。

【階乘】jiēchéng ㄐㄧㄝ ㄔㄥˊ 從 1 到 n 的連續自

然數相乘的積，叫做階乘，用符號n!表示。如5!＝1×2×3×4×5。規定0!＝1。

【階段】jiēduàn ㄐㄧㄝ ㄉㄨㄢˋ 事物發展進程中劃分的段落，大橋第一階段的工程已經完成。

【階地】jiēdì ㄐㄧㄝ ㄉㄧˋ 河流、湖泊、海洋等岸邊呈階梯狀的地貌。

【階級】jiējí ㄐㄧㄝ ㄐㄧˊ ❶〈書〉台階。❷舊指官職的等級。❸人們在一定的社會生產體系中，由於所處的地位不同和對生產資料關係的不同而分成的集團，如工人階級、資產階級等。

【階級鬥爭】jiējí dòuzhēng ㄐㄧㄝ ㄐㄧˊ ㄉㄡˋ ㄓㄥ 被剝削階級和剝削階級、被統治階級和統治階級之間的鬥爭。

【階級性】jiējíxìng ㄐㄧㄝ ㄐㄧˊ ㄒㄧㄥˋ 在有階級的社會裏人的思想意識所必然具有的階級特性。這種特性是由人的階級地位決定的，反映着本階級的特殊利益和要求。

【階梯】jiētī ㄐㄧㄝ ㄊㄧ 台階和梯子。比喻向上的憑藉或途徑。

【階下囚】jiēxiàqiú ㄐㄧㄝ ㄒㄧㄚˋ ㄑㄧㄡˊ 舊時指在公堂台階下受審的囚犯，泛指在押的人或俘虜。

結（结） jiē ㄐㄧㄝ 長出（果實或種子）：樹上結了不少蘋果｜這種花結子兒不結？｜園地裏的南瓜、豆莢結得又大又多。

另見587頁 jié。

【結巴】jiē·ba ㄐㄧㄝ ·ㄅㄚ ❶口吃的通稱：他結巴得厲害，半天說不出一句整話。❷口吃的人。

【結果】jiē∥guǒ ㄐㄧㄝ∥ㄍㄨㄛˇ 長出果實：開花結果。

另見588頁 jiéguǒ。

【結實】jiē·shi ㄐㄧㄝ ·ㄕ ❶堅固耐用：這雙鞋很結實。❷健壯：他的身體結實。

楷 jiē ㄐㄧㄝ 〈方〉黃連木。

另見640頁 kǎi。

嗟 jiē ㄐㄧㄝ 〈書〉嘆息：嗟嘆。

【嗟悔】jiēhuǐ ㄐㄧㄝ ㄏㄨㄟˇ 〈書〉嘆息悔恨：嗟悔無及。

【嗟來之食】jiē lái zhī shí ㄐㄧㄝ ㄌㄞˊ ㄓ ㄕˊ 春秋時齊國發生饑荒，有人在路上施捨飲食，對一個飢餓的人說'嗟，來食'，飢餓的人說，我就是不吃'嗟來之食'，才到這個地步的。終於不食而死（見於《禮記·檀弓》）。今泛指帶有侮辱性的施捨。

【嗟嘆】jiētàn ㄐㄧㄝ ㄊㄢˋ 〈書〉嘆息：嗟嘆不已。

節（节） jiē ㄐㄧㄝ 見下。

另見588頁 jié。'节'另見586頁 jié。

【節骨眼】jiē·guyǎn ㄐㄧㄝ ·ㄍㄨ ㄧㄢˇ 〈方〉（節骨眼兒）比喻緊要的、能起決定作用的環節或時機：眼看就要停工待料了，就在這節骨眼上，趕運的原料來了｜做工作要抓住節骨眼兒，別亂抓一氣。

【節子】jiē·zi ㄐㄧㄝ ·ㄗ 木材上的疤痕，是樹木的分枝砍去後在幹枝上留下的疤。

癤（疖） jiē ㄐㄧㄝ 癤子。

【癤子】jiē·zi ㄐㄧㄝ ·ㄗ 皮膚病，由葡萄球菌或鏈狀菌侵入毛囊內引起。症狀是局部出現充血硬塊，化膿，紅腫，疼痛。

鍥（锲） jiē ㄐㄧㄝ 〈方〉割稻用的刀，刃有細齒。

jié（ㄐㄧㄝˊ）

孑 jié ㄐㄧㄝˊ 〈書〉單獨；孤單：孑立｜孑身。

【孑孓】jiéjué ㄐㄧㄝˊ ㄐㄩㄝˊ 蚊子的幼蟲，是蚊子的卵在水中孵化出來的，體細長，游泳時身體一屈一伸。通稱跟頭蟲。

【孑然】jiérán ㄐㄧㄝˊ ㄖㄢˊ 〈書〉形容孤獨：孑然一身。

【孑遺】jiéyí ㄐㄧㄝˊ ㄧˊ 〈書〉遭受兵災等大變故多數人死亡後遺留下的少數人。

【孑遺生物】jiéyí shēngwù ㄐㄧㄝˊ ㄧˊ ㄕㄥ ㄨˋ 活化石。

节〔节〕 jié ㄐㄧㄝˊ 航海速度單位，每小時航行一海里的速度是一节。

另見586頁 jiē'節'；588頁 jié'節'。

劫[1]（刦、刧、刼） jié ㄐㄧㄝˊ ❶搶劫：打劫｜劫奪｜打家劫舍。❷威逼；脅迫：劫持。

劫[2] jié ㄐㄧㄝˊ 災難：浩劫｜遭劫｜劫後餘生。［劫波之省，梵 kalpa］

【劫持】jiéchí ㄐㄧㄝˊ ㄔˊ 要挾；挾持：劫持飛機。

【劫奪】jiéduó ㄐㄧㄝˊ ㄉㄨㄛˊ 用武力奪取（財物或人）：劫奪資源。

【劫難】jiénàn ㄐㄧㄝˊ ㄋㄢˋ 災難；災禍：歷經劫難。

【劫數】jiéshù ㄐㄧㄝˊ ㄕㄨˋ 佛教徒所謂注定的災難：劫數難逃。

【劫獄】jié∥yù ㄐㄧㄝˊ∥ㄩˋ 從監獄裏把被拘押的人搶出來。

刦 jié ㄐㄧㄝˊ 〈書〉❶謹慎。❷努力。

杰（傑） jié ㄐㄧㄝˊ ❶才能出眾的人：豪杰｜俊杰。❷杰出：杰作。

【杰出】jiéchū ㄐㄧㄝˊ ㄔㄨ （才能、成就）出眾：杰出人物。

【杰作】jiézuò ㄐㄧㄝˊ ㄗㄨㄛˋ 超過一般水平的好作品。

疌 jié ㄐㄧㄝˊ 〈書〉迅速，同'捷'。

拮 jié ㄐㄧㄝˊ［拮据］(jiéjū ㄐㄧㄝˊ ㄐㄩ) 缺少錢，境況窘迫：手頭拮据。

㓗 jié ㄐㄧㄝˊ 同'潔'。多用於人名。

桔 jié ㄐㄧㄝˊ 見下。
另見620頁 jú。

【桔槔】jiégāo ㄐㄧㄝˊ ㄍㄠ 井上汲水的一種工具，在井旁樹上或架子上掛一杠桿，一端繫水桶，一端墜大石塊，一起一落，汲水可以省力。

【桔梗】jiégěng ㄐㄧㄝˊ ㄍㄥˇ 多年生草本植物，葉子卵形或卵狀披針形，花暗藍色或暗紫白色。供觀賞。根可入藥。

倢 jié ㄐㄧㄝˊ 〈書〉❶同'捷'。❷同'婕'。

【倢伃】jiéyú ㄐㄧㄝˊ ㄩˊ 同'婕妤'。

桀 Jié ㄐㄧㄝˊ ❶夏朝末代君主，相傳是個暴君。
〈古〉又同'杰(傑)'。

【桀驁】jié'ào ㄐㄧㄝˊ ㄠˋ 〈書〉倔強：桀驁不馴(性情倔強不馴順)。

【桀犬吠堯】Jié quǎn fèi Yáo ㄐㄧㄝˊ ㄑㄩㄢˇ ㄈㄟˋ ㄧㄠˊ《漢書·鄒陽傳》記載，鄒陽從獄中上書：'桀之犬可使吠堯'，桀的狗向堯狂吠，比喻走狗一心為它的主子效勞。

【桀紂】Jié-Zhòu ㄐㄧㄝˊ ㄓㄡˋ 桀和紂，相傳都是暴君。泛指暴君。

訐(讦) jié ㄐㄧㄝˊ 〈書〉斥責別人的過失；揭發別人的陰私：攻訐。

捷[1](捷) jié ㄐㄧㄝˊ 快：敏捷｜捷足先登。

捷[2](捷) jié ㄐㄧㄝˊ 戰勝：我軍大捷｜連戰連捷。

【捷報】jiébào ㄐㄧㄝˊ ㄅㄠˋ 勝利的消息：捷報頻傳。

【捷徑】jiéjìng ㄐㄧㄝˊ ㄐㄧㄥˋ 近路。比喻能較快地達到目的的巧妙手段或辦法：另尋捷徑。

【捷足先登】jié zú xiān dēng ㄐㄧㄝˊ ㄗㄨˊ ㄒㄧㄢ ㄉㄥ 比喻行動敏捷，先達到目的。

偈 jié ㄐㄧㄝˊ 〈書〉勇武。
另見546頁 jì。

袺 jié ㄐㄧㄝˊ 〈書〉用衣襟兜着。

婕 jié ㄐㄧㄝˊ［婕妤］(jiéyú ㄐㄧㄝˊ ㄩˊ)古代女官名，是帝王妃嬪的稱號。也作倢伃。

絜 jié ㄐㄧㄝˊ 〈書〉同'潔'。
另見1265頁 xié。

結(结) jié ㄐㄧㄝˊ ❶在條狀物上打疙瘩或用這種方式製成物品：結繩｜結網｜結綵。❷條狀物打成的疙瘩：打結｜活結｜死結｜蝴蝶結。❸發生某種關係；結合：結晶｜結仇｜集會結社｜結成硬塊｜結為夫妻。❹結束；了結：結賬｜歸根結底｜你去一次不就結了嗎？❺舊時保證負責的字據：保結｜具結。
另見586頁 jiē。

【結案】jié∥àn ㄐㄧㄝˊ∥ㄢˋ 對案件做出判決或最後處理，使其結束。

【結拜】jiébài ㄐㄧㄝˊ ㄅㄞˋ 因為感情好或有共同目的而相約為兄弟姐妹。

【結伴】jié∥bàn ㄐㄧㄝˊ∥ㄅㄢˋ (結伴兒)跟人結成同伴；搭伴兒：結個伴兒｜結伴遠行｜結伴趕集。

【結綵】jié∥cǎi ㄐㄧㄝˊ∥ㄘㄞˇ 用彩色綢布、紙條或松枝等結成美麗的裝飾物：懸燈結綵｜國慶節，商店門前都結着綵，喜氣洋洋。

【結腸】jiécháng ㄐㄧㄝˊ ㄔㄤˊ 大腸的中段，分為升結腸、橫結腸、降結腸和乙狀結腸四個部分。參看1023頁〖升結腸〗、471頁〖橫結腸〗、571頁〖降結腸〗、1352頁〖乙狀結腸〗。

【結仇】jié∥chóu ㄐㄧㄝˊ∥ㄔㄡˊ 結下仇恨。

【結存】jiécún ㄐㄧㄝˊ ㄘㄨㄣˊ 結算後餘下(款項、貨物)：將進貨欄數字加上前一天的結存，減去當天銷貨，記入當天結存欄。

【結黨營私】jié dǎng yíng sī ㄐㄧㄝˊ ㄉㄤˇ ㄧㄥˊ ㄙ 結合成黨派以謀取私利。

【結締組織】jiédì-zǔzhī ㄐㄧㄝˊ ㄉㄧˋ ㄗㄨˇ ㄓ 人和動物體內具有支持、營養、保護和連接機能的組織，由細胞和不具有細胞結構的活質構成。如骨、軟骨、韌帶等。

【結髮夫妻】jiéfà fūqī ㄐㄧㄝˊ ㄈㄚˋ ㄈㄨ ㄑㄧ 舊時指初成年結婚的夫妻(結髮是束髮的意思，指初成年)。也泛指第一次結婚的夫妻。

【結構】jiégòu ㄐㄧㄝˊ ㄍㄡˋ ❶各個組成部分的搭配和排列：文章的結構｜語言的結構｜原子結構。❷建築物上承擔重力或外力的部分的構造：磚木結構｜鋼筋混凝土結構。

【結構式】jiégòushì ㄐㄧㄝˊ ㄍㄡˋ ㄕˋ 用元素符號通過價鍵相互連接表示分子中原子的排列順序和結合方式的式子，在一定程度上反映分子的結構和化學性質。如分子式為C_2H_6O的化合物有兩種，用結構式表示，分別為：

```
    H  H
    |  |
 H—C—C—OH (乙醇),
    |  |
    H  H

    H       H
    |       |
 H—C—O—C—H (甲醚)。
    |       |
    H       H
```

【結關】jié∥guān ㄐㄧㄝˊ∥ㄍㄨㄢ 指國際航行船舶於出口前辦完海關手續、結清應付的各種款項，海關准許離港出航。

【結果】[1] jiéguǒ ㄐㄧㄝˊ ㄍㄨㄛˇ 在一定階段，事物發展所達到的最後狀態：優良的成績，是長期刻苦學習的結果｜經過一番爭論，結果他還是讓步了。

【結果】[2] jiéguǒ ㄐㄧㄝˊ ㄍㄨㄛˇ 將人殺死（多見於早期白話）。

另見586頁 jiē∥guǒ。

【結合】jiéhé ㄐㄧㄝˊ ㄏㄜˊ ❶人或事物間發生密切聯繫：理論結合實際。❷指結為夫妻。

【結合能】jiéhénéng ㄐㄧㄝˊ ㄏㄜˊ ㄋㄥˊ 兩個或幾個自由狀態的粒子結合在一起時釋放的能量。自由原子結合為分子時放出的能量叫做化學結合能，分散的核子組成原子核時放出的能量叫做原子核結合能。

【結核】jiéhé ㄐㄧㄝˊ ㄏㄜˊ ❶肺、腎、腸、淋巴結等組織由於結核桿菌的侵入而形成的病變。❷指結核病。❸可以溶解的礦物凝結在一塊固體核周圍形成的球狀物，如鈣質結核、鐵質結核等。

【結核病】jiéhébìng ㄐㄧㄝˊ ㄏㄜˊ ㄅㄧㄥˋ 慢性傳染病，病原體是結核桿菌。各個器官都能發生，人的結核病以肺結核為多，還有骨結核、腸結核等。除人外，牛等家畜也能感染。

【結喉】jiéhóu ㄐㄧㄝˊ ㄏㄡˊ 喉結。

【結匯】jiéhuì ㄐㄧㄝˊ ㄏㄨㄟˋ 企業或個人按照外匯管理規定向銀行買進或賣出外匯。

【結婚】jié∥hūn ㄐㄧㄝˊ∥ㄏㄨㄣ 男子和女子經過合法手續結合成為夫妻：結婚證書｜結婚登記。

【結夥】jié∥huǒ ㄐㄧㄝˊ∥ㄏㄨㄛˇ ❶跟人結成一夥：成群結夥。❷法律上指兩人及兩人以上預先通謀犯罪的組織。

【結集】jié∥jí ㄐㄧㄝˊ∥ㄐㄧˊ 把單篇的文章編在一起；編成集子：結集出版。

【結集】jiéjí ㄐㄧㄝˊ ㄐㄧˊ （軍隊）調動到某地聚集：結集兵力｜在這個地區結集了三個師。

【結交】jiéjiāo ㄐㄧㄝˊ ㄐㄧㄠ 跟人往來交際，使關係密切：結交朋友。

【結焦】jiéjiāo ㄐㄧㄝˊ ㄐㄧㄠ 煤炭在隔絕空氣的條件下加熱，經過不完全燃燒，煉成焦炭。

【結晶】jiéjīng ㄐㄧㄝˊ ㄐㄧㄥ ❶物質從液態（溶液或熔化狀態）或氣態形成晶體。❷見604頁〖晶體〗。❸比喻珍貴的成果：勞動的結晶。

【結晶體】jiéjīngtǐ ㄐㄧㄝˊ ㄐㄧㄥ ㄊㄧˇ 見604頁〖晶體〗。

【結局】jiéjú ㄐㄧㄝˊ ㄐㄩˊ 最後的結果；最終的局面：結局出人意料｜悲慘的結局。

【結論】jiélùn ㄐㄧㄝˊ ㄌㄨㄣˋ ❶從前提推論出來的判斷。也叫斷案。❷對人或事物所下的最後的論斷。

【結盟】jié∥méng ㄐㄧㄝˊ∥ㄇㄥˊ 結成同盟：不結盟國家。

【結膜】jiémó ㄐㄧㄝˊ ㄇㄛˊ 從上下眼瞼內面到角膜邊緣的透明薄膜。也叫結合膜。（圖見1318頁'眼'）

【結幕】jiémù ㄐㄧㄝˊ ㄇㄨˋ 多幕劇中結尾的一幕。現用來比喻事情的高潮或結局。

【結親】jiéqīn ㄐㄧㄝˊ ㄑㄧㄣ ❶結婚。❷兩家因定親結婚而成為親戚。

【結球甘藍】jiéqiú gānlán ㄐㄧㄝˊ ㄑㄧㄡˊ ㄍㄢ ㄌㄢˊ 二年生草本植物，葉子大，平滑，層層重疊結成球狀，花黃色。是普通的蔬菜。通稱圓白菜、洋白菜，不同地區有捲心菜、包心菜等名稱。

【結社】jiéshè ㄐㄧㄝˊ ㄕㄜˋ 組織團體。

【結石】jiéshí ㄐㄧㄝˊ ㄕˊ 某些有空腔的器官及其導管內，由於有機物和無機鹽類的沈積而形成的堅硬物質。如膽道（包括肝膽管、膽囊、膽總管）結石、泌尿器官各部的結石。

【結識】jiéshí ㄐㄧㄝˊ ㄕˊ 跟人相識並來往：這次出訪，結識了許多國際友人。

【結束】jiéshù ㄐㄧㄝˊ ㄕㄨˋ ❶發展或進行到最後階段，不再繼續：秋收快要結束了｜代表團結束了對北京的訪問。❷裝束；打扮（多見於早期白話）。

【結束語】jiéshùyǔ ㄐㄧㄝˊ ㄕㄨˋ ㄩˇ 文章或正式講話末了帶有總結性的一段話。

【結算】jiésuàn ㄐㄧㄝˊ ㄙㄨㄢˋ 把一個時期的各項經濟收支往來核算清楚。有現金結算和非現金結算（只在銀行轉賬）兩種。

【結尾】jiéwěi ㄐㄧㄝˊ ㄨㄟˇ 結束的階段：結尾工程｜文章的結尾寫得很精彩。

【結業】jié∥yè ㄐㄧㄝˊ∥ㄧㄝˋ 結束學業（多指短期訓練的）：結業考試｜結業典禮。

【結義】jiéyì ㄐㄧㄝˊ ㄧˋ 結拜。

【結餘】jiéyú ㄐㄧㄝˊ ㄩˊ ❶結算後餘下：這個月結餘二十元錢。❷結算後餘下的錢。

【結語】jiéyǔ ㄐㄧㄝˊ ㄩˇ 結束語。

【結緣】jié∥yuán ㄐㄧㄝˊ∥ㄩㄢˊ 結下緣分：他年輕的時候就和音樂結了緣。

【結怨】jié∥yuàn ㄐㄧㄝˊ∥ㄩㄢˋ 結下仇恨。

【結紮】jiézā ㄐㄧㄝˊ ㄗㄚ 外科手術上，用特製的綫把血管紮住，制止出血，或把輸精管、輸卵管等紮住，使管腔不通。

【結賬】jié∥zhàng ㄐㄧㄝˊ∥ㄓㄤˋ 結算賬目：飯後結賬，連酒帶飯一百多元。

【結子】jié·zi ㄐㄧㄝˊ ·ㄗ 結②。

楬

jié ㄐㄧㄝˊ 〈書〉用做標誌的小木樁。

睫

jié ㄐㄧㄝˊ 睫毛：目不交睫。

【睫毛】jiémáo ㄐㄧㄝˊ ㄇㄠˊ 眼瞼上下邊緣的細毛。有阻擋灰塵、昆蟲等侵入眼內及減弱強烈光綫對眼睛的刺激等作用。

蜐

jié ㄐㄧㄝˊ 見1037頁〖石蜐〗。

節（节）

jié ㄐㄧㄝˊ ❶物體各段之間相連的地方：竹節｜關節。❷段落：

節拍｜音節。❸量詞，用於分段的事物或文章：兩節火車｜四節甘蔗｜上了三節課｜第三章第八節。❹節日；節氣：五一國際勞動節｜春節｜清明節｜過節。❺刪節：節選｜節錄。❻節約；節制：節電｜節煤｜節育｜開源節流。❼事項：細節｜禮節｜生活小節。❽節操：氣節｜變節｜保持晚節｜高風亮節(高尚的品德和節操)。❾(Jié)姓。

另見586頁 jiē。'节'另見586頁 jié。

【節哀】jié'āi ㄐㄧㄝˊ ㄞ 〈書〉抑制哀痛，不使過分(多用於勸慰死者家屬)。

【節本】jiéběn ㄐㄧㄝˊ ㄅㄣˇ 書籍經過刪節的版本：《金瓶梅》節本。

【節操】jiécāo ㄐㄧㄝˊ ㄘㄠ 〈書〉氣節操守。

【節點】jiédiǎn ㄐㄧㄝˊ ㄉㄧㄢˇ 電路中聯接三個或三個以上支路的點。

【節婦】jiéfù ㄐㄧㄝˊ ㄈㄨˋ 舊時指堅守貞節，丈夫死後不改嫁的婦女。

【節假日】jiéjiàrì ㄐㄧㄝˊ ㄐㄧㄚˋ ㄖˋ 節日和假日的合稱。

【節減】jiéjiǎn ㄐㄧㄝˊ ㄐㄧㄢˇ 節省減少(費用)：節減經費。

【節儉】jiéjiǎn ㄐㄧㄝˊ ㄐㄧㄢˇ 用錢等有節制；儉省。

【節理】jiélǐ ㄐㄧㄝˊ ㄌㄧˇ 岩石受力所產生的裂縫，通常指岩層中的裂隙。

【節禮】jiélǐ ㄐㄧㄝˊ ㄌㄧˇ 過節時贈送的禮物。

【節烈】jiéliè ㄐㄧㄝˊ ㄌㄧㄝˋ 封建禮教上指婦女守節或殉節。

【節令】jiélìng ㄐㄧㄝˊ ㄌㄧㄥˋ 某個節氣的氣候和物候：節令不正｜端午節吃粽子，應應節令。

【節錄】jiélù ㄐㄧㄝˊ ㄌㄨˋ ❶從整篇文字裏摘取重要的部分：這篇文章太長，只能節錄發表。❷摘錄下來的部分：這裏發表的是全文，不是節錄｜這一篇是讀者來信的節錄。

【節律】jiélǜ ㄐㄧㄝˊ ㄌㄩˋ 某些物體運動的節奏和規律。

【節略】jiélüè ㄐㄧㄝˊ ㄌㄩㄝˋ ❶概要；摘要：講演稿的節略。❷省略：文章的後一部分節略了。❸外交文書的一種，用來説明事實、證據或有關法律的問題，不簽字也不用印，重要性次於照會。

【節目】jiémù ㄐㄧㄝˊ ㄇㄨˋ 文藝演出或廣播電台、電視台播送的項目：節目單｜文藝節目｜今天晚會的節目很精彩。

【節能】jiénéng ㄐㄧㄝˊ ㄋㄥˊ 節約能源：節能措施。

【節拍】jiépāi ㄐㄧㄝˊ ㄆㄞ 音樂中每隔一定時間重複出現的有一定強弱分別的一系列拍子，是衡量節奏的單位。如2/4、3/4、4/4、3/8、6/8等。

【節氣】jié·qi ㄐㄧㄝˊ ·ㄑㄧ 根據晝夜的長短、中午日影的高低等，在一年的時間中定出若干點，每一點叫一個節氣。節氣表明地球在軌道上的位置，也就是太陽在黃道上的位置。通常也指每一點所在的那一天。參看306頁〖二十四節氣〗。

【節日】jiérì ㄐㄧㄝˊ ㄖˋ ❶紀念日，如五一國際勞動節等。❷傳統的慶祝或祭祀的日子，如清明節、中秋節等。

【節省】jiéshěng ㄐㄧㄝˊ ㄕㄥˇ 使可能被耗費掉的不被耗費掉或少耗費掉：節省時間｜節省勞動力｜節省開支。

【節食】jiéshí ㄐㄧㄝˊ ㄕˊ 減少食量；節制飲食。

【節外生枝】jié wài shēng zhī ㄐㄧㄝˊ ㄨㄞˋ ㄕㄥ ㄓ 比喻在問題之外又岔出了新的問題。

【節下】jié·xia ㄐㄧㄝˊ ·ㄒㄧㄚ 指節日或接近節日的日子。

【節選】jiéxuǎn ㄐㄧㄝˊ ㄒㄩㄢˇ 從某篇文章或某本著作中選取某些段落或章節。

【節衣縮食】jié yī suō shí ㄐㄧㄝˊ ㄧ ㄙㄨㄛ ㄕˊ 省吃省穿，泛指節儉。

【節餘】jiéyú ㄐㄧㄝˊ ㄩˊ ❶因節約而剩下：每月能節餘三五十元。❷指節餘的錢或東西：把全部節餘捐給了災區。

【節育】jiéyù ㄐㄧㄝˊ ㄩˋ 節制生育。

【節約】jiéyuē ㄐㄧㄝˊ ㄩㄝ 節省(多用於較大的範圍)：增產節約｜節約時間。

【節肢動物】jiézhī-dòngwù ㄐㄧㄝˊ ㄓ ㄉㄨㄥˋ ㄨˋ 無脊椎動物的一門，身體由許多環節構成，一般分頭、胸、腹三部分，表面有殼質的外骨骼保護內部器官，有成對而分節的腿。種類很多，如蜈蚣、蜘蛛、蜂、蝶、蝦、蟹等。

【節制】jiézhì ㄐㄧㄝˊ ㄓˋ ❶指揮管轄：這三個團全歸你節制。❷限制或控制：飲食有節制，就不容易得病。

【節奏】jiézòu ㄐㄧㄝˊ ㄗㄡˋ ❶音樂中交替出現的有規律的強弱、長短的現象：節奏明快。❷比喻均勻的、有規律的工作進程：工作要有節奏地進行。

詰(诘) jié ㄐㄧㄝˊ 〈書〉詰問：盤詰｜反詰。

另見540頁 jí。

【詰難】jiénàn ㄐㄧㄝˊ ㄋㄢˋ 〈書〉責難。

【詰問】jiéwèn ㄐㄧㄝˊ ㄨㄣˋ 〈書〉追問；責問。

截 jié ㄐㄧㄝˊ ❶切斷；割斷(長條形的東西)：截頭去尾｜把木條截成兩段。❷(截兒)量詞，段：一截兒木頭｜話説了半截兒。❸阻攔：截留｜快把馬截住，別讓它跑了。❹截止：截至昨天，已有三百多人報名。

【截長補短】jié cháng bǔ duǎn ㄐㄧㄝˊ ㄔㄤˊ ㄅㄨˇ ㄉㄨㄢˇ 比喻用長處補短處：我們要彼此截長補短，共同提高。

【截斷】jié//duàn ㄐㄧㄝˊ//ㄉㄨㄢˋ ❶切斷：高溫的火焰能截斷鋼板。❷打斷；攔住：電話鈴聲截斷了他的話。

【截稿】jiégǎo ㄐㄧㄝˊ ㄍㄠˇ 截止收稿：截稿日期。

【截獲】jiéhuò ㄐㄧㄝˊ ㄏㄨㄛˋ 中途奪取到或捉到：截獲對方密電｜一輛走私車被海關截獲。

【截擊】jiéjī ㄐㄧㄝˊ ㄐㄧ 在半路上截住打擊（敵人）：截擊敵人的增援部隊。

【截流】jiéliú ㄐㄧㄝˊ ㄌㄧㄡˊ 在水道中截斷水流，以提高水位或改變水流的方向：截流工程。

【截留】jiéliú ㄐㄧㄝˊ ㄌㄧㄡˊ 扣留所經手的（物品、款項等）：截留稅款｜文稿被截留。

【截門】jiémén ㄐㄧㄝˊ ㄇㄣˊ 閥的一種，一般安在管道中間，把手多呈環狀，旋緊時管道阻塞。

【截面】jiémiàn ㄐㄧㄝˊ ㄇㄧㄢˋ 見894頁〖剖面〗。

【截取】jiéqǔ ㄐㄧㄝˊ ㄑㄩˇ 從中取（一段）：截取文章開頭的幾句。

【截然】jiérán ㄐㄧㄝˊ ㄖㄢˊ 形容界限分明，像割斷一樣：截然不同｜普及工作和提高工作是不能截然分開的。

【截癱】jiétān ㄐㄧㄝˊ ㄊㄢ 下肢全部或部分癱瘓，多由脊髓疾病或外傷引起。

【截肢】jié∥zhī ㄐㄧㄝˊ∥ㄓ 醫學上指四肢的某一部分發生嚴重病變或受到創傷而無法醫治時，把這一部分肢體割掉。

【截止】jiézhǐ ㄐㄧㄝˊ ㄓˇ （到一定期限）停止：報名在昨天已經截止。

【截至】jiézhì ㄐㄧㄝˊ ㄓˋ 截止到（某個時候）：報名日期截至本月底止。

【截子】jié·zi ㄐㄧㄝˊ·ㄗ 截②：活兒幹了半截子｜走了一大截子山路｜他的外語比你差一大截子哪。

榤 jié ㄐㄧㄝˊ 〈書〉雞栖息的橫木。

碣 jié ㄐㄧㄝˊ 石碑：墓碣｜殘碑斷碣。

竭 jié ㄐㄧㄝˊ ❶盡：竭力｜力竭聲嘶｜取之不盡，用之不竭。❷〈書〉乾涸：枯竭｜山崩川竭。

【竭誠】jiéchéng ㄐㄧㄝˊ ㄔㄥˊ 竭盡忠誠；全心全意：竭誠幫助｜竭誠擁護｜竭誠為讀者服務。

【竭盡】jiéjìn ㄐㄧㄝˊ ㄐㄧㄣˋ 用盡：竭盡全力。

【竭蹶】jiéjué ㄐㄧㄝˊ ㄐㄩㄝˊ 〈書〉原指走路艱難，後用來形容經濟困難：竭蹶狀態｜財政竭蹶。

【竭力】jiélì ㄐㄧㄝˊ ㄌㄧˋ 盡力：盡心竭力｜我們一定竭力完成任務。

【竭澤而漁】jié zé ér yú ㄐㄧㄝˊ ㄗㄜˊ ㄦˊ ㄩˊ 排盡湖中或池中的水捉魚。比喻取之不留餘地，只顧眼前利益，不顧長遠利益。

頡（颉） jié ㄐㄧㄝˊ 用於人名。
另見1265頁 xié。

羯1 jié ㄐㄧㄝˊ 羯羊。

羯2 Jié ㄐㄧㄝˊ 我國古代民族，是匈奴的一個別支，居住在今山西省東南部，東晉時曾在黃河流域建立過後趙國（公元311－334）。

【羯鼓】jiégǔ ㄐㄧㄝˊ ㄍㄨˇ 我國古代的一種鼓。兩面蒙皮，腰部細。據說來源於羯族。

【羯羊】jiéyáng ㄐㄧㄝˊ ㄧㄤˊ 閹割了的公羊。

潔（洁） jié ㄐㄧㄝˊ 清潔：整潔｜純潔｜潔白。

【潔白】jiébái ㄐㄧㄝˊ ㄅㄞˊ 沒有被其他顏色染污的白色：潔白的牀單◇潔白的心靈。

【潔淨】jiéjìng ㄐㄧㄝˊ ㄐㄧㄥˋ 乾淨①。

【潔癖】jiépǐ ㄐㄧㄝˊ ㄆㄧˇ 過分講究清潔的癖好。

【潔身自好】jié shēn zì hào ㄐㄧㄝˊ ㄕㄣ ㄗˋ ㄏㄠˋ 指保持自身純潔，不同流合污。也指怕招惹是非，只關心自己，不關心公眾事情。

鮚（鲒） jié ㄐㄧㄝˊ 古書上說的一種蚌。

蜐（蛣） jié ㄐㄧㄝˊ 節肢動物，體長一寸左右，呈細桿狀，胸部有腳七對，第二對特別大。生活在海藻上。也叫竹節蟲或麥稈蟲。

jiě（ㄐㄧㄝˇ）

姐 jiě ㄐㄧㄝˇ ❶姐姐：大姐｜二姐｜姐妹。❷親戚中同輩而年紀比自己大的女子（一般不包括可以稱做嫂的人）：表姐｜遠房姐。❸稱呼年輕的女子：楊三姐。

【姐夫】jiě·fu ㄐㄧㄝˇ·ㄈㄨ 姐姐的丈夫。

【姐姐】jiě·jie ㄐㄧㄝˇ·ㄐㄧㄝ ❶同父母（或只同父、只同母）而年紀比自己大的女子。❷同族同輩而年紀比自己大的女子（一般不包括可以稱做嫂的人）：叔伯姐姐。

【姐妹】jiěmèi ㄐㄧㄝˇ ㄇㄟˋ ❶姐姐和妹妹。a) 不包括本人：她沒有姐妹，只有一個哥哥。b) 包括本人：她們姐妹倆都是先進生產者｜她就姐妹一個（沒有姐姐或妹妹）。❷弟兄姐妹；同胞。

【姐兒】jiěr ㄐㄧㄝㄦˇ 〈方〉姐妹①b、②：你們姐兒幾個？｜姐兒仨裏頭就數她最會說話。

【姐兒們】jiěr·men ㄐㄧㄝㄦˇ·ㄇㄣ 姐妹們。

【姐丈】jiězhàng ㄐㄧㄝˇ ㄓㄤˋ 姐夫。

毑 jiě ㄐㄧㄝˇ 見3頁〔媄毑〕。

解（鲜） jiě ㄐㄧㄝˇ ❶分開：解剖｜瓦解｜難解難分。❷把束縛着或繫着的東西打開：解扣兒｜解衣服。❸解除：解職｜解渴｜解乏。❹解釋：解說｜解答｜註解。❺了解；明白：令人不解｜通俗易解。❻解手：大解｜小解。❼代數方程式中未知數的值，例如 $x+16=0$，$x=-16$，-16 就是 $x+16=0$ 這個方程的解。❽演算方程式；求方程式中未知數的值。
另見594頁 jiè；1267頁 xiè。

【解飽】jiěbǎo ㄐㄧㄝˇ ㄅㄠˇ 〈方〉（東西）吃下去耐

飢。

【解饞】jiě∥chán ㄐㄧㄝˇ∥ㄔㄢˊ 在食慾上得到了滿足(多指吃到想吃到的食物)：這一頓包子真解饞。

【解嘲】jiě∥cháo ㄐㄧㄝˇ∥ㄔㄠˊ 用言語或行動來掩飾被別人嘲笑的事情：自我解嘲｜聊以解嘲。

【解愁】jiě∥chóu ㄐㄧㄝˇ∥ㄔㄡˊ 排解憂愁或愁悶。

【解除】jiěchú ㄐㄧㄝˇ ㄔㄨˊ 去掉；消除：解除警報｜解除顧慮｜解除武裝｜解除職務。

【解答】jiědá ㄐㄧㄝˇ ㄉㄚˊ 解釋回答(問題)：《幾何習題解答》｜他無法解答我的提問。

【解凍】jiě∥dòng ㄐㄧㄝˇ∥ㄉㄨㄥˋ ❶冰凍的江河、土地融化：一到春天，江河都解凍了｜拖拉機翻耕解凍的土地◇兩國關係開始解凍。❷解除對資金等的凍結。

【解毒】jiě∥dú ㄐㄧㄝˇ∥ㄉㄨˊ ❶中和機體內有危害的物質。❷中醫指解除上火、發熱等症狀。

【解餓】jiě∥è ㄐㄧㄝˇ∥ㄜˋ 消除餓的感覺：餅乾不解餓。

【解乏】jiě∥fá ㄐㄧㄝˇ∥ㄈㄚˊ 解除疲乏，恢復體力：穿着棉衣睡覺不解乏。

【解放】jiěfàng ㄐㄧㄝˇ ㄈㄤˋ ❶解除束縛，得到自由或發展：解放思想｜解放生產力。❷推翻反動統治，在我國特指 1949 年推翻國民黨統治：解放前｜解放那年我才 15 歲。

【解放軍】jiěfàngjūn ㄐㄧㄝˇ ㄈㄤˋ ㄐㄩㄣ 為解放人民而組織起來的軍隊，特指中國人民解放軍。

【解放區】jiěfàngqū ㄐㄧㄝˇ ㄈㄤˋ ㄑㄩ 推翻了反動統治、建立了人民政權的地區，特指抗日戰爭和解放戰爭時期，中國共產黨領導的軍隊從敵偽統治和國民黨統治下解放出來的地區。

【解放戰爭】jiěfàng zhànzhēng ㄐㄧㄝˇ ㄈㄤˋ ㄓㄢˋ ㄓㄥ 被壓迫的民族或階級為了爭取解放而進行的戰爭，特指我國第三次國內革命戰爭。

【解雇】jiě∥gù ㄐㄧㄝˇ∥ㄍㄨˋ 停止雇用。

【解恨】jiě∥hèn ㄐㄧㄝˇ∥ㄏㄣˋ 消除心中的憤恨。

【解甲歸田】jiě jiǎ guī tián ㄐㄧㄝˇ ㄐㄧㄚˇ ㄍㄨㄟ ㄊㄧㄢˊ 指軍人離開軍隊，回家務農。

【解禁】jiě∥jìn ㄐㄧㄝˇ∥ㄐㄧㄣˋ 解除禁令。

【解救】jiějiù ㄐㄧㄝˇ ㄐㄧㄡˋ 使脱離危險或困難：解救危難｜解救受災的同胞。

【解決】jiějué ㄐㄧㄝˇ ㄐㄩㄝˊ ❶處理問題使有結果：解決困難｜解決問題｜解決矛盾。❷消滅(壞人)：殘餘匪徒全給解決了。

【解渴】jiě∥kě ㄐㄧㄝˇ∥ㄎㄜˇ 消除渴的感覺：熱天喝酸梅湯最解渴｜喝杯茶解解渴。

【解鈴繫鈴】jiě líng xì líng ㄐㄧㄝˇ ㄌㄧㄥˊ ㄒㄧˋ ㄌㄧㄥˊ 法眼和尚問大家：'老虎脖子上的金鈴誰能解下來？'大家回答不出。正好泰欽禪師來了，法眼又問這個問題。泰欽禪師説：'繫上去的人能解下來。'(見於《指月錄》)比喻由誰惹出來的麻煩還由誰去解決。也説解鈴還須繫鈴人。

【解碼】jiěmǎ ㄐㄧㄝˇ ㄇㄚˇ 用特定方法把數碼還原成它所代表的內容或將電脉衝信號轉換成它所表示的信息、數據等的過程。解碼在無綫電技術和通訊等方面廣泛應用。

【解悶】jiě∥mèn ㄐㄧㄝˇ∥ㄇㄣˋ (解悶兒)排除煩悶：閑着沒事，看小説解解悶兒。

【解民倒懸】jiě mín dào xuán ㄐㄧㄝˇ ㄇㄧㄣˊ ㄉㄠˋ ㄒㄩㄢˊ 《孟子·公孫丑上》：'萬乘之國行仁政，民之悦之，猶解倒懸也。'後用'解民倒懸'比喻把人民從困苦危難的處境中解救出來。

【解難】jiě∥nán ㄐㄧㄝˇ∥ㄋㄢˊ 解決困難或疑難：釋疑解難。

【解難】jiě∥nàn ㄐㄧㄝˇ∥ㄋㄢˋ 解除危難：排憂解難｜消災解難。

【解囊】jiěnáng ㄐㄧㄝˇ ㄋㄤˊ 解開口袋，指拿出財物來(幫助人)：慷慨解囊｜解囊相助。

【解聘】jiě∥pìn ㄐㄧㄝˇ∥ㄆㄧㄣˋ 解除職務，不再聘用。

【解剖】jiěpōu ㄐㄧㄝˇ ㄆㄡ ❶為了研究人體或動植物體各器官的組織構造，用特製的刀、剪把人體或動植物體剖開。❷比喻分析；剖析：嚴於解剖自己。

【解氣】jiě∥qì ㄐㄧㄝˇ∥ㄑㄧˋ 消除心中的氣憤。

【解勸】jiěquàn ㄐㄧㄝˇ ㄑㄩㄢˋ 勸解；安慰。

【解散】jiěsàn ㄐㄧㄝˇ ㄙㄢˋ ❶集合的人分散開：隊伍解散後，大家都在操場上休息喝水。❷取消(團體或集會)。

【解釋】jiěshì ㄐㄧㄝˇ ㄕˋ ❶分析闡明：經過無數次的研究和實驗，這種自然現象才得到科學的解釋。❷説明含義、原因、理由等：解釋詞句｜解釋誤會。

【解手】[1] jiě∥shǒu ㄐㄧㄝˇ∥ㄕㄡˇ (解手兒)排泄大便或小便。

【解手】[2] jiě∥shǒu ㄐㄧㄝˇ∥ㄕㄡˇ 〈書〉分手。

【解説】jiěshuō ㄐㄧㄝˇ ㄕㄨㄛ 口頭上解釋説明：講解員給觀眾解説這種機器的構造和性能。

【解體】jiětǐ ㄐㄧㄝˇ ㄊㄧˇ ❶物體的結構分解。❷崩潰；瓦解：聯盟解體｜封建經濟解體。

【解脱】jiětuō ㄐㄧㄝˇ ㄊㄨㄛ ❶佛教用語，擺脱苦惱，得到自在。❷擺脱：諸事紛擾，使他難以解脱。❸開脱：為人解脱罪責。

【解圍】jiě∥wéi ㄐㄧㄝˇ∥ㄨㄟˊ ❶解除敵軍的包圍。❷泛指使人擺脱不利或受窘的處境：要不是你來解圍，我還真下不了台。

【解悟】jiěwù ㄐㄧㄝˇ ㄨˋ 在認識上由不了解到了解。

【解吸】jiěxī ㄐㄧㄝˇ ㄒㄧ 使所吸收或吸附的氣體或溶質放出，如用活性炭吸附二氧化氮後，加熱或降壓使二氧化氮逸出。

【解析幾何】jiěxī jǐhé ㄐㄧㄝˇ ㄒㄧ ㄐㄧˇ ㄏㄜˊ 用代數方法解決幾何學問題的學科。解析幾何中，用坐標表示點，用坐標間的關係表示和研究空間圖形的性質。

【解嚴】jiě∥yán ㄐㄧㄝˇ∥ㄧㄢˊ 解除戒嚴狀態。

【解疑】jiěyí ㄐㄧㄝˇㄧˊ ❶消除疑慮：經他一說，我才解了疑。❷解釋疑難：詞典可以為讀者釋難解疑。

【解頤】jiěyí ㄐㄧㄝˇㄧˊ 〈書〉開顏而笑（頤：面頰）。

【解憂】jiě∥yōu ㄐㄧㄝˇ∥ㄧㄡ 排解心中的憂愁：排難解憂。

【解約】jiě∥yuē ㄐㄧㄝˇ∥ㄩㄝ 取消原來的約定。

【解職】jiě∥zhí ㄐㄧㄝˇ∥ㄓˊ 解除職務；免職：因工作不力而被解職。

檞 jiě ㄐㄧㄝˇ 檞樹，一種木質像松的樹。

jiè（ㄐㄧㄝˋ）

介1 jiè ㄐㄧㄝˋ ❶在兩者當中：介紹｜媒介｜這座山介於兩縣之間。❷介紹：內容簡介。❸存留；放在（心裏）：介意｜介懷。❹（Jiè）姓。

介2 jiè ㄐㄧㄝˋ 甲：介胄｜介蟲。

介3 jiè ㄐㄧㄝˋ 〈書〉耿直；有骨氣：耿介。

介4 jiè ㄐㄧㄝˋ 古戲曲劇本中，指示角色表演動作時的用語，如笑介、飲酒介等。

【介詞】jiècí ㄐㄧㄝˋㄘˊ 用在名詞、代詞或名詞性詞組的前邊，合起來表示方向、對象等的詞，如'從、自、往、朝、在、當（方向、處所或時間），把、對、同、為（對象或目的），以、按照（方式），比、跟、同（比較），被、叫、讓（被動）'。

【介懷】jiè∥huái ㄐㄧㄝˋ∥ㄏㄨㄞˊ 介意：毫不介懷。

【介殼】jièqiào ㄐㄧㄝˋㄑㄧㄠˋ 蛤、螺等軟體動物的外殼，主要由石灰質和色素構成，質地堅硬，有保護身體的作用。

【介入】jièrù ㄐㄧㄝˋㄖㄨˋ 插進兩者之間干預其事：不介入他們兩人之間的爭端。

【介紹】jièshào ㄐㄧㄝˋㄕㄠˋ ❶使雙方相識或發生聯繫：介紹信｜介紹人｜我給你介紹一下，這位是張先生。❷引進；帶入（新的人或事物）：介紹入會｜中國京劇已被介紹到許多國家。❸使了解或熟悉：介紹情況｜介紹先進經驗。

【介意】jiè∥yì ㄐㄧㄝˋ∥ㄧˋ 把不愉快的事記在心裏；在意（多用於否定詞後）：剛才這句話我是無心中說的，你可別介意。

【介音】jièyīn ㄐㄧㄝˋㄧㄣ 韵母中主要元音前面的元音，普通話語音中有'i、u、ü'三個介音，例如'天'tiān 的介音是'i'，'多'duō 的介音是'u'，'略'lüè 的介音是'ü'。參看1419頁〖韵母〗。

【介質】jièzhì ㄐㄧㄝˋㄓˋ 一種物質存在於另一種物質內部時，後者就是前者的介質；某些波狀運動（如聲波、光波等）借以傳播的物質叫做這些波狀運動的介質。也叫媒質。

【介子】jièzǐ ㄐㄧㄝˋㄗˇ 質量介於質量輕的基本粒子（如電子）和質量重的基本粒子（如核子）之間的基本粒子。種類較多，性質不穩定，有的帶正電，有的帶負電，有的不帶電，能用來轟擊原子核，引起核反應。

价 jiè ㄐㄧㄝˋ 〈書〉稱被派遣傳送東西或傳達事情的人。

另見555頁 jià'價'；594頁 ·jie'價'。

戒 jiè ㄐㄧㄝˋ ❶防備；警惕：戒心｜戒備｜戒驕戒躁。❷同'誡'。❸戒除：戒烟。❹指禁止做的事情：開戒｜殺戒。❺佛教戒律：受戒。❻戒指：鑽戒（鑲鑽石的戒指）。

【戒備】jièbèi ㄐㄧㄝˋㄅㄟˋ ❶警戒防備：戒備森嚴。❷對人有戒心而加以防備：你對他應有所戒備。

【戒尺】jièchǐ ㄐㄧㄝˋㄔˇ 舊時教師對學生施行體罰時所用的木板。

【戒除】jièchú ㄐㄧㄝˋㄔㄨˊ 改掉（不良嗜好）：戒除烟酒。

【戒刀】jièdāo ㄐㄧㄝˋㄉㄠ 舊時僧人所佩帶的刀，按戒律只用來割衣物，不許殺生。

【戒牒】jièdié ㄐㄧㄝˋㄉㄧㄝˊ 見285頁〖度牒〗。

【戒忌】jièjì ㄐㄧㄝˋㄐㄧˋ ❶禁忌①。❷對忌諱的事情存有戒心。

【戒懼】jièjù ㄐㄧㄝˋㄐㄩˋ 警惕和畏懼：戒懼心理。

【戒律】jièlǜ ㄐㄧㄝˋㄌㄩˋ 多指有條文規定的宗教徒必須遵守的生活準則：犯戒律｜清規戒律。

【戒條】jiètiáo ㄐㄧㄝˋㄊㄧㄠˊ 戒律。

【戒心】jièxīn ㄐㄧㄝˋㄒㄧㄣ 戒備之心；警惕心：存有戒心。

【戒嚴】jiè∥yán ㄐㄧㄝˋ∥ㄧㄢˊ 國家遇到戰爭或特殊情況時，在全國或某一地區內採取非常措施，如增設警戒、組織搜查、限制交通等。

【戒指】jiè·zhi ㄐㄧㄝˋ·ㄓ （戒指兒）套在手指上做紀念或裝飾用的小環，用金屬、玉石等製成。

芥〔芥〕 jiè ㄐㄧㄝˋ ❶芥菜：芥末｜芥子。❷小草，比喻輕微纖細的事物：草芥｜纖芥。

另見366頁 gài。

【芥菜】jiècài ㄐㄧㄝˋㄘㄞˋ 一年或二年生草本植物，開黃色小花，果實細長。種子黃色，有辣味，磨成粉末，叫芥末，用做調味品。芥菜變種很多，形態各異，按用途分為葉用芥菜（如雪裏紅），莖用芥菜（如榨菜）和根用芥菜（如大頭菜）。

另見366頁 gàicài。

【芥蒂】jièdì ㄐㄧㄝˋ ㄉㄧˋ 〈書〉梗塞的東西。比喻心裏的嫌隙或不快：經過調解，兩人心中都不再有甚麼芥蒂了。

【芥末】jiè·mo ㄐㄧㄝˋ ·ㄇㄛ 調味品，芥子研成的粉末，味辣。也叫芥黃。

【芥子】jièzǐ ㄐㄧㄝˋ ㄗˇ 芥菜的種子。

【芥子氣】jièzǐqì ㄐㄧㄝˋ ㄗˇ ㄑㄧˋ 有機化合物，化學式 $(C_2H_4C_1)_2S$。無色油狀液體，有芥末或大蒜味。有劇毒，能引起皮膚潰爛，戰爭中曾用做毒氣。

玠 jiè ㄐㄧㄝˋ 〈書〉大的圭。

屆（屆） jiè ㄐㄧㄝˋ ❶到（時候）：屆期。❷量詞，略同於'次'，用於定期的會議或畢業的班級等：第二屆全國人民代表大會｜本屆畢業生。

【屆滿】jièmǎn ㄐㄧㄝˋ ㄇㄢˇ 規定的擔任職務的時期已滿：屆滿離任。

【屆期】jièqī ㄐㄧㄝˋ ㄑㄧ 到預定的日期：屆期務請光臨。

【屆時】jièshí ㄐㄧㄝˋ ㄕˊ 到時候：屆時務請出席。

界 jiè ㄐㄧㄝˋ ❶界限：地界｜邊界｜省界｜國界｜山西和陝西以黃河為界。❷一定的範圍：眼界｜管界。❸職業、工作或性別等相同的一些社會成員的總體：文藝界｜科學界｜婦女界｜各界人士。❹指大自然中動物、植物、礦物等的最大的類別：無機界｜有機界。❺地層系統分類的最高一級，相當於地質年代中的代。界以下為系。

【界碑】jièbēi ㄐㄧㄝˋ ㄅㄟ 在交界的地方樹立的碑，用做分界的標誌。

【界標】jièbiāo ㄐㄧㄝˋ ㄅㄧㄠ 分界的標誌，如界碑、界石等。

【界尺】jièchǐ ㄐㄧㄝˋ ㄔˇ 畫直綫用的木條，沒有刻度。

【界定】jièdìng ㄐㄧㄝˋ ㄉㄧㄥˋ 劃定界限；確定所屬範圍：兩個單位的分工要有明確的界定｜是優是劣自有客觀標準來界定。

【界河】jièhé ㄐㄧㄝˋ ㄏㄜˊ 兩國或兩地區分界的河流。

【界面】jièmiàn ㄐㄧㄝˋ ㄇㄧㄢˋ 物體和物體之間的接觸面。

【界山】jièshān ㄐㄧㄝˋ ㄕㄢ 兩國或兩地區分界的山。

【界石】jièshí ㄐㄧㄝˋ ㄕˊ 用做分界標誌的石碑或石塊。

【界說】jièshuō ㄐㄧㄝˋ ㄕㄨㄛ 定義的舊稱。

【界限】jièxiàn ㄐㄧㄝˋ ㄒㄧㄢˋ ❶不同事物的分界：劃清界限｜界限分明。❷盡頭處；限度：殖民主義者的野心是沒有界限的。

【界限量規】jièxiàn liángguī ㄐㄧㄝˋ ㄒㄧㄢˋ ㄌㄧㄤˊ ㄍㄨㄟ 量具的一種，有兩個測量端，分別表示兩個不同的尺寸，工件能通過其中一端而不能通過另一端即為合格品。測量軸或凸形工件的叫卡規；測量孔眼或凹形工件的叫塞規。也叫極限量規、量規。

【界綫】jièxiàn ㄐㄧㄝˋ ㄒㄧㄢˋ ❶兩個地區分界的綫：跨越界綫。❷不同事物的分界；界限①。❸某些事物的邊緣：標出房基地界綫。

【界樁】jièzhuāng ㄐㄧㄝˋ ㄓㄨㄤ 在交界地方樹立的樁子，用做分界的標誌。

疥 jiè ㄐㄧㄝˋ 疥瘡。

【疥蟲】jièchóng ㄐㄧㄝˋ ㄔㄨㄥˊ 寄生蟲，體很小，橢圓扁平，身上有毛，有四對腳，腳上有吸盤。寄生在人的皮膚下，引起疥瘡。

【疥瘡】jièchuāng ㄐㄧㄝˋ ㄔㄨㄤ 傳染性皮膚病，病原體是疥蟲，多發生在手腕、手指、臀部、腹部等部位。症狀是局部起丘疹而不變顏色，非常刺癢。

【疥蛤蟆】jièhá·ma ㄐㄧㄝˋ ㄏㄚˊ ·ㄇㄚ 蟾蜍的通稱。

蚧 jiè ㄐㄧㄝˋ 見386頁〖蛤蚧〗(géjiè)。

借 jiè ㄐㄧㄝˋ ❶暫時使用別人的物品或金錢；借進：向圖書館借書｜跟人借錢｜把筆借給我用一下。❷把物品或金錢暫時供別人使用；借出：借書給他｜借錢給人。

另見594頁 jiè'藉'。

【借詞】jiècí ㄐㄧㄝˋ ㄘˊ 從另一種語言中吸收過來的詞。參看1173頁〖外來語〗。

【借代】jièdài ㄐㄧㄝˋ ㄉㄞˋ 修辭方式，不直接把所要說的事物名稱說出來，而用跟它有關係的另一種事物名稱代替它。如'紅領巾參加植樹勞動'中的'紅領巾'就是代替'少先隊員'。

【借貸】jièdài ㄐㄧㄝˋ ㄉㄞˋ ❶借（錢）：借貸無門。❷指簿記或資產表上的借方和貸方。

【借刀殺人】jiè dāo shā rén ㄐㄧㄝˋ ㄉㄠ ㄕㄚ ㄖㄣˊ 比喻自己不出面，利用別人去害人。

【借調】jièdiào ㄐㄧㄝˋ ㄉㄧㄠˋ 一個單位臨時借用另一單位的工作人員，而不改變其隸屬關係。

【借讀】jièdú ㄐㄧㄝˋ ㄉㄨˊ 沒有本地區正式戶口的中、小學生在本地區中、小學就讀，叫做借讀。沒有某校學籍的學生，因故在某校就讀，也叫借讀。

【借方】jièfāng ㄐㄧㄝˋ ㄈㄤ 見1052頁〖收方〗。

【借風使船】jiè fēng shǐ chuán ㄐㄧㄝˋ ㄈㄥ ㄕˇ ㄔㄨㄢˊ 比喻借用別人的力量以達到自己的目的。也說借水行舟。

【借古諷今】jiè gǔ fěng jīn ㄐㄧㄝˋ ㄍㄨˇ ㄈㄥˇ ㄐㄧㄣ 假借評論古代某人某事的是非，影射現實。

【借光】jiè∥guāng ㄐㄧㄝˋ∥ㄍㄨㄤ ❶分沾他人的利益、好處；沾光：能來這裏參觀，是借了他哥的光。❷客套話，用於請別人給自己方便或向人詢問：借光讓我過去｜借光，百貨大樓在哪兒？

【借花獻佛】jiè huā xiàn fó ㄐㄧㄝˋ ㄏㄨㄚ ㄒㄧㄢˋ ㄈㄛˊ 比喻拿別人的東西做人情。

【借火】jiè//huǒ ㄐㄧㄝˋ//ㄏㄨㄛˇ (借火兒) 吸烟時向別人借用引火的東西或利用別人點燃的烟來引火。

【借鑒】jièjiàn ㄐㄧㄝˋ ㄐㄧㄢˋ 跟別的人或事相對照，以便取長補短或吸取教訓：可資借鑒。

【借景】jièjǐng ㄐㄧㄝˋ ㄐㄧㄥˇ 園林藝術中指借取園外之景或使園內各風景點互相襯托，聯成一體。

【借鏡】jièjìng ㄐㄧㄝˋ ㄐㄧㄥˋ 借鑒。

【借據】jièjù ㄐㄧㄝˋ ㄐㄩˋ 借用別人的錢或器物時所立的字據，由出借的人保存。

【借款】jiè//kuǎn ㄐㄧㄝˋ//ㄎㄨㄢˇ 向人借錢或借錢給人。

【借款】jièkuǎn ㄐㄧㄝˋ ㄎㄨㄢˇ 借用的錢：一筆借款。

【借屍還魂】jiè shī huán hún ㄐㄧㄝˋ ㄕ ㄏㄨㄢˊ ㄏㄨㄣˊ 迷信傳說人死以後靈魂可能借別人的屍體復活，比喻某種已經消滅或沒落的思想、行為、勢力等假託別的名義重新出現。

【借宿】jiè//sù ㄐㄧㄝˋ//ㄙㄨˋ 借別人的地方住宿：勘探隊在老鄉家裏借宿了一夜。

【借題發揮】jiè tí fāhuī ㄐㄧㄝˋ ㄊㄧˊ ㄈㄚ ㄏㄨㄟ 借談論另一個題目來表達自己真正的意思。

【借條】jiètiáo ㄐㄧㄝˋ ㄊㄧㄠˊ (借條兒) 便條式的借據。

【借位】jiè//wèi ㄐㄧㄝˋ//ㄨㄟˋ 減法運算中，被減數的某一位數不夠減時向前一位借一，化成本位的數量，然後再減。

【借問】jièwèn ㄐㄧㄝˋ ㄨㄣˋ 敬辭，用於向人打聽事情：借問這裏離城還有多遠？

【借用】jièyòng ㄐㄧㄝˋ ㄩㄥˋ ❶借別人的東西來使用：借用一下你的鉛筆。❷把用於某種用途的事物用於另一種用途：'道具'這個名詞原來指和尚唸經時所用的東西，現在借用來指演戲時所用的器物。

【借喻】jièyù ㄐㄧㄝˋ ㄩˋ 比喻的一種，直接借比喻的事物來代替被比喻的事物，被比喻的事物和比喻詞都不出現。如'天下烏鴉一般黑'，'烏鴉'比喻舊時官吏。

【借閱】jièyuè ㄐㄧㄝˋ ㄩㄝˋ 借圖書、資料等來閱讀：借閱圖書要如期歸還。

【借債】jiè//zhài ㄐㄧㄝˋ//ㄓㄞˋ 借錢。

【借賬】jiè//zhàng ㄐㄧㄝˋ//ㄓㄤˋ 借債。

【借支】jièzhī ㄐㄧㄝˋ ㄓ 先期支用工資。

【借重】jièzhòng ㄐㄧㄝˋ ㄓㄨㄥˋ 指借用其他的(力量)，多用做敬辭：借重一切有用的力量｜敝公司以後借重您的地方還很多，還要常來麻煩您。

【借助】jièzhù ㄐㄧㄝˋ ㄓㄨˋ 靠別的人或事物的幫助：要看到極遠的東西，就得借助於望遠鏡。

解(觧) jiè ㄐㄧㄝˋ 解送：起解｜押解｜把犯人解到縣裏。

另見590頁 jiě；1267頁 xiè。

【解差】jièchāi ㄐㄧㄝˋ ㄔㄞ 舊時押送犯人的人。

【解送】jièsòng ㄐㄧㄝˋ ㄙㄨㄥˋ 押送(財物或犯人)。

【解元】jièyuán ㄐㄧㄝˋ ㄩㄢˊ 明清兩代稱鄉試考取第一名的人。

骱 jiè ㄐㄧㄝˋ 〈方〉骨節與骨節銜接的地方：脫骱(脫臼)。

誡(诫) jiè ㄐㄧㄝˋ 警告；勸告：告誡｜規誡。

褯 jiè ㄐㄧㄝˋ ［褯子］(jiè·zi ㄐㄧㄝˋ ·ㄗ)〈方〉尿布。

藉[1]〔藉〕 jiè ㄐㄧㄝˋ ❶〈書〉墊在下面的東西。❷墊；襯：枕藉。

藉[2]〔藉〕(借) jiè ㄐㄧㄝˋ ❶假託：藉故｜藉端。❷憑藉；利用：藉手(假手)｜藉着燈光看書。

另見541頁 jí。'借'另見593頁 jiè。

【藉端】jièduān ㄐㄧㄝˋ ㄉㄨㄢ 藉口某件事：藉端生事｜藉端推託。

【藉故】jiègù ㄐㄧㄝˋ ㄍㄨˋ 藉口某種原因：藉故拖延｜他不願意再跟他們談下去，就藉故走了。

【藉口】jièkǒu ㄐㄧㄝˋ ㄎㄡˇ ❶以(某事)為理由(非真正的理由)：不能藉口快速施工而降低工程質量。❷假託的理由：別拿忙做藉口而放鬆學習。

【藉以】jièyǐ ㄐㄧㄝˋ ㄧˇ 作為憑藉，以便做某事：略舉幾件事實，藉以證明這項工作的重要性。

·jie (·ㄐㄧㄝ)

家 ·jie ·ㄐㄧㄝ 同'價'(·jie)，如'整天家、成年家'。

另見550頁 jiā。

價(价) ·jie ·ㄐㄧㄝ ❶〈方〉助詞，用在否定副詞後面加強語氣：不價｜甭價｜別價。注意跟否定副詞單獨成句，後面不再跟別的成分。❷某些副詞的後綴：成天價忙｜震天價響。

另見555頁 jià。'价'另見592頁 jiè。

jīn (ㄐㄧㄣ)

巾 jīn ㄐㄧㄣ 擦東西或包裹、覆蓋東西的小塊的紡織品：手巾｜毛巾｜頭巾｜圍巾｜領巾｜枕巾。

【巾幗】jīnguó ㄐㄧㄣ ㄍㄨㄛˊ 巾和幗是古代婦女戴的頭巾和髮飾，借指婦女：巾幗英雄｜巾幗丈夫(有男子氣概的女子)。

【巾箱本】jīnxiāngběn ㄐㄧㄣ ㄒㄧㄤ ㄅㄣˇ 本子特

小，可以放在巾箱中的古書(巾箱，古時裝頭巾或手巾的小箱子)。

斤1(❶觔) jīn ㄐㄧㄣ ❶重量單位。舊制1斤等於16兩，市制1斤後改10兩，合500克。❷加在某些以重量計算的物名後作總稱：煤斤｜鹽斤。

斤2 jīn ㄐㄧㄣ 古代砍伐樹木的工具。

【斤斗】jīndǒu ㄐㄧㄣ ㄉㄡˇ 〈方〉跟頭。

【斤斤】jīnjīn ㄐㄧㄣ ㄐㄧㄣ 過分計較(瑣細的或無關緊要的事物)：不要斤斤於表面形式，應該注重實際問題。

【斤斤計較】jīnjīn jìjiào ㄐㄧㄣ ㄐㄧㄣ ㄐㄧˋ ㄐㄧㄠˋ 形容過分計較微小的利益或無關緊要的事情。

【斤兩】jīnliǎng ㄐㄧㄣ ㄌㄧㄤˇ 分量，多用於比喻：他的話很有斤兩。

今 jīn ㄐㄧㄣ ❶現在；現代(跟'古'相對)：當今｜今人｜厚今薄古｜古為今用。❷當前的(年、天及其部分)：今天｜今晨｜今春。❸〈書〉此；這：今番｜今次。

【今草】jīncǎo ㄐㄧㄣ ㄘㄠˇ 草書的一種，是由章草結合楷書發展而成的，六朝時為與章草區別，叫今草。

【今後】jīnhòu ㄐㄧㄣ ㄏㄡˋ 從今以後：今後更要加倍努力。

【今年】jīnnián ㄐㄧㄣ ㄋㄧㄢˊ 說話時的這一年。

【今兒】jīnr ㄐㄧㄣㄦ 〈方〉今天：今兒晚上我值班。也說今兒個。

【今人】jīnrén ㄐㄧㄣ ㄖㄣˊ 現代的人；當代的人。

【今日】jīnrì ㄐㄧㄣ ㄖˋ 今天：從上海來的參觀團預定今日到達。

【今生】jīnshēng ㄐㄧㄣ ㄕㄥ 這一輩子：今生今世。

【今世】jīnshì ㄐㄧㄣ ㄕˋ ❶當代：今世英杰。❷今生。

【今天】jīntiān ㄐㄧㄣ ㄊㄧㄢ ❶說話時的這一天：今天的事不要放到明天做。❷現在；目前：今天的中國已經不是解放前的中國了。

【今文】jīnwén ㄐㄧㄣ ㄨㄣˊ 漢代稱當時通用的隸字。那時有人把口傳的經書用隸字記錄下來，後來叫做今文經。

【今昔】jīnxī ㄐㄧㄣ ㄒㄧ 現在和過去：今昔對比。

【今譯】jīnyì ㄐㄧㄣ ㄧˋ 古代文獻的現代語譯文：古籍今譯。

【今音】jīnyīn ㄐㄧㄣ ㄧㄣ ❶現代的語音。❷指以《切韵》、《廣韵》等韵書為代表的隋唐音，跟以《詩經》押韵、《說文》諧聲等為代表的'古音'(周秦音)區別。

【今朝】jīnzhāo ㄐㄧㄣ ㄓㄠ ❶〈方〉今天①。❷今天②：數風流人物，還看今朝。

金1 jīn ㄐㄧㄣ ❶金屬，通常指金、銀、銅、鐵、錫等：五金｜合金。❷錢：現金｜基金。❸古時金屬製的打擊樂器，如鑼等：金鼓｜鳴金收兵。❹金屬元素，符號 Au (aurum)。黃色，質軟，延展性強，化學性質穩定。是貴重金屬，用來製造貨幣、裝飾品等。通稱金子或黃金。❺比喻尊貴，貴重：金口玉言｜烏金墨玉(煤炭)。❻像金子的顏色：金色紐釦｜金漆盒子。❼(Jīn)姓。

金2 Jīn ㄐㄧㄣ 朝代，公元1115－1234，女真族完顏阿骨打所建，在我國北部。

【金榜】jīnbǎng ㄐㄧㄣ ㄅㄤˇ 科舉時代俗稱殿試錄取的榜：金榜題名。

【金鎊】jīnbàng ㄐㄧㄣ ㄅㄤˋ 英國，愛爾蘭等國本位貨幣'鎊'的別稱。

【金本位】jīnběnwèi ㄐㄧㄣ ㄅㄣˇ ㄨㄟˋ 用黃金做本位貨幣的貨幣制度。

【金筆】jīnbǐ ㄐㄧㄣ ㄅㄧˇ 筆頭用黃金的合金，筆尖用銥的合金製成的高級自來水筆。

【金幣】jīnbì ㄐㄧㄣ ㄅㄧˋ 古代泛指金屬貨幣，現在指用黃金作主要成分鑄造的貨幣。

【金碧輝煌】jīnbì-huīhuáng ㄐㄧㄣ ㄅㄧˋ ㄏㄨㄟ ㄏㄨㄤˊ 形容建築物等異常華麗，光彩奪目。

【金箔】jīnbó ㄐㄧㄣ ㄅㄛˊ 用金子捶成的薄片或塗上金粉的紙片，用來包在佛像或器物等外面做裝飾。

【金不換】jīn·buhuàn ㄐㄧㄣ ·ㄅㄨ ㄏㄨㄢˋ 形容十分可貴：浪子回頭金不換。

【金燦燦】jīncàncàn ㄐㄧㄣ ㄘㄢˋ ㄘㄢˋ (金燦燦的)形容金光耀眼：金燦燦的陽光灑滿大地。

【金蟬脫殼】jīnchán tuō qiào ㄐㄧㄣ ㄔㄢˊ ㄊㄨㄛ ㄑㄧㄠˋ 比喻用計脫逃而使對方不能及時發覺。

【金城湯池】jīn chéng tāng chí ㄐㄧㄣ ㄔㄥˊ ㄊㄤ ㄔˊ 金屬造的城，滾水的護城河，形容堅固不易攻破的城池。

【金瘡】jīnchuāng ㄐㄧㄣ ㄔㄨㄤ 中醫指刀槍等金屬器械所造成的傷口。

【金額】jīn'é ㄐㄧㄣ ㄜˊ 錢數。

【金飯碗】jīnfànwǎn ㄐㄧㄣ ㄈㄢˋ ㄨㄢˇ 比喻待遇非常優厚的職位。

【金剛】jīngāng ㄐㄧㄣ ㄍㄤ 〈方〉某些昆蟲(如蒼蠅)的蛹。

【金剛】Jīngāng ㄐㄧㄣ ㄍㄤ 佛教稱佛的侍從力士，因手拿金剛杵(古印度兵器)而得名。

【金剛努目】Jīngāng nǔ mù ㄐㄧㄣ ㄍㄤ ㄋㄨˇ ㄇㄨˋ 形容面目兇惡。也說金剛怒目。

【金剛砂】jīngāngshā ㄐㄧㄣ ㄍㄤ ㄕㄚ ❶指碳化硅，純的為無色晶體，硬度很大，質脆。工業上用做研磨材料。❷用做磨料的金剛石、剛玉、碳化硅等的統稱。‖也叫鋼砂。

【金剛石】jīngāngshí ㄐㄧㄣ ㄍㄤ ㄕˊ 礦物，碳的同素異形體，多為正八面體結晶，純淨的無色透明，有光澤，有極強的折光力，是已知最硬的物質。用做高級切削和研磨材料等。也叫金鋼鑽。

【金剛鑽】jīngāngzuàn ㄐㄧㄣ ㄍㄤ ㄗㄨㄢˋ 金剛石。

【金糕】jīngāo ㄐㄧㄣ ㄍㄠ 山楂糕。

【金工】jīngōng ㄐㄧㄣ ㄍㄨㄥ 金屬的各種加工工作的總稱。

【金瓜】jīnguā ㄐㄧㄣ ㄍㄨㄚ ❶南瓜的一種，果實成熟後果皮為金黃色或紅黃色。❷古代一種兵器，棒端呈瓜形，金色。後來用做儀仗。

【金龜】jīnguī ㄐㄧㄣ ㄍㄨㄟ 烏龜(爬行動物)。

【金龜子】jīnguīzǐ ㄐㄧㄣ ㄍㄨㄟ ㄗˇ 昆蟲，有許多種，身體黑綠色或其他顏色，有光澤，前翅堅硬，後翅呈膜狀。幼蟲叫蠐螬，是農業害蟲。有的地區叫金殼郎。

【金貴】jīn·guì ㄐㄧㄣ ·ㄍㄨㄟˋ 珍貴；貴重：東西越稀少越金貴｜這裏水比油還金貴。

【金衡】jīnhéng ㄐㄧㄣ ㄏㄥˊ 英美重量制度，用於金、銀等貴重金屬(區別於'常衡、藥衡')。

【金晃晃】jīnhuānghuāng ㄐㄧㄣ ㄏㄨㄤ ㄏㄨㄤ 同'金煌煌'。

【金煌煌】jīnhuānghuāng ㄐㄧㄣ ㄏㄨㄤ ㄏㄨㄤ (金煌煌的)形容像黃金一樣發亮的顏色：金煌煌的琉璃瓦。也作金晃晃。

【金黃】jīnhuáng ㄐㄧㄣ ㄏㄨㄤˊ 黃而微紅略像金子的顏色：金黃色頭髮｜麥收時節，田野裏一片金黃。

【金婚】jīnhūn ㄐㄧㄣ ㄏㄨㄣ 歐洲風俗稱結婚五十週年為金婚。

【金雞獨立】jīn jī dú lì ㄐㄧㄣ ㄐㄧ ㄉㄨˊ ㄌㄧˋ 指用一條腿站立的姿勢。

【金獎】jīnjiǎng ㄐㄧㄣ ㄐㄧㄤˇ 指一等獎；最高獎(多以金杯等為獎品)。

【金科玉律】jīn kē yù lǜ ㄐㄧㄣ ㄎㄜ ㄩˋ ㄌㄩˋ 比喻不能變更的信條或法律條文。

【金口玉言】jīnkǒu-yùyán ㄐㄧㄣ ㄎㄡˇ ㄩˋ ㄧㄢˊ 封建社會稱皇帝講的話，後來也用來泛指不能改變的話。

【金庫】jīnkù ㄐㄧㄣ ㄎㄨˋ 保管和出納國家預算資金的機關。通稱國庫。

【金蘭】jīnlán ㄐㄧㄣ ㄌㄢˊ 原指牢固而融洽的友情(語本《易經·繫辭》'二人同心，其利斷金；同心之言，其臭如蘭')，後來用做結拜為兄弟姐妹的代稱：金蘭譜｜義結金蘭。

【金蓮】jīnlián ㄐㄧㄣ ㄌㄧㄢˊ (金蓮兒)舊時指纏足婦女的腳。

【金鑾殿】jīnluándiàn ㄐㄧㄣ ㄌㄨㄢˊ ㄉㄧㄢˋ 唐代宮內有金鑾殿，後來舊小說戲曲中泛稱皇帝上朝理政的殿。

【金迷紙醉】jīn mí zhǐ zuì ㄐㄧㄣ ㄇㄧˊ ㄓˇ ㄗㄨㄟˋ 見1472頁〖紙醉金迷〗。

【金牛座】jīnniúzuò ㄐㄧㄣ ㄋㄧㄡˊ ㄗㄨㄛˋ 黃道十二星座之一。參看505頁〖黃道十二宮〗。

【金甌】jīn'ōu ㄐㄧㄣ ㄡ 金屬的杯子，比喻完整的疆土，泛指國土：金甌無缺。

【金牌】jīnpái ㄐㄧㄣ ㄆㄞˊ 獎牌的一種，獎給第一名：榮獲金牌。

【金錢】jīnqián ㄐㄧㄣ ㄑㄧㄢˊ 貨幣；錢。

【金錢松】jīnqiánsōng ㄐㄧㄣ ㄑㄧㄢˊ ㄙㄨㄥ 落葉喬木，樹幹通直高大，樹冠呈圓錐形，葉子條形，花單性，雌雄同株，球果卵形。木材耐腐蝕，供建築和製器物等用。樹形優美，秋季葉呈金黃色，是著名的觀賞樹之一。

【金槍魚】jīnqiāngyú ㄐㄧㄣ ㄑㄧㄤ ㄩˊ 魚，身體紡錘形，長約一米，頭尖，鱗細。生活在海洋中，肉供食用。

【金秋】jīnqiū ㄐㄧㄣ ㄑㄧㄡ 指秋季：金秋季節｜金秋菊展。

【金融】jīnróng ㄐㄧㄣ ㄖㄨㄥˊ 指貨幣的發行、流通和回籠，貸款的發放和收回，存款的存入和提取，匯兑的往來等經濟活動。

【金嗓子】jīnsǎng·zi ㄐㄧㄣ ㄙㄤˇ ·ㄗ 指音色清脆、圓潤悅耳的歌喉。

【金閃閃】jīnshǎnshǎn ㄐㄧㄣ ㄕㄢˇ ㄕㄢˇ (金閃閃的)形容金光閃爍：金閃閃的獎杯。

【金石】jīnshí ㄐㄧㄣ ㄕˊ ❶〈書〉金屬和石頭，比喻堅硬的東西：精誠所至，金石為開(意志堅決，能克服一切困難)。❷金指銅器和其他金屬器物，石指石製器物等，這些東西上頭多有文字記事，所以把這類歷史資料叫做金石。

【金屬】jīnshǔ ㄐㄧㄣ ㄕㄨˇ 具有光澤和延展性，容易導電、傳熱等性質的單質。除汞以外，在常溫下都是固體，如金、銀、銅、鐵、錳、鋅等。

【金屬探傷】jīnshǔ tànshāng ㄐㄧㄣ ㄕㄨˇ ㄊㄢˋ ㄕㄤ 利用探傷器檢驗金屬製件內部缺陷(如隱蔽的裂紋、砂眼、雜質等)。參看1111頁〖探傷〗。

【金絲猴】jīnsīhóu ㄐㄧㄣ ㄙ ㄏㄡˊ 哺乳動物，身體瘦長，毛灰黃色，鼻孔向上，尾巴長，背部長毛達一尺多。生活在高山的大樹上，是我國特產的一種珍貴動物。

【金松】jīnsōng ㄐㄧㄣ ㄙㄨㄥ 常綠大喬木，高達40米，大葉輪生，扁條形，嫩枝上的小葉鱗片狀，樹冠呈狹圓錐形，是著名的觀賞樹之一。

【金田起義】Jīntián Qǐyì ㄐㄧㄣ ㄊㄧㄢˊ ㄑㄧˇ ㄧˋ 1851年洪秀全、楊秀清等在廣西桂平金田村領導的農民起義。參看1106頁〖太平天國〗。

【金湯】jīntāng ㄐㄧㄣ ㄊㄤ '金城湯池'的略語：固若金湯。

【金條】jīntiáo ㄐㄧㄣ ㄊㄧㄠˊ 鑄成長條狀的黃金，一般每條重十兩，也有五兩或二十兩的。

【金文】jīnwén ㄐㄧㄣ ㄨㄣˊ 古代銅器上鑄的或刻的文字，通常專指殷周秦漢銅器上的文字。也叫鐘鼎文。

【金烏】jīnwū ㄐㄧㄣ ㄨ 〈書〉指太陽(傳說太陽中有三足烏)：金烏西墜。

【金星】[1]jīnxīng ㄐㄧㄣ ㄒㄧㄥ 太陽系九大行星之一，按離太陽由近而遠的次序計為第二顆，繞太陽公轉週期約224.7天，自轉週期約243天，自東向西逆轉。金星是各大行星中離地球最近的一個。(圖見1107頁〖太陽系〗)

【金星】² jīnxīng ㄐㄧㄣ ㄒㄧㄥ ❶金黃色的五角星：金星勛章。❷頭暈眼花時所感到的眼前出現的像星的小點：我跑得上氣不接下氣，眼前直冒金星。

【金魚】jīnyú ㄐㄧㄣ ㄩˊ 鯽魚經過人工長期培養形成的變種，身體的顏色有紅、黑、藍、紅白花等許多種，是著名的觀賞魚。

【金玉】jīnyù ㄐㄧㄣ ㄩˋ 〈書〉泛指珍寶，比喻華美貴重：金玉良言｜金玉其外，敗絮其中(外表很華美，裏頭一團糟)。

【金圓券】jīnyuánquàn ㄐㄧㄣ ㄩㄢˊ ㄑㄩㄢˋ 國民黨政府在1948年發行的一種紙幣。

【金針】jīnzhēn ㄐㄧㄣ ㄓㄣ ❶〈書〉縫紉、刺繡用的金屬針。❷針灸用的針，古時多用金、銀或鐵製成，現在多用不銹鋼製成。參看456頁〖毫針〗。❸用做食物的金針菜的花。

【金針菜】jīnzhēncài ㄐㄧㄣ ㄓㄣ ㄘㄞˋ ❶多年生草本植物，葉子叢生。花筒長而大，黃色，有香味，早晨開放傍晚凋謝，可以做蔬菜。❷這種植物的花。‖通稱黃花或黃花菜。

【金枝玉葉】jīn zhī yù yè ㄐㄧㄣ ㄓ ㄩˋ ㄧㄝˋ 舊指皇族，也指出身高貴的公子小姐。

【金子】jīn·zi ㄐㄧㄣ ·ㄗ 金¹④的通稱。

【金字塔】jīnzìtǎ ㄐㄧㄣ ㄗˋ ㄊㄚˇ 古代埃及、美洲的一種建築物，是用石頭建成的三面或多面的角錐體，遠看像漢字的'金'字。埃及金字塔是古代帝王的陵墓。

【金字招牌】jīnzì zhāopái ㄐㄧㄣ ㄗˋ ㄓㄠ ㄆㄞˊ 商店用金粉塗字的招牌，也指商店資金雄厚、信譽卓著。比喻向人炫耀的名義或稱號。

津¹ jīn ㄐㄧㄣ ❶唾液：津液｜生津止渴。❷汗：遍體生津。❸潤澤。

津² jīn ㄐㄧㄣ 渡口：津渡｜關津｜要津。

【津津】jīnjīn ㄐㄧㄣ ㄐㄧㄣ ❶形容有滋味；有趣味：津津有味｜津津樂道(很感興趣地談論)。❷(汗、水)流出的樣子：汗津津｜水津津。

【津樑】jīnliáng ㄐㄧㄣ ㄌㄧㄤˊ 〈書〉渡口和橋樑，比喻用做引導的事物或過渡的方法、手段。

【津貼】jīntiē ㄐㄧㄣ ㄊㄧㄝ ❶工資以外的補助費，也指供給制人員的生活零用錢。❷給津貼；補助：每月津貼他一些錢。

【津要】jīnyào ㄐㄧㄣ ㄧㄠˋ 〈書〉❶水陸衝要的地方：扼守津要。❷比喻顯要的地位：身居津要。

【津液】jīnyè ㄐㄧㄣ ㄧㄝˋ 中醫對體內一切液體的總稱，包括血液、唾液、淚液、汗液等，通常專指唾液。

衿 jīn ㄐㄧㄣ ❶同'襟'。❷〈書〉繫(jì)衣裳的帶子。

矜 jīn ㄐㄧㄣ ❶憐憫；憐惜。❷自尊自大；自誇：不矜不伐(不自大自誇)｜毫無驕矜之氣。❸慎重；拘謹：矜持。

另見420頁 guān；931頁 qín。

【矜持】jīnchí ㄐㄧㄣ ㄔˊ 拘謹；拘束：他第一次上台發言，顯得有點矜持。

【矜誇】jīnkuā ㄐㄧㄣ ㄎㄨㄚ 驕傲自誇：力戒矜誇。

紟(䘳) jīn ㄐㄧㄣ 〈書〉聯結衣襟的帶子。

筋(觔) jīn ㄐㄧㄣ ❶肌肉：筋骨。❷(筋兒)肌腱或骨頭上的韌帶：牛蹄筋兒。❸可以看見的皮下靜脈管：青筋。❹(筋兒)像筋的東西：葉筋｜鋼筋｜鐵筋｜橡皮筋兒。

【筋道】jīn·dao ㄐㄧㄣ ·ㄉㄠ 〈方〉❶指食物有韌性，耐咀嚼：抻麪吃到嘴裏挺筋道。❷身體結實(多指老人)：老人的身子骨兒倒很筋道。

【筋斗】jīndǒu ㄐㄧㄣ ㄉㄡˇ 〈方〉跟頭。

【筋骨】jīngǔ ㄐㄧㄣ ㄍㄨˇ 筋肉和骨頭，也泛指體格：學武術可以鍛煉筋骨。

【筋節】jīnjié ㄐㄧㄣ ㄐㄧㄝˊ ❶肌肉和關節。❷比喻文章或言辭重要而有力的轉折承接處。

【筋疲力盡】jīn pí lì jìn ㄐㄧㄣ ㄆㄧˊ ㄌㄧˋ ㄐㄧㄣˋ 形容非常疲勞，一點力氣也沒有了。也說精疲力竭。

【筋肉】jīnròu ㄐㄧㄣ ㄖㄡˋ 肌肉。

禁 jīn ㄐㄧㄣ ❶禁受；耐：弱不禁風｜這雙鞋禁穿。❷忍住：不禁。

另見602頁 jìn。

【禁不起】jīn·bu qǐ ㄐㄧㄣ ·ㄅㄨ ㄑㄧˇ 承受不住(多用於人)：禁不起考驗。

【禁不住】jīn·bu zhù ㄐㄧㄣ ·ㄅㄨ ㄓㄨˋ ❶承受不住(用於人或物)：這種植物禁不住霜凍｜你怎麼這樣禁不住批評？❷抑制不住；不由得：禁不住笑了起來。

【禁得起】jīn·de qǐ ㄐㄧㄣ ·ㄉㄜ ㄑㄧˇ 承受得住(多用於人)：青年人要禁得起艱苦環境的考驗。

【禁得住】jīn·de zhù ㄐㄧㄣ ·ㄉㄜ ㄓㄨˋ 承受得住(用於人或物)：河上的冰已經禁得住人走了。

【禁受】jīnshòu ㄐㄧㄣ ㄕㄡˋ 受；承受：禁受考驗｜禁受不住打擊。

襟 jīn ㄐㄧㄣ ❶上衣、袍子前面的部分：大襟｜對襟。❷指連襟：襟兄｜襟弟。❸指胸襟：襟抱｜襟懷。

【襟懷】jīnhuái ㄐㄧㄣ ㄏㄨㄞˊ 胸襟；胸懷：襟懷坦白。

jǐn (ㄐㄧㄣˇ)

巹 jǐn ㄐㄧㄣˇ 古代舉行婚禮時用做酒器的瓢：合巹。

堇 jǐn ㄐㄧㄣˇ 見下。

【堇菜】jǐncài ㄐㄧㄣˇ ㄘㄞˋ 多年生草本植物，葉子略呈腎臟形，邊緣有鋸齒，花瓣白色，有紫色條紋。也叫堇堇菜。

【堇色】jǐnsè ㄐㄧㄣˇ ㄙㄜˋ 淺紫色。

僅（仅） jǐn ㄐㄧㄣˇ 僅僅：不僅如此｜絕無僅有。

另見602頁 jìn。

【僅見】jǐnjiàn ㄐㄧㄣˇ ㄐㄧㄢˋ 極其少見：規模之大是歷史上所僅見的。

【僅僅】jǐnjǐn ㄐㄧㄣˇ ㄐㄧㄣˇ 副詞，表示限於某個範圍，意思跟'只'相同而更強調：這座大橋僅僅半年就完工了。

【僅只】jǐnzhǐ ㄐㄧㄣˇ ㄓˇ 僅僅：他家僅只養豬一項，就收入幾千元。

緊（紧） jǐn ㄐㄧㄣˇ ❶物體受到幾方面的拉力或壓力以後所呈現的狀態(跟'鬆[2]'相對，②③④⑥同)：繩子拉得很緊｜鼓面繃得非常緊。❷物體因受外力作用變得固定或牢固：捏緊筆桿｜把螺絲釘往緊裏擰一擰◇眼睛緊盯住他｜緊記着別忘了。❸使緊：緊了一下腰帶｜緊一緊弦｜緊一緊螺絲釘。❹非常接近，空隙極小：抽屜緊，拉不開｜這雙鞋太緊，穿着不舒服｜他住在我的緊隔壁◇全國人民團結緊。❺動作先後密切接連；事情急：緊催｜一個勝利緊接着一個勝利｜他緊趕了幾步，追上老張｜風颳得緊，雨下得急｜任務很緊｜抓緊時間。❻經濟不寬裕；拮据：這個月用項多一些，手頭顯得緊一點。

【緊巴巴】jǐnbābā ㄐㄧㄣˇ ㄅㄚ ㄅㄚ (緊巴巴的) ❶形容物體表面呈現緊張狀態：衣服又瘦又小，緊巴巴地貼在身上｜沒洗臉，臉上緊巴巴的。❷形容經濟不寬裕；拮据：日子過得緊巴巴的。

【緊繃繃】jǐnbēngbēng ㄐㄧㄣˇ ㄅㄥ ㄅㄥ (緊繃繃的) ❶形容綳或捆紮得很緊：皮帶繫(jì)得緊繃繃的。❷形容心情很緊張或表情不自然：臉緊繃繃的，像很生氣的樣子。

【緊湊】jǐncòu ㄐㄧㄣˇ ㄘㄡˋ 密切連接，中間沒有多餘的東西或空隙：這所房子的格局很緊湊，所有的地面都恰當地利用了｜這部影片很緊湊，沒有多餘的鏡頭。

【緊箍咒】jǐngūzhòu ㄐㄧㄣˇ ㄍㄨ ㄓㄡˋ 《西遊記》裏唐僧用來制伏孫悟空的咒語，能使孫悟空頭上套的金箍縮緊，使他頭疼，因此叫緊箍咒。比喻束縛人的東西。

【緊急】jǐnjí ㄐㄧㄣˇ ㄐㄧˊ 必須立即採取行動、不容許拖延的：緊急集合｜緊急措施｜緊急關頭｜任務緊急｜戰事緊急。

【緊急狀態】jǐnjí zhuàngtài ㄐㄧㄣˇ ㄐㄧˊ ㄓㄨㄤˋ ㄊㄞˋ 非常緊張的形勢，一般指國家面臨戰爭的狀態。

【緊鄰】jǐnlín ㄐㄧㄣˇ ㄌㄧㄣˊ 緊挨着的鄰居。

【緊鑼密鼓】jǐn luó mì gǔ ㄐㄧㄣˇ ㄌㄨㄛˊ ㄇㄧˋ ㄍㄨˇ 鑼鼓點敲得很密。多比喻公開活動前的緊張的輿論準備。也說密鑼緊鼓。

【緊密】jǐnmì ㄐㄧㄣˇ ㄇㄧˋ ❶十分密切，不可分隔：緊密結合｜緊密聯繫｜緊密地團結在一起。❷多而連續不斷：槍聲十分緊密｜緊密的雨點。

【緊迫】jǐnpò ㄐㄧㄣˇ ㄆㄛˋ 沒有緩衝的餘地；急迫：緊迫感｜任務緊迫｜形勢十分緊迫。

【緊俏】jǐnqiào ㄐㄧㄣˇ ㄑㄧㄠˋ (商品)銷路好，供不應求：緊俏貨｜緊俏物資。

【緊缺】jǐnquē ㄐㄧㄣˇ ㄑㄩㄝ (物資等)因短缺而供應緊張：商品緊缺｜資金緊缺。

【緊身兒】jǐnshen·r ㄐㄧㄣˇ ·ㄕㄣㄦ 穿在裏面的瘦而緊的上衣。

【緊縮】jǐnsuō ㄐㄧㄣˇ ㄙㄨㄛ 縮小；壓縮：緊縮開支｜緊縮機構。

【緊要】jǐnyào ㄐㄧㄣˇ ㄧㄠˋ 緊急重要；要緊：緊要關頭｜無關緊要。

【緊張】jǐnzhāng ㄐㄧㄣˇ ㄓㄤ ❶精神處於高度準備狀態，興奮不安：第一次登台，免不了有些緊張。❷激烈或緊迫，使人精神緊張：緊張的勞動｜緊張動人的情節｜球賽已經進入緊張階段｜工作緊張。❸供應不足，難於應付：糧食緊張｜電力緊張。

【緊着】jǐn·zhe ㄐㄧㄣˇ ·ㄓㄜ 加緊：你寫得太慢了，應該緊着點兒｜下星期一就要演出了，咱們得緊着練。

廑（厪） jǐn ㄐㄧㄣˇ 〈書〉同'僅'。

另見932頁 qín。

瑾 jǐn ㄐㄧㄣˇ 〈書〉美玉。

槿 jǐn ㄐㄧㄣˇ 見819頁〖木槿〗。

儘[1]（尽） jǐn ㄐㄧㄣˇ ❶力求達到最大限度：儘早｜儘着平生的力氣往外一推｜儘可能地減少錯誤。❷表示以某個範圍為極限，不得超過：儘着三天把事情辦好。❸讓某些人或事物儘先：先儘舊衣服穿｜單間房間不多，儘着女同志住。❹用在表示方位的詞前面，跟'最'相同：儘前頭｜儘北邊。

儘[2]（尽） jǐn ㄐㄧㄣˇ 〈方〉儘自：這些日子儘下雨｜事情已經過去了，儘責備他也無益。

'尽'另見602頁 jìn'盡'。

【儘管】jǐnguǎn ㄐㄧㄣˇ ㄍㄨㄢˇ ❶副詞，表示不必考慮別的，放心去做：有意見儘管提，不要客氣｜你有甚麼困難儘管說，我們一定幫助你解決。❷〈方〉副詞，老是；總是：有病早些治，儘管躭擱着也不好。❸連詞，表示姑且承認某種事實，下文往往有'但是、然而'等表示轉折的連詞跟它呼應，反接上文：儘管他不接受我的意見，我有意見還要向他提｜儘管以後變化難測，然而大體的估計還是可能的。

【儘快】jǐnkuài ㄐㄧㄣˇ ㄎㄨㄞˋ 儘量加快：使新機器儘快投入生產｜儘快地制訂出新的年度計劃。

【儘量】jǐnliàng ㄐㄧㄣˇ ㄌㄧㄤˋ 副詞，表示力求在一定範圍內達到最大限度：把你知道的儘量報告給大家｜工作雖然忙，學習的時間仍然要儘量保證。

【儘讓】jǐnràng ㄐㄧㄣˇ ㄖㄤˋ 〈方〉使別人佔先；推讓：他們在一起處得很好，凡事彼此都有個儘讓。

【儘先】jǐnxiān ㄐㄧㄣˇ ㄒㄧㄢ 儘量放在優先地位：儘先照顧老年人｜儘先生產這種農具。

【儘早】jǐnzǎo ㄐㄧㄣˇ ㄗㄠˇ 儘可能地提前：用畢，請儘早送回。

【儘自】jǐn·zi ㄐㄧㄣˇ ·ㄗ 〈方〉老是；總是：她心裏樂滋滋的儘自笑｜要想辦法克服困難，別儘自訴苦。

錦(锦)

jǐn ㄐㄧㄣˇ ❶有彩色花紋的絲織品：蜀錦｜壯錦。❷色彩鮮明華麗：錦霞｜錦緞。

【錦標】jǐnbiāo ㄐㄧㄣˇ ㄅㄧㄠ 授給競賽中優勝者的獎品，如錦旗、銀盾、獎杯等。

【錦標賽】jǐnbiāosài ㄐㄧㄣˇ ㄅㄧㄠ ㄙㄞˋ 獲勝的團體或個人取得錦標的體育運動比賽，如國際乒乓球錦標賽。

【錦緞】jǐnduàn ㄐㄧㄣˇ ㄉㄨㄢˋ 表面有彩色花紋的絲織品，可做服裝和裝飾品等。

【錦雞】jǐnjī ㄐㄧㄣˇ ㄐㄧ 鳥，形狀和雉相似，雄的頭上有金色的冠毛，頸橙黃色，背暗綠色，雜有紫色，尾巴很長，雌的羽毛暗褐色。多飼養來供玩賞。

【錦葵】jǐnkuí ㄐㄧㄣˇ ㄎㄨㄟˊ 二年生或多年生草本植物，葉子腎臟形，夏天開花，紫紅色。供觀賞。

【錦綸】jǐnlún ㄐㄧㄣˇ ㄌㄨㄣˊ 合成纖維的一種，由二元酸和二元胺縮聚而成。強度高，耐磨，耐腐蝕，彈性大。用來製襪子、衣物、繩子、漁網、降落傘、輪胎簾布。舊稱尼龍。

【錦囊妙計】jǐnnáng miàojì ㄐㄧㄣˇ ㄋㄤˊ ㄇㄧㄠˋ ㄐㄧˋ 舊小說上常描寫足智多謀的人，把可能發生的事變以及所應付的辦法預先用紙條寫好裝在錦囊裏，囑咐辦事的人在遇到緊急情況時拆看，並依計行事。現在比喻能及時解決緊急問題的辦法。

【錦旗】jǐnqí ㄐㄧㄣˇ ㄑㄧˊ 用彩色綢緞製成的旗子，授給競賽或生產勞動中的優勝者，或者送給團體或個人，表示敬意、謝意等。

【錦上添花】jǐn shàng tiān huā ㄐㄧㄣˇ ㄕㄤˋ ㄊㄧㄢ ㄏㄨㄚ 比喻使美好的事物更加美好。

【錦心綉口】jǐn xīn xiù kǒu ㄐㄧㄣˇ ㄒㄧㄣ ㄒㄧㄡˋ ㄎㄡˇ 形容文辭優美。也說錦心綉腹。

【錦綉】jǐnxiù ㄐㄧㄣˇ ㄒㄧㄡˋ 精美鮮艷的絲織品，比喻美麗或美好：錦綉山河｜錦綉前程。

謹(谨)

jǐn ㄐㄧㄣˇ ❶謹慎；小心：勤謹｜謹記在心｜謹守規程。❷鄭重；恭敬：謹啓｜謹領｜謹具｜我們謹向各位代表表示熱烈的歡迎。

【謹飭】jǐnchì ㄐㄧㄣˇ ㄔˋ 〈書〉謹慎。

【謹防】jǐnfáng ㄐㄧㄣˇ ㄈㄤˊ 小心地防備：謹防扒手｜謹防假冒｜謹防上當。

【謹慎】jǐnshèn ㄐㄧㄣˇ ㄕㄣˋ 對外界事物或自己的言行密切注意，以免發生不利或不幸的事情：小心謹慎。

【謹小慎微】jǐn xiǎo shèn wēi ㄐㄧㄣˇ ㄒㄧㄠˇ ㄕㄣˋ ㄨㄟ 對瑣細的事情過分小心謹慎，以致流於畏縮。

【謹嚴】jǐnyán ㄐㄧㄣˇ ㄧㄢˊ 謹慎嚴密：治學謹嚴｜文章結構謹嚴。

饉(馑)

jǐn ㄐㄧㄣˇ 見535頁〖饑饉〗。

jìn (ㄐㄧㄣˋ)

妗

jìn ㄐㄧㄣˋ 見下。

【妗母】jìnmǔ ㄐㄧㄣˋ ㄇㄨˇ 〈方〉舅母。

【妗子】jìn·zi ㄐㄧㄣˋ ·ㄗ ❶舅母。❷妻兄、妻弟的妻子：大妗子｜小妗子。

近

jìn ㄐㄧㄣˋ ❶空間或時間距離短（跟'遠'相對）：近郊｜近日｜近百年史｜靠近｜附近｜歌聲由遠而近｜現在離國慶節很近了。❷接近：近似｜平易近人｜年近三十｜兩人年齡相近｜近朱者赤，近墨者黑。❸親密；關係密切：親近｜近親。❹〈書〉淺近；淺顯：言近旨遠。

【近便】jìn·bian ㄐㄧㄣˋ ·ㄅㄧㄢ 路比較近，容易走到：從小路走要近便一些。

【近代】jìndài ㄐㄧㄣˋ ㄉㄞˋ ❶過去距離現代較近的時代，在我國歷史分期上多指19世紀中葉到五四運動之間的時期。❷指資本主義時代。

【近道】jìndào ㄐㄧㄣˋ ㄉㄠˋ 距離短的道路（多就比較而言）：走近道。

【近地點】jìndìdiǎn ㄐㄧㄣˋ ㄉㄧˋ ㄉㄧㄢˇ 月球或人造地球衛星繞地球運行的軌道上離地球最近的點。

【近東】Jìndōng ㄐㄧㄣˋ ㄉㄨㄥ 指亞洲西南部和非洲東北部，包括亞洲的阿拉伯半島、土耳其、伊拉克、敍利亞、約旦、黎巴嫩、巴勒斯坦，非洲的埃及和蘇丹。

【近古】jìngǔ ㄐㄧㄣˋ ㄍㄨˇ 最近的古代，在我國歷史分期上多指宋元明清（到19世紀中葉）這個時期。

【近海】jìnhǎi ㄐㄧㄣˋ ㄏㄞˇ 靠近陸地的海域：近海航行｜利用近海養殖海帶。

【近乎】jìn·hu ㄐㄧㄣˋ ·ㄏㄨ ❶接近於：臉上露出一種近乎天真的表情。❷〈方〉（近乎兒）關係親密：套近乎｜他和小王拉近乎｜兩個人越談越近乎。

【近郊】jìnjiāo ㄐㄧㄣˋ ㄐㄧㄠ 城市附近的郊區：北京近郊。

【近景】jìnjǐng ㄐㄧㄣˋ ㄐㄧㄥˇ ❶近距離的景物。❷當前的景象：近景規劃。

【近況】jìnkuàng ㄐㄧㄣˋ ㄎㄨㄤˋ 最近一段時間的情況：不知他的近況如何。

【近來】jìnlái ㄐㄧㄣˋ ㄌㄞˊ 指過去不久到現在的一段時間：近來天氣有些反常｜他近來工作很忙。

【近鄰】jìnlín ㄐㄧㄣˋ ㄌㄧㄣˊ 挨得較近的鄰居：遠親不如近鄰。

【近路】jìnlù ㄐㄧㄣˋ ㄌㄨˋ 近道。

【近旁】jìnpáng ㄐㄧㄣˋ ㄆㄤˊ 附近；旁邊：屋子近旁種着許多竹子。

【近期】jìnqī ㄐㄧㄣˋ ㄑㄧ 最近的一個時期：這部影片將於近期上映。

【近前】jìnqián ㄐㄧㄣˋ ㄑㄧㄢˊ 附近；跟前：走到近前才認出是他。

【近親】jìnqīn ㄐㄧㄣˋ ㄑㄧㄣ 血統關係比較近的親戚：近親之間不可結婚。

【近情】jìnqíng ㄐㄧㄣˋ ㄑㄧㄥˊ 合乎人情；近乎情理：近情近理｜這樣做太不近情了。

【近人】jìnrén ㄐㄧㄣˋ ㄖㄣˊ ❶近代的或現代的人。❷〈書〉跟自己關係比較近的人。

【近日點】jìnrìdiǎn ㄐㄧㄣˋ ㄖˋ ㄉㄧㄢˇ 行星或彗星繞太陽公轉的軌道上離太陽最近的點。

【近世】jìnshì ㄐㄧㄣˋ ㄕˋ 近代。

【近視】jìnshì ㄐㄧㄣˋ ㄕˋ ❶視力缺陷的一種，能看清近處的東西，看不清遠處的東西。近視是由於眼球的晶狀體和網膜的距離過長或晶狀體折光力過強，使進入眼球的影像不能正落在網膜上而落在網膜的前面。❷比喻眼光短淺。

【近水樓台】jìn shuǐ lóu tái ㄐㄧㄣˋ ㄕㄨㄟˇ ㄌㄡˊ ㄊㄞˊ 宋代俞文豹《清夜錄》引宋人蘇麟詩，'近水樓台先得月'。比喻因接近某人或某事物而處於首先獲得好處的優越地位。

【近似】jìnsì ㄐㄧㄣˋ ㄙˋ 相近或相像但不相同：這兩個地區的方音有些近似。

【近似值】jìnsìzhí ㄐㄧㄣˋ ㄙˋ ㄓˊ 計算上接近準確值的數值叫做近似值，如3.1416是圓周率值的近似值。

【近體詩】jìntǐshī ㄐㄧㄣˋ ㄊㄧˇ ㄕ 唐代形成的律詩和絕句的通稱(區別於'古體詩')，句數、字數和平仄、用韻等都有比較嚴格的規定。

【近因】jìnyīn ㄐㄧㄣˋ ㄧㄣ 直接促成結果的原因(區別於'遠因')。

【近戰】jìnzhàn ㄐㄧㄣˋ ㄓㄢˋ ❶敵對雙方近距離作戰：善於近戰。❷近距離的戰鬥。

【近朱者赤，近墨者黑】jìn zhū zhě chì, jìn mò zhě hēi ㄐㄧㄣˋ ㄓㄨ ㄓㄜˇ ㄔˋ, ㄐㄧㄣˋ ㄇㄛˋ ㄓㄜˇ ㄏㄟ 比喻接近好人使人變好，接近壞人使人變壞(見於晉代傅玄《太子少傅箴》)。

勁(劲、劤) jìn ㄐㄧㄣˋ ❶(勁兒)力氣：用勁｜手勁兒。❷(勁兒)精神；情緒：鼓足幹勁，力爭上游｜我就喜歡青年人的那股衝(chòng)勁兒。❸(勁兒)神情；態度：瞧他那股驕傲勁兒。❹趣味：下棋沒勁，不如打球去。

另見610頁jìng。

【勁頭】jìntóu ㄐㄧㄣˋ ㄊㄡˊ (勁頭兒) ❶力量；力氣：戰士們身體好，勁頭兒大，個個都像小老虎。❷積極的情緒：看他那股興高采烈的勁頭兒｜他們學習起來勁頭十足。

晉[1](晋) jìn ㄐㄧㄣˋ ❶進：晉見。❷升；升級：晉級｜晉升｜加官晉爵。

晉[2](晋) Jìn ㄐㄧㄣˋ ❶周朝國名，在今山西、河北南部及陝西中部、河南西北部。❷朝代，公元265－420，司馬炎所建。參看1217頁〖西晉〗、273頁〖東晉〗。❸後晉。❹山西的別稱。❺姓。

【晉級】jìn//jí ㄐㄧㄣˋ//ㄐㄧˊ 升到較高的等級。

【晉見】jìnjiàn ㄐㄧㄣˋ ㄐㄧㄢˋ 進見。

【晉劇】jìnjù ㄐㄧㄣˋ ㄐㄩˋ 山西地方戲曲劇種之一，由蒲劇派生而成。流行於該省中部地區。也叫山西梆子、中路梆子。

【晉升】jìnshēng ㄐㄧㄣˋ ㄕㄥ 提高(職位、級別)：晉升中將｜晉升一級工資。

【晉謁】jìnyè ㄐㄧㄣˋ ㄧㄝˋ 〈書〉進見；謁見。

浸(❸寖) jìn ㄐㄧㄣˋ ❶泡在液體裏：浸種｜放在開水裏浸一浸。❷液體滲入或滲出：衣服讓汗浸濕了｜紅砂岩一年四季往外浸水。❸〈書〉逐漸：友情浸厚。

【浸沈】jìnchén ㄐㄧㄣˋ ㄔㄣˊ 沈浸。

【浸沒】jìnmò ㄐㄧㄣˋ ㄇㄛˋ ❶淹沒；漫過去。❷沈浸：人們正浸沒在快樂之中。

【浸泡】jìnpào ㄐㄧㄣˋ ㄆㄠˋ 放在液體中泡：浸泡棉籽。

【浸染】jìnrǎn ㄐㄧㄣˋ ㄖㄢˇ ❶逐漸沾染或感染。❷液體滲入而使染上顏色等：血水浸染了白襯衣。

【浸潤】jìnrùn ㄐㄧㄣˋ ㄖㄨㄣˋ ❶(液體)漸漸滲入：墨水滴到紙上，慢慢浸潤開來。❷〈書〉指讒言逐漸發生作用：浸潤之譖。❸指液體與固體接觸時，液體附着在固體表面上的現象。❹醫學上指由於細菌等侵入或由於外物刺激，有機體的正常組織發生白細胞等聚集的現象。

【浸透】jìntòu ㄐㄧㄣˋ ㄊㄡˋ ❶泡在液體裏以致濕透：他穿的一雙布鞋被雨水浸透了。❷液體滲透：汗水浸透了襯衫。❸比喻飽含(某種思想感情等)：這些詩篇浸透着詩人眷念祖國的深情。

【浸種】jìn//zhǒng ㄐㄧㄣˋ//ㄓㄨㄥˇ 為了使種子發芽快，在播種前用溫水或冷水浸一定時間。

【浸漬】jìnzì ㄐㄧㄣˋ ㄗˋ 用液體泡：把原料搗碎，放在石灰水裏浸漬，再加蒸煮，變成糜爛的紙漿。

唫 jìn ㄐㄧㄣˋ 〈書〉閉口不言。另見1365頁yín'吟'。

祲 jìn ㄐㄧㄣˋ 古代迷信稱不祥之氣；妖氣。

進(进) jìn ㄐㄧㄣˋ ❶向前移動(跟'退'相對)：推進｜躍進｜進軍｜進一步｜更進一層。❷從外面到裏面(跟'出'相對)：進入｜進門｜進屋來｜進工廠當學徒。❸收入：進款｜進貨。❹呈上：進奉｜進言。❺用在動詞後，表示到裏面：走進會場｜把衣服放進箱子裏去。❻平房的一宅之內分前後幾排的，一排稱為一進。

【進逼】jìnbī ㄐㄧㄣˋ ㄅㄧ (軍隊)向前逼近：步步進逼。

【進兵】jìnbīng ㄐㄧㄣˋ ㄅㄧㄥ 軍隊向執行戰鬥任務的目的地行進：進兵中原。

【進補】jìnbǔ ㄐㄧㄣˋ ㄅㄨˇ 吃有滋補作用的食物、藥物補養身體：冬令進補。

【進步】jìnbù ㄐㄧㄣˋ ㄅㄨˋ ❶(人或事物)向前發展，比原來好：虛心使人進步，驕傲使人落後。❷適合時代要求，對社會發展起促進作用的：進步思想｜進步人士。

【進餐】jìn//cān ㄐㄧㄣˋ//ㄘㄢ 指吃飯：按時進餐。

【進讒】jìnchán ㄐㄧㄣˋ ㄔㄢˊ 〈書〉在上級或長輩面前説人壞話：乘機進讒。

【進程】jìnchéng ㄐㄧㄣˋ ㄔㄥˊ 事物發展變化或進行的過程：歷史的進程｜革命的進程。

【進尺】jìnchǐ ㄐㄧㄣˋ ㄔˇ 採礦、鑽探等工作的進度，通常以米為單位計算：鑽機鑽探的年進尺｜隧道掘進日進尺十米。

【進出】jìnchū ㄐㄧㄣˋ ㄔㄨ ❶進來和出去：住在大院的人由這個門進出。❷收入和支出：這個商店每天有好幾萬元的進出。

【進抵】jìndǐ ㄐㄧㄣˋ ㄉㄧˇ (軍隊)前進到達某地：我部不日可望進抵江岸。

【進度】jìndù ㄐㄧㄣˋ ㄉㄨˋ 工作等進行的速度：進度表｜工程的進度大大地加快了。

【進而】jìn'ér ㄐㄧㄣˋ ㄦˊ 繼續往前；進一步：先提出計劃，進而提出實施措施。

【進發】jìnfā ㄐㄧㄣˋ ㄈㄚ (車船或人的集體)出發前進：列車向北京進發｜各小隊分頭進發。

【進犯】jìnfàn ㄐㄧㄣˋ ㄈㄢˋ (敵軍向某處)侵犯。

【進攻】jìngōng ㄐㄧㄣˋ ㄍㄨㄥ ❶接近敵人並主動攻擊：向山頭上的敵人進攻｜進攻敵軍盤踞的要塞。❷在鬥爭或競賽中發動攻勢：快速進攻到對方籃下。

【進貢】jìn//gòng ㄐㄧㄣˋ//ㄍㄨㄥˋ ❶封建時代藩屬對宗主國或臣民對君主呈獻禮品。❷給人送禮求方便(含譏諷意)。

【進化】jìnhuà ㄐㄧㄣˋ ㄏㄨㄚˋ 事物由簡單到複雜，由低級到高級逐漸發展變化。

【進化論】jìnhuàlùn ㄐㄧㄣˋ ㄏㄨㄚˋ ㄌㄨㄣˋ 見204頁〖達爾文主義〗。

【進貨】jìn//huò ㄐㄧㄣˋ//ㄏㄨㄛˋ 商店為銷售而購進貨物：進了一批貨。

【進擊】jìnjī ㄐㄧㄣˋ ㄐㄧ (軍隊)進攻；攻擊：向敵軍進擊◇富有開拓進擊精神。

【進見】jìnjiàn ㄐㄧㄣˋ ㄐㄧㄢˋ 前去會見(多指見首長)。

【進軍】jìnjūn ㄐㄧㄣˋ ㄐㄩㄣ 軍隊出發向目的地前進：紅軍渡過烏江，向川滇邊境進軍｜進軍的號角響了◇向科學進軍。

【進口】jìn//kǒu ㄐㄧㄣˋ//ㄎㄡˇ ❶(船隻)駛進港口。❷外國或外地區的貨物運進來：進口貨｜進口成套設備。

【進口】jìnkǒu ㄐㄧㄣˋ ㄎㄡˇ (進口兒)進入建築物或場地所經過的門或口兒。

【進款】jìnkuǎn ㄐㄧㄣˋ ㄎㄨㄢˇ 指個人、家庭、團體等的收入。

【進來】jìn//·lái ㄐㄧㄣˋ//·ㄌㄞˊ 從外面到裏面來：你進來，咱們倆好好談談心｜門開着，誰都進得來；門一關，誰也進不來。

【進來】//·jìn//·lái //·ㄐㄧㄣˋ//·ㄌㄞˊ 用在動詞後，表示到裏面來：烟囪進來了｜他從街上跑進來｜窗戶沒糊好，風吹得進來｜我剛看見從外面走進一個人來。

【進門】jìn//mén ㄐㄧㄣˋ//ㄇㄣˊ ❶走進門：他個兒高，進門要低頭。❷比喻初步得到門徑；入門。❸指女子出嫁到男家：她是剛進門的兒媳婦。

【進取】jìnqǔ ㄐㄧㄣˋ ㄑㄩˇ 努力向前；立志有所作為：進取心｜人要有進取的精神。

【進去】jìn//·qù ㄐㄧㄣˋ//·ㄑㄩˋ 從外面到裏面去：你進去看看，我在門口等着你｜我有票，進得去；他沒票，進不去。

【進去】//·jìn//·qù //·ㄐㄧㄣˋ//·ㄑㄩˋ 用在動詞後，表示到裏面去：把桌子搬進去｜瓶口很大，手都伸得進去｜胡同太窄，卡車開不進去｜從窗口遞進一封信去。

【進入】jìnrù ㄐㄧㄣˋ ㄖㄨˋ 進到某個範圍或某個時期裏：進入學校｜進入新階段◇進入角色。

【進深】jìn·shēn ㄐㄧㄣˋ·ㄕㄣ 院子、房間等的深度：院子的進深有多少？

【進食】jìnshí ㄐㄧㄣˋ ㄕˊ 吃飯：按時進食是個好習慣。

【進士】jìnshì ㄐㄧㄣˋ ㄕˋ 科舉時代稱殿試考取的人。

【進退】jìntuì ㄐㄧㄣˋ ㄊㄨㄟˋ ❶前進和後退：進退自如｜進退兩難。❷應進而進，應退而退，泛指言語行動恰如其分：不知進退。

【進退兩難】jìn tuì liǎng nán ㄐㄧㄣˋ ㄊㄨㄟˋ ㄌㄧㄤˇ ㄋㄢˊ 進退都不好，形容處境困難。

【進退維谷】jìn tuì wéi gǔ ㄐㄧㄣˋ ㄊㄨㄟˋ ㄨㄟˊ ㄍ

ㄨˇ 進退兩難（谷：比喻困難的境地）。

【進位】jìnwèi ㄐㄧㄣˋ ㄨㄟˋ 加法中每位數等於基數時向前一位數進一，例如在十進位的算法中，個位滿十，在十位中加一，百位滿十，在千位中加一。

【進香】jìn//xiāng ㄐㄧㄣˋ//ㄒㄧㄤ 佛教徒、道教徒到聖地或名山的廟宇去燒香朝拜，特指從遠道去的。

【進項】jìn·xiang ㄐㄧㄣˋ·ㄒㄧㄤ 收入的錢：農民的進項普遍有了增加。

【進行】jìnxíng ㄐㄧㄣˋ ㄒㄧㄥˊ ❶從事（某種活動）：進行討論｜進行工作｜進行教育和批評｜會議正在進行。注意 '進行' 總是用在持續性的和正式、嚴肅的行為，短暫性的和日常生活中的行為不用 '進行'，例如不說 '進行午睡'，'進行叫喊'。❷前進：進行曲。

【進行曲】jìnxíngqǔ ㄐㄧㄣˋ ㄒㄧㄥˊ ㄑㄩˇ 適合於隊伍行進時演奏或歌唱的樂曲，節奏鮮明，結構嚴整，由偶數拍子構成，如《解放軍進行曲》等。

【進修】jìnxiū ㄐㄧㄣˋ ㄒㄧㄡ 為了提高政治或業務水平而進一步學習（多指暫時離開職位，參加一定的學習組織）。

【進言】jìn//yán ㄐㄧㄣˋ//ㄧㄢˊ 向人提出意見（尊敬或客氣的口氣）：大膽進言｜向您進一言。

【進一步】jìn yī bù ㄐㄧㄣˋ ㄧ ㄅㄨˋ 表示事情的進行在程度上比以前提高：進一步實現農業機械化｜進一步加速實現四個現代化的步伐。

【進益】jìnyì ㄐㄧㄣˋ ㄧˋ ❶〈書〉指學識修養的進步。❷指經濟收入；收益：你一年有多少進益？

【進展】jìnzhǎn ㄐㄧㄣˋ ㄓㄢˇ （事情）向前發展：進展神速｜推廣工作有進展。

【進佔】jìnzhàn ㄐㄧㄣˋ ㄓㄢˋ 進兵佔領：進佔邊關。

【進賬】jìnzhàng ㄐㄧㄣˋ ㄓㄤˋ 指收入；進款：每月有兩三百元的進賬。

【進駐】jìnzhù ㄐㄧㄣˋ ㄓㄨˋ （軍隊）開進某一地區駐紮下來。

搢（搢） jìn ㄐㄧㄣˋ 〈書〉❶插。❷搖。

【搢紳】jìnshēn ㄐㄧㄣˋ ㄕㄣ 同 '縉紳'。

靳 jìn ㄐㄧㄣˋ ❶〈書〉吝惜，不肯給予。❷（Jìn）姓。

禁 jìn ㄐㄧㄣˋ ❶禁止：禁賭｜嚴禁烟火｜嚴禁走私。❷監禁：禁閉。❸法令或習俗所不允許的事項：犯禁｜違禁品｜入國問禁。❹舊時稱皇帝居住的地方：禁中｜宮禁。

另見597頁 jīn。

【禁閉】jìnbì ㄐㄧㄣˋ ㄅㄧˋ 把犯錯誤的人關在屋子裏讓他反省，是一種處罰：關禁閉｜禁閉三天。

【禁地】jìndì ㄐㄧㄣˋ ㄉㄧˋ 禁止一般人去的地方。

【禁錮】jìngù ㄐㄧㄣˋ ㄍㄨˋ ❶封建時代統治集團禁止異己的人做官或不許他們參加政治活動。❷關押；監禁：禁錮犯人。❸束縛；強力限制：這些陳規陋習成了禁錮人們精神的枷鎖。

【禁忌】jìnjì ㄐㄧㄣˋ ㄐㄧˋ ❶犯忌諱的話或行動：舊時的許多禁忌大都與迷信有關。❷指醫藥上應避免某類事物：禁忌油膩。

【禁絕】jìnjué ㄐㄧㄣˋ ㄐㄩㄝˊ 徹底禁止：禁絕賣淫嫖娼｜禁絕吸食毒品。

【禁軍】jìnjūn ㄐㄧㄣˋ ㄐㄩㄣ 古代稱保衛京城或宮廷的軍隊。

【禁例】jìnlì ㄐㄧㄣˋ ㄌㄧˋ 禁止某種行為的條例。

【禁令】jìnlìng ㄐㄧㄣˋ ㄌㄧㄥˋ 禁止從事某項活動的法令：解除禁令｜違反禁令。

【禁臠】jìnluán ㄐㄧㄣˋ ㄌㄨㄢˊ 比喻獨自佔有而不容別人分享的東西：視為禁臠。

【禁區】jìnqū ㄐㄧㄣˋ ㄑㄩ ❶禁止一般人進入的地區。❷因其中動植物或地面情況在科學或經濟方面有特殊價值而受到特別保護的地區。❸醫學上指因容易發生危險而禁止動手術或針灸的部位。❹在某些球類比賽中，罰球區以內的地方。

【禁書】jìnshū ㄐㄧㄣˋ ㄕㄨ 禁止刊行或閱讀的書籍。

【禁慾】jìnyù ㄐㄧㄣˋ ㄩˋ 抑制性慾或抑制一般享受的慾望。

【禁止】jìnzhǐ ㄐㄧㄣˋ ㄓˇ 不許可：廠房重地，禁止吸烟｜禁止車輛通行。

【禁製品】jìnzhìpǐn ㄐㄧㄣˋ ㄓˋ ㄆㄧㄣˇ 非經特別許可不得製造的物品。

【禁子】jìn·zi ㄐㄧㄣˋ·ㄗ 舊時稱在牢獄中看守罪犯的人。也說禁卒。

【禁阻】jìnzǔ ㄐㄧㄣˋ ㄗㄨˇ 禁止；阻止。

僅（仅） jìn ㄐㄧㄣˋ 〈書〉將近：士卒僅萬人。

另見598頁 jǐn。

溍（溍） Jìn ㄐㄧㄣˋ 古水名。

瑨（瑨） jìn ㄐㄧㄣˋ 〈書〉像玉的石頭。

墐 jìn ㄐㄧㄣˋ 〈書〉❶用泥塗塞。❷同 '殣' ①。

盡（尽） jìn ㄐㄧㄣˋ ❶完：取之不盡｜知無不言，言無不盡｜想盡方法節約資財。❷〈書〉死亡：自盡｜同歸於盡。❸達到極端：盡頭｜盡善盡美｜山窮水盡。❹全部用出：盡心｜盡力｜盡其所有｜人盡其才，物盡其用。❺用力完成：盡職｜盡責任。❻全；所有的：盡人皆知｜盡數收回。

'尽' 另見598頁 jǐn '儘'。

【盡力】jìn//lì ㄐㄧㄣˋ//ㄌㄧˋ 用一切力量：盡力而為｜我一定盡力幫助你。

【盡量】jìnliàng ㄐㄧㄣˋ ㄌㄧㄤˋ 達到最大限度：喝

了半斤白酒，還沒盡量。

【盡情】jìnqíng ㄐㄧㄣˋ ㄑㄧㄥˊ 盡量由着自己的情感，不加拘束：盡情歡笑｜盡情發泄｜孩子們盡情地唱着、跳着。

【盡然】jìnrán ㄐㄧㄣˋ ㄖㄢˊ 完全這樣(用於否定式)：未必盡然｜你以為他說的都是事實？不盡然吧。

【盡人皆知】jìn rén jiē zhī ㄐㄧㄣˋ ㄖㄣˊ ㄐㄧㄝ ㄓ 人人都知道：那是盡人皆知的事｜他的事迹，在廠裏盡人皆知。

【盡人事】jìn rén shì ㄐㄧㄣˋ ㄖㄣˊ ㄕˋ 盡力做人所能做到的事。

【盡善盡美】jìn shàn jìn měi ㄐㄧㄣˋ ㄕㄢˋ ㄐㄧㄣˋ ㄇㄟˇ 非常完美，沒有缺陷。

【盡數】jìnshù ㄐㄧㄣˋ ㄕㄨˋ 全數；全部：欠款盡數歸還。

【盡頭】jìntóu ㄐㄧㄣˋ ㄊㄡˊ 末端；終點：胡同的盡頭有一所新房子｜研究學問是沒有盡頭的。

【盡心】jìn∥xīn ㄐㄧㄣˋ∥ㄒㄧㄣ (為別人)費盡心思：盡心竭力｜對老人你們也算盡到心了。

【盡興】jìnxìng ㄐㄧㄣˋ ㄒㄧㄥˋ 興趣得到盡量滿足：改天咱們再盡興地談吧｜遊覽了一天，他們還覺得沒有盡興。

【盡責】jìn∥zé ㄐㄧㄣˋ∥ㄗㄜˊ 盡力負起責任：盡職盡責。

【盡職】jìn∥zhí ㄐㄧㄣˋ∥ㄓˊ 盡力做好本職工作：盡職盡責｜在班主任工作中，他非常盡職。

【盡忠】jìn∥zhōng ㄐㄧㄣˋ∥ㄓㄨㄥ ❶竭盡忠誠：盡忠報國。❷指竭盡忠誠而犧牲生命：為國盡忠。

殣 jìn ㄐㄧㄣˋ 〈書〉❶掩埋。❷餓死。

璡(琎) jìn ㄐㄧㄣˋ 像玉的石頭。多用於人名。

噤 jìn ㄐㄧㄣˋ ❶〈書〉閉口不做聲：噤聲｜噤若寒蟬。❷因寒冷而發生的哆嗦：寒噤。

【噤若寒蟬】jìn ruò hánchán ㄐㄧㄣˋ ㄖㄨㄛˋ ㄏㄢˊ ㄔㄢˊ 形容不敢做聲。

縉(缙) jìn ㄐㄧㄣˋ 〈書〉赤色的帛。

【縉紳】jìnshēn ㄐㄧㄣˋ ㄕㄣ 古代稱有官職的或做過官的人。也作搢紳。

藎[1]〔藎〕(荩) jìn ㄐㄧㄣˋ 藎草。

藎[2]〔藎〕(荩) jìn ㄐㄧㄣˋ 〈書〉忠誠：忠藎｜藎臣。

【藎草】jìncǎo ㄐㄧㄣˋ ㄘㄠˇ 一年生草本植物，葉子卵狀披針形，花灰綠色或帶紫色，穎果長圓形。莖和葉可以做黃色染料，纖維可以造紙。

濜(浕) Jìn ㄐㄧㄣˋ 濜水，水名，在湖北。

覲(觐) jìn ㄐㄧㄣˋ 朝見(君主)；朝拜(聖地)：覲見｜朝覲。

【覲見】jìnjiàn ㄐㄧㄣˋ ㄐㄧㄢˋ 〈書〉朝見(君主)。

燼(烬) jìn ㄐㄧㄣˋ 物體燃燒後剩下的東西：灰燼｜餘燼。

贐(赆、賮) jìn ㄐㄧㄣˋ 〈書〉臨別時贈送的財物：贐儀。

jīng (ㄐㄧㄥ)

巠(𢀖) jīng ㄐㄧㄥ 〈書〉水脉。

京[1] jīng ㄐㄧㄥ ❶首都：京城｜京師。❷(Jīng)指我國首都北京：京劇｜京腔｜京味兒。❸(Jīng)姓。

京[2] jīng ㄐㄧㄥ 古代數目名，指一千萬。

【京白】jīngbái ㄐㄧㄥ ㄅㄞˊ 京劇中指用北京話唸的道白。

【京白梨】jīngbáilí ㄐㄧㄥ ㄅㄞˊ ㄌㄧˊ 北京地區產的白梨。果實皮薄，肉厚，味甜多汁，香味濃郁。

【京城】jīngchéng ㄐㄧㄥ ㄔㄥˊ 指國都。

【京都】jīngdū ㄐㄧㄥ ㄉㄨ 京城。

【京二胡】jīng'èrhú ㄐㄧㄥ ㄦˋ ㄏㄨˊ 胡琴的一種，和二胡相似，音響介於京胡二胡之間，用於京劇伴奏等。也叫嗡子。

【京官】jīngguān ㄐㄧㄥ ㄍㄨㄢ 舊時稱在京城供職的官員。

【京胡】jīnghú ㄐㄧㄥ ㄏㄨˊ 胡琴的一種，形狀跟二胡相似而較小，琴筒用竹子做成，發音較高，主要用於京劇伴奏。

【京華】jīnghuá ㄐㄧㄥ ㄏㄨㄚˊ 首都：譽滿京華。

【京畿】jīngjī ㄐㄧㄥ ㄐㄧ 〈書〉國都及其附近的地方。

【京劇】jīngjù ㄐㄧㄥ ㄐㄩˋ 我國全國性的主要劇種之一。清中葉以來，以西皮、二黃為主要腔調的徽調、漢調相繼進入北京，徽漢合流演變為北京皮黃戲，即京劇。也叫京戲。

【京派】jīngpài ㄐㄧㄥ ㄆㄞˋ 京劇的一個流派，以北京的表演風格為代表。

【京腔】jīngqiāng ㄐㄧㄥ ㄑㄧㄤ 指北京語音。

【京師】jīngshī ㄐㄧㄥ ㄕ 〈書〉首都。

【京味】jīngwèi ㄐㄧㄥ ㄨㄟˋ (京味兒)北京風味；北京地方特色：京味小吃｜京味十足的電視劇。

【京戲】jīngxì ㄐㄧㄥ ㄒㄧˋ 京劇。

【京油子】jīngyóu·zi ㄐㄧㄥ ㄧㄡˊ·ㄗ 指久住北京老於世故而油滑的人。

【京韵大鼓】jīngyùn dàgǔ ㄐㄧㄥ ㄩㄣˋ ㄉㄚˋ ㄍㄨˇ 曲藝，大鼓的一種，形成於北京，流行北方各地。

【京族】Jīngzú ㄐㄧㄥ ㄗㄨˊ ❶我國少數民族之

一，分佈在廣西。❷越南人數最多的民族。

荊〔荆〕 jīng ㄐㄧㄥ ❶落葉灌木，葉子有長柄，掌狀分裂，花小，藍紫色。枝條可用來編筐、籃等。❷(Jīng)姓。

【荊棘】jīngjí ㄐㄧㄥ ㄐㄧˊ 泛指山野叢生的帶刺小灌木。

【荊棘載途】jīngjí zài tú ㄐㄧㄥ ㄐㄧˊ ㄗㄞˋ ㄊㄨˊ 沿路都是荊棘，比喻環境困難，障礙極多。

【荊條】jīngtiáo ㄐㄧㄥ ㄊㄧㄠˊ 荊的枝條，性柔韌，可編製筐籃、籬笆等。

莖(茎) jīng ㄐㄧㄥ ❶植物體的一部分，由胚芽發展而成，下部和根連接，上部一般都生有葉、花和果實。莖能輸送水、無機鹽和養料到植物體的各部分去，並有貯存養料和支持枝、葉子、花、果實等生長的作用。常見的有直立莖、纏繞莖、攀援莖、匍匐莖等多種。❷像莖的東西：陰莖｜刀莖(刀把)｜劍莖(劍柄)。❸〈書〉量詞，用於長條形的東西：數莖小草｜數莖白髮。

涇(泾) jīng ㄐㄧㄥ ❶〈方〉河溝。❷(Jīng)涇河，發源於寧夏，流入陝西。

【涇渭分明】Jīng Wèi fēnmíng ㄐㄧㄥ ㄨㄟˋ ㄈㄣ ㄇㄧㄥˊ 涇河水清，渭河水渾，涇河的水流入渭河時，清濁不混，比喻界限清楚。

菁〔菁〕 jīng ㄐㄧㄥ 見下。

【菁華】jīnghuá ㄐㄧㄥ ㄏㄨㄚˊ 精華。

【菁菁】jīngjīng ㄐㄧㄥ ㄐㄧㄥ 〈書〉草木茂盛。

猄 jīng ㄐㄧㄥ 見505頁〖黃猄〗。

旌 jīng ㄐㄧㄥ ❶古代一種旗杆頂上用彩色羽毛做裝飾的旗子。❷〈書〉表揚：旌表｜以旌其功。

【旌表】jīngbiǎo ㄐㄧㄥ ㄅㄧㄠˇ 封建統治者用立牌坊或掛匾額等表揚遵守封建禮教的人。

【旌旗】jīngqí ㄐㄧㄥ ㄑㄧˊ 各種旗子：旌旗招展。

晶 jīng ㄐㄧㄥ ❶光亮：晶瑩｜亮晶晶。❷水晶：茶晶｜墨晶。❸晶體：結晶。

【晶體】jīngtǐ ㄐㄧㄥ ㄊㄧˇ 原子、離子或分子按一定空間次序排列而成的固體，具有規則的外形。如食鹽、石英、雲母、明礬等。也叫結晶體或結晶。

【晶體管】jīngtǐguǎn ㄐㄧㄥ ㄊㄧˇ ㄍㄨㄢˇ 用鍺、硅等晶體製成的電子管。優點是體積小、不怕震、耗電少，在無綫電技術中用來整流、檢波、放大等。

【晶瑩】jīngyíng ㄐㄧㄥ ㄧㄥˊ 光亮而透明：草上的露珠晶瑩發亮。

【晶狀體】jīngzhuàngtǐ ㄐㄧㄥ ㄓㄨㄤˋ ㄊㄧˇ 眼球的一部分，形狀和作用跟凸透鏡相似，受睫狀肌的調節而改變凸度，能使不同距離的物體的清晰影像投射在視網膜上。也叫水晶體。(圖見1318頁'眼')

腈 jīng ㄐㄧㄥ 有機化合物的一類，是烴基和氰基的碳原子連接而成的化合物。

【腈綸】jīnglún ㄐㄧㄥ ㄌㄨㄣˊ 合成纖維的一種，用丙烯腈合成。耐光，耐腐蝕，柔軟蓬鬆像羊毛。用來紡毛綫(或與羊毛混紡)，製造人造毛皮和經常接觸陽光的紡織品，如窗簾，帳篷布等。

睛 jīng ㄐㄧㄥ 眼珠兒：目不轉睛｜定睛一看｜畫龍點睛。

粳(稉、秔) jīng ㄐㄧㄥ 粳稻。

【粳稻】jīngdào ㄐㄧㄥ ㄉㄠˋ 稻的一種，莖稈較矮，葉子較窄，深綠色，米粒短而粗。

【粳米】jīngmǐ ㄐㄧㄥ ㄇㄧˇ 粳稻碾出的米。

經[1](经) jīng ㄐㄧㄥ ❶(舊讀 jìng ㄐㄧㄥˋ)織物上縱的方向的紗或綫(跟'緯'相對)：經紗｜經綫。❷中醫指人體內氣血運行通路的主幹。❸經度：東經｜西經。❹經營；治理：經商｜整軍經武。❺〈書〉上吊：自經。❻歷久不變的；正常：經常｜不經之談(荒唐無稽的話)。❼經典：本草經｜佛經｜古蘭經(伊斯蘭教的經典)。❽月經：行經｜經血不調。❾(Jīng)姓。

經[2](经) jīng ㄐㄧㄥ ❶經過：經年纍月｜幾經周折｜這件事是經我手辦的｜經他一說，我才知道。❷禁(jīn)受：經不起｜經得起考驗。

另見612頁 jìng。

【經閉】jīngbì ㄐㄧㄥ ㄅㄧˋ 婦女月經停止的現象，有生理狀態的，也有病理狀態的。婦女在妊娠期、授乳期，或生殖器發育不健全以及由於疾病造成的子宮機能損害等，都會引起經閉。也叫閉經。

【經部】jīngbù ㄐㄧㄥ ㄅㄨˋ 我國古代圖書分類的一大部類。包括四書、五經等儒家經典和文字、音韵、訓詁方面的著作。也叫甲部。參看1086頁〖四部〗。

【經常】jīngcháng ㄐㄧㄥ ㄔㄤˊ ❶平常；日常：經常費｜積肥是農業生產中的經常工作。❷常常；時常：他倆經常保持聯繫｜要經常注意環境衞生。

【經幢】jīngchuáng ㄐㄧㄥ ㄔㄨㄤˊ 刻有佛的名字或經咒的石柱子，柱身多為六角形或圓形。

【經典】jīngdiǎn ㄐㄧㄥ ㄉㄧㄢˇ ❶指傳統的具有權威性的著作：博覽經典。❷泛指各宗教宣揚教義的根本性著作。❸著作具有權威性的：馬列主義經典著作｜經典作家。

【經度】jīngdù ㄐㄧㄥ ㄉㄨˋ 地球表面東西距離的度數，以本初子午綫為0°，以東為東經，以西為西經，東西各180°。通過某地的經綫與本初子午綫相距的度數，就是該地的經度。參看〖經綫〗。

【經費】jīngfèi ㄐㄧㄥ ㄈㄟˋ (機關、學校等)經常

支出的費用。

【經管】jīngguǎn ㄐㄧㄥ ㄍㄨㄢˇ 經手管理：財務工作設專人經管｜由經管人簽字蓋章。

【經過】jīngguò ㄐㄧㄥ ㄍㄨㄛˋ ❶通過（處所、時間、動作等）：從北京坐火車到廣州要經過武漢｜屋子經過打掃，乾淨多了｜這件事情是經過領導上縝密考慮的。❷過程；經歷②：廠長向來賓報告建廠經過｜說說你探險的經過。

【經籍】jīngjí ㄐㄧㄥ ㄐㄧˊ 〈書〉❶經書。❷泛指圖書（多指古代的）。

【經紀】jīngjì ㄐㄧㄥ ㄐㄧˋ ❶籌劃並管理（企業）；經營：不善經紀。❷經紀人。❸〈書〉料理：經紀其家。

【經紀人】jīngjìrén ㄐㄧㄥ ㄐㄧˋ ㄖㄣˊ ❶為買賣雙方撮合從中取得佣金的人。❷在交易所中代他人進行買賣而取得佣金的人。

【經濟】jīngjì ㄐㄧㄥ ㄐㄧˋ ❶經濟學上指社會物質生產和再生產的活動。❷對國民經濟有利或有害的：經濟作物｜經濟昆蟲。❸個人生活用度：他家經濟比較寬裕。❹用較少的人力、物力、時間獲得較大的成果：作者用非常經濟的筆墨寫出了這一場複雜的鬥爭。❺〈書〉治理國家：經濟之才。

【經濟核算】jīngjì hésuàn ㄐㄧㄥ ㄐㄧˋ ㄏㄜˊ ㄙㄨㄢˋ 企業經營管理的一種方式，用貨幣來衡量經濟活動中的勞動消耗、物資消耗和勞動的經濟效果，要求最充分、最合理地使用全部勞動力、機器設備、原料、材料和資源等，使它們能夠發揮最大的經濟效果。

【經濟基礎】jīngjì jīchǔ ㄐㄧㄥ ㄐㄧˋ ㄐㄧ ㄔㄨˇ 社會發展一定階段上的社會經濟制度，即社會生產關係的總和，它是上層建築的基礎。簡稱基礎。參看1004頁〖上層建築〗。

【經濟昆蟲】jīngjì kūnchóng ㄐㄧㄥ ㄐㄧˋ ㄎㄨㄣ ㄔㄨㄥˊ 在經濟意義上有利或有害的昆蟲，有利的如蠶、蜜蜂、白蠟蟲等，有害的如蝗蟲、蚜蟲、紅鈴蟲等。

【經濟林】jīngjìlín ㄐㄧㄥ ㄐㄧˋ ㄌㄧㄣˊ 生產木材、油料、乾果或其他林產品的樹林。狹義的經濟林不包括生產木材的樹林。

【經濟特區】jīngjì tèqū ㄐㄧㄥ ㄐㄧˋ ㄊㄜˋ ㄑㄩ 實行特殊的經濟政策和經濟管理體制的地區。

【經濟體制】jīngjì tǐzhì ㄐㄧㄥ ㄐㄧˋ ㄊㄧˇ ㄓˋ 整個國民經濟的管理制度、管理形式、管理方法的總稱。

【經濟危機】jīngjì wēijī ㄐㄧㄥ ㄐㄧˋ ㄨㄟ ㄐㄧ 指資本主義社會再生產過程中發生的生產過剩的危機，具體表現是：大量商品找不到銷路，許多企業倒閉，生產下降，失業增多，整個社會經濟陷於癱瘓和混亂狀態。經濟危機是資本主義生產方式基本矛盾發展的必然結果，具有週期性。也叫經濟恐慌。

【經濟效益】jīngjì xiàoyì ㄐㄧㄥ ㄐㄧˋ ㄒㄧㄠˋ ㄧˋ 經濟活動中勞動耗費同勞動成果之間的對比，反映社會再生產各個環節對人力、物力、財力的利用效果。也叫經濟效果。

【經濟學】jīngjìxué ㄐㄧㄥ ㄐㄧˋ ㄒㄩㄝˊ ❶研究國民經濟各方面問題的學科的總稱。包括政治經濟學，部門經濟學、會計學、統計學等。❷政治經濟學的簡稱。

【經濟雜交】jīngjì zájiāo ㄐㄧㄥ ㄐㄧˋ ㄗㄚˊ ㄐㄧㄠ 兩個或兩個以上不同品種的家畜（或家禽）進行雜交，所得的第一代雜種生長快，容易飼養和育肥。這種雜交只進行一代，不繼續繁殖。

【經濟制度】jīngjì zhìdù ㄐㄧㄥ ㄐㄧˋ ㄓˋ ㄉㄨˋ 指人類社會發展一定階段上的生產關係的總和。也指一定社會經濟部門或一個方面的具體制度，如工業經濟制度、農業經濟制度等。

【經濟作物】jīngjì zuòwù ㄐㄧㄥ ㄐㄧˋ ㄗㄨㄛˋ ㄨˋ 供給工業原料的農作物，如棉花、烟草、甘蔗等。也叫技術作物。

【經久】jīngjiǔ ㄐㄧㄥ ㄐㄧㄡˇ ❶經過很長的時間：掌聲經久不息。❷經過較長時間不變：經久耐用。

【經理】jīnglǐ ㄐㄧㄥ ㄌㄧˇ ❶經營管理：這家商店委託你經理。❷某些企業的負責人。

【經歷】jīnglì ㄐㄧㄥ ㄌㄧˋ ❶親身見過、做過或遭受過：他一生經歷過兩次世界大戰。❷親身見過、做過或遭受過的事：生活經歷。

【經綸】jīnglún ㄐㄧㄥ ㄌㄨㄣˊ 〈書〉整理過的蠶絲。比喻規劃、管理政治的才能：大展經綸｜滿腹經綸。

【經絡】jīngluò ㄐㄧㄥ ㄌㄨㄛˋ 中醫指人體內氣血運行通路的主幹和分支。

【經脈】jīngmài ㄐㄧㄥ ㄇㄞˋ 中醫指人體內氣血運行的通路。

【經貿】jīngmào ㄐㄧㄥ ㄇㄠˋ 經濟、貿易的合稱：經貿公司｜經貿活動。

【經年纍月】jīng nián lěi yuè ㄐㄧㄥ ㄋㄧㄢˊ ㄌㄟˇ ㄩㄝˋ 經歷很多年月，形容時間很長：他是個海員，經年纍月在海上。

【經期】jīngqī ㄐㄧㄥ ㄑㄧ 婦女行經的時間，每次約為三天至五天。

【經紗】jīngshā ㄐㄧㄥ ㄕㄚ 織布時同梭的運動方向垂直的紗。

【經商】jīng//shāng ㄐㄧㄥ//ㄕㄤ 經營商業：棄農經商｜經商多年。

【經史子集】jīng shǐ zǐ jí ㄐㄧㄥ ㄕˇ ㄗˇ ㄐㄧˊ 我國傳統的圖書分類法，把所有圖書劃分為經、史、子、集四大類，稱為四部。經部包括儒家經傳和小學方面的書。史部包括各種歷史書，也包括地理書。子部包括諸子百家的著作。集部包括詩、文、詞、賦等。

【經手】jīng//shǒu ㄐㄧㄥ//ㄕㄡˇ 經過親手（辦理）：經手人｜這件事是他經手的。

【經受】jīngshòu ㄐㄧㄥ ㄕㄡˋ 承受；禁受：經受

考驗｜經受多次打擊。

【經售】jīngshòu ㄐㄧㄥ ㄕㄡˋ 經手出賣：本書由新華書店總經售。

【經書】jīngshū ㄐㄧㄥ ㄕㄨ 指《易經》、《書經》、《詩經》、《周禮》、《儀禮》、《禮記》、《春秋》、《論語》、《孝經》等儒家經傳，是研究我國古代歷史和儒家學術思想的重要資料。

【經天緯地】jīng tiān wěi dì ㄐㄧㄥ ㄊㄧㄢ ㄨㄟˇ ㄉㄧˋ 指謀劃天下之事，多用來形容人才能極大：經天緯地之才。

【經痛】jīngtòng ㄐㄧㄥ ㄊㄨㄥˋ 見1150頁〖痛經〗。

【經緯度】jīngwěidù ㄐㄧㄥ ㄨㄟˇ ㄉㄨˋ 經度和緯度的合稱。某地的經緯度即該地的地理坐標。

【經緯儀】jīngwěiyí ㄐㄧㄥ ㄨㄟˇ ㄧˊ 測量角度用的儀器，由繞水平軸旋轉的望遠鏡、垂直刻度盤和水平刻度盤等構成。廣泛應用在天文、地形和工程測量上。

【經綫】jīngxiàn ㄐㄧㄥ ㄒㄧㄢˋ ❶編織品或織布機上的縱綫。❷假定的沿地球表面連接南北兩極而跟赤道垂直的綫。也叫子午綫。國際上習慣用英國格林尼治天文台原址的子午綫作本初子午綫。參看〖經度〗。

【經銷】jīngxiāo ㄐㄧㄥ ㄒㄧㄠ 經售。

【經心】jīngxīn ㄐㄧㄥ ㄒㄧㄣ 在意；留心：漫不經心。

【經學】jīngxué ㄐㄧㄥ ㄒㄩㄝˊ 把儒家經典當作研究對象的學問，內容包括哲學、史學、語言文字學等。

【經血】jīngxuè ㄐㄧㄥ ㄒㄩㄝˋ 中醫稱月經。

【經驗】jīngyàn ㄐㄧㄥ ㄧㄢˋ ❶由實踐得來的知識或技能：他對嫁接果樹有豐富的經驗。❷經歷①；體驗：這樣的事，我從來沒經驗過。

【經意】jīngyì ㄐㄧㄥ ㄧˋ 經心；留意：毫不經意。

【經營】jīngyíng ㄐㄧㄥ ㄧㄥˊ ❶籌劃並管理（企業等）：經營商業｜經營畜牧業｜苦心經營。❷泛指計劃和組織：這個展覽會是煞費經營的。

【經由】jīngyóu ㄐㄧㄥ ㄧㄡˊ 路程經過（某些地方或某條路綫）：從北京出發經由南京到上海。

【經院哲學】jīngyuàn zhéxué ㄐㄧㄥ ㄩㄢˋ ㄓㄜˊ ㄒㄩㄝˊ 歐洲中世紀在學院中講授的以解釋基督教教義為內容的哲學，實際上是一種神學體系。由於採用煩瑣的抽象推理的方法，所以也叫煩瑣哲學。

【經傳】jīngzhuàn ㄐㄧㄥ ㄓㄨㄢˋ 原指經典和古人解釋經文的傳。泛指比較重要的古書：不見經傳。

兢 jīng ㄐㄧㄥ ［兢兢業業］（jīngjīngyèyè ㄐㄧㄥ ㄐㄧㄥ ㄧㄝˋ ㄧㄝˋ）小心謹慎，認真負責：他工作一向兢兢業業，任勞任怨。

精 jīng ㄐㄧㄥ ❶經過提煉或挑選的：精鹽｜精金。❷提煉出來的精華：酒精｜魚肝油精。❸完美；最好：精彩｜精益求精。❹細（跟‘粗’相對）：精密｜精確｜精巧。❺機靈心細：精明｜精幹｜這孩子比大人還精。❻精通：博而不精｜精於針灸。❼精神；精力：聚精會神｜精疲力盡。❽精液；精子：遺精｜受精。❾妖精：修煉成精。❿〈方〉用在某些形容詞前面，表示‘十分’、‘非常’：精瘦｜雨把衣服淋得精濕。

【精兵】jīngbīng ㄐㄧㄥ ㄅㄧㄥ 訓練有素、戰鬥力強的士兵：精兵猛將｜率精兵十萬。

【精兵簡政】jīng bīng jiǎn zhèng ㄐㄧㄥ ㄅㄧㄥ ㄐㄧㄢˇ ㄓㄥˋ 縮小機構，精簡人員。

【精彩】jīngcǎi ㄐㄧㄥ ㄘㄞˇ ❶（表演、展覽、言論、文章等）優美；出色：晚會的節目很精彩｜在大會上，很多代表做了精彩的發言。❷〈書〉神采；精神。

【精巢】jīngcháo ㄐㄧㄥ ㄔㄠˊ ❶動物產生精子的生殖腺。❷睾丸。

【精誠】jīngchéng ㄐㄧㄥ ㄔㄥˊ 〈書〉真誠：精誠合作｜精誠所至，金石為開。

【精赤】jīngchì ㄐㄧㄥ ㄔˋ （身體）裸露，毫無遮蓋：上身脫得精赤。

【精蟲】jīngchóng ㄐㄧㄥ ㄔㄨㄥˊ 人的精子的俗稱。

【精粹】jīngcuì ㄐㄧㄥ ㄘㄨㄟˋ 精練純粹：文章要寫得短而精粹。

【精打細算】jīng dǎ xì suàn ㄐㄧㄥ ㄉㄚˇ ㄒㄧˋ ㄙㄨㄢˋ （在使用人力物力上）仔細地計算。

【精當】jīngdàng ㄐㄧㄥ ㄉㄤˋ （言論、文章等）精確恰當：用詞精當。

【精到】jīngdào ㄐㄧㄥ ㄉㄠˋ 精細周到：安排精到｜這個道理，在那篇文章裏發揮得十分精到。

【精雕細鏤】jīng diāo xì lòu ㄐㄧㄥ ㄉㄧㄠ ㄒㄧˋ ㄌㄡˋ 精心細緻地雕刻。比喻做事認真細緻。也説精雕細刻。

【精讀】jīngdú ㄐㄧㄥ ㄉㄨˊ 反復仔細地閱讀：有些重要文章需要精讀。

【精幹】jīnggàn ㄐㄧㄥ ㄍㄢˋ 精明強幹：他年紀雖輕，卻是很精幹老練｜選了些精幹的小夥子做偵察員。

【精耕細作】jīng gēng xì zuò ㄐㄧㄥ ㄍㄥ ㄒㄧˋ ㄗㄨㄛˋ 細緻地耕作。

【精怪】jīngguài ㄐㄧㄥ ㄍㄨㄞˋ 迷信傳説裏所説多年的鳥獸草木等變成的妖怪。

【精光】jīngguāng ㄐㄧㄥ ㄍㄨㄤ ❶一無所有；一點兒不剩：一碗菜吃得精光｜雜技團的票，不到一個鐘頭就賣得精光。❷光潔：司機把汽車擦得精光發亮。

【精悍】jīnghàn ㄐㄧㄥ ㄏㄢˋ ❶（人）精明能幹：辦事精悍。❷（文筆等）精練犀利：筆力精悍。

【精華】jīnghuá ㄐㄧㄥ ㄏㄨㄚˊ ❶（事物）最重要、最好的部分：取其精華，去其糟粕｜展覽會集中了全國工藝品的精華。❷〈書〉光華；光輝：

日月之精華。

【精簡】jīngjiǎn ㄐㄧㄥ ㄐㄧㄢˇ 去掉不必要的，留下必要的：精簡節約｜精簡機構｜精簡內容。

【精力】jīnglì ㄐㄧㄥ ㄌㄧˋ 精神和體力：精力充沛｜精力旺盛｜耗費精力。

【精練】jīngliàn ㄐㄧㄥ ㄌㄧㄢˋ （文章或講話）扼要，沒有多餘的詞句：語言精練｜他的文章寫得很精練。也作精煉。

【精煉】jīngliàn ㄐㄧㄥ ㄌㄧㄢˋ ❶提煉精華，除去雜質：原油送到煉油廠去精煉。❷同'精練'。

【精良】jīngliáng ㄐㄧㄥ ㄌㄧㄤˊ 精緻優良；完善：製作精良｜裝備精良。

【精靈】jīng·ling ㄐㄧㄥ ·ㄌㄧㄥ ❶鬼怪。❷〈方〉機警聰明；機靈：這孩子真精靈，一說就明白了。

【精美】jīngměi ㄐㄧㄥ ㄇㄟˇ 精緻美好：包裝精美｜我國精美的工藝品在國際上享有盛名。

【精密】jīngmì ㄐㄧㄥ ㄇㄧˋ 精確細密：精密儀器｜精密的觀察是科學研究的基礎。

【精妙】jīngmiào ㄐㄧㄥ ㄇㄧㄠˋ 精緻巧妙：書法精妙｜精妙的手工藝品。

【精明】jīngmíng ㄐㄧㄥ ㄇㄧㄥˊ 精細明察，機警聰明：精明強幹｜精明的小夥子。

【精明強幹】jīngmíng qiánggàn ㄐㄧㄥ ㄇㄧㄥˊ ㄑㄧㄤˊ ㄍㄢˋ 形容人精細明察，辦事能力很強。

【精囊】jīngnáng ㄐㄧㄥ ㄋㄤˊ 男子和雄性動物生殖器的一部分，形狀像囊，左右各一。精囊的分泌物是精液的一部分。

【精疲力竭】jīng pí lì jié ㄐㄧㄥ ㄆㄧˊ ㄌㄧˋ ㄐㄧㄝˊ 見597頁〖筋疲力盡〗。

【精闢】jīngpì ㄐㄧㄥ ㄆㄧˋ （見解、理論）深刻；透徹：精闢的分析｜論述十分精闢。

【精品】jīngpǐn ㄐㄧㄥ ㄆㄧㄣˇ 精良的物品；上乘的作品：藝術精品。

【精巧】jīngqiǎo ㄐㄧㄥ ㄑㄧㄠˇ （技術、器物構造等）精細巧妙：製作精巧｜構思精巧。

【精確】jīngquè ㄐㄧㄥ ㄑㄩㄝˋ 非常準確；非常正確：精確的計算｜精確地分析｜論點精確，語言明快。

【精肉】jīngròu ㄐㄧㄥ ㄖㄡˋ 〈方〉瘦肉（多指豬肉）。

【精銳】jīngruì ㄐㄧㄥ ㄖㄨㄟˋ （軍隊）裝備優良，戰鬥力強：精銳部隊。

【精深】jīngshēn ㄐㄧㄥ ㄕㄣ （學問或理論）精密深奧：博大精深｜學術造詣精深。

【精神】jīngshén ㄐㄧㄥ ㄕㄣˊ ❶指人的意識、思維活動和一般心理狀態：精神面貌｜精神錯亂｜精神上的負擔。❷宗旨；主要的意義：領會文件的精神。

【精神】jīng·shen ㄐㄧㄥ ·ㄕㄣ ❶表現出來的活力：精神煥發｜振作精神。❷活躍；有生氣：越幹越精神｜這孩子大大的眼睛，怪精神的。

【精神病】jīngshénbìng ㄐㄧㄥ ㄕㄣˊ ㄅㄧㄥˋ 人的大腦功能紊亂而突出表現為精神失常的病。症狀多為感覺、知覺、記憶、思維、感情、行為等發生異常狀態。

【精神分裂症】jīngshén fēnlièzhèng ㄐㄧㄥ ㄕㄣˊ ㄈㄣ ㄌㄧㄝˋ ㄓㄥˋ 精神病的一種，症狀多為發生幻覺和妄想，沈默，獨自發笑，思想、感情和行為不協調等。

【精神衰弱】jīngshén shuāiruò ㄐㄧㄥ ㄕㄣˊ ㄕㄨㄞ ㄖㄨㄛˋ 精神病的一種，患者常有不安全感，缺乏信心，猶疑不決，對某些事物特殊懼怕，不能控制自己，明知某種想法不合實際、某種動作毫無意義，但非想、非做不可。如因為怕髒而經常反復地洗手。

【精神損耗】jīngshén sǔnhào ㄐㄧㄥ ㄕㄣˊ ㄙㄨㄣˇ ㄏㄠˋ 見1208頁〖無形損耗〗。

【精神頭兒】jīng·shentóur ㄐㄧㄥ ·ㄕㄣ ㄊㄡㄦˊ 表現出來的活力和勁頭：他一聊起天兒來，精神頭兒可大了。

【精神文明】jīngshén wénmíng ㄐㄧㄥ ㄕㄣˊ ㄨㄣˊ ㄇㄧㄥˊ 人類社會歷史實踐過程中所創造的精神財富，包括思想、教育、道德、風尚和科學、文化等。

【精審】jīngshěn ㄐㄧㄥ ㄕㄣˇ 〈書〉（文字、計劃、意見等）精密周詳：釋義精審。

【精髓】jīngsuǐ ㄐㄧㄥ ㄙㄨㄟˇ 比喻精華。

【精通】jīngtōng ㄐㄧㄥ ㄊㄨㄥ 對學問、技術或業務有透徹的了解並熟練地掌握：精通醫理。

【精微】jīngwēi ㄐㄧㄥ ㄨㄟ ❶精深微妙：博大精微。❷精深微妙的地方；奧秘：探索宇宙的精微。

【精衞填海】jīngwèi tián hǎi ㄐㄧㄥ ㄨㄟˋ ㄊㄧㄢˊ ㄏㄞˇ 古代神話，炎帝的女兒在東海淹死，化為精衞鳥，每天銜西山的木石來填東海（見於《山海經・北山經》）。後來用精衞填海比喻有深仇大恨，立志必報。也比喻不畏艱難，努力奮鬥。

【精細】jīngxì ㄐㄧㄥ ㄒㄧˋ ❶精密細緻：這一座象牙雕像，手工十分精細｜他遇事冷靜，考慮問題特別精細。❷精明細心：為人精細。

【精心】jīngxīn ㄐㄧㄥ ㄒㄧㄣ 特別用心；細心：精心製作｜精心治療｜精心培育良種。

【精鹽】jīngyán ㄐㄧㄥ ㄧㄢˊ 經過加工，沒有雜質的食鹽。

【精液】jīngyè ㄐㄧㄥ ㄧㄝˋ 男子和雄性動物生殖腺分泌的含有精子的液體。

【精益求精】jīng yì qiú jīng ㄐㄧㄥ ㄧˋ ㄑㄧㄡˊ ㄐㄧㄥ （學術、技術、作品、產品等）好了還求更好。

【精英】jīngyīng ㄐㄧㄥ ㄧㄥ ❶精華：很多出土的文物，都是我國古代文化的精英。❷出類拔萃的人：象棋精英｜當代青年的精英。

【精湛】jīngzhàn ㄐㄧㄥ ㄓㄢˋ 精深：技術精湛｜精湛的藝術。

【精製】jīngzhì ㄐㄧㄥ ㄓˋ 在粗製品上加工；精工製造：精製品｜在生橡膠裏加硫磺精製，就成普通的橡膠。

【精緻】jīngzhì ㄐㄧㄥ ㄓˋ 精巧細緻：精緻的花紋｜展覽會上的工藝品件件都很精緻。

【精忠】jīngzhōng ㄐㄧㄥ ㄓㄨㄥ （對國家、民族）極其忠誠：精忠報國。

【精裝】jīngzhuāng ㄐㄧㄥ ㄓㄨㄤ ❶書籍的精美的裝訂，一般指封面或書脊上包布的（區別於'平裝'）：精裝本。❷（商品）包裝精緻的（區別於'簡裝'）：精裝香烟。

【精壯】jīngzhuàng ㄐㄧㄥ ㄓㄨㄤˋ 強壯：精壯的小夥子。

【精子】jīngzǐ ㄐㄧㄥ ㄗˇ 人和動植物的雄性生殖細胞，能運動，與卵結合而產生第二代。人的精子產生於睾丸，形狀像蝌蚪。

鶄（䴖） jīng ㄐㄧㄥ 見576頁［鵁鶄］（jiāo-jīng）。

鯨（鲸） jīng ㄐㄧㄥ 哺乳動物，種類很多，生活在海洋中，胎生，形狀像魚，體長可達30多米，是現在世界上最大的動物，前肢形成鰭，後肢完全退化，尾巴變成尾鰭，鼻孔在頭的上部，用肺呼吸。肉可以吃，脂肪可以製油，用於醫藥和其他工業。俗稱鯨魚。

【鯨鯊】jīngshā ㄐㄧㄥ ㄕㄚ 魚，體長可達20米，是現代最大的一種魚。灰褐色或青褐色，有許多黃色斑紋。口寬大，牙小。性溫順，吃浮游生物和小魚。皮可以製革，肝熬的油供工業上用。

【鯨吞】jīngtūn ㄐㄧㄥ ㄊㄨㄣ 像鯨魚一樣地吞食，多用來比喻吞併土地等：蠶食鯨吞。

麖 jīng ㄐㄧㄥ 見1074頁〖水鹿〗。

鼱 jīng ㄐㄧㄥ 見949頁［鼩鼱］（qújīng）。

驚〔驚〕（惊） jīng ㄐㄧㄥ ❶由於突然來的刺激而精神緊張：驚喜｜膽戰心驚。❷驚動：驚擾｜打草驚蛇。❸騾馬因害怕而狂跑不受控制：馬驚了。

【驚詫】jīngchà ㄐㄧㄥ ㄔㄚˋ 驚訝詫異：這是意料中的事，我們並不感到驚詫。

【驚動】jīngdòng ㄐㄧㄥ ㄉㄨㄥˋ 舉動影響旁人，使吃驚或受侵擾：娘睡了，別驚動她。

【驚愕】jīng'è ㄐㄧㄥ ㄜˋ〈書〉吃驚而發愣。

【驚弓之鳥】jīng gōng zhī niǎo ㄐㄧㄥ ㄍㄨㄥ ㄓ ㄋㄧㄠˇ 被弓箭嚇怕了的鳥。比喻受過驚恐見到一點動靜就特別害怕的人。

【驚駭】jīnghài ㄐㄧㄥ ㄏㄞˋ〈書〉驚慌害怕。

【驚慌】jīnghuāng ㄐㄧㄥ ㄏㄨㄤ 害怕慌張：驚慌失措｜神色驚慌。

【驚惶】jīnghuáng ㄐㄧㄥ ㄏㄨㄤˊ 驚慌。

【驚魂】jīnghún ㄐㄧㄥ ㄏㄨㄣˊ 驚慌失措的神態：驚魂稍定。

【驚悸】jīngjì ㄐㄧㄥ ㄐㄧˋ 因驚慌而心跳得厲害。

【驚厥】jīngjué ㄐㄧㄥ ㄐㄩㄝˊ 因害怕而暈過去。

【驚恐】jīngkǒng ㄐㄧㄥ ㄎㄨㄥˇ 驚慌恐懼：驚恐失色｜驚恐萬狀。

【驚雷】jīngléi ㄐㄧㄥ ㄌㄟˊ 使人震驚的雷聲，多用於比喻。

【驚奇】jīngqí ㄐㄧㄥ ㄑㄧˊ 覺得很奇怪：這裏的變化之大，令人驚奇｜眼裏射出驚奇的目光。

【驚擾】jīngrǎo ㄐㄧㄥ ㄖㄠˇ 驚動擾亂：自相驚擾。

【驚人】jīngrén ㄐㄧㄥ ㄖㄣˊ 使人吃驚：驚人的消息｜驚人的成就｜數字大得驚人。

【驚世駭俗】jīng shì hài sú ㄐㄧㄥ ㄕˋ ㄏㄞˋ ㄙㄨˊ 因言行異於尋常而使人震驚。也說驚世震俗。

【驚嘆】jīngtàn ㄐㄧㄥ ㄊㄢˋ 驚訝讚嘆：精巧的工藝品令人驚嘆不已。

【驚嘆號】jīngtànhào ㄐㄧㄥ ㄊㄢˋ ㄏㄠˋ 嘆號。

【驚濤駭浪】jīng tāo hài làng ㄐㄧㄥ ㄊㄠ ㄏㄞˋ ㄌㄤˋ ❶兇猛而使人害怕的波濤：船在驚濤駭浪中前進。❷比喻險惡的環境或遭遇。

【驚天動地】jīng tiān dòng dì ㄐㄧㄥ ㄊㄧㄢ ㄉㄨㄥˋ ㄉㄧˋ ❶形容聲音特別響亮：驚天動地一聲巨響。❷形容聲勢浩大或事業偉大：驚天動地的偉業。

【驚喜】jīngxǐ ㄐㄧㄥ ㄒㄧˇ 驚和喜；又驚又喜：驚喜交集｜驚喜不已。

【驚嚇】jīngxià ㄐㄧㄥ ㄒㄧㄚˋ 因意外的刺激而害怕：孩子受了驚嚇，哭起來了。

【驚險】jīngxiǎn ㄐㄧㄥ ㄒㄧㄢˇ （場面、情景）危險，使人驚奇緊張：驚險小說｜搏鬥場面十分驚險。

【驚心動魄】jīng xīn dòng pò ㄐㄧㄥ ㄒㄧㄣ ㄉㄨㄥˋ ㄆㄛˋ 形容使人感受很深，震動很大。

【驚醒】jīngxǐng ㄐㄧㄥ ㄒㄧㄥˇ ❶受驚動而醒來：突然從夢中驚醒。❷使驚醒：別驚醒了孩子。

【驚醒】jīng·xing ㄐㄧㄥ ·ㄒㄧㄥ 睡眠時容易醒來：他睡覺很驚醒，有點兒響動都知道。

【驚訝】jīngyà ㄐㄧㄥ ㄧㄚˋ 感到很奇怪；驚異：驚訝的目光｜人們對他的舉動感到十分驚訝。

【驚疑】jīngyí ㄐㄧㄥ ㄧˊ 驚訝疑惑：他臉上露出驚疑的神色。

【驚異】jīngyì ㄐㄧㄥ ㄧˋ 驚奇詫異：令人驚異。

【驚蟄】jīngzhé ㄐㄧㄥ ㄓㄜˊ 二十四節氣之一，在3月5，6或7日。參看589頁〖節氣〗、306頁〖二十四節氣〗。

jǐng（ㄐㄧㄥˇ）

井[1] jǐng ㄐㄧㄥˇ ❶從地面往下鑿成的能取水的深洞，洞壁多砌上磚石：水井｜一口井｜雙眼井。❷形狀像井的東西：礦井｜油井｜鹽井｜豎井｜探井｜滲井｜天井。❸古制八家為一井，後借指人口聚居的地方或鄉裏：鄉井｜市井｜井邑｜背井離鄉。❹二十八宿之一。❺(Jǐng)姓。

井2 jǐng ㄐㄧㄥˇ 形容整齊：井然｜井井有條。

【井底之蛙】jǐng dǐ zhī wā ㄐㄧㄥˇ ㄉㄧˇ ㄓ ㄨㄚ 井底下的青蛙只能看到井口那麼大的一塊天，比喻見識狹小的人。

【井灌】jǐngguàn ㄐㄧㄥˇ ㄍㄨㄢˋ 用井水灌溉農田。

【井架】jǐngjià ㄐㄧㄥˇ ㄐㄧㄚˋ 礦井、油井等井口豎立的金屬架，用來裝置天車、支撐鑽具等。

【井井有條】jǐngjǐng yǒu tiáo ㄐㄧㄥˇ ㄐㄧㄥˇ ㄧㄡˇ ㄊㄧㄠˊ 形容條理分明。

【井噴】jǐngpēn ㄐㄧㄥˇ ㄆㄣ 鑽石油井時地下的高壓油、天然氣等突然從井口噴出。

【井然】jǐngrán ㄐㄧㄥˇ ㄖㄢˊ 〈書〉形容整齊的樣子：秩序井然｜條理井然｜井然不紊。

【井水不犯河水】jǐngshuǐ bù fàn héshuǐ ㄐㄧㄥˇ ㄕㄨㄟˇ ㄅㄨˋ ㄈㄢˋ ㄏㄜˊ ㄕㄨㄟˇ 比喻兩不相犯。

【井台】jǐngtái ㄐㄧㄥˇ ㄊㄞˊ (井台兒)井口周圍高出地面的部分。

【井田制】jǐngtiánzhì ㄐㄧㄥˇ ㄊㄧㄢˊ ㄓˋ 我國奴隸社會時期的土地制度。奴隸主為計算自己封地的大小和監督奴隸勞動，把土地劃分成許多方塊，因像'井'字形，所以叫做井田制。

【井筒】jǐngtǒng ㄐㄧㄥˇ ㄊㄨㄥˇ ❶從水井口到井底的筒狀四壁或空間。❷採礦、修建長隧道和地下鐵道時開鑿的聯繫地面和地下巷道的通道。

【井鹽】jǐngyán ㄐㄧㄥˇ ㄧㄢˊ 打井汲取溶有鹽質的地下水製成的食鹽。我國四川、雲南等地都有出產。

汫 jǐng ㄐㄧㄥˇ 汫洲(Jǐngzhōu ㄐㄧㄥˇ ㄓㄡ)，地名，在廣東。

阱(穽) jǐng ㄐㄧㄥˇ 捕野獸用的陷坑：陷阱。

肼 jǐng ㄐㄧㄥˇ 有機化合物，化學式 H_2NNH_2。無色油狀液體，有類似氨的刺激性氣味，有劇毒，腐蝕性強，燃燒時發出紫色光。用來製藥，也用做火箭燃料。也叫聯氨。[英 hydrazine]

剄(刭) jǐng ㄐㄧㄥˇ 〈書〉用刀割脖子：自剄。

景1 jǐng ㄐㄧㄥˇ ❶(景兒)景致；風景：雪景｜西湖十景。❷情形；情況：遠景｜背景。❸戲劇、電影、電視的佈景和攝影棚外的景物：內景｜外景。❹劇本的一幕中因佈景不同而劃分的段落：第三幕第一景。❺(Jǐng)姓。

〈古〉又同'影' yǐng。

景2 jǐng ㄐㄧㄥˇ 尊敬；佩服：景慕｜景仰。

【景點】jǐngdiǎn ㄐㄧㄥˇ ㄉㄧㄢˇ 供遊覽的風景點：旅遊景點。

【景觀】jǐngguān ㄐㄧㄥˇ ㄍㄨㄢ ❶指某地或某種類型的自然景色：草原景觀｜黃山以它獨特的景觀吸引着遊客。❷泛指可供觀賞的景物：街頭雕塑也是這個都市的景觀之一。

【景況】jǐngkuàng ㄐㄧㄥˇ ㄎㄨㄤˋ 情況；境況：我們的景況越來越好。

【景慕】jǐngmù ㄐㄧㄥˇ ㄇㄨˋ 〈書〉景仰：他懷着景慕的心情參觀魯迅博物館。

【景片】jǐngpiàn ㄐㄧㄥˇ ㄆㄧㄢˋ 舞台佈景的構件，上面繪有表示牆壁、門窗、山坡、田野等的圖形和景物。

【景頗族】Jǐngpōzú ㄐㄧㄥˇ ㄆㄛ ㄗㄨˊ 我國少數民族之一，分佈在雲南。

【景氣】jǐngqì ㄐㄧㄥˇ ㄑㄧˋ 指生產增長、失業減少、信用活躍等經濟繁榮現象。泛指興旺。

【景區】jǐngqū ㄐㄧㄥˇ ㄑㄩ 供遊覽的風景區：開闢新景區。

【景色】jǐngsè ㄐㄧㄥˇ ㄙㄜˋ 景致：景色迷人｜日出的時候景色特別美麗。

【景深】jǐngshēn ㄐㄧㄥˇ ㄕㄣ 攝影用語，指用攝影機拍攝某景物時，可保持該景物前後的其他景物成像清晰的範圍，使用小光圈、短焦距和適當地利用暗影，都可以得到較好的景深。

【景泰】Jǐngtài ㄐㄧㄥˇ ㄊㄞˋ 明代宗(朱祁鈺)年號(公元1450－1456)。

【景泰藍】jǐngtàilán ㄐㄧㄥˇ ㄊㄞˋ ㄌㄢˊ 我國特種工藝品之一，用紫銅做成器物的胎，把銅絲掐成各種花紋焊在銅胎上，填上珐琅彩釉，然後燒成。明代景泰年間在北京開始大量製造，珐琅彩釉多用藍色，所以叫景泰藍。

【景物】jǐngwù ㄐㄧㄥˇ ㄨˋ 可供觀賞的景致和事物：山川秀麗，景物宜人。

【景象】jǐngxiàng ㄐㄧㄥˇ ㄒㄧㄤˋ 現象；狀況：太平景象｜一派欣欣向榮的景象。

【景仰】jǐngyǎng ㄐㄧㄥˇ ㄧㄤˇ 佩服尊敬；仰慕：景仰先生的為人。

【景遇】jǐngyù ㄐㄧㄥˇ ㄩˋ 景況和遭遇：景遇不佳。

【景致】jǐngzhì ㄐㄧㄥˇ ㄓˋ 風景：西山有幾處好景致。

儆〔儆〕 jǐng ㄐㄧㄥˇ 讓人自己覺悟而不犯過錯：儆戒｜以儆效尤。

憬 jǐng ㄐㄧㄥˇ 〈書〉醒悟：聞之憬然。

【憬悟】jǐngwù ㄐㄧㄥˇ ㄨˋ 〈書〉醒悟。

璟 jǐng ㄐㄧㄥˇ 〈書〉玉的光彩。

頸(颈) jǐng ㄐㄧㄥˇ 頸項：長頸鹿◇曲頸甑。(圖見1017頁〖身體〗)

另見392頁 gěng。

【頸聯】jǐnglián ㄐㄧㄥˇ ㄌㄧㄢˊ 律詩的第三聯

（五、六兩句），一般要求對仗。

【頸項】jǐngxiàng ㄐㄧㄥˇ ㄒㄧㄤˋ 脖子。

【頸椎】jǐngzhuī ㄐㄧㄥˇ ㄓㄨㄟ 頸部的椎骨，共有7塊，較小的第一頸椎和第二頸椎的構造與其他頸椎不同，稱為寰椎和樞椎。（圖見410頁〖骨骼〗）

警〔警〕 jǐng ㄐㄧㄥˇ ❶戒備：警惕｜警戒。❷（感覺）敏銳：機警｜警覺。❸使人注意（情況嚴重）；告戒：警報｜警告｜警世｜懲一警百。❹危險緊急的情況或事情：火警｜報警。❺警察的簡稱：民警｜武警｜交通警。

【警報】jǐngbào ㄐㄧㄥˇ ㄅㄠˋ 用電台、汽笛、喇叭等發出的將有危險到來的通知或信號：防空警報｜颱風警報｜降溫警報。

【警備】jǐngbèi ㄐㄧㄥˇ ㄅㄟˋ 警戒防備：警備森嚴。

【警察】jǐngchá ㄐㄧㄥˇ ㄔㄚˊ 國家維持社會秩序和治安的武裝力量。也指這種武裝力量的成員。

【警車】jǐngchē ㄐㄧㄥˇ ㄔㄜ 警察執行公務用的車輛。

【警笛】jǐngdí ㄐㄧㄥˇ ㄉㄧˊ （警笛兒）❶警察用於示警的哨子。❷發警報的汽笛。

【警告】jǐnggào ㄐㄧㄥˇ ㄍㄠˋ ❶提醒，使警惕。❷對有錯誤或不正當行為的個人、團體、國家提出告誡，使認識所應負的責任。❸對犯錯誤者的一種處分。

【警官】jǐngguān ㄐㄧㄥˇ ㄍㄨㄢ 警察官員。

【警棍】jǐnggùn ㄐㄧㄥˇ ㄍㄨㄣˋ 警察執行任務時使用的特製棍棒。

【警號】jǐnghào ㄐㄧㄥˇ ㄏㄠˋ ❶報警的信號：警燈閃閃，警號嗚嗚。❷警察佩戴在警服上的有編號的徽章。

【警戒】jǐngjiè ㄐㄧㄥˇ ㄐㄧㄝˋ ❶告誡人使注意改正錯誤。也作警誡。❷軍隊為防備敵人的偵察和突然襲擊而採取保障措施：警戒哨｜加強警戒。

【警戒色】jǐngjièsè ㄐㄧㄥˇ ㄐㄧㄝˋ ㄙㄜˋ 某些動物在進化過程中形成的能起警告敵害、保護自身作用的鮮艷色彩。

【警句】jǐngjù ㄐㄧㄥˇ ㄐㄩˋ 簡練而涵義深刻動人的語句。

【警覺】jǐngjué ㄐㄧㄥˇ ㄐㄩㄝˊ 對危險或情況變化的敏銳感覺：提高警覺｜高度的警覺性。

【警力】jǐnglì ㄐㄧㄥˇ ㄌㄧˋ 警察的力量（指人員多少）：警力不足。

【警犬】jǐngquǎn ㄐㄧㄥˇ ㄑㄩㄢˇ 受過訓練，能幫助人偵察、搜捕、戒備的狗。

【警世】jǐngshì ㄐㄧㄥˇ ㄕˋ 警戒世人，使醒悟：警世之作。

【警惕】jǐngtì ㄐㄧㄥˇ ㄊㄧˋ 對可能發生的危險情況或錯誤傾向保持敏銳的感覺：提高警惕，保衛祖國。

【警衛】jǐngwèi ㄐㄧㄥˇ ㄨㄟˋ ❶用武裝力量實行警戒、保衛：警衛連。❷指執行這種任務的人：門口有警衛把守。

【警醒】jǐngxǐng ㄐㄧㄥˇ ㄒㄧㄥˇ ❶睡眠時易醒、睡不熟：他睡覺最警醒不過。❷警戒醒悟：鑒往知來，值得我們警醒。也作警省。

【警鐘】jǐngzhōng ㄐㄧㄥˇ ㄓㄨㄥ 報告發生意外或遇到危險的鐘，多用於比喻：這件事給那些麻痹大意的人敲了警鐘。

jìng（ㄐㄧㄥˋ）

勁（劲） jìng ㄐㄧㄥˋ 堅強有力：強勁｜剛勁｜疾風勁草。

另見600頁 jìn。

【勁拔】jìngbá ㄐㄧㄥˋ ㄅㄚˊ 〈書〉雄健挺拔：蒼松勁拔。

【勁敵】jìngdí ㄐㄧㄥˋ ㄉㄧˊ 強有力的敵人或對手。

【勁旅】jìnglǚ ㄐㄧㄥˋ ㄌㄩˇ 強大而有實力的隊伍。

倞 jìng ㄐㄧㄥˋ 〈書〉強。

另見721頁 liàng。

徑（径、❶❷❸逕） jìng ㄐㄧㄥˋ ❶狹窄的道路；小路：山徑｜曲徑。❷比喻達到目的的方法：捷徑｜門徑。❸徑直：徑行辦理｜徑自答復｜取道武漢，徑回廣州。❹直徑的簡稱：口徑｜半徑｜徑尺（直徑一尺）。

【徑流】jìngliú ㄐㄧㄥˋ ㄌㄧㄡˊ 降水除蒸發的、被土地吸收的和被攔堵的以外，沿着地面流走的水叫徑流。滲入地下的也可以形成地下徑流。

【徑情直遂】jìng qíng zhí suì ㄐㄧㄥˋ ㄑㄧㄥˊ ㄓˊ ㄙㄨㄟˋ 隨着意願順利地獲得成功。

【徑賽】jìngsài ㄐㄧㄥˋ ㄙㄞˋ 田徑運動中各種賽跑和競走項目比賽的總稱。

【徑庭】jìngtíng ㄐㄧㄥˋ ㄊㄧㄥˊ （舊讀 jìngtìng ㄐㄧㄥˋ ㄊㄧㄥˋ）〈書〉相差很遠：大有徑庭｜大相徑庭。

【徑行】jìngxíng ㄐㄧㄥˋ ㄒㄧㄥˊ 直接進行；徑自：廠商希望能徑行進口自己所需的產品。

【徑直】jìngzhí ㄐㄧㄥˋ ㄓˊ 副詞。❶表示直接向某處前進，不繞道，不在中途耽擱：登山隊員徑直地攀登主峰｜客機徑直飛往昆明，不在重慶降落。❷表示直接進行某件事，不在事前費周折：你徑直寫下去吧，等寫完了再討論。

【徑自】jìngzì ㄐㄧㄥˋ ㄗˋ 副詞，表示自己直接行動：他沒等會議結束就徑自離去。

弳（弪） jìng ㄐㄧㄥˋ 見483頁〖弧度〗。

脛（胫） jìng ㄐㄧㄥˋ 小腿。

【脛骨】jìnggǔ ㄐㄧㄥˋ ㄍㄨˇ 小腿內側的長骨，上端和下端膨大，中部的橫斷面為三角形。(圖見410頁〖骨骼〗)

竟[1] jìng ㄐㄧㄥˋ ❶完畢：未竟之業。❷從頭到尾；全：竟日｜竟夜。❸〈書〉終於：有志者事竟成。

竟[2] jìng ㄐㄧㄥˋ 副詞，表示出於意料之外：真沒想到他竟敢當面撒謊｜都以為他一定不答應，誰知他竟答應了。

【竟然】jìngrán ㄐㄧㄥˋ ㄖㄢˊ 竟[2]：這樣宏偉的建築，竟然只用十個月的時間就完成了。

【竟日】jìngrì ㄐㄧㄥˋ ㄖˋ 〈書〉終日；整天：竟日遊樂。

【竟至】jìngzhì ㄐㄧㄥˋ ㄓˋ 竟然至於；竟然達到：竟至如此之多。

【竟自】jìngzì ㄐㄧㄥˋ ㄗˋ 竟然：雖然沒有人教他，他摸索了一段時間，竟自學會了。

淨[1]（净） jìng ㄐㄧㄥˋ ❶清潔；乾淨：淨水｜臉要洗淨。❷擦洗乾淨：淨一淨桌面兒。❸沒有餘剩：細收淨打｜碗裏的水沒喝淨。❹純：淨重｜淨利。❺副詞，表示單純而沒有別的；只：書架上淨是科技書籍｜這幾天淨下雨｜別淨説些沒用的話。

淨[2]（净） jìng ㄐㄧㄥˋ 戲曲角色行當，扮演性格剛烈或粗暴的男性人物。通稱花臉。

【淨產值】jìngchǎnzhí ㄐㄧㄥˋ ㄔㄢˇ ㄓˊ 生產單位、生產部門或整個國民經濟在一定時期內新創造的價值。

【淨化】jìnghuà ㄐㄧㄥˋ ㄏㄨㄚˋ 清除雜質使物體純淨：淨化污水｜淨化城市空氣◇淨化心靈｜淨化社會風氣。

【淨盡】jìngjìn ㄐㄧㄥˋ ㄐㄧㄣˋ 一點兒不剩：消滅淨盡。

【淨角】jìngjué ㄐㄧㄥˋ ㄐㄩㄝˊ (淨角兒)淨[2]。

【淨口】jìngkǒu ㄐㄧㄥˋ ㄎㄡˇ 曲藝表演中指去掉低級、庸俗的語言(區別於'葷口')。

【淨利】jìnglì ㄐㄧㄥˋ ㄌㄧˋ 企業總收入中除去一切消耗費用和稅款、利息等所剩下的利潤(區別於'毛利')。

【淨手】jìng∥shǒu ㄐㄧㄥˋ∥ㄕㄡˇ ❶〈方〉洗手：淨一淨手｜淨淨手。❷婉辭，指排泄大小便。

【淨桶】jìngtǒng ㄐㄧㄥˋ ㄊㄨㄥˇ 婉辭，馬桶。

【淨土】jìngtǔ ㄐㄧㄥˋ ㄊㄨˇ ❶佛教認為佛、菩薩等居住的世界，沒有塵世的污染，所以叫淨土。❷泛指沒有受污染的乾淨地方。

【淨餘】jìngyú ㄐㄧㄥˋ ㄩˊ 除去用掉的剩餘下來的(錢或物)。

【淨值】jìngzhí ㄐㄧㄥˋ ㄓˊ 生產部門在一定時期內投入生產的活勞動所新創造的價值，是總產值減去物質消耗後的餘額。

【淨重】jìngzhòng ㄐㄧㄥˋ ㄓㄨㄥˋ 貨物除去包裝的封皮盛器或牲畜家禽等除去毛皮或毛的重量(區別於'毛重')。

婧 jìng ㄐㄧㄥˋ 〈書〉女子有才能。

敬〔敬〕 jìng ㄐㄧㄥˋ ❶尊敬：敬重｜敬愛｜敬仰｜致敬｜肅然起敬。❷恭敬：敬請指教｜敬謝不敏。❸有禮貌地送上(飲食或物品)：敬烟｜敬酒｜敬茶｜敬你一杯。❹(Jìng)姓。

【敬愛】jìng'ài ㄐㄧㄥˋ ㄞˋ 尊敬熱愛：敬愛父母｜敬愛的張老師。

【敬辭】jìngcí ㄐㄧㄥˋ ㄘˊ 含恭敬口吻的用語，如'請問、借光'等。

【敬而遠之】jìng ér yuǎn zhī ㄐㄧㄥˋ ㄦˊ ㄩㄢˇ ㄓ 表示尊敬，但不願接近。

【敬奉】jìngfèng ㄐㄧㄥˋ ㄈㄥˋ ❶虔誠地供奉(神佛)。❷恭敬地獻上：敬奉錦緞一匹。

【敬服】jìngfú ㄐㄧㄥˋ ㄈㄨˊ 敬重佩服：他為人正直，讓人敬服｜人們都敬服先生的人品才學。

【敬告】jìnggào ㄐㄧㄥˋ ㄍㄠˋ 敬辭，告訴：敬告讀者。

【敬賀】jìnghè ㄐㄧㄥˋ ㄏㄜˋ 敬辭，祝賀。

【敬候】jìnghòu ㄐㄧㄥˋ ㄏㄡˋ ❶敬辭，等候：敬候回音｜敬候光臨。❷恭敬地問候：敬候起居。

【敬酒不吃吃罰酒】jìng jiǔ bù chī chī fá jiǔ ㄐㄧㄥˋ ㄐㄧㄡˇ ㄅㄨˋ ㄔ ㄔ ㄈㄚˊ ㄐㄧㄡˇ 比喻好好地勸説不聽，用強迫的手段卻接受了。

【敬老院】jìnglǎoyuàn ㄐㄧㄥˋ ㄌㄠˇ ㄩㄢˋ 養老院。

【敬禮】jìng∥lǐ ㄐㄧㄥˋ∥ㄌㄧˇ ❶立正、舉手或鞠躬行禮表示恭敬：向老師敬個禮。❷敬辭，用於書信結尾。

【敬慕】jìngmù ㄐㄧㄥˋ ㄇㄨˋ 尊敬仰慕。

【敬佩】jìngpèi ㄐㄧㄥˋ ㄆㄟˋ 敬重佩服。

【敬畏】jìngwèi ㄐㄧㄥˋ ㄨㄟˋ 又敬重又畏懼：令人敬畏。

【敬獻】jìngxiàn ㄐㄧㄥˋ ㄒㄧㄢˋ 恭敬地獻上：向烈士陵墓敬獻花圈。

【敬謝不敏】jìng xiè bù mǐn ㄐㄧㄥˋ ㄒㄧㄝˋ ㄅㄨˋ ㄇㄧㄣˇ 表示推辭做某件事的客氣話(不敏：沒有才能)。

【敬仰】jìngyǎng ㄐㄧㄥˋ ㄧㄤˇ 敬重仰慕：他是青年們敬仰的導師。

【敬業】jìngyè ㄐㄧㄥˋ ㄧㄝˋ 專心致力於學業或工作：敬業精神。

【敬意】jìngyì ㄐㄧㄥˋ ㄧˋ 尊敬的心意：他讓我轉達對你的敬意。

【敬重】jìngzhòng ㄐㄧㄥˋ ㄓㄨㄥˋ 恭敬尊重。

痙〔痉〕 jìng ㄐㄧㄥˋ［痙攣］(jìngluán ㄐㄧㄥˋ ㄌㄨㄢˊ)肌肉緊張，不自然地收縮。多由中樞神經系統受刺激引起。

靖 jìng ㄐㄧㄥˋ ❶沒有變故或動亂；平安：地方安靖。❷使秩序安定；平定(變亂）：靖邊｜靖亂。❸ (Jìng) 姓。

【靖康】Jìngkāng ㄐㄧㄥˋ ㄎㄤ 宋欽宗（趙桓）年號（公元1126－1127）。

經（经） jìng ㄐㄧㄥˋ 織布之前，把紡好的紗或綫密密地綳起來，來回梳整，使成為經紗或經綫：經紗。

另見604頁 jīng。

境 jìng ㄐㄧㄥˋ ❶疆界；邊界：國境｜入境。❷地方；區域：漸入佳境｜如入無人之境。❸境況；境地：家境｜處境｜事過境遷。

【境地】jìngdì ㄐㄧㄥˋ ㄉㄧˋ ❶生活上或工作上遇到的情況：處於孤立的境地。❷境界②。

【境界】jìngjiè ㄐㄧㄥˋ ㄐㄧㄝˋ ❶土地的界限。❷事物所達到的程度或表現的情況：思想境界｜他的演技已經達到出神入化的境界。

【境況】jìngkuàng ㄐㄧㄥˋ ㄎㄨㄤˋ 狀況（多指經濟方面的）：近年家庭境況略有好轉。

【境域】jìngyù ㄐㄧㄥˋ ㄩˋ ❶境地。❷境界。

【境遇】jìngyù ㄐㄧㄥˋ ㄩˋ 境況和遭遇。

獍 jìng ㄐㄧㄥˋ 古書上説的一種像虎豹的獸，生下來就吃生它的母獸。

靚（靓） jìng ㄐㄧㄥˋ 〈書〉妝飾；打扮。另見721頁 liàng。

【靚妝】jìngzhuāng ㄐㄧㄥˋ ㄓㄨㄤ 〈書〉美麗的妝飾。

靜（静） jìng ㄐㄧㄥˋ ❶安定不動（跟‘動’相對）：靜止｜安靜｜風平浪靜。❷沒有聲響：寂靜｜清靜｜夜靜更深。❸使平靜或安靜：靜下心來｜請大家靜一靜。❹ (Jìng) 姓。

【靜場】jìng∥chǎng ㄐㄧㄥˋ∥ㄔㄤˇ 劇場、電影院等演出結束後，觀眾退出。

【靜電】jìngdiàn ㄐㄧㄥˋ ㄉㄧㄢˋ 不流動的電荷，如摩擦所產生的電荷。

【靜電感應】jìngdiàn gǎnyìng ㄐㄧㄥˋ ㄉㄧㄢˋ ㄍㄢˇ ㄧㄥˋ 導體接近帶電體時，導體表面產生電荷的現象。這時導體兩端的電荷相等而正負相反。

【靜電計】jìngdiànjì ㄐㄧㄥˋ ㄉㄧㄢˋ ㄐㄧˋ 測量電荷量大小的儀器。

【靜觀】jìngguān ㄐㄧㄥˋ ㄍㄨㄢ 冷靜地觀察：在一旁靜觀｜靜觀事態的發展。

【靜脈】jìngmài ㄐㄧㄥˋ ㄇㄞˋ 把血液送回心臟的血管。靜脈中的血液含有較多的二氧化碳，血色暗紅。

【靜脈曲張】jìngmài-qūzhāng ㄐㄧㄥˋ ㄇㄞˋ ㄑㄩ ㄓㄤ 靜脈擴張、伸長或彎曲的症狀。多由下肢靜脈的血液回流受阻，壓力增高引起。患者小腿發脹，沈重，容易疲勞。

【靜謐】jìngmì ㄐㄧㄥˋ ㄇㄧˋ 〈書〉安靜：靜謐的園林。

【靜摩擦】jìngmócā ㄐㄧㄥˋ ㄇㄛˊ ㄘㄚ 接觸物體之間保持相對靜止時的摩擦。

【靜默】jìngmò ㄐㄧㄥˋ ㄇㄛˋ ❶寂靜；沒有聲音：會場上又是一陣靜默。❷肅立不做聲，表示悼念：靜默三分鐘。

【靜穆】jìngmù ㄐㄧㄥˋ ㄇㄨˋ 安靜莊嚴：氣氛靜穆｜靜穆的靈堂。

【靜悄悄】jìngqiāoqiāo ㄐㄧㄥˋ ㄑㄧㄠ ㄑㄧㄠ（靜悄悄的）形容非常安靜沒有聲響：夜深了，四周靜悄悄的。

【靜態】jìngtài ㄐㄧㄥˋ ㄊㄞˋ ❶相對靜止狀態；非工作狀態：靜態工作點｜靜態電流。❷從靜態來考察研究的：靜態分析。

【靜物】jìngwù ㄐㄧㄥˋ ㄨˋ 用做繪畫、攝影對象的靜止的物體，如水果、鮮花、器物等：靜物畫｜靜物寫生｜靜物攝影。

【靜心】jìng∥xīn ㄐㄧㄥˋ∥ㄒㄧㄣ 心情平靜；使心神安定：靜心讀書｜你快出去，讓我靜靜心。

【靜養】jìngyǎng ㄐㄧㄥˋ ㄧㄤˇ 安靜地休養：你這病需要靜養一段時間。

【靜園】jìng∥yuán ㄐㄧㄥˋ∥ㄩㄢˊ 公園在規定時間停止開放，遊人退出。

【靜止】jìngzhǐ ㄐㄧㄥˋ ㄓˇ 物體不運動：一切物體都在不斷地運動，它們的靜止和平衡只是暫時的，相對的。

【靜坐】jìngzuò ㄐㄧㄥˋ ㄗㄨㄛˋ 排除思慮，閉目安坐，是氣功療法採用的一種方式。為了達到某種要求或表示抗議安靜地坐着：靜坐示威。

鏡（镜） jìng ㄐㄧㄥˋ ❶鏡子①：穿衣鏡｜波平如鏡。❷利用光學原理製成的幫助視力或做光學實驗用的器具，鏡片一般用玻璃製成：花鏡｜眼鏡兒｜凹鏡｜凸鏡｜望遠鏡｜三棱鏡。

【鏡花水月】jìng huā shuǐ yuè ㄐㄧㄥˋ ㄏㄨㄚ ㄕㄨㄟˇ ㄩㄝˋ 鏡中的花，水裏的月。比喻虛幻的景象。

【鏡框】jìngkuàng ㄐㄧㄥˋ ㄎㄨㄤˋ（鏡框兒）在用木頭、石膏、塑料等做成的框子中鑲上玻璃而製成的東西，用來裝相片或字畫等。

【鏡片】jìngpiàn ㄐㄧㄥˋ ㄆㄧㄢˋ 光學儀器或眼鏡等上的透鏡。

【鏡枱】jìngtái ㄐㄧㄥˋ ㄊㄞˊ 裝有鏡子的梳妝枱。

【鏡頭】jìngtóu ㄐㄧㄥˋ ㄊㄡˊ ❶攝影機或放映機上，由透鏡組成的光學裝置。用來在膠片或幕上形成影像。❷照相的一個畫面。❸拍攝影片或電視片時從攝影機開始轉動到停止時所拍下的一系列畫面。

【鏡匣】jìngxiá ㄐㄧㄥˋ ㄒㄧㄚˊ 盛梳妝用品的匣子，其中裝有可以支起來的鏡子。

【鏡箱】jìngxiāng ㄐㄧㄥˋ ㄒㄧㄤ ❶指照相機的暗箱。❷盥洗室內設置的裝有長方形鏡子的箱狀設備。

【鏡子】jìng·zi ㄐㄧㄥˋ ·ㄗ ❶有光滑的平面，能照見形象的器具，古代用銅鑄厚圓片磨製，現在用平面玻璃鍍銀或鍍鋁做成。❷眼鏡。

競(竞) jìng ㄐㄧㄥˋ ❶競爭；競賽：競走｜競技。❷〈書〉強勁：南風不競。

【競渡】jìngdù ㄐㄧㄥˋ ㄉㄨˋ ❶划船比賽：龍舟競渡。❷渡過江湖等的水面的游泳比賽：游泳健兒競渡昆明湖。

【競技】jìngjì ㄐㄧㄥˋ ㄐㄧˋ 指體育競賽：競技場｜競技狀態不佳。

【競技體操】jìngjì tǐcāo ㄐㄧㄥˋ ㄐㄧˋ ㄊㄧˇ ㄘㄠ 體操運動項目之一。男子項目有自由體操、單杠、雙杠、吊環、鞍馬、跳馬等，女子有自由體操、平衡木、高低杠、跳馬等。

【競賽】jìngsài ㄐㄧㄥˋ ㄙㄞˋ 互相比賽，爭取優勝：體育競賽｜勞動競賽。

【競相】jìngxiāng ㄐㄧㄥˋ ㄒㄧㄤ 互相爭着(做)：競相逃命｜競相吹捧｜競相壓價出售。

【競選】jìngxuǎn ㄐㄧㄥˋ ㄒㄩㄢˇ 候選人在選舉前進行種種活動爭取當選：參加總統競選｜發表競選演說。

【競爭】jìngzhēng ㄐㄧㄥˋ ㄓㄥ 為了自己方面的利益而跟人爭勝：貿易競爭｜競爭激烈｜自由競爭。

【競走】jìngzǒu ㄐㄧㄥˋ ㄗㄡˇ 徑賽項目之一，走時兩腳不得同時離地，腳着地時膝關節不得彎曲。

jiōng (ㄐㄩㄥ)

坰 jiōng ㄐㄩㄥ 〈書〉野外。

扃〔扄〕 jiōng ㄐㄩㄥ 〈書〉❶自外關閉門戶用的門閂、門環等。❷門；門扇。❸關門。

駉(驷) jiōng ㄐㄩㄥ 〈書〉❶馬肥壯：駉駉牡馬。❷駿馬。

jiǒng (ㄐㄩㄥˇ)

冏 jiǒng ㄐㄩㄥˇ 〈書〉❶光。❷明亮。

炅 jiǒng ㄐㄩㄥˇ 〈書〉❶日光。❷明亮。另見433頁 Guì。

泂 jiǒng ㄐㄩㄥˇ 〈書〉❶遠。❷(水)深而闊。

迥 jiǒng ㄐㄩㄥˇ 〈書〉❶遠：山高路迥。❷差得遠：迥異｜病前病後迥若兩人。

【迥然】jiǒngrán ㄐㄩㄥˇ ㄖㄢˊ 形容差別很大：一個沈着，一個急躁，他倆的性格迥然不同。

炯 jiǒng ㄐㄩㄥˇ 〈書〉明亮：炯然。

【炯炯】jiǒngjiǒng ㄐㄩㄥˇ ㄐㄩㄥˇ 形容明亮(多用於目光)：目光炯炯｜兩眼炯炯有神。

絅(䌹、褧) jiǒng ㄐㄩㄥˇ 〈書〉罩在外面的單衣。

窘 jiǒng ㄐㄩㄥˇ ❶窮困：家境很窘。❷為難：我事前沒做準備，當時很窘。❸使為難：用話來窘他。

【窘促】jiǒngcù ㄐㄩㄥˇ ㄘㄨˋ 〈書〉窘迫。

【窘境】jiǒngjìng ㄐㄩㄥˇ ㄐㄧㄥˋ 十分為難的處境；困境：陷入窘境｜擺脫窘境。

【窘況】jiǒngkuàng ㄐㄩㄥˇ ㄎㄨㄤˋ 非常困難又無法擺脫的境況。

【窘迫】jiǒngpò ㄐㄩㄥˇ ㄆㄛˋ ❶非常窮困：生計窘迫。❷十分為難：處境窘迫。

【窘態】jiǒngtài ㄐㄩㄥˇ ㄊㄞˋ 受窘時的神態：他被大家笑得紅了臉，站也不是，坐也不是，顯出一副窘態。

煛 jiǒng ㄐㄩㄥˇ 〈書〉日光。

熲(颎) jiǒng ㄐㄩㄥˇ 〈書〉火光。

jiū (ㄐㄧㄡ)

勼 jiū ㄐㄧㄡ 〈書〉聚集。

究 jiū ㄐㄧㄡ ❶仔細推求；追查：研究｜追究｜深究。❷〈書〉到底；究竟：此事究應如何辦理？

【究辦】jiūbàn ㄐㄧㄡ ㄅㄢˋ 追查懲辦：依法究辦。

【究根兒】jiū∥gēnr ㄐㄧㄡ∥ㄍㄣㄦ 追問事情的來龍去脈；追究根源：這事已經了結，不必究根兒了。

【究詰】jiūjié ㄐㄧㄡ ㄐㄧㄝˊ 〈書〉追問結果或原委。

【究竟】jiūjìng ㄐㄧㄡ ㄐㄧㄥˋ ❶結果；原委：大家都想知道個究竟。❷副詞，用在問句裏，表示追究：究竟是怎麼回事？｜你究竟答應不答應？注意 是非問句(如'你答應嗎？')裏不用'究竟'。❸副詞，畢竟；到底：她究竟經驗豐富，說的話很有道理。

【究問】jiūwèn ㄐㄧㄡ ㄨㄣˋ 追究；追問：此事不予究問。

糾¹(纠) jiū ㄐㄧㄡ 纏繞：糾紛｜糾纏。

糾²(纠) jiū ㄐㄧㄡ 集合：糾合｜糾集。

糾³(纠) jiū ㄐㄧㄡ ❶〈書〉督察；檢舉：糾察｜糾舉。❷糾正：糾偏｜有錯必糾。

【糾察】jiūchá ㄐㄧㄡ ㄔㄚˊ ❶在群眾活動中維持秩序：糾察隊。❷在群眾活動中維持秩序的人：擔任糾察。

【糾纏】jiūchán ㄐㄧㄡ ㄔㄢˊ ❶繞在一起：問題糾

纏不清。❷擣麻煩：糾纏不休｜我還有事，別再糾纏了。

【糾紛】jiūfēn ㄐㄧㄡ ㄈㄣ 爭執的事情：調解糾紛。

【糾葛】jiūgé ㄐㄧㄡ ㄍㄜˊ 糾纏不清的事情；糾紛：他們之間有過糾葛。

【糾合】jiūhé ㄐㄧㄡ ㄏㄜˊ 集合；聯合(多用於貶義)：糾合黨羽，圖謀不軌。也作鳩合。

【糾集】jiūjí ㄐㄧㄡ ㄐㄧˊ 糾合(含貶義)。也作鳩集。

【糾結】jiūjié ㄐㄧㄡ ㄐㄧㄝˊ 互相纏繞：藤蔓糾結。

【糾偏】jiū∥piān ㄐㄧㄡ∥ㄆㄧㄢ 糾正偏向或偏差。

【糾正】jiūzhèng ㄐㄧㄡ ㄓㄥˋ 改正(缺點、錯誤)：糾正姿勢｜糾正偏差｜不良傾向已得到糾正。

赳 jiū ㄐㄧㄡ〔赳赳〕(jiūjiū ㄐㄧㄡ ㄐㄧㄡ)健壯威武的樣子：赳赳武夫｜雄赳赳，氣昂昂。

揪 jiū ㄐㄧㄡ 緊緊地抓；抓住並拉：揪耳朵｜揪着繩子往上爬｜把他揪過來。

【揪辮子】jiū biàn·zi ㄐㄧㄡ ㄅㄧㄢˋ·ㄗ 比喻抓住缺點，作為把柄。也說抓辮子。

【揪揪】jiū·jiu ㄐㄧㄡ·ㄐㄧㄡ 〈方〉❶(衣物、織品等)不平整：衣服沒熨，還揪揪着呢。❷(心情)不舒展：村裏這麼一鬧騰，我心裏也揪揪着。

【揪痧】jiū∥shā ㄐㄧㄡ∥ㄕㄚ 民間治療某些疾病的方法，通常用手指揪頸部、咽喉部、額部等，使局部皮膚充血以減輕內部炎症。

【揪心】jiū∥xīn ㄐㄧㄡ∥ㄒㄧㄣ 放不下心；擔心；挂心：這孩子真讓人揪心。

啾 jiū ㄐㄧㄡ 見下。

【啾唧】jiūjī ㄐㄧㄡ ㄐㄧ 象聲詞，形容蟲、鳥等細碎的叫聲。

【啾啾】jiūjiū ㄐㄧㄡ ㄐㄧㄡ 象聲詞，形容許多小鳥一齊叫的聲音。也形容淒厲的叫聲。

鳩(鸠) jiū ㄐㄧㄡ 斑鳩、雉鳩等的統稱。

【鳩合】jiūhé ㄐㄧㄡ ㄏㄜˊ 同'糾合'。

【鳩集】jiūjí ㄐㄧㄡ ㄐㄧˊ 同'糾集'。

【鳩形鵠面】jiū xíng hú miàn ㄐㄧㄡ ㄒㄧㄥˊ ㄏㄨˊ ㄇㄧㄢˋ 形容人因飢餓而很瘦的樣子(鳩形：腹部低陷，胸骨突起；鵠面：臉上瘦得沒有肉)。

【鳩佔鵲巢】jiū zhàn què cháo ㄐㄧㄡ ㄓㄢˋ ㄑㄩㄝˋ ㄔㄠˊ 見956頁〖鵲巢鳩佔〗。

樛 jiū ㄐㄧㄡ 〈書〉樹木向下彎曲。

鬏 jiū ㄐㄧㄡ (鬏兒)頭髮盤成的結。

鬮(阄) jiū ㄐㄧㄡ (鬮兒)抓鬮時捲起或揉成團的紙片。參看1497頁〖抓鬮兒〗。

jiǔ (ㄐㄧㄡˇ)

九 jiǔ ㄐㄧㄡˇ ❶數目，八加一後所得。參看1067頁〖數字〗。❷從冬至起每九天是一個'九'，從一'九'數起，二'九'、三'九'，一直數到九'九'為止：數九｜冬練三九，夏練三伏｜九盡寒盡。❸表示多次或多數：九霄｜九泉｜三彎九轉｜九死一生。

【九重霄】jiǔchóngxiāo ㄐㄧㄡˇ ㄔㄨㄥˊ ㄒㄧㄠ 見159頁〖重霄〗(chóngxiāo)。

【九鼎】jiǔdǐng ㄐㄧㄡˇ ㄉㄧㄥˇ ❶古代傳說夏禹鑄了九個鼎，象徵九州，成為夏、商、周三代傳國的寶物。❷比喻分量極重：一言九鼎。

【九宮】jiǔgōng ㄐㄧㄡˇ ㄍㄨㄥ 見399頁〖宮調〗。

【九宮格兒】jiǔgōnggér ㄐㄧㄡˇ ㄍㄨㄥ ㄍㄜㄦˊ 練習漢字書法用的方格紙，每個大格再用'井'字形交叉的綫分成九個小格。

【九九歌】jiǔjiǔgē ㄐㄧㄡˇ ㄐㄧㄡˇ ㄍㄜ 見1257頁〖小九九〗。

【九九歸一】jiǔ jiǔ guī yī ㄐㄧㄡˇ ㄐㄧㄡˇ ㄍㄨㄟ ㄧ 轉來轉去最後又還了原：九九歸一，還是他的話對。也說九九歸原。

【九流三教】jiǔ liú sān jiào ㄐㄧㄡˇ ㄌㄧㄡˊ ㄙㄢ ㄐㄧㄠˋ 見987頁〖三教九流〗。

【九牛二虎之力】jiǔ niú èr hǔ zhī lì ㄐㄧㄡˇ ㄋㄧㄡˊ ㄦˋ ㄏㄨˇ ㄓ ㄌㄧˋ 比喻很大的力量。

【九牛一毛】jiǔ niú yī máo ㄐㄧㄡˇ ㄋㄧㄡˊ ㄧ ㄇㄠˊ 比喻極大的數量中微不足道的一部分。

【九泉】jiǔquán ㄐㄧㄡˇ ㄑㄩㄢˊ 指人死後埋葬的地方，迷信的人指陰間：九泉之下｜含笑九泉。

【九死一生】jiǔ sǐ yī shēng ㄐㄧㄡˇ ㄙˇ ㄧ ㄕㄥ 形容經歷極大危險而幸存。

【九天】jiǔtiān ㄐㄧㄡˇ ㄊㄧㄢ 極高的天空：九天九地(一個在天上，一個在地下，形容差別極大)。

【九霄】jiǔxiāo ㄐㄧㄡˇ ㄒㄧㄠ 天空的最高處，比喻極高或極遠的地方：豪情衝九霄。

【九霄雲外】jiǔ xiāo yún wài ㄐㄧㄡˇ ㄒㄧㄠ ㄩㄣˊ ㄨㄞˋ 形容遠得無影無踪：他把我們的忠告拋到了九霄雲外。

【九一八事變】Jiǔ-Yībā Shìbiàn ㄐㄧㄡˇ ㄧ ㄅㄚ ㄕˋ ㄅㄧㄢˋ 1931年9月18日夜，日本帝國主義大規模武裝侵略中國東北的事件。19日日軍侵佔瀋陽，同時在吉林、黑龍江等省區發動進攻。由於當時國民政府對日本侵略軍採取不抵抗政策，致使四個多月內，東北全境淪陷。1945年日本投降，東北領土才全部收復。

【九州】jiǔzhōu ㄐㄧㄡˇ ㄓㄡ 傳說中的我國上古行政區劃，後用作'中國'的代稱。

久 jiǔ ㄐㄧㄡˇ ❶時間長(跟'暫'相對)：久別重逢｜久經鍛煉。❷時間的長短：你來了有多久？｜這座古墓考古隊發掘了兩個月之久。

【久別】jiǔbié ㄐㄧㄡˇ ㄅㄧㄝˊ 長時間地分別：久別重逢。

【久而久之】jiǔ ér jiǔ zhī ㄐㄧㄡˇ ㄦˊ ㄐㄧㄡˇ ㄓ 經過了相當長的時間：機器要不好好養護，久而久之就要生銹。

【久假不歸】jiǔ jiǎ bù guī ㄐㄧㄡˇ ㄐㄧㄚˇ ㄅㄨˋ ㄍㄨㄟ 長期借去，不歸還。

【久久】jiǔjiǔ ㄐㄧㄡˇ ㄐㄧㄡˇ 許久；好久（用做狀語）：心情激動，久久不能平靜。

【久留】jiǔliú ㄐㄧㄡˇ ㄌㄧㄡˊ 長時間地停留：此地不宜久留。

【久違】jiǔwéi ㄐㄧㄡˇ ㄨㄟˊ 客套話，好久沒見：久違了，這幾年您上哪兒去啦？

【久仰】jiǔyǎng ㄐㄧㄡˇ ㄧㄤˇ 客套話，仰慕已久（初次見面時說）。

【久已】jiǔyǐ ㄐㄧㄡˇ ㄧˇ 很久以前已經；早就：這件事我久已忘了。

【久遠】jiǔyuǎn ㄐㄧㄡˇ ㄩㄢˇ 長久：年代久遠。

氿 jiǔ ㄐㄧㄡˇ 東氿（Dōngjiǔ ㄉㄨㄥ ㄐㄧㄡˇ），西氿（Xījiǔ ㄒㄧ ㄐㄧㄡˇ），湖名，都在江蘇宜興。

另見431頁 guǐ。

玖 1 jiǔ ㄐㄧㄡˇ ‘九’的大寫。參看1067頁〖數字〗。

玖 2 jiǔ ㄐㄧㄡˇ 〈書〉像玉的淺黑色石頭。

灸 jiǔ ㄐㄧㄡˇ 中醫的一種治療方法，用燃燒的艾絨熏烤一定的穴位。

韭（韮） jiǔ ㄐㄧㄡˇ 韭菜。

【韭菜】jiǔcài ㄐㄧㄡˇ ㄘㄞˋ 多年生草本植物，葉子細長而扁，花白色。是普通蔬菜。

【韭黃】jiǔhuáng ㄐㄧㄡˇ ㄏㄨㄤˊ 冬季培育的韭菜，顏色淺黃，嫩而味美。

酒 jiǔ ㄐㄧㄡˇ ❶用糧食、水果等含澱粉或糖的物質經過發酵製成的含乙醇的飲料，如葡萄酒、白酒等。❷（Jiǔ）姓。

【酒吧】jiǔbā ㄐㄧㄡˇ ㄅㄚ 西餐館或西式旅館中賣酒的地方。也說酒吧間。［吧，英 bar］

【酒菜】jiǔcài ㄐㄧㄡˇ ㄘㄞˋ ❶酒和菜。❷下酒的菜。

【酒店】jiǔdiàn ㄐㄧㄡˇ ㄉㄧㄢˋ ❶酒館。❷較大而設備較好的旅館（多作名稱用）。

【酒館】jiǔguǎn ㄐㄧㄡˇ ㄍㄨㄢˇ （酒館兒）賣酒和酒菜等的鋪子：下酒館。也叫酒館子。

【酒鬼】jiǔguǐ ㄐㄧㄡˇ ㄍㄨㄟˇ 好（hào）酒貪杯的人（罵人的話）。

【酒酣耳熱】jiǔ hān ěr rè ㄐㄧㄡˇ ㄏㄢ ㄦˇ ㄖㄜˋ 形容酒興正濃。

【酒花】jiǔhuā ㄐㄧㄡˇ ㄏㄨㄚ 見876頁〖啤酒花〗。

【酒會】jiǔhuì ㄐㄧㄡˇ ㄏㄨㄟˋ 形式比較簡單的宴會，用酒和點心待客，不排席次，客人到場、退場都比較自由。

【酒家】jiǔjiā ㄐㄧㄡˇ ㄐㄧㄚ 酒館，現多用做飯館名稱。

【酒漿】jiǔjiāng ㄐㄧㄡˇ ㄐㄧㄤ 〈書〉酒。

【酒精】jiǔjīng ㄐㄧㄡˇ ㄐㄧㄥ 乙醇的通稱。

【酒力】jiǔlì ㄐㄧㄡˇ ㄌㄧˋ 飲酒後，酒對人的刺激作用：不勝酒力。

【酒簾】jiǔlián ㄐㄧㄡˇ ㄌㄧㄢˊ 酒望。

【酒量】jiǔliàng ㄐㄧㄡˇ ㄌㄧㄤˋ 一次能喝多少酒的限度：酒量大｜他酒量不行，喝一口就臉紅。

【酒令】jiǔlìng ㄐㄧㄡˇ ㄌㄧㄥˋ （酒令兒）飲酒時所做的可分輸贏的遊戲，輸了的人罰飲酒：行酒令｜出個酒令兒。

【酒母】jiǔmǔ ㄐㄧㄡˇ ㄇㄨˇ 酒麯。

【酒囊飯袋】jiǔ náng fàn dài ㄐㄧㄡˇ ㄋㄤˊ ㄈㄢˋ ㄉㄞˋ 比喻無能的人。

【酒釀】jiǔniàng ㄐㄧㄡˇ ㄋㄧㄤˋ 江米酒。

【酒錢】jiǔ·qian ㄐㄧㄡˇ ·ㄑㄧㄢ 舊時給服務員或臨時服務者的小費。

【酒麴】jiǔqū ㄐㄧㄡˇ ㄑㄩ 釀酒用的麯。

【酒肉朋友】jiǔròu péngyǒu ㄐㄧㄡˇ ㄖㄡˋ ㄆㄥˊ ㄧㄡˇ 指只在一起吃喝玩樂、不幹正經事的朋友。

【酒色】jiǔsè ㄐㄧㄡˇ ㄙㄜˋ 酒和女色：沈湎酒色｜酒色之徒。

【酒食】jiǔshí ㄐㄧㄡˇ ㄕˊ 酒和飯菜。

【酒水】jiǔshuǐ ㄐㄧㄡˇ ㄕㄨㄟˇ ❶酒和汽水等飲料：餐廳備有二十多種酒水。❷〈方〉指酒席：辦了兩桌酒水。

【酒肆】jiǔsì ㄐㄧㄡˇ ㄙˋ 〈書〉酒館：茶樓酒肆。

【酒嗉子】jiǔsù·zi ㄐㄧㄡˇ ㄙㄨˋ ·ㄗ 〈方〉細而高的盛酒用的器皿，口向外張開，頸細，底大，沒有柄，多用錫或陶瓷製成。

【酒徒】jiǔtú ㄐㄧㄡˇ ㄊㄨˊ 好（hào）酒貪杯的人。

【酒望】jiǔwàng ㄐㄧㄡˇ ㄨㄤˋ 舊時酒店的幌子，用布做成。也叫酒望子、酒簾。

【酒渦】jiǔwō ㄐㄧㄡˇ ㄨㄛ 同‘酒窩’。

【酒窩】jiǔwō ㄐㄧㄡˇ ㄨㄛ （酒窩兒）笑時頰上現出的小圓窩。也作酒渦。

【酒席】jiǔxí ㄐㄧㄡˇ ㄒㄧˊ 請客或聚餐用的酒和整桌的菜。

【酒興】jiǔxìng ㄐㄧㄡˇ ㄒㄧㄥˋ 飲酒的興致：酒興正濃。

【酒藥】jiǔyào ㄐㄧㄡˇ ㄧㄠˋ 釀製黃酒或江米酒用的麯。

【酒靨】jiǔyè ㄐㄧㄡˇ ㄧㄝˋ 〈方〉酒窩。

【酒意】jiǔyì ㄐㄧㄡˇ ㄧˋ 將要醉的感覺或神情：有了幾分酒意。

【酒糟】jiǔzāo ㄐㄧㄡˇ ㄗㄠ 造酒剩下的渣滓。

【酒渣鼻】jiǔzhābí ㄐㄧㄡˇ ㄓㄚ ㄅㄧˊ 慢性皮膚病，鼻子尖出現鮮紅色斑點，逐漸變成暗紅色，鼻部結締組織增長，皮脂腺擴大，成小硬結，能擠出皮脂分泌物。也叫酒糟鼻。

【酒盅】jiǔzhōng ㄐㄧㄡˇ ㄓㄨㄥ (酒盅兒)小酒杯。也作酒鍾。

jiù (ㄐㄧㄡˋ)

臼 jiù ㄐㄧㄡˋ ❶舂米的器具，用石頭或木頭製成，中部凹下。❷形狀像臼，中間凹下的：臼齒。

【臼齒】jiùchǐ ㄐㄧㄡˋ ㄔˇ 位置在口腔後方兩側的牙齒，齒冠上有疣狀的突起，適於磨碎食物。人類的臼齒上下頜各六個。通稱槽牙。(圖見154頁'齒')

咎 jiù ㄐㄧㄡˋ ❶過失；罪過：引咎自責｜咎有應得。❷責備：既往不咎。❸〈書〉凶：休咎(吉凶)。

【咎由自取】jiù yóu zì qǔ ㄐㄧㄡˋ ㄧㄡˊ ㄗˋ ㄑㄩˇ 遭受責備、懲處或禍害是自己造成的。

疚 jiù ㄐㄧㄡˋ 〈書〉對於自己的錯誤感到內心痛苦：負疚｜內疚於心。

柩 jiù ㄐㄧㄡˋ 裝着屍體的棺材：棺柩｜靈柩。

桕 jiù ㄐㄧㄡˋ 桕樹，就是烏桕。

救(捄) jiù ㄐㄧㄡˋ ❶援助使脫離災難或危險：救命｜挽救｜營救｜搭救｜搶救｜一定要把他救出來。❷援助人、物使免於(災難、危險)：救亡｜救荒｜救災｜救急。

【救兵】jiùbīng ㄐㄧㄡˋ ㄅㄧㄥ 情況危急時來援助的軍隊：搬救兵。

【救國】jiù∥guó ㄐㄧㄡˋ∥ㄍㄨㄛˊ 拯救祖國，使免於危亡：救國救民｜抗日救國運動。

【救護】jiùhù ㄐㄧㄡˋ ㄏㄨˋ 援助傷病人員使得到適時的醫療，泛指援助有生命危險的人：救護隊｜救護車｜救護傷員。

【救荒】jiù∥huāng ㄐㄧㄡˋ∥ㄏㄨㄤ 採取措施，度過災荒：救荒作物｜救荒運動｜生產救荒。

【救火】jiù∥huǒ ㄐㄧㄡˋ∥ㄏㄨㄛˇ 在失火現場進行滅火和救護工作：救火車｜消防隊員正在救火。

【救急】jiù∥jí ㄐㄧㄡˋ∥ㄐㄧˊ 幫助解決突然發生的傷病或其他危難。

【救濟】jiùjì ㄐㄧㄡˋ ㄐㄧˋ 用金錢或物資幫助災區或生活困難的人：救濟費｜救濟糧｜救濟難民。

【救苦救難】jiù kǔ jiù nàn ㄐㄧㄡˋ ㄎㄨˇ ㄐㄧㄡˋ ㄋㄢˋ 拯救在苦難中的人。

【救命】jiù∥mìng ㄐㄧㄡˋ∥ㄇㄧㄥˋ 援助有生命危險的人：救命恩人｜治病救命。

【救生】jiùshēng ㄐㄧㄡˋ ㄕㄥ 救護生命：水上救生｜救生設備。

【救生圈】jiùshēngquān ㄐㄧㄡˋ ㄕㄥ ㄑㄩㄢ 水上救生設備的一種，通常是用軟木或其他輕質材料做成的圓環，外面包上帆布並塗上油漆。供練習游泳用的救生圈也可用橡膠製成，內充空氣，叫橡皮圈。

【救生艇】jiùshēngtǐng ㄐㄧㄡˋ ㄕㄥ ㄊㄧㄥˇ 在輪船、軍艦或港口設置的小船，用來營救水上遇難的人。

【救生衣】jiùshēngyī ㄐㄧㄡˋ ㄕㄥ ㄧ 水上救生設備的一種，通常是用布包裹軟木等輕質材料做成的背心。也叫救生服。

【救世主】Jiùshìzhǔ ㄐㄧㄡˋ ㄕˋ ㄓㄨˇ 基督教徒對耶穌的稱呼。基督教認為耶穌是上帝的兒子，降生為人，是為了拯救世人。

【救死扶傷】jiù sǐ fú shāng ㄐㄧㄡˋ ㄙˇ ㄈㄨˊ ㄕㄤ 救活將死的，照顧受傷的：救死扶傷，是醫務人員的職責。

【救亡】jiùwáng ㄐㄧㄡˋ ㄨㄤˊ 拯救祖國的危亡：救亡圖存。

【救星】jiùxīng ㄐㄧㄡˋ ㄒㄧㄥ 比喻幫助人脫離苦難的集體或個人。

【救應】jiù·ying ㄐㄧㄡˋ ·ㄧㄥ 救援；接應。

【救援】jiùyuán ㄐㄧㄡˋ ㄩㄢˊ 援救。

【救災】jiù∥zāi ㄐㄧㄡˋ∥ㄗㄞ ❶救濟受災的人民：放糧救災。❷消除災害：防洪救災。

【救治】jiùzhì ㄐㄧㄡˋ ㄓˋ 醫治使脫離危險：全力救治傷員。

【救助】jiùzhù ㄐㄧㄡˋ ㄓㄨˋ 拯救和援助。

就1 jiù ㄐㄧㄡˋ ❶湊近；靠近：遷就｜避難就易｜就着燈看書。❷到；開始從事：就位｜就業｜就寢｜就學｜就職。❸被；受：就殲｜就擒。❹完成；確定：成就｜功成業就｜生鐵鑄就的，不容易拆掉。❺趁着(當前的便利)：就便｜就近｜就手兒。❻一邊兒是菜蔬、果品等，一邊兒是主食或酒，兩者搭着吃或喝：花生仁兒就酒。❼介詞，表示動作的對象或範圍：他們就這個問題進行了討論。

就2 jiù ㄐㄧㄡˋ 副詞。❶表示在很短的時間以內：我就來｜您略候一候，飯就好了。❷表示事情發生得早或結束得早：他十五歲就參加革命了｜大風早晨就住了。❸表示前後事情緊接着：想起來就說｜卸下了行李，我們就到車間去了。❹表示在某種條件或情況下自然怎麼樣(前面常用'只要、要是、既然'等或者含有這類意思)：只要用功，就能學好｜他要是不來，我就去找他｜誰願意去，誰就去。❺表示對比起來數目大，次數多，能力強等：你們兩個小組一共才十個人，我們一個小組就十個人｜他三天才來一次，你一天就來三次｜這塊大石頭兩個人抬都沒抬起來，他一個人就把它背走了。❻放在兩個相同的成分之間，表示容忍：大點兒就大點兒吧，買下算了。❼表示原來或早已是這樣：街道本來就不寬，每逢集市更顯得擁擠了｜我就知道他會來的，今天他果然來了。❽僅僅；只：以前就他一個人知道，現在大家都知道了。❾表示堅決：我就不信我學不會｜我就做下去，看到底成不成。❿表示事實正是如此：那就是他的家｜這人就是他哥哥｜幼兒園就在這個胡同裏。

就3 jiù ㄐㄧㄡˋ 連詞，表示假設的讓步，跟'就是'[2]相同：你就送來，我也不要。

【就伴】jiù//bàn ㄐㄧㄡˋ//ㄅㄢˋ 做伴；搭伴：我想跟你就伴進城。

【就便】jiù//biàn ㄐㄧㄡˋ//ㄅㄧㄢˋ (就便兒) 順便：你上街就便把這封信發了。

【就餐】jiùcān ㄐㄧㄡˋ ㄘㄢ 到吃飯地方去吃飯：他們幾個在機關食堂就餐。

【就此】jiùcǐ ㄐㄧㄡˋ ㄘˇ 就在此地或此時：就此前往｜文章就此結束。

【就道】jiùdào ㄐㄧㄡˋ ㄉㄠˋ 〈書〉上路；動身：束裝就道｜來信催促立即就道。

【就地】jiùdì ㄐㄧㄡˋ ㄉㄧˋ 就在原處(不到別處)：就地正法｜就地取材，就地使用。

【就讀】jiùdú ㄐㄧㄡˋ ㄉㄨˊ 在某個學校讀書：早年曾就讀於清華大學。

【就範】jiùfàn ㄐㄧㄡˋ ㄈㄢˋ 聽從支配和控制：迫使就範。

【就合】jiù·he ㄐㄧㄡˋ·ㄏㄜ 〈方〉❶湊合；遷就：你別就合他｜買包方便麪，就合着吃一頓算了。❷蜷曲；不舒展。

【就殲】jiùjiān ㄐㄧㄡˋ ㄐㄧㄢ 被殲滅：殘敵全部就殲。

【就教】jiùjiào ㄐㄧㄡˋ ㄐㄧㄠˋ 請教；求教：移樽就教｜就教於專家。

【就近】jiùjìn ㄐㄧㄡˋ ㄐㄧㄣˋ 在附近(不上遠處)：蔬菜、肉類等副食品就近都可買到。

【就裏】jiùlǐ ㄐㄧㄡˋ ㄌㄧˇ 內部情況：不知就裏。

【就擒】jiùqín ㄐㄧㄡˋ ㄑㄧㄣˊ 被捉住：束手就擒。

【就寢】jiùqǐn ㄐㄧㄡˋ ㄑㄧㄣˇ 上牀睡覺：按時就寢。

【就任】jiùrèn ㄐㄧㄡˋ ㄖㄣˋ 擔任(某種職務)：就任總統。

【就是】[1] jiùshì ㄐㄧㄡˋ ㄕˋ ❶用在句末表示肯定(多加'了')：我一定辦到，你放心就是了。❷單用，表示同意：就是，就是，您的話很對。注意 其他'就'和'是'合用的情况，參看'就[2]'。

【就是】[2] jiùshì ㄐㄧㄡˋ ㄕˋ 連詞，表示假設的讓步，下半句常用'也'呼應：為了祖國，我可以獻出一切，就是生命也不吝惜｜就是在日常生活中，也需要有一定的科學知識。

【就事】jiùshì ㄐㄧㄡˋ ㄕˋ 找到職業前往任事。

【就事論事】jiù shì lùn shì ㄐㄧㄡˋ ㄕˋ ㄌㄨㄣˋ ㄕˋ 根據事情本身情況來評論是非得失。

【就勢】jiùshì ㄐㄧㄡˋ ㄕˋ 順着動作姿勢上的便利(緊接着做另一個動作)：他把鋪蓋放在地上，就勢坐在上面。

【就手】jiù//shǒu ㄐㄧㄡˋ//ㄕㄡˇ (就手兒) 順手；順便：出去就手兒把門帶上。

【就算】jiùsuàn ㄐㄧㄡˋ ㄙㄨㄢˋ 即使：就算有困難，也不會太大。

【就位】jiùwèi ㄐㄧㄡˋ ㄨㄟˋ 到自己應到的位置上：主席團就位。

【就緒】jiùxù ㄐㄧㄡˋ ㄒㄩˋ 事情安排妥當：大致就緒｜一切佈置就緒。

【就學】jiùxué ㄐㄧㄡˋ ㄒㄩㄝˊ 舊指學生到老師所在的地方去學習，今指進學校學習：就學於北京大學。

【就業】jiù//yè ㄐㄧㄡˋ//ㄧㄝˋ 得到職業；參加工作：勞動就業｜就業人數逐年增加。

【就醫】jiù//yī ㄐㄧㄡˋ//ㄧ 病人到醫生那裏請他診療：每天來門診部就醫的病人很多。

【就義】jiùyì ㄐㄧㄡˋ ㄧˋ 為正義事業而被殺害：從容就義。

【就診】jiù//zhěn ㄐㄧㄡˋ//ㄓㄣˇ 就醫。

【就正】jiùzhèng ㄐㄧㄡˋ ㄓㄥˋ 請求指正：現將拙文公開發表，以就正於讀者。

【就職】jiù//zhí ㄐㄧㄡˋ//ㄓˊ 正式到任(多指較高的職位)：就職演説｜宣誓就職。

【就中】jiùzhōng ㄐㄧㄡˋ ㄓㄨㄥ ❶居中(做某事)：就中調停。❷其中：這件事他們三個人都知道，就中老王知道得最清楚。

【就坐】jiù//zuò ㄐㄧㄡˋ//ㄗㄨㄛˋ 坐到坐位上：按順序就坐。也作就座。

廐(厩、廄) jiù ㄐㄧㄡˋ 馬棚，泛指牲口棚：廐肥。

【廐肥】jiùféi ㄐㄧㄡˋ ㄈㄟˊ 家畜的糞尿和墊圈的乾土、雜草等混在一起漚成的肥料。也叫圈(juàn)肥，有的地區叫圊(qīng)肥。

舅 jiù ㄐㄧㄡˋ ❶舅父：大舅｜二舅。❷妻的弟兄：妻舅。❸〈書〉丈夫的父親：舅姑(公公和婆婆)。

【舅父】jiùfù ㄐㄧㄡˋ ㄈㄨˋ 母親的弟兄。

【舅舅】jiù·jiu ㄐㄧㄡˋ·ㄐㄧㄡ 舅父。

【舅媽】jiùmā ㄐㄧㄡˋ ㄇㄚ 舅母。

【舅母】jiù·mu ㄐㄧㄡˋ·ㄇㄨ 舅父的妻子。

【舅嫂】jiùsǎo ㄐㄧㄡˋ ㄙㄠˇ 妻子的弟兄的妻子。

【舅子】jiù·zi ㄐㄧㄡˋ·ㄗ 妻子的弟兄：大舅子｜小舅子。

僦 jiù ㄐㄧㄡˋ 〈書〉租賃：僦屋。

舊〔舊〕(旧) jiù ㄐㄧㄡˋ ❶過去的；過時的(跟'新'相對)：舊時代｜舊經驗｜舊社會｜不要用舊腦筋對待新事物。❷因經過長時間或經過使用而變色或變形的(跟'新'相對)：舊書｜舊衣服｜窗紗舊了。❸曾經有過的；以前的：張家口是舊察哈爾省省會。❹老交情；老朋友：懷舊｜念舊｜親戚故舊。

【舊案】jiù'àn ㄐㄧㄡˋ ㄢˋ ❶歷時較久的案件：積年舊案都已經清理完畢。❷過去的條例或事例：優撫工作暫照舊案辦理。

【舊病】jiùbìng ㄐㄧㄡˋ ㄅㄧㄥˋ 歷時較久、時犯時愈的病；宿疾：舊病復發。

【舊部】jiùbù ㄐㄧㄡˋ ㄅㄨˋ 舊日的部屬。

【舊地】jiùdì ㄐㄧㄡˋ ㄉㄧˋ 曾經去過或生活過的地方：舊地重遊。

【舊調重彈】jiù diào chóng tán ㄐㄧㄡˋ ㄉㄧㄠˋ ㄔㄨㄥˊ ㄊㄢˊ 比喻把陳舊的理論、主張重新搬出來。也說老調重彈。

【舊都】jiùdū ㄐㄧㄡˋ ㄉㄨ 故都。

【舊觀】jiùguān ㄐㄧㄡˋ ㄍㄨㄢ 原來的樣子：迥非舊觀。

【舊國】jiùguó ㄐㄧㄡˋ ㄍㄨㄛˊ 舊都(古稱都城為國)。

【舊好】jiùhǎo ㄐㄧㄡˋ ㄏㄠˇ 〈書〉❶指過去的交誼：重修舊好。❷指舊交；老朋友。

【舊家】jiùjiā ㄐㄧㄡˋ ㄐㄧㄚ 〈書〉指久居某地而有聲望的人家：舊家子弟。

【舊交】jiùjiāo ㄐㄧㄡˋ ㄐㄧㄠ 老朋友。

【舊教】jiùjiào ㄐㄧㄡˋ ㄐㄧㄠˋ 16世紀歐洲宗教改革後，稱天主教為舊教。

【舊居】jiùjū ㄐㄧㄡˋ ㄐㄩ 從前居住過的住所。

【舊例】jiùlì ㄐㄧㄡˋ ㄌㄧˋ 過去的事例或條例：沿用舊例。

【舊曆】jiùlì ㄐㄧㄡˋ ㄌㄧˋ 農曆①。

【舊夢】jiùmèng ㄐㄧㄡˋ ㄇㄥˋ 比喻過去經歷過的事：重溫舊夢。

【舊年】jiùnián ㄐㄧㄡˋ ㄋㄧㄢˊ 〈方〉去年。

【舊情】jiùqíng ㄐㄧㄡˋ ㄑㄧㄥˊ 舊日的情誼：不忘舊情。

【舊日】jiùrì ㄐㄧㄡˋ ㄖˋ 過去的日子：想起舊日的情景。

【舊詩】jiùshī ㄐㄧㄡˋ ㄕ 指用文言和傳統格律寫的詩，包括古體詩和近體詩。

【舊石器時代】Jiùshíqì Shídài ㄐㄧㄡˋ ㄕˊ ㄑㄧˋ ㄕˊ ㄉㄞˋ 石器時代的早期，也是人類歷史的最古階段。這時人類使用的工具是比較粗糙的打製石器，生產上只有漁獵和採集。

【舊時】jiùshí ㄐㄧㄡˋ ㄕˊ 過去的時候；從前。

【舊式】jiùshì ㄐㄧㄡˋ ㄕˋ 舊的、過時的式樣或形式：舊式長袍｜舊式傢具｜舊式婚禮。

【舊事】jiùshì ㄐㄧㄡˋ ㄕˋ 已往的事：舊事重提。

【舊書】jiùshū ㄐㄧㄡˋ ㄕㄨ ❶破舊的書。❷古書。

【舊俗】jiùsú ㄐㄧㄡˋ ㄙㄨˊ 長期流傳下來的風俗習慣；舊有的習俗。

【舊聞】jiùwén ㄐㄧㄡˋ ㄨㄣˊ 指社會上過去發生的事情，特指掌故、逸聞、瑣事等。

【舊物】jiùwù ㄐㄧㄡˋ ㄨˋ ❶先代的遺物，特指典章文物。❷指原有的國土：光復舊物。

【舊習】jiùxí ㄐㄧㄡˋ ㄒㄧˊ 舊的習慣或習俗：舊習難改｜陳規舊習。

【舊學】jiùxué ㄐㄧㄡˋ ㄒㄩㄝˊ 指我國未受近代西方文化影響前固有的學術。

【舊業】jiùyè ㄐㄧㄡˋ ㄧㄝˋ 曾從事過的行業：重操舊業。

【舊雨】jiùyǔ ㄐㄧㄡˋ ㄩˇ 〈書〉比喻老朋友(杜甫《秋述》：'卧病長安旅次，多雨，…常時車馬之客，舊，雨來，今，雨不來。'後人就把'舊'和'雨'聯用作老朋友講)：舊雨重逢。

【舊章】jiùzhāng ㄐㄧㄡˋ ㄓㄤ 過去的典章制度；老規矩：更定舊章｜率由舊章。

【舊賬】jiùzhàng ㄐㄧㄡˋ ㄓㄤˋ 舊日欠的賬。比喻以前的過失、嫌怨等：不要算舊賬。

【舊址】jiùzhǐ ㄐㄧㄡˋ ㄓˇ 已經遷走或不存在的某個機構或建築的舊時的地址。

【舊制】jiùzhì ㄐㄧㄡˋ ㄓˋ 舊的制度。特指我國過去使用的一套計量制度。

鷲(鹫) jiù ㄐㄧㄡˋ 見262頁'雕[2]'。

·jiu (·ㄐㄧㄡ)

蹴 ·jiu ·ㄐㄧㄡ 見383頁〖圪蹴〗(gē·jiu)。另見196頁 cù。

jū (ㄐㄩ)

且 jū ㄐㄩ ❶〈書〉助詞，相當於'啊'：狂童之狂也且。❷用於人名，如范雎，也作范且。

另見928頁 qiě。

車(车) jū ㄐㄩ 象棋棋子的一種。另見136頁 chē。

苴〔苴〕 jū ㄐㄩ［苴麻］(jūmá ㄐㄩ ㄇㄚˊ)大麻的雌株，所生的花都是雌花，開花後結實。也叫種麻(zhǒngmá)。

拘 jū ㄐㄩ ❶逮捕或拘留：拘捕｜拘押。❷拘束：拘謹｜無拘無束。❸不變通：拘泥。❹限制：多少不拘｜不拘一格。

【拘板】jū·bǎn ㄐㄩ ·ㄅㄢˇ 〈方〉(舉動或談話)拘束呆板；不活潑：待人接物有些拘板｜自己人隨便談話，不必這麼拘板。

【拘捕】jūbǔ ㄐㄩ ㄅㄨˇ 逮捕。

【拘傳】jūchuán ㄐㄩ ㄔㄨㄢˊ 法院、檢察機關或公安機關對傳喚不到案的被告人，簽發拘票，強制到案。

【拘管】jūguǎn ㄐㄩ ㄍㄨㄢˇ 管束；限制：嚴加拘管。

【拘謹】jūjǐn ㄐㄩ ㄐㄧㄣˇ (言語、行動)過分謹慎；拘束：他是個拘謹的人，從不和人隨便談笑。

【拘禁】jūjìn ㄐㄩ ㄐㄧㄣˋ 把被逮捕的人暫時關起來。

【拘禮】jūlǐ ㄐㄩ ㄌㄧˇ 拘泥禮節：熟不拘禮。

【拘留】jūliú ㄐㄩ ㄌㄧㄡˊ ❶公安機關對需要受偵

查的人的一種緊急措施，把他在規定時間內暫時押起來。❷把違反治安管理的人短期關在公安機關拘留所內，是一種行政處罰。

【拘攣】jūluán ㄐㄩ ㄌㄨㄢˊ ❶肌肉收縮，不能伸展自如。❷〈書〉拘泥：拘攣章句。

【拘攣兒】jū·luanr ㄐㄩ ·ㄌㄨㄢㄦ〈方〉(手腳)凍僵，屈伸不靈。

【拘泥】jū·nì ㄐㄩ ·ㄋㄧˋ ❶固執；不知變通：拘泥成説。❷拘束；不自然：拘泥不安。

【拘票】jūpiào ㄐㄩ ㄆㄧㄠˋ 法院、檢察機關或公安機關簽發的強制被告或有關人到案的憑證。

【拘牽】jūqiān ㄐㄩ ㄑㄧㄢ〈書〉束縛：拘牽於成規。

【拘束】jūshù ㄐㄩ ㄕㄨˋ ❶對人的言語行動加以不必要的限制；過分約束：不要拘束孩子的正當活動。❷過分約束自己，顯得不自然：她見了生人，顯得有點拘束。

【拘押】jūyā ㄐㄩ ㄧㄚ 拘禁。

【拘役】jūyì ㄐㄩ ㄧˋ 一種短期剝奪犯人自由並使其服勞役的刑罰。

【拘囿】jūyòu ㄐㄩ ㄧㄡˋ 拘泥；局限：不為舊説拘囿。

【拘執】jūzhí ㄐㄩ ㄓˊ 拘泥：這些事兒可以變通着辦，不要過於拘執。

狙 jū ㄐㄩ ❶古書裏指一種猴子。❷〈書〉窺伺：狙擊。

【狙擊】jūjī ㄐㄩ ㄐㄧ 埋伏在隱蔽地點伺機襲擊敵人：狙擊手。

泃 Jū ㄐㄩ 泃河，水名，在河北。

居 jū ㄐㄩ ❶住：居民｜分居。❷住的地方；住所：遷居｜民居｜故居。❸在(某種位置)：居左｜居首。❹當；任：居功｜以專家自居。❺積蓄；存：居積｜奇貨可居。❻〈書〉停留；固定：變動不居｜歲月不居。❼用作某些商店的名稱(多為飯館)：同和居｜沙鍋居。❽(Jū)姓。

【居安思危】jū ān sī wēi ㄐㄩ ㄢ ㄙ ㄨㄟ 處在安定的環境而想到可能會出現的危難。

【居多】jūduō ㄐㄩ ㄉㄨㄛ 佔多數：他的文章，關於文藝理論方面的居多。

【居高臨下】jū gāo lín xià ㄐㄩ ㄍㄠ ㄌㄧㄣˊ ㄒㄧㄚˋ 處在高處，俯視下面。形容處於有利的地位。

【居功】jūgōng ㄐㄩ ㄍㄨㄥ 認為某件事情的成功是由於自己的力量；自認為有功勞：居功自傲。

【居積】jūjī ㄐㄩ ㄐㄧ〈書〉積纍(財物)；囤積：不善居積｜居積致富。

【居家】jūjiā ㄐㄩ ㄐㄧㄚ 住在家裏：居家過日子。

【居間】jūjiān ㄐㄩ ㄐㄧㄢ 在雙方中間(説合、調解)：居間調停。

【居留】jūliú ㄐㄩ ㄌㄧㄡˊ 停留居住：居留證｜居留權｜他在外國居留了五年。

【居留權】jūliúquán ㄐㄩ ㄌㄧㄡˊ ㄑㄩㄢˊ 一國政府根據本國法律規定給予外國人的在本國居留的權利。

【居民】jūmín ㄐㄩ ㄇㄧㄣˊ 固定住在某一地方的人：街道居民｜城鎮居民。

【居民點】jūmíndiǎn ㄐㄩ ㄇㄧㄣˊ ㄉㄧㄢˇ 居民集中居住的地方。

【居奇】jūqí ㄐㄩ ㄑㄧˊ 看成是很少有的奇貨，留着賣大價錢：囤積居奇。

【居然】jūrán ㄐㄩ ㄖㄢˊ 副詞。❶表示出乎意料；竟然：我真沒想到他居然會做出這種事來。❷〈書〉表示明白清楚；顯然：居然可知。

【居喪】jūsāng ㄐㄩ ㄙㄤ〈書〉守孝。

【居士】jūshì ㄐㄩ ㄕˋ 不出家的信佛的人。

【居室】jūshì ㄐㄩ ㄕˋ 居住的房間：這套房有三居室，還有一個過廳。

【居所】jūsuǒ ㄐㄩ ㄙㄨㄛˇ 居住的處所；住所：居所狹小。

【居停】jūtíng ㄐㄩ ㄊㄧㄥˊ ❶停留下來住下。❷〈書〉寄居之處的主人(原稱'居停主人'，後來簡省為'居停')。

【居心】jū∥xīn ㄐㄩ∥ㄒㄧㄣ 懷着某種念頭(多用於貶義)：居心不善｜是何居心？

【居心叵測】jū xīn pǒ cè ㄐㄩ ㄒㄧㄣ ㄆㄛˇ ㄘㄜˋ 存心險惡，不可推測。

【居於】jūyú ㄐㄩ ㄩˊ 處在(某個地位)：居於領導地位｜該省糧食產量居於全國之首。

【居中】jūzhōng ㄐㄩ ㄓㄨㄥ ❶在中間；居間：居中調停｜居中斡旋。❷當中：兩旁是對聯，居中是一幅山水畫。

【居住】jūzhù ㄐㄩ ㄓㄨˋ 較長時期地住在一個地方：他家一直居住在北京。

挶 jū ㄐㄩ〈書〉❶抬土的器具。❷握持。

罝 jū ㄐㄩ〈書〉捉兔子的網。泛指捕野獸的網。

俱 Jū ㄐㄩ 姓。
另見623頁 jù。

疽 jū ㄐㄩ 中醫指局部皮膚腫脹堅硬而皮色不變的毒瘡。

掬(匊) jū ㄐㄩ 兩手捧(東西)：掬水◇笑容可掬(笑容露出來，好像可以用手捧住，形容笑得明顯)｜憨態可掬。

据 jū ㄐㄩ 見587頁[拮据]。
另見624頁 jù'據'。

椐 jū ㄐㄩ〈書〉走山路乘坐的東西。

琚 jū ㄐㄩ ❶古人佩帶的一種玉。❷(Jū)姓。

趄 jū ㄐㄩ 見1511頁[趑趄]。
另見929頁 qiè。

椐 jū ㄐㄩ 古書上説的一種小樹，枝節腫大，可以做拐杖。

跔 jū ㄐㄩ 〈書〉腿腳因寒冷而痙攣。

腒 jū ㄐㄩ 〈書〉乾醃的鳥肉。

雎 jū ㄐㄩ 用於古人名，如范雎、唐雎，都是戰國時人。

【雎鳩】jūjiū ㄐㄩ ㄐㄧㄡ 古書上說的一種鳥。

裾 jū ㄐㄩ 〈書〉❶衣服的大襟。❷衣服的前後部分。

駒（驹） jū ㄐㄩ ❶少壯的馬：千里駒。❷(駒兒)駒子：小驢駒兒。

【駒子】jū·zi ㄐㄩ·ㄗ 初生或不滿一歲的騾、馬、驢：馬駒子。

鋦（锔、鋸） jū ㄐㄩ 用鋦子連合破裂的陶瓷器等：鋦盆｜鋦缸｜鋦鍋｜鋦碗兒的。

另見621頁 jú。'鋸'另見624頁 jù。

【鋦子】jū·zi ㄐㄩ·ㄗ 用銅或鐵打成的扁平的兩腳釘，用來連接破裂的陶瓷等器物。

鮈（鮈） jū ㄐㄩ 魚類的一屬，身體小，側扁或圓筒形，有鬚一對，背鰭一般沒有硬棘。生活在溫帶淡水中。

鞠1 jū ㄐㄩ ❶〈書〉撫養；養育：鞠養｜鞠育。❷〈書〉彎曲：鞠躬。❸(Jū)姓。

鞠2 jū ㄐㄩ 古代的一種球：蹴鞠。

【鞠躬】jū//gōng ㄐㄩ//ㄍㄨㄥ 彎身行禮：鞠躬道謝｜行了個鞠躬禮｜深深地鞠個躬。

【鞠躬】jūgōng ㄐㄩ ㄍㄨㄥ 〈書〉小心謹慎的樣子：鞠躬如也｜鞠躬盡瘁。

【鞠躬盡瘁】jūgōng jìn cuì ㄐㄩ ㄍㄨㄥ ㄐㄧㄣˋ ㄘㄨㄟˋ 《三國志·蜀志·諸葛亮傳》註引《漢晉春秋》諸葛亮表：'鞠躬盡力，死而後已'('力'選本多作'瘁')。指小心謹慎，貢獻出全部精力。

【鞠養】jūyǎng ㄐㄩ ㄧㄤˇ 〈書〉撫養；養育：鞠養之恩。

掬 jū ㄐㄩ 〈書〉用斗、勺等舀取。

鞫 jū ㄐㄩ 〈書〉審問：鞫問｜鞫訊｜鞫審。

jú（ㄐㄩˊ）

局1 jú ㄐㄩˊ ❶棋盤：棋局。❷下棋或其他比賽一次叫一局：下了一局棋｜打了個平局。❸形勢；情況；處境：結局｜戰局｜顧全大局｜當局者迷。❹人的器量：局量｜器局｜局度。❺稱某些聚會：飯局｜賭局。❻圈套：騙局。❼拘束：局促｜局限。

局2 jú ㄐㄩˊ ❶部分：局部。❷機關組織系統中按業務劃分的單位(一般比部小，比處大)：冶金局｜商業局。❸辦理某些業務的機構：郵局｜電話局。❹某些商店的名稱：書局。

【局部】júbù ㄐㄩˊ ㄅㄨˋ 一部分；非全體：局部麻醉｜局部地區有小陣雨。

【局促】júcù ㄐㄩˊ ㄘㄨˋ ❶狹小：房間太局促，走動不便。❷〈方〉(時間)短促：三天太局促，恐怕辦不成。❸拘謹不自然：局促不安。‖也作侷促、跼促。

【局度】júdù ㄐㄩˊ ㄉㄨˋ 〈書〉氣度。

【局蹐】jújí ㄐㄩˊ ㄐㄧˊ 同'跼蹐'。

【局量】júliàng ㄐㄩˊ ㄌㄧㄤˋ 〈書〉器量；氣度。

【局面】júmiàn ㄐㄩˊ ㄇㄧㄢˋ ❶一個時期內事情的狀態：穩定的局面｜生動活潑的政治局面。❷〈方〉規模：這家商店局面雖不大，貨色倒齊全。

【局內人】júnèirén ㄐㄩˊ ㄋㄟˋ ㄖㄣˊ 原指參加下棋的人，泛指參與其事的人：此事非局內人不得而知。也說局中人。

【局騙】júpiàn ㄐㄩˊ ㄆㄧㄢˋ 設圈套騙人：局騙財物。

【局勢】júshì ㄐㄩˊ ㄕˋ (政治、軍事等)一個時期內的發展情況：局勢平穩｜局勢越來越嚴重。

【局外】júwài ㄐㄩˊ ㄨㄞˋ 棋局之外，指與某事無關：局外人｜置身局外。

【局外人】júwàirén ㄐㄩˊ ㄨㄞˋ ㄖㄣˊ 指與某事無關的人：局外人不得而知。

【局限】júxiàn ㄐㄩˊ ㄒㄧㄢˋ 限制在某個範圍內：局限性｜提倡艱苦樸素，不能只局限在生活問題上。

【局子】jú·zi ㄐㄩˊ·ㄗ ❶舊時指警察局，現指公安局。❷指鏢局、拳局等。❸圈套(多見於早期白話)。

侷 jú ㄐㄩˊ ［侷促］(júcù ㄐㄩˊ ㄘㄨˋ)同'局促'。

桔 jú ㄐㄩˊ '橘'俗作'桔'。

另見587頁 jié。

菊〔蘜〕 jú ㄐㄩˊ ❶菊花：墨菊｜賞菊。❷(Jú)姓。

【菊花】júhuā ㄐㄩˊ ㄏㄨㄚ ❶多年生草本植物，葉子有柄，卵形，邊緣有缺刻或鋸齒。秋季開花。經人工培育，品種很多，顏色、形狀和大小變化很大。是觀賞植物。有的品種可入藥。❷這種植物的花。

【菊壇】játán ㄐㄩˊ ㄊㄢˊ 指戲曲界；梨園(多指京劇界)。

焗 jú ㄐㄩˊ 〈方〉❶烹調方法，利用蒸汽使密閉容器中的食物變熟：鹽焗雞。❷因空氣不流通或氣溫高濕度大而感到憋悶。

湨 Jú ㄐㄩˊ 湨水，水名，在河南。

跼 jú ㄐㄩˊ 〈書〉腰背彎曲。

【跼促】júcù ㄐㄩˊ ㄘㄨˋ 同'局促'。

【跼蹐】jújí ㄐㄩˊ ㄐㄧˊ 〈書〉❶形容畏縮不安。❷

狹隘；不舒展。‖也作局蹐。

鋦（锔）jú ㄐㄩˊ 金屬元素，符號Cm（curium）。銀白色，有放射性，由人工核反應獲得。人造衛星和宇宙飛船上用它作熱電源。

另見620頁jū。

橘 jú ㄐㄩˊ ❶橘子樹，常綠喬木，樹枝細，通常有刺，葉子長卵圓形，果實球形稍扁，果皮紅黃色，果肉多汁，味道甜。果皮、種子、樹葉等中醫都入藥。❷這種植物的果實：蜜橘。

【橘柑】júgān ㄐㄩˊ ㄍㄢ 〈方〉橘子。

【橘紅】júhóng ㄐㄩˊ ㄏㄨㄥˊ ❶中醫指柑橘類乾燥的外果皮，可入藥。❷像紅色橘子皮那樣的顏色。

【橘黃】júhuáng ㄐㄩˊ ㄏㄨㄤˊ 比黃色略深像橘子皮的顏色。

【橘絡】júluò ㄐㄩˊ ㄌㄨㄛˋ 橘皮和橘瓣中間的網絡形的纖維。中醫入藥。

【橘子】jú·zi ㄐㄩˊ·ㄗ ❶橘子樹。❷橘子樹的果實。

鶪（䴗）jú ㄐㄩˊ 古書上指伯勞。

jǔ（ㄐㄩˇ）

弆 jǔ ㄐㄩˇ〈書〉收藏；保藏：藏弆。

柜 jǔ ㄐㄩˇ［柜柳］（jǔliǔ ㄐㄩˇ ㄌㄧㄡˇ）見1405頁〖元寶楓〗。

另見434頁guì‘櫃’。

咀 jǔ ㄐㄩˇ 嚼：含英咀華（比喻琢磨和領會文章的要點）。

另見1528頁zuǐ。

【咀嚼】jǔjué ㄐㄩˇ ㄐㄩㄝˊ ❶用牙齒磨碎食物。❷比喻對事物反復體會：詩句的意境，耐人咀嚼。

沮 jǔ ㄐㄩˇ ❶〈書〉阻止：沮其成行。❷（氣色）敗壞：沮喪。

另見623頁jù。

【沮遏】jǔ'è ㄐㄩˇ ㄜˋ 〈書〉阻止。

【沮喪】jǔsàng ㄐㄩˇ ㄙㄤˋ ❶灰心失望：神情沮喪。❷使灰心失望：沮喪敵人的精神。

枸 jǔ ㄐㄩˇ ［枸櫞］（jǔyuán ㄐㄩˇ ㄩㄢˊ）香櫞。

另見403頁gōu；404頁gǒu。

莒〔莒〕Jǔ ㄐㄩˇ 莒縣，地名，在山東。

矩（榘）jǔ ㄐㄩˇ ❶畫直角或正方形、矩形用的曲尺：矩尺。❷法度；規則：循規蹈矩。

【矩尺】jǔchǐ ㄐㄩˇ ㄔˇ 見946頁〖曲尺〗。

【矩形】jǔxíng ㄐㄩˇ ㄒㄧㄥˊ 對邊相等（通常鄰邊不相等），四個角都是直角的四邊形。也叫長方形。

【矩矱】jǔyuē ㄐㄩˇ ㄩㄝ 〈書〉規矩；法度。

椇 jǔ ㄐㄩˇ ❶見1472頁〖枳椇〗（zhǐjǔ）。❷古代祭祀用的架子，用來放置宰殺的牲口。

蒟〔蒟〕jǔ ㄐㄩˇ 見下。

【蒟醬】jǔjiàng ㄐㄩˇ ㄐㄧㄤˋ ❶見745頁〖蔞葉〗。❷用蔞葉果實做的醬，有辣味，供食用。

【蒟蒻】jǔruò ㄐㄩˇ ㄖㄨㄛˋ 見813頁〖魔芋〗。

筥 jǔ ㄐㄩˇ 〈書〉圓形的竹筐。

鉏（钽）jǔ ㄐㄩˇ ［鉏鋙］（jǔyǔ ㄐㄩˇ ㄩˇ）〈書〉同‘齟齬’。

另見171頁chú。

踽 jǔ ㄐㄩˇ ［踽踽］〈書〉形容一個人走路孤零零的樣子：踽踽獨行。

舉（举、擧）jǔ ㄐㄩˇ ❶往上托；往上伸：舉重｜舉手｜高舉着紅旗。❷舉動：義舉｜壯舉｜一舉一動｜一舉兩得。❸興起；起：舉義｜舉兵｜舉火。❹〈書〉生（孩子）：舉一男。❺推選；選舉：推舉｜舉代表｜公舉他做學習組長。❻舉人的簡稱：中舉｜武舉。❼提出：舉例｜列舉。❽〈書〉全：舉座｜舉家南遷｜舉國歡騰｜舉世聞名。

【舉哀】jǔ'āi ㄐㄩˇ ㄞ 喪禮用語，指高聲號哭。

【舉案齊眉】jǔ àn qí méi ㄐㄩˇ ㄢˋ ㄑㄧˊ ㄇㄟˊ 後漢梁鴻的妻子孟光給丈夫送飯時，總是把端飯的盤子舉得高高的（見於《後漢書·梁鴻傳》）。後人用來形容夫妻相敬。

【舉辦】jǔbàn ㄐㄩˇ ㄅㄢˋ 舉行（活動）；辦理（事業）：舉辦展覽會｜舉辦學術講座｜舉辦訓練班｜舉辦群眾福利事業。

【舉報】jǔbào ㄐㄩˇ ㄅㄠˋ 向有關單位檢舉報告（壞人壞事）：舉報違法犯罪行為。

【舉步】jǔbù ㄐㄩˇ ㄅㄨˋ〈書〉邁步：舉步維艱。

【舉措】jǔcuò ㄐㄩˇ ㄘㄨㄛˋ 舉動；措施：舉措失當｜新舉措。

【舉動】jǔdòng ㄐㄩˇ ㄉㄨㄥˋ 動作；行動：舉動緩慢｜近來他有甚麼新的舉動？

【舉發】jǔfā ㄐㄩˇ ㄈㄚ 檢舉；揭發（壞人、壞事）。

【舉凡】jǔfán ㄐㄩˇ ㄈㄢˊ 〈書〉凡是（下文大多列舉）：戲曲表演的手法，內容非常豐富，舉凡喜、怒、哀、樂、驚、恐、愁、急等感情的流露，全都提煉出一套完整的程式。

【舉國】jǔguó ㄐㄩˇ ㄍㄨㄛˊ 整個國家；全國：舉國歡騰｜舉國一致｜舉國上下。

【舉火】jǔhuǒ ㄐㄩˇ ㄏㄨㄛˇ 〈書〉❶點火：舉火為號。❷專指生火做飯。

【舉架】jǔjià ㄐㄩˇ ㄐㄧㄚˋ 〈方〉指房屋的高度：這

間房子舉架矮。

【舉薦】jǔjiàn ㄐㄩˇ ㄐㄧㄢˋ 推薦(人)：舉薦德才兼備的人來校任教。

【舉例】jǔ//lì ㄐㄩˇ//ㄌㄧˋ 提出例子來：舉例說明。

【舉目】jǔmù ㄐㄩˇ ㄇㄨˋ 抬起眼睛(看)：舉目遠眺｜舉目無親。

【舉棋不定】jǔ qí bù dìng ㄐㄩˇ ㄑㄧˊ ㄅㄨˋ ㄉㄧㄥˋ 比喻做事猶豫不決(棋：棋子)。

【舉人】jǔrén ㄐㄩˇ ㄖㄣˊ 明清兩代稱鄉試考取的人。

【舉世】jǔshì ㄐㄩˇ ㄕˋ 整個世間；全世界：舉世聞名｜舉世矚目｜舉世無雙。

【舉事】jǔshì ㄐㄩˇ ㄕˋ 〈書〉發動武裝暴動。

【舉手之勞】jǔ shǒu zhī láo ㄐㄩˇ ㄕㄡˇ ㄓ ㄌㄠˊ 形容事情很容易辦到；不費事。

【舉行】jǔxíng ㄐㄩˇ ㄒㄧㄥˊ 進行(集會、比賽等)：舉行會談｜舉行球賽｜展覽會在文化宮舉行。

【舉要】jǔ//yào ㄐㄩˇ//ㄧㄠˋ 列舉大要，多用做書名，如《唐宋文舉要》。

【舉一反三】jǔ yī fǎn sān ㄐㄩˇ ㄧ ㄈㄢˇ ㄙㄢ 從一件事情類推而知道許多事情。

【舉債】jǔzhài ㄐㄩˇ ㄓㄞˋ 〈書〉借債：舉債度日。

【舉止】jǔzhǐ ㄐㄩˇ ㄓˇ 指姿態和風度；舉動：舉止大方｜言談舉止。

【舉重】jǔzhòng ㄐㄩˇ ㄓㄨㄥˋ 體育運動項目之一。運動員以抓舉、挺舉兩種舉法舉起杠鈴。

【舉足輕重】jǔ zú qīng zhòng ㄐㄩˇ ㄗㄨˊ ㄑㄧㄥ ㄓㄨㄥˋ 所處地位重要，一舉一動都關係到全局。

櫸(榉) jǔ ㄐㄩˇ 見998頁〖山毛櫸〗。

齟(龃) jǔ ㄐㄩˇ ［齟齬］(jǔyǔ ㄐㄩˇ ㄩˇ)〈書〉上下牙齒不齊。比喻意見不合：雙方發生齟齬。也作鉏鋙。

jù (ㄐㄩˋ)

巨(❶鉅) jù ㄐㄩˋ ❶大；很大：巨款｜巨輪｜巨幅畫像｜為數甚巨。❷(Jù)姓。

【巨變】jùbiàn ㄐㄩˋ ㄅㄧㄢˋ 巨大的變化：這幾年家鄉的面貌發生了巨變。

【巨擘】jùbò ㄐㄩˋ ㄅㄛˋ 〈書〉大拇指，比喻在某一方面居於首位的人物：醫界巨擘。

【巨大】jùdà ㄐㄩˋ ㄉㄚˋ (規模、數量等)很大：耗資巨大｜巨大的工程｜巨大的成就。

【巨額】jù'é ㄐㄩˋ ㄜˊ 很大的數量(指錢財)：巨額貸款｜巨額資金｜為國家創造了巨額財富。

【巨匠】jùjiàng ㄐㄩˋ ㄐㄧㄤˋ 泛稱在科學或文學藝術上有極大成就的人：文壇巨匠。

【巨流】jùliú ㄐㄩˋ ㄌㄧㄡˊ 巨大的水流，比喻巨大的時代潮流：歷史巨流。

【巨輪】jùlún ㄐㄩˋ ㄌㄨㄣˊ ❶巨大的車輪，多用於比喻：歷史的巨輪滾滾向前。❷載重量很大的輪船：萬噸巨輪。

【巨人】jùrén ㄐㄩˋ ㄖㄣˊ ❶身材高大異於常人的人。❷童話裏指比一般人高大，而往往有神力的人物。❸比喻有巨大影響和貢獻的人物：一代巨人。

【巨頭】jùtóu ㄐㄩˋ ㄊㄡˊ 政治、經濟界等有較大勢力的頭目：金融巨頭。

【巨萬】jùwàn ㄐㄩˋ ㄨㄢˋ 形容錢財數目極大：家私巨萬｜耗資巨萬。

【巨細】jùxì ㄐㄩˋ ㄒㄧˋ 大的和小的(事情)：事無巨細｜巨細畢究。

【巨蟹座】jùxièzuò ㄐㄩˋ ㄒㄧㄝˋ ㄗㄨㄛˋ 黃道十二星座之一。參看505頁〖黃道十二宮〗。

【巨星】jùxīng ㄐㄩˋ ㄒㄧㄥ ❶天文學上指光度大、體積大、密度小的恒星。❷比喻杰出的人：影壇巨星｜巨星隕落。

【巨眼】jùyǎn ㄐㄩˋ ㄧㄢˇ 〈書〉指見識多，善於鑒別：巨眼識人。

【巨製】jùzhì ㄐㄩˋ ㄓˋ 指偉大的作品，也指規模大的作品：鴻篇巨製。

【巨著】jùzhù ㄐㄩˋ ㄓㄨˋ 篇幅長或內容精深的著作。

【巨子】jùzǐ ㄐㄩˋ ㄗˇ 在某方面卓有成就、有聲望的人物：文壇巨子｜實業界巨子。

句 jù ㄐㄩˋ ❶句子：語句｜詞句｜造句。❷量詞，用於語言：三句話不離本行｜寫了兩句詩。

另見402頁 gōu。

【句點】jùdiǎn ㄐㄩˋ ㄉㄧㄢˇ 句號。

【句讀】jùdòu ㄐㄩˋ ㄉㄡˋ 古時稱文詞停頓的地方叫句或讀(dòu)。連稱句讀時，句是語意完整的一小段，讀是句中語意未完，語氣可停的更小的段落。

【句法】jùfǎ ㄐㄩˋ ㄈㄚˇ ❶句子的結構方式：這兩句詩的句法很特別。❷語法學中研究詞組和句子的組織的部分。

【句號】jùhào ㄐㄩˋ ㄏㄠˋ 標點符號(。)，表示一個陳述句完了。

【句子】jù·zi ㄐㄩˋ ·ㄗ 用詞和詞組構成的、能夠表達完整的意思的語言單位。每個句子都有一定的語調，表示陳述、疑問、祈使或感嘆的語氣。在連續說話時，句子和句子中間有一個較大的停頓。在書面上每個句子的末尾用句號、問號或嘆號。

【句子成分】jù·zi chéngfèn ㄐㄩˋ ·ㄗ ㄔㄥˊ ㄈㄣˋ 句子的組成部分，包括主語、謂語、賓語、補語、定語、狀語六種。

拒 jù ㄐㄩˋ ❶抵抗；抵擋：抗拒｜拒敵。❷拒絕：來者不拒｜拒不執行｜拒諫飾非。

【拒捕】jùbǔ ㄐㄩˋ ㄅㄨˇ (罪犯)抗拒逮捕。

【拒諫飾非】jù jiàn shì fēi ㄐㄩˋ ㄐㄧㄢˋ ㄕˋ ㄈㄟ 拒絕別人的規勸，掩飾自己的錯誤。

【拒絕】jùjué ㄐㄩˋ ㄐㄩㄝˊ 不接受（請求、意見或贈禮等）：拒絕誘惑｜拒絕賄賂｜無理要求遭到拒絕。

【拒聘】jùpìn ㄐㄩˋ ㄆㄧㄣˋ 拒絕接受聘請。

苣〔苣〕 jù ㄐㄩˋ 見1200頁〖萵苣〗。另見950頁 qǔ。

具1 jù ㄐㄩˋ ❶用具：農具｜文具｜傢具｜雨具｜臥具｜餐具。❷〈書〉才幹；才能：才具｜干城之具。❸〈書〉量詞，用於棺材、屍體和某些器物：座鐘一具。

具2 jù ㄐㄩˋ ❶具有：具備｜初具規模｜略具輪廓。❷〈書〉備；辦：具呈｜具結｜敬具菲酌。❸〈書〉陳述；寫出：具名｜條具時弊。

【具保】jùbǎo ㄐㄩˋ ㄅㄠˇ 指找人擔保：具保釋放。

【具備】jùbèi ㄐㄩˋ ㄅㄟˋ 具有；齊備：具備條件｜青年必須具備建設祖國和保衞祖國的雙重本領。

【具結】jù∥jié ㄐㄩˋ∥ㄐㄧㄝˊ 舊時對官署提出表示負責的文件：具結完案｜具結領回失物。

【具名】jù∥míng ㄐㄩˋ∥ㄇㄧㄥˊ 在文件上署名：由雙方共同具名。

【具體】jùtǐ ㄐㄩˋ ㄊㄧˇ ❶細節方面很明確的；不抽象的；不籠統的：具體化｜具體計劃｜深入群眾，具體地了解情況｜事件的經過，他談得非常具體。❷特定的：具體的人｜你擔任甚麼具體工作？❸把理論或原則結合到特定的人或事物上（後面帶'到'）：貫徹增產節約的方針具體到我們這個單位，應該採取下列各種有效措施。

【具體而微】jù tǐ ér wēi ㄐㄩˋ ㄊㄧˇ ㄦˊ ㄨㄟ 內容大體具備而形狀或規模較小。

【具體勞動】jùtǐ láodòng ㄐㄩˋ ㄊㄧˇ ㄌㄠˊ ㄉㄨㄥˋ 按一定形式和目的創造使用價值的勞動，如木工做傢具，紡織工人紡紗織布等（跟'抽象勞動'相對）。

【具文】jùwén ㄐㄩˋ ㄨㄣˊ 指徒有形式而無實際作用的規章制度：一紙具文。

【具有】jùyǒu ㄐㄩˋ ㄧㄡˇ 有（多用於抽象事物）：具有信心｜具有偉大的意義。

沮 jù ㄐㄩˋ 〔沮洳〕(jùrù ㄐㄩˋ ㄖㄨˋ) 由腐爛植物埋在地下而形成的泥沼。另見621頁 jǔ。

炬 jù ㄐㄩˋ 火把：火炬｜目光如炬。

秬 jù ㄐㄩˋ 〈書〉黑黍子。

俱 jù ㄐㄩˋ 〈書〉全；都：百廢俱興｜面面俱到。另見619頁 Jū。

【俱樂部】jùlèbù ㄐㄩˋ ㄌㄜˋ ㄅㄨˋ 進行社會、文化、藝術、娛樂等活動的團體和場所。［日，從英 club］

【俱全】jùquán ㄐㄩˋ ㄑㄩㄢˊ 齊全；完備：一應俱全｜樣樣俱全｜麻雀雖小，五臟俱全。

倨 jù ㄐㄩˋ 〈書〉傲慢：前倨後恭。

【倨傲】jù'ào ㄐㄩˋ ㄠˋ 驕傲；傲慢：倨傲無禮｜此人態度倨傲，大家都不理他。

粔 jù ㄐㄩˋ 〔粔籹〕(jùnǔ ㄐㄩˋ ㄋㄩˇ) 古代一種用油炸或煎的麵食。

距1 jù ㄐㄩˋ 距離：行(háng)距｜株距｜兩地相距不遠｜距今已有十年。

距2 jù ㄐㄩˋ 雄雞、雉等的腿的後面突出像腳趾的部分。

【距離】jùlí ㄐㄩˋ ㄌㄧˊ ❶在空間或時間上相隔：天津距離北京約有一百二十公里｜現在距離唐代已經有一千多年。❷相隔的長度：等距離｜拉開一定的距離◇他的看法和你有距離。

椇 jù ㄐㄩˋ 牽引犁，耙等農具的畜力單位，能拉動一種農具的畜力叫一椇，有時是一頭牲口，有時是兩頭或兩頭以上。

詎(讵) jù ㄐㄩˋ 〈書〉豈，表示反問：詎料突然生變｜詎知天氣驟寒。

鉅1(钜) jù ㄐㄩˋ 〈書〉❶硬鐵。❷鈎子。

鉅2(钜) jù ㄐㄩˋ 同'巨'①。

聚 jù ㄐㄩˋ 聚集：聚會｜聚沙成塔｜大家聚在一起商量商量｜明天星期日，咱們找個地方聚聚。

【聚寶盆】jùbǎopén ㄐㄩˋ ㄅㄠˇ ㄆㄣˊ 傳說中裝滿金銀珠寶而且取之不盡的盆，比喻資源豐富的地方。

【聚變】jùbiàn ㄐㄩˋ ㄅㄧㄢˋ 見962頁〖熱核反應〗。

【聚餐】jù∥cān ㄐㄩˋ∥ㄘㄢ 為了慶祝或聯歡大家在一起吃飯。

【聚光燈】jùguāngdēng ㄐㄩˋ ㄍㄨㄤ ㄉㄥ 裝有凸透鏡，可以調節光束焦點的燈。用於舞台或攝影等的照明。

【聚光鏡】jùguāngjìng ㄐㄩˋ ㄍㄨㄤ ㄐㄧㄥˋ ❶使光綫聚成光束的凸透鏡。❷使平行光綫聚焦的凹面鏡。

【聚合】jùhé ㄐㄩˋ ㄏㄜˊ ❶聚集到一起。❷指單體合成變為分子量較大的化合物。生成的高分子化合物叫聚合物。參看1100頁〖縮聚〗。

【聚合果】jùhéguǒ ㄐㄩˋ ㄏㄜˊ ㄍㄨㄛˇ 果實的一類，由一朵花內聚生的多個成熟子房和花托聯合發育而成。如草莓、蓮、八角等的果實。也叫聚生果。

【聚花果】jùhuāguǒ ㄐㄩˋ ㄏㄨㄚ ㄍㄨㄛˇ 複果。

【聚會】jùhuì ㄐㄩˋ ㄏㄨㄟˋ ❶(人)會合；聚集：

老同學聚會在一起很不容易。❷指聚會的事：明天有個聚會，你參加不參加？
【聚積】jùjī ㄐㄩˋ ㄐㄧ 一點一滴地湊集；積聚。
【聚集】jùjí ㄐㄩˋ ㄐㄧˊ 集合；湊在一起：聚集力量｜聚集資金｜廣場上聚集了很多人。
【聚殲】jùjiān ㄐㄩˋ ㄐㄧㄢ 把敵人包圍起來消滅。
【聚焦】jùjiāo ㄐㄩˋ ㄐㄧㄠ 使光或電子束等聚集於一點：聚焦成像。
【聚精會神】jù jīng huì shén ㄐㄩˋ ㄐㄧㄥ ㄏㄨㄟˋ ㄕㄣˊ 集中精神；集中注意力：同學們聚精會神地聽老師講解。
【聚居】jùjū ㄐㄩˋ ㄐㄩ 集中地居住在某一區域：少數民族聚居的地方。
【聚斂】jùliǎn ㄐㄩˋ ㄌㄧㄢˇ 重稅搜刮(民財)。
【聚攏】jùlǒng ㄐㄩˋ ㄌㄨㄥˇ 聚集。
【聚落】jùluò ㄐㄩˋ ㄌㄨㄛˋ 人聚居的地方；村落：原始聚落。
【聚齊】jù∥qí ㄐㄩˋ∥ㄑㄧˊ (在約定地點)集合：參觀的人八時在展覽館門口聚齊。
【聚沙成塔】jù shā chéng tǎ ㄐㄩˋ ㄕㄚ ㄔㄥˊ ㄊㄚˇ 比喻積少成多。
【聚生】jùshēng ㄐㄩˋ ㄕㄥ 聚集在一起生長：草莓和蓮的果實都是聚生的。
【聚首】jùshǒu ㄐㄩˋ ㄕㄡˇ 〈書〉聚會：聚首一堂。
【聚珍版】jùzhēnbǎn ㄐㄩˋ ㄓㄣ ㄅㄢˇ 清代乾隆三十八年(1773年)用活字版印《四庫全書》裏一部分善本書，這種版本稱為聚珍版。
【聚眾】jùzhòng ㄐㄩˋ ㄓㄨㄥˋ 糾集一夥人：聚眾鬧事。

虡(簴) jù ㄐㄩˋ 古代懸挂鐘或磬的架子兩旁的柱子。

劇[1](剧) jù ㄐㄩˋ ❶戲劇：演劇｜話劇｜獨幕劇◇慘劇｜醜劇。❷(Jù)姓。

劇[2](剧) jù ㄐㄩˋ 猛烈；厲害：劇烈｜劇痛｜劇飲｜劇變｜病勢加劇。
【劇本】jùběn ㄐㄩˋ ㄅㄣˇ 戲劇作品，由人物對話或唱詞以及舞台指示組成。
【劇變】jùbiàn ㄐㄩˋ ㄅㄧㄢˋ 劇烈的變化：形勢發生劇變。
【劇場】jùchǎng ㄐㄩˋ ㄔㄤˇ 供演出戲劇、歌舞、曲藝等用的場所。
【劇烈】jùliè ㄐㄩˋ ㄌㄧㄝˋ 猛烈：飯後不宜做劇烈運動。
【劇目】jùmù ㄐㄩˋ ㄇㄨˋ 戲劇的名目：傳統劇目｜保留劇目。
【劇情】jùqíng ㄐㄩˋ ㄑㄧㄥˊ 戲劇的情節：劇情介紹。
【劇團】jùtuán ㄐㄩˋ ㄊㄨㄢˊ 表演戲劇的團體，由演員、導演和其他有關人員組成。
【劇務】jùwù ㄐㄩˋ ㄨˋ ❶指劇團裏有關排演、演出的各種事務。❷擔任劇務工作的人。
【劇院】jùyuàn ㄐㄩˋ ㄩㄢˋ ❶劇場。❷用作較大劇團的名稱：北京人民藝術劇院｜青年藝術劇院。
【劇照】jùzhào ㄐㄩˋ ㄓㄠˋ 戲劇中某個場面或電影、電視中某個鏡頭的照片。
【劇種】jùzhǒng ㄐㄩˋ ㄓㄨㄥˇ ❶戲曲的種類，如京劇、漢劇、川劇、越劇、豫劇等。❷戲劇藝術的種類，如話劇、戲曲、歌劇、舞劇等。

踞 jù ㄐㄩˋ ❶蹲或坐：龍盤虎踞。❷盤踞；佔據。

據(据) jù ㄐㄩˋ ❶佔據：盤據｜據為己有。❷憑藉；依靠：據點｜據險固守。❸按照；依據：據理力爭｜據實報告。❹可以用做證明的事物：憑據｜證據｜字據｜論據｜票據｜事出有因，查無實據。
'据'另見619頁jū。
【據點】jùdiǎn ㄐㄩˋ ㄉㄧㄢˇ 軍隊用作戰鬥行動憑藉的地點：攻佔敵軍兩個據點。
【據守】jùshǒu ㄐㄩˋ ㄕㄡˇ 佔據防守：憑險據守｜據守陣地。
【據説】jùshuō ㄐㄩˋ ㄕㄨㄛ 據別人說：據説今年冬天氣溫偏高。
【據聞】jùwén ㄐㄩˋ ㄨㄣˊ 聽說；據說。
【據悉】jùxī ㄐㄩˋ ㄒㄧ 根據得到的消息知道：據悉，今年入境旅遊、觀光的人數已超過千萬。

鋸(锯) jù ㄐㄩˋ ❶拉(lá)開木料、石料、鋼材等的工具，主要部分是具有許多尖齒的薄鋼片：拉鋸｜電鋸｜手鋸｜一把鋸。❷用鋸拉(lá)：鋸樹｜鋸木頭。
另見620頁jū'鋦'。
【鋸齒】jùchǐ ㄐㄩˋ ㄔˇ (鋸齒兒)鋸條上的尖齒。
【鋸牀】jùchuáng ㄐㄩˋ ㄔㄨㄤˊ 金屬切削機牀，用來鋸金屬材料。加工時金屬材料固定在工作枱上，條鋸或圓盤鋸做往復或旋轉運動去鋸。
【鋸末】jùmò ㄐㄩˋ ㄇㄛˋ 鋸木頭、竹子等時掉下來的細末。
【鋸條】jùtiáo ㄐㄩˋ ㄊㄧㄠˊ 鋸的主要部分，長條形薄鋼片，上面有許多尖齒。
【鋸子】jù·zi ㄐㄩˋ ·ㄗ 鋸①。

澽 Jù ㄐㄩˋ 澽水，水名，在陝西。

窶(窭) jù ㄐㄩˋ 〈書〉貧窮：貧窶。

遽 jù ㄐㄩˋ ❶匆忙；急：匆遽｜情況不明，不能遽下定論。❷驚慌：惶遽。
【遽然】jùrán ㄐㄩˋ ㄖㄢˊ 〈書〉突然：遽然離去。

颶(飓) jù ㄐㄩˋ ［颶風］(jùfēng ㄐㄩˋ ㄈㄥ) 氣象學上指12級風。參看343頁〖風級〗。

屨(屦) jù ㄐㄩˋ 古時用麻、葛等製成的鞋。

瞿 jù ㄐㄩˋ 〈書〉驚視；驚恐四顧。
另見949頁Qú。

醵 jù ㄐㄩˋ 〈書〉大家湊錢：醵金｜醵資。

鐻(𫓧) jù ㄐㄩˋ ❶古樂器，像鐘。❷同'虡'。

懼(惧) jù ㄐㄩˋ 害怕；恐懼：畏懼｜毫無所懼｜連我也懼他三分。

【懼內】jùnèi ㄐㄩˋ ㄋㄟˋ 〈書〉怕老婆。

【懼怕】jùpà ㄐㄩˋ ㄆㄚˋ 害怕：懼怕困難｜我們不懼怕任何敵人。

【懼色】jùsè ㄐㄩˋ ㄙㄜˋ 畏懼的神色：他面對兇惡的敵人毫無懼色。

juān (ㄐㄩㄢ)

捐 juān ㄐㄩㄢ ❶捨棄；拋棄：捐棄｜捐生(捨棄生命)｜捐軀。❷捐助：捐獻｜捐錢｜募捐。❸稅收的一種名稱：車捐｜上了筆捐。

【捐款】juān//kuǎn ㄐㄩㄢ//ㄎㄨㄢˇ 捐助款項：向災區捐款｜捐款辦學。

【捐款】juānkuǎn ㄐㄩㄢ ㄎㄨㄢˇ 捐助的款項：把捐款寄給災區。

【捐棄】juānqì ㄐㄩㄢ ㄑㄧˋ 〈書〉拋棄：捐棄前嫌。

【捐軀】juānqū ㄐㄩㄢ ㄑㄩ (為崇高的事業)犧牲生命：為國捐軀。

【捐輸】juānshū ㄐㄩㄢ ㄕㄨ 〈書〉捐獻：解囊捐輸。

【捐稅】juānshuì ㄐㄩㄢ ㄕㄨㄟˋ 捐和稅的總稱。

【捐獻】juānxiàn ㄐㄩㄢ ㄒㄧㄢˋ 拿出財物獻給(國家或集體)：他把全部藏書捐獻給圖書館。

【捐贈】juānzèng ㄐㄩㄢ ㄗㄥˋ 贈送(物品給國家或集體)：捐贈圖書。

【捐助】juānzhù ㄐㄩㄢ ㄓㄨˋ 拿出財物來幫助：捐助災區人民。

【捐資】juān//zī ㄐㄩㄢ//ㄗ 捐助資財：捐資興學｜踴躍捐資。

涓 juān ㄐㄩㄢ 〈書〉細小的流水：涓埃｜涓滴。

【涓埃】juān'āi ㄐㄩㄢ ㄞ 〈書〉細小的水流和塵埃。比喻微小：略盡涓埃之力。

【涓滴】juāndī ㄐㄩㄢ ㄉㄧ 〈書〉極少量的水，比喻極少量的錢或物：涓滴不漏｜涓滴歸公(屬於公家的收入全部繳給公家)。

【涓涓】juānjuān ㄐㄩㄢ ㄐㄩㄢ 〈書〉細水慢流的樣子：涓涓清泉。

娟 juān ㄐㄩㄢ 〈書〉美麗：娟秀。

【娟秀】juānxiù ㄐㄩㄢ ㄒㄧㄡˋ 〈書〉秀麗：字迹娟秀｜眉目娟秀。

圈 juān ㄐㄩㄢ ❶用柵欄把家禽家畜圍起來：把雞圈起來◇別讓暑氣圈在心裏。❷把人關起來：孩子總圈在家裏不好。另見626頁 juàn；951頁 quān。

朘 juān ㄐㄩㄢ 〈書〉❶剝削。❷減少。另見1528頁 zuī。

【朘削】juānxuē ㄐㄩㄢ ㄒㄩㄝ 〈書〉剝削：朘削民眾。

鵑(鹃) juān ㄐㄩㄢ 見284頁〖杜鵑〗。

鐫(镌) juān ㄐㄩㄢ 〈書〉雕刻：鐫刻｜鐫石。

【鐫刻】juānkè ㄐㄩㄢ ㄎㄜˋ 雕刻：大殿柱子上鐫刻着一副對聯。

蠲 juān ㄐㄩㄢ ❶〈書〉免除：蠲除｜蠲免。❷積存(多見於早期白話)。

【蠲除】juānchú ㄐㄩㄢ ㄔㄨˊ 〈書〉免除：蠲除舊例。

【蠲免】juānmiǎn ㄐㄩㄢ ㄇㄧㄢˇ 〈書〉免除(租稅、罰款、勞役等)。

juǎn (ㄐㄩㄢˇ)

帣 juǎn ㄐㄩㄢˇ 〈書〉捲袖子。另見626頁 juàn。

捲(卷、❹餸) juǎn ㄐㄩㄢˇ ❶把東西彎轉裹成圓筒形：把竹簾子捲起來｜捲起袖子就幹｜烙餅捲大葱。❷一種大的力量把東西撮起或裹住：風捲着雨點劈面打來｜汽車捲起塵土，飛馳而過◇她立刻捲入了群眾運動的熱潮裏。❸(捲兒)裹成圓筒形的東西：鋪蓋捲兒｜把書裹成一個捲兒寄出去。❹(捲兒)捲子(juǎn·zi)：花捲兒｜金銀捲兒。❺(捲兒)量詞，用於成捲兒的東西：一捲紙｜一捲鋪蓋。

'卷'另見626頁 juàn。

【捲尺】juǎnchǐ ㄐㄩㄢˇ ㄔˇ 可以捲起來的軟尺：鋼捲尺｜皮捲尺。

【捲簾門】juǎnliánmén ㄐㄩㄢˇ ㄌㄧㄢˊ ㄇㄣˊ 用許多條形鋁合金材料並排連接製成的門，開門時，門像竹簾一樣向上捲起。

【捲鋪蓋】juǎn pū·gai ㄐㄩㄢˇ ㄆㄨ ·ㄍㄞ 比喻被解雇或辭職，離開工作地點。

【捲舌元音】juǎnshé yuányīn ㄐㄩㄢˇ ㄕㄜˊ ㄩㄢˊ ㄧㄣ 把舌尖捲起來，使舌面和舌尖同時起作用而發出的元音，例如普通話中的 er(兒、耳、二)。

【捲逃】juǎntáo ㄐㄩㄢˇ ㄊㄠˊ (家裏的或本單位的人或者經管的人)偷了全部錢財而逃跑。

【捲土重來】juǎn tǔ chóng lái ㄐㄩㄢˇ ㄊㄨˇ ㄔㄨㄥˊ ㄌㄞˊ 比喻失敗之後重新恢復勢力(捲土：捲起塵土，形容人馬奔跑)。

【捲心菜】juǎnxīncài ㄐㄩㄢˇ ㄒㄧㄣ ㄘㄞˋ 〈方〉結球甘藍。

【捲鬚】juǎnxū ㄐㄩㄢˇ ㄒㄩ 某些植物用來纏繞或附着其他物體的器官。有的捲鬚是從莖演變而成的，如葡萄的；有的捲鬚是從葉子演變而成的，如豌豆的。

【捲烟】juǎnyān ㄐㄩㄢˇ ㄧㄢ ❶香烟。❷雪茄。

【捲揚機】juǎnyángjī ㄐㄩㄢˇ ㄧㄤˊ ㄐㄧ 一種起重裝置，由捲筒、鋼絲繩等構成，常用於採礦業和建築工地。通稱絞車。

【捲子】juǎn·zi ㄐㄩㄢˇ ·ㄗ 一種麪食品，和(huó)麪製成薄片，一面塗上油鹽，再捲起蒸熟。

錈(锩) juǎn ㄐㄩㄢˇ 刀劍的刃彎曲。

juàn (ㄐㄩㄢˋ)

卷 juàn ㄐㄩㄢˋ ❶書本：卷帙｜手不釋卷。❷古時書籍寫在帛或紙上，捲起來收藏，因此書籍的數量論卷，一部書可以分成若干卷，每卷的文字自成起訖，後代仍用來指全書的一部分：卷一｜第一卷｜上卷｜藏書十萬卷。❸(卷兒)卷子(juàn·zi)：答卷｜交卷兒。❹機關裏保存的文件：卷宗｜調卷｜查卷。

另見625頁 juǎn'捲'。

【卷次】juàncì ㄐㄩㄢˋ ㄘˋ 書刊分卷的次序。

【卷帙】juànzhì ㄐㄩㄢˋ ㄓˋ 〈書〉書籍(就數量說)：卷帙浩繁。

【卷軸】juànzhóu ㄐㄩㄢˋ ㄓㄡˊ 〈書〉指裱好帶軸的書畫等。

【卷軸裝】juànzhóuzhuāng ㄐㄩㄢˋ ㄓㄡˊ ㄓㄨㄤ 圖書裝訂法的一種，把紙粘連成長幅，用木棒、象牙、玉石等做軸，從左到右捲成一束。

【卷子】juàn·zi ㄐㄩㄢˋ ·ㄗ ❶考試寫答案的薄本子或單頁紙：試卷｜發卷子｜改卷子。❷指可以捲起來的古抄本：敦煌卷子。

【卷宗】juànzōng ㄐㄩㄢˋ ㄗㄨㄥ ❶機關裏分類保存的文件。❷保存文件的紙夾子。

桊 juàn ㄐㄩㄢˋ 〈書〉囊。

另見625頁 juǎn。

倦 juàn ㄐㄩㄢˋ ❶疲乏：疲倦｜人有點倦，想睡覺。❷厭倦：孜孜不倦｜誨人不倦。

【倦怠】juàndài ㄐㄩㄢˋ ㄉㄞˋ 疲乏困倦：倦怠無力。

【倦容】juànróng ㄐㄩㄢˋ ㄖㄨㄥˊ 疲倦的臉色：面帶倦容。

【倦色】juànsè ㄐㄩㄢˋ ㄙㄜˋ 倦容。

【倦遊】juànyóu ㄐㄩㄢˋ ㄧㄡˊ 〈書〉遊玩的興趣已盡：倦遊歸來。

狷(獧) juàn ㄐㄩㄢˋ 〈書〉❶狷急。❷狷介。

【狷急】juànjí ㄐㄩㄢˋ ㄐㄧˊ 〈書〉性情急躁。

【狷介】juànjiè ㄐㄩㄢˋ ㄐㄧㄝˋ 〈書〉性情正直，不肯同流合污：狷介之士。

豢 juàn ㄐㄩㄢˋ (豢兒)穿在牛鼻子上的小木棍兒或小鐵環：牛鼻豢兒。

圈 juàn ㄐㄩㄢˋ ❶養豬羊等牲畜的建築，有棚和欄：豬圈｜羊圈。❷(Juàn)姓。

另見625頁 juān；951頁 quān。

【圈肥】juànféi ㄐㄩㄢˋ ㄈㄟˊ 見617頁〖廄肥〗。

【圈養】juànyǎng ㄐㄩㄢˋ ㄧㄤˇ 關在圈裏飼養：圈養牲畜。

眷(❷睠) juàn ㄐㄩㄢˋ ❶親屬：眷屬｜家眷｜親眷｜女眷。❷〈書〉關心；懷念：眷顧｜眷注｜眷戀。

【眷顧】juàngù ㄐㄩㄢˋ ㄍㄨˋ 〈書〉關心照顧。

【眷眷】juànjuàn ㄐㄩㄢˋ ㄐㄩㄢˋ 〈書〉念念不忘；依戀不捨：眷眷之情。

【眷戀】juànliàn ㄐㄩㄢˋ ㄌㄧㄢˋ 〈書〉(對自己喜愛的人或地方)深切地留戀：眷戀舊物｜眷戀故園。

【眷念】juànniàn ㄐㄩㄢˋ ㄋㄧㄢˋ 〈書〉想念：眷念故土｜眷念親人。

【眷屬】juànshǔ ㄐㄩㄢˋ ㄕㄨˇ ❶家眷；親屬。❷特指夫妻：願天下有情人終成眷屬。

【眷注】juànzhù ㄐㄩㄢˋ ㄓㄨˋ 〈書〉關懷：深承眷注。

鄄 Juàn ㄐㄩㄢˋ 鄄城，地名，在山東。

睊 juàn ㄐㄩㄢˋ ［睊睊］〈書〉側目而視。

罥 juàn ㄐㄩㄢˋ 〈書〉挂。

雋(隽) juàn ㄐㄩㄢˋ ❶〈書〉雋永。❷(Juàn)姓。

另見632頁 jùn'俊'。

【雋永】juànyǒng ㄐㄩㄢˋ ㄩㄥˇ 〈書〉(言語、詩文)意味深長：語頗雋永，耐人尋味。

【雋語】juànyǔ ㄐㄩㄢˋ ㄩˇ 雋永的話語：雋語箴言。

絹(绢) juàn ㄐㄩㄢˋ 質地薄而堅韌的絲織品，也指用生絲織成的一種絲織品。

【絹本】juànběn ㄐㄩㄢˋ ㄅㄣˇ 字畫寫在絹上或畫在絹上的：這兩幅山水都是絹本。

【絹花】juànhuā ㄐㄩㄢˋ ㄏㄨㄚ 一種手工藝品，用各種顏色的絹仿製的花卉。也叫京花。

【絹子】juàn·zi ㄐㄩㄢˋ ·ㄗ 〈方〉手絹兒。

juē (ㄐㄩㄝ)

撅[1] juē ㄐㄩㄝ ❶翹起：撅嘴｜撅着尾巴。❷當面使人難堪；頂撞：撅人｜他平白地撅了我一頓。

撅[2](撧) juē ㄐㄩㄝ 折(zhé)：撅一根柳條當馬鞭。

噘 juē ㄐㄩㄝ 同'撅[1]'①，用於'噘嘴'。

屩(孱、蹻) juē ㄐㄩㄝ 〈書〉草鞋。

'蹻'另見925頁 qiāo。

jué（ㄐㄩㄝˊ）

孓 jué ㄐㄩㄝˊ 見586頁〖孑孓〗。

抉 jué ㄐㄩㄝˊ〈書〉剔出；剜出：抉擇。

【抉擇】juézé ㄐㄩㄝˊ ㄗㄜˊ 挑選；選擇：從速作出抉擇。

【抉摘】juézhāi ㄐㄩㄝˊ ㄓㄞ〈書〉❶抉擇：抉摘真僞。❷揭發指摘：抉摘弊端。

角1 jué ㄐㄩㄝˊ（角兒）❶角色：主角｜配角｜他在這齣戲裏扮演哪個角兒？❷行當②：丑角｜旦角。❸主要演員：名角。

角2 jué ㄐㄩㄝˊ 競賽；鬥爭：角鬥｜口角。

角3 jué ㄐㄩㄝˊ 古代盛酒的器具，形狀像爵。

角4 jué ㄐㄩㄝˊ 古代五音之一，相當於簡譜的'3'。參看1211頁〖五音〗。

角5 Jué ㄐㄩㄝˊ 姓。
另見577頁 jiǎo。

【角鬥】juédòu ㄐㄩㄝˊ ㄉㄡˋ 搏鬥比賽：角鬥場。

【角力】juélì ㄐㄩㄝˊ ㄌㄧˋ 比賽力氣。

【角色】juésè ㄐㄩㄝˊ ㄙㄜˋ ❶戲劇或電影、電視中，演員扮演的劇中人物。❷比喻生活中某種類型的人物。

【角逐】juézhú ㄐㄩㄝˊ ㄓㄨˊ ❶武力競爭：群雄角逐。❷泛指競爭或競賽：兩隊在綠茵場上展開激烈角逐。

決1（决）jué ㄐㄩㄝˊ ❶決定：表決｜判決｜猶豫不決｜決一雌雄。❷一定（用在否定詞前面）：決不退縮｜決無異言。❸決定最後勝敗：決賽｜決戰｜今日乒乓球賽要決出前三名。❹執行死刑：槍決｜處決｜立決。

決2（决）jué ㄐㄩㄝˊ 決口：潰決。

【決策】juécè ㄐㄩㄝˊ ㄘㄜˋ ❶決定策略或辦法：運籌決策。❷決定的策略或辦法：明智的決策。

【決雌雄】jué cíxióng ㄐㄩㄝˊ ㄘˊ ㄒㄩㄥˊ 決定勝負、高下。

【決定】juédìng ㄐㄩㄝˊ ㄉㄧㄥˋ ❶對如何行動做出主張：領導上決定派他去學習｜這件事情究竟應該怎麼辦，最好是由大家來決定。❷決定的事項：這個問題尚未做出決定｜組長們回去要向本組傳達這項決定。❸某事物成為另一事物的先決條件；起主導作用：存在決定意識｜這件事決定了他未來的生活道路。❹客觀規律促使事物一定向某方面發展變化：決定性｜決定因素。

【決定性】juédìngxìng ㄐㄩㄝˊ ㄉㄧㄥˋ ㄒㄧㄥˋ 對產生某種結果起決定作用的性質：決定性的勝利｜在生產中起決定性作用的是人。

【決鬥】juédòu ㄐㄩㄝˊ ㄉㄡˋ ❶過去歐洲流行的一種風俗，兩人發生爭端，各不相讓，約定時間地點，並邀請證人，彼此用武器對打。❷泛指進行你死我活的鬥爭。

【決斷】juéduàn ㄐㄩㄝˊ ㄉㄨㄢˋ ❶拿主意；做決定：無從決斷｜請您最後決斷。❷決定事情的魄力：他做事很有決斷。

【決計】juéjì ㄐㄩㄝˊ ㄐㄧˋ ❶表示主意已定：無論如何，我決計明天就走。❷表示肯定的判斷：這樣辦決計沒錯兒。

【決絕】juéjué ㄐㄩㄝˊ ㄐㄩㄝˊ ❶斷絕關係：與不良嗜好決絕｜決絕一切往來。❷非常堅決：態度決絕｜話說得十分決絕。

【決口】jué∥kǒu ㄐㄩㄝˊ∥ㄎㄡˇ（河堤）被水沖出缺口。

【決裂】juéliè ㄐㄩㄝˊ ㄌㄧㄝˋ（談判、關係、感情）破裂：自她和我決裂之後，再沒有見過面｜五四時代的青年開始和封建主義的傳統決裂。

【決然】juérán ㄐㄩㄝˊ ㄖㄢˊ〈書〉❶形容很堅決：毅然決然｜決然返回。❷必然；一定：東張西望，道聽途說，決然得不到甚麼完全的知識。

【決賽】juésài ㄐㄩㄝˊ ㄙㄞˋ 體育運動等競賽中決定名次的最後一次或最後一輪比賽。

【決勝】juéshèng ㄐㄩㄝˊ ㄕㄥˋ 決定最後的勝負：決勝千里之外。

【決死】juésǐ ㄐㄩㄝˊ ㄙˇ 敵我雙方你死我活的（鬥爭）：決死戰｜決死的鬥爭。

【決算】juésuàn ㄐㄩㄝˊ ㄙㄨㄢˋ 根據年度預算執行的結果而編制的年度會計報告。

【決心】juéxīn ㄐㄩㄝˊ ㄒㄧㄣ ❶堅定不移的意志：決心書｜下定決心。❷一心一意，堅定不移地：決心鑽研學問。

【決一死戰】jué yī sǐ zhàn ㄐㄩㄝˊ ㄧ ㄙˇ ㄓㄢˋ 不怕犧牲，對敵人作你死我活的戰鬥。

【決意】juéyì ㄐㄩㄝˊ ㄧˋ 拿定主張；決計①：他決意明天一早就動身。

【決議】juéyì ㄐㄩㄝˊ ㄧˋ 經一定會議討論通過的決定。

【決戰】juézhàn ㄐㄩㄝˊ ㄓㄢˋ 敵對雙方使用主力以決勝負的戰役或戰鬥。

玦 jué ㄐㄩㄝˊ 古時佩帶的玉器，半環形，有缺口。

砄 jué ㄐㄩㄝˊ〈書〉石頭。

倔 jué ㄐㄩㄝˊ 義同'倔'（juè），只用於'倔強'。
另見630頁 juè。

【倔強】juéjiàng ㄐㄩㄝˊ ㄐㄧㄤˋ（性情）剛強不屈：性格倔強｜他有股倔強勁兒。也作倔犟。

掘 jué ㄐㄩㄝˊ 刨；挖：掘井｜掘土｜發掘。

【掘進】juéjìn ㄐㄩㄝˊ ㄐㄧㄣˋ 在採礦等工程中，開鑿地下巷道，叫做掘進。包括打眼、爆破、通風、清除碎石、安裝巷道支柱等。

【掘土機】juétǔjī ㄐㄩㄝˊ ㄊㄨˇ ㄐㄧ 挖土用的機器，由起重裝置和土斗構成，常用來進行大量土方挖掘工程，也用於露天礦開採。也叫電鏟。

桷 jué ㄐㄩㄝˊ 〈書〉方形的椽子。

崛 jué ㄐㄩㄝˊ 〈書〉崛起。

【崛起】juéqǐ ㄐㄩㄝˊ ㄑㄧˇ 〈書〉❶(山峰等)突起：平地上崛起一座青翠的山峰。❷興起：太平軍崛起於廣西桂平金田村◇為人才崛起創造條件。

觖 jué ㄐㄩㄝˊ 〈書〉不滿足；不滿意。

【觖望】juéwàng ㄐㄩㄝˊ ㄨㄤˋ 〈書〉因不滿意而怨恨。

訣[1] **(诀)** jué ㄐㄩㄝˊ ❶就事物主要內容編成的順口押韻的、容易記憶的詞句：口訣｜歌訣。❷訣竅：秘訣｜妙訣。

訣[2] **(诀)** jué ㄐㄩㄝˊ 分別：訣別｜永訣。

【訣別】juébié ㄐㄩㄝˊ ㄅㄧㄝˊ 分別(多指不再見的離別)。

【訣竅】juéqiào ㄐㄩㄝˊ ㄑㄧㄠˋ (訣竅兒)關鍵性的方法：炒菜的訣竅主要是拿準火候兒。

【訣要】juéyào ㄐㄩㄝˊ ㄧㄠˋ 訣竅：深得其中訣要。

厥[1] jué ㄐㄩㄝˊ 失去知覺，不省人事；暈倒；氣閉：痰厥｜昏厥。

厥[2] jué ㄐㄩㄝˊ 〈書〉❶其；他的：厥後｜厥父｜大放厥詞。❷乃；才：左丘失明，厥有《國語》。

傕 jué ㄐㄩㄝˊ 〈書〉用於人名。李傕，東漢末人。

絕 (绝) jué ㄐㄩㄝˊ ❶斷絕：絕交｜絕緣｜隔絕｜絡繹不絕。❷完全沒有了；窮盡；淨盡：斬盡殺絕｜法子都想絕了。❸走不通的；沒有出路的：絕地｜絕壁｜絕處逢生。❹氣息中止；死亡：氣絕｜悲痛欲絕。❺獨一無二的；沒有人能趕上的：絕技｜他的書畫可稱雙絕。❻極；最：絕早｜絕大多數｜絕大部分。❼絕對(用在否定詞前面)：絕無此意。❽絕句：五絕｜七絕。

【絕版】jué∥bǎn ㄐㄩㄝˊ∥ㄅㄢˇ 書籍毀版不再印行。

【絕筆】juébǐ ㄐㄩㄝˊ ㄅㄧˇ ❶死前最後所寫的文字或所作的字畫。❷〈書〉指最好的詩文或字畫：堪稱絕筆。

【絕壁】juébì ㄐㄩㄝˊ ㄅㄧˋ 極陡峭不能攀援的山崖：懸崖絕壁。

【絕唱】juéchàng ㄐㄩㄝˊ ㄔㄤˋ ❶指詩文創作的最高造詣：千古絕唱。❷死前最後的歌唱：明星已經去世，這盒錄音帶成了她的絕唱。

【絕代】juédài ㄐㄩㄝˊ ㄉㄞˋ 〈書〉當代獨一無二：才華絕代｜絕代佳人。

【絕倒】juédǎo ㄐㄩㄝˊ ㄉㄠˇ 〈書〉形容大笑，前仰後合：詼諧百出，令人絕倒。

【絕地】juédì ㄐㄩㄝˊ ㄉㄧˋ ❶極險惡的地方：這裏左邊是懸崖，右邊是深溝，真是個絕地。❷絕境②：陷於絕地。

【絕頂】juédǐng ㄐㄩㄝˊ ㄉㄧㄥˇ ❶極端；非常：絕頂聰明。❷〈書〉最高峰：會當凌絕頂，一覽眾山小。

【絕對】juéduì ㄐㄩㄝˊ ㄉㄨㄟˋ ❶沒有任何條件的；不受任何限制的(跟'相對'相對)：絕對真理｜絕對服從｜反對絕對平均主義。❷只以某一條件為根據，不管其他條件的：絕對值｜絕對溫度｜絕對高度。❸完全；一定：絕對正確｜這些我都檢查過，絕對沒有錯兒。❹最；極：我們的同志絕對大多數都是好同志。

【絕對高度】juéduì gāodù ㄐㄩㄝˊ ㄉㄨㄟˋ ㄍㄠ ㄉㄨˋ 以平均海水面做標準的高度。

【絕對零度】juéduì língdù ㄐㄩㄝˊ ㄉㄨㄟˋ ㄌㄧㄥˊ ㄉㄨˋ 熱力學溫標的零度，就是 −273.15 ℃。

【絕對濕度】juéduì shīdù ㄐㄩㄝˊ ㄉㄨㄟˋ ㄕ ㄉㄨˋ 單位體積空氣中所含水蒸汽的質量，叫做空氣的絕對濕度。

【絕對溫度】juéduì wēndù ㄐㄩㄝˊ ㄉㄨㄟˋ ㄨㄣ ㄉㄨˋ 以−273.15℃為起點計算的溫度(−273.15℃是最低的溫度)，用 K 來表示。

【絕對真理】juéduì zhēnlǐ ㄐㄩㄝˊ ㄉㄨㄟˋ ㄓㄣ ㄌㄧˇ 指無數相對真理的總和。參看1244頁〖相對真理〗。

【絕後】jué∥hòu ㄐㄩㄝˊ∥ㄏㄡˋ ❶沒有後代。❷今後不會再有：空前絕後。

【絕戶】jué·hu ㄐㄩㄝˊ ·ㄏㄨ ❶絕後①。❷指沒有後代的人或人家。

【絕活】juéhuó ㄐㄩㄝˊ ㄏㄨㄛˊ (絕活兒)最拿手而有特色的本領；絕技：一定要把師傅的絕活學到手。

【絕技】juéjì ㄐㄩㄝˊ ㄐㄧˋ 別人不易學會的技藝：身懷絕技。

【絕迹】jué∥jì ㄐㄩㄝˊ∥ㄐㄧˋ 斷絕蹤迹；完全不出現：由於亂伐森林，這裏的稀有野生動物絕迹了｜天花在我們這兒已經絕迹。

【絕交】jué∥jiāo ㄐㄩㄝˊ∥ㄐㄧㄠ (朋友間或國家間)斷絕關係：斷然絕交｜絕交多年。

【絕經】juéjīng ㄐㄩㄝˊ ㄐㄧㄥ 因卵巢功能衰退或遭受破壞而停止月經。女子生理性絕經一般發生在 45－50 歲之間。

【絕境】juéjìng ㄐㄩㄝˊ ㄐㄧㄥˋ ❶〈書〉與外界隔絕

的境地。❷沒有出路的境地：瀕於絕境。

【絕句】juéjù ㄐㄩㄝˊ ㄐㄩˋ 舊詩體裁之一，一首四句。每句五個字的叫五言絕句，每句七個字的叫七言絕句。

【絕口】juékǒu ㄐㄩㄝˊ ㄎㄡˇ ❶住口（只用在'不'後）：讚不絕口。❷因迴避而不開口：他絕口不提此事。

【絕粒】juélì ㄐㄩㄝˊ ㄌㄧˋ 〈書〉斷絕飲食。

【絕路】jué∥lù ㄐㄩㄝˊ∥ㄌㄨˋ 斷絕了出路：這個辦法要是還不行，那可就絕了路了。

【絕路】juélù ㄐㄩㄝˊ ㄌㄨˋ 走不通的路；死路：走上絕路。

【絕倫】juélún ㄐㄩㄝˊ ㄌㄨㄣˊ 〈書〉獨一無二；沒有可以相比的：荒謬絕倫｜聰穎絕倫。

【絕門】juémén ㄐㄩㄝˊ ㄇㄣˊ ❶沒有後代的人家：絕門絕戶。❷（絕門兒）比喻沒有人從事的工作、事業等：這個行當快成絕門了。❸（絕門兒）絕技；絕招：這一手是他的絕門。❹（絕門兒）形容一般人想像不到或做不出來：他在這件事上做得太絕門啦！

【絕密】juémì ㄐㄩㄝˊ ㄇㄧˋ 極端機密的；必須絕對保密的（文件、消息等）：絕密材料｜此事絕密，切勿外傳。

【絕妙】juémiào ㄐㄩㄝˊ ㄇㄧㄠˋ 極美妙；極巧妙：絕妙的音樂｜絕妙的諷刺。

【絕命書】juémìngshū ㄐㄩㄝˊ ㄇㄧㄥˋ ㄕㄨ 指自殺前寫的遺書。

【絕情】jué∥qíng ㄐㄩㄝˊ∥ㄑㄧㄥˊ 不講人情；斷絕情誼：絕情忘義｜同志之間不要說這種絕情的話。

【絕熱過程】juérè-guòchéng ㄐㄩㄝˊ ㄖㄜˋ ㄍㄨㄛˋ ㄔㄥˊ 氣體迅速膨脹或迅速被壓縮而使其來不及跟周圍物體交換熱量的過程。

【絕色】juésè ㄐㄩㄝˊ ㄙㄜˋ 〈書〉絕頂美貌（指女子）：絕色佳人。

【絕食】jué∥shí ㄐㄩㄝˊ∥ㄕˊ 斷絕飲食（表示抗議或自殺）。

【絕世】juéshì ㄐㄩㄝˊ ㄕˋ 絕代：絕世珍品｜絕世佳作。

【絕收】juéshōu ㄐㄩㄝˊ ㄕㄡ 完全沒有收成。

【絕嗣】jué∥sì ㄐㄩㄝˊ∥ㄙˋ 〈書〉沒有子孫。

【絕望】jué∥wàng ㄐㄩㄝˊ∥ㄨㄤˋ 希望斷絕；毫無希望：感到絕望｜絕望的呼喊。

【絕無僅有】jué wú jǐn yǒu ㄐㄩㄝˊ ㄨˊ ㄐㄧㄣˇ ㄧㄡˇ 極其少有：這種奇事是絕無僅有的。

【絕響】juéxiǎng ㄐㄩㄝˊ ㄒㄧㄤˇ 〈書〉本指失傳的音樂，後來泛指傳統已斷的事物：經過努力發掘，這種已成絕響的技藝後繼有人了。

【絕續】juéxù ㄐㄩㄝˊ ㄒㄩˋ 斷絕和延續：存亡絕續的關頭（生死存亡的關鍵時刻）。

【絕學】juéxué ㄐㄩㄝˊ ㄒㄩㄝˊ 〈書〉❶失傳的學問。❷高明而獨到的學問：高才絕學。

【絕藝】juéyì ㄐㄩㄝˊ ㄧˋ 卓絕的技藝；絕技：身懷絕藝｜傳授絕藝。

【絕育】jué∥yù ㄐㄩㄝˊ∥ㄩˋ 採取結紮輸精管或輸卵管等方法使人失去生育能力。

【絕緣】juéyuán ㄐㄩㄝˊ ㄩㄢˊ ❶跟外界或某一事物隔絕，不發生接觸。❷隔絕電流，使不能通過。具有極高電阻的物質可以用來絕緣。

【絕緣體】juéyuántǐ ㄐㄩㄝˊ ㄩㄢˊ ㄊㄧˇ 極不容易傳導熱或電的物體，分為熱的絕緣體（如土、氣體、橡膠）和電的絕緣體（如陶瓷、雲母、油脂、橡膠）。也叫非導體。

【絕緣子】juéyuánzǐ ㄐㄩㄝˊ ㄩㄢˊ ㄗˇ 一種用瓷或玻璃製成的電器零件，呈橢圓體形、鼓形、圓柱形等。用來固定導體並使這個導體與其他導體絕緣。俗稱瓷瓶。

【絕早】juézǎo ㄐㄩㄝˊ ㄗㄠˇ 極早：絕早動身。

【絕招】juézhāo ㄐㄩㄝˊ ㄓㄠ （絕招兒）❶絕技。❷一般人想像不到的手段、計策。‖也作絕着。

【絕着】juézhāo ㄐㄩㄝˊ ㄓㄠ （絕着兒）同'絕招'。

【絕症】juézhèng ㄐㄩㄝˊ ㄓㄥˋ 指現在無法治好的疾病：身患絕症。

【絕種】jué∥zhǒng ㄐㄩㄝˊ∥ㄓㄨㄥˇ 某種生物因不能適應新環境等而逐漸稀少，終於滅絕，例如恐龍。

腳（脚） jué ㄐㄩㄝˊ 同'角¹'（jué）。另見578頁 jiǎo。

瑴（珏） jué ㄐㄩㄝˊ 〈書〉合在一起的兩塊玉。

劂 jué ㄐㄩㄝˊ 見528頁〔剞劂〕（jījué）。

駃（𫘝） jué ㄐㄩㄝˊ 〔駃騠〕（juétí ㄐㄩㄝˊ ㄊㄧˊ）❶見752頁〖驢騾〗。❷古書上說的一種駿馬。

蕨〔蕨〕 jué ㄐㄩㄝˊ 多年生草本植物，生在山野草地裏，根莖長，橫生地下，複葉，羽狀分裂，下面有繁殖器官，用孢子繁殖。嫩葉供食用，根莖可以製澱粉。全株入藥。

【蕨類植物】juélèi zhíwù ㄐㄩㄝˊ ㄌㄟˋ ㄓˊ ㄨˋ 植物的一大類，草本，很少木本，有真正的根，有莖和葉子，莖有維管束，葉子通常較小，用孢子繁殖，生長在森林和山野的陰濕地帶，如蕨、石松等。

觖（𫘨） jué ㄐㄩㄝˊ 古書上指伯勞。

【觖舌】juéshé ㄐㄩㄝˊ ㄕㄜˊ 〈書〉比喻語言難懂。

獗 jué ㄐㄩㄝˊ 見126頁〖猖獗〗。

灍 Jué ㄐㄩㄝˊ 灍水，水名，在湖北。

鴂（𫛞） jué ㄐㄩㄝˊ 見1124頁〔鶗鴂〕。

橜（橛） jué ㄐㄩㄝˊ （橜兒）橜子：釘上一個小木橜兒。

【橛子】jué·zi ㄐㄩㄝˊ·ㄗ 短木樁。

噱 jué ㄐㄩㄝˊ 〈書〉大笑：可發一噱。
另見1298頁 xué。

爵1 jué ㄐㄩㄝˊ 爵位：公爵｜封爵。

爵2 jué ㄐㄩㄝˊ 古代飲酒的器皿，有三條腿。

【爵祿】juélù ㄐㄩㄝˊ ㄌㄨˋ 〈書〉爵位和俸祿。

【爵士】juéshì ㄐㄩㄝˊ ㄕˋ 歐洲君主國最低的封號，不世襲，不在貴族之內。

【爵士樂】juéshìyuè ㄐㄩㄝˊ ㄕˋ ㄩㄝˋ 一種舞曲音樂，二十世紀初產生於美國。［爵士，英 jazz］

【爵位】juéwèi ㄐㄩㄝˊ ㄨㄟˋ 君主國家貴族封號的等級。

蹶(蹷) jué ㄐㄩㄝˊ 摔倒，比喻失敗或挫折：一蹶不振。
另見630頁 juě。

譎(谲) jué ㄐㄩㄝˊ 〈書〉❶欺詐：正而不譎。❷奇特；怪異：詭譎。

【譎詐】juézhà ㄐㄩㄝˊ ㄓㄚˋ 奸詐：虛偽譎詐｜譎詐多端。

矍 jué ㄐㄩㄝˊ 〈書〉驚視的樣子。

【矍鑠】juéshuò ㄐㄩㄝˊ ㄕㄨㄛˋ 〈書〉形容老年人很有精神的樣子。

嚼 jué ㄐㄩㄝˊ 義同'嚼'(jiáo)，用於某些複合詞和成語：咀嚼｜過屠門而大嚼。
另見577頁 jiáo；583頁 jiào。

覺(觉) jué ㄐㄩㄝˊ ❶(人或動物的器官)對刺激的感受和辨別：視覺｜聽覺｜不知不覺｜下了雪，覺出冷來了。❷睡醒：大夢初覺。❸覺悟：覺醒｜自覺自願。
另見583頁 jiào。

【覺察】juéchá ㄐㄩㄝˊ ㄔㄚˊ 發覺；看出來：日子長了，她才覺察出他耳朵有些聾。

【覺得】jué·de ㄐㄩㄝˊ·ㄉㄜ ❶產生某種感覺：遊興很濃，一點也不覺得疲倦。❷認為(語氣較不肯定)：我覺得應該先跟他商量一下。

【覺悟】juéwù ㄐㄩㄝˊ ㄨˋ ❶由迷惑而明白；由模糊而認清；醒悟：政治覺悟｜經過學習，大家的覺悟都提高了｜他終於覺悟到蠻幹是不行的。❷佛教指領悟教義的真諦。

【覺醒】juéxǐng ㄐㄩㄝˊ ㄒㄧㄥˇ 醒悟；覺悟。

鐍(𫓧) jué ㄐㄩㄝˊ 〈書〉箱子上安鎖的紐。

爝 jué ㄐㄩㄝˊ ［爝火］(juéhuǒ ㄐㄩㄝˊ ㄏㄨㄛˇ)〈書〉火把；小火。

攫 jué ㄐㄩㄝˊ 抓；奪：攫取｜攫為己有。

【攫取】juéqǔ ㄐㄩㄝˊ ㄑㄩˇ 掠奪。

钁(镢、鐝) jué ㄐㄩㄝˊ 〈方〉钁頭。

【钁頭】jué·tou ㄐㄩㄝˊ·ㄊㄡ 〈方〉刨土用的一種農具，類似鎬(gǎo)。

juě (ㄐㄩㄝˇ)

蹶 juě ㄐㄩㄝˇ ［蹶子］(juě·zi ㄐㄩㄝˇ·ㄗ)騾馬等用後腿向後踢叫尥(liào)蹶子。
另見630頁 jué。

juè (ㄐㄩㄝˋ)

倔 juè ㄐㄩㄝˋ 性子直，態度生硬：倔頭｜倔脾氣。
另見627頁 jué。

【倔巴】juè·ba ㄐㄩㄝˋ·ㄅㄚ 〈方〉倔：這人有點倔巴。

【倔頭倔腦】juè tóu juè nǎo ㄐㄩㄝˋ ㄊㄡˊ ㄐㄩㄝˋ ㄋㄠˇ 形容說話、行動生硬的樣子。

jūn (ㄐㄩㄣ)

均 jūn ㄐㄩㄣ ❶均勻：平均｜均攤｜分得不均。❷都；全：老幼均安｜各項工作均已佈置就緒。
〈古〉又同'韵' yùn。

【均等】jūnděng ㄐㄩㄣ ㄉㄥˇ 平均；相等：機會均等。

【均分】jūnfēn ㄐㄩㄣ ㄈㄣ 平均分配：大夥均分。

【均衡】jūnhéng ㄐㄩㄣ ㄏㄥˊ 平衡：國民經濟均衡地發展｜走鋼絲的演員舉着一把傘，保持身體的均衡。

【均勢】jūnshì ㄐㄩㄣ ㄕˋ 力量平衡的形勢：形成均勢｜保持均勢。

【均攤】jūntān ㄐㄩㄣ ㄊㄢ 平均分攤：費用按戶均攤。

【均勻】jūnyún ㄐㄩㄣ ㄩㄣˊ 分佈或分配在各部分的數量相同；時間的間隔相等：今年的雨水很均勻｜鐘擺發出均勻的聲音｜把馬料拌得均均勻勻的。

【均沾】jūnzhān ㄐㄩㄣ ㄓㄢ 大家平均分享(利益)：利益均沾。

君 jūn ㄐㄩㄣ ❶君主：國君｜君臣。❷對人的尊稱：張君｜諸君。

【君臨】jūnlín ㄐㄩㄣ ㄌㄧㄣˊ 〈書〉原指君主統轄，後泛指統治或主宰：君臨天下｜君臨一切。

【君權】jūnquán ㄐㄩㄣ ㄑㄩㄢˊ 君主的權力。

【君主】jūnzhǔ ㄐㄩㄣ ㄓㄨˇ 古代國家的最高統治者；現代某些國家的元首。有的稱國王，有的稱皇帝。

【君主國】jūnzhǔguó ㄐㄩㄣ ㄓㄨˇ ㄍㄨㄛˊ 由君主做元首的國家。

【君主立憲】jūnzhǔ lìxiàn ㄐㄩㄣ ㄓㄨˇ ㄌㄧˋ ㄒㄧㄢˋ 用憲法限制君主權力的政治制度，是資產階級專政的一種形式。

【君主專制】jūnzhǔ zhuānzhì ㄐㄩㄣ ㄓㄨˇ ㄓㄨㄢ ㄓˋ 君主獨攬國家政權，不受任何限制的政治制度。

【君子】jūnzǐ ㄐㄩㄣ ㄗˇ 古代指地位高的人，後來指人格高尚的人：正人君子｜以小人之心度君子之腹。

【君子國】jūnzǐguó ㄐㄩㄣ ㄗˇ ㄍㄨㄛˊ 傳說中人人都有很高的道德的地方。

【君子蘭】jūnzǐlán ㄐㄩㄣ ㄗˇ ㄌㄢˊ 多年生草本植物，根肉質，葉子寬帶形，傘形花序，花漏斗狀，紅黃色，供觀賞。

【君子協定】jūnzǐ xiédìng ㄐㄩㄣ ㄗˇ ㄒㄧㄝˊ ㄉㄧㄥˋ 指國際間不經過書面上共同簽字只以口頭上承諾或交換函件而訂立的協定，它和書面條約具有相同的效力。借指彼此之間互相信任的約定。也叫紳士協定。

軍(军) jūn ㄐㄩㄣ ❶軍隊：我軍｜陸軍｜解放軍｜參軍｜裁軍｜軍地兩用人才◇生產大軍｜勞動後備軍。❷軍隊的編制單位，下轄若干師：第一軍｜敵人的兵力估計有兩個軍。

【軍備】jūnbèi ㄐㄩㄣ ㄅㄟˋ 軍事編制和軍事裝備：裁減軍備｜擴充軍備。

【軍操】jūncāo ㄐㄩㄣ ㄘㄠ 軍事操練。

【軍車】jūnchē ㄐㄩㄣ ㄔㄜ 軍用機動車輛。

【軍刀】jūndāo ㄐㄩㄣ ㄉㄠ 舊時軍人用的長刀。

【軍隊】jūnduì ㄐㄩㄣ ㄉㄨㄟˋ 為政治目的服務的武裝組織。

【軍閥】jūnfá ㄐㄩㄣ ㄈㄚˊ ❶舊時擁有武裝部隊，割據一方，自成派系的人：北洋軍閥。❷泛指控制政治的反動軍人。

【軍法】jūnfǎ ㄐㄩㄣ ㄈㄚˇ 軍隊中的刑法：違反軍紀者將按軍法處置。

【軍費】jūnfèi ㄐㄩㄣ ㄈㄟˋ 國家用於軍事方面的經費。

【軍服】jūnfú ㄐㄩㄣ ㄈㄨˊ 軍人穿的制服。

【軍港】jūngǎng ㄐㄩㄣ ㄍㄤˇ 軍用艦船專用的港口。通常有各種防禦設施。

【軍工】jūngōng ㄐㄩㄣ ㄍㄨㄥ ❶軍事工業。❷軍事工程。

【軍功】jūngōng ㄐㄩㄣ ㄍㄨㄥ 戰功；武功：軍功章。

【軍官】jūnguān ㄐㄩㄣ ㄍㄨㄢ 被授予尉官以上軍銜的軍人的統稱。也指軍隊中排長以上的幹部。

【軍管】jūnguǎn ㄐㄩㄣ ㄍㄨㄢˇ 軍事管制的簡稱。

【軍國主義】jūnguó zhǔyì ㄐㄩㄣ ㄍㄨㄛˊ ㄓㄨˇ ㄧˋ 某些帝國主義國家為了加緊對外侵略，把國家置於軍事控制之下，實行法西斯軍事獨裁，強迫人民接受軍事訓練，向人民灌輸侵略思想，使政治、經濟、文化等為侵略戰爭服務的反動政策。

【軍號】jūnhào ㄐㄩㄣ ㄏㄠˋ 軍用的一種喇叭，用來傳達簡短號令、發佈警報等。

【軍徽】jūnhuī ㄐㄩㄣ ㄏㄨㄟ 軍隊的標誌。中國人民解放軍的軍徽是五角紅星鑲金黃色邊，當中嵌金黃色的'八一'兩字。

【軍婚】jūnhūn ㄐㄩㄣ ㄏㄨㄣ 指夫妻一方為現役軍人的婚姻。

【軍火】jūnhuǒ ㄐㄩㄣ ㄏㄨㄛˇ 武器和彈藥的總稱：軍火庫。

【軍機】jūnjī ㄐㄩㄣ ㄐㄧ ❶軍事機宜：貽誤軍機。❷軍事機密：泄漏軍機。

【軍籍】jūnjí ㄐㄩㄣ ㄐㄧˊ 原指登記軍人姓名等的簿冊，轉指軍人的身份。

【軍紀】jūnjì ㄐㄩㄣ ㄐㄧˋ 軍隊的紀律：軍紀嚴明。

【軍艦】jūnjiàn ㄐㄩㄣ ㄐㄧㄢˋ 有武器裝備能執行作戰任務的軍用艦艇的統稱，主要有戰列艦、巡洋艦、驅逐艦、航空母艦、潛艇、魚雷艇等。也叫兵艦。

【軍階】jūnjiē ㄐㄩㄣ ㄐㄧㄝ 軍銜的等級。

【軍墾】jūnkěn ㄐㄩㄣ ㄎㄣˇ 部隊開荒搞生產：軍墾農場。

【軍禮】jūnlǐ ㄐㄩㄣ ㄌㄧˇ 軍人的禮節：行軍禮。

【軍力】jūnlì ㄐㄩㄣ ㄌㄧˋ 兵力。

【軍糧】jūnliáng ㄐㄩㄣ ㄌㄧㄤˊ 供應部隊食用的糧食。

【軍齡】jūnlíng ㄐㄩㄣ ㄌㄧㄥˊ 軍人在軍隊中已服役的年數。

【軍令】jūnlìng ㄐㄩㄣ ㄌㄧㄥˋ 軍事命令：軍令狀｜軍令如山。

【軍令狀】jūnlìngzhuàng ㄐㄩㄣ ㄌㄧㄥˋ ㄓㄨㄤˋ 戲曲和舊小說中所說接受軍令後寫的保證書，表示如不能完成任務，願依軍法受罰。

【軍旅】jūnlǚ ㄐㄩㄣ ㄌㄩˇ 〈書〉軍隊，也指軍事：軍旅生涯。

【軍馬】jūnmǎ ㄐㄩㄣ ㄇㄚˇ ❶軍用的馬：軍馬場。❷〈書〉兵馬，泛指軍隊：各路軍馬。

【軍民】jūnmín ㄐㄩㄣ ㄇㄧㄣˊ 軍隊和人民：軍民魚水情。

【軍品】jūnpǐn ㄐㄩㄣ ㄆㄧㄣˇ 軍用物品(區別於'民品')。

【軍棋】jūnqí ㄐㄩㄣ ㄑㄧˊ 棋類遊藝的一種。有陸軍棋和陸海空軍棋，棋子按照軍職和軍械定名。兩人對下，雙方按照規則走棋，最後以奪得對方軍旗者為勝。

【軍旗】jūnqí ㄐㄩㄣ ㄑㄧˊ 軍隊的旗幟。中國人民解放軍軍旗為紅地兒，左上角綴金黃色五角星和'八一'兩字。

【軍情】jūnqíng ㄐㄩㄣ ㄑㄧㄥˊ 軍事情況：刺探軍情。

【軍區】jūnqū ㄐㄩㄣ ㄑㄩ 根據戰略需要劃分的軍事區域。設有領導機構，統一領導該區域內軍隊的作戰、訓練、政治、後勤，以及衛戍、兵役、民兵等工作。
【軍權】jūnquán ㄐㄩㄣ ㄑㄩㄢˊ 兵權。
【軍人】jūnrén ㄐㄩㄣ ㄖㄣˊ 有軍籍的人；服兵役的人。
【軍容】jūnróng ㄐㄩㄣ ㄖㄨㄥˊ 指軍隊和軍人的外表、紀律、威儀等：整飭軍容｜軍容嚴整。
【軍師】jūn·shī ㄐㄩㄣ ·ㄕ ❶古代官名。掌管監察軍務。❷舊時小說戲曲中所說在軍中擔任謀劃的人，現泛指給人出主意的人：狗頭軍師｜你要下象棋，我來給你當軍師。
【軍士】jūnshì ㄐㄩㄣ ㄕˋ 高於兵，低於尉官的軍人。
【軍事】jūnshì ㄐㄩㄣ ㄕˋ 與軍隊或戰爭有關的事情：軍事工作｜軍事行動｜軍事基地｜軍事科學。
【軍事法庭】jūnshì fǎtíng ㄐㄩㄣ ㄕˋ ㄈㄚˇ ㄊㄧㄥˊ 軍隊系統中的專門法庭，或由軍事機關臨時組織的審判機構。
【軍事管制】jūnshì guǎnzhì ㄐㄩㄣ ㄕˋ ㄍㄨㄢˇ ㄓˋ 國家在戰爭或其他特殊情況下採取的一種措施，由軍事部門暫時接管特定的單位，局部地區，以至國家政權。
【軍事基地】jūnshì jīdì ㄐㄩㄣ ㄕˋ ㄐㄧ ㄉㄧˋ 為軍事上的進攻或防守而駐紮軍隊並儲備軍火和軍事物資的地區。
【軍事科學】jūnshì kēxué ㄐㄩㄣ ㄕˋ ㄎㄜ ㄒㄩㄝˊ 研究戰爭和戰爭指導規律的科學。
【軍事體育】jūnshì tǐyù ㄐㄩㄣ ㄕˋ ㄊㄧˇ ㄩˋ 有關軍事知識和技能的體育運動，如跳傘運動、航空模型運動、摩托車運動等。
【軍屬】jūnshǔ ㄐㄩㄣ ㄕㄨˇ 現役軍人的家屬。
【軍團】jūntuán ㄐㄩㄣ ㄊㄨㄢˊ 我國紅軍時期相當於集團軍的編制單位。某些國家的軍團相當於我國的軍。
【軍務】jūnwù ㄐㄩㄣ ㄨˋ 軍隊的事務；軍事任務：軍務繁忙｜督理軍務。
【軍銜】jūnxián ㄐㄩㄣ ㄒㄧㄢˊ 區別軍人等級的稱號。如元帥、將官、校官、尉官等。
【軍餉】jūnxiǎng ㄐㄩㄣ ㄒㄧㄤˇ 軍人的薪俸和給養。
【軍校】jūnxiào ㄐㄩㄣ ㄒㄧㄠˋ 專門培養軍事幹部的學校。
【軍械】jūnxiè ㄐㄩㄣ ㄒㄧㄝˋ 各種槍械、火炮、彈藥及其備件、附件等的統稱。
【軍心】jūnxīn ㄐㄩㄣ ㄒㄧㄣ 軍隊的戰鬥意志：振奮軍心｜動搖軍心。
【軍需】jūnxū ㄐㄩㄣ ㄒㄩ ❶軍隊所需要的一切物資和器材。特指給養、被服等。❷舊時軍隊中指辦理軍需業務的人員。
【軍訓】jūnxùn ㄐㄩㄣ ㄒㄩㄣˋ 軍事訓練。
【軍醫】jūnyī ㄐㄩㄣ ㄧ 軍隊中有軍籍的醫生。
【軍營】jūnyíng ㄐㄩㄣ ㄧㄥˊ 兵營。
【軍用】jūnyòng ㄐㄩㄣ ㄩㄥˋ 軍事上使用的：軍用物資｜軍用地圖｜軍用飛機。
【軍郵】jūnyóu ㄐㄩㄣ ㄧㄡˊ 軍隊系統裏的郵政。
【軍樂】jūnyuè ㄐㄩㄣ ㄩㄝˋ 俗稱用管樂器和打擊樂器演奏的音樂，因為軍隊中常用而得名：軍樂隊。
【軍政】jūnzhèng ㄐㄩㄣ ㄓㄥˋ ❶軍事和政治。❷軍事上的行政工作。❸指軍隊和政府。
【軍種】jūnzhǒng ㄐㄩㄣ ㄓㄨㄥˇ 軍隊的基本類別。一般分為陸軍、海軍、空軍三個軍種。每一軍種由幾個兵種組成。
【軍裝】jūnzhuāng ㄐㄩㄣ ㄓㄨㄤ 軍服。

莙〔莙〕 jūn ㄐㄩㄣ ［莙薘菜］(jūndácài ㄐㄩㄣ ㄉㄚˊ ㄘㄞˋ) 一年或二年生草本植物，葉有長柄，花綠色。葉子嫩時可做蔬菜。

菌〔菌〕 jūn ㄐㄩㄣ 低等植物的一大類，不開花，沒有莖和葉子，不含葉綠素，種類很多，如細菌、真菌等。
另見633頁 jùn。
【菌落】jūnluò ㄐㄩㄣ ㄌㄨㄛˋ 單個菌體或孢子在固體培養基上生長繁殖後形成的肉眼可見的微生物群落。

鈞(钧) jūn ㄐㄩㄣ ❶古代的重量單位，三十斤是一鈞：雷霆萬鈞之勢｜千鈞一髮。❷製陶器所用的轉輪。❸〈書〉敬辭，用於有關對方的事物或行為 (對尊長或上級用)：鈞座｜鈞鑒｜鈞啓。

筠 jūn ㄐㄩㄣ 筠連 (Jūnlián ㄐㄩㄣ ㄌㄧㄢˊ)，地名，在四川。
另見1418頁 yún。

皸(皲) jūn ㄐㄩㄣ ［皸裂］(jūnliè ㄐㄩㄣ ㄌㄧㄝˋ) 皮膚因寒冷乾燥而開裂。

龜(龟) jūn ㄐㄩㄣ ［龜裂］(jūnliè ㄐㄩㄣ ㄌㄧㄝˋ) ❶同'皸裂'。❷裂開許多縫子；呈現出許多裂紋：天久不雨，田地龜裂。
另見431頁 guī；944頁 qiū。

麇(麕) jūn ㄐㄩㄣ 古書上指獐子。
另見958頁 qún。

鮶(鲪) jūn ㄐㄩㄣ 魚類的一屬，身體長形，側扁，口大而斜，尾鰭呈圓形。生活在海中。

jùn（ㄐㄩㄣˋ）

俊(❷雋、儁) jùn ㄐㄩㄣˋ ❶相貌清秀好看：俊秀｜俊俏｜這個孩子長得好俊呀！❷才智出眾的：俊杰｜英俊｜俊士。
'雋'另見626頁 juàn。
【俊杰】jùnjié ㄐㄩㄣˋ ㄐㄧㄝˊ 豪杰：識時務者為俊杰。
【俊美】jùnměi ㄐㄩㄣˋ ㄇㄟˇ 俊秀：容貌俊美。

【俊俏】jùnqiào ㄐㄩㄣˋㄑㄧㄠˋ (相貌)好看：模樣俊俏。

【俊秀】jùnxiù ㄐㄩㄣˋㄒㄧㄡˋ 清秀美麗：容貌俊秀。

捃(攟、攈) jùn ㄐㄩㄣˋ〈書〉拾取。

峻 jùn ㄐㄩㄣˋ ❶(山)高大：險峻｜高山峻嶺。❷嚴厲：嚴峻｜嚴刑峻法。

【峻拔】jùnbá ㄐㄩㄣˋㄅㄚˊ (山)高而陡：山勢峻拔。

【峻急】jùnjí ㄐㄩㄣˋㄐㄧˊ〈書〉❶水流急。❷性情嚴厲急躁。

【峻峭】jùnqiào ㄐㄩㄣˋㄑㄧㄠˋ 形容山高而陡：山勢峻峭。

浚(濬) jùn ㄐㄩㄣˋ 挖深；疏通(水道)：疏浚｜浚渠｜浚河｜浚泥船。
另見1305頁 Xùn。

郡 jùn ㄐㄩㄣˋ 古代的行政區劃，比縣小，秦漢以後，郡比縣大：郡縣｜會稽郡｜秦分天下為三十六郡。

珺 jùn ㄐㄩㄣˋ〈書〉一種美玉。

菌〔菌〕 jùn ㄐㄩㄣˋ 蕈(xùn)。
另見632頁 jūn。

【菌子】jùn·zi ㄐㄩㄣˋ·ㄗ〈方〉蕈(xùn)。

焌 jùn ㄐㄩㄣˋ〈書〉用火燒。
另見948頁 qū。

畯 jùn ㄐㄩㄣˋ 古代管農事的官。

竣 jùn ㄐㄩㄣˋ 完畢：完竣｜告竣｜竣工｜竣事。

【竣工】jùngōng ㄐㄩㄣˋㄍㄨㄥ 工程完成：竣工驗收｜提前竣工｜即將竣工｜全部竣工。

餕(馂) jùn ㄐㄩㄣˋ〈書〉吃剩下的食物。

雋 jùn ㄐㄩㄣˋ〈書〉同'俊'。

駿(骏) jùn ㄐㄩㄣˋ 好馬。

【駿馬】jùnmǎ ㄐㄩㄣˋㄇㄚˇ 走得快的馬；好馬。

K

kā（ㄎㄚ）

咔 kā ㄎㄚ 象聲詞：咔的一聲關上抽屜。
另見634頁 kǎ。

【咔吧】kābā ㄎㄚ ㄅㄚ 同'喀吧'。

【咔嚓】kāchā ㄎㄚ ㄔㄚ 同'喀嚓'。

【咔嗒】kādā ㄎㄚ ㄉㄚ 同'喀嗒'。

咖 kā ㄎㄚ 見下。
另見364頁 gā。

【咖啡】kāfēi ㄎㄚ ㄈㄟ ❶常綠小喬木或灌木，葉子長卵形，先端尖，花白色，有香味，結漿果，深紅色，內有兩顆種子。種子炒熟製成粉，可以作飲料。產在熱帶和亞熱帶地區。❷咖啡種子製成的粉末。❸用咖啡種子的粉末製成的飲料。［英 coffee］

【咖啡鹼】kāfēijiǎn ㄎㄚ ㄈㄟ ㄐㄧㄢˇ 有機化合物，化學式 $C_8H_{10}O_2 \cdot N_4H_2O$，白色有光澤的柱狀結晶體，有苦味。多含在咖啡、可可的種子和茶葉中。可做興奮劑和利尿劑等。

【咖啡色】kāfēisè ㄎㄚ ㄈㄟ ㄙㄜˋ 深棕色。

【咖啡廳】kāfēitīng ㄎㄚ ㄈㄟ ㄊㄧㄥ 單獨開設的或賓館中附設的出售咖啡及其他飲料的地方。

喀 kā ㄎㄚ 象聲詞，嘔吐、咳嗽的聲音。

【喀吧】kābā ㄎㄚ ㄅㄚ 象聲詞：喀吧一聲，棍子撅成兩截。也作咔吧。

【喀嚓】kāchā ㄎㄚ ㄔㄚ 象聲詞：喀嚓一聲，樹枝被風吹折(shé)了。也作咔嚓。

【喀嗒】kādā ㄎㄚ ㄉㄚ 象聲詞：喀嗒一聲，放下了電話筒。也作咔嗒。

【喀秋莎】kāqiūshā ㄎㄚ ㄑㄧㄡ ㄕㄚ 火箭炮的一種。［俄 катюша］

【喀斯特】kāsītè ㄎㄚ ㄙ ㄊㄜˋ 指岩溶。由亞得里亞海岸的喀斯特(Karst)高地而得名。

擖〔擖〕 kā ㄎㄚ 用刀子刮。

kǎ（ㄎㄚˇ）

卡 kǎ ㄎㄚˇ ❶卡路里的簡稱。❷卡片：資料卡｜年曆卡｜病歷卡。❸錄音機上放置盒式磁帶的倉式裝置：雙卡錄音機。［英 cassette］❹卡車：十輪卡。
另見912頁 qiǎ。

【卡賓槍】kǎbīnqiāng ㄎㄚˇ ㄅㄧㄣ ㄑㄧㄤ 槍的一種，槍身較短，能自動退殼和連續射擊，有效射程較步槍近。［卡賓，英 carbine］

【卡車】kǎchē ㄎㄚˇ ㄔㄜ 運輸貨物、器材等的載重汽車。［卡，英 car］

【卡尺】kǎchǐ ㄎㄚˇ ㄔˇ 遊標卡尺的簡稱。

【卡帶】kǎdài ㄎㄚˇ ㄉㄞˋ 盒帶：音樂卡帶｜一盒卡帶。

【卡規】kǎguī ㄎㄚˇ ㄍㄨㄟ 一種測量軸或凸形工件的量具。參看593頁〖界限量規〗。

【卡介苗】kǎjièmiáo ㄎㄚˇ ㄐㄧㄝˋ ㄇㄧㄠˊ 一種預防結核病的疫苗，除能預防結核病外，還有防治麻風病的作用。這種疫苗是法國科學家卡默特(Albert Calmette)和介林(Camille Guérin)兩人首先製成的，所以叫卡介苗。

【卡拉OK】kǎlā'ōukèi ㄎㄚˇ ㄌㄚ ㄡ ㄎㄟˋ 20世紀70年代中期由日本發明的一種音響設備，日語是'無人樂隊'的意思。它可以供人欣賞機內預先錄製的音樂，還可以供人在該機的伴奏下演唱。［卡拉，日から；OK，譯自英 orchestra］

【卡路里】kǎlùlǐ ㄎㄚˇ ㄌㄨˋ ㄌㄧˇ 熱量單位，使1克水的溫度升高1°C所需要的熱量。簡稱卡。［法 calorie］

【卡片】kǎpiàn ㄎㄚˇ ㄆㄧㄢˋ 用來記錄各種事項以便排比、檢查、參考的紙片：資料卡片｜卡片目錄。［卡，英 card］

【卡其】kǎqí ㄎㄚˇ ㄑㄧˊ 咔嘰。

【卡鉗】kǎqián ㄎㄚˇ ㄑㄧㄢˊ 用來測量或比較作件內外直徑或兩端距離的量具。兩個腳可以開合，開口的尺寸可用另外的鋼尺量出。

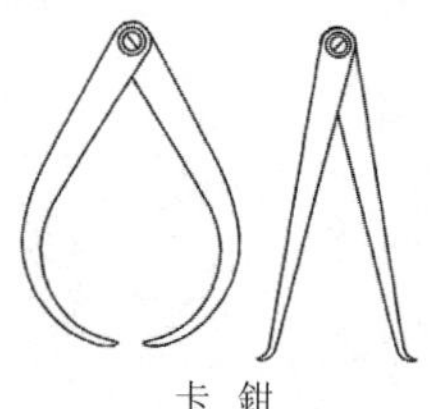

卡　鉗

【卡特爾】kǎtè'ěr ㄎㄚˇ ㄊㄜˋ ㄦˇ 資本主義壟斷組織的形式之一。生產同類商品的企業為了壟斷市場，獲取高額利潤，通過在商品價格、產量和銷售等方面訂立協定而形成的同盟。參加者在生產上、商業上和法律上仍保持獨立性。［法 cartel］

【卡通】kǎtōng ㄎㄚˇ ㄊㄨㄥ ❶動畫片。❷漫畫。［英 cartoon］

佧 kǎ ㄎㄚˇ ［佧佤族］(kǎwǎzú ㄎㄚˇ ㄨㄚˇ ㄗㄨˊ)佤族的舊稱。

咔 kǎ ㄎㄚˇ 見下。
另見634頁 kā。

【咔嘰】kǎjī ㄎㄚˇ ㄐㄧ 一種質地較密較厚的斜紋

布。也譯作卡其。〔英 khaki〕

咯 kǎ ㄎㄚˇ 使東西從咽頭或氣管裏出來：咯血｜把魚刺咯出來。
另見383頁 gē；742頁 ·lo；761頁 luò。

【咯血】kǎ∥xiě ㄎㄚˇ∥ㄒㄧㄝˇ 喉部或喉以下呼吸道出血經口腔排出。咯出的血液鮮紅色，常帶有泡沫。見於肺結核、肺炎、支氣管擴張、肺癌等病或胸部外傷。

胩 kǎ ㄎㄚˇ 烴基和異氰基的化合物，無色液體，有惡臭。也叫異腈。〔英 carbylamine〕

kāi (ㄎㄞ)

揩 kāi ㄎㄞ 擦；抹：揩汗｜把桌子揩乾淨。

【揩拭】kāishì ㄎㄞ ㄕˋ 擦拭：用抹布揩拭桌面。

【揩油】kāi∥yóu ㄎㄞ∥ㄧㄡˊ 比喻佔公家或別人的便宜。

開[1] (开) kāi ㄎㄞ ❶使關閉着的東西不再關閉；打開：開門｜開鎖｜開箱子｜不開口。❷打通；開闢：開路｜開礦｜牆上開了個窗口｜開了三千畝水田。❸(合攏或連接的東西)展開；分離：桃樹開花了｜扣兒開了｜兩塊木板沒粘好，又開了。❹(河流)解凍：河開了。❺解除(封鎖、禁令、限制等)：開戒｜開禁｜開齋｜開釋。❻發動或操縱(槍、炮、車、船、飛機、機器等)：開槍｜開汽車｜開拖拉機｜火車開了。❼(隊伍)開拔：昨天開來兩團人，今天又開走了。❽開辦：開工廠｜開醫院。❾開始：開工｜開學｜開演。❿舉行(會議、座談會、展覽會等)：開會｜開運動會｜開歡送會。⓫寫出(多指單據、信件等)；說出(價錢)：開價｜開發票｜開藥方｜開清單｜開介紹信。⓬支付；開銷(工資、車費)：開薪｜開餉。⓭〈方〉開革；開除：過去資本家隨便開掉我們工人。⓮(液體)受熱而沸騰：水開了。⓯擺上(飯菜、酒席)：開飯｜開席｜開三份客飯。⓰〈方〉吃：他把包子都開了。⓱用在動詞或形容詞後。a)表示擴大或擴展：喜訊傳開了。b)表示開始並繼續下去：下了兩天雨，天就冷開了｜天還沒亮，大家就幹開了。⓲指十分之幾的比例：三七開。⓳印刷上指相當於整張紙的若干分之一：三十二開紙。⓴(Kāi)姓。

開[2] (开) kāi ㄎㄞ 開金中含純金量的計算單位(二十四開為純金)：十四開金的筆尖。〔英 karat〕

開 (开) ∥·kāi∥·ㄎㄞ 用在動詞後。a)表示分開或離開：拉開｜躲開｜把門開開｜窗戶關得緊，打不開。b)表示容下：這個屋子小，人多了坐不開｜這張大牀，三個孩子也睡開了。

【開拔】kāibá ㄎㄞ ㄅㄚˊ (軍隊)由駐地或休息處出發：第三天拂曉前，部隊開拔了。

【開辦】kāibàn ㄎㄞ ㄅㄢˋ 建立(工廠、學校、商店、醫院等)。

【開本】kāiběn ㄎㄞ ㄅㄣˇ 拿整張印書紙裁開的若干等份的數目做標準來表明書刊本子的大小叫開本，如十六開本、三十二開本等。

【開筆】kāi∥bǐ ㄎㄞ∥ㄅㄧˇ ❶舊時指開始學做詩文：他八歲開筆，九歲就成了篇。❷舊時指一年中開始寫字：新春開筆。❸指開始寫某一本書或某篇文章。

【開編】kāibiān ㄎㄞ ㄅㄧㄢ 開始編寫；開始編輯：這部詞典已經開編。

【開標】kāi∥biāo ㄎㄞ∥ㄅㄧㄠ 拆開標單，通常由招標人召集投標人當眾舉行。

【開播】kāibō ㄎㄞ ㄅㄛ ❶廣播電台、電視台正式播放節目：慶祝電視二台開播五週年。❷某一節目開始播放：這部電視連續劇開播後收到不少觀眾來信｜春節聯歡晚會今晚八點開播。❸開始播種。

【開採】kāicǎi ㄎㄞ ㄘㄞˇ 挖掘(礦物)：開採石油｜開採地下資源。

【開場】kāichǎng ㄎㄞ ㄔㄤˇ 演劇或一般文藝演出等開始，也比喻一般活動開始：他們到了劇院，開場已很久了｜群眾大會上，他總是帶頭發言，話雖不多，倒能給會議做個很好的開場。

【開場白】kāichǎngbái ㄎㄞ ㄔㄤˇ ㄅㄞˊ 戲曲或某些文藝演出開場時引入本題的道白，比喻文章或講話等開始的部分。

【開車】kāi∥chē ㄎㄞ∥ㄔㄜ ❶駕駛機動車：路滑，開車要注意安全。❷泛指開動機器。

【開誠佈公】kāi chéng bù gōng ㄎㄞ ㄔㄥˊ ㄅㄨˋ ㄍㄨㄥ 誠意待人，坦白無私。

【開誠相見】kāi chéng xiāng jiàn ㄎㄞ ㄔㄥˊ ㄒㄧㄤ ㄐㄧㄢˋ 跟人接觸時，誠懇地對待。

【開秤】kāi∥chèng ㄎㄞ∥ㄔㄥˋ 開始交易(多用於收購季節性貨物的商業)：果品收購站已經開秤收購西瓜了。

【開初】kāichū ㄎㄞ ㄔㄨ 開始；起初：開初他們互不了解，日子一久，也就熟了。

【開除】kāichú ㄎㄞ ㄔㄨˊ 機關、團體、學校等將成員除名使退出集體：開除黨籍｜開除學生兩名｜他被公司開除了。

【開鋤】kāi∥chú ㄎㄞ∥ㄔㄨˊ 一年中開始鋤地。

【開創】kāichuàng ㄎㄞ ㄔㄨㄤˋ 開始建立；創建：開創新局面｜開創歷史新紀元｜這家老店開創於上世紀末。

【開春】kāi∥chūn ㄎㄞ∥ㄔㄨㄣ (開春兒)春天開始；進入春天(一般指農曆正月或立春前後)：開了春，天氣就暖和起來了。

【開打】kāidǎ ㄎㄞ ㄉㄚˇ 戲曲中演員表演搏鬥。

【開襠褲】kāidāngkù ㄎㄞ ㄉㄤ ㄎㄨˋ 幼兒穿的襠

裏有口的褲子。

【開刀】kāi∥dāo ㄎㄞ∥ㄉㄠ ❶執行斬刑(多見於早期白話)：開刀問斬。❷比喻先從某個方面或某個人下手。❸醫生用醫療器械給病人做手術。

【開導】kāidǎo ㄎㄞ ㄉㄠˇ 以道理啓發勸導：孩子有缺點，應該耐心開導。

【開倒車】kāi dàochē ㄎㄞ ㄉㄠˋ ㄔㄜ 比喻違反前進的方向，向後退：要順應歷史潮流，不能開倒車。

【開道】kāi∥dào ㄎㄞ∥ㄉㄠˋ ❶在前引路：鳴鑼開道。❷〈方〉讓路。

【開弔】kāidiào ㄎㄞ ㄉㄧㄠˋ 辦喪事的人家在出殯以前接待親友來弔唁。

【開凍】kāi∥dòng ㄎㄞ∥ㄉㄨㄥˋ 冰凍的江河、土地融化。

【開動】kāidòng ㄎㄞ ㄉㄨㄥˋ ❶(車輛)開行；(機器)運轉：開動機車｜轟隆隆機器開動了◇開動腦筋。❷開拔前進：隊伍休息了一會就開動了。

【開端】kāiduān ㄎㄞ ㄉㄨㄢ (事情)起頭；開頭：良好的開端。

【開恩】kāi∥ēn ㄎㄞ∥ㄣ 請求人寬恕或施與恩惠的用語。

【開爾文】kāi'ěrwén ㄎㄞ ㄦˇ ㄨㄣˊ 熱力學溫度單位，1開爾文是水的三相點熱力學溫度的1/273.16。這個單位名稱是為紀念英國物理學家開爾文(Lord Kelvin)而定的。

【開發】kāifā ㄎㄞ ㄈㄚ ❶以荒地、礦山、森林、水力等自然資源為對象進行勞動，以達到利用的目的；開拓：開發荒山｜開發黃河水利｜開發邊疆。❷發現或發掘人才、技術等供利用：開發先進技術｜人才開發中心。

【開發】kāi·fa ㄎㄞ ·ㄈㄚ 支付；分發：開發車錢｜開發喜錢。

【開飯】kāi∥fàn ㄎㄞ∥ㄈㄢˋ ❶把飯菜擺出來準備吃。❷食堂開始供應飯菜。

【開方】[1] kāi∥fāng ㄎㄞ∥ㄈㄤ (開方兒)開藥方。也說開方子。

【開方】[2] kāifāng ㄎㄞ ㄈㄤ 求一個數的方根的運算，如81開4次方得±3。

【開房間】kāi fángjiān ㄎㄞ ㄈㄤˊ ㄐㄧㄢ 〈方〉租用旅館的房間。

【開放】kāifàng ㄎㄞ ㄈㄤˋ ❶(花)展開：百花開放。❷解除封鎖、禁令、限制等：公園每天開放｜圖書館開放時間每天上午八時至下午六時｜機場關閉了三天，至今日才開放。❸性格開朗：性格開放。

【開赴】kāifù ㄎㄞ ㄈㄨˋ (隊伍)開到(某處)去：開赴工地｜開赴前綫。

【開革】kāigé ㄎㄞ ㄍㄜˊ 開除；除名。

【開工】kāi∥gōng ㄎㄞ∥ㄍㄨㄥ ❶(工廠)開始生產。❷(土木工程)開始修建。

【開關】kāiguān ㄎㄞ ㄍㄨㄢ ❶電器裝置上接通和截斷電路的設備。通稱電門。❷設在流體管道上控制流量的裝置，如油門開關，氣門開關。

【開光】kāi∥guāng ㄎㄞ∥ㄍㄨㄤ ❶神佛的偶像雕塑完成後，選擇吉日，舉行儀式，揭去蒙在臉上的紅綢，開始供奉。❷借指人理發、剃頭或刮臉(含恢諧意)。

【開鍋】kāi∥guō ㄎㄞ∥ㄍㄨㄛ 鍋中液體煮沸：柴濕火不旺，燒了半天還沒有開鍋。

【開國】kāiguó ㄎㄞ ㄍㄨㄛˊ 指建立新的國家(在封建時代指建立新的朝代)：開國元勛｜開國大典。

【開航】kāi∥háng ㄎㄞ∥ㄏㄤˊ ❶新開闢的或解凍的河道開始行船；新開闢的民航綫開始有飛機航行。❷(船隻)開行；起航。

【開河】[1] kāi∥hé ㄎㄞ∥ㄏㄜˊ 河流解凍。

【開河】[2] kāi∥hé ㄎㄞ∥ㄏㄜˊ 開闢河道。

【開後門】kāihòumén ㄎㄞ ㄏㄡˋ ㄇㄣˊ (開後門兒)比喻利用職權給予不應有的方便和利益。

【開戶】kāi∥hù ㄎㄞ∥ㄏㄨˋ 單位或個人跟銀行建立儲蓄、信貸等業務關係。

【開花】kāi∥huā ㄎㄞ∥ㄏㄨㄚ (開花兒)❶生出花朵；花蕾開放：開花結果。❷比喻像花朵那樣破裂開：開花兒饅頭｜這隻鞋開花兒了｜炮彈在敵人的碉堡上開了花。❸比喻心裏高興或臉露笑容：心裏開了花｜樂開了花。❹比喻經驗傳開或事業興起：全面開花｜遍地開花。

【開花彈】kāihuādàn ㄎㄞ ㄏㄨㄚ ㄉㄢˋ 榴彈的舊稱。

【開化】kāihuà ㄎㄞ ㄏㄨㄚˋ ❶由原始的狀態進入有文化的狀態。❷冰、雪開始融化。

【開懷】kāihuái ㄎㄞ ㄏㄨㄞˊ 心情無所拘束，十分暢快：開懷暢飲。

【開懷兒】kāi∥huáir ㄎㄞ∥ㄏㄨㄞㄦˊ 指婦女第一次生育：沒開過懷兒(沒有生過孩子)。

【開荒】kāi∥huāng ㄎㄞ∥ㄏㄨㄤ 開墾荒地。

【開會】kāi∥huì ㄎㄞ∥ㄏㄨㄟˋ 若干人聚在一起議事、聯歡、聽報告等。

【開葷】kāi∥hūn ㄎㄞ∥ㄏㄨㄣ ❶(信奉佛教等宗教的人)解除吃素的戒律或已滿吃齋的期限，開始肉食。❷指經歷某種新奇的事情。

【開火】kāi∥huǒ ㄎㄞ∥ㄏㄨㄛˇ (開火兒)❶放槍發炮，開始打仗：前綫開火了。❷比喻進行抨擊：向官僚主義開火。

【開伙】kāi∥huǒ ㄎㄞ∥ㄏㄨㄛˇ ❶辦伙食：剛開學，學校還沒有開伙。❷供應伙食：這個學校的食堂只是中午有飯，早上晚上都不開伙。

【開豁】kāihuò ㄎㄞ ㄏㄨㄛˋ ❶寬闊；爽朗：霧氣一散，四外都顯得十分開豁。❷(思想、胸懷)開闊：聽了報告，他的心裏更開豁了。

【開機】kāi∥jī ㄎㄞ∥ㄐㄧ ❶開動機器。❷指開始拍攝(電影、電視劇等)。

【開架】kāi∥jià ㄎㄞ∥ㄐㄧㄚˋ ❶指由讀者直接在書架上選取圖書：開架借閱。❷指由顧客直接在貨架上選取商品：開架售貨。

【開價】kāi∥jià ㄎㄞ∥ㄐㄧㄚˋ（開價兒）說出價格；要價：開價太高。

【開間】kāijiān ㄎㄞ ㄐㄧㄢ ❶〈方〉舊式房屋的寬度單位，相當於一根檁的長度（約一丈左右）：單開間｜雙開間。❷房間的寬度：這間房子開間很大。

【開獎】kāijiǎng ㄎㄞ ㄐㄧㄤˇ 在有獎活動中，通過一定的形式，確定獲獎的等次和人員：有獎儲蓄當眾開獎。

【開講】kāijiǎng ㄎㄞ ㄐㄧㄤˇ 開始講課或開始說書。

【開交】kāijiāo ㄎㄞ ㄐㄧㄠ 結束；解決（多用於否定）：忙得不可開交。

【開膠】kāijiāo ㄎㄞ ㄐㄧㄠ 用膠黏合的東西裂開：三合板開膠就沒法用了｜這雙運動鞋沒穿一個月就開了膠。

【開解】kāijiě ㄎㄞ ㄐㄧㄝˇ 開導勸解（憂愁悲痛的人）：大家說了些開解的話，她也就想通了。

【開戒】kāi∥jiè ㄎㄞ∥ㄐㄧㄝˋ 原指宗教徒解除戒律，借指一般人解除生活上的禁忌，如吸烟、喝酒等。

【開金】kāijīn ㄎㄞ ㄐㄧㄣ 含黃金的合金：開金首飾。參看'開[2]'。

【開禁】kāijìn ㄎㄞ ㄐㄧㄣˋ 解除禁令。

【開鏡】kāijìng ㄎㄞ ㄐㄧㄥˋ 指影片、電視片開拍：這部影片擬於九月開鏡，年底停機。

【開局】kāijú ㄎㄞ ㄐㄩˊ ❶（下棋或賽球）開始：這盤棋剛開局。❷（下棋或賽球）開始的階段：開局不太順利，後來逐漸佔了上風。

【開具】kāijù ㄎㄞ ㄐㄩˋ 寫出（多指內容分項的單據、信件等）；開列：開具清單。

【開卷】kāijuàn ㄎㄞ ㄐㄩㄢˋ ❶〈書〉打開書本，借指讀書：開卷有益。❷一種考試方法，參加考試的人可自由查閱有關資料（區別於'閉卷'）。

【開掘】kāijué ㄎㄞ ㄐㄩㄝˊ ❶挖：開掘新的礦井。❷文藝上指對題材、人物思想、現實生活等深入探索並充分表達出來。

【開課】kāi∥kè ㄎㄞ∥ㄎㄜˋ ❶學校開始上課。❷設置課程，也指教師（主要是高等學校的教師）擔任某一課程的教學：這學期他開了兩門課｜為了提高教學質量，教師開課要做充分的準備｜下學期開哪幾門課，教研室正在研究。

【開墾】kāikěn ㄎㄞ ㄎㄣˇ 把荒地開闢成可以種植的土地：開墾山地。

【開口】kāi∥kǒu ㄎㄞ∥ㄎㄡˇ ❶張開嘴說話：沒等我開口，他就搶先替我說了。❷開刃兒。

【開口飯】kāikǒufàn ㄎㄞ ㄎㄡˇ ㄈㄢˋ 舊時把以表演戲曲、曲藝等為職業叫做吃開口飯。

【開口呼】kāikǒuhū ㄎㄞ ㄎㄡˇ ㄏㄨ 見1086頁〖四呼〗。

【開口跳】kāikǒutiào ㄎㄞ ㄎㄡˇ ㄊㄧㄠˋ 武丑的別名。

【開口銷】kāikǒuxiāo ㄎㄞ ㄎㄡˇ ㄒㄧㄠ 銷子的一種。呈⊶形，穿入螺栓軸等的孔中後，將穿出的部分向兩側叉開，用來固定螺栓或使軸上的輪子不至脫落。

【開口子】kāi kǒu·zi ㄎㄞ ㄎㄡˇ ·ㄗ ❶指堤岸被河水沖破。❷指在某方面破例或放鬆限制：這樣照顧，向無先例，我不能開這個口子。

【開快車】kāi kuàichē ㄎㄞ ㄎㄨㄞˋ ㄔㄜ 比喻加快工作、學習速度：又要開快車，又要保證質量。

【開礦】kāi∥kuàng ㄎㄞ∥ㄎㄨㄤˋ 開採礦物。

【開闊】kāikuò ㄎㄞ ㄎㄨㄛˋ ❶（面積或空間範圍）寬廣：開闊的廣場｜雄鷹在開闊的天空中翱翔。❷（思想、心胸）開朗：他是一個思想開闊而又活潑愉快的人。❸使開闊：開闊眼界｜開闊路面｜開闊胸襟。

【開闊地】kāi kuòdì ㄎㄞ ㄎㄨㄛˋ ㄉㄧˋ 軍事上指沒有樹林、山丘等遮擋的大片平地。

【開朗】kāilǎng ㄎㄞ ㄌㄤˇ ❶地方開闊，光綫充足：豁然開朗。❷（思想、心胸、性格等）樂觀、暢快，不陰鬱低沈：胸懷開朗，精神煥發。

【開犁】kāi∥lí ㄎㄞ∥ㄌㄧˊ ❶一年中開始耕地。❷開墒。

【開例】kāi∥lì ㄎㄞ∥ㄌㄧˋ 做出不合規定或尚無規定的事情，讓別人可以援例：如果從你這裏開例，以後事情就不好辦了。

【開鐮】kāi∥lián ㄎㄞ∥ㄌㄧㄢˊ 指一茬莊稼成熟，開始收割。

【開臉】kāi∥liǎn ㄎㄞ∥ㄌㄧㄢˇ ❶舊俗，女子臨出嫁改變頭髮的梳妝樣式，去淨臉和脖子上的寒毛，修齊鬢角，叫做開臉。❷雕塑工藝中指雕刻人物的臉部。

【開列】kāiliè ㄎㄞ ㄌㄧㄝˋ 一項一項寫出來：開列名單｜按照開列的項目進行。

【開裂】kāiliè ㄎㄞ ㄌㄧㄝˋ 出現裂縫：木板開裂。

【開路】kāilù ㄎㄞ ㄌㄨˋ ❶開闢通路：逢山開路，遇水架橋。❷在前引路：開路先鋒。❸電路中的開關呈開啓狀態或去掉一個負載，使電流不能構成回路的電路。也叫斷路。

【開綠燈】kāi lǜdēng ㄎㄞ ㄌㄩˋ ㄉㄥ 比喻准許做某事：不能給不合格產品上市開綠燈。

【開鑼】kāi∥luó ㄎㄞ∥ㄌㄨㄛˊ ❶戲曲開演：開鑼戲（開鑼後的第一齣戲）｜我們進了劇院，離開鑼的時候還早。❷比喻某項活動開始（多用於體育競賽）：舉重錦標賽月底開鑼。

【開門】kāi∥mén ㄎㄞ∥ㄇㄣˊ ❶敞開門，多用於比喻：開門整風。❷指營業開始：銀行九點才開門。

【開門紅】kāiménhóng ㄎㄞ ㄇㄣˊ ㄏㄨㄥˊ 比喻在一年開始或一項工作開始時就獲得顯著的成績：爭取新學年開門紅。

【開門見山】kāi mén jiàn shān ㄎㄞ ㄇㄣˊ ㄐㄧㄢˋ ㄕㄢ 比喻說話寫文章直截了當：這篇文章開門見山，一落筆就點明了主題。

【開門揖盜】kāi mén yī dào ㄎㄞ ㄇㄣˊ ㄧ ㄉㄠˋ 開了門請強盜進來，比喻引進壞人來危害自己。

【開蒙】kāi∥méng ㄎㄞ∥ㄇㄥˊ 舊時私塾教兒童開始識字或學習；兒童開始識字或學習：請王老師給他開蒙｜他六歲開的蒙。

【開明】kāimíng ㄎㄞ ㄇㄧㄥˊ 原意是從野蠻進化到文明，後來指人思想開通，不頑固保守：開明士紳｜思想開明。

【開幕】kāi∥mù ㄎㄞ∥ㄇㄨˋ ❶一場演出、一個節目或一幕戲開始時打開舞台前的幕：現在七點，戲恐怕已經開幕了。❷（會議、展覽會等）開始：開幕詞｜開幕典禮。

【開拍】kāipāi ㄎㄞ ㄆㄞ 開始拍攝（電影、電視劇等）：這部影片由去年初開拍，直至今年底才停機。

【開盤】kāi∥pán ㄎㄞ∥ㄆㄢˊ （開盤兒）指證券、黃金等交易市場營業開始，第一次報告當天行情。

【開炮】kāi∥pào ㄎㄞ∥ㄆㄠˋ ❶發射炮彈，向敵軍陣地開炮。❷比喻提出嚴厲的批評。

【開闢】kāipì ㄎㄞ ㄆㄧˋ ❶打開通路；創立：開闢航綫。❷開拓發展：開闢工作｜開闢邊疆。❸古代神話，盤古氏開天闢地，簡稱開闢，指宇宙的開始。

【開篇】kāipiān ㄎㄞ ㄆㄧㄢ ❶彈詞演唱故事之前先彈唱的一段唱詞，自為起訖，作為正書的引子，也可以單獨表演。江蘇、浙江有些地方戲曲演出前，有時附加內容與正戲無關的唱段，也叫開篇。如越劇開篇、滬劇開篇。❷指著作的開頭。

【開瓢兒】kāi∥piáor ㄎㄞ∥ㄆㄧㄠㄦˊ 〈方〉指腦袋被打破（多含詼諧意）。

【開票】kāi∥piào ㄎㄞ∥ㄆㄧㄠˋ ❶投票後打開票箱，統計候選人所得票數。❷開發票；開單據。

【開啓】kāiqǐ ㄎㄞ ㄑㄧˇ ❶打開：這種滅火器的開關能自動開啓｜開啓閘門。❷開創：開啓一代新風。

【開腔】kāi∥qiāng ㄎㄞ∥ㄑㄧㄤ 開口說話：大家都還沒說話，他先開腔了。

【開竅】kāi∥qiào ㄎㄞ∥ㄑㄧㄠˋ （開竅兒）❶（思想）搞通：思想開了竅，工作才做得好。❷（兒童）開始長見識。❸〈方〉開眼（含譏諷意）。

【開缺】kāi∥quē ㄎㄞ∥ㄑㄩㄝ 舊時指官員因故去職或者死亡，職位一時空缺，準備另外選人充任。

【開刃兒】kāi∥rènr ㄎㄞ∥ㄖㄣㄦˋ 新的刀、剪等在使用前搶（qiǎng）、磨使刃鋒利。

【開賽】kāisài ㄎㄞ ㄙㄞˋ 開始比賽：亞洲杯足球賽開賽｜少年戲曲、曲藝比賽今天上午開賽。

【開山】kāi∥shān ㄎㄞ∥ㄕㄢ ❶因採石、築路等目的而把山挖開或炸開：開山劈嶺。❷指在一定時期開放已封的山地，准許進行放牧、採伐等活動。❸佛教用語，指最初在某個名山建立寺院。

【開山】kāi·shān ㄎㄞ·ㄕㄢ 開山祖師。

【開山祖師】kāishān zǔshī ㄎㄞ ㄕㄢ ㄗㄨˇ ㄕ 原是佛教用語，指最初在某個名山建立寺院的人，後來比喻首創學術技藝的某一派別或首創某一事業的人。也叫開山祖。

【開衫】kāishān ㄎㄞ·ㄕㄢ （開衫兒）開襟的針織上衣：男開衫｜女開衫。

【開墒】kāi∥shāng ㄎㄞ∥ㄕㄤ 耕地時，先用犁開出一條溝來，以便順着這條溝犁地。也叫開犁。

【開設】kāishè ㄎㄞ ㄕㄜˋ ❶設立（店鋪、作坊、工廠等）。❷設置（課程）：開設公共關係課。

【開始】kāishǐ ㄎㄞ ㄕˇ ❶從頭起；從某一點起：新的一年開始了｜今天從第五課開始。❷着手進行：開始一項新的工作｜提綱已經定了，明天就可以開始寫。❸開始的階段：一種新的工作，開始總會遇到一些困難。

【開氏溫標】Kāishì wēnbiāo ㄎㄞ ㄕˋ ㄨㄣ ㄅㄧㄠ 熱力學溫標。因這種溫標是英國物理學家開爾文（Lord Kelvin）制定的，所以也叫開氏溫標。

【開市】kāi∥shì ㄎㄞ∥ㄕˋ ❶商店、作坊等過了休息的日子，或有季節性的商店、作坊等到了營業的季節，開始營業。❷商店每天第一次成交。

【開釋】kāishì ㄎㄞ ㄕˋ 釋放（被拘禁的人）：開釋出獄｜無罪開釋。

【開首】kāishǒu ㄎㄞ ㄕㄡˇ 〈方〉開始；起頭：文章開首就點出全文主題。

【開涮】kāishuàn ㄎㄞ ㄕㄨㄢˋ 〈方〉戲弄（人）；開玩笑。

【開水】kāishuǐ ㄎㄞ ㄕㄨㄟˇ 煮沸的水。

【開司米】kāisīmǐ ㄎㄞ ㄙ ㄇㄧˇ ❶山羊的絨毛，纖維細而輕軟，是優良的毛紡原料。原指克什米爾地方所產的山羊絨毛。❷用這種絨毛製成的毛綫或織品。［英cashmere］

【開台】kāitái ㄎㄞ ㄊㄞˊ 戲曲開演：開台鑼鼓｜戲已開台。

【開膛】kāi∥táng ㄎㄞ∥ㄊㄤˊ 剖開胸腔和腹腔（多指家禽、家畜的）：開膛母雞｜豬煺毛後就開膛。

【開天窗】kāi tiānchuāng ㄎㄞ ㄊㄧㄢ ㄔㄨㄤ ❶比喻梅毒患者鼻部潰爛。❷舊時政府檢查新聞，禁止發表某些報道或言論，報紙版面上留下成塊空白，叫開天窗。

【開天闢地】kāi tiān pì dì ㄎㄞ ㄊㄧㄢ ㄆㄧˋ ㄉㄧˋ 古代神話說盤古氏開闢天地後才有世界，因此用‘開天闢地’指有史以來。

【開庭】kāi∥tíng ㄎㄞ∥ㄊㄧㄥˊ 審判人員在法庭上對當事人及其他有關的人進行審問和訊問。

【開通】kāitōng ㄎㄞ ㄊㄨㄥ ❶使原來閉塞的（如思想、風氣等）不閉塞：開通風氣｜開通民智。❷交通、通訊等綫路開始使用：國內衛星通信網昨天開通｜這條公路已經竣工並開通使用。

【開通】kāi·tong ㄎㄞ ·ㄊㄨㄥ ❶（思想）不守舊；不拘謹固執：思想開通｜老人學了文化，腦筋更開通了。❷使開通：讓他多到外面去看看，開通開通他的思想。

【開頭】kāi∥tóu ㄎㄞ∥ㄊㄡˊ（開頭兒）❶事情、行動、現象等最初發生：我們的學習剛開頭，你現在來參加還趕得上。❷使開頭：請你先開個頭兒。

【開頭】kāitóu ㄎㄞ ㄊㄡˊ（開頭兒）開始的時刻或階段：開頭我們都在一起，後來就分開了｜這篇文章開頭就表明了作者的意向。

【開脫】kāituō ㄎㄞ ㄊㄨㄛ 推卸或解除（罪名或對過失的責任）：開脫罪責｜不要為他開脫。

【開拓】kāituò ㄎㄞ ㄊㄨㄛˋ ❶開闢；擴展：開拓邊疆｜開拓處女地◇這一年短篇小說的創作道路開拓得更廣闊了。❷採掘礦物前進行的修建巷道等工序的總稱。

【開外】kāiwài ㄎㄞ ㄨㄞˋ 超過某一數量；以外（多用於年歲）：這位老人，看上去有七十開外了，可是精神還很健旺｜南北四十里，東西六十里開外。

【開玩笑】kāi wánxiào ㄎㄞ ㄨㄢˊ ㄒㄧㄠˋ ❶用言語或行動戲弄人：他是跟你開玩笑的，你別認真｜隨便開兩句玩笑。❷用不嚴肅的態度對待；當做兒戲：這事關係許多人的安全，可不是開玩笑的事情。

【開胃】kāiwèi ㄎㄞ ㄨㄟˋ ❶增進食慾：這藥吃了能開胃。❷〈方〉開心②。

【開綫】kāi∥xiàn ㄎㄞ∥ㄒㄧㄢˋ 衣物等的縫合處因綫斷而裂開：褲襠開了綫了。

【開銷】kāi·xiāo ㄎㄞ ·ㄒㄧㄠ ❶支付（費用）：你帶的錢一路夠開銷嗎？❷支付的費用：住在這兒，開銷不大，也很方便。

【開小差】kāi xiǎochāi ㄎㄞ ㄒㄧㄠˇ ㄔㄞ（開小差兒）❶軍人私自脫離隊伍逃跑。❷比喻思想不集中：用心聽講，思想就不會開小差。

【開心】kāixīn ㄎㄞ ㄒㄧㄣ ❶心情快樂舒暢：同志們住在一起，說說笑笑，十分開心。❷戲弄別人，使自己高興：別拿他開心。

【開心丸兒】kāixīnwánr ㄎㄞ ㄒㄧㄣ ㄨㄢㄦˊ 寬心丸兒。

【開行】kāixíng ㄎㄞ ㄒㄧㄥˊ 開動車或船使行駛：火車已經開行，站上歡送的人們還在揮手致意。

【開學】kāi∥xué ㄎㄞ∥ㄒㄩㄝˊ 學期開始：開學典禮。

【開言】kāi∥yán ㄎㄞ∥ㄧㄢˊ 開口說話（多用於戲曲中）。

【開顏】kāiyán ㄎㄞ ㄧㄢˊ 臉上現出高興的樣子：更喜岷山千里雪，三軍過後盡開顏。

【開眼】kāi∥yǎn ㄎㄞ∥ㄧㄢˇ 看到美好的或新奇珍貴的事物，增加了見識：這樣好的風景，沒來逛過的，來一趟也開眼｜快把那幾幅名畫拿出來，讓大家開開眼。

【開演】kāiyǎn ㄎㄞ ㄧㄢˇ（戲劇等）開始演出：準時開演｜電影開演了十分鐘他才來。

【開洋】kāiyáng ㄎㄞ ㄧㄤˊ〈方〉蝦米①（多指較大的）。

【開業】kāi∥yè ㄎㄞ∥ㄧㄝˋ 商店、企業或律師、私人診所等進行業務活動：開業行醫｜公司近日開業。

【開夜車】kāi yèchē ㄎㄞ ㄧㄝˋ ㄔㄜ 為了趕時間，在夜間繼續學習或工作叫做開夜車：開了一個夜車，才把這篇稿子趕了出來。

【開印】kāiyìn ㄎㄞ ㄧㄣˋ（書報、圖片等）開始印刷：本報今日三點十分開印。

【開映】kāiyìng ㄎㄞ ㄧㄥˋ（電影）開始放映。

【開元】Kāiyuán ㄎㄞ ㄩㄢˊ 唐玄宗（李隆基）年號（公元 713－741）。

【開園】kāi∥yuán ㄎㄞ∥ㄩㄢˊ 園子裏瓜、果等成熟，開始採摘。

【開源節流】kāi yuán jié liú ㄎㄞ ㄩㄢˊ ㄐㄧㄝˊ ㄌㄧㄡˊ 比喻在財政經濟上增加收入，節省開支。

【開鑿】kāizáo ㄎㄞ ㄗㄠˊ 挖掘（河道、隧道等）：這條鐵路沿綫共開鑿了十幾條隧道。

【開齋】kāi∥zhāi ㄎㄞ∥ㄓㄞ ❶指吃素的人恢復吃葷。❷伊斯蘭教徒結束封齋。

【開齋節】Kāizhāi Jié ㄎㄞ ㄓㄞ ㄐㄧㄝˊ 伊斯蘭教的節日。伊斯蘭教曆九月封齋後的第二十九天黃昏時，如果望見新月，第二天就過開齋節，否則就推遲一天。

【開展】kāizhǎn ㄎㄞ ㄓㄢˇ ❶使從小向大發展；使展開：開展批評與自我批評｜開展科學技術交流活動。❷從小向大發展：植樹造林活動已在全國開展起來。❸展覽會開始展出：一年一度的春節花展明天開展。❹開朗；開豁：思想開展。

【開綻】kāizhàn ㄎㄞ ㄓㄢˋ（原來縫着的地方）裂開：鞋開綻了。

【開戰】kāi∥zhàn ㄎㄞ∥ㄓㄢˋ 打起仗來◇向自然界開戰。

【開張】kāi∥zhāng ㄎㄞ∥ㄓㄤ ❶商店等設立後開始營業：擇日開張｜這家藥店明日開張。❷經商的人指每天第一次成交。❸比喻某種事物開始。

【開張】kāizhāng ㄎㄞ ㄓㄤ〈書〉❶開放；不閉塞。❷雄偉開闊：氣勢開張。

【開仗】kāi∥zhàng ㄎㄞ∥ㄓㄤˋ ❶開戰。❷〈方〉打架。

【開賬】kāi//zhàng ㄎㄞ//ㄓㄤˋ ❶開列賬單。❷支付賬款(多用於吃飯、住旅館等)。
【開徵】kāizhēng ㄎㄞ ㄓㄥ 開始徵收(捐稅)。
【開支】kāizhī ㄎㄞ ㄓ ❶付出(錢):不應當用的錢,堅決不開支。❷開支的費用:節省開支。❸〈方〉發工資。
【開宗明義】kāi zōng míng yì ㄎㄞ ㄗㄨㄥ ㄇㄧㄥˊ ㄧˋ《孝經》第一章的篇名,説明全書宗旨,後來指説話作文一開始就説出主要的意思。
【開罪】kāizuì ㄎㄞ ㄗㄨㄟˋ 得罪。
鐦(锎) kāi ㄎㄞ 金屬元素,符號Cf (californium)。有放射性,由人工核反應獲得。

kǎi (ㄎㄞˇ)

蒈〔蒈〕 kǎi ㄎㄞˇ 有機化合物,是莰的同分異構體,天然的蒈尚未發現。[英 carane]
剴(剀) kǎi ㄎㄞˇ [剴切](kǎiqiè ㄎㄞˇ ㄑㄧㄝˋ)〈書〉❶跟事理完全相合:剴切詳明。❷切實:剴切教導。
凱(凯) kǎi ㄎㄞˇ ❶勝利的樂歌:凱歌|凱旋|奏凱而歸。❷(Kǎi)姓。
【凱歌】kǎigē ㄎㄞˇ ㄍㄜ 打了勝仗所唱的歌:高唱凱歌而歸。
【凱旋】kǎixuán ㄎㄞˇ ㄒㄩㄢˊ 戰勝歸來。
慨(❷嘅) kǎi ㄎㄞˇ ❶憤激:憤慨。❷感慨:慨嘆。❸慷慨:慨允。
【慨然】kǎirán ㄎㄞˇ ㄖㄢˊ ❶感慨地:慨然長嘆。❷慷慨地:慨然相贈|慨然應允。
【慨嘆】kǎitàn ㄎㄞˇ ㄊㄢˋ 有所感觸而嘆息:不勝慨嘆|慨嘆不已。
【慨允】kǎiyǔn ㄎㄞˇ ㄩㄣˇ 慷慨地應許:慨允捐助百萬巨資。
塏(垲) kǎi ㄎㄞˇ〈書〉地勢高而且乾燥:爽塏。
楷 kǎi ㄎㄞˇ ❶法式;模範:楷模。❷楷書:小楷|正楷。
另見586頁 jiē。
【楷模】kǎimó ㄎㄞˇ ㄇㄛˊ 榜樣;模範:光輝的楷模。
【楷書】kǎishū ㄎㄞˇ ㄕㄨ 漢字字體的一種,就是現在通行的漢字手寫正體字,它是由隸書演變來的。也叫正楷。
【楷體】kǎitǐ ㄎㄞˇ ㄊㄧˇ ❶楷書。❷指拼音字母的印刷體。
愷(恺) kǎi ㄎㄞˇ〈書〉快樂;和樂。
鍇(锴) kǎi ㄎㄞˇ〈書〉好鐵。
鎧(铠) kǎi ㄎㄞˇ 鎧甲:鐵鎧|首鎧。
【鎧甲】kǎijiǎ ㄎㄞˇ ㄐㄧㄚˇ 古代軍人打仗時穿的護身服裝,多用金屬片綴成。
闓(闿) kǎi ㄎㄞˇ〈書〉開啓。

kài (ㄎㄞˋ)

欬 kài ㄎㄞˋ〈書〉咳嗽。
愒 kài ㄎㄞˋ〈書〉貪。
另見467頁 hè;911頁 qì。
愾(忾) kài ㄎㄞˋ〈書〉憤恨:同仇敵愾。

kān (ㄎㄢ)

刊(栞) kān ㄎㄢ ❶古時指書版雕刻,現在也指排印出版:刊行|創刊|停刊。❷刊物,也指在報紙上定期出的有專門內容的一版:週刊|月刊|副刊。❸削除;修改:刊誤|刊謬補缺。
【刊本】kānběn ㄎㄢ ㄅㄣˇ 刻本:原刊本|宋刊本。
【刊佈】kānbù ㄎㄢ ㄅㄨˋ〈書〉通過印刷品來公佈。
【刊登】kāndēng ㄎㄢ ㄉㄥ 刊載:刊登廣告|刊登消息。
【刊刻】kānkè ㄎㄢ ㄎㄜˋ 刻(木板書)。
【刊落】kānluò ㄎㄢ ㄌㄨㄛˋ〈書〉刪除;刪削:刊落文字|刊落陳言。
【刊授】kānshòu ㄎㄢ ㄕㄡˋ 以刊物輔導為主的教學方式。
【刊頭】kāntóu ㄎㄢ ㄊㄡˊ 指報紙、刊物上標出名稱、期數等項目的地方:刊頭題字|刊頭設計。
【刊物】kānwù ㄎㄢ ㄨˋ 登載文章、圖片、歌譜等定期的或不定期的出版物:定期刊物|內部刊物|文藝刊物。
【刊行】kānxíng ㄎㄢ ㄒㄧㄥˊ 出版發行(書報):此書年內將刊行問世。
【刊印】kānyìn ㄎㄢ ㄧㄣˋ 刻板印刷或排版印刷。
【刊載】kānzǎi ㄎㄢ ㄗㄞˇ 在報紙刊物上登載:報紙上刊載了許多有關技術革新的文章。
看 kān ㄎㄢ ❶守護照料:看門|一個工人可以看好幾台機器。❷看押;監視;注視。
另見642頁 kàn。
【看財奴】kāncáinú ㄎㄢ ㄘㄞˊ ㄋㄨˊ 守財奴。
【看管】kānguǎn ㄎㄢ ㄍㄨㄢˇ ❶看守②:看管犯人。❷照管:看管行李。
【看護】kānhù ㄎㄢ ㄏㄨˋ ❶護理:看護病人。❷舊時稱護士。
【看家】kān//jiā ㄎㄢ//ㄐㄧㄚ ❶在家或在工作單位

看守、照管門戶。❷指本人特別擅長、別人難以勝過的(本領)：看家戲｜看家的武藝。

【看家狗】kānjiāgǒu ㄎㄢ ㄐㄧㄚ ㄍㄡˇ 看守門戶的狗，舊時常用來指官僚、地主等家裏的管家一類的人。

【看家戲】kānjiāxì ㄎㄢ ㄐㄧㄚ ㄒㄧˋ 某個演員或劇團特別擅長的戲劇。

【看青】kān∥qīng ㄎㄢ∥ㄑㄧㄥ 看守正在結實還未成熟的莊稼，以防偷盜或動物損害。

【看守】kānshǒu ㄎㄢ ㄕㄡˇ ❶負責守衛、照料：看守山林｜看守門戶。❷監視和管理(犯人)。❸稱監獄裏看守犯人的人。

【看守內閣】kānshǒu nèigé ㄎㄢ ㄕㄡˇ ㄋㄟˋ ㄍㄜˊ 指某些國家議會通過對內閣不信任案後，在新內閣組成前，繼續留任，處理日常工作的原內閣，或另外組成的臨時內閣。也叫看守政府、過渡內閣、過渡政府。

【看守所】kānshǒusuǒ ㄎㄢ ㄕㄡˇ ㄙㄨㄛˇ 臨時拘押未決犯的機關。

【看押】kānyā ㄎㄢ ㄧㄚ 臨時拘押：看押俘虜｜把那個犯罪分子看押起來。

勘 kān ㄎㄢ ❶校訂；核對：勘誤｜校勘。❷實地查看；探測：勘探｜勘查｜勘驗。

【勘測】kāncè ㄎㄢ ㄘㄜˋ 勘察和測量：勘測地形。

【勘察】kānchá ㄎㄢ ㄔㄚˊ 進行實地調查或查看(多用於採礦或工程施工前)：勘察現場｜勘察地形。也作勘查。

【勘探】kāntàn ㄎㄢ ㄊㄢˋ 查明礦藏分佈情況，測定礦體的位置、形狀、大小、成礦規律、岩石性質、地質構造等情況。

【勘誤】kānwù ㄎㄢ ㄨˋ 作者或編者更正書刊中文字上的錯誤：勘誤表。

【勘正】kānzhèng ㄎㄢ ㄓㄥˋ 校正(文字)。

堪 kān ㄎㄢ ❶可；能：堪當重任｜不堪設想。❷能忍受：難堪｜狼狽不堪｜不堪一擊。

【堪布】kānbù ㄎㄢ ㄅㄨˋ ❶掌管戒律的喇嘛。❷喇嘛寺的主持人。❸原西藏地方政府的僧官名。

【堪達罕】kāndáhǎn ㄎㄢ ㄉㄚˊ ㄏㄢˇ 〈方〉駝鹿。［蒙］

【堪輿】kānyú ㄎㄢ ㄩˊ 〈書〉風水。

戡 kān ㄎㄢ 用武力平定(叛亂)：戡亂｜戡平叛亂。

【戡亂】kānluàn ㄎㄢ ㄌㄨㄢˋ 平定叛亂。

龕(龛) kān ㄎㄢ 供奉神佛的小閣子：佛龕。

【龕影】kānyǐng ㄎㄢ ㄧㄥˇ 用鋇餐在 X 射綫下檢查胃或腸的潰瘍時，潰瘍部位被鋇劑填充在熒光屏或 X 光照片上形成的陰影。

kǎn (ㄎㄢˇ)

坎[1](❸埳) kǎn ㄎㄢˇ ❶八卦之一，卦形是'☵'，代表水。參看14頁〖八卦〗。❷(坎兒)田野中自然形成的或人工修築的像台階形狀的東西：土坎兒｜田坎兒。❸〈書〉低窪的地方；坑。

坎[2] kǎn ㄎㄢˇ 坎德拉的簡稱。

【坎德拉】kǎndélā ㄎㄢˇ ㄉㄜˊ ㄌㄚ 發光強度單位，一個光源發出頻率為 540×10^{12} 赫茲的單色輻射，並且在這個方向上的輻射強度為 1/683 瓦特每球面度時的發光強度就是一坎德拉。簡稱坎。［英 candela］

【坎肩】kǎnjiān ㄎㄢˇ ㄐㄧㄢ (坎肩兒)不帶袖子的上衣(多指夾的，棉的，毛綫織的)。

【坎坷】kǎnkě ㄎㄢˇ ㄎㄜˇ ❶道路、土地坑坑窪窪：坎坷不平。❷〈書〉比喻不得志：半世坎坷。

【坎壈】kǎnlǎn ㄎㄢˇ ㄌㄢˇ 〈書〉困頓；不得志：一生坎壈。

【坎炁】kǎnqì ㄎㄢˇ ㄑㄧˋ 中藥上指臍帶。

【坎兒】[1] kǎnr ㄎㄢㄦˇ 指最緊要的地方或時機；當口兒：這話說到坎兒上了｜事情正處在坎兒上。

【坎兒】[2] kǎnr ㄎㄢㄦˇ 同'侃兒'。

【坎兒井】kǎnrjǐng ㄎㄢㄦˇ ㄐㄧㄥˇ 新疆一帶的一種灌溉工程，從山坡上直到田地裏挖成一連串的井，再把井底挖通，連成暗溝，把山上溶化的雪水和地下水引來澆灌田地。

【坎土曼】kǎntǔmàn ㄎㄢˇ ㄊㄨˇ ㄇㄢˋ 維吾爾族用於鋤地、挖土等的農具，用鐵製成。

【坎子】kǎn·zi ㄎㄢˇ·ㄗ 地面高起的地方：土坎子。

侃[1] kǎn ㄎㄢˇ 〈書〉❶剛直。❷和樂的樣子。

侃[2] kǎn ㄎㄢˇ 〈方〉閑談；閑扯：兩人侃到深夜。

【侃大山】kǎn dàshān ㄎㄢˇ ㄉㄚˋ ㄕㄢ 〈方〉漫無邊際地聊天；閑聊。也作砍大山。

【侃侃】kǎnkǎn ㄎㄢˇ ㄎㄢˇ 〈書〉形容說話理直氣壯，從容不迫：侃侃而談。

【侃兒】kǎnr ㄎㄢㄦˇ 〈方〉隱語；暗語：調(diào)侃兒｜這是他們那一行的侃兒。也作坎兒。

砍 kǎn ㄎㄢˇ ❶用刀斧猛力把東西斷開：砍柴｜把樹枝砍下來。❷削減；取消：砍價｜從計劃中砍去一些項目。❸〈方〉把東西扔出去打：拿磚頭砍狗。❹同'侃[2]'。

【砍大山】kǎn dàshān ㄎㄢˇ ㄉㄚˋ ㄕㄢ 同'侃大山'。

【砍刀】kǎndāo ㄎㄢˇ ㄉㄠ 砍柴用的刀，刀身較長，刀背較厚，有木柄。

【砍伐】kǎnfá ㄎㄢˇ ㄈㄚˊ 用鋸、斧等把樹木的枝幹弄下來或把樹木弄倒。

【砍頭瘡】kǎntóuchuāng ㄎㄢˇ ㄊㄡˊ ㄔㄨㄤ 通常指生在脖子後部的癰。也叫砍頭癰。

莰〔莰〕kǎn ㄎㄢˇ 有機化合物，是菑的同分異構體，白色結晶，有樟腦的香味，容易揮發，化學性質不活潑。[英 camphane]

歁 kǎn ㄎㄢˇ 〈書〉❶不自滿：歁然 (不自滿的樣子)。❷憂愁；不得意。

檻(檻) kǎn ㄎㄢˇ 門檻；門限。另見568頁 jiàn。

顑(顑) kǎn ㄎㄢˇ [顑頷](kǎnhàn ㄎㄢˇ ㄏㄢˋ)〈書〉形容飢餓。

轗(轗) kǎn ㄎㄢˇ [轗軻](kǎnkě ㄎㄢˇ ㄎㄜˇ)〈書〉同'坎坷'。

kàn (ㄎㄢˋ)

看 kàn ㄎㄢˋ ❶使視綫接觸人或物：看書｜看電影。❷觀察並加以判斷：我看他是個可靠的人｜你看這個辦法好不好。❸訪問：看望｜看朋友。❹對待：看待｜另眼相看。❺診治：王大夫把我的病看好了。❻照料：照看｜衣帽自看。❼用在表示動作或變化的詞或詞組前面，表示預見到某種變化趨勢，或者提醒對方注意可能發生或將要發生的某種不好的事情或情況：別跑！看摔着！｜看飯快涼了，快吃吧。❽用在動詞或動詞結構後面，表示試一試 (前面的動詞常用重疊式)：想想看｜找找看｜等一等看｜評評理看｜先做幾天看。

另見640頁 kān。

【看病】kàn//bìng ㄎㄢˋ//ㄅㄧㄥˋ ❶(醫生) 給人治病：王大夫不在家，他給人看病去了。❷找醫生治病；就診：我下午到醫院看病去。

【看不起】kàn ·bu qǐ ㄎㄢˋ ·ㄅㄨ ㄑㄧˇ 輕視：別看不起這本小字典，它真能幫助我們解決問題。

【看茶】kànchá ㄎㄢˋ ㄔㄚˊ 舊時吩咐僕人端茶招待客人的用語。

【看承】kànchéng ㄎㄢˋ ㄔㄥˊ 〈書〉看顧照料。

【看穿】kàn//chuān ㄎㄢˋ//ㄔㄨㄢ 看透：看穿了對方的心計。

【看待】kàndài ㄎㄢˋ ㄉㄞˋ 對待：把他當親兄弟看待。

【看得起】kàn ·de qǐ ㄎㄢˋ ·ㄉㄜ ㄑㄧˇ 重視：你要是看得起我，就給我這個面子。

【看跌】kàndiē ㄎㄢˋ ㄉㄧㄝ (市場上股票、商品價格) 有下跌的趨勢。

【看法】kàn·fǎ ㄎㄢˋ ·ㄈㄚˇ 對客觀事物所抱的見解：談兩點看法｜兩人看法一致。

【看風色】kàn fēngsè ㄎㄢˋ ㄈㄥ ㄙㄜˋ 比喻觀望情勢：看風色行事。也說看風頭、看風向。

【看風使舵】kàn fēng shǐ duò ㄎㄢˋ ㄈㄥ ㄕˇ ㄉㄨㄛˋ 比喻跟着情勢轉變方向 (貶義)。也說見風轉舵。

【看顧】kàngù ㄎㄢˋ ㄍㄨˋ 照應；照顧：這位護士看顧病人很周到。

【看好】kànhǎo ㄎㄢˋ ㄏㄠˇ ❶(事物) 將要出現好的勢頭：旅遊市場的前景看好｜經濟前途看好。❷認為某人或某事物將在競爭或競賽中佔上風：這場比賽，人們看好火車頭隊。

【看見】kàn//·jiàn ㄎㄢˋ//·ㄐㄧㄢˋ 看到：看得見｜看不見｜從來沒看見過這樣的怪事。

【看開】kàn//kāi ㄎㄢˋ//ㄎㄞ 不把不如意的事情放在心上：看得開｜看不開｜對這件事，你要看開些，不要過分生氣。

【看客】kànkè ㄎㄢˋ ㄎㄜˋ 〈方〉觀眾。

【看破】kàn//pò ㄎㄢˋ//ㄆㄛˋ 看透：看破紅塵。

【看破紅塵】kàn pò hóngchén ㄎㄢˋ ㄆㄛˋ ㄏㄨㄥˊ ㄔㄣˊ 看穿人世間的一切，指對生活不再有所追求。

【看齊】kànqí ㄎㄢˋ ㄑㄧˊ ❶整隊時，以指定人為標準排齊站在一條綫上。❷拿某人或某種人作為學習的榜樣：向先進工作者看齊。

【看輕】kànqīng ㄎㄢˋ ㄑㄧㄥ 輕視：不要看輕環保工作。

【看上】kàn//·shàng ㄎㄢˋ//·ㄕㄤˋ 看中：看不上｜看得上｜她看上了這件上衣。

【看台】kàntái ㄎㄢˋ ㄊㄞˊ 建築在場地旁邊或周圍，供觀眾看表演的台 (多指運動場上的觀眾席)。

【看透】kàn//tòu ㄎㄢˋ//ㄊㄡˋ ❶透徹地了解 (對手的計策、用意等)：這一着棋我看不透。❷透徹地認識 (對方的缺點或事物的沒有價值、沒有意義)：這個人我看透了，沒有甚麼真才實學。

【看望】kàn·wàng ㄎㄢˋ ·ㄨㄤˋ 到長輩或親友處問候起居情況：看望父母｜看望老戰友。

【看相】kàn//xiàng ㄎㄢˋ//ㄒㄧㄤˋ 觀察人的相貌、骨骼或手掌的紋路等來判斷命運好壞 (迷信)。

【看笑話】kàn xiào·hua ㄎㄢˋ ㄒㄧㄠˋ ·ㄏㄨㄚ 拿別人不體面的事當做笑料：大家都在看他的笑話｜這件事情，我們要特別小心，不要給人家看笑話。

【看漲】kànzhǎng ㄎㄢˋ ㄓㄤˇ (市場上股票、商品價格) 有上漲的趨勢：黃金繼續看漲｜股票看漲。

【看中】kàn//zhòng ㄎㄢˋ//ㄓㄨㄥˋ 經過觀察，感覺合意：看得中｜看不中｜你看中哪個就買哪個。

【看重】kànzhòng ㄎㄢˋ ㄓㄨㄥˋ 很看得起；看得很重要：看重知識｜青年大都熱情有為，我們要看重他們。

【看座】kàn//zuò ㄎㄢˋ//ㄗㄨㄛˋ 舊時吩咐僕人或跑堂的等給客人安排座位的用語。

【看做】kànzuò ㄎㄢˋ ㄗㄨㄛˋ 當做：不要把人家的忍讓看做軟弱可欺。

衎 kàn ㄎㄢˋ 〈書〉❶快樂。❷剛直。

崁 kàn ㄎㄢˋ 赤崁 (Chìkàn ㄔˋ ㄎㄢˋ)，地名，在台灣。

嵌 kàn ㄎㄢˋ 赤嵌 (Chìkàn ㄔˋ ㄎㄢˋ)，地名，在台灣。

另見921頁 qiàn。

墈 kàn ㄎㄢˋ 〈方〉高的堤岸。多用於地名，如墈上 (在江西)。

磡 kàn ㄎㄢˋ 〈方〉山崖。多用於地名，如王磡頭、槐花磡 (都在浙江)。

瞰 (❷矙) kàn ㄎㄢˋ ❶從高處往下看；俯視：鳥瞰。❷〈書〉窺；視。

闞 (阚) Kàn ㄎㄢˋ 姓。

另見451頁 hǎn '㘚'。

kāng (ㄎㄤ)

康¹ kāng ㄎㄤ ❶健康；安康：康寧｜康樂｜康強。❷〈書〉富足；豐盛：康年 (豐年)｜小康。❸ (Kāng) 姓。

康² kāng ㄎㄤ 〈書〉同'糠'。

【康拜因】kāngbàiyīn ㄎㄤ ㄅㄞˋ ㄧㄣ 聯合機。特指聯合收割機。[英 combine]

【康采恩】kāngcǎi'ēn ㄎㄤ ㄘㄞˇ ㄣ 資本主義壟斷組織的形式之一。它由不同經濟部門的許多企業，包括工業企業、貿易公司、銀行、運輸公司和保險公司等聯合組成。目的在於壟斷銷售市場、爭奪原料產地和投資場所，以攫取高額利潤。它操縱經濟命脉，控制國家機器，決定國家的對內對外政策。[德 Konzern]

【康復】kāngfù ㄎㄤ ㄈㄨˋ 恢復健康：病體康復。

【康健】kāngjiàn ㄎㄤ ㄐㄧㄢˋ 健康①：身體康健。

【康樂】kānglè ㄎㄤ ㄌㄜˋ 安樂。

【康樂球】kānglèqiú ㄎㄤ ㄌㄜˋ ㄑㄧㄡˊ 一種遊藝項目，在周圍高起、四角有圓洞的盤上擺好些像棋子形狀的球，玩時按一定規則用杆子把自己的球先全部撞進圓洞者為勝。也叫克郎球、克郎棋。

【康寧】kāngníng ㄎㄤ ㄋㄧㄥˊ 〈書〉健康安寧。

【康平納】kāngpíngnà ㄎㄤ ㄆㄧㄥˊ ㄋㄚˋ 指資本主義制度下生產集中和企業聯合的一種形式，它是生產社會化向高級階段發展的產物。也譯作聯合制。[拉丁 combinatus]

【康衢】kāngqú ㄎㄤ ㄑㄩˊ 〈書〉寬闊平坦的大路。

【康泰】kāngtài ㄎㄤ ㄊㄞˋ 〈書〉健康；平安：全家康泰｜身體康泰。

【康熙】Kāngxī ㄎㄤ ㄒㄧ 清聖祖 (愛新覺羅玄燁) 年號 (公元 1662－1722)。

【康莊大道】kāngzhuāng-dàdào ㄎㄤ ㄓㄨㄤ ㄉㄚˋ ㄉㄠˋ 寬闊平坦的大路。比喻光明美好的前途。

閌 (闶) kāng ㄎㄤ [閌閬] (kāngláng ㄎㄤ ㄌㄤˊ)〈方〉建築物中空廓的部分：這井下面的閌閬這麼大啊！也叫閌閬子。

另見644頁 kàng。

慷 (忼) kāng ㄎㄤ 見下。

【慷慨】kāngkǎi ㄎㄤ ㄎㄞˇ ❶充滿正氣，情緒激昂：慷慨陳詞。❷不吝惜：慷慨無私的援助｜慷慨解囊 (毫不吝嗇地拿出錢來幫助別人)。

【慷慨激昂】kāngkǎi jī'áng ㄎㄤ ㄎㄞˇ ㄐㄧ ㄤˊ 形容情緒、語調激動昂揚而充滿正氣。也說激昂慷慨。

【慷他人之慨】kāng tārén zhī kǎi ㄎㄤ ㄊㄚ ㄖㄣˊ ㄓ ㄎㄞˇ 指拿別人的財物來做人情或揮霍。

槺 kāng ㄎㄤ 見685頁〖榔槺〗。

糠 (穅) kāng ㄎㄤ ❶稻、穀子等作物子實的皮或殼 (多指脱下來的)：米糠｜糠菜半年糧 (形容生活貧困)。❷發空，質地變得鬆而不實 (多指蘿蔔因失掉水分而中空)：糠心兒｜蘿蔔糠了。

【糠秕】kāngbǐ ㄎㄤ ㄅㄧˇ 秕糠。

鱇 (鱇) kāng ㄎㄤ 見 8 頁[鮟鱇]。

káng (ㄎㄤˊ)

扛 káng ㄎㄤˊ 用肩膀承擔物體：扛槍｜扛着鋤頭◇這個任務你一定要扛起來。

另見374頁 gāng。

【扛長工】káng chánggōng ㄎㄤˊ ㄔㄤˊ ㄍㄨㄥ 做長工；扛活。也說扛長活。

【扛大個兒】káng dàgèr ㄎㄤˊ ㄉㄚˋ ㄍㄜㄦˋ 〈方〉指在碼頭、車站上用體力搬運重東西：扛大個兒的。

【扛活】káng∥huó ㄎㄤˊ∥ㄏㄨㄛˊ 指給地主或富農當長工。

kàng (ㄎㄤˋ)

亢 kàng ㄎㄤˋ ❶高：高亢。❷高傲：不亢不卑。❸過度；極；很：亢旱｜亢奮。❹二十八宿之一。❺ (Kàng) 姓。

另見453頁 háng。

【亢奮】kàngfèn ㄎㄤˋ ㄈㄣˋ 極度興奮：精神亢奮。

【亢旱】kànghàn ㄎㄤˋ ㄏㄢˋ 長久不下雨，乾旱情形嚴重；大旱。

【亢進】kàngjìn ㄎㄤˋ ㄐㄧㄣˋ 生理機能超過正常的情況。如胃腸蠕動亢進、甲狀腺機能亢進等。

伉 kàng ㄎㄤˋ ❶〈書〉對等；相稱(指配偶)：伉儷。❷〈書〉高大。❸(Kàng)姓。

【伉儷】kànglì ㄎㄤˋ ㄌㄧˋ 〈書〉夫妻：伉儷之情。

抗 kàng ㄎㄤˋ ❶抵抗；抵擋：頑抗｜抗災｜抗日戰爭｜皮袍子舊點沒關係，只要能擋風抗凍就行。❷拒絕；抗拒：抗命｜抗租。❸對等：抗衡｜分庭抗禮。

【抗暴】kàngbào ㄎㄤˋ ㄅㄠˋ 抵抗和反擊暴力的壓迫：抗暴鬥爭。

【抗辯】kàngbiàn ㄎㄤˋ ㄅㄧㄢˋ 不接受責難而作辯護。

【抗丁】kàng∥dīng ㄎㄤˋ∥ㄉㄧㄥ 舊時民眾抗拒統治者抓壯丁。

【抗毒素】kàngdúsù ㄎㄤˋ ㄉㄨˊ ㄙㄨˋ 外毒素侵入後，機體內所產生的能中和外毒素的物質。

【抗旱】kàng∥hàn ㄎㄤˋ∥ㄏㄢˋ 在天旱時，採取水利措施，使農作物不受損害：積極抗旱。

【抗衡】kànghéng ㄎㄤˋ ㄏㄥˊ 對抗，不相上下：對方實力強大，無法與之抗衡。

【抗洪】kàng∥hóng ㄎㄤˋ∥ㄏㄨㄥˊ 發生洪水時，採取措施避免造成嚴重災害：抗洪救災。

【抗婚】kànghūn ㄎㄤˋ ㄏㄨㄣ 抗拒包辦的婚姻。

【抗擊】kàngjī ㄎㄤˋ ㄐㄧ 抵抗並且反擊：抗擊敵人。

【抗拒】kàngjù ㄎㄤˋ ㄐㄩˋ 抵抗和拒絕：奮力抗拒｜抗拒命令。

【抗捐】kàng∥juān ㄎㄤˋ∥ㄐㄩㄢ 拒絕交納捐稅。

【抗菌素】kàngjūnsù ㄎㄤˋ ㄐㄩㄣ ㄙㄨˋ 抗生素的舊稱。

【抗澇】kàng∥lào ㄎㄤˋ∥ㄌㄠˋ 在雨水過多時，採取措施，使農作物不受或少受損害：做好防汛抗澇工作。

【抗糧】kàng∥liáng ㄎㄤˋ∥ㄌㄧㄤˊ 拒絕交納糧食。

【抗命】kàngmìng ㄎㄤˋ ㄇㄧㄥˋ 拒絕接受命令；違抗命令。

【抗日戰爭】Kàng Rì Zhànzhēng ㄎㄤˋ ㄖˋ ㄓㄢˋ ㄓㄥ 中國人民抗擊日本帝國主義侵略的民族解放戰爭，從1937年7月7日日寇向我國北平(今北京)西南盧溝橋駐防的軍隊進攻起，到1945年8月15日日本無條件投降止。

【抗生素】kàngshēngsù ㄎㄤˋ ㄕㄥ ㄙㄨˋ 某些微生物或動植物所產生的能抑制另一些微生物生長繁殖的化學物質。種類很多，常用的有青黴素、鏈黴素、金黴素、氯黴素等，多用來治療人或家畜的傳染病。也用作催肥劑、消毒劑、殺蟲劑等。舊稱抗菌素。

【抗屬】kàngshǔ ㄎㄤˋ ㄕㄨˇ 指抗日戰爭時期，在中國共產黨領導下堅持抗日的軍政人員的家屬。

【抗稅】kàng∥shuì ㄎㄤˋ∥ㄕㄨㄟˋ 拒絕履行納稅義務。

【抗訴】kàngsù ㄎㄤˋ ㄙㄨˋ 檢察院對法院的判決或裁定提出重新審理的訴訟要求。

【抗體】kàngtǐ ㄎㄤˋ ㄊㄧˇ 人或動物的血清中，由於病菌或病毒的侵入而產生的具有抵抗或殺死病毒、病菌作用的蛋白性物質。抗體只能跟相應的抗原起作用，如傷寒患者體內所產生的抗體只能對傷寒桿菌起作用。

【抗議】kàngyì ㄎㄤˋ ㄧˋ 對某人、某團體、某國家的言論、行為、措施等表示強烈的反對。

【抗禦】kàngyù ㄎㄤˋ ㄩˋ 抵抗和防禦：抗禦外侮｜抗禦災害。

【抗原】kàngyuán ㄎㄤˋ ㄩㄢˊ 進入人或動物體的血液中能使血清產生抗體並與抗體發生化學反應的有機物質。一定種類的抗原只能促使血清中產生相應的抗體。

【抗災】kàng∥zāi ㄎㄤˋ∥ㄗㄞ 災害發生時，採取措施，減輕災害造成的損失。

【抗戰】kàngzhàn ㄎㄤˋ ㄓㄢˋ 抵抗外國侵略的戰爭，在我國特指1937－1945年反抗日本帝國主義侵略的戰爭。

【抗震】kàngzhèn ㄎㄤˋ ㄓㄣˋ ❶(建築物、機器、儀表等)具有承受震動的性能。❷對破壞性地震採取防禦措施，儘量減輕生命財產的損失。

【抗爭】kàngzhēng ㄎㄤˋ ㄓㄥ 對抗；鬥爭：據理抗爭。

囥 kàng ㄎㄤˋ 〈方〉藏。

炕 kàng ㄎㄤˋ ❶北方人用土坯或磚砌成的睡覺用的長方台，上面鋪蓆，下面有孔道，跟煙囪相通，可以燒火取暖。❷〈方〉烤：白薯還在爐子邊上炕着呢｜把濕褥子在熱炕頭上炕一炕。

【炕梢】kàngshāo ㄎㄤˋ ㄕㄠ (炕梢兒)炕離灶遠的一頭。

【炕頭】kàngtóu ㄎㄤˋ ㄊㄡˊ (炕頭兒)炕靠近灶的一頭：熱炕頭。

【炕蓆】kàngxí ㄎㄤˋ ㄒㄧˊ 鋪炕的蓆。

【炕桌兒】kàngzhuōr ㄎㄤˋ ㄓㄨㄛㄦ 放在炕上使用的矮小桌子。

鈧(钪) kàng ㄎㄤˋ 金屬元素，符號Sc(scandium)。是一種稀土金屬。銀白色，質軟，用來製特種玻璃、輕質耐高溫合金。

閌(闶) kàng ㄎㄤˋ 〈書〉高大。
另見643頁kāng。

kāo (ㄎㄠ)

尻 kāo ㄎㄠ 古書上指屁股。

【尻子】kāo·zi ㄎㄠ·ㄗ 〈方〉屁股。

kǎo (ㄎㄠˇ)

考[1] (攷) kǎo ㄎㄠˇ ❶提出難解的問題讓對方回答：考問｜考考媽媽｜他被我考住了。❷考試：期考｜他考上大學了。❸檢查：考察｜考勤。❹推求；研究：思考｜考古。

考[2] (攷) kǎo ㄎㄠˇ 〈書〉(死去的) 父親：先考｜考妣。

【考妣】kǎobǐ ㄎㄠˇ ㄅㄧˇ 〈書〉(死去的) 父親和母親：如喪考妣 (像死了父母一般)。

【考查】kǎochá ㄎㄠˇ ㄔㄚˊ 用一定的標準來檢查衡量 (行為、活動)：考查學生的學業成績。

【考察】kǎochá ㄎㄠˇ ㄔㄚˊ ❶實地觀察調查：他們到各地考察水利工程。❷細緻深刻地觀察：進行科學研究工作，必須勤於考察和思索，才能有成就。

【考場】kǎochǎng ㄎㄠˇ ㄔㄤˇ 舉行考試的場所。

【考點】kǎodiǎn ㄎㄠˇ ㄉㄧㄢˇ 舉行考試的地點：這次考試全市共設二十多個考點，三百個考場。

【考訂】kǎodìng ㄎㄠˇ ㄉㄧㄥˋ 考據訂正。

【考分】kǎofēn ㄎㄠˇ ㄈㄣ (考分兒) 考試後評定的分數。

【考古】kǎogǔ ㄎㄠˇ ㄍㄨˇ ❶根據古代的遺迹、遺物和文獻研究古代歷史。❷考古學。

【考古學】kǎogǔxué ㄎㄠˇ ㄍㄨˇ ㄒㄩㄝˊ 根據發掘出來的或古代留傳下來的遺物和遺迹來研究古代歷史的科學。

【考官】kǎoguān ㄎㄠˇ ㄍㄨㄢ 舊時政府舉行考試時擔任出題、監考、閱卷等工作的官員。

【考核】kǎohé ㄎㄠˇ ㄏㄜˊ 考查審核：定期考核｜考核幹部。

【考績】kǎojì ㄎㄠˇ ㄐㄧˋ 考查工作人員的成績。

【考究】kǎo·jiu ㄎㄠˇ ·ㄐㄧㄡ ❶查考；研究：這問題很值得考究。❷講究①：衣服只要穿着暖和就行，不必多去考究。❸精美：這本書的裝潢很考究。

【考據】kǎojù ㄎㄠˇ ㄐㄩˋ 考證。

【考卷】kǎojuàn ㄎㄠˇ ㄐㄩㄢˋ 考試的卷子。

【考量】kǎo·liàng ㄎㄠˇ ·ㄌㄧㄤˋ 考慮；思量：這件事我已經考量過了，就照你的意思辦吧。

【考慮】kǎolǜ ㄎㄠˇ ㄌㄩˋ 思索問題，以便做出決定：這個問題讓我考慮一下再答復你｜你做這件事，有點兒欠考慮。

【考評】kǎopíng ㄎㄠˇ ㄆㄧㄥˊ 考核評議：通過考評決定幹部的聘任｜主管部門要定期對企業進行考評。

【考期】kǎoqī ㄎㄠˇ ㄑㄧ 考試的日期。

【考勤】kǎoqín ㄎㄠˇ ㄑㄧㄣˊ 考查工作或學習的出勤情況：考勤簿。

【考區】kǎoqū ㄎㄠˇ ㄑㄩ 統考中分區考試時設置考場的地區。

【考取】kǎo∥qǔ ㄎㄠˇ∥ㄑㄩˇ 投考被錄取：他考取了師範大學。

【考生】kǎoshēng ㄎㄠˇ ㄕㄥ 報名參加入學考試的學生。

【考試】kǎoshì ㄎㄠˇ ㄕˋ 通過書面或口頭提問的方式，考查知識或技能。

【考釋】kǎoshì ㄎㄠˇ ㄕˋ 考證並解釋古文字。

【考題】kǎotí ㄎㄠˇ ㄊㄧˊ 考試的題目。

【考問】kǎowèn ㄎㄠˇ ㄨㄣˋ 為了難倒對方而問；考察詢問：我考問考問你｜我被他考問住了。

【考驗】kǎoyàn ㄎㄠˇ ㄧㄢˋ 通過具體事件、行動或困難環境來檢驗 (是否堅定、忠誠或正確)：革命戰爭考驗了他｜我們的隊伍是一支久經考驗的隊伍。

【考語】kǎoyǔ ㄎㄠˇ ㄩˇ 舊時指對公職人員的工作或其他方面的表現所做的評語。

【考證】kǎozhèng ㄎㄠˇ ㄓㄥˋ 研究文獻或歷史問題時，根據資料來考核、證實和說明。

拷 kǎo ㄎㄠˇ 拷打：拷問。

【拷貝】kǎobèi ㄎㄠˇ ㄅㄟˋ 用拍攝成的電影底片洗印出來供放映用的膠片。也叫正片。[英 copy]

【拷綢】kǎochóu ㄎㄠˇ ㄔㄡˊ 黑膠綢。

【拷打】kǎodǎ ㄎㄠˇ ㄉㄚˇ 打 (指用刑)：嚴刑拷打。

【拷紗】kǎoshā ㄎㄠˇ ㄕㄚ 香雲紗。

【拷問】kǎowèn ㄎㄠˇ ㄨㄣˋ 拷打審問。

栲 kǎo ㄎㄠˇ 栲樹，常綠喬木，葉子長圓狀披針形，果實球形，表面有短刺。木材堅硬緻密，可做船櫓、輪軸等，樹皮含鞣酸，可以製染料和栲膠。

【栲栳】kǎolǎo ㄎㄠˇ ㄌㄠˇ 用柳條編成的容器，形狀像斗。也作箸箸。也叫笆斗。

烤 kǎo ㄎㄠˇ ❶將物體挨近火使熟或乾燥：烤肉｜烤白薯｜把濕衣裳烤乾。❷將身體挨近火或高溫處取暖：烤火。

【烤電】kǎo∥diàn ㄎㄠˇ∥ㄉㄧㄢˋ 用透熱療法治療。

【烤麩】kǎofū ㄎㄠˇ ㄈㄨ 食品，用麪筋蒸熟製成。

【烤火】kǎo∥huǒ ㄎㄠˇ∥ㄏㄨㄛˇ 靠近火取暖：烤火費 (發給職工用於冬天取暖用的錢)。

【烤藍】kǎolán ㄎㄠˇ ㄌㄢˊ 發藍。

【烤箱】kǎoxiāng ㄎㄠˇ ㄒㄧㄤ 用來烘烤食物等的箱形裝置。

【烤鴨】kǎoyā ㄎㄠˇ ㄧㄚ 挂在特製的爐子裏烤熟的填鴨。

【烤烟】kǎoyān ㄎㄠˇ ㄧㄢ 在特設的烤房中烤乾的烟葉，顏色黃，彈性較大，是香烟的主要原料。也指製造烤烟的烟草。

箸 kǎo ㄎㄠˇ [箸箸] (kǎolǎo ㄎㄠˇ ㄌㄠˇ) 同'栲栳'。

kào（ㄎㄠˋ）

犒 kào ㄎㄠˋ 犒勞：犒賞｜犒師。

【犒勞】kào·láo ㄎㄠˋ ·ㄌㄠˊ ❶用酒食等慰勞：犒勞將士。❷指慰勞的酒食等：吃犒勞(享受犒勞)。

【犒賞】kàoshǎng ㄎㄠˋ ㄕㄤˇ 犒勞賞賜：犒賞三軍。

銬(铐) kào ㄎㄠˋ ❶手銬：鐐銬。❷給人戴上手銬：把犯人銬起來。

【銬子】kào·zi ㄎㄠˋ ·ㄗ 〈方〉手銬。

靠1 kào ㄎㄠˋ ❶(人)坐着或站着時，讓身體一部分重量由別人或物體支持着；倚靠：靠枕｜靠墊｜兩人背靠背坐着｜靠着椅子打盹兒。❷(物體)憑藉別的東西的支持立着或豎起來：扁擔靠在門背後｜你把梯子靠在牆上。❸接近；挨近：靠攏｜船靠岸。❹依靠：靠勞動生活｜學習全靠自己的努力。❺信賴：可靠｜他很靠得住。

靠2 kào ㄎㄠˋ 戲曲中古代武將所穿的鎧甲：紮靠。

【靠把】kàobǎ ㄎㄠˋ ㄅㄚˇ 戲曲表演作戰時，演員穿鎧甲開打的：靠把戲｜靠把武生。也叫靠背。

【靠背】[1] kàobèi ㄎㄠˋ ㄅㄟˋ 椅子、沙發等供人背部倚靠的部分。

【靠背】[2] kàobèi ㄎㄠˋ ㄅㄟˋ 靠把。

【靠邊】kào//biān ㄎㄠˋ//ㄅㄧㄢ (靠邊兒) ❶靠近邊緣；靠到旁邊：行人靠邊走。❷〈方〉比喻近乎情理；挨邊：這話說得還靠邊兒。

【靠邊兒站】kàobiānrzhàn ㄎㄠˋ ㄅㄧㄢㄦ ㄓㄢˋ 站到旁邊去，比喻離開職位或失去權力(多指被迫的)。

【靠不住】kào ·bu zhù ㄎㄠˋ ·ㄅㄨ ㄓㄨˋ 不可靠；不能相信：這話靠不住。

【靠得住】kào ·de zhù ㄎㄠˋ ·ㄉㄜ ㄓㄨˋ 可靠；可以相信：這個消息靠得住嗎？

【靠墊】kàodiàn ㄎㄠˋ ㄉㄧㄢˋ 半躺着或坐着時靠在腰後的墊子，例如沙發靠墊。

【靠耩】kàojiǎng ㄎㄠˋ ㄐㄧㄤˇ 為了加寬播幅、適當密植，用耬在靠近耩過的地方再耩一次。也叫靠耬。

【靠近】kàojìn ㄎㄠˋ ㄐㄧㄣˋ ❶彼此間的距離近：兩人坐得十分靠近｜靠近沙發的牆角裏有一個茶几。❷向一定目標運動，使彼此間的距離縮小：輪船慢慢地靠近碼頭了。

【靠攏】kàolǒng ㄎㄠˋ ㄌㄨㄥˇ 挨近；靠近：大家靠攏一點。

【靠旗】kàoqí ㄎㄠˋ ㄑㄧˊ 戲曲中紮靠的武將背後插的三角形綉旗。

【靠山】kàoshān ㄎㄠˋ ㄕㄢ 比喻可以依靠的有力量的人或集體。

【靠手】kàoshǒu ㄎㄠˋ ㄕㄡˇ 椅子邊上的扶手。

【靠枕】kàozhěn ㄎㄠˋ ㄓㄣˇ 半躺半坐時靠在腰後的枕頭。

【靠準】kào//zhǔn ㄎㄠˋ//ㄓㄨㄣˇ 〈方〉(靠準兒)可靠：這個消息不靠準｜他很靠準，有要緊的事可以交給他辦。

燺(焅) kào ㄎㄠˋ 用微火使魚、肉等菜的湯汁變濃或耗乾。

kē（ㄎㄜ）

𣅊 kē ㄎㄜ［𣅊𣅊］(kē·lā ㄎㄜ ·ㄌㄚ) 同'坷垃'。

坷 kē ㄎㄜ 見下。

另見650頁 kě。

【坷垃】kē·lā ㄎㄜ ·ㄌㄚ 〈方〉土塊：土坷垃｜打坷垃。也作坷拉。

【坷拉】kē·lā ㄎㄜ ·ㄌㄚ 同'坷垃'。

苛〔苛〕 kē ㄎㄜ ❶苛刻；過於嚴厲：苛求｜對方提出的條件太苛了。❷煩瑣：苛禮(煩瑣的禮節)｜苛捐雜稅。

【苛察】kēchá ㄎㄜ ㄔㄚˊ 〈書〉苛刻煩瑣，顯示精明。

【苛待】kēdài ㄎㄜ ㄉㄞˋ 苛刻地對待：苛待下級。

【苛捐雜稅】kējuān záshuì ㄎㄜ ㄐㄩㄢ ㄗㄚˊ ㄕㄨㄟˋ 指繁重的捐稅。

【苛刻】kēkè ㄎㄜ ㄎㄜˋ (條件、要求等)過高，過於嚴厲；刻薄：對方提出的條件苛刻，使人難以接受。

【苛求】kēqiú ㄎㄜ ㄑㄧㄡˊ 過嚴地要求：不要苛求於人。

【苛細】kēxì ㄎㄜ ㄒㄧˋ 〈書〉苛刻煩瑣。

【苛雜】kēzá ㄎㄜ ㄗㄚˊ 苛捐雜稅：免除苛雜。

【苛責】kēzé ㄎㄜ ㄗㄜˊ 過嚴地責備。

【苛政】kēzhèng ㄎㄜ ㄓㄥˋ 指殘酷壓迫、剝削人民的政治：苛政猛於虎。

匼 kē ㄎㄜ 古代的一種頭巾。

【匼河】Kēhé ㄎㄜ ㄏㄜˊ 地名，在山西。

【匼匝】kēzā ㄎㄜ ㄗㄚ 〈書〉周圍環繞。

呵 kē ㄎㄜ 呵叻(Kēlè ㄎㄜ ㄌㄜˋ)，泰國地名。

另見1頁 ā'啊'；1頁 á'啊'；1頁 ǎ'啊'；1頁 à'啊'；2頁 ·a'啊'；460頁 hē。

珂 kē ㄎㄜ 〈書〉❶像玉的石頭。❷馬籠頭上的裝飾。

【珂羅版】kēluóbǎn ㄎㄜ ㄌㄨㄛˊ ㄅㄢˇ 印刷上用的一種照相版，把要複製的字、畫的底片，曬製在塗過感光膠層的玻璃片上做成，多用於印製美術品。也作珂玀版。［英 collotype］

【珂玀版】kēluóbǎn ㄎㄜ ㄌㄨㄛˊ ㄅㄢˇ 同'珂羅

版'。

柯 kē ㄎㄜ ❶〈書〉草木的枝莖：枝柯｜交柯錯葉。❷〈書〉斧子的柄：斧柯。❸（Kē）姓。

【柯爾克孜族】Kē'ěrkèzīzú ㄎㄜ ㄦˇ ㄎㄜˋ ㄗ ㄗㄨˊ 我國少數民族之一，主要分佈在新疆。

科1 kē ㄎㄜ ❶學術或業務的類別：科目｜文科｜理科｜專科｜牙科｜婦科。❷行政機構按工作性質分設的辦事部門：科員｜秘書科｜財務科。❸科舉考試，也指科舉考試的科目：科場｜登科｜開科取士。❹科班：坐科｜出科。❺生物學上把同一目的生物按照彼此相似的特徵再分為若干群，叫做科，如松柏目有松科、杉科、柏科等，雞形目有雉科、松雞科等。科以下為屬。

科2 kē ㄎㄜ 〈書〉❶法律條文：金科玉律｜作奸犯科。❷判定（刑罰）：科刑｜科罪｜科以罰金。

科3 kē ㄎㄜ 古典戲曲劇本中，指示角色表演動作時的用語，如笑科、飲酒科等。

【科白】kēbái ㄎㄜ ㄅㄞˊ 戲曲中角色的動作和道白。

【科班】kēbān ㄎㄜ ㄅㄢ （科班兒）舊時招收兒童，培養成為戲曲演員的教學組織。常用來比喻正規的教育或訓練：科班出身。

【科場】kēchǎng ㄎㄜ ㄔㄤˇ 科舉時代舉行考試的場所。

【科處】kēchǔ ㄎㄜ ㄔㄨˇ 判決處罰：科處徒刑｜附加刑既可以單獨使用，又可以與主刑合併科處。

【科第】kēdì ㄎㄜ ㄉㄧˋ 科舉制度考選官吏後備人員時，分科錄取，每科按成績排列等第，叫做科第。

【科幻】kēhuàn ㄎㄜ ㄏㄨㄢˋ 科學幻想：科幻小說。

【科技】kējì ㄎㄜ ㄐㄧˋ 科學技術：高科技｜科技資料｜科技工作者。

【科甲】kējiǎ ㄎㄜ ㄐㄧㄚˇ 漢唐兩代考選官吏後備人員分甲、乙等科，後來因稱科舉為科甲：科甲出身（清代稱考上進士、舉人的人為科甲出身）。

【科教】kējiào ㄎㄜ ㄐㄧㄠˋ 科學教育：科教片｜科教戰綫。

【科教片兒】kējiàopiānr ㄎㄜ ㄐㄧㄠˋ ㄆㄧㄢㄦ 科教片。

【科教片】kējiàopiàn ㄎㄜ ㄐㄧㄠˋ ㄆㄧㄢˋ 科學教育影片的簡稱。

【科舉】kējǔ ㄎㄜ ㄐㄩˇ 從隋唐到清代的封建王朝分科考選文武官吏後備人員的制度。唐代文科的科目很多，每年舉行。明清兩代文科只設進士一科，考八股文，武科考騎射、舉重等武藝，每三年舉行一次。

【科盲】kēmáng ㄎㄜ ㄇㄤˊ 指缺乏科學常識的成年人。

【科目】kēmù ㄎㄜ ㄇㄨˋ ❶按事物的性質劃分的類別（多指關於學術或賬目的）。❷科舉考試分科取士的名目。

【科普】kēpǔ ㄎㄜ ㄆㄨˇ 科學普及：科普讀物。

【科室】kēshì ㄎㄜ ㄕˋ 企業或機關中管理部門的各科、各室的總稱：科室人員。

【科學】kēxué ㄎㄜ ㄒㄩㄝˊ ❶反映自然、社會、思維等的客觀規律的分科的知識體系。❷合乎科學的：科學種田｜這種說法不科學｜革命精神和科學態度相結合。

【科學共產主義】kēxué gòngchǎn zhǔyì ㄎㄜ ㄒㄩㄝˊ ㄍㄨㄥˋ ㄔㄢˇ ㄓㄨˇ ㄧˋ 馬克思主義的三個組成部分之一，即科學社會主義。

【科學家】kēxuéjiā ㄎㄜ ㄒㄩㄝˊ ㄐㄧㄚ 從事科學研究工作有一定成就的人。

【科學教育影片】kēxué jiàoyù yǐngpiàn ㄎㄜ ㄒㄩㄝˊ ㄐㄧㄠˋ ㄩˋ ㄧㄥˇ ㄆㄧㄢˋ 介紹科學知識的影片。簡稱科教片。

【科學社會主義】kēxué shèhuì zhǔyì ㄎㄜ ㄒㄩㄝˊ ㄕㄜˋ ㄏㄨㄟˋ ㄓㄨˇ ㄧˋ 馬克思主義的三個組成部分之一。是關於階級鬥爭，特別是關於無產階級革命和無產階級專政的學說。它根據辯證唯物主義和歷史唯物主義的理論，論證了社會主義的勝利和資本主義的滅亡是不以人們意志為轉移的客觀規律，並提出從資本主義到共產主義的整個過渡時期必須實行無產階級專政，從而使社會主義從空想變成了科學。也叫科學共產主義。

【科學院】kēxuéyuàn ㄎㄜ ㄒㄩㄝˊ ㄩㄢˋ 規模較大的從事科學研究的機關，有綜合性質的和專門性質的兩種。

【科研】kēyán ㄎㄜ ㄧㄢˊ 科學研究：科研計劃｜推廣科研成果。

洞 kē ㄎㄜ 牂牁（Zāngkē ㄗㄤ ㄎㄜ），古代郡名，在今貴州境內。

砢 kē ㄎㄜ ［砢磣］（kē·chen ㄎㄜ·ㄔㄣ）〈方〉寒磣。

痾 kē ㄎㄜ （舊讀 ē ㄜ）〈書〉病：沈痾（重病）｜養痾。

棵 kē ㄎㄜ 量詞，多用於植物：一棵樹｜一棵草｜一棵牡丹｜幾棵烟捲。

【棵兒】kēr ㄎㄜㄦ 植株大小的程度：這棵花棵兒小｜揀棵兒大的菜拔。

【棵子】kē·zi ㄎㄜ·ㄗ 〈方〉植物的莖和枝葉（多指莊稼的）：青棵子｜樹棵子｜玉米棵子長得很高。

軻（轲） kē ㄎㄜ 用於人名，孟子，名軻，戰國時人。

另見650頁 kě。

嗑 kē ㄎㄜ 〈方〉（嗑兒）話，有時特指現成的話：嘮嗑｜他的嘴老不閑着，嗑真多。

另見653頁 kè。

稞 kē ㄎㄜ ［稞麥］(kēmài ㄎㄜ ㄇㄞˋ) 青稞。

窠 kē ㄎㄜ 鳥獸昆蟲的窩：狗窠｜蜂窠｜鳥在樹上做窠。

【窠臼】kējiù ㄎㄜ ㄐㄧㄡˋ 〈書〉現成格式；老套子(多指文章或其他藝術品)：不落窠臼｜擺脱前人的窠臼，獨創一格。

榼 kē ㄎㄜ 古時盛酒的器具。

磕(搕) kē ㄎㄜ ❶碰在硬東西上：碗邊兒磕掉一塊｜臉上磕破了塊皮。❷磕打：磕烟袋鍋子｜磕掉鞋底的泥。

【磕巴】kē·ba ㄎㄜ ·ㄅㄚ 〈方〉❶口吃：説話磕巴。❷口吃的人。

【磕打】kē·da ㄎㄜ ·ㄉㄚ 把東西(主要是盛東西的器物)向地上或較硬的東西上碰，使附着的東西掉下來：他磕打了一下烟袋鍋兒｜抽屜裏的土太多，拿到外邊去磕打磕打吧！

【磕磕絆絆】kē·kebànbàn ㄎㄜ ·ㄎㄜ ㄅㄢˋ ㄅㄢˋ ❶形容路不好走或腿腳有毛病而行走不靈便。❷形容事情遇到困難、挫折，不稱心，不順利。

【磕磕撞撞】kē·kezhuàngzhuàng ㄎㄜ ·ㄎㄜ ㄓㄨㄤˋ ㄓㄨㄤˋ 形容因匆忙或酒醉而走起路來東倒西歪。

【磕碰】kēpèng ㄎㄜ ㄆㄥˋ ❶東西互相撞擊：還是買幾個塑料的盤子好，禁得起磕碰｜這一箱瓷器沒包裝好，一路磕磕碰碰的，碎了不少。❷〈方〉人和東西相撞：衣架放在走廊裏，晚上走路的時候總是磕碰。❸比喻衝突：幾家住一個院子，生活上出現一點磕碰是難免的。

【磕碰兒】kē·pengr ㄎㄜ ·ㄆㄥㄦ 〈方〉❶器物上碰傷的痕迹：花瓶口上有個磕碰兒。❷比喻挫折：不能遇到點磕碰兒就泄氣。

【磕頭】kē∥tóu ㄎㄜ∥ㄊㄡˊ 舊時的禮節，跪在地上，兩手扶地，頭近地或着地。

【磕頭碰腦】kē tóu pèng nǎo ㄎㄜ ㄊㄡˊ ㄆㄥˋ ㄋㄠˇ ❶形容人多而相擠相碰或東西多而人跟東西相擠相碰：一大群人碰頭碰腦地擠着看熱鬧。❷指經常碰見、往來：都住在一條街上，成天磕頭碰腦的，低頭不見抬頭見。❸比喻發生衝突；鬧矛盾：老人家熱心腸，街坊四鄰有個磕頭碰腦的事，他都出面調停。

【磕膝蓋】kēxīgài ㄎㄜ ㄒㄧ ㄍㄞˋ 〈方〉(磕膝蓋兒)膝蓋。

【磕牙】kēyá ㄎㄜ ㄧㄚˊ 〈方〉閑談；鬥嘴：閑磕牙｜磕牙聊天兒。

瞌 kē ㄎㄜ 見下。

【瞌𥅬】kē·chòng ㄎㄜ ·ㄔㄨㄥ 〈方〉瞌睡：打瞌𥅬。

【瞌睡】kēshuì ㄎㄜ ㄕㄨㄟˋ 由於困倦而進入睡眠或半睡眠狀態；想睡覺：打瞌睡｜夜裏沒睡好，白天瞌睡得很。

【瞌睡蟲】kēshuìchóng ㄎㄜ ㄕㄨㄟˋ ㄔㄨㄥˊ ❶舊小説中指能使人打瞌睡的蟲子。❷指愛打瞌睡的人(含譏諷意)。

蝌 kē ㄎㄜ 見下。

【蝌蚪】kēdǒu ㄎㄜ ㄉㄡˇ 蛙或蟾蜍的幼體，黑色，橢圓形，像小魚，有鰓和尾巴。生活在水中，用尾巴運動，逐漸發育生出後肢、前肢，尾巴逐漸變短而消失，最後變成蛙或蟾蜍。

【蝌子】kē·zi ㄎㄜ ·ㄗ 〈方〉蝌蚪：蛤蟆蝌子。

頦(颏) kē ㄎㄜ 臉的最下部分，在嘴的下面。通稱下巴或下巴頦兒。

另見648頁 ké。

顆(颗) kē ㄎㄜ 量詞，多用於顆粒狀的東西：一顆珠子｜一顆黃豆｜一顆子彈｜一顆牙齒｜一顆顆汗珠子往下掉。

【顆粒】kēlì ㄎㄜ ㄌㄧˋ ❶小而圓的東西：珍珠的顆粒大小不一｜這個玉米棒子上有多少顆粒？❷(糧食)一顆一粒：顆粒無收｜精收細打，顆粒歸倉。

髁 kē ㄎㄜ 骨頭上的突起，多在骨頭的兩端。

ké (ㄎㄜˊ)

咳 ké ㄎㄜˊ 咳嗽：乾咳｜百日咳｜連咳帶喘。

另見444頁 hāi。

【咳嗽】ké·sou ㄎㄜˊ ·ㄙㄡ 喉部或氣管的黏膜受到刺激時迅速吸氣，隨即強烈地呼氣，聲帶振動發聲。

揢 ké ㄎㄜˊ 〈方〉❶卡住：抽屜揢住了，拉不開｜這雙鞋又小又瘦，穿着揢腳。❷刁難：揢人。

殼(壳) ké ㄎㄜˊ (殼兒)義同'殼'(qiào)：貝殼｜腦殼｜雞蛋殼兒｜子彈殼兒。

另見927頁 qiào。

【殼郎豬】ké·langzhū ㄎㄜˊ ·ㄌㄤ ㄓㄨ 〈方〉架子豬。

頦(颏) ké ㄎㄜˊ 見474頁〖紅點頦〗、681頁〖藍點頦〗。

另見648頁 kē。

kě (ㄎㄜˇ)

可1 kě ㄎㄜˇ ❶表示同意：許可｜認可｜不加可否。❷表示許可或可能，跟'可以'的意思相同(限於熟語或正反對舉)：兩可｜可見｜牢不可破｜可大可小。❸表示值得：可愛｜可貴｜這齣戲可看。注意 a)多跟單音動詞組合。b)'可'有表示被動的作用，整個組合是形容詞性質，如'這孩子很可愛'，'他非常可靠'。唯有'可憐'表示被動的作用時，是形容詞性質，如'這個人可憐'；表示主動的作用時，是動詞性質，如'我很可憐她'。參看'能'條注意d、e兩項。❹〈書〉大約：年可二十｜長可七尺。❺〈方〉可着：可勁兒｜疼得他可地打滾兒。❻(病)好；痊愈(多見於早期白話)。❼(Kě)姓。

可2 kě ㄎㄜˇ 副詞。❶表示轉折，意思跟'可是'相同：別看他年齡小，志氣可不小。❷表示強調：她待人可好了，誰都喜歡她｜昨兒夜裏的風可大了｜記着點兒，可別忘了｜大家的幹勁可足了｜你可來了，讓我好等啊！❸用在反問句裏加強反問的語氣：這件事我可怎麼知道呢？｜都這樣說，可誰見過呢？❹用在疑問句裏加強疑問的語氣：這件事他可願意？｜你可曾跟他談過這個問題？

可3 kě ㄎㄜˇ 適合：可人意｜這回倒可了他的心了。
另見650頁 kè。

【可愛】kě'ài ㄎㄜˇ ㄞˋ 令人喜愛：孩子活潑可愛。

【可悲】kěbēi ㄎㄜˇ ㄅㄟ 令人悲傷；使人痛心：結局可悲。

【可比價格】kěbǐ-jiàgé ㄎㄜˇ ㄅㄧˇ ㄐㄧㄚˋ ㄍㄜˊ 不變價格。

【可鄙】kěbǐ ㄎㄜˇ ㄅㄧˇ 令人鄙視：可鄙的剽竊行為｜自私自利是最可鄙的。

【可不】kěbù ㄎㄜˇ ㄅㄨˋ 表示附和贊同對方的話：您老有七十歲了吧？可不，今年五月就整七十啦！也說可不是。

【可操左券】kě cāo zuǒ quàn ㄎㄜˇ ㄘㄠ ㄗㄨㄛˇ ㄑㄩㄢˋ 古代稱契約為券，用竹做成，分左右兩片，立約的人各拿一片，左券常用作索償的憑證。'可操左券'比喻成功有把握。

【可恥】kěchǐ ㄎㄜˇ ㄔˇ 應當認為羞恥：節約光榮，浪費可恥。

【可丁可卯】kě dīng kě mǎo ㄎㄜˇ ㄉㄧㄥ ㄎㄜˇ ㄇㄠˇ (可丁可卯兒) ❶就着某個數量不多不少或就着某個範圍不大不小：每月工資總是可丁可卯，全部花光。❷指嚴格遵守制度，不通融：他辦事可丁可卯，從不給人開後門兒。‖也作可釘可鉚。

【可鍛鑄鐵】kěduàn-zhùtiě ㄎㄜˇ ㄉㄨㄢˋ ㄓㄨˋ ㄊㄧㄝˇ 用白口鑄鐵經過熱處理後製成的有韌性的鑄鐵。有較高的強度和可塑性，廣泛應用於機器製造業。也叫馬鐵、瑪鋼。

【可歌可泣】kě gē kě qì ㄎㄜˇ ㄍㄜ ㄎㄜˇ ㄑㄧˋ 值得歌頌，使人感動得流淚。指悲壯的事迹使人非常感動。

【可觀】kěguān ㄎㄜˇ ㄍㄨㄢ ❶值得看：這齣戲大有可觀。❷指達到比較高的程度：規模可觀｜三萬元這個數目也就很可觀了。

【可貴】kěguì ㄎㄜˇ ㄍㄨㄟˋ 值得珍視或重視：難能可貴｜可貴的品質｜這種精神是十分可貴的。

【可好】kěhǎo ㄎㄜˇ ㄏㄠˇ 正好；恰巧：我正想找他來幫忙，可好他來了。

【可恨】kěhèn ㄎㄜˇ ㄏㄣˋ 令人痛恨；使人憎恨：他這是明知故犯，你說可恨不可恨？

【可見】kějiàn ㄎㄜˇ ㄐㄧㄢˋ 可以看見；可以想見：由此可見，這次事故是因為思想麻痹造成的。

【可見度】kějiàndù ㄎㄜˇ ㄐㄧㄢˋ ㄉㄨˋ 物體能被看見的清晰程度。可見度的大小主要決定於光綫的強弱及介質傳播光綫的能力。

【可見光】kějiànguāng ㄎㄜˇ ㄐㄧㄢˋ ㄍㄨㄤ 肉眼可以看見的光，即從紅到紫的光波。參看425頁'光'①。

【可卡因】kěkǎyīn ㄎㄜˇ ㄎㄚˇ ㄧㄣ 從古柯樹葉中提取的一種藥物，化學式 $C_{17}H_{21}O_4N$。白色結晶狀粉末，有使血管收縮的作用，可以做局部麻醉藥。也叫古柯鹼。[英 cocaine]

【可靠】kěkào ㄎㄜˇ ㄎㄠˋ ❶可以信賴依靠：他忠誠老實，為人很可靠。❷真實可信：這個消息可靠不可靠？

【可可】kěkě ㄎㄜˇ ㄎㄜˇ ❶可可樹，常綠喬木，葉子卵形，花冠帶黃色，花萼粉色，果實卵形，紅色或黃色。種子炒熟製成粉可以做飲料，榨的油可供藥用。產在熱帶地區。❷可可樹種子製成的粉末。❸用可可樹種子的粉做成的飲料。‖也叫蔻蔻(kòukòu)。[英 cocoa]

【可可兒的】kěkěr·de ㄎㄜˇ ㄎㄜㄦˇ ·ㄉㄜ 〈方〉恰巧；不遲不早，正好趕上：我剛出門，可可兒的就遇着下雨。

【可口】kěkǒu ㄎㄜˇ ㄎㄡˇ (可口兒) 食品、飲料味道好或冷熱適宜：吃着家鄉風味的菜，覺得很可口。

【可蘭經】Kělánjīng ㄎㄜˇ ㄌㄢˊ ㄐㄧㄥ 古蘭經。

【可憐】kělián ㄎㄜˇ ㄌㄧㄢˊ ❶值得憐憫：他剛三歲就死了父母，真是個可憐的孩子！❷憐憫：對這種一貫做壞事的人，絕不能可憐他。❸(數量少或質量壞到)不值得一提：少得可憐｜知識貧乏得可憐。

【可憐巴巴】kěliánbābā ㄎㄜˇ ㄌㄧㄢˊ ㄅㄚ ㄅㄚ (可憐巴巴的) 形容可憐的樣子：小姑娘又黃又瘦，可憐巴巴的｜兒子眼裏含着淚，可憐巴巴地瞅着他。

【可憐蟲】kěliánchóng ㄎㄜˇ ㄌㄧㄢˊ ㄔㄨㄥˊ 比喻可憐的人(含鄙視意)。

【可憐見】kěliánjiàn ㄎㄜˇ ㄌㄧㄢˊ ㄐㄧㄢˋ (可憐見兒) 值得憐憫：這小孩子小小年紀就沒了爹娘，怪可憐見的。

【可能】kěnéng ㄎㄜˇ ㄋㄥˊ ❶表示可以實現：可能性｜團結國內外一切可能團結的力量｜提前完成任務是完全可能的。❷能成為事實的屬性；可能性：根據需要和可能安排工作｜事情的發展不外有兩種可能。❸也許；或許：他可能開會去了｜天可能要下雪。

【可逆反應】kěnì-fǎnyìng ㄎㄜˇ ㄋㄧˋ ㄈㄢˇ ㄧㄥˋ 在一定條件下，既可向生成物方向進行，同時也可向反應物方向進行的化學反應。在化學方程式中常用⇌來表示。

【可巧】kěqiǎo ㄎㄜˇ ㄑㄧㄠˇ 恰好；湊巧：母親正在念叨他，可巧他就來了。

【可取】kěqǔ ㄎㄜˇ ㄑㄩˇ 可以採納接受；值得學習或讚許：他的意見確有可取之處｜我以為臨陣磨槍的做法不可取。

【可人】kěrén ㄎㄜˇ ㄖㄣˊ 〈書〉❶有長處可取的人；能幹的人。❷可愛的人；意中人。❸可人意；使人滿意：楚楚可人｜風味可人。

【可身】kěshēn ㄎㄜˇ ㄕㄣ 〈方〉(可身兒)可體：這件大衣長短、肥瘦都合適，穿着真可身。

【可是】kěshì ㄎㄜˇ ㄕˋ ❶連詞，表示轉折，前面常常有'雖然'之類表示讓步的連詞呼應：大家雖然很累，可是都很愉快。❷真是；實在是：她家媳婦那個賢惠，可是百裏挑一。

【可塑性】kěsùxìng ㄎㄜˇ ㄙㄨˋ ㄒㄧㄥˋ ❶固體在外力作用下發生形變並保持形變的性質，多指膠泥、塑料、大部分金屬等在常溫下或加熱後能改變形狀的特性。❷生物體在不同的生活環境影響下，某些性質能發生變化，逐漸形成新類型的特性。

【可體】kětǐ ㄎㄜˇ ㄊㄧˇ 衣服的尺寸跟身材正好合適；合身。

【可望而不可即】kě wàng ér bù kě jí ㄎㄜˇ ㄨㄤˋ ㄦˊ ㄅㄨˋ ㄎㄜˇ ㄐㄧˊ 只能夠望見而不能夠接近，形容看來可以實現而實際難以實現。'即'也作及。

【可謂】kěwèi ㄎㄜˇ ㄨㄟˋ 〈書〉可以說。

【可惡】kěwù ㄎㄜˇ ㄨˋ 令人厭惡；使人惱恨：在別人背後搬弄是非，可惡透了。

【可惜】kěxī ㄎㄜˇ ㄒㄧ 令人惋惜：機會很好，可惜錯過了。

【可惜了兒的】kěxīliǎor·de ㄎㄜˇ ㄒㄧ ㄌㄧㄠˇㄦ ·ㄉㄜ 〈方〉令人惋惜：材料白白糟蹋了，怪可惜了兒的。

【可喜】kěxǐ ㄎㄜˇ ㄒㄧˇ 令人高興；值得欣喜：可喜可賀｜取得了可喜的進步。

【可笑】kěxiào ㄎㄜˇ ㄒㄧㄠˋ ❶令人恥笑：幼稚可笑。❷引人發笑：滑稽可笑｜說到可笑的地方，連他自己也忍不住笑了起來。

【可心】kě//xīn ㄎㄜˇ//ㄒㄧㄣ 恰合心願；合意：可心如意｜買了件可心的皮夾克。

【可行】kěxíng ㄎㄜˇ ㄒㄧㄥˊ 行得通；可以實行：方案切實可行。

【可疑】kěyí ㄎㄜˇ ㄧˊ 值得懷疑：形迹可疑。

【可以】[1] kěyǐ ㄎㄜˇ ㄧˇ ❶表示可能或能夠：不會的事情，用心去學，是可以學會的｜這片麥子已經熟了，可以割了。❷表示許可：你可以走了。參看835頁'能'條注意d、e兩項。

【可以】[2] kěyǐ ㄎㄜˇ ㄧˇ ❶好；不壞：這篇文章寫得還可以。❷厲害：你這張嘴真可以｜天氣實在熱得可以。

【可意】kěyì ㄎㄜˇ ㄧˋ 稱心如意：這套房子你住得還可意嗎？

【可憎】kězēng ㄎㄜˇ ㄗㄥ 令人厭惡；可恨：面目可憎。

【可着】kě·zhe ㄎㄜˇ ·ㄓㄜ 就着某個範圍不增減；儘(jǐn)着：可着勁兒幹｜可着嗓子叫喚｜可着這塊布料，能做甚麼就做甚麼。

【可知論】kězhīlùn ㄎㄜˇ ㄓ ㄌㄨㄣˋ 主張世界是可以認識的哲學學說(跟'不可知論'相對)。

坷 kě ㄎㄜˇ 見641頁〖坎坷〗。

另見646頁 kē。

岢 kě ㄎㄜˇ 岢嵐(Kělán ㄎㄜˇ ㄌㄢˊ)，地名，在山西。

軻(轲) kě ㄎㄜˇ 見642頁［轗軻］(kǎnkě)。

另見647頁 kē。

渴 kě ㄎㄜˇ ❶口乾想喝水：解渴｜又渴又餓｜臨渴掘井。❷迫切地：渴望｜渴念。

【渴慕】kěmù ㄎㄜˇ ㄇㄨˋ 非常思慕：渴慕已久｜大家懷着渴慕的心情訪問了這位勞動模範。

【渴念】kěniàn ㄎㄜˇ ㄋㄧㄢˋ 渴想：渴念遠方的親人。

【渴盼】kěpàn ㄎㄜˇ ㄆㄢˋ 迫切地盼望：離散幾十年的親人渴盼早日團圓。

【渴求】kěqiú ㄎㄜˇ ㄑㄧㄡˊ 迫切地要求或追求：渴求進步。

【渴望】kěwàng ㄎㄜˇ ㄨㄤˋ 迫切地希望：渴望和平｜同學們都渴望着和這位作家見面。

【渴想】kěxiǎng ㄎㄜˇ ㄒㄧㄤˇ 非常想念。

kè (ㄎㄜˋ)

可 kè ㄎㄜˋ ［可汗］(kèhán ㄎㄜˋ ㄏㄢˊ)古代鮮卑、突厥、回紇、蒙古等族最高統治者的稱號。

另見649頁 kě。

克[1] (❷❸剋、尅) kè ㄎㄜˋ ❶能：克勤克儉｜不克分身。❷克服；克制：克己｜以柔克剛。❸攻下據點；戰勝：克復｜克敵｜攻必克。❹消化：克食｜克化。

克[2] kè ㄎㄜˋ 國際單位制、公制的質量單位，1克等於1千克(公斤)的千分之一。［法 gramme］

克[3] kè ㄎㄜˋ ❶藏族地區容量單位，1克青稞約重 25 市斤。❷藏族地區地積單位，播種 1 克(約 25 市斤)種子的土地稱為 1

克地，1 克約合 1 市畝。

另見650頁 kè‘剋’。

【克敵制勝】kè dí zhì shèng ㄎㄜˋ ㄉㄧˊ ㄓˋ ㄕㄥˋ 打敗敵人，取得勝利。

【克服】kèfú ㄎㄜˋ ㄈㄨˊ ❶用堅強的意志和力量戰勝(缺點、錯誤、壞現象、不利條件等)：克服急躁情緒｜克服不良習氣｜群策群力，克服重重困難。❷克制；忍受(困難)：這兒的生活條件不太好，請諸位克服一下。

【克復】kèfù ㄎㄜˋ ㄈㄨˋ 經過戰鬥而奪回(被敵人佔領的地方)：克復失地。

【克格勃】kègébó ㄎㄜˋ ㄍㄜˊ ㄅㄛˊ 原蘇聯‘國家安全委員會’的俄文(Комитет государственной безопасности)縮寫(КГБ)的音譯。也指克格勃的人員。

【克化】kèhuà ㄎㄜˋ ㄏㄨㄚˋ 〈方〉消化(食物)。

【克己】kèjǐ ㄎㄜˋ ㄐㄧˇ ❶克制自己的私心；對自己要求嚴格：克己奉公。❷商店自稱貨價便宜，不多賺錢。❸節儉；儉省：自奉克己。

【克己奉公】kè jǐ fèng gōng ㄎㄜˋ ㄐㄧˇ ㄈㄥˋ ㄍㄨㄥ 嚴格要求自己，奉行公事。

【克拉】kèlā ㄎㄜˋ ㄌㄚ 寶石的重量單位，1 克拉等於 200 毫克，即 0.2 克。[法 carat]

【克郎球】kèlángqiú ㄎㄜˋ ㄌㄤˊ ㄑㄧㄡˊ 康樂球。

【克朗】kèlǎng ㄎㄜˋ ㄌㄤˇ 瑞典、挪威、冰島、丹麥等國家的本位貨幣。

【克里姆林宮】Kèlǐmǔlín Gōng ㄎㄜˋ ㄌㄧˇ ㄇㄨˇ ㄌㄧㄣˊ ㄍㄨㄥ 俄國沙皇的宮殿，在莫斯科市中心。十月革命後是原蘇聯最高黨政機關的所在地。常用做原蘇聯官方的代稱。[英 Kremlin，從俄 Кремль]

【克勤克儉】kè qín kè jiǎn ㄎㄜˋ ㄑㄧㄣˊ ㄎㄜˋ ㄐㄧㄢˇ 既能勤勞，又能節儉：克勤克儉是我國人民的優良傳統。

【克食】kèshí ㄎㄜˋ ㄕˊ 幫助消化食物：山楂能克食。

【克絲鉗子】kèsī-qián·zi ㄎㄜˋ ㄙ ㄑㄧㄢˊ ·ㄗ 一種手工工具，鉗柄上包有絕緣保護套，電工常用，主要用來剪斷導綫或金屬絲。

【克星】kèxīng ㄎㄜˋ ㄒㄧㄥ 迷信的人用五行相生相克的道理推論，認為有些人的命運是相克的，把相克的人叫做克星◇貓頭鷹是鼠類的克星。

【克制】kèzhì ㄎㄜˋ ㄓˋ 抑制(多指情感)：採取克制的態度｜他很能克制自己的情感，冷靜地對待一切問題。

刻 kè ㄎㄜˋ ❶用刀子在竹、木、玉、石、金屬等物品上雕成花紋、文字：雕刻｜篆刻｜刻石｜刻字｜刻圖章。❷古代用漏壺記時，一晝夜共一百刻。參看746頁〖漏壺〗。❸用鐘錶計時，以十五分鐘為一刻：下午五點一刻開車。❹時間：頃刻｜立刻｜即刻｜此刻。❺形容程度極深：深刻｜刻苦。❻刻薄：尖刻｜苛刻。❼同‘剋(kè)’。

【刻板】kèbǎn ㄎㄜˋ ㄅㄢˇ ❶在木板或金屬板上刻字或圖(或用化學方法腐蝕而成)，使成為印刷用的底版。也作刻版。❷比喻呆板沒有變化：別人的經驗是應該學習的，但是不能刻板地照搬。

【刻本】kèběn ㄎㄜˋ ㄅㄣˇ 用木刻版印成的書籍：宋刻本。

【刻薄】kèbó ㄎㄜˋ ㄅㄛˊ (待人、說話)冷酷無情；過分的苛求：尖酸刻薄。

【刻不容緩】kè bù róng huǎn ㄎㄜˋ ㄅㄨˋ ㄖㄨㄥˊ ㄏㄨㄢˇ 片刻也不能拖延。形容形勢緊迫。

【刻毒】kèdú ㄎㄜˋ ㄉㄨˊ 刻薄狠毒：為人刻毒｜刻毒的語言。

【刻度】kèdù ㄎㄜˋ ㄉㄨˋ 量具、儀表等上面刻畫的表示量(如尺寸、溫度、電壓等)的大小的條紋。

【刻工】kègōng ㄎㄜˋ ㄍㄨㄥ ❶雕刻的技術：刻工精細。❷從事雕刻工作的工人。

【刻骨】kègǔ ㄎㄜˋ ㄍㄨˇ 比喻感念或仇恨很深，牢記不忘：刻骨銘心｜刻骨的仇恨。

【刻骨銘心】kè gǔ míng xīn ㄎㄜˋ ㄍㄨˇ ㄇㄧㄥˊ ㄒㄧㄣ 比喻牢記在心上，永遠不忘(多用於對別人的感激)。也說鏤骨銘心、銘心刻骨。

【刻畫】kèhuà ㄎㄜˋ ㄏㄨㄚˋ ❶刻或畫：不得在古建築物上刻畫。❷用文字描寫或用其他藝術手段表現(人物的形象、性格)：刻畫入微｜魯迅先生成功地刻畫了阿 Q 這個形象。

【刻苦】kèkǔ ㄎㄜˋ ㄎㄨˇ ❶肯下苦功夫；很能吃苦：刻苦鑽研｜學習刻苦。❷儉樸：他生活一向很刻苦。

【刻期】kèqī ㄎㄜˋ ㄑㄧ 同‘剋期’。

【刻日】kèrì ㄎㄜˋ ㄖˋ 同‘剋日’。

【刻書】kèshū ㄎㄜˋ ㄕㄨ 指刻版印刷出版書籍。舊時有書商刻書、官府刻書和私人刻書等。

【刻絲】kèsī ㄎㄜˋ ㄙ 同‘緙絲’。

【刻下】kèxià ㄎㄜˋ ㄒㄧㄚˋ 目前；眼下：刻下家裏有事，暫時不能離開。

【刻寫】kèxiě ㄎㄜˋ ㄒㄧㄝˇ 把蠟紙鋪在謄寫鋼版上用鐵筆書寫：刻寫蠟紙。

【刻意】kèyì ㄎㄜˋ ㄧˋ 用盡心思：刻意求工｜刻意經營。

【刻舟求劍】kè zhōu qiú jiàn ㄎㄜˋ ㄓㄡ ㄑㄧㄡˊ ㄐㄧㄢˋ 楚國有個人過江時把劍掉在水裏，他在船幫上劍落的地方刻上記號，等船停下，從刻記號的地方下水找劍，結果自然找不到(見於《呂氏春秋·察今》)。比喻拘泥成例，不知道跟着情勢的變化而改變看法或辦法。

剋(克、尅) kè ㄎㄜˋ 嚴格限定(期限)：剋期｜剋日。也作‘刻’。

另見653頁 kēi。‘克’另見650頁 kè。

【剋扣】kèkòu ㄎㄜˋ ㄎㄡˋ 私自扣減應該發給別

人的財物，據為己有：剋扣糧餉。
【剋期】kèqī ㄎㄜˋ ㄑㄧ 約定或限定日期：剋期完工｜剋期送達。也作刻期。
【剋日】kèrì ㄎㄜˋ ㄖˋ 剋期：剋日動工。也作刻日。

恪 kè ㄎㄜˋ 〈書〉謹慎而恭敬：恪守｜恪遵｜恪盡職守。
【恪守】kèshǒu ㄎㄜˋ ㄕㄡˇ 〈書〉嚴格遵守：恪守中立｜恪守不渝。

客 kè ㄎㄜˋ ❶客人(跟'主'相對)：賓客｜請客｜會客｜家裏來客了。❷旅客：客車｜客店。❸寄居或遷居外地：客居｜客籍｜作客他鄉。❹客商：珠寶客。❺顧客：乘客｜客滿。❻對某些奔走各地從事某種活動的人的稱呼：說客｜政客｜俠客。❼在人類意識外獨立存在的：客觀｜客體。❽〈方〉量詞，用於論份兒出售的食品、飲料：一客蛋炒飯｜三客冰激凌。
【客幫】kèbāng ㄎㄜˋ ㄅㄤ 舊時稱從外地來的成夥的商販。
【客艙】kècāng ㄎㄜˋ ㄘㄤ 船或飛機中用於載運旅客的艙。
【客場】kèchǎng ㄎㄜˋ ㄔㄤˇ 體育比賽中，主隊所在的場地對客隊來說叫客場。
【客車】kèchē ㄎㄜˋ ㄔㄜ 鐵路、公路上載運旅客用的車輛。鐵路上的客車還包括餐車、郵車和行李車。
【客串】kèchuàn ㄎㄜˋ ㄔㄨㄢˋ 非專業演員臨時參加專業劇團演出，也指非本地或本單位的演員臨時參加演出。
【客店】kèdiàn ㄎㄜˋ ㄉㄧㄢˋ 規模小設備簡陋的旅館。
【客隊】kèduì ㄎㄜˋ ㄉㄨㄟˋ 體育比賽中，被邀請來參加比賽的外單位或外地、外國的代表隊叫客隊。
【客販】kèfàn ㄎㄜˋ ㄈㄢˋ 稱往來各地販運貨物的商販。
【客飯】kèfàn ㄎㄜˋ ㄈㄢˋ ❶機關團體的食堂裏臨時給來客開的飯。❷飯館、火車、輪船等處論份兒賣的飯。
【客房】kèfáng ㄎㄜˋ ㄈㄤˊ 供旅客或來客住宿的房間。
【客官】kèguān ㄎㄜˋ ㄍㄨㄢ 舊時店家、船家等對顧客、旅客的尊稱。
【客觀】kèguān ㄎㄜˋ ㄍㄨㄢ ❶在意識之外，不依賴主觀意識而存在的(跟'主觀'相對)：客觀存在｜客觀事物｜客觀規律。❷按照事物的本來面目去考察，不加個人偏見的(跟'主觀'相對)：他看問題比較客觀。
【客觀唯心主義】kèguān wéixīn zhǔyì ㄎㄜˋ ㄍㄨㄢ ㄨㄟˊ ㄒㄧㄣ ㄓㄨˇ ㄧˋ 唯心主義的一個派別，主張有不依賴人的意識而存在的'精神'或'理'，認為物質世界是這種'精神'或'理'的體現或產物。
【客戶】kèhù ㄎㄜˋ ㄏㄨˋ ❶舊時指以租佃為生的人家(跟'主戶'相對)。❷舊時指外地遷來的住戶。❸工廠企業或經紀人稱來往的主顧；客商：展銷的新產品受到國內外客戶的歡迎。
【客機】kèjī ㄎㄜˋ ㄐㄧ 載運旅客的飛機。
【客籍】kèjí ㄎㄜˋ ㄐㄧˊ ❶寄居的籍貫(區別於'原籍')。❷寄居本地的外地人。
【客家】Kèjiā ㄎㄜˋ ㄐㄧㄚ 指在4世紀初(西晉末年)、9世紀末(唐朝末年)和13世紀初(南宋末年)從黃河流域逐漸遷徙到南方的漢人，現在分佈在廣東、福建、廣西、江西、湖南、台灣等省區。
【客居】kèjū ㄎㄜˋ ㄐㄩ 在外地居住；旅居：二十歲時告別故鄉，以後一直客居成都。
【客流】kèliú ㄎㄜˋ ㄌㄧㄡˊ 運輸部門指在一定時間內，向一定方向流動的旅客：客流量｜調查客流變化。
【客輪】kèlún ㄎㄜˋ ㄌㄨㄣˊ 載運旅客的輪船。
【客票】kèpiào ㄎㄜˋ ㄆㄧㄠˋ 旅客乘火車、飛機、輪船等的票。
【客氣】kè·qi ㄎㄜˋ ·ㄑㄧ ❶對人謙讓、有禮貌：客氣話｜不客氣地回絕了他。❷說客氣的話；做客氣的動作：您坐，別客氣｜他客氣了一番，把禮物收下了。
【客卿】kèqīng ㄎㄜˋ ㄑㄧㄥ 古代指在本國做官的其他諸侯國的人。
【客人】kè·rén ㄎㄜˋ ·ㄖㄣˊ ❶被邀請受招待的人；為了交際或事務的目的來探訪的人(跟'主人'相對)。❷旅客。❸客商。
【客商】kèshāng ㄎㄜˋ ㄕㄤ 往來各地運貨販賣的商人：過往客商｜各國客商齊集廣州交易會。
【客死】kèsǐ ㄎㄜˋ ㄙˇ 〈書〉死在他鄉或外國：客死異域。
【客歲】kèsuì ㄎㄜˋ ㄙㄨㄟˋ 〈書〉去年。
【客堂】kètáng ㄎㄜˋ ㄊㄤˊ 〈方〉接待客人用的房間。
【客套】kètào ㄎㄜˋ ㄊㄠˋ ❶表示客氣的套語：我們是老朋友，用不着講客套。❷說客氣話：見了面，彼此客套了幾句。
【客套話】kètàohuà ㄎㄜˋ ㄊㄠˋ ㄏㄨㄚˋ 表示客氣的話，如'勞駕、借光、慢走、留步'等。
【客體】kètǐ ㄎㄜˋ ㄊㄧˇ ❶哲學上指主體以外的客觀事物，是主體認識和實踐的對象。❷法律上指主體的權利和義務所指向的對象，包括物品、行為等。
【客廳】kètīng ㄎㄜˋ ㄊㄧㄥ 接待客人用的房間。
【客土】kètǔ ㄎㄜˋ ㄊㄨˇ ❶為改良本處土壤而從別處移來的土。❷〈書〉寄居的地方；異鄉：僑居客土。
【客星】kèxīng ㄎㄜˋ ㄒㄧㄥ 我國古代指新星和彗星。參看1273頁〖新星〗、513頁〖彗星〗。
【客姓】kèxìng ㄎㄜˋ ㄒㄧㄥˋ 指聚族而居的村莊

中外來戶的姓，如王家莊中的張姓、李姓。

【客運】kèyùn ㄎㄜˋ ㄩㄣˋ 運輸部門載運旅客的業務：增加車次，緩和客運緊張狀況。

【客棧】kèzhàn ㄎㄜˋ ㄓㄢˋ 設備簡陋的旅館，有的兼供客商堆貨並代辦轉運。

【客座】kèzuò ㄎㄜˋ ㄗㄨㄛˋ 賓客的坐位。指應邀在外單位或外地、外國不定期講學、演出等而不在編制的：客座教授｜客座演員｜客座研究員。

氪 kè ㄎㄜˋ 氣體元素，符號 Kr（Krypto-num）。無色，無臭，無味，大氣中含量極少，化學性質很不活潑。能吸收 X 射綫，用作 X 射綫的屏蔽材料等。

嗑（齣） kè ㄎㄜˋ 用上下門牙咬有殼的或硬的東西：嗑瓜子兒｜老鼠把箱子嗑破了。

另見647頁 kē。'齣'另見912頁 qiā。

溘 kè ㄎㄜˋ 〈書〉忽然；突然：溘然｜溘逝（稱人死亡）。

【溘然】kèrán ㄎㄜˋ ㄖㄢˊ 〈書〉忽然；突然：溘然長逝。

窸 kè ㄎㄜˋ 〈書〉同'恪'（kè）。

課[1]（课） kè ㄎㄜˋ ❶有計劃的分段教學：上課｜下課｜星期六下午沒課。❷教學的科目：主課｜語文課｜這學期共有五門課。❸教學的時間單位：一節課。❹教材的段落：這本教科書共有二十五課。❺行政機構按工作性質分設的辦事部門：秘書課｜會計課。

課[2]（课） kè ㄎㄜˋ ❶舊指賦稅：國課｜完糧交課。❷徵收（賦稅）：課稅。

課[3]（课） kè ㄎㄜˋ 占卜的一種：起課｜卜課。

【課本】kèběn ㄎㄜˋ ㄅㄣˇ 教科書：數學課本。

【課表】kèbiǎo ㄎㄜˋ ㄅㄧㄠˇ 課程表。

【課程】kèchéng ㄎㄜˋ ㄔㄥˊ 學校教學的科目和進程：課程表｜安排課程。

【課卷】kèjuàn ㄎㄜˋ ㄐㄩㄢˋ 學生的書面作業。

【課目】kèmù ㄎㄜˋ ㄇㄨˋ ❶課程的項目。❷軍事訓練中進行講解和訓練的項目。

【課時】kèshí ㄎㄜˋ ㄕˊ 學時：我擔任兩班的語文課，每週共有十六課時。

【課室】kèshì ㄎㄜˋ ㄕˋ 教室。

【課堂】kètáng ㄎㄜˋ ㄊㄤˊ 教室在用來進行教學活動時叫課堂，泛指進行各種教學活動的場所：課堂討論｜課堂作業。

【課題】kètí ㄎㄜˋ ㄊㄧˊ 研究或討論的主要問題或亟待解決的重大事項：科研課題。

【課外】kèwài ㄎㄜˋ ㄨㄞˋ 學校上課以外的時間：課外作業｜課外活動｜課外輔導。

【課文】kèwén ㄎㄜˋ ㄨㄣˊ 教科書中的正文（區別於註釋和習題等）：朗讀課文。

【課業】kèyè ㄎㄜˋ ㄧㄝˋ 功課；學業：要好好用功，不可荒廢課業。

【課餘】kèyú ㄎㄜˋ ㄩˊ 上課時間以外的：課餘時間。

緙（缂） kè ㄎㄜˋ ［緙絲］（kèsī ㄎㄜˋ ㄙ）❶我國特有的一種絲織手工藝。織時先架好經綫，按照底稿在上面描出圖畫或文字的輪廓，然後對照底稿的色彩，用小梭子引着各種顏色的緯綫，斷斷續續地織出圖畫或文字，同時衣料或物品也一起織成。❷用緙絲法織成的衣料或物品。‖也作刻絲。

錁（锞） kè ㄎㄜˋ 錁子：金錁｜銀錁。

【錁子】kè·zi ㄎㄜˋ ·ㄗ 舊時作貨幣用的小金錠或銀錠。

騍（骒） kè ㄎㄜˋ 雌性的（騾、馬）：騍馬。

kēi（ㄎㄟ）

剋（尅） kēi ㄎㄟ ❶打；打架：挨了一頓剋，鼻青臉腫的｜吵着吵着，倆人動手剋起來了。❷罵；申斥：你做錯了事，媽媽剋你幾句還不應該嗎？

另見651頁 kè。

【剋架】kēi∥jià ㄎㄟ∥ㄐㄧㄚˋ 〈方〉打架。

kěn（ㄎㄣˇ）

肯[1]（肎） kěn ㄎㄣˇ 附着在骨頭上的肉：中肯｜肯綮。

肯[2] kěn ㄎㄣˇ ❶表示同意：首肯｜我勸說了半天，他才肯了。❷表示主觀上樂意；表示接受要求：肯虛心接受意見｜我請他來，他怎麼也不肯來。❸〈方〉表示時常或易於：這幾天肯下雨。

【肯定】kěndìng ㄎㄣˇ ㄉㄧㄥˋ ❶承認事物的存在或事物的真實性（跟'否定'相對）：肯定成績。❷表示承認的；正面的（跟'否定'相對）：肯定判斷｜我問他贊成不贊成，他的回答是肯定的（＝贊成）。❸一定；無疑問：情況肯定是有利的。❹確定；明確：他今天來不來還不能肯定｜請給一個肯定的答復。

【肯綮】kěnqǐng ㄎㄣˇ ㄑㄧㄥˇ 〈書〉筋骨結合的地方，比喻最重要的關鍵：深中肯綮。

啃（齦） kěn ㄎㄣˇ 一點兒一點兒地往下咬：啃骨頭｜啃老玉米◇啃書本。

'齦'另見1366頁 yín。

【啃青】kěnqīng ㄎㄣˇ ㄑㄧㄥ 〈方〉❶指莊稼未完全成熟就收下來吃。❷指牲畜吃青苗。

墾（垦） kěn ㄎㄣˇ 翻土；開墾（荒地）：墾地｜墾荒。

【墾覆】kěnfù ㄎㄣˇ ㄈㄨˋ 在樹木的行間挖溝，種植綠肥，並逐年覆土，使老樹更新。

【墾荒】kěnhuāng ㄎㄣˇ ㄏㄨㄤ 開墾荒地。

【墾區】kěnqū ㄎㄣˇ ㄑㄩ 規模較大的開荒生產的地區。

【墾殖】kěnzhí ㄎㄣˇ ㄓˊ 開墾荒地，進行生產：墾殖場。

【墾種】kěnzhòng ㄎㄣˇ ㄓㄨㄥˋ 開墾種植：那裏有大片可以墾種的沙荒地。

懇(恳) kěn ㄎㄣˇ ❶真誠；誠懇：懇求｜懇託｜懇談｜勤懇。❷請求：轉懇｜敬懇。

【懇切】kěnqiè ㄎㄣˇ ㄑㄧㄝˋ 誠懇而殷切：言詞懇切｜情意懇切｜懇切地希望得到大家的幫助。

【懇請】kěnqǐng ㄎㄣˇ ㄑㄧㄥˇ 誠懇地邀請或請求：懇請出席｜懇請原諒。

【懇求】kěnqiú ㄎㄣˇ ㄑㄧㄡˊ 懇切地請求：我懇求他不要這樣做。

【懇談】kěntán ㄎㄣˇ ㄊㄢˊ 懇切地交談：懇談會。

【懇託】kěntuō ㄎㄣˇ ㄊㄨㄛ 懇切地託付：懇託你把這件衣服帶給他。

【懇摯】kěnzhì ㄎㄣˇ ㄓˋ (態度或言詞)誠懇真摯：懇摯的期望｜詞意懇摯動人。

kèn (ㄎㄣˋ)

掯 kèn ㄎㄣˋ 〈方〉❶按；壓：掯住牛脖子。❷刁難：勒掯。❸(眼裏)含；噙：掯着淚花。

裉(褃) kèn ㄎㄣˋ 上衣靠腋下的接縫部分：抬裉(上衣從肩頭到腋下的尺寸)｜煞裉(把裉縫上)。

kēng (ㄎㄥ)

坑 kēng ㄎㄥ ❶(坑兒)窪下去的地方：泥坑｜彈坑｜刨個坑兒｜一個蘿蔔一個坑。❷地洞；地道：坑道｜礦坑。❸古時指活埋人：坑殺｜焚書坑儒。❹坑害：坑人｜她被人坑了。❺(Kēng)姓。

【坑道】kēngdào ㄎㄥ ㄉㄠˋ ❶開礦時在地下挖成的通道。❷互相通連的地下工事，用來進行戰鬥、隱蔽人員或儲藏物資。

【坑害】kēnghài ㄎㄥ ㄏㄞˋ 用狡詐、狠毒的手段使人受到損害：不法商人銷售偽劣商品坑害消費者。

【坑井】kēngjǐng ㄎㄥ ㄐㄧㄥˇ 坑道和礦井。

【坑坑窪窪】kēng·kengwāwā ㄎㄥ ·ㄎㄥ ㄨㄚ ㄨㄚ (坑坑窪窪的)形容地面或器物表面高一塊低一塊：路面坑坑窪窪，車走在上面顛簸得厲害。

【坑矇】kēngmēng ㄎㄥ ㄇㄥ 坑害，矇騙：以次充好，坑矇顧客。

【坑木】kēngmù ㄎㄥ ㄇㄨˋ 礦井裏用做支柱的木料。

【坑騙】kēngpiàn ㄎㄥ ㄆㄧㄢˋ 用欺騙的手段使人受到損害：有的小販漫天要價，坑騙外地遊客。

【坑氣】kēngqì ㄎㄥ ㄑㄧˋ 沼氣。

【坑子】kēng·zi ㄎㄥ ·ㄗ 坑①：水坑子。

吭 kēng ㄎㄥ 出聲；說話：一聲不吭｜有甚麼需要幫忙的事兒，你就吭一聲。

另見454頁 háng。

【吭哧】kēng·chi ㄎㄥ ·ㄔ ❶因用力而不自主地發出聲音：他背起一麻袋糧食吭哧吭哧地走了◇他吭哧了好幾天才寫出這篇作文。❷形容說話吞吞吐吐：他吭哧了半天我也沒有聽明白。

【吭氣】kēng∥qì ㄎㄥ∥ㄑㄧˋ (吭氣兒)吭聲：我怕老人知道了不高興，一直沒敢吭氣｜不管你怎麼追問，他就是不吭氣。

【吭聲】kēng∥shēng ㄎㄥ∥ㄕㄥ (吭聲兒)出聲；說話(多用於否定式)：任憑她說甚麼你也別吭聲｜他受了很多累，可是從來也不吭一聲。

阬 kēng ㄎㄥ 〈書〉同'坑'。

硜(硁、䃘) kēng ㄎㄥ 〈書〉敲打石頭的聲音。

【硜硜】kēngkēng ㄎㄥ ㄎㄥ 〈書〉形容淺薄固執：硜硜自守｜硜硜之見(謙辭，稱自己的見解)。

鏗(铿) kēng ㄎㄥ 象聲詞，形容響亮的聲音：鐵輪大車走在石頭路上鏗鏗地響。

【鏗鏘】kēngqiāng ㄎㄥ ㄑㄧㄤ 形容有節奏而響亮的聲音：鏗鏘悅耳｜鏗鏘有力的歌聲｜這首詩讀起來音調鏗鏘。

【鏗然】kēngrán ㄎㄥ ㄖㄢˊ 〈書〉形容聲音響亮有力：鈴聲鏗然｜溪水奔流，鏗然有聲。

kōng (ㄎㄨㄥ)

空 kōng ㄎㄨㄥ ❶不包含甚麼；裏面沒有東西或沒有內容；不切實際的：空箱子｜空想｜空談｜空話｜空着手去的，甚麼都沒帶｜把房子騰空了｜操場上空無一人。❷天空：晴空｜高空｜當空｜領空｜空中樓閣｜對空射擊。❸沒有結果的；白白地：空忙｜落空｜空跑一趟。

另見657頁 kòng。

【空包彈】kōngbāodàn ㄎㄨㄥ ㄅㄠ ㄉㄢˋ 一種沒有彈頭的槍彈或炮彈，通常用於禮炮或部隊演習。

【空腸】kōngcháng ㄎㄨㄥ ㄔㄤˊ 小腸的一部分，上端與十二指腸相連，下端連回腸。因為空腸的消化和吸收力強，蠕動快，腸內常呈排空狀態，所以叫空腸。(圖見1252頁〖消化系統〗)

【空城計】kōngchéngjì ㄎㄨㄥ ㄔㄥˊ ㄐㄧˋ 小説《三國演義》中的故事。蜀將馬謖失守街亭後，魏將司馬懿率兵直逼西城，諸葛亮無兵迎敵，但沈着鎮定，大開城門，自己在城樓上彈琴。司馬懿懷疑設有埋伏，引兵退去。後來用'空城計'泛指掩飾力量空虛，騙過對方的策略。

【空擋】kōngdǎng ㄎㄨㄥ ㄉㄤˇ 汽車或其他機器的變速齒輪所在的一個位置，在這個位置上，從動齒輪與主動齒輪不相連接。

【空盪盪】kōngdàngdàng ㄎㄨㄥ ㄉㄤˋ ㄉㄤˋ (空盪盪的) 空落落：同學們都回家了，教室裏空盪盪的。

【空洞】[1] kōngdòng ㄎㄨㄥ ㄉㄨㄥˋ 物體內部的窟窿，如鑄件裏的砂眼、肺結核病人肺部形成的窟窿等。

【空洞】[2] kōngdòng ㄎㄨㄥ ㄉㄨㄥˋ 沒有內容或內容不切實：空洞無物｜空洞的説教。

【空洞洞】kōngdòngdòng ㄎㄨㄥ ㄉㄨㄥˋ ㄉㄨㄥˋ (空洞洞的) 形容房屋、場地等很空，沒有人或沒有東西：人都下地幹活去了，村子裏空洞洞的｜房間裏空洞洞的，連張桌子也沒有。

【空乏】kōngfá ㄎㄨㄥ ㄈㄚˊ ❶窮困。❷空虛而乏味：空乏的生活。

【空翻】kōngfān ㄎㄨㄥ ㄈㄢ 一種體操動作，身體騰空向前或向後翻轉一周或一周以上。

【空泛】kōngfàn ㄎㄨㄥ ㄈㄢˋ 內容空洞浮泛，不着邊際：空泛的議論｜八股文語言乾癟，內容空泛。

【空房】kōngfáng ㄎㄨㄥ ㄈㄤˊ ❶沒放東西或無人居住的房子。❷丈夫外出，妻子一人住在家裏，叫守空房。

【空腹】kōngfù ㄎㄨㄥ ㄈㄨˋ ❶空着肚子，沒有吃東西：空腹抽血化驗。❷〈書〉比喻人沒有學問：空腹高心(指並無才學而盲目自大)。

【空谷足音】kōng gǔ zú yīn ㄎㄨㄥ ㄍㄨˇ ㄗㄨˊ ㄧㄣ 在空寂的山谷裏聽到人的腳步聲(《莊子·徐無鬼》：'夫逃虛空者，……聞人足音跫然而喜矣')。比喻難得的音信、言論或事物。

【空喊】kōnghǎn ㄎㄨㄥ ㄏㄢˇ 只是口頭上叫嚷，並無實際行動：空喊口號｜空喊一陣有甚麼用？

【空耗】kōnghào ㄎㄨㄥ ㄏㄠˋ 白白地消耗：空耗時間｜空耗精力。

【空話】kōnghuà ㄎㄨㄥ ㄏㄨㄚˋ 內容空洞或不能實現的話：空話連篇｜説空話解決不了實際問題。

【空懷】kōnghuái ㄎㄨㄥ ㄏㄨㄞˊ 適齡的母畜交配或人工授精後沒有懷孕。

【空幻】kōnghuàn ㄎㄨㄥ ㄏㄨㄢˋ 空虛而不真實；虛幻。

【空寂】kōngjì ㄎㄨㄥ ㄐㄧˋ 空曠而寂靜；寂寥：空寂的山野｜湖岸空寂無人。

【空際】kōngjì ㄎㄨㄥ ㄐㄧˋ 空中：峰頂的紀念碑高聳空際｜廣場上掌聲和歡呼聲洋溢空際。

【空架子】kōngjià·zi ㄎㄨㄥ ㄐㄧㄚˋ ·ㄗ 只有形式，沒有內容的東西(多指文章、組織機構等)。

【空間】kōngjiān ㄎㄨㄥ ㄐㄧㄢ 物質存在的一種客觀形式，由長度、寬度、高度表現出來。是物質存在的廣延性和伸張性的表現：三維空間。

【空間通信】kōngjiān tōngxìn ㄎㄨㄥ ㄐㄧㄢ ㄊㄨㄥ ㄒㄧㄣˋ 以人造衞星、宇宙飛船或星體為對象的無綫電通信。包括衞星通信、空間站與地面站的通信以及空間站之間的通信等。

【空間圖形】kōngjiān túxíng ㄎㄨㄥ ㄐㄧㄢ ㄊㄨˊ ㄒㄧㄥˊ ❶幾何圖形。❷特指立體圖形。

【空間站】kōngjiānzhàn ㄎㄨㄥ ㄐㄧㄢ ㄓㄢˋ ❶一種圍繞地球航行的載人航天器，設置有完善的通信、計算等設備，能夠進行天文、生物和空間加工等方面的科學技術研究。❷設置在月球、行星或宇宙飛船等上面的空間通信設施。‖也叫航天站。

【空降】kōngjiàng ㄎㄨㄥ ㄐㄧㄤˋ 利用飛機、降落傘由空中着陸：空降部隊。

【空姐】kōngjiě ㄎㄨㄥ ㄐㄧㄝˇ 空中小姐的簡稱。

【空軍】kōngjūn ㄎㄨㄥ ㄐㄩㄣ 在空中作戰的軍隊，通常由各種航空兵部隊和空軍地面部隊組成。

【空空如也】kōngkōng rú yě ㄎㄨㄥ ㄎㄨㄥ ㄖㄨˊ ㄧㄝˇ 空空的甚麼也沒有(見於《論語·子罕》)：有些人喜歡誇誇其談，其實肚子裏卻是空空如也。

【空口】kōngkǒu ㄎㄨㄥ ㄎㄡˇ ❶不就飯或酒(而吃菜蔬或果品)；不就菜蔬或果品(而吃飯、飲酒)。❷不拿出事實或採取措施，只是嘴説：這事空口是説不明白的｜光空口説不行，得真抓實幹。

【空口説白話】kōng kǒu shuō bái huà ㄎㄨㄥ ㄎㄡˇ ㄕㄨㄛ ㄅㄞˊ ㄏㄨㄚˋ 形容光説不做，或只是嘴説而沒有事實證明。

【空口無憑】kōng kǒu wú píng ㄎㄨㄥ ㄎㄡˇ ㄨˊ ㄆㄧㄥˊ 只是嘴説而沒有真憑實據。

【空曠】kōngkuàng ㄎㄨㄥ ㄎㄨㄤˋ 地方廣闊，沒有樹木、建築物等：空曠的原野｜砍掉了這棵樹，院裏顯着空曠點兒。

【空靈】kōnglíng ㄎㄨㄥ ㄌㄧㄥˊ 靈活而不可捉摸：空靈的筆觸｜這空靈的妙景難以描繪。

【空論】kōnglùn ㄎㄨㄥ ㄌㄨㄣˋ 空洞的言論：不切實際的空論｜少發空論，多做實事。

【空落落】kōngluòluò ㄎㄨㄥ ㄌㄨㄛˋ ㄌㄨㄛˋ (空落落的) 空曠而冷冷清清：落了葉子的樹林子空落落的｜他送走孩子回到家來，心裏覺得空落落的，像少了點甚麼似的。

【空門】[1] kōngmén ㄎㄨㄥ ㄇㄣˊ 指佛教，因佛教認為世界是一切皆空的：遁入空門(出家為僧尼)。

【空門】[2] kōngmén ㄎㄨㄥ ㄇㄣˊ (空門兒) 指某些

球類比賽中因守門員離開而無人把守的球門：面對空門卻把球踢飛了。
【空濛】kōngméng ㄎㄨㄥ ㄇㄥˊ 〈書〉形容迷茫：山色空濛｜烟雨空濛。
【空名】kōngmíng ㄎㄨㄥ ㄇㄧㄥˊ 和實際情況不相符合的名義；虛名：他在學會只挂個空名，不擔任具體職務。
【空難】kōngnàn ㄎㄨㄥ ㄋㄢˋ 飛機等在空中飛行時發生的災難，如失火、墜毀等。
【空氣】kōngqì ㄎㄨㄥ ㄑㄧˋ ❶構成地球周圍大氣的氣體。無色，無味，主要成分是氮氣和氧氣，還有極少量的氡、氦、氖、氬、氪、氙等惰性氣體和水蒸氣、二氧化碳等。❷氣氛：學習空氣濃厚｜不要人為地製造緊張空氣。
【空氣錘】kōngqìchuí ㄎㄨㄥ ㄑㄧˋ ㄔㄨㄟˊ 利用壓縮空氣產生動力的鍛錘。也叫氣錘。
【空氣軸承】kōngqì zhóuchéng ㄎㄨㄥ ㄑㄧˋ ㄓㄡˊ ㄔㄥˊ 軸承的一種，利用包圍在軸四周的壓縮空氣來支承軸，摩擦力小，轉速很高。
【空前】kōngqián ㄎㄨㄥ ㄑㄧㄢˊ 以前所沒有：盛況空前｜生產力得到了空前發展。
【空前絕後】kōng qián jué hòu ㄎㄨㄥ ㄑㄧㄢˊ ㄐㄩㄝˊ ㄏㄡˋ 以前沒有過，以後也不會有。多用來形容非凡的成就或盛況。
【空勤】kōngqín ㄎㄨㄥ ㄑㄧㄣˊ 航空部門指在空中進行的各種工作(區別於'地勤')。
【空身】kōngshēn ㄎㄨㄥ ㄕㄣ (空身兒)指身邊沒有攜帶東西：他連換洗衣服都沒帶，就空身兒去了廣州。
【空駛】kōngshǐ ㄎㄨㄥ ㄕˇ (機動車輛等)沒有載貨或載客而空着行駛。
【空手道】kōngshǒudào ㄎㄨㄥ ㄕㄡˇ ㄉㄠˋ 日本的一種拳術，源於中國少林寺的技擊。不使用器械進行格鬥，分為進攻和防禦兩部分。
【空疏】kōngshū ㄎㄨㄥ ㄕㄨ 〈書〉(學問、文章、議論等)空虛；空洞：才學空疏。
【空談】kōngtán ㄎㄨㄥ ㄊㄢˊ ❶只說不做；有言論，無行動：提倡實幹，切忌空談。❷不切合實際的言論：紙上空談｜那些所謂的道理不過是娓娓動聽的空談。
【空調】kōngtiáo ㄎㄨㄥ ㄊㄧㄠˊ ❶空氣調節，調節房屋、機艙、船艙、車廂等內部的空氣溫度、濕度、潔淨度、氣流速度等，使達到一定的要求：空調機｜空調設備。❷指這種用途的裝置：安裝空調。
【空投】kōngtóu ㄎㄨㄥ ㄊㄡˊ 從飛機上投下：飛往災區空投救災物資。
【空頭】kōngtóu ㄎㄨㄥ ㄊㄡˊ ❶從事投機交易的人預料貨價將跌而賣出期貨，伺機買進相抵，這種人叫空頭(因為賣出的貨尚未買進，所以叫'空頭'；跟'多頭'相對)。參看769頁〖買空賣空〗。❷指有名無實，不發生作用：空頭人情｜空頭政治家。
【空頭支票】kōngtóu zhīpiào ㄎㄨㄥ ㄊㄡˊ ㄓ ㄆㄧㄠˋ ❶因票面金額超過存款餘額或透支限額而不能生效的支票。❷比喻不實踐的諾言。
【空文】kōngwén ㄎㄨㄥ ㄨㄣˊ ❶說空話的文章；沒有實用價值的文章。❷有名無實的規章條文：一紙空文。
【空襲】kōngxí ㄎㄨㄥ ㄒㄧˊ 用飛機、導彈等進行襲擊。
【空想】kōngxiǎng ㄎㄨㄥ ㄒㄧㄤˇ ❶憑空設想：不要閉門空想，還是下去調查一下情況吧。❷不切實際的想法：離開了客觀現實的想像就成為空想。
【空心】kōng//xīn ㄎㄨㄥ//ㄒㄧㄣ 樹幹髓部變空或蔬菜中心沒長實：老槐樹空心了｜大白菜空了心了。
【空心】kōngxīn ㄎㄨㄥ ㄒㄧㄣ 東西的內部是空的：空心墻｜空心面。

另見658頁 kòngxīn。
【空心菜】kōngxīncài ㄎㄨㄥ ㄒㄧㄣ ㄘㄞˋ 蕹菜(wèngcài)。
【空心磚】kōngxīnzhuān ㄎㄨㄥ ㄒㄧㄣ ㄓㄨㄢ 中心空的磚。這種磚有較好的保暖和隔音性能，用在不受壓力的部分，可以減輕建築物的重量並節約材料。
【空虛】kōngxū ㄎㄨㄥ ㄒㄩ 裏面沒有甚麼實在的東西；不充實：後方空虛｜精神空虛。
【空穴來風】kōng xué lái fēng ㄎㄨㄥ ㄒㄩㄝˊ ㄌㄞˊ ㄈㄥ 有了洞穴才有風進來(見於宋玉《風賦》)。比喻消息和傳說不是完全沒有原因的。
【空域】kōngyù ㄎㄨㄥ ㄩˋ 指空中劃定的一定範圍：戰鬥空域｜搜索空域。
【空運】kōngyùn ㄎㄨㄥ ㄩㄣˋ 用飛機運輸：空運救災物資。
【空戰】kōngzhàn ㄎㄨㄥ ㄓㄢˋ 敵對雙方的飛機在空中進行的戰鬥。
【空中】kōngzhōng ㄎㄨㄥ ㄓㄨㄥ ❶天空中。❷指通過無綫電信號傳播而形成的：空中信箱｜空中書場。
【空中樓閣】kōng zhōng lóu gé ㄎㄨㄥ ㄓㄨㄥ ㄌㄡˊ ㄍㄜˊ 指海市蜃樓，多用來比喻虛幻的事物或脫離實際的理論、計劃等。
【空中小姐】kōngzhōng xiǎojiě ㄎㄨㄥ ㄓㄨㄥ ㄒㄧㄠˇ ㄐㄧㄝˇ 指客機上的女乘務員。簡稱空姐。
【空鐘】kōng·zhong ㄎㄨㄥ ·ㄓㄨㄥ 空竹。
【空竹】kōngzhú ㄎㄨㄥ ㄓㄨˊ 用竹木製成的玩具，在圓柱的一端或兩端安上周圍有幾個小孔的圓盒，用繩子抖動圓柱，圓盒就迅速旋轉，發出嗡嗡的聲音。
【空轉】kōngzhuàn ㄎㄨㄥ ㄓㄨㄢˋ ❶機器在沒有負載時運轉。❷由於摩擦力太小或車輪轉速急劇增加，機車或汽車等的動輪在軌道上或路面上滑轉而不前進。

倥 kōng ㄎㄨㄥ［倥侗］(kōngtóng ㄎㄨㄥ ㄊㄨㄥˊ)〈書〉蒙昧無知。
另見657頁 kǒng。

崆 kōng ㄎㄨㄥ ［崆峒］(Kōngtóng ㄎㄨㄥ ㄊㄨㄥˊ)，山名，在甘肅。又島名，在山東。

悾 kōng ㄎㄨㄥ ［悾悾］〈書〉形容誠懇。

箜 kōng ㄎㄨㄥ ［箜篌］(kōnghóu ㄎㄨㄥ ㄏㄡˊ) 古代弦樂器，分卧式、豎式兩種，弦數因樂器大小而不同，最少的五根弦，最多的二十五根弦。

kǒng（ㄎㄨㄥˇ）

孔 kǒng ㄎㄨㄥˇ ❶洞；窟窿；眼兒：鼻孔｜毛孔｜冑穿孔｜這座石橋有七個孔｜水銀瀉地，無孔不入。❷〈方〉量詞，用於窑洞：一孔土窑。❸(Kǒng) 姓。

【孔道】kǒngdào ㄎㄨㄥˇ ㄉㄠˋ 通往某處必經的關口：交通孔道。

【孔洞】kǒngdòng ㄎㄨㄥˇ ㄉㄨㄥˋ 窟窿(多指在器物上人工做的)。

【孔方兄】kǒngfāngxiōng ㄎㄨㄥˇ ㄈㄤ ㄒㄩㄥ 指錢，因舊時的銅錢有方形的孔(詼諧兼含鄙視意)。

【孔徑】kǒngjìng ㄎㄨㄥˇ ㄐㄧㄥˋ 機件上圓孔的直徑或橋孔、涵洞等的跨度。

【孔孟之道】Kǒng Mèng zhī dào ㄎㄨㄥˇ ㄇㄥˋ ㄓ ㄉㄠˋ 孔子和孟子的思想和主張，指儒家學說。

【孔廟】Kǒngmiào ㄎㄨㄥˇ ㄇㄧㄠˋ 紀念和祭祀孔子的廟。

【孔明燈】kǒngmíngdēng ㄎㄨㄥˇ ㄇㄧㄥˊ ㄉㄥ 利用熱空氣比重較輕能上升的原理製成的一種紙燈，上部沒有口，燈心燒着後，熱空氣充滿在裏邊，使燈升到空中去。相傳是三國時諸葛亮發明的，亮字孔明，所以叫孔明燈。

【孔雀】kǒng·què ㄎㄨㄥˇ ·ㄑㄩㄝˋ 鳥，頭上有羽冠，雄的尾巴的羽毛很長，展開時像扇子。常見的有綠孔雀和白孔雀兩種。成群居住在熱帶森林中或河岸邊，吃穀類和果實等。多飼養來供玩賞，羽毛可以做裝飾品。

【孔隙】kǒngxì ㄎㄨㄥˇ ㄒㄧˋ 窟窿眼兒；縫兒。

【孔穴】kǒngxué ㄎㄨㄥˇ ㄒㄩㄝˊ 窟窿眼兒；孔洞。

【孔眼】kǒngyǎn ㄎㄨㄥˇ ㄧㄢˇ 小孔；眼兒：葉子上有蟲吃的孔眼｜孔眼大小不同的篩子。

恐 kǒng ㄎㄨㄥˇ ❶害怕；畏懼：恐慌｜驚恐｜有恃無恐｜誠惶誠恐。❷使害怕：恐嚇。❸恐怕：恐難勝任｜他不出席恐有原因。

【恐怖】kǒngbù ㄎㄨㄥˇ ㄅㄨˋ 由於生命受到威脅而引起的恐懼：白色恐怖｜恐怖手段｜恐怖分子(進行恐怖活動的人)。

【恐嚇】kǒnghè ㄎㄨㄥˇ ㄏㄜˋ 以要挾的話或手段威脅人；嚇唬：恐嚇信。

【恐慌】kǒnghuāng ㄎㄨㄥˇ ㄏㄨㄤ 因擔憂、害怕而慌張不安：恐慌萬狀｜斷水斷電的消息引起了人們的恐慌。

【恐懼】kǒngjù ㄎㄨㄥˇ ㄐㄩˋ 懼怕：恐懼不安。

【恐龍】kǒnglóng ㄎㄨㄥˇ ㄌㄨㄥˊ 古代爬行動物，在中生代最繁盛，種類很多，大的長達30米，在中生代末期滅絕。

【恐怕】kǒngpà ㄎㄨㄥˇ ㄆㄚˋ 副詞。❶表示估計兼擔心：恐怕他不會同意｜這樣做，效果恐怕不好。❷表示估計：他走了恐怕有二十天了。

倥 kǒng ㄎㄨㄥˇ ［倥傯］(kǒngzǒng ㄎㄨㄥˇ ㄗㄨㄥˇ)〈書〉❶(事情)急迫匆忙：戎馬倥傯。❷窮困。
另見657頁 kōng。

kòng（ㄎㄨㄥˋ）

空 kòng ㄎㄨㄥˋ ❶騰出來；使空：文章每段開頭要空兩格｜空出一天時間參觀遊覽｜把前面幾排座位空出來。❷沒有被利用或裏面缺少東西：空白｜空地｜車廂裏空得很。❸(空兒) 尚未佔用的地方或時間；空子①：填空｜屋裏堆得連下腳的空兒都沒有｜抽空兒到我這兒來一趟。❹同'控³'。
另見654頁 kōng。

【空白】kòngbái ㄎㄨㄥˋ ㄅㄞˊ (版面、書頁、畫幅等上面)空着，沒有填滿或沒有被利用的部分：版面上還有塊空白，可以補一篇短文◇空白點｜這項新產品為我國工業填補了一項空白。

【空白點】kòngbáidiǎn ㄎㄨㄥˋ ㄅㄞˊ ㄉㄧㄢˇ 工作沒有達到的方面或部分：消滅計劃生育宣傳的空白點。

【空當】kòngdāng ㄎㄨㄥˋ ㄉㄤ (空當兒)空隙：趁這空當，你去了解一下｜書架擺滿了書，沒有空當。也說空當子。

【空地】kòngdì ㄎㄨㄥˋ ㄉㄧˋ ❶沒有被利用的土地：門前有一塊空地可以種菜。❷(空地兒)空着的地方；空隙：屋角還有點空地，正好放一個小櫃。

【空額】kòng'é ㄎㄨㄥˋ ㄜˊ 空着的名額：吃空額｜編制已滿，沒有空額了。

【空缺】kòngquē ㄎㄨㄥˋ ㄑㄩㄝ ❶空着的職位；缺額：還有一個副主任的空缺。❷泛指事物中空着的或缺少的部分：填補空缺。

【空日】kòngrì ㄎㄨㄥˋ ㄖˋ 某些曆法中不記日月的日子，如傣族曆法中除夕和次年元旦之間的一天或兩天。

【空隙】kòngxì ㄎㄨㄥˋ ㄒㄧˋ ❶中間空着的地方；尚未佔用的時間：農作物行間要有一定的空隙｜工人們利用生產空隙加緊學習。❷空子②。

【空暇】kòngxiá ㄎㄨㄥˋ ㄒㄧㄚˊ 空閑②。

【空閑】kòngxián ㄎㄨㄥˋ ㄒㄧㄢˊ ❶事情或活動停下來，有了閑暇時間：等師傅空閑下來，再跟他談心。❷空着的時間；閑暇：他一有空閑就練習書法。❸空着不用；閑置：充分利用空閑設備。

【空心】kòngxīn ㄎㄨㄥˋ ㄒㄧㄣ (空心兒) 沒吃東西，空着肚子：這劑藥空心吃｜先吃點菜墊一墊，免得待會兒喝空心酒。

另見656頁 kōngxīn。

【空餘】kòngyú ㄎㄨㄥˋ ㄩˊ 空閑：空餘房屋｜空餘時間。

【空子】kòng·zi ㄎㄨㄥˋ·ㄗ ❶尚未佔用的地方或時間：找了個空子往裏擠｜抽個空子到我們這裏看一看。❷可乘的機會 (多指做壞事的)：鑽空子。

控1 kòng ㄎㄨㄥˋ 告發；控告：控訴｜指控｜被控｜上控。

控2 kòng ㄎㄨㄥˋ 控制：遙控。

控3 kòng ㄎㄨㄥˋ ❶使身體或身體的一部分懸空或處於失去支撐的狀態：腿都控腫了｜枕頭掉了，控着腦袋睡着。❷使容器口兒 (或人的頭) 朝下，讓裏邊的液體慢慢流出：把瓶裏的油控乾淨。‖也作空 (kòng)。

【控告】kònggào ㄎㄨㄥˋ ㄍㄠˋ 向國家機關、司法機關告發 (違法失職或犯罪的個人或集體)。

【控購】kònggòu ㄎㄨㄥˋ ㄍㄡˋ 控制社會集團購買：控購指標｜控購商品。

【控股】kòng∥gǔ ㄎㄨㄥˋ∥ㄍㄨˇ 指掌握一定數量的股份，以控制公司的業務。

【控訴】kòngsù ㄎㄨㄥˋ ㄙㄨˋ 向有關機關或公眾陳述受害經過，請求對於加害者做出法律的或輿論的制裁：控訴大會｜控訴舊社會。

【控制】kòngzhì ㄎㄨㄥˋ ㄓˋ ❶掌握住不使任意活動或越出範圍；操縱：控制數字｜自動控制。❷使處於自己的佔有、管理或影響之下：殖民地的經濟為宗主國所控制｜102 高地已完全控制在我軍手中｜制高點的火力控制了整片開闊地。

【控制數字】kòngzhì shùzì ㄎㄨㄥˋ ㄓˋ ㄕㄨˋ ㄗˋ 對整個國民經濟計劃或某項工作規定其大致範圍的數字。

鞚 kòng ㄎㄨㄥˋ 〈書〉馬籠頭。

kōu (ㄎㄡ)

芤〔芤〕 kōu ㄎㄡ 古書上指葱。

【芤脈】kōumài ㄎㄡ ㄇㄞˋ 中醫指重按時中間無而兩邊有的脉搏，好像手指按葱管的感覺。多見於大出血。

摳(抠) kōu ㄎㄡ ❶用手指或細小的東西從裏面往外挖：把掉在磚縫裏的豆粒摳出來。❷雕刻 (花紋)：在鏡框邊上摳出花兒來。❸不必要的深究；向一個狹窄的方面深求：摳字眼兒｜死摳書本兒。❹吝嗇：這個人摳得很，一分錢都捨不得花。

【摳門兒】kōuménr ㄎㄡ ㄇㄣㄦˊ 〈方〉吝嗇：這人真摳門兒，幾塊錢也捨不得出。

【摳搜】kōu·sou ㄎㄡ ·ㄙㄡ ❶摳①。❷吝嗇：這人真摳搜，像個守財奴。❸磨蹭：你這麼摳摳搜搜的，甚麼時候才辦完？

【摳唆】kōu·suo ㄎㄡ ·ㄙㄨㄛ 摳搜。

【摳字眼兒】kōu zìyǎnr ㄎㄡ ㄗˋ ㄧㄢㄦˇ 在字句上鑽研或挑毛病。

彄(弜) kōu ㄎㄡ 〈書〉弓弩兩端繫弦的地方。

瞘(眍) kōu ㄎㄡ 眼珠子深陷在眼眶裏邊：他病了一場，眼睛都｜進去了。

【瞘瞜】kōu·lou ㄎㄡ ·ㄌㄡ 瞘。

kǒu (ㄎㄡˇ)

口 kǒu ㄎㄡˇ ❶人或動物進飲食的器官，有的也是發聲器官的一部分。通稱嘴。❷指口味：口輕｜口重。❸指人口：戶口｜家口｜拖家帶口。❹ (口兒) 容器通外面的地方：瓶子口兒｜碗口兒。❺ (口兒) 出入通過的地方：出口｜入口｜門口兒｜海口｜關口｜胡同口兒。❻長城的關口，多用做地名，也泛指這些關口：口外｜喜峰口｜古北口｜口蘑｜西口羊皮。❼ (口兒) '口子'²②：傷口｜衣服撕了個口兒。❽性質相同或相近的單位形成的管理系統：歸口｜財貿口。❾刀、劍、剪刀等的刃：刀捲口了。❿指馬、驢、騾等的年齡 (因可以由牙齒的多少看出來)：六歲口｜這匹馬口還輕。⓫量詞：一家五口人｜三口豬｜一口鋼刀｜一口井｜一口缸。

【口岸】kǒu'àn ㄎㄡˇ ㄢˋ 港口：通商口岸｜口岸城市。

【口碑】kǒubēi ㄎㄡˇ ㄅㄟ 比喻群眾口頭上的稱頌 (稱頌的文字有很多是刻在碑上的)：口碑載道｜口碑甚佳。

【口碑載道】kǒubēi zài dào ㄎㄡˇ ㄅㄟ ㄗㄞˋ ㄉㄠˋ 形容到處都是群眾稱頌的聲音。

【口北】kǒuběi ㄎㄡˇ ㄅㄟˇ 長城以北的地方，主要指張家口以北的河北省北部和內蒙古自治區中部。也叫口外。

【口布】kǒubù ㄎㄡˇ ㄅㄨˋ 餐巾。

【口才】kǒucái ㄎㄡˇ ㄘㄞˊ 說話的才能：有口才

｜他口才好，説起故事來有聲有色。

【口沈】kǒuchén ㄎㄡˇ ㄔㄣˊ 〈方〉口重。

【口稱】kǒuchēng ㄎㄡˇ ㄔㄥ 口頭上説：口稱支持我，背地裏卻在拆我的台。

【口吃】kǒuchī ㄎㄡˇ ㄔ 説話時字音重複或詞句中斷的現象。是一種習慣性的語言缺陷。通稱結巴。

【口齒】kǒuchǐ ㄎㄡˇ ㄔˇ ❶説話的發音；説話的本領：口齒清楚(咬字兒正確)｜口齒伶俐(説話流暢)。❷指馬、驢、騾等的年齡。

【口臭】kǒuchòu ㄎㄡˇ ㄔㄡˋ 嘴裏發出難聞的氣味。引起這種症狀的主要原因是齲齒、齒槽化膿、慢性口炎、消化不良等。

【口傳】kǒuchuán ㄎㄡˇ ㄔㄨㄢˊ 口頭傳授：口傳心授｜民間藝人大都用口傳的方法來教徒弟。

【口瘡】kǒuchuāng ㄎㄡˇ ㄔㄨㄤ 口炎、口角炎等的統稱。

【口袋】kǒu·dai ㄎㄡˇ ·ㄉㄞ (口袋兒) ❶用布、皮等做成的裝東西的用具：麵口袋｜紙口袋兒。❷衣兜：這件制服上有四個口袋兒。

【口淡】kǒudàn ㄎㄡˇ ㄉㄢˋ 〈方〉'口輕'¹。

【口風】kǒu·fēng ㄎㄡˇ ·ㄈㄥ 指話中透露出來的意思：你先探探他的口風，看他是不是願意去。

【口服】¹ kǒufú ㄎㄡˇ ㄈㄨˊ 口頭上表示信服：口服心不服。

【口服】² kǒufú ㄎㄡˇ ㄈㄨˊ 內服。

【口福】kǒufú ㄎㄡˇ ㄈㄨˊ 能吃到好東西的福氣(含詼諧意)：口福不淺｜很有口福。

【口腹】kǒufù ㄎㄡˇ ㄈㄨˋ 指飲食：口腹之慾｜不貪口腹。

【口賦】kǒufù ㄎㄡˇ ㄈㄨˋ 古代每戶按人口繳納的税。也叫口算、口錢、丁口錢。

【口感】kǒugǎn ㄎㄡˇ ㄍㄢˇ 食物吃到嘴裏時的感覺：這種麵條吃起來口感好，營養也較豐富。

【口供】kǒugòng ㄎㄡˇ ㄍㄨㄥˋ 受審者口頭陳述的與案情有關的話：問口供｜不輕信口供。

【口號】kǒuhào ㄎㄡˇ ㄏㄠˋ ❶供口頭呼喊的有綱領性和鼓動作用的簡短句子：呼口號｜標語口號。❷舊指口令②。

【口紅】kǒuhóng ㄎㄡˇ ㄏㄨㄥˊ 化妝品，用來塗在嘴唇上使顏色紅潤。

【口惠】kǒuhuì ㄎㄡˇ ㄏㄨㄟˋ 〈書〉口頭上許給人好處(並不實行)：口惠而實不至。

【口技】kǒujì ㄎㄡˇ ㄐㄧˋ 雜技的一種，運用口部發音技巧來模仿各種聲音。

【口鹼】kǒujiǎn ㄎㄡˇ ㄐㄧㄢˇ 〈方〉出產在西北地區的鹼，過去多以張家口、古北口一帶為集散地。

【口角】kǒujiǎo ㄎㄡˇ ㄐㄧㄠˇ 嘴邊：口角流涎｜口角生風(形容説話流利)。

另見 kǒujué。

【口緊】kǒujǐn ㄎㄡˇ ㄐㄧㄣˇ 説話小心，不亂講；不隨便透露情況或答應別人。

【口徑】kǒujìng ㄎㄡˇ ㄐㄧㄥˋ ❶器物圓口的直徑：天文台裝有口徑 130 毫米折射望遠鏡，供人們觀察星空。❷泛指要求的規格、性能等：螺釘與螺母的口徑不合。❸比喻對問題的看法和處理問題的原則：開會統一口徑｜咱倆説的口徑要一致。

【口角】kǒujué ㄎㄡˇ ㄐㄩㄝˊ 爭吵：不要為了一點小事兒就和人家口角起來。

另見 kǒujiǎo。

【口訣】kǒujué ㄎㄡˇ ㄐㄩㄝˊ 根據事物的內容要點編成的便於記誦的語句：珠算口訣。

【口口聲聲】kǒu·koushēngshēng ㄎㄡˇ·ㄎㄡ ㄕㄥ ㄕㄥ 形容不止一次地陳説、表白或把某一説法經常掛在口頭：他口口聲聲説不知道。

【口糧】kǒuliáng ㄎㄡˇ ㄌㄧㄤˊ 原指軍隊中按人發給的糧食，後來泛指各個人日常生活所需要的糧食。

【口令】kǒulìng ㄎㄡˇ ㄌㄧㄥˋ ❶戰鬥、練兵或做體操時以簡短的術語下達的口頭命令：喊口令。❷在能見度不良的情況下識別敵我的一種口頭暗號，一般以單詞或數字表示：問口令｜對口令。

【口馬】kǒumǎ ㄎㄡˇ ㄇㄚˇ 口北出產的馬。

【口蜜腹劍】kǒu mì fù jiàn ㄎㄡˇ ㄇㄧˋ ㄈㄨˋ ㄐㄧㄢˋ 嘴上説的很甜，肚子裏卻懷着害人的壞主意。形容人陰險。

【口蘑】kǒumó ㄎㄡˇ ㄇㄛˊ 蕈的一種，多生在牧場的草地上，有白色肥厚的菌蓋。供食用，味鮮美。張家口一帶出產的最著名。

【口氣】kǒu·qì ㄎㄡˇ·ㄑㄧˋ ❶説話的氣勢：他的口氣真不小。❷言外之意；口風：探探他的口氣｜聽他的口氣，好像對這件事感到為難。❸説話時流露出來的感情色彩：嚴肅的口氣｜詼諧的口氣｜埋怨的口氣。

【口器】kǒuqì ㄎㄡˇ ㄑㄧˋ 節肢動物口兩側的器官，有攝取食物及感覺等作用。

【口腔】kǒuqiāng ㄎㄡˇ ㄑㄧㄤ 口內的空腔，由兩唇、兩頰、硬腭、軟腭等構成。口腔內有牙齒、舌、唾腺等器官。

【口琴】kǒuqín ㄎㄡˇ ㄑㄧㄣˊ 一種樂器，一般上面有兩行並列的小孔，裏面裝着銅製的簧，用口吹小孔發出聲響。

【口輕】¹ kǒuqīng ㄎㄡˇ ㄑㄧㄥ ❶菜或湯的味不鹹：我喜歡吃口輕的，請你少放點兒鹽。❷指人愛吃味道淡一些的飲食：他口輕。

【口輕】² kǒuqīng ㄎㄡˇ ㄑㄧㄥ (驢馬等)年齡小：口輕的騾子。也説口小。

【口若懸河】kǒu ruò xuán hé ㄎㄡˇ ㄖㄨㄛˋ ㄒㄩㄢˊ ㄏㄜˊ 形容能言善辯，説話滔滔不絕。

【口哨兒】kǒushàor ㄎㄡˇ ㄕㄠㄦˋ 雙唇合攏，中間留一小孔(有的把手指插在口內)，使氣流通過而發出的像吹哨子的聲音：吹口哨兒。

【口舌】kǒushé ㄎㄡˇ ㄕㄜˊ ❶因說話而引起的誤會或糾紛：口舌是非。❷指勸說、爭辯、交涉時說的話：指導員費了很多的口舌，才說服他躺下來休息。

【口實】kǒushí ㄎㄡˇ ㄕˊ 〈書〉假託的理由；可以利用的藉口：貽人口實。

【口試】kǒushì ㄎㄡˇ ㄕˋ 考試的一種方式，要求應試人口頭回答問題(區別於'筆試')。

【口是心非】kǒu shì xīn fēi ㄎㄡˇ ㄕˋ ㄒㄧㄣ ㄈㄟ 指嘴裏說的是一套，心裏想的又是一套，心口不一致。

【口授】kǒushòu ㄎㄡˇ ㄕㄡˋ ❶口頭傳授(還沒有文字記錄的歌曲、方技等)：我國許多地方戲曲都是由民間藝人世代口授而保存下來的。❷口頭述說而由別人代寫：口授作戰命令。

【口述】kǒushù ㄎㄡˇ ㄕㄨˋ 口頭敘述：他口述，由秘書記錄。

【口水】kǒushuǐ ㄎㄡˇ ㄕㄨㄟˇ 唾液的通稱：流口水。

【口算】kǒusuàn ㄎㄡˇ ㄙㄨㄢˋ ❶邊心算邊說出運算結果。❷見〖口賦〗。

【口談】kǒután ㄎㄡˇ ㄊㄢˊ 口頭述說：口談和平。

【口條】kǒu·tiáo ㄎㄡˇ ·ㄊㄧㄠˊ 用做食品的豬舌或牛舌：醬口條。

【口頭】kǒutóu ㄎㄡˇ ㄊㄡˊ 用說話方式來表達的。a) 區別於'思想'或'行動'：他只是口頭上答應你。b) 區別於'書面'：口頭彙報｜口頭翻譯｜口頭文學。

【口頭】kǒu·tou ㄎㄡˇ ·ㄊㄡ 〈方〉味道(專指吃生的瓜果)：這個西瓜的口頭很好。

【口頭禪】kǒutóuchán ㄎㄡˇ ㄊㄡˊ ㄔㄢˊ 原指有的禪宗和尚只空談禪理而不實行，也指借用禪宗常用語作為談話的點綴。今指經常挂在口頭的詞句。

【口頭文學】kǒutóu wénxué ㄎㄡˇ ㄊㄡˊ ㄨㄣˊ ㄒㄩㄝˊ 口耳相傳，沒有書面記載的民間文學。

【口頭語】kǒutóuyǔ ㄎㄡˇ ㄊㄡˊ ㄩˇ (口頭語兒)說話時經常不自覺地說出來的詞句：'瞧着辦'三個字幾乎成了他的口頭語。

【口外】kǒuwài ㄎㄡˇ ㄨㄞˋ 口北。

【口腕】kǒuwàn ㄎㄡˇ ㄨㄢˋ 某些低等動物(如水母)生在口旁的器官，有捕食的作用。

【口味】kǒuwèi ㄎㄡˇ ㄨㄟˋ (口味兒) ❶飲食品的滋味：這個菜的口味很好。❷各人對於味道的愛好：食堂裏的菜不對我的口味◇豫劇最合他的口味。

【口吻】kǒuwěn ㄎㄡˇ ㄨㄣˇ ❶某些動物(如魚、狗等)頭部向前突出的部分，包括嘴、鼻子等。❷口氣③：玩笑的口吻｜教訓人的口吻。

【口誤】kǒuwù ㄎㄡˇ ㄨˋ ❶因疏忽而說錯了話或唸錯了字。❷因疏忽而說錯的話或唸錯的字。

【口香糖】kǒuxiāngtáng ㄎㄡˇ ㄒㄧㄤ ㄊㄤˊ 糖果的一種，用人心果樹分泌的膠質加糖和香料製成，只可咀嚼，不能吞下。

【口小】kǒuxiǎo ㄎㄡˇ ㄒㄧㄠˇ '口輕'[2]。

【口信】kǒuxìn ㄎㄡˇ ㄒㄧㄣˋ (口信兒)口頭轉告的話；口頭傳遞的消息：請你給我家裏捎個口信，說我今天不回家了。

【口形】kǒuxíng ㄎㄡˇ ㄒㄧㄥˊ 人的口部的形狀，語音學上特指在發某個聲音時兩唇的形狀。

【口型】kǒuxíng ㄎㄡˇ ㄒㄧㄥˊ 指說話或發音時的口部形狀。

【口血未乾】kǒu xuè wèi gān ㄎㄡˇ ㄒㄩㄝˋ ㄨㄟˋ ㄍㄢ 古人訂立盟約時要在嘴上塗上牲畜的血。'口血未乾'指訂立盟約不久(多用於訂立盟約不久就毀約)。

【口譯】kǒuyì ㄎㄡˇ ㄧˋ 口頭翻譯(區別於'筆譯')。

【口音】kǒuyīn ㄎㄡˇ ㄧㄣ 發音時軟腭上升，阻住鼻腔的通道，氣流專從口腔出來的叫做口音，對鼻音(口腔不通氣，鼻腔通氣)和鼻化元音(口腔鼻腔都通氣)而言。普通話語音中m，n，ng三個是鼻音，ng尾韵兒化以後前面的元音變成鼻化元音，其餘都是口音，如a，e，o，b，p，f等。

【口音】kǒu·yin ㄎㄡˇ ·ㄧㄣ ❶說話的聲音：聽他的口音，好像是山東人。❷方音：有口音(說話帶方音)｜口音很重。

【口語】kǒuyǔ ㄎㄡˇ ㄩˇ ❶談話時使用的語言(區別於'書面語')。❷〈書〉毀謗的話。

【口諭】kǒuyù ㄎㄡˇ ㄩˋ 舊指上司或尊長口頭的指示。

【口占】kǒuzhàn ㄎㄡˇ ㄓㄢˋ 〈書〉❶不打草稿，口頭述說出來：口占電文。❷指即興作詩詞，不打草稿，隨口吟誦出來：口占一絕。

【口罩】kǒuzhào ㄎㄡˇ ㄓㄠˋ (口罩兒)衞生用品，用紗布等製成，罩在嘴和鼻子上，防止灰塵和病菌侵入。

【口重】kǒuzhòng ㄎㄡˇ ㄓㄨㄥˋ ❶菜或湯的味鹹：我知道你愛吃口重的，所以多擱了些醬油。❷指人愛吃味道鹹一些的飲食：我口重。

【口誅筆伐】kǒu zhū bǐ fá ㄎㄡˇ ㄓㄨ ㄅㄧˇ ㄈㄚˊ 用語言文字宣佈罪狀，進行聲討。

【口子】[1] kǒu·zi ㄎㄡˇ ·ㄗ 量詞，指人：你們家有幾口子？

【口子】[2] kǒu·zi ㄎㄡˇ ·ㄗ ❶(山谷、水道等)大的豁口：山谷的口子上有一座選礦廠。❷(人體、物體的表層)破裂的地方：不小心手上拉(lá)了一個口子。

kòu (ㄎㄡˋ)

叩(❶敂) kòu ㄎㄡˋ ❶敲；打：叩門。❷磕頭：叩首｜叩頭｜叩謝。❸〈書〉詢問；打聽：略叩生平｜叩以文義。

【叩拜】kòubài ㄎㄡˋ ㄅㄞˋ 叩頭下拜，一種舊式的禮節。

【叩打】kòudǎ ㄎㄡˋ ㄉㄚˇ 敲；打：他用指頭輕輕地叩打着房門。

【叩閽】kòuhūn ㄎㄡˋ ㄏㄨㄣ 〈書〉官吏、百姓到朝廷訴冤：叩閽無門(無處申冤)。

【叩見】kòujiàn ㄎㄡˋ ㄐㄧㄢˋ 〈書〉進見；拜見。

【叩首】kòushǒu ㄎㄡˋ ㄕㄡˇ 磕頭：三跪九叩首。

【叩頭】kòu//tóu ㄎㄡˋ//ㄊㄡˊ 磕頭。

【叩謝】kòuxiè ㄎㄡˋ ㄒㄧㄝˋ 磕頭感謝，泛指表示深切的謝意：登門叩謝。

【叩診】kòuzhěn ㄎㄡˋ ㄓㄣˇ 西醫指用手指或錘狀器械叩擊人體一定部位，藉以診斷疾病。

扣 kòu ㄎㄡˋ ❶套住或搭住：扣鈕子｜把門扣上。❷器物口朝下放置或覆蓋別的東西：把碗扣在桌子上｜用盤子把碗裏的菜扣住，免得涼了。❸比喻安上(罪名或不好的名義)：扣帽子。❹扣留；扣押：把犯人扣起來。❺從原數額中減去一部分：扣除｜扣分｜不折不扣｜打九扣(減去十分之一)。❻(扣兒)扣子①：繩扣兒｜繫(jì)一個活扣兒。❼用力朝下擊打：扣球。❽同'筘'：絲絲入扣。❾螺紋的一圈叫一扣：擰了三扣。

另見661頁 kòu'鈕'。

【扣除】kòuchú ㄎㄡˋ ㄔㄨˊ 從總額中減去：扣除損耗｜扣除伙食費還有節餘。

【扣發】kòufā ㄎㄡˋ ㄈㄚ ❶扣下(工資、獎金等)不發給：扣發事故責任者當月獎金。❷扣住(文件、稿件等)不發出或不發表：扣發新聞稿。

【扣留】kòuliú ㄎㄡˋ ㄌㄧㄡˊ 用強制手段把人或財物留住不放：由於違章，交通警扣留了他的駕駛證。

【扣帽子】kòu mào·zi ㄎㄡˋ ㄇㄠˋ ·ㄗ 對人或事不經過調查研究，就加上現成的不好的名目，如'落後分子'、'官僚主義'等。

【扣人心弦】kòu rén xīnxián ㄎㄡˋ ㄖㄣˊ ㄒㄧㄣ ㄒㄧㄢˊ 形容詩文、表演等有感染力，使人心情激動。

【扣題】kòutí ㄎㄡˋ ㄊㄧˊ 圍繞主題；切題：作文要扣題。

【扣頭】kòu·tou ㄎㄡˋ ·ㄊㄡ 打折扣時扣除的金額。

【扣押】kòuyā ㄎㄡˋ ㄧㄚ 拘留；扣留：犯人已被扣押。

【扣壓】kòuyā ㄎㄡˋ ㄧㄚ 把文件、意見等扣留下來不辦理。

【扣子】kòu·zi ㄎㄡˋ ·ㄗ ❶條狀物打成的疙瘩。❷章回小說或說書在最緊要、熱鬧時突然停頓的地方。扣子能引起人對下一段情節的關切。

鈕(扣) kòu ㄎㄡˋ (鈕兒)鈕子：衣鈕。'扣'另見661頁 kòu。

【鈕眼】kòuyǎn ㄎㄡˋ ㄧㄢˇ (鈕眼兒)套住紐鈕的小孔。

【鈕子】kòu·zi ㄎㄡˋ ·ㄗ 紐鈕。

寇 kòu ㄎㄡˋ ❶強盜或外來的侵略者(也指敵人)：寇仇｜海寇｜外寇(從國外入侵的敵人)。❷敵人來侵略：入寇｜寇邊。❸(Kòu)姓。

【寇仇】kòuchóu ㄎㄡˋ ㄔㄡˊ 仇敵：視若寇仇。

筘(簆) kòu ㄎㄡˋ 織布機上的主要機件之一，形狀像梳子，用來確定經紗的密度，保持經紗的位置，並把緯紗打緊。也叫杼(zhù)。

蔻〔蔻〕 kòu ㄎㄡˋ 見下。

【蔻丹】kòudān ㄎㄡˋ ㄉㄢ 染指甲的油。[英 Cutex]

【蔻蔻】kòukòu ㄎㄡˋ ㄎㄡˋ 可可。

瞉(㲉) kòu ㄎㄡˋ〈書〉初生的小鳥兒。

kū (ㄎㄨ)

矻 kū ㄎㄨ [矻矻]〈書〉勤勞不懈的樣子：孜孜矻矻｜矻矻終日。

刳 kū ㄎㄨ 〈書〉剖開；挖空：刳木為舟。

枯 kū ㄎㄨ ❶(植物等)失去水分：枯萎｜枯槁｜枯草｜枯骨。❷(井、河流等)變得沒有水：枯井｜海枯石爛。❸肌肉乾癟：枯瘦的手。❹沒有生趣；枯燥：枯坐。❺〈方〉芝麻、大豆、油茶等榨油後的渣滓：菜枯｜茶枯｜麻枯。

【枯腸】kūcháng ㄎㄨ ㄔㄤˊ 〈書〉比喻寫詩作文時貧乏的思路：搜索枯腸，不成一句。

【枯乾】kūgān ㄎㄨ ㄍㄢ 乾枯；枯槁：河流枯乾。

【枯槁】kūgǎo ㄎㄨ ㄍㄠˇ ❶(草木)乾枯：禾苗枯槁。❷(面容)憔悴：形容枯槁。

【枯骨】kūgǔ ㄎㄨ ㄍㄨˇ 屍體腐爛後剩下的骨頭。

【枯黃】kūhuáng ㄎㄨ ㄏㄨㄤˊ 乾枯焦黃：枯黃的禾苗｜過了中秋，樹葉逐漸枯黃。

【枯寂】kūjì ㄎㄨ ㄐㄧˋ 枯燥寂寞：枯寂的生活｜他們人多，雖然在沙漠中行進，也不感到枯寂。

【枯焦】kūjiāo ㄎㄨ ㄐㄧㄠ 焦枯；乾枯：久旱不雨，禾苗枯焦。

【枯竭】kūjié ㄎㄨ ㄐㄧㄝˊ ❶(水源)乾涸；斷絕：水源枯竭｜河道枯竭。❷體力、資財等用盡；窮竭：精力枯竭｜資源枯竭。

【枯井】kūjǐng ㄎㄨ ㄐㄧㄥˇ 乾枯沒有水的井。

【枯木逢春】kū mù féng chūn ㄎㄨ ㄇㄨˋ ㄈㄥˊ ㄔㄨㄣ 比喻重獲生機。

【枯榮】kūróng ㄎㄨ ㄖㄨㄥˊ 榮枯。
【枯澀】kūsè ㄎㄨ ㄙㄜˋ ❶枯燥不流暢：文字枯澀。❷乾燥不滑潤：兩眼枯澀。
【枯瘦】kūshòu ㄎㄨ ㄕㄡˋ 乾癟消瘦：枯瘦的手｜枯瘦如柴。
【枯水期】kūshuǐqī ㄎㄨ ㄕㄨㄟˇ ㄑㄧ 河流處於最低水位的時期。
【枯萎】kūwěi ㄎㄨ ㄨㄟˇ 乾枯萎縮：荷葉完全枯萎了。
【枯朽】kūxiǔ ㄎㄨ ㄒㄧㄡˇ 乾枯腐爛：這棵老樹已經枯朽了。
【枯燥】kūzào ㄎㄨ ㄗㄠˋ 單調，沒有趣味：生活枯燥｜枯燥無味。

哭 kū ㄎㄨ 因痛苦悲哀或感情激動而流淚，有時候還發出聲音：哭泣｜哭訴｜放聲大哭。
【哭鼻子】kū bí·zi ㄎㄨ ㄅㄧˊ ·ㄗ 哭（含詼諧意）：輸了不許哭鼻子。
【哭哭啼啼】kū·kutítí ㄎㄨ ·ㄎㄨ ㄊㄧˊ ㄊㄧˊ 沒完沒了地哭。
【哭靈】kū∥líng ㄎㄨ∥ㄌㄧㄥˊ 在靈柩或靈位前痛哭。
【哭泣】kūqì ㄎㄨ ㄑㄧˋ （輕聲）哭：低聲哭泣。
【哭腔】kūqiāng ㄎㄨ ㄑㄧㄤ ❶戲曲演唱中表示哭泣的行腔。❷（哭腔兒）說話時帶哭泣的聲音。
【哭窮】kū∥qióng ㄎㄨ∥ㄑㄩㄥˊ 口頭上向人叫苦裝窮。
【哭喪】kū∥sāng ㄎㄨ∥ㄙㄤ 號喪（háo∥sāng）。
【哭喪棒】kūsāngbàng ㄎㄨ ㄙㄤ ㄅㄤˋ 舊俗出殯時孝子拄的棍子，上面纏着白紙。
【哭喪着臉】kū·sang·zhe liǎn ㄎㄨ ·ㄙㄤ ·ㄓㄜ ㄌㄧㄢˇ 心裏不痛快，臉上流露出很不高興的樣子。
【哭訴】kūsù ㄎㄨ ㄙㄨˋ 哭着訴說或控訴：她向大夥哭訴自己的遭遇。
【哭天抹淚】kū tiān mǒ lèi ㄎㄨ ㄊㄧㄢ ㄇㄛˇ ㄌㄟˋ 哭哭啼啼的樣子（含厭惡意）。
【哭笑不得】kū xiào bù dé ㄎㄨ ㄒㄧㄠˋ ㄅㄨˋ ㄉㄜˊ 哭也不是，笑也不是。形容處境尷尬，不知如何是好。

堀 kū ㄎㄨ 〈書〉❶同'窟'。❷穿穴。

喟（圐） kū ㄎㄨ ［喟崙］（kūlüè ㄎㄨ ㄌㄩㄝ）蒙語指圍起來的草場，現多用於村鎮名稱：馬家喟崙（在內蒙古）。也譯作庫倫。

窟 kū ㄎㄨ ❶洞穴：石窟｜山窟｜狡兔三窟。❷某種人聚集或聚居的場所：匪窟｜盜窟｜賭窟｜貧民窟。
【窟窿】kū·long ㄎㄨ ·ㄌㄨㄥ ❶洞；孔：冰窟窿｜老鼠窟窿｜鞋底磨了個大窟窿。❷比喻虧空。❸比喻漏洞、破綻：堵住稅收工作中的窟窿。
【窟窿眼兒】kū·longyǎnr ㄎㄨ ·ㄌㄨㄥ ㄧㄢㄦˇ 小窟窿；小孔：這塊木頭上有好些蟲蛀的窟窿眼兒。
【窟穴】kūxué ㄎㄨ ㄒㄩㄝˊ 洞穴；巢穴（多指壞人隱藏的地方）。
【窟宅】kūzhái ㄎㄨ ㄓㄞˊ 巢穴，多指盜匪盤踞的地方。

骷 kū ㄎㄨ ［骷髏］（kūlóu ㄎㄨ ㄌㄡˊ）乾枯無肉的死人頭骨或全副骨骼。

kǔ（ㄎㄨˇ）

苦〔苦〕 kǔ ㄎㄨˇ ❶像膽汁或黃連的味道（跟'甘'相對）：苦膽｜這藥苦極了。❷難受；痛苦：苦笑｜艱苦｜愁眉苦臉｜苦日子過去了｜苦盡甘來。❸使痛苦；使難受：一家五口都仗着他養活，可苦了他了。❹苦於：苦旱｜苦夏。❺有耐心地；盡力地：苦勸｜苦幹｜苦思｜勤學苦練。❻〈方〉除去得太多；損耗太過：指甲剪得太苦了｜這雙鞋穿得太苦了，不能修理了。
【苦熬】kǔ'áo ㄎㄨˇ ㄠˊ 忍受着痛苦度（日子）：苦熬歲月。
【苦差】kǔchāi ㄎㄨˇ ㄔㄞ 艱苦的差事；沒有甚麼好處可得的差事：出了一趟苦差。
【苦楚】kǔchǔ ㄎㄨˇ ㄔㄨˇ 痛苦（多指生活上受折磨）：滿腹苦楚，無處傾訴。
【苦處】kǔ·chu ㄎㄨˇ ·ㄔㄨ 所受的痛苦：這些苦處，向誰去說？
【苦膽】kǔdǎn ㄎㄨˇ ㄉㄢˇ 膽囊的通稱。
【苦迭打】kǔdiédǎ ㄎㄨˇ ㄉㄧㄝˊ ㄉㄚˇ '政變'的音譯。［法 coup d'État］
【苦工】kǔgōng ㄎㄨˇ ㄍㄨㄥ ❶舊社會被迫從事的辛苦繁重的體力勞動。❷舊社會被迫做苦工的體力勞動者。
【苦功】kǔgōng ㄎㄨˇ ㄍㄨㄥ 刻苦的功夫：語言這東西不是隨便可以學好的，非下苦功不可。
【苦瓜】kǔguā ㄎㄨˇ ㄍㄨㄚ ❶一年生草本植物，開黃花。果實長圓形或卵圓形，兩頭尖，表面有許多瘤狀突起，熟時橘黃色，略有苦味，可做蔬菜。❷這種植物的果實。‖有的地區叫癩瓜。
【苦果】kǔguǒ ㄎㄨˇ ㄍㄨㄛˇ 比喻壞的結果；使人痛苦的結果：自食苦果。
【苦海】kǔhǎi ㄎㄨˇ ㄏㄞˇ 原是佛教用語，後來比喻很困苦的環境：脫離苦海。
【苦害】kǔhài ㄎㄨˇ ㄏㄞˋ 〈方〉損害；使受害。
【苦寒】kǔhán ㄎㄨˇ ㄏㄢˊ ❶極端寒冷；嚴寒：氣候苦寒。❷貧寒；寒苦：世代苦寒。
【苦活兒】kǔhuór ㄎㄨˇ ㄏㄨㄛㄦˊ 勞苦而報酬少的工作：幹苦活兒。
【苦盡甘來】kǔ jìn gān lái ㄎㄨˇ ㄐㄧㄣˋ ㄍㄢ ㄌㄞˊ 比喻艱苦的境況過去，美好的境況到來。也說苦盡甜來。
【苦境】kǔjìng ㄎㄨˇ ㄐㄧㄥˋ 痛苦艱難的境地。

【苦口】kǔkǒu ㄎㄨˇ ㄎㄡˇ ❶不辭煩勞、反復懇切地說：苦口相勸｜苦口婆心。❷引起苦的味覺：良藥苦口利於病。
【苦口婆心】kǔ kǒu pó xīn ㄎㄨˇ ㄎㄡˇ ㄆㄛˊ ㄒㄧㄣ 勸說不辭煩勞，用心像老太太那樣慈愛。形容懷着好心再三懇切勸告。
【苦力】kǔlì ㄎㄨˇ ㄌㄧˋ 帝國主義者到殖民地或半殖民地奴役勞動者，把出賣力氣幹重活的工人叫做苦力。
【苦悶】kǔmèn ㄎㄨˇ ㄇㄣˋ 苦惱煩悶：心情苦悶。
【苦命】kǔmìng ㄎㄨˇ ㄇㄧㄥˋ 不好的命運；注定受苦的命(迷信)：苦命人。
【苦難】kǔnàn ㄎㄨˇ ㄋㄢˋ 痛苦和災難：苦難深重｜苦難的日子｜永遠不能忘記舊社會的苦難。
【苦惱】kǔnǎo ㄎㄨˇ ㄋㄠˇ 痛苦煩惱：自尋苦惱｜為此事他苦惱了好幾天。
【苦肉計】kǔròujì ㄎㄨˇ ㄖㄡˋ ㄐㄧˋ 故意傷害自己身體，騙取敵方信任，以便借機行事的計謀。
【苦澀】kǔsè ㄎㄨˇ ㄙㄜˋ ❶又苦又澀的味道。❷形容內心痛苦：苦澀的表情｜他苦澀地笑了笑。
【苦水】kǔshuǐ ㄎㄨˇ ㄕㄨㄟˇ ❶因含有硫酸鈉、硫酸鎂等礦物質而味道苦的水。❷因患某種疾病而從口中吐出的苦的液體，通常是消化液和食物的混合物。❸比喻心中藏的痛苦：在控訴大會上倒苦水。
【苦思冥想】kǔ sī míng xiǎng ㄎㄨˇ ㄙ ㄇㄧㄥˊ ㄒㄧㄤˇ 深沈地思索。
【苦痛】kǔtòng ㄎㄨˇ ㄊㄨㄥˋ 痛苦。
【苦頭】kǔtóu ㄎㄨˇ ㄊㄡˊ (苦頭兒)稍苦的味道：這個井裏的水帶點苦頭兒。
【苦頭】kǔ·tóu ㄎㄨˇ ·ㄊㄡˊ (苦頭兒)苦痛；磨難；不幸：吃盡苦頭｜甚麼苦頭我都嘗過了。
【苦夏】kǔxià ㄎㄨˇ ㄒㄧㄚˋ 指夏天食量減少，身體消瘦。有的地區叫疰夏(zhùxià)。
【苦笑】kǔxiào ㄎㄨˇ ㄒㄧㄠˋ 心情不愉快而勉強做出笑容。
【苦心】kǔxīn ㄎㄨˇ ㄒㄧㄣ ❶辛苦地用在某些事情上的心思或精力：煞費苦心｜一片苦心。❷費盡心思：苦心研究｜苦心經營。
【苦心孤詣】kǔ xīn gū yì ㄎㄨˇ ㄒㄧㄣ ㄍㄨ ㄧˋ 費盡心思鑽研或經營(孤詣：別人所達不到的)。
【苦刑】kǔxíng ㄎㄨˇ ㄒㄧㄥˊ 酷刑：受苦刑。
【苦行】kǔxíng ㄎㄨˇ ㄒㄧㄥˊ 某些宗教徒的修行手段，故意用一般人難以忍受的種種痛苦來折磨自己。
【苦行僧】kǔxíngsēng ㄎㄨˇ ㄒㄧㄥˊ ㄙㄥ 用苦行的手段修行的宗教徒。
【苦役】kǔyì ㄎㄨˇ ㄧˋ 舊時統治者強迫人民從事的艱苦繁重的體力勞動：服苦役。
【苦於】kǔyú ㄎㄨˇ ㄩˊ ❶對於某種情況感到苦惱：苦於力不從心。❷表示相比之下更苦些：半自耕農，其生活苦於自耕農。
【苦雨】kǔyǔ ㄎㄨˇ ㄩˇ 連綿不停的雨；久下成災的雨：淒風苦雨。
【苦戰】kǔzhàn ㄎㄨˇ ㄓㄢˋ 艱苦地奮戰：通宵苦戰。
【苦衷】kǔzhōng ㄎㄨˇ ㄓㄨㄥ 痛苦或為難的心情：你應該體諒他的苦衷。
【苦主】kǔzhǔ ㄎㄨˇ ㄓㄨˇ 指人命案件中被害人的家屬。

楛〔楛〕 kǔ ㄎㄨˇ 〈書〉粗劣；不堅固；不精緻。
另見487頁 hù。

kù (ㄎㄨˋ)

庫[1] (库) kù ㄎㄨˋ ❶儲存大量東西的建築物：水庫｜國庫｜材料庫｜入庫。❷ (Kù) 姓。

庫[2] (库) kù ㄎㄨˋ 庫侖的簡稱。

【庫藏】kùcáng ㄎㄨˋ ㄘㄤˊ 庫房裏儲藏：清點庫藏物資｜庫藏圖書三十萬冊。
另見 kùzàng。
【庫存】kùcún ㄎㄨˋ ㄘㄨㄣˊ 指庫中現存的現金或物資：清點庫存。
【庫緞】kùduàn ㄎㄨˋ ㄉㄨㄢˋ 一種提花緞子，因清代宮廷入庫收藏而得名。
【庫房】kùfáng ㄎㄨˋ ㄈㄤˊ 儲存財物的房屋。
【庫錦】kùjǐn ㄎㄨˋ ㄐㄧㄣˇ 用金綫、銀綫和彩色絨綫織成花紋的錦。
【庫侖】kùlún ㄎㄨˋ ㄌㄨㄣˊ 電量的實用單位。電流強度為 1 安培時，1 秒鐘內通過導體橫截面的電量為 1 庫侖。1 庫侖等於 3×10^9 靜電單位的電量。這個單位名稱是為紀念法國物理學家庫侖 (Charles de Coulomb) 而定的。簡稱庫。
【庫侖計】kùlúnjì ㄎㄨˋ ㄌㄨㄣˊ ㄐㄧˋ 用來測定電量的裝置，和電解池的裝置相同。使用時，保持電流強度不變，測出通電時間和析出物的質量，就可以算出電流強度。
【庫倫】kùlún ㄎㄨˋ ㄌㄨㄣˊ 見662頁〔𠯠𠰷〕(kūlüè)。
【庫券】kùquàn ㄎㄨˋ ㄑㄩㄢˋ 國庫券的簡稱。
【庫容】kùróng ㄎㄨˋ ㄖㄨㄥˊ 水庫、倉庫、冷庫等的容積。
【庫藏】kùzàng ㄎㄨˋ ㄗㄤˋ 〈書〉倉庫。
另見 kùcáng。

袴 kù ㄎㄨˋ 同'褲'。

絝(绔) kù ㄎㄨˋ 同'褲'，用於'紈絝'。見1176頁〖紈袴〗(wánkù)。

酷 kù ㄎㄨˋ ❶殘酷：酷刑｜酷吏。❷程度深的；極：酷熱｜酷寒｜酷似｜酷肖。

【酷愛】kù'ài ㄎㄨˋ ㄞˋ 非常愛好：酷愛書法｜酷愛音樂。
【酷吏】kùlì ㄎㄨˋ ㄌㄧˋ 〈書〉濫用刑罰、殘害人民的官吏。
【酷烈】kùliè ㄎㄨˋ ㄌㄧㄝˋ 〈書〉❶殘酷：中國人民在反動統治時期遭受的苦難極為酷烈。❷（香氣）很濃：異香酷烈。❸熾烈：酷烈的陽光。
【酷虐】kùnüè ㄎㄨˋ ㄋㄩㄝˋ 殘酷狠毒：酷虐成性。
【酷熱】kùrè ㄎㄨˋ ㄖㄜˋ （天氣）極熱：酷熱的盛夏。
【酷暑】kùshǔ ㄎㄨˋ ㄕㄨˇ 極熱的夏天。
【酷似】kùsì ㄎㄨˋ ㄙˋ 極像：她長得酷似母親。
【酷肖】kùxiào ㄎㄨˋ ㄒㄧㄠˋ 〈書〉酷似：酷肖其父。
【酷刑】kùxíng ㄎㄨˋ ㄒㄧㄥˊ 殘暴狠毒的刑罰：酷刑逼供。

褲（裤） kù ㄎㄨˋ 褲子：短褲｜棉褲｜毛褲｜燈籠褲。
【褲衩】kùchǎ ㄎㄨˋ ㄔㄚˇ （褲衩兒）短褲（多指貼身穿的）：三角褲衩。
【褲襠】kùdāng ㄎㄨˋ ㄉㄤ 兩條褲腿相連的地方。
【褲兜】kùdōu ㄎㄨˋ ㄉㄡ （褲兜兒）褲子上的口袋。
【褲管】kùguǎn ㄎㄨˋ ㄍㄨㄢˇ 〈方〉褲腿。也叫褲腳管。
【褲腳】kùjiǎo ㄎㄨˋ ㄐㄧㄠˇ ❶（褲腳兒）褲腿的最下端。❷〈方〉褲腿。
【褲頭】kùtóu ㄎㄨˋ ㄊㄡˊ 〈方〉（褲頭兒）褲衩：游泳褲頭。
【褲腿】kùtuǐ ㄎㄨˋ ㄊㄨㄟˇ （褲腿兒）褲子穿在兩腿上的筒狀部分。
【褲綫】kùxiàn ㄎㄨˋ ㄒㄧㄢˋ 指褲腿前後正中從上到下熨成的褶子。
【褲腰】kùyāo ㄎㄨˋ ㄧㄠ 褲子的最上端，繫腰帶的地方。
【褲子】kù·zi ㄎㄨˋ ·ㄗ 穿在腰部以下的衣服，有褲腰、褲襠和兩條褲腿：一條褲子。

嚳（喾） Kù ㄎㄨˋ 傳說中的上古帝王名。

kuā （ㄎㄨㄚ）

夸1 kuā ㄎㄨㄚ 〈書〉❶奢侈：夸侈。❷自大；炫耀：以夸諸侯。
夸2 kuā ㄎㄨㄚ 見下。
另見664頁 kuā'誇'。
【夸父追日】Kuāfù zhuī rì ㄎㄨㄚ ㄈㄨˋ ㄓㄨㄟ ㄖˋ 《山海經·海外北經》記載古代神話，有個夸父，為了追趕太陽，渴極了，喝了黃河、渭河的水還不夠，又往別處去找水，半路上就渴死了。他遺下的木杖，後來變成一片樹林，叫做鄧林。後來用'夸父追日'比喻決心大或不自量力。
【夸克】kuākè ㄎㄨㄚ ㄎㄜˋ 組成質子、中子等基本粒子的更小的粒子。［英 Quark］

姱 kuā ㄎㄨㄚ 〈書〉美好。

誇（夸） kuā ㄎㄨㄚ ❶誇大：誇口｜她把一點小事誇得比天還大。❷誇獎：人人都誇小蘭勞動好，學習好。
'夸'另見664頁 kuā。
【誇大】kuādà ㄎㄨㄚ ㄉㄚˋ 把事情說得超過了原有的程度：誇大缺點｜誇大成績｜誇大其詞。
【誇大其詞】kuādà qí cí ㄎㄨㄚ ㄉㄚˋ ㄑㄧˊ ㄘˊ 說話或寫文章不切實際，擴大了事實。'詞'也作辭。
【誇誕】kuādàn ㄎㄨㄚ ㄉㄢˋ 〈書〉言談虛誇，不切實際：誇誕之詞，不足為信。
【誇海口】kuā hǎikǒu ㄎㄨㄚ ㄏㄞˇ ㄎㄡˇ 漫無邊際地說大話。
【誇獎】kuājiǎng ㄎㄨㄚ ㄐㄧㄤˇ 稱讚：誰都誇獎他做了一件好事。
【誇口】kuā∥kǒu ㄎㄨㄚ∥ㄎㄡˇ 說大話：你別誇口，先做給大家看看。
【誇誇其談】kuākuā qí tán ㄎㄨㄚ ㄎㄨㄚ ㄑㄧˊ ㄊㄢˊ 說話或寫文章浮誇，不切實際。
【誇示】kuāshì ㄎㄨㄚ ㄕˋ 向人顯示或吹噓（自己的東西、長處等）。
【誇飾】kuāshì ㄎㄨㄚ ㄕˋ 誇張地描繪：文筆樸實，沒有半點誇飾。
【誇耀】kuāyào ㄎㄨㄚ ㄧㄠˋ 向人顯示（自己有本領、有功勞、有地位勢力等）；炫耀：他從不在人面前誇耀自己。
【誇讚】kuāzàn ㄎㄨㄚ ㄗㄢˋ 誇獎：人們都誇讚她心靈手巧。
【誇張】kuāzhāng ㄎㄨㄚ ㄓㄤ ❶誇大；言過其實。❷修辭手段，指為了啓發聽者或讀者的想像力和加強所說的話的力量，用誇大的詞句來形容事物。如'他的嗓子像銅鐘一樣，十里地都能聽見'。❸指文藝創作中突出描寫對象某些特點的手法。
【誇嘴】kuā∥zuǐ ㄎㄨㄚ∥ㄗㄨㄟˇ 誇口。

kuǎ （ㄎㄨㄚˇ）

侉（咵） kuǎ ㄎㄨㄚˇ 〈方〉❶語音不正，特指口音跟本地語音不同。❷粗大；不細巧：幾年不見，長成個侉大個兒｜這個箱子太侉了，攜帶不方便。
【侉子】kuǎ·zi ㄎㄨㄚˇ ·ㄗ 〈方〉指口音跟本地語音不同的人。

垮 kuǎ ㄎㄨㄚˇ 倒塌；坍下來：洪水再大也沖不垮堅固的堤壩◇別把身體累垮了｜

打挎了敵人。

【挎台】kuǎ//tái ㄎㄨㄚˇ//ㄊㄞˊ 比喻崩潰瓦解。

kuà（ㄎㄨㄚˋ）

挎 kuà ㄎㄨㄚˋ ❶胳膊彎起來挂住或鈎住東西：挎着籃子｜兩個女孩子挎着胳膊向學校走去。❷把東西挂在肩頭、脖頸或腰裏：挎着照相機。

【挎包】kuàbāo ㄎㄨㄚˋ ㄅㄠ （挎包ㄦ）帶子較長的可以挂在肩膀上背的袋子。

【挎斗】kuàdǒu ㄎㄨㄚˋ ㄉㄡˇ （挎斗ㄦ）安裝在摩托車、自行車右側的斗形裝置，可供人乘坐。

胯 kuà ㄎㄨㄚˋ 腰的兩側和大腿之間的部分：胯下｜胯骨。

【胯襠】kuàdāng ㄎㄨㄚˋ ㄉㄤ 兩條腿的中間；襠。

【胯骨】kuàgǔ ㄎㄨㄚˋ ㄍㄨˇ 髖骨的通稱。

跨 kuà ㄎㄨㄚˋ ❶抬起一隻腳向前或向左右邁（一大步）：跨進大門｜向左跨一步。❷兩腿分在物體的兩邊坐着或立着：跨在馬上◇鐵橋橫跨長江兩岸。❸超越一定數量、時間、地區等的界限：跨年度｜跨地區｜跨行業。❹附在旁邊的：跨間｜跨院ㄦ。

【跨度】kuàdù ㄎㄨㄚˋ ㄉㄨˋ ❶房屋、橋樑等建築物中，樑、屋架、拱券兩端的支柱、橋墩或牆等承重結構之間的距離。❷泛指距離：時間跨度大。

【跨國公司】kuà guó gōngsī ㄎㄨㄚˋ ㄍㄨㄛˊ ㄍㄨㄥ ㄙ 通過直接投資、轉讓技術等活動，在國外設立分支機構或與當地資本合股擁有企業的國際性公司。也叫多國公司。

【跨欄】kuàlán ㄎㄨㄚˋ ㄌㄢˊ 田徑運動項目之一，在規定的競賽距離內每隔一定距離擺設欄架，運動員要依次跨過欄架跑到終點。

【跨年度】kuà niándù ㄎㄨㄚˋ ㄋㄧㄢˊ ㄉㄨˋ （任務、計劃、預算等）跨着兩個年度；越過一個年度進入另一個年度：跨年度工程｜跨年度預算。

【跨院ㄦ】kuàyuànr ㄎㄨㄚˋ ㄩㄢㄦˋ 正院旁邊的院子。

【跨越】kuàyuè ㄎㄨㄚˋ ㄩㄝˋ 越過地區或時期的界限：跨越障礙｜跨越長江天塹｜跨越了幾個世紀。

kuǎi（ㄎㄨㄞˇ）

蒯〔蒯〕 kuǎi ㄎㄨㄞˇ ❶蒯草，多年生草本植物，葉子條形，花褐色。生長在水邊或陰濕的地方。莖可用來編蓆，也可造紙。❷（Kuǎi）姓。

擓[1]（扝） kuǎi ㄎㄨㄞˇ 〈方〉用指甲抓；搔：擓癢癢｜擓破了皮。

擓[2]（扝） kuǎi ㄎㄨㄞˇ 〈方〉❶挎①：擓着小竹籃。❷舀（yǎo）：從桶裏擓一勺水。

kuài（ㄎㄨㄞˋ）

凷 kuài ㄎㄨㄞˋ 〈書〉土塊。

快 kuài ㄎㄨㄞˋ ❶速度高；走路、做事等費的時間短（跟'慢'相對）：快車｜快步｜多快好省｜他進步很快。❷快慢的程度：這種汽車在柏油路上能跑多快？❸趕快；從速：快來幫忙｜快送醫院搶救。❹快要；將要：你再等一會ㄦ，他快回來了｜他從事教育工作快四十年了。❺靈敏：腦子快｜眼疾手快。❻（刀、剪、斧子等）鋒利（跟'鈍'相對）：菜刀不快了，你去磨一磨。❼爽快；痛快；直截了當：快人快語。❽愉快；高興；舒服：快感｜拍手稱快｜大快人心。❾舊時指專管緝捕的差役：捕快｜馬快。

【快板ㄦ】kuàibǎnr ㄎㄨㄞˋ ㄅㄢㄦˇ 曲藝的一種，詞ㄦ合轍押韻，説時用竹板打拍，節奏較快。

【快報】kuàibào ㄎㄨㄞˋ ㄅㄠˋ 機關團體等自辦的小型的，能及時反映情況的報紙或牆報。

【快步流星】kuàibù liúxīng ㄎㄨㄞˋ ㄅㄨˋ ㄌㄧㄡˊ ㄒㄧㄥ 大步流星。

【快餐】kuàicān ㄎㄨㄞˋ ㄘㄢ 預先做好的能夠迅速提供顧客食用的飯食，如漢堡包、盒飯等。

【快車】kuàichē ㄎㄨㄞˋ ㄔㄜ 中途停站較少，全程行車時間較短的火車或汽車（多用於客運）。

【快當】kuài·dang ㄎㄨㄞˋ ·ㄉㄤ 迅速敏捷；不拖拉：她做起事來又細心又快當。

【快刀斬亂麻】kuài dāo zhǎn luàn má ㄎㄨㄞˋ ㄉㄠ ㄓㄢˇ ㄌㄨㄢˋ ㄇㄚˊ 比喻用果斷的辦法迅速解決複雜的問題。

【快感】kuàigǎn ㄎㄨㄞˋ ㄍㄢˇ 愉快或痛快的感覺：好的電視節目能給人以快感。

【快活】kuài·huo ㄎㄨㄞˋ ·ㄏㄨㄛ 愉快；快樂：提前完成了任務，心裏覺得很快活。

【快件】kuàijiàn ㄎㄨㄞˋ ㄐㄧㄢˋ ❶運輸部門把託運的貨物分為快件、慢件兩種，運輸速度較慢、運費較低的叫慢件，運輸速度較快、運費較高的叫快件。快件一般憑火車票辦理託運手續，物品隨旅客所乘列車同時運到。❷郵政部門指快速遞送的郵件。

【快捷】kuàijié ㄎㄨㄞˋ ㄐㄧㄝˊ （速度）快；（行動）敏捷：動作快捷｜他邁着快捷的步伐走在最前頭。

【快樂】kuàilè ㄎㄨㄞˋ ㄌㄜˋ 感到幸福或滿意：快樂的微笑｜祝您生日快樂。

【快馬加鞭】kuài mǎ jiā biān ㄎㄨㄞˋ ㄇㄚˇ ㄐㄧㄚ ㄅㄧㄢ 對快跑的馬再打幾鞭子，使它跑得更快。比喻快上加快。

【快慢】kuàimàn ㄎㄨㄞˋ ㄇㄢˋ 指速度：這條輪船的快慢怎麼樣？

【快慢針】kuàimànzhēn ㄎㄨㄞˋ ㄇㄢˋ ㄓㄣ 調節鐘錶計時快慢的裝置。利用改變游絲的有效長度來調節擺輪運動週期。

【快門】kuàimén ㄎㄨㄞˋ ㄇㄣˊ 攝影機中控制曝光時間的裝置，由薄金屬片或不透光的布簾構成。拍照時快門的開啓時間可以是數秒、一秒、幾分之一秒以至千分之一秒。

【快人快語】kuài rén kuài yǔ ㄎㄨㄞˋ ㄖㄣˊ ㄎㄨㄞˋ ㄩˇ 爽快的人說爽快的話，指人性格直爽。

【快事】kuàishì ㄎㄨㄞˋ ㄕˋ 令人痛快滿意的事：好友相逢，暢敍別情，實為一大快事。

【快手】kuàishǒu ㄎㄨㄞˋ ㄕㄡˇ (快手兒) 指做事敏捷的人。

【快書】kuàishū ㄎㄨㄞˋ ㄕㄨ 曲藝的一種，用銅板或竹板伴奏，詞兒合轍押韻，說時節奏較快，有山東快書、竹板快書等。

【快速】kuàisù ㄎㄨㄞˋ ㄙㄨˋ 速度快的；迅速：快速照相機｜快速煉鋼｜快速行軍｜快速育肥。

【快艇】kuàitǐng ㄎㄨㄞˋ ㄊㄧㄥˇ 汽艇。

【快慰】kuàiwèi ㄎㄨㄞˋ ㄨㄟˋ 痛快而心裏感到安慰；欣慰：得知近況，不勝快慰。

【快信】kuàixìn ㄎㄨㄞˋ ㄒㄧㄣˋ 郵政部門指需要快速投遞的信件。

【快性】kuài·xing ㄎㄨㄞˋ ·ㄒㄧㄥ 〈方〉性情爽快：他是個快性人，想到甚麼就說甚麼。

【快婿】kuàixù ㄎㄨㄞˋ ㄒㄩˋ 〈書〉指為岳父岳母所滿意的女婿：乘龍快婿。

【快訊】kuàixùn ㄎㄨㄞˋ ㄒㄩㄣˋ 指迅速採訪、刊出或播發的消息。

【快要】kuàiyào ㄎㄨㄞˋ ㄧㄠˋ 副詞，表示在很短的時間以內就要出現某種情況：開水快要用完了，再燒一壺去｜國慶節快要到了｜她長得快要跟媽媽一樣高了。

【快意】kuàiyì ㄎㄨㄞˋ ㄧˋ 心情爽快舒適：微風吹來，感到十分快意。

【快魚】kuàiyú ㄎㄨㄞˋ ㄩˊ 同‘鱠魚’。

【快嘴】kuàizuǐ ㄎㄨㄞˋ ㄗㄨㄟˇ 指不加考慮、有話就說或好傳閑話的人。

塊〔塊〕(块)

kuài ㄎㄨㄞˋ ❶(塊兒)成疙瘩或成團兒的東西：糖塊兒｜塊煤｜把肉切成塊兒。❷量詞，用於塊狀或某些片狀的東西：兩塊香皂｜三塊手錶｜一塊桌布｜一塊試驗田。❸量詞，用於銀幣或紙幣，等於‘圓’：三塊錢。

【塊兒八毛】kuài·er-bāmáo ㄎㄨㄞˋ ·ㄦ ㄅㄚ ㄇㄠˊ 一元錢或一元錢略少。也說塊兒八角。

【塊根】kuàigēn ㄎㄨㄞˋ ㄍㄣ 根的一種，呈塊狀，無定形，如甘薯供食用的部分就是塊根。

【塊規】kuàiguī ㄎㄨㄞˋ ㄍㄨㄟ 檢驗工具或工件長度的用具，是厚度精確的長方形金屬塊。塊規是各種量具的檢驗標準。一套塊規由各種厚度的塊規組成，應用時可以拼成各種尺寸。也叫量塊。

【塊莖】kuàijīng ㄎㄨㄞˋ ㄐㄧㄥ 地下莖的一種，呈塊狀，含有大量的澱粉和養料，上面有凹入的芽眼，如馬鈴薯供食用的部分就是塊莖。

【塊壘】kuàilěi ㄎㄨㄞˋ ㄌㄟˇ 〈書〉比喻鬱積在心中的氣憤或愁悶。

【塊兒】kuàir ㄎㄨㄞˋㄦ ❶個兒。❷〈方〉處；地方：這一帶我熟得很，哪塊兒都去過｜你哪塊兒摔痛了？｜我在這塊兒工作好幾年了。

【塊頭】kuàitóu ㄎㄨㄞˋ ㄊㄡˊ 指人的胖瘦：大塊頭。

筷

kuài ㄎㄨㄞˋ 筷子：牙筷(象牙筷子)｜碗筷。

【筷子】kuài·zi ㄎㄨㄞˋ ·ㄗ 用竹、木、金屬等製的夾飯菜或其他東西的細長棍兒：一雙筷子｜象牙筷子｜竹筷子｜火筷子(夾炭火用的)。

會(会)

kuài ㄎㄨㄞˋ 總計：會計。另見514頁 huì。

【會計】kuài·jì ㄎㄨㄞˋ ·ㄐㄧˋ ❶監督和管理財務的工作，主要內容有填製各種記賬憑證，處理賬務，編製各種有關報表等。❷擔任會計工作的人員。

【會計師】kuàijìshī ㄎㄨㄞˋ ㄐㄧˋ ㄕ ❶企業、機關中會計人員的職務名稱之一。❷舊時由政府發給執照並受當事人委託執行會計業務的自由職業者，主要職務是查核賬目，設計會計制度等。

儈(侩)

kuài ㄎㄨㄞˋ 舊指以拉攏買賣從中取利為職業的人：市儈｜牙儈｜駔儈(zǎngkuài)。

噲(哙)

kuài ㄎㄨㄞˋ 〈書〉嚥下去。

鄶(郐)

Kuài ㄎㄨㄞˋ ❶周朝國名，在今河南密縣東北。❷姓。

獪(狯)

kuài ㄎㄨㄞˋ 〈書〉狡猾：狡獪。

澮(浍)

kuài ㄎㄨㄞˋ 〈書〉田間的水溝。另見516頁 Huì。

膾(脍)

kuài ㄎㄨㄞˋ 〈書〉❶切得很細的魚或肉。❷把魚、肉切成薄片：膾鯉。

【膾炙人口】kuài zhì rén kǒu ㄎㄨㄞˋ ㄓˋ ㄖㄣˊ ㄎㄡˇ 美味人人都愛吃，比喻好的詩文或事物，人們都稱讚(炙：烤熟的肉)。

鱠(鲙)

kuài ㄎㄨㄞˋ 〔鱠魚〕(kuàiyú ㄎㄨㄞˋ ㄩˊ) 鰳(lè)。也作快魚。

kuān (ㄎㄨㄢ)

寬(宽)

kuān ㄎㄨㄢ ❶橫的距離大；範圍廣(跟‘窄’相對)：寬銀幕｜這條馬路很寬｜他為集體想得周到，管得寬。❷寬度：我國國旗的寬是長的三分之二｜這條河有一里寬。❸放寬；使鬆緩：寬限｜寬心｜聽說孩子已經脱險，心就寬了一半。❹寬大；不嚴厲；不苛求：寬容｜從寬處理。❺寬裕；寬綽：他雖然手頭比過去寬多了，但仍很注意節約。❻(Kuān)姓。

【寬敞】kuān·chang ㄎㄨㄢ ·ㄔㄤ 寬闊；寬大：這間屋子很寬敞。

【寬暢】kuānchàng ㄎㄨㄢ ㄔㄤˋ (心裏)舒暢：胸懷寬暢。

【寬綽】kuān·chuo ㄎㄨㄢ ·ㄔㄨㄛ ❶寬闊；不狹窄：寬綽的禮堂｜人口不多，雖然只兩間房子，倒也寬寬綽綽的。❷(心胸)開闊：聽了他的話，心裏顯着寬綽多了。❸富餘：人民的生活越來越寬綽了。

【寬打窄用】kuān dǎ zhǎi yòng ㄎㄨㄢ ㄉㄚˇ ㄓㄞˇ ㄩㄥˋ 訂計劃的時候打得寬裕一些，而實際使用的時候節約一些。

【寬大】kuāndà ㄎㄨㄢ ㄉㄚˋ ❶面積或容積大：袍袖寬大｜寬大豁亮的客廳。❷對人寬容厚道：心懷寬大。❸對犯錯誤或犯罪的人從寬處理：寬大政策｜寬大處理。

【寬待】kuāndài ㄎㄨㄢ ㄉㄞˋ 寬大對待：寬待俘虜。

【寬貸】kuāndài ㄎㄨㄢ ㄉㄞˋ 寬容；饒恕：如果再犯，決不寬貸。

【寬度】kuāndù ㄎㄨㄢ ㄉㄨˋ 寬窄的程度；橫的距離(長方形多指兩條長邊之間的距離)。

【寬泛】kuānfàn ㄎㄨㄢ ㄈㄢˋ (內容、意義)涉及的面寬：這個詞的涵義很寬泛。

【寬廣】kuānguǎng ㄎㄨㄢ ㄍㄨㄤˇ 面積或範圍大：寬廣的原野｜道路越走越寬廣。

【寬和】kuānhé ㄎㄨㄢ ㄏㄜˊ 寬厚和易：待人寬和｜性情寬和。

【寬宏】kuānhóng ㄎㄨㄢ ㄏㄨㄥˊ (度量)大：寬宏大量。也作寬洪。

【寬宏大量】kuānhóng dàliàng ㄎㄨㄢ ㄏㄨㄥˊ ㄉㄚˋ ㄌㄧㄤˋ 形容人度量大。'宏'也作洪。也説寬宏大度。

【寬洪】kuānhóng ㄎㄨㄢ ㄏㄨㄥˊ ❶(嗓音)寬而洪亮：寬洪的歌聲。❷同'寬宏'。

【寬厚】kuānhòu ㄎㄨㄢ ㄏㄡˋ ❶寬而厚：寬厚的胸膛。❷(待人)寬容厚道。❸(聲音)渾厚：唱腔高亢寬厚。

【寬假】kuānjiǎ ㄎㄨㄢ ㄐㄧㄚˇ 〈書〉寬貸；寬恕。

【寬解】kuānjiě ㄎㄨㄢ ㄐㄧㄝˇ 使寬心；解除煩惱：母親生氣的時候，姐姐總能設法寬解。

【寬曠】kuānkuàng ㄎㄨㄢ ㄎㄨㄤˋ 寬廣空曠：寬曠的草原。

【寬闊】kuānkuò ㄎㄨㄢ ㄎㄨㄛˋ ❶寬①；闊①：寬闊無垠｜寬闊平坦的林蔭大道。❷(思想)開朗，不狹隘：思路寬闊。

【寬讓】kuānràng ㄎㄨㄢ ㄖㄤˋ 儘讓別人，不爭執；寬容忍讓。

【寬饒】kuānráo ㄎㄨㄢ ㄖㄠˊ 寬恕；饒恕：依法懲治，決不寬饒。

【寬容】kuānróng ㄎㄨㄢ ㄖㄨㄥˊ 寬大有氣量，不計較或追究：大度寬容。

【寬赦】kuānshè ㄎㄨㄢ ㄕㄜˋ 寬大赦免；寬恕。

【寬舒】kuānshū ㄎㄨㄢ ㄕㄨ ❶舒暢：心境寬舒。❷寬敞舒展：街道用大石鋪成，平整寬舒。

【寬恕】kuānshù ㄎㄨㄢ ㄕㄨˋ 寬容饒恕。

【寬鬆】kuān·sōng ㄎㄨㄢ ·ㄙㄨㄥ ❶寬綽；不擁擠：列車開動以後，擁擠的車廂略為寬鬆了一些。❷寬暢：她聽了同事們勸慰的話，心裏寬鬆多了。❸放鬆：寬鬆一下緊張的情緒。❹寬舒；鬆快：寬鬆和諧的環境。❺寬裕：日子過好了，手頭寬鬆了。❻(衣服)肥大：寬鬆衫｜寬鬆式的連衣裙。

【寬慰】kuānwèi ㄎㄨㄢ ㄨㄟˋ 寬解安慰：她用溫和的話語寬慰着媽媽。

【寬限】kuān∥xiàn ㄎㄨㄢ∥ㄒㄧㄢˋ 放寬限期：我們借的東西還要用，請他寬限幾天。

【寬心】kuān∥xīn ㄎㄨㄢ∥ㄒㄧㄣ 解除心中的焦急愁悶：大家去陪她玩玩，讓她寬寬心。

【寬心丸兒】kuānxīnwánr ㄎㄨㄢ ㄒㄧㄣ ㄨㄢㄦˊ 比喻寬慰人的話。也説開心丸兒。

【寬衣】kuān∥yī ㄎㄨㄢ∥ㄧ 敬辭，用於請人脱衣：屋裏熱，請寬衣。

【寬銀幕電影】kuānyínmù diànyǐng ㄎㄨㄢ ㄧㄣˊ ㄇㄨˋ ㄉㄧㄢˋ ㄧㄥˇ 電影的一種，銀幕略作弧形，比普通電影的銀幕寬，使觀眾看到的畫面大而完整，並有身臨其境的感覺。這種電影的配音多是立體聲。

【寬宥】kuānyòu ㄎㄨㄢ ㄧㄡˋ 〈書〉寬恕；饒恕。

【寬餘】kuānyú ㄎㄨㄢ ㄩˊ ❶寬闊舒暢。❷寬裕：他近兩年手頭寬餘多了。

【寬裕】kuānyù ㄎㄨㄢ ㄩˋ 寬綽富餘：人民的生活一天天寬裕起來｜時間很寬裕。

【寬窄】kuānzhǎi ㄎㄨㄢ ㄓㄞˇ 面積、範圍大小的程度。

【寬展】kuānzhǎn ㄎㄨㄢ ㄓㄢˇ 〈方〉❶(心裏)舒暢：聽他們一説，心裏寬展多了。❷(地方)寬闊：寬展的廣場。❸寬裕：手頭不寬展｜日子過得相當寬展。

【寬縱】kuānzòng ㄎㄨㄢ ㄗㄨㄥˋ 寬容放縱；不加約束：不要寬縱自己，要求自己越嚴，進步就越快。

髖(髋) kuān ㄎㄨㄢ [髖骨](kuāngǔ ㄎㄨㄢ ㄍㄨˇ)組成骨盆的大骨，左右各一，形狀不規則，是由髂骨、坐骨和恥骨合成的。通稱胯骨。(圖見410頁〖骨骼〗)

kuǎn (ㄎㄨㄢˇ)

款[1](欵) kuǎn ㄎㄨㄢˇ ❶誠懇：款留｜款曲。❷招待；款待：款客。

款[2]（欵） kuǎn ㄎㄨㄢˇ ❶法令、規章、條約等條文裏分的項目，通常在條下分款，款下分項：第二條第一款。❷款項①；錢：現款｜公款｜存款｜匯款。❸（款兒）書畫上題的作者或贈送對象的姓名：上款｜下款｜落款。❹（款兒）款式：這是剛出廠的新款風衣｜櫥窗裏擺着各款鞋帽。❺量詞：兩款風衣｜五款西式點心。

款[3]（欵） kuǎn ㄎㄨㄢˇ 〈書〉敲①：款門｜款關。

款[4]（欵） kuǎn ㄎㄨㄢˇ 〈書〉緩；慢：款步｜點水蜻蜓款款飛｜清風徐來，柳絲款擺。

【款步】kuǎnbù ㄎㄨㄢˇ ㄅㄨˋ 緩慢地步行：款步向前｜款步漫遊。

【款待】kuǎndài ㄎㄨㄢˇ ㄉㄞˋ 親切優厚地招待：款待客人｜盛情款待。

【款額】kuǎn'é ㄎㄨㄢˇ ㄜˊ 經費或款項的數額。

【款留】kuǎnliú ㄎㄨㄢˇ ㄌㄧㄡˊ 誠懇地挽留（賓客）。

【款洽】kuǎnqià ㄎㄨㄢˇ ㄑㄧㄚˋ 親切融洽：情意款洽。

【款曲】kuǎnqū ㄎㄨㄢˇ ㄑㄩ 〈書〉❶殷勤應酬：不善與人款曲。❷殷勤的心意：互通款曲。

【款式】kuǎnshì ㄎㄨㄢˇ ㄕˋ 格式；樣式：款式新穎｜這個書櫃的款式很好。

【款項】kuǎnxiàng ㄎㄨㄢˇ ㄒㄧㄤˋ ❶為某種用途而儲存或支出的錢（多指機關、團體等進出的數目較大的錢）。❷（法令、規章、條約等）條文的項目。

【款識】kuǎnzhì ㄎㄨㄢˇ ㄓˋ ❶鐘、鼎等器物上所刻的文字。❷書信、書畫上面的落款。

【款子】kuǎn·zi ㄎㄨㄢˇ ·ㄗ 款項①；錢：匯來一筆款子。

窾 kuǎn ㄎㄨㄢˇ 〈書〉空。

kuāng（ㄎㄨㄤ）

匡 kuāng ㄎㄨㄤ ❶〈書〉糾正：匡謬。❷〈書〉救；幫助：匡助｜匡我不逮（幫助我所做不到的）。❸〈方〉粗略計算；估計：匡一匡｜匡計｜匡算。❹料想（多見於早期白話）：不匡。❺（Kuāng）姓。

【匡扶】kuāngfú ㄎㄨㄤ ㄈㄨˊ 〈書〉匡正扶持；輔佐：匡扶漢室。

【匡計】kuāngjì ㄎㄨㄤ ㄐㄧˋ 粗略計算：以每畝增產六十斤匡計，全村能增產糧食十來萬斤。

【匡救】kuāngjiù ㄎㄨㄤ ㄐㄧㄡˋ 挽救而使回到正路上來。

【匡謬】kuāngmiù ㄎㄨㄤ ㄇㄧㄡˋ 糾正錯誤：匡謬正俗。

【匡算】kuāngsuàn ㄎㄨㄤ ㄙㄨㄢˋ 粗略計算：據初步匡算，今年棉花將增產百分之十二。

【匡正】kuāngzhèng ㄎㄨㄤ ㄓㄥˋ 糾正；改正：匡正時弊。

【匡助】kuāngzhù ㄎㄨㄤ ㄓㄨˋ 輔助；扶助。

劻 kuāng ㄎㄨㄤ ［劻勷］（kuāngráng ㄎㄨㄤ ㄖㄤˊ）〈書〉急迫不安的樣子。也作劻儴。

俇 kuāng ㄎㄨㄤ ［俇儴］（kuāngráng ㄎㄨㄤ ㄖㄤˊ）〈書〉同'劻勷'。

哐 kuāng ㄎㄨㄤ 象聲詞，形容撞擊震動的聲音：哐的一聲，臉盆掉在了地上。

【哐噹】kuāngdāng ㄎㄨㄤ ㄉㄤ 象聲詞，形容器物撞擊的聲音：哐噹一聲，門被踢開了。

【哐啷】kuānglāng ㄎㄨㄤ ㄌㄤ 象聲詞，形容器物撞擊的聲音：他回身把門哐啷一聲關上了。

洭 Kuāng ㄎㄨㄤ 洭河，水名，在廣東。

恇 kuāng ㄎㄨㄤ 〈書〉害怕；驚慌：恇懼｜恇怯。

筐 kuāng ㄎㄨㄤ （筐兒）用竹篾、柳條、荊條等編的容器：抬筐｜糞筐｜編竹筐兒｜兩筐土。

【筐子】kuāng·zi ㄎㄨㄤ ·ㄗ 筐（多指較小的）：菜筐子。

誆（诓） kuāng ㄎㄨㄤ 誆騙；哄騙：誆人。

【誆騙】kuāngpiàn ㄎㄨㄤ ㄆㄧㄢˋ 說謊話騙人。

kuáng（ㄎㄨㄤˊ）

狂 kuáng ㄎㄨㄤˊ ❶精神失常；瘋狂：發狂◇喪心病狂。❷猛烈；聲勢大：狂風｜狂奔的馬。❸縱情地、無拘束地（多指歡樂）：狂喜｜狂歡。❹狂妄：狂言｜你這話可說得有點兒狂。

【狂暴】kuángbào ㄎㄨㄤˊ ㄅㄠˋ 猛烈而兇暴：性情狂暴｜狂暴的北風。

【狂奔】kuángbēn ㄎㄨㄤˊ ㄅㄣ 迅猛地奔跑：戰馬狂奔◇洪水狂奔而來。

【狂飆】kuángbiāo ㄎㄨㄤˊ ㄅㄧㄠ 急驟的暴風，比喻猛烈的潮流或力量。

【狂草】kuángcǎo ㄎㄨㄤˊ ㄘㄠˇ 草書的一種，筆勢連綿迴繞，字形變化繁多。

【狂潮】kuángcháo ㄎㄨㄤˊ ㄔㄠˊ 洶涌的潮水，比喻聲勢浩大的局面。

【狂放】kuángfàng ㄎㄨㄤˊ ㄈㄤˋ 任性放蕩：性情狂放。

【狂吠】kuángfèi ㄎㄨㄤˊ ㄈㄟˋ 狗狂叫，借指瘋狂地叫喊（罵人的話）。

【狂風】kuángfēng ㄎㄨㄤˊ ㄈㄥ ❶猛烈的風：狂風暴雨。❷氣象學上指10級風。參看343頁〖風級〗。

【狂歡】kuánghuān ㄎㄨㄤˊ ㄏㄨㄢ 縱情歡樂：狂歡之夜。

【狂瀾】kuánglán ㄎㄨㄤˊ ㄌㄢˊ 巨大的波浪，比喻動盪不定的局勢或猛烈的潮流：力挽狂瀾。

【狂怒】kuángnù ㄎㄨㄤˊ ㄋㄨˋ 極端憤怒。

【狂氣】kuáng·qi ㄎㄨㄤˊ ·ㄑㄧ 狂妄自傲的樣子。

【狂犬病】kuángquǎnbìng ㄎㄨㄤˊ ㄑㄩㄢˇ ㄅㄧㄥˋ 急性傳染病，病原體是狂犬病毒，常見於狗、貓等家畜，人或其他家畜被患狂犬病的狗或貓咬傷時也能感染。家畜患狂犬病時，症狀是食慾不振，看見水就恐懼，狂叫，痙攣，碰到人畜或其他物體就咬，最後全身麻痹而死亡。人患狂犬病時，症狀是精神失常，噁心，流涎，看見水就恐怖，肌肉痙攣，呼吸困難，最後全身癱瘓而死亡。也叫恐水病。

【狂熱】kuángrè ㄎㄨㄤˊ ㄖㄜˋ 一時所激起的極度熱情：宗教狂熱｜小資產階級的狂熱性。

【狂人】kuángrén ㄎㄨㄤˊ ㄖㄣˊ ❶瘋狂的人。❷極端狂妄自大的人。

【狂濤】kuángtāo ㄎㄨㄤˊ ㄊㄠ 洶涌的波濤，比喻浩大的聲勢。

【狂妄】kuángwàng ㄎㄨㄤˊ ㄨㄤˋ 極端的自高自大：狂妄自大｜態度狂妄。

【狂喜】kuángxǐ ㄎㄨㄤˊ ㄒㄧˇ 極端高興：他們相見時狂喜地擁抱起來。

【狂想】kuángxiǎng ㄎㄨㄤˊ ㄒㄧㄤˇ ❶幻想：狂想曲。❷妄想。

【狂想曲】kuángxiǎngqǔ ㄎㄨㄤˊ ㄒㄧㄤˇ ㄑㄩˇ 一種富於幻想或敍事性的器樂曲，根據民歌或民間舞曲的主題改編而成。

【狂笑】kuángxiào ㄎㄨㄤˊ ㄒㄧㄠˋ 縱情大笑。

【狂言】kuángyán ㄎㄨㄤˊ ㄧㄢˊ 狂妄的話：口出狂言。

【狂躁】kuángzào ㄎㄨㄤˊ ㄗㄠˋ 非常焦躁，不沈着：要沈住氣，不要狂躁。

誑（诳） kuáng ㄎㄨㄤˊ ❶欺騙；騙：誑語｜你別誑我。❷〈方〉謊：說誑｜扯了個誑。

【誑語】kuángyǔ ㄎㄨㄤˊ ㄩˇ 騙人的話。也說誑話。

鵟（鵟） kuáng ㄎㄨㄤˊ 鳥，外形像老鷹，但尾部羽毛不分叉，全身褐色，尾部稍淡。吃鼠類，是益鳥。也叫土豹。

kuǎng（ㄎㄨㄤˇ）

夼 kuǎng ㄎㄨㄤˇ 〈方〉窪地，多用於地名，如大夼、劉家夼、馬草夼（都在山東）。

kuàng（ㄎㄨㄤˋ）

丱 kuàng ㄎㄨㄤˋ （舊讀 gǒng ㄍㄨㄥˇ）〈書〉同'礦'。

況¹（况） kuàng ㄎㄨㄤˋ ❶情形：情況｜狀況｜概況｜盛況｜近況。❷比方：比況｜以古況今。❸（Kuàng）姓。

況²（况） kuàng ㄎㄨㄤˋ 〈書〉況且；何況。

【況且】kuàngqiě ㄎㄨㄤˋ ㄑㄧㄝˇ 連詞，表示更進一層：上海地方那麼大，況且你又不知道他的地址，一下子怎麼能找到他呢？

【況味】kuàngwèi ㄎㄨㄤˋ ㄨㄟˋ 〈書〉境況和情味：個中況味，難以盡言。

框¹ kuàng ㄎㄨㄤˋ ❶嵌在牆上為安裝門窗用的架子。❷（框兒）鑲在器物周圍起約束、支撐或保護作用的東西：鏡框兒。

框² kuàng ㄎㄨㄤˋ （舊讀 kuāng ㄎㄨㄤ）❶框框。❷在文字、圖片的周圍加上綫條：把這幾個字框起來。❸約束；限制：不能框得太死。

【框架】kuàngjià ㄎㄨㄤˋ ㄐㄧㄚˋ ❶建築工程中，由樑、柱等聯結而成的結構：完成主體框架工程。❷比喻事物的組織、結構：這部長篇小說已經有了一個大致的框架。

【框框】kuàng·kuang ㄎㄨㄤˋ ·ㄎㄨㄤ ❶周圍的圈：他拿紅鉛筆在圖片四周畫了個框框。❷（事物）固有的格式；傳統的做法；事先劃定的範圍：突破舊框框的限制。

【框圖】kuàngtú ㄎㄨㄤˋ ㄊㄨˊ 方框圖的簡稱。

【框子】kuàng·zi ㄎㄨㄤˋ ·ㄗ 框（多指較小的）：眼鏡框子｜玻璃框子。

眶 kuàng ㄎㄨㄤˋ 眼的四周；眼眶子：熱淚滿眶｜眼淚奪眶而出。

貺（贶） kuàng ㄎㄨㄤˋ 〈書〉贈；賜。

絖（纩） kuàng ㄎㄨㄤˋ 〈書〉同'纊'。

壙（圹） kuàng ㄎㄨㄤˋ ❶墓穴：壙穴｜打壙。❷〈書〉原野。

【壙埌】kuànglàng ㄎㄨㄤˋ ㄌㄤˋ 〈書〉形容原野空曠遼闊，一望無際。

鄺（邝） Kuàng ㄎㄨㄤˋ 姓。

曠（旷） kuàng ㄎㄨㄤˋ ❶空而寬闊：曠野｜地曠人稀。❷心境開闊：曠達｜心曠神怡。❸耽誤；荒廢：曠課｜曠工｜曠日廢時。❹相互配合的兩個零件（如軸和孔、鍵和鍵槽等）的間隙大於所要求的範圍；衣着過於肥大，不合體：車軸曠了｜螺絲曠了｜這雙鞋我穿着太曠了。❺（Kuàng）姓。

【曠達】kuàngdá ㄎㄨㄤˋ ㄉㄚˊ 〈書〉心胸開闊，想得開：胸襟曠達。

【曠代】kuàngdài ㄎㄨㄤˋ ㄉㄞˋ 〈書〉當代沒人比得上：曠代文豪。

【曠盪】kuàngdàng ㄎㄨㄤˋ ㄉㄤˋ ❶空闊；寬廣：曠盪的草原。❷（思想、心胸）開朗：心懷曠盪。

【曠費】kuàngfèi ㄎㄨㄤˋ ㄈㄟˋ 浪費：曠費時間。

【曠廢】kuàngfèi ㄎㄨㄤˋ ㄈㄟˋ 耽誤，荒廢：曠廢學業。
【曠工】kuàng∥gōng ㄎㄨㄤˋ∥ㄍㄨㄥ （職工）不請假而缺勤。
【曠古】kuànggǔ ㄎㄨㄤˋ ㄍㄨˇ ❶自古以來（都沒有）：曠古未聞。❷遠古；往昔。
【曠課】kuàng∥kè ㄎㄨㄤˋ∥ㄎㄜˋ （學生）不請假而缺課。
【曠日持久】kuàng rì chí jiǔ ㄎㄨㄤˋ ㄖˋ ㄔˊ ㄐㄧㄡˇ 多費時日，拖得很久。
【曠世】kuàngshì ㄎㄨㄤˋ ㄕˋ 〈書〉❶當代沒有能相比的：曠世功勳。❷歷時久遠：曠世難成之業。
【曠野】kuàngyě ㄎㄨㄤˋ ㄧㄝˇ 空曠的原野。
【曠遠】kuàngyuǎn ㄎㄨㄤˋ ㄩㄢˇ ❶空曠遼遠：江面浩渺曠遠。❷〈書〉久遠：年代曠遠。
【曠職】kuàng∥zhí ㄎㄨㄤˋ∥ㄓˊ （工作人員）不請假而缺勤。

礦（矿、鑛）

kuàng ㄎㄨㄤˋ （舊讀gǒng ㄍㄨㄥˇ）❶礦牀。❷指礦石：黃鐵礦｜輝銻礦。❸開採礦物的場所：鐵礦｜煤礦。

【礦藏】kuàngcáng ㄎㄨㄤˋ ㄘㄤˊ 地下埋藏的各種礦物的總稱：我國的礦藏很豐富。
【礦層】kuàngcéng ㄎㄨㄤˋ ㄘㄥˊ 地層中作層狀分佈的礦物。
【礦產】kuàngchǎn ㄎㄨㄤˋ ㄔㄢˇ 地殼中有開採價值的物質，如銅、雲母、煤等。
【礦牀】kuàngchuáng ㄎㄨㄤˋ ㄔㄨㄤˊ 地表或地殼裏由於地質作用形成的並在現有條件下可以開採和利用的礦物的集合體。也叫礦體。
【礦燈】kuàngdēng ㄎㄨㄤˋ ㄉㄥ 礦井裏用的特製的照明用具的統稱。
【礦工】kuànggōng ㄎㄨㄤˋ ㄍㄨㄥ 開礦的工人。
【礦漿】kuàngjiāng ㄎㄨㄤˋ ㄐㄧㄤ 磨細的礦石和水的混合物。
【礦井】kuàngjǐng ㄎㄨㄤˋ ㄐㄧㄥˇ 為採礦而在地下修建的井筒和巷道的統稱。
【礦警】kuàngjǐng ㄎㄨㄤˋ ㄐㄧㄥˇ 維護礦區治安的警察。
【礦坑】kuàngkēng ㄎㄨㄤˋ ㄎㄥ 開礦挖掘的坑和坑道。
【礦脈】kuàngmài ㄎㄨㄤˋ ㄇㄞˋ 填充在岩石裂縫中成脈狀的礦牀，常跟地層形成一定角度。金、銀、銅、鎢、銻等常產於礦脈中。
【礦苗】kuàngmiáo ㄎㄨㄤˋ ㄇㄧㄠˊ 見751頁〖露頭〗（lùtóu）。
【礦區】kuàngqū ㄎㄨㄤˋ ㄑㄩ 採礦的地區。
【礦泉】kuàngquán ㄎㄨㄤˋ ㄑㄩㄢˊ 含有大量礦物質的泉。一般是溫泉，有鹽泉、鐵質泉、硫磺泉等。有些礦泉可以用來治療疾病。
【礦泉水】kuàngquánshuǐ ㄎㄨㄤˋ ㄑㄩㄢˊ ㄕㄨㄟˇ 含有溶解的礦物質或較多氣體的水。
【礦砂】kuàngshā ㄎㄨㄤˋ ㄕㄚ 從礦牀中開採的或由貧礦經選礦加工製成的砂狀礦物。
【礦山】kuàngshān ㄎㄨㄤˋ ㄕㄢ 開採礦物的地方，包括礦井和露天採礦場。
【礦石】kuàngshí ㄎㄨㄤˋ ㄕˊ ❶含有有用礦物並有開採價值的岩石。❷在無綫電收音機上特指能做檢波器的方鉛礦、黃鐵礦等。
【礦物】kuàngwù ㄎㄨㄤˋ ㄨˋ 地殼中存在的自然化合物和少數自然元素，具有相對固定的化學成分和性質。大部分是固態的（如鐵礦石），有的是液態的（如自然汞）或氣態的（如氦）。
【礦業】kuàngyè ㄎㄨㄤˋ ㄧㄝˋ 開採礦物的事業。
【礦源】kuàngyuán ㄎㄨㄤˋ ㄩㄢˊ 礦產資源：勘察礦源｜踏遍青山找礦源。
【礦渣】kuàngzhā ㄎㄨㄤˋ ㄓㄚ 礦山開採、選礦及加工冶煉過程中產生的廢物。
【礦柱】kuàngzhù ㄎㄨㄤˋ ㄓㄨˋ 地下採礦過程中保留下來的礦體，用來支撐頂板，也有保護巷道和地面建築物的作用。

纊（纩）

kuàng ㄎㄨㄤˋ 〈書〉絲綿。

kuī（ㄎㄨㄟ）

刲

kuī ㄎㄨㄟ 〈書〉割。

悝

kuī ㄎㄨㄟ 用於人名，李悝，戰國時政治家。

另見702頁lǐ。

盔

kuī ㄎㄨㄟ ❶盔子。❷軍人、消防人員等用來保護頭的金屬帽子：盔甲｜鋼盔｜鋁盔。❸（盔兒）形狀像盔或半個球形的帽子：頭盔｜白盔｜帽盔兒。

【盔甲】kuījiǎ ㄎㄨㄟ ㄐㄧㄚˇ 古代打仗穿的服裝，盔保護頭，甲保護身體，用金屬或皮革製成。
【盔頭】kuī·tou ㄎㄨㄟ ·ㄊㄡ 戲曲演員扮演角色時戴的帽子，着重於裝飾性，按劇中人物的年齡、性別、身份、地位的不同而分別使用。
【盔子】kuī·zi ㄎㄨㄟ ·ㄗ 像瓦盆而略深的容器，多用陶瓷製成。

窺（窥、闚）

kuī ㄎㄨㄟ ❶從小孔或縫隙裏看：管中窺豹。❷暗中察看：窺探｜窺測。

【窺豹一斑】kuī bào yī bān ㄎㄨㄟ ㄅㄠˋ ㄧ ㄅㄢ 比喻只見到事物的一小部分。參看423頁〖管中窺豹〗。
【窺測】kuīcè ㄎㄨㄟ ㄘㄜˋ 窺探推測：窺測動向。
【窺察】kuīchá ㄎㄨㄟ ㄔㄚˊ 偷偷地看；窺探：窺察地形｜窺察敵人的動靜。
【窺度】kuīduó ㄎㄨㄟ ㄉㄨㄛˊ 暗中猜度。
【窺見】kuījiàn ㄎㄨㄟ ㄐㄧㄢˋ 看出來或覺察到：從這首詩裏可以窺見作者的廣闊胸懷。

【窺視】kuīshì ㄎㄨㄟ ㄕˋ 窺探：窺視敵情｜探頭向門外窺視。

【窺視鏡】kuīshìjìng ㄎㄨㄟ ㄕˋ ㄐㄧㄥˋ 安在門上，可以從門內看清門外情況的裝置。有的地區叫門鏡、貓眼兒。

【窺伺】kuīsì ㄎㄨㄟ ㄙˋ 暗中觀望動靜，等待機會(多含貶義)。

【窺探】kuītàn ㄎㄨㄟ ㄊㄢˋ 暗中察看：窺探虛實。

虧(亏) kuī ㄎㄨㄟ ❶受損失；虧折：虧本｜盈虧｜虧損｜做生意虧了。❷欠缺；短少：血虧｜理虧｜功虧一簣。❸虧負：虧心｜人不虧地，地不虧人｜你放心吧，我虧不了你。❹多虧；幸虧：虧他提醒我，我才想起來。❺反說，表示譏諷：這樣不合理的話，倒虧你說得出來｜虧你還是哥哥，一點也不知道讓着弟弟。

【虧本】kuī∥běn ㄎㄨㄟ∥ㄅㄣˇ (虧本兒) 損失本錢；賠本：做買賣虧了本｜工廠經營得好，不會虧本。

【虧產】kuīchǎn ㄎㄨㄟ ㄔㄢˇ 沒有達到原定生產數量；欠產：上半年虧產原煤500多萬噸｜改進管理制度，變虧產為超產。

【虧秤】kuī∥chèng ㄎㄨㄟ∥ㄔㄥˋ ❶用秤稱東西賣時不給夠分量：無論老人、小孩兒去買東西，他從不虧秤。❷折秤(shéchèng)：青菜水分大，一放就會虧秤。

【虧待】kuīdài ㄎㄨㄟ ㄉㄞˋ 待人不公平或不盡心：你放心吧，我一定不虧待他。

【虧得】kuī·de ㄎㄨㄟ ·ㄉㄜ ❶多虧：虧得廠裏幫助我，才度過了難關。❷反說，表示譏諷：這麼長時間才借給我，虧得你還記得。

【虧短】kuīduǎn ㄎㄨㄟ ㄉㄨㄢˇ 數量不足；缺少：虧短分量｜賬上虧短1000元。

【虧負】kuīfù ㄎㄨㄟ ㄈㄨˋ ❶辜負：他虧負了大家的期望。❷使吃虧：大家沒有虧負你的地方。

【虧耗】kuīhào ㄎㄨㄟ ㄏㄠˋ 損耗：這批水果運輸時間長，虧耗很大。

【虧空】kuī·kong ㄎㄨㄟ ·ㄎㄨㄥ ❶支出超過收入，因而欠人財物：沒有精打細算，上月虧空了100元。❷所欠的財物：過日子要是精打細算，就拉不了虧空。

【虧纍】kuīlěi ㄎㄨㄟ ㄌㄟˇ 一次又一次地虧空：由於經營不善，這個商店連年虧纍。

【虧欠】kuīqiàn ㄎㄨㄟ ㄑㄧㄢˋ 虧空。

【虧折】kuīshé ㄎㄨㄟ ㄕㄜˊ 損失(本錢)：虧折血本。

【虧蝕】kuīshí ㄎㄨㄟ ㄕˊ ❶指日蝕和月蝕。❷虧本：資金虧蝕。❸損耗：瓜果在運輸途中總要有虧蝕。

【虧損】kuīsǔn ㄎㄨㄟ ㄙㄨㄣˇ ❶支出超過收入；虧折：企業經營不善，虧損很大。❷身體因受到摧殘或缺乏營養以致虛弱：氣血虧損。

【虧心】kuī∥xīn ㄎㄨㄟ∥ㄒㄧㄣ 感覺到自己的言行違背正理：你說這話，真虧心！｜為人不做虧心事，半夜敲門心不驚。

巋(岿) kuī ㄎㄨㄟ 見下。

【巋然】kuīrán ㄎㄨㄟ ㄖㄢˊ 〈書〉高大獨立的樣子：巋然不動｜巋然獨存。

【巋巍】kuīwēi ㄎㄨㄟ ㄨㄟ 〈書〉形容高大矗立的樣子：山峰巋巍。

kuí (ㄎㄨㄟˊ)

奎 kuí ㄎㄨㄟˊ ❶二十八宿之一。❷(Kuí)姓。

馗 kuí ㄎㄨㄟˊ 同'逵'。

逵 kuí ㄎㄨㄟˊ 〈書〉道路。

揆 kuí ㄎㄨㄟˊ 〈書〉❶推測揣度：揆其本意｜揆情度理。❷準則；道理：古今同揆。❸管理；掌管：總揆百事。❹指宰相，後來指相當於宰相的官：首揆｜閣揆(內閣的首席長官)。

【揆度】kuíduó ㄎㄨㄟˊ ㄉㄨㄛˊ 〈書〉估量；揣測：揆度得失。

【揆情度理】kuí qíng duó lǐ ㄎㄨㄟˊ ㄑㄧㄥˊ ㄉㄨㄛˊ ㄌㄧˇ 按照一般情理推測揣度。

葵〔葵〕 kuí ㄎㄨㄟˊ 指某些開大花的草本植物：錦葵｜蜀葵｜向日葵。

【葵花】kuíhuā ㄎㄨㄟˊ ㄏㄨㄚ 向日葵。

【葵花子】kuíhuāzǐ ㄎㄨㄟˊ ㄏㄨㄚ ㄗˇ (葵花子兒)向日葵的種子，可以吃，也可以榨油。

【葵扇】kuíshàn ㄎㄨㄟˊ ㄕㄢˋ 用蒲葵葉製成的扇子。俗稱芭蕉扇。

喹 kuí ㄎㄨㄟˊ [喹啉](kuílín ㄎㄨㄟˊ ㄌㄧㄣˊ)有機化合物，化學式 $C_6H_4(CH)_3N$。無色液體，有特殊臭味。用來製藥，也可製染料。[英 Quinoline]

隗〔隗〕 Kuí ㄎㄨㄟˊ 姓。
另見1190頁 Wěi。

睽 kuí ㄎㄨㄟˊ 〈書〉(人跟人或跟地方)隔開；分離：睽離｜睽隔｜睽違。

【睽別】kuíbié ㄎㄨㄟˊ ㄅㄧㄝˊ 〈書〉分別；離別：睽別多日｜睽別經年。

【睽隔】kuígé ㄎㄨㄟˊ ㄍㄜˊ 〈書〉睽離：故鄉山川，十年睽隔。

【睽離】kuílí ㄎㄨㄟˊ ㄌㄧˊ 〈書〉離別；分離：睽離有年。

【睽違】kuíwéi ㄎㄨㄟˊ ㄨㄟˊ 〈書〉分離；不在一起(舊時書信用語)：睽違數載。

魁〔魁〕 kuí ㄎㄨㄟˊ ❶為首的；居第一位的：魁首｜罪魁｜奪魁｜花魁。

❷(身體)高大：魁梧｜魁偉。❸魁星①。

【魁岸】kuí'àn ㄎㄨㄟˊ ㄢˋ 〈書〉魁梧：身材魁岸。

【魁首】kuíshǒu ㄎㄨㄟˊ ㄕㄡˇ ❶指在同輩中才華居首位的人：文章魁首｜女中魁首。❷首領。

【魁偉】kuíwěi ㄎㄨㄟˊ ㄨㄟˇ 魁梧：身材魁偉。

【魁梧】kuí·wú ㄎㄨㄟˊ ·ㄨˊ (身體)強壯高大：這個戰士寬肩膀，粗胳膊，身量很魁梧。

【魁星】kuíxīng ㄎㄨㄟˊ ㄒㄧㄥ ❶北斗七星中成斗形的四顆星。一說指其中離斗柄最遠的一顆。❷我國神話中所說的主宰文章興衰的神。舊時很多地方都有魁星樓、魁星閣等建築物。

【魁元】kuíyuán ㄎㄨㄟˊ ㄩㄢˊ 〈書〉❶在同輩中才華居首位的人；魁首。❷第一名：秋試得中魁元。

戣 kuí ㄎㄨㄟˊ 古代戟一類的兵器。

睽 kuí ㄎㄨㄟˊ 〈書〉❶同'暌'。❷違背；不合。

【睽睽】kuíkuí ㄎㄨㄟˊ ㄎㄨㄟˊ 形容注視：眾目睽睽。

【睽異】kuíyì ㄎㄨㄟˊ ㄧˋ 〈書〉(意見)不合。

蝰 kuí ㄎㄨㄟˊ ［蝰蛇］(kuíshé ㄎㄨㄟˊ ㄕㄜˊ) 毒蛇的一種，體長 1 米多，背部淡藍帶灰色或褐色，背脊有黑色的鏈狀條紋，身體兩側有不規則的斑點，腹部黑色，多生活在森林或草地裏，吃小鳥、蜥蜴、青蛙等。

櫆〔櫆〕 kuí ㄎㄨㄟˊ 〈書〉北斗星。

騤(骙) kuí ㄎㄨㄟˊ ［騤騤］〈書〉形容馬強壯。

夔1 kuí ㄎㄨㄟˊ 古代傳說中一種像龍的獨腳怪獸。

夔2 Kuí ㄎㄨㄟˊ ❶夔州，舊府名，府治在今四川奉節。❷姓。

kuǐ (ㄎㄨㄟˇ)

傀〔傀〕 kuǐ ㄎㄨㄟˇ 見下。
另見430頁 guī。

【傀儡】kuǐlěi ㄎㄨㄟˇ ㄌㄟˇ ❶木偶戲裏的木頭人。❷比喻受人操縱的人或組織(多用於政治方面)：傀儡政權。

【傀儡戲】kuǐlěixì ㄎㄨㄟˇ ㄌㄟˇ ㄒㄧˋ 木偶戲。

跬 kuǐ ㄎㄨㄟˇ 〈書〉一隻腳邁出去的距離；半步：跬步。

【跬步】kuǐbù ㄎㄨㄟˇ ㄅㄨˋ 〈書〉半步：跬步不離｜跬步千里(比喻做事只要努力不懈，總可以獲得成功)。

磈 kuǐ ㄎㄨㄟˇ ［磈磊］(kuǐlěi ㄎㄨㄟˇ ㄌㄟˇ) 〈書〉❶成堆的石塊。❷比喻心中鬱積的不平之氣；塊壘。

kuì (ㄎㄨㄟˋ)

喟 kuì ㄎㄨㄟˋ 〈書〉嘆氣：喟嘆｜感喟。

【喟然】kuìrán ㄎㄨㄟˋ ㄖㄢˊ 〈書〉嘆氣的樣子：喟然長嘆｜喟然太息。

【喟嘆】kuìtàn ㄎㄨㄟˋ ㄊㄢˋ 〈書〉因感慨而嘆氣：喟嘆不已。

愧〔愧〕(媿) kuì ㄎㄨㄟˋ 慚愧：羞愧｜問心無愧｜愧不敢當(感到慚愧，承當不起)。

【愧汗】kuìhàn ㄎㄨㄟˋ ㄏㄢˋ 〈書〉因羞愧而流汗，形容羞愧到了極點：憶及往事，不勝愧汗。

【愧恨】kuìhèn ㄎㄨㄟˋ ㄏㄣˋ 因羞愧而自恨：他明白了自己的不對，內心深自愧恨。

【愧悔】kuìhuǐ ㄎㄨㄟˋ ㄏㄨㄟˇ 羞愧悔恨：愧悔不及｜提起這些事，愧悔難言。

【愧疚】kuìjiù ㄎㄨㄟˋ ㄐㄧㄡˋ 慚愧不安：愧疚的心情｜內心深感愧疚。

【愧領】kuìlǐng ㄎㄨㄟˋ ㄌㄧㄥˇ 領受別人的情誼、饋贈時說的客套話：您的心意，我們愧領啦。

【愧色】kuìsè ㄎㄨㄟˋ ㄙㄜˋ 慚愧的臉色：面帶愧色。

【愧痛】kuìtòng ㄎㄨㄟˋ ㄊㄨㄥˋ 因羞愧而感到痛苦：臉上流露出愧痛的表情。

【愧怍】kuìzuò ㄎㄨㄟˋ ㄗㄨㄛˋ 〈書〉慚愧。

匱(匮) kuì ㄎㄨㄟˋ 〈書〉缺乏：匱乏｜匱竭。
〈古〉又同'櫃' guì。

【匱乏】kuìfá ㄎㄨㄟˋ ㄈㄚˊ 〈書〉(物資)缺乏；貧乏：藥品匱乏｜極度匱乏｜不虞匱乏。

【匱竭】kuìjié ㄎㄨㄟˋ ㄐㄧㄝˊ 〈書〉貧乏，以至於枯竭：精力匱竭｜被困山谷，糧食匱竭。

【匱缺】kuìquē ㄎㄨㄟˋ ㄑㄩㄝ 〈書〉缺乏：器材匱缺｜能源匱缺。

蕢〔蕢〕(蒉) kuì ㄎㄨㄟˋ 〈書〉盛土的草包。

潰(溃) kuì ㄎㄨㄟˋ ❶(水)沖破(堤壩)：潰堤｜潰決。❷〈書〉突破(包圍)：潰圍。❸潰敗；潰散：潰兵｜潰退｜潰不成軍。❹肌肉組織腐爛：潰爛。
另見516頁 huì'殨'。

【潰敗】kuìbài ㄎㄨㄟˋ ㄅㄞˋ (軍隊)被打垮：敵軍潰敗南逃。

【潰不成軍】kuì bù chéng jūn ㄎㄨㄟˋ ㄅㄨˋ ㄔㄥˊ ㄐㄩㄣ 軍隊被打得七零八落，不成隊伍，形容打仗敗得很慘。

【潰決】kuìjué ㄎㄨㄟˋ ㄐㄩㄝˊ 大水沖開(堤壩)：潰決成災。

【潰爛】kuìlàn ㄎㄨㄟˋ ㄌㄢˋ 傷口或發生潰瘍的組織由於病菌的感染而化膿：傷口已經潰爛化膿。

【潰亂】kuìluàn ㄎㄨㄟˋ ㄌㄨㄢˋ 崩潰混亂：敵軍全綫潰亂。
【潰滅】kuìmiè ㄎㄨㄟˋ ㄇㄧㄝˋ 崩潰滅亡：舊世界必定潰滅。
【潰散】kuìsàn ㄎㄨㄟˋ ㄙㄢˋ (軍隊)被打垮而逃散。
【潰逃】kuìtáo ㄎㄨㄟˋ ㄊㄠˊ (軍隊)被打垮而逃跑：聞風潰逃。
【潰退】kuìtuì ㄎㄨㄟˋ ㄊㄨㄟˋ (軍隊)被打垮而後退：敵軍狼狽潰退。
【潰圍】kuìwéi ㄎㄨㄟˋ ㄨㄟˊ 〈書〉突破包圍：乘勢潰圍｜潰圍而逃。
【潰瘍】kuìyáng ㄎㄨㄟˋ ㄧㄤˊ 皮膚或黏膜的表皮壞死脱落後形成的缺損。形成潰瘍的原因是物理性刺激(如燒灼、重壓等)、化學性刺激(如酸、鹼等)或生物性刺激(如細菌、黴菌)等。

憒(愦) kuì ㄎㄨㄟˋ 〈書〉糊塗；昏亂：昏憒｜憒亂。
【憒亂】kuìluàn ㄎㄨㄟˋ ㄌㄨㄢˋ 〈書〉昏亂。

禬(襀) kuì ㄎㄨㄟˋ 〈方〉❶(禬兒)用繩子、帶子等拴成的結：活禬兒｜死禬兒。❷拴；繫(jì)：禬個禬兒｜把牲口禬上。

聵(聩) kuì ㄎㄨㄟˋ 〈書〉聾：發聾振聵。

簣(篑) kuì ㄎㄨㄟˋ 〈書〉盛土的筐子：功虧一簣。

饋(馈、餽) kuì ㄎㄨㄟˋ 饋贈：饋送｜饋以鮮果。
【饋送】kuìsòng ㄎㄨㄟˋ ㄙㄨㄥˋ 饋贈。
【饋綫】kuìxiàn ㄎㄨㄟˋ ㄒㄧㄢˋ 發射機和天綫之間的傳輸綫。
【饋贈】kuìzèng ㄎㄨㄟˋ ㄗㄥˋ 贈送(禮品)：帶些土產饋贈親友。

kūn (ㄎㄨㄣ)

坤 kūn ㄎㄨㄣ ❶八卦之一，卦形是'☷'，代表地。參看14頁〖八卦〗。❷指女性的：坤造｜坤宅｜坤錶｜坤車｜坤鞋。
【坤包】kūnbāo ㄎㄨㄣ ㄅㄠ 婦女用的挎包、手提包等，一般比較小巧。
【坤錶】kūnbiǎo ㄎㄨㄣ ㄅㄧㄠˇ 女式手錶，比較小巧。
【坤角兒】kūnjuér ㄎㄨㄣ ㄐㄩㄝㄦˊ 舊時指戲劇女演員。
【坤伶】kūnlíng ㄎㄨㄣ ㄌㄧㄥˊ 坤角兒。
【坤造】kūnzào ㄎㄨㄣ ㄗㄠˋ ❶舊時指婚姻中的女方。❷舊時指女子的生辰八字。
【坤宅】kūnzhái ㄎㄨㄣ ㄓㄞˊ 舊時指婚姻中的女家。

昆 kūn ㄎㄨㄣ 〈書〉❶哥哥：昆仲｜昆季。❷子孫；後嗣：後昆。
【昆布】kūnbù ㄎㄨㄣ ㄅㄨˋ 中藥上指海帶。
【昆蟲】kūnchóng ㄎㄨㄣ ㄔㄨㄥˊ 節肢動物的一綱，身體分頭、胸、腹三部。頭部有觸角、眼、口器等。胸部有足三對，翅膀兩對或一對，也有沒翅膀的。腹部有節，兩側有氣孔，是呼吸器官。多數昆蟲都經過卵、幼蟲、蛹、成蟲等發育階段。如蜜蜂、蚊、蠅、跳蚤、蝗蟲、蚜蟲等。
【昆季】kūnjì ㄎㄨㄣ ㄐㄧˋ 〈書〉兄弟(xiōngdì)。
【昆腔】kūnqiāng ㄎㄨㄣ ㄑㄧㄤ 戲曲聲腔之一，元代在江蘇昆山產生。明代至清中葉以前非常流行，對許多劇種的形成和發展都有影響。也叫昆曲、昆山腔。
【昆曲】kūnqǔ ㄎㄨㄣ ㄑㄩˇ ❶流行於江蘇南部(南昆)及北京、河北(北昆)等地的地方戲曲劇種，用昆腔演唱。也叫昆劇。❷昆腔。
【昆仲】kūnzhòng ㄎㄨㄣ ㄓㄨㄥˋ 〈書〉對別人兄弟(xiōngdì)的稱呼。

崑 kūn ㄎㄨㄣ 崑崙(Kūnlún ㄎㄨㄣ ㄌㄨㄣˊ)，山名，在新疆、西藏和青海。今作昆侖。

堃 kūn ㄎㄨㄣ 同'坤'(多用於人名)。

琨 kūn ㄎㄨㄣ 〈書〉一種美玉。

焜 kūn ㄎㄨㄣ 〈書〉明亮。

髡(髠) kūn ㄎㄨㄣ 古代剃去男子頭髮的刑罰。

褌(裈、幝、裩) kūn ㄎㄨㄣ 〈書〉褲子。

醌 kūn ㄎㄨㄣ 有機化合物的一類，是芳香族母核的兩個氫原子各由一個氧原子所代替而成的化合物。[英 quinone]

錕(锟) kūn ㄎㄨㄣ 錕鋙(Kūnwú ㄎㄨㄣ ㄨˊ)，古書上記載的山名。所產的鐵可以鑄刀劍，因此錕鋙也指寶劍。

鵾(鹍、鶤) kūn ㄎㄨㄣ 鵾雞，古書上指像鶴的一種鳥。

鯤(鲲) kūn ㄎㄨㄣ 古代傳説中的一種大魚。
【鯤鵬】kūnpéng ㄎㄨㄣ ㄆㄥˊ 古代傳説中的大魚和大鳥。也指鯤化成的大鵬鳥(見於《莊子·逍遙遊》)。

kǔn (ㄎㄨㄣˇ)

捆(綑) kǔn ㄎㄨㄣˇ ❶用繩子等把東西纏緊打結：捆行李｜把麥子捆起來。❷(捆兒)捆成的東西：韭菜捆兒。❸(捆兒)量詞，用於捆起來的東西：一捆柴火。
【捆綁】kǔnbǎng ㄎㄨㄣˇ ㄅㄤˇ 用繩子等捆(多用於人)。

【捆紮】kǔnzā ㄎㄨㄣˇ ㄗㄚ 把東西捆在一起，使不分散：把布袋口兒捆紮好｜這批貨物運送的時候，應該妥為包裝捆紮。

【捆子】kǔn·zi ㄎㄨㄣˇ ·ㄗ 捆：把蘆葦紮成捆子。

悃 kǔn ㄎㄨㄣˇ 〈書〉真心誠意：悃誠｜聊表謝悃。

【悃愊】kǔnbì ㄎㄨㄣˇ ㄅㄧˋ 〈書〉至誠：悃愊無華。

壼(壸) kǔn ㄎㄨㄣˇ 〈書〉宮裏的路。

閫(阃) kǔn ㄎㄨㄣˇ 〈書〉❶門坎。❷指婦女居住的內室：閨閫。❸借指婦女：閫範(女子的品德規範)。

kùn (ㄎㄨㄣˋ)

困 kùn ㄎㄨㄣˋ ❶陷在艱難痛苦中或受環境、條件的限制無法擺脱：為病所困｜想當年當(dàng)無可當，賣無可賣，真把我給困住了。❷控制在一定範圍裏；圍困：困守｜把敵人困在山溝裏。❸困難：困苦｜困厄。❹疲乏：困乏｜困頓。

【困憊】kùnbèi ㄎㄨㄣˋ ㄅㄟˋ 〈書〉非常疲乏：困憊不堪。

【困頓】kùndùn ㄎㄨㄣˋ ㄉㄨㄣˋ ❶勞累到不能支持：終日勞碌，十分困頓。❷(生計或境遇)艱難窘迫：漂泊在外，困頓潦倒。

【困厄】kùn'è ㄎㄨㄣˋ ㄜˋ (處境)艱難窘迫：從艱難困厄中闖出一番事業。

【困乏】kùnfá ㄎㄨㄣˋ ㄈㄚˊ ❶疲乏：走了一天路，大家都困乏了。❷〈書〉(經濟、生活)困難：連年歉收，百姓困乏。

【困惑】kùnhuò ㄎㄨㄣˋ ㄏㄨㄛˋ 感到疑難，不知道該怎麼辦：困惑不解｜這個問題一直困惑着他們。

【困境】kùnjìng ㄎㄨㄣˋ ㄐㄧㄥˋ 困難的處境：陷入困境｜擺脱困境｜處於困境。

【困窘】kùnjiǒng ㄎㄨㄣˋ ㄐㄩㄥˇ ❶為難：他困窘地站在那裏，一句話也説不出來。❷窮困：家境困窘｜困窘的生活。

【困倦】kùnjuàn ㄎㄨㄣˋ ㄐㄩㄢˋ 疲乏想睡：一連忙了幾天，大家都十分困倦。

【困苦】kùnkǔ ㄎㄨㄣˋ ㄎㄨˇ (生活上)艱難痛苦：生活困苦｜困苦的日子過去了。

【困難】kùn·nan ㄎㄨㄣˋ ·ㄋㄢ ❶事情複雜，阻礙多：克服困難。❷窮困，不好過：生活困難｜困難補助。

【困擾】kùnrǎo ㄎㄨㄣˋ ㄖㄠˇ 圍困並攪擾：遊擊隊四處出擊，困擾敵軍｜這幾天被一種莫名的煩亂所困擾。

【困人】kùnrén ㄎㄨㄣˋ ㄖㄣˊ 使人困倦：困人的天氣。

【困守】kùnshǒu ㄎㄨㄣˋ ㄕㄡˇ 在被圍困的情況下堅守(防地)：困守孤城。

【困獸猶鬥】kùn shòu yóu dòu ㄎㄨㄣˋ ㄕㄡˋ ㄧㄡˊ ㄉㄡˋ 比喻陷於絕境的人(多指壞人)雖然走投無路，還要頑強抵抗。

睏 kùn ㄎㄨㄣˋ ❶疲乏想睡：你睏了就先睡。❷〈方〉睡：睏覺｜天不早了，快點睏吧。

【睏覺】kùn//jiào ㄎㄨㄣˋ//ㄐㄧㄠˋ 〈方〉睡覺。

kuò (ㄎㄨㄛˋ)

括 kuò ㄎㄨㄛˋ ❶紮；束：括約肌。❷包括：總括｜概括。❸對部分文字加上括號：把這幾個字用括號括起來。

另見415頁 guā。

【括號】kuòhào ㄎㄨㄛˋ ㄏㄠˋ ❶算術式或代數式中表示幾個數或項的結合關係和先後順序的符號，形式有( )、[ ]、{ }三種，分別叫做小括號、中括號、大括號或圓括號、方括號、花括號。中括號用在小括號的外層，大括號用在中括號的外層，運算時先從小括號內的式子算起。❷標點符號，最常用的形式是圓括號，與數學上的小括號相同，還有方括號(〔 〕)、六角括號(〖 〗)、方頭括號(【 】)等幾種，主要表示文中註釋的部分。

【括弧】kuòhú ㄎㄨㄛˋ ㄏㄨˊ ❶小括號。參看〖括號〗①。❷括號②。有時也指引號。

【括約肌】kuòyuējī ㄎㄨㄛˋ ㄩㄝ ㄐㄧ 肛門、膀胱口、幽門等處的環狀肌肉，能收縮和舒張，收縮時使肛門、膀胱口、幽門等關閉，舒張時使它們開放。

栝 kuò ㄎㄨㄛˋ 見1368頁〔檃栝〕(yǐnkuò)。另見415頁 guā。

适(适) kuò ㄎㄨㄛˋ 〈書〉疾速(多用於人名)。

'适'另見1051頁 shì'適'。

蛞 kuò ㄎㄨㄛˋ 見下。

【蛞螻】kuòlóu ㄎㄨㄛˋ ㄌㄡˊ 古書上指螻蛄。

【蛞蝓】kuòyú ㄎㄨㄛˋ ㄩˊ 軟體動物，身體圓而長，沒有殼，表面多黏液，頭上有長短觸角各一對，眼長在長觸角上。背面淡褐色或黑色，腹面白色。晝伏夜出，吃植物的葉子，危害蔬菜、果樹等農作物。也叫鼻涕蟲，有的地區叫蜒蚰。

筈 kuò ㄎㄨㄛˋ 〈書〉箭尾扣弦的部分。

廓 kuò ㄎㄨㄛˋ ❶廣闊：寥廓｜廓落。❷擴展；擴大：廓大｜廓張。❸物體的外緣：輪廓｜耳廓。

【廓落】kuòluò ㄎㄨㄛˋ ㄌㄨㄛˋ 〈書〉空闊寂靜的樣子：廓落的夜空。

【廓清】kuòqīng ㄎㄨㄛˋ ㄑㄧㄥ ❶澄清②；肅

清：廓清天下｜廓清邪說。❷清除：廓清障礙｜廓清道路。

【廓張】kuòzhāng ㄎㄨㄛˋ ㄓㄤ 〈書〉擴散；擴大：吵鬧聲不斷廓張開去。

闊(濶、澗) kuò ㄎㄨㄛˋ ❶(面積)寬；寬廣：廣闊｜遼闊｜海闊天空◇闊別｜高談闊論。❷闊綽；闊氣；有錢：擺闊｜他闊起來了。

【闊別】kuòbié ㄎㄨㄛˋ ㄅㄧㄝˊ 長時間的分別：闊別多年。

【闊步】kuòbù ㄎㄨㄛˋ ㄅㄨˋ 邁大步：闊步前進｜昂首闊步。

【闊綽】kuòchuò ㄎㄨㄛˋ ㄔㄨㄛˋ 排場大，生活奢侈。

【闊老】kuòlǎo ㄎㄨㄛˋ ㄌㄠˇ 有錢的人。也作闊佬。

【闊氣】kuò·qì ㄎㄨㄛˋ ·ㄑㄧˋ 豪華奢侈：擺闊氣。

【闊人】kuòrén ㄎㄨㄛˋ ㄖㄣˊ 有錢的人。

【闊少】kuòshào ㄎㄨㄛˋ ㄕㄠˋ 有錢人家的子弟。

【闊野】kuòyě ㄎㄨㄛˋ ㄧㄝˇ 廣闊的原野：一望無垠的闊野。

【闊葉樹】kuòyèshù ㄎㄨㄛˋ ㄧㄝˋ ㄕㄨˋ 葉子的形狀寬闊的樹木，如白楊、楓樹等。

擴(扩) kuò ㄎㄨㄛˋ 擴大：擴充｜擴展｜擴散｜擴建｜擴音機。

【擴版】kuòbǎn ㄎㄨㄛˋ ㄅㄢˇ 報刊擴大版面或增加版數：晚報將於7月1日擴版，由四版增為八版。

【擴編】kuòbiān ㄎㄨㄛˋ ㄅㄧㄢ 擴大編制(多用於軍隊)：擴編隊伍。

【擴充】kuòchōng ㄎㄨㄛˋ ㄔㄨㄥ 擴大充實：擴充內容｜擴充設備｜教師隊伍在不斷擴充。

【擴大】kuòdà ㄎㄨㄛˋ ㄉㄚˋ 使(範圍、規模等)比原來大：擴大生產｜擴大戰果｜擴大眼界｜擴大影響｜擴大耕地面積。

【擴大化】kuòdàhuà ㄎㄨㄛˋ ㄉㄚˋ ㄏㄨㄚˋ 把實際的範圍或數量憑空地擴大起來。

【擴大再生產】kuòdà zàishēngchǎn ㄎㄨㄛˋ ㄉㄚˋ ㄗㄞˋ ㄕㄥ ㄔㄢˇ 擴大原有規模的再生產。參看1423頁〖再生產〗。

【擴建】kuòjiàn ㄎㄨㄛˋ ㄐㄧㄢˋ 把廠礦企業建築等的規模加大：擴建廠房｜大力擴建工業基地。

【擴軍】kuòjūn ㄎㄨㄛˋ ㄐㄩㄣ 擴充軍備。

【擴散】kuòsàn ㄎㄨㄛˋ ㄙㄢˋ 擴大分散出去：擴散影響｜毒素已擴散到全身｜濃烟擴散到村莊的上空。

【擴胸器】kuòxiōngqì ㄎㄨㄛˋ ㄒㄩㄥ ㄑㄧˋ 體育運動用的一種輔助器械，上面裝有彈簧，練習時用雙手把它拉開，能增強胸部和臂部肌肉的力量。也叫拉力器。

【擴音機】kuòyīnjī ㄎㄨㄛˋ ㄧㄣ ㄐㄧ 用來擴大聲音的裝置，用於有綫廣播。

【擴印】kuòyìn ㄎㄨㄛˋ ㄧㄣˋ 放大洗印(照片)：擴印機｜擴印彩色照片。

【擴展】kuòzhǎn ㄎㄨㄛˋ ㄓㄢˇ 向外伸展；擴大：擴展馬路｜五年內全省林地將擴展到一千萬畝。

【擴張】kuòzhāng ㄎㄨㄛˋ ㄓㄤ 擴大(勢力、疆土等)：向外擴張｜這種藥能使血管擴張。

鞹(鞟) kuò ㄎㄨㄛˋ 〈書〉去毛的獸皮。

L

lā (ㄌㄚ)

旮 lā ㄌㄚ 見646頁[旮旮](kē·lā)。

垃 lā ㄌㄚ [垃圾](lājī ㄌㄚ ㄐㄧ) 髒土或扔掉的破爛東西◇清除社會垃圾。

拉1 lā ㄌㄚ ❶用力使朝自己所在的方向或跟着自己移動：拉鋸｜拉縴｜你把車拉過來。❷用車載運：套車去拉肥料｜平板車能拉貨，也能拉人。❸帶領轉移(多用於隊伍)：把二連拉到河那邊去。❹牽引樂器的某一部分使樂器發出聲音：拉胡琴｜拉小提琴｜拉手風琴。❺拖長；使延長：拉長聲音說話｜快跟上，不要拉開距離！❻〈方〉撫養：他母親很不容易地把他拉大。❼幫助：人家有困難，咱們應該拉他一把。❽牽累；拉扯：自己做的事，為甚麼要拉上別人？❾拉攏；聯絡：拉關係｜拉交情。❿組織(隊伍、團夥等)：拉隊伍｜拉幫結夥。⓫招攬：拉買賣｜拉生意。⓬〈方〉閑談：拉話｜拉家常。

拉2 lā ㄌㄚ 排泄(大便)：拉屎｜拉肚子。另見677頁 lá；678頁 lǎ；678頁 là。

【拉巴】lā·ba ㄌㄚ·ㄅㄚ 〈方〉❶辛勤撫養：再苦再累也要把孩子拉巴大。❷扶助；提拔：求大哥拉巴我們一把。

【拉幫結夥】lā bāng jié huǒ ㄌㄚ ㄅㄤ ㄐㄧㄝˊ ㄏㄨㄛˇ 拉起一幫人結成集團。也說拉幫結派。

【拉鼻兒】lā//bír ㄌㄚ//ㄅㄧㄦˊ 指鳴汽笛。

【拉場子】lā chǎng·zi ㄌㄚ ㄔㄤˇ·ㄗ ❶指藝人在街頭空地招引觀眾圍成場子，進行表演。❷指撐場面或打開局面：請客拉場子。

【拉扯】lā·che ㄌㄚ·ㄔㄜ ❶拉①：你拉扯住他，別讓他再出去。❷辛勤撫養：屎一把，尿一把，大媽才把你拉扯大。❸扶助；提拔：師傅見他有出息，願意特別拉扯他一把。❹勾結；拉攏。❺牽扯；牽涉：你自己做事自己承當，不要拉扯別人。❻閑談：李大嫂急着要出門，無心跟他拉扯。

【拉牀】lāchuáng ㄌㄚ ㄔㄨㄤˊ 金屬切削機牀，用來加工孔眼或鍵槽。加工時，一般工件不動，拉刀做直綫運動切削。

【拉大片】lā dàpiān ㄌㄚ ㄉㄚˋ ㄆㄧㄢ 拉洋片。

【拉大旗，作虎皮】lā dà qí,zuò hǔpí ㄌㄚ ㄉㄚˋ ㄑㄧˊ,ㄗㄨㄛˋ ㄏㄨˇ ㄆㄧˊ 比喻打着某種旗號以張聲勢，來嚇唬人、矇騙人。

【拉倒】lādǎo ㄌㄚ ㄉㄠˇ 算了；作罷：你不去就拉倒。

【拉丁】lā//dīng ㄌㄚ//ㄉㄧㄥ ❶舊時軍隊抓青壯年男子當兵。❷拉夫。

【拉丁字母】Lādīng zìmǔ ㄌㄚ ㄉㄧㄥ ㄗˋ ㄇㄨˇ 拉丁文(古代羅馬人所用文字)的字母。一般泛指根據拉丁文字母加以補充的字母，如英文、法文、西班牙文的字母。漢語拼音方案也採用拉丁字母。[拉丁，英 Latin]

拉丁字母表

大寫	小寫	名稱*	大寫	小寫	名稱*
A	a	a	N	n	nê
B	b	bê	O	o	o
C	c	cê	P	p	pê
D	d	dê	Q	q	qiu
E	e	e	R	r	ar
F	f	êf	S	s	ês
G	g	gê	T	t	tê
H	h	ha	U	u	wu
I	i	yi	V	v	vê
J	j	jie	W	w	wa
K	k	kê	X	x	xi
L	l	êl	Y	y	ya
M	m	êm	Z	z	zê

* 按照漢語拼音方案的規定。

【拉肚子】lā dù·zi ㄌㄚ ㄉㄨˋ·ㄗ 指腹瀉。

【拉夫】lā//fū ㄌㄚ//ㄈㄨ 舊時軍隊抓老百姓充當夫役。

【拉杆】lāgān ㄌㄚ ㄍㄢ (拉杆兒) ❶安裝在機械或建築物上起牽引作用的杆形構件，如自行車閘上的長鐵棍。❷由不同直徑的管狀物套接而成的杆，能拉長或縮短：拉杆支架｜拉杆天綫。

【拉鈎】lā//gōu ㄌㄚ//ㄍㄡ (拉鈎兒)兩人用右手食指或小拇指互相鈎着拉一下，表示守信用，不反悔。

【拉呱兒】lā//guǎr ㄌㄚ//ㄍㄨㄚㄦˇ 〈方〉閑談：歇着的時候，幾個老頭兒就湊到一起拉呱兒。

【拉關係】lā guān·xi ㄌㄚ ㄍㄨㄢ·ㄒㄧ 跟關係較疏遠的人聯絡、拉攏，使有某種關係(多含貶義)。

【拉後腿】lā hòutuǐ ㄌㄚ ㄏㄡˋ ㄊㄨㄟˇ 比喻利用親密的關係和感情牽制別人的行動。也說扯後腿。

【拉祜族】Lāhùzú ㄌㄚ ㄏㄨˋ ㄗㄨˊ 我國少數民族之一，分佈在雲南。

【拉花兒】lāhuār ㄌㄚ ㄏㄨㄚㄦ 一種彩色紙花，可以拉成長串，多在節日、喜慶時懸掛。

【拉饑荒】lā jī·huang ㄌㄚ ㄐㄧ ·ㄏㄨㄤ 欠債。
【拉家帶口】lā jiā dài kǒu ㄌㄚ ㄐㄧㄚ ㄉㄞˋ ㄎㄡˇ 帶着一家大小(多指受家屬的拖累)。也說拖家帶口。
【拉架】lā//jià ㄌㄚ//ㄐㄧㄚˋ 拉開打架的人，從中調解。
【拉交情】lā jiāo·qing ㄌㄚ ㄐㄧㄠ ·ㄑㄧㄥ 拉攏感情；攀交情(多含貶義)。
【拉腳】lā//jiǎo ㄌㄚ//ㄐㄧㄠˇ (拉腳兒)用大車載旅客或為人運貨。
【拉近乎】lā jìn·hu ㄌㄚ ㄐㄧㄣˋ ·ㄏㄨ 跟不熟識的人拉攏關係，表示親近(多含貶義)。也說套近乎。
【拉鋸】lā//jù ㄌㄚ//ㄐㄩˋ 兩個人用大鋸一來一往地鋸東西。比喻雙方來回往復：拉鋸式｜拉鋸戰。
【拉客】lā//kè ㄌㄚ//ㄎㄜˋ ❶(飯館、旅店等)招攬顧客或旅客。❷(三輪車、出租汽車等)載運乘客。❸指招引嫖客。
【拉虧空】lā kuī·kong ㄌㄚ ㄎㄨㄟ ·ㄎㄨㄥ 欠債。
【拉拉隊】lālāduì ㄌㄚ ㄌㄚ ㄉㄨㄟˋ 體育運動比賽時，在旁邊給運動員吶喊助威的一組人。
【拉力】lālì ㄌㄚ ㄌㄧˋ ❶拉拽的力量。❷物體所承受的拉拽的力。
【拉力器】lālì qì ㄌㄚ ㄌㄧˋ ㄑㄧˋ 擴胸器。
【拉練】lāliàn ㄌㄚ ㄌㄧㄢˋ 野營訓練。多指部隊離開營房，在長途行軍和野營過程中，按照戰時要求，進行訓練。
【拉鏈】lāliàn ㄌㄚ ㄌㄧㄢˋ (拉鏈兒)拉鎖。
【拉攏】lā·lǒng ㄌㄚ ·ㄌㄨㄥˇ 為對自己有利，用手段使別人靠攏到自己方面來：拉攏人｜拉攏感情。
【拉買賣】lā mǎi·mai ㄌㄚ ㄇㄞˇ ·ㄇㄞ 招攬生意。
【拉毛】lāmáo ㄌㄚ ㄇㄠˊ 用機器把駝絨坯等表面的毛紗拉成毛絨狀，使成為柔軟絨面的工藝：拉毛圍巾。也叫拉絨。
【拉麪】lāmiàn ㄌㄚ ㄇㄧㄢˋ 〈方〉抻麪(chēn miàn)。
【拉皮條】lā pítiáo ㄌㄚ ㄆㄧˊ ㄊㄧㄠˊ 撮合男女發生不正當的關係。
【拉偏手兒】lā piānshǒur ㄌㄚ ㄆㄧㄢ ㄕㄡㄦˇ 指拉架時有意偏袒一方。也說拉偏架。
【拉平】lā//píng ㄌㄚ//ㄆㄧㄥˊ 使有高有低的變成相等：甲隊反攻頻頻得手，雙方比分逐漸拉平。
【拉縴】lā//qiàn ㄌㄚ//ㄑㄧㄢˋ ❶在岸上用繩子拉船前進。❷為雙方介紹、說合並從中謀取利益：說媒拉縴｜這筆生意是他拉的縴。
【拉山頭】lā shāntóu ㄌㄚ ㄕㄢ ㄊㄡˊ 指組織人馬，結成宗派。
【拉手】lā·shou ㄌㄚ ·ㄕㄡ 安裝在門窗或抽屜等上面便於用手開關的木條或金屬物等。
【拉絲】lāsī ㄌㄚ ㄙ 拔絲①。
【拉鎖】lāsuǒ ㄌㄚ ㄙㄨㄛˇ (拉鎖兒)一種可以分開和鎖合的鏈條形的金屬或塑料製品，用來縫在衣服、口袋或皮包等上面。也叫拉鏈。
【拉套】lā//tào ㄌㄚ//ㄊㄠˋ ❶在車轅的前面或側面拉車：這匹馬是拉套的。❷〈方〉比喻幫助別人，替人出力。
【拉稀】lā//xī ㄌㄚ//ㄒㄧ 腹瀉的通稱。
【拉下臉】lāxià liǎn ㄌㄚ ㄒㄧㄚˋ ㄌㄧㄢˇ ❶指不顧情面：他辦事大公無私，對誰也能拉下臉來。❷指露出不高興的表情：他聽了這句話，立刻拉下臉來。
【拉下水】lā xià shuǐ ㄌㄚ ㄒㄧㄚˋ ㄕㄨㄟˇ 比喻引誘人和自己一起做壞事。
【拉綫】lā//xiàn ㄌㄚ//ㄒㄧㄢˋ 比喻從中撮合：他倆交朋友是我拉的綫。
【拉秧】lā//yāng ㄌㄚ//ㄧㄤ 瓜類和某些蔬菜過了收穫期，把秧子拔掉。
【拉洋片】lā yángpiān ㄌㄚ ㄧㄤˊ ㄆㄧㄢ 一種民間文娛活動，在裝有凸透鏡的木箱中挂着各種畫片，表演者一面拉換畫片，一面說唱畫片的內容。觀眾從透鏡裏可以看到放大的畫面。也叫拉大片。
【拉雜】lāzá ㄌㄚ ㄗㄚˊ 沒有條理；雜亂：這篇文章寫得太拉雜，使人不得要領｜我拉拉雜雜談了這些，請大家指教。
【拉賬】lā//zhàng ㄌㄚ//ㄓㄤˋ 欠債：拉了一屁股賬。

啦 lā ㄌㄚ 見下。
另見679頁 ·la。
【啦呱兒】lā//guǎr ㄌㄚ//ㄍㄨㄚㄦˇ 同'拉呱兒'。
【啦啦隊】lālāduì ㄌㄚ ㄌㄚ ㄉㄨㄟˋ 同'拉拉隊'。

喇 lā ㄌㄚ 見482頁〖呼喇〗、1170頁〖哇喇〗。
另見677頁 lá；678頁 lǎ。

邋 lā ㄌㄚ ［邋遢］(lā·tā ㄌㄚ ·ㄊㄚ) 不整潔；不利落：邋遢鬼｜辦事真邋遢。

lá (ㄌㄚˊ)

旯 lá ㄌㄚˊ 見364頁〖旮旯兒〗(gālár)。

拉(剌) lá ㄌㄚˊ 刀刃與物件接觸，由一端向另一端移動，使物件破裂或斷開；割：把皮子拉開｜手上拉個口子。
另見676頁 lā；678頁 lǎ；678頁 là。'剌'另見678頁 là。

砬(磖) lá ㄌㄚˊ 砬子，多用於地名，如紅石砬(在河北)。
【砬子】lá·zi ㄌㄚˊ ·ㄗ 〈方〉山上聳立的大岩石，多用於地名，如白石砬子(在黑龍江)。

揦 lá ㄌㄚˊ ［揦子］(lá·zi ㄌㄚˊ ·ㄗ)〈方〉玻璃瓶。

喇 lá ㄌㄚˊ 見444頁〖哈喇子〗(hālá·zi)。
另見677頁 lā；678頁 lǎ。

lǎ (ㄌㄚˇ)

拉 lǎ ㄌㄚˇ 見32頁〖半拉〗、486頁〔虎不拉〕。

另見676頁 lā；677頁 lá；678頁 là。

【拉忽】lǎ·hu ㄌㄚˇ·ㄏㄨ 〈方〉馬虎：這人太拉忽，辦事靠不住。

喇 lǎ ㄌㄚˇ 見下。

另見677頁 lā；677頁 lá。

【喇叭】lǎ·ba ㄌㄚˇ·ㄅㄚ ❶管樂器，上細下粗，最下端的口部向四周張開，可以擴大聲音。❷有擴音作用的、喇叭筒狀的東西：汽車喇叭｜無綫電喇叭(揚聲器)。

【喇叭花】lǎ·bahuā ㄌㄚˇ·ㄅㄚ ㄏㄨㄚ 牽牛花的通稱。

【喇嘛】lǎ·ma ㄌㄚˇ·ㄇㄚ 喇嘛教的僧人，原為一種尊稱。〔藏〕

【喇嘛教】Lǎ·majiào ㄌㄚˇ·ㄇㄚ ㄐㄧㄠˋ 在我國西藏、內蒙古等地區流行的一種宗教。公元七世紀佛教傳入西藏以後，攙入了本地固有的宗教成分，為了區別於一般的佛教，稱為喇嘛教。

là (ㄌㄚˋ)

拉1 là ㄌㄚˋ 同'落'(là)。

拉2 là ㄌㄚˋ 〔拉拉蛄〕(lālàgǔ ㄌㄚˋ ㄌㄚˋ ㄍㄨˇ) 同'蝲蝲蛄'。

另見676頁 lā；677頁 lá；678頁 lǎ。

剌 là ㄌㄚˋ 〈書〉乖戾；乖張：乖剌。

另見677頁 lá'拉'。

【剌戾】làlì ㄌㄚˋ ㄌㄧˋ 〈書〉(性情、言語、行為)彆扭，不合情理：秉性剌戾。

落〔落〕 là ㄌㄚˋ ❶遺漏：這裏落了兩個字，應該添上。❷把東西放在一個地方，忘記拿走：我忙着出來，把書落在家裏了。❸因為跟不上而被丟在後面：大家都努力幹，誰也不願意落在後面。

另見693頁 lào；759頁 luō；761頁 luò。

瘌 là ㄌㄚˋ 見下。

【瘌痢】là·lì ㄌㄚˋ·ㄌㄧˋ 〈方〉黃癬。也作鬎鬁。

【瘌痢頭】là·lìtóu ㄌㄚˋ·ㄌㄧˋ ㄊㄡˊ 〈方〉❶長黃癬的腦袋。❷指長黃癬的人。

辣 là ㄌㄚˋ ❶像薑、蒜、辣椒等有刺激性的味道：酸甜苦辣。❷辣味刺激(口、鼻或眼)：辣眼睛｜他吃到一口芥末，辣得直縮脖子。❸狠毒：心狠手辣｜口甜心辣。

【辣乎乎】làhūhū ㄌㄚˋ ㄏㄨ ㄏㄨ (辣乎乎的)形容辣的感覺：芥菜疙瘩辣乎乎的◇他想起自己的錯誤，心裏不由得一陣辣乎乎地發燒。

【辣醬】làjiàng ㄌㄚˋ ㄐㄧㄤˋ 用辣椒、大豆等製成的醬。

【辣椒】làjiāo ㄌㄚˋ ㄐㄧㄠ ❶一年生草本植物，葉子卵狀披針形，花白色。果實大多像毛筆的筆尖，也有燈籠形、心臟形等，青色，成熟後變成紅色，一般都有辣味，供食用。❷這種植物的果實。‖有的地區叫海椒。

【辣手】làshǒu ㄌㄚˋ ㄕㄡˇ ❶毒辣的手段：下辣手。❷〈方〉手段厲害或毒辣。❸棘手；難辦：這件事真辣手。

【辣絲絲】làsīsī ㄌㄚˋ ㄙ ㄙ (辣絲絲兒的)形容有點兒辣。

【辣酥酥】làsūsū ㄌㄚˋ ㄙㄨ ㄙㄨ (辣酥酥的)形容有點兒辣。

【辣子】là·zi ㄌㄚˋ·ㄗ ❶辣椒。❷比喻潑辣、厲害的婦女。

蝲 là ㄌㄚˋ 見下。

【蝲蛄】làgǔ ㄌㄚˋ ㄍㄨˇ 甲殼類動物的一屬，形狀似龍蝦而小，第一對足呈螯狀。生活在淡水中，是肺吸蟲的中間宿主。

【蝲蝲蛄】làlàgǔ ㄌㄚˋ ㄌㄚˋ ㄍㄨˇ 螻蛄的通稱。也作拉拉蛄。

鬎 là ㄌㄚˋ 〔鬎鬁〕(là·li ㄌㄚˋ·ㄌㄧ) 同'瘌痢'。

臘(腊、臈) là ㄌㄚˋ ❶古代在農曆十二月裏合祭眾神叫做臘，因此農曆十二月叫臘月。❷冬天(多在臘月)醃製後風乾或熏乾的(魚、肉、雞、鴨等)：臘肉｜臘魚｜臘味。❸(Là)姓。

'腊'另見1221頁 xī。

【臘八】Làbā ㄌㄚˋ ㄅㄚ (臘八兒)農曆十二月(臘月)初八日。民間在這一天有喝臘八粥的習俗。

【臘八粥】làbāzhōu ㄌㄚˋ ㄅㄚ ㄓㄡ 在臘八這一天，用米、豆等穀物和棗、栗、蓮子等乾果煮成的粥。起源於佛教，傳説釋迦牟尼在這一天成道，因此寺院每逢這一天煮粥供佛，以後民間相沿成俗。

【臘腸】làcháng ㄌㄚˋ ㄔㄤˊ (臘腸兒)熟肉食的一種，豬的瘦肉泥加肥肉丁和澱粉、作料，灌入腸衣，再經煮和烤製成。

【臘梅】làméi ㄌㄚˋ ㄇㄟˊ ❶落葉灌木，葉子對生，卵形，開花以後才長葉子。冬季開花，花瓣外層黃色，內層暗紫色，香味濃。供觀賞。❷這種植物的花。

【臘日】làrì ㄌㄚˋ ㄖˋ 古時歲終祭祀百神的日子，一般指臘八。

【臘味】làwèi ㄌㄚˋ ㄨㄟˋ 臘魚、臘肉、臘腸、臘雞等食品的總稱。

【臘月】làyuè ㄌㄚˋ ㄩㄝˋ 農曆十二月。

鯻(鯻) là ㄌㄚˋ 魚，身體側扁，灰白色，有黑色縱條紋，口小。生活在近海。

蠟（蜡） là ㄌㄚˋ ❶動物、礦物或植物所產生的油質，具有可塑性，能燃燒，易熔化，不溶於水，如蜂蠟、白蠟、石蠟等。用做防水劑，也可做蠟燭。❷蠟燭：點上一支蠟。

'蜡'另見1434頁 zhà。

【蠟白】làbái ㄌㄚˋ ㄅㄞˊ （臉）沒有血色；煞白。

【蠟板】làbǎn ㄌㄚˋ ㄅㄢˇ ❶黏附在蜜蜂腹部腹面成對的蠟質片狀物。❷製白蠟的工具。

【蠟版】làbǎn ㄌㄚˋ ㄅㄢˇ 用蠟紙打字或刻寫成的供油印的底版。

【蠟筆】làbǐ ㄌㄚˋ ㄅㄧˇ 顏料攙在蠟裏製成的筆，畫畫兒用。

【蠟牀】làchuáng ㄌㄚˋ ㄔㄨㄤˊ 製白蠟的工具。

【蠟果】làguǒ ㄌㄚˋ ㄍㄨㄛˇ 一種工藝品，用蠟製成的各種蔬菜、水果。

【蠟花】làhuā ㄌㄚˋ ㄏㄨㄚ （蠟花兒）蠟燭點了一些時候之後燭心結成的像花一樣的東西。

【蠟黃】làhuáng ㄌㄚˋ ㄏㄨㄤˊ 形容顏色黃得像蠟：蠟黃色的琥珀｜病人面色蠟黃。

【蠟淚】làlèi ㄌㄚˋ ㄌㄟˋ 蠟燭燃燒時流下的蠟燭油。

【蠟扦】là qiān ㄌㄚˋ ㄑㄧㄢ （蠟扦兒）上有尖釘下有底座可以插蠟燭的器物。

【蠟染】làrǎn ㄌㄚˋ ㄖㄢˇ 一種染花布的工藝。用熔化的黃蠟在白布上繪製圖案，染色後煮去蠟質，現出白色圖案。

【蠟台】làtái ㄌㄚˋ ㄊㄞˊ 上面有槽用來插蠟燭的器物。

【蠟丸】làwán ㄌㄚˋ ㄨㄢˊ （蠟丸兒）❶用蠟做成的圓形外殼，內裝藥丸，古代也在蠟殼裏面放傳遞的機密文書。❷外面包有蠟皮的丸藥。

【蠟像】làxiàng ㄌㄚˋ ㄒㄧㄤˋ 用蠟做成的人或物的形象。

【蠟紙】làzhǐ ㄌㄚˋ ㄓˇ ❶表面塗蠟的紙，用來包裹東西，可以防潮。❷用蠟浸過的紙，刻寫或打字後用來做油印底版。

【蠟燭】làzhú ㄌㄚˋ ㄓㄨˊ 用蠟或其他油脂製成的供照明用的東西，多為圓柱形。

癩（瘌） là ㄌㄚˋ 同'瘌'。另見681頁 lài。

【癩痢】là·lì ㄌㄚˋ·ㄌㄧˋ 同'瘌痢'。

鑞（鑞、鎝） là ㄌㄚˋ 錫和鉛的合金。通常叫焊錫或錫鑞。

·la （·ㄌㄚ）

啦 ·la ·ㄌㄚ 助詞，'了'(·le)和'啊'(·a)的合音，兼有'了'和'啊'的作用：二組跟咱們挑戰啦！｜他真來啦？

另見677頁 lā。

鞡 ·la ·ㄌㄚ 見1215頁〔靰鞡〕(wù·la)。

lái （ㄌㄞˊ）

來[1]（来） lái ㄌㄞˊ ❶從別的地方到説話人所在的地方（跟'去[1]'⑥相對）：來往｜來賓｜來信｜從縣裏來了幾個同志。❷（問題、事情等）發生；來到：問題來了｜開春以後，農忙來了。❸做某個動作（代替意義更具體的動詞）：胡來｜來一盤棋｜來一場籃球比賽｜你歇歇，讓我來｜何必來這一套？❹跟'得'或'不'連用，表示可能或不可能：他們倆很談得來｜這個歌我唱不來。❺用在另一動詞前面，表示要做某件事：你來唸一遍｜大家來想辦法。❻用在另一動詞或動詞結構後面，表示來做某件事：我們賀喜來了｜他回家探親來了。❼用在動詞結構（或介詞結構）與動詞（或動詞結構）之間，表示前者是方法、方向或態度，後者是目的：他摘了一個荷葉來當雨傘｜你又能用甚麼理由來説服他呢？❽來着：這話我多會兒説來？❾未來的：來年｜來日方長。❿從過去到現在：從來｜向來｜近來｜別來無恙｜二千年來。參看1352頁〖以來〗。⓫用在'十、百、千'等數詞或數量詞後面表示概數：十來天｜五十來歲｜三百來人｜三斤來重｜二里來地。⓬用在'一、二、三'等數詞後面，列舉理由：他這次進城，一來是彙報工作，二來是修理機器，三來是採購圖書。⓭（Lái）姓。

來[2]（来） lái ㄌㄞˊ 詩歌、熟語、叫賣聲裏用做襯字：正月裏來是新春｜不愁吃來不愁穿｜黑白桑葚來大櫻桃。

來（来） ∥·lái ∥·ㄌㄞ ❶用在動詞後，表示動作朝着説話人所在的地方：把鋤頭拿來｜各條戰綫傳來了振奮人心的消息。❷用在動詞後，表示結果或估量；信筆寫來｜一覺醒來｜説來話長｜看來今年超產沒有問題｜想來你是早有準備的了。

【來賓】láibīn ㄌㄞˊ ㄅㄧㄣ 來的客人，特指國家、團体邀請的客人：接待來賓｜各位來賓。

【來不得】lái·bu·de ㄌㄞˊ·ㄅㄨ·ㄉㄜ 不能有；不應有：知識的問題是一個科學問題，來不得半點的虛偽和驕傲。

【來不及】lái·bu jí ㄌㄞˊ·ㄅㄨ ㄐㄧˊ 因時間短促，無法顧到或赶上：還有一個鐘頭就開車，來不及出城看他去了。

【來潮】lái∥cháo ㄌㄞˊ∥ㄔㄠˊ ❶潮水上漲◇心血來潮。❷指女子來月經。

【來得】[1] lái·de ㄌㄞˊ·ㄉㄜ 勝任：粗細活兒她都來得｜他説話有点兒口吃，筆底下倒來得。

【來得】[2] lái·de ㄌㄞˊ·ㄉㄜ （相比之下）顯得：海水比淡水重，因此壓力也來得大｜下棋太沈悶，還是打球來得痛快。

【來得及】lái·de jí ㄌㄞˊ·ㄉㄜ ㄐㄧˊ 還有時間，能

夠顧到或趕上：電影是七点開演，現在剛六點半，你馬上去還來得及。
【來電】lái//diàn ㄌㄞˊ//ㄉㄧㄢˋ ❶打來電報或電話：各界來電祝賀。❷電路斷開後接通，恢復供電：來電了，這下不用摸黑了。
【來電】láidiàn ㄌㄞˊ ㄉㄧㄢˋ 打來的電報：來電收到，貨款不日即可匯出。
【來訪】láifǎng ㄌㄞˊ ㄈㄤˇ 前來訪問：報社熱情接待來訪的讀者。
【來復槍】láifùqiāng ㄌㄞˊ ㄈㄨˋ ㄑㄧㄤ 舊時指膛內刻有來復綫的步槍。
【來復綫】láifùxiàn ㄌㄞˊ ㄈㄨˋ ㄒㄧㄢˋ 膛綫。[來復，英 rifle]
【來稿】lái//gǎo ㄌㄞˊ//ㄍㄠˇ 編輯、出版單位指作者投來稿件：上月共來稿 350 篇。
【來稿】láigǎo ㄌㄞˊ ㄍㄠˇ 編輯、出版單位指作者投來的稿件：編輯部收到很多來稿。
【來歸】láiguī ㄌㄞˊ ㄍㄨㄟ ❶歸順；歸附。❷古代稱女子出嫁(從夫家方面說)。
【來函】láihán ㄌㄞˊ ㄏㄢˊ 〈書〉來信：來函敬悉。
【來鴻】láihóng ㄌㄞˊ ㄏㄨㄥˊ 〈書〉來信：遠方來鴻。
【來回】láihuí ㄌㄞˊ ㄏㄨㄟˊ ❶在一段距離之內去了再回來：從機關到宿舍來回有一里地。❷(來回兒)往返一次：從北京到天津，一天可以打兩個來回兒。❸來來去去不止一次：大家抬着土筐來回跑｜織布機上的梭來回地動。
【來回來去】lái huí lái qù ㄌㄞˊ ㄏㄨㄟˊ ㄌㄞˊ ㄑㄩˋ 指動作或言語來回不斷地重複：他來回來去地走着｜他怕別人不明白，總是來回來去地說。
【來火】lái//huǒ ㄌㄞˊ//ㄏㄨㄛˇ (來火兒)指生氣：他一听這話就來了火。
【來件】láijiàn ㄌㄞˊ ㄐㄧㄢˋ 寄來或送來的文件或物件。
【來勁】lái//jìn ㄌㄞˊ//ㄐㄧㄣˋ ❶(來勁兒)有勁頭兒：他越幹越來勁。❷使人振奮：這樣偉大的工程，可真來勁！
【來客】láikè ㄌㄞˊ ㄎㄜˋ 來訪的客人：歡迎遠方來客。
【來歷】láilì ㄌㄞˊ ㄌㄧˋ 人或事物的歷史或背景：查明來歷｜來歷不明｜提起這面紅旗，可大有來歷。
【來臨】láilín ㄌㄞˊ ㄌㄧㄣˊ 來到；到來：暴風雨即將來臨｜每當春天來臨，這裏就成了花的世界。
【來龍去脈】lái lóng qù mài ㄌㄞˊ ㄌㄨㄥˊ ㄑㄩˋ ㄇㄞˋ 山形地勢像龍一樣連貫着。本是迷信的人講風水的話、後來比喻人、物的來歷或事情的前因後果。
【來路】láilù ㄌㄞˊ ㄌㄨˋ ❶向這裏來的道路：洪水擋住了運輸隊的來路。❷來源：斷了生活來路。
【來路】lái·lu ㄌㄞˊ ·ㄌㄨ 來歷：來路不明的人。
【來路貨】láilùhuò ㄌㄞˊ ㄌㄨˋ ㄏㄨㄛˋ 〈方〉進口貨。
【來年】láinián ㄌㄞˊ ㄋㄧㄢˊ 明年：估計來年的收成會比今年好。
【來去】lái qù ㄌㄞˊ ㄑㄩˋ ❶往返：來去共用了兩天時間。❷到來或離去：來去自由。❸〈方〉交往：兩家互不來去。
【來人】láirén ㄌㄞˊ ㄖㄣˊ 臨時派來取送東西或聯繫事情的人：收條兒請交來人帶回。
【來人兒】láirénr ㄌㄞˊ ㄖㄣˊㄦ 〈方〉舊時稱買賣、租賃、雇用等事的介紹人。
【來日】láirì ㄌㄞˊ ㄖˋ 未來的日子；將來：來日方長。
【來日方長】láirì fāng cháng ㄌㄞˊ ㄖˋ ㄈㄤ ㄔㄤˊ 未來的日子還很長。表示事有可為，或勸人不必急於做某事。
【來生】láishēng ㄌㄞˊ ㄕㄥ 指人死了以後再轉生到世上來的那一輩子(迷信)。
【來世】láishì ㄌㄞˊ ㄕˋ 來生。
【來事】láishì ㄌㄞˊ ㄕˋ ❶〈方〉(來事兒)處事(多指處理人與人之間的關係)：他頭腦靈活，挺會來事的。❷〈方〉行；可以(多用於否定式)：這樣做不來事。❸(書)將來的事情：來事難以預卜。
【來勢】láishì ㄌㄞˊ ㄕˋ 動作或事物到來的氣勢：來勢洶洶｜海潮來勢很猛。
【來書】láishū ㄌㄞˊ ㄕㄨ 〈書〉來信。
【來頭】lái·tou ㄌㄞˊ ·ㄊㄡ ❶(來頭兒)來歷(多指人的資歷或背景：這個人來頭不小。❷來由；原由(多指言語有所為而發)：他這些話是有來頭的，是衝着咱們說的。❸來勢：對方來頭不善，要小心應付。❹(來頭兒)做某種活動的興趣：棋沒有甚麼來頭，不如打球。
【來往】láiwǎng ㄌㄞˊ ㄨㄤˇ 來和去：大街上來往的人很多｜翻修路面，禁止車輛來往｜車站上每天都有不少來來往往的旅客。
【來往】lái·wang ㄌㄞˊ ·ㄨㄤ 交際往來：兩家經常來往。
【來文】láiwén ㄌㄞˊ ㄨㄣˊ 送來或寄來的文件。
【來向】láixiàng ㄌㄞˊ ㄒㄧㄤˋ 來的方向：根據風的來向調整揚場機的位置。
【來項】lái·xiang ㄌㄞˊ ·ㄒㄧㄤ 收入的錢；進項：他家最近增加了來項。
【來信】lái//xìn ㄌㄞˊ//ㄒㄧㄣˋ 寄信來或送信來：到了那裏請來一封信。
【來信】láixìn ㄌㄞˊ ㄒㄧㄣˋ 寄來或送來的信件：人民來信｜來信收到了。
【來意】láiyì ㄌㄞˊ ㄧˋ 到這裏來的意圖：說明來意。
【來由】láiyóu ㄌㄞˊ ㄧㄡˊ 緣故；原因：這些話不是沒有來由的。
【來源】láiyuán ㄌㄞˊ ㄩㄢˊ ❶事物所從來的地方；事物的根源：經濟來源。❷(事物)起源；

發生(後面跟'於')：神話的內容也是來源於生活的。

【來者】láizhě ㄌㄞˊ ㄓㄜˇ ❶將來出現的事或人：來者猶可追。❷到來的人或物：來者不拒。

【來着】lái·zhe ㄌㄞˊ ·ㄓㄜ 助詞，表示曾經發生過甚麼事情：你剛才說甚麼來着？｜他去年冬還回家來着｜你忘記小時候爸爸怎麼教導咱們來着。

萊〔萊〕(莱) lái ㄌㄞˊ ❶〈書〉藜。❷古時指郊外輪休的田地，也指荒地。

【萊菔】láifú ㄌㄞˊ ㄈㄨˊ 蘿蔔。

【萊塞】láisè ㄌㄞˊ ㄙㄜˋ ❶激光。❷激光器。［英laser］

崍(崃) lái ㄌㄞˊ 邛崍(Qiónglái ㄑㄩㄥˊ ㄌㄞˊ)，山名，在四川。

徠(徕、倈) lái ㄌㄞˊ 見1443頁〖招徠〗。另見681頁 lài。

淶(涞) lái ㄌㄞˊ 淶水(Láishuǐ ㄌㄞˊ ㄕㄨㄟˇ)、淶源(Láiyuán ㄌㄞˊ ㄩㄢˊ)，地名，在河北。

棶(梾) lái ㄌㄞˊ ［棶木］(láimù ㄌㄞˊ ㄇㄨˋ)落葉喬木，單葉對生，闊卵形，花黃白色，核果橢圓形，紫色。種子榨的油可以製肥皂和潤滑油。樹皮和葉子可製栲膠或紫色染料。也叫燈台樹。

錸(铼) lái ㄌㄞˊ 金屬元素，符號 Re (rhenium)。銀白色，質硬，機械性能好，電阻高。用來製電極、熱電偶、耐高溫和耐腐蝕的合金，也用作催化劑。

鶆(䳭) lái ㄌㄞˊ ［鶆鷞］(láiǎo ㄌㄞˊ ㄠˇ)美洲鴕。［新拉 Rhea］

lài (ㄌㄞˋ)

徠(徕) lài ㄌㄞˋ 〈書〉慰勞：勞徠(慰勉)。另見681頁 lái。

睞(睐) lài ㄌㄞˋ 〈書〉❶瞳人不正。❷看；向旁邊看：青睞。

賚(赉) lài ㄌㄞˋ 〈書〉賞賜：賞賚。

賴[1](赖) lài ㄌㄞˋ ❶依賴；依靠：仰賴｜完成任務，有賴於大家的努力。❷指無賴：耍賴｜賴皮。❸留在某處不肯走開：孩子看到櫥窗裏的玩具，賴着不肯走。❹不承認自己的錯誤或責任；抵賴：賴債｜賴婚｜事實俱在，賴是賴不掉的。❺硬說別人有錯誤；誣賴：自己做錯了，不能賴別人。❻責怪：大家都有責任，不能賴哪一個人。❼(Lài)姓。

賴[2](赖) lài ㄌㄞˋ 不好；壞：好賴｜今年莊稼長得真不賴｜不論好的賴的我都能吃。

【賴詞兒】làicír ㄌㄞˋ ㄘㄦˊ 〈方〉抵賴或誣賴的話。

【賴婚】lài//hūn ㄌㄞˋ // ㄏㄨㄣ 訂婚後反悔不履行婚約。

【賴皮】làipí ㄌㄞˋ ㄆㄧˊ ❶無賴的作風和行為：耍賴皮。❷耍無賴：別在這兒賴皮了，快走吧！

【賴學】lài//xué ㄌㄞˋ // ㄒㄩㄝˊ 〈方〉逃學。

【賴賬】lài//zhàng ㄌㄞˋ // ㄓㄤˋ 欠賬不還，反而抵賴(不承認欠賬或說已還清等)◇你說的話要算話，不能賴賬。

【賴子】lài·zi ㄌㄞˋ ·ㄗ 耍無賴的人。

瀨(濑) lài ㄌㄞˋ 〈書〉湍急的水。

癩(癞) lài ㄌㄞˋ ❶麻風。❷〈方〉黃癬。另見679頁 là。

【癩瓜】làiguā ㄌㄞˋ ㄍㄨㄚ 〈方〉苦瓜。

【癩蛤蟆】làihá·ma ㄌㄞˋ ㄏㄚˊ ·ㄇㄚ 蟾蜍的通稱。

【癩皮狗】làipígǒu ㄌㄞˋ ㄆㄧˊ ㄍㄡˇ 比喻卑鄙無恥的人。

【癩子】lài·zi ㄌㄞˋ ·ㄗ ❶黃癬：長了一頭癩子。❷頭上長黃癬的人。

籟(籁) lài ㄌㄞˋ ❶古代的一種簫。❷從孔穴裏發出的聲音，泛指聲音：萬籟俱寂。

·lai (·ㄌㄞ)

唻(唻) ·lai ·ㄌㄞ 〈方〉助詞。❶用在疑問句(特指問、正反問)的末尾，相當於'呢'：你們敲鑼打鼓的幹甚麼唻？｜人唻？怎麼找不到了？｜你們都有了，我唻？❷相當於'啦'：解放前放牛娃可苦唻。❸相當於'來着'：娘是怎麼囑咐你唻，怎麼都忘了？

lán (ㄌㄢˊ)

婪 lán ㄌㄢˊ 見1108頁〖貪婪〗。

嵐(岚) lán ㄌㄢˊ 山裏的霧氣：山嵐｜曉嵐。

【嵐烟】lányān ㄌㄢˊ ㄧㄢ 山間霧氣。

藍〔藍〕(蓝) lán ㄌㄢˊ ❶像晴天天空的顏色：蔚藍。❷蓼藍。❸(Lán)姓。

【藍寶石】lánbǎoshí ㄌㄢˊ ㄅㄠˇ ㄕˊ 藍色透明的剛玉，硬度大，用來做首飾和精密儀器的軸承等。參看375頁〖剛玉〗。

【藍本】lánběn ㄌㄢˊ ㄅㄣˇ 著作所根據的底本。

【藍點鮁】lándiǎnbà ㄌㄢˊ ㄉㄧㄢˇ ㄅㄚˋ 鮁魚。

【藍點頦】lándiǎnké ㄌㄢˊ ㄉㄧㄢˇ ㄎㄜˊ 鳥，身體大小和麻雀相似，羽毛褐色。雄的喉部天藍色，叫的聲音很好聽。通稱藍靛頦兒。

【藍靛】lándiàn ㄌㄢˊ ㄉㄧㄢˋ 靛藍的通稱。

【藍晶晶】lánjīngjīng ㄌㄢˊ ㄐㄧㄥ ㄐㄧㄥ (藍晶晶的)藍而發亮，多用來形容水、寶石等。

【藍領】lánlǐng ㄌㄢˊ ㄌㄧㄥˇ 某些國家或地區指從事體力勞動的工人，他們勞動時一般穿藍色工作服。

【藍縷】lánlǚ ㄌㄢˊ ㄌㄩˇ 同'襤褸'(lánlǚ)。

【藍皮書】lánpíshū ㄌㄢˊ ㄆㄧˊ ㄕㄨ 見22頁〖白皮書〗。

【藍青官話】lánqīng-guānhuà ㄌㄢˊ ㄑㄧㄥ ㄍㄨㄢ ㄏㄨㄚˋ 方言地區的人說的普通話，夾雜着方音，舊時稱為藍青官話(藍青：比喻不純粹)。

【藍田猿人】Lántián yuánrén ㄌㄢˊ ㄊㄧㄢˊ ㄩㄢˊ ㄖㄣˊ 中國猿人的一種，大約生活在六十多萬年以前，化石在1963年發現於陝西藍田。也叫藍田人。

【藍圖】lántú ㄌㄢˊ ㄊㄨˊ ❶用感光後變成藍色(或其他顏色)的感光紙製成的圖紙。❷比喻建設計劃：國家建設的藍圖。

【藍盈盈】lányīngyīng ㄌㄢˊ ㄧㄥ ㄧㄥ 〈方〉(藍盈盈的)形容藍得發亮：藍盈盈的天空。也作藍瑩瑩。

闌[1] (阑) lán ㄌㄢˊ ❶同'欄'①。❷同'攔'。

闌[2] (阑) lán ㄌㄢˊ 〈書〉❶將盡：歲闌｜夜闌人靜。❷擅自(出入)：闌出｜闌入。

【闌干】lángān ㄌㄢˊ ㄍㄢ ❶〈書〉縱橫交錯；參差錯落：星斗闌干。❷同'欄杆'。

【闌入】lánrù ㄌㄢˊ ㄖㄨˋ 〈書〉❶擅自進入不應進去的地方。❷攙雜進去。

【闌珊】lánshān ㄌㄢˊ ㄕㄢ 〈書〉將盡；衰落：春意闌珊｜意興闌珊。

【闌尾】lánwěi ㄌㄢˊ ㄨㄟˇ 盲腸下端蚯蚓狀的突起，一般長約7－9厘米。人的闌尾在消化過程中沒有作用。管腔狹窄，囊狀，病菌容易繁殖而引起發炎。(圖見1252頁〖消化系統〗)

【闌尾炎】lánwěiyán ㄌㄢˊ ㄨㄟˇ ㄧㄢˊ 病，多由於病菌、寄生蟲或其他異物侵入闌尾引起。主要症狀是右下腹疼痛、噁心、嘔吐等。俗稱盲腸炎。

襤 (褴) lán ㄌㄢˊ ［襤褸］(lánlǚ ㄌㄢˊ ㄌㄩˇ)(衣服)破爛：衣衫襤褸。也作藍縷。

攔 (拦) lán ㄌㄢˊ ❶不讓通過；阻擋：前面有一道河攔住了去路｜你願意去就去吧，家裏決不攔你｜他剛要說話，被他哥哥攔回去了。❷當；正對着(某個部位)：攔頭一棍｜攔腰斬斷。

【攔擋】lándǎng ㄌㄢˊ ㄉㄤˇ 不使通過；使中途停止：路上有障礙物攔擋，車輛過不去。

【攔道木】lándàomù ㄌㄢˊ ㄉㄠˋ ㄇㄨˋ 攔擋行人、車輛等的橫杆或橫木，多設在與鐵路交叉的公路口。

【攔櫃】lánguì ㄌㄢˊ ㄍㄨㄟˋ 櫃枱。也作欄櫃。

【攔河壩】lánhébà ㄌㄢˊ ㄏㄜˊ ㄅㄚˋ 攔截河水的建築物，多築在河身狹窄、地基堅實的地方。

【攔洪壩】lánhóngbà ㄌㄢˊ ㄏㄨㄥˊ ㄅㄚˋ 攔截洪水的建築物。

【攔擊】lánjī ㄌㄢˊ ㄐㄧ 攔住並襲擊：攔擊敵人。

【攔劫】lánjié ㄌㄢˊ ㄐㄧㄝˊ 攔住並搶劫：攔劫商船｜半路遭遇匪徒攔劫。

【攔截】lánjié ㄌㄢˊ ㄐㄧㄝˊ 中途阻擋，不讓通過：攔截洪水｜攔截歹徒。

【攔路】lán∥lù ㄌㄢˊ∥ㄌㄨˋ 攔住去路：攔路搶劫。

【攔路虎】lánlùhǔ ㄌㄢˊ ㄌㄨˋ ㄏㄨˇ 過去指攔路打劫的匪徒，現在指前進道路上的障礙和困難。

【攔網】lánwǎng ㄌㄢˊ ㄨㄤˇ 排球隊員攔阻球網上方對方打過來的球。

【攔蓄】lánxù ㄌㄢˊ ㄒㄩˋ 修築堤壩把水流攔住並蓄積起來：攔蓄山洪。

【攔腰】lányāo ㄌㄢˊ ㄧㄠ 從半中腰(截住、切斷等)：攔腰抱住｜大壩把黃河攔腰截斷。

【攔阻】lánzǔ ㄌㄢˊ ㄗㄨˇ 阻擋。

蘭〔蘭〕(兰) lán ㄌㄢˊ ❶蘭花。❷蘭草。❸古書上指木蘭：蘭槳。❹(Lán)姓。

【蘭草】láncǎo ㄌㄢˊ ㄘㄠˇ ❶佩蘭。❷蘭花的俗稱。

【蘭花】lánhuā ㄌㄢˊ ㄏㄨㄚ ❶多年生草本植物，葉子叢生，條形，先端尖，春季開花，淡綠色，味芳香，供觀賞。花可製香料。也叫春蘭。❷建蘭。‖俗稱蘭草。

【蘭花指】lánhuāzhǐ ㄌㄢˊ ㄏㄨㄚ ㄓˇ 拇指和中指相對拳曲、其餘三個手指翹起的姿勢。也叫蘭花手。

【蘭譜】lánpǔ ㄌㄢˊ ㄆㄨˇ 結拜盟兄弟時互相交換的帖子，上面寫着自己家族的譜系(蘭味香，比喻情投意合，《易經·繫辭》：同心之言，其臭如蘭)。

【蘭若】lánrě ㄌㄢˊ ㄖㄜˇ 寺廟。［梵Āranyakah阿蘭若：樹林，寂靜處］

【蘭章】lánzhāng ㄌㄢˊ ㄓㄤ 〈書〉美好的文辭(多用於稱頌)。

籃 (篮) lán ㄌㄢˊ (籃兒) ❶籃子：竹籃｜網籃｜花籃兒。❷裝置在籃球架子上為投球用的鐵圈和網子：投籃兒。❸指籃球：男籃｜女籃。

【籃球】lán qiú ㄌㄢˊ ㄑㄧㄡˊ ❶球類運動項目之一，把球投入對方防守的球架鐵圈中算得分，得分多的獲勝。❷籃球運動使用的球，用牛皮做殼，橡膠做膽，也有全用橡膠製成的。

【籃壇】lántán ㄌㄢˊ ㄊㄢˊ 指籃球界：這是一支世界籃壇勁旅。

【籃子】lán·zi ㄌㄢˊ ·ㄗ 用藤、竹、柳條、塑料等編成的容器，上面有提樑：菜籃子｜草籃子。

瀾（澜） lán ㄌㄢˊ 大波浪；波浪：波瀾｜微瀾｜力挽狂瀾｜推波助瀾。

欄（栏） lán ㄌㄢˊ ❶欄杆：石欄｜橋欄｜憑欄遠望。❷養家畜的圈：牛欄｜用乾土墊欄。❸報刊書籍在每版或每頁上用綫條或空白隔開的部分，有時也指性質相同的一整頁或若干頁：左欄｜專欄｜廣告欄｜書評欄。❹表格中區分項目的大格兒：備註欄｜這一欄的數字還沒有核對。❺專供張貼佈告、報紙等的裝置：佈告欄｜宣傳欄。

【欄杆】lángān ㄌㄢˊ ㄍㄢ 橋兩側或涼台、看台等邊上起攔擋作用的東西：橋欄杆｜石欄杆。也作闌干。

【欄櫃】lánguì ㄌㄢˊ ㄍㄨㄟˋ 同'攔櫃'。

【欄目】lánmù ㄌㄢˊ ㄇㄨˋ 報紙、雜誌等版面上按內容性質分成的標有名稱的部分：小說欄目｜每逢寒暑假，報紙增設《假期生活》欄目。

斕（斓） lán ㄌㄢˊ 見29頁〖斑斕〗。

襴（襕、幱） lán ㄌㄢˊ 古時上下衣相連的服裝。

籣（籣、韊） lán ㄌㄢˊ 古時盛弩矢的器具。

讕（谰） lán ㄌㄢˊ 〈書〉❶誣賴。❷抵賴。

【讕言】lányán ㄌㄢˊ ㄧㄢˊ 誣賴的話；沒有根據的話：無恥讕言。

鑭（镧） lán ㄌㄢˊ 金屬元素，符號La (lanthanum)。是一種稀土金屬。銀白色，質軟，在空氣中容易氧化。用於製備釤、銪和鐿，鑭的化合物用來製光學玻璃等。

lǎn (ㄌㄢˇ)

罱 lǎn ㄌㄢˇ ❶捕魚或撈水草、河泥的工具，在兩根平行的短竹竿上張一個網，再裝兩根交叉的長竹柄做成，兩手握住竹柄使網開合。❷用罱撈：罱河泥｜罱泥船。

漤（灠） lǎn ㄌㄢˇ ❶用鹽或其他調味品拌(生的魚、肉、蔬菜)。❷(柿子)放在熱水或石灰水裏泡，除去澀味：漤柿子。

壈〔壈〕 lǎn ㄌㄢˇ 見641頁〖坎壈〗(kǎnlǎn)。

懶（懒） lǎn ㄌㄢˇ ❶懶惰(跟'勤'相對)：腿懶｜好吃懶做◇人勤地不懶。❷疲倦；沒力氣：身子發懶，大概是感冒了。

【懶蟲】lǎnchóng ㄌㄢˇ ㄔㄨㄥˊ 懶惰的人(罵人或含詼諧意味的話)。

【懶怠】lǎn·dai ㄌㄢˇ ·ㄉㄞ ❶懶惰。❷沒興趣；不願意(做某件事)：身體不好，話也懶怠說了。

【懶得】lǎn·de ㄌㄢˇ ·ㄉㄜ 厭煩；不願意(做某件事)：天太熱，我懶得上街。

【懶惰】lǎnduò ㄌㄢˇ ㄉㄨㄛˋ 不愛勞動和工作；不勤快：這人太懶惰了，在家裏甚麼事都不願意幹。

【懶骨頭】lǎngǔ·tou ㄌㄢˇ ㄍㄨˇ ·ㄊㄡ 懶惰的人(罵人的話)。

【懶漢】lǎnhàn ㄌㄢˇ ㄏㄢˋ 懶惰的人。

【懶漢鞋】lǎnhànxié ㄌㄢˇ ㄏㄢˋ ㄒㄧㄝˊ 鞋口有鬆緊帶，便於穿、脫的布鞋。也叫懶鞋。

【懶猴】lǎnhóu ㄌㄢˇ ㄏㄡˊ 猴的一種，比家貓略小，頭圓，耳小，眼大而圓，四肢粗短，白天在樹上睡覺，夜間活動。

【懶散】lǎnsǎn ㄌㄢˇ ㄙㄢˇ 形容人精神鬆懈，行動散漫；不振作：他平時懶散慣了，受不了這種約束。

【懶洋洋】lǎnyāngyāng ㄌㄢˇ ㄧㄤ ㄧㄤ (懶洋洋的)沒精打采的樣子。

覽（览） lǎn ㄌㄢˇ 看：遊覽｜展覽｜瀏覽｜閱覽｜一覽無餘。

【覽勝】lǎnshèng ㄌㄢˇ ㄕㄥˋ 〈書〉觀賞勝景或遊覽勝地：到黃山覽勝。

攬（揽） lǎn ㄌㄢˇ ❶用胳膊圍住別人，使靠近自己：母親把孩子攬在懷裏。❷用繩子等把鬆散的東西聚攏到一起，使不散開：把車上的柴火攬上點。❸拉到自己這方面或自己身上來：包攬｜攬買賣｜他把責任都攬到自己身上了。❹把持：獨攬大權。

【攬承】lǎnchéng ㄌㄢˇ ㄔㄥˊ 應承；承攬。

【攬工】lǎngōng ㄌㄢˇ ㄍㄨㄥ 〈方〉指做長工。

【攬活】lǎn//huó ㄌㄢˇ // ㄏㄨㄛˊ (攬活兒)承攬活計：他在外面攬了許多活兒。

【攬總】lǎnzǒng ㄌㄢˇ ㄗㄨㄥˇ (攬總兒)全面掌握(工作)；總攬。

欖（榄） lǎn ㄌㄢˇ 指橄欖樹的果實。

纜（缆） lǎn ㄌㄢˇ ❶拴船用的鐵索或許多股擰成的粗繩：解纜(開船)。❷許多股擰成的像纜的東西：鋼纜｜電纜。❸用繩索拴(船)：纜舟｜把船纜住。

【纜車】lǎnchē ㄌㄢˇ ㄔㄜ ❶在斜坡上沿軌道上下行駛的運輸設備。用纜繩把車廂繫在電動機帶動的絞車上，轉動絞車，纜車行駛。❷指索道上用來運輸的設備。

【纜繩】lǎnshéng ㄌㄢˇ ㄕㄥˊ 許多股棕、麻、金屬絲等擰成的粗繩。

【纜索】lǎnsuǒ ㄌㄢˇ ㄙㄨㄛˇ 纜繩。

làn (ㄌㄢˋ)

濫（滥） làn ㄌㄢˋ ❶氾濫。❷過度；沒有限制：寧缺毋濫｜濫用職權。

【濫調】làndiào ㄌㄢˋ ㄉㄧㄠˋ (濫調兒)叫人膩煩的、不切實際的言詞或論調：陳詞濫調。

【濫觴】lànshāng ㄌㄢˋ ㄕㄤ 〈書〉江河發源的地方，水少只能浮起酒杯。今指事物的起源。

【濫套子】làntào·zi ㄌㄢˋ ㄊㄠˋ ·ㄗ 文章中浮泛不切實際的套語或格式。

【濫用】lànyòng ㄌㄢˋ ㄩㄥˋ 胡亂地或過度地使用：行文濫用方言｜濫用職權。

【濫竽充數】làn yú chōng shù ㄌㄢˋ ㄩˊ ㄔㄨㄥ ㄕㄨˋ 齊宣王用三百人吹竽，南郭先生不會吹，混在中間充數(見於《韓非子·內儲説上》)。比喻沒有真正的才幹，而混在行家裏面充數，或拿不好的東西混在好的裏面充數。

爛(烂) làn ㄌㄢˋ ❶某些固體物質組織破壞或水分增加後鬆軟：爛泥｜牛肉煮得很爛。❷腐爛：爛梨可以做酒｜櫻桃和葡萄容易爛。❸破碎；破爛：爛紙｜破銅爛鐵｜衣服穿爛了。❹頭緒亂：爛賬｜爛攤子。❺表示程度極深：爛醉｜爛熟。

【爛糊】làn·hu ㄌㄢˋ ·ㄏㄨ 很爛(多指食物)：老年人吃爛糊的好。

【爛漫】lànmàn ㄌㄢˋ ㄇㄢˋ ❶顏色鮮明而美麗：山花爛漫。❷坦率自然，毫不做作：天真爛漫。‖也作爛熳、爛縵。

【爛熳】lànmàn ㄌㄢˋ ㄇㄢˋ 同'爛漫'。

【爛泥】lànní ㄌㄢˋ ㄋㄧˊ 稀爛的泥：爛泥坑｜一攤爛泥。

【爛熟】lànshú ㄌㄢˋ ㄕㄨˊ ❶肉、菜等煮得十分熟。❷十分熟悉；十分熟練：台詞背得爛熟。

【爛攤子】làntān·zi ㄌㄢˋ ㄊㄢ ·ㄗ 比喻不易收拾的局面或混亂難於整頓的單位。

【爛污】lànwū ㄌㄢˋ ㄨ 〈方〉❶稀屎。❷指行為放蕩不端(多指女人)：爛污貨。

【爛賬】lànzhàng ㄌㄢˋ ㄓㄤˋ ❶頭緒混亂沒法弄清楚的賬目。❷指拖得很久、收不回來的賬。

【爛醉】lànzuì ㄌㄢˋ ㄗㄨㄟˋ 大醉：爛醉如泥。

lāng (ㄌㄤ)

啷 lāng ㄌㄤ ［啷當］(lāngdāng ㄌㄤ ㄉㄤ)〈方〉❶左右；上下(用於表示年齡)：他才二十啷當歲，正是年輕力壯的時候。❷(啷當兒的)列舉後煞尾：他穿得挺講究，洋服、大氅、皮鞋啷當的樣樣全新。

láng (ㄌㄤˊ)

郎 láng ㄌㄤˊ ❶古代官名：侍郎｜員外郎。❷對某種人的稱呼：貨郎｜放牛郎｜女郎。❸女子稱丈夫或情人：郎君｜情郎。❹舊時稱別人的兒子：大郎｜令郎。❺(Láng)姓。

另見685頁làng。

【郎才女貌】láng cái nǚ mào ㄌㄤˊ ㄘㄞˊ ㄋㄩˇ ㄇㄠˋ 男的才華出眾，女的姿容出色。形容男女雙方非常相配。

【郎當】[1] lángdāng ㄌㄤˊ ㄉㄤ 同'鋃鐺'(lángdāng)。

【郎當】[2] lángdāng ㄌㄤˊ ㄉㄤ ❶(衣服)不合身；不整齊：衣褲郎當。❷頹唐的樣子：看他走起路來郎郎當當的。❸形容不成器。

【郎舅】lángjiù ㄌㄤˊ ㄐㄧㄡˋ 男子和他妻子的弟兄的合稱。

【郎貓】lángmāo ㄌㄤˊ ㄇㄠ 雄貓。

【郎中】lángzhōng ㄌㄤˊ ㄓㄨㄥ ❶古代一種官職。❷〈方〉中醫醫生。

狼 láng ㄌㄤˊ 哺乳動物，形狀和狗相似，面部長，耳朵直立，毛黃色或灰褐色，尾巴向下垂。晝伏夜出，性殘忍而貪婪，吃兔、鹿等，也傷害人畜，對畜牧業有害。毛皮可以製衣褥等。

【狼狽】lángbèi ㄌㄤˊ ㄅㄟˋ 傳説狽是一種獸，前腿特別短，走路時要趴在狼身上，沒有狼，它就不能行動，所以用'狼狽'形容困苦或受窘的樣子：十分狼狽｜今天外出遇到大雨，弄得狼狽不堪。

【狼狽為奸】lángbèi wéi jiān ㄌㄤˊ ㄅㄟˋ ㄨㄟˊ ㄐㄧㄢ 互相勾結做壞事。

【狼奔豕突】láng bēn shǐ tū ㄌㄤˊ ㄅㄣ ㄕˇ ㄊㄨ 狼和豬東奔西跑。比喻成群的壞人亂竄亂撞。

【狼瘡】lángchuāng ㄌㄤˊ ㄔㄨㄤ 皮膚病，病原體是結核桿菌，多發生在面部，症狀是皮膚出現暗紅色的結節，逐漸增大，形成潰瘍，結黃褐色痂，常形成瘢痕。

【狼狗】lánggǒu ㄌㄤˊ ㄍㄡˇ 狗的一個品種，形狀像狼，性兇猛，嗅覺敏鋭。多飼養來幫助打獵或牧羊。

【狼毫】lángháo ㄌㄤˊ ㄏㄠˊ 用黃鼠狼的毛做成的毛筆：小楷狼毫。

【狼藉】lángjí ㄌㄤˊ ㄐㄧˊ 〈書〉亂七八糟；雜亂不堪：聲名狼藉(形容人的名譽極壞)｜杯盤狼藉。也作狼籍。

【狼頭】láng·tou ㄌㄤˊ ·ㄊㄡ 同'榔頭'。

【狼吞虎嚥】láng tūn hǔ yàn ㄌㄤˊ ㄊㄨㄣ ㄏㄨˇ ㄧㄢˋ 形容吃東西又猛又急。

【狼心狗肺】láng xīn gǒu fèi ㄌㄤˊ ㄒㄧㄣ ㄍㄡˇ ㄈㄟˋ 比喻心腸狠毒或忘恩負義。

【狼烟】lángyān ㄌㄤˊ ㄧㄢ 古代邊防報警時燒狼糞升起的烟，借指戰火：狼烟滾滾｜狼烟四起。

【狼烟四起】lángyān sì qǐ ㄌㄤˊ ㄧㄢ ㄙˋ ㄑㄧˇ 四處有報警的烽火，指邊疆不平靖。

【狼主】lángzhǔ ㄌㄤˊ ㄓㄨˇ 舊小説、戲曲中稱北方民族的君主。

【狼子野心】láng zǐ yě xīn ㄌㄤˊ ㄗˇ ㄧㄝˇ ㄒㄧㄣ 比喻兇暴的人用心狠毒。

琅(瑯) láng ㄌㄤˊ 〈書〉❶一種玉石。❷潔白。

【琅玕】lánggān ㄌㄤˊ ㄍㄢ 〈書〉像珠子的美石。
【琅嬛】lánghuán ㄌㄤˊ ㄏㄨㄢˊ 〈書〉神話中天帝藏書的地方。也作嫏嬛。
【琅琅】lángláng ㄌㄤˊ ㄌㄤˊ 象聲詞，金石相擊的聲音、響亮的讀書聲音等。

桹 láng ㄌㄤˊ ［桹桹］〈書〉象聲詞，木頭相撞擊的聲音。

硠 láng ㄌㄤˊ 〈書〉水石撞擊聲。

稂 láng ㄌㄤˊ 古書上指狼尾草。

【稂莠】lángyǒu ㄌㄤˊ ㄧㄡˇ 稂和莠，都是形狀像禾苗而妨害禾苗生長的雜草。比喻壞人。

廊 láng ㄌㄤˊ 廊子：走廊｜長廊｜前廊後廈。

【廊廟】lángmiào ㄌㄤˊ ㄇㄧㄠˋ 〈書〉指朝廷。
【廊檐】lángyán ㄌㄤˊ ㄧㄢˊ 廊頂突出在柱子外邊的部分。
【廊子】láng·zi ㄌㄤˊ ·ㄗ 屋檐下的過道或獨立的有頂的過道。

嫏 láng ㄌㄤˊ ［嫏嬛］(lánghuán ㄌㄤˊ ㄏㄨㄢˊ)同'琅嬛'。

榔 láng ㄌㄤˊ 見下。

【榔槺】láng·kāng ㄌㄤˊ ·ㄎㄤ 器物長大，笨重，用起來不方便。
【榔頭】láng·tou ㄌㄤˊ ·ㄊㄡ 錘子(多指比較大的)。也作狼頭、鎯頭。

螂（蜋） láng ㄌㄤˊ 見1115頁〘螳螂〙(tángláng)、922頁［蜣螂］(qiāngláng)、1441頁［蟑螂］(zhāngláng)、388頁〘蛇螂〙(gèláng)。

鋃（锒） láng ㄌㄤˊ ［鋃鐺］(lángdāng ㄌㄤˊ ㄉㄤ)❶〈書〉鐵鎖鏈：鋃鐺入獄(被鐵鎖鏈鎖着進監獄)。❷形容金屬撞擊的聲音：鐵索鋃鐺。‖也作郎當。

閬（阆） láng ㄌㄤˊ 見643頁［閌閬］(kāngláng)。
另見686頁 làng。

鎯（鎯） láng ㄌㄤˊ ［鎯頭］(láng·tou ㄌㄤˊ ·ㄊㄡ)同'榔頭'。

lǎng (ㄌㄤˇ)

朗 lǎng ㄌㄤˇ ❶光綫充足；明亮：明朗｜晴朗｜開朗｜天朗氣清。❷聲音清晰響亮：朗誦｜朗讀。

【朗讀】lǎngdú ㄌㄤˇ ㄉㄨˊ 清晰響亮地把文章唸出來：朗讀課文。
【朗朗】lǎnglǎng ㄌㄤˇ ㄌㄤˇ ❶象聲詞，形容清晰響亮的聲音：書聲朗朗｜笑語朗朗。❷形容明亮：朗朗星光｜朗朗乾坤。
【朗生】lǎngshēng ㄌㄤˇ ㄕㄥ 囊生。
【朗聲】lǎngshēng ㄌㄤˇ ㄕㄥ 高聲；大聲：朗聲大笑。
【朗誦】lǎngsòng ㄌㄤˇ ㄙㄨㄥˋ 大聲誦讀詩或散文，把作品的感情表達出來：詩歌朗誦會。

烺 lǎng ㄌㄤˇ 〈書〉明朗。多用於人名。

塱（塱） lǎng ㄌㄤˇ 元塱(Yuánlǎng ㄩㄢˊ ㄌㄤˇ)，地名，在香港。今作元朗。

㮾 lǎng ㄌㄤˇ 㮾梨(Lǎnglí ㄌㄤˇ ㄌㄧˊ)，地名，在湖南。

làng (ㄌㄤˋ)

郎 làng ㄌㄤˋ 見1044頁〘屎殼郎〙。
另見684頁 láng。

埌 làng ㄌㄤˋ 見669頁〘壙埌〙(kuànglàng)。

莨〔莨〕 làng ㄌㄤˋ ［莨菪］(làngdàng ㄌㄤˋ ㄉㄤˋ)多年生草本植物，根莖塊狀，灰黑色，葉子互生，長橢圓形，花紫黃色，結蒴果。有毒。種子和根、莖、葉都入藥。
另見717頁 liáng。

崀 làng ㄌㄤˋ 崀山(Làngshān ㄌㄤˋ ㄕㄢ)，地名，在湖南。

浪 làng ㄌㄤˋ ❶波浪：風平浪靜｜乘風破浪｜白浪滔天。❷像波浪起伏的東西：麥浪｜聲浪。❸沒有約束；放縱：放浪｜浪費。❹〈方〉逛。

【浪潮】làngcháo ㄌㄤˋ ㄔㄠˊ 比喻大規模的社會運動或聲勢浩大的群眾性行動：改革的浪潮。
【浪船】làngchuán ㄌㄤˋ ㄔㄨㄢˊ 兒童體育活動器械，用木製的船挂在架下，坐在上面，可以來回搖盪。
【浪蕩】làngdàng ㄌㄤˋ ㄉㄤˋ ❶到處遊逛，不務正業；遊蕩：終日浪蕩。❷行為不檢點；放蕩：浪蕩公子。
【浪費】làngfèi ㄌㄤˋ ㄈㄟˋ 對人力、財物、時間等用得不當或沒有節制：反對浪費，提倡節約。
【浪花】lànghuā ㄌㄤˋ ㄏㄨㄚ ❶波浪激起的四濺的水。❷比喻生活中的特殊片段或現象：生活的浪花。
【浪迹】làngjì ㄌㄤˋ ㄐㄧˋ 到處漂泊，沒有固定的住處：浪迹江湖｜浪迹天涯。
【浪漫】làngmàn ㄌㄤˋ ㄇㄢˋ ❶富有詩意，充滿幻想：富有浪漫色彩。❷行為放蕩，不拘小節(常指男女關係而言)。［英 romantic］
【浪漫主義】làngmàn zhǔyì ㄌㄤˋ ㄇㄢˋ ㄓㄨˇ ㄧˋ 文學藝術上的一種創作方法，運用豐富的想像和誇張的手法，塑造人物形象，反映現實生活。浪漫主義有幾種類型，如消極的浪漫主義和積極的浪漫主義。前者粉飾現實或留戀過去；後者能突破現狀，預示事物發展的方向。
【浪木】làngmù ㄌㄤˋ ㄇㄨˋ 體育運動器械。用一根長木頭挂在架下，人在上面用力使木頭搖盪，順勢來回做各種動作。也叫浪橋。
【浪橋】làng qiáo ㄌㄤˋ ㄑㄧㄠˊ 浪木。
【浪濤】làngtāo ㄌㄤˋ ㄊㄠ 波濤：浪濤滾滾。
【浪頭】làng·tou ㄌㄤˋ ·ㄊㄡ ❶涌起的波浪：風大，浪頭高。❷比喻潮流：趕浪頭。
【浪遊】làngyóu ㄌㄤˋ ㄧㄡˊ 漫無目標地到處遊逛：浪遊四方。
【浪子】làngzǐ ㄌㄤˋ ㄗˇ 遊盪不務正業的青年人；二流子：浪子回頭。
【浪子回頭金不換】làngzǐ huítóu jīn bù huàn ㄌㄤˋ ㄗˇ ㄏㄨㄟˊ ㄊㄡˊ ㄐㄧㄣ ㄅㄨˋ ㄏㄨㄢˋ 指做了壞事的人改過自新後極為可貴。

眼 làng ㄌㄤˋ 〈方〉晾①②。

莨〔莨〕 làng ㄌㄤˋ 寧莨(Nínglàng ㄋㄧㄥˊ ㄌㄤˋ)，彝族自治縣，在雲南。

閬(阆) làng ㄌㄤˋ 閬中(Làngzhōng ㄌㄤˋ ㄓㄨㄥ)，地名，在四川。
另見685頁 láng。
【閬苑】làngyuàn ㄌㄤˋ ㄩㄢˋ 〈書〉傳說中神仙居住的地方，詩文中常用來指宮苑。

lāo (ㄌㄠ)

撈(捞) lāo ㄌㄠ ❶從水或其他液體裏取東西：打撈｜撈飯｜撈魚。❷用不正當的手段取得：趁機撈一把。❸〈方〉順手拉或拿。
【撈本】lāo∥běn ㄌㄠ∥ㄅㄣˇ (撈本兒)賭博時贏回輸掉的本錢，泛指採取辦法把損失了的補償上(多含貶義)。
【撈稻草】lāo dàocǎo ㄌㄠ ㄉㄠˋ ㄘㄠˇ 快要淹死的人，抓住一根稻草，想藉此活命。比喻在絕境中作徒勞無益的掙扎。
【撈摸】lāo·mo ㄌㄠ ·ㄇㄛ 在水裏尋找，借指攫取非分利益。
【撈取】lāoqǔ ㄌㄠ ㄑㄩˇ ❶從水裏取東西：塘裏的魚可以隨時撈取。❷用不正當的手段取得：撈取暴利。
【撈着】lāo∥zháo ㄌㄠ∥ㄓㄠˊ 得到機會(做某事)：那天的聯歡會，我沒撈着參加。

láo (ㄌㄠˊ)

牢 láo ㄌㄠˊ ❶養牲畜的圈：亡羊補牢。❷古代祭祀用的牲畜；犧牲①：太牢(原指牛、羊、豬三牲，後也專指祭祀用的牛)。❸監獄：監牢｜坐牢。❹牢固；經久：牢不可破｜把車牀固定牢｜多溫習幾遍，就能記得更牢。
【牢不可破】láo bù kě pò ㄌㄠˊ ㄅㄨˋ ㄎㄜˇ ㄆㄛˋ 堅固得不可摧毀(多用於抽象事物)：我們的友誼是牢不可破的。
【牢房】láofáng ㄌㄠˊ ㄈㄤˊ 監獄裏監禁犯人的房間。
【牢固】láogù ㄌㄠˊ ㄍㄨˋ 結實；堅固：基礎牢固｜牢固的大壩擋住了洪水。
【牢記】láojì ㄌㄠˊ ㄐㄧˋ 牢牢地記住：牢記在心｜牢記老師的教導。
【牢靠】láo·kao ㄌㄠˊ ·ㄎㄠ ❶堅固；穩固：這套傢具做得挺牢靠。❷穩妥可靠：辦事牢靠。
【牢籠】láolóng ㄌㄠˊ ㄌㄨㄥˊ ❶關住鳥獸的東西。比喻束縛人的事物：衝破舊思想的牢籠。❷騙人的圈套：墮入牢籠。❸〈書〉用手段籠絡：牢籠誘騙。❹束縛：不為舊禮教所牢籠。
【牢騷】láo·sāo ㄌㄠˊ ·ㄙㄠ ❶煩悶不滿的情緒：發牢騷｜滿腹牢騷。❷說抱怨的話：牢騷了半天。
【牢什子】láoshí·zi ㄌㄠˊ ㄕˊ ·ㄗ 同'勞什子'。
【牢實】láo·shí ㄌㄠˊ ·ㄕˊ 牢固結實：基礎牢實｜牢實的鐵門。
【牢穩】láowěn ㄌㄠˊ ㄨㄣˇ 穩妥可靠：重要文件放在保險櫃裏比較牢穩。
【牢穩】láo·wen ㄌㄠˊ ·ㄨㄣ (物體)穩定，不搖晃：機器擺放得很牢穩。
【牢獄】láoyù ㄌㄠˊ ㄩˋ 監獄。

勞(劳) láo ㄌㄠˊ ❶勞動：按勞分配｜不勞而穫。❷煩勞(請別人做事所用的客氣話)：勞駕｜勞您走一趟。❸指勞動者：勞資雙方。❹勞苦；疲勞：任勞任怨｜積勞成疾。❺功勞：勛勞｜汗馬之勞。❻慰勞：犒勞｜勞軍。❼(Láo)姓。
【勞保】láobǎo ㄌㄠˊ ㄅㄠˇ ❶勞動保險的簡稱。❷勞動保護的簡稱。
【勞步】láobù ㄌㄠˊ ㄅㄨˋ 敬辭，用於謝人來訪：您公事忙，千萬不要勞步。
【勞瘁】láocuì ㄌㄠˊ ㄘㄨㄟˋ 〈書〉辛苦勞累：不辭勞瘁。
【勞動】láodòng ㄌㄠˊ ㄉㄨㄥˋ ❶人類創造物質或精神財富的活動：體力勞動｜腦力勞動。❷專指體力勞動：勞動鍛煉。❸進行體力勞動：他勞動去了。
【勞動】láo·dong ㄌㄠˊ ·ㄉㄨㄥ 敬辭，煩勞：勞動您跑一趟。
【勞動保護】láodòng bǎohù ㄌㄠˊ ㄉㄨㄥˋ ㄅㄠˇ ㄏㄨˋ 為了保護勞動者在勞動過程中的安全和健康而採取的各種措施。簡稱勞保。
【勞動保險】láodòng bǎoxiǎn ㄌㄠˊ ㄉㄨㄥˋ ㄅㄠˇ ㄒㄧㄢˇ 工人、職員在患病、年老、喪失工作能力或其他特殊情況下享受生活保障的一種制度。簡稱勞保。
【勞動布】láodòngbù ㄌㄠˊ ㄉㄨㄥˋ ㄅㄨˋ 用較粗

的棉紗、棉綫織成的斜紋布，質地緊密厚實，堅實耐穿，多用來做工作服。

【勞動對象】láodòng duìxiàng ㄌㄠˊ ㄉㄨㄥˋ ㄉㄨㄟˋ ㄒㄧㄤˋ 政治經濟學上指在勞動中被採掘和加工的東西。它可以是自然界原來有的，如地下礦石；也可以是加過工的原材料，如棉花、鋼材等。

【勞動改造】láodòng gǎizào ㄌㄠˊ ㄉㄨㄥˋ ㄍㄞˇ ㄗㄠˋ 我國對判處徒刑的犯罪分子實行的一種措施，強迫他們勞動，在勞動中改造他們成為新人。簡稱勞改。

【勞動教養】láodòng jiàoyǎng ㄌㄠˊ ㄉㄨㄥˋ ㄐㄧㄠˋ ㄧㄤˇ 我國對違反法紀而又可以不追究刑事責任的有勞動力的人實行強制性教育改造的一種措施，對他們採取勞動生產和政治思想教育相結合的方針，幫助他們學習勞動生產技術，樹立愛國守法和勞動光榮的觀念。簡稱勞教。

【勞動節】Láodòng Jié ㄌㄠˊ ㄉㄨㄥˋ ㄐㄧㄝˊ 五一勞動節的簡稱。

【勞動力】láodònglì ㄌㄠˊ ㄉㄨㄥˋ ㄌㄧˋ ❶人用來生產物質資料的體力和腦力的總和，即人的勞動能力。❷相當於一個成年人所具有的體力勞動的能力，有時指參加勞動的人：全勞動力｜半勞動力｜輔助勞動力。

【勞動模範】láodòng mófàn ㄌㄠˊ ㄉㄨㄥˋ ㄇㄛˊ ㄈㄢˋ 我國授予在生產建設中成績卓著或有重大貢獻的先進人物的一種光榮稱號。簡稱勞模。

【勞動強度】láodòng qiángdù ㄌㄠˊ ㄉㄨㄥˋ ㄑㄧㄤˊ ㄉㄨˋ 勞動的緊張程度。也就是在單位時間內勞動力消耗的程度。

【勞動日】láodòngrì ㄌㄠˊ ㄉㄨㄥˋ ㄖˋ 計算勞動時間的單位，一般以八小時為一個勞動日。

【勞動生產率】láodòng shēngchǎnlǜ ㄌㄠˊ ㄉㄨㄥˋ ㄕㄥ ㄔㄢˇ ㄌㄩˋ 單位時間內勞動的生產效果或能力，用單位時間內所生產的產品數量或單位產品所需要的勞動時間來表示。也叫生產率。

【勞動手段】láodòng shǒuduàn ㄌㄠˊ ㄉㄨㄥˋ ㄕㄡˇ ㄉㄨㄢˋ 勞動資料的舊稱。

【勞動條件】láodòng tiáojiàn ㄌㄠˊ ㄉㄨㄥˋ ㄊㄧㄠˊ ㄐㄧㄢˋ 指勞動者在勞動過程中所必需的物質設備條件，如有一定空間和陽光的廠房、通風和除塵裝置、安全和調溫設備以及衞生設施等。

【勞動者】láodòngzhě ㄌㄠˊ ㄉㄨㄥˋ ㄓㄜˇ 參加勞動並以自己的勞動收入為生活資料主要來源的人，有時專指參加體力勞動的人。

【勞動資料】láodòng zīliào ㄌㄠˊ ㄉㄨㄥˋ ㄗ ㄌㄧㄠˋ 人用來影響和改變勞動對象的一切物質資料的總和，包括生產工具、土地、建築物、道路、運河、倉庫等等，其中起決定作用的是生產工具。從前叫勞動手段。

【勞頓】láodùn ㄌㄠˊ ㄉㄨㄣˋ 〈書〉勞累：旅途勞頓。

【勞乏】láofá ㄌㄠˊ ㄈㄚˊ 疲倦；勞累。

【勞煩】láofán ㄌㄠˊ ㄈㄢˊ 〈方〉煩勞：勞煩尊駕｜勞煩您走一趟。

【勞方】láofāng ㄌㄠˊ ㄈㄤ 指私營工商業中的職工一方。

【勞改】láogǎi ㄌㄠˊ ㄍㄞˇ 勞動改造的簡稱：勞改犯｜勞改農場。

【勞改犯】láogǎifàn ㄌㄠˊ ㄍㄞˇ ㄈㄢˋ 指正在進行勞動改造的犯罪分子。

【勞工】láogōng ㄌㄠˊ ㄍㄨㄥ ❶指工人：勞工運動。❷舊時指被抓去做苦工的人。

【勞績】láojì ㄌㄠˊ ㄐㄧˋ 功勞和成績：勞績卓著。

【勞駕】láo//jià ㄌㄠˊ // ㄐㄧㄚˋ 客套話，用於請別人做事或讓路：勞駕，把那本書遞給我｜勞您駕，替我寫封信吧！｜勞駕，請讓讓路。

【勞教】láojiào ㄌㄠˊ ㄐㄧㄠˋ 勞動教養的簡稱：勞教人員｜勞教農場。

【勞金】láojīn ㄌㄠˊ ㄐㄧㄣ 店主或地主等付給店員或長工的工錢。

【勞倦】láojuàn ㄌㄠˊ ㄐㄩㄢˋ 疲勞；疲倦：不辭勞倦｜他連續工作了一整天也不覺得勞倦。

【勞軍】láo//jūn ㄌㄠˊ // ㄐㄩㄣ 慰勞軍隊。

【勞苦】láokǔ ㄌㄠˊ ㄎㄨˇ 勞累辛苦：勞苦大眾｜不辭勞苦。

【勞苦功高】láo kǔ gōng gāo ㄌㄠˊ ㄎㄨˇ ㄍㄨㄥ ㄍㄠ 做事勤苦，功勞很大。

【勞累】láolèi ㄌㄠˊ ㄌㄟˋ ❶由於過度的勞動而感到疲乏：工作勞累。❷敬辭，指讓人受累（用於請人幫忙做事）：勞累你去一趟。

【勞力】láolì ㄌㄠˊ ㄌㄧˋ ❶體力勞動時所用的氣力。❷有勞動能力的人：農忙季節要特別注意合理安排勞力。❸〈書〉從事體力勞動。

【勞碌】láolù ㄌㄠˊ ㄌㄨˋ 事情多而辛苦：終日勞碌。

【勞民傷財】láo mín shāng cái ㄌㄠˊ ㄇㄧㄣˊ ㄕㄤ ㄘㄞˊ 既使人民勞苦，又浪費錢財。

【勞模】láomó ㄌㄠˊ ㄇㄛˊ 勞動模範的簡稱。

【勞神】láo//shén ㄌㄠˊ // ㄕㄣˊ ❶耗費精神：你身體不好，不要多勞神。❷客套話，用於請人辦事：勞神代為照顧一下。

【勞師】láo//shī ㄌㄠˊ // ㄕ 〈書〉慰勞軍隊。

【勞師動眾】láo shī dòng zhòng ㄌㄠˊ ㄕ ㄉㄨㄥˋ ㄓㄨㄥˋ 原指出動大批軍隊，現多指動用大批人力（含小題大作之意）。

【勞什子】láoshí·zi ㄌㄠˊ ㄕˊ ·ㄗ 〈方〉使人討厭的東西。也作牢什子。

【勞損】láosǔn ㄌㄠˊ ㄙㄨㄣˇ 因疲勞過度而損傷：腰肌勞損｜臟腑勞損。

【勞務】láowù ㄌㄠˊ ㄨˋ 指不以實物形式而以勞動形式為他人提供某種效用的活動：勞務市場｜出口勞務｜勞務輸出。

【勞務費】láowùfèi ㄌㄠˊ ㄨˋ ㄈㄟˋ 指提供勞動服

務所取得的報酬。

【勞心】láoxīn ㄌㄠˊ ㄒㄧㄣ ❶費心；操心：不為小事勞心。❷〈書〉從事腦力勞動。❸〈書〉憂心。

【勞燕分飛】láo yàn fēn fēi ㄌㄠˊ ㄧㄢˋ ㄈㄣ ㄈㄟ 古樂府《東飛伯勞歌》：'東飛伯勞西飛燕。'後世用'勞燕分飛'比喻人別離。

【勞役】láoyì ㄌㄠˊ ㄧˋ ❶指強迫的勞動：服勞役。❷指(牲畜)供使用：這個村共有十七頭能勞役的牛。

【勞資】láozī ㄌㄠˊ ㄗ 指私營企業中的工人和資產佔有者。

【勞作】láozuò ㄌㄠˊ ㄗㄨㄛˋ ❶舊時小學課程之一，教學生做手工或進行其他體力勞動。❷勞動，多指體力勞動：農民們都在田間勞作。

撈(捞) láo ㄌㄠˊ 見383頁〖圪撈〗(gē·láo)。

嘮(唠) láo ㄌㄠˊ ［嘮叨］(láo·dao ㄌㄠˊ ·ㄉㄠ)說起來沒完沒了；絮叨：嘮嘮叨叨｜嘮叨半天。

另見693頁 lào。

嶗(崂) Láo ㄌㄠˊ 嶗山，山名，在山東。也作勞山。

癆(痨) láo ㄌㄠˊ 癆病：肺癆｜腸癆｜乾血癆。

【癆病】láobìng ㄌㄠˊ ㄅㄧㄥˋ 中醫指結核病。

醪 láo ㄌㄠˊ 〈書〉❶濁酒。❷醇酒。

【醪糟】láozāo ㄌㄠˊ ㄗㄠ (醪糟兒)江米酒。

簩(䓞) láo ㄌㄠˊ 見1084頁［簛簩竹］(sī-láo zhú)。

鐒(铹) láo ㄌㄠˊ 金屬元素，符號 Lr (lawrencium)。有放射性，由人工核反應獲得。

lǎo (ㄌㄠˇ)

老 lǎo ㄌㄠˇ ❶年歲大(跟'少'或'幼'相對)：老人｜老大爺｜他六十多歲了，可是一點也不顯老。❷老年人(常用做尊稱)：徐老｜敬老院｜扶老攜幼。❸婉辭，指人死(多指老人，必帶'了')：隔壁前天老了人了。❹對某些方面富有經驗；老練：老手｜老於世故。❺很久以前就存在的(跟'新'相對，下⑥同)：老廠｜老朋友｜老根據地｜這種紙烟牌子很老了。❻陳舊：老腦筋｜老機器｜這所房子太老了。❼原來的：老脾氣｜老地方。❽(蔬菜)長得過了適口的時期(跟'嫩'相對)：油菜太老了。❾(食物)火候大(跟'嫩'相對)：雞蛋煮老了｜青菜不要炒得太老。❿(某些高分子化合物)變質：老化｜防老劑。⓫(某些顏色)深：老綠｜老紅。⓬長久：老主顧｜老張近來很忙吧，老沒見他了。⓭經常：人家老提前完成任務，咱們呢！⓮很；極：老早｜老遠｜太陽已經老高了。⓯排行在末了的：老兒子｜老閨女｜老妹子。⓰前綴，用於稱人、排行次序、某些動植物名：老王｜老三｜老虎｜老玉米。⓱(Lǎo)姓。

【老媼】lǎo'ǎo ㄌㄠˇ ㄠˇ 〈書〉年老的婦女。

【老八板兒】lǎobābǎnr ㄌㄠˇ ㄅㄚ ㄅㄢㄦˇ 〈方〉拘謹守舊，也指拘謹守舊的人。

【老八輩子】lǎobābèi·zi ㄌㄠˇ ㄅㄚ ㄅㄟˋ ·ㄗ 形容古老、陳腐：這是老八輩子的話了，沒人聽了。

【老白乾兒】lǎobáigānr ㄌㄠˇ ㄅㄞˊ ㄍㄢㄦ 〈方〉白乾兒。

【老百姓】lǎobǎixìng ㄌㄠˇ ㄅㄞˇ ㄒㄧㄥˋ 人民；居民(區別於軍人和政府工作人員)。

【老闆】lǎobǎn ㄌㄠˇ ㄅㄢˇ ❶私營工商業的財產所有者；掌櫃的。❷舊時對著名戲曲演員或組織戲班的戲曲演員的尊稱。

【老闆娘】lǎobǎnniáng ㄌㄠˇ ㄅㄢˇ ㄋㄧㄤˊ 老闆的妻子。

【老半天】lǎobàntiān ㄌㄠˇ ㄅㄢˋ ㄊㄧㄢ 指相當長的一段時間；好久：怎麼才來，我們等你老半天了。

【老伴】lǎobàn ㄌㄠˇ ㄅㄢˋ (老伴兒)老年夫婦的一方。

【老鴇】lǎobǎo ㄌㄠˇ ㄅㄠˇ 鴇母。也叫老鴇子。

【老輩】lǎobèi ㄌㄠˇ ㄅㄟˋ ❶(老輩兒)前代；前輩：他家老輩都是木匠。❷年長或行輩較高的人。

【老本】lǎoběn ㄌㄠˇ ㄅㄣˇ (老本兒)最初的本錢。

【老鼻子】lǎobí·zi ㄌㄠˇ ㄅㄧˊ ·ㄗ 〈方〉多極了(後邊帶'了'字)：今年收的白菜可老鼻子了。

【老表】lǎobiǎo ㄌㄠˇ ㄅㄧㄠˇ ❶表兄弟。❷〈方〉對年齡相近的、不相識的男子的客氣稱呼。

【老病】lǎobìng ㄌㄠˇ ㄅㄧㄥˋ ❶(老病兒)經久難治的病；沒有完全治好、經常發作的病：天一冷，老病就犯。❷指人年老多病：我老病無能，多虧他處處關照我。

【老伯】lǎobó ㄌㄠˇ ㄅㄛˊ 對父親的朋友或朋友的父親的敬稱。也用來尊稱老年男子。

【老布】lǎobù ㄌㄠˇ ㄅㄨˋ 〈方〉土布。

【老財】lǎocái ㄌㄠˇ ㄘㄞˊ 〈方〉財主(多指地主)。

【老蒼】lǎo·cāng ㄌㄠˇ ·ㄘㄤ (相貌)蒼老：他雖然六十多歲了，可不顯得老蒼。

【老巢】lǎocháo ㄌㄠˇ ㄔㄠˊ 鳥的老窩。比喻匪徒盤踞的地方：搗毀土匪的老巢。

【老成】lǎochéng ㄌㄠˇ ㄔㄥˊ 經歷多，做事穩重：少年老成｜老成持重。

【老成持重】lǎochéng chízhòng ㄌㄠˇ ㄔㄥˊ ㄔˊ ㄓㄨㄥˋ 閱歷多，辦事穩重。

【老誠】lǎochéng ㄌㄠˇ ㄔㄥˊ 老實誠懇；誠實：老誠忠厚｜他是個老誠孩子，從來不說謊話。

【老粗】lǎocū ㄌㄠˇ ㄘㄨ （老粗兒）指沒有文化的人（多用為謙辭）。

【老搭檔】lǎodādàng ㄌㄠˇ ㄉㄚ ㄉㄤˋ 經常協作或多年在一起共事的人。

【老大】lǎodà ㄌㄠˇ ㄉㄚˋ ❶〈書〉年老：少壯不努力，老大徒傷悲。❷排行第一的人。❸〈方〉木船上主要的船夫，也泛指船夫。❹很；非常（多見於早期白話）：心中老大不忍。

【老大不小】lǎo dà bù xiǎo ㄌㄠˇ ㄉㄚˋ ㄅㄨˋ ㄒㄧㄠˇ 指人已經長大，達到或接近成年人的年齡：他老大不小的了，還跟孩子似的。

【老大難】lǎodànán ㄌㄠˇ ㄉㄚˋ ㄋㄢˊ 形容問題錯綜複雜，難於解決：老大難單位｜老大難問題｜這個班秩序亂，成績差，是全校有名的老大難班級。

【老大娘】lǎodà·niáng ㄌㄠˇ ㄉㄚˋ ·ㄋㄧㄤˊ 對年老婦女的尊稱（多用於不相識的）。

【老大爺】lǎodà·yé ㄌㄠˇ ㄉㄚˋ ·ㄧㄝˊ 對年老男子的尊稱（多用於不相識的）。

【老旦】lǎodàn ㄌㄠˇ ㄉㄢˋ 戲曲中旦角的一種，扮演年老的婦女。

【老當益壯】lǎo dāng yì zhuàng ㄌㄠˇ ㄉㄤ ㄧˋ ㄓㄨㄤˋ 年紀雖老，志向更高，勁頭兒更大。

【老道】lǎodào ㄌㄠˇ ㄉㄠˋ 道士。

【老到】lǎo·dao ㄌㄠˇ ·ㄉㄠ （做事）老練周到。

【老底】lǎodǐ ㄌㄠˇ ㄉㄧˇ （老底兒）❶內情；底細：揭老底。❷指祖上留下的財產；老本：他家老底兒厚｜幾年功夫他就把老底兒敗光了。

【老弟】lǎodì ㄌㄠˇ ㄉㄧˋ 稱比自己年紀小的男性朋友。

【老調】lǎodiào ㄌㄠˇ ㄉㄧㄠˋ ❶指説過多次使人厭煩的話；陳舊的話。❷河北地方戲曲劇種之一，流行於保定地區。也叫直隸梆子。

【老掉牙】lǎodiàoyá ㄌㄠˇ ㄉㄧㄠˋ ㄧㄚˊ 形容事物、言論等陳舊過時。

【老豆腐】lǎodòu·fu ㄌㄠˇ ㄉㄡˋ ·ㄈㄨ ❶北方小吃。豆漿煮開後點上石膏或鹽鹵凝成塊（比豆腐腦兒老些），吃時澆上麻醬、韭菜花、辣椒油等調料。❷〈方〉北豆腐。

【老墳】lǎofén ㄌㄠˇ ㄈㄣˊ 祖墳。

【老夫】lǎofū ㄌㄠˇ ㄈㄨ 〈書〉年老的男子自稱。

【老夫子】lǎofūzǐ ㄌㄠˇ ㄈㄨ ㄗˇ ❶舊社會稱家館或私塾的教師。❷清代稱幕賓。❸稱迂闊的不愛活動的知識分子。

【老趕】lǎogǎn ㄌㄠˇ ㄍㄢˇ 〈方〉❶指沒見過世面：你真老趕，連這個也不懂。❷指沒見過世面的人；外行的人：別把我當老趕。

【老幹部】lǎogànbù ㄌㄠˇ ㄍㄢˋ ㄅㄨˋ 年紀大的或資格老的幹部，特指1949年10月1日以前參加革命的幹部。

【老疙瘩】lǎogē·da ㄌㄠˇ ㄍㄜ ·ㄉㄚ 〈方〉指最小的兒子或女兒。

【老公】lǎogōng ㄌㄠˇ ㄍㄨㄥ 〈方〉丈夫（zhàng·fu）。

【老公】lǎo·gong ㄌㄠˇ ·ㄍㄨㄥ 太監。

【老公公】lǎogōng·gong ㄌㄠˇ ㄍㄨㄥ ·ㄍㄨㄥ ❶〈方〉小孩子稱呼年老的男人。❷〈方〉丈夫的父親。❸舊時稱太監。

【老姑娘】lǎogū·niang ㄌㄠˇ ㄍㄨ ·ㄋㄧㄤ ❶年紀大了還沒結婚的女子。❷最小的女兒。

【老古董】lǎogǔdǒng ㄌㄠˇ ㄍㄨˇ ㄉㄨㄥˇ ❶陳舊過時的東西。❷比喻思想陳腐或生活習慣陳舊的人。

【老鴰】lǎo·guā ㄌㄠˇ ·ㄍㄨㄚ 〈方〉烏鴉。

【老光】lǎoguāng ㄌㄠˇ ㄍㄨㄤ 指老視眼：他戴着一副老光眼鏡。

【老漢】lǎohàn ㄌㄠˇ ㄏㄢˋ ❶年老的男子。❷年老的男子自稱：老漢今年八十整。

【老好人】lǎohǎorén ㄌㄠˇ ㄏㄠˇ ㄖㄣˊ 脾氣隨和，待人厚道，不得罪人的人。

【老狐狸】lǎohú·li ㄌㄠˇ ㄏㄨˊ ·ㄌㄧ 比喻非常狡猾的人。

【老虎】lǎohǔ ㄌㄠˇ ㄏㄨˇ ❶虎的通稱。❷指大量耗費能源或原材料的設備：煤老虎｜電老虎。❸指有大量貪污、盜竊或偷漏税行為的人。❹比喻兇惡的人：母老虎。

【老虎凳】lǎohǔdèng ㄌㄠˇ ㄏㄨˇ ㄉㄥˋ 舊時的殘酷刑具。是一條長凳，讓人坐在上面，兩腿平放在凳子上，膝蓋緊緊綁住，然後在腳根下墊磚瓦，墊得越高，痛苦越大。

【老虎鉗】lǎohǔqián ㄌㄠˇ ㄏㄨˇ ㄑㄧㄢˊ ❶鉗工等用來夾住工件的工具，裝在鉗牀上，有較大的鉗口，用柄扳動螺絲杆旋緊。也叫枱鉗、虎鉗。❷手工工具，鉗口有刃，多用來起釘子或夾斷釘子和鐵絲。

【老虎灶】lǎohǔzào ㄌㄠˇ ㄏㄨˇ ㄗㄠˋ 〈方〉燒開水的一種大灶，也指出售熱水、開水的地方。

【老花眼】lǎohuāyǎn ㄌㄠˇ ㄏㄨㄚ ㄧㄢˇ 老視眼的通稱。

【老化】lǎohuà ㄌㄠˇ ㄏㄨㄚˋ ❶橡膠、塑料等高分子化合物，在光、熱、空氣、機械力等的作用下，變得黏軟或硬脆。❷指在一定範圍內老年人的比重增長：人口老化｜領導班子老化。❸知識等變得陳舊過時：知識老化。

【老話】lǎohuà ㄌㄠˇ ㄏㄨㄚˋ ❶流傳已久的話：'世上無難事，只怕有心人'，這是很有道理的一句老話。❷（老話兒）指説過去事情的話：老話重提｜咱們談的這些老話，年輕人都不大明白了。

【老皇曆】lǎohuáng·li ㄌㄠˇ ㄏㄨㄤˊ ·ㄌㄧ 比喻陳舊過時的規矩：情況變了，不能再照老皇曆辦事。

【老黃牛】lǎohuángniú ㄌㄠˇ ㄏㄨㄤˊ ㄋㄧㄡˊ 比喻老老實實勤勤懇懇工作的人。

【老幾】lǎojǐ ㄌㄠˇ ㄐㄧˇ ❶排行第幾。❷用於反問，表示在某個範圍內數不上、不夠格（多用於自謙或輕視別人)：我不行，在他們中間我算老幾？

【老驥伏櫪】lǎo jì fú lì ㄌㄠˇ ㄐㄧˋ ㄈㄨˊ ㄌㄧˋ 曹操《步出夏門行》：'老驥伏櫪，志在千里。烈士暮年，壯心不已。'比喻有志的人雖年老而仍有雄心壯志。

【老家】lǎojiā ㄌㄠˇ ㄐㄧㄚ ❶在外面成立了家庭的人稱故鄉的家庭。❷指原籍：我老家是湖南。

【老家兒】lǎojiār ㄌㄠˇ ㄐㄧㄚㄦ 〈方〉指父母及尊親。

【老家賊】lǎojiāzéi ㄌㄠˇ ㄐㄧㄚ ㄗㄟˊ 〈方〉麻雀(鳥名)。

【老奸巨猾】lǎo jiān jù huá ㄌㄠˇ ㄐㄧㄢ ㄐㄩˋ ㄏㄨㄚˊ 形容十分奸詐狡猾。

【老趼】lǎojiǎn ㄌㄠˇ ㄐㄧㄢˇ 趼子。也作老繭。

【老繭】lǎojiǎn ㄌㄠˇ ㄐㄧㄢˇ 同'老趼'。

【老江湖】lǎojiāng·hu ㄌㄠˇ ㄐㄧㄤ ·ㄏㄨ 指在外多年，很有閱歷，處世圓滑的人。

【老將】lǎojiàng ㄌㄠˇ ㄐㄧㄤˋ 年老的將領；宿將(多用於比喻)：老將出馬，一個頂倆。

【老景】lǎojǐng ㄌㄠˇ ㄐㄧㄥˇ 老年時的境況：老景淒涼｜老景堪憐。

【老境】lǎojìng ㄌㄠˇ ㄐㄧㄥˋ ❶老年時代：漸入老境。❷老年時的境況：他的老境倒也平順。

【老酒】lǎojiǔ ㄌㄠˇ ㄐㄧㄡˇ 〈方〉酒，特指紹興酒。

【老辣】lǎolà ㄌㄠˇ ㄌㄚˋ ❶老練狠毒：手段老辣。❷圓熟潑辣：畫風質樸淳厚，老辣蒼勁。

【老老】lǎo·lao ㄌㄠˇ ·ㄌㄠ 同'姥姥'。

【老老少少】lǎolǎoshàoshào ㄌㄠˇ ㄌㄠˇ ㄕㄠˋ ㄕㄠˋ 指年老和年少的一群人。

【老例】lǎolì ㄌㄠˇ ㄌㄧˋ 舊規矩；舊習慣。

【老臉】lǎoliǎn ㄌㄠˇ ㄌㄧㄢˇ ❶謙辭，年老人指自己的面子。❷厚臉皮。

【老練】lǎoliàn ㄌㄠˇ ㄌㄧㄢˋ 閱歷深，經驗多，穩重而有辦法：他年紀不大，處事卻很老練。

【老林】lǎolín ㄌㄠˇ ㄌㄧㄣˊ 沒有開發的森林：深山老林。

【老齡】lǎolíng ㄌㄠˇ ㄌㄧㄥˊ 老年：老齡化｜老齡大學。

【老路】lǎolù ㄌㄠˇ ㄌㄨˋ ❶以前走過的那條舊道路。❷比喻舊辦法、舊路子。

【老媽子】lǎomā·zi ㄌㄠˇ ㄇㄚ ·ㄗ 指女僕。也叫老媽兒。

【老馬識途】lǎo mǎ shí tú ㄌㄠˇ ㄇㄚˇ ㄕˊ ㄊㄨˊ 管仲跟隨齊桓公去打仗，回來時迷失了路途。管仲放老馬在前面走，就找到了道路(見於《韓非子 · 說林》)。比喻有經驗，能帶領新手工作。

【老邁】lǎomài ㄌㄠˇ ㄇㄞˋ 年老(常含衰老意)。

【老帽兒】lǎomàor ㄌㄠˇ ㄇㄠㄦˋ 〈方〉指不懂行而又帶傻氣的人。

【老米】lǎomǐ ㄌㄠˇ ㄇㄧˇ 〈方〉陳米。

【老麪】lǎomiàn ㄌㄠˇ ㄇㄧㄢˋ 〈方〉麪肥。

【老面皮】lǎomiànpí ㄌㄠˇ ㄇㄧㄢˋ ㄆㄧˊ 〈方〉厚臉皮，指人不知道羞恥。

【老謀深算】lǎo móu shēn suàn ㄌㄠˇ ㄇㄡˊ ㄕㄣ ㄙㄨㄢˋ 周密的籌劃、深遠的打算。形容人辦事精明老練。

【老衲】lǎonà ㄌㄠˇ ㄋㄚˋ 〈書〉年老的僧人，也用做老僧人的自稱。

【老奶奶】lǎonǎi·nai ㄌㄠˇ ㄋㄞˇ ·ㄋㄞ ❶曾祖母。❷小孩子尊稱年老的婦人。

【老蔫兒】lǎoniānr ㄌㄠˇ ㄋㄧㄢㄦ 〈方〉指不爽朗、不愛講話、不善交際的人。

【老年】lǎonián ㄌㄠˇ ㄋㄧㄢˊ 六七十歲以上的年紀。

【老年斑】lǎoniánbān ㄌㄠˇ ㄋㄧㄢˊ ㄅㄢ 壽斑。

【老年間】lǎoniánjiān ㄌㄠˊ ㄋㄧㄢˊ ㄐㄧㄢ 從前；古時候。

【老娘】lǎoniáng ㄌㄠˇ ㄋㄧㄤˊ ❶老母親。❷〈方〉已婚中年或老年婦女的自稱(含自負意)。

【老娘】lǎo·niang ㄌㄠˇ ·ㄋㄧㄤ ❶舊稱收生婆。❷〈方〉外祖母。

【老娘們兒】lǎoniáng·menr ㄌㄠˇ ㄋㄧㄤˊ ·ㄇㄣㄦ 〈方〉❶指已婚女子：雖然我是個老娘們兒，我的見識可不比你們男人低。❷指成年婦女(含貶義)：你們老娘們兒，少管這些閑事。❸指妻子：他老娘們兒病了。

【老牛破車】lǎo niú pò chē ㄌㄠˇ ㄋㄧㄡˊ ㄆㄛˋ ㄔㄜ 比喻做事慢慢騰騰，像老牛拉破車一樣。

【老牛舐犢】lǎo niú shì dú ㄌㄠˇ ㄋㄧㄡˊ ㄕˋ ㄉㄨˊ 比喻父母疼愛子女。

【老農】lǎonóng ㄌㄠˇ ㄋㄨㄥˊ ❶年老而有農業生產經驗的農民：向老農學習種植技術。❷泛指農民：老農賣的菜價廉物美。

【老牌】lǎopái ㄌㄠˇ ㄆㄞˊ (老牌兒) ❶(貨品)創製多年，質量好，被人信任的：老牌產品。❷比喻資格老，人所公認的：老牌殖民主義。

【老派】lǎopài ㄌㄠˇ ㄆㄞˋ (老派兒) ❶舉止、氣派陳舊：他穿着綢子褲，褲腳繫着帶兒，未免太老派了。❷指舉止、氣派陳舊的人。

【老婆】lǎo·po ㄌㄠˇ ·ㄆㄛ 妻子(qī·zi)。

【老婆婆】lǎopó·po ㄌㄠˇ ㄆㄛˊ ·ㄆㄛ 〈方〉❶小孩子稱呼年老的婦人。❷丈夫的母親。

【老婆兒】lǎopór ㄌㄠˇ ㄆㄛㄦˊ 年老的婦女(含親熱意)。

【老婆子】lǎopó·zi ㄌㄠˇ ㄆㄛˊ ·ㄗ ❶年老的婦女(含厭惡意)。❷丈夫稱妻子(用於年老的)。

【老氣】lǎo· qì ㄌㄠˇ ·ㄑㄧˋ ❶老成的樣子：別看他年紀小，說話倒很老氣。❷形容服裝等的顏色深暗、樣式陳舊：她打扮得既不老氣，也不花哨。

【老氣橫秋】lǎo qì héng qiū ㄌㄠˇ ㄑㄧˋ ㄏㄥˊ ㄑㄧㄡ ❶形容人擺老資格，自以為了不起的樣子。❷形容人沒有朝氣，暮氣沈沈的樣子。

【老前輩】lǎo qiánbèi ㄌㄠˇ ㄑㄧㄢˊ ㄅㄟˋ 對同行裏年紀較大、資格較老、經驗較豐富的人的尊稱。

【老親】lǎo qīn ㄌㄠˇ ㄑㄧㄣ ❶多年的親戚：老親舊鄰。❷年老的父母。

【老區】lǎo qū ㄌㄠˇ ㄑㄩ 指老解放區。

【老拳】lǎo quán ㄌㄠˇ ㄑㄩㄢˊ 拳頭(用於打人時)：飽以老拳(用拳頭足足地打他一頓)。

【老人】lǎo·rén ㄌㄠˇ ·ㄖㄣˊ ❶老年人。❷指上了年紀的父母或祖父母：你到了天津來封信，免得家裏老人惦記着。

【老人家】lǎo·ren·jia ㄌㄠˇ ·ㄖㄣ ·ㄐㄧㄚ ❶尊稱年老的人：您老人家｜他老人家｜這兩位老人家在一起幹活二十多年了。❷對人稱自己的或對方的父親或母親：你們老人家今年有七十了吧？

【老人星】lǎorénxīng ㄌㄠˇ ㄖㄣˊ ㄒㄧㄥ 南部天空的一顆星，亮度僅次於天狼星。我國南方可以看到它在近地平綫處出現。古人認為它象徵長壽，也稱它為南極老人星或壽星。

【老弱殘兵】lǎo ruò cán bīng ㄌㄠˇ ㄖㄨㄛˋ ㄘㄢˊ ㄅㄧㄥ 比喻由於年老、體弱以及其他原因而工作能力較差的人。

【老三屆】lǎosānjiè ㄌㄠˇ ㄙㄢ ㄐㄧㄝˋ 指1966、1967、1968 年三屆的初、高中畢業生。

【老少】lǎoshào ㄌㄠˇ ㄕㄠˋ 老年人和少年人：老少無欺｜一家老少大團圓。

【老身】lǎoshēn ㄌㄠˇ ㄕㄣ 老年婦女的自稱(多見於早期白話)。

【老生】lǎoshēng ㄌㄠˇ ㄕㄥ 戲曲中生角的一種，扮演中年以上男子，在古典戲中挂髯口(鬍鬚)。分文武兩門。也叫鬚生。

【老生常談】lǎo shēng cháng tán ㄌㄠˇ ㄕㄥ ㄔㄤˊ ㄊㄢˊ 原指老書生的平凡議論，今指很平常的老話。

【老師】lǎoshī ㄌㄠˇ ㄕ 尊稱傳授文化、技術的人。泛指在某方面值得學習的人。

【老師傅】lǎoshī·fu ㄌㄠˇ ㄕ ·ㄈㄨ 尊稱擅長某種技能的年紀大的人。

【老式】lǎoshì ㄌㄠˇ ㄕˋ (老式兒)陳舊的形式或樣子：老式傢具。

【老視眼】lǎoshìyǎn ㄌㄠˇ ㄕˋ ㄧㄢˇ 年老的人由於眼球的調節能力減退而形成的視力缺陷。用凸透鏡製成的眼鏡可以矯正。通稱花眼或老花眼。

【老實】lǎo·shi ㄌㄠˇ ·ㄕ ❶誠實：忠誠老實｜當老實人，說老實話，辦老實事。❷規規矩矩；不惹事：這孩子很老實，從來不跟人吵架。❸婉辭，指不聰明。

【老實巴交】lǎo·shibājiāo ㄌㄠˇ ·ㄕ ㄅㄚ ㄐㄧㄠ 形容人老實、本分：他是個老實巴交的人，從不惹事生非。

【老手】lǎoshǒu ㄌㄠˇ ㄕㄡˇ (老手兒)對於某種事情富有經驗的人：斲輪老手｜開車的老手。

【老壽星】lǎoshòu·xing ㄌㄠˇ ㄕㄡˋ ·ㄒㄧㄥ ❶對高壽人的尊稱。❷稱被祝壽的老年人。

【老鼠】lǎo·shǔ ㄌㄠˇ ·ㄕㄨˇ 鼠的通稱，多指家鼠。

【老鼠過街，人人喊打】lǎo·shǔ guò jiē, rén rén hǎn dǎ ㄌㄠˇ ·ㄕㄨˇ ㄍㄨㄛˋ ㄐㄧㄝ, ㄖㄣˊ ㄖㄣˊ ㄏㄢˇ ㄉㄚˇ 形容危害人的人和事人人都痛恨。

【老死】lǎosǐ ㄌㄠˇ ㄙˇ 由於年老體衰而死亡(區別於'病死')。

【老死不相往來】lǎo sǐ bù xiāng wǎng lái ㄌㄠˇ ㄙˇ ㄅㄨˋ ㄒㄧㄤ ㄨㄤˇ ㄌㄞˊ 形容相互之間一直不發生聯繫。

【老宋體】lǎosòngtǐ ㄌㄠˇ ㄙㄨㄥˋ ㄊㄧˇ 見1089頁〖宋體字〗。

【老太婆】lǎotàipó ㄌㄠˇ ㄊㄞˋ ㄆㄛˊ 老年的婦女。

【老太太】lǎotài·tai ㄌㄠˇ ㄊㄞˋ ·ㄊㄞ ❶尊稱年老的婦女。❷尊稱別人的母親(也對人稱自己的母親或婆婆、岳母)。

【老太爺】lǎotàiyé ㄌㄠˇ ㄊㄞˋ ㄧㄝˊ ❶尊稱年老的男子。❷尊稱別人的父親(也對人稱自己的父親或公公、岳父)。

【老態龍鍾】lǎotài lóngzhōng ㄌㄠˇ ㄊㄞˋ ㄌㄨㄥˊ ㄓㄨㄥ 形容年老體弱、行動不靈便的樣子。

【老湯】lǎotāng ㄌㄠˇ ㄊㄤ ❶燉過多次雞、鴨、肉等的陳湯。❷〈方〉醃鹹菜泡菜的陳湯。

【老套子】lǎotào·zi ㄌㄠˇ ㄊㄠˋ ·ㄗ 陳舊的習俗或工作方法。

【老天爺】lǎotiānyé ㄌㄠˇ ㄊㄧㄢ ㄧㄝˊ 迷信的人認為天上有個主宰一切的神，尊稱這個神叫老天爺。現多用來表示驚嘆：老天爺，這是怎麼回事兒！

【老頭兒】lǎotóur ㄌㄠˇ ㄊㄡㄦˊ 年老的男子(多含親熱意)。

【老頭兒魚】lǎotóuryú ㄌㄠˇ ㄊㄡㄦˊ ㄩˊ 鮟鱇(ānkāng)的通稱。

【老頭子】lǎotóu·zi ㄌㄠˇ ㄊㄡˊ ·ㄗ ❶年老的男子(多含厭惡意)。❷妻子稱丈夫(用於年老的)。❸幫會中人稱首領。

【老外】lǎowài ㄌㄠˇ ㄨㄞˋ ❶外行：一看你這架式就是個老外。❷指外國人。

【老頑固】lǎowán·gù ㄌㄠˇ ㄨㄢˊ ·ㄍㄨˋ 思想極守舊，不肯接受新事物的人。

【老窩】lǎowō ㄌㄠˇ ㄨㄛ ❶鳥、獸長期栖息的處所。❷比喻壞人盤踞的地方：端敵人的老窩。

【老倭瓜】lǎowōguā ㄌㄠˇ ㄨㄛ ㄍㄨㄚ 〈方〉南瓜。

【老弦】lǎoxián ㄌㄠˇ ㄒㄧㄢˊ 京胡、二胡等樂器上用的粗弦。

【老鄉】lǎoxiāng ㄌㄠˇ ㄒㄧㄤ ❶同鄉：聽你口音，咱們好像是老鄉。❷對不知姓名的農民的稱呼。

【老相】lǎo·xiàng ㄌㄠˇ·ㄒㄧㄤˋ 相貌顯得比實際年齡老：他長得有點兒老相，才四十出頭，就滿臉皺紋了。

【老小】[1] lǎoxiǎo ㄌㄠˇ ㄒㄧㄠˇ 老人和小孩兒，泛指家屬或從老人到小孩兒所有的人：全村老小｜一家老小。

【老小】[2] lǎoxiǎo ㄌㄠˇ ㄒㄧㄠˇ 老婆（多見於早期白話）：娶了老小。

【老兄】lǎoxiōng ㄌㄠˇ ㄒㄩㄥ 男性的朋友或熟人相互間的尊稱。

【老羞成怒】lǎo xiū chéng nù ㄌㄠˇ ㄒㄧㄡ ㄔㄥˊ ㄋㄨˋ 因羞愧到了極點而發怒。

【老朽】lǎoxiǔ ㄌㄠˇ ㄒㄧㄡˇ ❶衰老陳腐：昏庸老朽｜老朽無能。❷謙辭，老年人自稱。

【老鴉】lǎoyā ㄌㄠˇ ㄧㄚ 〈方〉烏鴉。

【老醃兒】lǎoyānr ㄌㄠˇ ㄧㄢㄦ 〈方〉用鹽醃得很久的：老醃兒鹹菜｜老醃兒雞蛋。

【老眼昏花】lǎo yǎn hūn huā ㄌㄠˇ ㄧㄢˇ ㄏㄨㄣ ㄏㄨㄚ 指老年人視力模糊。

【老爺】lǎo·ye ㄌㄠˇ·ㄧㄝ ❶舊社會對官吏及有權勢的人的稱呼，現在用時含諷刺的意思：幹部是人民的勤務員，不是人民的'老爺'。❷舊社會官僚、地主人家的僕人等稱男主人。❸外祖父。❹指陳舊的、式樣老的（車、船等）：老爺車｜老爺船。

【老爺們兒】lǎoyé·menr ㄌㄠˇ ㄧㄝˊ·ㄇㄣㄦ 〈方〉❶指成年男子：誰家的老爺們兒不幹活，光讓老娘們兒去幹？❷指丈夫：她老爺們兒在外地做買賣。

【老爺爺】lǎoyé·ye ㄌㄠˇ ㄧㄝˊ·ㄧㄝ ❶曾祖父。❷小孩子尊稱年老的男子。

【老爺子】lǎoyé·zi ㄌㄠˇ ㄧㄝˊ·ㄗ 〈方〉❶尊稱年老的男子。❷對人稱自己的或對方的年老的父親。

【老一套】lǎoyītào ㄌㄠˇ ㄧ ㄊㄠˋ 陳舊的一套，多指沒有改變的習俗或工作方法。也說老套。

【老鷹】lǎoyīng ㄌㄠˇ ㄧㄥ 鳥，猛禽類，嘴藍黑色，上嘴彎曲，腳強健有力，趾有鋭利的爪，翼大善飛。吃蛇、鼠和其他鳥類。也叫鳶。

【老營】lǎoyíng ㄌㄠˇ ㄧㄥˊ ❶舊時指軍隊長期居住的營房。❷舊時指歹人、匪徒等長期盤踞的地方。

【老油子】lǎoyóu·zi ㄌㄠˇ ㄧㄡˊ·ㄗ 處世經驗多而油滑的人。也說老油條。

【老於世故】lǎo yú shì gù ㄌㄠˇ ㄩˊ ㄕˋ ㄍㄨˋ 形容富有處世經驗（多含貶義）。

【老玉米】lǎoyù·mi ㄌㄠˇ ㄩˋ·ㄇㄧ 〈方〉玉米。

【老嫗】lǎoyù ㄌㄠˇ ㄩˋ 〈書〉年老的婦女。

【老丈】lǎozhàng ㄌㄠˇ ㄓㄤˋ 〈書〉尊稱年老的男子。

【老賬】lǎozhàng ㄌㄠˇ ㄓㄤˋ ❶舊賬：陳年老賬｜老賬未還，又欠新賬。❷比喻已經過了很久的事：不要翻過去的老賬了。

【老者】lǎozhě ㄌㄠˇ ㄓㄜˇ 年老的男子。

【老着臉皮】lǎo·zhe liǎnpí ㄌㄠˇ·ㄓㄜ ㄌㄧㄢˇ ㄆㄧˊ 不顧羞恥。

【老子】lǎo·zi ㄌㄠˇ·ㄗ ❶父親。❷驕傲的人自稱（一般人只用於氣忿或開玩笑的場合）：老子就是不怕，他還能吃了我！

【老字號】lǎozì·hao ㄌㄠˇ ㄗˋ·ㄏㄠ 開設年代久的商店：這是一家有近百年歷史的老字號。

【老總】lǎozǒng ㄌㄠˇ ㄗㄨㄥˇ ❶舊社會對一般軍人的稱呼。❷尊稱中國人民解放軍的某些高級領導人（多和姓連用）。

佬 lǎo ㄌㄠˇ 成年的男子（含輕視意）：闊佬。

荖 lǎo ㄌㄠˇ 〈方〉綽（chāo）；抓取：天一亮，他就荖起鋤頭出去了。

姥 lǎo ㄌㄠˇ 見下。
另見818頁 mǔ。

【姥姥】lǎo·lao ㄌㄠˇ·ㄌㄠ ❶外祖母。❷〈方〉收生婆。‖也作老老。

【姥爺】lǎo·ye ㄌㄠˇ·ㄧㄝ 老爺③。

栳 lǎo ㄌㄠˇ 見645頁〖栲栳〗(kǎolǎo)。

箸 lǎo ㄌㄠˇ 見645頁［箸箸］(kǎolǎo)。

銠（铑） lǎo ㄌㄠˇ 金屬元素，符號 Rh (rhodium)。銀白色，質硬。常鍍在探照燈等的反射鏡上，也用來製熱電偶和鉑銠合金等。

潦 lǎo ㄌㄠˇ 〈書〉❶雨水大。❷路上的流水、積水。
另見722頁 liáo。

lào（ㄌㄠˋ）

烙 lào ㄌㄠˋ ❶用燒熱了的金屬器物燙，使衣服平整或在物體上留下標誌：烙印｜烙衣服。❷把麪食放在燒熱的鐺或鍋上加熱使熟：烙餡兒餅。
另見761頁 luò。

【烙餅】làobǐng ㄌㄠˋ ㄅㄧㄥˇ 烙成的餅（餅內一般加油鹽）。

【烙花】lào//huā ㄌㄠˋ//ㄏㄨㄚ 一種工藝，用燒熱的鐵扦子，在扇骨、梳篦、芭蕉扇和木製傢具等上面，燙出各種圖案、花紋。也叫燙花。

【烙鐵】lào·tie ㄌㄠˋ·ㄊㄧㄝ ❶燒熱後可以燙平衣服的鐵器，底面平滑，上面或一頭兒有把兒(bàr)。❷焊接時熔化焊鑞用的工具，一端有柄，另一端為紫銅製成的頭，有刃。

【烙印】làoyìn ㄌㄠˋ ㄧㄣˋ ❶在牲畜或器物上燙的火印，作為標記。比喻不易磨滅的痕迹：時代烙印。❷用火燒鐵在牲畜或器物上燙成痕迹。比喻深刻地留下印象：這些藝術形象，將烙印在小觀眾的心頭，長時期地起着教育作用。

落〔落〕 lào ㄌㄠˋ 義同'落'(luò)①②⑥⑨⑩，用於下列各條。
另見678頁 là；759頁 luō；761頁 luò。

【落包涵】lào bāo·han ㄌㄠˋ ㄅㄠ ·ㄏㄢ 〈方〉受埋怨；受責難：幫他半天忙，還落一身包涵。

【落不是】lào bù·shi ㄌㄠˋ ㄅㄨˋ ·ㄕ 被認為有過失而受責難：他怕落不是，不想多管這件事｜跟他跑裏跑外忙了半天，反落一身不是。

【落汗】lào∥hàn ㄌㄠˋ∥ㄏㄢˋ 身上的汗水消下去：累了半天，等落了汗再接着幹吧。

【落架】lào∥jià ㄌㄠˋ∥ㄐㄧㄚˋ 〈方〉房屋的木架倒榻。比喻家業敗落。

【落價】lào∥jià ㄌㄠˋ∥ㄐㄧㄚˋ (落價兒)降價；減價。

【落炕】lào∥kàng ㄌㄠˋ∥ㄎㄤˋ 〈方〉病得不能起牀。

【落兒】làor ㄌㄠㄦˋ 〈方〉生活上的着落(指錢財等，只用在'有、沒有'後邊)：有落兒(富足)｜沒落兒(窮困)。也說落子。

【落忍】làorěn ㄌㄠˋ ㄖㄣˇ 〈方〉心裏過意得去(常用於否定式)：老麻煩人，心裏怪不落忍的。

【落色】lào∥shǎi ㄌㄠˋ∥ㄕㄞˇ 布匹、衣服等的顏色逐漸脱落；退色。

【落枕】lào∥zhěn ㄌㄠˋ∥ㄓㄣˇ ❶睡覺時脖子受寒，或因枕枕頭的姿勢不合適，以致脖子疼痛，轉動不便。❷(頭)枕着枕頭：因白天太勞累，晚上落枕就着。

【落子】[1] lào·zi ㄌㄠˋ ·ㄗ ❶〈方〉指蓮花落等曲藝：落子館。❷評劇的舊稱：唐山落子。

【落子】[2] lào·zi ㄌㄠˋ ·ㄗ 落兒。

絡(络) lào ㄌㄠˋ 義同'絡'(luò)。
另見763頁 luò。

【絡子】lào·zi ㄌㄠˋ ·ㄗ ❶依照所裝的物件的形狀，用綫結成的網狀的小袋子。❷繞綫繞紗的器具，多用竹子或木條交叉構成，中有小孔，安裝在有軸的座子上，用手搖動旋轉。

酪 lào ㄌㄠˋ ❶用牛、羊、馬的乳汁做成的半凝固的食品：奶酪。❷用果子或果子的仁做的糊狀食品：杏仁酪｜核桃酪。

嫪 lào ㄌㄠˋ 用於人名，嫪毐(Lào'ǎi ㄌㄠˋ ㄞˇ)，戰國時秦國人。

嘮(唠) lào ㄌㄠˋ 〈方〉説；談(話)：有話慢慢嘮｜大家在一起嘮得很熱鬧｜有甚麼問題，咱們嘮嘮吧。
另見688頁 láo。

【嘮扯】lào·chě ㄌㄠˋ ·ㄔㄜˇ 〈方〉閑談；聊天兒：來，咱們坐下嘮扯嘮扯｜幾個人在屋裏嘮扯起來。

【嘮嗑】lào∥kē ㄌㄠˋ∥ㄎㄜ 〈方〉(嘮嗑兒)閑談；聊天兒：沒事的時候，幾個人就湊在一塊兒嘮嗑｜昨天我跟我大哥嘮了會兒嗑。

澇(涝) lào ㄌㄠˋ ❶莊稼因雨水過多而被淹(跟'旱'相對)：防旱防澇｜莊稼澇了。❷因雨水過多而積在田地裏的水：排澇。

【澇害】làohài ㄌㄠˋ ㄏㄞˋ 因雨水過多農作物被淹而引起的植物體的破壞和死亡。

【澇災】làozāi ㄌㄠˋ ㄗㄞ 因澇害而造成大量減產的災害。

耮(耢) lào ㄌㄠˋ ❶平整土地用的一種農具，長方形，用藤條或荊條編成。功用和耙差不多，通常在耙過以後用耮進一步平整土地，弄碎土塊。也叫耱(mò)或蓋。❷用耮平整土地。

lē (ㄌㄜ)

肋 lē ㄌㄜ ［肋膩］(lē·de ㄌㄜ ·ㄉㄜ 又 lē·te ㄌㄜ ·ㄊㄜ)〈方〉(衣服)不整潔，不利落。
另見696頁 lèi。

嘞 lē ㄌㄜ ［嘞嘞］(lē·le ㄌㄜ ·ㄌㄜ)〈方〉嘮叨：瞎嘞嘞｜你窮嘞嘞甚麼｜少嘞嘞兩句行不行？
另見697頁 ·lei。

lè (ㄌㄜˋ)

仂 lè ㄌㄜˋ 〈書〉餘數。

【仂語】lèyǔ ㄌㄜˋ ㄩˇ 詞組。

艻〔艻〕 lè ㄌㄜˋ ［蘿艻］(luólè ㄌㄨㄛˊ ㄌㄜˋ)同'羅勒'。

叻 Lè ㄌㄜˋ 指新加坡(我國僑民稱新加坡為石叻、叻埠)：叻幣。

功 lè ㄌㄜˋ 見558頁〖瑊功〗(jiānlè)。

泐 lè ㄌㄜˋ 〈書〉❶石頭順着紋理裂開。❷書寫：手泐。❸同'勒[2]'(lè)。

勒[1] lè ㄌㄜˋ ❶〈書〉帶嚼子的馬籠頭。❷收住繮繩不讓騾馬等前進：懸崖勒馬。❸強制；逼迫：勒令｜勒派｜勒索。❹〈書〉統率：親勒六軍。

勒[2] lè ㄌㄜˋ 〈書〉雕刻：勒石｜勒碑。

勒[3] lè ㄌㄜˋ 勒克斯的簡稱。
另見694頁 lēi。

【勒逼】lèbī ㄌㄜˋ ㄅㄧ 強迫；逼迫。

【勒克斯】lèkèsī ㄌㄜˋ ㄎㄜˋ ㄙ 照度單位，1流明的光通量均勻分佈在1平方米面積上的照度，就是1勒克斯。簡稱勒。［英 lux］

【勒令】lèlìng ㄌㄜˋ ㄌㄧㄥˋ 用命令方式強制人做某事：勒令停業｜勒令搬遷。

【勒派】lèpài ㄌㄜˋ ㄆㄞˋ 強行攤派。

【勒索】lèsuǒ ㄌㄜˋ ㄙㄨㄛˇ 用威脅手段向別人要財物：敲詐勒索｜勒索錢財。

【勒抑】lèyì ㄌㄜˋ ㄧˋ ❶指用壓力迫使降低售價。

❷勒索壓制。

【勒詐】lèzhà ㄌㄜˋ ㄓㄚˋ 勒索敲詐：勒詐錢財。

樂(乐) lè ㄌㄜˋ ❶快樂：歡樂｜樂事｜樂不可支｜心裏樂得像開了花。❷樂於：樂此不疲。❸笑：他說了個笑話把大家逗樂了。❹(Lè)姓(與Yuè不同姓)。

另見1415頁 yuè。

【樂不可支】lè bù kě zhī ㄌㄜˋ ㄅㄨˋ ㄎㄜˇ ㄓ 形容快樂到了極點。

【樂不思蜀】lè bù sī Shǔ ㄌㄜˋ ㄅㄨˋ ㄙ ㄕㄨˇ 蜀漢亡國後，後主劉禪被安置在魏國的都城洛陽。一天，司馬昭問他想念不想念西蜀，他說'此間樂，不思蜀'(見《三國志·蜀志·後主傳》註引《漢晉春秋》)。後來泛指樂而忘返。

【樂此不疲】lè cǐ bù pí ㄌㄜˋ ㄘˇ ㄅㄨˋ ㄆㄧˊ 因喜歡做某件事而不知疲倦。形容對某事特別愛好而沈浸其中。也說樂此不倦。

【樂得】lèdé ㄌㄜˋ ㄉㄜˊ 某種情況或安排恰合自己心意，因而順其自然：主席讓他等一會兒再發言，他也樂得先聽聽別人的意見。

【樂觀】lèguān ㄌㄜˋ ㄍㄨㄢ 精神愉快，對事物的發展充滿信心(跟'悲觀'相對)：樂觀情緒｜不要盲目樂觀。

【樂呵呵】lèhēhē ㄌㄜˋ ㄏㄜ ㄏㄜ 形容高興的樣子：老遠就看見他樂呵呵地向這邊走來。

【樂和】lè·he ㄌㄜˋ ·ㄏㄜ 〈方〉快樂(多指生活幸福)：日子過得挺樂和｜人們辛苦了一年，春節的時候都願意樂和樂和。

【樂極生悲】lè jí shēng bēi ㄌㄜˋ ㄐㄧˊ ㄕㄥ ㄅㄟ 快樂到了極點的時候，發生悲痛的事情。

【樂趣】lèqù ㄌㄜˋ ㄑㄩˋ 使人感到快樂的意味：工作中的樂趣是無窮的｜只有樂觀的人才能隨時享受生活中的樂趣。

【樂兒】lèr ㄌㄜㄦˋ 〈方〉樂子。

【樂善好施】lè shàn hào shī ㄌㄜˋ ㄕㄢˋ ㄏㄠˋ ㄕ 愛做好事，喜歡施捨。

【樂事】lèshì ㄌㄜˋ ㄕˋ 令人高興的事情：人生樂事｜賞心樂事。

【樂陶陶】lètáotáo ㄌㄜˋ ㄊㄠˊ ㄊㄠˊ 形容很快樂的樣子：船家生活樂陶陶，趕潮撒網月兒高。

【樂天】lètiān ㄌㄜˋ ㄊㄧㄢ 安於自己的處境而沒有任何憂慮：樂天派。

【樂天知命】lè tiān zhī mìng ㄌㄜˋ ㄊㄧㄢ ㄓ ㄇㄧㄥˋ 相信宿命論的人認為自己的一切都由命運支配，於是安於自己的處境，沒有任何憂慮。

【樂土】lètǔ ㄌㄜˋ ㄊㄨˇ 安樂的地方。

【樂意】lèyì ㄌㄜˋ ㄧˋ ❶甘心願意：這件事只要你樂意辦，保險辦得好。❷滿意；高興①：你的話說得太生硬，他聽了有些不樂意。

【樂於】lèyú ㄌㄜˋ ㄩˊ 對於做某種事情感到快樂：樂於助人。

【樂園】lèyuán ㄌㄜˋ ㄩㄢˊ ❶快樂的園地：兒童樂園。❷基督教指天堂或伊甸園。

【樂滋滋】lèzīzī ㄌㄜˋ ㄗ ㄗ (樂滋滋的)形容因為滿意而喜悅的樣子：他聽得心裏樂滋滋的，把原來的煩惱事兒都忘了。

【樂子】lè·zi ㄌㄜˋ ·ㄗ 〈方〉❶快樂的事：下雨天出不了門兒，下兩盤棋，也是個樂子。❷惹人笑的事(含有幸災樂禍的意思)：他摔了一跤，把端着的金魚缸也砸了，這個樂子可真不小。

簕 lè ㄌㄜˋ 見下。

【簕欓】lèdǎng ㄌㄜˋ ㄉㄤˇ 常綠灌木或喬木，枝上有刺，羽狀複葉，小葉長圓形，花淡青色，蒴果紫紅色，種子黑色，可提製芳香油。根可入藥。

【簕竹】lèzhú ㄌㄜˋ ㄓㄨˊ 竹子的一種，高達15米左右，葉子披針形，背面有稀疏的短毛。

鰳(鳓) lè ㄌㄜˋ 鰳魚，身體側扁，銀白色，頭小，鰓孔大，無側綫。生活在海中。也叫鱠(快)魚、白鱗魚或曹白魚。

·le (·ㄌㄜ)

了 ·le ·ㄌㄜ 助詞。❶用在動詞或形容詞後面，表示動作或變化已經完成。a)用於實際已經發生的動作或變化：這個小組受到了表揚｜水位已經低了兩米。b)用於預期的或假設的動作：你先去，我下了班就去｜他要知道了這個消息，一定也很高興。❷用在句子的末尾或句中停頓的地方，表示變化或出現新的情況。a)表示已經出現或將要出現某種情況：下雨了｜春天了，桃花都開了｜他吃了飯了｜天快黑了，今天去不成了。b)表示在某種條件之下出現某種情況：天一下雨，我就不出門了｜你早來一天就見着他了。c)表示認識、想法、主張、行動等有變化：我現在明白他的意思了｜他本來不想去，後來還是去了。d)表示催促或勸止：走了，走了，不能再等了！｜好了，不要老說這些事了！

另見723頁 liǎo；723頁 liǎo'瞭'。

餎(饹) ·le ·ㄌㄜ 見466頁[餄餎](hé·le)。另見385頁 gē。

lēi (ㄌㄟ)

勒 lēi ㄌㄟ ❶用繩子等捆住或套住，再用力拉緊；繫緊：行李沒有捆緊，再勒一勒｜中間再勒根繩子就不會散了｜襪帶兒太緊，勒得腿肚子不舒服。❷〈方〉強制；逼迫：他硬勒着大夥兒在地裏種烟草。

另見693頁 lè。

【勒措】lēi·kèn ㄌㄟ ·ㄎㄣ 〈方〉強迫或故意為難。

léi（ㄌㄟˊ）

累 léi ㄌㄟˊ 見下。
另見696頁 lěi；696頁 lèi；695頁 léi'纍'；696頁 lěi'纍'。

【累贅】léi·zhui ㄌㄟˊ ·ㄓㄨㄟ ❶(事物)多餘、麻煩；(文字)不簡潔：這段話顯得有些累贅。❷使人感到多餘或麻煩：我不想再累贅你們了，明天就回鄉下去。❸使人感到多餘、麻煩的事物：行李帶多了，是個累贅。‖也作累墜。

雷 léi ㄌㄟˊ ❶雲層放電時發出的響聲：打雷｜春雷。❷軍事上用的爆炸武器：地雷｜水雷｜魚雷｜佈雷｜掃雷。❸(Léi)姓。

【雷暴】léibào ㄌㄟˊ ㄅㄠˋ 由積雨雲產生的雷電現象，有時伴有陣雨或冰雹。

【雷場】léichǎng ㄌㄟˊ ㄔㄤˇ 佈設許多地雷的地段。

【雷池】léichí ㄌㄟˊ ㄔˊ 古水名，在今安徽望江。東晉時庾亮寫給溫嶠的信裏有'足下無過雷池一步'的話，是叫溫嶠不要越過雷池到京城(今南京)來(見於《晉書·庾亮傳》)。現在只用於'不敢越雷池一步'這個成語中，比喻不敢越出一定的範圍。

【雷達】léidá ㄌㄟˊ ㄉㄚˊ 利用極短的無綫電波進行探測的裝置。無綫電波傳播時遇到障礙物就能反射回來，雷達就根據這個原理，把無綫電波發射出去再用接收裝置接收反射回來的無綫電波，這樣就可以測定目標的方向、距離、大小等，接收的電波映在指示器上可以得到探測目標的影像。雷達在使用上不受氣候條件的影響，廣泛應用在軍事、天文、氣象、航海、航空等方面。[英 radar]

【雷達兵】léidábīng ㄌㄟˊ ㄉㄚˊ ㄅㄧㄥ 以雷達為基本裝備的部隊。也稱這一部隊的士兵。

【雷打不動】léi dǎ bù dòng ㄌㄟˊ ㄉㄚˇ ㄅㄨˋ ㄉㄨㄥˋ 形容堅定，不可動搖：他每天早晨堅持跑步，雷打不動。

【雷電】léidiàn ㄌㄟˊ ㄉㄧㄢˋ 雷和閃電的合稱。

【雷動】léidòng ㄌㄟˊ ㄉㄨㄥˋ (聲音)像打雷一樣：掌聲雷動｜雷動的歡呼聲響徹雲霄。

【雷公】Léigōng ㄌㄟˊ ㄍㄨㄥ 神話中管打雷的神。

【雷管】léiguǎn ㄌㄟˊ ㄍㄨㄢˇ 彈藥、炸藥包等的發火裝置。一般用雷汞等容易發火的化學藥品裝在金屬管裏製成。

【雷擊】léijī ㄌㄟˊ ㄐㄧ 雷電發生時，由於強大電流的通過而殺傷或破壞(人、畜、樹木或建築物等)。

【雷厲風行】léi lì fēng xíng ㄌㄟˊ ㄌㄧˋ ㄈㄥ ㄒㄧㄥˊ 像雷一樣猛烈，像風一樣快。形容執行政策法令等嚴格而迅速。

【雷鳴】léimíng ㄌㄟˊ ㄇㄧㄥˊ ❶打雷：雷鳴電閃。❷像打雷那麼響(多用於掌聲)：掌聲雷鳴。

【雷聲大，雨點小】léishēng dà, yǔdiǎn xiǎo ㄌㄟˊ ㄕㄥ ㄉㄚˋ, ㄩˇ ㄉㄧㄢˇ ㄒㄧㄠˇ 比喻話説得很有氣勢或計劃訂得很大而實際行動卻很少。

【雷霆】léitíng ㄌㄟˊ ㄊㄧㄥˊ ❶雷暴；霹靂。❷比喻威力或怒氣：雷霆萬鈞｜大發雷霆(大怒)。

【雷霆萬鈞】léitíng wàn jūn ㄌㄟˊ ㄊㄧㄥˊ ㄨㄢˋ ㄐㄩㄣ 比喻威力極大：排山倒海之勢，雷霆之力。

【雷同】léitóng ㄌㄟˊ ㄊㄨㄥˊ 指隨聲附和，也指不該相同而相同(舊説打雷時，許多東西都同時響應)。

【雷雨】léiyǔ ㄌㄟˊ ㄩˇ 伴有雷電的雨，多發生在夏天的下午。

【雷陣雨】léizhènyǔ ㄌㄟˊ ㄓㄣˋ ㄩˇ 伴有雷電的陣雨。

嫘 léi ㄌㄟˊ 用於人名，嫘祖(Léizǔ ㄌㄟˊ ㄗㄨˇ)，傳説中黃帝的妻子，發明養蠶。

慓 léi ㄌㄟˊ 〈書〉牡牛。

擂 léi ㄌㄟˊ ❶研磨：擂鉢。❷打：擂了一拳。
另見697頁 lèi。

檑 léi ㄌㄟˊ 古代作戰時從高處推下大塊木頭，以打擊敵人。

【檑木】léimù ㄌㄟˊ ㄇㄨˋ 古代作戰時從高處往下推以打擊敵人的大塊木頭。

縲(缧) léi ㄌㄟˊ [縲紲](léixiè ㄌㄟˊ ㄒㄧㄝˋ)〈書〉捆綁犯人的繩索，借指牢獄：身陷縲紲。

礌(礧) léi ㄌㄟˊ ❶古代作戰時從高處推下石頭，以打擊敵人。❷〈書〉擊。

【礧石】léishí ㄌㄟˊ ㄕˊ 古代作戰時從高處往下推以打擊敵人的大塊石頭。

羸 léi ㄌㄟˊ 〈書〉❶瘦：羸弱。❷疲勞：羸憊。

【羸頓】léidùn ㄌㄟˊ ㄉㄨㄣˋ 〈書〉❶瘦弱困頓。❷疲憊困頓。

【羸弱】léiruò ㄌㄟˊ ㄖㄨㄛˋ 〈書〉瘦弱。

罍 léi ㄌㄟˊ 古時一種盛酒的器具，形狀像壺。

纍(累) léi ㄌㄟˊ 見下。
另見696頁 lěi。'累'另見695頁 léi；696頁 lěi；696頁 lèi。

【纍纍】[1] léiléi ㄌㄟˊ ㄌㄟˊ 〈書〉憔悴頹喪的樣子：纍纍若喪家之狗。也作儽儽。

【纍纍】[2] léiléi ㄌㄟˊ ㄌㄟˊ 〈書〉接連成串：果實纍纍。
另見696頁 lěilěi。

鐳(镭) léi ㄌㄟˊ 金屬元素，符號 Ra (radium)。銀白色，質軟，有放

射性。用來治療惡性腫瘤，鐳鹽和鈹粉的混合製劑可製成中子源。

儽 léi ㄌㄟˊ ［儽儽］見695頁〖纍纍〗¹(léiléi)。

虆〔虆〕(蔂) léi ㄌㄟˊ 〈書〉土筐。

欙 léi ㄌㄟˊ 古代走山路乘坐的器具。

lěi (ㄌㄟˇ)

耒 lěi ㄌㄟˇ ❶古代的一種農具，形狀像木叉。❷古代農具'耒耜'上的木柄。

【耒耜】lěisì ㄌㄟˇ ㄙˋ 古代一種像犁的農具，也用做農具的統稱。

累 lěi ㄌㄟˇ 牽連：牽累｜連累。

另見695頁 léi；696頁 lèi；695頁 léi'纍'；696頁 lěi'纍'。

【累及】lěijí ㄌㄟˇ ㄐㄧˊ 連累到：累及無辜。

誄(诔) lěi ㄌㄟˇ ❶古時敍述死者事迹表示哀悼(多用於上對下)。❷這類哀悼死者的文章。

磊 lěi ㄌㄟˇ 見下。

【磊磊】lěilěi ㄌㄟˇ ㄌㄟˇ 〈書〉形容石頭很多：怪石磊磊｜磊磊澗中石。

【磊落】lěiluò ㄌㄟˇ ㄌㄨㄛˋ ❶(心地)正大光明：光明磊落｜磊落的胸懷。❷〈書〉多而錯雜的樣子：山嶽磊落｜巨岩磊落，石徑崎嶇。

蕾〔蕾〕 lěi ㄌㄟˇ 花蕾：蕾鈴｜護苗保蕾。

【蕾鈴】lěilíng ㄌㄟˇ ㄌㄧㄥˊ 棉花的花蕾和棉鈴。

儡 lěi ㄌㄟˇ 見672頁〖傀儡〗(kuǐlěi)。

藟〔藟〕 lěi ㄌㄟˇ ❶藤：葛藟。❷〈書〉纏繞。❸〈書〉同'蕾'。

壘¹(垒) lěi ㄌㄟˇ 用磚、石、土塊等砌或築：壘豬圈｜壘一道牆｜把井口壘高點。

壘²(垒) lěi ㄌㄟˇ ❶軍營的牆壁或工事：壁壘｜深溝高壘｜兩軍對壘。❷棒球、壘球運動的守方據點：跑壘。

【壘球】lěi qiú ㄌㄟˇ ㄑㄧㄡˊ ❶球類運動項目之一，球場呈直角扇形，四角各設一壘(守方據點)。❷壘球運動使用的球，比棒球略大些。裏面用絲或其他纖維纏成硬團，外面包着軟皮。

瘰 lěi ㄌㄟˇ 中醫指皮膚上起的小疙瘩。

瘣 lěi ㄌㄟˇ 見867頁〖痦瘣〗(pēilěi)。

纍(累) lěi ㄌㄟˇ ❶積纍：日積月纍｜成千纍萬。❷屢次；連續：纍教不改｜連篇纍牘｜歡聚纍日。❸同'壘¹'。

另見695頁 léi。'累'另見695頁 léi；696頁 lěi；696頁 lèi。

【纍次】lěicì ㄌㄟˇ ㄘˋ 屢次：纍次三番。

【纍犯】lěifàn ㄌㄟˇ ㄈㄢˋ 指被判處有期徒刑以上刑罰，服刑完畢或者赦免後，在一定期限內又犯必須判處有期徒刑以上刑罰的人。

【纍積】lěijī ㄌㄟˇ ㄐㄧ 層層增加；積聚：纍積資料｜纍積財富｜前八個月完成的工程量纍積起來，已達到全年任務的90%。

【纍計】lěijì ㄌㄟˇ ㄐㄧˋ 加起來計算；總計：一場球打下來，纍計要跑幾十里呢。

【纍進】lěijìn ㄌㄟˇ ㄐㄧㄣˋ 以某數為基數，另一數與它的比值按等差數列(如1%，2%，3%，4%)、等比數列(如1%，2%，4%，8%)或其他方式逐步增加，叫做纍進：纍進率｜纍進稅。

【纍纍】lěilěi ㄌㄟˇ ㄌㄟˇ ❶屢屢：纍纍失誤。❷形容纍積得多：罪行纍纍。

另見695頁 léiléi。

【纍卵】lěiluǎn ㄌㄟˇ ㄌㄨㄢˇ 一層層堆起來的蛋，比喻局勢極不穩定，隨時可能垮台：危如纍卵。

【纍年】lěinián ㄌㄟˇ ㄋㄧㄢˊ 連年：纍年豐收。

【纍世】lěishì ㄌㄟˇ ㄕˋ 數世；接連幾個世代：纍世之功｜纍世僑居海外。

灅 Lěi ㄌㄟˇ 古水名，就是現在河北的永定河。

lèi (ㄌㄟˋ)

肋 lèi ㄌㄟˋ 胸部的側面：兩肋｜左肋｜右肋。

另見693頁 lē。

【肋骨】lèigǔ ㄌㄟˋ ㄍㄨˇ 人或高等動物胸壁兩側的長條形的骨。人有十二對肋骨，形狀扁而彎，後接脊柱，前連胸骨，有保護胸腔內臟的作用。有的地區叫肋巴骨(lèi·bagǔ)或肋條。(圖見410頁〖骨骼〗)

【肋膜】lèimó ㄌㄟˋ ㄇㄛˊ 胸膜。

【肋條】lèi·tiáo ㄌㄟˋ·ㄊㄧㄠˊ 〈方〉❶肋骨。❷作為食品的帶肉的肋骨：肋條肉。

累 lèi ㄌㄟˋ ❶疲勞：越幹越有勁兒，一點兒也不覺得累。❷使疲勞；使勞累：眼睛剛好，別累着它｜這件事別人做不了，還得累你。❸操勞：累了一天，該休息了。

另見695頁 léi；696頁 lěi；695頁 léi'纍'；696頁 lěi'纍'。

淚(泪) lèi ㄌㄟˋ 眼淚；淚液：淚痕｜淚如雨下◇燭淚。

【淚痕】lèihén ㄌㄟˋ ㄏㄣˊ 眼淚流過後所留下的痕迹：滿臉淚痕。

【淚花】lèihuā ㄌㄟˋ ㄏㄨㄚ (淚花兒)含在眼裏要流還沒有流下來的淚珠：兩眼含着淚花。

【淚漣漣】lèiliánlián ㄌㄟˋ ㄌㄧㄢˊ ㄌㄧㄢˊ 形容不斷流淚的樣子。
【淚人兒】lèirénr ㄌㄟˋ ㄖㄣˊㄦ 形容哭得很厲害的人：哭得成了個淚人兒了。
【淚水】lèishuǐ ㄌㄟˋ ㄕㄨㄟˇ 眼淚。
【淚汪汪】lèiwāngwāng ㄌㄟˋ ㄨㄤ ㄨㄤ（淚汪汪的）形容眼裏充滿了淚水。
【淚腺】lèixiàn ㄌㄟˋ ㄒㄧㄢˋ 眼眶外上方分泌淚液的腺體，略呈橢圓形，受副交感神經纖維的支配。
【淚眼】lèiyǎn ㄌㄟˋ ㄧㄢˇ 含着眼淚的眼睛：淚眼模糊。
【淚液】lèiyè ㄌㄟˋ ㄧㄝˋ 眼內淚腺分泌的無色透明液體。淚液有保持眼球表面濕潤，清洗眼球的作用。通稱眼淚。
【淚珠】lèizhū ㄌㄟˋ ㄓㄨ（淚珠兒）一滴一滴的眼淚。

酹 lèi ㄌㄟˋ〈書〉把酒澆在地上，表示祭奠。

擂 lèi ㄌㄟˋ 擂台：打擂。
另見695頁 léi。
【擂台】lèitái ㄌㄟˋ ㄊㄞˊ 原指為比武所搭的台子。'擺擂台'指搭了台歡迎人來比武，'打擂台'是上擂台參加比武。現比賽中多用'擺擂台'比喻向人挑戰，用'打擂台'比喻應戰。

類（类） lèi ㄌㄟˋ ❶許多相似或相同事物的綜合；種類：分類｜同類。❷類似：類人猿｜畫虎不成反類狗。
【類比】lèibǐ ㄌㄟˋ ㄅㄧˇ 一種推理方法，根據兩種事物在某些特徵上的相似，做出它們在其他特徵上也可能相似的結論。如光和聲都是直綫傳播，有反射、折射和干擾現象等，由於聲呈波動狀態，因而推出光也呈波動狀態。類比推理是一種或然性的推理，其結論是否正確還有待實踐證明。
【類別】lèibié ㄌㄟˋ ㄅㄧㄝˊ 不同的種類；按種類的不同而做出的區別：這一章討論土壤的類別｜類別一欄中填寫商品種類的名稱。
【類固醇】lèigùchún ㄌㄟˋ ㄍㄨˋ ㄔㄨㄣˊ 甾。
【類乎】lèi·hu ㄌㄟˋ ·ㄏㄨ 好像；近於：這個故事很離奇，類乎神話。
【類群】lèi qún ㄌㄟˋ ㄑㄩㄣˊ 具有某些共同特性的動植物群體（多指同一物種中再細分的不同種類）。
【類人猿】lèirényuán ㄌㄟˋ ㄖㄣˊ ㄩㄢˊ 外貌和舉動較其他猿類更像人的猿類，如猩猩、黑猩猩、大猩猩、長臂猿等。
【類書】lèishū ㄌㄟˋ ㄕㄨ 摘錄各種書上有關的材料並依照內容分門別類地編排起來以備檢索的書籍，例如《太平御覽》、《古今圖書集成》。
【類似】lèisì ㄌㄟˋ ㄙˋ 大致相像：找出犯錯誤的原因，避免再犯類似的錯誤。
【類同】lèitóng ㄌㄟˋ ㄊㄨㄥˊ 大致相同：樣式類同。
【類推】lèituī ㄌㄟˋ ㄊㄨㄟ 比照某一事物的道理推出跟它同類的其他事物的道理：照此類推｜其餘類推。
【類新星變星】lèixīnxīng biànxīng ㄌㄟˋ ㄒㄧㄣ ㄒㄧㄥ ㄅㄧㄢˋ ㄒㄧㄥ 類似新星的變星。類新星變星的亮度是突然變亮的，光譜性質和新星在某一變化時期的光譜一樣。
【類型】lèixíng ㄌㄟˋ ㄒㄧㄥˊ 具有共同特徵的事物所形成的種類。

纇（纇） lèi ㄌㄟˋ〈書〉缺點；毛病：疵纇。

·lei（·ㄌㄟ）

嘞 ·lei ·ㄌㄟ 助詞，用法跟'嘍'②相似，語氣更輕快些：好嘞，我就去｜雨不下了，走嘞！
另見693頁 lē。

lēng（ㄌㄥ）

棱 lēng ㄌㄥ 見474頁〖紅不棱登〗、488頁〖花不棱登〗、895頁〖撲棱〗。
另見697頁 léng；731頁 líng。

𠺪 lēng ㄌㄥ 象聲詞，形容紡車等轉動的聲音：紡車𠺪𠺪轉得歡。

léng（ㄌㄥˊ）

崚 léng ㄌㄥˊ［崚嶒］（léngcéng ㄌㄥˊ ㄘㄥˊ）〈書〉形容山高。

塄 léng ㄌㄥˊ〈方〉田地邊上的坡兒。
【塄坎】léngkǎn ㄌㄥˊ ㄎㄢˇ〈方〉田地邊上的坡兒和田埂子。

棱（稜） léng ㄌㄥˊ ❶（棱兒）物體上不同方向的兩個平面連接的部分：見棱見角｜桌子棱兒。❷（棱兒）物體上條狀的突起部分：瓦棱｜搓板的棱兒。
另見697頁 lēng；731頁 líng。
【棱角】léngjiǎo ㄌㄥˊ ㄐㄧㄠˇ ❶棱和角：河溝裏的石頭多半沒有棱角。❷比喻顯露出來的鋒芒：他很有心計，但表面不露棱角。
【棱鏡】léngjìng ㄌㄥˊ ㄐㄧㄥˋ 用透明材料做成的多面體光學器件，在光學儀器中用來把複合光分解成光譜或用來改變光綫的方向。常見的是三棱鏡。
【棱坎】léngkǎn ㄌㄥˊ ㄎㄢˇ〈方〉塄（léngkǎn）。
【棱台】léngtái ㄌㄥˊ ㄊㄞˊ 棱錐的底面和平行於底面的一個截面間的部分，叫做棱台。

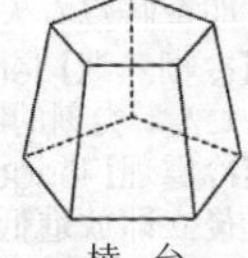
棱台

【棱柱】léngzhù ㄌㄥˊ ㄓㄨˋ 兩個底面是平行的全等多邊形，側面都是平行四邊形的多面體。
【棱錐】léngzhuī ㄌㄥˊ ㄓㄨㄟ 一個多邊形和若干個同一頂點的三角形所圍成的多面體。

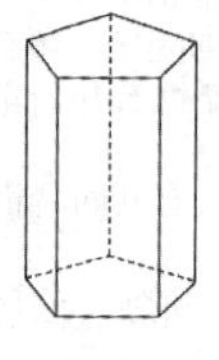
棱 柱

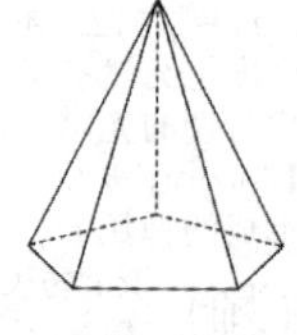
棱 錐

【棱子】léng·zi ㄌㄥˊ ·ㄗ 〈方〉棱 1：木頭棱子。

楞 léng ㄌㄥˊ 同'棱'(léng)。

稜〔稜〕 léng ㄌㄥˊ 見86頁〖菠稜菜〗(bōléngcài)。

lěng（ㄌㄥˇ）

冷 lěng ㄌㄥˇ ❶溫度低；感覺溫度低（跟'熱'相對）：冷水｜現在還不算冷，雪後才冷呢｜你冷不冷？❷〈方〉使冷（多指食物）：太燙了，冷一下再吃。❸不熱情；不溫和：冷言冷語｜冷冷地說了聲'好吧'。❹寂靜；不熱鬧：冷落｜冷清清。❺生僻；少見的：冷僻。❻不受歡迎的；沒人過問的：冷貨｜冷門。❼乘人不備的；暗中的；突然的：冷箭｜冷槍｜冷不防。❽比喻灰心或失望：心灰意冷｜看到他嚴厲的目光，我的心冷了半截。❾(Lěng)姓。
【冷板凳】lěngbǎndèng ㄌㄥˇ ㄅㄢˇ ㄉㄥˋ 見1533頁〖坐冷板凳〗。
【冷冰冰】lěngbīngbīng ㄌㄥˇ ㄅㄧㄥ ㄅㄧㄥ（冷冰冰的）❶形容不熱情或不溫和：冷冰冰的臉色。❷形容物體很冷：冷冰冰的石凳。
【冷不丁】lěng·budīng ㄌㄥˇ ·ㄅㄨ ㄉㄧㄥ 〈方〉冷不防：冷不丁嚇了一跳。
【冷不防】lěng·bufáng ㄌㄥˇ ·ㄅㄨ ㄈㄤˊ 沒有預料到；突然：冷不防摔了一跤。
【冷布】lěngbù ㄌㄥˇ ㄅㄨˋ 防蚊蠅、糊窗戶等用的很稀疏的布。
【冷藏】lěngcáng ㄌㄥˇ ㄘㄤˊ 把食物、藥品等貯存在低溫設備裏，以免變質、腐爛：冷藏庫。
【冷場】lěng∥chǎng ㄌㄥˇ∥ㄔㄤˇ ❶戲劇、曲藝等演出時因演員遲到或忘記台詞造成的場面。❷開會時沒有人發言的局面。
【冷嘲熱諷】lěng cháo rè fěng ㄌㄥˇ ㄔㄠˊ ㄖㄜˋ ㄈㄥˇ 尖刻的嘲笑和譏諷。
【冷處理】lěngchǔlǐ ㄌㄥˇ ㄔㄨˇ ㄌㄧˇ ❶工件淬火後立即放進低溫空氣（0－80°C）中，叫做冷處理。工件經過冷處理以後，其機械性能較高，規格比較穩定。❷比喻事情發生後暫時擱置起來，等適當機會再作處理。
【冷牀】lěngchuáng ㄌㄥˇ ㄔㄨㄤˊ 農業上指避風、向陽、保溫而不進行人工加溫的苗牀。適用於不太寒冷的地區。
【冷淡】lěngdàn ㄌㄥˇ ㄉㄢˋ ❶不熱鬧；不興盛：生意冷淡。❷不熱情；不親熱；不關心：態度冷淡。❸使受到冷淡的待遇：他強打着精神說話，怕冷淡了朋友。
【冷碟兒】lěngdiér ㄌㄥˇ ㄉㄧㄝㄦˊ 〈方〉涼碟兒。
【冷丁】lěngdīng ㄌㄥˇ ㄉㄧㄥ 〈方〉冷不防：冷丁地從草叢裏跳出一隻兔子來。
【冷凍】lěngdòng ㄌㄥˇ ㄉㄨㄥˋ 降低溫度使肉、魚等所含的水分凝固：冷凍設備｜把鮮菜冷凍起來。
【冷風】lěngfēng ㄌㄥˇ ㄈㄥ 比喻背地裏散佈的消極言論：吹冷風｜颳冷風。
【冷鋒】lěngfēng ㄌㄥˇ ㄈㄥ 冷氣團插入暖氣團的底部，並推着暖氣團向前移動，在這種情況下，冷、暖氣團接觸的地帶叫做冷鋒。
【冷敷】lěngfū ㄌㄥˇ ㄈㄨ 用冰袋或冷水浸濕的毛巾放在身體的局部以降低溫度、減輕疼痛或炎症。
【冷宮】lěnggōng ㄌㄥˇ ㄍㄨㄥ 戲曲、舊小說中指君主安置失寵的后妃的地方，現在比喻存放不用的東西的地方：打入冷宮。
【冷光】lěngguāng ㄌㄥˇ ㄍㄨㄤ ❶指熒光和磷光，因為這種光綫所含的熱量極少，所以叫冷光。❷指冷酷嚴峻的目光：眼裏閃爍着逼人的冷光。
【冷櫃】lěngguì ㄌㄥˇ ㄍㄨㄟˋ 冰櫃。
【冷害】lěnghài ㄌㄥˇ ㄏㄞˋ 由於氣溫降低，使某些植物體遭受的破壞或死亡。
【冷汗】lěnghàn ㄌㄥˇ ㄏㄢˋ 由驚恐或休克等原因而出的汗，出汗時手足發冷，所以叫冷汗。
【冷葷】lěnghūn ㄌㄥˇ ㄏㄨㄣ 葷的涼菜。
【冷貨】lěnghuò ㄌㄥˇ ㄏㄨㄛˋ 不容易賣出去的貨物。也說冷門貨。
【冷寂】lěngjì ㄌㄥˇ ㄐㄧˋ 清冷而寂靜：冷寂的秋夜。
【冷加工】lěngjiāgōng ㄌㄥˇ ㄐㄧㄚ ㄍㄨㄥ 指對在常溫下的金屬進行加工。
【冷箭】lěngjiàn ㄌㄥˇ ㄐㄧㄢˋ 乘人不備暗中射出的箭。也用來比喻暗地裏害人的手段。
【冷噤】lěngjìn ㄌㄥˇ ㄐㄧㄣˋ 冷戰；寒噤：打了個冷噤。
【冷靜】lěngjìng ㄌㄥˇ ㄐㄧㄥˋ ❶人少而靜；不熱鬧：夜深了，街上顯得很冷靜。❷沈着而不感情用事：頭腦冷靜｜冷靜下來，好好兒想想。
【冷峻】lěngjùn ㄌㄥˇ ㄐㄩㄣˋ 冷酷嚴峻；沈着而嚴肅：神色冷峻｜冷峻的目光。
【冷庫】lěngkù ㄌㄥˇ ㄎㄨˋ 冷藏食物或藥品的倉庫。也叫冷藏庫。

【冷酷】lěngkù ㄌㄥˇ ㄎㄨˋ (待人)冷淡苛刻：冷酷無情。

【冷厲】lěnglì ㄌㄥˇ ㄌㄧˋ 冷峻嚴厲：冷厲的目光。

【冷臉子】lěngliǎn·zi ㄌㄥˇ ㄌㄧㄢˇ·ㄗ 冷淡的臉色；不溫和的臉色。

【冷落】lěngluò ㄌㄥˇ ㄌㄨㄛˋ ❶不熱鬧：門庭冷落｜過去這裏很冷落，現在變得很熱鬧了。❷使受到冷淡的待遇：別冷落了他｜受到冷落。

【冷門】lěngmén ㄌㄥˇ ㄇㄣˊ (冷門兒)原指賭博時很少有人下注的一門。現比喻很少有人從事的、不時興的工作、事業等：過去地質學是冷門兒。

【冷漠】lěngmò ㄌㄥˇ ㄇㄛˋ (對人或事物)冷淡，不關心：神情冷漠｜冷漠的態度。

【冷凝】lěngníng ㄌㄥˇ ㄋㄧㄥˊ 氣體或液體遇冷而凝結，如水蒸氣遇冷變成水，水遇冷變成冰。

【冷暖】lěngnuǎn ㄌㄥˇ ㄋㄨㄢˇ 寒冷和溫暖。泛指人的生活起居：關心群眾的冷暖。

【冷盤】lěngpán ㄌㄥˇ ㄆㄢˊ (冷盤兒)盛在盤子裏的涼菜(多作下酒用)。

【冷僻】lěngpì ㄌㄥˇ ㄆㄧˋ ❶冷落偏僻：地段冷僻｜冷僻的山鄉。❷不常見的(字、名稱、典故、書籍等)：冷僻字。

【冷氣】lěngqì ㄌㄥˇ ㄑㄧˋ ❶利用製冷設備，把空氣冷卻，通入建築物、交通工具等內部，以降低其溫度。所通的冷卻的空氣叫做冷氣。❷通常也指上述設備。

【冷氣團】lěngqìtuán ㄌㄥˇ ㄑㄧˋ ㄊㄨㄢˊ 一種移動的氣團，本身的溫度比到達區域的地面溫度低，多在極地和西伯利亞大陸上形成。

【冷槍】lěngqiāng ㄌㄥˇ ㄑㄧㄤ 乘人不備暗中射出的槍彈：打冷槍。

【冷峭】lěngqiào ㄌㄥˇ ㄑㄧㄠˋ ❶形容冷氣逼人：北風冷峭。❷形容態度嚴峻，話語尖刻。

【冷清】lěng·qīng ㄌㄥˇ ·ㄑㄧㄥ 冷靜而淒涼：冷冷清清｜冷清的深夜｜後山遊人少，顯得很冷清。

【冷清清】lěngqīngqīng ㄌㄥˇ ㄑㄧㄥ ㄑㄧㄥ (冷清清的)形容冷落、幽靜、淒涼、寂寞：冷清清的小巷｜冷清清的月色｜通跨院兒的月亮門冷清清地開着。

【冷泉】lěngquán ㄌㄥˇ ㄑㄩㄢˊ 溫度在當地年平均氣溫以下的泉水。

【冷卻】lěngquè ㄌㄥˇ ㄑㄩㄝˋ 物體的溫度降低或使物體的溫度降低。

【冷熱病】lěngrèbìng ㄌㄥˇ ㄖㄜˋ ㄅㄧㄥˋ ❶〈方〉瘧疾。❷比喻情緒忽高忽低。

【冷若冰霜】lěng ruò bīng shuāng ㄌㄥˇ ㄖㄨㄛˋ ㄅㄧㄥ ㄕㄨㄤ 形容人不熱情、不溫和。也形容態度嚴肅，使人不易接近。

【冷色】lěngsè ㄌㄥˇ ㄙㄜˋ 給人以涼爽的感覺的顏色，如白、綠、藍。

【冷森森】lěngsēnsēn ㄌㄥˇ ㄙㄣ ㄙㄣ (冷森森的)形容寒氣逼人：山洞裏冷森森的。

【冷杉】lěngshān ㄌㄥˇ ㄕㄢ 常綠喬木，莖高大，樹皮灰色，小枝紅褐色，有光澤，葉子條形，果實橢圓形，暗紫色。木材可製器具。也叫樅(cōng)。

【冷食】lěngshí ㄌㄥˇ ㄕˊ 涼的食品，大多是甜的，如冰棍兒、冰淇淋等：病人忌冷食。

【冷水】lěngshuǐ ㄌㄥˇ ㄕㄨㄟˇ ❶涼水：潑冷水｜冷水澆頭(比喻受到意外的打擊或希望突然破滅)。❷生水：喝冷水容易得病。

【冷絲絲】lěngsīsī ㄌㄥˇ ㄙ ㄙ (冷絲絲的)形容有點兒冷。也說冷絲兒絲兒的。

【冷颼颼】lěngsōusōu ㄌㄥˇ ㄙㄡ ㄙㄡ (冷颼颼的)形容很冷。

【冷燙】lěngtàng ㄌㄥˇ ㄊㄤˋ 燙髮的一種方法，用藥水而不用熱能，所以叫冷燙。

【冷笑】lěngxiào ㄌㄥˇ ㄒㄧㄠˋ 含有諷刺、不滿意、無可奈何、不屑於、不以為然等意味或怒意的笑：嘴角挂着一絲冷笑。

【冷血動物】lěngxuè dòngwù ㄌㄥˇ ㄒㄩㄝ ㄉㄨㄥˋ ㄨˋ ❶變溫動物的俗稱。❷比喻沒有感情的人。

【冷言冷語】lěng yán lěng yǔ ㄌㄥˇ ㄧㄢˊ ㄌㄥˇ ㄩˇ 含有譏諷意味的冷冰冰的話。

【冷眼】lěngyǎn ㄌㄥˇ ㄧㄢˇ ❶冷靜客觀的態度：他坐在牆角裏，冷眼觀察來客的言談舉止。❷冷淡的待遇：冷眼相待。

【冷眼旁觀】lěng yǎn páng guān ㄌㄥˇ ㄧㄢˇ ㄆㄤˊ ㄍㄨㄢ 用冷靜或冷淡的態度從旁觀看(多指可以參加而不願意參加)。

【冷飲】lěngyǐn ㄌㄥˇ ㄧㄣˇ 涼的飲料，大多是甜的，如汽水、酸梅湯等。

【冷語冰人】lěng yǔ bīng rén ㄌㄥˇ ㄩˇ ㄅㄧㄥ ㄖㄣˊ 用尖酸刻薄的話傷害人。

【冷遇】lěngyù ㄌㄥˇ ㄩˋ 冷淡的待遇：遭到冷遇。

【冷戰】lěngzhàn ㄌㄥˇ ㄓㄢˋ 指國際間進行的戰爭形式之外的敵對行動。

【冷戰】lěng·zhan ㄌㄥˇ ·ㄓㄢ 因寒冷或害怕渾身突然發抖：打了一個冷戰。也作冷顫。

【冷字】lěngzì ㄌㄥˇ ㄗˋ 冷僻的字。

lèng (ㄌㄥˋ)

堎 lèng ㄌㄥˋ 長頭堎(Chángtóulèng ㄔㄤˊ ㄊㄡˊ ㄌㄥˋ)，地名，在江西。

愣 lèng ㄌㄥˋ ❶失神；呆：發愣｜他愣了半天沒說話。❷說話做事不考慮效果；魯莽：愣小子。❸〈方〉偏偏；偏要：明知不對，他愣那麼做。

【愣神兒】lèng∥shénr ㄌㄥˋ∥ㄕㄣㄦˊ 〈方〉發呆；

發愣。

【愣頭愣腦】lèng tóu lèng nǎo ㄌㄥˋ ㄊㄡˊ ㄌㄥˋ ㄋㄠˇ 形容魯莽冒失的樣子。

【愣頭兒青】lèngtóurqīng ㄌㄥˋ ㄊㄡㄦˊ ㄑㄧㄥ 〈方〉指魯莽的人。

【愣怔】lèng·zheng ㄌㄥˋ ·ㄓㄥ 同'睖睜'。

睖 lèng ㄌㄥˋ 〈方〉睜大眼睛注視，表示不滿意：她狠狠地睖了他一眼。

【睖睜】lèng·zheng ㄌㄥˋ ·ㄓㄥ ❶發呆地直視：睖睜着眼睛。❷發愣。‖也作愣怔。

lī（ㄌㄧ）

哩 lī ㄌㄧ 見下。
另見702頁 lǐ；711頁 ·li；1371頁 yīnglǐ。

【哩哩啦啦】lī·lilālā ㄌㄧ ·ㄌㄧ ㄌㄚ ㄌㄚ 零零散散或斷斷續續的樣子：他不會挑水，哩哩啦啦灑了一地｜雨很大，客人哩哩啦啦的直到中午還沒到齊。

【哩哩囉囉】lī·liluōluō ㄌㄧ ·ㄌㄧ ㄌㄨㄛ ㄌㄨㄛ 形容說話囉唆不清楚。

【哩溜歪斜】līliùwāixié ㄌㄧ ㄌㄧㄡˋ ㄨㄞ ㄒㄧㄝˊ（哩溜歪斜的）〈方〉❶歪歪扭扭；不正：他的字寫得哩溜歪斜的。❷（走路）左右搖擺：這個醉漢哩溜歪斜的走過來。

lí（ㄌㄧˊ）

杝 lí ㄌㄧˊ 〈書〉同'籬'。
另見296頁 duò'柂'；1348頁 yí'椸'。

厘 lí ㄌㄧˊ（某些計量單位的）百分之一：厘米｜厘升。
另見700頁 lí'釐'。

狸 lí ㄌㄧˊ 見483頁〖狐狸〗（hú·li）。
另見700頁 lí'貍'。

梩 lí ㄌㄧˊ 〈書〉鍬一類的器具。

梨（棃） lí ㄌㄧˊ ❶梨樹，落葉喬木或灌木，葉子卵形，花一般白色。果實是普通水果。品種很多。❷這種植物的果實。有的地區也叫梨子。

【梨膏】lígāo ㄌㄧˊ ㄍㄠ 用梨汁和蜜製成的膏，有止咳作用。

【梨園】líyuán ㄌㄧˊ ㄩㄢˊ 據說唐玄宗曾教樂工、宮女在'梨園'演習音樂舞蹈。後來沿用梨園為戲院或戲曲界的別稱：梨園界。

【梨園戲】líyuánxì ㄌㄧˊ ㄩㄢˊ ㄒㄧˋ 福建地方戲曲劇種之一，流行於該省南部地區。

【梨園子弟】líyuán zǐdì ㄌㄧˊ ㄩㄢˊ ㄗˇ ㄉㄧˋ 舊稱戲曲演員。也說梨園弟子。

犁（犂） lí ㄌㄧˊ ❶翻土用的農具，有許多種，用畜力或機器（如拖拉機）牽引：一張犁。❷用犁耕地：犁田。

【犁鏵】líhuá ㄌㄧˊ ㄏㄨㄚˊ 安裝在犁的下端，用來翻土的鐵器，略呈三角形。也叫鏵。

【犁鏡】líjìng ㄌㄧˊ ㄐㄧㄥˋ 犁上的零件，是用鑄鐵或鋼製成的一塊彎板。安在犁鏵上方，並向一側傾斜，表面光滑，作用是把犁起的土翻在一邊。

【犁牛】líniú ㄌㄧˊ ㄋㄧㄡˊ 〈方〉耕牛。

【犁杖】lí·zhang ㄌㄧˊ ·ㄓㄤ 〈方〉犁。

喱 lí ㄌㄧˊ 見364頁〔咖喱〕（gālí）。

剺 lí ㄌㄧˊ 〈書〉用刀劃。

蜊 lí ㄌㄧˊ 見386頁〖蛤蜊〗（gé·lí）。

嫠 lí ㄌㄧˊ 〈書〉寡婦。

【嫠婦】lífù ㄌㄧˊ ㄈㄨˋ 〈書〉寡婦。

貍（狸） lí ㄌㄧˊ 見下。
'狸'另見700頁 lí。

【貍貓】límāo ㄌㄧˊ ㄇㄠ 豹貓。

【貍子】lí·zi ㄌㄧˊ ·ㄗ 豹貓。

漓 lí ㄌㄧˊ 見727頁〖淋漓〗（línlí）。

璃（瓈） lí ㄌㄧˊ 見89頁〖玻璃〗（bō·lí）、739頁〖琉璃〗（liú·lí）。

犛 lí ㄌㄧˊ 氂牛。

蔾〔蔾〕 lí ㄌㄧˊ 見539頁〔蒺蔾〕（jí·lí）。

黎 lí ㄌㄧˊ ❶〈書〉眾：黎民。❷〈書〉黑：黎黑。❸（Lí）姓。

【黎黑】líhēi ㄌㄧˊ ㄏㄟ 〈書〉（臉色）黑：面目黎黑。也作黧黑。

【黎錦】líjǐn ㄌㄧˊ ㄐㄧㄣˇ 黎族人民織的一種錦，上面有人物花鳥等圖案。

【黎民】límín ㄌㄧˊ ㄇㄧㄣˊ 〈書〉百姓；民眾。

【黎明】límíng ㄌㄧˊ ㄇㄧㄥˊ 天快要亮或剛亮的時候：黎明即起｜黎明時分。

【黎族】Lízú ㄌㄧˊ ㄗㄨˊ 我國少數民族之一，主要分佈在海南。

罹 lí ㄌㄧˊ 〈書〉遭遇；遭受（災禍或疾病）：罹禍｜罹病。

【罹難】línàn ㄌㄧˊ ㄋㄢˋ 〈書〉遇災、遇險而死；被害：不幸罹難。

篱 lí ㄌㄧˊ 見1445頁〔笊篱〕（zhào·lí）。
另見702頁 lí'籬'。

縭（缡、褵） lí ㄌㄧˊ 古時婦女的佩巾：結縭（古時指女子出嫁）。

釐（厘） lí ㄌㄧˊ ❶計量單位名稱。a）長度，10毫等於1釐，10釐等於1分。b）重量，10毫等於1釐，10釐等於1分。c）地積，10釐等於1分。❷〈書〉整理；治理。

另見1225頁 xǐ'禧'。'厘'另見700頁 lí。

【氂定】lídìng ㄌㄧˊ ㄉㄧㄥˋ 〈書〉整理規定：重新氂定規章制度。

【氂金】líjīn ㄌㄧˊ ㄐㄧㄣ 舊時在內地交通要道對過往貨物徵收的稅，清咸豐年間為鎮壓太平天國革命運動籌措軍費而設，民國二十年改定稅制時撤消。也叫氂捐或氂金稅。

【氂正】lízhèng ㄌㄧˊ ㄓㄥˋ 〈書〉訂正：氂正遺文。

藜〔蔾〕 lí ㄌㄧˊ 一年生草本植物，莖直立，葉子互生，略呈三角形，花黃綠色。嫩葉可以吃。全草入藥。也叫灰菜。

【藜藿】líhuò ㄌㄧˊ ㄏㄨㄛˋ 〈書〉藜和藿，指粗劣的飯菜。

醨 lí ㄌㄧˊ 〈書〉薄酒。

麗(丽) lí ㄌㄧˊ ❶麗水(Líshuǐ ㄌㄧˊ ㄕㄨㄟˇ)，地名，在浙江。❷高麗(Gāolí ㄍㄠ ㄌㄧˊ)，朝鮮歷史上的王朝，我國過去沿用指朝鮮。

另見710頁 lì。

鵹(鹂) lí ㄌㄧˊ 同'鸝'。

離[1](离) lí ㄌㄧˊ ❶分離；離開：離別｜悲歡離合｜貌合神離｜他離家已經兩年了。❷距離①：我們村離車站很近｜離國慶節只有十天了。❸缺少：發展工業離不了鋼鐵。❹(Lí)姓。

離[2](离) lí ㄌㄧˊ 八卦之一。卦形是'☲'，代表火。參看14頁〖八卦〗。

【離別】líbié ㄌㄧˊ ㄅㄧㄝˊ 比較長久地跟熟悉的人或地方分開：三天之後咱們就要離別了｜離別母校已經兩年了。

【離愁】líchóu ㄌㄧˊ ㄔㄡˊ 離別的愁苦：離愁別緒(離別的愁苦心情)。

【離島】lídǎo ㄌㄧˊ ㄉㄠˇ 指大島嶼周圍的小島。

【離隊】lí//duì ㄌㄧˊ//ㄉㄨㄟˋ 脫離隊伍；離開崗位：不得擅自離隊。

【離格兒】lí//gér ㄌㄧˊ//ㄍㄜㄦˊ (講話或做事)不合公認的準則：你辦的這事兒也太離格兒了。

【離宮】lígōng ㄌㄧˊ ㄍㄨㄥ 帝王在都城之外的宮殿，也泛指皇帝出巡時的住所。

【離合】líhé ㄌㄧˊ ㄏㄜˊ 分離和聚會：離合無常｜悲歡離合。

【離合器】líhé qì ㄌㄧˊ ㄏㄜˊ ㄑㄧˋ 汽車、拖拉機以及其他機器上的一種裝置。用離合器連接的兩個軸或兩個零件通過操縱系統可以結合或分開。

【離婚】lí//hūn ㄌㄧˊ//ㄏㄨㄣ 依照法定手續解除婚姻關係。

【離間】líjiàn ㄌㄧˊ ㄐㄧㄢˋ 從中挑撥使不團結、不和睦：挑撥離間。

【離解】líjiě ㄌㄧˊ ㄐㄧㄝˇ 在可逆反應中，分子分解為離子、原子、原子團或較簡單的分子。如醋酸分解成氫離子和醋酸根離子，碳酸鈣分解成氧化鈣和二氧化碳。

【離經叛道】lí jīng pàn dào ㄌㄧˊ ㄐㄧㄥ ㄆㄢˋ ㄉㄠˋ 原指不遵循經書所說的道理，背離儒家的道統。現多比喻背離佔主導地位的思想或傳統。

【離開】lí//kāi ㄌㄧˊ//ㄎㄞ 跟人、物或地方分開：離得開｜離不開｜魚離開了水就不能活｜他已經離開北京了。

【離亂】líluàn ㄌㄧˊ ㄌㄨㄢˋ 亂離：八年離亂｜離亂中更覺友情的可貴。

【離叛】lípàn ㄌㄧˊ ㄆㄢˋ 叛離。

【離譜】lí//pǔ ㄌㄧˊ//ㄆㄨˇ (離譜兒)離格兒：說話離譜。

【離奇】líqí ㄌㄧˊ ㄑㄧˊ 不平常；出人意料：情節離奇｜離奇古怪｜離奇的故事。

【離棄】líqì ㄌㄧˊ ㄑㄧˋ 離開，拋棄(工作、地點、人等)。

【離情】líqíng ㄌㄧˊ ㄑㄧㄥˊ 離別的情懷：離情別緒。

【離群索居】lí qún suǒ jū ㄌㄧˊ ㄑㄩㄣˊ ㄙㄨㄛˇ ㄐㄩ 離開同伴而過孤獨的生活。

【離散】lísàn ㄌㄧˊ ㄙㄢˋ 分散不能團聚(多指親屬)：家人離散。

【離索】lísuǒ ㄌㄧˊ ㄙㄨㄛˇ 〈書〉因分居而孤獨；離散：離索之感。

【離題】lí//tí ㄌㄧˊ//ㄊㄧˊ (文章或議論的內容)離開主題：離題萬里｜他說着說着就離了題。

【離析】líxī ㄌㄧˊ ㄒㄧ 〈書〉❶分離；離散：分崩離析。❷分析；辨析。

【離弦走板兒】lí xián zǒu bǎnr ㄌㄧˊ ㄒㄧㄢˊ ㄗㄡˇ ㄅㄢㄦˇ 比喻說話或做事偏離公認的準則。

【離鄉背井】lí xiāng bèi jǐng ㄌㄧˊ ㄒㄧㄤ ㄅㄟˋ ㄐㄧㄥˇ 背井離鄉。

【離心】líxīn ㄌㄧˊ ㄒㄧㄣ ❶跟集體或領導不是一條心：離心離德。❷離開中心：離心力｜離心作用。

【離心離德】lí xīn lí dé ㄌㄧˊ ㄒㄧㄣ ㄌㄧˊ ㄉㄜˊ 集體中的人不是一條心，不團結。

【離心力】líxīnlì ㄌㄧˊ ㄒㄧㄣ ㄌㄧˋ 物體沿曲綫運動或作圓周運動時所產生的離開中心的力。

【離休】líxiū ㄌㄧˊ ㄒㄧㄡ 具有一定資歷、符合規定條件的老年幹部離職休養：離休老幹部｜幹部離休制度。

【離異】líyì ㄌㄧˊ ㄧˋ 離婚。

【離轍】lí//zhé ㄌㄧˊ//ㄓㄜˊ 比喻離開了正確的道路或正題。

【離職】lí//zhí ㄌㄧˊ//ㄓˊ ❶暫時離開職位：離職學習。❷離開工作崗位，不再回來。

【離子】lízǐ ㄌㄧˊ ㄗˇ 原子或原子團失去或得到電子後叫做離子。失去電子的帶正電荷，叫正離子(或陽離子)；得到電子的帶負電荷，叫負離子(或陰離子)。

【離子鍵】lízǐjiàn ㄌㄧˊ ㄗˇ ㄐㄧㄢˋ 正離子和負離子之間通過靜電作用形成的化學鍵，如氯化鈉(NaCl)分子中鈉離子(Na^+)和氯離子(Cl^-)之間的鍵。也叫電價鍵。

黧 lí ㄌㄧˊ 〈書〉黑；色黑而黃。

【黧黑】líhēi ㄌㄧˊ ㄏㄟ 同'黎黑'。

蠡 lí ㄌㄧˊ 〈書〉❶瓢。❷貝殼。
另見705頁 lǐ。

【蠡測】lícè ㄌㄧˊ ㄘㄜˋ 〈書〉'以蠡測海'的略語，比喻以淺見揣度：管窺蠡測。

蘺〔蘺〕(蓠) lí ㄌㄧˊ 見568頁〖江蘺〗。

灕(漓) Lí ㄌㄧˊ 灕江，水名，在廣西。

劙 lí ㄌㄧˊ 〈書〉刺破；割破。

籬(篱) lí ㄌㄧˊ 籬笆：樊籬｜竹籬茅舍。
'篱'另見700頁 lí。

【籬笆】lí·ba ㄌㄧˊ·ㄅㄚ 用竹子、蘆葦、樹枝等編成的遮攔的東西，一般環繞在房屋、場地等的周圍。

【籬落】líluò ㄌㄧˊ ㄌㄨㄛˋ 〈書〉籬笆。

【籬柵】lízhà ㄌㄧˊ ㄓㄚˋ 用竹子、樹枝等做成的柵欄。

纚(缡) lí ㄌㄧˊ 見727頁〔緋纚〕。
另見1226頁 xǐ。

驪(骊) lí ㄌㄧˊ 〈書〉純黑色的馬。

【驪歌】lígē ㄌㄧˊ ㄍㄜ 〈書〉告別的歌。

鸝(鹂) lí ㄌㄧˊ 見505頁〖黃鸝〗。

鱺(鲡) lí ㄌㄧˊ 見772頁〖鰻鱺〗(mánlí)。

lǐ (ㄌㄧˇ)

李 lǐ ㄌㄧˇ ❶李子樹，落葉小喬木，葉子倒卵形，花白色，果實球形，黃色或紫紅色，是普通的水果。❷這種植物的果實。❸(Lǐ)姓。

【李逵】Lǐ Kuí ㄌㄧˇ ㄎㄨㄟˊ 《水滸傳》中梁山泊好漢之一，綽號'黑旋風'，具有農民的純樸、粗豪的品質，反抗性很強，對正義事業和朋友很忠誠，但性情急躁。是剛直、勇猛而又魯莽的人物典型，元代以來民間有許多關於他的故事。

【李自成起義】Lǐ Zìchéng Qǐyì ㄌㄧˇ ㄗˋ ㄔㄥˊ ㄑㄧˇ ㄧˋ 明末李自成所領導的農民大起義。起義軍提出'均田免糧'的政治主張，隊伍發展到百萬人，成為當時農民戰爭中的主力軍。公元1644年起義軍在西安建立'大順'農民革命政權，不久，攻克北京，推翻了明王朝的統治。後明將吳三桂勾結滿洲貴族共同鎮壓起義軍，起義失敗，但李自成餘部仍繼續長期堅持抗清鬥爭。

【李子】lǐ·zi ㄌㄧˇ·ㄗ ❶李子樹。❷李子樹的果實。

里 1 lǐ ㄌㄧˇ ❶街坊：鄰里｜里弄。❷家鄉：故里。❸古代五家為鄰，五鄰為里。❹(Lǐ)姓。

里 2 lǐ ㄌㄧˇ 長度單位，1市里等於150丈，合500米。
另見703頁 lǐ'裏'。

【里程】lǐchéng ㄌㄧˇ ㄔㄥˊ ❶路程：里程表｜往返里程。❷指發展的過程：革命的里程。

【里程碑】lǐchéngbēi ㄌㄧˇ ㄔㄥˊ ㄅㄟ ❶設於道路旁邊用以記載里數的標誌。❷比喻在歷史發展過程中可以作為標誌的大事。

【里拉】lǐlā ㄌㄧˇ ㄌㄚ 意大利的本位貨幣。[意 lira]

【里弄】lǐlòng ㄌㄧˇ ㄌㄨㄥˋ 〈方〉❶巷；小胡同(總稱)。❷關於里弄居民的：里弄工作。

【里巷】lǐxiàng ㄌㄧˇ ㄒㄧㄤˋ 小街小巷；小胡同：他所寫的多半是里巷間的瑣事。

俚 lǐ ㄌㄧˇ 俚俗：俚語｜俚歌。

【俚歌】lǐgē ㄌㄧˇ ㄍㄜ 民間歌謠。

【俚曲】lǐqǔ ㄌㄧˇ ㄑㄩˇ 通俗的歌曲。也叫俗曲。

【俚俗】lǐsú ㄌㄧˇ ㄙㄨˊ 粗俗。

【俚語】lǐyǔ ㄌㄧˇ ㄩˇ 粗俗的或通行面極窄的方言詞，如北京話裏的'撒丫子'(放開步子跑)、'開瓢兒'(打破頭)。

哩 lǐ ㄌㄧˇ，又 yīnglǐ ㄧㄥ ㄌㄧˇ 英里舊也作哩。
另見700頁 lī；711頁 ·li。

浬 lǐ ㄌㄧˇ，又 hǎilǐ ㄏㄞˇ ㄌㄧˇ 海里舊也作浬。

悝 lǐ ㄌㄧˇ 〈書〉憂；悲。
另見670頁 kuī。

娌 lǐ ㄌㄧˇ 見1487頁〔妯娌〕(zhóu·lǐ)。

理 lǐ ㄌㄧˇ ❶物質組織的條紋；紋理：木理｜肌理◇條理。❷道理；事理：合理｜理屈｜理當如此。❸自然科學，有時特指物理學：理科｜數理化。❹管理；辦理：處理｜理財｜當家理事。❺整理；使整齊：理髮｜理一理書籍。❻對別人的言語行動表示態度；表示意見(多用於否定)：路上碰見了，誰也沒理誰｜置之不理。❼(Lǐ)姓。

【理財】lǐ//cái ㄌㄧˇ//ㄘㄞˊ 管理財物或財務：當家理財｜理財之道。

【理睬】lǐcǎi ㄌㄧˇ ㄘㄞˇ 理：不加理睬｜大家都不理睬他。

【理茬兒】lǐ//chár ㄌㄧˇ//ㄔㄚㄦˊ〈方〉對別人提到的事情或剛說完的話表示意見(多用於否定)：別理他的茬兒｜人家跟你說話，你怎麼不理茬兒？

【理當】lǐdāng ㄌㄧˇ ㄉㄤ 應當；理所當然：理當如此。

【理短】lǐduǎn ㄌㄧˇ ㄉㄨㄢˇ 理虧。

【理髮】lǐ//fà ㄌㄧˇ//ㄈㄚˋ 剪短並修整頭髮：理髮員｜我去理個髮。

【理該】lǐgāi ㄌㄧˇ ㄍㄞ 照理應該；理當：您年紀這麼大，我們理該照顧您。

【理合】lǐhé ㄌㄧˇ ㄏㄜˊ 按理應當(舊時公文用語)：理合備文呈報。

【理化】lǐhuà ㄌㄧˇ ㄏㄨㄚˋ 物理學和化學的合稱。

【理會】lǐhuì ㄌㄧˇ ㄏㄨㄟˋ ❶懂得；領會：這段話的意思不難理會。❷注意(多用於否定)：人家說了半天，他也沒有理會。❸理睬；過問(多用於否定)：他在旁邊站了半天，誰也沒理會他。❹理論②；交涉(多見於早期白話)。❺照料；處理(多見於早期白話)。

【理解】lǐjiě ㄌㄧˇ ㄐㄧㄝˇ 懂；了解：互相理解｜加深理解｜你的意思我完全理解。

【理科】lǐkē ㄌㄧˇ ㄎㄜ 教學上對物理、化學、數學、生物等學科的統稱。

【理虧】lǐkuī ㄌㄧˇ ㄎㄨㄟ 理由不足；(行為)不合道理：他自知理虧，慢慢地低下了頭。

【理療】lǐliáo ㄌㄧˇ ㄌㄧㄠˊ ❶物理療法的簡稱。❷用物理療法治療。

【理路】lǐlù ㄌㄧˇ ㄌㄨˋ ❶思想或文章的條理：理路不清的文章最難修改。❷〈方〉道理：他每句話都在理路上，使人聽了不能不心服。

【理論】lǐlùn ㄌㄧˇ ㄌㄨㄣˋ ❶人們由實踐概括出來的關於自然界和社會的知識的有系統的結論。❷辯論是非；爭論；講理①：他正在氣頭上，我不想和他多理論。

【理氣】lǐ qì ㄌㄧˇ ㄑㄧˋ 中醫指用藥物來治療氣滯、氣逆或氣虛。

【理屈】lǐ qū ㄌㄧˇ ㄑㄩ 理虧：他覺得自己有點理屈，沒再說下去。

【理屈詞窮】lǐ qū cí qióng ㄌㄧˇ ㄑㄩ ㄘˊ ㄑㄩㄥˊ 理由已被駁倒，無話可說。

【理事】lǐshì ㄌㄧˇ ㄕˋ 處理事務；過問事情：他是個不當家不理事的人。

【理事】lǐ·shì ㄌㄧˇ ·ㄕˋ 代表團體行使職權並處理事情的人：理事會｜常務理事。

【理所當然】lǐ suǒ dāng rán ㄌㄧˇ ㄙㄨㄛˇ ㄉㄤ ㄖㄢˊ 從道理上說應當這樣。

【理想】lǐxiǎng ㄌㄧˇ ㄒㄧㄤˇ ❶對未來事物的想像或希望(多指有根據的、合理的，跟空想、幻想不同)：當一名醫生是我的理想。❷符合希望的；使人滿意的：這件事辦得很理想｜這項技術革新還不夠理想，要進一步鑽研。

【理性】lǐxìng ㄌㄧˇ ㄒㄧㄥˋ ❶指屬於判斷、推理等活動的(跟'感性'相對)：理性認識。❷從理智上控制行為的能力：失去理性。

【理性認識】lǐxìng rèn·shi ㄌㄧˇ ㄒㄧㄥˋ ㄖㄣˋ ·ㄕ 認識的高級階段。在感性認識的基礎上，把所獲得的感覺材料，經過思考、分析，加以去粗取精、去偽存真、由此及彼、由表及裏的整理和改造，形成概念、判斷、推理。理性認識是感性認識的飛躍，它反映事物的全體、本質和內部聯繫。

【理學】lǐxué ㄌㄧˇ ㄒㄩㄝˊ 宋明時期的唯心主義哲學思想。包括以周敦頤、程顥、程頤、朱熹為代表的客觀唯心主義和以陸九淵、王守仁為代表的主觀唯心主義。前者認為'理'是永恒的、先於世界而存在的精神實體，世界萬物只能由'理'派生。後者提出'心外無物，心外無理'，認為主觀意識是派生世界萬物的本原。也叫道學或宋學。

【理應】lǐyīng ㄌㄧˇ ㄧㄥ 照理應該：災區有困難，我們理應幫助。

【理由】lǐyóu ㄌㄧˇ ㄧㄡˊ 事情為甚麼這樣做或那樣做的道理：理由充足｜毫無理由。

【理喻】lǐyù ㄌㄧˇ ㄩˋ 用道理來解說，使當事人明白：不可理喻｜可以理喻｜難以理喻。

【理直氣壯】lǐ zhí qì zhuàng ㄌㄧˇ ㄓˊ ㄑㄧˋ ㄓㄨㄤˋ 理由充分，因而說話有氣勢。

【理智】lǐzhì ㄌㄧˇ ㄓˋ 辨別是非、利害關係以及控制自己行為的能力：喪失理智。

裏(里、裡) lǐ ㄌㄧˇ ❶(裏兒)衣服被褥等東西不露在外面的那一層；紡織品的反面：被裏兒｜衣服裏兒｜這面是裏兒，那面是面兒。❷裏邊；裏邊的(跟'外'相對)：裏屋｜裏圈。

裏(里、裡) ·li ·ㄌㄧ ❶裏面；內部(跟'外'相對)：手裏｜箱子裏｜話裏有話。❷附在'這、那、哪'等字後邊表示地點：這裏｜那裏｜頭裏。

'里'另見702頁lǐ。

【裏邊】lǐ·biān ㄌㄧˇ ·ㄅㄧㄢ (裏邊兒)一定的時間、空間或某種範圍以內：櫃子裏邊｜他一年裏邊沒有請過一次假｜這件事裏邊有問題。

【裏出外進】lǐ chū wài jìn ㄌㄧˇ ㄔㄨ ㄨㄞˋ ㄐㄧㄣˋ 不平整；參差不齊：牆砌得裏出外進｜牙長得裏出外進的。

【裏帶】lǐdài ㄌㄧˇ ㄉㄞˋ 內胎的通稱。

【裏勾外聯】lǐ gōu wài lián ㄌㄧˇ ㄍㄡ ㄨㄞˋ ㄌㄧㄢˊ 內外勾結，串通一氣：他和社會上的不法分子裏勾外聯，投機倒把，牟取暴利。也作裏勾外連。

【裏急後重】lǐ jí hòu zhòng ㄌㄧˇ ㄐㄧˊ ㄏㄡˋ ㄓㄨㄥˋ 痢疾的症狀，有急於排泄糞便的感覺，但排不出去或不能排淨。

【裏脊】lǐ·ji ㄌㄧˇ ·ㄐㄧ 牛、羊、豬脊椎骨內側的條狀嫩肉，做肉食時稱為裏脊：裏脊絲｜滑溜裏脊｜糖醋裏脊。

【裏間】lǐjiān ㄌㄧˇ ㄐㄧㄢ (裏間兒) 相連的幾間房子裏不直接通到外邊的房間。也叫裏間屋。

【裏面】lǐmiàn ㄌㄧˇ ㄇㄧㄢˋ 裏邊。

【裏手】[1] lǐshǒu ㄌㄧˇ ㄕㄡˇ (裏手兒) 趕車或操縱器械時指車或器械的左邊：騎自行車的人大都是從裏手上車。

【裏手】[2] lǐshǒu ㄌㄧˇ ㄕㄡˇ 內行；行家：行家裏手。

【裏通外國】lǐ tōng wàiguó ㄌㄧˇ ㄊㄨㄥ ㄨㄞˋ ㄍㄨㄛˊ 暗中與外國勾結，進行背叛祖國的活動。

【裏頭】lǐ·tou ㄌㄧˇ ·ㄊㄡ 裏邊：屋子裏頭坐滿了人｜爐子裏頭的煤已經燒得很紅了。

【裏外裏】lǐwàilǐ ㄌㄧˇ ㄨㄞˋ ㄌㄧˇ ❶兩方面合計。a) 減少收入加上增加支出；b) 減少支出加上增加收入；c) 預料的收入加上意外的收入；d) 預料的支出加上意外的支出：這個月省了五十塊錢，愛人又多寄來五十塊，裏外裏有一百塊的富餘。❷表示不論怎麼計算 (結果還是一樣)：三個人幹五天跟五個人幹三天，裏外裏是一樣。

【裏屋】lǐwū ㄌㄧˇ ㄨ 裏間。

【裏弦】lǐxián ㄌㄧˇ ㄒㄧㄢˊ 胡琴上演奏時靠裏的比較粗的那根弦。

【裏應外合】lǐ yìng wài hé ㄌㄧˇ ㄧㄥˋ ㄨㄞˋ ㄏㄜˊ 外面攻打，裏面接應。

【裏子】lǐ·zi ㄌㄧˇ ·ㄗ 裏 (lǐ) ①：棉襖裏子。

鋰 (锂) lǐ ㄌㄧˇ 金屬元素，符號 Li (lithium)。銀白色，在空氣中易氧化而變暗，質軟，是金屬中最輕的，化學性質活潑。用於原子能工業和冶金工業，也用來製特種合金、特種玻璃等。

澧 Lǐ ㄌㄧˇ 澧水，水名，在湖南。

禮 (礼) lǐ ㄌㄧˇ ❶社會生活中由於風俗習慣而形成的為大家共同遵守的儀式：婚禮｜喪禮。❷表示尊敬的言語或動作：禮節｜敬禮。❸禮物：送禮｜獻禮｜千里送鵝毛，禮輕情意重。❹〈書〉以禮相待：禮賢下士。

【禮拜】lǐbài ㄌㄧˇ ㄅㄞˋ ❶宗教徒向所信奉的神行禮：禮拜堂｜做禮拜。❷星期：下禮拜｜開學已經三個禮拜了。❸跟 '天 (或日)、一、二、三、四、五、六' 連用，表示一星期中間的某一天：禮拜三｜禮拜六。❹禮拜天的簡稱。

【禮拜寺】lǐbàisì ㄌㄧˇ ㄅㄞˋ ㄙˋ 清真寺。

【禮拜堂】lǐbàitáng ㄌㄧˇ ㄅㄞˋ ㄊㄤˊ 基督教 (新教) 教徒舉行宗教儀式的場所。

【禮拜天】lǐbàitiān ㄌㄧˇ ㄅㄞˋ ㄊㄧㄢ 星期日 (因基督教徒在這一天做禮拜)。也叫禮拜日。

【禮賓】lǐbīn ㄌㄧˇ ㄅㄧㄣ 按一定的禮儀接待賓客 (多用在外交場合)：禮賓服｜禮賓司。

【禮成】lǐchéng ㄌㄧˇ ㄔㄥˊ 儀式結束。

【禮單】lǐdān ㄌㄧˇ ㄉㄢ 送禮時開列禮物名稱和數目的單子。也叫禮帖。

【禮法】lǐfǎ ㄌㄧˇ ㄈㄚˇ 社會上通行的法紀和禮儀。

【禮佛】lǐ//fó ㄌㄧˇ//ㄈㄛˊ 拜佛：燒香禮佛。

【禮服】lǐfú ㄌㄧˇ ㄈㄨˊ 在莊重的場合或舉行儀式時穿的服裝。

【禮服呢】lǐfúní ㄌㄧˇ ㄈㄨˊ ㄋㄧˊ 毛織直貢呢的別稱。

【禮花】lǐhuā ㄌㄧˇ ㄏㄨㄚ 舉行慶祝典禮時放的烟火。

【禮教】lǐjiào ㄌㄧˇ ㄐㄧㄠˋ 舊傳統中束縛人的思想行動的禮節和道德。

【禮節】lǐjié ㄌㄧˇ ㄐㄧㄝˊ 表示尊敬、祝頌、哀悼之類的各種慣用形式，如鞠躬、握手、獻花圈、獻哈達、鳴禮炮等。

【禮金】lǐjīn ㄌㄧˇ ㄐㄧㄣ 做禮物的現金。

【禮帽】lǐmào ㄌㄧˇ ㄇㄠˋ 跟禮服相配的帽子。

【禮貌】lǐmào ㄌㄧˇ ㄇㄠˋ 言語動作謙虛恭敬的表現：有禮貌｜講禮貌｜禮貌待人。

【禮炮】lǐpào ㄌㄧˇ ㄆㄠˋ 表示敬禮或舉行慶祝典禮時放的炮。

【禮品】lǐpǐn ㄌㄧˇ ㄆㄧㄣˇ 禮物。

【禮券】lǐ quàn ㄌㄧˇ ㄑㄩㄢˋ 由商店發行的一種代替禮物的憑證，持券人可到發券商店選購與券面指明的或與券面標出的金額等價的物品。

【禮讓】lǐràng ㄌㄧˇ ㄖㄤˋ 表示禮貌的謙讓：互相禮讓｜在人行橫道處，機動車應禮讓行人。

【禮尚往來】lǐ shàng wǎng lái ㄌㄧˇ ㄕㄤˋ ㄨㄤˇ ㄌㄞˊ 在禮節上講究有來有往。現在也指你對我怎麼樣，我也對你怎麼樣。

【禮數】lǐshù ㄌㄧˇ ㄕㄨˋ ❶〈書〉禮儀的等級。❷禮貌；禮節：不懂禮數。

【禮俗】lǐsú ㄌㄧˇ ㄙㄨˊ 泛稱婚喪祭祀交往等的禮節：不拘禮俗。

【禮堂】lǐtáng ㄌㄧˇ ㄊㄤˊ 供開會或舉行典禮用的大廳。

【禮物】lǐwù ㄌㄧˇ ㄨˋ 為了表示尊敬或慶賀而贈送的物品，泛指贈送的物品。

【禮賢下士】lǐ xián xià shì ㄌㄧˇ ㄒㄧㄢˊ ㄒㄧㄚˋ ㄕˋ 封建時代指帝王或大臣降低自己的身份敬重和結交一般有才德的人，使為自己效勞。

【禮儀】lǐyí ㄌㄧˇ ㄧˊ 禮節和儀式：禮儀周到｜外交禮儀。

【禮義廉恥】lǐ yì lián chǐ ㄌㄧˇ ㄧˋ ㄌㄧㄢˊ ㄔˇ 指崇禮、行義、廉潔、知恥。是管仲協助齊桓公推行政令時所依循的準則。

【禮遇】lǐyù ㄌㄧˇ ㄩˋ 尊敬有禮的待遇：受到隆重的禮遇。

【禮讚】lǐzàn ㄌㄧˇ ㄗㄢˋ 懷着敬意地讚揚：這種為人類謀利益的高貴品質，是值得人民禮讚的。

鯉(鲤) lǐ ㄌㄧˇ 鯉魚，身體側扁，背部蒼黑色，腹部黃白色，嘴邊有鬚一對。是我國重要的淡水魚類之一。

醴 lǐ ㄌㄧˇ 〈書〉❶甜酒。❷甘甜的泉水。

蠡 lǐ ㄌㄧˇ ❶用於人名，范蠡，春秋時人。❷(Lǐ) 蠡縣，地名，在河北。
另見702頁 lí。

邐(逦) lǐ ㄌㄧˇ 見1353頁〖迤邐〗(yǐlǐ)。

鱧(鳢) lǐ ㄌㄧˇ 魚類的一科，身體圓筒形，頭扁，背鰭和臀鰭很長，尾鰭圓形，頭部和軀幹都有鱗片。最常見的是烏鱧。

lì (ㄌㄧˋ)

力 lì ㄌㄧˋ ❶物體之間的相互作用，是使物體獲得加速度和發生形變的外因。力有三個要素，即力的大小、方向和作用點。❷力量；能力：人力｜物力｜目力｜腦力｜藥力｜理解力｜說服力｜戰鬥力。❸特指體力：大力士｜四肢無力｜用力推車。❹盡力；努力：力爭上游｜維護甚力。❺(Lì) 姓。

【力巴】lì·ba ㄌㄧˋ·ㄅㄚ 〈方〉❶外行；不熟練：力巴話｜做莊稼活，他可不力巴。❷外行人。也叫力巴頭(lì·batóu)。

【力避】lìbì ㄌㄧˋ ㄅㄧˋ 盡力避免：力避被動｜力避事故發生。

【力不從心】lì bù cóng xīn ㄌㄧˋ ㄅㄨˋ ㄘㄨㄥˊ ㄒㄧㄣ 心裏想做，可是能力夠不上。

【力持】lìchí ㄌㄧˋ ㄔˊ 努力堅持：力持異議｜力持正義。

【力畜】lìchù ㄌㄧˋ ㄔㄨˋ 用來耕地、運輸等的家畜，如牛、馬、騾子、驢、駱駝等。也叫役畜。

【力促】lìcù ㄌㄧˋ ㄘㄨˋ 盡力促使：力促此事成功。

【力挫】lìcuò ㄌㄧˋ ㄘㄨㄛˋ 奮力擊敗：力挫對手｜力挫上屆足球冠軍。

【力道】lìdào ㄌㄧˋ ㄉㄠˋ 〈方〉❶力氣；力量：力道大｜有力道。❷效力；作用：化肥比糞肥力道來得快。

【力度】lìdù ㄌㄧˋ ㄉㄨˋ ❶力量大小的程度；力量的強度：風的力度足以吹折這棵小樹。❷指曲譜或音樂表演中音響的強度。從弱到強可分為最弱、更弱、弱、中弱、中強、強、更強、最強等。❸功力的深度；內涵的深度：這是一部有激情、有力度的好作品。

【力薦】lìjiàn ㄌㄧˋ ㄐㄧㄢˋ 竭力推薦：力薦賢能｜力薦有真才實學的人擔任此職。

【力竭聲嘶】lì jié shēng sī ㄌㄧˋ ㄐㄧㄝˊ ㄕㄥ ㄙ 聲嘶力竭。

【力戒】lìjiè ㄌㄧˋ ㄐㄧㄝˋ 極力防止：力戒驕傲｜力戒急躁。

【力矩】lìjǔ ㄌㄧˋ ㄐㄩˇ 表示力對物體產生轉動效應的物理量，數值上等於力和力臂的乘積。

【力量】lì·liang ㄌㄧˋ·ㄌㄧㄤ ❶力氣：人多力量大｜別看他個子小，力量可不小。❷能力：盡一切力量完成任務。❸作用；效力：這種農藥的力量大。

【力偶】lì'ǒu ㄌㄧˋ ㄡˇ 作用於物體上的大小相等、方向相反而且不在一直綫上的兩個力。力偶能使物體轉動或改變轉動狀態。

【力氣】lì·qi ㄌㄧˋ·ㄑㄧ 筋肉的效能；氣力：他的力氣大，一個人就搬起了這塊大石頭。

【力氣活】lì·qihuó ㄌㄧˋ·ㄑㄧ ㄏㄨㄛˊ (力氣活兒)費力的體力勞動：打坯是個力氣活兒。

【力錢】lì·qian ㄌㄧˋ·ㄑㄧㄢ 〈方〉腳錢。

【力求】lìqiú ㄌㄧˋ ㄑㄧㄡˊ 極力追求；盡力謀求：力求事成｜力求提高單位面積產量。

【力所能及】lì suǒ néng jí ㄌㄧˋ ㄙㄨㄛˇ ㄋㄥˊ ㄐㄧˊ 自己的能力所能辦到的：讓學生參加一些力所能及的勞動。

【力透紙背】lì tòu zhǐ bèi ㄌㄧˋ ㄊㄡˋ ㄓˇ ㄅㄟˋ ❶形容書法遒勁有力。❷形容文章深刻有力。

【力圖】lìtú ㄌㄧˋ ㄊㄨˊ 極力謀求；竭力打算：力圖實現自己的抱負。

【力挽狂瀾】lì wǎn kuáng lán ㄌㄧˋ ㄨㄢˇ ㄎㄨㄤˊ ㄌㄢˊ 比喻盡力挽回險惡的局勢。

【力行】lìxíng ㄌㄧˋ ㄒㄧㄥˊ 努力實踐：身體力行。

【力學】[1] lìxué ㄌㄧˋ ㄒㄩㄝˊ 研究物體機械運動規律及其應用的學科。

【力學】[2] lìxué ㄌㄧˋ ㄒㄩㄝˊ 〈書〉努力學習：力學不倦。

【力戰】lìzhàn ㄌㄧˋ ㄓㄢˋ 努力奮戰。

【力爭】lìzhēng ㄌㄧˋ ㄓㄥ ❶極力爭取：力爭上游｜力爭超額完成生產任務。❷極力爭辯：據理力爭。

【力爭上游】lìzhēng shàngyóu ㄌㄧˋ ㄓㄥ ㄕㄤˋ ㄧㄡˊ 努力奮鬥，爭取先進。

【力證】lìzhèng ㄌㄧˋ ㄓㄥˋ 有力的證據。

【力主】lìzhǔ ㄌㄧˋ ㄓㄨˇ 極力主張：力主和談｜因為天氣要變，他力主提前出發。

【力作】lìzuò ㄌㄧˋ ㄗㄨㄛˋ 精心完成的工力深厚的作品：這個劇本是他晚年的力作。

立 lì ㄌㄧˋ ❶站[1]：立正｜坐立不安。❷使豎立；使物件的上端向上：立竿見影｜把梯子立起來。❸直立的：立櫃｜立軸。❹建立；樹立：立功｜立志。❺制定；訂立：立法｜立約｜立個字據。❻指君主即位。❼指確定繼承地位；確立：立嗣｜立皇太子。❽存在；生存：自立｜獨立。❾立刻：立奏奇效｜立候回音。❿(Lì) 姓。

【立案】lì'àn ㄌㄧˋ ㄢˋ ❶在主管機關注冊登記；

備案：辦廠須向主管機關立案。❷設立專案：立案偵查。

【立標】lìbiāo ㄌㄧˋ ㄅㄧㄠ 航標的一種，外形像柱子或呈梯形，沒有燈光設備。

【立場】lìchǎng ㄌㄧˋ ㄔㄤˇ ❶認識和處理問題時所處的地位和所抱的態度。❷特指階級立場：立場堅定。

【立春】lì∥chūn ㄌㄧˋ∥ㄔㄨㄣ 交立春節氣；春季開始：明天立春｜立了春，天氣就要轉暖了。

【立春】lìchūn ㄌㄧˋ ㄔㄨㄣ 二十四節氣之一，在2月3、4或5日。我國以立春為春季的開始。參看589頁〖節氣〗、306頁〖二十四節氣〗。

【立此存照】lì cǐ cún zhào ㄌㄧˋ ㄘˇ ㄘㄨㄣˊ ㄓㄠˋ 立下這個(契約、字據)，保存起來以備查考核對(舊時契約等文書中的習慣用語)。

【立等】lìděng ㄌㄧˋ ㄉㄥˇ ❶稍等一會兒：立等可取。❷立刻等着(辦)：立等回信。

【立地】[1] lìdì ㄌㄧˋ ㄉㄧˋ ❶立在地上：頂天立地｜立地書櫥(比喻學識淵博的人)。❷指樹木生長的地方：立地不同，樹木的生長就有差異。

【立地】[2] lìdì ㄌㄧˋ ㄉㄧˋ 立刻：放下屠刀，立地成佛。

【立定】lìdìng ㄌㄧˋ ㄉㄧㄥˋ ❶軍事或體操口令，命令正在行進的隊伍(也可以是一個人)停下並立正。❷站穩：立定腳跟。❸牢固地確定：立定主意｜立定志向。

【立冬】lì∥dōng ㄌㄧˋ∥ㄉㄨㄥ 交立冬節氣；冬季開始：今天立冬｜立了冬，天氣就冷了。

【立冬】lìdōng ㄌㄧˋ ㄉㄨㄥ 二十四節氣之一，在11月7日或8日。我國以立冬為冬季的開始。參看589頁〖節氣〗、306頁〖二十四節氣〗。

【立法】lì∥fǎ ㄌㄧˋ∥ㄈㄚˇ 國家權力機關按照一定程序制定或修改法律：立法機關｜立法程序。

【立方】lìfāng ㄌㄧˋ ㄈㄤ ❶指數是3的乘方，如$a^3(a\times a\times a)$，$4^3(4\times4\times4)$。❷立方體的簡稱。❸指立方米。

【立方根】lìfānggēn ㄌㄧˋ ㄈㄤ ㄍㄣ 根指數是3的方根，如8的立方根是2。

【立方體】lìfāngtǐ ㄌㄧˋ ㄈㄤ ㄊㄧˇ 六個面積相等的正方形所圍成的立體。也叫正方體。簡稱立方。

【立竿見影】lì gān jiàn yǐng ㄌㄧˋ ㄍㄢ ㄐㄧㄢˋ ㄧㄥˇ 比喻立見功效。

【立功】lì∥gōng ㄌㄧˋ∥ㄍㄨㄥ 建立功績：立功受獎｜一人立功，全家光榮｜在救災中他可立了大功。

【立功贖罪】lì gōng shú zuì ㄌㄧˋ ㄍㄨㄥ ㄕㄨˊ ㄗㄨㄟˋ 建立功勞以抵消所犯的罪過。也說立功自贖。

【立櫃】lìguì ㄌㄧˋ ㄍㄨㄟˋ 一種直立的較高的櫃子，前面開門，有的裝有隔板或若干抽屜，多用來存放衣物等。

【立國】lìguó ㄌㄧˋ ㄍㄨㄛˊ 建立或建設國家：農業工業為立國之本。

【立候】lìhòu ㄌㄧˋ ㄏㄡˋ ❶站着等候：立候多時。❷立等②：立候回音。

【立戶】lì∥hù ㄌㄧˋ∥ㄏㄨˋ ❶組織家庭；立戶口。❷在銀行存款時建立戶頭。

【立即】lìjí ㄌㄧˋ ㄐㄧˊ 立刻：接到命令，立即出發。

【立交】lìjiāo ㄌㄧˋ ㄐㄧㄠ 立體交叉的簡稱：立交橋｜立交工程。

【立交橋】lìjiāoqiáo ㄌㄧˋ ㄐㄧㄠ ㄑㄧㄠˊ 使道路形成立體交叉的橋樑，不同去向的車輛等可以同時通行。

【立腳】lì∥jiǎo ㄌㄧˋ∥ㄐㄧㄠˇ 立足：立腳點｜立腳不穩｜地方太小，立不住腳。

【立腳點】lìjiǎodiǎn ㄌㄧˋ ㄐㄧㄠˇ ㄉㄧㄢˇ ❶觀察或判斷事物時所處的地位：為消費者着想，是產品設計的立腳點。❷生存或佔有的地方：先鞏固立腳點，再求發展。‖也說立足點。

【立井】lìjǐng ㄌㄧˋ ㄐㄧㄥˇ 豎井。

【立決】lìjué ㄌㄧˋ ㄐㄩㄝˊ 〈書〉立即處決(死刑犯)。

【立克次氏體】lìkècìshìtǐ ㄌㄧˋ ㄎㄜˋ ㄘˋ ㄕˋ ㄊㄧˇ 介於細菌和病毒之間的微生物，比細菌小，在普通顯微鏡下看得見。種類很多，多以虱、蚤、壁虱等節肢動物為傳播媒介。只有少數能引起人類疾病，如斑疹傷寒、恙蟲病等。由美國病理學家立克次(Howard Taylor Ricketts)發現而得名。

【立刻】lìkè ㄌㄧˋ ㄎㄜˋ 副詞，表示緊接着某個時候；馬上：請大家立刻到會議室去｜同學們聽到這句話，立刻鼓起掌來。

【立睖】lì·leng ㄌㄧˋ·ㄌㄥ 〈方〉❶用力睜大(眼睛)；外眼角向上挑：立睖着眼。❷豎起：他想起這件事，後怕得頭髮根子都立睖起來。

【立領】lìlǐng ㄌㄧˋ ㄌㄧㄥˇ (立領兒)衣服領子的一種樣式，衣領不翻轉(區別於'翻領')：立領襯衫。

【立論】lìlùn ㄌㄧˋ ㄌㄨㄣˋ 對某個問題提出自己的看法，表示自己的意見：立論精當。

【立馬】lìmǎ ㄌㄧˋ ㄇㄚˇ 〈方〉(立馬兒)立刻：事情打聽清楚了，立馬給我個回話。

【立米】lìmǐ ㄌㄧˋ ㄇㄧˇ 立方米的簡稱。

【立秋】lì∥qiū ㄌㄧˋ∥ㄑㄧㄡ 交立秋節氣；秋季開始：立了秋，把扇丟。

【立秋】lìqiū ㄌㄧˋ ㄑㄧㄡ 二十四節氣之一，在8月7、8或9日。我國以立秋為秋季的開始。參看589頁〖節氣〗、306頁〖二十四節氣〗。

【立絨】lìróng ㄌㄧˋ ㄖㄨㄥˊ 以蠶絲或化學纖維長絲織成底布，用人造絲作起絨經絲織成的絲織品，表面有絲絨，質地柔軟堅固，一般用來做服裝。

【立射】lìshè ㄌㄧˋ ㄕㄜˋ 射擊訓練和比賽的一種姿勢，站着射擊。

【立身處世】lì shēn chǔ shì ㄌㄧˋ ㄕㄣ ㄔㄨˇ ㄕˋ 指在社會上待人接物的種種活動。也說立身行事。

【立時】lìshí ㄌㄧˋ ㄕˊ 立刻：他立時省悟過來｜劇團一到，立時就來了許多的人。

【立時三刻】lìshísānkè ㄌㄧˋ ㄕˊ ㄙㄢ ㄎㄜˋ 〈方〉立刻；馬上：他一收到電報，立時三刻就動身回家。

【立誓】lì∥shì ㄌㄧˋ∥ㄕˋ 發誓。

【立嗣】lìsì ㄌㄧˋ ㄙˋ 〈書〉沒有兒子的人以別人的兒子承繼；立繼承人。

【立體】lìtǐ ㄌㄧˋ ㄊㄧˇ ❶具有長、寬、厚的(物體)：立體圖形。❷幾何體。❸上下多層次的；包括各方面的：立體交叉｜立體氣候｜立體戰爭。❹具有立體感的：立體電影。

【立體電影】lìtǐ diànyǐng ㄌㄧˋ ㄊㄧˇ ㄉㄧㄢˋ ㄧㄥˇ 使觀眾對畫面有立體感覺的電影。

【立體幾何】lìtǐ jǐhé ㄌㄧˋ ㄊㄧˇ ㄐㄧˇ ㄏㄜˊ 研究立體圖形的性質(形狀、大小、位置等)的學科。

【立體交叉】lìtǐ jiāochā ㄌㄧˋ ㄊㄧˇ ㄐㄧㄠ ㄔㄚ 利用跨綫橋、地道等使相交的道路在不同的平面上交叉。簡稱立交。

【立體角】lìtǐjiǎo ㄌㄧˋ ㄊㄧˇ ㄐㄧㄠˇ 一個錐面所圍成的空間部分。

【立體聲】lìtǐshēng ㄌㄧˋ ㄊㄧˇ ㄕㄥ 使人感到聲源分佈在空間的聲音。適當組合和安排傳聲器、放大系統和揚聲器，能產生立體聲效果。寬銀幕電影、環幕電影或某些電視機、音響設備等多採用立體聲。

【立體圖】lìtǐtú ㄌㄧˋ ㄊㄧˇ ㄊㄨˊ 利用透視原理，對物體的形狀繪出的圖形。

【立夏】lì∥xià ㄌㄧˋ∥ㄒㄧㄚˋ 交立夏節氣；夏季開始：立了夏，把扇架｜立夏了，天氣一天一天地熱起來。

【立夏】lìxià ㄌㄧˋ ㄒㄧㄚˋ 二十四節氣之一，在5月5、6或7日。我國以立夏為夏季的開始。參看589頁〖節氣〗、306頁〖二十四節氣〗。

【立憲】lìxiàn ㄌㄧˋ ㄒㄧㄢˋ 君主國家制定憲法，實行議會制度：君主立憲。

【立項】lìxiàng ㄌㄧˋ ㄒㄧㄤˋ 某項工程經有關部門批准立為建設項目：這個車間當年立項，當年施工，當年投產。

【立言】lìyán ㄌㄧˋ ㄧㄢˊ 〈書〉指著書立說。

【立業】lì∥yè ㄌㄧˋ∥ㄧㄝˋ ❶建立事業：建功立業。❷設置產業：成家立業。

【立意】lìyì ㄌㄧˋ ㄧˋ ❶打定主意：他立意要出外闖一闖。❷命意：這幅畫立意新穎。

【立約】lì∥yuē ㄌㄧˋ∥ㄩㄝ 訂立契約或公約：立約簽字｜租房先得立個約。

【立賬】lì∥zhàng ㄌㄧˋ∥ㄓㄤˋ 建立賬簿，記載貨幣、貨物等進出事項。

【立正】lìzhèng ㄌㄧˋ ㄓㄥˋ 軍事或體操口令，命令隊伍(也可以是一個人)在原地站好。

【立志】lì∥zhì ㄌㄧˋ∥ㄓˋ 立定志願：立志做一名教師。

【立軸】lìzhóu ㄌㄧˋ ㄓㄡˊ 長條形的字畫，高而窄，尺寸比中堂小：一幅立軸。

【立錐之地】lì zhuī zhī dì ㄌㄧˋ ㄓㄨㄟ ㄓ ㄉㄧˋ 形容極小的一塊地方(多用於'無立錐之地')：貧無立錐之地。

【立字】lì∥zì ㄌㄧˋ∥ㄗˋ (立字兒)寫下字據：借錢得立個字｜空口無憑，立字為據。

【立足】lìzú ㄌㄧˋ ㄗㄨˊ ❶站得住腳，能住下去或生存下去：立足未穩｜立足之地。❷處於某種立場：立足基層，面向群眾。

【立足點】lìzúdiǎn ㄌㄧˋ ㄗㄨˊ ㄉㄧㄢˇ 立腳點。

吏 lì ㄌㄧˋ ❶舊時沒有品級的小公務人員：胥吏。❷舊時泛指官吏：大吏｜酷吏。

【吏胥】lìxū ㄌㄧˋ ㄒㄩ 〈書〉胥吏。

【吏治】lìzhì ㄌㄧˋ ㄓˋ 地方官吏的作風和政績：澄清吏治｜吏治嚴明。

利 lì ㄌㄧˋ ❶鋒利；銳利(跟'鈍'相對)：利刃｜利爪。❷順利；便利：不利｜成敗利鈍。❸利益(跟'害'或'弊'相對)：利弊｜有利｜興利除害。❹利潤或利息：暴利｜薄利多銷｜本利兩清。❺使有利：毫不利己，專門利人。❻(Lì)姓。

【利弊】lìbì ㄌㄧˋ ㄅㄧˋ 好處和害處：權衡利弊｜兩種方法各有利弊。

【利導】lìdǎo ㄌㄧˋ ㄉㄠˇ 見1361頁〖因勢利導〗。

【利鈍】lìdùn ㄌㄧˋ ㄉㄨㄣˋ ❶鋒利或不鋒利：刀劍有利鈍。❷順利或不順利：成敗利鈍。

【利滾利】lì gǔn lì ㄌㄧˋ ㄍㄨㄣˇ ㄌㄧˋ 高利貸的一種，利息變作本金再生利息，利上加利，越滾越多。也說利上滾利。

【利害】lìhài ㄌㄧˋ ㄏㄞˋ 利益和損害：不計利害｜利害得失｜利害攸關(利害所關，指有密切的利害關係)。

【利害】lì·hai ㄌㄧˋ ·ㄏㄞ 同'厲害'。

【利己主義】lìjǐ zhǔyì ㄌㄧˋ ㄐㄧˇ ㄓㄨˇ ㄧˋ 只顧自己利益而不顧別人利益和集體利益的思想。

【利金】lìjīn ㄌㄧˋ ㄐㄧㄣ 〈方〉利息。

【利口】lìkǒu ㄌㄧˋ ㄎㄡˇ ❶能說會道的嘴：一張利口。也說利嘴。❷〈方〉爽口：這幾道涼菜，吃起來真利口。

【利令智昏】lìlìng zhì hūn ㄌㄧˋ ㄌㄧㄥˋ ㄓˋ ㄏㄨㄣ 貪圖私利使頭腦發昏，忘掉一切。

【利祿】lìlù ㄌㄧˋ ㄌㄨˋ 〈書〉(官吏的)錢財和爵祿：功名利祿｜利祿小人。

【利率】lìlǜ ㄌㄧˋ ㄌㄩˋ 利息和本金的比率。

【利落】lì·luo ㄌㄧˋ ·ㄌㄨㄛ ❶(言語、動作)靈活敏捷，不拖泥帶水：說話利落｜動作挺利落。❷整齊有條理：身上穿得乾淨利落。❸完畢：事情已經辦利落了｜病還沒有好利落。

【利尿】lìniào ㄌㄧˋ ㄋㄧㄠˋ 促進排尿：吃西瓜利尿。

【利器】lìqì ㄌㄧˋ ㄑㄧˋ ❶鋒利的兵器：精兵利器。❷有效的工具：計算機是統計工作的利器。

【利錢】lì·qian ㄌㄧˋ ·ㄑㄧㄢ 利息。

【利權】lìquán ㄌㄧˋ ㄑㄩㄢˊ 經濟上的權益(多指國家的)：利權外溢｜挽回利權。

【利刃】lìrèn ㄌㄧˋ ㄖㄣˋ ❶鋒利的刀刃。❷指鋒利的刀、劍：手持利刃。

【利潤】lìrùn ㄌㄧˋ ㄖㄨㄣˋ 經營工商業等賺的錢。

【利市】lìshì ㄌㄧˋ ㄕˋ ❶〈書〉利潤：利市三倍。❷〈方〉買賣順利的預兆：發個利市。❸〈方〉吉利：討個利市。❹〈方〉送給辦事人的賞錢。

【利稅】lìshuì ㄌㄧˋ ㄕㄨㄟˋ 利潤和稅金：造紙廠已向國家上繳利稅一千萬元。

【利索】lì·suo ㄌㄧˋ ·ㄙㄨㄛ 利落：手腳利索｜把屋子收拾利索了。

【利息】lìxī ㄌㄧˋ ㄒㄧ 因存款、放款而得到的本金以外的錢(區別於'本金')。

【利益】lìyì ㄌㄧˋ ㄧˋ 好處：物質利益｜個人利益服從集體利益。

【利用】lìyòng ㄌㄧˋ ㄩㄥˋ ❶使事物或人發揮效能：廢物利用｜利用當地的有利條件發展畜牧業。❷用手段使人或事物為自己服務：互相利用。

【利誘】lìyòu ㄌㄧˋ ㄧㄡˋ 用利益引誘：威逼利誘。

【利於】lìyú ㄌㄧˋ ㄩˊ 對某人或某事物有利：忠言逆耳利於行。

【利慾熏心】lì yù xūn xīn ㄌㄧˋ ㄩˋ ㄒㄩㄣ ㄒㄧㄣ 貪財圖利的慾望迷住了心竅。

【利嘴】lìzuǐ ㄌㄧˋ ㄗㄨㄟˇ 利口①：一張利嘴｜利嘴不饒人。

例 lì ㄌㄧˋ ❶用來幫助說明或證明某種情況或說法的事物：舉例｜例證。❷從前有過，後來可以仿效或依據的事情：援例｜先例｜史無前例。❸調查或統計時指合於某種條件的事例：病例｜十五例中，八例有顯著進步，四例進步不明顯，三例無變化。❹規則；體例：條例｜發凡起例。❺按條例規定的；照成規進行的：例會｜例行公事。

【例規】lìguī ㄌㄧˋ ㄍㄨㄟ ❶沿襲下來一貫實行的規矩；慣例。❷舊時指按照慣例給的錢物：交例規。❸法例規章。

【例會】lìhuì ㄌㄧˋ ㄏㄨㄟˋ 按照規定定期舉行的會。

【例假】lìjià ㄌㄧˋ ㄐㄧㄚˋ ❶依照規定放的假，如元旦、春節、五一、國慶等。❷婉辭，指月經或月經期。

【例禁】lìjìn ㄌㄧˋ ㄐㄧㄣˋ 〈書〉法規明令禁止的事情：有干例禁。

【例句】lìjù ㄌㄧˋ ㄐㄩˋ 用來作為例子的句子。

【例如】lìrú ㄌㄧˋ ㄖㄨˊ 舉例用語，放在所舉的例子前面，表示下面就是例子：田徑運動的項目很多，例如跳高、跳遠、百米賽跑等。

【例題】lìtí ㄌㄧˋ ㄊㄧˊ 說明某一定理或定律時用來做例子的問題。

【例外】lìwài ㄌㄧˋ ㄨㄞˋ ❶在一般的規律、規定之外：大家都得遵守規定，誰也不能例外。❷在一般的規律、規定之外的情況：一般講，緯度越高，氣溫越低，但也有例外。

【例行公事】lìxíng-gōngshì ㄌㄧˋ ㄒㄧㄥˊ ㄍㄨㄥ ㄕˋ 按照慣例處理的公事。多借指只重形式，不講實效的工作。

【例言】lìyán ㄌㄧˋ ㄧㄢˊ 書的正文前頭說明體例等的文字；凡例。

【例證】lìzhèng ㄌㄧˋ ㄓㄥˋ 用來證明一個事實或理論的例子。

【例子】lì·zi ㄌㄧˋ ·ㄗ 例①：舉個例子。

戾〔戾〕 lì ㄌㄧˋ 〈書〉❶罪過：罪戾。❷乖張：暴戾｜乖戾。

沴 lì ㄌㄧˋ 〈書〉❶指災氣。❷傷害。

【沴孽】lìniè ㄌㄧˋ ㄋㄧㄝˋ 〈書〉妖孽。

荔〔荔〕 lì ㄌㄧˋ 指荔枝：鮮荔｜荔肉。

【荔枝】lìzhī ㄌㄧˋ ㄓ ❶常綠喬木，羽狀複葉，小葉長橢圓形，花綠白色，果實球形或卵形，外皮有瘤狀突起，熟時紫紅色，果肉白色，多汁，味道很甜，是我國的特產。❷這種植物的果實。

俐 lì ㄌㄧˋ 見730頁〖伶俐〗(líng·lì)。

莉〔莉〕 lì ㄌㄧˋ 見814頁〔茉莉〕(mò·lì)。

鬲(䰛、歷) lì ㄌㄧˋ 古代炊具，樣子像鼎，足部中空。

另見386頁 gé。

栗 lì ㄌㄧˋ ❶栗子樹，落葉喬木，葉子長圓形，背面有白色絨毛，花黃白色。果實為堅果，包在多刺的殼斗內，成熟時殼斗裂開而散出。果實可以吃，樹皮和殼斗供鞣皮和染色用。❷這種植物的果實。❸(Lì)姓。

另見709頁 lì'慄'。

【栗暴】lìbào ㄌㄧˋ ㄅㄠˋ 把手指彎曲起來打人頭頂叫鑿栗暴或打栗暴：頭上捱了幾個栗暴。也說栗鑿(lìzáo)。

【栗鈣土】lìgàitǔ ㄌㄧˋ ㄍㄞˋ ㄊㄨˇ 栗色的土壤。在我國主要分佈於西北地區和內蒙古自治區。腐殖質含量比黑土少，是比較肥沃的土壤。

【栗色】lìsè ㄌㄧˋ ㄙㄜˋ 像栗子皮那樣的顏色。

【栗子】lì·zi ㄌㄧˋ ·ㄗ ❶栗子樹。❷栗子樹的果實。

猁 lì ㄌㄧˋ 見1011頁〔猞猁〕(shēlì)。

莀〔莀〕 lì ㄌㄧˋ〔莀草〕(lìcǎo ㄌㄧˋ ㄘㄠˇ)狼尾草。

唳〔唳〕 lì ㄌㄧˋ〈書〉(鶴、鴻雁等)鳴叫：風聲鶴唳。

笠 lì ㄌㄧˋ 用竹或草編成的帽子，可以遮雨、遮陽光：斗笠｜竹笠｜草笠。

粒 lì ㄌㄧˋ ❶(粒兒)小圓珠形或小碎塊形的東西：豆粒兒｜米粒兒｜鹽粒兒。❷量詞，用於粒狀的東西：一粒米｜三粒子彈。

【粒肥】lìféi ㄌㄧˋ ㄈㄟˊ 顆粒肥料的簡稱。

【粒子】lìzǐ ㄌㄧˋ ㄗˇ 基本粒子。

【粒子】lì·zi ㄌㄧˋ ·ㄗ 粒①：豆粒子｜鹽粒子。

詈 lì ㄌㄧˋ〈書〉罵：詈罵｜詈辭(罵人的話)。

傈 lì ㄌㄧˋ［傈僳族］(Lìsùzú ㄌㄧˋ ㄙㄨˋ ㄗㄨˊ)我國少數民族之一，分佈在雲南和四川。

溧 lì ㄌㄧˋ〈書〉寒冷：溧冽(非常寒冷)。

痢 lì ㄌㄧˋ 痢疾：赤痢｜白痢。

【痢疾】lì·ji ㄌㄧˋ ·ㄐㄧ 傳染病，按病原體的不同，主要分為細菌性痢疾和阿米巴痢疾兩種。參看1227頁〖細菌性痢疾〗。

蒞〔蒞〕(莅、涖) lì ㄌㄧˋ〈書〉到：蒞臨｜蒞會｜蒞任。

【蒞會】lìhuì ㄌㄧˋ ㄏㄨㄟˋ 到會；參加會議：蒞會講話。

【蒞臨】lìlín ㄌㄧˋ ㄌㄧㄣˊ〈書〉來到；來臨(多用於貴賓)：敬請蒞臨指導。

【蒞任】lìrèn ㄌㄧˋ ㄖㄣˋ〈書〉(官吏)到職。

溧 lì ㄌㄧˋ 溧水(Lìshuǐ ㄌㄧˋ ㄕㄨㄟˇ)，溧陽(Lìyáng ㄌㄧˋ ㄧㄤˊ)，地名，都在江蘇。

慄(栗) lì ㄌㄧˋ 發抖；哆嗦：戰慄｜不寒而慄。

'栗'另見708頁 lì。

【慄然】lìrán ㄌㄧˋ ㄖㄢˊ〈書〉戰慄的樣子。

厲〔厲〕(厉) lì ㄌㄧˋ ❶嚴格：厲行。❷嚴肅；猛烈：嚴厲｜厲色｜雷厲風行｜聲色俱厲。❸(Lì)姓。

〈古〉又同'礪'lì；又同'癩'lài。

【厲兵秣馬】lì bīng mò mǎ ㄌㄧˋ ㄅㄧㄥ ㄇㄛˋ ㄇㄚˇ 見815頁〖秣馬厲兵〗。

【厲鬼】lìguǐ ㄌㄧˋ ㄍㄨㄟˇ 惡鬼；鬼怪。

【厲害】lì·hai ㄌㄧˋ ·ㄏㄞ 難以對付或忍受；劇烈；兇猛：心跳得厲害｜天熱得厲害｜這着棋十分厲害｜這人可真厲害。也作利害。

【厲色】lìsè ㄌㄧˋ ㄙㄜˋ 嚴厲的面色；憤怒的表情：正言厲色。

【厲聲】lìshēng ㄌㄧˋ ㄕㄥ (說話)聲音嚴厲：厲聲斥責。

【厲行】lìxíng ㄌㄧˋ ㄒㄧㄥˊ 嚴格實行：厲行節約。

綟〔綟〕(綟) lì ㄌㄧˋ［綟木］(lìmù ㄌㄧˋ ㄇㄨˋ)落葉灌木或小喬木，葉子卵狀橢圓形，總狀花序，花冠白色。

勵〔勵〕(励) lì ㄌㄧˋ ❶勸勉：勉勵｜鼓勵｜獎勵。❷(Lì)姓。

【勵精圖治】lì jīng tú zhì ㄌㄧˋ ㄐㄧㄥ ㄊㄨˊ ㄓˋ 振作精神，想辦法把國家治理好。

【勵志】lìzhì ㄌㄧˋ ㄓˋ〈書〉奮發志氣，把精力集中在某方面：勵志讀書｜勵志圖強。

歷(历) lì ㄌㄧˋ ❶經歷；經過：來歷｜歷程｜歷時半年｜身歷其境。❷統指過去的各個或各次：歷年｜歷代｜歷次｜歷屆。❸遍；一個一個地：歷訪各校｜歷試諸方，均無成效。❹(Lì)姓。

'历'另見710頁 lì'曆'。

【歷朝】lìcháo ㄌㄧˋ ㄔㄠˊ ❶歷代：歷朝官制。❷指同一朝代各個君主的統治時期：明代營建北京宮城，永樂十八年基本建成，以後歷朝續建，到正統六年才全部完成。

【歷陳】lìchén ㄌㄧˋ ㄔㄣˊ 一條一條地陳述。

【歷程】lìchéng ㄌㄧˋ ㄔㄥˊ 經歷的過程：光輝的歷程。

【歷次】lìcì ㄌㄧˋ ㄘˋ 過去的各次：在歷次競賽中他都表現得很突出。

【歷代】lìdài ㄌㄧˋ ㄉㄞˋ ❶過去的各個朝代：歷代名畫。❷過去的許多世代：歷代務農。❸經歷各個時期：這裏的珍珠養殖業歷代不衰。

【歷屆】lìjiè ㄌㄧˋ ㄐㄧㄝˋ 過去各屆：歷屆畢業生｜歷屆人民代表大會。

【歷盡】lìjìn ㄌㄧˋ ㄐㄧㄣˋ 多次經歷或遭受：歷盡滄桑｜歷盡磨難｜歷盡千辛萬苦。

【歷經】lìjīng ㄌㄧˋ ㄐㄧㄥ 經歷；多次經過：歷經劫難｜小廟歷經百餘年的風雨剝蝕，已殘破不堪。

【歷久】lìjiǔ ㄌㄧˋ ㄐㄧㄡˇ 經過很長的時間：歷久不衰。

【歷來】lìlái ㄌㄧˋ ㄌㄞˊ 從來；一向：歷來如此｜老校長歷來重視思想教育｜我國人民歷來就有勤勞勇敢的優良傳統。

【歷歷】lìlì ㄌㄧˋ ㄌㄧˋ (物體或景象)一個一個清清楚楚的：歷歷可數｜歷歷在目。

【歷練】lìliàn ㄌㄧˋ ㄌㄧㄢˋ ❶經歷世事；鍛煉：孩子大了，要到外邊歷練歷練。❷閱歷多而有經驗：他歷練老成，辦事穩重。

【歷年】lìnián ㄌㄧˋ ㄋㄧㄢˊ 過去的很多年；以往各年：歷年的積蓄｜比照歷年，今年的收成算中上。

【歷任】lìrèn ㄌㄧˋ ㄖㄣˋ 多次擔任；先後擔任：歷任要職｜參軍後，歷任排長、連長等職。

【歷時】lìshí ㄌㄧˋ ㄕˊ (事情)經過時日：這一戰役，歷時六十五天。

【歷史】lìshǐ ㄌㄧˋ ㄕˇ ❶自然界和人類社會的發展過程，也指某種事物的發展過程和個人的經歷：地球的歷史｜人類的歷史。❷過去的事實：這件事早已成為歷史。❸過去事實的記載。❹指歷史學。

【歷史觀】lìshǐguān ㄌㄧˋ ㄕˇ ㄍㄨㄢ 人們對社會歷史的總的看法，屬於世界觀的一部分。唯物史觀和唯心史觀是兩種對立的歷史觀。

【歷史劇】lìshǐjù ㄌㄧˋ ㄕˇ ㄐㄩˋ 指以歷史故事為題材的戲劇。

【歷史唯物主義】lìshǐ wéiwù zhǔyì ㄌㄧˋ ㄕˇ ㄨㄟˊ ㄨˋ ㄓㄨˇ ㄧˋ 馬克思、恩格斯所創立的關於人類社會發展最一般規律的科學，是馬克思主義哲學的重要組成部分，是無產階級的世界觀。歷史唯物主義認為：社會歷史發展具有自身固有的客觀規律；社會存在決定社會意識，社會意識又反作用於社會存在；生產力和生產關係之間的矛盾，經濟基礎和上層建築之間的矛盾是推動社會發展的基本矛盾。也叫唯物史觀。

【歷史唯心主義】lìshǐ wéixīn zhǔyì ㄌㄧˋ ㄕˇ ㄨㄟˊ ㄒㄧㄣ ㄓㄨˇ ㄧˋ 關於人類社會發展的非科學的歷史觀。歷史唯心主義認為社會意識決定社會存在，人們的思想動機是社會發展的根本原因，否認社會發展的客觀規律。也叫唯心史觀。

【歷世】lìshì ㄌㄧˋ ㄕˋ 歷代。

【歷數】lìshǔ ㄌㄧˋ ㄕㄨˇ 一個一個地舉出來：歷數敵人的罪行｜當面歷數對方違反協定的事實。

【歷險】lìxiǎn ㄌㄧˋ ㄒㄧㄢˇ 經歷危險：山中歷險記。

曆(历、厤、歷) lì ㄌㄧˋ ❶推算年月日和節氣的方法；曆法：陽曆｜陰曆｜農曆。❷記錄年月日節氣的書、表等：日曆｜挂曆｜天文曆。

'歷'另見709頁lì。

【曆本】lìběn ㄌㄧˋ ㄅㄣˇ 〈方〉曆書。

【曆法】lìfǎ ㄌㄧˋ ㄈㄚˇ 用年、月、日計算時間的方法。主要分為陽曆、陰曆和陰陽曆三類。具體的曆法還包括紀年的方法。

【曆書】lìshū ㄌㄧˋ ㄕㄨ 按照一定曆法排列年、月、日、節氣、紀念日等供查考的書。

篥 lì ㄌㄧˋ 見65頁[觱篥](bìlì)。

鬎 lì ㄌㄧˋ 見678頁[鬎鬁](là·lì)。

隸(隶、隷) lì ㄌㄧˋ ❶附屬：隸屬。❷舊社會裏地位低下被奴役的人：奴隸｜僕隸。❸衙役：皂隸｜隸卒。❹漢字形體的一種：隸書｜漢隸。

【隸書】lìshū ㄌㄧˋ ㄕㄨ 漢字字體，由篆書簡化演變而成，漢朝的隸書筆畫比較簡單，是漢朝通行的字體。

【隸屬】lìshǔ ㄌㄧˋ ㄕㄨˇ (區域、機構等)受管轄；從屬：直轄市直接隸屬國務院。

【隸字】lìzì ㄌㄧˋ ㄗˋ 隸書。

【隸卒】lìzú ㄌㄧˋ ㄗㄨˊ 衙門裏的差役。

癘〔癘〕(疠) lì ㄌㄧˋ 〈書〉❶瘟疫：癘疫。❷惡瘡。

【癘疫】lìyì ㄌㄧˋ ㄧˋ 〈書〉瘟疫。

瓅(珠) lì ㄌㄧˋ 見252頁[玓瓅](dìlì)。

壢(坜) lì ㄌㄧˋ 中壢(Zhōnglì ㄓㄨㄥ ㄌㄧˋ)，地名，在台灣。

藶〔藶〕(苈) lì ㄌㄧˋ 見1142頁[葶藶](tínglì)。

櫟(栎) lì ㄌㄧˋ 落葉喬木，葉子長橢圓形，花黃褐色，雄花是柔荑花序，堅果球形。葉子可飼柞蠶，木材可以做枕木、製傢具，樹皮含有鞣酸，可以做染料。也叫麻櫟或橡，通稱柞樹。

另見1416頁yuè。

麗[1](丽) lì ㄌㄧˋ 好看；美麗：壯麗｜秀麗｜風和日麗。

麗[2](丽) lì ㄌㄧˋ 〈書〉附着：附麗。另見701頁lí。

【麗人】lìrén ㄌㄧˋ ㄖㄣˊ 〈書〉美貌的女子。

【麗日】lìrì ㄌㄧˋ ㄖˋ 〈書〉明亮的太陽。

【麗質】lìzhì ㄌㄧˋ ㄓˋ (婦女)美好的品貌：天生麗質。

礪〔礪〕(砺) lì ㄌㄧˋ 〈書〉❶磨刀石。❷磨(刀)：砥礪｜磨礪。

【礪石】lìshí ㄌㄧˋ ㄕˊ 〈書〉❶磨刀石。❷粗石。

嚦(呖) lì ㄌㄧˋ [嚦嚦]〈書〉象聲詞，形容鳥類清脆的叫聲：鶯聲嚦嚦。

瀝(沥) lì ㄌㄧˋ ❶液體一滴一滴地落下：瀝血。❷一滴一滴落下的液體：餘瀝｜竹瀝。

【瀝澇】lìlào ㄌㄧˋ ㄌㄠˋ 瀝水淹了莊稼：瀝澇成災。

【瀝瀝】lìlì ㄌㄧˋ ㄌㄧˋ 〈書〉象聲詞，多形容風聲或水聲：泉聲瀝瀝｜風吹瀝瀝有聲。

【瀝青】lì qīng ㄌㄧˋ ㄑㄧㄥ 有機化合物的混合物，黑色或棕黑色，呈膠狀，有天然產的，也有分餾石油或煤焦油得到的。用來鋪路面，也用做防水材料、防腐材料等。通稱柏油。

【瀝水】lìshuǐ ㄌㄧˋ ㄕㄨㄟˇ 降雨之後，留在地面上的積水：這裏地勢低窪，瀝水常淹莊稼。

櫪(枥) lì ㄌㄧˋ 〈書〉❶馬槽：老驥伏櫪。❷同'櫟'(lì)。

礫(砾) lì ㄌㄧˋ 小石塊；碎石：砂礫｜瓦礫｜礫石｜礫岩。

【礫石】lìshí ㄌㄧˋ ㄕˊ 經水流沖擊磨去棱角的岩石碎塊。

蠣〔蠣〕(蛎) lì ㄌㄧˋ 指牡蠣：蠣黃(牡蠣的肉)。

糲〔糲〕(粝、糲) lì ㄌㄧˋ 〈書〉糙米：粗糲。

盭 lì ㄌㄧˋ 〈書〉兇狠；乖戾。

儷(俪) lì ㄌㄧˋ ❶成對的；雙的：駢儷｜儷句。❷指夫婦：儷影。

癧(疬) lì ㄌㄧˋ 見761頁［瘰癧］(luǒlì)。

轢(轹) lì ㄌㄧˋ 〈書〉❶車輪碾軋。❷欺壓：陵轢。

酈(郦) Lì ㄌㄧˋ 姓。

躒(跞) lì ㄌㄧˋ 〈書〉走動：騏驥一躒，不能千里。

另見763頁 luò。

欐(欐) lì ㄌㄧˋ 〈書〉正梁；棟。

靂(雳) lì ㄌㄧˋ 見874頁〖霹靂〗(pīlì)。

·li（·ㄌㄧ）

哩 ·li ·ㄌㄧ 〈方〉助詞。❶跟普通話的'呢'相同，但只用於非疑問句：山上的雪還沒有化哩。❷用於列舉，跟普通話的'啦'相同：碗哩，筷子哩，都已經擺好了。

另見700頁 lī；702頁 lǐ；1371頁 yīnglǐ。

liǎ（ㄌㄧㄚˇ）

倆(俩) liǎ ㄌㄧㄚˇ ❶兩個：咱倆｜你們倆｜一共五個，我吃了倆，他吃了仨。❷不多；幾個：就是有倆錢兒，也不能亂花呀｜一共只有這麼倆人，恐怕還不夠。

注意 '倆'後面不再接'個'字或其他量詞。

另見720頁 liǎng。

lián（ㄌㄧㄢˊ）

帘 lián ㄌㄧㄢˊ (帘兒)用布做成的望子：酒帘。

另見714頁 lián'簾'。

連[1](连) lián ㄌㄧㄢˊ ❶連接：心連心｜骨肉相連｜天連水，水連天｜藕斷絲連｜這兩句話連不起來。❷連續；接續：連陰天｜連年豐收｜連打幾槍。❸包括在內：連我三個人｜連皮三十斤｜連根拔。❹軍隊的編制單位，由若干排組成。❺(Lián)姓。

連[2](连) lián ㄌㄧㄢˊ 表示強調某一詞或某一詞組(下文多有'也、都'等跟它呼應)，含有'甚而至於'的意思：連爺爺都笑了｜她臊得連脖子都紅了｜你怎麼連他也不認識？

【連比】liánbǐ ㄌㄧㄢˊ ㄅㄧˇ 三個或三個以上的數連續相比，這樣的比叫做連比。如3，5，7的連比是3∶5∶7。

【連鬢鬍子】liánbìn-hú·zi ㄌㄧㄢˊ ㄅㄧㄣˋ ㄏㄨˊ ·ㄗ 絡腮鬍子。

【連播】liánbō ㄌㄧㄢˊ ㄅㄛ 廣播電台或電視台把一個內容較長的節目分若干次連續播出：長篇評書連播。

【連詞】liáncí ㄌㄧㄢˊ ㄘˊ 連接詞、詞組或句子的詞，如'和、與、而且、但是、因為、如果'。

【連帶】liándài ㄌㄧㄢˊ ㄉㄞˋ ❶互相關聯：人的作風與思想感情是有連帶關係的。❷牽連：不但大人遭殃，還連帶孩子受罪。❸附帶；捎帶：修房頂的時候，連帶把門窗也修一修。

【連…帶…】lián…dài… ㄌㄧㄢˊ…ㄉㄞˋ… ❶表示前後兩項包括在一起：連本帶利｜連車帶牲口都借來了｜連老帶小一共去了二十三個。❷表示兩種動作緊接着，差不多同時發生：連說帶唱｜連滾帶爬｜連蹦帶跳。

【連襠褲】liándāngkù ㄌㄧㄢˊ ㄉㄤ ㄎㄨˋ ❶襠裏不開口的褲子(對'開襠褲'而言)。❷互相勾結，包庇叫穿連襠褲。

【連隊】liánduì ㄌㄧㄢˊ ㄉㄨㄟˋ 軍隊中對連以及相當於連的單位的習慣稱呼。

【連根拔】liángēnbá ㄌㄧㄢˊ ㄍㄣ ㄅㄚˊ 比喻徹底鏟除或消滅。

【連亘】liángèn ㄌㄧㄢˊ ㄍㄣˋ 接連不斷(多指山脉等)：山嶺連亘｜長城連亘萬里。

【連拱壩】liángǒngbà ㄌㄧㄢˊ ㄍㄨㄥˇ ㄅㄚˋ 由許多拱形壩面和壩垛構成的壩，用鋼筋混凝土築成。拱形壩面迎着水，把水的壓力傳到壩垛上。

【連貫】liánguàn ㄌㄧㄢˊ ㄍㄨㄢˋ 連接貫通：上下句意思要連貫｜長江大橋把南北交通連貫起來了。也作聯貫。

【連鍋端】liánguōduān ㄌㄧㄢˊ ㄍㄨㄛ ㄉㄨㄢ 比喻全部除掉或移走：據點的敵人，已經被我們連鍋端了｜整個單位連鍋端，遷到外地去了。

【連環】liánhuán ㄌㄧㄢˊ ㄏㄨㄢˊ 一個套着一個的一串環，比喻一個接着一個互相關聯的：連環計｜連環畫｜連環鎖｜連環保｜連環債。

【連環保】liánhuánbǎo ㄌㄧㄢˊ ㄏㄨㄢˊ ㄅㄠˇ 舊時官府統治人民的一種手段，把住在一起的幾個人或幾戶人家組織起來，強迫他們相互監督，如果一人或一家出事，其餘各人或各家都得連帶負責。

【連環畫】liánhuánhuà ㄌㄧㄢˊ ㄏㄨㄢˊ ㄏㄨㄚˋ 按故事情節連續排列的許多幅畫。一般每幅畫都有文字說明。

【連枷】liánjiā ㄌㄧㄢˊ ㄐㄧㄚ 農具，由一個長柄和一組平排的竹條或木條構成，用來拍打穀物，使子粒掉下來。也作槤枷。

【連腳褲】liánjiǎokù ㄌㄧㄢˊ ㄐㄧㄠˇ ㄎㄨˋ 嬰兒穿的一種褲子，褲腳不開口，包住腳底。

【連接】liánjiē ㄌㄧㄢˊ ㄐㄧㄝ ❶(事物)互相銜接：

山嶺連接。❷使連接：連接綫路。‖也作聯接。

【連接號】liánjiēhào ㄌㄧㄢˊ ㄐㄧㄝ ㄏㄠˋ 標點符號(—)，表示把意義密切相關的詞語連成一個整體。

【連結】liánjié ㄌㄧㄢˊ ㄐㄧㄝˊ 同'聯結'。

【連襟】liánjīn ㄌㄧㄢˊ ㄐㄧㄣ (連襟兒)姐姐的丈夫和妹妹的丈夫之間的親戚關係：他是我的連襟｜他們是同事又是連襟。

【連累】lián·lěi ㄌㄧㄢˊ ·ㄌㄟˇ 因事牽連別人，使別人也受到損害：一家失火，連累了鄰居｜一人做事一人當，決不連累大家。

【連理】liánlǐ ㄌㄧㄢˊ ㄌㄧˇ 〈書〉❶不同根的草木枝幹連生在一起，古人認為是吉祥的徵兆：連理枝｜嘉禾連理。❷比喻恩愛夫妻：結為連理。

【連理枝】liánlǐzhī ㄌㄧㄢˊ ㄌㄧˇ ㄓ 枝幹合生在一處的兩棵樹，多比喻恩愛夫妻。

【連連】liánlián ㄌㄧㄢˊ ㄌㄧㄢˊ 連續不斷：連連稱讚｜爺爺連連點頭。

【連忙】liánmáng ㄌㄧㄢˊ ㄇㄤˊ 趕快；急忙：老大娘一上車，乘客就連忙讓座。

【連袂】liánmèi ㄌㄧㄢˊ ㄇㄟˋ 同'聯袂'。

【連綿】liánmián ㄌㄧㄢˊ ㄇㄧㄢˊ (山脈、河流、雨雪等)接連不斷：連綿起伏｜陰雨連綿｜連綿不斷的思緒。也作聯綿。

【連年】liánnián ㄌㄧㄢˊ ㄋㄧㄢˊ 接連許多年：連年大豐收。

【連翩】liánpiān ㄌㄧㄢˊ ㄆㄧㄢ 同'聯翩'。

【連篇】liánpiān ㄌㄧㄢˊ ㄆㄧㄢ ❶(文字)一篇接一篇：連篇纍牘。❷充滿整個篇幅：白字連篇。

【連篇纍牘】lián piān lěi dú ㄌㄧㄢˊ ㄆㄧㄢ ㄌㄟˇ ㄉㄨˊ 表示用過多篇幅敍述。

【連任】liánrèn ㄌㄧㄢˊ ㄖㄣˋ 連續擔任同一職務(多指由選舉而任職)：連選連任｜連任兩屆工會主席。

【連日】liánrì ㄌㄧㄢˊ ㄖˋ 接連幾天：連日趕路｜連日大雨，河水暴漲｜這個車間連日超產。

【連聲】liánshēng ㄌㄧㄢˊ ㄕㄥ 一聲緊接一聲：連聲稱讚｜連聲答應。

【連史紙】liánshǐzhǐ ㄌㄧㄢˊ ㄕˇ ㄓˇ 江西出產的一種紙，用竹子做原料，細密、潔白。本稱連四，後訛稱連史。

【連鎖】liánsuǒ ㄌㄧㄢˊ ㄙㄨㄛˇ 一環扣一環，像鎖鏈似的，形容連續不斷：連鎖反應。

【連鎖店】liánsuǒdiàn ㄌㄧㄢˊ ㄙㄨㄛˇ ㄉㄧㄢˋ 一個公司或集團開設的經營業務相關、方式相同的若干個商店。

【連鎖反應】liánsuǒ fǎnyìng ㄌㄧㄢˊ ㄙㄨㄛˇ ㄈㄢˇ ㄧㄥˋ 比喻若干個相關的事物，只要一個發生變化，其他都跟着發生變化：商品市場擴大了，就會引起工業生產的連鎖反應。

【連台本戲】liántái běnxì ㄌㄧㄢˊ ㄊㄞˊ ㄅㄣˇ ㄒㄧˋ 分好多次演出的很長的本戲，每次只演一兩本。

【連天】liántiān ㄌㄧㄢˊ ㄊㄧㄢ ❶接連幾天：連天陰雨｜連天趕路。❷連續不間斷：叫苦連天。❸形容遠望山水、光焰等與天空相接：湖水連天｜芳草連天｜炮火連天。

【連通】liántōng ㄌㄧㄢˊ ㄊㄨㄥ 接連而又相通：大海和大洋是連通的｜住宅區四周有道路連通。也作聯通。

【連通器】liántōng qì ㄌㄧㄢˊ ㄊㄨㄥ ㄑㄧˋ 底部彼此連通的容器，同一種液體在連通器裏液面永遠保持相同的高度。

【連同】liántóng ㄌㄧㄢˊ ㄊㄨㄥˊ 連；和：貨物連同清單一並送去｜今年連同去年下半年，他家共養豬一百五十多頭。

【連寫】liánxiě ㄌㄧㄢˊ ㄒㄧㄝˇ 指漢字用拼音字母注音時把每一個複音詞的幾個音節連起來寫，如'rénmín(人民)、tuōlājī(拖拉機)'。

【連續】liánxù ㄌㄧㄢˊ ㄒㄩˋ 一個接一個：連續不斷｜這個車間連續創造了三次新記錄。

【連續劇】liánxùjù ㄌㄧㄢˊ ㄒㄩˋ ㄐㄩˋ 分為若干集，在電台或電視台連續播放的情節連貫的戲劇：廣播連續劇｜電視連續劇。

【連夜】liányè ㄌㄧㄢˊ ㄧㄝˋ ❶當天夜裏(就做)：鄉長接到通知，連夜趕進城。❷接連幾夜：連天連夜。

【連衣裙】liányī qún ㄌㄧㄢˊ ㄧ ㄑㄩㄣˊ 上衣和裙子連在一起的女裝。

【連陰天】liányīntiān ㄌㄧㄢˊ ㄧㄣ ㄊㄧㄢ 接連多日陰雨的天氣。

【連陰雨】liányīnyǔ ㄌㄧㄢˊ ㄧㄣ ㄩˇ 很多天連續不斷的雨。

【連用】liányòng ㄌㄧㄢˊ ㄩㄥˋ 連起來使用：'倆'(liǎ)和'個'這兩個字不能連用。

【連載】liánzǎi ㄌㄧㄢˊ ㄗㄞˇ 一個篇幅較長的作品在同一報紙或刊物上分若干次連續刊載：小說連載。

【連中三元】lián zhòng sān yuán ㄌㄧㄢˊ ㄓㄨㄥˋ ㄙㄢ ㄩㄢˊ ❶舊時指在鄉試、會試、殿試中接連考取解元、會元、狀元。❷比喻在三次考試或比賽中連續得勝，或在一項比賽中連續三次取得成功。

【連種】liánzhòng ㄌㄧㄢˊ ㄓㄨㄥˋ 連作。

【連軸轉】liánzhóuzhuàn ㄌㄧㄢˊ ㄓㄡˊ ㄓㄨㄢˋ 比喻夜以繼日地勞動：工作一忙，我們幾個人就得連軸轉。

【連珠】liánzhū ㄌㄧㄢˊ ㄓㄨ 連接成串的珠子。比喻連續不斷的聲音等：連珠炮｜妙語連珠｜連珠似的機槍聲｜捷報連珠似地傳來。

【連屬】liánzhǔ ㄌㄧㄢˊ ㄓㄨˇ 〈書〉連接；聯結：兩地連屬｜連屬成篇。也作聯屬。

【連綴】liánzhuì ㄌㄧㄢˊ ㄓㄨㄟˋ 聯結：孤立地看，每一個情節都很平淡，連綴在一起，就有趣了。也作聯綴。

【連作】liánzuò ㄌㄧㄢˊ ㄗㄨㄛˋ 在一塊田地上連續栽種同一種作物。也説連種、連茬或重(chóng)茬。

【連坐】liánzuò ㄌㄧㄢˊ ㄗㄨㄛˋ 一個人犯法，他的家屬、親族、鄰居等連帶受處罰。

廉(廉) lián ㄌㄧㄢˊ ❶廉潔：清廉｜廉恥。❷(價錢)低；便宜：低廉｜價廉物美。❸(Lián)姓。

【廉恥】liánchǐ ㄌㄧㄢˊ ㄔˇ 廉潔的操守和羞恥的感覺：不顧廉恥。

【廉價】liánjià ㄌㄧㄢˊ ㄐㄧㄚˋ 價錢比一般低：廉價書。

【廉潔】liánjié ㄌㄧㄢˊ ㄐㄧㄝˊ 不損公肥私；不貪污：廉潔奉公｜剛正廉潔。

【廉明】liánmíng ㄌㄧㄢˊ ㄇㄧㄥˊ 廉潔而清明：為官廉明｜廉明公正。

【廉正】liánzhèng ㄌㄧㄢˊ ㄓㄥˋ 廉潔正直：廉正無私。

【廉政】liánzhèng ㄌㄧㄢˊ ㄓㄥˋ 使政治廉潔：廉政措施｜搞好廉政建設。

【廉直】liánzhí ㄌㄧㄢˊ ㄓˊ 廉正：廉直之士。

蓮〔蓮〕(莲) lián ㄌㄧㄢˊ ❶多年生草本植物，生在淺水中，地下莖肥大而長，有節，葉子圓形，高出水面，花大，淡紅色或白色，有香味。地下莖叫藕，種子叫蓮子，都可以吃。也叫荷、芙蓉、芙蕖等。❷指蓮子：建蓮(福建產的蓮子)｜湘蓮(湖南產的蓮子)。

【蓮菜】liáncài ㄌㄧㄢˊ ㄘㄞˋ〈方〉用做蔬菜的藕。

【蓮房】liánfáng ㄌㄧㄢˊ ㄈㄤˊ〈書〉❶蓮蓬。❷指僧人的居室。

【蓮花】liánhuā ㄌㄧㄢˊ ㄏㄨㄚ ❶蓮的花。❷指蓮：養了幾盆蓮花。

【蓮花白】liánhuābái ㄌㄧㄢˊ ㄏㄨㄚ ㄅㄞˊ〈方〉結球甘藍。

【蓮花落】liánhuālào ㄌㄧㄢˊ ㄏㄨㄚ ㄌㄠˋ 曲藝的一種，用竹板打節拍，每段常以'蓮花落，落蓮花'一類的句子做襯腔或尾聲。

【蓮蓬】lián·peng ㄌㄧㄢˊ ·ㄆㄥ 蓮花開過後的花托，倒圓錐形，裏面有蓮子。

【蓮蓬頭】lián·pengtóu ㄌㄧㄢˊ ·ㄆㄥ ㄊㄡˊ〈方〉噴頭。

【蓮台】liántái ㄌㄧㄢˊ ㄊㄞˊ 蓮座②。

【蓮心】liánxīn ㄌㄧㄢˊ ㄒㄧㄣ ❶蓮子中的胚芽，綠色，有苦味，中醫入藥。❷〈方〉蓮子。

【蓮子】liánzǐ ㄌㄧㄢˊ ㄗˇ 蓮的種子，橢圓形，當中有綠色的蓮心，肉呈乳白色，可以吃，也可入藥。

【蓮宗】liánzōng ㄌㄧㄢˊ ㄗㄨㄥ 即淨土宗，因創始人慧遠於廬山東林寺建白蓮社而得名。

【蓮座】liánzuò ㄌㄧㄢˊ ㄗㄨㄛˋ ❶蓮花的底部，呈倒圓錐形。❷佛像的底座，由於多作蓮花形而得名。

奩(奁、匳、匲、籨) lián ㄌㄧㄢˊ 古代婦女梳妝用的鏡匣：妝奩(嫁妝)。

漣(涟) lián ㄌㄧㄢˊ〈書〉❶風吹水面所形成的波紋：漣漪。❷淚流不斷的樣子：漣洏｜泣涕漣漣。

【漣洏】lián'ér ㄌㄧㄢˊ ㄦˊ〈書〉形容涕淚交流。

【漣漪】liányī ㄌㄧㄢˊ ㄧ〈書〉細小的波紋：微風吹過，湖面上泛起層層漣漪。

槤(梿) lián ㄌㄧㄢˊ ［槤枷］(liánjiā ㄌㄧㄢˊ ㄐㄧㄚ)同'連枷'。

磏 lián ㄌㄧㄢˊ〈書〉一種磨刀石。另見915頁 qiān。

憐(怜) lián ㄌㄧㄢˊ ❶憐憫：可憐｜憐惜｜同病相憐。❷愛：憐愛｜愛憐。

【憐愛】lián'ài ㄌㄧㄢˊ ㄞˋ 疼愛：這孩子胖胖的、大眼睛，真叫人憐愛。

【憐憫】liánmǐn ㄌㄧㄢˊ ㄇㄧㄣˇ 對遭遇不幸的人表示同情：憐憫之心｜我不需要別人的憐憫，只希望得到大家的理解。

【憐惜】liánxī ㄌㄧㄢˊ ㄒㄧ 同情愛護：決不憐惜惡人。

【憐恤】liánxù ㄌㄧㄢˊ ㄒㄩˋ 憐憫：孤寡老人得到四鄰的憐恤和多方面的照顧。

濂 Lián ㄌㄧㄢˊ ❶濂江，水名，在江西。❷姓。

褳(裢) lián ㄌㄧㄢˊ 見204頁〖褡褳〗(dā·lián)。

聯(联) lián ㄌㄧㄢˊ ❶聯結；聯合：聯盟｜聯繫｜聯絡｜聯歡｜聯名｜三聯單。❷對聯：春聯｜輓聯。

【聯邦】liánbāng ㄌㄧㄢˊ ㄅㄤ 由若干具有國家性質的行政區域(有國、邦、州等不同名稱)聯合而成的統一國家，各行政區域有自己的憲法、立法機關和政府，聯邦也有統一的憲法、立法機關和政府。國際交往以聯邦政府為主體。

【聯播】liánbō ㄌㄧㄢˊ ㄅㄛ 若干廣播電台或電視台同時轉播(某電台或電視台播送的節目)：新聞聯播。

【聯唱】liánchàng ㄌㄧㄢˊ ㄔㄤˋ 兩個以上的人連接着演唱或一個人、一個合唱隊連着演唱兩個以上的歌、曲牌等。

【聯電】liándiàn ㄌㄧㄢˊ ㄉㄧㄢˋ 聯合通電(聯名拍發宣佈政治上某種主張的電報)。

【聯防】liánfáng ㄌㄧㄢˊ ㄈㄤˊ ❶若干組織聯合起來，共同防禦、防範：軍民聯防｜群眾聯防｜治安聯防。❷球賽中的聯合防守。

【聯貫】liánguàn ㄌㄧㄢˊ ㄍㄨㄢˋ 同'連貫'。

【聯合】liánhé ㄌㄧㄢˊ ㄏㄜˊ ❶聯繫使不分散；結合：全世界無產者，聯合起來！❷結合在一起的；共同：聯合收割機｜聯合聲明｜聯合招生。❸兩塊以上的骨頭長在一起或固定在一起，叫做聯合，如恥骨聯合、下頜骨聯合等。

【聯合國】Liánhéguó ㄌㄧㄢˊ ㄏㄜˊ ㄍㄨㄛˊ 第二次世界大戰結束後於1945年成立的國際組織，總部設在美國紐約。主要機構有聯合國大會、安全理事會、經濟和社會理事會、秘書處等。聯合國憲章規定，其主要宗旨是維護國際和平與安全，發展國際友好關係，促進經濟文化等方面的國際合作。

【聯合機】liánhéjī ㄌㄧㄢˊ ㄏㄜˊ ㄐㄧ 兩種以上的機器同時進行操作的聯合裝置，可以同時進行多種工作，完成各種作業。如聯合收割機和聯各採煤機。也叫康拜因。

【聯合收割機】liánhé shōugējī ㄌㄧㄢˊ ㄏㄜˊ ㄕㄡ ㄍㄜ ㄐㄧ 收割農作物的聯合機，能同時完成多種工作，如穀物聯合收割機能將穀物割下、自動脫粒、把穀粒和作物的莖分開等。也叫康拜因。

【聯合戰綫】liánhé zhànxiàn ㄌㄧㄢˊ ㄏㄜˊ ㄓㄢˋ ㄒㄧㄢˋ 統一戰綫。

【聯合政府】liánhé zhèngfǔ ㄌㄧㄢˊ ㄏㄜˊ ㄓㄥˋ ㄈㄨˇ 兩個或兩個以上黨派聯合組成的政府。

【聯合制】liánhézhì ㄌㄧㄢˊ ㄏㄜˊ ㄓˋ 康平納。

【聯歡】liánhuān ㄌㄧㄢˊ ㄏㄨㄢ （一個集體的成員或兩個以上的集體）為了慶祝或加強團結，在一起歡聚：聯歡會｜軍民聯歡。

【聯接】liánjiē ㄌㄧㄢˊ ㄐㄧㄝ 同'連接'。

【聯結】liánjié ㄌㄧㄢˊ ㄐㄧㄝˊ 結合（在一起）：畫一條直綫把這兩點聯結起來｜錦州是聯結東北和華北的戰略要點。也作連結。

【聯句】liánjù ㄌㄧㄢˊ ㄐㄩˋ 舊時做詩的一種方式，兩人或多人各做一句或兩句，相聯成篇（多用於宴席及朋友間酬應）：聯句賦詩｜即景聯句。

【聯軍】liánjūn ㄌㄧㄢˊ ㄐㄩㄣ 由兩支或兩支以上的武裝組織聯合而成的軍隊：東北抗日聯軍。

【聯絡】liánluò ㄌㄧㄢˊ ㄌㄨㄛˋ 彼此交接；接上關係：聯絡員｜聯絡站｜失掉聯絡｜聯絡感情｜他聯絡了一些人辦了一個讀書會。

【聯袂】liánmèi ㄌㄧㄢˊ ㄇㄟˋ 〈書〉手拉着手，比喻一同（來、去等）：聯袂而往｜聯袂而至｜聯袂登台獻藝。也作連袂。

【聯盟】liánméng ㄌㄧㄢˊ ㄇㄥˊ ❶兩個或兩個以上的國家為了共同行動而訂立盟約所結成的集團：反法西斯聯盟。❷指個人、集體或階級的聯合：工農聯盟。

【聯綿】liánmián ㄌㄧㄢˊ ㄇㄧㄢˊ 同'連綿'。

【聯綿字】liánmiánzì ㄌㄧㄢˊ ㄇㄧㄢˊ ㄗˋ 舊時指雙音的單純詞，包括：a）雙聲的，如'彷彿、伶俐'；b）疊韻的，如'闌干、逍遙'；c）非雙聲非疊韻的，如'妯娌、瑪瑙'。

【聯名】liánmíng ㄌㄧㄢˊ ㄇㄧㄥˊ 由若干人或若干團體共同具名：聯名發起｜聯名寫信。

【聯翩】liánpiān ㄌㄧㄢˊ ㄆㄧㄢ 鳥飛的樣子。形容連續不斷：浮想聯翩｜聯翩而至。也作連翩。

【聯賽】liánsài ㄌㄧㄢˊ ㄙㄞˋ （在籃球、排球、足球等比賽中）三個以上同等級的球隊之間的比賽：全國足球甲級聯賽。

【聯手】liánshǒu ㄌㄧㄢˊ ㄕㄡˇ 聯合；共同：十多位科學家聯手進行實地調查｜這部電視劇由兩家電視台聯手攝製。

【聯網】liánwǎng ㄌㄧㄢˊ ㄨㄤˇ 供電網絡、電信網絡、計算機網絡等互相連接，形成更大的網絡：聯網發電。

【聯席會議】liánxí huìyì ㄌㄧㄢˊ ㄒㄧˊ ㄏㄨㄟˋ ㄧˋ 不同的單位、團體為了解決彼此有關的問題而聯合舉行的會議。

【聯繫】liánxì ㄌㄧㄢˊ ㄒㄧˋ 彼此接上關係：保持聯繫｜理論聯繫實際｜密切聯繫群眾｜以後多寫信，不要失掉聯繫。

【聯想】liánxiǎng ㄌㄧㄢˊ ㄒㄧㄤˇ 由於某人或某事物而想起其他相關的人或事物；由於某概念而引起其他相關的概念：聯想豐富｜看到他，使我聯想起許多往事。

【聯誼】liányì ㄌㄧㄢˊ ㄧˋ 聯絡友誼：聯誼會｜聯誼活動。

【聯姻】liányīn ㄌㄧㄢˊ ㄧㄣ 兩家由婚姻關係結成親戚。

【聯營】liányíng ㄌㄧㄢˊ ㄧㄥˊ 聯合經營：聯營企業｜這個煤礦由三個縣聯營。

【聯運】liányùn ㄌㄧㄢˊ ㄩㄣˋ 不同的交通部門或分段的交通路綫之間建立聯繫，連續運輸，旅客或託運者只要買一次票或辦一次手續，如水陸聯運、國際聯運等。

【聯展】liánzhǎn ㄌㄧㄢˊ ㄓㄢˇ 聯合展覽或展銷：書畫聯展｜老年用品聯展。

【聯屬】liánzhǔ ㄌㄧㄢˊ ㄓㄨˇ 同'連屬'。

【聯綴】liánzhuì ㄌㄧㄢˊ ㄓㄨㄟˋ 同'連綴'。

臁 lián ㄌㄧㄢˊ 小腿的兩側：臁骨｜臁瘡。

蠊 lián ㄌㄧㄢˊ 見332頁〖蜚蠊〗(fěilián)。

簾（帘） lián ㄌㄧㄢˊ （簾兒）用布、竹子、葦子等做的有遮蔽作用的器物：竹簾｜窗簾兒｜門簾兒。

'帘'另見711頁 lián。

【簾布】liánbù ㄌㄧㄢˊ ㄅㄨˋ 輪胎裏面所襯的布，作用是保護橡膠，抵抗張力。也叫簾子布。

【簾子】lián·zi ㄌㄧㄢˊ ·ㄗ 簾：竹簾子｜窗簾子。

鬑 lián ㄌㄧㄢˊ 〈書〉形容鬚髮長。

鐮（鎌、鐮） lián ㄌㄧㄢˊ 鐮刀：釤鐮｜開鐮。

【鐮刀】liándāo ㄌㄧㄢˊ ㄉㄠ 收割莊稼和割草的農具，由刀片和木把構成，有的刀片上帶小鋸齒。

鰱(鲢) lián ㄌㄧㄢˊ 鰱魚，身體側扁，鱗細，背部青黑色，腹部白色，是我國重要的淡水魚類之一。也叫鰞(xù)。

liǎn (ㄌㄧㄢˇ)

璉(琏) liǎn ㄌㄧㄢˇ 古代宗廟盛黍稷的器具。

斂(敛) liǎn ㄌㄧㄢˇ ❶〈書〉收起；收住：斂容｜斂足。❷〈書〉約束：斂迹。❸收集；徵收：斂錢｜橫徵暴斂｜把工具斂起來。

【斂步】liǎnbù ㄌㄧㄢˇ ㄅㄨˋ〈書〉收住腳步，不往前走。

【斂財】liǎncái ㄌㄧㄢˇ ㄘㄞˊ 搜刮錢財。

【斂迹】liǎnjì ㄌㄧㄢˇ ㄐㄧˋ〈書〉❶隱蔽起來，不敢再出頭露面：盜匪斂迹｜斂迹潛踪。❷約束自己的言行：屏氣斂迹。❸退隱：斂迹山林｜斂迹避賢。

【斂錢】liǎn∥qián ㄌㄧㄢˇ∥ㄑㄧㄢˊ 向大家收取費用或捐款：斂錢辦學。

【斂衽】liǎnrèn ㄌㄧㄢˇ ㄖㄣˋ〈書〉❶整整衣襟，表示恭敬：斂衽而拜。❷指婦女行禮。也作襝衽。

【斂容】liǎnróng ㄌㄧㄢˇ ㄖㄨㄥˊ〈書〉收起笑容；臉色變得嚴肅：斂容正色。

【斂足】liǎnzú ㄌㄧㄢˇ ㄗㄨˊ〈書〉收住腳步，不往前走。

臉(脸) liǎn ㄌㄧㄢˇ ❶頭的前部，從額到下巴：圓臉｜洗臉。❷(臉兒)某些物體的前部：門臉兒｜鞋臉兒。❸情面；面子：丟臉｜不要臉。❹(臉兒)臉上的表情：笑臉兒｜把臉一變。

【臉蛋兒】liǎndànr ㄌㄧㄢˇ ㄉㄢㄦˋ 臉的兩旁部分，也泛指臉(多用於年幼的人)：小姑娘的臉蛋兒紅得像蘋果。也說臉蛋子。

【臉紅】liǎn hóng ㄌㄧㄢˇ ㄏㄨㄥˊ 指害臊：說這話也不臉紅？

【臉紅脖子粗】liǎn hóng bó·zi cū ㄌㄧㄢˇ ㄏㄨㄥˊ ㄅㄛˊ ·ㄗ ㄘㄨ 形容發急、發怒或激動時面部頸部紅脹：一點兒小事，何必爭得臉紅脖子粗的。

【臉頰】liǎnjiá ㄌㄧㄢˇ ㄐㄧㄚˊ 臉的兩旁部分：紅潤的臉頰｜汗珠子順着臉頰直往下淌。

【臉面】liǎnmiàn ㄌㄧㄢˇ ㄇㄧㄢˋ ❶臉①：臉面消瘦。❷情面；面子：看我的臉面，不要生他的氣了。

【臉盤兒】liǎnpánr ㄌㄧㄢˇ ㄆㄢㄦˊ 指臉的形狀、輪廓：圓臉盤兒｜大臉盤兒。也說臉盤子。

【臉龐】liǎnpáng ㄌㄧㄢˇ ㄆㄤˊ 臉盤兒：鴨蛋形臉龐。

【臉皮】liǎnpí ㄌㄧㄢˇ ㄆㄧˊ ❶臉上的皮膚：白淨臉皮｜黑黃的臉皮。❷指情面：撕不破臉皮。❸指羞恥的心理，容易害羞叫臉皮薄，不容易害羞叫臉皮厚。

【臉譜】liǎnpǔ ㄌㄧㄢˇ ㄆㄨˇ 戲曲中某些角色(多為淨角)臉上畫的各種圖案，用來表現人物的性格和特徵。

【臉色】liǎnsè ㄌㄧㄢˇ ㄙㄜˋ ❶臉的顏色：臉色微紅｜臉色灰白。❷臉上表現出來的健康情況；氣色：經過幾個月調養，他的臉色比過去好多了。❸臉上的表情：臉色溫和｜臉色陰沈｜一看他的臉色，我就知道準是有甚麼好消息。

【臉膛兒】liǎntángr ㄌㄧㄢˇ ㄊㄤㄦˊ〈方〉臉①：四方臉膛兒｜臉膛兒曬得黑黑的。

【臉形】liǎnxíng ㄌㄧㄢˇ ㄒㄧㄥˊ 臉的形狀：臉形端正｜長方臉形。也作臉型。

【臉子】liǎn·zi ㄌㄧㄢˇ ·ㄗ〈方〉❶容貌(多指美貌，用於不莊重的口氣)。❷不愉快的臉色：他不會給你臉子看的。❸情面；面子：他是要臉子的人，不能當着大夥兒丟這個醜。

襝(裣) liǎn ㄌㄧㄢˇ [襝衽](liǎnrèn ㄌㄧㄢˇ ㄖㄣˋ) 同'斂衽'②。

蘞〔蔹〕(蔹) liǎn ㄌㄧㄢˇ 見22頁〖白蘞〗。

liàn (ㄌㄧㄢˋ)

楝 liàn ㄌㄧㄢˋ 落葉喬木，葉子互生，羽狀複葉，小葉卵形或披針形，花小，淡紫色，果實橢圓形，褐色。木材可以製器具，種子、樹皮、根皮都可入藥。

煉(炼、錬) liàn ㄌㄧㄢˋ ❶用加熱等辦法使物質純淨或堅韌：煉鐵｜煉鋼｜煉乳｜豬油煉過了。❷燒：煉山｜真金不怕火煉。❸用心琢磨，使詞句簡潔優美：煉字｜煉句。

【煉丹】liàn∥dān ㄌㄧㄢˋ∥ㄉㄢ 指道教徒用硃砂煉藥。

【煉話】liànhuà ㄌㄧㄢˋ ㄏㄨㄚˋ〈方〉指方言土語中意味深長、富於表現力的話。

【煉焦】liàn∥jiāo ㄌㄧㄢˋ∥ㄐㄧㄠ 在隔絕空氣的條件下，經高溫加熱，使煤分解，得到焦炭。

【煉句】liànjù ㄌㄧㄢˋ ㄐㄩˋ 寫作時斟酌語句，使簡潔優美：要寫好文章，還須煉字煉句。

【煉乳】liànrǔ ㄌㄧㄢˋ ㄖㄨˇ 用鮮牛奶或羊奶經消毒濃縮加糖製成的飲料，可貯存較長時間。

【煉山】liàn∥shān ㄌㄧㄢˋ∥ㄕㄢ 為了造林或使森林更新，把山上的雜草、灌木或採伐剩餘物用火燒掉。

【煉油】liàn∥yóu ㄌㄧㄢˋ∥ㄧㄡˊ ❶分餾石油。❷用加熱的方法從含油的物質中把油分離出來。❸把動物油或植物油加熱使適於食用。

【煉獄】liànyù ㄌㄧㄢˋ ㄩˋ ❶天主教指人生前罪惡沒有贖盡，死後靈魂暫時受罰的地方。❷比喻人經受磨練的艱苦環境。

【煉字】liànzì ㄌㄧㄢˋ ㄗˋ 寫作時推敲用字。

練(练) liàn ㄌㄧㄢˋ ❶白絹：江平如練。❷〈書〉把生絲煮熟，使它柔軟潔白。❸練習；訓練：練兵｜練工夫｜練毛筆字。❹經驗多；純熟：老練｜幹練｜熟練。❺(Liàn)姓。

【練筆】liàn∥bǐ ㄌㄧㄢˋ∥ㄅㄧˇ ❶練習寫作。❷練習寫字。

【練兵】liàn∥bīng ㄌㄧㄢˋ∥ㄅㄧㄥ ❶訓練軍隊。❷泛指訓練各種人員：乒乓球隊正抓緊賽前練兵。

【練達】liàndá ㄌㄧㄢˋ ㄉㄚˊ 〈書〉閱歷多而通達人情世故：練達老成。

【練隊】liàn∥duì ㄌㄧㄢˋ∥ㄉㄨㄟˋ 參加遊行或檢閱之前練習隊形、步伐等。

【練功】liàn∥gōng ㄌㄧㄢˋ∥ㄍㄨㄥ 訓練技能；練習功夫，有時特指練氣功或武功：練功房｜演員堅持練功｜練過幾年功，有兩下子。

【練手】liàn∥shǒu ㄌㄧㄢˋ∥ㄕㄡˇ (練手兒)練習做活兒技能：初學裁縫，先做點兒小孩兒衣服練練手。

【練武】liànwǔ ㄌㄧㄢˋ ㄨˇ ❶學習或練習武藝：練武強身。❷學習或練習軍事技術：民兵利用生產空隙練武。❸泛指學習或練習各項技術：各行各業都在開展技術練武。

【練習】liànxí ㄌㄧㄢˋ ㄒㄧˊ ❶反復學習，以求熟練：練習心算｜練習寫文章。❷為鞏固學習效果而安排的作業等：練習題｜練習本｜做練習｜交練習。

殮(殓) liàn ㄌㄧㄢˋ 把死人裝進棺材：入殮｜成殮｜裝殮｜殮葬。

鏈(链、鍊) liàn ㄌㄧㄢˋ ❶(鏈兒)鏈子：鎖鏈｜鐵鏈兒｜錶鏈兒。❷計量海洋上距離的長度單位。1鏈等於1/10海里，合185.2米。

【鏈軌】liànguǐ ㄌㄧㄢˋ ㄍㄨㄟˇ 履帶。

【鏈球】liàn qiú ㄌㄧㄢˋ ㄑㄧㄡˊ ❶田徑運動田賽項目之一，運動員兩手握着鏈球的把手，人和球同時旋轉，最後加力使球脱手而出。❷鏈球運動使用的投擲器械，球體用鐵或銅製成，上面安有鏈子和把手。

【鏈條】liàntiáo ㄌㄧㄢˋ ㄊㄧㄠˊ ❶機械上傳動用的鏈子。❷〈方〉鏈子①。

【鏈子】liàn·zi ㄌㄧㄢˋ·ㄗ ❶用金屬的小環連起來製成的像繩子的東西：鐵鏈子。❷自行車、摩托車等的鏈條。

鰊(鰊) liàn ㄌㄧㄢˋ 鯡(fēi)。

瀲(潋) liàn ㄌㄧㄢˋ ［瀲灩］(liànyàn ㄌㄧㄢˋ ㄧㄢˋ)〈書〉❶形容水滿或滿而溢出：金樽瀲灩。❷形容水波流動：湖光瀲灩。

戀(恋) liàn ㄌㄧㄢˋ ❶戀愛：初戀｜失戀｜戀人。❷想念不忘；不忍分離：留戀｜戀家｜戀戀不捨。

【戀愛】liàn'ài ㄌㄧㄢˋ ㄞˋ ❶男女互相愛慕：自由戀愛。❷男女互相愛慕的行動表現：談戀愛。

【戀歌】liàngē ㄌㄧㄢˋ ㄍㄜ 表達愛情的歌曲。

【戀家】liàn∥jiā ㄌㄧㄢˋ∥ㄐㄧㄚ 捨不得離開家：這孩子戀家，不願意到外地去。

【戀戀不捨】liànliàn bù shě ㄌㄧㄢˋ ㄌㄧㄢˋ ㄅㄨˋ ㄕㄜˇ 形容捨不得離開：孩子們戀戀不捨，抱住他不放他走。

【戀慕】liànmù ㄌㄧㄢˋ ㄇㄨˋ 眷戀；愛慕：戀慕之情。

【戀念】liànniàn ㄌㄧㄢˋ ㄋㄧㄢˋ 眷戀思念：戀念的心情｜僑胞們戀念着祖國。

【戀情】liànqíng ㄌㄧㄢˋ ㄑㄧㄥˊ ❶依戀的感情：他對母校的房屋、樹木、水塘有了故鄉一樣的戀情。❷愛戀的感情；愛情：兩個人的戀情已到如膠似漆的程度。

【戀群】liàn qún ㄌㄧㄢˋ ㄑㄩㄣˊ ❶依戀常在一起的人：他從小戀群，出門在外，時常懷念家鄉的親友。❷動物依戀和自己生活在一塊的群體：獼猴戀群。

【戀人】liànrén ㄌㄧㄢˋ ㄖㄣˊ 戀愛中男女的一方：一對戀人。

【戀棧】liànzhàn ㄌㄧㄢˋ ㄓㄢˋ 馬捨不得離開馬棚，譏諷做官的人捨不得離開自己的職位。

【戀戰】liànzhàn ㄌㄧㄢˋ ㄓㄢˋ 貪圖獲得戰果，捨不得退出戰鬥(多用於否定式)。

liáng (ㄌㄧㄤˊ)

良 liáng ㄌㄧㄤˊ ❶好：優良｜良好｜善良｜良藥苦口｜消化不良。❷善良的人：除暴安良。❸〈書〉很：良久｜用心良苦｜獲益良多。❹(Liáng)姓。

【良策】liángcè ㄌㄧㄤˊ ㄘㄜˋ 高明的計策；好的辦法：別無良策。

【良辰】liángchén ㄌㄧㄤˊ ㄔㄣˊ ❶美好的日子：良辰吉日。❷美好的時光：良辰美景。

【良好】liánghǎo ㄌㄧㄤˊ ㄏㄠˇ 令人滿意；好：手術經過良好｜養成講衞生的良好習慣。

【良機】liángjī ㄌㄧㄤˊ ㄐㄧ 好機會：莫失良機。

【良家】liángjiā ㄌㄧㄤˊ ㄐㄧㄚ 指清白人家：良家婦女｜良家子弟。

【良久】liángjiǔ ㄌㄧㄤˊ ㄐㄧㄡˇ 〈書〉很久：沈思良久。

【良民】liángmín ㄌㄧㄤˊ ㄇㄧㄣˊ ❶舊時指一般的平民(區別於'賤民')。❷舊時指安分守己的百姓。

【良人】liángrén ㄌㄧㄤˊ ㄖㄣˊ ❶古代女子稱丈夫。❷古代指普通百姓(區別於奴、婢)。

【良師益友】liáng shī yì yǒu ㄌㄧㄤˊ ㄕ ㄧˋ ㄧㄡˇ 使人得到教益和幫助的好老師、好朋友。

【良田】liángtián ㄌㄧㄤˊ ㄊㄧㄢˊ 肥沃的田地：良田千頃｜荒漠變成良田。
【良宵】liángxiāo ㄌㄧㄤˊ ㄒㄧㄠ 〈書〉美好的夜晚：大家歡聚一堂，共度良宵。
【良心】liángxīn ㄌㄧㄤˊ ㄒㄧㄣ 指對是非的內心的正確認識，特別是跟自己的行為有關的：有良心｜說良心話｜良心發現。
【良性】liángxìng ㄌㄧㄤˊ ㄒㄧㄥˋ ❶能產生好的結果的：良性循環。❷不至於產生嚴重後果的：良性腫瘤。
【良性腫瘤】liángxìng zhǒngliú ㄌㄧㄤˊ ㄒㄧㄥˋ ㄓㄨㄥˇ ㄌㄧㄡˊ 腫瘤的一種，周圍有包膜，生長緩慢，細胞的形狀和大小比較規則，腫瘤組織與正常組織之間的界限明顯，在體內不會轉移。
【良言】liángyán ㄌㄧㄤˊ ㄧㄢˊ 有益的話；好話：良言相勸｜金玉良言。
【良藥】liángyào ㄌㄧㄤˊ ㄧㄠˋ 好的藥，多用於比喻：對症良藥｜良藥苦口利於病。
【良莠不齊】liáng yǒu bù qí ㄌㄧㄤˊ ㄧㄡˇ ㄅㄨˋ ㄑㄧˊ 指好人壞人都有(莠：狗尾草，比喻品質壞的人)。
【良緣】liángyuán ㄌㄧㄤˊ ㄩㄢˊ 美好的姻緣：喜結良緣。
【良知良能】liángzhī liángnéng ㄌㄧㄤˊ ㄓ ㄌㄧㄤˊ ㄋㄥˊ 我國古代唯心主義哲學家指人類不學而知的、不學而能的、先天具有的判斷是非善惡的本能。
【良種】liángzhǒng ㄌㄧㄤˊ ㄓㄨㄥˇ 家畜或作物中經濟價值較高的品種。

俍 liáng ㄌㄧㄤˊ 〈書〉完美；良好。

莨〔莨〕 liáng ㄌㄧㄤˊ 指薯莨：莨綢。
另見685頁 làng。
【莨綢】liángchóu ㄌㄧㄤˊ ㄔㄡˊ 黑膠綢。

涼(凉) liáng ㄌㄧㄤˊ ❶溫度低；冷(指天氣時，比'冷'的程度淺)：陰涼｜涼水｜過了秋分天就涼了。❷比喻灰心或失望：聽到這消息，他心裏就涼了｜爹這麼一說，我就涼了半截兒。
另見721頁 liàng。
【涼白開】liángbáikāi ㄌㄧㄤˊ ㄅㄞˊ ㄎㄞ 放涼了的白開水。
【涼拌】liángbàn ㄌㄧㄤˊ ㄅㄢˋ 把涼的食品加調料拌和：涼拌菜｜涼拌粉皮｜黃瓜可以涼拌着吃。
【涼菜】liángcài ㄌㄧㄤˊ ㄘㄞˋ 涼着吃的菜。
【涼碟】liángdié ㄌㄧㄤˊ ㄉㄧㄝˊ (涼碟兒)盛在碟子或小盤子裏的涼菜。
【涼粉】liángfěn ㄌㄧㄤˊ ㄈㄣˇ (涼粉兒)一種食品，用綠豆粉等製成，多用作料涼拌着吃。
【涼快】liáng·kuai ㄌㄧㄤˊ ·ㄎㄨㄞ ❶清涼爽快：下了一陣雨，天氣涼快多了。❷使身體清涼爽快：坐下涼快涼快再接着幹｜到樹蔭下涼快一下。
【涼帽】liángmào ㄌㄧㄤˊ ㄇㄠˋ 夏天戴的遮擋陽光的帽子。
【涼棚】liángpéng ㄌㄧㄤˊ ㄆㄥˊ 夏天搭起來遮蔽太陽的棚◇手搭涼棚(把手掌平放在額前)往前看。
【涼薯】liángshǔ ㄌㄧㄤˊ ㄕㄨˇ 〈方〉豆薯。
【涼爽】liángshuǎng ㄌㄧㄤˊ ㄕㄨㄤˇ 清涼爽快：晚風習習，十分涼爽。
【涼爽呢】liángshuǎngní ㄌㄧㄤˊ ㄕㄨㄤˇ ㄋㄧˊ 一種平紋的花呢，織後經熱定型處理，具有堅固耐穿、挺括、光滑等優點，多用來做男女服裝。俗稱毛的確良。
【涼水】liángshuǐ ㄌㄧㄤˊ ㄕㄨㄟˇ ❶溫度低的水。❷生水。
【涼絲絲】liángsīsī ㄌㄧㄤˊ ㄙ ㄙ (涼絲絲的)形容稍微有點兒涼：清晨的空氣涼絲絲的，沁人心肺。
【涼颼颼】liángsōusōu ㄌㄧㄤˊ ㄙㄡ ㄙㄡ (涼颼颼的)形容有些涼：早立秋，涼颼颼；晚立秋，熱死牛。
【涼台】liángtái ㄌㄧㄤˊ ㄊㄞˊ 可供乘涼的陽台或曬台。
【涼亭】liángtíng ㄌㄧㄤˊ ㄊㄧㄥˊ 供休息或避雨的亭子。
【涼蓆】liángxí ㄌㄧㄤˊ ㄒㄧˊ 夏天坐臥時鋪的蓆，多用竹篾、草等編成。
【涼鞋】liángxié ㄌㄧㄤˊ ㄒㄧㄝˊ 夏天穿的鞋幫通風的鞋。
【涼藥】liángyào ㄌㄧㄤˊ ㄧㄠˋ 一般指敗火、解熱的中藥，如黃連、大黃、黃芩等。
【涼意】liángyì ㄌㄧㄤˊ ㄧˋ 涼的感覺：立秋過後，早晚有些涼意了。

梁 Liáng ㄌㄧㄤˊ ❶戰國時魏國遷都大梁(今河南開封)後，改稱梁。❷南朝之一，公元 502－557，蕭衍所建。參看827頁〖南北朝〗。❸後梁。❹姓。
另見718頁 liáng'樑'。

椋 liáng ㄌㄧㄤˊ ［椋鳥］(liángniǎo ㄌㄧㄤˊ ㄋㄧㄠˇ)鳥類的一科，性喜群飛，食種子和昆蟲，有的善於模仿別的鳥叫。如八哥、歐椋鳥等。

量 liáng ㄌㄧㄤˊ ❶用尺，容器或其他作為標準的東西來確定事物的長短、大小、多少或其他性質：量地｜量體溫｜用尺量布｜用斗量米。❷估量：端量｜酌量｜思量。
另見721頁 liàng。
【量杯】liángbēi ㄌㄧㄤˊ ㄅㄟ 量液體體積的器具，形狀像杯，口比底大，多用玻璃製成，杯上有刻度。
【量程】liángchéng ㄌㄧㄤˊ ㄔㄥˊ 測量儀表或儀器所能測試各種參數的範圍。

【量度】liángdù ㄌㄧㄤˊ ㄉㄨˋ 長度、重量、容量以及功、能等各種量的測定。
【量規】liángguī ㄌㄧㄤˊ ㄍㄨㄟ 界限量規。
【量角器】liángjiǎoqì ㄌㄧㄤˊ ㄐㄧㄠˇ ㄑㄧˋ 量角度或畫角用的器具，普通是半圓形，在圓周上刻着 0 到 180 的度數。
【量具】liángjù ㄌㄧㄤˊ ㄐㄩˋ 計量和檢驗用的器具，如尺、天平、塊規、卡鉗、量角器等。
【量塊】liángkuài ㄌㄧㄤˊ ㄎㄨㄞˋ 塊規。
【量筒】liángtǒng ㄌㄧㄤˊ ㄊㄨㄥˇ 量液體體積的器具，呈直筒形，多用玻璃製成，上面有刻度。

粱 liáng ㄌㄧㄤˊ 〈書〉❶穀子的優良品種的統稱。❷精美的主食：膏粱｜粱肉。
【粱肉】liángròu ㄌㄧㄤˊ ㄖㄡˋ 〈書〉指精美的飯食。

墚 liáng ㄌㄧㄤˊ 我國西北地區稱條狀的黃土山崗。

踉 liáng ㄌㄧㄤˊ 見1137頁〖跳踉〗。另見721頁 liàng。

輬(輬) liáng ㄌㄧㄤˊ 見1195頁〔轀輬〕(wēnliáng)。

樑(梁) liáng ㄌㄧㄤˊ ❶水平方向的長條形承重構件。木結構屋架中專指順着前後方向架在柱子上的長木。(圖見324頁〖房子〗) ❷通常也指檁：正樑｜二樑｜無樑殿。❸橋：橋樑｜津樑。❹物體中間隆起成長條的部分：鼻樑｜山樑。
'梁'另見717頁 Liáng。
【樑上君子】liáng shàng jūnzǐ ㄌㄧㄤˊ ㄕㄤˋ ㄐㄩㄣ ㄗˇ 漢朝陳寔的家裏，夜間來了一個竊賊，躲在屋樑上，陳寔把他叫做樑上君子(見於《後漢書·陳寔傳》)，後來就用'樑上君子'做竊賊的代稱。
【樑子】[1] liáng·zi ㄌㄧㄤˊ ·ㄗ 〈方〉山脊。
【樑子】[2] liáng·zi ㄌㄧㄤˊ ·ㄗ 評書、大鼓等曲藝中曲目的故事提綱。

糧(粮) liáng ㄌㄧㄤˊ ❶糧食：雜糧｜口糧｜糧倉。❷作為農業稅的糧食：錢糧｜公糧｜完糧。
【糧倉】liángcāng ㄌㄧㄤˊ ㄘㄤ ❶儲存糧食的倉庫。❷比喻盛產糧食的地方。
【糧草】liángcǎo ㄌㄧㄤˊ ㄘㄠˇ 軍用的糧食和草料：兵馬未動，糧草先行。
【糧荒】liánghuāng ㄌㄧㄤˊ ㄏㄨㄤ 指糧食嚴重缺乏：鬧糧荒。
【糧秣】liángmò ㄌㄧㄤˊ ㄇㄛˋ 糧草：成群結隊的大車裝着軍火、糧秣去支援前綫。
【糧農】liángnóng ㄌㄧㄤˊ ㄋㄨㄥˊ 以種植糧食作物為主的農民。
【糧食】liáng·shi ㄌㄧㄤˊ ·ㄕ 供食用的穀物、豆類和薯類的統稱。
【糧食作物】liáng·shi zuòwù ㄌㄧㄤˊ ·ㄕ ㄗㄨㄛˋ ㄨˋ 稻、小麥和雜糧作物的統稱。
【糧餉】liángxiǎng ㄌㄧㄤˊ ㄒㄧㄤˇ 舊時指軍隊中發給官、兵的口糧和錢。
【糧站】liángzhàn ㄌㄧㄤˊ ㄓㄢˋ 調撥、管理糧食的機關。
【糧棧】liángzhàn ㄌㄧㄤˊ ㄓㄢˋ 舊時經營批發業務的糧店；存放糧食的貨棧。

liǎng (ㄌㄧㄤˇ)

兩[1](两) liǎng ㄌㄧㄤˇ ❶數目，一個加一個是兩個。'兩'字一般用於量詞和'半、千、萬、億'前：兩扇門｜兩本書｜兩匹馬｜兩個半月｜兩半兒｜兩千塊錢。
注意 '兩'和'二'用法不全同。讀數目字只用'二'不用'兩'，如'一、二、三、四'。小數和分數只用'二'不用'兩'，如'零點二(0.2)，三分之二'。序數也只用'二'，如'第二、二哥'。在一般量詞前，用'兩'不用'二'。在傳統的度量衡單位前，'兩'和'二'一般都可用，用'二'為多('二兩'不能說'兩兩')。新的度量衡單位前一般用'兩'，如'兩噸、兩公里'。在多位數中，百、十、個位用'二'不用'兩'，如'二百二十二'。'千、萬、億'的前面，'兩'和'二'一般都可用，但如'三萬二千'、'兩億二千萬'，'千'在'萬、億'後，以用'二'為常。❷雙方：兩便｜兩可｜兩全其美｜兩相情願。❸表示不定的數目，和'幾'差不多：過兩天再說｜他真有兩下子｜我跟你說兩句話。

兩[2](两) liǎng ㄌㄧㄤˇ 重量單位。10 錢等於 1 兩，舊制 16 兩等於 1 斤，市制 10 市兩等於 1 市斤。
【兩岸】liǎng'àn ㄌㄧㄤˇ ㄢˋ ❶江河、海峽等兩邊的地方。❷特指台灣海峽兩岸，即我國的大陸和台灣。
【兩敗俱傷】liǎng bài jù shāng ㄌㄧㄤˇ ㄅㄞˋ ㄐㄩˋ ㄕㄤ 爭鬥的雙方都受到損失。
【兩邊】liǎngbiān ㄌㄧㄤˇ ㄅㄧㄢ ❶物體的兩個邊兒：這張紙兩邊長短不齊。❷兩個方向或地方：這間屋子兩邊有窗戶，光綫很好｜老大娘常常兩邊走動，看望兩個外孫女兒。❸雙方；兩方面：兩邊都說好了，明兒下午賽球。
【兩邊倒】liǎngbiāndǎo ㄌㄧㄤˇ ㄅㄧㄢ ㄉㄠˇ 形容動搖不定，缺乏堅定的立場和主張。
【兩便】liǎngbiàn ㄌㄧㄤˇ ㄅㄧㄢˋ ❶彼此方便(多用做套語)：您甭等我了，咱們兩便。❷對雙方或兩件事都有好處：兩便之法｜公私兩便。
【兩不找】liǎng bù zhǎo ㄌㄧㄤˇ ㄅㄨˋ ㄓㄠˇ 買貨時貨價與所付貨款相當或交換貨物時價值相當，彼此不用找補。
【兩重性】liǎngchóngxìng ㄌㄧㄤˇ ㄔㄨㄥˊ ㄒㄧㄥˋ 二重性。
【兩黨制】liǎngdǎngzhì ㄌㄧㄤˇ ㄉㄤˇ ㄓˋ 某些國

家兩個主要政黨交替執政的制度。通常由在議會中，特別是下議院中佔有多數議席或在總統選舉中獲勝的一個政黨作為執政黨，組織內閣，行使統治權。

【兩抵】liǎngdǐ ㄌㄧㄤˇ ㄉㄧˇ 兩相抵消：收支兩抵。

【兩點論】liǎngdiǎnlùn ㄌㄧㄤˇ ㄉㄧㄢˇ ㄌㄨㄣˋ 指辯證法的全面觀點，即全面地看問題，分清主次，不但看到事物的正面，也要看到它的反面；不但看到事物的現狀，也要看到矛盾的雙方經過鬥爭在一定條件下可以互相轉化。

【兩公婆】liǎnggōngpó ㄌㄧㄤˇ ㄍㄨㄥ ㄆㄛˊ 〈方〉指夫妻倆。

【兩廣】Liǎng Guǎng ㄌㄧㄤˇ ㄍㄨㄤˇ 廣東和廣西的合稱。

【兩漢】Liǎng Hàn ㄌㄧㄤˇ ㄏㄢˋ 西漢和東漢的合稱。

【兩湖】Liǎng Hú ㄌㄧㄤˇ ㄏㄨˊ 湖北和湖南的合稱。

【兩回事】liǎng huí shì ㄌㄧㄤˇ ㄏㄨㄟˊ ㄕˋ 指彼此無關的兩種事物：善意的批評跟惡意的攻擊完全是兩回事。也說兩碼事。

【兩極】liǎngjí ㄌㄧㄤˇ ㄐㄧˊ ❶地球的南極和北極。❷電極的陰極和陽極；磁極的南極和北極。❸比喻兩個極端或兩個對立面：兩極分化。

【兩江】Liǎng Jiāng ㄌㄧㄤˇ ㄐㄧㄤ 清初江南省和江西省合稱'兩江'，康熙後江南省分為江蘇、安徽兩省，三省地區仍沿稱兩江。

【兩腳規】liǎngjiǎoguī ㄌㄧㄤˇ ㄐㄧㄠˇ ㄍㄨㄟ 繪圖儀器，有兩個可以開合的腳，上端固定在一個軸上，有分綫規和圓規兩種。

【兩晉】Liǎng Jìn ㄌㄧㄤˇ ㄐㄧㄣˋ 西晉和東晉的合稱。

【兩可】liǎngkě ㄌㄧㄤˇ ㄎㄜˇ ❶可以這樣，也可以那樣；兩者都可以：模棱兩可｜這種會議參加不參加兩可。❷可能這樣，也可能那樣；兩者都可能：行不行還在兩可哪！

【兩口兒】liǎngkǒur ㄌㄧㄤˇ ㄎㄡㄦˇ 兩口子：小兩口兒｜老兩口兒。

【兩口子】liǎngkǒu·zi ㄌㄧㄤˇ ㄎㄡˇ ·ㄗ 指夫妻倆：兩口子和和美美地過日子。

【兩立】liǎnglì ㄌㄧㄤˇ ㄌㄧˋ 兩個方面同時並存：勢不兩立。

【兩利】liǎnglì ㄌㄧㄤˇ ㄌㄧˋ 兩方面都得到便利或利益：勞資兩利。

【兩碼事】liǎng mǎ shì ㄌㄧㄤˇ ㄇㄚˇ ㄕˋ 兩回事。

【兩面】liǎngmiàn ㄌㄧㄤˇ ㄇㄧㄢˋ ❶正面和反面：這張紙兩面都寫滿了字。❷兩邊②：兩面夾攻｜左右兩面都是高山。❸事物相對的兩方面：兩面性｜兩面討好｜問題的兩面我們都要看到。

【兩面光】liǎngmiànguāng ㄌㄧㄤˇ ㄇㄧㄢˋ ㄍㄨㄤ 比喻兩方面討好：他說兩面光的話是怕得罪人。

【兩面派】liǎngmiànpài ㄌㄧㄤˇ ㄇㄧㄢˋ ㄆㄞˋ ❶指耍兩面手法的人，也指對鬥爭的雙方都敷衍的人。❷指兩面手法：耍兩面派。

【兩面三刀】liǎng miàn sān dāo ㄌㄧㄤˇ ㄇㄧㄢˋ ㄙㄢ ㄉㄠ 指耍兩面手法：嘴甜心毒，兩面三刀。

【兩面性】liǎngmiànxìng ㄌㄧㄤˇ ㄇㄧㄢˋ ㄒㄧㄥˋ 一個人或一個事物同時存在的兩種互相矛盾的性質或傾向。

【兩難】liǎngnán ㄌㄧㄤˇ ㄋㄢˊ 這樣或那樣都有困難：進退兩難｜去也不好，不去也不好，真是兩難。

【兩旁】liǎngpáng ㄌㄧㄤˇ ㄆㄤˊ 左右兩邊：衞隊站在門口兩旁｜馬路兩旁種着整齊的梧桐樹。

【兩棲】liǎngqī ㄌㄧㄤˇ ㄑㄧ ❶可以在水中生活，也可以在陸地上生活：兩棲動物｜水陸兩棲◇兩棲作戰。❷比喻工作或活動在兩種領域：影視兩棲明星。

【兩棲動物】liǎngqī dòngwù ㄌㄧㄤˇ ㄑㄧ ㄉㄨㄥˋ ㄨˋ 脊椎動物的一綱，通常沒有鱗或甲，皮膚沒有毛，四肢有趾，沒有爪，體溫隨着氣溫的高低而改變，卵生。幼時生活在水中，用鰓呼吸，長大時可以生活在陸地上，用肺和皮膚呼吸，如青蛙、蟾蜍、蠑螈等。

【兩棲植物】liǎngqī zhíwù ㄌㄧㄤˇ ㄑㄧ ㄓˊ ㄨˋ 既能在陸地上生長又可以在水中生長的高等植物，如水蓼、蕹菜、池杉等。

【兩歧】liǎng qí ㄌㄧㄤˇ ㄑㄧˊ 〈書〉(兩種意見、方法)不統一：辦法應該劃一，不能兩歧。

【兩訖】liǎng qì ㄌㄧㄤˇ ㄑㄧˋ 商業用語，指賣方已將貨付清，買方已將款付清，交易手續已了：貨款兩訖。

【兩清】liǎngqīng ㄌㄧㄤˇ ㄑㄧㄥ 借貸或買賣雙方賬目已經結清：誰也不欠誰，咱們兩清了。

【兩全】liǎngquán ㄌㄧㄤˇ ㄑㄩㄢˊ 顧全兩個方面：兩全其美｜想個兩全的辦法。

【兩全其美】liǎng quán qí měi ㄌㄧㄤˇ ㄑㄩㄢˊ ㄑㄧˊ ㄇㄟˇ 做一件事顧全兩個方面，使兩方面都很好。

【兩手】liǎngshǒu ㄌㄧㄤˇ ㄕㄡˇ ❶(兩手兒)指本領或技能：有兩手兒｜留兩手兒｜給大家露兩手。❷指相對的兩個方面的手段、辦法等：領導工作得兩手抓｜為防不測做兩手準備。

【兩頭】liǎngtóu ㄌㄧㄤˇ ㄊㄡˊ (兩頭兒)❶這一頭和那一頭；事物相對的兩端：梭的形狀是中間粗，兩頭兒尖｜抓兩頭兒，帶中間。❷雙方；兩方面：這件事兩頭都滿意。❸兩個地方：家裏地裏兩頭兒照顧不過來。

【兩下裏】liǎngxià·li ㄌㄧㄤˇ ㄒㄧㄚˋ ·ㄌㄧ ❶雙方；兩方面：這辦法對國家對農民兩下裏都有好處

｜第三連、第五連都來了，兩下裏一共二百多人。❷兩個地方：一家人分在兩下裏住。‖也說兩下。

【兩下子】liǎngxià·zi ㄌㄧㄤˇ ㄒㄧㄚˋ·ㄗ ❶(動作)幾次：輕輕搔了兩下子。❷指本領或技能：別看他眼睛不好，幹活兒可真有兩下子｜他就會這兩下子，別的本事沒有。

【兩相情願】liǎng xiāng qíngyuàn ㄌㄧㄤˇ ㄒㄧㄤ ㄑㄧㄥˊ ㄩㄢˋ 雙方都願意。也作兩廂情願。

【兩廂】liǎngxiāng ㄌㄧㄤˇ ㄒㄧㄤ ❶兩邊的廂房。❷兩旁：站立兩廂。

【兩小無猜】liǎng xiǎo wú cāi ㄌㄧㄤˇ ㄒㄧㄠˇ ㄨˊ ㄘㄞ 男女小的時候在一起玩耍，天真爛漫，沒有猜疑。

【兩性】liǎngxìng ㄌㄧㄤˇ ㄒㄧㄥˋ ❶雄性和雌性；男性和女性：兩性生殖。❷兩種性質：兩性化合物｜氨基酸既有酸性也有鹼性，它是兩性的。

【兩性人】liǎngxìngrén ㄌㄧㄤˇ ㄒㄧㄥˋ ㄖㄣˊ 由於胚胎的畸形發育而形成的具有男性和女性兩種生殖器官的人。通稱二性子。

【兩性生殖】liǎngxìng shēngzhí ㄌㄧㄤˇ ㄒㄧㄥˋ ㄕㄥ ㄓˊ 有性生殖。

【兩袖清風】liǎng xiù qīng fēng ㄌㄧㄤˇ ㄒㄧㄡˋ ㄑㄧㄥ ㄈㄥ 比喻做官廉潔。

【兩樣】liǎngyàng ㄌㄧㄤˇ ㄧㄤˋ 不一樣：一樣的客人，不能兩樣待遇。

【兩翼】liǎngyì ㄌㄧㄤˇ ㄧˋ ❶兩個翅膀：鳥的兩翼｜飛機的兩翼。❷軍隊作戰時，在正面部隊兩側的部隊：敵人的正面和兩翼都遭到了猛烈的攻擊。

【兩院制】liǎngyuànzhì ㄌㄧㄤˇ ㄩㄢˋ ㄓˋ 某些國家議會分設兩院的制度。兩院議員一般都由選舉產生並定期改選，兩院都有立法和監督行政的權力，但名稱各有不同，如英國叫上議院和下議院，美國、日本叫參議院和眾議院，法國叫參議院和國民議會。

【兩造】liǎngzào ㄌㄧㄤˇ ㄗㄠˋ 指訴訟的雙方：兩造具結完案。

倆（俩） liǎng ㄌㄧㄤˇ 見542頁〖伎倆〗(jì-liǎng)。
另見711頁 liǎ。

啢（唡） liǎng ㄌㄧㄤˇ，又 yīngliǎng ㄧㄥ ㄌㄧㄤˇ 英兩舊也作啢。

裲（裲） liǎng ㄌㄧㄤˇ［裲襠］(liǎngdāng ㄌㄧㄤˇ ㄉㄤ) 古代指背心。

蜽（蛃） liǎng ㄌㄧㄤˇ 見1181頁［蝄蜽］(wǎngliǎng)。

緉（纳） liǎng ㄌㄧㄤˇ〈書〉量詞，雙，用於鞋襪：一緉絲履｜綾襪一緉。

魎〔魉〕（魉） liǎng ㄌㄧㄤˇ 見1182頁［魍魎］(wǎngliǎng)。

liàng（ㄌㄧㄤˋ）

亮 liàng ㄌㄧㄤˋ ❶光綫強：明亮｜豁亮｜這盞燈不亮。❷發光：天亮了｜手電筒亮了一下｜屋子裏亮着燈光。❸(聲音)強；響亮：洪亮｜她的歌聲脆而亮。❹使聲音響亮：亮起嗓子。❺(心胸、思想等)開朗；清楚：心明眼亮。❻顯露；顯示：亮相｜把底兒亮出來｜這種熱帶的蝙蝠，一亮翅膀足有臉盆大。

【亮底】liàng∥dǐ ㄌㄧㄤˋ∥ㄉㄧˇ ❶把底細公開出來：別讓大家瞎猜了，你就亮底吧。❷顯示出結局：這場圍棋賽還沒亮底呢。

【亮度】liàngdù ㄌㄧㄤˋ ㄉㄨˋ 發光體或反光體使人眼睛感到的明亮程度。亮度和所看到的物體的大小、發光或反光的強度及距離有關。

【亮分】liàng∥fēn ㄌㄧㄤˋ∥ㄈㄣ (亮分兒) 進行某些比賽時，評分的人亮出所評的分數：請評委亮分兒｜裁判們亮出各人打的分兒。

【亮光】liàngguāng ㄌㄧㄤˋ ㄍㄨㄤ (亮光兒) ❶黑暗中的一點或一道光：夜已經很深了，他家的窗戶上還有亮光。❷物體表面反射的光：這種布有亮光兒。

【亮光光】liàngguāngguāng ㄌㄧㄤˋ ㄍㄨㄤ ㄍㄨㄤ (亮光光的) 形容物體光亮：一把亮光光的鐮刀。

【亮話】liànghuà ㄌㄧㄤˋ ㄏㄨㄚˋ 明白而不加掩飾的話：打開天窗說亮話｜說亮話吧，我不能幫你這個忙。

【亮晶晶】liàngjīngjīng ㄌㄧㄤˋ ㄐㄧㄥ ㄐㄧㄥ (亮晶晶的) 形容物體明亮閃爍發光：亮晶晶的露珠｜小星星，亮晶晶。

【亮牌子】liàng pái·zi ㄌㄧㄤˋ ㄆㄞˊ·ㄗ 亮出牌子，比喻說出名字、表明身份等。

【亮兒】liàngr ㄌㄧㄤˋㄦ ❶燈火：拿個亮兒來。❷亮光：遠遠看見有一點亮兒。

【亮閃閃】liàngshǎnshǎn ㄌㄧㄤˋ ㄕㄢˇ ㄕㄢˇ (亮閃閃的) 形容閃亮發光：亮閃閃的眼睛｜亮閃閃的啓明星。

【亮堂堂】liàngtāngtāng ㄌㄧㄤˋ ㄊㄤ ㄊㄤ (亮堂堂的) 形容很亮：燈火通明，照得禮堂裏亮堂堂的。

【亮堂】liàng·tang ㄌㄧㄤˋ·ㄊㄤ ❶敞亮；明朗：新蓋的商場又高大，又亮堂。❷(胸懷、思想等)開朗；清楚：經過學習，心裏更亮堂了。❸(聲音)響亮：嗓門亮堂｜清清嗓子，唱亮堂點兒。

【亮相】liàng∥xiàng ㄌㄧㄤˋ∥ㄒㄧㄤˋ ❶戲曲演員上下場時或表演舞蹈時由動的身段變為短時的靜止的姿勢，目的是突出角色情緒，加強戲劇氣氛。❷比喻公開露面或表演：剛剛結束冬訓的國家女排，今晚在福建省體育館首次亮相。❸比喻公開表示態度，亮明觀點。

【亮眼人】liàngyǎnrén ㄌㄧㄤˋ ㄧㄢˇ ㄖㄣˊ 盲人稱眼睛看得見的人。

【亮鋥鋥】liàngzēngzēng ㄌㄧㄤˋ ㄗㄥ ㄗㄥ (亮鋥鋥的)形容閃光耀眼：亮鋥鋥的鍘刀｜新買的鋼精鍋，亮鋥鋥的。

【亮錚錚】liàngzhēngzhēng ㄌㄧㄤˋ ㄓㄥ ㄓㄥ (亮錚錚的)形容閃光耀眼：一把亮錚錚的利劍。

倞 liàng ㄌㄧㄤˋ 〈書〉索取；求③。
另見610頁 jìng。

悢 liàng ㄌㄧㄤˋ 〈書〉悲傷：悢然。

【悢悢】liàngliàng ㄌㄧㄤˋ ㄌㄧㄤˋ 〈書〉❶悲傷；悵惘。❷眷念。

涼(凉) liàng ㄌㄧㄤˋ 把熱的東西放一會兒，使溫度降低：粥太燙，涼一涼再喝。
另見717頁 liáng。

量 liàng ㄌㄧㄤˋ ❶古代指測量東西多少的器物，如斗、升等。❷能容納或禁受的限度：飯量｜氣量｜膽量｜力量。❸數量；數目：流量｜降雨量｜飽和量｜質量並重(質量和數量並重)。❹估計；衡量：量力｜量入為出｜量才錄用。
另見717頁 liáng。

【量變】liàngbiàn ㄌㄧㄤˋ ㄅㄧㄢˋ 事物在數量上、程度上的變化。是一種逐漸的不顯著的變化，是質變的準備。參看1476頁〖質變〗。

【量詞】liàngcí ㄌㄧㄤˋ ㄘˊ 表示人、事物或動作的單位的詞。如'尺、寸、斗、升、斤、兩、個、隻(zhī)、支、匹、件、條、根、塊、種、雙、對、副、打(dá)、隊、群、次、回、遍、趟(tàng)、陣、頓'等。量詞經常跟數詞一起用。

【量力】liànglì ㄌㄧㄤˋ ㄌㄧˋ 衡量自己的力量：度德量力｜量力而行｜你這是雞蛋碰石頭，太不量力了。

【量入為出】liàng rù wéi chū ㄌㄧㄤˋ ㄖㄨˋ ㄨㄟˊ ㄔㄨ 根據收入的多少來定支出的限度。

【量體裁衣】liàng tǐ cái yī ㄌㄧㄤˋ ㄊㄧˇ ㄘㄞˊ ㄧ 按照身材剪裁衣裳，比喻根據實際情況辦事。

【量刑】liàngxíng ㄌㄧㄤˋ ㄒㄧㄥˊ 法院根據犯罪者所犯罪行的性質、情節，對社會危害的程度，以及認罪的表現，依法判處一定的刑罰。

【量子】liàngzǐ ㄌㄧㄤˋ ㄗˇ 在微觀領域中，某些物理量的變化是以最小的單位跳躍式進行的，而不是連續的，這個最小的單位叫做量子。

晾 liàng ㄌㄧㄤˋ ❶把東西放在通風或蔭涼的地方，使乾燥：晾乾菜。❷曬(東西)：晾衣服｜海灘上晾着漁網。❸撇在一邊不理睬；冷落：他倆説個沒完，把我晾在一邊。❹同'涼'(liàng)。

【晾曬】liàngshài ㄌㄧㄤˋ ㄕㄞˋ 把東西攤開讓日光曬：晾曬糧食｜被褥要經常晾曬。

【晾台】liàngtái ㄌㄧㄤˋ ㄊㄞˊ 樓頂上晾曬衣物的平台。

喨 liàng ㄌㄧㄤˋ 見722頁〖嘹喨〗。

踉 liàng ㄌㄧㄤˋ 見下。
另見718頁 liáng。

【踉蹌】liàng qiàng ㄌㄧㄤˋ ㄑㄧㄤˋ 走路不穩：一個踉蹌，險些跌倒。也作踉蹡。

【踉蹡】liàng qiàng ㄌㄧㄤˋ ㄑㄧㄤˋ 同'踉蹌'。

靚(靓) liàng ㄌㄧㄤˋ 〈方〉漂亮；好看：靚仔｜靚女。
另見612頁 jìng。

【靚女】liàngnǚ ㄌㄧㄤˋ ㄋㄩˇ 〈方〉漂亮的女子(多指年輕的)。

【靚仔】liàngzǎi ㄌㄧㄤˋ ㄗㄞˇ 〈方〉漂亮的小夥子。

輛(辆) liàng ㄌㄧㄤˋ 量詞，用於車：一輛汽車｜一輛三輪。

諒[1](谅) liàng ㄌㄧㄤˋ 原諒：諒解｜體諒。

諒[2](谅) liàng ㄌㄧㄤˋ 料想：諒不見怪｜諒他不能來。

【諒察】liàngchá ㄌㄧㄤˋ ㄔㄚˊ (請人)體察原諒(多用於書信)：不當之處，尚希諒察。

【諒解】liàngjiě ㄌㄧㄤˋ ㄐㄧㄝˇ 了解實情後原諒或消除意見：他很諒解你的苦衷｜大家應當互相諒解，搞好關係。

liāo (ㄌㄧㄠ)

撩 liāo ㄌㄧㄠ ❶把東西垂下的部分掀起來：撩裙子｜撩起簾子｜把頭髮撩上去。❷用手舀水由下往上甩出去：先撩些水然後再掃地。
另見722頁 liáo；724頁 liào'撂'。

蹽 liāo ㄌㄧㄠ 〈方〉❶放開腳步走；跑：一氣蹽了二十多里路。❷偷偷地走開：他一看形勢不妙就蹽了。

liáo (ㄌㄧㄠˊ)

聊[1] liáo ㄌㄧㄠˊ ❶姑且：聊以自慰｜聊備一格。❷略微：聊表寸心。❸(Liáo)姓。

聊[2] liáo ㄌㄧㄠˊ 〈書〉依賴；憑藉：聊賴｜民不聊生。

聊[3] liáo ㄌㄧㄠˊ 閑談：閑聊｜聊天兒｜有空兒咱們聊聊。

【聊備一格】liáo bèi yī gé ㄌㄧㄠˊ ㄅㄟˋ ㄧ ㄍㄜˊ 姑且當作一種規格，表示暫且用來充數。

【聊賴】liáolài ㄌㄧㄠˊ ㄌㄞˋ 精神上或生活上的寄託、憑藉等(多用於否定式)：無聊賴｜百無聊賴。

【聊且】liáo qiě ㄌㄧㄠˊ ㄑㄧㄝˇ 姑且。

【聊勝於無】liáo shèng yú wú ㄌㄧㄠˊ ㄕㄥˋ ㄩˊ ㄨˊ 比完全沒有好一點。

【聊天兒】liáo∥tiānr ㄌㄧㄠˊ∥ㄊㄧㄢㄦ 談天：倆人聊了一會兒天兒｜他一邊喝茶，一邊和戰士們聊天兒。

【聊以自慰】liáo yǐ zì wèi ㄌㄧㄠˊ ㄧˇ ㄗˋ ㄨㄟˋ 姑且用來安慰自己。

【聊以卒歲】liáo yǐ zú suì ㄌㄧㄠˊ ㄧˇ ㄗㄨˊ ㄙㄨㄟˋ 〈書〉勉強度過一年。

僚 liáo ㄌㄧㄠˊ ❶官吏：官僚。❷同一官署的官吏：同僚｜僚屬。

【僚機】liáojī ㄌㄧㄠˊ ㄐㄧ 編隊飛行中跟隨長(zhǎng)機的飛機。

【僚屬】liáoshǔ ㄌㄧㄠˊ ㄕㄨˇ 舊時指下屬的官吏。

【僚友】liáoyǒu ㄌㄧㄠˊ ㄧㄡˇ 舊時指在同一個官署任職的官吏。

【僚佐】liáozuǒ ㄌㄧㄠˊ ㄗㄨㄛˇ 舊時官署中的助理人員。

澇 liáo ㄌㄧㄠˊ 〈書〉水清而深。

膋(膫) liáo ㄌㄧㄠˊ 古書上指腸子上的脂肪。

寥 liáo ㄌㄧㄠˊ ❶稀少：寥落｜寥若晨星。❷靜寂：寂寥。❸〈書〉空虛；空曠：寥廓｜寥無人烟。

【寥廓】liáokuò ㄌㄧㄠˊ ㄎㄨㄛˋ 〈書〉高遠空曠：視野寥廓｜寥廓的天空。

【寥寥】liáoliáo ㄌㄧㄠˊ ㄌㄧㄠˊ 非常少：寥寥可數｜寥寥無幾｜寥寥數語，就點出了問題的實質。

【寥落】liáoluò ㄌㄧㄠˊ ㄌㄨㄛˋ ❶稀少：疏星寥落。❷冷落；冷清：荒園寥落｜寥落的小巷。

【寥若晨星】liáo ruò chén xīng ㄌㄧㄠˊ ㄖㄨㄛˋ ㄔㄣˊ ㄒㄧㄥ 稀少得好像早晨的星星。

撩 liáo ㄌㄧㄠˊ 撩撥：撩逗｜春色撩人。

另見721頁 liāo；724頁 liào'撂'。

【撩撥】liáobō ㄌㄧㄠˊ ㄅㄛ 挑逗；招惹：任你百般撩撥，他就是不動聲色。

【撩動】liáodòng ㄌㄧㄠˊ ㄉㄨㄥˋ 撥動；拂動：撩動心弦｜微風撩動着垂柳的枝條。

【撩逗】liáodòu ㄌㄧㄠˊ ㄉㄡˋ 挑逗；招惹：他生氣了，別再撩逗他了。

【撩亂】liáoluàn ㄌㄧㄠˊ ㄌㄨㄢˋ 同'繚亂'。

【撩惹】liáorě ㄌㄧㄠˊ ㄖㄜˇ 挑逗；招惹：他脾氣暴，千萬不能撩惹他。

嘹 liáo ㄌㄧㄠˊ 見下。

【嘹亮】liáoliàng ㄌㄧㄠˊ ㄌㄧㄤˋ (聲音) 清晰響亮：歌聲嘹亮｜陣地上吹起了嘹亮的衝鋒號。也作嘹喨。

【嘹喨】liáoliàng ㄌㄧㄠˊ ㄌㄧㄤˋ 同'嘹亮'。

獠 liáo ㄌㄧㄠˊ ［獠牙］(liáoyá ㄌㄧㄠˊ ㄧㄚˊ) 露在嘴外的長牙：青面獠牙 (形容面貌兇惡)。

潦 liáo ㄌㄧㄠˊ 見下。

另見692頁 lǎo。

【潦草】liáocǎo ㄌㄧㄠˊ ㄘㄠˇ ❶(字) 不工整：字迹潦草。❷(做事) 不仔細，不認真：浮皮潦草。

【潦倒】liáodǎo ㄌㄧㄠˊ ㄉㄠˇ 頹喪；失意：窮困潦倒。

寮 liáo ㄌㄧㄠˊ 〈方〉小屋：茅寮｜竹寮｜茶寮酒肆。

【寮房】liáofáng ㄌㄧㄠˊ ㄈㄤˊ ❶寺院裏僧人的住房。❷〈方〉簡陋的住房。

嫽 liáo ㄌㄧㄠˊ 〈書〉美好。

遼[1] (辽) liáo ㄌㄧㄠˊ 遠：遼遠｜遼闊。

遼[2] (辽) Liáo ㄌㄧㄠˊ 朝代，公元 907－1125，契丹人耶律阿保機所建，在我國北部，初名契丹，938 年 (一說 947 年) 改稱遼。

【遼東】Liáodōng ㄌㄧㄠˊ ㄉㄨㄥ 遼河以東的地區，就是遼寧的東部和南部。

【遼闊】liáokuò ㄌㄧㄠˊ ㄎㄨㄛˋ 遼遠廣闊；寬廣空曠：遼闊的土地｜遼闊的海洋｜幅員遼闊。

【遼西】Liáoxī ㄌㄧㄠˊ ㄒㄧ 遼河以西的地區，就是遼寧的西部。

【遼遠】liáoyuǎn ㄌㄧㄠˊ ㄩㄢˇ 遙遠：遼遠的邊疆｜遼遠的天空｜遼遠的未來。

燎 liáo ㄌㄧㄠˊ 延燒；燒：星星之火，可以燎原。

另見723頁 liǎo。

【燎泡】liáopào ㄌㄧㄠˊ ㄆㄠˋ 由於火傷或燙傷，在皮膚或黏膜的表面形成的水泡。也叫燎漿泡。

【燎原】liáoyuán ㄌㄧㄠˊ ㄩㄢˊ (大火) 延燒原野：燎原烈火｜星火燎原。

療 (疗) liáo ㄌㄧㄠˊ 醫治：醫療｜治療｜診療｜理療｜電療｜療養。

【療程】liáochéng ㄌㄧㄠˊ ㄔㄥˊ 醫療上對某些疾病所規定的連續治療的一段時間叫做一個療程：理療了兩個療程，腿疼就好了。

【療飢】liáojī ㄌㄧㄠˊ ㄐㄧ 〈書〉解除飢餓；充飢。

【療效】liáoxiào ㄌㄧㄠˊ ㄒㄧㄠˋ 藥物或醫療方法治療疾病的效果：青黴素對肺炎有顯著的療效。

【療養】liáoyǎng ㄌㄧㄠˊ ㄧㄤˇ 患有慢性病或身體衰弱的人，在特設的醫療機構進行以休養為主的治療：療養院｜他在海濱療養了半年。

【療養院】liáoyǎngyuàn ㄌㄧㄠˊ ㄧㄤˇ ㄩㄢˋ 專用於療養的醫療機構，多設在風景區或環境幽雅的地方。

【療治】liáozhì ㄌㄧㄠˊ ㄓˋ 治療：療治燒傷。

簝 liáo ㄌㄧㄠˊ 古代祭祀時盛肉的竹器。

繚（缭） liáo ㄌㄧㄠˊ ❶纏繞：繚亂｜繚繞。❷用針斜着縫：繚縫兒｜把貼邊繚上。

【繚亂】liáoluàn ㄌㄧㄠˊ ㄌㄨㄢˋ 紛亂：眼花繚亂｜心緒繚亂。也作撩亂。

【繚繞】liáorào ㄌㄧㄠˊ ㄖㄠˋ 迴環旋轉：白雲繚繞｜炊烟繚繞｜歌聲繚繞。

髎 liáo ㄌㄧㄠˊ 中醫指骨節間的空隙，多用於穴位名。

鷯（鹩） liáo ㄌㄧㄠˊ 見577頁［鷦鷯］(jiāoliáo)。

liǎo （ㄌㄧㄠˇ）

了1 liǎo ㄌㄧㄠˇ ❶完畢；結束：了結｜了賬｜沒完沒了｜一了百了｜不了了之｜這事兒已經了啦！❷放在動詞後，跟'得、不'連用，表示可能或不可能：辦得了｜做得了｜來不了｜受不了。❸〈書〉完全(不)；一點(也沒有)：了不相涉｜了無懼色｜了無進展。

了2 liǎo ㄌㄧㄠˇ 明白；懂得：了解。

另見694頁·le；723頁liǎo'瞭'。

【了不得】liǎo·bu·dé ㄌㄧㄠˇ ·ㄅㄨ ·ㄉㄜˊ ❶大大超過尋常；很突出：高興得了不得｜多得了不得｜山溝裏通了火車，在當地是一件了不得的大事。❷表示情況嚴重，沒法收拾：可了不得，他昏過去了！

【了不起】liǎo·bu qǐ ㄌㄧㄠˇ ·ㄅㄨ ㄑㄧˇ ❶不平凡；(優點)突出：他的本事真了不起｜一位了不起的發明家。❷重大；嚴重：沒有甚麼了不起的困難。

【了當】liǎodàng ㄌㄧㄠˇ ㄉㄤˋ ❶爽快：他説話脆快了當。❷停當；完畢：安排了當｜收拾了當。❸處理；了結(多見於早期白話)：自能了當得來｜費了許多手腳，才得了當。

【了得】liǎo·de ㄌㄧㄠˇ ·ㄉㄜ ❶用在驚訝、反詰或責備等語氣的句子末尾，表示情況嚴重，沒法收拾(多跟在'還'的後面)：哎呀！這還了得！｜如果一跤跌下去，那還了得！❷不平常；很突出(多見於早期白話)：這個人武藝十分了得。

【了斷】liǎoduàn ㄌㄧㄠˇ ㄉㄨㄢˋ 了結。

【了結】liǎojié ㄌㄧㄠˇ ㄐㄧㄝˊ 解決；結束(事情)：案子已經了結｜了結了一樁心願。

【了解】liǎojiě ㄌㄧㄠˇ ㄐㄧㄝˇ ❶知道得清楚：只有眼睛向下，才能真正了解群眾的願望和要求。❷打聽；調查：先去了解情況｜這究竟是怎麼回事？你去了解一下。

【了局】liǎojú ㄌㄧㄠˇ ㄐㄩˊ ❶結束；了結：後來呢，你猜怎樣了局？｜事情弄得沒法了局｜不知何日了局。❷解決辦法；長久之計：你這病應該趕快治，拖下去不是個了局｜在那兒住下去，終久不是了局。

【了了】liǎoliǎo ㄌㄧㄠˇ ㄌㄧㄠˇ 〈書〉明白；懂得：心中了了｜不甚了了。

【了卻】liǎoquè ㄌㄧㄠˇ ㄑㄩㄝˋ 了結：了卻一樁心事。

【了事】liǎo∥shì ㄌㄧㄠˇ∥ㄕˋ 使事情得到平息或結束(多指不徹底或不得已)：含糊了事｜草草了事｜應付了事｜他想儘快了了(·le)這件事。

【了手】liǎoshǒu ㄌㄧㄠˇ ㄕㄡˇ 〈方〉(事情)辦完；了結：只要這件事一了手，我就立刻動身。

【了無】liǎowú ㄌㄧㄠˇ ㄨˊ 一點也沒有：了無睡意｜了無痕迹｜潔如冰雪，了無纖塵。

【了悟】liǎowù ㄌㄧㄠˇ ㄨˋ 〈書〉領悟；明白：其中奥妙，尚未了悟。

【了賬】liǎo∥zhàng ㄌㄧㄠˇ∥ㄓㄤˋ 結清賬目，比喻事情結束：就此了賬。

釕（钌） liǎo ㄌㄧㄠˇ 金屬元素，符號Ru (ruthenium)。銀灰色，質硬而脆，存在於鉑礦中，含量極少，用來製耐磨硬質合金等。

另見724頁liào。

蓼〔蓼〕 liǎo ㄌㄧㄠˇ 一年生草本植物，葉子披針形，花淡綠色或淡紅色，果實卵形，扁平。莖葉有辣味。全草入藥。也叫水蓼。

另見750頁lù。

【蓼藍】liǎolán ㄌㄧㄠˇ ㄌㄢˊ 一年生草本植物，莖紅紫色，葉子長橢圓形，乾時暗藍色，花淡紅色，穗狀花序，結瘦果，黑褐色。葉子含藍汁，可以做藍色染料。也叫藍。

憭 liǎo ㄌㄧㄠˇ 〈書〉明白；明瞭。

燎 liǎo ㄌㄧㄠˇ 挨近了火而燒焦(多用於毛髮)：火苗一躥，燎了眉毛。

另見722頁liáo。

瞭（了） liǎo ㄌㄧㄠˇ 明白；懂得：瞭然｜瞭解｜明瞭｜瞭如指掌。

另見724頁liào。'了'另見694頁·le；723頁liǎo。

【瞭解】liǎojiě ㄌㄧㄠˇ ㄐㄧㄝˇ 同'了解'。

【瞭然】liǎorán ㄌㄧㄠˇ ㄖㄢˊ 明白；清楚：一目瞭然｜真相如何，我也不大瞭然。

【瞭如指掌】liǎo rú zhǐ zhǎng ㄌㄧㄠˇ ㄖㄨˊ ㄓˇ ㄓㄤˇ 形容對情況非常清楚，好像指着自己的手掌給人看：他對這一帶的地形瞭如指掌。

liào （ㄌㄧㄠˋ）

尥 liào ㄌㄧㄠˋ ［尥蹶子］(liào juě·zi ㄌㄧㄠˋ ㄐㄩㄝˇ ·ㄗ) 騾馬等跳起來用後腿向後踢：這馬好(hào)尥蹶子，小心別讓它踢着。

釕(钌) liào ㄌㄧㄠˋ ［釕銱兒］(liàodiàor ㄌㄧㄠˋ ㄉㄧㄠㄦˋ) 扣住門窗等的鐵片，一端釘在門窗上，另一端有鈎子鈎在屈戌兒裏，或者有眼兒套在屈戌兒上。
另見723頁 liǎo。

料1 liào ㄌㄧㄠˋ ❶預料；料想：料事如神｜不出所料｜料不到他會來。❷照看；管理：照料｜料理。

料2 liào ㄌㄧㄠˋ ❶(料兒)材料；原料：木料｜燃料｜布料｜加料｜備料｜資料｜他就是這麼塊料。❷餵牲口用的穀物：草料｜料豆兒｜多給牲口加點料。❸量詞，用於中醫配製丸藥，處方規定劑量的全份為一料：配一料藥。❹量詞，過去計算木材的單位，兩端截面是一平方尺，長足七尺的木材叫一料。

【料定】liàodìng ㄌㄧㄠˋ ㄉㄧㄥˋ 預料並斷定：我料定他會來的。

【料斗】liàodǒu ㄌㄧㄠˋ ㄉㄡˇ 裝牲口飼料的器具，多用柳條編成，形狀像斗。也説料斗子。

【料豆兒】liàodòur ㄌㄧㄠˋ ㄉㄡㄦˋ 餵牲口的黑豆、黃豆等，一般煮熟或炒熟。也説料豆子。

【料及】liàojí ㄌㄧㄠˋ ㄐㄧˊ 〈書〉料想到：中途大雨，原未料及。

【料酒】liàojiǔ ㄌㄧㄠˋ ㄐㄧㄡˇ 烹調時當作料用的黃酒。

【料理】liàolǐ ㄌㄧㄠˋ ㄌㄧˇ 辦理；處理：料理家務｜料理後事｜事情還沒料理好，我怎麼能走。

【料器】liào qì ㄌㄧㄠˋ ㄑㄧˋ 用玻璃的原料加顏料製成的手工藝品。

【料峭】liào qiào ㄌㄧㄠˋ ㄑㄧㄠˋ 〈書〉形容微寒(多指春寒)：春寒料峭。

【料想】liàoxiǎng ㄌㄧㄠˋ ㄒㄧㄤˇ 猜測(未來的事)；預料：料想不到｜他料想事情定能成功。

【料子】liào·zi ㄌㄧㄠˋ ·ㄗ ❶衣料：一塊衣裳料子。❷〈方〉特指毛料：穿着一身料子中山裝。❸比喻適於做某種事情的人才：不是搞科研的料子｜他是個下棋的料子。

撂(撩) liào ㄌㄧㄠˋ ❶放；擱：他撂下飯碗，又上工地去了｜事兒撂下半個月了。❷弄倒：他腳下使了個絆兒，一下子把對手撂在地上。❸拋棄；拋：他出門在外，把家全撂給妻子了。
'撩'另見721頁 liāo；722頁 liáo。

【撂地】liàodì ㄌㄧㄠˋ ㄉㄧˋ (撂地兒)指藝人在廟會、集市、街頭空地上演出：撂地賣藝。也説撂地攤。

【撂荒】liào∥huāng ㄌㄧㄠˋ∥ㄏㄨㄤ 〈方〉不繼續耕種土地，任它荒蕪：減少撂荒面積。

【撂跤】liào∥jiāo ㄌㄧㄠˋ∥ㄐㄧㄠ 〈方〉摔跤②。

【撂手】liào∥shǒu ㄌㄧㄠˋ∥ㄕㄡˇ 不繼續做下去；丟開：撂手不管｜事情沒有完，哪能就撂手？

【撂挑子】liào tiāo·zi ㄌㄧㄠˋ ㄊㄧㄠ ·ㄗ 放下挑子。比喻丟下應擔負的工作，甩手不幹：有意見歸有意見，決不能撂挑子。

廖 Liào ㄌㄧㄠˋ 姓。

瞭 liào ㄌㄧㄠˋ 瞭望：在高處瞭着點兒。
另見723頁 liǎo。

【瞭哨】liàoshào ㄌㄧㄠˋ ㄕㄠˋ 放哨：巡營瞭哨。

【瞭望】liàowàng ㄌㄧㄠˋ ㄨㄤˋ ❶登高遠望：極目瞭望，海天茫茫。❷特指從高處或遠處監視敵情：瞭望哨｜海防戰士瞭望着廣闊的海面。

【瞭望哨】liàowàngshào ㄌㄧㄠˋ ㄨㄤˋ ㄕㄠˋ 觀察哨。

鐐(镣) liào ㄌㄧㄠˋ 腳鐐：鐐銬｜鐵鐐。

【鐐銬】liàokào ㄌㄧㄠˋ ㄎㄠˋ 腳鐐和手銬。

liē (ㄌㄧㄝ)

咧 liē ㄌㄧㄝ 見下。
另見724頁 liě；726頁 ·lie。

【咧咧】liēliē ㄌㄧㄝ ㄌㄧㄝ 見211頁〖大大咧咧〗、768頁〖罵罵咧咧〗、1262頁〖笑咧咧〗。

【咧咧】liē·lie ㄌㄧㄝ ·ㄌㄧㄝ 〈方〉❶亂説；亂講：瞎咧咧甚麼？❷小兒哭：別在這兒咧咧了，快走吧！

liě (ㄌㄧㄝˇ)

咧 liě ㄌㄧㄝˇ ❶嘴角向兩邊伸展：咧着嘴笑｜把嘴一咧。❷〈方〉説(含貶義)：胡咧｜胡謅八咧。
另見724頁 liē；726頁 ·lie。

【咧嘴】liě∥zuǐ ㄌㄧㄝˇ∥ㄗㄨㄟˇ 向兩邊延伸嘴角：齜牙咧嘴｜咧開嘴笑起來。

裂 liě ㄌㄧㄝˇ 〈方〉東西的兩部分向兩旁分開：衣服沒扣好，裂着懷。
另見725頁 liè。

liè (ㄌㄧㄝˋ)

列 liè ㄌㄧㄝˋ ❶排列：羅列｜列隊｜按清單上列的一項一項地清點。❷安排到某類事物之中：列入議程｜把發展教育事業列為重要任務之一。❸行列：出列｜站在最前列。❹量詞，用於成行列的事物：一列火車。❺類：不在此列。❻各；眾：列國｜列位觀眾。❼(Liè)姓。

【列兵】lièbīng ㄌㄧㄝˋ ㄅㄧㄥ 軍銜，兵的最低一級。

【列車】lièchē ㄌㄧㄝˋ ㄔㄜ 配有機車、工作人員和規定信號的連挂成列的火車：國際列車｜旅客列車｜15 次列車。

【列車員】lièchēyuán ㄌㄧㄝˋ ㄔㄜ ㄩㄢˊ 在客運列車上服務的人員。

【列當】lièdāng ㄌㄧㄝˋ ㄉㄤ 一年生草本植物，多寄生在菊科植物的根上。莖肉質，葉子鱗片狀，黃褐色，花紫色。全草入藥。也叫草蓯蓉。

【列島】lièdǎo ㄌㄧㄝˋ ㄉㄠˇ 群島的一種，一般指排列成綫形或弧形的，如我國的澎湖列島、嵊泗列島等。

【列隊】lièduì ㄌㄧㄝˋ ㄉㄨㄟˋ 排列成隊伍：列隊遊行｜群眾列隊歡迎貴賓。

【列國】lièguó ㄌㄧㄝˋ ㄍㄨㄛˊ 某一時期內並存的各國：列國相爭｜周遊列國。

【列舉】lièjǔ ㄌㄧㄝˋ ㄐㄩˇ 一個一個地舉出來：列舉事實｜指示中列舉了各種具體辦法。

【列寧主義】Lièníng zhǔyì ㄌㄧㄝˋ ㄋㄧㄥˊ ㄓㄨˇ ㄧˋ 帝國主義和無產階級革命時代的馬克思主義。列寧(Владимир Ильич Ленин)在領導俄國革命的實踐中，在同第二國際修正主義的鬥爭中，繼承、捍衛了馬克思主義，並在關於帝國主義的理論，關於社會主義可能首先在一國取得勝利，關於建立無產階級新型政黨，關於無產階級革命和無產階級專政等問題上，發展了馬克思主義。

【列強】liè qiáng ㄌㄧㄝˋ ㄑㄧㄤˊ 舊時指世界上同一時期內的各個資本主義強國。

【列位】lièwèi ㄌㄧㄝˋ ㄨㄟˋ 諸位：列位請坐。

【列席】liè∥xí ㄌㄧㄝˋ∥ㄒㄧˊ 參加會議，有發言權而沒有表決權。

【列傳】lièzhuàn ㄌㄧㄝˋ ㄓㄨㄢˋ 紀傳體史書中一般人物的傳記，如《史記·廉頗藺相如列傳》。

劣 liè ㄌㄧㄝˋ ❶壞；不好(跟'優'相對)：劣等｜劣勢｜惡劣｜低劣｜優劣。❷小於一定標準的：劣弧。

【劣等】lièděng ㄌㄧㄝˋ ㄉㄥˇ 低等；下等：劣等貨。

【劣根性】liègēnxìng ㄌㄧㄝˋ ㄍㄣ ㄒㄧㄥˋ 長期養成的、根深蒂固的不良習性。

【劣弧】lièhú ㄌㄧㄝˋ ㄏㄨˊ 小於半圓的弧。

【劣迹】lièjì ㄌㄧㄝˋ ㄐㄧˋ 惡劣的事迹(指損害人民的)：劣迹昭彰｜他的劣迹已被人告發。

【劣馬】lièmǎ ㄌㄧㄝˋ ㄇㄚˇ ❶不好的馬。❷性情暴躁不容易駕御的馬：制伏劣馬。

【劣紳】lièshēn ㄌㄧㄝˋ ㄕㄣ 品行惡劣的紳士：土豪劣紳。

【劣勢】lièshì ㄌㄧㄝˋ ㄕˋ 情況或條件比較差的形勢：處於劣勢｜變劣勢為優勢。

【劣質】lièzhì ㄌㄧㄝˋ ㄓˋ 質量低劣：劣質煤｜劣質烟酒。

冽 liè ㄌㄧㄝˋ〈書〉冷：凜冽｜山高風冽。

洌 liè ㄌㄧㄝˋ〈書〉(水、酒)清：泉香而酒洌。

埒 liè ㄌㄧㄝˋ〈書〉❶同等；(相)等：富埒皇室｜二人才力相埒。❷指矮牆、田埂、堤防等：河埒。

烈 liè ㄌㄧㄝˋ ❶強烈；猛烈：烈火｜烈日｜烈酒｜性子烈｜轟轟烈烈｜興高采烈。❷剛直；嚴正：剛烈。❸為正義而死難的：烈士｜先烈。❹〈書〉功業：功烈(功績)。

【烈度】lièdù ㄌㄧㄝˋ ㄉㄨˋ 地震烈度的簡稱。

【烈風】lièfēng ㄌㄧㄝˋ ㄈㄥ ❶氣象學上指9級風。❷泛指強勁的風。

【烈火】lièhuǒ ㄌㄧㄝˋ ㄏㄨㄛˇ 猛烈的火：熊熊的烈火◇鬥爭的烈火。

【烈火見真金】lièhuǒ jiàn zhēnjīn ㄌㄧㄝˋ ㄏㄨㄛˇ ㄐㄧㄢˋ ㄓㄣ ㄐㄧㄣ 只有在烈火中燒煉才能辨別金子的真假，比喻關鍵時刻才能考驗出人的品質。

【烈女】liènǚ ㄌㄧㄝˋ ㄋㄩˇ ❶剛正有節操的女子。❷拼死保全貞節的女子。

【烈日】lièrì ㄌㄧㄝˋ ㄖˋ 炎熱的太陽：烈日當空。

【烈士】lièshì ㄌㄧㄝˋ ㄕˋ ❶為正義事業而犧牲的人：革命烈士｜烈士陵園。❷〈書〉有志於建立功業的人：烈士暮年，壯心不已。

【烈屬】lièshǔ ㄌㄧㄝˋ ㄕㄨˇ 烈士家屬。

【烈性】lièxìng ㄌㄧㄝˋ ㄒㄧㄥˋ ❶性格剛烈：烈性漢子。❷性質猛烈：烈性酒｜烈性炸藥。

【烈焰】lièyàn ㄌㄧㄝˋ ㄧㄢˋ 猛烈的火焰：烈焰騰空。

捩〔挒〕 liè ㄌㄧㄝˋ 扭轉：捩轉｜轉捩點。

裂 liè ㄌㄧㄝˋ ❶破而分開；破成兩部分或幾部分：分裂｜破裂｜決裂｜裂紋｜裂開｜四分五裂｜手凍裂了。❷葉子或花冠的邊緣上較大較深的缺口。

另見724頁liě。

【裂變】lièbiàn ㄌㄧㄝˋ ㄅㄧㄢˋ ❶原子核分裂成兩個(或更多個)其他元素的原子核，並放出電子。❷泛指分裂變化：現代人追求小家庭，大家庭不斷裂變。

【裂縫】liè∥fèng ㄌㄧㄝˋ∥ㄈㄥˋ (裂縫兒)裂成狹長的縫兒：做門的木料沒有乾透，風一吹都裂縫了｜牆裂了一道縫。

【裂縫】lièfèng ㄌㄧㄝˋ ㄈㄥˋ (裂縫兒)裂開的縫兒：牆上有一條裂縫。

【裂果】lièguǒ ㄌㄧㄝˋ ㄍㄨㄛˇ 乾果的一類，果實成熟後果皮裂開，如蓇葖、莢果、蒴果、角果等。

【裂痕】lièhén ㄌㄧㄝˋ ㄏㄣˊ 器物破裂的痕迹：玻璃中間有一道裂痕◇兩人之間一度有過裂痕。

【裂化】lièhuà ㄌㄧㄝˋ ㄏㄨㄚˋ 在一定條件下，分子量較大的烷烴分解成分子量較小的烷烴和烯烴。是石油加工的重要方法，可分為熱裂化(400－700°C)、催化裂化和加氫裂化。

【裂解】lièjiě ㄌㄧㄝˋ ㄐㄧㄝˇ 在比熱裂化更高的溫度(700°C以上)下進行的深度裂化。

【裂口】liè∥kǒu ㄌㄧㄝˋ∥ㄎㄡˇ (裂口兒)裂成口兒：

手凍得裂口了｜西瓜裂了口兒。
【裂口】lièkǒu ㄌㄧㄝˋ ㄎㄡˇ (裂口兒)裂開的口兒。
【裂片】lièpiàn ㄌㄧㄝˋ ㄆㄧㄢˋ 邊緣有裂的葉子或花冠由裂分成的小片叫做裂片。
【裂紋】lièwén ㄌㄧㄝˋ ㄨㄣˊ ❶裂璺(lièwèn)。❷瓷器在燒製時有意做成的像裂璺的花紋。
【裂璺】liè∥wèn ㄌㄧㄝˋ∥ㄨㄣˋ 器物有裂開的痕迹：裂璺的破鍋｜水缸裂了一道璺。
【裂璺】lièwèn ㄌㄧㄝˋ ㄨㄣˋ 器物將要裂開的痕迹：茶碗有一道裂璺。
【裂隙】lièxì ㄌㄧㄝˋ ㄒㄧˋ 裂開的縫兒：桌面上有一道裂隙◇彌合雙方感情上的裂隙。

趔 liè ㄌㄧㄝˋ ［趔趄］(liè·qie ㄌㄧㄝˋ·ㄑㄧㄝ) 身體歪斜，腳步不穩：他趔趄着走進屋來｜打了個趔趄，摔倒了｜口袋很重，他趔趄了幾下，沒扛起來。

鴷(䴕) liè ㄌㄧㄝˋ 啄木鳥。

獵(猎) liè ㄌㄧㄝˋ ❶捕捉禽獸；打獵：狩獵｜獵虎｜漁獵。❷打獵的：獵人｜獵戶｜獵狗｜獵槍。
【獵場】lièchǎng ㄌㄧㄝˋ ㄔㄤˇ 劃定範圍供人打獵的山林或草原。
【獵狗】liègǒu ㄌㄧㄝˋ ㄍㄡˇ 受過訓練，能幫助打獵的狗。也叫獵犬。
【獵戶】lièhù ㄌㄧㄝˋ ㄏㄨˋ ❶以打獵為業的人家。❷打獵的人。
【獵戶座】lièhùzuò ㄌㄧㄝˋ ㄏㄨˋ ㄗㄨㄛˋ 星座，位置在天球赤道上。其中有兩個一等星，五個二等星和其他更暗的星。獵戶座即我國古代所說的參宿。
【獵獵】lièliè ㄌㄧㄝˋ ㄌㄧㄝˋ 〈書〉象聲詞，形容風聲及旗幟等被風吹動的聲音：北風獵獵｜紅旗獵獵，歌聲嘹亮。
【獵奇】liè qí ㄌㄧㄝˋ ㄑㄧˊ 搜尋奇異的事情(多含貶義)。
【獵潛艇】lièqiántǐng ㄌㄧㄝˋ ㄑㄧㄢˊ ㄊㄧㄥˇ 搜索、消滅敵潛艇的小型艦艇。裝備有聲納、雷達等搜索器材和深水炸彈、小口徑火炮等武器。
【獵槍】lièqiāng ㄌㄧㄝˋ ㄑㄧㄤ 打獵用的槍：雙筒獵槍。
【獵取】lièqǔ ㄌㄧㄝˋ ㄑㄩˇ ❶通過打獵取得：原始社會的人用粗糙的石器獵取野獸。❷奪取(名利)：獵取功名｜獵取高額利潤。
【獵犬】lièquǎn ㄌㄧㄝˋ ㄑㄩㄢˇ 獵狗。
【獵人】lièrén ㄌㄧㄝˋ ㄖㄣˊ 以打獵為業的人。
【獵手】lièshǒu ㄌㄧㄝˋ ㄕㄡˇ 打獵的人(多指技術熟練的)。
【獵物】lièwù ㄌㄧㄝˋ ㄨˋ 獵取到的或作為獵取對象的鳥獸：東北虎保護區只讓老虎和它們的獵物生活。

躐 liè ㄌㄧㄝˋ 〈書〉❶超越：躐等｜躐級。❷踐踏。
【躐等】lièděng ㄌㄧㄝˋ ㄉㄥˇ 〈書〉超越等級；不按次序。

鬣 liè ㄌㄧㄝˋ 某些獸類(如馬、獅子等)頸上的長毛。
【鬣狗】liègǒu ㄌㄧㄝˋ ㄍㄡˇ 哺乳動物，外形略像狗，頭比狗的頭短而圓，額部寬，尾巴短，前腿長，後腿短，毛棕黃色或棕褐色，有許多不規則的黑褐色斑點。多生長在熱帶或亞熱帶地區，吃獸類屍體腐爛的肉。

鱲(鱲) liè ㄌㄧㄝˋ 魚，體長四寸左右，側扁，背部灰暗，兩側銀白色，雄魚帶紅色，有黑色斑紋，生殖季節色澤鮮艷。生活在淡水中。也叫桃花魚。

·lie (·ㄌㄧㄝ)

咧 ·lie ·ㄌㄧㄝ 〈方〉助詞，用法跟‘了’、‘啦’、‘哩’相同：好咧｜來咧｜他願意咧！

另見724頁 liē；724頁 liě。

līn (ㄌㄧㄣ)

拎 līn ㄌㄧㄣ 用手提：拎着飯盒上班｜他拎了個木桶到河邊去打水。
【拎包】līnbāo ㄌㄧㄣ ㄅㄠ 〈方〉提包。

lín (ㄌㄧㄣˊ)

林 lín ㄌㄧㄣˊ ❶成片的樹木或竹子：樹林｜竹林｜山林｜防風林。❷聚集在一起的同類的人或事物：儒林｜藝林｜碑林。❸林業：農林牧副漁。❹(Lín)姓。
【林產】línchǎn ㄌㄧㄣˊ ㄔㄢˇ 林業產物，包括木材，森林植物的根、莖、葉、皮、花、果實、種子、樹脂、菌類以及森林中的動物等。
【林場】línchǎng ㄌㄧㄣˊ ㄔㄤˇ ❶從事培育、管理、採伐森林等工作的單位。❷培育或採伐森林的地方。
【林叢】líncóng ㄌㄧㄣˊ ㄘㄨㄥˊ 樹林子；樹木叢生的地方：兩岸的林叢，一望無邊。
【林帶】líndài ㄌㄧㄣˊ ㄉㄞˋ 為了防風、防沙等而培植的帶狀的樹林：防護林帶｜防風林帶｜防沙林帶。
【林地】líndì ㄌㄧㄣˊ ㄉㄧˋ 生長着成片樹木的土地。
【林分】línfèn ㄌㄧㄣˊ ㄈㄣˋ 林業上指樹種組成、林木年齡、疏密程度、森林起源等特徵大致相同的大片森林地段。
【林冠】línguān ㄌㄧㄣˊ ㄍㄨㄢ 森林中互相連接在一起的樹冠的總體。
【林海】línhǎi ㄌㄧㄣˊ ㄏㄞˇ 形容像海洋一樣一望無際的森林。

【林墾】línkěn ㄌㄧㄣˊ ㄎㄣˇ 開墾荒山，植樹造林：林墾事業。

【林立】línlì ㄌㄧㄣˊ ㄌㄧˋ 像樹林一樣密集地豎立着。形容很多：高樓林立｜帆檣林立｜郊區工廠林立。

【林林總總】línlínzǒngzǒng ㄌㄧㄣˊ ㄌㄧㄣˊ ㄗㄨㄥˇ ㄗㄨㄥˇ 形容繁多：展銷會上的商品林林總總，不下數萬種。

【林齡】línlíng ㄌㄧㄣˊ ㄌㄧㄥˊ 整個林分的平均年齡。

【林莽】línmǎng ㄌㄧㄣˊ ㄇㄤˇ 茂密的林木和草叢：林莽地帶。

【林木】línmù ㄌㄧㄣˊ ㄇㄨˋ ❶樹林。❷生長在森林中的樹木（區別於'孤立木'）。

【林農】línnóng ㄌㄧㄣˊ ㄋㄨㄥˊ 從事森林的培育、管理、保護等工作的農民。

【林檎】línqín ㄌㄧㄣˊ ㄑㄧㄣˊ 花紅（植物）。

【林泉】lín quán ㄌㄧㄣˊ ㄑㄩㄢˊ 〈書〉❶林木山泉：林泉幽靜。❷借指隱居的地方：退隱林泉。

【林藪】línsǒu ㄌㄧㄣˊ ㄙㄡˇ 〈書〉❶指山林水澤，草木叢生的地方。❷比喻事物聚集的處所：古小說林藪。

【林濤】líntāo ㄌㄧㄣˊ ㄊㄠ 森林被風吹動發出的像波濤一樣的聲音：林濤呼嘯。

【林網】línwǎng ㄌㄧㄣˊ ㄨㄤˇ 指縱橫交錯，像網一樣的林帶。

【林下】línxià ㄌㄧㄣˊ ㄒㄧㄚˋ 〈書〉山林田野，借指退隱的地方：優遊林下｜退隱林下。

【林相】línxiàng ㄌㄧㄣˊ ㄒㄧㄤˋ ❶由於林冠層次和林木組成結構的不同而表現出的森林外貌；森林的外形：林相整齊。❷指森林的林木品質和生長情況：林相優良。

【林型】línxíng ㄌㄧㄣˊ ㄒㄧㄥˊ 林業上根據森林綜合自然性狀而劃分的森林分類單位，如杜鵑林型、苔蘚林型等。

【林業】línyè ㄌㄧㄣˊ ㄧㄝˋ 培育和保護森林以取得木材和其他林產品的生產事業。

【林狽】línyì ㄌㄧㄣˊ ㄧˋ 猞猁（shēlì）。

【林蔭道】línyīndào ㄌㄧㄣˊ ㄧㄣ ㄉㄠˋ 兩旁有茂密樹木的道路（一般比較寬）。也叫林蔭路。

【林苑】línyuàn ㄌㄧㄣˊ ㄩㄢˋ 古代專供統治者打獵玩樂的園林。

【林政】línzhèng ㄌㄧㄣˊ ㄓㄥˋ 有關森林的保護、培植、採伐等的管理事務。

【林子】lín·zi ㄌㄧㄣˊ ·ㄗ 樹林。

啉 lín ㄌㄧㄣˊ 見671頁［喹啉］（kuílín）。

淋 lín ㄌㄧㄣˊ ❶水或別的液體落在物體上：日曬雨淋｜衣服都淋濕了。❷使水或別的液體落在物體上：在涼拌菜上淋上點兒香油。

另見730頁 lìn。

【淋巴】línbā ㄌㄧㄣˊ ㄅㄚ 充滿動物體內各組織間的無色透明液體，內含淋巴細胞，是由組織液滲入淋巴管中形成的。淋巴管是構造跟靜脈相似的管子，分佈在全身各部。淋巴在淋巴管內循環，最後流入靜脈，是組織液流入血液的媒介。也叫淋巴液。［拉 lympha］

【淋巴結】línbājié ㄌㄧㄣˊ ㄅㄚ ㄐㄧㄝˊ 由網狀結締組織構成的豆狀體，分佈在淋巴管的徑路中，頸部、腋窩部和腹股溝部最多，能產生淋巴細胞並有過濾的作用，阻止和消滅侵入體內的有害微生物。舊稱淋巴腺。

【淋巴細胞】línbā xìbāo ㄌㄧㄣˊ ㄅㄚ ㄒㄧˋ ㄅㄠ 白細胞的一種，產生於脾臟、淋巴結等器官，有產生和儲存抗體的作用。

【淋漓】línlí ㄌㄧㄣˊ ㄌㄧˊ ❶形容濕淋淋往下滴：大汗淋漓｜墨迹淋漓｜鮮血淋漓。❷形容暢快：痛快淋漓｜淋漓盡致。

【淋漓盡致】línlí jìn zhì ㄌㄧㄣˊ ㄌㄧˊ ㄐㄧㄣˋ ㄓˋ 形容文章或談話詳盡透徹。也指暴露得很徹底。

【淋漓柯】línlíkē ㄌㄧㄣˊ ㄌㄧˊ ㄎㄜ 常綠喬木，葉子披針形，殼斗單生，堅果寬卵形。也叫椤仔。

【淋淋】línlín ㄌㄧㄣˊ ㄌㄧㄣˊ 形容水、汗等向下流的樣子：汗淋淋｜濕淋淋｜秋雨淋淋。

【淋浴】línyù ㄌㄧㄣˊ ㄩˋ 一種洗澡方式，讓水從上面噴下來，人在下面沖洗。

琳 lín ㄌㄧㄣˊ 〈書〉美玉。

【琳琅】línláng ㄌㄧㄣˊ ㄌㄤˊ 美玉，比喻優美珍貴的東西：琳琅滿目。

【琳琅滿目】línláng mǎn mù ㄌㄧㄣˊ ㄌㄤˊ ㄇㄢˇ ㄇㄨˋ 比喻各種美好的東西很多（多指書籍或工藝品）：在這次展覽會上，真是琳琅滿目，美不勝收。

粼 lín ㄌㄧㄣˊ ［粼粼］（línlín ㄌㄧㄣˊ ㄌㄧㄣˊ）〈書〉形容水、石等明淨：粼粼碧波｜白石粼粼。

綝（𬘭） lín ㄌㄧㄣˊ ［綝纚］（línlí ㄌㄧㄣˊ ㄌㄧˊ）〈書〉盛裝的樣子。也作綝纚。

另見138頁 chēn。

嶙 lín ㄌㄧㄣˊ 見下。

【嶙嶙】línlín ㄌㄧㄣˊ ㄌㄧㄣˊ 〈書〉嶙峋：礁石嶙嶙。

【嶙峋】línxún ㄌㄧㄣˊ ㄒㄩㄣˊ 〈書〉❶形容山石等突兀、重疊：怪石嶙峋｜嶙峋的山巒。❷形容人消瘦露骨：瘦骨嶙峋。❸形容人剛正有骨氣：氣節嶙峋｜傲骨嶙峋。

潾 lín ㄌㄧㄣˊ ［潾潾］形容水清：潾潾的水波｜春水潾潾。

鄰（邻、隣） lín ㄌㄧㄣˊ ❶住處接近的人家：四鄰｜東鄰｜

鄰人｜遠親不如近鄰。❷鄰接的；鄰近的：鄰國｜鄰縣｜鄰家｜鄰座。❸古代五家為鄰。

【鄰邦】línbāng ㄌㄧㄣˊ ㄅㄤ 接壤的國家：友好鄰邦。

【鄰角】línjiǎo ㄌㄧㄣˊ ㄐㄧㄠˇ 平面上兩個角有公共頂點和一條公共邊，它們的另一條邊分別在公共邊的兩旁，這兩個角就互為鄰角。

【鄰接】línjiē ㄌㄧㄣˊ ㄐㄧㄝ （地區）接連：河北省西邊鄰接山西省。

【鄰近】línjìn ㄌㄧㄣˊ ㄐㄧㄣˋ ❶位置接近：鄰近邊界｜我國東部跟朝鮮接壤，跟日本鄰近。❷附近：學校鄰近有文化館｜鄰近的一家姓趙的搬走了。

【鄰近色】línjìnsè ㄌㄧㄣˊ ㄐㄧㄣˋ ㄙㄜˋ 色相接近的顏色。如紅與橙、橙與黃、黃與綠、綠與青、青與紫、紫與紅。

【鄰居】línjū ㄌㄧㄣˊ ㄐㄩ 住家接近的人或人家。

【鄰里】línlǐ ㄌㄧㄣˊ ㄌㄧˇ ❶指家庭所在的鄉里。也指市鎮上互相鄰接的一些街道：鄰里服務站。❷同一鄉里的人：鄰里紛紛前來祝賀。

【鄰舍】línshè ㄌㄧㄣˊ ㄕㄜˋ 鄰居：街坊鄰舍｜左右鄰舍。

璘 lín ㄌㄧㄣˊ〈書〉玉的光彩。

霖 lín ㄌㄧㄣˊ 霖雨：秋霖｜甘霖。

【霖雨】línyǔ ㄌㄧㄣˊ ㄩˇ 連下幾天的大雨。

遴 lín ㄌㄧㄣˊ 謹慎選擇：遴選｜遴派｜遴聘教師。
〈古〉又同'吝'lìn。

【遴選】línxuǎn ㄌㄧㄣˊ ㄒㄩㄢˇ ❶選拔（人才）：遴選德才兼備的人擔任領導幹部。❷泛指挑選：該廠生產的彩電被遴選為展覽樣品。

燐 lín ㄌㄧㄣˊ 見下。

【燐火】línhuǒ ㄌㄧㄣˊ ㄏㄨㄛˇ 磷化氫燃燒時的火焰。人和動物的屍體腐爛時分解出磷化氫，並自動燃燒。夜間在野地裏有時看到的白色帶藍綠色火焰就是燐火。俗稱鬼火。

臨（临） lín ㄌㄧㄣˊ ❶靠近；對着：臨街｜臨河｜背山臨水｜居高臨下｜如臨大敵。❷來到；到達：光臨｜蒞臨｜身臨其境｜雙喜臨門。❸將要；快要：臨別｜臨睡｜臨產｜這是我臨離開北京的時候買的。❹照着字畫模仿：臨摹｜臨帖｜臨畫。❺（Lín）姓。

【臨別】línbié ㄌㄧㄣˊ ㄅㄧㄝˊ 將要分別：臨別贈言｜臨別紀念。

【臨產】línchǎn ㄌㄧㄣˊ ㄔㄢˇ （孕婦）快要生小孩兒。

【臨場】línchǎng ㄌㄧㄣˊ ㄔㄤˇ ❶在考場參加考試；在競賽場地參加競賽：缺乏臨場經驗｜臨場要沈着鎮靜。❷親自到現場：臨場指導。

【臨池】línchí ㄌㄧㄣˊ ㄔˊ〈書〉相傳漢朝有名的書法家張芝，在水池旁邊練習寫字，經常用池水洗硯台，使一池子的水都變黑了。後人因此稱練習書法為臨池。

【臨牀】línchuáng ㄌㄧㄣˊ ㄔㄨㄤˊ 醫學上稱醫生給病人診斷和治療疾病：臨牀經驗｜臨牀教學。

【臨到】líndào ㄌㄧㄣˊ ㄉㄠˋ ❶接近到（某件事情）：臨到開會，我才準備好。❷（事情）落到（身上）：這事臨到他的頭上，他會有辦法。

【臨風】línfēng ㄌㄧㄣˊ ㄈㄥ〈書〉當風；迎風：旌旗臨風招展。

【臨機】línjī ㄌㄧㄣˊ ㄐㄧ 掌握時機（行動）：臨機應變｜臨機立斷｜臨機制勝。

【臨街】línjiē ㄌㄧㄣˊ ㄐㄧㄝ 對着街道；靠着街道：臨街的窗口｜這三間平房臨街｜臨街有三棵柳樹。

【臨界】línjiè ㄌㄧㄣˊ ㄐㄧㄝˋ 由一種狀態或物理量轉變為另一種狀態或物理量的：臨界點｜臨界角。

【臨近】línjìn ㄌㄧㄣˊ ㄐㄧㄣˋ （時間、地區）靠近；接近：春節臨近了｜他住在臨近太湖的一所療養院裏。

【臨渴掘井】lín kě jué jǐng ㄌㄧㄣˊ ㄎㄜˇ ㄐㄩㄝˊ ㄐㄧㄥˇ 感到渴了才掘井。比喻平時沒有準備，事到臨頭才想辦法。

【臨了】línliǎo ㄌㄧㄣˊ ㄌㄧㄠˇ （臨了兒）到最後；到末了：臨了還是決定由老王執筆。也說臨末了兒。

【臨門】línmén ㄌㄧㄣˊ ㄇㄣˊ ❶來到家門：貴客臨門｜雙喜臨門。❷到達球門前：臨門一腳。

【臨摹】línmó ㄌㄧㄣˊ ㄇㄛˊ 模仿書畫：臨摹碑帖。

【臨盆】línpén ㄌㄧㄣˊ ㄆㄣˊ 臨產。

【臨蓐】línrù ㄌㄧㄣˊ ㄖㄨˋ 臨產。

【臨深履薄】lín shēn lǚ bó ㄌㄧㄣˊ ㄕㄣ ㄌㄩˇ ㄅㄛˊ《詩經·小雅·小旻》：'戰戰兢兢，如臨深淵，如履薄冰'。後用'臨深履薄'比喻謹慎戒懼。

【臨時】línshí ㄌㄧㄣˊ ㄕˊ ❶臨到事情發生的時候：臨時抱佛腳｜事先準備好，省得臨時着急。❷暫時；短期：臨時工｜臨時政府｜臨時借用一下，明天就還。

【臨時代辦】línshí dàibàn ㄌㄧㄣˊ ㄕˊ ㄉㄞˋ ㄅㄢˋ 臨時代理大使職務的外交官員。

【臨帖】lín//tiè ㄌㄧㄣˊ//ㄊㄧㄝˋ 照着字帖練習寫字（多指毛筆字）。

【臨頭】líntóu ㄌㄧㄣˊ ㄊㄡˊ （為難或不幸的事情）落到身上：大禍臨頭｜事到臨頭，要沈住氣。

【臨危】línwēi ㄌㄧㄣˊ ㄨㄟ ❶（人）病重將死：這是他臨危時留下的話。❷面臨生命的危險：臨危不懼。

【臨危受命】lín wēi shòu mìng ㄌㄧㄣˊ ㄨㄟ ㄕㄡˋ ㄇㄧㄥˋ 在危難之時接受任命。

【臨危授命】lín wēi shòu mìng ㄌㄧㄣˊ ㄨㄟ ㄕㄡˋ ㄇㄧㄥˋ 在危亡關頭勇於獻出生命：臨危授命，視死如歸。

【臨刑】línxíng ㄌㄧㄣˊ ㄒㄧㄥˊ 將要受死刑。

【臨淵羨魚】lín yuān xiàn yú ㄌㄧㄣˊ ㄩㄢ ㄒㄧㄢˋ ㄩˊ《漢書·董仲舒傳》：'臨淵羨魚，不如退而結網'。後用'臨淵羨魚'比喻只有願望，不去實幹，就無濟於事。

【臨月】línyuè ㄌㄧㄣˊ ㄩㄝˋ（臨月兒）婦女懷孕足月，到了產期。

【臨戰】línzhàn ㄌㄧㄣˊ ㄓㄢˋ 臨近或到了戰鬥、比賽的時候：臨戰的氣氛十分濃厚｜進入防汛臨戰狀態｜運動員以臨戰的姿態投入賽前訓練。

【臨陣】línzhèn ㄌㄧㄣˊ ㄓㄣˋ ❶臨近陣地；臨近戰鬥的時候：臨陣脱逃｜臨陣磨槍。❷指實地參加戰鬥：臨陣指揮｜他有多年的臨陣經驗。

【臨陣磨槍】lín zhèn mó qiāng ㄌㄧㄣˊ ㄓㄣˋ ㄇㄛˊ ㄑㄧㄤ 到了陣前才磨槍。比喻事到臨頭才做準備。

【臨陣脱逃】lín zhèn tuō táo ㄌㄧㄣˊ ㄓㄣˋ ㄊㄨㄛ ㄊㄠˊ 軍人臨作戰時逃跑。也比喻事到臨頭而退縮逃避。

【臨終】línzhōng ㄌㄧㄣˊ ㄓㄨㄥ 人將要死（指時間）：臨終遺言。

磷 lín ㄌㄧㄣˊ 非金屬元素，符號(phosphorum)。同素異形體有白磷、紅磷和黑磷。磷酸鹽是重要的肥料之一，磷的化合物可以治療佝僂病、軟骨病等。

【磷肥】línféi ㄌㄧㄣˊ ㄈㄟˊ 以含磷為主的肥料，能促使作物的子粒飽滿，提早成熟。如骨粉、過磷酸鈣、磷礦粉等。

【磷光】línguāng ㄌㄧㄣˊ ㄍㄨㄤ 某些物質受摩擦、振動或光、熱、電波的作用所發的光，如金剛石經日光照射後，在暗處發出的青綠色光。方解石、螢石、石英、重晶石以及鈣、鋇、鍶等的硫化物都能發出磷光。

【磷脂】línzhī ㄌㄧㄣˊ ㄓ 含有磷和氮的油脂，存在於動植物的細胞中。有營養價值，是很好的乳化劑。用來做糕點、糖果等，也用於化妝品、肥皂、橡膠、皮革等工業。

瞵 lín ㄌㄧㄣˊ〈書〉瞪着眼睛看：鷹瞵鶚視。

轔（辚） lín ㄌㄧㄣˊ［轔轔］〈書〉象聲詞，形容車行走時的聲音：車轔轔，馬蕭蕭。

鱗（鳞） lín ㄌㄧㄣˊ ❶魚類、爬行動物和少數哺乳動物身體表面具有保護作用的薄片狀組織，由角質、骨質等構成。❷像魚鱗的：鱗莖｜鱗波｜遍體鱗傷。

【鱗波】línbō ㄌㄧㄣˊ ㄅㄛ 像魚鱗一樣的波紋。

【鱗次櫛比】lín cì zhì bǐ ㄌㄧㄣˊ ㄘˋ ㄓˋ ㄅㄧˇ 像魚鱗和梳子的齒一樣，一個挨着一個地排列着，多用來形容房屋等密集：路旁各種建築鱗次櫛比。也説櫛比鱗次。

【鱗介】línjiè ㄌㄧㄣˊ ㄐㄧㄝˋ〈書〉水中動物的統稱。

【鱗莖】línjīng ㄌㄧㄣˊ ㄐㄧㄥ 地下莖的一種，形狀像圓盤，下部有不定根，上部有許多變態的葉子，內含營養物質，肥厚多肉，從鱗莖的中心生出地上莖。如洋葱、水仙等的地下莖。

【鱗片】línpiàn ㄌㄧㄣˊ ㄆㄧㄢˋ ❶魚身上一片一片的鱗。❷覆蓋在昆蟲翅膀或軀體上的殼質小片，帶有顏色，或能折光，因而使昆蟲具有鮮艷的光彩。❸覆蓋在芽的外面像魚鱗的薄片，主要作用是保護嫩芽。春季植物發芽時，鱗片即脱落。

【鱗傷】línshāng ㄌㄧㄣˊ ㄕㄤ 形容傷痕像魚鱗一樣多：遍體鱗傷。

【鱗爪】línzhǎo ㄌㄧㄣˊ ㄓㄠˇ〈書〉鱗和爪。比喻事情的片斷：這篇小文寫的是往事回憶的鱗爪。

麟（麐） lín ㄌㄧㄣˊ〈書〉麒麟：鳳毛麟角。

【麟鳳龜龍】lín fèng guī lóng ㄌㄧㄣˊ ㄈㄥˋ ㄍㄨㄟ ㄌㄨㄥˊ 古代稱麟鳳龜龍為四靈，用來比喻品德高尚的人。

lǐn（ㄌㄧㄣˇ）

菻〔菻〕 lǐn ㄌㄧㄣˇ 拂菻(Fúlǐn ㄈㄨˊ ㄌㄧㄣˇ)，我國古代稱東羅馬帝國。

凜〔凛〕 lǐn ㄌㄧㄣˇ ❶寒冷：凜冽。❷嚴肅；嚴厲：凜遵(嚴肅地遵照)｜凜然｜凜若冰霜。❸〈書〉畏懼；害怕：凜於夜行。

【凜冽】lǐnliè ㄌㄧㄣˇ ㄌㄧㄝˋ 刺骨地寒冷：北風凜冽。

【凜凜】lǐnlǐn ㄌㄧㄣˇ ㄌㄧㄣˇ ❶寒冷：寒風凜凜。❷嚴肅；可敬畏的樣子：凜凜正氣｜威風凜凜。

【凜然】lǐnrán ㄌㄧㄣˇ ㄖㄢˊ 嚴肅；可敬畏的樣子：大義凜然｜態度凜然｜凜然不可侵犯。

廩〔廪〕 lǐn ㄌㄧㄣˇ〈書〉❶糧倉：倉廩。❷指糧食。

【廩生】lǐnshēng ㄌㄧㄣˇ ㄕㄥ 明清兩代稱由府、州、縣按時發給銀子和糧食補助生活的生員。也叫廩膳生、廩膳生員。

懍〔懔〕 lǐn ㄌㄧㄣˇ 同'凜'②③。

檁〔檩〕 lǐn ㄌㄧㄣˇ 架在屋架或山牆上面用來支持椽子或屋面板的長條形構件。也叫桁或檁條。(圖見324頁〖房子〗)

【檁條】lǐntiáo ㄌㄧㄣˇ ㄊㄧㄠˊ（檁條兒）檁：一根檁條。

【檁子】lǐn·zi ㄌㄧㄣˇ·ㄗ〈方〉檁。

lìn (ㄌㄧㄣˋ)

吝 lìn ㄌㄧㄣˋ ❶吝嗇：吝惜｜慳吝｜尚請不吝賜教(書信用語)。❷(Lìn)姓。

【吝色】lìnsè ㄌㄧㄣˋ ㄙㄜˋ 捨不得的神色：傾囊相助，毫無吝色。

【吝嗇】lìnsè ㄌㄧㄣˋ ㄙㄜˋ 過分愛惜自己的財物，當用不用：大方些，別那麼吝嗇。

【吝惜】lìnxī ㄌㄧㄣˋ ㄒㄧ 過分愛惜，捨不得拿出(自己的東西或力量)：吝惜錢｜他幹活兒，不會吝惜自身的力氣。

淋 lìn ㄌㄧㄣˋ 濾：過淋｜淋鹽｜把這藥用紗布淋一下。
另見727頁 lín。

【淋病】lìnbìng ㄌㄧㄣˋ ㄅㄧㄥˋ 性病的一種，病原體是淋病雙球菌，主要發生在尿道和生殖系統。患者尿道發炎，排尿疼痛，尿中帶有膿血。

賃(赁) lìn ㄌㄧㄣˋ 租用：租賃｜出賃｜賃了一輛車｜這房子是早先賃的。

膦 lìn ㄌㄧㄣˋ 有機化合物的一類，由磷化氫的氫原子部分或全部被烴基取代而成的衍生物。

藺〔蔺〕(蔺) lìn ㄌㄧㄣˋ ❶見767頁〖馬藺〗。❷(Lìn)姓。

躪〔躏〕(躏) lìn ㄌㄧㄣˋ 見975頁〖蹂躪〗(róulìn)。

líng (ㄌㄧㄥˊ)

〇 líng ㄌㄧㄥˊ 數的空位(同'零')，多用於數字中：三〇六號｜一九九〇年。

令 líng ㄌㄧㄥˊ［令狐］(Línghú ㄌㄧㄥˊ ㄏㄨˊ)❶古地名，在今山西臨猗一帶。❷姓。
另見734頁 lǐng；735頁 lìng。

伶 líng ㄌㄧㄥˊ 舊時指戲曲演員：伶人｜名伶｜坤伶｜老伶工(年老有經驗的演員)。

【伶仃】língdīng ㄌㄧㄥˊ ㄉㄧㄥ ❶孤獨；沒有依靠：孤苦伶仃。❷瘦弱：瘦骨伶仃。‖也作零丁。

【伶俐】líng·lì ㄌㄧㄥˊ ·ㄌㄧˋ 聰明；靈活：口齒伶俐｜這孩子真伶俐。

【伶俜】língpīng ㄌㄧㄥˊ ㄆㄧㄥ〈書〉孤獨；孤單：伶俜獨居。

【伶牙俐齒】líng yá lì chǐ ㄌㄧㄥˊ ㄧㄚˊ ㄌㄧˋ ㄔˇ 形容口齒伶俐，能說會道。

苓〔苓〕 líng ㄌㄧㄥˊ 見351頁［茯苓］(fú-líng)。

囹 líng ㄌㄧㄥˊ 見下。

【囹圄】língyǔ ㄌㄧㄥˊ ㄩˇ〈書〉監獄：身陷囹圄。也作囹圉。

【囹圉】língyǔ ㄌㄧㄥˊ ㄩˇ 同'囹圄'。

泠 líng ㄌㄧㄥˊ ❶〈書〉清涼：泠風。❷(Líng)姓。

【泠泠】línglíng ㄌㄧㄥˊ ㄌㄧㄥˊ〈書〉❶形容清涼。❷形容聲音清越：泉水激石，泠泠作響。

【泠然】língrán ㄌㄧㄥˊ ㄖㄢˊ〈書〉形容聲音清越：鐘磬泠然。

玲 líng ㄌㄧㄥˊ 見下。

【玲玲】línglíng ㄌㄧㄥˊ ㄌㄧㄥˊ〈書〉象聲詞，形容玉碰擊的聲音：玲玲盈耳。

【玲瓏】línglóng ㄌㄧㄥˊ ㄌㄨㄥˊ ❶(東西)精巧細緻：小巧玲瓏。❷(人)靈活敏捷：嬌小玲瓏｜八面玲瓏。

【玲瓏剔透】línglóng tītòu ㄌㄧㄥˊ ㄌㄨㄥˊ ㄊㄧ ㄊㄡˋ ❶形容器物細緻，孔穴明晰，結構奇巧(多指鏤空的手工藝品和供玩賞的太湖石等)。❷形容人聰明伶俐。

柃 líng ㄌㄧㄥˊ［柃木］(língmù ㄌㄧㄥˊ ㄇㄨˋ)常綠灌木或小喬木，葉橢圓形或披針形，花小，白色，漿果球形。莖、葉、果實均入藥。

瓴〔瓴〕 líng ㄌㄧㄥˊ〈書〉盛水的瓶子。參看380頁〖高屋建瓴〗。

昤 líng ㄌㄧㄥˊ〈書〉白色。

凌1(淩) líng ㄌㄧㄥˊ ❶侵犯；欺侮：欺凌｜凌辱｜盛氣凌人。❷逼近：凌晨。❸升高；在空中：凌空｜凌雲｜凌霄。❹(Líng)姓。

凌2 líng ㄌㄧㄥˊ〈方〉冰(多指塊狀或錐狀的)：冰凌｜凌錐。

【凌晨】língchén ㄌㄧㄥˊ ㄔㄣˊ 天快亮的時候。

【凌遲】língchí ㄌㄧㄥˊ ㄔˊ 古代的一種殘酷死刑，先分割犯人的肢體，然後割斷咽喉。也作陵遲。

【凌澤】língduó ㄌㄧㄥˊ ㄉㄨㄛˊ〈方〉冰錐。

【凌駕】língjià ㄌㄧㄥˊ ㄐㄧㄚˋ 高出(別人)；壓倒(別的事物)：不能把自己凌駕於群眾之上｜救人的念頭凌駕一切，他轉身向大火衝去。

【凌空】língkōng ㄌㄧㄥˊ ㄎㄨㄥ 高高地在天空中或高升到天空中：高閣凌空｜雪花凌空飛舞｜飛機凌空而過。

【凌厲】línglì ㄌㄧㄥˊ ㄌㄧˋ 形容迅速而氣勢猛烈：朔風凌厲｜凌厲的攻勢。

【凌轢】línglì ㄌㄧㄥˊ ㄌㄧˋ〈書〉❶欺壓。❷排擠：凌轢同人。‖也作陵轢。

【凌亂】língluàn ㄌㄧㄥˊ ㄌㄨㄢˋ 不整齊；沒有秩序：凌亂不堪｜樓上傳來凌亂的腳步聲。也作零亂。

【凌虐】língnüè ㄌㄧㄥˊ ㄋㄩㄝˋ〈書〉欺侮；虐待：凌虐百姓｜備受凌虐。

【凌辱】língrǔ ㄌㄧㄥˊ ㄖㄨˇ 欺侮；侮辱：凌辱弱小｜受盡凌辱。

【凌侮】língwǔ ㄌㄧㄥˊ ㄨˇ 欺侮；侮辱。

【凌霄花】língxiāohuā ㄌㄧㄥˊ ㄒㄧㄠ ㄏㄨㄚ 落葉藤本植物，攀援莖，羽狀複葉，小葉卵形，邊緣有鋸齒，花鮮紅色，花冠漏斗形，結蒴果。花、莖、葉都可入藥。也叫鬼目、紫葳。

【凌汛】língxùn ㄌㄧㄥˊ ㄒㄩㄣˋ 江河上游冰雪融化，下游還沒有解凍而造成的洪水。

【凌夷】língyí ㄌㄧㄥˊ ㄧˊ 〈書〉衰敗；走下坡路：風俗凌夷｜國勢凌夷。也作陵夷。

【凌雲】língyún ㄌㄧㄥˊ ㄩㄣˊ 直上雲霄：高聳凌雲｜凌雲壯志。

【凌雜】língzá ㄌㄧㄥˊ ㄗㄚˊ 錯雜凌亂。

【凌錐】língzhuī ㄌㄧㄥˊ ㄓㄨㄟ 〈方〉冰錐：屋檐上挂着一尺來長的凌錐。

聆 líng ㄌㄧㄥˊ 〈書〉聽：聆聽｜聆教（聽取教誨）。

【聆取】língqǔ ㄌㄧㄥˊ ㄑㄩˇ 〈書〉聽取：聆取各方意見。

【聆聽】língtīng ㄌㄧㄥˊ ㄊㄧㄥ 〈書〉聽：凝神聆聽｜聆聽教誨。

菱〔蔆〕 líng ㄌㄧㄥˊ ❶一年生草本植物，生在池沼中，根生在泥裏，葉子浮在水面，略呈三角形，邊緣略有鋸齒，花白色。果實的硬殼有角，綠色或褐色，果肉可以吃。❷這種植物的果實。‖通稱菱角。

【菱角】líng·jiao ㄌㄧㄥˊ ·ㄐㄧㄠ 菱的通稱。

【菱形】língxíng ㄌㄧㄥˊ ㄒㄧㄥˊ 鄰邊相等的平行四邊形。

菱形

蛉 líng ㄌㄧㄥˊ 見22頁〖白蛉〗、810頁〖螟蛉〗。

笭 líng ㄌㄧㄥˊ［笭箵］(língxīng ㄌㄧㄥˊ ㄒㄧㄥ)〈書〉打魚時用的竹子編的盛器。

舲 líng ㄌㄧㄥˊ 〈書〉❶有窗戶的船：舲船。❷小船。

翎 líng ㄌㄧㄥˊ ❶（翎兒）鳥的翅膀或尾巴上的長而硬的羽毛，有的顏色很美麗，可以做裝飾品：雁翎｜雞翎兒｜孔雀翎｜鵝翎扇。❷翎子①：花翎。

【翎毛】língmáo ㄌㄧㄥˊ ㄇㄠˊ ❶羽毛。❷指以鳥類為題材的中國畫。

【翎子】líng·zi ㄌㄧㄥˊ ·ㄗ ❶清代官吏禮帽上裝飾的表示品級的翎毛。❷戲曲中武將帽子上所插的雉尾。

羚 líng ㄌㄧㄥˊ ❶羚羊。❷指羚羊角。

【羚牛】língniú ㄌㄧㄥˊ ㄋㄧㄡˊ 哺乳動物，像水牛，雌雄都有黑色的短角，肩部比臀部高，尾巴短，毛棕黃色或褐色。生活在高山上，吃青草、樹枝、竹筍等。也叫扭角羚、牛羚。

【羚羊】língyáng ㄌㄧㄥˊ ㄧㄤˊ 哺乳動物的一類，形狀和山羊相似，一般指新疆出產的賽加羚羊，雌雄都有角，毛灰黃色，面部有棕灰色條紋，四肢細長，跑得快，耐乾渴。角白色或黃白色，略呈弓形，下段中空，可入藥。也叫羚。

陵 líng ㄌㄧㄥˊ ❶丘陵：陵谷變遷（比喻世事發生極大的變遷）。❷陵墓：中山陵｜十三陵｜謁陵。❸〈書〉欺侮；侵犯：陵壓。

【陵遲】língchí ㄌㄧㄥˊ ㄔˊ ❶〈書〉衰落。❷同'凌遲'。

【陵轢】línglì ㄌㄧㄥˊ ㄌㄧˋ 同'凌轢'。

【陵墓】língmù ㄌㄧㄥˊ ㄇㄨˋ 領袖或革命烈士的墳墓；帝王或諸侯的墳墓。

【陵寢】língqǐn ㄌㄧㄥˊ ㄑㄧㄣˇ 〈書〉帝王的墳墓及墓地的宮殿建築。

【陵替】língtì ㄌㄧㄥˊ ㄊㄧˋ 〈書〉❶綱紀廢弛。❷衰落：家道陵替。

【陵夷】língyí ㄌㄧㄥˊ ㄧˊ 同'凌夷'。

【陵園】língyuán ㄌㄧㄥˊ ㄩㄢˊ 以陵墓為主的園林：烈士陵園。

棱（稜） líng ㄌㄧㄥˊ 穆棱（Mùlíng ㄇㄨˋ ㄌㄧㄥˊ），地名，在黑龍江。

另見697頁 lēng；697頁 léng。

裬 líng ㄌㄧㄥˊ 〈書〉福。

零[1] líng ㄌㄧㄥˊ ❶零碎；小數目的（跟'整'相對）：零用｜零售｜化整為零。❷（零兒）零頭；零數：挂零兒｜年紀已經八十有零。❸放在兩個數量中間，表示單位較高的量之下附有單位較低的量：一年零三天｜八元零二分。❹數的空位，在數碼中多作'〇'：三零一號｜二零零零年。❺表示沒有數量：一減一等於零◇這種藥的效力等於零。❻溫度計上的零度：零上五度｜零下十度。❼（Líng）姓。

零[2] líng ㄌㄧㄥˊ ❶（草木花葉）枯萎而落下：零落｜凋零。〈書〉（雨、淚等）落下：涕零。

【零打碎敲】líng dǎ suì qiāo ㄌㄧㄥˊ ㄉㄚˇ ㄙㄨㄟˋ ㄑㄧㄠ 零敲碎打。

【零蛋】língdàn ㄌㄧㄥˊ ㄉㄢˋ 表示沒有數量，由於阿拉伯數字的'0'略呈蛋形，所以叫零蛋（含詼諧意）：考試得了個零蛋。

【零擔】língdàn ㄌㄧㄥˊ ㄉㄢˋ 託運的貨物不需要一輛貨車運送的叫零擔：零擔貨物｜零擔運輸。

【零點】língdiǎn ㄌㄧㄥˊ ㄉㄧㄢˇ 夜裏十二點鐘：零點十分。

【零丁】língdīng ㄌㄧㄥˊ ㄉㄧㄥ 同'伶仃'（língdīng）。

【零工】línggōng ㄌㄧㄥˊ ㄍㄨㄥ ❶短工：打零

工。❷做零工的人：雇零工。

【零花】línghuā ㄌㄧㄥˊ ㄏㄨㄚ ❶零碎地花(錢)：這點兒錢，你留着零花吧！❷(零花兒)零碎用的錢：媽媽給他五塊錢做零花兒。

【零活兒】línghuór ㄌㄧㄥˊ ㄏㄨㄛㄦˊ 零碎的工作或家務事：重活兒他幹不了，做點零活兒還行。

【零件】língjiàn ㄌㄧㄥˊ ㄐㄧㄢˋ 可以用來裝配成機器、工具等的單個製件。

【零亂】língluàn ㄌㄧㄥˊ ㄌㄨㄢˋ 同'凌亂'。

【零落】língluò ㄌㄧㄥˊ ㄌㄨㄛˋ ❶(花葉)脱落：草木零落。❷(事物)衰敗：家境零落｜一片淒涼零落的景象。❸稀疏不集中：零落的槍聲此起彼伏｜村莊零零落落地散佈在河邊。

【零七八碎】língqībāsuì ㄌㄧㄥˊ ㄑㄧ ㄅㄚ ㄙㄨㄟˋ ❶(零七八碎的)零碎而雜亂：零七八碎的東西放滿了一屋子｜被零七八碎的事兒纏住了，走不開。❷(零七八碎兒)零散沒系統的事情或沒有大用的東西：整天忙些個零七八碎兒｜桌上放着好些他喜歡的零七八碎兒。

【零錢】língqián ㄌㄧㄥˊ ㄑㄧㄢˊ ❶幣值小的錢，如角、分。❷零花的錢：我不抽烟，也不喝酒，一個月花不了多少零錢。❸僕人、茶房等正式工資以外的零碎收入。

【零敲碎打】líng qiāo suì dǎ ㄌㄧㄥˊ ㄑㄧㄠ ㄙㄨㄟˋ ㄉㄚˇ 指以零零碎碎、斷斷續續的方式進行或處理。也説零打碎敲。

【零散】líng·sǎn ㄌㄧㄥˊ ·ㄙㄢˇ 分散；不集中：把零散的材料歸併在一起｜桌子上零散地放着幾本書｜二十多戶人家零零散散地分佈在幾個山溝裏。

【零聲母】língshēngmǔ ㄌㄧㄥˊ ㄕㄥ ㄇㄨˇ 指以 a、e、o、i、u、ü 等元音起頭的字音的聲母，如'愛'(ài)、'鵝'(é)、'藕'(ǒu)、'烟'(iān)、'彎'(uān)、'淵'(üān)等。參看1028頁〖聲母〗。

【零食】língshí ㄌㄧㄥˊ ㄕˊ 正常飯食以外的零星食品：不吃零食是好習慣。

【零售】língshòu ㄌㄧㄥˊ ㄕㄡˋ 把商品不成批地賣給消費者：零售店｜零售價格｜本店只零售，不批發。

【零數】língshù ㄌㄧㄥˊ ㄕㄨˋ (零數兒)以某位數為標準，不足整數的尾數，比如一千八百三十，以百位數為標準，三十是零數。

【零碎】língsuì ㄌㄧㄥˊ ㄙㄨㄟˋ ❶細碎；瑣碎：零碎活兒｜零碎東西｜這些材料零零碎碎的，用處不大。❷(零碎兒)零碎的事物：他正在拾掇零碎兒。

【零頭】língtóu ㄌㄧㄥˊ ㄊㄡˊ (零頭兒)❶不夠一定單位(如計算單位、包裝單位等)的零碎數量：整五元，沒有零頭兒｜裝了六盒，還剩下這點兒零頭兒。❷材料使用後剩下的零碎部分：沒有整料，都是零頭兒。

【零星】língxīng ㄌㄧㄥˊ ㄒㄧㄥ ❶零碎的；少量的(不用做謂語)：零星材料｜零星土地｜我零零星星地聽到一些消息。❷零散(不用做謂語)：零星的槍聲｜下着零零星星的小雨｜草叢間零零星星地點綴着一些小花。

【零訊】língxùn ㄌㄧㄥˊ ㄒㄩㄣˋ 零星的消息(多用做報刊專欄的名稱)。

【零用】língyòng ㄌㄧㄥˊ ㄩㄥˋ ❶零碎地花(錢)；零碎地使用：一百塊錢交伙食費，五十塊錢零用。❷零碎用的錢：如果缺零用，就來我這裏拿吧。

【零嘴】língzuǐ ㄌㄧㄥˊ ㄗㄨㄟˇ 〈方〉(零嘴兒)零食：吃零嘴。

鈴(铃) líng ㄌㄧㄥˊ ❶(鈴兒)用金屬製成的響器，最常見的是球形而下開一條口，裏面放金屬丸；也有鐘形而裏面懸着金屬小錘的，振動時相擊發聲。此外有電鈴、車鈴等，形式不一。❷形狀像鈴的東西：啞鈴｜杠鈴｜棉鈴。❸蕾鈴：落鈴｜結鈴。

【鈴鐺】líng·dang ㄌㄧㄥˊ ·ㄉㄤ 指晃盪而發聲的鈴，球形或扁圓形而下部或中部開一條口，裏面放金屬丸或小石子，式樣大小不一，有騾馬帶的、兒童玩的或做服飾的。

【鈴鐸】língduó ㄌㄧㄥˊ ㄉㄨㄛˊ 挂在宮殿、樓閣等檐下的鈴。

綾(绫) líng ㄌㄧㄥˊ 綾子：紅綾｜綾羅綢緞。

【綾子】líng·zi ㄌㄧㄥˊ ·ㄗ 像緞子而比緞子薄的絲織品。

鴒(鸰) líng ㄌㄧㄥˊ 見541頁〔鶺鴒〕(jílíng)。

鯪(鲮) líng ㄌㄧㄥˊ 魚，體側扁，頭短，口小，背部青灰色，腹部銀白色。生活在淡水中，不耐低溫，是珠江流域等地區的重要經濟魚類。也叫土鯪魚。

酃 Líng ㄌㄧㄥˊ 酃縣，地名，在湖南。

齡(龄) líng ㄌㄧㄥˊ ❶歲數：年齡｜學齡｜高齡。❷泛指年數：工齡｜黨齡｜軍齡｜艦齡｜爐齡。❸某些生物體發育過程中不同的階段。如昆蟲的幼蟲第一次蜕皮前叫一齡蟲；水稻長到七個葉叫七葉齡。

醽 líng ㄌㄧㄥˊ 〔醽醁〕(línglù ㄌㄧㄥˊ ㄌㄨˋ)〈書〉美酒名。

靈(灵、靇) líng ㄌㄧㄥˊ ❶靈活；靈巧：靈敏｜靈機｜靈便｜心靈手巧｜機件失靈｜資金周轉不靈。❷精神；靈魂：心靈｜英靈。❸神仙或關於神仙的：神靈｜靈怪。❹靈驗：靈藥｜這個法子很靈。❺靈柩或關於死人的：守靈｜移靈｜停靈｜靈位｜靈前擺滿了花圈。

【靈便】líng·bian ㄌㄧㄥˊ ·ㄅㄧㄢ ❶(四肢、五官)靈活；靈敏：手腳靈便｜我耳朵不靈便，你説話大聲點。❷(工具等)輕巧，使用方便：這把鉗子使着真靈便。

【靈車】língchē ㄌㄧㄥˊ ㄔㄜ 運送靈柩或骨灰盒的車。

【靈櫬】língchèn ㄌㄧㄥˊ ㄔㄣˋ 〈書〉靈柩。

【靈牀】língchuáng ㄌㄧㄥˊ ㄔㄨㄤˊ ❶停放屍體的牀鋪。❷為死者虛設的牀鋪。

【靈丹妙藥】líng dān miào yào ㄌㄧㄥˊ ㄉㄢ ㄇㄧㄠˋ ㄧㄠˋ 靈驗有效的奇藥。迷信的人認為這種藥能治百病。比喻能解決一切問題的辦法。也說靈丹聖藥。

【靈幡】língfān ㄌㄧㄥˊ ㄈㄢ (靈幡兒)舊俗出殯時孝子打的幡兒。

【靈符】língfú ㄌㄧㄥˊ ㄈㄨˊ 神靈的符篆(迷信)。

【靈府】língfǔ ㄌㄧㄥˊ ㄈㄨˇ 〈書〉指思維器官。

【靈感】línggǎn ㄌㄧㄥˊ ㄍㄢˇ 在文學、藝術、科學、技術等活動中，由於艱苦學習，長期實踐，不斷積累經驗和知識而突然產生的富有創造性的思路。

【靈怪】língguài ㄌㄧㄥˊ ㄍㄨㄞˋ ❶傳說中的神靈和妖怪：靈怪故事。❷〈書〉神奇怪異。

【靈光】língguāng ㄌㄧㄥˊ ㄍㄨㄤ ❶舊時指神異的光輝。❷指畫在神像頭部四周的光輝。❸〈方〉好；效果好。

【靈慧】línghuì ㄌㄧㄥˊ ㄏㄨㄟˋ 靈敏聰慧：賦性靈慧。

【靈魂】línghún ㄌㄧㄥˊ ㄏㄨㄣˊ ❶迷信的人認為附在人的軀體上作為主宰的一種非物質的東西，靈魂離開軀體後人即死亡。❷心靈；思想：純潔的靈魂｜靈魂深處。❸人格；良心：出賣靈魂。❹比喻起指導和決定作用的因素。

【靈活】línghuó ㄌㄧㄥˊ ㄏㄨㄛˊ ❶敏捷；不呆板：手腳靈活｜腦筋靈活。❷善於隨機應變；不拘泥：靈活性｜靈活運用｜靈活調配人力物力。

【靈機】língjī ㄌㄧㄥˊ ㄐㄧ 靈巧的心思：靈機一動，想出個主意來。

【靈境】língjìng ㄌㄧㄥˊ ㄐㄧㄥˋ 〈書〉仙境：仙山靈境｜靈境縹緲。

【靈柩】língjiù ㄌㄧㄥˊ ㄐㄧㄡˋ 死者已經入殮的棺材。

【靈貓】língmāo ㄌㄧㄥˊ ㄇㄠ 哺乳動物，嘴尖，耳朵窄，毛灰黃色，有黑褐色斑紋。肛門下部有分泌腺，能發香味。吃野果和小動物。產在我國浙江、福建、廣東等省及東南亞各國。

【靈妙】língmiào ㄌㄧㄥˊ ㄇㄧㄠˋ 神妙；巧妙：壁畫中人物形象的勾勒自然靈妙，獨具一格。

【靈敏】língmǐn ㄌㄧㄥˊ ㄇㄧㄣˇ 反應快；能對極其微弱的刺激迅速反應：動作靈敏｜軍犬的嗅覺特別靈敏。

【靈敏度】língmǐndù ㄌㄧㄥˊ ㄇㄧㄣˇ ㄉㄨˋ ❶無綫電接收機接收信號的能力，是測定接收機質量的一個標準。❷某些儀表的精確程度，例如極微弱的電流要用靈敏度高的電流計才能量出。

【靈牌】língpái ㄌㄧㄥˊ ㄆㄞˊ 靈位。

【靈氣】língqì ㄌㄧㄥˊ ㄑㄧˋ ❶機靈勁兒；悟性：兩眼透着靈氣｜她很有靈氣，一定能成為出色的服裝設計師。❷神話傳說中的超自然的力量；神奇的能力。

【靈巧】língqiǎo ㄌㄧㄥˊ ㄑㄧㄠˇ 靈活而巧妙：心思靈巧｜他的手挺靈巧，能做各種精緻的小玩意兒。

【靈寢】língqǐn ㄌㄧㄥˊ ㄑㄧㄣˇ 停放靈柩的地方。

【靈台】língtái ㄌㄧㄥˊ ㄊㄞˊ ❶停靈柩、放骨灰盒或設置死者遺像、靈位的台：靈台左右排列着花圈。❷〈書〉心靈。

【靈堂】língtáng ㄌㄧㄥˊ ㄊㄤˊ 停靈柩、放骨灰盒或設置死者遺像、靈位供人弔唁的屋子(一般是正房)或大廳。

【靈通】língtōng ㄌㄧㄥˊ ㄊㄨㄥ ❶(消息)來得快；來源廣：他消息特別靈通。❷〈方〉行；頂用：這玩意兒真靈通。❸〈方〉靈活：心眼兒靈通。

【靈童】língtóng ㄌㄧㄥˊ ㄊㄨㄥˊ 藏傳佛教活佛圓寂後，寺院上層通過占卜等儀式，從活佛圓寂時出生的若干嬰兒中選定的活佛的繼承人。

【靈透】líng·tou ㄌㄧㄥˊ ·ㄊㄡ 〈方〉聰明；機敏：心眼兒靈透｜好一個靈透孩子。

【靈位】língwèi ㄌㄧㄥˊ ㄨㄟˋ 人死後暫時設的木牌，上面寫着死者的名字，用做供奉對象。

【靈犀】língxī ㄌㄧㄥˊ ㄒㄧ 古代傳說，犀牛角有白紋，感應靈敏，所以稱犀牛角為'靈犀'。現在用唐代李商隱詩句'心有靈犀一點通'，比喻心領神會，感情共鳴。

【靈性】língxìng ㄌㄧㄥˊ ㄒㄧㄥˋ ❶智慧；聰明才智：他具有當導演的靈性。❷指動物經過人的馴養、訓練而具有的智慧：那匹馬很有靈性，知道主人受了傷，就馱着他往回跑。

【靈秀】língxiù ㄌㄧㄥˊ ㄒㄧㄡˋ 靈巧秀麗：聰慧靈秀｜模樣靈秀的姑娘。

【靈驗】língyàn ㄌㄧㄥˊ ㄧㄢˋ ❶(辦法、藥物等)有奇效：藥到病除，非常靈驗。❷(預言)能夠應驗：氣象台的天氣預報果然靈驗，今天是個大晴天。

【靈異】língyì ㄌㄧㄥˊ ㄧˋ ❶指神怪。❷神奇；奇異：靈異的岩洞｜山水靈異。

【靈長目】língzhǎngmù ㄌㄧㄥˊ ㄓㄤˇ ㄇㄨˋ 哺乳動物的一目，猴、類人猿屬於這一目，是最高等的哺乳動物，大腦較發達，面部短，鎖骨發育良好，四肢都有五趾，便於握物。

【靈芝】língzhī ㄌㄧㄥˊ ㄓ 蕈的一種，菌蓋腎臟形，赤褐色或暗紫色，有環紋，並有光澤。可入藥，有滋補作用。我國古代用來象徵祥瑞。

欞(棂、櫺)

líng ㄌㄧㄥˊ 舊式窗戶的窗格子：窗欞。

lǐng (ㄌㄧㄥˇ)

令 lǐng ㄌㄧㄥˇ 量詞，原張的紙五百張為一令：五令白報紙。[英 ream] 另見730頁 líng；735頁 lìng。

領(领) lǐng ㄌㄧㄥˇ ❶頸；脖子：領巾｜引領而望。❷(領兒)領子：衣領｜翻領兒。❸(領兒)領口①：圓領兒｜尖領兒｜和尚領兒。❹大綱；要點：要領｜提綱挈領。❺量詞。a)〈書〉長袍或上衣一件叫一領。b)蓆一張叫一領。❻帶；引：率領｜領導｜領隊｜把客人領到餐廳去。❼領有；領有的：佔領｜領土｜領海｜領空。❽領取：招領｜領工資｜領材料。❾接受：領教｜領情｜心領。❿了解(意思)：領略｜領會｜領悟。

【領班】lǐngbān ㄌㄧㄥˇ ㄅㄢ ❶廠礦企業裏領導一班人工作。❷領班的人。

【領唱】lǐngchàng ㄌㄧㄥˇ ㄔㄤˋ ❶合唱時，由一個或幾個人帶頭唱(有時由幾個人輪流獨唱)。❷領唱的人。

【領帶】lǐngdài ㄌㄧㄥˇ ㄉㄞˋ 穿西服時，繫(jì)在襯衫領子上而懸在胸前的帶子。

【領導】lǐngdǎo ㄌㄧㄥˇ ㄉㄠˇ ❶率領並引導朝一定方向前進：集體領導｜領導人民由一個勝利走向另一個勝利。❷擔任領導的人；領導者：領導和群眾相結合。

【領道】lǐng∥dào ㄌㄧㄥˇ∥ㄉㄠˋ (領道兒)帶路：你給我們領個道兒吧｜路不熟，找個人領道兒。

【領地】lǐngdì ㄌㄧㄥˇ ㄉㄧˋ ❶奴隸社會、封建社會中領主所佔有的土地。❷領土。

【領隊】lǐngduì ㄌㄧㄥˇ ㄉㄨㄟˋ ❶率領隊伍：老張領隊參加比賽｜領隊的一架敵機首先被擊中。❷率領隊伍的人。

【領港】lǐnggǎng ㄌㄧㄥˇ ㄍㄤˇ ❶引導船舶進出港口。❷擔任領港工作的人。‖也叫引港。

【領鈎】lǐnggōu ㄌㄧㄥˇ ㄍㄡ (領鈎兒)扣住衣領的金屬鈎，包括鈎兒和環兩部分，分別釘在領口上：一副領鈎。

【領海】lǐnghǎi ㄌㄧㄥˇ ㄏㄞˇ 距離一國海岸綫一定寬度的海域，是該國領土的組成部分。

【領航】lǐngháng ㄌㄧㄥˇ ㄏㄤˊ ❶引導船舶或飛機航行。❷擔任領航工作的人。也叫領航員。

【領花】lǐnghuā ㄌㄧㄥˇ ㄏㄨㄚ ❶領結。❷軍人、警察等戴在制服領子上表示軍種、專業等的標誌。

【領會】lǐnghuì ㄌㄧㄥˇ ㄏㄨㄟˋ 領略事物而有所體會：認真領會文件的精神｜你把他的意思領會錯了。

【領江】lǐngjiāng ㄌㄧㄥˇ ㄐㄧㄤ ❶在江河上引導船舶航行。❷擔任領江工作的人。

【領教】lǐngjiào ㄌㄧㄥˇ ㄐㄧㄠˋ ❶接受人的教益或欣賞人的表演時說的客氣話：老先生說得很對，領教領教。｜請你彈一個曲子，讓我們領教一下！❷請教：有點兒小事向您領教。

【領結】lǐngjié ㄌㄧㄥˇ ㄐㄧㄝˊ 穿西服時，繫(jì)在襯衫領子前的橫結。

【領巾】lǐngjīn ㄌㄧㄥˇ ㄐㄧㄣ 繫(jì)在脖子上的三角形的紡織品：紅領巾。

【領空】lǐngkōng ㄌㄧㄥˇ ㄎㄨㄥ 一個國家的陸地、領水和領海上的整個空間，是該國領土的組成部分。

【領口】lǐngkǒu ㄌㄧㄥˇ ㄎㄡˇ ❶衣服上兩肩之間套住脖子的孔及其邊緣：這件毛衣領口太小。❷領子兩頭相合的地方：領口上別着一個寶石別針。

【領陸】lǐnglù ㄌㄧㄥˇ ㄌㄨˋ 構成領土的陸地，包括邊界以內的大陸部分和島嶼的陸地。

【領路】lǐng∥lù ㄌㄧㄥˇ∥ㄌㄨˋ 帶路：他在前面領路｜這地方你熟悉嗎？別領錯了路。

【領略】lǐnglüè ㄌㄧㄥˇ ㄌㄩㄝˋ 了解事物的情況，進而認識它的意義，或者辨別它的滋味：領略江南風味。

【領情】lǐng∥qíng ㄌㄧㄥˇ∥ㄑㄧㄥˊ 接受禮物或好意而心懷感激：同志們的好意，我十分領情｜我領這個情，但東西不能收。

【領取】lǐngqǔ ㄌㄧㄥˇ ㄑㄩˇ 取發給的東西：領取工資。

【領事】lǐngshì ㄌㄧㄥˇ ㄕˋ 由一國政府派駐外國某一城市或地區的外交官員，主要任務是保護本國和它的僑民在該領事區內的法律權利和經濟利益，管理僑民事務等。

【領事館】lǐngshìguǎn ㄌㄧㄥˇ ㄕˋ ㄍㄨㄢˇ 一國政府駐在他國城市或某地區的領事代表機關。

【領事裁判權】lǐngshì cáipànquán ㄌㄧㄥˇ ㄕˋ ㄘㄞˊ ㄆㄢˋ ㄑㄩㄢˊ 帝國主義國家通過不平等條約，在半殖民地或附屬國攫取的一種特權，即它的僑民在當地的民刑事訴訟，所在國法庭無權審理，而由它派駐當地的領事依照本國法律審判。

【領受】lǐngshòu ㄌㄧㄥˇ ㄕㄡˋ 接受(多指接受好意)：領受任務｜這些禮物，我不能領受｜他懷着激動的心情領受了同志們的慰問。

【領屬】lǐngshǔ ㄌㄧㄥˇ ㄕㄨˇ 彼此之間一方領有或具有而另一方隸屬或從屬：領屬關係。

【領水】lǐngshuǐ ㄌㄧㄥˇ ㄕㄨㄟˇ ❶分佈在一個國家領土內的河流、湖泊、運河、港口、海灣等。❷領海。❸〈方〉擔任引航工作的人。

【領頭】lǐng∥tóu ㄌㄧㄥˇ∥ㄊㄡˊ (領頭兒)帶頭：他領頭幹了起來｜我領個頭兒，大家跟着一起唱。

【領土】lǐngtǔ ㄌㄧㄥˇ ㄊㄨˇ 在一國主權管轄下的區域，包括領陸、領水、領海和領空。

【領舞】lǐngwǔ ㄌㄧㄥˇ ㄨˇ ❶群舞的時候，由一個或幾個人領頭舞蹈。❷擔任領舞的人。

【領悟】lǐngwù ㄌㄧㄥˇ ㄨˋ 領會；理解：我說的那些話，他好像還未領悟過來。
【領洗】lǐng∥xǐ ㄌㄧㄥˇ∥ㄒㄧˇ 領受洗禮，成為基督教徒。
【領先】lǐng∥xiān ㄌㄧㄥˇ∥ㄒㄧㄢ ❶共同前進時走在最前面：他邁開大步，領先登上了山頂。❷比喻水平、成績等處於最前列：這個縣的糧食產量處於全國領先地位｜上半場二比一，北京足球隊領先。
【領銜】lǐngxián ㄌㄧㄥˇ ㄒㄧㄢˊ 在共同署名的文件上署名在最前面◇這部影片由一位新星領銜主演。
【領袖】lǐngxiù ㄌㄧㄥˇ ㄒㄧㄡˋ 國家、政治團體、群眾組織等的領導人。
【領養】lǐngyǎng ㄌㄧㄥˇ ㄧㄤˇ 把別人家的孩子領來撫養，當做自己的子女。
【領有】lǐngyǒu ㄌㄧㄥˇ ㄧㄡˇ 擁有(人口)或佔有(土地)。
【領域】lǐngyù ㄌㄧㄥˇ ㄩˋ ❶一個國家行使主權的區域。❷學術思想或社會活動的範圍：思想領域｜生活領域｜在自然科學領域內，數學是最重要的基礎。
【領章】lǐngzhāng ㄌㄧㄥˇ ㄓㄤ 軍人或某些部門的工作人員佩帶在制服的領子上的標誌。
【領主】lǐngzhǔ ㄌㄧㄥˇ ㄓㄨˇ 奴隸社會和封建社會中受封在一個區域裏掌握權力的人。在經濟上是土地所有者，在政治上是統治者。
【領子】lǐng·zi ㄌㄧㄥˇ·ㄗ 衣服上圍繞脖子的部分。
【領奏】lǐngzòu ㄌㄧㄥˇ ㄗㄡˋ ❶合奏的時候，由一個或幾個人領頭演奏：領奏樂器｜領奏一曲。❷擔任領奏的人。
【領罪】lǐngzuì ㄌㄧㄥˇ ㄗㄨㄟˋ 承認自己的罪過：甘願領罪。

嶺(岭) lǐng ㄌㄧㄥˇ ❶頂上有路可通行的山：一道嶺｜崇山峻嶺｜翻山越嶺。❷高大的山脈：南嶺｜秦嶺｜大興安嶺。❸專指大庾嶺等五嶺：嶺南。
【嶺南】lǐngnán ㄌㄧㄥˇ ㄋㄢˊ 指五嶺以南的地區，就是廣東、廣西一帶。

lìng (ㄌㄧㄥˋ)

另 lìng ㄌㄧㄥˋ 另外：另選｜另議｜另有任務｜另一回事｜另紙抄寄｜走了另一條路。
【另案】lìng'àn ㄌㄧㄥˋ ㄢˋ 另外的案件：同案犯已作另案處理。
【另冊】lìngcè ㄌㄧㄥˋ ㄘㄜˋ 舊時戶口冊的一種，統治者把盜匪、壞人的戶口登記在上面(跟'正冊'相對)。
【另起爐灶】lìng qǐ lú zào ㄌㄧㄥˋ ㄑㄧˇ ㄌㄨˊ ㄗㄠˋ ❶比喻重新做起：這次試驗失敗了，咱們另起爐灶。❷比喻另立門戶或另搞一套：這個分廠計劃脫離總廠，另起爐灶。
【另外】lìngwài ㄌㄧㄥˋ ㄨㄞˋ 在說過的之外；此外：我還要跟你談另外一件事情｜他家新買了一台拖拉機，另外還買了脫粒機。
【另行】lìngxíng ㄌㄧㄥˋ ㄒㄧㄥˊ 另外進行(某種活動)：另行通知｜另行規定。
【另眼相看】lìng yǎn xiāng kàn ㄌㄧㄥˋ ㄧㄢˇ ㄒㄧㄤ ㄎㄢˋ 用另一種眼光看待，多指看待某個人(或某種人)不同於一般。

令1 lìng ㄌㄧㄥˋ ❶命令①：令各校切實執行。❷命令②：法令｜指令｜軍令｜口令。❸使：令人興奮｜令人肅然起敬。❹酒令：猜拳行令。❺古代官名：縣令｜太史令。

令2 lìng ㄌㄧㄥˋ 時節：時令｜夏令｜冬令｜當令。

令3 lìng ㄌㄧㄥˋ ❶〈書〉美好：令德｜令名｜令聞。❷敬辭，用於對方的親屬或有關係的人：令尊｜令兄｜令侄｜令親。

令4 lìng ㄌㄧㄥˋ 小令(多用於詞調、曲調名)：如夢令｜叨叨令。

另見730頁 líng；734頁 lǐng。

【令愛】lìng'ài ㄌㄧㄥˋ ㄞˋ 敬辭，稱對方的女兒。也作令嬡。
【令嬡】lìng'ài ㄌㄧㄥˋ ㄞˋ 同'令愛'。
【令出法隨】lìng chū fǎ suí ㄌㄧㄥˋ ㄔㄨ ㄈㄚˇ ㄙㄨㄟˊ 法令發佈了就要執行，違犯了法令就要依法懲處。
【令箭】lìngjiàn ㄌㄧㄥˋ ㄐㄧㄢˋ 古代軍隊中發佈命令時用做憑據的東西，形狀像箭。
【令郎】lìngláng ㄌㄧㄥˋ ㄌㄤˊ 敬辭，稱對方的兒子。
【令名】lìngmíng ㄌㄧㄥˋ ㄇㄧㄥˊ 〈書〉美名；好名聲。
【令親】lìng qīn ㄌㄧㄥˋ ㄑㄧㄣ 敬辭，稱對方的親戚。
【令堂】lìngtáng ㄌㄧㄥˋ ㄊㄤˊ 敬辭，稱對方的母親。
【令聞】lìngwén ㄌㄧㄥˋ ㄨㄣˊ 〈書〉美好的名聲。
【令行禁止】lìng xíng jìn zhǐ ㄌㄧㄥˋ ㄒㄧㄥˊ ㄐㄧㄣˋ ㄓˇ 有令必行，有禁必止，形容嚴格執行法令。
【令尊】lìngzūn ㄌㄧㄥˋ ㄗㄨㄣ 敬辭，稱對方的父親。

呤 lìng ㄌㄧㄥˋ 見883頁〖嘌呤〗(piàolìng)。

liū (ㄌㄧㄡ)

溜1 liū ㄌㄧㄡ ❶滑行；(往下)滑：溜冰｜從山坡上溜下來。❷偷偷地走開：一說打牌，他就溜了。❸光滑；平滑：溜光｜滑溜。❹〈方〉看：溜一眼心裏就有了數。❺順着；

沿：溜邊｜溜牆根兒走。❻〈方〉很；非常：溜直｜溜薄｜溜齊｜溜淨。

溜2 liū ㄌㄧㄡ 同'熘'。
另見741頁 liù。

【溜邊】liūbiān ㄌㄧㄡ ㄅㄧㄢ (溜邊兒) ❶靠着邊。❷比喻遇事躲在一旁，不參與：他一向怕事，碰到矛盾就溜邊了。

【溜冰】liū//bīng ㄌㄧㄡ//ㄅㄧㄥ ❶滑冰。❷〈方〉穿着帶四個小輪子的鞋在光滑堅硬的地面上溜；滑旱冰。

【溜槽】liūcáo ㄌㄧㄡ ㄘㄠˊ 從高處向低處運送東西用的槽，多用竹木製成，也有在陡坡上挖成的。槽的內表面光滑，東西放在槽中會自己往下溜。

【溜達】liū·da ㄌㄧㄡ ·ㄉㄚ 散步；閑走：吃過晚飯，到街上溜達溜達。也作蹓躂。

【溜光】liūguāng ㄌㄧㄡ ㄍㄨㄤ ❶〈方〉很光滑：頭髮梳得溜光｜溜光的鵝卵石。❷一點兒不剩：山上的樹砍得溜光。

【溜號】liū//hào ㄌㄧㄡ//ㄏㄠˋ 〈方〉(溜號兒) 溜走：會沒散，他就溜號了◇人在課堂上，思想卻溜號了。

【溜肩膀】liūjiānbǎng ㄌㄧㄡ ㄐㄧㄢ ㄅㄤˇ (溜肩膀兒) ❶雙肩下垂叫溜肩膀。❷〈方〉比喻不負責任。

【溜溜兒】liūliūr ㄌㄧㄡ ㄌㄧㄡㄦ 〈方〉(溜溜兒的) 整整：溜溜兒等了一天，始終沒見動靜。

【溜溜轉】liūliūzhuàn ㄌㄧㄡ ㄌㄧㄡ ㄓㄨㄢˋ 形容圓的東西不停地轉動。

【溜門】liūmén ㄌㄧㄡ ㄇㄣˊ (溜門兒) 乘人不備進入住宅(行竊)：溜門賊｜溜門撬鎖。

【溜平】liūpíng ㄌㄧㄡ ㄆㄧㄥˊ 〈方〉很平：溜平的路面｜菜地整得溜平。

【溜鬚拍馬】liū xū pāi mǎ ㄌㄧㄡ ㄒㄩ ㄆㄞ ㄇㄚˇ 比喻諂媚奉承。

【溜之大吉】liū zhī dà jí ㄌㄧㄡ ㄓ ㄉㄚˋ ㄐㄧˊ 偷偷地走開；一走了事(含詼諧意)：他一看勢頭不對，轉身就從後門溜之大吉。

【溜之乎也】liū zhī hū yě ㄌㄧㄡ ㄓ ㄏㄨ ㄧㄝˇ 偷偷地走開(含詼諧意)：大家幹得正歡，他卻溜之乎也。

【溜桌】liū//zhuō ㄌㄧㄡ//ㄓㄨㄛ 因飲酒過量而滑到酒席桌下：酒已經喝多了，再喝我非溜桌不可。

熘(溜) liū ㄌㄧㄡ 烹飪方法，炸或焯後，作料中加澱粉汁：溜肝尖｜醋溜白菜｜滑溜裏脊。

瞜 liū ㄌㄧㄡ 〈方〉看；斜視：那人正斜着眼向這邊瞜。

蹓 liū ㄌㄧㄡ 偷偷地走開：他說着，一轉身就想蹓。
另見742頁 liù。

【蹓躂】liū·da ㄌㄧㄡ ·ㄉㄚ 同'溜達'。

liú (ㄌㄧㄡˊ)

留(畱) liú ㄌㄧㄡˊ ❶停止在某一個處所或地位上不動；不離去：留校｜留任｜他留在農村工作了。❷留學：留洋｜留英。❸使留；不使離去：挽留｜拘留｜留客人吃飯。❹注意力放在某方面：留心｜留神。❺保留：自留地｜留底稿｜留鬍子｜雞犬不留。❻接受；收下：禮物先留下來｜書店送來的碑帖我留了三本。❼遺留：旅客留言簿｜祖先留給了我們豐富的文化遺產。❽(Liú)姓。

【留班】liú//bān ㄌㄧㄡˊ//ㄅㄢ 留級。

【留別】liúbié ㄌㄧㄡˊ ㄅㄧㄝˊ 〈書〉離開某地時贈送禮品或做詩詞給留在那裏的親友。

【留步】liúbù ㄌㄧㄡˊ ㄅㄨˋ 客套話，用於主人送客時客人請主人不要送出去。

【留成】liú//chéng ㄌㄧㄡˊ//ㄔㄥˊ (留成兒) 從錢財的總數中按一定成數留下來：利潤留成。

【留傳】liúchuán ㄌㄧㄡˊ ㄔㄨㄢˊ 遺留下來傳給後代：祖輩留傳下來的秘方。

【留存】liúcún ㄌㄧㄡˊ ㄘㄨㄣˊ ❶保存；存放：這份文件留存備查。❷事物持續存在，沒有消失：湖邊的古碑一直留存到今天｜他的光輝業績將永遠留存在人們的心中。

【留待】liúdài ㄌㄧㄡˊ ㄉㄞˋ 擱置下來等待(處理)：這些問題留待下次會議討論。

【留得青山在，不怕沒柴燒】liú dé qīngshān zài, bù pà méi chái shāo ㄌㄧㄡˊ ㄉㄜˊ ㄑㄧㄥ ㄕㄢ ㄗㄞˋ, ㄅㄨˋ ㄆㄚˋ ㄇㄟˊ ㄔㄞˊ ㄕㄠ 比喻只要把人或實力保存下來，將來還會得到恢復和發展。

【留地步】liú dì·bu ㄌㄧㄡˊ ㄉㄧˋ ·ㄅㄨ 留餘地。

【留都】liúdū ㄌㄧㄡˊ ㄉㄨ 遷都之後，稱原來的都城為留都。如明代遷都北京後稱南京為留都。

【留後路】liú hòulù ㄌㄧㄡˊ ㄏㄡˋ ㄌㄨˋ (留後路兒) 辦事時防備萬一不成而預先留下退路。

【留後手】liú hòushǒu ㄌㄧㄡˊ ㄏㄡˋ ㄕㄡˇ (留後手兒) 為避免將來發生困難而採取留有餘地的措施。

【留級】liú//jí ㄌㄧㄡˊ//ㄐㄧˊ 學生學年成績不及格，不能升級，留在原來的年級重新學習。

【留連】liúlián ㄌㄧㄡˊ ㄌㄧㄢˊ 同'流連'。

【留戀】liúliàn ㄌㄧㄡˊ ㄌㄧㄢˋ 不忍捨棄或離開：留戀故土｜就要離開學校了，大家十分留戀。

【留門】liú//mén ㄌㄧㄡˊ//ㄇㄣˊ 夜裏等人回來而不插門或不鎖門：他估計半夜才能回家，交代家裏給他留門。

【留難】liúnàn ㄌㄧㄡˊ ㄋㄢˋ 無理阻止，故意刁難：手續齊備的，都要及時辦理，不得留難。

【留念】liúniàn ㄌㄧㄡˊ ㄋㄧㄢˋ 留做紀念(多用於臨別饋贈)：合影留念｜離京時送她一支鋼筆留念。

【留鳥】liúniǎo ㄌㄧㄡˊ ㄋㄧㄠˇ 終年生活在一個地

區，不到遠方去的鳥，如麻雀、畫眉、喜鵲等。

【留情】liú//qíng ㄌㄧㄡˊ//ㄑㄧㄥˊ 由於照顧情面而寬恕或原諒：手下留情｜毫不留情。

【留任】liúrèn ㄌㄧㄡˊ ㄖㄣˋ （官員）留下來繼續任職：降級留任｜新內閣已經組成，原外長留任。

【留神】liú//shén ㄌㄧㄡˊ//ㄕㄣˊ 注意；小心（多指防備危險或錯誤）：留點兒神，可別上當｜車輛很多，過馬路要留神。

【留聲機】liúshēngjī ㄌㄧㄡˊ ㄕㄥ ㄐㄧ 把錄在唱片上的聲音放出來的機器。有的地區叫話匣子。

【留守】liúshǒu ㄌㄧㄡˊ ㄕㄡˇ ❶皇帝離開京城，命大臣駐守，叫做留守。平時在陪都也有大臣留守。❷部隊、機關、團體等離開原駐地時留下少數人在原駐地擔任守衛、聯繫等工作：留守處。

【留宿】liúsù ㄌㄧㄡˊ ㄙㄨˋ ❶留客人住宿：不得留宿閑人。❷停留下來住宿：今晚在同學家留宿。

【留題】liútí ㄌㄧㄡˊ ㄊㄧˊ ❶在參觀或遊覽的地方寫下（意見、感想等）：留題簿。❷〈書〉遊覽名勝時因有所感而題寫的詩句。

【留尾巴】liú wěi·ba ㄌㄧㄡˊ ㄨㄟˇ ·ㄅㄚ 比喻事情做得不徹底，還留有問題：工程要按期搞完，不能留尾巴。

【留心】liú//xīn ㄌㄧㄡˊ//ㄒㄧㄣ 注意：留心聽講｜參觀的時候他很留心，不放過每一件展品。

【留學】liú//xué ㄌㄧㄡˊ//ㄒㄩㄝˊ 留居外國學習或研究：留學生｜留學美國｜早年他到歐洲留過學。

【留言】liúyán ㄌㄧㄡˊ ㄧㄢˊ 離開某地時用書面形式留下要說的話：留言牌｜留言簿｜旅客留言。

【留洋】liú//yáng ㄌㄧㄡˊ//ㄧㄤˊ 舊時指留學。

【留一手】liú yī shǒu ㄌㄧㄡˊ ㄧ ㄕㄡˇ （留一手兒）不把本事全部拿出來：老師傅把全部技藝傳給徒工，再不像從前那樣留一手了。

【留意】liú//yì ㄌㄧㄡˊ//ㄧˋ 注意；小心：路面很滑，一不留意，就會摔跤。

【留影】liú//yǐng ㄌㄧㄡˊ//ㄧㄥˇ 指以當前景物為背景，照相以留紀念：在天安門前留個影。

【留影】liúyǐng ㄌㄧㄡˊ ㄧㄥˇ 為留做紀念而照的相：這是我們的畢業留影。

【留用】liúyòng ㄌㄧㄡˊ ㄩㄥˋ ❶（人員）留下來繼續任用：留用察看｜留用人員｜降職留用。❷（物品）留下來繼續使用：把要留用的衣物挑出來，其他的就處理了。

【留餘地】liú yúdì ㄌㄧㄡˊ ㄩˊ ㄉㄧˋ （說話、辦事）不走極端，留下迴旋的地步。

【留針】liúzhēn ㄌㄧㄡˊ ㄓㄣ 指針刺時把針留在穴位內一定時間，以增強針刺的效應。

【留職】liúzhí ㄌㄧㄡˊ ㄓˊ 保留職務：留職察看｜留職停薪。

【留駐】liúzhù ㄌㄧㄡˊ ㄓㄨˋ 留下來駐紮。

流1 liú ㄌㄧㄡˊ ❶液體移動；流動：流汗｜流血｜流鼻涕｜水往低處流。❷移動不定：流轉｜流通｜流沙｜流星。❸流傳；傳播：流芳｜流言。❹向壞的方面轉變：流於形式｜放任自流。❺舊時的刑罰，把犯人送到邊遠地區去：流放。❻指江河的流水：河流｜洪流｜急流｜中流◇開源節流。❼像水流的東西：氣流｜暖流｜寒流｜電流。❽品類；等級：名流｜女流｜第一流｜不入流｜三教九流。

流2 liú ㄌㄧㄡˊ 流明的簡稱。

【流弊】liúbì ㄌㄧㄡˊ ㄅㄧˋ 滋生的或相沿而成的弊端：革除流弊。

【流別】liúbié ㄌㄧㄡˊ ㄅㄧㄝˊ ❶江河的支流。❷（文章或學術）源流和派別。

【流播】liúbō ㄌㄧㄡˊ ㄅㄛ 〈書〉❶流傳；傳播：惠澤流播｜流播世間。❷流徙；播遷：流播異域。

【流佈】liúbù ㄌㄧㄡˊ ㄅㄨˋ 傳佈：廣為流佈｜流佈四海。

【流產】liú//chǎn ㄌㄧㄡˊ//ㄔㄢˇ ❶懷孕後，胎兒未滿28週就產出。多由內分泌異常、劇烈運動等引起。產出的胎兒一般不能成活。通稱小產或小月。參看964頁〖人工流產〗。❷比喻事情在醞釀或進行中遭到挫折而不能實現：撰寫計劃因人員變動而流產。

【流暢】liúchàng ㄌㄧㄡˊ ㄔㄤˋ 流利；通暢：文字流暢｜綫條流暢｜動作協調流暢。

【流程】liúchéng ㄌㄧㄡˊ ㄔㄥˊ ❶水流的路程：水流湍急，個把小時，就能越過百里流程◇生命的流程。❷工業品生產中，從原料到製成成品各項工序安排的程序。也叫工藝流程。

【流傳】liúchuán ㄌㄧㄡˊ ㄔㄨㄢˊ 傳下來或傳播開：大禹治水的故事，一直流傳到今天｜消息很快就流傳開了。

【流竄】liúcuàn ㄌㄧㄡˊ ㄘㄨㄢˋ 到處流動轉徙；亂逃（多指盜匪或敵人）：流竄作案｜追殲流竄的殘匪。

【流彈】liúdàn ㄌㄧㄡˊ ㄉㄢˋ 亂飛的或無端飛來的子彈：為流彈所傷｜中（zhòng）流彈犧牲。

【流盪】liúdàng ㄌㄧㄡˊ ㄉㄤˋ ❶流動；飄盪：天空中流盪着朵朵白雲。❷流浪；飄泊：在外流盪。

【流動】liúdòng ㄌㄧㄡˊ ㄉㄨㄥˋ ❶（液體或氣體）移動：溪水緩緩地流動｜空氣流動就形成風。❷經常變換位置（跟'固定'相對）：流動哨｜流動紅旗｜流動售貨車｜電影放映隊常年在農村流動。

【流動資產】liúdòng zīchǎn ㄌㄧㄡˊ ㄉㄨㄥˋ ㄗ ㄔㄢˇ 在企業的生產經營過程中，經常改變其存在狀態的那些資產，例如原料、燃料、在製品、半成品、成品、現金和銀行存款等（跟'固定資產’相對）。

【流動資金】liúdòng zījīn ㄌㄧㄡˊ ㄉㄨㄥˋ ㄗ ㄐㄧㄣ 企業用以購買原材料、支付工資等的資金（跟‘固定資金’相對）。

【流毒】liúdú ㄌㄧㄡˊ ㄉㄨˊ ❶毒害流傳：流毒四方｜流毒無窮。❷流傳的毒害：肅清流毒｜封建禮教的流毒，千百年來不知戕害了多少青年男女。

【流芳】liúfāng ㄌㄧㄡˊ ㄈㄤ 〈書〉流傳美名：流芳百世。

【流放】[1] liúfàng ㄌㄧㄡˊ ㄈㄤˋ 把犯人放逐到邊遠地方。

【流放】[2] liúfàng ㄌㄧㄡˊ ㄈㄤˋ 把原木放在江河中順流運輸。

【流風】liúfēng ㄌㄧㄡˊ ㄈㄥ 〈書〉前代流傳下來的風尚；遺風：流風遺俗｜流風餘韵。

【流光】liúguāng ㄌㄧㄡˊ ㄍㄨㄤ 〈書〉❶光陰；歲月：流光如箭｜流光易逝。❷閃爍流動的光，特指月光。

【流會】liúhuì ㄌㄧㄡˊ ㄏㄨㄟˋ 指會議由於不足法定人數而不能舉行。

【流火】liúhuǒ ㄌㄧㄡˊ ㄏㄨㄛˇ ❶〈方〉絲蟲病。❷中醫指發病部位在小腿的丹毒。

【流金鑠石】liú jīn shuò shí ㄌㄧㄡˊ ㄐㄧㄣ ㄕㄨㄛˋ ㄕˊ 能使金石熔化，比喻天氣極熱（見於《楚辭·招魂》）。也說鑠石流金。

【流寇】liúkòu ㄌㄧㄡˊ ㄎㄡˋ 流竄不定的土匪。

【流浪】liúlàng ㄌㄧㄡˊ ㄌㄤˋ 生活沒有着落，到處轉移，隨地謀生：流浪者｜流浪街頭。

【流離】liúlí ㄌㄧㄡˊ ㄌㄧˊ 〈書〉由於災荒戰亂而流轉離散：顛沛流離｜流離轉徙。

【流離失所】liúlí shī suǒ ㄌㄧㄡˊ ㄌㄧˊ ㄕ ㄙㄨㄛˇ 到處流浪，沒有安身的地方。

【流利】liúlì ㄌㄧㄡˊ ㄌㄧˋ ❶話說得快而清楚；文章讀起來通暢：文章寫得流利｜他的英語說得很流利。❷靈活；不凝滯：鋼筆尖在紙上流利地滑動着。

【流麗】liúlì ㄌㄧㄡˊ ㄌㄧˋ （詩文、書法等）流暢而華美：文筆流麗｜流麗的音樂。

【流連】liúlián ㄌㄧㄡˊ ㄌㄧㄢˊ 留戀不止，捨不得離去：流連忘返。也作留連。

【流量】liúliàng ㄌㄧㄡˊ ㄌㄧㄤˋ ❶單位時間內，通過河、渠或管道某處斷面的流體的量。通常用立方米/秒或公斤/秒來表示。❷單位時間內，通過一定道路的人員、車輛等的數量：旅客流量｜交通流量。

【流露】liúlù ㄌㄧㄡˊ ㄌㄨˋ （意思、感情）不自覺地表現出來：流露出真情｜他的每一首詩，字裏行間都流露出對祖國的熱愛。

【流落】liúluò ㄌㄧㄡˊ ㄌㄨㄛˋ 窮困潦倒，漂泊外地：流落街頭｜流落他鄉｜流落江湖。

【流氓】liúmáng ㄌㄧㄡˊ ㄇㄤˊ ❶原指無業遊民，後來指不務正業、為非作歹的人。❷指放刁、撒賴、施展下流手段等惡劣行為：耍流氓。

【流氓無產者】liúmáng wúchǎnzhě ㄌㄧㄡˊ ㄇㄤˊ ㄨˊ ㄔㄢˇ ㄓㄜˇ 舊社會沒有固定職業的一部分人或集團，大都是破產農民和失業的手工業者。也叫遊民無產者。

【流民】liúmín ㄌㄧㄡˊ ㄇㄧㄣˊ 因遭遇災害而流亡外地，生活沒有着落的人。

【流明】liúmíng ㄌㄧㄡˊ ㄇㄧㄥˊ 光通量單位，1 國際燭光照射在距離為 1 厘米、面積為 1 平方厘米的平面上的光通量，就是 1 流明。簡稱流。［英 lumen］

【流年】liúnián ㄌㄧㄡˊ ㄋㄧㄢˊ ❶〈書〉指光陰：似水流年。❷迷信的人稱一年的運道：流年不利。

【流派】liúpài ㄌㄧㄡˊ ㄆㄞˋ 指學術思想或文藝創作方面的派別。

【流盼】liúpàn ㄌㄧㄡˊ ㄆㄢˋ 轉動目光看：左右流盼。

【流氣】liú·qì ㄌㄧㄡˊ ·ㄑㄧˋ ❶輕浮油滑，不正派：舉止流氣｜歪戴着帽子，聳着肩膀，滿臉流氣。❷流氓習氣。

【流散】liúsàn ㄌㄧㄡˊ ㄙㄢˋ 流轉散失；流落分散：有的文物流散國外｜當年流散在外的災民陸續返回了家鄉。

【流沙】liúshā ㄌㄧㄡˊ ㄕㄚ ❶沙漠地區中不固定的、常常隨風流動轉移的沙。❷堆積在河底、河口的鬆散、不穩定的沙。❸隨地下水流動轉移的夾在地層中的沙土。

【流觴】liúshāng ㄌㄧㄡˊ ㄕㄤ 古人每逢農曆三月上巳日於彎曲的水渠旁集會，在上游放置酒杯，杯隨水流，流到誰面前，誰就取杯把酒喝下，叫做流觴。

【流失】liúshī ㄌㄧㄡˊ ㄕ ❶指自然界的礦石、土壤自己散失或被水、風力帶走，也指河水等白白地流掉：水土流失｜建造水庫蓄積汛期的河水，以免流失。❷泛指有用的東西流散失去：肥效流失｜搶救流失的文物。❸比喻人員離開本地或本單位：人才流失。

【流失生】liúshīshēng ㄌㄧㄡˊ ㄕ ㄕㄥ 指中途輟學的沒有完成義務教育學業的學生。

【流食】liúshí ㄌㄧㄡˊ ㄕˊ 液體食物，如牛奶、米湯、果汁等。

【流矢】liúshǐ ㄌㄧㄡˊ ㄕˇ 亂飛的或無端飛來的箭：身中（zhòng）流矢。

【流逝】liúshì ㄌㄧㄡˊ ㄕˋ 像流水一樣迅速消逝：時光流逝｜歲月流逝。

【流勢】liúshì ㄌㄧㄡˊ ㄕˋ 指水流的快慢和強弱：河水流勢很急｜洪水經過閘門，流勢穩定。

【流水】liúshuǐ ㄌㄧㄡˊ ㄕㄨㄟˇ ❶流動的水，比喻接連不斷：流水作業。❷指商店的銷貨額：本月做了十五萬元的流水。

【流水不腐，戶樞不蠹】liúshuǐ bù fǔ, hùshū bù dù ㄌㄧㄡˊ ㄕㄨㄟˇ ㄅㄨˋ ㄈㄨˇ，ㄏㄨˋ ㄕㄨ ㄅㄨˋ

ㄌㄨˋ 流動的水不會腐臭，經常轉動的門軸不會被蟲蛀。比喻經常運動的東西不易受侵蝕。

【流水席】liúshuǐxí ㄌㄧㄡˊ ㄕㄨㄟˇ ㄒㄧˊ 客人陸續來到，隨到隨吃隨走的宴客方式。

【流水綫】liúshuǐxiàn ㄌㄧㄡˊ ㄕㄨㄟˇ ㄒㄧㄢˋ 指按流水作業特點所組成的生產程序。

【流水賬】liúshuǐzhàng ㄌㄧㄡˊ ㄕㄨㄟˇ ㄓㄤˋ ❶每天記載金錢或貨物出入的、不分類別的賬目，也指記流水賬的賬簿。❷比喻不加分析羅列現象的敘述或記載。

【流水作業】liúshuǐ zuòyè ㄌㄧㄡˊ ㄕㄨㄟˇ ㄗㄨㄛˋ ㄧㄝˋ 一種生產組織方式，把整個的加工過程分成若干不同的工序，按照順序像流水似地不斷進行。

【流蘇】liúsū ㄌㄧㄡˊ ㄙㄨ 裝在車馬、樓台、帳幕等上面的穗狀飾物。

【流俗】liúsú ㄌㄧㄡˊ ㄙㄨˊ 一般的風俗習慣(含貶義)。

【流速】liúsù ㄌㄧㄡˊ ㄙㄨˋ 流體在單位時間內流過的距離，一般用米/秒表示。

【流淌】liútǎng ㄌㄧㄡˊ ㄊㄤˇ 液體流動：熱血流淌｜山泉在石澗中流淌。

【流體】liútǐ ㄌㄧㄡˊ ㄊㄧˇ 液體和氣體的統稱，因它們都沒有一定的形狀，容易流動。

【流通】liútōng ㄌㄧㄡˊ ㄊㄨㄥ ❶流轉通行；不停滯：空氣流通。❷指商品、貨幣流轉。

【流亡】liúwáng ㄌㄧㄡˊ ㄨㄤˊ 因災害或政治原因而被迫離開家鄉或祖國：流亡海外｜流亡政府。

【流網】liúwǎng ㄌㄧㄡˊ ㄨㄤˇ 魚網的一種，由許多片網連接成長帶形放在水中直立呈牆狀，隨水流飄移，把游動的魚挂住或纏住，用來捕撈各種水層的魚類。

【流徙】liúxǐ ㄌㄧㄡˊ ㄒㄧˇ ❶到處流動轉徙，沒有安定的生活。❷〈書〉流放：流徙邊遠。

【流綫型】liúxiànxíng ㄌㄧㄡˊ ㄒㄧㄢˋ ㄒㄧㄥˊ 前圓後尖，表面光滑，略像水滴的形狀。具有這種形狀的物體在流體中運動時所受阻力最小，所以汽車、火車、飛機機身、潛水艇等的外形常做成流綫型。

【流向】liúxiàng ㄌㄧㄡˊ ㄒㄧㄤˋ ❶水流的方向：地下水也有一定的流向。❷指人員、貨物等的流動去向：掌握旅客的流向｜重視人才的流向問題｜確定商品的合理流向。

【流瀉】liúxiè ㄌㄧㄡˊ ㄒㄧㄝˋ (液體、光綫等)迅速地流出、射出、跑過：泉水從山澗裏流瀉出來｜一縷陽光流瀉進來。

【流星】[1] liúxīng ㄌㄧㄡˊ ㄒㄧㄥ 分佈在星際空間的細小物體和塵粒，叫做流星體。它們飛入地球大氣層，跟大氣摩擦發生熱和光，這種現象叫流星。通常所說的流星指這種短時間發光的流星體。俗稱賊星。

【流星】[2] liúxīng ㄌㄧㄡˊ ㄒㄧㄥ ❶古代兵器，在鐵鏈的兩端各繫一個鐵錘。❷雜技的一種，在長繩的兩端拴上盛着水的碗或火球，用手擺動繩子，使水碗或火球在空中飛舞。

【流星趕月】liúxīng gǎn yuè ㄌㄧㄡˊ ㄒㄧㄥ ㄍㄢˇ ㄩㄝˋ 形容非常迅速，好像流星追趕月亮一樣：他流星趕月似地奔向渡口。

【流星雨】liúxīngyǔ ㄌㄧㄡˊ ㄒㄧㄥ ㄩˇ 短時間內出現許多流星的現象。

【流刑】liúxíng ㄌㄧㄡˊ ㄒㄧㄥˊ 古代把犯人押送到邊遠地方服勞役的刑罰。

【流行】liúxíng ㄌㄧㄡˊ ㄒㄧㄥˊ 廣泛傳佈；盛行：流行性感冒｜這首民歌在我們家鄉很流行。

【流行病】liúxíngbìng ㄌㄧㄡˊ ㄒㄧㄥˊ ㄅㄧㄥˋ ❶能在較短的時間內廣泛蔓延的傳染病，如流行性感冒、腦膜炎、霍亂等。❷比喻廣泛流傳的社會弊病。

【流行歌曲】liúxíng gēqǔ ㄌㄧㄡˊ ㄒㄧㄥˊ ㄍㄜ ㄑㄩˇ ❶在一定時期內受到普遍歡迎，廣泛傳唱的歌曲。❷指通俗歌曲。

【流行色】liúxíngsè ㄌㄧㄡˊ ㄒㄧㄥˊ ㄙㄜˋ 在一定時期內被人們普遍喜愛的顏色(多指服裝)。

【流血】liúxuè ㄌㄧㄡˊ ㄒㄩㄝˋ 特指犧牲生命或負傷：流血慘案｜流血鬥爭｜流血犧牲。

【流言】liúyán ㄌㄧㄡˊ ㄧㄢˊ 沒有根據的話(多指背後議論、誣衊或挑撥的話)：流言飛語｜流言惑眾｜散佈流言。

【流溢】liúyì ㄌㄧㄡˊ ㄧˋ 充滿而流出來；漫溢：泉水流溢｜園中百花競艷，芳香流溢。

【流螢】liúyíng ㄌㄧㄡˊ ㄧㄥˊ 指飛行不定的螢火蟲：幾點流螢，上下飛舞。

【流域】liúyù ㄌㄧㄡˊ ㄩˋ 一個水系的幹流和支流所流過的整個地區，如長江流域、黃河流域、珠江流域。

【流質】liúzhì ㄌㄧㄡˊ ㄓˋ 醫療上指食物是屬於液體的，也指液體的食物。

【流轉】liúzhuǎn ㄌㄧㄡˊ ㄓㄨㄢˇ ❶流動轉移，不固定在一個地方：歲月流轉｜流轉四方｜流轉的眼波。❷指商品或資金在流通過程中的周轉。❸〈書〉指詩文等流暢而圓渾：詩筆流轉｜聲調和諧流轉。

琉(瑠) liú ㄌㄧㄡˊ 見下。

【琉璃】liú·lí ㄌㄧㄡˊ ·ㄌㄧˊ 用鋁和鈉的硅酸化合物燒製成的釉料，常見的有綠色和金黃色兩種，多加在黏土的外層，燒製成缸、盆、磚瓦等。

【琉璃球】liú·liqiú ㄌㄧㄡˊ ·ㄌㄧ ㄑㄧㄡˊ (琉璃球兒) ❶兒童玩具，琉璃質的小球。❷比喻人聰明伶俐。❸比喻油滑、奸詐的人。❹比喻吝嗇的人：那人是個琉璃球，一毛不拔。

【琉璃瓦】liú·liwǎ ㄌㄧㄡˊ ·ㄌㄧ ㄨㄚˇ 內層用較好的黏土，表面用琉璃燒製成的瓦。形狀和普通瓦相似而略長，外部多呈綠色或金黃色，鮮艷發光，多用來修蓋宮殿或廟宇等。

硫 liú ㄌㄧㄡˊ 非金屬元素，符號 S (sulphur)。有多種同素異形體，黃色，能與氧、氫、鹵素(除碘外)和大多數金屬化合。用來製造硫酸、火藥、火柴、硫化橡膠、殺蟲劑等，也用來治療皮膚病。通稱硫磺。

【硫化】liúhuà ㄌㄧㄡˊ ㄏㄨㄚˋ 把生橡膠、硫磺和炭黑等填料放在容器裏，通入高壓蒸氣加熱，使變成硫化橡膠。

【硫化橡膠】liúhuà xiāngjiāo ㄌㄧㄡˊ ㄏㄨㄚˋ ㄒㄧㄤ ㄐㄧㄠ 經過硫化的橡膠，彈性較好，耐熱，不易折斷，橡膠製品大都用這種橡膠製成。也叫熟橡膠，通稱橡皮或膠皮。

【硫磺】liúhuáng ㄌㄧㄡˊ ㄏㄨㄤˊ 硫的通稱。

【硫酸】liúsuān ㄌㄧㄡˊ ㄙㄨㄢ 無機化合物，化學式 H_2SO_4。無色油狀液體，含雜質時為黃色或棕色，是一種強酸，用來製造肥料、染料、炸藥、醫藥品等，也用於石油工業和冶金工業。

旒 liú ㄌㄧㄡˊ ❶〈書〉旗子上的飄帶。❷古代帝王禮帽前後的玉串：冕旒。

榴 liú ㄌㄧㄡˊ 石榴。

【榴彈】liúdàn ㄌㄧㄡˊ ㄉㄢˋ ❶一種依靠炸藥爆炸後產生的碎片、衝擊波來殺傷或摧毀目標的炮彈。舊稱開花彈。❷泛指手榴彈、花榴彈和用炮發射的榴彈。

【榴彈炮】liúdànpào ㄌㄧㄡˊ ㄉㄢˋ ㄆㄠˋ 炮身較短、初速小、彈道彎曲的火炮，可用來射擊各種地形上不同性質的目標。

【榴火】liúhuǒ ㄌㄧㄡˊ ㄏㄨㄛˇ 〈書〉石榴花的火紅的顏色。

【榴霰彈】liúxiàndàn ㄌㄧㄡˊ ㄒㄧㄢˋ ㄉㄢˋ 炮彈的一種，彈壁薄，內裝黑色炸藥和小鋼球、鋼柱、鋼箭等，彈頭裝有定時的引信，能在預定的目標上空及其附近爆炸，殺傷敵方的密集人馬。也叫霰彈、子母彈、群子彈。

遛 liú ㄌㄧㄡˊ 見280頁〖逗遛〗(dòuliú)。
另見742頁 liù。

劉(刘) Liú ㄌㄧㄡˊ 姓。

【劉海兒】Liú Hǎir ㄌㄧㄡˊ ㄏㄞㄦˇ 傳説中的仙童，前額垂着短髮，騎在蟾上，手裏舞着一串錢。

【劉海兒】liúhǎir ㄌㄧㄡˊ ㄏㄞㄦˇ 婦女或兒童垂在前額的整齊的短髮。

瘤 liú ㄌㄧㄡˊ 瘤子：毒瘤｜肉瘤。

【瘤胃】liúwèi ㄌㄧㄡˊ ㄨㄟˋ 反芻動物的胃的第一部分，內壁有很多瘤狀突起。食物先在瘤胃裏消化，再入蜂巢胃。

【瘤子】liú·zi ㄌㄧㄡˊ ·ㄗ 腫瘤。

鎦(镏) liú ㄌㄧㄡˊ［鎦金］(liújīn ㄌㄧㄡˊ ㄐㄧㄣ)把溶解在水銀裏的金子用刷子塗在器物表面，用來裝飾器物。
另見742頁 liù。

餾(馏) liú ㄌㄧㄡˊ 蒸餾。
另見742頁 liù。

【餾分】liúfèn ㄌㄧㄡˊ ㄈㄣˋ 分餾石油、煤焦油等液體時，在一定溫度範圍內蒸餾出來的成分。分餾石油，溫度在 50－200℃ 之間的餾分是汽油，溫度在 200－310℃ 之間的餾分是煤油。

瀏(浏) liú ㄌㄧㄡˊ 〈書〉形容水流清澈。

【瀏覽】liúlǎn ㄌㄧㄡˊ ㄌㄢˇ 大略地看：瀏覽市容｜這本書我只瀏覽了一遍，還沒仔細看。

鎏 liú ㄌㄧㄡˊ 〈書〉❶成色好的金子。❷同'鎦'(liú)。

鏐(镠) liú ㄌㄧㄡˊ 〈書〉成色好的金子。

飀(飗) liú ㄌㄧㄡˊ ［飀飀］〈書〉微風吹動的樣子。

騮(骝) liú ㄌㄧㄡˊ 古書上指黑鬣黑尾巴的紅馬。

鶹(鹠) liú ㄌㄧㄡˊ 見1288頁［鵂鶹］(xiūliú)。

liǔ (ㄌㄧㄡˇ)

柳 liǔ ㄌㄧㄡˇ ❶柳樹，落葉喬木或灌木，葉子狹長，柔荑花序，種類很多，有垂柳、旱柳等。❷二十八宿之一。❸(Liǔ)姓。

【柳暗花明】liǔ àn huā míng ㄌㄧㄡˇ ㄢˋ ㄏㄨㄚ ㄇㄧㄥˊ 形容柳樹成蔭，繁花耀眼的美景。宋代陸游有'山重水複疑無路，柳暗花明又一村'的詩句，後多用來比喻在困境中看到希望。

【柳編】liǔbiān ㄌㄧㄡˇ ㄅㄧㄢ 用柳條編製的工藝品，如果籃、提籃、食品筐等。

【柳罐】liǔguàn ㄌㄧㄡˇ ㄍㄨㄢˋ 用柳條編成的斗狀的汲水器具。

【柳眉】liǔméi ㄌㄧㄡˇ ㄇㄟˊ 指女子細長秀美的眉毛：柳眉杏眼｜柳眉倒豎(形容女子發怒時聳眉的樣子)。也叫柳葉眉。

【柳綿】liǔmián ㄌㄧㄡˇ ㄇㄧㄢˊ 柳絮。也作柳棉。

【柳腔】liǔqiāng ㄌㄧㄡˇ ㄑㄧㄤ 山東地方戲曲劇種之一，流行於青島及附近地區。

【柳琴】liǔqín ㄌㄧㄡˇ ㄑㄧㄣˊ 弦樂器，外形像琵琶，比琵琶小，有四根弦。

【柳絲】liǔsī ㄌㄧㄡˇ ㄙ 指垂柳細長的枝條。

【柳體】Liǔ tǐ ㄌㄧㄡˇ ㄊㄧˇ 唐代柳公權所寫的字體，筆畫遒勁，較顏體為瘦。

【柳條】liǔtiáo ㄌㄧㄡˇ ㄊㄧㄠˊ (柳條兒)柳樹的枝條，特指杞柳的枝條，可以編筐、籃子等。

【柳條帽】liǔtiáomào ㄌㄧㄡˇ ㄊㄧㄠˊ ㄇㄠˋ 用柳條編成的安全帽，輕而結實。

【柳絮】liǔxù ㄌㄧㄡˇ ㄒㄩˋ 柳樹種子上面像棉絮的白色絨毛，隨風飛散。

【柳腰】liǔyāo ㄌㄧㄡˇ ㄧㄠ 指女子柔軟的細腰。

【柳子】liǔ·zi ㄌㄧㄡˇ ·ㄗ 指杞柳：一墩柳子。

【柳子】[2] liǔ·zi ㄌㄧㄡˇ ·ㄗ 柳子戲的主要曲牌。

【柳子戲】liǔzi·xì ㄌㄧㄡˇ ·ㄗ ㄒㄧˋ 山東地方戲曲劇種之一，流行於山東西部和江蘇北部、河南東部一帶。也叫弦子戲。

綹(绺) liǔ ㄌㄧㄡˇ ❶(綹兒)量詞，綫、麻、頭髮、鬍鬚等許多根順着聚在一起叫一綹：一綹絲綫｜三綹兒頭髮。❷〈方〉綹竊：路上不小心，錢包讓人綹去了。

【綹竊】liǔ qiè ㄌㄧㄡˇ ㄑㄧㄝˋ 〈方〉從別人身上偷竊財物。

【綹子】[1] liǔ·zi ㄌㄧㄡˇ ·ㄗ 綹兒：一綹子頭髮。

【綹子】[2] liǔ·zi ㄌㄧㄡˇ ·ㄗ 〈方〉土匪幫夥。

罶(罶) liǔ ㄌㄧㄡˇ 〈書〉捕魚的竹簍子，魚進去就出不來。

鋶(锍) liǔ ㄌㄧㄡˇ 有色金屬硫化物的互熔體，是銅、鎳等冶煉過程中的中間產品。鋶中含有貴重金屬。

liù (ㄌㄧㄡˋ)

六1 liù ㄌㄧㄡˋ 數目，五加一後所得。參看1067頁〖數字〗。

六2 liù ㄌㄧㄡˋ 我國民族音樂音階上的一級，樂譜上用做記音符號，相當於簡譜的'5'。參看392頁〖工尺〗。

另見748頁 lù。

【六部】liùbù ㄌㄧㄡˋ ㄅㄨˋ 從隋唐開始，中國封建王朝的中央行政機構一般分為吏、戶、禮、兵、刑、工各部，統稱六部。

【六朝】Liù Cháo ㄌㄧㄡˋ ㄔㄠˊ ❶吳、東晉、宋、齊、梁、陳，先後建都於建康(吳稱建業，今南京)，合稱六朝。❷泛指南北朝時期：六朝文｜六朝書法。參看827頁〖南北朝〗。

【六畜】liùchù ㄌㄧㄡˋ ㄔㄨˋ 指豬、牛、羊、馬、雞、狗，也泛指各種家畜、家禽：五穀豐登，六畜興旺。

【六腑】liùfǔ ㄌㄧㄡˋ ㄈㄨˇ 中醫稱胃、膽、三焦、膀胱、大腸、小腸為六腑。

【六根】liùgēn ㄌㄧㄡˋ ㄍㄣ 佛教指眼、耳、鼻、舌、身、意，認為這六者是罪孽的根源：六根清淨。

【六合】liùhé ㄌㄧㄡˋ ㄏㄜˊ 〈書〉指上下和東西南北四方，泛指天下或宇宙。

【六甲】liùjiǎ ㄌㄧㄡˋ ㄐㄧㄚˇ ❶古代用甲、乙、丙、丁、戊、己、庚、辛、壬、癸十干和子、丑、寅、卯、辰、巳、午、未、申、酉、戌、亥十二支依次相配成六十組干支，其中起頭是'甲'字的有六組，故稱六甲。因筆畫比較簡單，多為兒童練字之用：學六甲。❷舊時婦女懷孕稱身懷六甲。

【六路】liùlù ㄌㄧㄡˋ ㄌㄨˋ 指上、下、前、後、左、右。泛指周圍、各個方面：眼觀六路，耳聽八方。

【六輪】liùlún ㄌㄧㄡˋ ㄌㄨㄣˊ 轉輪手槍的一種，轉輪上有六個裝子彈的孔。

【六親】liùqīn ㄌㄧㄡˋ ㄑㄧㄣ 六種親屬，究竟指哪些親屬說法不一，較早的一種說法是指父、母、兄、弟、妻、子。泛指親屬：六親不認。

【六親不認】liùqīn bù rèn ㄌㄧㄡˋ ㄑㄧㄣ ㄅㄨˋ ㄖㄣˋ 形容人沒有情義或不講情面。

【六壬】liùrén ㄌㄧㄡˋ ㄖㄣˊ 舊時一種占卜方法，用陰陽五行來推算吉凶禍福(六十組干支中，起頭是'壬'字的有六組，故稱六壬)：精於六壬。

【六神】liùshén ㄌㄧㄡˋ ㄕㄣˊ 古人指主宰心、肺、肝、腎、脾、膽六臟之神，泛指心神：六神不安｜六神無主。

【六神無主】liù shén wú zhǔ ㄌㄧㄡˋ ㄕㄣˊ ㄨˊ ㄓㄨˇ 形容驚慌或着急而沒有主意。

【六書】liùshū ㄌㄧㄡˋ ㄕㄨ 古人分析漢字而歸納出來的六種條例，即指事、象形、形聲、會意、轉注、假借。

【六弦琴】liùxiánqín ㄌㄧㄡˋ ㄒㄧㄢˊ ㄑㄧㄣˊ 弦樂器，有六根弦。一手按弦，一手撥弦。也叫吉他。

【六一兒童節】Liù-Yī Értóng Jié ㄌㄧㄡˋ ㄧ ㄦˊ ㄊㄨㄥˊ ㄐㄧㄝˊ 全世界兒童的節日。國際民主婦女聯合會為保障全世界兒童的權利，反對帝國主義者對兒童的虐殺和毒害，於1949年在莫斯科舉行的會議上，決定以6月1日為國際兒童節。也叫六一國際兒童節、國際兒童節、兒童節。

【六藝】liùyì ㄌㄧㄡˋ ㄧˋ ❶古代指禮(禮儀)、樂(音樂)、射(射箭)、御(駕車)、書(識字)、數(計算)等六種科目。❷古代指《詩》、《書》、《禮》、《樂》、《易》、《春秋》六種儒家經書。

【六慾】liùyù ㄌㄧㄡˋ ㄩˋ 佛教指色慾、形貌慾等六種慾望，泛指人的各種慾望：七情六慾。

【六指兒】liùzhǐr ㄌㄧㄡˋ ㄓㄦˇ ❶長了六個指頭的手或腳。❷有六指兒的人。

陸(陆) liù ㄌㄧㄡˋ '六'的大寫。參看1067頁〖數字〗。

另見749頁 lù。

碌(碌) liù ㄌㄧㄡˋ [碌碡](liù·zhóu ㄌㄧㄡˋ ·ㄓㄡ) 農具，用石頭做成，圓柱形，用來軋穀物，平場地。也叫石滾。

另見749頁 lù。

溜1 (❸❹霤) liù ㄌㄧㄡˋ ❶迅速的水流：大溜｜河裏溜很大。❷〈方〉迅速；敏捷：眼尖手溜｜走得很溜。❸房頂上流下來的雨水：檐溜｜承溜。❹檐溝：水溜。❺(溜兒)排；條：一溜三間房。❻(溜兒)某一地點附近的地方：這溜的果木樹很多。❼〈方〉練：溜嗓子。

溜2 liù ㄌㄧㄡˋ 〈方〉用石灰、水泥等抹(牆縫)；堵、糊(縫隙)：牆砌好了，就剩下溜縫了｜天冷了，拿紙條把窗戶縫溜上。

另見736頁 liū。

【溜子】[1] liù·zi ㄌㄧㄡˋ·ㄗ 礦井中的槽形傳送工具。

【溜子】[2] liù·zi ㄌㄧㄡˋ·ㄗ 〈方〉土匪幫夥。

【溜子】[3] liù·zi ㄌㄧㄡˋ·ㄗ 〈方〉迅速的水流。

遛 liù ㄌㄧㄡˋ ❶慢慢走；散步：遛大街｜悶得慌，出去遛遛｜下午到市場遛了一趟。❷牽着牲畜或帶着鳥慢慢走：遛鳥｜遛狗｜遛一遛馬。

另見740頁 liú。

【遛馬】liù//mǎ ㄌㄧㄡˋ//ㄇㄚˇ 牽着馬慢慢走，使馬解除疲勞或減輕病勢。

【遛鳥】liù//niǎo ㄌㄧㄡˋ//ㄋㄧㄠˇ 帶着鳥到幽靜的地方去溜達。

【遛食】liù//shí ㄌㄧㄡˋ//ㄕˊ 〈方〉(遛食兒) 飯後散步，幫助消化。

【遛彎兒】liù//wānr ㄌㄧㄡˋ//ㄨㄢㄦ 散步：您到哪兒遛彎兒去啦？｜晚飯後到公園遛了個彎兒。也作蹓彎兒。

【遛早兒】liùzǎor ㄌㄧㄡˋ ㄗㄠㄦˇ 早晨散步。也作蹓早兒。

磟 liù ㄌㄧㄡˋ ［磟碡］(liù·zhóu ㄌㄧㄡˋ·ㄓㄡˊ) 同'碌碡'。

蹓 liù ㄌㄧㄡˋ 慢慢走；散步：蹓大街｜到公園去蹓一蹓。

另見736頁 liū。

【蹓彎兒】liù//wānr ㄌㄧㄡˋ//ㄨㄢㄦ 同'遛彎兒'。

【蹓早兒】liùzǎor ㄌㄧㄡˋ ㄗㄠㄦˇ 同'遛早兒'。

鎦(镏) liù ㄌㄧㄡˋ ［鎦子］(liù·zi ㄌㄧㄡˋ·ㄗ)〈方〉戒指：金鎦子。

另見740頁 liú。

餾(馏) liù ㄌㄧㄡˋ 把涼了的熟食蒸熱：餾饅頭｜把剩菜餾一餾再吃。

另見740頁 liú。

鷚(鹨) liù ㄌㄧㄡˋ 鳥類的一屬，身體較小，嘴細長，尾巴長，常見的有田鷚。

·lo (·ㄌㄛ)

咯 ·lo ·ㄌㄛ 助詞，用法如'了' (·le)，語氣較重：當然咯。

另見383頁 gē；635頁 kǎ；761頁 luò。

lōng (ㄌㄨㄥ)

隆 lōng ㄌㄨㄥ 見468頁〖黑咕隆咚〗。

另見742頁 lóng。

lóng (ㄌㄨㄥˊ)

隆 lóng ㄌㄨㄥˊ ❶盛大：隆重。❷興盛：興隆｜隆盛。❸深厚；程度深：隆冬｜隆恩｜隆情。❹凸出：隆起。❺ (Lóng) 姓。

另見742頁 lōng。

【隆冬】lóngdōng ㄌㄨㄥˊ ㄉㄨㄥ 冬天最冷的一段時期；嚴冬：隆冬季節。

【隆隆】lónglóng ㄌㄨㄥˊ ㄌㄨㄥˊ 象聲詞，形容劇烈震動的聲音：雷聲隆隆｜炮聲隆隆。

【隆情】lóng qíng ㄌㄨㄥˊ ㄑㄧㄥˊ 深厚的感情：隆情厚誼。

【隆慶】Lóngqìng ㄌㄨㄥˊ ㄑㄧㄥˋ 明穆宗(朱載坖)年號(公元1567－1572)。

【隆盛】lóngshèng ㄌㄨㄥˊ ㄕㄥˋ 〈書〉❶昌盛；興盛：國勢隆盛。❷盛大。

【隆重】lóngzhòng ㄌㄨㄥˊ ㄓㄨㄥˋ 盛大莊重：隆重的典禮。

【隆準】lóngzhǔn ㄌㄨㄥˊ ㄓㄨㄣˇ 〈書〉高鼻樑兒。

龍(龙) lóng ㄌㄨㄥˊ ❶我國古代傳說中的神異動物，身體長，有鱗，有角，有腳，能走，能飛，能游泳，能興雲降雨。❷封建時代用龍作為帝王的象徵，也把龍字用在帝王使用的東西上：龍顏｜龍廷｜龍袍｜龍牀。❸形狀像龍的或裝有龍的圖案的：龍舟｜龍燈｜龍車｜龍旗。❹古生物學上指古代某些爬行動物，如恐龍、翼手龍等。❺ (Lóng) 姓。

【龍齒】lóngchǐ ㄌㄨㄥˊ ㄔˇ 指古代某些哺乳動物牙齒的化石，中醫入藥。

【龍船】lóngchuán ㄌㄨㄥˊ ㄔㄨㄢˊ 裝飾成龍形的船，有的地區端午節用來舉行划船競賽。

【龍燈】lóngdēng ㄌㄨㄥˊ ㄉㄥ 民間舞蹈用具，用布或紙做成的龍形的燈，燈架由許多環節構成，每節下面有一根棍子。表演時每人舉着一節，同時舞動，用鑼鼓伴奏：耍龍燈。

【龍洞】lóngdòng ㄌㄨㄥˊ ㄉㄨㄥˋ 天然的山洞，是石灰岩被含有碳酸氣的水溶解而部分消失後形成的。

【龍飛鳳舞】lóng fēi fèng wǔ ㄌㄨㄥˊ ㄈㄟ ㄈㄥˋ ㄨˇ 形容山勢蜿蜒雄壯，也形容書法筆勢舒展活潑。

【龍宮】lónggōng ㄌㄨㄥˊ ㄍㄨㄥ 神話傳說中龍王的宮殿。

【龍骨】lónggǔ ㄌㄨㄥˊ ㄍㄨˇ ❶鳥類的胸骨，善於飛翔的鳥類這塊骨頭形成較高的突起。❷指古代某些哺乳動物骨骼的化石，如象、犀牛等。可入藥。❸船隻、飛機、建築物等的像脊椎和肋骨那樣的支撐和承重結構。

【龍骨車】lónggǔchē ㄌㄨㄥˊ ㄍㄨˇ ㄔㄜ 一種木製的水車，帶水的木板用木榫連接成環帶以戽水，多用人力或畜力轉動。

【龍井】lóngjǐng ㄌㄨㄥˊ ㄐㄧㄥˇ 綠茶的一種。形狀扁平而直，色澤翠綠，產於浙江杭州龍井一帶。

【龍江劇】lóngjiāngjù ㄌㄨㄥˊ ㄐㄧㄤ ㄐㄩˋ 黑龍江地方戲曲劇種，在曲藝二人轉的基礎上吸收當地民間音樂發展而成。

【龍捲風】lóngjuǎnfēng ㄌㄨㄥˊ ㄐㄩㄢˇ ㄈㄥ 風力極強而範圍不大的旋風，形狀像一個大漏斗，風速往往達到每秒一百多米，破壞力極大。在陸地上，能把大樹連根拔起，毀壞各種建築物和農作物；在海洋上，能把海水吸到空中，形成水柱。

【龍馬精神】lóngmǎ jīngshén ㄌㄨㄥˊ ㄇㄚˇ ㄐㄧㄥ ㄕㄣˊ 唐代李郢《上裴晉公》詩：'四朝憂國鬢如絲，龍馬精神海鶴姿。'後用來比喻健旺的精神。

【龍門刨】lóngménbào ㄌㄨㄥˊ ㄇㄣˊ ㄅㄠˋ 刨牀的一種，機牀的立柱和橫樑結構形狀像門，用來加工較大的平面。加工時工件固定在工作台上做往復運動，刨刀做相應的間歇運動切削。

【龍門吊】lóngméndiào ㄌㄨㄥˊ ㄇㄣˊ ㄉㄧㄠˋ 一種大型起重機，橫樑和立柱的結構成'門'字形，可以在軌道上移動，具有較大的起重量。

【龍門陣】lóngménzhèn ㄌㄨㄥˊ ㄇㄣˊ ㄓㄣˋ 見26頁〖擺龍門陣〗。

【龍盤虎踞】lóng pán hǔ jù ㄌㄨㄥˊ ㄆㄢˊ ㄏㄨˇ ㄐㄩˋ 見485頁〖虎踞龍盤〗。

【龍山文化】Lóngshān wénhuà ㄌㄨㄥˊ ㄕㄢ ㄨㄣˊ ㄏㄨㄚˋ 我國新石器時代晚期的一種文化，晚於仰韶文化，因最早發現於山東濟南附近龍山鎮而得名。遺物中常有黑而亮的陶器，所以也曾稱為黑陶文化。

【龍生九子】lóng shēng jiǔ zǐ ㄌㄨㄥˊ ㄕㄥ ㄐㄧㄡˇ ㄗˇ 古代傳說，一龍所生的九條小龍，形狀性格都不相同。比喻同胞弟兄志趣各有差別，並不一樣。也說龍生九種。

【龍潭虎穴】lóng tán hǔ xué ㄌㄨㄥˊ ㄊㄢˊ ㄏㄨˇ ㄒㄩㄝˊ 比喻危險的境地。也說虎穴龍潭。

【龍套】lóngtào ㄌㄨㄥˊ ㄊㄠˋ ❶傳統戲曲中成隊的隨從或兵卒所穿的戲裝，因綉有龍紋而得名。❷穿龍套的演員，也指這樣的角色。

【龍騰虎躍】lóng téng hǔ yuè ㄌㄨㄥˊ ㄊㄥˊ ㄏㄨˇ ㄩㄝˋ 形容威武雄壯，非常活躍：工地上龍騰虎躍，熱火朝天。也說虎躍龍騰。

【龍頭】[1] lóngtóu ㄌㄨㄥˊ ㄊㄡˊ ❶自來水管的放水活門，有旋轉裝置可以打開或關上。龍頭也用在其他液體容器上。❷〈方〉自行車的把(bǎ)。

【龍頭】[2] lóngtóu ㄌㄨㄥˊ ㄊㄡˊ ❶比喻帶頭的、起主導作用的事物：龍頭企業。❷〈方〉江湖上稱幫會的頭領。

【龍王】Lóngwáng ㄌㄨㄥˊ ㄨㄤˊ 神話傳說中在水裏統領水族的王，掌管興雲降雨。迷信的人向龍王求雨。

【龍鬚麪】lóngxūmiàn ㄌㄨㄥˊ ㄒㄩ ㄇㄧㄢˋ 一種非常細的麪條兒。

【龍眼】lóngyǎn ㄌㄨㄥˊ ㄧㄢˇ ❶常綠喬木，羽狀複葉，小葉橢圓形。花黃白色，圓錐花序。果實球形，外皮黃褐色，果肉白色，可以吃，味甜，也可入藥。產於福建、廣東等地。❷這種植物的果實。‖也叫桂圓。

【龍爭虎鬥】lóng zhēng hǔ dòu ㄌㄨㄥˊ ㄓㄥ ㄏㄨˇ ㄉㄡˋ 比喻雙方勢均力敵，鬥爭激烈。

【龍鍾】lóngzhōng ㄌㄨㄥˊ ㄓㄨㄥ 〈書〉身體衰老、行動不靈便的樣子：老態龍鍾。

【龍舟】lóngzhōu ㄌㄨㄥˊ ㄓㄡ 龍船：龍舟競渡。

癃 lóng ㄌㄨㄥˊ ❶〈書〉衰弱多病：疲癃。❷癃閉。

【癃閉】lóngbì ㄌㄨㄥˊ ㄅㄧˋ 中醫指小便不通的病。

窿 lóng ㄌㄨㄥˊ 〈方〉煤礦坑道：窿工｜清理廢窿｜把煤桶堆在窿門口。

蘢〔蘢〕(茏) lóng ㄌㄨㄥˊ 見〖蘢蔥〗、192頁〖蔥蘢〗。

【蘢蔥】lóngcōng ㄌㄨㄥˊ ㄘㄨㄥ (草木)青翠茂盛。

嚨(咙) lóng ㄌㄨㄥˊ 見477頁〖喉嚨〗。

瀧(泷) lóng ㄌㄨㄥˊ 〈方〉急流的水(多用於地名)：七里瀧(在浙江)。

另見1072頁 shuāng。

瓏(珑) lóng ㄌㄨㄥˊ 見下。

【瓏璁】lóngcōng ㄌㄨㄥˊ ㄘㄨㄥ 〈書〉❶金屬、玉石等撞擊的聲音。❷同'蘢蔥'。

【瓏玲】lónglíng ㄌㄨㄥˊ ㄌㄧㄥˊ 〈書〉❶金屬、玉石等撞擊的聲音。❷光輝；明亮。

櫳(栊、龔) lóng ㄌㄨㄥˊ 〈書〉❶窗戶：房櫳｜簾櫳(帶簾子的窗戶)。❷養獸的柵欄。

曨(昽) lóng ㄌㄨㄥˊ 見790頁〔曚曨〕(ménglóng)。

朧(胧) lóng ㄌㄨㄥˊ 見790頁〔朦朧〕。

矓(眬) lóng ㄌㄨㄥˊ 見790頁〖矇矓〗(ménglóng)。

礱(砻) lóng ㄌㄨㄥˊ ❶去掉稻殼的工具，形狀略像磨，多用木料製成。❷用礱去掉稻殼：礱了兩擔稻子。

【礱糠】lóngkāng ㄌㄨㄥˊ ㄎㄤ 稻穀礱過後脱下的外殼。

籠(笼) lóng ㄌㄨㄥˊ ❶籠子：竹籠｜兔籠｜雞從籠裏跑出來了。❷舊時囚禁犯人的刑具：囚籠。❸蒸籠：小籠包子｜饅頭剛上籠。❹〈方〉把手放在袖筒裏：籠着手。

另見744頁 lǒng。

【籠火】lóng//huǒ ㄌㄨㄥˊ//ㄏㄨㄛˇ 用柴引火燒煤炭；生火：今天不冷，甭籠火了。

【籠屜】lóngtì ㄌㄨㄥˊ ㄊㄧˋ 竹、木、鐵皮等製成的器具，用來蒸食物。

【籠頭】lóng·tou ㄌㄨㄥˊ·ㄊㄡ 套在騾馬等頭上的東西，用皮條或繩子做成，用來繫繮繩，有的並挂嚼子。

【籠中鳥】lóngzhōngniǎo ㄌㄨㄥˊ ㄓㄨㄥ ㄋㄧㄠˇ 比喻受困而喪失自由的人。

【籠子】lóng·zi ㄌㄨㄥˊ·ㄗ 用竹篾、木條、樹枝或鐵絲等製成的器具，用來養蟲鳥或裝東西。

另見744頁 lǒng·zi。

【籠嘴】lóng·zui ㄌㄨㄥˊ·ㄗㄨㄟ 使用牲口時，套在牲口嘴上，使它不能吃東西的器物，用鐵絲、樹條、竹篾等做成。

朧（胧） lóng ㄌㄨㄥˊ 〈書〉有篷的小船。

聾（聋） lóng ㄌㄨㄥˊ 耳朵聽不見聲音。通常把聽覺遲鈍也叫聾：聾啞｜耳聾眼花。

【聾子】lóng·zi ㄌㄨㄥˊ·ㄗ 耳聾的人。

lǒng （ㄌㄨㄥˇ）

竇（篢） lǒng ㄌㄨㄥˇ 〈方〉同'籠'（lǒng）②。織竇（Zhīlǒng ㄓ ㄌㄨㄥˇ），地名，在廣東。

儱（㑝） lǒng ㄌㄨㄥˇ ［儱侗］（lǒngtǒng ㄌㄨㄥˇ ㄊㄨㄥˇ）〈書〉同'籠統'。

攏（拢） lǒng ㄌㄨㄥˇ ❶合上：他笑得嘴都合不攏了。❷靠近；到達：攏岸｜靠攏｜快攏工地了。❸總合：攏共｜攏總｜把賬攏一攏。❹使不鬆散或不離開；收攏：攏音｜歸攏｜用繩子把柴火攏住｜把孩子攏在懷裏｜攏住他的心。❺梳（頭髮）：她用梳子攏了攏頭髮。

【攏岸】lǒng∥àn ㄌㄨㄥˇ∥ㄢˋ （船隻）靠岸。

【攏共】lǒnggòng ㄌㄨㄥˇ ㄍㄨㄥˋ 共計；總計：鎮上攏共不過三百戶人家。

【攏音】lǒng∥yīn ㄌㄨㄥˇ∥ㄧㄣ 使聲波在一定範圍內不分散，聽起來聲音更清晰：在露天劇場唱不攏音。

【攏子】lǒng·zi ㄌㄨㄥˇ·ㄗ 齒小而密的梳子。

【攏總】lǒngzǒng ㄌㄨㄥˇ ㄗㄨㄥˇ 共計；總計：站上職工攏總五十個人。

壟（垄） lǒng ㄌㄨㄥˇ ❶在耕地上培成的一行一行的土埂，在上面種植農作物：壟溝。❷田地分界的稍稍高起的小路；田埂。❸形狀像'壟'①的東西：瓦壟。

【壟斷】lǒngduàn ㄌㄨㄥˇ ㄉㄨㄢˋ 《孟子·公孫丑》：'必求壟斷而登之，以左右望而罔市利。'原指站在市集的高地上操縱貿易，後泛指把持和獨佔：壟斷市場｜壟斷集團。

【壟溝】lǒnggōu ㄌㄨㄥˇ ㄍㄡ 壟和壟之間的溝，用來灌溉、排水或施肥。

【壟作】lǒngzuò ㄌㄨㄥˇ ㄗㄨㄛˋ 把農作物種在壟上，或把行間的土逐漸培在作物的根部形成壟，如甘薯就是用壟作的方法種植的。

隴（陇） Lǒng ㄌㄨㄥˇ ❶隴山，山名，在陝西、甘肅交界的地方。❷甘肅的別稱。

【隴劇】lǒngjù ㄌㄨㄥˇ ㄐㄩˋ 甘肅地方戲曲劇種之一，由甘肅東部的皮影戲隴東道情發展而成。

籠（笼） lǒng ㄌㄨㄥˇ ❶籠罩：暮色籠住了大地｜整個山村籠在烟雨之中。❷籠子（lǒng·zi）：箱籠。

另見743頁 lóng。

【籠絡】lǒngluò ㄌㄨㄥˇ ㄌㄨㄛˋ 用手段拉攏人：籠絡人心。

【籠統】lǒngtǒng ㄌㄨㄥˇ ㄊㄨㄥˇ 缺乏具體分析，不明確；含混：他的話說得非常籠統｜他只是籠籠統統地解釋一下。

【籠罩】lǒngzhào ㄌㄨㄥˇ ㄓㄠˋ 像籠子（lóng·zi）似地罩在上面：晨霧籠罩在湖面上｜朦朧的月光籠罩着原野。

【籠子】lǒng·zi ㄌㄨㄥˇ·ㄗ 〈方〉比較大的箱子。

另見744頁 lóng·zi。

lòng （ㄌㄨㄥˋ）

弄 lòng ㄌㄨㄥˋ 〈方〉小巷；胡同（多用於巷名）：里弄｜弄堂。

另見849頁 nòng。

【弄堂】lòngtáng ㄌㄨㄥˋ ㄊㄤˊ 〈方〉巷；弄：弄堂口｜弄堂門｜弄堂房子｜三條弄堂。

哢 lòng ㄌㄨㄥˋ 〈書〉鳥叫。

峼 lòng ㄌㄨㄥˋ 石山間的小片平地。［壯］

lōu （ㄌㄡ）

摟（搂） lōu ㄌㄡ ❶用手或工具把東西聚集到自己面前：摟柴火｜摟點兒乾草燒。❷用手攏着提起來（指衣服）：摟起袖子｜他摟着衣裳，邁着大步向前走。❸搜刮（財物）；盡力賺（錢）：摟錢。❹〈方〉向自己的方向撥；扳：摟扳機。❺〈方〉核算：摟算｜把賬摟一摟。

另見745頁 lǒu。

【摟頭】lōutóu ㄌㄡ ㄊㄡˊ 〈方〉照着腦袋；迎頭：摟頭就是一拳。

【摟頭蓋臉】lōu tóu gài liǎn ㄌㄡ ㄊㄡˊ ㄍㄞˋ ㄌㄧㄢˇ 正對着頭和臉：她抄起個碗對着那個人摟頭蓋臉扔過去。也說摟頭蓋頂。

瞜（䁖） lōu ㄌㄡ 〈方〉看（口氣不莊重）：這是你新買的嗎？我瞜瞜｜這玩意兒不錯，讓我瞜一眼。

lóu（ㄌㄡˊ）

婁（娄） lóu ㄌㄡˊ ❶〈方〉(身體)虛弱：他動不動就病，身子骨兒可婁啦。❷〈方〉(某些瓜類)過熟而變質：婁瓜｜西瓜婁了保換。❸二十八宿之一。❹(Lóu)姓。

【婁子】lóu·zi ㄌㄡˊ·ㄗ 亂子；糾紛；禍事：惹婁子｜捅婁子｜出婁子。

劃（剅） lóu ㄌㄡˊ 〈方〉堤壩下面排水、灌水的口子；橫穿河堤的水道：劃口｜劃嘴。

僂（偻） lóu ㄌㄡˊ ❶見403頁〖佝僂病〗(gōulóubìng)。❷［僂儸］(lóu·luó)同'嘍囉'。

另見753頁 lǚ。

蔞〔蔞〕（蒌） lóu ㄌㄡˊ 見下。

【蔞蒿】lóuhāo ㄌㄡˊ ㄏㄠ 多年生草本植物，葉子互生，有柄，羽狀分裂，背面密生灰白色細毛，花冠筒狀，淡黃色。葉子可以做艾的代用品。

【蔞葉】lóuyè ㄌㄡˊ ㄧㄝˋ 常綠木本植物，莖蔓生，葉子橢圓形，花綠色。果實有辣味，可以用來製醬。也叫蒟醬(jǔjiàng)。

嘍（喽） lóu ㄌㄡˊ ［嘍囉］(lóu·luó ㄌㄡˊ·ㄌㄨㄛ)舊時稱強盜頭目的部下，現多比喻追隨惡人的人。也作嘍羅、僂儸。

另見746頁 ·lou。

漊（溇） Lóu ㄌㄡˊ 漊水，水名，在湖南。

樓（楼） lóu ㄌㄡˊ ❶樓房：一座樓｜大樓｜教室樓｜高樓大廈。❷樓房的一層：一樓(平地的一層)｜一口氣爬上十樓。❸(樓兒)房屋或其他建築物上加蓋的一層房子：城樓｜箭樓。❹用於某些店鋪的名稱：茶樓｜酒樓｜銀樓。❺(Lóu)姓。

【樓板】lóubǎn ㄌㄡˊ ㄅㄢˇ 樓房中上下兩層之間的木板或水泥板。

【樓層】lóucéng ㄌㄡˊ ㄘㄥˊ 指樓房的一層：每個樓層都設有消火栓。

【樓道】lóudào ㄌㄡˊ ㄉㄠˋ 樓房內部的走道：樓道裏不要堆放雜物。

【樓房】lóufáng ㄌㄡˊ ㄈㄤˊ 兩層或兩層以上的房子。

【樓閣】lóugé ㄌㄡˊ ㄍㄜˊ 樓和閣，泛指樓房。

【樓台】lóutái ㄌㄡˊ ㄊㄞˊ ❶〈方〉涼台。❷泛指樓(多用於詩詞戲曲)：近水樓台。

【樓梯】lóutī ㄌㄡˊ ㄊㄧ 架設在樓房的兩層之間供人上下的設備，形狀像台階。

螻（蝼） lóu ㄌㄡˊ 螻蛄：螻蟻。

【螻蛄】lóugū ㄌㄡˊ ㄍㄨ 昆蟲，背部茶褐色，腹面灰黃色。前足發達，呈鏟狀，適於掘土，有尾鬚。生活在泥土中，晝伏夜出，吃農作物嫩莖。通稱蝲蝲蛄(làlàgǔ)，有的地區叫土狗子。

【螻蟻】lóuyǐ ㄌㄡˊ ㄧˇ 螻蛄和螞蟻，用來代表微小的生物，比喻力量薄弱或地位低微的人。

【螻蟈】lóuzhì ㄌㄡˊ ㄓˋ 古書上指螻蛄。

耬（耧） lóu ㄌㄡˊ 播種用的農具，由牲畜牽引，後面有人扶着，可以同時完成開溝和下種兩項工作。有的地區叫耩子(jiǎng·zi)。

【耬播】lóubō ㄌㄡˊ ㄅㄛ 耩(jiǎng)。

【耬車】lóuchē ㄌㄡˊ ㄔㄜ 古代稱耬。

髏（髅） lóu ㄌㄡˊ 見283頁［髑髏］(dúlóu)、662頁［骷髏］(kūlóu)。

lǒu（ㄌㄡˇ）

摟（搂） lǒu ㄌㄡˇ ❶摟抱：媽媽把孩子摟在懷裏。❷量詞：兩摟粗的大樹。

另見744頁 lōu。

【摟抱】lǒubào ㄌㄡˇ ㄅㄠˋ 兩臂合抱；用胳膊攏着：小姑娘親熱地摟抱着小貓。

嶁（嵝） lǒu ㄌㄡˇ 岣嶁(Gǒulǒu ㄍㄡˇ ㄌㄡˇ)，山名，就是衡山，在湖南。

簍（篓） lǒu ㄌㄡˇ (簍兒)簍子：竹簍｜背簍｜油簍｜字紙簍兒。

【簍子】lǒu·zi ㄌㄡˇ·ㄗ 用竹子、荊條、葦篾兒等編成的盛東西的器具，從口到底比較深。

lòu（ㄌㄡˋ）

陋 lòu ㄌㄡˋ ❶不好看；醜：醜陋。❷粗劣；不精緻：粗陋｜因陋就簡。❸(住的地方)狹小，不華美：陋室｜陋巷。❹不文明；不合理：陋俗｜陋習。❺(見聞)少：淺陋｜孤陋寡聞。

【陋規】lòuguī ㄌㄡˋ ㄍㄨㄟ 不好的慣例。舊時多指官吏索賄受賄：革除陋規。

【陋室】lòushì ㄌㄡˋ ㄕˋ 簡陋的房屋：身居陋室。

【陋俗】lòusú ㄌㄡˋ ㄙㄨˊ 不好的風俗。

【陋習】lòuxí ㄌㄡˋ ㄒㄧˊ 不好的習慣：陳規陋習。

漏 lòu ㄌㄡˋ ❶東西從孔或縫中滴下，透出或掉出：壺裏的水漏光了。❷物體有孔或縫，東西能滴下、透出或掉出：漏勺｜鍋漏了｜那間房子漏雨。❸漏壺的簡稱，借指時刻：漏盡更深。❹泄漏：走漏風聲。❺遺漏：挂一漏萬｜這一行漏了兩個字｜點名的時候，把他的名字給漏了。

【漏窗】lòuchuāng ㄌㄡˋ ㄔㄨㄤ 園林建築中不糊

紙或不安玻璃的窗戶。

【漏電】lòu//diàn ㄌㄡˋ//ㄉㄧㄢˋ 跑電。

【漏洞】lòudòng ㄌㄡˋ ㄉㄨㄥˋ ❶能讓東西漏過去的不應有的縫隙或小孔兒。❷(說話、做事、辦法等)不周密的地方；破綻：堵塞工作的漏洞｜他的話裏漏洞百出。

【漏兜】lòu//dōu ㄌㄡˋ//ㄉㄡ 〈方〉不自覺把隱藏的事情泄漏出來：這一手要得不夠巧妙，漏兜啦！｜把事說漏了兜。

【漏斗】lòudǒu ㄌㄡˋ ㄉㄡˇ 把液體或顆粒、粉末灌到小口的容器裏用的器具，一般是由一個錐形的斗和一個管子構成。

【漏風】lòu//fēng ㄌㄡˋ//ㄈㄥ ❶器物有空隙，風能出入：這個風箱漏風｜窗戶有縫兒，到冬天漏風。❷因為牙齒脫落，說話時攏不住氣：安上了假牙以後，他說話不再漏風了。❸走漏風聲：這件事先別漏出風去。

【漏光】lòu//guāng ㄌㄡˋ//ㄍㄨㄤ 感光材料(如膠片、感光紙等)由於封閉不嚴密而感光。

【漏壺】lòuhú ㄌㄡˋ ㄏㄨˊ 古代計時的器具，用銅製成，分播水壺、受水壺兩部。播水壺分二至四層，均有小孔，可以滴水，最後流入受水壺，受水壺裏有立箭，箭上劃分一百刻，箭隨蓄水逐漸上升，露出刻數，用以表示時間。也有不用水而用沙的。也叫漏刻。簡稱漏。

【漏勺】lòusháo ㄌㄡˋ ㄕㄠˊ 炊事用具，有許多小孔的金屬勺子。

【漏失】lòushī ㄌㄡˋ ㄕ ❶漏出而失掉：水分漏失。❷疏漏；失誤：這一工作不能有半點漏失。

【漏稅】lòu//shuì ㄌㄡˋ//ㄕㄨㄟˋ (納稅者)由於疏忽大意或者不了解稅收法令而沒有繳納應繳的稅款，通常指有意違反稅收法令逃避應該繳納的稅款。

【漏脫】lòutuō ㄌㄡˋ ㄊㄨㄛ 遺漏；遺失。

【漏網】lòu//wǎng ㄌㄡˋ//ㄨㄤˇ (罪犯、敵人等)沒有被逮捕或殲滅：無一漏網｜漏網之魚(比喻僥幸脫逃的罪犯、敵人等)。

【漏泄】lòuxiè ㄌㄡˋ ㄒㄧㄝˋ ❶(水、光綫等)流出或透出：汽缸漏泄｜陽光從枝葉的縫隙中漏泄下來。❷泄露；走漏：漏泄試題｜漏泄天機。

【漏夜】lòuyè ㄌㄡˋ ㄧㄝˋ 深夜。

【漏卮】lòuzhī ㄌㄡˋ ㄓ 〈書〉有漏洞的盛酒器。比喻國家利益外溢的漏洞。

【漏子】lòu·zi ㄌㄡˋ·ㄗ ❶漏斗。❷漏洞：這戲法兒變得讓人看不出漏子來。

【漏嘴】lòu//zuǐ ㄌㄡˋ//ㄗㄨㄟˇ 說話不留神把不該說或不想說的話說了出來。

瘻(瘘、瘺)

lòu ㄌㄡˋ ❶瘻管：痔瘻｜肛瘻。❷〈書〉瘰鬁。

【瘻管】lòuguǎn ㄌㄡˋ ㄍㄨㄢˇ 人或動物體內發生膿腫時生成的管子，管子的開口或在皮膚表面或與其他內臟相通，病灶內的分泌物可以由瘻管流出來。生理學實驗上也指安在動物器官上的人工瘻管。

鏤(镂)

lòu ㄌㄡˋ 雕刻：雕鏤｜鏤刻｜鏤花｜鏤空。

【鏤骨銘心】lòu gǔ míng xīn ㄌㄡˋ ㄍㄨˇ ㄇㄧㄥˊ ㄒㄧㄣ 刻骨銘心。

【鏤刻】lòukè ㄌㄡˋ ㄎㄜˋ ❶雕刻：鏤刻花紋◇歲月在他的額頭鏤刻下深深的皺紋。❷深深地記在心裏；銘記：動人的話語鏤刻在她的心中。

【鏤空】lòukōng ㄌㄡˋ ㄎㄨㄥ 在物體上雕刻出穿透物體的花紋或文字：鏤空的象牙球。

露

lòu ㄌㄡˋ 義同'露²'(lù)用於下列各條。另見751頁lù。

【露白】lòu//bái ㄌㄡˋ//ㄅㄞˊ 指在人前露出自己帶的財物。

【露醜】lòu//chǒu ㄌㄡˋ//ㄔㄡˇ 出醜；丟醜：出乖露醜。

【露底】lòu//dǐ ㄌㄡˋ//ㄉㄧˇ 泄漏底細：這事一定要保密，千萬不能露了底。

【露風】lòu//fēng ㄌㄡˋ//ㄈㄥ 走漏風聲。

【露富】lòu//fù ㄌㄡˋ//ㄈㄨˋ 顯出有錢。

【露臉】lòu//liǎn ㄌㄡˋ//ㄌㄧㄢˇ ❶指因獲得榮譽或受到讚揚，臉上有光彩：幹出點兒名堂來，也露露臉。❷〈方〉(露臉兒)露面：他有好幾天沒在村裏露臉了。

【露馬腳】lòu mǎjiǎo ㄌㄡˋ ㄇㄚˇ ㄐㄧㄠˇ 比喻隱蔽的事實真相泄漏出來：說謊早晚總要露馬腳。

【露面】lòu//miàn ㄌㄡˋ//ㄇㄧㄢˋ (露面兒)出現在一定的場合(多指人出來交際應酬)：公開露面。

【露苗】lòu//miáo ㄌㄡˋ//ㄇㄧㄠˊ 種子萌發後，幼苗露出地表面。也叫出苗。

【露怯】lòu// qiè ㄌㄡˋ//ㄑㄧㄝˋ 〈方〉因為缺乏知識，言談舉止發生可笑的錯誤：從小長在城市裏，乍到農村難免露怯。

【露頭】lòu//tóu ㄌㄡˋ//ㄊㄡˊ ❶(露頭兒)露出頭部：他從洞裏爬出來，剛一露頭兒就被我們發現了。❷比喻剛出現；顯出迹象：旱象已經露頭。

另見751頁lùtóu。

【露餡兒】lòu//xiànr ㄌㄡˋ//ㄒㄧㄢㄦˋ 比喻不願意讓人知道的事暴露出來：這本來是捏造的，一對證，就露餡兒了。

【露相】lòu//xiàng ㄌㄡˋ//ㄒㄧㄤˋ 〈方〉(露相兒)露出本來面目。

【露一手】lòu yī shǒu ㄌㄡˋ ㄧ ㄕㄡˇ (在某一方面或某件事上)顯示本領：他唱歌真不錯，每次聯歡總要露一手。

·lou (·ㄌㄡ)

嘍(喽)

·lou ·ㄌㄡ 助詞。❶用法如'了'(·le)①，用於預期的或假設的動作：吃嘍飯就走｜他要知道嘍一定很高興。❷用法如'了'(·le)，帶有提醒注意的語氣：水開嘍｜起來嘍。

另見745頁 lóu。

lū (ㄌㄨ)

擼(撸) lū ㄌㄨ 〈方〉❶捋(luō)：挽着褲腳，擼起袖子｜把樹枝上的葉子擼下來。❷撤消(職務)：他因犯了錯誤，職務也給擼了。❸訓斥；斥責：挨了一頓擼。

【擼子】lū·zi ㄌㄨ ·ㄗ 〈方〉小手槍。

嚕(噜) lū ㄌㄨ ［嚕蘇］(lū·sū ㄌㄨ ·ㄙㄨ)〈方〉囉唆。

lú (ㄌㄨˊ)

盧(卢) Lú ㄌㄨˊ 姓。

【盧比】lúbǐ ㄌㄨˊ ㄅㄧˇ 印度、巴基斯坦、孟加拉、尼泊爾、斯里蘭卡等國的本位貨幣。［英 rupee］

【盧布】lúbù ㄌㄨˊ ㄅㄨˋ 俄羅斯等國的本位貨幣。［俄 рубль］

【盧溝橋事變】Lúgōuqiáo Shìbiàn ㄌㄨˊ ㄍㄡ ㄑㄧㄠˊ ㄕˋ ㄅㄧㄢˋ 七七事變。

蘆〔蘆〕(芦) lú ㄌㄨˊ ❶蘆葦：蘆花｜蘆根｜蘆蓆。❷(Lú)姓。

另見748頁 lǔ。

【蘆蕩】lúdàng ㄌㄨˊ ㄉㄤˋ 葦蕩。

【蘆廢】lúfèi ㄌㄨˊ ㄈㄟˋ 〈方〉蘆蓆。

【蘆花】lúhuā ㄌㄨˊ ㄏㄨㄚ 蘆葦花軸上密生的白毛。

【蘆笙】lúshēng ㄌㄨˊ ㄕㄥ 苗、侗等少數民族的管樂器，用若干根蘆竹管和一根吹氣管裝在木製的座子上製成。

【蘆葦】lúwěi ㄌㄨˊ ㄨㄟˇ 多年生草本植物，多生在水邊，葉子披針形，莖中空，光滑，花紫色，花的下面有很多絲狀的毛。莖可以編蓆，也可以造紙。地下莖可入藥。也叫葦或葦子。

【蘆蓆】lúxí ㄌㄨˊ ㄒㄧˊ 用葦篾編成的蓆子。

壚[1](垆) lú ㄌㄨˊ 黑色的土壤：壚土。

壚[2](垆) lú ㄌㄨˊ 酒店裏安放酒瓮的土台子，借指酒店：酒壚｜當壚(賣酒)。

【壚坶】lúmǔ ㄌㄨˊ ㄇㄨˇ 壤土舊稱壚坶。［英 loam］

【壚埴】lúzhí ㄌㄨˊ ㄓˊ 〈書〉黑色的黏土。

廬[1](庐) lú ㄌㄨˊ 簡陋的房屋：茅廬｜廬舍。

廬[2](庐) Lú ㄌㄨˊ ❶指廬州(舊府名，府治在今安徽合肥)：廬劇。❷姓。

【廬山真面】Lú Shān zhēn miàn ㄌㄨˊ ㄕㄢ ㄓㄣ ㄇㄧㄢˋ 蘇軾詩《題西林壁》：'橫看成嶺側成峰，遠近高低各不同，不識廬山真面目，只緣身在此山中。'後來用'廬山真面'比喻事物的真相或人的本來面目。也說廬山真面目。

【廬舍】lúshè ㄌㄨˊ ㄕㄜˋ 〈書〉房屋；田舍。

瀘(泸) Lú ㄌㄨˊ ❶瀘水，就是今金沙江在四川宜賓以上、雲南四川交界處的一段。❷瀘水，就是今怒江。

【瀘州大麯】Lúzhōu dà qū ㄌㄨˊ ㄓㄡ ㄉㄚˋ ㄑㄩ 四川瀘州出產的白酒，酒味醇美。

櫨(栌) lú ㄌㄨˊ 見89頁［欂櫨］(bólú)、505頁〖黃櫨〗。

臚(胪) lú ㄌㄨˊ 〈書〉陳列：臚列｜臚陳。

【臚陳】lúchén ㄌㄨˊ ㄔㄣˊ 〈書〉陳述(多用於舊式公文或書信)：謹將經過實情，臚陳如左。

【臚列】lúliè ㄌㄨˊ ㄌㄧㄝˋ 〈書〉❶列舉：臚列三種方案，以供採擇。❷陳列：珍饈臚列。

爐(炉、鑪) lú ㄌㄨˊ 爐子：火爐｜鍋爐｜電爐｜高爐｜圍爐取暖。

【爐箅子】lúbì·zi ㄌㄨˊ ㄅㄧˋ ·ㄗ 爐膛和爐底之間承煤漏灰的鐵屜子。

【爐襯】lúchèn ㄌㄨˊ ㄔㄣˋ 用耐火材料砌成的冶煉爐的內壁。

【爐火純青】lú huǒ chún qīng ㄌㄨˊ ㄏㄨㄛˇ ㄔㄨㄣˊ ㄑㄧㄥ 相傳道家煉丹，到爐子裏的火發出純青色的火焰的時候，就算成功了。比喻學問、技術或辦事達到了純熟完美的地步。

【爐料】lúliào ㄌㄨˊ ㄌㄧㄠˋ 礦石和其他原料按一定比例配成的混合物，冶煉時把它們裝到爐裏。

【爐齡】lúlíng ㄌㄨˊ ㄌㄧㄥˊ 工業上指爐襯的使用期限，一般根據兩次大修之間冶煉的次數和時數來計算。

【爐橋】lúqiáo ㄌㄨˊ ㄑㄧㄠˊ 〈方〉爐箅子。

【爐台】lútái ㄌㄨˊ ㄊㄞˊ (爐台兒)爐子上頭可以放東西的平面部分：把飯放在爐台上，免得涼了。

【爐膛】lútáng ㄌㄨˊ ㄊㄤˊ (爐膛兒)爐子裏面燒火的地方：把爐膛改小一點，就能省煤。

【爐條】lútiáo ㄌㄨˊ ㄊㄧㄠˊ 爐膛與爐底之間承燃料的鐵條，作用與爐箅子相同。

【爐瓦】lúwǎ ㄌㄨˊ ㄨㄚˇ 用耐火材料做成的瓦狀物，砌在爐內做為內襯。

【爐灶】lúzào ㄌㄨˊ ㄗㄠˋ 爐子和灶的統稱：修理爐灶◇另起爐灶。

【爐渣】lúzhā ㄌㄨˊ ㄓㄚ ❶冶煉時雜質經氧化與

金屬分離形成的渣滓。有些爐渣可用來製爐渣水泥、爐渣磚、爐渣玻璃等。❷煤燃燒後結成的焦渣。‖也叫熔渣。

【爐子】lú·zi ㄌㄨˊ·ㄗ 供做飯、燒水、取暖、冶煉等用的器具或裝置。

矑(𬏠) lú ㄌㄨˊ 〈書〉瞳人。

艫(舻) lú ㄌㄨˊ 〈書〉船頭，也指船：舳艫。

纑(纑) lú ㄌㄨˊ ❶〈書〉織細麻布的縷坯子。❷古書上指苧麻一類的植物。

轤(轳) lú ㄌㄨˊ 見751頁〖轆轤〗(lù·lú)。

顱(颅) lú ㄌㄨˊ 頭的上部，包括頭骨和腦。也指頭。(圖見410頁〖骨骼〗)

【顱骨】lúgǔ ㄌㄨˊ ㄍㄨˇ 見1153頁〖頭骨〗。

【顱腔】lúqiāng ㄌㄨˊ ㄑㄧㄤ 顱內的空腔，頂部略呈半球形，底部高低不平。顱腔內有腦子。

鸕(鸬) lú ㄌㄨˊ ［鸕鷀］(lúcí ㄌㄨˊ ㄘˊ) 水鳥，羽毛黑色，有綠色光澤，嘴扁而長，暗黑色，上嘴的尖端有鈎。能游泳，善於捕魚，喉下的皮膚擴大成囊狀，捕得魚就放在囊內。我國南方多飼養來幫助捕魚。通稱魚鷹。有的地區叫墨鴉。

鱸(鲈) lú ㄌㄨˊ 鱸魚，身體上部青灰色，下部灰白色，身體兩側和背鰭有黑斑。生活在近海，秋末到河口產卵。

lǔ (ㄌㄨˇ)

鹵(卤) lǔ ㄌㄨˇ ❶鹽鹵。❷鹵素。‘鹵’另見748頁 lǔ‘滷’。

【鹵化】lǔhuà ㄌㄨˇ ㄏㄨㄚˋ 通常指有機化合物分子中引入鹵素原子的反應，包括氟化、氯化、溴化和碘化。

【鹵莽】lǔmǎng ㄌㄨˇ ㄇㄤˇ 同‘魯莽’。

【鹵水】lǔshuǐ ㄌㄨˇ ㄕㄨㄟˇ ❶鹽鹵。❷從鹽井裏取出供熬製井鹽的液體。

【鹵素】lǔsù ㄌㄨˇ ㄙㄨˋ 鹵族元素，包括氟、氯、溴、碘、砹五種元素。

【鹵質】lǔzhì ㄌㄨˇ ㄓˋ 土壤中所含的鹹質。

虜(虏) lǔ ㄌㄨˇ ❶俘虜①。❷俘虜②。❸古代指奴隸。❹〈書〉對敵方的蔑稱：敵虜｜強虜。

【虜獲】lǔhuò ㄌㄨˇ ㄏㄨㄛˋ 俘虜敵人，繳獲武器。

滷(卤) lǔ ㄌㄨˇ ❶用鹽水加五香或用醬油煮：滷味｜滷雞｜滷鴨｜滷口條(滷煮豬舌)。❷用肉類、雞蛋等做湯加澱粉而成的濃汁，用來澆在麪條等食物上：打滷面。❸(滷兒)飲料的濃汁：茶滷兒。‘鹵’另見748頁 lǔ‘鹵’。

【滷菜】lǔcài ㄌㄨˇ ㄘㄞˋ 滷製的葷菜。

【滷味】lǔwèi ㄌㄨˇ ㄨㄟˋ 滷製的冷菜，如滷雞、滷肉等。

【滷蝦】lǔxiā ㄌㄨˇ ㄒㄧㄚ 食品，把蝦磨成糊狀，加鹽製成。

【滷蝦油】lǔxiāyóu ㄌㄨˇ ㄒㄧㄚ ㄧㄡˊ 滷蝦的清汁。

【滷製】lǔzhì ㄌㄨˇ ㄓˋ 用滷的方法製作；滷①。

魯1(鲁) lǔ ㄌㄨˇ ❶遲鈍；笨：愚魯｜魯鈍。❷莽撞；粗野：粗魯｜魯莽。

魯2(鲁) Lǔ ㄌㄨˇ ❶周朝國名，在今山東曲阜一帶。❷山東的別稱：魯菜。❸姓。

【魯班尺】lǔbānchǐ ㄌㄨˇ ㄅㄢ ㄔˇ 木工所用的曲尺。

【魯鈍】lǔdùn ㄌㄨˇ ㄉㄨㄣˋ 愚笨；不敏銳：賦性魯鈍。

【魯莽】lǔmǎng ㄌㄨˇ ㄇㄤˇ 說話做事不經過考慮；輕率：說話魯莽｜魯莽從事。也作鹵莽。

【魯魚亥豕】lǔ yú hài shǐ ㄌㄨˇ ㄩˊ ㄏㄞˋ ㄕˇ 把‘魯’字寫成‘魚’字，把‘亥’字寫成‘豕’字。指文字傳寫刊刻錯誤。

【魯直】lǔzhí ㄌㄨˇ ㄓˊ 魯莽而直率。

擄(掳) lǔ ㄌㄨˇ 把人搶走：擄掠｜擄人勒贖。

【擄掠】lǔlüè ㄌㄨˇ ㄌㄩㄝˋ 搶劫人和財物：姦淫擄掠。

櫓1(橹、樐、艪、艣) lǔ ㄌㄨˇ 使船前進的工具，比槳長而大，安在船梢或船旁，用人搖。

櫓2(橹) lǔ ㄌㄨˇ 〈書〉大盾牌。

蘆〔蘆〕(芦) lǔ ㄌㄨˇ 見1383頁〖油葫蘆〗。另見747頁 lú。

鑥(镥) lǔ ㄌㄨˇ 金屬元素，符號 Lu (lutetium)。是一種稀土金屬。銀白色，質軟。用於原子能工業。

lù (ㄌㄨˋ)

六 lù ㄌㄨˋ ❶六安(Lù'ān ㄌㄨˋ ㄢ)，山名，又地名，都在安徽。❷六合(Lùhé ㄌㄨˋ ㄏㄜˊ)，地名，在江蘇。另見741頁 liù。

甪 lù ㄌㄨˋ ❶甪直(Lùzhí ㄌㄨˋ ㄓˊ)，地名，在江蘇。❷甪堰(Lùyàn ㄌㄨˋ ㄧㄢˋ)，地名，在浙江。

【甪里】Lùlǐ ㄌㄨˋ ㄌㄧˇ ❶古地名，在今江蘇吳縣西南。❷姓。

菉〔菉〕(菉) lù ㄌㄨˋ 梅菉(Méilù ㄇㄟˊ ㄌㄨˋ)，地名，在廣東。

另見753頁 lù。

塶(塶) lù ㄌㄨˋ 土山間的小片平地。［壯］

鹿 lù ㄌㄨˋ ❶哺乳動物反芻類的一科，種類很多，四肢細長，尾巴短，一般雄獸頭上有角，個別種類雌的也有角，毛多是褐色，有的有花斑或條紋，聽覺和嗅覺都很靈敏。❷(Lù)姓。

【鹿角】lùjiǎo ㄌㄨˋ ㄐㄧㄠˇ ❶鹿的角。特指雄鹿的角，中醫入藥：鹿角膠。❷鹿砦。

【鹿茸】lùróng ㄌㄨˋ ㄖㄨㄥˊ 雄鹿的嫩角沒有長成硬骨時，帶茸毛，含血液，叫做鹿茸。是一種貴重的中藥。

【鹿死誰手】lù sǐ shéi shǒu ㄌㄨˋ ㄙˇ ㄕㄟˊ ㄕㄡˇ 以追逐野鹿比喻爭奪天下，'不知鹿死誰手'表示不知道誰能獲勝，現多用於比賽。

【鹿砦】lùzhài ㄌㄨˋ ㄓㄞˋ 軍用的一種障礙物，把樹木的枝幹交叉放置，用來阻止敵人的步兵或坦克。因形狀像鹿角而得名。也作鹿寨。

【鹿寨】lùzhài ㄌㄨˋ ㄓㄞˋ 同'鹿砦'。

淥(渌) Lù ㄌㄨˋ 淥水，發源於江西，流入湖南。

陸(陆) lù ㄌㄨˋ ❶陸地：大陸｜登陸｜陸路｜水陸交通。❷(Lù)姓。

另見741頁 liù。

【陸沈】lùchén ㄌㄨˋ ㄔㄣˊ 陸地下沈或沈沒。比喻國土淪喪。

【陸稻】lùdào ㄌㄨˋ ㄉㄠˋ 旱稻。

【陸地】lùdì ㄌㄨˋ ㄉㄧˋ 地球表面除去海洋(有時也除去江河湖泊)的部分。

【陸風】lùfēng ㄌㄨˋ ㄈㄥ 氣象學上指沿海地帶夜間從大陸吹向海洋的風。

【陸架】lùjià ㄌㄨˋ ㄐㄧㄚˋ 大陸架。

【陸軍】lùjūn ㄌㄨˋ ㄐㄩㄣ 陸地作戰的軍隊。現代陸軍通常由步兵、炮兵、裝甲兵、工程兵等兵種和各專業部隊組成。

【陸離】lùlí ㄌㄨˋ ㄌㄧˊ 形容色彩繁雜：光怪陸離。

【陸路】lùlù ㄌㄨˋ ㄌㄨˋ 旱路：陸路交通。

【陸棚】lùpéng ㄌㄨˋ ㄆㄥˊ 大陸架。

【陸坡】lùpō ㄌㄨˋ ㄆㄛ 大陸架。

【陸橋】lùqiáo ㄌㄨˋ ㄑㄧㄠˊ ❶連接兩塊大陸的陸地，如地質史上的連接亞洲和北美洲的陸地，和現在連接北美洲和南美洲的巴拿馬地峽。陸橋往往用於說明生物和古人類的遷移路綫。❷海運的貨物到達港口後，改為陸運，到另一港口再改為海運，兩個港口之間的這一段陸地叫陸橋。

【陸禽】lùqín ㄌㄨˋ ㄑㄧㄣˊ 鳥的一類，翅膀短圓，不能遠飛，善於在陸地上行走，如原鴿、原雞、鵪鶉等。

【陸續】lùxù ㄌㄨˋ ㄒㄩˋ 副詞，表示先先後後，時斷時續：來賓陸續地到了｜一到三月，桃花、李花和海棠陸陸續續都開了。

【陸運】lùyùn ㄌㄨˋ ㄩㄣˋ 陸路(鐵路、公路等)上的運輸。

琭(琭) lù ㄌㄨˋ ［琭琭］〈書〉形容稀少：琭琭如玉。

祿(禄) lù ㄌㄨˋ ❶古代稱官吏的俸給：俸祿｜高官厚祿｜無功受祿。❷(Lù)姓。

【祿蠹】lùdù ㄌㄨˋ ㄉㄨˋ 〈書〉指追求功名利祿的人。

【祿位】lùwèi ㄌㄨˋ ㄨㄟˋ 〈書〉俸祿和官職。

逯(逯) Lù ㄌㄨˋ 姓。

輅(辂) lù ㄌㄨˋ ❶古代車轅上用來挽車的橫木。❷古代的一種大車。

碌(碌) lù ㄌㄨˋ ❶平凡(指人)：庸碌。❷事務繁雜：忙碌｜勞碌。

另見741頁 liù。

【碌碌】lùlù ㄌㄨˋ ㄌㄨˋ ❶平庸，沒有特殊能力：庸庸碌碌｜碌碌無為。❷形容事務繁雜、辛辛苦苦的樣子：碌碌半生。

賂(赂) lù ㄌㄨˋ 〈書〉❶贈送財物；賄賂。❷財物，特指贈送的財物。

睩(睩) lù ㄌㄨˋ 〈書〉眼珠轉動。

路 lù ㄌㄨˋ ❶道路：陸路｜水路｜大路｜同路。❷路程：八千里路｜路遙知馬力。❸(路兒)途徑；門路：生路｜活路兒。❹條理：理路｜思路｜筆路。❺地區；方面：南路貨｜外路人｜各路英雄。❻路綫：三路進軍｜七路公共汽車。❼種類；等次：這一路人｜哪一路病？｜頭路貨｜紙有好幾路｜二三路角色。❽(Lù)姓。

【路標】lùbiāo ㄌㄨˋ ㄅㄧㄠ ❶交通標誌。❷隊伍行動時沿路所做的聯絡標誌。

【路不拾遺】lù bù shí yí ㄌㄨˋ ㄅㄨˋ ㄕˊ ㄧˊ 東西掉在路上沒有人撿走據為己有。形容社會風氣很好。也說道不拾遺。

【路程】lùchéng ㄌㄨˋ ㄔㄥˊ ❶運動的物體從起點到終點經過路綫的總長度。❷泛指道路的遠近：五百里路程｜三天路程｜打聽前面的路程◇革命的路程。

【路倒兒】lùdǎor ㄌㄨˋ ㄉㄠㄦˇ 〈方〉因貧病凍餓而倒斃在路上的人。

【路道】lùdào ㄌㄨˋ ㄉㄠˋ 〈方〉❶途徑；門路：路道熟｜路道粗(形容門路廣)。❷人的行徑(多用於貶義)：來人路道不正。

【路燈】lùdēng ㄌㄨˋ ㄉㄥ 裝在道路上照明用的燈。

【路堤】lùdī ㄌㄨˋ ㄉㄧ 在低地上修築的高於原地面的路基。

【路段】lùduàn ㄌㄨˋ ㄉㄨㄢˋ 指道路的一段：有的路段，推土機、壓道機一齊上，修得很快。

【路費】lùfèi ㄌㄨˋ ㄈㄟˋ 旅程中所用的錢，包括交通、伙食、住宿等方面的費用。

【路風】lùfēng ㄌㄨˋ ㄈㄥ 指鐵路部門的工作作風和風氣。

【路規】lùguī ㄌㄨˋ ㄍㄨㄟ 鐵路上指有關火車運行的規章制度。

【路軌】lùguǐ ㄌㄨˋ ㄍㄨㄟˇ ❶鋪設火車道或電車道用的長條鋼材。❷軌道。

【路過】lùguò ㄌㄨˋ ㄍㄨㄛˋ 途中經過(某地)：從北京到上海，路過濟南。

【路徽】lùhuī ㄌㄨˋ ㄏㄨㄟ 鐵路系統使用的標誌。我國鐵路路徽⚲為機車正面輪廓，由'人'字和鋼軌橫斷面的形狀構成圖案，象徵人民鐵道的意思。

【路基】lùjī ㄌㄨˋ ㄐㄧ 鐵路和公路的基礎，一般分為路堤和路塹。

【路祭】lùjì ㄌㄨˋ ㄐㄧˋ 舊俗出殯時親友在靈柩經過的路旁祭奠。

【路劫】lùjié ㄌㄨˋ ㄐㄧㄝˊ (盜匪)攔路搶劫。

【路警】lùjǐng ㄌㄨˋ ㄐㄧㄥˇ 鐵路上維持秩序、保護交通安全的警察。

【路徑】lùjìng ㄌㄨˋ ㄐㄧㄥˋ ❶道路(指如何到達目的地說)：路徑不熟｜迷失路徑。❷門路：經過多次試驗，找到了成功的路徑。

【路局】lùjú ㄌㄨˋ ㄐㄩˊ 指鐵路或公路的管理機構。

【路考】lùkǎo ㄌㄨˋ ㄎㄠˇ 讓司機在指定的道路上駕駛汽車，以考查其技術是否合格。是汽車駕駛員資格考試的項目之一。

【路口】lùkǒu ㄌㄨˋ ㄎㄡˇ (路口兒)道路會合的地方：三岔路口｜十字路口｜丁字路口｜把住路口。

【路況】lùkuàng ㄌㄨˋ ㄎㄨㄤˋ 道路的情況(指路面、交通流量等)。

【路面】lùmiàn ㄌㄨˋ ㄇㄧㄢˋ 道路的表層，用土、小石塊、混凝土或瀝青等鋪成：路面平整。

【路牌】lùpái ㄌㄨˋ ㄆㄞˊ 標明交通路綫或地名的牌子。

【路簽】lùqiān ㄌㄨˋ ㄑㄧㄢ 火車站上准許列車通行的憑證，列車到站後，如果不發給路簽就不能通行。

【路塹】lùqiàn ㄌㄨˋ ㄑㄧㄢˋ 在高地上挖的低於原地面的路基。

【路人】lùrén ㄌㄨˋ ㄖㄣˊ 行路的人。比喻不相干的人：路人皆知｜視若路人。

【路上】lù·shang ㄌㄨˋ ·ㄕㄤ ❶道路上面：路上停着一輛車。❷在路途中：路上要注意飲食。

【路數】lùshù ㄌㄨˋ ㄕㄨˋ ❶路子。❷着數(zhāoshù)：學兩手散打的路數。❸底細：摸不清來人的路數。

【路條】lùtiáo ㄌㄨˋ ㄊㄧㄠˊ 一種簡便的通行憑證。

【路途】lùtú ㄌㄨˋ ㄊㄨˊ ❶道路：他經常到那裏去，熟識路途。❷路程：路途遙遠。

【路綫】lùxiàn ㄌㄨˋ ㄒㄧㄢˋ ❶從一地到另一地所經過的道路(多指規定或選定的)。❷思想上、政治上或工作上所遵循的根本途徑或基本準則：堅持群眾路綫。

【路障】lùzhàng ㄌㄨˋ ㄓㄤˋ 設置在道路上的障礙物：清除路障。

【路政】lùzhèng ㄌㄨˋ ㄓㄥˋ 公路、鐵路的管理工作。

【路子】lù·zi ㄌㄨˋ ·ㄗ 途徑；門路：路子廣｜走路子◇她演唱的路子寬。

僇 lù ㄌㄨˋ 〈書〉❶侮辱。❷同'戮'。

蓼〔蓼〕 lù ㄌㄨˋ 〈書〉形容植物高大。另見723頁 liǎo。

漉 lù ㄌㄨˋ 液體往下滲；濾：漉網｜漉酒。

【漉網】lùwǎng ㄌㄨˋ ㄨㄤˇ 造紙時濾去紙漿裏水分的網，用金屬絲、竹絲或人造纖維等製成。

綠(绿) lù ㄌㄨˋ 義同'綠'(lǜ)，用於'綠林、綠營'等。

另見754頁 lǜ。

【綠林】lùlín ㄌㄨˋ ㄌㄧㄣˊ 西漢末年王匡、王鳳等領導農民起義，聚集在綠林山(今湖北大洪山一帶)。後來用'綠林'泛指聚集山林反抗官府或搶劫財物的集團：綠林好漢｜稱雄綠林。

【綠林起義】Lùlín Qǐyì ㄌㄨˋ ㄌㄧㄣˊ ㄑㄧˇ ㄧˋ 西漢末年的農民大起義。公元17年，王匡、王鳳在綠林山(今湖北大洪山一帶)組織飢民起義，稱綠林軍，反對王莽政權。公元23年，起義軍建立更始政權。同年在昆陽大敗王莽軍，乘勝西進，攻佔長安，推翻了王莽政權。

【綠營】lùyíng ㄌㄨˋ ㄧㄥˊ 清代由漢人編成的分駐在地方的武裝力量，用綠旗做標誌。

醁(醁) lù ㄌㄨˋ 見732頁〔醽醁〕(línglù)。

戮[1] lù ㄌㄨˋ 殺：殺戮｜屠戮。

戮[2](勠) lù ㄌㄨˋ 〈書〉並；合：戮力。

【戮力同心】lù lì tóng xīn ㄌㄨˋ ㄌㄧˋ ㄊㄨㄥˊ ㄒㄧㄣ 齊心合力，團結一致。

蕗〔蕗〕 lù ㄌㄨˋ 古時指甘草。

罷 lù ㄌㄨˋ 〈書〉小魚網。

【罷簌】lùsù ㄌㄨˋ ㄙㄨˋ 同'簏簌'(lùsù)。

錄(录) lù ㄌㄨˋ ❶記載；抄寫：記錄｜登錄｜抄錄｜摘錄｜過錄｜有聞必錄。❷錄製：錄音｜錄像｜錄放。❸原指為備用而登記，後轉指採取或任用：收錄｜錄用。❹用做記載物的名稱：目錄｜語錄｜同學錄｜回憶錄。

【錄放】lùfàng ㄌㄨˋ ㄈㄤˋ 錄音或錄像並放出所錄的聲音或圖像。

【錄供】lùgòng ㄌㄨˋ ㄍㄨㄥˋ 法律上指訊問時記錄當事人說的話。

【錄取】lùqǔ ㄌㄨˋ ㄑㄩˇ 選定(考試合格的人)：擇優錄取｜錄取新生三百名。

【錄像】lù∥xiàng ㄌㄨˋ∥ㄒㄧㄤˋ 用光學、電磁等方法把圖像和伴音信號記錄下來：錄像機｜錄像設備｜當時的場面都錄了像。

【錄像】lùxiàng ㄌㄨˋ ㄒㄧㄤˋ 用錄像機、攝像機記錄下來的圖像：放錄像｜看錄像。

【錄像帶】lùxiàngdài ㄌㄨˋ ㄒㄧㄤˋ ㄉㄞˋ ❶錄像用的磁帶。❷利用機器記錄下影像和聲音並可以重新放出的磁帶。

【錄像機】lùxiàngjī ㄌㄨˋ ㄒㄧㄤˋ ㄐㄧ 用來記錄圖像和聲音，並能重新放出的機器。有不同類型，通常指磁帶錄像機。

【錄像片兒】lùxiàngpiānr ㄌㄨˋ ㄒㄧㄤˋ ㄆㄧㄢㄦ 錄像片。

【錄像片】lùxiàngpiàn ㄌㄨˋ ㄒㄧㄤˋ ㄆㄧㄢˋ 用放錄像的方式映出的影片、電視片(一般單獨發行，不在電視台播映)。

【錄音】lù∥yīn ㄌㄨˋ∥ㄧㄣ 用機械、光學或電磁等方法把聲音記錄下來：錄音機｜錄音棚。

【錄音】lùyīn ㄌㄨˋ ㄧㄣ 用錄音機記錄下來的聲音：放錄音｜聽錄音。

【錄音帶】lùyīndài ㄌㄨˋ ㄧㄣ ㄉㄞˋ ❶錄音用的磁帶。❷經過錄音可以重新播出的磁帶。

【錄音電話】lùyīn diànhuà ㄌㄨˋ ㄧㄣ ㄉㄧㄢˋ ㄏㄨㄚˋ 裝有錄音設備的電話，能自動錄下通話內容。

【錄音機】lùyīnjī ㄌㄨˋ ㄧㄣ ㄐㄧ 把聲音記錄下來並能重新放出的機器。有不同的類型，通常指磁帶錄音機。

【錄影】lù∥yǐng ㄌㄨˋ∥ㄧㄥˇ 〈方〉錄像(lù∥xiàng)。

【錄影】lùyǐng ㄌㄨˋ ㄧㄥˇ 〈方〉錄像(lùxiàng)。

【錄用】lùyòng ㄌㄨˋ ㄩㄥˋ 收錄(人員)；任用：量材錄用｜擇優錄用。

【錄製】lùzhì ㄌㄨˋ ㄓˋ 用錄音機或錄像機把聲音或形象記錄下來，加工製成某種作品：錄製唱片｜錄製電視劇。

潞 Lù ㄌㄨˋ ❶潞水，就是今山西的濁漳河。❷潞江，就是怒江。

璐 lù ㄌㄨˋ 〈書〉美玉。

簏 lù ㄌㄨˋ ❶〈書〉竹箱：書簏。❷〈方〉竹篾、柳條等編成的圓筒形器具，多用於盛零碎東西；簍兒：字紙簏。

【簏簌】lùsù ㄌㄨˋ ㄙㄨˋ 〈書〉形容下垂。也作麗穛。

騄(騄) lù ㄌㄨˋ ［騄駬］(lù'ěr ㄌㄨˋ ㄦˇ) 古代駿馬名。也作騄耳。

轆(辘) lù ㄌㄨˋ 見下。

【轆轤】lù·lú ㄌㄨˋ·ㄌㄨˊ 利用輪軸原理製成的一種起重工具，通常安在井上汲水。機械上的絞盤有的也叫轆轤。

【轆轆】lù·lù ㄌㄨˋ·ㄌㄨˋ 象聲詞，形容車輪等的聲音：風車轆轆而動｜牛車發出笨重的轆轆聲◇飢腸轆轆。

麓 lù ㄌㄨˋ 〈書〉山腳：山麓｜泰山南麓。

鵦(鵦) lù ㄌㄨˋ 魚類的一屬，身體側扁，眼和嘴都大，鱗呈櫛狀。生活在近海岩石間。

露1 lù ㄌㄨˋ ❶凝結在地面或靠近地面的物體表面上的水珠。是接近地面的空氣溫度逐漸下降(仍高於0°C)時，使所含水汽達到飽和後形成的。通稱露水。❷用花、葉、果子等蒸餾，或在蒸餾液中加入果汁等製成的飲料：荷葉露｜果子露｜玫瑰露。

露2 lù ㄌㄨˋ ❶在房屋、帳篷等的外面，沒有遮蓋：露天｜露營｜露宿。❷顯露；表現：揭露｜暴露｜吐露｜披露｜藏頭露尾｜臉上露出了笑容。

另見746頁 lòu。

【露佈】lùbù ㄌㄨˋ ㄅㄨˋ ❶〈書〉檄文。❷〈書〉軍中捷報。❸古代不封口的詔書或奏章。❹〈方〉指佈告、海報等。

【露點】lùdiǎn ㄌㄨˋ ㄉㄧㄢˇ 空氣在氣壓不變的條件下冷卻，使所含的水汽達到飽和狀態的溫度。

【露骨】lùgǔ ㄌㄨˋ ㄍㄨˇ 用意十分顯露，毫不含蓄：你說得這樣露骨，我不相信他沒聽懂。

【露酒】lùjiǔ ㄌㄨˋ ㄐㄧㄡˇ 含有果汁或花香味的酒。

【露水】lù·shui ㄌㄨˋ·ㄕㄨㄟ ❶露1①的通稱。❷比喻短暫的、易於消失的：露水姻緣｜露水夫妻。

【露宿】lùsù ㄌㄨˋ ㄙㄨˋ 在室外或野外住宿：露宿街頭｜風餐露宿。

【露台】lùtái ㄌㄨˋ ㄊㄞˊ 〈方〉曬台。

【露天】lùtiān ㄌㄨˋ ㄊㄧㄢ ❶指在房屋外：露天電影｜把金魚缸放在露天裏。❷上面沒有遮蓋物的：露天劇場｜露天煤礦。

【露頭】lùtóu ㄌㄨˋ ㄊㄡˊ 岩石和礦牀露出地面的部分。礦牀的露頭是礦牀存在的直接標記。也叫礦苗。

另見746頁 lòu∥tóu。

【露頭角】lù tóujiǎo ㄌㄨˋ ㄊㄡˊ ㄐㄧㄠˇ 比喻初次顯露才能。

【露營】lù∥yíng ㄌㄨˋ∥ㄧㄥˊ ❶軍隊在房舍外宿營。❷以軍隊組織形式到野外過夜，晚間有行軍、營火會等活動。

【露珠】lùzhū ㄌㄨˋ ㄓㄨ 指凝聚像珠子的露水。也叫露水珠兒。

籙(箓) lù ㄌㄨˋ 見353頁〖符籙〗。

鷺(鹭) lù ㄌㄨˋ 鳥類的一科，嘴直而尖，頸長，飛翔時縮着頸。白鷺、蒼鷺較為常見。

【鷺鷥】lùsī ㄌㄨˋ ㄙ 白鷺。

·lu（·ㄌㄨ）

氇(氇) ·lu ·ㄌㄨ 見897頁［氆氇］(pǔ·lu)。

lǘ（ㄌㄩˊ）

閭(闾) lǘ ㄌㄩˊ ❶〈書〉里巷的門：倚閭而望。❷〈書〉里巷；鄰里：鄉閭｜閭里｜閭巷。❸古代二十五家為一閭。❹(Lǘ)姓。

【閭里】lǘlǐ ㄌㄩˊ ㄌㄧˇ 〈書〉鄉里。

【閭巷】lǘxiàng ㄌㄩˊ ㄒㄧㄤˋ 〈書〉小的街道，借指民間。

【閭閻】lǘyán ㄌㄩˊ ㄧㄢˊ 〈書〉❶平民居住的地區，借指民間：閭閻繁富，庫藏充足。❷指平民。

【閭左】lǘzuǒ ㄌㄩˊ ㄗㄨㄛˇ 〈書〉貧苦人民居住的地區，借指貧苦人民：陳勝、吳廣起於閭左。

櫚(榈) lǘ ㄌㄩˊ 見1520頁〖棕櫚〗。

驢(驴) lǘ ㄌㄩˊ 哺乳動物，比馬小，耳朵長，胸部稍窄，毛多為灰褐色，尾端有毛。多用做力畜。

【驢唇不對馬嘴】lǘ chún bù duì mǎ zuǐ ㄌㄩˊ ㄔㄨㄣˊ ㄅㄨˋ ㄉㄨㄟˋ ㄇㄚˇ ㄗㄨㄟˇ 比喻答非所問或事物兩下不相合：這個比方打得不妥當，有點驢唇不對馬嘴。也說牛頭不對馬嘴。

【驢打滾】lǘdǎgǔn ㄌㄩˊ ㄉㄚˇ ㄍㄨㄣˇ (驢打滾兒) ❶高利貸的一種。放債時規定，到期不還，利息加倍。利上加利，越滾越多，如驢翻身打滾，所以叫驢打滾。❷一種食品。用黃米麪夾糖做成，蒸熟後，滾上黃豆麪。

【驢肝肺】lǘgānfèi ㄌㄩˊ ㄍㄢ ㄈㄟˋ 比喻極壞的心腸：好心當作驢肝肺。

【驢騾】lǘluó ㄌㄩˊ ㄌㄨㄛˊ 公馬和母驢交配所生的雜種，身體較馬騾小，耳雜較大，尾部的毛較少。也叫駃騠(juétí)。

【驢年馬月】lǘ nián mǎ yuè ㄌㄩˊ ㄋㄧㄢˊ ㄇㄚˇ ㄩㄝˋ 指不可知的年月(就事情遙遙無期，不能實現說)：照你這麼磨磨蹭蹭，驢年馬月也幹不成。也說猴年馬月。

【驢皮膠】lǘpíjiāo ㄌㄩˊ ㄆㄧˊ ㄐㄧㄠ 阿膠(ējiāo)。

【驢皮影】lǘpíyǐng ㄌㄩˊ ㄆㄧˊ ㄧㄥˇ 〈方〉皮影戲，因劇中人物剪影用驢皮做成而得名。

【驢子】lǘ·zi ㄌㄩˊ ·ㄗ 〈方〉驢。

lǚ（ㄌㄩˇ）

呂 lǚ ㄌㄩˇ ❶見753頁〖律呂〗。❷(Lǚ)姓。

【呂劇】lǚjù ㄌㄩˇ ㄐㄩˋ 山東地方戲曲劇種之一，腔調由山東琴書發展而成。

【呂宋烟】lǚsòngyān ㄌㄩˇ ㄙㄨㄥˋ ㄧㄢ 雪茄烟，因菲律賓呂宋島所產的質量好而得名。

侶 lǚ ㄌㄩˇ 同伴：伴侶｜舊侶｜情侶。

【侶伴】lǚbàn ㄌㄩˇ ㄅㄢˋ 伴侶。

捋 lǚ ㄌㄩˇ 用手指順着抹過去，使物體順溜或乾淨：捋鬍子｜捋麻繩。

另見759頁 luō。

旅[1] lǚ ㄌㄩˇ ❶在外地做客；旅行：旅客｜旅途｜行旅｜商旅｜旅日僑胞｜旅京同學會。❷〈書〉同'穭'。

旅[2] lǚ ㄌㄩˇ ❶軍隊的編制單位，隸屬於師，下轄若干團或營。❷指軍隊：勁旅｜軍旅之事。❸〈書〉共同：旅進旅退。

【旅伴】lǚbàn ㄌㄩˇ ㄅㄢˋ 旅途中的同伴。

【旅程】lǚchéng ㄌㄩˇ ㄔㄥˊ 旅行的路程：萬里旅程｜踏上旅程。

【旅次】lǚcì ㄌㄩˇ ㄘˋ 〈書〉旅途中暫居的地方。

【旅店】lǚdiàn ㄌㄩˇ ㄉㄧㄢˋ 旅館。

【旅費】lǚfèi ㄌㄩˇ ㄈㄟˋ 路費。

【旅館】lǚguǎn ㄌㄩˇ ㄍㄨㄢˇ 營業性的供旅客住宿的地方。

【旅進旅退】lǚ jìn lǚ tuì ㄌㄩˇ ㄐㄧㄣˋ ㄌㄩˇ ㄊㄨㄟˋ 跟大家同進同退。形容自己沒有甚麼主張，跟着別人走。

【旅居】lǚjū ㄌㄩˇ ㄐㄩ 在外地或外國居住：旅居巴黎｜這幾張照片是我旅居成都時照的。

【旅客】lǚkè ㄌㄩˇ ㄎㄜˋ 旅行的人。

【旅鳥】lǚniǎo ㄌㄩˇ ㄋㄧㄠˇ 候鳥在遷徙途中有規律地從某地經過而不在那裏繁殖或越冬，這種鳥叫做該地區的旅鳥。

【旅社】lǚshè ㄌㄩˇ ㄕㄜˋ 旅館(多用做旅館的名稱)。

【旅舍】lǚshè ㄌㄩˇ ㄕㄜˋ 〈書〉旅館。

【旅途】lǚtú ㄌㄩˇ ㄊㄨˊ 旅行途中：旅途風光｜旅途見聞｜旅途勞頓｜踏上旅途。

【旅行】lǚxíng ㄌㄩˇ ㄒㄧㄥˊ 為了辦事或遊覽從一個地方去到另一個地方(多指路程較遠的)：旅行團｜旅行結婚｜春季旅行｜到海南島去旅行。

【旅行社】lǚxíngshè ㄌㄩˇ ㄒㄧㄥˊ ㄕㄜˋ 專門辦理各種旅行業務的服務機構，給旅行的人安排食宿、交通工具等。

【旅遊】lǚyóu ㄌㄩˇ ㄧㄡˊ 旅行遊覽：旅遊勝地｜旅遊旺季｜放假後我們將到青島旅遊。

僂[1]（偻）lǚ ㄌㄩˇ 〈書〉彎曲（指身體）：傴（yǔ）僂。

僂[2]（偻）lǚ ㄌㄩˇ 〈書〉迅速；立刻：不能僂指（不能立刻指出來）。

另見745頁 lóu。

膂 lǚ ㄌㄩˇ 〈書〉脊骨。

【膂力】lǚlì ㄌㄩˇ ㄌㄧˋ 體力：膂力過人。

屢（屡）lǚ ㄌㄩˇ 屢次：屢見不鮮｜屢教不改｜屢戰屢勝。

【屢次】lǚcì ㄌㄩˇ ㄘˋ 一次又一次：屢次三番｜他們屢次創造新記錄。

【屢次三番】lǚ cì sān fān ㄌㄩˇ ㄘˋ ㄙㄢ ㄈㄢ 形容次數很多。

【屢見不鮮】lǚ jiàn bù xiān ㄌㄩˇ ㄐㄧㄢˋ ㄅㄨˋ ㄒㄧㄢ 數（shuò）見不鮮。

【屢教不改】lǚ jiào bù gǎi ㄌㄩˇ ㄐㄧㄠˋ ㄅㄨˋ ㄍㄞˇ 多次教育，仍不改正。也説屢教不改。

【屢屢】lǚlǚ ㄌㄩˇ ㄌㄩˇ 屢次：他寫這篇回憶錄的時候，屢屢擱筆沈思。

【屢試不爽】lǚ shì bù shuǎng ㄌㄩˇ ㄕˋ ㄅㄨˋ ㄕㄨㄤˇ 屢次試驗都沒有差錯。

鋁（铝）lǚ ㄌㄩˇ 金屬元素，符號 Al（aluminum）。銀色，質輕，化學性質活潑，延展性強，導電、導熱性能好。是工業的重要原料，用途廣泛。

履 lǚ ㄌㄩˇ ❶鞋：衣履｜革履｜削足適履。❷踩；走：履險如夷｜如履薄冰。❸腳步：步履。❹履行：履約。

【履帶】lǚdài ㄌㄩˇ ㄉㄞˋ 圍繞在拖拉機、坦克等車輪上的鋼質鏈帶。裝上履帶可以減少對地面的壓強，並能增加牽引能力。也叫鏈軌。

【履歷】lǚlì ㄌㄩˇ ㄌㄧˋ ❶個人的經歷：履歷表｜他的履歷很簡單。❷記載履歷的文件：請填一份履歷。

【履任】lǚrèn ㄌㄩˇ ㄖㄣˋ 〈書〉指官員上任。

【履險如夷】lǚ xiǎn rú yí ㄌㄩˇ ㄒㄧㄢˇ ㄖㄨˊ ㄧˊ 行走在險峻的地方像走在平地上一樣。比喻處於險境而毫不畏懼，也比喻經歷危險，但很平安。

【履行】lǚxíng ㄌㄩˇ ㄒㄧㄥˊ 實踐（自己答應做的或應該做的事）：履行諾言｜履行合同｜履行手續。

【履約】lǚyuē ㄌㄩˇ ㄩㄝ 〈書〉實踐約定的事；踐約。

褸（褛）lǚ ㄌㄩˇ 見682頁［襤褸］（lánlǚ）。

縷（缕）lǚ ㄌㄩˇ ❶綫：細針密縷｜千絲萬縷｜不絕如縷。❷一條一條，詳詳細細：縷述｜條分縷析。❸量詞，用於細的東西：一縷麻｜一縷頭髮｜一縷炊烟。

【縷陳】lǚchén ㄌㄩˇ ㄔㄣˊ 〈書〉縷述（多指下級向上級陳述意見）：具函縷陳。

【縷縷】lǚlǚ ㄌㄩˇ ㄌㄩˇ 形容一條一條，連續不斷：絲絲縷縷｜村中炊烟縷縷上升。

【縷述】lǚshù ㄌㄩˇ ㄕㄨˋ 詳細敍述：人所共知的事實，這裏不擬縷述。

【縷析】lǚxī ㄌㄩˇ ㄒㄧ 詳細地分析：條分縷析。

穭（稆）lǚ ㄌㄩˇ 穀物等不種自生的：穭生。

lǜ（ㄌㄩˋ）

律 lǜ ㄌㄩˋ ❶法律；規則：定律｜規律｜紀律。❷我國古代審定樂音高低的標準，把樂音分為六律和六呂，合稱十二律。❸舊詩的一種體裁：五律｜七律｜排律。參看〖律詩〗。❹〈書〉約束：律己｜律人｜自律。❺（Lǜ）姓。

【律己】lǜjǐ ㄌㄩˋ ㄐㄧˇ 約束自己：嚴於律己。

【律令】lǜlìng ㄌㄩˋ ㄌㄧㄥˋ 法律條令；法令。

【律呂】lǜlǚ ㄌㄩˋ ㄌㄩˇ 古代用竹管製成的校正樂律的器具，以管的長短（各管的管徑相等）來確定音的不同高度。從低音管算起，成奇數的六個管叫做‘律’；成偶數的六個管叫做‘呂’。後來用‘律呂’作為音律的統稱。

【律師】lǜshī ㄌㄩˋ ㄕ 受當事人委託或法院指定，依法協助當事人進行訴訟，出庭辯護，以及處理有關法律事務的專業人員。

【律詩】lǜshī ㄌㄩˋ ㄕ 舊詩體裁之一，形成於唐初。格律較嚴，每首八句，二、四、六、八句要押韵，三四兩句、五六兩句要對偶，字的平仄有定規。每句五個字的叫五言律詩，七個字的叫七言律詩。

【律條】lǜtiáo ㄌㄩˋ ㄊㄧㄠˊ ❶法律條文：觸犯律條。❷泛指準則：做人的律條。

【律宗】lǜzōng ㄌㄩˋ ㄗㄨㄥ 我國佛教宗派之一，唐代道宣所創，以注重戒律著稱。

葎 lǜ ㄌㄩˋ 見482頁［猢猻］（hūlǜ）。

菉〔菉〕（菉）lǜ ㄌㄩˋ ［菉豆］（lǜdòu ㄌㄩˋ ㄉㄡˋ）見754頁〖綠豆〗。

另見749頁 lù。

率 lǜ ㄌㄩˋ 兩個相關的數在一定條件下的比值：效率｜速率｜稅率｜圓周率｜廢品率｜出勤率。

另見1070頁 shuài。

葎〔葎〕lǜ ㄌㄩˋ ［葎草］（lǜcǎo ㄌㄩˋ ㄘㄠˇ）一年生或多年生草本植物，密生短刺，葉子對生，掌狀分裂，花淡綠色，果穗略作球形。果實可入藥。

氯（氯）lǜ ㄌㄩˋ 氣體元素，符號 Cl（chlorum）。黃綠色，有毒，有強烈的刺激性臭味，容易液化。用來漂白、殺菌或製造漂白粉、染料、顏料、農藥、塑料等。通稱氯氣。

【氯綸】lǜlún ㄌㄩˋ ㄌㄨㄣˊ 用聚氯乙烯樹脂製成的纖維，能耐強酸強鹼，遇火不燃燒，用來做工廠的濾布、工作服和電纜的絕緣材料。氯綸的保暖性能好，也用來編織衣物和絮衣被等。

【氯氣】lǜqì ㄌㄩˋ ㄑㄧˋ 氯的通稱。

綠 (绿) lǜ ㄌㄩˋ 像草和樹葉茂盛時的顏色，藍顏料和黃顏料混合即呈現這種顏色：嫩綠｜濃綠｜桃紅柳綠｜青山綠水。

另見750頁 lù。

【綠茶】lǜchá ㄌㄩˋ ㄔㄚˊ 茶葉的一大類，是用高溫破壞鮮茶葉中的酶，制止發酵製成的，沏出來的茶保持鮮茶葉原有的綠色。種類很多，如龍井、大方等。

【綠燈】lǜdēng ㄌㄩˋ ㄉㄥ 安裝在交叉路口，指示可以通行的綠色信號燈：開綠燈。

【綠地】lǜdì ㄌㄩˋ ㄉㄧˋ 指城鎮中經過綠化的空地。

【綠豆】(菉豆) lǜdòu ㄌㄩˋ ㄉㄡˋ 一年生草本植物，葉子由三片小葉組成，花小，金黃色或綠黃色，莢果內有綠色的種子。種子供食用，又可釀酒。

【綠豆糕】lǜdòugāo ㄌㄩˋ ㄉㄡˋ ㄍㄠ 一種糕點，用綠豆粉、白糖等製成。

【綠豆蠅】lǜdòuyíng ㄌㄩˋ ㄉㄡˋ ㄧㄥˊ 蒼蠅的一種，身體較家蠅大，黃綠色而帶亮光，喜歡吃腥臭腐敗的肉類，能傳染疾病。

【綠肥】lǜféi ㄌㄩˋ ㄈㄟˊ 把植物的嫩莖葉翻壓在地裏，經過發酵分解而成的肥料。

【綠化】lǜhuà ㄌㄩˋ ㄏㄨㄚˋ 種植樹木花草，使環境優美衛生，防止水土流失：綠化山區｜城市的綠化。

【綠卡】lǜkǎ ㄌㄩˋ ㄎㄚˇ 某些國家發給外國僑民的長期居留證。

【綠籬】lǜlí ㄌㄩˋ ㄌㄧˊ 用木本或草本植物密植而成的圍牆。

【綠帽子】lǜmào·zi ㄌㄩˋ ㄇㄠˋ·ㄗ 綠頭巾。

【綠內障】lǜnèizhàng ㄌㄩˋ ㄋㄟˋ ㄓㄤˋ 青光眼。

【綠茸茸】lǜrōngrōng ㄌㄩˋ ㄖㄨㄥ ㄖㄨㄥ (綠茸茸的) 形容碧綠而稠密：綠茸茸的稻田｜綠茸茸的羊鬍子草像絨毯子一樣鋪在地上。

【綠色植物】lǜsè zhíwù ㄌㄩˋ ㄙㄜˋ ㄓˊ ㄨˋ 含有葉綠素的植物，除少數細菌、真菌、一部分藻類和若干寄生的高等植物以外，常見的植物都是綠色植物。

【綠生生】lǜshēngshēng ㄌㄩˋ ㄕㄥ ㄕㄥ (綠生生的) 形容碧綠而鮮嫩：綠生生的菠菜｜田野披上了綠生生的春裝。

【綠頭巾】lǜtóujīn ㄌㄩˋ ㄊㄡˊ ㄐㄧㄣ 元明兩代規定娼家男子戴綠頭巾。後來稱人妻子有外遇為戴綠頭巾。也說綠帽子。

【綠茵】lǜyīn ㄌㄩˋ ㄧㄣ 綠草地：綠茵場 (指足球場)。

【綠蔭】lǜyīn ㄌㄩˋ ㄧㄣ 指樹蔭：綠蔭蔽日。

【綠瑩瑩】lǜyīngyīng ㄌㄩˋ ㄧㄥ ㄧㄥ (綠瑩瑩的) 形容晶瑩碧綠：綠瑩瑩的寶石｜秧苗在雨中顯得綠瑩瑩的。

【綠油油】lǜyōuyōu ㄌㄩˋ ㄧㄡ ㄧㄡ (綠油油的) 形容濃綠而潤澤：綠油油的麥苗｜鸚鵡一身綠油油的羽毛，真叫人喜歡。

【綠洲】lǜzhōu ㄌㄩˋ ㄓㄡ 沙漠中有水、草的地方。

慮 (虑) lǜ ㄌㄩˋ ❶思考：考慮｜深謀遠慮｜千慮一得。❷擔憂；發愁：憂慮｜疑慮｜顧慮｜過慮｜不足為慮。

濾 (滤) lǜ ㄌㄩˋ 使液體通過紗布、木炭或沙子等，除去雜質，變為純淨 (間或用於氣體)：過濾｜濾器｜濾紙。

【濾波】lǜbō ㄌㄩˋ ㄅㄛ 用一定的裝置把不同頻率的電磁振盪分離開，只讓所需要的頻率通過。

【濾塵】lǜchén ㄌㄩˋ ㄔㄣˊ 用濾器過濾，使所含的塵土微粒分離出去。

【濾器】lǜqì ㄌㄩˋ ㄑㄧˋ 過濾用的裝置，用多孔性材料、鬆散的固體顆粒、織品等裝在管子或容器中構成。濾器只讓液體和氣體通過，把其中所含的固體微粒分離出去。

【濾色鏡】lǜsèjìng ㄌㄩˋ ㄙㄜˋ ㄐㄧㄥˋ 有色透明鏡片。只能透過某種色光，而吸收掉其他色光。在攝影中利用它吸收一部分色光，改變拍攝所得影像的色調。最常用的是黃色和黃綠色的，多用玻璃或塑料製成。

【濾液】lǜyè ㄌㄩˋ ㄧㄝˋ 過濾後得到的澄清液體。

【濾渣】lǜzhā ㄌㄩˋ ㄓㄚ 過濾時分離出來的固體顆粒。

【濾紙】lǜzhǐ ㄌㄩˋ ㄓˇ 用純潔纖維製成的質地疏鬆的紙，一般裁成圓形，用時捲成錐形放在漏斗中，可以過濾溶液。

鑢 (鑢) lǜ ㄌㄩˋ 〈書〉❶打磨銅、鐵、骨、角等的工具。❷打磨。

luán (ㄌㄨㄢˊ)

巒 (峦) luán ㄌㄨㄢˊ 〈書〉山 (多指連綿的)：山巒｜崗巒｜峰巒｜重巒疊嶂。

【巒嶂】luánzhàng ㄌㄨㄢˊ ㄓㄤˋ 直立像屏障的山巒。

孌 (娈) luán ㄌㄨㄢˊ 〈書〉相貌美。

孿 (孪) luán ㄌㄨㄢˊ 〈書〉孿生：孿子。

【孿生】luánshēng ㄌㄨㄢˊ ㄕㄥ (兩人) 同一胎出生：孿生子｜孿生兄弟。通稱雙生。

欒（栾） luán ㄌㄨㄢˊ ❶欒樹，落葉喬木，羽狀複葉，小葉卵形，花淡黃色，圓錐花序，結蒴果，長橢圓形。種子圓形，黑色。葉子含鞣質，可製栲膠。花可做黃色染料。❷（Luán）姓。

攣（挛） luán ㄌㄨㄢˊ 蜷曲不能伸直：攣縮｜拘攣｜痙攣。

【攣縮】luánsuō ㄌㄨㄢˊ ㄙㄨㄛ 蜷曲收縮：局部軟組織攣縮，血液循環不良。

臠（脔） luán ㄌㄨㄢˊ 〈書〉切成小片的肉：臠割｜嘗鼎一臠。

【臠割】luángē ㄌㄨㄢˊ ㄍㄜ 〈書〉分割；切碎。

團（圝、圞） luán ㄌㄨㄢˊ 〈方〉❶圓：皮球溜圝。❷整個的：清蒸圝雞。

灤（滦） Luán ㄌㄨㄢˊ 灤河，水名，在河北。

鑾（銮） luán ㄌㄨㄢˊ ❶鈴鐺：鑾鈴。❷皇帝車駕上有鑾鈴，借指皇帝的車駕：迎鑾。

【鑾駕】luánjià ㄌㄨㄢˊ ㄐㄧㄚˋ 鑾輿。

【鑾鈴】luánlíng ㄌㄨㄢˊ ㄌㄧㄥˊ 舊時車馬上繫的鈴鐺。

【鑾輿】luányú ㄌㄨㄢˊ ㄩˊ 皇帝的車駕。

鸞（鸾） luán ㄌㄨㄢˊ 傳說中鳳凰一類的鳥。

【鸞儔】luánchóu ㄌㄨㄢˊ ㄔㄡˊ 〈書〉比喻夫妻：永結鸞儔｜鸞儔鳳侶。

【鸞鳳】luánfèng ㄌㄨㄢˊ ㄈㄥˋ 比喻夫妻：鸞鳳和鳴（夫妻和美）｜鸞鳳分飛（夫妻離散）。

luǎn （ㄌㄨㄢˇ）

卵 luǎn ㄌㄨㄢˇ ❶動植物的雌性生殖細胞，與精子結合後產生第二代。❷昆蟲學上特指受精的卵，是昆蟲生活週期的第一個發育階段。❸〈方〉稱睾丸或陰莖（多指人的）。

【卵白】luǎnbái ㄌㄨㄢˇ ㄅㄞˊ 蛋白①。

【卵巢】luǎncháo ㄌㄨㄢˇ ㄔㄠˊ 女子和雌性動物的生殖腺。除產生卵子外，還分泌激素促進子宮、陰道、乳腺等的發育。人的卵巢在腹腔的下部骨盆內，扁橢圓形，左右各一，分列在子宮的兩側。

【卵黃】luǎnhuáng ㄌㄨㄢˇ ㄏㄨㄤˊ 蛋黃。

【卵塊】luǎnkuài ㄌㄨㄢˇ ㄎㄨㄞˋ 某些卵生動物的卵產生後粘在一起，形成塊狀，叫做卵塊。

【卵泡】luǎnpāo ㄌㄨㄢˇ ㄆㄠ 卵巢內的囊泡，由卵細胞及其周圍的細胞所組成。

【卵生】luǎnshēng ㄌㄨㄢˇ ㄕㄥ 動物由脫離母體的卵孵化出來，叫做卵生。

【卵石】luǎnshí ㄌㄨㄢˇ ㄕˊ 岩石經自然風化、水流沖擊和摩擦所形成的卵形或接近卵形的石塊，表面光滑，直徑5－150毫米，是天然建築材料，用於鋪路、製混凝土等。

【卵胎生】luǎntāishēng ㄌㄨㄢˇ ㄊㄞ ㄕㄥ 某些卵生的動物如鯊等，卵在母體內孵化，母體不產卵而產出幼小的動物。這種生殖的方式叫做卵胎生。

【卵細胞】luǎnxìbāo ㄌㄨㄢˇ ㄒㄧˋ ㄅㄠ 卵①。

【卵翼】luǎnyì ㄌㄨㄢˇ ㄧˋ 鳥用翼護卵，孵出小鳥，比喻養育或庇護（多含貶義）：卵翼之下。

【卵用雞】luǎnyòngjī ㄌㄨㄢˇ ㄩㄥˋ ㄐㄧ 主要為產蛋而飼養的雞種，如來亨雞。

【卵子】luǎnzǐ ㄌㄨㄢˇ ㄗˇ 卵①。

【卵子】luǎn·zi ㄌㄨㄢˇ ·ㄗ 〈方〉卵③。

luàn （ㄌㄨㄢˋ）

亂（乱） luàn ㄌㄨㄢˋ ❶沒有秩序；沒有條理：一團亂麻｜亂七八糟｜人聲馬聲亂成一片｜這篇稿子改得太亂了，要重抄一下。❷戰爭；武裝騷擾：變亂｜叛亂｜兵亂｜避亂。❸使混亂；使紊亂：擾亂｜惑亂｜以假亂真。❹（心緒）不寧：心煩意亂｜他的心裏亂得一點主意也沒有。❺任意；隨便：亂吃｜亂跑｜亂出主意。❻不正當的男女關係：淫亂。

【亂兵】luànbīng ㄌㄨㄢˋ ㄅㄧㄥ 叛亂或潰散的兵。

【亂臣】luànchén ㄌㄨㄢˋ ㄔㄣˊ 作亂的臣子：亂臣賊子。

【亂紛紛】luànfēnfēn ㄌㄨㄢˋ ㄈㄣ ㄈㄣ （亂紛紛的）形容雜亂紛擾：亂紛紛的人群｜他心裏亂紛紛的，怎麼也安靜不下來。

【亂墳崗】luànféngǎng ㄌㄨㄢˋ ㄈㄣˊ ㄍㄤˇ 亂葬崗子。

【亂哄哄】luànhōnghōng ㄌㄨㄢˋ ㄏㄨㄥ ㄏㄨㄥ （亂哄哄的）形容聲音嘈雜：亂哄哄地嚷成一片。

【亂乎】luàn·hu ㄌㄨㄢˋ ·ㄏㄨ 〈方〉混亂。也作亂糊。

【亂離】luànlí ㄌㄨㄢˋ ㄌㄧˊ 因遭戰亂而流離失所。

【亂倫】luànlún ㄌㄨㄢˋ ㄌㄨㄣˊ 指在法律或風俗習慣不允許的情況下近親屬之間發生性行為。

【亂民】luànmín ㄌㄨㄢˋ ㄇㄧㄣˊ 舊時統治者指造反作亂的百姓。

【亂蓬蓬】luànpēngpēng ㄌㄨㄢˋ ㄆㄥ ㄆㄥ （亂蓬蓬的）形容鬚髮或草木淩亂：衣冠不整，頭髮也亂蓬蓬的｜亂蓬蓬的茅草。

【亂七八糟】luànqībāzāo ㄌㄨㄢˋ ㄑㄧ ㄅㄚ ㄗㄠ 形容混亂；亂糟糟的：稿子塗改得亂七八糟，很多字都看不清楚｜他越想越沒主意，心裏亂七八糟的。

【亂世】luànshì ㄌㄨㄢˋ ㄕˋ 混亂動盪的時代。

【亂彈】luàntán ㄌㄨㄢˋ ㄊㄢˊ 清代乾隆（1736－

1795)、嘉慶(1796－1820)年間對昆腔、弋陽腔以外的戲曲腔調的統稱。以皮黃為主的京劇是從亂彈發展出來的。

【亂彈琴】luàntánqín ㄌㄨㄢˋ ㄊㄢˊ ㄑㄧㄣˊ 比喻胡鬧或胡扯：在這關鍵時刻，人都走了，真是亂彈琴！

【亂套】luàn∥tào ㄌㄨㄢˋ∥ㄊㄠˋ 亂了次序或秩序：各行其是，非亂套不可｜會場上吵成一片，亂了套了。

【亂騰騰】luàntēngtēng ㄌㄨㄢˋ ㄊㄥ ㄊㄥ (亂騰騰的)形容混亂或騷動：心裏亂騰騰的，不知怎麼辦才好。

【亂騰】luàn·teng ㄌㄨㄢˋ ·ㄊㄥ 混亂；不安靜，沒有秩序：剛說到這裏，會場上就亂騰起來了。

【亂營】luàn∥yíng ㄌㄨㄢˋ∥ㄧㄥˊ 〈方〉比喻秩序混亂：槍聲一響，敵人亂營了｜老師剛走開，教室裏就亂了營了。

【亂雜】luànzá ㄌㄨㄢˋ ㄗㄚˊ 雜亂：事情亂雜，沒有頭緒。

【亂葬崗子】luànzàng-gǎng·zi ㄌㄨㄢˋ ㄗㄤˋ ㄍㄤˇ ·ㄗ 無人管理任人埋葬屍首的土崗子。也叫亂墳崗。

【亂糟糟】luànzāozāo ㄌㄨㄢˋ ㄗㄠ ㄗㄠ (亂糟糟的)形容事物雜亂無章或心裏煩亂：桌子上亂糟糟的，得清理一下｜坐也不是，站也不是，心裏亂糟糟的。

【亂真】luànzhēn ㄌㄨㄢˋ ㄓㄣ 模仿得很像，使人不辨真偽(多指古玩、書畫)：以假亂真｜複製精細，幾可亂真。

【亂子】luàn·zi ㄌㄨㄢˋ ·ㄗ 禍事；糾紛：鬧亂子｜出亂子。

lüě (ㄌㄩㄝˇ)

掠 lüě ㄌㄩㄝˇ 〈方〉順手拿；抄：掠起一根棍子就打｜晾在門口的衣裳不知讓誰給掠去了。

另見756頁 lüè。

lüè (ㄌㄩㄝˋ)

掠 lüè ㄌㄩㄝˋ ❶掠奪(多指財物)：搶掠｜掠取｜姦淫擄掠。❷輕輕擦過或拂過：涼風掠面｜燕子掠過水面｜炮彈掠過夜空｜他用手掠一下額前的頭髮◇嘴角上掠過一絲微笑。❸〈書〉用棍子或鞭子打：拷掠。

另見756頁 lüě。

【掠奪】lüèduó ㄌㄩㄝˋ ㄉㄨㄛˊ 搶劫；奪取：掠奪財物｜經濟掠奪。

【掠奪婚】lüèduóhūn ㄌㄩㄝˋ ㄉㄨㄛˊ ㄏㄨㄣ 原始社會的一種婚姻習俗，男子用搶劫女子的方式成親，是對偶婚向一夫一妻制過渡的重要標誌。這種習俗在某些地區曾長期留存。也叫搶婚。

【掠美】lüèměi ㄌㄩㄝˋ ㄇㄟˇ 掠取別人的美名：這是名家的手筆，我不敢掠美。

【掠取】lüèqǔ ㄌㄩㄝˋ ㄑㄩˇ 奪取；搶奪：掠取財物｜掠取資源。

【掠視】lüèshì ㄌㄩㄝˋ ㄕˋ 目光迅速地掠過；掃視：站在房門口向室內掠視一周。

【掠影】lüèyǐng ㄌㄩㄝˋ ㄧㄥˇ 一掠而過的影像，指某些場面的大致的情況(多用於標題)：浮光掠影｜《自然博物館掠影》。

略[1] (畧) lüè ㄌㄩㄝˋ ❶簡單；略微(跟'詳'相對)：大略｜粗略｜略圖｜略讀｜略知一二｜略有所聞｜這個提綱寫得太略了。❷簡單扼要的敍述：史略｜事略｜節略｜要略。❸省去；簡化：從略｜省略｜中間的部分略去不說。

略[2] (畧) lüè ㄌㄩㄝˋ 計劃；計謀：方略｜策略｜謀略｜戰略｜雄才大略。

略[3] (畧) lüè ㄌㄩㄝˋ 奪取(多指土地)：侵略｜攻城略地。

【略稱】lüèchēng ㄌㄩㄝˋ ㄔㄥ 簡稱。

【略略】lüèlüè ㄌㄩㄝˋ ㄌㄩㄝˋ 稍微：微風吹來，湖面上略略漾起波紋｜我略略說了幾句，他就明白了。

【略識之無】lüè shí zhī wú ㄌㄩㄝˋ ㄕˊ ㄓ ㄨˊ 指識字不多('之'和'無'是古漢語常用的字)。

【略圖】lüètú ㄌㄩㄝˋ ㄊㄨˊ 簡略的圖形；簡單的圖畫。

【略微】lüèwēi ㄌㄩㄝˋ ㄨㄟ 稍微：略微歇一會兒｜擦破了皮，略微流了點血。

【略為】lüèwéi ㄌㄩㄝˋ ㄨㄟˊ 稍微：略為增加｜他略為定了定神。

【略語】lüèyǔ ㄌㄩㄝˋ ㄩˇ 由詞組緊縮而成的合成詞，如：土改(土地改革)、掃盲(掃除文盲)、脫產(脫離生產)、節育(節制生育)、滄桑(滄海桑田)。

啗 (圙) lüè ㄌㄩㄝˋ 見662頁[噶啗](kūlüè)。

鋝 (锊) lüè ㄌㄩㄝˋ 古代重量單位，約合六兩。

lūn (ㄌㄨㄣ)

掄 (抡) lūn ㄌㄨㄣ ❶用力揮動：掄拳｜掄刀｜掄起鐵錘打炮眼。❷揮動胳膊拋出去；扔：把菜掄了一地。

另見757頁 lún。

lún (ㄌㄨㄣˊ)

侖 (仑) lún ㄌㄨㄣˊ 〈書〉條理；倫次。

倫(伦) lún ㄌㄨㄣˊ ❶人倫：倫常｜倫理｜五倫｜天倫。❷條理；次序：倫次。❸同類；同等：不倫不類｜比擬不倫｜英勇絕倫。❹(Lún)姓。

【倫巴】lúnbā ㄌㄨㄣˊ ㄅㄚ 交際舞的一種，原是古巴的黑人舞，4/4拍。[西 rumba]

【倫比】lúnbǐ ㄌㄨㄣˊ ㄅㄧˇ 〈書〉同等；匹敵：史無倫比｜無與倫比。

【倫常】lúncháng ㄌㄨㄣˊ ㄔㄤˊ 我國封建社會的倫理道德。封建時代稱君臣、父子、夫婦、兄弟、朋友五種關係為五倫，認為這種尊卑、長幼的關係是不可改變的常道，稱為倫常。

【倫次】lúncì ㄌㄨㄣˊ ㄘˋ 語言、文章的條理次序：語無倫次｜文筆錯雜，毫無倫次。

【倫理】lúnlǐ ㄌㄨㄣˊ ㄌㄧˇ 指人與人相處的各種道德準則。

【倫理學】lúnlǐxué ㄌㄨㄣˊ ㄌㄧˇ ㄒㄩㄝˊ 關於道德的起源、發展，人的行為準則和人與人之間的義務的學說。

【倫琴】lúnqín ㄌㄨㄣˊ ㄑㄧㄣˊ 射綫強度單位，一倫琴約等於一居里的放射綫在一小時內所放出的射綫量。這個單位名稱是為紀念德國物理學家倫琴(Wilhelm Konrad Röntgen)而定的。

掄(抡) lún ㄌㄨㄣˊ 〈書〉挑選；選拔：掄材。

另見756頁 lūn。

崙(仑) lún ㄌㄨㄣˊ 崑崙(Kūnlún ㄎㄨㄣ ㄌㄨㄣˊ)，山名，在新疆、西藏和青海。今作昆侖。

圇(囵) lún ㄌㄨㄣˊ 見483頁〖囫圇〗(húlún)。

淪(沦) lún ㄌㄨㄣˊ ❶沈沒：沈淪｜淪於海底。❷沒落；陷入(不利的境地)：淪落｜淪陷｜淪為奴隸。

【淪肌浹髓】lún jī jiā suǐ ㄌㄨㄣˊ ㄐㄧ ㄐㄧㄚ ㄙㄨㄟˇ 浸透肌肉，深入骨髓。比喻感受或受影響深。

【淪落】lúnluò ㄌㄨㄣˊ ㄌㄨㄛˋ ❶流落：淪落街頭。❷〈書〉沒落；衰落：道德淪落｜家境淪落。❸沈淪：淪落風塵｜半壁江山淪落敵手。

【淪沒】lúnmò ㄌㄨㄣˊ ㄇㄛˋ 〈書〉❶沈沒；湮沒。❷(人)死亡。也作淪歿。

【淪喪】lúnsàng ㄌㄨㄣˊ ㄙㄤˋ 消亡；喪失：國土淪喪。

【淪亡】lúnwáng ㄌㄨㄣˊ ㄨㄤˊ ❶(國土)失陷：(國家)滅亡。❷淪落；喪失：道德淪亡。

【淪陷】lúnxiàn ㄌㄨㄣˊ ㄒㄧㄢˋ ❶(領土)為敵人佔領；失陷：淪陷區。❷〈書〉淹沒。

綸(纶) lún ㄌㄨㄣˊ ❶〈書〉青絲帶子。❷〈書〉釣魚用的絲綫：垂綸。❸指某些合成纖維：錦綸｜滌綸｜腈綸｜丙綸。

另見420頁 guān。

輪(轮) lún ㄌㄨㄣˊ ❶(輪兒)輪子：車輪｜齒輪兒｜三輪摩托車◇歷史的巨輪。❷形狀像輪子的東西：日輪｜月輪｜年輪｜耳輪。❸輪船：江輪｜油輪｜輪渡｜輪埠。❹依照次序一個接替一個(做事)：輪換｜輪班｜輪值｜輪訓｜一個人輪一天｜你快準備好，馬上輪到你了。❺量詞。a)多用於紅日、明月等：一輪紅日｜一輪明月。b)(輪兒)用於循環的事物或動作：頭輪影院｜我大哥也屬馬，比我大一輪(即大十二歲)｜籃球冠軍賽已經打了一輪兒。

【輪班】lún//bān ㄌㄨㄣˊ//ㄅㄢ (輪班兒)分班輪流：輪班替換｜民兵輪着班放哨。

【輪埠】lúnbù ㄌㄨㄣˊ ㄅㄨˋ 輪船碼頭。

【輪唱】lúnchàng ㄌㄨㄣˊ ㄔㄤˋ 演唱者分成兩個或兩個以上的組，按一定時距先後錯綜演唱同一旋律的歌曲。

【輪船】lúnchuán ㄌㄨㄣˊ ㄔㄨㄢˊ 利用機器推動的船，船身一般用鋼鐵製成。

【輪次】lúncì ㄌㄨㄣˊ ㄘˋ ❶按次序輪流：輪次入內｜輪次上場｜輪次陪住。❷輪流的次數，輪換一遍叫一個輪次：每日由一人值班，十個人輪流，一個月也就三個輪次。

【輪帶】lúndài ㄌㄨㄣˊ ㄉㄞˋ 輪胎。

【輪渡】lúndù ㄌㄨㄣˊ ㄉㄨˋ 運載行人、車輛等渡過河流、湖泊、海峽的輪船以及其他設備。

【輪番】lúnfān ㄌㄨㄣˊ ㄈㄢ 輪流(做某件事)：輪番上陣。

【輪輻】lúnfú ㄌㄨㄣˊ ㄈㄨˊ 車輪上連接輪輞和輪轂的部分。

【輪轂】lúngǔ ㄌㄨㄣˊ ㄍㄨˇ 車輪的中心裝軸的部分。

【輪換】lúnhuàn ㄌㄨㄣˊ ㄏㄨㄢˋ 輪流替換：輪換休息｜劇目輪換演出｜幹部輪換着去參加學習。

【輪迴】lúnhuí ㄌㄨㄣˊ ㄏㄨㄟˊ ❶佛教指有生命的東西永遠像車輪運轉一樣在天堂、地獄、人間等六個範圍內循環轉化。❷循環：四季輪迴。

【輪機】lúnjī ㄌㄨㄣˊ ㄐㄧ ❶渦輪機的簡稱。❷輪船上的動力機。

【輪姦】lúnjiān ㄌㄨㄣˊ ㄐㄧㄢ 兩個或兩個以上男子輪流強姦同一女子。

【輪空】lúnkōng ㄌㄨㄣˊ ㄎㄨㄥ 在分幾輪的比賽中，某隊或某人在某一輪(多為第一、二輪)沒有安排對手而直接進入下一輪比賽，叫做輪空。

【輪廓】lúnkuò ㄌㄨㄣˊ ㄎㄨㄛˋ ❶構成圖形或物體的外緣的綫條：他畫了一個人體的輪廓｜城樓在月光下面顯出朦朧的輪廓。❷(事情的)概況：我只知道個輪廓，詳情並不清楚。

【輪流】lúnliú ㄌㄨㄣˊ ㄌㄧㄡˊ 依照次序一個接替一個，週而復始：輪流值日｜輪流坐莊。

【輪牧】lúnmù ㄌㄨㄣˊ ㄇㄨˋ 把一定範圍的草原劃為幾個區，輪流牧放。這樣可以使牧草有輪流生長的時間，使牲畜經常吃到好草。

【輪生】lúnshēng ㄌㄨㄣˊ ㄕㄥ 葉序的一種，莖的

每個節上長三個或更多的葉子，環列在節的周圍，如夾竹桃、黑藻等的葉子都是輪生葉。

【輪胎】lúntāi ㄌㄨㄣˊ ㄊㄞ 汽車、拖拉機、自行車等的輪子外圍安裝的環形橡膠製品，一般分內胎、外胎兩層。內胎較薄，可以充氣；外胎較厚，耐磨，可以保護內胎。輪胎充氣後，能夠減弱沿地面行駛時產生的震動。通稱車胎或輪帶。

【輪輞】lúnwǎng ㄌㄨㄣˊ ㄨㄤˇ 車輪周圍邊緣的部分。

【輪系】lúnxì ㄌㄨㄣˊ ㄒㄧˋ 機器上互相嚙合以傳遞軸的運動的齒輪傳動系統。

【輪休】lúnxiū ㄌㄨㄣˊ ㄒㄧㄡ ❶某一個耕種時期不種植農作物，讓土地空閑起來，以恢復地力。❷(職工)輪流休息。

【輪訓】lúnxùn ㄌㄨㄣˊ ㄒㄩㄣˋ (人員)輪流訓練：幹部輪訓｜脫產輪訓。

【輪養】lúnyǎng ㄌㄨㄣˊ ㄧㄤˇ 漁業上指一個養魚塘裏，輪換着飼養不同種類的魚。

【輪椅】lúnyǐ ㄌㄨㄣˊ ㄧˇ 裝有輪子的椅子，通常供行走困難的人使用。

【輪值】lúnzhí ㄌㄨㄣˊ ㄓˊ 輪流值班：清潔衞生工作由大家輪值。

【輪軸】lúnzhóu ㄌㄨㄣˊ ㄓㄡˊ 簡單機械，由一個輪子和同心軸組成，實質是可以連續旋轉的杠桿。輪子半徑是軸半徑的幾倍，作用在輪上的動力就是作用在軸上阻力的幾分之一。輪和軸的半徑相差越大就越省力。轆轤、紡車等就屬於這一類。

【輪轉】lúnzhuàn ㄌㄨㄣˊ ㄓㄨㄢˋ ❶旋轉；循環：四時輪轉。❷〈方〉輪流：輪轉着值夜班。

【輪子】lún·zi ㄌㄨㄣˊ ·ㄗ 車輛或機械上能夠旋轉的圓形部件。

【輪作】lúnzuò ㄌㄨㄣˊ ㄗㄨㄛˋ 在一塊田地上依次輪換栽種幾種作物。輪作可以改善土壤肥力，減少病害。也叫輪栽、輪種、倒茬(dǎochá)或調茬(diàochá)。

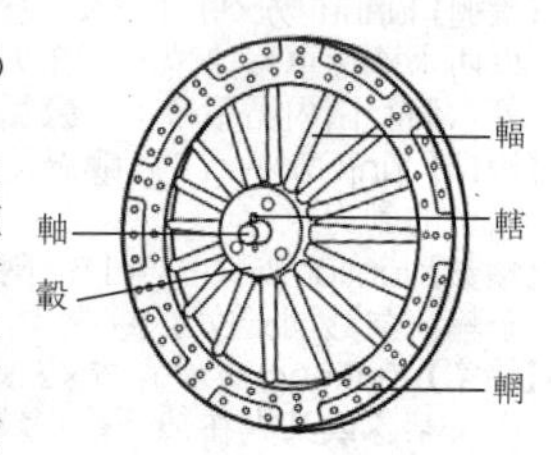

輪子 (舊式的)

論(论) Lún ㄌㄨㄣˊ 論語(古書名，內容主要是記錄孔子及其門徒的言行)：上論｜下論。

另見758頁 lùn。

lǔn (ㄌㄨㄣˇ)

埨(埨) lǔn ㄌㄨㄣˇ 〈方〉田地中的土壟。

lùn (ㄌㄨㄣˋ)

論(论) lùn ㄌㄨㄣˋ ❶分析和說明事理：議論｜討論｜辯論｜就事論事。❷分析和說明事理的話或文章：輿論｜立論｜社論。❸學說：唯物論｜進化論｜相對論。❹說；看待：相提並論｜不能一概而論。❺衡量；評定：論罪｜論功行賞｜請假超過一學期三分之一，以休學論。❻按照某種單位或類別說：論天｜論件｜買雞蛋是論斤還是論個兒？｜論莊稼活兒，他是把好手。❼(Lùn)姓。

另見758頁 Lún。

【論辯】lùnbiàn ㄌㄨㄣˋ ㄅㄧㄢˋ 辯論：論辯有力｜針鋒相對地進行論辯。

【論處】lùnchǔ ㄌㄨㄣˋ ㄔㄨˇ 判定處分：依法論處｜按違法的行為論處。

【論敵】lùndí ㄌㄨㄣˋ ㄉㄧˊ 指政治、學術等方面的爭論的對手。

【論點】lùndiǎn ㄌㄨㄣˋ ㄉㄧㄢˇ 議論中的確定意見以及論證這一意見的理由：這篇文章論點突出，條理分明。

【論調】lùndiào ㄌㄨㄣˋ ㄉㄧㄠˋ 議論的傾向；意見(常含貶義)：悲觀的論調｜這種論調貌似公允，很容易迷惑人。

【論斷】lùnduàn ㄌㄨㄣˋ ㄉㄨㄢˋ 推論判斷：科學論斷。

【論據】lùnjù ㄌㄨㄣˋ ㄐㄩˋ ❶邏輯學指用來證明論題的判斷。❷立論的根據(多指事實)：充足的論據。

【論理】lùn∥lǐ ㄌㄨㄣˋ∥ㄌㄧˇ 講道理：當面論理｜他為甚麼那樣說？把他找來論論理。

【論理】lùnlǐ ㄌㄨㄣˋ ㄌㄧˇ ❶按理說：論理我早該回家去探望一下，只是工作實在放不下。❷邏輯：合乎論理。

【論理學】lùnlǐxué ㄌㄨㄣˋ ㄌㄧˇ ㄒㄩㄝˊ 邏輯學的舊稱。

【論難】lùnnàn ㄌㄨㄣˋ ㄋㄢˋ 針對對方的論點進行辯論：兩個學派各執一說，互相論難。

【論述】lùnshù ㄌㄨㄣˋ ㄕㄨˋ 敍述和分析：本文準備就以下三個問題分別加以論述。

【論說】[1] lùnshuō ㄌㄨㄣˋ ㄕㄨㄛ 議論(多指書面的)：論說文｜論說體。

【論說】[2] lùnshuō ㄌㄨㄣˋ ㄕㄨㄛ 按理說：論說這個會他應該參加，不知道為甚麼沒有來。

【論壇】lùntán ㄌㄨㄣˋ ㄊㄢˊ 對公眾發表議論的地方，指報刊、座談會等：工人論壇｜這是最近論壇上引起激烈爭論的問題。

【論題】lùntí ㄌㄨㄣˋ ㄊㄧˊ 真實性需要證明的命題。

【論文】lùnwén ㄌㄨㄣˋ ㄨㄣˊ 討論或研究某種問題的文章：學術論文｜畢業論文。

【論戰】lùnzhàn ㄌㄨㄣˋ ㄓㄢˋ 指在政治、學術等

問題上因意見不同互相爭論。

【論爭】lùnzhēng ㄌㄨㄣˋ ㄓㄥ 論戰：這次論爭的焦點是文藝的提高和普及的問題。

【論證】lùnzhèng ㄌㄨㄣˋ ㄓㄥˋ ❶邏輯學指引用論據來證明論題的真實性的論述過程，是由論據推出論題時所使用的推理形式。❷論述並證明：論證會｜經過調查論證，綜合研究，確定具體措施。❸立論的根據。

【論著】lùnzhù ㄌㄨㄣˋ ㄓㄨˋ 帶有研究性的著作。

【論資排輩】lùn zī pái bèi ㄌㄨㄣˋ ㄗ ㄆㄞˊ ㄅㄟˋ 指按資歷輩分決定級別、待遇的高低：在用人上，要打破論資排輩的舊觀念。

【論罪】lùn∥zuì ㄌㄨㄣˋ∥ㄗㄨㄟˋ 判定罪行：依法論罪｜按貪污論罪。

luō（ㄌㄨㄛ）

捋 luō ㄌㄨㄛ 用手握住條狀物向一端滑動：捋榆錢兒｜捋起袖子。
另見752頁 lǚ。

【捋虎鬚】luō hǔxū ㄌㄨㄛ ㄏㄨˇ ㄒㄩ 捋老虎的鬍鬚。比喻觸犯有權勢的人或做冒險的事情。

落〔落〕 luō ㄌㄨㄛ 見211頁〖大大落落〗。另見678頁 là；693頁 lào；761頁 luò。

囉（啰） luō ㄌㄨㄛ 見下。
另見760頁 luó；763頁 ·luo。

【囉唆】luō·suō ㄌㄨㄛ ·ㄙㄨㄛ ❶（言語）繁複：老太太嘴碎，愛囉唆｜他囉囉唆唆說了半天，還是沒把問題說清楚。❷（事情）瑣碎；麻煩：事情倒不難做，就是囉唆｜手續辦起來才知道囉唆。‖也作囉嗦。

【囉嗦】luō·suō ㄌㄨㄛ ·ㄙㄨㄛ 同'囉唆'。

luó（ㄌㄨㄛˊ）

腡（脶） luó ㄌㄨㄛˊ 手指紋。

螺 luó ㄌㄨㄛˊ ❶軟體動物，體外包着錐形、紡錘形或扁橢圓形的硬殼，上有旋紋，如田螺、海螺。❷螺旋形的指紋。

【螺鈿】luódiàn ㄌㄨㄛˊ ㄉㄧㄢˋ 一種手工藝品，用螺螄殼或貝殼鑲嵌在漆器、硬木傢具或雕鏤器物的表面，做成有天然彩色光澤的花紋、圖形。也作螺甸。

【螺釘】luódīng ㄌㄨㄛˊ ㄉㄧㄥ 圓柱形或圓錐形金屬桿上帶螺紋的零件。也叫螺絲釘或螺絲。

【螺號】luóhào ㄌㄨㄛˊ ㄏㄠˋ 用大的海螺殼做成的號角。

【螺距】luójù ㄌㄨㄛˊ ㄐㄩˋ 螺紋上兩個相鄰的牙之間的距離。

【螺母】luómǔ ㄌㄨㄛˊ ㄇㄨˇ 組成螺栓的配件。中心有圓孔，孔內有螺紋，跟螺釘的螺紋相嚙合，用來使兩個零件固定在一起。也叫螺帽、螺絲母或螺絲帽。

【螺栓】luóshuān ㄌㄨㄛˊ ㄕㄨㄢ 有螺紋的圓桿和螺母組合成的零件，用來連接並緊固，可以拆卸。

【螺絲】luósī ㄌㄨㄛˊ ㄙ 螺釘。

【螺絲刀】luósīdāo ㄌㄨㄛˊ ㄙ ㄉㄠ 改錐。

【螺絲釘】luósīdīng ㄌㄨㄛˊ ㄙ ㄉㄧㄥ 螺釘。

【螺絲攻】luósīgōng ㄌㄨㄛˊ ㄙ ㄍㄨㄥ 絲錐。

【螺絲扣】luósīkòu ㄌㄨㄛˊ ㄙ ㄎㄡˋ 螺紋②。

【螺絲帽】luósīmào ㄌㄨㄛˊ ㄙ ㄇㄠˋ 螺母。

【螺絲母】luósīmǔ ㄌㄨㄛˊ ㄙ ㄇㄨˇ 螺母。

【螺絲起子】luósīqǐ·zi ㄌㄨㄛˊ ㄙ ㄑㄧˇ ·ㄗ 改錐。

【螺螄】luó·sī ㄌㄨㄛˊ ·ㄙ 淡水螺的通稱，一般較小。

【螺紋】luówén ㄌㄨㄛˊ ㄨㄣˊ ❶手指上的紋理，也指腳趾上的紋理。❷機件的外表面或內孔表面上製成的螺旋綫形的凸棱。也叫螺絲扣。

【螺旋】luóxuán ㄌㄨㄛˊ ㄒㄩㄢˊ ❶像螺螄殼紋理的曲綫形：螺旋體｜螺旋槳。❷簡單機械，圓柱體表面有像螺螄殼上的螺紋的叫陽螺旋，在物體孔眼裏的螺紋叫陰螺旋。陰陽螺旋配合，旋轉其中一個就可以使兩者沿螺旋移動，螺紋越密，螺旋直徑越大越省力。螺釘、螺栓、壓榨機、千斤頂等都是螺旋的利用。

【螺旋槳】luóxuánjiǎng ㄌㄨㄛˊ ㄒㄩㄢˊ ㄐㄧㄤˇ 產生動力使飛機或船隻航行的一種裝置，由螺旋形的槳葉構成，旋轉時槳葉的斜面撥動流體靠反作用而產生動力。

【螺旋體】luóxuántǐ ㄌㄨㄛˊ ㄒㄩㄢˊ ㄊㄧˇ 介於細菌和原生動物之間的一類微生物，彎曲呈螺旋狀，不產生芽孢，沒有細胞膜，有伸縮能力。梅毒、回歸熱等都是這類微生物引起的。

羅[1]（罗） luó ㄌㄨㄛˊ ❶捕鳥的網：羅網◇天羅地網。❷張網捕（鳥）：門可羅雀。❸招請；搜集：羅致｜網羅｜搜羅。❹陳列：羅列｜星羅棋佈。❺一種器具，在木框或竹框上張網狀物，用來使細的粉末或流質漏下去，留下粗的粉末或渣滓：絹羅｜銅絲羅｜把麪過一次羅。❻過羅：羅麪｜把麪再羅一過兒。❼質地稀疏的絲織品：羅衣｜羅扇｜輕羅｜綾羅綢緞。❽（Luó）姓。

羅[2]（罗） luó ㄌㄨㄛˊ 量詞，商業用，十二打（144件）為一羅。［英 gross］

【羅佈】luóbù ㄌㄨㄛˊ ㄅㄨˋ 羅列；分佈：營地上帳篷羅佈。

【羅鍋】luóguō ㄌㄨㄛˊ ㄍㄨㄛ ❶（羅鍋兒）駝背：他有點羅鍋兒。❷（羅鍋兒）指駝背的人：這人是個羅鍋兒。也叫羅鍋子。❸拱形：羅鍋橋。

【羅鍋】luó·guo ㄌㄨㄛˊ ·ㄍㄨㄛ 彎（腰）：羅鍋着腰坐在炕上。

【羅漢】luóhàn ㄌㄨㄛˊ ㄏㄢˋ 佛教稱斷絕了一切嗜慾，解脫了煩惱的僧人。［阿羅漢之省，梵 arhat］

【羅漢病】luóhànbìng ㄌㄨㄛˊ ㄏㄢˋ ㄅㄧㄥˋ 〈方〉血吸蟲的成蟲寄生在肝臟和腸內引起的病。

【羅漢豆】luóhàndòu ㄌㄨㄛˊ ㄏㄢˋ ㄉㄡˋ 〈方〉蠶豆。

【羅漢果】luóhànguǒ ㄌㄨㄛˊ ㄏㄢˋ ㄍㄨㄛˇ ❶多年生藤本植物。葉卵形或長卵形，花淡黃色。果實近圓形，烘乾後可入藥。❷這種植物的果實。

【羅睺】luóhóu ㄌㄨㄛˊ ㄏㄡˊ 古星的人所說的星名，認為它能支配人間的吉凶禍福。

【羅經】luójīng ㄌㄨㄛˊ ㄐㄧㄥ 羅盤。

【羅掘】luójué ㄌㄨㄛˊ ㄐㄩㄝˊ 〈書〉原指城被圍困，糧食斷絕，只得羅雀（張網捉麻雀）掘鼠（挖洞捕老鼠）來充飢的困窘情況（見於《新唐書·張巡傳》）。後用來比喻盡力籌措或搜索財物：多方羅掘｜羅掘俱窮｜羅掘一空。

【羅口】luókǒu ㄌㄨㄛˊ ㄎㄡˇ 針織衣物的袖口、襪口等能夠伸縮的部分。

【羅拉】luólā ㄌㄨㄛˊ ㄌㄚ ❶輥（gǔn）。❷紡織機上用來拉緊紗綫的機件。［英 roller］

【羅勒】luólè ㄌㄨㄛˊ ㄌㄜˋ 一年生草本植物，葉子卵圓形，略帶紫色，花白色或略帶紫色。莖和葉有香氣，可做香料，又可入藥。通稱矮糠（ǎi·kang）。也作蘿艻。

【羅列】luóliè ㄌㄨㄛˊ ㄌㄧㄝˋ ❶分佈；陳列：亭台樓閣，羅列山上。❷列舉：羅列現象｜僅僅羅列事實是不夠的，必須加以分析。

【羅馬公教】Luómǎ gōngjiào ㄌㄨㄛˊ ㄇㄚˇ ㄍㄨㄥ ㄐㄧㄠˋ 天主教。

【羅馬數字】Luómǎ shùzì ㄌㄨㄛˊ ㄇㄚˇ ㄕㄨˋ ㄗˋ 古代羅馬人記數用的符號。數字有Ⅰ，Ⅴ，Ⅹ，L，C，D，M七個，依次表示下列數值：1，5，10，50，100，500，1000。記數的方法如下：a）相同的數字並列，表示相加，如Ⅲ＝3，XX＝20。b）不同的數字並列，右邊的小於左邊的，表示相加，如 VIII 是 5＋3＝8。c）不同的數字並列，左邊的小於右邊的，表示右邊的減去左邊的，如IX是10－1＝9。d）數字上加一條橫綫，表示一千倍，如$\bar{X}$是 10×1,000＝10,000。這幾個方法結合起來，就可以表示所有的數，如 XIV 是10＋（5－1）＝14。

【羅曼蒂克】luómàndìkè ㄌㄨㄛˊ ㄇㄢˋ ㄉㄧˋ ㄎㄜˋ 浪漫的。［英 romantic］

【羅曼司】luómànsī ㄌㄨㄛˊ ㄇㄢˋ ㄙ 富有浪漫色彩的戀愛故事或驚險故事。［英 romance］

【羅盤】luópán ㄌㄨㄛˊ ㄆㄢˊ 測定方向的儀器，由有方位刻度的圓盤和裝在中間的指南針構成。

【羅圈】luóquān ㄌㄨㄛˊ ㄑㄩㄢ （羅圈兒）羅¹⑤的圓形框子。

【羅圈兒揖】luóquānryī ㄌㄨㄛˊ ㄑㄩㄢㄦ ㄧ 指旋轉身體向周圍的人作的揖。

【羅圈腿】luóquāntuǐ ㄌㄨㄛˊ ㄑㄩㄢ ㄊㄨㄟˇ 向外彎曲成弧形的兩條腿，這種畸形多由佝僂病引起。

【羅網】luówǎng ㄌㄨㄛˊ ㄨㄤˇ 捕鳥的羅和捕魚的網◇自投羅網｜衝決世俗的羅網。

【羅紋】luówén ㄌㄨㄛˊ ㄨㄣˊ 螺紋①。

【羅唣】luózào ㄌㄨㄛˊ ㄗㄠˋ 同'囉唣'。

【羅織】luózhī ㄌㄨㄛˊ ㄓ 〈書〉虛構罪狀，陷害無辜的人：羅織誣陷｜羅織罪名。

【羅致】luózhì ㄌㄨㄛˊ ㄓˋ 延聘；搜羅（人才）。

騾（骡、蠃）

luó ㄌㄨㄛˊ 騾子。

【騾子】luó·zi ㄌㄨㄛˊ ·ㄗ 哺乳動物，驢和馬交配所生的雜種，比驢大，毛多為黑褐色。壽命長，體力大，我國北方多用做力畜。一般不能生殖。參看752頁〖驢騾〗、767頁〖馬騾〗。

覼（覙）

luó ㄌㄨㄛˊ ［覼縷］（luólǚ ㄌㄨㄛˊ ㄌㄩˇ）〈書〉詳細敘述：不煩覼縷｜非片言所能覼縷。

儸（㑩）

luó ㄌㄨㄛˊ 見745頁［僂儸］（lóu·luó）。

蘿〔蘿〕（萝）

luó ㄌㄨㄛˊ 通常指某些能爬蔓的植物：藤蘿｜蔦蘿｜女蘿｜松蘿。

【蘿蔔】（萝卜）luó·bo ㄌㄨㄛˊ ·ㄅㄛ ❶二年生草本植物，葉子羽狀分裂，花白色或淡紫色。主根肥大，圓柱形或球形，皮的顏色因品種不同而異，是普通蔬菜之一。❷這種植物的主根。‖也叫萊菔。

【蘿蔔花】luó·bohuā ㄌㄨㄛˊ ·ㄅㄛ ㄏㄨㄚ 眼球角膜發生潰瘍，好轉後，在角膜上遺留下的白色瘢痕，俗稱蘿蔔花。

【蘿艻】luólè ㄌㄨㄛˊ ㄌㄜˋ 同'羅勒'。

【蘿藦】luómó ㄌㄨㄛˊ ㄇㄛˊ 多年生草本植物，葉子心臟形，花白色帶淡紫色斑紋，果實紡錘形，種子扁卵形。全草入藥。

囉（啰）

luó ㄌㄨㄛˊ ［囉唣］（luózào ㄌㄨㄛˊ ㄗㄠˋ）吵鬧尋事（多見於早期白話）。

另見759頁 luō；763頁 ·luo。

玀（猡）

luó ㄌㄨㄛˊ 見1489頁〖豬玀〗。

羅（椤）

luó ㄌㄨㄛˊ 見646頁〖珂羅版〗（kēluóbǎn）。

欏（椤）

luó ㄌㄨㄛˊ 見1099頁［桫欏］（suō-luó）。

邏（逻）

luó ㄌㄨㄛˊ 巡察：巡邏｜邏騎｜邏卒。

【邏輯】luó·jí ㄌㄨㄛˊ ·ㄐㄧˊ ❶思維的規律：這幾句話不合邏輯。❷客觀的規律性：生活的邏輯｜事物發展的邏輯。❸邏輯學。［英 logic］

【邏輯思維】luó-jí sīwéi ㄌㄨㄛˊ·ㄐㄧˊㄙㄨㄟˊ 指人在認識過程中借助於概念、判斷、推理反映現實的思維方式。它以抽象性為特徵，撇開具體形象，揭示事物的本質屬性。也叫抽象思維。

【邏輯學】luójíxué ㄌㄨㄛˊㄐㄧˊㄒㄩㄝˊ 研究思維的形式和規律的科學。舊稱名學、辯學、論理學。

籮（箩）luó ㄌㄨㄛˊ 用竹子編的器具，大多方底圓口，製作比較細緻，用來盛糧食或淘米等：稻籮｜淘籮。

【籮筐】luókuāng ㄌㄨㄛˊㄎㄨㄤ 用竹子或柳條等編成的器具，或圓或方，或方底圓口，用來盛糧食、蔬菜等。

鑼（锣）luó ㄌㄨㄛˊ 打擊樂器，用銅製成，形狀像盤子，用鑼槌敲打：敲鑼打鼓｜鳴鑼開道。

【鑼鼓】luógǔ ㄌㄨㄛˊㄍㄨˇ 鑼和鼓，泛指各種打擊樂器：鑼鼓喧天。

饠（饠）luó ㄌㄨㄛˊ 見66頁［饆饠］(bì-luó)。

luǒ（ㄌㄨㄛˇ）

倮 luǒ ㄌㄨㄛˇ〈書〉同'裸'。

蓏〔蓏〕luǒ ㄌㄨㄛˇ 古書上指瓜類植物的果實。

裸（躶、臝）luǒ ㄌㄨㄛˇ 露出，沒有遮蓋：裸露｜裸體｜赤裸裸。

【裸露】luǒlù ㄌㄨㄛˇㄌㄨˋ 沒有東西遮蓋：岩石裸露｜裸露在地面上的煤層。

【裸麥】luǒmài ㄌㄨㄛˇㄇㄞˋ 青稞。

【裸視】luǒshì ㄌㄨㄛˇㄕˋ ❶用裸眼看：裸視視力。❷裸眼的視力：裸視達到 1.0 的才能報考。

【裸體】luǒtǐ ㄌㄨㄛˇㄊㄧˇ 光着身子：裸體畫｜赤身裸體。

【裸綫】luǒxiàn ㄌㄨㄛˇㄒㄧㄢˋ 沒有絕緣材料包裹的金屬導綫，如電車的架空綫。

【裸眼】luǒyǎn ㄌㄨㄛˇㄧㄢˇ 指不戴眼鏡進行目力測試的眼睛：裸眼視力。

【裸子植物】luǒzǐ-zhíwù ㄌㄨㄛˇㄗˇㄓˊㄨˋ 種子植物的一大類，胚珠和種子都是裸露的，胚珠外面沒有子房，種子外面沒有果皮包着，松、杉、銀杏等都屬於裸子植物（區別於'被子植物'）。

瘰 luǒ ㄌㄨㄛˇ［瘰癧］(luǒlì ㄌㄨㄛˇㄌㄧˋ) 病，多發生在頸部，有時也發生在腋窩部，是由於結核桿菌侵入頸部或腋窩部的淋巴結而引起的，症狀是局部發生硬塊，潰爛後經常流膿，不易愈合。

羸 luǒ ㄌㄨㄛˇ 見440頁［蜾臝］(guǒluǒ)。

luò（ㄌㄨㄛˋ）

咯 luò ㄌㄨㄛˋ 見60頁〖吡咯〗(bǐluò)。
另見383頁 gē；635頁 kǎ；742頁·lo。

洛 Luò ㄌㄨㄛˋ ❶洛河，水名，在陝西。❷洛河，發源於陝西，流入河南。古時作'雒'。❸姓。

【洛陽紙貴】Luòyáng zhǐ guì ㄌㄨㄛˋㄧㄤˊㄓˇㄍㄨㄟˋ 晉代左思《三都賦》寫成以後，抄寫的人非常多，洛陽的紙都因此漲價了（見於《晉書·文苑傳》）。比喻著作廣泛流傳，風行一時。

珞 luò ㄌㄨㄛˋ 見〖珞巴族〗、985頁〖賽璐珞〗、1371頁〖瓔珞〗。

【珞巴族】Luòbāzú ㄌㄨㄛˋㄅㄚㄗㄨˊ 我國少數民族之一，分佈在西藏。

烙 luò ㄌㄨㄛˋ 見865頁〖炮烙〗(páoluò)。
另見692頁 lào。

硌 luò ㄌㄨㄛˋ〈書〉山上的大石。
另見388頁 gè。

落〔落〕luò ㄌㄨㄛˋ ❶物體因失去支持而下來：落淚｜花瓣落了。❷下降：落潮｜太陽落山了｜飛機從天空中落下來。❸使下降：落幕｜把簾子落下來。❹衰敗；飄零：衰落｜破落｜沒落｜零落｜淪落。❺遺留在後面：落選｜落後｜落伍｜名落孫山。❻停留；留下：落腳｜落戶｜不落痕迹。❼停留的地方：下落｜着落。❽聚居的地方：村落｜聚落。❾歸屬：政權落在人民手裏了｜經過爭取，這個光榮任務才落到咱們組裏。❿得到：落空｜落不是｜落埋怨。⓫用筆寫：落款｜落賬。
另見678頁 là；693頁 lào；759頁 luō。

【落榜】luò//bǎng ㄌㄨㄛˋ//ㄅㄤˇ 指考試沒有被錄取：高考落了榜。

【落筆】luòbǐ ㄌㄨㄛˋㄅㄧˇ 下筆：他的畫是在先有了生活體驗而後才落筆的。

【落標】luò//biāo ㄌㄨㄛˋ//ㄅㄧㄠ 指在招標中沒有中標。泛指在競爭中失敗：在選舉中有幾位候選人落標了。

【落膘】luò//biāo ㄌㄨㄛˋ//ㄅㄧㄠ（落膘兒）（牲畜）變瘦：由於飼養不經心，牛羊都落了膘。

【落泊】luòbó ㄌㄨㄛˋㄅㄛˊ〈書〉❶潦倒失意：家貧落泊。❷豪邁，不拘束。‖也作落魄。

【落魄】luòbó ㄌㄨㄛˋㄅㄛˊ〈書〉同'落泊'。
另見 luòpò。

【落槽】luò//cáo ㄌㄨㄛˋ//ㄘㄠˊ ❶河流水位降低，歸入河槽。❷〈方〉家道衰落。❸（落槽兒）榫頭放入卯眼安好。❹〈方〉指心裏平靜；熨貼：事情沒辦好，心裏總是不落槽。

【落草】[1] luòcǎo ㄌㄨㄛˋㄘㄠˇ 到山林當強盜（多

見於早期白話)：落草為寇。
【落草】[2] luòcǎo ㄌㄨㄛˋ ㄘㄠˇ 〈方〉(落草兒) 指嬰兒出生。
【落差】luòchā ㄌㄨㄛˋ ㄔㄚ ❶由於河牀高度的變化所產生的水位的差數，如甲地水面海拔為 20 米，乙地為 18 米，這一段的落差就是 2 米。❷比喻對比中的差距或差異：調整心理上的落差｜兩種工資之間的落差較大。
【落潮】luò//cháo ㄌㄨㄛˋ//ㄔㄠˊ 退潮。
【落塵】luòchén ㄌㄨㄛˋ ㄔㄣˊ 降塵。
【落成】luòchéng ㄌㄨㄛˋ ㄔㄥˊ (建築物) 完工：落成典禮｜大橋已經落成，日內即可正式通車。
【落得】luò·de ㄌㄨㄛˋ·ㄉㄜ 落到 (很壞的境遇)：倒行逆施，落得身敗名裂的可恥下場。
【落地】luò//dì ㄌㄨㄛˋ//ㄉㄧˋ ❶(物體) 落在地上：花轎落地◇心裏一塊石頭落了地。❷指嬰兒剛生下來：呱呱落地。
【落地窗】luòdìchuāng ㄌㄨㄛˋ ㄉㄧˋ ㄔㄨㄤ 下端直到地面或樓板的高而長的窗子。
【落地燈】luòdìdēng ㄌㄨㄛˋ ㄉㄧˋ ㄉㄥ 放在室內地上的有立柱和底座的電燈。
【落第】luò//dì ㄌㄨㄛˋ//ㄉㄧˋ 科舉考試 (鄉試以上) 沒考中。
【落髮】luò//fà ㄌㄨㄛˋ//ㄈㄚˋ 剃掉頭髮 (出家做僧尼)：落髮為僧。
【落穀】luògǔ ㄌㄨㄛˋ ㄍㄨˇ 〈方〉在秧田中播種稻種。
【落黑】luòhēi ㄌㄨㄛˋ ㄏㄟ 〈方〉天色變黑，進入夜間；天黑：天還沒落黑，他就到了。
【落後】luò//hòu ㄌㄨㄛˋ//ㄏㄡˋ ❶在行進中落在別人後面：我們的船先過了橋洞，他們的船稍微落後一點。❷工作進度遲緩，落在原定計劃的後面。❸停留在較低的發展水平，落在客觀形勢要求的後面：落後的生產工具｜虛心使人進步，驕傲使人落後。
【落戶】luò//hù ㄌㄨㄛˋ//ㄏㄨˋ ❶在他鄉安家長期居住：我祖父那一輩就在北京落了戶。❷登記戶籍；報戶口：新生嬰兒應及時落戶。
【落花流水】luò huā liú shuǐ ㄌㄨㄛˋ ㄏㄨㄚ ㄌㄧㄡˊ ㄕㄨㄟˇ 原來形容春景衰敗，現在比喻慘敗。
【落花生】luò·huashēng ㄌㄨㄛˋ·ㄏㄨㄚ ㄕㄥ ❶一年生草本植物，葉子互生，有長柄，小葉倒卵形或卵形，花黃色，子房下的柄伸入地下才結果。果仁可以榨油，也可以吃。是重要的油料作物之一。❷這種植物的果實。‖也叫花生，有的地區叫仁果、長生果。
【落荒】luòhuāng ㄌㄨㄛˋ ㄏㄨㄤ 離開大路，向荒野逃去 (多見於早期白話)：落荒而逃。
【落腳】luò//jiǎo ㄌㄨㄛˋ//ㄐㄧㄠˇ (落腳兒) 指臨時停留或暫住：落腳點｜城裏旅館大多客滿，差點兒找不到落腳的地方。
【落井下石】luò jǐng xià shí ㄌㄨㄛˋ ㄐㄧㄥˇ ㄒㄧㄚˋ ㄕˊ 比喻乘人危急的時候加以陷害。也說投井下石。
【落空】luò//kōng ㄌㄨㄛˋ//ㄎㄨㄥ 沒有達到目的或目標；沒有着落：希望落空｜兩頭落空。
【落款】luò//kuǎn ㄌㄨㄛˋ//ㄎㄨㄢˇ (落款兒) 在書畫、書信、禮品等上面題上款和下款。
【落款】luòkuǎn ㄌㄨㄛˋ ㄎㄨㄢˇ (落款兒) 在書畫、書信、禮品等上面題的上款和下款。
【落雷】luòléi ㄌㄨㄛˋ ㄌㄟˊ 霹靂。
【落落】luòluò ㄌㄨㄛˋ ㄌㄨㄛˋ ❶形容舉止瀟灑自然：落落大方。❷形容跟別人合不來：落落寡合。
【落馬】luò//mǎ ㄌㄨㄛˋ//ㄇㄚˇ 騎馬馳騁時，從馬上掉下來。也比喻打敗仗或競賽失利：中彈落馬｜半決賽中，上屆冠亞軍雙雙落馬。
【落寞】luòmò ㄌㄨㄛˋ ㄇㄛˋ 寂寞；冷落。也作落漠、落莫。
【落墨】luòmò ㄌㄨㄛˋ ㄇㄛˋ 落筆：思緒萬千，無從落墨｜寫意畫貴在大處落墨，得其神似。
【落幕】luòmù ㄌㄨㄛˋ ㄇㄨˋ 閉幕。
【落難】luò//nàn ㄌㄨㄛˋ//ㄋㄢˋ 遭遇災難，陷入困境。
【落魄】luòpò ㄌㄨㄛˋ ㄆㄛˋ (又讀 luòtuò ㄌㄨㄛˋ ㄊㄨㄛˋ)〈書〉❶潦倒失意：落魄江湖。❷豪邁，不拘束。
另見 luòbó。
【落日】luòrì ㄌㄨㄛˋ ㄖˋ 夕陽：落日的餘暉。
【落腮鬍子】luòsāi-hú·zi ㄌㄨㄛˋ ㄙㄞ ㄏㄨˊ·ㄗ 同'絡腮鬍子'。
【落紗】luòshā ㄌㄨㄛˋ ㄕㄚ 絡紗。
【落生】luòshēng ㄌㄨㄛˋ ㄕㄥ 〈方〉(嬰兒) 出生。
【落實】luòshí ㄌㄨㄛˋ ㄕˊ ❶(計劃、措施等) 通過周密的研究，達到具體明確、切實可行：生產計劃要訂得落實。❷使落實：落實政策｜要落實計劃，落實措施，並層層落實責任。❸〈方〉(心情) 安穩；塌實：事情沒有把握，心裏總是不落實。
【落市】luòshì ㄌㄨㄛˋ ㄕˋ 〈方〉❶果品、蔬菜等過了時令。❷(市場等) 停止貿易。
【落水】luò//shuǐ ㄌㄨㄛˋ//ㄕㄨㄟˇ 掉在水裏，比喻墮落。
【落水狗】luòshuǐgǒu ㄌㄨㄛˋ ㄕㄨㄟˇ ㄍㄡˇ 比喻失勢的壞人。
【落水管】luòshuǐguǎn ㄌㄨㄛˋ ㄕㄨㄟˇ ㄍㄨㄢˇ 水落管。
【落湯雞】luòtāngjī ㄌㄨㄛˋ ㄊㄤ ㄐㄧ 形容渾身濕透，像掉在熱水裏的雞一樣。
【落套】luòtào ㄌㄨㄛˋ ㄊㄠˋ 指文藝作品的內容、形式、手法等陷入老一套，沒有創新：創作一定要有新意，要有新的東西，才能不落套。
【落體】luòtǐ ㄌㄨㄛˋ ㄊㄧˇ 因受重力作用由空中落下的物體：自由落體運動。

【落托】luòtuō ㄌㄨㄛˋ ㄊㄨㄛ 落拓。
【落拓】luòtuò ㄌㄨㄛˋ ㄊㄨㄛˋ 〈書〉❶潦倒失意：自嗟落拓。❷豪邁，不拘束：落拓不羈。
【落網】luò//wǎng ㄌㄨㄛˋ//ㄨㄤˇ 指犯罪分子被捕：三名販毒分子先後落網。
【落伍】luò//wǔ ㄌㄨㄛˋ//ㄨˇ ❶掉隊：他不願落伍，一腳高一腳低地緊跟着走。❷比喻人或事物跟不上時代：產品設計落伍。
【落鄉】luòxiāng ㄌㄨㄛˋ ㄒㄧㄤ 〈方〉(地點)離城市稍遠。
【落選】luò//xuǎn ㄌㄨㄛˋ//ㄒㄩㄢˇ 沒有被選上。
【落葉歸根】luò yè guī gēn ㄌㄨㄛˋ ㄧㄝˋ ㄍㄨㄟ ㄍㄣ 葉落歸根。
【落葉樹】luòyèshù ㄌㄨㄛˋ ㄧㄝˋ ㄕㄨˋ 到冬季樹葉枯黃凋落的樹，如柳樹、槐樹等。
【落音】luò//yīn ㄌㄨㄛˋ//ㄧㄣ (落音兒)(說話、歌唱的聲音)停止：他的話剛落音，你就進來了。
【落英】luòyīng ㄌㄨㄛˋ ㄧㄥ 〈書〉❶落花：落英繽紛。❷初開的花。
【落賬】luò//zhàng ㄌㄨㄛˋ//ㄓㄤˋ 登上賬簿：這筆款還沒落賬。
【落照】luòzhào ㄌㄨㄛˋ ㄓㄠˋ 落日的光輝。
【落座】luò//zuò ㄌㄨㄛˋ//ㄗㄨㄛˋ 坐到座位上：先是互致問候，然後各自落了座｜各位觀眾請落座，表演就要開始了。

絡(络) luò ㄌㄨㄛˋ ❶網狀的東西：橘絡｜絲瓜絡。❷中醫指人體內氣血運行通路的旁支或小支：經絡。❸用網狀物兜住：頭上絡着一個髮網。❹纏繞：絡紗｜絡絲｜絡綫。

另見693頁 lào。

【絡腮鬍子】luòsāi-hú·zi ㄌㄨㄛˋ ㄙㄞ ㄏㄨˊ·ㄗ 連着鬢角的鬍子。'絡'也作落。
【絡紗】luòshā ㄌㄨㄛˋ ㄕㄚ 紡織生產中的一種操作，將紗綫捲繞在筒管上，加長紗綫的長度，使有適當的捲裝形式和較大的容積，同時除掉紗綫上的雜質或疵點。也作落紗。
【絡繹】luòyì ㄌㄨㄛˋ ㄧˋ 〈書〉(人、馬、車、船等)前後相接，連續不斷：絡繹不絕。

摞 luò ㄌㄨㄛˋ ❶把東西重疊地往上放：補丁摞補丁｜把箱子摞起來。❷量詞，用於重疊放置的東西：一摞碗｜一摞書｜一摞竹筐。

雒 Luò ㄌㄨㄛˋ ❶同'洛'②。❷姓。

漯 luò ㄌㄨㄛˋ 漯河(Luòhé ㄌㄨㄛˋ ㄏㄜˊ)，地名，在河南。

另見1103頁 Tà。

犖(荦) luò ㄌㄨㄛˋ 〈書〉明顯：卓犖。

【犖犖】luòluò ㄌㄨㄛˋ ㄌㄨㄛˋ 〈書〉(事理)明顯：犖犖大端(明顯的要點或主要的項目)。

駱(骆) luò ㄌㄨㄛˋ ❶古書上指黑鬃的白馬。❷(Luò)姓。

【駱駝】luò·tuo ㄌㄨㄛˋ·ㄊㄨㄛ 哺乳動物，身體高大，背上有駝峰，蹄扁平，蹄底有肉質的墊，適於在沙漠中行走。有雙重眼瞼，不怕風沙。能反芻，有高度耐飢渴的能力。嗅覺靈敏，能嗅出遠處的水源，又能預感大風的到來。供騎乘或運貨，是沙漠地區主要的力畜。
【駱駝絨】luò·tuoróng ㄌㄨㄛˋ·ㄊㄨㄛ ㄖㄨㄥˊ 呢絨的一種，背面用棉紗織成，正面用粗紡毛紗織成一層細密而蓬鬆的毛絨，多用來做衣帽的裏子。也叫駝絨。

濼(泺) Luò ㄌㄨㄛˋ 濼水，水名，在山東。

另見891頁 pō'泊'。

躒(跞) luò ㄌㄨㄛˋ 見1509頁〖卓躒〗(zhuóluò)。

另見711頁 lì。

·luo (·ㄌㄨㄛ)

囉(啰) ·luo ·ㄌㄨㄛ 助詞，用在句末，表示肯定語氣：你放心好囉｜照章納稅，自然是對的囉！

另見759頁 luō；760頁 luó。

M

m̄（ㄇ）

姆 m̄ ㄇ［姆媽］(m̄mā ㄇ ㄇㄚ)〈方〉❶母親。❷尊稱年長的已婚婦女：張家姆媽。
另見818頁 mǔ。

ḿ（ㄇˊ）

呣 ḿ ㄇˊ 嘆詞，表示疑問：呣，甚麼？
另見764頁 m̀。

嘸(呒) ḿ ㄇˊ〈方〉沒有：嘸辦法。

【嘸啥】ḿshá ㄇˊ ㄕㄚˊ〈方〉沒有甚麼：嘸啥關係｜嘸啥聽頭。

m̀（ㄇˋ）

呣 m̀ ㄇˋ 嘆詞，表示應諾：呣，我知道了。
另見764頁 ḿ。

mā（ㄇㄚ）

孖 mā ㄇㄚ〈方〉成對；雙：孖髻山（山名，在廣東）｜孖仔。

【孖仔】māzǎi ㄇㄚ ㄗㄞˇ〈方〉雙生子。

抹(❷摵) mā ㄇㄚ ❶擦：抹桌子。❷用手按着並向下移動：把帽子抹下來。
另見813頁 mǒ；814頁 mò。

【抹布】mābù ㄇㄚ ㄅㄨˋ 擦器物用的布塊等。

【抹搭】mā·da ㄇㄚ ·ㄉㄚ〈方〉(眼皮)向下而不合攏：抹搭着眼皮。

【抹臉】mā∥liǎn ㄇㄚ∥ㄌㄧㄢˇ 突然改變臉色，多指由和氣變得嚴厲：抹不下臉來（礙於情面，不能嚴厲對待）。

【抹澡】mā∥zǎo ㄇㄚ∥ㄗㄠˇ〈方〉擦澡。

麻 mā ㄇㄚ 見下。
另見764頁 má。

【麻麻黑】mā·mahēi ㄇㄚ·ㄇㄚ ㄏㄟ〈方〉(天)快黑或剛黑：天麻麻黑了，村頭一帶灰色的磚牆逐漸模糊起來。

【麻麻亮】mā·maliàng ㄇㄚ·ㄇㄚ ㄌㄧㄤˋ〈方〉(天)剛有些亮：天剛麻麻亮他就起牀了。

媽(妈) mā ㄇㄚ ❶母親。❷稱長一輩或年長的已婚婦女：姑媽｜姨媽｜大媽。❸舊時連着姓稱中年或老年的女僕：王媽｜魯媽。

【媽媽】mā·ma ㄇㄚ·ㄇㄚ ❶母親。❷〈方〉對上年紀的婦女的尊稱。

【媽祖】māzǔ ㄇㄚ ㄗㄨˇ 我國東南沿海地區傳説中的海上女神。

摩 mā ㄇㄚ 見下。
另見812頁 mó。

【摩挲】mā·sā ㄇㄚ·ㄙㄚ 用手輕輕按着並一下一下地移動：摩挲衣裳。
另見812頁 mósuō。

螞(蚂) mā ㄇㄚ［螞螂］(mā·lang ㄇㄚ ·ㄌㄤ)〈方〉蜻蜓。
另見768頁 mǎ；768頁 mà。

má（ㄇㄚˊ）

麻[1](蔴) má ㄇㄚˊ ❶大麻、亞麻、苧麻、黃麻、劍麻、蕉麻等植物的統稱。❷麻類植物的纖維，是紡織等工業的重要原料。❸芝麻：麻醬｜麻油。

麻[2] má ㄇㄚˊ ❶表面不平，不光滑：這種紙一面光，一面麻。❷麻子①：麻臉。❸帶細碎斑點的：麻蠅｜麻雀。❹(Má)姓。

麻[3] má ㄇㄚˊ 感覺輕微的麻木：腿麻了｜吃了花椒，舌頭有點兒發麻。
另見764頁 mā。

【麻包】mábāo ㄇㄚˊ ㄅㄠ 麻袋。

【麻痹】mábì ㄇㄚˊ ㄅㄧˋ ❶神經系統的病變引起的身體某一部分知覺能力的喪失和運動機能的障礙。❷失去警惕性；疏忽：麻痹大意。‖也作痲痹。

【麻布】mábù ㄇㄚˊ ㄅㄨˋ 用麻織成的布，多用來做襯布或包裝物品。細麻布叫夏布，可以做衣料。

【麻袋】mádài ㄇㄚˊ ㄉㄞˋ 用粗麻布做的袋子。

【麻刀】má·dao ㄇㄚˊ ·ㄉㄠ 跟石灰和在一起抹牆用的碎麻。

【麻擣】mádǎo ㄇㄚˊ ㄉㄠˇ〈書〉麻刀。

【麻豆腐】mádòu·fu ㄇㄚˊ ㄉㄡˋ ·ㄈㄨ 做糰粉等剩下的渣子，可以做菜吃。

【麻煩】má·fan ㄇㄚˊ ·ㄈㄢ ❶煩瑣；費事：麻煩得很｜這個問題很麻煩｜服務周到，不怕麻煩。❷使人費事或增加負擔：麻煩您啦！｜自己能做的事，決不麻煩別人。

【麻紡】máfǎng ㄇㄚˊ ㄈㄤˇ 用麻的纖維紡成紗。

【麻風】máfēng ㄇㄚˊ ㄈㄥ 慢性傳染病，病原體是麻風桿菌。症狀是皮膚麻木，變厚，顏色變深，表面形成結節，毛髮脱落，手指腳趾變形等。也叫癩或大麻風。也作痲風。

【麻花】[1] máhuā ㄇㄚˊ ㄏㄨㄚ (麻花兒)食品，把

兩三股條狀的麪擰在一起，用油炸熟。

【麻花】[2] máhuā ㄇㄚˊ ㄏㄨㄚ 〈方〉(麻花兒) 形容衣服因穿久了磨損成要破沒破的樣子：兩隻袖子都麻花了。

【麻將】májiàng ㄇㄚˊ ㄐㄧㄤˋ 牌類娛樂用具，用竹子、骨頭或塑料製成，上面刻有花紋或字樣，共136張。也叫麻雀。

【麻醬】májiàng ㄇㄚˊ ㄐㄧㄤˋ 芝麻醬。

【麻秸】má·jie ㄇㄚˊ ·ㄐㄧㄝ 剝掉皮的麻稈。

【麻經兒】májīngr ㄇㄚˊ ㄐㄧㄥㄦ 縷狀的生麻，捆紮小物件用。

【麻雷子】máléi·zi ㄇㄚˊ ㄌㄟˊ ·ㄗ 一種爆竹，放起來響聲很大。

【麻利】má·li ㄇㄚˊ ·ㄌㄧ ❶敏捷：手腳麻利｜他幹活兒很麻利。❷〈方〉迅速；趕快：單位開會，叫你麻利回去。

【麻臉】máliǎn ㄇㄚˊ ㄌㄧㄢˇ 有麻子的臉。

【麻木】mámù ㄇㄚˊ ㄇㄨˋ ❶身體某部發生像螞蟻爬那樣不舒服的感覺或感覺完全喪失：渾身麻木｜手腳麻木。❷比喻思想不敏銳，反應遲鈍：思想麻木。

【麻木不仁】mámù bù rén ㄇㄚˊ ㄇㄨˋ ㄅㄨˋ ㄖㄣˊ 肢體麻痹，沒有感覺，比喻對外界的事物反應遲鈍或漠不關心。

【麻雀】máquè ㄇㄚˊ ㄑㄩㄝˋ ❶鳥，頭圓，尾短，嘴呈圓錐狀，頭頂和頸部是栗褐色，背面褐色，雜有黑褐色斑點，尾羽暗褐色，翅膀短小，不能遠飛，善於跳躍，啄食穀粒和昆蟲。有的地區叫家雀兒或老家賊。❷麻將。

【麻紗】máshā ㄇㄚˊ ㄕㄚ ❶用麻的細纖維紡成的紗。❷用細棉紗或棉麻混紡織成的平紋布。常有縱向的突起條紋。多用來做夏季的衣服。

【麻石】máshí ㄇㄚˊ ㄕˊ 鑿成的石塊，用於建築或鋪路：麻石板｜麻石欄杆。

【麻酥酥】másūsū ㄇㄚˊ ㄙㄨ ㄙㄨ (麻酥酥的) 形容輕微的麻木：天氣越來越冷了，腳放到水裏去，凍得麻酥酥的。

【麻綫】máxiàn ㄇㄚˊ ㄒㄧㄢˋ (麻綫兒) 麻製的綫。

【麻藥】máyào ㄇㄚˊ ㄧㄠˋ 麻醉劑。

【麻衣】máyī ㄇㄚˊ ㄧ 麻布做成的衣服，舊俗用做孝服。

【麻油】máyóu ㄇㄚˊ ㄧㄡˊ 芝麻油。

【麻渣】mázhā ㄇㄚˊ ㄓㄚ 亞麻、芝麻等種子榨油後留下的渣滓。

【麻疹】mázhěn ㄇㄚˊ ㄓㄣˇ 急性傳染病，病原體是麻疹病毒。兒童最易感染，發病時先發高燒，上呼吸道和結膜發炎，兩三天後全身起紅色丘疹。能並發肺炎、中耳炎、百日咳、腮腺炎等疾病。通稱疹子，有的地區叫痧子。也作痲疹。

【麻織品】mázhīpǐn ㄇㄚˊ ㄓ ㄆㄧㄣˇ 用麻做原料織成的物品，如夏布、工業用的亞麻帆布、包裝用的麻袋等。

【麻子】má·zi ㄇㄚˊ ·ㄗ ❶人出天花後留下的疤痕：他臉上有幾點麻子。❷臉上有麻子的人。

【麻醉】mázuì ㄇㄚˊ ㄗㄨㄟˋ ❶用藥物或針刺等方法使整個有機體或有機體的某一部分暫時失去知覺，多在施行外科手術時採用，分為全身麻醉、局部麻醉和脊髓麻醉三種。❷比喻用某種手段使人認識模糊、意志消沈。

【麻醉劑】mázuìjì ㄇㄚˊ ㄗㄨㄟˋ ㄐㄧˋ 能引起麻醉現象的藥物。全身麻醉時多用乙醚、氯仿等，局部麻醉時多用可卡因、普魯卡因等，此外如嗎啡、鴉片等都可用做麻醉劑。也叫麻藥，通稱蒙藥。

嗎 (吗) má ㄇㄚˊ 〈方〉甚麼：幹嗎？｜嗎事？｜你説嗎？｜要嗎有嗎。

另見768頁 mǎ；768頁 ·ma。

痲 má ㄇㄚˊ ［痲痹］、［痲風］、［痲疹］見764頁〖麻痹〗、764頁〖麻風〗、765頁〖麻疹〗。

蟆〔蟇〕(蟇) má ㄇㄚˊ 見444頁〖蛤蟆〗(há·má)。

mǎ (ㄇㄚˇ)

馬 (马) mǎ ㄇㄚˇ ❶哺乳動物，頭小，面部長，耳殼直立，頸部有鬣，四肢強健，每肢各有一蹄，善跑，尾生有長毛。是重要的力畜之一，可供拉車、耕地、乘騎等用。皮可製革。❷大：馬蜂｜馬勺。❸(Mǎ)姓。

【馬鞍】mǎ'ān ㄇㄚˇ ㄢ 馬鞍子，也用來形容或比喻兩頭高起中間低落的事物。

【馬鞍子】mǎ'ān·zi ㄇㄚˇ ㄢ ·ㄗ 放在騾馬背上供騎坐的器具，兩頭高，中間低。

【馬幫】mǎbāng ㄇㄚˇ ㄅㄤ 馱運貨物的馬隊。

【馬瓟兒】mǎbáor ㄇㄚˇ ㄅㄠㄦˊ 一年生蔓草，莖細，葉三角形或扁心臟形，花小，白色，果實圓形，種子灰白色，扁平。

【馬鞭】mǎbiān ㄇㄚˇ ㄅㄧㄢ 驅使坐騎用的鞭子，泛指趕牲口的鞭子。也叫馬鞭子。

【馬弁】mǎbiàn ㄇㄚˇ ㄅㄧㄢˋ 舊時軍官的護兵。

【馬錶】mǎbiǎo ㄇㄚˇ ㄅㄧㄠˇ 體育運動比賽用的錶，通常只有分針和秒針，按動轉鈕可以隨時使它走或停，能測出1/5秒或1/10秒的時間。最初用於賽馬計時，因而得名。也叫停錶或跑錶。

【馬不停蹄】mǎ bù tíng tí ㄇㄚˇ ㄅㄨˋ ㄊㄧㄥˊ ㄊㄧˊ 比喻一刻也不停留，一直前進。

【馬車】mǎchē ㄇㄚˇ ㄔㄜ ❶馬拉的載人的車，有的轎式，有的敞篷式，有的雙輪，有的四輪。❷騾馬拉的大車。

【馬齒徒增】mǎ chǐ tú zēng ㄇㄚˇ ㄔˇ ㄊㄨˊ ㄗㄥ《穀梁傳》僖公二年：'璧則猶是也，而馬齒加長矣。'後用'馬齒徒增'謙稱自己虛度年華，沒有成就。

【馬刺】mǎcì ㄇㄚˇ ㄘˋ 馬靴後跟上鑲的釘形金屬物，騎馬時用來踢馬的腹部，使馬快跑。
【馬褡子】mǎdā·zi ㄇㄚˇ ㄉㄚ ·ㄗ 挂在馬身上的大型褡褳。
【馬達】mǎdá ㄇㄚˇ ㄉㄚˊ 電動機的通稱。[英 motor]
【馬大哈】mǎdàhā ㄇㄚˇ ㄉㄚˋ ㄏㄚ ❶粗心大意：保管文件，可不能馬大哈。❷指粗心大意的人：他是個馬大哈，做事總是丢三落四的。
【馬刀】mǎdāo ㄇㄚˇ ㄉㄠ 一種供劈刺用的長刀，刀身微彎，長約1米，是騎兵衝鋒時的武器。也叫戰刀。
【馬到成功】mǎ dào chénggōng ㄇㄚˇ ㄉㄠˋ ㄔㄥˊ ㄍㄨㄥ 戰馬一到就取勝，形容人一到馬上取得成果。
【馬道】mǎdào ㄇㄚˇ ㄉㄠˋ 舊時校場或城牆上跑馬的路。
【馬燈】mǎdēng ㄇㄚˇ ㄉㄥ 一種手提的能防風雨的煤油燈，騎馬夜行時能挂在馬身上。
【馬鐙】mǎdèng ㄇㄚˇ ㄉㄥˋ 挂在馬鞍子兩旁供騎馬人踏腳的東西。
【馬店】mǎdiàn ㄇㄚˇ ㄉㄧㄢˋ 主要供馬幫客人投宿的客店。
【馬隊】mǎduì ㄇㄚˇ ㄉㄨㄟˋ ❶成隊的馬，多用於運輸貨物。❷騎兵隊伍。
【馬翻人仰】mǎ fān rén yǎng ㄇㄚˇ ㄈㄢ ㄖㄣˊ ㄧㄤˇ 見967頁〖人仰馬翻〗。
【馬糞紙】mǎfènzhǐ ㄇㄚˇ ㄈㄣˋ ㄓˇ 黃紙板的俗稱。
【馬蜂】mǎfēng ㄇㄚˇ ㄈㄥ 胡蜂的通稱。也作螞蜂。
【馬蜂窩】mǎfēngwō ㄇㄚˇ ㄈㄥ ㄨㄛ 馬蜂的窩，比喻難於對付的人或能引起麻煩和糾紛的事：她這個馬蜂窩誰也惹不起。
【馬夫】mǎfū ㄇㄚˇ ㄈㄨ 舊時稱飼養馬的人。
【馬竿】mǎgān ㄇㄚˇ ㄍㄢ (馬竿兒) 盲人探路用的竿兒。
【馬革裹屍】mǎ gé guǒ shī ㄇㄚˇ ㄍㄜˊ ㄍㄨㄛˇ ㄕ 用馬皮把屍體包裹起來，指軍人戰死於戰場。
【馬褂】mǎguà ㄇㄚˇ ㄍㄨㄚˋ (馬褂兒) 舊時男子穿在長袍外面的對襟的短褂，以黑色的為最普通。原來是滿族人騎馬時所穿的服裝。
【馬倌】mǎguān ㄇㄚˇ ㄍㄨㄢ (馬倌兒) 專職養馬的人。
【馬鍋頭】mǎguōtóu ㄇㄚˇ ㄍㄨㄛ ㄊㄡˊ 〈方〉率領馬幫的人。
【馬海毛】mǎhǎimáo ㄇㄚˇ ㄏㄞˇ ㄇㄠˊ 安哥拉山羊的毛，彈性好，耐壓，有特殊光澤，是製造長毛絨織物的優良原料。
【馬號】¹ mǎhào ㄇㄚˇ ㄏㄠˋ 公家養馬的地方。
【馬號】² mǎhào ㄇㄚˇ ㄏㄠˋ 騎兵用的較細長的軍號。
【馬赫】mǎhè ㄇㄚˇ ㄏㄜˋ 飛機、火箭等在空氣中移動的速度與音速的比。由奧地利物理學家馬赫 (Ernst Mach) 得名。
【馬後炮】mǎhòupào ㄇㄚˇ ㄏㄡˋ ㄆㄠˋ 象棋術語，借來比喻不及時的舉動：事情都做完了，你才說要幫忙，這不是馬後炮嗎？
【馬虎】mǎ·hu ㄇㄚˇ ·ㄏㄨ 草率；敷衍；疏忽大意；不細心：這人太馬虎｜做事要認真，馬馬虎虎可不行！也作馬糊。
【馬糊】mǎ·hu ㄇㄚˇ ·ㄏㄨ 同'馬虎'。
【馬甲】mǎjiǎ ㄇㄚˇ ㄐㄧㄚˇ 〈方〉背心。
【馬架】mǎjià ㄇㄚˇ ㄐㄧㄚˋ 〈方〉❶小窩棚。❷用來背東西的三角形的木架。‖也叫馬架子。
【馬腳】mǎjiǎo ㄇㄚˇ ㄐㄧㄠˇ 比喻破綻：露出馬腳。
【馬廄】mǎjiù ㄇㄚˇ ㄐㄧㄡˋ 飼養馬的房子。
【馬駒子】mǎjū·zi ㄇㄚˇ ㄐㄩ ·ㄗ 小馬。
【馬克】mǎkè ㄇㄚˇ ㄎㄜˋ 德國的本位貨幣。[德 Mark]
【馬克思列寧主義】Mǎkèsī-Lièníng zhǔyì ㄇㄚˇ ㄎㄜˋ ㄙ ㄌㄧㄝˋ ㄋㄧㄥˊ ㄓㄨˇ ㄧˋ 馬克思主義和列寧主義的合稱。簡稱馬列主義。參看〖馬克思主義〗、725頁〖列寧主義〗。
【馬克思主義】Mǎkèsī zhǔyì ㄇㄚˇ ㄎㄜˋ ㄙ ㄓㄨˇ ㄧˋ 馬克思 (Karl Marx) 和恩格斯 (Friedrich Engels) 所創立的無產階級思想體系。它的基本組成部分是馬克思主義哲學即辯證唯物主義和歷史唯物主義、政治經濟學和科學社會主義。三者構成有機的統一體。馬克思主義科學地闡明了自然界、人類社會和思維發展的一般規律，揭露了資本主義的剝削本質，指明資本主義必然滅亡，社會主義必然勝利。它是無產階級和勞動人民進行革命的科學，是無產階級政黨指導思想的理論基礎。
【馬口鐵】mǎkǒutiě ㄇㄚˇ ㄎㄡˇ ㄊㄧㄝˇ 鍍錫鐵。
【馬褲】mǎkù ㄇㄚˇ ㄎㄨˋ 特為騎馬方便而做的一種褲子，膝部以上肥大，以下極瘦。
【馬褲呢】mǎkùní ㄇㄚˇ ㄎㄨˋ ㄋㄧˊ 用精梳毛綫織成的呢子，表面有明顯斜紋，質地厚實，因最初多用做馬褲而得名。也適於做外套、大衣等。
【馬快】mǎkuài ㄇㄚˇ ㄎㄨㄞˋ 舊時官署裏從事偵查逮捕罪犯的差役。
【馬拉松】mǎlāsōng ㄇㄚˇ ㄌㄚ ㄙㄨㄥ ❶指馬拉松賽跑。❷比喻時間持續得很久的 (多含貶義)：馬拉松會議｜馬拉松演說。[英 marathon]
【馬拉松賽跑】mǎlāsōng sàipǎo ㄇㄚˇ ㄌㄚ ㄙㄨㄥ ㄙㄞˋ ㄆㄠˇ 一種超長距離賽跑，比賽距離為42,195米。古代希臘人在馬拉松鎮擊敗入侵的波斯軍隊，希臘士兵斐迪辟從馬拉松一氣跑到雅典 (全程42,195米) 報捷後即死去。為了紀念這一事迹，1896年在雅典舉行的近代第一屆奧林匹克運動會中，用這個距離作為一個競賽項目，定名為馬拉松賽跑。

【馬藍】mǎlán ㄇㄚˇ ㄌㄢˊ 常綠草本植物，呈灌木狀，葉子對生，有柄，橢圓形，邊緣有鋸齒，暗綠色，有光澤，花紫色。莖葉可製藍靛。

【馬蘭】mǎlán ㄇㄚˇ ㄌㄢˊ ❶多年生草本植物，葉互生，披針形，邊緣有粗鋸齒，花紫色，形狀跟菊花相似。❷馬藺。

【馬力】mǎlì ㄇㄚˇ ㄌㄧˋ 功率單位，1馬力等於每秒鐘把 75 千克重的物體提高 1 米所作的功。合 0.735 千瓦。

【馬利亞】Mǎlìyà ㄇㄚˇ ㄌㄧˋ ㄧㄚˋ 《聖經》中耶穌的母親。據《福音書》記載，她是童貞女，由聖靈感孕而生耶穌。'馬'也寫作瑪。

【馬列主義】Mǎ-Liè zhǔyì ㄇㄚˇ ㄌㄧㄝˋ ㄓㄨˇ ㄧˋ 馬克思列寧主義的簡稱。

【馬藺】mǎlìn ㄇㄚˇ ㄌㄧㄣˋ 多年生草本植物，根莖粗，葉子條形，花藍紫色。葉子富於韌性，可以用來捆東西，又可以造紙，根可製刷子。也叫馬蓮或馬蘭。

【馬鈴薯】mǎlíngshǔ ㄇㄚˇ ㄌㄧㄥˊ ㄕㄨˇ ❶多年生草本植物，羽狀複葉，小葉有柄，卵圓形，花白色或藍紫色。地下塊莖肥大，供食用。❷這種植物的塊莖。‖在不同的地區有洋芋、土豆兒、山藥蛋等名稱。

【馬陸】mǎlù ㄇㄚˇ ㄌㄨˋ 節肢動物，身體圓長，由很多環節構成，除第一、第二、第三、第四和末節外，每節有腳兩對，頭部有短觸鬚一對，背面有黃黑色相間的環紋。生活在陰濕的地方，有臭腺。晝伏夜出，吃草根或腐敗的植物。

【馬路】mǎlù ㄇㄚˇ ㄌㄨˋ ❶城市或近郊的供車馬行走的寬闊平坦的道路。❷泛指公路。

【馬路消息】mǎlù xiāoxī ㄇㄚˇ ㄌㄨˋ ㄒㄧㄠ ㄒㄧ 馬路新聞。

【馬路新聞】mǎlù xīnwén ㄇㄚˇ ㄌㄨˋ ㄒㄧㄣ ㄨㄣˊ 指道聽途説的消息：馬路新聞，不要輕信。也説馬路消息。

【馬騾】mǎluó ㄇㄚˇ ㄌㄨㄛˊ 公驢和母馬交配所生的雜種，身體較大，耳朵較小，尾部的毛蓬鬆。

【馬馬虎虎】mǎ·mǎhūhū ㄇㄚˇ·ㄇㄚˇ ㄏㄨ ㄏㄨ ❶馬虎；隨隨便便：終身大事要慎重，怎麼能馬馬虎虎？❷勉強；湊合：近來身體還馬馬虎虎｜日子馬馬虎虎過得去。

【馬趴】mǎpā ㄇㄚˇ ㄆㄚ 身體向前跌倒的姿勢：摔了個大馬趴。

【馬匹】mǎpǐ ㄇㄚˇ ㄆㄧˇ 馬(總稱)。

【馬屁精】mǎpìjīng ㄇㄚˇ ㄆㄧˋ ㄐㄧㄥ 指善於拍馬屁的人。

【馬前卒】mǎqiánzú ㄇㄚˇ ㄑㄧㄢˊ ㄗㄨˊ 舊指在車前頭供奔走役使的人，現用來比喻為別人效力的人(多含貶義)。

【馬槍】mǎqiāng ㄇㄚˇ ㄑㄧㄤ 騎兵使用的一種槍，構造跟步槍相似，但槍身較短而輕便，射程較步槍近。也叫騎槍。

【馬賽克】mǎsàikè ㄇㄚˇ ㄙㄞˋ ㄎㄜˋ ❶一種小型瓷磚，方形或六角形，有各種顏色，可以砌成花紋和圖案，多用來鋪室內地面。❷用馬賽克做成的圖案。[英 mosaic]

【馬上】mǎshàng ㄇㄚˇ ㄕㄤˋ 立刻：快進去吧，電影馬上就要開演了。

【馬勺】mǎsháo ㄇㄚˇ ㄕㄠˊ 盛粥或盛飯用的大勺，多用木頭製成。

【馬失前蹄】mǎ shī qián tí ㄇㄚˇ ㄕ ㄑㄧㄢˊ ㄊㄧˊ 比喻偶然發生差錯而受挫。

【馬首是瞻】mǎ shǒu shì zhān ㄇㄚˇ ㄕㄡˇ ㄕˋ ㄓㄢ 古代作戰時士兵看着主將的馬頭決定進退，比喻跟隨別人行動或聽從別人指揮。

【馬術】mǎshù ㄇㄚˇ ㄕㄨˋ 騎馬的技術：馬術表演。

【馬蹄】mǎtí ㄇㄚˇ ㄊㄧˊ ❶馬的蹄子。❷〈方〉荸薺。

【馬蹄錶】mǎtíbiǎo ㄇㄚˇ ㄊㄧˊ ㄅㄧㄠˇ 圓形或馬蹄形的小鐘，多為鬧鐘。

【馬蹄鐵】mǎtítiě ㄇㄚˇ ㄊㄧˊ ㄊㄧㄝˇ ❶釘在馬、驢、騾子的蹄子底下的U字形的鐵，作用是使蹄子耐磨。通稱馬掌。❷U字形的磁鐵。

【馬蹄形】mǎtíxíng ㄇㄚˇ ㄊㄧˊ ㄒㄧㄥˊ ❶三面構成U字形而一面是直綫的形狀。❷U字形。

【馬蹄袖】mǎtíxiù ㄇㄚˇ ㄊㄧˊ ㄒㄧㄡˋ 清代男子禮服的袖口，馬蹄形。

【馬鐵】mǎtiě ㄇㄚˇ ㄊㄧㄝˇ 可鍛鑄鐵。

【馬桶】mǎtǒng ㄇㄚˇ ㄊㄨㄥˇ 大小便用的有蓋的桶，多用木頭或搪瓷製成。有的地區也叫馬子(mǎ·zi)。

【馬頭琴】mǎtóuqín ㄇㄚˇ ㄊㄡˊ ㄑㄧㄣˊ 蒙古族弦樂器，有兩根弦，琴身呈梯形，琴柄頂端刻有馬頭做裝飾。

【馬戲】mǎxì ㄇㄚˇ ㄒㄧˋ 原來指人騎在馬上所做的各種表演，現在指節目中有經過訓練的動物，如狗熊、馬、猴子、小狗等參加的雜技表演：馬戲團。

【馬靴】mǎxuē ㄇㄚˇ ㄒㄩㄝ 騎馬人穿的長筒靴子，也指一般的長筒靴子。

【馬仰人翻】mǎ yǎng rén fān ㄇㄚˇ ㄧㄤˇ ㄖㄣˊ ㄈㄢ 見967頁〖人仰馬翻〗。

【馬賊】mǎzéi ㄇㄚˇ ㄗㄟˊ 舊時稱成群騎馬搶劫的盜匪。

【馬扎】mǎzhá ㄇㄚˇ ㄓㄚˊ (馬扎兒)一種小型的坐具，腿交叉，上面綳帆布或麻繩等，可以合攏，便於攜帶。也作馬劄。

【馬劄】mǎzhá ㄇㄚˇ ㄓㄚˊ 同'馬扎'。

【馬掌】mǎzhǎng ㄇㄚˇ ㄓㄤˇ ❶馬蹄下面的角質皮。❷馬蹄鐵①的通稱。

【馬子】mǎ·zi ㄇㄚˇ·ㄗ 〈方〉❶馬桶。❷土匪。

【馬鬃】mǎzōng ㄇㄚˇ ㄗㄨㄥ 馬頸上的長毛。

【馬醉木】mǎzuìmù ㄇㄚˇ ㄗㄨㄟˋ ㄇㄨˋ 常綠灌木，葉子長卵形，花小，白色，花冠呈壺狀，向下垂，供觀賞。葉有劇毒，可做殺蟲藥，牛馬誤食後會發生醉態。也叫梫木(qǐnmù)。

嗎(吗) mǎ ㄇㄚˇ ［嗎啡］(mǎfēi ㄇㄚˇ ㄈㄟ)藥名，有機化合物，化學式 $C_{12}H_{19}O_3H_2O$，白色結晶性粉末，味苦，有毒，是由鴉片製成的。用做鎮痛劑，連續使用容易成癮。［英 morphine］

另見765頁 má；768頁 ·ma。

獁(犸) mǎ ㄇㄚˇ 見790頁〖猛獁〗。

瑪(玛) mǎ ㄇㄚˇ 見下。

【瑪鋼】mǎgāng ㄇㄚˇ ㄍㄤ 可鍛鑄鐵。

【瑪瑙】mǎnǎo ㄇㄚˇ ㄋㄠˇ 礦物，主要成分是二氧化硅，有各種顏色，多呈層狀或環狀，質地堅硬耐磨，可用做磨具、儀表軸承等，也可做貴重的裝飾品。

碼[1](码) mǎ ㄇㄚˇ ❶(碼兒)表示數目的符號：數碼｜號碼｜頁碼｜價碼。❷表示數目的用具：籌碼｜砝碼。❸量詞，用於事情：這是兩碼事｜你說的跟他說的是一碼事。

碼[2](码) mǎ ㄇㄚˇ 堆疊：把這些磚頭碼齊了。

碼[3](码) mǎ ㄇㄚˇ 英美制長度單位，1碼等於 3 英尺，合 0.9144 米。

【碼放】mǎfàng ㄇㄚˇ ㄈㄤˋ 有次序地擺放；按一定位置堆放：碼放整齊｜各種器材碼放得井井有條。

【碼頭】mǎ·tou ㄇㄚˇ ·ㄊㄡ ❶在江河沿岸及港灣內，供停船時裝卸貨物和乘客上下的建築。❷〈方〉指交通便利的商業城市：水陸碼頭。

【碼洋】mǎyáng ㄇㄚˇ ㄧㄤˊ 圖書出版發行部門指全部圖書定價的總額：這次圖書聯展共投入圖書品種 500 多個，約 150 多萬碼洋。

【碼子】mǎ·zi ㄇㄚˇ ·ㄗ ❶表示數目的符號：蘇州碼子。❷圓形的籌碼。❸解放前金融界稱自己能調度的現款。

螞(蚂) mǎ ㄇㄚˇ 見下。
另見764頁 mā；768頁 mà。

【螞蜂】mǎfēng ㄇㄚˇ ㄈㄥ 同'馬蜂'。

【螞蟥】mǎhuáng ㄇㄚˇ ㄏㄨㄤˊ 蛭綱動物，我國常見的是寬體螞蟥，身體略呈紡錘形，扁平而較肥壯，背面通常暗綠色，前吸盤小。生活在水田、湖沼中，能刺傷皮膚，但不吸血。

【螞蟥釘】mǎhuángdīng ㄇㄚˇ ㄏㄨㄤˊ ㄉㄧㄥ 有兩條腿的釘子，一般呈ㄇ形。

【螞蟻】mǎyǐ ㄇㄚˇ ㄧˇ 昆蟲，體小，長形，黑色或褐色，頭大，有一對複眼，觸角長，腹部卵形。雌蟻和雄蟻有翅膀，工蟻沒有。在地下築巢，成群穴居。

【螞蟻搬泰山】mǎyǐ bān Tài Shān ㄇㄚˇ ㄧˇ ㄅㄢ ㄊㄞˋ ㄕㄢ 比喻群眾力量大，齊心協力，就可以完成巨大的任務。

【螞蟻啃骨頭】mǎyǐ kěn gǔ·tou ㄇㄚˇ ㄧˇ ㄎㄣˇ ㄍㄨˇ ·ㄊㄡ 指利用小型設備或小的力量一點一點地苦幹來完成一項巨大的任務。

mà (ㄇㄚˋ)

榪(杩) mà ㄇㄚˋ ［榪頭］(mà·tou ㄇㄚˋ ·ㄊㄡ)牀兩頭或門扇上下兩端的橫木。

禡(祃) mà ㄇㄚˋ 古代在軍隊駐紮的地方舉行的祭禮。

螞(蚂) mà ㄇㄚˋ ［螞蚱］(mà·zha ㄇㄚˋ ·ㄓㄚ)〈方〉蝗蟲。
另見764頁 mā；768頁 mǎ。

罵(骂) mà ㄇㄚˋ ❶用粗野或惡意的話侮辱人：罵街｜張嘴就罵。❷斥責：他爹罵他不長進。

【罵大街】mà dàjiē ㄇㄚˋ ㄉㄚˋ ㄐㄧㄝ 罵街。

【罵架】mà∥jià ㄇㄚˋ∥ㄐㄧㄚˋ 吵架；相罵。

【罵街】mà∥jiē ㄇㄚˋ∥ㄐㄧㄝ 不指明對象當眾漫罵：潑婦罵街。

【罵罵咧咧】mà·maliēliē ㄇㄚˋ ·ㄇㄚ ㄌㄧㄝ ㄌㄧㄝ 指在說話中夾雜着罵人的話：有話好好說，不要罵罵咧咧的。

【罵名】màmíng ㄇㄚˋ ㄇㄧㄥˊ 捱罵的名聲：蒙受罵名｜留下千古罵名。

【罵娘】màniáng ㄇㄚˋ ㄋㄧㄤˊ 罵人時惡毒地侮辱別人的母親，泛指漫罵。

【罵山門】mà shānmén ㄇㄚˋ ㄕㄢ ㄇㄣˊ 〈方〉漫罵；罵。

【罵陣】mà∥zhèn ㄇㄚˋ∥ㄓㄣˋ ❶在陣前叫罵，激怒敵方應戰(多見於舊小說)。❷〈方〉罵街。

·ma (·ㄇㄚ)

嗎(吗、么) ·ma ·ㄇㄚ 助詞。❶用在句末表示疑問：明天他來嗎？｜你找我有事嗎？❷用在句中停頓處，點出話題：這件事嗎，其實也不能怪他｜錢嗎，能省點就省點。

另見765頁 má；768頁 mǎ。'么'另見781頁 ·me'麼'；1328頁 yāo'幺'。

嘛(么) ·ma ·ㄇㄚ 助詞。❶表示道理顯而易見：有意見就提嘛｜這也不能怪他，頭一回做嘛｜他自己要去嘛，我有甚麼辦法？❷表示期望、勸阻：你不要走得那麼快嘛！｜不讓你去，就別去嘛。❸用在句中停頓處，喚起聽話人對於下文的注意：科學嘛，就是講究實事求是｜其實嘛，責任在領導，不能怪群眾。注意 表示疑問語氣用'嗎'，不用'嘛'。

'么'另見781頁·me'麼'；1328頁 yāo '幺'。

mái（ㄇㄞˊ）

埋 mái ㄇㄞˊ ❶(用土、沙、雪、落葉等)蓋住：掩埋｜埋地雷｜道路被大雪埋住了。❷藏；隱沒：埋伏｜隱姓埋名。

另見771頁 mán。

【埋藏】máicáng ㄇㄞˊ ㄘㄤˊ ❶藏在土中：山下埋藏着豐富的煤和鐵。❷隱藏：他是個直爽人，從來不把自己想說的話埋藏在心裏。❸把某種製劑放在人或動物的皮下組織內。對於人是為了醫療，對於家畜大多是為了催肥。

【埋伏】mái·fú ㄇㄞˊ·ㄈㄨˊ ❶在估計敵人要經過的地方秘密佈置兵力，伺機出擊：中埋伏｜四面埋伏｜把人馬分做三路，兩路埋伏，一路出擊。❷潛伏：這是一支埋伏在敵佔區的別動隊。

【埋名】máimíng ㄇㄞˊ ㄇㄧㄥˊ 隱瞞真實名字，不讓人家知道：隱姓埋名。

【埋沒】máimò ㄇㄞˊ ㄇㄛˋ ❶掩埋；埋起來：耕地被流沙埋沒。❷使顯不出來；使不發揮作用：埋沒人才。

【埋設】máishè ㄇㄞˊ ㄕㄜˋ 挖開土安設並埋好：埋設地雷｜埋設管道。

【埋汰】mái·tai ㄇㄞˊ·ㄊㄞ〈方〉❶髒；不乾淨：這條被子太埋汰了。❷用尖刻的話挖苦人：別拿話埋汰人。

【埋頭】mái//tóu ㄇㄞˊ//ㄊㄡˊ 專心，下工夫：埋頭工作｜埋頭苦幹。

【埋葬】máizàng ㄇㄞˊ ㄗㄤˋ ❶掩埋屍體：他死後，埋葬在公墓裏。❷比喻消滅；清除：埋葬舊世界。

霾 mái ㄇㄞˊ 空氣中因懸浮着大量的烟、塵等微粒而形成的混濁現象。通稱陰霾。

mǎi（ㄇㄞˇ）

買(买) mǎi ㄇㄞˇ ❶拿錢換東西(跟'賣'相對)：買票｜買布｜賣出糧食，買進化肥。❷(Mǎi)姓。

【買辦】mǎibàn ㄇㄞˇ ㄅㄢˋ 殖民地、半殖民地國家裏替外國資本家在本國市場上經營企業、推銷商品的代理人。

【買辦資本】mǎibàn zīběn ㄇㄞˇ ㄅㄢˋ ㄗ ㄅㄣˇ 殖民地、半殖民地中買辦資產階級所擁有的資本。

【買辦資產階級】mǎibàn zīchǎn jiējí ㄇㄞˇ ㄅㄢˋ ㄗ ㄔㄢˇ ㄐㄧㄝ ㄐㄧˊ 殖民地、半殖民地國家裏，勾結帝國主義並為帝國主義侵略政策服務的大資產階級。買辦資產階級依靠帝國主義，跟本國的封建勢力也有極密切的聯繫。在舊中國，買辦資產階級掌握政權，發展成為官僚資產階級。也叫買辦階級。

【買櫝還珠】mǎi dú huán zhū ㄇㄞˇ ㄉㄨˊ ㄏㄨㄢˊ ㄓㄨ 楚國人到鄭國去賣珍珠，把珍珠裝在匣子裏，匣子裝飾得很華貴。鄭國人就買下匣子，把珍珠退還了(見於《韓非子·外儲說左上》)。比喻沒有眼光，取捨不當。

【買關節】mǎi guānjié ㄇㄞˇ ㄍㄨㄢ ㄐㄧㄝˊ 用財物買通別人；行賄賂。

【買好】mǎi//hǎo ㄇㄞˇ//ㄏㄠˇ (買好兒)(言語行動上)故意討人喜歡：獻媚買好。

【買空賣空】mǎi kōng mài kōng ㄇㄞˇ ㄎㄨㄥ ㄇㄞˋ ㄎㄨㄥ ❶一種商業投機行為，投機的對象多為股票、公債、外幣、黃金等，或者預料價格要漲而買進後再賣出，或者預料價格要跌而賣出後再買進，買時並不付款取貨，賣時也並不交貨收款，只是就一進一出間的差價結算盈餘或虧損。❷比喻招搖撞騙，搞投機活動。

【買路錢】mǎilùqián ㄇㄞˇ ㄌㄨˋ ㄑㄧㄢˊ ❶舊時指行人被強盜攔住被迫交出的錢物。❷比喻車輛在公路上向關卡交付的費用(含詼諧意)。

【買賣】mǎi·mai ㄇㄞˇ·ㄇㄞ ❶生意：買賣興隆｜做了一筆買賣。❷指商店：他在城裏開了家小買賣。

【買賣人】mǎi·mairén ㄇㄞˇ·ㄇㄞ ㄖㄣˊ 指商人。

【買面子】mǎi miàn·zi ㄇㄞˇ ㄇㄧㄢˋ·ㄗ 看對方的情面表示可以通融：不是我不買你的面子，實在這事不好辦。

【買通】mǎitōng ㄇㄞˇ ㄊㄨㄥ 用金錢等收買人以便達到自己的目的：買通官府。

【買賬】mǎi//zhàng ㄇㄞˇ//ㄓㄤˋ 承認對方的長處或力量而表示佩服或服從(多用於否定式)：不買他的賬。

【買主】mǎizhǔ ㄇㄞˇ ㄓㄨˇ 貨物或房產等的購買者：這批貨有了買主了。

【買醉】mǎizuì ㄇㄞˇ ㄗㄨㄟˋ 買酒痛飲，多指借酒行樂或消愁。

蕒〔藚〕(荬) mǎi ㄇㄞˇ 見950頁[苣蕒菜](qǔ·mǎicài)。

mài（ㄇㄞˋ）

脈(脈、衇) mài ㄇㄞˋ ❶動脈和靜脈的統稱。❷脈搏的簡稱。❸植物葉子、昆蟲翅膀上像血管的組織：葉脈。❹像血管一樣連貫而成系統的東西：山脈｜礦脈。

另見815頁 mò。

【脈案】mài'àn ㄇㄞˋ ㄢˋ 中醫對病症的斷語，一般寫在處方上。

【脈搏】màibó ㄇㄞˋ ㄅㄛˊ 心臟收縮時，由於輸出血液的衝擊引起的動脉的跳動。醫生可根據脉搏來診斷疾病。簡稱脉。也叫脉息。

【脉衝】màichōng ㄇㄞˋ ㄔㄨㄥ ❶指電流或電壓的短暫的起伏變化。各種高頻脉衝廣泛用在無綫電技術中。❷指變化規律類似電脉衝的現象，如脉衝激光器。

【脉動】màidòng ㄇㄞˋ ㄉㄨㄥˋ 像脉搏那樣地週期性運動或變化。

【脉金】[1] màijīn ㄇㄞˋ ㄐㄧㄣ 中醫指給醫生的酬金。

【脉金】[2] màijīn ㄇㄞˋ ㄐㄧㄣ 石英脉中含的粒狀金子。也叫山金。

【脉理】màilǐ ㄇㄞˋ ㄌㄧˇ ❶〈書〉脉絡條理：山川脉理。❷指中醫醫理：精通脉理。

【脉絡】màiluò ㄇㄞˋ ㄌㄨㄛˋ ❶中醫對動脉和靜脉的統稱。❷比喻條理或頭緒：脉絡分明｜這篇文章的脉絡很清楚。

【脉絡膜】màiluòmó ㄇㄞˋ ㄌㄨㄛˋ ㄇㄛˊ 眼球裏的一層薄膜，由纖維組織、小血管和毛細血管組成，棕紅色，在鞏膜和視網膜之間。

【脉石】màishí ㄇㄞˋ ㄕˊ 礦石中與有用礦物伴生的無用物質。

【脉息】màixī ㄇㄞˋ ㄒㄧ 脉搏。

【脉象】màixiàng ㄇㄞˋ ㄒㄧㄤˋ 中醫指脉搏所表現的快慢、強弱、深淺等情況。

【脉枕】màizhěn ㄇㄞˋ ㄓㄣˇ 中醫診脉時，墊在患者手腕下的小枕頭。

麥[1]**(麦)** mài ㄇㄞˋ ❶一年生或二年生草本植物，子實用來磨麪粉，也可以用來製糖或釀酒，是我國北方重要的糧食作物。有小麥、大麥、黑麥、燕麥等多種。❷專指小麥。‖通稱麥子。❸(Mài)姓。

麥[2]**(麦)** mài ㄇㄞˋ 麥克斯韋的簡稱。

【麥草】màicǎo ㄇㄞˋ ㄘㄠˇ 〈方〉麥秸。

【麥茬】màichá ㄇㄞˋ ㄔㄚˊ ❶麥子收割後，遺留在地裏的根和莖的基部。❷指麥子收割以後準備種植或已經種植的(土地或作物)：麥茬地｜麥茬白薯。

【麥季】màijì ㄇㄞˋ ㄐㄧˋ 收割麥子的季節：麥季裏農活最緊｜今年麥季收成好。

【麥秸】màijiē ㄇㄞˋ ㄐㄧㄝ 脱粒後的麥稈。

【麥酒】màijiǔ ㄇㄞˋ ㄐㄧㄡˇ 啤酒。

【麥糠】màikāng ㄇㄞˋ ㄎㄤ 緊貼在麥粒外面的皮兒，脱下後叫麥糠。

【麥克風】màikèfēng ㄇㄞˋ ㄎㄜˋ ㄈㄥ 微音器的通稱。［英 microphone］

【麥克斯韋】màikèsīwéi ㄇㄞˋ ㄎㄜˋ ㄙ ㄨㄟˊ 磁通量單位，磁場的磁感應強度為1高斯時，垂直於磁力綫方向的平面上每平方厘米通過的磁通量就是1麥克斯韋。這個單位名稱是為紀念英國物理學家麥克斯韋(James Clerk Maxwell)而定的。簡稱麥。

【麥客】màikè ㄇㄞˋ ㄎㄜˋ 〈方〉麥收季節受雇為人收麥或幹其他活兒的短工。

【麥口】màikǒu ㄇㄞˋ ㄎㄡˇ 〈方〉(麥口兒)麥子將熟未熟的時候。也説麥口期，麥口上。

【麥浪】màilàng ㄇㄞˋ ㄌㄤˋ 指田地裏大片麥子被風吹得起伏像波浪的樣子：麥浪滾滾。

【麥粒腫】màilìzhǒng ㄇㄞˋ ㄌㄧˋ ㄓㄨㄥˇ 眼病，由葡萄球菌侵入眼瞼的皮脂腺引起。症狀是眼瞼疼痛，眼瞼的邊緣靠近睫毛處出現粒狀的小疙瘩，局部紅腫。通稱針眼。

【麥芒】màimáng ㄇㄞˋ ㄇㄤˊ (麥芒兒)麥穗上的芒。

【麥苗】màimiáo ㄇㄞˋ ㄇㄧㄠˊ 小麥、大麥、黑麥、燕麥等作物的幼苗。

【麥片】màipiàn ㄇㄞˋ ㄆㄧㄢˋ 食品，是用燕麥或大麥粒壓成的小片。

【麥淇淋】màiqílín ㄇㄞˋ ㄑㄧˊ ㄌㄧㄣˊ 用氫化植物油(有時混以豬油)和脱脂牛奶、食鹽、卵磷脂、色素等配製成的固體，黃白色，是黃油的代用品。［英 margarine］

【麥秋】màiqiū ㄇㄞˋ ㄑㄧㄡ 收割麥子的時候。收割的日期各地不同，一般是在夏季：麥秋快到了，農民忙着做準備工作。

【麥收】màishōu ㄇㄞˋ ㄕㄡ 收割麥子：麥收季節。

【麥莛】màitíng ㄇㄞˋ ㄊㄧㄥˊ (麥莛兒)麥稈上連着穗兒的那一段。

【麥芽糖】màiyátáng ㄇㄞˋ ㄧㄚˊ ㄊㄤˊ 糖的一種，化學式 $C_{12}H_{22}O_{11}\cdot H_2O$。白色晶體，不如蔗糖甜，能分解成單糖，是飴糖的主要成分。用來製糖果或藥品。

【麥子】mài·zi ㄇㄞˋ ·ㄗ 麥[1]①②。

勱〔勱〕(劢) mài ㄇㄞˋ 〈書〉勉力；努力。

嘜(唛) mài ㄇㄞˋ 〈方〉商標。［英mark］

【嘜頭】màitóu ㄇㄞˋ ㄊㄡˊ 〈方〉貨物包裝外面所做的標記。也指商標。

賣(卖) mài ㄇㄞˋ ❶拿東西換錢(跟'買'相對)：賣房子｜把餘糧賣給國家。❷為了自己的利益出賣祖國或親友：賣國｜賣友求榮。❸儘量用出來；不吝惜：賣勁兒｜賣力氣。❹故意表現在外面，讓人看見：賣功｜賣弄｜賣俏。❺量詞，舊時飯館中稱一個菜為一賣：一賣炒腰花。

【賣唱】mài//chàng ㄇㄞˋ//ㄔㄤˋ 在街頭或公共場所歌唱掙錢。

【賣春】màichūn ㄇㄞˋ ㄔㄨㄣ 指賣淫。

【賣大號】mài dàhào ㄇㄞˋ ㄉㄚˋ ㄏㄠˋ 指零售店把緊俏商品大量地賣給某人或單位。也説賣大戶。

【賣呆】mài//dāi ㄇㄞˋ//ㄉㄞ 〈方〉(賣呆兒) ❶在大門外呆呆地看(多用於婦女)。❷發愣：別賣呆了，快走吧！❸看熱鬧：許多人圍在那裏賣呆。

【賣底】mài//dǐ ㄇㄞˋ//ㄉㄧˇ 〈方〉故意泄露底細。

【賣功】mài//gōng ㄇㄞˋ//ㄍㄨㄥ 在人前誇耀自己的功勞：賣功邀賞。

【賣狗皮膏藥】mài gǒupí gāo·yao ㄇㄞˋ ㄍㄡˇ ㄆㄧˊ ㄍㄠ·ㄧㄠ 比喻說得好聽，實際上是騙人：不要賣狗皮膏藥了，誰不知道你那兩下子？

【賣乖】mài//guāi ㄇㄞˋ//ㄍㄨㄞ 自鳴乖巧：得了便宜還賣乖。

【賣關節】mài guānjié ㄇㄞˋ ㄍㄨㄢ ㄐㄧㄝˊ 指暗中接受賄賂，給人好處。

【賣關子】mài guān·zi ㄇㄞˋ ㄍㄨㄢ·ㄗ ❶說書人說長篇故事，在說到重要關節處停止，藉以吸引聽眾接着往下聽，叫賣關子。❷比喻說話、做事在緊要的時候，故弄玄虛，使對方着急而答應自己的要求：有話快說，別賣關子了！

【賣官鬻爵】mài guān yù jué ㄇㄞˋ ㄍㄨㄢ ㄩˋ ㄐㄩㄝˊ 舊時指當權者出賣官職、爵位，聚斂財富。

【賣國】mài//guó ㄇㄞˋ//ㄍㄨㄛˊ 為了私利投靠敵人，出賣祖國和人民利益：賣國賊｜賣國求榮。

【賣國賊】màiguózéi ㄇㄞˋ ㄍㄨㄛˊ ㄗㄟˊ 出賣祖國的叛徒。

【賣好】mài//hǎo ㄇㄞˋ//ㄏㄠˇ （賣好兒）用手段向別人討好。

【賣勁】mài//jìn ㄇㄞˋ//ㄐㄧㄣˋ （賣勁兒）把勁頭使出來；賣力氣①：很賣勁｜多賣點勁。

【賣老】mài//lǎo ㄇㄞˋ//ㄌㄠˇ 擺老資格：倚老賣老｜我不敢在你跟前賣老。

【賣力】màilì ㄇㄞˋ ㄌㄧˋ 賣力氣①。

【賣力氣】mài lì·qi ㄇㄞˋ ㄌㄧˋ·ㄑㄧ ❶儘量使出自己的力量：他做事很賣力氣。也說賣力。❷指靠出賣勞動力（主要是體力勞動）來維持生活。

【賣命】mài//mìng ㄇㄞˋ//ㄇㄧㄥˋ ❶指為某人、某集團所利用或為生活所迫而拼命幹活兒。❷下最大力氣做工作：悠着點兒幹，不要太賣命了。

【賣弄】mài·nong ㄇㄞˋ·ㄋㄨㄥ 有意顯示、炫耀（自己的本領）：賣弄小聰明｜別再在大夥兒跟前賣弄。

【賣俏】mài//qiào ㄇㄞˋ//ㄑㄧㄠˋ 裝出嬌媚的恣態誘惑人：倚門賣俏。

【賣人情】mài rénqíng ㄇㄞˋ ㄖㄣˊ ㄑㄧㄥˊ 故意給人好處，使人感激自己。

【賣身】mài//shēn ㄇㄞˋ//ㄕㄣ ❶把自己或妻子兒女等賣給別人（多為生活所迫）：賣身契｜賣身投靠。❷指賣淫。

【賣身投靠】màishēn tóukào ㄇㄞˋ ㄕㄣ ㄊㄡˊ ㄎㄠˋ 出賣自己，投靠有財有勢的人，比喻喪失人格，充當壞人的工具。

【賣笑】màixiào ㄇㄞˋ ㄒㄧㄠˋ 指娼妓或歌女為生活所迫，用聲色供人取樂：賣笑生涯。

【賣解】màixiè ㄇㄞˋ ㄒㄧㄝˋ 舊時指以表演各種雜技掙錢謀生：賣解班子｜跑馬賣解。

【賣藝】mài//yì ㄇㄞˋ//ㄧˋ 指在街頭或娛樂場所表演雜技、武術、曲藝等掙錢：街頭賣藝。

【賣淫】mài//yín ㄇㄞˋ//ㄧㄣˊ 婦女出賣肉體。

【賣友】mài//yǒu ㄇㄞˋ//ㄧㄡˇ 出賣朋友：賣友求榮。

【賣主】màizhǔ ㄇㄞˋ ㄓㄨˇ 貨物或房產等的出售者：跟賣主當面議價。

【賣嘴】mài//zuǐ ㄇㄞˋ//ㄗㄨㄟˇ 用說話來顯示自己本領高或心腸好：他只會賣嘴，一動真的就不行了。

【賣座】mài//zuò ㄇㄞˋ//ㄗㄨㄛˋ （賣座兒）指戲院、飯館、茶館等顧客上座的情況：這齣戲不賣座。

邁[1]〔邁〕(迈) mài ㄇㄞˋ 提腳向前走；跨：邁步｜邁進｜邁過門坎。

邁[2]〔邁〕(迈) mài ㄇㄞˋ 老：老邁｜年邁。

邁[3]〔邁〕(迈) mài ㄇㄞˋ 英里（用於機動車行車速度）：一個鐘頭走三十邁｜司機把速度開到八十邁。［英 mile］

【邁步】mài//bù ㄇㄞˋ//ㄅㄨˋ 提腳向前走；邁出步子：向前邁步｜不敢邁步｜邁一大步。

【邁方步】mài fāngbù ㄇㄞˋ ㄈㄤ ㄅㄨˋ （邁方步兒）很穩很慢地走路（多用來形容舊時書生、官吏的文縐縐的動作）。也說邁四方步。

【邁進】màijìn ㄇㄞˋ ㄐㄧㄣˋ 大踏步地前進。

霡(霢) mài ㄇㄞˋ［霡霂］(màimù ㄇㄞˋ ㄇㄨˋ)〈書〉小雨。

mān (ㄇㄢ)

嫚 mān ㄇㄢ 〈方〉(嫚兒) 女孩子。也說嫚子。

另見775頁 màn。

顢(颟) mān ㄇㄢ［顢頇］(mān·hān ㄇㄢ·ㄏㄢ) 糊塗而又馬虎：顢顢頇頇｜那人太顢頇，甚麼事都做不好。

mán (ㄇㄢˊ)

埋 mán ㄇㄢˊ［埋怨］(mányuàn ㄇㄢˊ ㄩㄢˋ) 因為事情不如意而對自己認為原因所在的人或事物表示不滿：互相埋怨｜落埋怨｜只能怪你自己沒有處理好，不能埋怨別人。

另見769頁 mái。

蔓〔蔓〕 mán ㄇㄢˊ［蔓菁］(mán·jing ㄇㄢˊ·ㄐㄧㄥ) 見1209頁〖蕪菁〗。

另見773頁 màn；1180頁 wàn。

鞔 mán ㄇㄢˊ ❶把皮革固定在鼓框的周圍，做成鼓面：蛇皮可以鞔鼓。❷把布蒙在鞋幫上：鞔鞋。

瞞(瞒) mán ㄇㄢˊ 把真實情況隱藏起來，不讓別人知道；隱瞞：欺瞞｜瞞上不瞞下｜這事瞞不過人。

【瞞哄】mánhǒng ㄇㄢˊ ㄏㄨㄥˇ 欺騙；哄騙：你這話只能瞞哄小孩兒。

【瞞上欺下】mán shàng qī xià ㄇㄢˊ ㄕㄤˋ ㄑㄧ ㄒㄧㄚˋ 瞞哄上級，欺壓下屬和群眾。

【瞞天過海】mán tiān guò hǎi ㄇㄢˊ ㄊㄧㄢ ㄍㄨㄛˋ ㄏㄞˇ 比喻用欺騙的手段，暗中行動。

謾(谩) mán ㄇㄢˊ 欺騙；蒙蔽。另見775頁 màn。

饅(馒) mán ㄇㄢˊ 見下。

【饅首】mánshǒu ㄇㄢˊ ㄕㄡˇ 〈方〉饅頭。

【饅頭】mán·tou ㄇㄢˊ ·ㄊㄡ ❶一種用發酵的麪粉蒸成的食品，一般上圓而下平，沒有餡兒。❷〈方〉包子：肉饅頭。

鬘 mán ㄇㄢˊ 〈書〉形容頭髮美。

鰻(鳗) mán ㄇㄢˊ 鰻鱺的簡稱。

【鰻鱺】mánlí ㄇㄢˊ ㄌㄧˊ 魚，身體長形，表面多黏液，上部灰黑色，下部白色，前部近圓筒形，後部側扁，鱗小，埋在皮膚下面。頭尖，背鰭、臀鰭和尾鰭連在一起，無腹鰭。生活在淡水中，成熟後到海洋中產卵。捕食小動物。也叫白鱔、白鰻，簡稱鰻。

蠻(蛮) mán ㄇㄢˊ ❶粗野，不通情理：野蠻｜蠻橫｜蠻不講理。❷魯莽；強悍：蠻幹｜蠻勁。❸我國古代稱南方的民族。❹〈方〉很；挺：蠻好｜蠻大｜你裝得倒蠻像！

【蠻纏】mánchán ㄇㄢˊ ㄔㄢˊ 不講道理地糾纏：胡攪蠻纏｜怕他蠻纏個沒完，只好答應了。

【蠻幹】mángàn ㄇㄢˊ ㄍㄢˋ 不顧客觀規律或實際情況去硬幹：要實幹巧幹，不能蠻幹。

【蠻橫】mánhèng ㄇㄢˊ ㄏㄥˋ (態度)粗暴而不講理：態度蠻橫｜蠻橫無理。

【蠻荒】mánhuāng ㄇㄢˊ ㄏㄨㄤ ❶野蠻荒涼：蠻荒時代。❷〈書〉指文化落後的偏遠地方：歷險阻，入蠻荒。

【蠻勁】mánjìn ㄇㄢˊ ㄐㄧㄣˋ 猛而死的力氣：小夥子有股子蠻勁｜幹活不能光靠蠻勁，要會找竅門。

【蠻子】mán·zi ㄇㄢˊ ·ㄗ 舊時北方人稱口音跟自己語音不同的南方人：南蠻子。

mǎn (ㄇㄢˇ)

滿[1](满) mǎn ㄇㄢˇ ❶全部充實；達到容量的極點：會場裏人都滿了｜裝滿了一車。❷使滿：滿上這一杯吧！❸達到一定期限：假期已滿｜不滿一年。❹全：滿身油泥｜滿口答應｜滿不在乎。❺滿足：滿意｜心滿意足。❻驕傲：自滿｜滿招損，謙受益。

滿[2](满) Mǎn ㄇㄢˇ ❶滿族：滿人。❷姓。

【滿不在乎】mǎn bù zài·hu ㄇㄢˇ ㄅㄨˋ ㄗㄞˋ ·ㄏㄨ 完全不放在心上：別人都在替他着急，他卻滿不在乎。

【滿城風雨】mǎn chéng fēng yǔ ㄇㄢˇ ㄔㄥˊ ㄈㄥ ㄩˇ 形容事情傳遍各處，到處都在議論着(多指壞事)。

【滿打滿算】mǎn dǎ mǎn suàn ㄇㄢˇ ㄉㄚˇ ㄇㄢˇ ㄙㄨㄢˋ 全部算在內：滿打滿算也只有半天時間，怎麼也趕不到了。

【滿當當】mǎndāngdāng ㄇㄢˇ ㄉㄤ ㄉㄤ (滿當當的)很滿的樣子：傢具、電器把屋裏擺得滿當當的｜大廳裏人坐得滿當當的。

【滿登登】mǎndēngdēng ㄇㄢˇ ㄉㄥ ㄉㄥ (滿登登的)很滿的樣子：今年收成好，倉庫裏裝得滿登登的。

【滿點】mǎndiǎn ㄇㄢˇ ㄉㄧㄢˇ 達到規定的鐘點：出滿勤，幹滿點｜這個商店堅持滿點營業。

【滿額】mǎn//é ㄇㄢˇ//ㄜˊ 名額已滿：報名已經滿額。

【滿分】mǎnfēn ㄇㄢˇ ㄈㄣ (滿分兒)指規定的最高的分數：打滿分｜得滿分。

【滿服】mǎn//fú ㄇㄢˇ//ㄈㄨˊ 滿孝。

【滿腹】mǎnfù ㄇㄢˇ ㄈㄨˋ 充滿肚皮；充滿心中：滿腹心事｜滿腹疑雲｜滿腹文章｜牢騷滿腹。

【滿腹經綸】mǎn fù jīnglún ㄇㄢˇ ㄈㄨˋ ㄐㄧㄥ ㄌㄨㄣˊ 比喻人很有政治才能，也比喻很有才學。

【滿共】mǎngòng ㄇㄢˇ ㄍㄨㄥˋ 〈方〉總共；一共：三個班級滿共是九十八個學生。

【滿懷】[1] mǎnhuái ㄇㄢˇ ㄏㄨㄞˊ ❶心中充滿：滿懷信心｜豪情滿懷。❷指整個前胸部分：跟他撞了一個滿懷。

【滿懷】[2] mǎnhuái ㄇㄢˇ ㄏㄨㄞˊ 指所飼養的適齡的母畜全部懷孕。

【滿坑滿谷】mǎn kēng mǎn gǔ ㄇㄢˇ ㄎㄥ ㄇㄢˇ ㄍㄨˇ 形容到處都是，多得很。

【滿口】mǎnkǒu ㄇㄢˇ ㄎㄡˇ ❶整個口腔：滿口假牙。❷純一(指說話的口音、內容)：滿口普通話｜滿口謊言｜滿口之乎者也。❸表示口氣肯定，沒有保留：滿口答應。

【滿滿當當】mǎnmǎndāngdāng ㄇㄢˇ ㄇㄢˇ ㄉㄤ ㄉㄤ (滿滿當當的)很滿：挑着滿滿當當的兩桶水｜過往的車子，都滿滿當當地載着建築材料。

【滿滿登登】mǎnmǎndēngdēng ㄇㄢˇ ㄇㄢˇ ㄉㄥ ㄉㄥ (滿滿登登的)很滿：工作日程排得滿滿登登的。

【滿門】mǎnmén ㄇㄢˇ ㄇㄣˊ 全家：滿門抄斬｜禍及滿門。
【滿面】mǎnmiàn ㄇㄢˇ ㄇㄧㄢˋ 整個面部：笑容滿面｜滿面春風。
【滿面春風】mǎnmiàn chūnfēng ㄇㄢˇ ㄇㄧㄢˋ ㄔㄨㄣ ㄈㄥ 形容愉快和藹的面容。也說春風滿面。
【滿目】mǎnmù ㄇㄢˇ ㄇㄨˋ 滿眼②：琳琅滿目｜滿目淒涼。
【滿擰】mǎnnǐng ㄇㄢˇ ㄋㄧㄥˇ 〈方〉完全相反；根本不一致。
【滿腔】mǎnqiāng ㄇㄢˇ ㄑㄧㄤ 充滿心中：滿腔熱情｜滿腔的熱血已經沸騰。
【滿勤】mǎnqín ㄇㄢˇ ㄑㄧㄣˊ 全勤：出滿勤｜他每月都是滿勤。
【滿山遍野】mǎn shān biàn yě ㄇㄢˇ ㄕㄢ ㄅㄧㄢˋ ㄧㄝˇ 遍佈山野，形容很多。
【滿師】mǎn∥shī ㄇㄢˇ∥ㄕ 學徒學習期滿；出師：學徒三年滿師。
【滿世界】mǎn shì·jie ㄇㄢˇ ㄕˋ ·ㄐㄧㄝ 〈方〉到處：你這孩子在家幹點兒甚麼不好，滿世界瞎跑甚麼？
【滿堂】mǎntáng ㄇㄢˇ ㄊㄤˊ ❶全場，也指全場的人：滿堂掌聲。❷〈方〉滿座：近來劇院天天滿堂，票不好買。❸充滿廳堂：金玉滿堂。
【滿堂彩】mǎntángcǎi ㄇㄢˇ ㄊㄤˊ ㄘㄞˇ (演出時)全場喝彩：他唱的一句倒板就得了個滿堂彩。
【滿堂灌】mǎntángguàn ㄇㄢˇ ㄊㄤˊ ㄍㄨㄢˋ 指上課完全由教師講授的一種教學方式。
【滿堂紅】mǎntánghóng ㄇㄢˇ ㄊㄤˊ ㄏㄨㄥˊ 形容全面勝利或到處興旺。
【滿天飛】mǎntiānfēi ㄇㄢˇ ㄊㄧㄢ ㄈㄟ 形容到處亂跑：欽差大臣滿天飛｜他這人滿天飛，讓我到哪兒去找？
【滿孝】mǎn∥xiào ㄇㄢˇ∥ㄒㄧㄠˋ 指為尊長服喪期滿。
【滿心】mǎnxīn ㄇㄢˇ ㄒㄧㄣ 心中充滿(某種情緒)；整個心裏：滿心歡喜｜滿心願意。
【滿眼】mǎnyǎn ㄇㄢˇ ㄧㄢˇ ❶充滿眼睛：他一連兩夜沒有睡，滿眼都是紅絲。❷充滿視野：走到山腰，看見滿眼的山花。
【滿意】mǎnyì ㄇㄢˇ ㄧˋ 滿足自己的願望；符合自己的心意：他非常滿意這個工作｜顧客對他的熱誠服務感到很滿意。
【滿員】mǎn∥yuán ㄇㄢˇ∥ㄩㄢˊ (部隊、人員、火車乘客等)達到規定名額。
【滿月】mǎn∥yuè ㄇㄢˇ∥ㄩㄝˋ (嬰兒)出生後滿一個月。
【滿月】mǎnyuè ㄇㄢˇ ㄩㄝˋ 見1183頁〖望月〗。
【滿載】mǎnzài ㄇㄢˇ ㄗㄞˋ ❶運輸工具裝滿了東西或裝足了規定的噸數。❷指機器、設備等在工作時達到額定的負載。
【滿載而歸】mǎnzài ér guī ㄇㄢˇ ㄗㄞˋ ㄦˊ ㄍㄨㄟ 裝滿了東西回來，形容收穫極豐富。
【滿洲】Mǎnzhōu ㄇㄢˇ ㄓㄡ ❶滿族的舊稱。❷舊指我國東北一帶。
【滿足】mǎnzú ㄇㄢˇ ㄗㄨˊ ❶感到已經足夠了：只要能不虧本，我就滿足了｜他從不滿足於已有的成績。❷使滿足：提高生產，滿足人民的需要。
【滿族】Mǎnzú ㄇㄢˇ ㄗㄨˊ 我國少數民族之一，主要分佈在遼寧、黑龍江、吉林、河北、北京和內蒙古。
【滿嘴】mǎnzuǐ ㄇㄢˇ ㄗㄨㄟˇ 滿口：滿嘴起疱｜滿嘴噴糞(指所說的話全是胡說八道或盡是髒字)。
【滿座】mǎn∥zuò ㄇㄢˇ∥ㄗㄨㄛˋ (滿座兒)(劇場等公共場所)座位坐滿或按座位出售的票賣完：這部影片很受歡迎，場場滿座。

蟎(螨) mǎn ㄇㄢˇ 節肢動物的一類。有一對或幾對單眼，也有無眼的，雄的一般比雌的小，大多數是圓形或橢圓形。有的寄居在人或動物體上，吸血液，能傳染疾病。疥蟲就是蟎類動物。

màn (ㄇㄢˋ)

曼 màn ㄇㄢˋ ❶柔美；細膩：曼舞。❷長；遠：曼延｜曼聲。
【曼德琳】màndélín ㄇㄢˋ ㄉㄜˊ ㄌㄧㄣˊ 弦樂器，有四對金屬弦。[英 mandoline]
【曼妙】mànmiào ㄇㄢˋ ㄇㄧㄠˋ 〈書〉(音樂、舞姿等)柔美：姿態曼妙｜曼妙的琴聲。
【曼聲】mànshēng ㄇㄢˋ ㄕㄥ 聲音拉得很長：曼聲吟哦｜曼聲歌唱。
【曼陀鈴】màntuólíng ㄇㄢˋ ㄊㄨㄛˊ ㄌㄧㄥˊ 曼德琳。
【曼延】mànyán ㄇㄢˋ ㄧㄢˊ 連綿不斷：曼延曲折的羊腸小道。

墁 màn ㄇㄢˋ ❶用磚、石等鋪地面：花磚墁地。❷〈方〉用灰土抹牆：牆壁墁得溜平。

蔓〔蔓〕 màn ㄇㄢˋ 義同'蔓'(wàn)，多用於合成詞。
另見771頁 mán；1180頁wàn。
【蔓草】màncǎo ㄇㄢˋ ㄘㄠˇ 爬蔓的草。
【蔓生植物】mànshēng-zhíwù ㄇㄢˋ ㄕㄥ ㄓˊ ㄨˋ 具有攀援莖或纏繞莖的植物。
【蔓延】mànyán ㄇㄢˋ ㄧㄢˊ 形容像蔓草一樣不斷向周圍擴展：蔓延滋長｜火勢蔓延。

幔 màn ㄇㄢˋ 為遮擋而懸掛起來的布、綢子、絲絨等：布幔｜窗幔。
【幔帳】mànzhàng ㄇㄢˋ ㄓㄤˋ 幔。
【幔子】màn·zi ㄇㄢˋ ·ㄗ 〈方〉幔。

漫 màn ㄇㄢˋ ❶水過滿，向外流：水漫出來了。❷到處都是；遍：漫山遍野｜黃沙漫天｜漫天大霧。❸廣闊；長：漫長｜長夜漫漫。❹不受約束；隨便：散漫｜漫談｜漫無限制｜漫無目的。❺莫；不要：漫道｜漫說是你，他來也不行。

【漫筆】mànbǐ ㄇㄢˋ ㄅㄧˇ 隨手寫來沒有一定形式的文章（多用於文章的題目）：燈下漫筆。

【漫不經心】màn bù jīngxīn ㄇㄢˋ ㄅㄨˋ ㄐㄧㄥ ㄒㄧㄣ 隨隨便便，不放在心上。也說漫不經意。

【漫步】mànbù ㄇㄢˋ ㄅㄨˋ 沒有目的而悠閑地走：漫步江岸｜獨自在田間小道上漫步◇藝苑漫步。

【漫長】màncháng ㄇㄢˋ ㄔㄤˊ 長得看不見盡頭的（時間、道路等）：漫長的歲月｜漫長的河流。

【漫道】màndào ㄇㄢˋ ㄉㄠˋ 同'慢道'。

【漫灌】mànguàn ㄇㄢˋ ㄍㄨㄢˋ ❶一種粗放的灌溉方法，不平整土地，也不築畦，讓水順着坡往地裏流。❷（洪水）流入；漫進（某地區）：大水漫灌，城郊街道都被淹了。

【漫畫】mànhuà ㄇㄢˋ ㄏㄨㄚˋ 用簡單而誇張的手法來描繪生活或時事的圖畫。一般運用變形、比擬、象徵的方法，構成幽默、詼諧的畫面，以取得諷刺或歌頌的效果。

【漫話】mànhuà ㄇㄢˋ ㄏㄨㄚˋ 不拘形式地隨意談論：漫話家常。

【漫漶】mànhuàn ㄇㄢˋ ㄏㄨㄢˋ 文字、圖畫等因磨損或浸水受潮而模糊不清：字迹漫漶。

【漫捲】mànjuǎn ㄇㄢˋ ㄐㄩㄢˇ （旗幟）隨風翻捲：彩旗漫捲。

【漫流】mànliú ㄇㄢˋ ㄌㄧㄡˊ ❶指降水經過植物截留、滲入地表和填充窪地後，多餘的水成片流動或成為時分時合的水流。❷泛指水過滿，向外流：沿湖築堤，不讓湖水漫流。

【漫罵】mànmà ㄇㄢˋ ㄇㄚˋ 亂罵。

【漫漫】mànmàn ㄇㄢˋ ㄇㄢˋ （時間、地方）長而無邊的樣子：漫漫長夜｜路途漫漫｜四野都是一眼望不到頭的漫漫白雪。

【漫兒】mànr ㄇㄢㄦˋ 指金屬錢幣沒有字的一面。

【漫山遍野】màn shān biàn yě ㄇㄢˋ ㄕㄢ ㄅㄧㄢˋ ㄧㄝˇ 遍佈山野，形容很多：羊群漫山遍野，到處都是。

【漫說】mànshuō ㄇㄢˋ ㄕㄨㄛ 同'慢說'。

【漫談】màntán ㄇㄢˋ ㄊㄢˊ 不拘形式地就某問題談自己的體會或意見：漫談形勢。

【漫天】màntiān ㄇㄢˋ ㄊㄧㄢ ❶佈滿了天空：漫天大雪｜塵土漫天。❷形容沒邊兒的；沒限度的：漫天大謊｜漫天要價。

【漫無邊際】màn wú biānjì ㄇㄢˋ ㄨˊ ㄅㄧㄢ ㄐㄧˋ ❶非常廣闊，一眼望不到邊：大青山下是漫無邊際的草原。❷指談話、寫文章等沒有中心，離題很遠：漫無邊際地談些與問題無關的話。

【漫延】mànyán ㄇㄢˋ ㄧㄢˊ 曼延：沙漠一直漫延到遙遠的天邊。

【漫溢】mànyì ㄇㄢˋ ㄧˋ 水過滿，向外流：洪流漫溢。

【漫遊】mànyóu ㄇㄢˋ ㄧㄡˊ 隨意遊玩：漫遊西湖｜漫遊世界。

【漫遊生物】mànyóu shēngwù ㄇㄢˋ ㄧㄡˊ ㄕㄥ ㄨˋ 生活在海洋或河流中，活動範圍比較廣的動物，如鯨、烏賊、鰻鱺等。

【漫語】mànyǔ ㄇㄢˋ ㄩˇ ❶泛泛的話；不着邊際的話：漫語空言。❷漫話（多用作書名、文章標題）：《青春漫語》。

慢1 màn ㄇㄢˋ ❶速度低；走路、做事等費的時間長（跟'快'相對）：慢車｜慢走｜慢手慢腳｜你走慢一點兒，等着他。❷從緩：且慢｜慢點兒告訴他，等兩天再說。❸莫；不要：慢道｜慢說。

慢2 màn ㄇㄢˋ 態度冷淡，沒有禮貌：傲慢｜怠慢。

【慢車】mànchē ㄇㄢˋ ㄔㄜ 中途停站較多，全程行車時間較長的火車或汽車（多用於客運）。

【慢詞】màncí ㄇㄢˋ ㄘˊ 長的、節奏緩慢的詞叫慢詞，如《木蘭花慢》、《沁園春》。

【慢待】màndài ㄇㄢˋ ㄉㄞˋ ❶（對人）冷淡：不能慢待了朋友。❷客套話，指招待不周：今天太慢待了，請多包涵。

【慢道】màndào ㄇㄢˋ ㄉㄠˋ 慢說；別說：慢道群眾有意見，連我們自己也感到不滿。也作漫道。

【慢火】mànhuǒ ㄇㄢˋ ㄏㄨㄛˇ 文火；微火：慢火燉肉。

【慢件】mànjiàn ㄇㄢˋ ㄐㄧㄢˋ 見665頁〖快件〗①。

【慢慢騰騰】màn·mantēngtēng ㄇㄢˋ ·ㄇㄢ ㄊㄥ ㄊㄥ （慢慢騰騰的）慢騰騰。也說慢慢吞吞（màn·mantūntūn）。

【慢慢悠悠】màn·manyōuyōu ㄇㄢˋ ·ㄇㄢ ㄧㄡ ㄧㄡ （慢慢悠悠的）慢悠悠。

【慢坡】mànpō ㄇㄢˋ ㄆㄛ 斜度很小的坡。

【慢說】mànshuō ㄇㄢˋ ㄕㄨㄛ 連詞，別說：這種動物，慢說國內少有，全世界也不多。也作漫說。

【慢騰騰】màntēngtēng ㄇㄢˋ ㄊㄥ ㄊㄥ （慢騰騰的）形容緩慢：這樣慢騰騰地走，甚麼時候才能走到呢｜他低下頭，拖長了聲音，一字一句慢騰騰地唸着。也說慢吞吞。

【慢條斯理】màntiáo-sīlǐ ㄇㄢˋ ㄊㄧㄠˊ ㄙ ㄌㄧˇ 形容動作緩慢，不慌不忙：他說話做事總是慢條斯理的。

【慢性】mànxìng ㄇㄢˋ ㄒㄧㄥˋ ❶發作得緩慢的；時間拖得長久的：慢性病｜慢性中毒｜慢性痢疾。❷（慢性兒）慢性子。

【慢性病】mànxìngbìng ㄇㄢˋ ㄒㄧㄥˋ ㄅㄧㄥˋ 病理變化緩慢或不能在短時期內治好的病症，如結核病、心臟病等。

【慢性子】mànxìng·zi ㄇㄢˋ ㄒㄧㄥˋ ·ㄗ ❶做事遲

緩的性情：慢性子人。❷指慢性子的人：她是個慢性子，家裏失了火也不會着急。

【慢悠悠】mànyōuyōu ㄇㄢˋ ㄧㄡ ㄧㄡ （慢悠悠的）形容緩慢：他做事説話總是慢悠悠的｜她慢悠悠地向我們走來。也説慢慢悠悠（màn·màn yōuyōu）。

嫚 màn ㄇㄢˋ 〈書〉輕視；侮辱。另見771頁 mān。

【嫚罵】mànmà ㄇㄢˋ ㄇㄚˋ 〈書〉謾罵。

熳 màn ㄇㄢˋ 見684頁〖爛熳〗。

縵（缦） màn ㄇㄢˋ 〈書〉沒有花紋的絲織品。

謾（谩） màn ㄇㄢˋ 輕慢，沒有禮貌：謾罵。另見772頁 mán。

【謾罵】mànmà ㄇㄢˋ ㄇㄚˋ 用輕慢、嘲笑的態度罵。

鏝（镘、槾） màn ㄇㄢˋ 〈書〉抹牆用的抹子（mǒ·zi）。

māng （ㄇㄤ）

牤（牻） māng ㄇㄤ 見下。

【牤牛】māngniú ㄇㄤ ㄋㄧㄡˊ 〈方〉公牛。

【牤子】māng·zi ㄇㄤ ·ㄗ 〈方〉公牛。

máng （ㄇㄤˊ）

芒〔芒〕 máng ㄇㄤˊ ❶多年生草本植物，生在山地和田野間，葉子條形，秋天莖頂生穗，黄褐色，果實多毛。❷某些禾本科植物子實的外殼上長的針狀物。

【芒草】mángcǎo ㄇㄤˊ ㄘㄠˇ 芒①。

【芒刺在背】máng cì zài bèi ㄇㄤˊ ㄘˋ ㄗㄞˋ ㄅㄟˋ 形容坐立不安，像芒和刺扎在背上一樣。

【芒果】mángguǒ ㄇㄤˊ ㄍㄨㄛˇ 同'杧果'。

【芒硝】mángxiāo ㄇㄤˊ ㄒㄧㄠ 同'硭硝'。

【芒種】mángzhòng ㄇㄤˊ ㄓㄨㄥˋ 二十四節氣之一，在6月5、6或7日。參看589頁〖節氣〗、306頁〖二十四節氣〗。

邙 máng ㄇㄤˊ 北邙（Běimáng ㄅㄟˇ ㄇㄤˊ），山名，在河南洛陽。

忙 máng ㄇㄤˊ ❶事情多，不得空（跟'閑'相對）：繁忙｜這幾天很忙｜忙裏偷閑。❷急迫不停地、加緊地做：你近來忙些甚麼？｜他一個人忙不過來。

【忙不迭】mángbùdié ㄇㄤˊ ㄅㄨˋ ㄉㄧㄝˊ 急忙；連忙：忙不迭地跑了過來｜忙不迭地賠不是。

【忙叨】máng·dao ㄇㄤˊ ·ㄉㄠ 〈方〉匆忙；忙碌：啥事兒這樣忙叨？｜忙忙叨叨地披上衣服就走了。也説忙叨叨（mángdāodāo）。

【忙乎】máng·hu ㄇㄤˊ ·ㄏㄨ 忙碌：他忙乎了一天，但一點兒也不覺得累。

【忙活】máng//huó ㄇㄤˊ//ㄏㄨㄛˊ （忙活兒）急着做活：這幾天正忙活｜你忙甚麼活？

【忙活】mánghuó ㄇㄤˊ ㄏㄨㄛˊ （忙活兒）需要趕快做的活：這是件忙活，要先做。

【忙活】máng·huo ㄇㄤˊ ·ㄏㄨㄛ 忙碌：他們倆已經忙活了一早上了。

【忙裏偷閑】mánglǐ tōuxián ㄇㄤˊ ㄌㄧˇ ㄊㄡ ㄒㄧㄢˊ 在忙碌中抽出一點空閑時間。

【忙碌】mánglù ㄇㄤˊ ㄌㄨˋ 忙着做各種事情：忙忙碌碌｜為了大家的事情，他從早到晚忙碌着。

【忙亂】mángluàn ㄇㄤˊ ㄌㄨㄢˋ 事情繁忙而沒有條理：工作忙亂｜克服忙亂現象。

【忙音】mángyīn ㄇㄤˊ ㄧㄣ 電話機撥號後由於對方佔綫而發出的連續而短促的嘟嘟聲，表示不能接通。

【忙於】mángyú ㄇㄤˊ ㄩˊ 忙着做（某方面的事情）：忙於收集資料｜整天忙於家務。

【忙月】mángyuè ㄇㄤˊ ㄩㄝˋ ❶指農事繁忙的月份：一到忙月，全家都搞農活兒。❷〈方〉舊指農忙、過年過節等時期的幫工。

杧 máng ㄇㄤˊ ［杧果］（mángguǒ ㄇㄤˊ ㄍㄨㄛˇ）❶常綠喬木，葉子互生，長橢圓形，質厚。花黄色。果實略呈腎臟形，熟時黄色，核大，果肉黄色，可以吃。產於亞熱帶地區。❷這種植物的果實。‖也作芒果。

尨 máng ㄇㄤˊ 〈書〉❶長毛的狗。❷雜色：尨服。

另見789頁 méng。

盲 máng ㄇㄤˊ ❶看不見東西；瞎：盲人｜夜盲。❷比喻對某種事物不能辨別或分辨不清：文盲｜色盲｜法盲。❸盲目地：盲動｜盲從。

【盲腸】mángcháng ㄇㄤˊ ㄔㄤˊ 大腸的一段，上接回腸，下連結腸，下端有闌尾。

【盲腸炎】mángchángyán ㄇㄤˊ ㄔㄤˊ ㄧㄢˊ ❶病，多由闌尾炎引起。闌尾部發炎後蔓延到整個盲腸，就成為盲腸炎。❷闌尾炎的俗稱。

【盲從】mángcóng ㄇㄤˊ ㄘㄨㄥˊ 不問是非地附和別人；盲目隨從：遇事要多動動腦子，不能盲從。

【盲點】mángdiǎn ㄇㄤˊ ㄉㄧㄢˇ 眼球後部視網膜上的一點，和黄斑相鄰，沒有感光細胞，不能接受光的刺激，物體的影像落在這一點上不能引起視覺，所以叫盲點。

【盲動】mángdòng ㄇㄤˊ ㄉㄨㄥˋ 沒有經過慎重考慮，沒有明確的目的就行動：遇事要冷靜，不可浮躁盲動。

【盲幹】mánggàn ㄇㄤˊ ㄍㄢˋ 不顧主客觀條件或目的不明確地去幹：只憑熱情盲幹是不行的。

【盲谷】mánggǔ ㄇㄤˊ ㄍㄨˇ 一端被峭壁堵塞的

谷地。峭壁下有洞，是地面河流流入地下的地方。多見於石灰岩地區。

【盲流】mángliú ㄇㄤˊ ㄌㄧㄡˊ ❶盲目流入到某地(多指從農村流入城市)：盲流人口。❷指盲目流入的人。

【盲目】mángmù ㄇㄤˊ ㄇㄨˋ 眼睛看不見東西，比喻認識不清：盲目行動｜盲目崇拜｜盲目樂觀。

【盲棋】mángqí ㄇㄤˊ ㄑㄧˊ 眼睛不看棋盤而下的棋，多為中國象棋。下盲棋的人用話說出每一步棋的下法。

【盲區】mángqū ㄇㄤˊ ㄑㄩ 指雷達、探照燈、胃鏡等探測或照射不到的地方：雷達盲區｜胃鏡盲區。

【盲人】mángrén ㄇㄤˊ ㄖㄣˊ 失去視力的人。

【盲人摸象】mángrén mō xiàng ㄇㄤˊ ㄖㄣˊ ㄇㄛ ㄒㄧㄤˋ 傳說幾個瞎子摸一隻大象，摸到腿的說大象像一根柱子，摸到身軀的說大象像一堵牆，摸到尾巴的說大象像一條蛇，各執己見，爭論不休。用來比喻對事物了解不全面，固執一點，亂加揣測。

【盲人瞎馬】mángrén xiāmǎ ㄇㄤˊ ㄖㄣˊ ㄒㄧㄚ ㄇㄚˇ《世說新語・排調》：'盲人騎瞎馬，夜半臨深池。'比喻境況極端危險。

【盲蛇】mángshé ㄇㄤˊ ㄕㄜˊ 一種無毒蛇，形狀像蚯蚓，尾極短，鱗片圓形，體暗綠色，長約十幾厘米，是我國蛇類中最小的一種。吃昆蟲等。

【盲文】mángwén ㄇㄤˊ ㄨㄣˊ ❶盲字。❷用盲字刻寫或印刷的文字。

【盲信】mángxìn ㄇㄤˊ ㄒㄧㄣˋ 見1229頁〖瞎信〗。

【盲字】mángzì ㄇㄤˊ ㄗˋ 專供盲人使用的拼音文字，字母由不同排列的凸出的點子組成。

氓 máng ㄇㄤˊ 見738頁〖流氓〗。
另見789頁 méng。

茫〔茫〕 máng ㄇㄤˊ ❶形容水或其他事物沒有邊際、看不清楚：渺茫｜茫無頭緒。❷無所知：茫然。

【茫茫】mángmáng ㄇㄤˊ ㄇㄤˊ 沒有邊際看不清楚(多形容水)：茫茫大海｜前途茫茫｜茫茫一片白霧。

【茫昧】mángmèi ㄇㄤˊ ㄇㄟˋ 〈書〉模糊不清：往事多已茫昧。

【茫然】mángrán ㄇㄤˊ ㄖㄢˊ ❶完全不知道的樣子：事情發生的原因和經過我都茫然。❷失意的樣子：茫然自失。

【茫無頭緒】máng wú tóuxù ㄇㄤˊ ㄨˊ ㄊㄡˊ ㄒㄩˋ 一點頭緒也沒有；事情摸不着邊兒。

硭〔硭〕 máng ㄇㄤˊ ［硭硝］(mángxiāo ㄇㄤˊ ㄒㄧㄠ) 無機化合物，是含有10個分子結晶水的硫酸鈉($Na_2SO_4 \cdot 10H_2O$)，白色或無色，是化學工業、玻璃工業、造紙工業的原料，醫藥上用做瀉藥。也作芒硝。

牻 máng ㄇㄤˊ 〈書〉毛色黑白相間的牛。

鋩〔鋩〕(铓) máng ㄇㄤˊ 見346頁〖鋒鋩〗。

【鋩鑼】mángluó ㄇㄤˊ ㄌㄨㄛˊ 雲南少數民族的打擊樂器，用銅製成，有大中小多種。有時將多面大小不同的鑼掛在木架上，交錯敲擊。

mǎng（ㄇㄤˇ）

莽¹〔莽〕 mǎng ㄇㄤˇ ❶密生的草：叢莽｜草莽。❷〈書〉大。❸(Mǎng)姓。

莽²〔莽〕 mǎng ㄇㄤˇ 魯莽：莽撞｜莽漢。

【莽蒼】mǎngcāng ㄇㄤˇ ㄘㄤ (原野)景色迷茫。也指原野。

【莽漢】mǎnghàn ㄇㄤˇ ㄏㄢˋ 粗魯冒失的男子。

【莽莽】mǎngmǎng ㄇㄤˇ ㄇㄤˇ ❶形容草木茂盛：雜草莽莽。❷形容原野遼闊，無邊無際：莽莽群山。

【莽原】mǎngyuán ㄇㄤˇ ㄩㄢˊ 草長得很茂盛的原野：無垠的莽原。

【莽撞】mǎngzhuàng ㄇㄤˇ ㄓㄨㄤˋ 魯莽冒失：行動莽撞｜恕我莽撞。

漭〔漭〕 mǎng ㄇㄤˇ ［漭漭］〈書〉形容廣闊無邊。

蟒〔蟒〕 mǎng ㄇㄤˇ ❶蟒蛇。❷蟒袍的簡稱。

【蟒袍】mǎngpáo ㄇㄤˇ ㄆㄠˊ 明清時大臣所穿的禮服，上面綉有金黃色的蟒。

【蟒蛇】mǎngshé ㄇㄤˇ ㄕㄜˊ 無毒的大蛇，體長可達6米，頭部長，口大，舌的尖端有分叉，背部黑褐色，有暗色斑點，腹部白色，多生活在熱帶近水的森林裏，捕食小禽獸。也叫蚺蛇(ránshé)。

māo（ㄇㄠ）

貓〔貓〕(猫) māo ㄇㄠ ❶哺乳動物，面部略圓，軀幹長，耳殼短小，眼大，瞳孔隨光綫強弱而縮小放大，四肢較短，掌部有肉質的墊，行動敏捷，善跳躍，能捕鼠，毛柔軟，有黑、白、黃、灰褐等色。❷〈方〉躲藏：貓在家裏不敢出來。
另見779頁 máo。

【貓睛石】māojīngshí ㄇㄠ ㄐㄧㄥ ㄕˊ 礦物，主要成分是氧、鋁和鈹，黃綠色，質脆，有玻璃光澤。是一種寶石，做裝飾品時多磨成圓球形，看起來很像貓的眼睛。通稱貓兒眼。

【貓哭老鼠】māo kū lǎoshǔ ㄇㄠ ㄎㄨ ㄌㄠˇ ㄕㄨˇ 比喻假慈悲；假裝同情。也說貓哭耗子。

【貓兒膩】māornì ㄇㄠㄦ ㄋㄧˋ 〈方〉指隱秘的或曖

昧的事；花招：他們之間的貓兒膩，我早就看出來了。

【貓兒食】māorshí ㄇㄠㄦ ㄕˊ 比喻很小的飯量。

【貓兒眼】māoryǎn ㄇㄠㄦ ㄧㄢˇ 貓睛石的通稱。

【貓頭鷹】māotóuyīng ㄇㄠ ㄊㄡˊ ㄧㄥ 鳥，身體淡褐色，多黑斑，頭部有角狀的羽毛，眼睛大而圓，晝伏夜出，吃鼠、麻雀等小動物，對人類有益。常在深夜發出淒厲的叫聲，迷信的人認為是一種不吉祥的鳥。也叫鴟鵂(chīxiū)，有的地區叫夜貓子。

【貓熊】māoxióng ㄇㄠ ㄒㄩㄥˊ 哺乳動物，體長4－5尺，形狀像熊，尾短，通常頭、胸、腹、背、臀白色，四肢、兩耳、眼圈黑褐色，毛粗而厚，性耐寒。生活在我國西南地區高山中，吃竹葉、竹筍。是我國特產的一種珍貴動物。也叫熊貓、大熊貓、大貓熊。

【貓眼】māoyǎn ㄇㄠ ㄧㄢˇ 門鏡的俗稱。

【貓眼道釘】māoyǎndàodīng ㄇㄠ ㄧㄢˇ ㄉㄠˋ ㄉㄧㄥ 道釘②的俗稱。

【貓魚】māoyú ㄇㄠ ㄩˊ (貓魚兒) 用來餵貓的小魚。

máo (ㄇㄠˊ)

毛1 máo ㄇㄠˊ ❶動植物的皮上所生的絲狀物；鳥類的羽毛：羽毛｜羊毛｜枇杷樹葉子上有許多細毛。❷東西上長的黴：饅頭放久了就要長毛。❸粗糙；還沒有加工的：毛坯｜毛鐵。❹不純淨的：毛利｜毛重。❺小：毛孩子｜毛賊(小偷兒)。❻指貨幣貶值：錢毛了。❼(Máo)姓。

毛2 máo ㄇㄠˊ ❶做事粗心，不細緻：毛手毛腳｜毛頭毛腦。❷驚慌：心裏直發毛｜這下可把他嚇毛了。❸〈方〉發怒；發火：把他惹毛了，你要吃大虧。

毛3 máo ㄇㄠˊ 一圓的十分之一；角。

【毛筆】máobǐ ㄇㄠˊ ㄅㄧˇ 用羊毛、鼬毛等製成的筆，供寫字、畫畫等用。

【毛邊】máobiān ㄇㄠˊ ㄅㄧㄢ ❶經裁剪而沒有鎖邊的布邊兒；書籍裝訂後未經裁切的邊緣：毛邊書。❷毛邊紙的簡稱。

【毛邊紙】máobiānzhǐ ㄇㄠˊ ㄅㄧㄢ ㄓˇ 用竹纖維製成的紙，淡黃色，適合用毛筆書寫，也用來印書。簡稱毛邊。

【毛病】máo·bìng ㄇㄠˊ ·ㄅㄧㄥˋ ❶指器物發生的損傷或故障，也比喻工作上的失誤。❷缺點；壞習慣：這孩子上課時有做小動作的毛病。❸〈方〉病：孩子有毛病，不要讓他受涼了。

【毛玻璃】máobō·li ㄇㄠˊ ㄅㄛ ·ㄌㄧˊ 用金剛砂等磨過或用氫氟酸浸蝕過而表面粗糙的玻璃。半透明，多用在建築物的門窗上。也叫磨砂玻璃。

【毛布】máobù ㄇㄠˊ ㄅㄨˋ 用較粗的棉紗織成的布。

【毛糙】máo·cao ㄇㄠˊ ·ㄘㄠ 粗糙；不細緻：這活兒幹得太毛糙。

【毛茶】máochá ㄇㄠˊ ㄔㄚˊ 供製紅茶或綠茶的原料茶。也叫毛條。

【毛蟲】máochóng ㄇㄠˊ ㄔㄨㄥˊ 某些鱗翅目昆蟲的幼蟲，每環節的疣狀突起上叢生着毛。也叫毛毛蟲。

【毛刺】máocì ㄇㄠˊ ㄘˋ (毛刺兒) 金屬工件的邊緣或較光滑的平面上因某種原因而產生的不光，不平的部分。通常應加工去掉毛刺。

【毛豆】máodòu ㄇㄠˊ ㄉㄡˋ 大豆的嫩莢，外皮多毛，種子青色，可做蔬菜。

【毛髮】máofà ㄇㄠˊ ㄈㄚˋ 人體上的毛和頭髮：毛髮直立(形容極度驚恐)。

【毛紡】máofǎng ㄇㄠˊ ㄈㄤˇ 用動物纖維(主要是羊毛)為原料紡成紗：毛紡織品。

【毛茛】máogèn ㄇㄠˊ ㄍㄣˋ 多年生草本植物，莖葉有茸毛，單葉，掌狀分裂，花黃色，有光澤，果穗作球狀。植株有毒，可入藥。

【毛估】máogū ㄇㄠˊ ㄍㄨ 粗略地估計：毛估一下，這片早稻畝產不會低於八百斤。

【毛咕】máo·gu ㄇㄠˊ ·ㄍㄨ 〈方〉有所疑懼而驚慌：走進荒灘，心裏直毛咕。

【毛骨悚然】máo gǔ sǒngrán ㄇㄠˊ ㄍㄨˇ ㄙㄨㄥˇ ㄖㄢˊ 形容很害怕的樣子。

【毛孩】máohái ㄇㄠˊ ㄏㄞˊ (毛孩兒) 指生下來在面部和身上長有較長的毛的孩子。

【毛孩子】máohái·zi ㄇㄠˊ ㄏㄞˊ ·ㄗ 小孩兒，也指年輕無知的人：十年前你還是一個不懂事的毛孩子呢！

【毛烘烘】máohōnghōng ㄇㄠˊ ㄏㄨㄥ ㄏㄨㄥ (毛烘烘的) 形容毛很多的樣子。

【毛乎乎】máohūhū ㄇㄠˊ ㄏㄨ ㄏㄨ (毛乎乎的) 形容毛密而多。

【毛尖】máojiān ㄇㄠˊ ㄐㄧㄢ 綠茶的一種，用精細挑選的幼嫩芽葉加工而成，如信陽毛尖(產於河南)、都勻毛尖(產於貴州)。

【毛巾】máojīn ㄇㄠˊ ㄐㄧㄣ 擦臉和擦身體用的針織品，織成後經紗拳曲，露在表面，質地鬆軟而不光滑。

【毛巾被】máojīnbèi ㄇㄠˊ ㄐㄧㄣ ㄅㄟˋ 質地跟毛巾相同的毯子。也叫毛巾毯。

【毛舉細故】máo jǔ xì gù ㄇㄠˊ ㄐㄩˇ ㄒㄧˋ ㄍㄨˋ 繁瑣地列舉細小的事情。也說毛舉細務。

【毛孔】máokǒng ㄇㄠˊ ㄎㄨㄥˇ 汗孔。

【毛褲】máokù ㄇㄠˊ ㄎㄨˋ 用毛綫織成的褲子。

【毛拉】máolā ㄇㄠˊ ㄌㄚ ❶對伊斯蘭教學者的尊稱。❷我國新疆地區某些穆斯林對阿訇的稱呼。[阿拉伯 mawla]

【毛藍】máolán ㄇㄠˊ ㄌㄢˊ 比深藍色稍淺的藍色：毛藍布。

【毛利】máolì ㄇㄠˊ ㄌㄧˋ 企業總收入中只除去成本而沒有除去其他費用時的利潤(區別於'淨利')。

【毛料】máoliào ㄇㄠˊ ㄌㄧㄠˋ 用獸毛纖維或人造毛等紡織成的料子。

【毛驢】máolǘ ㄇㄠˊ ㄌㄩˊ (毛驢兒)驢，多指身體矮小的驢。

【毛毛】máo·mao ㄇㄠˊ·ㄇㄠ 〈方〉對嬰兒的愛稱。

【毛毛蟲】máo·maochóng ㄇㄠˊ·ㄇㄠ ㄔㄨㄥˊ 毛蟲。

【毛毛雨】máo·maoyǔ ㄇㄠˊ·ㄇㄠ ㄩˇ ❶指形成雨的水滴極細小、下降時隨氣流在空中飄動、不能形成雨絲的雨。通常指很小的雨。❷事前有意放出風聲、信息讓人有所準備叫做下毛毛雨。

【毛南族】Máonánzú ㄇㄠˊ ㄋㄢˊ ㄗㄨˊ 我國少數民族之一，分佈在廣西。

【毛囊】máonáng ㄇㄠˊ ㄋㄤˊ 包裹在毛髮根部的囊。(圖見875頁〖皮膚〗)

【毛坯】máopī ㄇㄠˊ ㄆㄧ ❶已具有所要求的形體，還需要加工的製造品；半成品。❷機器製造中，材料經過初步加工，需要進一步加工才能製成零件的半成品，多指鑄件或鍛件。‖也叫坯料。

【毛皮】máopí ㄇㄠˊ ㄆㄧˊ 帶毛的獸皮，可用來製衣、帽、褥子等。

【毛片】máopiān ㄇㄠˊ ㄆㄧㄢ ❶指拍攝後未經加工的影片。❷指極為暴露的色情影片或電視片。

【毛票】máopiào ㄇㄠˊ ㄆㄧㄠˋ (毛票兒)角票。

【毛渠】máoqú ㄇㄠˊ ㄑㄩˊ 從斗渠引水送到每一塊田地裏的小渠道。

【毛茸茸】máorōngrōng ㄇㄠˊ ㄖㄨㄥ ㄖㄨㄥ (毛茸茸的)形容動植物細毛叢生的樣子：毛茸茸的小白兔。

【毛瑟槍】máosèqiāng ㄇㄠˊ ㄙㄜˋ ㄑㄧㄤ 舊時對德國毛瑟(Mauser)工廠製造的各種槍的統稱。通常多指該廠製造的步槍。

【毛手毛腳】máo shǒu máo jiǎo ㄇㄠˊ ㄕㄡˇ ㄇㄠˊ ㄐㄧㄠˇ 做事粗心大意，不沈着。

【毛遂自荐】Máo Suì zì jiàn ㄇㄠˊ ㄙㄨㄟˋ ㄗˋ ㄐㄧㄢˋ 毛遂是戰國時代趙國平原君的門客。秦兵攻打趙國，平原君奉命到楚國求救，毛遂自動請求跟着去。到了楚國，平原君跟楚王談了一上午沒有結果。毛遂挺身而出，陳述利害，楚王才答應派春申君帶兵去救趙國。後來用'毛遂自荐'比喻自己推荐自己。

【毛太紙】máotàizhǐ ㄇㄠˊ ㄊㄞˋ ㄓˇ 類似毛邊紙而稍薄的紙，略帶黑色，多產於福建。

【毛毯】máotǎn ㄇㄠˊ ㄊㄢˇ 用獸毛纖維、化學纖維等織成的毯子。

【毛桃】máotáo ㄇㄠˊ ㄊㄠˊ ❶毛桃樹，野生的桃樹。❷毛桃樹的果實。

【毛條】máotiáo ㄇㄠˊ ㄊㄧㄠˊ 毛茶。

【毛頭紙】máotóuzhǐ ㄇㄠˊ ㄊㄡˊ ㄓˇ 一種纖維較粗、質地鬆軟的白紙，多用於糊窗戶或包裝。也叫東昌紙。

【毛窩】máowō ㄇㄠˊ ㄨㄛ 〈方〉棉鞋。

【毛細管】máoxìguǎn ㄇㄠˊ ㄒㄧˋ ㄍㄨㄢˇ ❶連接在小動脈和小靜脈之間的最細小的血管，血液中的氧與細胞組織內的二氧化碳在毛細管裏進行交換。也叫毛細血管、微血管。❷直徑特別細小的管子。參看〖毛細現象〗。

【毛細現象】máoxì xiànxiàng ㄇㄠˊ ㄒㄧˋ ㄒㄧㄢˋ ㄒㄧㄤˋ 毛細管插入浸潤液體中，管內液面上升，高於管外，毛細管插入不浸潤液體中，管內液面下降，低於管外的現象。毛巾吸水，地下水沿土壤上升都是毛細現象。

【毛綫】máoxiàn ㄇㄠˊ ㄒㄧㄢˋ 通常指羊毛紡成的綫，也指羊毛和人造毛混合紡成的綫或人造毛紡成的綫。

【毛丫頭】máoyā·tou ㄇㄠˊ ㄧㄚ·ㄊㄡ 指年幼無知的女孩子。

【毛樣】máoyàng ㄇㄠˊ ㄧㄤˋ 還沒有按照版面的形式拼版的校樣。

【毛腰】máo∥yāo ㄇㄠˊ∥ㄧㄠ 〈方〉彎腰：一毛腰鑽進山洞。也作貓腰。

【毛衣】máoyī ㄇㄠˊ ㄧ 用毛綫織成的上衣。

【毛蚴】máoyòu ㄇㄠˊ ㄧㄡˋ 長着毛的幼蟲的總稱。

【毛躁】máo·zao ㄇㄠˊ·ㄗㄠ ❶(性情)急躁：脾氣毛躁。❷不沈着；不細心：他做事有些毛躁｜毛毛躁躁是辦不好事的。

【毛澤東思想】Máo Zédōng sīxiǎng ㄇㄠˊ ㄗㄜˊ ㄉㄨㄥ ㄙ ㄒㄧㄤˇ 馬克思列寧主義的普遍真理和中國革命具體實踐相結合而形成的思想體系，是以毛澤東為主要代表的中國共產黨，在馬克思列寧主義指導下，在半個多世紀中領導中國人民進行民主革命和社會主義革命、社會主義建設的實踐經驗的結晶。

【毛織品】máozhīpǐn ㄇㄠˊ ㄓ ㄆㄧㄣˇ ❶用獸毛纖維或人造毛等紡織成的料子。❷用毛綫編織的衣物。

【毛痣】máozhì ㄇㄠˊ ㄓˋ 醫學上指高出皮膚表面並且長有毛的痣。

【毛重】máozhòng ㄇㄠˊ ㄓㄨㄥˋ 貨物連同包裝的東西或牲畜家禽等連同皮毛在內的重量(區別於'淨重')。

【毛豬】máozhū ㄇㄠˊ ㄓㄨ 活豬(多用於商業)。

【毛裝】máozhuāng ㄇㄠˊ ㄓㄨㄤ (書籍)不切邊的裝訂。

【毛子】máo·zi ㄇㄠˊ·ㄗ ❶舊時稱西洋人(含貶義)。❷〈方〉舊時指土匪。❸〈方〉細碎的毛或綫：沒做甚麼針綫活兒，倒沾了一身布毛子。

矛 máo ㄇㄠˊ 古代兵器，在長杆的一端裝有青銅或鐵製成的槍頭：長矛｜矛盾。

【矛盾】máodùn ㄇㄠˊ ㄉㄨㄣˋ ❶矛和盾是古代兩種作用不同的武器。古代故事傳說，有一個人賣矛和盾，誇他的盾最堅固，甚麼東西也戳不破；又誇他的矛最鋭利，甚麼東西都能刺進去。旁人問他，'拿你的矛來刺你的盾怎麼樣？'那人沒法回答了(見於《韓非子·難一》)。後來'矛盾'連舉，比喻言語行為自相抵觸：矛盾百出｜自相矛盾。❷辯證法上指客觀事物和人類思維內部各個對立面之間的互相依賴而又互相排斥的關係。❸形式邏輯中指兩個概念互相排斥或兩個判斷不能同時是真也不能同時是假的關係。❹泛指對立的事物互相排斥：他倆的意見有矛盾。

【矛盾律】máodùnlǜ ㄇㄠˊ ㄉㄨㄣˋ ㄌㄩˋ 形式邏輯的基本規律之一，要求在同一思維過程中，對同一對象不能同時作出兩個矛盾的判斷，即不能既肯定它，又否定它。如不能説'水是物質'，同時又説'水不是物質'，這兩個判斷中必有一個是假的。矛盾律要求思想前後一貫，不能自相矛盾。公式是：'甲不是非甲'或'甲不能既是乙又不是乙'。

【矛頭】máotóu ㄇㄠˊ ㄊㄡˊ 矛的尖端，多用於比喻：把諷刺的矛頭指向壞人壞事。

茆〔茆〕 máo ㄇㄠˊ ❶同'茅'①。❷(Máo)姓。

茅〔茅〕 máo ㄇㄠˊ ❶白茅。❷(Máo)姓。

【茅草】máocǎo ㄇㄠˊ ㄘㄠˇ 白茅一類的植物。

【茅房】máofáng ㄇㄠˊ ㄈㄤˊ 廁所。

【茅坑】máokēng ㄇㄠˊ ㄎㄥ ❶廁所裏的糞坑。❷〈方〉廁所(多指簡陋的)。

【茅廬】máolú ㄇㄠˊ ㄌㄨˊ 草屋。

【茅棚】máopéng ㄇㄠˊ ㄆㄥˊ 用茅草等搭的棚子。

【茅塞頓開】máo sè dùn kāi ㄇㄠˊ ㄙㄜˋ ㄉㄨㄣˋ ㄎㄞ 原來心裏好像有茅草堵塞着，現在忽然被打開了。形容忽然理解、領會。

【茅舍】máoshè ㄇㄠˊ ㄕㄜˋ 〈書〉茅屋：竹籬茅舍。

【茅廁】máo·si ㄇㄠˊ ·ㄙ 〈方〉廁所(cèsuǒ)。

【茅台酒】máotáijiǔ ㄇㄠˊ ㄊㄞˊ ㄐㄧㄡˇ 貴州仁懷縣茅台鎮出產的白酒，酒味香美。簡稱茅台。

【茅屋】máowū ㄇㄠˊ ㄨ 屋頂用茅草、稻草等蓋的房子，大多簡陋矮小。

旄 máo ㄇㄠˊ 古代在旗杆頭上用氂牛尾做裝飾的旗子。

〈古〉又同'耄'mào。

酕 máo ㄇㄠˊ ［酕醄］(máotáo ㄇㄠˊ ㄊㄠˊ)〈書〉大醉的樣子：酕醄大醉。

髦 máo ㄇㄠˊ 古代稱幼兒垂在前額的短頭髮。

氂（牦） máo ㄇㄠˊ ［氂牛］(máoniú ㄇㄠˊ ㄋㄧㄡˊ)牛的一種，全身有長毛，黑褐色、棕色或白色，腿短。是我國青藏高原地區的主要力畜。

髳 Máo ㄇㄠˊ 周朝國名，在今山西南部。

貓〔貓〕（猫） máo ㄇㄠˊ ［貓腰］(máo yāo ㄇㄠˊ ㄧㄠ)同'毛腰'。

另見776頁 māo。

蝥 máo ㄇㄠˊ 見29頁〖斑蝥〗。

錨〔錨〕（锚） máo ㄇㄠˊ 船停泊時所用的器具，用鐵製成。一端有兩個或兩個以上帶倒鈎的爪兒，另一端用鐵鏈連在船上，拋到水底或岸邊，用來穩定船舶。

【錨泊】máobó ㄇㄠˊ ㄅㄛˊ (船舶等)借助於錨而停留在水面某處。

【錨地】máodì ㄇㄠˊ ㄉㄧˋ 水域中專供船舶拋錨停泊及船隊編組的地點。

【錨固】máogù ㄇㄠˊ ㄍㄨˋ 在鋼筋混凝土結構中，為使鋼筋可靠地固定在混凝土裏，對鋼筋進行處理，叫做錨固，如把鋼筋的端部做成彎鈎或增加鋼筋長度等。

【錨位】máowèi ㄇㄠˊ ㄨㄟˋ 船舶拋錨處的地理位置。

蟊 máo ㄇㄠˊ 吃苗根的害蟲。

【蟊賊】máozéi ㄇㄠˊ ㄗㄟˊ 危害人民或國家的人。

mǎo (ㄇㄠˇ)

冇 mǎo ㄇㄠˇ 〈方〉沒有。

卯1 mǎo ㄇㄠˇ 地支的第四位。參看368頁〖干支〗。

卯2 mǎo ㄇㄠˇ 卯眼。

【卯時】mǎoshí ㄇㄠˇ ㄕˊ 舊式計時法指早晨五點鐘到七點鐘的時間。

【卯榫】mǎosǔn ㄇㄠˇ ㄙㄨㄣˇ 卯眼和榫頭。

【卯眼】mǎoyǎn ㄇㄠˇ ㄧㄢˇ 器物的零件或部件利用凹凸方式相連接的地方的凹進部分：鑿個卯眼兒。

峁 mǎo ㄇㄠˇ 我國西北地區稱頂部渾圓、斜坡較陡的黃土丘陵。

泖 mǎo ㄇㄠˇ 〈書〉水面平靜的小湖。

昴 mǎo ㄇㄠˇ 二十八宿之一。

鉚（铆） mǎo ㄇㄠˇ ❶鉚接。❷指鉚接時錘打鉚釘的操作。

【鉚釘】mǎodīng ㄇㄠˇ ㄉㄧㄥ 鉚接用的金屬元件，圓柱形，一頭有帽。

【鉚釘槍】mǎodīngqiāng ㄇㄠˇ ㄉㄧㄥ ㄑㄧㄤ 敲打鉚釘用的風動工具，形狀略像槍。

【鉚工】mǎogōng ㄇㄠˇ ㄍㄨㄥ ❶金屬鉚接工作。❷做鉚接工作的工人。

【鉚接】mǎojiē ㄇㄠˇ ㄐㄧㄝ 連接金屬板或其他器件的一種方法，把要連接的器件打眼，用鉚釘穿在一起，在沒有帽的一端錘打出一個帽，使器件固定在一起。

【鉚勁兒】mǎo∥jìnr ㄇㄠˇ∥ㄐㄧㄣˋㄦ 集中力氣，一下子使出來：幾個人一鉚勁兒，就把大石頭抬走了｜鉚着勁兒幹。

mào (ㄇㄠˋ)

芼〔芼〕 mào ㄇㄠˋ 〈書〉拔取(菜、草)。

皃 mào ㄇㄠˋ 同'貌'。

茂〔茂〕 mào ㄇㄠˋ ❶茂盛：茂密｜根深葉茂。❷豐富精美：圖文並茂。

【茂密】màomì ㄇㄠˋ ㄇㄧˋ (草木)茂盛而繁密：樹木茂密｜茂密的竹林。

【茂年】màonián ㄇㄠˋ ㄋㄧㄢˊ 〈書〉壯年；壯年時期。

【茂盛】màoshèng ㄇㄠˋ ㄕㄥˋ ❶(植物)生長得多而茁壯：莊稼長得很茂盛。❷比喻經濟等興旺：財源茂盛。

眊 mào ㄇㄠˋ 〈書〉眼睛昏花。

冒 mào ㄇㄠˋ ❶向外透；往上升：冒烟｜冒泡｜冒汗｜熱氣直往外冒｜牆頭冒出一個人頭來。❷不顧(危險、惡劣環境等)：冒險｜冒雨｜冒天下之大不韙。❸冒失；冒昧：冒進｜看見那人好像是他，我冒喊一聲。❹冒充：冒領｜冒認｜謹防假冒。❺(Mào)姓。

另見815頁 mò。

【冒場】mào∥chǎng ㄇㄠˋ∥ㄔㄤˇ 戲劇演出時，演員沒到該上場時而上場。

【冒充】màochōng ㄇㄠˋ ㄔㄨㄥ 假的充當真的：冒充內行｜用黨參冒充人參。

【冒頂】mào∥dǐng ㄇㄠˋ∥ㄉㄧㄥˇ 地下採礦時，礦井中的頂板塌下來。

【冒瀆】màodú ㄇㄠˋ ㄉㄨˊ 〈書〉冒犯褻瀆：冒瀆神靈。

【冒犯】màofàn ㄇㄠˋ ㄈㄢˋ 言語或行動沒有禮貌，衝撞了對方：冒犯尊嚴｜孩子不懂事，對您多有冒犯，請原諒。

【冒功】mào∥gōng ㄇㄠˋ∥ㄍㄨㄥ 把別人的功勞說成自己的功勞：冒功請賞。

【冒號】màohào ㄇㄠˋ ㄏㄠˋ 標點符號(：)，主要用在提示性話語之後，用來提示下文。

【冒火】mào∥huǒ ㄇㄠˋ∥ㄏㄨㄛˇ (冒火兒)生氣；發怒：他氣得直冒火｜有話好好說，冒甚麼火！

【冒尖】mào∥jiān ㄇㄠˋ∥ㄐㄧㄢ (冒尖兒)❶裝滿而且稍高出容器：筐裏的菜已經冒尖了。❷稍稍超過一定的數量：弟弟十歲剛冒尖。❸突出：他在班上學習冒尖。❹露出苗頭：問題一冒尖，就要及時加以解決。

【冒進】màojìn ㄇㄠˋ ㄐㄧㄣˋ 超過具體條件和實際情況的可能，工作開始得過早，進行得過快。

【冒昧】màomèi ㄇㄠˋ ㄇㄟˋ (言行)不顧地位、能力、場合是否適宜(多用做謙辭)：不揣冒昧｜冒昧陳辭。

【冒名】mào∥míng ㄇㄠˋ∥ㄇㄧㄥˊ 假冒別人的名義：冒名頂替。

【冒牌】mào∥pái ㄇㄠˋ∥ㄆㄞˊ (冒牌兒)(貨物)冒充名牌：冒牌貨。

【冒失】mào·shi ㄇㄠˋ ·ㄕ 魯莽；輕率：冒失鬼｜說話不要太冒失。

【冒失鬼】mào·shiguǐ ㄇㄠˋ ·ㄕ ㄍㄨㄟˇ 做事莽撞的人：這個冒失鬼差點兒把我撞倒。

【冒天下之大不韙】mào tiānxià zhī dà bù wěi ㄇㄠˋ ㄊㄧㄢ ㄒㄧㄚˋ ㄓ ㄉㄚˋ ㄅㄨˋ ㄨㄟˇ 不顧天下人的反對，公然做罪惡極大的事。

【冒頭】mào∥tóu ㄇㄠˋ∥ㄊㄡˊ ❶露出苗頭：驕傲情緒已經冒頭了。❷出頭④：看上去他的年紀有三十冒頭。

【冒險】mào∥xiǎn ㄇㄠˋ∥ㄒㄧㄢˇ 不顧危險地進行某種活動：冒險家｜冒險行為｜冒險突圍。

耄 mào ㄇㄠˋ 指八九十歲的年紀，泛指老年：老耄｜耄耋之年。

袤 mào ㄇㄠˋ〈書〉長度，也指南北的長度：延袤萬餘里。

菽〔菽〕 mào ㄇㄠˋ［菽蔌］(màosǎo ㄇㄠˋ ㄙㄠˇ) 多年生草本植物，生在水中，根狀莖橫生，葉三棱狀條形，上部伸出水面，傘形花序，花淡紅色。葉子可編織涼帽，根狀莖可食用。

帽 mào ㄇㄠˋ ❶帽子：呢帽｜草帽。❷(帽兒)罩或套在器物上頭，作用或形狀像帽子的東西：筆帽兒｜螺絲帽兒｜籠屜帽兒。

【帽翅】màochì ㄇㄠˋ ㄔˋ (帽翅兒)紗帽後面伸向左右像翅膀的部分。

【帽耳】mào'ěr ㄇㄠˋ ㄦˇ 帽子兩旁護耳朵的部分。

【帽花】màohuā ㄇㄠˋ ㄏㄨㄚ (帽花兒)帽徽。

【帽徽】màohuī ㄇㄠˋ ㄏㄨㄟ 安在制服帽子前面正中的徽章。

【帽盔兒】màokuīr ㄇㄠˋ ㄎㄨㄟㄦ 沒有帽檐帽舌的硬殼帽子，帽頂上一般綴有硬疙瘩。

【帽舌】màoshé ㄇㄠˋ ㄕㄜˊ 帽子前面的檐，形狀像舌頭，用來遮擋陽光。有的地區叫帽舌頭。

【帽檐】màoyán ㄇㄠˋ ㄧㄢˊ (帽檐兒)帽子前面或四周突出的部分。

【帽子】mào·zi ㄇㄠˋ ·ㄗ ❶戴在頭上保暖、防雨、遮日光等或做裝飾的用品：一頂帽子。❷比喻罪名或壞名義：批評應該切合實際，有內容，不要光扣大帽子。

貿(贸) mào ㄇㄠˋ 交易；貿易。

【貿然】màorán ㄇㄠˋ ㄖㄢˊ 輕率地；不加考慮地：貿然從事｜這樣貿然下結論，不好。

【貿易】màoyì ㄇㄠˋ ㄧˋ 進行商業活動：對外貿易｜貿易公司。

【貿易風】màoyìfēng ㄇㄠˋ ㄧˋ ㄈㄥ 信風，因古代通商，在海上航行時主要借助信風而得名。

媢 mào ㄇㄠˋ〈書〉嫉妒：媢嫉。

瑁 mào ㄇㄠˋ 見220頁〖玳瑁〗。

鄚〔鄚〕 mào ㄇㄠˋ (舊讀 mò ㄇㄛˋ) 鄚州 (Màozhōu ㄇㄛˋ ㄓㄡ)，地名，在河北。

毷 mào ㄇㄠˋ ［毷氉］(màosào ㄇㄠˋ ㄙㄠˋ)〈書〉煩惱。

貌 mào ㄇㄠˋ ❶相貌：面貌｜容貌。❷外表的形象；樣子：全貌｜貌合神離。

【貌合神離】mào hé shén lí ㄇㄠˋ ㄏㄜˊ ㄕㄣˊ ㄌㄧˊ 表面上關係很密切而實際上懷着兩條心。

【貌似】màosì ㄇㄠˋ ㄙˋ 表面上很像：貌似公允｜貌似強大。

【貌相】màoxiàng ㄇㄠˋ ㄒㄧㄤˋ ❶相貌。❷看相貌；看外表：人不可貌相，海水不可斗量。

瞀 mào ㄇㄠˋ〈書〉❶目眩。❷心緒紛亂。❸愚昧。

鄮(鄮) Mào ㄇㄠˋ 古縣名，在今浙江寧波市一帶。

懋 mào ㄇㄠˋ ❶〈書〉勸勉；勉勵：懋賞。❷〈書〉盛大：懋典｜懋勛。❸同‘茂’。

·me (·ㄇㄜ)

麼(么、❶末) ·me ·ㄇㄜ ❶後綴：這麼｜那麼｜怎麼｜多麼。❷歌詞中的襯字：五月的花兒紅呀麼紅似火。

另見812頁 mó。‘么’另見768頁 ·ma ‘嘛’；768頁‘嗎’；1328頁 yāo‘幺’。‘末’另見814頁 mò。

嚜 ·me ·ㄇㄜ 助詞，跟‘嘛’的用法相同。

méi (ㄇㄟˊ)

沒1 méi ㄇㄟˊ ‘沒有’[1]。

沒2 méi ㄇㄟˊ ‘沒有’[2]。

另見814頁 mò。

【沒邊兒】méibiānr ㄇㄟˊ ㄅㄧㄢㄦ〈方〉❶沒有根據：別說這沒邊兒的話。❷沒有邊際：吹牛吹得沒邊兒了｜這孩子淘氣淘得沒邊兒。

【沒詞兒】méi∥círㄇㄟˊ∥ㄘㄦˊ 沒話可說。

【沒關係】méi guān·xi ㄇㄟˊ ㄍㄨㄢ ·ㄒㄧ 不要緊；不用顧慮。

【沒勁】méijìn ㄇㄟˊ ㄐㄧㄣˋ ❶(沒勁兒)沒有力氣：渾身沒勁。❷沒有趣味：這電影真沒勁。

【沒精打采】méi jīng dǎ cǎi ㄇㄟˊ ㄐㄧㄥ ㄉㄚˇ ㄘㄞˇ 形容不高興，不振作：他沒精打采地坐在地下，低着頭，不吱聲。也說無精打采。

【沒來由】méiláiyóu ㄇㄟˊ ㄌㄞˊ ㄧㄡˊ 無緣無故；無端。

【沒落子】méi lào·zi ㄇㄟˊ ㄌㄠˋ ·ㄗ〈方〉生活沒有着落；窮困。也說沒落兒。

【沒臉】méi∥liǎn ㄇㄟˊ∥ㄌㄧㄢˇ 沒有臉面：沒臉見人｜沒臉出門。

【沒…沒…】méi…méi… ㄇㄟˊ…ㄇㄟˊ… ❶用在兩個同義的名詞、動詞或形容詞前面，強調沒有：沒皮沒臉｜沒羞沒臊｜沒着沒落｜沒完沒了。❷用在兩個反義的形容詞前面，多表示應區別而未區別(有不以為然的意思)：沒大沒小｜沒深沒淺｜沒老沒少。

【沒門兒】méi∥ménr ㄇㄟˊ∥ㄇㄣㄦˊ〈方〉❶沒有門路；沒有辦法：讓我去辦這樣的事，我可沒門兒。❷表示不可能：憑你這成績想考大學，沒門兒。❸表示不同意：他想一個人獨佔，沒門兒！

【沒命】méimìng ㄇㄟˊ ㄇㄧㄥˋ ❶指死亡：不是他及時把我送到醫院，我早沒命了。❷拼命；不顧一切：受了傷的小鹿沒命地奔跑｜這些生長在河邊的孩子一見了水就玩得沒命啦！❸指沒有福氣。

【沒跑兒】méipǎor ㄇㄟˊ ㄆㄠㄦˇ 表示必定如此；無疑：這次你算輸定了，沒跑兒！

【沒譜兒】méi∥pǔr ㄇㄟˊ∥ㄆㄨㄦˇ 心中無數；沒有一定的計劃：這事怎麼辦，我還沒個譜兒。

【沒趣】méiqù ㄇㄟˊ ㄑㄩˋ (沒趣兒)沒有面子；難堪：自討沒趣｜給他一個沒趣｜他覺得沒趣，只好走開了。

【沒商量】méi shāng·liáng ㄇㄟˊ ㄕㄤ ·ㄌㄧㄤˊ 沒有討論的可能；沒有迴旋的餘地：你一點兒不讓步，這事兒就沒商量了。

【沒甚麼】méi shén·me ㄇㄟˊ ㄕㄣˊ ·ㄇㄜ 沒關係：碰破了一點兒皮，沒甚麼｜沒甚麼，請進來吧！

【沒事】méi∥shì ㄇㄟˊ∥ㄕˋ ❶沒有事情做，指有空閑時間：沒事在家看書，別到外邊瞎跑。❷沒有職業：他近來沒事，在家閑着。❸沒有事故或意外：經過醫生搶救，他沒事了，大家可以放心。❹沒有干係或責任：你只要把問題說清楚就沒事了。

【沒事人】méishìrén ㄇㄟˊ ㄕˋ ㄖㄣˊ (沒事人兒) 與某事無關的人；對某種情況毫不在乎的人：他捅了那麼大的婁子，卻像個沒事人似的。

【沒説的】méishuō·de ㄇㄟˊ ㄕㄨㄛ ·ㄉㄜ ❶指沒有可以指責的缺點：這小夥子既能幹又積極，真是沒説的。❷指沒有商量或分辯的餘地：這車你們使了三天了，今天該我們使了，沒説的！❸指不成問題，沒有申説的必要：咱們哥兒倆，這點小事兒還不好辦，沒説的。‖也説沒有説的、沒的説。

【沒挑兒】méitiāor ㄇㄟˊ ㄊㄧㄠㄦ 沒有可挑摘的毛病：這筐橘子真沒挑兒｜她的服務態度那是沒挑兒了。

【沒完】méi//wán ㄇㄟˊ//ㄨㄢˊ (事情)沒有了結：沒完沒結｜他欺負人，我跟他沒完。

【沒戲】méi//xì ㄇㄟˊ//ㄒㄧˋ 〈方〉沒指望；沒希望。

【沒羞】méixiū ㄇㄟˊ ㄒㄧㄡ 臉皮厚；不害羞。也説沒羞沒臊。

【沒樣兒】méiyàngr ㄇㄟˊ ㄧㄤㄦˋ 沒規矩：這孩子給大人寵得真沒樣兒了。

【沒意思】méi yì·si ㄇㄟˊ ㄧˋ ·ㄙ ❶無聊：一個人待在家裏實在沒意思。❷沒有趣味：這個電影平淡無奇，真沒意思！

【沒影兒】méiyǐngr ㄇㄟˊ ㄧㄥㄦˇ ❶沒有踪影：等我追出門，他早跑得沒影兒了。❷沒有根據：你説他去過，這是沒影兒的事。

【沒有】[1] méi·yǒu ㄇㄟˊ ·ㄧㄡˇ ❶表示'領有、具有'等的否定：沒有票｜沒有理由。❷表示存在的否定：屋裏沒有人。❸用在'誰、哪個'等前面，表示'全都不'：沒有誰會同意這樣做｜沒有哪個説過這樣的話。❹不如；不及：你沒有他高｜誰都沒有他會説話。❺不夠；不到：來了沒有三天就走了。

【沒有】[2] méi·yǒu ㄇㄟˊ ·ㄧㄡˇ 副詞。❶表示'已然'的否定：他還沒有回來｜天還沒有黑呢。❷表示'曾經'的否定：老張上個星期沒有回來過｜銀行昨天沒有開門。

【沒緣】méiyuán ㄇㄟˊ ㄩㄢˊ 沒有緣分；無緣。

【沒轍】méi//zhé ㄇㄟˊ//ㄓㄜˊ 沒有辦法：他不肯去，我也沒轍｜這下子可沒了轍了。

【沒治】méizhì ㄇㄟˊ ㄓˋ 〈方〉❶情況壞得無法挽救。❷無可奈何：我真拿他沒治。❸(人或事)好得不得了：這麼精緻的牙雕簡直沒治了。

【沒準兒】méi//zhǔnr ㄇㄟˊ//ㄓㄨㄣㄦˇ 不一定；説不定：這事沒準兒能成｜去不去還沒個準兒呢。

玫 méi ㄇㄟˊ 〈書〉一種玉石。

【玫瑰】méi·gui ㄇㄟˊ ·ㄍㄨㄟ ❶落葉灌木，莖幹直立，刺很密，葉子互生，奇數羽狀複葉，小葉橢圓形，花多為紫紅色，也有白色的，有香氣，果實扁圓形。是栽培較廣的觀賞植物。花瓣可用來熏茶、做香料、製蜜餞等。❷這種植物的花。

【玫瑰紫】méi·guizǐ ㄇㄟˊ ·ㄍㄨㄟ ㄗˇ 像紫紅色玫瑰花一樣的顏色。也叫玫瑰紅。

枚 méi ㄇㄟˊ ❶量詞，跟'個'相近，多用於形體小的東西：三枚獎章｜不勝枚舉。❷(Méi)姓。

眉 méi ㄇㄟˊ ❶眉毛：濃眉｜眉開眼笑。❷指書頁上方空白的地方：書眉｜眉批。

【眉端】méiduān ㄇㄟˊ ㄉㄨㄢ ❶兩眉之間：愁上眉端。❷指書頁的上端。

【眉飛色舞】méi fēi sè wǔ ㄇㄟˊ ㄈㄟ ㄙㄜˋ ㄨˇ 形容喜悦或得意：説到得意的地方，他不禁眉飛色舞。

【眉峰】méifēng ㄇㄟˊ ㄈㄥ 指眉毛；眉頭：眉峰緊皺。

【眉高眼低】méi gāo yǎn dī ㄇㄟˊ ㄍㄠ ㄧㄢˇ ㄉㄧ 指臉上的表情、神色：他就是不願看人眉高眼低來行事。

【眉睫】méijié ㄇㄟˊ ㄐㄧㄝˊ 眉毛和眼睫毛，比喻近在眼前：失之眉睫(在眼前錯過)｜事情迫於眉睫(時間緊迫)。

【眉開眼笑】méi kāi yǎn xiào ㄇㄟˊ ㄎㄞ ㄧㄢˇ ㄒㄧㄠˋ 形容高興愉快的樣子。

【眉來眼去】méi lái yǎn qù ㄇㄟˊ ㄌㄞˊ ㄧㄢˇ ㄑㄩˋ 形容以眉眼傳情。也用來形容暗中勾結。

【眉棱】méiléng ㄇㄟˊ ㄌㄥˊ 生長眉毛的略略鼓出的部位：眉棱骨。

【眉毛】méi·mao ㄇㄟˊ ·ㄇㄠ 生在眼眶上緣的毛。

【眉毛鬍子一把抓】méi·mao hú·zi yī bǎ zhuā ㄇㄟˊ ·ㄇㄠ ㄏㄨˊ ·ㄗ ㄧ ㄅㄚˇ ㄓㄨㄚ 比喻做事不分主次輕重緩急，一齊下手。

【眉目】méimù ㄇㄟˊ ㄇㄨˋ ❶眉毛和眼睛，泛指容貌：眉目清秀。❷(文章、文字的)綱要；條理：眉目不清｜在重要的字句下面劃上紅道，以清眉目。

【眉目】méimu· ㄇㄟˊ ·ㄇㄨ 事情的頭緒：把事情弄出點眉目再走。

【眉批】méipī ㄇㄟˊ ㄆㄧ 在書眉或文稿上方空白處所寫的批註。

【眉清目秀】méi qīng mù xiù ㄇㄟˊ ㄑㄧㄥ ㄇㄨˋ ㄒㄧㄡˋ 形容容貌俊秀。

【眉梢】méishāo ㄇㄟˊ ㄕㄠ 眉毛的末尾部分：喜上眉梢｜眉梢間顯露出憂鬱的神色。

【眉題】méití ㄇㄟˊ ㄊㄧˊ 報刊等排在正式標題上方的提示性標題。字號比正式標題略小。

【眉頭】méitóu ㄇㄟˊ ㄊㄡˊ 兩眉附近的地方：皺眉頭｜眉頭緊鎖｜眉頭一皺，計上心來。

【眉心】méixīn ㄇㄟˊ ㄒㄧㄣ 兩眉之間的地方。

【眉眼】méiyǎn ㄇㄟˊ ㄧㄢˇ 眉毛和眼睛，泛指容貌、神情：小姑娘眉眼長得很俊。

【眉宇】méiyǔ ㄇㄟˊ ㄩˇ 兩眉上面的地方，泛指容貌：眉宇不凡。

莓〔莓〕(苺) méi ㄇㄟˊ 指某些果實很小，聚生在球形花托上的植物：草莓｜蛇莓。

娒 méi ㄇㄟˊ 人名用字。

梅(楳、槑) méi ㄇㄟˊ ❶落葉喬木，品種很多，性耐寒，葉子卵形，早春開花，花瓣五片，有粉紅、白、紅等顏色，味香。果實球形，青色，成熟的黃色，都可以吃，味酸。❷這種植物的花。❸這種植物的果實。❹(Méi)姓。

【梅毒】méidú ㄇㄟˊ ㄉㄨˊ 性病的一種，病原體是梅毒螺旋體。症狀是：初期出現硬性下疳，發生淋巴結腫脹；第二期，出現各種皮疹，個別內臟器官發生病變；第三期，皮膚、黏膜形成梅毒瘤，循環系統或中樞神經系統發生病變。有的地區叫楊梅。

【梅花】méihuā ㄇㄟˊ ㄏㄨㄚ ❶梅樹的花。❷〈方〉臘梅。

【梅花鹿】méihuālù ㄇㄟˊ ㄏㄨㄚ ㄌㄨˋ 鹿的一種，夏季毛栗紅色，背部有白斑，冬季毛變成棕黃色，白斑變得不明顯。四肢細而強壯，善跑。皮可製革。雄鹿有角，初生的角叫鹿茸，可入藥。

【梅花針】méihuāzhēn ㄇㄟˊ ㄏㄨㄚ ㄓㄣ 皮膚針的一種，因針柄的一端裝五枚小針，狀如梅花，故名。參看875頁〖皮膚針〗。

【梅雨】méiyǔ ㄇㄟˊ ㄩˇ 黃梅雨。也作霉雨。

【梅子】méi·zi ㄇㄟˊ ·ㄗ ❶梅樹。❷梅樹的果實。

脢(脄) méi ㄇㄟˊ 背脊肉：脢子肉(裏脊)。

嵋 méi ㄇㄟˊ 峨嵋(Éméi ㄜˊ ㄇㄟˊ)，山名，在四川。也作峨眉。

猸 méi ㄇㄟˊ [猸子](méi·zi ㄇㄟˊ ·ㄗ)即山貛，哺乳動物，像貓而小，生活在樹林中。

湄 méi ㄇㄟˊ 〈書〉水邊；岸旁。

郿 Méi ㄇㄟˊ 郿縣，在陝西。今作眉縣。

媒 méi ㄇㄟˊ ❶媒人：做媒｜媒妁之言。❷媒介：媒質｜觸媒。

【媒介】méijiè ㄇㄟˊ ㄐㄧㄝˋ 使雙方(人或事物)發生關係的人或事物：蒼蠅是傳染疾病的媒介。

【媒婆】méipó ㄇㄟˊ ㄆㄛˊ (媒婆兒)以做媒為職業的婦女。

【媒人】méi·ren ㄇㄟˊ ·ㄖㄣ 男女婚事的撮合者；婚姻介紹人。

【媒妁】méishuò ㄇㄟˊ ㄕㄨㄛˋ 〈書〉媒人：父母之命，媒妁之言。

【媒體】méitǐ ㄇㄟˊ ㄊㄧˇ 指交流、傳播信息的工具，如報刊、廣播、廣告等：新聞媒體。

【媒怨】méiyuàn ㄇㄟˊ ㄩㄢˋ 〈書〉招致怨恨。

【媒質】méizhì ㄇㄟˊ ㄓˋ 介質。

【媒子】méi·zi ㄇㄟˊ ·ㄗ 用來誘騙同類上當的(人或動物)：鳥媒子｜他是個冒充顧客誘人購買假貨的媒子。

楣 méi ㄇㄟˊ 門框上邊的橫木：門楣。

煤 méi ㄇㄟˊ 礦物，黑色固體，主要成分是碳、氫、氧和氮。是古代植物體在不透空氣或空氣不足的情況下受到地下高溫高壓而形成的。按形成階段和炭化程度的不同，可分為泥煤、褐煤、烟煤和無烟煤。主要用做燃料和化工原料。也叫煤炭。

【煤層】méicéng ㄇㄟˊ ㄘㄥˊ 地下上下兩個岩層之間分佈着煤炭的一層。

【煤耗】méihào ㄇㄟˊ ㄏㄠˋ 用煤做燃料的機器裝置，作出單位數量的功或生產出單位數量的產品所消耗的煤量。

【煤核兒】méihúr ㄇㄟˊ ㄏㄨㄦˊ 沒燒透的煤塊或煤球。

【煤化】méihuà ㄇㄟˊ ㄏㄨㄚˋ 炭化。

【煤斤】méijīn ㄇㄟˊ ㄐㄧㄣ 煤(總稱)。

【煤精】méijīng ㄇㄟˊ ㄐㄧㄥ 煤的一種，質地緻密堅硬，色黑。多用來雕刻工藝品。

【煤末】méimò ㄇㄟˊ ㄇㄛˋ (煤末兒)細碎成麵兒的煤。也叫煤末子。

【煤氣】méiqì ㄇㄟˊ ㄑㄧˋ ❶乾餾煤炭等所得的氣體，主要成分是氫、甲烷、乙烯、一氧化碳，並有少量的氮、二氧化碳等。無色無味無臭，有毒。用做燃料或化工原料。❷煤不完全燃燒時產生的氣體，主要成分是一氧化碳，無色無臭，有毒，被人和動物吸入後與血液中的血紅蛋白結合能引起中毒。也叫煤毒。❸液化石油氣的俗稱。

【煤氣燈】méiqìdēng ㄇㄟˊ ㄑㄧˋ ㄉㄥ 本生燈的通稱。

【煤氣機】méiqìjī ㄇㄟˊ ㄑㄧˋ ㄐㄧ 用煤氣、天然氣、沼氣等做燃料的內燃機。

【煤球】méiqiú ㄇㄟˊ ㄑㄧㄡˊ (煤球兒)煤末加水和黃土製成的小圓球，是做飯取暖等的燃料。

【煤炭】méitàn ㄇㄟˊ ㄊㄢˋ 煤。

【煤田】méitián ㄇㄟˊ ㄊㄧㄢˊ 可以開採的大面積的煤層分佈地帶。

【煤烟子】méiyān·zi ㄇㄟˊ ㄧㄢ ·ㄗ 物體燃燒時，冒出的烟聚積成的黑灰，是製墨的主要原料。

【煤窑】méiyáo ㄇㄟˊ ㄧㄠˊ 用手工開採的小型煤礦。

【煤油】méiyóu ㄇㄟˊ ㄧㄡˊ 輕質石油產品的一類，從石油中經分餾或裂化而得。無色液體，揮發性比汽油低，比柴油高，用做燃料。有的地區叫火油、洋油。

【煤渣】méizhā ㄇㄟˊ ㄓㄚ 煤燃燒後剩下的東西。
【煤砟子】méizhǎ·zi ㄇㄟˊ ㄓㄚˇ ·ㄗ 小塊的煤。
【煤磚】méizhuān ㄇㄟˊ ㄓㄨㄢ 煤末加水製成的磚形的煤塊。用做燃料。

禖 méi ㄇㄟˊ 古代求子的祭祀。

酶 méi ㄇㄟˊ 生物體的細胞產生的有機膠狀物質，由蛋白質組成，作用是加速有機體內進行的化學變化，如促進體內的氧化作用、消化作用、發酵等。一種酶只能對某一類或某一個化學變化起催化作用。

霉 méi ㄇㄟˊ 東西因黴菌的作用而變質：霉爛｜發霉｜霉豆腐。
另見784頁 méi‘黴’。

【霉爛】méilàn ㄇㄟˊ ㄌㄢˋ 發霉腐爛。
【霉氣】méi·qì ㄇㄟˊ ·ㄑㄧˋ ❶霉爛的氣味：破爛衣裳散發着霉氣。❷〈方〉不吉利；倒霉：剛出門就下雨，真霉氣。
【霉天】méitiān ㄇㄟˊ ㄊㄧㄢ 黃梅天。
【霉頭】méitóu ㄇㄟˊ ㄊㄡˊ 見174頁〖觸霉頭〗。
【霉雨】méiyǔ ㄇㄟˊ ㄩˇ 黃梅雨。也作梅雨。

鎇(镅) méi ㄇㄟˊ 金屬元素，符號 Am (americium)。銀白色，有放射性，由人工核反應獲得。

糜(穈、穈) méi ㄇㄟˊ 糜子：糜黍。
另見792頁 mí。

【糜子】méi·zi ㄇㄟˊ ·ㄗ 穄子 (jì·zi)。

鶥(鹛) méi ㄇㄟˊ 鳥類的一屬，羽毛多為棕褐色，嘴尖，尾巴長。栖息在叢林中，叫的聲音婉轉好聽。

黴(霉) méi ㄇㄟˊ 黴菌。
‘霉’另見784頁 méi。

【黴菌】méijūn ㄇㄟˊ ㄐㄩㄣ 真菌的一類，用孢子繁殖，種類很多，如天氣濕熱時衣物上長的黑黴，製造青黴素用的青黴，手癬、腳癬等皮膚病的病原體。

měi (ㄇㄟˇ)

每 měi ㄇㄟˇ ❶指全體中的任何一個或一組（偏重個體之間的共性）：把節省下來的每一分錢都用在生產上｜每兩個星期開一次小組會｜每人做自己能做的事。❷表示反復的動作中的任何一次或一組：這個月刊每逢十五日出版｜最簡單的秧歌舞是每跨三步退一步。❸每每：春秋佳日，每作郊遊。

【每常】měicháng ㄇㄟˇ ㄔㄤˊ ❶往常。❷常常。
【每況愈下】měi kuàng yù xià ㄇㄟˇ ㄎㄨㄤˋ ㄩˋ ㄒㄧㄚˋ 指情況越來越壞。本作‘每下愈況’（見於《莊子・知北遊》），原義是愈下愈甚（況：甚）。
【每每】měiměi ㄇㄟˇ ㄇㄟˇ 副詞，表示同樣的事情不只發生一次，跟‘往往’相同（一般用於過去的或經常性的事情）：他們常在一起，每每一談就是半天。
【每年】měinián ㄇㄟˇ ㄋㄧㄢˊ ❶年年：村裏每年元宵都鬧花燈。❷〈方〉往年：每年從沒見過這麼大的洪水。

美1 měi ㄇㄟˇ ❶美麗；好看（跟‘醜’相對）：這小姑娘長得真美｜這裏的風景多美呀！❷使美麗：美容｜美髮。❸令人滿意的；好：美酒｜價廉物美｜日子過得挺美。❹美好的事物；好事：美不勝收｜成人之美。❺〈方〉得意：老師誇了他幾句，他就美得了不得。

美2 Měi ㄇㄟˇ ❶指美洲：南美｜北美。❷指美國：美圓｜美籍華人。

【美不勝收】měi bù shèng shōu ㄇㄟˇ ㄅㄨˋ ㄕㄥˋ ㄕㄡ 美好的東西太多，一時接受不完（看不過來）：展覽會上的工藝品，琳琅滿目，美不勝收。
【美餐】měicān ㄇㄟˇ ㄘㄢ ❶可口的飯食：美餐佳肴。❷痛快地吃：美餐一頓。
【美差】měichāi ㄇㄟˇ ㄔㄞ 指肥缺，泛指好差事（就個人好處多說）：出差桂林可是件美差。
【美稱】měichēng ㄇㄟˇ ㄔㄥ 讚美的稱呼：四川向有天府之國的美稱。
【美德】měidé ㄇㄟˇ ㄉㄜˊ 美好的品德：勤奮節儉是我國人民的傳統美德。
【美髮】měifà ㄇㄟˇ ㄈㄚˋ 梳理修飾頭髮，使美觀：美髮師｜美髮廳。
【美感】měigǎn ㄇㄟˇ ㄍㄢˇ 對於美的感受或體會：她的舞姿富有美感。
【美工】měigōng ㄇㄟˇ ㄍㄨㄥ ❶電影等的美術工作，包括佈景的設計，道具、服裝的設計和選擇等。❷擔任電影等的美術工作的人。
【美觀】měiguān ㄇㄟˇ ㄍㄨㄢ （形式）好看；漂亮：房屋佈置得很美觀｜美觀大方。
【美好】měihǎo ㄇㄟˇ ㄏㄠˇ 好（多用於生活、前途、願望等抽象事物）：美好的願望｜美好的未來。
【美化】měihuà ㄇㄟˇ ㄏㄨㄚˋ 加以裝飾或點綴使美觀或美好：美化校園｜美化市容。
【美金】měijīn ㄇㄟˇ ㄐㄧㄣ 美圓。
【美景】měijǐng ㄇㄟˇ ㄐㄧㄥˇ 美好的景色：良辰美景。
【美酒】měijiǔ ㄇㄟˇ ㄐㄧㄡˇ 味道醇美的酒；好酒：美酒佳肴。
【美麗】měilì ㄇㄟˇ ㄌㄧˋ 使人看了發生快感的；好看：美麗的花朵｜祖國的山河是多麼莊嚴美麗！
【美滿】měimǎn ㄇㄟˇ ㄇㄢˇ 美好圓滿：美滿姻緣｜美滿的生活｜小兩口兒日子過得美美滿滿。
【美貌】měimào ㄇㄟˇ ㄇㄠˋ ❶美麗的容貌：天

生美貌。❷容貌美麗：她長得十分美貌｜美貌的年輕女子。

【美美】měiměi ㄇㄟˇ ㄇㄟˇ (美美的) 盡興地；盡情地；痛快地：美美地吃一頓｜美美地睡上一覺。

【美夢】měimèng ㄇㄟˇ ㄇㄥˋ 比喻不切實際的美好幻想：美夢破滅。

【美妙】měimiào ㄇㄟˇ ㄇㄧㄠˋ 美好，奇妙：美妙的歌喉｜美妙的詩句。

【美名】měimíng ㄇㄟˇ ㄇㄧㄥˊ 美好的名譽或名稱：英雄美名，流芳百世。

【美女】měinǚ ㄇㄟˇ ㄋㄩˇ 美貌的年輕女子。

【美氣】měiqì ㄇㄟˇ ㄑㄧˋ 〈方〉舒服；安逸：日子過得挺美氣。

【美人】měirén ㄇㄟˇ ㄖㄣˊ (美人兒) 美貌的女子。

【美人蕉】měirénjiāo ㄇㄟˇ ㄖㄣˊ ㄐㄧㄠ 多年生草本植物，葉片大，互生，長橢圓形，有羽狀葉脈。總狀花序，花紅色或黃色。供觀賞。

【美容】měiróng ㄇㄟˇ ㄖㄨㄥˊ 使容貌美麗：美容院｜美容手術。

【美聲】měishēng ㄇㄟˇ ㄕㄥ 一種產生於意大利的歌唱發聲方法，特點是花腔裝飾樂句流利靈活，音與音的連接平滑勻淨：美聲唱法。

【美食】měishí ㄇㄟˇ ㄕˊ 精美的飲食：講究美食｜美食街。

【美食家】měishíjiā ㄇㄟˇ ㄕˊ ㄐㄧㄚ 精於品嘗菜肴的人。

【美事】měishì ㄇㄟˇ ㄕˋ 好事；美好的事情：沒想到這樣的美事會輪到我！

【美術】měishù ㄇㄟˇ ㄕㄨˋ ❶造型藝術。❷專指繪畫。

【美術片兒】měishùpiānr ㄇㄟˇ ㄕㄨˋ ㄆㄧㄢㄦ 美術片。

【美術片】měishùpiàn ㄇㄟˇ ㄕㄨˋ ㄆㄧㄢˋ 利用各種美術創作手段拍攝的影片，如動畫片、木偶片、剪紙片等。

【美術字】měishùzì ㄇㄟˇ ㄕㄨˋ ㄗˋ 有圖案意味或裝飾意味的字體。

【美談】měitán ㄇㄟˇ ㄊㄢˊ 使人稱頌的故事：千古美談｜廉頗負荊請罪，至今傳為美談。

【美味】měiwèi ㄇㄟˇ ㄨㄟˋ 味道鮮美的食品：美味佳肴｜珍饈美味。

【美學】měixué ㄇㄟˇ ㄒㄩㄝˊ 研究自然界、社會和藝術領域中美的一般規律與原則的科學。主要探討美的本質，藝術和現實的關係，藝術創作的一般規律等。

【美言】měiyán ㄇㄟˇ ㄧㄢˊ ❶代人說好話：美言幾句｜美言一番。❷〈書〉美好的言辭。

【美意】měiyì ㄇㄟˇ ㄧˋ 好心意：謝謝您的美意。

【美育】měiyù ㄇㄟˇ ㄩˋ 以培養審美的能力、美的情操和對藝術的興趣為主要任務的教育。音樂和美術是美育的重要內容。

【美譽】měiyù ㄇㄟˇ ㄩˋ 美好的名譽：教師享有辛勤的園丁的美譽。

【美元】měiyuán ㄇㄟˇ ㄩㄢˊ 同'美圓'。

【美圓】měiyuán ㄇㄟˇ ㄩㄢˊ 美國的本位貨幣。也叫美金。也作美元。

【美展】měizhǎn ㄇㄟˇ ㄓㄢˇ 美術作品展覽。

【美制】měizhì ㄇㄟˇ ㄓˋ 單位制的一種，以英尺為長度的主單位，磅為質量的主單位，秒為時間的主單位。美制的某些單位在實際數值上與英制的相應單位略有差別。

【美中不足】měi zhōng bù zú ㄇㄟˇ ㄓㄨㄥ ㄅㄨˋ ㄗㄨˊ 雖然很好，但還有缺陷：登泰山而沒能看到日出，總覺得美中不足。

【美洲鴕】měizhōutuó ㄇㄟˇ ㄓㄡ ㄊㄨㄛˊ 鳥，體形和鴕鳥相似而較小，足有三趾，善走。產於美洲草原地帶。也叫鶆鷎 (lái'ǎo)。

【美滋滋】měizīzī ㄇㄟˇ ㄗ ㄗ (美滋滋的) 形容很高興或很得意的樣子：他聽到老師的讚揚，心裏美滋滋的｜看着茂盛的莊稼，他美滋滋地咧着嘴笑了。

浼 měi ㄇㄟˇ 〈書〉❶污染。❷請託：央浼。

渼 měi ㄇㄟˇ 〈書〉波紋。

鎂(镁) měi ㄇㄟˇ 金屬元素，符號 Mg (magnesium)。銀白色，質輕，燃燒時發出眩目的白色光。用來製閃光粉、烟火等，鎂鋁合金用於航空器材方面。

【鎂光】měiguāng ㄇㄟˇ ㄍㄨㄤ 鎂粉燃燒所發的強光；鎂光燈。

mèi (ㄇㄟˋ)

沬 Mèi ㄇㄟˋ 商朝的都城，又稱朝歌 (Zhāogē ㄓㄠ ㄍㄜ)，在今河南湯陰南。

妹 mèi ㄇㄟˋ ❶妹妹：姐妹｜兄妹。❷同輩而年紀比自己小的女子：表妹｜師妹。❸〈方〉年輕女子；女孩子：外來妹｜農家妹。

【妹夫】mèi·fu ㄇㄟˋ ·ㄈㄨ 妹妹的丈夫。

【妹妹】mèi·mei ㄇㄟˋ ·ㄇㄟ ❶同父母 (或只同父、只同母) 而年紀比自己小的女子。❷同族同輩而年紀比自己小的女子：叔伯妹妹｜遠房妹妹。

【妹婿】mèixù ㄇㄟˋ ㄒㄩˋ 〈書〉妹夫。

【妹子】mèi·zi ㄇㄟˋ ·ㄗ 〈方〉❶妹妹。❷女孩子。

昧 mèi ㄇㄟˋ ❶糊塗；不明白：蒙昧｜愚昧｜素昧平生 (一向不認識)。❷隱藏：拾金不昧◇昧良心。❸〈書〉昏暗：幽昧。❹〈書〉冒犯；冒昧：昧死。

【昧良心】mèi liángxīn ㄇㄟˋ ㄌㄧㄤˊ ㄒㄧㄣ 違背良心 (做壞事)：可不能昧良心賺黑錢！

【昧死】mèisǐ ㄇㄟˋ ㄙˇ 〈書〉冒死罪 (多用於臣下向君主上書時)：昧死上言｜昧死以聞。

【昧心】mèixīn ㄇㄟˋ ㄒㄧㄣ 昧良心：不說昧心話。

袂 mèi ㄇㄟˋ 〈書〉袖子：分袂｜聯袂而往。

痗 mèi ㄇㄟˋ 〈書〉憂思成病。

寐 mèi ㄇㄟˋ 睡：假寐｜喜而不寐｜夢寐以求。

媚 mèi ㄇㄟˋ ❶有意討人喜歡；巴結：諂媚｜獻媚。❷美好；可愛：嫵媚｜春光明媚。

【媚骨】mèigǔ ㄇㄟˋ ㄍㄨˇ 見850頁〖奴顏媚骨〗。

【媚世】mèishì ㄇㄟˋ ㄕˋ 討好世俗：媚世之作。

【媚俗】mèisú ㄇㄟˋ ㄙㄨˊ 媚世：趨時媚俗。

【媚態】mèitài ㄇㄟˋ ㄊㄞˋ ❶討好別人的姿態：種種媚態，一副奴才相。❷嫵媚的姿態。

【媚外】mèiwài ㄇㄟˋ ㄨㄞˋ 對外國奉承巴結；崇洋媚外。

【媚悅】mèiyuè ㄇㄟˋ ㄩㄝˋ 有意討人喜歡：媚悅流俗。

魅〔魅〕 mèi ㄇㄟˋ 傳說中的鬼怪：鬼魅｜魑魅。

【魅惑】mèihuò ㄇㄟˋ ㄏㄨㄛˋ 誘惑：魅惑力。

【魅力】mèilì ㄇㄟˋ ㄌㄧˋ 很能吸引人的力量：富有魅力｜藝術魅力。

【魅人】mèirén ㄇㄟˋ ㄖㄣˊ 使人陶醉；吸引人：景色魅人。

謎（谜） mèi ㄇㄟˋ ［謎兒］(mèir ㄇㄟㄦˋ)〈方〉謎語。參看103頁〖猜謎兒〗、893頁〖破謎兒〗。

另見792頁 mí。

mēn （ㄇㄣ）

悶（闷） mēn ㄇㄣ ❶氣壓低或空氣不流通而引起的不舒暢的感覺：悶熱｜打開窗戶吧，房裏太悶了。❷使不透氣：茶剛泡上，悶一會兒再喝。❸不吭聲；不聲張：悶頭兒｜悶聲不響。❹〈方〉聲音不響亮：他說話悶聲悶氣的。❺在屋裏呆着，不到外面去：他整天悶在家裏看書。

另見788頁 mèn。

【悶沈沈】mēnchénchén ㄇㄣ ㄔㄣˊ ㄔㄣˊ (悶沈沈的)❶形容因氣壓低或空氣不流通而感覺不舒暢：悶沈沈的房間。❷形容聲音低沈：雷在遠處悶沈沈地響。

【悶鋤】mēnchú ㄇㄣ ㄔㄨˊ 在種子發芽之前把表層的土鋤鬆並除去雜草，以便於種子發芽出土。

【悶氣】mēnqì ㄇㄣ ㄑㄧˋ 悶(mēn)①：這間地下室久不用了，又悶氣又潮濕。

另見788頁 mènqì。

【悶熱】mēnrè ㄇㄣ ㄖㄜˋ 天氣很熱，氣壓低，濕度大，使人感到呼吸不暢快：今天這樣悶熱，怕是要下雨了。

【悶聲悶氣】mēn shēng mēn qì ㄇㄣ ㄕㄥ ㄇㄣ ㄑㄧˋ (悶聲悶氣的)形容聲音低沈，不響亮：他感冒了，說話有些悶聲悶氣的。

【悶頭兒】mēn//tóur ㄇㄣ//ㄊㄡㄦˊ 暗中(努力)，不聲張：悶頭兒幹｜悶頭兒寫作。

mén （ㄇㄣˊ）

門（门） mén ㄇㄣˊ ❶房屋、車船或用圍牆、籬笆圍起來的地方的出入口：前門｜屋門｜送貨上門。❷裝置在上述出入口，能開關的障礙物，多用木料或金屬材料做成：鐵門｜柵欄門兒｜兩扇紅漆大門。❸(門兒)器物可以開關的部分：櫃門兒｜爐門兒。❹形狀或作用像門的：電門｜水門｜氣門｜閘門｜球門。❺(門兒)門徑：竅門｜煉鋼的活兒我也摸着點門兒了。❻舊時指封建家族或家族的一支，現在指一般的家庭：張門王氏｜長門長子｜滿門｜雙喜臨門。❼宗教、學術思想上的派別：儒門｜佛門｜左道旁門。❽傳統指稱跟師傅有關的：拜門｜同門｜門徒。❾一般事物的分類：分門別類｜五花八門。❿生物學中把具有最基本最顯著的共同特徵的生物分為若干群，每一群叫一門，如原生動物門、裸子植物門等。門以下為綱。⓫壓寶時下賭注的位置名稱，也用來表示賭博者的位置，有'天門'、'青龍'等名目。⓬量詞。a) 用於炮：一門大炮。b) 用於功課、技術等：三門功課｜兩門技術。⓭(Mén)姓。

【門巴】ménbā ㄇㄣˊ ㄅㄚ 醫生。［藏］

【門巴族】Ménbāzú ㄇㄣˊ ㄅㄚ ㄗㄨˊ 我國少數民族之一，分佈在西藏。

【門板】ménbǎn ㄇㄣˊ ㄅㄢˇ ❶房屋的比較簡陋的木板門(多指取下來做別的用處的)。❷店鋪臨街的一面作用像門的木板，早晨卸下，晚上裝上。

【門匾】ménbiǎn ㄇㄣˊ ㄅㄧㄢˇ 安置在門額上的匾。

【門鼻兒】ménbír ㄇㄣˊ ㄅㄧㄦˊ 釘在門上的銅製或鐵製半圓形物，可以跟釕吊兒、鐵棍等配合把門扣住或加鎖。

【門鈸】ménbó ㄇㄣˊ ㄅㄛˊ 舊式大門上所安的像鈸的東西，上邊有環，叫門時用環敲門鈸發出聲音。

【門插關兒】ménchā·guanr ㄇㄣˊ ㄔㄚ ·ㄍㄨㄢㄦ 安在門上的短橫閂，關門時插上，開門時拔出來。

【門齒】ménchǐ ㄇㄣˊ ㄔˇ 上下頜前方中央部位的牙齒。人的上下頜各有四枚，齒冠呈鑿形，便於切斷食物。通稱門牙，有的地區叫板牙。

【門當戶對】mén dāng hù duì ㄇㄣˊ ㄉㄤ ㄏㄨˋ ㄉㄨㄟˋ 指男女雙方家庭的社會地位和經濟狀況

相當，結親很合適。
【門道】méndào ㄇㄣˊ ㄉㄠˋ 門洞兒。
【門道】mén·dao ㄇㄣˊ ·ㄉㄠ 門路①：農業增產的門道很多｜外行看熱鬧，內行看門道。
【門第】méndì ㄇㄣˊ ㄉㄧˋ 指整個家庭的社會地位和家庭成員的文化程度等：書香門第｜門第相當。
【門丁】méndīng ㄇㄣˊ ㄉㄧㄥ 舊時給官府或大戶人家看門的人。
【門釘】méndīng ㄇㄣˊ ㄉㄧㄥ (門釘兒)宮殿、廟宇等大門上成排成列的圓頭裝飾物。
【門洞兒】méndòngr ㄇㄣˊ ㄉㄨㄥルˋ ❶大門裏面有頂的較長的過道：門洞兒風大，別着涼了。❷泛指住家的大門：他家就是東邊第三個門洞兒。
【門斗】méndǒu ㄇㄣˊ ㄉㄡˇ 在屋門外設置的小間，有擋風、防寒作用。
【門對】ménduì ㄇㄣˊ ㄉㄨㄟˋ (門對兒)門上的對聯。
【門墩】méndūn ㄇㄣˊ ㄉㄨㄣ (門墩兒)托住門扇轉軸的墩子，用木頭或石頭做成。
【門額】mén'é ㄇㄣˊ ㄜˊ 門楣上邊的部分。
【門閥】ménfá ㄇㄣˊ ㄈㄚˊ 舊時在社會上有權有勢的家庭、家族。
【門房】ménfáng ㄇㄣˊ ㄈㄤˊ (門房兒) ❶大門口看門用的房子。❷看門的人。
【門扉】ménfēi ㄇㄣˊ ㄈㄟ 門扇：半掩着門扉◇打開心靈的門扉。
【門風】ménfēng ㄇㄣˊ ㄈㄥ 指一家或一族世代相傳的道德準則和處世方法：敗壞門風。
【門崗】méngǎng ㄇㄣˊ ㄍㄤˇ 大門口所設的崗哨。
【門館】ménguǎn ㄇㄣˊ ㄍㄨㄢˇ ❶家塾：門館先生。❷家塾教師。❸官僚、貴族供門客住的房屋。
【門戶】ménhù ㄇㄣˊ ㄏㄨˋ ❶門(總稱)：門戶緊閉｜小心門戶。❷比喻出入必經的要地：塘沽新港是北京東通海洋的門戶。❸指家①：兄弟分居，自立門戶。❹派別：門戶之見。❺門第：門戶相當。
【門戶之見】ménhù zhī jiàn ㄇㄣˊ ㄏㄨˋ ㄓ ㄐㄧㄢˋ 學術、藝術等領域中由宗派情緒產生的偏見。
【門環】ménhuán ㄇㄣˊ ㄏㄨㄢˊ 裝在門上的銅環或鐵環。也叫門環子。
【門禁】ménjìn ㄇㄣˊ ㄐㄧㄣˋ 機關團體、富貴人家等門口的戒備防範：門禁森嚴。
【門警】ménjǐng ㄇㄣˊ ㄐㄧㄥˇ 守門的警衛。
【門徑】ménjìng ㄇㄣˊ ㄐㄧㄥˋ 門路①：他深入群眾，虛心學習，找到了解決問題的門徑。
【門靜脈】ménjìngmài ㄇㄣˊ ㄐㄧㄥˋ ㄇㄞˋ 由胃、腸、脾、胰腺、膽囊等的靜脈匯流而成的較大的靜脈。門靜脈流入肝臟又分成很多小靜脈。
【門鏡】ménjìng ㄇㄣˊ ㄐㄧㄥˋ 一種安裝在房門上的透明小圓鏡，屋裏人可通過它看清門外的來人。俗稱貓眼。
【門坎】ménkǎn ㄇㄣˊ ㄎㄢˇ 同'門檻'。
【門檻】ménkǎn ㄇㄣˊ ㄎㄢˇ ❶(門坎兒)門框下部挨着地面的橫木(也有用石頭的)。❷〈方〉竅門，也指找竅門或佔便宜的本領：你不懂門檻｜他門檻精，不會上當。‖也作門坎。
【門可羅雀】mén kě luó què ㄇㄣˊ ㄎㄜˇ ㄌㄨㄛˊ ㄑㄩㄝˋ 大門前面可以張網捕雀，形容賓客稀少，十分冷落。
【門客】ménkè ㄇㄣˊ ㄎㄜˋ 封建官僚貴族家裏養的幫閑或幫忙的人。
【門口】ménkǒu ㄇㄣˊ ㄎㄡˇ (門口兒)門跟前：學校門口。
【門框】ménkuàng ㄇㄣˊ ㄎㄨㄤˋ 門扇四周固定在牆上的框子。(圖見324頁〖房子〗)
【門廊】ménláng ㄇㄣˊ ㄌㄤˊ ❶連接院門和屋門的廊子。❷屋門前的廊子。
【門類】ménlèi ㄇㄣˊ ㄌㄟˋ 依照事物的特性把相同的集中在一起而分成的類：門類繁多｜門類齊全。
【門裏出身】mén·li chūshēn ㄇㄣˊ ·ㄌㄧ ㄔㄨ ㄕㄣ 〈方〉出身於具有某種專業或技術傳統的家庭或行業：說到變戲法，他是門裏出身。
【門聯】ménlián ㄇㄣˊ ㄌㄧㄢˊ (門聯兒)門上的對聯。
【門簾】ménlián ㄇㄣˊ ㄌㄧㄢˊ (門簾兒)門上挂的簾子。也叫門簾子。
【門臉兒】ménliǎnr ㄇㄣˊ ㄌㄧㄢルˇ 〈方〉❶城門附近的地方。❷商店的門面。
【門鈴】ménlíng ㄇㄣˊ ㄌㄧㄥˊ (門鈴兒)安裝在門裏邊的鈴鐺或電鈴，門外的人可在門上拉鈴或按電鈕喚人開門。
【門樓】ménlóu ㄇㄣˊ ㄌㄡˊ (門樓兒)大門上邊牌樓式的頂。
【門路】mén·lu ㄇㄣˊ ·ㄌㄨ ❶做事的訣竅；解決問題的途徑：廣開生產門路。❷特指能達到個人目的的途徑：走門路｜鑽門路。
【門楣】ménméi ㄇㄣˊ ㄇㄟˊ ❶門框上端的橫木。(圖見324頁〖房子〗)❷指門第：光耀門楣。
【門面】mén·mian ㄇㄣˊ ·ㄇㄧㄢ 商店房屋沿街的部分，比喻外表：裝修門面｜支撐門面。
【門面話】mén·mianhuà ㄇㄣˊ ·ㄇㄧㄢ ㄏㄨㄚˋ 應酬的或冠冕堂皇而不解決問題的話。
【門牌】ménpái ㄇㄣˊ ㄆㄞˊ 釘在大門外的牌子，上面標明地區或街道名稱和房子號碼等。
【門票】ménpiào ㄇㄣˊ ㄆㄧㄠˋ 公園、博物館等的入場券。
【門兒清】ménrqīng ㄇㄣルˊ ㄑㄧㄥ 〈方〉了解得非常清楚；很懂行。
【門人】ménrén ㄇㄣˊ ㄖㄣˊ ❶學生。❷門客。
【門扇】ménshàn ㄇㄣˊ ㄕㄢˋ 門：門扇上貼着春聯。

【門神】mén·shén ㄇㄣˊ ·ㄕㄣˊ 舊俗門上貼的神像，用來驅逐鬼怪(迷信)。
【門生】ménshēng ㄇㄣˊ ㄕㄥ ❶學生：得意門生。❷科舉考試及第的人對主考官的自稱。
【門市】ménshì ㄇㄣˊ ㄕˋ 商店零售貨物或某些服務性行業的業務：門市部｜今天是星期天，所以門市很好。
【門閂】ménshuān ㄇㄣˊ ㄕㄨㄢ 門關上後，插在門內使門推不開的木棍或鐵棍。也作門栓。
【門廳】méntīng ㄇㄣˊ ㄊㄧㄥ 大門內的廳堂。
【門庭】méntíng ㄇㄣˊ ㄊㄧㄥˊ ❶門口和庭院：灑掃門庭｜門庭若市。❷指家庭或門第：改換門庭｜光耀門庭。
【門庭若市】méntíng ruò shì ㄇㄣˊ ㄊㄧㄥˊ ㄖㄨㄛˋ ㄕˋ 門口和庭院裏熱鬧得像市場一樣，形容交際來往的人很多。
【門徒】méntú ㄇㄣˊ ㄊㄨˊ 學生②；弟子。
【門外漢】ménwàihàn ㄇㄣˊ ㄨㄞˋ ㄏㄢˋ 外行人：他在體育方面完全是個門外漢。
【門衛】ménwèi ㄇㄣˊ ㄨㄟˋ 守衛在門口的人。
【門下】ménxià ㄇㄣˊ ㄒㄧㄚˋ ❶門客。❷學生②。❸指可以傳授知識或技藝的人的跟前：我想投在您老的門下｜許多青年作家都出於他的門下。
【門限】ménxiàn ㄇㄣˊ ㄒㄧㄢˋ 〈書〉門檻①。
【門牙】ményá ㄇㄣˊ ㄧㄚˊ 門齒的通稱。
【門診】ménzhěn ㄇㄣˊ ㄓㄣˇ 醫生在醫院或診所裏給不住院的病人看病。
【門子】mén·zi ㄇㄣˊ ·ㄗ ❶指衙門裏或貴族、達官家裏看門管傳達的人。❷門路②：找門子。❸〈方〉量詞，相當於'件'：這門子親事老兩口很稱心。

捫(扪) mén ㄇㄣˊ 〈書〉按；摸：捫心。
【捫心】ménxīn ㄇㄣˊ ㄒㄧㄣ 〈書〉摸摸胸口，表示反省：捫心自問｜清夜捫心。

璊(璊) mén ㄇㄣˊ 〈書〉赤色的玉。

鍆(钔) mén ㄇㄣˊ 金屬元素，符號 Md (mendelevium)。有放射性，由人工核反應獲得。

亹 mén ㄇㄣˊ 亹源(Ményuán ㄇㄣˊ ㄩㄢˊ)，地名，在青海。今作門源。
另見1191頁 wěi。

mèn (ㄇㄣˋ)

悶(闷) mèn ㄇㄣˋ ❶心情不舒暢；心煩：愁悶｜悶悶不樂。❷密閉；不透氣；窒悶｜悶子車。
另見786頁 mēn。
【悶沈沈】mènchénchén ㄇㄣˋ ㄔㄣˊ ㄔㄣˊ (悶沈沈的)形容心情鬱悶：整天呆在家裏，心裏悶沈沈的。
【悶罐車】mènguànchē ㄇㄣˋ ㄍㄨㄢˋ ㄔㄜ 〈方〉悶子車。
【悶棍】mèngùn ㄇㄣˋ ㄍㄨㄣˋ 乘人不備時狠狠打的一棍，比喻突如其來的沈重打擊：打悶棍｜歹徒從背後給他一個悶棍｜為了這事我吃了他一悶棍。
【悶葫蘆】mènhú·lu ㄇㄣˋ ㄏㄨˊ ·ㄌㄨ ❶比喻極難猜透而令人納悶的話或事情：這幾句沒頭沒腦的話真是個悶葫蘆。❷比喻不愛說話的人：她是個悶葫蘆，一天到晚難得張口。
【悶葫蘆罐兒】mènhú·luguànr ㄇㄣˋ ㄏㄨˊ ·ㄌㄨ ㄍㄨㄢˋㄦ 撲滿。
【悶倦】mènjuàn ㄇㄣˋ ㄐㄩㄢˋ 煩悶厭倦，無精打采：無所事事，悶倦難耐。
【悶雷】mènléi ㄇㄣˋ ㄌㄟˊ 聲音低沈的雷。比喻精神上突然受到的打擊。
【悶悶不樂】mèn mèn bù lè ㄇㄣˋ ㄇㄣˋ ㄅㄨˋ ㄌㄜˋ 因有不如意的事而心裏不快活：他這幾天悶悶不樂，不知出了甚麼事兒。
【悶氣】mènqì ㄇㄣˋ ㄑㄧˋ 鬱結在心裏沒有發泄的怨恨或憤怒：有意見就提，別生悶氣！
另見786頁 mēnqì。
【悶子車】mèn·zichē ㄇㄣˋ ·ㄗ ㄔㄜ 鐵路上指帶有鐵棚的貨車(就沒有窗戶不通氣而言)。有的地區也叫悶罐車。

燜(焖) mèn ㄇㄣˋ 緊蓋鍋蓋，用微火把食物煮熟或燉熟：燜飯｜油燜筍｜燜一鍋肉。

懣(懑) mèn ㄇㄣˋ 〈書〉❶煩悶。❷憤慨；生氣：憤懣。

·men (·ㄇㄣ)

們(们) ·men ·ㄇㄣ 用在代詞或指人的名詞後面，表示複數：我們｜你們｜鄉親們｜同志們。注意 名詞前有數量詞時，後面不加'們'，例如不說'三個孩子們'。

mēng (ㄇㄥ)

蒙〔蒙〕 mēng ㄇㄥ 昏迷；神志不清：眼發黑，頭發蒙。
另見789頁 méng；790頁 Měng；788頁 mēng'矇'。
【蒙頭轉向】mēng tóu zhuàn xiàng ㄇㄥ ㄊㄡˊ ㄓㄨㄢˋ ㄒㄧㄤˋ 形容頭腦昏亂，辨不清方向。

矇〔矇〕(蒙) mēng ㄇㄥ ❶欺騙；欺上矇下｜別矇人，誰不知道你的用意！❷胡亂猜測：想好了再回答，別瞎矇。
另見790頁 méng。'蒙'另見788頁 mēng；789頁 méng；790頁 Měng。

【矇矇亮】mēngmēngliàng ㄇㄥ ㄇㄥ ㄌㄧㄤˋ 天剛有些亮。
【矇騙】mēngpiàn ㄇㄥ ㄆㄧㄢˋ 欺騙：矇騙顧客。
【矇事】mēngshì ㄇㄥ ㄕˋ〈方〉做假騙人。
【矇鬆雨】mēng·songyǔ ㄇㄥ ·ㄙㄨㄥ ㄩˇ〈方〉(矇鬆雨兒) 很細的雨。

méng（ㄇㄥˊ）

尨 méng ㄇㄥˊ ［尨茸］(méngróng ㄇㄥˊ ㄖㄨㄥˊ)〈書〉蓬鬆。
另見775頁 máng。

氓(甿) méng ㄇㄥˊ 古代稱百姓 (多指外來的)。也作萌。
另見776頁 máng。

虻(蝱) méng ㄇㄥˊ 昆蟲的一科，體長橢圓形，頭闊，觸角短，複眼大，黑綠色，口吻粗，腹部長大。生活在田野雜草中，雄的吸植物的汁液或花蜜，雌的吸人和動物的血液。幼蟲生活在泥土、池沼、稻田中，吃昆蟲、草根等。

萌[1]〔萌〕 méng ㄇㄥˊ 萌芽；萌生◇故態復萌。

萌[2]〔萌〕 méng ㄇㄥˊ 古同'氓'(méng)。

【萌動】méngdòng ㄇㄥˊ ㄉㄨㄥˋ ❶(植物) 開始發芽：草木萌動。❷(事物) 開始發動：春意萌動。
【萌發】méngfā ㄇㄥˊ ㄈㄚ ❶種子或孢子發芽：雨後雜草萌發。❷比喻事物發生：萌發一種強烈的求知慾望。
【萌生】méngshēng ㄇㄥˊ ㄕㄥ 開始發生；產生 (多用於抽象事物)：萌生邪念｜萌生一綫希望。
【萌芽】méngyá ㄇㄥˊ ㄧㄚˊ ❶植物生芽，比喻事物剛發生：萌芽狀態。❷比喻新生的未長成的事物：新型生產關係的萌芽。

蒙〔蒙〕 méng ㄇㄥˊ ❶遮蓋：蒙頭蓋腦｜用手蒙住眼｜蒙上一張紙。❷受：蒙難｜蒙你照料，非常感謝。❸蒙昧：啓蒙。❹(Méng) 姓。
另見788頁 mēng；790頁 Měng；788頁 mēng'矇'。

【蒙蔽】méngbì ㄇㄥˊ ㄅㄧˋ 隱瞞真相，使人上當：花言巧語蒙蔽不了人。
【蒙塵】méngchén ㄇㄥˊ ㄔㄣˊ〈書〉蒙受風塵 (指君主等因戰亂逃亡在外)：天子蒙塵。
【蒙館】méngguǎn ㄇㄥˊ ㄍㄨㄢˇ 舊時指對兒童進行啓蒙教育的私塾。
【蒙汗藥】ménghànyào ㄇㄥˊ ㄏㄢˋ ㄧㄠˋ 戲曲小說中指能使人暫時失去知覺的藥。
【蒙哄】ménghǒng ㄇㄥˊ ㄏㄨㄥˇ 哄騙：蒙哄顧客。
【蒙混】ménghùn ㄇㄥˊ ㄏㄨㄣˋ 用欺騙的手段使人相信虛假的事物：蒙混過關。
【蒙矓】ménglóng ㄇㄥˊ ㄌㄨㄥˊ 快要睡着或剛醒時，兩眼半開半閉，看東西模糊的樣子：睡眼蒙矓。也作矇矓。
【蒙昧】méngmèi ㄇㄥˊ ㄇㄟˋ ❶未開化；沒有文化：蒙昧時代。❷不懂事理；愚昧：蒙昧無知。
【蒙昧主義】méngmèi zhǔyì ㄇㄥˊ ㄇㄟˋ ㄓㄨˇ ㄧˋ 一種認為人類社會的種種罪惡都是文明和科學發展的結果，主張回復到原始的蒙昧狀態的思想。
【蒙蒙】méngméng ㄇㄥˊ ㄇㄥˊ ❶雨點很細小：蒙蒙細雨。也作濛濛。❷模糊不清的樣子：雲霧蒙蒙。
【蒙難】méng//nàn ㄇㄥˊ // ㄋㄢˋ (有名、有地位的人) 遭受到災禍。
【蒙師】méngshī ㄇㄥˊ ㄕ 舊時指對學童進行啓蒙教育的老師。後泛指啓蒙老師。
【蒙受】méngshòu ㄇㄥˊ ㄕㄡˋ 受到；遭受：蒙受恥辱｜蒙受恩惠｜蒙受不白之冤。
【蒙太奇】méngtàiqí ㄇㄥˊ ㄊㄞˋ ㄑㄧˊ 電影用語，有剪輯和組合的意思。它是電影導演的重要表現方法之一，為表現影片的主題思想，把許多鏡頭組織起來，使構成一部前後連貫、首尾完整的電影片。［法 montage］
【蒙童】méngtóng ㄇㄥˊ ㄊㄨㄥˊ 舊時稱剛剛讀書識字的兒童。
【蒙學】méngxué ㄇㄥˊ ㄒㄩㄝˊ 蒙館。
【蒙藥】méngyào ㄇㄥˊ ㄧㄠˋ 麻醉劑的通稱。
【蒙冤】méng//yuān ㄇㄥˊ // ㄩㄢ 蒙受冤枉：親人蒙冤。

盟[1] méng ㄇㄥˊ ❶舊時指宣誓締約，現在指團體和團體、階級和階級或國和國的聯合：工農聯盟｜同盟國。❷結拜的 (弟兄)：盟兄｜盟弟。❸內蒙古自治區的行政區域，包括若干旗、縣、市。

盟[2] méng ㄇㄥˊ (舊讀 míng ㄇㄧㄥˊ) 發 (誓)。

【盟邦】méngbāng ㄇㄥˊ ㄅㄤ 結成同盟的國家。
【盟國】méngguó ㄇㄥˊ ㄍㄨㄛˊ 盟邦。
【盟誓】méng//shì ㄇㄥˊ // ㄕˋ 發誓；宣誓：盟個誓｜對天盟誓。也說明誓。
【盟誓】méngshì ㄇㄥˊ ㄕˋ〈書〉盟約。
【盟兄弟】méngxiōngdì ㄇㄥˊ ㄒㄩㄥ ㄉㄧˋ 把兄弟。
【盟友】méngyǒu ㄇㄥˊ ㄧㄡˇ ❶結成同盟的朋友。❷指盟國。
【盟約】méngyuē ㄇㄥˊ ㄩㄝ 締結同盟時所訂立的誓約或條約。
【盟主】méngzhǔ ㄇㄥˊ ㄓㄨˇ 古代諸侯同盟中的領袖。後代用來稱一些集體活動的首領或倡導者。

甍〔甍〕 méng ㄇㄥˊ 〈書〉屋脊：雕甍。

瞢〔瞢〕 méng ㄇㄥˊ 〈書〉目不明：目光瞢然。

幪〔幪〕 méng ㄇㄥˊ 見899頁〔帡幪〕(píngméng)。

濛〔濛〕 méng ㄇㄥˊ 〈書〉形容細雨：細雨其濛。

【濛濛】méngméng ㄇㄥˊ ㄇㄥˊ 同'蒙蒙'①。

檬〔檬〕 méng ㄇㄥˊ 見845頁〔檸檬〕。

曚〔曚〕 méng ㄇㄥˊ 〔曚曨〕(ménglóng ㄇㄥˊ ㄌㄨㄥˊ)〈書〉日光不明。

朦〔朦〕 méng ㄇㄥˊ 〔朦朧〕(ménglóng ㄇㄥˊ ㄌㄨㄥˊ)❶月光不明。❷不清楚；模糊：暮色朦朧｜烟霧朦朧。

礞〔礞〕 méng ㄇㄥˊ 〔礞石〕(méngshí ㄇㄥˊ ㄕˊ)礦物，有青礞石和金礞石兩種。青礞石呈不規則的塊狀，青灰色或灰綠色。金礞石呈不規則的塊狀或粒狀，棕黃色。可入藥。

矇〔矇〕 méng ㄇㄥˊ 〈書〉眼睛失明。另見788頁 mēng。

【矇矓】ménglóng ㄇㄥˊ ㄌㄨㄥˊ 同'蒙矓'(ménglóng)。

艨〔艨〕 méng ㄇㄥˊ 〔艨艟〕(méngchōng ㄇㄥˊ ㄔㄨㄥ)古代戰船。也作蒙衝。

鸏〔鸏〕(鹲) méng ㄇㄥˊ 鳥類的一屬，身體大，灰色或白色，嘴大而直，尾部有長羽毛。生活在熱帶海洋上，吃魚類。

měng (ㄇㄥˇ)

勐[1] měng ㄇㄥˇ 〈書〉勇敢。

勐[2] měng ㄇㄥˇ 雲南西雙版納傣族地區舊時的行政區劃單位。

猛 měng ㄇㄥˇ ❶猛烈：勇猛｜突飛猛進｜炮火很猛。❷忽然；突然：他聽到槍聲，猛地從屋裏跳出來。❸把力氣集中地使出來：猛着勁兒幹。

【猛不丁】měng·budīng ㄇㄥˇ ·ㄅㄨ ㄉㄧㄥ 〈方〉猛然；突然：他猛不丁地大喊了一聲。

【猛不防】měng·bufáng ㄇㄥˇ ·ㄅㄨ ㄈㄤˊ 突然而來不及防備：他正說得起勁，猛不防背後有人推了他一把。

【猛孤丁】měnggūdīng ㄇㄥˇ ㄍㄨ ㄉㄧㄥ 〈方〉猛然；突然。

【猛將】měngjiàng ㄇㄥˇ ㄐㄧㄤˋ 勇猛的將領，比喻不顧艱險而勇往直前的人。

【猛進】měngjìn ㄇㄥˇ ㄐㄧㄣˋ 不怕困難，勇敢前進；很快地前進：高歌猛進｜突飛猛進。

【猛勁兒】měngjìnr ㄇㄥˇ ㄐㄧㄣㄦˋ ❶集中用力氣：一猛勁兒，就超過了前邊的人。❷集中起來一下子使出來的力氣：搬重東西要用猛勁兒。❸勇猛的力量：這小夥子幹活有股子猛勁兒。

【猛可】měngkě ㄇㄥˇ ㄎㄜˇ (猛可的)突然(多見於早期白話)。

【猛烈】měngliè ㄇㄥˇ ㄌㄧㄝˋ ❶氣勢大，力量大：猛烈的炮火｜這裏氣候寒冷，風勢猛烈。❷急劇：心臟猛烈地跳動着。

【猛獁】měngmǎ ㄇㄥˇ ㄇㄚˇ 古哺乳動物，形狀和大小都跟現代的象相似，全身有長毛，門齒向上彎曲，生活在寒冷地帶，是第四紀的動物，已經絕種。也叫毛象。

【猛禽】měngqín ㄇㄥˇ ㄑㄧㄣˊ 兇猛的鳥類，如鷲、鷹、梟等。嘴短而尖銳，上嘴尖有鈎，翼大，龍骨很發達，善飛行，腳短而健壯，趾有鈎狀的爪，視力敏銳，吃其他鳥類和小動物。

【猛然】měngrán ㄇㄥˇ ㄖㄢˊ 忽然；驟然：猛然回頭｜猛然一驚。

【猛士】měngshì ㄇㄥˇ ㄕˋ 勇敢有力的人；勇士。

【猛獸】měngshòu ㄇㄥˇ ㄕㄡˋ 指哺乳動物中體大而性情兇猛的食肉類，如虎、獅、豹等。這類動物捕食其他動物，有的危害人類。

【猛省】měngxǐng ㄇㄥˇ ㄒㄧㄥˇ 同'猛醒'。

【猛醒】měngxǐng ㄇㄥˇ ㄒㄧㄥˇ 猛然覺悟；忽然明白過來。也作猛省。

【猛鷙】měngzhì ㄇㄥˇ ㄓˋ 指鷹。

【猛子】měng·zi ㄇㄥˇ ·ㄗ 下水游泳時頭朝下鑽入水中的動作：扎猛子｜他身子一縱，一個猛子就不見了。

蒙〔蒙〕 Měng ㄇㄥˇ 蒙古族。另見788頁 mēng；789頁méng；788頁 mēng'矇'。

【蒙古包】měnggǔbāo ㄇㄥˇ ㄍㄨˇ ㄅㄠ 蒙古族牧民居住的圓頂帳篷，用氈子做成。

【蒙古人種】Měnggǔ rénzhǒng ㄇㄥˇ ㄍㄨˇ ㄖㄣˊ ㄓㄨㄥˇ 世界三大人種之一，體質特徵是皮膚黃色，頭髮黑而直，臉平，主要分佈在亞洲東部和東南部。也叫黃種。

【蒙古族】Měnggǔzú ㄇㄥˇ ㄍㄨˇ ㄗㄨˊ ❶我國少數民族之一，分佈在內蒙古、吉林、黑龍江、遼寧、寧夏、新疆、甘肅、青海、河北、河南。❷蒙古國人數最多的民族。

【蒙族】Měngzú ㄇㄥˇ ㄗㄨˊ 蒙古族的簡稱。

蜢 měng ㄇㄥˇ 見1434頁〖蚱蜢〗(zhàměng)。

艋 měng ㄇㄥˇ 見1430頁〔舴艋〕(zéměng)。

錳(锰) měng ㄇㄥˇ 金屬元素，符號Mn (manganum)。銀白色，質硬而脆。主要用來製造錳鋼等合金。

獴〔獴〕měng ㄇㄥˇ 哺乳動物的一屬，身體長，腳短，口吻尖，耳朵小。捕食蛇、蛙、鼠、魚、蟹等動物。蟹獴就是獴屬的動物。

懵〔懵〕(懞) měng ㄇㄥˇ 懵懂：懵然無知。

【懵懂】měngdǒng ㄇㄥˇ ㄉㄨㄥˇ 糊塗；不明事理；懵懵懂懂｜聰明一世，懵懂一時。

蠓〔蠓〕měng ㄇㄥˇ 昆蟲的一科，成蟲體很小，褐色或黑色，觸角細長，翅短而寬。幼蟲長圓柱狀，灰白色或帶黃白色，表面光滑。蛹長橢圓形，褐色。卵長紡錘形，黃白色。某些雌蠓吸食人畜的血液。有些蠓能傳染疾病。

【蠓蟲兒】měngchóngr ㄇㄥˇ ㄔㄨㄥㄦˊ 蠓科的昆蟲。

mèng (ㄇㄥˋ)

孟 mèng ㄇㄥˋ ❶指農曆一季的第一個月。參看1484頁'仲'、543頁'季'。❷舊時兄弟排行的次序裏代表最大的。❸(Mèng) 姓。

【孟春】mèngchūn ㄇㄥˋ ㄔㄨㄣ 春季的第一個月，即農曆正月。

【孟冬】mèngdōng ㄇㄥˋ ㄉㄨㄥ 冬季的第一個月，即農曆十月。

【孟浪】mènglàng ㄇㄥˋ ㄌㄤˋ 〈書〉魯莽；冒失：孟浪從事｜話語孟浪。

【孟秋】mèngqiū ㄇㄥˋ ㄑㄧㄡ 秋季的第一個月，即農曆七月。

【孟什維克】mèngshíwéikè ㄇㄥˋ ㄕˊ ㄨㄟˊ ㄎㄜˋ 俄國社會民主工黨的一個機會主義派別。1903年俄國社會民主工黨召開第二次代表大會，在討論黨綱及組織原則問題上分成兩派，反對列寧主張的機會主義分子在選舉黨的領導機構時獲得少數選票，所以有這稱號。後來墮落為資產階級反革命派，1912年被驅逐出黨。[俄 меньщевик，少數派]

【孟夏】mèngxià ㄇㄥˋ ㄒㄧㄚˋ 夏季的第一個月，即農曆四月。

夢〔夢〕(梦) mèng ㄇㄥˋ ❶睡眠時局部大腦皮層還沒有完全停止活動而引起的腦中的表象活動。❷做夢：夢見。❸比喻幻想：夢想。

【夢話】mènghuà ㄇㄥˋ ㄏㄨㄚˋ ❶睡夢中說的話。睡眠時抑制作用沒有擴散到大腦皮層的全部，語言中樞有時還能活動，這時就會有說夢話的現象。也叫夢囈或囈語。❷比喻不切實際，不能實現的話。

【夢幻】mènghuàn ㄇㄥˋ ㄏㄨㄢˋ 夢境：離奇的遭遇猶如夢幻｜從夢幻中醒來。

【夢幻泡影】mènghuàn pàoyǐng ㄇㄥˋ ㄏㄨㄢˋ ㄆㄠˋ ㄧㄥˇ 原是佛經的話，說世界上的事物都像夢境、幻術、水泡和影子一樣空虛。今比喻空虛而容易破滅的幻想。

【夢境】mèngjìng ㄇㄥˋ ㄐㄧㄥˋ 夢中經歷的情境，多用來比喻美妙的境界：乍到這山水如畫的勝地，如入夢境一般。

【夢寐】mèngmèi ㄇㄥˋ ㄇㄟˋ 睡夢：夢寐難忘｜夢寐以求。

【夢寐以求】mèngmèi yǐ qiú ㄇㄥˋ ㄇㄟˋ ㄧˇ ㄑㄧㄡˊ 睡夢中都想着尋找，形容迫切地希望着。

【夢鄉】mèngxiāng ㄇㄥˋ ㄒㄧㄤ 指睡熟時候的境界：他實在太疲倦了，一躺下便進入了夢鄉。

【夢想】mèngxiǎng ㄇㄥˋ ㄒㄧㄤˇ ❶妄想；空想。❷渴望：他小時候夢想着當一名飛行員。

【夢魘】mèngyǎn ㄇㄥˋ ㄧㄢˇ 睡眠中做一種感到壓抑而呼吸困難的夢，多由疲勞過度，消化不良或大腦皮層過度緊張引起。

【夢遺】mèngyí ㄇㄥˋ ㄧˊ 夢中遺精。

【夢囈】mèngyì ㄇㄥˋ ㄧˋ 夢話。

mī (ㄇㄧ)

咪 mī ㄇㄧ ［咪咪］象聲詞，形容貓叫的聲音：小貓咪咪叫。

瞇 (眯) mī ㄇㄧ ❶眼皮微微合上：瞇縫｜瞇着眼睛笑。❷〈方〉小睡：瞇一會兒。

另見792頁 mí。

【瞇瞪】mī·deng ㄇㄧ ·ㄉㄥ 〈方〉小睡：睏了，就先瞇瞪一會兒。

【瞇盹兒】mī∥dǔnr ㄇㄧ∥ㄉㄨㄣㄦˇ 〈方〉打盹兒。

【瞇縫】mī·feng ㄇㄧ ·ㄈㄥ 眼皮合攏而不全閉：他不說話，只是瞇縫着眼睛笑。

【瞇瞁】mī·xi ㄇㄧ ·ㄒㄧ 〈方〉瞇縫：他瞇瞁着眼，有些發睏。

mí (ㄇㄧˊ)

迷 mí ㄇㄧˊ ❶分辨不清，失去判斷能力：迷了路｜迷了方向。❷因對某人或某一事物發生特殊愛好而沈醉：迷戀｜看電影入了迷。❸沈醉於某一事物的人：球迷｜戲迷。❹使看不清；使迷惑；使陶醉：財迷心竅｜景色迷人。

【迷彩】mícǎi ㄇㄧˊ ㄘㄞˇ 指能起迷惑作用使人不易分辨的色彩：迷彩服。

【迷瞪】mí·deng ㄇㄧˊ ·ㄉㄥ 〈方〉心裏迷惑；糊塗。

【迷宮】mígōng ㄇㄧˊ ㄍㄨㄥ 門戶道路複雜難辨，人進去不容易出來的建築物。

【迷航】míháng ㄇㄧˊ ㄏㄤˊ (飛機、輪船等) 迷失航行方向。

【迷糊】mí·hu ㄇㄧˊ ·ㄏㄨ (神志或眼睛) 模糊不清：病人有時清楚，有時迷糊。

【迷魂湯】míhúntāng ㄇㄧˊ ㄏㄨㄣˊ ㄊㄤ 迷信所說地獄中使靈魂迷失本性的湯藥，比喻迷惑人的語言或行為。也說迷魂藥。

【迷魂陣】míhúnzhèn ㄇㄧˊ ㄏㄨㄣˊ ㄓㄣˋ 比喻能使人迷惑的圈套、計謀。

【迷惑】mí·huò ㄇㄧˊ ·ㄏㄨㄛˋ ❶辨不清是非；摸不着頭腦：迷惑不解。❷使迷惑：花言巧語迷惑不了人。

【迷津】míjīn ㄇㄧˊ ㄐㄧㄣ 〈書〉使人迷惑的錯誤道路（津原指渡河的地方，後來多指處世的方向）：指破迷津（點破錯誤的方向）。

【迷離】mílí ㄇㄧˊ ㄌㄧˊ 模糊而難以分辨清楚：迷離恍惚｜睡眼迷離。

【迷戀】míliàn ㄇㄧˊ ㄌㄧㄢˋ 對某一事物過度愛好而難以捨棄：迷戀酒色｜迷戀家鄉的特產。

【迷路】mí//lù ㄇㄧˊ//ㄌㄨˋ ❶迷失道路：山林中容易迷路｜走到半道上迷了路。❷比喻失去了正確的方向。

【迷路】mílù ㄇㄧˊ ㄌㄨˋ 見833頁〖內耳〗。

【迷漫】mímàn ㄇㄧˊ ㄇㄢˋ 漫天遍野，茫茫一片，看不分明：烟霧迷漫｜風雪迷漫。

【迷茫】mímáng ㄇㄧˊ ㄇㄤˊ ❶廣闊而看不清的樣子：大雪鋪天蓋地，原野一片迷茫。❷（神情）迷離恍惚：神色迷茫｜小姑娘用迷茫的眼光打量着陌生的來客。

【迷蒙】míméng ㄇㄧˊ ㄇㄥˊ ❶昏暗看不分明；迷茫①：烟雨迷蒙｜夜霧迷蒙｜暮色迷蒙。也作迷濛。❷（神志）模糊不清：他從迷蒙中醒了過來。

【迷夢】mímèng ㄇㄧˊ ㄇㄥˋ 沈迷不悟的夢想：他終於從迷夢中覺醒過來。

【迷你】mínǐ ㄇㄧˊ ㄋㄧˇ 指同類物品中較小的；小型的：迷你裙（超短裙）｜迷你計算機（微型計算機）。［英 mini］

【迷人】mírén ㄇㄧˊ ㄖㄣˊ ❶使人陶醉；使人迷戀：景色迷人。❷使人迷惑：迷人眼目。

【迷失】míshī ㄇㄧˊ ㄕ 弄不清（方向）；走錯（道路）。

【迷途】mítú ㄇㄧˊ ㄊㄨˊ ❶迷失道路：迷途的羔羊。❷錯誤的道路：誤入迷途。

【迷惘】míwǎng ㄇㄧˊ ㄨㄤˇ 由於分辨不清而困惑，不知怎麼辦：精神迷惘。

【迷霧】míwù ㄇㄧˊ ㄨˋ ❶濃厚的霧：在迷霧中看不清航道。❷比喻使人迷失方向，脫離實際的事物。

【迷信】míxìn ㄇㄧˊ ㄒㄧㄣˋ ❶信仰神仙鬼怪等。❷泛指盲目的信仰崇拜：破除迷信，解放思想。

【迷走神經】mízǒu-shénjīng ㄇㄧˊ ㄗㄡˇ ㄕㄣˊ ㄐㄧㄥ 第十對腦神經，由延髓發出，分佈在頭、頸、胸、腹等部，有調節內臟、血管、腺體等機能的作用。

【迷醉】mízuì ㄇㄧˊ ㄗㄨㄟˋ 迷戀，陶醉；沈迷：採茶姑娘的歌聲此起彼落，令人迷醉｜迷醉於過去，就會妨礙更好地前進。

瞇（眯） mí ㄇㄧˊ 塵埃等雜物進入眼中，使一時不能睜開看東西：沙子瞇了眼。

另見791頁 mī。

醚 mí ㄇㄧˊ 有機化合物的一類，是一個氧原子連接兩個烴基而成的化合物。如甲醚、乙醚等。

謎（谜） mí ㄇㄧˊ ❶謎語：燈謎｜啞謎。❷比喻還沒有弄明白的或難以理解的事物：這個問題到現在還是一個謎，誰也猜不透。

另見786頁 mèi。

【謎底】mídǐ ㄇㄧˊ ㄉㄧˇ ❶謎語的答案。❷比喻事情的真相：揭開謎底，真相大白。

【謎面】mímiàn ㄇㄧˊ ㄇㄧㄢˋ 指猜謎語時說出來或寫出來供人做猜測綫索的話。

【謎團】mítuán ㄇㄧˊ ㄊㄨㄢˊ 比喻一連串捉摸不定的事物；疑團。

【謎語】míyǔ ㄇㄧˊ ㄩˇ 暗射事物或文字等供人猜測的隱語。如'麻屋子，紅帳子，裏頭住着白胖子'射'花生'；'齒在口外'射'呀'字。

【謎子】mí·zi ㄇㄧˊ ·ㄗ 〈方〉謎語：猜謎子。

糜 mí ㄇㄧˊ ❶粥：肉糜。❷爛：糜爛。❸浪費：糜費｜奢糜。❹（Mí）姓。

另見784頁 méi。

【糜費】mífèi ㄇㄧˊ ㄈㄟˋ 浪費：節約開支，防止糜費。也作靡費。

【糜爛】mílàn ㄇㄧˊ ㄌㄢˋ 爛到不可收拾：傷口糜爛｜糜爛不堪◇生活糜爛。

縻 mí ㄇㄧˊ 〈書〉繫住：羈縻。

麋 mí ㄇㄧˊ 麋鹿。

【麋鹿】mílù ㄇㄧˊ ㄌㄨˋ 哺乳動物，毛淡褐色，雄的有角，角像鹿，尾像驢，蹄像牛，頸像駱駝，但從整個來看哪一種動物都不像。性溫順，吃植物。原產我國，是一種稀有的珍貴獸類。也叫四不像。

彌（弥） mí ㄇㄧˊ ❶遍；滿：彌漫｜彌天大謊。❷填滿；遮掩：彌補｜彌縫。❸更加：欲蓋彌彰｜彌足珍貴。❹（Mí）姓。

【彌補】míbǔ ㄇㄧˊ ㄅㄨˇ 把不夠的部分填足：彌補缺陷｜不可彌補的損失。

【彌封】mífēng ㄇㄧˊ ㄈㄥ 把試卷上填寫姓名的地方折角或蓋紙糊住，目的是防止舞弊。

【彌縫】míféng ㄇㄧˊ ㄈㄥˊ 設法遮掩或補救缺點、錯誤，不使別人發覺。

【彌合】míhé ㄇㄧˊ ㄏㄜˊ 使愈合：彌合傷口◇彌合感情上的裂痕。

【彌勒】Mílè ㄇㄧˊ ㄌㄜˋ 佛教菩薩之一，佛寺中

常有他的塑像，胸腹袒露，滿面笑容。［梵 Maitreya］

【彌留】míliú ㄇㄧˊ ㄌㄧㄡˊ 〈書〉病重快要死了：彌留之際。

【彌漫】mímàn ㄇㄧˊ ㄇㄢˋ （烟塵、霧氣、水等）充滿；佈滿：烟霧彌漫｜烏雲彌漫了天空。也作瀰漫。

【彌蒙】míméng ㄇㄧˊ ㄇㄥˊ 形容烟霧等茫茫一片看不分明：雲霧彌蒙｜硝烟彌蒙。也作瀰濛。

【彌撒】mí·sa ㄇㄧˊ ·ㄙㄚ 天主教的一種宗教儀式，用麪餅和葡萄酒表示耶穌的身體和血來祭祀天主。［拉 missa］

【彌散】mísàn ㄇㄧˊ ㄙㄢˋ （光綫、氣體、聲音等）向四外擴散。

【彌天】mítiān ㄇㄧˊ ㄊㄧㄢ 滿天，形容極大：彌天大禍｜彌天大罪。

【彌天大謊】mí tiān dà huǎng ㄇㄧˊ ㄊㄧㄢ ㄉㄚˋ ㄏㄨㄤˇ 極大的謊話。

【彌陀】mítuó ㄇㄧˊ ㄊㄨㄛˊ 阿彌陀佛的略稱。也叫彌陀佛。

【彌望】míwàng ㄇㄧˊ ㄨㄤˋ 〈書〉充滿視野；滿眼：春色彌望。

【彌月】míyuè ㄇㄧˊ ㄩㄝˋ 〈書〉❶（初生嬰兒）滿月。❷滿一個月；整月：新婚彌月。

禰（祢） Mí ㄇㄧˊ 姓。

靡 mí ㄇㄧˊ 浪費：靡費｜奢靡。另見794頁 mǐ。

【靡費】mífèi ㄇㄧˊ ㄈㄟˋ 同'糜費'。

蘼〔蘼〕 mí ㄇㄧˊ 見1156頁〖荼蘼〗(tú-mí)。

獼（猕） mí ㄇㄧˊ 見下。

【獼猴】míhóu ㄇㄧˊ ㄏㄡˊ 猴的一種，上身皮毛灰褐色，腰部以下橙黃色，有光澤，面部微紅色，兩頰有頰囊，臀部的皮特別厚，不生毛，尾短。以野果、野菜等為食物。

【獼猴桃】míhóutáo ㄇㄧˊ ㄏㄡˊ ㄊㄠˊ ❶落葉藤本植物，葉子互生，圓形或卵形，花黃色，漿果球形。果實可以吃，又可入藥，莖皮纖維可以做紙，花可以提製香料。❷這種植物的果實。‖有的地區叫羊桃或楊桃。

瀰 mí ㄇㄧˊ 見下。

【瀰漫】mímàn ㄇㄧˊ ㄇㄢˋ 同'彌漫'。

【瀰濛】míméng ㄇㄧˊ ㄇㄥˊ 同'彌蒙'。

蘼〔蘼〕 mí ㄇㄧˊ ［蘼蕪］(míwú ㄇㄧˊ ㄨˊ) 古書上指芎藭 (xiōngqióng) 的苗。

籋（䉾） mí ㄇㄧˊ （籋兒）竹篾、葦篾等：蓆籋兒。也叫籋子。

醾（醿、醾） mí ㄇㄧˊ 見1157頁〖酴醾〗(túmí)。

mǐ（ㄇㄧˇ）

米¹ mǐ ㄇㄧˇ ❶稻米；大米：糙米｜糯米。❷泛指去掉殼或皮後的種子，多指可以吃的：小米｜高粱米｜花生米｜菱角米。❸小粒像米的東西：海米｜米蘭。❹（Mǐ）姓。

米² mǐ ㄇㄧˇ 長度單位。在國際單位制中，1米是光在真空中於 1/299792458 秒時間間隔內所經過的路程；在公制中，是通過巴黎子午綫全長的四千萬分之一。1米等於 10 分米，合 3 市尺。參看436頁〖國際單位制〗、436頁〖國際公制〗。

【米醋】mǐcù ㄇㄧˇ ㄘㄨˋ 以大米等為原料釀製的食醋。

【米豆腐】mǐdòu·fu ㄇㄧˇ ㄉㄡˋ ·ㄈㄨ 〈方〉一種食品，用大米磨成的漿製成，形狀像豆腐。

【米飯】mǐfàn ㄇㄧˇ ㄈㄢˋ 用大米或小米做成的飯。特指用大米做成的飯。

【米粉】mǐfěn ㄇㄧˇ ㄈㄣˇ ❶大米磨成的粉：米粉肉。❷大米加水磨成漿，過濾後弄成糰，然後製成的細條食品，可煮食。也指米麪③。

【米粉肉】mǐfěnròu ㄇㄧˇ ㄈㄣˇ ㄖㄡˋ 把肉切成片，加米粉、作料、蒸熟，叫米粉肉。也叫粉蒸肉。有的地區叫鮓 (zhǎ) 肉。

【米泔水】mǐgānshuǐ ㄇㄧˇ ㄍㄢ ㄕㄨㄟˇ 淘過米的水。

【米黃】mǐhuáng ㄇㄧˇ ㄏㄨㄤˊ 米色。

【米酒】mǐjiǔ ㄇㄧˇ ㄐㄧㄡˇ 用糯米、黃米等釀成的酒。

【米糠】mǐkāng ㄇㄧˇ ㄎㄤ 緊貼在稻子、穀子的米粒外面的皮，脫下後叫米糠。

【米粒】mǐlì ㄇㄧˇ ㄌㄧˋ （米粒兒）米的顆粒。

【米糧川】mǐliángchuān ㄇㄧˇ ㄌㄧㄤˊ ㄔㄨㄢ 盛產糧食的大片平地：荒灘變成米糧川。

【米麪】mǐmiàn ㄇㄧˇ ㄇㄧㄢˋ ❶大米和麪。❷（米麪兒）米粉①。❸〈方〉一種食品，把大米加水磨成的漿，用'旋子'①做成像粉皮的薄片，再切成細條而成。

【米色】mǐsè ㄇㄧˇ ㄙㄜˋ 白而微黃的顏色。

【米湯】mǐ·tāng ㄇㄧˇ ·ㄊㄤ ❶煮米飯時取出的湯。❷用少量的大米或小米等熬成的稀飯。

【米突】mǐtū ㄇㄧˇ ㄊㄨ 米（長度單位）的舊稱。［法 mètre］

【米綫】mǐxiàn ㄇㄧˇ ㄒㄧㄢˋ 〈方〉米粉：過橋米綫。

【米制】mǐzhì ㄇㄧˇ ㄓˋ 國際公制。

【米珠薪桂】mǐ zhū xīn guì ㄇㄧˇ ㄓㄨ ㄒㄧㄣ ㄍㄨㄟˋ 米像珍珠，柴像桂木，形容物價昂貴，生活困難。

【米豬】mǐzhū ㄇㄧˇ ㄓㄨ 體內有囊蟲寄生的豬。因囊蟲為黃豆大小的囊泡，內有白色米粒狀頭節，所以叫米豬。

【米蛀蟲】mǐzhùchóng ㄇㄧˇ ㄓㄨˋ ㄔㄨㄥˊ 蛀米的蟲子，比喻投機倒把、發昧心財的糧商。

芈 mǐ ㄇㄧˇ ❶羊叫。❷(Mǐ)姓。

洣 Mǐ ㄇㄧˇ 洣水，水名，在湖南。

弭 mǐ ㄇㄧˇ ❶〈書〉平息；消滅：消弭｜弭患｜弭戰。❷(Mǐ)姓。

【弭謗】mǐbàng ㄇㄧˇ ㄅㄤˋ 〈書〉止息誹謗。

【弭兵】mǐbīng ㄇㄧˇ ㄅㄧㄥ 〈書〉平息戰爭。

【弭除】mǐchú ㄇㄧˇ ㄔㄨˊ 〈書〉消除：弭除成見。

【弭患】mǐhuàn ㄇㄧˇ ㄏㄨㄢˋ 〈書〉消除禍患。

【弭亂】mǐluàn ㄇㄧˇ ㄌㄨㄢˋ 〈書〉平息戰亂。

脒 mǐ ㄇㄧˇ 有機化合物的一類，是含有 $CNHNH_2$原子團的化合物，如磺胺脒。［英 amidine］

敉 mǐ ㄇㄧˇ 〈書〉安撫；安定：敉平。

【敉平】mǐpíng ㄇㄧˇ ㄆㄧㄥˊ 〈書〉平定：敉平叛亂。

瀰(沵) mǐ ㄇㄧˇ 〈書〉水滿。

【瀰迤】mǐyǐ ㄇㄧˇ ㄧˇ 〈書〉形容平坦：瀰迤平原。

靡1 mǐ ㄇㄧˇ 〈書〉❶順風倒下：風靡｜披靡。❷美好：靡麗。

靡2 mǐ ㄇㄧˇ 〈書〉無；沒有：靡日不思。另見793頁 mí。

【靡麗】mǐlì ㄇㄧˇ ㄌㄧˋ 〈書〉華麗；奢華。

【靡靡】mǐmǐ ㄇㄧˇ ㄇㄧˇ 頹廢淫蕩；低級趣味的(樂曲)：靡靡之音。

【靡然】mǐrán ㄇㄧˇ ㄖㄢˊ 一邊倒的樣子：天下靡然從之。

mì (ㄇㄧˋ)

汨 mì ㄇㄧˋ 汨羅(Mìluó ㄇㄧˋ ㄌㄨㄛˊ)，水名，發源於江西，流入湖南。

泌 mì ㄇㄧˋ 分泌：泌乳量｜泌尿器。另見62頁 bì。

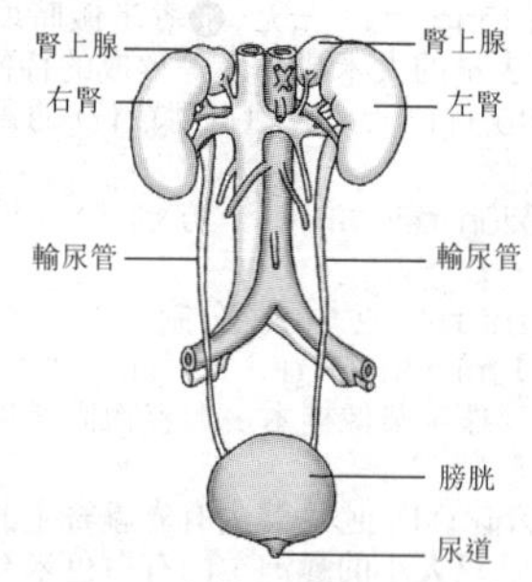

人的泌尿器

【泌尿器】mìniàoqì ㄇㄧˋ ㄋㄧㄠˋ ㄑㄧˋ 分泌尿和排泄尿的器官，是腎臟、輸尿管、膀胱、尿道等的統稱。

宓 mì ㄇㄧˋ ❶〈書〉安靜。❷(Mì)姓。

秘(祕) mì ㄇㄧˋ ❶秘密：秘訣｜秘室｜秘事。❷保守秘密：秘而不宣｜秘不示人。❸罕見；稀有：秘寶｜秘籍。另見62頁 bì。

【秘寶】mìbǎo ㄇㄧˋ ㄅㄠˇ 罕見的珍寶。

【秘本】mìběn ㄇㄧˋ ㄅㄣˇ 珍藏的罕見的圖書或版本。

【秘而不宣】mì ér bù xuān ㄇㄧˋ ㄦˊ ㄅㄨˋ ㄒㄩㄢ 守住秘密，不肯宣佈。

【秘方】mìfāng ㄇㄧˋ ㄈㄤ 不公開的有顯著醫療效果的藥方：祖傳秘方。

【秘府】mìfǔ ㄇㄧˋ ㄈㄨˇ 宮廷中收藏圖書秘籍的地方。

【秘籍】mìjí ㄇㄧˋ ㄐㄧˊ 珍貴罕見的書籍：孤本秘籍。

【秘訣】mìjué ㄇㄧˋ ㄐㄩㄝˊ 能解決問題的不公開的巧妙辦法：成功的秘訣。

【秘密】mìmì ㄇㄧˋ ㄇㄧˋ ❶有所隱蔽，不讓人知道的(跟'公開'相對)：秘密文件｜秘密來往。❷秘密的事情：保守秘密｜軍事秘密。

【秘史】mìshǐ ㄇㄧˋ ㄕˇ 指統治階級內部沒有公開的歷史，也指關於私人生活瑣事(多是腐朽生活作風)的記載：宮廷秘史。

【秘書】mìshū ㄇㄧˋ ㄕㄨ ❶掌管文書並協助機關或部門負責人處理日常工作的人員：秘書長｜部長秘書。❷秘書職務：秘書處｜擔任秘書工作。

【秘聞】mìwén ㄇㄧˋ ㄨㄣˊ 罕為人知的傳聞(多指有關私人生活的)：秘聞軼事｜宮闈秘聞｜披露秘聞。

覓(觅、覔) mì ㄇㄧˋ 尋找：尋覓｜覓食。

【覓求】mìqiú ㄇㄧˋ ㄑㄧㄡˊ 尋找；尋求：四處覓求｜覓求樂趣。

【覓取】mìqǔ ㄇㄧˋ ㄑㄩˇ 尋求取得：到深山老林覓取珍貴的木材。

密 mì ㄇㄧˋ ❶事物之間距離近；事物的部分之間空隙小(跟'稀'、'疏'相對)：密植｜稠密｜緊密｜嚴密｜這一帶的樹長得太密了。❷關係近；感情好：密友｜親密。❸精緻；細緻：細密｜精密。❹秘密：密電｜密談｜密約｜機密｜保密。❺(Mì)姓。

【密報】mìbào ㄇㄧˋ ㄅㄠˋ ❶秘密地報告：是誰密報了這件事？❷秘密的報告：得到密報。

【密閉】mìbì ㄇㄧˋ ㄅㄧˋ ❶嚴密封閉：門窗密閉。❷嚴密封閉的：密閉容器。

【密佈】mìbù ㄇㄧˋ ㄅㄨˋ 分佈得很稠密：繁星密佈｜陰雲密佈。

【密電】mìdiàn ㄇㄧˋ ㄉㄧㄢˋ ❶密碼電報；秘密的電報。❷指拍發密電。
【密度】mìdù ㄇㄧˋ ㄉㄨˋ ❶疏密的程度：人口密度｜果樹的密度不宜太大。❷物質的質量跟它的體積的比值，即物質單位體積的質量。
【密封】mìfēng ㄇㄧˋ ㄈㄥ ❶嚴密封閉：用白蠟密封瓶口，以防藥物受潮或揮發。❷嚴密封閉的：密封艙｜一聽密封的果汁。
【密告】mìgào ㄇㄧˋ ㄍㄠˋ 密報。
【密會】mìhuì ㄇㄧˋ ㄏㄨㄟˋ ❶秘密會見。❷秘密會議。
【密級】mìjí ㄇㄧˋ ㄐㄧˊ 指國家事務秘密程度的等級，一般分為絕密、機密、秘密三級。
【密集】mìjí ㄇㄧˋ ㄐㄧˊ 數量很多地聚集在一處：人口密集｜密集防守。
【密件】mìjiàn ㄇㄧˋ ㄐㄧㄢˋ 需要保密的信件或文件。
【密林】mìlín ㄇㄧˋ ㄌㄧㄣˊ 茂密的樹林（多指大片的）：密林深處。
【密令】mìlìng ㄇㄧˋ ㄌㄧㄥˋ ❶秘密命令、指令。❷秘密下達的命令、指令。
【密碼】mìmǎ ㄇㄧˋ ㄇㄚˇ 在約定的人中間使用的特別編定的秘密電碼或號碼（區別於'明碼'）：破譯密碼｜密碼鎖。
【密密層層】mì·micéngcéng ㄇㄧˋ·ㄇㄧ ㄘㄥˊ ㄘㄥˊ （密密層層的）形容很密很多：山坡上有密密層層的酸棗樹，很難走上去。
【密密叢叢】mì·micóngcóng ㄇㄧˋ·ㄇㄧ ㄘㄨㄥˊ ㄘㄨㄥˊ （密密叢叢的）形容茂密：密密叢叢的楊樹林。
【密密麻麻】mì·mimámá ㄇㄧˋ·ㄇㄧ ㄇㄚˊ ㄇㄚˊ（密密麻麻的）又多又密（多指小的東西）：紙上寫着密密麻麻的小字。
【密密匝匝】mì·mizāzā ㄇㄧˋ·ㄇㄧ ㄗㄚ ㄗㄚ（密密匝匝的）很稠密的樣子：車廂裏的人擠得密密匝匝的。也說密匝匝。
【密謀】mìmóu ㄇㄧˋ ㄇㄡˊ 秘密計劃（多指壞的）：密謀叛變。
【密切】mìqiè ㄇㄧˋ ㄑㄧㄝˋ ❶關係近：兩人關係很密切。❷使關係近：進一步密切幹部與群眾的關係。❸（對問題等）重視，照顧得周到：密切注意｜密切配合。
【密商】mìshāng ㄇㄧˋ ㄕㄤ 秘密商議：密商對策。
【密使】mìshǐ ㄇㄧˋ ㄕˇ 秘密派遣的使者；負有秘密使命的使者。
【密室】mìshì ㄇㄧˋ ㄕˋ 四面嚴密關閉的房間；秘密的房間（指不讓外人知道的地方）：策劃於密室。
【密實】mì·shi ㄇㄧˋ·ㄕ 細密；緊密：這批棉衣針腳做得真密實。
【密司脫】mìsītuō ㄇㄧˋ ㄙ ㄊㄨㄛ 先生（多見於早期翻譯作品）：密司脫王（王先生）。［英 mister］
【密斯】mìsī ㄇㄧˋ ㄙ 小姐（多見於早期翻譯作品）：密斯王（王小姐）。［英 miss］
【密談】mìtán ㄇㄧˋ ㄊㄢˊ 秘密交談：附耳密談｜兩個人密談了一陣。
【密探】mìtàn ㄇㄧˋ ㄊㄢˋ 做秘密偵探工作的人（多用來稱對方的）。
【密友】mìyǒu ㄇㄧˋ ㄧㄡˇ 友誼特別深的朋友：至親密友。
【密語】mìyǔ ㄇㄧˋ ㄩˇ ❶秘密的通信用語。為了保密，通常用數字、字母、單詞等代替真實的通信內容。也叫暗語。❷秘密交談：他倆正在低頭密語。
【密約】mìyuē ㄇㄧˋ ㄩㄝ ❶秘密約定：密約幽會。❷秘密簽訂的條約：簽訂密約。
【密雲不雨】mì yún bù yǔ ㄇㄧˋ ㄩㄣˊ ㄅㄨˋ ㄩˇ 滿天濃雲而不下雨，比喻事情正在醞釀，尚未發作。
【密召】mìzhào ㄇㄧˋ ㄓㄠˋ 秘密召喚：密召回京。
【密詔】mìzhào ㄇㄧˋ ㄓㄠˋ 秘密的詔書。
【密植】mìzhí ㄇㄧˋ ㄓˊ 在單位面積土地上適當縮小作物行距和株距，增加播種量，增加株數。
【密旨】mìzhǐ ㄇㄧˋ ㄓˇ 秘密的諭旨。
【密緻】mìzhì ㄇㄧˋ ㄓˋ （物質）結構緊密；緻密：質地密緻。

幂（冪） mì ㄇㄧˋ ❶〈書〉覆蓋東西的巾。❷〈書〉覆蓋；罩。❸表示一個數自乘若干次的形式叫幂。如 t 自乘 n 次的幂為 t^n。參看148頁〖乘方〗。

蓂〔蓂〕 mì ㄇㄧˋ 見1220頁［菥蓂］。另見809頁 míng。

幎 mì ㄇㄧˋ 〈書〉同'幂'。

嘧 mì ㄇㄧˋ ［嘧啶］（mìdìng ㄇㄧˋ ㄉㄧㄥˋ）有機化合物，化學式 $C_4H_4N_2$。無色液體或結晶物質，有刺激性氣味。用來製化學藥品。［英 pyrimidine］

蜜 mì ㄇㄧˋ ❶蜂蜜：釀蜜｜割蜜。❷像蜂蜜的東西：糖蜜。❸甜美：甜蜜｜甜言蜜語。
【蜜蜂】mìfēng ㄇㄧˋ ㄈㄥ 昆蟲，身體表面有很密的絨毛，前翅比後翅大，雄的觸角較長，母蜂和工蜂有毒刺，能螫人。成群居住。工蜂能採花粉釀蜜，幫助某些植物傳粉。蜂蜜、蜂蠟、王漿有很大的經濟價值。
【蜜餞】mìjiàn ㄇㄧˋ ㄐㄧㄢˋ ❶用濃糖漿浸漬果品等：蜜餞海棠。❷蜜餞的果品等。
【蜜色】mìsè ㄇㄧˋ ㄙㄜˋ 像蜂蜜那樣的顏色；淡黃色。
【蜜丸子】mìwán·zi ㄇㄧˋ ㄨㄢˊ·ㄗ 用蜂蜜調和藥麵兒製成的丸藥。
【蜜腺】mìxiàn ㄇㄧˋ ㄒㄧㄢˋ 某些植物的花上分泌糖汁的腺。有的植物蜜腺長在雄蕊或雌蕊的基部，如白菜；有的植物蜜腺長在花冠上，如蘿蔔。

【蜜源】mìyuán ㄇㄧˋ ㄩㄢˊ 指能大量供蜜蜂採蜜的植物。

【蜜月】mìyuè ㄇㄧˋ ㄩㄝˋ 新婚第一個月：蜜月旅行｜度蜜月。

【蜜棗】mìzǎo ㄇㄧˋ ㄗㄠˇ（蜜棗兒）蜜餞的棗兒。

謐（谧） mì ㄇㄧˋ〈書〉安寧；平靜：安謐｜靜謐｜恬謐。

mián（ㄇㄧㄢˊ）

眠 mián ㄇㄧㄢˊ ❶睡眠：失眠｜安眠｜長眠（指死亡）。❷某些動物的一種生理現象，在一個較長時間內不動不吃：冬眠｜蠶三眠了。

棉 mián ㄇㄧㄢˊ ❶草棉和木棉的統稱，通常多指草棉。❷棉花②：棉紡｜棉布。❸像棉花的絮狀物：石棉｜腈綸棉｜膨鬆棉。

【棉餅】miánbǐng ㄇㄧㄢˊ ㄅㄧㄥˇ 棉子榨油後剩下的壓成餅狀的渣滓。可做飼料或肥料。

【棉布】miánbù ㄇㄧㄢˊ ㄅㄨˋ 用棉紗織成的布。

【棉的確良】miándíquèliáng ㄇㄧㄢˊ ㄉㄧˊ ㄑㄩㄝˋ ㄌㄧㄤˊ 滌棉布的俗稱。

【棉紡】miánfǎng ㄇㄧㄢˊ ㄈㄤˇ 用棉花紡成紗：棉紡廠。

【棉猴兒】miánhóur ㄇㄧㄢˊ ㄏㄡㄦˊ 風帽連着衣領的棉大衣。

【棉花】mián·hua ㄇㄧㄢˊ ·ㄏㄨㄚ ❶草棉的通稱。❷棉桃中的纖維，用來紡紗、絮衣服被褥等。

【棉花胎】mián·huatāi ㄇㄧㄢˊ ·ㄏㄨㄚ ㄊㄞ〈方〉棉絮。

【棉花套子】mián·hua tào·zi ㄇㄧㄢˊ ·ㄏㄨㄚ ㄊㄠˋ ·ㄗ〈方〉棉絮。

【棉鈴】miánlíng ㄇㄧㄢˊ ㄌㄧㄥˊ 棉花的果實，初長時形狀像鈴叫棉鈴，長成後像桃叫棉桃。一般不加分別，通稱棉桃。

【棉毛】miánmáo ㄇㄧㄢˊ ㄇㄠˊ 指一種比較厚的棉針織品：棉毛衫｜棉毛褲。

【棉農】miánnóng ㄇㄧㄢˊ ㄋㄨㄥˊ 以種植棉花為主的農民。

【棉皮鞋】miánpíxié ㄇㄧㄢˊ ㄆㄧˊ ㄒㄧㄝˊ 襯有絨、氈等材料的皮鞋。

【棉籤】miánqiān ㄇㄧㄢˊ ㄑㄧㄢ（棉籤兒）一端裹有少許棉花的小細棍，用於醫療上皮膚局部消毒或處理傷口等。

【棉紗】miánshā ㄇㄧㄢˊ ㄕㄚ 用棉花紡成的紗。

【棉桃】miántáo ㄇㄧㄢˊ ㄊㄠˊ 棉花的果實，特指長成後形狀像桃的。參看〖棉鈴〗。

【棉套】miántào ㄇㄧㄢˊ ㄊㄠˋ 絮了棉花的套子，套在茶壺、飯桶等外面起保暖作用。

【棉田】miántián ㄇㄧㄢˊ ㄊㄧㄢˊ 種植棉花的田地。

【棉綫】miánxiàn ㄇㄧㄢˊ ㄒㄧㄢˋ 用棉紗製成的綫。

【棉絮】miánxù ㄇㄧㄢˊ ㄒㄩˋ ❶棉花的纖維：這種棉花的棉絮長。❷用棉花纖維做成的可以絮被褥等的胎。

【棉織品】miánzhīpǐn ㄇㄧㄢˊ ㄓ ㄆㄧㄣˇ 用棉紗或棉綫織成的布和衣物。

【棉子】miánzǐ ㄇㄧㄢˊ ㄗˇ 棉花的種子，可以榨油。也作棉籽。

【棉籽】miánzǐ ㄇㄧㄢˊ ㄗˇ 同'棉子'。

綿（绵、緜） mián ㄇㄧㄢˊ ❶絲綿。❷綿延：綿亘｜綿長｜連綿。❸薄弱；柔軟：綿薄｜綿軟。❹〈方〉（性情）溫和：你別瞧他不聲不響，性子挺綿，心可大啦。

【綿白糖】miánbáitáng ㄇㄧㄢˊ ㄅㄞˊ ㄊㄤˊ 顆粒很小，略呈粉末狀的白糖。

【綿薄】miánbó ㄇㄧㄢˊ ㄅㄛˊ 謙辭，指自己薄弱的能力：願在文化工作方面，稍盡綿薄。

【綿長】miáncháng ㄇㄧㄢˊ ㄔㄤˊ 延續很長：綿長歲月｜福壽綿長（對老年人的祝辭）。

【綿綢】miánchóu ㄇㄧㄢˊ ㄔㄡˊ 用碎絲、廢絲等為原料紡成絲後織成的絲織品，表面不平整，不光滑。

【綿亘】miángèn ㄇㄧㄢˊ ㄍㄣˋ 接連不斷（多指山脉等）：大別山綿亘在河南、安徽和湖北三省的邊界上。

【綿和】miánhé ㄇㄧㄢˊ ㄏㄜˊ〈方〉柔和；溫和：酒性綿和｜他脾氣挺綿和的。

【綿裏藏針】mián lǐ cáng zhēn ㄇㄧㄢˊ ㄌㄧˇ ㄘㄤˊ ㄓㄣ ❶形容柔中有剛。❷比喻外貌柔和，內心刻毒。

【綿力】miánlì ㄇㄧㄢˊ ㄌㄧˋ〈書〉微薄的力量：略盡綿力。

【綿連】miánlián ㄇㄧㄢˊ ㄌㄧㄢˊ 連綿。也作綿聯。

【綿密】miánmì ㄇㄧㄢˊ ㄇㄧˋ（言行、思慮）細密周到：文思綿密。

【綿綿】miánmián ㄇㄧㄢˊ ㄇㄧㄢˊ 連續不斷的樣子：秋雨綿綿。

【綿軟】miánruǎn ㄇㄧㄢˊ ㄖㄨㄢˇ ❶柔軟（多用於毛髮、衣被、紙張等）：綿軟的羊毛。❷形容身體無力：他覺得渾身綿軟，腦袋昏沈沈的。

【綿糖】miántáng ㄇㄧㄢˊ ㄊㄤˊ 綿白糖。

【綿甜】miántián ㄇㄧㄢˊ ㄊㄧㄢˊ（味道）柔和而甘甜（多指酒類）。

【綿延】miányán ㄇㄧㄢˊ ㄧㄢˊ 延續不斷：綿延千里的山脉。

【綿羊】miányáng ㄇㄧㄢˊ ㄧㄤˊ 羊的一種，公羊多有螺旋狀大角，母羊角細小或無角，口吻長，四肢短，趾有蹄，尾肥大，毛白色，長而捲曲。性溫順。變種很多，有灰黑等顏色。毛是紡織品的重要原料，皮可製革。

【綿紙】miánzhǐ ㄇㄧㄢˊ ㄓˇ 用樹木的韌皮纖維製的紙，色白，柔軟而有韌性，纖維細長如綿，所以叫綿紙。多用做皮衣襯墊、鞭炮捻子、電池包裝等。
【綿子】mián·zi ㄇㄧㄢˊ ·ㄗ 〈方〉絲綿。

miǎn (ㄇㄧㄢˇ)

丏 miǎn ㄇㄧㄢˇ 〈書〉遮蔽；看不見。

免 miǎn ㄇㄧㄢˇ ❶去掉；除掉：免稅｜免費｜任免名單｜俗禮都免了。❷避免：免疫性｜事前做好準備，以免臨時忙亂。❸不可；不要：閑人免進｜免開尊口。
【免不得】miǎn·bu·de ㄇㄧㄢˇ ·ㄅㄨ ·ㄉㄜ 免不了：在這個問題上他們的看法分歧很大，免不得有一場爭論。
【免不了】miǎn ·bu liǎo ㄇㄧㄢˇ ·ㄅㄨ ㄌㄧㄠˇ 不可避免；難免：在前進的道路上，困難是免不了的｜剛會走的孩子免不了要摔跤。
【免除】miǎnchú ㄇㄧㄢˇ ㄔㄨˊ 免去；除掉：興修水利，免除水旱災害。
【免得】miǎn·de ㄇㄧㄢˇ ·ㄉㄜ 以免：多問幾句，免得走錯路｜我再說明一下，免得引起誤會。
【免費】miǎn∥fèi ㄇㄧㄢˇ∥ㄈㄟˋ 免繳費用；不收費：免費醫療｜展覽會免費參觀。
【免冠】miǎnguān ㄇㄧㄢˇ ㄍㄨㄢ ❶脫帽，古時表示謝罪，後來表示敬意。❷不戴帽子：交一寸半身免冠相片兩張。
【免檢】miǎnjiǎn ㄇㄧㄢˇ ㄐㄧㄢˇ 免除檢查：免檢物品。
【免考】miǎnkǎo ㄇㄧㄢˇ ㄎㄠˇ 免試①。
【免票】miǎnpiào ㄇㄧㄢˇ ㄆㄧㄠˋ ❶不收費的票：每人發一張火車免票。❷(入場、乘車等)不要票：兒童身高不滿一米的坐公共汽車免票。
【免試】miǎnshì ㄇㄧㄢˇ ㄕˋ ❶允許不經過考試(升學或晉職等)。也說免考。❷免除測試。
【免稅】miǎn∥shuì ㄇㄧㄢˇ∥ㄕㄨㄟˋ 免繳稅款：海關免稅放行。
【免俗】miǎnsú ㄇㄧㄢˇ ㄙㄨˊ 言行不拘於世俗常情(多用於否定式)：未能免俗。
【免刑】miǎnxíng ㄇㄧㄢˇ ㄒㄧㄥˊ 經法院審判決定，免予刑事處分。
【免修】miǎnxiū ㄇㄧㄢˇ ㄒㄧㄡ 允許不學習(某種課程)：免修外語。
【免驗】miǎnyàn ㄇㄧㄢˇ ㄧㄢˋ 免除檢驗：免驗產品。
【免役】miǎnyì ㄇㄧㄢˇ ㄧˋ 免除某種規定的服役，如兵役、勞役。
【免疫】miǎnyì ㄇㄧㄢˇ ㄧˋ 由於具有抵抗力而不患某種傳染病，有先天性免疫和獲得性免疫兩種。
【免戰牌】miǎnzhànpái ㄇㄧㄢˇ ㄓㄢˋ ㄆㄞˊ 向對方表示不應戰的牌子(多見於舊小說、戲曲)。
【免職】miǎn∥zhí ㄇㄧㄢˇ∥ㄓˊ 免去職務：由於貪污而被免職｜他被免了職後做別的工作去了。
【免罪】miǎn∥zuì ㄇㄧㄢˇ∥ㄗㄨㄟˋ 不給予法律處分：免罪釋放。

沔 Miǎn ㄇㄧㄢˇ 沔水，漢水的上游，在陝西，古代也指整個漢水。

眄 miǎn ㄇㄧㄢˇ ‘眄’miàn 的又音。

俛 miǎn ㄇㄧㄢˇ 見804頁［僶俛］(mǐn-miǎn)。
另見355頁 fǔ。

勉 miǎn ㄇㄧㄢˇ ❶努力：奮勉。❷勉勵：自勉｜互勉｜有則改之，無則加勉。❸力量不夠而盡力做：勉強｜勉為其難。
【勉力】miǎnlì ㄇㄧㄢˇ ㄌㄧˋ 努力；盡力：勉力為之。
【勉勵】miǎnlì ㄇㄧㄢˇ ㄌㄧˋ 勸人努力；鼓勵：互相勉勵｜老師勉勵同學繼續努力。
【勉強】miǎnqiǎng ㄇㄧㄢˇ ㄑㄧㄤˇ ❶能力不夠，還盡力做：這項工作我還能勉強堅持下來。❷不是甘心情願的：礙着面子，勉強答應下來了。❸使人做他自己不願意做的事：他不去算了，不要勉強他了。❹牽強；理由不充足：這種說法很勉強，怕站不住腳。❺將就；湊合：這點兒草料勉強夠牲口吃一天。
【勉為其難】miǎn wéi qí nán ㄇㄧㄢˇ ㄨㄟˊ ㄑㄧˊ ㄋㄢˊ 勉強做能力所不及的事。

娩(挽) miǎn ㄇㄧㄢˇ 分娩。
另見1177頁 wǎn。
【娩出】miǎnchū ㄇㄧㄢˇ ㄔㄨ 胎兒、胎盤和胎膜等從母體內產出來。

勔 miǎn ㄇㄧㄢˇ 〈書〉勤勉。

冕 miǎn ㄇㄧㄢˇ 天子、諸侯、卿、大夫所戴的禮帽，後來專指帝王的禮帽：加冕禮。
【冕旒】miǎnliú ㄇㄧㄢˇ ㄌㄧㄡˊ 天子的禮帽和禮帽前後的玉串。

偭 miǎn ㄇㄧㄢˇ 〈書〉❶向；面向。❷違背：偭規越矩(違背正常的法度)。

湎 miǎn ㄇㄧㄢˇ 見139頁〖沈湎〗。

愐 miǎn ㄇㄧㄢˇ 〈書〉❶思；想。❷勤勉。

黽(黾) miǎn ㄇㄧㄢˇ 〈書〉同‘澠’。
另見804頁 mǐn。

腼 miǎn ㄇㄧㄢˇ ［腼腆］(miǎn·tiǎn ㄇㄧㄢˇ ·ㄊㄧㄢˇ) 因怕生或害羞而神情不自然：小孩兒見了生人有點腼腆。也作靦覥。

緬[1](缅) miǎn ㄇㄧㄢˇ 遙遠：緬懷｜緬想。

緬[2](缅) miǎn ㄇㄧㄢˇ 〈方〉捲：緬上袖子把邊兒緬過去。

【緬懷】miǎnhuái ㄇㄧㄢˇ ㄏㄨㄞˊ 追想（已往的事迹）：緬懷先烈創業的艱難。
【緬邈】miǎnmiǎo ㄇㄧㄢˇ ㄇㄧㄠˇ 〈書〉遙遠。
【緬想】miǎnxiǎng ㄇㄧㄢˇ ㄒㄧㄤˇ 緬懷。

靦（靦） miǎn ㄇㄧㄢˇ ［靦覥］（miǎn·tiǎn ㄇㄧㄢˇ·ㄊㄧㄢˇ）同'腼腆'。
另見1133頁 tiǎn。

澠（渑） miǎn ㄇㄧㄢˇ 澠池（Miǎnchí ㄇㄧㄢˇ ㄔˊ），地名，在河南。
另見1029頁 Shéng。

鮸（鮸） miǎn ㄇㄧㄢˇ 魚，身體長，側扁，棕褐色，口大而微斜，尾鰭呈楔形。生活在海中。通稱鰵（mǐn）魚。

miàn（ㄇㄧㄢˋ）

面（靣） miàn ㄇㄧㄢˋ ❶頭的前部；臉：面孔｜笑容滿面。❷向着；朝着：背山面水｜這所房子面南坐北。❸（面兒）物體的表面，有時特指某些物體的上部的一層：水面｜地面｜路面｜圓桌面兒｜面兒磨得很光。❹當面：面談｜面洽｜面交。❺（面兒）東西露在外面的那一層或紡織品的正面：鞋面兒｜這塊布做裏兒，那塊布做面兒。❻幾何學上指一條綫移動所構成的圖形，有長有寬，沒有厚。❼部位或方面：正面｜反面｜片面｜全面｜多面手｜面面俱到。❽方位詞後綴：上面｜前面｜外面｜左面｜西面。❾量詞。a）用於扁平的物件：一面鏡子｜兩面旗子。b）用於會見的次數：見過一面。
另見799頁 miàn'麪'。

【面壁】miànbì ㄇㄧㄢˋ ㄅㄧˋ ❶臉對着牆，指對事情不介意或無所用心。❷佛教指臉對着牆靜坐默唸。南北朝時印度僧達摩來華，據傳在嵩山少林寺面壁而坐九年，潛心修道。後來用'面壁'指專心於學業。❸舊時一種體罰，臉對着牆站着。
【面對面】miàn duì miàn ㄇㄧㄢˋ ㄉㄨㄟˋ ㄇㄧㄢˋ 臉對着臉；當面：兩個人面對面坐着｜面對面地提意見。
【面額】miàn'é ㄇㄧㄢˋ ㄜˊ 票面的數額：大面額｜各種面額的人民幣。
【面紅耳赤】miàn hóng ěr chì ㄇㄧㄢˋ ㄏㄨㄥˊ ㄦˇ ㄔˋ 形容因急躁、害羞等臉上發紅的樣子：兩個人為些小事爭得面紅耳赤。
【面黃肌瘦】miàn huáng jī shòu ㄇㄧㄢˋ ㄏㄨㄤˊ ㄐㄧ ㄕㄡˋ 臉色發黃、肌膚消瘦，形容營養不良或有病的樣子。
【面積】miànjī ㄇㄧㄢˋ ㄐㄧ 平面或物體表面的大小：土地面積｜建築面積。
【面頰】miànjiá ㄇㄧㄢˋ ㄐㄧㄚˊ 臉蛋兒：面頰紅潤。
【面巾】miànjīn ㄇㄧㄢˋ ㄐㄧㄣ 〈方〉洗臉的布；毛巾。
【面具】miànjù ㄇㄧㄢˋ ㄐㄩˋ ❶戴在面部起遮擋保護作用的東西：防毒面具。❷假面具。
【面孔】miànkǒng ㄇㄧㄢˋ ㄎㄨㄥˇ 臉：和藹的面孔｜板着面孔◇這些產品樣式陳舊，一副老面孔。
【面料】miànliào ㄇㄧㄢˋ ㄌㄧㄠˋ ❶做衣服鞋帽等的面兒用的料子：大衣面料。❷用來貼在物件表層的材料：傢具面料。
【面臨】miànlín ㄇㄧㄢˋ ㄌㄧㄣˊ 面前遇到（問題、形勢等）；面對：我們面臨着極其艱巨而又十分光榮的任務。
【面貌】miànmào ㄇㄧㄢˋ ㄇㄠˋ ❶臉的形狀；相貌。❷比喻事物所呈現的景象、狀態：社會面貌｜精神面貌。
【面面觀】miàn miàn guān ㄇㄧㄢˋ ㄇㄧㄢˋ ㄍㄨㄢ 從各個方面進行的觀察（多用作文章標題）：婚戀問題面面觀。
【面面俱到】miàn miàn jù dào ㄇㄧㄢˋ ㄇㄧㄢˋ ㄐㄩˋ ㄉㄠˋ 各方面都照顧到，沒有遺漏：寫文章要突出重點，不必面面俱到。
【面面相覷】miàn miàn xiāng qù ㄇㄧㄢˋ ㄇㄧㄢˋ ㄒㄧㄤ ㄑㄩˋ 你看我，我看你，形容大家因驚懼或無可奈何而互相望着，都不說話。
【面目】miànmù ㄇㄧㄢˋ ㄇㄨˋ ❶面貌①：面目猙獰｜面目可憎。❷面貌：政治面目｜不見廬山真面目｜面目全非。❸面子；臉面：要是任務完不成，我有何面目回去見首長和同志們。
【面目全非】miànmù quán fēi ㄇㄧㄢˋ ㄇㄨˋ ㄑㄩㄢˊ ㄈㄟ 事物的樣子改變得很厲害（多含貶義）。
【面目一新】miànmù yī xīn ㄇㄧㄢˋ ㄇㄨˋ ㄧ ㄒㄧㄣ 樣子完全變新（指變好）：這個工廠經過改建，已經面目一新了。
【面龐】miànpáng ㄇㄧㄢˋ ㄆㄤˊ 臉的輪廓：小孩兒圓圓的面龐，水汪汪的大眼睛，真惹人喜歡。
【面盆】miànpén ㄇㄧㄢˋ ㄆㄣˊ 〈方〉臉盆。
【面皮】miànpí ㄇㄧㄢˋ ㄆㄧˊ 〈方〉臉皮。
【面洽】miànqià ㄇㄧㄢˋ ㄑㄧㄚˋ 當面接洽：面洽公事｜詳情請和來人面洽。
【面前】miànqián ㄇㄧㄢˋ ㄑㄧㄢˊ 面對着的地方：面前是一條大河｜艱巨的任務擺在我們面前。
【面容】miànróng ㄇㄧㄢˋ ㄖㄨㄥˊ 面貌；容貌：面容枯槁｜面容和藹。
【面如土色】miàn rú tǔ sè ㄇㄧㄢˋ ㄖㄨˊ ㄊㄨˇ ㄙㄜˋ 臉色跟土一樣，沒有血色。形容極端驚恐：嚇得面如土色。
【面色】miànsè ㄇㄧㄢˋ ㄙㄜˋ 臉上的氣色：他面色紅潤，身體很健康。
【面紗】miànshā ㄇㄧㄢˋ ㄕㄚ ❶婦女蒙在臉上的紗。❷比喻掩蓋真實面目的東西：揭開宮廷的神秘面紗。

【面善】miànshàn ㄇㄧㄢˋ ㄕㄢˋ ❶面熟：這人好面善，就是一下子想不起名字。❷面容和藹：面善心惡｜碰見一位面善的老人。

【面神經】miànshénjīng ㄇㄧㄢˋ ㄕㄣˊ ㄐㄧㄥ 第七對腦神經，分佈在面部的兩側，主管面部肌肉的動作、淚腺和唾液腺的分泌。

【面生】miànshēng ㄇㄧㄢˋ ㄕㄥ 面貌生疏；不熟識：當着面生的人，他顯得十分拘謹。

【面世】miànshì ㄇㄧㄢˋ ㄕˋ 指作品、產品與世人見面；問世：詩人兩本新作面世｜更新換代產品即將面世。

【面試】miànshì ㄇㄧㄢˋ ㄕˋ 對應試者進行當面考查測試：通過面試，破格錄取。

【面首】miànshǒu ㄇㄧㄢˋ ㄕㄡˇ 〈書〉指供貴婦人玩弄的美男子(面：指臉；首：指頭髮)。

【面授】miànshòu ㄇㄧㄢˋ ㄕㄡˋ ❶當面傳授：面授機宜。❷當面講授的教學方式(區別於'函授')。

【面熟】miànshú ㄇㄧㄢˋ ㄕㄨˊ 面貌熟悉(但說不出是誰)：這人看着面熟，像在哪兒見過。

【面談】miàntán ㄇㄧㄢˋ ㄊㄢˊ 當面商談；當面交談：改日面談｜面談招考問題。

【面湯】miàntāng ㄇㄧㄢˋ ㄊㄤ 〈方〉洗臉的熱水。

【面團團】miàntuántuán ㄇㄧㄢˋ ㄊㄨㄢˊ ㄊㄨㄢˊ 形容臉肥胖：面團團若富家翁。

【面無人色】miàn wú rén sè ㄇㄧㄢˋ ㄨˊ ㄖㄣˊ ㄙㄜˋ 臉上沒有血色，形容極端恐懼。

【面相】miànxiàng ㄇㄧㄢˋ ㄒㄧㄤˋ 相貌；樣子：因為天黑，沒有看清他是甚麼面相。

【面敍】miànxù ㄇㄧㄢˋ ㄒㄩˋ 當面敍談：就此擱筆，餘容面敍。

【面議】miànyì ㄇㄧㄢˋ ㄧˋ 當面商議：價格面議。

【面罩】miànzhào ㄇㄧㄢˋ ㄓㄠˋ 擋在或戴在面部起遮蔽或保護作用的罩子。

【面值】miànzhí ㄇㄧㄢˋ ㄓˊ 票據等上面標明的金額。

【面磚】miànzhuān ㄇㄧㄢˋ ㄓㄨㄢ 陶土燒製的磚，有裝飾性花紋，用來砌在牆的表面。

【面子】miàn·zi ㄇㄧㄢˋ ·ㄗ ❶物體的表面：被面子｜這件袍子的面子很好看。❷體面；表面的虛榮：愛面子｜要面子｜你這話傷了他的面子。❸情面：給面子｜礙於面子，只好答應了。

眄 miàn ㄇㄧㄢˋ，又 miǎn ㄇㄧㄢˇ 〈書〉眄視。

【眄視】miànshì ㄇㄧㄢˋ ㄕˋ 〈書〉斜着眼看。

麪(面、麵) miàn ㄇㄧㄢˋ ❶糧食磨成的粉，特指小麥磨成的粉：白麪｜豆麪｜小米麪｜玉米麪｜高粱麪。❷(麪兒)粉末：藥麪兒｜胡椒麪兒。❸麪條：掛麪｜切麪｜湯麪｜一碗麪。❹〈方〉指某些食物纖維少而柔軟：麪倭瓜｜煮的紅薯很麪｜這個瓜是脆的，那個瓜是麪的。

'面'另見798頁 miàn。

【麪案】miàn'àn ㄇㄧㄢˋ ㄢˋ 炊事分工上指煮飯、烙餅、蒸饅頭之類的工作；白案。

【麪包】miànbāo ㄇㄧㄢˋ ㄅㄠ 食品，把麪粉加水等調勻，發酵後烤製而成。

【麪包車】miànbāochē ㄇㄧㄢˋ ㄅㄠ ㄔㄜ 旅行車的俗稱，因外形略像長方形麪包。

【麪包圈】miànbāoquān ㄇㄧㄢˋ ㄅㄠ ㄑㄩㄢ (麪包圈兒)炸成的或烤成的環形麪包。

【麪茶】miànchá ㄇㄧㄢˋ ㄔㄚˊ 食品，糜子麪等加水煮成糊狀，吃時加麻醬、椒鹽等。

【麪點】miàndiǎn ㄇㄧㄢˋ ㄉㄧㄢˇ 以麪粉、米粉為主要原料製作的點心。

【麪坊】miànfáng ㄇㄧㄢˋ ㄈㄤˊ 磨麪粉的作坊。

【麪肥】miànféi ㄇㄧㄢˋ ㄈㄟˊ 發麪時用來引起發酵的麪塊，內含大量酵母。有的地區叫老麪、麪頭。

【麪粉】miànfěn ㄇㄧㄢˋ ㄈㄣˇ 小麥磨成的粉。

【麪館】miànguǎn ㄇㄧㄢˋ ㄍㄨㄢˇ (麪館兒)出售麪條、餛飩等麪食的館子。

【麪糊】miànhù ㄇㄧㄢˋ ㄏㄨˋ ❶用麪粉加水調勻而成的糊狀物。❷〈方〉糨糊。

【麪糊】miàn·hu ㄇㄧㄢˋ ·ㄏㄨ 〈方〉食物纖維少而柔軟：白薯蒸熟了，很麪糊。

【麪筋】miàn·jin ㄇㄧㄢˋ ·ㄐㄧㄣ 食品，用麪粉加水拌和，洗去其中所含的澱粉，剩下的混合蛋白質就是麪筋。

【麪碼兒】miànmǎr ㄇㄧㄢˋ ㄇㄚㄦˇ 吃麪條時用來拌麪的蔬菜。

【麪盆】miànpén ㄇㄧㄢˋ ㄆㄣˊ 和(huó)麪用的盆。

【麪皮】miànpí ㄇㄧㄢˋ ㄆㄧˊ 〈方〉(麪皮兒)包子、餃子、餛飩等的皮兒。

【麪坯兒】miànpīr ㄇㄧㄢˋ ㄆㄧㄦ 已煮好而未加作料的麪條。

【麪人兒】miànrénr ㄇㄧㄢˋ ㄖㄣㄦˊ 用染色的糯米麪捏成的人物像。

【麪食】miànshí ㄇㄧㄢˋ ㄕˊ 用麪粉做的食品的統稱。

【麪塑】miànsù ㄇㄧㄢˋ ㄙㄨˋ 民間工藝，用加彩色的糯米麪捏成各種人物形象。

【麪湯】miàntāng ㄇㄧㄢˋ ㄊㄤ 煮過麪條的水。

【麪湯】miàn·tang ㄇㄧㄢˋ ·ㄊㄤ 〈方〉湯麪。

【麪條】miàntiáo ㄇㄧㄢˋ ㄊㄧㄠˊ (麪條兒)用麪粉做的細條狀的食品。

【麪糰】miàntuán ㄇㄧㄢˋ ㄊㄨㄢˊ (麪糰兒)和(huó)好了的成塊的麪。

【麪子】miàn·zi ㄇㄧㄢˋ ·ㄗ 粉末：藥麪子。

miāo (ㄇㄧㄠ)

喵〔喵〕 miāo ㄇㄧㄠ 象聲詞，形容貓叫的聲音。

miáo（ㄇㄧㄠˊ）

苗〔苗〕 miáo ㄇㄧㄠˊ ❶（苗兒）初生的種子植物，有時專指某些蔬菜的嫩莖或嫩葉：幼苗｜青苗｜麥苗兒｜豆苗兒｜蒜苗｜韭菜苗｜間苗｜補苗。❷後代：苗裔｜他們家就這一根苗兒。❸某些初生的飼養的動物：魚苗｜豬苗。❹疫苗：牛痘苗｜卡介苗。❺（苗兒）形狀像苗的：火苗兒。❻（Miáo）姓。

【苗牀】miáochuáng ㄇㄧㄠˊ ㄔㄨㄤˊ 培育作物幼苗的場所，有溫牀、冷牀、露地苗牀等。

【苗而不秀】miáo ér bù xiù ㄇㄧㄠˊ ㄦˊ ㄅㄨˋ ㄒㄧㄡˋ《論語·子罕》：'苗而不秀者有矣夫！'只長了苗而沒有秀穗。比喻資質雖好，但是沒有成就。也比喻虛有其表。

【苗劇】miáojù ㄇㄧㄠˊ ㄐㄩˋ 苗族戲曲劇種，流行於湘西苗族聚居的地區。

【苗木】miáomù ㄇㄧㄠˊ ㄇㄨˋ 培育的樹木幼株。一般種植在苗圃裏，可以用種子繁殖，也可以用嫁接、插枝等方法取得。

【苗圃】miáopǔ ㄇㄧㄠˊ ㄆㄨˇ 培育樹木幼株或某些農作物幼苗的園地。

【苗兒】miáor ㄇㄧㄠㄦˊ〈方〉苗頭：這事情有點苗兒了｜豬瘟剛露苗兒就被控制住了。

【苗條】miáo·tiao ㄇㄧㄠˊ ·ㄊㄧㄠ（婦女身材）細長柔美。

【苗頭】miáo·tou ㄇㄧㄠˊ ·ㄊㄡ 略微顯露的發展的趨勢或情況：注意抓事故苗頭。

【苗綉】miáoxiù ㄇㄧㄠˊ ㄒㄧㄡˋ 苗族婦女製作的刺綉。

【苗裔】miáoyì ㄇㄧㄠˊ ㄧˋ〈書〉後代。

【苗豬】miáozhū ㄇㄧㄠˊ ㄓㄨ 仔豬（zǐzhū）。

【苗子】miáo·zi ㄇㄧㄠˊ ·ㄗ ❶〈方〉苗①。❷比喻繼承某種事業的年輕人：他是個好苗子，有培養前途。❸〈方〉苗頭。

【苗族】Miáozú ㄇㄧㄠˊ ㄗㄨˊ 我國少數民族之一，分佈在貴州和湖南、雲南、廣西、四川、廣東、湖北。

描〔描〕 miáo ㄇㄧㄠˊ ❶照底樣畫（多指用薄紙蒙在底樣上畫）：描花｜描圖｜描張花樣子。❷在原來顏色淡或需要改正的地方重複地塗抹：描紅｜描眉打鬢｜寫毛筆字，一筆是一筆，不要描。

【描紅】miáohóng ㄇㄧㄠˊ ㄏㄨㄥˊ ❶兒童用毛筆蘸墨在紅模子上描着寫字：先描紅，後臨帖。❷紅模子：寫一張描紅。

【描畫】miáohuà ㄇㄧㄠˊ ㄏㄨㄚˋ 畫；描寫：描畫治山改水的藍圖。

【描繪】miáohuì ㄇㄧㄠˊ ㄏㄨㄟˋ 描畫：這些作品生動地描繪了我國農村的新氣象。

【描記】miáojì ㄇㄧㄠˊ ㄐㄧˋ 某些儀器中作用像筆的裝置根據光電信號等描出綫狀圖形，作為所監測對象情況的記錄。

【描金】miáojīn ㄇㄧㄠˊ ㄐㄧㄣ 用金銀粉在器物或牆、柱圖案上勾勒描畫，作為裝飾。

【描摹】miáomó ㄇㄧㄠˊ ㄇㄛˊ ❶照着底樣寫和畫。❷用語言文字表現人或事物的形象、情狀、特性等：小說和戲劇常常用對話描摹一個人的性格。

【描述】miáoshù ㄇㄧㄠˊ ㄕㄨˋ 形象地敍述；描寫敍述：他生動地描述了那件事的經過｜作品樸實地描述了農民的生活。

【描圖】miáo//tú ㄇㄧㄠˊ // ㄊㄨˊ 在原圖上覆蓋透明或半透明的紙，用繪圖儀器照圖樣描繪墨綫。

【描寫】miáoxiě ㄇㄧㄠˊ ㄒㄧㄝˇ 用語言文字等把事物的形象表現出來：描寫風景｜描寫人物的內心活動。

瞄〔瞄〕 miáo ㄇㄧㄠˊ 把視力集中在一點上；注視：槍瞄得準。

【瞄準】miáo//zhǔn ㄇㄧㄠˊ // ㄓㄨㄣˇ（瞄準兒）❶射擊時為使子彈、炮彈打中一定目標，調整槍口、炮口的方位和高低：瞄準靶子｜把槍口瞄準侵略者。❷泛指對準：這個工廠瞄準市場的需求，生產出多種規格的產品。

鶓〔鶓〕（鹋） miáo ㄇㄧㄠˊ 見303頁［鴯鶓］（érmiáo）。

miǎo（ㄇㄧㄠˇ）

杪 miǎo ㄇㄧㄠˇ ❶樹梢。❷指年月或四季的末尾：歲杪｜月杪｜秋杪。

肕 miǎo ㄇㄧㄠˇ 中醫指腹部兩側，第十二肋軟骨下方、髂骨上方的軟組織部分。

眇 miǎo ㄇㄧㄠˇ〈書〉❶原指一隻眼睛瞎，後來也指兩隻眼睛瞎。❷渺小；微小。

秒 miǎo ㄇㄧㄠˇ 計量單位名稱。a) 時間，60秒等於 1 分。b) 弧或角，60秒等於 1 分。c) 經度或緯度，60 秒等於 1 分。

【秒錶】miǎobiǎo ㄇㄧㄠˇ ㄅㄧㄠˇ 體育運動、科學研究等常用的一種計時錶，測量的最小數值可達 1/5 秒、1/10 秒、1/50 秒不等。

【秒針】miǎozhēn ㄇㄧㄠˇ ㄓㄣ 鐘錶上指示秒數的指針。

淼 miǎo ㄇㄧㄠˇ〈書〉形容水大：淼茫｜浩淼｜碧波淼淼。

【淼茫】miǎománg ㄇㄧㄠˇ ㄇㄤˊ 渺茫。

渺 miǎo ㄇㄧㄠˇ ❶渺茫：渺若烟雲｜渺無人迹｜渺無聲息｜音信渺然。❷渺小：渺不足道。

【渺茫】miǎománg ㄇㄧㄠˇ ㄇㄤˊ ❶因遙遠而模糊不清：音信渺茫。❷因沒有把握而難以預期：前途渺茫。

【渺然】miǎorán ㄇㄧㄠˇ ㄖㄢˊ 渺茫，不見踪影：音信渺然｜踪迹渺然。

【渺無人烟】miǎo wú rényān ㄇㄧㄠˇ ㄨˊ ㄖㄣˊ ㄧㄢ 迷茫一片，沒有人家，形容十分荒涼：原野茫茫，渺無人烟。

【渺小】miǎoxiǎo ㄇㄧㄠˇ ㄒㄧㄠˇ 藐小。

【渺遠】miǎoyuǎn ㄇㄧㄠˇ ㄩㄢˇ 同'邈遠'。

緲(缈) miǎo ㄇㄧㄠˇ 見881頁〖縹緲〗(piāomiǎo)。

藐〔藐〕 miǎo ㄇㄧㄠˇ ❶小：藐小。❷輕視；小看：言者諄諄，聽者藐藐(教誨的言辭懇切，而聽的人卻不以為然)。

【藐視】miǎoshì ㄇㄧㄠˇ ㄕˋ 輕視；小看：在戰略上要藐視敵人，在戰術上要重視敵人。

【藐小】miǎoxiǎo ㄇㄧㄠˇ ㄒㄧㄠˇ 微小：集體的力量是偉大的，個人的力量是藐小的。

邈 miǎo ㄇㄧㄠˇ 〈書〉遙遠。

【邈遠】miǎoyuǎn ㄇㄧㄠˇ ㄩㄢˇ 遙遠：邈遠的古代｜邈遠的藍天。也作渺遠。

miào (ㄇㄧㄠˋ)

妙 miào ㄇㄧㄠˋ ❶好；美妙：妙品｜妙境｜妙不可言｜這個辦法真妙。❷神奇；巧妙；奧妙：妙計｜妙策｜妙用｜妙算｜妙訣｜妙手回春｜莫名其妙。

【妙筆】miàobǐ ㄇㄧㄠˋ ㄅㄧˇ 神妙的筆法或文筆：妙筆生花。

【妙計】miàojì ㄇㄧㄠˋ ㄐㄧˋ 巧妙的計策：錦囊妙計｜想了個妙計。

【妙訣】miàojué ㄇㄧㄠˋ ㄐㄩㄝˊ 高妙的訣竅：農業增產的妙訣在於科學種田。

【妙齡】miàolíng ㄇㄧㄠˋ ㄌㄧㄥˊ 指女子的青春時期：妙齡女郎。

【妙趣】miàoqù ㄇㄧㄠˋ ㄑㄩˋ 美妙的意趣：妙趣天成｜妙趣無窮。

【妙趣橫生】miàoqù héngshēng ㄇㄧㄠˋ ㄑㄩˋ ㄏㄥˊ ㄕㄥ 洋溢着美妙意趣(多指語言、文章或美術品)。

【妙手】miàoshǒu ㄇㄧㄠˋ ㄕㄡˇ 技藝高超的人：絕代妙手｜妙手回春。

【妙手回春】miào shǒu huí chūn ㄇㄧㄠˋ ㄕㄡˇ ㄏㄨㄟˊ ㄔㄨㄣ 見1509頁〖着手成春〗。

【妙藥】miàoyào ㄇㄧㄠˋ ㄧㄠˋ 靈驗的藥：靈丹妙藥。

【妙用】miàoyòng ㄇㄧㄠˋ ㄩㄥˋ 奇妙的作用：妙用無窮。

【妙語】miàoyǔ ㄇㄧㄠˋ ㄩˇ 有意味或動聽的言語：妙語雙關｜妙語驚人。

【妙招】miàozhāo ㄇㄧㄠˋ ㄓㄠ (妙招兒)奇妙高超的着數。也作妙着。

【妙着】miàozhāo ㄇㄧㄠˋ ㄓㄠ 同'妙招'。

玅 miào ㄇㄧㄠˋ 〈書〉同'妙'。

廟(庙) miào ㄇㄧㄠˋ ❶舊時供祖宗神位的處所：宗廟｜家廟。❷供神佛或歷史上有名人物的處所：寺廟｜土地廟｜文廟｜岳廟｜山頂上有一座廟。❸〈書〉指朝廷：廟堂｜廊廟。❹〈書〉已死皇帝的代稱：廟號｜廟諱。❺廟會：趕廟。

【廟號】miàohào ㄇㄧㄠˋ ㄏㄠˋ 我國封建時代，皇帝死後，在太廟立室奉祀時特起的名號，如高祖、太宗等。

【廟會】miàohuì ㄇㄧㄠˋ ㄏㄨㄟˋ 設在寺廟裏邊或附近的集市，在節日或規定的日子舉行。

【廟堂】miàotáng ㄇㄧㄠˋ ㄊㄤˊ ❶廟宇。❷〈書〉指朝廷。

【廟宇】miàoyǔ ㄇㄧㄠˋ ㄩˇ 廟。

【廟主】miàozhǔ ㄇㄧㄠˋ ㄓㄨˇ ❶主持廟中事務的和尚或道士。❷〈書〉指宗廟裏的牌位。

【廟祝】miàozhù ㄇㄧㄠˋ ㄓㄨˋ 寺廟中管香火的人。

繆(缪) Miào ㄇㄧㄠˋ 姓。另見810頁 miù；817頁 móu。

miē (ㄇㄧㄝ)

乜 miē ㄇㄧㄝ 〈方〉乜斜①。另見844頁 Niè。

【乜斜】miē·xie ㄇㄧㄝ ·ㄒㄧㄝ ❶眼睛略瞇而斜着看(多表示瞧不起或不滿意)：他乜斜着眼睛，眼角挂着譏誚的笑意。❷眼睛因困倦瞇成一條縫：乜斜的睡眼。

咩(哶) miē ㄇㄧㄝ 象聲詞，形容羊叫的聲音。

miè (ㄇㄧㄝˋ)

滅(灭) miè ㄇㄧㄝˋ ❶熄滅：火滅了｜燈滅了。❷使熄滅：滅燈｜沙土可以滅火。❸淹沒：滅頂。❹消滅；滅亡：自生自滅｜物質不滅。❺使不存在；使消滅：滅蠅｜長自己的志氣，滅敵人的威風。

【滅茬】miè∥chá ㄇㄧㄝˋ∥ㄔㄚˊ (滅茬兒)收割後把農作物留在地裏的莖和根除掉。

【滅此朝食】miè cǐ zhāo shí ㄇㄧㄝˋ ㄘˇ ㄓㄠ ㄕˊ 消滅了敵人以後再吃早飯('此'指敵人)，形容痛恨敵人，希望立刻加以消滅(語本《左傳》成公二年：'餘姑翦滅此而朝食')。

【滅頂】miè∥dǐng ㄇㄧㄝˋ∥ㄉㄧㄥˇ 水漫過頭頂，指淹死：滅頂之災(指致命的災禍)。

【滅火】miè∥huǒ ㄇㄧㄝˋ∥ㄏㄨㄛˇ 把火弄滅：滅火沙｜滅火器。

【滅火器】mièhuǒqì ㄇㄧㄝˋ ㄏㄨㄛˇ ㄑㄧˋ 消防用具，通常是在圓鐵筒裏面裝着可以產生滅火氣體、泡沫等的化學物質，用時噴射在火焰上。

【滅迹】miè∥jì ㄇㄧㄝˋ∥ㄐㄧˋ 消滅做壞事時留下的

痕迹：毀屍滅迹｜銷贓滅迹。

【滅絕】mièjué ㄇㄧㄝˋ ㄐㄩㄝˊ ❶完全消滅：使蒼蠅蚊子死淨滅絕。❷完全喪失：滅絕人性。

【滅口】miè//kǒu ㄇㄧㄝˋ//ㄎㄡˇ 害怕泄漏秘密而害死知道內情的人：殺人滅口。

【滅門】mièmén ㄇㄧㄝˋ ㄇㄣˊ 一家人都被殺害；一家人全死光：滅門絕戶｜滅門之禍。

【滅亡】mièwáng ㄇㄧㄝˋ ㄨㄤˊ （國家、種族等）不再存在或使不存在：自取滅亡。

【滅種】mièzhǒng ㄇㄧㄝˋ ㄓㄨㄥˇ ❶消滅種族：亡國滅種。❷絕種：這種動物已瀕臨滅種。

【滅族】mièzú ㄇㄧㄝˋ ㄗㄨˊ 古代的殘酷刑罰，一人犯罪，他的父母兄弟妻子等親屬都一齊被殺。

蔑〔蔑〕 miè ㄇㄧㄝˋ 〈書〉❶小；輕：蔑視。❷無；沒有：蔑以復加。

【蔑稱】mièchēng ㄇㄧㄝˋ ㄔㄥ ❶輕蔑地稱呼。❷輕蔑的稱呼。

【蔑視】mièshì ㄇㄧㄝˋ ㄕˋ 輕視；小看：蔑視困難｜臉上流露出蔑視的神情。

篾 miè ㄇㄧㄝˋ 竹子劈成的薄片，也泛指葦子或高粱稈上劈下的皮：篾蓆｜篾匠。

【篾白】mièbái ㄇㄧㄝˋ ㄅㄞˊ 〈方〉篾黃。

【篾黃】mièhuáng ㄇㄧㄝˋ ㄏㄨㄤˊ 竹子的篾青以裏的部分，質地較脆。有的地區叫篾白。

【篾匠】mièjiàng ㄇㄧㄝˋ ㄐㄧㄤˋ 用竹篾製造器物的小手工業者。

【篾片】mièpiàn ㄇㄧㄝˋ ㄆㄧㄢˋ ❶竹子劈成的薄片。❷舊時稱在豪富人家幫閑湊趣的人。

【篾青】mièqīng ㄇㄧㄝˋ ㄑㄧㄥ 竹子的外皮，質地較韌。

【篾條】miètiáo ㄇㄧㄝˋ ㄊㄧㄠˊ 條狀的篾，用來編製器物。

【篾子】miè·zi ㄇㄧㄝˋ ·ㄗ 篾條；篾片：竹篾子。

蠛〔蠛〕 miè ㄇㄧㄝˋ ［蠛蠓］(mièměng ㄇㄧㄝˋ ㄇㄥˇ）古書上指蠓。

衊〔衊〕(蔑) miè ㄇㄧㄝˋ 見1203頁〖誣衊〗、1202頁〖污衊〗。

mín（ㄇㄧㄣˊ）

民 mín ㄇㄧㄣˊ ❶人民：國泰民安｜為民除害。❷指某種人：藏民｜回民｜農民｜漁民｜牧民｜居民｜僑民。❸民間的：民歌｜民謠。❹非軍人；非軍事的：軍民團結｜擁政愛民｜民航公司｜民用機場。

【民辦】mínbàn ㄇㄧㄣˊ ㄅㄢˋ 群眾集體創辦；私人創辦：民辦小學｜民辦企業。

【民變】mínbiàn ㄇㄧㄣˊ ㄅㄧㄢˋ 舊時指人民群眾對統治者的反抗運動：民變蜂起｜激起民變。

【民兵】mínbīng ㄇㄧㄣˊ ㄅㄧㄥ 不脫離生產的、群眾性的人民武裝組織。也稱這種組織的成員。

【民不聊生】mín bù liáo shēng ㄇㄧㄣˊ ㄅㄨˋ ㄌㄧㄠˊ ㄕㄥ 人民沒辦法生活：軍閥混戰，民不聊生。

【民船】mínchuán ㄇㄧㄣˊ ㄔㄨㄢˊ 載客和運貨的船；民用船隻。

【民法】mínfǎ ㄇㄧㄣˊ ㄈㄚˇ 規定公民和法人的財產關係（如債權、繼承權等）以及跟它相聯繫的人身非財產關係（如勞動、婚姻、家庭等）的各種法律。參看311頁〖法律〗。

【民房】mínfáng ㄇㄧㄣˊ ㄈㄤˊ 屬於私人所有的住房；民用住房。

【民憤】mínfèn ㄇㄧㄣˊ ㄈㄣˋ 人民大眾對有罪惡的人的憤恨：不殺不足以平民憤。

【民風】mínfēng ㄇㄧㄣˊ ㄈㄥ 社會上的風氣；民間風尚：民風淳樸｜民風強悍。

【民夫】mínfū ㄇㄧㄣˊ ㄈㄨ 舊時稱為官府、軍隊服勞役的人。也作民伕。

【民歌】míngē ㄇㄧㄣˊ ㄍㄜ 民間口頭流傳的詩歌或歌曲，多不知作者姓名。

【民工】míngōng ㄇㄧㄣˊ ㄍㄨㄥ ❶在政府動員或號召下參加修築公路、堤壩或幫助軍隊運輸等工作的人。❷指到城市打工的農民。

【民國】Mínguó ㄇㄧㄣˊ ㄍㄨㄛˊ 指中華民國。

【民航】mínháng ㄇㄧㄣˊ ㄏㄤˊ 民用航空的簡稱：民航班機。

【民間】mínjiān ㄇㄧㄣˊ ㄐㄧㄢ ❶人民中間：民間文學｜民間音樂｜這個故事多少年來一直在民間流傳。❷非官方的：民間貿易｜民間往來。

【民間文學】mínjiān wénxué ㄇㄧㄣˊ ㄐㄧㄢ ㄨㄣˊ ㄒㄩㄝˊ 在人民中間廣泛流傳的文學，主要是口頭文學，包括神話、傳說、民間故事、民間戲曲、民間曲藝、歌謠等。

【民間藝術】mínjiān yìshù ㄇㄧㄣˊ ㄐㄧㄢ ㄧˋ ㄕㄨˋ 勞動人民直接創造的或在勞動群眾中廣泛流傳的藝術，包括音樂、舞蹈、造型藝術、工藝美術等。

【民警】mínjǐng ㄇㄧㄣˊ ㄐㄧㄥˇ 人民警察。

【民居】mínjū ㄇㄧㄣˊ ㄐㄩ 民房：江南民居。

【民力】mínlì ㄇㄧㄣˊ ㄌㄧˋ 人民的財力：珍惜民力。

【民命】mínmìng ㄇㄧㄣˊ ㄇㄧㄥˋ 人民的生命：國脉民命。

【民瘼】mínmò ㄇㄧㄣˊ ㄇㄛˋ 〈書〉人民的疾苦。

【民女】mínnǚ ㄇㄧㄣˊ ㄋㄩˇ 百姓家的女子。

【民品】mínpǐn ㄇㄧㄣˊ ㄆㄧㄣˇ 民用物品（區別於'軍品'）。

【民氣】mínqì ㄇㄧㄣˊ ㄑㄧˋ 人民對關係國家、民族安危存亡的重大局勢所表現的意志：民氣旺盛。

【民情】mínqíng ㄇㄧㄣˊ ㄑㄧㄥˊ ❶人民的生產活動、風俗習慣等情況：熟悉民情。❷指人民的心情、願望等：體恤民情。

【民權】mínquán ㄇㄧㄣˊ ㄑㄩㄢˊ 指人民在政治上

的民主權利。

【民權主義】 mínquán zhǔyì ㄇㄧㄣˊ ㄑㄩㄢˊ ㄓㄨˇ ㄧˋ 三民主義的一個組成部分。參看988頁〖三民主義〗。

【民生】 mínshēng ㄇㄧㄣˊ ㄕㄥ 人民的生計：國計民生｜民生凋敝。

【民生主義】 mínshēng zhǔyì ㄇㄧㄣˊ ㄕㄥ ㄓㄨˇ ㄧˋ 三民主義的一個組成部分。參看988頁〖三民主義〗。

【民事】 mínshì ㄇㄧㄣˊ ㄕˋ 有關民法的：民事權利｜民事訴訟。參看〖民法〗。

【民事法庭】 mínshì fǎtíng ㄇㄧㄣˊ ㄕˋ ㄈㄚˇ ㄊㄧㄥˊ 負責審理民事案件的法庭。簡稱民庭。

【民事權利】 mínshì quánlì ㄇㄧㄣˊ ㄕˋ ㄑㄩㄢˊ ㄌㄧˋ 民法上所規定的權利。

【民事訴訟】 mínshì sùsòng ㄇㄧㄣˊ ㄕˋ ㄙㄨˋ ㄙㄨㄥˋ 關於民事案件的訴訟。

【民俗】 mínsú ㄇㄧㄣˊ ㄙㄨˊ 民間的風俗習慣：考察民俗。

【民俗學】 mínsúxué ㄇㄧㄣˊ ㄙㄨˊ ㄒㄩㄝˊ 以民間風俗、傳說、口頭文學等為研究對象的學科。

【民庭】 míntíng ㄇㄧㄣˊ ㄊㄧㄥˊ 民事法庭的簡稱。

【民團】 míntuán ㄇㄧㄣˊ ㄊㄨㄢˊ 舊時地主豪紳組織的地方武裝。

【民校】 mínxiào ㄇㄧㄣˊ ㄒㄧㄠˋ ❶成年人利用閑暇時間學習文化的學校。❷民間開辦的學校。

【民心】 mínxīn ㄇㄧㄣˊ ㄒㄧㄣ 人民共同的心意：民心所向。

【民信局】 mínxìnjú ㄇㄧㄣˊ ㄒㄧㄣˋ ㄐㄩˊ 舊時私營的以遞送信件、包裹以及辦理匯兑等為主的機構，同時兼辦運貨、兑換貨幣等業務。

【民選】 mínxuǎn ㄇㄧㄣˊ ㄒㄩㄢˇ 由人民群眾選舉：民選代表。

【民諺】 mínyàn ㄇㄧㄣˊ ㄧㄢˋ 民間諺語，如：'人不可貌相，海水不可斗量'，'路遙知馬力，日久見人心'。

【民謠】 mínyáo ㄇㄧㄣˊ ㄧㄠˊ 民間歌謠，多指與時事政治有關的。

【民意】 mínyì ㄇㄧㄣˊ ㄧˋ 人民共同的意見和願望：民意測驗｜民意不可侮。

【民營】 mínyíng ㄇㄧㄣˊ ㄧㄥˊ 人民群眾投資經營；私人經營：民營企業。

【民用】 mínyòng ㄇㄧㄣˊ ㄩㄥˋ 人民生活所使用的：民用航空｜民用建築｜民用五金器材。

【民怨】 mínyuàn ㄇㄧㄣˊ ㄩㄢˋ 人民群眾對反動統治者的怨恨：民怨沸騰（形容人民群眾對反動統治者的怨恨達到極點）。

【民樂】 mínyuè ㄇㄧㄣˊ ㄩㄝˋ 民間器樂：民樂隊｜民樂合奏。

【民運】 mínyùn ㄇㄧㄣˊ ㄩㄣˋ ❶有關人民生活物資的運輸工作。❷舊時私營的運輸業。❸指民眾運動：民運工作｜民運幹事。

【民賊】 mínzéi ㄇㄧㄣˊ ㄗㄟˊ 對國家和人民犯了嚴重罪行的人：獨夫民賊。

【民宅】 mínzhái ㄇㄧㄣˊ ㄓㄞˊ 民居；民房。

【民政】 mínzhèng ㄇㄧㄣˊ ㄓㄥˋ 國內行政事務的一部分，在我國，民政包括選舉、行政區劃、地政、戶政、國籍、民工動員、婚姻登記、社團登記、優撫、救濟等。

【民脂民膏】 mín zhī mín gāo ㄇㄧㄣˊ ㄓ ㄇㄧㄣˊ ㄍㄠ 比喻人民用血汗換來的財富。

【民智】 mínzhì ㄇㄧㄣˊ ㄓˋ 指一個國家的人民所具有的文化知識：開發民智｜民智漸開。

【民眾】 mínzhòng ㄇㄧㄣˊ ㄓㄨㄥˋ 人民大眾：喚起民眾。

【民主】 mínzhǔ ㄇㄧㄣˊ ㄓㄨˇ ❶指人民有參與國事或對國事有自由發表意見的權利。❷合於民主原則：作風民主｜民主辦廠。

【民主黨派】 mínzhǔ dǎngpài ㄇㄧㄣˊ ㄓㄨˇ ㄉㄤˇ ㄆㄞˋ 接受中國共產黨的領導、參加人民民主統一戰綫的其他政黨的統稱。有中國國民黨革命委員會、中國民主同盟、中國民主建國會、中國民主促進會、中國農工民主黨、中國致公黨、台灣民主自治同盟和九三學社等。

【民主改革】 mínzhǔ gǎigé ㄇㄧㄣˊ ㄓㄨˇ ㄍㄞˇ ㄍㄜˊ 廢除封建制度、建立民主制度的各項社會改革，包括土地制度的改革，婚姻制度的改革，企業經營管理的民主化，以及某些少數民族地區的農奴解放、奴隸解放等。

【民主革命】 mínzhǔ gémìng ㄇㄧㄣˊ ㄓㄨˇ ㄍㄜˊ ㄇㄧㄥˋ 以反封建為目的的資產階級性質的革命，如法國大革命和我國的新民主主義革命。

【民主國】 mínzhǔguó ㄇㄧㄣˊ ㄓㄨˇ ㄍㄨㄛˊ 共和國。

【民主集中制】 mínzhǔ-jízhōngzhì ㄇㄧㄣˊ ㄓㄨˇ ㄐㄧˊ ㄓㄨㄥ ㄓˋ 在民主基礎上的集中和在集中指導下的民主相結合的制度。民主集中制是馬克思列寧主義政黨、社會主義國家機關和人民團體的組織原則。

【民族】 mínzú ㄇㄧㄣˊ ㄗㄨˊ ❶指歷史上形成的、處於不同社會發展階段的各種人的共同體。❷特指具有共同語言、共同地域、共同經濟生活以及表現於共同文化上的共同心理素質的人的共同體。

【民族共同語】 mínzú gòngtóngyǔ ㄇㄧㄣˊ ㄗㄨˊ ㄍㄨㄥˋ ㄊㄨㄥˊ ㄩˇ 一個民族共同使用的語言。現在我國漢民族的共同語就是普通話。

【民族區域自治】 mínzú qūyù zìzhì ㄇㄧㄣˊ ㄗㄨˊ ㄑㄩ ㄩˋ ㄗˋ ㄓˋ 中國共產黨運用馬克思列寧主義關於民族問題的理論，結合我國具體情況而制定的解決民族問題的基本政策。根據這個政策，各少數民族以自己的聚居區域的大小不同而建立自治區、自治州和自治縣等自治機關，在國務院統一領導下，除行使一般地方國家機關職權外，可以依照法律規定的權限行使自治權。

【民族形式】mínzú xíngshì ㄇㄧㄣˊ ㄗㄨˊ ㄒㄧㄥˊ ㄕˋ 一個民族所獨有，為本民族人民大眾所習慣、所愛好的表現形式。

【民族學】mínzúxué ㄇㄧㄣˊ ㄗㄨˊ ㄒㄩㄝˊ 以民族、部落、部族、民族等人們的共同體為研究對象的學科。

【民族英雄】mínzú yīngxióng ㄇㄧㄣˊ ㄗㄨˊ ㄧㄥ ㄒㄩㄥˊ 捍衛本民族的獨立、自由和利益，在抗擊外來侵略的鬥爭中表現無比英勇的人。

【民族運動】mínzú yùndòng ㄇㄧㄣˊ ㄗㄨˊ ㄩㄣˋ ㄉㄨㄥˋ 為反對民族壓迫，爭取民族平等和民族獨立而進行的鬥爭。

【民族主義】mínzú zhǔyì ㄇㄧㄣˊ ㄗㄨˊ ㄓㄨˇ ㄧˋ ❶資產階級對於民族的看法及其處理民族問題的綱領和政策。在資本主義上升時期的民族運動中，在殖民地、半殖民地國家爭取國家獨立和民族解放的運動中，民族主義具有一定的進步性。❷三民主義的一個組成部分。參看988頁〖三民主義〗。

【民族資本】mínzú zīběn ㄇㄧㄣˊ ㄗㄨˊ ㄗ ㄅㄣˇ 殖民地、半殖民地或民族獨立國家中民族資產階級所擁有的資本。

【民族資產階級】mínzú zīchǎn jiējí ㄇㄧㄣˊ ㄗㄨˊ ㄗ ㄔㄢˇ ㄐㄧㄝ ㄐㄧˊ 殖民地、半殖民地國家和某些新獨立國家裏的中等資產階級。

【民族自決】mínzú zìjué ㄇㄧㄣˊ ㄗㄨˊ ㄗˋ ㄐㄩㄝˊ 指每一個民族有權按照自己的願望來處理自己的事情，不容別人強加干涉。民族自決是被壓迫民族、殖民地和半殖民地人民所爭取的基本權利。

苠〔苠〕 mín ㄇㄧㄣˊ 莊稼生長期較長，成熟期較晚：苠高粱｜黃穀子比白谷子苠。

旻 mín ㄇㄧㄣˊ 〈書〉❶秋天。❷天空：蒼旻。

【旻天】míntiān ㄇㄧㄣˊ ㄊㄧㄢ 〈書〉❶秋天。❷泛指天。

岷 Mín ㄇㄧㄣˊ ❶岷山，山名，在四川、甘肅交界的地方。❷岷江，水名，在四川。

忞 mín ㄇㄧㄣˊ 〈書〉勉力。

珉(瑉、碈) mín ㄇㄧㄣˊ 〈書〉像玉的石頭。

緡(缗) mín ㄇㄧㄣˊ 〈書〉❶穿銅錢用的繩子。❷量詞，用於成串的銅錢，每串一千文：錢三百緡。

mǐn (ㄇㄧㄣˇ)

皿 mǐn ㄇㄧㄣˇ 見912頁〖器皿〗。

抿1 mǐn ㄇㄧㄣˇ 用小刷子蘸水或油抹(頭髮等)：抿了抿頭髮。

抿2 mǐn ㄇㄧㄣˇ ❶(嘴、耳朵、翅膀等)稍稍合攏；收斂：抿着嘴笑｜小兔子跑着跑着，忽然兩耳向後一抿，站住了｜水鳥兒一抿翅膀，鑽入水中。❷嘴唇輕輕地沾一下碗或杯子，略微喝一點：抿了一口酒。

【抿子】mǐn·zi ㄇㄧㄣˇ ·ㄗ 婦女梳頭時抹油等用的小刷子。也作筤子。

泯 mǐn ㄇㄧㄣˇ 消滅；喪失：泯滅｜泯沒｜良心未泯。

【泯滅】mǐnmiè ㄇㄧㄣˇ ㄇㄧㄝˋ (形迹、印象等)消滅：這幾部影片給人留下了難以泯滅的印象。

【泯沒】mǐnmò ㄇㄧㄣˇ ㄇㄛˋ (形迹、功績等)消滅；消失：烈士的功績是不會泯沒的。

筤 mǐn ㄇㄧㄣˇ 竹篾。

【筤子】mǐn·zi ㄇㄧㄣˇ ·ㄗ 同'抿子'。

敏 mǐn ㄇㄧㄣˇ ❶疾速；敏捷：敏感｜靈敏。❷聰明；機警：聰敏｜機敏。❸(Mǐn)姓。

【敏感】mǐngǎn ㄇㄧㄣˇ ㄍㄢˇ 生理上或心理上對外界事物反應很快：有些動物對天氣的變化非常敏感｜他是一個敏感的人，接受新事物很快◇宗教問題向來是個敏感的問題。

【敏慧】mǐnhuì ㄇㄧㄣˇ ㄏㄨㄟˋ 聰明，有智慧：敏慧的姑娘。

【敏捷】mǐnjié ㄇㄧㄣˇ ㄐㄧㄝˊ (動作等)迅速而靈敏：思維敏捷｜行動敏捷。

【敏銳】mǐnruì ㄇㄧㄣˇ ㄖㄨㄟˋ (感覺)靈敏；(眼光)尖銳：思想敏銳｜目光敏銳｜敏銳的洞察力。

湣 mǐn ㄇㄧㄣˇ 古代謚號用字，如《史記》有魯湣(《春秋》作魯閔公)。

閔(闵) mǐn ㄇㄧㄣˇ ❶同'憫'。❷(Mǐn)姓。

黽(黾) mǐn ㄇㄧㄣˇ［黽勉］(mǐnmiǎn ㄇㄧㄣˇ ㄇㄧㄢˇ)〈書〉努力；勉力：黽勉從事。也作僶俛。

另見797頁 miǎn。

慜(愍) mǐn ㄇㄧㄣˇ 〈書〉同'憫'。

暋(敃) mǐn ㄇㄧㄣˇ 〈書〉強橫。

閩(闽) Mǐn ㄇㄧㄣˇ ❶閩江，水名，在福建。❷福建的別稱。

【閩菜】mǐncài ㄇㄧㄣˇ ㄘㄞˋ 福建風味的菜肴。

【閩劇】mǐnjù ㄇㄧㄣˇ ㄐㄩˋ 福建地方戲曲劇種之一，流行於該省東北部。也叫福州戲。

愍 mǐn ㄇㄧㄣˇ 〈書〉聰明敏捷。

僶(僶) mǐn ㄇㄧㄣˇ［僶俛］(mǐnmiǎn ㄇㄧㄣˇ ㄇㄧㄢˇ) 同'黽勉'。

憫(悯) mǐn ㄇㄧㄣˇ ❶憐憫：其情可憫。❷〈書〉憂愁：憫然涕下。

【憫惜】mǐnxī ㄇㄧㄣˇ ㄒㄧ 憐惜。

【憫恤】mǐnxù ㄇㄧㄣˇ ㄒㄩˋ 憐憫：憫恤孤兒。

鰵(鰵) mǐn ㄇㄧㄣˇ 鰵魚，鮸(miǎn)魚的通稱。

míng (ㄇㄧㄥˊ)

名 míng ㄇㄧㄥˊ ❶(名兒)名字；名稱：人名｜書名｜命名｜報名｜給他起個名兒。❷名字叫做：這位女英雄姓劉名胡蘭。❸名義：你不該以出差為名，到處遊山玩水。❹名聲；名譽：出名｜有名｜世界聞名。❺出名的；有名聲的：名醫｜名著｜名畫｜名山大川。❻〈書〉說出：莫名其妙｜不可名狀。❼〈書〉佔有：一文不名｜不名一錢。❽量詞，用於人：三百多名工作人員｜錄取新生四十名。❾(Míng)姓。

【名不副實】míng bù fù shí ㄇㄧㄥˊ ㄅㄨˋ ㄈㄨˋ ㄕˊ 名稱或名聲與實際不相符；有名無實。也說名不符(fú)實。

【名不虛傳】míng bù xū chuán ㄇㄧㄥˊ ㄅㄨˋ ㄒㄩ ㄔㄨㄢˊ 確實很好，不是空有虛名。

【名冊】míngcè ㄇㄧㄥˊ ㄘㄜˋ 登記姓名的簿子：花名冊。

【名產】míngchǎn ㄇㄧㄥˊ ㄔㄢˇ 著名的產品：織錦是我國杭州的名產。

【名稱】míngchēng ㄇㄧㄥˊ ㄔㄥ 事物的名字(也用於人的集體)。

【名垂千古】míng chuí qiāngǔ ㄇㄧㄥˊ ㄔㄨㄟˊ ㄑㄧㄢ ㄍㄨˇ 好的名聲永遠流傳。也說名垂千秋。

【名垂青史】míng chuí qīngshǐ ㄇㄧㄥˊ ㄔㄨㄟˊ ㄑㄧㄥ ㄕˇ 好的名聲和事迹載入史籍永遠流傳。

【名詞】míngcí ㄇㄧㄥˊ ㄘˊ ❶表示人或事物名稱的詞，如'人、牛、水、友誼、團體、今天、中間、北京、孔子'。❷(名詞兒)術語或近似術語的字眼(不限於語法上的名詞)：化學名詞｜新名詞兒。❸表達三段論法結構中的概念的詞。

【名次】míngcì ㄇㄧㄥˊ ㄘˋ 依照一定標準排列的姓名或名稱的次序：比賽中他成績較好，所以名次也靠前。

【名刺】míngcì ㄇㄧㄥˊ ㄘˋ 〈書〉名片。

【名存實亡】míng cún shí wáng ㄇㄧㄥˊ ㄘㄨㄣˊ ㄕˊ ㄨㄤˊ 名義上還有，實際上已經不存在。

【名單】míngdān ㄇㄧㄥˊ ㄉㄢ (名單兒)記錄人名的單子：開列名單｜受獎人名單。

【名額】míng'é ㄇㄧㄥˊ ㄜˊ 人員的數額：名額有限，報名從速。

【名分】míngfèn ㄇㄧㄥˊ ㄈㄣˋ 〈書〉指人的名義、身份和地位：正名分。

【名副其實】míng fù qí shí ㄇㄧㄥˊ ㄈㄨˋ ㄑㄧˊ ㄕˊ 名稱或名聲與實際相符合。也說名符(fú)其實。

【名貴】míngguì ㄇㄧㄥˊ ㄍㄨㄟˋ 著名而且珍貴：名貴的字畫｜鹿茸、麝香等都是名貴的藥材。

【名號】mínghào ㄇㄧㄥˊ ㄏㄠˋ 名字和別號。

【名諱】mínghuì ㄇㄧㄥˊ ㄏㄨㄟˋ 舊時指尊長或所尊敬的人的名字。

【名迹】míngjì ㄇㄧㄥˊ ㄐㄧˋ ❶著名的古迹。❷名家的手迹。❸〈書〉聲譽功業。

【名家】Míngjiā ㄇㄧㄥˊ ㄐㄧㄚ 先秦時期以辯論名實問題為中心的一個思想派別，以惠施、公孫龍為代表。名家的特點是用比較嚴格的推理形式來辯論問題，但有時流於詭辯。它對我國古代邏輯學的發展有一定貢獻。

【名家】míngjiā ㄇㄧㄥˊ ㄐㄧㄚ 在某種學術或技能方面有特殊貢獻的著名人物。

【名繮利鎖】míng jiāng lì suǒ ㄇㄧㄥˊ ㄐㄧㄤ ㄌㄧˋ ㄙㄨㄛˇ 名和利像繮繩和鎖鏈，會把人束縛住。

【名教】míng jiào ㄇㄧㄥˊ ㄐㄧㄠˋ 以儒家所定的名分和儒家的教訓為準則的道德觀念，曾在思想上起過維護封建統治的作用。

【名節】míngjié ㄇㄧㄥˊ ㄐㄧㄝˊ 名譽和節操：保全名節。

【名句】míngjù ㄇㄧㄥˊ ㄐㄩˋ 著名的句子或短語：千古傳誦的名句。

【名款】míngkuǎn ㄇㄧㄥˊ ㄎㄨㄢˇ 書畫上題的作者姓名：這幅古畫沒有名款，需請專家考證。

【名利】mínglì ㄇㄧㄥˊ ㄌㄧˋ 指個人的名位和利益：不求名利｜名利雙收｜清除名利思想。

【名利場】mínglìchǎng ㄇㄧㄥˊ ㄌㄧˋ ㄔㄤˇ 指世人爭名逐利的場所。

【名列前茅】míng liè qiánmáo ㄇㄧㄥˊ ㄌㄧㄝˋ ㄑㄧㄢˊ ㄇㄠˊ 指名次列在前面(前茅：春秋時代楚國行軍，有人拿着茅當旗子走在隊伍的前面)。

【名伶】mínglíng ㄇㄧㄥˊ ㄌㄧㄥˊ 舊時稱著名的戲劇演員：一代名伶。

【名流】míngliú ㄇㄧㄥˊ ㄌㄧㄡˊ 著名的人士(多指學術界、政治界的)：社會名流｜學界名流。

【名錄】mínglù ㄇㄧㄥˊ ㄌㄨˋ 登記人名或其他事物名稱的簿子；名冊。

【名落孫山】míng luò Sūn Shān ㄇㄧㄥˊ ㄌㄨㄛˋ ㄙㄨㄣ ㄕㄢ 宋朝孫山考中了末一名回家，有人向他打聽自己的兒子考中了沒有，孫山說：'解名盡處是孫山，賢郎更在孫山外'(見於宋范公偁《過庭錄》)。後用來婉言應考不中。

【名門】míngmén ㄇㄧㄥˊ ㄇㄣˊ 指有聲望的人家：名門貴族｜名門閨秀。

【名目】míngmù ㄇㄧㄥˊ ㄇㄨˋ 事物的名稱：巧立名目｜名目繁多。

【名牌】míngpái ㄇㄧㄥˊ ㄆㄞˊ ❶(名牌兒)出名的牌子：名牌貨｜名牌商品｜名牌大學。❷寫着人名的牌子；標明物品名稱等的牌子：席位擺放着代表們的名牌。

【名片】míngpiàn ㄇㄧㄥˊ ㄆㄧㄢˋ (名片兒) 交際時所用的向人介紹自己的長方形硬紙片，上面印着自己的姓名、職務、地址等。

【名氣】míng·qi ㄇㄧㄥˊ ·ㄑㄧ 名聲：小有名氣｜他是一位很有名氣的醫生。

【名人】míngrén ㄇㄧㄥˊ ㄖㄣˊ 著名的人物：文化名人｜名人墨迹。

【名山】míngshān ㄇㄧㄥˊ ㄕㄢ 著名的大山：名山大川。

【名山事業】míngshān shìyè ㄇㄧㄥˊ ㄕㄢ ㄕˋ ㄧㄝˋ 《史記・太史公自序》：'藏之名山，副在京師，俟後世聖人君子。'後來稱著書立說為'名山事業'。

【名聲】míngshēng ㄇㄧㄥˊ ㄕㄥ 在社會上流傳的評價：好名聲｜名聲很壞｜名聲在外。

【名勝】míngshèng ㄇㄧㄥˊ ㄕㄥˋ 有古迹或優美風景的著名的地方：遊覽名勝｜名勝古迹。

【名師】míngshī ㄇㄧㄥˊ ㄕ 有名的教師或師傅：名師出高徒。

【名士】míngshì ㄇㄧㄥˊ ㄕˋ ❶舊時指以詩文等著稱的人。❷舊時指名望很高而不做官的人。

【名士派】míng·shìpài ㄇㄧㄥˊ ·ㄕˋ ㄆㄞˋ 舊時指知識分子中不拘小節、狂放不羈的一流人，也指這種人的作風。

【名氏】míngshì ㄇㄧㄥˊ ㄕˋ 姓名。

【名手】míngshǒu ㄇㄧㄥˊ ㄕㄡˇ 因文筆、技藝等高超而著名的人：國術名手。

【名數】míngshù ㄇㄧㄥˊ ㄕㄨˋ 帶有單位名稱的數，如3斤、5本、4尺2寸等。

【名宿】míngsù ㄇㄧㄥˊ ㄙㄨˋ 出名的老前輩：武林名宿｜教育界的名宿。

【名堂】míng·tang ㄇㄧㄥˊ ·ㄊㄤ ❶花様；名目：聯歡會上名堂真多，又有舞蹈，又有雜耍。❷成就；結果：依靠群眾一定會搞出名堂來的｜跟他討論了半天，也沒討論出個名堂來。❸道理；內容：真不簡單，這裏面還有名堂呢。

【名帖】míngtiě ㄇㄧㄥˊ ㄊㄧㄝˇ 名片：客人遞上名帖。

【名望】míngwàng ㄇㄧㄥˊ ㄨㄤˋ 好的名聲；聲望：名望高｜張大夫醫術高明，在這一帶很有名望。

【名位】míngwèi ㄇㄧㄥˊ ㄨㄟˋ 名聲和地位：埋頭苦幹，不計名位。

【名物】míngwù ㄇㄧㄥˊ ㄨˋ 事物及其名稱。

【名下】míngxià ㄇㄧㄥˊ ㄒㄧㄚˋ 某人名義之下，指屬於某人或跟某人有關：今兒下午的活兒是小李替我幹的，工作量不能記在我的名下｜這事怎麼搞到我名下來了？

【名銜】míngxián ㄇㄧㄥˊ ㄒㄧㄢˊ 頭銜。

【名學】míngxué ㄇㄧㄥˊ ㄒㄩㄝˊ 邏輯學的舊稱。

【名言】míngyán ㄇㄧㄥˊ ㄧㄢˊ 著名的話：至理名言。

【名義】míngyì ㄇㄧㄥˊ ㄧˋ ❶做某事時用來作為依據的名稱或稱號：我以個人的名義保證，一定提前完成任務。❷表面上；形式上(後面多帶'上'字)：她名義上是總管，實際上卻甚麼都不管。

【名義工資】míngyì gōngzī ㄇㄧㄥˊ ㄧˋ ㄍㄨㄥ ㄗ 工人付出勞動力時所得到的以貨幣表現出來的工資。名義工資不能確切反映出工資的實際水平，因為名義工資不變，實際工資可以因物價的漲跌而降低或上升。參看1041頁〖實際工資〗。

【名優】[1] míngyōu ㄇㄧㄥˊ ㄧㄡ 名伶：一代名優。

【名優】[2] míngyōu ㄇㄧㄥˊ ㄧㄡ 有名的，高質量的(商品)。

【名譽】míngyù ㄇㄧㄥˊ ㄩˋ ❶名聲：愛惜名譽。❷名義上的(多指贈給的名義，含尊重意)：名譽會員｜名譽主席。

【名媛】míngyuàn ㄇㄧㄥˊ ㄩㄢˋ 〈書〉有名的女子。

【名章】míngzhāng ㄇㄧㄥˊ ㄓㄤ 刻着人名的圖章。

【名正言順】míng zhèng yán shùn ㄇㄧㄥˊ ㄓㄥˋ ㄧㄢˊ ㄕㄨㄣˋ 名義正當，道理也講得通。

【名著】míngzhù ㄇㄧㄥˊ ㄓㄨˋ 有價值的出名著作：文學名著｜世界名著。

【名狀】míngzhuàng ㄇㄧㄥˊ ㄓㄨㄤˋ 說出事物的狀態(多用在否定詞後面)：難以名狀的奇花異卉｜興奮之情，不可名狀。

【名字】míng·zi ㄇㄧㄥˊ ·ㄗ ❶一個或幾個字，跟姓合在一起，用來代表一個人，區別於別的人：他現在的名字是上學時老師給起的。❷一個或幾個字，用來代表一種事物，區別於別種事物：這村子的名字叫張各莊。

明[1] míng ㄇㄧㄥˊ ❶明亮(跟'暗'相對)：明月｜天明｜燈火通明。❷明白；清楚：問明｜說明｜黑白分明｜去向不明。❸公開；顯露在外；不隱蔽(跟'暗'相對)：明溝｜有話明說｜明令公佈｜明槍易躲，暗箭難防。❹眼力好；眼光正確；對事物現象看得清：聰明｜英明｜精明強幹｜耳聰目明｜眼明手快。❺光明：棄暗投明｜明人不做暗事。❻視覺：雙目失明。❼懂得；了解：深明大義｜不明利害。❽〈書〉表明；顯示：開宗明義｜賦詩明志。❾副詞，明明：明知故問。

明[2] míng ㄇㄧㄥˊ 次於今年、今天的：明天｜明晨｜明年｜明春。

明[3] Míng ㄇㄧㄥˊ ❶朝代，公元1368－1644，朱元璋所建。先定都南京，永樂年間遷都北京。❷姓。

【明白】míng·bai ㄇㄧㄥˊ ·ㄅㄞ ❶內容、意思等使人容易了解；清楚；明確：他講得十分明白。❷公開的；不含糊的：有意見就明白提出來。❸聰明；懂道理：他是個明白人，不用多說就知道。❹知道；了解：明白其中的奧妙｜他是怎麼想的，我心裏全明白。
【明擺着】míngbǎi·zhe ㄇㄧㄥˊ ㄅㄞˇ ·ㄓㄜ 明顯地擺在眼前，容易看得清楚：明擺着有困難，他還是硬把這活兒攬下來了。
【明辨是非】míng biàn shì fēi ㄇㄧㄥˊ ㄅㄧㄢˋ ㄕˋ ㄈㄟ 把是非分清楚。
【明察】míngchá ㄇㄧㄥˊ ㄔㄚˊ 清楚地看到：明察秋毫｜明察其奸。
【明察暗訪】míng chá àn fǎng ㄇㄧㄥˊ ㄔㄚˊ ㄢˋ ㄈㄤˇ 明裏觀察，暗裏詢問了解（情況等）。
【明察秋毫】míng chá qiū háo ㄇㄧㄥˊ ㄔㄚˊ ㄑㄧㄡ ㄏㄠˊ 比喻為人非常精明，任何小問題都看得很清楚（秋毫：秋天鳥獸身上新長的細毛，比喻極細小的東西）。
【明暢】míngchàng ㄇㄧㄥˊ ㄔㄤˋ （語言、文字等）明白流暢：行文明暢，寓意深遠。
【明澈】míngchè ㄇㄧㄥˊ ㄔㄜˋ 明亮而清澈：一雙明澈的眼睛｜池水明澈如鏡。
【明處】míngchù ㄇㄧㄥˊ ㄔㄨˋ ❶明亮的地方；有光亮的地方：拿到明處一看，才知道是張地圖。❷公開的場合：有話說在明處。
【明達】míngdá ㄇㄧㄥˊ ㄉㄚˊ 對事理有明確透徹的認識；通達：明達公正。
【明燈】míngdēng ㄇㄧㄥˊ ㄉㄥ 比喻指引群眾朝光明正確方向前進的人或事物：指路明燈。
【明斷】míngduàn ㄇㄧㄥˊ ㄉㄨㄢˋ 明確地辨別案件或糾紛的是非，做出公正的判決或判斷。
【明礬】míngfán ㄇㄧㄥˊ ㄈㄢˊ 無機化合物，含有結晶水的硫酸鉀和硫酸鋁複鹽，化學式 $KAl(SO_4)_2 \cdot 12H_2O$。無色晶體，水溶液有澀味。用來製皮革、造紙等。也可做媒染劑和淨水劑，醫藥上用做收斂劑。也叫明石，通稱白礬。
【明溝】mínggōu ㄇㄧㄥˊ ㄍㄡ 露天的下水道。
【明後天】mínghòutiān ㄇㄧㄥˊ ㄏㄡˋ ㄊㄧㄢ 明天或後天：他明後天來。
【明晃晃】mínghuānghuāng ㄇㄧㄥˊ ㄏㄨㄤ ㄏㄨㄤ （明晃晃的）光亮閃爍：明晃晃的馬刀｜他的胸前明晃晃地掛滿了獎章。
【明黃】mínghuáng ㄇㄧㄥˊ ㄏㄨㄤˊ 純正鮮亮的黃色。
【明慧】mínghuì ㄇㄧㄥˊ ㄏㄨㄟˋ 〈書〉聰明；聰慧。
【明火】mínghuǒ ㄇㄧㄥˊ ㄏㄨㄛˇ ❶古代用銅鏡等映日聚光所取的火。❷有焰的火（區別於'暗火'）。❸指點着火把（搶劫）：明火搶劫。
【明火執仗】míng huǒ zhí zhàng ㄇㄧㄥˊ ㄏㄨㄛˇ ㄓˊ ㄓㄤˋ 點着火把，拿着武器，公開活動（多指搶劫）。
【明間兒】míngjiānr ㄇㄧㄥˊ ㄐㄧㄢㄦ 直接跟外面相通的房間。
【明鑒】míngjiàn ㄇㄧㄥˊ ㄐㄧㄢˋ ❶明鏡。❷指可為借鑒的明顯的前例。❸明察，舊時常用來稱頌人見識高明。
【明教】míngjiào ㄇㄧㄥˊ ㄐㄧㄠˋ 敬辭，高明的指教（多用於書信）：敬聆明教。
【明旌】míngjīng ㄇㄧㄥˊ ㄐㄧㄥ 同'銘旌'。
【明淨】míngjìng ㄇㄧㄥˊ ㄐㄧㄥˋ 明亮而潔淨：明淨的櫥窗｜湖水明淨｜北京秋天的天空分外明淨。
【明鏡】míngjìng ㄇㄧㄥˊ ㄐㄧㄥˋ 明亮的鏡子：湖水清澈，猶如明鏡。
【明鏡高懸】míngjìng gāo xuán ㄇㄧㄥˊ ㄐㄧㄥˋ ㄍㄠ ㄒㄩㄢˊ 傳說秦始皇有一面鏡子，能照見人心的善惡（見於《西京雜記》），後來用'明鏡高懸'比喻法官判案的公正嚴明。也說秦鏡高懸。
【明快】míngkuài ㄇㄧㄥˊ ㄎㄨㄞˋ ❶（語言、文字等）明白通暢；不晦澀不呆板：筆法明快。❷性格開朗直爽；辦事有決斷：她為人明快達觀，工作起來雷厲風行。
【明來暗往】míng lái àn wǎng ㄇㄧㄥˊ ㄌㄞˊ ㄢˋ ㄨㄤˇ 公開或暗地裏來往，形容關係密切，來往頻繁（多含貶義）。
【明朗】mínglǎng ㄇㄧㄥˊ ㄌㄤˇ ❶光綫充足（多指室外）：那天晚上的月色格外明朗｜初秋的天氣是這樣明朗清新。❷明顯；清晰：態度明朗｜聽了報告，他的心裏明朗了。❸光明磊落；開朗；爽快：性格明朗｜這些作品都具有明朗的風格。
【明理】mínglǐ ㄇㄧㄥˊ ㄌㄧˇ ❶明白道理：讀書明理｜他是個明理的人。❷（明理兒）明顯的道理：明理不用細講。
【明麗】mínglì ㄇㄧㄥˊ ㄌㄧˋ （景物）明淨美麗：山川明麗｜陽光明麗。
【明亮】míngliàng ㄇㄧㄥˊ ㄌㄧㄤˋ ❶光綫充足：燈光明亮｜打開窗戶，屋子就會明亮些。❷發亮的：小姑娘有一雙明亮的眼睛。❸明白：聽了這番解釋，老張心裏明亮了。❹清晰響亮：歌聲明亮。
【明瞭】míngliǎo ㄇㄧㄥˊ ㄌㄧㄠˇ ❶清楚地知道或懂得：你的意思我明瞭，就這樣辦吧！｜不明瞭實際情況就不能做出正確的判斷。❷清晰；明白：簡單明瞭。
【明令】mínglìng ㄇㄧㄥˊ ㄌㄧㄥˋ 明文宣佈的命令：明令禁止｜明令實施。
【明碼】míngmǎ ㄇㄧㄥˊ ㄇㄚˇ ❶公開通用的電碼（區別於'密碼'）：明碼電報。❷商業上指標明價格：明碼標價｜明碼售貨。
【明媒正娶】míng méi zhèng qǔ ㄇㄧㄥˊ ㄇㄟˊ ㄓㄥˋ ㄑㄩˇ 舊時指有媒人說合，按傳統結婚儀式迎娶的婚姻。
【明媚】míngmèi ㄇㄧㄥˊ ㄇㄟˋ ❶（景物）鮮明可愛；春光明媚｜河山明媚。❷（眼睛）明亮動人。
【明面】míngmiàn ㄇㄧㄥˊ ㄇㄧㄢˋ （明面兒）表面；明處：他明面上是說兒子，其實是說給別人聽的｜把問題擺到明面上倒好解決些。
【明滅】míngmiè ㄇㄧㄥˊ ㄇㄧㄝˋ 時隱時現；忽明

忽暗：星光明滅。

【明明】míngmíng ㄇㄧㄥˊ ㄇㄧㄥˊ 副詞，表示顯然如此或確實(下文意思往往轉折)：這話明明是他說的，怎麼轉眼就不認賬了？

【明眸】míngmóu ㄇㄧㄥˊ ㄇㄡˊ 明亮的眼睛：明眸皓齒(形容女子的美貌)。

【明目張膽】míng mù zhāng dǎn ㄇㄧㄥˊ ㄇㄨˋ ㄓㄤ ㄉㄢˇ 形容公開地大膽地做壞事。

【明年】míngnián ㄇㄧㄥˊ ㄋㄧㄢˊ 今年的下一年。

【明盤】míngpán ㄇㄧㄥˊ ㄆㄢˊ (明盤兒)商業用語，指買賣雙方在市場上公開議定的價格。

【明器】míngqì ㄇㄧㄥˊ ㄑㄧˋ 古代陪葬的器物。最初的明器是死者生前用的器物，後來是用陶土、木頭等仿製的模型。也作冥器。

【明前】míngqián ㄇㄧㄥˊ ㄑㄧㄢˊ 綠茶的一種，用清明前採摘的細嫩芽尖製成。

【明槍暗箭】míng qiāng àn jiàn ㄇㄧㄥˊ ㄑㄧㄤ ㄢˋ ㄐㄧㄢˋ 比喻公開的和隱蔽的攻擊。

【明搶】míngqiǎng ㄇㄧㄥˊ ㄑㄧㄤˇ 公然搶劫：明搶暗偷｜明搶明奪。

【明情理兒】míngqínglǐr ㄇㄧㄥˊ ㄑㄧㄥˊ ㄌㄧㄦˇ 〈方〉明顯而用不着爭辯的道理。

【明渠】míngqú ㄇㄧㄥˊ ㄑㄩˊ 露在地面上的渠道。

【明確】míngquè ㄇㄧㄥˊ ㄑㄩㄝˋ ❶清晰明白而確定不移：目的明確｜明確表示態度｜大家明確分工，各有專責。❷使清晰明白而確定不移：這次會議明確了我們的方針任務。

【明兒】míngr ㄇㄧㄥㄦˊ ❶明天①：明兒見｜他明兒一早就動身。也說明兒個。❷明天：明兒你長大了，也學開飛機。

【明人】míngrén ㄇㄧㄥˊ ㄖㄣˊ ❶眼睛能看見的人(區別於'盲人')。❷指心地光明的人：明人不做暗事。

【明日】míngrì ㄇㄧㄥˊ ㄖˋ 明天。

【明日黃花】míngrì huánghuā ㄇㄧㄥˊ ㄖˋ ㄏㄨㄤˊ ㄏㄨㄚ 蘇軾詩《九日次韵王鞏》：'相逢不用忙歸去，明日黃花蝶也愁。'原指重陽節過後，菊花即將枯萎，便再沒有甚麼好玩賞的了。後來用'明日黃花'比喻已失去新聞價值的報道或已失去應時作用的事物。

【明銳】míngruì ㄇㄧㄥˊ ㄖㄨㄟˋ ❶明亮而銳利：目光明銳｜明銳的刀鋒。❷〈書〉聰明機敏：性明銳，有決斷。

【明閃閃】míngshǎnshǎn ㄇㄧㄥˊ ㄕㄢˇ ㄕㄢˇ (明閃閃的)形容閃爍發光：明閃閃的燈光｜她長着一雙明閃閃的大眼睛。

【明示】míngshì ㄇㄧㄥˊ ㄕˋ 明確地指示；明白地表示：明示後學｜佇候明示。

【明誓】míng//shì ㄇㄧㄥˊ//ㄕˋ 見789頁〖盟誓〗(méng//shì)。

【明說】míngshuō ㄇㄧㄥˊ ㄕㄨㄛ 明白說出：這事不便於明說｜話裏雖沒明說，心裏卻有想法。

【明唐】míngtáng ㄇㄧㄥˊ ㄊㄤˊ 同'明堂'。

【明堂】míngtáng ㄇㄧㄥˊ ㄊㄤˊ 〈方〉❶打曬糧食的場地。❷院子。‖也作明唐。

【明天】míngtiān ㄇㄧㄥˊ ㄊㄧㄢ ❶今天的下一天。❷不遠的將來：展望美好的明天。

【明文】míngwén ㄇㄧㄥˊ ㄨㄣˊ 見於文字的(指法令、規章等)：明文規定。

【明晰】míngxī ㄇㄧㄥˊ ㄒㄧ 清楚；不模糊：霧散了，遠處的村莊越來越明晰了｜現在他對全部操作過程有了一個明晰的印象。

【明細】míngxì ㄇㄧㄥˊ ㄒㄧˋ 明確而詳細：分工明細。

【明顯】míngxiǎn ㄇㄧㄥˊ ㄒㄧㄢˇ 清楚地顯露出來，容易讓人看出或感覺到：字迹明顯｜目標明顯。

【明綫】míngxiàn ㄇㄧㄥˊ ㄒㄧㄢˋ 文學作品中人物活動或事件發展所直接呈現出來的綫索。

【明曉】míngxiǎo ㄇㄧㄥˊ ㄒㄧㄠˇ 明白；通曉：明曉音律。

【明效大驗】míng xiào dà yàn ㄇㄧㄥˊ ㄒㄧㄠˋ ㄉㄚˋ ㄧㄢˋ 很顯著的效驗。

【明信片】míngxìnpiàn ㄇㄧㄥˊ ㄒㄧㄣˋ ㄆㄧㄢˋ 專供寫信用的硬紙片，郵寄時不用信封。也指用明信片寫成的信。

【明星】míngxīng ㄇㄧㄥˊ ㄒㄧㄥ ❶古書上指金星。❷稱有名的演員、運動員等：電影明星｜足球明星｜交際明星。

【明修棧道，暗度陳倉】míng xiū zhàn dào,àn dù chéncāng ㄇㄧㄥˊ ㄒㄧㄡ ㄓㄢˋ ㄉㄠˋ,ㄢˋ ㄉㄨˋ ㄔㄣˊ ㄘㄤ 楚漢相爭中，劉邦在進軍南鄭途中燒掉棧道，表示不再返回關中，用以打消項羽的疑慮；隨後率兵偷度陳倉，打敗楚將，又回到咸陽。後來用'明修棧道，暗度陳倉'比喻用假象迷惑對方以達到某種目的。

【明秀】míngxiù ㄇㄧㄥˊ ㄒㄧㄡˋ 明媚秀麗：明秀的江南景色。

【明眼人】míngyǎnrén ㄇㄧㄥˊ ㄧㄢˇ ㄖㄣˊ 對事物觀察得很清楚的人；有見識的人：明眼人都知道，他這一套是矇人的。

【明艷】míngyàn ㄇㄧㄥˊ ㄧㄢˋ 鮮明艷麗；明麗：風光明艷｜服飾明艷｜明艷的石榴花。

【明油】míngyóu ㄇㄧㄥˊ ㄧㄡˊ 在烹調好的菜肴上澆的油叫明油。

【明喻】míngyù ㄇㄧㄥˊ ㄩˋ 比喻的一種，明顯地用另外的事物來比擬某事物，表示兩者之間的相似關係。常用'如'、'像'、'似'、'好像'、'像…似的'、'如同'、'好比'等比喻詞，如'此時心情，正像這無水的枯井'。

【明早】míngzǎo ㄇㄧㄥˊ ㄗㄠˇ ❶明天早上。❷〈方〉明天。

【明杖】míngzhàng ㄇㄧㄥˊ ㄓㄤˋ (明杖兒)指盲人用來探路的手杖。

【明朝】míngzhāo ㄇㄧㄥˊ ㄓㄠ 〈方〉明天。

【明哲保身】míng zhé bǎo shēn ㄇㄧㄥˊ ㄓㄜˊ ㄅㄠˇ ㄕㄣ 原指明智的人不參與可能給自己帶來危險的事，現在指因怕犯錯誤或有損自己利益而對原則性問題不置可否的處世態度。
【明爭暗鬥】míng zhēng àn dòu ㄇㄧㄥˊ ㄓㄥ ㄢˋ ㄉㄡˋ 明裏暗裏都在進行爭鬥。
【明正典刑】míng zhèng diǎn xíng ㄇㄧㄥˊ ㄓㄥˋ ㄉㄧㄢˇ ㄒㄧㄥˊ 依照法律，處以極刑。
【明證】míngzhèng ㄇㄧㄥˊ ㄓㄥˋ 明顯的證據。
【明知】míngzhī ㄇㄧㄥˊ ㄓ 明明知道：明知故問｜明知故犯｜你明知他不願意參加，為甚麼又去約他？
【明志】míngzhì ㄇㄧㄥˊ ㄓˋ 表明志向：淡泊明志｜這首詩是借菊花明志。
【明智】míngzhì ㄇㄧㄥˊ ㄓˋ 懂事理；有遠見；想得周到：決策明智｜明智的舉動。
【明珠】míngzhū ㄇㄧㄥˊ ㄓㄨ 比喻珍愛的人或美好的事物：掌上明珠。
【明珠暗投】míngzhū àn tóu ㄇㄧㄥˊ ㄓㄨ ㄢˋ ㄊㄡˊ 比喻懷才不遇或好人失足參加壞集團，也泛指珍貴的東西得不到賞識。
【明子】míng·zi ㄇㄧㄥˊ ·ㄗ 松明。

茗〔茗〕 míng ㄇㄧㄥˊ 原指某種茶葉，今泛指喝的茶：香茗｜品茗。

洺 Míng ㄇㄧㄥˊ 洺河，水名，在河北。

冥 míng ㄇㄧㄥˊ ❶昏暗：幽冥｜晦冥。❷深奧；深沈：冥思｜冥想。❸糊塗；愚昧：冥昧｜冥頑。❹迷信的人稱人死後進入的世界；陰間：冥府。
【冥暗】míng'àn ㄇㄧㄥˊ ㄢˋ 昏暗：日落西山，天漸冥暗。
【冥鈔】míngchāo ㄇㄧㄥˊ ㄔㄠ 迷信的人給死人燒的假鈔票。
【冥府】míngfǔ ㄇㄧㄥˊ ㄈㄨˇ 迷信的人指人死後鬼魂所在的地方。
【冥茫】míngmáng ㄇㄧㄥˊ ㄇㄤˊ 〈書〉蒼茫；迷茫：夜色冥茫。也作溟茫。
【冥蒙】míngméng ㄇㄧㄥˊ ㄇㄥˊ 同'溟濛'。
【冥器】míngqì ㄇㄧㄥˊ ㄑㄧˋ 同'明器'。
【冥壽】míngshòu ㄇㄧㄥˊ ㄕㄡˋ 指已經死去的人的壽辰。
【冥思苦索】míng sī kǔ suǒ ㄇㄧㄥˊ ㄙ ㄎㄨˇ ㄙㄨㄛˇ 深沈地思索。也說冥思苦想。
【冥頑】míngwán ㄇㄧㄥˊ ㄨㄢˊ 〈書〉昏庸頑鈍：冥頑不靈。
【冥王星】míngwángxīng ㄇㄧㄥˊ ㄨㄤˊ ㄒㄧㄥ 太陽系九大行星之一，按離太陽由近而遠的次序計為第九顆，公轉週期約為248年，自轉週期約4天。是九大行星中最小的行星。(圖見1107頁〖太陽系〗)
【冥想】míngxiǎng ㄇㄧㄥˊ ㄒㄧㄤˇ 深沈的思索和想像：歌聲把我們帶到對蒙古大草原的美麗的冥想中去了。
【冥衣】míngyī ㄇㄧㄥˊ ㄧ 迷信的人給死人燒的紙衣。

蓂〔蓂〕 míng ㄇㄧㄥˊ［蓂莢］(míngjiá ㄇㄧㄥˊ ㄐㄧㄚˊ) 古代傳說中一種象徵祥瑞的草。
另見795頁 mì。

溟 míng ㄇㄧㄥˊ 〈書〉海：東溟｜北溟。
【溟茫】míngmáng ㄇㄧㄥˊ ㄇㄤˊ 同'冥茫'。
【溟濛】míngméng ㄇㄧㄥˊ ㄇㄥˊ 〈書〉形容烟霧彌漫，景色模糊。也作冥蒙。

榠 míng ㄇㄧㄥˊ［榠樝］(míngzhā ㄇㄧㄥˊ ㄓㄚ) 榲桲 (wēn·po)。

暝 míng ㄇㄧㄥˊ 〈書〉❶日落；天黑：日將暝｜天已暝。❷黃昏。

鳴(鸣) míng ㄇㄧㄥˊ ❶(鳥獸或昆蟲)叫：鳥鳴｜蟬鳴｜蟲鳴。❷發出聲音；使發出聲音：耳鳴｜雷鳴｜自鳴鐘｜孤掌難鳴｜禮炮齊鳴｜鳴鼓｜鳴鑼開道。❸表達；發表(情感、意見、主張)：鳴謝｜鳴冤｜鳴不平｜百家爭鳴。
【鳴鞭】míngbiān ㄇㄧㄥˊ ㄅㄧㄢ ❶揮動鞭子使發出響聲：鳴鞭走馬。❷古代皇帝儀仗中的一種，鞭形，揮動發出響聲，使人肅靜。也叫靜鞭。
【鳴鏑】míngdí ㄇㄧㄥˊ ㄉㄧˊ 古代一種射出時帶響的箭。
【鳴鼓而攻之】míng gǔ ér gōng zhī ㄇㄧㄥˊ ㄍㄨˇ ㄦˊ ㄍㄨㄥ ㄓ 指公開宣佈罪狀，加以聲討(見於《論語・先進》)。
【鳴叫】míngjiào ㄇㄧㄥˊ ㄐㄧㄠˋ (鳥、昆蟲等)叫：蟋蟀鳴叫◇汽笛鳴叫。
【鳴金】míngjīn ㄇㄧㄥˊ ㄐㄧㄣ 敲鑼，古代作戰時作為收兵的信號：鳴金收兵。
【鳴鑼開道】míng luó kāi dào ㄇㄧㄥˊ ㄌㄨㄛˊ ㄎㄞ ㄉㄠˋ 封建官吏出行時，前面有人敲鑼要行人讓路。現比喻為某事物的出現製造輿論。
【鳴禽】míngqín ㄇㄧㄥˊ ㄑㄧㄣˊ 鳥的一類，叫聲悅耳，如伯勞、畫眉、黃鸝等。
【鳴謝】míngxiè ㄇㄧㄥˊ ㄒㄧㄝˋ 表示謝意(多指公開表示)：鳴謝啓事｜登報鳴謝。
【鳴冤】míngyuān ㄇㄧㄥˊ ㄩㄢ 喊叫冤屈：擊鼓鳴冤｜鳴冤叫屈。
【鳴囀】míngzhuàn ㄇㄧㄥˊ ㄓㄨㄢˋ (鳥)婉轉地鳴叫：黃鶯鳴囀｜雲雀鳴囀着衝向天空。

銘(铭) míng ㄇㄧㄥˊ ❶在器物、碑碣等上面記述事實、功德等的文字(大多鑄成或刻成)；鞭策、勉勵自己的文字(寫出或刻出)：墓誌銘｜硯銘｜座右銘。❷在器物上刻字，表示紀念；比喻深刻記住：銘功｜銘心｜銘肌鏤骨(比喻感恩極深)｜銘諸肺腑(比喻永記不忘)。

【銘感】mínggǎn ㄇㄧㄥˊ ㄍㄢˇ 〈書〉深刻地記在心中，感激不忘：大家對我如此關切和照顧，使我終身銘感。

【銘記】míngjì ㄇㄧㄥˊ ㄐㄧˋ ❶深深地記在心裏：銘記教誨。❷銘文。

【銘旌】míngjīng ㄇㄧㄥˊ ㄐㄧㄥ 舊時豎在靈柩前標誌死者官銜和姓名的長幡。也作明旌。

【銘刻】míngkè ㄇㄧㄥˊ ㄎㄜˋ ❶鑄在器物上面或刻在器物、碑碣等上面的記述事實、功德等的文字：古代銘刻。❷銘記①：沈痛的教訓銘刻在心中。

【銘牌】míngpái ㄇㄧㄥˊ ㄆㄞˊ 裝在機器、儀表、機動車等上面的金屬牌子，上面標有名稱、型號、性能、規格及出廠日期、製造者等字樣。

【銘文】míngwén ㄇㄧㄥˊ ㄨㄣˊ 器物、碑碣等上面的文字（大多鑄成或刻成）：銅器銘文。

【銘心】míngxīn ㄇㄧㄥˊ ㄒㄧㄣ 比喻感念不忘：刻骨銘心。

瞑 míng ㄇㄧㄥˊ ❶閉眼：瞑目。❷眼花：耳聾目瞑。

【瞑目】míngmù ㄇㄧㄥˊ ㄇㄨˋ 閉上眼睛（多指人死時心中沒有牽挂）：死不瞑目。

螟 míng ㄇㄧㄥˊ 螟蟲。

【螟蟲】míngchóng ㄇㄧㄥˊ ㄔㄨㄥˊ 昆蟲，種類很多，主要侵害水稻，也侵害高粱、玉米、甘蔗等，是我國南方主要害蟲之一。

【螟蛉】mínglíng ㄇㄧㄥˊ ㄌㄧㄥˊ 《詩經·小雅·小宛》：'螟蛉有子，蜾蠃負之。'螟蛉是一種綠色小蟲，蜾蠃是一種寄生蜂。蜾蠃常捕捉螟蛉存放在窩裏，產卵在它們身體裏，卵孵化後就拿螟蛉作食物。古人誤認為蜾蠃不產子，餵養螟蛉為子，因此用'螟蛉'比喻義子。

mǐng（ㄇㄧㄥˇ）

酩 mǐng ㄇㄧㄥˇ［酩酊］（mǐngdǐng ㄇㄧㄥˇ ㄉㄧㄥˇ）形容大醉：酩酊大醉。

mìng（ㄇㄧㄥˋ）

命1 mìng ㄇㄧㄥˋ ❶生命；性命：一條命｜救命｜喪了命。❷壽命：短命｜長命百歲。❸命運①：命苦｜認命｜算命｜宿命論。

命2 mìng ㄇㄧㄥˋ ❶命令①；指派：命駕。❷命令 ；指示：奉命｜待命。❸給與（名稱等）：命名｜命題。

【命案】mìng'àn ㄇㄧㄥˋ ㄢˋ 殺人的案件：一樁命案。

【命筆】mìngbǐ ㄇㄧㄥˋ ㄅㄧˇ 〈書〉執筆作詩文或書畫：欣然命筆。

【命大】mìngdà ㄇㄧㄥˋ ㄉㄚˋ 命運好；幸運：命大福大｜他從六樓跌下來沒摔死，真是命大。

【命定】mìngdìng ㄇㄧㄥˋ ㄉㄧㄥˋ 命中注定（迷信）。

【命婦】mìngfù ㄇㄧㄥˋ ㄈㄨˋ 封建時代被賜予封號的婦女，一般為官員的母親、妻子。

【命根】mìnggēn ㄇㄧㄥˋ ㄍㄣ 比喻最受某人重視的晚輩，也比喻最重要或最受重視的事物。也説命根子。

【命官】mìngguān ㄇㄧㄥˋ ㄍㄨㄢ 封建時代由朝廷任命的官員。

【命駕】mìngjià ㄇㄧㄥˋ ㄐㄧㄚˋ 〈書〉吩咐人駕車，也指乘車出發：敬希早日命駕來京。

【命令】mìnglìng ㄇㄧㄥˋ ㄌㄧㄥˋ ❶上級對下級有所指示：連長命令一排擔任警戒。❷上級給下級的指示：司令部昨天先後來了兩道命令。

【命令句】mìnglìngjù ㄇㄧㄥˋ ㄌㄧㄥˋ ㄐㄩˋ 祈使句。

【命令主義】mìnglìng zhǔyì ㄇㄧㄥˋ ㄌㄧㄥˋ ㄓㄨˇ ㄧˋ 脱離實際、脱離群眾，只憑強迫命令的辦法來推動工作的領導作風。是官僚主義的一種表現。

【命脈】mìngmài ㄇㄧㄥˋ ㄇㄞˋ 生命和血脈，比喻關係重大的事物：經濟命脈｜水利是農業的命脈。

【命名】mìng∥míng ㄇㄧㄥˋ∥ㄇㄧㄥˊ 授與名稱：命名典禮。

【命數】mìngshù ㄇㄧㄥˋ ㄕㄨˋ 命運①。

【命題】mìng∥tí ㄇㄧㄥˋ∥ㄊㄧˊ 出題目：命題作文。

【命題】mìngtí ㄇㄧㄥˋ ㄊㄧˊ 邏輯學指表達判斷的語言形式，由繫詞把主詞和賓詞聯繫而成。例如：'北京是中國的首都'，這個句子就是一個命題。

【命途】mìngtú ㄇㄧㄥˋ ㄊㄨˊ 〈書〉指平生的遭遇、經歷：命途坎坷｜命途多舛（chuǎn）。

【命相】mìngxiàng ㄇㄧㄥˋ ㄒㄧㄤˋ 舊時指生辰八字、生肖等。迷信的人認為根據人的生辰八字可以推算出一個人命運的好壞，根據男女雙方的生肖可以推測成為配偶是否相宜。

【命意】mìngyì ㄇㄧㄥˋ ㄧˋ ❶（作文、繪畫等）確定主題。❷含意：大家不了解他這句話的命意所在。

【命運】mìngyùn ㄇㄧㄥˋ ㄩㄣˋ ❶指生死、貧富和一切遭遇（迷信的人認為是生來注定的）：悲慘的命運｜命運不濟。❷比喻發展變化的趨向：關心國家的前途和命運。

【命中】mìngzhòng ㄇㄧㄥˋ ㄓㄨㄥˋ 射中；打中（目標）：命中目標｜命中率。

miù（ㄇㄧㄡˋ）

繆（缪） miù ㄇㄧㄡˋ 見874頁〖紕繆〗（pī-miù）。

另見801頁 Miào；817頁 móu。

謬(谬) miù ㄇㄧㄡˋ 錯誤；差錯：荒謬｜謬論｜大謬不然｜差之毫釐，謬以千里。

【謬錯】miùcuò ㄇㄧㄡˋ ㄘㄨㄛˋ 謬誤。

【謬獎】miùjiǎng ㄇㄧㄡˋ ㄐㄧㄤˇ 〈書〉過獎：多承謬獎，實不敢當。

【謬論】miùlùn ㄇㄧㄡˋ ㄌㄨㄣˋ 荒謬的言論：批駁謬論。

【謬説】miùshuō ㄇㄧㄡˋ ㄕㄨㄛ 謬論；妄説：無知謬説。

【謬誤】miùwù ㄇㄧㄡˋ ㄨˋ 錯誤；差錯：真理總是在同謬誤的鬥爭中發展的。

【謬種】miùzhǒng ㄇㄧㄡˋ ㄓㄨㄥˇ ❶指荒謬錯誤的言論、學術流派等：謬種流傳。❷壞東西；壞蛋（罵人的話）。

mō（ㄇㄛ）

摸〔摸〕 mō ㄇㄛ ❶用手接觸一下（物體）或接觸後輕輕移動：我摸了摸他的臉，覺得有點兒發燒。❷用手探取：摸魚｜他在口袋裏摸了半天，摸出一張紙條來。❸試着了解；試着做：摸底｜逐漸摸出一套種水稻的經驗來。❹在黑暗中行動；在認不清的道路上行走：摸到牀邊開亮了燈｜摸了半夜才到家。

【摸底】mō∥dǐ ㄇㄛ∥ㄉㄧˇ 了解底細：摸底測驗｜幾個人的技術水平，他都摸底。

【摸黑兒】mō∥hēir ㄇㄛ∥ㄏㄟㄦ 在黑夜中摸索着（行動）：摸黑兒趕路。

【摸門兒】mō∥ménr ㄇㄛ∥ㄇㄣㄦˊ 比喻初步找到做某件事情的方法：摸着點兒門兒｜不摸門兒。

【摸哨】mō∥shào ㄇㄛ∥ㄕㄠˋ 暗中襲擊敵方的崗哨。

【摸索】mō·suǒ ㄇㄛ ·ㄙㄨㄛˇ ❶試探着（行進）：他們在暴風雨的黑夜裏摸索着前進。❷尋找（方向、方法、經驗等）：在工作中初步摸索出一些經驗。

【摸頭】mō∥tóu ㄇㄛ∥ㄊㄡˊ （摸頭兒）由於接觸客觀事物而有所了解（多用於否定）：我剛來，對這件事一點不摸頭。

【摸營】mō∥yíng ㄇㄛ∥ㄧㄥˊ 暗中襲擊敵人的兵營。

mó（ㄇㄛˊ）

無(无) mó ㄇㄛˊ 見823頁［南無］（nāmó）。
另見1204頁 wú。

嫫〔嫫〕 mó ㄇㄛˊ 用於人名，嫫母，傳説中的醜婦。

摹〔摹〕 mó ㄇㄛˊ 照着樣子寫或畫，特指用薄紙蒙在原字或原畫上寫或畫：描摹｜臨摹｜摹寫｜摹本。

【摹本】móběn ㄇㄛˊ ㄅㄣˇ 臨摹或翻刻的書畫本。

【摹仿】mófǎng ㄇㄛˊ ㄈㄤˇ 同‘模仿’（mófǎng）。

【摹繪】móhuì ㄇㄛˊ ㄏㄨㄟˋ 〈書〉依原樣繪製；描畫：摹繪宮殿圖樣。

【摹刻】mókè ㄇㄛˊ ㄎㄜˋ ❶摹寫書畫等並雕刻。❷摹刻的成品。

【摹擬】mónǐ ㄇㄛˊ ㄋㄧˇ 同‘模擬’（mónǐ）。

【摹效】móxiào ㄇㄛˊ ㄒㄧㄠˋ 模仿；仿效。也作模效。

【摹寫】móxiě ㄇㄛˊ ㄒㄧㄝˇ ❶照着樣子寫。❷泛指描寫：摹寫人物情狀。‖也作模寫。

【摹印】móyìn ㄇㄛˊ ㄧㄣˋ ❶古代用於印璽的一種字體。❷摹寫書畫等並印刷。

【摹狀】mózhuàng ㄇㄛˊ ㄓㄨㄤˋ 描摹。

模〔模〕 mó ㄇㄛˊ ❶法式；規範；標準：模型｜模式｜楷模。❷仿效：模仿｜模擬。❸指模範：勞模｜評模。
另見818頁 mú。

【模本】móběn ㄇㄛˊ ㄅㄣˇ 供臨摹用的底本。

【模範】mófàn ㄇㄛˊ ㄈㄢˋ ❶可以作為榜樣的；值得學習的：模範事迹｜模範人物。❷值得學習的、作為榜樣的人：勞動模範｜選模範。

【模仿】mófǎng ㄇㄛˊ ㄈㄤˇ 照某種現成的樣子學着做：用口哨模仿布穀鳥叫｜小孩子總喜歡模仿大人的動作。也作摹仿。

【模胡】mó·hu ㄇㄛˊ ·ㄏㄨ 同‘模糊’。

【模糊】mó·hu ㄇㄛˊ ·ㄏㄨ ❶不分明；不清楚：字迹模糊｜神志模糊｜認識模糊｜模糊概念｜睡夢中模模糊糊覺得有人敲門。❷混淆：不要模糊了是非界限。‖也作模胡。

【模稜】móléng ㄇㄛˊ ㄌㄥˊ （態度、意見等）含糊；不明確：模稜兩可。

【模擬】mónǐ ㄇㄛˊ ㄋㄧˇ 模仿：模擬動作｜模擬考試。也作摹擬。

【模式】móshì ㄇㄛˊ ㄕˋ 某種事物的標準形式或使人可以照着做的標準樣式：模式圖｜模式化。

【模特兒】mótèr ㄇㄛˊ ㄊㄜㄦˋ ❶藝術家用來寫生、雕塑的描寫對象或參考對象，如人體、實物、模型等。也指文學家藉以塑造人物形象的原型。❷用來展示新樣式服裝的人或人體模型：時裝模特兒。［法 modèle］

【模效】móxiào ㄇㄛˊ ㄒㄧㄠˋ 同‘摹效’。

【模寫】móxiě ㄇㄛˊ ㄒㄧㄝˇ 同‘摹寫’。

【模型】móxíng ㄇㄛˊ ㄒㄧㄥˊ ❶依照實物的形狀和結構按比例製成的物品，多用來展覽或實驗：十大建築模型。❷鑄造中製砂型用的工具，大小、形狀和要製造的鑄件相同，常用木料製成。❸用壓製或澆灌的方法使材料成為一定形狀的工具。通稱模子（mú·zi）。

【模壓】móyā ㄇㄛˊ ㄧㄚ 橡膠等可塑性材料的一種加工方法，一般是把模型加熱，把粉狀或片狀的材料放在模型內，壓成各種製品。

膜〔膜〕 mó ㄇㄛˊ (膜兒) ❶人或動植物體內像薄皮的組織：耳膜｜肋膜｜橫膈膜｜腦膜炎｜葦膜兒。❷像膜的薄皮：橡皮膜｜紙漿表面結成薄膜。

【膜拜】móbài ㄇㄛˊ ㄅㄞˋ 跪在地上舉兩手虔誠地行禮：頂禮膜拜。

麼 mó ㄇㄛˊ 見1128頁〖幺麼〗(yāomó)。另見781頁·me。

摩1 mó ㄇㄛˊ ❶摩擦；接觸：摩拳擦掌｜摩肩擦背◇摩天嶺｜摩天樓。❷撫摩：按摩｜母親摩着孩子的臉。❸研究切磋：觀摩｜揣摩。

摩2 mó ㄇㄛˊ 摩爾的簡稱。另見764頁 mā。

【摩擦】mócā ㄇㄛˊ ㄘㄚ ❶物體和物體緊密接觸，來回移動。❷兩個相互接觸的物體，當有相對運動或有相對運動趨勢時，在接觸面上產生的阻礙運動的作用。摩擦可分為滑動摩擦和滾動摩擦兩種。❸(個人或黨派團體間)因彼此利害矛盾而引起的衝突。‖也作磨擦。

【摩擦力】mócālì ㄇㄛˊ ㄘㄚ ㄌㄧˋ 兩個相互接觸的物體，當有相對運動或有相對運動趨勢時，在接觸面上產生的阻礙運動的作用力。摩擦力可分為靜摩擦力和滑動摩擦力兩種。

【摩擦音】mócāyīn ㄇㄛˊ ㄘㄚ ㄧㄣ 擦音。

【摩登】módēng ㄇㄛˊ ㄉㄥ 指合乎時興的式樣；時髦：摩登傢具｜摩登女郎。[英 modern]

【摩電燈】módiàndēng ㄇㄛˊ ㄉㄧㄢˋ ㄉㄥ 安在自行車上面的一種照明裝置，通常由燈頭和小型發電機兩部分構成。也作磨電燈。

【摩爾】mó'ěr ㄇㄛˊ ㄦˇ 物質的量的單位，當分子、原子或其他粒子等的個數約為6.02×10^{23}時，就是1摩爾。簡稱摩。[英 mole]

【摩肩擊轂】mó jiān jī gǔ ㄇㄛˊ ㄐㄧㄢ ㄐㄧ ㄍㄨˇ 見557頁〖肩摩轂擊〗。

【摩肩接踵】mó jiān jiē zhǒng ㄇㄛˊ ㄐㄧㄢ ㄐㄧㄝ ㄓㄨㄥˇ 肩碰肩，腳碰腳。形容人很多，很擁擠。也說肩摩踵接。

【摩羯座】mójiézuò ㄇㄛˊ ㄐㄧㄝˊ ㄗㄨㄛˋ 黃道十二星座之一。參看505頁〖黃道十二宮〗。

【摩拳擦掌】mó quán cā zhǎng ㄇㄛˊ ㄑㄩㄢˊ ㄘㄚ ㄓㄤˇ 形容戰鬥或勞動前精神振奮的樣子。

【摩氏硬度表】Móshì yìngdùbiǎo ㄇㄛˊ ㄕˋ ㄧㄥˋ ㄉㄨˋ ㄅㄧㄠˇ 德國礦物學家摩氏(Frie-drich Mohs)制定的鑒定礦物硬度的標準。取十種常見的礦物，按軟硬程度排列：1. 滑石；2. 石膏；3. 方解石；4. 螢石；5. 磷灰石；6. 長石；7. 石英；8. 黃玉；9. 剛石；10. 金剛石。其他礦物可以依次和這些礦物比較，以決定其硬度。'摩氏'現譯作莫氏。

【摩挲】mósuō ㄇㄛˊ ㄙㄨㄛ 用手撫摩。另見764頁 mā·sā。

【摩天】mótiān ㄇㄛˊ ㄊㄧㄢ 跟天接觸，形容很高：摩天嶺｜摩天大樓。

【摩托】mótuō ㄇㄛˊ ㄊㄨㄛ 內燃機。[英 motor]

【摩托車】mótuōchē ㄇㄛˊ ㄊㄨㄛ ㄔㄜ 裝有內燃發動機的兩輪車或三輪車。有的地區叫機器腳踏車。

【摩托艇】mótuōtǐng ㄇㄛˊ ㄊㄨㄛ ㄊㄧㄥˇ 汽艇。

【摩崖】móyá ㄇㄛˊ ㄧㄚˊ 在山崖上刻的文字、佛像等：摩崖石刻。

磨 mó ㄇㄛˊ ❶摩擦：腳上磨了幾個大泡◇我勸了他半天，嘴唇都快磨破了。❷用磨料磨物體使光滑、鋒利或達到其他目的：磨刀｜磨墨｜磨玻璃｜鐵杵磨成針。❸折磨：他被這場病磨得改了樣子了。❹糾纏；磨煩(mò·fan)：這孩子可真磨人。❺消滅；磨滅：百世不磨。❻消耗時間；拖延：磨洋工｜磨工夫。另見816頁 mò。

【磨擦】mócā ㄇㄛˊ ㄘㄚ 同'摩擦'。

【磨蹭】mó·ceng ㄇㄛˊ ·ㄘㄥ ❶(輕微)摩擦：右腳輕輕地在地上磨蹭着。❷緩慢地向前行進，比喻做事動作遲緩：他的腿病已有好轉，拄着棍兒可以往前磨蹭了｜你們磨磨蹭蹭的，事情甚麼時候能做完？❸糾纏：我跟爸爸磨蹭了半天，他才答應明天帶咱們到動物園玩去。

【磨穿鐵硯】mó chuān tiě yàn ㄇㄛˊ ㄔㄨㄢ ㄊㄧㄝˇ ㄧㄢˋ 比喻用功讀書，持久不懈。

【磨牀】móchuáng ㄇㄛˊ ㄔㄨㄤˊ 金屬切削機牀，用來加工工件表面，使光潔，提高精確度。加工時，砂輪高速旋轉，打磨工件。

【磨刀不誤砍柴工】mó dāo bù wù kǎn chái gōng ㄇㄛˊ ㄉㄠ ㄅㄨˋ ㄨˋ ㄎㄢˇ ㄔㄞˊ ㄍㄨㄥ 比喻花時間做好準備工作，不會耽誤工作的進度。

【磨電燈】módiàndēng ㄇㄛˊ ㄉㄧㄢˋ ㄉㄥ 同'摩電燈'。

【磨工夫】mó gōng·fu ㄇㄛˊ ㄍㄨㄥ ·ㄈㄨ 耗費時間：跟他商量事真磨工夫。

【磨耗】móhào ㄇㄛˊ ㄏㄠˋ 磨損。

【磨合】móhé ㄇㄛˊ ㄏㄜˊ 新組裝的機器，通過一定時期的使用，把摩擦面上的加工痕迹磨光而變得更加密合。也叫走合。

【磨礪】mólì ㄇㄛˊ ㄌㄧˋ 摩擦使銳利，比喻磨練：他知道只有時時刻刻磨礪自己，才能戰勝更大的困難。

【磨煉】móliàn ㄇㄛˊ ㄌㄧㄢˋ (在艱難困苦的環境中)鍛煉：磨煉才幹｜磨煉意志。也作磨練。

【磨料】móliào ㄇㄛˊ ㄌㄧㄠˋ 工業上用的研磨材料，硬度大，機械強度高。金剛石、石英、剛玉等是天然磨料，人造剛玉、碳化硅等是人造磨料。

【磨輪】mólún ㄇㄛˊ ㄌㄨㄣˊ (磨輪兒)砂輪。

【磨滅】mómiè ㄇㄛˊ ㄇㄧㄝˋ (痕迹、印象、功績、事實、道理等)經過相當時期逐漸消失：不可磨滅的功績｜年深月久，碑文已經磨滅。

【磨難】mónàn ㄇㄛˊ ㄋㄢˋ 在困苦的境遇中遭受的折磨：童年的磨難鑄就了他那剛強的性格。也作魔難。

【磨砂玻璃】móshā-bō·lí ㄇㄛˊ ㄕㄚ ㄅㄛ ·ㄌㄧˊ 毛玻璃。

【磨蝕】móshí ㄇㄛˊ ㄕˊ ❶流水、波浪、冰川、風等所攜帶的沙石等磨損地表。也指這些被攜帶的沙石之間相互摩擦而破壞。❷使逐漸消失：歲月流逝磨蝕了他年輕時的銳氣。

【磨損】mósǔn ㄇㄛˊ ㄙㄨㄣˇ 機件或其他物體由於摩擦和使用而造成損耗。

【磨牙】mó//yá ㄇㄛˊ // ㄧㄚˊ 〈方〉多費口舌；無意義地爭辯。

【磨牙】móyá ㄇㄛˊ ㄧㄚˊ 醫學上指臼齒。

【磨洋工】mó yánggōng ㄇㄛˊ ㄧㄤˊ ㄍㄨㄥ 工作時拖延時間，也泛指工作懶散拖沓。

【磨折】mózhé ㄇㄛˊ ㄓㄜˊ 折磨。

【磨嘴】mó//zuǐ ㄇㄛˊ // ㄗㄨㄟˇ 〈方〉磨牙（mó//yá）。也説磨嘴皮子。

謨〔謨〕（谟） mó ㄇㄛˊ 〈書〉計劃①；策略：宏謨。

嬤 mó ㄇㄛˊ （舊讀 mā ㄇㄚ）［嬤嬤］（mó·mo ㄇㄛˊ ·ㄇㄛ）〈方〉❶稱呼年老的婦女。❷奶媽。

蘼〔蘼〕 mó ㄇㄛˊ 見760頁〖蘿蘼〗。

饃〔饃〕（馍、饝、䭾） mó ㄇㄛˊ 〈方〉饅頭：蒸饃｜白麵饃。也叫饃饃。

蘑〔蘑〕 mó ㄇㄛˊ 蘑菇：口蘑｜鮮蘑｜白蘑。

【蘑菇】[1] mó·gu ㄇㄛˊ ·ㄍㄨ 指供食用的蕈類，特指口蘑。

【蘑菇】[2] mó·gu ㄇㄛˊ ·ㄍㄨ ❶故意糾纏：你別跟我蘑菇，我還有要緊事兒。❷行動遲緩，拖延時間：你再這麼蘑菇下去，非誤了火車不可！

【蘑菇雲】mó·guyún ㄇㄛˊ ·ㄍㄨ ㄩㄣˊ 由於原子彈、氫彈爆炸而產生的蘑菇形的雲狀物，其中含有大量烟塵。火山爆發及星體碰撞等也能形成蘑菇雲。

魔〔魔〕 mó ㄇㄛˊ ❶魔鬼：惡魔｜妖魔｜病魔｜旱魔。❷神秘；奇異：魔力｜魔術。［魔羅之省，梵 māra］

【魔法】mófǎ ㄇㄛˊ ㄈㄚˇ 妖魔的法術；妖術。

【魔方】mófāng ㄇㄛˊ ㄈㄤ 一種智力玩具，是一個可以變換拼裝的正方體，由若干塊小正方體組成，六個平面色彩不同。遊戲時使六面顏色混雜，經過轉換，以恢復原狀。

【魔怪】móguài ㄇㄛˊ ㄍㄨㄞˋ 妖魔鬼怪，比喻邪惡的人或勢力。

【魔鬼】móguǐ ㄇㄛˊ ㄍㄨㄟˇ 宗教或神話傳説裏指迷惑人、害人性命的鬼怪。比喻邪惡的人或勢力。

【魔窟】mókū ㄇㄛˊ ㄎㄨ 魔怪的巢穴，比喻邪惡勢力盤踞的地方。

【魔力】mólì ㄇㄛˊ ㄌㄧˋ 使人愛好、沈迷的吸引力：這個故事有一種魔力抓住我的心。

【魔難】mónàn ㄇㄛˊ ㄋㄢˋ 同'磨難'。

【魔術】móshù ㄇㄛˊ ㄕㄨˋ 雜技的一種，以迅速敏捷的技巧或特殊裝置把實在的動作掩蓋起來，使觀眾感覺到物體忽有忽無，變化不測。也叫幻術或戲法。

【魔王】mówáng ㄇㄛˊ ㄨㄤˊ ❶佛教用語，指專做破壞活動的惡鬼。❷比喻非常兇暴的惡人：混世魔王｜殺人魔王。

【魔芋】móyù ㄇㄛˊ ㄩˋ ❶多年生草本植物，掌狀複葉，小葉羽狀分裂，花紫褐色，花軸上部棒形，地下莖球形，可以吃，又可製澱粉。❷這種植物的地下莖。‖也叫蒟蒻（jǔruò）。

【魔掌】mózhǎng ㄇㄛˊ ㄓㄤˇ 比喻兇惡勢力的控制：逃出魔掌。

【魔杖】mózhàng ㄇㄛˊ ㄓㄤˋ 魔術師所用的棍兒。

【魔障】mózhàng ㄇㄛˊ ㄓㄤˋ 佛教用語，惡魔所設的障礙。

【魔爪】mózhǎo ㄇㄛˊ ㄓㄠˇ 比喻兇惡的勢力：斬斷侵略者的魔爪。

【魔怔】mó·zheng ㄇㄛˊ ·ㄓㄥ 舉動異常，像有精神病一樣。

劘 mó ㄇㄛˊ 〈書〉削；切。

mǒ（ㄇㄛˇ）

抹 mǒ ㄇㄛˇ ❶塗抹：抹粉｜抹上點藥膏｜抹一層糨糊◇月光在淡灰色的牆上抹了一層銀色。❷擦：他吃完飯把嘴一抹就走了。❸勾掉；除去；不計在內：抹殺｜抹零｜把這行字抹了。❹量詞，用於雲霞等：一抹彩霞。

另見764頁 mā；814頁 mò。

【抹脖子】mǒ bó·zi ㄇㄛˇ ㄅㄛˊ ·ㄗ 拿刀割脖子，多指自殺。

【抹彩】mǒ//cǎi ㄇㄛˇ // ㄘㄞˇ 指戲曲演員老生、小生、武生等行當面部化裝。

【抹黑】mǒ//hēi ㄇㄛˇ // ㄏㄟ 塗抹黑色，比喻醜化：幹嗎要往自己臉上抹黑？｜他決不會給集體抹黑的。

【抹零】mǒ//líng ㄇㄛˇ // ㄌㄧㄥˊ （抹零兒）付錢時不計算整數之外的尾數。

【抹殺】mǒshā ㄇㄛˇ ㄕㄚ 一概不計；完全勾銷：一筆抹殺｜這個事實誰也抹殺不了。也作抹煞。

【抹煞】mǒshā ㄇㄛˇ ㄕㄚ 同'抹殺'。

【抹稀泥】mǒ xīní ㄇㄛˇ ㄒㄧ ㄋㄧˊ 〈方〉和（huò）稀泥。

【抹一鼻子灰】mǒ yī bí·zi huī ㄇㄛˇ ㄧ ㄅㄧˊ ·ㄗ ㄏ

ㄨㄟ 想討好而結果落得沒趣。
【抹子】mǒ·zi ㄇㄛˇ·ㄗ 瓦工用來抹灰泥的器具。也叫抹刀。

mò（ㄇㄛˋ）

万 mò ㄇㄛˋ ［万俟］(Mòqí ㄇㄛˋ ㄑㄧˊ) 姓。另見1178頁 wàn'萬'。

末1 mò ㄇㄛˋ ❶東西的梢；盡頭：末梢｜秋毫之末。❷不是根本的、主要的事物 (跟'本'相對)：本末倒置｜捨本逐末。❸最後；終了；末尾：春末｜末班車｜明末農民大起義。❹(末兒) 末子：鋸末｜茶葉末兒｜把藥研成末兒。

末2 mò ㄇㄛˋ 戲曲角色行當，扮演中年男子，京劇歸入老生一類。
另見781頁 ·me'麼'。

【末班車】mòbānchē ㄇㄛˋ ㄅㄢ ㄔㄜ ❶按班次行駛的最後一班車。也說末車。❷比喻最後的一次機會。
【末代】mòdài ㄇㄛˋ ㄉㄞˋ 指一個朝代的最後一代；末世：末代皇帝｜末代子孫。
【末伏】mòfú ㄇㄛˋ ㄈㄨˊ ❶立秋後的第一個庚日，是最後的一伏。❷通常也指從立秋後第一個庚日起到第二個庚日前一天 (共十天) 的一段時間。‖也叫終伏、三伏。
【末後】mòhòu ㄇㄛˋ ㄏㄡˋ 最後：末後，主席宣佈散會。
【末節】mòjié ㄇㄛˋ ㄐㄧㄝˊ 小節：細枝末節。
【末了】mòliǎo ㄇㄛˋ ㄌㄧㄠˇ (末了兒) 最後：第五行末了的那個字我不認識｜大家猜了半天，末了還是小伍猜中了。也說末末了兒。
【末流】mòliú ㄇㄛˋ ㄌㄧㄡˊ ❶已經衰落並失去原有的精神實質的學術、文藝等流派。❷等級或質量低的：末流演員｜末流水平。
【末路】mòlù ㄇㄛˋ ㄌㄨˋ 路途的終點，比喻沒落衰亡的境地：窮途末路。
【末年】mònián ㄇㄛˋ ㄋㄧㄢˊ (歷史上一個朝代或一個君主在位時期) 最後的一段時期：明朝末年｜道光末年。
【末期】mòqī ㄇㄛˋ ㄑㄧ 最後的一段時期：唐代末期｜新石器時代末期。
【末日】mòrì ㄇㄛˋ ㄖˋ 基督教指世界的最後一天，一般泛指死亡或滅亡的日子 (用於憎惡的人或事物)：末日來臨。
【末梢】mòshāo ㄇㄛˋ ㄕㄠ 末尾：五月末梢｜她在辮子的末梢打了一個花結。
【末梢神經】mòshāo shénjīng ㄇㄛˋ ㄕㄠ ㄕㄣˊ ㄐㄧㄥ 神經從神經中樞發出後分佈到各組織的部分，作用是感受外來的刺激並把這些刺激傳達到神經中樞，又把神經中樞的命令傳達到各部組織。
【末世】mòshì ㄇㄛˋ ㄕˋ 一個歷史階段的末尾的時期：封建末世。
【末尾】mòwěi ㄇㄛˋ ㄨㄟˇ 最後的部分：排在末尾｜文章末尾還需斟酌。
【末葉】mòyè ㄇㄛˋ ㄧㄝˋ (一個世紀或一個朝代) 最後一段時期：十八世紀末葉｜清朝末葉。
【末子】mò·zi ㄇㄛˋ·ㄗ 細碎的或成麪兒的東西：煤末子。
【末座】mòzuò ㄇㄛˋ ㄗㄨㄛˋ 座位分尊卑時，最卑的座位叫末座。

沒1 mò ㄇㄛˋ ❶(人或物) 沈下或沈沒：沒入水中｜太陽將沒未沒的時候，水面泛起了一片紅光。❷漫過或高過 (人或物)：雪深沒膝｜河水沒了馬背。❸隱藏；隱沒：出沒。❹沒收：抄沒。❺一直到完了；盡；終：沒世｜沒齒 (齒：年齒)。❻同'歿'。

沒2 mò ㄇㄛˋ 見〖沒奈何〗。
另見781頁 méi。

【沒齒不忘】mò chǐ bù wàng ㄇㄛˋ ㄔˇ ㄅㄨˋ ㄨㄤˋ 終身不能忘記。也說沒世不忘。
【沒落】mòluò ㄇㄛˋ ㄌㄨㄛˋ 衰敗；趨向滅亡：沒落貴族｜家道沒落｜腐朽沒落。
【沒奈何】mònàihé ㄇㄛˋ ㄋㄞˋ ㄏㄜˊ 實在沒有辦法；無可奈何：小黃等了很久不見他來，沒奈何只好一個人去了。
【沒世】mòshì ㄇㄛˋ ㄕˋ 指終身；一輩子：沒世不忘。
【沒收】mòshōu ㄇㄛˋ ㄕㄡ 把犯罪的個人或集團的財產強制地收歸公有，也指把違反禁令或規定的東西收去歸公。

抹 mò ㄇㄛˋ ❶把和好了的泥或灰等塗上後再用抹 (mǒ) 子弄平：抹牆。❷緊挨着繞過：轉彎抹角。
另見764頁 mā；813頁 mǒ。

【抹不開】mò·bu kāi ㄇㄛˋ·ㄅㄨ ㄎㄞ 同'磨不開'。
【抹得開】mò ·de kāi ㄇㄛˋ·ㄉㄜ ㄎㄞ 同'磨得開'。
【抹面】mòmiàn ㄇㄛˋ ㄇㄧㄢˋ 在建築物的表面抹上泥、石灰、水泥等材料，有時再刷上灰漿或做出各種花紋。

茉〔茉〕 mò ㄇㄛˋ ［茉莉］(mò·lì ㄇㄛˋ·ㄌㄧ) ❶常綠灌木，葉子卵形或橢圓形，有光澤，花白色，香味濃厚。供觀賞，花可用來熏製茶葉。❷這種植物的花。

歿 mò ㄇㄛˋ〈書〉死：病歿。也作沒。

沫 mò ㄇㄛˋ ❶(沫兒) 沫子：唾沫｜肥皂沫兒｜馬跑得滿身是汗，口裏流着白沫。❷〈書〉唾液；相濡以沫。

【沫子】mò·zi ㄇㄛˋ·ㄗ 液體形成的許多小泡；泡沫。

妹 mò ㄇㄛˋ 用於人名，妹喜，傳說中夏王桀的妃子。

冒 mò ㄇㄛˋ 冒頓(Mòdú)，漢初匈奴族一個單于(chányú)的名字。
另見780頁 mào。

脉(脈) mò ㄇㄛˋ［脉脉］(mòmò ㄇㄛˋ ㄇㄛˋ)默默地用眼神或行動表達情意：脉脉含情｜她脉脉地注視着遠去的孩子們。
另見769頁 mài。

陌 mò ㄇㄛˋ 田間東西方向的道路，泛指道路：阡陌｜陌頭楊柳｜巷陌｜陌路。

【陌路】mòlù ㄇㄛˋ ㄌㄨˋ〈書〉指路上碰到的不相識的人：視同陌路。也説陌路人。

【陌生】mòshēng ㄇㄛˋ ㄕㄥ 生疏；不熟悉：陌生人｜我們雖然是第一次見面，並不感到陌生。

莫〔莫〕 mò ㄇㄛˋ ❶〈書〉表示'沒有誰'或'沒有哪一種東西'：莫不欣喜｜莫名其妙。❷不：莫如｜一籌莫展｜愛莫能助｜莫衷一是。❸不要：莫哭｜我不懂這裏的規矩，請莫見怪。❹表示揣測或反問：莫非｜莫不是。❺(Mò)姓。
〈古〉又同'暮'mù。

【莫不】mòbù ㄇㄛˋ ㄅㄨˋ 沒有一個不：鐵路通車以後，這裏的各族人民莫不歡欣鼓舞。

【莫不是】mòbùshì ㄇㄛˋ ㄅㄨˋ ㄕˋ 莫非。

【莫測高深】mò cè gāoshēn ㄇㄛˋ ㄘㄜˋ ㄍㄠ ㄕㄣ 沒法揣測究竟高深到甚麼程度，多指言行使人難以了解或理解。

【莫大】mòdà ㄇㄛˋ ㄉㄚˋ 沒有比這個再大；極大：莫大的光榮｜莫大的幸福。

【莫非】mòfēi ㄇㄛˋ ㄈㄟ 副詞，表示揣測或反問，常跟'不成'呼應：他將信將疑地説，莫非我聽錯了？｜今天她沒來，莫非又生了病不成？

【莫可指數】mò kě zhǐ shǔ ㄇㄛˋ ㄎㄜˇ ㄓˇ ㄕㄨˇ 掰着指頭也數不過來，形容數量很多。

【莫名其妙】mò míng qí miào ㄇㄛˋ ㄇㄧㄥˊ ㄑㄧˊ ㄇㄧㄠˋ 沒有人能説明它的奧妙(道理)，表示事情很奇怪，使人不明白。'名'也作明。

【莫逆】mònì ㄇㄛˋ ㄋㄧˋ 彼此情投意合，非常相好：莫逆之交｜在中學時代，他們二人最稱莫逆。

【莫如】mòrú ㄇㄛˋ ㄖㄨˊ 不如(用於對事物的不同處理方法的比較選擇)：他想，既然來到了門口，莫如跟着進去看看｜與其你去，莫如他來。注意 '不如'除了比較得失之外，還可以比較高下，如'這個辦法不如那個好'，'莫如'沒有這一種用法。

【莫若】mòruò ㄇㄛˋ ㄖㄨㄛˋ 莫如：休息的時候，與其坐在家裏發悶，莫若出去走走。

【莫須有】mòxūyǒu ㄇㄛˋ ㄒㄩ ㄧㄡˇ 宋朝奸臣秦檜誣陷岳飛謀反，韓世忠不平，去質問他有沒有證據，秦檜回答説'莫須有'，意思是'也許有吧'。後來用來表示憑空捏造：莫須有的罪名。

【莫邪】mòyé ㄇㄛˋ ㄧㄝˊ 同'鏌鋣'(mòyé)。

【莫衷一是】mò zhōng yī shì ㄇㄛˋ ㄓㄨㄥ ㄧ ㄕˋ 不能得出一致的結論：對於這個問題，大家意見紛紛，莫衷一是。

眜 mò ㄇㄛˋ〈書〉❶目不明；目不正。❷不顧(危險、惡劣環境等)；冒：眜險搜奇。

秣 mò ㄇㄛˋ ❶牲口的飼料：糧秣。❷餵牲口：秣馬厲兵。

【秣馬厲兵】mò mǎ lì bīng ㄇㄛˋ ㄇㄚˇ ㄌㄧˋ ㄅㄧㄥ 餵飽馬，磨快兵器，指準備作戰('厲'同'礪')。也説厲兵秣馬。

眽 mò ㄇㄛˋ［眽眽］同'脉脉'(mòmò)。

貊(貉) Mò ㄇㄛˋ 我國古代稱東北方的民族。
'貉'另見456頁 háo；466頁 hé。

漠〔漠〕 mò ㄇㄛˋ ❶沙漠：大漠｜漠北。❷冷淡地；不經心地：漠視｜漠不關心。

【漠不關心】mò bù guānxīn ㄇㄛˋ ㄅㄨˋ ㄍㄨㄢ ㄒㄧㄣ 形容對人或事物冷淡，一點也不關心。

【漠漠】mòmò ㄇㄛˋ ㄇㄛˋ ❶雲烟密佈的樣子：湖面升起一層漠漠的烟霧。❷廣漠而沈寂：遠處是漠漠的平原。

【漠然】mòrán ㄇㄛˋ ㄖㄢˊ 不關心不在意的樣子：漠然置之｜處之漠然｜漠然無動於衷(毫不動心)。

【漠視】mòshì ㄇㄛˋ ㄕˋ 冷淡地對待；不注意：不能漠視群眾的根本利益。

寞〔寞〕 mò ㄇㄛˋ 安靜；冷落：寂寞｜落寞。

靺 mò ㄇㄛˋ［靺鞨］(Mòhé ㄇㄛˋ ㄏㄜˊ)我國古代東北方的民族。

嘿 mò ㄇㄛˋ 同'默'。
另見469頁 hēi。

墨1 mò ㄇㄛˋ ❶寫字繪畫的用品，是用煤烟或松烟等製成的黑色塊狀物，間或有用其他材料製成別種顏色的，也指用墨和水研出來的汁：一塊墨｜一錠墨｜研墨｜筆墨紙硯｜墨太稠了。❷泛指寫字、繪畫或印刷用的某種顏料：墨水｜油墨。❸借指寫的字和畫的畫：墨寶｜遺墨。❹比喻學問或讀書識字的能力：胸無點墨。❺木工打直綫用的墨綫，借指規矩、準則：繩墨｜矩墨。❻黑：墨菊｜墨鏡。❼〈書〉貪污：貪墨｜墨吏。❽古代的一種刑罰，刺面或額，染上黑色，作為標記。也叫黥。❾(Mò)指墨家。❿(Mò)姓。

墨2 Mò ㄇㄛˋ 指墨西哥：墨洋(墨西哥銀元)。

【墨寶】mòbǎo ㄇㄛˋ ㄅㄠˇ 指可寶貴的字畫，也用來尊稱別人寫的字或畫的畫：請賜墨寶。

【墨斗】mòdǒu ㄇㄛˋ ㄉㄡˇ 木工用來打直綫的工具。從墨斗中拉出墨綫，放到木材上，綳緊，提起墨綫後鬆手，趁着彈力打上黑綫。

【墨斗魚】mòdǒuyú ㄇㄛˋ ㄉㄡˇ ㄩˊ 烏賊的俗稱。

【墨海】mòhǎi ㄇㄛˋ ㄏㄞˇ 盆狀的大硯台。

【墨盒】mòhé ㄇㄛˋ ㄏㄜˊ （墨盒兒）文具，多用銅製，方形或圓形，像小盒子，內放絲綿，灌上墨汁，供毛筆蘸用。也叫墨盒子。

【墨黑】mòhēi ㄇㄛˋ ㄏㄟ 非常黑；很暗：天陰得墨黑，恐怕要下大雨◇兩眼墨黑（比喻對事物一無所知）。

【墨迹】mòjì ㄇㄛˋ ㄐㄧˋ ❶墨的痕迹：墨迹未乾。❷某人親手寫的字或畫的畫。

【墨家】Mòjiā ㄇㄛˋ ㄐㄧㄚ 先秦時期的一個政治思想派別，以墨子（名翟 dí）為創始人。主張人與人平等相愛（兼愛），反對侵略戰爭（非攻）。墨家同時也是有組織的團體，在戰爭中扶助弱小抵抗強暴。但是相信有鬼（明鬼），相信天的意志（天志）。墨家後期發展了墨翟思想的積極部分，對樸素唯物主義、古代邏輯學的發展都有一定的貢獻。

【墨晶】mòjīng ㄇㄛˋ ㄐㄧㄥ 水晶的一種，深棕色，略近黑色。可做眼鏡片。

【墨鏡】mòjìng ㄇㄛˋ ㄐㄧㄥˋ 用墨晶製成的眼鏡，泛指用黑色或墨綠色等鏡片做的眼鏡，有養目和避免強烈光綫刺眼的作用。

【墨客】mòkè ㄇㄛˋ ㄎㄜˋ 〈書〉指文人：騷人墨客。

【墨吏】mòlì ㄇㄛˋ ㄌㄧˋ 〈書〉貪污的官吏。

【墨綠】mòlǜ ㄇㄛˋ ㄌㄩˋ 深綠色。

【墨守成規】Mò shǒu chéngguī ㄇㄛˋ ㄕㄡˇ ㄔㄥˊ ㄍㄨㄟ 戰國時墨子善於守城，後來用'墨守成規'形容因循守舊，不肯改進。

【墨水】mòshuǐ ㄇㄛˋ ㄕㄨㄟˇ （墨水兒）❶墨汁。❷寫鋼筆字用的各種顏色的水：藍墨水｜紅墨水。❸比喻學問或讀書識字的能力：他肚子裏還有點兒墨水。

【墨綫】mòxiàn ㄇㄛˋ ㄒㄧㄢˋ ❶木工用來打直綫的裝在墨斗上的綫繩。❷用墨綫打出來的直綫。

【墨刑】mòxíng ㄇㄛˋ ㄒㄧㄥˊ 古代的刑罰，在罪犯臉上刺字並塗墨。

【墨鴉】mòyā ㄇㄛˋ ㄧㄚ ❶〈書〉形容書法拙劣。❷〈方〉鸕鷀。

【墨魚】mòyú ㄇㄛˋ ㄩˊ 烏賊的俗稱。

【墨汁】mòzhī ㄇㄛˋ ㄓ （墨汁兒）用墨加水研成的汁，也指用黑色顏料加水和少量膠質製成的液體。

瘼〔瘼〕 mò ㄇㄛˋ 〈書〉病；疾苦：民瘼。

默 mò ㄇㄛˋ ❶不說話；不出聲：默讀｜默認｜沈默｜默不作聲。❷默寫：默生字。❸（Mò）姓。

【默哀】mò'āi ㄇㄛˋ ㄞ 為表示悼念，低下頭默默地肅立着。

【默禱】mòdǎo ㄇㄛˋ ㄉㄠˇ 不出聲地祈禱；心中禱告。

【默讀】mòdú ㄇㄛˋ ㄉㄨˊ 不出聲地讀書，是語文教學上訓練閱讀能力的一種方法：默讀課文。

【默劇】mòjù ㄇㄛˋ ㄐㄩˋ 啞劇。

【默默】mòmò ㄇㄛˋ ㄇㄛˋ 不說話；不出聲：默默無言。

【默默無聞】mò mò wú wén ㄇㄛˋ ㄇㄛˋ ㄨˊ ㄨㄣˊ 不出名；不為人知道：他經常默默無聞地為大夥兒做好事。

【默念】mòniàn ㄇㄛˋ ㄋㄧㄢˋ 心裏思想：默念當年情景，如在昨日。

【默唸】mòniàn ㄇㄛˋ ㄋㄧㄢˋ 默讀：默唸一首古詩。

【默片】mòpiàn ㄇㄛˋ ㄆㄧㄢˋ 無聲片。

【默契】mòqì ㄇㄛˋ ㄑㄧˋ ❶雙方的意思沒有明白說出而彼此有一致的了解：配合默契。❷秘密的條約或口頭協定。

【默然】mòrán ㄇㄛˋ ㄖㄢˊ 沈默無言的樣子：二人默然相對。

【默認】mòrèn ㄇㄛˋ ㄖㄣˋ 心裏承認，但不表示出來：你不申辯，不就等於默認了嗎？

【默誦】mòsòng ㄇㄛˋ ㄙㄨㄥˋ ❶不出聲地背誦。❷默讀。

【默算】mòsuàn ㄇㄛˋ ㄙㄨㄢˋ ❶心中暗自盤算。❷心算。

【默寫】mòxiě ㄇㄛˋ ㄒㄧㄝˇ 憑着記憶把讀過的文字寫出來。

【默許】mòxǔ ㄇㄛˋ ㄒㄩˇ 沒有明白表示同意，但是暗示已經許可：他不說話，就是默許了。

磨 mò ㄇㄛˋ ❶把糧食弄碎的工具，通常是兩個圓石盤做成的：一盤磨｜電磨｜推磨。❷用磨把糧食弄碎：磨麪｜磨豆腐｜磨麥子。❸掉轉；轉變：把汽車磨過來◇我幾次三番勸他，他還是磨不過來。

另見812頁 mó。

【磨不開】mò ·bu kāi ㄇㄛˋ ·ㄅㄨ ㄎㄞ ❶臉上下不來：本想當面說他兩句，又怕他臉上磨不開。❷不好意思：他有錯誤，就該批評他，有甚麼磨不開的？❸〈方〉想不通；行不通：我有了磨不開的事，就找他去商量。‖也作抹不開。

【磨叨】mò·dao ㄇㄛˋ ·ㄉㄠ ❶翻來覆去地說：說兩句就行了，別再磨叨啦。❷〈方〉談論：你們剛才又在磨叨啥？

【磨得開】mò ·de kāi ㄇㄛˋ ·ㄉㄜ ㄎㄞ ❶臉上下得來：你當面挖苦人，人家臉上磨得開嗎？❷好意思：她請客你不去，你磨得開嗎？❸〈方〉想得通；行得通：這個理我磨得開，您就放心吧。‖也作抹得開。

【磨煩】mò·fan ㄇㄛˋ·ㄈㄢ ❶沒完沒了地糾纏(多指向人要求甚麼)：這孩子常常磨煩姐姐給他講故事。❷動作遲緩拖延：不必磨煩了，說辦就辦吧。
【磨坊】mòfáng ㄇㄛˋ ㄈㄤˊ 磨麪粉等的作坊。也作磨房。
【磨盤】mòpán ㄇㄛˋ ㄆㄢˊ ❶托着磨的圓形底盤。❷〈方〉磨(mò)①。
【磨扇】mòshàn ㄇㄛˋ ㄕㄢˋ 磨的上下兩片石盤。

貘〔貘〕(貘) mò ㄇㄛˋ 哺乳動物，尾短，鼻子突出很長，能自由伸縮，皮厚毛少，前肢四趾，後肢三趾。產於熱帶地區。

鏌〔鏌〕(镆) mò ㄇㄛˋ ［鏌鋣］(mòyé ㄇㄛˋ ㄧㄝˊ)古代寶劍名。也作莫邪。

驀〔驀〕(蓦) mò ㄇㄛˋ 突然：驀地｜驀然。
【驀地】mòdì ㄇㄛˋ ㄉㄧˋ 出乎意料地；突然：驀地大叫一聲。
【驀然】mòrán ㄇㄛˋ ㄖㄢˊ 不經心地；猛然：驀然醒悟｜驀然看去，這石頭像一頭卧牛。

礳 mò ㄇㄛˋ 礳石渠(Mòshíqú ㄇㄛˋ ㄕˊ ㄑㄩˊ)，地名，在山西。

纆(纆) mò ㄇㄛˋ 〈書〉繩索。

耱 mò ㄇㄛˋ 耢(lào)①。

mōu (ㄇㄡ)

哞 mōu ㄇㄡ 象聲詞，形容牛叫的聲音。

móu (ㄇㄡˊ)

牟 móu ㄇㄡˊ ❶牟取：牟利。❷(Mó)姓。另見821頁mù。
【牟利】móu//lì ㄇㄡˊ//ㄌㄧˋ 謀取私利：非法牟利。
【牟取】móuqǔ ㄇㄡˊ ㄑㄩˇ 謀取(名利)：牟取暴利。

侔 móu ㄇㄡˊ 〈書〉相等；齊：相侔。

眸 móu ㄇㄡˊ 眸子：凝眸｜明眸皓齒。
【眸子】móuzǐ ㄇㄡˊ ㄗˇ 本指瞳人，泛指眼睛。

蛑 móu ㄇㄡˊ 見1387頁［蝤蛑］。

謀(谋) móu ㄇㄡˊ ❶主意；計謀；計策：陰謀｜足智多謀。❷圖謀；謀求：謀生｜謀害｜為人類謀福利。❸商議：不謀而合。
【謀臣】móuchén ㄇㄡˊ ㄔㄣˊ 參與謀劃或善於出謀劃策的臣子：謀臣猛將。
【謀反】móufǎn ㄇㄡˊ ㄈㄢˇ 暗中謀劃反叛(國家)：蓄意謀反。
【謀害】móuhài ㄇㄡˊ ㄏㄞˋ 謀劃殺害或陷害：謀害忠良。
【謀和】móuhé ㄇㄡˊ ㄏㄜˊ 謀求和平或和解。
【謀劃】móuhuà ㄇㄡˊ ㄏㄨㄚˋ 籌劃；想辦法：仔細謀劃｜謀劃賑災義演。
【謀慮】móulǜ ㄇㄡˊ ㄌㄩˋ 謀劃；考慮：謀慮深遠。
【謀略】móulüè ㄇㄡˊ ㄌㄩㄝˋ 計謀策略：運用謀略｜謀略深遠。
【謀面】móumiàn ㄇㄡˊ ㄇㄧㄢˋ 〈書〉彼此見面，相識：素未謀面。
【謀求】móuqiú ㄇㄡˊ ㄑㄧㄡˊ 設法尋求：謀求解決辦法。
【謀取】móuqǔ ㄇㄡˊ ㄑㄩˇ 設法取得：謀取利益。
【謀殺】móushā ㄇㄡˊ ㄕㄚ 謀劃殺害：慘遭謀殺｜一樁謀殺案。
【謀生】móushēng ㄇㄡˊ ㄕㄥ 設法尋求維持生活的門路：出外謀生。
【謀士】móushì ㄇㄡˊ ㄕˋ 出謀獻計的人。
【謀事】móushì ㄇㄡˊ ㄕˋ ❶計劃事情：謀事在人。❷指找職業：設法謀事。
【謀私】móusī ㄇㄡˊ ㄙ 謀取私利：以權謀私。
【謀陷】móuxiàn ㄇㄡˊ ㄒㄧㄢˋ 設法陷害：謀陷忠良｜遭人謀陷。
【謀職】móuzhí ㄇㄡˊ ㄓˊ 謀取職業或職位：出外謀職｜四處謀職。

麰(麰) móu ㄇㄡˊ 古代稱大麥。

繆(缪) móu ㄇㄡˊ 見163頁〖綢繆〗。另見801頁Miào；810頁miù。

鍪 móu ㄇㄡˊ 見277頁〖兜鍪〗。

mǒu (ㄇㄡˇ)

某 mǒu ㄇㄡˇ 指示代詞。❶指一定的人或事物(知道名稱而不說出)：張某｜解放軍某部。❷指不定的人或事物：某人｜某地｜某種綫索。❸用來代替自己或自己的名字，如'某，張飛是也。'又如姓張的自稱'張某'或'張某人'。❹用來代替別人的名字(常含不客氣意)：請轉告劉某，做事不要太過分。‖注意 有時疊用，如：某某人｜某某學校。

mú (ㄇㄨˊ)

毪 mú ㄇㄨˊ 毪子。

【毪子】mú·zi ㄇㄨˊ·ㄗ 西藏產的一種氆氌。

模〔模〕 mú ㄇㄨˊ (模兒) 模子：鉛模｜銅模兒。
另見811頁 mó。

【模板】múbǎn ㄇㄨˊ ㄅㄢˇ 澆灌混凝土工程用的模型板，一般用木料或鋼材製成。

【模具】mújù ㄇㄨˊ ㄐㄩˋ 生產上使用的各種模型。

【模樣】múyàng ㄇㄨˊ ㄧㄤˋ (模樣兒) ❶人的長相或裝束打扮的樣子：這孩子的模樣像他爸爸｜看你打扮成這模樣，我幾乎認不出來了。❷表示約略的情況(只用於時間、年歲)：等了大概有半個小時模樣｜這個人有三十歲模樣。❸形勢；趨勢；情況：不像要留客人吃飯的模樣｜看模樣，這家飯館像是快要關張了。

【模子】mú·zi ㄇㄨˊ·ㄗ 模型③：銅模子｜石膏模子｜糕餅模子。

mǔ (ㄇㄨˇ)

母 mǔ ㄇㄨˇ ❶母親：母女｜老母◇母校。❷家族或親戚中的長輩女子：祖母｜伯母｜姑母｜姨母｜舅母。❸(禽獸)雌性的(跟'公'相對)：母雞｜母牛｜這頭驢是母的。❹(母兒)指一凸一凹配套的兩件東西裏的凹的一件：這套螺絲的母兒毛了。❺有產生出其他事物的能力或作用的：工作母機｜失敗乃成功之母。❻(Mǔ)姓。

【母愛】mǔ'ài ㄇㄨˇ ㄞˋ 母親對於兒女的愛：無私的母愛｜從小失去母愛。

【母本】mǔběn ㄇㄨˇ ㄅㄣˇ 接受花粉、結成子實或採用壓條等方法進行繁殖的植株。也叫母株。

【母畜】mǔchù ㄇㄨˇ ㄔㄨˋ 雌性牲畜。畜牧業上通常指能生小牲畜的雌性牲畜。

【母法】mǔfǎ ㄇㄨˇ ㄈㄚˇ ❶指根本法，即憲法(跟'子法'相對)。❷一國的立法如果源於或模仿外國的法律，則稱該外國的法律為母法(跟'子法'相對)。

【母蜂】mǔfēng ㄇㄨˇ ㄈㄥ 蜜蜂中能產卵的雌蜂，身體在蜂群中最大，腹部很長，翅短小，足比工蜂長，後足上沒有花粉籃。在正常情況下，每一個蜂巢只有一隻母蜂。也叫蜂王。

【母機】mǔjī ㄇㄨˇ ㄐㄧ 工作母機的簡稱。

【母金】mǔjīn ㄇㄨˇ ㄐㄧㄣ 本金。

【母親】mǔ·qīn ㄇㄨˇ·ㄑㄧㄣ 有子女的女子，是子女的母親◇祖國，我的母親！

【母權制】mǔquánzhì ㄇㄨˇ ㄑㄩㄢˊ ㄓˋ 原始公社初期形成的女子在經濟上和社會關係上佔支配地位的制度。由於經營農業、飼養家畜和管理家務，都以婦女為主，又由於群婚，子女只能確認生母，這樣就形成了以女子為中心的母系氏族公社。後來被父權制所代替。

【母乳】mǔrǔ ㄇㄨˇ ㄖㄨˇ 母親的奶汁。

【母樹】mǔshù ㄇㄨˇ ㄕㄨˋ 採伐迹地上保留的採種用的樹木，也泛指專供採集種子或枝條用的樹：母樹林。

【母體】mǔtǐ ㄇㄨˇ ㄊㄧˇ 指孕育幼體的人或雌性動物的身體。

【母系】mǔxì ㄇㄨˇ ㄒㄧˋ ❶在血統上屬於母親方面的：母系親屬。❷母女相承的：母系家族制度。

【母綫】mǔxiàn ㄇㄨˇ ㄒㄧㄢˋ ❶電站或變電站輸送電能用的總導綫。通過它，把發電機、變壓器或整流器輸出的電能輸送給各個用戶或其他變電所。❷數學上指依一定條件運動而產生面的直綫。

【母校】mǔxiào ㄇㄨˇ ㄒㄧㄠˋ 稱本人曾經在那裏畢業或學習過的學校。

【母性】mǔxìng ㄇㄨˇ ㄒㄧㄥˋ 母親愛護子女的本能。

【母液】mǔyè ㄇㄨˇ ㄧㄝˋ 化學沈澱或結晶過程中分離出沈澱或晶體後剩下的飽和溶液。

【母音】mǔyīn ㄇㄨˇ ㄧㄣ 元音。

【母語】mǔyǔ ㄇㄨˇ ㄩˇ ❶一個人最初學會的一種語言，在一般情況下是本民族的標準語或某一種方言。❷有些語言是從一個語言演變出來的，那個共同的來源，就是這些語言的母語。

【母質】mǔzhì ㄇㄨˇ ㄓˋ 某種物質由另一種物質生成，後者就是前者的母質，如成土母質、生油母質。

【母鐘】mǔzhōng ㄇㄨˇ ㄓㄨㄥ 見1512頁〖子母鐘〗。

牡 mǔ ㄇㄨˇ 雄性的(跟'牝'相對)：牡牛。

【牡丹】mǔ·dan ㄇㄨˇ·ㄉㄢ ❶落葉灌木，葉子有柄，羽狀複葉，小葉卵形或長橢圓形，花大，單生，通常深紅、粉紅或白色，是著名的觀賞植物。根皮入藥時叫丹皮。❷這種植物的花。

【牡蠣】mǔlì ㄇㄨˇ ㄌㄧˋ 軟體動物，有兩個貝殼，一個小而平，另一個大而隆起，殼的表面凹凸不平。肉供食用，又能提製蚝油。肉、殼、油都可入藥。也叫蚝或海蠣子。

坶 mǔ ㄇㄨˇ 見747頁〖壚坶〗(lúmǔ)。

拇 mǔ ㄇㄨˇ 拇指。

【拇戰】mǔzhàn ㄇㄨˇ ㄓㄢˋ 指划拳。

【拇指】mǔzhǐ ㄇㄨˇ ㄓˇ 手和腳的第一個指頭。也叫大拇指。

峔 mǔ ㄇㄨˇ 峔磯角(Mǔjī Jiǎo ㄇㄨˇ ㄐㄧ ㄐㄧㄠˇ)，岬角名，在山東。

姆 mǔ ㄇㄨˇ 見40頁〖保姆〗。
另見764頁 m̄。

姥 mǔ ㄇㄨˇ 〈書〉年老的婦人。
另見692頁 lǎo。

畝(亩) mǔ ㄇㄨˇ 地積單位，10分等於1畝，100 畝等於 1 頃。現用市畝，1 市畝等於 60 平方丈，合 667 平方米。

嘸 mǔ ㄇㄨˇ，又 yīngmǔ ㄧㄥ ㄇㄨˇ 英畝舊也作嘸。

鉧(钼) mǔ ㄇㄨˇ 見411頁〖鈷鉧〗(gǔmǔ)。

mù（ㄇㄨˋ）

木1 mù ㄇㄨˋ ❶樹木：伐木｜果木｜獨木不成林。❷木頭：棗木｜榆木｜檀香木。❸棺材：棺木｜行將就木。❹(Mù)姓。

木2 mù ㄇㄨˋ ❶質樸：木訥。❷麻木：兩腳凍木了｜舌頭木了，甚麼味道也嘗不出來。

【木版】mùbǎn ㄇㄨˋ ㄅㄢˇ 上面刻出文字或圖畫的木製印刷板：木板水印。也作木板。

【木版畫】mùbǎnhuà ㄇㄨˋ ㄅㄢˇ ㄏㄨㄚˋ 木刻。

【木本】mùběn ㄇㄨˋ ㄅㄣˇ 有木質莖的(植物)。

【木本水源】mù běn shuǐ yuán ㄇㄨˋ ㄅㄣˇ ㄕㄨㄟˇ ㄩㄢˊ 比喻事物的根本。

【木本植物】mùběn zhíwù ㄇㄨˋ ㄅㄣˇ ㄓˊ ㄨˋ 具有木質莖的植物，如楊、柳等喬木和玫瑰、丁香等灌木。

【木菠蘿】mùbōluó ㄇㄨˋ ㄅㄛ ㄌㄨㄛˊ ❶常綠喬木，高達10米，葉子卵圓形，花小，聚合成橢圓形。果實可以吃。原產印度。❷這種植物的果實。‖也叫菠蘿蜜。

【木材】mùcái ㄇㄨˋ ㄘㄞˊ 樹木採伐後經過初步加工的材料。

【木柴】mùchái ㄇㄨˋ ㄔㄞˊ 作燃料或引火用的小塊木頭。

【木船】mùchuán ㄇㄨˋ ㄔㄨㄢˊ 木製的船，通常用櫓、槳等行駛。

【木呆呆】mùdāidāi ㄇㄨˋ ㄉㄞ ㄉㄞ (木呆呆的)形容發呆的樣子：他像失去了知覺似的，木呆呆地站在窗前。

【木雕】mùdiāo ㄇㄨˋ ㄉㄧㄠ 在木頭上雕刻形象、花紋的藝術。也指用木頭雕刻成的作品：大型木雕｜木雕藝人。

【木雕泥塑】mù diāo ní sù ㄇㄨˋ ㄉㄧㄠ ㄋㄧˊ ㄙㄨˋ 用木頭雕刻或泥土塑造的偶像，形容人呆板或靜止不動。也說泥塑木雕。

【木耳】mù'ěr ㄇㄨˋ ㄦˇ 菌的一種，生長在腐朽的樹幹上，形狀如人耳，黑褐色，膠質，外面密生柔軟的短毛。可供食用。

【木筏】mùfá ㄇㄨˋ ㄈㄚˊ 用長木材結成的筏子。也叫木筏子。

【木芙蓉】mùfúróng ㄇㄨˋ ㄈㄨˊ ㄖㄨㄥˊ ❶落葉灌木或小喬木，葉子闊卵形，花白色、粉紅色或紅色，單瓣或重瓣，結蒴果，扁球形，有毛。❷這種植物的花。‖也叫芙蓉或木蓮。

【木工】mùgōng ㄇㄨˋ ㄍㄨㄥ ❶製造或修理木器、製造和安裝房屋的木製構件的工作：木工活。❷做這種工作的工人：請木工來修理。

【木屐】mùjī ㄇㄨˋ ㄐㄧ 木板拖鞋。

【木簡】mùjiǎn ㄇㄨˋ ㄐㄧㄢˇ 古代用來寫字的木片。

【木匠】mù·jiang ㄇㄨˋ ·ㄐㄧㄤ 製造或修理木器、製造和安裝房屋的木製構件的工人。

【木強】mùjiàng ㄇㄨˋ ㄐㄧㄤˋ 〈書〉質樸剛強：為人木強敦厚。

【木槿】mùjǐn ㄇㄨˋ ㄐㄧㄣˇ 落葉灌木或小喬木，葉子卵形，互生，掌狀分裂，花鐘形，單生，通常有白、紅、紫等顏色，莖的韌皮可抽纖維，做造紙原料，花和種子可入藥。

【木刻】mùkè ㄇㄨˋ ㄎㄜˋ 版畫的一種，在木板上刻成圖形，再印在紙上。也叫木版畫。

【木刻水印】mùkè shuǐyìn ㄇㄨˋ ㄎㄜˋ ㄕㄨㄟˇ ㄧㄣˋ 一種彩色套印技術，用於複製美術品，根據畫稿着色濃淡、陰陽向背的不同，分別刻成許多塊版，依照色調進行套印或疊印。舊稱餖版。

【木料】mùliào ㄇㄨˋ ㄌㄧㄠˋ 初步加工後具有一定形狀的木材。

【木馬】mùmǎ ㄇㄨˋ ㄇㄚˇ ❶木頭製成的馬。❷木製的運動器械，略像馬，背上安雙環的叫鞍馬，沒有環的叫跳馬。❸形狀像馬的兒童遊戲器械，可以坐在上面前後搖動。

【木馬計】mùmǎjì ㄇㄨˋ ㄇㄚˇ ㄐㄧˋ 傳說古代希臘人攻打特洛伊城九年不下，後來用了一個計策，把一批勇士藏在一隻特製的木馬中，佯裝撤退，扔下木馬。特洛伊人把木馬當作戰利品運進城內。夜裏木馬中的勇士出來打開城門，與攻城軍隊裏應外合，佔領了特洛伊城。後來用特洛伊木馬指潛伏在內部的敵人，把潛伏到敵方內部進行破壞和顛覆活動的辦法叫木馬計。

【木棉】mùmián ㄇㄨˋ ㄇㄧㄢˊ ❶落葉喬木，葉子掌狀分裂，花紅色，結蒴果，卵圓形。種子的表皮長有白色纖維，質柔軟，可用來裝枕頭、墊褥等。也叫紅棉、攀枝花。❷木棉種子表皮上的纖維。

【木乃伊】mùnǎiyī ㄇㄨˋ ㄋㄞˇ ㄧ ❶長久保存下來的乾燥的屍體，特指古代埃及人用特殊的防腐藥品和埋葬方法保存下來的沒有腐爛的屍體。❷比喻僵化的事物。

【木訥】mùnè ㄇㄨˋ ㄋㄜˋ 〈書〉樸實遲鈍，不善於說話：木訥寡言。

【木牛流馬】mù niú liú mǎ ㄇㄨˋ ㄋㄧㄡˊ ㄌㄧㄡˊ ㄇㄚˇ 三國時諸葛亮所創造的運輸工具。相傳就是人推的木製小車。

【木偶】mù'ǒu ㄇㄨˋ ㄡˇ 木頭做的人像，常用來形容痴呆的神情：這時他像一個木偶似的靠在牆上出神。

【木偶片兒】mù'ǒupiānr ㄇㄨˋ ㄡˇ ㄆㄧㄢㄦ 木偶片。

【木偶片】mù'ǒupiàn ㄇㄨˋ ㄡˇ ㄆㄧㄢˋ 美術片的一種，用攝影機連續拍攝木偶表演的各種動作而成。

【木偶戲】mù'ǒuxì ㄇㄨˋ ㄡˇ ㄒㄧˋ 用木偶來表演故事的戲劇。表演時，演員在幕後一邊操縱木偶，一邊演唱，並配以音樂。由於木偶形體和操縱技術的不同，有布袋木偶、提綫木偶、杖頭木偶等。也叫傀儡戲。

【木排】mùpái ㄇㄨˋ ㄆㄞˊ 放在江河裏的成排地結起來的木材。為了從林場外運的方便，有水道的地方常把木材結成木排，使順流而下。

【木器】mùqì ㄇㄨˋ ㄑㄧˋ 用木材製造的傢具。

【木琴】mùqín ㄇㄨˋ ㄑㄧㄣˊ 打擊樂器，由若干長短不同的短木條組成，按音高順序排列架上，多排成兩排，用兩根小木槌敲打，聲音清脆。

【木然】mùrán ㄇㄨˋ ㄖㄢˊ 一時痴呆不知所措的樣子：木然地望着遠方。

【木炭】mùtàn ㄇㄨˋ ㄊㄢˋ 木材在隔絕空氣的條件下加熱得到的無定形碳，黑色，質硬，有很多細孔。用做燃料，也用來過濾液體和氣體，還可做黑色火藥。通稱炭。

【木炭畫】mùtànhuà ㄇㄨˋ ㄊㄢˋ ㄏㄨㄚˋ 用木炭條繪成的畫。

【木頭】mù·tou ㄇㄨˋ ·ㄊㄡ 木材和木料的統稱：一塊木頭｜一根木頭｜木頭桌子。

【木頭人兒】mù·tourénr ㄇㄨˋ ·ㄊㄡ ㄖㄣㄦˊ 比喻愚笨或不靈活的人。

【木犀】mù·xi ㄇㄨˋ ·ㄒㄧ ❶常綠小喬木或灌木，葉子橢圓形，花小，白色或暗黃色，有特殊的香氣，結核果，卵圓形。花供觀賞，又可做香料。通稱桂花。❷這種植物的花。通稱桂花。❸指經過烹調的打碎的雞蛋（多用於菜名、湯名）：木犀肉｜木犀湯｜木犀飯。‖也作木樨。

【木樨】mù·xi ㄇㄨˋ ·ㄒㄧ 同'木犀'。

【木鍁】mùxiān ㄇㄨˋ ㄒㄧㄢ 揚場時用來鏟糧食的木製農具，形狀跟鐵鍁相似。

【木星】mùxīng ㄇㄨˋ ㄒㄧㄥ 太陽系九大行星之一，按離太陽由近而遠的次序計為第五顆，繞太陽公轉週期約 11.86 年，自轉週期約 9 小時 50 分。是九大行星中體積最大的一個。（圖見 1107頁〖太陽系〗）

【木已成舟】mù yǐ chéng zhōu ㄇㄨˋ ㄧˇ ㄔㄥˊ ㄓㄡ 比喻事情已成定局，不能改變。

【木魚】mùyú ㄇㄨˋ ㄩˊ （木魚兒）打擊樂器，也是僧尼唸經、化緣時敲打的響器，用木頭做成，中間鏤空。

【木枕】mùzhěn ㄇㄨˋ ㄓㄣˇ 枕木。

【木質部】mùzhìbù ㄇㄨˋ ㄓˋ ㄅㄨˋ 莖的最堅硬的部分，由長形的木質細胞構成。木質部很發達的莖就是通常使用的木材。

【木質莖】mùzhìjīng ㄇㄨˋ ㄓˋ ㄐㄧㄥ 木質部發達、質地比較堅硬的莖，如松、杉、槐的莖。

目 mù ㄇㄨˋ ❶眼睛：有目共睹｜歷歷在目。❷網眼；孔：八十目篩｜一方寸的網上，竟有百目之多。❸〈書〉看：目為奇迹。❹大項中再分的小項：項目｜細目。❺生物學中把同一綱的生物按照彼此相似的特徵分為幾個群叫做目，如鳥綱中有雁形目、雞形目、鶴形目等，松柏綱中有銀杏目、松柏目等。目以下為科。❻目錄：書目｜藥目｜劇目。❼名稱：題目｜巧立名目。❽計算圍棋輸贏的單位：中方棋手僅以一目半之優獲勝。

【目標】mùbiāo ㄇㄨˋ ㄅㄧㄠ ❶射擊、攻擊或尋求的對象：看清目標｜發現目標。❷想要達到的境地或標準：奮鬥目標。

【目不見睫】mù bù jiàn jié ㄇㄨˋ ㄅㄨˋ ㄐㄧㄢˋ ㄐㄧㄝˊ 眼睛看不見自己的睫毛，比喻沒有自知之明。

【目不交睫】mù bù jiāo jié ㄇㄨˋ ㄅㄨˋ ㄐㄧㄠ ㄐㄧㄝˊ 形容夜間不睡覺或睡不着覺。

【目不窺園】mù bù kuī yuán ㄇㄨˋ ㄅㄨˋ ㄎㄨㄟ ㄩㄢˊ 漢董仲舒專心讀書，'三年目不窺園'（見於《漢書·董仲舒傳》）。後世用來形容埋頭讀書。

【目不忍睹】mù bù rěn dǔ ㄇㄨˋ ㄅㄨˋ ㄖㄣˇ ㄉㄨˇ 形容景象十分悽慘，使人不忍心看。也說目不忍視。

【目不識丁】mù bù shí dīng ㄇㄨˋ ㄅㄨˋ ㄕˊ ㄉㄧㄥ《舊唐書·張弘靖傳》：'今天下無事，汝輩挽得兩石力弓，不如識一丁字。'據說'丁'應寫作'个'，因為字形相近而誤。後來形容人不識字說'不識一丁'或'目不識丁'。

【目不暇接】mù bù xiá jiē ㄇㄨˋ ㄅㄨˋ ㄒㄧㄚˊ ㄐㄧㄝ 東西太多，眼睛看不過來：春節期間，文藝節目多得令人目不暇接。也說目不暇給（jǐ）。

【目不轉睛】mù bù zhuǎn jīng ㄇㄨˋ ㄅㄨˋ ㄓㄨㄢˇ ㄐㄧㄥ 不轉眼珠地（看），形容注意力集中。

【目測】mùcè ㄇㄨˋ ㄘㄜˋ 不用儀器僅用肉眼測量。

【目次】mùcì ㄇㄨˋ ㄘˋ 目錄②。

【目瞪口呆】mù dèng kǒu dāi ㄇㄨˋ ㄉㄥˋ ㄎㄡˇ ㄉㄞ 形容受驚而愣住的樣子。

【目的】mùdì ㄇㄨˋ ㄉㄧˋ 想要達到的地點或境地；想要得到的結果：目的地｜目的是想探索問題的由來。

【目睹】mùdǔ ㄇㄨˋ ㄉㄨˇ 親眼看到：耳聞目睹。

【目光】mùguāng ㄇㄨˋ ㄍㄨㄤ ❶指視綫：大家的目光都投向發言者。❷眼睛的神采：目光炯炯。❸眼光；見識：目光如豆｜目光遠大。

【目光短淺】mùguāng duǎnqiǎn ㄇㄨˋ ㄍㄨㄤ ㄉㄨㄢˇ ㄑㄧㄢˇ 形容缺乏遠見。

【目光如豆】mùguāng rú dòu ㄇㄨˋ ㄍㄨㄤ ㄖㄨˊ ㄉㄡˋ 形容眼光短淺。

【目光如炬】mùguāng rú jù ㄇㄨˋ ㄍㄨㄤ ㄖㄨˊ ㄐㄩˋ 眼光像火炬那樣亮，形容見識遠大。

【目擊】mùjī ㄇㄨˋ ㄐㄧ 親眼看到：目擊者｜目擊其事。

【目見】mùjiàn ㄇㄨˋ ㄐㄧㄢˋ 親眼看到：耳聞不如目見。

【目今】mùjīn ㄇㄨˋ ㄐㄧㄣ 現今。

【目鏡】mùjìng ㄇㄨˋ ㄐㄧㄥˋ 顯微鏡、望遠鏡等光學儀器上對着眼睛的一端所裝的透鏡。也叫接目鏡。

【目空一切】mù kōng yīqiè ㄇㄨˋ ㄎㄨㄥ ㄧ ㄑㄧㄝˋ 形容驕傲自大，甚麼都看不起。

【目力】mùlì ㄇㄨˋ ㄌㄧˋ 視力。

【目錄】mùlù ㄇㄨˋ ㄌㄨˋ ❶按一定次序開列出來以供查考的事物名目：圖書目錄｜財產目錄。❷書刊上列出的篇章名目（多放在正文前）。

【目論】mùlùn ㄇㄨˋ ㄌㄨㄣˋ 〈書〉比喻沒有自知之明或淺陋狹隘的見解。

【目迷五色】mù mí wǔ sè ㄇㄨˋ ㄇㄧˊ ㄨˇ ㄙㄜˋ 形容顏色又雜又多，因而看不清楚。比喻事物錯綜複雜，分辨不清。

【目前】mùqián ㄇㄨˋ ㄑㄧㄢˊ 指說話的時候：目前形勢｜到目前為止。

【目送】mùsòng ㄇㄨˋ ㄙㄨㄥˋ 眼睛注視着離去的人或載人的車、船等：目送親人遠去。

【目無全牛】mù wú quán niú ㄇㄨˋ ㄨˊ ㄑㄩㄢˊ ㄋㄧㄡˊ 一個殺牛的人最初殺牛，眼睛看見的是整個的牛（全牛），三年以後，技術純熟了，動刀時只看到皮骨間隙，而看不到全牛（見於《莊子．養生主》）。用來形容技藝已達到十分純熟的地步。

【目無餘子】mù wú yú zǐ ㄇㄨˋ ㄨˊ ㄩˊ ㄗˇ 眼睛裏沒有旁人，形容驕傲自大。

【目下】mùxià ㄇㄨˋ ㄒㄧㄚˋ 目前；眼下：目下較忙，過幾天再來看你。

【目眩】mùxuàn ㄇㄨˋ ㄒㄩㄢˋ 眼花：燈光強烈，令人目眩。

【目語】mùyǔ ㄇㄨˋ ㄩˇ 〈書〉用眼睛傳達意思。

【目中無人】mù zhōng wú rén ㄇㄨˋ ㄓㄨㄥ ㄨˊ ㄖㄣˊ 形容驕傲自大，看不起人。

仫 mù ㄇㄨˋ ［仫佬族］（Mùlǎozú ㄇㄨˋ ㄌㄠˇ ㄗㄨˊ）我國少數民族之一，分佈在廣西。

牟 mù ㄇㄨˋ 地名用字：牟平（在山東）｜中牟（在河南）。

另見817頁 móu。

沐 mù ㄇㄨˋ ❶洗頭髮，也泛指洗滌：沐浴｜櫛風沐雨。❷〈書〉借指蒙受：沐恩。❸（Mù）姓。

【沐恩】mù'ēn ㄇㄨˋ ㄣ 〈書〉蒙受恩惠。

【沐猴而冠】mùhóu ér guàn ㄇㄨˋ ㄏㄡˊ ㄦˊ ㄍㄨㄢˋ 沐猴（獼猴）戴帽子，裝成人的樣子。比喻裝扮得像個人物，而實際並不像。

【沐浴】mùyù ㄇㄨˋ ㄩˋ ❶洗澡。❷比喻受潤澤：每朵花，每棵樹，每根草都沐浴在陽光裏。❸比喻沈浸在某種環境中：他們沐浴在青春的歡樂裏。

苜〔苜〕 mù ㄇㄨˋ ［苜蓿］（mù·xu ㄇㄨˋ ·ㄒㄩ）多年生草本植物，葉子互生，複葉由三片小葉構成，小葉長圓形。開蝶形花，紫色，結莢果。是一種重要的牧草和綠肥作物。也叫紫花苜蓿。

牧 mù ㄇㄨˋ 牧放：畜牧｜游牧｜牧區｜牧羊。

【牧草】mùcǎo ㄇㄨˋ ㄘㄠˇ 野生或人工栽培的可供牲畜牧放時吃的草。

【牧場】mùchǎng ㄇㄨˋ ㄔㄤˇ ❶牧放牲畜的草地。也說牧地。❷牧養牲畜的企業單位。

【牧放】mùfàng ㄇㄨˋ ㄈㄤˋ 把牲畜放到草地裏吃草和活動。也說放牧。

【牧歌】mùgē ㄇㄨˋ ㄍㄜ 牧人、牧童放牧時唱的歌謠，泛指以農村生活情趣為題材的詩歌和樂曲。

【牧工】mùgōng ㄇㄨˋ ㄍㄨㄥ 受雇放牧的人；牧場工人。

【牧民】mùmín ㄇㄨˋ ㄇㄧㄣˊ 牧區中以畜牧為生的人。

【牧區】mùqū ㄇㄨˋ ㄑㄩ ❶放牧的地方。❷以畜牧為主的地區。

【牧犬】mùquǎn ㄇㄨˋ ㄑㄩㄢˇ 經過訓練能幫助人牧放的狗。

【牧人】mùrén ㄇㄨˋ ㄖㄣˊ 放牧牲畜的人。

【牧師】mù·shi ㄇㄨˋ ·ㄕ 新教的一種神職人員，負責教徒宗教生活和管理教堂事務。

【牧童】mùtóng ㄇㄨˋ ㄊㄨㄥˊ 放牛放羊的孩子（多見於詩詞和早期白話）。

【牧畜】mùxù ㄇㄨˋ ㄒㄩˋ 畜牧：當地居民大都以牧畜為生。

【牧主】mùzhǔ ㄇㄨˋ ㄓㄨˇ 牧區中佔有牧場、牲畜，雇用牧工的人。

募〔募〕 mù ㄇㄨˋ 募集（財物或兵員等）：募捐｜募款｜招募。

【募兵】mù//bīng ㄇㄨˋ // ㄅㄧㄥ 招募兵員：募兵制。

【募兵制】mùbīngzhì ㄇㄨˋ ㄅㄧㄥ ㄓˋ 以雇傭形式招募兵員的制度。

【募股】mù//gǔ ㄇㄨˋ // ㄍㄨˇ 募集股金。

【募化】mùhuà ㄇㄨˋ ㄏㄨㄚˋ （和尚、道士等）求人施捨財物：四方募化。

【募集】mùjí ㄇㄨˋ ㄐㄧˊ 廣泛徵集：募集經費。

【募捐】mù//juān ㄇㄨˋ // ㄐㄩㄢ 募集捐款或物品：為殘疾人募捐｜募捐賑災。

墓〔墓〕 mù ㄇㄨˋ 墳墓：公墓｜烈士墓。

【墓碑】mùbēi ㄇㄨˋ ㄅㄟ 立在墳墓前面或後面的石碑，上面刻有關於死者姓名、事迹等的文字。

【墓表】mùbiǎo ㄇㄨˋ ㄅㄧㄠˇ 墓碑，也指碑上刻的關於死者生平事迹的文字。

【墓道】mùdào ㄇㄨˋ ㄉㄠˋ 墳墓前面的甬道，也指墓室前面的甬道。

【墓地】mùdì ㄇㄨˋ ㄉㄧˋ 埋葬死人的地方；墳地。

【墓祭】mùjì ㄇㄨˋ ㄐㄧˋ 在墳墓前祭奠；掃墓。

【墓室】mùshì ㄇㄨˋ ㄕˋ 墳墓中放棺槨的處所。

【墓穴】mùxué ㄇㄨˋ ㄒㄩㄝˊ 埋棺材或骨灰的坑。

【墓塋】mùyíng ㄇㄨˋ ㄧㄥˊ 墳塋。

【墓葬】mùzàng ㄇㄨˋ ㄗㄤˋ 考古學上指墳墓：墓葬群。

【墓誌】mùzhì ㄇㄨˋ ㄓˋ 放在墓裏刻有死者生平事迹的石刻。也指墓誌上的文字。有的有韻語結尾的銘，也叫墓誌銘。

幕〔幕〕 mù ㄇㄨˋ ❶覆蓋在上面的大塊的布、綢、氈子等；帳篷：帳幕◇夜幕。❷挂着的大塊的布、綢、絲絨等（演戲或放映電影所用的）：開幕｜閉幕｜銀幕。❸古代戰爭時將帥辦公的地方：幕府｜幕僚。❹戲劇較完整的段落，每幕可以分若干場：第二幕第一場◇看了這幅畫，我不禁回憶起兒時生活的一幕來。

【幕賓】mùbīn ㄇㄨˋ ㄅㄧㄣ 幕僚或幕友：聘為幕賓。

【幕布】mùbù ㄇㄨˋ ㄅㄨˋ 幕❷。

【幕府】mùfǔ ㄇㄨˋ ㄈㄨˇ ❶古代將帥辦公的地方。❷日本明治以前執掌全國政權的軍閥。

【幕後】mùhòu ㄇㄨˋ ㄏㄡˋ 舞台帳幕的後面，多用於比喻（貶義）：幕後策動｜幕後交易。

【幕僚】mùliáo ㄇㄨˋ ㄌㄧㄠˊ 古代稱將帥幕府中參謀、書記等為幕僚，後泛指文武官署中佐助人員（一般指有官職的）。

【幕友】mùyǒu ㄇㄨˋ ㄧㄡˇ 明清地方官署中無官職的佐助人員，分管刑名、錢穀、文案等事務，由長官私人聘請。俗稱師爺。

睦 mù ㄇㄨˋ ❶和睦：睦鄰｜婆媳不睦。❷（Mù）姓。

【睦鄰】mùlín ㄇㄨˋ ㄌㄧㄣˊ 跟鄰居或相鄰的國家和睦相處：睦鄰政策。

鉬（钼） mù ㄇㄨˋ 金屬元素，符號 Mo (molybdaenum)。銀白色，用來製特種鋼，也用於電器生產中。

慕〔慕〕 mù ㄇㄨˋ ❶羨慕；仰慕：景慕｜慕名。❷依戀；思念：愛慕｜思慕。❸（Mù）姓。

【慕名】mù∥míng ㄇㄨˋ∥ㄇㄧㄥˊ 仰慕別人的名氣：慕名而來。

【慕尼黑】Mùníhēi ㄇㄨˋ ㄋㄧˊ ㄏㄟ 德國南部城市。1938年英、法、德、意四國首腦在這裏舉行會議，簽訂了慕尼黑協定，英法以出賣捷克斯洛伐克向德國求得妥協。後來用'慕尼黑'指外交上犧牲別國利益而與對方妥協的陰謀。［德 München，英 Munich］

【慕容】Mùróng ㄇㄨˋ ㄖㄨㄥˊ 姓。

暮〔暮〕 mù ㄇㄨˋ ❶傍晚：暮色｜朝三暮四。❷（時間）將盡；晚：暮春｜暮年｜天寒歲暮。

【暮靄】mù'ǎi ㄇㄨˋ ㄞˇ 傍晚的雲霧：暮靄沈沈｜森林被暮靄籠罩着，黃昏降臨了。

【暮春】mùchūn ㄇㄨˋ ㄔㄨㄣ 春季的末期；農曆的三月。

【暮鼓晨鐘】mù gǔ chén zhōng ㄇㄨˋ ㄍㄨˇ ㄔㄣˊ ㄓㄨㄥ 佛教規矩，寺廟中晚上打鼓，早晨敲鐘。比喻可以使人警覺醒悟的話。也說晨鐘暮鼓。

【暮景】mùjǐng ㄇㄨˋ ㄐㄧㄥˇ ❶傍晚的景色。❷老年時的景況：桑榆暮景。

【暮年】mùnián ㄇㄨˋ ㄋㄧㄢˊ 晚年：烈士暮年，壯心不已。

【暮氣】mùqì ㄇㄨˋ ㄑㄧˋ 不振作的精神和疲疲塌塌不求進取的作風（跟'朝氣'相對）：暮氣沈沈。

【暮秋】mùqiū ㄇㄨˋ ㄑㄧㄡ 秋季的末期；農曆的九月。

【暮色】mùsè ㄇㄨˋ ㄙㄜˋ 傍晚昏暗的天色：暮色蒼茫。

【暮生兒】mù·shengr ㄇㄨˋ ·ㄕㄥㄦ 〈方〉父親死後才出生的子女；遺腹子。

【暮歲】mùsuì ㄇㄨˋ ㄙㄨㄟˋ ❶一年將盡的時候。❷晚年。

霂 mù ㄇㄨˋ 見771頁［霢霂］(màimù)。

穆 mù ㄇㄨˋ ❶恭敬；嚴肅：靜穆｜肅穆。❷（Mù）姓。

【穆斯林】mùsīlín ㄇㄨˋ ㄙ ㄌㄧㄣˊ 伊斯蘭教信徒。［阿拉伯 muslim］

N

ń (ㄋˊ)

嗯 (唔) ńㄋˊ '嗯'ńg 的又音。
'唔'另見1204頁 wú。

ň (ㄋˇ)

嗯 (𠮾) ňㄋˇ '嗯'ňg 的又音。

ǹ (ㄋˋ)

嗯 (叽) ǹㄋˋ '嗯'ǹg 的又音。

nā (ㄋㄚ)

那 Nā ㄋㄚ 姓。
另見823頁 nǎ'哪'；824頁 nà。

南 nā ㄋㄚ［南無］(nāmó ㄋㄚ ㄇㄛˊ) 表示對佛尊敬或皈依。［梵 namas］
另見827頁 nán。

ná (ㄋㄚˊ)

拿 (挐) ná ㄋㄚˊ ❶用手或用其他方式抓住、搬動(東西)：他手裏拿着一把扇子｜把這些東西拿走。❷用強力取；捉：拿下敵人的碉堡｜拿住三個匪徒◇憑他多年的教學經驗，這門課他拿得下來。❸掌握：拿權｜拿事｜這事兒你拿得穩嗎？❹刁難；要挾：這件事誰都幹得了，你拿不住人。❺裝出；故意做出：拿架子｜拿腔作勢。❻領取；得到：拿工資｜拿一等獎。❼強烈的作用使物體變壞：這塊木頭讓藥水拿白了｜碱擱得太多，把饅頭拿黃了。❽介詞，引進所憑藉的工具、材料、方法等，意思跟'用'相同：拿尺量｜拿眼睛看｜拿事實證明。❾介詞，引進所處置的對象：別拿我開玩笑｜簡直拿他沒有辦法。

【拿辦】nábàn ㄋㄚˊ ㄅㄢˋ 把犯罪的人捉住法辦：革職拿辦。

【拿大】ná//dà ㄋㄚˊ//ㄉㄚˋ〈方〉自以為比別人強，看不起人；擺架子：他待人謙和，從不拿大｜人家虛心求助，他倒拿起大來了。

【拿頂】ná//dǐng ㄋㄚˊ//ㄉㄧㄥˇ 用手撐在地上或物體上，頭朝下而兩腳騰空。也說拿大頂。

【拿獲】náhuò ㄋㄚˊ ㄏㄨㄛˋ 捉住(犯罪的人)：將罪犯拿獲歸案。

【拿架子】ná jià·zi ㄋㄚˊ ㄐㄧㄚˋ·ㄗ 擺架子。

【拿摩溫】námówēn ㄋㄚˊ ㄇㄛˊ ㄨㄣ 見825頁〖那摩溫〗。

【拿捏】ná·nie ㄋㄚˊ·ㄋㄧㄝ〈方〉❶扭捏：有話快說，拿捏個甚麼勁兒！❷刁難；要挾：你別拿捏人。

【拿腔拿調】ná qiāng ná diào ㄋㄚˊ ㄑㄧㄤ ㄋㄚˊ ㄉㄧㄠˋ 指說話時故意用某種聲音、語氣(多含厭惡意)。也說拿腔捏調、拿腔作調。

【拿腔作勢】ná qiāng zuò shì ㄋㄚˊ ㄑㄧㄤ ㄗㄨㄛˋ ㄕˋ 裝腔作勢。

【拿喬】ná//qiáo ㄋㄚˊ//ㄑㄧㄠˊ 裝模作樣或故意表示為難，以抬高自己的身價。

【拿權】ná//quán ㄋㄚˊ//ㄑㄩㄢˊ 掌握權柄。

【拿人】ná//rén ㄋㄚˊ//ㄖㄣˊ〈方〉❶刁難人；要挾人：別拿人了，沒有你，我們也能幹。❷指吸引人：他說評書特別拿人。

【拿事】ná//shì ㄋㄚˊ//ㄕˋ 負責主持事務：偏巧父母都出門了，家裏連個拿事的人也沒有。

【拿手】náshǒu ㄋㄚˊ ㄕㄡˇ ❶(對某種技術)擅長：拿手好戲｜拿手節目｜畫山水畫兒他很拿手。❷成功的信心；把握：有拿手｜沒拿手。

【拿手好戲】ná shǒu hǎo xì ㄋㄚˊ ㄕㄡˇ ㄏㄠˇ ㄒㄧˋ ❶指某演員特別擅長的戲。❷比喻某人特別擅長的本領。‖也說拿手戲。

【拿糖】ná//táng ㄋㄚˊ//ㄊㄤˊ〈方〉拿喬。

【拿問】náwèn ㄋㄚˊ ㄨㄣˋ 逮捕審問：革職拿問。

【拿印把兒】ná yìnbàr ㄋㄚˊ ㄧㄣˋ ㄅㄚㄦˋ 指做官；掌權。也說拿印把子。

【拿主意】ná zhǔ·yi ㄋㄚˊ ㄓㄨˇ·ㄧ 決定處理事情的方法或對策：究竟去不去，你自己拿主意吧。

挐 ná ㄋㄚˊ〈書〉牽引；紛亂。

鎿 (镎) ná ㄋㄚˊ 金屬元素，符號 Np (neptunium)。銀白色，有放射性。

nǎ (ㄋㄚˇ)

乸 nǎ ㄋㄚˇ〈書〉雌；母的：雞乸(母雞)。

哪[1] (那) nǎ ㄋㄚˇ 疑問代詞。a) 後面跟量詞或數詞加量詞，表示要求在幾個人或事物中確定一個：我們這裏有兩位張師傅，您要見的是哪位？｜這些詩裏頭哪兩首是你寫的？b) 單用，跟'甚麼'相同，常和'甚麼'交互着用：甚麼叫吃虧，哪叫上算，全都談不到。注意'哪'後面跟量詞或數詞加量詞的時候，在口語裏常常說 něi 或 nǎi，單用的'哪'在口語裏只說 nǎ：以下〖哪個〗①、〖哪會兒〗、〖哪門子〗、〖哪些〗、〖哪樣〗各條在口語裏都常常說 něi- 或 nǎi-。

哪²(那) nǎ ㄋㄚˇ 表示反問：沒有革命前輩的流血犧牲，哪有今天的幸福生活？

另見825頁 ·na；832頁 né。'那' 另見823頁 Nā；824頁 nà。

【哪個】nǎ·ge ㄋㄚˇ ·ㄍㄜ ❶哪一個：你們是哪個學校的？❷〈方〉誰：哪個敲門？

【哪會兒】nǎhuìr ㄋㄚˇ ㄏㄨㄟㄦˋ ❶問過去或將來的時間：你是哪會兒從廣州回來的？｜這篇文章哪會兒才能脫稿？❷泛指不確定的時間：趕緊把糧食曬乾入倉，說不定哪會兒天氣要變｜你要哪會兒來就哪會兒來。‖也說哪會子。

【哪裏】nǎ·li ㄋㄚˇ ·ㄌㄧ ❶問甚麼處所：你住在哪裏？｜這話你是從哪裏聽來的？❷泛指任何處所：農村和城市，無論哪裏，都是一片欣欣向榮的新氣象｜她走到哪裏，就把好事做到哪裏。❸用於反問句，表示意在否定：這樣美好的生活，哪裏是解放前能想到的？(=不是…)｜哪裏知道剛走出七八里地，天就下起雨來了？(=不料…)❹謙辭，用來婉轉地推辭對自己的褒獎：'你這篇文章寫得真好！''哪裏，哪裏！'

【哪門子】nǎmén·zi ㄋㄚˇ ㄇㄣˊ ·ㄗ 〈方〉甚麼，用於反問的語氣，表示沒有來由：好好兒的，你哭哪門子？｜你們說的是哪門子事呀！

【哪怕】nǎpà ㄋㄚˇ ㄆㄚˋ 連詞，表示姑且承認某種事實：哪怕他是三頭六臂，一個人也頂不了事｜衣服只要乾淨就行，哪怕有幾個補丁。

【哪兒】nǎr ㄋㄚㄦˇ 哪裏：你上哪兒去？｜哪兒有困難，他就出現在哪兒｜當初哪兒會想到這些山地也能長出這麼好的莊稼？

【哪些】nǎxiē ㄋㄚˇ ㄒㄧㄝ 哪一些：這次會議都有哪些人參加？｜你們討論哪些問題？

【哪樣】nǎyàng ㄋㄚˇ ㄧㄤˋ (哪樣兒)疑問代詞。❶問性質、狀態等：你要哪樣兒顏色的毛綫？❷泛指性質、狀態：這兒的毛綫顏色齊全，你要哪樣的就有哪樣的。

nà (ㄋㄚˋ)

吶 nà ㄋㄚˋ [吶喊](nàhǎn ㄋㄚˋ ㄏㄢˇ)大聲喊叫助威：搖旗吶喊。

另見825頁 ·na '哪'；832頁 nè；833頁 ·ne '呢'。

那¹ nà ㄋㄚˋ 指示代詞，指示比較遠的人或事物。a)後面跟量詞、數詞加量詞，或直接跟名詞：那老頭兒｜那棵樹｜那兩棵樹｜那地方｜那時候。b)單用：那是誰？｜那是本校的｜那是 1937 年。注意a)單用的'那'限於在動詞前。在動詞後面用'那個'，只有跟'這'對舉的時候可以用'那'，如：說這道那的｜看看這，看看那，真有說不出的高興。b)在口語裏，'那'單用或者後面直接跟名詞，說 nà 或 nè；'那'後面跟量詞或數詞加量詞常常說 nèi 或 nè。以下〖那程子〗、〖那個〗、〖那會兒〗、〖那些〗、〖那樣〗各條在口語裏都常常說 nèi- 或 nè-，〖那麼〗、〖那麼點兒〗、〖那麼些〗、〖那麼着〗各條在口語裏都常常說 nè-。

那² nà ㄋㄚˋ 連詞，跟'那麼③'相同：那就好好兒幹吧！｜你不拿走，那你不要啦？

另見823頁 Nā；823頁 nǎ '哪'。

【那程子】nàchéng·zi ㄋㄚˋ ㄔㄥˊ ·ㄗ 〈方〉那些日子(指過去的時間)：那程子我很忙，沒有工夫來看你。

【那達慕】nàdámù ㄋㄚˋ ㄉㄚˊ ㄇㄨˋ 內蒙古地區蒙古族人民傳統的群眾性集會，過去多在祭敖包時舉行，內容有摔跤、賽馬、射箭、舞蹈等。解放後，還在會上進行物資交流、交流生產經驗等活動。

【那個】nà·ge ㄋㄚˋ ·ㄍㄜ ❶那一個：那個院子裏花草很多｜那個比這個結實點兒。❷那東西；那事情：那是畫畫兒用的，你要那個幹甚麼？｜你別為那個擔心，不會出事兒。❸用在動詞、形容詞之前，表示誇張：他幹得那個歡哪，就甭提了！❹代替不便直說的話(含有婉轉或詼諧的意味)：你剛才的脾氣也太那個了(=不好)｜他這人做事，真有點那個(=不應當)。

【那會兒】nàhuìr ㄋㄚˋ ㄏㄨㄟㄦˋ 指示過去或將來的時候：記得那會兒他還是個小孩子｜要是到那會兒農業全部機械化了，那才美呢！也說那會子。

【那裏】nà·li ㄋㄚˋ ·ㄌㄧ 指示比較遠的處所：那裏出產香蕉和荔枝｜我剛從那裏回來｜他們那裏氣候怎麼樣？

【那末】nà·me ㄋㄚˋ ·ㄇㄜ 同'那麼'。

【那麼】nà·me ㄋㄚˋ ·ㄇㄜ ❶指示性質、狀態、方式、程度等：我不好意思那麼說｜像油菜花那麼黃｜來了那麼多的人。❷放在數量詞前，表示估計：借那麼二三十個麻袋就夠了。❸表示順着上文的語意，申說應有的結果(上文可以是對方的話，也可以是自己提出的問題或假設)：這樣做既然不行，那麼你打算怎麼辦呢？｜如果你認為可以這麼辦，那麼咱們就趕緊去辦吧！‖也作那末。

【那麼點兒】nà·mediǎnr ㄋㄚˋ ·ㄇㄜ ㄉㄧㄢㄦˇ 指示數量小：那麼點兒東西，一個箱子就裝下了｜那麼點兒事兒，一天就辦完了，哪兒要三天？

【那麼些】nà·mexiē ㄋㄚˋ ·ㄇㄜ ㄒㄧㄝ 指示數量

大：那麼些書，一個星期哪看得完？

【那麼着】nà·me·zhe ㄋㄚˋ ·ㄇㄜ ·ㄓㄜ 指示行動或方式：你再那麼着，我可要惱了！｜你幫病人翻個身，那麼着他也許舒服點兒。

【那摩溫】nàmówēn ㄋㄚˋ ㄇㄛˊ ㄨㄣ 解放前上海用來稱工頭。也譯作拿摩溫。［英 number one］

【那兒】nàr ㄋㄚㄦˋ ❶那裏：那兒的天氣很熱。❷那時候（用在'打、從、由'後面）：打那兒起，他就每天早晨用半小時來鍛煉身體。

【那些】nàxiē ㄋㄚˋ ㄒㄧㄝ 指示兩個以上的人或事物：奶奶愛把那些事兒講給孩子們聽。

【那樣】nàyàng ㄋㄚˋ ㄧㄤˋ（那樣兒）指示性質、狀態、方式、程度等：那樣兒也好，先試試再說｜他不像你那樣拘謹｜這個消息還沒有證實，你怎麼就急得那樣兒了！｜別這樣那樣的了，你還是去一趟的好。注意 '那（麼）樣'可以做定語或狀語，也可以做補語。'那麼'不做補語。比如'急得那樣兒'，不能說成'急得那麼'。

【那陣兒】nàzhènr ㄋㄚˋ ㄓㄣㄦˋ 已經過去的那一段時間：剛才那陣兒，好大的雨呀！｜昨天吃晚飯那陣兒，你上哪兒了？也說那陣子。

鄀（𨛍） Nà ㄋㄚˋ 周朝國名，在今湖北荊門東南。

肭 nà ㄋㄚˋ 見1171頁〖膃肭〗(wànà)。

衲 nà ㄋㄚˋ ❶補綴：百衲衣｜百衲本。❷和尚穿的衣服，和尚用做自稱：老衲（老和尚指自己）。

娜 nà ㄋㄚˋ 人名用字。

另見852頁 nuó。

納[1]（纳） nà ㄋㄚˋ ❶收進來；放進來：出納｜閉門不納。❷接受：納降｜採納。❸享受：納涼。❹放進去：納入正軌。❺交付（捐稅、公糧等）：納稅｜交納公糧。❻（Nà）姓。

納[2]（纳） nà ㄋㄚˋ 縫紉方法，在鞋底、襪底等上面密密地縫，使它結實耐磨：納鞋底子。

【納綵】nàcǎi ㄋㄚˋ ㄘㄞˇ 古代定親時男方送給女方聘禮叫做納綵。

【納粹】Nàcuì ㄋㄚˋ ㄘㄨㄟˋ 第一次世界大戰後興起的德國國家社會黨，是以希特勒為頭子的最反動的法西斯主義政黨。［德 Nazi，是 Nationalsozialistische (Partei) 的縮寫］

【納福】nàfú ㄋㄚˋ ㄈㄨˊ 享福（多指安閑地在家居住，舊時也用做問安的客套話）。

【納罕】nàhǎn ㄋㄚˋ ㄏㄢˇ 詫異；驚奇：他一看家裏一個人也沒有，心裏很納罕。

【納賄】nàhuì ㄋㄚˋ ㄏㄨㄟˋ ❶受賄。❷行賄。

【納涼】nàliáng ㄋㄚˋ ㄌㄧㄤˊ 乘涼：在樹下納涼。

【納糧】nà∥liáng ㄋㄚˋ∥ㄌㄧㄤˊ 舊指交納錢糧。

【納悶】nà∥mèn ㄋㄚˋ∥ㄇㄣˋ ❶（納悶兒）因為疑惑而發悶：他聽說有上海來的長途電話找他，一時想不出是誰，心裏有些納悶。❷煩悶（多見於早期白話）。

【納聘】nà∥pìn ㄋㄚˋ∥ㄆㄧㄣˋ 舊俗定婚時男方給女方聘禮。

【納入】nàrù ㄋㄚˋ ㄖㄨˋ 放進；歸入（多用於抽象事物）：納入正軌｜納入計劃。

【納稅】nà∥shuì ㄋㄚˋ∥ㄕㄨㄟˋ 交納稅款。

【納西族】Nàxīzú ㄋㄚˋ ㄒㄧ ㄗㄨˊ 我國少數民族之一，分佈在雲南、四川。

【納降】nàxiáng ㄋㄚˋ ㄒㄧㄤˊ 接受敵人的投降。

捺 nà ㄋㄚˋ ❶按；摁：捺手印。❷忍耐；抑制：捺着性子｜勉強捺住心頭的怒火。❸（捺兒）漢字的筆畫，向右斜下，近末端微有波折，形狀是'㇏'。

鈉（钠） nà ㄋㄚˋ 金屬元素，符號 Na (natrium)。銀白色，質軟，有延展性，化學性質極活潑，容易氧化，燃燒時發出黃色光。在工業上用途很廣。

【鈉燈】nàdēng ㄋㄚˋ ㄉㄥ 把鈉填充在真空的玻璃泡中製成的燈，通電時發出強烈的黃色光。用於礦井或街道照明。

·na（·ㄋㄚ）

哪（吶） ·na ·ㄋㄚ 助詞，前一字韻尾是 -n，'啊(·a)'變成'哪(·na)'：謝謝您哪｜我沒留神哪！｜同志們加油幹哪！參看1頁'啊'。

另見823頁 nǎ；832頁 né。'吶'另見824頁 nà；832頁 nè；833頁 ·ne '呢'。

nǎi（ㄋㄞˇ）

乃（廼、迺） nǎi ㄋㄞˇ 〈書〉❶是；就是；實在是：《紅樓夢》乃一代奇書｜失敗乃成功之母。❷於是：因山勢高峻，乃在山腰休息片時。❸才：惟虛心乃能進步。❹你；你的：乃父｜乃兄。

【乃爾】nǎi'ěr ㄋㄞˇ ㄦˇ 〈書〉如此；像這樣：何其相似乃爾！

【乃至】nǎizhì ㄋㄞˇ ㄓˋ 甚至：他的逝世，引起了全市乃至全國人民的哀悼。也說乃至於。

艿〔艿〕 nǎi ㄋㄞˇ 見1400頁〖芋艿〗(yùnǎi)。

奶（嬭） nǎi ㄋㄞˇ ❶乳房。❷乳汁的通稱：牛奶｜羊奶｜給孩子吃奶。❸用自己的乳汁餵孩子：奶孩子。

【奶茶】nǎichá ㄋㄞˇ ㄔㄚˊ 攙和着牛奶或羊奶的茶。

【奶瘡】nǎichuāng ㄋㄞˇ ㄔㄨㄤ 乳腺炎的通稱。

【奶粉】nǎifěn ㄋㄞˇ ㄈㄣˇ 牛奶、羊奶除去水分製成的粉末，易於保存，食用時用開水沖成液體。

【奶積】nǎijī ㄋㄞˇ ㄐㄧ 中醫指小兒因哺乳不當而引起的消化不良的病。症狀是面色青黃，全身發熱，吐奶，多睡，消瘦。

【奶酒】nǎijiǔ ㄋㄞˇ ㄐㄧㄡˇ 用牛奶等為原料製成的發酵飲料。也叫奶子酒。

【奶酪】nǎilào ㄋㄞˇ ㄌㄠˋ 用動物的奶汁做成的半凝固食品。

【奶媽】nǎimā ㄋㄞˇ ㄇㄚ 受雇給人家奶孩子的婦女。

【奶毛】nǎimáo ㄋㄞˇ ㄇㄠˊ （奶毛兒）嬰兒出生後尚未剃過的頭髮。

【奶名】nǎimíng ㄋㄞˇ ㄇㄧㄥˊ （奶名兒）童年時期的名字；小名。

【奶奶】nǎi·nai ㄋㄞˇ ·ㄋㄞ ❶祖母。❷稱跟祖母輩分相同或年紀相仿的婦女。❸〈方〉少奶奶。

【奶娘】nǎiniáng ㄋㄞˇ ㄋㄧㄤˊ 〈方〉奶媽。

【奶牛】nǎiniú ㄋㄞˇ ㄋㄧㄡˊ 乳牛。

【奶皮】nǎipí ㄋㄞˇ ㄆㄧˊ （奶皮兒）牛奶、羊奶等煮過後表面上凝結的含脂肪的薄皮。

【奶水】nǎishuǐ ㄋㄞˇ ㄕㄨㄟˇ 乳汁：奶水足。

【奶頭】nǎitóu ㄋㄞˇ ㄊㄡˊ （奶頭兒）❶乳頭。❷奶嘴。

【奶牙】nǎiyá ㄋㄞˇ ㄧㄚˊ 乳齒的通稱。

【奶羊】nǎiyáng ㄋㄞˇ ㄧㄤˊ 專門用來產奶的羊。

【奶油】nǎiyóu ㄋㄞˇ ㄧㄡˊ 從牛奶中提出的半固體物質，白色，微黃，脂肪含量較黃油為低。通常用做製糕點和糖果的原料。

【奶罩】nǎizhào ㄋㄞˇ ㄓㄠˋ 乳罩。

【奶子】nǎi·zi ㄋㄞˇ ·ㄗ ❶統稱牛奶、羊奶等供食用的動物的乳汁。❷〈方〉乳房。❸〈方〉奶媽。

【奶嘴】nǎizuǐ ㄋㄞˇ ㄗㄨㄟˇ （奶嘴兒）裝在奶瓶口上的像奶頭的東西，用橡皮製成。

氖 nǎi ㄋㄞˇ 氣體元素，符號Ne (neonum)。無色無臭無味，大氣中含量極少，化學性質不活潑。放電時發出紅色光，用來製霓虹燈等。通稱氖氣。

【氖燈】nǎidēng ㄋㄞˇ ㄉㄥ 把氖氣填充在真空管裏製成的燈，通電時發出紅色光，亮度隨電壓大小而變，光綫能透過烟霧，多用做信號燈。

【氖氣】nǎiqì ㄋㄞˇ ㄑㄧˋ 氖的通稱。

迺 nǎi ㄋㄞˇ ❶同'乃'。❷ (Nǎi) 姓。

哪 (那) nǎi ㄋㄞˇ '哪' (nǎ) 的口語音，參看823頁'哪¹'條注意。

倷 nǎi ㄋㄞˇ 〈方〉你。

nài（ㄋㄞˋ）

奈 nài ㄋㄞˋ ❶奈何：無奈｜怎奈。❷〈書〉怎奈；無奈。

【奈何】nài∥hé ㄋㄞˋ∥ㄏㄜˊ ❶用反問的方式表示沒有辦法，意思跟'怎麼辦'相似：徒喚奈何｜無可奈何｜奈何不得。❷〈書〉用反問的方式表示如何：民不畏死，奈何以死懼之？❸中間加代詞，表示'拿他怎麼辦'：憑你怎麼說，他就是不答應，你又奈他何！

佴 Nài ㄋㄞˋ 姓。
另見306頁 èr。

柰 nài ㄋㄞˋ 柰子。

【柰子】nài·zi ㄋㄞˋ ·ㄗ 蘋果的一種。

耐 nài ㄋㄞˋ 受得住；禁得起：耐煩｜耐用｜耐火磚｜吃苦耐勞｜錦綸襪子耐穿。

【耐煩】nàifán ㄋㄞˋ ㄈㄢˊ 不急躁；不怕麻煩；不厭煩：見你遲遲不來，他已經等得不耐煩了。

【耐火材料】nàihuǒ cáiliào ㄋㄞˋ ㄏㄨㄛˇ ㄘㄞˊ ㄌㄧㄠˋ 熔點一般在1,580°C以上的材料，用於鍋爐、冶金爐、坩堝、玻璃窑等。常用的耐火材料有耐火黏土、石英石、白雲石、石墨、菱鎂礦等。

【耐久】nàijiǔ ㄋㄞˋ ㄐㄧㄡˇ 能夠經久：堅固耐久。

【耐看】nàikàn ㄋㄞˋ ㄎㄢˋ （景物、藝術作品等）禁得起反復的觀看、欣賞：書中的插圖精美耐看。

【耐勞】nài∥láo ㄋㄞˋ∥ㄌㄠˊ 禁得起勞累：吃苦耐勞。

【耐力】nàilì ㄋㄞˋ ㄌㄧˋ 耐久的能力：長跑能鍛煉耐力。

【耐人尋味】nài rén xún wèi ㄋㄞˋ ㄖㄣˊ ㄒㄩㄣˊ ㄨㄟˋ 意味深長，值得仔細體會琢磨。

【耐心】nàixīn ㄋㄞˋ ㄒㄧㄣ 心裏不急躁，不厭煩：耐心說服｜只要耐心地學，甚麼技術都能學會。

【耐性】nàixìng ㄋㄞˋ ㄒㄧㄥˋ 能忍耐、不急躁的性格：越是複雜艱巨的工作，越需要耐性。

【耐用】nàiyòng ㄋㄞˋ ㄩㄥˋ 可以長久使用；不容易用壞：搪瓷器具比玻璃器具經久耐用。

萘〔萘〕 nài ㄋㄞˋ 有機化合物，化學式 $C_{10}H_8$。白色晶體，有特殊氣味，容易揮發和升華。用來製染料、樹脂、香料、藥品等。[英 naphthalene]

鼐 nài ㄋㄞˋ 〈書〉大鼎。

褦 nài ㄋㄞˋ ［褦襶］(nàidài ㄋㄞˋ ㄉㄞˋ)〈書〉不曉事；不懂事：褦襶子（不曉事的人）。

nān（ㄋㄢ）

囡 (囝) nān ㄋㄢ 〈方〉❶小孩兒：小囡｜男小囡｜女小囡。❷女兒：她有一個兒子一個囡。
'囝'另見560頁 jiǎn。
【囡囡】nānnān ㄋㄢ ㄋㄢ 〈方〉對小孩兒的親熱稱呼。

nán (ㄋㄢˊ)

男1 nán ㄋㄢˊ ❶男性(跟'女'相對)：男學生｜一男一女。❷兒子：長男。
男2 nán ㄋㄢˊ 封建五等爵位的第五等：男爵。
【男盜女娼】nán dào nǚ chāng ㄋㄢˊ ㄉㄠˋ ㄋㄩˇ ㄔㄤ 男的偷盜，女的賣淫。指男女都做壞事或思想行為極其卑鄙惡劣。
【男兒】nán'ér ㄋㄢˊ ㄦˊ 男子漢：好男兒｜男兒志在四方。
【男方】nánfāng ㄋㄢˊ ㄈㄤ 男的一方面(多用於有關婚事的場合)。
【男家】nánjiā ㄋㄢˊ ㄐㄧㄚ 婚姻關係中男方的家。
【男科】nánkē ㄋㄢˊ ㄎㄜ 醫院中專門醫治男性生殖系統疾病的一科。
【男男女女】nánnánnǚnǚ ㄋㄢˊ ㄋㄢˊ ㄋㄩˇ ㄋㄩˇ 指有男有女的一群人：大街上，男男女女個個都衣着整齊。
【男女】nánnǚ ㄋㄢˊ ㄋㄩˇ ❶男性和女性：青年男女｜男女青年｜男女平等｜男女老少。❷〈方〉兒女。❸罵人的話(多見於早期白話)：狗男女｜賊男女。
【男人】nánrén ㄋㄢˊ ㄖㄣˊ 男性的成年人。
【男人】nán·ren ㄋㄢˊ ·ㄖㄣ 丈夫(zhàng·fu)。
【男生】nánshēng ㄋㄢˊ ㄕㄥ 男學生。
【男聲】nánshēng ㄋㄢˊ ㄕㄥ 聲樂中的男子聲部，一般分男高音、男中音、男低音。
【男士】nánshì ㄋㄢˊ ㄕˋ 對成年男子的尊稱。
【男性】nánxìng ㄋㄢˊ ㄒㄧㄥˋ 人類兩性之一，能在體內產生精細胞。
【男子】nánzǐ ㄋㄢˊ ㄗˇ 男性的人。
【男子漢】nánzǐhàn ㄋㄢˊ ㄗˇ ㄏㄢˋ 男人(nánrén，強調男性的健壯或剛強)：有的婦女幹起活兒來，賽過男子漢。
南 nán ㄋㄢˊ ❶四個主要方向之一，早晨面對太陽時右手的一邊：南邊兒｜南頭兒｜南方｜南風(從南來的風)｜山南｜坐北朝南。❷南部地區，在我國指長江流域及其以南的地區：南味｜南貨。❸(Nán)姓。
另見823頁 nā。
【南半球】nánbànqiú ㄋㄢˊ ㄅㄢˋ ㄑㄧㄡˊ 地球赤道以南的部分。
【南梆子】nánbāng·zi ㄋㄢˊ ㄅㄤ ·ㄗ 京劇中西皮唱腔的一種。
【南北】nánběi ㄋㄢˊ ㄅㄟˇ ❶南邊和北邊。❷從南到北(指距離)：這個水庫南北足有五里。
【南北朝】Nán-Běi Cháo ㄋㄢˊ ㄅㄟˇ ㄔㄠˊ 4世紀末葉至6世紀末葉，宋、齊(南齊)、梁、陳四朝先後在我國南方建立政權，叫南朝(公元420－589)，北魏(後分裂為東魏和西魏)、北齊、北周先後在我國北方建立政權，叫北朝(公元386－581)，合稱為南北朝。
【南邊】nán·bian ㄋㄢˊ ·ㄅㄧㄢ ❶(南邊兒)南①。❷南②。
【南昌起義】Nánchāng Qǐyì ㄋㄢˊ ㄔㄤ ㄑㄧˇ ㄧˋ 見15頁〖八一南昌起義〗。
【南朝】Nán Cháo ㄋㄢˊ ㄔㄠˊ 宋、齊、梁、陳四朝的合稱。參看〖南北朝〗。
【南斗】nándǒu ㄋㄢˊ ㄉㄡˇ 斗(dǒu)⑥的通稱，由六顆星組成。
【南豆腐】nándòu·fu ㄋㄢˊ ㄉㄡˋ ·ㄈㄨ 食品，豆漿煮開後加入石膏使凝結成塊而成(區別於'北豆腐')。有的地區叫嫩豆腐。
【南方】nánfāng ㄋㄢˊ ㄈㄤ ❶南①。❷南②。
【南宮】Nángōng ㄋㄢˊ ㄍㄨㄥ 姓。
【南瓜】nánguā ㄋㄢˊ ㄍㄨㄚ ❶一年生草本植物，能爬蔓，莖的橫斷面呈五角形。葉子心臟形。花黃色，果實一般扁圓形或梨形，嫩時綠色，成熟時赤褐色。果實可做蔬菜，種子可以吃。❷這種植物的果實。‖在不同地區有倭瓜、老倭瓜、北瓜、番瓜等名稱。
【南國】nánguó ㄋㄢˊ ㄍㄨㄛˊ 〈書〉指我國的南部。
【南胡】nánhú ㄋㄢˊ ㄏㄨˊ 二胡，因原先流行在南方得名。
【南貨】nánhuò ㄋㄢˊ ㄏㄨㄛˋ 南方所產的食品，如筍乾、火腿等。
【南極】nánjí ㄋㄢˊ ㄐㄧˊ ❶地軸的南端，南半球的頂點。❷南磁極，用S來表示。
【南柯一夢】Nánkē yī mèng ㄋㄢˊ ㄎㄜ ㄧ ㄇㄥˋ 淳于棼做夢到大槐安國做南柯太守，享盡富貴榮華，醒來才知道是一場大夢，原來大槐安國就是住宅南邊大槐樹下的蟻穴(見於唐李公佐《南柯太守傳》)。後來用'南柯一夢'泛指一場夢，或比喻一場空歡喜。
【南面】[1] nánmiàn ㄋㄢˊ ㄇㄧㄢˋ 面朝南。古代以面朝南為尊位，君主臨朝南面而坐，因此把為君叫做'南面為王'、'南面稱孤'等。
【南面】[2] nánmiàn ㄋㄢˊ ㄇㄧㄢˋ (南面兒)南邊兒。
【南明】Nán Míng ㄋㄢˊ ㄇㄧㄥˊ 明亡後，明皇室後裔先後在我國南方建立的政權，史稱南明。
【南歐】Nán Ōu ㄋㄢˊ ㄡ 歐洲南部，包括希臘、羅馬尼亞、前南斯拉夫地區、阿爾巴尼亞、保加利亞、意大利、聖馬力諾、馬耳他、西班牙、安道爾和葡萄牙等國。
【南齊】Nán Qí ㄋㄢˊ ㄑㄧˊ 南朝之一，公元479－502，蕭道成所建。參看〖南北朝〗。
【南腔北調】nán qiāng běi diào ㄋㄢˊ ㄑㄧㄤ ㄅㄟˇ ㄉㄧㄠˋ 形容口音不純，攙雜方音。

【南曲】nánqǔ ㄋㄢˊ ㄑㄩˇ ❶宋元明時流行於南方的各種曲調的統稱，調子柔和婉轉，用管樂器伴奏。❷指用南曲演唱的戲曲。

【南式】nánshì ㄋㄢˊ ㄕˋ 北京一帶指某些手工業品、食品的南方的式樣或製法：南式盆桶｜南式糕點。

【南宋】Nán Sòng ㄋㄢˊ ㄙㄨㄥˋ 朝代，公元1127－1279，自高宗(趙構)建炎元年起到帝昺(趙昺)祥興二年宋朝滅亡止。建都臨安(今浙江杭州)。

【南糖】nántáng ㄋㄢˊ ㄊㄤˊ 南式糖果；南方生產的糖食。

【南味】nánwèi ㄋㄢˊ ㄨㄟˋ (南味兒)南方風味的：南味糕點。

【南戲】nánxì ㄋㄢˊ ㄒㄧˋ 古典地方戲的一種，南宋初年形成於浙江溫州一帶，用南曲演唱。到明朝演變為傳奇。也叫戲文。

【南亞】Nán Yà ㄋㄢˊ ㄧㄚˋ 亞洲南部，包括巴基斯坦、印度、孟加拉、尼泊爾、錫金、不丹和斯里蘭卡等國。

【南洋】Nányáng ㄋㄢˊ ㄧㄤˊ ❶清末指江蘇、浙江、福建、廣東沿海地區。特設南洋通商大臣，由兩江總督兼任，管理對外貿易、交涉事務。❷南洋群島。

【南音】nányīn ㄋㄢˊ ㄧㄣ ❶曲藝的一種，流行於珠江三角洲，唱詞基本為七字句，格律嚴謹，用揚琴、椰胡、三弦、洞簫、琵琶等伴奏。❷流行於福建的古典音樂，格調高雅，旋律優美。也叫南管、南樂。

【南轅北轍】nán yuán běi zhé ㄋㄢˊ ㄩㄢˊ ㄅㄟˇ ㄓㄜˊ 心裏想往南去，卻駕車往北走。比喻行動和目的相反。

【南針】nánzhēn ㄋㄢˊ ㄓㄣ 就是指南針，比喻辨別正確方向的依據。

喃 nán ㄋㄢˊ ［喃喃］象聲詞，連續不斷地小聲説話的聲音：喃喃自語。

楠(枏) nán ㄋㄢˊ ［楠木］(nánmù ㄋㄢˊ ㄇㄨˋ) ❶常綠大喬木，葉子橢圓形或長披針形，表面光滑，背面有軟毛，花小，綠色，結漿果，藍黑色。木材是貴重的建築材料，也可供造船用。產於雲南、四川等地。❷這種植物的木材。

難(难) nán ㄋㄢˊ ❶做起來費事的(跟'易'相對)：難辦｜筆畫多的字很難寫｜這條路難走。❷使感到困難：這一下子可把我難住了。❸不容易；不大可能：難免｜難保。❹不好：難聽｜難看。

〈古〉又同'儺'nuó。

另見829頁nàn。

【難熬】nán'áo ㄋㄢˊ ㄠˊ 難以忍受(疼痛或艱苦的生活等)：飢餓難熬。

【難保】nánbǎo ㄋㄢˊ ㄅㄠˇ 不敢保證；保不住：今天難保不下雨。

【難產】nánchǎn ㄋㄢˊ ㄔㄢˇ ❶分娩時胎兒不易產出。難產的原因主要是產婦的骨盆狹小，胎兒過大或位置不正常等。❷比喻著作、計劃等不易完成。

【難處】nánchǔ ㄋㄢˊ ㄔㄨˇ 不容易相處：他只是脾氣暴躁些，並不算難處。

【難處】nán·chu ㄋㄢˊ ·ㄔㄨ 困難：各有各的難處｜這工作沒有甚麼難處。

【難當】nándāng ㄋㄢˊ ㄉㄤ ❶難以擔當或充當：難當重任｜好人難當。❷難以禁受：羞愧難當。

【難道】nándào ㄋㄢˊ ㄉㄠˋ 副詞，加強反問的語氣：河水難道會倒流嗎？｜他們做得到，難道我們就做不到嗎？也説難道説。注意 句末可以用'不成'呼應，如：難道他病了不成？｜難道就罷了不成！

【難得】nándé ㄋㄢˊ ㄉㄜˊ ❶不容易得到或辦到(有可貴意)：人才難得｜靈芝是非常難得的藥草｜他在一年之內兩次打破世界紀錄，這是十分難得的。❷表示不常常(發生)：這樣大的雨是很難得遇到的。

【難點】nándiǎn ㄋㄢˊ ㄉㄧㄢˇ 問題不容易解決的地方：突破難點。

【難度】nándù ㄋㄢˊ ㄉㄨˋ 工作或技術等方面困難的程度：難度大。

【難分難解】nán fēn nán jiě ㄋㄢˊ ㄈㄣ ㄋㄢˊ ㄐㄧㄝˇ ❶雙方相持不下(多指競爭或爭吵、打鬥)，難以開交。❷形容雙方關係異常親密，難於分離。‖也説難解難分。

【難怪】nánguài ㄋㄢˊ ㄍㄨㄞˋ ❶怪不得：難怪他今天這麼高興，原來新機器試驗成功了。❷不應當責怪(含有諒解的意思)：這也難怪，一個七十多歲的人，怎能看得清這麼小的字呢！

【難關】nánguān ㄋㄢˊ ㄍㄨㄢ 難通過的關口，比喻不易克服的困難：突破難關｜攻克一道道難關。

【難過】nánguò ㄋㄢˊ ㄍㄨㄛˋ ❶不容易過活：那時家裏人口多，收入少，日子真難過。❷難受：肚子裏難過得很｜他聽到老師逝世的消息，心裏非常難過。

【難堪】nánkān ㄋㄢˊ ㄎㄢ ❶難以忍受：難堪的話｜天氣悶熱難堪。❷難為情：予人難堪｜他感到有點難堪，微微漲紅了臉。

【難看】nánkàn ㄋㄢˊ ㄎㄢˋ ❶醜陋；不好看：這匹馬毛都快掉光了，實在難看。❷不光榮；不體面：小夥子幹活兒要是比不上老年人，那就太難看了。❸(神情、氣色等)不和悦；不正常：他的臉色很難看，像是在生氣。

【難免】nánmiǎn ㄋㄢˊ ㄇㄧㄢˇ 不容易避免：沒有經驗，就難免要走彎路｜搞新工作，困難是難免的。

【難能可貴】nán néng kě guì ㄋㄢˊ ㄋㄥˊ ㄎㄜˇ ㄍㄨㄟˋ 難做的事居然能做到，值得寶貴：過去草都不長的鹽鹼地，今天能收這麼多糧食，的確難能可貴。

【難人】nánrén ㄋㄢˊ ㄖㄣˊ ❶使人為難：這種難人的事，不好辦。❷擔當為難的事情的人：有麻煩我們幫助你，決不叫你做難人。

【難色】nánsè ㄋㄢˊ ㄙㄜˋ 為難的表情：面有難色。

【難事】nánshì ㄋㄢˊ ㄕˋ 困難的事情：天下無難事，只怕有心人。

【難受】nánshòu ㄋㄢˊ ㄕㄡˋ ❶身體不舒服：渾身疼得難受。❷傷心；不痛快：他知道事情做錯了，心裏很難受。

【難説】nánshuō ㄋㄢˊ ㄕㄨㄛ ❶不容易説；不好説；難於確切地説：在這場糾紛裏，很難説誰對誰不對｜他甚麼時候回來還很難説。❷難於説出口：你就照着事實説，沒有甚麼難說的。

【難題】nántí ㄋㄢˊ ㄊㄧˊ 不容易解決或解答的問題：出難題｜算術難題｜再大的難題也難不倒咱們。

【難聽】nántīng ㄋㄢˊ ㄊㄧㄥ ❶(聲音)聽着不舒服；不悦耳：這個曲子怪聲怪調的，真難聽。❷(言語)粗俗刺耳：開口罵人，多難聽！❸(事情)不體面：這種事情說出去多難聽！

【難為】nán·wei ㄋㄢˊ ·ㄨㄟ ❶使人為難：她不會唱歌，就別再難為她了。❷多虧(指做了不容易做的事)：一個人帶好十多個孩子，真難為了她。❸客套話，用於感謝別人代自己做事：難為你給我提一桶水來｜車票也替我買好了，真難為你呀。

【難為情】nánwéiqíng ㄋㄢˊ ㄨㄟˊ ㄑㄧㄥˊ ❶臉上下不來；不好意思：別人都學會了，就是我沒有學會，多難為情啊！❷情面上過不去：答應吧，辦不到；不答應吧，又有點難為情。

【難兄難弟】nánxiōng-nándì ㄋㄢˊ ㄒㄩㄥ ㄋㄢˊ ㄉㄧˋ 東漢陳元方的兒子和陳季方的兒子是堂兄弟，都誇耀自己父親的功德，爭個不休，就去問祖父陳寔。陳寔說：'元方難為弟，季方難為兄'(見於《世說新語·德行篇》)。意思是元方好得做他弟弟難，季方好得做他哥哥難。後來用'難兄難弟'形容兄弟都非常好。今多反用，譏諷兩人同樣壞。

另見829頁 nànxiōng-nàndì。

【難言之隱】nán yán zhī yǐn ㄋㄢˊ ㄧㄢˊ ㄓ ㄧㄣˇ 難於說出口的藏在內心深處的事情。

【難以】nányǐ ㄋㄢˊ ㄧˇ 難於：難以形容｜難以置信。

【難於】nányú ㄋㄢˊ ㄩˊ 不容易；不易於：難於收效。

nǎn (ㄋㄢˇ)

赧(赧) nǎn ㄋㄢˇ 因羞愧而臉紅：赧顏。

【赧然】nǎnrán ㄋㄢˇ ㄖㄢˊ 〈書〉形容難為情的樣子：赧然一笑。

【赧顏】nǎnyán ㄋㄢˇ ㄧㄢˊ 〈書〉因害羞而臉紅：赧顏苟活｜赧顏汗下。

腩 nǎn ㄋㄢˇ 見847頁〖牛腩〗。

蝻 nǎn ㄋㄢˇ 蝗蝻。

nàn (ㄋㄢˋ)

難(难) nàn ㄋㄢˋ ❶不幸的遭遇；災難：遭難｜遇難｜空難｜大難臨頭｜多難興邦。❷質問：非難｜責難｜問難。

另見828頁 nán。

【難胞】nànbāo ㄋㄢˋ ㄅㄠ 稱本國的難民(多指在國外遭受迫害的僑胞)。

【難民】nànmín ㄋㄢˋ ㄇㄧㄣˊ 由於戰火、自然災害等原因而流離失所、生活困難的人：救濟難民。

【難兄難弟】nànxiōng-nàndì ㄋㄢˋ ㄒㄩㄥ ㄋㄢˋ ㄉㄧˋ 彼此曾共患難的人；彼此處於同樣困難境地的人。

另見829頁 nánxiōng-nándì。

【難友】nànyǒu ㄋㄢˋ ㄧㄡˇ 一同蒙難的人。

nāng (ㄋㄤ)

囊 nāng ㄋㄤ 見下。

另見829頁 náng。

【囊揣】nāngchuài ㄋㄤ ㄔㄨㄞˋ ❶虛弱；懦弱(多見於早期白話)。❷同'囊膪'。

【囊膪】nāngchuài ㄋㄤ ㄔㄨㄞˋ 豬胸腹部的肥而鬆的肉。

囔 nāng ㄋㄤ［囔囔］(nāng·nang ㄋㄤ ·ㄋㄤ) 小聲説話。

náng (ㄋㄤˊ)

囊 náng ㄋㄤˊ ❶口袋：藥囊｜琴囊｜皮囊｜探囊取物。❷像口袋的東西：腎囊｜膽囊。❸〈書〉用袋子裝：囊括。

另見829頁 nāng。

【囊空如洗】náng kōng rú xǐ ㄋㄤˊ ㄎㄨㄥ ㄖㄨˊ ㄒㄧˇ 口袋裏空得像洗過了一樣。形容一個錢都沒有。

【囊括】nángkuò ㄋㄤˊ ㄎㄨㄛˋ 把全部包羅在內：囊括四海(指封建君主統一全國)｜這個隊囊括了田賽的全部冠軍。

【囊生】nángshēng ㄋㄤˊ ㄕㄥ 西藏農奴主家的奴隸。也譯作朗生。

【囊中物】nángzhōngwù ㄋㄤˊ ㄓㄨㄥ ㄨˋ 比喻不用費多大力氣就可以得到的東西。

【囊腫】nángzhǒng ㄋㄤˊ ㄓㄨㄥˇ 良性腫瘤的一種，多呈球形，有包膜，內有液體或半固體的物質。肺、卵巢、皮脂腺等器官內都能發生。

饢(馕) náng ㄋㄤˊ 一種烤製成的麪餅，維吾爾、哈薩克等民族當做主食。

另見830頁 nǎng。

nǎng (ㄋㄤˇ)

曩 nǎng ㄋㄤˇ 〈書〉以往；從前；過去的：曩日｜曩年｜曩時｜曩者(從前)。

攮 nǎng ㄋㄤˇ (用刀)刺。

【攮子】nǎng·zi ㄋㄤˇ·ㄗ 短而尖的刀，是一種舊式的武器。

饢(馕) nǎng ㄋㄤˇ 拼命地往嘴裏塞食物。

另見830頁 náng。

nàng (ㄋㄤˋ)

齉 nàng ㄋㄤˋ 鼻子不通氣，發音不清：受了涼，鼻子發齉。

【齉鼻兒】nàngbír ㄋㄤˋ ㄅㄧㄦˊ ❶(語音)發齉：他感冒了，說話有點齉鼻兒。❷指說話時鼻音特別重的人。

nāo (ㄋㄠ)

孬 nāo ㄋㄠ 〈方〉❶壞；不好：這個牌子的電器最孬。❷怯懦；沒有勇氣：孬種。

【孬種】nāozhǒng ㄋㄠ ㄓㄨㄥˇ 〈方〉怯懦無能的人；壞傢伙(罵人的話)。

náo (ㄋㄠˊ)

呶 náo ㄋㄠˊ 〈書〉叫嚷：喧呶。

另見850頁 nǔ‘努’。

【呶呶】náonáo ㄋㄠˊ ㄋㄠˊ 〈書〉形容說起話來沒完沒了使人討厭：呶呶不休。

峱(峱) Náo ㄋㄠˊ 古山，在今山東臨淄一帶。

硇(硇、硵) náo ㄋㄠˊ 見下。

【硇砂】náoshā ㄋㄠˊ ㄕㄚ 天然產的氯化銨，可入藥。

【硇洲】Náozhōu ㄋㄠˊ ㄓㄡ 島名，在廣東。

注意 硇字有的書中誤作‘硐’，誤讀 gāng。

猱 náo ㄋㄠˊ 古書上說的一種猴。

撓(挠) náo ㄋㄠˊ ❶(用手指)輕輕地抓：撓癢癢｜抓耳撓腮。❷使別人的事情不能順利進行；阻止：阻撓。❸彎曲，比喻屈服：不屈不撓｜百折不撓。

【撓度】náodù ㄋㄠˊ ㄉㄨˋ 表示構件(如樑、柱、板等)受到外力時發生彎曲變形的程度，以構件彎曲後各橫截面的中心至原軸綫的距離來度量。

【撓鈎】náogōu ㄋㄠˊ ㄍㄡ 頂端是大鐵鈎的帶長柄的工具。

【撓頭】náotóu ㄋㄠˊ ㄊㄡˊ 用手抓頭，形容事情麻煩複雜，使人難以處理：遇到了撓頭的事｜這種事情真叫人撓頭。

【撓秧】náoyāng ㄋㄠˊ ㄧㄤ 除淨稻田中的雜草，使根部泥土變鬆。撓秧可以促進秧苗根系的發育，並能促進分蘖。

憹(侬) náo ㄋㄠˊ 見13頁〖懊憹〗(àonáo)。

蟯(蛲) náo ㄋㄠˊ ［蟯蟲］(náochóng ㄋㄠˊ ㄔㄨㄥˊ)寄生蟲，身體很小，白色，像綫頭。寄生在人體的小腸下部和大腸裏，雌蟲常從肛門爬出來產卵。患者常覺肛門奇癢，並有消瘦、食慾不振等症狀。

夒 náo ㄋㄠˊ 〈書〉同‘猱’。

譊(哓) náo ㄋㄠˊ 〈書〉喧鬧；爭辯。

【譊譊】náonáo ㄋㄠˊ ㄋㄠˊ 〈書〉形容爭辯的聲音。

鐃(铙) náo ㄋㄠˊ ❶打擊樂器，像鈸，中間突起部分比鈸的小。❷古代軍中樂器，像鈴鐺，中間沒有舌。❸(Náo)姓。

【鐃鈸】náobó ㄋㄠˊ ㄅㄛˊ 大型的鈸。

巎 náo ㄋㄠˊ 〈書〉同‘峱’。元代書法家巎巎(Náonáo)，字子山。

nǎo (ㄋㄠˇ)

堖(垴) nǎo ㄋㄠˇ 〈方〉山崗、丘陵較平的頂部(多用於地名)：削堖填溝｜南堖(地名，在山西)｜沙洲堖(地名，在湖南)。

惱(恼) nǎo ㄋㄠˇ ❶生氣：惱恨｜把他惹惱了｜你別惱我！❷煩悶；心裏不痛快：煩惱｜苦惱｜懊惱。

【惱恨】nǎohèn ㄋㄠˇ ㄏㄣˋ 生氣和怨恨：我說了你不願意聽的話，心裏可別惱恨我！

【惱火】nǎohuǒ ㄋㄠˇ ㄏㄨㄛˇ 生氣：大為惱火。

【惱怒】nǎonù ㄋㄠˇ ㄋㄨˋ ❶生氣；發怒：這些惡毒的攻擊，使他十分惱怒。❷使惱怒；觸怒：一句話惱怒了他，於是再也不和我說話了。

【惱人】nǎorén ㄋㄠˇ ㄖㄣˊ 令人感覺焦急煩惱。

【惱羞成怒】nǎo xiū chéng nù ㄋㄠˇ ㄒㄧㄡ ㄔㄥˊ ㄋㄨˋ 由於羞愧和惱恨而發怒。

瑙 nǎo ㄋㄠˇ 見768頁〖瑪瑙〗(mǎnǎo)。

腦(脑) nǎo ㄋㄠˇ ❶人體中管全身知覺、運動和思維、記憶等活動的器官，是神經系統的主要部分，由前腦、中腦和後腦構成。高等動物的腦只有管全身感覺、運動的作用。❷指頭(tóu)①：腦袋｜探頭探腦。❸腦筋：人人動腦，個個動手，大挖生產潛力。❹指從物體中提煉出的精華部分：樟腦｜薄荷腦。❺事物剩下的零碎部分；田地的邊角地方：針頭綫腦｜田頭地腦。

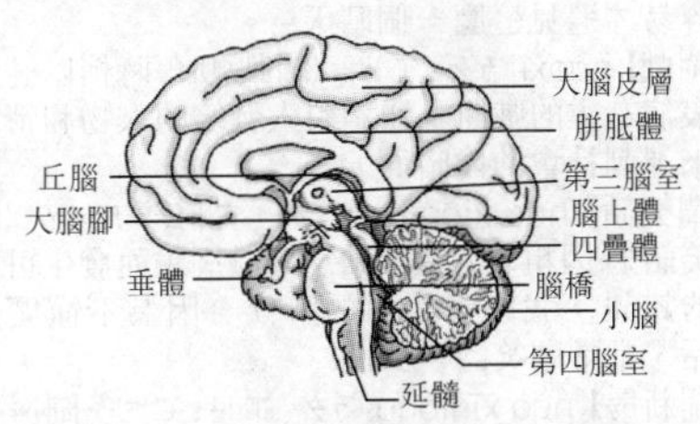

人的腦

【腦充血】nǎochōngxuè ㄋㄠˇ ㄔㄨㄥ ㄒㄩㄝˋ 腦部血管血液增多的病症，發病時有顏面發紅、眼花、耳鳴、頭痛等症狀。

【腦袋】nǎo·dai ㄋㄠˇ ·ㄉㄞ ❶頭(tóu)①：禿腦袋｜耷拉着腦袋。❷腦筋：你的腦袋真好使，幾十年前的事還能記得。

【腦袋瓜】nǎo·daiguā ㄋㄠˇ ·ㄉㄞ ㄍㄨㄚ 腦袋。也說腦袋瓜子。

【腦瓜兒】nǎoguār ㄋㄠˇ ㄍㄨㄚㄦ 腦袋。也說腦瓜子。

【腦海】nǎohǎi ㄋㄠˇ ㄏㄞˇ 指腦子(就思想、記憶的器官說)：十五年前的舊事，重又浮上他的腦海｜烈士英勇的形象涌現在我的腦海。

【腦脊液】nǎojǐyè ㄋㄠˇ ㄐㄧˇ ㄧㄝˋ 無色透明液體，充滿於腦室、脊髓中央管和蛛網膜(腦膜的中層)下腔中，並在這些地方循環活動。有保護中樞神經系統和運走中樞神經系統代謝產物的作用。

【腦際】nǎojì ㄋㄠˇ ㄐㄧˋ 腦海(就記憶、印象說)。

【腦漿】nǎojiāng ㄋㄠˇ ㄐㄧㄤ 頭骨破裂時流出來的腦髓。

【腦筋】nǎojīn ㄋㄠˇ ㄐㄧㄣ ❶指思考、記憶等能力：動腦筋｜他腦筋好，多少年前的事還記得很清楚。❷指意識：舊腦筋｜老腦筋｜新腦筋｜腦筋開通。

【腦殼】nǎoké ㄋㄠˇ ㄎㄜˊ 〈方〉頭(tóu)①。

【腦力】nǎolì ㄋㄠˇ ㄌㄧˋ 人的記憶、理解、想像等的能力。

【腦力勞動】nǎolì láodòng ㄋㄠˇ ㄌㄧˋ ㄌㄠˊ ㄉㄨㄥˋ 以消耗腦力為主的勞動，如管理國家事務，組織生產，以及從事政治、文化和科學研究等活動。

【腦顱】nǎolú ㄋㄠˇ ㄌㄨˊ 指頭的上部，包括頭骨和腦。

【腦滿腸肥】nǎo mǎn cháng féi ㄋㄠˇ ㄇㄢˇ ㄔㄤˊ ㄈㄟˊ 形容不勞而食的人吃得很飽，養得很胖。

【腦門兒】nǎoménr ㄋㄠˇ ㄇㄣˊㄦ 前額。也叫腦門子。

【腦膜】nǎomó ㄋㄠˇ ㄇㄛˊ 腦表面的結締組織，有三層，最外層是硬腦膜，中間是蛛網膜，裏層是軟腦膜。腦膜和脊膜相連，中間有腦脊液。腦膜有保護腦的作用。

【腦貧血】nǎopínxuè ㄋㄠˇ ㄆㄧㄣˊ ㄒㄩㄝˋ 腦部血管血液過少的病症，有面色蒼白、四肢無力、噁心、頭痛、耳鳴等症狀。

【腦橋】nǎoqiáo ㄋㄠˇ ㄑㄧㄠˊ 後腦的一部分，與小腦相連，上接中腦，下接延髓。它和延髓能傳導感覺器官的感覺給大腦皮層，並傳導大腦皮層的興奮到脊髓以外的其他部分。(圖見'腦')

【腦兒】nǎor ㄋㄠˇㄦ 供食用的動物腦髓或像腦髓的食品：豬腦兒｜羊腦兒｜豆腐腦兒。

【腦上體】nǎoshàngtǐ ㄋㄠˇ ㄕㄤˋ ㄊㄧˇ 內分泌腺之一，在第三腦室的後上部，形狀像松樹的果實。7歲以下小兒的腦上體比較發達，所分泌的激素有抑制性腺成熟的作用。也叫松果腺或松果體。(圖見'腦')

【腦勺】nǎosháo ㄋㄠˇ ㄕㄠˊ 〈方〉頭的後部：後腦勺。也叫腦勺子。

【腦神經】nǎoshénjīng ㄋㄠˇ ㄕㄣˊ ㄐㄧㄥ 在人體腦顱的底部，由延髓、腦橋、中腦、間腦等發出的神經，共有十二對。除迷走神經支配心臟和胃腸的活動外，其餘都管頸部以上的知覺和運動。

【腦室】nǎoshì ㄋㄠˇ ㄕˋ 腦的空腔，共分四個，四個腦室上下相通，內部充滿腦脊液。(圖見'腦')

【腦髓】nǎosuǐ ㄋㄠˇ ㄙㄨㄟˇ 指腦①。

【腦溢血】nǎoyìxuè ㄋㄠˇ ㄧˋ ㄒㄩㄝˋ 病，腦血管發生病變，血液流出管壁，使腦機能遭受破壞。血管硬化、血壓突然上升等都能引起腦溢血。發病前有頭痛、頭暈、麻木、抽搐等症狀。

【腦汁】nǎozhī ㄋㄠˇ ㄓ 費腦筋叫'絞腦汁'。

【腦子】nǎo·zi ㄋㄠˇ ·ㄗ ❶腦①。❷腦筋：他腦子好，又用功，學習成績很好｜這個人太沒腦子了，才幾天的事兒就忘了。

nào (ㄋㄠˋ)

淖 nào ㄋㄠˋ 〈書〉爛泥；泥坑：泥淖。

【淖爾】nào'ěr ㄋㄠˋ ㄦˇ 湖泊，多用於地名：羅布淖爾(羅布泊，在新疆)｜達里淖爾(達里泊，在內蒙古)。[蒙]

鬧(闹) nào ㄋㄠˋ ❶喧譁；不安靜：熱鬧｜鬧哄哄｜這裏鬧得很，沒法兒看書。❷吵；擾亂：又哭又鬧｜兩個人又鬧翻了｜孫悟空大鬧天宮。❸發泄(感情)：鬧情緒｜鬧脾氣。❹害(病)；發生(災害或不好的事)：鬧肚子｜鬧水災｜鬧矛盾｜鬧笑話。❺幹；弄；搞：鬧革命｜鬧生產｜把問題鬧清楚。❻開玩笑；逗：打鬧｜鬧洞房。

【鬧彆扭】nào biè·niu ㄋㄠˋ ㄅㄧㄝˋ ·ㄋㄧㄡ 彼此有意見而合不來；因不滿意對方而故意為難：兩個人常鬧彆扭｜這不是成心跟我鬧彆扭嗎？

【鬧場】nàochǎng ㄋㄠˋ ㄔㄤˇ 舊時指單純用鑼鼓演奏的音樂。過去農村演戲，在開演前用以吸引觀眾或在演出結束後用以送客。也叫開台鑼鼓。

【鬧洞房】nào dòngfáng ㄋㄠˋ ㄉㄨㄥˋ ㄈㄤˊ 鬧房。

【鬧肚子】nào dù·zi ㄋㄠˋ ㄉㄨˋ ·ㄗ 腹瀉的通稱。

【鬧房】nào∥fáng ㄋㄠˋ∥ㄈㄤˊ 新婚的晚上，親友們在新房裏跟新婚夫婦說笑逗樂。也說鬧新房、鬧洞房。

【鬧鬼】nào∥guǐ ㄋㄠˋ∥ㄍㄨㄟˇ ❶發生鬼怪作祟的事情(迷信)。❷比喻背地裏做壞事；搗鬼。

【鬧哄】nào·hong ㄋㄠˋ ·ㄏㄨㄥ 〈方〉❶吵鬧；喧鬧：有意見你就提，鬧哄甚麼！｜一下子，村前村後鬧哄開了。❷許多人在一起忙着辦事：大家鬧哄了好一陣子，才算把那堆土給平了。

【鬧哄哄】nàohōnghōng ㄋㄠˋ ㄏㄨㄥ ㄏㄨㄥ (鬧哄哄的)形容人聲雜亂：逢集的日子，大街上總是鬧哄哄的。

【鬧荒】nào∥huāng ㄋㄠˋ∥ㄏㄨㄤ 舊社會裏農民遇到荒年時進行抗租、吃大戶等活動。

【鬧饑荒】nào jī·huang ㄋㄠˋ ㄐㄧ ·ㄏㄨㄤ ❶指遭遇荒年：從前我們那裏三年兩頭鬧饑荒。❷〈方〉比喻經濟困難。

【鬧架】nào∥jià ㄋㄠˋ∥ㄐㄧㄚˋ 〈方〉吵嘴打架。

【鬧劇】nàojù ㄋㄠˋ ㄐㄩˋ ❶喜劇的一種，通過滑稽情節和熱鬧場面，來揭示劇中人物行為的矛盾，比一般喜劇更誇張。也叫趣劇、笑劇。❷比喻滑稽、荒謬的事情。

【鬧亂子】nào luàn·zi ㄋㄠˋ ㄌㄨㄢˋ ·ㄗ 惹禍；惹出麻煩：騎快車容易鬧亂子。

【鬧脾氣】nào pí·qi ㄋㄠˋ ㄆㄧˊ ·ㄑㄧ 發脾氣；生氣。

【鬧氣】nào∥qì ㄋㄠˋ∥ㄑㄧˋ 〈方〉(鬧氣兒)跟人生氣吵架。

【鬧情緒】nào qíngxù ㄋㄠˋ ㄑㄧㄥˊ ㄒㄩˋ 因工作、學習等不合意而情緒不安定，表示不滿。

【鬧嚷嚷】nàorāngrāng ㄋㄠˋ ㄖㄤ ㄖㄤ (鬧嚷嚷的)形容喧譁：窗外鬧嚷嚷的，發生了甚麼事情？

【鬧熱】nàorè ㄋㄠˋ ㄖㄜˋ 〈方〉熱鬧。

【鬧市】nàoshì ㄋㄠˋ ㄕˋ 繁華熱鬧的街市。

【鬧事】nào∥shì ㄋㄠˋ∥ㄕˋ 聚眾搗亂，破壞社會秩序。

【鬧騰】nào·teng ㄋㄠˋ ·ㄊㄥ ❶吵鬧；擾亂：又哭又喊，鬧騰了好一陣子。❷說笑打鬧：屋裏嘻嘻哈哈的鬧騰得挺歡。❸搞：這些副業是群眾自發鬧騰起來的。

【鬧天兒】nào∥tiānr ㄋㄠˋ∥ㄊㄧㄢㄦ 〈方〉天氣不好(多指下雨或下雪)：一連好幾天都鬧天兒，好容易才遇見這麼一個晴天兒。

【鬧戲】nàoxì ㄋㄠˋ ㄒㄧˋ (鬧戲兒)舊時稱以丑角表演為主的戲曲，通過引人發笑的人物和情節來諷刺社會的陰暗面。

【鬧笑話】nào xiào·hua ㄋㄠˋ ㄒㄧㄠˋ ·ㄏㄨㄚ (鬧笑話兒)因粗心大意或缺乏知識經驗而發生可笑的錯誤：我剛到廣州的時候，因為不懂廣州話，常常鬧笑話。

【鬧新房】nào xīnfáng ㄋㄠˋ ㄒㄧㄣ ㄈㄤˊ 鬧房。

【鬧玄虛】nào xuánxū ㄋㄠˋ ㄒㄩㄢˊ ㄒㄩ 玩弄手段迷惑人。

【鬧意見】nào yìjiàn ㄋㄠˋ ㄧˋ ㄐㄧㄢˋ 因意見不合而彼此不滿。

【鬧意氣】nào yìqì ㄋㄠˋ ㄧˋ ㄑㄧˋ 由於偏激情緒而鬧矛盾；意氣用事：開展批評和自我批評是為了增進團結，不能鬧意氣，泄私憤。

【鬧災】nàozāi ㄋㄠˋ ㄗㄞ 發生災害。

【鬧着玩兒】nào·zhe wánr ㄋㄠˋ ·ㄓㄜ ㄨㄢㄦˊ ❶做遊戲。❷用言語或行動戲弄人。❸用輕率的態度來對待人或事情：你要是不會游泳，就別到深的地方去游，這可不是鬧着玩兒的。

【鬧鐘】nàozhōng ㄋㄠˋ ㄓㄨㄥ 能夠在預定時間發出鈴聲的鐘。

臑 nào ㄋㄠˋ ❶中醫學上指自肩至肘前側靠近腋部的隆起的肌肉。❷古書上指牲畜的前肢。

né (ㄋㄜˊ)

哪 né ㄋㄜˊ 哪吒(Né·zhā ㄋㄜˊ ·ㄓㄚ)，神話裏神的名字。

另見823頁 nǎ；825頁 ·na。

nè (ㄋㄜˋ)

吶 nè ㄋㄜˋ 同'訥'。

另見824頁 nà；825頁 ·na'哪'；833頁 ·ne'呢'。

那 nè ㄋㄜˋ '那'(nà)的口語音，參看824頁'那[1]'條注意。

訥(讷) nè ㄋㄜˋ 〈書〉(說話)遲鈍：木訥｜口訥。

【訥訥】nènè ㄋㄜˋㄋㄜˋ〈書〉形容說話遲鈍：訥訥不出於口。

·ne (·ㄋㄜ)

呢(呐) ·ne ·ㄋㄜ 助詞。❶用在疑問句(特指問、選擇問、正反問)的末尾，表示疑問的語氣：這個道理在哪兒呢？｜你學提琴呢，還是學鋼琴呢？｜你們勞動力夠不夠呢？｜人呢？都到哪兒去了？｜他們都有任務了，我呢？❷用在陳述句的末尾，表示確認事實，使對方信服(含有指示而兼誇張的語氣)：收穫不小呢｜晚場電影八點才開呢｜遠得很，有兩三千里地呢｜這個藥靈得很呢，敷上就不疼。❸用在陳述句的末尾，表示動作或情況正在繼續：她在井邊打水呢｜別走了，外面下着雨呢｜老張，門外有人找你呢。❹用在句中表示停頓(多對舉)：如今呢，可比往年強多了｜喜歡呢，就買下；不喜歡呢，就別買。

另見836頁 ní。'呐'另見824頁 nà；825頁 ·na'哪'；832頁 nè。

něi (ㄋㄟˇ)

哪(那) něi ㄋㄟˇ '哪'(nǎ)的口語音，參看823頁'哪¹'條注意。

餒(馁) něi ㄋㄟˇ ❶〈書〉飢餓：凍餒。❷失掉勇氣：氣餒｜自餒。❸〈書〉(魚)腐爛：魚餒肉敗。

nèi (ㄋㄟˋ)

內 nèi ㄋㄟˋ ❶裏頭；裏頭的(跟'外'相對)：內衣｜內部｜室內｜國內｜年內。❷指妻或妻的親屬：內人｜內侄｜內弟。❸指內心或內臟：內省｜內疚｜五內俱焚。❹〈書〉指皇宮：大內。

〈古〉又同'納'nà。

【內部】nèibù ㄋㄟˋㄅㄨˋ 某一範圍以內：內部聯繫｜內部消息。

【內場】nèichǎng ㄋㄟˋㄔㄤˇ 戲曲舞台桌子後面的區域：內場椅(設在舞台桌子後面的坐椅)。

【內臣】nèichén ㄋㄟˋㄔㄣˊ ❶宮廷的近臣。❷指宦官。

【內出血】nèichūxuè ㄋㄟˋㄔㄨ ㄒㄩㄝˋ 出血的一種，流出血管的血液停留在身體內部而不排至體外，如腦出血、腎上腺出血、胰出血等。

【內地】nèidì ㄋㄟˋㄉㄧˋ 距離邊疆(或沿海)較遠的地區。

【內弟】nèidì ㄋㄟˋㄉㄧˋ 妻子的弟弟。

【內定】nèidìng ㄋㄟˋㄉㄧㄥˋ 在內部決定(多指人事安排)：出場隊員已經內定。

【內耳】nèi'ěr ㄋㄟˋㄦˇ 耳朵最裏面的一部分，是由複雜的管狀物構成的，分為半規管、前庭和耳蝸三部分，主管聽覺和身體的平衡。也叫迷路。參看32頁〖半規管〗、917頁〖前庭〗、304頁〖耳蝸〗。(圖見303頁〖耳朵〗)

【內分泌】nèifēnmì ㄋㄟˋㄈㄣ ㄇㄧˋ 人或高等動物體內有些腺或器官能分泌激素，不通過導管，由血液帶到全身，從而調節有機體的生長、發育和生理機能，這種分泌叫做內分泌。

【內封】nèifēng ㄋㄟˋㄈㄥ 扉頁。

【內服】nèifú ㄋㄟˋㄈㄨˊ 把藥吃下去(區別於'外敷')。

【內閣】nèigé ㄋㄟˋㄍㄜˊ ❶某些國家中的最高行政機關，由內閣總理(或首相)和若干閣員(部長、總長、大臣或相)組成。❷明清兩代的中央政務機構。

【內功】nèigōng ㄋㄟˋㄍㄨㄥ 鍛煉身體內部器官的武術或氣功(區別於'外功')。

【內骨骼】nèigǔgé ㄋㄟˋㄍㄨˇㄍㄜˊ 人或高等動物體內的支架，是由許多塊骨頭和軟骨組成的。參看410頁〖骨骼〗。

【內顧之憂】nèigù zhī yōu ㄋㄟˋㄍㄨˋㄓ ㄧㄡ 在外對家事或國事的憂慮：無內顧之憂。

【內海】nèihǎi ㄋㄟˋㄏㄞˇ ❶除了有狹窄水道跟外海或大洋相通外，全部為陸地所包圍的海，如地中海、波羅的海等。也叫內陸海。❷沿岸全屬於一個國家因而本身也屬於該國家的海，如渤海是我國的內海。

【內涵】nèihán ㄋㄟˋㄏㄢˊ ❶一個概念所反映的事物的本質屬性的總和，也就是概念的內容。例如'人'這個概念的內涵是能製造工具並使用工具進行勞動的動物。參看1174頁〖外延〗。❷內在的涵養：他是個內涵很深厚的青年。

【內行】nèiháng ㄋㄟˋㄏㄤˊ ❶對某種事情或工作有豐富的知識和經驗：他對養蜂養蠶都很內行。❷內行的人：向內行請教。

【內耗】nèihào ㄋㄟˋㄏㄠˋ ❶機器或其他裝置本身所消耗的沒有對外做功的能量。❷比喻社會或部門內部因不協調、鬧矛盾等造成的人力物力的無謂消耗。

【內河】nèihé ㄋㄟˋㄏㄜˊ 處於一個國家之中的河流叫做該國家的內河。

【內訌】nèihòng ㄋㄟˋㄏㄨㄥˋ 集團內部由於爭權奪利等原因而發生衝突或戰爭。也作內鬨。

【內畫】nèihuà ㄋㄟˋㄏㄨㄚˋ 在以瑪瑙、玻璃、水晶等為原料的透明或半透明器皿內壁繪製的圖畫。是我國獨有的一門藝術。

【內踝】nèihuái ㄋㄟˋㄏㄨㄞˊ 踝部內側的突起部分，是由脛骨下端構成的。

【內婚制】nèihūnzhì ㄋㄟˋㄏㄨㄣ ㄓˋ 原始社會的一種婚姻形式，部落內若干氏族互相通婚。也叫族內婚。

【內急】nèijí ㄋㄟˋㄐㄧˊ 指急着要解手。

【內寄生】nèijìshēng ㄋㄟˋ ㄐㄧˋ ㄕㄥ 一種生物寄生在另一種生物的體內，叫做內寄生。如蛔蟲寄生在人的腸子裏。

【內奸】nèijiān ㄋㄟˋ ㄐㄧㄢ 暗藏在內部做破壞活動的敵對分子：鏟除內奸。

【內艱】nèijiān ㄋㄟˋ ㄐㄧㄢ 〈書〉母親的喪事：丁內艱。

【內景】nèijǐng ㄋㄟˋ ㄐㄧㄥˇ 戲劇方面指舞台上的室內佈景，電影、電視方面指攝影棚內的佈景。

【內疚】nèijiù ㄋㄟˋ ㄐㄧㄡˋ 內心感覺慚愧不安：內疚於心。

【內聚力】nèijùlì ㄋㄟˋ ㄐㄩˋ ㄌㄧˋ 同種物質內部相鄰各部分間的吸引力。

【內眷】nèijuàn ㄋㄟˋ ㄐㄩㄢˋ 指女眷。

【內科】nèikē ㄋㄟˋ ㄎㄜ 醫院中主要用藥物而不用手術來治療內臟疾病的一科。

【內褲】nèikù ㄋㄟˋ ㄎㄨˋ 貼身穿的單褲。

【內澇】nèilào ㄋㄟˋ ㄌㄠˋ 由於雨量過多，地勢低窪，積水不能及時排除而造成的澇災。

【內裏】nèilǐ ㄋㄟˋ ㄌㄧˇ 〈方〉內部；內中：這件事兒內裏還有不少曲折。

【內力】nèilì ㄋㄟˋ ㄌㄧˋ 指一個體系內各部分間的相互作用力。把宇宙看做一個體系，星體間的相互作用力就是內力；把原子看做一個體系，電子與原子核的相互作用力就是內力。

【內流河】nèiliúhé ㄋㄟˋ ㄌㄧㄡˊ ㄏㄜˊ 不流入海洋而注入內陸湖或消失在沙漠裏的河流，如我國的塔里木河。也叫內陸河。

【內陸國】nèilùguó ㄋㄟˋ ㄌㄨˋ ㄍㄨㄛˊ 周圍與鄰國土地毗連，沒有海岸綫的國家，如亞洲的蒙古，非洲的烏干達等國就是內陸國。

【內陸湖】nèilùhú ㄋㄟˋ ㄌㄨˋ ㄏㄨˊ 在大陸內部不通海洋的湖，湖水含鹽分和礦物質較多，如我國的青海湖。

【內亂】nèiluàn ㄋㄟˋ ㄌㄨㄢˋ 指國內的叛亂或統治階級內部的戰爭：發生內亂｜平定內亂。

【內幕】nèimù ㄋㄟˋ ㄇㄨˋ 外界不知道的內部情況（多指不好的）：揭開內幕。

【內難】nèinàn ㄋㄟˋ ㄋㄢˋ 國內的災難或變亂。

【內能】nèinéng ㄋㄟˋ ㄋㄥˊ 物體內部分子無規則運動產生的動能和分子間相對位置所決定的勢能的總稱。

【內胚層】nèipēicéng ㄋㄟˋ ㄆㄟ ㄘㄥˊ 胚胎的內層。腸、胃、消化腺、肺等是由內胚層形成的。也叫內胚葉。（圖見867頁〖胚層〗）

【內皮】nèipí ㄋㄟˋ ㄆㄧˊ 醫學上指覆蓋在血管、淋巴管、心臟等內部表面的上皮組織。

【內親】nèiqīn ㄋㄟˋ ㄑㄧㄣ 和妻子有親屬關係的親戚的統稱，如內兄、連襟等。

【內勤】nèiqín ㄋㄟˋ ㄑㄧㄣˊ ❶部隊以及有外勤工作的機關、企業稱在內部進行的工作：內勤人員。❷從事內勤工作的人。

【內傾】nèiqīng ㄋㄟˋ ㄑㄧㄥ 指人性格沈靜，說話含蓄，做事謹慎，不喜歡社交活動，比較關心內心世界。

【內情】nèiqíng ㄋㄟˋ ㄑㄧㄥˊ 內部情況：熟悉內情。

【內燃機】nèiránjī ㄋㄟˋ ㄖㄢˊ ㄐㄧ 熱機的一種，燃料在汽缸裏燃燒，產生膨脹氣體，推動活塞，由活塞帶動連桿轉動機軸。內燃機用汽油、柴油或煤氣做燃料。

【內熱】nèirè ㄋㄟˋ ㄖㄜˋ ❶〈書〉內心焦灼。❷中醫指由陰虛或陽盛而導致的病理現象，患者有心煩、口渴、便秘、口舌生瘡等症候。

【內人】nèi·rén ㄋㄟˋ ·ㄖㄣˊ 對人稱自己的妻子。

【內容】nèiróng ㄋㄟˋ ㄖㄨㄥˊ 事物內部所含的實質或存在的情況：這次談話的內容牽涉的面很廣｜這個刊物內容豐富。

【內傷】nèishāng ㄋㄟˋ ㄕㄤ ❶中醫指由飲食不適、過度勞累、憂慮或悲傷等原因引起的病症。❷泛指由跌、碰、擠、壓、踢、打等原因引起的氣、血、臟腑、經絡的損傷。

【內室】nèishì ㄋㄟˋ ㄕˋ 裏間，多指卧室。

【內水】nèishuǐ ㄋㄟˋ ㄕㄨㄟˇ 一個國家領陸範圍以內的河流、湖泊和領海基綫向陸一面的內海、海港、海灣、海峽內的水域。

【內胎】nèitāi ㄋㄟˋ ㄊㄞ 輪胎的一部分，用薄橡膠製成，裝在外胎裏邊，充氣後產生彈性。通稱裏帶。

【內廷】nèitíng ㄋㄟˋ ㄊㄧㄥˊ 帝王的住所。

【內外】nèiwài ㄋㄟˋ ㄨㄞˋ ❶內部和外部；裏面和外面：內外有別｜長城內外。❷表示概數：一個月內外｜五十歲內外。

【內外交困】nèi wài jiāo kùn ㄋㄟˋ ㄨㄞˋ ㄐㄧㄠ ㄎㄨㄣˋ 國內的政治經濟等方面和對外關係方面都處於十分困難的地步。

【內務】nèiwù ㄋㄟˋ ㄨˋ ❶指國內事務（多指民政）：內務部。❷集體生活室內的日常事務，如整理牀鋪、按規定放置衣物、做清潔衞生等。

【內綫】nèixiàn ㄋㄟˋ ㄒㄧㄢˋ ❶安置在對方內部探聽消息或進行其他活動的人，也指這種工作。❷處在敵方包圍形勢下的作戰綫：內綫作戰。❸一個單位內的電話總機所控制的、只供內部用的綫路。❹指內部的關係或門路：走內綫。

【內詳】nèixiáng ㄋㄟˋ ㄒㄧㄤˊ 在信封上寫'內詳'或'名內詳'，代替發信人的姓名地址。

【內向】nèixiàng ㄋㄟˋ ㄒㄧㄤˋ ❶面向國內：內向型經濟。❷（性格、思想感情等）深沈、不外露：小王性格內向｜他是內向人，不輕易發表意見。

【內銷】nèixiāo ㄋㄟˋ ㄒㄧㄠ 本國或本地區生產的商品在國內或本地區市場上銷售（對'外銷'而言）：內銷商品｜出口轉內銷。

【內斜視】nèixiéshì ㄋㄟˋ ㄒㄧㄝˊ ㄕˋ 病，一眼或兩眼的瞳孔經常向中間傾斜。通稱對眼或鬥眼。參看1265頁〖斜視〗。

【內心】nèixīn ㄋㄟˋ ㄒㄧㄣ ❶心裏頭：內心深處｜發自內心的笑。❷三角形三個內角的平分綫相交於一點，這個點叫做三角形的內心。內心也是三角形內切圓的圓心。

【內省】nèixǐng ㄋㄟˋ ㄒㄧㄥˇ 在心裏進行反省。

【內兄】nèixiōng ㄋㄟˋ ㄒㄩㄥ 妻子的哥哥。

【內秀】nèixiù ㄋㄟˋ ㄒㄧㄡˋ 外表似乎粗魯或笨拙但實際上聰明而細心。

【內衣】nèiyī ㄋㄟˋ ㄧ 指襯衣、襯褲等貼身穿的衣服。

【內因】nèiyīn ㄋㄟˋ ㄧㄣ 事物發展變化的內部原因，即事物內部的矛盾性。內因是事物發展的根本原因。

【內應】nèiyìng ㄋㄟˋ ㄧㄥˋ ❶隱藏在對方內部做策應工作：內應外合。❷指做內應的人。

【內憂】nèiyōu ㄋㄟˋ ㄧㄡ ❶內部的憂患，多指國家內部的不安定：內憂外患。❷〈書〉內心憂慮。❸〈書〉指母喪。

【內在】nèizài ㄋㄟˋ ㄗㄞˋ ❶事物本身所固有的(跟'外在'相對)：內在規律｜內在因素。❷存於內心，不表露在外面：感情內在。

【內臟】nèizàng ㄋㄟˋ ㄗㄤˋ 人或動物胸腔和腹腔內器官的統稱。內臟包括心、肺、胃、肝、脾、腎、腸等。

【內宅】nèizhái ㄋㄟˋ ㄓㄞˊ 指住宅內女眷的住處。

【內債】nèizhài ㄋㄟˋ ㄓㄞˋ 國家向本國公民借的債。

【內掌櫃】nèizhǎngguì ㄋㄟˋ ㄓㄤˇ ㄍㄨㄟˋ 指'掌櫃'的妻子。也說內掌櫃的。

【內障】nèizhàng ㄋㄟˋ ㄓㄤˋ 主要發生在瞳孔和眼內的疾病，如白內障、青光眼等。

【內爭】nèizhēng ㄋㄟˋ ㄓㄥ 內部鬥爭。

【內政】nèizhèng ㄋㄟˋ ㄓㄥˋ 國家內部的政治事務：不干涉別國內政。

【內侄】nèizhí ㄋㄟˋ ㄓˊ 妻子的弟兄的兒子。

【內侄女】nèizhínǚ ㄋㄟˋ ㄓˊ ㄋㄩˇ 妻子的弟兄的女兒。

【內痔】nèizhì ㄋㄟˋ ㄓˋ 肛門內部黏膜上長的痔瘡。

【內中】nèizhōng ㄋㄟˋ ㄓㄨㄥ 裏頭：內中情形非常複雜｜你不曉得內中的事。

【內助】nèizhù ㄋㄟˋ ㄓㄨˋ 〈書〉指妻子：賢內助。

【內傳】nèizhuàn ㄋㄟˋ ㄓㄨㄢˋ ❶一種傳記小說，以記載人物的遺聞逸事為主。❷古代指專門解釋經義的書。

【內子】nèizǐ ㄋㄟˋ ㄗˇ 〈書〉內人。

那 nèi ㄋㄟˋ '那'(nà)的口語音，參看824頁'那¹'條[注意]。

nèn (ㄋㄣˋ)

恁 nèn ㄋㄣˋ 〈方〉❶那麼；那樣：恁大膽｜恁有勁兒｜要不了恁些(那麼多)。❷那：恁時｜恁時節。❸這麼；這樣：這幾棵牡丹，正不知費了多少工夫，方培植得恁茂盛。

另見844頁 nín。

【恁地】nèndì ㄋㄣˋ ㄉㄧˋ 〈方〉❶這麼；那麼：不要恁地說。❷怎麼；如何：這人看着面熟，恁地想不起來？

嫩 nèn ㄋㄣˋ ❶初生而柔弱；嬌嫩(跟'老'相對)：嫩葉｜嫩芽｜小孩兒肉皮兒嫩◇小姑娘臉皮嫩，不肯表演。❷指某些食物烹調時間短，容易咀嚼：這肉片炒得很嫩。❸(某些顏色)淺：嫩黃｜嫩綠。❹閱歷淺，不老練：他擔任總指揮還嫌嫩了點兒。

【嫩紅】nènhóng ㄋㄣˋ ㄏㄨㄥˊ 像初開杏花那樣的淺紅色。

【嫩黃】nènhuáng ㄋㄣˋ ㄏㄨㄤˊ 像韭黃那樣的淺黃色。

【嫩綠】nènlǜ ㄋㄣˋ ㄌㄩˋ 像剛長出來的樹葉那樣的淺綠色。

【嫩生】nèn·sheng ㄋㄣˋ·ㄕㄥ 〈方〉❶嫩：這韭菜真嫩生，包餃子最好。❷不成熟；不老練：我侄子還嫩生，您多照顧點兒。

néng (ㄋㄥˊ)

能 néng ㄋㄥˊ ❶能力；才幹：技能｜能耐｜無能之輩。❷度量物質運動的一種物理量，一般解釋為物質做功的能力。能的基本類型有：勢能、動能、熱能、電能、磁能、光能、化學能和原子能等。一種能也可以轉化成另一種能。能的單位和功的單位相同。也叫能量。❸有能力的：能人｜能手｜能者多勞。❹能夠：蜜蜂能釀蜜｜咱們一定能完成任務｜這本書甚麼時候能出版？[注意]a)'能'表示具備某種能力或達到某種效率，'會'表示學得某種本領。初次學會某種動作用'會'，恢復某種能力用'能'，如：小弟弟會走路了｜他病好了，能下牀了。具備某種技能可以用'能'，也可以用'會'，如：能寫會算。達到某種效率，用'能'，不用'會'，如：她一分鐘能打一百五十字。b)名詞前面文言可以用'能'，白話只用'會'，如：能詩善畫｜會英文｜會象棋。c)跟'不…不'組成雙重否定，'不能不'表示必須，'不會不'表示一定，如：你不能不來啊！｜他不會不來的。在疑問或揣測的句子裏都表示可能，如：他不能(會)不答應吧？d)對於尚未實現的自然現象的推測，用'能(夠)'，不用'可(以)'，如：這雨能下長麼？e)用在跟某些動詞結合表示被動的可能性時，用'可'，不用

‘能’，如：我們是不可戰勝的。

〈古〉又同‘耐’。

【能動】néngdòng ㄋㄥˊ ㄉㄨㄥˋ 自覺努力、積極活動的：主觀能動性｜能動地爭取勝利。

【能幹】nénggàn ㄋㄥˊ ㄍㄢˋ 有才能，會辦事：她精明能幹，算得個女中豪杰。

【能工巧匠】néng gōng qiǎo jiàng ㄋㄥˊ ㄍㄨㄥ ㄑㄧㄠˇ ㄐㄧㄤˋ 工藝技術高明的人。

【能夠】nénggòu ㄋㄥˊ ㄍㄡˋ ❶表示具備某種能力，或達到某種程度：人類能夠創造工具｜他能夠獨立工作了。❷表示有條件或情理上許可：下游能夠行駛輪船｜明天的晚會家屬也能夠參加。

【能級】néngjí ㄋㄥˊ ㄐㄧˊ 原子、分子、原子核等在不同狀態下運動所具有的能量值。這種數值是不連續的，好像台階一樣，所以叫能級。

【能見度】néngjiàndù ㄋㄥˊ ㄐㄧㄢˋ ㄉㄨˋ 物體能被正常目力看到的最大距離，也指物體在一定距離時被正常目力看到的清晰程度。能見度好壞通常是由空氣中懸浮着的細微水珠、塵埃等的多少決定的。

【能力】nénglì ㄋㄥˊ ㄌㄧˋ 能勝任某項任務的主觀條件：能力強｜他經驗豐富，有能力擔當這項工作。

【能量】néngliàng ㄋㄥˊ ㄌㄧㄤˋ ❶能②。❷比喻人顯示出來的活動能力：別看人不多，能量可不小。

【能耐】néng·nai ㄋㄥˊ ·ㄋㄞ 技能；本領：他的能耐真不小，一個人能管這麼多機器。

【能掐會算】néng qiā huì suàn ㄋㄥˊ ㄑㄧㄚ ㄏㄨㄟˋ ㄙㄨㄢˋ 迷信的人指會掐訣算卦，泛指能推測事物的發展，預知未來。

【能屈能伸】néng qū néng shēn ㄋㄥˊ ㄑㄩ ㄋㄥˊ ㄕㄣ 能彎曲也能伸展，指人在不得志的時候能忍耐，在得志的時候能施展才幹、抱負。

【能人】néngrén ㄋㄥˊ ㄖㄣˊ 指在某方面有才能的人：能人輩出。

【能事】néngshì ㄋㄥˊ ㄕˋ 擅長的本領（常跟‘盡’字配合）：能事已盡｜在會演中，各劇種百花齊放，極盡推陳出新之能事。

【能手】néngshǒu ㄋㄥˊ ㄕㄡˇ 具有某種技能對某項工作、運動特別熟練的人：織布能手｜射箭能手。

【能説會道】néng shuō huì dào ㄋㄥˊ ㄕㄨㄛ ㄏㄨㄟˋ ㄉㄠˋ 指善於言辭，很會說話。

【能源】néngyuán ㄋㄥˊ ㄩㄢˊ 能產生能量的物質，如燃料、水力、風力等。

ńg（ㄫˊ）

嗯（唔） ńg ㄫˊ 嘆詞，表示疑問：嗯？你說甚麼？｜嗯？這是甚麼字？

‘唔’另見1204頁 wú。

ňg（ㄫˇ）

嗯（𠮾） ňg ㄫˇ，又 ň ㄋˇ 嘆詞，表示出乎意外或不以為然：嗯！鋼筆怎麼又不出水啦？｜嗯！你怎麼還沒去？

ǹg（ㄫˋ）

嗯（叿） ǹg ㄫˋ，又 ǹ ㄋˋ 嘆詞，表示答應：他嗯了一聲，就走了。

nī（ㄋㄧ）

妮 nī ㄋㄧ［妮子］(nī·zi ㄋㄧ ·ㄗ)〈方〉女孩兒。也說妮兒。

ní（ㄋㄧˊ）

尼 ní ㄋㄧˊ 尼姑：尼庵｜僧尼。

【尼格羅－澳大利亞人種】Nígéluó-Àodàlìyà rénzhǒng ㄋㄧˊ ㄍㄜˊ ㄌㄨㄛˊ ㄠˋ ㄉㄚˋ ㄌㄧˋ ㄧㄚˋ ㄖㄣˊ ㄓㄨㄥˇ 世界三大人種之一，體質特徵是皮膚黑，嘴唇厚，鼻子扁寬，頭髮鬈曲，主要分佈在非洲、大洋洲、印度南部、斯里蘭卡等地。也叫黑種。［尼格羅，英 negro；澳大利亞，英 Australia］

【尼姑】nígū ㄋㄧˊ ㄍㄨ 出家修行的女佛教徒。

【尼古丁】nígǔdīng ㄋㄧˊ ㄍㄨˇ ㄉㄧㄥ 烟鹼。［英 nicotine］

【尼龍】nílóng ㄋㄧˊ ㄌㄨㄥˊ 分子中含有酰胺鍵的樹脂，也指由這種樹脂做成的塑料，種類很多。耐磨、耐油性強、不易吸收水分。可製軸承、齒輪、滑輪、輸油管等機件，也可做日用品。這種樹脂製成的纖維舊稱尼龍，現在叫做錦綸。［英 nylon］

坭 ní ㄋㄧˊ ❶同‘泥’，用於‘紅毛坭’。❷地名用字，如白坭（在廣東）。

呢 ní ㄋㄧˊ 呢子：毛呢｜厚呢大衣｜呢絨嗶嘰。

另見833頁 ·ne。

【呢喃】nínán ㄋㄧˊ ㄋㄢˊ ❶形容燕子的叫聲。❷〈書〉形容小聲說話：呢喃細語。

【呢絨】níróng ㄋㄧˊ ㄖㄨㄥˊ 毛織品的統稱。泛指用獸毛或人造毛等原料織成的各種織物。

【呢子】ní·zi ㄋㄧˊ ·ㄗ 一種較厚較密的毛織品，多用來做制服、大衣等。

兒[1]（郳） Ní ㄋㄧˊ 周朝國名，在今山東滕州東南。

兒[2] Ní ㄋㄧˊ 姓，同‘倪’。

另見302頁 ér。

泥 ní ㄋㄧˊ ❶含水的半固體狀的土：泥坑｜爛泥。❷半固體狀的像泥的東西：印泥｜棗泥｜蒜泥。
另見838頁nì。

【泥巴】níbā ㄋㄧˊ ㄅㄚ 〈方〉泥。

【泥肥】níféi ㄋㄧˊ ㄈㄟˊ 用做肥料的淤泥，肥效持久，可以做基肥。

【泥工】nígōng ㄋㄧˊ ㄍㄨㄥ 〈方〉瓦工。

【泥垢】nígòu ㄋㄧˊ ㄍㄡˋ 泥和污垢：滿臉泥垢。

【泥漿】níjiāng ㄋㄧˊ ㄐㄧㄤ 黏土和水混合成的半流體，通常指泥土和水混合成的半流體。

【泥金】níjīn ㄋㄧˊ ㄐㄧㄣ 一種用金屬粉末製成的顏料，用來塗飾箋紙，或調和在油漆裏塗飾器物。

【泥坑】níkēng ㄋㄧˊ ㄎㄥ 爛泥淤積的低窪地。也用於比喻。

【泥淖】nínào ㄋㄧˊ ㄋㄠˋ 爛泥；泥坑。也用於比喻。

【泥濘】nínìng ㄋㄧˊ ㄋㄧㄥˋ ❶因有爛泥而不好走：雨後道路泥濘。❷淤積的爛泥：陷入泥濘。

【泥牛入海】ní niú rù hǎi ㄋㄧˊ ㄋㄧㄡˊ ㄖㄨˋ ㄏㄞˇ 比喻一去不復返。

【泥鰍】ní·qiū ㄋㄧˊ ˙ㄑㄧㄡ 魚，身體圓柱形，尾端側扁，鱗小，有黏液，背部黑色，有斑點，腹面白色或灰色。頭小而尖，嘴有鬚5對。常生活在河湖、池沼、水田等處，潛伏泥中。

【泥人】nírén ㄋㄧˊ ㄖㄣˊ （泥人兒）用黏土捏成的人的形象。

【泥沙俱下】ní shā jù xià ㄋㄧˊ ㄕㄚ ㄐㄩˋ ㄒㄧㄚˋ 泥土和沙子都跟着流下來，比喻好壞不同的人或事物混雜在一起。

【泥石流】níshíliú ㄋㄧˊ ㄕˊ ㄌㄧㄡˊ 山坡上大量泥沙、石塊等經山洪衝擊而形成的短暫的急流。泥石流對建築物、公路、鐵路、農田等有很大破壞作用。

【泥水匠】níshuǐjiàng ㄋㄧˊ ㄕㄨㄟˇ ㄐㄧㄤˋ 泥瓦匠。

【泥塑】nísù ㄋㄧˊ ㄙㄨˋ 民間工藝，用黏土捏成各種人物形象。

【泥塑木雕】ní sù mù diāo ㄋㄧˊ ㄙㄨˋ ㄇㄨˋ ㄉㄧㄠ 見819頁〖木雕泥塑〗。

【泥胎】nítāi ㄋㄧˊ ㄊㄞ 尚未用金粉（或金箔）、顏料裝飾過的泥塑的偶像。

【泥胎兒】nítāir ㄋㄧˊ ㄊㄚㄦ 沒有經過燒製的陶器坯子。

【泥潭】nítán ㄋㄧˊ ㄊㄢˊ 泥坑。

【泥炭】nítàn ㄋㄧˊ ㄊㄢˋ 煤的一種，炭化程度最低，像泥土，黑色、褐色或棕色，是古代埋藏在地下、未完全腐爛分解的植物體。農業上可做有機肥料，工業上用來製煤氣、水煤氣、甲醇等，也可用做燃料。也叫泥煤。

【泥塘】nítáng ㄋㄧˊ ㄊㄤˊ 爛泥淤積的窪地。

【泥土】nítǔ ㄋㄧˊ ㄊㄨˇ ❶土壤。❷黏土。

【泥腿】nítuǐ ㄋㄧˊ ㄊㄨㄟˇ 舊時對農民的輕蔑稱呼。也說泥腿子。

【泥瓦匠】níwǎjiàng ㄋㄧˊ ㄨㄚˇ ㄐㄧㄤˋ 做砌磚、蓋瓦等工作的建築工人。也叫泥水匠。

【泥岩】níyán ㄋㄧˊ ㄧㄢˊ 一種黏土岩，厚而不分層，較黏土結實。

【泥雨】níyǔ ㄋㄧˊ ㄩˇ 水滴中含有大量塵土微粒的雨。

【泥沼】nízhǎo ㄋㄧˊ ㄓㄠˇ 爛泥坑。也用於比喻。

【泥足巨人】nízú jùrén ㄋㄧˊ ㄗㄨˊ ㄐㄩˋ ㄖㄣˊ 比喻實際非常虛弱的龐然大物。

怩 ní ㄋㄧˊ 見847頁［忸怩］(niǔní)。

倪 ní ㄋㄧˊ ❶見285頁〖端倪〗。❷(Ní)姓。

猊 ní ㄋㄧˊ 見1094頁［狻猊］(suānní)。

婗 ní ㄋㄧˊ 見1347頁［嫛婗］(yīní)。

鈮（铌） ní ㄋㄧˊ 金屬元素，符號Nb (niobium)。灰白色，質硬，有超導性，用來製耐高溫合金、電子管等。

蜺 ní ㄋㄧˊ 〈書〉❶寒蟬。❷同‘霓’。

輗（輗） ní ㄋㄧˊ 古代大車轅端與橫木相接的關鍵。

霓（蜺） ní ㄋㄧˊ 大氣中有時跟虹同時出現的一種光的現象。形成的原因和虹相同，只是光綫在水珠中的反射比形成虹時多了一次，彩帶排列的順序和虹相反，紅色在內，紫色在外。顏色比虹淡。也叫副虹。參看473頁‘虹’(hóng)。

【霓虹燈】níhóngdēng ㄋㄧˊ ㄏㄨㄥˊ ㄉㄥ 燈的一種，在真空玻璃管裏充入氖或氬等惰性氣體，兩端安裝電極，通電後發出紅、藍等顏色的光。多用做廣告燈或信號燈。［霓虹，英neon］

鯢（鲵） ní ㄋㄧˊ 大鯢、小鯢的統稱。

麑 ní ㄋㄧˊ 古書上指小鹿。

齯（齯） ní ㄋㄧˊ 〈書〉老年人牙齒落盡後重生的細齒，古時作為長壽的象徵。

nǐ (ㄋㄧˇ)

你 nǐ ㄋㄧˇ 代詞。❶稱對方（一個人）。注意 有時也用來指稱‘你們’，如：你校｜你局｜你軍。❷泛指任何人（有時實際上指我）：他的才學叫你不得不佩服｜這孩子要我給他買手風琴，一天三番五次地老跟你在這個問題上兜圈子。注意 '你'跟'我'或'他'配合，表示'這個…'和'那個…'的意思：三個人你看看我，我看看你，誰也沒説話｜你一條，他一條，一共提出了五六十條建議。

【你們】nǐ·men ㄋㄧˇ·ㄇㄣ 代詞，稱不止一個人的對方或包括對方在內的若干人：你們歇一會兒，讓我們接着幹｜你們幾個誰年齡大？

【你死我活】nǐ sǐ wǒ huó ㄋㄧˇ ㄙˇ ㄨㄛˇ ㄏㄨㄛˊ 形容鬥爭非常激烈。

旎 nǐ ㄋㄧˇ 見1354頁［旖旎］(yǐnǐ)。

儗 nǐ ㄋㄧˇ 〈書〉同'擬'。

擬（拟） nǐ ㄋㄧˇ ❶設計；起草：擬了一個計劃草案。❷打算；想要：擬於明天起程。❸模仿：擬態｜模擬。❹相比：比擬｜擬於不倫。❺猜測；假設：虛擬。

【擬定】nǐdìng ㄋㄧˇ ㄉㄧㄥˋ ❶起草制定：擬定遠景規劃。❷揣測斷定。

【擬訂】nǐdìng ㄋㄧˇ ㄉㄧㄥˋ 草擬：擬訂計劃｜擬訂方案。

【擬稿】nǐ∥gǎo ㄋㄧˇ∥ㄍㄠˇ (擬稿兒)起草稿子(多指公文)：校長親自擬稿呈報上級｜秘書擬了一個稿兒。

【擬古】nǐgǔ ㄋㄧˇ ㄍㄨˇ 模仿古代的風格、藝術形式：擬古之作。

【擬人】nǐrén ㄋㄧˇ ㄖㄣˊ 修辭方式，把事物人格化。例如童話裏的動物能説話。

【擬態】nǐtài ㄋㄧˇ ㄊㄞˋ 某些動物的形態、斑紋、顏色等跟另外一種動物、植物或周圍自然界的物體相似，藉以保護自身，免受侵害的現象。在昆蟲中擬態最多，如木葉蝶的外形像枯葉，竹節蟲的身體像竹節。

【擬議】nǐyì ㄋㄧˇ ㄧˋ ❶事先的考慮：事實證明了他的擬議是完全正確的。❷草擬：小組一致通過了他所擬議的學習計劃。

【擬音】nǐyīn ㄋㄧˇ ㄧㄣ 影視片製作、戲曲表演中模擬自然界和社會生活中的各種音響效果，如雷聲、馬蹄聲等。

【擬於不倫】nǐ yú bù lún ㄋㄧˇ ㄩˊ ㄅㄨˋ ㄌㄨㄣˊ 拿不能相比的人或事物來比方。

【擬作】nǐzuò ㄋㄧˇ ㄗㄨㄛˋ 模仿別人的風格或假託別人的口吻而寫的作品。

薿〔薿〕 nǐ ㄋㄧˇ ［薿薿］〈書〉形容茂盛：黍稷薿薿。

nì（ㄋㄧˋ）

伲 nì ㄋㄧˋ 〈方〉我；我們。

泥 nì ㄋㄧˋ ❶用土、灰等塗抹牆壁或器物：泥牆｜把爐子泥一泥｜窗戶玻璃的四周都用油灰泥上。❷固執：拘泥｜泥古。

另見837頁 ní。

【泥古】nìgǔ ㄋㄧˋ ㄍㄨˇ 拘泥古代的制度或説法，不知結合具體情況加以變通：泥古不化。

【泥子】nì·zi ㄋㄧˋ·ㄗ 油漆木器或鐵器時為了使表面平整而塗抹的泥狀物，通常用桐油、石膏、松香等製成。也作膩子。

昵（暱） nì ㄋㄧˋ 親熱：親昵。

【昵稱】nìchēng ㄋㄧˋ ㄔㄥ 表示親昵的稱呼。

匿〔匿〕 nì ㄋㄧˋ 隱藏；不讓人知道：隱匿｜匿名｜匿居深山｜匿影藏形。

【匿藏】nìcáng ㄋㄧˋ ㄘㄤˊ 隱藏；藏匿：匿藏逃犯｜匿藏槍支彈藥。

【匿迹】nìjì ㄋㄧˋ ㄐㄧˋ 躲藏起來，不露形迹：銷聲匿迹｜匿迹海外。

【匿名】nìmíng ㄋㄧˋ ㄇㄧㄥˊ 不具名或不寫真實姓名：匿名信。

【匿名信】nìmíngxìn ㄋㄧˋ ㄇㄧㄥˊ ㄒㄧㄣˋ 不具名或不寫真實姓名的信，多是為了達到攻訐、恐嚇、欺騙等目的而寫的。

【匿影藏形】nì yǐng cáng xíng ㄋㄧˋ ㄧㄥˇ ㄘㄤˊ ㄒㄧㄥˊ 隱藏形迹，不露真相。也説匿影潛形。

逆 nì ㄋㄧˋ ❶向着相反的方向(跟'順'相對)：逆風｜逆流｜逆定理｜倒行逆施。❷抵觸；不順從：忤逆｜逆耳｜順者昌，逆者亡。❸不順當：逆境。❹背叛者：叛逆｜逆產。❺〈書〉迎接：逆旅｜逆戰。❻事先：逆料｜逆知。

【逆差】nìchā ㄋㄧˋ ㄔㄚ 對外貿易上輸入超過輸出的貿易差額(跟'順差'相對)。

【逆產】[1] nìchǎn ㄋㄧˋ ㄔㄢˇ 背叛國家民族的人的財產：抄沒逆產。

【逆產】[2] nìchǎn ㄋㄧˋ ㄔㄢˇ (婦女)生產時胎兒的腳先出來。也叫倒產(dàochǎn)。

【逆定理】nìdìnglǐ ㄋㄧˋ ㄉㄧㄥˋ ㄌㄧˇ 將某一定理的條件和結論互換所得的定理就是原來定理的逆定理。如：'在一個三角形中，如果兩條邊相等，它們所對的角也相等'，它的逆定理是'在一個三角形中，如果兩個角相等，則它們所對的邊也相等'。

【逆耳】nì'ěr ㄋㄧˋ ㄦˇ (某些尖鋭中肯的話)聽起來使人感到不舒服：忠言逆耳｜逆耳之言。

【逆反】nìfǎn ㄋㄧˋ ㄈㄢˇ 一種心理現象，對事情所作的反應跟當事人的意願或多數人的反應完全相反。如有的人的逆反心理表現為別人都反對的事，他偏要贊成；越是不希望他做的事，他越是要做。

【逆反應】nìfǎnyìng ㄋㄧˋ ㄈㄢˇ ㄧㄥˋ 通常指向反應物方向進行的化學反應。

【逆風】nì∥fēng ㄋㄧˋ∥ㄈㄥ 迎面對着風：揚場時不要站在逆風的位置。

【逆風】nìfēng ㄋㄧˋ ㄈㄥ 跟行進方向相反的風：遇上了逆風，船就走不快了。

【逆光】nìguāng ㄋㄧˋ ㄍㄨㄤ 攝影時利用光綫的一種方法。光綫從被攝物體的背後(即對着攝影機鏡頭)而來，運用逆光對勾畫物體輪廓和表現透明的或毛茸茸的物體，效果較好。

【逆境】nìjìng ㄋㄧˋ ㄐㄧㄥˋ 不順利的境遇：身處逆境。

【逆來順受】nì lái shùn shòu ㄋㄧˋ ㄌㄞˊ ㄕㄨㄣˋ ㄕㄡˋ 對惡劣的環境或無理的待遇採取忍受的態度。

【逆料】nìliào ㄋㄧˋ ㄌㄧㄠˋ 預料：事態的發展不難逆料。

【逆流】nìliú ㄋㄧˋ ㄌㄧㄡˊ ❶逆着水流方向：逆流而上。❷跟主流方向相反的水流，用來比喻反動的潮流。

【逆旅】nìlǚ ㄋㄧˋ ㄌㄩˇ 〈書〉旅館。

【逆水】nì∥shuǐ ㄋㄧˋ∥ㄕㄨㄟˇ (行進的方向)跟水流方向相反(跟'順水'相對)。

【逆水行舟】nì shuǐ xíng zhōu ㄋㄧˋ ㄕㄨㄟˇ ㄒㄧㄥˊ ㄓㄡ 諺語：'逆水行舟，不進則退。'比喻學習或做事就好像逆水行船，不努力就要退步。

【逆向】nìxiàng ㄋㄧˋ ㄒㄧㄤˋ 反着原來的或規定的方向：逆向行駛。

【逆行】nìxíng ㄋㄧˋ ㄒㄧㄥˊ (車輛等)反着規定的方向走：單行綫，車輛不得逆行。

【逆序】nìxù ㄋㄧˋ ㄒㄩˋ 排列的次序跟通常的相反：逆序編排｜逆序詞典。也說倒序。

【逆運算】nìyùnsuàn ㄋㄧˋ ㄩㄣˋ ㄙㄨㄢˋ 在一個等式中，用相反的運算方法，從得數求出原式中某一個數的方法。如在2+4=6的等式中，可以用減號由得數6求出該式中的加數2或加數4。

【逆轉】nìzhuǎn ㄋㄧˋ ㄓㄨㄢˇ 向相反的方向或壞的方面轉變；倒轉：局勢逆轉｜自然規律不可逆轉。

【逆子】nìzǐ ㄋㄧˋ ㄗˇ 忤逆不孝的兒子。

埦 nì ㄋㄧˋ 見878頁[埤埦](pìnì)。

惄 nì ㄋㄧˋ 〈書〉憂思。

睨 nì ㄋㄧˋ 〈書〉斜着眼睛看：睥睨｜睨視。

溺 nì ㄋㄧˋ ❶淹沒在水裏：溺死。❷沈迷不悟；過分：溺信｜溺愛。

另見843頁 niào。

【溺愛】nì'ài ㄋㄧˋ ㄞˋ 過分寵愛(自己的孩子)。

【溺水】nìshuǐ ㄋㄧˋ ㄕㄨㄟˇ 淹沒在水裏：溺水身亡。

【溺嬰】nìyīng ㄋㄧˋ ㄧㄥ 把剛生下來的嬰兒淹死叫溺嬰。

檷〔檷〕 nì ㄋㄧˋ [檷木](nìmù ㄋㄧˋ ㄇㄨˋ)八角楓。

䘌〔䘌〕(䘌) nì ㄋㄧˋ 中醫指蟲咬的病。參看1364頁〖陰䘌〗。

膩(膩) nì ㄋㄧˋ ❶食品中油脂過多，使人不想吃：油膩｜燉肉有點膩｜肥肉膩人。❷膩煩；厭煩：膩得慌｜他那些話我都聽膩了。❸細緻：細膩。❹黏：油搌布沾手很膩◇膩友。❺污垢：塵膩｜垢膩。

【膩煩】nì·fan ㄋㄧˋ ·ㄈㄢ ❶因次數過多或時間過長而感覺厭煩：老哼這個小曲兒你不覺得膩煩嗎？｜等了半天還不見人來，他心裏有點兒膩煩了。❷厭惡：他那身打扮，真叫人膩煩。

【膩歪】nì·wai ㄋㄧˋ ·ㄨㄞ 〈方〉膩煩。

【膩味】nì·wei ㄋㄧˋ ·ㄨㄟ 〈方〉膩煩。

【膩友】nìyǒu ㄋㄧˋ ㄧㄡˇ 〈書〉親密的朋友。

【膩子】nì·zi ㄋㄧˋ ·ㄗ 同'泥子'(nì·zi)。

niān (ㄋㄧㄢ)

拈 niān ㄋㄧㄢ 用兩三個手指頭夾取(東西)；捏：拈鬮兒｜拈弓搭箭｜從罐子裏拈出一塊糖◇拈輕怕重。

【拈花惹草】niān huā rě cǎo ㄋㄧㄢ ㄏㄨㄚ ㄖㄜˇ ㄘㄠˇ 指男子亂搞男女關係或狎妓。也說惹草拈花。

【拈鬮兒】niān∥jiūr ㄋㄧㄢ∥ㄐㄧㄡㄦ 抓鬮兒。

【拈輕怕重】niān qīng pà zhòng ㄋㄧㄢ ㄑㄧㄥ ㄆㄚˋ ㄓㄨㄥˋ 接受工作時挑揀輕易的，害怕繁重的。

【拈香】niānxiāng ㄋㄧㄢ ㄒㄧㄤ 信神佛的人到廟裏燒香。

蔫〔蔫〕 niān ㄋㄧㄢ ❶花木、水果等因失去所含的水分而萎縮：常澆水，別讓花兒蔫了｜蘋果擱蔫了，皺皺巴巴的。❷精神不振：孩子有些蔫，像是生病了。❸〈方〉(性子)慢；不爽利：蔫性子｜別看他人蔫，卻很有主見。

【蔫不唧】niān·bujī ㄋㄧㄢ ·ㄅㄨ ㄐㄧ 〈方〉(蔫不唧兒的)❶形容人情緒低落、精神不振的樣子：他這兩天老那麼蔫不唧的，是不是哪兒不舒服了？❷不聲不響；悄悄：我還想跟他說話，沒想到他蔫不唧地走了。

【蔫呼呼】niānhūhū ㄋㄧㄢ ㄏㄨ ㄏㄨ (蔫呼呼的)形容人性子慢，做事不乾脆利索。

【蔫兒壞】niānrhuài ㄋㄧㄢㄦ ㄏㄨㄞˋ 指人慣於暗中使壞：這個人蔫兒壞，你要留神。

【蔫頭耷腦】niān tóu dā nǎo ㄋㄧㄢ ㄊㄡˊ ㄉㄚ ㄋㄠˇ (蔫頭耷腦的)形容耷拉着腦袋，沒精打采的樣子：他幹了一天的活，累得蔫頭耷腦的，連句話也不願意說◇地裏的茄秧被曬得蔫頭耷腦的。

nián (ㄋㄧㄢˊ)

年(秊) nián ㄋㄧㄢˊ ❶時間的單位，公曆1年是地球繞太陽一週的時間，平年365日，閏年366日，每4年有1個閏年：今年｜去年｜三年五載。注意前邊直接加數詞，不用量詞。❷每年的：年會｜年鑒｜年產量。❸歲數：年紀｜年齡｜忘年交｜益壽延年。❹一生中按年齡劃分的階段：童年｜幼年｜少年｜青年｜中年｜老年。❺時期；時代：近年｜明朝末年｜光緒年間。❻一年中莊稼的收成：年成｜年景｜豐年｜歉年。❼年節：新年｜過年｜給大家拜年。❽有關年節的(用品)：年糕｜年貨｜年畫。❾科舉時代同年登科的關係：年兄｜年誼｜同年。❿(Nián)姓。

【年輩】niánbèi ㄋㄧㄢˊ ㄅㄟˋ 年齡和輩分：年輩相當。

【年表】niánbiǎo ㄋㄧㄢˊ ㄅㄧㄠˇ 將重大歷史事件按年月編排的表格。

【年菜】niáncài ㄋㄧㄢˊ ㄘㄞˋ 過農曆年時做的比平日豐盛的蔬菜魚肉等食品。

【年成】nián·cheng ㄋㄧㄢˊ ·ㄔㄥ 一年的收成：年成不壞｜今年是個好年成。

【年齒】niánchǐ ㄋㄧㄢˊ ㄔˇ 〈書〉年紀：年齒漸長(zhǎng)。

【年初】niánchū ㄋㄧㄢˊ ㄔㄨ 一年的開頭幾天。

【年代】niándài ㄋㄧㄢˊ ㄉㄞˋ ❶時代；時期；時間(多指過去較遠的)：年代久遠｜黑暗年代｜這件古董恐怕有年代了。❷每一世紀中從'…十'到'…九'的十年，如1990－1999是二十世紀九十年代。

【年底】niándǐ ㄋㄧㄢˊ ㄉㄧˇ 一年的最後幾天。

【年度】niándù ㄋㄧㄢˊ ㄉㄨˋ 根據業務性質和需要而有一定起訖日期的十二個月：會計年度｜財政年度｜年度計劃｜年度預算。

【年飯】niánfàn ㄋㄧㄢˊ ㄈㄢˋ 農曆除夕全家人團聚在一起吃的飯。

【年份】niánfèn ㄋㄧㄢˊ ㄈㄣˋ ❶指某一年：這兩筆開支不在一個年份。❷經歷年代的長短：這件瓷器的年份比那件久。

【年富力強】nián fù lì qiáng ㄋㄧㄢˊ ㄈㄨˋ ㄌㄧˋ ㄑㄧㄤˊ 年紀輕，精力旺盛(富：指未來的年歲多)。

【年高德劭】nián gāo dé shào ㄋㄧㄢˊ ㄍㄠ ㄉㄜˊ ㄕㄠˋ 年紀大，品德好。

【年糕】niángāo ㄋㄧㄢˊ ㄍㄠ 用黏性大的米或米粉蒸成的糕，是農曆年的應時食品。

【年根】niángēn ㄋㄧㄢˊ ㄍㄣ (年根兒)年底。

【年庚】niángēng ㄋㄧㄢˊ ㄍㄥ 指一個人出生的年月日時。

【年關】niánguān ㄋㄧㄢˊ ㄍㄨㄢ 年底。舊例在農曆年底結賬，欠租、負債的人覺得過年像過關一樣難，所以稱為年關。

【年光】niánguāng ㄋㄧㄢˊ ㄍㄨㄤ ❶年華；時光：年光易逝。❷年成；年景：今年年光不好。❸〈方〉年頭兒：那年光，不得不靠借債過日子。

【年號】niánhào ㄋㄧㄢˊ ㄏㄠˋ 紀年的名稱，多指帝王用的，如'貞觀'是唐太宗(李世民)的年號，現在也指公元紀年。

【年華】niánhuá ㄋㄧㄢˊ ㄏㄨㄚˊ 時光；年歲：虛度年華｜年華方富(年輕有望)。

【年畫】niánhuà ㄋㄧㄢˊ ㄏㄨㄚˋ 民間過農曆年時，張貼的表現歡樂吉慶氣象的圖畫。

【年會】niánhuì ㄋㄧㄢˊ ㄏㄨㄟˋ (社會團體等)一年一度舉行的集會。

【年貨】niánhuò ㄋㄧㄢˊ ㄏㄨㄛˋ 過農曆年時的應時物品，如糕點、年畫、花炮等。

【年級】niánjí ㄋㄧㄢˊ ㄐㄧˊ 學校中依據學生修業年限分成的班級，如規定小學修業年限為幾年，學校中就編為幾個年級。

【年紀】niánjì ㄋㄧㄢˊ ㄐㄧˋ (人的)年齡；歲數：年紀輕｜小小年紀，懂得甚麼！

【年假】niánjià ㄋㄧㄢˊ ㄐㄧㄚˋ ❶寒假。❷過年期間放的假。

【年間】niánjiān ㄋㄧㄢˊ ㄐㄧㄢ 指在某個時期、某個年代內：唐宋年間｜明朝洪武年間。

【年鑒】niánjiàn ㄋㄧㄢˊ ㄐㄧㄢˋ 彙集截至出版年為止(着重最近一年)的各方面或某一方面的情況、統計等資料的參考書，如世界年鑒、經濟年鑒。

【年節】niánjié ㄋㄧㄢˊ ㄐㄧㄝˊ 農曆新年；春節。

【年饉】niánjǐn ㄋㄧㄢˊ ㄐㄧㄣˇ 〈方〉荒年。

【年景】niánjǐng ㄋㄧㄢˊ ㄐㄧㄥˇ ❶年成：好年景｜正常年景。❷過年的景象：一派熱鬧的年景。

【年來】niánlái ㄋㄧㄢˊ ㄌㄞˊ 一年以來；近年以來：年來這裏的旅遊業有很大的發展。

【年利】niánlì ㄋㄧㄢˊ ㄌㄧˋ 按年計算的利息。

【年曆】niánlì ㄋㄧㄢˊ ㄌㄧˋ 印有一年的月份、星期、日期、節氣等的印刷品：年曆卡片。

【年齡】niánlíng ㄋㄧㄢˊ ㄌㄧㄥˊ 人或動植物已經生存的年數：入學年齡｜退休年齡｜根據年輪可以知道樹木的年齡。

【年輪】niánlún ㄋㄧㄢˊ ㄌㄨㄣˊ 木本植物的主幹由於季節變化生長快慢不同，在木質部的斷面顯出的環形紋理。年輪的總數大體相當於樹的年齡。

【年邁】niánmài ㄋㄧㄢˊ ㄇㄞˋ 年紀老：年邁力衰。

【年貌】niánmào ㄋㄧㄢˊ ㄇㄠˋ 年歲和相貌：年貌相當。

【年譜】niánpǔ ㄋㄧㄢˊ ㄆㄨˇ 用編年體裁記載某個人生平事迹的著作。

【年青】niánqīng ㄋㄧㄢˊ ㄑㄧㄥ 處在青少年時期：年青的一代｜你正年青，應把精力用到學習上去。

【年輕】niánqīng ㄋㄧㄢˊ ㄑㄧㄥ 年紀不大(多指十幾歲至二十幾歲)：年輕人｜年輕力壯。

【年少】niánshào ㄋㄧㄢˊ ㄕㄠˋ ❶年輕：青春年少｜年少有為。❷青少年(多指男子)：翩翩年少｜英俊年少。

【年深日久】nián shēn rì jiǔ ㄋㄧㄢˊ ㄕㄣ ㄖˋ ㄐㄧㄡˇ 指時間久遠：這已經是年深日久的事情了。也說年深月久、年深歲久。

【年時】niánshí ㄋㄧㄢˊ ㄕˊ ❶〈方〉年頭兒②。❷〈書〉往年。

【年時】nián·shi ㄋㄧㄢˊ ·ㄕ 〈方〉去年：他們是年時才結婚的。

【年事】niánshì ㄋㄧㄢˊ ㄕˋ 〈書〉年紀：年事已高。

【年歲】niánsuì ㄋㄧㄢˊ ㄙㄨㄟˋ ❶年紀：他雖然上了年歲，幹起活來可不服老。❷年代；年頭兒：從前遇到荒旱年歲，就得出外逃荒｜因為年歲久遠，大家把這件事情忘了。❸〈方〉年成：他問了我家鄉的年歲如何。

【年頭兒】niántóur ㄋㄧㄢˊ ㄊㄡㄦˊ ❶年份：我到北京已經三個年頭兒了(前年到北京，前年、去年、今年是三個年頭兒)。❷多年的時間：他幹這一行，有年頭兒了。❸時代：這年頭兒可不興那一套了。❹年成：今年年頭兒好，麥子比去年多收兩三成。

【年尾】niánwěi ㄋㄧㄢˊ ㄨㄟˇ 年末；年終。

【年息】niánxī ㄋㄧㄢˊ ㄒㄧ 年利。

【年下】nián·xia ㄋㄧㄢˊ ·ㄒㄧㄚ 過農曆年的時候(多指年底和年初一段時間)。

【年限】niánxiàn ㄋㄧㄢˊ ㄒㄧㄢˋ 規定的或作為一般標準的年數：修業年限｜延長農具的使用年限。

【年薪】niánxīn ㄋㄧㄢˊ ㄒㄧㄣ 按年計算的工資。

【年夜】niányè ㄋㄧㄢˊ ㄧㄝˋ 農曆一年最後一天的夜晚：年夜飯。

【年月】nián·yue ㄋㄧㄢˊ ·ㄩㄝ ❶時代；年頭兒：戰爭年月。❷日子；歲月：漫長的年月。

【年終】niánzhōng ㄋㄧㄢˊ ㄓㄨㄥ 一年的末了：年終結賬｜年終鑒定。

【年資】niánzī ㄋㄧㄢˊ ㄗ 年齡和資歷：她是本醫院年資較高的醫生。

【年尊】niánzūn ㄋㄧㄢˊ ㄗㄨㄣ 年紀大：年尊輩長。

粘 nián ㄋㄧㄢˊ ❶同'黏'。❷(Nián)姓。另見1436頁 zhān。

黏 nián ㄋㄧㄢˊ 像糨糊或膠水等所具有的、能使一個物體附着在另一物體上的性質：黏液｜黏米｜膠水很黏。

【黏度】niándù ㄋㄧㄢˊ ㄉㄨˋ 液體或半流體流動難易的程度，越難流動的物質黏度越大，膠水、凡士林等都是黏度較大的物質。

【黏附】niánfù ㄋㄧㄢˊ ㄈㄨˋ 黏性的東西附着在其他物體上。

【黏合】niánhé ㄋㄧㄢˊ ㄏㄜˊ 黏性的東西使兩個或幾個物體粘(zhān)在一起：黏合劑。

【黏糊】nián·hu ㄋㄧㄢˊ ·ㄏㄨ ❶形容東西黏：大米粥裏頭加點兒白薯又黏糊又好吃｜他剛糊完窗戶，弄了黏黏糊糊的一手糨子。❷形容人行動緩慢，精神不振作：別看他平時很黏糊，有事的時候比誰都利索。‖也說黏糊糊、黏糊糊兒的(niánhūhur·de)。

【黏結】niánjié ㄋㄧㄢˊ ㄐㄧㄝˊ 黏合在一起：黏結力｜互相黏結。

【黏菌】niánjūn ㄋㄧㄢˊ ㄐㄩㄣ 介於動物和植物之間的微生物，形態各異，無葉綠素，多為腐生，少為寄生，是研究生物化學、遺傳學等的重要材料。

【黏米】niánmǐ ㄋㄧㄢˊ ㄇㄧˇ 〈方〉黍子。

【黏膜】niánmó ㄋㄧㄢˊ ㄇㄛˊ 口腔、氣管、胃、腸、尿道等器官裏面的一層薄膜，內有血管和神經，能分泌黏液。

【黏兒】niánr ㄋㄧㄚㄦˊ 〈方〉像糨糊或膠的半流體：棗黏兒｜松樹出黏兒了。

【黏土】niántǔ ㄋㄧㄢˊ ㄊㄨˇ 含沙粒很少，有黏性的土壤，養分較豐富，能保水、保肥，但通氣透水性差，耕種時需要改良。

【黏涎】nián·xian ㄋㄧㄢˊ ·ㄒㄧㄢ 〈方〉(說話、動作、表演等)不爽快；冗長而無味。

【黏涎子】niánxián·zi ㄋㄧㄢˊ ㄒㄧㄢˊ ·ㄗ 〈方〉人嘴裏的黏液。

【黏液】niányè ㄋㄧㄢˊ ㄧㄝˋ 人和動植物體內分泌出來的黏稠液體。

【黏着】niánzhuó ㄋㄧㄢˊ ㄓㄨㄛˊ 用膠質把物體固定在一起。

【黏着力】niánzhuólì ㄋㄧㄢˊ ㄓㄨㄛˊ ㄌㄧˋ 附着力。

【黏着語】niánzhuóyǔ ㄋㄧㄢˊ ㄓㄨㄛˊ ㄩˇ 詞的語法意義主要由加在詞根上的詞綴來表示的語言，如土耳其語、日語等。

鯰(鯰、鮎) nián ㄋㄧㄢˊ 鯰魚，身體表面多黏液，無鱗，背部蒼黑色，腹面白色，頭扁口闊，上下頜有4根鬚，尾圓而短，不分叉，背鰭小，臀鰭與尾鰭相連。生活在河湖池沼等處，白晝潛伏水底泥中，夜晚出來活動，吃小魚、貝類、蛙等。

niǎn (ㄋㄧㄢˇ)

涊 niǎn ㄋㄧㄢˇ 〈書〉形容出汗。

捻(撚) niǎn ㄋㄧㄢˇ ❶用手指搓：捻綫｜捻條繩子。❷(捻兒)捻子：紙捻兒｜燈捻兒。❸〈方〉罱：捻河泥。

【捻度】niǎndù ㄋㄧㄢˇ ㄉㄨˋ 在單位長度的紗中，纖維所捻成的迴旋數。紗的強度主要由捻度決定，一般捻度大強度也大。

【捻捻轉兒】niǎn·nianzhuànr ㄋㄧㄢˇ ·ㄋㄧㄢ ㄓㄨㄢˋ ㄦ 兒童玩具，用木頭或塑料等製成，扁圓形，中間有軸，一頭尖，玩時用手捻軸使旋轉。

【捻子】niǎn·zi ㄋㄧㄢˇ·ㄗ 用紙搓成的條狀物或用綫織成的帶狀物：藥捻子｜紙捻子。

輦(辇) niǎn ㄋㄧㄢˇ 古代用人拉的車，後來多指皇帝、皇后坐的車：龍車鳳輦。

碾(辗) niǎn ㄋㄧㄢˇ ❶碾子：石碾。❷滾動碾滾子等使穀物去皮、破碎，或使其他物體破碎、變平：碾米｜把鹽粒碾碎。❸〈書〉磨製；雕琢玉石。

'輾'另見1437頁 zhǎn。

【碾場】niǎn∥cháng ㄋㄧㄢˇ∥ㄔㄤˊ 〈方〉在場上軋穀物；打場。

【碾坊】niǎnfáng ㄋㄧㄢˇ ㄈㄤˊ 把穀物碾成米或麪的作坊。也作碾房。

【碾滾子】niǎngǔn·zi ㄋㄧㄢˇ ㄍㄨㄣˇ·ㄗ 碾子①的主要部分，是一個圓柱形的石頭，可以軋碎糧食或去掉糧食的皮。也叫碾砣。

【碾盤】niǎnpán ㄋㄧㄢˇ ㄆㄢˊ 承受碾滾子的石頭底盤。

【碾砣】niǎntuó ㄋㄧㄢˇ ㄊㄨㄛˊ 碾滾子。

【碾子】niǎn·zi ㄋㄧㄢˇ·ㄗ ❶軋碎穀物或去掉穀物皮的石製工具，由碾滾子和碾盤組成。❷泛指碾軋東西的工具：汽碾子｜藥碾子。

蹍 niǎn ㄋㄧㄢˇ 〈方〉踩。

攆(撵) niǎn ㄋㄧㄢˇ ❶驅逐；趕走：把他攆出去。❷〈方〉追趕：他走得快，我攆不上他。

niàn（ㄋㄧㄢˋ）

廿 niàn ㄋㄧㄢˋ 二十。

念1 niàn ㄋㄧㄢˋ ❶想念：惦念｜懷念｜你回來得正好，娘正念着你呢！❷念頭：雜念｜一念之差。❸(Niàn)姓。

念2 niàn ㄋㄧㄢˋ '廿'的大寫。

另見842頁 niàn'唸'。

【念叨】niàn·dao ㄋㄧㄢˋ·ㄉㄠ ❶因惦記或想念而在談話中提到：這位就是我們常念叨的老校長。❷〈方〉說；談論：我有個事兒跟大家念叨念叨。‖也作念道。

【念舊】niànjiù ㄋㄧㄢˋ ㄐㄧㄡˋ 不忘舊日的交情：要是他還念舊，應該出席這次聚會。

【念念不忘】niànniàn bù wàng ㄋㄧㄢˋ ㄋㄧㄢˋ ㄅㄨˋ ㄨㄤˋ 牢記在心，時刻不忘：他所念念不忘的是祖國的命運和民族的前途。

【念頭】niàn·tou ㄋㄧㄢˋ·ㄊㄡ 心裏的打算：轉念頭｜邪惡的念頭。

【念物】niàn·wù ㄋㄧㄢˋ·ㄨˋ 紀念品：這本畫冊送給你做個念物吧。

【念心兒】niàn·xinr ㄋㄧㄢˋ·ㄒㄧㄣㄦ 〈方〉紀念品。

埝 niàn ㄋㄧㄢˋ 田裏或淺水裏用來擋水的土埂：堤埝。

唸(念) niàn ㄋㄧㄢˋ ❶讀①：唸信｜唸口訣｜他把上級的指示唸給大家聽。❷讀③：他唸過中學。

'念'另見842頁 niàn。

【唸白】niànbái ㄋㄧㄢˋ ㄅㄞˊ 道白。

【唸佛】niànfó ㄋㄧㄢˋ ㄈㄛˊ 信佛的人唸'阿彌陀佛'或'南無(nāmó)阿彌陀佛'：吃齋唸佛｜誦經唸佛。

【唸經】niàn∥jīng ㄋㄧㄢˋ∥ㄐㄧㄥ 信仰宗教的人朗讀或背誦經文。

【唸唸有詞】niànniàn yǒu cí ㄋㄧㄢˋ ㄋㄧㄢˋ ㄧㄡˇ ㄘˊ ❶舊時迷信的人小聲唸咒語或說祈禱的話。❷指人不停地自言自語。

【唸書】niàn∥shū ㄋㄧㄢˋ∥ㄕㄨ 讀書。

【唸珠】niànzhū ㄋㄧㄢˋ ㄓㄨ (唸珠兒)數珠(shùzhū)。

niáng（ㄋㄧㄤˊ）

娘(孃) niáng ㄋㄧㄤˊ ❶母親：爹娘｜親娘。❷稱長一輩或年長的已婚婦女：大娘｜嬸娘。❸年輕婦女：漁娘｜新娘。

【娘家】niáng·jia ㄋㄧㄤˊ·ㄐㄧㄚ 已婚女子的自己父母的家(區別於'婆家')：回娘家。

【娘舅】niángjiù ㄋㄧㄤˊ ㄐㄧㄡˋ 〈方〉舅父。

【娘娘】niáng·niang ㄋㄧㄤˊ·ㄋㄧㄤ ❶指皇后或貴妃：正宮娘娘。❷信神的人稱呼女神：娘娘廟。

【娘兒】niángr ㄋㄧㄤㄦˊ 長輩婦女和男女晚輩合稱，如母親和子女、姑母和侄子侄女(後面必帶數量詞)：娘兒倆｜娘兒三個合計了半天，才想出一個好主意來。

【娘兒們】niángr·men ㄋㄧㄤㄦˊ·ㄇㄣ ❶長輩婦女和男女晚輩合稱。❷〈方〉稱成年婦女(含輕蔑意，可以用於單數)。❸〈方〉妻子。

【娘胎】niángtāi ㄋㄧㄤˊ ㄊㄞ 懷着胎兒的母體。人尚未出生，說'在娘胎裏'；已經出生，說'出了娘胎'；生來就具有某種特徵，說'從娘胎帶來的'。

【娘姨】niángyí ㄋㄧㄤˊ ㄧˊ 〈方〉保姆；女傭人。

【娘子】niáng·zǐ ㄋㄧㄤˊ·ㄗˇ ❶〈方〉妻子。❷尊稱青年或中年婦女(多見於早期白話)。

【娘子軍】niáng·zǐjūn ㄋㄧㄤˊ·ㄗˇ ㄐㄩㄣ 隋末李淵的女兒統率的軍隊號稱娘子軍，後用來泛稱由女子組成的隊伍。

niàng（ㄋㄧㄤˋ）

釀(酿) niàng ㄋㄧㄤˋ ❶釀造：釀酒。❷蜜蜂做蜜：釀蜜。❸逐漸形成：釀成大禍。❹烹調方法，將肉、魚、蝦等剁碎做成的餡填或塞入掏空的柿子椒、冬瓜等，然後用油煎或蒸。❺酒：佳釀。

【釀酶】niàngméi ㄋㄧㄤˋ ㄇㄟˊ 酵母中引起酒精發酵的酶的總稱。

【釀母菌】niàngmǔjūn ㄋㄧㄤˋ ㄇㄨˇ ㄐㄩㄣ 酵母。

【釀熱物】niàngrèwù ㄋㄧㄤˋ ㄖㄜˋ ㄨˋ 發酵時能產生熱的有機物，如牛馬糞、稻草、麥秸、玉米秸、草葉等。用來為溫牀加熱。

【釀造】niàngzào ㄋㄧㄤˋ ㄗㄠˋ 利用發酵作用製造(酒、醋、醬油等)。

niǎo (ㄋㄧㄠˇ)

鳥(鸟) niǎo ㄋㄧㄠˇ 脊椎動物的一綱，體溫恒定，卵生，嘴內無齒，全身有羽毛，胸部有龍骨突起，前肢變成翼，後肢能行走。一般的鳥都會飛，也有的兩翼退化，不能飛行。燕、鷹、雞、鴨、駝鳥等都屬於鳥類。

另見263頁 diǎo。

【鳥害】niǎohài ㄋㄧㄠˇ ㄏㄞˋ 農作物或農產品由於鳥群啄食造成的損害。

【鳥盡弓藏】niǎo jìn gōng cáng ㄋㄧㄠˇ ㄐㄧㄣˋ ㄍㄨㄥ ㄘㄤˊ 比喻事情成功以後，把曾經出過力的人一腳踢開。參看1159頁〖兔死狗烹〗。

【鳥瞰】niǎokàn ㄋㄧㄠˇ ㄎㄢˋ ❶從高處往下看：登上西山，可以鳥瞰整個京城。❷事物的概括描寫：世界大勢鳥瞰。

【鳥槍】niǎoqiāng ㄋㄧㄠˇ ㄑㄧㄤ ❶打鳥用的火槍。❷氣槍。

【鳥槍換炮】niǎoqiāng huàn pào ㄋㄧㄠˇ ㄑㄧㄤ ㄏㄨㄢˋ ㄆㄠˋ 比喻情況有很大的好轉或條件有很大的改善。

【鳥兒】niǎor ㄋㄧㄠㄦˇ 指較小的能飛行的鳥。

【鳥獸散】niǎo shòu sàn ㄋㄧㄠˇ ㄕㄡˋ ㄙㄢˋ 比喻成群的人紛紛散去(含貶義)：如鳥獸散｜作鳥獸散。

【鳥語花香】niǎo yǔ huā xiāng ㄋㄧㄠˇ ㄩˇ ㄏㄨㄚ ㄒㄧㄤ 鳥兒叫，花兒飄香，多形容春天媚人的景象：桃紅柳綠，鳥語花香。

【鳥葬】niǎozàng ㄋㄧㄠˇ ㄗㄤˋ 天葬。

嫋(袅、嬝、嫋) niǎo ㄋㄧㄠˇ 細長柔弱：嫋娜。

【嫋嫋】niǎoniǎo ㄋㄧㄠˇ ㄋㄧㄠˇ ❶形容烟氣繚繞上升：炊烟嫋嫋｜嫋嫋騰騰的烟霧。❷形容細長柔軟的東西隨風擺動：垂楊嫋嫋。❸形容聲音延長不絕：餘音嫋嫋。

【嫋嫋婷婷】niǎoniǎotíngtíng ㄋㄧㄠˇ ㄋㄧㄠˇ ㄊㄧㄥˊ ㄊㄧㄥˊ 〈書〉形容女子走路體態輕盈。

【嫋娜】niǎonuó ㄋㄧㄠˇ ㄋㄨㄛˊ (舊讀 niǎonuǒ ㄋㄧㄠˇ ㄋㄨㄛˇ)〈書〉❶形容草木柔軟細長：春風吹着嫋娜的柳絲。❷形容女子姿態優美。

【嫋繞】niǎorào ㄋㄧㄠˇ ㄖㄠˋ 〈書〉繚繞不斷：歌聲嫋繞。

蔦〔蔦〕(茑) niǎo ㄋㄧㄠˇ 落葉小喬木，莖略能爬蔓，葉子掌狀分裂，略作心臟形，表面有柔毛，花帶綠色，果實球形。生長在四川等地的深山中。

褭(袅) niǎo ㄋㄧㄠˇ 〈書〉同'嫋'。

嬲 niǎo ㄋㄧㄠˇ 〈書〉❶戲弄。❷糾纏。

niào (ㄋㄧㄠˋ)

尿 niào ㄋㄧㄠˋ ❶人或動物體內，由腎臟產生，從尿道排泄出來的液體。❷撒尿：尿尿。

另見1096頁 suī。

【尿布】niàobù ㄋㄧㄠˋ ㄅㄨˋ 包裹嬰兒身體下部或鋪在嬰兒牀上接尿用的布。有的地區叫褯子(jiè·zi)。

【尿牀】niào//chuáng ㄋㄧㄠˋ// ㄔㄨㄤˊ 在牀上遺尿。

【尿道】niàodào ㄋㄧㄠˋ ㄉㄠˋ 把尿輸出體外的管子，自膀胱通向體外，有括約肌控制開閉。(圖見794頁〖泌尿器〗)

【尿肥】niàoféi ㄋㄧㄠˋ ㄈㄟˊ 用做肥料的尿，含氮較多。

【尿炕】niào//kàng ㄋㄧㄠˋ// ㄎㄤˋ 在炕上遺尿。

【尿素】niàosù ㄋㄧㄠˋ ㄙㄨˋ 有機化合物，化學式 $CO(NH_2)_2$。無色晶體，溶於水，人尿中約含有2%。用做肥料、飼料等，也用於製造炸藥、塑料。也叫脲(niào)。

【尿血】niào//xiě ㄋㄧㄠˋ// ㄒㄧㄝˇ 尿中帶血或只排血液而沒有尿。

脲 niào ㄋㄧㄠˋ 尿素。

溺 niào ㄋㄧㄠˋ 同'尿'(niào)。

另見839頁 nì。

niē (ㄋㄧㄝ)

捏(揑) niē ㄋㄧㄝ ❶用拇指和別的手指夾：捏住這支筆｜把米裏的蟲子捏出來◇命捏在人家手裏。❷用手指把軟東西弄成一定的形狀：捏泥人兒｜捏餃子。❸使合在一起：捏合｜兩人性格不合，捏不到一塊兒去。❹故意把非事實說成是事實：捏造。

【捏合】niēhé ㄋㄧㄝ ㄏㄜˊ ❶使合在一起。❷憑空虛造；捏造(多見於早期白話)。

【捏積】niējī ㄋㄧㄝ ㄐㄧ 中醫指用手捏小兒的脊柱兩旁以治療消化不良、腹瀉等疾病。

【捏弄】niē·nong ㄋㄧㄝ ·ㄋㄨㄥ ❶用手來回捏：說話時，她下意識地捏弄着胸前的紐釦。❷擺佈；要弄：我們得自己拿主意，不能由着他們捏弄。❸私下裏商量：這事他倆一捏弄，就那麼辦了。❹編造；捏造。

【捏一把汗】niē yī bǎ hàn ㄋㄧㄝ ㄧ ㄅㄚˇ ㄏㄢˋ 因擔心而手心出汗，形容心情極度緊張：雜技演員表演走鋼絲，觀眾都替他捏一把汗。也說捏把汗。

【捏造】niēzào ㄋㄧㄝ ㄗㄠˋ 假造事實：捏造罪名。

nié (ㄋㄧㄝˊ)

苶〔苶〕 nié ㄋㄧㄝˊ 疲倦；精神不振：發苶｜疲苶｜他今天有點苶。

niè (ㄋㄧㄝˋ)

乜 Niè ㄋㄧㄝˋ 姓。另見801頁 miē。

臬 niè ㄋㄧㄝˋ 〈書〉❶射箭的目標；靶子。❷古代測日影的標杆。❸法度；標準。

【臬兀】nièwù ㄋㄧㄝˋ ㄨˋ 同'鯢卼'(nièwù)。

涅 niè ㄋㄧㄝˋ 〈書〉❶可做黑色染料的礬石。❷染黑。

【涅而不緇】niè ér bù zī ㄋㄧㄝˋ ㄦˊ ㄅㄨˋ ㄗ 用涅染也染不黑。比喻品格高尚，不受外界污染(語出《論語．陽貨》)。

【涅槃】nièpán ㄋㄧㄝˋ ㄆㄢˊ 佛教用語，指所幻想的超脱生死的境界，也用做'死'(指佛或僧人)的代稱。[梵 nirvāna]

隉(隉) niè ㄋㄧㄝˋ 見1213頁〖杌隉〗(wùniè)。

苶〔苶〕 niè ㄋㄧㄝˋ 見249頁〖地苶〗。

嵲 niè ㄋㄧㄝˋ 見266頁〔嵽嵲〕(diéniè)。

槷 niè ㄋㄧㄝˋ 〈書〉❶箭靶子的中心。❷古代測日影的標杆。

鯢 niè ㄋㄧㄝˋ 〔鯢卼〕(nièwù ㄋㄧㄝˋ ㄨˋ)〈書〉不安定。也作臬兀。

聶(聂) Niè ㄋㄧㄝˋ 姓。

嚙(啮、齧、囓) niè ㄋㄧㄝˋ 〈書〉(鼠、兔等動物)用牙啃或咬。

【嚙合】nièhé ㄋㄧㄝˋ ㄏㄜˊ 上下牙齒咬緊；像上下牙齒那樣咬緊：兩個齒輪嚙合在一起。

【嚙噬】nièshì ㄋㄧㄝˋ ㄕˋ 咬，比喻折磨：失子的悲痛，嚙噬着母親的心。

鎳(镍) niè ㄋㄧㄝˋ 金屬元素，符號 Ni (niccolum)。銀白色，質堅韌，延展性強，有磁性，在常溫中不跟空氣中的氧起作用，用來製特種鋼和其他合金、催化劑等，也用於電鍍。

【鎳幣】nièbì ㄋㄧㄝˋ ㄅㄧˋ 鎳質的貨幣。

孼〔孼〕(孽) niè ㄋㄧㄝˋ ❶邪惡：妖孼。❷罪惡：造孼｜罪孼。❸〈書〉不忠或不孝：孼臣｜孼子。

【孼根】niègēn ㄋㄧㄝˋ ㄍㄣ 罪惡的根源；禍根：孼根未除。

【孼海】nièhǎi ㄋㄧㄝˋ ㄏㄞˇ 業海。

【孼障】nièzhàng ㄋㄧㄝˋ ㄓㄤˋ 業障。

【孼種】nièzhǒng ㄋㄧㄝˋ ㄓㄨㄥˇ ❶禍根。❷舊時長輩罵不肖子弟為孼種。

蘖〔蘖〕 niè ㄋㄧㄝˋ 樹枝砍去後又長出來的新芽。泛指植物由莖的基部長出的分枝。

【蘖枝】nièzhī ㄋㄧㄝˋ ㄓ 植物分蘖時長出來的分枝。

籋(䇲) niè ㄋㄧㄝˋ 〈書〉同'鑷'。

囁(嗫) niè ㄋㄧㄝˋ 〔囁嚅〕(nièrú ㄋㄧㄝˋ ㄖㄨˊ)〈書〉形容想説話而又吞吞吐吐不敢説出來的樣子。

糵〔糵〕(糱) niè ㄋㄧㄝˋ 〈書〉釀酒的麴。

躡(蹑) niè ㄋㄧㄝˋ ❶放輕(腳步)：他輕輕地站起來，躡着腳走過去。❷追隨；跟蹤：躡踪。❸〈書〉踩：躡足。

【躡手躡腳】niè shǒu niè jiǎo ㄋㄧㄝˋ ㄕㄡˇ ㄋㄧㄝˋ ㄐㄧㄠˇ (躡手躡腳的)形容走路時腳步放得很輕：他躡手躡腳地走進了臥室。

【躡踪】nièzōng ㄋㄧㄝˋ ㄗㄨㄥ 〈書〉追踪。

【躡足】niè zú ㄋㄧㄝˋ ㄗㄨˊ ❶放輕腳步：他躡足走到門口。❷〈書〉插足；參加：躡足其間(參加進去)。

鑷(镊) niè ㄋㄧㄝˋ ❶鑷子。❷(用鑷子)夾：把瓶子裏的酒精棉球鑷出來。

【鑷子】niè·zi ㄋㄧㄝˋ ·ㄗ 拔除毛或夾取細小東西的用具，一般用金屬製成。

顳(颞) niè ㄋㄧㄝˋ 見下。

【顳骨】niègǔ ㄋㄧㄝˋ ㄍㄨˇ 顳顬部的骨頭，位於頂骨的下方，形狀扁平。

【顳顬】nièrú ㄋㄧㄝˋ ㄖㄨˊ 頭部的兩側靠近耳朵上方的部位。

nín (ㄋㄧㄣˊ)

恁 nín ㄋㄧㄣˊ 同'您'(多見於早期白話)。另見835頁 nèn。

您 nín ㄋㄧㄣˊ 人稱代詞，你(含敬意)：老師，您早！｜您二位想吃點兒甚麼？

níng (ㄋㄧㄥˊ)

寧(宁、甯) níng ㄋㄧㄥˊ ❶安寧：寧靜｜坐臥不寧。❷〈書〉使安寧：寧邊（使邊境不受侵擾）｜息事寧人。❸〈書〉省視；探望（父母）：寧親｜歸寧。❹（Níng）南京的別稱：滬寧鐵路。

另見846頁 nìng。'甯'另見846頁 nìng。

【寧靖】níngjìng ㄋㄧㄥˊ ㄐㄧㄥˋ 〈書〉（地方秩序）安定。

【寧靜】níngjìng ㄋㄧㄥˊ ㄐㄧㄥˋ （環境、心情）安靜：遊人散後，湖邊十分寧靜｜心裏漸漸寧靜下來。

【寧親】níngqīn ㄋㄧㄥˊ ㄑㄧㄣ 〈書〉省親。

【寧日】níngrì ㄋㄧㄥˊ ㄖˋ 安寧的日子：國賊不除，永無寧日。

【寧帖】níngtiē ㄋㄧㄥˊ ㄊㄧㄝ （心境）寧靜；安穩：夜間咳嗽，睡不寧帖。

【寧馨兒】níngxīn'ér ㄋㄧㄥˊ ㄒㄧㄣ ㄦˊ 〈書〉原意是'這麼樣的孩子'，後來用做讚美孩子的話。

凝 níng ㄋㄧㄥˊ ❶凝結：凝固｜凝凍｜冷凝。❷注意力集中：凝思｜凝視。

【凝凍】níngdòng ㄋㄧㄥˊ ㄉㄨㄥˋ 凝結；凍結：河水凝凍。

【凝固】nínggù ㄋㄧㄥˊ ㄍㄨˋ ❶由液體變成固體：蛋白質遇熱會凝固。❷比喻固定不變；停滯：思想凝固｜凝固的目光。

【凝固點】nínggùdiǎn ㄋㄧㄥˊ ㄍㄨˋ ㄉㄧㄢˇ 晶體物質凝固時的溫度，也就是這種物質液態和固態可以平衡共存的溫度。

【凝固汽油彈】nínggù qìyóudàn ㄋㄧㄥˊ ㄍㄨˋ ㄑㄧˋ ㄧㄡˊ ㄉㄢˋ 一種爆炸時能發出高溫火焰的炸彈，內裝用汽油和其他化學藥品製成的膠狀物，爆炸時向四周濺射，發出1,000°C左右的高溫，並能粘在其他物體上長時間燃燒。

【凝固熱】nínggùrè ㄋㄧㄥˊ ㄍㄨˋ ㄖㄜˋ 單位質量的某種物質在熔點時，從液態變成固態所放出的熱量，叫做這種物質的凝固熱。

【凝合】nínghé ㄋㄧㄥˊ ㄏㄜˊ 凝結，聚合。

【凝華】nínghuá ㄋㄧㄥˊ ㄏㄨㄚˊ 物質由氣態不經液態直接變為固態。

【凝集】níngjí ㄋㄧㄥˊ ㄐㄧˊ 凝結在一起；聚集：心中疑雲凝集｜詩篇凝集着詩人對祖國的真摯感情。

【凝結】níngjié ㄋㄧㄥˊ ㄐㄧㄝˊ 由氣體變成液體或由液體變成固體：池面上凝結了薄薄的一層冰◇鮮血凝結成的戰鬥友誼。

【凝聚】níngjù ㄋㄧㄥˊ ㄐㄩˋ ❶氣體由稀變濃或變成液體：荷葉上凝聚着晶瑩的露珠。❷聚集；積聚：這部作品凝聚着他一生的心血。

【凝聚力】níngjùlì ㄋㄧㄥˊ ㄐㄩˋ ㄌㄧˋ ❶內聚力。❷泛指使人或物聚集到一起的力量：加強社會和民族的凝聚力。

【凝練】níngliàn ㄋㄧㄥˊ ㄌㄧㄢˋ （文字）緊湊簡練：文筆凝練。也作凝煉。

【凝眸】níngmóu ㄋㄧㄥˊ ㄇㄡˊ 〈書〉凝目：凝眸遠望。

【凝目】níngmù ㄋㄧㄥˊ ㄇㄨˋ 目不轉睛地（看）：凝目注視。

【凝神】níngshén ㄋㄧㄥˊ ㄕㄣˊ 聚精會神：凝神思索｜凝神端詳。

【凝視】níngshì ㄋㄧㄥˊ ㄕˋ 聚精會神地看：凝視諦聽。

【凝思】níngsī ㄋㄧㄥˊ ㄙ 集中精神思考：凝思默慮。

【凝望】níngwàng ㄋㄧㄥˊ ㄨㄤˋ 目不轉睛地看；注目遠望。

【凝想】níngxiǎng ㄋㄧㄥˊ ㄒㄧㄤˇ 凝思：他時而奮筆疾書，時而又擱筆凝想。

【凝脂】níngzhī ㄋㄧㄥˊ ㄓ 〈書〉凝固了的油脂，比喻潔白細嫩的皮膚：膚如凝脂。

【凝滯】níngzhì ㄋㄧㄥˊ ㄓˋ ❶停止流動；不靈活：兩顆凝滯的眼珠出神地望着窗外。❷〈書〉凝聚。

【凝重】níngzhòng ㄋㄧㄥˊ ㄓㄨㄥˋ ❶端莊；莊重：雍容凝重｜神態凝重。❷（聲音）渾厚：凝重深沈的樂曲｜聲音凝重有力。❸濃重：凝重的烏雲。

擰（拧） níng ㄋㄧㄥˊ ❶用兩隻手握住物體的兩端分別向相反的方向用力：擰手巾｜把麻擰成繩子。❷用兩三個手指扭住皮肉使勁轉動：擰了他一把。

另見845頁 nǐng；846頁 nìng。

薴〔薴〕（苧） níng ㄋㄧㄥˊ 有機化合物 化學式$C_{10}H_{16}$。無色液體，有香味，存在於柑橘類的果皮中。用來製香料等。［英 limonene］

'苧'另見1495頁 zhù。

嚀（咛） níng ㄋㄧㄥˊ 見267頁〚叮嚀〛（dīngníng）。

獰（狞） níng ㄋㄧㄥˊ （面目）兇惡：獰惡｜獰笑。

【獰笑】níngxiào ㄋㄧㄥˊ ㄒㄧㄠˋ 兇惡地笑：發出一陣獰笑。

檸（柠） níng ㄋㄧㄥˊ ［檸檬］（níngméng ㄋㄧㄥˊ ㄇㄥˊ）❶檸檬樹，常綠小喬木，葉子長橢圓形，質厚，花單生，外面粉紅色，裏面白色。果實長橢圓形或卵形，兩端尖，果肉味極酸，可製飲料，果皮黃色，可提取檸檬油。❷這種植物的果實。

聹（聍） níng ㄋㄧㄥˊ 見267頁［耵聹］（dīngníng）。

鬡（髩） níng ㄋㄧㄥˊ 見1457頁［鬇鬡］（zhēngníng）。

nǐng （ㄋㄧㄥˇ）

擰（拧） nǐng ㄋㄧㄥˇ ❶控制住物體向裏轉或向外轉：擰螺絲｜墨水瓶蓋兒太緊，擰不開了。❷顛倒；錯：他想說'狗嘴裏長不出象牙'，説擰了，説成'象嘴裏長不出狗牙'，引得大家哄堂大笑。❸彆扭；抵觸：兩個人越説越擰。

另見845頁 níng；846頁 nìng。

nìng (ㄋㄧㄥˋ)

佞 nìng ㄋㄧㄥˋ ❶慣於用花言巧語諂媚人：諂佞｜奸佞｜佞人｜佞臣。❷〈書〉有才智：不佞(謙稱自己)。

【佞笑】nìngxiào ㄋㄧㄥˋ ㄒㄧㄠˋ 奸笑；諂笑。

【佞幸】nìngxìng ㄋㄧㄥˋ ㄒㄧㄥˋ 〈書〉❶以諂媚而得到寵幸。❷以諂媚得到君主寵幸的人：任用佞幸。

甯(宁) Nìng ㄋㄧㄥˋ 姓。

另見844頁 níng'寧'；846頁 nìng'寧'。

寧(宁、甯) nìng ㄋㄧㄥˋ ❶寧可：寧死不屈｜寧為玉碎，不為瓦全(比喻寧願壯烈地死去，不願苟且偷生)。❷〈書〉豈；難道：山之險峻，寧有逾此？

另見844頁 níng。'甯'另見846頁 nìng。

【寧可】nìngkě ㄋㄧㄥˋ ㄎㄜˇ 表示比較兩方面的利害得失後選取的一面(往往跟上文的'與其'或下文的'也不'相呼應)：與其在這兒等車，寧可走着去｜他寧可自己吃點虧，也不叫虧了人。注意 如果捨棄的一面不明顯或無須説出，可以單説選取的一面(常常加'的好'，意思等於'最好是…')，如：我們寧可警惕一點的好。

【寧肯】nìngkěn ㄋㄧㄥˋ ㄎㄣˇ 寧可。

【寧缺毋濫】nìng quē wú làn ㄋㄧㄥˋ ㄑㄩㄝ ㄨˊ ㄌㄢˋ 寧可缺少一些，不要不顧質量一味求多。

【寧死不屈】nìng sǐ bù qū ㄋㄧㄥˋ ㄙˇ ㄅㄨˋ ㄑㄩ 寧可死去，也不屈服。

【寧願】nìngyuàn ㄋㄧㄥˋ ㄩㄢˋ 寧可：寧願犧牲，也不退卻。

擰(拧) nìng ㄋㄧㄥˋ 〈方〉倔強：這孩子脾氣真擰，不叫他去他偏要去。

另見845頁 níng；845頁 nǐng。

濘(泞) nìng ㄋㄧㄥˋ 〈書〉爛泥：泥濘｜路濘難行。

niū (ㄋㄧㄡ)

妞 niū ㄋㄧㄡ (妞兒)女孩子：大妞｜他家有兩個妞兒。

【妞妞】niūniū ㄋㄧㄡ ㄋㄧㄡ 〈方〉小女孩兒。

【妞子】niū·zi ㄋㄧㄡ ·ㄗ 〈方〉小女孩兒。

niú (ㄋㄧㄡˊ)

牛1 niú ㄋㄧㄡˊ ❶哺乳動物，身體大，趾端有蹄，頭上長有一對角，尾巴尖端有長毛。是反芻類動物，力氣大，供役使、乳用或乳肉兩用，皮、毛、骨等都有用處。我國常見的有黃牛、水牛、犛牛等幾種。❷比喻固執或驕傲：牛氣｜牛脾氣。❸二十八宿之一。❹(Niú)姓。

牛2 niú ㄋㄧㄡˊ 牛頓的簡稱。

【牛蒡】niúbàng ㄋㄧㄡˊ ㄅㄤˋ 二年生草本植物，葉子互生，心臟形，有長柄，背面有毛，花管狀，淡紫色，根多肉。根和嫩葉可做蔬菜，種子和根可入藥。

【牛鼻子】niúbí·zi ㄋㄧㄡˊ ㄅㄧˊ ·ㄗ 比喻事物的關鍵或要害：弄清詞義古今異同的情況，就牽住了學習古代漢語的牛鼻子。

【牛脖子】niúbó·zi ㄋㄧㄡˊ ㄅㄛˊ ·ㄗ 〈方〉牛脾氣：犯牛脖子。

【牛刀小試】niú dāo xiǎo shì ㄋㄧㄡˊ ㄉㄠ ㄒㄧㄠˇ ㄕˋ 比喻有很大的本領，先在小事情上施展一下。參看384頁〖割雞焉用牛刀〗。

【牛痘】niúdòu ㄋㄧㄡˊ ㄉㄡˋ ❶牛的一種急性傳染病，病原體和症狀與天花極相近。❷痘苗：種牛痘。

【牛犢】niúdú ㄋㄧㄡˊ ㄉㄨˊ 小牛。也叫牛犢子。

【牛頓】niúdùn ㄋㄧㄡˊ ㄉㄨㄣˋ 力的單位，使質量1千克的物體產生1米/秒^{2}的加速度所需的力就是1牛頓。1牛頓等於10^5達因。這個單位名稱是為紀念英國科學家牛頓(Sir Isaac Newton)而定的。簡稱牛。

【牛耳】niú'ěr ㄋㄧㄡˊ ㄦˇ 見1468頁〖執牛耳〗。

【牛鬼蛇神】niúguǐ-shéshén ㄋㄧㄡˊ ㄍㄨㄟˇ ㄕㄜˊ ㄕㄣˊ 奇形怪狀的鬼神。比喻社會上的醜惡事物和形形色色的壞人。

【牛黃】niúhuáng ㄋㄧㄡˊ ㄏㄨㄤˊ 中藥指病牛的膽汁凝結成的黃色粒狀物或塊狀物。是珍貴的藥材。

【牛角尖】niújiǎojiān ㄋㄧㄡˊ ㄐㄧㄠˇ ㄐㄧㄢ (牛角尖兒)比喻無法解決的問題或不值得研究的小問題：鑽牛角尖。

【牛勁】niújìn ㄋㄧㄡˊ ㄐㄧㄣˋ (牛勁兒)❶大力氣：費了牛勁。❷牛脾氣：犯牛勁。

【牛郎星】niúlángxīng ㄋㄧㄡˊ ㄌㄤˊ ㄒㄧㄥ 牽牛星的通稱。

【牛郎織女】niúláng zhīnǚ ㄋㄧㄡˊ ㄌㄤˊ ㄓ ㄋㄩˇ ❶指牛郎星和織女星。❷古代神話中人物。織女是天帝的孫女，與牛郎結合後，不再給天帝織雲錦，天帝用天河將他們隔開，只准每年農曆七月七日相會一次。相會時喜鵲在銀河上給他們搭橋，稱為鵲橋。現在用'牛郎織女'比喻長期分居兩地的夫妻。

【牛馬】niúmǎ ㄋㄧㄡˊ ㄇㄚˇ 比喻為生活所迫供人驅使從事艱苦勞動的人。

【牛毛】niúmáo ㄋㄧㄡˊ ㄇㄠˊ 比喻很多、很密或很細：牛毛細雨｜苛捐雜稅，多如牛毛。

【牛虻】niúméng ㄋㄧㄡˊ ㄇㄥˊ 昆蟲，虻的一種，身體長橢圓形，有灰、黑、黃褐等色，胸部和腹部有花紋。雄的吸食植物的汁液和花蜜，雌的吸食牛、馬等家畜的血液。

【牛腩】niúnǎn ㄋㄧㄡˊ ㄋㄢˇ 〈方〉牛肚子上和近肋骨處的鬆軟肌肉，也指用這種肉做成的菜肴。

【牛排】niúpái ㄋㄧㄡˊ ㄆㄞˊ 大而厚的牛肉片，也指用大而厚的牛肉片做成的菜肴。

【牛皮】niúpí ㄋㄧㄡˊ ㄆㄧˊ ❶牛的皮(多指已經鞣製的)。❷比喻柔韌或堅韌：牛皮糖｜牛皮紙。❸說大話叫吹牛皮。

【牛皮癬】niúpíxuǎn ㄋㄧㄡˊ ㄆㄧˊ ㄒㄩㄢˇ 慢性皮膚病，症狀是先出現丘疹，以後有容易脱落的薄鱗片，多生在肘部、膝部，局部發癢，不傳染。

【牛皮紙】niúpízhǐ ㄋㄧㄡˊ ㄆㄧˊ ㄓˇ 質地堅韌、拉力強的紙，黃褐色，用硫酸鹽木漿製成，多用於包裝。

【牛脾氣】niúpí·qi ㄋㄧㄡˊ ㄆㄧˊ ·ㄑㄧ 倔強執拗的脾氣。

【牛氣】niú·qi ㄋㄧㄡˊ ·ㄑㄧ 〈方〉形容自高自大的驕傲神氣。

【牛溲馬勃】niúsōu mǎbó ㄋㄧㄡˊ ㄙㄡ ㄇㄚˇ ㄅㄛˊ 牛溲是牛尿(一說車前草)，馬勃是一種菌類，都可做藥用。比喻雖然微賤但是有用的東西。

【牛頭刨】niútóubào ㄋㄧㄡˊ ㄊㄡˊ ㄅㄠˋ 刨牀的一種，機牀刀架部分形狀像牛頭，用來加工較小的平面。加工時工件固定在工作台上，刨刀做往復運動切削。

【牛頭不對馬嘴】niú tóu bù duì mǎ zuǐ ㄋㄧㄡˊ ㄊㄡˊ ㄅㄨˋ ㄉㄨㄟˋ ㄇㄚˇ ㄗㄨㄟˇ 見752頁〖驢唇不對馬嘴〗。

【牛頭馬面】Niútóu Mǎmiàn ㄋㄧㄡˊ ㄊㄡˊ ㄇㄚˇ ㄇㄧㄢˋ 迷信傳説閻王手下的兩個鬼卒，一個頭像牛，一個頭像馬。比喻各種陰險醜惡的人。

【牛性】niúxìng ㄋㄧㄡˊ ㄒㄧㄥˋ 牛脾氣。

【牛鞅】niúyàng ㄋㄧㄡˊ ㄧㄤˋ 牛拉東西時架在脖子上的器具。也叫牛鞅子。

【牛飲】niúyǐn ㄋㄧㄡˊ ㄧㄣˇ 形容大口地喝。

【牛仔褲】niúzǎikù ㄋㄧㄡˊ ㄗㄞˇ ㄎㄨˋ 緊腰身、淺襠、褲腿很瘦的褲子，多用較厚實的布製成。'仔'也作崽。

niǔ (ㄋㄧㄡˇ)

扭 niǔ ㄋㄧㄡˇ ❶掉轉；轉動：扭過頭來向後看。❷擰(nǐng)：把樹枝子扭斷。❸擰傷(筋骨)：扭了腰。❹身體左右搖動(多指走路時)：扭秧歌｜扭了兩步。❺揪住：扭打｜兩人扭在一起。❻不正：七扭八歪｜歪歪扭扭。

【扭擺】niǔbǎi ㄋㄧㄡˇ ㄅㄞˇ (身體)扭動搖擺：推手車的人左右扭擺着身子｜她扭擺着腰慢步走來。

【扭打】niǔdǎ ㄋㄧㄡˇ ㄉㄚˇ 互相揪住對打：他倆扭打在一起，拉也拉不開。

【扭搭】niǔ·da ㄋㄧㄡˇ ·ㄉㄚ 走路時肩膀隨着腰一前一後地扭動：那女人扭搭扭搭地走了。

【扭股兒糖】niǔgǔrtáng ㄋㄧㄡˇ ㄍㄨㄦˇ ㄊㄤˊ 用麥芽糖製成的兩股或三股扭在一起的食品，多用來形容扭動或纏繞的形狀。

【扭結】niǔjié ㄋㄧㄡˇ ㄐㄧㄝˊ 糾纏；纏繞在一起：在織布以前要將棉紗弄濕，才不會扭結｜幾件事扭結在一起，一時想不出解決的辦法。

【扭力】niǔlì ㄋㄧㄡˇ ㄌㄧˋ 使物體發生扭轉形變的力。

【扭力天平】niǔlì tiānpíng ㄋㄧㄡˇ ㄌㄧˋ ㄊㄧㄢ ㄆㄧㄥˊ 測量重力場變化的儀器。由鎢絲懸挂一根兩端有小球的金屬桿構成。重力場變化時，金屬桿發生偏轉。多用於探礦。

【扭捏】niǔ·nie ㄋㄧㄡˇ ·ㄋㄧㄝ 本指走路時身體故意左右搖動，今多形容舉止言談不大方：她扭捏了大半天，才說出一句話來｜有話直截了當地說，別扭扭捏捏的。

【扭曲】niǔqū ㄋㄧㄡˇ ㄑㄩ ❶扭轉變形：地震發生後，房屋倒塌，鐵軌扭曲。❷比喻歪曲；顛倒(事實、形象等)：被扭曲的歷史恢復了本來面目。

【扭送】niǔsòng ㄋㄧㄡˇ ㄙㄨㄥˋ 揪住違法犯罪分子送交司法機關。

【扭頭】niǔ∥tóu ㄋㄧㄡˇ∥ㄊㄡˊ (扭頭兒) ❶(人)轉動頭：扭頭不顧｜他扭過頭去，不理人家。❷轉身：大媽二話沒說，扭頭就走。

【扭秧歌】niǔ yāng·ge ㄋㄧㄡˇ ㄧㄤ ·ㄍㄜ 跳秧歌舞。

【扭轉】niǔzhuǎn ㄋㄧㄡˇ ㄓㄨㄢˇ ❶掉轉：他扭轉身子，向車間走去。❷糾正或改變事物的發展方向或目前的狀況：扭轉局面｜扭轉乾坤｜必須扭轉理論脱離實際的現象。

狃 niǔ ㄋㄧㄡˇ 因襲；拘泥：狃於習俗｜狃於成見。

忸 niǔ ㄋㄧㄡˇ ［忸怩］(niǔní ㄋㄧㄡˇ ㄋㄧˊ)形容不好意思或不大方的樣子：忸怩的神情｜別忸忸怩怩的，大方一些。

杻 niǔ ㄋㄧㄡˇ 古書上說的一種樹。另見164頁 chǒu。

紐(纽) niǔ ㄋㄧㄡˇ ❶器物上可以抓住而提起來的部分：秤紐｜印紐。❷紐釦：紐襻｜衣紐。❸樞紐：紐帶。❹(紐兒)瓜果等剛結的果實：南瓜紐。

【紐帶】niǔdài ㄋㄧㄡˇ ㄉㄞˋ 指能夠起聯繫作用的人或事物：批評和自我批評是團結的紐帶，是進步的保證。

【紐釦】niǔkòu ㄋㄧㄡˇ ㄎㄡˋ (紐釦兒)可以把衣服

等扣起來的小形球狀物或片狀物。

【紐襻】niǔpàn ㄋㄧㄡˇ ㄆㄢˋ (紐襻兒) 扣住紐釦的套兒。

【紐子】niǔ·zi ㄋㄧㄡˇ·ㄗ 紐釦。

鈕(钮) niǔ ㄋㄧㄡˇ ❶同'紐'。❷見259頁〖電鈕〗。❸(Niǔ)姓。

niù（ㄋㄧㄡˋ）

拗(拗) niù ㄋㄧㄡˋ 固執；不隨和；不馴順：執拗｜脾氣很拗。

另見12頁 ǎo；12頁 ào。

【拗不過】niù ·bu guò ㄋㄧㄡˋ·ㄅㄨ ㄍㄨㄛˋ 無法改變(別人的堅決的意見)：他拗不過老大娘，只好答應了。

nóng（ㄋㄨㄥˊ）

農(农、辳) nóng ㄋㄨㄥˊ ❶農業：務農｜農具｜農田水利｜農林牧副漁。❷農民：老農｜茶農｜菜農。❸(Nóng)姓。

【農產品】nóngchǎnpǐn ㄋㄨㄥˊ ㄔㄢˇ ㄆㄧㄣˇ 農業中生產的物品，如稻子、小麥、高粱、棉花、烟葉、甘蔗等。

【農場】nóngchǎng ㄋㄨㄥˊ ㄔㄤˇ 使用機器、大規模進行農業生產的企業單位。

【農村】nóngcūn ㄋㄨㄥˊ ㄘㄨㄣ 以從事農業生產為主的人聚居的地方。

【農夫】nóngfū ㄋㄨㄥˊ ㄈㄨ 舊時稱從事農業生產的男子。

【農婦】nóngfù ㄋㄨㄥˊ ㄈㄨˋ 農家婦女。

【農耕】nónggēng ㄋㄨㄥˊ ㄍㄥ 農業耕種；農作：不事農耕｜農耕勞作。

【農工】nónggōng ㄋㄨㄥˊ ㄍㄨㄥ ❶農民和工人：扶助農工。❷農業工人的簡稱。

【農戶】nónghù ㄋㄨㄥˊ ㄏㄨˋ 從事農業生產的人家。

【農活】nónghuó ㄋㄨㄥˊ ㄏㄨㄛˊ (農活兒) 農業生產中的工作，如耕地、播種、施肥、收割等。

【農機】nóngjī ㄋㄨㄥˊ ㄐㄧ 農業機械：農機部門｜農機工業。

【農家】[1] nóngjiā ㄋㄨㄥˊ ㄐㄧㄚ 從事農業生產的人家：農家生活｜農家子弟。

【農家】[2] Nóngjiā ㄋㄨㄥˊ ㄐㄧㄚ 先秦時期反映農業生產和農民思想的學術派別。著作目錄見於《漢書·藝文志》，多已失傳。

【農家肥料】nóngjiā féiliào ㄋㄨㄥˊ ㄐㄧㄚ ㄈㄟˊ ㄌㄧㄠˋ 農家自己生產的肥料，如糞肥、綠肥等(區別於作為商品的化學肥料)。

【農具】nóngjù ㄋㄨㄥˊ ㄐㄩˋ 進行農業生產所使用的工具，如犁、耙、耬等。

【農墾】nóngkěn ㄋㄨㄥˊ ㄎㄣˇ 農業墾殖：農墾事業。

【農曆】nónglì ㄋㄨㄥˊ ㄌㄧˋ ❶陰陽曆的一種，是我國的傳統曆法，平年12個月，大月30天，小月29天，全年354天或355天(一年中哪一月大，哪一月小，年年不同)。由於平均每年的天數比太陽年約差11天，所以在19年裏設置7個閏月，有閏月的年份全年383天或384天。又根據太陽的位置，把一個太陽年分成24個節氣，便於農事。紀年用天干地支搭配，60年週而復始。這種曆法相傳創始於夏代，所以又稱夏曆。也叫舊曆，通稱陰曆。❷農業上使用的曆書。

【農忙】nóngmáng ㄋㄨㄥˊ ㄇㄤˊ 指春、夏、秋三季農事繁忙(時節)。

【農貿市場】nóngmào shìchǎng ㄋㄨㄥˊ ㄇㄠˋ ㄕˋ ㄔㄤˇ 以農副業產品貿易為主的個體攤販市場。俗稱自由市場。

【農民】nóngmín ㄋㄨㄥˊ ㄇㄧㄣˊ 在農村從事農業生產的勞動者。

【農民起義】nóngmín qǐyì ㄋㄨㄥˊ ㄇㄧㄣˊ ㄑㄧˇ ㄧˋ 農民為了反抗地主階級的政治壓迫和經濟剝削而進行的武裝鬥爭。

【農民戰爭】nóngmín zhànzhēng ㄋㄨㄥˊ ㄇㄧㄣˊ ㄓㄢˋ ㄓㄥ 封建社會農民為反對地主階級的反動統治而進行的革命戰爭。一般有鮮明的戰鬥口號，活動範圍較大，例如清代的太平天國革命。

【農奴】nóngnú ㄋㄨㄥˊ ㄋㄨˊ 封建社會中隸屬於農奴主或封建主的農業生產勞動者。在經濟上受剝削，沒有人身自由和任何政治權利。

【農奴主】nóngnúzhǔ ㄋㄨㄥˊ ㄋㄨˊ ㄓㄨˇ 佔有農奴和生產資料的人。

【農人】nóngrén ㄋㄨㄥˊ ㄖㄣˊ 農民。

【農舍】nóngshè ㄋㄨㄥˊ ㄕㄜˋ 農民住的房屋。

【農時】nóngshí ㄋㄨㄥˊ ㄕˊ 農業生產中，配合季節氣候，每種作物都有一定的耕作時間，稱為農時：不誤農時。

【農事】nóngshì ㄋㄨㄥˊ ㄕˋ 農業生產中的各項工作：農事繁忙。

【農田】nóngtián ㄋㄨㄥˊ ㄊㄧㄢˊ 耕種的田地：農田水利。

【農閑】nóngxián ㄋㄨㄥˊ ㄒㄧㄢˊ 指冬季農事較少(時節)。

【農械】nóngxiè ㄋㄨㄥˊ ㄒㄧㄝˋ 噴農藥用的器械，如噴霧器、噴粉機等。

【農學】nóngxué ㄋㄨㄥˊ ㄒㄩㄝˊ 研究農業生產的科學，內容包括作物栽培、育種、土壤、氣象、肥料、農業病蟲害等。

【農諺】nóngyàn ㄋㄨㄥˊ ㄧㄢˋ 有關農業生產的諺語，是農民從長期生產實踐中總結出來的經驗，對於農業生產有一定的指導作用。如'穀雨前後，種瓜點豆'，'頭伏蘿蔔二伏菜'。

【農藥】nóngyào ㄋㄨㄥˊ ㄧㄠˋ 農業上用來殺蟲、

殺菌、除草，毒殺害鳥、害獸以及促進作物生長的藥物的統稱。

【農業】nóngyè ㄋㄨㄥˊ ㄧㄝˋ 栽培農作物和飼養牲畜的生產事業。在國民經濟中的農業，還包括林業、漁業和農村副業等項生產在內。

【農業工人】nóngyè gōngrén ㄋㄨㄥˊ ㄧㄝˋ ㄍㄨㄥ ㄖㄣˊ 在農場從事農業生產的工人。簡稱農工。

【農業國】nóngyèguó ㄋㄨㄥˊ ㄧㄝˋ ㄍㄨㄛˊ 工業不發達、國民經濟收入中以農業收入為主要部分的國家。

【農業合作化】nóngyè hézuòhuà ㄋㄨㄥˊ ㄧㄝˋ ㄏㄜˊ ㄗㄨㄛˋ ㄏㄨㄚˋ 用合作社的組織形式，把個體的、分散的農業經濟改變成比較大規模的、集體的社會主義農業經濟。也叫農業集體化。

【農業稅】nóngyèshuì ㄋㄨㄥˊ ㄧㄝˋ ㄕㄨㄟˋ 國家對從事農業生產、有農業收入的單位或個人所徵收的稅。

【農藝】nóngyì ㄋㄨㄥˊ ㄧˋ 指作物的栽培、選種等技術。

【農用】nóngyòng ㄋㄨㄥˊ ㄩㄥˋ 指為農業或農民所使用：農用物資。

【農作物】nóngzuòwù ㄋㄨㄥˊ ㄗㄨㄛˋ ㄨˋ 農業上栽種的各種植物，包括糧食作物、油料作物、蔬菜、果樹和做工業原料用的棉花、烟草等。簡稱作物。

儂(侬) nóng ㄋㄨㄥˊ ❶〈方〉你。❷我(多見於舊詩文)。❸(Nóng)姓。

【儂人】Nóngrén ㄋㄨㄥˊ ㄖㄣˊ 指居住在廣西和雲南交界地區的壯族。

噥(哝) nóng ㄋㄨㄥˊ ［噥噥］(nóng·nong ㄋㄨㄥˊ·ㄋㄨㄥ) 小聲説話：她在姐姐的耳邊噥噥了好半天。

濃(浓) nóng ㄋㄨㄥˊ ❶液體或氣體中所含的某種成分多；稠密(跟'淡'相對)：濃墨｜濃雲｜濃茶◇濃眉。❷程度深：興趣很濃｜睡意正濃。

【濃淡】nóngdàn ㄋㄨㄥˊ ㄉㄢˋ (顏色)深淺：濃淡適宜。

【濃度】nóngdù ㄋㄨㄥˊ ㄉㄨˋ 一定量溶液中所含溶質的量，通常用所含溶質質量佔全部溶液質量的百分比來表示。

【濃厚】nónghòu ㄋㄨㄥˊ ㄏㄡˋ ❶(烟霧、雲層等)很濃：濃厚的黑烟。❷(色彩、意識、氣氛)重：濃厚的地方色彩｜濃厚的封建意識。❸(興趣)大：孩子們對打乒乓球興趣都很濃厚。

【濃烈】nóngliè ㄋㄨㄥˊ ㄌㄧㄝˋ 濃重強烈：香氣濃烈｜濃烈的色彩｜濃烈的鄉土氣息。

【濃眉】nóngméi ㄋㄨㄥˊ ㄇㄟˊ 黑而密的眉毛：濃眉大眼。

【濃密】nóngmì ㄋㄨㄥˊ ㄇㄧˋ 稠密(多指枝葉、烟霧、鬚髮等)。

【濃墨重彩】nóng mò zhòng cǎi ㄋㄨㄥˊ ㄇㄛˋ ㄓㄨㄥˋ ㄘㄞˇ 指敍述或描寫着墨多。

【濃縮】nóngsuō ㄋㄨㄥˊ ㄙㄨㄛ ❶用加熱等方法使溶液中的溶劑蒸發而溶液的濃度增高。❷泛指用一定的方法使物體中不需要的部分減少，從而使需要部分的相對含量增加：濃縮鈾｜濃縮食物◇這個建築濃縮了中國數千年來的裝飾藝術。

【濃艷】nóngyàn ㄋㄨㄥˊ ㄧㄢˋ (色彩)濃重而艷麗。

【濃郁】nóngyù ㄋㄨㄥˊ ㄩˋ (花草等的香氣)濃重：濃郁的花香迎面撲來。

【濃鬱】nóngyù ㄋㄨㄥˊ ㄩˋ ❶繁密：濃鬱的松林。❷(色彩、情感、氣氛等)重：春意濃鬱｜色調濃鬱｜感情濃鬱｜濃鬱的生活氣息｜這個歌曲抒情氣氛十分濃鬱。❸(興趣)大：興致濃鬱｜濃鬱的興趣。

【濃重】nóngzhòng ㄋㄨㄥˊ ㄓㄨㄥˋ (烟霧、氣味、色彩等)很濃很重：山谷中的霧越發濃重了｜桂花發出濃重的香味｜他説話帶有濃重的鄉音｜這位老人畫的花卉，設色十分濃重。

【濃妝艷抹】nóng zhuāng yàn mǒ ㄋㄨㄥˊ ㄓㄨㄤ ㄧㄢˋ ㄇㄛˇ 形容女子妝飾艷麗。

膿(脓) nóng ㄋㄨㄥˊ 某些炎症病變所形成的黃綠色汁液，含大量白細胞、細菌、蛋白質、脂肪以及組織分解的產物。

【膿包】nóngbāo ㄋㄨㄥˊ ㄅㄠ ❶身體某部組織化膿時因膿液積聚而形成的隆起。❷比喻無用的人。

【膿腫】nóngzhǒng ㄋㄨㄥˊ ㄓㄨㄥˇ 一種病理現象，發炎的組織一部分壞死、液化並形成膿液而積聚在組織中。

穠(秾) nóng ㄋㄨㄥˊ 〈書〉草木茂盛：夭桃穠李。

醲(醲) nóng ㄋㄨㄥˊ 〈書〉酒味厚。

nòng (ㄋㄨㄥˋ)

弄 nòng ㄋㄨㄥˋ ❶手拿着、擺弄着或逗引着玩兒：他又弄鴿子去了｜小孩兒愛弄沙土。❷做；幹；辦；搞：弄飯｜這活兒我做不好，請你幫我弄弄｜把書弄壞了｜這件事總得弄出個結果來才成。❸設法取得：弄點水來。❹要；玩弄：弄手段｜舞文弄墨。

另見744頁 lòng。

【弄潮兒】nòngcháo'ér ㄋㄨㄥˋ ㄔㄠˊ ㄦˊ ❶在潮水中搏擊、嬉戲的年青人，也指駕駛木船的人。❷比喻敢於在風險中拼搏的人。

【弄鬼】nòng//guǐ ㄋㄨㄥˋ//ㄍㄨㄟˇ 〈方〉搗鬼。

【弄假成真】nòng jiǎ chéng zhēn ㄋㄨㄥˋ ㄐㄧㄚˇ

ㄔㄥˊ ㄓㄣ 本來是假裝的，結果卻變成真事。

【弄巧成拙】nòng qiǎo chéng zhuō ㄋㄨㄥˋ ㄑㄧㄠˇ ㄔㄥˊ ㄓㄨㄛ 想要巧妙的手段，結果反而壞了事。

【弄權】nòng∥quán ㄋㄨㄥˋ∥ㄑㄩㄢˊ 把持權柄，濫用權力：奸臣弄權。

【弄瓦】nòngwǎ ㄋㄨㄥˋ ㄨㄚˇ 〈書〉指生下女孩子（古人把瓦給女孩子玩。瓦：原始的紡錘）。

【弄虛作假】nòng xū zuò jiǎ ㄋㄨㄥˋ ㄒㄩ ㄗㄨㄛˋ ㄐㄧㄚˇ 耍花招，欺騙人。

【弄璋】nòngzhāng ㄋㄨㄥˋ ㄓㄤ 〈書〉指生下男孩子（古人把璋給男孩子玩。璋：一種玉器）。

nòu（ㄋㄡˋ）

耨（鎒） nòu ㄋㄡˋ 〈書〉❶鋤草的農具。❷鋤草：深耕細耨。

nú（ㄋㄨˊ）

伖 nú ㄋㄨˊ 人名用字。

奴 nú ㄋㄨˊ ❶舊社會中受壓迫、剝削、役使而沒有人身自由等政治權利的人（跟‘主’相對）：奴隸｜農奴。❷青年女子自稱（多見於早期白話）。❸像對待奴隸一樣地蹂躪、使用：奴役。

【奴婢】núbì ㄋㄨˊ ㄅㄧˋ 男女奴僕。太監對皇帝、后妃等也自稱奴婢。

【奴才】nú·cai ㄋㄨˊ·ㄘㄞ ❶家奴；奴僕（明清兩代宦官和清代滿人、武臣對皇帝自稱；清代滿人家庭奴僕對主人自稱）。❷指甘心供人驅使，幫助作惡的人。

【奴化】núhuà ㄋㄨˊ ㄏㄨㄚˋ （侵略者及其幫兇）用各種方法使被侵略的民族甘心受奴役：奴化教育｜奴化思想。

【奴家】nújiā ㄋㄨˊ ㄐㄧㄚ 青年女子自稱（多見於早期白話）。

【奴隸】núlì ㄋㄨˊ ㄌㄧˋ 為奴隸主勞動而沒有人身自由的人，常常被奴隸主任意買賣或殺害。

【奴隸社會】núlì shèhuì ㄋㄨˊ ㄌㄧˋ ㄕㄜˋ ㄏㄨㄟˋ 一種社會形態，以奴隸主佔有奴隸和生產資料為基礎。奴隸社會的生產力比原始公社有所提高，手工業、農業和畜牧業，腦力勞動和體力勞動都有了分工，奴隸主和奴隸形成兩個對立階級，奴隸主為了鎮壓奴隸的反抗建立了奴隸主專政的國家。

【奴隸主】núlìzhǔ ㄋㄨˊ ㄌㄧˋ ㄓㄨˇ 佔有奴隸和生產資料的人，是奴隸社會裏的統治階級。

【奴僕】núpú ㄋㄨˊ ㄆㄨˊ 舊時在主人家裏從事雜役的人（總稱）。

【奴性】núxìng ㄋㄨˊ ㄒㄧㄥˋ 甘心受人奴役的品性：奴性十足的漢奸。

【奴顏婢膝】nú yán bì xī ㄋㄨˊ ㄧㄢˊ ㄅㄧˋ ㄒㄧ 形容卑躬屈膝奉承巴結的樣子。

【奴顏媚骨】nú yán mèi gǔ ㄋㄨˊ ㄧㄢˊ ㄇㄟˋ ㄍㄨˇ 形容卑躬屈膝諂媚討好的樣子。

【奴役】núyì ㄋㄨˊ ㄧˋ 把人當做奴隸使用。

孥 nú ㄋㄨˊ 〈書〉❶兒女：妻孥。❷妻子和兒女。

駑（驽） nú ㄋㄨˊ 〈書〉❶駑馬。❷比喻人沒有能力：駑鈍｜駑才。

【駑鈍】núdùn ㄋㄨˊ ㄉㄨㄣˋ 〈書〉愚笨；遲鈍。

【駑馬】númǎ ㄋㄨˊ ㄇㄚˇ 〈書〉跑不快的馬。

nǔ（ㄋㄨˇ）

努（❷拟、呶、呶） nǔ ㄋㄨˇ ❶使出（力氣）：努力｜努勁兒。❷凸出：努着眼睛｜努着嘴。❸〈方〉用力太過，身體內部受傷。

‘呶’另見830頁 náo。

【努力】nǔ∥lì ㄋㄨˇ∥ㄌㄧˋ 把力量儘量使出來：努力工作｜努力學習｜大家再努一把力。

【努責】nǔzé ㄋㄨˇ ㄗㄜˊ 醫學上指大便或分娩時腹部用力。

【努嘴】nǔ∥zuǐ ㄋㄨˇ∥ㄗㄨㄟˇ （努嘴兒）向人撅嘴示意：奶奶直努嘴兒，讓他別再往下説。

弩 nǔ ㄋㄨˇ 弩弓：萬弩齊發｜劍拔弩張。

【弩弓】nǔgōng ㄋㄨˇ ㄍㄨㄥ 古代兵器，一種利用機械力量射箭的弓。

【弩箭】nǔjiàn ㄋㄨˇ ㄐㄧㄢˋ 用弩弓發射的箭。

砮 nǔ ㄋㄨˇ 〈書〉可做箭鏃的石頭。

胬 nǔ ㄋㄨˇ ［胬肉］（nǔròu ㄋㄨˇ ㄖㄡˋ）中醫指眼球結膜增生而突起的肉狀物。未遮蔽住角膜的稱‘胬肉’，遮蔽住角膜的稱‘胬肉攀睛’。

nù（ㄋㄨˋ）

怒 nù ㄋㄨˋ ❶憤怒：惱怒｜發怒｜怒容滿面｜老羞成怒。❷形容氣勢很盛：怒濤｜狂風怒號｜百花怒放。

【怒潮】nùcháo ㄋㄨˋ ㄔㄠˊ ❶洶涌澎湃的浪潮，比喻聲勢浩大的反抗運動。

【怒叱】nùchì ㄋㄨˋ ㄔˋ 憤怒地責罵。

【怒斥】nùchì ㄋㄨˋ ㄔˋ 憤怒地斥責：怒斥叛徒。

【怒沖沖】nùchōngchōng ㄋㄨˋ ㄔㄨㄥ ㄔㄨㄥ （怒沖沖的）形容非常生氣的樣子。

【怒髮衝冠】nù fà chōng guān ㄋㄨˋ ㄈㄚˋ ㄔㄨㄥ ㄍㄨㄢ 頭髮直豎，把帽子都頂起來了。形容非常憤怒。

【怒放】nùfàng ㄋㄨˋ ㄈㄤˋ （花）盛開：春天，桃花、杏花爭相怒放◇心花怒放。

【怒號】nùháo ㄋㄨˋ ㄏㄠˊ 大聲叫喚(多用來形容大風)：狂風怒號。
【怒吼】nùhǒu ㄋㄨˋ ㄏㄡˇ 猛獸發威吼叫。比喻發出雄壯的聲音：狂風大作，海水怒吼。
【怒火】nùhuǒ ㄋㄨˋ ㄏㄨㄛˇ 形容極大的憤怒：壓不住心頭的怒火｜怒火中燒。
【怒目】nùmù ㄋㄨˋ ㄇㄨˋ ❶發怒時瞪着兩眼：橫眉怒目｜怒目而視。❷發怒時瞪着的眼睛：怒目圓睜。
【怒氣】nùqì ㄋㄨˋ ㄑㄧˋ 憤怒的情緒：怒氣沖沖。
【怒容】nùróng ㄋㄨˋ ㄖㄨㄥˊ 怒色：怒容滿面。
【怒色】nùsè ㄋㄨˋ ㄙㄜˋ 憤怒的表情：面帶怒色。
【怒視】nùshì ㄋㄨˋ ㄕˋ 憤怒地注視：怒視着兇殘的敵人。
【怒濤】nùtāo ㄋㄨˋ ㄊㄠ 洶涌起伏的波濤：怒濤澎湃。
【怒族】Nùzú ㄋㄨˋ ㄗㄨˊ 我國少數民族之一，分佈在雲南。

傉 nù ㄋㄨˋ 用於人名，禿髮傉檀，東晉時南涼國君。

nǚ (ㄋㄩˇ)

女 nǚ ㄋㄩˇ ❶女性(跟'男'相對)：女工｜女學生｜少女｜男女平等。❷女兒：長女｜生兒育女。❸二十八宿之一。
〈古〉又同'汝'rǔ。

【女兒】nǚ'ér ㄋㄩˇ ㄦˊ 女孩子(對父母而言)。
【女方】nǚfāng ㄋㄩˇ ㄈㄤ 女的方面(多用於有關婚事的場合)。
【女工】[1] nǚgōng ㄋㄩˇ ㄍㄨㄥ ❶女性的工人。❷舊時指女傭人。
【女工】[2] nǚgōng ㄋㄩˇ ㄍㄨㄥ 舊時指女子所做的紡織、縫紉、刺繡等工作和這些工作的成品。也作女紅。
【女公子】nǚgōngzǐ ㄋㄩˇ ㄍㄨㄥ ㄗˇ 對別人的女兒的尊稱。
【女紅】nǚgōng ㄋㄩˇ ㄍㄨㄥ 〈書〉同'女工'[2]。
【女皇】nǚhuáng ㄋㄩˇ ㄏㄨㄤˊ 女性的皇帝。
【女家】nǚjiā ㄋㄩˇ ㄐㄧㄚ 婚姻關係中女方的家；女方。
【女眷】nǚjuàn ㄋㄩˇ ㄐㄩㄢˋ 指女性眷屬。
【女郎】nǚláng ㄋㄩˇ ㄌㄤˊ 稱年輕的女子：妙齡女郎｜摩登女郎。
【女伶】nǚlíng ㄋㄩˇ ㄌㄧㄥˊ 女優。
【女流】nǚliú ㄋㄩˇ ㄌㄧㄡˊ 婦女(含輕蔑意)：女流之輩。
【女氣】nǚ·qi ㄋㄩˇ ·ㄑㄧ 形容男子的舉止神態像女子。
【女牆】nǚqiáng ㄋㄩˇ ㄑㄧㄤˊ 城牆上面呈凹凸形的短牆。也叫女兒牆。
【女權】nǚquán ㄋㄩˇ ㄑㄩㄢˊ 婦女在社會上應享的權利：尊重女權。
【女人】nǚrén ㄋㄩˇ ㄖㄣˊ 女性的成年人。
【女人】nǚ·ren ㄋㄩˇ ·ㄖㄣ 妻子。
【女色】nǚsè ㄋㄩˇ ㄙㄜˋ 女子的美色：貪戀女色。
【女神】nǚshén ㄋㄩˇ ㄕㄣˊ 神話傳說中的女性神。
【女生】nǚshēng ㄋㄩˇ ㄕㄥ 女學生：女生宿舍。
【女聲】nǚshēng ㄋㄩˇ ㄕㄥ 聲樂中的女子聲部，一般分女高音、女中音、女低音。
【女史】nǚshǐ ㄋㄩˇ ㄕˇ 本為古代女官的名稱。舊時借用為對婦女知識分子的尊稱。
【女士】nǚshì ㄋㄩˇ ㄕˋ 對婦女的尊稱。
【女王】nǚwáng ㄋㄩˇ ㄨㄤˊ 女性的國王。
【女巫】nǚwū ㄋㄩˇ ㄨ 以裝神弄鬼、搞迷信活動為業的女人。也叫巫婆。
【女性】nǚxìng ㄋㄩˇ ㄒㄧㄥˋ ❶人類兩性之一，能在體內產生卵細胞。❷婦女：新女性。
【女婿】nǚ·xu ㄋㄩˇ ·ㄒㄩ ❶女兒的丈夫。❷〈方〉丈夫。
【女優】nǚyōu ㄋㄩˇ ㄧㄡ 舊時稱戲曲女演員。
【女招待】nǚzhāodài ㄋㄩˇ ㄓㄠ ㄉㄞˋ 舊時飲食店、娛樂場所等雇傭來招待顧客的青年婦女。
【女真】Nǚzhēn ㄋㄩˇ ㄓㄣ 我國古代民族，滿族的祖先，居住在今吉林和黑龍江一帶，公元1115年建立金國。參看595頁'金[2]'。
【女主人】nǚzhǔ·ren ㄋㄩˇ ㄓㄨˇ ·ㄖㄣ 客人對家庭主婦的尊稱。
【女子】nǚzǐ ㄋㄩˇ ㄗˇ 女性的人。

籹 nǚ ㄋㄩˇ 見623頁[粔籹](jùnǚ)。

釹(钕) nǚ ㄋㄩˇ 金屬元素，符號Nd(neodymium)。是一種稀土金屬。淡黃色，在空氣中容易氧化，用來製合金和光學玻璃等，也用於激光材料。

nǜ (ㄋㄩˋ)

恧 nǜ ㄋㄩˋ 〈書〉慚愧：慚恧。

衄(衂、䶊) nǜ ㄋㄩˋ 〈書〉❶鼻孔出血，泛指出血：鼻衄｜齒衄。❷戰敗：敗衄。

朒 nǜ ㄋㄩˋ 〈書〉❶指農曆月初月亮出現在東方，也指那時的月光。❷欠缺；不足。

nuǎn (ㄋㄨㄢˇ)

暖(煖、煗、㬉) nuǎn ㄋㄨㄢˇ ❶暖和：風和日暖｜春暖花開｜天暖了，不用生爐子了。❷使變溫暖：暖酒｜暖一暖手。
'煖'另見1295頁 xuān。

【暖房】nuǎn//fáng ㄋㄨㄢˇ∥ㄈㄤˊ ❶舊俗在親友結婚的前一天前往新房賀喜。❷溫居。
【暖房】nuǎnfáng ㄋㄨㄢˇ ㄈㄤˊ 溫室。
【暖鋒】nuǎnfēng ㄋㄨㄢˇ ㄈㄥ 暖氣團沿着冷氣團慢慢上升，並推着冷氣團向前移動，在這種情況下，冷、暖氣團接觸的地帶叫做暖鋒。
【暖閣】nuǎngé ㄋㄨㄢˇ ㄍㄜˊ 舊時為了設爐取暖在大屋子裏隔出來的小房間。
【暖烘烘】nuǎnhōnghōng ㄋㄨㄢˇ ㄏㄨㄥ ㄏㄨㄥ (暖烘烘的) 形容溫暖宜人。
【暖呼呼】nuǎnhūhū ㄋㄨㄢˇ ㄏㄨ ㄏㄨ (暖呼呼的) 形容暖和◇聽了老師這番話，孩子們心裏暖呼呼的。
【暖壺】nuǎnhú ㄋㄨㄢˇ ㄏㄨˊ ❶暖水瓶。❷有棉套等保暖的水壺。❸湯壺。
【暖和】nuǎn·huo ㄋㄨㄢˇ·ㄏㄨㄛ ❶(氣候、環境等) 不冷也不太熱：北京一過三月，天氣就暖和了｜這屋子向陽，很暖和。❷使暖和：屋裏有火，快進來暖和暖和吧！
【暖簾】nuǎnlián ㄋㄨㄢˇ ㄌㄧㄢˊ 冬天用的棉門簾，能擋風保暖。
【暖流】nuǎnliú ㄋㄨㄢˇ ㄌㄧㄡˊ 從低緯度流向高緯度的洋流。暖流的水溫比它所到區域的水溫高◇一股暖流涌上心頭。
【暖瓶】nuǎnpíng ㄋㄨㄢˇ ㄆㄧㄥˊ 暖水瓶。
【暖氣】nuǎnqì ㄋㄨㄢˇ ㄑㄧˋ ❶利用鍋爐燒出蒸汽或熱水，通過管道輸送到建築物內的散熱器 (俗稱暖氣片) 中，散出熱量，使室溫增高。管道中的蒸汽或熱水叫做暖氣。❷指上述的設備。❸暖和的氣體。
【暖氣團】nuǎnqìtuán ㄋㄨㄢˇ ㄑㄧˋ ㄊㄨㄢˊ 一種移動的氣團，本身的溫度比到達區域的地面溫度高，多在熱帶大陸或海洋上形成。
【暖融融】nuǎnróngróng ㄋㄨㄢˇ ㄖㄨㄥˊ ㄖㄨㄥˊ (暖融融的) 暖烘烘：炭火驅走了寒氣，整個房間暖融融的。
【暖色】nuǎnsè ㄋㄨㄢˇ ㄙㄜˋ 給人以溫暖的感覺的顏色，如紅、橙、黃。
【暖壽】nuǎnshòu ㄋㄨㄢˇ ㄕㄡˋ 舊俗在過生日的前一天，家裏的人和關係較近的親友來祝壽。
【暖水瓶】nuǎnshuǐpíng ㄋㄨㄢˇ ㄕㄨㄟˇ ㄆㄧㄥˊ 保溫瓶的一種，瓶口較小，通常用來保存熱水。也叫暖壺或暖瓶，有的地區叫熱水瓶。
【暖袖】nuǎnxiù ㄋㄨㄢˇ ㄒㄧㄡˋ 為了禦寒縫在棉襖袖口裏面增加袖長的一截棉袖子。
【暖洋洋】nuǎnyángyáng ㄋㄨㄢˇ ㄧㄤˊ ㄧㄤˊ (暖洋洋的) 形容溫暖：暖洋洋的春風◇幾句話說得我心裏暖洋洋的。

nüè (ㄋㄩㄝˋ)

虐 nüè ㄋㄩㄝˋ ❶殘暴狠毒：暴虐｜酷虐｜虐待｜虐政。❷〈書〉災害：亂虐並生。
【虐待】nüèdài ㄋㄩㄝˋ ㄉㄞˋ 用殘暴狠毒的手段待人：虐待狂｜受虐待｜虐待病人。
【虐殺】nüèshā ㄋㄩㄝˋ ㄕㄚ 虐待人而致死。
【虐政】nüèzhèng ㄋㄩㄝˋ ㄓㄥˋ 暴虐的政策法令。

瘧(疟) nüè ㄋㄩㄝˋ 瘧疾。
另見1332頁 yào。
【瘧疾】nüè·ji ㄋㄩㄝˋ·ㄐㄧ 急性傳染病，病原體是瘧原蟲，傳染媒介是蚊子，週期性發作。由於瘧原蟲的不同，或隔一日發作，或隔二日發作，也有的不定期發作。症狀是發冷發熱，熱後大量出汗，頭痛，口渴，全身無力。通稱瘧子 (yào·zi)，有的地區叫脾寒。

nún (ㄋㄨㄣˊ)

麐 nún ㄋㄨㄣˊ 〈書〉香氣：溫麐 (溫暖芳香)。

nuó (ㄋㄨㄛˊ)

挪 nuó ㄋㄨㄛˊ 挪動；轉移：挪用｜把桌子挪一下。
【挪動】nuó·dong ㄋㄨㄛˊ·ㄉㄨㄥ 移動位置：往前挪動了幾步｜把牆邊兒的東西挪動一下，騰出地方放書架。
【挪借】nuójiè ㄋㄨㄛˊ ㄐㄧㄝˋ 暫時借用 (別人的錢)。
【挪窩兒】nuó//wōr ㄋㄨㄛˊ∥ㄨㄛㄦ 〈方〉離開原來所在的地方；搬家。
【挪移】nuóyí ㄋㄨㄛˊ ㄧˊ 〈方〉❶挪借：挪移款項。❷挪動；移動：向前挪移了幾步。
【挪用】nuóyòng ㄋㄨㄛˊ ㄩㄥˋ ❶把原定用於某方面的錢移到別的方面來用：專款專用，不得挪用。❷私自用 (公家的錢)：挪用公款。

娜 nuó ㄋㄨㄛˊ (舊讀 nuǒ ㄋㄨㄛˇ) 見298頁［婀娜］(ēnuó)、843頁〖裊娜〗(niǎonuó)。
另見825頁 nà。

儺(傩) nuó ㄋㄨㄛˊ 舊時迎神賽會，驅逐疫鬼。
【儺神】nuóshén ㄋㄨㄛˊ ㄕㄣˊ 驅除瘟疫的神。

nuò (ㄋㄨㄛˋ)

喏¹〔喏〕 nuò ㄋㄨㄛˋ 〈方〉嘆詞，表示讓人注意自己所指示的事物：喏，這不就是你的那把雨傘？｜喏，喏，要這樣挖才挖得快。

喏²〔喏〕 nuò ㄋㄨㄛˋ 〈書〉同'諾'。
另見961頁 rě。

搦 nuò ㄋㄨㄛˋ 〈書〉❶持；握；拿着：搦管。❷挑；惹：搦戰。

【搦管】nuòguǎn ㄋㄨㄛˋ ㄍㄨㄢˇ 〈書〉執筆，也指寫詩文。

【搦戰】nuòzhàn ㄋㄨㄛˋ ㄓㄢˋ 挑戰(多見於早期白話)。

諾〔諾〕(诺) nuò ㄋㄨㄛˋ ❶答應；允許：諾言｜許諾。❷答應的聲音(表示同意)：唯唯諾諾｜諾諾連聲。

【諾爾】nuò'ěr ㄋㄨㄛˋ ㄦˇ 同'淖爾'。多用於地名：什里諾爾(在青海)｜燒鍋諾爾(在吉林)。

【諾言】nuòyán ㄋㄨㄛˋ ㄧㄢˊ 應允別人的話：信守諾言。

鍩〔鍩〕(锘) nuò ㄋㄨㄛˋ 金屬元素，符號 No (nobelium)。有放射性，由人工核反應獲得。

懦 nuò ㄋㄨㄛˋ 懦弱：怯懦。

【懦夫】nuòfū ㄋㄨㄛˋ ㄈㄨ 軟弱無能的人。

【懦弱】nuòruò ㄋㄨㄛˋ ㄖㄨㄛˋ 軟弱，不堅強：懦弱無能。

糯(穤、稬) nuò ㄋㄨㄛˋ 黏性的(米穀)：糯米｜糯高粱。

【糯稻】nuòdào ㄋㄨㄛˋ ㄉㄠˋ 米粒富於黏性的稻子。

【糯米】nuòmǐ ㄋㄨㄛˋ ㄇㄧˇ 糯稻碾出的米，可以做糕點，也可以釀酒。也叫江米。

【糯米紙】nuòmǐzhǐ ㄋㄨㄛˋ ㄇㄧˇ ㄓˇ 用澱粉加工製成的像紙的薄膜，可以吃，用做糖果、糕點等的內層包裝。

O

ō (ㄛ)

噢 ōㄛ 嘆詞，表示了解：噢，原來是他！

ó (ㄛˊ)

哦 óㄛˊ 嘆詞，表示將信將疑：哦，他也要來參加我們的會？
另見298頁 é；854頁 ò。

ǒ (ㄛˇ)

嚄〔嚄〕 ǒㄛˇ 嘆詞，表示驚訝：嚄，你們也去呀！
另見519頁 huō；526頁 huò。

ò (ㄛˋ)

哦 òㄛˋ 嘆詞，表示領會、醒悟：哦，我懂了｜哦，我想起來了。
另見298頁 é；854頁 ó。

ōu (ㄡ)

區(区) Ōu ㄡ 姓。
另見947頁 qū。

漚(沤) ōu ㄡ 水泡：浮漚。
另見855頁 òu。

甌[1]〔甌〕(瓯) ōu ㄡ 〈方〉甌子：茶甌｜酒甌。

甌[2]〔甌〕(瓯) Ōu ㄡ 浙江溫州的別稱。

【甌繡】ōuxiù ㄡ ㄒㄧㄡˋ 浙江溫州出產的刺綉。

【甌子】ōu·zi ㄡ ·ㄗ 〈方〉盅。

歐[1](欧) Ōu ㄡ 姓。

歐[2](欧) Ōu ㄡ 指歐洲：西歐｜歐化。

歐[3](欧) ōu ㄡ 歐姆的簡稱。

【歐化】ōuhuà ㄡ ㄏㄨㄚˋ 指模仿歐洲的風俗習慣、語言文字等。

【歐椋鳥】ōuliángniǎo ㄡ ㄌㄧㄤˊ ㄋㄧㄠˇ 鳥，羽毛藍色，有光澤，帶乳白色斑點，嘴小帶黃色，眼靠近嘴根，性好溫暖，常群居，吃植物的果實或種子。

【歐羅巴人種】Ōuluóbā rénzhǒng ㄡ ㄌㄨㄛˊ ㄅㄚ ㄖㄣˊ ㄓㄨㄥˇ 世界三大人種之一，體質特徵是膚色較淡，頭髮柔軟而呈波形，鼻子較高，分佈在歐洲、美洲、亞洲西部和南部。也叫白種。［歐羅巴，拉 Europa］

【歐姆】ōumǔ ㄡ ㄇㄨˇ 電阻單位，導體上的電壓是 1 伏特，通過的電流是 1 安培時，電阻就是 1 歐姆。這個單位名稱是為紀念德國物理學家歐姆 (Georg Simon Ohm) 而定的。簡稱歐。

【歐體】Ōu tǐ ㄡ ㄊㄧˇ 唐代歐陽詢及其子歐陽通所寫的字體，筆畫剛勁，結構謹嚴。

【歐西】Ōuxī ㄡ ㄒㄧ 舊時指歐洲：歐西各國。

【歐陽】Ōuyáng ㄡ ㄧㄤˊ 姓。

毆(殴) ōu ㄡ 打(人)：鬥毆｜毆傷。

【毆打】ōudǎ ㄡ ㄉㄚˇ 打(人)：互相毆打｜被人毆打。

嘔(呕) ōu ㄡ ❶嘆詞，表示醒悟、驚異或讚嘆：嘔，我想起來了｜嘔，你們倆倒挺對脾氣｜累壞了身體也不行嘔！❷象聲詞：他急得嘔嘔地哭。

謳(讴) ōu ㄡ ❶歌唱：謳歌。❷民歌：吳謳｜越謳。

【謳歌】ōugē ㄡ ㄍㄜ 〈書〉歌頌。

【謳吟】ōuyín ㄡ ㄧㄣˊ 〈書〉歌吟；歌唱：時而低聲細語，時而高聲謳吟。

鷗(鸥) ōu ㄡ 鳥類的一科，多生活在海邊，主要捕食魚類，頭大，嘴扁平，前趾有蹼，翼長而尖，羽毛多為白色，如海鷗。

ǒu (ㄡˇ)

偶[1] ǒu ㄡˇ 用木頭、泥土等製成的人像：木偶｜偶像。

偶[2] ǒu ㄡˇ ❶雙數；成對的(跟'奇(jī)'相對)：偶數｜偶蹄類｜無獨有偶。❷配偶：佳偶。

偶[3] ǒu ㄡˇ 偶然；偶爾：中途偶遇｜偶一為之。

【偶爾】ǒu'ěr ㄡˇ ㄦˇ ❶間或；有時候：他經常寫小說，偶爾也寫詩。❷偶然發生的：偶爾的事。

【偶發】ǒufā ㄡˇ ㄈㄚ 偶然發生的：偶發事件。

【偶合】ǒuhé ㄡˇ ㄏㄜˊ 無意中恰巧相合：我們兩人的見解一致這完全是偶合，事先並沒有商量過。

【偶或】ǒuhuò ㄡˇ ㄏㄨㄛˋ 偶爾；間或；有時候：偶或遲到一次，就感到內心不安。

【偶然】ǒurán ㄡˇ ㄖㄢˊ ❶事理上不一定要發生而發生的；超出一般規律的：偶然事故｜偶然因素｜在公園裏偶然遇見一個老同學。❷偶爾；有時候：鬧市裏偶然也能聽到幾聲鳥鳴。

【偶然性】ǒuránxìng ㄡˇ ㄖㄢˊ ㄒㄧㄥˋ 指事物發展、變化中可能出現也可能不出現，可以這樣發生也可以那樣發生的情況。偶然性和事物發展過程的本質沒有直接關係，但它的後面常常隱藏着必然性。科學的任務就是要透過複雜的偶然現象來揭露事物發展的客觀規律，即必然性（跟'必然性'相對）。

【偶人】ǒurén ㄡˇ ㄖㄣˊ 用土木等製成的人形物。

【偶數】ǒushù ㄡˇ ㄕㄨˋ 能夠被 2 整除的整數，如 2，4，6，−8。正的偶數也叫雙數。

【偶像】ǒuxiàng ㄡˇ ㄒㄧㄤˋ 用木頭、泥土等雕塑的供迷信的人敬奉的人像，比喻盲目崇拜的對象。

嘔（呕）

ǒu ㄡˇ 吐（tù）：嘔血。

【嘔吐】ǒutù ㄡˇ ㄊㄨˋ 膈肌、腹部肌肉突然收縮，胃內食物被壓迫經食管、口腔而排出體外。

【嘔心】ǒuxīn ㄡˇ ㄒㄧㄣ 形容費盡心思（多用於文藝創作）：嘔心之作。

【嘔心瀝血】ǒu xīn lì xuè ㄡˇ ㄒㄧㄣ ㄌㄧˋ ㄒㄩㄝˋ 形容費盡心思：為教育事業嘔心瀝血。

【嘔血】ǒu//xuè ㄡˇ// ㄒㄩㄝˋ 食管、胃、腸等消化器官出血經口腔排出。嘔出的血液呈暗紅色，常混有食物的渣滓。

耦

ǒu ㄡˇ ❶〈書〉兩人並耕。❷同'偶[2]'。

【耦合】ǒuhé ㄡˇ ㄏㄜˊ 物理學上指兩個或兩個以上的體系或兩種運動形式間通過相互作用而彼此影響以至聯合起來的現象。如放大器級與級之間信號的逐級放大量通過阻容耦合或變壓器耦合；兩個綫圈之間的互感是通過磁場的耦合。

熰（炬）

ǒu ㄡˇ ❶燒火時柴草等沒有充分燃燒而產生大量的烟：熰了一屋子烟。❷冒烟、不起火苗地燒：把這堆柴火熰了。❸用燃燒艾草等的烟驅蚊蠅：熰蚊子。

藕〔蕅〕（藕）

ǒu ㄡˇ 蓮的地下莖，長形，肥大有節，白色，中間有許多管狀的孔，折斷後有絲。可以吃。

【藕斷絲連】ǒu duàn sī lián ㄡˇ ㄉㄨㄢˋ ㄙ ㄌㄧㄢˊ 比喻表面上好像已斷了關係，實際上仍然挂牽着（多指愛情上的）。

【藕粉】ǒufěn ㄡˇ ㄈㄣˇ 用藕製成的粉。

【藕荷】ǒuhé ㄡˇ ㄏㄜˊ 淺紫而微紅的顏色。也作藕合。

【藕灰】ǒuhuī ㄡˇ ㄏㄨㄟ 藕色。

【藕色】ǒusè ㄡˇ ㄙㄜˋ 淺灰而微紅的顏色。

òu（ㄡˋ）

漚（沤）

òu ㄡˋ 長時間地浸泡，使起變化：漚麻｜漚糞。

另見854頁 ōu。

【漚肥】òuféi ㄡˋ ㄈㄟˊ ❶將垃圾、青草、樹葉、廄肥、人糞尿、河泥等放在坑內，加水浸泡，經分解發酵製成肥料。❷指用這種方法製成的肥料。有的地區叫窖肥。

慪（怄）

òu ㄡˋ 〈方〉❶慪氣。❷使慪氣；使不愉快：你別故意慪我。

【慪氣】òu//qì ㄡˋ// ㄑㄧˋ 鬧彆扭，生悶氣：不要慪氣｜慪了一肚子氣。

P

pā（ㄆㄚ）

妑 pā ㄆㄚ 〈方〉❶（食物等）爛糊；軟和：老牛筋燉不妑｜飯煮妑了。❷軟；軟弱：經勸解，他的口氣妑多了。

趴 pā ㄆㄚ ❶胸腹朝下卧倒：趴在地上射擊。❷身體向前靠在物體上；伏：趴在桌子上畫圖。

派 pā ㄆㄚ ［派司］（pā·si ㄆㄚ ·ㄙ）❶指厚紙印成的或訂成本兒的出入證、通行證等。❷指通過；准於通過（檢查、關卡、考試等）。［英 pass］

另見859頁 pài。

啪 pā ㄆㄚ 象聲詞，形容放槍、拍掌或東西撞擊等聲音：鞭子甩得啪啪地響。

葩〔葩〕 pā ㄆㄚ 〈書〉花：奇葩異草。

pá（ㄆㄚˊ）

扒 pá ㄆㄚˊ ❶用手或用耙子一類的工具使東西聚攏或散開：扒草。❷〈方〉用手搔；抓；撓：扒癢。❸扒竊：錢包被小偷扒走了。❹一種煨爛的烹調法：扒羊肉｜扒白菜。

另見15頁 bā。

【扒糕】págāo ㄆㄚˊ ㄍㄠ 用蕎麥麵製成的涼拌食物。

【扒灰】pá//huī ㄆㄚˊ // ㄏㄨㄟ 同‘爬灰’。

【扒拉】pá·la ㄆㄚˊ ·ㄌㄚ 〈方〉用筷子把飯撥到嘴裏：他扒拉了兩口飯就跑出去了。

另見16頁 bā·la。

【扒犁】pá·li ㄆㄚˊ ·ㄌㄧ 同‘爬犁’。

【扒竊】páqiè ㄆㄚˊ ㄑㄧㄝˋ 從別人身上偷竊（財物）。

【扒手】páshǒu ㄆㄚˊ ㄕㄡˇ 從別人身上偷竊財物的小偷◇政治扒手。也作搿手。

杷 pá ㄆㄚˊ 見876頁［枇杷］（pí·pá）。

爬 pá ㄆㄚˊ ❶昆蟲、爬行動物等行動或人用手和腳一起着地向前移動：蝎子爬進了牆縫｜這孩子會爬了。❷抓着東西往上去；攀登：爬樹｜爬繩｜爬山◇牆上爬滿了藤蔓。❸由倒卧而坐起或站起（多指起牀）：為了趕火車，他五點就爬了起來｜他病得已經爬不起來了◇在哪裏跌倒，就在哪裏爬起來。

【爬蟲】páchóng ㄆㄚˊ ㄔㄨㄥˊ 爬行動物的舊稱。

【爬灰】pá//huī ㄆㄚˊ // ㄏㄨㄟ 俗指公公跟兒媳婦兒通姦。也作扒灰。

【爬犁】pá·li ㄆㄚˊ ·ㄌㄧ 〈方〉雪橇（qiāo）。也作扒犁。

【爬牆虎】páqiánghǔ ㄆㄚˊ ㄑㄧㄤˊ ㄏㄨˇ ❶爬藤榕。❷紅葡萄藤。

【爬山虎】páshānhǔ ㄆㄚˊ ㄕㄢ ㄏㄨˇ ❶落葉藤本植物，葉子互生，葉柄細長，花淺綠色。結漿果，球形。莖上有捲鬚。能附着在岩石或牆壁上。❷〈方〉山轎。

【爬升】páshēng ㄆㄚˊ ㄕㄥ ❶（飛機、火箭等）向高處飛行。❷比喻逐步提高：商品銷售額爬升。

【爬藤榕】páténgróng ㄆㄚˊ ㄊㄥˊ ㄖㄨㄥˊ 常綠灌木，攀緣莖，葉子橢圓形或橢圓狀披針形，綠色，背面灰白色。攀緣在樹幹或牆壁上。也叫爬牆虎。

【爬梯】pátī ㄆㄚˊ ㄊㄧ ❶坡度較陡，人上下時需雙手扶梯的樓梯。❷鐵鏈或繩索做成的直上直下的梯子。

【爬行】páxíng ㄆㄚˊ ㄒㄧㄥˊ ❶爬：爬行動物。❷比喻墨守陳規，慢騰騰地幹：爬行思想。

【爬行動物】páxíng dòngwù ㄆㄚˊ ㄒㄧㄥˊ ㄉㄨㄥˋ ㄨˋ 脊椎動物的一綱，身體表面有鱗或甲，體溫隨着氣溫的高低而改變，用肺呼吸，卵生或卵胎生，無變態，如蛇、蜥蜴、龜、鱉、玳瑁等。舊稱爬蟲。

【爬泳】páyǒng ㄆㄚˊ ㄩㄥˇ 游泳的一種姿勢，身體俯卧在水面，兩腿打水，兩臂交替划水。用這種姿勢游泳，速度最快。

耙（鈀） pá ㄆㄚˊ ❶耙子：釘耙｜糞耙。❷用耙子平整土地或聚攏、散開柴草、穀物等：地已耙好了｜把麥子耙開曬曬。

另見18頁 bà。‘鈀’另見18頁 bǎ。

【耙子】pá·zi ㄆㄚˊ ·ㄗ 聚攏和散開柴草、穀物或平整土地的農具，有長柄，一端有鐵齒、木齒或竹齒。

琶 pá ㄆㄚˊ 見876頁〖琵琶〗（pí·pá）。

搿 pá ㄆㄚˊ ［搿手］（páshǒu ㄆㄚˊ ㄕㄡˇ）同‘扒手’。

筢 pá ㄆㄚˊ ［筢子］（pá·zi ㄆㄚˊ ·ㄗ）摟（lōu）柴草的器具，多用竹子、鐵絲等製成。

潖 pá ㄆㄚˊ 潖江口（Pájiāngkǒu ㄆㄚˊ ㄐㄧㄤ ㄎㄡˇ），地名，在廣東。

pà（ㄆㄚˋ）

帊 pà ㄆㄚˋ 〈書〉同‘帕¹’。

帕1 pà ㄆㄚˋ 用來擦手擦臉的紡織品，多為方形：手帕。

帕2 pà ㄆㄚˋ 帕斯卡的簡稱。

【帕斯卡】pàsīkǎ ㄆㄚˋ ㄙ ㄎㄚˇ 壓強單位，物體每平方米的面積上受到的壓力為1牛頓時，壓強就是1帕斯卡。這個單位名稱是為紀念法國科學家帕斯卡(Blaise Pascal)而定的。簡稱帕。

怕 pà ㄆㄚˋ ❶害怕；畏懼：老鼠怕貓｜任何困難都不怕。❷恐怕。a)表示擔心：怕他太累，所以叫人去幫忙。b)表示估計；也許：這個瓜怕有十幾斤吧。

【怕人】pàrén ㄆㄚˋ ㄖㄣˊ ❶見人害怕。❷使人害怕；可怕：洞裏黑得怕人。

【怕生】pàshēng ㄆㄚˋ ㄕㄥ (小孩兒)怕見生人；認生：孩子小，怕生。

【怕事】pà//shì ㄆㄚˋ//ㄕˋ 怕惹是非：膽小怕事。

【怕羞】pà//xiū ㄆㄚˋ//ㄒㄧㄡ 怕難為情；害臊：小姑娘怕羞，躲到姑姑身後去了。

pāi (ㄆㄞ)

拍 pāi ㄆㄞ ❶用手掌打：拍球｜拍手｜拍掉身上的土◇驚濤拍岸。❷(拍兒)拍子①：蠅拍兒。❸拍子②：合拍｜二分之一拍。❹用攝影機把人、物的形象照在底片上：拍電影｜拍照片。❺發(電報等)：拍電報。❻拍馬屁：吹吹拍拍。

【拍案】pāi'àn ㄆㄞ ㄢˋ 拍桌子(表示強烈的憤怒、驚異、讚賞等感情)：拍案而起(形容十分憤怒)｜拍案叫絕(形容非常讚賞)。

【拍巴掌】pāi bā·zhang ㄆㄞ ㄅㄚ ·ㄓㄤ 拍手。

【拍板】pāi//bǎn ㄆㄞ//ㄅㄢˇ ❶打拍板：你唱，我來拍板。❷商行拍賣貨物，為表示成交而拍打木板。❸比喻主事人做出決定：拍板定案｜這件事得由廠長拍板。

【拍板】pāibǎn ㄆㄞ ㄅㄢˇ 打擊樂器，用來打拍子。一般用三塊硬質木板做成，互相打擊能發出清脆的聲音。

【拍打】pāi·da ㄆㄞ ·ㄉㄚ ❶輕輕地打：拍打身上的雪。❷扇動(翅膀)：小鳥拍打着翅膀。

【拍檔】pāidàng ㄆㄞ ㄉㄤˋ 〈方〉❶協作；合作：兩位名演員在這部影片中拍檔飾演男女主角。❷協作或合作的人：最佳拍檔。

【拍發】pāifā ㄆㄞ ㄈㄚ 發出(電報)。

【拍花】pāihuā ㄆㄞ ㄏㄨㄚ 指用能使人迷糊的藥誘拐小孩。

【拍馬】pāimǎ ㄆㄞ ㄇㄚˇ 拍馬屁：逢迎拍馬｜溜鬚拍馬。

【拍馬屁】pāi mǎpì ㄆㄞ ㄇㄚˇ ㄆㄧˋ 指諂媚奉承。

【拍賣】pāimài ㄆㄞ ㄇㄞˋ ❶以委託寄售為業的商行當眾出賣寄售的貨物，由許多顧客出價爭購，到沒有人再出更高一些的價時，就拍板，表示成交。❷稱減價拋售；甩賣：大拍賣。

【拍攝】pāishè ㄆㄞ ㄕㄜˋ 拍④：拍攝電影。

【拍手】pāi//shǒu ㄆㄞ//ㄕㄡˇ 兩手相拍，表示歡迎、贊成、感謝等；鼓掌：拍手歡迎｜拍手稱快(拍着手喊痛快，多指仇恨得到消除)。

【拍拖】pāituō ㄆㄞ ㄊㄨㄛ 〈方〉指談戀愛。

【拍胸脯】pāi xiōngpú ㄆㄞ ㄒㄩㄥ ㄆㄨˊ 表示沒有問題，可以擔保：你敢拍胸脯，我就放心了。

【拍照】pāi//zhào ㄆㄞ//ㄓㄠˋ 照相：拍照留念。

【拍紙簿】pāizhǐbù ㄆㄞ ㄓˇ ㄅㄨˋ 紙的一邊用膠粘住、便於一頁一頁撕下來的本子。[拍，英pad]

【拍子】pāi·zi ㄆㄞ ·ㄗ ❶拍打東西的用具：蒼蠅拍子｜網球拍子。❷音樂中，計算樂音歷時長短的單位：打拍子(按照樂曲的節奏揮手或敲打)。

pái (ㄆㄞˊ)

俳 pái ㄆㄞˊ ❶古代指滑稽戲。❷〈書〉詼諧；滑稽：俳諧。

【俳句】páijù ㄆㄞˊ ㄐㄩˋ 日本的一種短詩，以十七個音為一首，首句五個音，中句七個音，末句五個音。

【俳諧】páixié ㄆㄞˊ ㄒㄧㄝˊ 〈書〉詼諧：俳諧文(古代指隱喻、調笑、譏諷的文章)。

【俳優】páiyōu ㄆㄞˊ ㄧㄡ 古代指演滑稽戲的藝人。

排1 pái ㄆㄞˊ ❶一個挨一個地按着次序擺：排隊｜排字｜把椅子排成一行。❷排成的行列：他坐在後排。❸軍隊的編制單位，連的下一級，班的上一級。❹量詞，用於成行列的東西：一排子彈｜一排椅子｜上下兩排牙齒。❺排演：排戲｜彩排｜這是一齣新排的京劇。

排2 pái ㄆㄞˊ ❶一種水上交通工具，用竹子或木頭平排地連在一起做成。❷指紮成排的竹子或木頭，便於放在水裏運走。

排3 pái ㄆㄞˊ ❶用力除去：排除｜排擠｜排澇｜排灌｜把水排出去。❷推；推開：排闥(tà)直入｜排門而出。

排4 pái ㄆㄞˊ 一種西式點心，用麪粉做成淺盤子形狀的底，在上面加糊狀的奶油、果醬或巧克力等而製成：蘋果排。[英pie]

另見859頁pǎi。

【排奡】pái'ào ㄆㄞˊ ㄠˋ 〈書〉(文筆)矯健：其文縱橫排奡。

【排版】pái//bǎn ㄆㄞˊ//ㄅㄢˇ 依照稿本把文字、圖版等排在一起，拼成版面。

【排比】páibǐ ㄆㄞˊ ㄅㄧˇ 修辭方式，用一連串內容相關、結構類似的句子成分或句子來表示強調和一層層的深入。如：'我們說，長征是歷史紀錄上的第一次，長征是宣言書，長征是宣傳隊，長征是播種機。'‘因此，沒有滿腔的熱忱，沒有眼睛向下的決心，沒有求知的渴望，沒有放下臭架子、甘當小學生的精神，是一定不能做，也一定做不好的’。

【排筆】páibǐ ㄆㄞˊ ㄅㄧˇ 油漆、粉刷或畫家染色用的一種筆，由平列的一排筆毛或幾枝筆連成一排做成。

【排叉兒】páichàr ㄆㄞˊ ㄔㄚㄦˋ 食品，長方形的薄麪片（多為兩層），中間劃三條口子，把麪片的一頭從口子中掏出來，用油炸熟。也作排杈兒。

【排杈兒】páichàr ㄆㄞˊ ㄔㄚㄦˋ ❶室內較矮而窄的隔斷。❷同‘排叉兒’。

【排場】pái·chǎng ㄆㄞˊ ·ㄔㄤˇ ❶表現在外面的鋪張奢侈的形式或局面：排場大｜講排場。❷鋪張而奢侈。❸〈方〉體面；光彩：集體婚禮又排場，又省錢。

【排斥】páichì ㄆㄞˊ ㄔˋ 使別的人或事物離開自己這方面：排斥異己｜帶同種電荷的物體相排斥｜現實主義的創作方法並不排斥藝術上的誇張。

【排除】páichú ㄆㄞˊ ㄔㄨˊ 除掉；消除：排除積水｜排除險情｜排除萬難，奮勇直前。

【排擋】páidǎng ㄆㄞˊ ㄉㄤˇ 汽車、拖拉機等用來改變牽引力的裝置，用於改變行車速度或倒車。簡稱擋。

【排檔】páidàng ㄆㄞˊ ㄉㄤˋ 〈方〉設在路旁、廣場上的售貨處：服裝排檔｜個體排檔。

【排隊】pái∥duì ㄆㄞˊ∥ㄉㄨㄟˋ 一個挨一個順次排列成行：排隊上車◇把問題排排隊，依次解決。

【排筏】páifá ㄆㄞˊ ㄈㄚˊ 杉木、毛竹等編成的筏子。

【排放】páifàng ㄆㄞˊ ㄈㄤˋ ❶排出（廢氣、廢水、廢渣）：排放污水｜排放瓦斯。❷動物排精或排卵。

【排風扇】páifēngshàn ㄆㄞˊ ㄈㄥ ㄕㄢˋ 換氣扇。

【排骨】páigǔ ㄆㄞˊ ㄍㄨˇ 供食用的豬、牛、羊等的肋骨、脊椎骨。

【排灌】páiguàn ㄆㄞˊ ㄍㄨㄢˋ 排水和灌溉：機械排灌｜排灌設備。

【排行】páiháng ㄆㄞˊ ㄏㄤˊ （兄弟姐妹）依長幼排列次序：他排行第二。

【排擊】páijī ㄆㄞˊ ㄐㄧ 排斥攻擊。

【排擠】páijǐ ㄆㄞˊ ㄐㄧˇ 利用勢力或手段使不利於自己的人失去地位或利益。

【排檢】páijiǎn ㄆㄞˊ ㄐㄧㄢˇ （圖書、資料等）排列和檢索：排檢法｜漢字排檢知識。

【排解】páijiě ㄆㄞˊ ㄐㄧㄝˇ ❶調解（糾紛）：經過排解，一場衝突才算平息。❷排遣：排解愁悶。

【排澇】pái∥lào ㄆㄞˊ∥ㄌㄠˋ 排除田地裏過多的積水，使農作物免受澇害。

【排雷】pái∥léi ㄆㄞˊ∥ㄌㄟˊ 排除地雷或水雷。

【排練】páiliàn ㄆㄞˊ ㄌㄧㄢˋ 排演練習：排練文藝節目。

【排列】páiliè ㄆㄞˊ ㄌㄧㄝˋ ❶順次序放：按字母次序排列｜依姓氏筆畫多少排列。❷由 m 個不同的元素中取出 n ($n \leq m$) 個，按一定的順序排成一列，叫做由 m 中取 n 的排列。排列數記作 A_m^n，公式是 $A_m^n = (m-1)(m-2)\cdots(m-n+1)$。

【排律】páilǜ ㄆㄞˊ ㄌㄩˋ 長篇的律詩。一般是五言。

【排卵】pái∥luǎn ㄆㄞˊ∥ㄌㄨㄢˇ 發育成熟的卵子從卵巢排出。人的排卵期通常在下次月經開始前的第 14 天左右。

【排名】pái∥míng ㄆㄞˊ∥ㄇㄧㄥˊ 排列名次：他的成績在比賽中排名第五。

【排難解紛】pái nàn jiě fēn ㄆㄞˊ ㄋㄢˋ ㄐㄧㄝˇ ㄈㄣ 調解糾紛。

【排偶】pái'ǒu ㄆㄞˊ ㄡˇ （文句）排比對偶。

【排炮】páipào ㄆㄞˊ ㄆㄠˋ ❶許多門炮同時向同一方向、目標進行射擊的炮火。❷劈山造田、開礦掘巷道等工程中，連接許多炮眼同時進行的爆破。

【排遣】páiqiǎn ㄆㄞˊ ㄑㄧㄢˇ 借某種事消除（寂寞和煩悶）：心中的鬱悶難以排遣。

【排槍】páiqiāng ㄆㄞˊ ㄑㄧㄤ 許多支槍同時向同一方向、目標進行射擊的火力。

【排球】páiqiú ㄆㄞˊ ㄑㄧㄡˊ ❶球類運動項目之一，球場長方形，中間隔有高網，比賽雙方（每方六人）各佔球場的一方，用手把球從網上空打來打去。❷排球運動使用的球，用羊皮或人造革做殼，橡膠做膽，大小和足球相似。

【排山倒海】pái shān dǎo hǎi ㄆㄞˊ ㄕㄢ ㄉㄠˇ ㄏㄞˇ 比喻力量強，聲勢大。

【排水量】páishuǐliàng ㄆㄞˊ ㄕㄨㄟˇ ㄌㄧㄤˋ ❶船舶在水中所排開的水的重量，分為空船排水量和滿載排水量。滿載排水量用來表示船隻的大小，通常以噸為單位。❷河道或渠道在單位時間內排出水的量，通常以立方米/秒為單位。

【排他性】páitāxìng ㄆㄞˊ ㄊㄚ ㄒㄧㄥˋ 一事物不容許另一事物與自己在同一範圍內並存的性質。

【排頭】páitóu ㄆㄞˊ ㄊㄡˊ 隊伍的最前面，也指站在隊伍最前面的人：站在排頭｜向排頭看齊｜排頭是小隊長。

【排頭兵】páitóubīng ㄆㄞˊ ㄊㄡˊ ㄅㄧㄥ 站在隊伍最前面的兵，比喻帶頭的人。

【排外】páiwài ㄆㄞˊ ㄨㄞˋ 排斥外國、外地或本黨派、本集團以外的人。

【排尾】páiwěi ㄆㄞˊ ㄨㄟˇ 隊伍的最後面，也指站在隊伍最後面的人：站在排尾｜排尾是副隊長。

【排戲】pái∥xì ㄆㄞˊ∥ㄒㄧˋ 排演戲劇。

【排險】pái∥xiǎn ㄆㄞˊ∥ㄒㄧㄢˇ 排除險情。

【排泄】páixiè ㄆㄞˊ ㄒㄧㄝˋ ❶使雨水、污水等流走。❷生物把體內的廢物排出體外。如動物的消化器官排泄糞便，皮膚排泄汗液。又如植物把多餘的水分和礦物質排出體外。

【排揎】pái·xuan ㄆㄞˊ ·ㄒㄩㄢ 〈方〉數説責備；訓斥：他已經認錯了，你別再排揎他了。

【排演】páiyǎn ㄆㄞˊ ㄧㄢˇ 戲劇等上演前，演員在導演的指導下，逐段練習。

【排椅】páiyǐ ㄆㄞˊ ㄧˇ 相連成排的椅子，多用於影劇院、俱樂部、禮堂等。

【排印】páiyìn ㄆㄞˊ ㄧㄣˋ 排版和印刷：排印書稿｜文稿已交付排印。

【排憂解難】pái yōu jiě nàn ㄆㄞˊ ㄧㄡ ㄐㄧㄝˇ ㄋㄢˋ 排除憂慮，解除危難。

【排中律】páizhōnglǜ ㄆㄞˊ ㄓㄨㄥ ㄌㄩˋ 形式邏輯基本規律之一，在同一時間和同一條件下，對同一對象所作的兩個矛盾判斷不能同時都假，必有一真。如一個是假的，另一個一定是真的，不能有中間情況。公式是：'甲或非甲'或'甲是乙或甲不是乙'。

【排字】pái∥zì ㄆㄞˊ∥ㄗˋ 印刷以前按一定的格式排出印刷物的文字。

徘 pái ㄆㄞˊ ［徘徊］(páihuái ㄆㄞˊ ㄏㄨㄞˊ) ❶在一個地方來回地走：他獨自在江邊徘徊。❷比喻猶疑不決：徘徊歧路。❸比喻事物在某個範圍內來回浮動、起伏：這個廠的產值一直在三百萬元左右徘徊。

棑 pái ㄆㄞˊ 同'排²'。

牌 pái ㄆㄞˊ ❶(牌兒)牌子①：廣告牌｜標語牌。❷(牌兒)牌子②：門牌｜自行車牌兒。❸(牌兒)牌子③：冒牌兒｜英雄牌金筆。❹一種娛樂用品(也用為賭具)：紙牌｜撲克牌｜打牌。❺牌子④：詞牌｜曲牌。

【牌匾】páibiǎn ㄆㄞˊ ㄅㄧㄢˇ 挂在門楣上或牆上，題着字的木板。

【牌坊】páifāng ㄆㄞˊ ㄈㄤ 形狀像牌樓的建築物，舊時多用來表彰忠孝節義的人物，如功德牌坊、貞節牌坊。

【牌號】páihào ㄆㄞˊ ㄏㄠˋ (牌號兒) ❶商店的字號：這家餐館換了牌號。❷商標；牌子③：貨架上陳列着各種牌號的電視機｜這種牌號的香水是上等貨。

【牌價】páijià ㄆㄞˊ ㄐㄧㄚˋ 規定的價格(多用牌子公佈)：零售牌價｜批發牌價。

【牌九】páijiǔ ㄆㄞˊ ㄐㄧㄡˇ 骨牌。

【牌樓】pái·lou ㄆㄞˊ ·ㄌㄡ 做裝飾用的建築物，多建於街市要衝或名勝之處，由兩個或四個並列的柱子構成，上面有檐。為慶祝用的牌樓是臨時用竹、木等紮綵搭成的。

【牌示】páishì ㄆㄞˊ ㄕˋ 張貼在佈告牌上的文告。

【牌位】páiwèi ㄆㄞˊ ㄨㄟˋ 指神主、靈位或其他題着名字作為祭祀對象的木牌。

【牌照】páizhào ㄆㄞˊ ㄓㄠˋ 政府發給的行車的憑證，也指發給某些特種營業的執照。

【牌子】pái·zi ㄆㄞˊ ·ㄗ ❶張貼文告、廣告、標語等的板狀物：球場四周豎立着各種廣告牌子。❷用木板或其他材料做的標誌，上邊多有文字：菜牌子｜水牌子。❸企業單位為自己的產品起的專用的名稱：老牌子｜闖牌子。❹詞曲的調子。

【牌子曲】pái·ziqǔ ㄆㄞˊ ·ㄗ ㄑㄩˇ 指把若干民歌小調和若干曲藝曲牌連串起來演唱一段故事的一類曲。

箄 pái ㄆㄞˊ 同'簰'。

另見48頁 bēi。

簰(**簿**) pái ㄆㄞˊ 同'排²'。

pǎi (ㄆㄞˇ)

迫(**廹**) pǎi ㄆㄞˇ ［迫擊炮］(pǎijīpào ㄆㄞˇ ㄐㄧ ㄆㄠˋ) 從炮口裝彈，以曲射為主的火炮，炮身短，射程較近，輕便靈活，能射擊遮蔽物後方的目標。

另見892頁 pò。

排 pǎi ㄆㄞˇ 〈方〉用楦子填緊或撐大新鞋的中空部分使合於某種形狀：把這雙鞋排一排。

另見857頁 pái。

【排子車】pǎi·zichē ㄆㄞˇ ·ㄗ ㄔㄜ 用人力拉的一種車，沒有車廂，多用於運貨或搬運器物。也叫大板車。

pài (ㄆㄞˋ)

哌 pài ㄆㄞˋ ［哌嗪］(pàiqín ㄆㄞˋ ㄑㄧㄣˊ) 藥名，有機化合物，化學式 $NHC_2H_4NHC_2H_4$。白色結晶，有驅除蛔蟲和蟯蟲等作用。［英 piperazine］

派 pài ㄆㄞˋ ❶指立場、見解或作風、習氣相同的一些人：黨派｜學派｜宗派｜樂觀派。❷作風或風度：氣派｜派頭。❸〈方〉有派頭兒；有風度：小王穿上這身衣服真夠派的。❹量詞。a)用於派別：兩派學者對這個問題有兩種不同的看法。b)用於景色、氣象、聲音、語言等(前面用'一'字)：好一派北國風光｜一派新氣象｜一派胡言。❺〈書〉江河的支流。❻分配；派遣；委派；安排：分派｜調(diào)派｜派人送去｜派用場。❼攤派：派糧派款。❽指摘(別人過失)：派不是。

另見856頁 pā。

【派別】pàibié ㄆㄞˋ ㄅㄧㄝˊ 學術、宗教、政黨等內部因主張不同而形成的分支或小團體。

【派不是】pài bù·shi ㄆㄞˋ ㄅㄨˋ ·ㄕ 指摘別人的過失：自己不認錯，還派別人的不是。

【派出所】pàichūsuǒ ㄆㄞˋ ㄔㄨ ㄙㄨㄛˇ 我國公安部門的基層機構，管理戶口和基層治安等工作。

【派力司】pàilìsī ㄆㄞˋ ㄌㄧˋ ㄙ 用羊毛織成的平紋毛織品，表面現出縱橫交錯的隱約的綫條，適宜於做夏季服裝。[英 palace]

【派遣】pàiqiǎn ㄆㄞˋ ㄑㄧㄢˇ (政府、機關、團體等)命人到某處做某項工作：派遣代表團出國訪問。

【派生】pàishēng ㄆㄞˋ ㄕㄥ 從一個主要事物的發展中分化出來：派生詞。

【派生詞】pàishēngcí ㄆㄞˋ ㄕㄥ ㄘˊ 見461頁〖合成詞〗。

【派頭】pàitóu ㄆㄞˋ ㄊㄡˊ (派頭兒)氣派：派頭十足｜很有派頭。

【派系】pàixì ㄆㄞˋ ㄒㄧˋ 指某些政黨或集團內部的派別。

【派性】pàixìng ㄆㄞˋ ㄒㄧㄥˋ 指維護派系利益的表現：鬧派性｜消除派性。

【派駐】pàizhù ㄆㄞˋ ㄓㄨˋ 受到派遣駐在某地(執行任務)：派駐國外｜有些單位已經撤消了派駐地方的機構。

蒎〔蒎〕 pài ㄆㄞˋ 有機化合物，化學式 $C_{10}H_{18}$。化學性質穩定，不易被無機酸和氧化劑分解。[英 pinane]

湃 pài ㄆㄞˋ 見862頁〖滂湃〗、871頁〖澎湃〗。

pān (ㄆㄢ)

扳 pān ㄆㄢ 同'攀'。
另見28頁 bān。

番 pān ㄆㄢ 番禺(Pānyú ㄆㄢ ㄩˊ)，地名，在廣東。
另見313頁 fān。

潘 Pān ㄆㄢ 姓。

攀 pān ㄆㄢ ❶抓住東西向上爬：攀登｜攀樹｜攀着繩子往上爬。❷用手拉；抓住：攀折｜攀緣。❸指跟地位高的人結親戚或拉關係：高攀｜攀親｜攀龍附鳳。❹設法接觸；牽扯：攀談｜攀扯｜攀供。

【攀比】pānbǐ ㄆㄢ ㄅㄧˇ 援引事例比附：互相攀比。

【攀扯】pānchě ㄆㄢ ㄔㄜˇ 牽連拉扯：這件事跟他沒關係，你別攀扯他。

【攀登】pāndēng ㄆㄢ ㄉㄥ 抓住東西爬上去◇攀登科學高峰。

【攀附】pānfù ㄆㄢ ㄈㄨˋ ❶附着東西往上爬：藤蔓攀附樹木。❷比喻投靠有權勢的人，以求高升：攀附權貴。

【攀高枝兒】pān gāozhīr ㄆㄢ ㄍㄠ ㄓㄦ 指跟社會地位比自己高的人交朋友或結成親戚。有的地區說巴高枝兒。

【攀供】pāngòng ㄆㄢ ㄍㄨㄥˋ 指招供的時候憑空牽扯別人。

【攀交】pānjiāo ㄆㄢ ㄐㄧㄠ 跟地位高的人結交。

【攀龍附鳳】pān lóng fù fèng ㄆㄢ ㄌㄨㄥˊ ㄈㄨˋ ㄈㄥˋ 巴結或投靠有權勢的人。也說附鳳攀龍。

【攀親】pān∥qīn ㄆㄢ∥ㄑㄧㄣ ❶拉親戚關係：攀親道故。❷議婚；訂婚：給兒子攀了一門親。

【攀禽】pānqín ㄆㄢ ㄑㄧㄣˊ 鳥的一類，腳短而健壯，善於攀樹，嘴堅硬，有的有鋒利的鉤，常捕食害蟲，如啄木鳥、杜鵑等。

【攀談】pāntán ㄆㄢ ㄊㄢˊ 拉扯閑談：兩人攀談起來很相投。

【攀誣】pānwū ㄆㄢ ㄨ 牽連；誣陷：攀誣好人。

【攀援】pānyuán ㄆㄢ ㄩㄢˊ 同'攀緣'。

【攀緣】pānyuán ㄆㄢ ㄩㄢˊ ❶抓着東西往上爬。❷比喻投靠有錢有勢的人往上爬。‖也作攀援。

【攀緣莖】pānyuánjīng ㄆㄢ ㄩㄢˊ ㄐㄧㄥ 不能直立，靠捲鬚或吸盤狀的器官附着在別的東西上生長的莖，如葡萄、黃瓜、常春藤等的莖。

【攀折】pānzhé ㄆㄢ ㄓㄜˊ 拉下來折斷(花木)：愛護花木，請勿攀折。

【攀枝花】pānzhīhuā ㄆㄢ ㄓ ㄏㄨㄚ 木棉樹。

pán (ㄆㄢˊ)

爿 pán ㄆㄢˊ 〈方〉❶劈成片的竹木等：柴爿｜竹爿。❷量詞，田地一片叫一爿。❸量詞，商店、工廠等一家叫一爿。

胖 pán ㄆㄢˊ〈書〉安泰舒適：心廣體胖。
另見864頁 pàng。

般 pán ㄆㄢˊ〈書〉歡樂。
另見29頁 bān；86頁 bō。

槃 pán ㄆㄢˊ 〈書〉同'盤'①②⑤。

磐 pán ㄆㄢˊ〈書〉大石頭：磐石。

【磐石】pánshí ㄆㄢˊ ㄕˊ 厚而大的石頭：安如磐石。也作盤石。

盤(盘) pán ㄆㄢˊ ❶古代盥洗用具的一種。❷(盤兒)盤子①：茶盤兒｜托盤。❸(盤兒)形狀或功用像盤子①的東西：磨盤｜算盤｜字盤｜棋盤◇地盤。❹(盤兒)指商品行情：開盤｜收盤｜平盤。❺迴旋地繞：盤旋｜盤杠子｜盤馬彎弓。❻壘、砌、搭(炕、灶)：南屋的炕拆了還沒盤。❼仔細查問或清點：盤問｜盤根究底｜盤貨｜一年盤一次賬。❽指轉讓(工商企業)：出盤｜招盤｜受盤。❾搬運：盤運｜由倉庫朝外頭盤東西。❿量詞：一盤機器｜一盤磨｜乒乓球賽進行了兩盤單打和一盤雙打。⑪ (Pán) 姓。

【盤剝】pánbō ㄆㄢˊ ㄅㄛ 指利上加利地剝削：重利盤剝。

【盤查】pánchá ㄆㄢˊ ㄔㄚˊ 盤問檢查：盤查過路行人。

【盤纏】pán·chan ㄆㄢˊ ·ㄔㄢ 路費。

【盤秤】pánchèng ㄆㄢˊ ㄔㄥˋ 桿秤的一種，秤桿的一端繫着一個盤子，把要稱的東西放在盤子裏。

【盤川】pánchuān ㄆㄢˊ ㄔㄨㄢ 〈方〉路費。

【盤存】páncún ㄆㄢˊ ㄘㄨㄣˊ 用清點、過秤、對賬等方法檢查現有資產的數量和情況。

【盤錯】páncuò ㄆㄢˊ ㄘㄨㄛˋ 〈書〉(樹根或樹枝) 盤繞交錯，也用來比喻事情錯綜複雜：枝椏盤錯｜問題盤錯，一時難以解決。

【盤道】pándào ㄆㄢˊ ㄉㄠˋ 彎曲的路，多在山地。

【盤點】pándiǎn ㄆㄢˊ ㄉㄧㄢˇ 清點 (存貨)：盤點庫存。

【盤店】pándiàn ㄆㄢˊ ㄉㄧㄢˋ 指把店鋪全部的貨物器具等轉讓給人。

【盤費】pán·fei ㄆㄢˊ ·ㄈㄟ 路費。

【盤杠子】pán gàng·zi ㄆㄢˊ ㄍㄤˋ ·ㄗ 在單杠上做各種翻騰的動作。

【盤根錯節】pán gēn cuò jié ㄆㄢˊ ㄍㄣ ㄘㄨㄛˋ ㄐㄧㄝˊ 樹根盤繞，木節交錯。比喻事情複雜，不易解決。

【盤根問底】pán gēn wèn dǐ ㄆㄢˊ ㄍㄣ ㄨㄣˋ ㄉㄧˇ 盤問事情的根由底細。也説盤根究底。

【盤亘】pángèn ㄆㄢˊ ㄍㄣˋ 〈書〉(山) 互相連接：山嶺盤亘交錯。

【盤古】Pángǔ ㄆㄢˊ ㄍㄨˇ 我國神話中的開天闢地的人物。

【盤桓】pánhuán ㄆㄢˊ ㄏㄨㄢˊ ❶〈書〉逗留；徊①：盤桓終日｜在杭州盤桓了幾天，遊覽了各處名勝。❷曲折；盤曲：盤桓髻。❸迴環旋繞：這個想法一直盤桓腦際。

【盤貨】pán∥huò ㄆㄢˊ∥ㄏㄨㄛˋ 商店等清點和檢查實存貨物：今日盤貨，暫停營業。

【盤繳】pánjiǎo ㄆㄢˊ ㄐㄧㄠˇ 〈方〉❶日常開支：他家人口多，盤繳大。❷路費。

【盤結】pánjié ㄆㄢˊ ㄐㄧㄝˊ 旋繞：森林裏古木參天，粗藤盤結。

【盤詰】pánjié ㄆㄢˊ ㄐㄧㄝˊ 仔細追問 (可疑的人)：戒嚴期間，對進城的人嚴加盤詰。

【盤究】pánjiū ㄆㄢˊ ㄐㄧㄡ 盤問追究。

【盤踞】pánjù ㄆㄢˊ ㄐㄩˋ 非法佔據；霸佔 (地方)：一股海匪盤踞小島。也作盤據。

【盤庫】pán∥kù ㄆㄢˊ∥ㄎㄨˋ 查點倉庫物品。

【盤馬彎弓】pán mǎ wān gōng ㄆㄢˊ ㄇㄚˇ ㄨㄢ ㄍㄨㄥ 韓愈詩《雉帶箭》：'將軍欲以巧伏人，盤馬彎弓惜不發。' 比喻先做出驚人的姿勢，不立刻行動 (盤馬：騎着馬繞圈子；彎弓：張了弓要射箭)。

【盤尼西林】pánníxīlín ㄆㄢˊ ㄋㄧˊ ㄒㄧ ㄌㄧㄣˊ 青黴素的舊稱。[英 penicillin]

【盤弄】pánnòng ㄆㄢˊ ㄋㄨㄥˋ 來回撫摸；撥弄：隨手摘了一根野草，在手上盤弄。

【盤曲】pánqū ㄆㄢˊ ㄑㄩ 〈書〉曲折環繞：古樹枝幹盤曲｜山路盤曲而上。也作蟠曲。

【盤兒菜】pánrcài ㄆㄢㄦˊ ㄘㄞˋ 切好並適當搭配，放在盤子中出售的生菜肴。

【盤繞】pánrào ㄆㄢˊ ㄖㄠˋ 圍繞在別的東西上面：長長的藤葛盤繞在樹身上。

【盤山】pánshān ㄆㄢˊ ㄕㄢ 環繞在山上的：盤山道｜盤山公路｜盤山水渠。

【盤跚】pánshān ㄆㄢˊ ㄕㄢ 同'蹣跚' (pánshān)。

【盤石】pánshí ㄆㄢˊ ㄕˊ 同'磐石'。

【盤算】pán·suan ㄆㄢˊ ·ㄙㄨㄢ 心裏算計或籌劃：這筆錢添些甚麼東西，老漢盤算了好幾天。

【盤梯】pántī ㄆㄢˊ ㄊㄧ 一種扶梯，中間豎立一根圓柱，柱旁輻射式地安裝若干摺扇形的梯級，盤旋而上，多用於瞭望台或塔中。

【盤腿】pán∥tuǐ ㄆㄢˊ∥ㄊㄨㄟˇ 坐時兩腿彎曲交叉地平放着。

【盤陁】pántuó ㄆㄢˊ ㄊㄨㄛˊ 同'盤陀'。

【盤陀】pántuó ㄆㄢˊ ㄊㄨㄛˊ 〈書〉❶形容石頭不平。❷曲折迴旋：盤陀路。‖也作盤陁。

【盤問】pánwèn ㄆㄢˊ ㄨㄣˋ 仔細查問：再三盤問，他才說出實情。

【盤膝】pánxī ㄆㄢˊ ㄒㄧ 盤腿：盤膝而坐。

【盤香】pánxiāng ㄆㄢˊ ㄒㄧㄤ 繞成螺旋形的綫香。

【盤旋】pánxuán ㄆㄢˊ ㄒㄩㄢˊ ❶環繞着飛或走：飛機在天空盤旋｜山路曲折，遊人盤旋而上◇這件事在我腦子裏盤旋了好久。❷徘徊；逗留：他在花房裏盤旋了半天才離開。

【盤運】pányùn ㄆㄢˊ ㄩㄣˋ 搬運。

【盤賬】pán∥zhàng ㄆㄢˊ∥ㄓㄤˋ 查核賬目。

【盤子】pán·zi ㄆㄢˊ ·ㄗ ❶盛放物品的淺底的器具，比碟子大，多為圓形。❷指商品行情。

磻 pán ㄆㄢˊ 磻溪 (Pánxī ㄆㄢˊ ㄒㄧ)，地名，在浙江。

蹣 (蹒) pán ㄆㄢˊ [蹣跚] (pánshān ㄆㄢˊ ㄕㄢ) 腿腳不靈便，走路緩慢、搖擺的樣子：步履蹣跚。也作盤跚。

蟠 pán ㄆㄢˊ 蟠曲：龍蟠虎踞。

【蟠曲】pánqū ㄆㄢˊ ㄑㄩ 同'盤曲'。

【蟠桃】[1] pántáo ㄆㄢˊ ㄊㄠˊ ❶桃的一種，果實扁圓形，汁不多。核仁也可以吃。❷這種植物的果實。‖有的地區叫扁桃。

【蟠桃】[2] pántáo ㄆㄢˊ ㄊㄠˊ 神話中的仙桃。

鞶 (❷縏) pán ㄆㄢˊ 〈書〉❶大帶子。❷小囊。

pàn（ㄆㄢˋ）

判 pàn ㄆㄢˋ ❶分開；分辨：判別｜判斷｜判明。❷明顯(有區別)：新舊社會判然不同｜前後判若兩人。❸評定：裁判｜評判｜判卷子。❹判決：審判｜判案｜公判。

【判別】pànbié ㄆㄢˋ ㄅㄧㄝˊ 辨別(不同之處)：判別是非｜提高判別能力。

【判處】pànchǔ ㄆㄢˋ ㄔㄨˇ 判決處以某種刑罰：判處有期徒刑一年。

【判詞】pàncí ㄆㄢˋ ㄘˊ ❶判決書的舊稱。❷斷語；結論。

【判定】pàndìng ㄆㄢˋ ㄉㄧㄥˋ 分辨斷定：判定去向｜從一句話裏很難判定他的看法。

【判讀】pàndú ㄆㄢˋ ㄉㄨˊ 利用已知的視覺信息符號來判斷新獲得的視覺信息的含義：衞星照片判讀｜通過圖像分析，把斷層的活動性質判讀出來。

【判斷】pànduàn ㄆㄢˋ ㄉㄨㄢˋ ❶思維的基本形式之一，就是肯定或否定某種事物的存在，或指明它是否具有某種屬性的思維過程。在形式邏輯上用一個命題表達出來。❷斷定：你判斷得很正確｜正確的判斷。❸〈書〉判決(案件)。

【判罰】pànfá ㄆㄢˋ ㄈㄚˊ 根據有關規定加以處罰：違反交通規則的司機將被判罰｜運動員在禁區犯規，判罰點球。

【判分】pàn//fēn ㄆㄢˋ// ㄈㄣ (判分兒)對試卷或參加比賽人員的表演、動作等判定分數：判分嚴｜判分標準。

【判官】pànguān ㄆㄢˋ ㄍㄨㄢ 唐宋時期輔助地方長官處理公事的人員，迷信傳說中用來指閻王手下管生死簿的官。

【判決】pànjué ㄆㄢˋ ㄐㄩㄝˊ ❶法院對審理結束的案件做出決定：判決書。❷判斷，決定：比賽中隊員要服從裁判的判決。

【判決書】pànjuéshū ㄆㄢˋ ㄐㄩㄝˊ ㄕㄨ 法院根據判決寫成的文書。

【判例】pànlì ㄆㄢˋ ㄌㄧˋ 已經生效的判決，法院在判決類似案件時可以援用為先例，這種被援用的先例叫做判例。判例有時具有與法律同等的效力。

【判明】pànmíng ㄆㄢˋ ㄇㄧㄥˊ 分辨清楚；弄清楚：判明是非｜判明真相。

【判若鴻溝】pàn ruò Hónggōu ㄆㄢˋ ㄖㄨㄛˋ ㄏㄨㄥˊ ㄍㄡ 形容界綫很清楚，區別很明顯。參看476頁〖鴻溝〗。

【判若雲泥】pàn ruò yún ní ㄆㄢˋ ㄖㄨㄛˋ ㄩㄣˊ ㄋㄧˊ 高低差別好像天上的雲彩和地下的泥土的距離那樣遠。也説判若天淵。

【判刑】pàn//xíng ㄆㄢˋ// ㄒㄧㄥˊ 判處刑罰。

【判罪】pàn//zuì ㄆㄢˋ// ㄗㄨㄟˋ 法院根據法律給犯罪的人定罪。

拚 pàn ㄆㄢˋ 捨棄不顧：拚棄｜拚命。另見884頁 pīn‘拼’。

【拚命】pàn//mìng ㄆㄢˋ// ㄇㄧㄥˋ 〈方〉拼命。

泮 pàn ㄆㄢˋ ❶〈書〉融解。❷指泮宮。清代稱考中秀才為‘入泮’。❸(Pàn)姓。

【泮宮】pàngōng ㄆㄢˋ ㄍㄨㄥ 古代的學校。

盼 pàn ㄆㄢˋ ❶盼望：切盼｜盼星星盼月亮，才盼到親人歸來。❷看：左顧右盼。

【盼頭】pàn·tou ㄆㄢˋ ·ㄊㄡ 指可能實現的良好願望：這年月呀，越活越有盼頭啦！

【盼望】pànwàng ㄆㄢˋ ㄨㄤˋ 殷切地期望：他盼望早日與親人團聚。

叛 pàn ㄆㄢˋ 背叛：叛賊｜叛匪｜眾叛親離。

【叛變】pànbiàn ㄆㄢˋ ㄅㄧㄢˋ 背叛自己的一方，採取敵對行動或投向敵對的一方：叛變投敵。

【叛國】pàn//guó ㄆㄢˋ// ㄍㄨㄛˊ 背叛祖國：叛國罪｜叛國分子。

【叛離】pànlí ㄆㄢˋ ㄌㄧˊ 背叛：叛離祖國。

【叛亂】pànluàn ㄆㄢˋ ㄌㄨㄢˋ 武裝叛變：發動叛亂｜武裝叛亂｜叛亂分子。

【叛賣】pànmài ㄆㄢˋ ㄇㄞˋ 背叛並出賣(祖國、革命)：叛賣民族利益。

【叛逆】pànnì ㄆㄢˋ ㄋㄧˋ ❶背叛：叛逆行為。❷有背叛行為的人。

【叛逃】pàntáo ㄆㄢˋ ㄊㄠˊ 背叛逃亡。

【叛徒】pàntú ㄆㄢˋ ㄊㄨˊ 有背叛行為的人。

畔 pàn ㄆㄢˋ ❶(江、湖、道路等)旁邊；附近：湖畔｜路畔｜橋畔｜枕畔。❷田地的邊界。

〈古〉又同‘叛’。

袢 pàn ㄆㄢˋ ❶同‘襻’。❷見912頁[袷袢](qiāpàn)。

鋬 pàn ㄆㄢˋ 器物上用手提的部分：壺鋬｜桶鋬。

襻 pàn ㄆㄢˋ ❶(襻兒)用布做的扣住紐釦的套：紐襻兒。❷(襻兒)形狀或功用像襻的東西：車襻｜鞋襻兒｜籃子襻兒。❸用繩子、綫等繞住，使分開的東西連在一起：襻上幾針｜用繩子襻住。

pāng（ㄆㄤ）

乓 pāng ㄆㄤ 象聲詞，形容槍聲、關門聲、東西砸破聲等：乓的一聲槍響｜乓乓乓乓響成一片。

雱(霶、滂) pāng ㄆㄤ〈書〉❶雪下得很大。❷同‘滂’。

滂 pāng ㄆㄤ〈書〉❶水勢浩大的樣子。❷形容水涌出。

【滂湃】pāngpài ㄆㄤ ㄆㄞˋ 水勢浩大。

【滂沱】pāngtuó ㄆㄤ ㄊㄨㄛˊ 形容雨下得很大：大雨滂沱◇涕泗滂沱(形容哭得很厲害，眼淚、鼻涕流得很多)。

膀(胮) pāng ㄆㄤ (大片的皮肉)浮腫:膀腫|他的心臟病不輕,臉都膀了。

另見35頁 bǎng;36頁 bàng;863頁 páng。

páng (ㄆㄤˊ)

彷(徬) páng ㄆㄤˊ [彷徨](pánghuáng ㄆㄤˊ ㄏㄨㄤˊ) 走來走去,猶疑不決,不知往哪個方向去:彷徨歧途|彷徨失措。也作旁皇。

另見325頁 fǎng。

逄 Páng ㄆㄤˊ 姓。

旁 páng ㄆㄤˊ ❶旁邊:路旁|旁觀|旁門|旁若無人|目不旁視。❷其他;另外:旁人|他有旁的事先走了。❸(旁兒)漢字的偏旁:豎心旁兒|立人旁兒。❹廣泛:旁徵博引。

〈古〉又同'傍' bàng。

【旁白】pángbái ㄆㄤˊ ㄅㄞˊ 戲劇角色背着台上其他劇中人對觀眾說的話。

【旁邊】pángbiān ㄆㄤˊ ㄅㄧㄢ (旁邊兒)左右兩邊;靠近的地方:馬路旁邊停着許多小汽車。

【旁出】pángchū ㄆㄤˊ ㄔㄨ (支脈、枝杈等)從旁邊分出去。

【旁顧】pánggù ㄆㄤˊ ㄍㄨˋ 顧及其他事物:無暇旁顧。

【旁觀】pángguān ㄆㄤˊ ㄍㄨㄢ 置身局外,在一邊看:冷眼旁觀|袖手旁觀。

【旁觀者清】páng guān zhě qīng ㄆㄤˊ ㄍㄨㄢ ㄓㄜˇ ㄑㄧㄥ 旁觀的人看得清楚。參看228頁〖當局者迷〗。

【旁皇】pánghuáng ㄆㄤˊ ㄏㄨㄤˊ 同'彷徨'。

【旁及】pángjí ㄆㄤˊ ㄐㄧˊ 連帶涉及。

【旁落】pángluò ㄆㄤˊ ㄌㄨㄛˋ (應有的權力)落到別人手中:大權旁落。

【旁門】pángmén ㄆㄤˊ ㄇㄣˊ (旁門兒)正門旁邊的或整個建築物側面的門。

【旁門左道】páng mén zuǒ dào ㄆㄤˊ ㄇㄣˊ ㄗㄨㄛˇ ㄉㄠˋ 見1530頁〖左道旁門〗。

【旁敲側擊】páng qiāo cè jī ㄆㄤˊ ㄑㄧㄠ ㄘㄜˋ ㄐㄧ 比喻說話或寫文章不從正面直接說明,而從側面曲折表達。

【旁人】pángrén ㄆㄤˊ ㄖㄣˊ 其他的人;另外的人:這件事由我負責,跟旁人不相干。

【旁若無人】páng ruò wú rén ㄆㄤˊ ㄖㄨㄛˋ ㄨˊ ㄖㄣˊ 好像旁邊沒有人,形容態度自然或高傲。

【旁聽】pángtīng ㄆㄤˊ ㄊㄧㄥ ❶參加會議而沒有發言權和表決權。❷非正式地隨班聽課:旁聽生|他在北京大學旁聽過課。

【旁騖】pángwù ㄆㄤˊ ㄨˋ 〈書〉在正業以外有所追求;不專心:馳心旁騖。

【旁系親屬】pángxì qīnshǔ ㄆㄤˊ ㄒㄧˋ ㄑㄧㄣ ㄕㄨˇ 直系親屬以外在血統上和自己同出一源的人及其配偶,如兄、弟、姐、妹、伯父、叔父、伯母、嬸母等。

【旁徵博引】páng zhēng bó yǐn ㄆㄤˊ ㄓㄥ ㄅㄛˊ ㄧㄣˇ 為了表示論證充足而廣泛地引用材料。

【旁證】pángzhèng ㄆㄤˊ ㄓㄥˋ 主要證據以外的證據;間接的證據。

【旁支】pángzhī ㄆㄤˊ ㄓ 家族、集團等系統中不屬於嫡系的支派。

蒡〔蒡〕 páng ㄆㄤˊ [蒡葧](pángbó ㄆㄤˊ ㄅㄛˊ)古書上指蒿蒿。

另見36頁 bàng。

膀 páng ㄆㄤˊ [膀胱](pángguāng ㄆㄤˊ ㄍㄨㄤ)人或高等動物體內儲存尿的器官,囊狀,位於盆腔內。是由平滑肌構成的,有很大的伸縮性。尿由腎臟順着輸尿管進入膀胱。有的地區叫尿脬(suī·pāo)。(圖見794頁〖泌尿器〗)

另見35頁 bǎng;36頁 bàng;863頁 pāng。

磅 páng ㄆㄤˊ [磅礴](pángbó ㄆㄤˊ ㄅㄛˊ) ❶(氣勢)盛大:氣勢磅礴。❷(氣勢)充滿:磅礴宇內。

另見36頁 bàng。

螃 páng ㄆㄤˊ [螃蟹](pángxiè ㄆㄤˊ ㄒㄧㄝˋ)節肢動物,全身有甲殼,眼有柄,足有五對,前面一對長成鉗狀,叫螯,橫着爬。種類很多,通常生長在淡水裏的叫河蟹,生長在海裏的叫海蟹。簡稱蟹。

龐[1](庞、❶❷厖) páng ㄆㄤˊ ❶龐大:龐然大物。❷多而雜亂:龐雜。❸(Páng)姓。

龐[2](庞) páng ㄆㄤˊ (龐兒)臉盤:面龐。

【龐大】pángdà ㄆㄤˊ ㄉㄚˋ 很大(常含過大或大而無當的意思,指形體、組織或數量等):體積龐大|開支龐大|機構龐大。

【龐然大物】pángrán dà wù ㄆㄤˊ ㄖㄢˊ ㄉㄚˋ ㄨˋ 外表上龐大的東西。

【龐雜】pángzá ㄆㄤˊ ㄗㄚˊ 多而雜亂:機構龐雜|內容龐雜|文字龐雜。

鰟(鳑) páng ㄆㄤˊ [鰟鮍](pángpí ㄆㄤˊ ㄆㄧˊ)魚,體形和鯽魚相似,比鯽魚小。眼有彩色光澤,背面淡綠色,略帶藍色的閃光,腹面銀白色。生活在淡水中,吃水生植物,卵產在蚌殼裏。

pǎng (ㄆㄤˇ)

嗙 pǎng ㄆㄤˇ 〈方〉自誇;吹牛:開嗙|胡吹亂嗙。

耪 pǎng ㄆㄤˇ 用鋤翻鬆土地：耪地｜耪穀子。

髈 pǎng ㄆㄤˇ 〈方〉大腿。
另見36頁 bǎng。

pàng (ㄆㄤˋ)

胖(胖) pàng ㄆㄤˋ (人體)脂肪多，肉多(跟'瘦'相對)：肥胖｜這孩子真胖。
另見860頁 pán。

【胖墩墩】pàngdūndūn ㄆㄤˋ ㄉㄨㄣ ㄉㄨㄣ (胖墩墩的)形容人矮胖而結實。

【胖墩兒】pàngdūnr ㄆㄤˋ ㄉㄨㄣㄦ 稱矮而胖的人(多指兒童)。

【胖乎乎】pànghūhū ㄆㄤˋ ㄏㄨ ㄏㄨ (胖乎乎的)形容人肥胖。

【胖頭魚】pàngtóuyú ㄆㄤˋ ㄊㄡˊ ㄩˊ 鱅(yōng)。

【胖子】pàng·zi ㄆㄤˋ ·ㄗ 肥胖的人。

pāo (ㄆㄠ)

拋(抛) pāo ㄆㄠ ❶扔；投擲：拋球｜拋物綫｜拋磚引玉。❷丟下：拋妻別子｜跑到第三圈，他已經把別人遠遠地拋在後面了。❸暴露：拋頭露面。❹拋售：拋出股票。

【拋費】pāofèi ㄆㄠ ㄈㄟˋ 〈方〉糟蹋；浪費(東西)。

【拋光】pāoguāng ㄆㄠ ㄍㄨㄤ 對工件等表面加工，使高度光潔。通常用附有磨料的布、皮革等製的拋光輪來進行，還有電解拋光、化學拋光等。

【拋荒】pāo∥huāng ㄆㄠ∥ㄏㄨㄤ ❶土地不繼續耕種，任它荒蕪。❷(學業、業務)荒廢。

【拋臉】pāo∥liǎn ㄆㄠ∥ㄌㄧㄢˇ 〈方〉丟臉。

【拋錨】pāo∥máo ㄆㄠ∥ㄇㄠˊ ❶把錨投入水中，使船停穩。汽車等中途發生故障而停止行駛，也叫拋錨。❷〈方〉比喻進行中的事情因故中止。

【拋棄】pāoqì ㄆㄠ ㄑㄧˋ 扔掉不要：拋棄家園｜拋棄舊觀念。

【拋卻】pāoquè ㄆㄠ ㄑㄩㄝˋ 拋掉；拋棄：拋卻不切實際的幻想。

【拋射】pāoshè ㄆㄠ ㄕㄜˋ 利用彈力或推力送出。

【拋售】pāoshòu ㄆㄠ ㄕㄡˋ 預料價格將跌或為壓低價格而大量賣出商品。

【拋頭露面】pāo tóu lù miàn ㄆㄠ ㄊㄡˊ ㄌㄨˋ ㄇㄧㄢˋ 舊時指婦女出現在大庭廣眾之中(封建道德認為是丟臉的事)。現在指某人公開露面(多含貶義)。

【拋物面】pāowùmiàn ㄆㄠ ㄨˋ ㄇㄧㄢˋ 拋物綫以它的對稱軸為軸旋轉一周所成的曲面。分為橢圓拋物面和雙曲拋物面。

【拋物面鏡】pāowùmiànjìng ㄆㄠ ㄨˋ ㄇㄧㄢˋ ㄐㄧㄥˋ 反射面為拋物面的鏡子。光源在焦點上時，光綫經鏡面反射後變成平行光束。汽車燈、探照燈中裝有拋物面鏡。

【拋物綫】pāowùxiàn ㄆㄠ ㄨˋ ㄒㄧㄢˋ 平面上到定點O和定直綫 l 距離相等的動點P的軌迹。定點O叫做拋物綫的焦點。將一物體向上斜拋出去所經的路綫就是拋物綫。

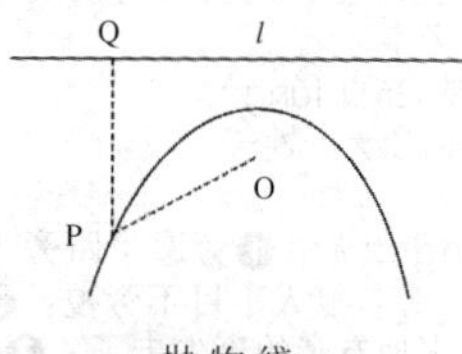

拋物綫

【拋擲】pāozhì ㄆㄠ ㄓˋ 扔；丟棄：拋擲雪球｜莫把年華輕拋擲。

【拋磚引玉】pāo zhuān yǐn yù ㄆㄠ ㄓㄨㄢ ㄧㄣˇ ㄩˋ 謙辭，比喻用粗淺的、不成熟的意見引出別人高明的、成熟的意見。

泡[1] pāo ㄆㄠ ❶(泡兒)鼓起而鬆軟的東西：豆泡泡兒｜眼泡。❷〈方〉虛而鬆軟；不堅硬：泡棗｜泡綫｜這塊木料發泡。

泡[2] pāo ㄆㄠ 〈方〉小湖，多用於地名：月亮泡(在吉林)｜蓮花泡(在黑龍江)。

泡[3] pāo ㄆㄠ 量詞，用於屎和尿。
另見866頁 pào。

【泡貨】pāohuò ㄆㄠ ㄏㄨㄛˋ 〈方〉體積大而分量小的物品。

【泡桐】pāotóng ㄆㄠ ㄊㄨㄥˊ 落葉喬木，葉子大，卵形或心臟形，表面光滑，背面有茸毛，圓錐花序，花冠紫色，結蒴果，長圓形。木材質地疏鬆，可製樂器、模型等。也叫桐。

【泡子】pāo·zi ㄆㄠ ·ㄗ 〈方〉小湖，多用於地名：泡子沿(在遼寧)｜乾泡子(在內蒙古)。
另見866頁 pào·zi。

脬 pāo ㄆㄠ ❶見1096頁〖尿脬〗(suī·pāo)。❷量詞，同'泡[3]'(pāo)。

páo (ㄆㄠˊ)

刨 páo ㄆㄠˊ ❶挖掘：刨土｜刨坑。❷從原有事物中除去；減去：十五天刨去五天，只剩下十天了。
另見42頁 bào。

【刨除】páochú ㄆㄠˊ ㄔㄨˊ 從原有的事物中除去；減去。

【刨根兒】páo∥gēnr ㄆㄠˊ∥ㄍㄣㄦ 比喻追究底細：這件事帶出了另一件事，可非刨刨根兒不可。

【刨根問底兒】páo gēn wèn dǐr ㄆㄠˊ ㄍㄣ ㄨㄣˋ ㄉㄧㄦˇ 追究底細；尋根究底。

咆 páo ㄆㄠˊ〈書〉(猛獸)怒吼；嗥：咆哮。

【咆哮】páoxiào ㄆㄠˊ ㄒㄧㄠˋ ❶(猛獸)怒吼。❷形容水流的奔騰轟鳴，也形容人的暴怒喊叫：黃河咆哮｜咆哮如雷。

狍(麅) páo ㄆㄠˊ 狍子。

【狍子】páo·zi ㄆㄠˊ ·ㄗ 鹿的一種，耳朵和眼都大，頸長，尾很短，後肢略比前肢長，冬季毛棕褐色，夏季毛栗紅色，臀部灰白色，雄的有角。吃青草、野果和野菌等。

庖 páo ㄆㄠˊ〈書〉❶廚房：庖廚。❷廚師：名庖(有名的廚師)。

【庖廚】páochú ㄆㄠˊ ㄔㄨˊ〈書〉❶廚房。❷廚師。

【庖代】páodài ㄆㄠˊ ㄉㄞˋ〈書〉替別人做他分內的事。參看1415頁〖越俎代庖〗。

炮 páo ㄆㄠˊ ❶炮製中藥的一種方法，把生藥放在熱鐵鍋裏炒，使它焦黃爆裂，如用這種方法炮製的薑叫炮薑。❷〈書〉燒；烤(食物)。

另見38頁 bāo；866頁 pào。

【炮格】páogé ㄆㄠˊ ㄍㄜˊ 古代的一種酷刑。

【炮煉】páoliàn ㄆㄠˊ ㄌㄧㄢˋ 用加熱的方法把中藥原料裏的水分和雜質除去。

【炮烙】páoluò ㄆㄠˊ ㄌㄨㄛˋ (舊讀 páogé ㄆㄠˊ ㄍㄜˊ)就是'炮格'，古代的一種酷刑。

【炮製】páozhì ㄆㄠˊ ㄓˋ ❶用中草藥原料製成藥物的過程。方法是烘、炮、炒、洗、泡、漂、蒸、煮等。❷泛指編造；制訂(貶義)。

袍 páo ㄆㄠˊ (袍兒)中式的長衣服：皮袍｜棉袍兒｜長袍｜旗袍兒。也叫袍子。

【袍哥】páogē ㄆㄠˊ ㄍㄜ 舊時西南各省的一種幫會的成員。也指這種幫會組織。

【袍笏登場】páo hù dēng chǎng ㄆㄠˊ ㄏㄨˋ ㄉㄥ ㄔㄤˇ 身穿官服，手執笏板，登台演劇。比喻上台做官(含諷刺意)。

【袍澤】páozé ㄆㄠˊ ㄗㄜˊ〈書〉《詩經·秦風·無衣》：'豈曰無衣？與子同袍。王於興師，修我戈矛，與子同仇。豈曰無衣？與子同澤。王於興師，修我矛戟，與子偕作。'這首詩講兵士出征的故事，'袍'和'澤'都是古代的衣服名稱，後來稱軍隊中的同事叫袍澤：袍澤之誼｜袍澤故舊。

【袍罩兒】páozhàor ㄆㄠˊ ㄓㄠㄦˋ 套在袍子外面的大褂；罩袍。

【袍子】páo·zi ㄆㄠˊ ·ㄗ 袍。

匏 páo ㄆㄠˊ [匏瓜](páoguā ㄆㄠˊ ㄍㄨㄚ) ❶一年生草本植物，葉子掌狀分裂，莖上有捲鬚。果實比葫蘆大，對半剖開可做水瓢。❷這種植物的果實。

跑 páo ㄆㄠˊ 走獸用腳刨地：跑槽(牲口刨槽根)｜虎跑泉(在杭州)。

另見865頁 pǎo。

pǎo (ㄆㄠˇ)

跑 pǎo ㄆㄠˇ ❶兩隻腳或四條腿迅速前進：賽跑｜跑了一圈兒｜鹿跑得很快◇火車在飛跑。❷逃走：別讓兔子跑了｜跑了和尚跑不了廟。❸〈方〉走：跑路。❹為某種事務而奔走：跑碼頭｜跑材料｜跑買賣。❺物體離開了應該在的位置：跑電｜跑油｜跑氣｜信紙叫風給颳跑了。❻液體因揮發而損耗：瓶子沒蓋嚴，汽油都跑了。

另見865頁 páo。

【跑錶】pǎobiǎo ㄆㄠˇ ㄅㄧㄠˇ 馬錶。

【跑步】pǎo//bù ㄆㄠˇ//ㄅㄨˋ 按照規定姿勢往前跑。

【跑車】pǎo//chē ㄆㄠˇ//ㄔㄜ ❶指礦山斜井中絞車提升時鋼絲繩突然折斷或因其他原因致使車溜坡的事故。❷列車員隨車工作。

【跑車】pǎochē ㄆㄠˇ ㄔㄜ ❶賽車。❷林區運木材用的一種車。

【跑單幫】pǎo dānbāng ㄆㄠˇ ㄉㄢ ㄅㄤ 指個人往來各地販賣貨物牟取利潤。

【跑刀】pǎodāo ㄆㄠˇ ㄉㄠ 冰刀的一種，裝在速度滑冰冰鞋的底下，刀口較窄而平直。

【跑道】pǎodào ㄆㄠˇ ㄉㄠˋ ❶供飛機起飛和降落時滑行用的路。❷運動場中賽跑用的路，也指速度滑冰比賽用的路。

【跑電】pǎo//diàn ㄆㄠˇ//ㄉㄧㄢˋ 由於絕緣部分損壞，電流逸出電綫或電器的外部。也説漏電。

【跑調兒】pǎo//diàor ㄆㄠˇ//ㄉㄧㄠㄦˋ 走調兒。

【跑肚】pǎo//dù ㄆㄠˇ//ㄉㄨˋ 瀉肚。

【跑反】pǎo//fǎn ㄆㄠˇ//ㄈㄢˇ 舊時指為躲避兵亂或匪患而逃往外地。也説逃反。

【跑光】pǎo//guāng ㄆㄠˇ//ㄍㄨㄤ 感光材料(如膠片、感光紙)因封閉不嚴而感光。

【跑旱船】pǎo hànchuán ㄆㄠˇ ㄏㄢˋ ㄔㄨㄢˊ 一種民間舞蹈，扮演女子的人站在用竹片等和布紮成的無底船中間，船舷繫在身上。另一人扮演艄公，手持木槳，作划船狀。艄公與船上的人合舞，或邊舞邊唱，如船飄浮在水面之上。有的地區也叫採蓮船。

【跑江湖】pǎo jiānghú ㄆㄠˇ ㄐㄧㄤ ㄏㄨˊ 指以賣藝、算卦、相面等為職業，來往各地謀求生活。

【跑街】pǎojiē ㄆㄠˇ ㄐㄧㄝ〈方〉❶跑外。❷擔任跑外工作的人。

【跑龍套】pǎo lóngtào ㄆㄠˇ ㄌㄨㄥˊ ㄊㄠˋ ❶在戲曲中扮演隨從或兵卒。❷比喻在人手下做無關緊要的事。

【跑馬】pǎo//mǎ ㄆㄠˇ//ㄇㄚˇ ❶騎着馬跑。❷指

賽馬：跑馬場。❸〈方〉遺精。

【跑馬賣解】pǎo mǎ mài xiè ㄆㄠˇ ㄇㄚˇ ㄇㄞˋ ㄒㄧㄝˋ 舊時指騎馬表演各種技藝，以此賺錢謀生。也説跑馬解、跑解馬。

【跑碼頭】pǎo mǎ·tou ㄆㄠˇ ㄇㄚˇ ·ㄊㄡ 指在沿海沿江河的大城市往來做買賣。

【跑買賣】pǎo mǎi·mai ㄆㄠˇ ㄇㄞˇ ·ㄇㄞ 來往各地做生意。

【跑跑顛顛】pǎopǎodiāndiān ㄆㄠˇ ㄆㄠˇ ㄉㄧㄢ ㄉㄧㄢ (跑跑顛顛的) 形容奔走忙碌：她一天到晚跑跑顛顛，熱心為群眾服務。

【跑跑跳跳】pǎopǎotiàotiào ㄆㄠˇ ㄆㄠˇ ㄊㄧㄠˋ ㄊㄧㄠˋ (跑跑跳跳的) 形容連跑帶跳，很活潑的樣子。

【跑片兒】pǎo∥piānr ㄆㄠˇ∥ㄆㄧㄢㄦ 幾個影院用同一個拷貝放映影片時，來回迅速運送拷貝叫跑片兒。也説跑片子。

【跑墒】pǎo∥shāng ㄆㄠˇ∥ㄕㄤ 失墒的通稱。

【跑生意】pǎo shēng·yi ㄆㄠˇ ㄕㄥ ·ㄧ 跑買賣。

【跑堂兒】pǎotángr ㄆㄠˇ ㄊㄤㄦˊ 指飯館中做端菜送飯工作。

【跑題】pǎo∥tí ㄆㄠˇ∥ㄊㄧˊ 走題：這段話跑題了，應該刪去。

【跑腿兒】pǎo∥tuǐr ㄆㄠˇ∥ㄊㄨㄟㄦˇ 為人奔走做雜事。

【跑外】pǎowài ㄆㄠˇ ㄨㄞˋ (商店或作坊等的工作人員) 專門在外面辦貨、收賬或兜攬生意：跑外的。

【跑鞋】pǎoxié ㄆㄠˇ ㄒㄧㄝˊ 參加賽跑時穿的輕便皮鞋，鞋底窄而薄，前掌和後跟裝有釘子。是釘鞋的一種。

【跑圓場】pǎo yuánchǎng ㄆㄠˇ ㄩㄢˊ ㄔㄤˇ 戲曲演員表演長途行走時，圍着舞台中心快步繞圈子。

【跑轍】pǎo∥zhé ㄆㄠˇ∥ㄓㄜˊ〈方〉離開車轍，多比喻説話離題：他不説正題老跑轍。

pào (ㄆㄠˋ)

奅 pào ㄆㄠˋ〈書〉大。

泡 pào ㄆㄠˋ ❶ (泡兒) 氣體在液體內使液體鼓起來造成的球狀或半球狀體：水泡｜肥皂泡兒。❷ (泡兒) 像泡一樣的東西：燈泡兒｜手上起了泡。❸較長時間地放在液體中：兩手在水裏泡得發白。❹故意消磨 (時間)：在茶館泡了倆鐘頭。

另見864頁 pāo。

【泡病號】pào bìnghào ㄆㄠˋ ㄅㄧㄥˋ ㄏㄠˋ (泡病號兒) 指藉故稱病不上班，或小病大養。

【泡菜】pàocài ㄆㄠˋ ㄘㄞˋ 把洋白菜、蘿蔔等放在加了鹽、酒、花椒等的涼開水裏泡製成的一種帶酸味的菜。

【泡飯】pàofàn ㄆㄠˋ ㄈㄢˋ 加水重煮的或用開水泡的比較稀的米飯。

【泡蘑菇】pào mó·gu ㄆㄠˋ ㄇㄛˊ ·ㄍㄨ 故意糾纏，拖延時間：別泡蘑菇了，快點幹活兒吧。

【泡沫】pàomò ㄆㄠˋ ㄇㄛˋ 聚在一起的許多小泡。

【泡沫塑料】pàomò sùliào ㄆㄠˋ ㄇㄛˋ ㄙㄨˋ ㄌㄧㄠˋ 海綿狀有很多小氣孔的塑料，用樹脂經機械攪拌發泡或加入起泡劑製成。質輕，能隔熱、隔音、減震、耐濕、耐腐蝕。如聚氯乙烯泡沫塑料、聚苯乙烯泡沫塑料。

【泡泡紗】pào·paoshā ㄆㄠˋ ·ㄆㄠ ㄕㄚ 一種棉織品，布面呈凹凸狀的皺紋。

【泡泡糖】pào·paotáng ㄆㄠˋ ·ㄆㄠ ㄊㄤˊ 口香糖的一種，咀嚼後可以吹出泡泡兒。

【泡湯】pào∥tāng ㄆㄠˋ∥ㄊㄤ〈方〉落空：這筆買賣泡湯了。

【泡漩】pàoxuán ㄆㄠˋ ㄒㄩㄢˊ 波浪翻滾並有漩渦的水流。

【泡影】pàoyǐng ㄆㄠˋ ㄧㄥˇ 比喻落空的事情或希望：夢幻泡影｜滿腔熱望，化為泡影。

【泡子】pào·zi ㄆㄠˋ ·ㄗ〈方〉燈泡。

另見864頁 pāo·zi。

炮(砲、礮) pào ㄆㄠˋ ❶口徑在2厘米以上，能發射炮彈的重型射擊武器，火力強，射程遠。種類很多，有迫擊炮、榴彈炮、加農炮、高射炮等。也叫火炮。我國古代的炮最早是用機械發射石頭的。火藥發明後，改為用火藥發射鐵彈丸。❷爆竹：鞭炮。❸爆破土石等在鑿眼裏裝上炸藥後叫作炮。

另見38頁 bāo；865頁 páo。

【炮兵】pàobīng ㄆㄠˋ ㄅㄧㄥ 以火炮為基本裝備，用火力進行戰鬥的兵種。也稱這種兵種的士兵。

【炮銃】pào·chong ㄆㄠˋ ·ㄔㄨㄥ〈方〉爆竹。

【炮彈】pàodàn ㄆㄠˋ ㄉㄢˋ 用火炮發射的彈藥，通常由彈頭、藥筒、引信、發射藥、底火等部分構成，彈頭能爆炸。按用途分為穿甲彈、爆破彈、燃燒彈、烟幕彈等。有時專指彈頭。

【炮灰】pàohuī ㄆㄠˋ ㄏㄨㄟ 比喻參加非正義戰爭去送命的士兵。

【炮火】pàohuǒ ㄆㄠˋ ㄏㄨㄛˇ 指戰場上發射的炮彈與炮彈爆炸後發出的火焰：炮火連天。

【炮擊】pàojī ㄆㄠˋ ㄐㄧ 用炮火轟擊：停止炮擊。

【炮艦】pàojiàn ㄆㄠˋ ㄐㄧㄢˋ 以火炮為主要裝備的輕型軍艦，主要用來保護沿海地區和近海交通綫，轟擊敵人海岸目標，掩護部隊登陸等。

【炮艦外交】pàojiàn wàijiāo ㄆㄠˋ ㄐㄧㄢˋ ㄨㄞˋ ㄐㄧㄠ 指為達到侵略、擴張的目的而推行的以武力作後盾的外交政策。也叫炮艦政策。

【炮樓】pàolóu ㄆㄠˋ ㄌㄡˊ 高的碉堡，四周有槍眼，可以瞭望、射擊。

【炮釺】pàoqiān ㄆㄠˋ ㄑㄧㄢ 釺子。
【炮手】pàoshǒu ㄆㄠˋ ㄕㄡˇ 操作火炮的戰士。
【炮塔】pàotǎ ㄆㄠˋ ㄊㄚˇ 火炮上的裝甲防護體。坦克、自行火炮、軍艦上的主炮等，一般都採用炮塔裝置，有旋轉式和固定式兩種。
【炮台】pàotái ㄆㄠˋ ㄊㄞˊ 舊時在江海口岸和其他要塞上構築的供發射火炮的永久性工事。
【炮膛】pàotáng ㄆㄠˋ ㄊㄤˊ 炮筒裏放置炮彈和射擊時炮彈穿過的圓筒狀空腔。
【炮艇】pàotǐng ㄆㄠˋ ㄊㄧㄥˇ 以火炮為主要裝備的小型艦艇，主要在沿海或內河巡邏，轟擊敵人的沿岸目標，掩護部隊登陸，佈雷和用深水炸彈攻擊敵人潛艇等。也叫護衛艇。
【炮筒子】pàotǒng·zi ㄆㄠˋ ㄊㄨㄥˇ ·ㄗ ❶火炮射擊時炮彈穿過的圓筒狀裝置。❷比喻性情急躁、心直口快、好發議論的人。
【炮眼】pàoyǎn ㄆㄠˋ ㄧㄢˇ ❶掩蔽工事的火炮射擊口。❷爆破前在岩石等上面鑿的孔，用來裝炸藥。
【炮衣】pàoyī ㄆㄠˋ ㄧ 套在炮外面的布套。
【炮仗】pào·zhang ㄆㄠˋ ·ㄓㄤ 爆竹。

疱(皰) pào ㄆㄠˋ 皮膚上長的像水泡的小疙瘩。

pēi (ㄆㄟ)

呸 pēi ㄆㄟ 嘆詞，表示唾棄或斥責：呸！你怎麼幹那種損人利己的事！

胚(肧) pēi ㄆㄟ 初期發育的生物體，由精細胞和卵細胞結合發展而成。

【胚層】pēicéng ㄆㄟ ㄘㄥˊ 人或高等動物的胚胎，由於細胞的迅速分裂，胚胎體內的細胞不斷增加，於是分裂為三層，即外胚層、中胚層和內胚層，總稱胚層。也叫胚葉。

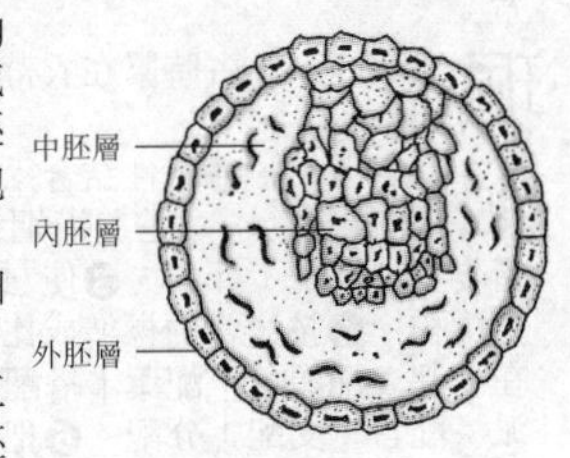

胚層

【胚胎】pēitāi ㄆㄟ ㄊㄞ ❶在母體內初期發育的動物體，由卵受精後發育而成。人的胚胎藉臍帶與胎盤相連，通過胎盤從母體吸取營養。❷泛指事物的萌芽。
【胚芽】pēiyá ㄆㄟ ㄧㄚˊ ❶植物胚的組成部分之一。胚芽突破種子的皮後發育成葉和莖。❷比喻剛萌生的事物：矛盾的胚芽。

衃 pēi ㄆㄟ 〈書〉凝聚的血。

痞 pēi ㄆㄟ 又 pèi ㄆㄟˋ 中醫指瘖。

【痞癗】pēilěi ㄆㄟ ㄌㄟˇ 中醫指蕁麻疹。

醅 pēi ㄆㄟ 〈書〉沒過濾的酒。

péi (ㄆㄟˊ)

培 péi ㄆㄟˊ ❶為了保護植物或牆、堤等，在根基部分堆上土：玉米根部要多培點兒土｜將堤壩加高培厚。❷培養(人)：培訓。

【培土】péi∥tǔ ㄆㄟˊ∥ㄊㄨˇ 在作物生長期中，把行間或株間的土培在作物莖的基部周圍，有防止植株倒伏，便利排水灌溉，以及促進作物根部發育等作用。也叫壅土。
【培訓】péixùn ㄆㄟˊ ㄒㄩㄣˋ 培養和訓練(技術工人、專業幹部等)：培訓班｜培訓業務骨幹。
【培養】péiyǎng ㄆㄟˊ ㄧㄤˇ ❶以適宜的條件使繁殖：培養細菌。❷按照一定的目的長期地教育和訓練；使成長：培養人才｜培養接班人。
【培育】péiyù ㄆㄟˊ ㄩˋ 培養幼小的生物，使它發育成長：培育樹苗｜選擇優良品種，進行培育◇培育一代新人。
【培植】péizhí ㄆㄟˊ ㄓˊ ❶栽種並細心管理(植物)：許多野生草藥已開始用人工培植。❷培養(人才)；扶植(勢力)使壯大：培植新生力量｜培植親信。

陪 péi ㄆㄟˊ ❶陪伴：失陪｜陪客人。❷從旁協助：陪審。

【陪伴】péibàn ㄆㄟˊ ㄅㄢˋ 隨同做伴：她住院期間，丈夫一直在身邊陪伴。
【陪綁】péibǎng ㄆㄟˊ ㄅㄤˇ 處決犯人時，為了逼出口供或迫使投降，把不夠死刑的犯人、暫緩執行死刑的犯人和即將處決的犯人一起綁赴刑場。
【陪襯】péichèn ㄆㄟˊ ㄔㄣˋ ❶附加其他事物使主要事物更突出；襯托：雕樑畫棟陪襯着壁畫，使大殿顯得格外華麗。❷陪襯的事物。
【陪牀】péichuáng ㄆㄟˊ ㄔㄨㄤˊ 指病人家屬等留在病房照料住院的病人。
【陪弔】péidiào ㄆㄟˊ ㄉㄧㄠˋ 舊時喪家開弔時設專人招待來客叫陪弔。
【陪都】péidū ㄆㄟˊ ㄉㄨ 舊時在首都以外另設的一個首都。
【陪房】péi·fang ㄆㄟˊ ·ㄈㄤ 舊時指隨嫁的女僕。
【陪祭】péijì ㄆㄟˊ ㄐㄧˋ 祭禮中陪同主祭人主持儀式。
【陪嫁】péijià ㄆㄟˊ ㄐㄧㄚˋ 嫁妝。
【陪客】péi·ke ㄆㄟˊ ·ㄎㄜ 主人邀來陪伴客人的人。
【陪奩】péilián ㄆㄟˊ ㄌㄧㄢˊ 〈方〉嫁妝。
【陪審】péishěn ㄆㄟˊ ㄕㄣˇ 非職業審判人員到法院參加案件審判工作。
【陪侍】péishì ㄆㄟˊ ㄕˋ 陪伴服侍：老人病重期間一直有兒女陪侍。
【陪送】péi·song ㄆㄟˊ ·ㄙㄨㄥ ❶舊俗結婚時娘

家送給新娘(嫁妝)。❷嫁妝：她結婚時甚麼陪送也不要。

【陪同】péitóng ㄆㄟˊ ㄊㄨㄥˊ 陪伴着一同(進行某一活動)：陪同前往參觀。

【陪夜】péiyè ㄆㄟˊ ㄧㄝˋ 指夜裏照料病人。

【陪音】péiyīn ㄆㄟˊ ㄧㄣ 泛音。

【陪葬】péizàng ㄆㄟˊ ㄗㄤˋ ❶殉葬。❷古代指臣子或妻妾的靈柩葬在皇帝或丈夫的靈柩或墳墓的近旁。

毰 péi ㄆㄟˊ [毰毸](péisāi ㄆㄟˊ ㄙㄞ)〈書〉形容羽毛披散。

裴 Péi ㄆㄟˊ 姓。

賠(赔) péi ㄆㄟˊ ❶賠償：賠款｜這塊玻璃是我碰破的，由我來賠。❷向受損害或受傷害的人道歉或認錯：賠禮｜賠罪｜賠不是。❸做買賣損失本錢(跟'賺'相對)：賠本｜賠錢｜年終結賬，算算是賠是賺。

【賠本】péi∥běn ㄆㄟˊ∥ㄅㄣˇ 本錢、資金虧損：賠本生意｜做買賣賠了本。

【賠不是】péi bù·shi ㄆㄟˊ ㄅㄨˋ·ㄕ 賠罪：給他賠個不是。

【賠償】péicháng ㄆㄟˊ ㄔㄤˊ 因自己的行動使他人或集體受到損失而給予補償：照價賠償｜賠償損失。

【賠墊】péidiàn ㄆㄟˊ ㄉㄧㄢˋ 因墊付而使自己的錢財暫受損失：錢數太大，我可賠墊不起。

【賠話】péi∥huà ㄆㄟˊ∥ㄏㄨㄚˋ 說道歉的話：你得罪了人家，總得賠個話才是。

【賠款】péi∥kuǎn ㄆㄟˊ∥ㄎㄨㄢˇ ❶損壞、遺失別人或集體的東西用錢來補償。❷戰敗國向戰勝國賠償損失和作戰費用。

【賠款】péikuǎn ㄆㄟˊ ㄎㄨㄢˇ ❶賠償別人或集體受損失的錢。❷戰敗國向戰勝國賠償損失和作戰費用的錢。

【賠了夫人又折兵】péi·le fū·ren yòu zhé bīng ㄆㄟˊ·ㄌㄜ ㄈㄨ·ㄖㄣ ㄧㄡˋ ㄓㄜˊ ㄅㄧㄥ《三國演義》裏說，周瑜出謀劃策，把孫權的妹妹許配劉備，讓劉備到東吳成婚，想乘機扣留，奪還荊州。結果劉備成婚後帶着夫人逃出吳國。周瑜帶兵追趕，又被諸葛亮的伏兵打敗。人們譏笑周瑜'賠了夫人又折兵'。後用來比喻想佔便宜，沒有佔到便宜，反而遭受損失。

【賠禮】péi∥lǐ ㄆㄟˊ∥ㄌㄧˇ 向人施禮認錯：我錯怪了人，應該向人賠禮｜向他賠了個禮。

【賠錢】péi∥qián ㄆㄟˊ∥ㄑㄧㄢˊ ❶賠本：賠錢的買賣。❷損壞或遺失別人的東西用錢來補償：碰壞了人家的東西要賠錢。

【賠情】péi∥qíng ㄆㄟˊ∥ㄑㄧㄥˊ 〈方〉賠罪：你既然錯怪了他，那就趕快給他賠個情吧！

【賠小心】péi xiǎo·xīn ㄆㄟˊ ㄒㄧㄠˇ·ㄒㄧㄣ 以謹慎、遷就的態度對人，博得人的好感或使息怒。

【賠笑】péi∥xiào ㄆㄟˊ∥ㄒㄧㄠˋ 以笑臉對人，使人息怒或愉快。也說賠笑臉。

【賠賬】péi∥zhàng ㄆㄟˊ∥ㄓㄤˋ ❶因經手財物時出了差錯而賠償損失。❷〈方〉賠本兒。

【賠罪】péi∥zuì ㄆㄟˊ∥ㄗㄨㄟˋ 得罪了人，向人道歉。

錇(锫) péi ㄆㄟˊ 金屬元素，符號 Bk (berkelium)。有放射性，由人工方法獲得。

pèi (ㄆㄟˋ)

沛 pèi ㄆㄟˋ〈書〉盛大；旺盛：沛然｜充沛。

帔 pèi ㄆㄟˋ 古代披在肩背上的服飾。婦女用的帔綉着各種花紋：鳳冠霞帔。

佩 pèi ㄆㄟˋ ❶佩帶：佩刀｜腰佩盒子槍。❷佩服：欽佩｜這種精神可敬可佩。❸同"珮"。

【佩帶】pèidài ㄆㄟˋ ㄉㄞˋ ❶(把手槍、刀、劍等)插在或挂在腰部：佩帶武器。❷同'佩戴'。

【佩戴】pèidài ㄆㄟˋ ㄉㄞˋ (把徽章、符號等)挂在胸前、臂上、肩上等部位：學生出入校門必須佩戴校徽。也作佩帶。

【佩服】pèi·fú ㄆㄟˋ·ㄈㄨˊ 感到可敬可愛；欽佩：這姑娘真能幹，我不禁暗暗地佩服她。

【佩蘭】pèilán ㄆㄟˋ ㄌㄢˊ 多年生草本植物，莖直立，葉子披針形，邊緣有鋸齒，花紫紅色。全株有香氣，可製芳香油，又可入藥。也叫蘭草。

珮 pèi ㄆㄟˋ 古時繫在衣帶上的裝飾品：玉珮。

配 pèi ㄆㄟˋ ❶兩性結合：配偶｜婚配｜英雄配模範，真是美滿姻緣。❷配偶，多指妻子：擇配｜元配。❸使(動物)交配：配馬｜配種。❹按適當的標準或比例加以調和或湊在一起：配顏色｜配藥｜搭配。❺有計劃地分派：配售｜支配｜分配。❻把缺少的一定規格的物品補足：配零件｜配鑰匙｜配套。❼襯托；陪襯：配角｜紅花配綠葉｜這段二黃用嗩吶來配。❽夠得上；符合；相當：只有這樣的人，才配稱為先進工作者｜他的穿着和他的年齡很不相配。❾充軍：發配｜配軍。

【配備】pèibèi ㄆㄟˋ ㄅㄟˋ ❶根據需要分配(人力或物力)：配備骨幹力量｜配備三輛吉普車。❷佈置(兵力)：按地形配備火力。❸成套的設備、裝備等：現代化的配備。

【配餐】pèicān ㄆㄟˋ ㄘㄢ ❶按照一定標準把各種食品搭配在一起：根據病人的不同需要進行配餐。❷搭配在一起的各種食品，如合裝在一起的麵包片、香腸、火腿等：方便配餐｜營養配餐。

【配搭】pèidā ㄆㄟˋ ㄉㄚ ❶跟主要的事物合在一起做陪襯：這齣戲，配角兒配搭得不錯。❷搭配。

【配搭兒】pèi·dar ㄆㄟˋ·ㄉㄚㄦ 幫助或陪襯主要事物的人或物：我唱不了主角，給你當個配搭兒還行。

【配電盤】pèidiànpán ㄆㄟˋ ㄉㄧㄢˋ ㄆㄢˊ 分配電量的設備，安裝在發電站、變電站以及用電量較大的電力用戶中，上面裝着各種控制開關、監視儀表及保護裝置。

【配殿】pèidiàn ㄆㄟˋ ㄉㄧㄢˋ 宮殿或廟宇中正殿兩旁的殿。

【配對】[1] pèi∥duì ㄆㄟˋ∥ㄉㄨㄟˋ (配對兒) 配合成雙：這兩名選手配對參加雙打比賽。

【配對】[2] pèi∥duì ㄆㄟˋ∥ㄉㄨㄟˋ (配對兒) (動物) 交尾。

【配方】[1] pèi∥fāng ㄆㄟˋ∥ㄈㄤ 把不完全平方式變為完全平方式叫做配方。如把 x^2+6x 加上 $(\frac{6}{2})^2$，得 x^2+6x+9，即 $(x+3)^2$。

【配方】[2] pèi∥fāng ㄆㄟˋ∥ㄈㄤ 根據處方配製藥品。

【配方】pèifāng ㄆㄟˋ ㄈㄤ 指化學製品、冶金產品等的配製方法。通稱方子。

【配房】pèifáng ㄆㄟˋ ㄈㄤˊ 廂房。

【配合】pèihé ㄆㄟˋ ㄏㄜˊ ❶各方面分工合作來完成共同的任務：他兩人的雙打配合得很好。❷機械或儀器上關係密切的零件結合在一起，如軸與軸瓦等。

【配合】pèi·he ㄆㄟˋ·ㄏㄜ 合在一起顯得合適，相稱：綠油油的枝葉襯托着紅艷艷的花朵，那麼配合，那麼美麗。

【配火】pèi∥huǒ ㄆㄟˋ∥ㄏㄨㄛˇ 回火①。

【配給】pèijǐ ㄆㄟˋ ㄐㄧˇ 配售。

【配件】pèijiàn ㄆㄟˋ ㄐㄧㄢˋ ❶指裝配機器的零件或部件。❷(配件兒) 損壞後重新安裝上的零件或部件。

【配角】pèi∥jué ㄆㄟˋ∥ㄐㄩㄝˊ (配角兒) 合演一齣戲，都扮主要角色：他們倆常在一起配角，合演過《將相和》、《群英會》等。

【配角】pèijué ㄆㄟˋ ㄐㄩㄝˊ (配角兒) ❶戲劇、電影等藝術表演中的次要角色。❷比喻做輔助工作或次要工作的人。

【配軍】pèijūn ㄆㄟˋ ㄐㄩㄣ 被發配充軍的罪犯 (多見於早期白話)。

【配料】pèi∥liào ㄆㄟˋ∥ㄌㄧㄠˋ 生產過程中，把某些原料按一定比例混合在一起：配料車間。

【配偶】pèi'ǒu ㄆㄟˋ ㄡˇ 指丈夫或妻子 (多用於法律文件)。

【配平】pèipíng ㄆㄟˋ ㄆㄧㄥˊ 通過計算，給化學方程式的兩邊各項各自配上不同的係數，使反應前後各種原子的個數分別相等。

【配器】pèiqì ㄆㄟˋ ㄑㄧˋ 根據樂譜安排一種或多種相互配合的樂器 (演奏)。

【配色】pèisè ㄆㄟˋ ㄙㄜˋ 把各種顏色按照適當的標準調配。

【配售】pèishòu ㄆㄟˋ ㄕㄡˋ 某些產品，特別是生活必需品在不能充分供應的情況下，按限定的數量和價格售給消費者。

【配套】pèi∥tào ㄆㄟˋ∥ㄊㄠˋ 把若干相關的事物組合成一整套：配套工程｜大中小廠，配套成龍，分工協作，提高生產水平。

【配伍】pèiwǔ ㄆㄟˋ ㄨˇ 把兩種或兩種以上的藥物配合起來同時使用。

【配戲】pèi∥xì ㄆㄟˋ∥ㄒㄧˋ 指配合主角演戲。

【配享】pèixiǎng ㄆㄟˋ ㄒㄧㄤˇ 古時指死去的功臣隨着死去的帝王一起受到祭祀。孔子的門人或在經學上有成就的人死後隨孔子一起受到祭祀也叫配享。

【配藥】pèi∥yào ㄆㄟˋ∥ㄧㄠˋ 根據處方配製藥物。

【配音】pèi∥yīn ㄆㄟˋ∥ㄧㄣ 譯製影片或電視劇時，用某種語言錄音代替原片或原劇上的錄音。攝製影片或電視劇時，演員的話音和歌聲用別人的代替，也叫配音。

【配樂】pèi∥yuè ㄆㄟˋ∥ㄩㄝˋ 詩朗誦、話劇等按照情節的需要配上音樂，以增強藝術效果：配樂詩歌朗誦。

【配置】pèizhì ㄆㄟˋ ㄓˋ 配備佈置：配置兵力。

【配製】pèizhì ㄆㄟˋ ㄓˋ ❶把兩種以上的原料按一定的比例和方法合在一起製造：配製藥劑｜配製雞尾酒。❷為配合主體而製作 (陪襯事物)：書內配製了多幅精美插圖。

【配種】pèi∥zhǒng ㄆㄟˋ∥ㄓㄨㄥˇ 使雌雄兩性動物的生殖細胞結合以繁殖後代，分為天然交配和人工授精兩種。

【配子】pèizǐ ㄆㄟˋ ㄗˇ 生物體進行有性生殖時所產生的性細胞。雌雄兩性的配子融合後形成合子。

【配子體】pèizǐtǐ ㄆㄟˋ ㄗˇ ㄊㄧˇ 植物世代交替中產生配子或具有單倍數染色體的植物體。

旆 (斾) pèi ㄆㄟˋ ❶古時末端形狀像燕尾的旗。❷〈書〉泛指旌旗。

霈 pèi ㄆㄟˋ 〈書〉❶大雨：甘霈。❷雨多的樣子。

轡 (辔) pèi ㄆㄟˋ 駕馭牲口用的嚼子和韁繩：鞍轡｜按轡徐行。

【轡頭】pèitóu ㄆㄟˋ ㄊㄡˊ 轡。

pēn (ㄆㄣ)

噴 (喷) pēn ㄆㄣ (液體、氣體、粉末等) 受壓力而射出：噴瀉｜噴泉｜火山噴火｜噴氣式飛機。

另見870頁 pèn。

【噴薄】pēnbó ㄆㄣ ㄅㄛˊ 形容水涌起或太陽上升的樣子：噴薄欲出的一輪紅日。

【噴燈】pēndēng ㄆㄣ ㄉㄥ 能噴射火焰的工具，多用於燒灼和焊接。常用煤油、煤氣、酒精、乙炔等做燃料。
【噴發】pēnfā ㄆㄣ ㄈㄚ 噴出來。特指火山口噴出熔岩。
【噴飯】pēnfàn ㄆㄣ ㄈㄢˋ 吃飯時看到或聽到可笑的事，突然發笑，把嘴裏的飯噴出來，所以形容事情可笑說'令人噴飯'。
【噴糞】pēn//fèn ㄆㄣ//ㄈㄣˋ 比喻說髒話或說沒有根據、沒有道理的話（罵人的話）：滿嘴噴糞。
【噴灌】pēnguàn ㄆㄣ ㄍㄨㄢˋ 灌溉的一種方法，利用壓力把水通過噴頭噴到空中，形成細小的水滴，再落到地面或植物體上。
【噴壺】pēnhú ㄆㄣ ㄏㄨˊ 盛水澆花的壺，噴水的部分像蓮蓬。有的地區叫噴桶。
【噴火器】pēnhuǒqì ㄆㄣ ㄏㄨㄛˇ ㄑㄧˋ 一種噴射火焰的近戰武器。主要用來消滅敵人和燒燬敵方武器、裝備器材等。也叫火焰噴射器。
【噴口】pēnkǒu ㄆㄣ ㄎㄡˇ 戲曲演出中指道白或演唱時對字音作有力的噴發，作用是使字音剛勁有力，送得遠。
【噴漆】pēn//qī ㄆㄣ//ㄑㄧ 用壓縮空氣將塗料噴成霧狀塗在木器或鐵器上。
【噴漆】pēnqī ㄆㄣ ㄑㄧ 人造漆的一種，用硝酸纖維素、樹脂、顏料、溶劑等製成。通常用噴槍均勻地噴在物體表面，耐水，耐機油，乾得快，用於漆汽車、飛機、木器、皮革等。
【噴氣發動機】pēnqì fādòngjī ㄆㄣ ㄑㄧˋ ㄈㄚ ㄉㄨㄥˋ ㄐㄧ 使燃料燃燒時產生的氣體高速噴射而產生動力的發動機。高速飛機和火箭都使用這種發動機。
【噴氣式飛機】pēnqìshì fēijī ㄆㄣ ㄑㄧˋ ㄕˋ ㄈㄟ ㄐㄧ 用噴氣發動機做動力裝置的飛機。速度很高，超音速飛機都是這種類型的飛機。
【噴泉】pēnquán ㄆㄣ ㄑㄩㄢˊ 向外噴水的泉。
【噴灑】pēnsǎ ㄆㄣ ㄙㄚˇ 噴射散落：噴灑農藥。
【噴射】pēnshè ㄆㄣ ㄕㄜˋ 利用壓力把液體、氣體或固體顆粒噴出去。
【噴水池】pēnshuǐchí ㄆㄣ ㄕㄨㄟˇ ㄔˊ 為了點綴風景裝有人造噴泉的水池。
【噴嚏】pēntì ㄆㄣ ㄊㄧˋ 由於鼻黏膜受刺激，急劇吸氣，然後很快地由鼻孔噴出並發出聲音，這種現象叫打噴嚏。也叫嚏噴。
【噴桶】pēntǒng ㄆㄣ ㄊㄨㄥˇ 〈方〉噴壺。
【噴頭】pēntóu ㄆㄣ ㄊㄡˊ 噴壺、淋浴設備、噴灑設備等出水口上的一種裝置，形狀像蓮蓬，有許多細孔。有的地區叫蓮蓬頭。
【噴塗】pēntú ㄆㄣ ㄊㄨˊ 噴（漆）。
【噴吐】pēntǔ ㄆㄣ ㄊㄨˇ 噴出（光、火、氣等）：爐口噴吐着鮮紅的火苗。
【噴霧器】pēnwùqì ㄆㄣ ㄨˋ ㄑㄧˋ 利用空吸作用將藥水或其他液體變成霧狀，均勻地噴射到其他物體上的器具，由壓縮空氣的裝置和細管、噴嘴等組成。
【噴涌】pēnyǒng ㄆㄣ ㄩㄥˇ （液體）迅速地往外冒：山泉噴涌｜黑褐色的原油從鑽井台上噴涌出來◇激情噴涌。
【噴子】pēn·zi ㄆㄣ ·ㄗ 噴射液體的器具。
【噴嘴】pēnzuǐ ㄆㄣ ㄗㄨㄟˇ （噴嘴兒）噴射流體物質用的零件，一般呈管狀，出口的一端管孔較小。

pén（ㄆㄣˊ）

盆 pén ㄆㄣˊ ❶（盆兒）盛東西或洗東西用的器具，口大，底小，多為圓形：花盆兒｜臉盆｜澡盆。❷形狀略像盆的東西：骨盆｜盆地。
【盆地】péndì ㄆㄣˊ ㄉㄧˋ 被山或高地圍繞的平地。
【盆花】pénhuā ㄆㄣˊ ㄏㄨㄚ （盆花兒）栽種在花盆裏供觀賞的花草。
【盆景】pénjǐng ㄆㄣˊ ㄐㄧㄥˇ （盆景兒）一種陳設品，盆中栽小巧的花草，配以小樹和小山等，像真的風景一樣。
【盆腔】pénqiāng ㄆㄣˊ ㄑㄧㄤ 骨盆內部的空腔。膀胱和尿道等泌尿器官都在盆腔內。女子的子宮、卵巢等也在盆腔內。
【盆湯】péntāng ㄆㄣˊ ㄊㄤ 澡堂中設有澡盆的部分（區別於'池湯'）。也說盆塘。
【盆浴】pényù ㄆㄣˊ ㄩˋ 一種洗澡方式，把水放入澡盆內洗。
【盆栽】pénzāi ㄆㄣˊ ㄗㄞ ❶在花盆裏栽種：盆栽花卉｜盆栽葡萄。❷指盆裏栽種的花木：案頭擺着常綠的盆栽。
【盆子】pén·zi ㄆㄣˊ ·ㄗ 盆。

湓 pén ㄆㄣˊ 〈書〉水往上涌：湓涌｜湓溢（水漲滿氾濫）。

pèn（ㄆㄣˋ）

噴（喷） pèn ㄆㄣˋ 〈方〉（噴兒）❶果品、蔬菜、魚蝦等大量上市的時期：對蝦噴兒｜西瓜正在噴兒上。❷量詞。開花結實的次數；成熟收割的次數：頭噴棉花｜綠豆結二噴角了。

另見869頁 pēn。

【噴香】pènxiāng ㄆㄣˋ ㄒㄧㄤ 香氣濃厚：噴香撲鼻｜噴香的小米飯。也說噴噴香。

pēng（ㄆㄥ）

匉 pēng ㄆㄥ 〈書〉同'砰'。

抨 pēng ㄆㄥ 〈書〉彈劾（tánhé）。

【抨擊】pēngjī ㄆㄥ ㄐㄧ 用評論來攻擊(某人或某種言論、行動)：抨擊時弊。

【抨彈】pēngtán ㄆㄥ ㄊㄢˊ 〈書〉❶抨擊。❷彈劾。

怦 pēng ㄆㄥ 象聲詞，形容心跳：怦然心動｜嚇得心裏怦怦直跳。

砰 pēng ㄆㄥ 象聲詞，形容撞擊或重物落地的聲音：砰的一聲，木板倒了。

烹 pēng ㄆㄥ ❶煮(菜、茶)：烹飪｜烹調。❷烹飪方法，先用熱油略炒，然後加醬油等作料攪拌，隨即盛出：烹對蝦。

【烹茶】pēng//chá ㄆㄥ//ㄔㄚˊ 煮茶或沏茶。

【烹飪】pēngrèn ㄆㄥ ㄖㄣˋ 做飯做菜：烹飪法｜擅長烹飪。

【烹調】pēngtiáo ㄆㄥ ㄊㄧㄠˊ 烹炒調製(菜肴)：烹調五味｜烹調能手。

嘭 pēng ㄆㄥ 象聲詞：一陣嘭嘭嘭的敲門聲。

澎 pēng ㄆㄥ 〈方〉濺：澎了一身水。
另見871頁 péng。

péng (ㄆㄥˊ)

芃〔芃〕 péng ㄆㄥˊ [芃芃]〈書〉形容植物茂盛。

朋 péng ㄆㄥˊ ❶朋友：良朋｜賓朋滿座。❷〈書〉結黨：朋比為奸。❸〈書〉倫比：碩大無朋。

【朋比為奸】péng bǐ wéi jiān ㄆㄥˊ ㄅㄧˇ ㄨㄟˊ ㄐㄧㄢ 互相勾結幹壞事。

【朋黨】péngdǎng ㄆㄥˊ ㄉㄤˇ 指為爭權奪利、排斥異己而結合起來的集團：朋黨之爭。

【朋友】péng·you ㄆㄥˊ ·ㄧㄡ ❶彼此有交情的人。❷指戀愛的對象：姑娘多大了，有朋友了沒有？

堋 péng ㄆㄥˊ 我國戰國時代科學家李冰在修建都江堰時所創造的分水堤，作用是減殺水勢。

弸 péng ㄆㄥˊ 〈書〉充滿。

彭 Péng ㄆㄥˊ 姓。

棚 péng ㄆㄥˊ ❶遮蔽太陽或風雨的設備，用竹木等搭架子，上面覆蓋草蓆等：天棚｜涼棚｜在園子裏搭一個棚。❷簡陋的房屋：牲口棚｜工棚｜碾棚。❸天花板：頂棚｜糊棚。

【棚車】péngchē ㄆㄥˊ ㄔㄜ 同'篷車'。

【棚戶】pénghù ㄆㄥˊ ㄏㄨˋ 住在簡陋房屋裏的人家。

【棚圈】péngjuàn ㄆㄥˊ ㄐㄩㄢˋ 有棚子的圈。

【棚子】péng·zi ㄆㄥˊ ·ㄗ 棚②：草棚子｜馬棚子。

搒(榜) péng ㄆㄥˊ 〈書〉用棍子或竹板子打。
另見36頁 bàng。'榜'另見35頁 bǎng。

硼 péng ㄆㄥˊ 非金屬元素，符號 B (borum)。無定形硼為粉末狀，暗棕色；晶體硼灰色，有光澤，硬度和金剛石相似。用來製合金、火箭燃料等，在醫藥、農業和玻璃等工業中應用廣泛。

蓬〔蓬〕 péng ㄆㄥˊ ❶飛蓬①。❷蓬鬆：蓬着頭。❸量詞，用於枝葉茂盛的花草：一蓬鳳尾竹。

【蓬蓽增輝】péng bì zēng huī ㄆㄥˊ ㄅㄧˋ ㄗㄥ ㄏㄨㄟ 謙辭，表示由於別人到自己家裏來或張挂別人給自己題贈的字畫等而使自己非常光榮(蓬蓽：蓬門蓽戶的省略)。也說蓬蓽生輝。

【蓬勃】péngbó ㄆㄥˊ ㄅㄛˊ 繁榮；旺盛：蓬勃發展｜朝氣蓬勃｜一片蓬蓬勃勃的氣象。

【蓬蒿】pénghāo ㄆㄥˊ ㄏㄠ ❶〈方〉茼蒿。❷飛蓬和蒿子，借指草野。

【蓬戶瓮牖】péng hù wèng yǒu ㄆㄥˊ ㄏㄨˋ ㄨㄥˋ ㄧㄡˇ 用蓬草編成的門，破瓮做的窗戶。形容窮苦人家的簡陋房屋。

【蓬萊】Pénglái ㄆㄥˊ ㄌㄞˊ 神話中渤海裏仙人居住的山。

【蓬亂】péngluàn ㄆㄥˊ ㄌㄨㄢˋ 草、頭髮等鬆散雜亂：頭髮蓬亂。

【蓬門蓽戶】péng mén bì hù ㄆㄥˊ ㄇㄣˊ ㄅㄧˋ ㄏㄨˋ 用草、樹枝等做成的門戶。形容窮苦人家所住的簡陋的房屋。

【蓬茸】péngróng ㄆㄥˊ ㄖㄨㄥˊ 〈書〉形容草生長得很多很盛：綠草蓬茸｜蓬蓬茸茸的雜草。

【蓬鬆】péngsōng ㄆㄥˊ ㄙㄨㄥ 形容草、葉子、頭髮、絨毛等鬆散開。

【蓬頭垢面】péng tóu gòu miàn ㄆㄥˊ ㄊㄡˊ ㄍㄡˋ ㄇㄧㄢˋ 形容頭髮很亂，臉上很髒的樣子。

澎 péng ㄆㄥˊ 澎湖列島 (Pénghú Lièdǎo)，我國群島名，在台灣海峽中。
另見871頁 pēng。

【澎湃】péngpài ㄆㄥˊ ㄆㄞˋ ❶形容波浪互相撞擊：波濤洶涌澎湃。❷比喻聲勢浩大，氣勢雄偉：激情澎湃的詩篇。

膨 péng ㄆㄥˊ 脹大：膨脹。

【膨大】péngdà ㄆㄥˊ ㄉㄚˋ 體積增大。

【膨脝】pénghēng ㄆㄥˊ ㄏㄥ ❶〈書〉肚子脹的樣子：膨脝大腹。❷〈方〉物體龐大，不靈便。

【膨化】pénghuà ㄆㄥˊ ㄏㄨㄚˋ (穀物等)由於在加熱、加壓的情況下突然減壓而膨脹：膨化米｜膨化食品。

【膨體紗】péngtǐshā ㄆㄥˊ ㄊㄧˇ ㄕㄚ 用腈綸紡成的類似毛綫的東西。將腈綸纖維加熱拉伸，再將其中一部分加熱使鬆弛，兩種纖維混紡成綫，經過蒸氣處理，就成為膨體紗。膨體紗的特點是蓬鬆、柔軟。

【膨脹】péngzhàng ㄆㄥˊ ㄓㄤˋ ❶由於溫度升高或其他因素，物體的長度增加或體積增大。❷借指某些事物擴大或增長：通貨膨脹。

【膨脹係數】péngzhàng xìshù ㄆㄥˊ ㄓㄤˋ ㄒㄧˋ ㄕㄨˋ 物體在溫度上升 1°C 時所增大的體積和原來體積的比或所增加的長度和原來長度的比。

篷 péng ㄆㄥˊ ❶(篷兒)遮蔽日光、風、雨的設備，用竹木、葦蓆或帆布等製成(多指車船上用的)：船篷｜篷窗(帆船窗戶)｜敞篷兒汽車｜把篷撐起來。❷船帆：扯起篷來。

【篷車】péngchē ㄆㄥˊ ㄔㄜ ❶有頂的貨車。❷舊時帶篷的馬車。‖也作棚車。

【篷子】péng·zi ㄆㄥˊ ·ㄗ 篷①。

鬅 péng ㄆㄥˊ 頭髮鬆散：鬅鬆。

【鬅鬙】péngsēng ㄆㄥˊ ㄙㄥ 〈書〉頭髮散亂的樣子。

【鬅鬆】péngsōng ㄆㄥˊ ㄙㄨㄥ 頭髮蓬鬆。

蟛 péng ㄆㄥˊ ［蟛蜞］(péngqí ㄆㄥˊ ㄑㄧˊ) 螃蟹的一種，體小，生長在水邊。

鵬(鹏) péng ㄆㄥˊ 傳説中最大的鳥。

【鵬程萬里】péng chéng wàn lǐ ㄆㄥˊ ㄔㄥˊ ㄨㄢˋ ㄌㄧˇ 比喻前程遠大。

pěng (ㄆㄥˇ)

捧 pěng ㄆㄥˇ ❶用雙手托：捧着花生米｜雙手捧住孩子的臉。❷量詞，用於能捧的東西：一捧棗兒｜捧了兩捧米。❸奉承人或代人吹噓：捧場。

【捧杯】pěng//bēi ㄆㄥˇ // ㄅㄟ 獲得獎杯，特指在競賽中奪得冠軍。

【捧場】pěng//chǎng ㄆㄥˇ // ㄔㄤˇ 原指特意到劇場去讚賞戲曲演員表演，今泛指故意替別人的某種活動或局面吹噓。

【捧腹】pěngfù ㄆㄥˇ ㄈㄨˋ 捧着肚子。形容大笑：令人捧腹｜捧腹大笑。

【捧哏】pěng//gén ㄆㄥˇ // ㄍㄣˊ 相聲的配角用話或表情來配合主角逗人發笑。

【捧角】pěng//jué ㄆㄥˇ // ㄐㄩㄝˊ (捧角兒)給某個戲曲演員捧場。

pèng (ㄆㄥˋ)

椪 pèng ㄆㄥˋ ［椪柑］(pènggān ㄆㄥˋ ㄍㄢ) ❶常綠小喬木，葉片小，橢圓形，花白色，果實大，皮橙黃色，汁多味甜。❷這種植物的果實。

碰(掽、踫) pèng ㄆㄥˋ ❶運動着的物體跟別的物體突然接觸：碰杯｜不小心腿在門上碰了一下。❷碰見；遇到：碰面｜在路上碰到一位熟人。❸試探：碰碰機會｜我去碰一下看，說不定他在家。

【碰杯】pèng//bēi ㄆㄥˋ // ㄅㄟ 飲酒前舉杯輕輕相碰，表示祝賀。

【碰壁】pèng//bì ㄆㄥˋ // ㄅㄧˋ 比喻遇到嚴重阻礙或受到拒絕，事情行不通：到處碰壁。

【碰釘子】pèng dīng·zi ㄆㄥˋ ㄉㄧㄥ ·ㄗ 比喻遭到拒絕或受到斥責。

【碰見】pèng//·jiàn ㄆㄥˋ // ·ㄐㄧㄢˋ 事先沒有約定而見到：昨天我在街上碰見他。

【碰勁兒】pèng//jìnr ㄆㄥˋ // ㄐㄧㄣˋㄦ 〈方〉碰巧：碰勁兒打中了一槍。也說碰巧勁兒。

【碰面】pèng//miàn ㄆㄥˋ // ㄇㄧㄢˋ 會面；會見：我同他約定今天在這裏碰面。

【碰碰車】pèng·pengchē ㄆㄥˋ ·ㄆㄥ ㄔㄜ 一種供兒童遊樂用的電動車，在特定的場地上開動，以車與車互相碰撞取樂。

【碰碰船】pèng·pengchuán ㄆㄥˋ ·ㄆㄥ ㄔㄨㄢˊ 一種供兒童遊樂用的電動船，在特定的水池中開動，以船與船互相碰撞取樂。

【碰巧】pèngqiǎo ㄆㄥˋ ㄑㄧㄠˇ 湊巧；恰巧：我正想找你，碰巧你來了。

【碰鎖】pèngsuǒ ㄆㄥˋ ㄙㄨㄛˇ 撞鎖。也叫碰簧鎖。

【碰頭】pèng//tóu ㄆㄥˋ // ㄊㄡˊ ❶會面；會見：請他帶去吧，他們天天都碰頭。❷〈方〉磕頭：碰頭求饒。

【碰頭會】pèngtóuhuì ㄆㄥˋ ㄊㄡˊ ㄏㄨㄟˋ 以交換情況為主要內容的會，一般時間很短。

【碰一鼻子灰】pèng yī bí·zi huī ㄆㄥˋ ㄧ ㄅㄧˊ ·ㄗ ㄏㄨㄟ 遭到拒絕或斥責，落得沒趣。

【碰撞】pèngzhuàng ㄆㄥˋ ㄓㄨㄤˋ ❶物體相碰或相撞；撞擊：搬運瓷器要避免碰撞。❷衝犯：不要拿話去碰撞他。

pī (ㄆㄧ)

丕 pī ㄆㄧ 〈書〉大：丕業｜丕變。

批[1] pī ㄆㄧ ❶〈書〉用手掌打：批頰。❷〈書〉刮；削。❸對下級文件表示意見或對文章予以批評(多指寫在原件上)：批示｜批改｜批公事。❹批判；批評：捱了一通批。

批[2] pī ㄆㄧ ❶大量(買賣貨物)：批發｜批購。❷量詞，用於大宗的貨物或多數的人：一批紙張｜今年第一批到邊疆去的同學已經出發。

批[3] pī ㄆㄧ (批兒)棉麻等未捻成綫、繩時的細縷：綫批兒｜麻批兒。

【批駁】pībó ㄆㄧ ㄅㄛˊ 批評或否決別人的意見、要求：批駁錯誤論調。

【批點】pīdiǎn ㄆㄧ ㄉㄧㄢˇ ❶在書刊、文章上加評語和圈點。❷〈方〉褒貶；指摘。
【批發】pīfā ㄆㄧ ㄈㄚ 成批地出售商品：批發部｜批發價格。
【批復】pīfù ㄆㄧ ㄈㄨˋ 對下級的書面報告批註意見答復。
【批改】pīgǎi ㄆㄧ ㄍㄞˇ 修改文章、作業等並加批語。
【批件】pījiàn ㄆㄧ ㄐㄧㄢˋ 經上級批示過的文件。
【批量】pīliàng ㄆㄧ ㄌㄧㄤˋ ❶成批地(製造)：這種儀器已開始批量生產。❷產品成批生產的數量：大批量｜批量小。
【批零】pīlíng ㄆㄧ ㄌㄧㄥˊ 批發和零售：批零兼營｜批零差價。
【批判】pīpàn ㄆㄧ ㄆㄢˋ ❶對錯誤的思想、言論或行為做系統的分析，加以否定：批判虛無主義。❷批評：自我批判。❸(批判地)分清正確的和錯誤的或有用的和無用的(去分別對待)：批判地繼承文學藝術遺產。
【批評】pīpíng ㄆㄧ ㄆㄧㄥˊ ❶指出優點和缺點；評論好壞：文藝批評。❷專指對缺點和錯誤提出意見：批評她對顧客的傲慢態度。
【批示】pīshì ㄆㄧ ㄕˋ ❶(上級對下級的公文)用書面表示意見：計劃已經呈報上級了，等批示下來就動手。❷批示的文字：這個材料上有張局長的批示。
【批條子】pī tiáo·zi ㄆㄧ ㄊㄧㄠˊ ·ㄗ 領導或主管人員在條子上批示，表示同意某種要求。
【批文】pīwén ㄆㄧ ㄨㄣˊ (上級或有關部門)批復的文字或文件。
【批語】pīyǔ ㄆㄧ ㄩˇ ❶對文章、作業等的評語。❷批示公文的話。
【批閱】pīyuè ㄆㄧ ㄩㄝˋ 閱讀並加以批示或批改：批閱文件。
【批註】pīzhù ㄆㄧ ㄓㄨˋ ❶加批語和註解。❷指批評和註解的文字：書眉有小字批註。
【批准】pī//zhǔn ㄆㄧ // ㄓㄨㄣˇ 上級對下級的意見、建議或請求表示同意：批准他休假一個月。

伾 pī ㄆㄧ ［伾伾］〈書〉有力氣的樣子。

坯(坏) pī ㄆㄧ ❶磚瓦、陶瓷、景泰藍等製造過程中，用原料做成器物的形狀，還沒有放在窯裏或爐裏燒的，叫做坯：磚坯。❷特指土坯：打坯｜脱坯。❸〈方〉(坯兒)指半成品：麪坯(煮熟而未加作料的麪條)｜醬坯兒｜鋼坯｜坯布。
'坏'另見498頁 huài'壞'。
【坯布】pībù ㄆㄧ ㄅㄨˋ 織成後還沒有經過印染加工的布。
【坯料】pīliào ㄆㄧ ㄌㄧㄠˋ 毛坯。
【坯胎】pītāi ㄆㄧ ㄊㄞ 某些器物的坯：搪瓷的金屬坯胎。
【坯子】pī·zi ㄆㄧ ·ㄗ ❶坯①：磚坯子。❷坯③：醬坯子｜綫坯子。❸指未來可能成為做某事的人(多指青少年)。

披 pī ㄆㄧ ❶覆蓋或搭在肩背上：披着斗篷◇披星戴月。❷打開；散開：披卷。❸(竹木等)裂開：這根竹竿披了。
【披髮左衽】pī fà zuǒ rèn ㄆㄧ ㄈㄚˋ ㄗㄨㄛˇ ㄖㄣˋ 古代指東方、北方少數民族的裝束(左衽：大襟開在左邊兒)。
【披風】pīfēng ㄆㄧ ㄈㄥ 斗篷①。
【披拂】pīfú ㄆㄧ ㄈㄨˊ 〈書〉飄動；(微風)吹動：枝葉披拂｜春風披拂。
【披肝瀝膽】pī gān lì dǎn ㄆㄧ ㄍㄢ ㄌㄧˋ ㄉㄢˇ 比喻開誠相見，也比喻極盡忠誠。
【披掛】pīguà ㄆㄧ ㄍㄨㄚˋ ❶舊指穿戴盔甲，後也泛指穿戴衣裝：獵人們披掛整齊，準備上路◇幾員足壇老將再次披掛上陣。❷指穿戴的盔甲(多見於早期白話)。
【披紅】pīhóng ㄆㄧ ㄏㄨㄥˊ 把紅綢披在人的身上或物體上，表示喜慶或光榮：披紅戴花。
【披懷】pīhuái ㄆㄧ ㄏㄨㄞˊ 〈書〉敞開胸懷，指開誠相見。
【披甲】pījiǎ ㄆㄧ ㄐㄧㄚˇ 穿上鎧甲。
【披肩】pījiān ㄆㄧ ㄐㄧㄢ ❶披在肩上的服飾。❷婦女披在上身的一種無袖短外衣。
【披堅執鋭】pī jiān zhí ruì ㄆㄧ ㄐㄧㄢ ㄓˊ ㄖㄨㄟˋ 穿上堅固的鎧甲，拿起鋒利的武器。多指將領親赴戰場打仗。
【披荊斬棘】pī jīng zhǎn jí ㄆㄧ ㄐㄧㄥ ㄓㄢˇ ㄐㄧˊ ❶比喻掃除前進中的困難和障礙。❷形容克服創業中的種種艱難。
【披卷】pījuàn ㄆㄧ ㄐㄩㄢˋ 翻閱書籍。
【披覽】pīlǎn ㄆㄧ ㄌㄢˇ 〈書〉翻閱：披覽群書。
【披瀝】pīlì ㄆㄧ ㄌㄧˋ 〈書〉'披肝瀝膽'的略語。
【披露】pīlù ㄆㄧ ㄌㄨˋ ❶發表；公佈：全文披露｜披露會談內容。❷表露：披露肝膽。
【披麻帶孝】pī má dài xiào ㄆㄧ ㄇㄚˊ ㄉㄞˋ ㄒㄧㄠˋ 舊俗子女為父母居喪，要服重孝，如身穿粗麻布孝服，腰繫麻繩等，叫披麻帶孝。'帶'也作戴。
【披靡】pīmǐ ㄆㄧ ㄇㄧˇ ❶(草木)隨風散亂地倒下。❷(軍隊)潰散：望風披靡｜所向披靡。
【披散】pī·san ㄆㄧ ·ㄙㄢ (毛髮、枝條等)散着下垂。
【披沙揀金】pī shā jiǎn jīn ㄆㄧ ㄕㄚ ㄐㄧㄢˇ ㄐㄧㄣ 比喻從大量的事物中選擇精華。
【披頭散髮】pī tóu sàn fà ㄆㄧ ㄊㄡˊ ㄙㄢˋ ㄈㄚˋ 形容頭髮長而散亂。
【披屋】pīwū ㄆㄧ ㄨ 同正房兩側或後面相連的小屋，多用來堆放雜物。
【披星戴月】pī xīng dài yuè ㄆㄧ ㄒㄧㄥ ㄉㄞˋ ㄩㄝˋ 形容早出晚歸，辛勤勞動，或晝夜趕路，旅途勞頓。

【披閱】pīyuè ㄆㄧ ㄩㄝˋ 披覽；閱讀：披閱文稿。

邳 Pī ㄆㄧ ❶邳縣，地名，在江蘇。❷姓。

狉 pī ㄆㄧ 見下。

【狉狉】pīpī ㄆㄧ ㄆㄧ 〈書〉形容野獸蠢動：鹿豕狉狉。

【狉獉】pīzhēn ㄆㄧ ㄓㄣ 〈書〉草木叢雜，野獸出沒。也說獉狉。

砒 pī ㄆㄧ ❶砷的舊稱。❷砒霜：紅砒｜白砒。

【砒霜】pīshuāng ㄆㄧ ㄕㄨㄤ 無機化合物，是不純的三氧化二砷。白色粉末，有時略帶黃色或紅色，有劇毒。用來製殺蟲藥或殺鼠藥。也叫白砒、紅砒或信石，有的地區叫紅礬。

性 pī ㄆㄧ 〈書〉謬誤。

紕 (纰) pī ㄆㄧ 布帛絲縷等破壞，披散：綫紕了。

【紕漏】pīlòu ㄆㄧ ㄌㄡˋ 因粗心而產生的差錯；小事故或漏洞：出紕漏。

【紕繆】pīmiù ㄆㄧ ㄇㄧㄡˋ 〈書〉錯誤。

鈚 (铍、錍) pī ㄆㄧ 〈書〉鈚箭，箭頭較薄而闊，箭桿較長。

鈹 (铍) pī ㄆㄧ 〈書〉❶針砭用的長針。❷長矛。

另見877頁 pí。

劈 pī ㄆㄧ ❶用刀斧等砍或由縱面破開：劈木柴｜劈成兩半◇劈風斬浪。❷(木頭等)裂開：板子劈了｜鋼筆尖寫劈了。❸〈方〉(嗓音)嘶啞：他喊了半天，聲音都快劈了。❹正對着；衝着(人的頭、臉、胸部)：劈頭｜劈臉。❺雷電毀壞或擊斃：老樹讓雷劈了。❻簡單機械，由兩個斜面合成，縱剖面呈三角形，如楔子和刀、斧等的刃兒就屬於這一類。

另見877頁 pǐ。

【劈波斬浪】pī bō zhǎn làng ㄆㄧ ㄅㄛ ㄓㄢˇ ㄌㄤˋ 船隻行進時衝開波浪，比喻排除前進中的困難和障礙。

【劈刺】pīcì ㄆㄧ ㄘˋ 軍事上劈刀和刺殺的統稱。

【劈刀】[1] pīdāo ㄆㄧ ㄉㄠ 刀背較厚的刀，用來劈竹子、木頭等。

【劈刀】[2] pīdāo ㄆㄧ ㄉㄠ 用軍刀劈殺的技術。

【劈裏啪啦】pī·lipālā ㄆㄧ ·ㄌㄧ ㄆㄚ ㄌㄚ 象聲詞，形容連續不斷的爆裂、拍打等的聲音：窗外傳來劈裏啪啦的鞭炮聲｜掌聲劈裏啪啦地響起來。也作噼裏啪啦。

【劈臉】pīliǎn ㄆㄧ ㄌㄧㄢˇ 正衝着臉；迎面：劈臉就是一個大嘴巴。

【劈面】pīmiàn ㄆㄧ ㄇㄧㄢˋ 劈臉。

【劈啪】pīpā ㄆㄧ ㄆㄚ 象聲詞，形容拍打或爆裂的聲音：劈啪的槍聲｜孩子們劈劈啪啪地鼓起掌來。也作噼啪。

【劈殺】pīshā ㄆㄧ ㄕㄚ 用刀砍殺(多指軍人騎在馬上用軍刀殺敵)。

【劈山】pīshān ㄆㄧ ㄕㄢ 用人力或爆破等方式開山：劈山引水｜劈山造田｜劈山築路。

【劈手】pīshǒu ㄆㄧ ㄕㄡˇ 形容手的動作迅速，使人來不及防備：劈手一巴掌｜劈手奪過球拍。

【劈頭】pītóu ㄆㄧ ㄊㄡˊ ❶正衝着頭；迎頭：走到門口劈頭碰見老王從裏邊出來。❷開頭；起首：他進來劈頭第一句話就問試驗成功了沒有。也作闢頭。

【劈頭蓋臉】pī tóu gài liǎn ㄆㄧ ㄊㄡˊ ㄍㄞˋ ㄌㄧㄢˇ 正對着頭和臉蓋下來，形容來勢兇猛：瓢潑似的大雨劈頭蓋臉地澆下來。也說劈頭蓋腦、劈頭蓋頂。

【劈胸】pīxiōng ㄆㄧ ㄒㄩㄥ 對準胸前：劈胸一把抓住。

噼 pī ㄆㄧ 見下。

【噼裏啪啦】pī·lipālā ㄆㄧ ·ㄌㄧ ㄆㄚ ㄌㄚ 同'劈裏啪啦'。

【噼啪】pīpā ㄆㄧ ㄆㄚ 同'劈啪'。

鎞 (锟) pī ㄆㄧ 〈書〉箭簇。

另見57頁 bī。

霹 pī ㄆㄧ 見下。

【霹雷】pīléi ㄆㄧ ㄌㄟˊ 霹靂。

【霹靂】pīlì ㄆㄧ ㄌㄧˋ 雲和地面之間發生的一種強烈雷電現象。響聲很大，能對人畜、植物、建築物等造成很大的危害。也叫落雷。

【霹靂舞】pīlìwǔ ㄆㄧ ㄌㄧˋ ㄨˇ 產生於美國貧民區黑人中間的一種舞蹈，舞姿有翻轉、旋轉、擺動、摹擬表演以及飄浮、滑動等動作。

闢 (辟) pī ㄆㄧ ［闢頭］(pītóu ㄆㄧ ㄊㄡˊ) 同'劈頭'②。

另見878頁 pì。'辟'另見64頁 bì；878頁 pì。

pí (ㄆㄧˊ)

皮 pí ㄆㄧˊ ❶人或生物體表面的一層組織：牛皮｜蕎麥皮｜碰掉了一塊皮。❷皮子：皮箱｜皮鞋｜皮襖。❸(皮兒)包在或圍在外面的一層東西：包袱皮兒。❹(皮兒)表面：地皮｜水皮兒。❺(皮兒)某些薄片狀的東西：鉛皮｜粉皮兒｜豆腐皮兒。❻有韌性的：皮糖。❼酥脆的東西受潮後變韌：花生放皮了，吃起來不香了。❽頑皮：調皮｜這孩子真皮。❾由於受申斥或責罰次數過多而感覺無所謂。❿指橡膠：橡皮｜皮筋。⓫(Pí)姓。

【皮板兒】píbǎnr ㄆㄧˊ ㄅㄢㄦˇ 指皮桶子毛下面的皮。

【皮包】píbāo ㄆㄧˊ ㄅㄠ 用皮革製成的手提包。

【皮包公司】píbāo gōngsī ㄆㄧˊ ㄅㄠ ㄍㄨㄥ ㄙ 指

沒有固定資產、沒有固定經營地點及定額人員，只提着皮包，從事社會經濟活動的人或集體，多挂有公司的名義。有時也叫皮包商。

【皮包骨】pí bāo gǔ ㄆㄧˊ ㄅㄠ ㄍㄨˇ 形容極端消瘦。也說皮包骨頭。

【皮層】pícéng ㄆㄧˊ ㄘㄥˊ ❶人或生物體組織表面的一層：腎臟皮層｜植物莖的皮層。❷大腦皮層的簡稱。

【皮尺】píchǐ ㄆㄧˊ ㄔˇ 用漆布等做的捲尺。

【皮帶】pídài ㄆㄧˊ ㄉㄞˋ 用皮革製成的帶子，特指用皮革製成的腰帶。

【皮帶輪】pídàilún ㄆㄧˊ ㄉㄞˋ ㄌㄨㄣˊ 機器上的安裝傳動帶的輪子。

【皮蛋】pídàn ㄆㄧˊ ㄉㄢˋ 松花。

【皮膚】pífū ㄆㄧˊ ㄈㄨ ❶身體表面包在肌肉外部的組織，人和高等動物的皮膚由表皮、真皮和皮下組織三層組成，有保護身體、調節體溫、排泄廢物等作用。❷〈書〉比喻膚淺：皮膚之見。

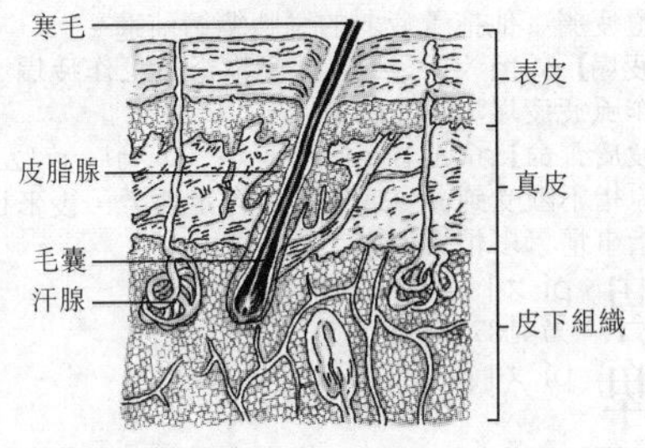

人的皮膚

【皮膚針】pífūzhēn ㄆㄧˊ ㄈㄨ ㄓㄣ ❶一種針刺用的針，由數枚小針固定在細柄上構成，裝五枚的叫梅花針，裝七枚的叫七星針。治療時，手持細柄，用針尖在一定部位的皮膚上扣打。❷用這種針進行治療的方法。

【皮傅】pífù ㄆㄧˊ ㄈㄨˋ 〈書〉憑膚淺的認識牽強附會。

【皮革】pígé ㄆㄧˊ ㄍㄜˊ 用牛、羊、豬等的皮去毛後製成的熟皮，可以做鞋、箱及其他用品。

【皮輥花】pígǔnhuā ㄆㄧˊ ㄍㄨㄣˇ ㄏㄨㄚ 粗紗進行細紡時，由於紗綫斷頭而捲繞在皮輥或絨輥上的棉纖維。皮輥花可以重新加工使用。也叫白花。

【皮猴兒】píhóur ㄆㄧˊ ㄏㄡㄦˊ 風帽連着衣領的皮大衣或這種式樣的人造毛、呢絨做襯裏的大衣。

【皮花】píhuā ㄆㄧˊ ㄏㄨㄚ 皮棉。

【皮黃】píhuáng ㄆㄧˊ ㄏㄨㄤˊ 戲曲聲腔，西皮和二黃的合稱。也作皮簧。

【皮貨】píhuò ㄆㄧˊ ㄏㄨㄛˋ 毛皮貨物的總稱：皮貨商。

【皮夾子】píjiā·zi ㄆㄧˊ ㄐㄧㄚ ·ㄗ 用薄而軟的皮革等做成的扁平小袋，帶在身邊裝錢或其他小的用品。也叫皮夾兒。

【皮匠】pí·jiang ㄆㄧˊ ·ㄐㄧㄤ ❶修補舊鞋或製鞋的小手工業者。❷製造皮革的小手工業者。

【皮筋兒】píjīnr ㄆㄧˊ ㄐㄧㄣㄦ 橡皮筋：跳皮筋兒。也叫猴皮筋兒。

【皮開肉綻】pí kāi ròu zhàn ㄆㄧˊ ㄎㄞ ㄖㄡˋ ㄓㄢˋ 指人因被毒打，皮肉開裂。

【皮庫】píkù ㄆㄧˊ ㄎㄨˋ 醫院中保存皮膚組織供移植用的設備。

【皮裏陽秋】pí lǐ Yángqiū ㄆㄧˊ ㄌㄧˇ ㄧㄤˊ ㄑㄧㄡ 指藏在心裏不說出來的評論。'陽秋'即'春秋'，晉簡文帝（司馬昱）母鄭后名阿春，避諱'春'字改稱。這裏用來代表'批評'，因為相傳孔子修《春秋》，意含褒貶。

【皮臉】píliǎn ㄆㄧˊ ㄌㄧㄢˇ 〈方〉❶頑皮。❷形容不知羞耻。

【皮臉兒】píliǎnr ㄆㄧˊ ㄌㄧㄢㄦˇ 布鞋鞋臉兒正中用窄皮條沿起的圓梗。

【皮毛】pímáo ㄆㄧˊ ㄇㄠˊ ❶帶毛的獸皮的總稱：貂皮、狐皮都是很貴重的皮毛。❷比喻表面的知識：略知皮毛。

【皮棉】pímián ㄆㄧˊ ㄇㄧㄢˊ 棉花軋去種子後的纖維，是紡織工業的原料。

【皮囊】pínáng ㄆㄧˊ ㄋㄤˊ 皮製的口袋。比喻人的軀體（貶義）：臭皮囊｜空有皮囊。

【皮球】píqiú ㄆㄧˊ ㄑㄧㄡˊ 遊戲用具，是一種有彈性的空心球，多用橡膠製成。

【皮肉】píròu ㄆㄧˊ ㄖㄡˋ 皮和肉，指肉體：我不過傷了點皮肉，沒甚麼｜皮肉之苦｜皮肉生涯（指女子賣淫的生活）。

【皮實】pí·shi ㄆㄧˊ ·ㄕ ❶身體結實，不易得病：這孩子真皮實，從來沒鬧過病。❷（器物）耐用而不易破損。

【皮糖】pítáng ㄆㄧˊ ㄊㄤˊ 用糖加適量的澱粉熬製成的糖果，韌性很強。

【皮桶子】pítǒng·zi ㄆㄧˊ ㄊㄨㄥˇ ·ㄗ 做皮衣用的成件的毛皮。也說皮桶兒。

【皮下組織】píxià zǔzhī ㄆㄧˊ ㄒㄧㄚˋ ㄗㄨˇ ㄓ 皮膚下面的結締組織，含脂肪較多，質地疏鬆，其中有血管、淋巴管、神經等。可以保持體溫、緩和機械壓力等。（圖見〖皮膚〗）

【皮相】píxiàng ㄆㄧˊ ㄒㄧㄤˋ 指只從表面看；不深入：皮相之談。

【皮硝】píxiāo ㄆㄧˊ ㄒㄧㄠ 朴硝（pòxiāo）的通稱。

【皮笑肉不笑】pí xiào ròu bù xiào ㄆㄧˊ ㄒㄧㄠˋ ㄖㄡˋ ㄅㄨˋ ㄒㄧㄠˋ 形容虛偽地笑、陰險地笑或不自然地笑。

【皮衣】píyī ㄆㄧˊ ㄧ 用毛皮或皮革製成的衣服。

【皮影戲】píyǐngxì ㄆㄧˊ ㄧㄥˇ ㄒㄧˋ 用獸皮或紙板做成的人物剪影來表演故事的戲曲，民間流行很廣。表演時，用燈光把剪影照射在幕上，藝人在幕後一邊操縱剪影，一邊演唱，並配以音樂。也叫影戲。有的地區叫驢皮影。

【皮張】pízhāng ㄆㄧˊ ㄓㄤ 做製革原料用的獸皮。

【皮掌兒】pízhǎngr ㄆㄧˊ ㄓㄤㄦˇ 釘在鞋底前後的皮子。

【皮疹】pízhěn ㄆㄧˊ ㄓㄣˇ 皮膚表面出現的各種小疙瘩，常成片出現。

【皮之不存，毛將焉附】pí zhī bù cún,máo jiāng yān fù ㄆㄧˊ ㄓ ㄅㄨˋ ㄘㄨㄣˊ,ㄇㄠˊ ㄐㄧㄤ ㄧㄢ ㄈㄨˋ 皮都沒有了，毛還長在哪兒？（見於《左傳》僖公十四年。'焉附'原作'安傅'。）比喻事物沒有基礎，就不能存在。

【皮脂】pízhī ㄆㄧˊ ㄓ 指人或動物的皮膚分泌出來的油脂。

【皮脂腺】pízhīxiàn ㄆㄧˊ ㄓ ㄒㄧㄢˋ 人或動物體上分泌油脂的腺，在真皮中，很小，多為囊狀，開口在毛囊中。（圖見〖皮膚〗）

【皮紙】pízhǐ ㄆㄧˊ ㄓˇ 用桑樹皮、楮樹皮或笋殼等製成的一種堅韌的紙，供製造雨傘等用。

【皮質】pízhì ㄆㄧˊ ㄓˋ ❶某些內臟器官的表層組織。❷大腦皮層的簡稱。

【皮重】pízhòng ㄆㄧˊ ㄓㄨㄥˋ 貨物包裝材料的重量，也指稱東西時用的盛器的重量。

【皮子】pí·zi ㄆㄧˊ ·ㄗ 皮革或毛皮。

芘〔芘〕 pí ㄆㄧˊ ［芘芣］(pífú ㄆㄧˊ ㄈㄨˊ) 古書上指錦葵。

枇 pí ㄆㄧˊ ［枇杷］(pí·pá ㄆㄧˊ ·ㄆㄚˊ) ❶常綠喬木，葉子長橢圓形，花小，白色，圓錐花序。果實淡黃色或橙黃色，外皮上有細毛。生長在較溫暖的地區，果實可以吃，葉子和核可入藥。❷這種植物的果實。

狓 pí ㄆㄧˊ 見527頁［獾狮狓］(huòjiāpí)。

陂 pí ㄆㄧˊ 黃陂 (Huángpí ㄏㄨㄤˊ ㄆㄧˊ)，地名，在湖北。
另見47頁 bēi；891頁 pō。

毗(毘) pí ㄆㄧˊ 〈書〉❶毗連：毗鄰。❷輔助。

【毗連】pílián ㄆㄧˊ ㄌㄧㄢˊ 連接：檣桅毗連｜江蘇省北部跟山東省毗連。

【毗鄰】pílín ㄆㄧˊ ㄌㄧㄣˊ (地方) 毗連。

蚍 pí ㄆㄧˊ 見下。

【蚍蜉】pífú ㄆㄧˊ ㄈㄨˊ 〈書〉大螞蟻。

【蚍蜉撼大樹】pífú hàn dà shù ㄆㄧˊ ㄈㄨˊ ㄏㄢˋ ㄉㄚˋ ㄕㄨˋ 比喻力量很小而想動搖強大的事物，不自量力。

疲 pí ㄆㄧˊ ❶疲乏；勞累：精疲力盡｜疲於奔命。❷疲軟②：及時更新換代，使產品暢銷不疲。

【疲憊】píbèi ㄆㄧˊ ㄅㄟˋ ❶非常疲乏：疲憊不堪。❷使非常疲乏：疲憊敵軍。

【疲敝】píbì ㄆㄧˊ ㄅㄧˋ 人力、物力受到消耗，不充足。

【疲頓】pídùn ㄆㄧˊ ㄉㄨㄣˋ 〈書〉非常疲乏：疲頓不堪。

【疲乏】pífá ㄆㄧˊ ㄈㄚˊ 疲勞①②。

【疲倦】píjuàn ㄆㄧˊ ㄐㄩㄢˋ 疲乏；困倦。

【疲困】píkùn ㄆㄧˊ ㄎㄨㄣˋ ❶疲乏：他日夜操勞，不顧疲困。❷(經濟狀況等) 疲軟：疲困不振。

【疲勞】píláo ㄆㄧˊ ㄌㄠˊ ❶因體力或腦力消耗過多而需要休息。❷因運動過度或刺激過強，細胞、組織或器官的機能或反應能力減弱：聽覺疲勞｜肌肉疲勞。❸因外力過強或作用時間過久而不能繼續起正常的反應：彈性疲勞｜磁性疲勞。

【疲軟】píruǎn ㄆㄧˊ ㄖㄨㄢˇ ❶疲乏無力：身子疲軟。❷指行情價格低落、貨物銷售不暢或貨幣匯率呈下降趨勢：價格疲軟｜市場疲軟。

【疲弱】píruò ㄆㄧˊ ㄖㄨㄛˋ 疲乏無力；衰弱：身體疲弱｜他拖着疲弱的雙腿繼續前進。

【疲塌】pí·ta ㄆㄧˊ ·ㄊㄚ 鬆懈拖沓：工作疲塌｜作風疲疲塌塌。也作疲沓。

【疲於奔命】pí yú bēn mìng ㄆㄧˊ ㄩˊ ㄅㄣ ㄇㄧㄥˋ 原指不斷受到命令或逼迫而奔走疲勞，後來也指事情繁多忙不過來。

埤 pí ㄆㄧˊ 〈書〉增加。
另見878頁 pì。

啤 pí ㄆㄧˊ 見下。

【啤酒】píjiǔ ㄆㄧˊ ㄐㄧㄡˇ 以大麥和啤酒花為主要原料發酵製成的酒，有泡沫和特殊的香味，味道微苦，含酒精量較低。也叫麥酒。［啤，英 beer］

【啤酒花】píjiǔhuā ㄆㄧˊ ㄐㄧㄡˇ ㄏㄨㄚ ❶多年生草本植物，蔓生，莖和葉柄上有刺，葉子卵形，雌雄異株。果穗呈球果狀，用來使啤酒具有苦味和香味，又可入藥。❷這種植物的果穗。‖也叫忽布、蛇麻或酒花。

郫 Pí ㄆㄧˊ 郫縣，地名，在四川。

鈹 pí ㄆㄧˊ 越南地名用字，如丐鈹 (Gàipí ㄍㄞˋ ㄆㄧˊ)。

陴 pí ㄆㄧˊ 〈書〉女牆。

琵 pí ㄆㄧˊ 見下。

【琵琶】pí·pá ㄆㄧˊ ·ㄆㄚˊ 弦樂器，用木料製成，有四根弦，下部為瓜子形的盤，上部為長柄，柄端彎曲。

【琵琶骨】pí·pagǔ ㄆㄧˊ ·ㄆㄚ ㄍㄨˇ 〈方〉肩胛骨。

椑 pí ㄆㄧˊ 古時一種橢圓形的酒器。
另見47頁 bēi。

脾 pí ㄆㄧˊ 人或高等動物的內臟之一，橢圓形，赤褐色，質柔軟，在胃的左側。脾的作用是製造新的血細胞與破壞衰老的血細胞，產生淋巴球與抗體，貯藏鐵質，調節脂肪、蛋白質的新陳代謝等。也叫脾臟。

【脾寒】pí·han ㄆㄧˊ·ㄏㄢ 〈方〉瘧疾：打脾寒(發瘧疾)。

【脾氣】pí·qi ㄆㄧˊ·ㄑㄧ ❶性情：她的脾氣很好，從來不急躁。❷容易發怒的性情；急躁的情緒：發脾氣｜脾氣大。

【脾胃】píwèi ㄆㄧˊ ㄨㄟˋ 比喻對事物愛好、憎惡的習性：兩人脾胃相投｜這事不合他的脾胃。

【脾性】píxìng ㄆㄧˊ ㄒㄧㄥˋ 〈方〉性格；習性：一個人有一個人的脾性◇摸清了秧苗的脾性。

【脾臟】pízàng ㄆㄧˊ ㄗㄤˋ 脾。

鈹(铍) pí ㄆㄧˊ 金屬元素，符號Be (beryllium)。灰白色，質硬而輕。用於原子能工業中，鈹鋁合金用來製飛機、火箭等。

另見874頁 pī。

裨 pí ㄆㄧˊ 〈書〉輔佐的；副：偏裨｜裨將。另見64頁 bì。

【裨將】píjiàng ㄆㄧˊ ㄐㄧㄤˋ 古代指副將。

蜱 pí ㄆㄧˊ 節肢動物，身體橢圓形，頭胸部和腹部合在一起，有四對腳。種類很多，有的吸植物的汁，對農作物害處很大；有的吸人、畜的血，能傳染腦炎、回歸熱、恙蟲病等。也叫壁虱。

膍 pí ㄆㄧˊ 古代指牛的百葉。

【膍胵】píchī ㄆㄧˊ ㄔ 〈方〉鳥類的胃：雞膍胵。

鮍(鲏) pí ㄆㄧˊ 見863頁[鰟鮍]。

貔 pí ㄆㄧˊ 古書上說的一種野獸。

【貔虎】píhǔ ㄆㄧˊ ㄏㄨˇ 比喻勇猛的軍隊。

【貔貅】píxiū ㄆㄧˊ ㄒㄧㄡ ❶古書上說的一種猛獸。❷比喻勇猛的軍隊。

【貔子】pí·zi ㄆㄧˊ·ㄗ 〈方〉黃鼠狼。

羆(罴) pí ㄆㄧˊ 棕熊。

鼙 pí ㄆㄧˊ [鼙鼓](pígǔ ㄆㄧˊ ㄍㄨˇ) 古代軍隊中用的小鼓：鼙鼓喧天。

pǐ (ㄆㄧˇ)

匹[1] pǐ ㄆㄧˇ ❶比得上；相當；相配：匹配｜難與為匹。❷單獨：匹夫。

匹[2](❷疋) pǐ ㄆㄧˇ 量詞。❶用於馬、騾等：兩匹騾子｜三匹馬。❷用於整捲的綢或布(五十尺至一百尺不等)：一匹綢子｜兩匹布。❸〈方〉用於山：一匹山｜翻過那匹山就到了。

'疋'另見1310頁 yǎ。

【匹敵】pǐdí ㄆㄧˇ ㄉㄧˊ 對等；相稱：兩方勢力匹敵。

【匹夫】pǐfū ㄆㄧˇ ㄈㄨ ❶一個人，泛指平常人：國家興亡，匹夫有責。❷指無學識、無智謀的人(多見於早期白話)：匹夫之輩。

【匹夫之勇】pǐfū zhī yǒng ㄆㄧˇ ㄈㄨ ㄓ ㄩㄥˇ 指不用智謀，只憑個人剛烈的勇氣。

【匹馬單槍】pǐ mǎ dān qiāng ㄆㄧˇ ㄇㄚˇ ㄉㄢ ㄑㄧㄤ 見223頁〖單槍匹馬〗。

【匹配】pǐpèi ㄆㄧˇ ㄆㄟˋ ❶〈書〉結成婚姻；婚配：匹配良緣。❷(元器件等)配合：功率匹配｜阻抗匹配。

【匹頭】pǐ·tou ㄆㄧˇ·ㄊㄡ 〈方〉❶指布或綢緞等剪好的成件或成套的衣料。❷布匹。

庀 pǐ ㄆㄧˇ 〈書〉❶具備。❷治理。

圮 pǐ ㄆㄧˇ 〈書〉毀壞；倒塌：傾圮。

仳 pǐ ㄆㄧˇ [仳離](pǐlí ㄆㄧˇ ㄌㄧˊ)〈書〉夫妻分離，特指妻子被遺棄。

否 pǐ ㄆㄧˇ ❶壞；惡：否極泰來。❷貶斥：臧否人物(評論人物的優劣)。

另見348頁 fǒu。

【否極泰來】pǐ jí tài lái ㄆㄧˇ ㄐㄧˊ ㄊㄞˋ ㄌㄞˊ 壞的到了盡頭，好的就來了(否，泰：六十四卦中的卦名，否是壞的卦，泰是好的卦)。

吡 pǐ ㄆㄧˇ 〈書〉詆毀；斥責。

另見59頁 bǐ。

痞 pǐ ㄆㄧˇ ❶痞塊。❷惡棍；流氓：痞子｜地痞流氓。

【痞塊】pǐkuài ㄆㄧˇ ㄎㄨㄞˋ 中醫指腹腔內可以摸得到的硬塊。也叫痞積。

【痞子】pǐ·zi ㄆㄧˇ·ㄗ 惡棍；流氓。

劈 pǐ ㄆㄧˇ ❶分開；分：劈成三股。❷分裂；使離開原物體：劈蒿苣葉。❸腿或手指等過分叉開。

另見874頁 pī。

【劈叉】pǐchà ㄆㄧˇ ㄔㄚˋ 體操、武術等的一種動作，兩腿向相反方向分開，臀部着地。

【劈柴】pǐ·chái ㄆㄧˇ·ㄔㄞˊ 木頭劈成的木塊或小木條，供燒火做飯、取暖用，小塊的多用來引火。

【劈賬】pǐ∥zhàng ㄆㄧˇ∥ㄓㄤˋ 拆賬：三七劈賬。

擗 pǐ ㄆㄧˇ ❶用力使離開原物體：擗棒子(玉米)。❷〈書〉用手拍胸：擗踴。

【擗踴】pǐyǒng ㄆㄧˇ ㄩㄥˇ 〈書〉悲痛時捶胸頓足。

癖 pǐ ㄆㄧˇ 癖好；嗜好：烟癖｜潔癖｜嗜酒成癖，於健康不利。

【癖好】pǐhào ㄆㄧˇ ㄏㄠˋ 對某種事物的特別愛好：他對於書畫有很深的癖好。

【癖習】pǐxí ㄆㄧˇ ㄒㄧˊ 個人所特有的嗜好和習慣。

【癖性】pǐxìng ㄆㄧˇ ㄒㄧㄥˋ 個人特有的癖好和習性。

嚭(噽) pǐ ㄆㄧˇ 〈書〉大。

pì (ㄆㄧˋ)

屁 pì ㄆㄧˋ ❶由肛門排出的臭氣：放屁。❷比喻沒用的或不足道的事物：屁話｜屁大點事也值得大驚小怪。❸泛指任何事物，相當於'甚麼'，多用於否定或斥責：你懂個屁｜別翻了，包裹屁都沒有。

【屁股】pì·gu ㄆㄧˋ ·ㄍㄨ ❶臀部。❷泛指動物身體後端靠近肛門的部分：胡蜂的屁股上有刺。❸借指某些事物末尾的部分：香烟屁股｜汽車屁股冒烟了｜緊緊咬住敵人屁股不放。

【屁股蛋兒】pì·gudànr ㄆㄧˋ ·ㄍㄨ ㄉㄢˋㄦ 〈方〉臀部。也説屁股蛋子。

【屁股蹲兒】pì·gudūnr ㄆㄧˋ ·ㄍㄨ ㄉㄨㄣㄦ 〈方〉身體失去平衡但未倒下而屁股着地的姿勢：摔了個屁股蹲兒。

【屁股簾兒】pì·guliánr ㄆㄧˋ ·ㄍㄨ ㄌㄧㄢˊㄦ 〈方〉繫在穿開襠褲的小孩兒的腰上，遮住屁股的布簾兒、棉簾兒，有保暖作用。也説屁股簾子、屁簾兒。

【屁滾尿流】pì gǔn niào liú ㄆㄧˋ ㄍㄨㄣˇ ㄋㄧㄠˋ ㄌㄧㄡˊ 形容非常驚恐或十分狼狽的樣子：嚇得屁滾尿流。

【屁話】pìhuà ㄆㄧˋ ㄏㄨㄚˋ 指毫無價值或隨意亂説的話(含厭惡意)。

埤 pì ㄆㄧˋ ［埤堄］(pìnì ㄆㄧˋ ㄋㄧˋ)〈書〉城上矮牆。

另見876頁 pí。

淠 Pì ㄆㄧˋ 淠河，水名，在安徽。

睥 pì ㄆㄧˋ ［睥睨］(pìnì ㄆㄧˋ ㄋㄧˋ)〈書〉眼睛斜着看，形容高傲的樣子。

辟 pì ㄆㄧˋ 〈書〉法律；法：大辟(古代指死刑)。

另見64頁 bì；874頁 pī'闢'；878頁 pì'闢'。

媲 pì ㄆㄧˋ 匹敵；比得上。

【媲美】pìměi ㄆㄧˋ ㄇㄟˇ 美(好)的程度差不多；比美：該產品可與世界名牌貨媲美。

釽(鈲、釽) pì ㄆㄧˋ 〈書〉裁截；割裂。

僻 pì ㄆㄧˋ ❶偏僻：僻巷｜僻處一隅。❷性情古怪，跟一般人合不來：怪僻｜孤僻。❸不常見的(多指文字)：生僻｜冷僻。

【僻靜】pìjìng ㄆㄧˋ ㄐㄧㄥˋ 背靜。

【僻陋】pìlòu ㄆㄧˋ ㄌㄡˋ (地區)偏僻而荒涼。

【僻壤】pìrǎng ㄆㄧˋ ㄖㄤˇ 偏僻的地方：窮鄉僻壤｜荒山僻壤。

澼 pì ㄆㄧˋ 見889頁［洴澼］。

甓〔甓〕 pì ㄆㄧˋ 〈書〉磚。

譬 pì ㄆㄧˋ 比喻；比方：譬喻｜譬如｜設譬。

【譬方】pìfāng ㄆㄧˋ ㄈㄤ 比方。

【譬如】pìrú ㄆㄧˋ ㄖㄨˊ 比如。

【譬喻】pìyù ㄆㄧˋ ㄩˋ 比喻。

闢(辟) pì ㄆㄧˋ ❶開闢：各家自闢園地，培育樹苗｜這一帶將闢為新的旅遊區。❷透徹：精闢｜透闢。❸駁斥或排除(不正確的言論或謠言)：闢謠｜闢邪説。

另見874頁 pī。'辟'另見64頁 bì；878頁 pì。

【闢謠】pì∥yáo ㄆㄧˋ∥ㄧㄠˊ 説明真相，駁斥謠言。

鷿(鸊) pì ㄆㄧˋ ［鷿鷈］(pìtī ㄆㄧˋ ㄊㄧ) 水鳥，形狀略像鴨，比鴨小，翼短小，不善飛，羽毛暗黃褐色，兩翼灰褐色，頸和前胸淺赤褐色，腹部白色。通常浮在水面，有時潛入水中，捕食小魚、昆蟲等。

piān (ㄆㄧㄢ)

片 piān ㄆㄧㄢ 見下。

另見880頁 piàn。

【片兒】piānr ㄆㄧㄢㄦ 同'片'(piàn)①，用於'相片兒、畫片兒、唱片兒'等詞。

【片子】piān·zi ㄆㄧㄢ ·ㄗ ❶電影膠片，泛指影片：換片子｜送片子。❷愛克斯光照相的底片：拍片子。❸留聲機的唱片。

另見881頁 piàn·zi。

扁〔扁〕 piān ㄆㄧㄢ ［扁舟］(piānzhōu ㄆㄧㄢ ㄓㄡ)小船：一葉扁舟。

另見68頁 biǎn。

偏[1]〔偏〕 piān ㄆㄧㄢ ❶不正；傾斜(跟'正'相對)：偏鋒｜太陽偏西了。❷單獨注重一方面或對人對事不公正：偏重｜偏愛｜兼聽則明，偏信則暗｜偏於基礎理論的研究。❸輔助的；不佔主要地位的：偏將｜偏師。❹與某個標準相比有差距：體溫偏高｜工資偏低。❺客套話，表示先用或已用過茶飯等(多接用'了'字)：我偏過了，您請吃吧。

偏[2]〔偏〕 piān ㄆㄧㄢ 偏偏：不讓我去我偏去｜莊稼正需要雨水的時候，可天偏不下雨。

【偏愛】piān'ài ㄆㄧㄢ ㄞˋ 在幾個人或幾件事物中特別喜愛其中的一個或一件：在國畫中，他偏愛寫意畫。

【偏安】piān'ān ㄆㄧㄢ ㄢ 指封建王朝失去中原而苟安於僅存的部分領土：偏安一隅。

【偏差】piānchā ㄆㄧㄢ ㄔㄚ ❶運動的物體離開確定方向的角度：第一發炮彈打歪了，修正了偏差後，第二發便擊中了目標。❷工作上產生的過分或不及的差錯。

【偏飯】piānfàn ㄆㄧㄢ ㄈㄢˋ 見151頁〖吃偏飯〗。

【偏方】piānfāng ㄆㄧㄢ ㄈㄤ (偏方兒)民間流傳不見於古典醫學著作的中藥方。

【偏房】piānfáng ㄆㄧㄢ ㄈㄤˊ ❶指四合院中東西兩廂的房子。❷妾①。

【偏廢】piānfèi ㄆㄧㄢ ㄈㄟˋ 重視幾件事情中的某件或某些事而忽視其他：工作與學習，二者不可偏廢。

【偏鋒】piānfēng ㄆㄧㄢ ㄈㄥ ❶書法上指用毛筆寫字時筆鋒斜出的筆勢：他的楷書常用偏鋒，別具一格。❷泛指寫文章、說話等從側面着手的方法。

【偏好】piānhǎo ㄆㄧㄢ ㄏㄠˇ 〈方〉偏巧①：我正去他家找他，偏好在街上碰見了。

【偏好】piānhào ㄆㄧㄢ ㄏㄠˋ 對某種事物特別愛好：在曲藝中他偏好京韵大鼓｜防止憑個人的偏好處理問題。

【偏護】piānhù ㄆㄧㄢ ㄏㄨˋ 偏私袒護：一味偏護孩子，不利於他們健康成長。

【偏激】piānjī ㄆㄧㄢ ㄐㄧ (意見、主張等)過火：言詞偏激｜偏激情緒。

【偏見】piānjiàn ㄆㄧㄢ ㄐㄧㄢˋ 偏於一方面的見解；成見：消除偏見。

【偏枯】piānkū ㄆㄧㄢ ㄎㄨ ❶中醫指半身不遂的病。❷比喻偏於一方面，發展不平衡。

【偏勞】piānláo ㄆㄧㄢ ㄌㄠˊ 客套話，用於請人幫忙或謝人代自己做事：請你偏勞吧，我實在脫不開身｜謝謝你，多偏勞了。

【偏離】piānlí ㄆㄧㄢ ㄌㄧˊ 指因出現偏差而離開確定的軌道、方向等：炮彈偏離了射擊目標｜飛機偏離了航綫。

【偏盲】piānmáng ㄆㄧㄢ ㄇㄤˊ 指一隻眼失明。

【偏旁】piānpáng ㄆㄧㄢ ㄆㄤˊ (偏旁兒)在漢字形體中常常出現的某些組成部分，如'位、住、儉、停'中的'亻'，'國、固、圈、圍'中的'囗'，'偏、翩、篇、匾'中的'扁'，'拎、伶、翎、零'中的'令'，都是偏旁。

【偏僻】piānpì ㄆㄧㄢ ㄆㄧˋ 離城市或中心區遠，交通不便：偏僻的山區｜地點偏僻。

【偏偏】piānpiān ㄆㄧㄢ ㄆㄧㄢ 副詞。❶表示故意跟客觀要求或客觀情況相反：經過大家討論，問題都解決了，他偏偏還要鑽牛角尖。❷表示事實跟所希望或期待的恰恰相反：星期天他來找我，偏偏我不在家。❸表示範圍，跟'單單'略同：別的小組都完成了定額，為甚麼偏偏咱們沒完成？

【偏頗】piānpō ㄆㄧㄢ ㄆㄛ 〈書〉偏於一方面；不公平：這篇文章的立論失之偏頗。

【偏巧】piānqiǎo ㄆㄧㄢ ㄑㄧㄠˇ ❶恰巧：我們正在找他，偏巧他來了。❷偏偏②：我找他兩次，偏巧都不在家。

【偏衫】piānshān ㄆㄧㄢ ㄕㄢ 僧尼的一種服裝，斜披在左肩上。

【偏生】piānshēng ㄆㄧㄢ ㄕㄥ 〈方〉偏偏①②。

【偏師】piānshī ㄆㄧㄢ ㄕ 〈書〉指在主力軍翼側協助作戰的部隊。

【偏食】piānshí ㄆㄧㄢ ㄕˊ 只喜歡吃某幾種食物，如只喜歡吃魚、肉，而不喜歡吃蔬菜。

【偏蝕】piānshí ㄆㄧㄢ ㄕˊ 日偏蝕和月偏蝕的統稱。參看971頁〖日蝕〗、1414頁〖月蝕〗。

【偏手兒】piānshǒur ㄆㄧㄢ ㄕㄡㄦˇ 見677頁〖拉偏手兒〗。

【偏私】piānsī ㄆㄧㄢ ㄙ 照顧私情。

【偏癱】piāntān ㄆㄧㄢ ㄊㄢ 身體一側發生癱瘓，多由腦內出血而引起。也叫半身不遂。

【偏袒】piāntǎn ㄆㄧㄢ ㄊㄢˇ 袒護雙方中的一方。參看1531頁〖左袒〗。

【偏疼】piānténg ㄆㄧㄢ ㄊㄥˊ 對晚輩中某個人或某些人特別疼愛。

【偏題】piāntí ㄆㄧㄢ ㄊㄧˊ 冷僻的考題：出偏題。

【偏析】piānxī ㄆㄧㄢ ㄒㄧ 合金在凝固過程中形成的化學成分不均勻的現象。

【偏向】piānxiàng ㄆㄧㄢ ㄒㄧㄤˋ ❶不正確的傾向(多指掌握政策過左或過右，或在幾項工作中只注重某一項)：發現偏向，要及時糾正。❷偏於贊成(某一方面)：今年春遊我偏向於去香山。❸(對某一方)無原則的支持或袒護；不公正。

【偏心】piānxīn ㄆㄧㄢ ㄒㄧㄣ 偏向一方面；不公正：說偏心話｜對待學生不能偏心。

【偏心輪】piānxīnlún ㄆㄧㄢ ㄒㄧㄣ ㄌㄨㄣˊ 一種軸孔偏向一邊的輪形零件。裝在軸上，軸旋轉時，輪的外緣推動另一機件，產生往復運動。多用來帶動機械的開關、活門等。

【偏心眼兒】piānxīnyǎnr ㄆㄧㄢ ㄒㄧㄣ ㄧㄢㄦˇ 指偏向一方的心地：我爺爺有偏心眼兒，讓哥哥去，就是不讓我去。也說偏心眼子。

【偏遠】piānyuǎn ㄆㄧㄢ ㄩㄢˇ 偏僻而遙遠：偏遠地區。

【偏振】piānzhèn ㄆㄧㄢ ㄓㄣˋ 橫波的振動矢量(垂直於波的傳播方向)偏於某些方向的現象。縱波只沿着波的方向振動，所以沒有偏振。

【偏執】piānzhí ㄆㄧㄢ ㄓˊ 偏激而固執：偏執的見解。

【偏重】piānzhòng ㄆㄧㄢ ㄓㄨㄥˋ 着重一方面：學習只偏重記憶而忽略理解是不行的。

【偏轉】piānzhuǎn ㄆㄧㄢ ㄓㄨㄢˇ 射綫、磁針、儀表指針等因受力而改變方向或位置。

犏〔犏〕 piān ㄆㄧㄢ ［犏牛］(piānniú ㄆㄧㄢ ㄋㄧㄡˊ)公黃牛和母犛牛交配所生的第一代雜種牛，比犛牛馴順，比黃牛力氣大。母犏牛產乳量高，公犏牛沒有生殖能力，母犏牛可以和黃牛或犛牛交配繁殖後代。產於我國西南地區。

篇〔篇〕 piān ㄆㄧㄢ ❶首尾完整的文章：篇章段落｜《荀子·勸學篇》。❷(篇兒)寫着或印着文字的單張紙：歌篇兒｜單篇兒講義。❸(篇兒)量詞，用於文章、紙張、書頁(一篇是兩頁)等：一篇論文｜三篇兒紙｜這本書缺了一篇兒。

【篇幅】piān·fu ㄆㄧㄢ ·ㄈㄨ ❶文章的長短：這篇評論的篇幅只有一千來字。❷書籍報刊等篇頁的數量：用整版篇幅刊登這篇文章。

【篇目】piānmù ㄆㄧㄢ ㄇㄨˋ ❶書籍中篇章的標題。❷書籍中篇章標題的目錄。

【篇頁】piānyè ㄆㄧㄢ ㄧㄝˋ 篇和頁，泛指篇章：這個問題在全書的不少篇頁中都有論述。

【篇章】piānzhāng ㄆㄧㄢ ㄓㄤ 篇和章，泛指文章：篇章結構◇歷史篇章。

【篇子】piān·zi ㄆㄧㄢ ·ㄗ 篇②。

翩〔翩〕 piān ㄆㄧㄢ 〈書〉很快地飛，形容動作輕快：翩然｜翩若驚鴻。

【翩翩】piānpiān ㄆㄧㄢ ㄆㄧㄢ ❶形容輕快地跳舞，也形容動物飛舞：翩翩起舞｜翩翩飛鳥。❷〈書〉形容舉止灑脱(多指青年男子)：翩翩少年｜風度翩翩。

【翩然】piānrán ㄆㄧㄢ ㄖㄢˊ 〈書〉形容動作輕快的樣子：翩然飛舞｜翩然而至。

【翩躚】piānxiān ㄆㄧㄢ ㄒㄧㄢ 〈書〉形容輕快地跳舞：翩躚起舞。

pián (ㄆㄧㄢˊ)

便 pián ㄆㄧㄢˊ 見下。
另見70頁 biàn。

【便便】piánpián ㄆㄧㄢˊ ㄆㄧㄢˊ 形容肥胖：大腹便便。

【便宜】pián·yi ㄆㄧㄢˊ ·ㄧ ❶價錢低。❷不應得的利益：佔便宜。❸使得到便宜：便宜了你。
另見70頁 biànyí。

腁 pián ㄆㄧㄢˊ 見下。

【腁胝】piánzhī ㄆㄧㄢˊ ㄓ 趼子(jiǎn·zi)。也作跰跡。

【腁胝體】piánzhītǐ ㄆㄧㄢˊ ㄓ ㄊㄧˇ 大腦兩半球的底部聯合大腦兩半球的神經纖維組織。(圖見831頁'腦')

楩 pián ㄆㄧㄢˊ 古書上説的一種樹。

跰 pián ㄆㄧㄢˊ ［跰跡］(piánzhī ㄆㄧㄢˊ ㄓ)同'腁胝'。

緶(缏) pián ㄆㄧㄢˊ 〈方〉用針縫。
另見71頁 biàn。

駢(骈) pián ㄆㄧㄢˊ 並列的；對偶的：駢句｜駢肩(肩挨着肩，形容人多)。

【駢儷】piánlì ㄆㄧㄢˊ ㄌㄧˋ 文章的對偶句法。

【駢拇枝指】pián mǔ zhī zhǐ ㄆㄧㄢˊ ㄇㄨˇ ㄓ ㄓˇ 駢拇指腳的大拇指跟二拇指相連，枝指指手的大拇指或小拇指旁邊多長出來的一個手指。駢拇枝指比喻多餘的或不必要的事物。

【駢體】piántǐ ㄆㄧㄢˊ ㄊㄧˇ 要求詞句整齊對偶的文體，重視聲韵的和諧和詞藻的華麗，盛行於六朝(區別於'散體')。

【駢闐】piántián ㄆㄧㄢˊ ㄊㄧㄢˊ 〈書〉聚集；羅列；眾多：士女駢闐。也作駢填、駢田。

【駢文】piánwén ㄆㄧㄢˊ ㄨㄣˊ 用駢體形式寫的文章。

【駢枝】piánzhī ㄆㄧㄢˊ ㄓ 〈書〉駢拇枝指的略語：駢枝機構。

蹁〔蹁〕 pián ㄆㄧㄢˊ 〈書〉形容走路腳不正。

【蹁躚】piánxiān ㄆㄧㄢˊ ㄒㄧㄢ 〈書〉形容旋轉舞動。

piǎn (ㄆㄧㄢˇ)

諞〔諞〕(谝) piǎn ㄆㄧㄢˇ 〈方〉誇耀；顯示：諞能。

piàn (ㄆㄧㄢˋ)

片 piàn ㄆㄧㄢˋ ❶(片兒)平而薄的東西，一般不很大：布片兒｜玻璃片兒｜紙片兒｜明信片兒。❷指電影片、電視劇等：片約｜片酬。❸(片兒)指較大地區內劃分的較小地區：分片傳達。❹用刀橫割成薄片(多指肉)：片肉片兒。❺不全的；零星的；簡短的：片面｜片刻｜片言｜片紙隻字。❻量詞。a)用於成片的東西：兩片兒藥。b)用於地面和水面等：一片草地｜一片汪洋。c)用於景色、氣象、聲音、語言、心意等(前面用'一'字)：一片新氣象｜一片歡騰｜一片腳步聲｜一片胡言｜一片真心。
另見878頁 piān。

【片酬】piànchóu ㄆㄧㄢˋ ㄔㄡˊ 付給參加拍攝電影片或電視劇的演員的報酬。

【片段】piànduàn ㄆㄧㄢˋ ㄉㄨㄢˋ 整體當中的一段(多指文章、小説、戲劇、生活、經歷等)。也作片斷。

【片斷】piànduàn ㄆㄧㄢˋ ㄉㄨㄢˋ ❶同'片段'。❷零碎；不完整：片斷經驗｜片斷的社會現象。

【片甲不存】piàn jiǎ bù cún ㄆㄧㄢˋ ㄐㄧㄚˇ ㄅㄨˋ ㄘㄨㄣˊ 形容全軍被消滅。也説片甲不留。

【片警】piànjǐng ㄆㄧㄢˋ ㄐㄧㄥˇ 負責某一片地區社會治安工作的警察。也説片兒警。

【片刻】piànkè ㄆㄧㄢˋ ㄎㄜˋ 極短的時間；一

會兒：片刻不離｜稍等片刻。

【片面】piànmiàn ㄆㄧㄢˋ ㄇㄧㄢˋ ❶單方面的：片面之詞。❷偏於一面的（跟'全面'相對）：片面性｜片面觀點｜片面地看問題。

【片面性】piànmiànxìng ㄆㄧㄢˋ ㄇㄧㄢˋ ㄒㄧㄥˋ 形而上學思想方法的一種表現。在認識事物時，不是全面地去分析具體事物的矛盾，抹煞事物所固有的共性與個性、絕對與相對的辯證關係。

【片兒會】piànrhuì ㄆㄧㄢㄦˋ ㄏㄨㄟˋ 按地區臨時分組召開的會。

【片兒湯】piànrtāng ㄆㄧㄢㄦˋ ㄊㄤ 一種麵食，用和好了的麵擀成薄片，弄成小塊，煮熟連湯吃。

【片時】piànshí ㄆㄧㄢˋ ㄕˊ 片刻。

【片頭】piàntóu ㄆㄧㄢˋ ㄊㄡˊ 電影片、電視片主要內容前面的部分，一般有片名、製片廠名、演職員名等。

【片瓦無存】piàn wǎ wú cún ㄆㄧㄢˋ ㄨㄚˇ ㄨˊ ㄘㄨㄣˊ 一塊整瓦也沒有了，形容房屋全被毀壞。

【片言】piànyán ㄆㄧㄢˋ ㄧㄢˊ 簡短的幾句話：片言隻字｜片言可決。

【片言隻字】piàn yán zhī zì ㄆㄧㄢˋ ㄧㄢˊ ㄓ ㄗˋ 見〖片紙隻字〗。

【片艷紙】piànyànzhǐ ㄆㄧㄢˋ ㄧㄢˋ ㄓˇ 一種一面光的紙，韌性較強。

【片約】piànyuē ㄆㄧㄢˋ ㄩㄝ 約請演員參加拍攝某部電影片或電視劇所簽訂的協議。

【片紙隻字】piàn zhǐ zhī zì ㄆㄧㄢˋ ㄓˇ ㄓ ㄗˋ 指零碎的文字材料。也說片言隻字。

【片子】piàn·zi ㄆㄧㄢˋ ·ㄗ ❶片①：鐵片子。❷名片。

另見878頁 piān·zi。

【片子地】piàn·zidì ㄆㄧㄢˋ ·ㄗ ㄉㄧˋ 〈方〉小塊荒地。

騙[1]〔騗〕（骗） piàn ㄆㄧㄢˋ ❶用謊言或詭計使人上當；欺騙：騙人｜受騙。❷用欺騙的手段取得：騙錢。

騙[2]〔騗〕（骗、𫘝） piàn ㄆㄧㄢˋ 見〖騙馬〗、〖騙腿兒〗。

【騙局】piànjú ㄆㄧㄢˋ ㄐㄩˊ 騙人的圈套：設下騙局。

【騙馬】piànmǎ ㄆㄧㄢˋ ㄇㄚˇ 騙腿兒上馬。

【騙取】piànqǔ ㄆㄧㄢˋ ㄑㄩˇ 用欺騙的手段取得：騙取錢財｜騙取愛情｜騙取上級的信任。

【騙術】piànshù ㄆㄧㄢˋ ㄕㄨˋ 騙人的伎倆。

【騙腿兒】piàntuǐr ㄆㄧㄢˋ ㄊㄨㄟㄦˇ 側身抬起一條腿：他一騙腿兒跳上自行車就走了。

【騙子】piàn·zi ㄆㄧㄢˋ ·ㄗ 騙取財物的人：江湖騙子◇政治騙子。

piāo（ㄆㄧㄠ）

剽 piāo ㄆㄧㄠ ❶搶劫；掠奪：剽掠｜剽竊。❷動作敏捷：剽悍。

【剽悍】piāohàn ㄆㄧㄠ ㄏㄢˋ 敏捷而勇猛。也作慓悍。

【剽竊】piāoqiè ㄆㄧㄠ ㄑㄧㄝˋ 抄襲竊取（別人的著作）：剽竊行為。

【剽取】piāoqǔ ㄆㄧㄠ ㄑㄩˇ 剽竊。

【剽襲】piāoxí ㄆㄧㄠ ㄒㄧˊ 剽竊；抄襲。

漂 piāo ㄆㄧㄠ ❶停留在液體表面不下沈：樹葉在水面上漂着。❷順着風向、液體流動的方向移動：遠遠漂過來一隻小船。

另見882頁 piǎo；883頁 piào。

【漂泊】piāobó ㄆㄧㄠ ㄅㄛˊ ❶隨波浮動或停泊：遊艇漂泊在附近的海面上。❷比喻職業生活不固定，東奔西走：漂泊異鄉。‖也作飄泊。

【漂浮】piāofú ㄆㄧㄠ ㄈㄨˊ ❶漂：水上漂浮着幾隻小船◇離開了幼兒園，孩子們的笑容總是漂浮在我的腦海裏。❷比喻工作不塌實，不深入：作風漂浮。‖也作飄浮。

【漂流】piāoliú ㄆㄧㄠ ㄌㄧㄡˊ ❶漂在水面隨水浮動：沿江漂流進行科學考察。❷漂泊；流浪：漂流四海。‖也作飄流。

【漂兒】piāor ㄆㄧㄠㄦ 〈方〉魚漂。

【漂移】piāoyí ㄆㄧㄠ ㄧˊ ❶漂浮的物體朝某個方向移動：冰塊隨着海流漂移。❷電子器件受環境溫度、電壓變化等的影響，使電子綫路的工作頻率、電壓等不能穩定在某一點的現象：頻率漂移｜零點漂移。

【漂遊】piāoyóu ㄆㄧㄠ ㄧㄡˊ ❶輕緩地浮動：漂遊的雲｜順水漂遊。❷漂泊②：四處漂遊。

慓 piāo ㄆㄧㄠ 〈書〉同'剽'②。

【慓悍】piāohàn ㄆㄧㄠ ㄏㄢˋ 同'剽悍'。

螵 piāo ㄆㄧㄠ ［螵蛸］（piāoxiāo ㄆㄧㄠ ㄒㄧㄠ）螳螂的卵塊，乾燥後可入藥。

縹（缥） piāo ㄆㄧㄠ ［縹緲］（piāomiǎo ㄆㄧㄠ ㄇㄧㄠˇ）形容隱隱約約，若有若無：虛無縹緲｜雲霧縹緲。也作飄渺。

另見882頁 piǎo。

飄（飘、飃） piāo ㄆㄧㄠ ❶隨風搖動或飛揚：飄搖｜紅旗飄飄｜外面飄着雪花。❷形容腿部發軟，走路不穩：兩腿發飄。❸輕浮；不塌實：作風有點飄。

【飄泊】piāobó ㄆㄧㄠ ㄅㄛˊ 同'漂泊'。

【飄塵】piāochén ㄆㄧㄠ ㄔㄣˊ 顆粒較小能夠長時間在空中飄浮的粉塵，可以隨氣流飄到很遠的地方，造成大面積污染。

【飄帶】piāo·dài ㄆㄧㄠ ·ㄉㄞˋ （飄帶兒）旗幟、衣帽等上面做裝飾的帶子，下端多為劍頭形，可隨風飄動。

【飄蕩】piāodàng ㄆㄧㄠ ㄉㄤˋ ❶隨風飄動或隨波浮動：紅旗迎風飄蕩｜小船在水中飄蕩｜校園裏飄蕩着歡樂的歌聲。❷漂泊②：棄家避難，四處飄蕩。

【飄動】piāodòng ㄆㄧㄠ ㄉㄨㄥˋ (隨着風、波浪等)擺動；飄：彩旗迎風飄動｜小船在水面上飄動。

【飄拂】piāofú ㄆㄧㄠ ㄈㄨˊ 輕輕飄動：白雲飄拂。

【飄浮】piāofú ㄆㄧㄠ ㄈㄨˊ 同'漂浮'。

【飄忽】piāohū ㄆㄧㄠ ㄏㄨ ❶(風、雲等)輕快地移動：烟霧飄忽。❷搖擺；浮動：情緒飄忽不定。

【飄零】piāolíng ㄆㄧㄠ ㄌㄧㄥˊ ❶(花、葉等)墜落；飄落：黃葉飄零｜雪花飄零。❷比喻失去依靠，生活不安定：四處飄零｜飄零半世。

【飄流】piāoliú ㄆㄧㄠ ㄌㄧㄡˊ 同'漂流'。

【飄落】piāoluò ㄆㄧㄠ ㄌㄨㄛˋ 飄着降下來：黃葉飄落｜傘兵徐徐飄落。

【飄渺】piāomiǎo ㄆㄧㄠ ㄇㄧㄠˇ 同'縹緲'。

【飄飄然】piāopiāorán ㄆㄧㄠ ㄆㄧㄠ ㄖㄢˊ ❶輕飄飄的，好像浮在空中：喝了幾杯酒，腳下不覺有些飄飄然。❷形容很得意：聽了幾句奉承話，他不由得飄飄然起來。

【飄然】piāorán ㄆㄧㄠ ㄖㄢˊ ❶形容飄搖的樣子：浮雲飄然而過。❷形容輕捷或迅速的樣子：他騎上白馬飄然而去。❸形容輕鬆愉快的樣子：飄然自在。

【飄灑】piāosǎ ㄆㄧㄠ ㄙㄚˇ 飄舞着落下來：細雨飄灑｜天空飄灑着雪花。

【飄灑】piāo·sa ㄆㄧㄠ ·ㄙㄚ (姿態)自然；不呆板：他寫的字很飄灑｜儀態飄灑。

【飄散】piāosàn ㄆㄧㄠ ㄙㄢˋ (烟霧、氣體等)飄揚散開；飛散：炊烟隨着晚風裊裊飄散｜微風裏飄散着一股清香。

【飄逝】piāoshì ㄆㄧㄠ ㄕˋ ❶飄動流散：白雲飄逝。❷消逝：歲月飄逝。

【飄舞】piāowǔ ㄆㄧㄠ ㄨˇ 隨風飛舞或搖擺：雪花漫天飄舞｜柳條迎風飄舞。

【飄揚】piāoyáng ㄆㄧㄠ ㄧㄤˊ 在空中隨風擺動：彩旗迎風飄揚。也作飄颺。

【飄搖】piāoyáo ㄆㄧㄠ ㄧㄠˊ 在空中隨風搖動：烟雲繚繞，飄搖上升。也作飄颻。

【飄颻】piāoyáo ㄆㄧㄠ ㄧㄠˊ 同'飄搖'。

【飄曳】piāoyè ㄆㄧㄠ ㄧㄝˋ 隨風擺動；搖曳：柔軟的柳枝在晨風中飄曳。

【飄移】piāoyí ㄆㄧㄠ ㄧˊ 飄流移動：帆船向岸邊飄移過來｜降落傘向着目標方向飄移。

【飄逸】piāoyì ㄆㄧㄠ ㄧˋ ❶〈書〉瀟脱，自然，與眾不同：神采飄逸｜字體凝重而飄逸。❷飄浮；飄散：白雲飄逸｜院子裏飄逸着花香。

【飄溢】piāoyì ㄆㄧㄠ ㄧˋ 飄蕩洋溢：公園裏飄溢着蘭花的陣陣清香。

【飄遊】piāoyóu ㄆㄧㄠ ㄧㄡˊ 漫無目的地遊蕩：四處飄遊。

【飄悠】piāo·you ㄆㄧㄠ ·ㄧㄡ 在空中或水面上輕緩地浮動：小船在水裏慢慢地飄悠着｜幾片樹葉飄飄悠悠地落下來。

piáo (ㄆㄧㄠˊ)

朴 Piáo ㄆㄧㄠˊ 姓。
另見891頁 pō；892頁 pò；897頁 pǔ'樸'。

嫖(闞) piáo ㄆㄧㄠˊ 男子玩弄妓女：嫖妓｜嫖娼。

【嫖客】piáokè ㄆㄧㄠˊ ㄎㄜˋ 指玩弄妓女的男子。

瓢 piáo ㄆㄧㄠˊ (瓢兒)用來舀(yǎo)水或撮取麪粉等的器具，多用對半剖開的匏瓜做成，也有用木頭挖成的。

【瓢潑】piáopō ㄆㄧㄠˊ ㄆㄛ 形容雨大：瓢潑大雨。

【瓢子】piáo·zi ㄆㄧㄠˊ ·ㄗ 〈方〉❶瓢。❷匙子。

薸〔薸〕 piáo ㄆㄧㄠˊ 〈方〉浮萍。

piǎo (ㄆㄧㄠˇ)

莩〔莩〕 piǎo ㄆㄧㄠˇ 同'殍'。
另見352頁 fú。

殍 piǎo ㄆㄧㄠˇ 見301頁〖餓殍〗。

漂 piǎo ㄆㄧㄠˇ ❶漂白：漂過的布特別白。❷用水沖去雜質：漂硃砂。
另見881頁 piāo；883頁 piào。

【漂白】piǎobái ㄆㄧㄠˇ ㄅㄞˊ 使本色或帶顏色的纖維、織品等變成白色，通常使用過氧化氫、次氯酸鈉、漂白粉和二氧化硫等。

【漂白粉】piǎobáifěn ㄆㄧㄠˇ ㄅㄞˊ ㄈㄣˇ 無機化合物，化學式 $Ca(ClO)_2$。白色粉末，有氯氣的臭味，是常用的消毒劑和漂白劑。

【漂染】piǎorǎn ㄆㄧㄠˇ ㄖㄢˇ 對紡織品進行漂白和染色。

【漂洗】piǎoxǐ ㄆㄧㄠˇ ㄒㄧˇ 用水沖洗：漂洗衣裳。

瞟 piǎo ㄆㄧㄠˇ 斜着眼睛看：他一面説話，一面用眼瞟老李。

縹(缥) piǎo ㄆㄧㄠˇ 〈書〉❶青白色。❷青白色絲織品。
另見881頁 piāo。

piào (ㄆㄧㄠˋ)

票 piào ㄆㄧㄠˋ ❶作為憑證的紙片：車票｜戲票｜投票。❷(票兒)鈔票：大票｜零票兒。❸(票兒)舊時強盜稱搶來做抵押的人：

綁票兒｜贖票兒。❹〈方〉量詞：一票貨｜一票生意｜一票買賣。❺指非職業性的戲曲表演：玩兒票｜票友兒。

【票車】piàochē ㄆㄧㄠˋ ㄔㄜ 〈方〉指運載旅客的列車。

【票額】piào'é ㄆㄧㄠˋ ㄜˊ 票面數額。

【票房】[1] piàofáng ㄆㄧㄠˋ ㄈㄤˊ (票房兒) 戲院、火車站、輪船碼頭等處的售票處。

【票房】[2] piàofáng ㄆㄧㄠˋ ㄈㄤˊ (票房兒) 舊時指票友聚會練習的處所。

【票房價值】piàofáng jiàzhí ㄆㄧㄠˋ ㄈㄤˊ ㄐㄧㄚˋ ㄓˊ 指上演電影、戲劇等因賣票而獲得的經濟效益。

【票根】piàogēn ㄆㄧㄠˋ ㄍㄣ 票據的存根。

【票號】piàohào ㄆㄧㄠˋ ㄏㄠˋ 舊時指山西商人所經營的以匯兑為主要業務的錢莊。在清末曾操縱全國的金融，是當時最大的商業資本。也叫票莊。

【票匯】piàohuì ㄆㄧㄠˋ ㄏㄨㄟˋ 憑郵局或銀行簽發的匯款票據領取匯款的匯兑。

【票據】piàojù ㄆㄧㄠˋ ㄐㄩˋ ❶按照法律規定形式製成的寫明有支付一定貨幣金額義務的證件。❷出納或運送貨物的憑證。

【票面】piàomiàn ㄆㄧㄠˋ ㄇㄧㄢˋ 鈔票和某些票據上所標明的金額。

【票選】piàoxuǎn ㄆㄧㄠˋ ㄒㄩㄢˇ 用投票的方式選舉。

【票友】piàoyǒu ㄆㄧㄠˋ ㄧㄡˇ 稱業餘的戲曲演員。

【票證】piàozhèng ㄆㄧㄠˋ ㄓㄥˋ 由有關部門發的購買某些物品等的憑證，如糧票、油票、布票等。

【票莊】piàozhuāng ㄆㄧㄠˋ ㄓㄨㄤ 票號。

【票子】piào·zi ㄆㄧㄠˋ ·ㄗ 鈔票。

僄 piào ㄆㄧㄠˋ 〈書〉❶輕便敏捷：僄悍 (輕捷勇猛)。❷輕薄。

嘌 piào ㄆㄧㄠˋ 〈書〉疾速。

【嘌呤】piàolìng ㄆㄧㄠˋ ㄌㄧㄥˋ 有機化合物，化學式 $C_5H_4N_4$。無色晶體，在人體內嘌呤氧化而變成尿酸。[英 purine]

漂 piào ㄆㄧㄠˋ 〈方〉(事情、賬目等) 落空：那事沒有甚麼指望，漂了。

另見881頁 piāo；882頁 piǎo。

【漂亮】piào·liang ㄆㄧㄠˋ ·ㄌㄧㄤ ❶好看；美觀：她長得漂亮｜衣服漂亮｜節日裏，孩子們打扮得漂漂亮亮的。❷出色：事情辦得漂亮｜打了一個漂亮仗｜普通話説得很漂亮。

【漂亮話】piào·lianghuà ㄆㄧㄠˋ ·ㄌㄧㄤ ㄏㄨㄚˋ 説得好聽而不兑現的話：説漂亮話沒有用，做出來才算。

驃 (骠) piào ㄆㄧㄠˋ 〈書〉❶形容馬快跑。❷勇猛：驃勇。

另見75頁 biāo。

piē (ㄆㄧㄝ)

氕 piē ㄆㄧㄝ 氫的同位素之一，符號 ¹H (protium)。原子核中有一個質子，是氫的主要成分，普通的氫中含有 99.98% 的氕。

撇[1] piē ㄆㄧㄝ 棄置不顧；拋棄：撇開｜把老一套都撇了。

撇[2] piē ㄆㄧㄝ 從液體表面上輕輕地舀：撇油｜撇沫兒。

另見883頁 piě。

【撇開】piē//·kāi ㄆㄧㄝ//·ㄎㄞ 放在一邊；丟開不管：撇得開｜撇不開｜先撇開次要問題不談，只談主要的兩點。

【撇棄】piēqì ㄆㄧㄝ ㄑㄧˋ 拋棄；丟開：撇棄不顧。

【撇脱】piētuō ㄆㄧㄝ ㄊㄨㄛ 〈方〉❶簡便；容易：説得撇脱，你來試試！❷灑脱；乾脆利落。

瞥 piē ㄆㄧㄝ 很快地看一下：一瞥｜弟弟要插嘴，哥哥瞥了他一眼。

【瞥見】piējiàn ㄆㄧㄝ ㄐㄧㄢˋ 一眼看見：在街上，無意間瞥見了多年不見的老朋友。

【瞥視】piēshì ㄆㄧㄝ ㄕˋ 很快地看一下：他和藹地瞥視了一下每個聽講學生。

piě (ㄆㄧㄝˇ)

苤〔苤〕 piě ㄆㄧㄝˇ ［苤藍］(piě·lan ㄆㄧㄝˇ ·ㄌㄢ) ❶甘藍的一種，葉子卵形或長圓形，有長柄，葉片有波狀缺刻或裂片，花黃白色。莖部發達，扁圓形，肉質，是普通蔬菜。❷這種植物的莖。‖也叫球莖甘藍。

撇 piě ㄆㄧㄝˇ ❶平着扔出去：撇磚頭｜撇手榴彈◇把早晨説的事撇到腦後去了。❷用撇嘴的動作表示輕視、不以為然或不高興等：她嘴一撇，甚麼也沒説，走開了。❸(撇兒) 漢字的筆畫，向左斜下，形狀是'丿'。❹量詞，用於像撇兒的東西：他留着兩撇兒鬍子。

另見883頁 piē。

【撇嘴】piě//zuǐ ㄆㄧㄝˇ//ㄗㄨㄟˇ 下唇向前伸，嘴角向下，表示輕視、不以為然或不高興：撇嘴搖頭｜小孩兒撇嘴要哭。

鐅 (𬭤) piě ㄆㄧㄝˇ 〈方〉燒鹽用的敞口鍋，用於地名，表示是燒鹽的地方：潘家鐅 (在江蘇)。

piè (ㄆㄧㄝˋ)

嫳 piè ㄆㄧㄝˋ ［嫳屑］(pièxiè ㄆㄧㄝˋ ㄒㄧㄝˋ)〈書〉形容衣服飄動。

pīn（ㄆㄧㄣ）

拼[1] pīn ㄆㄧㄣ 合在一起；連合：拼音｜拼版｜把兩塊木板拼起來。

拼[2]（拚） pīn ㄆㄧㄣ 不顧一切地幹；豁出去：拼命。‘拚’另見862頁 pàn。

【拼版】pīn//bǎn ㄆㄧㄣ//ㄅㄢˇ 按書刊要求的大小和式樣，把排好順序的文字、圖版等拼成版面。

【拼搏】pīnbó ㄆㄧㄣ ㄅㄛˊ 使出全部力量搏鬥或爭取：頑強拼搏｜拼搏精神｜日夜奮戰，與洪水拼搏。

【拼刺】pīncì ㄆㄧㄣ ㄘˋ ❶軍事訓練時拿着木槍兩人對刺。❷步兵打仗時短距離接觸，用槍刺格鬥。

【拼湊】pīncòu ㄆㄧㄣ ㄘㄡˋ 把零碎的或分散的合在一起：她把零碎的花布拼湊起來做了個靠墊。

【拼合】pīnhé ㄆㄧㄣ ㄏㄜˊ 合在一起；組合：把七巧板重新拼合起來。

【拼接】pīnjiē ㄆㄧㄣ ㄐㄧㄝ 拼合連接：把幾塊木板拼接在一起。

【拼命】pīn//mìng ㄆㄧㄣ//ㄇㄧㄥˋ ❶把性命豁出去；以性命相拼：跟歹徒拼命。❷比喻盡最大的力量；極度地：拼命地工作｜拼命往山頂爬。

【拼盤】pīnpán ㄆㄧㄣ ㄆㄢˊ （拼盤兒）用兩種以上的涼菜（多為滷肉、海蜇、松花等冷葷）擺在一個菜盤裏拼成的菜。

【拼死】pīnsǐ ㄆㄧㄣ ㄙˇ 拼命。

【拼死拼活】pīnsǐ-pīnhuó ㄆㄧㄣ ㄙˇ ㄆㄧㄣ ㄏㄨㄛˊ ❶不顧一切地鬥爭；拼個死活。❷用盡全部精力：他整天拼死拼活地幹。

【拼寫】pīnxiě ㄆㄧㄣ ㄒㄧㄝˇ 用拼音字母按照拼音規則書寫。

【拼音】pīnyīn ㄆㄧㄣ ㄧㄣ 把兩個或兩個以上的音素結合起來成為一個複合的音，如 b 和 iāo 拼成 biāo（標）。

【拼音文字】pīnyīn wénzì ㄆㄧㄣ ㄧㄣ ㄨㄣˊ ㄗˋ 用符號（字母）來表示語音的文字。現代世界各國所用的文字多數是拼音文字，我國的藏文、蒙文、維吾爾文等也都是拼音文字。參看1362頁〖音素文字〗、1361頁〖音節文字〗。

【拼音字母】pīnyīn zìmǔ ㄆㄧㄣ ㄧㄣ ㄗˋ ㄇㄨˇ ❶拼音文字所用的字母。❷指漢語拼音方案採用的為漢字注音的二十六個拉丁字母。

【拼綴】pīnzhuì ㄆㄧㄣ ㄓㄨㄟˋ 連接；組合：圖案由許多大小不等的三角形拼綴而成。

姘 pīn ㄆㄧㄣ 非夫妻關係而發生性行為：姘夫｜姘婦。

【姘居】pīnjū ㄆㄧㄣ ㄐㄩ 非夫妻關係而同居。

【姘頭】pīn·tou ㄆㄧㄣ ·ㄊㄡ 非夫妻關係而發生性行為的男女，也指有這種關係的男方或女方。

pín（ㄆㄧㄣˊ）

玭（蠙） pín ㄆㄧㄣˊ 〈書〉蚌珠。

貧[1]（贫） pín ㄆㄧㄣˊ ❶窮（跟‘富’相對）：貧農｜貧民｜貧苦。❷缺少；不足：貧血。❸舊時僧道自稱的謙辭：貧僧｜貧道。

貧[2]（贫） pín ㄆㄧㄣˊ 〈方〉絮叨可厭：這個人嘴真貧｜你老說那些話，聽着怪貧的。

【貧乏】pínfá ㄆㄧㄣˊ ㄈㄚˊ ❶貧窮：家境貧乏。❷缺少；不豐富：內容貧乏｜知識貧乏｜生活經驗貧乏。

【貧骨頭】[1] píngǔ·tou ㄆㄧㄣˊ ㄍㄨˇ ·ㄊㄡ 〈方〉指愛貪小便宜的人或小氣的人。

【貧骨頭】[2] píngǔ·tou ㄆㄧㄣˊ ㄍㄨˇ ·ㄊㄡ 〈方〉說話多而使人討厭的人。

【貧寒】pínhán ㄆㄧㄣˊ ㄏㄢˊ 窮苦：家境貧寒｜貧寒人家。

【貧瘠】pínjí ㄆㄧㄣˊ ㄐㄧˊ （土地）薄；不肥沃。

【貧賤】pínjiàn ㄆㄧㄣˊ ㄐㄧㄢˋ 指貧窮而社會地位低下：貧賤不移（不因貧賤而改變志向）。

【貧窶】pínjù ㄆㄧㄣˊ ㄐㄩˋ 〈書〉貧窮。

【貧苦】pínkǔ ㄆㄧㄣˊ ㄎㄨˇ 貧困窮苦；生活資料不足：貧苦出身｜家境貧苦。

【貧礦】pínkuàng ㄆㄧㄣˊ ㄎㄨㄤˋ 品位較低的礦石或礦牀。

【貧困】pínkùn ㄆㄧㄣˊ ㄎㄨㄣˋ 生活困難；貧窮：貧困潦倒｜貧困的山區改變了面貌。

【貧民】pínmín ㄆㄧㄣˊ ㄇㄧㄣˊ 職業不固定而生活窮苦的人。

【貧民窟】pínmínkū ㄆㄧㄣˊ ㄇㄧㄣˊ ㄎㄨ 指城市中貧苦人聚居的地方。

【貧農】pínnóng ㄆㄧㄣˊ ㄋㄨㄥˊ 完全沒有土地或只佔有極少的土地和一些小農具的人，一般依靠租種土地生活，也出賣一部分勞動力。

【貧氣】[1] pín·qi ㄆㄧㄣˊ ·ㄑㄧ 行動態度不大方；小氣。

【貧氣】[2] pín·qi ㄆㄧㄣˊ ·ㄑㄧ 絮叨可厭：一句話說了又說，真貧氣。

【貧窮】pínqióng ㄆㄧㄣˊ ㄑㄩㄥˊ 生產資料和生活資料缺乏。

【貧弱】pínruò ㄆㄧㄣˊ ㄖㄨㄛˋ 貧窮衰弱（多指國家、民族）。

【貧血】pínxuè ㄆㄧㄣˊ ㄒㄩㄝˋ 人體的血液中紅細胞的數量或血紅蛋白的含量低於正常的數值時叫做貧血。通常局部血量減少也叫貧血，如腦貧血。

【貧油】pínyóu ㄆㄧㄣˊ ㄧㄡˊ 指缺乏石油資源。

【貧嘴】pínzuǐ ㄆㄧㄣˊ ㄗㄨㄟˇ 愛多說廢話或開玩笑的話：耍貧嘴。

【貧嘴薄舌】pín zuǐ bó shé ㄆㄧㄣˊ ㄗㄨㄟˇ ㄅㄛˊ ㄕㄜˊ 指話多而尖酸刻薄，使人討厭。也說貧嘴賤舌。

頻（频） pín ㄆㄧㄣˊ 屢次；連續幾次：頻繁｜頻仍｜頻頻點頭。

【頻傳】pínchuán ㄆㄧㄣˊ ㄔㄨㄢˊ 接連不斷地傳來（多指好的消息）：捷報頻傳｜喜訊頻傳。

【頻次】píncì ㄆㄧㄣˊ ㄘˋ 指某事物在一定時間、一定範圍內重複出現的次數。

【頻帶】píndài ㄆㄧㄣˊ ㄉㄞˋ 介於兩個特定頻率之間的所有頻率的連續範圍。

【頻道】píndào ㄆㄧㄣˊ ㄉㄠˋ 在電視廣播中，高頻影像信號和伴音信號佔有的一定寬度的頻帶。

【頻段】pínduàn ㄆㄧㄣˊ ㄉㄨㄢˋ 把無綫電波按頻率不同而分成的段，有低頻、中頻、高頻、超高頻等。

【頻繁】pínfán ㄆㄧㄣˊ ㄈㄢˊ （次數）多：交往頻繁｜活動頻繁。

【頻率】pínlǜ ㄆㄧㄣˊ ㄌㄩˋ ❶物體每秒振動的次數，單位是赫茲。人能聽到的聲音的頻率是20－20,000赫茲，一般交流電的頻率是50赫茲。也叫周率。❷在單位時間內某種事情發生的次數。

【頻頻】pínpín ㄆㄧㄣˊ ㄆㄧㄣˊ 連續不斷地：頻頻舉杯｜頻頻得手。

【頻譜】pínpǔ ㄆㄧㄣˊ ㄆㄨˇ 複雜振盪分解為振幅不同和頻率不同的諧振盪，這些諧振盪的幅值按頻率排列的圖形叫做頻譜。廣泛應用在聲學、光學和無綫電技術等方面。

【頻仍】pínréng ㄆㄧㄣˊ ㄖㄥˊ 〈書〉連續不斷；屢次（多用於壞的方面）：災害頻仍。

【頻數】pínshuò ㄆㄧㄣˊ ㄕㄨㄛˋ 〈書〉次數多而接連：病人腹瀉頻數。

嬪（嫔） pín ㄆㄧㄣˊ 〈書〉皇帝的妾；皇宮中的女官：妃嬪。

蘋〔蘋〕（蘋） pín ㄆㄧㄣˊ 蕨類植物，生在淺水中，莖橫生在泥中，質柔軟，有分枝，葉有長柄，四片小葉生在葉柄頂端，到夏秋時候，葉柄的下部生出小枝，枝上生子囊，裏面有孢子。也叫田字草。另見891頁 píng。

噸（嚬） pín ㄆㄧㄣˊ 〈書〉同'顰'。

顰（颦） pín ㄆㄧㄣˊ 〈書〉皺眉：顰眉｜一顰一笑。

【顰蹙】píncù ㄆㄧㄣˊ ㄘㄨˋ 〈書〉皺着眉頭，形容憂愁：雙眉顰蹙。

pǐn（ㄆㄧㄣˇ）

品 pǐn ㄆㄧㄣˇ ❶物品：商品｜產品｜戰利品。❷等級：上品｜下品｜精品｜極品。❸封建時代官吏的級別，共分九品。❹種類：品種｜品類。❺品質：人品｜品德。❻辨別好壞；品評：品茶｜這人究竟怎麼樣，你慢慢就品出來了。❼吹（管樂器，多指簫）：品簫｜品竹彈絲。❽（Pǐn）姓。

【品嘗】pǐncháng ㄆㄧㄣˇ ㄔㄤˊ 仔細地辨別；嘗試（滋味）：品嘗鮮桃｜品嘗名酒。

【品德】pǐndé ㄆㄧㄣˇ ㄉㄜˊ 品質道德：品德高尚。

【品第】pǐndì ㄆㄧㄣˇ ㄉㄧˋ 〈書〉❶評定高低，分列等次。❷指等級、地位。

【品格】pǐngé ㄆㄧㄣˇ ㄍㄜˊ ❶品性；品行：品格高尚。❷指文學、藝術作品的質量和風格：他近期和早期的繪畫品格迥異。

【品紅】pǐnhóng ㄆㄧㄣˇ ㄏㄨㄥˊ 比大紅略淺的紅色。

【品級】pǐnjí ㄆㄧㄣˇ ㄐㄧˊ ❶古代官吏的等級。❷各種產品、商品的等級。

【品節】pǐnjié ㄆㄧㄣˇ ㄐㄧㄝˊ 品行節操：品節卓異。

【品藍】pǐnlán ㄆㄧㄣˇ ㄌㄢˊ 略帶紅的藍色。

【品類】pǐnlèi ㄆㄧㄣˇ ㄌㄟˋ 種類：品類繁多。

【品綠】pǐnlǜ ㄆㄧㄣˇ ㄌㄩˋ 像青竹的綠色。

【品貌】pǐnmào ㄆㄧㄣˇ ㄇㄠˋ ❶相貌：品貌俊俏。❷人品和相貌：品貌兼優。

【品名】pǐnmíng ㄆㄧㄣˇ ㄇㄧㄥˊ 物品的名稱。

【品目】pǐnmù ㄆㄧㄣˇ ㄇㄨˋ 物品的名目：品目繁多。

【品評】pǐnpíng ㄆㄧㄣˇ ㄆㄧㄥˊ 評論高下：品評產品質量｜他看了牲口的牙齒，品評着毛色腿腳。

【品題】pǐntí ㄆㄧㄣˇ ㄊㄧˊ 〈書〉評論（人物、作品等）。

【品頭論足】pǐn tóu lùn zú ㄆㄧㄣˇ ㄊㄡˊ ㄌㄨㄣˋ ㄗㄨˊ 見890頁〖評頭論足〗。

【品脫】pǐntuō ㄆㄧㄣˇ ㄊㄨㄛ 英美制容量單位，1品脫等於1/2夸脫。英制1品脫合0.5683升，美制1品脫合0.4732升。［英 pint］

【品位】pǐnwèi ㄆㄧㄣˇ ㄨㄟˋ ❶〈書〉指官吏的品級；官階。❷礦石中有用元素或它的化合物含量的百分率，含量的百分率愈大，品位愈高。❸指物品質量；文藝作品所達到的水平：高品位的蠶絲｜節目的藝術品位較高。

【品味】pǐnwèi ㄆㄧㄣˇ ㄨㄟˋ ❶嘗試滋味；品嘗：經專家品味，認為酒質優良。❷仔細體會；玩味：他經過細細品味，才明白了那句話的含義。❸（物品的）品質和風味：由於吸收了異味，茶葉品味大受影響。

【品系】pǐnxì ㄆㄧㄣˇ ㄒㄧˋ 指來源於同一祖先，性狀表現大致相同的一群個體。

【品行】pǐnxíng ㄆㄧㄣˇ ㄒㄧㄥˊ 有關道德的行為：品行端正。

【品性】pǐnxìng ㄆㄧㄣˇ ㄒㄧㄥˋ 品質性格：品性

敦厚。

【品議】pǐnyì ㄆㄧㄣˇ ㄧˋ 品評。

【品月】pǐnyuè ㄆㄧㄣˇ ㄩㄝˋ 淺藍色。

【品藻】pǐnzǎo ㄆㄧㄣˇ ㄗㄠˇ 〈書〉評論(人物)。

【品質】pǐnzhì ㄆㄧㄣˇ ㄓˋ ❶行為、作風上所表現的思想、認識、品性等的本質：道德品質。❷物品的質量：江西瓷品質優良。

【品種】pǐnzhǒng ㄆㄧㄣˇ ㄓㄨㄥˇ ❶經過人工選擇和培育、具有一定經濟價值和共同遺傳特點的一群生物體(通常指栽培植物、牲畜、家禽等)。❷泛指產品的種類：增加花色品種｜品種齊全。

【品族】pǐnzú ㄆㄧㄣˇ ㄗㄨˊ 指來源於同一母畜的畜群，它們具有與同族祖先相類似的特徵和特性，遺傳性穩定。

榀 pǐn ㄆㄧㄣˇ 量詞，一個屋架叫一榀。

pìn (ㄆㄧㄣˋ)

牝 pìn ㄆㄧㄣˋ 雌性的(指鳥獸，跟'牡'相對)：牝牛｜牝雞。

聘 pìn ㄆㄧㄣˋ ❶聘請：聘任｜聘用。❷〈書〉聘問：報聘｜聘使往來。❸定親：聘禮。❹女子出嫁：出聘｜聘姑娘。

【聘金】pìnjīn ㄆㄧㄣˋ ㄐㄧㄣ ❶舊俗訂婚時，男方送給女方的錢財。❷聘請人做事所付給的錢。

【聘禮】pìnlǐ ㄆㄧㄣˋ ㄌㄧˇ ❶聘請時表示敬意的禮物。❷訂婚時，男家向女家下的定禮。

【聘請】pìnqǐng ㄆㄧㄣˋ ㄑㄧㄥˇ 請人擔任職務：聘請教師｜聘請專家指導。

【聘任】pìnrèn ㄆㄧㄣˋ ㄖㄣˋ 聘請人擔任(職務)：聘任制｜工廠聘任他為總工程師。

【聘書】pìnshū ㄆㄧㄣˋ ㄕㄨ 聘請人的文書。

【聘問】pìnwèn ㄆㄧㄣˋ ㄨㄣˋ 古代指代表本國政府訪問友邦。

【聘用】pìnyòng ㄆㄧㄣˋ ㄩㄥˋ 聘請任用；聘任：聘用賢能｜聘用技術人員。

pīng (ㄆㄧㄥ)

乒 pīng ㄆㄧㄥ ❶象聲詞：乒的一聲槍響。❷指乒乓球：乒賽(乒乓球比賽)｜乒壇(乒乓球界)。

【乒乓】pīngpāng ㄆㄧㄥ ㄆㄤ ❶象聲詞：雹子打在屋頂上乒乓亂響。❷乒乓球①：打乒乓。

【乒乓球】pīngpāngqiú ㄆㄧㄥ ㄆㄤ ㄑㄧㄡˊ ❶球類運動項目之一，在球台中央支着球網，雙方分站在球枱兩端用球拍把球打來打去。有單打和雙打兩種。❷乒乓球運動使用的球，用賽璐珞製成，直徑約4厘米。

俜 pīng ㄆㄧㄥ 見730頁〖伶俜〗。

娉 pīng ㄆㄧㄥ [娉婷](pīngtíng ㄆㄧㄥ ㄊㄧㄥˊ)〈書〉形容女子的姿態美：體態娉婷｜舉止娉婷。

píng (ㄆㄧㄥˊ)

平 píng ㄆㄧㄥˊ ❶表面沒有高低凹凸，不傾斜：平坦｜馬路很平｜把紙鋪平了。❷使平：平了三畝地｜把溝平了種莊稼。❸兩相比較沒有高低、先後；不相上下：平輩｜平槽｜平列｜平局｜平起平坐｜平了世界紀錄。❹平均；公平：平分｜持平之論。❺安定：風平浪靜｜心平氣和。❻用武力鎮壓；平定：平叛｜平亂。❼抑止(怒氣)：你先把氣平下去再說。❽經常的；普通的：平時｜平淡。❾平聲：平仄｜平上去入。❿(Píng)姓。

【平安】píng'ān ㄆㄧㄥˊ ㄢ 沒有事故，沒有危險；平穩安全：平安無事｜一路平安｜平平安安地到達目的地。

【平白】píngbái ㄆㄧㄥˊ ㄅㄞˊ ❶無緣無故：平白無故。❷(文辭等)淺顯通俗：詩句平白如話。

【平板】píngbǎn ㄆㄧㄥˊ ㄅㄢˇ ❶平淡死板，沒有曲折變化：樣式平板｜他一句一句平板地說下去。❷鉗工刮研用的工具，用很厚的鑄鐵板製成，一面很平。

【平板車】píngbǎnchē ㄆㄧㄥˊ ㄅㄢˇ ㄔㄜ ❶運貨的三輪車，載貨的部分是平板。也叫平板三輪。❷沒有車幫的大型運貨卡車。

【平板儀】píngbǎnyí ㄆㄧㄥˊ ㄅㄢˇ ㄧˊ 測量地形用的儀器，可以測量高度和距離，由水準儀、圖板和三腳架等組成。

【平版】píngbǎn ㄆㄧㄥˊ ㄅㄢˇ 版面空白部分和印刷部分都沒有凹凸紋的印刷版，如石版、金屬平版等。

【平輩】píngbèi ㄆㄧㄥˊ ㄅㄟˋ 相同的輩分。

【平步青雲】píng bù qīng yún ㄆㄧㄥˊ ㄅㄨˋ ㄑㄧㄥ ㄩㄣˊ 比喻一下子達到很高的地位。

【平槽】píng∥cáo ㄆㄧㄥˊ∥ㄘㄠˊ 江河的水面高達河岸：雨下得平了槽。

【平產】píngchǎn ㄆㄧㄥˊ ㄔㄢˇ 與相比較的產量大體相當：今年全縣糧食增產的鄉佔百分之九十五，平產的佔百分之五。

【平常】píngcháng ㄆㄧㄥˊ ㄔㄤˊ ❶普通；不特別：話雖平常，意義卻很深刻。❷平時：他雖然身體不好，但平常很少請假。

【平車】píngchē ㄆㄧㄥˊ ㄔㄜ ❶鐵路貨車的一種，沒有車頂和車壁，用來裝運大型建築材料、壓延鋼材或各種機器等。❷沒有車幫的獸力車或人力車。

【平疇】píngchóu ㄆㄧㄥˊ ㄔㄡˊ 〈書〉平坦的田地：千里平疇｜平疇沃野。

【平川】píngchuān ㄆㄧㄥˊ ㄔㄨㄢ 地勢平坦的地方：平川廣野｜一馬平川。

【平旦】píngdàn ㄆㄧㄥˊ ㄉㄢˋ 〈書〉天亮的時候。

【平淡】píngdàn ㄆㄧㄥˊ ㄉㄢˋ （事物、文章等）平常；沒有曲折：平淡無奇｜平淡無味｜語調平淡。

【平等】píngděng ㄆㄧㄥˊ ㄉㄥˇ ❶指人們在社會、政治、經濟、法律等方面享有相等待遇。❷泛指地位相等：平等互利｜男女平等。

【平糴】píngdí ㄆㄧㄥˊ ㄉㄧˊ 舊時指官府在豐收時用平價買進穀物，以待荒年賣出。

【平地】píng∥dì ㄆㄧㄥˊ∥ㄉㄧˋ 把土地整平：播種前要翻地、平地。

【平地】píngdì ㄆㄧㄥˊ ㄉㄧˋ 平坦的土地：找一塊平地修操場。

【平地風波】píngdì fēngbō ㄆㄧㄥˊ ㄉㄧˋ ㄈㄥ ㄅㄛ 比喻突然發生的事故或糾紛。

【平地樓台】píngdì lóutái ㄆㄧㄥˊ ㄉㄧˋ ㄌㄡˊ ㄊㄞˊ 比喻原來沒有基礎而白手建立起來的事業。

【平地一聲雷】píngdì yī shēng léi ㄆㄧㄥˊ ㄉㄧˋ ㄧ ㄕㄥ ㄌㄟˊ 比喻名聲地位突然升高。也比喻突然發生一件可喜的大事。

【平定】píngdìng ㄆㄧㄥˊ ㄉㄧㄥˋ ❶平穩安定：局勢平定｜他的情緒逐漸平定下來。❷平息（叛亂等）。

【平動】píngdòng ㄆㄧㄥˊ ㄉㄨㄥˋ 物體運動時，物體內任何兩點連成的直綫始終保持它的方向不變，這種運動叫作平動。也叫平移。

【平凡】píngfán ㄆㄧㄥˊ ㄈㄢˊ 平常；不希奇：他們在平凡的工作中做出了不平凡的成績。

【平反】píngfǎn ㄆㄧㄥˊ ㄈㄢˇ 把判錯的案件或做錯的政治結論改正過來：平反昭雪｜平反冤案。

【平方】píngfāng ㄆㄧㄥˊ ㄈㄤ ❶指數是 2 的乘方，如 a^2 $(a\times a)$，3^2 (3×3)。❷指平方米。

【平房】píngfáng ㄆㄧㄥˊ ㄈㄤˊ ❶只有一層的房子（區別於'樓房'）。❷〈方〉用灰土做頂的平頂房屋。

【平分】píngfēn ㄆㄧㄥˊ ㄈㄣ 平均分配。

【平分秋色】píngfēn qiūsè ㄆㄧㄥˊ ㄈㄣ ㄑㄧㄡ ㄙㄜˋ 比喻雙方各佔一半。

【平服】píngfú ㄆㄧㄥˊ ㄈㄨˊ ❶安定：心情難以平服。❷服氣：拿出真本事，才能叫人心裏平服。

【平復】píng·fù ㄆㄧㄥˊ ·ㄈㄨˋ ❶恢復平靜：風浪漸漸平復｜等他情緒平復後再說。❷（疾病或創傷）痊愈復原：病體日漸平復。

【平光】píngguāng ㄆㄧㄥˊ ㄍㄨㄤ 屈光度為零的（眼鏡），如太陽鏡和防護眼鏡都是平光的。

【平和】pínghé ㄆㄧㄥˊ ㄏㄜˊ ❶（性情或言行）溫和：語氣平和｜態度平和。❷（藥物）作用溫和；不劇烈。❸平靜；安寧：氣氛平和。❹〈方〉（紛擾）停息：這場爭端終於平和下來。

【平衡】pínghéng ㄆㄧㄥˊ ㄏㄥˊ ❶對立的各方面在數量或質量上相等或相抵：產銷平衡｜收支平衡。❷幾個力同時作用在一個物體上，各個力互相抵消，物體保持相對靜止狀態、勻速直綫運動狀態或繞軸勻速轉動狀態。

【平衡覺】pínghéngjué ㄆㄧㄥˊ ㄏㄥˊ ㄐㄩㄝˊ 因身體所處位置的變化而引起的感覺。內耳中的半規管和前庭是平衡覺的器官。

【平衡木】pínghéngmù ㄆㄧㄥˊ ㄏㄥˊ ㄇㄨˋ ❶女子體操器械的一種，是一根長而窄的方木頭，兩端支起並固定在支架上。❷女子競技體操項目之一，運動員在平衡木上做各種動作。

【平滑】pínghuá ㄆㄧㄥˊ ㄏㄨㄚˊ 平而光滑：冰面平滑如鏡。

【平滑肌】pínghuájī ㄆㄧㄥˊ ㄏㄨㄚˊ ㄐㄧ 由長紡錘形細胞組成的肌肉，平滑，沒有橫紋。是構成胃、腸、膀胱等內臟的肌肉，它的運動不受人的意志支配。也叫不隨意肌。

【平話】pínghuà ㄆㄧㄥˊ ㄏㄨㄚˋ 我國古代民間流行的口頭文學形式，有說有唱，宋代盛行，由韵體散體相間發展為單純散體，例如以散文為主的《三國志平話》、《五代史平話》。也作評話。

【平緩】pínghuǎn ㄆㄧㄥˊ ㄏㄨㄢˇ ❶（地勢）平坦，傾斜度小：黃河中下游地勢平緩。❷平穩；緩慢：氣溫變化平緩｜水流平緩。❸（心情、聲音等）緩和；平和：語調平緩。

【平毀】pínghuǐ ㄆㄧㄥˊ ㄏㄨㄟˇ 鏟平或填平，使毀壞或失去原來的作用：平毀工事。

【平價】píngjià ㄆㄧㄥˊ ㄐㄧㄚˋ ❶平抑上漲的物價。❷平抑了的貨物價格：平價米｜平價收購。❸普通的價格；公平的價格。❹指一國本位貨幣規定的含金量。也指兩個金本位（或銀本位）國家間本位貨幣法定含金量（或含銀量）的比值。

【平角】píngjiǎo ㄆㄧㄥˊ ㄐㄧㄠˇ 一條射綫以端點為定點在平面上旋轉半周所成的角。角的一邊是另一邊的反向延長綫。平角為 180°。

【平金】píngjīn ㄆㄧㄥˊ ㄐㄧㄣ 一種刺綉，在緞面上用金銀色綫盤成各種花紋。

【平靖】píngjìng ㄆㄧㄥˊ ㄐㄧㄥˋ ❶用武力鎮壓叛亂，使趨於安定：平靖內亂。❷（社會秩序）穩定安靜：時局平靖。

【平靜】píngjìng ㄆㄧㄥˊ ㄐㄧㄥˋ （心情、環境等）沒有不安或動盪：激動的心情久久不能平靜｜風浪已經平靜下去了｜他說話的聲音仍然很平靜。

【平局】píngjú ㄆㄧㄥˊ ㄐㄩˊ 和局。

【平均】píngjūn ㄆㄧㄥˊ ㄐㄩㄣ ❶把總數按份兒均勻計算：二十筐梨重一千八百斤，平均每筐重九十斤。❷沒有輕重或多少的分別：平均發展｜平均分攤。

【平均主義】píngjūn zhǔyì ㄆㄧㄥˊ ㄐㄩㄣ ㄓㄨˇ ㄧˋ 主張人們在工資、勞動、勤務各方面享受一律的待遇的思想，認為只有絕對平均才算是平等，是個體手工業和小農經濟的產物。

【平空】píngkōng ㄆㄧㄥˊ ㄎㄨㄥ 同'憑空'。

【平列】píngliè ㄆㄧㄥˊ ㄌㄧㄝˋ 平着排列；平等列舉：不能把客觀原因與主觀原因平列起來分析。

【平流】píngliú ㄆㄧㄥˊ ㄌㄧㄡˊ 空氣水平方向的運動。使氣溫上升的叫暖平流，使氣溫下降的叫冷平流。

【平爐】pínglú ㄆㄧㄥˊ ㄌㄨˊ 煉鋼爐的一種，放原料的爐底像淺盆，爐體用耐火材料砌成，燃燒用的煤氣和熱空氣由兩側的開口通入。也叫馬丁爐。

【平米】píngmǐ ㄆㄧㄥˊ ㄇㄧˇ 平方米。

【平面】píngmiàn ㄆㄧㄥˊ ㄇㄧㄢˋ 最簡單的面。在一個面內任取兩點連成直綫，如直綫上所有的點都在這個面上，這個面就是平面。

【平面波】píngmiànbō ㄆㄧㄥˊ ㄇㄧㄢˋ ㄅㄛ 波從一點發散出去形成球面，如果這種波從無限遠處傳來，所形成的球面就可以看作是一個平面，所以叫做平面波。光波中，光綫和波面垂直，所以平面波的光綫可以看作是平行的。

【平面幾何】píngmiàn jǐhé ㄆㄧㄥˊ ㄇㄧㄢˋ ㄐㄧˇ ㄏㄜˊ 研究平面圖形的性質(形狀、大小、位置等)的學科。

【平面交叉】píngmiàn jiāochā ㄆㄧㄥˊ ㄇㄧㄢˋ ㄐㄧㄠ ㄔㄚ 兩條或兩條以上相交的道路在同一平面上交叉，常見的有十字形交叉、丁字形交叉、環形交叉等。簡稱平交。

【平面鏡】píngmiànjìng ㄆㄧㄥˊ ㄇㄧㄢˋ ㄐㄧㄥˋ 反射面是平面的鏡子，日常所用的鏡子就屬於這一種。鏡前的物體在鏡中形成虛像，像和物體的大小相同，跟鏡面的距離相等，左右方向相反。

【平面圖】píngmiàntú ㄆㄧㄥˊ ㄇㄧㄢˋ ㄊㄨˊ ❶在平面上所示的圖形。❷構成物體形狀的所有綫段垂直投影於平面上所示的圖形。

【平民】píngmín ㄆㄧㄥˊ ㄇㄧㄣˊ 泛指普通的人(區別於貴族或特權階級)：平民百姓。

【平明】píngmíng ㄆㄧㄥˊ ㄇㄧㄥˊ 〈書〉天亮的時候。

【平年】píngnián ㄆㄧㄥˊ ㄋㄧㄢˊ ❶陽曆沒有閏日或農曆沒有閏月的年份。陽曆平年 365天，農曆平年 354 天或 355 天。❷農作物收成平常的年頭兒。

【平平】píngpíng ㄆㄧㄥˊ ㄆㄧㄥˊ 不好不壞；尋常：程度平平｜成績平平。

【平平當當】píngpíngdāngdāng ㄆㄧㄥˊ ㄆㄧㄥˊ ㄉㄤ ㄉㄤ 形容做事順利。

【平鋪直敍】píng pū zhí xù ㄆㄧㄥˊ ㄆㄨ ㄓˊ ㄒㄩˋ 說話或寫文章時不講求修辭，只把意思簡單而直接地敍述出來。

【平起平坐】píng qǐ píng zuò ㄆㄧㄥˊ ㄑㄧˇ ㄆㄧㄥˊ ㄗㄨㄛˋ 比喻地位或權力平等。

【平權】píngquán ㄆㄧㄥˊ ㄑㄩㄢˊ 權利平等，沒有大小之分：男女平權。

【平日】píngrì ㄆㄧㄥˊ ㄖˋ 一般的日子(區別於特定的日子，如節假日或特指的某一天)。

【平絨】píngróng ㄆㄧㄥˊ ㄖㄨㄥˊ 織物表面有平整而短密的絨毛的棉織品。

【平射炮】píngshèpào ㄆㄧㄥˊ ㄕㄜˋ ㄆㄠˋ 初速大，彈道低伸的一類火炮，如加農炮、反坦克炮等。

【平身】píngshēn ㄆㄧㄥˊ ㄕㄣ 舊時指行跪拜禮後立起身子(多見於舊小說、戲曲)。

【平生】píngshēng ㄆㄧㄥˊ ㄕㄥ ❶終身；一生：他平生第一次看到大海。❷從來；平素：素昧平生｜他平生是很艱苦樸素的。

【平聲】píngshēng ㄆㄧㄥˊ ㄕㄥ 古漢語四聲之一。古漢語的平聲字在普通話裏分成陰平和陽平兩類。參看1086頁〖四聲〗。

【平時】píngshí ㄆㄧㄥˊ ㄕˊ ❶一般的、通常的時候(區別於特定的或特指的時候)。❷指平常時期(區別於非常時期，如戰時、戒嚴時)。

【平實】píngshí ㄆㄧㄥˊ ㄕˊ 平易樸實：待人平實｜文筆平實。

【平視】píngshì ㄆㄧㄥˊ ㄕˋ 兩眼平着向前看：立正時兩眼要平視。

【平手】píngshǒu ㄆㄧㄥˊ ㄕㄡˇ (平手兒)不分高下的比賽結果：甲乙兩隊打了個平手兒。

【平水期】píngshuǐqī ㄆㄧㄥˊ ㄕㄨㄟˇ ㄑㄧ 河流處於正常水位的時期。也叫中水期。

【平順】píngshùn ㄆㄧㄥˊ ㄕㄨㄣˋ 平穩順暢；沒有波折：發展平順｜呼吸平順｜生活平順如常。

【平素】píngsù ㄆㄧㄥˊ ㄙㄨˋ 平時；素來：他這個人平素不好說話｜張師傅平素對自己要求很嚴。

【平台】píngtái ㄆㄧㄥˊ ㄊㄞˊ ❶曬台。❷平房②。❸生產和施工過程中，為操作方便而設置的工作台，有的能移動和升降。

【平坦】píngtǎn ㄆㄧㄥˊ ㄊㄢˇ 沒有高低凹凸(多指地勢)：寬闊平坦的馬路。

【平添】píngtiān ㄆㄧㄥˊ ㄊㄧㄢ 自然而然地增添：新建的街心公園給周圍居民平添了許多樂趣。

【平糶】píngtiào ㄆㄧㄥˊ ㄊㄧㄠˋ 舊時遇到荒年，官府把倉庫裏的糧食按平價賣出。

【平頭】píngtóu ㄆㄧㄥˊ ㄊㄡˊ ❶男子髮式，頂上頭髮剪平，從腦後到兩鬢的頭髮全部推光。❷指普通；平常(人)：平頭百姓。❸〈方〉用在數字前面，表示整數：平頭甲子(六十歲)。

【平頭數】píngtóushù ㄆㄧㄥˊ ㄊㄡˊ ㄕㄨˋ 〈方〉十、百、千、萬等不帶零頭的整數。

【平頭正臉】píng tóu zhèng liǎn ㄆㄧㄥˊ ㄊㄡˊ ㄓㄥˋ ㄌㄧㄢˇ (平頭正臉兒的)形容相貌端正。

【平妥】píngtuǒ ㄆㄧㄥˊ ㄊㄨㄛˇ 平穩妥帖：文章措辭平妥。

【平紋】píngwén ㄆㄧㄥˊ ㄨㄣˊ 單根經紗和單根緯紗交織成的簡單紋路。

【平穩】píngwěn ㄆㄧㄥˊ ㄨㄣˇ ❶平安穩定，沒有波動或危險：局勢平穩｜物價平穩｜病情平穩｜今年汛期，海河的水情一直平穩。❷(物體)穩定，不搖晃：把桌子放平穩了。

【平西】píngxī ㄆㄧㄥˊ ㄒㄧ 太陽在西方將要落：太陽已經平西了，還是這麼熱。

【平昔】píngxī ㄆㄧㄥˊ ㄒㄧ 往常：我平昔對語法很少研究，現在開始感到一點興趣了。

【平息】píngxī ㄆㄧㄥˊ ㄒㄧ ❶(風勢、紛亂等)平靜或停止：一場風波平息了｜槍聲漸漸平息下來。❷用武力平定：平息騷亂｜平息叛亂。

【平心而論】píng xīn ér lùn ㄆㄧㄥˊ ㄒㄧㄣ ㄦˊ ㄌㄨㄣˋ 平心靜氣地評論。

【平心靜氣】píng xīn jìng qì ㄆㄧㄥˊ ㄒㄧㄣ ㄐㄧㄥˋ ㄑㄧˋ 心情平和，態度冷靜。

【平信】píngxìn ㄆㄧㄥˊ ㄒㄧㄣˋ 不掛號的一般信件。

【平行】píngxíng ㄆㄧㄥˊ ㄒㄧㄥˊ ❶等級相同，沒有隸屬關係的：平行機關。❷兩個平面或一個平面內的兩條直綫或一條直綫與一個平面始終不能相交，叫做平行。❸同時進行的：平行作業｜平行發展。

【平行四邊形】píngxíng sìbiānxíng ㄆㄧㄥˊ ㄒㄧㄥˊ ㄙˋ ㄅㄧㄢ ㄒㄧㄥˊ 兩組對邊分別平行的四邊形。矩形、菱形、正方形都是平行四邊形的特殊形式。

【平行綫】píngxíngxiàn ㄆㄧㄥˊ ㄒㄧㄥˊ ㄒㄧㄢˋ 在同一平面內不相交的兩條直綫。

【平行作業】píngxíng zuòyè ㄆㄧㄥˊ ㄒㄧㄥˊ ㄗㄨㄛˋ ㄧㄝˋ 在同一施工場所，使盡可能多的工種在相互配合、相互制約的條件下同時作業。

【平衍】píngyǎn ㄆㄧㄥˊ ㄧㄢˇ 〈書〉平展：土地平衍，一望無際。

【平野】píngyě ㄆㄧㄥˊ ㄧㄝˇ 城市以外的廣闊平地。

【平一】píngyī ㄆㄧㄥˊ ㄧ 〈書〉平定統一：平一宇內。

【平移】píngyí ㄆㄧㄥˊ ㄧˊ 平動。

【平抑】píngyì ㄆㄧㄥˊ ㄧˋ 抑制使穩定：平抑物價｜他盡力使自己的怒火平抑下來。

【平易】píngyì ㄆㄧㄥˊ ㄧˋ ❶(性情或態度)謙遜和藹：平易近人｜平易可親。❷(文章)淺近易懂：語言簡潔平易。

【平易近人】píngyì jìn rén ㄆㄧㄥˊ ㄧˋ ㄐㄧㄣˋ ㄖㄣˊ ❶態度謙遜和藹，使人容易接近。❷(文字)淺顯，容易了解。

【平議】píngyì ㄆㄧㄥˊ ㄧˋ ❶公平地論定是非曲直。❷〈書〉評論；評議。

【平庸】píngyōng ㄆㄧㄥˊ ㄩㄥ 尋常而不突出；平凡：才能平庸｜相貌平庸｜平庸的一生。

【平魚】píngyú ㄆㄧㄥˊ ㄩˊ 鯧魚。

【平原】píngyuán ㄆㄧㄥˊ ㄩㄢˊ 起伏極小、海拔較低的廣大平地。

【平月】píngyuè ㄆㄧㄥˊ ㄩㄝˋ 陽曆平年的二月叫平月，有28天。

【平允】píngyǔn ㄆㄧㄥˊ ㄩㄣˇ 公平適當：分配得很平允｜話說得很平允，令人心服。

【平仄】píngzè ㄆㄧㄥˊ ㄗㄜˋ 平聲和仄聲，泛指由平仄構成的詩文的韻律。

【平展】píngzhǎn ㄆㄧㄥˊ ㄓㄢˇ ❶(地勢)平坦而寬敞：地勢平展｜平展的場院。❷平而舒展：他穿一身平展可體的新軍裝。

【平展展】píngzhǎnzhǎn ㄆㄧㄥˊ ㄓㄢˇ ㄓㄢˇ (平展展的)形容平坦或平整：平展展的大馬路。

【平整】píngzhěng ㄆㄧㄥˊ ㄓㄥˇ ❶填挖土方使土地平坦整齊：平整土地。❷平正整齊；(土地)平坦整齊：馬路又寬又平整。

【平正】píng·zheng ㄆㄧㄥˊ ·ㄓㄥ ❶沒有皺褶：這張紙很平正。❷不歪斜：墁的磚又平正又密合。

【平裝】píngzhuāng ㄆㄧㄥˊ ㄓㄨㄤ (書籍)用單層的紙做封面，書脊不成弧形的裝訂(區別於'精裝')：平裝本。

【平足】píngzú ㄆㄧㄥˊ ㄗㄨˊ 扁平足。

【平作】píngzuò ㄆㄧㄥˊ ㄗㄨㄛˋ 把農作物種在耕耙平整、沒有畦或壟的田地裏。平作適用於降雨較多而均勻的平原地區。

坪

píng ㄆㄧㄥˊ ❶平地(原指山區或黃土高原上的，多用於地名)：草坪｜停機坪｜楊家坪(在陝西)。❷〈方〉土地或房屋面積單位，1坪約合3.3平方米。

【坪壩】píngbà ㄆㄧㄥˊ ㄅㄚˋ 〈方〉平坦的場地。

枰

píng ㄆㄧㄥˊ 棋盤：棋枰。

帡

píng ㄆㄧㄥˊ ［帡幪］(píngméng ㄆㄧㄥˊ ㄇㄥˊ)❶古代稱帳幕之類覆蓋用的東西。在旁的叫帡，在上的叫幪。❷〈書〉庇護。

洴

píng ㄆㄧㄥˊ ［洴澼］(píngpì ㄆㄧㄥˊ ㄆㄧˋ)〈書〉漂洗(絲綿)。

屏

píng ㄆㄧㄥˊ ❶屏風：畫屏◇孔雀開屏。❷(屏兒)屏條：四扇屏兒。❸遮擋：屏蔽。

另見82頁 bīng；82頁 bǐng。

【屏蔽】píngbì ㄆㄧㄥˊ ㄅㄧˋ ❶像屏風似地遮擋着：屏蔽一方。❷屏障：東海島是雷州灣的屏蔽。

【屏藩】píngfān ㄆㄧㄥˊ ㄈㄢ 〈書〉❶屏風和藩籬，比喻周圍的疆土。❷保護捍衛。‖也說藩屏。

【屏風】píngfēng ㄆㄧㄥˊ ㄈㄥ 放在室內用來擋風或隔斷視綫的用具，有的單扇，有的多扇相連，可以摺疊。

【屏門】píngmén ㄆㄧㄥˊ ㄇㄣˊ 隔斷裏院和外院或隔斷正院和跨院的門，最少的四扇。

【屏幕】píngmù ㄆㄧㄥˊ ㄇㄨˋ 顯像管殼的一個組成部分。用玻璃製成，屏的裏層塗有熒光粉，當電子撞擊屏幕時就發出光點，可顯示出波形或圖像。

【屏條】píngtiáo ㄆㄧㄥˊ ㄊㄧㄠˊ （屏條兒）成組的條幅，通常四幅各成一組。

【屏障】píngzhàng ㄆㄧㄥˊ ㄓㄤˋ ❶像屏風那樣遮擋着的東西（多指山嶺、島嶼等）：燕山山地和西山山地是北京天然的屏障。❷〈書〉遮擋着：屏障中原。

瓶〔缾〕（缾） píng ㄆㄧㄥˊ （瓶兒）瓶子：瓶膽｜花瓶兒。

【瓶膽】píngdǎn ㄆㄧㄥˊ ㄉㄢˇ 保溫瓶中間裝水或其他東西的部分。參看40頁〖保溫瓶〗。

【瓶頸】píngjǐng ㄆㄧㄥˊ ㄐㄧㄥˇ ❶瓶子的上部較細的部分。❷比喻事情進行中容易發生阻礙的關鍵環節：扭轉瓶頸現象。

【瓶裝】píngzhuāng ㄆㄧㄥˊ ㄓㄨㄤ （飲料等）用瓶子包裝的。

【瓶子】píng·zi ㄆㄧㄥˊ ·ㄗ 容器，一般口較小，頸細肚大，多用瓷或玻璃製成。

萍〔苹〕（蓱） píng ㄆㄧㄥˊ 浮萍。

【萍水相逢】píng shuǐ xiāng féng ㄆㄧㄥˊ ㄕㄨㄟˇ ㄒㄧㄤ ㄈㄥˊ 比喻向來不認識的人偶然相遇。

【萍蹤】píngzōng ㄆㄧㄥˊ ㄗㄨㄥ 〈書〉形容蹤迹漂泊不定，像浮萍一般。

帡 píng ㄆㄧㄥˊ 同'屏'(píng)。

評（评） píng ㄆㄧㄥˊ ❶評論；批評：短評｜書評｜獲得好評。❷評判：評分兒｜評選模範。

【評比】píngbǐ ㄆㄧㄥˊ ㄅㄧˇ 通過比較，評定高低：評比生產成績。

【評點】píngdiǎn ㄆㄧㄥˊ ㄉㄧㄢˇ 批評並圈點（詩文）。

【評定】píngdìng ㄆㄧㄥˊ ㄉㄧㄥˋ 經過評判或審核來決定：評定職稱｜考試成績已經評定完畢。

【評斷】píngduàn ㄆㄧㄥˊ ㄉㄨㄢˋ 評論判斷：評斷是非。

【評分】píng∥fēn ㄆㄧㄥˊ∥ㄈㄣ （評分兒）根據成績評定分數（用於生產、教育、體育等）。

【評分】píngfēn ㄆㄧㄥˊ ㄈㄣ 評定的分數：他以最高的評分，獲得本屆大賽的第一名。

【評改】pínggǎi ㄆㄧㄥˊ ㄍㄞˇ 批改：評改作文。

【評功】píng∥gōng ㄆㄧㄥˊ∥ㄍㄨㄥ 評定功績：評功授獎｜給他評了三等功。

【評估】pínggū ㄆㄧㄥˊ ㄍㄨ 評議估計；評價：對入股資金的經濟效益進行評估｜定期對學校的辦學水平進行評估。

【評話】pínghuà ㄆㄧㄥˊ ㄏㄨㄚˋ ❶同'平話'。❷曲藝的一種，由一個人用當地方言講說，如蘇州評話。

【評級】píng∥jí ㄆㄧㄥˊ∥ㄐㄧˊ 評定幹部、職工在工資、待遇等方面的等級。

【評價】píngjià ㄆㄧㄥˊ ㄐㄧㄚˋ ❶評定價值高低：評價文學作品。❷評定的價值：觀眾給予這部電影很高的評價。

【評獎】píng∥jiǎng ㄆㄧㄥˊ∥ㄐㄧㄤˇ 通過評比對優秀的給以獎勵：年終評獎。

【評介】píngjiè ㄆㄧㄥˊ ㄐㄧㄝˋ 評論介紹：新書評介。

【評劇】píngjù ㄆㄧㄥˊ ㄐㄩˋ 流行於華北、東北等地的地方戲曲劇種，最早產生於河北東部灤縣一帶，吸收了河北梆子、京劇等藝術成就。早期叫蹦蹦兒戲，也叫落子（lào·zi）。

【評理】píng∥lǐ ㄆㄧㄥˊ∥ㄌㄧˇ 評斷是非：誰是誰非，由大家評理。

【評論】pínglùn ㄆㄧㄥˊ ㄌㄨㄣˋ ❶批評或議論：評論好壞。❷批評或議論的文章：發表評論。

【評判】píngpàn ㄆㄧㄥˊ ㄆㄢˋ 判定是非、勝負或優劣：評判員｜評判公允。

【評審】píngshěn ㄆㄧㄥˊ ㄕㄣˇ 評議審查：評審員｜評審驗收｜評審文藝作品。

【評書】píngshū ㄆㄧㄥˊ ㄕㄨ 曲藝的一種，多講說長篇故事，用摺扇、手帕、醒木等做道具。

【評述】píngshù ㄆㄧㄥˊ ㄕㄨˋ 評論和敍述。

【評說】píngshuō ㄆㄧㄥˊ ㄕㄨㄛ 評論；評價：評說古人｜任人評說｜是非功過，自有評說。

【評彈】píngtán ㄆㄧㄥˊ ㄊㄢˊ ❶曲藝的一種，流行於江蘇、浙江一帶，有說有唱，由評話和彈詞結合而成。❷評話和彈詞的合稱。

【評頭論足】píng tóu lùn zú ㄆㄧㄥˊ ㄊㄡˊ ㄌㄨㄣˋ ㄗㄨˊ 指無聊的人隨便談論婦女的容貌，也比喻在小節上多方挑剔。也說評頭品足、品頭論足。

【評析】píngxī ㄆㄧㄥˊ ㄒㄧ 評論分析：評析劇中主要角色｜對比賽結果進行全面評析。

【評薪】píng∥xīn ㄆㄧㄥˊ∥ㄒㄧㄣ 評定工資。

【評選】píngxuǎn ㄆㄧㄥˊ ㄒㄩㄢˇ 評比並推選：評選先進工作者。

【評議】píngyì ㄆㄧㄥˊ ㄧˋ 經過商討而評定：根據每個廠生產的實際情況進行評議，確定等級。

【評語】píngyǔ ㄆㄧㄥˊ ㄩˇ 評論的話：操行評語。

【評閱】píngyuè ㄆㄧㄥˊ ㄩㄝˋ 閱覽並評定（試卷或作品）：評閱作文｜考卷已經評閱完畢。

【評騭】píngzhì ㄆㄧㄥˊ ㄓˋ 〈書〉評定：評騭書畫。

【評註】píngzhù ㄆㄧㄥˊ ㄓㄨˋ 評論並註解：評註《聊齋志異》。

【評傳】píngzhuàn ㄆㄧㄥˊ ㄓㄨㄢˋ 帶有評論的傳記。

馮（冯） píng ㄆㄧㄥˊ ❶見45頁〖暴虎馮河〗。❷古同'憑'（凭）。

另見346頁 Féng。

鮃（鲆） píng ㄆㄧㄥˊ 魚類的一科，身體側扁，呈片狀，長橢圓形，有細鱗，左側灰褐色，有黑色斑點，右側白色，兩眼在左側。生活在淺海中，右側向下卧在沙底，以小動物為食物。

憑[1]（凭、凴） píng ㄆㄧㄥˊ ❶（身子）靠着：憑几。❷倚靠；倚仗：勞動人民憑着智慧和雙手創造世界。❸證據：憑據｜文憑｜口説不足為憑。❹根據：憑票付款。

憑[2]（凭、凴） píng ㄆㄧㄥˊ 連詞，無論：憑你跑多快，我也趕得上。

【憑單】píngdān ㄆㄧㄥˊ ㄉㄢ 做憑證的單據。

【憑弔】píngdiào ㄆㄧㄥˊ ㄉㄧㄠˋ 對着遺迹、墳墓等懷念（古人或舊事）：憑弔烈士墓｜到杭州西湖去的人，總要到岳王墳前憑弔一番。

【憑藉】píngjiè ㄆㄧㄥˊ ㄐㄧㄝˋ 依靠：人類的思維是憑藉語言來進行的。

【憑據】píngjù ㄆㄧㄥˊ ㄐㄩˋ 作為憑證的事物。

【憑空】píngkōng ㄆㄧㄥˊ ㄎㄨㄥ 沒有依據地：憑空捏造｜憑空想像。也作平空。

【憑欄】pínglán ㄆㄧㄥˊ ㄌㄢˊ 靠着欄杆：憑欄遠眺。

【憑陵】pínglíng ㄆㄧㄥˊ ㄌㄧㄥˊ 〈書〉❶仗勢侵犯；欺凌。❷憑藉。

【憑恃】píngshì ㄆㄧㄥˊ ㄕˋ 倚仗；仗恃：憑恃天險。

【憑眺】píngtiào ㄆㄧㄥˊ ㄊㄧㄠˋ 在高處向遠處看（多指欣賞風景）：依欄憑眺。

【憑險】píngxiǎn ㄆㄧㄥˊ ㄒㄧㄢˇ 依靠險要的地勢：憑險抵抗｜憑險據守。

【憑信】píngxìn ㄆㄧㄥˊ ㄒㄧㄣˋ 信賴；相信：不足憑信。

【憑依】píngyī ㄆㄧㄥˊ ㄧ 根據；倚靠：無所憑依。

【憑仗】píngzhàng ㄆㄧㄥˊ ㄓㄤˋ 倚仗：憑仗着頑強不屈的精神克服了重重困難。

【憑照】píngzhào ㄆㄧㄥˊ ㄓㄠˋ 證件或執照：領取憑照。

【憑證】píngzhèng ㄆㄧㄥˊ ㄓㄥˋ 證據。

蘋〔蘋〕（苹） píng ㄆㄧㄥˊ 見下。
另見885頁 pín。

【蘋果】píngguǒ ㄆㄧㄥˊ ㄍㄨㄛˇ ❶落葉喬木，葉子橢圓形，花白色帶有紅暈。果實圓形，味甜或略酸，是普通水果。❷這種植物的果實。

【蘋果綠】píngguǒlǜ ㄆㄧㄥˊ ㄍㄨㄛˇ ㄌㄩˋ 淺綠。

pō（ㄆㄛ）

朴 pō ㄆㄛ ［朴刀］（pōdāo ㄆㄛ ㄉㄠ）一種舊式兵器，刀身狹長，刀柄略長，雙手使用。
另見882頁 Piáo；892頁 pò；897頁 pǔ '樸'。

坡 pō ㄆㄛ ❶（坡兒）地形傾斜的地方：山坡｜高坡。❷傾斜：坡度｜板子坡着放。

【坡地】pōdì ㄆㄛ ㄉㄧˋ 山坡上傾斜的田地。

【坡度】pōdù ㄆㄛ ㄉㄨˋ 斜坡起止點的高度差與水平距離的比值。如起止點的高度差為 12 米，水平距離為 1,000 米，坡度是 0.012。

【坡田】pōtián ㄆㄛ ㄊㄧㄢˊ 坡地。

泊（濼） pō ㄆㄛ 湖（多用於湖名）：湖泊｜梁山泊（在今山東）｜羅布泊（在新疆）◇血泊。
另見87頁 bó。'濼'另見763頁 Luò。

陂 pō ㄆㄛ ［陂陀］（pōtuó ㄆㄛ ㄊㄨㄛˊ）〈書〉不平坦。
另見47頁 bēi；876頁 pí。

釙（钋） pō ㄆㄛ 金屬元素，符號 Po (polonium)。銀白色，有放射性，釙和鈹混合可製備中子源。

頗[1]（颇） pō ㄆㄛ 〈書〉偏；不正：偏頗。

頗[2]（颇） pō ㄆㄛ 〈書〉很；相當地：頗佳｜頗為費解｜頗感興趣｜頗不以為然。

潑[1]（泼） pō ㄆㄛ 用力把液體向外倒或向外灑，使散開：掃地時，潑一點水，免得塵土飛揚。

潑[2]（泼） pō ㄆㄛ ❶蠻橫不講理：撒潑。❷〈方〉有魄力；有生氣；有活力：他做事很潑｜大夥兒幹得真潑。

【潑婦】pōfù ㄆㄛ ㄈㄨˋ 指兇悍不講理的婦女。

【潑剌】pōlà ㄆㄛ ㄌㄚˋ 象聲詞，形容魚在水裏跳躍的聲音。也説潑剌剌。

【潑辣】pō·la ㄆㄛ ·ㄌㄚ ❶兇悍而不講理。❷有魄力；勇猛：大膽潑辣｜幹活很潑辣。

【潑冷水】pō lěngshuǐ ㄆㄛ ㄌㄥˇ ㄕㄨㄟˇ 比喻打擊人的熱情。

【潑墨】pōmò ㄆㄛ ㄇㄛˋ 國畫的一種畫法，用筆蘸墨汁大片地灑在紙上或絹上，畫出物體形象，像把墨汁潑上去一樣：潑墨山水。

【潑醅】pōpēi ㄆㄛ ㄆㄟ 〈書〉同'醱醅'。

【潑皮】pōpí ㄆㄛ ㄆㄧˊ 流氓；無賴。

【潑灑】pōsǎ ㄆㄛ ㄙㄚˇ 潑下（液體等）；灑：他手一抖，杯子裏的茶水潑灑出來◇月光如水，潑灑在靜謐的原野上。

【潑水節】Pōshuǐ Jié ㄆㄛ ㄕㄨㄟˇ ㄐㄧㄝˊ 我國傣族和中南半島某些民族的傳統節日，在公曆四月中。節日期間，人們穿着盛裝，互相潑水祝福，並進行拜佛、賽龍舟、文藝會演、物資交流等活動。

【潑天】pōtiān ㄆㄛ ㄊㄧㄢ 形容極大、極多（多見於早期白話）：潑天大禍｜潑天家業｜潑天本事。

醱(酦) pō ㄆㄛ 〈書〉釀(酒)。
另見310頁 fā。

【醱醅】pōpēi ㄆㄛ ㄆㄟ 〈書〉釀酒。也作潑醅。

鏺(钹) pō ㄆㄛ 〈方〉❶用鐮刀、釤(shàn)刀等掄開來割(草、穀物等)。❷一種鐮刀。

pó (ㄆㄛˊ)

婆 pó ㄆㄛˊ ❶年老的婦女：老太婆。❷(婆兒)舊時指某些職業婦女：媒婆兒｜收生婆。❸丈夫的母親：公婆｜婆媳。

【婆家】pó·jia ㄆㄛˊ ·ㄐㄧㄚ 丈夫的家(區別於'娘家')。也說婆婆家。

【婆羅門教】Póluóménjiào ㄆㄛˊ ㄌㄨㄛˊ ㄇㄣˊ ㄐㄧㄠˋ 印度古代的宗教，崇拜梵天(最高的神)，後來經過改革，稱為印度教。[婆羅門，梵 brāhmaṇa]

【婆娘】póniáng ㄆㄛˊ ㄋㄧㄤˊ 〈方〉❶泛指已婚的婦女。❷妻。

【婆婆】pó·po ㄆㄛˊ ·ㄆㄛ ❶丈夫的母親◇基層單位上面的婆婆太多，層層審批，難以辦事。❷〈方〉祖母；外祖母。

【婆婆媽媽】pó·pomāmā ㄆㄛˊ ·ㄆㄛ ㄇㄚ ㄇㄚ (婆婆媽媽的)形容人行動緩慢，言語囉唆或感情脆弱：你快一點吧，別這麼婆婆媽媽的了｜他就是這麼婆婆媽媽的，動不動就掉眼淚。

【婆婆嘴】pó·pozuǐ ㄆㄛˊ ·ㄆㄛ ㄗㄨㄟˇ 形容嘴碎，說話絮叨。也指說話絮叨的人。

【婆娑】pósuō ㄆㄛˊ ㄙㄨㄛ 盤旋(多指舞蹈)：婆娑起舞◇樹影婆娑。

【婆姨】póyí ㄆㄛˊ ㄧˊ 〈方〉❶泛指已婚婦女。❷妻。

鄱 pó ㄆㄛˊ 鄱陽(Póyáng ㄆㄛˊ ㄧㄤˊ)，湖名，在江西。

繁 Pó ㄆㄛˊ 姓。
另見315頁 fán。

皤 pó ㄆㄛˊ 〈書〉❶白色：白髮皤然。❷大(腹)：皤其腹。

pǒ (ㄆㄛˇ)

叵 pǒ ㄆㄛˇ 〈書〉❶不可。❷便；就。

【叵測】pǒcè ㄆㄛˇ ㄘㄜˋ 不可推測(貶義)：居心叵測｜心懷叵測。

【叵耐】pǒnài ㄆㄛˇ ㄋㄞˋ ❶不可容忍；可恨(多見於早期白話，下同)。❷無奈。‖也作叵奈。

笸 pǒ ㄆㄛˇ 見下。

【笸籃】pǒlán ㄆㄛˇ ㄌㄢˊ 用柳條或篾條等編成的籃子。

【笸籮】pǒ·luo ㄆㄛˇ ·ㄌㄨㄛ 用柳條或篾條編成的器物，幫較淺，有圓形的，也有略呈長方形的：針綫笸籮。

鉅(钷) pǒ ㄆㄛˇ 金屬元素，符號 Pm (promethium)。是一種稀土元素。有放射性，由人工獲得。銀白色，用來製熒光粉等。

pò (ㄆㄛˋ)

朴 pò ㄆㄛˋ 朴樹，落葉喬木，葉子卵形或長橢圓形，花小，淡黃色，果實圓形，黑色，有核，木材可製器具。
另見882頁 Piáo；891頁 pō；897頁 pǔ '樸'。

【朴硝】pòxiāo ㄆㄛˋ ㄒㄧㄠ 含有食鹽、硝酸鉀和其他雜質的硫酸鈉，是海水或鹽湖水熬過之後沈澱出來的結晶體。可用來硝皮革，醫藥上用做瀉藥或利尿藥。通稱皮硝。

珀 pò ㄆㄛˋ 見486頁[琥珀](hǔpò)。

迫(廹) pò ㄆㄛˋ ❶逼迫；強迫：壓迫｜迫害｜飢寒交迫｜被迫出走。❷急促：急迫｜窘迫｜迫不及待｜從容不迫。❸接近：迫近。
另見859頁 pǎi。

【迫不得已】pò bù dé yǐ ㄆㄛˋ ㄅㄨˋ ㄉㄜˊ ㄧˇ 迫於無奈，不由得不那樣(做)。

【迫不及待】pò bù jí dài ㄆㄛˋ ㄅㄨˋ ㄐㄧˊ ㄉㄞˋ 急迫得不能再等待。

【迫害】pòhài ㄆㄛˋ ㄏㄞˋ 壓迫使受害(多指政治性的)：遭受迫害｜迫害致死。

【迫降】pòjiàng ㄆㄛˋ ㄐㄧㄤˋ ❶飛機因迷航、燃料用盡或發生故障等不能繼續飛行而被迫降落。❷強迫擅自越境或嚴重違犯飛行紀律的飛機在指定的機場降落。
另見 pòxiáng。

【迫近】pòjìn ㄆㄛˋ ㄐㄧㄣˋ 逼近：迫近年關｜迫近勝利。

【迫臨】pòlín ㄆㄛˋ ㄌㄧㄣˊ 逼近：迫臨考期。

【迫切】pòqiè ㄆㄛˋ ㄑㄧㄝˋ 需要到難以等待的程度；十分急切：工人們迫切要求提高技術水平｜農民對機械化的要求越來越迫切了。

【迫使】pòshǐ ㄆㄛˋ ㄕˇ 用強力或壓力使(做某事)：迫使對方讓步｜時間迫使我們不得不改變計劃。

【迫降】pòxiáng ㄆㄛˋ ㄒㄧㄤˊ 逼迫敵人投降。
另見 pòjiàng。

【迫在眉睫】pò zài méi jié ㄆㄛˋ ㄗㄞˋ ㄇㄟˊ ㄐㄧㄝˊ 比喻事情臨近眼前，十分緊迫。

破 pò ㄆㄛˋ ❶完整的東西受到損傷變得不完整：破爛｜手破了｜紙戳破了。❷使損壞：破釜沈舟。❸使分裂；劈開：勢如破竹

｜破開西瓜。❹整的換成零的：一元的票子破成兩張五角的。❺突破；破除(規定、習慣、思想等)：破格｜破例。❻打敗(敵人)；打下(據點)：攻破城池｜大破敵軍。❼花費：破鈔｜破費｜破工夫。❽使真相露出；揭穿：破案｜說破｜一語道破。❾譏諷東西或人不好(含厭惡意)：誰看那破戲！

【破案】pò∥àn ㄆㄛˋ∥ㄢˋ 查出刑事案件的真相：限期破案。

【破敗】pòbài ㄆㄛˋ ㄅㄞˋ ❶殘破：山上的小廟已經破敗不堪。❷衰敗：破敗的家庭。

【破冰船】pòbīngchuán ㄆㄛˋ ㄅㄧㄥ ㄔㄨㄢˊ 一種特製的輪船，能用尖而硬的船頭衝破較薄的冰層，或使船身左右搖擺，壓破較厚的冰層。主要用於開闢冰區航路。

【破財】pòcái ㄆㄛˋ ㄘㄞˊ 破費錢財，多指遭遇意外的損失，如失竊等：破財免災｜這事情又叫你勞神破財了。

【破產】pò∥chǎn ㄆㄛˋ∥ㄔㄢˇ ❶債務人不能償還債務時，法院根據本人或債權人的申請，做出裁定，把債務人的財產變價依法歸還各債主，其不足之數不再償付。❷喪失全部財產：一場大火使村上的許多農家破了產。❸比喻事情失敗(多含貶義)：計劃破產｜陰謀破產。

【破鈔】pòchāo ㄆㄛˋ ㄔㄠ 為請客、送禮、資助、捐獻等而破費錢(大多在感謝別人因為自己而花錢時用做客氣話)。

【破除】pòchú ㄆㄛˋ ㄔㄨˊ 除去(原來被人尊重或信仰的事物)：破除情面｜破除迷信。

【破讀】pòdú ㄆㄛˋ ㄉㄨˊ 同一個字形因意義不同而有兩個以上讀音的時候，把習慣上認為最通常的讀音之外的讀音，叫做破讀，如'喜好'的'好'讀去聲(區別於'美好'的'好'讀上聲)。參看276頁〖如字〗、283頁〖讀破〗。

【破讀字】pòdúzì ㄆㄛˋ ㄉㄨˊ ㄗˋ 指讀破的字。參看283頁〖讀破〗。

【破費】pòfèi ㄆㄛˋ ㄈㄟˋ 花費(金錢或時間)：不要多破費，吃頓便飯就行了｜要完成這項工程，還得破費工夫。

【破釜沉舟】pò fǔ chén zhōu ㄆㄛˋ ㄈㄨˇ ㄔㄣˊ ㄓㄡ 項羽跟秦兵打仗，過河後把鍋都打破，船都弄沉，表示不再回來(見於《史記·項羽本紀》)。比喻下決心，不顧一切幹到底。

【破格】pògé ㄆㄛˋ ㄍㄜˊ 打破既定規格的約束：破格提升｜破格錄用。

【破罐破摔】pò guàn pò shuāi ㄆㄛˋ ㄍㄨㄢˋ ㄆㄛˋ ㄕㄨㄞ 比喻有了缺點、錯誤，不加改正，任其自流，或反而有意朝更壞的方向發展。

【破壞】pòhuài ㄆㄛˋ ㄏㄨㄞˋ ❶使建築物等損壞：破壞橋樑｜破壞文物。❷使事物受到損害：破壞生產｜破壞名譽。❸變革(社會制度、風俗習慣等)。❹違反(規章、條約等)：破壞協定｜破壞規矩。❺(物體的組織或結構)損壞：維生素C因受熱而破壞。

【破獲】pòhuò ㄆㄛˋ ㄏㄨㄛˋ ❶破案並捕獲罪犯。❷識破並獲得秘密。

【破戒】pò∥jiè ㄆㄛˋ∥ㄐㄧㄝˋ ❶信教或受過戒的人違反宗教戒律。❷戒烟、戒酒以後重新吸烟、喝酒。

【破鏡重圓】pò jìng chóng yuán ㄆㄛˋ ㄐㄧㄥˋ ㄔㄨㄥˊ ㄩㄢˊ 南朝陳代將要滅亡的時候，駙馬徐德言把一個銅鏡破開，跟妻子樂昌公主各藏一半，預備失散後當做信物，以後果然由這個綫索而夫妻團聚(見唐代孟棨《本事詩》)。後來用'破鏡重圓'比喻夫妻失散或決裂後重又團圓。

【破舊】pòjiù ㄆㄛˋ ㄐㄧㄡˋ 又破又舊：破舊衣服｜院牆和屋子都很破舊。

【破舊立新】pò jiù lì xīn ㄆㄛˋ ㄐㄧㄡˋ ㄌㄧˋ ㄒㄧㄣ 破除舊的，建立新的：破舊立新，移風易俗。

【破句】pòjù ㄆㄛˋ ㄐㄩˋ 指在不是一句的地方讀斷或點斷。

【破口大罵】pò kǒu dà mà ㄆㄛˋ ㄎㄡˇ ㄉㄚˋ ㄇㄚˋ 指用惡語大聲地罵。

【破爛】pòlàn ㄆㄛˋ ㄌㄢˋ ❶因時間久或使用久而殘破：破爛不堪｜衣衫破爛。❷(破爛兒)破爛的東西；廢品：撿破爛｜收破爛｜一堆破爛兒。

【破浪】pòlàng ㄆㄛˋ ㄌㄤˋ (船隻)衝過波浪：乘風破浪｜在急流中破浪前進。

【破例】pò∥lì ㄆㄛˋ∥ㄌㄧˋ 打破常例：破例放行｜制度要嚴格遵守，不能破例。

【破臉】pò∥liǎn ㄆㄛˋ∥ㄌㄧㄢˇ 不顧情面，當面爭吵。

【破裂】pòliè ㄆㄛˋ ㄌㄧㄝˋ ❶(完整的東西)出現裂縫；開裂：棉桃成熟時，果皮破裂。❷雙方的感情、關係等遭破壞而分裂：談判破裂。

【破裂摩擦音】pòliè mócāyīn ㄆㄛˋ ㄌㄧㄝˋ ㄇㄛˊ ㄘㄚ ㄧㄣ 塞擦音的舊稱。

【破裂音】pòlièyīn ㄆㄛˋ ㄌㄧㄝˋ ㄧㄣ 塞音的舊稱。

【破陋】pòlòu ㄆㄛˋ ㄌㄡˋ 破舊簡陋：房屋破陋。

【破落】pòluò ㄆㄛˋ ㄌㄨㄛˋ ❶(家境)由盛而衰：破落戶｜家業破落。❷破敗：破落的茅屋。

【破落戶】pòluòhù ㄆㄛˋ ㄌㄨㄛˋ ㄏㄨˋ 指先前有錢有勢而後來敗落的人家。

【破謎兒】pò∥mèir ㄆㄛˋ∥ㄇㄟㄦˋ ❶猜謎兒。❷〈方〉出謎兒給人猜。

【破門】pòmén ㄆㄛˋ ㄇㄣˊ ❶砸開門：破門而入。❷足球、冰球、手球等運動指將球攻進球門：破門得分。❸開除出教會。

【破滅】pòmiè ㄆㄛˋ ㄇㄧㄝˋ (幻想或希望)落空。

【破墨】pòmò ㄆㄛˋ ㄇㄛˋ 國畫的一種畫法。為使墨色濃淡相互滲透，使畫面滋潤鮮明，用濃墨破淡墨，或用淡墨破濃墨。

【破碎】pòsuì ㄆㄛˋ ㄙㄨㄟˋ ❶破成碎塊：這紙年

代太久，一翻就破碎了◇山河破碎。❷使破成碎塊：這個破碎機每小時可以破碎多少噸礦石？

【破損】pòsǔn ㄆㄛˋ ㄙㄨㄣˇ 殘破損壞：託運的木箱有些破損。

【破題】pòtí ㄆㄛˋ ㄊㄧˊ 八股文的第一股，用一兩句話，説破題目的要義。參看14頁〖八股〗。

【破題兒第一遭】pòtí·er dì yī zāo ㄆㄛˋ ㄊㄧˊ ·ㄦ ㄉㄧˋ ㄧ ㄗㄠ 比喻第一次做某件事：登台演戲我還是破題兒第一遭。

【破體字】pòtǐzì ㄆㄛˋ ㄊㄧˇ ㄗˋ 舊指不合正體的俗字。

【破涕】pòtì ㄆㄛˋ ㄊㄧˋ 停止哭：破涕為笑。

【破天荒】pòtiānhuāng ㄆㄛˋ ㄊㄧㄢ ㄏㄨㄤ 唐朝時荊州每年送舉人去考進士都考不中，當時稱天荒（天荒：從未開墾過的土地），後來劉蜕考中了，稱為破天荒（見於孫光憲《北夢瑣言》卷四）。比喻事情第一次出現。

【破土】pòtǔ ㄆㄛˋ ㄊㄨˇ ❶指建築開始時或埋葬時挖地動工。❷指春天土地解凍後翻鬆泥土，開始耕種。❸指種子發芽後幼苗鑽出地面。

【破五】pòwǔ ㄆㄛˋ ㄨˇ （破五兒）舊俗指農曆正月初五。過去一般商店多在破五以後才開始營業。

【破相】pò∥xiàng ㄆㄛˋ∥ㄒㄧㄤˋ 指由於臉部受傷或其他原因而失去原來的相貌。

【破曉】pòxiǎo ㄆㄛˋ ㄒㄧㄠˇ （天）剛亮：天色破曉。

【破鞋】pòxié ㄆㄛˋ ㄒㄧㄝˊ 指亂搞男女關係的女人。

【破顏】pòyán ㄆㄛˋ ㄧㄢˊ 轉為笑容：破顏一笑。

【破譯】pòyì ㄆㄛˋ ㄧˋ 識破並譯出獲得的未知信息，如密碼、古代曲譜或文字等。

【破約】pò∥yuē ㄆㄛˋ∥ㄩㄝ 不遵守共同訂立的條文或預先的約定。

【破綻】pò·zhàn ㄆㄛˋ ·ㄓㄢˋ 衣物的裂口。比喻説話做事時露出的漏洞：破綻百出。

【破折號】pòzhéhào ㄆㄛˋ ㄓㄜˊ ㄏㄠˋ 標點符號（——），表示話題的轉換，或者表示底下有個註釋性的部分。

粕 pò ㄆㄛˋ 〈書〉渣滓：糟粕｜豆粕。

魄〔魄〕 pò ㄆㄛˋ ❶迷信的人指依附於人的身體而存在的精神：魂魄。❷魄力或精力：氣魄｜體魄。

另見89頁 bó；1169頁 tuò。

【魄力】pò·lì ㄆㄛˋ ·ㄌㄧˋ 指處置事情所具有的膽識和果斷的作風。

·po（·ㄆㄛ）

桲 ·po ·ㄆㄛ 見1095頁〔榅桲〕(wēn·po)。

pōu（ㄆㄡ）

剖 pōu ㄆㄡ ❶破開：解剖｜剖腹｜橫剖面。❷分辨；分析：剖析｜剖明事理。

【剖白】pōubái ㄆㄡ ㄅㄞˊ 分辯表白：剖白心迹｜總想找個機會向他剖白幾句。

【剖腹】pōufù ㄆㄡ ㄈㄨˋ 破開腹腔：剖腹自盡｜剖腹手術。

【剖腹藏珠】pōu fù cáng zhū ㄆㄡ ㄈㄨˋ ㄘㄤˊ ㄓㄨ 剖開肚子來藏珍珠。比喻以物傷身，輕重倒置。

【剖解】pōujiě ㄆㄡ ㄐㄧㄝˇ 分析（道理等）：剖解細密。

【剖面】pōumiàn ㄆㄡ ㄇㄧㄢˋ 物體切斷後呈現出的表面，如球體的剖面是個圓形。也叫截面、切面或斷面。

【剖視】pōushì ㄆㄡ ㄕˋ 剖析觀察（多用於抽象事物）：剖視人物的精神境界。

【剖視圖】pōushìtú ㄆㄡ ㄕˋ ㄊㄨˊ 用一假想平面剖切物體的適當部分，然後把觀察者與剖開平面之間的部分移開，餘下部分的視圖叫剖視圖。

【剖析】pōuxī ㄆㄡ ㄒㄧ 分析：這篇文章剖析事理十分透徹。

póu（ㄆㄡˊ）

抔 póu ㄆㄡˊ 〈書〉用手捧東西：一抔土。

掊 póu ㄆㄡˊ 〈書〉❶聚斂；搜括。❷挖掘。另見894頁 pǒu。

裒 póu ㄆㄡˊ 〈書〉❶聚：裒輯｜裒然成集。❷取出：裒多益寡（取有餘，補不足）。

【裒輯】póují ㄆㄡˊ ㄐㄧˊ 〈書〉輯錄：此書係從類書中裒輯而成。

pǒu（ㄆㄡˇ）

掊 pǒu ㄆㄡˇ 〈書〉❶擊：掊擊。❷破開。另見894頁 póu。

pū（ㄆㄨ）

仆 pū ㄆㄨ 向前跌倒：前仆後繼。另見896頁 pú‘僕’。

撲（扑） pū ㄆㄨ ❶用力向前衝，使全身突然伏在物體上：孩子高興得一下撲到我懷裏來◇和風撲面｜香氣撲鼻。❷把全部心力用到（工作、事業等上面）：他一心撲在教育事業上。❸撲打；拍打：撲蝶｜撲蠅｜海鷗撲着翅膀，直衝海空｜小孩的身上撲了一層痱子粉。❹〈方〉伏：撲在桌上看地圖。

【撲鼻】pūbí ㄆㄨ ㄅㄧˊ 形容氣味濃烈：香氣撲鼻｜玫瑰發出撲鼻的芳香。

【撲哧】pūchī ㄆㄨ ㄔ 象聲詞，形容笑聲或水、氣擠出的聲音：撲哧一笑｜撲哧一聲，皮球撒了氣。也作噗嗤。

【撲打】pūdǎ ㄆㄨ ㄉㄚˇ 用扁平的東西猛然朝下打：撲打蝗蟲。

【撲打】pū·da ㄆㄨ ·ㄉㄚ 輕輕地拍：撲打身上的雪花。

【撲跌】pūdiē ㄆㄨ ㄉㄧㄝ ❶武術中的相撲或摔跤。❷向前跌倒：他腳下一絆，撲跌在地上。

【撲粉】pūfěn ㄆㄨ ㄈㄣˇ ❶化妝用的香粉。❷爽身粉。

【撲虎兒】pūhǔr ㄆㄨ ㄏㄨㄦˇ 〈方〉向前撲跌兩手着地的動作：摔了個撲虎兒。

【撲救】pūjiù ㄆㄨ ㄐㄧㄡˋ 撲滅火災，搶救人和財物。

【撲克】pūkè ㄆㄨ ㄎㄜˋ 一種紙牌，共52張，分黑桃、紅桃、方塊、梅花四種花色，每種有A，K，Q，J，10，9，8，7，6，5，4，3，2各一張，現在一般都另增大王、小王各一張，玩法很多。[英 poker]

【撲空】pū//kōng ㄆㄨ//ㄎㄨㄥ 沒有在目的地找到要找的對象：我到他家裏去找他，撲了一個空。

【撲棱】pūlēng ㄆㄨ ㄌㄥ 象聲詞，形容翅膀抖動的聲音：撲棱一聲，飛起一隻小鳥。

【撲棱】pū·leng ㄆㄨ ·ㄌㄥ 抖動或張開：翅膀一撲棱，飛走了｜穗子撲棱開像一把小傘。

【撲臉】pūliǎn ㄆㄨ ㄌㄧㄢˇ (撲臉兒)撲面：熱氣撲臉。

【撲滿】pūmǎn ㄆㄨ ㄇㄢˇ 用來存錢的瓦器，像沒口的小酒罈，上面有一個細長的孔。錢幣放進去之後，要打破撲滿才能取出來。

【撲面】pūmiàn ㄆㄨ ㄇㄧㄢˋ 迎着臉來：清風撲面。

【撲滅】pū//miè ㄆㄨ//ㄇㄧㄝˋ 撲打消滅：撲滅蚊蠅｜撲滅大火。

【撲閃】pū·shan ㄆㄨ ·ㄕㄢ 眨；閃動：他撲閃着一雙大眼睛。

【撲扇】pū·shan ㄆㄨ ·ㄕㄢ 〈方〉撲棱(pū·leng)：撲扇翅膀。

【撲朔迷離】pūshuò mílí ㄆㄨ ㄕㄨㄛˋ ㄇㄧˊ ㄌㄧˊ 《木蘭辭》：'雄兔腳撲朔，雌兔眼迷離，兩兔傍地走，安能辨我是雄雌。'雄兔腳亂動，雌兔眼半閉着，但是跑起來的時候就很難辨別哪是雄的，哪是雌的。比喻事物錯綜複雜，難於辨別。

【撲簌】pūsù ㄆㄨ ㄙㄨˋ 形容眼淚向下掉的樣子：撲簌撲簌掉下眼淚。也說撲簌簌。

【撲騰】pūtēng ㄆㄨ ㄊㄥ 象聲詞，形容重物落地的聲音：小王撲騰一聲，從牆上跳下來。

【撲騰】pū·teng ㄆㄨ ·ㄊㄥ ❶游泳時用腳打水。也說打撲騰。❷跳動：他嚇得心裏直撲騰｜魚卡在冰窟窿口直撲騰。❸〈方〉活動：這個人挺能撲騰。❹揮霍；浪費：錢全撲騰完了。

【撲通】pūtōng ㄆㄨ ㄊㄨㄥ 象聲詞，形容重物落地或落水的聲音：撲通一聲，跳進水裏。也作噗通。

噗 pū ㄆㄨ 象聲詞：噗，一口氣吹滅了燈｜子彈把塵土打得噗噗直冒烟。

【噗嗤】pūchī ㄆㄨ ㄔ 同'撲哧'。

【噗嚕嚕】pūlūlū ㄆㄨ ㄌㄨ ㄌㄨ 象聲詞，形容淚珠等一個勁兒地往下掉：一陣心酸，眼淚噗嚕嚕地往下掉。也作噗碌碌。

【噗通】pūtōng ㄆㄨ ㄊㄨㄥ 同'撲通'。

鋪(铺) pū ㄆㄨ ❶把東西展開或攤平：鋪牀｜鋪軌｜鋪被褥｜鋪平道路◇平鋪直敍。❷〈方〉量詞，用於炕：一鋪炕。
另見898頁 pù。

【鋪陳】[1] pūchén ㄆㄨ ㄔㄣˊ ❶〈方〉擺設；佈置：鋪陳酒器。❷鋪敍：鋪陳經過。

【鋪陳】[2] pūchén ㄆㄨ ㄔㄣˊ 〈方〉指被褥和枕頭等牀上用品。

【鋪襯】pū·chen ㄆㄨ ·ㄔㄣ 碎的布頭或舊布，做補釘或袼褙用。

【鋪牀】pū//chuáng ㄆㄨ//ㄔㄨㄤˊ 把被褥鋪在牀上。

【鋪墊】pūdiàn ㄆㄨ ㄉㄧㄢˋ ❶鋪；墊：牀上鋪墊了厚厚的褥子。❷(鋪墊兒)鋪在牀上的臥具。❸陪襯；襯托：由於作者對情節的發展事先作了鋪墊，因而後來發生的故事並不使讀者感到突然。

【鋪蓋】pūgài ㄆㄨ ㄍㄞˋ 平鋪着蓋：把草木灰鋪蓋在苗牀上。

【鋪蓋】pū·gai ㄆㄨ ·ㄍㄞ 褥子和被子。

【鋪蓋捲兒】pū·gaijuǎnr ㄆㄨ ·ㄍㄞ ㄐㄩㄢㄦˇ 搬運時捲成捲兒的被褥。也叫行李捲兒。

【鋪軌】pū//guǐ ㄆㄨ//ㄍㄨㄟˇ 鋪設鐵軌。

【鋪路】pū//lù ㄆㄨ//ㄌㄨˋ ❶鋪設道路：鋪路石｜修橋鋪路。❷比喻為做某件事創造條件。

【鋪排】pūpái ㄆㄨ ㄆㄞˊ ❶佈置；安排：大小事都鋪排得停停當當。❷鋪張：鋪排太過。

【鋪砌】pūqì ㄆㄨ ㄑㄧˋ 用磚、石等覆蓋地面或建築物的表面，使平整：廣場用方磚鋪砌。

【鋪設】pūshè ㄆㄨ ㄕㄜˋ ❶鋪(鐵軌、管綫)；修(鐵路)。❷佈置；安排：卧室鋪設得很素雅。

【鋪天蓋地】pū tiān gài dì ㄆㄨ ㄊㄧㄢ ㄍㄞˋ ㄉㄧˋ 形容聲勢大，來勢猛，到處都是。

【鋪敍】pūxù ㄆㄨ ㄒㄩˋ (文章)詳細地敍述：鋪敍事實。

【鋪展】pūzhǎn ㄆㄨ ㄓㄢˇ 鋪開並向四外伸展：蔚藍的天空鋪展着一片片的白雲。

【鋪張】pūzhāng ㄆㄨ ㄓㄤ ❶追求形式上好看，過分講究排場：反對鋪張浪費。❷誇張：描寫過於鋪張，讓人看了生疑。

【鋪張揚厲】pūzhāng yánglì ㄆㄨ ㄓㄤ ㄧㄤˊ ㄌㄧˋ 形容極其鋪張。

潽 pū ㄆㄨ 液體沸騰溢出。

pú（ㄆㄨˊ）

匍 pú ㄆㄨˊ 見下。

【匍匐】púfú ㄆㄨˊ ㄈㄨˊ ❶爬行：匍匐前進｜匍匐奔喪(形容匆忙奔喪)。❷趴：孩子們匍匐在炕上畫畫兒｜有些植物的莖匍匐在地面上。

【匍匐莖】púfújīng ㄆㄨˊ ㄈㄨˊ ㄐㄧㄥ 不能直立向上生長、平鋪在地面上的莖。這種莖的節上長葉和根，如甘薯、草莓等的莖。

莆〔莆〕 Pú ㄆㄨˊ ❶指福建莆田市。❷姓。

【莆仙戲】púxiānxì ㄆㄨˊ ㄒㄧㄢ ㄒㄧˋ 福建地方戲曲劇種之一，流行於莆田、仙遊一帶。也叫興化戲。

菩〔菩〕 pú ㄆㄨˊ 見下。

【菩薩】púsà ㄆㄨˊ ㄙㄚˋ ❶佛教指修行到了一定程度、地位僅次於佛的人。［菩提薩埵之省，梵 bodhisattva］❷泛指佛和某些神。❸比喻心腸慈善的人。

【菩提】pútí ㄆㄨˊ ㄊㄧˊ 佛教用語，指覺悟的境界。［梵 bodhi］

脯 pú ㄆㄨˊ 指胸脯。
另見355頁 fǔ。

【脯子】pú·zi ㄆㄨˊ ·ㄗ 雞、鴨等胸部的肉：雞脯子。

葡〔葡〕 pú ㄆㄨˊ 見下。

【葡萄】pú·táo ㄆㄨˊ ·ㄊㄠˊ ❶落葉藤本植物，葉子掌狀分裂，圓錐花序，開黃綠色小花。果實圓形或橢圓形，成熟時紫色或黃綠色，味酸甜，多汁，是常見的水果，也是釀酒的原料。❷這種植物的果實。

【葡萄乾】pú·táogān ㄆㄨˊ ·ㄊㄠˊ ㄍㄢ (葡萄乾兒) 曬乾的葡萄。

【葡萄灰】pú·táohuī ㄆㄨˊ ·ㄊㄠˊ ㄏㄨㄟ 淺灰而微紅的顏色。

【葡萄酒】pú·táojiǔ ㄆㄨˊ ·ㄊㄠˊ ㄐㄧㄡˇ 用經過發酵的葡萄製成的酒，含酒精量較低。

【葡萄胎】pú·táotāi ㄆㄨˊ ·ㄊㄠˊ ㄊㄞ 病，婦女受孕後胚胎發育異常，在子宮內形成許多成串的葡萄狀小囊，囊內含有液體。能引起子宮穿孔或嚴重貧血。

【葡萄糖】pú·táotáng ㄆㄨˊ ·ㄊㄠˊ ㄊㄤˊ 有機化合物，化學式 $C_6H_{12}O_6$。無色或白色結晶粉末，有甜味，是一種最普通的單糖。廣泛存在於生物體中，特別是葡萄中含量多，是人和動物能量的主要來源。醫藥上用做滋補劑，也用來製糖果等。也叫右旋糖。

【葡萄紫】pú·táozǐ ㄆㄨˊ ·ㄊㄠˊ ㄗˇ 深紫中帶灰的顏色。

蒱〔蒱〕 pú ㄆㄨˊ 見170頁［摴蒱］。

蒲[1]〔蒲〕 pú ㄆㄨˊ ❶指香蒲：蒲棒｜蒲草。❷指菖蒲：蒲劍。

蒲[2]〔蒲〕 Pú ㄆㄨˊ ❶指蒲州(舊府名，府治在今山西永濟西)。❷姓。

【蒲棒】púbàng ㄆㄨˊ ㄅㄤˋ (蒲棒兒) 香蒲的花穗，黃褐色，形狀像棒子。

【蒲包】púbāo ㄆㄨˊ ㄅㄠ (蒲包兒) ❶用香蒲葉編成的裝東西的用具。❷舊時指用蒲包兒裝着水果或點心的禮品：點心蒲包。

【蒲草】púcǎo ㄆㄨˊ ㄘㄠˇ ❶香蒲的莖葉，可供編織用。❷〈方〉沿階草。

【蒲墩】púdūn ㄆㄨˊ ㄉㄨㄣ (蒲墩兒) 用香蒲葉、麥稭等編成的厚而圓的墊子，農村中用做坐具。

【蒲公英】púgōngyīng ㄆㄨˊ ㄍㄨㄥ ㄧㄥ ❶多年生草本植物，全株含白色乳狀汁液，葉子倒披針形，羽狀分裂，花黃色，頭狀花序，結瘦果，褐色，有白色軟毛。根莖入藥。❷這種植物的花。‖也叫黃花地丁。

【蒲節】Pú Jié ㄆㄨˊ ㄐㄧㄝˊ 端午節(因舊時風俗端午節在門上挂菖蒲葉避邪而得名)。

【蒲劇】pújù ㄆㄨˊ ㄐㄩˋ 山西地方戲曲劇種之一，流行於該省南部地區。也叫蒲州梆子。

【蒲葵】púkuí ㄆㄨˊ ㄎㄨㄟˊ 常綠喬木，葉子大，大部分掌狀分裂，裂片長披針形，圓椎花序，生在葉腋間，花小，果實橢圓形，成熟時黑色。生長在熱帶和亞熱帶地區，葉子可以做扇子。

【蒲柳】púliǔ ㄆㄨˊ ㄌㄧㄡˇ 水楊，是秋天很早就凋零的樹木；舊時用來謙稱自己體質衰弱或地位低下：蒲柳之姿｜蒲柳庸材。

【蒲絨】púróng ㄆㄨˊ ㄖㄨㄥˊ 香蒲的雌花穗上長的白絨毛，可以用來絮枕頭。也作蒲茸。

【蒲扇】púshàn ㄆㄨˊ ㄕㄢˋ (蒲扇兒) 用香蒲葉做成的扇子。

【蒲式耳】púshì'ěr ㄆㄨˊ ㄕˋ ㄦˇ 英美制容量單位(計量乾散顆粒用)，1 蒲式耳等於 8 加侖。英制 1 蒲式耳合 36.37 升，美制 1 蒲式耳合 35.24 升。舊稱喠。［英 bushel］

【蒲團】pútuán ㄆㄨˊ ㄊㄨㄢˊ 用香蒲草、麥秸等編成的圓形的墊子。

酺 pú ㄆㄨˊ 〈書〉聚會飲酒。

僕(仆) pú ㄆㄨˊ ❶僕人(跟'主'相對)：男僕｜女僕。❷古時男子謙稱自己。
'仆'另見894頁 pū。

【僕從】púcóng ㄆㄨˊ ㄘㄨㄥˊ 舊時指跟隨在身旁的僕人，現比喻跟隨別人，自己不能做主的人或集體：僕從國家。

【僕婦】púfù ㄆㄨˊ ㄈㄨˋ 舊時指年齡較大的女僕。

【僕僕】púpú ㄆㄨˊ ㄆㄨˊ 形容旅途勞累：風塵僕僕。

【僕人】púrén ㄆㄨˊ ㄖㄣˊ 指被雇到家庭中做雜事、供役使的人。

【僕役】púyì ㄆㄨˊ ㄧˋ 僕人。

璞 pú ㄆㄨˊ 含玉的石頭，也指沒有琢磨的玉。

【璞玉渾金】pú yù hún jīn ㄆㄨˊ ㄩˋ ㄏㄨㄣˊ ㄐㄧㄣ 沒有經過琢磨的玉，沒有經過提煉的金。比喻天然美質，未加修飾。也説渾金璞玉。

濮 Pú ㄆㄨˊ ❶濮陽，地名，在河南。❷姓。

鏷(镤) pú ㄆㄨˊ 金屬元素，符號Pa (protactinium)。灰白色，有放射性。

pǔ (ㄆㄨˇ)

埔 pǔ ㄆㄨˇ 地名用字：黃埔(在廣東)。另見102頁 bù。

圃 pǔ ㄆㄨˇ 種菜蔬、花草的園子或園地：菜圃｜苗圃｜花圃。

浦 pǔ ㄆㄨˇ ❶水邊或河流入海的地方(多用於地名)：乍浦(在浙江)｜浦口(在江蘇)。❷(Pǔ)姓。

普 pǔ ㄆㄨˇ ❶普遍；全面：普選｜普查｜普照｜普天同慶。❷(Pǔ)姓。

【普遍】pǔbiàn ㄆㄨˇ ㄅㄧㄢˋ 存在的面很廣泛；具有共同性的：普遍化｜普遍性｜普遍真理｜普遍現象｜普遍流行｜普遍提高人民的科學文化水平｜乒乓球運動在我國十分普遍。

【普查】pǔchá ㄆㄨˇ ㄔㄚˊ 普遍調查：人口普查｜地質普查。

【普度】pǔdù ㄆㄨˇ ㄉㄨˋ 佛教用語，指廣施法力，使眾生得到解脱：普度眾生。

【普洱茶】pǔ'ěrchá ㄆㄨˇ ㄦˇ ㄔㄚˊ 雲南西南部出產的一種黑茶，多壓製成塊。因產地的部分地區在清代屬於普洱府而得名。

【普法】pǔfǎ ㄆㄨˇ ㄈㄚˇ 普及法律知識：普法教育｜普法工作。

【普及】pǔjí ㄆㄨˇ ㄐㄧˊ ❶普遍地傳到(地區、範圍等)：這本書已普及全國。❷普遍推廣，使大眾化：普及衞生常識｜在普及的基礎上提高。

【普及本】pǔjíběn ㄆㄨˇ ㄐㄧˊ ㄅㄣˇ 大量銷行的書籍，在原有版本外，發行的用紙較次、開本較小、裝訂從簡、定價較低的版本。

【普羅】pǔluó ㄆㄨˇ ㄌㄨㄛˊ 普羅列塔利亞的簡稱：普羅作家｜普羅文學。

【普羅列塔利亞】pǔluólièlǎlìyà ㄆㄨˇ ㄌㄨㄛˊ ㄌㄧㄝˋ ㄊㄚˇ ㄌㄧˋ ㄧㄚˋ 無產階級的音譯。簡稱普羅。[法 prolétariat]

【普米族】Pǔmǐzú ㄆㄨˇ ㄇㄧˇ ㄗㄨˊ 我國少數民族之一，分佈在雲南、四川。

【普天同慶】pǔ tiān tóng qìng ㄆㄨˇ ㄊㄧㄢ ㄊㄨㄥˊ ㄑㄧㄥˋ 天下的人一同慶祝。

【普通】pǔtōng ㄆㄨˇ ㄊㄨㄥ 平常的；一般的：普通人｜普通勞動者。

【普通話】pǔtōnghuà ㄆㄨˇ ㄊㄨㄥ ㄏㄨㄚˋ 現代漢語的標準語，以北京語音為標準音，以北方話為基礎方言，以典範的現代白話文著作為語法規範。

【普通教育】pǔtōng jiàoyù ㄆㄨˇ ㄊㄨㄥ ㄐㄧㄠˋ ㄩˋ 指實施一般文化科學知識的教育。我國實施普通教育的機構主要為中小學。

【普通郵票】pǔtōng yóupiào ㄆㄨˇ ㄊㄨㄥ ㄧㄡˊ ㄆㄧㄠˋ 郵政部門根據日常郵政需要而發行的一般性郵票(跟'紀念郵票'相對)。

【普選】pǔxuǎn ㄆㄨˇ ㄒㄩㄢˇ 一種選舉方式，有選舉權的公民普遍地參加國家權力機關代表的選舉。

【普照】pǔzhào ㄆㄨˇ ㄓㄠˋ 普遍地照耀：陽光普照大地。

溥 pǔ ㄆㄨˇ ❶〈書〉廣大。❷〈書〉普遍。❸(Pǔ)姓。

樸(朴) pǔ ㄆㄨˇ 樸實；樸質：儉樸｜誠樸｜樸素。

'朴'另見882頁 Piáo；891頁 pō；897頁 pò。

【樸厚】pǔhòu ㄆㄨˇ ㄏㄡˋ 樸實厚道：心地樸厚。

【樸陋】pǔlòu ㄆㄨˇ ㄌㄡˋ 樸素簡陋：陳設樸陋。

【樸茂】pǔmào ㄆㄨˇ ㄇㄠˋ 〈書〉樸厚。

【樸實】pǔshí ㄆㄨˇ ㄕˊ ❶樸素：他穿得很樸實｜客廳佈置得樸實而雅致。❷質樸誠實：言行樸實｜性格樸實。❸塌實；不浮誇：演唱風格樸實｜作品樸實地描寫了山區人民的生活。

【樸素】pǔsù ㄆㄨˇ ㄙㄨˋ ❶(顏色、式樣等)不濃艷，不華麗：她穿得樸素大方◇他的詩樸素而感情真摯。❷(生活)節約，不奢侈：艱苦樸素｜生活樸素。❸樸實，不浮誇；不虛假：樸素的感情｜樸素的語言。❹萌芽狀態的；未發展的：古代樸素的唯物主義哲學。

【樸學】pǔxué ㄆㄨˇ ㄒㄩㄝˊ 樸實的學問，後來特指清代的考據學。

【樸直】pǔzhí ㄆㄨˇ ㄓˊ 樸實直率：語言樸直｜文筆樸直。

【樸質】pǔzhì ㄆㄨˇ ㄓˋ 純真樸實；不矯飾；質樸：語言樸質｜為人樸質。

氆 pǔ ㄆㄨˇ [氆氌](pǔ·lu ㄆㄨˇ ·ㄌㄨ)藏族地區出產的一種羊毛織品，可做牀毯、衣服等。

蹼 pǔ ㄆㄨˇ 某些兩栖動物、爬行動物、鳥類和哺乳動物腳趾中間的薄膜，在水中用來撥水。青蛙、龜、鴨、水獺等都有。

譜（谱） pǔ ㄆㄨˇ ❶按照對象的類別或系統，採取表格或其他比較整齊的形式，編輯起來供參考的書：年譜｜食譜。❷可以用來指導練習的格式或圖形：畫譜｜棋譜。❸曲譜：歌譜｜樂譜｜根據這首歌的譜另外配了一段詞。❹就歌詞配曲：把這首詩譜成歌曲。❺（譜兒）大致的標準；把握：他做事有譜兒｜心裏沒個譜。❻（譜兒）顯示出來的派頭、排場等：擺譜。

【譜表】pǔbiǎo ㄆㄨˇ ㄅㄧㄠˇ 樂譜中用來記載音符的五根平行橫綫。

【譜牒】pǔdié ㄆㄨˇ ㄉㄧㄝˊ 〈書〉家譜。

【譜號】pǔhào ㄆㄨˇ ㄏㄠˋ 確定五綫譜上音高位置的符號。

【譜系】pǔxì ㄆㄨˇ ㄒㄧˋ ❶家譜上的系統。❷泛指事物發展變化的系統。

【譜寫】pǔxiě ㄆㄨˇ ㄒㄧㄝˇ 寫作（樂曲等）：這支曲子是他譜寫的◇革命先烈拋頭顱，灑熱血，譜寫下可歌可泣的壯麗詩篇。

【譜子】pǔ·zi ㄆㄨˇ ·ㄗ 曲譜。

鐠（镨） pǔ ㄆㄨˇ 金屬元素，符號Pr（praseodymium）。是一種稀土金屬。淺黃色。用來製有色玻璃、陶瓷、搪瓷，也用作催化劑。

pù（ㄆㄨˋ）

堡 pù ㄆㄨˋ 多用於地名。五里鋪、十里鋪等的'鋪'字，有的地區寫作'堡'。
另見41頁 bǎo；91頁 bǔ。

鋪[1]（铺、舖） pù ㄆㄨˋ （鋪兒）鋪子；商店：肉鋪｜雜貨鋪兒。

鋪[2]（铺、舖） pù ㄆㄨˋ 用板子搭的牀：牀鋪。

鋪[3]（铺、舖） pù ㄆㄨˋ 舊時的驛站，現多用於地名，如五里鋪、十里鋪。
另見895頁 pū。

【鋪板】pùbǎn ㄆㄨˋ ㄅㄢˇ 搭鋪用的木板。

【鋪保】pùbǎo ㄆㄨˋ ㄅㄠˇ 舊時稱以商店名義所做的保證，在保單上蓋有商店的圖章。

【鋪底】pùdǐ ㄆㄨˋ ㄉㄧˇ ❶舊時商店、作坊等營業上應用的傢具、雜物的總稱。❷舊時指商店、作坊等房屋的租賃權；轉租商店、作坊等房屋時，在租金之外付給原承租人的費用。

【鋪戶】pùhù ㄆㄨˋ ㄏㄨˋ 商店。

【鋪家】pù·jia ㄆㄨˋ ·ㄐㄧㄚ 〈方〉商店。

【鋪面】pùmiàn ㄆㄨˋ ㄇㄧㄢˋ ❶商店的門面：沿街鋪面裝修一新。❷指商店內接待顧客的地方：文化用品櫃枱設在一樓鋪面。

【鋪面房】pùmiànfáng ㄆㄨˋ ㄇㄧㄢˋ ㄈㄤˊ 臨街有門面，可以開設商店的房屋。

【鋪位】pùwèi ㄆㄨˋ ㄨㄟˋ 設有牀鋪的位置（多指輪船、火車、旅館等為旅客安排的）。

【鋪子】pù·zi ㄆㄨˋ ·ㄗ 設有門面出售商品的處所。

瀑 pù ㄆㄨˋ 瀑布：飛瀑。
另見46頁 Bào。

【瀑布】pùbù ㄆㄨˋ ㄅㄨˋ 從山壁上或河身突然降落的地方流下的水，遠看好像挂着的白布。

曝（暴） pù ㄆㄨˋ 〈書〉曬：一曝十寒。
另見46頁 bào。'暴'另見45頁 bào。

【曝露】pùlù ㄆㄨˋ ㄌㄨˋ 〈書〉露在外頭：曝露於原野之中。

【曝曬】pùshài ㄆㄨˋ ㄕㄞˋ 曬：經過夏季烈日曝曬，他的臉變得黑紅黑紅的。

Q

qī（ㄑㄧ）

七 qī ㄑㄧ ❶數目，六加一後所得。參看1067頁〖數字〗。❷舊時人死後每隔七天祭奠一次，直到第四十九天為止，共分七個'七'。注意'七'字單用或在一詞一句末尾或在陰平、陽平、上聲字前唸陰平，如'十七、五七、一七得七、七夕、七年、七兩'；在去聲字前唸陽平，如'七月、七位'。本詞典為簡便起見，條目中的'七'字，都註陰平。

【七…八…】qī…bā… ㄑㄧ…ㄅㄚ… 嵌用名詞或動詞(包括詞素)，表示多或多而雜亂：七手八腳｜七嘴八舌｜七拼八湊｜七顛八倒｜七零八落｜七上八下｜七扭八歪｜七折八扣(折扣很大)。

【七步之才】qī bù zhī cái ㄑㄧ ㄅㄨˋ ㄓ ㄘㄞˊ 指敏捷的文才。參看1493頁〖煮豆燃萁〗。

【七古】qīgǔ ㄑㄧ ㄍㄨˇ 每句七字的古體詩。參看408頁〖古體詩〗。

【七絕】qījué ㄑㄧ ㄐㄩㄝˊ 絕句的一種。一首四句，每句七個字。參看629頁〖絕句〗。

【七老八十】qīlǎobāshí ㄑㄧ ㄌㄠˇ ㄅㄚ ㄕˊ 指年紀很老，七八十歲：別看他七老八十的，身體硬朗着呢。

【七律】qīlǜ ㄑㄧ ㄌㄩˋ 律詩的一種。一首八句，每句七個字。參看753頁〖律詩〗。

【七七】qīqī ㄑㄧ ㄑㄧ 舊俗人死後每七天祭奠一次，最後一次是第四十九天，叫七七。也叫盡七、滿七、斷七。

【七七事變】Qī-Qī Shìbiàn ㄑㄧ ㄑㄧ ㄕˋ ㄅㄧㄢˋ 1937年7月7日，日本侵略軍突然向我國北平(今北京)西南盧溝橋駐軍進攻，駐軍奮起抗擊，抗日戰爭從此開始。這次事變叫做七七事變。也叫盧溝橋事變。

【七巧板】qīqiǎobǎn ㄑㄧ ㄑㄧㄠˇ ㄅㄢˇ 一種玩具，用正方形薄板或厚紙裁成形狀不同的七小塊，可以拼成各種圖形。

【七竅】qīqiào ㄑㄧ ㄑㄧㄠˋ 指兩眼、兩耳、兩鼻孔和口：七竅流血。

【七竅生烟】qīqiào shēng yān ㄑㄧ ㄑㄧㄠˋ ㄕㄥ ㄧㄢ 形容氣憤之極，好像耳目口鼻都冒火。

【七色板】qīsèbǎn ㄑㄧ ㄙㄜˋ ㄅㄢˇ 光學儀器，是一塊塗着紅、橙、黃、綠、藍、靛、紫七種顏色的圓板，固定在橫軸上，如果急速旋轉，就呈現白色，可以用它證明由七種色光合成白光的原理。

【七十二行】qīshí'èr háng ㄑㄧ ㄕˊ ㄦˋ ㄏㄤˊ 泛指工、農、商等各行各業：七十二行，行行出狀元。

【七夕】qīxī ㄑㄧ ㄒㄧ 農曆七月初七的晚上。神話傳説，天上的牛郎織女每年在這天晚上相會。

【七弦琴】qīxiánqín ㄑㄧ ㄒㄧㄢˊ ㄑㄧㄣˊ 古琴。

【七言詩】qīyánshī ㄑㄧ ㄧㄢˊ ㄕ 每句七字的舊詩，有七言古詩、七言律詩和七言絕句。

【七一】Qī-Yī ㄑㄧ ㄧ 中國共產黨建黨紀念日。1921年7月下旬中國共產黨召開第一次全國代表大會，1941年黨中央決定以召開這次大會的7月份的第一天，即7月1日，為黨的生日。

沏 qī ㄑㄧ (用開水)沖；泡：沏茶｜用開水把糖沏開。

妻 qī ㄑㄧ 妻子(qī·zi)：夫妻｜未婚妻｜妻離子散｜妻兒老小。
另見909頁qì。

【妻兒老小】qī ér lǎo xiǎo ㄑㄧ ㄦˊ ㄌㄠˇ ㄒㄧㄠˇ 指全體家屬(就家中有父母妻子等的人而言)。

【妻舅】qījiù ㄑㄧ ㄐㄧㄡˋ 妻子的弟兄。

【妻小】qīxiǎo ㄑㄧ ㄒㄧㄠˇ 妻子和兒女，也指妻子。

【妻子】qīzǐ ㄑㄧ ㄗˇ 妻子和兒女。

【妻子】qī·zi ㄑㄧ ·ㄗ 男女兩人結婚後，女子是男子的妻子。

柒 qī ㄑㄧ ❶'七'的大寫。參看1067頁〖數字〗。❷(Qī)姓。

栖(棲) qī ㄑㄧ 本指鳥停在樹上，泛指居住或停留：栖息｜兩栖。
另見1219頁xī。

【栖身】qīshēn ㄑㄧ ㄕㄣ 居住(多指暫時的)：無處栖身｜栖身之所。

【栖息】qīxī ㄑㄧ ㄒㄧ 停留；休息(多指鳥類)。

【栖止】qīzhǐ ㄑㄧ ㄓˇ 〈書〉栖身。

萋〔萋〕 qī ㄑㄧ [萋萋]形容草長得茂盛的樣子：芳草萋萋。

桼 qī ㄑㄧ 〈書〉同'漆'。

戚[1] qī ㄑㄧ ❶親戚：戚誼(親戚關係)｜戚友(親戚朋友)。❷(Qī)姓。

戚[2]**(慼)** qī ㄑㄧ 憂愁；悲哀：哀戚｜休戚相關。

戚[3]**(鏚)** qī ㄑㄧ 古代兵器，像斧。

郪 Qī ㄑㄧ 郪江，水名，在四川。

淒(凄) qī ㄑㄧ ❶寒冷：風雨淒淒。❷形容冷落蕭條：淒涼｜淒清。
'凄'另見900頁qī'悽'。

【淒風苦雨】qī fēng kǔ yǔ ㄑㄧ ㄈㄥ ㄎㄨˇ ㄩˇ 形容天氣惡劣。比喻境遇悲慘淒涼。也說淒風冷雨。

【淒厲】qīlì ㄑㄧ ㄌㄧˋ (聲音)淒涼而尖銳：淒厲的喊叫聲｜風聲淒厲。

【淒涼】qīliáng ㄑㄧ ㄌㄧㄤˊ ❶寂寞冷落(多用來形容環境或景物)：殘垣斷壁，一片淒涼。❷悽慘：身世淒涼｜淒涼的歲月。

【淒迷】qīmí ㄑㄧ ㄇㄧˊ 〈書〉(景物)淒涼而模糊：月色淒迷。

【淒清】qīqīng ㄑㄧ ㄑㄧㄥ ❶形容清冷：淒清的月光｜秋景淒清。❷淒涼：琴聲淒清。

悽(凄) qī ㄑㄧ 形容悲傷難過：悽然｜悽切。

'凄'另見899頁 qī'淒'。

【悽慘】qīcǎn ㄑㄧ ㄘㄢˇ 淒涼悲慘：歌聲悽慘｜晚境悽慘。

【悽惻】qīcè ㄑㄧ ㄘㄜˋ 〈書〉哀傷；悲痛。

【悽楚】qīchǔ ㄑㄧ ㄔㄨˇ 〈書〉悽慘痛苦。

【悽愴】qīchuàng ㄑㄧ ㄔㄨㄤˋ 〈書〉悽慘；悲傷。

【悽迷】qīmí ㄑㄧ ㄇㄧˊ 悲傷；悵惘：神情悽迷。

【悽切】qīqiè ㄑㄧ ㄑㄧㄝˋ 淒涼而悲哀，多形容聲音：寒蟬悽切。

【悽然】qīrán ㄑㄧ ㄖㄢˊ 〈書〉形容悲傷：悽然淚下。

【悽婉】qīwǎn ㄑㄧ ㄨㄢˇ ❶哀傷：流露出不勝悽婉之情。❷(聲音)悲哀而婉轉：悽婉的笛聲。

【悽惘】qīwǎng ㄑㄧ ㄨㄤˇ 悲傷失意；悵惘：悽惘之情。

期 qī ㄑㄧ ❶預定的時日；日期：定期｜限期｜到期｜過期作廢。❷一段時間：學期｜假期｜潛伏期｜三個月為一期。❸量詞，用於分期的事物：訓練班先後辦了三期｜這個刊物已經出版了十幾期。❹約定時日：不期而遇。❺等候所約的人，泛指等待或盼望：期待｜期望。

另見530頁 jī。

【期待】qīdài ㄑㄧ ㄉㄞˋ 期望；等待：期待着你早日學成歸來｜決不辜負您的期待。

【期貨】qīhuò ㄑㄧ ㄏㄨㄛˋ 約定期限交付的貨物(跟'現貨'相對)。

【期間】qījiān ㄑㄧ ㄐㄧㄢ 某個時期裏面：農忙期間｜春節期間｜抗戰期間。

【期刊】qīkān ㄑㄧ ㄎㄢ 定期出版的刊物，如週刊、月刊、季刊等。

【期考】qīkǎo ㄑㄧ ㄎㄠˇ 學校在學期結束前舉行的考試。

【期票】qīpiào ㄑㄧ ㄆㄧㄠˋ 定期支付商品、貨幣的票據。

【期期艾艾】qīqī ài'ài ㄑㄧ ㄑㄧ ㄞˋ ㄞˋ 漢代周昌口吃，有一次跟漢高祖爭論一件事，說：'臣口不能言，然臣期期知其不可'(見《史記・張丞相列傳》)。又三國魏鄧艾也口吃，說到自己的時候連說'艾艾'(見《世說新語・言語》)。後來用'期期艾艾'形容口吃。

【期求】qīqiú ㄑㄧ ㄑㄧㄡˊ 希望得到：無所期求。

【期望】qīwàng ㄑㄧ ㄨㄤˋ 對未來的事物或人的前途有所希望和等待：期望這條鐵路早日建成通車｜決不辜負大家的期望。

【期限】qīxiàn ㄑㄧ ㄒㄧㄢˋ 限定的一段時間，也指所限時間的最後界綫：期限很短｜期限三個月｜限你五天期限｜期限快到了。

【期許】qīxǔ ㄑㄧ ㄒㄩˇ 〈書〉期望(多用於對晚輩)：有負師長期許。

【期頤】qīyí ㄑㄧ ㄧˊ 〈書〉指人百歲的年紀：壽登期頤。

【期於】qīyú ㄑㄧ ㄩˊ 希望達到；目的在於。

欺 qī ㄑㄧ ❶欺騙：自欺欺人｜童叟無欺。❷欺負：仗勢欺人｜欺人太甚。

【欺負】qī·fu ㄑㄧ ·ㄈㄨ 用蠻橫無理的手段侵犯、壓迫或侮辱：欺負人｜受盡欺負。

【欺行霸市】qī háng bà shì ㄑㄧ ㄏㄤˊ ㄅㄚˋ ㄕˋ 欺負同行，稱霸市場。形容蠻橫經商。

【欺哄】qīhǒng ㄑㄧ ㄏㄨㄥˇ 說假話騙人：這話只能欺哄三歲小孩。

【欺凌】qīlíng ㄑㄧ ㄌㄧㄥˊ 欺負；淩辱：欺淩百姓。

【欺瞞】qīmán ㄑㄧ ㄇㄢˊ 欺騙蒙混。

【欺蒙】qīméng ㄑㄧ ㄇㄥˊ 隱瞞事物真相來騙人。

【欺騙】qīpiàn ㄑㄧ ㄆㄧㄢˋ 用虛假的言語或行動來掩蓋事實真相，使人上當。

【欺辱】qīrǔ ㄑㄧ ㄖㄨˇ 欺負；淩辱：受盡欺辱。

【欺軟怕硬】qī ruǎn pà yìng ㄑㄧ ㄖㄨㄢˇ ㄆㄚˋ ㄧㄥˋ 欺負軟弱的，害怕強硬的。

【欺生】qīshēng ㄑㄧ ㄕㄥ ❶欺負或欺騙新來的生人。❷驢馬等對不常使用它的人不馴服：這馬欺生，我使喚不了。

【欺世盜名】qī shì dào míng ㄑㄧ ㄕˋ ㄉㄠˋ ㄇㄧㄥˊ 欺騙世人，竊取名譽。

【欺侮】qīwǔ ㄑㄧ ㄨˇ 欺負。

【欺壓】qīyā ㄑㄧ ㄧㄚ 欺負壓迫：欺壓百姓｜受盡欺壓。

【欺詐】qīzhà ㄑㄧ ㄓㄚˋ 用狡猾奸詐的手段騙人。

攲 qī ㄑㄧ 〈書〉傾斜；歪：攲側。

【攲側】qīcè ㄑㄧ ㄘㄜˋ 〈書〉傾斜。

欹 qī ㄑㄧ 同'攲'。

另見1347頁 yī。

蛣 qī ㄑㄧ［蛣蜣］(qīqiāng ㄑㄧ ㄑㄧㄤ) 古書上指蜣螂。

榿(桤) qī ㄑㄧ 指榿木：榿林。

【榿木】qīmù ㄑㄧ ㄇㄨˋ 落葉喬木，葉子長倒卵形，果穗橢圓形。木材質較軟。

嘁 qī ㄑㄧ 見下。

【嘁哩喀喳】qī·likāchā ㄑㄧ·ㄌㄧ ㄎㄚ ㄔㄚ 形容説話做事乾脆、利索。'喳'也作嚓。

【嘁嘁喳喳】qīqīchāchā ㄑㄧ ㄑㄧ ㄔㄚ ㄔㄚ 象聲詞，形容細碎的説話聲音。也作嘁嘁嚓嚓。

漆 qī ㄑㄧ ❶用漆樹皮裏的黏汁或其他樹脂製成的塗料。塗在器物上，可以防止腐壞，增加光澤。❷把漆塗在器物上：把大門漆成紅色的。❸(Qī)姓。

【漆包綫】qībāoxiàn ㄑㄧ ㄅㄠ ㄒㄧㄢˋ 表面塗着一層薄絕緣漆的金屬導綫，多用於製造電機和電訊裝置中的綫圈。

【漆布】qībù ㄑㄧ ㄅㄨˋ 用漆或其他塗料塗過的布，可用來鋪桌面或做書皮等。

【漆雕】qīdiāo ㄑㄧ ㄉㄧㄠ ❶雕漆。❷(Qīdiāo)姓。

【漆工】qīgōng ㄑㄧ ㄍㄨㄥ ❶油漆門窗、器物的工作。❷做上述工作的工人。

【漆黑】qīhēi ㄑㄧ ㄏㄟ 非常黑；很暗：漆黑的頭髮｜漆黑的夜｜洞內一片漆黑。

【漆黑一團】qīhēi yī tuán ㄑㄧ ㄏㄟ ㄧ ㄊㄨㄢˊ ❶形容非常黑暗，沒有一點光明。❷形容一無所知。‖也説一團漆黑。

【漆匠】qī·jiang ㄑㄧ ·ㄐㄧㄤ 稱製作油漆器物的小手工業者。

【漆皮】qīpí ㄑㄧ ㄆㄧˊ (漆皮兒)器具表面塗漆的一層。

【漆片】qīpiàn ㄑㄧ ㄆㄧㄢˋ 一種塗料，用時以酒精等溶解，塗在器具上能很快地乾燥。

【漆器】qīqì ㄑㄧ ㄑㄧˋ 一種手工藝品，表面上有一層漆。也泛指表面上塗有漆的器物。

【漆樹】qīshù ㄑㄧ ㄕㄨˋ 落葉喬木，葉子互生，羽狀複葉，小葉卵形或橢圓形，圓錐花序，花小，黃綠色，果實扁圓。樹的液汁與空氣接觸後呈暗褐色，叫做生漆，可用做塗料，液汁乾後可入藥。

緝(缉) qī ㄑㄧ 縫紉方法，用相連的針腳密密地縫：緝邊兒｜緝鞋口。
另見530頁 jī。

顛(頬、魌) qī ㄑㄧ ❶古代驅疫時扮神的人所蒙的面具，形狀很醜惡。❷〈書〉醜陋。

蹊 qī ㄑㄧ [蹊蹺](qīqiāo ㄑㄧ ㄑㄧㄠ) 奇怪；蹺蹊：這件事來得有點蹊蹺。
另見1222頁 xī。

螆 qī ㄑㄧ 不同科、屬的一群軟體動物的統稱。這類動物的背殼隆起，略呈圓錐形，沒有螺旋紋。生活在海邊礁石上，吃浮游生物和藻類。

曮 qī ㄑㄧ ❶東西濕了之後將要乾，未全乾：雨過了，太陽一曬，路上就漸漸曮了。❷用沙土等吸收水分：地上有水，鋪上點兒沙子曮一曮。

qí (ㄑㄧˊ)

七 qí ㄑㄧˊ 見899頁'七'(qī)。

亓 Qí ㄑㄧˊ 姓。

圻 qí ㄑㄧˊ 〈書〉邊界。
另見1365頁 yín。

芪〔茋〕 qí ㄑㄧˊ 見506頁〖黃芪〗。

岐 qí ㄑㄧˊ ❶岐山(Qíshān ㄑㄧˊ ㄕㄢ)，地名，在陝西。❷同'歧'。❸(Qí)姓。

【岐黃】qíhuáng ㄑㄧˊ ㄏㄨㄤˊ 黃帝和岐伯。我國古代著名的醫書《黃帝內經·素問》，多用黃帝和岐伯問答的形式寫成。後來把'岐黃'作中醫學術的代稱：岐黃之術。

祁 Qí ㄑㄧˊ ❶指安徽祁門：祁紅(祁門出的紅茶)。❷指湖南祁陽：祁劇。❸姓。

其1 qí ㄑㄧˊ ❶他(她、它)的；他(她、它)們的：各得其所｜自圓其説。❷他(她、它)；他(她、它)們：促其早日實現｜不能任其自流。❸那個；那樣：查無其事｜不厭其煩。❹虛指：忘其所以。

其2 qí ㄑㄧˊ 〈書〉助詞。❶表示揣測、反詰：豈其然乎？｜其奈我何？❷表示命令：子其勉之！

其3 qí ㄑㄧˊ 詞尾：極其｜尤其｜如其｜大概其。
另見528頁 jī。

【其次】qícì ㄑㄧˊ ㄘˋ ❶次第較後；第二(用於列舉事項)：他第一個發言，其次就輪到了我｜你這次下去，首先要做好社會調查工作，其次要參加一些勞動。❷次要的地位：內容是主要的，形式還在其次。

【其間】qíjiān ㄑㄧˊ ㄐㄧㄢ ❶那中間；其中：廁身其間｜其間定有緣故。❷指某一段時間：離開學校已經好幾年了，這其間，他的科學研究工作成績顯著。

【其貌不揚】qí mào bù yáng ㄑㄧˊ ㄇㄠˋ ㄅㄨˋ ㄧㄤˊ 指人的容貌平常或醜陋。

【其實】qíshí ㄑㄧˊ ㄕˊ 副詞，表示所説的是實際情況(承上文而含轉折)：這個問題從表面上看似乎很難，其實並不難。

【其它】qítā ㄑㄧˊ ㄊㄚ 同'其他'(用於事物)。

【其他】qítā ㄑㄧˊ ㄊㄚ 別的：今天的文娛晚會，除了京劇、曲藝以外，還有其他精彩節目。

【其餘】qíyú ㄑㄧˊ ㄩˊ 剩下的：除了有兩人請假，其餘的人都到了。

【其中】qízhōng ㄑㄧˊ ㄓㄨㄥ 那裏面：果園裏一共有五萬棵果樹，其中梨樹佔30%。

奇 qí ㄑㄧˊ ❶罕見的；特殊的；非常的：奇事｜奇聞｜奇志｜奇勛｜奇恥大辱｜商

品奇缺｜山勢奇險。❷出人意料的；令人難測的：奇兵｜奇襲｜出奇制勝。❸驚異：驚奇｜不足為奇。❹(Qí) 姓。

另見528頁 jī。

【奇拔】qíbá ㄑㄧˊ ㄅㄚˊ 奇特挺拔：山峰奇拔。

【奇兵】qíbīng ㄑㄧˊ ㄅㄧㄥ 出乎敵人意料而突然襲擊的軍隊：出奇兵取勝。

【奇才】qícái ㄑㄧˊ ㄘㄞˊ ❶杰出的才能：這一戰顯出他的指揮奇才。❷具有杰出才能的人。

【奇恥大辱】qí chǐ dà rǔ ㄑㄧˊ ㄔˇ ㄉㄚˋ ㄖㄨˇ 極大的恥辱。

【奇峰】qífēng ㄑㄧˊ ㄈㄥ 奇特的山峰：奇峰突起。

【奇怪】qíguài ㄑㄧˊ ㄍㄨㄞˋ ❶跟平常的不一樣：海裏有不少奇怪的動植物。❷出乎意料，難以理解：真奇怪，為甚麼這時候他還不來呢？

【奇觀】qíguān ㄑㄧˊ ㄍㄨㄢ 指雄偉美麗而又罕見的景象或出奇少見的事情：《今古奇觀》｜錢塘江的潮汐是一大奇觀。

【奇幻】qíhuàn ㄑㄧˊ ㄏㄨㄢˋ ❶奇異而虛幻：奇幻的遐想。❷奇異變幻：景色奇幻。

【奇貨可居】qí huò kě jū ㄑㄧˊ ㄏㄨㄛˋ ㄎㄜˇ ㄐㄩ 指商人把難得的貨物囤積起來，等待高價出售。比喻人有某種獨特的技能或成就，拿它作為要求名利地位的本錢。

【奇迹】qíjì ㄑㄧˊ ㄐㄧˋ 想像不到的不平凡的事情：創造奇迹｜她的病居然奇迹般地好起來了。

【奇崛】qíjué ㄑㄧˊ ㄐㄩㄝˊ 〈書〉奇特突出：文筆奇崛。

【奇妙】qímiào ㄑㄧˊ ㄇㄧㄠˋ 希奇巧妙（多用來形容令人感興趣的新奇事物）：構思奇妙｜奇妙世界。

【奇葩】qípā ㄑㄧˊ ㄆㄚ 奇特而美麗的花朵：奇葩異草｜奇葩鬥妍◇這篇小説是近來文壇上出現的一朵奇葩。

【奇巧】qíqiǎo ㄑㄧˊ ㄑㄧㄠˇ 奇特巧妙；新奇精巧：奇巧的玉雕｜園內假山造型奇巧。

【奇談】qítán ㄑㄧˊ ㄊㄢˊ 令人覺得奇怪的言論或見解：海外奇談｜奇談怪論。

【奇特】qítè ㄑㄧˊ ㄊㄜˋ 跟尋常的不一樣；奇怪而特別：裝束奇特｜在沙漠地區常常可以看到一些奇特的景象。

【奇偉】qíwěi ㄑㄧˊ ㄨㄟˇ 奇特雄偉：建築奇偉。

【奇文共賞】qí wén gòng shǎng ㄑㄧˊ ㄨㄣˊ ㄍㄨㄥˋ ㄕㄤˇ 新奇的文章共同欣賞（語見晉陶潛《移居》詩：'奇文共欣賞，疑義相與析'）。現多指把荒謬、錯誤的文章發表出來供大家識別和批判。

【奇聞】qíwén ㄑㄧˊ ㄨㄣˊ 奇特動聽的事情：奇聞趣事。

【奇襲】qíxí ㄑㄧˊ ㄒㄧˊ 出其不意地打擊敵人（多指軍事上）。

【奇效】qíxiào ㄑㄧˊ ㄒㄧㄠˋ 預想不到的效果或效力：這種藥對治療風濕病有奇效。

【奇形怪狀】qí xíng guài zhuàng ㄑㄧˊ ㄒㄧㄥˊ ㄍㄨㄞˋ ㄓㄨㄤˋ 不正常的，奇奇怪怪的形狀：在石灰岩洞裏，到處是奇形怪狀的鐘乳石。

【奇勛】qíxūn ㄑㄧˊ ㄒㄩㄣ 特殊的功勛：屢建奇勛。

【奇異】qíyì ㄑㄧˊ ㄧˋ ❶奇怪①：海底是一個奇異的世界。❷驚異：路上的人都用奇異的眼光看着這些來自遠方的客人。

【奇遇】qíyù ㄑㄧˊ ㄩˋ 意外的、奇特的相逢或遇合（多指好的事）：深山奇遇｜他倆多年失去聯繫，想不到在會上見面，真是奇遇！

【奇裝異服】qí zhuāng yì fú ㄑㄧˊ ㄓㄨㄤ ㄧˋ ㄈㄨˊ 與當時社會上一般人衣着式樣不同的服裝（多含貶義）。

歧 qí ㄑㄧˊ ❶岔（道）；大路分出的（路）：歧途。❷不相同；不一致：歧義｜歧視。

【歧出】qíchū ㄑㄧˊ ㄔㄨ 一本書、一篇文章之內文字前後不符（多指術語等）。

【歧化】qíhuà ㄑㄧˊ ㄏㄨㄚˋ 指在化學反應中，同一種元素的一部分原子（或離子）被氧化，另一部分原子（或離子）被還原。

【歧路】qílù ㄑㄧˊ ㄌㄨˋ 從大路上分出來的小路。

【歧路亡羊】qílù wáng yáng ㄑㄧˊ ㄌㄨˋ ㄨㄤˊ ㄧㄤˊ 楊子的鄰居把羊丟了，沒有找着。楊子問：'為甚麼沒找着？'鄰人説：'岔路很多，岔路上又有岔路，不知道往哪兒去了'（見於《列子·説符》）。比喻因情況複雜多變而迷失方向，誤入歧途。

【歧視】qíshì ㄑㄧˊ ㄕˋ 不平等地看待：種族歧視。

【歧途】qítú ㄑㄧˊ ㄊㄨˊ 歧路。比喻錯誤的道路：受人矇騙，誤入歧途。

【歧異】qíyì ㄑㄧˊ ㄧˋ 分歧差異；不相同。

【歧義】qíyì ㄑㄧˊ ㄧˋ （語言文字）兩歧或多歧的意義，有兩種或幾種可能的解釋。

祈 qí ㄑㄧˊ ❶祈禱：祈福。❷請求；希望：祈求｜祈望｜敬祈指導。❸(Qí) 姓。

【祈禱】qídǎo ㄑㄧˊ ㄉㄠˇ 一種宗教儀式，信仰宗教的人向神默告自己的願望。

【祈求】qíqiú ㄑㄧˊ ㄑㄧㄡˊ 懇切地希望或請求：祈求來年有個好收成｜臉上流露出祈求的神情。

【祈使句】qíshǐjù ㄑㄧˊ ㄕˇ ㄐㄩˋ 要求或者希望別人做甚麼事或者不做甚麼事時用的句子，如：'你過來。''把書遞給我。''大家別鬧了！'在書面上，句末用句號或感嘆號。

祇 qí ㄑㄧˊ 〈書〉地神。參看1020頁〖神祇〗。
另見1470頁 zhǐ'只'。

俟 qí ㄑㄧˊ 見814頁〔万俟〕(Mòqí)。
另見1087頁 sì。

疷 qí ㄑㄧˊ 〈書〉病。

耆 qí ㄑㄧˊ 六十歲以上的(人)：耆老｜耆年。
〈古〉又同'嗜'(shì)。
【耆老】qílǎo ㄑㄧˊ ㄌㄠˇ 〈書〉老年人。特指德行高尚受尊敬的老人。
【耆宿】qísù ㄑㄧˊ ㄙㄨˋ 〈書〉指在社會上有名望的老年人。

旂 qí ㄑㄧˊ ❶古代一種旗子。❷同'旗'①。

埼(碕) qí ㄑㄧˊ 〈書〉彎曲的岸。

萁〔萁〕 qí ㄑㄧˊ 〈方〉豆秸：豆萁。

畦 qí ㄑㄧˊ 有土埂圍着的一塊塊排列整齊的田地，一般是長方形的：畦田｜菜畦｜種了一畦韭菜。
【畦灌】qíguàn ㄑㄧˊ ㄍㄨㄢˋ 灌溉的一種方法，把灌溉的土地分成面積較小的畦，灌溉時，每個畦依次灌水。適用於小麥、穀子等作物。
【畦田】qítián ㄑㄧˊ ㄊㄧㄢˊ 周圍築埂可以灌溉和蓄水的田。

跂 qí ㄑㄧˊ 〈書〉❶多出的腳趾。❷形容蟲子爬行。
另見911頁 qì。

崎 qí ㄑㄧˊ 〈書〉傾斜；不平坦：崎徑。
【崎嶇】qíqū ㄑㄧˊ ㄑㄩ 形容山路不平，也比喻處境艱難：山路崎嶇｜崎嶇坎坷的一生。

淇 Qí ㄑㄧˊ 淇河，水名，在河南。

琪 qí ㄑㄧˊ 〈書〉美玉。

琦 qí ㄑㄧˊ 〈書〉❶美玉。❷不凡的；美好的：琦行(美好的品德)。

棋(棊、碁) qí ㄑㄧˊ ❶文娛項目的一類，一副棋包括若干顆棋子和一個棋盤，下棋的人按一定的規則擺上或移動棋子來比輸贏，有象棋、圍棋、軍棋、跳棋等。象棋、圍棋也是體育運動項目。❷指棋子兒：落棋無悔。
【棋佈】qíbù ㄑㄧˊ ㄅㄨˋ 像棋子似地分佈着。形容多而密集：星羅棋佈。
【棋逢對手】qí féng duìshǒu ㄑㄧˊ ㄈㄥˊ ㄉㄨㄟˋ ㄕㄡˇ 比喻雙方本領不相上下。也說棋逢敵手。
【棋局】qíjú ㄑㄧˊ ㄐㄩˊ ❶指下棋過程中雙方對陣的形勢。❷舊指棋盤。
【棋迷】qímí ㄑㄧˊ ㄇㄧˊ 下棋或看下棋而入迷的人。
【棋盤】qípán ㄑㄧˊ ㄆㄢˊ 下棋時擺棋子用的盤，上面畫着一定形式的格子。
【棋譜】qípǔ ㄑㄧˊ ㄆㄨˇ 用圖和文字說明下棋的基本技術或解釋棋局的書。
【棋藝】qíyì ㄑㄧˊ ㄧˋ 下棋的技藝：鑽研棋藝。
【棋子】qízǐ ㄑㄧˊ ㄗˇ (棋子兒)用木頭或其他材料製成的下棋用的小塊。通常用顏色分為數目相等的兩部分或幾部分，下棋的人各使用一部分。

祺 qí ㄑㄧˊ 〈書〉吉祥。

頎(颀) qí ㄑㄧˊ 〈書〉(身體)修長高大：頎長。
【頎長】qícháng ㄑㄧˊ ㄔㄤˊ (身量)高。
【頎偉】qíwěi ㄑㄧˊ ㄨㄟˇ (身材)高大魁梧。

綦 qí ㄑㄧˊ ❶〈書〉極；很：言之綦詳。❷(Qí)姓。
【綦切】qíqiè ㄑㄧˊ ㄑㄧㄝˋ 〈書〉迫切；殷切：念子綦切｜希望綦切。

蜞 qí ㄑㄧˊ 見872頁〔蟛蜞〕。

齊[1](齐) qí ㄑㄧˊ ❶整齊：隊伍排得很齊。❷達到同樣的高度：水漲得齊了岸｜向日葵都齊了房檐了。❸同樣；一致：齊名｜人心齊，泰山移。❹一塊兒；同時：百花齊放｜並駕齊驅｜男女老幼齊動手。❺完備；全：東西預備齊了｜人還沒有來齊｜錢都湊齊了。❻跟某一點或某一直綫取齊：齊着根兒剪斷｜齊着邊兒畫一道綫。❼(舊讀jì ㄐㄧˋ)指合金：錳鎳銅齊。
〈古〉又同齋戒的'齋'(zhāi)。

齊[2](齐) Qí ㄑㄧˊ ❶周朝國名，在今山東北部和河北東南部。❷指南齊。❸指北齊。❹唐末農民起義軍領袖黃巢所建國號。❺姓。
另見547頁 jì。
【齊備】qíbèi ㄑㄧˊ ㄅㄟˋ 齊全(多指物品)：貨色齊備｜行裝齊備，馬上出發。
【齊步走】qíbù zǒu ㄑㄧˊ ㄅㄨˋ ㄗㄡˇ 軍事口令，令隊伍保持整齊的行列，以整齊的步伐前進。
【齊唱】qíchàng ㄑㄧˊ ㄔㄤˋ 兩個以上的歌唱者，按同一旋律同時演唱。
【齊齒呼】qíchǐhū ㄑㄧˊ ㄔˇ ㄏㄨ 見1086頁〘四呼〙。
【齊楚】qíchǔ ㄑㄧˊ ㄔㄨˇ 整齊(多指服裝)：衣冠齊楚。
【齊東野語】Qídōng yěyǔ ㄑㄧˊ ㄉㄨㄥ ㄧㄝˇ ㄩˇ 《孟子·萬章上》：'此非君子之言，齊東野人之語也。'後用'齊東野語'比喻道聽途說、不足為憑的話。
【齊集】qíjí ㄑㄧˊ ㄐㄧˊ 聚集；集攏：各國朋友齊集北京。
【齊眉穗兒】qíméisuìr ㄑㄧˊ ㄇㄟˊ ㄙㄨㄟㄦˋ 婦女或兒童垂在前額與眉相齊的短髮。
【齊名】qímíng ㄑㄧˊ ㄇㄧㄥˊ 有同樣的名望：唐代詩人中，李白與杜甫齊名。
【齊全】qíquán ㄑㄧˊ ㄑㄩㄢˊ 應有盡有(多指物

品）：百貨公司已經把冬季用品準備齊全。

【齊頭並進】qí tóu bìng jìn ㄑㄧˊ ㄊㄡˊ ㄅㄧㄥˋ ㄐㄧㄣˋ 不分先後地一齊前進或同時進行。

【齊心】qíxīn ㄑㄧˊ ㄒㄧㄣ 思想認識一致：齊心合力｜只要大家齊心了，事情就好辦了。

【齊整】qízhěng ㄑㄧˊ ㄓㄥˇ 整齊：公路兩旁的楊樹長得很齊整。

【齊奏】qízòu ㄑㄧˊ ㄗㄡˋ 兩個以上的演奏者，同時演奏同一曲調。

旗（❶旂）qí ㄑㄧˊ ❶旗子：國旗｜紅旗｜挂旗。❷指八旗：漢軍旗。❸屬於八旗的，特指屬於滿族的：旗人｜旗袍。❹八旗兵駐屯的地方，現在地名沿用：正黃旗。❺內蒙古自治區的行政區劃單位，相當於縣。

【旗杆】qígān ㄑㄧˊ ㄍㄢ 懸挂旗子用的杆子。

【旗鼓相當】qí gǔ xiāng dāng ㄑㄧˊ ㄍㄨˇ ㄒㄧㄤ ㄉㄤ 比喻雙方力量不相上下：這兩個足球隊旗鼓相當，一定有一場精彩的比賽。

【旗號】qíhào ㄑㄧˊ ㄏㄠˋ 舊時標明軍隊名稱或將領姓氏的旗子，現用來比喻某種名義（多指借來做壞事）。

【旗艦】qíjiàn ㄑㄧˊ ㄐㄧㄢˋ 某些國家的海軍艦隊司令、編隊司令所在的軍艦，因艦上挂有司令旗（夜間加挂司令燈），所以叫旗艦。中國人民解放軍叫指揮艦。

【旗開得勝】qí kāi dé shèng ㄑㄧˊ ㄎㄞ ㄉㄜˊ ㄕㄥˋ 軍隊的戰旗剛一展開就打了勝仗。比喻事情一開始就取得好成績。

【旗袍】qípáo ㄑㄧˊ ㄆㄠˊ（旗袍兒）婦女穿的一種長袍，原為滿族婦女所穿。

【旗人】Qírén ㄑㄧˊ ㄖㄣˊ 舊稱清代隸屬八旗的人，特指滿族。

【旗手】qíshǒu ㄑㄧˊ ㄕㄡˇ 在行列前打旗子的人。比喻領導人或先行者：魯迅先生是新文化運動的旗手。

【旗語】qíyǔ ㄑㄧˊ ㄩˇ 航海上或軍事上，在距離較遠，說話不能聽見的場合，用旗子來通訊的方法。單手執旗或雙手各執一旗，以不同的揮旗動作表達通訊內容。

【旗幟】qízhì ㄑㄧˊ ㄓˋ ❶旗子：節日的首都到處飄揚着五彩繽紛的旗幟。❷比喻榜樣或模範：培養典型，樹立旗幟。❸比喻有代表性或號召力的某種思想、學說或政治力量等。

【旗幟鮮明】qízhì xiānmíng ㄑㄧˊ ㄓˋ ㄒㄧㄢ ㄇㄧㄥˊ 比喻觀點、立場非常明確。

【旗子】qí·zi ㄑㄧˊ ·ㄗ 用綢、布、紙等做成的方形、長方形或三角形的標誌，大多挂在杆子上或牆壁上。

錡（锜）qí ㄑㄧˊ ❶古代的烹煮器皿，底下有三足。❷古代一種鑿子。

薺〔薺〕（荠）qí ㄑㄧˊ 見57頁〔荸薺〕。另見547頁jì。

騏（骐）qí ㄑㄧˊ 〈書〉青黑色的馬：騏驥（駿馬）。

騎（骑）qí ㄑㄧˊ ❶兩腿跨坐（在牲口或自行車等上面）：騎馬｜騎自行車。❷兼跨兩邊：騎縫。❸騎的馬，泛指人乘坐的動物：坐騎。❹騎兵，也泛指騎馬的人：輕騎｜鐵騎｜車騎。

【騎兵】qíbīng ㄑㄧˊ ㄅㄧㄥ 騎馬作戰的兵種，也指這個兵種的士兵。

【騎縫】qífèng ㄑㄧˊ ㄈㄥˋ 兩張紙的交接處（多指單據和存根連接的地方）：在三聯單的騎縫上蓋印。

【騎虎難下】qí hǔ nán xià ㄑㄧˊ ㄏㄨˇ ㄋㄢˊ ㄒㄧㄚˋ 比喻事情中途遇到困難，為形勢所迫，又難以中止。

【騎樓】qílóu ㄑㄧˊ ㄌㄡˊ 〈方〉樓房向外伸出在人行道上的部分。騎樓下的人行道叫騎樓底。

【騎馬找馬】qí mǎ zhǎo mǎ ㄑㄧˊ ㄇㄚˇ ㄓㄠˇ ㄇㄚˇ 比喻東西就在自己這裏，還到處去找。也比喻一面佔着現在的位置，一面另找更稱心的工作。

【騎牆】qíqiáng ㄑㄧˊ ㄑㄧㄤˊ 比喻立場不明確，站在鬥爭雙方的中間，哪一方面也不得罪：騎牆派｜騎牆觀望。

【騎手】qíshǒu ㄑㄧˊ ㄕㄡˇ 擅長騎馬的人。

臍（脐）qí ㄑㄧˊ ❶肚臍：臍帶。❷螃蟹肚子下面的甲殼：尖臍｜團臍。

【臍帶】qídài ㄑㄧˊ ㄉㄞˋ 連接胚胎與胎盤的帶狀物，由兩條動脈和一條靜脈構成。胚胎依靠臍帶與母體聯繫，是胚胎吸取養料和排出廢料的通道。

蘄¹〔蘄〕（蕲）qí ㄑㄧˊ 〈書〉求。

蘄²〔蘄〕（蕲）Qí ㄑㄧˊ ❶指蘄州（舊州名，州治在今湖北蘄春南）。❷姓。

【蘄艾】qí'ài ㄑㄧˊ ㄞˋ 見3頁'艾¹'。

【蘄求】qíqiú ㄑㄧˊ ㄑㄧㄡˊ 〈書〉祈求。

鰭（鳍）qí ㄑㄧˊ 〔鰭鰍〕（qíqiū ㄑㄧˊ ㄑㄧㄡ）魚，身體長而側扁，黑褐色，頭高而大，眼小，背鰭很長，尾鰭分叉深。生活在海洋中。

麒 qí ㄑㄧˊ ❶見〖麒麟〗。❷（Qí）姓。

【麒麟】qílín ㄑㄧˊ ㄌㄧㄣˊ 古代傳說中的一種動物，形狀像鹿，頭上有角，全身有鱗甲，有尾。古人拿它象徵祥瑞。簡稱麟。

鬐 qí ㄑㄧˊ 〈書〉馬鬃。

蠐（蛴）qí ㄑㄧˊ 〔蠐螬〕（qícáo ㄑㄧˊ ㄘㄠˊ）金龜子的幼蟲，白色，圓柱狀，向腹面彎曲。生活在土裏，吃農作物的根和莖，是害蟲。在不同的地區有地蠶、土蠶、核桃蟲等名稱。

鰭(鳍) qí ㄑㄧˊ 魚類的運動器官，由刺狀的硬骨或軟骨支撐薄膜構成。按它所在的部位，可分為胸鰭、腹鰭、背鰭、臀鰭和尾鰭。

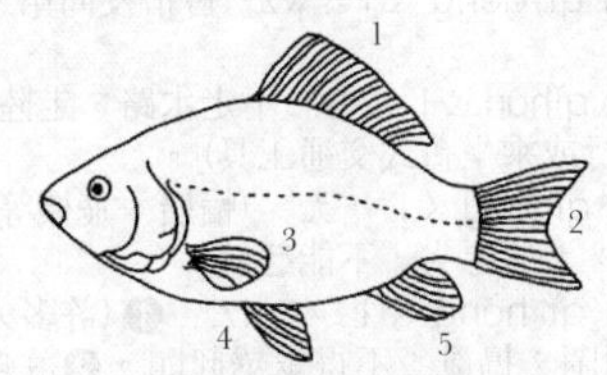

1.背鰭 2.尾鰭 3.胸鰭 4.腹鰭 5.臀鰭

鰭

qǐ (ㄑㄧˇ)

乞 qǐ ㄑㄧˇ ❶向人討；乞求：乞憐｜乞食｜乞援。❷(Qǐ)姓。

【乞哀告憐】qǐ āi gào lián ㄑㄧˇ ㄞ ㄍㄠˋ ㄌㄧㄢˊ 乞求別人哀憐和幫助。

【乞丐】qǐgài ㄑㄧˇ ㄍㄞˋ 生活沒有着落而專靠向人要飯要錢過活的人。

【乞憐】qǐlián ㄑㄧˇ ㄌㄧㄢˊ 顯出可憐相，希望得到別人的同情：搖尾乞憐。

【乞靈】qǐlíng ㄑㄧˇ ㄌㄧㄥˊ 〈書〉向神佛求助(迷信)。比喻乞求不可靠的幫助。

【乞巧】qǐqiǎo ㄑㄧˇ ㄑㄧㄠˇ 農曆七月初七的晚上，婦女在院子裏陳設瓜果，向織女星祈禱，請求幫助她們提高刺繡縫紉的技巧。是舊時的一種民間風俗。

【乞求】qǐqiú ㄑㄧˇ ㄑㄧㄡˊ 請求給予：乞求施捨｜乞求寬恕。

【乞食】qǐshí ㄑㄧˇ ㄕˊ 〈書〉要飯。

【乞討】qǐtǎo ㄑㄧˇ ㄊㄠˇ 向人要錢要飯：沿街乞討。

【乞降】qǐxiáng ㄑㄧˇ ㄒㄧㄤˊ 請求對方接受投降。

【乞援】qǐyuán ㄑㄧˇ ㄩㄢˊ 請求援助：四處乞援。

芑〔芑〕 qǐ ㄑㄧˇ 古書上說的一種植物。

屺 qǐ ㄑㄧˇ 〈書〉沒有草木的山。

企 qǐ ㄑㄧˇ 抬起腳後跟站着，今用為盼望的意思：企盼｜企望。

【企鵝】qǐ'é ㄑㄧˇ ㄜˊ 水鳥，體長約1米，嘴很堅硬，頭和背部黑色，腹部白色，足短，尾巴短，翅膀小，不能飛，善於潛水游泳，在陸地上直立時像有所企望的樣子，多群居在南極洲及附近島嶼上。

【企及】qǐjí ㄑㄧˇ ㄐㄧˊ 盼望達到；希望趕上：難以企及。

【企口板】qǐkǒubǎn ㄑㄧˇ ㄎㄡˇ ㄅㄢˇ 一側有凹槽，另一側有凸榫的木板，拼接後結合緊密，不易翹起。多用做地板等。

【企慕】qǐmù ㄑㄧˇ ㄇㄨˋ 仰慕。

【企盼】qǐpàn ㄑㄧˇ ㄆㄢˋ 盼望：企盼未來｜企盼合家歡聚。

【企求】qǐqiú ㄑㄧˇ ㄑㄧㄡˊ 希望得到：他一心只想把工作搞好，從不企求甚麼。

【企圖】qǐtú ㄑㄧˇ ㄊㄨˊ 圖謀；打算：敵軍逃跑的企圖沒有得逞｜在這篇作品中，作者企圖表現的主題並不突出。

【企望】qǐwàng ㄑㄧˇ ㄨㄤˋ 希望：翹首企望。

【企業】qǐyè ㄑㄧˇ ㄧㄝˋ 從事生產、運輸、貿易等經濟活動的部門，如工廠、礦山、鐵路、公司等。

【企業化】qǐyèhuà ㄑㄧˇ ㄧㄝˋ ㄏㄨㄚˋ ❶工業、商業、運輸等單位按照經濟核算的原則，獨立計算盈虧。❷使事業單位能有正常收入，不需要國家開支經費，並能自行進行經濟核算。

【企足而待】qǐ zú ér dài ㄑㄧˇ ㄗㄨˊ ㄦˊ ㄉㄞˋ 抬起腳後跟來等着。比喻不久的將來就能實現。

玘 qǐ ㄑㄧˇ 〈書〉一種玉。

杞 Qǐ ㄑㄧˇ ❶周朝國名，在今河南杞縣。❷姓。

【杞人憂天】Qǐ rén yōu tiān ㄑㄧˇ ㄖㄣˊ ㄧㄡ ㄊㄧㄢ 傳說杞國有個人怕天塌下來，吃飯睡覺都感到不安(見於《列子·天瑞》)。比喻不必要的憂慮。也說杞人之憂。

起¹ qǐ ㄑㄧˇ ❶由坐臥爬伏而站立或由躺而坐：起來｜起立｜起牀｜早睡早起。❷離開原來的位置：起身｜飛機起飛｜你起開點兒。❸物體由下往上升：皮球不起了。❹長出(疱、疙瘩、痱子)：夏天小孩兒身上愛起痱子。❺把收藏或嵌入的東西弄出來：起貨｜起釘子。❻發生：起風了｜起疑心｜起作用。❼發動；興起：起兵｜起事。❽擬寫：起稿子｜起草。❾建立：起伙｜起會｜白手起家｜平地起高樓。❿領取(憑證)：起行李票｜起護照。⓫(從、由…)開始：起止｜起訖｜由這兒起就只有小路了。⓬用在動詞後，表示(從、由…)開始：從二號算起｜從頭學起｜從何說起！⓭〈方〉介詞，放在時間或處所詞的前邊，表示始點：您起哪兒來？｜起這兒往北。⓮〈方〉介詞，放在處所詞前面，表示經過的地點：看見一個人起窗戶外面走過去。

起² qǐ ㄑㄧˇ 量詞。❶件；次：這樣的案子每年總有幾起｜防止了一起事故。❷群；批：外面進來一起人｜他們分六起往地裏送肥料。

起 //·qǐ //·ㄑㄧˇ ❶用在動詞後，表示向上：抬起箱子往外走。❷用在動詞後，表示力量夠得上或夠不上：經得起考驗｜太貴了，買不起。注意動詞和'起'之間常有'得'字或'不'字。❸用在動詞後，表示事物隨動作出現：樂隊奏起迎賓曲｜會場響起熱烈掌聲。❹用在動詞後，表示動作涉及人或事：他多次問起過你｜想起一件事。

【起岸】qǐ'àn ㄑㄧˇ ㄢˋ 把貨物從船上搬運到岸上：縮短貨物起岸時間。

【起霸】qǐ//bà ㄑㄧˇ//ㄅㄚˋ 戲曲演員表演武將上陣前所做的整盔、束甲等一套程式動作。

【起爆】qǐbào ㄑㄧˇ ㄅㄠˋ 點燃引信或按動電鈕使爆炸物爆炸：起爆藥｜準時起爆。

【起筆】qǐbǐ ㄑㄧˇ ㄅㄧˇ ❶書法上指每一筆的開始：起筆的時候要頓一頓。❷檢字法上指一個字的第一筆。

【起兵】qǐbīng ㄑㄧˇ ㄅㄧㄥ 出動軍隊；發動武裝鬥爭：起兵抗敵｜起兵造反。

【起步】qǐbù ㄑㄧˇ ㄅㄨˋ ❶開始走：車子起步了。❷比喻事情開始進行：我國女子舉重雖然起步晚，但已具有相當高的水平。

【起草】qǐ//cǎo ㄑㄧˇ//ㄘㄠˇ 打草稿：起草文件｜這個報告是誰起的草？

【起承轉合】qǐ chéng zhuǎn hé ㄑㄧˇ ㄔㄥˊ ㄓㄨㄢˇ ㄏㄜˊ 舊時寫文章常用的行文的順序，'起'是開始，'承'是承接上文，'轉'是轉折，'合'是全文的結束。泛指文章做法。

【起程】qǐchéng ㄑㄧˇ ㄔㄥˊ 上路；行程開始：連夜起程。

【起初】qǐchū ㄑㄧˇ ㄔㄨ 最初；起先：起初我不同意他這種做法，後來才覺得他這樣做是有道理的｜起初他一個字不識，現在已經能看報寫信了。

【起牀】qǐ//chuáng ㄑㄧˇ//ㄔㄨㄤˊ 睡醒後下牀（多指早晨）：他每天總是天剛亮就起牀。

【起點】qǐdiǎn ㄑㄧˇ ㄉㄧㄢˇ ❶開始的地方或時間：起點站｜任何偉大的成就都只是繼續前進的新的起點◇拆整賣零，降低零售起點。❷專指徑賽中起跑的地點。

【起電盤】qǐdiànpán ㄑㄧˇ ㄉㄧㄢˋ ㄆㄢˊ 利用感應生電現象取得少量靜電的裝置，由一個絕緣物質做的圓盤和一個有絕緣柄的金屬圓盤組成。

【起吊】qǐdiào ㄑㄧˇ ㄉㄧㄠˋ 用起重機吊起重物。

【起碇】qǐ//dìng ㄑㄧˇ//ㄉㄧㄥˋ 起錨。

【起飛】qǐfēi ㄑㄧˇ ㄈㄟ ❶（飛機、火箭等）開始飛行。❷比喻事業開始上升、發展：經濟起飛｜這個廠所以能起飛，主要靠科學管理。

【起伏】qǐfú ㄑㄧˇ ㄈㄨˊ ❶一起一落：麥浪起伏｜這一帶全是連綿起伏的群山。❷比喻感情、關係等起落變化：思緒起伏｜病情起伏不定｜兩國關係出現了一些起伏。

【起復】qǐfù ㄑㄧˇ ㄈㄨˋ ❶古代官吏遭父母喪，守制未滿期而應召任職。明清兩代專指服父母喪期滿後重新出來做官。❷指官吏革職後重新被起用。

【起稿】qǐ//gǎo ㄑㄧˇ//ㄍㄠˇ 打草稿。

【起根】qǐgēn ㄑㄧˇ ㄍㄣ 〈方〉❶（起根兒）從來；一向：他起根兒就沒有這個打算。❷從根本上；從頭：這事還得起根說起。

【起更】qǐ//gēng ㄑㄧˇ//ㄍㄥ 舊指夜間第一次打更。

【起旱】qǐhàn ㄑㄧˇ ㄏㄢˋ 不走水路，走陸路（多指步行或乘坐舊式交通工具）。

【起航】qǐháng ㄑㄧˇ ㄏㄤˊ （輪船、飛機等）開始航行：天氣惡劣，不能起航。

【起鬨】qǐ//hòng ㄑㄧˇ//ㄏㄨㄥˋ ❶（許多人在一起）胡鬧；搗亂：不得聚眾起鬨。❷許多人向一兩個人開玩笑：人家拿我開心，你也起鬨。

【起火】qǐ//huǒ ㄑㄧˇ//ㄏㄨㄛˇ ❶生火做飯：星期天你家起火不起火？｜在食堂吃飯比自己起火方便。❷發生火災：倉庫起火了。❸着急發脾氣：你別起火，聽我慢慢兒對你說。

【起火】qǐ·huo ㄑㄧˇ ·ㄏㄨㄛ 帶着葦子稈的花炮，點着後能升得很高。

【起獲】qǐhuò ㄑㄧˇ ㄏㄨㄛˋ 從窩藏的地方搜查出（贓物、違禁品等）：起獲一批黃色書刊。

【起急】qǐjí ㄑㄧˇ ㄐㄧˊ 〈方〉心中焦急或以急躁態度對人：你先別起急，好好聽我說。

【起家】qǐ//jiā ㄑㄧˇ//ㄐㄧㄚ 創立事業：白手起家。

【起見】qǐjiàn ㄑㄧˇ ㄐㄧㄢˋ '為（wèi）…起見'，表示為達到某種目的：為安全起見，必須繫上保險帶。

【起勁】qǐjìn ㄑㄧˇ ㄐㄧㄣˋ （起勁兒）（工作、遊戲等）情緒高，勁頭大：大家幹得很起勁｜同學們又說又笑，玩得很起勁。

【起居】qǐjū ㄑㄧˇ ㄐㄩ 指日常生活：孩子在託兒所飲食起居都有規律。

【起圈】qǐ//juàn ㄑㄧˇ//ㄐㄩㄢˋ 把豬圈、羊圈、牛欄等裏面的糞便和所墊的草、土弄出來，用做肥料。有的地區叫清欄或出圈。

【起開】qǐ·kai ㄑㄧˇ ·ㄎㄞ 〈方〉走開；讓開：請你起開點，讓我過去。

【起課】qǐ//kè ㄑㄧˇ//ㄎㄜˋ 一種占卜法，搖銅錢看正反面或掐指頭算干支，推斷吉凶。

【起來】qǐ//·lái ㄑㄧˇ//·ㄌㄞˊ ❶由躺而坐，由坐而站：你起來，讓老太太坐下。❷起牀：剛起來就忙着下地幹活兒。❸泛指興起、奮起、升起等：群眾起來了｜飛機起來了。

【起來】//·qǐ//·lái //·ㄑㄧˇ//·ㄌㄞˊ ❶用在動詞後，表示向上：中國人民站起來了。❷用在動詞或形容詞後，表示動作或情況開始並且繼續：一句話把屋子裏的人都引得笑起來｜唱起歌來｜天氣漸漸暖和起來。❸用在動詞後，表示動作完成或達到目的：我們組是前年組織起來的｜想起來了，這是魯迅的話。❹用在動詞後，表示估計或着眼於某一方面：看起來，他不會來了。

【起立】qǐlì ㄑㄧˇ ㄌㄧˋ 站起來(多用做口令)：起立，敬禮｜全體起立。

【起落】qǐluò ㄑㄧˇ ㄌㄨㄛˋ 升起和降落：飛機起落｜價格起落｜船身隨浪起落◇心潮起落。

【起碼】qǐmǎ ㄑㄧˇ ㄇㄚˇ 最低限度：起碼的條件｜我這次出差，起碼要一個月才能回來。

【起錨】qǐ∥máo ㄑㄧˇ∥ㄇㄠˊ 把錨拔起，船開始航行。

【起名兒】qǐ∥míngr ㄑㄧˇ∥ㄇㄧㄥˊㄦ 取名字；給予名稱：給孩子起個名兒。

【起跑】qǐpǎo ㄑㄧˇ ㄆㄠˇ 賽跑時按比賽規則在起點做好預備姿勢後開始跑。

【起跑綫】qǐpǎoxiàn ㄑㄧˇ ㄆㄠˇ ㄒㄧㄢˋ 賽跑時起點的標誌綫◇在同一起跑綫上展開平等競爭。

【起訖】qǐqì ㄑㄧˇ ㄑㄧˋ 開始和終結：寫明起訖日期。

【起色】qǐsè ㄑㄧˇ ㄙㄜˋ 好轉的樣子(多指做得不好的工作或沈重的疾病)：她的病已有起色｜經過整頓，生產大有起色。

【起身】qǐ∥shēn ㄑㄧˇ∥ㄕㄣ ❶動身：我明天起身去上海。❷起牀：他每天起身後，就清掃院子。❸身子由坐、卧狀態站立起來：起身回禮。

【起事】qǐshì ㄑㄧˇ ㄕˋ 發動武裝鬥爭。

【起誓】qǐ∥shì ㄑㄧˇ∥ㄕˋ 發誓；宣誓：對天起誓。

【起首】qǐshǒu ㄑㄧˇ ㄕㄡˇ 起先；開頭：起首我並不會下棋，是他教我的。

【起死回生】qǐ sǐ huí shēng ㄑㄧˇ ㄙˇ ㄏㄨㄟˊ ㄕㄥ 使死人或死東西復活。多形容醫術或技術高明。

【起死人，肉白骨】qǐ sǐrén,ròu báigǔ ㄑㄧˇ ㄙˇ ㄖㄣˊ,ㄖㄡˋ ㄅㄞˊ ㄍㄨˇ 使死人復活，使白骨長肉。比喻給人以極大的恩德。

【起訴】qǐsù ㄑㄧˇ ㄙㄨˋ 向法院提起訴訟：起訴狀。

【起跳】qǐtiào ㄑㄧˇ ㄊㄧㄠˋ 跳高、跳遠、跳水等開始跳躍時的動作。

【起頭】qǐ∥tóu ㄑㄧˇ∥ㄊㄡˊ (起頭兒)開始；開頭(kāi∥tóu)：先從我這兒起頭｜你先給大家起個頭兒吧｜這事情是誰起的頭兒？

【起頭】qǐtóu ㄑㄧˇ ㄊㄡˊ (起頭兒) ❶開始的時候：起頭他答應來的，後來因為有別的事不能來了。❷開始的地方：你剛才說的話我沒聽清楚，你從起頭兒再說一遍。

【起先】qǐxiān ㄑㄧˇ ㄒㄧㄢ 最初；開始：這樣做，起先我有些想不通，後來才想通了｜蒙矓中聽見外面樹葉嘩嘩響，起先還以為是下雨，仔細一聽，才知道是颳風。

【起小兒】qǐxiǎor ㄑㄧˇ ㄒㄧㄠˇㄦ 從幼年時候起；從小：他起小兒身體就很結實。

【起釁】qǐxìn ㄑㄧˇ ㄒㄧㄣˋ 同'啓釁'。

【起行】qǐxíng ㄑㄧˇ ㄒㄧㄥˊ 起程；動身：他今天下午三點鐘就要起行。

【起眼兒】qǐyǎnr ㄑㄧˇ ㄧㄢˇㄦ 看起來醒目，惹人重視(多用於否定式)：別看這些東西不怎麼起眼兒，日常生活卻離不了它們。

【起夜】qǐyè ㄑㄧˇ ㄧㄝˋ 夜間起來小便。

【起疑】qǐ∥yí ㄑㄧˇ∥ㄧˊ 發生懷疑；產生疑心：他的舉動反常，讓人起疑。

【起意】qǐ∥yì ㄑㄧˇ∥ㄧˋ 產生某種念頭(多指壞的)：見財起意。

【起義】qǐyì ㄑㄧˇ ㄧˋ ❶為了反抗反動統治而發動武裝革命：農民起義｜南昌起義。❷背叛所屬的集團，投到正義方面：陣前起義。

【起因】qǐyīn ㄑㄧˇ ㄧㄣ (事件)發生的原因：事故的起因正在調查。

【起用】qǐyòng ㄑㄧˇ ㄩㄥˋ ❶重新任用已退職或免職的官員。❷提拔使用：起用新人｜大膽起用年輕幹部。

【起源】qǐyuán ㄑㄧˇ ㄩㄢˊ ❶開始發生：秦腔起源於陝西｜世界上一切知識無不起源於勞動。❷事物發生的根源：生命的起源。

【起運】qǐyùn ㄑㄧˇ ㄩㄣˋ (貨物)開始運出(多指運往外地)：辦理起運手續｜救災物資正在起運。

【起贓】qǐ∥zāng ㄑㄧˇ∥ㄗㄤ 從窩藏處把贓款、贓物搜出來。

【起早貪黑】qǐ zǎo tān hēi ㄑㄧˇ ㄗㄠˇ ㄊㄢ ㄏㄟ 起得早，睡得晚。形容人辛勤勞動。'貪黑'也說搭黑或摸黑。

【起止】qǐzhǐ ㄑㄧˇ ㄓˇ 開頭和結尾；開始和結束：起止日期。

【起重船】qǐzhòngchuán ㄑㄧˇ ㄓㄨㄥˋ ㄔㄨㄢˊ 浮吊。

【起重機】qǐzhòngjī ㄑㄧˇ ㄓㄨㄥˋ ㄐㄧ 提起或移動重物用的機器，種類很多，廣泛用於倉庫、碼頭、車站、礦山、建築工地等。通稱吊車。

【起子】[1] qǐ·zi ㄑㄧˇ·ㄗ ❶開瓶蓋的工具，前端是橢圓形的環，後面有柄，多用金屬製成。❷〈方〉改錐。❸〈方〉焙(bèi)粉。

【起子】[2] qǐ·zi ㄑㄧˇ·ㄗ 量詞，群；批：一起子客人。

【起坐間】qǐzuòjiān ㄑㄧˇ ㄗㄨㄛˋ ㄐㄧㄢ 〈方〉專供閑坐談天或接待客人等的房間。

豈(岂)

qǐ ㄑㄧˇ 〈書〉副詞，表示反問：豈有此理｜如此而已，豈有他哉？

〈古〉又同'愷'、'凱'。

【豈但】qǐdàn ㄑㄧˇ ㄉㄢˋ 用反問的語氣表示'不但'：豈但你不知道，連我自己也不清楚呢。

【豈非】qǐfēi ㄑㄧˇ ㄈㄟ 用反問的語氣表示'難道不是'：豈非怪事？｜這樣解釋豈非自相矛盾？

【豈敢】qǐgǎn ㄑㄧˇ ㄍㄢˇ 怎麼敢；哪裏敢(多用做客套話)：我豈敢單獨行動｜豈敢豈敢，些許小事，何足挂齒？

【豈可】qǐkě ㄑㄧˇ ㄎㄜˇ 用反問的語氣表示'不可以'：豈可言而無信｜豈可坐以待斃？

【豈有此理】qǐ yǒu cǐ lǐ ㄑㄧˇ ㄧㄡˇ ㄘˇ ㄌㄧˇ 哪有這樣的道理（對不合情理的事表示氣憤）：做錯了事，還要怪別人，真是豈有此理！

【豈止】qǐzhǐ ㄑㄧˇ ㄓˇ 用反問的語氣表示'不止'：為難的事還多呢，豈止這一件？

啓（启、啟） qǐ ㄑㄧˇ ❶打開：啓封｜啓門｜某某啓（信封上用語，表示由某人拆信）。❷開導：啓蒙｜啓發。❸開始：啓行｜啓用。❹陳述：敬啓者（舊時用於書信的開端）｜某某啓（用於書信末署名處）。❺舊時文體之一，較簡短的書信：小啓｜謝啓。❻（Qǐ）姓。

【啓程】qǐchéng ㄑㄧˇ ㄔㄥˊ 起程；上路。

【啓齒】qǐchǐ ㄑㄧˇ ㄔˇ 開口（多指向別人有所請求）：難以啓齒｜不便啓齒。

【啓迪】qǐdí ㄑㄧˇ ㄉㄧˊ 開導；啓發：啓迪後人。

【啓碇】qǐ//dìng ㄑㄧˇ//ㄉㄧㄥˋ 起錨。

【啓動】qǐdòng ㄑㄧˇ ㄉㄨㄥˋ （機器、儀表、電氣設備等）開始工作：啓動電流｜啓動繼電器｜車輪啓動。

【啓發】qǐfā ㄑㄧˇ ㄈㄚ 闡明事例，引起對方聯想而有所領悟：啓發性報告｜啓發群眾的積極性。

【啓封】qǐ//fēng ㄑㄧˇ//ㄈㄥ 打開封條，也指拆開封着的信件等。

【啓蒙】qǐméng ㄑㄧˇ ㄇㄥˊ ❶使初學的人得到基本的、入門的知識：啓蒙老師｜啓蒙讀物。❷普及新知識，使擺脫愚昧和迷信：啓蒙運動。

【啓蒙運動】qǐméng yùndòng ㄑㄧˇ ㄇㄥˊ ㄩㄣˋ ㄉㄨㄥˋ ❶17－18世紀歐洲資產階級的民主文化運動。啓發人們反對封建傳統思想和宗教的束縛，提倡思想自由、個性發展等。❷泛指通過宣傳教育使社會接受新事物而得到進步的運動。

【啓明】qǐmíng ㄑㄧˇ ㄇㄧㄥˊ 我國古代指日出以前，出現在東方天空的金星。參看596頁〖金星〗。

【啓示】qǐshì ㄑㄧˇ ㄕˋ 啓發指示，使有所領悟：這本書啓示我們應該怎樣度過自己的一生。

【啓事】qǐshì ㄑㄧˇ ㄕˋ 為了說明某事而登在報刊上或貼在牆壁上的文字：徵稿啓事。

【啓釁】qǐxìn ㄑㄧˇ ㄒㄧㄣˋ 挑起爭端：兩次世界大戰都是德國軍國主義者首先啓釁的。

【啓用】qǐyòng ㄑㄧˇ ㄩㄥˋ 開始使用：啓用印章｜啓用新秀｜鐵路已建成啓用。

【啓運】qǐyùn ㄑㄧˇ ㄩㄣˋ 起運。

棨〔棨〕 qǐ ㄑㄧˇ 古代官吏出行時用來證明身份的東西，用木製成，形狀像戟。

晵〔晵〕 qǐ ㄑㄧˇ 古書上指腓腸肌。

綮〔綮〕 qǐ ㄑㄧˇ 同'棨'。另見941頁 qìng。

綺（绮） qǐ ㄑㄧˇ ❶有花紋或圖案的絲織品：綺羅。❷美麗；美妙：綺麗。

【綺麗】qǐlì ㄑㄧˇ ㄌㄧˋ 鮮艷美麗（多用來形容風景）：綺麗的景色｜風和日暖，西湖顯得更加綺麗。

稽 qǐ ㄑㄧˇ 〔稽首〕（qǐshǒu ㄑㄧˇ ㄕㄡˇ）古時的一種禮節，跪下，拱手至地，頭也至地。

另見530頁 jī。

qì（ㄑㄧˋ）

汔 qì ㄑㄧˋ 〈書〉庶幾。

迄 qì ㄑㄧˋ ❶到：迄今。❷始終；一直（用於'未'或'無'前）：迄未見效。

【迄今】qìjīn ㄑㄧˋ ㄐㄧㄣ 到現在：自古迄今｜迄今為止。

汽 qì ㄑㄧˋ ❶液體或某些固體受熱而變成的氣體，例如水變成的水蒸氣。❷特指水蒸氣：汽機｜汽船。

【汽車】qìchē ㄑㄧˋ ㄔㄜ 用內燃機做動力，主要在公路上或馬路上行駛的交通工具，通常有四個或四個以上的橡膠輪胎。用來運載人或貨物。

【汽船】qìchuán ㄑㄧˋ ㄔㄨㄢˊ ❶用蒸汽機發動的船，多指小型的。❷汽艇。

【汽錘】qìchuí ㄑㄧˋ ㄔㄨㄟˊ 蒸汽錘。

【汽燈】qìdēng ㄑㄧˋ ㄉㄥ 白熱照明燈具的一種。點着以後，利用本身的熱量把煤油變成蒸氣，噴射在熾熱的紗罩上，發出白色的亮光。

【汽笛】qìdí ㄑㄧˋ ㄉㄧˊ 輪船、火車等裝置的發聲器，使氣體由氣孔中噴出，發出大的音響。

【汽缸】qìgāng ㄑㄧˋ ㄍㄤ 內燃機或蒸汽機中裝有活塞的部分，呈圓筒形。

【汽化】qìhuà ㄑㄧˋ ㄏㄨㄚˋ 液體變為氣體。參看333頁〖沸騰〗、1456頁〖蒸發〗。

【汽化器】qìhuàqì ㄑㄧˋ ㄏㄨㄚˋ ㄑㄧˋ 汽油機上的部件，作用是把汽油變成霧狀，按一定比例和空氣混合，形成供汽缸燃燒的混合氣。也叫化油器。

【汽化熱】qìhuàrè ㄑㄧˋ ㄏㄨㄚˋ ㄖㄜˋ 單位質量的物質在溫度不變的情況下，從液態變成氣態時所吸收的熱量，叫做這種物質的汽化熱。

【汽機】qìjī ㄑㄧˋ ㄐㄧ ❶蒸汽機的簡稱。❷汽輪機的簡稱。

【汽酒】qìjiǔ ㄑㄧˋ ㄐㄧㄡˇ 含有二氧化碳的酒，用某些水果釀成，有葡萄汽酒、菠蘿汽酒等。

【汽輪機】qìlúnjī ㄑㄧˋ ㄌㄨㄣˊ ㄐㄧ 渦輪機的一種，利用高壓蒸汽推動葉輪轉動，產生動力。

轉速高、功率大，較為經濟。簡稱汽機。

【汽碾】qìniǎn ㄑㄧˋ ㄋㄧㄢˇ 壓路機的一種，用蒸汽發動機做動力機。也叫汽碾子。

【汽暖】qìnuǎn ㄑㄧˋ ㄋㄨㄢˇ 蒸汽通過暖氣設備散發熱量而使室溫增高的供暖方式。

【汽水】qìshuǐ ㄑㄧˋ ㄕㄨㄟˇ (汽水兒) 加一定壓力，使二氧化碳溶於水中，加糖、果汁、香料等製成的冷飲料。

【汽艇】qìtǐng ㄑㄧˋ ㄊㄧㄥˇ 用內燃機發動的小型船舶，速度高。也叫快艇、摩托艇。

【汽油】qìyóu ㄑㄧˋ ㄧㄡˊ 輕質石油產品的一類，從石油中經分餾而得。易揮發，容易燃燒，用做內燃機燃料，溶劑等。

【汽油機】qìyóujī ㄑㄧˋ ㄧㄡˊ ㄐㄧ 用汽油做燃料的內燃機。在汽車上應用最廣。

妻 qì ㄑㄧˋ 〈書〉把女子嫁給 (某人)。另見899頁 qī。

炁 qì ㄑㄧˋ 同'氣'。如'坎炁' (kǎnqì ㄎㄢˇ ㄑㄧˋ)，中藥上指臍帶。

泣 qì ㄑㄧˋ ❶小聲哭：暗泣｜哭泣｜泣不成聲。❷眼淚：飲泣｜泣下如雨。

【泣不成聲】qì bù chéng shēng ㄑㄧˋ ㄅㄨˋ ㄔㄥˊ ㄕㄥ 哭得喉嚨哽住，出不來聲音。形容極度悲傷。

【泣訴】qìsù ㄑㄧˋ ㄙㄨˋ 哭着訴説：嗚咽泣訴。

亟 qì ㄑㄧˋ 〈書〉屢次：亟來問訊。另見536頁 jí。

契 (栔) qì ㄑㄧˋ ❶〈書〉用刀雕刻。❷〈書〉刻的文字：書契｜殷契。❸買賣房地產等的文書，也是所有權的憑證：地契｜房契。❹投合：契友｜默契｜投契。另見1266頁 Xiè。

【契丹】Qìdān ㄑㄧˋ ㄉㄢ 我國古代民族，是東胡的一支，在今遼河上游西剌木倫河一帶，過着游牧生活。10世紀初耶律阿保機統一各族，建立契丹國。參看722頁'遼'。

【契合】qìhé ㄑㄧˋ ㄏㄜˊ ❶符合：扮演屈原的那個演員，無論是表情還是服裝都很契合屈原的身份。❷合得來；意氣相投：他倆説話投機，感情契合。

【契機】qìjī ㄑㄧˋ ㄐㄧ 指事物轉化的關鍵：抓住契機，扭轉局面。

【契據】qìjù ㄑㄧˋ ㄐㄩˋ 契約、借據、收據等的總稱。

【契友】qìyǒu ㄑㄧˋ ㄧㄡˇ 情意相投的朋友。

【契約】qìyuē ㄑㄧˋ ㄩㄝ 證明出賣、抵押、租賃等關係的文書。

砌 qì ㄑㄧˋ ❶用和好的灰泥把磚、石等一層層地壘起：堆砌｜砌牆｜砌灶｜砌烟囱。❷台階：雕欄玉砌。另見929頁 qiè。

氣 (气) qì ㄑㄧˋ ❶氣體：毒氣｜煤氣｜沼氣。❷特指空氣：氣壓｜打開窗子透一透氣。❸(氣兒) 氣息①：沒氣兒了｜上氣不接下氣。❹指自然界冷熱陰晴等現象：天氣｜氣候｜氣象｜秋高氣爽。❺氣味①：香氣｜臭氣｜泥土氣。❻人的精神狀態：勇氣｜朝氣勃勃。❼氣勢：氣吞山河。❽人的作風習氣：官氣｜嬌氣｜孩子氣。❾生氣；發怒：他氣得直哆嗦。❿使人生氣：故意氣他一下｜你別氣我了！⓫欺負；欺壓：捱打受氣｜再也不受他的氣了。⓬中醫指人體內能使各器官正常地發揮機能的原動力：元氣｜氣虛。⓭中醫指某種病象：濕氣｜痰氣。

【氣昂昂】qì'áng'áng ㄑㄧˋ ㄤˊ ㄤˊ (氣昂昂的) 形容人精神振作、氣勢威武：雄赳赳，氣昂昂。

【氣泵】qìbèng ㄑㄧˋ ㄅㄥˋ 風泵。

【氣不忿兒】qì bù fènr ㄑㄧˋ ㄅㄨˋ ㄈㄣˋㄦ 〈方〉看到不平的事，心中不服氣。

【氣沖沖】qìchōngchōng ㄑㄧˋ ㄔㄨㄥ ㄔㄨㄥ (氣沖沖的) 形容非常生氣的樣子。

【氣衝牛斗】qì chōng niú dǒu ㄑㄧˋ ㄔㄨㄥ ㄋㄧㄡˊ ㄉㄡˇ 形容氣勢或怒氣很盛 (牛斗：二十八宿的牛宿和斗宿，泛指天空)。也説氣衝斗牛。

【氣衝霄漢】qì chōng xiāohàn ㄑㄧˋ ㄔㄨㄥ ㄒㄧㄠ ㄏㄢˋ 形容大無畏的精神和氣概。

【氣喘】qìchuǎn ㄑㄧˋ ㄔㄨㄢˇ 每分鐘呼吸次數增多或深度增加，並伴有吸氣費力的症狀。也叫哮喘，簡稱喘。

【氣窗】qìchuāng ㄑㄧˋ ㄔㄨㄤ 主要用來通風透氣的窗子，一般開在房屋的頂部。

【氣錘】qìchuí ㄑㄧˋ ㄔㄨㄟˊ 空氣錘。

【氣粗】qìcū ㄑㄧˋ ㄘㄨ ❶脾氣暴躁：我這個人氣粗，大家多擔待着點。❷氣勢很盛：氣粗膽壯｜財大氣粗。

【氣墊】qìdiàn ㄑㄧˋ ㄉㄧㄢˋ ❶一種可以注入空氣的橡皮墊子，多用來放在長期卧牀病人的受壓部位下，緩解局部壓力。❷從氣墊船底噴出的高壓空氣。

【氣墊船】qìdiànchuán ㄑㄧˋ ㄉㄧㄢˋ ㄔㄨㄢˊ 利用高壓空氣的支承力而離開水面航行的船。高壓空氣從船底噴向水面，把船身托起，減少航行阻力，一般用螺旋槳或噴氣推進。

【氣度】qìdù ㄑㄧˋ ㄉㄨˋ 氣魄和度量；氣概：氣度不凡。

【氣短】qìduǎn ㄑㄧˋ ㄉㄨㄢˇ ❶因疲勞、空氣稀薄等原因而呼吸短促：爬到半山，感到有點氣短。❷志氣沮喪或情緒低落：試驗失敗並沒有使他氣短。

【氣氛】qìfēn ㄑㄧˋ ㄈㄣ 一定環境中給人某種強烈感覺的精神表現或景象：會場上充滿了團結友好的氣氛。

【氣憤】qìfèn ㄑㄧˋ ㄈㄣˋ 生氣；憤恨：他聽了這種不三不四的話非常氣憤。

【氣概】qìgài ㄑㄧˋ ㄍㄞˋ 在對待重大問題上表現

的態度、舉動或氣勢(專指正直、豪邁的)：中國人民有戰勝一切困難的英雄氣概。

【氣割】qìgē ㄑㄧˋ ㄍㄜ 用氧炔吹管或氫氧吹管的火焰切割金屬材料。

【氣根】qìgēn ㄑㄧˋ ㄍㄣ 由植物莖或葉的部分所生出的不定根，部分或全部露出地上，常帶綠色，能吸大氣中的水分和養分。玉蜀黍、榕樹等有氣根。

【氣功】qìgōng ㄑㄧˋ ㄍㄨㄥ 我國特有的一種健身術。基本分兩類，一類是靜立、靜坐或靜臥，使精神集中，並且用特殊的方式進行呼吸，促進循環、消化等系統的機能。另一類是用柔和的運動操、按摩等方法，堅持經常鍛煉，以增強體質。

【氣管】qìguǎn ㄑㄧˋ ㄍㄨㄢˇ 呼吸器官的一部分，管狀，是由半環狀軟骨構成的，有彈性，上部接喉頭，下部分成兩支，通入左右兩肺。有的地區叫氣嗓。(圖見332頁'肺')

【氣貫長虹】qì guàn cháng hóng ㄑㄧˋ ㄍㄨㄢˋ ㄔㄤˊ ㄏㄨㄥˊ 形容正氣磅礴，像是要貫通天空的長虹一樣。

【氣鍋】qìguō ㄑㄧˋ ㄍㄨㄛ 一種沙鍋，中央有通到鍋底而不伸出鍋蓋的管兒，烹調時在管兒周圍放食物，連沙鍋放在鍋裏蒸，水蒸氣從管兒進入沙鍋，食物蒸熟並得濃汁：氣鍋雞。

【氣焊】qìhàn ㄑㄧˋ ㄏㄢˋ 用氧炔吹管或氫氧吹管的火焰焊接金屬材料。

【氣候】qìhòu ㄑㄧˋ ㄏㄡˋ ❶一定地區裏經過多年觀察所得到的概括性的氣象情況。它與氣流、緯度、海拔高度、地形等有關。❷比喻動向或情勢：政治氣候。❸比喻結果或成就：幾個人瞎鬧騰，成不了氣候。參看144頁〖成氣候〗。

【氣呼呼】qìhūhū ㄑㄧˋ ㄏㄨ ㄏㄨ (氣呼呼的)形容生氣時呼吸急促的樣子。

【氣急】qìjí ㄑㄧˋ ㄐㄧˊ 呼吸急促，上氣不接下氣，多由缺氧、情緒緊張等引起。

【氣急敗壞】qìjí bàihuài ㄑㄧˋ ㄐㄧˊ ㄅㄞˋ ㄏㄨㄞˋ 上氣不接下氣，狼狽不堪。形容十分慌張或惱怒。

【氣節】qìjié ㄑㄧˋ ㄐㄧㄝˊ 堅持正義，在敵人或壓力面前不屈服的品質：民族氣節｜革命氣節。

【氣井】qìjǐng ㄑㄧˋ ㄐㄧㄥˇ 為開採天然氣用鑽機從地面打到氣層的井。

【氣孔】qìkǒng ㄑㄧˋ ㄎㄨㄥˇ ❶植物體表皮細胞之間的小孔，是植物體和外界交換氣體的出入口。主要分佈在葉子的背面，用顯微鏡才能看見。❷氣門①。❸鑄件內部的孔洞，是鑄造過程中產生的或進入的空氣造成的。氣孔是鑄件的一種缺陷。也叫氣眼。❹建築物或其他物體上用來使空氣或其他氣體通過的孔。也叫氣眼。

【氣口】qìkǒu ㄑㄧˋ ㄎㄡˇ 指戲曲、曲藝演員在行腔過程中換氣吸氣的地方。

【氣力】qìlì ㄑㄧˋ ㄌㄧˋ 力氣：用盡氣力｜年紀大了，氣力不如以前了。

【氣量】qìliàng ㄑㄧˋ ㄌㄧㄤˋ ❶指才識和品德的高低。❷指能容納不同意見的度量：這個人很有氣量，從不計較別人說他些甚麼。❸指容忍謙讓的限度：氣量大的人對這點兒小事是不會介意的。

【氣流】qìliú ㄑㄧˋ ㄌㄧㄡˊ ❶流動的空氣。❷由肺的膨脹或收縮而吸入或呼出的氣，是發音的動力。

【氣樓】qìlóu ㄑㄧˋ ㄌㄡˊ 房屋頂上突起來的部分，兩側有窗，用來通風或透光。

【氣輪機】qìlúnjī ㄑㄧˋ ㄌㄨㄣˊ ㄐㄧ 燃氣輪機的簡稱。

【氣脈】qìmài ㄑㄧˋ ㄇㄞˋ ❶血氣和脈息：氣脈調和。❷指詩文中貫穿前後的思路、脈絡。

【氣脈兒】qì·mair ㄑㄧˋ ·ㄇㄞㄦ 指人的精力、氣力等。

【氣煤】qìméi ㄑㄧˋ ㄇㄟˊ 烟煤的一種，隔絕空氣加熱可產生大量煤氣，有的氣煤還可用來煉油和提取化工原料。單獨用這種煤煉的焦強度低，塊小，所以多用來和其他烟煤配合煉焦。

【氣門】qìmén ㄑㄧˋ ㄇㄣˊ ❶昆蟲等陸栖的節肢動物呼吸器官的一部分，在身體的表面，是空氣的出入口。也叫氣孔。❷輪胎等充氣的活門，主要由氣門心和金屬圈構成。空氣由氣門壓入後不易逸出。❸某些機器上進出氣體的裝置。

【氣門心】qìménxīn ㄑㄧˋ ㄇㄣˊ ㄒㄧㄣ ❶充氣輪胎等的氣門上用彈簧或橡皮管做成的活門，空氣壓入不易逸出。❷做氣門心用的橡皮管。

【氣囊】qìnáng ㄑㄧˋ ㄋㄤˊ ❶鳥類呼吸器官的一部分，是由薄膜構成的許多小囊，分佈在體腔內各個器官的空隙中，有些氣囊在皮下或骨的內部。❷用塗有橡膠的布做成的囊，裏面充滿比空氣輕的氣體，多用來做高空氣球或帶動飛艇上升。

【氣惱】qìnǎo ㄑㄧˋ ㄋㄠˇ 生氣；惱怒。

【氣餒】qìněi ㄑㄧˋ ㄋㄟˇ 失掉勇氣：勝利了不要驕傲，失敗了不要氣餒。

【氣派】qìpài ㄑㄧˋ ㄆㄞˋ ❶指人的態度作風或某些事物所表現的氣勢：大國氣派。❷神氣；有精神：他穿上這身服裝，多氣派！

【氣泡】qìpào ㄑㄧˋ ㄆㄠˋ 氣體在固體、液體的內部或表面形成的球狀或半球狀體。

【氣魄】qìpò ㄑㄧˋ ㄆㄛˋ ❶魄力：他辦事很有氣魄。❷氣勢：天安門城樓的氣魄十分雄偉。

【氣槍】qìqiāng ㄑㄧˋ ㄑㄧㄤ 利用壓縮空氣發射鉛彈的器械，多用來打鳥。

【氣球】qìqiú ㄑㄧˋ ㄑㄧㄡˊ 在薄橡皮、塗有橡膠的布、塑料等製成的囊中灌入氫、氦、空氣等氣體所製成的球。氣球充入比空氣輕的氣體時，可以上升。種類很多。有的用做玩具，有的用做運載工具。

【氣色】qìsè ㄑㄧˋ ㄙㄜˋ 人的精神和面色：近來他的氣色很好，滿面紅光。

【氣勢】qìshì ㄑㄧˋ ㄕˋ (人或事物) 表現出的某種力量和形勢：氣勢磅礴｜人民大會堂氣勢雄偉。

【氣勢洶洶】qìshì xiōngxiōng ㄑㄧˋ ㄕˋ ㄒㄩㄥ ㄒㄩㄥ (氣勢洶洶的) 形容盛怒時很兇的樣子。

【氣數】qì·shu ㄑㄧˋ ·ㄕㄨ 指人生存或事物存在的期限；命運 (用於大事情，含有迷信色彩)：氣數將盡。

【氣態】qìtài ㄑㄧˋ ㄊㄞˋ 物質的氣體狀態，是物質存在的一種形態。

【氣體】qìtǐ ㄑㄧˋ ㄊㄧˇ 沒有一定形狀，沒有一定體積，可以流動的物體。在常溫下，空氣、氧氣、沼氣等都是氣體。

【氣田】qìtián ㄑㄧˋ ㄊㄧㄢˊ 可以開採的蘊藏大量天然氣的地帶。

【氣筒】qìtǒng ㄑㄧˋ ㄊㄨㄥˇ 產生壓縮空氣的工具，由圓形金屬筒、活塞等構成，多用來給輪胎和球膽打氣。

【氣頭上】qìtóu·shang ㄑㄧˋ ㄊㄡˊ ·ㄕㄤ 發怒的時候：他正在氣頭上，別人的話聽不進去。

【氣團】qìtuán ㄑㄧˋ ㄊㄨㄢˊ 在水平方向上溫度、濕度等比較均勻的空氣團。高可達數公里，寬可達數千公里。在冷、暖氣團相接觸的地帶，常有顯著的天氣變化。

【氣吞山河】qì tūn shānhé ㄑㄧˋ ㄊㄨㄣ ㄕㄢ ㄏㄜˊ 形容氣魄很大。

【氣味】qìwèi ㄑㄧˋ ㄨㄟˋ ❶鼻子可以聞到的味兒：氣味芬芳｜丁香花的氣味很好聞。❷比喻性格和志趣 (多含貶義)：氣味相投。

【氣溫】qìwēn ㄑㄧˋ ㄨㄣ 空氣的溫度：氣溫下降。

【氣息】qìxī ㄑㄧˋ ㄒㄧ ❶呼吸時出入的氣：氣息奄奄。❷氣味：一陣芬芳的氣息從花叢中吹過來◇生活氣息｜時代氣息。

【氣象】qìxiàng ㄑㄧˋ ㄒㄧㄤˋ ❶大氣的狀態和現象，例如颳風、閃電、打雷、結霜、下雪等。❷氣象學。❸情景；情況：一片新氣象。❹氣派；氣勢：氣象宏偉。

【氣象台】qìxiàngtái ㄑㄧˋ ㄒㄧㄤˋ ㄊㄞˊ 對大氣進行觀測、研究並預報天氣的機構。規模較小的還有氣象站、氣象哨等。

【氣象萬千】qìxiàng wànqiān ㄑㄧˋ ㄒㄧㄤˋ ㄨㄢˋ ㄑㄧㄢ 形容景色和事物多種多樣，非常壯觀。

【氣象學】qìxiàngxué ㄑㄧˋ ㄒㄧㄤˋ ㄒㄩㄝˊ 研究天氣現象和變化規律等的學科。

【氣性】qì·xing ㄑㄧˋ ·ㄒㄧㄥ ❶脾氣；性格：氣性溫順。❷指容易生氣或生氣後一時不易消除的性格：這孩子氣性大。

【氣咻咻】qìxiūxiū ㄑㄧˋ ㄒㄧㄡ ㄒㄧㄡ (氣咻咻的) 氣吁吁。

【氣吁吁】qìxūxū ㄑㄧˋ ㄒㄩ ㄒㄩ (氣吁吁的) 形容大聲喘氣的樣子。

【氣虛】qìxū ㄑㄧˋ ㄒㄩ 中醫指面色蒼白，呼吸短促，四肢無力，常出虛汗的症狀。

【氣旋】qìxuán ㄑㄧˋ ㄒㄩㄢˊ 直徑達數百公里的空氣旋渦。旋渦的中心是低氣壓區，風從四周向中心颳。氣旋在北半球以逆時針方向旋轉，在南半球以順時針方向旋轉。氣旋過境時往往陰雨連綿或降雪。

【氣壓】qìyā ㄑㄧˋ ㄧㄚ 氣體的壓強，通常指大氣的壓強。

【氣眼】qìyǎn ㄑㄧˋ ㄧㄢˇ 氣孔③④。

【氣焰】qìyàn ㄑㄧˋ ㄧㄢˋ 比喻人的威風氣勢 (多含貶義)：氣焰萬丈｜氣焰囂張。

【氣宇】qìyǔ ㄑㄧˋ ㄩˇ 氣度；氣概：氣宇不凡｜氣宇軒昂。

【氣韻】qìyùn ㄑㄧˋ ㄩㄣˋ 文章或書法繪畫的意境或韻味：氣韻生動｜畫面簡潔，氣韻無窮。

【氣質】qìzhì ㄑㄧˋ ㄓˋ ❶指人的相當穩定的個性特點，如活潑、直爽、沈靜、浮躁等。是高級神經活動在人的行動上的表現。❷風格；氣度：革命者的氣質。

【氣壯山河】qì zhuàng shān hé ㄑㄧˋ ㄓㄨㄤˋ ㄕㄢ ㄏㄜˊ 形容氣概像高山大河那樣雄偉豪邁。

訖(讫) qì ㄑㄧˋ ❶(事情) 完結：收訖｜付訖｜驗訖。❷截止：起訖。

跂 qì ㄑㄧˋ〈書〉抬起腳後跟站着：跂望。另見903頁 qí。

葺〔葺〕 qì ㄑㄧˋ〈書〉用茅草覆蓋房頂，今指修理房屋：修葺。

棄(弃) qì ㄑㄧˋ 放棄；扔掉：拋棄｜捨棄｜遺棄｜棄權｜棄之可惜。

【棄暗投明】qì àn tóu míng ㄑㄧˋ ㄢˋ ㄊㄡˊ ㄇㄧㄥˊ 離開黑暗，投向光明。比喻與黑暗勢力斷絕關係走向光明的道路。

【棄兒】qì'ér ㄑㄧˋ ㄦˊ 被父母遺棄的小孩兒。

【棄婦】qìfù ㄑㄧˋ ㄈㄨˋ〈書〉被丈夫遺棄的婦女。

【棄舊圖新】qì jiù tú xīn ㄑㄧˋ ㄐㄧㄡˋ ㄊㄨˊ ㄒㄧㄣ 拋棄舊的，謀求新的。多指由壞的轉向好的，由邪路走上正路：翻然改悔，棄舊圖新。

【棄權】qì∥quán ㄑㄧˋ∥ㄑㄩㄢˊ 放棄權利 (用於選舉、表決、比賽等)。

【棄學】qìxué ㄑㄧˋ ㄒㄩㄝˊ 中途放棄學業：棄學經商。

【棄養】qìyǎng ㄑㄧˋ ㄧㄤˇ〈書〉婉辭，指父母死亡。

【棄置】qìzhì ㄑㄧˋ ㄓˋ 扔在一旁：棄置不顧｜棄置不用。

愒 qì ㄑㄧˋ〈書〉同'憩'：小愒。另見467頁 hè；640頁 kài。

碶 qì ㄑㄧˋ〈方〉用石頭砌的水閘：碶閘｜截江築碶。

槭 qì ㄑㄧˋ 槭樹，落葉小喬木，枝幹光滑，葉子掌狀分裂，秋季變成紅色或黃色。花黃綠色，結翅果。木材堅韌，可以製造器具。

磧(碛) qì ㄑㄧˋ ❶沙石積成的淺灘。❷沙漠。

磜 qì ㄑㄧˋ 小磜(Xiǎoqì ㄒㄧㄠˇ ㄑㄧˋ)，地名，在江西。磜頭(Qìtóu ㄑㄧˋ ㄊㄡˊ)，地名，在福建。

器(噐) qì ㄑㄧˋ ❶器具：瓷器｜木器｜鐵器｜器物。❷器官：消化器｜生殖器。❸度量：器量。❹才能；人才：大器晚成。❺〈方〉器重。

【器材】qìcái ㄑㄧˋ ㄘㄞˊ 器具和材料：照相器材｜無綫電器材｜鐵路器材。

【器官】qìguān ㄑㄧˋ ㄍㄨㄢ 構成生物體的一部分，由數種細胞組織構成，能擔任某種獨立的生理機能，例如由上皮組織、結締組織等構成的，有泌尿機能的腎臟。

【器件】qìjiàn ㄑㄧˋ ㄐㄧㄢˋ 儀器、器械上的主要零件。電子儀器中特指晶體管、電子管。

【器具】qìjù ㄑㄧˋ ㄐㄩˋ 用具；工具。

【器量】qìliàng ㄑㄧˋ ㄌㄧㄤˋ 氣量；度量：器量大。

【器皿】qìmǐn ㄑㄧˋ ㄇㄧㄣˇ 某些盛東西的日常用具的統稱，如缸、盆、碗、碟等。

【器物】qìwù ㄑㄧˋ ㄨˋ 各種用具的統稱。

【器械】qìxiè ㄑㄧˋ ㄒㄧㄝˋ ❶有專門用途的或構造較精密的器具：體育器械｜醫療器械。❷武器。

【器械體操】qìxiè tǐcāo ㄑㄧˋ ㄒㄧㄝˋ ㄊㄧˇ ㄘㄠ 憑藉體育器械(如單杠、鞍馬、平衡木等)做的體操。

【器宇】qìyǔ ㄑㄧˋ ㄩˇ 〈書〉人的外表；風度：器宇不凡｜器宇軒昂。

【器樂】qìyuè ㄑㄧˋ ㄩㄝˋ 用樂器演奏的音樂(區別於'聲樂')。

【器重】qìzhòng ㄑㄧˋ ㄓㄨㄥˋ (長輩對晚輩，上級對下級)看重；重視：他的工作能力強，對自己要求嚴，領導上很器重他。

憩(憇) qì ㄑㄧˋ 〈書〉休息：小憩｜同作同憩。

【憩室】qìshì ㄑㄧˋ ㄕˋ 心臟、胃、腸、氣管、喉頭等器官上因發育異常而形成的囊狀或帶狀物。

罊 qì ㄑㄧˋ ［罊螽］(qìzhōng ㄑㄧˋ ㄓㄨㄥ)古書上指蚱蜢。

qiā (ㄑㄧㄚ)

掐 qiā ㄑㄧㄚ ❶用指甲按；用拇指和另一個指頭使勁捏或截斷：掐兩下也可以止癢｜不要掐公園裏的花兒｜把豆芽菜的鬚子掐一掐。❷用手的虎口緊緊按住：一把掐住。❸〈方〉(掐兒)量詞，拇指和另一手指尖相對握着的數量：一掐兒韭菜。

【掐訣】qiājué ㄑㄧㄚ ㄐㄩㄝˊ 和尚、道士唸咒時用拇指掐其他指頭的關節：掐訣唸咒。

【掐算】qiāsuàn ㄑㄧㄚ ㄙㄨㄢˋ 用拇指掐着別的指頭來計算。

【掐頭去尾】qiā tóu qù wěi ㄑㄧㄚ ㄊㄡˊ ㄑㄩˋ ㄨㄟˇ 除去前頭後頭兩部分，也比喻除去無用的或不重要的部分。

袷 qiā ㄑㄧㄚ ［袷袢］(qiāpàn ㄑㄧㄚ ㄆㄢˋ)維吾爾、塔吉克等民族所穿的對襟長袍。

另見552頁 jiá '夾'。

葜〔葜〕 qiā ㄑㄧㄚ 見17頁［菝葜］。

齘(齘) qiā ㄑㄧㄚ 咬。
另見653頁 kè '嗑'。

qiá (ㄑㄧㄚˊ)

拤 qiá ㄑㄧㄚˊ 用兩手掐住。

qiǎ (ㄑㄧㄚˇ)

卡 qiǎ ㄑㄧㄚˇ ❶夾在中間，不能活動：魚刺卡在嗓子裏。❷把人或財物留住(不肯調撥或發給)；阻擋：會計對不必要的開支卡得很緊｜卡住敵人的退路。❸用手的虎口緊緊按住：卡脖子。❹卡子①：髮卡。❺卡子②：稅卡｜關卡。

另見634頁 kǎ。

【卡脖子】qiǎ bó·zi ㄑㄧㄚˇ ㄅㄛˊ ·ㄗ 用雙手掐住別人的脖子，多比喻抓住要害，置對方於死地：卡脖子旱(農作物秀穗時遭受的乾旱)。

【卡具】qiǎjù ㄑㄧㄚˇ ㄐㄩˋ 夾具。

【卡殼】qiǎ//ké ㄑㄧㄚˇ//ㄎㄜˊ ❶槍膛、炮膛裏的彈殼退不出來。❷比喻辦事等遇到困難而暫時停頓。也比喻人說話中斷，說不出來：他說着說着就卡殼了。

【卡子】qiǎ·zi ㄑㄧㄚˇ ·ㄗ ❶夾東西的器具：頭髮卡子。❷為收稅或警備而設置的檢查站或崗哨。

qià (ㄑㄧㄚˋ)

洽 qià ㄑㄧㄚˋ ❶和睦；相互協調一致：融洽｜意見不洽。❷商量；接洽：洽借｜洽妥｜面洽。❸廣博；周遍：博識洽聞。

【洽商】qiàshāng ㄑㄧㄚˋ ㄕㄤ 接洽商談：洽商有關事宜。

【洽談】qiàtán ㄑㄧㄚˋ ㄊㄢˊ 洽商：洽談生意。

恰 qià ㄑㄧㄚˋ ❶恰當：措辭不恰。❷恰恰；正：恰到好處｜恰合時宜｜恰如其分。

【恰當】qiàdàng ㄑㄧㄚˋ ㄉㄤˋ 合適；妥當：這篇文章裏有些字眼兒用得不恰當｜事情處理得很恰當。

【恰好】qiàhǎo ㄑㄧㄚˋ ㄏㄠˇ 正好：你來得恰好，我正要找你去呢｜你要看的那本書恰好我這裏有。

【恰恰】qiàqià ㄑㄧㄚˋ ㄑㄧㄚˋ 正好；正：恰恰相反｜我跑到那裏恰恰十二點。

【恰巧】qiàqiǎo ㄑㄧㄚˋ ㄑㄧㄠˇ 湊巧：他正愁沒人幫他卸車，恰巧這時候老張來了。

【恰如】qiàrú ㄑㄧㄚˋ ㄖㄨˊ 正好像：晚霞恰如一幅圖畫。

【恰如其分】qià rú qí fèn ㄑㄧㄚˋ ㄖㄨˊ ㄑㄧˊ ㄈㄣˋ 辦事或說話正合分寸：恰如其分的批評｜措辭恰如其分。

【恰似】qiàsì ㄑㄧㄚˋ ㄙˋ 恰如：這消息恰似晴天霹靂，令人十分震驚。

落〔落〕 qià ㄑㄧㄚˋ ［落草］(qiàcǎo ㄑㄧㄚˋ ㄘㄠˇ) 多年生草本植物，稈直立，簇生，葉片狹窄，灰綠色，圓錐花序。生長在溫暖地區和熱帶山麓，是良好的牧草。

髂 qià ㄑㄧㄚˋ ［髂骨］(qiàgǔ ㄑㄧㄚˋ ㄍㄨˇ) 腰部下面腹部兩側的骨，左右各一，略呈長方形，上緣略呈弓形，下緣與恥骨和坐骨相連而形成髖骨。也叫腸骨。(圖見410頁〖骨骼〗)

qiān (ㄑㄧㄢ)

千 qiān ㄑㄧㄢ ❶數目，十個百：小麥畝產突破千斤。❷比喻很多：千方百計｜千軍萬馬。❸ (Qiān) 姓。

【千錘百煉】qiān chuí bǎi liàn ㄑㄧㄢ ㄔㄨㄟˊ ㄅㄞˇ ㄌㄧㄢˋ ❶比喻多次的鬥爭和考驗。❷比喻對詩文等做多次的精細修改。

【千兒八百】qiān·er-bābǎi ㄑㄧㄢ ·ㄦ ㄅㄚ ㄅㄞˇ 一千或略少：千兒八百人｜千兒八百塊錢。

【千方百計】qiān fāng bǎi jì ㄑㄧㄢ ㄈㄤ ㄅㄞˇ ㄐㄧˋ 形容想盡或用盡種種方法。

【千分表】qiānfēnbiǎo ㄑㄧㄢ ㄈㄣ ㄅㄧㄠˇ 一種精度很高的量具。參看25頁〖百分表〗。

【千分尺】qiānfēnchǐ ㄑㄧㄢ ㄈㄣ ㄔˇ 百分尺。

【千分數】qiānfēnshù ㄑㄧㄢ ㄈㄣ ㄕㄨˋ 分母是1000 的分數，通常用千分號來表示，如 19/1000 寫作 19‰。

【千夫】qiānfū ㄑㄧㄢ ㄈㄨ 〈書〉指眾多的人：千夫所指（為眾人所指責）。

【千古】qiāngǔ ㄑㄧㄢ ㄍㄨˇ ❶長遠的年代：千古奇聞｜千古絕唱。❷婉辭，哀悼死者，表示永別（多用於輓聯、花圈等的上款）。

【千斤】qiānjīn ㄑㄧㄢ ㄐㄧㄣ 指責任重：千斤重擔(zhòngdàn)。

【千斤】qiān·jin ㄑㄧㄢ ·ㄐㄧㄣ ❶千斤頂的簡稱。❷機器中防止齒輪倒轉的裝置，由安置在軸上的有齒零件和彈簧等組成。

【千斤頂】qiānjīndǐng ㄑㄧㄢ ㄐㄧㄣ ㄉㄧㄥˇ 一種頂起重物的工具，常用的有液壓式和螺旋式兩種。簡稱千斤。

【千金】qiānjīn ㄑㄧㄢ ㄐㄧㄣ ❶指很多的錢：千金難買。❷比喻貴重；珍貴：一字千金｜千金之軀。❸敬辭，稱別人的女兒。

【千鈞一髮】qiān jūn yī fà ㄑㄧㄢ ㄐㄩㄣ ㄧ ㄈㄚˋ 千鈞的重量繫在一根頭髮上。比喻極其危險（鈞：古代重量單位，等於三十斤）。也說一髮千鈞。

【千卡】qiānkǎ ㄑㄧㄢ ㄎㄚˇ 大卡。

【千克】qiānkè ㄑㄧㄢ ㄎㄜˋ 質量或重量的單位，1千克是國際千克原器的質量，等於1,000克，合 2 市斤。也叫公斤。參看436頁〖國際單位制〗、436頁〖國際公制〗。

【千里鵝毛】qiān lǐ émáo ㄑㄧㄢ ㄌㄧˇ ㄜˊ ㄇㄠˊ 諺語：'千里送鵝毛，禮輕情意重。'從很遠的地方帶來極輕微的禮物，表示禮輕情意重。

【千里馬】qiānlǐmǎ ㄑㄧㄢ ㄌㄧˇ ㄇㄚˇ 指駿馬。比喻有才幹的人才。

【千里眼】qiānlǐyǎn ㄑㄧㄢ ㄌㄧˇ ㄧㄢˇ ❶形容眼光敏銳，看得遠。❷舊時稱望遠鏡。

【千里之堤，潰於蟻穴】qiān lǐ zhī dī, kuì yú yǐ xué ㄑㄧㄢ ㄌㄧˇ ㄓ ㄉㄧ, ㄎㄨㄟˋ ㄩˊ ㄧˇ ㄒㄩㄝˊ 千里長的大堤，由於小小的一個螞蟻洞而潰決。比喻小事不注意，就會出大問題。

【千里之行，始於足下】qiān lǐ zhī xíng, shǐ yú zú xià ㄑㄧㄢ ㄌㄧˇ ㄓ ㄒㄧㄥˊ, ㄕˇ ㄩˊ ㄗㄨˊ ㄒㄧㄚˋ 一千里的路程是從邁第一步開始的。比喻事情的成功都是由小到大逐漸積累的（見於《老子》六十四章）。

【千粒重】qiān lì zhòng ㄑㄧㄢ ㄌㄧˋ ㄓㄨㄥˋ 1,000粒種子的重量。表示種子的飽滿程度。千粒重高，說明子粒大而飽滿。用來鑒定某些農作物的品質，估計某些農作物的產量。

【千慮一得】qiān lǜ yī dé ㄑㄧㄢ ㄌㄩˋ ㄧ ㄉㄜˊ 《史記・淮陰侯傳》：'智者千慮，必有一失；愚者千慮，必有一得。''千慮一得'指平凡的人的考慮也會有可取的地方。也用為發表意見時自謙的話。

【千慮一失】qiān lǜ yī shī ㄑㄧㄢ ㄌㄩˋ ㄧ ㄕ 指聰明人的考慮也會有疏漏的地方。參看〖千慮一得〗。

【千篇一律】qiān piān yīlǜ ㄑㄧㄢ ㄆㄧㄢ ㄧ ㄌㄩˋ 指詩文公式化，泛指事物只有一種形式，毫無變化。

【千奇百怪】qiān qí bǎi guài ㄑㄧㄢ ㄑㄧˊ ㄅㄞˇ ㄍㄨㄞˋ 形容事物奇異而多樣。

【千秋】qiānqiū ㄑㄧㄢ ㄑㄧㄡ ❶泛指很長久的時間：千秋萬代｜千秋功過。❷敬辭，稱人壽辰。
【千歲】qiānsuì ㄑㄧㄢ ㄙㄨㄟˋ 尊稱王公(多用於戲曲中)：千歲爺。
【千瓦】qiānwǎ ㄑㄧㄢ ㄨㄚˇ 電的功率實用單位，1千瓦就是1,000瓦特。舊作瓩。
【千萬】qiānwàn ㄑㄧㄢ ㄨㄢˋ 務必(表示懇切丁寧)：千萬不可大意｜這件事你千萬記着。
【千…萬…】qiān…wàn… ㄑㄧㄢ…ㄨㄢˋ… ❶形容非常多：千山萬水(形容道路遙遠而險阻)｜千軍萬馬(形容雄壯的隊伍和浩大的聲勢)｜千秋萬歲｜千頭萬緒｜千絲萬縷(形容關係非常密切)｜千言萬語｜千呼萬喚｜千變萬化｜千辛萬苦｜千差萬別。❷表示強調：千真萬確｜千難萬難。
【千載難逢】qiān zǎi nán féng ㄑㄧㄢ ㄗㄞˇ ㄋㄢˊ ㄈㄥˊ 一千年也難得遇到。形容機會難得。
【千載一時】qiān zǎi yī shí ㄑㄧㄢ ㄗㄞˇ ㄧ ㄕˊ 一千年才有這麼一個時機。形容機會難得。
【千張】qiān·zhang ㄑㄧㄢ ·ㄓㄤ 食品，是一種薄的豆腐乾片。
【千姿百態】qiān zī bǎi tài ㄑㄧㄢ ㄗ ㄅㄞˇ ㄊㄞˋ 形容姿態多種多樣，各不相同。

仟 qiān ㄑㄧㄢ ‘千’的大寫。

扦 qiān ㄑㄧㄢ ❶(扦兒)扦子①：蠟扦兒。❷扦子②：扦手。❸〈方〉插：扦門｜把花扦在瓶裏。❹〈方〉修(腳)；削：扦腳｜扦蘋果。
【扦插】qiānchā ㄑㄧㄢ ㄔㄚ 截取植物的根、莖、葉等的一段插在土壤裏，使長成新的植株。
【扦手】qiānshǒu ㄑㄧㄢ ㄕㄡˇ 舊時關卡上的檢查員。也叫扦子手。
【扦子】qiān·zi ㄑㄧㄢ ·ㄗ ❶金屬、竹子等製成的針狀物或主要部分是針狀的器物：鐵扦子｜竹扦子。❷插進裝着粉末狀或顆粒狀貨物的麻袋等從裏面取出樣品的金屬器具，形狀像中空的山羊角。

芊〔芊〕 qiān ㄑㄧㄢ 見下。
【芊眠】qiānmián ㄑㄧㄢ ㄇㄧㄢˊ 同‘芊綿’。
【芊綿】qiānmián ㄑㄧㄢ ㄇㄧㄢˊ 〈書〉草木茂密繁盛。也作芊眠。
【芊芊】qiānqiān ㄑㄧㄢ ㄑㄧㄢ 〈書〉草木茂盛。

阡 qiān ㄑㄧㄢ 〈書〉❶田地中間南北方向的小路：阡陌。❷通往墳墓的道路。
【阡陌】qiānmò ㄑㄧㄢ ㄇㄛˋ 〈書〉田地中間縱橫交錯的小路：阡陌縱橫｜阡陌交通。

瓩〔瓩〕 qiānwǎ ㄑㄧㄢ ㄨㄚˇ 千瓦舊也作瓩。

岍 Qiān ㄑㄧㄢ 岍山，山名，在陝西。

汧 qiān ㄑㄧㄢ 汧陽(Qiānyáng ㄑㄧㄢ ㄧㄤˊ)，地名，在陝西。今作千陽。

釺(钎) qiān ㄑㄧㄢ 釺子：鋼 。
【釺子】qiān·zi ㄑㄧㄢ ·ㄗ 在岩石上鑿孔的工具，用六角、八角或圓形的鋼棍製成，有的頭上有刃，用壓縮空氣旋轉的釺子當中是空的。也叫炮釺。

牽(牵) qiān ㄑㄧㄢ ❶拉着使行走或移動：牽引｜牽着一頭牛往地裏走。❷牽涉：牽連｜牽制。
【牽纏】qiānchán ㄑㄧㄢ ㄔㄢˊ 牽扯；糾纏：家事牽纏｜這件事牽纏了許多人。
【牽腸挂肚】qiān cháng guà dù ㄑㄧㄢ ㄔㄤˊ ㄍㄨㄚˋ ㄉㄨˋ 形容非常挂念，很不放心。
【牽扯】qiānchě ㄑㄧㄢ ㄔㄜˇ 牽連；有聯繫：別把他牽扯進去｜這兩件事牽扯不到一塊兒去。
【牽掣】qiānchè ㄑㄧㄢ ㄔㄜˋ ❶因牽連而受影響或阻礙：互相牽掣｜抓住主要問題，不要被枝節問題牽掣住。❷牽制。
【牽動】qiāndòng ㄑㄧㄢ ㄉㄨㄥˋ ❶因一部分的變動而使其他部分跟着變動：牽動全局。❷觸動：一談到上海，就牽動了他的鄉思。
【牽挂】qiānguà ㄑㄧㄢ ㄍㄨㄚˋ 挂念：爸爸媽媽囑咐他在外邊要好好工作，家裏的事不用牽挂。
【牽記】qiānjì ㄑㄧㄢ ㄐㄧˋ 牽挂；惦念。
【牽就】qiānjiù ㄑㄧㄢ ㄐㄧㄡˋ 遷就。
【牽累】qiānlěi ㄑㄧㄢ ㄌㄟˇ ❶因牽制而使受累：家務牽累。❷因牽連而使受累；連累：牽累無辜。
【牽連】qiānlián ㄑㄧㄢ ㄌㄧㄢˊ ❶因某個人或某件事產生的影響而使別的人或別的事不利：清朝的幾次文字獄都牽連了很多人。❷聯繫在一起：這兩件事是互相牽連的，一定要妥善處理。
【牽念】qiānniàn ㄑㄧㄢ ㄋㄧㄢˋ 挂念。
【牽牛星】qiānniúxīng ㄑㄧㄢ ㄋㄧㄡˊ ㄒㄧㄥ 天鷹座中最亮的一顆星，是一等星，隔銀河與織女星相對。通稱牛郎星。
【牽強】qiānqiǎng ㄑㄧㄢ ㄑㄧㄤˇ 勉強把兩件沒有關係或關係很遠的事物拉在一起：牽強附會｜這條理由有些牽強。
【牽涉】qiānshè ㄑㄧㄢ ㄕㄜˋ 一件事情關聯到其他的事情或人：這案件牽涉到很多人。
【牽頭】qiān//tóu ㄑㄧㄢ//ㄊㄡˊ 出面臨時負責某事；領頭：由研究所牽頭，十幾個科研單位參加，召開了有關人才流動的討論會｜這件事請你牽個頭吧。
【牽綫】qiān//xiàn ㄑㄧㄢ//ㄒㄧㄢˋ ❶耍木偶牽引提綫。比喻在背後操縱：牽綫人。❷撮合；介紹①：他們倆談戀愛是我牽的綫。
【牽綫搭橋】qiān xiàn dā qiáo ㄑㄧㄢ ㄒㄧㄢˋ ㄉㄚ

ㄑㄧㄠˊ 比喻從中撮合。

【牽一髮而動全身】qiān yī fà ér dòng quán shēn ㄑㄧㄢ ㄧ ㄈㄚˋ ㄦˊ ㄉㄨㄥˋ ㄑㄩㄢˊ ㄕㄣ 比喻動一個極小的部分就影響全局。

【牽引】qiānyǐn ㄑㄧㄢ ㄧㄣˇ (機器或牲畜)拉(車輛、農具等)：機車牽引列車前進｜在甘肅河西走廊，可以見到駱駝牽引的大車。

【牽引力】qiānyǐnlì ㄑㄧㄢ ㄧㄣˇ ㄌㄧˋ 機車、拖拉機、船隻等的發動機所產生的拖動能力。

【牽制】qiānzhì ㄑㄧㄢ ㄓˋ 拖住使不能自由活動(多用於軍事)：我軍用兩個團的兵力牽制了敵人的右翼。

愆 qiān ㄑㄧㄢ 〈書〉❶罪過；過失：愆尤。❷錯過(時期)。

【愆期】qiānqī ㄑㄧㄢ ㄑㄧ 〈書〉延誤日期。

【愆尤】qiānyóu ㄑㄧㄢ ㄧㄡˊ 〈書〉過失；罪過。

鉛(铅) qiān ㄑㄧㄢ ❶金屬元素，符號Pb (plumbum)。銀灰色，質軟而重，延性弱，展性強，容易氧化。用來製合金、蓄電池、電纜的外皮等。❷鉛筆心。

另見1315頁 yán。

【鉛版】qiānbǎn ㄑㄧㄢ ㄅㄢˇ 把鉛合金熔化後灌入紙型壓成的印刷版。

【鉛筆】qiānbǐ ㄑㄧㄢ ㄅㄧˇ 用石墨或加顏料的黏土做筆心的筆。

【鉛筆畫】qiānbǐhuà ㄑㄧㄢ ㄅㄧˇ ㄏㄨㄚˋ 用鉛筆繪成的圖畫。描繪方法和木炭畫類似，但較木炭畫光暗層次更分明，筆法更細緻。

【鉛垂綫】qiānchuíxiàn ㄑㄧㄢ ㄔㄨㄟˊ ㄒㄧㄢˋ 把鉛錘或其他重錘懸挂於細綫上，使它自由下垂，沿下垂方向的直綫叫做鉛垂綫。鉛垂綫與水平面相垂直。

【鉛灰】qiānhuī ㄑㄧㄢ ㄏㄨㄟ 像鉛一樣的淺灰顏色：鉛灰的天空飄着雪花。

【鉛球】qiānqiú ㄑㄧㄢ ㄑㄧㄡˊ ❶田徑運動項目之一，運動員用手托住鉛球，然後用力推出去。❷田徑運動使用的投擲器械之一，球形，用鐵或銅做外殼，中心灌鉛。

【鉛絲】qiānsī ㄑㄧㄢ ㄙ 鍍鋅的鐵絲，不易生銹。顏色像鉛，所以叫鉛絲。

【鉛條】qiāntiáo ㄑㄧㄢ ㄊㄧㄠˊ ❶排版印刷時夾在各行鉛字間的條狀物，用鉛、銻、錫的合金製成。❷自動鉛筆的筆心。

【鉛印】qiānyìn ㄑㄧㄢ ㄧㄣˋ 用鉛字排版印刷，大量印刷時，排版後製成紙型，再澆製鉛版。

【鉛直】qiānzhí ㄑㄧㄢ ㄓˊ 與水平面垂直的。參看〖鉛垂綫〗。

【鉛字】qiānzì ㄑㄧㄢ ㄗˋ 用鉛、銻、錫合金鑄成的印刷或打字用的活字。

僉[1](佥) qiān ㄑㄧㄢ 〈書〉全；都：僉同(一致贊成)。

僉[2](佥) qiān ㄑㄧㄢ ❶同'簽'。❷同'籤'。

慳(悭) qiān ㄑㄧㄢ ❶吝嗇。❷缺欠：緣慳一面(缺少一面之緣)。

【慳吝】qiānlìn ㄑㄧㄢ ㄌㄧㄣˋ 吝嗇；小氣：慳吝鬼。

搴 qiān ㄑㄧㄢ 〈書〉❶拔：斬將搴旗。❷同'褰'。

磏 qiān ㄑㄧㄢ 大磏(Dàqiān ㄉㄚˋ ㄑㄧㄢ)，地名，在貴州。

另見713頁 lián。

晉 qiān ㄑㄧㄢ 〈書〉同'愆'。

遷(迁) qiān ㄑㄧㄢ ❶遷移：遷居｜遷葬｜拆遷。❷轉變：變遷｜事過境遷。❸〈書〉調動官職：左遷。

【遷都】qiān//dū ㄑㄧㄢ//ㄉㄨ 遷移國都。

【遷就】qiānjiù ㄑㄧㄢ ㄐㄧㄡˋ 將就別人：堅持原則，不能遷就｜你越遷就他，他越貪得無厭。

【遷居】qiānjū ㄑㄧㄢ ㄐㄩ 搬家：遷居外地。

【遷流】qiānliú ㄑㄧㄢ ㄌㄧㄡˊ 〈書〉(時間等)遷移流動：歲月遷流。

【遷怒】qiānnù ㄑㄧㄢ ㄋㄨˋ 把對甲的怒氣發到乙身上，或自己不如意時跟別人生氣：遷怒於人。

【遷徙】qiānxǐ ㄑㄧㄢ ㄒㄧˇ 遷移：人口遷徙。

【遷延】qiānyán ㄑㄧㄢ ㄧㄢˊ 拖延：遷延時日。

【遷移】qiānyí ㄑㄧㄢ ㄧˊ 離開原來的所在地而另換地點：遷移戶口｜工廠由城內遷移到郊區◇隨着時間的遷移，這件事逐漸被淡忘了。

褰 qiān ㄑㄧㄢ 〈書〉撩起；揭起(衣服、帳子等)。

謙(谦) qiān ㄑㄧㄢ 謙虛：謙恭｜謙讓｜自謙｜滿招損，謙受益。

【謙卑】qiānbēi ㄑㄧㄢ ㄅㄟ 謙虛，不自高自大(多用於晚輩對長輩)。

【謙辭】qiāncí ㄑㄧㄢ ㄘˊ ❶表示謙虛的言辭，如'過獎、不敢當'等。❷謙讓推辭：大家誠意推舉你，你就別謙辭了。

【謙恭】qiāngōng ㄑㄧㄢ ㄍㄨㄥ 謙虛而有禮貌。

【謙和】qiānhé ㄑㄧㄢ ㄏㄜˊ 謙虛和藹：為人謙和。

【謙謙君子】qiānqiān jūnzǐ ㄑㄧㄢ ㄑㄧㄢ ㄐㄩㄣ ㄗˇ 原指謙虛、能嚴格要求自己的人。現多指故作謙虛而實際虛偽的人。

【謙讓】qiānràng ㄑㄧㄢ ㄖㄤˋ 謙虛地不肯擔任，不肯接受或不肯佔先：您當發起人最合適，不必謙讓了｜客人互相謙讓了一下，然後落了座。

【謙順】qiānshùn ㄑㄧㄢ ㄕㄨㄣˋ 謙虛恭順：態度謙順。

【謙虛】qiānxū ㄑㄧㄢ ㄒㄩ ❶虛心，不自滿，肯接受批評：謙虛謹慎。❷說謙虛的話：他謙虛了一番，終於答應了我的請求。

【謙遜】qiānxùn ㄑㄧㄢ ㄒㄩㄣˋ 謙虛恭謹。

簽(签) qiān ㄑㄧㄢ ❶為了表示負責而在文件、單據上親自寫上姓名或畫上記號：簽發｜簽押｜請你簽個字。❷用比較簡單的文字提出要點或意見：簽呈｜簽註意見。

另見916頁 qiān‘籤’。

【簽到】qiān//dào ㄑㄧㄢ//ㄉㄠˋ 參加會議或上班時在簿子上寫上名字或在印就的名字下面寫個‘到’字，表示已經到了：簽到簿。

【簽訂】qiāndìng ㄑㄧㄢ ㄉㄧㄥˋ 訂立條約或合同並簽字：兩國簽訂了貿易議定書和支付協定。

【簽發】qiānfā ㄑㄧㄢ ㄈㄚ 由主管人審核同意後，簽名正式發出(公文、證件)：施工單位簽發工程任務單｜簽發護照。

【簽名】qiān//míng ㄑㄧㄢ//ㄇㄧㄥˊ 寫上自己的名字。

【簽收】qiānshōu ㄑㄧㄢ ㄕㄡ 收到公文信件等後，在送信人指定的單據上簽字，表示已經收到：挂號信須由收件人簽收。

【簽署】qiānshǔ ㄑㄧㄢ ㄕㄨˇ 在重要文件上正式簽字：簽署聯合公報。

【簽押】qiānyā ㄑㄧㄢ ㄧㄚ 舊時在文書上簽名或畫記號，表示負責。

【簽約】qiān//yuē ㄑㄧㄢ//ㄩㄝ 簽訂合約或條約。

【簽證】qiānzhèng ㄑㄧㄢ ㄓㄥˋ ❶指一國主管機關在本國或外國公民所持的護照或其他旅行證件上簽註、蓋印，表示准其出入本國國境。❷指經過上述手續的護照或證件。

【簽註】qiānzhù ㄑㄧㄢ ㄓㄨˋ ❶在文稿或書籍中貼上或夾上紙條，寫出可供參考的材料。今多指在送首長批閱的文件上，由經辦人註出擬如何處理的初步意見。❷在證件表冊上批註意見或有關事項。

【簽字】qiān//zì ㄑㄧㄢ//ㄗˋ 在文件上寫上自己的名字，表示負責。

鴿(鸧) qiān ㄑㄧㄢ 尖嘴的鳥啄食：別讓雞鴿了地裏的麥穗。

褰(骞) qiān ㄑㄧㄢ 〈書〉❶高舉。❷同‘搴’。

籤(签、簽) qiān ㄑㄧㄢ ❶(籤兒)上面刻着文字符號用於占卜或賭博、比賽等的細長小竹片或小細棍：抽籤兒｜求籤(迷信)。❷(籤兒)作為標誌用的小條兒：標籤兒｜書籤兒｜在書套上貼一個浮籤兒。❸(籤兒)竹子或木材削成的有尖兒的小細棍：牙籤兒。❹粗粗地縫合。

‘簽’另見916頁 qiān。

【籤筒】qiāntǒng ㄑㄧㄢ ㄊㄨㄥˇ ❶一種竹筒，裝占卜或賭博用的籤子。❷扦子②。

【籤子】qiān·zi ㄑㄧㄢ·ㄗ 籤①③。

韆 qiān ㄑㄧㄢ 見944頁〖鞦韆〗。

qián (ㄑㄧㄢˊ)

前 qián ㄑㄧㄢˊ ❶在正面的(指空間，跟‘後’相對)：前門｜村前村後。❷往前走：勇往直前｜畏縮不前。❸次序靠近頭裏的(跟‘後’相對)：前排｜前三名。❹過去的；較早的(指時間，跟‘後’相對)：前天｜從前｜前功盡棄｜前所未有｜前無古人，後無來者。❺從前的(指現在改變了名稱的機構等)：前政務院。❻指某事物產生之前：前科學(科學產生之前)｜前資本主義(資本主義產生之前)。❼未來的(用於展望)：前程｜前景｜往前看，不要往後看。❽前綫；前方：支前。

【前半晌】qiánbànshǎng ㄑㄧㄢˊ ㄅㄢˋ ㄕㄤˇ 〈方〉(前半晌兒)上午。

【前半天】qiánbàntiān ㄑㄧㄢˊ ㄅㄢˋ ㄊㄧㄢ (前半天兒)上午。也說上半天。

【前半夜】qiánbànyè ㄑㄧㄢˊ ㄅㄢˋ ㄧㄝˋ 從天黑到半夜的一段時間。也說上半夜。

【前輩】qiánbèi ㄑㄧㄢˊ ㄅㄟˋ 年長的，資歷深的人。

【前臂】qiánbì ㄑㄧㄢˊ ㄅㄧˋ 胳膊上由肘至腕的部分。(圖見1017頁〖身體〗)

【前邊】qián·bian ㄑㄧㄢˊ·ㄅㄧㄢ (前邊兒)前面。

【前車之鑒】qián chē zhī jiàn ㄑㄧㄢˊ ㄔㄜ ㄓ ㄐㄧㄢˋ 《漢書·賈誼傳》：‘前車覆，後車誡。’比喻當做鑒戒的前人的失敗教訓。

【前塵】qiánchén ㄑㄧㄢˊ ㄔㄣˊ 〈書〉指從前的或從前經歷的事：回首前塵。

【前程】qiánchéng ㄑㄧㄢˊ ㄔㄥˊ ❶前途：錦綉前程｜前程遠大。❷舊時指讀書人或官員企求的功名職位。

【前導】qiándǎo ㄑㄧㄢˊ ㄉㄠˇ ❶在前面引路。❷在前面引路的人。

【前敵】qiándí ㄑㄧㄢˊ ㄉㄧˊ 前方面對敵人的地方：身臨前敵。

【前額】qián'é ㄑㄧㄢˊ ㄜˊ 額，因額在頭的前部，所以叫前額。

【前方】qiánfāng ㄑㄧㄢˊ ㄈㄤ ❶前面①：左前方｜右前方｜他的目光注視着前方。❷接近戰綫的地區(跟‘後方’相對)：支援前方｜開赴前方。

【前房】qiánfáng ㄑㄧㄢˊ ㄈㄤˊ 稱死去的妻子(區別於現在的妻子)。

【前鋒】qiánfēng ㄑㄧㄢˊ ㄈㄥ ❶先頭部隊：紅軍的前鋒渡過了大渡河。❷籃球、足球等球類比賽中主要擔任進攻的隊員。

【前夫】qiánfū ㄑㄧㄢˊ ㄈㄨ 死去的或離了婚的丈夫(區別於現在的丈夫)。

【前赴後繼】qián fù hòu jì ㄑㄧㄢˊ ㄈㄨˋ ㄏㄡˋ ㄐㄧˋ 前面的人上去，後面的人就跟上去。形容踴躍前進，連續不斷。

【前功盡棄】qián gōng jìn qì ㄑㄧㄢˊ ㄍㄨㄥ ㄐㄧㄣˋ ㄑㄧˋ 以前的成績全部廢棄。

【前漢】Qián Hàn ㄑㄧㄢˊ ㄏㄢˋ 西漢。

【前後】qiánhòu ㄑㄧㄢˊ ㄏㄡˋ ❶比某一特定時間稍早或稍晚的一段時間：國慶節前後。❷(時間)從開始到末了：這項工程從動工到完成前後僅用了半年時間。❸在某一種東西的前面和後面：村子的前後各有一條公路。

【前…後…】qián…hòu… ㄑㄧㄢˊ…ㄏㄡˋ… ❶表示兩種事物或行為在空間或時間上一先一後：前街後巷｜前因後果｜前思後想｜前呼後擁｜前倨後恭(形容對人態度前後截然不同；倨：傲慢)。❷表示動作的向前向後：前俯後仰｜前仰後合。

【前後腳兒】qiánhòujiǎor ㄑㄧㄢˊ ㄏㄡˋ ㄐㄧㄠㄦˇ 指兩個人或幾個人離去或到來的時間很接近：我們倆前後腳兒進的門。

【前腳】qiánjiǎo ㄑㄧㄢˊ ㄐㄧㄠˇ (前腳兒) ❶邁步時在前面的一隻腳：前腳一滑，後腳也站不穩。❷與後腳連說時表示在別人前面(時間上很接近)：我前腳進大門，他後腳就趕到了。

【前襟】qiánjīn ㄑㄧㄢˊ ㄐㄧㄣ 上衣、袍子等前面的部分。

【前進】qiánjìn ㄑㄧㄢˊ ㄐㄧㄣˋ 向前行動或發展。

【前景】[1] qiánjǐng ㄑㄧㄢˊ ㄐㄧㄥˇ 圖畫、舞台、銀幕、屏幕上看上去離觀者最近的景物。

【前景】[2] qiánjǐng ㄑㄧㄢˊ ㄐㄧㄥˇ 將要出現的景象：大豐收的前景令人欣喜。

【前臼齒】qiánjiùchǐ ㄑㄧㄢˊ ㄐㄧㄡˋ ㄔˇ 位置在犬齒的後面、臼齒的前面的牙齒，人類的前臼齒上下頜各四個，齒冠的咀嚼面上有兩個或三個突起，適於磨碎食物。(圖見154頁'齒')

【前科】qiánkē ㄑㄧㄢˊ ㄎㄜ 曾被判處有期徒刑刑罰並已執行完畢的人又犯新罪，其前罪的處刑事實叫做前科。

【前例】qiánlì ㄑㄧㄢˊ ㄌㄧˋ 可以供後人援用或參考的事例：史無前例｜這件事情有前例可援。

【前列】qiánliè ㄑㄧㄢˊ ㄌㄧㄝˋ 最前面的一列。比喻帶頭的地位：站在鬥爭的最前列。

【前列腺】qiánlièxiàn ㄑㄧㄢˊ ㄌㄧㄝˋ ㄒㄧㄢˋ 男子或雄性哺乳動物生殖器官的一個腺體，人體在膀胱的下面，大小和形狀跟栗子相似，所分泌的液體是精液的一部分。

【前面】qián·mian ㄑㄧㄢˊ·ㄇㄧㄢ (前面兒) ❶空間或位置靠前的部分：亭子前面有一棵松樹｜前面陳列的都是新式農具。❷次序靠前的部分；文章或講話中先於現在所敘述的部分：這個道理，前面已經講得很詳細了。

【前腦】qiánnǎo ㄑㄧㄢˊ ㄋㄠˇ 腦的一部分，由大腦兩半球和間腦構成。

【前年】qiánnián ㄑㄧㄢˊ ㄋㄧㄢˊ 去年的前一年。

【前怕狼後怕虎】qián pà láng hòu pà hǔ ㄑㄧㄢˊ ㄆㄚˋ ㄌㄤˊ ㄏㄡˋ ㄆㄚˋ ㄏㄨˇ 形容顧慮重重，畏縮不前。也說前怕龍後怕虎。

【前仆後繼】qián pū hòu jì ㄑㄧㄢˊ ㄆㄨ ㄏㄡˋ ㄐㄧˋ 前面的人倒下，後面的人繼續跟上去。形容英勇奮鬥，不怕犧牲。

【前妻】qiánqī ㄑㄧㄢˊ ㄑㄧ 死去的或離了婚的妻子(區別於現在的妻子)。

【前期】qiánqī ㄑㄧㄢˊ ㄑㄧ 某一時期的前一階段：前期工程。

【前愆】qiánqiān ㄑㄧㄢˊ ㄑㄧㄢ 〈書〉以前的過失。

【前驅】qiánqū ㄑㄧㄢˊ ㄑㄩ 在前面起引導作用的人或事物：革命前驅。

【前兒】qiánr ㄑㄧㄢㄦˊ 〈方〉前天。也說前兒個。

【前人】qiánrén ㄑㄧㄢˊ ㄖㄣˊ 古人；以前的人：前人種樹，後人乘涼｜我們現在進行的偉大事業，是前人所不能想像的。

【前任】qiánrèn ㄑㄧㄢˊ ㄖㄣˋ 在現在擔任某項職務的人之前擔任這個職務的：前任部長｜他是工會的前任主席。

【前日】qiánrì ㄑㄧㄢˊ ㄖˋ 前天。

【前晌】qiánshǎng ㄑㄧㄢˊ ㄕㄤˇ 〈方〉上午。

【前哨】qiánshào ㄑㄧㄢˊ ㄕㄠˋ 向敵軍所在方向派出的警戒小分隊。

【前身】qiánshēn ㄑㄧㄢˊ ㄕㄣ ❶本為佛教用語，指前世的身體，今指事物演變中原來的組織形態或名稱等：人民解放軍的前身是工農紅軍。❷(前身兒)上衣、袍子等前面的部分；前襟。

【前生】qiánshēng ㄑㄧㄢˊ ㄕㄥ 前世。

【前世】qiánshì ㄑㄧㄢˊ ㄕˋ 迷信指人生的前一輩子。

【前事不忘，後事之師】qián shì bù wàng,hòu shì zhī shī ㄑㄧㄢˊ ㄕˋ ㄅㄨˋ ㄨㄤˋ,ㄏㄡˋ ㄕˋ ㄓ ㄕ 《戰國策·趙策一》：'前事之不忘，後事之師。'指記住過去的經驗教訓，可以作為以後的借鑒。

【前所未有】qián suǒ wèi yǒu ㄑㄧㄢˊ ㄙㄨㄛˇ ㄨㄟˋ ㄧㄡˇ 歷史上從來沒有過：前所未有的規模。

【前台】qiántái ㄑㄧㄢˊ ㄊㄞˊ ❶劇場中在舞台之前的部分。借指演出的事務工作。❷舞台面對觀眾的部分，是演員表演的地方。❸比喻公開的地方(含貶義)：他只是在前台表演，背後還有人指揮。

【前提】qiántí ㄑㄧㄢˊ ㄊㄧˊ ❶在推理上可以推出另一個判斷來的判斷，如三段論中的大前提、小前提。❷事物發生或發展的先決條件。

【前天】qiántiān ㄑㄧㄢˊ ㄊㄧㄢ 昨天的前一天。

【前庭】qiántíng ㄑㄧㄢˊ ㄊㄧㄥˊ 內耳的一部分，在半規管和耳蝸之間，外側和下側都有孔，內部有兩個囊狀物，囊內有聽神經。可維持身體平衡。

【前頭】qián·tou ㄑㄧㄢˊ·ㄊㄡ 前面。

【前途】qiántú ㄑㄧㄢˊ ㄊㄨˊ 原指前面的路程，比喻將來的光景：光明的前途｜前途遠大。

【前往】qiánwǎng ㄑㄧㄢˊ ㄨㄤˇ 前去；去：啓程前往｜陪同前往。

【前衞】qiánwèi ㄑㄧㄢˊ ㄨㄟˋ ❶軍隊行軍時在前方擔任警戒的部隊。❷足球、手球等球類比賽中擔任助攻與助守的隊員，位置在前鋒與後衞之間。

【前無古人】qián wú gǔ rén ㄑㄧㄢˊ ㄨˊ ㄍㄨˇ ㄖㄣˊ 前人從來沒有做過的；空前：他們創造了前無古人的奇迹。

【前夕】qiánxī ㄑㄧㄢˊ ㄒㄧ ❶前一天的晚上：國慶節的前夕。❷比喻事情即將發生的時刻：大決戰的前夕。

【前嫌】qiánxián ㄑㄧㄢˊ ㄒㄧㄢˊ 以前的嫌隙：前嫌冰釋｜捐棄前嫌。

【前賢】qiánxián ㄑㄧㄢˊ ㄒㄧㄢˊ 〈書〉有才德的前輩。

【前綫】qiánxiàn ㄑㄧㄢˊ ㄒㄧㄢˋ 作戰時雙方軍隊接近的地帶（跟'後方'相對）◇企業的領導身臨前綫，跟工人群眾打成一片。

【前言】qiányán ㄑㄧㄢˊ ㄧㄢˊ ❶寫在書前或文章前面類似序言或導言的短文；引言。❷前面說過的話：前言不搭後語。

【前沿】qiányán ㄑㄧㄢˊ ㄧㄢˊ 防禦陣地最前面的邊沿：前沿陣地◇前沿科學。

【前仰後合】qián yǎng hòu hé ㄑㄧㄢˊ ㄧㄤˇ ㄏㄡˋ ㄏㄜˊ 形容身體前後晃動（多指大笑時）。也說前俯後合、前俯後仰。

【前夜】qiányè ㄑㄧㄢˊ ㄧㄝˋ 前夕：激戰前夜。

【前因後果】qiányīn hòuguǒ ㄑㄧㄢˊ ㄧㄣ ㄏㄡˋ ㄍㄨㄛˇ 事情的起因和其後的結果，指事情的全過程。

【前站】qiánzhàn ㄑㄧㄢˊ ㄓㄢˋ 行軍或集體出行時將要停留的地點或將要到達的地點。參看208頁〖打前站〗。

【前兆】qiánzhào ㄑㄧㄢˊ ㄓㄠˋ 某些事物在將要暴露或發作之前的一些徵兆：由於地球內部地質結構千差萬別，各地出現的地震前兆也不盡相同。

【前肢】qiánzhī ㄑㄧㄢˊ ㄓ 昆蟲或有四肢的脊椎動物身體前面靠近頭部的兩條腿。

【前綴】qiánzhuì ㄑㄧㄢˊ ㄓㄨㄟˋ 加在詞根前面的構詞成分，如'老鼠、老虎'裏的'老'，'阿姨'裏的'阿'。也叫詞頭。

【前奏】qiánzòu ㄑㄧㄢˊ ㄗㄡˋ ❶前奏曲。❷比喻事情的先聲。

【前奏曲】qiánzòuqǔ ㄑㄧㄢˊ ㄗㄡˋ ㄑㄩˇ 大型器樂曲的序曲，是為大型器樂創造氣氛的短小器樂曲，一般跟整部樂曲有統一的情調。

虔 qián ㄑㄧㄢˊ 恭敬：虔誠｜虔心。

【虔誠】qiánchéng ㄑㄧㄢˊ ㄔㄥˊ 恭敬而有誠意（多指宗教信仰）：虔誠的信徒。

【虔敬】qiánjìng ㄑㄧㄢˊ ㄐㄧㄥˋ 恭敬。

【虔心】qiánxīn ㄑㄧㄢˊ ㄒㄧㄣ ❶虔誠的心：一片虔心。❷虔誠：虔心懺悔。

掮〔揵〕 qián ㄑㄧㄢˊ 〈方〉用肩扛（東西）：掮着行李到車站去。

【掮客】qiánkè ㄑㄧㄢˊ ㄎㄜˋ 指替人介紹買賣，從中賺取佣金的人◇政治掮客。

乾 qián ㄑㄧㄢˊ ❶八卦之一，卦形是'☰'，代表天。參看14頁〖八卦〗。❷舊時稱男性的：乾造｜乾宅。

另見369頁 gān。

【乾坤】qiánkūn ㄑㄧㄢˊ ㄎㄨㄣ 象徵天地、陰陽等：扭轉乾坤（根本改變已成的局面）。

【乾隆】Qiánlóng ㄑㄧㄢˊ ㄌㄨㄥˊ 清高宗（愛新覺羅弘曆）年號（公元1736－1795）。

【乾造】qiánzào ㄑㄧㄢˊ ㄗㄠˋ ❶舊時指婚姻中的男方。❷舊時指男子的生辰八字。

【乾宅】qiánzhái ㄑㄧㄢˊ ㄓㄞˊ 舊時稱婚姻中的男家。

軒 qián ㄑㄧㄢˊ 驪軒（Líqián ㄌㄧˊ ㄑㄧㄢˊ），漢朝縣名。

鈐（钤） qián ㄑㄧㄢˊ ❶圖章。❷蓋（圖章）：鈐印。❸〈書〉鎖。比喻管束：鈐束。

【鈐記】qiánjì ㄑㄧㄢˊ ㄐㄧˋ 舊時機關團體使用的圖章，多為長形，不及印或關防鄭重。

犍 qián ㄑㄧㄢˊ 犍為（Qiánwéi ㄑㄧㄢˊ ㄨㄟˊ），地名，在四川。

另見559頁 jiān。

鉗（钳、箝、❷拑） qián ㄑㄧㄢˊ ❶鉗子①：老虎鉗｜鉗形攻勢。❷用鉗子夾：釘子太小，鉗不住。❸限制；約束：鉗制｜鉗口。

【鉗牀】qiánchuáng ㄑㄧㄢˊ ㄔㄨㄤˊ 鉗工用的工作台，台邊裝有老虎鉗。

【鉗工】qiángōng ㄑㄧㄢˊ ㄍㄨㄥ ❶以銼、鑽、鉸刀、老虎鉗等手工工具為主進行機器裝配和零部件修整的工種。❷做這種工作的技術工人。

【鉗擊】qiánjī ㄑㄧㄢˊ ㄐㄧ 夾擊。

【鉗口結舌】qián kǒu jié shé ㄑㄧㄢˊ ㄎㄡˇ ㄐㄧㄝˊ ㄕㄜˊ 形容不敢說話。

【鉗制】qiánzhì ㄑㄧㄢˊ ㄓˋ 用強力限制，使不能自由行動：鉗制言論｜鉗制住敵人的兵力。

【鉗子】qián·zi ㄑㄧㄢˊ ·ㄗ ❶用來夾住或夾斷東西的器具。❷〈方〉耳環。

墘 qián ㄑㄧㄢˊ 車路墘（Chēlùqián ㄔㄜ ㄌㄨˋ ㄑㄧㄢˊ），地名，在台灣。

蕁〔蕁〕（荨、薞） qián ㄑㄧㄢˊ ［蕁麻］（qiánmá ㄑㄧㄢˊ ㄇㄚˊ）❶多年生草本植物，葉子對生，卵形，開穗狀小花，莖和葉子都有細毛，皮膚接觸時能引起刺痛。莖皮纖維可以做紡織原料。❷這種植物的莖皮纖維。

另見1304頁 xún。

濳(潜) qián ㄑㄧㄢˊ ❶隱在水下：濳泳｜濳入海底。❷隱藏；不露在表面：濳伏｜濳流｜濳移默化。❸秘密地：濳逃。❹指濳力：革新挖濳。❺ (Qián) 姓。

【濳藏】qiáncáng ㄑㄧㄢˊ ㄘㄤˊ 隱藏：濳藏在心裏的痛苦｜把濳藏的壞人清除出去。

【濳伏】qiánfú ㄑㄧㄢˊ ㄈㄨˊ 隱藏；埋伏：濳伏着危險。

【濳伏期】qiánfúqī ㄑㄧㄢˊ ㄈㄨˊ ㄑㄧ 病毒或細菌侵入人體後，要經過一定的時期才發病，這段時期，醫學上叫做濳伏期。

【濳航】qiánháng ㄑㄧㄢˊ ㄏㄤˊ 在水下航行：濳艇連續濳航了二十天。

【濳居】qiánjū ㄑㄧㄢˊ ㄐㄩ 隱居：濳居鄉間。

【濳力】qiánlì ㄑㄧㄢˊ ㄌㄧˋ 濳在的力量：挖掘濳力。

【濳流】qiánliú ㄑㄧㄢˊ ㄌㄧㄡˊ 濳藏在地底下的水流。也比喻濳藏在內心深處的感情。

【濳熱】qiánrè ㄑㄧㄢˊ ㄖㄜˋ 單位質量的物質在溫度不變的情況下從一個相轉變到另一個相（如從固體變為液體）所放出或吸收的熱。

【濳入】qiánrù ㄑㄧㄢˊ ㄖㄨˋ ❶偷偷地進入：濳入國境。❷鑽進（水中）：濳入海底。

【濳水】qiánshuǐ ㄑㄧㄢˊ ㄕㄨㄟˇ 在水面以下活動：濳水衣｜濳水艇｜濳水員。

【濳水艇】qiánshuǐtǐng ㄑㄧㄢˊ ㄕㄨㄟˇ ㄊㄧㄥˇ 見〖濳艇〗。

【濳水衣】qiánshuǐyī ㄑㄧㄢˊ ㄕㄨㄟˇ ㄧ 濳水員在水面以下工作時穿的服裝，包括衣服、鞋、帽三部分，不漏水，一般附有貯藏氧氣的裝置。

【濳水員】qiánshuǐyuán ㄑㄧㄢˊ ㄕㄨㄟˇ ㄩㄢˊ 穿着濳水衣在水面以下工作的人員。

【濳台詞】qiántáicí ㄑㄧㄢˊ ㄊㄞˊ ㄘˊ ❶指台詞中所包含的或未能由台詞完全表達出來的言外之意。❷比喻不明說的言外之意。

【濳逃】qiántáo ㄑㄧㄢˊ ㄊㄠˊ 偷偷地逃跑（多指罪犯）：濳逃在外｜防止罪犯濳逃。

【濳艇】qiántǐng ㄑㄧㄢˊ ㄊㄧㄥˇ 主要在水面下進行戰鬥活動的軍艦。以魚雷或導彈等襲擊敵人艦船和岸上目標，並擔任戰役偵察。也叫濳水艇。

【濳望鏡】qiánwàngjìng ㄑㄧㄢˊ ㄨㄤˋ ㄐㄧㄥˋ 在濳水艇或地下掩蔽工事裏觀察水面或地面以上敵情所用的光學儀器，用一系列的折光鏡做成。

【濳心】qiánxīn ㄑㄧㄢˊ ㄒㄧㄣ 用心專而深：濳心研究｜濳心於典籍四十年。

【濳行】qiánxíng ㄑㄧㄢˊ ㄒㄧㄥˊ ❶在水面以下行動：濳水艇可以在海底濳行。❷秘密行走。

【濳血】qiánxuè ㄑㄧㄢˊ ㄒㄩㄝˋ 隱血。

【濳移默化】qián yí mò huà ㄑㄧㄢˊ ㄧˊ ㄇㄛˋ ㄏㄨㄚˋ 指人的思想或性格受其他方面的感染而不知不覺地起了變化。

【濳意識】qiányìshí ㄑㄧㄢˊ ㄧˋ ㄕˊ 下意識。

【濳泳】qiányǒng ㄑㄧㄢˊ ㄩㄥˇ 指游泳時身體在水面下游動。

【濳在】qiánzài ㄑㄧㄢˊ ㄗㄞˋ 存在於事物內部不容易發現或發覺的：濳在意識｜濳在力量｜濳在危險｜濳在威脅。

【濳踪】qiánzōng ㄑㄧㄢˊ ㄗㄨㄥ 隱藏踪迹（多含貶義）。

黔1 qián ㄑㄧㄢˊ 〈書〉黑色。

黔2 Qián ㄑㄧㄢˊ 貴州的別稱。

【黔劇】qiánjù ㄑㄧㄢˊ ㄐㄩˋ 貴州地方戲曲劇種，由曲藝文琴（一種用揚琴伴奏的說唱形式）發展而成，原來叫文琴戲。

【黔驢技窮】Qián lǘ jì qióng ㄑㄧㄢˊ ㄌㄩˊ ㄐㄧˋ ㄑㄩㄥˊ 比喻僅有的一點伎倆也用完了。參看〖黔驢之技〗。

【黔驢之技】Qián lǘ zhī jì ㄑㄧㄢˊ ㄌㄩˊ ㄓ ㄐㄧˋ 唐朝柳宗元的《三戒·黔之驢》說，黔（現在貴州一帶）這個地方沒有驢，有人從外地帶來一頭，因為用不着，放在山下。老虎看見驢個子很大，又聽見它的叫聲很響，起初很害怕，老遠就躲開。後來逐漸接近它，驢只踢了老虎一腳。老虎看見驢的技能只不過如此，就把它吃了。後來就用'黔驢之技'比喻虛有其表，本領有限。

【黔首】qiánshǒu ㄑㄧㄢˊ ㄕㄡˇ 古代稱老百姓。

錢1(钱) qián ㄑㄧㄢˊ ❶銅錢：一個錢｜錢串兒。❷貨幣：銀錢｜一塊錢。❸款子：一筆錢｜飯錢｜車錢｜買書的錢。❹錢財：有錢有勢。❺（錢兒）形狀像銅錢的東西：紙錢｜榆錢兒。❻ (Qián) 姓。

錢2(钱) qián ㄑㄧㄢˊ 重量單位。十分等於一錢，十錢等於一兩。

【錢包】qiánbāo ㄑㄧㄢˊ ㄅㄠ （錢包兒）裝錢用的小包兒。多用皮革、塑料等製成。

【錢幣】qiánbì ㄑㄧㄢˊ ㄅㄧˋ 錢（多指金屬的貨幣）。

【錢財】qiáncái ㄑㄧㄢˊ ㄘㄞˊ 金錢。

【錢串子】qiánchuàn·zi ㄑㄧㄢˊ ㄔㄨㄢˋ ·ㄗ ❶穿銅錢的繩子。比喻過分看重金錢的：錢串子腦袋。❷節肢動物，體長 1－2 寸，由許多環節構成，每個環節有一對細長的腳，觸角很長。生活在牆角、石縫等潮濕的地方，吃小蟲。也叫錢龍。

【錢穀】qiángǔ ㄑㄧㄢˊ ㄍㄨˇ ❶貨幣和穀物。❷清代主管財政的（幕僚）：錢穀師爺。

【錢糧】qiánliáng ㄑㄧㄢˊ ㄌㄧㄤˊ ❶舊時指田賦：完錢糧。❷錢穀②：錢糧師爺。

【錢票】qiánpiào ㄑㄧㄢˊ ㄆㄧㄠˋ （錢票兒）紙幣；鈔票。

【錢眼】qiányǎn ㄑㄧㄢˊ ㄧㄢˇ （錢眼兒）銅錢當中

的方孔：鑽錢眼兒(形容人貪財好利)。

【錢莊】qiánzhuāng ㄑㄧㄢˊ ㄓㄨㄤ 舊時由私人經營的以存款、放款、匯兑為主要業務的金融業商店。

灊 Qián ㄑㄧㄢˊ 古地名，在今安徽霍山東北。

qiǎn (ㄑㄧㄢˇ)

肷(膁) qiǎn ㄑㄧㄢˇ 身體兩旁肋骨和胯骨之間的部分(多指獸類的)。參看483頁〖狐肷〗。

淺(浅) qiǎn ㄑㄧㄢˇ ❶從上到下或從外到裏的距離小(跟'深'相對，②③④⑤同)：淺灘｜水淺｜屋子的進深淺。❷淺顯：淺易｜這些讀物內容淺，容易懂。❸淺薄：功夫淺。❹(感情)不深厚：交情淺。❺(顏色)淡：淺紅｜淺綠。❻(時間)短：年代淺｜相處的日子還淺。

另見558頁 jiān。

【淺薄】qiǎnbó ㄑㄧㄢˇ ㄅㄛˊ ❶缺乏學識或修養：知識淺薄。❷(感情等)不深；微薄：緣分淺薄｜情意淺薄。❸輕浮；不淳樸：時俗淺薄。

【淺嘗】qiǎncháng ㄑㄧㄢˇ ㄔㄤˊ 不往深處研究(知識、問題等)：淺嘗輒止(剛入門就不再鑽研)。

【淺海】qiǎnhǎi ㄑㄧㄢˇ ㄏㄞˇ 水深在200米以內的海域。

【淺見】qiǎnjiàn ㄑㄧㄢˇ ㄐㄧㄢˋ 膚淺的見解：淺見寡聞。

【淺近】qiǎnjìn ㄑㄧㄢˇ ㄐㄧㄣˋ 淺顯：淺近易懂。

【淺陋】qiǎnlòu ㄑㄧㄢˇ ㄌㄡˋ 見識貧乏；見聞不廣。

【淺露】qiǎnlù ㄑㄧㄢˇ ㄌㄨˋ (措詞)不委婉，不含蓄：詞意淺露。

【淺明】qiǎnmíng ㄑㄧㄢˇ ㄇㄧㄥˊ 淺顯：淺明的道理。

【淺説】qiǎnshuō ㄑㄧㄢˇ ㄕㄨㄛ 淺顯易懂的解説(多用做書名或文章的題目)：《無綫電淺説》。

【淺灘】qiǎntān ㄑㄧㄢˇ ㄊㄢ 海、湖、河中水淺的地方。

【淺顯】qiǎnxiǎn ㄑㄧㄢˇ ㄒㄧㄢˇ (字句、內容)簡明易懂：淺顯而有趣的通俗科學讀物。

【淺學】qiǎnxué ㄑㄧㄢˇ ㄒㄩㄝˊ 學識淺薄。

【淺易】qiǎnyì ㄑㄧㄢˇ ㄧˋ 淺顯。

【淺子】qiǎn·zi ㄑㄧㄢˇ ·ㄗ 一種盛東西的用具，一般是圓形，周圍的邊兒較淺。也説淺兒。

嗛 qiǎn ㄑㄧㄢˇ 猴子的頰囊。
〈古〉又同'謙'；又同'歉'。

遣 qiǎn ㄑㄧㄢˇ ❶派遣；打發：遣送｜調兵遣將。❷消除；發泄：消遣｜遣悶。

【遣詞】qiǎncí ㄑㄧㄢˇ ㄘˊ (説話、寫文章)運用詞語：遣詞造句。也作遣辭。

【遣返】qiǎnfǎn ㄑㄧㄢˇ ㄈㄢˇ 遣送回到原來的地方：遣返戰俘。

【遣散】qiǎnsàn ㄑㄧㄢˇ ㄙㄢˋ ❶舊時機關、團體、軍隊等改組或解散時，將人員解職或使退伍：遣散費。❷解散並遣送所俘獲的敵方軍隊、機關等人員：全部偽軍立即繳械遣散。

【遣送】qiǎnsòng ㄑㄧㄢˇ ㄙㄨㄥˋ 把不合居留條件的人送走：遣送出境｜遣送回原籍。

繾(缱) qiǎn ㄑㄧㄢˇ ［繾綣］(qiǎnquǎn ㄑㄧㄢˇ ㄑㄩㄢˇ)〈書〉形容情投意合，難捨難分；纏綿。

譴(谴) qiǎn ㄑㄧㄢˇ ❶責備；申斥：譴責｜自譴己過。❷〈書〉官員獲罪降職：譴謫。

【譴責】qiǎnzé ㄑㄧㄢˇ ㄗㄜˊ 責備；嚴正申斥：世界進步輿論都譴責這一侵略行徑。

【譴謫】qiǎnzhé ㄑㄧㄢˇ ㄓㄜˊ 〈書〉官吏因犯罪而遭貶謫。

qiàn (ㄑㄧㄢˋ)

欠¹ qiàn ㄑㄧㄢˋ ❶睏倦時張口出氣：欠伸。❷身體一部分稍微向上移動：欠腳兒｜欠了欠身子。

欠² qiàn ㄑㄧㄢˋ ❶借別人的財物等沒有還或應當給人的事物還沒有給：賒欠｜欠賬｜欠債｜欠情｜欠着一筆錢沒還。❷不夠；缺乏：欠佳｜欠妥｜欠火｜欠考慮｜萬事具備，只欠東風。

【欠安】qiàn'ān ㄑㄧㄢˋ ㄢ 婉辭，稱人生病。

【欠產】qiàn∥chǎn ㄑㄧㄢˋ∥ㄔㄢˇ 產量未達到規定的指標。

【欠火】qiàn∥huǒ ㄑㄧㄢˋ∥ㄏㄨㄛˇ 指飯、菜等的火候不夠：這屜饅頭還欠點兒火。

【欠情】qiàn∥qíng ㄑㄧㄢˋ∥ㄑㄧㄥˊ (欠情兒)得到別人的好處還沒有酬謝：人家熱情接待，我還沒有道謝，覺得有點欠情｜咱倆誰也不欠誰的情。

【欠缺】qiànquē ㄑㄧㄢˋ ㄑㄩㄝ ❶缺乏；不夠：經驗還欠缺，但是熱情很高。❷不夠的地方：事情辦得很圓滿，沒有甚麼欠缺。

【欠伸】qiànshēn ㄑㄧㄢˋ ㄕㄣ 打呵欠，伸懶腰。

【欠身】qiàn∥shēn ㄑㄧㄢˋ∥ㄕㄣ 稍微起身向前，表示對人恭敬：他欠了欠身，和客人打招呼。

【欠條】qiàntiáo ㄑㄧㄢˋ ㄊㄧㄠˊ (欠條兒)欠別人財物所立的字據；借條。

【欠資】qiànzī ㄑㄧㄢˋ ㄗ 指寄郵件時未付或未付足郵資。這種欠資郵件，郵局要向收件人補收郵資，或退給寄件人補足郵資。

芡〔芡〕 qiàn ㄑㄧㄢˋ ❶一年生草本植物，生在水池中，全株有刺，葉子圓形，像荷葉，浮在水面。花單生，花瓣紫色，花托形狀像雞頭，種子供食用。也叫雞頭、老雞頭。❷做菜時用芡粉調成的汁：勾芡。

【芡粉】qiànfěn ㄑㄧㄢˋ ㄈㄣˇ 用芡實做的粉，勾芡用。一般用其他澱粉代替芡粉。

【芡實】qiànshí ㄑㄧㄢˋ ㄕˊ 芡的種子，供食用，又可製澱粉。也叫雞頭米。

茜〔蒨〕(蒨) qiàn ㄑㄧㄢˋ ❶茜草。❷紅色：茜紗。
另見1219頁 xī。

【茜草】qiàncǎo ㄑㄧㄢˋ ㄘㄠˇ 多年生草本植物，根圓錐形，黃赤色，莖有倒生刺，葉子輪生，心臟形或長卵形，花冠黃色，果實球形，紅色或黑色。根可做紅色染料，也可入藥。

倩1 qiàn ㄑㄧㄢˋ 〈書〉美麗：倩裝｜倩影。

倩2 qiàn ㄑㄧㄢˋ 請人代替自己做：倩人執筆。

【倩影】qiànyǐng ㄑㄧㄢˋ ㄧㄥˇ 美麗的身影(多指女子)。

嵌 qiàn ㄑㄧㄢˋ 把較小的東西卡進較大東西上面的凹處(多指美術品的裝飾)：嵌石｜嵌銀｜桌面上嵌着象牙雕成的花。
另見643頁 kàn。

慊 qiàn ㄑㄧㄢˋ〈書〉憾；恨。
另見929頁 qiè。

塹(堑) qiàn ㄑㄧㄢˋ 隔斷交通的溝：塹壕｜長江天塹◇吃一塹，長一智。

【塹壕】qiànháo ㄑㄧㄢˋ ㄏㄠˊ 在陣地前方挖掘的、修有射擊掩體的壕溝，多為曲綫形或折綫形。

歉 qiàn ㄑㄧㄢˋ ❶收成不好：歉年｜以豐補歉。❷對不住人的心情：抱歉｜道歉｜深致歉意。

【歉疚】qiànjiù ㄑㄧㄢˋ ㄐㄧㄡˋ 覺得對不住別人，對自己的過失感到不安：歉疚心情｜深感歉疚。

【歉然】qiànrán ㄑㄧㄢˋ ㄖㄢˊ 形容歉疚的樣子：歉然不語。

【歉收】qiànshōu ㄑㄧㄢˋ ㄕㄡ 收成不好(跟'豐收'相對)：糧食歉收。

【歉歲】qiànsuì ㄑㄧㄢˋ ㄙㄨㄟˋ 收成不好的年份。

【歉意】qiànyì ㄑㄧㄢˋ ㄧˋ 抱歉的意思：表示歉意。

綪(绮) qiàn ㄑㄧㄢˋ〈書〉青赤色絲織品。用於人名。

槧(椠) qiàn ㄑㄧㄢˋ 〈書〉❶古代記事用的木板。❷書的刻本：宋槧｜元槧。

縴(纤) qiàn ㄑㄧㄢˋ 拉船用的繩子：縴繩。
'纤'另見1237頁 xiān'纖'。

【縴夫】qiànfū ㄑㄧㄢˋ ㄈㄨ 指以揹縴拉船為生的人。

【縴繩】qiànshéng ㄑㄧㄢˋ ㄕㄥˊ 拉船用的繩子。

【縴手】qiànshǒu ㄑㄧㄢˋ ㄕㄡˇ 給人介紹買賣的人(多指介紹房地產交易的人)。也叫拉縴的。

qiāng (ㄑㄧㄤ)

羌 Qiāng ㄑㄧㄤ ❶我國古代民族，原住在以今青海為中心，南至四川，北接新疆的一帶地區，東漢時移居今甘肅一帶，東晉時建立後秦政權(公元384－417)。❷指羌族：羌笛｜羌語。

【羌笛】qiāngdí ㄑㄧㄤ ㄉㄧˊ 羌族管樂器，雙管並在一起，每管各有六個音孔，上端裝有竹簧口哨，豎着吹。

【羌族】Qiāngzú ㄑㄧㄤ ㄗㄨˊ 我國少數民族之一，分佈在四川。

戕 qiāng ㄑㄧㄤ 〈書〉殺害；殘害：自戕(自殺)。

【戕害】qiānghài ㄑㄧㄤ ㄏㄞˋ 傷害：戕害健康｜戕害心靈。

【戕賊】qiāngzéi ㄑㄧㄤ ㄗㄟˊ 傷害；損害：戕賊身體。

斨 qiāng ㄑㄧㄤ 古代的一種斧子。

將(将) qiāng ㄑㄧㄤ〈書〉願；請：將進酒。
另見569頁 jiāng；571頁 jiàng。

腔 qiāng ㄑㄧㄤ ❶(腔兒)動物身體內部空的部分：口腔｜鼻腔｜胸腔｜腹腔｜滿腔熱血◇爐腔兒。❷(腔兒)話：開腔｜答腔。❸(腔兒)樂曲的調子：高腔｜花腔｜昆腔｜唱腔兒｜唱走了腔兒。❹(腔兒)說話的腔調：京腔｜山東腔｜學生腔。❺量詞，用於宰殺過的羊(多見於早期白話)：一腔羊。

【腔腸動物】qiāngcháng-dòngwù ㄑㄧㄤ ㄔㄤˊ ㄉㄨㄥˋ ㄨˋ 無脊椎動物的一門，體壁由內外兩胚層構成，兩層之間為膠質，身體中間有一個空腔，既是消化器官，又是體腔。體形有兩種，一為鐘形或傘形，如水母，一為圓筒形，如水螅和珊瑚。多生活在海洋中。

【腔調】qiāngdiào ㄑㄧㄤ ㄉㄧㄠˋ ❶戲曲中成系統的曲調，如西皮、二黃等。❷調子。❸指說話的聲音、語氣等：聽他說話的腔調是山東人。

【腔子】qiāng·zi ㄑㄧㄤ ·ㄗ ❶胸腔。❷動物割去頭後的軀幹。

搶(抢) qiāng ㄑㄧㄤ ❶〈書〉觸；撞：呼天搶地。❷同'戧'(qiāng)①。
另見924頁 qiǎng。

嗆(呛) qiāng ㄑㄧㄤ 因水或食物進入氣管引起咳嗽，又突然噴出：吃飯吃嗆了｜喝得太猛，嗆着了。

另見924頁 qiàng。

瑲（玱） qiāng ㄑㄧㄤ 〈書〉象聲詞，形容玉器相撞的聲音。

槍[1]（枪、鎗） qiāng ㄑㄧㄤ ❶舊式兵器，在長柄的一端裝有尖銳的金屬頭，如紅纓槍、標槍。❷口徑在2厘米以下，發射槍彈的武器，如手槍、步槍、機關槍等。❸性能或形狀像槍的器械，如發射電子的電子槍，氣焊用的焊槍。

槍[2]（枪） qiāng ㄑㄧㄤ 槍替：打槍｜槍手。

【槍斃】qiāngbì ㄑㄧㄤ ㄅㄧˋ 用槍打死（多用於執行死刑）。

【槍刺】qiāngcì ㄑㄧㄤ ㄘˋ 安在步槍、衝鋒槍槍頭上的鋼刀或鋼錐，用於刺殺。

【槍打出頭鳥】qiāng dǎ chū tóu niǎo ㄑㄧㄤ ㄉㄚˇ ㄔㄨ ㄊㄡˊ ㄋㄧㄠˇ 比喻首先打擊或懲辦帶頭的人。

【槍彈】qiāngdàn ㄑㄧㄤ ㄉㄢˋ 用槍發射的彈藥，由藥筒、底火、發射藥、彈頭構成。有時專指彈頭。通稱子彈。

【槍法】qiāngfǎ ㄑㄧㄤ ㄈㄚˇ ❶用槍射擊的技術：他槍法高明，百發百中。❷使用長槍（古代兵器）的技術：槍法純熟。

【槍桿】qiānggǎn ㄑㄧㄤ ㄍㄢˇ （槍桿兒）槍身，泛指武器或武裝力量。也說槍桿子。

【槍擊】qiāngjī ㄑㄧㄤ ㄐㄧ 用槍射擊：遭槍擊身亡｜雙方展開槍擊。

【槍決】qiāngjué ㄑㄧㄤ ㄐㄩㄝˊ 槍斃：就地槍決。

【槍林彈雨】qiāng lín dàn yǔ ㄑㄧㄤ ㄌㄧㄣˊ ㄉㄢˋ ㄩˇ 槍支如林，子彈如雨。形容激戰的戰場：他是個老戰士，在槍林彈雨中多次立功。

【槍榴彈】qiāngliúdàn ㄑㄧㄤ ㄌㄧㄡˊ ㄉㄢˋ 利用步槍、馬槍槍口部分的發射器和特製空包彈發射的小型炸彈。

【槍殺】qiāngshā ㄑㄧㄤ ㄕㄚ 用槍打死：慘遭槍殺。

【槍手】qiāngshǒu ㄑㄧㄤ ㄕㄡˇ ❶舊時指持槍（古代兵器）的兵。❷射擊手。

【槍手】qiāng·shou ㄑㄧㄤ ·ㄕㄡ 槍替的人。

【槍替】qiāngtì ㄑㄧㄤ ㄊㄧˋ 指考試時作弊，冒名替別人做文章或答題。也說打槍。

【槍烏賊】qiāngwūzéi ㄑㄧㄤ ㄨ ㄗㄟˊ 軟體動物，形狀略似烏賊，但稍長，體蒼白色，有淡褐色的斑點，尾端呈菱形，觸角短，有吸盤。生活在海洋裏。通稱魷魚。

【槍械】qiāngxiè ㄑㄧㄤ ㄒㄧㄝˋ 槍（總稱）。

【槍眼】qiāngyǎn ㄑㄧㄤ ㄧㄢˇ ❶碉堡或牆壁上開的供向外開槍射擊的小孔。❷（槍眼兒）槍彈打的洞。

【槍戰】qiāngzhàn ㄑㄧㄤ ㄓㄢˋ 互相用槍射擊的戰鬥：激烈的槍戰。

【槍支】qiāngzhī ㄑㄧㄤ ㄓ 槍（總稱）：槍支彈藥。

【槍子兒】qiāngzǐr ㄑㄧㄤ ㄗㄦˇ 槍彈。

蜣 qiāng ㄑㄧㄤ ［蜣螂］(qiāngláng ㄑㄧㄤ ㄌㄤˊ) 昆蟲，全身黑色，胸部和腳有黑褐色的長毛，吃動物的屍體和糞尿等，常把糞滾成球形。有的地區叫屎殼郎。

戧（戗） qiāng ㄑㄧㄤ ❶方向相對；逆：戧風｜戧轍兒走（逆着規定的交通方向走）。❷（言語）衝突：兩人說戧了，吵了起來。

另見925頁 qiàng。

【戧風】qiāngfēng ㄑㄧㄤ ㄈㄥ 逆風；頂風：回來的路上戧風，車騎得慢。

錆（锖） qiāng ㄑㄧㄤ ［錆色］(qiāngsè ㄑㄧㄤ ㄙㄜˋ) 某些礦物表面因氧化作用而形成的薄膜所呈現的色彩，常常不同於礦物固有的顏色。

醋（酫） qiāng ㄑㄧㄤ 藏族用青稞釀成的一種酒。

蹌（跄） qiāng ㄑㄧㄤ ［蹌蹌］〈書〉形容行走合乎禮節。也作蹡蹡。

另見925頁 qiàng。

蹡（蹡） qiāng ㄑㄧㄤ ［蹡蹡］同'蹌蹌'。另見925頁 qiàng。

鏹（镪） qiāng ㄑㄧㄤ ［鏹水］(qiāngshuǐ ㄑㄧㄤ ㄕㄨㄟˇ) 強酸的俗稱。

另見924頁 qiǎng。

鏘（锵） qiāng ㄑㄧㄤ 象聲詞，形容金屬或玉石撞擊的聲音：鑼聲鏘鏘。

qiáng（ㄑㄧㄤˊ）

強（强、彊） qiáng ㄑㄧㄤˊ ❶力量大（跟'弱'相對）：強國｜富強｜身強體壯｜工作能力強。❷感情或意志所要求達到的程度高；堅強：要強｜責任心強，工作就做得好。❸使用強力；強迫：強制｜強渡｜強佔｜強索財物。❹使強大或強壯：富國強兵｜強身之道。❺優越；好（多用於比較）：今年的莊稼比去年更強。❻用在分數或小數後面，表示略多於此數（跟'弱'相對）：實際產量超過原定計劃12%強。❼（Qiáng）姓。

另見571頁 jiàng；924頁qiǎng。

【強暴】qiángbào ㄑㄧㄤˊ ㄅㄠˋ ❶強橫兇暴：強暴的行為。❷強暴的勢力：不畏強暴｜鏟除強暴。

【強大】qiángdà ㄑㄧㄤˊ ㄉㄚˋ （力量）堅強雄厚：強大的國家｜陣容強大｜國力日益強大。

【強盜】qiángdào ㄑㄧㄤˊ ㄉㄠˋ 用暴力搶奪別人財物的人◇法西斯強盜。

【強調】qiángdiào ㄑㄧㄤˊ ㄉㄧㄠˋ 特別着重或着

重提出：我們強調自力更生｜不要強調客觀原因。

【強度】qiángdù ㄑㄧㄤˊ ㄉㄨˋ ❶作用力的大小及聲、光、電、磁等的強弱：音響強度｜磁場強度◇勞動強度。❷物體抵抗外力作用的能力：抗震強度。

【強渡】qiángdù ㄑㄧㄤˊ ㄉㄨˋ 用炮火掩護強行渡過敵人防守的江河。

【強風】qiángfēng ㄑㄧㄤˊ ㄈㄥ 氣象學上指6級風。參看343頁〖風級〗。

【強告化】qiánggàohuà ㄑㄧㄤˊ ㄍㄠˋ ㄏㄨㄚˋ 〈方〉指用強硬手段索取食物、金錢等的乞丐。

【強攻】qiánggōng ㄑㄧㄤˊ ㄍㄨㄥ 用強力攻擊；強行進攻：強攻敵營｜強攻籃下，投進一球。

【強固】qiánggù ㄑㄧㄤˊ ㄍㄨˋ 堅固：強固的工事｜為國家工業化打下強固的基礎。

【強國】qiángguó ㄑㄧㄤˊ ㄍㄨㄛˊ ❶國力強大的國家。❷使國家強大：強國之本在於發展經濟。

【強橫】qiánghèng ㄑㄧㄤˊ ㄏㄥˋ 強硬蠻橫不講理：強橫無理｜態度強橫。

【強化】qiánghuà ㄑㄧㄤˊ ㄏㄨㄚˋ 加強；使堅強鞏固：強化記憶｜強化訓練。

【強擊機】qiángjījī ㄑㄧㄤˊ ㄐㄧ ㄐㄧ 用來從低空、超低空對敵方目標強行攻擊的飛機。舊稱衝擊機、攻擊機。

【強加】qiángjiā ㄑㄧㄤˊ ㄐㄧㄚ 強迫人家接受某種意見或作法：強加於人。

【強姦】qiángjiān ㄑㄧㄤˊ ㄐㄧㄢ 男子使用暴力與女子性交◇強姦民意（指統治者把自己的意見強加於人民，硬說成是人民的意見）。

【強健】qiángjiàn ㄑㄧㄤˊ ㄐㄧㄢˋ （身體）強壯：筋骨強健｜強健的體魄。

【強勁】qiángjìng ㄑㄧㄤˊ ㄐㄧㄥˋ 強有力的：強勁的對手｜強勁的海風。

【強力】qiánglì ㄑㄧㄤˊ ㄌㄧˋ ❶強大的力量：強力奪取｜強力壓下自己的感情。❷物體抵抗外力作用的能力：由於紗支改細，紗的強力隨之下降。

【強梁】qiángliáng ㄑㄧㄤˊ ㄌㄧㄤˊ 強橫；強暴：不畏強梁。

【強烈】qiángliè ㄑㄧㄤˊ ㄌㄧㄝˋ ❶極強的；力量很大的：強烈的求知慾｜太陽光十分強烈。❷鮮明的；程度很高的：強烈的對比｜強烈的民族感情。❸強硬激烈：強烈反對｜強烈的要求。

【強弩之末】qiáng nǔ zhī mò ㄑㄧㄤˊ ㄋㄨˇ ㄓ ㄇㄛˋ《漢書·韓安國傳》：'強弩之末，力不能入魯縞。'強弩射出的箭，到最後力量弱了，連魯縞（薄綢子）都穿不透。比喻很強的力量已經微弱。

【強權】qiángquán ㄑㄧㄤˊ ㄑㄩㄢˊ 指對別的國家進行欺壓、侵略所憑藉的軍事、政治、經濟的優勢地位：強權政治。

【強人】qiángrén ㄑㄧㄤˊ ㄖㄣˊ ❶強有力的人；堅強能幹的人：經理是一個女強人，幾年工夫，把企業搞得十分紅火。❷強盜（多見於早期白話）。

【強身】qiángshēn ㄑㄧㄤˊ ㄕㄣ 通過體育鍛煉或服用藥物等使身體強壯：強身術｜習武強身。

【強盛】qiángshèng ㄑㄧㄤˊ ㄕㄥˋ 強大而昌盛（多指國家）。

【強手】qiángshǒu ㄑㄧㄤˊ ㄕㄡˇ 水平高、能力強的人。

【強似】qiángsì ㄑㄧㄤˊ ㄙˋ 較勝於；超過：今年的收成又強似去年。也說強如。

【強酸】qiángsuān ㄑㄧㄤˊ ㄙㄨㄢ 酸性反應很強烈的酸，腐蝕性很強，在水溶液中能產生大量的氫離子，如硫酸、硝酸、鹽酸等。俗稱鏹水。

【強項】[1] qiángxiàng ㄑㄧㄤˊ ㄒㄧㄤˋ 指實力較強的競爭項目（多指體育運動）。

【強項】[2] qiángxiàng ㄑㄧㄤˊ ㄒㄧㄤˋ 〈書〉不肯低頭，形容剛強正直不屈服。

【強心劑】qiángxīnjì ㄑㄧㄤˊ ㄒㄧㄣ ㄐㄧˋ 能使心臟肌肉收縮力量增加和心臟搏動次數減慢，從而改進血液循環的藥物，如蟾酥、洋地黃等。

【強行】qiángxíng ㄑㄧㄤˊ ㄒㄧㄥˊ 用強制的方式進行：強行通過｜強行登陸。

【強行軍】qiángxíngjūn ㄑㄧㄤˊ ㄒㄧㄥˊ ㄐㄩㄣ 部隊執行緊急任務時進行的高速行軍。

【強壓】qiángyā ㄑㄧㄤˊ ㄧㄚ 用強力壓制：強壓怒火。

【強硬】qiángyìng ㄑㄧㄤˊ ㄧㄥˋ 強有力的；不肯退讓的：強硬的對手｜態度強硬。

【強佔】qiángzhàn ㄑㄧㄤˊ ㄓㄢˋ ❶用暴力侵佔：強佔地盤。❷用武力攻佔：強佔有利地形。

【強直】qiángzhí ㄑㄧㄤˊ ㄓˊ ❶肌肉、關節等由於病變不能活動。❷〈書〉剛強正直。

【強制】qiángzhì ㄑㄧㄤˊ ㄓˋ 用政治或經濟力量強迫：強制執行。

【強壯】qiángzhuàng ㄑㄧㄤˊ ㄓㄨㄤˋ ❶（身體）結實，有力氣：強壯的體魄。❷使強壯：強壯劑｜這藥能強壯病人體質。

薔〔蔷〕（蔷） qiáng ㄑㄧㄤ ［薔薇］（qiángwēi ㄑㄧㄤ ㄨㄟ）❶落葉灌木，莖細長，蔓生，枝上密生小刺，羽狀複葉，小葉倒卵形或長圓形，花白色或淡紅色，有芳香。果實可入藥。❷這種植物的花。‖也叫野薔薇。

嬙（嫱） qiáng ㄑㄧㄤ 古代宮廷裏的女官。

檣（樯、艢） qiáng ㄑㄧㄤˊ 〈書〉桅杆：帆檣如林。

牆（墙、墻） qiáng ㄑㄧㄤˊ ❶磚、石或土等築成的屏障或外圍：

一堵牆｜磚牆｜土牆｜院牆｜城牆◇人牆。(圖見324頁〖房子〗) ❷器物上像牆或起隔斷作用的部分。

【牆報】qiángbào ㄑㄧㄤˊ ㄅㄠˋ 壁報。

【牆壁】qiángbì ㄑㄧㄤˊ ㄅㄧˋ 牆①。

【牆倒眾人推】qiáng dǎo zhòng rén tuī ㄑㄧㄤˊ ㄉㄠˇ ㄓㄨㄥˋ ㄖㄣˊ ㄊㄨㄟ 比喻在失勢或倒霉時，備受欺負。

【牆根】qiánggēn ㄑㄧㄤˊ ㄍㄣ (牆根兒) 牆的下段跟地面接近的部分。

【牆角】qiángjiǎo ㄑㄧㄤˊ ㄐㄧㄠˇ 兩堵牆相接而形成的角 (指角本身，也指它裏外附近的地方)。

【牆腳】qiángjiǎo ㄑㄧㄤˊ ㄐㄧㄠˇ ❶牆根。❷比喻基礎。

【牆裙】qiángqún ㄑㄧㄤˊ ㄑㄩㄣˊ 加在室內牆壁下半部起裝飾和保護作用的表面層，用水泥、瓷磚、木板等材料做成。也叫護壁。

【牆頭】qiángtóu ㄑㄧㄤˊ ㄊㄡˊ ❶(牆頭兒) 牆的上部或頂端。❷矮而短的圍牆。❸〈方〉牆①。

【牆紙】qiángzhǐ ㄑㄧㄤˊ ㄓˇ 粘貼在牆壁上起裝飾和保護作用的紙。也叫壁紙。

qiǎng (ㄑㄧㄤˇ)

強(强、彊) qiǎng ㄑㄧㄤˇ 勉強：強笑｜強辯｜強不知以為知。另見571頁 jiàng；922頁 qiáng。

【強逼】qiǎngbī ㄑㄧㄤˇ ㄅㄧ 強迫：自願參加，不強逼。

【強辯】qiǎngbiàn ㄑㄧㄤˇ ㄅㄧㄢˋ 把沒有理的事硬說成有理。

【強詞奪理】qiǎng cí duó lǐ ㄑㄧㄤˇ ㄘˊ ㄉㄨㄛˊ ㄌㄧˇ 本來沒有理，硬說成有理。

【強迫】qiǎngpò ㄑㄧㄤˇ ㄆㄛˋ 施加壓力使服從：強迫命令｜個人意見不要強迫別人接受。

【強求】qiǎngqiú ㄑㄧㄤˇ ㄑㄧㄡˊ 硬要求：寫文章可以有各種風格，不必強求一律。

【強人所難】qiǎng rén suǒ nán ㄑㄧㄤˇ ㄖㄣˊ ㄙㄨㄛˇ ㄋㄢˊ 勉強別人做為難的事：他不會唱戲，你偏要他唱，這不是強人所難嗎？

【強使】qiǎngshǐ ㄑㄧㄤˇ ㄕˇ 施加壓力使做某事：強使服從。

【強顏】qiǎngyán ㄑㄧㄤˇ ㄧㄢˊ 〈書〉勉強做出 (笑容)：強顏歡笑。

搶[1](抢) qiǎng ㄑㄧㄤˇ ❶搶奪；爭奪：搶劫｜搶球｜他把書搶走了。❷搶先；爭先：搶步上前｜搶着說了幾句｜大家都搶着參加義務勞動。❸趕緊；突擊：搶修｜搶收搶種。

搶[2](抢) qiǎng ㄑㄧㄤˇ 刮掉或擦掉物體表面的一層：磨剪子搶菜刀｜鍋底有鍋巴，搶一搶再洗｜摔了一跤，膝蓋上搶去了一塊皮。另見921頁 qiāng。

【搶白】qiǎngbái ㄑㄧㄤˇ ㄅㄞˊ 當面責備或諷刺。

【搶答】qiǎngdá ㄑㄧㄤˇ ㄉㄚˊ 搶先回答 (問題)：百科知識搶答比賽。

【搶奪】qiǎngduó ㄑㄧㄤˇ ㄉㄨㄛˊ 用強力把別人的東西奪過來：搶奪財物。

【搶購】qiǎnggòu ㄑㄧㄤˇ ㄍㄡˋ 搶着購買。

【搶劫】qiǎngjié ㄑㄧㄤˇ ㄐㄧㄝˊ 用暴力把別人的東西奪過來，據為己有：搶劫財物｜攔路搶劫。

【搶救】qiǎngjiù ㄑㄧㄤˇ ㄐㄧㄡˋ 在緊急危險的情況下迅速救護：搶救傷員｜搶救危險的堤防。

【搶掠】qiǎnglüè ㄑㄧㄤˇ ㄌㄩㄝˋ 強力奪取 (多指財物)。

【搶親】qiǎng∥qīn ㄑㄧㄤˇ∥ㄑㄧㄣ 一種婚姻風俗，男方通過搶劫女子的方式來成親。也指搶劫婦女成親。

【搶墒】qiǎngshāng ㄑㄧㄤˇ ㄕㄤ 趁着土壤濕潤時趕快播種。

【搶收】qiǎngshōu ㄑㄧㄤˇ ㄕㄡ 莊稼成熟時，為了避免遭受損害而趕緊突擊收割。

【搶手】qiǎngshǒu ㄑㄧㄤˇ ㄕㄡˇ (貨物等) 很受歡迎，人們爭先購買：搶手貨｜球賽門票十分搶手。

【搶先】qiǎng∥xiān ㄑㄧㄤˇ∥ㄒㄧㄢ (搶先兒) 趕在別人前頭；爭先：搶先發言｜搶先一步｜青年人熱情高，幹甚麼活兒都愛搶先兒。

【搶險】qiǎngxiǎn ㄑㄧㄤˇ ㄒㄧㄢˇ 發生險情時迅速搶救，以避免或減少損失：抗洪搶險。

【搶修】qiǎngxiū ㄑㄧㄤˇ ㄒㄧㄡ 建築物、道路、機械等遭到損壞時立即突擊修理：搶修綫路。

【搶佔】qiǎngzhàn ㄑㄧㄤˇ ㄓㄢˋ ❶搶先佔領：搶佔高地。❷非法佔有：搶佔集體財產。

【搶種】qiǎngzhòng ㄑㄧㄤˇ ㄓㄨㄥˋ 抓緊時機，突擊播種。

【搶嘴】qiǎngzuǐ ㄑㄧㄤˇ ㄗㄨㄟˇ ❶〈方〉搶先說話：按次序發言，誰也別搶嘴。❷搶着吃。

羥(羟) qiǎng ㄑㄧㄤˇ 羥基。

【羥基】qiǎngjī ㄑㄧㄤˇ ㄐㄧ 由氫和氧兩種原子組成的一價原子團 (−OH)。也叫氫氧基、氫氧根。

襁(繈、繦) qiǎng ㄑㄧㄤˇ 〈書〉揹小孩子用的寬帶子。

【襁褓】qiǎngbǎo ㄑㄧㄤˇ ㄅㄠˇ 包裹嬰兒的被子和帶子：母親歷盡辛苦，把他從襁褓中撫育成人。

鏹(镪) qiǎng ㄑㄧㄤˇ 古代稱成串的錢。另見922頁 qiāng。

qiàng (ㄑㄧㄤˋ)

嗆(呛) qiàng ㄑㄧㄤˋ 有刺激性的氣體進入呼吸器官而感覺難受：油烟嗆

人｜炒辣椒的味兒嗆得人直咳嗽。

另見921頁 qiāng。

戧（戗） qiàng ㄑㄧㄤˋ ❶斜對着牆角的屋架。❷支撐柱子或牆壁使免於傾倒的木頭。❸支撐：用兩根木頭來戧住這堵牆。

另見922頁 qiāng。

【戧麪】qiàngmiàn ㄑㄧㄤˋ ㄇㄧㄢˋ （戧麪兒）❶揉麪時，一面揉一面加進乾麪粉。❷揉進了乾麪粉的發麪：戧麪饅頭｜戧麪大餅。

熗（炝） qiàng ㄑㄧㄤˋ ❶一種烹飪方法，將菜肴放在沸水中略煮，取出後再用醬油、醋等作料來拌：熗蛤蜊｜熗芹菜。❷一種烹飪方法，先把肉、葱花等用熱油略炒，再加作料和水煮：熗鍋肉絲麪｜用葱花兒熗熗鍋。

蹌（跄） qiàng ㄑㄧㄤˋ ［蹌踉］（qiàngliàng ㄑㄧㄤˋ ㄌㄧㄤˋ）〈書〉走路不穩。也說踉蹌。也作蹡踉。

另見922頁 qiāng。

蹡（跭） qiàng ㄑㄧㄤˋ ［蹡踉］（qiàngliàng ㄑㄧㄤˋ ㄌㄧㄤˋ）同'蹌踉'。

另見922頁 qiāng。

qiāo （ㄑㄧㄠ）

悄 qiāo ㄑㄧㄠ 見下。

另見927頁 qiǎo。

【悄悄】qiāoqiāo ㄑㄧㄠ ㄑㄧㄠ （悄悄兒地）沒有聲音或聲音很低；（行動）不讓人知道：我生怕驚醒了他，悄悄兒地走了出去｜部隊在深夜裏悄悄地出了村。

【悄悄話】qiāo·qiaohuà ㄑㄧㄠ ·ㄑㄧㄠ ㄏㄨㄚˋ 低聲說的不讓局外人知道的話；私下說的梯己話。

雀 qiāo ㄑㄧㄠ ［雀子］（qiāo·zi ㄑㄧㄠ ·ㄗ）雀斑（quèbān）。

另見927頁 qiǎo；956頁 què。

劁 qiāo ㄑㄧㄠ 閹割：劁豬。

敲 qiāo ㄑㄧㄠ ❶在物體上面打，使發出聲音：敲門｜敲鑼打鼓。❷敲竹杠；敲詐：有的商人一聽顧客是外鄉口音，往往就要敲一下子。

【敲邊鼓】qiāo biāngǔ ㄑㄧㄠ ㄅㄧㄢ ㄍㄨˇ 比喻從旁幫腔；從旁助勢：這件事你出馬，我給你敲邊鼓。也說打邊鼓。

【敲打】qiāo·dǎ ㄑㄧㄠ ·ㄉㄚ ❶敲①：鑼鼓敲打得很熱鬧。❷〈方〉指用言語刺激或批評別人：冷言冷語敲打人｜我這人缺點很多，往後還得請您常敲打着點兒。

【敲定】qiāodìng ㄑㄧㄠ ㄉㄧㄥˋ 確定下來；決定：方案有待最後敲定｜這事還得他當場敲定。

【敲骨吸髓】qiāo gǔ xī suǐ ㄑㄧㄠ ㄍㄨˇ ㄒㄧ ㄙㄨㄟˇ 比喻殘酷剝削。

【敲門磚】qiāoménzhuān ㄑㄧㄠ ㄇㄣˊ ㄓㄨㄢ 比喻藉以求得名利的初步手段：封建時代的文人常把讀書當成敲門磚，一旦功名到手，書籍也就被束之高閣了。

【敲詐】qiāozhà ㄑㄧㄠ ㄓㄚˋ 依仗勢力或用威脅、欺騙手段，索取財物。

【敲竹杠】qiāozhúgàng ㄑㄧㄠ ㄓㄨˊ ㄍㄤˋ 利用別人的弱點或借某種口實抬高價格或索取財物。

橇 qiāo ㄑㄧㄠ ❶在冰雪上滑行的交通工具，如雪橇。❷古時在泥路上行走的用具。

幧 qiāo ㄑㄧㄠ ［幧頭］（qiāotóu ㄑㄧㄠ ㄊㄡˊ）古代男子束髮的頭巾。也叫帩（qiào）頭。

磽（硗、墝） qiāo ㄑㄧㄠ 見下。

【磽薄】qiāobó ㄑㄧㄠ ㄅㄛˊ （土地）堅硬不肥沃；瘠薄：田地磽薄。

【磽确】qiāoquè ㄑㄧㄠ ㄑㄩㄝˋ 磽薄。

鍬（锹、鍫） qiāo ㄑㄧㄠ 鐵鍬。

蹺（跷） qiāo ㄑㄧㄠ ❶抬起（腿）；豎起（指頭）：把腿蹺起來｜蹺着大拇指。❷腳後跟抬起，腳尖着地：蹺起腳看牆上的佈告。❸高蹺：登在二尺多高的蹺上扭秧歌。❹〈方〉跛（bǒ）；瘸。

【蹺蹊】qiāo·qi ㄑㄧㄠ ·ㄑㄧ 奇怪；可疑：我覺得他說的話有些蹺蹊。也說蹊蹺（qīqiāo）。

【蹺蹺板】qiāoqiāobǎn ㄑㄧㄠ ㄑㄧㄠ ㄅㄢˇ 兒童遊戲用具，在狹長而厚的木板中間裝上軸，再裝在支柱上，兩端坐人，一起一落遊戲。

蹻（跻） qiāo ㄑㄧㄠ 同'蹺'。

另見626頁 juē'屩'。

繰（缲、幧） qiāo ㄑㄧㄠ 縫紉方法，做衣服邊兒或帶子時把布邊兒往裏頭捲進去，然後藏着針腳縫：繰邊兒。

另見991頁 sāo'繅'。

qiáo （ㄑㄧㄠˊ）

荍〔荞〕 qiáo ㄑㄧㄠˊ ❶古書上指錦葵。❷同'蕎'。

喬[1]（乔） qiáo ㄑㄧㄠˊ ❶高：喬木。❷（Qiáo）姓。

喬[2]（乔） qiáo ㄑㄧㄠˊ 假（扮）：喬裝。

【喬木】qiáomù ㄑㄧㄠˊ ㄇㄨˋ 樹幹高大，主幹和分枝有明顯的區別的木本植物，如松、柏、楊、白樺等。

【喬其紗】qiáoqíshā ㄑㄧㄠˊ ㄑㄧˊ ㄕㄚ 一種有細

微均勻皺紋的絲織品，薄而透明，多用來做窗簾、舞裙、夏季婦女衣服等。[法 crêpegeorgette]

【喬遷】qiáoqiān ㄑㄧㄠˊㄑㄧㄢ《詩經·小雅·伐木》：'出自幽谷，遷於喬木。'比喻人搬到好的地方去住或官職高升（多用於祝賀）：喬遷之喜。

【喬裝】qiáozhuāng ㄑㄧㄠˊ ㄓㄨㄤ 改換服裝以隱瞞自己的身份：喬裝打扮。

僑（侨） qiáo ㄑㄧㄠˊ ❶僑居：僑民｜僑胞。❷僑民：華僑｜外僑。

【僑胞】qiáobāo ㄑㄧㄠˊ ㄅㄠ 僑居國外的同胞。

【僑匯】qiáohuì ㄑㄧㄠˊ ㄏㄨㄟˋ 僑民匯回國內的款項。

【僑居】qiáojū ㄑㄧㄠˊ ㄐㄩ 在外國居住，古代也指在外鄉居住：僑居海外。

【僑眷】qiáojuàn ㄑㄧㄠˊ ㄐㄩㄢˋ 指僑民在國內的家眷。

【僑民】qiáomín ㄑㄧㄠˊ ㄇㄧㄣˊ 住在外國而保留本國國籍的居民。

【僑務】qiáowù ㄑㄧㄠˊ ㄨˋ 有關僑民的事務：僑務工作。

蕎〔蕎〕（荞） qiáo ㄑㄧㄠˊ [蕎麥]（qiáomài ㄑㄧㄠˊ ㄇㄞˋ）❶一年生草本植物，莖略帶紅色，葉互生，三角狀心臟形，有長柄，總狀花序，花白色或淡粉紅色，瘦果三角形，有棱，子實磨成粉供食用。❷這種植物的子實。

蕉〔蕉〕 qiáo ㄑㄧㄠˊ [蕉萃]（qiáocuì ㄑㄧㄠˊ ㄘㄨㄟˋ）同'憔悴'。

另見575頁 jiāo。

嶠（峤） qiáo ㄑㄧㄠˊ 〈書〉山尖而高。

另見583頁 jiào。

憔 qiáo ㄑㄧㄠˊ [憔悴]（qiáocuì ㄑㄧㄠˊ ㄘㄨㄟˋ）形容人瘦弱，面色不好看：她病了一場，顯得憔悴多了。也作顦顇。

橋（桥） qiáo ㄑㄧㄠˊ ❶橋樑①：一座橋｜木橋｜石橋｜鐵橋。❷（Qiáo）姓。

【橋洞】qiáodòng ㄑㄧㄠˊ ㄉㄨㄥˋ （橋洞兒）橋孔。

【橋墩】qiáodūn ㄑㄧㄠˊ ㄉㄨㄣ 橋樑下面的墩子，用石頭或混凝土等做成。

【橋涵】qiáohán ㄑㄧㄠˊ ㄏㄢˊ 橋樑和涵洞的合稱。

【橋孔】qiáokǒng ㄑㄧㄠˊ ㄎㄨㄥˇ 橋樑下面的孔。

【橋樑】qiáoliáng ㄑㄧㄠˊ ㄌㄧㄤˊ ❶架在水面上或空中以便行人、車輛等通行的建築物。❷比喻能起溝通作用的人或事物：橋樑作用。

【橋牌】qiáopái ㄑㄧㄠˊ ㄆㄞˊ 一種撲克牌遊戲。四個人分兩組對抗，按規則叫牌、出牌，以得分多的一方為勝。這種牌戲，英語稱為bridge，語源不明，拼法跟作'橋'講的bridge相同，漢譯誤解為'橋'。

【橋頭】qiáotóu ㄑㄧㄠˊ ㄊㄡˊ 橋兩頭和岸接連的地方。

【橋頭堡】qiáotóubǎo ㄑㄧㄠˊ ㄊㄡˊ ㄅㄠˇ ❶為控制重要橋樑、渡口而設立的碉堡、地堡或據點。❷設在大橋橋頭的像碉堡的裝飾建築物。❸泛指作為進攻的據點。

【橋堍】qiáotù ㄑㄧㄠˊ ㄊㄨˋ 橋頭。

樵 qiáo ㄑㄧㄠˊ ❶柴：砍樵。❷〈書〉打柴：樵夫｜漁樵。

礄（硚） qiáo ㄑㄧㄠˊ 地名用字：礄頭（在四川）｜礄口（在漢口）。

瞧 qiáo ㄑㄧㄠˊ 看：瞧見｜瞧書｜瞧病｜瞧熱鬧｜瞧一瞧｜他瞧親戚去了。

【瞧不起】qiáo·bu qǐ ㄑㄧㄠˊ·ㄅㄨ ㄑㄧˇ 看不起。

【瞧得起】qiáo·de qǐ ㄑㄧㄠˊ·ㄉㄜ ㄑㄧˇ 看得起。

【瞧見】qiáo//·jiàn ㄑㄧㄠˊ//·ㄐㄧㄢˋ 看見：瞧得見｜瞧不見｜他瞧見光榮榜上有自己的名字。

盉（盉） qiáo ㄑㄧㄠˊ 古代碗一類的器皿。

翹（翘） qiáo ㄑㄧㄠˊ ❶抬起（頭）：翹首。❷（木、紙等）平的東西因由濕變乾而不平。

另見928頁 qiào。

【翹楚】qiáochǔ ㄑㄧㄠˊ ㄔㄨˇ 〈書〉比喻杰出的人才。

【翹棱】qiáo·leng ㄑㄧㄠˊ·ㄌㄥ 〈方〉翹②。

【翹企】qiáoqǐ ㄑㄧㄠˊ ㄑㄧˇ 〈書〉翹首企足，形容盼望殷切：不勝翹企。

【翹首】qiáoshǒu ㄑㄧㄠˊ ㄕㄡˇ 〈書〉抬起頭來望：翹首瞻仰｜翹首星空｜翹首故國。

【翹望】qiáowàng ㄑㄧㄠˊ ㄨㄤˋ ❶抬起頭來望。❷殷切盼望：觀眾翹望已久的電影週下月初在北京開幕。

譙（谯） qiáo ㄑㄧㄠˊ ❶譙樓。❷（Qiáo）姓。

另見927頁 qiào'誚'。

【譙樓】qiáolóu ㄑㄧㄠˊ ㄌㄡˊ 〈書〉❶城門上的瞭望樓。❷鼓樓。

鞽（鞒） qiáo ㄑㄧㄠˊ 馬鞍上拱起的部分。

顦（顦） qiáo ㄑㄧㄠˊ [顦顇]（qiáocuì ㄑㄧㄠˊ ㄘㄨㄟˋ）同'憔悴'。

qiǎo（ㄑㄧㄠˇ）

巧 qiǎo ㄑㄧㄠˇ ❶心思靈敏，技術高明：巧幹｜能工巧匠｜他的手藝很巧。❷（手、口）靈巧：心靈手巧｜他嘴巧，學誰像誰。❸恰好；正遇在某種機會上：恰巧｜偏巧｜湊巧｜巧遇｜來得真巧｜我一出大門就碰到他，真巧極了。❹虛浮不實的（話）：花言巧語。

【巧奪天工】qiǎo duó tiān gōng ㄑㄧㄠˇ ㄉㄨㄛˊ ㄊㄧㄢ ㄍㄨㄥ 精巧的人工勝過天然，形容技藝極其精巧：象牙雕刻的人物花鳥，生動活潑，巧奪天工。

【巧婦難為無米之炊】qiǎo fù nán wéi wú mǐ zhī chuī ㄑㄧㄠˇ ㄈㄨˋ ㄋㄢˊ ㄨㄟˊ ㄨˊ ㄇㄧˇ ㄓ ㄔㄨㄟ 沒有米，再能幹的婦女也做不出飯。比喻缺少必要的條件，再能幹的人也很難做成事。

【巧合】qiǎohé ㄑㄧㄠˇ ㄏㄜˊ （事情）湊巧相合或相同：他們倆同年，生日又是同一天，真是巧合。

【巧計】qiǎojì ㄑㄧㄠˇ ㄐㄧˋ 巧妙的計策。

【巧匠】qiǎojiàng ㄑㄧㄠˇ ㄐㄧㄤˋ 工藝技術高明的人：能工巧匠。

【巧勁兒】qiǎojìnr ㄑㄧㄠˇ ㄐㄧㄣˋㄦ 〈方〉❶巧妙的手法：常常練習，慢慢就找着巧勁兒了。❷湊巧的事：我正找他，他就來了，真是巧勁兒。

【巧克力】qiǎokèlì ㄑㄧㄠˇ ㄎㄜˋ ㄌㄧˋ 以可可粉為主要原料，再加上白糖、香料製成的食品。［英 chocolate］

【巧立名目】qiǎo lì míngmù ㄑㄧㄠˇ ㄌㄧˋ ㄇㄧㄥˊ ㄇㄨˋ 定出許多名目，以達到某種不正當的目的。

【巧妙】qiǎomiào ㄑㄧㄠˇ ㄇㄧㄠˋ （方法或技術等）靈巧高明，超過尋常的：構思巧妙｜巧妙的計策｜巧妙地運用比喻，可以使語言生動活潑。

【巧取豪奪】qiǎo qǔ háo duó ㄑㄧㄠˇ ㄑㄩˇ ㄏㄠˊ ㄉㄨㄛˊ 用欺詐的手段取得或憑強力奪取（財物、權利）。

【巧言令色】qiǎo yán lìng sè ㄑㄧㄠˇ ㄧㄢˊ ㄌㄧㄥˋ ㄙㄜˋ 指用花言巧語和假裝和善來討好別人（令：美好）。

【巧遇】qiǎoyù ㄑㄧㄠˇ ㄩˋ 湊巧遇到：抵達雲南的當天，巧遇潑水節。

悄 qiǎo ㄑㄧㄠˇ ❶沒有聲音或聲音很低：悄聲。❷〈書〉憂愁。

另見925頁 qiāo。

【悄寂】qiǎojì ㄑㄧㄠˇ ㄐㄧˋ 寂靜無聲：山野悄寂。

【悄然】qiǎorán ㄑㄧㄠˇ ㄖㄢˊ ❶形容憂愁的樣子：悄然落淚。❷形容寂靜無聲。

【悄聲】qiǎoshēng ㄑㄧㄠˇ ㄕㄥ 沒有聲音或聲音很低：悄聲細語｜他躡手躡腳，悄聲走進房間。

雀 qiǎo ㄑㄧㄠˇ 義同'雀'（què），用於'家雀兒、雀盲眼'。

另見925頁 qiāo；956頁 què。

【雀盲眼】qiǎo·mangyǎn ㄑㄧㄠˇ ·ㄇㄤ ㄧㄢˇ 〈方〉夜盲。

愀 qiǎo ㄑㄧㄠˇ ［愀然］（qiǎorán ㄑㄧㄠˇ ㄖㄢˊ）〈書〉形容神色嚴肅或不愉快：愀然作色｜愀然不悅。

qiào（ㄑㄧㄠˋ）

俏 qiào ㄑㄧㄠˋ ❶俊俏；樣子好看；動作靈活：打扮得真俏｜走着俏步兒。❷指貨物的銷路好：俏貨｜行情看俏。❸〈方〉烹調時加上（俏頭）：俏點兒韭菜。

【俏貨】qiàohuò ㄑㄧㄠˋ ㄏㄨㄛˋ 暢銷的商品。

【俏麗】qiàolì ㄑㄧㄠˋ ㄌㄧˋ 俊俏美麗：容貌俏麗。

【俏皮】qiào·pi ㄑㄧㄠˋ ·ㄆㄧ ❶容貌或裝飾好看。❷舉止活潑或談話有風趣：俏皮話。

【俏皮話】qiào·pihuà ㄑㄧㄠˋ ·ㄆㄧ ㄏㄨㄚˋ （俏皮話兒）❶含諷刺口吻的或開玩笑的話。❷歇後語。

【俏式】qiào·shi ㄑㄧㄠˋ ·ㄕ 〈方〉俊俏。

【俏頭】qiào·tou ㄑㄧㄠˋ ·ㄊㄡ ❶烹調時為增加滋味或色澤而附加的東西，如香菜、青蒜、木耳、辣椒等。❷戲曲、評書中引人喜愛的身段、道白或穿插。

峭（陗） qiào ㄑㄧㄠˋ ❶山勢又高又陡：峭立｜陡峭。❷比喻嚴厲：峭直。

【峭拔】qiàobá ㄑㄧㄠˋ ㄅㄚˊ ❶（山）高而陡：山勢峭拔。❷形容文筆雄健：筆鋒峭拔剛勁。

【峭壁】qiàobì ㄑㄧㄠˋ ㄅㄧˋ 陡直的山崖：懸崖峭壁。

【峭立】qiàolì ㄑㄧㄠˋ ㄌㄧˋ 陡立：峭立的山峰｜岩石峭立。

【峭直】qiàozhí ㄑㄧㄠˋ ㄓˊ 〈書〉嚴峻剛直：秉性峭直。

帩 qiào ㄑㄧㄠˋ ［帩頭］（qiàotóu ㄑㄧㄠˋ ㄊㄡˊ）古代男子束髮的頭巾。也叫幧（qiāo）頭。

俅 qiào ㄑㄧㄠˋ 〈方〉傻。

另見164頁 chǒu。

殼（壳） qiào ㄑㄧㄠˋ 堅硬的外皮：甲殼｜地殼｜金蟬脫殼。

另見648頁 ké。

【殼菜】qiàocài ㄑㄧㄠˋ ㄘㄞˋ 貽貝（生活在淺海岩石上的帶殼軟體動物）。通常指貽貝的肉。

【殼斗】qiàodǒu ㄑㄧㄠˋ ㄉㄡˇ 某些植物果實特有的一種外殼，如包在栗子外面的有刺硬殼。

誚（诮、譙） qiào ㄑㄧㄠˋ 〈書〉❶責備：誚呵。❷譏諷：譏誚。

'譙'另見926頁 qiáo。

【誚呵】qiàohē ㄑㄧㄠˋ ㄏㄜ 〈書〉責備；呵斥：誚呵之詞。

撬 qiào ㄑㄧㄠˋ 把棍棒或刀、錐等的一頭插入縫中或孔中，用力扳（或壓）另一頭：撬石頭｜撬起箱子蓋｜鑰匙丟了，只好把門撬開。

【撬杠】qiàogàng ㄑㄧㄠˋ ㄍㄤˋ 一端鍛成扁平狀的鐵棍，用來撬起或移動重物。

墽 qiào ㄑㄧㄠˋ 〈書〉從旁邊敲打。

鞘 qiào ㄑㄧㄠˋ 裝刀劍的套子：劍鞘｜刀出鞘。

另見1009頁 shāo。

【鞘翅】qiàochì ㄑㄧㄠˋ ㄔˋ 叩頭蟲、金龜子等昆蟲的前翅，質地堅硬，靜止時，覆蓋在膜質的後翅上，好像鞘一樣。也叫翅鞘。

翹(翘、蹺) qiào ㄑㄧㄠˋ 一頭兒向上仰起：板凳沒放穩，這頭兒一壓，那頭兒就往上一翹。

另見926頁 qiáo。

【翹辮子】qiào biàn·zi ㄑㄧㄠˋ ㄅㄧㄢˋ ·ㄗ 死(含譏笑或詼諧意)：袁世凱做皇帝沒幾天就翹辮子了。

【翹尾巴】qiào wěi·ba ㄑㄧㄠˋ ㄨㄟˇ ·ㄅㄚ 比喻驕傲自大。

竅(窍) qiào ㄑㄧㄠˋ ❶窟窿：七竅。❷比喻事情的關鍵：訣竅｜竅門兒｜一竅不通。

【竅門】qiàomén ㄑㄧㄠˋ ㄇㄣˊ (竅門兒)能解決困難問題的好方法：開動腦筋找竅門。

躈 qiào ㄑㄧㄠˋ 〈書〉牲畜的肛門。

qiē (ㄑㄧㄝ)

切 qiē ㄑㄧㄝ ❶用刀把物品分成若干部分：把瓜切開｜把肉切成肉絲兒◇切斷敵軍退路。❷直綫、圓或面等與圓、弧或球只有一個交點時叫做切。

另見928頁 qiè。

【切除】qiēchú ㄑㄧㄝ ㄔㄨˊ 用外科手術把身體上發生病變的部分切掉：切除腫瘤｜他最近做了一次外科切除手術。

【切磋】qiēcuō ㄑㄧㄝ ㄘㄨㄛ 切磋琢磨：切磋學問。

【切磋琢磨】qiē cuō zhuó mó ㄑㄧㄝ ㄘㄨㄛ ㄓㄨㄛˊ ㄇㄛˊ 古代把骨頭加工成器物叫'切'，把象牙加工成器物叫'磋'，把玉加工成器物叫'琢'，把石頭加工成器物叫'磨'。比喻互相商量研究，學習長處，糾正缺點。

【切點】qiēdiǎn ㄑㄧㄝ ㄉㄧㄢˇ 直綫與圓、直綫與球、圓與圓、平面與球或球與球相切的交點。

【切割】qiēgē ㄑㄧㄝ ㄍㄜ ❶用刀等把物品截斷。❷利用機牀切斷或利用火焰、電弧燒斷金屬材料。也叫割切。

【切花】qiēhuā ㄑㄧㄝ ㄏㄨㄚ 從植株上剪下供瓶養或裝飾等用的花枝：鮮切花｜一束切花。

【切匯】qiēhuì ㄑㄧㄝ ㄏㄨㄟˋ 指在外匯黑市交易中，買進外匯的人用手法騙過賣主，暗中扣下一部分應付的錢。

【切口】qiēkǒu ㄑㄧㄝ ㄎㄡˇ 書頁裁切一邊的空白處。

另見929頁 qièkǒu。

【切面】qiēmiàn ㄑㄧㄝ ㄇㄧㄢˋ ❶剖面。❷和球面只有一個交點的平面叫做球的切面；只包含圓柱、圓錐的一條母綫的平面叫做圓柱或圓錐的切面。

【切麪】qiēmiàn ㄑㄧㄝ ㄇㄧㄢˋ 切成的麪條。

【切片】qiē//piàn ㄑㄧㄝ//ㄆㄧㄢˋ 把物體切成薄片。

【切片】qiēpiàn ㄑㄧㄝ ㄆㄧㄢˋ 用特製的刀具把生物體的組織或礦物切成的薄片。切片用來在顯微鏡下進行觀察和研究。

【切綫】qiēxiàn ㄑㄧㄝ ㄒㄧㄢˋ 平面內和圓只有一個交點的直綫叫做圓的切綫；和球面只有一個交點的直綫叫做球的切綫。

【切削】qiēxiāo ㄑㄧㄝ ㄒㄧㄠ 利用機牀的刀具或砂輪等削去作件的一部分，使作件具有一定形狀、尺寸和表面光潔度。

qié (ㄑㄧㄝˊ)

伽 qié ㄑㄧㄝˊ 見下。

另見364頁 gā；550頁 jiā。

【伽藍】qiélán ㄑㄧㄝˊ ㄌㄢˊ 佛寺。[僧伽藍摩之省，梵 saṃghārāma]

【伽南香】qiénánxiāng ㄑㄧㄝˊ ㄋㄢˊ ㄒㄧㄤ 沈香。

茄〔茄〕 qié ㄑㄧㄝˊ 茄子：拌茄泥。

另見550頁 jiā。

【茄子】qié·zi ㄑㄧㄝˊ ·ㄗ ❶一年生草本植物，葉橢圓形，花紫色。果實球形或長圓形，紫色，有的白色或淺綠色，表面有光澤，是普通蔬菜。❷這種植物的果實。

qiě (ㄑㄧㄝˇ)

且1 qiě ㄑㄧㄝˇ ❶暫且；姑且：且慢｜你且等一下。❷〈方〉表示經久：買枝鋼筆且使呢｜他要一說話，且完不了呢。❸(Qiě)姓。

且2 qiě ㄑㄧㄝˇ 〈書〉連詞。❶尚且：死且不怕，困難又算甚麼？｜君且如此，況他人乎？❷並且；而且：既高且大。

另見618頁 jū。

【且慢】qiěmàn ㄑㄧㄝˇ ㄇㄢˋ 暫時慢着(含阻止意)：且慢，聽我把話說完。

【且…且…】qiě…qiě… ㄑㄧㄝˇ…ㄑㄧㄝˇ… 分別用在兩個動詞前面，表示兩個動作同時進行：且談且走｜且戰且退。

【且說】qiěshuō ㄑㄧㄝˇ ㄕㄨㄛ 舊小說中的發語詞。

qiè (ㄑㄧㄝˋ)

切 qiè ㄑㄧㄝˋ ❶合；符合：文章切題｜說話不切實際。❷貼近；親近：切身｜親切。❸急切；殷切：迫切｜懇切｜回國心切。❹切實；務必：切記｜切忌｜切不可驕傲。❺用在反切後頭，表示前兩字是注音用的反切。

如‘塑，桑故切’。參看318頁〖反切〗。
　　另見928頁 qiē。
【切齒】qièchǐ ㄑㄧㄝˋ ㄔˇ 咬緊牙齒，形容非常憤恨：切齒痛恨。
【切當】qièdàng ㄑㄧㄝˋ ㄉㄤˋ 恰當：用詞切當。
【切膚之痛】qiè fū zhī tòng ㄑㄧㄝˋ ㄈㄨ ㄓ ㄊㄨㄥˋ 切身感受到的痛苦。
【切骨之仇】qiè gǔ zhī chóu ㄑㄧㄝˋ ㄍㄨˇ ㄓ ㄔㄡˊ 形容極深的仇恨。
【切合】qièhé ㄑㄧㄝˋ ㄏㄜˊ 十分符合：切合實際。
【切忌】qièjì ㄑㄧㄝˋ ㄐㄧˋ 切實避免或防止：切忌滋長驕傲情緒。
【切記】qièjì ㄑㄧㄝˋ ㄐㄧˋ 牢牢記住：遇事切記要冷靜。
【切近】qièjìn ㄑㄧㄝˋ ㄐㄧㄣˋ ❶貼近；靠近：遠大的事業要從切近處做起。❷(情況)相近；接近：這樣註解比較切近原作之意。
【切口】qièkǒu ㄑㄧㄝˋ ㄎㄡˇ 幫會或某些行業中的暗語。
　　另見928頁 qiēkǒu。
【切脈】qièmài ㄑㄧㄝˋ ㄇㄞˋ 中醫指診脈。
【切末】qiè·mo ㄑㄧㄝˋ ·ㄇㄛ 戲曲舞台上所用的簡單佈景和大小道具。名稱起於元曲，原作砌末。
【切切】qièqiè ㄑㄧㄝˋ ㄑㄧㄝˋ ❶千萬；務必(多用於書信中)：切切不可忘記。❷用於佈告、條令等末尾，表示叮嚀：切切此佈。❸懇切；迫切：切切請求。❹同‘竊竊’①。
【切身】qièshēn ㄑㄧㄝˋ ㄕㄣ ❶跟自己有密切關係的：切身利益｜這事跟我有切身關係。❷親身：切身體驗｜他說的是個人切身的體會。
【切實】qièshí ㄑㄧㄝˋ ㄕˊ 切合實際；實實在在：切實可行｜切實改正｜切切實實地做好工作。
【切題】qiètí ㄑㄧㄝˋ ㄊㄧˊ 切合題目，沒有離題。
【切要】qièyào ㄑㄧㄝˋ ㄧㄠˋ 十分必要；緊要：切要的知識｜眼前切要解決的是原材料問題。
【切音】qièyīn ㄑㄧㄝˋ ㄧㄣ 用兩字拼成另一個字的音。參看318頁〖反切〗。
【切中】qièzhòng ㄑㄧㄝˋ ㄓㄨㄥˋ (言論或辦法)正好擊中(某種弊病)：切中要害｜切中時弊。

妾 qiè ㄑㄧㄝˋ ❶舊時男子在妻子以外娶的女子。❷古時女子謙稱自己。

怯 qiè ㄑㄧㄝˋ ❶膽小；害怕：膽怯｜怯場。❷北京人貶稱外地方音(指北方各省)：他說話有點兒怯。❸〈方〉不大方，不合時；俗氣：這兩種顏色配起來顯得怯。❹〈方〉缺乏知識；淺薄：露怯。
【怯場】qiè⫽chǎng ㄑㄧㄝˋ⫽ㄔㄤˇ 在人多的場面上發言、表演等，因緊張害怕而神態舉動不自然。
【怯懦】qiènuò ㄑㄧㄝˋ ㄋㄨㄛˋ 膽小怕事：生性怯懦。
【怯弱】qièruò ㄑㄧㄝˋ ㄖㄨㄛˋ 膽小軟弱：怯弱女子。
【怯生】qièshēng ㄑㄧㄝˋ ㄕㄥ 〈方〉見到不熟識的人有些害怕和不自然；怕生：孩子怯生，客人一抱他就哭。
【怯生生】qièshēngshēng ㄑㄧㄝˋ ㄕㄥ ㄕㄥ (怯生生的)形容膽怯畏縮的樣子。
【怯聲怯氣】qiè shēng qiè qì ㄑㄧㄝˋ ㄕㄥ ㄑㄧㄝˋ ㄑㄧˋ 形容説話時帶有膽小和不自然的語氣：他説話怯聲怯氣的。
【怯陣】qiè⫽zhèn ㄑㄧㄝˋ⫽ㄓㄣˋ 臨陣膽怯，也借指怯場：初次出戰，有點怯陣。

砌 qiè ㄑㄧㄝˋ ［砌末］(qiè·mo ㄑㄧㄝˋ ·ㄇㄛ) 見929頁〖切末〗。
　　另見909頁 qì。

郄 Qiè ㄑㄧㄝˋ 姓。
　　〈古〉又同‘郤’xì。
　　另見1226頁 xì。

挈 qiè ㄑㄧㄝˋ ❶舉；提：提綱挈領。❷挈帶；帶領：挈眷｜扶老挈幼。
【挈帶】qièdài ㄑㄧㄝˋ ㄉㄞˋ 攜帶；帶領。借指提拔。

趄 qiè ㄑㄧㄝˋ 傾斜：趄坡兒｜趄着身子。
　　另見619頁 jū。

愜(悏、㥦) qiè ㄑㄧㄝˋ 〈書〉(心裏)滿足：愜意。
【愜當】qièdàng ㄑㄧㄝˋ ㄉㄤˋ 〈書〉恰如其分；適當。
【愜懷】qièhuái ㄑㄧㄝˋ ㄏㄨㄞˊ 〈書〉心中滿足。
【愜意】qièyì ㄑㄧㄝˋ ㄧˋ 滿意；稱心；舒服：愜意的微笑｜樹蔭下涼風習習，十分愜意。

慊 qiè ㄑㄧㄝˋ 〈書〉滿足；滿意：意猶未慊。
　　另見921頁 qiàn。

朅 qiè ㄑㄧㄝˋ 〈書〉❶去。❷勇武。

篋(箧) qiè ㄑㄧㄝˋ 〈書〉小箱子：書篋｜藤篋｜行篋。

鍥(锲) qiè ㄑㄧㄝˋ 〈書〉雕刻：鍥而不捨。
【鍥而不捨】qiè ér bù shě ㄑㄧㄝˋ ㄦˊ ㄅㄨˋ ㄕㄜˇ 雕刻一件東西，一直刻下去不放手。比喻有恒心，有毅力：學習要有鍥而不捨的精神。

竊(窃) qiè ㄑㄧㄝˋ ❶偷：行竊｜竊案◇竊國大盜。❷偷偷地：竊笑｜竊聽。❸〈書〉謙指自己(意見)：竊謂｜竊以為不可。
【竊案】qiè'àn ㄑㄧㄝˋ ㄢˋ 偷竊的案件。
【竊奪】qièduó ㄑㄧㄝˋ ㄉㄨㄛˊ 用非法手段奪取；竊取。
【竊國】qièguó ㄑㄧㄝˋ ㄍㄨㄛˊ 篡奪國家政權。
【竊據】qièjù ㄑㄧㄝˋ ㄐㄩˋ 用不正當手段佔據(土地、職位)：竊據高位｜竊據要津。
【竊密】qiè⫽mì ㄑㄧㄝˋ⫽ㄇㄧˋ 盜竊機密。

【竊竊】qièqiè ㄑㄧㄝˋ ㄑㄧㄝˋ ❶形容聲音細小：竊竊私語。也作切切。❷暗地裏：內心竊竊自喜。

【竊取】qièqǔ ㄑㄧㄝˋ ㄑㄩˇ 偷竊(多做比喻用)：竊取職位｜竊取勝利果實。

【竊聽】qiètīng ㄑㄧㄝˋ ㄊㄧㄥ 暗中偷聽，通常指利用電子設備偷聽別人的談話。

【竊賊】qièzéi ㄑㄧㄝˋ ㄗㄟˊ 小偷兒。

qīn (ㄑㄧㄣ)

侵 qīn ㄑㄧㄣ ❶侵入：侵害｜入侵。❷接近(天明)：侵曉｜侵晨。

【侵晨】qīnchén ㄑㄧㄣ ㄔㄣˊ 天快亮的時候。

【侵奪】qīnduó ㄑㄧㄣ ㄉㄨㄛˊ 憑勢力奪取別人財產。

【侵犯】qīnfàn ㄑㄧㄣ ㄈㄢˋ ❶非法干涉別人，損害其權利：侵犯版權｜侵犯農民利益。❷侵入別國領域：侵犯領空。

【侵害】qīnhài ㄑㄧㄣ ㄏㄞˋ ❶侵入而損害：防止害蟲侵害農作物。❷用暴力或非法手段損害：不得侵害人民群眾利益。

【侵凌】qīnlíng ㄑㄧㄣ ㄌㄧㄥˊ 侵犯欺負。

【侵略】qīnlüè ㄑㄧㄣ ㄌㄩㄝˋ 指一個國家(或幾個國家聯合起來)侵犯別國的領土、主權，掠奪並奴役別國的人民。侵略的主要形式是武裝入侵，有時也採用政治干涉、經濟和文化滲透等方式：侵略戰爭｜文化侵略。

【侵權】qīnquán ㄑㄧㄣ ㄑㄩㄢˊ 侵犯、損害他人的合法權益。

【侵擾】qīnrǎo ㄑㄧㄣ ㄖㄠˇ 侵犯騷擾：侵擾邊境。

【侵入】qīnrù ㄑㄧㄣ ㄖㄨˋ ❶用武力強行進入境內：侵入邊境。❷(外來的或有害的事物)進入內部：由於冷空氣侵入，氣溫急劇下降。

【侵蝕】qīnshí ㄑㄧㄣ ㄕˊ ❶逐漸侵害使變壞：病菌侵蝕人體。❷暗中一點一點地侵佔(財物)：侵蝕公款。

【侵吞】qīntūn ㄑㄧㄣ ㄊㄨㄣ ❶暗中非法佔有(別人的東西或公共的財物、土地等)：侵吞公款。❷用武力吞併別國或佔有其部分領土。

【侵襲】qīnxí ㄑㄧㄣ ㄒㄧˊ 侵入並襲擊：侵襲領空◇沿海一帶常遭颱風侵襲。

【侵越】qīnyuè ㄑㄧㄣ ㄩㄝˋ 侵犯(權限)。

【侵早】qīnzǎo ㄑㄧㄣ ㄗㄠˇ 侵晨。

【侵佔】qīnzhàn ㄑㄧㄣ ㄓㄢˋ ❶非法佔有別人的財產。❷用侵略手段佔有別國的領土。

衾 qīn ㄑㄧㄣ ❶被子：衾枕。❷屍體入殮時蓋屍體的東西：衣衾棺槨。

欽(钦) qīn ㄑㄧㄣ ❶敬重：欽佩｜欽仰。❷指皇帝親自(做)：欽定｜欽賜。❸(Qīn)姓。

【欽差】qīnchāi ㄑㄧㄣ ㄔㄞ 由皇帝派遣，代表皇帝出外辦理重大事件的官員。

【欽差大臣】qīnchāi dàchén ㄑㄧㄣ ㄔㄞ ㄉㄚˋ ㄔㄣˊ 欽差。現多指上級機關派來的、握有大權的工作人員(多含譏諷意)。

【欽遲】qīnchí ㄑㄧㄣ ㄔˊ 敬仰(舊時書函用語)。

【欽定】qīndìng ㄑㄧㄣ ㄉㄧㄥˋ 經君主親自裁定的(多指著述)。

【欽敬】qīnjìng ㄑㄧㄣ ㄐㄧㄥˋ 欽佩尊敬：受人欽敬。

【欽慕】qīnmù ㄑㄧㄣ ㄇㄨˋ 敬慕：欽慕之情，溢於言表。

【欽佩】qīnpèi ㄑㄧㄣ ㄆㄟˋ 敬重佩服：欽佩的目光｜他這種捨己為人的精神，使人十分欽佩。

【欽羨】qīnxiàn ㄑㄧㄣ ㄒㄧㄢˋ 欽佩羨慕：欽羨的目光。

【欽仰】qīnyǎng ㄑㄧㄣ ㄧㄤˇ 〈書〉欽佩景仰。

嶔(嵚) qīn ㄑㄧㄣ [嶔崟](qīnyín ㄑㄧㄣ ㄧㄣˊ)〈書〉形容山高。

親(亲) qīn ㄑㄧㄣ ❶父母：父親｜母親｜雙親。❷親生的：親女兒。❸血統最接近的：親弟兄(同父母的弟兄)｜親叔叔(父親的親弟弟)。❹有血統或婚姻關係的：親屬｜親戚｜親人｜親友｜姑表親｜沾親帶故。❺婚姻：結親｜定親｜親事。❻指新婦：娶親｜送親｜迎親。❼關係近；感情好(跟'疏'相對)：親近｜親密｜親愛｜親熱｜不分親疏。❽親自：親身｜親手｜親口｜親眼所見。❾跟人親近(多指國家)：親華｜親美。❿用嘴唇接觸(人或東西)，表示親熱：親嘴｜他親了親孩子。

另見942頁 qìng。

【親愛】qīn'ài ㄑㄧㄣ ㄞˋ 關係密切，感情深厚：親愛的祖國｜親愛的同志｜親愛的母親。

【親本】qīnběn ㄑㄧㄣ ㄅㄣˇ 雜交時所選用的父本或母本。

【親筆】qīnbǐ ㄑㄧㄣ ㄅㄧˇ ❶親自動筆(寫)：親筆信｜這是他親筆寫的。❷指親自寫的字：這幾個字是魯迅先生的親筆。

【親傳】qīnchuán ㄑㄧㄣ ㄔㄨㄢˊ 親身傳授：親傳弟子。

【親代】qīndài ㄑㄧㄣ ㄉㄞˋ 產生後一代生物的生物，對後一代生物來說是親代，所產生的後一代叫子代。

【親等】qīnděng ㄑㄧㄣ ㄉㄥˇ 計算親屬關係親疏遠近的單位，如父母和子女為一親等，祖父母和孫子女為二親等。

【親故】qīngù ㄑㄧㄣ ㄍㄨˋ 親戚故舊：遍訪親故。

【親和力】qīnhélì ㄑㄧㄣ ㄏㄜˊ ㄌㄧˋ 兩種或兩種以上的物質結合成化合物時互相作用的力。

【親近】qīnjìn ㄑㄧㄣ ㄐㄧㄣˋ 親密而接近：這兩個小同學很親近｜他熱情誠懇，大家都願意親近他。

【親眷】qīnjuàn ㄑㄧㄣ ㄐㄩㄢˋ ❶親戚。❷眷屬。
【親口】qīnkǒu ㄑㄧㄣ ㄎㄡˇ (話)出於本人的嘴：這是他親口告訴我的。
【親歷】qīnlì ㄑㄧㄣ ㄌㄧˋ 親身經歷：親歷其境｜這是我親歷的事，所以印象極深。
【親臨】qīnlín ㄑㄧㄣ ㄌㄧㄣˊ 親自到(某處)：親臨其境｜親臨現場｜親臨指導｜親臨抗洪前綫。
【親密】qīnmì ㄑㄧㄣ ㄇㄧˋ 感情好，關係密切：他倆非常親密｜親密的戰友。
【親昵】qīnnì ㄑㄧㄣ ㄋㄧˋ 十分親密：她親昵地依偎在母親懷裏。
【親朋】qīnpéng ㄑㄧㄣ ㄆㄥˊ 親戚朋友：親朋好友。
【親戚】qīn·qi ㄑㄧㄣ ·ㄑㄧ 跟自己家庭有婚姻關係或血統關係的家庭或它的成員：一門親戚｜我們兩家是親戚｜他在北京的親戚不多，只有一個表姐。
【親切】qīnqiè ㄑㄧㄣ ㄑㄧㄝˋ ❶親近；親密：他想起延安，像想起家鄉一樣親切。❷形容熱情而關心：老師的親切教導。
【親情】qīnqíng ㄑㄧㄣ ㄑㄧㄥˊ 親人的情義：父女親情｜不念親情｜祖國處處有親情。
【親熱】qīnrè ㄑㄧㄣ ㄖㄜˋ 親密而熱情：大夥兒就像久別重逢的親人一樣，親熱極了｜鄉親們圍着子弟兵，親親熱熱地問長問短。
【親人】qīnrén ㄑㄧㄣ ㄖㄣˊ ❶直系親屬或配偶：他家裏除母親以外，沒有別的親人。❷比喻關係親密、感情深厚的人。
【親善】qīnshàn ㄑㄧㄣ ㄕㄢˋ 親近而友好：兩國親善。
【親身】qīnshēn ㄑㄧㄣ ㄕㄣ 親自：親身經歷。
【親生】qīnshēng ㄑㄧㄣ ㄕㄥ ❶自己生育：小明是她親生的。❷自己生育的或生育自己的：親生子女｜親生父母。
【親事】qīn·shi ㄑㄧㄣ ·ㄕ 婚事：操辦親事。
【親手】qīnshǒu ㄑㄧㄣ ㄕㄡˇ 用自己的手(做)：你親手種的兩棵棗樹，現在長得可大啦。
【親疏】qīnshū ㄑㄧㄣ ㄕㄨ (關係)親近和疏遠：不分親疏，一視同仁。
【親屬】qīnshǔ ㄑㄧㄣ ㄕㄨˇ 跟自己有血統關係或婚姻關係的人：直系親屬｜旁系親屬。
【親體】qīntǐ ㄑㄧㄣ ㄊㄧˇ 產生後一代生物的雌性個體或雄性個體。
【親痛仇快】qīn tòng chóu kuài ㄑㄧㄣ ㄊㄨㄥˋ ㄔㄡˊ ㄎㄨㄞˋ 親人痛心，仇人高興：決不能做親痛仇快的事。也說親者痛，仇者快。
【親王】qīnwáng ㄑㄧㄣ ㄨㄤˊ 皇帝或國王的親屬中封王的人。
【親吻】qīnwěn ㄑㄧㄣ ㄨㄣˇ 用嘴唇接觸(人或物)，表示親熱、喜愛。
【親信】qīnxìn ㄑㄧㄣ ㄒㄧㄣˋ ❶親近而信任：親信小人。❷親近而信任的人(多含貶意)：培植親信。
【親眼】qīnyǎn ㄑㄧㄣ ㄧㄢˇ 用自己的眼睛(看)：親眼所見｜參觀的人親眼看到了這幾年農民生活的巨大變化。
【親友】qīnyǒu ㄑㄧㄣ ㄧㄡˇ 親戚朋友。
【親魚】qīnyú ㄑㄧㄣ ㄩˊ 指發育到性成熟階段，有繁殖能力的雄魚或雌魚。也叫種魚。
【親緣】qīnyuán ㄑㄧㄣ ㄩㄢˊ 指血緣關係；親代遺傳關係。
【親征】qīnzhēng ㄑㄧㄣ ㄓㄥ 指帝王親自出征。
【親政】qīnzhèng ㄑㄧㄣ ㄓㄥˋ 幼年繼位的帝王成年後親自處理政事。
【親知】qīnzhī ㄑㄧㄣ ㄓ 親身知道：真正親知的是具有實踐經驗的人。
【親炙】qīnzhì ㄑㄧㄣ ㄓˋ 〈書〉直接受到教誨或傳授。
【親子】qīnzǐ ㄑㄧㄣ ㄗˇ 人或其他動物的上一代跟下一代：親子關係。
【親自】qīnzì ㄑㄧㄣ ㄗˋ 自己(做)：你親自去一趟，和他當面談談｜庫房的門總是由他親自開關，別人從來不經手。
【親族】qīnzú ㄑㄧㄣ ㄗㄨˊ 家屬和同族；家族。
【親嘴】qīn∥zuǐ ㄑㄧㄣ∥ㄗㄨㄟˇ (親嘴兒)兩個人以嘴唇相接觸，表示親愛。

駸(骎) qīn ㄑㄧㄣ ［駸駸］〈書〉形容馬跑得很快的樣子。比喻事業進展得很快：祖國建設駸駸日上。

qín (ㄑㄧㄣˊ)

芹〔芹〕 qín ㄑㄧㄣˊ 芹菜；藥芹。
【芹菜】qíncài ㄑㄧㄣˊ ㄘㄞˋ 一年或二年生草本植物，羽狀複葉，小葉卵形，葉柄肥大，綠色或黃白色，花綠白色，果實扁圓形。是普通蔬菜。
【芹獻】qínxiàn ㄑㄧㄣˊ ㄒㄧㄢˋ 〈書〉謙稱贈人的禮品或對人的建議。參看1243頁〖獻芹〗。

芩〔芩〕 qín ㄑㄧㄣˊ 古書上指蘆葦一類的植物。

矜(矜) qín ㄑㄧㄣˊ 古代指矛柄。另見420頁 guān；597頁 jīn。

秦 Qín ㄑㄧㄣˊ ❶周朝國名，在今陝西中部、甘肅東部。公元前221年統一中國，建立秦朝。❷朝代，公元前221－公元前206秦始皇嬴政所建，建都咸陽(在今陝西咸陽市東)。❸指陝西和甘肅，特指陝西。❹姓。
【秦吉了】qínjíliǎo ㄑㄧㄣˊ ㄐㄧˊ ㄌㄧㄠˇ 文學作品中所說的一種鳥，樣子和八哥兒相似，能模仿人說話的聲音。據説產於陝西，所以叫秦吉了。
【秦艽】qínjiāo ㄑㄧㄣˊ ㄐㄧㄠ 草本植物，根土黃色，互相纏在一起，長一尺多，葉子和莖相連，都是青色，花紫色。根可入藥。

【秦晉】Qín Jìn ㄑㄧㄣˊ ㄐㄧㄣˋ 春秋時秦、晉兩國國君幾代都互相通婚，後用'秦晉'指兩姓聯姻：願偕秦晉｜結秦晉之好。

【秦鏡高懸】Qín jìng gāo xuán ㄑㄧㄣˊ ㄐㄧㄥˋ ㄍㄠ ㄒㄩㄢˊ 見807頁〖明鏡高懸〗。

【秦樓楚館】qínlóu-chǔguǎn ㄑㄧㄣˊ ㄌㄡˊ ㄔㄨˇ ㄍㄨㄢˇ 舊時指歌舞場所，也指妓院。

【秦腔】qínqiāng ㄑㄧㄣˊ ㄑㄧㄤ ❶流行於西北各省的地方戲曲劇種，由陝西、甘肅一帶的民歌發展而成，是梆子腔的一種。也叫陝西梆子。❷北方梆子的統稱。

【秦篆】qínzhuàn ㄑㄧㄣˊ ㄓㄨㄢˋ 小篆。

捡 qín ㄑㄧㄣˊ 〈書〉同'擒'。

栞 qín ㄑㄧㄣˊ 〈書〉同'琴'。

琴 qín ㄑㄧㄣˊ ❶古琴。❷某些樂器的統稱，如風琴、鋼琴、提琴、口琴、胡琴等。❸(Qín)姓。

【琴鍵】qínjiàn ㄑㄧㄣˊ ㄐㄧㄢˋ 風琴、鋼琴等上裝置的白色和黑色的鍵。

【琴瑟】qínsè ㄑㄧㄣˊ ㄙㄜˋ 琴和瑟兩種樂器一起合奏，聲音和諧，用來比喻融洽的感情(多用於夫婦)：琴瑟甚篤。

【琴師】qínshī ㄑㄧㄣˊ ㄕ 戲曲樂隊中操琴伴奏的人。

【琴書】qínshū ㄑㄧㄣˊ ㄕㄨ 曲藝的一種，說唱故事，用揚琴伴奏，有山東琴書、徐州琴書等。

覃 Qín ㄑㄧㄣˊ 姓。
另見1109頁 tán。

禽 qín ㄑㄧㄣˊ ❶鳥類：飛禽｜鳴禽｜家禽。❷〈書〉鳥獸的總稱。
〈古〉又同'擒'。

【禽獸】qínshòu ㄑㄧㄣˊ ㄕㄡˋ 鳥獸。比喻行為卑鄙惡劣的人：衣冠禽獸｜禽獸行為。

勤 qín ㄑㄧㄣˊ ❶盡力多做或不斷地做(跟'懶'或'惰'相對)：手勤｜勤學苦練｜人勤地不懶。❷次數多；經常：勤洗澡｜夏季雨水勤｜他來得最勤，差不多天天來。❸勤務：內勤｜外勤。❹在規定時間內準時到班的工作或勞動：出勤｜缺勤｜考勤｜執勤｜空勤｜地勤。❺(Qín)姓。

【勤奮】qínfèn ㄑㄧㄣˊ ㄈㄣˋ 不懈地努力(工作或學習)。

【勤工儉學】qín gōng jiǎn xué ㄑㄧㄣˊ ㄍㄨㄥ ㄐㄧㄢˇ ㄒㄩㄝˊ ❶利用學習以外的時間參加勞動，把勞動所得作為學習、生活費用。❷我國某些學校採取的辦學的一種方式，學生在學習期間從事一定的勞動，學校以學生勞動的收入作為辦學資金。

【勤儉】qínjiǎn ㄑㄧㄣˊ ㄐㄧㄢˇ 勤勞而節儉：勤儉建國｜勤儉過日子。

【勤謹】qín·jin ㄑㄧㄣˊ ·ㄐㄧㄣ 〈方〉勤勞；勤快：工作勤謹。

【勤懇】qínkěn ㄑㄧㄣˊ ㄎㄣˇ 勤勞而塌實：勤懇地勞動｜勤勤懇懇地工作。

【勤苦】qínkǔ ㄑㄧㄣˊ ㄎㄨˇ 勤勞刻苦：勤苦練習｜勤苦的生活。

【勤快】qín·kuai ㄑㄧㄣˊ ·ㄎㄨㄞ 手腳勤，愛勞動：手腳勤快｜他們很勤快，天一亮，就下地幹活。

【勤勞】qínláo ㄑㄧㄣˊ ㄌㄠˊ 努力勞動，不怕辛苦：勤勞勇敢的人民。

【勤勉】qínmiǎn ㄑㄧㄣˊ ㄇㄧㄢˇ 勤奮：工作勤勉｜勤勉學習。

【勤勤】qínqín ㄑㄧㄣˊ ㄑㄧㄣˊ 〈書〉形容誠懇或慇勤：雅意勤勤。

【勤王】qínwáng ㄑㄧㄣˊ ㄨㄤˊ 〈書〉❶君主的統治地位受到內亂或外患的威脅而動搖時，臣子發兵援救：勤王之師。❷為王朝盡力。

【勤務】qínwù ㄑㄧㄣˊ ㄨˋ ❶公家分派的公共事務。❷軍隊中專門做雜務工作的人。

【勤務兵】qínwùbīng ㄑㄧㄣˊ ㄨˋ ㄅㄧㄥ 舊時軍隊中給軍官辦理雜務的士兵。

【勤務員】qínwùyuán ㄑㄧㄣˊ ㄨˋ ㄩㄢˊ 部隊或機關裏擔任雜務工作的人員◇做人民的勤務員。

【勤雜人員】qínzá rényuán ㄑㄧㄣˊ ㄗㄚˊ ㄖㄣˊ ㄩㄢˊ 勤務員的總稱。

嗪 qín ㄑㄧㄣˊ 譯音用字，如吖嗪、哇嗪、哌嗪。

溱 qín ㄑㄧㄣˊ 溱潼(Qíntóng ㄑㄧㄣˊ ㄊㄨㄥˊ)，地名，在江蘇。
另見1453頁 Zhēn。

廑 qín ㄑㄧㄣˊ 〈書〉同'勤'。
另見598頁 jǐn。

擒 qín ㄑㄧㄣˊ 抓；捉拿：欲擒故縱｜擒賊先擒王。

【擒獲】qínhuò ㄑㄧㄣˊ ㄏㄨㄛˋ 捉住；抓獲：擒獲歹徒。

【擒拿】qínná ㄑㄧㄣˊ ㄋㄚˊ ❶拳術中一種針對人的各部關節和穴位，用各種方法使對方無法反抗的技法。❷泛指捉拿：擒拿罪犯。

噙 qín ㄑㄧㄣˊ (嘴或眼裏)含：噙着烟袋｜噙着眼淚。

檎 qín ㄑㄧㄣˊ 見727頁〖林檎〗。

螓 qín ㄑㄧㄣˊ 古書上指一種像蟬的昆蟲。

懃 qín ㄑㄧㄣˊ 見1364頁〔慇懃〕(yīnqín)。

qǐn (ㄑㄧㄣˇ)

梫 qǐn ㄑㄧㄣˇ ❶古書上指肉桂。❷梫木。

【梫木】qǐnmù ㄑㄧㄣˇ ㄇㄨˋ 馬醉木。

寢(寝) qǐn ㄑㄧㄣˇ ❶睡：廢寢忘食。❷臥室：入寢｜就寢｜壽終正寢。❸帝王的墳墓：陵寢。❹〈書〉停止；平息：其議遂寢(那種議論於是平息)。

【寢車】qǐnchē ㄑㄧㄣˇ ㄔㄜ 火車的臥鋪車廂。也叫臥車。

【寢宮】qǐngōng ㄑㄧㄣˇ ㄍㄨㄥ ❶帝、后等居住的宮殿。❷帝王的陵墓中的墓室。

【寢食】qǐnshí ㄑㄧㄣˇ ㄕˊ 睡覺和吃飯，泛指日常生活：寢食不安。

【寢室】qǐnshì ㄑㄧㄣˇ ㄕˋ 臥室，多指集體宿舍中的。

鋟(锓) qǐn ㄑㄧㄣˇ 〈書〉雕刻：鋟版。

qìn (ㄑㄧㄣˋ)

沁 qìn ㄑㄧㄣˋ ❶(香氣、液體等)滲入或透出：沁人心脾｜額上沁出了汗珠。❷〈方〉頭向下垂：沁着頭。❸〈方〉往水裏放。

【沁人心脾】qìn rén xīn pí ㄑㄧㄣˋ ㄖㄣˊ ㄒㄧㄣ ㄆㄧˊ 指呼吸到新鮮空氣或喝了清涼飲料使人感到舒適。現也用以形容欣賞了美好的詩文、樂曲等給人以清新、爽朗的感覺。

唚(吣、吢) qìn ㄑㄧㄣˋ ❶貓、狗嘔吐。❷謾：滿嘴胡唚。

撳(揿、搇) qìn ㄑㄧㄣˋ 〈方〉按：撳電鈴。

qīng (ㄑㄧㄥ)

青 qīng ㄑㄧㄥ ❶藍色或綠色：青天｜青山綠水｜青苔。❷黑色：青布。❸青草或沒有成熟的莊稼：踏青｜看(kān)青。❹比喻年輕：青年。❺指青年：青工(青年工人)｜知青。❻(Qīng)姓。

【青幫】Qīng Bāng ㄑㄧㄥ ㄅㄤ 幫會的一種，最初參加的人多半以漕運為職業，在長江南北的大中城市裏活動。後來由於組成分子複雜，為首的人勾結官府，變成反動統治階級的爪牙。

【青菜】qīngcài ㄑㄧㄥ ㄘㄞˋ ❶跟白菜相近的一種植物，葉子直立，勺形或圓形，綠色。是普通蔬菜。也叫小白菜。❷蔬菜的統稱。

【青草】qīngcǎo ㄑㄧㄥ ㄘㄠˇ 綠色的草(區別於'乾草')。

【青出於藍】qīng chū yú lán ㄑㄧㄥ ㄔㄨ ㄩˊ ㄌㄢˊ 《荀子·勸學》：'青，取之於藍，而青於藍。'藍色從蓼藍提煉而成，但是顏色比蓼藍更深。後來用'青出於藍'比喻學生勝過老師，後人勝過前人。

【青春】qīngchūn ㄑㄧㄥ ㄔㄨㄣ ❶青年時期：把青春獻給祖國◇老廠恢復了青春。❷指青年人的年齡(多見於早期白話)：青春幾何？

【青春期】qīngchūnqī ㄑㄧㄥ ㄔㄨㄣ ㄑㄧ 男女生殖器官發育成熟的時期。通常男子的青春期是十四歲到十六歲，女子的青春期是十三歲到十四歲。

【青瓷】qīngcí ㄑㄧㄥ ㄘˊ 不繪畫只塗上淡青色釉的瓷器。

【青葱】qīngcōng ㄑㄧㄥ ㄘㄨㄥ 形容植物濃綠：青葱的草地｜窗外長着幾棵竹子，青葱可愛。

【青翠】qīngcuì ㄑㄧㄥ ㄘㄨㄟˋ 鮮綠：青翠的西山｜雨後，垂柳顯得格外青翠。

【青蚨】qīngfú ㄑㄧㄥ ㄈㄨˊ 傳説中的蟲名，古代借指銅錢。

【青岡】qīnggāng ㄑㄧㄥ ㄍㄤ 槲櫟(húlì)。也作青棡。

【青棡】qīnggāng ㄑㄧㄥ ㄍㄤ 同'青岡'。

【青光眼】qīngguāngyǎn ㄑㄧㄥ ㄍㄨㄤ ㄧㄢˇ 眼內的壓力增高引起的眼病，症狀是瞳孔放大，角膜水腫，呈灰綠色，劇烈頭痛，嘔吐，視力急劇減退。也叫綠內障。

【青果】qīngguǒ ㄑㄧㄥ ㄍㄨㄛˇ 〈方〉橄欖②。

【青紅皂白】qīng hóng zào bái ㄑㄧㄥ ㄏㄨㄥˊ ㄗㄠˋ ㄅㄞˊ 比喻是非、情由等：不分青紅皂白｜不問青紅皂白。

【青黃不接】qīng huáng bù jiē ㄑㄧㄥ ㄏㄨㄤˊ ㄅㄨˋ ㄐㄧㄝ 指莊稼還沒有成熟，陳糧已經吃完。比喻人力或物力等暫時的缺乏。

【青灰】qīnghuī ㄑㄧㄥ ㄏㄨㄟ 一種含有雜質的石墨，青黑色，常用來刷外牆面或搪爐子，也可做顏料。

【青衿】qīngjīn ㄑㄧㄥ ㄐㄧㄣ 舊時讀書人穿的一種衣服。借指讀書人。

【青筋】qīngjīn ㄑㄧㄥ ㄐㄧㄣ 指皮膚下可以看見的靜脈血管。

【青稞】qīngkē ㄑㄧㄥ ㄎㄜ ❶大麥的一種，粒大，皮薄。主要產在西藏、青海等地，可做糌粑，又可釀酒。❷這種植物的子實。‖也叫青稞麥、元麥、稞麥或裸麥。

【青睞】qīnglài ㄑㄧㄥ ㄌㄞˋ 〈書〉青眼。

【青蓮色】qīngliánsè ㄑㄧㄥ ㄌㄧㄢˊ ㄙㄜˋ 淺紫色。

【青龍】qīnglóng ㄑㄧㄥ ㄌㄨㄥˊ ❶蒼龍①。❷道教所信奉的東方的神。

【青樓】qīnglóu ㄑㄧㄥ ㄌㄡˊ 〈書〉妓院。

【青綠】qīnglǜ ㄑㄧㄥ ㄌㄩˋ 深綠：青綠的松林。

【青梅】qīngméi ㄑㄧㄥ ㄇㄟˊ 青色的梅子。

【青梅竹馬】qīngméi zhúmǎ ㄑㄧㄥ ㄇㄟˊ ㄓㄨˊ ㄇㄚˇ 李白《長干行》：'郎騎竹馬來，繞牀弄青梅。同居長干里，兩小無嫌猜。'後來用'青梅竹馬'形容男女小的時候天真無邪，在一起玩耍(竹馬：兒童放在胯下當馬騎的竹竿)。

【青黴素】qīngméisù ㄑㄧㄥ ㄇㄟˊ ㄙㄨˋ 抗生素的一種，是從青黴菌培養液中提製的藥物。常用的是青黴素的鈣鹽、鉀鹽或鈉鹽。對葡萄球菌、鏈球菌、淋球菌、肺炎雙球菌等有抑制作用。舊稱盤尼西林。

【青面獠牙】qīng miàn liáo yá ㄑㄧㄥ ㄇㄧㄢˋ ㄌㄧㄠˊ ㄧㄚˊ 形容面貌猙獰兇惡。

【青苗】qīngmiáo ㄑㄧㄥ ㄇㄧㄠˊ 沒有成熟的莊稼(多指糧食作物)。

【青年】qīngnián ㄑㄧㄥ ㄋㄧㄢˊ ❶指人十五六歲到三十歲左右的階段：青年人｜青年時代。❷指上述年齡的人：新青年｜好青年。

【青年節】Qīngnián Jié ㄑㄧㄥ ㄋㄧㄢˊ ㄐㄧㄝˊ 見1210頁〖五四青年節〗。

【青皮】[1] qīngpí ㄑㄧㄥ ㄆㄧˊ 〈方〉無賴：青皮流氓。

【青皮】[2] qīngpí ㄑㄧㄥ ㄆㄧˊ 中藥上指未成熟的橘子的果皮或幼果。

【青紗帳】qīngshāzhàng ㄑㄧㄥ ㄕㄚ ㄓㄤˋ 指長得高而密的大面積高粱、玉米等。

【青史】qīngshǐ ㄑㄧㄥ ㄕˇ 史書：青史留名｜永垂青史。

【青絲】[1] qīngsī ㄑㄧㄥ ㄙ 〈書〉黑髮，多指女子的頭髮：一縷青絲｜三尺青絲。

【青絲】[2] qīngsī ㄑㄧㄥ ㄙ 青梅等切成的細絲，放在糕點餡內，或放在糕點面上做點綴。

【青飼料】qīngsìliào ㄑㄧㄥ ㄙˋ ㄌㄧㄠˋ 綠色的飼料，如新鮮的野草、野菜、綠樹葉等。

【青蒜】qīngsuàn ㄑㄧㄥ ㄙㄨㄢˋ 嫩的蒜梗和蒜葉，做菜用。

【青苔】qīngtái ㄑㄧㄥ ㄊㄞˊ 指陰濕的地方生長的綠色的苔蘚植物。

【青天】qīngtiān ㄑㄧㄥ ㄊㄧㄢ ❶藍色的天空。❷比喻清官：老百姓管包公叫包青天。

【青天白日】qīng tiān bái rì ㄑㄧㄥ ㄊㄧㄢ ㄅㄞˊ ㄖˋ 白天(含強調意)：青天白日的，竟敢攔路搶劫。

【青天霹靂】qīngtiān pīlì ㄑㄧㄥ ㄊㄧㄢ ㄆㄧ ㄌㄧˋ 晴天霹靂。

【青田石】qīngtiánshí ㄑㄧㄥ ㄊㄧㄢˊ ㄕˊ 一種以葉蠟石為主要成分的石料，多為青色，產於浙江青田的方山，是製印章的名貴材料。

【青銅】qīngtóng ㄑㄧㄥ ㄊㄨㄥˊ 銅、錫等的合金，青灰色或灰黃色，硬度大，耐磨，抗蝕性好，多用來做鑄件和製造零件。

【青銅器時代】qīngtóngqì shídài ㄑㄧㄥ ㄊㄨㄥˊ ㄑㄧˋ ㄕˊ ㄉㄞˋ 見1149頁〖銅器時代〗。

【青蛙】qīngwā ㄑㄧㄥ ㄨㄚ 兩栖動物，頭部扁而寬，口闊，眼大，皮膚光滑，顏色因環境而不同，通常為綠色，有灰色斑紋，趾間有薄膜相連。生活在水中或靠近水的地方，善跳躍，會游泳，多在夜間活動。雄的有發聲器官，叫聲響亮。吃田間的害蟲，對農業有益。幼體叫蝌蚪。青蛙通稱田雞。

【青葙】qīngxiāng ㄑㄧㄥ ㄒㄧㄤ 一年生草本植物，高二三尺，葉子互生，卵形至披針形，花淡紅色，供觀賞。種子叫青葙子(qīngxiāngzǐ)，中醫入藥。

【青眼】qīngyǎn ㄑㄧㄥ ㄧㄢˇ 指人高興時眼睛正着看，黑色的眼珠在中間。比喻對人的喜愛或重視(跟'白眼'相對)。

【青猺】qīngyáo ㄑㄧㄥ ㄧㄠˊ 花面貍。

【青衣】qīngyī ㄑㄧㄥ ㄧ ❶黑色的衣服：青衣小帽。❷古代指婢女。❸戲曲中旦角的一種，扮演中年或青年婦女，因穿青衫而得名。

【青鼬】qīngyòu ㄑㄧㄥ ㄧㄡˋ 哺乳動物，身體大小像家貓，頭的背面和側面、四肢和尾巴都呈棕黑色，肩部黃色，腹部黃灰色。吃松鼠、蜜蜂等。毛皮可用來製衣服。也叫黃猺。

【青魚】qīngyú ㄑㄧㄥ ㄩˊ 魚，外形像草魚，但較細而圓，青黑色，腹部色較淺。是我國重要的淡水魚類之一。也叫黑鯇(hēihuàn)。

【青雲】qīngyún ㄑㄧㄥ ㄩㄣˊ 比喻高的地位：平步青雲。

【青雲直上】qīngyún zhí shàng ㄑㄧㄥ ㄩㄣˊ ㄓˊ ㄕㄤˋ 比喻官職升得很快很高。

【青貯】qīngzhù ㄑㄧㄥ ㄓㄨˋ 把青飼料埋起來發酵。青貯的飼料與空氣隔絕，產生有機酸，經久不壞，並可減少養分的損失。

【青紫】qīngzǐ ㄑㄧㄥ ㄗˇ ❶〈書〉古代高官印綬、服飾的顏色。比喻高官顯爵。❷見307頁〖發紺〗。

卿 qīng ㄑㄧㄥ ❶古時高級官名：卿相。❷古時君稱臣。❸古時夫妻或好朋友之間表示親愛的稱呼。❹(Qīng)姓。

【卿卿我我】qīng qīng wǒ wǒ ㄑㄧㄥ ㄑㄧㄥ ㄨㄛˇ ㄨㄛˇ 形容男女間非常親昵。

圊 qīng ㄑㄧㄥ 〈書〉廁所：圊土｜圊糞。

【圊肥】qīngféi ㄑㄧㄥ ㄈㄟˊ 〈方〉廄(jiù)肥。

氫(氢) qīng ㄑㄧㄥ 氣體元素，符號H(hydrogenium)，無色無臭無味，是元素中最輕的。氫的同位素有氕、氘、氚三種。在工業上用途很廣。通稱氫氣。

【氫彈】qīngdàn ㄑㄧㄥ ㄉㄢˋ 核武器的一種，用氫的同位素氘和氚為原料，用特製的原子彈作為引起爆炸的裝置，當原子彈爆炸時，所產生的高溫使氘和氚發生聚合反應形成氦核子而產生大量的能並引起猛烈爆炸。氫彈的威力比原子彈大得多。也叫熱核武器。

【氫離子濃度指數】qīnglízǐ nóngdù zhǐshù ㄑㄧㄥ ㄌㄧˊ ㄗˇ ㄋㄨㄥˊ ㄉㄨˋ ㄓˇ ㄕㄨˋ 表示溶液酸性或鹼性程度的數值，即所含氫離子濃度的常用對數的負值。如某溶液所含氫離子的濃度為每升 10^{-5} 克，它的氫離子濃度指數就是5。氫離子濃度指數一般在0至14之間，當它為7時，溶液呈中性；小於7時呈酸性，值愈小，酸性愈強；大於7時呈鹼性，值愈大，鹼性愈強。通稱pH值。

【氫氣】qīngqì ㄑㄧㄥ ㄑㄧˋ 氫的通稱。

【氫氧根】qīngyǎnggēn ㄑㄧㄥ ㄧㄤˇ ㄍㄣ 羥基。

清1 qīng ㄑㄧㄥ ❶(液體或氣體)純淨沒有混雜的東西(跟'濁'相對)：水清見底｜天朗氣清。❷寂靜：清靜｜冷清。❸公正廉潔：清官｜清廉。❹清楚：說不清｜問清底細。❺單純：清唱｜清茶。❻一點不留：把賬還清了。❼清除不純的成分；使組織純潔：清黨。❽(賬目)還清；結清：清欠｜賬已經清了。❾點驗：清一清行李的件數。

清2 Qīng ㄑㄧㄥ ❶朝代，公元1616－1911，滿族人愛新覺羅努爾哈赤所建，初名後金，1636年改為清。1644年入關，定都北京。❷姓。

【清白】qīngbái ㄑㄧㄥ ㄅㄞˊ ❶純潔；沒有污點：歷史清白。❷〈方〉清楚；明白：他說了半天也沒把問題說清白。

【清冊】qīngcè ㄑㄧㄥ ㄘㄜˋ 詳細登記有關項目的冊子：材料清冊｜固定財產清冊。

【清茶】qīngchá ㄑㄧㄥ ㄔㄚˊ ❶用綠茶泡成的茶水。❷指只有茶水而沒有糖果點心。

【清查】qīngchá ㄑㄧㄥ ㄔㄚˊ 徹底檢查：清查倉庫。

【清償】qīngcháng ㄑㄧㄥ ㄔㄤˊ 全部償還(債務)。

【清場】qīng∥chǎng ㄑㄧㄥ∥ㄔㄤˇ 清理公共場所：散戲後，再清場打掃。

【清唱】qīngchàng ㄑㄧㄥ ㄔㄤˋ 不化裝的戲曲演唱形式，一般只唱某齣戲中的一段或數段。

【清徹】qīngchè ㄑㄧㄥ ㄔㄜˋ 同'清澈'。

【清澈】qīngchè ㄑㄧㄥ ㄔㄜˋ 清而透明：湖水清澈見底。也作清徹。

【清晨】qīngchén ㄑㄧㄥ ㄔㄣˊ 日出前後的一段時間。

【清除】qīngchú ㄑㄧㄥ ㄔㄨˊ 掃除淨盡；全部去掉：清除積雪｜清除積弊｜清除內奸。

【清楚】qīng·chu ㄑㄧㄥ ·ㄔㄨ ❶事物容易讓人了解、辨認：字迹清楚｜話說得不清楚｜把工作交代清楚。❷對事物了解很透徹：頭腦清楚。❸了解：這件事的經過他很清楚｜這個問題你清楚不清楚？

【清純】qīngchún ㄑㄧㄥ ㄔㄨㄣˊ ❶清秀純潔：清純秀麗｜她清純得像一朵玉蘭。❷清新純淨：泉水清純｜雨後空氣清純。

【清醇】qīngchún ㄑㄧㄥ ㄔㄨㄣˊ (氣味、滋味)清而純正：酒味清醇可口。

【清脆】qīngcuì ㄑㄧㄥ ㄘㄨㄟˋ ❶(聲音)清楚悅耳：清脆的鳥語聲｜清脆的歌聲。❷(食物)脆而清香：鮮黃瓜清脆可口。

【清單】qīngdān ㄑㄧㄥ ㄉㄢ 詳細登記有關項目的單子：開清單｜物資清單｜列一個清單。

【清淡】qīngdàn ㄑㄧㄥ ㄉㄢˋ ❶(顏色、氣味)清而淡；不濃：一杯清淡的龍井茶｜清淡的荷花香氣。❷(食物)含油脂少：我這兩天感冒了，想吃點清淡的菜。❸清新淡雅：清淡的藝術風格。❹營業數額少：農忙時進城的人不多，生意比較清淡。

【清道】qīngdào ㄑㄧㄥ ㄉㄠˋ ❶打掃街道；清除路上的障礙。❷古代帝王或官吏外出時在前引路，驅散行人。

【清點】qīngdiǎn ㄑㄧㄥ ㄉㄧㄢˇ 清理查點：清點物資。

【清燉】qīngdùn ㄑㄧㄥ ㄉㄨㄣˋ 烹調法，湯中不放醬油慢慢燉(肉類)：清燉雞。

【清風】qīngfēng ㄑㄧㄥ ㄈㄥ 涼爽的風：清風徐來。

【清福】qīngfú ㄑㄧㄥ ㄈㄨˊ 指清閑安適的生活：享清福。

【清高】qīnggāo ㄑㄧㄥ ㄍㄠ 指人品純潔高尚，不同流合污。

【清稿】qīnggǎo ㄑㄧㄥ ㄍㄠˇ 謄清了的稿子。

【清供】qīnggòng ㄑㄧㄥ ㄍㄨㄥˋ ❶清雅的供品，如松、竹、梅、鮮花、香火和素的食物等。❷指古器物、盆景等供玩賞的東西：案頭清供。

【清官】qīngguān ㄑㄧㄥ ㄍㄨㄢ 稱廉潔公正的官吏。

【清規】qīngguī ㄑㄧㄥ ㄍㄨㄟ 佛教規定的僧尼必須遵守的規則。

【清規戒律】qīngguījièlǜ ㄑㄧㄥ ㄍㄨㄟ ㄐㄧㄝˋ ㄌㄩˋ ❶僧尼、道士必須遵守的規則和戒律。❷泛指規章制度，多指束縛人的死板的規章制度。

【清寒】qīnghán ㄑㄧㄥ ㄏㄢˊ ❶清貧：家境清寒。❷清朗而有寒意：月色清寒。

【清還】qīnghuán ㄑㄧㄥ ㄏㄨㄢˊ 清理歸還；清償：清還圖書。

【清寂】qīngjì ㄑㄧㄥ ㄐㄧˋ 冷清寂靜：清寂的月夜。

【清減】qīngjiǎn ㄑㄧㄥ ㄐㄧㄢˇ 婉辭，指人消瘦。

【清剿】qīngjiǎo ㄑㄧㄥ ㄐㄧㄠˇ 全部消滅；肅清：清剿土匪。

【清潔】qīngjié ㄑㄧㄥ ㄐㄧㄝˊ 沒有塵土、油垢等：清潔劑｜屋子裏很清潔｜注意清潔衞生。

【清勁風】qīngjìngfēng ㄑㄧㄥ ㄐㄧㄥˋ ㄈㄥ 氣象學上指5級風。參看343頁〖風級〗。

【清淨】qīngjìng ㄑㄧㄥ ㄐㄧㄥˋ ❶沒有事物打擾：耳根清淨。❷清澈：湖水清淨見底。

【清靜】qīngjìng ㄑㄧㄥ ㄐㄧㄥˋ (環境)安靜；不嘈雜：我們找個清靜的地方談談。

【清君側】qīngjūncè ㄑㄧㄥ ㄐㄩㄣ ㄘㄜˋ《公羊傳》定公十三年：'晉趙鞅取晉陽之甲，以逐荀寅與士吉射。荀寅與士吉射者曷為者也？君側之惡人也。此逐君側之惡人，曷為以叛言之？無君命也。'唐李商隱《有感》詩：'古有清君側，今非乏老成。''清君側'指清除君主身邊的奸佞。

【清客】qīngkè ㄑㄧㄥ ㄎㄜˋ 舊指在官僚地主家裏幫閑的門客：豪門清客。

【清口】qīngkǒu ㄑㄧㄥ ㄎㄡˇ 爽口：拌黃瓜吃着清口。

【清苦】qīngkǔ ㄑㄧㄥ ㄎㄨˇ 貧苦（舊時多形容讀書人）：生活清苦。

【清欄】qīng//lán ㄑㄧㄥ//ㄌㄢˊ 〈方〉起圈（juàn）。

【清朗】qīnglǎng ㄑㄧㄥ ㄌㄤˇ ❶涼爽晴朗：清朗的月夜｜天氣清朗。❷清淨明亮：眉目清朗｜一雙大眼清朗有神。❸清楚響亮：清朗的聲音。❹清新明快：筆調清朗。

【清冷】qīnglěng ㄑㄧㄥ ㄌㄥˇ ❶涼爽而略帶寒意：清冷的秋夜。❷冷清：旅客們都走了，站台上十分清冷。

【清理】qīnglǐ ㄑㄧㄥ ㄌㄧˇ 徹底整理或處理：清理倉庫｜清理賬目｜清理積案｜清理古代文獻。

【清麗】qīnglì ㄑㄧㄥ ㄌㄧˋ 清雅秀麗：文章清麗｜氣質清麗｜清麗的景色。

【清廉】qīnglián ㄑㄧㄥ ㄌㄧㄢˊ 清白廉潔：為政清廉。

【清涼】qīngliáng ㄑㄧㄥ ㄌㄧㄤˊ 涼而使人感覺爽快：清涼汽水｜清涼的薄荷味兒。

【清涼油】qīngliángyóu ㄑㄧㄥ ㄌㄧㄤˊ ㄧㄡˊ 用薄荷油、樟腦、桂皮油、桉葉油等加石蠟製成的膏狀藥物。應用範圍很廣，對頭痛、輕微燙傷等有一定療效，但不能根治。舊稱萬金油。

【清亮】qīngliàng ㄑㄧㄥ ㄌㄧㄤˋ 清脆響亮：嗓音清亮｜清亮的歌聲。

【清亮】qīng·liang ㄑㄧㄥ ·ㄌㄧㄤ ❶清澈。❷明白：心裏一下子清亮了。❸〈方〉清楚；清晰：石碑上的字迹看不清亮。

【清冽】qīngliè ㄑㄧㄥ ㄌㄧㄝˋ 清冷①；清涼：溪水清冽。

【清凌凌】qīnglīnglīng ㄑㄧㄥ ㄌㄧㄥ ㄌㄧㄥ （清凌凌的）形容水清澈而有波紋。也作清泠泠。

【清明】[1] qīngmíng ㄑㄧㄥ ㄇㄧㄥˊ ❶（政治）有法度，有條理：清明之治。❷（頭腦）清楚；清醒：神志清明。❸清澈而明朗：月色清明。

【清明】[2] qīngmíng ㄑㄧㄥ ㄇㄧㄥˊ 二十四節氣之一，在4月4，5或6日。民間習慣在這天掃墓。參看589頁〖節氣〗、306頁〖二十四節氣〗。

【清貧】qīngpín ㄑㄧㄥ ㄆㄧㄣˊ 貧窮（舊時多形容讀書人）：家道清貧｜清貧自守。

【清平】qīngpíng ㄑㄧㄥ ㄆㄧㄥˊ 太平：清平世界｜海內清平。

【清漆】qīngqī ㄑㄧㄥ ㄑㄧ 人造漆的一種，用樹脂、亞麻油或松節油等製成，不含顏料，塗在木器表面形成一層透明薄膜，現出木材原有的紋。也用來製造磁漆等。

【清訖】qīngqì ㄑㄧㄥ ㄑㄧˋ 收付了結（多指款項）。

【清切】qīngqiè ㄑㄧㄥ ㄑㄧㄝˋ ❶清晰真切：她說話的聲音太低，聽不清切｜淚眼模糊，看不清切。❷悽切：不時傳來孤雁清切的哀鳴。

【清秋】qīngqiū ㄑㄧㄥ ㄑㄧㄡ 秋季，特指深秋：清秋天氣，西山紅葉正艷。

【清癯】qīngqú ㄑㄧㄥ ㄑㄩˊ 〈書〉清瘦：面容清癯。

【清熱】qīng//rè ㄑㄧㄥ//ㄖㄜˋ 中醫指用藥物清除內熱：清熱解毒｜清熱化痰。

【清掃】qīngsǎo ㄑㄧㄥ ㄙㄠˇ 徹底掃除：清掃街道。

【清瘦】qīngshòu ㄑㄧㄥ ㄕㄡˋ 婉辭，指人瘦。

【清爽】qīngshuǎng ㄑㄧㄥ ㄕㄨㄤˇ ❶清潔涼爽：雨後空氣清爽。❷輕鬆爽快：任務完成了，心裏很清爽。❸〈方〉整潔；乾淨。❹〈方〉清楚；明白：神志清爽｜把話講清爽。❺〈方〉清淡爽口：滋味清爽。

【清水衙門】qīngshuǐ yá·men ㄑㄧㄥ ㄕㄨㄟˇ ㄧㄚˊ ·ㄇㄣ 舊指不經手錢財，不能從中撈取油水的官府，現多用來比喻經費少、福利少的事業單位。

【清算】qīngsuàn ㄑㄧㄥ ㄙㄨㄢˋ ❶徹底地計算：清算賬目。❷列舉全部罪惡或錯誤並做出相應的處理：清算惡霸的罪惡。

【清談】qīngtán ㄑㄧㄥ ㄊㄢˊ 本指魏晉間一些士大夫不務實際，空談哲理，後世泛指一般不切實際的談論：清談誤國。

【清湯】qīngtāng ㄑㄧㄥ ㄊㄤ 沒有菜的湯（有時擱點兒葱花或豌豆苗等）。

【清通】qīngtōng ㄑㄧㄥ ㄊㄨㄥ （文章）層次清楚，文句通順：文章要寫得清通，必須下一番苦功。

【清玩】qīngwán ㄑㄧㄥ ㄨㄢˊ ❶供賞玩的雅致的東西，如盆景、金石、書畫等。❷賞玩。

【清婉】qīngwǎn ㄑㄧㄥ ㄨㄢˇ 清越婉轉：歌聲清婉。

【清晰】qīngxī ㄑㄧㄥ ㄒㄧ 清楚：發音清晰｜清晰可辨。

【清洗】qīngxǐ ㄑㄧㄥ ㄒㄧˇ ❶洗乾淨：炊具要經常清洗消毒。❷清除（不能容留於內部的分子）：清洗內奸。

【清閑】qīngxián ㄑㄧㄥ ㄒㄧㄢˊ 清靜閑暇：清閑自在｜他一時還過不慣清閑的退休生活。

【清香】qīngxiāng ㄑㄧㄥ ㄒㄧㄤ 清淡的香味：清香可口｜晨風吹來野花的清香。

【清心】qīngxīn ㄑㄧㄥ ㄒㄧㄣ ❶心境恬靜，沒有掛慮：擺脫家務就可以清心了。❷使清心：清心寡慾。❸中醫指清除心火：清心明目。

【清新】qīngxīn ㄑㄧㄥ ㄒㄧㄣ ❶清爽而新鮮：剛下過雨，空氣清新。❷新穎不俗氣：色調清新｜畫報的版面清新活潑。

【清馨】qīngxīn ㄑㄧㄥ ㄒㄧㄣ 〈書〉清香：滿園清馨。

【清醒】qīngxǐng ㄑㄧㄥ ㄒㄧㄥˇ ❶（頭腦）清楚；明白：早晨起來，頭腦特別清醒。❷（神志）由昏迷而恢復正常：病人已經清醒過來。

【清秀】qīngxiù ㄑㄧㄥ ㄒㄧㄡˋ 美麗而不俗氣：面貌清秀｜妹妹比姐姐長得要清秀一些。

【清雅】qīngyǎ ㄑㄧㄥ ㄧㄚˇ ❶清新高雅：風格清雅｜言辭清雅。❷清秀文雅：儀容清雅。

【清樣】qīngyàng ㄑㄧㄥ ㄧㄤˋ 從最後校改的印刷版上打下來的校樣，有時也指最後一次校定的校樣。

【清夜】qīngyè ㄑㄧㄥ ㄧㄝˋ 寂靜的深夜：清夜自思。

【清一色】qīngyīsè ㄑㄧㄥ ㄧ ㄙㄜˋ ❶指打麻將牌時某一家由一種花色組成的一副牌。❷比喻全部由一種成分構成或全部一個樣子：到會的人穿的都是清一色的中山裝。

【清逸】qīngyì ㄑㄧㄥ ㄧˋ 清新脫俗：筆調清逸｜琴聲清逸悅耳。

【清議】qīngyì ㄑㄧㄥ ㄧˋ 舊時指名流對當代政治或政治人物的議論。

【清音】[1] qīngyīn ㄑㄧㄥ ㄧㄣ ❶曲藝的一種，流行於四川，用琵琶、二胡等伴奏。❷舊時婚喪中所用的吹奏樂。

【清音】[2] qīngyīn ㄑㄧㄥ ㄧㄣ 發音時聲帶不振動的音。參看221頁〖帶音〗。

【清瑩】qīngyíng ㄑㄧㄥ ㄧㄥˊ 清澈而明亮：清瑩的淚珠｜清瑩的湖水。

【清幽】qīngyōu ㄑㄧㄥ ㄧㄡ (風景)秀麗而幽靜：月色清幽。

【清油】qīngyóu ㄑㄧㄥ ㄧㄡˊ〈方〉❶菜油。❷茶油。❸素油：清油大餅。

【清越】qīngyuè ㄑㄧㄥ ㄩㄝˋ (聲音)清脆悠揚：清越的歌聲。

【清早】qīngzǎo ㄑㄧㄥ ㄗㄠˇ 清晨：明日清早出發。

【清湛】qīngzhàn ㄑㄧㄥ ㄓㄢˋ〈書〉清澈：池水清湛。

【清丈】qīngzhàng ㄑㄧㄥ ㄓㄤˋ 詳細地丈量土地。

【清賬】qīng∥zhàng ㄑㄧㄥ∥ㄓㄤˋ 結清賬目。

【清賬】qīngzhàng ㄑㄧㄥ ㄓㄤˋ 經過整理的詳細賬目：開一篇清賬。

【清真】qīngzhēn ㄑㄧㄥ ㄓㄣ ❶〈書〉純潔質樸：詩貴清真，更要有寄託。❷伊斯蘭教的：清真寺｜清真食堂｜清真點心。

【清真教】Qīngzhēnjiào ㄑㄧㄥ ㄓㄣ ㄐㄧㄠˋ 見1346頁〖伊斯蘭教〗。

【清真寺】qīngzhēnsì ㄑㄧㄥ ㄓㄣ ㄙˋ 伊斯蘭教的寺院。也叫禮拜寺。

【清蒸】qīngzhēng ㄑㄧㄥ ㄓㄥ 烹調法，不放醬油帶湯蒸(雞、魚、肉等)：清蒸鰣魚。

【清正】qīngzhèng ㄑㄧㄥ ㄓㄥˋ 清廉公正：為官清正。

傾(倾) qīng ㄑㄧㄥ ❶歪；斜：傾斜｜身子向前傾着。❷傾向：左傾｜右傾。❸倒塌：傾覆｜大廈將傾。❹使器物反轉或歪斜，盡數倒出裏面的東西：傾箱倒篋｜傾盆大雨。❺用盡(力量)：傾聽｜傾訴｜傾全力把工作做好。❻〈書〉壓倒：權傾朝野。

【傾側】qīngcè ㄑㄧㄥ ㄘㄜˋ 傾斜：塔身傾側｜身子稍一傾側就倒在地上。

【傾巢】qīngcháo ㄑㄧㄥ ㄔㄠˊ 出動全部力量(多含貶義)：傾巢來犯｜傾巢出動。

【傾城傾國】qīng chéng qīng guó ㄑㄧㄥ ㄔㄥˊ ㄑㄧㄥ ㄍㄨㄛˊ 形容女子容貌很美。語本《漢書·外戚傳》：'一顧傾人城，再顧傾人國。'

【傾倒】qīngdǎo ㄑㄧㄥ ㄉㄠˇ ❶由歪斜而倒下。❷十分佩服或愛慕：他的演技，令全場觀眾為之傾倒。

【傾倒】qīngdào ㄑㄧㄥ ㄉㄠˋ 倒轉或傾斜容器使裏面的東西全部出來：他猛一使勁兒就把一車土都傾倒到溝裏了◇在訴苦會上她把那一肚子的苦水都傾倒出來了。

【傾動】qīngdòng ㄑㄧㄥ ㄉㄨㄥˋ 使人佩服感動：傾動一時。

【傾覆】qīngfù ㄑㄧㄥ ㄈㄨˋ ❶(物體)倒下。❷使失敗；顛覆：傾覆國家。

【傾家蕩產】qīng jiā dàng chǎn ㄑㄧㄥ ㄐㄧㄚ ㄉㄤˋ ㄔㄢˇ 把全部家產喪失淨盡。

【傾角】qīngjiǎo ㄑㄧㄥ ㄐㄧㄠˇ 直綫或平面與水平綫或水平面所成的角，或一直綫與其在平面上的射影所成的角。也叫傾斜角。

【傾慕】qīngmù ㄑㄧㄥ ㄇㄨˋ 傾心愛慕：彼此傾慕｜傾慕的心情。

【傾盆】qīngpén ㄑㄧㄥ ㄆㄣˊ 形容雨極大：傾盆大雨。

【傾訴】qīngsù ㄑㄧㄥ ㄙㄨˋ 完全說出(心裏的話)：傾訴衷情｜盡情傾訴。

【傾塌】qīngtā ㄑㄧㄥ ㄊㄚ 倒塌：房舍傾塌。

【傾談】qīngtán ㄑㄧㄥ ㄊㄢˊ 盡情地交談：促膝傾談。

【傾聽】qīngtīng ㄑㄧㄥ ㄊㄧㄥ 細心地聽取(多用於上對下)：傾聽群眾的意見。

【傾吐】qīngtǔ ㄑㄧㄥ ㄊㄨˇ 傾訴：傾吐衷腸。

【傾箱倒篋】qīng xiāng dào qiè ㄑㄧㄥ ㄒㄧㄤ ㄉㄠˋ ㄑㄧㄝˋ 把箱子裏的東西都倒出來。比喻盡其所有。

【傾向】qīngxiàng ㄑㄧㄥ ㄒㄧㄤˋ ❶偏於贊成(對立的事物中的一方)：兩種意見我比較傾向於前一種。❷發展的方向；趨勢：糾正不良傾向。

【傾銷】qīngxiāo ㄑㄧㄥ ㄒㄧㄠ 在市場上用低於市場價格的價格，大量拋售商品。目的在擊敗競爭對手，奪取市場。

【傾斜】qīngxié ㄑㄧㄥ ㄒㄧㄝˊ ❶歪斜：傾斜度｜屋子年久失修，有些傾斜。❷比喻偏向於某一方。

【傾瀉】qīngxiè ㄑㄧㄥ ㄒㄧㄝˋ (大量的水)很快地

從高處流下：大雨之後，山水傾瀉下來，匯成了奔騰的急流。

【傾心】qīngxīn ㄑㄧㄥ ㄒㄧㄣ ❶一心嚮往；愛慕：一見傾心。❷拿出真誠的心：傾心交談，互相勉勵。

【傾軋】qīngyà ㄑㄧㄥ ㄧㄚˋ 在同一組織中排擠打擊不同派系的人：勾心鬥角，互相傾軋。

【傾注】qīngzhù ㄑㄧㄥ ㄓㄨˋ ❶由上而下地流入：一股泉水傾注到深潭裏。❷(感情、力量等)集中到一個目標上：母親的愛傾注在兒女身上｜畢生精力傾注於教育事業。

輕(轻) qīng ㄑㄧㄥ ❶重量小；比重小(跟'重'相對)：身輕如燕｜油比水輕，所以油浮在水面上。❷負載小；裝備簡單：輕裝｜輕騎兵｜輕車簡從。❸數量少；程度淺：年紀輕｜工作很輕｜輕傷。❹輕鬆：輕音樂｜無病一身輕。❺不重要：責任輕｜關係不輕。❻用力不猛：輕抬輕放｜輕輕推了他一下。❼輕率：輕信｜輕舉妄動。❽不莊重；不嚴肅：輕佻｜輕薄。❾輕視：輕慢｜輕敵｜輕財重義。

【輕便】qīngbiàn ㄑㄧㄥ ㄅㄧㄢˋ ❶重量較小，建造較易，或使用方便：輕便鐵路｜輕便自行車。❷輕鬆；容易：貪圖輕便，反而誤事。

【輕薄】qīngbó ㄑㄧㄥ ㄅㄛˊ 言語舉動常有輕佻和玩弄意味(多指對女性)：態度輕薄。

【輕車簡從】qīng chē jiǎn cóng ㄑㄧㄥ ㄔㄜ ㄐㄧㄢˇ ㄘㄨㄥˊ 指有地位的人出門時，行裝簡單，跟隨的人不多。也說輕裝簡從。

【輕車熟路】qīng chē shú lù ㄑㄧㄥ ㄔㄜ ㄕㄨˊ ㄌㄨˋ 駕着輕便的車在熟路上走，比喻對情況熟悉做起來容易。

【輕敵】qīngdí ㄑㄧㄥ ㄉㄧˊ 輕視敵人，不加警惕：麻痹輕敵｜輕敵思想。

【輕而易舉】qīng ér yì jǔ ㄑㄧㄥ ㄦˊ ㄧˋ ㄐㄩˇ 形容事情很容易做。

【輕浮】qīngfú ㄑㄧㄥ ㄈㄨˊ 言語舉動隨便，不嚴肅不莊重：舉止輕浮。

【輕歌曼舞】qīng gē màn wǔ ㄑㄧㄥ ㄍㄜ ㄇㄢˋ ㄨˇ 輕鬆愉快的音樂和柔和優美的舞蹈。

【輕工業】qīnggōngyè ㄑㄧㄥ ㄍㄨㄥ ㄧㄝˋ 以生產生活資料為主的工業，包括紡織工業、食品工業、製藥工業等。

【輕忽】qīnghū ㄑㄧㄥ ㄏㄨ 不重視；不注意；輕率疏忽：輕忽職守｜事關重大，不容輕忽。

【輕活】qīnghuó ㄑㄧㄥ ㄏㄨㄛˊ (輕活兒)不大費力氣的活兒。

【輕機關槍】qīngjīguānqiāng ㄑㄧㄥ ㄐㄧ ㄍㄨㄢ ㄑㄧㄤ 機關槍的一種。重量較輕，可由單人攜帶和使用。

【輕健】qīngjiàn ㄑㄧㄥ ㄐㄧㄢˋ 輕快而矯健：步履輕健。

【輕賤】qīngjiàn ㄑㄧㄥ ㄐㄧㄢˋ ❶(人)下賤。❷看不起；小看：受人輕賤。

【輕捷】qīngjié ㄑㄧㄥ ㄐㄧㄝˊ 輕快敏捷：輕捷的腳步｜輕捷地跳下馬來。

【輕金屬】qīngjīnshǔ ㄑㄧㄥ ㄐㄧㄣ ㄕㄨˇ 通常指比重小於5的金屬，如鈉、鉀、鎂、鈣、鋁、鈦等。

【輕舉妄動】qīng jǔ wàng dòng ㄑㄧㄥ ㄐㄩˇ ㄨㄤˋ ㄉㄨㄥˋ 不經慎重考慮，盲目行動。

【輕口薄舌】qīng kǒu bó shé ㄑㄧㄥ ㄎㄡˇ ㄅㄛˊ ㄕㄜˊ 形容說話刻薄。也說輕嘴薄舌。

【輕快】qīngkuài ㄑㄧㄥ ㄎㄨㄞˋ ❶(動作)不費力：腳步輕快。❷輕鬆愉快：輕快的曲調｜洗完澡，身上輕快多了。

【輕狂】qīngkuáng ㄑㄧㄥ ㄎㄨㄤˊ 非常輕浮：舉止輕狂。

【輕慢】qīngmàn ㄑㄧㄥ ㄇㄢˋ 對人不敬重，態度傲慢：輕慢失禮｜不可輕慢客人。

【輕描淡寫】qīng miáo dàn xiě ㄑㄧㄥ ㄇㄧㄠˊ ㄉㄢˋ ㄒㄧㄝˇ 着力不多地描寫或敍述；談問題時把重要問題輕輕帶過。

【輕蔑】qīngmiè ㄑㄧㄥ ㄇㄧㄝˋ 輕視；不放在眼裏：輕蔑的眼光。

【輕諾寡信】qīng nuò guǎ xìn ㄑㄧㄥ ㄋㄨㄛˋ ㄍㄨㄚˇ ㄒㄧㄣˋ 隨便答應人，很少能守信用。

【輕飄】qīngpiāo ㄑㄧㄥ ㄆㄧㄠ ❶輕飄飄：輕飄的柳絮。❷輕浮不踏實：作風輕飄。

【輕飄飄】qīngpiāopiāo ㄑㄧㄥ ㄆㄧㄠ ㄆㄧㄠ (輕飄飄的)❶形容輕得像要飄起來的樣子：垂柳輕飄飄地擺動。❷(動作)輕快靈活；(心情)輕鬆、自在：他高興地走着，腳底下輕飄飄的。

【輕騎】qīngqí ㄑㄧㄥ ㄑㄧˊ ❶輕裝的騎兵。❷指輕便的兩輪摩托車。

【輕巧】qīng·qiǎo ㄑㄧㄥ ·ㄑㄧㄠˇ ❶重量小而靈巧：這小車真輕巧｜他身子很輕巧。❷輕鬆靈巧：動作輕巧｜他操縱機器，就像船夫划小船一樣輕巧。❸簡單容易：說得倒輕巧。

【輕取】qīngqǔ ㄑㄧㄥ ㄑㄩˇ 輕而易舉地戰勝對手：這場比賽北京隊以5：0輕取客隊。

【輕柔】qīngróu ㄑㄧㄥ ㄖㄡˊ 輕而柔和：衣料質地輕柔｜輕柔的枝條｜聲音輕柔。

【輕生】qīngshēng ㄑㄧㄥ ㄕㄥ 不愛惜自己的生命(多指自殺)。

【輕聲】qīngshēng ㄑㄧㄥ ㄕㄥ 說話的時候有些字音很輕很短，叫做'輕聲'。如普通話中的'了、着、的'等虛詞和做後綴的'子、頭'等字都唸輕聲。有些雙音詞的第二字也唸輕聲，如'蘿蔔'的'蔔'，'地方'的'方'。

【輕省】qīng·sheng ㄑㄧㄥ ·ㄕㄥ 〈方〉❶輕鬆：如今添了個助手，你可以稍微輕省點兒。❷重量小；輕便：這個箱子挺輕省。

【輕視】qīngshì ㄑㄧㄥ ㄕˋ 不重視；不認真對待：輕視勞動｜受人輕視。

【輕率】qīngshuài ㄑㄧㄥ ㄕㄨㄞˋ (說話做事)隨

隨便便，沒有經過慎重考慮：舉止輕率｜輕率從事｜結論過於輕率。

【輕水】qīngshuǐ ㄑㄧㄥ ㄕㄨㄟˇ 普通水(H_2O)經過淨化，用做反應堆的冷卻劑和中子的慢化劑，叫做輕水。

【輕鬆】qīngsōng ㄑㄧㄥ ㄙㄨㄥ 不感到有負擔；不緊張：輕鬆活兒｜輕鬆愉快。

【輕佻】qīngtiāo ㄑㄧㄥ ㄊㄧㄠ 言語舉動不莊重，不嚴肅：舉止輕佻。

【輕微】qīngwēi ㄑㄧㄥ ㄨㄟ 不重的；程度淺的：輕微勞動｜輕微腦震盪｜他睡着了，發出輕微的鼾聲。

【輕武器】qīngwǔqì ㄑㄧㄥ ㄨˇ ㄑㄧˋ 射程較近，便於攜帶的武器。如步槍、衝鋒槍、機關槍、反坦克火箭筒等。

【輕侮】qīngwǔ ㄑㄧㄥ ㄨˇ 輕蔑侮辱：國家的尊嚴豈容輕侮！

【輕閑】qīngxián ㄑㄧㄥ ㄒㄧㄢˊ 輕鬆安閑；(活兒)不重。

【輕信】qīngxìn ㄑㄧㄥ ㄒㄧㄣˋ 輕易相信：輕信謠言。

【輕型】qīngxíng ㄑㄧㄥ ㄒㄧㄥˊ (機器、武器等)在重量、體積、功效或威力上比較小的：輕型電影攝影機｜輕型坦克。

【輕揚】qīngyáng ㄑㄧㄥ ㄧㄤˊ 同'輕颺'。

【輕颺】qīngyáng ㄑㄧㄥ ㄧㄤˊ 輕輕飄揚：柳絮輕颺。也作輕揚。

【輕易】qīng·yì ㄑㄧㄥ ·ㄧ ❶簡單容易：勝利不是輕易得到的。❷隨隨便便：他不輕易發表意見。

【輕音樂】qīngyīnyuè ㄑㄧㄥ ㄧㄣ ㄩㄝˋ 指輕快活潑、以抒情為主、結構簡單的樂曲，包括器樂曲、舞曲等。

【輕盈】qīngyíng ㄑㄧㄥ ㄧㄥˊ ❶形容女子身材苗條，動作輕快：體態輕盈｜輕盈的舞步。❷輕鬆：輕盈的笑語。

【輕悠悠】qīngyōuyōu ㄑㄧㄥ ㄧㄡ ㄧㄡ ❶形容輕飄飄的樣子：只見蝴蝶在花叢中輕悠悠地飛來飛去。❷形容聲音輕柔：輕悠悠的琴聲由遠處傳來。

【輕於鴻毛】qīng yú hóng máo ㄑㄧㄥ ㄩˊ ㄏㄨㄥˊ ㄇㄠˊ 比喻死得不值得(鴻毛：大雁的毛)：死有重於泰山，有輕於鴻毛。

【輕元素】qīngyuánsù ㄑㄧㄥ ㄩㄢˊ ㄙㄨˋ 原子量較小的元素，如氫、氦等。

【輕重】qīngzhòng ㄑㄧㄥ ㄓㄨㄥˋ ❶重量的大小；用力的大小。❷程度的深淺；事情的主次：大夫根據病情輕重來決定病人要不要住院｜工作要分輕重緩急，不能一把抓。❸(說話做事的)適當限度：小孩子說話不知輕重。

【輕重倒置】qīng zhòng dào zhì ㄑㄧㄥ ㄓㄨㄥˋ ㄉㄠˋ ㄓˋ 把重要的和不重要的弄顛倒了。

【輕重緩急】qīng zhòng huǎn jí ㄑㄧㄥ ㄓㄨㄥˋ ㄏㄨㄢˇ ㄐㄧˊ 指事情有次要的、主要的、緩辦的、急辦的區別：做工作要注意輕重緩急。

【輕舟】qīngzhōu ㄑㄧㄥ ㄓㄡ 〈書〉小船。

【輕裝】qīngzhuāng ㄑㄧㄥ ㄓㄨㄤ ❶輕便的行裝：輕裝就道。❷輕便的裝備：輕裝部隊。

【輕裝簡從】qīng zhuāng jiǎn cóng ㄑㄧㄥ ㄓㄨㄤ ㄐㄧㄢˇ ㄘㄨㄥˊ 見〖輕車簡從〗。

蜻 qīng ㄑㄧㄥ 見下。

【蜻蜓】qīngtíng ㄑㄧㄥ ㄊㄧㄥˊ 昆蟲，身體細長，胸部的背面有兩對膜狀的翅，生活在水邊，捕食蚊子等小飛蟲，能高飛。雌的用尾點水而產卵於水中。幼蟲叫水蠆，生活在水中。是益蟲。

【蜻蜓點水】qīngtíng diǎn shuǐ ㄑㄧㄥ ㄊㄧㄥˊ ㄉㄧㄢˇ ㄕㄨㄟˇ 比喻做事膚淺不深入。

鯖(鲭) qīng ㄑㄧㄥ 魚類的一科，身體呈梭形而側扁，鱗圓而細小，頭尖，口大。鮐魚就屬於鯖科。

另見1457頁 zhēng。

qíng (ㄑㄧㄥˊ)

勍 qíng ㄑㄧㄥˊ 〈書〉強：勍敵。

情 qíng ㄑㄧㄥˊ ❶感情：熱情｜無情｜溫情。❷情面：人情｜講情｜託情｜求情。❸愛情：情書｜情話｜談情。❹情慾；性慾：春情｜催情｜發情期。❺情形；情況：病情｜軍情｜實情｜災情。❻情理；道理：合情合理｜不情之請。

【情愛】qíng'ài ㄑㄧㄥˊ ㄞˋ ❶愛情。❷指人與人互相愛護的感情。

【情報】qíngbào ㄑㄧㄥˊ ㄅㄠˋ 關於某種情況的消息和報告，多帶機密性質：情報員｜軍事情報｜科學技術情報。

【情不自禁】qíng bù zì jīn ㄑㄧㄥˊ ㄅㄨˋ ㄗˋ ㄐㄧㄣ 抑制不住自己的感情。

【情操】qíngcāo ㄑㄧㄥˊ ㄘㄠ 由感情和思想綜合起來的，不輕易改變的心理狀態：高尚的情操。

【情場】qíngchǎng ㄑㄧㄥˊ ㄔㄤˇ 指有關談情說愛的事：情場風波｜情場失意。

【情敵】qíngdí ㄑㄧㄥˊ ㄉㄧˊ 因追求同一異性而彼此發生矛盾的人。

【情調】qíngdiào ㄑㄧㄥˊ ㄉㄧㄠˋ 思想感情所表現出來的格調；事物所具有的能引起人的各種不同感情的性質：情調健康｜異國情調。

【情竇初開】qíngdòu chū kāi ㄑㄧㄥˊ ㄉㄡˋ ㄔㄨ ㄎㄞ 指剛懂得愛情(多指少女)。

【情分】qíng·fèn ㄑㄧㄥˊ ·ㄈㄣ 人與人相處的情感；情義：朋友情分｜兄弟情分｜兩家做了幾輩子鄰居，素來情分好。

【情夫】qíngfū ㄑㄧㄥˊ ㄈㄨ 男女兩人，一方或雙方已有配偶，他們之間發生性愛的違法行為，男方是女方的情夫。

【情婦】qíngfù ㄑㄧㄥˊ ㄈㄨˋ 男女兩人，一方或雙方已有配偶，他們之間發生性愛的違法行為，女方是男方的情婦。

【情感】qínggǎn ㄑㄧㄥˊ ㄍㄢˇ ❶對外界刺激肯定或否定的心理反應，如喜歡、憤怒、悲傷、恐懼、愛慕、厭惡等。❷感情：兩人情感很深。

【情歌】qínggē ㄑㄧㄥˊ ㄍㄜ 表現男女愛情的歌曲。

【情話】qínghuà ㄑㄧㄥˊ ㄏㄨㄚˋ ❶男女間表示愛情的話。❷〈書〉知心話。

【情懷】qínghuái ㄑㄧㄥˊ ㄏㄨㄞˊ 含有某種感情的心境：抒發情懷。

【情急】qíngjí ㄑㄧㄥˊ ㄐㄧˊ 因為希望馬上避免或獲得某種事物而心中着急：情急智生(心中着急而突然想出聰明的辦法)｜一時情急，做出失禮的事來。

【情結】qíngjié ㄑㄧㄥˊ ㄐㄧㄝˊ 心中的感情糾葛；深藏心底的感情：化解不開的情結｜濃重的思鄉情結。

【情節】qíngjié ㄑㄧㄥˊ ㄐㄧㄝˊ 事情的變化和經過：故事情節｜情節生動｜根據情節輕重分別處理。

【情景】qíngjǐng ㄑㄧㄥˊ ㄐㄧㄥˇ (具體場合的)情形；景象：比起廣州來，北京的冬天另是一番情景。

【情境】qíngjìng ㄑㄧㄥˊ ㄐㄧㄥˋ 情景；境地。

【情況】qíngkuàng ㄑㄧㄥˊ ㄎㄨㄤˋ ❶情形：思想情況｜工作情況｜情況特殊。❷指軍事上的變化：這兩天前綫沒有甚麼情況。

【情郎】qínglàng ㄑㄧㄥˊ ㄌㄤˊ 相戀的青年男女中的男子。

【情理】qínglǐ ㄑㄧㄥˊ ㄌㄧˇ 人的常情和事情的一般道理：不近情理｜情理難容｜話很合乎情理。

【情侶】qínglǚ ㄑㄧㄥˊ ㄌㄩˇ 相戀的男女或其中的一方。

【情面】qíng·miàn ㄑㄧㄥˊ ·ㄇㄧㄢˋ 私人間的情分和面子：顧情面｜留情面｜不講情面｜打破情面。

【情趣】qíngqù ㄑㄧㄥˊ ㄑㄩˋ ❶性情志趣：二人情趣相投。❷情調趣味：情趣正濃｜這首詩寫得很有情趣。

【情人】qíngrén ㄑㄧㄥˊ ㄖㄣˊ 相愛中的男女的一方。

【情殺】qíngshā ㄑㄧㄥˊ ㄕㄚ 因愛情糾紛而引起的兇殺：情殺案。

【情詩】qíngshī ㄑㄧㄥˊ ㄕ 男女間表示愛情的詩。

【情事】qíngshì ㄑㄧㄥˊ ㄕˋ 情況；現象：詳細詢問家鄉的情事。

【情勢】qíngshì ㄑㄧㄥˊ ㄕˋ 事情的狀況和發展的趨勢；形勢②：情勢緊迫｜洞察敵我情勢。

【情書】qíngshū ㄑㄧㄥˊ ㄕㄨ 男女間表示愛情的信。

【情絲】qíngsī ㄑㄧㄥˊ ㄙ 指纏綿的情意：情絲萬縷。

【情思】qíngsī ㄑㄧㄥˊ ㄙ ❶情意；情感。❷情緒；心思。

【情死】qíngsǐ ㄑㄧㄥˊ ㄙˇ 指相愛的男女因婚姻不遂而死。

【情素】qíngsù ㄑㄧㄥˊ ㄙㄨˋ 同'情愫'。

【情愫】qíngsù ㄑㄧㄥˊ ㄙㄨˋ 〈書〉❶感情：朝夕相處，增加了他們之間的情愫。❷本心；真情實意：互傾情愫。‖也作情素。

【情隨事遷】qíng suí shì qiān ㄑㄧㄥˊ ㄙㄨㄟˊ ㄕˋ ㄑㄧㄢ 思想感情隨着情況的變遷而發生變化。

【情態】qíngtài ㄑㄧㄥˊ ㄊㄞˋ 神態：塑像情態逼真。

【情投意合】qíng tóu yì hé ㄑㄧㄥˊ ㄊㄡˊ ㄧˋ ㄏㄜˊ 形容雙方思想感情融洽，心意相合。

【情網】qíngwǎng ㄑㄧㄥˊ ㄨㄤˇ 指不能擺脱的愛情：墜入情網。

【情味】qíngwèi ㄑㄧㄥˊ ㄨㄟˋ 情調；意味：這幅畫充滿了田園情味。

【情形】qíng·xing ㄑㄧㄥˊ ·ㄒㄧㄥ 事物呈現出來的樣子：生活情形｜村裏的情形｜如何辦理，到時候看情形再説。

【情緒】qíng·xù ㄑㄧㄥˊ ·ㄒㄩˋ ❶人從事某種活動時產生的興奮心理狀態：生產情緒｜戰鬥情緒｜急躁情緒｜情緒高漲。❷指不愉快的情感：鬧情緒｜他有點兒情緒。

【情意】qíngyì ㄑㄧㄥˊ ㄧˋ 對人的感情：情意綿綿。

【情義】qíngyì ㄑㄧㄥˊ ㄧˋ 親屬、同志、朋友相互間應有的感情：姐姐待他很有情義。

【情誼】qíngyì ㄑㄧㄥˊ ㄧˋ 人與人相互關切、愛護的感情：深厚的情誼。

【情由】qíngyóu ㄑㄧㄥˊ ㄧㄡˊ 事情的內容和原因：問清情由，再作處理。

【情慾】qíngyù ㄑㄧㄥˊ ㄩˋ 對異性的慾望。

【情緣】qíngyuán ㄑㄧㄥˊ ㄩㄢˊ 男女相愛的緣分：情緣已斷｜情緣未了。

【情願】qíngyuàn ㄑㄧㄥˊ ㄩㄢˋ ❶心裏願意：甘心情願｜兩相情願。❷寧願；寧可：情願死，也不屈服。

【情知】qíngzhī ㄑㄧㄥˊ ㄓ 明明知道。

【情致】qíngzhì ㄑㄧㄥˊ ㄓˋ 情趣；興致：情致各異｜別有情致。

【情種】qíngzhǒng ㄑㄧㄥˊ ㄓㄨㄥˇ 感情特別豐富的人；特別鍾情的人。

【情狀】qíngzhuàng ㄑㄧㄥˊ ㄓㄨㄤˋ 情形；狀況：其中情狀，難以言述。

晴 qíng ㄑㄧㄥˊ 天空無雲或雲很少：晴天｜天晴了。

【晴好】qínghǎo ㄑㄧㄥˊ ㄏㄠˇ 晴朗：天氣晴好。

【晴和】qínghé ㄑㄧㄥˊ ㄏㄜˊ 晴朗暖和：天氣晴和。

【晴空】qíngkōng ㄑㄧㄥˊ ㄎㄨㄥ 晴朗的天空：晴空萬里。

【晴朗】qínglǎng ㄑㄧㄥˊ ㄌㄤˇ 沒有雲霧，日光充足：天氣晴朗。

【晴天霹靂】qíngtiān pīlì ㄑㄧㄥˊ ㄊㄧㄢ ㄆㄧ ㄌㄧˋ 比喻突然發生的意外事件。也說青天霹靂。

氰 qíng ㄑㄧㄥˊ 碳和氮的化合物，化學式 $(CN)_2$。無色氣體，有刺激性臭味，劇毒，燃燒時發桃紅色火焰。

睛（䝼） qíng ㄑㄧㄥˊ 承受：睛受財產｜別淨睛現成的。

【睛等】qíngděng ㄑㄧㄥˊ ㄉㄥˇ 〈方〉❶坐等（責備、懲罰）。❷坐享（現成的）。

【睛受】qíngshòu ㄑㄧㄥˊ ㄕㄡˋ 承受；繼承。

檠〔䔛〕（樤） qíng ㄑㄧㄥˊ 〈書〉❶燈台；蠟台。❷矯正弓弩的器具。

擎〔㯳〕 qíng ㄑㄧㄥˊ 往上托；舉：眾擎易舉。

黥（剠） qíng ㄑㄧㄥˊ 〈書〉❶在臉上刺上記號或文字並塗上墨，古代用做刑罰，後來也施於士兵，以防逃跑。❷在人體上刺上帶顏色的文字、花紋或圖形。

qǐng（ㄑㄧㄥˇ）

苘〔䔛〕（檾、蘔） qǐng ㄑㄧㄥˇ 苘麻。

【苘麻】qǐngmá ㄑㄧㄥˇ ㄇㄚˊ ❶一年生草本植物，莖皮多纖維，葉子大，心臟形，密生柔毛。花單生，黃色。是重要的纖維植物之一，供製繩索用，種子供藥用。❷這種植物的莖皮纖維。‖通稱青麻。

頃[1]（顷） qǐng ㄑㄧㄥˇ 地積單位。100 畝等於1頃。現用市頃，1 市頃合 6.6667 公頃：兩頃地｜碧波萬頃。

頃[2]（顷） qǐng ㄑㄧㄥˇ 〈書〉❶頃刻：少頃｜有頃｜俄頃。❷不久以前；剛才：頃聞｜頃接來信。❸左右（指時間）：光緒二十年頃。

〈古〉又同‘傾’qīng。

【頃刻】qǐngkè ㄑㄧㄥˇ ㄎㄜˋ 極短的時間：一陣狂風吹來，江面上頃刻間掀起了巨浪。

綮〔綮〕 qǐng ㄑㄧㄥˇ 見653頁〖肯綮〗。另見908頁 qǐ。

廎（庼、高） qǐng ㄑㄧㄥˇ 〈書〉小廳堂。

請（请） qǐng ㄑㄧㄥˇ ❶請求：請教｜請假｜請人幫忙｜你可以請老師給你開個書目。❷邀請；聘請：催請｜請客｜請醫生｜請人做報告。❸敬辭，用於希望對方做某事：您請坐｜請準時出席。❹舊時指買香燭、紙馬、佛龕等。

【請安】qǐng∥ān ㄑㄧㄥˇ∥ㄢ ❶問安。❷〈方〉打千兒。

【請便】qǐngbiàn ㄑㄧㄥˇ ㄅㄧㄢˋ 請對方自便：我不願意去，你要是想去，那就請便吧。

【請春客】qǐng chūnkè ㄑㄧㄥˇ ㄔㄨㄣ ㄎㄜˋ 舊時民間的一種習俗，過春節後，宴請親友鄰居。

【請調】qǐngdiào ㄑㄧㄥˇ ㄉㄧㄠˋ 請求調動（工作）：請調報告。

【請功】qǐnggōng ㄑㄧㄥˇ ㄍㄨㄥ 請求上級給有功人員記功：全連幹部戰士為炊事班請功。

【請假】qǐng∥jià ㄑㄧㄥˇ∥ㄐㄧㄚˋ 因病或因事請求准許在一定時期內不做工作或不學習：因病請假一天｜他請了十天假回家探親。

【請柬】qǐngjiǎn ㄑㄧㄥˇ ㄐㄧㄢˇ 請帖。

【請教】qǐngjiào ㄑㄧㄥˇ ㄐㄧㄠˋ 請求指教：虛心向別人請教｜我想請教您一件事。

【請君入甕】qǐng jūn rù wèng ㄑㄧㄥˇ ㄐㄩㄣ ㄖㄨˋ ㄨㄥˋ 武則天命令來俊臣審問周興，周興還不知道。來俊臣假意問周興：‘犯人不肯認罪怎麼辦？’周興說：‘拿個大甕，周圍用炭火烤，把犯人裝進去，甚麼事他會不承認呢？’來俊臣叫人搬來一個大甕，四面加火，對周興說：‘奉令審問老兄，請老兄入甕！’周興嚇得連忙磕頭認罪（見於《資治通鑒·唐紀》二十）。比喻拿某人整治別人的法子來整治他自己。

【請客】qǐng∥kè ㄑㄧㄥˇ∥ㄎㄜˋ 請人吃飯、看戲等。

【請命】qǐngmìng ㄑㄧㄥˇ ㄇㄧㄥˋ ❶代人請求保全生命或解除困苦：為民請命。❷舊時下級向上司請示。

【請求】qǐngqiú ㄑㄧㄥˇ ㄑㄧㄡˊ ❶說明要求，希望得到滿足：請求援助｜他請求上級給他最艱巨的任務。❷所提出的要求：領導上接受了他的請求。

【請賞】qǐng∥shǎng ㄑㄧㄥˇ∥ㄕㄤˇ 請求給予獎賞：邀功請賞。

【請示】qǐngshì ㄑㄧㄥˇ ㄕˋ （向上級）請求指示：這件事須請示上級後才能決定。

【請帖】qǐngtiě ㄑㄧㄥˇ ㄊㄧㄝˇ 邀請客人時送去的通知。

【請託】qǐngtuō ㄑㄧㄥˇ ㄊㄨㄛ 請求和託付（別人辦事）。

【請問】qǐngwèn ㄑㄧㄥˇ ㄨㄣˋ 敬辭，用於請求對方回答問題：請問這個字怎麼讀？

【請降】qǐng∥xiáng ㄑㄧㄥˇ∥ㄒㄧㄤˊ 向對方請求投降。

【請纓】qǐngyīng ㄑㄧㄥˇ ㄧㄥ《漢書·終軍傳》：‘南越（粵）與漢和親，乃遣[終]軍使南越說其王，欲令入朝，比內諸侯。軍自請，願受長纓，必羈南越王而致之闕下。’後用來指請求殺敵或請求給予任務(纓：帶子)。

【請願】qǐng//yuàn ㄑㄧㄥˇ//ㄩㄢˋ 採取集體行動要求政府或主管當局滿足某些願望，或改變某種政策措施。

【請戰】qǐng//zhàn ㄑㄧㄥˇ//ㄓㄢˋ 請求上級准予參加戰鬥：請戰書。

【請罪】qǐng//zuì ㄑㄧㄥˇ//ㄗㄨㄟˋ 自己犯了錯誤，主動請求處分；道歉：負荊請罪。

謦 qǐng ㄑㄧㄥˇ［謦欬］(qǐngkài ㄑㄧㄥˇ ㄎㄞˋ)〈書〉❶咳嗽。❷借指談笑：親承謦欬。

qìng (ㄑㄧㄥˋ)

清 qìng ㄑㄧㄥˋ〈書〉涼。

箐 qìng ㄑㄧㄥˋ〈方〉山間的大竹林，泛指樹木叢生的山谷。多用於地名，如梅子箐(在雲南)，杉木箐(在貴州)。

慶(庆) qìng ㄑㄧㄥˋ ❶慶祝；慶賀：慶壽｜慶豐收｜慶功大會。❷值得慶祝的週年紀念日：國慶｜校慶。❸(Qìng)姓。

【慶典】qìngdiǎn ㄑㄧㄥˋ ㄉㄧㄢˇ 隆重的慶祝典禮：十週年慶典｜大橋落成慶典。

【慶父不死，魯難未已】Qìngfǔ bù sǐ, Lǔ nàn wèi yǐ ㄑㄧㄥˋ ㄈㄨˇ ㄅㄨˋ ㄙˇ, ㄌㄨˇ ㄋㄢˋ ㄨㄟˋ ㄧˇ《左傳》閔公元年：'不去慶父，魯難未已。'慶父是魯國公子，曾一再製造內亂，先後殺死兩個國君。後來用'慶父不死，魯難未已'比喻不除掉製造內亂的罪魁禍首，國家就不得安寧。

【慶賀】qìnghè ㄑㄧㄥˋ ㄏㄜˋ 為共同的喜事表示慶祝或向有喜事的人道喜：慶賀豐收｜慶賀勝利。

【慶曆】Qìnglì ㄑㄧㄥˋ ㄌㄧˋ 宋仁宗(趙禎)年號(公元1041－1048)。

【慶幸】qìngxìng ㄑㄧㄥˋ ㄒㄧㄥˋ 為事情意外地得到好的結局而感到高興。

【慶祝】qìngzhù ㄑㄧㄥˋ ㄓㄨˋ 為共同的喜事進行一些活動表示高興或紀念：慶祝國慶｜慶祝元旦。

磬 qìng ㄑㄧㄥˋ ❶古代打擊樂器，形狀像曲尺，用玉或石製成。❷佛教的打擊樂器，形狀像鉢，用銅製成。

親(亲) qìng ㄑㄧㄥˋ 見下。另見930頁 qīn。

【親家】qìng·jia ㄑㄧㄥˋ·ㄐㄧㄚ ❶兩家兒女相婚配的親戚關係：兒女親家。❷稱兒子的丈人，丈母或女兒的公公、婆婆。

【親家公】qìng·jiagōng ㄑㄧㄥˋ·ㄐㄧㄚ ㄍㄨㄥ 稱兒子的丈人或女兒的公公。

【親家母】qìng·jiamǔ ㄑㄧㄥˋ·ㄐㄧㄚ ㄇㄨˇ 稱兒子的丈母或女兒的婆婆。

罄 qìng ㄑㄧㄥˋ〈書〉盡；空：告罄｜罄其所有。

【罄盡】qìngjìn ㄑㄧㄥˋ ㄐㄧㄣˋ 沒有剩餘：家資罄盡。

【罄竹難書】qìng zhú nán shū ㄑㄧㄥˋ ㄓㄨˊ ㄋㄢˊ ㄕㄨ 把竹子用完了都寫不完。比喻事實(多指罪惡)很多，難以説完(古人寫字用竹簡，竹子是製竹簡的材料)。

qióng (ㄑㄩㄥˊ)

邛 qióng ㄑㄩㄥˊ 邛崍(Qiónglái ㄑㄩㄥˊ ㄌㄞˊ)，山名，在四川。

穹 qióng ㄑㄩㄥˊ〈書〉穹隆，借指天空：蒼穹。

【穹蒼】qióngcāng ㄑㄩㄥˊ ㄘㄤ〈書〉天空。

【穹隆】qiónglóng ㄑㄩㄥˊ ㄌㄨㄥˊ〈書〉指天空中間高四周下垂的樣子，也泛指高起成拱形的。

【穹廬】qiónglú ㄑㄩㄥˊ ㄌㄨˊ〈書〉游牧民族居住的圓頂帳篷，用氈子做成。

蛩 qióng ㄑㄩㄥˊ 古書上指蟋蟀。

筇 qióng ㄑㄩㄥˊ 古書上説的一種竹子，可以做手杖。

跫 qióng ㄑㄩㄥˊ［跫然］(qióngrán ㄑㄩㄥˊ ㄖㄢˊ)〈書〉形容腳步聲：足音跫然。

煢〔惸〕(茕、惸) qióng ㄑㄩㄥˊ〈書〉❶孤單；孤獨。❷憂愁。

【煢煢】qióngqióng ㄑㄩㄥˊ ㄑㄩㄥˊ〈書〉形容孤孤單單，無依無靠：煢煢孑立。

銎 qióng ㄑㄩㄥˊ〈書〉斧子上安柄的孔。

窮(穷) qióng ㄑㄩㄥˊ ❶缺乏生產資料和生活資料；沒有錢(跟'富'相對)：貧窮｜改變一窮二白的面貌。❷窮盡：無窮無盡｜理屈辭窮｜日暮途窮。❸用盡；費盡：窮兵黷武｜窮目遠望。❹徹底(追究)：窮究｜窮追猛打。❺極端：窮兇極惡｜窮奢極侈。

【窮兵黷武】qióng bīng dú wǔ ㄑㄩㄥˊ ㄅㄧㄥ ㄉㄨˊ ㄨˇ 使用全部武力，任意發動侵略戰爭。

【窮愁】qióngchóu ㄑㄩㄥˊ ㄔㄡˊ 窮困愁苦：窮愁潦倒。

【窮措大】qióngcuòdà ㄑㄩㄥˊ ㄘㄨㄛˋ ㄉㄚˋ 窮困的讀書人(含輕蔑意)。也説窮醋大。

【窮乏】qióngfá ㄑㄩㄥˊ ㄈㄚˊ 貧窮，沒有積蓄。

【窮光蛋】qióngguāngdàn ㄑㄩㄥˊ ㄍㄨㄤ ㄉㄢˋ 窮苦人(含輕蔑意)。

【窮極無聊】qióng jí wúliáo ㄑㄩㄥˊ ㄐㄧˊ ㄨˊ ㄌㄧㄠˊ 指困窘到極點，無所依託；無事可做，非常無聊。

【窮竭】qióngjié ㄑㄩㄥˊ ㄐㄧㄝˊ〈書〉費盡；用盡：窮竭心計。

【窮盡】qióngjìn ㄑㄩㄥˊ ㄐㄧㄣˋ 盡頭：群眾的智慧是沒有窮盡的。
【窮寇】qióngkòu ㄑㄩㄥˊ ㄎㄡˋ 窮途末路的賊寇，泛指殘敵。
【窮苦】qióngkǔ ㄑㄩㄥˊ ㄎㄨˇ 貧窮困苦。
【窮匱】qióngkuì ㄑㄩㄥˊ ㄎㄨㄟˋ 〈書〉貧窮匱乏。
【窮困】qióngkùn ㄑㄩㄥˊ ㄎㄨㄣˋ 生活貧窮，經濟困難：窮困潦倒。
【窮忙】qióngmáng ㄑㄩㄥˊ ㄇㄤˊ ❶舊指為了生計而忙碌奔走。❷事情繁雜，非常忙碌。
【窮年纍月】qióng nián lěi yuè ㄑㄩㄥˊ ㄋㄧㄢˊ ㄌㄟˇ ㄩㄝˋ 指接連不斷，時間長久：從前農民們窮年纍月地辛苦勞動，但生活仍舊很苦。
【窮人】qióngrén ㄑㄩㄥˊ ㄖㄣˊ 窮苦的人。
【窮山惡水】qióng shān è shuǐ ㄑㄩㄥˊ ㄕㄢ ㄜˋ ㄕㄨㄟˇ 形容自然條件很差，物產不豐富的地方：把窮山惡水改造成了米糧川。
【窮奢極侈】qióng shē jí chǐ ㄑㄩㄥˊ ㄕㄜ ㄐㄧˊ ㄔˇ 極端奢侈，儘量享受。也說窮奢極慾。
【窮酸】qióngsuān ㄑㄩㄥˊ ㄙㄨㄢ 貧窮寒酸；窮而迂腐(舊時用來譏諷文人)。
【窮途】qióngtú ㄑㄩㄥˊ ㄊㄨˊ 路的盡頭，比喻窮困的境況：窮途末路。
【窮途潦倒】qióngtú liáodǎo ㄑㄩㄥˊ ㄊㄨˊ ㄌㄧㄠˊ ㄉㄠˇ 形容無路可走，非常失意。
【窮途末路】qióngtú mòlù ㄑㄩㄥˊ ㄊㄨˊ ㄇㄛˋ ㄌㄨˋ 形容無路可走。
【窮鄉僻壤】qióng xiāng pì rǎng ㄑㄩㄥˊ ㄒㄧㄤ ㄆㄧˋ ㄖㄤˇ 荒涼貧窮而偏僻的地方。
【窮形盡相】qióng xíng jìn xiàng ㄑㄩㄥˊ ㄒㄧㄥˊ ㄐㄧㄣˋ ㄒㄧㄤˋ 原指描寫刻畫十分細緻生動，現在也用來指醜態畢露。
【窮兇極惡】qióng xiōng jí è ㄑㄩㄥˊ ㄒㄩㄥ ㄐㄧˊ ㄜˋ 形容極端殘暴惡毒。
【窮原竟委】qióng yuán jìng wěi ㄑㄩㄥˊ ㄩㄢˊ ㄐㄧㄥˋ ㄨㄟˇ 深入探求事物的始末。
【窮源溯流】qióng yuán sù liú ㄑㄩㄥˊ ㄩㄢˊ ㄙㄨˋ ㄌㄧㄡˊ 追究事物的根源並探尋其發展的經過。

藑〔蔓〕 qióng ㄑㄩㄥˊ 〔藑茅〕(qióngmáo ㄑㄩㄥˊ ㄇㄠˊ) 古書上說的一種草。

瓊(琼) qióng ㄑㄩㄥˊ ❶〈書〉美玉，泛指精美的東西：瓊樓玉宇(華麗的房屋)｜玉液瓊漿。❷(Qióng)指瓊崖(海南島)或瓊州(舊府名，在海南島上，府治在今海南瓊山)。
【瓊漿】qióngjiāng ㄑㄩㄥˊ ㄐㄧㄤ 指美酒：瓊漿玉液。
【瓊劇】qióngjù ㄑㄩㄥˊ ㄐㄩˋ 海南的地方戲曲劇種。由潮劇、閩南梨園戲吸收當地人民的歌謠曲調發展而成。也叫海南戲。
【瓊脂】qióngzhī ㄑㄩㄥˊ ㄓ 植物膠的一種，用海產的石花菜類製成，無色、無固定形狀的固體，溶於熱水。可製冷食、微生物的培養基等。也叫石花膠，通稱洋菜或洋粉。

藭〔藭〕(䓖) qióng ㄑㄩㄥˊ 見1283頁〖芎藭〗。

qiū (ㄑㄧㄡ)

丘(❸坵) qiū ㄑㄧㄡ ❶小土山；土堆：荒丘｜沙丘｜墳丘子。❷浮厝：先把棺材丘起來。❸量詞，水田分隔成大小不同的塊，一塊叫一丘：一丘田。❹(Qiū)姓。
【丘八】qiūbā ㄑㄧㄡ ㄅㄚ 舊時稱兵('丘'字加'八'字成為'兵'字，含貶義)。
【丘陵】qiūlíng ㄑㄧㄡ ㄌㄧㄥˊ 連綿成片的小山：丘陵起伏｜丘陵地帶。
【丘墓】qiūmù ㄑㄧㄡ ㄇㄨˋ 〈書〉墳墓。
【丘腦】qiūnǎo ㄑㄧㄡ ㄋㄠˇ 間腦的一部分，橢圓形，左右各一，圍成第三腦室。直接與大腦皮層相連，除嗅覺外，人體各部所感受的衝動都經過它傳遞給大腦皮層。(圖見831頁'腦')
【丘疹】qiūzhěn ㄑㄧㄡ ㄓㄣˇ 皮膚表面由於某些疾病而起的小疙瘩，半球形，多為紅色。

邱 qiū ㄑㄧㄡ ❶同'丘'。❷(Qiū)姓。

秋(秌) qiū ㄑㄧㄡ ❶秋季：深秋｜秋風｜秋雨｜秋高氣爽。❷莊稼成熟或成熟時節：麥秋｜大秋。❸指一年的時間：千秋萬歲｜一日不見，如隔三秋。❹指某個時期(多指不好的)：多事之秋｜危急存亡之秋。❺(Qiū)姓。
【秋波】qiūbō ㄑㄧㄡ ㄅㄛ 比喻美女的眼睛或眼神：暗送秋波。
【秋分】qiūfēn ㄑㄧㄡ ㄈㄣ 二十四節氣之一，在9月22，23或24日。這一天南北半球晝夜都一樣長。參看589頁〖節氣〗、306頁〖二十四節氣〗。
【秋分點】qiūfēndiǎn ㄑㄧㄡ ㄈㄣ ㄉㄧㄢˇ 赤道平面和黃道的兩個相交點的一個，夏至以後，太陽從北向南移動，在秋分那一天通過這一點。
【秋風】qiūfēng ㄑㄧㄡ ㄈㄥ ❶秋天的風。❷見208頁〖打秋風〗。
【秋風掃落葉】qiūfēng sǎo luòyè ㄑㄧㄡ ㄈㄥ ㄙㄠˇ ㄌㄨㄛˋ ㄧㄝˋ 比喻強大的力量掃盪衰敗的勢力。
【秋高氣爽】qiū gāo qì shuǎng ㄑㄧㄡ ㄍㄠ ㄑㄧˋ ㄕㄨㄤˇ 形容秋天天空晴朗明淨，氣候涼爽宜人。
【秋毫】qiūháo ㄑㄧㄡ ㄏㄠˊ 鳥獸在秋天新長的細毛，比喻微小的事物：秋毫無犯｜明察秋毫。
【秋毫無犯】qiūháo wú fàn ㄑㄧㄡ ㄏㄠˊ ㄨˊ ㄈㄢˋ 形容軍隊紀律嚴明，絲毫不侵犯群眾的利益。
【秋後算賬】qiū hòu suàn zhàng ㄑㄧㄡ ㄏㄡˋ ㄙㄨㄢˋ ㄓㄤˋ 比喻等事情發展到最後階段再判斷

誰是誰非，也比喻事後等待時機進行報復。

【秋季】qiūjì ㄑㄧㄡ ㄐㄧˋ 一年的第三季，我國習慣指立秋到立冬的三個月時間，也指農曆七、八、九三個月。參看1086頁〖四季〗。

【秋景】qiūjǐng ㄑㄧㄡ ㄐㄧㄥˇ ❶秋天的景色。❷秋天的收成：今年秋景好於去年。

【秋老虎】qiūlǎohǔ ㄑㄧㄡ ㄌㄠˇ ㄏㄨˇ 指立秋以後仍然十分炎熱的天氣。

【秋涼】qiūliáng ㄑㄧㄡ ㄌㄧㄤˊ 指秋季涼爽的時候：等秋涼再去吧。

【秋糧】qiūliáng ㄑㄧㄡ ㄌㄧㄤˊ 秋季收穫的糧食。

【秋令】qiūlìng ㄑㄧㄡ ㄌㄧㄥˋ ❶秋季。❷秋季的氣候：冬行秋令(冬天的氣候像秋天)。

【秋千】(鞦韆) qiūqiān ㄑㄧㄡ ㄑㄧㄢ 運動和遊戲用具，在木架或鐵架上繫兩根長繩，下面拴上一塊板子。人在板上利用腳蹬板的力量在空中前後擺動。

【秋色】qiūsè ㄑㄧㄡ ㄙㄜˋ 秋天的景色：秋色宜人。

【秋試】qiūshì ㄑㄧㄡ ㄕˋ 明清兩代科舉制度，鄉試在秋季舉行，叫做秋試。

【秋收】qiūshōu ㄑㄧㄡ ㄕㄡ ❶秋季收穫農作物：人們都在忙着秋收。❷秋季收穫的農作物：今年秋收比去年強。

【秋收起義】Qiūshōu Qǐyì ㄑㄧㄡ ㄕㄡ ㄑㄧˇ ㄧˋ 1927年9月毛澤東發動和領導湖南東部和江西西部一帶工農舉行的武裝起義。這次起義成立了工農革命軍第一軍第一師，在井岡山創立了第一個農村革命根據地。

【秋水】qiūshuǐ ㄑㄧㄡ ㄕㄨㄟˇ 比喻人的眼睛(多指女子的)：望穿秋水。

【秋天】qiūtiān ㄑㄧㄡ ㄊㄧㄢ 秋季。

【秋闈】qiūwéi ㄑㄧㄡ ㄨㄟˊ 〈書〉秋試。

【秋汛】qiūxùn ㄑㄧㄡ ㄒㄩㄣˋ 從立秋到霜降的一段時間內發生的河水暴漲。

【秋遊】qiūyóu ㄑㄧㄡ ㄧㄡˊ 秋天出去遊玩(多指集體組織的)。

蚯 qiū ㄑㄧㄡ ［蚯蚓］(qiūyǐn ㄑㄧㄡ ㄧㄣˇ)環節動物，身體柔軟，圓而長，環節上有剛毛，生活在土壤中，能使土壤疏鬆，它的糞便能使土壤肥沃，是益蟲。通稱曲蟮。

萩〔萩〕 qiū ㄑㄧㄡ 古書上說的一種蒿類植物。

湫 qiū ㄑㄧㄡ 水池：大龍湫(瀑布名，在浙江雁蕩山)。

另見578頁 jiǎo。

楸 qiū ㄑㄧㄡ 楸樹，落葉喬木，葉子三角狀卵形或長橢圓形，花冠白色，有紫色斑點。木材供建築用。

龜(龟) qiū ㄑㄧㄡ 龜茲(Qiūcí ㄑㄧㄡ ㄘˊ)，古代西域國名，在今新疆庫車一帶。

另見431頁 guī；632頁 jūn。

鞦 qiū ㄑㄧㄡ ❶同‘鞧’。❷見〖鞦韆〗。

【鞦韆】qiūqiān ㄑㄧㄡ ㄑㄧㄢ 同‘秋千’。

鞧(鞦) qiū ㄑㄧㄡ ❶見480頁〖後鞧〗。❷〈方〉收縮：鞧着眉毛｜大轅馬鞧着屁股向後退。

鶖(鹙) qiū ㄑㄧㄡ 古書上說的一種水鳥，頭和頸上都沒有毛。

鰍(鳅、䲡) qiū ㄑㄧㄡ 見837頁〖泥鰍〗、904頁［鯕鰍］。

龝(秌) qiū ㄑㄧㄡ 〈書〉同‘秋’。

qiú (ㄑㄧㄡˊ)

仇 Qiú ㄑㄧㄡˊ 姓。

另見162頁 chóu。

囚 qiú ㄑㄧㄡˊ ❶關押；囚禁：被囚。❷囚犯：罪囚｜死囚。

【囚車】qiúchē ㄑㄧㄡˊ ㄔㄜ 解送犯人用的車。

【囚犯】qiúfàn ㄑㄧㄡˊ ㄈㄢˋ 關在監獄裏的犯人。

【囚禁】qiújìn ㄑㄧㄡˊ ㄐㄧㄣˋ 把人關在監獄裏：他被單獨囚禁在一間小牢房裏。

【囚首垢面】qiú shǒu gòu miàn ㄑㄧㄡˊ ㄕㄡˇ ㄍㄡˋ ㄇㄧㄢˋ 形容久未梳頭和洗臉，像囚犯的樣子。

【囚徒】qiútú ㄑㄧㄡˊ ㄊㄨˊ 囚犯。

【囚衣】qiúyī ㄑㄧㄡˊ ㄧ 供囚犯穿的特製衣服。

犰 qiú ㄑㄧㄡˊ ［犰狳］(qiúyú ㄑㄧㄡˊ ㄩˊ) 哺乳動物，身體分前、中、後三段，頭頂、背部、尾部和四肢有角質鱗片，中段的鱗片有筋肉相連接，可以伸縮，腹部多毛，趾有銳利的爪，善於掘土。晝伏夜出，吃昆蟲、蟻和鳥卵等。產於南美等地。

求 qiú ㄑㄧㄡˊ ❶請求：求救｜求教｜求您幫我做一件事。❷要求：力求改進｜精益求精｜生物都有求生存的本能。❸追求；探求；尋求：求學問｜實事求是｜刻舟求劍｜不求名利。❹需求；需要：供求關係｜供過於求。❺(Qiú)姓。

【求愛】qiú'ài ㄑㄧㄡˊ ㄞˋ 向異性提出請求，希望得到對方的愛情。

【求告】qiúgào ㄑㄧㄡˊ ㄍㄠˋ 央告(別人幫助或寬恕自己)：四處求告｜求告無門。

【求婚】qiú∥hūn ㄑㄧㄡˊ∥ㄏㄨㄣ 男女的一方請求對方跟自己結婚。

【求見】qiújiàn ㄑㄧㄡˊ ㄐㄧㄢˋ 請求進見(多指下對上)。

【求教】qiújiào ㄑㄧㄡˊ ㄐㄧㄠˋ 請教：登門求教｜不懂的事要向別人求教。

【求解】qiújiě ㄑㄧㄡˊ ㄐㄧㄝˇ 數學上指從已知條件出發，根據定律、定理等尋求未知問題的答案。

【求借】qiújiè ㄑㄧㄡˊ ㄐㄧㄝˋ 請求別人借給(錢和物)。

【求救】qiújiù ㄑㄧㄡˊ ㄐㄧㄡˋ 請求援救(多用於遇到災難和危險時)：發出求救信號。

【求靠】qiúkào ㄑㄧㄡˊ ㄎㄠˋ 請求別人同意自己投靠他(多指負擔生活)：求靠親友。

【求偶】qiú'ǒu ㄑㄧㄡˊ ㄡˇ 追求異性；尋求配偶。

【求乞】qiúqǐ ㄑㄧㄡˊ ㄑㄧˇ 請求人家救濟；討飯。

【求籤】qiú∥qiān ㄑㄧㄡˊ∥ㄑㄧㄢ 迷信的人在神佛面前抽籤來占吉凶。

【求親】qiú∥qīn ㄑㄧㄡˊ∥ㄑㄧㄣ 男女一方的家庭向對方的家庭請求結親。

【求情】qiú∥qíng ㄑㄧㄡˊ∥ㄑㄧㄥˊ 請求對方答應或寬恕：求情告饒。

【求全】qiúquán ㄑㄧㄡˊ ㄑㄩㄢˊ ❶要求完美無缺(多含貶義)：求全思想。❷希望事情成全：委曲求全。

【求全責備】qiú quán zé bèi ㄑㄧㄡˊ ㄑㄩㄢˊ ㄗㄜˊ ㄅㄟˋ 苛責別人，要求完美無缺：對人不求全責備。

【求饒】qiú∥ráo ㄑㄧㄡˊ∥ㄖㄠˊ 請求饒恕。

【求人】qiú∥rén ㄑㄧㄡˊ∥ㄖㄣˊ 請求別人幫助：要靠自己努力，不能事事求人。

【求生】qiúshēng ㄑㄧㄡˊ ㄕㄥ 謀求活路；設法活下去。

【求實】qiúshí ㄑㄧㄡˊ ㄕˊ 講求實際：提倡求實精神。

【求索】qiúsuǒ ㄑㄧㄡˊ ㄙㄨㄛˇ 尋求探索：求索新的路子。

【求同存異】qiú tóng cún yì ㄑㄧㄡˊ ㄊㄨㄥˊ ㄘㄨㄣˊ ㄧˋ 找出共同點，保留不同點。

【求學】qiúxué ㄑㄧㄡˊ ㄒㄩㄝˊ ❶在學校學習。❷探求學問。

【求援】qiúyuán ㄑㄧㄡˊ ㄩㄢˊ 請求援助：向友軍求援。

【求戰】qiúzhàn ㄑㄧㄡˊ ㄓㄢˋ ❶尋求戰鬥；尋找對方與之作戰：敵軍進入山口，求戰不得，只得退卻。❷要求參加戰鬥：戰士求戰心切。

【求證】qiúzhèng ㄑㄧㄡˊ ㄓㄥˋ 尋找證據或求得證實。

【求之不得】qiú zhī bù dé ㄑㄧㄡˊ ㄓ ㄅㄨˋ ㄉㄜˊ 想找都找不到(多用於意外地得到時)：這真是求之不得的好事啊！

【求知】qiúzhī ㄑㄧㄡˊ ㄓ 探求知識：求知慾｜求知精神。

【求職】qiúzhí ㄑㄧㄡˊ ㄓˊ 謀求職業；尋求工作。

【求治】qiúzhì ㄑㄧㄡˊ ㄓˋ 請求給以治療。

【求助】qiúzhù ㄑㄧㄡˊ ㄓㄨˋ 請求援助：向人求助。

虬(虯)

qiú ㄑㄧㄡˊ ❶虬龍。❷〈書〉拳曲：虬鬚。

【虬龍】qiúlóng ㄑㄧㄡˊ ㄌㄨㄥˊ 古代傳說中的有角的小龍。

【虬髯】qiúrán ㄑㄧㄡˊ ㄖㄢˊ 〈書〉拳曲的鬍子，特指兩腮上的。

【虬鬚】qiúxū ㄑㄧㄡˊ ㄒㄩ 〈書〉拳曲的鬍子。

泅

qiú ㄑㄧㄡˊ 浮水：泅渡｜泅水而過。

【泅渡】qiúdù ㄑㄧㄡˊ ㄉㄨˋ 游泳而過(江、河、湖、海)：武裝泅渡。

俅¹

Qiú ㄑㄧㄡˊ 俅人，我國少數民族'獨龍族'的舊稱。

俅²

qiú ㄑㄧㄡˊ [俅俅]〈書〉恭順的樣子。

艽

qiú ㄑㄧㄡˊ 〈書〉逼迫。

酋

qiú ㄑㄧㄡˊ ❶酋長。❷(盜匪、侵略者的)首領：匪酋｜賊酋｜敵酋。

【酋長】qiúzhǎng ㄑㄧㄡˊ ㄓㄤˇ 部落的首領。

【酋長國】qiúzhǎngguó ㄑㄧㄡˊ ㄓㄤˇ ㄍㄨㄛˊ 以部落首領為最高統治者的國家。封建關係佔統治地位，有的還保留氏族制度的殘餘。

㞗

qiú ㄑㄧㄡˊ 〈方〉男性生殖器。

球(❸毬)

qiú ㄑㄧㄡˊ ❶以半圓的直徑為軸，使半圓旋轉一周而成的立體；由中心到表面各點距離都相等的立體：球體｜球面｜球心。❷(球兒)球形或接近球形的物體：煤球兒｜棉球兒。❸指某些體育用品：籃球｜乒乓球兒｜冰球。❹指球類運動：球技｜球迷｜看球去。❺特指地球：全球｜寰球｜北半球。

【球場】qiúchǎng ㄑㄧㄡˊ ㄔㄤˇ 球類運動用的場地，如籃球場、足球場、網球場等。其形式大小根據各種球類的要求而定。

【球膽】qiúdǎn ㄑㄧㄡˊ ㄉㄢˇ 籃球、排球或足球等內層的空氣囊，用薄橡皮製成，打足空氣後，球就富於彈性。

【球果】qiúguǒ ㄑㄧㄡˊ ㄍㄨㄛˇ 穗狀花序的一種，球形或圓錐形，由許多覆瓦狀的木質鱗片組成，長成之後，很像果實，如松柏的雌花穗。

【球技】qiújì ㄑㄧㄡˊ ㄐㄧˋ 球類運動的技巧；球藝。

【球莖】qiújīng ㄑㄧㄡˊ ㄐㄧㄥ 地下莖的一種，球狀，多肉質，如荸薺的地下莖。

【球菌】qiújūn ㄑㄧㄡˊ ㄐㄩㄣ 細菌的一類，圓球形、卵圓形或腎臟形，種類很多，如雙球菌、鏈球菌、葡萄球菌等。

【球路】qiúlù ㄑㄧㄡˊ ㄌㄨˋ 打球、踢球等的路數：球路刁鑽｜不了解對方的球路，連連失誤。

【球門】qiúmén ㄑㄧㄡˊ ㄇㄣˊ 足球、冰球等運動中在球場兩端設置的像門框的架子，是射球的目標。架子後面有網，球射進球門後落在網裏。

【球迷】qiúmí ㄑㄧㄡˊ ㄇㄧˊ 喜歡打球或看球賽而入迷的人。

【球面】qiúmiàn ㄑㄧㄡˊ ㄇㄧㄢˋ 半圓以直徑為軸旋轉而形成的曲面；球的表面。

【球面度】qiúmiàndù ㄑㄧㄡˊ ㄇㄧㄢˋ ㄉㄨˋ 立體角的單位，當立體角的頂點位於球心，它在球面上所截取的面積等於以球半徑為邊長的正方形面積時，該角就是一球面度。

【球面角】qiúmiànjiǎo ㄑㄧㄡˊ ㄇㄧㄢˋ ㄐㄧㄠˇ 球面上兩個大圓相交所成的角。

【球面鏡】qiúmiànjìng ㄑㄧㄡˊ ㄇㄧㄢˋ ㄐㄧㄥˋ 反射面是球面的鏡子，根據反射面凹凸的不同，分為凹面鏡和凸面鏡。

【球磨機】qiúmójī ㄑㄧㄡˊ ㄇㄛˊ ㄐㄧ 磨碎或加工各種材料的機器。一般是由繞水平軸迴轉的圓筒或錐形筒構成的，內裝鐵球和礫石等。利用鐵球的衝擊和研磨作用將材料打碎和磨細，廣泛用於磨礦石。

【球墨鑄鐵】qiúmò-zhùtiě ㄑㄧㄡˊ ㄇㄛˋ ㄓㄨˋ ㄊㄧㄝˇ 含有球狀石墨的鑄鐵，機械強度高，有韌性和延性。主要用來代替鋼鑄造重型機械和機械零件。

【球拍】qiúpāi ㄑㄧㄡˊ ㄆㄞ 用來打乒乓球、羽毛球、網球等的拍子。也叫球拍子。

【球兒】qiúr ㄑㄧㄡㄦˊ ❶小的球。❷特指小孩兒玩的小玻璃球(也有用石頭做的)。

【球賽】qiúsài ㄑㄧㄡˊ ㄙㄞˋ 球類比賽。

【球檯】qiútái ㄑㄧㄡˊ ㄊㄞˊ ❶球體被兩個平行平面所截而夾在兩平面中間的部分。❷打檯球、乒乓球等用的像桌子的東西。

【球體】qiútǐ ㄑㄧㄡˊ ㄊㄧˇ 球面所包圍的立體。

【球鞋】qiúxié ㄑㄧㄡˊ ㄒㄧㄝˊ 一種帆布幫兒、橡膠底的鞋。

【球心】qiúxīn ㄑㄧㄡˊ ㄒㄧㄣ 與球面各點距離相等的一點；球的中心。

【球藝】qiúyì ㄑㄧㄡˊ ㄧˋ 球類運動的技巧：切磋球藝。

逑 qiú ㄑㄧㄡˊ 〈書〉配偶。

裘 qiú ㄑㄧㄡˊ ❶〈書〉毛皮的衣服：狐裘｜集腋成裘。❷(Qiú)姓。

【裘皮】qiúpí ㄑㄧㄡˊ ㄆㄧˊ 毛皮：裘皮服裝｜裘皮製品。

遒 qiú ㄑㄧㄡˊ 〈書〉強健；有力：遒勁。

【遒勁】qiújìng ㄑㄧㄡˊ ㄐㄧㄥˋ 〈書〉雄健有力：筆力遒勁｜風骨遒勁｜蒼老遒勁的古松。

巰(巯) qiú ㄑㄧㄡˊ 巰基。

【巰基】qiújī ㄑㄧㄡˊ ㄐㄧ 由氫和硫兩種原子組成的一價原子團(—SH)。也叫氫硫基。

賕(赇) qiú ㄑㄧㄡˊ 〈書〉賄賂：受賕。

璆 qiú ㄑㄧㄡˊ 〈書〉美玉。

蝤 qiú ㄑㄧㄡˊ ［蝤蠐］(qiúqí ㄑㄧㄡˊ ㄑㄧˊ)古書上指天牛的幼蟲，白色。

另見1387頁 yóu。

銶(銶) qiú ㄑㄧㄡˊ 古代一種鑿子。

鼽 qiú ㄑㄧㄡˊ 〈書〉鼻子堵塞不通。

qiǔ (ㄑㄧㄡˇ)

糗 qiǔ ㄑㄧㄡˇ ❶古代指乾糧。❷〈方〉飯或麵食成塊狀或糊狀：麵條兒都糗了。

qū (ㄑㄩ)

曲 qū ㄑㄩ ❶彎曲(跟'直'相對)：曲綫｜曲尺｜彎腰曲背｜山迴水曲｜曲徑通幽。❷使彎曲：曲肱而枕(肱：胳膊)｜曲突徙薪。❸彎曲的地方：河曲。❹不公正；無理：是非曲直。❺(Qū)姓。

另見948頁 qū'麯'；949頁 qǔ。

【曲筆】qūbǐ ㄑㄩ ㄅㄧˇ ❶古時指史官不據事直書，有意掩蓋真相的記載。❷寫文章時故意離開本題，而不直書其事的筆法：故作曲筆。

【曲別針】qūbiézhēn ㄑㄩ ㄅㄧㄝˊ ㄓㄣ 用金屬絲來回折彎做成的夾紙片的東西。也叫迴形針。

【曲柄】qūbǐng ㄑㄩ ㄅㄧㄥˇ 曲軸的彎曲部分，作用是通過它和連桿把活塞的往復運動變成曲軸的旋轉運動，或把曲軸的旋轉運動變成活塞的往復運動。

【曲尺】qūchǐ ㄑㄩ ㄔˇ 木工用來求直角的尺，用木或金屬製成，像直角三角形的勾股二邊。也叫矩尺或角尺。

【曲棍球】qūgùnqiú ㄑㄩ ㄍㄨㄣˋ ㄑㄧㄡˊ ❶球類運動項目之一，用下端彎曲的棍子把球擊入對方球門，射入對方球門多的為勝。❷曲棍球運動使用的球，圓形，體小而硬。

【曲解】qūjiě ㄑㄩ ㄐㄧㄝˇ 錯誤地解釋客觀事實或別人的原意(多指故意地)。

【曲頸甑】qūjǐngzèng ㄑㄩ ㄐㄧㄥˇ ㄗㄥˋ 蒸餾物質或使物質分解用的一種器皿，多用玻璃製成，形狀略像梨，頸部彎向一側。

【曲裏拐彎】qū·liguǎiwān ㄑㄩ ·ㄌㄧ ㄍㄨㄞˇ ㄨㄢ (曲裏拐彎兒的)彎彎曲曲：樹林裏的小路曲裏拐彎兒的。

【曲率】qūlǜ ㄑㄩ ㄌㄩˋ 表明曲綫在其上某一點的彎曲程度的數值。曲率越大，表示曲綫的彎曲程度越大。

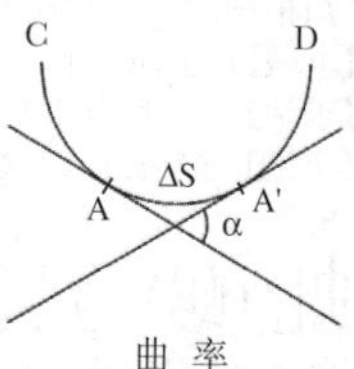

曲率

【曲面】qūmiàn ㄑㄩ ㄇㄧㄢˋ 曲綫按一定條件運動的軌迹，如球面、圓柱面。

【曲曲彎彎】qūqūwānwān ㄑㄩ ㄑㄩ ㄨㄢ ㄨㄢ (曲曲彎彎的)形容彎曲很多：山坳裏盡是曲曲彎彎的羊腸小道｜黃河曲曲彎彎地流過河套。

【曲蟮】qū·shàn ㄑㄩ ·ㄕㄢˋ 蚯蚓的通稱。也作蛐蟮。

【曲射炮】qūshèpào ㄑㄩ ㄕㄜˋ ㄆㄠˋ 初速小、彈道彎曲的一類火炮，如迫擊炮、榴彈炮等。

【曲突徙薪】qūtūxǐxīn ㄑㄩ ㄊㄨ ㄒㄧˇ ㄒㄧㄣ 有一家的烟囪很直，旁邊堆着許多柴火，有人勸主人改建彎曲的烟囪，把柴火搬開，不然有着火的危險，主人不聽，不久果然發生了火災(見於《漢書．霍光傳》)。比喻事先採取措施，防止危險發生。

【曲綫】qūxiàn ㄑㄩ ㄒㄧㄢˋ ❶按一定條件運動的動點的軌迹，如圓、螺旋綫。❷在平面上表示的物理、化學、統計學過程等隨參數變化的綫。

【曲意逢迎】qū yì féng yíng ㄑㄩ ㄧˋ ㄈㄥˊ ㄧㄥˊ 違反自己的本心去迎合別人的意思。

【曲折】qūzhé ㄑㄩ ㄓㄜˊ ❶彎曲：沿着池塘有一條曲折的小路。❷複雜的、不順當的情節：曲折變化｜這件事情裏面還有不少曲折。

【曲直】qūzhí ㄑㄩ ㄓˊ 無理和有理：分清是非曲直。

【曲軸】qūzhóu ㄑㄩ ㄓㄡˊ 把機械的往復運動變為迴轉運動，或把迴轉運動變為往復運動的軸。軸的中部有一個或幾個曲柄，是柴油機、汽油機等的重要部件。

佉 qū ㄑㄩ 〈書〉驅逐。

屈 qū ㄑㄩ ❶彎曲；使彎曲：屈指｜屈膝｜貓屈着後腿，豎着尾巴。❷屈服；使屈服：寧死不屈｜威武不能屈。❸理虧：屈心｜理屈詞窮。❹委屈；冤枉：受屈｜叫屈。❺(Qū)姓。

【屈才】qū∥cái ㄑㄩ∥ㄘㄞˊ 大才小用，指人的才能不能充分發揮。

【屈從】qūcóng ㄑㄩ ㄘㄨㄥˊ 對外來壓力不敢反抗，勉強服從：決不屈從於惡勢力。

【屈打成招】qū dǎ chéng zhāo ㄑㄩ ㄉㄚˇ ㄔㄥˊ ㄓㄠ 清白無罪的人冤枉受刑，被迫招認。

【屈服】qūfú ㄑㄩ ㄈㄨˊ 對外來的壓力妥協讓步，放棄鬥爭：屈服投降。也作屈伏。

【屈光度】qūguāngdù ㄑㄩ ㄍㄨㄤ ㄉㄨˋ 透鏡的折光強度單位，數值上等於焦距(以米表示)除 1。如透鏡的焦距為 2 米，它的屈光度就是 1/2 。

【屈駕】qūjià ㄑㄩ ㄐㄧㄚˋ 敬辭，委屈大駕(多用於邀請人)：明日請屈駕來舍一敍。

【屈節】qūjié ㄑㄩ ㄐㄧㄝˊ 〈書〉❶失去氣節：屈節事仇｜屈節辱命。❷降低身份：卑躬屈節。

【屈就】qūjiù ㄑㄩ ㄐㄧㄡˋ 客套話，用於請人擔任職務：要是您肯屈就，那就太好了。

【屈居】qūjū ㄑㄩ ㄐㄩ 委屈地處於(較低的地位)：屈居亞軍。

【屈戌兒】qū·qur ㄑㄩ ·ㄑㄩㄦ 銅製或鐵製的帶兩個腳的小環兒，釘在門窗邊上或箱、櫃正面，用來挂上釘鋦或鎖，或者成對地釘在抽屜正面或箱子側面，用來固定 U 字形的環兒。

【屈辱】qūrǔ ㄑㄩ ㄖㄨˇ 受到的壓迫和侮辱。

【屈枉】qū·wang ㄑㄩ ·ㄨㄤ 冤枉：別屈枉了好人。

【屈膝】qūxī ㄑㄩ ㄒㄧ 下跪，比喻屈服：屈膝投降｜卑躬屈膝。

【屈戌】qūxū ㄑㄩ ㄒㄩ 〈書〉屈戌兒(qū·qur)。

【屈折語】qūzhéyǔ ㄑㄩ ㄓㄜˊ ㄩˇ 詞的語法作用主要由詞的形式變化來表示的語言，如俄語、德語。

【屈指】qūzhǐ ㄑㄩ ㄓˇ 彎着手指頭計算數目：屈指可數(形容數目很少)｜屈指一算，離家已經十五年了。

【屈尊】qūzūn ㄑㄩ ㄗㄨㄣ 客套話，降低身份俯就：屈尊求教。

胠 qū ㄑㄩ 〈書〉❶腋下腰上的部位。❷從旁邊打開：胠篋(指偷竊)。

祛 qū ㄑㄩ 祛除：祛痰｜祛暑｜祛疑。

【祛除】qūchú ㄑㄩ ㄔㄨˊ 除去(疾病、疑懼或迷信人所謂邪祟等)：祛除風寒｜祛除緊張心理。

【祛疑】qūyí ㄑㄩ ㄧˊ 〈書〉消除別人的疑惑。

【祛瘀】qūyū ㄑㄩ ㄩ 中醫指祛除瘀血。也叫化瘀。

袪 qū ㄑㄩ 〈書〉❶袖口。❷同'祛'。

區(区) qū ㄑㄩ ❶區別；劃分：區分。❷地區；區域：山區｜解放區｜工業區｜住宅區｜風景區。❸行政區劃單位，如自治區、市轄區、縣轄區等。

另見854頁 Ōu。

【區別】qūbié ㄑㄩ ㄅㄧㄝˊ ❶把兩個以上的對象加以比較，認識它們不同的地方；分別：區別好壞｜區別對待。❷彼此不同的地方：我看不出這兩個詞在意義上有甚麼區別。

【區分】qūfēn ㄑㄩ ㄈㄣ 區別①：區分優劣｜嚴格區分不同性質的矛盾。

【區劃】qūhuà ㄑㄩ ㄏㄨㄚˋ 地區的劃分：行政區劃。

【區間】qūjiān ㄑㄩ ㄐㄧㄢ 交通運輸、通訊聯絡上指全程綫路中的一段：區間車(某條交通綫上只行駛於某一地段的車)。

【區區】qūqū ㄑㄩ ㄑㄩ ❶(數量)少；(人或事物)不重要：區區之數，不必計較｜區區小事，何足挂齒！❷舊時謙辭，我(語氣不莊重)：此人非他，就是區區。

【區域】qūyù ㄑㄩ ㄩˋ 地區範圍：區域性｜區域

自治。

蛆 qū ㄑㄩ 蒼蠅的幼蟲，體柔軟，有環節，白色，前端尖，尾端鈍，或有長尾。多生在糞便、動物屍體和不潔淨的地方。

【蛆蟲】qūchóng ㄑㄩ ㄔㄨㄥˊ 蛆。比喻專幹壞事的卑鄙可恥的人。

焌 qū ㄑㄩ ❶把燃燒物放入水中使熄滅：把香火兒焌了。❷烹調方法，燒熱油鍋，先放作料，再放蔬菜迅速地炒熟：焌豆芽。

另見633頁 jùn。

【焌油】qūyóu ㄑㄩ ㄧㄡˊ 〈方〉烹調方法，把油加熱後澆在菜肴上。

蛐 qū ㄑㄩ 見下。

【蛐蛐兒】qū·qur ㄑㄩ ·ㄑㄩㄦ 〈方〉蟋蟀。

【蛐蟮】qū·shàn ㄑㄩ ·ㄕㄢˋ 同'曲蟮'(qū·shàn)。

詘(诎) qū ㄑㄩ ❶〈書〉縮短。❷〈書〉言語遲鈍。❸同'屈'。❹(Qū)姓。

嶇(岖) qū ㄑㄩ 見903頁〖崎嶇〗。

趨(趋) qū ㄑㄩ ❶快走：趨前｜疾趨而過。❷趨向；歸向：大勢所趨｜日趨繁榮｜意見趨於一致。❸鵝或蛇伸頭咬人。

〈古〉又同'促'cù。

【趨避】qūbì ㄑㄩ ㄅㄧˋ 快走躲開；規避：趨避不及｜見車飛馳而來，趕緊趨避一旁。

【趨奉】qūfèng ㄑㄩ ㄈㄥˋ 趨附奉承：阿諛趨奉。

【趨附】qūfù ㄑㄩ ㄈㄨˋ 迎合依附：趨附權貴。

【趨光性】qūguāngxìng ㄑㄩ ㄍㄨㄤ ㄒㄧㄥˋ 某些昆蟲或魚類常常奔向有光的地方，這種特性叫做趨光性。也叫慕光性。

【趨時】qūshí ㄑㄩ ㄕˊ 趕時髦：穿戴趨時。

【趨勢】qūshì ㄑㄩ ㄕˋ 事物發展的動向：歷史發展的必然趨勢。

【趨向】qūxiàng ㄑㄩ ㄒㄧㄤˋ ❶朝着某個方向發展：病情趨向好轉｜這個工廠由小到大，由簡陋趨向完善。❷趨勢：總趨向。

【趨炎附勢】qū yán fù shì ㄑㄩ ㄧㄢˊ ㄈㄨˋ ㄕˋ 奉承依附有權有勢的人。

【趨之若鶩】qū zhī ruò wù ㄑㄩ ㄓ ㄖㄨㄛˋ ㄨˋ 像鴨子一樣，成群地跑過去。多比喻許多人爭着去追逐不好的事物。

麯(曲、粬) qū ㄑㄩ 用麯黴和它的培養基(多為麥子、麩皮、大豆的混合物)製成的塊狀物，用來釀酒或製醬。

'曲'另見946頁 qū；949頁 qǔ。

【麯黴】qūméi ㄑㄩ ㄇㄟˊ 真菌的一類，菌體由許多絲狀細胞組成，有些分枝的頂端為球形，上面生有許多孢子。是常見的黴菌，能引起水果、食物等霉爛，可用來釀酒、製醬油和醬等。

軀(躯) qū ㄑㄩ 身體：身軀｜七尺之軀｜為國捐軀。

【軀幹】qūgàn ㄑㄩ ㄍㄢˋ 人體除去頭部、四肢所餘下的部分叫軀幹。也叫胴(dòng)。

【軀殼】qūqiào ㄑㄩ ㄑㄧㄠˋ 肉體(對'精神'而言)。

【軀體】qūtǐ ㄑㄩ ㄊㄧˇ 身軀；身體：軀體魁梧。

麴(麹) qū ㄑㄩ ❶同'麯'。❷(Qū)姓。

覷(觑、覻、覰) qū ㄑㄩ 把眼睛合成一條細縫(注意地看)：偷偷兒地覷了他一眼｜他微微低着頭，覷着細眼｜覷起眼睛，看看地面上有沒有痕迹。

另見951頁 qù。

【覷覷眼】qūqūyǎn ㄑㄩ ㄑㄩ ㄧㄢˇ 〈方〉指近視眼。

黢 qū ㄑㄩ 黑：黢黑｜黑黢黢。

【黢黑】qūhēi ㄑㄩ ㄏㄟ 很黑；很暗：兩手盡是墨，黢黑的｜山洞裏黢黑，甚麼也看不見。

驅(驱、敺) qū ㄑㄩ ❶趕(牲口)：驅馬前進。❷快跑：長驅直入｜並駕齊驅。❸趕走：驅逐｜驅除｜驅蟲劑。

【驅策】qūcè ㄑㄩ ㄘㄜˋ 用鞭子趕；驅使。

【驅車】qūchē ㄑㄩ ㄔㄜ 駕駛或乘坐車輛(多指汽車)：驅車前往經濟開發區參觀訪問。

【驅除】qūchú ㄑㄩ ㄔㄨˊ 趕走；除掉：驅除蚊蠅｜驅除恐懼。

【驅趕】qūgǎn ㄑㄩ ㄍㄢˇ ❶趕④：驅趕馬車。❷趕走：驅趕蒼蠅。

【驅迫】qūpò ㄑㄩ ㄆㄛˋ 驅使；逼迫：為良心所驅迫。

【驅遣】qūqiǎn ㄑㄩ ㄑㄧㄢˇ ❶驅使①：任人驅遣。❷〈書〉趕走。❸消除；排除(情緒)：驅遣煩悶。

【驅散】qūsàn ㄑㄩ ㄙㄢˋ ❶趕走，使散開：驅散圍觀的人｜大風驅散了烏雲。❷消除；排除：習習的晚風驅散了一天的悶熱。

【驅使】qūshǐ ㄑㄩ ㄕˇ ❶強迫人按照自己的意志行動。❷推動：被好奇心所驅使。

【驅邪】qūxié ㄑㄩ ㄒㄧㄝˊ (用符咒等)驅逐邪祟(迷信)。

【驅逐】qūzhú ㄑㄩ ㄓㄨˊ 趕走：驅逐出境｜驅逐入侵者。

【驅逐艦】qūzhújiàn ㄑㄩ ㄓㄨˊ ㄐㄧㄢˋ 以火炮和反潛武器為主要裝備的中型軍艦，主要用於護航、警戒和反潛。裝備有導彈的驅逐艦叫導彈驅逐艦。

嚁 qū ㄑㄩ 象聲詞，形容吹哨子的聲音或蟋蟀叫的聲音。

qú（ㄑㄩˊ）

劬 qú ㄑㄩˊ〈書〉勞苦；勤勞：劬勞。

【劬勞】qúláo ㄑㄩˊ ㄌㄠˊ〈書〉勞累：不辭劬勞。

朐 qú ㄑㄩˊ 臨朐(Línqú ㄌㄧㄣˊ ㄑㄩˊ)，地名，在山東。

渠1 qú ㄑㄩˊ ❶人工開鑿的水道：溝渠｜河渠｜水到渠成｜這條渠的最深處是一丈五。❷〈書〉大：渠帥。❸(Qú)姓。

渠2(佢) qú ㄑㄩˊ〈方〉他。

【渠道】qúdào ㄑㄩˊ ㄉㄠˋ ❶在河湖或水庫等的周圍開挖的水道，用來引水排灌。❷途徑；門路：擴大商品流通渠道。

蕖〔蕖〕 qú ㄑㄩˊ 見350頁〖芙蕖〗。

鴝(鸲) qú ㄑㄩˊ 鳥類的一屬，身體小，尾巴長，羽毛美麗，嘴短而尖。

【鴝鵒】qúyù ㄑㄩˊ ㄩˋ 見14頁〖八哥〗。

磲 qú ㄑㄩˊ 見137頁〖硨磲〗。

璩 qú ㄑㄩˊ ❶〈書〉玉環。❷(Qú)姓。

瞿 Qú ㄑㄩˊ 姓。
另見624頁 jù。

鼩 qú ㄑㄩˊ［鼩鼱］(qújīng ㄑㄩˊ ㄐㄧㄥ)哺乳動物，身體小，形狀像老鼠，但吻部細而尖，頭部和背部棕褐色，腹部棕灰色或灰白色。多生活在山林中，捕食昆蟲、蝸牛、蚯蚓等小動物，也吃植物種子和穀物。

蘧〔蘧〕 qú ㄑㄩˊ ❶［蘧然］(qúrán ㄑㄩˊ ㄖㄢˊ)〈書〉驚喜的樣子。❷(Qú)姓。

欋 qú ㄑㄩˊ 古代指四齒的耙子。

氍(毹) Qú ㄑㄩˊ［氍毹］(qúshū ㄑㄩˊ ㄕㄨ)毛織的地毯，演戲多用來鋪在地上，因此用'氍毹'或'紅氍毹'借指舞台。

臞 qú ㄑㄩˊ〈書〉同'癯'。

籧 qú ㄑㄩˊ［籧篨］(qúchú ㄑㄩˊ ㄔㄨˊ)古代指用竹或葦編的粗席。

癯 qú ㄑㄩˊ〈書〉瘦：清癯。

蠷 qú ㄑㄩˊ［蠷螋］(qúsōu ㄑㄩˊ ㄙㄡ)昆蟲，體扁平狹長，黑褐色，前翅短而硬，後翅大，折在前翅下，有些種類無翅，尾端有角質的尾鋏，多生活在潮濕的地方。也作蠼螋。

衢 qú ㄑㄩˊ〈書〉大路：通衢。

蠼 qú ㄑㄩˊ［蠼螋］(qúsōu ㄑㄩˊ ㄙㄡ)同'蠷螋'。

鸜(鸲) qú ㄑㄩˊ［鸜鵒］(qúyù ㄑㄩˊ ㄩˋ)同'鴝鵒'。

qǔ（ㄑㄩˇ）

曲 qǔ ㄑㄩˇ ❶一種韻文形式，出現於南宋和金代，盛行於元代，是受民間歌曲的影響而形成的，句法較詞更為靈活，多用口語，用韻也更接近口語。一支曲可以單唱，幾支曲可以合成一套，也可以用幾套曲子寫成戲曲。❷(曲兒)歌曲：曲調｜戲曲｜小曲兒｜高歌一曲。❸歌譜：《義勇軍進行曲》是聶耳作的曲。
另見946頁 qū；948頁 qū'麴'。

【曲調】qǔdiào ㄑㄩˇ ㄉㄧㄠˋ 戲曲或歌曲的調子：曲調優美。

【曲高和寡】qǔ gāo hè guǎ ㄑㄩˇ ㄍㄠ ㄏㄜˋ ㄍㄨㄚˇ 曲調高深，能跟着唱的人很少。舊指知音難得。現比喻言論或藝術作品不通俗，能理解或欣賞的人很少。

【曲劇】qǔjù ㄑㄩˇ ㄐㄩˋ ❶泛指解放後由曲藝發展而成的新型戲曲。有北京曲劇、河南曲劇、安徽曲子戲等。也叫曲藝劇。❷特指北京曲劇，以單弦為主，吸收其他曲種發展而成。

【曲目】qǔmù ㄑㄩˇ ㄇㄨˋ 歌曲、樂曲或戲曲的名目：這次演唱會演出的曲目有三十多個｜評彈《真情假意》是個中篇曲目。

【曲牌】qǔpái ㄑㄩˇ ㄆㄞˊ 曲的調子的名稱，如'滾綉球'、'一枝花'等。

【曲譜】qǔpǔ ㄑㄩˇ ㄆㄨˇ ❶輯錄並分析各種曲調格式供人作曲時參考的書，如清人王奕清等所編的《曲譜》。❷戲曲或歌曲等不包括詞的部分；樂譜。

【曲藝】qǔyì ㄑㄩˇ ㄧˋ 富有地方色彩的各種説唱藝術，如彈詞、大鼓、相聲、快板兒等。

【曲子】qǔ·zi ㄑㄩˇ ·ㄗ 曲(qǔ)①②：這支曲子好聽。

取 qǔ ㄑㄩˇ ❶拿到手裏：取款｜取行李｜把電燈泡取下來。❷得到；招致：取樂｜取暖｜取信於人｜自取滅亡。❸採取；選取：取道｜錄取｜可取｜給孩子取個名兒。

【取保】qǔ∥bǎo ㄑㄩˇ∥ㄅㄠˇ 找保人(多用於司法上)：取保釋放。

【取材】qǔcái ㄑㄩˇ ㄘㄞˊ 選取材料：就地取材｜這本小説取材於煉鋼工人的生活。

【取長補短】qǔ cháng bǔ duǎn ㄑㄩˇ ㄔㄤˊ ㄅㄨˇ ㄉㄨㄢˇ 吸取長處來彌補短處。

【取代】qǔdài ㄑㄩˇ ㄉㄞˋ ❶排除別人或別的事物而佔有其位置：用機器取代手工生產。❷化學上指有機物分子裏的某些原子或原子團通過化學反應被其他原子或原子團所代替。

【取道】qǔdào ㄑㄩˇ ㄉㄠˋ 指選取由某地經過的路綫：取道武漢，前往廣州。

【取得】qǔdé ㄑㄩˇ ㄉㄜˊ 得到：取得聯繫｜取得經驗。

【取燈兒】qǔdēngr ㄑㄩˇ ㄉㄥㄦ 〈方〉火柴。

【取締】qǔdì ㄑㄩˇ ㄉㄧˋ 明令取消或禁止：取締無照商販。

【取而代之】qǔ ér dài zhī ㄑㄩˇ ㄦˊ ㄉㄞˋ ㄓ 排除別人或別的事物而代替其位置。

【取法】qǔfǎ ㄑㄩˇ ㄈㄚˇ 效法：取法乎上，僅得其中。

【取給】qǔjǐ ㄑㄩˇ ㄐㄧˇ 取得供給（後面多跟有'於'字）：建設資金主要取給於內部積累。

【取經】qǔ//jīng ㄑㄩˇ// ㄐㄧㄥ 本指佛教徒到印度去求取佛經，今比喻向先進人物、單位或地區吸取經驗。

【取精用弘】qǔ jīng yòng hóng ㄑㄩˇ ㄐㄧㄥ ㄩㄥˋ ㄏㄨㄥˊ 從大量的材料裏提取精華。'弘'也作宏。

【取景】qǔ//jǐng ㄑㄩˇ// ㄐㄧㄥˇ 攝影或寫生時選取景物做對象。

【取決】qǔjué ㄑㄩˇ ㄐㄩㄝˊ 由某方面或某種情況決定（後面多跟有'於'字）：成績的大小取決於努力的程度。

【取樂】qǔlè ㄑㄩˇ ㄌㄜˋ （取樂兒）尋求快樂：說笑話取樂｜你別拿我取樂兒。

【取鬧】qǔnào ㄑㄩˇ ㄋㄠˋ ❶（跟人）吵鬧；搗亂：無理取鬧。❷對人開玩笑；取樂：不該拿有殘疾的同學取鬧。

【取暖】qǔnuǎn ㄑㄩˇ ㄋㄨㄢˇ 利用熱能使身體暖和：取暖設備｜生火取暖。

【取齊】qǔqí ㄑㄩˇ ㄑㄧˊ ❶使數量、長度或高度相等：衣服的長短可照老樣取齊。❷聚齊；集合：上午九時在大門口取齊，一塊兒出發。

【取巧】qǔ//qiǎo ㄑㄩˇ// ㄑㄧㄠˇ 用巧妙的手段謀取不正當利益或躲避困難：投機取巧｜取巧圖便。

【取捨】qǔshě ㄑㄩˇ ㄕㄜˇ 要或不要；選擇：取捨得宜｜對文化遺產，應該有批判地加以取捨。

【取勝】qǔshèng ㄑㄩˇ ㄕㄥˋ 取得勝利。

【取消】qǔxiāo ㄑㄩˇ ㄒㄧㄠ 使原有的制度、規章、資格、權利等失去效力：取消資格｜取消不合理的規章制度。也作取銷。

【取銷】qǔxiāo ㄑㄩˇ ㄒㄧㄠ 同'取消'。

【取笑】qǔxiào ㄑㄩˇ ㄒㄧㄠˋ 開玩笑；嘲笑：被別人取笑｜他說話有點口吃，你別取笑他。

【取信】qǔxìn ㄑㄩˇ ㄒㄧㄣˋ 取得別人的信任：取信於人。

【取樣】qǔyàng ㄑㄩˇ ㄧㄤˋ 從大量物品或材料中抽取少數做樣品：取樣檢驗。也說抽樣。

【取悅】qǔyuè ㄑㄩˇ ㄩㄝˋ 取得別人的喜歡；討好：取悅於人｜取悅上司。

【取證】qǔzhèng ㄑㄩˇ ㄓㄥˋ 取得證據：廣泛取證｜調查取證。

【取之不盡，用之不竭】qǔ zhī bù jìn,yòng zhī bù jié ㄑㄩˇ ㄓ ㄅㄨˋ ㄐㄧㄣˋ,ㄩㄥˋ ㄓ ㄅㄨˋ ㄐㄧㄝˊ 形容很豐富，用不完。

苣〔苣〕 qǔ ㄑㄩˇ［苣蕒菜］(qǔ·mǎicài ㄑㄩˇ·ㄇㄞˇ ㄘㄞˋ）多年生草本植物，野生，葉子互生，廣披針形，邊緣有不整齊的鋸齒，花黃色。莖葉嫩時可以吃。

另見623頁 jù。

娶 qǔ ㄑㄩˇ 把女子接過來成親（跟'嫁'相對）：嫁娶｜娶妻｜娶媳婦兒。

【娶親】qǔ//qīn ㄑㄩˇ// ㄑㄧㄣ 男子結婚，也指男子到女家迎娶。

齲（齲） qǔ ㄑㄩˇ 牙齒有病而殘缺。

【齲齒】qǔchǐ ㄑㄩˇ ㄔˇ ❶病，由於口腔不清潔，食物殘渣在牙縫中發酵，產生酸類，破壞牙齒的釉質，形成空洞，有牙疼、齒齦腫脹等症狀。❷患這種病的牙。‖也叫蛀齒，俗稱蟲牙或蟲吃牙。

qù（ㄑㄩˋ）

去[1] qù ㄑㄩˋ ❶從所在地到別的地方（跟'來[1]'①相對）：去路｜去向｜從成都去重慶｜他去了三天，還沒回來。❷離開：去國｜去世｜去職｜去留兩便。❸失去；失掉：大勢已去。❹除去；除掉：去病｜去火｜去皮｜這句話去幾個字就簡潔了。❺距離：兩地相去四十里｜去今五十年。❻過去的（時間，多指過去的一年）：去年｜去秋（去年秋天）｜去冬今春。❼婉辭，指人死：他不到四十歲就先去了。❽用在另一動詞前表示要做某事：你們去考慮考慮｜自己去想辦法。注意 表示離開說話人所在地自行做某件事時用'去'，表示到說話人所在地參與某件事時用'來'。❾用在動詞或動詞結構後面表示去做某件事：游泳去了｜他聽報告去了｜回家吃飯去了。注意 ⑧⑨的'去'可以一前一後同時用，表示去了要做某件事，如：他去聽報告去了。❿用在動詞結構（或介詞結構）與動詞（或動詞結構）之間，表示前者是後者的方法、方向或態度，後者是前者的目的：提了一桶水去澆花｜要從主要方面去檢查｜用辯證唯物主義的觀點去觀察事物。⓫〈方〉用在'大、多、遠'等形容詞後，表示'非常…'，'…極了'的意思（後面加'了'）：這座樓可大了去了！｜他到過的地方多了去了！⓬去聲：平上去入。

去[2] qù ㄑㄩˋ 扮演（戲曲裏的角色）：在《斷橋》中，他去白娘子。

去 //·qù //·ㄑㄩˋ ❶用在動詞后，表示人或事物隨動作離開原來的地方：拿去｜捎去。❷用在動詞后，表示動作的繼續等：信步走去（=過去）｜讓他説去（=下去）｜一眼看去（=上去）。

【去處】qùchù ㄑㄩˋ ㄔㄨˋ ❶去的地方：我知道他的去處。❷場所；地方：那里林木幽深，風景秀麗，是一個避暑的好去處。

【去火】qù//huǒ ㄑㄩˋ//ㄏㄨㄛˇ 中醫指消除身體裏的火氣：消痰去火｜喝綠豆湯，可去火。

【去就】qùjiù ㄑㄩˋ ㄐㄧㄡˋ 担任或不担任職務：去就未定。

【去路】qùlù ㄑㄩˋ ㄌㄨˋ 前進的道路；去某處的道路：擋住他的去路。

【去年】qùnián ㄑㄩˋ ㄋㄧㄢˊ 今年的前一年。

【去任】qù//rèn ㄑㄩˋ//ㄖㄣˋ （官吏）去職。

【去日】qùrì ㄑㄩˋ ㄖˋ 〈書〉已過去的歲月：去日苦多。

【去聲】qùshēng ㄑㄩˋ ㄕㄥ ❶古代漢語四聲的第三聲。❷普通話字調中的第四聲。參看1086頁〖四聲〗。

【去世】qùshì ㄑㄩˋ ㄕˋ （成年人）死去；逝世。

【去暑】qù//shǔ ㄑㄩˋ//ㄕㄨˇ 驅除暑气：去暑降温。

【去歲】qùsuì ㄑㄩˋ ㄙㄨㄟˋ 去年。

【去向】qùxiàng ㄑㄩˋ ㄒㄧㄤˋ 去的方向：不知去向。

【去雄】qùxióng ㄑㄩˋ ㄒㄩㄥˊ 果樹或玉蜀黍等進行品種間的雜交時，把所選母株的雄蕊去掉。

【去職】qù//zhí ㄑㄩˋ//ㄓˊ 不再担任原來的職務。

趣 qù ㄑㄩˋ ❶（趣兒）趣味；興味：活潑有趣｜自討沒趣兒｜桃紅柳綠，相映成趣。❷有趣味的：趣事｜趣聞。❸志趣：異趣（志趣不同）。

〈古〉又同'促'cù。

【趣劇】qùjù ㄑㄩˋ ㄐㄩˋ 鬧劇。

【趣事】qùshì ㄑㄩˋ ㄕˋ 有趣的事：逸聞趣事｜説起學生時代的一些趣事，大家都笑了。

【趣味】qùwèi ㄑㄩˋ ㄨㄟˋ 使人愉快、使人感到有意思、有吸引力的特性：很有趣味｜趣味無窮。

【趣聞】qùwén ㄑㄩˋ ㄨㄣˊ 有趣的傳聞：軼事趣聞。

闃（闃） qù ㄑㄩˋ 〈書〉形容沒有聲音：闃寂｜闃然｜闃無一人。

【闃然】qùrán ㄑㄩˋ ㄖㄢˊ 〈書〉形容寂靜無聲的樣子：四野闃然。

覷（覻、覰、覷） qù ㄑㄩˋ 〈書〉看；瞧：覷視｜覷伺｜小覷｜面面相覷｜冷眼相覷。

另見948頁 qū。

·qu（·ㄑㄩ）

戌 ·qu ·ㄑㄩ 見947頁〖屈戌兒〗。

另見1289頁 xū。

quān（ㄑㄩㄢ）

桊 quān ㄑㄩㄢ 〈書〉弩弓。

悛 quān ㄑㄩㄢ 〈書〉悔改：怙惡不悛（堅持作惡，不肯悔改）。

圈 quān ㄑㄩㄢ ❶（圈兒）圈子①：鐵圈兒｜項圈｜畫了一個圈兒｜桌子周圍擠着一圈兒人｜跑了三圈兒。❷圈子②：圈內｜圈外｜包圍圈。❸在四周加上限制（多指地方）；圍：圈地｜用籬笆把菜地圈起來。❹畫圈做記號：圈選｜數目字都用筆圈出來｜把這個錯字圈了。

另見925頁 juān；626頁 juàn。

【圈點】quāndiǎn ㄑㄩㄢ ㄉㄧㄢˇ 在書或文稿上加圓圈或點，作為句讀的記號，或用來標出認為值得注意的語句。

【圈定】quāndìng ㄑㄩㄢ ㄉㄧㄥˋ 用畫圈的方式確定（人選、範圍等）。

【圈攏】quān·long ㄑㄩㄢ ·ㄌㄨㄥ 〈方〉❶團結；使不分散：圈攏志趣相投的一塊兒幹。❷拉攏：他受壞人圈攏，被拉下了水。

【圈套】quāntào ㄑㄩㄢ ㄊㄠˋ 使人上當受騙的計策：設下圈套｜落入圈套。

【圈椅】quānyǐ ㄑㄩㄢ ㄧˇ 靠背和扶手接連成半圓形的椅子。

【圈閱】quānyuè ㄑㄩㄢ ㄩㄝˋ 領導人審閱文件後，在自己的名字處畫圈，表示已經看過。

【圈子】quān·zi ㄑㄩㄢ ·ㄗ ❶圓而中空的平面形；環形；環形的東西：大家在操場上圍成一個圈子◇到公園去兜個圈子｜説話不要繞圈子。❷集體的範圍或活動的範圍：小圈子｜生活圈子｜他陷在敵人圈子裏了。

棬 quān ㄑㄩㄢ 〈書〉曲木製成的飲器。

鄄 quān ㄑㄩㄢ 地名用字，如柳樹鄄、畢家鄄（在河北），蒙鄄（在天津）。

quán（ㄑㄩㄢˊ）

全 quán ㄑㄩㄢˊ ❶完備；齊全：這部書不全｜東西預備全了｜棉花苗已出全。❷保全；使完整不缺：兩全其美。❸整個：全神貫注｜全家光榮｜全書十五卷。❹完全；都：他講的話我全記下來了｜一聲巨響，大家全被嚇住了。❺（Quán）姓。

【全般】quánbān ㄑㄩㄢˊ ㄅㄢ 整個；全面：全般

工作。

【全豹】quánbào ㄑㄩㄢˊ ㄅㄠˋ 比喻事物的全部。參看423頁〖管中窺豹〗。

【全本】quánběn ㄑㄩㄢˊ ㄅㄣˇ ❶(全本兒)指演出時間較長、故事情節完整的(戲曲)：全本《西遊記》。❷足本。

【全部】quánbù ㄑㄩㄢˊ ㄅㄨˋ 各個部分的總和；整個：全部力量｜工程已全部竣工｜問題全部解決。

【全才】quáncái ㄑㄩㄢˊ ㄘㄞˊ 在一定範圍內各方面都擅長的人才：文武全才｜在文娛體育活動方面他是個全才。

【全稱】quánchēng ㄑㄩㄢˊ ㄔㄥ 名稱未簡化前的完整形式：少先隊的全稱是少年先鋒隊。

【全程】quánchéng ㄑㄩㄢˊ ㄔㄥˊ 全部路程：運動員都堅持跑完全程。

【全等形】quánděngxíng ㄑㄩㄢˊ ㄉㄥˇ ㄒㄧㄥˊ 各部分能夠完全重合的兩個或幾個幾何圖形叫做全等形。

【全都】quándōu ㄑㄩㄢˊ ㄉㄡ 全；都：人全都到齊了｜去年種的樹全都活了。

【全方位】quánfāngwèi ㄑㄩㄢˊ ㄈㄤ ㄨㄟˋ 指四面八方；各個方向或位置：全方位外交｜全方位出擊｜全方位經濟協作。

【全份】quánfèn ㄑㄩㄢˊ ㄈㄣˋ (全份兒)完整的一份兒：全份茶點｜全份表冊。

【全副】quánfù ㄑㄩㄢˊ ㄈㄨˋ 整套；全部(多用於精神、力量或成套的物件)：全副精力｜全副武裝。

【全乎】quán·hu ㄑㄩㄢˊ ·ㄏㄨ (全乎兒)齊全：這家商店雖小，貨物倒是很全乎。

【全會】quánhuì ㄑㄩㄢˊ ㄏㄨㄟˋ (政黨、團體)全體會議的簡稱：中央全會｜全會公報。

【全集】quánjí ㄑㄩㄢˊ ㄐㄧˊ 一個作者(有時是兩個或幾個關繫密切的作者)的全部著作編在一起的書(多用做書名)：《列寧全集》｜《魯迅全集》｜《馬克思恩格斯全集》。

【全家福】quánjiāfú ㄑㄩㄢˊ ㄐㄧㄚ ㄈㄨˊ ❶一家大小合拍的相片兒。❷葷的雜燴。

【全局】quánjú ㄑㄩㄢˊ ㄐㄩˊ 整個的局面，全局觀念｜胸懷全局。

【全開】quánkāi ㄑㄩㄢˊ ㄎㄞ 印刷上指整張的紙：全開宣傳畫。

【全勞動力】quánláodònglì ㄑㄩㄢˊ ㄌㄠˊ ㄉㄨㄥˋ ㄌㄧˋ 指體力強能從事輕重體力勞動的人(多就農業勞動而言)。也叫全勞力。

【全力】quánlì ㄑㄩㄢˊ ㄌㄧˋ 全部力量或精力：用盡全力｜全力支持｜全力以赴。

【全貌】quánmào ㄑㄩㄢˊ ㄇㄠˋ 事物的全部情況；全部面貌：先弄清楚問題的全貌，再決定處理辦法｜僅據一點，難以推想全貌。

【全面】quánmiàn ㄑㄩㄢˊ ㄇㄧㄢˋ 各個方面的總和(跟'片面'相對)：全面性｜照顧全面｜全面情況｜全面發展。

【全民】quánmín ㄑㄩㄢˊ ㄇㄧㄣˊ 一個國家內的全體人民：全民公決｜全民動員。

【全民所有制】quánmín suǒyǒuzhì ㄑㄩㄢˊ ㄇㄧㄣˊ ㄙㄨㄛˇ ㄧㄡˇ ㄓˋ 生產資料和產品歸全體人民所有的制度，是社會主義所有制的高級形式。

【全能】quánnéng ㄑㄩㄢˊ ㄋㄥˊ 在一定範圍內樣樣都擅長：全能冠軍｜十項全能運動員。

【全能運動】quánnéng yùndòng ㄑㄩㄢˊ ㄋㄥˊ ㄩㄣˋ ㄉㄨㄥˋ 某些運動項目(如田徑、體操、游泳)中的綜合性比賽項目，要求運動員在一天或兩天內把幾個比賽項目按照規定的順序比賽完畢，按各項成績所得分數的總和判定名次。

【全盤】quánpán ㄑㄩㄢˊ ㄆㄢˊ 全部；全面(多用於抽象事物)：全盤計劃｜全盤考慮。

【全票】quánpiào ㄑㄩㄢˊ ㄆㄧㄠˋ ❶全價的車票、門票等。❷指選舉中的全部選票：他以全票當選為職工代表。

【全勤】quánqín ㄑㄩㄢˊ ㄑㄧㄣˊ 指在一定時期內不缺勤：出全勤｜他這個月全勤。

【全球】quánqiú ㄑㄩㄢˊ ㄑㄧㄡˊ 整個地球；全世界。

【全權】quánquán ㄑㄩㄢˊ ㄑㄩㄢˊ (處理事情的)全部的權力：全權大使｜全權代表。

【全權代表】quánquán dàibiǎo ㄑㄩㄢˊ ㄑㄩㄢˊ ㄉㄞˋ ㄅㄧㄠˇ 對某件事有全權處理和決定的代表。外交上的全權代表須持有國家元首的全權證書。

【全然】quánrán ㄑㄩㄢˊ ㄖㄢˊ 完全地：他一切為了集體，全然不考慮個人的得失。

【全色片】quánsèpiàn ㄑㄩㄢˊ ㄙㄜˋ ㄆㄧㄢˋ 對全部可見光都能感受的膠片。

【全身】quánshēn ㄑㄩㄢˊ ㄕㄣ 整個身體：用盡了全身的力氣。

【全神貫注】quán shén guàn zhù ㄑㄩㄢˊ ㄕㄣˊ ㄍㄨㄢˋ ㄓㄨˋ 全副精神高度集中。

【全盛】quánshèng ㄑㄩㄢˊ ㄕㄥˋ 極其興盛或強盛(多指時期)：唐朝是律詩的全盛時期。

【全蝕】quánshí ㄑㄩㄢˊ ㄕˊ 日全蝕或月全蝕的簡稱。參看971頁〖日蝕〗、1414頁〖月蝕〗。

【全始全終】quán shǐ quán zhōng ㄑㄩㄢˊ ㄕˇ ㄑㄩㄢˊ ㄓㄨㄥ (做事)從頭到尾都很完美一致。

【全數】quánshù ㄑㄩㄢˊ ㄕㄨˋ 全部(可以計數的東西)：借款全數歸還。

【全速】quánsù ㄑㄩㄢˊ ㄙㄨˋ 所能達到的最高速度：全速航行｜部隊全速前進。

【全體】quántǐ ㄑㄩㄢˊ ㄊㄧˇ ❶各部分的總和；各個個體的總和(多指人)：全體會員｜全體出席｜看問題不但要看到部分，而且要看到全體。❷全身：被雨淋得全體透濕。

【全天候】quántiānhòu ㄑㄩㄢˊ ㄊㄧㄢ ㄏㄡˋ 不受天氣限制的，在任何氣候條件下都能使用或工作的：全天候公路｜全天候飛機。

【全託】quántuō ㄑㄩㄢˊ ㄊㄨㄛ 把幼兒交給託兒所或幼兒園晝夜照管，只在節假日接回家，叫全託（區別於'日託'）。

【全文】quánwén ㄑㄩㄢˊ ㄨㄣˊ 指文章、文件的全部文字：全文轉載。

【全武行】quánwǔháng ㄑㄩㄢˊ ㄨˇ ㄏㄤˊ ❶戲曲中指規模較大的武打：排演一齣全武行好戲。❷指打群架，泛指進行暴力行動。

【全息】quánxī ㄑㄩㄢˊ ㄒㄧ 反映物體在空間存在時的整個情況的全部信息。

【全息照相】quánxī zhàoxiàng ㄑㄩㄢˊ ㄒㄧ ㄓㄠˋ ㄒㄧㄤˋ 記錄被物體反射或透射的波的全部信息的技術。全息照相有光學、聲學、X 射綫、微波等多種。用這種技術照的相富有立體感。在某些檢驗技術和信息存儲、立體電影等方面有廣泛的用途。

【全綫】quánxiàn ㄑㄩㄢˊ ㄒㄧㄢˋ ❶全部戰綫：全綫反攻｜全綫出擊。❷整條路綫：這條鐵路已全綫通車｜全綫工程，剋期完成。

【全心全意】quán xīn quán yì ㄑㄩㄢˊ ㄒㄧㄣ ㄑㄩㄢˊ ㄧˋ 用全部的精力：全心全意為人民服務。

【全休】quánxiū ㄑㄩㄢˊ ㄒㄧㄡ 指職工因病在一定時期內不工作：醫囑全休兩週。

【全音】quányīn ㄑㄩㄢˊ ㄧㄣ 包括兩個半音的音程叫全音。參看33頁〖半音〗。

【全知全能】quán zhī quán néng ㄑㄩㄢˊ ㄓ ㄑㄩㄢˊ ㄋㄥˊ 無所不知，無所不能。

佺 quán ㄑㄩㄢˊ 偓佺（Wòquán ㄨㄛˋ ㄑㄩㄢˊ），古代傳説中的仙人。

荃〔荃〕 quán ㄑㄩㄢˊ 古書上説的一種香草。

泉 quán ㄑㄩㄢˊ ❶泉水：溫泉｜礦泉｜清泉｜甘泉。❷泉眼。❸錢幣的古稱：泉幣。❹（Quán）姓。

【泉流】quánliú ㄑㄩㄢˊ ㄌㄧㄡˊ 泉水形成的水流。

【泉水】quánshuǐ ㄑㄩㄢˊ ㄕㄨㄟˇ 從地下流出來的水。

【泉下】quánxià ㄑㄩㄢˊ ㄒㄧㄚˋ 黃泉之下，指陰間。參看506頁〖黃泉〗。

【泉眼】quányǎn ㄑㄩㄢˊ ㄧㄢˇ 流出泉水的窟窿。

【泉涌】quányǒng ㄑㄩㄢˊ ㄩㄥˇ 像泉水一樣不斷涌出來：淚如泉涌｜文思泉涌。

【泉源】quányuán ㄑㄩㄢˊ ㄩㄢˊ ❶水源。❷比喻力量、知識、感情等的來源或產生的原因：生命的泉源｜智慧的泉源｜力量的泉源。

拳 quán ㄑㄩㄢˊ ❶拳頭：雙手握拳｜拳打腳踢。❷拳術：打拳｜練拳｜一套拳｜幾手好拳｜太極拳。❸拳曲：老大娘拳着腿坐在炕上。

【拳棒】quánbàng ㄑㄩㄢˊ ㄅㄤˋ 指武術。

【拳擊】quánjī ㄑㄩㄢˊ ㄐㄧ 體育運動項目之一。比賽時兩個人戴着特製的皮手套互相擊打，以擊倒對方或擊中對方有效部位次數多為勝。

【拳腳】quánjiǎo ㄑㄩㄢˊ ㄐㄧㄠˇ ❶拳頭和腳：拳腳相加。❷指拳術：會幾手拳腳。

【拳曲】quánqū ㄑㄩㄢˊ ㄑㄩ （物體）彎曲：拳曲的頭髮。

【拳拳】quánquán ㄑㄩㄢˊ ㄑㄩㄢˊ 〈書〉形容懇切：情意拳拳｜拳拳之忱。也作惓惓。

【拳師】quánshī ㄑㄩㄢˊ ㄕ 以教授或表演拳術為職業的人。

【拳手】quánshǒu ㄑㄩㄢˊ ㄕㄡˇ 拳擊運動員：業餘拳手。

【拳術】quánshù ㄑㄩㄢˊ ㄕㄨˋ 徒手的武術。

【拳頭】quán·tóu ㄑㄩㄢˊ ·ㄊㄡˊ 手指向內彎曲合攏的手：把拳頭握得緊緊的｜舉起拳頭喊口號。

【拳頭產品】quán·tóu chǎnpǐn ㄑㄩㄢˊ ·ㄊㄡˊ ㄔㄢˇ ㄆㄧㄣˇ 指優異的、有市場競爭能力的產品。

痊 quán ㄑㄩㄢˊ 病愈：痊愈。

【痊愈】quányù ㄑㄩㄢˊ ㄩˋ 病好了。

惓 quán ㄑㄩㄢˊ ［惓惓］同'拳拳'。

筌 quán ㄑㄩㄢˊ 〈書〉捕魚的竹器：得魚忘筌。

輇（辁） quán ㄑㄩㄢˊ 〈書〉❶沒有輻的車輪。❷淺薄：輇才（淺薄的才氣或才能）。

詮（诠） quán ㄑㄩㄢˊ 〈書〉❶詮釋：詮解。❷事理；真理：真詮。

【詮次】quáncì ㄑㄩㄢˊ ㄘˋ 〈書〉❶編次；排列。❷層次①；倫次：辭無詮次。

【詮釋】quánshì ㄑㄩㄢˊ ㄕˋ 〈書〉説明；解釋。

【詮註】quánzhù ㄑㄩㄢˊ ㄓㄨˋ 註解説明。

蜷（踡） quán ㄑㄩㄢˊ 蜷曲：蜷縮｜花貓蜷作一團睡覺。

【蜷伏】quánfú ㄑㄩㄢˊ ㄈㄨˊ 彎着身體臥倒：他喜歡蜷伏着睡覺。

【蜷局】quánjú ㄑㄩㄢˊ ㄐㄩˊ 〈書〉蜷曲。

【蜷曲】quánqū ㄑㄩㄢˊ ㄑㄩ 彎曲（多形容人或動物的肢體）：兩腿蜷曲起來｜草叢裏有一條蜷曲着的赤練蛇。

【蜷縮】quánsuō ㄑㄩㄢˊ ㄙㄨㄛ 蜷曲而收縮：小蟲子蜷縮成一個小球兒。

銓（铨） quán ㄑㄩㄢˊ 〈書〉❶選拔：銓敘。❷衡量輕重。

【銓敘】quánxù ㄑㄩㄢˊ ㄒㄩˋ 舊時政府審查官員的資歷，確定級別、職位。

醛〔醛〕 quán ㄑㄩㄢˊ 有機化合物的一類，是醛基和烴基（或氫原子）連接而成的化合物，如甲醛、乙醛等。

鬈 quán ㄑㄩㄢˊ ❶（頭髮）彎曲：鬈髮。❷形容頭髮美。

鰁（鳈）quán ㄑㄩㄢˊ 魚類的一屬，體長5－6寸，身體深棕色，有斑紋，口小。為我國東部平原地區特產的小魚。

權〔權〕（权）quán ㄑㄩㄢˊ ❶〈書〉秤錘。❷〈書〉權衡：權其輕重。❸權力：當權｜有職有權｜掌握大權｜生殺予奪之權。❹權利：人權｜公民權｜選舉權｜發言權。❺有利的形勢：主動權｜制空權。❻權變；權宜：權詐｜權謀｜通權達變。❼權且；姑且：權充｜死馬權當活馬醫。❽(Quán) 姓。

〈古〉又同'顴'。

【權變】quánbiàn ㄑㄩㄢˊ ㄅㄧㄢˋ 隨機應變。

【權標】quánbiāo ㄑㄩㄢˊ ㄅㄧㄠ 中間插着一把斧頭的一捆木棍，古代羅馬把它作為權力的象徵。'權標'的譯音是'法西斯'。意大利獨裁者墨索里尼的法西斯黨名稱由此而來。

【權柄】quánbǐng ㄑㄩㄢˊ ㄅㄧㄥˇ 所掌握的權力。

【權臣】quánchén ㄑㄩㄢˊ ㄔㄣˊ 掌握大權而專橫的大臣：權臣用事｜權臣禍國。

【權貴】quánguì ㄑㄩㄢˊ ㄍㄨㄟˋ 居高位、掌大權的人。

【權衡】quánhéng ㄑㄩㄢˊ ㄏㄥˊ 秤錘和秤桿，比喻衡量、考慮：權衡輕重｜權衡利弊｜權衡得失。

【權力】quánlì ㄑㄩㄢˊ ㄌㄧˋ ❶政治上的強制力量：國家權力｜全國人民代表大會是最高國家權力機關。❷職責範圍內的支配力量：行使大會主席的權力。

【權利】quánlì ㄑㄩㄢˊ ㄌㄧˋ 公民或法人依法行使的權力和享受的利益（跟'義務'相對）。

【權利能力】quánlì nénglì ㄑㄩㄢˊ ㄌㄧˋ ㄋㄥˊ ㄌㄧˋ 指依法能夠享有一定權利和承擔一定義務的資格。是行為能力的前提。參見1279頁〖行為能力〗。

【權略】quánlüè ㄑㄩㄢˊ ㄌㄩㄝˋ 隨機應變的謀略；權謀。

【權門】quánmén ㄑㄩㄢˊ ㄇㄣˊ 權貴人家：依附權門。

【權謀】quánmóu ㄑㄩㄢˊ ㄇㄡˊ 隨機應變的計謀。

【權能】quánnéng ㄑㄩㄢˊ ㄋㄥˊ 權力和職能。

【權且】quánqiě ㄑㄩㄢˊ ㄑㄧㄝˇ 暫且；姑且：權且如此｜吃幾片餅乾權且充飢。

【權時】quánshí ㄑㄩㄢˊ ㄕˊ ❶暫時。❷〈書〉權衡時勢：權時度勢。

【權勢】quánshì ㄑㄩㄢˊ ㄕˋ 權柄和勢力：依仗權勢。

【權術】quánshù ㄑㄩㄢˊ ㄕㄨˋ 權謀；手段（多含貶義）：玩弄權術。

【權數】quánshù ㄑㄩㄢˊ ㄕㄨˋ 〈書〉指應變的機智。

【權威】quánwēi ㄑㄩㄢˊ ㄨㄟ ❶使人信服的力量和威望：權威著作｜權威的動物學家。❷在某種範圍裏最有威望、地位的人或事物：他是醫學權威｜這部著作是物理學界的權威。

【權位】quánwèi ㄑㄩㄢˊ ㄨㄟˋ 權力和地位：不謀權位。

【權限】quánxiàn ㄑㄩㄢˊ ㄒㄧㄢˋ 職權範圍：管理權限｜超越權限。

【權宜】quányí ㄑㄩㄢˊ ㄧˊ 暫時適宜；變通：權宜之計。

【權益】quányì ㄑㄩㄢˊ ㄧˋ 應該享受的不容侵犯的權利：合法權益。

【權輿】quányú ㄑㄩㄢˊ ㄩˊ 〈書〉❶萌芽①：百草權輿。❷（事物）開始。

【權詐】quánzhà ㄑㄩㄢˊ ㄓㄚˋ 奸詐。

顴〔顴〕（颧）quán ㄑㄩㄢˊ ［顴骨］(quán·gǔ ㄑㄩㄢˊ ·ㄍㄨˇ) 眼睛下邊兩腮上面突出的顏面骨。

quǎn（ㄑㄩㄢˇ）

犬 quǎn ㄑㄩㄢˇ 狗：警犬｜獵犬｜牧犬｜軍用犬｜喪家之犬｜雞鳴犬吠。

【犬齒】quǎnchǐ ㄑㄩㄢˇ ㄔˇ 齒的一種，上下頜各有兩枚，在門齒的兩側，齒冠銳利，便於撕裂食物。也叫犬牙。（圖見154頁'齒'）

【犬馬】quǎnmǎ ㄑㄩㄢˇ ㄇㄚˇ 古時臣下對君主自比為犬馬，表示願供驅使：效犬馬之勞。

【犬儒】quǎnrú ㄑㄩㄢˇ ㄖㄨˊ 原指古希臘抱有玩世不恭思想的一派哲學家，後來泛指玩世不恭的人。

【犬牙】quǎnyá ㄑㄩㄢˇ ㄧㄚˊ ❶犬齒。❷狗牙。

【犬牙交錯】quǎnyá jiāocuò ㄑㄩㄢˇ ㄧㄚˊ ㄐㄧㄠ ㄘㄨㄛˋ 形容交界處參差不齊，像狗牙一樣。泛指局面錯綜複雜。

【犬子】quǎnzǐ ㄑㄩㄢˇ ㄗˇ 謙辭，對人稱自己的兒子。

甽 quǎn ㄑㄩㄢˇ 〈書〉田間小溝。

【甽畝】quǎnmǔ ㄑㄩㄢˇ ㄇㄨˇ 〈書〉田間；田地。

綣（绻）quǎn ㄑㄩㄢˇ 見920頁［繾綣］(qiǎnquǎn)。

quàn（ㄑㄩㄢˋ）

券[1] quàn ㄑㄩㄢˋ 票據或作為憑證的紙片：公債券｜入場券。

券[2] quàn ㄑㄩㄢˋ '券'xuàn 的又音。

勸〔勸〕（劝）quàn ㄑㄩㄢˋ ❶拿道理說服人，使人聽從：規勸｜勸導｜勸解｜他身體不好，你應該勸他休息休息。❷勉勵：勸勉。

【勸導】quàndǎo ㄑㄩㄢˋ ㄉㄠˇ 規勸開導：聽從勸導｜耐心勸導。

【勸告】quàngào ㄑㄩㄢˋ ㄍㄠˋ ❶拿道理説服人，使人改正錯誤或接受意見：再三勸告。❷希望人改正錯誤或接受意見而説的話：你要多聽聽大家的勸告。

【勸和】quànhé ㄑㄩㄢˋ ㄏㄜˊ 勸人和解。

【勸化】quànhuà ㄑㄩㄢˋ ㄏㄨㄚˋ ❶佛教指勸人為善，泛指勸勉感化。❷募化。

【勸駕】quàn//jià ㄑㄩㄢˋ//ㄐㄧㄚˋ 勸人出去擔任職務或做客。

【勸架】quàn//jià ㄑㄩㄢˋ//ㄐㄧㄚˋ 勸人停止爭吵、打架。

【勸解】quànjiě ㄑㄩㄢˋ ㄐㄧㄝˇ ❶勸導寬解：經過大家勸解，他想通了。❷勸架：從旁勸解。

【勸戒】quànjiè ㄑㄩㄢˋ ㄐㄧㄝˋ 勸告人改正缺點錯誤，警惕未來：他把我當成親兄弟一樣，時時勸戒我，幫助我。

【勸進】quànjìn ㄑㄩㄢˋ ㄐㄧㄣˋ 勸説實際上已經掌握政權而有意做皇帝的人做皇帝。

【勸酒】quàn//jiǔ ㄑㄩㄢˋ//ㄐㄧㄡˇ (酒席上) 勸人喝酒：主人舉杯頻頻勸酒。

【勸勉】quànmiǎn ㄑㄩㄢˋ ㄇㄧㄢˇ 勸導並勉勵：互相勸勉。

【勸募】quànmù ㄑㄩㄢˋ ㄇㄨˋ 用勸説的方式募捐：多方勸募，集資百萬。

【勸説】quànshuō ㄑㄩㄢˋ ㄕㄨㄛ 勸人做某種事情或使對某種事情表示同意：反復勸説｜不聽勸説。

【勸慰】quànwèi ㄑㄩㄢˋ ㄨㄟˋ 勸解安慰：他多次來信勸慰我，囑咐我不要泄氣。

【勸降】quàn//xiáng ㄑㄩㄢˋ//ㄒㄧㄤˊ 勸人投降。

【勸誘】quànyòu ㄑㄩㄢˋ ㄧㄡˋ 勸説誘導。

【勸止】quànzhǐ ㄑㄩㄢˋ ㄓˇ 勸阻。

【勸阻】quànzǔ ㄑㄩㄢˋ ㄗㄨˇ 勸人不要做某事或進行某種活動：好言勸阻｜極力勸阻。

quē (ㄑㄩㄝ)

炔 quē ㄑㄩㄝ 炔烴。
另見433頁 Guì。

【炔烴】quētīng ㄑㄩㄝ ㄊㄧㄥ 不飽和烴的一類，分子中含有叁鍵結構的開鏈烴，如乙炔 (HC≡CH) 等。

缺 quē ㄑㄩㄝ ❶缺乏；短少：缺人｜缺材料｜莊稼缺肥缺水就長不好。❷殘破；殘缺：缺口｜完滿無缺｜這本書缺了兩頁。❸該到而未到：缺勤｜缺課｜缺席。❹舊時指官職的空額，也泛指一般職務的空額：出缺｜肥缺｜補一個缺。

【缺德】quē//dé ㄑㄩㄝ//ㄉㄜˊ 缺乏好的品德。指人做壞事，惡作劇，開玩笑，使人為難等等：缺德話｜缺德事｜真缺德。

【缺點】quēdiǎn ㄑㄩㄝ ㄉㄧㄢˇ 欠缺或不完善的地方 (跟'優點'相對)：克服缺點｜這種淺色花布很好看，缺點是不禁髒。

【缺額】quē'é ㄑㄩㄝ ㄜˊ 現有人員少於規定人員的數額；空額：還有五十名缺額。

【缺乏】quēfá ㄑㄩㄝ ㄈㄚˊ (所需要的、想要的或一般應有的事物) 沒有或不夠：材料缺乏｜缺乏經驗｜缺乏鍛煉。

【缺憾】quēhàn ㄑㄩㄝ ㄏㄢˋ 不夠完美，令人感到遺憾的地方：因故未能趕上參加開幕式，實在是個缺憾。

【缺刻】quēkè ㄑㄩㄝ ㄎㄜˋ 指葉子邊緣上的凹陷。

【缺口】quēkǒu ㄑㄩㄝ ㄎㄡˇ ❶ (缺口兒) 物體上缺掉一塊而形成的空隙：圍牆上有個缺口｜碗邊兒上碰了個缺口兒。❷指 (經費、物資等) 短缺的部分：原材料缺口很大。

【缺漏】quēlòu ㄑㄩㄝ ㄌㄡˋ 欠缺遺漏：彌縫缺漏。

【缺略】quēlüè ㄑㄩㄝ ㄌㄩㄝˋ 欠缺；不完整：釋文缺略。

【缺門】quēmén ㄑㄩㄝ ㄇㄣˊ (缺門兒) 空白的門類：缺門產品｜填補缺門。

【缺欠】quēqiàn ㄑㄩㄝ ㄑㄧㄢˋ ❶缺點。❷缺少：缺欠科技人才｜由於資金缺欠，計劃只得暫停。

【缺勤】quē//qín ㄑㄩㄝ//ㄑㄧㄣˊ 在規定時間內沒有上班工作：缺勤率｜因病缺勤。

【缺少】quēshǎo ㄑㄩㄝ ㄕㄠˇ 缺乏 (多指人或物數量不夠)：缺少零件｜缺少雨水｜缺少人手。

【缺損】quēsǔn ㄑㄩㄝ ㄙㄨㄣˇ ❶破損：如有缺損，照價賠償。❷醫學上指身體的某個部分或器官缺少或發育不完全。

【缺席】quē//xí ㄑㄩㄝ//ㄒㄧˊ 開會或上課時沒有到：因事缺席｜他這學期沒有缺過席。

【缺陷】quēxiàn ㄑㄩㄝ ㄒㄧㄢˋ 欠缺或不夠完備的地方：生理缺陷。

【缺嘴】quēzuǐ ㄑㄩㄝ ㄗㄨㄟˇ 〈方〉❶ (缺嘴兒) 唇裂。❷指在吃的方面沒有得到滿足：這孩子不缺嘴，可總也胖不起來。

闕 (阙) quē ㄑㄩㄝ 〈書〉❶過失。❷同'缺'。❸ (Quē) 姓。
另見956頁 què。

【闕如】quērú ㄑㄩㄝ ㄖㄨˊ 〈書〉欠缺；空缺：竟告闕如。

【闕疑】quēyí ㄑㄩㄝ ㄧˊ 把疑難問題留着，不下判斷：暫作闕疑。

qué (ㄑㄩㄝˊ)

瘸 qué ㄑㄩㄝˊ 行走時身體不穩；跛 (bǒ)：瘸腿｜瘸着走｜摔瘸了腿。

【瘸子】qué·zi ㄑㄩㄝˊ ·ㄗ 瘸腿的人；跛子。

què（ㄑㄩㄝˋ）

卻[1]（却） què ㄑㄩㄝˋ ❶後退：退卻｜卻步。❷使退卻：卻敵。❸推辭；拒絕：推卻｜卻之不恭｜盛情難卻。❹去；掉：冷卻｜忘卻｜失卻信心。

卻[2]（却） què ㄑㄩㄝˋ 副詞。表示轉折，比'倒、可'的語氣略輕：我有許多話要說，一時卻說不出來｜文章雖短卻很有力。

【卻病】quèbìng ㄑㄩㄝˋ ㄅㄧㄥˋ 〈書〉避免生病；消除疾病：卻病延年。

【卻步】quèbù ㄑㄩㄝˋ ㄅㄨˋ 因畏懼或厭惡而向後退：望而卻步｜卻步不前｜不因困難而卻步。

【卻說】quèshuō ㄑㄩㄝˋ ㄕㄨㄛ 舊小說的發語詞，'卻說'後頭往往重提上文說過的事。

【卻之不恭】què zhī bù gōng ㄑㄩㄝˋ ㄓ ㄅㄨˋ ㄍㄨㄥ 對於別人的饋贈、邀請等，如果拒絕，就顯得不恭敬：卻之不恭，受之有愧。

埆 què ㄑㄩㄝˋ 〈書〉土地不肥沃。

雀 què ㄑㄩㄝˋ 鳥類的一科，體形較小，發聲器官較發達，有的叫聲很好聽，嘴呈圓錐狀，翼長，雌雄羽毛的顏色多不相同，雄鳥的顏色常隨氣候改變，吃植物的果實或種子，也吃昆蟲。燕雀、錫嘴都屬於這一科。

另見925頁 qiāo；927頁 qiǎo。

【雀斑】quèbān ㄑㄩㄝˋ ㄅㄢ 皮膚病，患者多為女性。症狀是面部出現黃褐色或黑褐色的小斑點，不疼不癢。

【雀鷹】quèyīng ㄑㄩㄝˋ ㄧㄥ 猛禽的一種，比鷹小，羽毛灰褐色，腹部白色，有赤褐色橫斑，腳黃色。雌的比雄的稍大。捕食小鳥。飼養的雌鳥可以幫助打獵。也叫鷂，通稱鷂子或鷂鷹。

【雀躍】quèyuè ㄑㄩㄝˋ ㄩㄝˋ 高興得像雀兒一樣地跳躍：歡欣雀躍｜雀躍歡呼。

碏 què ㄑㄩㄝˋ 用於人名，石碏，春秋時衛國大夫。

榷[1] què ㄑㄩㄝˋ 〈書〉專賣：榷茶｜榷稅（專賣業的稅）。

榷[2]（搉） què ㄑㄩㄝˋ 商討：商榷。

愨（悫、慤） què ㄑㄩㄝˋ 〈書〉誠實。

確[1]（确、塙、碻） què ㄑㄩㄝˋ ❶符合事實的；真實：的確｜正確｜確證｜確有其事。❷堅固；堅定：確立｜確信｜確守。

確[2] què ㄑㄩㄝˋ 〈書〉同'埆'。

【確保】quèbǎo ㄑㄩㄝˋ ㄅㄠˇ 確實地保持或保證：確保安全｜確保交通暢通｜加強田間管理，確保糧食豐收。

【確當】quèdàng ㄑㄩㄝˋ ㄉㄤˋ 正確恰當；適當：立論確當｜措詞十分確當。

【確定】quèdìng ㄑㄩㄝˋ ㄉㄧㄥˋ ❶明確而肯定：確定的答復｜確定的勝利。❷明確地定下：確定了工作之後就上班｜還沒有確定候選人名單。

【確乎】quèhū ㄑㄩㄝˋ ㄏㄨ 的確：經過試驗，這辦法確乎有效｜屋子又寬綽又豁亮，確乎不壞。

【確立】quèlì ㄑㄩㄝˋ ㄌㄧˋ 穩固地建立或樹立：確立制度｜確立信念。

【確切】quèqiè ㄑㄩㄝˋ ㄑㄧㄝˋ ❶準確；恰當：確切不移｜用字確切。❷確實：消息確切｜確切的保證。

【確認】quèrèn ㄑㄩㄝˋ ㄖㄣˋ 明確承認（事實、原則等）：參加會議的各國確認了這些原則。

【確實】quèshí ㄑㄩㄝˋ ㄕˊ ❶真實可靠：確實性｜確實的消息｜這件事他親眼看到，說得確確實實。❷副詞，對客觀情況的真實性表示肯定：他最近確實有些進步｜這件事確實不是他幹的。

【確守】quèshǒu ㄑㄩㄝˋ ㄕㄡˇ 確實地遵守：確守合同｜確守信義。

【確信】quèxìn ㄑㄩㄝˋ ㄒㄧㄣˋ ❶確實地相信；堅信：我們確信這一崇高理想一定能實現。❷確實的信息：不管事成與否，請儘速給個確信。

【確鑿】quèzáo ㄑㄩㄝˋ ㄗㄠˊ（也有讀 quèzuò ㄑㄩㄝˋ ㄗㄨㄛˋ 的）非常確實：確鑿不移｜確鑿的事實｜證據確鑿。

【確診】quèzhěn ㄑㄩㄝˋ ㄓㄣˇ 診斷確實：經過檢查，確診為肺炎。

【確證】quèzhèng ㄑㄩㄝˋ ㄓㄥˋ ❶確切地證實：我們可以確證他的論斷是錯誤的。❷確切的證據或證明：在確證面前他不得不承認自己的罪行。

闋（阕） què ㄑㄩㄝˋ ❶〈書〉終了：樂闋。❷量詞。a) 歌曲或詞一首叫一闋：彈琴一闋｜填一闋詞。b) 一首詞的一段叫一闋。

闕（阙） què ㄑㄩㄝˋ ❶古代皇宮大門前兩邊供瞭望的樓，泛指帝王的住所：宮闕｜伏闕（跪在宮門前）。❷神廟、陵墓前豎立的石雕。

另見955頁 quē。

鵲（鹊） què ㄑㄩㄝˋ 喜鵲。

【鵲巢鳩佔】què cháo jiū zhàn ㄑㄩㄝˋ ㄔㄠˊ ㄐㄧㄡ ㄓㄢˋ 比喻強佔別人的房屋、土地、產業等。

【鵲起】quèqǐ ㄑㄩㄝˋㄑㄧˇ 比喻名聲興起、傳揚：聲譽鵲起｜文名鵲起。

【鵲橋】quèqiáo ㄑㄩㄝˋㄑㄧㄠˊ 民間傳説天上的織女七夕渡銀河與牛郎相會，喜鵲來搭成橋，叫做鵲橋：鵲橋相會(比喻夫妻或情人久別後團聚)｜搭鵲橋(比喻為未婚男女撮合)。

qūn (ㄑㄩㄣ)

囷 qūn ㄑㄩㄣ 古代一種圓形的穀倉。

逡 qūn ㄑㄩㄣ 〈書〉退讓；退。

【逡巡】qūnxún ㄑㄩㄣ ㄒㄩㄣˊ 〈書〉有所顧慮而徘徊或不敢前進：逡巡不前。

qún (ㄑㄩㄣˊ)

宭 qún ㄑㄩㄣˊ 〈書〉群居。

裙(帬) qún ㄑㄩㄣˊ ❶裙子：布裙｜短裙｜連衣裙｜百褶裙。❷形狀或作用像裙子的東西：圍裙｜牆裙。

【裙釵】qūnchāi ㄑㄩㄣ ㄔㄞ 舊時婦女的服飾，借指婦女。

【裙帶】qūndài ㄑㄩㄣ ㄉㄞˋ 比喻跟妻女姊妹等有關的(含諷刺意)：裙帶官(因妻女姊妹的關係而得到的官職)｜裙帶關係(被利用來相互勾結攀援的姻親關係)｜裙帶風(搞裙帶關係的風氣)。

【裙子】qún·zi ㄑㄩㄣˊ·ㄗ 一種圍在腰部以下的服裝。

群(羣) qún ㄑㄩㄣˊ ❶聚在一起的人或物：人群｜雞群｜建築群｜成群結隊。❷眾多的人：超群｜群言堂｜群策群力。❸成群的：群峰｜群居｜群集。❹量詞，用於成群的人或東西：一群孩子｜一群馬。

【群策群力】qún cè qún lì ㄑㄩㄣˊ ㄘㄜˋ ㄑㄩㄣˊ ㄌㄧˋ 大家共同出主意，出力量。

【群唱】qúnchàng ㄑㄩㄣˊ ㄔㄤˋ 曲藝的一種表演形式，三個或三個以上的人交替着唱。

【群島】qúndǎo ㄑㄩㄣˊ ㄉㄠˇ 海洋中彼此相距很近的一群島嶼，如我國的舟山群島、西沙群島等。

【群芳】qúnfāng ㄑㄩㄣˊ ㄈㄤ 各種美麗芳香的花草，比喻眾多的女子：群芳譜｜群芳競艷｜技壓群芳。

【群婚】qúnhūn ㄑㄩㄣˊ ㄏㄨㄣ 原始社會的一種婚姻形式，幾個女子共同跟別的氏族的幾個男子結婚。同一氏族內的人禁止通婚。

【群集】qúnjí ㄑㄩㄣˊ ㄐㄧˊ 成群地聚集：人們群集在廣場上。

【群居】qúnjū ㄑㄩㄣˊ ㄐㄩ ❶成群聚居：群居穴處。❷〈書〉很多人聚在一起：群居終日。

【群龍無首】qún lóng wú shǒu ㄑㄩㄣˊ ㄌㄨㄥˊ ㄨˊ ㄕㄡˇ 比喻一群人中沒有領頭的人。

【群落】qúnluò ㄑㄩㄣˊ ㄌㄨㄛˋ ❶生存在一起並與一定的生存條件相適應的動植物的總體。❷同類事物聚集起來形成的群體：風景群落｜古建築群落。

【群氓】qúnméng ㄑㄩㄣˊ ㄇㄥˊ 〈書〉統治者對人民群眾的蔑稱。

【群魔亂舞】qún mó luàn wǔ ㄑㄩㄣˊ ㄇㄛˊ ㄌㄨㄢˋ ㄨˇ 形容一群壞人猖狂活動。

【群起】qúnqǐ ㄑㄩㄣˊ ㄑㄧˇ 很多人一同起來(做某事)：群起響應｜群起而攻之。

【群輕折軸】qún qīng zhé zhóu ㄑㄩㄣˊ ㄑㄧㄥ ㄓㄜˊ ㄓㄡˊ 許多不重的東西也能壓斷車軸。比喻小的壞事如果任其發展下去，也能造成嚴重後果(見《戰國策·魏策一》：'臣聞積羽沈舟，群輕折軸，眾口鑠金')。

【群情】qúnqíng ㄑㄩㄣˊ ㄑㄧㄥˊ 群眾的情緒：群情歡洽｜群情激奮｜群情鼎沸。

【群體】qúntǐ ㄑㄩㄣˊ ㄊㄧˇ ❶由許多在生理上發生聯繫的同種生物個體組成的整體，如動物中的海綿、珊瑚和植物中的某些藻類。❷泛指本質上有共同點的個體組成的整體：英雄群體｜企業群體｜建築群體。

【群威群膽】qún wēi qún dǎn ㄑㄩㄣˊ ㄨㄟ ㄑㄩㄣˊ ㄉㄢˇ 群眾團結一致所表現的力量和勇敢精神。

【群雄】qúnxióng ㄑㄩㄣˊ ㄒㄩㄥˊ 舊時稱在時局混亂中稱王稱霸的一些人：群雄割據。

【群言堂】qúnyántáng ㄑㄩㄣˊ ㄧㄢˊ ㄊㄤˊ 指領導幹部貫徹群眾路綫，充分發揚民主，廣泛聽取意見，並能集中正確意見的工作作風(跟'一言堂'相對)。

【群英】qúnyīng ㄑㄩㄣˊ ㄧㄥ 指許多有才幹的人，也指許多英雄人物：群英會｜群英歡聚。

【群英會】qúnyīnghuì ㄑㄩㄣˊ ㄧㄥ ㄏㄨㄟˋ 赤壁之戰的前夕，在東吳文官武將的一次宴會上，周瑜説：'今日此會可名群英會。'(見《三國演義》第四十五回)現在借指先進人物的集會。

【群眾】qúnzhòng ㄑㄩㄣˊ ㄓㄨㄥˋ ❶泛指人民大眾：群眾大會｜深入群眾｜聽取群眾的意見。❷指沒有加入共產黨、共青團組織的人。❸指不擔任領導職務的人。

【群眾關係】qúnzhòng guān·xì ㄑㄩㄣˊ ㄓㄨㄥˋ ㄍㄨㄢ·ㄒㄧˋ 指個人和他周圍的人們相處的情況。

【群眾路綫】qúnzhòng lùxiàn ㄑㄩㄣˊ ㄓㄨㄥˋ ㄌㄨˋ ㄒㄧㄢˋ 中國共產黨的一切工作的根本路綫。一方面要求在一切工作或鬥爭中，必須相信群眾、依靠群眾並組織群眾用自己的力量去解決自己的問題。另一方面要求領導貫徹'從群眾中來到群眾中去'的原則，即在集中群眾意見的基礎上制定方針、政策，交給群眾討論、執行，並在討論、執行過程中，不斷根據群眾意見進行修改，使之逐漸完善。

【群眾運動】qúnzhòng yùndòng ㄑㄩㄣˊ ㄓㄨㄥˋ ㄩㄣˋ ㄉㄨㄥˋ 有廣大人民參加的政治運動或社會運動。

【群眾組織】qúnzhòng zǔzhī ㄑㄩㄣˊ ㄓㄨㄥˋ ㄗㄨˇ ㄓ 有廣大群眾參加的非國家政權性質的團體，如工會、婦聯、共青團、學生會等。

麇(麕)

qún ㄑㄩㄣˊ〈書〉成群：麇集｜麇至。

另見632頁 jūn。

【麇集】qúnjí ㄑㄩㄣˊ ㄐㄧˊ〈書〉聚集；群集。

R

rán (ㄖㄢˊ)

蚺（蚦） rán ㄖㄢˊ ［蚺蛇］(ránshé ㄖㄢˊ ㄕㄜˊ) 蟒蛇。

然 rán ㄖㄢˊ ❶對；不錯：不以為然。❷如此；這樣；那樣：不盡然｜知其然，不知其所以然。❸〈書〉然而：此事雖小，然亦不可忽視。❹副詞或形容詞後綴：忽然｜突然｜顯然｜欣然｜飄飄然。

〈古〉又同'燃'。

【然而】rán'ér ㄖㄢˊ ㄦˊ 連詞，用在句子的開頭，表示轉折：他雖然失敗了很多次，然而並不灰心。

【然後】ránhòu ㄖㄢˊ ㄏㄡˋ 連詞，表示接着某種動作或情況之後：學然後知不足｜先研究一下，然後再決定。

【然諾】ránnuò ㄖㄢˊ ㄋㄨㄛˋ〈書〉允諾：答應②：重然諾（不輕易答應別人，答應了就一定履行）。

【然則】ránzé ㄖㄢˊ ㄗㄜˊ〈書〉連詞，用在句子的開頭，表示'既然這樣，那麼…'：然則如之何而可？（那麼怎麼辦才好？）

髯（髥） rán ㄖㄢˊ 兩腮的鬍子，也泛指鬍子：美髯｜虬髯｜白髮蒼髯。

【髯口】rán·kou ㄖㄢˊ ·ㄎㄡ 戲曲演員演出時所戴的假鬍子。

燃 rán ㄖㄢˊ ❶燃燒：自燃｜燃料。❷引火點着：燃燈｜燃香。

【燃點】[1] rándiǎn ㄖㄢˊ ㄉㄧㄢˇ 加熱使燃燒；點着：燃點燈火。

【燃點】[2] rándiǎn ㄖㄢˊ ㄉㄧㄢˇ 某種物質着火燃燒所需要的最低溫度叫做這種物質的燃點。也叫着火點。

【燃放】ránfàng ㄖㄢˊ ㄈㄤˋ 點着爆竹等使爆發：燃放鞭炮｜燃放烟火。

【燃料】ránliào ㄖㄢˊ ㄌㄧㄠˋ 能產生熱能或動力的可燃物質，主要是含碳物質或碳氫化合物。按形態可分為固體燃料（如煤、炭、木材）、液體燃料（如汽油、煤油）和氣體燃料（如煤氣、沼氣）。也指能產生核能的物質，如鈾、鈈等。

【燃眉之急】rán méi zhī jí ㄖㄢˊ ㄇㄟˊ ㄓ ㄐㄧˊ 像火燒眉毛那樣的緊急，比喻非常緊迫的情況。

【燃氣輪機】ránqìlúnjī ㄖㄢˊ ㄑㄧˋ ㄌㄨㄣˊ ㄐㄧ 渦輪機的一種，利用高壓的燃燒氣體推動葉輪轉動，產生動力。體積小，重量輕，功率大，效率高。簡稱氣輪機。

【燃燒】ránshāo ㄖㄢˊ ㄕㄠ ❶物質劇烈氧化而發光、發熱。可燃物質和空氣中的氧劇烈化合是最常見的燃燒現象。❷比喻某種感情、慾望高漲：怒火在胸中燃燒。

【燃燒彈】ránshāodàn ㄖㄢˊ ㄕㄠ ㄉㄢˋ 一種能使目標燃燒的槍彈或炸彈，一般用黃磷、凝固汽油等作為燃燒劑。也叫燒夷彈。

【燃燒瓶】ránshāopíng ㄖㄢˊ ㄕㄠ ㄆㄧㄥˊ 裝有液體燃燒劑的玻璃瓶，投擲後玻璃瓶破碎而燃燒。

rǎn (ㄖㄢˇ)

冉（冄） Rǎn ㄖㄢˇ 姓。

【冉冉】rǎnrǎn ㄖㄢˇ ㄖㄢˇ〈書〉❶（毛、枝條等）柔軟下垂。❷慢慢地：冉冉而來｜月亮冉冉上升。

苒〔苒〕（苒） rǎn ㄖㄢˇ 見968頁〖荏苒〗。

染 rǎn ㄖㄢˇ ❶用染料着色：印染｜染布◇夕陽染紅了天空。❷感染；沾染：傳染｜染病｜熏染｜一塵不染。

【染病】rǎn//bìng ㄖㄢˇ//ㄅㄧㄥˋ 得病；患病：染病在牀。

【染坊】rǎn·fang ㄖㄢˇ ·ㄈㄤ 染綢、布、衣服等的作坊。

【染缸】rǎngāng ㄖㄢˇ ㄍㄤ 染東西的大缸。比喻對人的思想產生壞影響的地方或環境。

【染料】rǎnliào ㄖㄢˇ ㄌㄧㄠˋ 直接或經媒染劑作用而能附着在纖維和其他材料上的有色物質，有的可以跟被染物質化合。種類很多，以有機化合物為主。

【染色】rǎnsè ㄖㄢˇ ㄙㄜˋ ❶用染料使纖維等材料着色。有時需要用媒染劑。❷為了便於觀察細菌，把細菌體染成藍、紅、紫等顏色。

【染色體】rǎnsètǐ ㄖㄢˇ ㄙㄜˋ ㄊㄧˇ 存在於細胞核中能被碱性染料染色的絲狀或棒狀體，細胞分裂時可以觀察到，由核酸和蛋白質組成，是遺傳的主要物質基礎。各種生物的染色體有一定的大小、形態和數目。

【染指】rǎnzhǐ ㄖㄢˇ ㄓˇ 春秋時，鄭靈公請大臣們吃甲魚，故意不給子公吃，子公很生氣，就伸指向盛甲魚的鼎裏蘸上點湯，嘗嘗滋味走了（見於《左傳》宣公四年）。後世用'染指'比喻分取非分的利益。

rāng (ㄖㄤ)

嚷 rāng ㄖㄤ 義同'嚷'(rǎng)，只用於'嚷嚷'。

另見960頁 rǎng。

【嚷嚷】rāng·rang ㄖㄤ ·ㄖㄤ ❶喧譁；吵鬧：別嚷嚷，人家還在休息。❷聲張：這事嚷嚷出去，對誰都不好。

ráng（ㄖㄤˊ）

儴 ráng ㄖㄤˊ 見668頁［恇儴］(kuāng-ráng)。

勷 ráng ㄖㄤˊ 見668頁［劻勷］(kuāng-ráng)。

蘘〔蘘〕 ráng ㄖㄤˊ ［蘘荷］(ránghé ㄖㄤˊ ㄏㄜˊ) 多年生草本植物，根莖圓柱形，淡黃色，葉子互生，橢圓狀披針形，花大，白色或淡黃色，蒴果卵形。莖和葉可以編草鞋，根入中藥。

瀼 ráng ㄖㄤˊ 瀼河(Ránghé ㄖㄤˊ ㄏㄜˊ)，地名，在河南。

另見960頁 Ràng。

【瀼瀼】rángráng ㄖㄤˊ ㄖㄤˊ 〈書〉形容露水多。

禳 ráng ㄖㄤˊ 禳解：禳災。

【禳解】rángjiě ㄖㄤˊ ㄐㄧㄝˇ 〈書〉迷信的人向鬼神祈禱消除災殃。

穰 ráng ㄖㄤˊ (穰兒) ❶〈方〉稻、麥等的稈子：穰草。❷同'瓤'。

【穰穰】rángráng ㄖㄤˊ ㄖㄤˊ 〈書〉五穀豐饒：穰穰滿家。

瓤 ráng ㄖㄤˊ ❶(瓤兒) 瓤子：橘子瓤兒｜黑子紅瓤兒的西瓜。❷(瓤兒) 泛指某些皮或殼裏包着的東西：秫秸瓤｜信瓤兒。❸〈方〉不好；軟弱：你趕車的技術真不瓤｜病後身體瓤。

【瓤子】ráng·zi ㄖㄤˊ ·ㄗ ❶瓜果皮裏包着種子的肉或瓣兒。❷瓤②：表瓤子｜秫秸瓤子。

欀 ráng ㄖㄤˊ 髒(見於舊小說)：衣服欀了。

rǎng（ㄖㄤˇ）

壤 rǎng ㄖㄤˇ ❶土壤：沃壤。❷地：天壤之別｜霄壤。❸地區：接壤｜窮鄉僻壤。

【壤土】rǎngtǔ ㄖㄤˇ ㄊㄨˇ ❶細砂和黏土含量比較接近的土壤。土粒粗大而疏鬆，能保水、保肥，適於種植各種植物。也叫二性土。❷〈書〉土地；國土。

攘（❸纕） rǎng ㄖㄤˇ 〈書〉❶排斥：攘除｜攘外(抵禦外患)。❷搶：攘奪。❸捋起(袖子)：攘臂。

【攘臂】rǎngbì ㄖㄤˇ ㄅㄧˋ 〈書〉激奮時捋起袖子，伸出胳膊：攘臂高呼｜攘臂瞋目(捋袖伸臂，瞪着眼睛，形容發怒)。

【攘除】rǎngchú ㄖㄤˇ ㄔㄨˊ 〈書〉排除：攘除奸邪。

【攘奪】rǎngduó ㄖㄤˇ ㄉㄨㄛˊ 〈書〉奪取：攘奪政權。

【攘攘】rǎngrǎng ㄖㄤˇ ㄖㄤˇ 〈書〉形容紛亂。

嚷 rǎng ㄖㄤˇ ❶喊叫：別嚷了，人家都睡覺了。❷吵鬧：嚷也沒用，還是另想別的辦法吧。❸〈方〉責備；訓斥：這事讓媽媽知道了又該嚷我了。

另見959頁 rāng。

ràng（ㄖㄤˋ）

瀼 Ràng ㄖㄤˋ 瀼水，水名，在四川。

另見960頁 ráng。

讓(让) ràng ㄖㄤˋ ❶把方便或好處給別人：退讓｜讓步｜弟弟小，哥哥讓着他點兒｜見困難就上，見榮譽就讓。❷請人接受招待：讓茶｜把大家讓進屋裏。❸索取一定的代價，把財物的所有權轉移給別人：出讓｜轉讓。❹表示指使、容許或聽任：誰讓你來的？｜讓我仔細想想｜要是讓事態發展下去，後果會不堪設想。❺避開；躲閃：讓路｜請讓開點兒。❻被[3]①：行李讓雨給淋了。注意 '被'字後面的施事有時可以省略，但'讓'字後面的施事不能省略，如可說'行李被淋了'，不說'行李讓淋了'。

【讓步】ràng//bù ㄖㄤˋ//ㄅㄨˋ 在爭執中部分地或全部地放棄自己的意見或利益：相互讓步｜在原則問題上決不讓步。

【讓利】ràng//lì ㄖㄤˋ//ㄌㄧˋ 把部分利益或利潤讓給別人：讓利銷售。

【讓路】ràng//lù ㄖㄤˋ//ㄌㄨˋ 給對方讓開道路。

【讓位】ràng//wèi ㄖㄤˋ//ㄨㄟˋ ❶讓出統治地位或領導職位：老幹部主動讓位，退居二綫。❷讓出座位：在公共汽車上，他主動給老人讓位。

【讓賢】ràng//xián ㄖㄤˋ//ㄒㄧㄢˊ 把職位讓給有才幹的人：退位讓賢。

【讓座】ràng//zuò ㄖㄤˋ//ㄗㄨㄛˋ (讓座兒) ❶把座位讓給別人：電車上青年人都給老年人讓座。❷請客人入座：主人讓座又讓茶，十分熱情。

ráo（ㄖㄠˊ）

蕘〔蕘〕(荛) ráo ㄖㄠˊ 〈書〉柴火；芻蕘。

嬈(娆) ráo ㄖㄠˊ 見576頁〖嬌嬈〗、1328頁〖妖嬈〗。

另見961頁 rǎo。

橈(桡) ráo ㄖㄠˊ 〈書〉划船的槳。

【橈骨】ráogǔ ㄖㄠˊ ㄍㄨˇ 前臂靠大指一側的骨頭，與尺骨並排，上端與尺骨、肱骨構成肘關

節，下端與腕骨構成腕關節。(圖見410頁〖骨骼〗)

饒(饶) ráo ㄖㄠˊ ❶豐富；多：富饒｜豐饒｜饒有風趣。❷另外添：饒頭｜有兩人去就行了，不要把他也饒在裏頭。❸饒恕；寬容：饒他這一回。❹〈方〉連詞，表示讓步，跟'雖然，儘管'意思相近：饒這麼讓着他，他還不滿意。❺(Ráo)姓。

【饒命】ráo∥mìng ㄖㄠˊ∥ㄇㄧㄥˋ 免予處死；給予活命。

【饒舌】ráoshé ㄖㄠˊㄕㄜˊ 嘮叨；多嘴：對這個問題我不想多饒舌。

【饒恕】ráoshù ㄖㄠˊㄕㄨˋ 免予責罰。

【饒頭】ráo·tou ㄖㄠˊ·ㄊㄡ 多給的少量東西(多用於買賣場合)：這個小的是個饒頭。

rǎo (ㄖㄠˇ)

嬈(娆) rǎo ㄖㄠˇ 〈書〉煩擾；擾亂。另見960頁 ráo。

擾(扰) rǎo ㄖㄠˇ ❶擾亂；攪擾：干擾｜打擾。❷〈書〉混亂；紊亂：紛擾｜擾攘。❸客套話，因受人款待而表示客氣：叨擾｜我擾了他一頓飯。

【擾動】rǎodòng ㄖㄠˇㄉㄨㄥˋ ❶動盪；騷動：明朝末年，農民紛紛起義，擾動及於全國。❷干擾；攪動：地面溫度升高，擾動氣流迅速增強。

【擾亂】rǎoluàn ㄖㄠˇㄌㄨㄢˋ 攪擾，使混亂或不安：擾亂治安｜擾亂思路｜擾亂睡眠。

【擾攘】rǎorǎng ㄖㄠˇㄖㄤˇ 〈書〉騷亂；紛亂：干戈擾攘。

【擾擾】rǎorǎo ㄖㄠˇㄖㄠˇ 〈書〉形容紛亂。

rào (ㄖㄠˋ)

繞(绕、❷❸遶) rào ㄖㄠˋ ❶纏繞：繞綫。❷圍着轉動：運動員繞場一周。❸不從正面通過，從側面或後面迂迴過去：繞行｜繞遠兒｜把握船舵，繞過暗礁。❹(問題、事情)糾纏：一些問題繞在他的腦子裏｜我一時繞住了，賬目沒算對。

【繞脖子】rào bó·zi ㄖㄠˋㄅㄛˊ·ㄗ 〈方〉❶形容說話辦事曲折，不直截了當：你簡單地說吧，別淨繞脖子。❷形容言語、事情曲折費思索：這道題真繞脖子｜他盡說些繞脖子的話。

【繞道】rào∥dào ㄖㄠˋ∥ㄉㄠˋ (繞道兒)不走最直接的路，改由較遠的路過去：繞道而行。

【繞口令】ràokǒulìng ㄖㄠˋㄎㄡˇㄌㄧㄥˋ (繞口令兒)一種語言遊戲，用聲、韵、調極易混同的字交叉重疊編成句子，要求一口氣急速唸出，說快了讀音容易發生錯誤。也叫拗口令，有的地區叫急口令。

【繞圈子】rào quān·zi ㄖㄠˋㄑㄩㄢ·ㄗ ❶走迂迴曲折的路：人地生疏，難免繞圈子走冤枉路。❷比喻不照直說話：他繞了個圈子又往回說。

【繞彎兒】rào∥wānr ㄖㄠˋ∥ㄨㄢㄦ ❶〈方〉散步：他剛吃完飯，在院子裏繞彎兒｜我出去繞個彎兒就回來。❷繞彎子。

【繞彎子】rào wān·zi ㄖㄠˋㄨㄢ·ㄗ 比喻不照直說話：有意見，就直截了當地說出來，不要繞彎子。

【繞遠兒】rào∥yuǎnr ㄖㄠˋ∥ㄩㄢㄦˇ ❶(路綫)迂迴曲折而較遠：這條路很好走，可就是繞遠兒。❷走迂迴曲折而較遠的路：我寧可繞點遠兒也不翻山。

【繞組】ràozǔ ㄖㄠˋㄗㄨˇ 電機或電器中用漆包綫等繞成的許多綫圈的組合。

【繞嘴】ràozuǐ ㄖㄠˋㄗㄨㄟˇ 不順口：這話說起來繞嘴。

rě (ㄖㄜˇ)

若〔若〕 rě ㄖㄜˇ 見86頁〔般若〕(bōrě)、682頁〖蘭若〗。另見982頁 ruò。

喏〔喏〕 rě ㄖㄜˇ 見132頁〖唱喏〗。另見852頁 nuò。

惹〔惹〕 rě ㄖㄜˇ ❶招引；引起(不好的事情)：惹事｜惹禍｜惹麻煩。❷(言語、行動)觸動對方：不要把他惹翻了｜這人脾氣大，不好惹。❸(人或事物的特點)引起愛憎等的反應：惹人注意｜惹人討厭｜一句話把大家惹得哈哈大笑。

【惹火燒身】rě huǒ shāo shēn ㄖㄜˇㄏㄨㄛˇㄕㄠㄕㄣ 比喻自討苦吃或自取毀滅。也說引火燒身。

【惹禍】rě∥huò ㄖㄜˇ∥ㄏㄨㄛˋ 引起禍事：惹禍招災｜他惹了禍，嚇得躲起來了。

【惹亂子】rě luàn·zi ㄖㄜˇㄌㄨㄢˋ·ㄗ 闖禍；惹禍。

【惹氣】rě∥qì ㄖㄜˇ∥ㄑㄧˋ 引起惱怒：犯不上為這點兒事情惹氣｜沒想到因一句話惹了一肚子氣。

【惹事】rě∥shì ㄖㄜˇ∥ㄕˋ 引起麻煩或禍害：他在外惹了不少事。

【惹是非】rě shì·fēi ㄖㄜˇㄕˋ·ㄈㄟ 引起麻煩或爭端。

【惹是生非】rě shì shēng fēi ㄖㄜˇㄕˋㄕㄥㄈㄟ 惹是非。

【惹眼】rěyǎn ㄖㄜˇㄧㄢˇ 顯眼；引人注意。

rè (ㄖㄜˋ)

熱(热) rè ㄖㄜˋ ❶物體內部分子不規則運動放出的一種能。物質燃燒都能產生熱。❷溫度高；感覺溫度高(跟'冷'相對)：熱水｜趁熱打鐵｜三伏天很熱。❸使熱；加熱(多指食物)：熱一熱飯｜把菜湯熱一下。❹生病引起的高體溫：發熱｜退熱。❺情意深厚：親熱｜熱愛｜熱心腸兒。❻形容非常羨慕或急切想得到：眼熱｜熱中。❼受很多人歡迎的：熱貨｜熱門兒。❽加在名詞、動詞或詞組後，表示形成的某種熱潮：足球熱｜旅遊熱｜自學熱。❾放射性強：熱原子。

【熱愛】rè'ài ㄖㄜˋ ㄞˋ 熱烈地愛：熱愛工作｜熱愛祖國。

【熱幣】rèbì ㄖㄜˋ ㄅㄧˋ 游資。

【熱腸】rècháng ㄖㄜˋ ㄔㄤˊ 熱心；熱情：熱腸人｜古道熱腸。

【熱潮】rècháo ㄖㄜˋ ㄔㄠˊ 形容蓬勃發展、熱火朝天的形勢：掀起植樹造林熱潮。

【熱忱】rèchén ㄖㄜˋ ㄔㄣˊ 熱情：滿腔熱忱｜愛國熱忱。

【熱誠】rèchéng ㄖㄜˋ ㄔㄥˊ 熱心而誠懇：熱誠的愛戴｜待人十分熱誠。

【熱處理】rèchǔlǐ ㄖㄜˋ ㄔㄨˇ ㄌㄧˇ 使材料內部結構發生變化而取得某種性能的一種工藝，一般是把材料加熱到一定溫度，然後進行不同程度的冷卻。主要用於金屬材料。

【熱傳導】rèchuándǎo ㄖㄜˋ ㄔㄨㄢˊ ㄉㄠˇ 熱能從物體溫度較高的部分沿着物體傳到溫度較低的部分，是固體傳熱的主要方式。也叫導熱。

【熱帶】rèdài ㄖㄜˋ ㄉㄞˋ 赤道兩側南北回歸綫之間的地帶。熱帶受到太陽的熱量最多，冬季夏季的晝夜長短相差不多，全年氣溫變化不大，降雨多而均勻。也叫回歸帶。

【熱帶魚】rèdàiyú ㄖㄜˋ ㄉㄞˋ ㄩˊ 產於熱帶或亞熱帶海中的魚類，一般指其中可供觀賞的魚。這些魚體小，活潑，形狀奇異，顏色美麗。

【熱點】rèdiǎn ㄖㄜˋ ㄉㄧㄢˇ ❶指某時期引人注目的地方或問題：古都西安成為旅遊的熱點。❷物理學上指溫度高於周圍環境的局部區域。

【熱電廠】rèdiànchǎng ㄖㄜˋ ㄉㄧㄢˋ ㄔㄤˇ 在供電的同時，還利用汽輪機所排出的蒸汽供熱的火力發電廠。也叫電熱廠。

【熱度】rèdù ㄖㄜˋ ㄉㄨˋ ❶冷熱的程度：物體燃燒需要一定的熱度。❷指高於正常的體溫：打了一針，熱度已經退了。❸指熱情：搞實驗，要持之以恒，不能只有五分鐘的熱度。

【熱風】rèfēng ㄖㄜˋ ㄈㄥ 乾燥的熱空氣流動形成的風。

【熱敷】rèfū ㄖㄜˋ ㄈㄨ 用熱的濕毛巾、熱砂或熱水袋等放在身體的局部來治療疾病。熱敷能促進局部血液循環，加速炎症過程的變化，並使炎症逐漸消退。也叫熱罨(rèyǎn)。

【熱狗】règǒu ㄖㄜˋ ㄍㄡˇ 中間夾有熱香腸、酸菜、芥末油等的麵包。是英語 hot dog 的意譯。

【熱固性】règùxìng ㄖㄜˋ ㄍㄨˋ ㄒㄧㄥˋ 某些塑料、樹脂等加熱軟化成形，冷凝後再加熱也不再軟化，這種性質叫熱固性。酚醛塑料等有這種性質。

【熱管】règuǎn ㄖㄜˋ ㄍㄨㄢˇ 一種用做傳熱元件的金屬管，兩端密封，管壁附有多孔材料，管內充有一定量液體。用於宇航、冶金、電子、輕工業等部門。

【熱合】rèhé ㄖㄜˋ ㄏㄜˊ 指塑料、橡膠等材料加熱後黏合在一起。

【熱核反應】rèhé-fǎnyìng ㄖㄜˋ ㄏㄜˊ ㄈㄢˇ ㄧㄥˋ 在極高溫度下，輕元素的原子核產生極大的熱運動而互相碰撞，聚變為另一種原子核。也叫聚變。

【熱核武器】rèhé-wǔqì ㄖㄜˋ ㄏㄜˊ ㄨˇ ㄑㄧˋ 氫彈。

【熱烘烘】rèhōnghōng ㄖㄜˋ ㄏㄨㄥ ㄏㄨㄥ (熱烘烘的)形容很熱：爐火很旺，屋子裏熱烘烘的。

【熱乎】rè·hu ㄖㄜˋ ·ㄏㄨ 熱和。也作熱呼。

【熱呼】rè·hu ㄖㄜˋ ·ㄏㄨ 同'熱乎'。

【熱乎乎】rèhūhū ㄖㄜˋ ㄏㄨ ㄏㄨ (熱乎乎的)形容熱和。也作熱呼呼。

【熱呼呼】rèhūhū ㄖㄜˋ ㄏㄨ ㄏㄨ 同'熱乎乎'。

【熱化】rèhuà ㄖㄜˋ ㄏㄨㄚˋ ❶聯合生產電能和熱能的一種方式。火力發電廠除供應電能，還利用蒸汽機已經作過功的蒸汽或燃氣輪機排出的廢氣供應蒸汽或熱水。❷使受熱熔化。

【熱火】rè·huo ㄖㄜˋ ·ㄏㄨㄛ ❶熱烈：廣場上鑼鼓喧天，場面可熱火啦。❷熱和：兩個人談得很熱火。

【熱火朝天】rè huǒ cháo tiān ㄖㄜˋ ㄏㄨㄛˇ ㄔㄠˊ ㄊㄧㄢ 形容場面、情緒或氣氛熱烈高漲。

【熱貨】rèhuò ㄖㄜˋ ㄏㄨㄛˋ 受人歡迎而暢銷的貨物。也說熱門貨。

【熱和】rè·huo ㄖㄜˋ ·ㄏㄨㄛ ❶熱(多表示滿意)：鍋裏的粥還挺熱和。❷親熱：同志們一見面就這麼熱和。

【熱機】rèjī ㄖㄜˋ ㄐㄧ 各種變熱能為機械能的機器的統稱，如蒸汽機、內燃機、汽輪機等。

【熱加工】rèjiāgōng ㄖㄜˋ ㄐㄧㄚ ㄍㄨㄥ 指對在高溫狀態下的金屬進行加工。一般有鑄造、熱軋、熱處理、鍛造等工藝，有時也包括焊接。

【熱辣辣】rèlālā ㄖㄜˋ ㄌㄚ ㄌㄚ (熱辣辣的)形容熱得像被火燙着一樣：太陽曬得人熱辣辣的｜他聽了大家的批評，臉上熱辣辣的。

【熱浪】rèlàng ㄖㄜˋ ㄌㄤˋ ❶猛烈的熱氣。❷比喻熱烈的場面、氣氛等：商品生產的熱浪越來越高。❸指熱的輻射。

【熱淚】rèlèi ㄖㄜˋ ㄌㄟˋ 因非常高興、感激或悲傷而流的眼淚：熱淚盈眶｜兩眼含着熱淚。

【熱力】rèlì ㄖㄜˋ ㄌㄧˋ 由熱能產生的作功的力。

【熱力學溫標】rèlìxué wēnbiāo ㄖㄜˋ ㄌㄧˋ ㄒㄩㄝˊ ㄨㄣ ㄅㄧㄠ 開氏溫標。

【熱力學溫度】rèlìxué wēndù ㄖㄜˋ ㄌㄧˋ ㄒㄩㄝˊ

ㄨㄣ ㄉㄨˋ 熱力學溫標的標度，用符號 T 表示。

【熱戀】rèliàn ㄖㄜˋ ㄌㄧㄢˋ 熱烈地戀愛。

【熱量】rèliàng ㄖㄜˋ ㄌㄧㄤˋ 溫度高的物體把能量傳遞到溫度低的物體上，所傳遞的能量叫做熱量。通常指熱能的多少，單位是卡。

【熱烈】rèliè ㄖㄜˋ ㄌㄧㄝˋ 興奮激動：氣氛熱烈｜熱烈響應｜熱烈的掌聲｜小組會上發言很熱烈。

【熱流】rèliú ㄖㄜˋ ㄌㄧㄡˊ ❶指激動振奮的感受：讀了由各地寄來的慰問信，不由得一股熱流傳遍全身。❷熱潮：改革的熱流。

【熱門】rèmén ㄖㄜˋ ㄇㄣˊ (熱門兒) 吸引許多人的事物：熱門貨｜熱門學科｜熱門話題。

【熱敏性】rèmǐnxìng ㄖㄜˋ ㄇㄧㄣˇ ㄒㄧㄥˋ 半導體的導電能力隨外界溫度升高而增加，隨外界溫度降低而減小的性質。

【熱鬧】rè·nao ㄖㄜˋ ·ㄋㄠ ❶ (景象) 繁盛活躍：熱鬧的大街｜廣場上人山人海，十分熱鬧。❷使場面活躍，精神愉快：我們準備組織文娛活動，來熱鬧一下｜到了節日大家熱鬧熱鬧吧！❸ (熱鬧兒) 熱鬧的景象：他只顧着瞧熱鬧，忘了回家了。

【熱能】rènéng ㄖㄜˋ ㄋㄥˊ 物質燃燒或物體內部分子不規則地運動時放出的能量。通常也指熱量。

【熱膨脹】rèpéngzhàng ㄖㄜˋ ㄆㄥˊ ㄓㄤˋ 物體在溫度變化時體積發生變化的現象。

【熱平衡】rèpínghéng ㄖㄜˋ ㄆㄧㄥˊ ㄏㄥˊ ❶指與外界接觸的物體，它的內部溫度各處均勻並與外界溫度相等。❷指物體在同一時間內釋放的熱量和吸收的熱量相等而相互抵消。

【熱氣】rèqì ㄖㄜˋ ㄑㄧˋ 熱的空氣，比喻熱烈的情緒或氣氛：熱氣騰騰｜人多議論多，熱氣高，幹勁大。

【熱切】rèqiè ㄖㄜˋ ㄑㄧㄝˋ 熱烈懇切：熱切的願望｜熱切期待你早日回來。

【熱情】rèqíng ㄖㄜˋ ㄑㄧㄥˊ ❶熱烈的感情：愛國熱情｜工作熱情｜滿腔熱情｜熱情洋溢｜熱情奔放。❷有熱情：熱情服務｜待人熱情｜農民對前來參觀的外賓非常熱情。

【熱容量】rèróngliàng ㄖㄜˋ ㄖㄨㄥˊ ㄌㄧㄤˋ 物體溫度升高 1°C 所需要吸收的熱量，叫做該物體的熱容量。數值上等於該物體的比熱和它的質量的乘積。簡稱熱容。

【熱身】rèshēn ㄖㄜˋ ㄕㄣ 正式比賽前進行訓練、比賽，使適應正式比賽並達到最佳競技狀態：熱身賽｜熱身訓練｜這場比賽只是以練兵、熱身為目的。

【熱水袋】rèshuǐdài ㄖㄜˋ ㄕㄨㄟˇ ㄉㄞˋ 盛熱水的橡膠袋，用於熱敷或取暖。

【熱水瓶】rèshuǐpíng ㄖㄜˋ ㄕㄨㄟˇ ㄆㄧㄥˊ 暖水瓶。

【熱水器】rèshuǐqì ㄖㄜˋ ㄕㄨㄟˇ ㄑㄧˋ 利用可燃氣體或電使水加熱的器具，用於淋浴。

【熱塑性】rèsùxìng ㄖㄜˋ ㄙㄨˋ ㄒㄧㄥˋ 某些塑料、樹脂等可反復進行加熱、軟化、冷卻、凝固，這種性質叫熱塑性。聚氯乙烯、聚苯乙烯等有這種性質。

【熱騰騰】rètēngtēng ㄖㄜˋ ㄊㄥ ㄊㄥ (熱騰騰的) 形容熱氣蒸發的樣子：一籠熱騰騰的包子｜太陽落了山，地上還是熱騰騰的。

【熱天】rètiān ㄖㄜˋ ㄊㄧㄢ 炎熱的天氣：一到熱天，他這病就好了。

【熱土】rètǔ ㄖㄜˋ ㄊㄨˇ 指長期居住過的或有深厚感情的地方：熱土難離｜不忘家鄉一片熱土。

【熱望】rèwàng ㄖㄜˋ ㄨㄤˋ ❶熱烈盼望：熱望的目光。❷熱切的希望：滿懷熱望｜不負您的一片熱望。

【熱綫】[1] rèxiàn ㄖㄜˋ ㄒㄧㄢˋ 紅外綫。

【熱綫】[2] rèxiàn ㄖㄜˋ ㄒㄧㄢˋ ❶為了便於馬上聯繫而經常準備着的直接連通的電話或電報綫路：熱綫點播｜熱綫聯繫｜熱綫服務。❷通向熱點的路綫：旅遊熱綫。

【熱孝】rèxiào ㄖㄜˋ ㄒㄧㄠˋ 祖父母、父母或丈夫去世不久身穿孝服，叫熱孝在身。

【熱效率】rèxiàolǜ ㄖㄜˋ ㄒㄧㄠˋ ㄌㄩˋ 發動機中轉變為機械功的熱量與所消耗的熱量的比值。

【熱效應】rèxiàoyìng ㄖㄜˋ ㄒㄧㄠˋ ㄧㄥˋ 指物質系統在物理的或化學的等溫過程中只做膨脹功時所吸收或放出的熱量。根據反應性質的不同，分為燃燒熱、生成熱、中和熱、溶解熱等。

【熱心】rèxīn ㄖㄜˋ ㄒㄧㄣ 有熱情，有興趣，肯盡力：熱心人｜熱心給大家辦事｜他對工會工作很熱心。

【熱心腸】rèxīncháng ㄖㄜˋ ㄒㄧㄣ ㄔㄤˊ (熱心腸兒) 待人熱情、做事積極的性情。

【熱學】rèxué ㄖㄜˋ ㄒㄩㄝˊ 物理學的一個分支。研究熱的性質、熱的傳播、熱效應、物體受熱後的變化、溫度的測定等。

【熱血】rèxuè ㄖㄜˋ ㄒㄩㄝˋ 比喻為正義事業而獻身的熱情：滿腔熱血｜熱血男兒｜熱血沸騰。

【熱血動物】rèxuè dòngwù ㄖㄜˋ ㄒㄩㄝˋ ㄉㄨㄥˋ ㄨˋ 恒溫動物。

【熱血沸騰】rèxuè fèiténg ㄖㄜˋ ㄒㄩㄝˋ ㄈㄟˋ ㄊㄥˊ 比喻情緒高漲、激動。

【熱飲】rèyǐn ㄖㄜˋ ㄧㄣˇ 飲食業中指熱的飲料，如熱茶、熱咖啡等。

【熱源】rèyuán ㄖㄜˋ ㄩㄢˊ 發出熱量的物體，如燃燒的木柴、煤炭等。

【熱戰】rèzhàn ㄖㄜˋ ㄓㄢˋ 指使用武器的實際戰爭 (對‘冷戰’而言)。

【熱障】rèzhàng ㄖㄜˋ ㄓㄤˋ 飛機、火箭等在空中超音速飛行時，其表面氣流的溫度很高，使金屬外層強度降低，甚至熔化或燒燬，這種現象叫做熱障。

【熱中】rèzhōng ㄖㄜˋ ㄓㄨㄥ ❶急切盼望得到個人的地位或利益：熱中名利。❷十分愛好某種活動：熱中於滑冰。‖也作熱衷。

rén（ㄖㄣˊ）

人 rén ㄖㄣˊ ❶能製造工具並使用工具進行勞動的高等動物：男人｜女人｜人們｜人類。❷每人；一般人：人手一冊｜人所共知。❸指成年人：長大成人。❹指某種人：工人｜軍人｜主人｜介紹人。❺別人：人云亦云｜待人誠懇。❻指人的品質、性格或名譽：丟人｜這個同志人很好｜他人老實。❼指人的身體或意識：這兩天人不大舒服｜送到醫院人已經昏迷過去了。❽指人手、人才：人浮於事｜我們這裏正缺人。

【人才】réncái ㄖㄣˊ ㄘㄞˊ ❶德才兼備的人；有某種特長的人：人才難得｜人才輩出。❷指美麗端正的相貌：一表人才｜有幾分人才。‖也作人材。

【人材】réncái ㄖㄣˊ ㄘㄞˊ 同'人才'。

【人潮】réncháo ㄖㄣˊ ㄔㄠˊ 像潮水般的人群：人潮如涌。

【人稱】rénchēng ㄖㄣˊ ㄔㄥ 某些語言中動詞跟名詞或代詞相應的語法範疇。代詞所指的是說話的人叫第一人稱，如'我、我們'；所指的是聽話的人叫第二人稱，如'你、你們'；所指的是其他的人或事物叫第三人稱，如'他、她、它、他們。'名詞一般是第三人稱。有人稱範疇的語言，動詞的形式跟着主語的人稱變化，有的語言還跟着賓語的人稱變化。

【人次】réncì ㄖㄣˊ ㄘˋ 複合量詞，表示若干次人數的總和。如以參觀為例，第一次三百人，第二次五百人，第三次七百人，總共是一千五百人次。

【人大】réndà ㄖㄣˊ ㄉㄚˋ 人民代表大會的簡稱：人大代表｜省人大。

【人道】[1] réndào ㄖㄣˊ ㄉㄠˋ ❶指愛護人的生命、關懷人的幸福、尊重人的人格和權利的道德。❷古代指封建禮教所規定的人倫。❸〈書〉泛指人事或為人之道。

【人道】[2] réndào ㄖㄣˊ ㄉㄠˋ 指人性交（就能力說，多用於否定式）。

【人道主義】réndào zhǔyì ㄖㄣˊ ㄉㄠˋ ㄓㄨˇ ㄧˋ 起源於歐洲文藝復興時期的一種思想體系。提倡關懷人、尊重人、以人為中心的世界觀。法國資產階級革命時期，把它具體化為'自由'、'平等'、'博愛'等口號。它在資產階級革命時期起過反封建的積極作用。

【人地生疏】rén dì shēngshū ㄖㄣˊ ㄉㄧˋ ㄕㄥ ㄕㄨ 指初到一個地方，對地方情況和當地的人都不熟悉。

【人丁】réndīng ㄖㄣˊ ㄉㄧㄥ ❶舊時指成年人。❷人口：人丁興旺。

【人定勝天】rén dìng shèng tiān ㄖㄣˊ ㄉㄧㄥˋ ㄕㄥˋ ㄊㄧㄢ 指人力能夠戰勝自然。

【人犯】rénfàn ㄖㄣˊ ㄈㄢˋ 舊時泛指某一案件中的被告或牽連在內的人：一干人犯。

【人販子】rénfàn·zi ㄖㄣˊ ㄈㄢˋ ·ㄗ 販賣人口的人。

【人份】rénfèn ㄖㄣˊ ㄈㄣˋ 複合量詞，以一個人需要的量為一人份：麻疹疫苗三十萬人份。

【人夫】rénfū ㄖㄣˊ ㄈㄨ 舊時指受雇用或被徵發服差役的人。也作人伕。

【人浮於事】rén fú yú shì ㄖㄣˊ ㄈㄨˊ ㄩˊ ㄕˋ 工作人員的數目超過工作的需要；事少人多。

【人格】réngé ㄖㄣˊ ㄍㄜˊ ❶人的性格、氣質、能力等特徵的總和。❷個人的道德品質：人格高尚。❸人的能作為權利、義務的主體的資格：不得侵犯公民的人格。

【人格化】réngéhuà ㄖㄣˊ ㄍㄜˊ ㄏㄨㄚˋ 童話、寓言等文藝作品中常用的一種創作手法，對動物、植物以及非生物賦予人的特徵，使它們具有人的思想、感情和行為。

【人格權】réngéquán ㄖㄣˊ ㄍㄜˊ ㄑㄩㄢˊ 人身權的一種，指公民本身固有的權利，包括生命健康權、姓名權、肖像權、名譽權等。參看〖人身權〗。

【人工】réngōng ㄖㄣˊ ㄍㄨㄥ ❶人為的（區別於'自然'或'天然'）：人工呼吸｜人工降雨。❷人力；人力做的工：人工操作｜抽水機壞了，暫時用人工車水。❸工作量的計算單位，指一個人做工一天：修建這條水渠需用很多人工。

【人工呼吸】rénggōng hūxī ㄖㄥˊ ㄍㄨㄥ ㄏㄨ ㄒㄧ 用人工幫助呼吸的急救法。一般中毒、觸電、溺水、休克等患者，在呼吸停止而心臟還在跳動時可以用人工呼吸的方法來急救。

【人工降雨】réngōng jiàngyǔ ㄖㄣˊ ㄍㄨㄥ ㄐㄧㄤˋ ㄩˇ 用人工使還沒有達到降雨階段的雲變成雨降下。

【人工流產】réngōng liúchǎn ㄖㄣˊ ㄍㄨㄥ ㄌㄧㄡˊ ㄔㄢˇ 在胚胎發育的早期，利用藥物、物理性刺激或手術使胎兒脫離母體的方法。也叫墮胎，通稱打胎，簡稱人流。

【人工授精】réngōng shòujīng ㄖㄣˊ ㄍㄨㄥ ㄕㄡˋ ㄐㄧㄥ 用人工方法採取雄性動物的精液，輸入雌性動物的子宮裏，使卵子受精。

【人工智能】réngōng zhìnéng ㄖㄣˊ ㄍㄨㄥ ㄓˋ ㄋㄥˊ 利用電子計算機模擬人類智力活動的學科。

【人公里】réngōnglǐ ㄖㄣˊ ㄍㄨㄥ ㄌㄧˇ 複合量詞，運輸企業計算客運工作量的單位，把一個旅客運送一公里為一人公里。

【人海】rénhǎi ㄖㄣˊ ㄏㄞˇ ❶像汪洋大海一樣的人群：人山人海。❷〈書〉比喻社會：人海滄桑。

【人和】rénhé ㄖㄣˊ ㄏㄜˊ 指人心歸向，上下團結：人和百事興｜天時不如地利，地利不如人和。

【人寰】rénhuán ㄖㄣˊ ㄏㄨㄢˊ 〈書〉人間：慘絕人寰。

【人禍】rénhuò ㄖㄣˊ ㄏㄨㄛˋ 人為的禍害：天災人禍。

【人迹】rénjì ㄖㄣˊ ㄐㄧˋ 人的足迹：人迹罕至。

【人際】rénjì ㄖㄣˊ ㄐㄧˋ 指人與人之間：人際關係｜人際交往。

【人家】rénjiā ㄖㄣˊ ㄐㄧㄚ (人家兒) ❶住戶：這個村子有百十戶人家。❷家庭：勤儉人家。❸指女子未來的丈夫家：她已經有了人家兒了。

【人家】rén·jia ㄖㄣˊ ·ㄐㄧㄚ 代詞。❶指自己或某人以外的人；別人：人家都不怕，就你怕｜人家是人，我也是人，我就學不會？❷指某個人或某些人，意思跟'他'或'他們'相近：你把東西快給人家送回去吧。❸指'我'(有親熱或俏皮的意味)：原來是你呀，差點沒把人家嚇死！

【人尖子】rénjiān·zi ㄖㄣˊ ㄐㄧㄢ ·ㄗ 出類拔萃的人；特殊的人：要論莊稼活，在村裏他是個人尖子。也說人尖兒。

【人間】rénjiān ㄖㄣˊ ㄐㄧㄢ 人類社會；世間：人間樂園｜春滿人間｜人間地獄。

【人杰】rénjié ㄖㄣˊ ㄐㄧㄝˊ 〈書〉杰出的人。

【人杰地靈】rén jié dì líng ㄖㄣˊ ㄐㄧㄝˊ ㄉㄧˋ ㄌㄧㄥˊ 指杰出的人物出生或到過的地方成為名勝之區。

【人精】rénjīng ㄖㄣˊ ㄐㄧㄥ ❶老於世故的人。❷特別聰明伶俐的小孩兒。

【人均】rénjūn ㄖㄣˊ ㄐㄩㄣ 按每人平均計算：人均收入｜全村栽了四萬多株樹，人均一百株。

【人口】rénkǒu ㄖㄣˊ ㄎㄡˇ ❶居住在一定地區內的人的總數：人口普查｜這個區的人口有一百三十多萬。❷一戶人家的人的總數：他們家人口不多。❸泛指人：添人口｜拐帶人口。❹人的嘴：膾炙人口。

【人口學】rénkǒuxué ㄖㄣˊ ㄎㄡˇ ㄒㄩㄝˊ 以人口現象、人口發展條件和發展規律為研究對象的學科。

【人困馬乏】rén kùn mǎ fá ㄖㄣˊ ㄎㄨㄣˋ ㄇㄚˇ ㄈㄚˊ 形容體力疲勞不堪(不一定有馬)。

【人來瘋】rénláifēng ㄖㄣˊ ㄌㄞˊ ㄈㄥ 指小孩在有客人來時撒嬌、胡鬧。

【人老珠黃】rén lǎo zhū huáng ㄖㄣˊ ㄌㄠˇ ㄓㄨ ㄏㄨㄤˊ 比喻婦女老了被輕視，像珍珠年代久了變黃就不值錢一樣。

【人類】rénlèi ㄖㄣˊ ㄌㄟˋ 人的總稱：人類社會｜造福人類。

【人類學】rénlèixué ㄖㄣˊ ㄌㄟˋ ㄒㄩㄝˊ 研究人類起源、進化和人種分類等的學科。

【人力】rénlì ㄖㄣˊ ㄌㄧˋ 人的勞力；人的力量：愛惜人力物力｜用機械代替人力｜非人力所及。

【人力車】rénlìchē ㄖㄣˊ ㄌㄧˋ ㄔㄜ ❶由人推或拉的車(區別於'獸力車'和'機動車')。❷舊時一種用人拉的車，有兩個橡膠車輪，車身前有兩根長柄，柄端有橫木相連，主要用來載人。

【人流】[1] rénliú ㄖㄣˊ ㄌㄧㄡˊ 像河流似的連續不斷的人群：不盡的人流涌向廣場。

【人流】[2] rénliú ㄖㄣˊ ㄌㄧㄡˊ 人工流產的簡稱。

【人倫】rénlún ㄖㄣˊ ㄌㄨㄣˊ 封建禮教所規定的人與人之間的關係，特指尊卑長幼之間的關係，如君臣、父子、夫婦、兄弟、朋友的關係。

【人馬】rénmǎ ㄖㄣˊ ㄇㄚˇ ❶指軍隊：全部人馬安然渡過了長江。❷泛指某個集體的人員：原班人馬｜我們編輯部的人馬比較整齊。

【人馬座】rénmǎzuò ㄖㄣˊ ㄇㄚˇ ㄗㄨㄛˋ 黃道十二星座之一。參看505頁〖黃道十二宮〗。

【人們】rén·men ㄖㄣˊ ·ㄇㄣ 泛稱許多人：草原上的人們｜天冷了，人們都穿上了冬裝。

【人面獸心】rén miàn shòu xīn ㄖㄣˊ ㄇㄧㄢˋ ㄕㄡˋ ㄒㄧㄣ 面貌雖然是人，但心腸像野獸一樣兇惡殘暴。

【人民】rénmín ㄖㄣˊ ㄇㄧㄣˊ 以勞動群眾為主體的社會基本成員。

【人民幣】rénmínbì ㄖㄣˊ ㄇㄧㄣˊ ㄅㄧˋ 我國法定貨幣。以圓為單位。

【人民代表大會】rénmín dàibiǎo dàhuì ㄖㄣˊ ㄇㄧㄣˊ ㄉㄞˋ ㄅㄧㄠˇ ㄉㄚˋ ㄏㄨㄟˋ 我國人民行使國家權力的機關。全國人民代表大會和地方各級人民代表大會代表由民主協商選舉產生。簡稱人大。

【人民法院】rénmín fǎyuàn ㄖㄣˊ ㄇㄧㄣˊ ㄈㄚˇ ㄩㄢˋ 我國行使審判權的國家機關，分最高人民法院、地方各級人民法院和專門人民法院。

【人民檢察院】rénmín jiǎncháyuàn ㄖㄣˊ ㄇㄧㄣˊ ㄐㄧㄢˇ ㄔㄚˊ ㄩㄢˋ 我國行使檢察權的國家機關，分最高人民檢察院、地方各級人民檢察院和專門人民檢察院。

【人民警察】rénmín jǐngchá ㄖㄣˊ ㄇㄧㄣˊ ㄐㄧㄥˇ ㄔㄚˊ 我國的公安人員，是武裝性質的治安行政力量。簡稱民警。

【人民民主專政】rénmín mínzhǔ zhuānzhèng ㄖㄣˊ ㄇㄧㄣˊ ㄇㄧㄣˊ ㄓㄨˇ ㄓㄨㄢ ㄓㄥˋ 工人階級(經過共產黨)領導的、以工農聯盟為基礎的人民民主政權。

【人民內部矛盾】rénmín nèibù máodùn ㄖㄣˊ ㄇㄧㄣˊ ㄋㄟˋ ㄅㄨˋ ㄇㄠˊ ㄉㄨㄣˋ 指在人民利益根本一致的基礎上的矛盾，是非對抗性的。

【人民陪審員】rénmín péishěnyuán ㄖㄣˊ ㄇㄧㄣˊ ㄆㄟˊ ㄕㄣˇ ㄩㄢˊ 我國司法機關從人民群眾中吸收的參加審判的人員。由人民選舉產生，在人民法院執行職務期間，同審判員有同等權力。簡稱陪審員。

【人民團體】rénmín tuántǐ ㄖㄣˊ ㄇㄧㄣˊ ㄊㄨㄢˊ ㄊㄧˇ 民間的群眾性組織，如紅十字會、中華醫學會、中國人民外交學會等。

【人民武裝】rénmín wǔzhuāng ㄖㄣˊ ㄇㄧㄣˊ ㄨˇ ㄓㄨㄤ 屬於人民的武裝力量。在我國，指人民解放軍和民兵等武裝組織，特指民兵等群眾性武裝組織。

【人民性】rénmínxìng ㄖㄣˊ ㄇㄧㄣˊ ㄒㄧㄥˋ 指文藝作品中對人民大眾的生活、思想、情感、願望等的反映。

【人民戰爭】rénmín zhànzhēng ㄖㄣˊ ㄇㄧㄣˊ ㄓㄢˋ ㄓㄥ 以人民軍隊為骨幹、有廣大人民群眾參加的革命戰爭。

【人民政府】rénmín zhèngfǔ ㄖㄣˊ ㄇㄧㄣˊ ㄓㄥˋ ㄈㄨˇ 我國各級人民代表大會的執行機關和國家行政機關。

【人命】rénmìng ㄖㄣˊ ㄇㄧㄥˋ 人的生命（多用於受到傷害時）：一條人命｜人命關天。

【人莫予毒】rén mò yú dú ㄖㄣˊ ㄇㄛˋ ㄩˊ ㄉㄨˊ 目空一切，認為沒有人能傷害我（毒：傷害）。

【人品】rénpǐn ㄖㄣˊ ㄆㄧㄣˇ ❶人的品質：人品高尚。❷人的儀表：人品出眾。

【人情】rénqíng ㄖㄣˊ ㄑㄧㄥˊ ❶人的感情；人之常情：不近人情。❷情面：託人情｜不講人情。❸恩惠；情誼：做個人情｜空頭人情。❹指禮節應酬等習俗：行人情｜盡人情。❺禮物：送人情。

【人情世故】rénqíngshìgù ㄖㄣˊ ㄑㄧㄥˊ ㄕˋ ㄍㄨˋ 為人處世的道理：不懂人情世故。

【人情味】rénqíngwèi ㄖㄣˊ ㄑㄧㄥˊ ㄨㄟˋ （人情味兒）指人通常具有的情感：他的話富於人情味。

【人權】rénquán ㄖㄣˊ ㄑㄩㄢˊ 指人享有的人身自由和各種民主權利：侵犯人權｜保障人權。

【人群】rénqún ㄖㄣˊ ㄑㄩㄣˊ 成群的人：他在人群裏擠來擠去。

【人兒】rénr ㄖㄣㄦˊ ❶小的人形：捏了一個泥人兒。❷〈方〉指人的行為儀表：他人兒很不錯。

【人人】rénrén ㄖㄣˊ ㄖㄣˊ 所有的人；每人：我為人人，人人為我｜人人都有一雙手，別人能幹的活兒我也能幹。

【人日】rénrì ㄖㄣˊ ㄖˋ 舊稱正月初七。

【人山人海】rén shān rén hǎi ㄖㄣˊ ㄕㄢ ㄖㄣˊ ㄏㄞˇ 形容聚集的人極多：體育場上，觀眾人山人海。

【人身】rénshēn ㄖㄣˊ ㄕㄣ 指個人的生命、健康、行動、名譽等（着眼於保護或損害）：人身自由｜人身攻擊。

【人身權】rénshēnquán ㄖㄣˊ ㄕㄣ ㄑㄩㄢˊ 與公民人身不能分離而又不直接與經濟利益相聯繫的民事權利，分為人格權和身份權兩類。

【人身事故】rénshēn shìgù ㄖㄣˊ ㄕㄣ ㄕˋ ㄍㄨˋ 生產勞動中發生的傷亡事件。

【人身自由】rénshēn zìyóu ㄖㄣˊ ㄕㄣ ㄗˋ ㄧㄡˊ 指公民的身體不受侵犯的自由。如不得非法逮捕、搜查和拘留等。

【人參】rénshēn ㄖㄣˊ ㄕㄣ 多年生草本植物，主根肥大，肉質，黃白色，掌狀複葉，小葉卵形，花小，淡黃綠色，果實扁圓形。根和葉都可入藥，有滋補作用。

【人生】rénshēng ㄖㄣˊ ㄕㄥ 人的生存和生活：人生觀｜人生大事｜人生兩件寶，雙手與大腦。

【人生觀】rénshēngguān ㄖㄣˊ ㄕㄥ ㄍㄨㄢ 對人生的看法，也就是對於人類生存的目的、價值和意義的看法。人生觀是由世界觀決定的。參看1045頁〖世界觀〗。

【人聲】rénshēng ㄖㄣˊ ㄕㄥ 人發出的聲音：人聲鼎沸｜人聲嘈雜。

【人士】rénshì ㄖㄣˊ ㄕˋ 有一定社會影響的人物：民主人士｜各界人士｜黨外人士｜愛國人士。

【人氏】rénshì ㄖㄣˊ ㄕˋ 人（指籍貫說，多見於早期白話）：當地人氏｜你姓甚麼？哪裏人氏？

【人世】rénshì ㄖㄣˊ ㄕˋ 人間；世間。也說人世間。

【人事】rénshì ㄖㄣˊ ㄕˋ ❶人的離合、境遇、存亡等情況。❷關於工作人員的錄用、培養、調配、獎懲等工作：人事科｜人事材料｜人事安排。❸指人與人之間的關係：人事糾紛｜人事磨擦。❹事理人情：不懂人事。❺人力能做到的事：盡人事。❻人的意識的對象：他昏迷過去，人事不知。❼〈方〉禮物：這次回去得給老大娘送點人事，表表我的心意。

【人手】rénshǒu ㄖㄣˊ ㄕㄡˇ 做事的人：人手不足。

【人壽年豐】rén shòu nián fēng ㄖㄣˊ ㄕㄡˋ ㄋㄧㄢˊ ㄈㄥ 人健康，年成好，形容生活安樂美好。

【人梯】réntī ㄖㄣˊ ㄊㄧ ❶一個人接一個人踩着肩膀向高處攀登叫搭人梯。❷指為別人的成功而作自我犧牲的人：甘當人梯。

【人體】réntǐ ㄖㄣˊ ㄊㄧˇ 人的身體：人體模型｜人體生理學。

【人同此心，心同此理】rén tóng cǐ xīn, xīn tóng cǐ lǐ ㄖㄣˊ ㄊㄨㄥˊ ㄘˇ ㄒㄧㄣ, ㄒㄧㄣ ㄊㄨㄥˊ ㄘˇ ㄌㄧˇ 指對某些事情，大多數人的感受和想法大致相同。

【人頭】réntóu ㄖㄣˊ ㄊㄡˊ ❶人的頭。❷指人：按人頭分｜人頭稅（舊時以人口為課稅對象所徵收的稅）。❸（人頭兒）指跟人的關係：人頭熟。❹〈方〉（人頭兒）指人的品質：人頭兒次（人品差）。

【人望】rénwàng ㄖㄣˊ ㄨㄤˋ 聲望；威望：素有人望。

【人微言輕】rén wēi yán qīng ㄖㄣˊ ㄨㄟ ㄧㄢˊ ㄑㄧㄥ 指地位低，言論主張不受人重視。

【人為】rénwéi ㄖㄣˊ ㄨㄟˊ ❶〈書〉人去做：事在人為。❷人造成的（用於不如意的事）：人為的障礙｜人為的困難。

【人為刀俎，我為魚肉】rén wéi dāo zǔ,wǒ wéi yú ròu ㄖㄣˊ ㄨㄟˊ ㄉㄠ ㄗㄨˇ,ㄨㄛˇ ㄨㄟˊ ㄩˊ ㄖㄡˋ 比喻人家掌握生殺大權，自己處在被宰割的地位。

【人文】rénwén ㄖㄣˊ ㄨㄣˊ 指人類社會的各種文化現象：人文科學｜人文景觀。

【人文科學】rénwén kēxué ㄖㄣˊ ㄨㄣˊ ㄎㄜ ㄒㄩㄝˊ 社會科學。

【人文主義】rénwén zhǔyì ㄖㄣˊ ㄨㄣˊ ㄓㄨˇ ㄧˋ 歐洲文藝復興時期的主要思潮，反對宗教教義和中古時期的經院哲學，提倡學術研究，主張思想自由和個性解放，肯定人是世界的中心。是資本主義萌芽時期的先進思想，但缺乏廣泛的民主基礎，有很大的局限性。參看1197頁〖文藝復興〗。

【人物】rénwù ㄖㄣˊ ㄨˋ ❶在某方面有代表性或具有突出特點的人：英雄人物｜風流人物。❷文學和藝術作品中所描寫的人。❸以人物為題材的中國畫。

【人像】rénxiàng ㄖㄣˊ ㄒㄧㄤˋ 刻畫人體或相貌的繪畫、雕塑等藝術品。

【人心】rénxīn ㄖㄣˊ ㄒㄧㄣ ❶指眾人的感情、願望等：振奮人心｜大快人心｜人心所向｜人心惶惶。❷指人的心地，特指善良的心地：人心不古｜他並不是沒有人心的人。

【人行道】rénxíngdào ㄖㄣˊ ㄒㄧㄥˊ ㄉㄠˋ 馬路兩旁供人步行的便道。

【人行橫道】rénxíng-héngdào ㄖㄣˊ ㄒㄧㄥˊ ㄏㄥˊ ㄉㄠˋ 大城市馬路上劃出的供行人橫穿馬路的一段道，一般畫有斑馬綫的標誌。

【人性】rénxìng ㄖㄣˊ ㄒㄧㄥˋ 在一定的社會制度和一定的歷史條件下形成的人的本性。

【人性】rén·xing ㄖㄣˊ ·ㄒㄧㄥ 人所具有的正常的感情和理性：不通人性｜滅絕人性。

【人性論】rénxìnglùn ㄖㄣˊ ㄒㄧㄥˋ ㄌㄨㄣˋ 一種主張人具有天生的、固定不變的共同本性的觀點。

【人選】rénxuǎn ㄖㄣˊ ㄒㄩㄢˇ 為一定目的挑選出來的人：適當人選｜決定秘書長的人選。

【人烟】rényān ㄖㄣˊ ㄧㄢ 指人家，住戶（烟：炊烟）：人烟稠密｜荒無人烟。

【人仰馬翻】rén yǎng mǎ fān ㄖㄣˊ ㄧㄤˇ ㄇㄚˇ ㄈㄢ 形容混亂或忙亂得不可收拾的樣子。也說馬翻人仰、馬仰人翻。

【人樣】rényàng ㄖㄣˊ ㄧㄤˋ （人樣兒）❶人的形狀；人應具有的儀表、禮貌等：身上髒得不像個人樣｜把孩子慣得一點人樣都沒有。❷指有出息的人：不混出個人樣來，不要回來見我。

【人意】rényì ㄖㄣˊ ㄧˋ 人的心願、意志：盡如人意。

【人影兒】rényǐngr ㄖㄣˊ ㄧㄥㄦˇ ❶人的影子：窗簾上有個人影兒。❷人的形象或踪影：天黑得對面看不見人影兒｜他一出去，連人影兒也不見了。

【人魚】rényú ㄖㄣˊ ㄩˊ 儒艮的俗稱。

【人員】rényuán ㄖㄣˊ ㄩㄢˊ 擔任某種職務的人：機關工作人員｜值班人員｜人員配備。

【人猿】rényuán ㄖㄣˊ ㄩㄢˊ 類人猿。

【人緣兒】rényuánr ㄖㄣˊ ㄩㄢㄦˊ 跟人相處的關係（有時指良好的關係）：沒人緣兒｜有人緣兒｜人緣兒不錯。

【人云亦云】rén yún yì yún ㄖㄣˊ ㄩㄣˊ ㄧˋ ㄩㄣˊ 人家說甚麼自己也跟着說甚麼，形容沒有主見。

【人造】rénzào ㄖㄣˊ ㄗㄠˋ 人工製造的，非天然的：人造纖維｜人造地球衛星。

【人造磁鐵】rénzào cítiě ㄖㄣˊ ㄗㄠˋ ㄘˊ ㄊㄧㄝˇ 以鋼或磁合金為原料，經人工磁化而成的磁鐵。

【人造地球衛星】rénzào dìqiú wèixīng ㄖㄣˊ ㄗㄠˋ ㄉㄧˋ ㄑㄧㄡˊ ㄨㄟˋ ㄒㄧㄥ 用火箭發射到天空，按一定軌道繞地球運行的物體。

【人造革】rénzàogé ㄖㄣˊ ㄗㄠˋ ㄍㄜˊ 類似皮革的塑料製品，通常將熔化的樹脂加配料塗在紡織品上，經加熱處理而成。也有用加配料的樹脂經滾筒壓製而成的，有的有襯布。

【人造石油】rénzào shíyóu ㄖㄣˊ ㄗㄠˋ ㄕˊ ㄧㄡˊ 從油頁岩或煤中提煉的或化工合成的類似天然石油的液體。

【人造衛星】rénzào wèixīng ㄖㄣˊ ㄗㄠˋ ㄨㄟˋ ㄒㄧㄥ 用火箭發射到天空，按一定軌道繞地球或其他行星運行的物體。

【人造纖維】rénzào xiānwéi ㄖㄣˊ ㄗㄠˋ ㄒㄧㄢ ㄨㄟˊ 用人工方法製成的纖維，是用天然的高分子化合物為原料製成的，竹子、木材、甘蔗渣、棉子絨等都是製造人造纖維的原料。根據人造纖維的形狀和用途，分為人造絲、人造棉和人造毛三種。

【人造行星】rénzào xíngxīng ㄖㄣˊ ㄗㄠˋ ㄒㄧㄥˊ ㄒㄧㄥ 用火箭發射到星際空間，擺脫地球的引力，按一定軌道繞太陽運行的物體。

【人證】rénzhèng ㄖㄣˊ ㄓㄥˋ 由證人提供的有關案件事實的證據（區別於'物證'）。

【人治】rénzhì ㄖㄣˊ ㄓˋ 先秦時期儒家的政治思想，主張君主依靠賢能來治理國家。

【人質】rénzhì ㄖㄣˊ ㄓˋ 一方拘留的對方的人，用來迫使對方履行諾言或接受某些條件。

【人中】rénzhōng ㄖㄣˊ ㄓㄨㄥ 人的上唇正中凹下的部分。

【人種】rénzhǒng ㄖㄣˊ ㄓㄨㄥˇ 具有共同起源和共同遺傳特徵的人群。世界上的人種主要有尼格羅－澳大利亞人種（即黑種），蒙古人種（即黃種），歐羅巴人種（即白種）。

壬 rén ㄖㄣˊ ❶天干的第九位。參看368頁〖干支〗。❷(Rén)姓。

仁[1] rén ㄖㄣˊ ❶仁愛：仁心｜仁政｜仁至義盡。❷敬辭，用於對對方的尊稱：仁兄｜仁弟｜仁伯。❸(Rén)姓。

仁[2] rén ㄖㄣˊ (仁兒)果核或果殼最裏頭較柔軟的部分，大多可以吃：杏仁兒｜核桃仁兒｜花生仁兒◇蝦仁兒。

【仁愛】rén'ài ㄖㄣˊ ㄞˋ 同情、愛護和幫助人的思想感情。

【仁慈】réncí ㄖㄣˊ ㄘˊ 仁愛慈善：仁慈的老人。

【仁弟】réndì ㄖㄣˊ ㄉㄧˋ 對比自己年輕的朋友的敬稱，老師對學生也用(多用於書信等)。

【仁果】rénguǒ ㄖㄣˊ ㄍㄨㄛˇ ❶果實的一種，果肉大部分由花托發育而成，如蘋果、梨等。❷〈方〉落花生。

【仁厚】rénhòu ㄖㄣˊ ㄏㄡˋ 仁愛寬厚：仁厚待人。

【仁人君子】rénrén jūnzǐ ㄖㄣˊ ㄖㄣˊ ㄐㄩㄣ ㄗˇ 能熱心助人的人，也指心地純正、道德高尚的人。

【仁人志士】rénrén zhìshì ㄖㄣˊ ㄖㄣˊ ㄓˋ ㄕˋ 仁愛而有節操的人。

【仁兄】rénxiōng ㄖㄣˊ ㄒㄩㄥ 對朋友的敬稱(多用於書信等)。

【仁義】rényì ㄖㄣˊ ㄧˋ 仁愛和正義：仁義道德。

【仁義】rén·yi ㄖㄣˊ ·ㄧ 〈方〉性情和順善良。

【仁者見仁，智者見智】rén zhě jiàn rén,zhì zhě jiàn zhì ㄖㄣˊ ㄓㄜˇ ㄐㄧㄢˋ ㄖㄣˊ,ㄓˋ ㄓㄜˇ ㄐㄧㄢˋ ㄓˋ《易經・繫辭》：'仁者見之謂之仁，智者見之謂之智。'指對同一個問題，各人觀察的角度不同，見解也不相同。

【仁政】rénzhèng ㄖㄣˊ ㄓㄥˋ 仁慈的政治措施：施行仁政。

【仁至義盡】rén zhì yì jìn ㄖㄣˊ ㄓˋ ㄧˋ ㄐㄧㄣˋ 形容對人的善意和幫助已經做到最大的限度。

任 rén ㄖㄣˊ ❶任縣(Rén Xiàn ㄖㄣˊ ㄒㄧㄢˋ)、任丘(Rénqiū ㄖㄣˊ ㄑㄧㄡ)，地名，都在河北。❷(Rén)姓。

另見968頁rèn。

rěn (ㄖㄣˇ)

忍 rěn ㄖㄣˇ ❶忍耐；忍受：容忍｜忍痛｜忍讓｜是可忍，孰不可忍？❷忍心：殘忍｜於心不忍。

【忍俊不禁】rěn jùn bù jīn ㄖㄣˇ ㄐㄩㄣˋ ㄅㄨˋ ㄐㄧㄣ 忍不住笑。

【忍耐】rěnnài ㄖㄣˇ ㄋㄞˋ 把痛苦的感覺或某種情緒抑制住不使表現出來。

【忍氣吞聲】rěn qì tūn shēng ㄖㄣˇ ㄑㄧˋ ㄊㄨㄣ ㄕㄥ 形容受了氣而強自忍耐，不說甚麼話。

【忍讓】rěnràng ㄖㄣˇ ㄖㄤˋ 容忍退讓：互相忍讓｜一再忍讓。

【忍辱負重】rěn rǔ fù zhòng ㄖㄣˇ ㄖㄨˇ ㄈㄨˋ ㄓㄨㄥˋ 為了完成艱巨的任務，忍受屈辱，承擔重任。

【忍辱含垢】rěn rǔ hán gòu ㄖㄣˇ ㄖㄨˇ ㄏㄢˊ ㄍㄡˋ 忍受恥辱。

【忍受】rěnshòu ㄖㄣˇ ㄕㄡˋ 把痛苦、困難、不幸的遭遇等勉強承受下來：無法忍受｜忍受苦難。

【忍痛】rěntòng ㄖㄣˇ ㄊㄨㄥˋ 忍受痛苦(多形容不情願)：忍痛不言｜忍痛割愛｜忍痛離去。

【忍無可忍】rěn wú kě rěn ㄖㄣˇ ㄨˊ ㄎㄜˇ ㄖㄣˇ 要忍受也沒法兒忍受。

【忍心】rěn//xīn ㄖㄣˇ//ㄒㄧㄣ 能硬着心腸(做不忍做的事)。

荏[1]〔荏〕 rěn ㄖㄣˇ 見23頁〖白蘇〗。

荏[2]〔荏〕 rěn ㄖㄣˇ 〈書〉軟弱：色厲內荏。

【荏苒】rěnrǎn ㄖㄣˇ ㄖㄢˇ 〈書〉(時間)漸漸過去：光陰荏苒，轉瞬已是三年。

【荏弱】rěnruò ㄖㄣˇ ㄖㄨㄛˋ 〈書〉軟弱。

稔 rěn ㄖㄣˇ 〈書〉❶莊稼成熟：豐稔。❷年；一年：不及三稔而衰。❸熟悉(多指對人)：素稔｜稔知。

【稔知】rěnzhī ㄖㄣˇ ㄓ 〈書〉熟知：稔知其為人。

rèn (ㄖㄣˋ)

刃(刄) rèn ㄖㄣˋ ❶(刃兒)刀剪等的鋒利部分；刀口：刀刃｜這把斧子鏈了刃了。❷刀：利刃｜白刃戰。❸〈書〉用刀殺：自刃｜手刃奸賊。

【刃具】rènjù ㄖㄣˋ ㄐㄩˋ 刀具。

仞 rèn ㄖㄣˋ 古時八尺或七尺叫做一仞：萬仞高山｜為山九仞，功虧一簣。

任[1] rèn ㄖㄣˋ ❶任用：委任｜被任為廠長。❷擔任：任職｜連選連任。❸擔當；承受：任勞任怨。❹職務：就任｜擔負重任。❺量詞，用於擔任官職的次數。

任[2] rèn ㄖㄣˋ ❶任憑；聽憑：放任｜任意｜聽之任之｜衣服的花色很多，任你挑選。❷不論；無論：東西放在這裏，任甚麼也短不了｜任誰也不准亂動這裏的東西。

另見968頁rén。

【任便】rèn//biàn ㄖㄣˋ//ㄅㄧㄢˋ 任憑方便；聽便：你來不來任便。

【任從】rèncóng ㄖㄣˋ ㄘㄨㄥˊ 任憑；聽憑。

【任何】rènhé ㄖㄣˋ ㄏㄜˊ 不論甚麼：任何人都要遵紀守法｜我們能夠戰勝任何困難。

【任教】rèn//jiào ㄖㄣˋ//ㄐㄧㄠˋ 擔任教師工作：他在大學任教｜他在這所學校裏任過教。

【任課】rèn//kè ㄖㄣˋ//ㄎㄜˋ 擔任講課工作：任課

教師。

【任勞任怨】rèn láo rèn yuàn ㄖㄣˋ ㄌㄠˊ ㄖㄣˋ ㄩㄢˋ 做事不辭勞苦，不怕別人埋怨。

【任免】rènmiǎn ㄖㄣˋ ㄇㄧㄢˇ 任命和免職：任免名單。

【任命】rènmìng ㄖㄣˋ ㄇㄧㄥˋ 下命令任用：任命他為處長。

【任憑】rènpíng ㄖㄣˋ ㄆㄧㄥˊ ❶聽憑：去還是不去，任憑你自己｜任憑風浪起，穩坐釣魚船。❷無論；不管：任憑甚麼困難也阻擋不住我們。

【任期】rènqī ㄖㄣˋ ㄑㄧ 擔任職務的規定期限：任期將滿｜任期三年。

【任情】rènqíng ㄖㄣˋ ㄑㄧㄥˊ ❶盡情。❷〈書〉任性；放縱感情：任情率性。

【任人唯親】rèn rén wéi qīn ㄖㄣˋ ㄖㄣˊ ㄨㄟˊ ㄑㄧㄣ 任用跟自己關係密切的人，而不管他德才如何。

【任人唯賢】rèn rén wéi xián ㄖㄣˋ ㄖㄣˊ ㄨㄟˊ ㄒㄧㄢˊ 任用德才兼備的人，而不管他跟自己的關係是否密切。

【任務】rèn·wu ㄖㄣˋ ·ㄨ 指定擔任的工作；指定擔負的責任：生產任務｜超額完成任務｜本校今年的招生任務是五百名。

【任性】rènxìng ㄖㄣˋ ㄒㄧㄥˋ 放任自己的性子，不加約束：任性胡鬧｜他有時不免孩子氣，有點任性。

【任意】rènyì ㄖㄣˋ ㄧˋ ❶沒有拘束，不加限制，愛怎麼樣就怎麼樣：任意行動｜任意暢談。❷沒有任何條件的：任意三角形。

【任用】rènyòng ㄖㄣˋ ㄩㄥˋ 委派人員擔任職務：任用賢能｜任用得人。

【任職】rèn∥zhí ㄖㄣˋ∥ㄓˊ 擔任職務：任職財政部｜他在交通部門任過職。

【任重道遠】rèn zhòng dào yuǎn ㄖㄣˋ ㄓㄨㄥˋ ㄉㄠˋ ㄩㄢˇ 擔子很重，路程又長，比喻責任重大。

牣 rèn ㄖㄣˋ 〈書〉充滿：充牣。

妊(姙) rèn ㄖㄣˋ 妊娠：妊婦。

【妊婦】rènfù ㄖㄣˋ ㄈㄨˋ 孕婦。

【妊娠】rènshēn ㄖㄣˋ ㄕㄣ 人或動物母體內有胚胎發育成長；懷孕：妊娠期。

衽(袵) rèn ㄖㄣˋ 〈書〉❶衣襟。❷睡覺用的席子：衽席。

紉(纫) rèn ㄖㄣˋ ❶引綫穿過針鼻兒：老太太眼花了，紉不上針。❷用針縫：縫紉。❸〈書〉深深感激(多用於書信)：至紉高誼。

【紉佩】rènpèi ㄖㄣˋ ㄆㄟˋ 〈書〉感激佩服。

軔(轫) rèn ㄖㄣˋ 〈書〉支住車輪不使旋轉的木頭：發軔。

訒(讱) rèn ㄖㄣˋ 〈書〉(言語)遲鈍。

紝(纴、絍) rèn ㄖㄣˋ 〈書〉紡織。

葚〔葚〕 rèn ㄖㄣˋ 見990頁〖桑葚兒〗。另見1022頁 shèn。

飪(饪、餁) rèn ㄖㄣˋ 做飯做菜：烹飪。

韌(韧、靭) rèn ㄖㄣˋ 受外力作用時，雖然變形而不易折斷；柔軟而結實(跟'脆'相對)：堅韌｜柔韌｜韌度｜韌性。

【韌帶】rèndài ㄖㄣˋ ㄉㄞˋ 白色帶狀的結締組織，質堅韌，有彈性，能把骨骼連接在一起，並能固定某些臟器如肝、脾、腎等的位置。

【韌勁】rènjìn ㄖㄣˋ ㄐㄧㄣˋ (韌勁兒)頑強不屈的勁頭：他做事有一股韌勁。

【韌皮部】rènpíbù ㄖㄣˋ ㄆㄧˊ ㄅㄨˋ 植物學上指莖的組成部分之一，由篩管和韌皮纖維構成。

【韌皮纖維】rènpí xiānwéi ㄖㄣˋ ㄆㄧˊ ㄒㄧㄢ ㄨㄟˊ 韌皮部的組成部分之一，由兩端尖的細長細胞構成，質柔韌，富於彈力，如苧麻等的纖維。

【韌性】rènxìng ㄖㄣˋ ㄒㄧㄥˋ ❶物體受外力作用時，產生變形而不易折斷的性質。❷指頑強持久的精神：工作任務越艱巨越需要韌性。

認(认) rèn ㄖㄣˋ ❶認識；分辨：認字｜認清是非｜自己的東西，自己來認。❷跟本來沒有關係的人建立某種關係：認了一門親｜認老師。❸表示同意；承認：公認｜否認｜認可｜認輸｜認錯兒。❹認吃虧(後面要帶'了')：你不用管，這事我認了。

【認不是】rèn bù·shi ㄖㄣˋ ㄅㄨˋ ·ㄕ 認錯。

【認錯】rèn∥cuò ㄖㄣˋ∥ㄘㄨㄛˋ (認錯兒)承認錯誤：他既然認錯了，就原諒他這一次吧。

【認得】rèn·de ㄖㄣˋ ·ㄉㄜ 認識①：我不認得這種花｜我認得這位先生。

【認定】rèndìng ㄖㄣˋ ㄉㄧㄥˋ ❶確定地認為：我們認定一切事物都是在矛盾中不斷向前發展的。❷明確承認；確定：審核認定技術合同｜犯罪事實清楚，證據確定、充分，足以認定。

【認罰】rèn∥fá ㄖㄣˋ∥ㄈㄚˊ 同意受罰：情願認罰｜說錯了，我認罰。

【認購】rèngòu ㄖㄣˋ ㄍㄡˋ 應承購買(公債等)：自願認購｜認購債券。

【認腳】rènjiǎo ㄖㄣˋ ㄐㄧㄠˇ 〈方〉鞋左右兩只不能換着穿。

【認可】rènkě ㄖㄣˋ ㄎㄜˇ 許可；承認：點頭認可｜這個方案被雙方認可。

【認領】rènlǐng ㄖㄣˋ ㄌㄧㄥˇ ❶辨認並領取：拾得金筆一支，希望失主前來認領。❷把別人的孩子當做自己的領來撫養。

【認命】rèn∥mìng ㄖㄣˋ∥ㄇㄧㄥˋ 承認不幸的遭遇

是命中注定的（迷信）。

【認生】rènshēng ㄖㄣˋ ㄕㄥ （小孩子）怕見生人。

【認識】rèn·shi ㄖㄣˋ ·ㄕ ❶能夠確定某一人或事物是這個人或事物而不是別的：我認識他｜他不認識這種草藥。❷指人的頭腦對客觀世界的反映：感性認識｜理性認識。

【認識論】rèn·shilùn ㄖㄣˋ ·ㄕ ㄌㄨㄣˋ 關於人類認識的來源、發展過程，以及認識與實踐的關係的學説。由於對思維和存在何者為第一性的不同回答，分成唯心主義認識論和唯物主義認識論。

【認輸】rèn∥shū ㄖㄣˋ∥ㄕㄨ 承認失敗：他沒認過輸。

【認死理】rèn sǐlǐ ㄖㄣˋ ㄙˇ ㄌㄧˇ （認死理兒）堅持某種道理或理由，不知變通：這個人就是有點認死理，心還是好的。

【認同】rèntóng ㄖㄣˋ ㄊㄨㄥˊ ❶認為跟自己有共同之處而感到親切：民族認同感。❷承認；認可：這種研究方法已經得到學術界的認同。

【認頭】rèn∥tóu ㄖㄣˋ∥ㄊㄡˊ 不情願而勉強承受；認吃虧：明知受騙也只好認頭。

【認為】rènwéi ㄖㄣˋ ㄨㄟˊ 對人或事物確定某種看法，做出某種判斷：我認為他可以擔任這項工作。

【認賊作父】rèn zéi zuò fù ㄖㄣˋ ㄗㄟˊ ㄗㄨㄛˋ ㄈㄨˋ 比喻把敵人當親人。

【認賬】rèn∥zhàng ㄖㄣˋ∥ㄓㄤˋ 承認所欠的賬，比喻承認自己説過的話或做過的事（多用於否定式）：不肯認賬｜隔了那麼久，他能認這個賬？

【認真】rèn∥zhēn ㄖㄣˋ∥ㄓㄣ 信以為真；當真：人家説着玩兒，你怎麼就認起真來了？

【認真】rènzhēn ㄖㄣˋ ㄓㄣ 嚴肅對待，不馬虎：認真學習｜工作認真。

【認證】rènzhèng ㄖㄣˋ ㄓㄥˋ 公證機關對當事人提出的文件審查屬實後給予證明。

【認罪】rèn∥zuì ㄖㄣˋ∥ㄗㄨㄟˋ 承認自己的罪行：低頭認罪｜認罪悔過。

rēng（ㄖㄥ）

扔 rēng ㄖㄥ ❶揮動手臂，使拿着的東西離開手：扔球｜扔手榴彈。❷拋棄；丟：這條魚臭了，把它扔了吧｜這事他早就扔在脖子後邊了。

réng（ㄖㄥˊ）

仍 réng ㄖㄥˊ ❶依照：一仍其舊（完全照舊）。❷〈書〉頻繁：頻仍。❸〈書〉仍然：仍須努力｜病仍不見好。

【仍舊】réngjiù ㄖㄥˊ ㄐㄧㄡˋ ❶照舊：修訂版體例仍舊。❷仍然：他雖然遇到許多困難，可是意志仍舊那樣堅強。

【仍然】réngrán ㄖㄥˊ ㄖㄢˊ 副詞，表示情況繼續不變或恢復原狀：他仍然保持着老紅軍艱苦奮鬥的作風｜他把信看完，仍然裝在信封裏。

礽 réng ㄖㄥˊ 〈書〉福。

rì（ㄖˋ）

日 rì ㄖˋ ❶太陽：日出｜日落。❷（Rì）指日本：日圓｜日語。❸從天亮到天黑的一段時間；白天（跟'夜'相對）：日班｜日場｜日日夜夜｜夜以繼日。❹地球自轉一周的時間；一晝夜；天：今日｜明日｜多日不見｜改日再談。❺每天；一天一天地：日記｜日新月異｜生產日有增加｜經濟日趨繁榮。❻泛指一段時間：往日｜來日｜昔日。❼特指某一天：假日｜生日｜國慶日。

【日班】rìbān ㄖˋ ㄅㄢ 白天工作的班次。

【日斑】rìbān ㄖˋ ㄅㄢ 太陽黑子。

【日報】rìbào ㄖˋ ㄅㄠˋ 每天早上出版的報紙。

【日薄西山】rì bó xī shān ㄖˋ ㄅㄛˊ ㄒㄧ ㄕㄢ 太陽快要落山了，比喻衰老的人或腐朽的事物臨近死亡。

【日不暇給】rì bù xiá jǐ ㄖˋ ㄅㄨˋ ㄒㄧㄚˊ ㄐㄧˇ 形容事務繁忙，沒有空閑。

【日常】rìcháng ㄖˋ ㄔㄤˊ 屬於平時的：日常生活｜日常工作｜日常用品。

【日場】rìchǎng ㄖˋ ㄔㄤˇ 戲劇、電影等在白天的演出：日場戲｜日場電影。

【日程】rìchéng ㄖˋ ㄔㄥˊ 按日排定的行事程序：議事日程｜工作日程｜此事已提到日程上。

【日戳】rìchuō ㄖˋ ㄔㄨㄛ 刻有年月日的戳子。

【日耳曼人】Rì'ěrmànrén ㄖˋ ㄦˇ ㄇㄢˋ ㄖㄣˊ 約公元前5世紀起分佈在歐洲斯堪的納維亞半島南部、日德蘭半島、波羅的海和北海南岸的一些部落。

【日珥】rì'ěr ㄖˋ ㄦˇ 太陽表面上紅色火焰狀的熾熱氣體，由氫、氦、鈣等元素組成。日全蝕時肉眼能看見，平時要用分光鏡才能看見。

【日工】rìgōng ㄖˋ ㄍㄨㄥ ❶白天的活兒。❷按天數計算工資的臨時工人，也指這種臨時工作。

【日光】rìguāng ㄖˋ ㄍㄨㄤ ❶太陽發出的光。❷時光（多見於早期白話）：日光尚早。

【日光燈】rìguāngdēng ㄖˋ ㄍㄨㄤ ㄉㄥ 熒光燈。

【日光浴】rìguāngyù ㄖˋ ㄍㄨㄤ ㄩˋ 光着身子讓日光照射以促進新陳代謝，增強抵抗力，保持身體健康的方法。

【日晷】rìguǐ ㄖˋ ㄍㄨㄟˇ 利用太陽投射的影子來測定時刻的裝置。一般是在有刻度的盤的中央裝着一根與盤垂直的金屬棍兒。也叫日規。

【日後】rìhòu ㄖˋ ㄏㄡˋ 將來；以後：這孩子日後

一定有出息｜日後出了問題，你可不要怪我。

【日華】rìhuá ㄖˋ ㄏㄨㄚˊ 陽光通過雲中的小水滴或冰粒時發生衍射，在太陽周圍形成的彩色光環，內紫外紅。

【日積月纍】rì jī yuè lěi ㄖˋ ㄐㄧ ㄩㄝˋ ㄌㄟˇ 長時間地積纍：每天讀幾頁書，日積月纍就讀了很多書。

【日記】rìjì ㄖˋ ㄐㄧˋ 每天所遇到的和所做的事情的記錄，有的兼記對這些事情的感受：日記本｜工作日記｜記日記。

【日記賬】rìjìzhàng ㄖˋ ㄐㄧˋ ㄓㄤˋ 簿記中主要賬簿的一種，按日期先後記載各項賬目，不分類。根據日記賬記載總賬。也叫序時賬。

【日間】rìjiān ㄖˋ ㄐㄧㄢ 白天。

【日見】rìjiàn ㄖˋ ㄐㄧㄢˋ 一天一天地顯示：日見好轉。

【日漸】rìjiàn ㄖˋ ㄐㄧㄢˋ 一天一天慢慢地：日漸進步。

【日界綫】rìjièxiàn ㄖˋ ㄐㄧㄝˋ ㄒㄧㄢˋ 國際日期變更綫。

【日久天長】rì jiǔ tiān cháng ㄖˋ ㄐㄧㄡˇ ㄊㄧㄢ ㄔㄤˊ 時間長，日子久：日久天長，養成習慣就不好了。

【日就月將】rì jiù yuè jiāng ㄖˋ ㄐㄧㄡˋ ㄩㄝˋ ㄐㄧㄤ 每天有成就，每月有進步。形容積少成多(就：成就；將：前進)。

【日來】rìlái ㄖˋ ㄌㄞˊ 近幾天來：日來偶染小恙。

【日理萬機】rì lǐ wàn jī ㄖˋ ㄌㄧˇ ㄨㄢˋ ㄐㄧ 形容政務繁忙(多指高級領導人)。

【日曆】rìlì ㄖˋ ㄌㄧˋ 記有年、月、日、星期、節氣、紀念日等的本子，一年一本，每日一頁，逐日揭去。

【日冕】rìmiǎn ㄖˋ ㄇㄧㄢˇ 太陽大氣的最外層，亮度約為光球的一百萬分之一。日全蝕時，可以看到黑暗的太陽表面周圍有一層淡黃色光芒。

【日暮途窮】rì mù tú qióng ㄖˋ ㄇㄨˋ ㄊㄨˊ ㄑㄩㄥˊ 天黑下去了，路走到頭了。比喻到了末日。

【日內】rìnèi ㄖˋ ㄋㄟˋ 最近幾天裏：大會將於日內舉行。

【日期】rìqī ㄖˋ ㄑㄧ 發生某一事情的確定的日子或時期：發信的日期｜起程的日期｜開會的日期是6月21日到27日。

【日前】rìqián ㄖˋ ㄑㄧㄢˊ 幾天前：日前他曾來過一次。

【日趨】rìqū ㄖˋ ㄑㄩ 一天一天地走向：日趨繁榮｜日趨沒落。

【日色】rìsè ㄖˋ ㄙㄜˋ 太陽的光，指時間的早晚：日色不早了，快點趕路吧。

【日上三竿】rì shàng sān gān ㄖˋ ㄕㄤˋ ㄙㄢ ㄍㄢ 太陽升起來離地已有三根竹竿那麼高。多用來形容人起牀晚。

【日蝕】rìshí ㄖˋ ㄕˊ 月球運行到地球和太陽的中間時，太陽的光被月球擋住，不能射到地球上來，這種現象叫日蝕。太陽全部被月球擋住時叫日全蝕，部分被擋住時叫日偏蝕，中央部分被擋住時叫日環蝕。日蝕都發生在農曆初一。

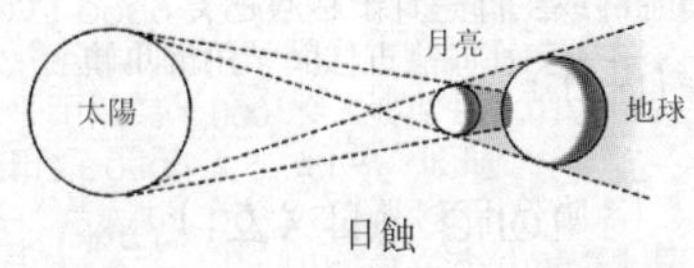

日蝕

【日頭】rìtóu ㄖˋ ㄊㄡˊ ❶日子①(多見於早期白話，下同)：我也有盼着他的日頭。❷指白天：半個日頭。

【日頭】rì·tou ㄖˋ ·ㄊㄡ 太陽。

【日託】rìtuō ㄖˋ ㄊㄨㄛ 白天把幼兒託付給託兒所或幼兒園，晚上接回家，叫日託(區別於'全託')。

【日夕】rìxī ㄖˋ ㄒㄧ 〈書〉日夜；朝夕：日夕相處。

【日心說】rìxīnshuō ㄖˋ ㄒㄧㄣ ㄕㄨㄛ 古時天文學上的一種學說，認為太陽處於宇宙的中心，地球和其他行星都圍繞太陽運動。

【日新月異】rì xīn yuè yì ㄖˋ ㄒㄧㄣ ㄩㄝˋ ㄧˋ 每天每月都有新的變化，形容進步、發展很快。

【日夜】rìyè ㄖˋ ㄧㄝˋ 白天黑夜：日夜兼程｜日夜三班輪流生產。

【日以繼夜】rì yǐ jì yè ㄖˋ ㄧˇ ㄐㄧˋ ㄧㄝˋ 見1336頁〖夜以繼日〗。

【日益】rìyì ㄖˋ ㄧˋ 一天比一天更加：生活日益改善。

【日用】rìyòng ㄖˋ ㄩㄥˋ ❶日常生活應用的：日用品。❷日常生活的費用：一部分錢做日用，其餘的都儲蓄起來。

【日用品】rìyòngpǐn ㄖˋ ㄩㄥˋ ㄆㄧㄣˇ 日常應用的物品，如毛巾、肥皂、暖水瓶等。

【日元】rìyuán ㄖˋ ㄩㄢˊ 同'日圓'。

【日圓】rìyuán ㄖˋ ㄩㄢˊ 日本的本位貨幣。也作日元。

【日月】rìyuè ㄖˋ ㄩㄝˋ (日月兒) ❶日子③：戰鬥的日月｜幸福的日月。❷時間；時光。

【日月如梭】rì yuè rú suō ㄖˋ ㄩㄝˋ ㄖㄨˊ ㄙㄨㄛ 太陽和月亮像穿梭似地來去，形容時間過得很快。

【日暈】rìyùn ㄖˋ ㄩㄣˋ 日光通過雲層中的冰晶時，經折射而形成的光現象。在太陽周圍形成彩色光環，內紅外紫。日暈常被看做天氣變化的預兆。

【日照】rìzhào ㄖˋ ㄓㄠˋ 一天中太陽光照射的時間。日照長短隨緯度高低和季節而變化，並和雲量、雲的厚度以及地形有關。夏季我國北方日照長，南方日照短，冬季相反。

【日臻】rìzhēn ㄖˋ ㄓㄣ 一天一天地達到：日臻完善｜日臻成熟。

【日誌】rìzhì ㄖˋ ㄓˋ 日記（多指非個人的）：教室日誌｜工作日誌。
【日中】rìzhōng ㄖˋ ㄓㄨㄥ 正午。
【日子】rì·zi ㄖˋ ·ㄗ ❶日期：這個日子好容易盼到了。❷時間（指天數）：他走了有些日子了。❸指生活或生計：日子越過越美。
馹（驲） rì ㄖˋ 古代驛站用的馬車。

róng （ㄖㄨㄥˊ）

戎1 róng ㄖㄨㄥˊ 〈書〉❶兵器；武器：兵戎。❷軍事；軍隊：戎馬｜戎裝｜投筆從戎。
戎2 Róng ㄖㄨㄥˊ ❶我國古代稱西方的民族。❷姓。
【戎行】rónghάng ㄖㄨㄥˊ ㄏㄤˊ 〈書〉軍旅；行伍：久歷戎行。
【戎機】róngjī ㄖㄨㄥˊ ㄐㄧ 〈書〉❶指戰爭；軍事：迅赴戎機｜通曉戎機。❷指戰機：貽誤戎機。
【戎馬】róngmǎ ㄖㄨㄥˊ ㄇㄚˇ 〈書〉軍馬，借指從軍、作戰：戎馬生涯｜戎馬倥傯（形容軍務繁忙）。
【戎裝】róngzhuāng ㄖㄨㄥˊ ㄓㄨㄤ 〈書〉軍裝。
肜 róng ㄖㄨㄥˊ 古代的一種祭祀。
茸〔茸〕 róng ㄖㄨㄥˊ ❶草初生纖細柔軟的樣子。❷指鹿茸：參茸（人參和鹿茸）。
【茸毛】róngmáo ㄖㄨㄥˊ ㄇㄠˊ 指人或動物的絨毛；植物體上的細毛。
【茸茸】róngróng ㄖㄨㄥˊ ㄖㄨㄥˊ （草、毛髮等）又短又軟又密：茸茸的綠草｜這孩子長着一頭茸茸的黑髮。
容1 róng ㄖㄨㄥˊ ❶容納；包含：容量｜無地自容｜這個禮堂能容兩千人。❷寬容；原諒：容忍｜大度容人｜情理難容。❸允許；讓：容許｜不容分說。❹〈書〉或許；也許：容或有之。❺（Róng）姓。
容2 róng ㄖㄨㄥˊ ❶臉上的神情和氣色：笑容｜愁容｜怒容｜容光｜病容。❷相貌：容貌｜容顏｜儀容｜整容。❸比喻事物所呈現的景象、狀態：軍容｜市容｜陣容。
【容光】róngguāng ㄖㄨㄥˊ ㄍㄨㄤ 臉上的光彩：容光煥發。
【容或】rónghuò ㄖㄨㄥˊ ㄏㄨㄛˋ 〈書〉或許；也許：這篇文章是根據本人回憶寫的，與事實容或有出入。
【容積】róngjī ㄖㄨㄥˊ ㄐㄧ 容器或其他能容納物質的物體的內部體積。
【容量】róngliàng ㄖㄨㄥˊ ㄌㄧㄤˋ ❶容積的大小叫做容量。❷容納的數量：電容量｜熱容量｜通訊容量。
【容留】róngliú ㄖㄨㄥˊ ㄌㄧㄡˊ 容納；收留。
【容貌】róngmào ㄖㄨㄥˊ ㄇㄠˋ 相貌：容貌端莊｜容貌秀麗。
【容納】róngnà ㄖㄨㄥˊ ㄋㄚˋ 在固定的空間或範圍內接受（人或事物）：這個廣場可以容納十萬人｜修建了一個可以容納上千牀位的療養院。
【容器】róngqì ㄖㄨㄥˊ ㄑㄧˋ 盛物品的器具，如盒子、籮筐、搪瓷盆、玻璃杯等。
【容情】róngqíng ㄖㄨㄥˊ ㄑㄧㄥˊ 加以寬容（多用於否定式）：我們對壞人壞事是決不容情的。
【容人】róng∥rén ㄖㄨㄥˊ∥ㄖㄣˊ 指寬厚待人：容人的雅量｜心胸狹隘，容不得人。
【容忍】róngrěn ㄖㄨㄥˊ ㄖㄣˇ 寬容忍耐：他的錯誤行為使人不能容忍。
【容身】róng∥shēn ㄖㄨㄥˊ∥ㄕㄣ 安身：容身之地。
【容許】róngxǔ ㄖㄨㄥˊ ㄒㄩˇ ❶許可：原則問題決不容許讓步。❷或許；也許：此類事件，十年前容許有之。
【容顏】róngyán ㄖㄨㄥˊ ㄧㄢˊ 容貌；臉色：容顏秀美。
【容易】róngyì ㄖㄨㄥˊ ㄧˋ ❶做起來不費事的：說時容易做時難｜這篇文章寫得很通俗，容易看。❷發生某種變化的可能性大：容易生病｜白衣服容易髒｜這種麥子不容易倒伏。
【容止】róngzhǐ ㄖㄨㄥˊ ㄓˇ 〈書〉儀容舉止：容止俊雅。
【容重】róngzhòng ㄖㄨㄥˊ ㄓㄨㄥˋ 單位體積物體的重量。內部沒有空隙的物體的容重和它的比重相等。
絨（绒、羢、毧） róng ㄖㄨㄥˊ ❶絨毛①：鴨絨｜駝絨。❷上面有一層絨毛的紡織品：棉絨｜絲絨｜長毛絨｜燈心絨。❸（絨兒）刺綉用的細絲：紅綠絨兒。
【絨布】róngbù ㄖㄨㄥˊ ㄅㄨˋ 有絨毛的棉布，柔軟而保暖。
【絨花】rónghuā ㄖㄨㄥˊ ㄏㄨㄚ （絨花兒）用絲絨製成的花、鳥等。
【絨毛】róngmáo ㄖㄨㄥˊ ㄇㄠˊ ❶人或動物身體表面和某些器官內壁長的短而柔軟的毛。❷織物上連成一片的纖細而柔軟的短毛。
【絨綫】róngxiàn ㄖㄨㄥˊ ㄒㄧㄢˋ ❶刺綉用的粗絲綫。❷〈方〉毛綫。
蓉〔蓉〕 róng ㄖㄨㄥˊ ❶用某些植物的果肉或種子製成的粉狀物：豆蓉｜椰蓉。❷見351頁〖芙蓉〗、192頁〔蓯蓉〕。❸（Róng）四川成都的別稱。
溶 róng ㄖㄨㄥˊ 溶化；溶解：溶液｜溶劑｜樟腦溶於酒精而不溶於水。
【溶洞】róngdòng ㄖㄨㄥˊ ㄉㄨㄥˋ 石灰岩被含有二氧化碳的流水所溶解而形成的天然洞穴。

【溶化】rónghuà ㄖㄨㄥˊ ㄏㄨㄚˋ ❶(固體)溶解：砂糖放在熱水中就會溶化。❷同'融化'。

【溶劑】róngjì ㄖㄨㄥˊ ㄐㄧˋ 能溶解其他物質的物質，如能溶解糖、食鹽等而形成溶液的水。舊稱溶媒。

【溶膠】róngjiāo ㄖㄨㄥˊ ㄐㄧㄠ 直徑在十萬分之一到千萬分之一厘米之間的質點分佈於介質中所形成的物質。介質為氣體的叫氣溶膠，如烟；介質為液體的叫液溶膠，如墨汁；介質為固體的叫固溶膠，如泡沫玻璃。也叫膠體溶液。

【溶解】róngjiě ㄖㄨㄥˊ ㄐㄧㄝˇ 一種物質均勻分佈在另一種物質中成為溶液。如把一勺兒糖放進一杯水中，就成為糖水。

【溶解度】róngjiědù ㄖㄨㄥˊ ㄐㄧㄝˇ ㄉㄨˋ 在一定溫度和壓力下，物質在一定量溶劑中溶解的最高量。通常以在 100 克溶劑中達到飽和時所溶解的克數來表示。

【溶解熱】róngjiěrè ㄖㄨㄥˊ ㄐㄧㄝˇ ㄖㄜˋ 物質溶解過程中的熱效應。溶解熱的大小與溫度、壓力、溶質、溶劑種類、溶液濃度等有關。

【溶溶】róngróng ㄖㄨㄥˊ ㄖㄨㄥˊ 〈書〉(水)寬廣的樣子：溶溶的江水◇月色溶溶。

【溶蝕】róngshí ㄖㄨㄥˊ ㄕˊ 水流溶解並搬運岩石中的可溶物質，這種作用在石灰岩地區最為明顯。

【溶血】róngxuè ㄖㄨㄥˊ ㄒㄩㄝˋ 紅細胞破裂，紅細胞內的血紅蛋白逸出。

【溶液】róngyè ㄖㄨㄥˊ ㄧㄝˋ 兩種或兩種以上的不同物質以分子、原子或離子形式組成的均勻、穩定的混合物。有固態的，如合金；有液態的，如糖水；有氣態的，如空氣。通常指液態溶液。也叫溶體。

【溶脹】róngzhàng ㄖㄨㄥˊ ㄓㄤˋ 高分子化合物吸收液體而體積膨大的現象，如明膠在水中、橡膠在苯中都會發生溶脹。

【溶質】róngzhì ㄖㄨㄥˊ ㄓˋ 溶解在溶劑中的物質，如溶解在水裏的食鹽。

瑢 róng ㄖㄨㄥˊ 見192頁[瑽瑢](cōngróng)。

榕 róng ㄖㄨㄥˊ ❶榕樹，常綠喬木，樹幹分枝多，有氣根，樹冠大，葉子互生，橢圓形或卵形，花黃色或淡紅色，果實倒卵形，黃色或赤褐色。生長在熱帶地方。木料可製器具，葉、氣根、樹皮可入藥。❷(Róng)福建福州的別稱。

榮(荣) róng ㄖㄨㄥˊ ❶草木茂盛：欣欣向榮｜本固枝榮。❷興盛：繁榮。❸光榮(跟'辱'相對)：榮譽｜榮耀｜虛榮｜榮獲冠軍。❹(Róng)姓。

【榮光】róngguāng ㄖㄨㄥˊ ㄍㄨㄤ 榮耀；光榮：無上榮光。

【榮歸】róngguī ㄖㄨㄥˊ ㄍㄨㄟ 光榮地歸來：榮歸故里｜衣錦榮歸。

【榮華】rónghuá ㄖㄨㄥˊ ㄏㄨㄚˊ 〈書〉草木開花，比喻興盛或顯達：榮華富貴。

【榮獲】rónghuò ㄖㄨㄥˊ ㄏㄨㄛˋ 光榮地獲得：榮獲冠軍。

【榮軍】róngjūn ㄖㄨㄥˊ ㄐㄩㄣ 榮譽軍人的簡稱。

【榮任】róngrèn ㄖㄨㄥˊ ㄖㄣˋ 指人擔任要職(多用於稱頌)。

【榮辱】róngrǔ ㄖㄨㄥˊ ㄖㄨˇ 光榮和恥辱：榮辱與共｜將個人的榮辱得失置之度外。

【榮幸】róngxìng ㄖㄨㄥˊ ㄒㄧㄥˋ 光榮而幸運：見到您感到十分榮幸｜躬逢盛會，不勝榮幸之至。

【榮耀】róngyào ㄖㄨㄥˊ ㄧㄠˋ 光榮。

【榮膺】róngyīng ㄖㄨㄥˊ ㄧㄥ 〈書〉光榮地接受或承當：榮膺戰鬥英雄的稱號。

【榮譽】róngyù ㄖㄨㄥˊ ㄩˋ 光榮的名譽：榮譽感｜榮譽稱號｜愛護集體的榮譽。

【榮譽軍人】róngyù jūnrén ㄖㄨㄥˊ ㄩˋ ㄐㄩㄣ ㄖㄣˊ 對殘廢軍人的尊稱。

熔 róng ㄖㄨㄥˊ 熔化：熔點｜熔焊｜熔爐。

【熔點】róngdiǎn ㄖㄨㄥˊ ㄉㄧㄢˇ 晶體物質開始熔化為液體時的溫度。非晶體物質(如玻璃、石蠟、塑料等)沒有熔點可言。

【熔斷】róngduàn ㄖㄨㄥˊ ㄉㄨㄢˋ ❶加熱使金屬片或金屬絲斷開。❷金屬片或金屬絲受熱斷開。

【熔合】rónghé ㄖㄨㄥˊ ㄏㄜˊ 兩種或兩種以上固態金屬熔化後合為一體。

【熔化】rónghuà ㄖㄨㄥˊ ㄏㄨㄚˋ 固體加熱到一定溫度變為液體，如鐵加熱至 1,530°C 以上就熔化成鐵水。大多數物質熔化後體積膨脹。也叫熔解、熔融。

【熔劑】róngjì ㄖㄨㄥˊ ㄐㄧˋ 熔煉、焊接或鍛接時，為促進原料、礦石或金屬的熔化而加進的物質，如石灰石、二氧化硅等。

【熔解】róngjiě ㄖㄨㄥˊ ㄐㄧㄝˇ 熔化：熔解熱。

【熔解熱】róngjiěrè ㄖㄨㄥˊ ㄐㄧㄝˇ ㄖㄜˋ 單位質量的晶體物質在熔點時，從固態變成液態所吸收的熱量，叫做這種物質的熔解熱。

【熔煉】róngliàn ㄖㄨㄥˊ ㄌㄧㄢˋ ❶熔化煉製：把礦石跟焦炭一起放在高爐裏熔煉。❷比喻鍛煉：戰火熔煉了戰士們的鋼鐵意志。

【熔爐】rónglú ㄖㄨㄥˊ ㄌㄨˊ ❶熔煉金屬的爐子。❷比喻鍛煉思想品質的環境：革命的熔爐。

【熔融】róngróng ㄖㄨㄥˊ ㄖㄨㄥˊ 熔化。

【熔岩】róngyán ㄖㄨㄥˊ ㄧㄢˊ 從火山或地面的裂縫中噴出來或溢出來的高溫岩漿，冷卻後凝固成岩石。

【熔冶】róngyě ㄖㄨㄥˊ ㄧㄝˇ 熔化冶煉。

【熔鑄】róngzhù ㄖㄨㄥˊ ㄓㄨˋ 熔化並鑄造：熔鑄生鐵◇對生活素材加以概括和提煉，進而熔鑄成為有血有肉的藝術形象。

融 róng ㄖㄨㄥˊ ❶融化：消融｜春雪易融。❷融合；調和：融洽｜水乳交融。❸流通：金融。

【融合】rónghé ㄖㄨㄥˊ ㄏㄜˊ 幾種不同的事物合成一體：文化融合。也作融和。

【融和】rónghé ㄖㄨㄥˊ ㄏㄜˊ ❶和暖：天氣融和。❷融洽；和諧：感情融和｜氣氛融和。❸同'融合'。

【融化】rónghuà ㄖㄨㄥˊ ㄏㄨㄚˋ （冰、雪等）變成水。也作溶化。

【融會】rónghuì ㄖㄨㄥˊ ㄏㄨㄟˋ 融合：融會貫通｜把人物形象的溫柔和剛毅很好地融會在一起。

【融會貫通】róng huì guàn tōng ㄖㄨㄥˊ ㄏㄨㄟˋ ㄍㄨㄢˋ ㄊㄨㄥ 參合多方面的道理而得到全面的透徹的領悟。

【融解】róngjiě ㄖㄨㄥˊ ㄐㄧㄝˇ 融化：春天來了，山頂的積雪融解了。

【融洽】róngqià ㄖㄨㄥˊ ㄑㄧㄚˋ 彼此感情好，沒有抵觸：關係融洽｜融洽無間。

【融融】róngróng ㄖㄨㄥˊ ㄖㄨㄥˊ 〈書〉❶形容和睦快樂的樣子：大家歡聚一堂，其樂融融。❷形容暖和：春光融融。

【融通】róngtōng ㄖㄨㄥˊ ㄊㄨㄥ ❶使（資金）流通：融通資金。❷融會貫通：融通古今。❸使融洽；相互溝通：融通感情。

【融資】róng∥zī ㄖㄨㄥˊ∥ㄗ 通過借貸、租賃、集資等方式而使資金得以融合並流通。

【融資】róngzī ㄖㄨㄥˊ ㄗ 通過借貸、租賃、集資等方式而得以融合並流通的資金。

嶸（嵘） róng ㄖㄨㄥˊ 見1456頁［崢嶸］。

鎔（镕） róng ㄖㄨㄥˊ 同'熔'。

蠑（蝾） róng ㄖㄨㄥˊ ［蠑螈］（róngyuán ㄖㄨㄥˊ ㄩㄢˊ） 兩栖動物，形狀像蜥蜴，頭扁，表皮粗糙，背面黑色，腹面紅黃色，四肢短，尾側扁。生活在水中，卵生。幼體形狀像蝌蚪。吃小動物。

rǒng （ㄖㄨㄥˇ）

冗（宂） rǒng ㄖㄨㄥˇ ❶多餘的：冗員｜冗詞贅句。❷煩瑣：冗雜。❸繁忙的事：希撥冗出席。

【冗筆】rǒngbǐ ㄖㄨㄥˇ ㄅㄧˇ 指文章或圖畫中多餘無用的筆墨。

【冗長】rǒngcháng ㄖㄨㄥˇ ㄔㄤˊ （文章、講話等）廢話多，拉得很長。

【冗繁】rǒngfán ㄖㄨㄥˇ ㄈㄢˊ 冗雜：他整天被冗繁的瑣事拖住了腿。

【冗務】rǒngwù ㄖㄨㄥˇ ㄨˋ 繁雜的事務：冗務纏身。

【冗員】rǒngyuán ㄖㄨㄥˇ ㄩㄢˊ 指機關中超過工作需要的人員：裁減冗員。

【冗雜】rǒngzá ㄖㄨㄥˇ ㄗㄚˊ （事務）繁雜。

毹（氄、毧） rǒng ㄖㄨㄥˇ （毛）細而軟：毹毛｜羽毛發毹。

【毹毛】rǒngmáo ㄖㄨㄥˇ ㄇㄠˊ 細而軟的毛：剛孵出來的小雞長着一身毹毛。

róu （ㄖㄡˊ）

柔 róu ㄖㄡˊ ❶軟：柔軟｜柔韌｜柔枝嫩葉。❷使變軟：柔麻。❸柔和（跟'剛'相對）：柔情｜柔順｜溫柔｜嬌柔。❹（Róu）姓。

【柔腸】róucháng ㄖㄡˊ ㄔㄤˊ 溫柔的心腸，比喻纏綿的情意：柔腸寸斷｜柔腸百結。

【柔道】róudào ㄖㄡˊ ㄉㄠˋ 體育運動項目之一，近似摔跤。兩人徒手赤足搏擊，以摔倒對方或使對方背着地30秒為勝。

【柔和】róuhé ㄖㄡˊ ㄏㄜˊ ❶溫和而不強烈：聲音柔和｜光綫柔和。❷柔軟；軟和：綫條柔和｜手感柔和。

【柔滑】róuhuá ㄖㄡˊ ㄏㄨㄚˊ 柔軟而光滑：柔滑如脂｜絲綢手感柔滑。

【柔美】róuměi ㄖㄡˊ ㄇㄟˇ 柔和而優美：音色柔美｜柔美的舞姿。

【柔媚】róumèi ㄖㄡˊ ㄇㄟˋ ❶柔和可愛：柔媚的晚霞｜舞姿輕盈柔媚。❷溫柔和順，討人喜歡：柔媚謙恭。

【柔嫩】róunèn ㄖㄡˊ ㄋㄣˋ 軟而嫩：柔嫩的幼苗。

【柔情】róuqíng ㄖㄡˊ ㄑㄧㄥˊ 溫柔的感情：柔情蜜意｜柔情似水。

【柔韌】róurèn ㄖㄡˊ ㄖㄣˋ 柔軟而有韌性：枝條柔韌｜柔韌的皮革｜他從小就練體操，身體柔韌性很好。

【柔軟】róuruǎn ㄖㄡˊ ㄖㄨㄢˇ 軟和；不堅硬：柔軟體操｜柔軟的毛皮。

【柔潤】róurùn ㄖㄡˊ ㄖㄨㄣˋ 柔和潤澤：皮膚柔潤｜柔潤的嗓音。

【柔弱】róuruò ㄖㄡˊ ㄖㄨㄛˋ 軟弱：生性柔弱｜柔弱的幼芽。

【柔順】róushùn ㄖㄡˊ ㄕㄨㄣˋ 溫柔和順：性情柔順。

【柔婉】róuwǎn ㄖㄡˊ ㄨㄢˇ ❶柔和而婉轉：唱腔柔婉｜柔婉的語調。❷柔順：性格柔婉。

【柔細】róuxì ㄖㄡˊ ㄒㄧˋ 柔和而細：聲音柔細｜柔細的柳枝。

揉 róu ㄖㄡˊ ❶用手來回擦或搓：揉眼睛｜把紙都揉碎了。❷團弄：揉麪｜把泥揉成小球。❸〈書〉使東西彎曲：揉木為耒。

【揉搓】róu·cuo ㄖㄡˊ ·ㄘㄨㄛ ❶揉①。❷〈方〉折磨。

【揉磨】róu·mo ㄖㄡˊ·ㄇㄛ 〈方〉折磨。

煣 róu ㄖㄡˊ 〈書〉用火烤木材使彎曲。

糅 róu ㄖㄡˊ 混雜：雜糅｜糅合。

【糅合】róuhé ㄖㄡˊ ㄏㄜˊ 攙和；混合（多指不適宜合在一起的）。

【糅雜】róuzá ㄖㄡˊ ㄗㄚˊ 不同的事物混雜在一起。

輮（𫐓） róu ㄖㄡˊ 〈書〉❶車輪的外框。❷同'揉'③。

蹂 róu ㄖㄡˊ 〈書〉踩；踐踏：蹂踏｜蹂躪。

【蹂躪】róulìn ㄖㄡˊ ㄌㄧㄣˋ 踐踏，比喻用暴力欺壓、侮辱、侵害：蹂躪人權。

鞣 róu ㄖㄡˊ 用鞣料使獸皮變柔軟，製成皮革：鞣皮子｜這皮子鞣得不夠熟。

【鞣料】róuliào ㄖㄡˊ ㄌㄧㄠˋ 能使獸皮柔軟的物質，如鉻鹽、栲膠、魚油等。

【鞣製】róuzhì ㄖㄡˊ ㄓˋ 用鞣料加工獸皮，製成皮革：把鞣製皮子的手藝傳給徒弟。

鰇（𫚉） róu ㄖㄡˊ 古書上指槍烏賊。

ròu （ㄖㄡˋ）

肉 ròu ㄖㄡˋ ❶人或動物體內接近皮的部分的柔韌的物質。某些動物的肉可以吃。❷某些瓜果裏可以吃的部分：棗肉｜桂圓肉｜冬瓜肉厚。❸〈方〉不脆；不酥：肉瓤兒西瓜。❹〈方〉性子慢，動作遲緩：肉脾氣｜那個人太肉，一點兒利索勁兒也沒有。

【肉搏】ròubó ㄖㄡˋ ㄅㄛˊ 徒手或用短兵器搏鬥：肉搏戰｜戰士們用刺刀跟敵人肉搏。

【肉搏戰】ròubózhàn ㄖㄡˋ ㄅㄛˊ ㄓㄢˋ 白刃戰。

【肉畜】ròuchù ㄖㄡˋ ㄔㄨˋ 專供食用的牲畜。

【肉蓯蓉】ròucōngróng ㄖㄡˋ ㄘㄨㄥ ㄖㄨㄥˊ 一年生草本植物，根呈塊狀，肉質，莖圓柱形，葉片鱗狀，葉和莖黃褐色，花紫褐色。可入藥。

【肉感】ròugǎn ㄖㄡˋ ㄍㄢˇ 性感（多指女性）。

【肉冠】ròuguān ㄖㄡˋ ㄍㄨㄢ 鳥類頭頂上長的肉質突起，形狀略像冠，紅色或略帶紫色。

【肉桂】ròuguì ㄖㄡˋ ㄍㄨㄟˋ 常綠喬木，葉子長橢圓形，有三條葉脈，開白色小花。樹皮叫桂皮，可入藥或做香料，葉、枝和樹皮磨碎後，可以蒸製桂油。也叫桂。

【肉紅】ròuhóng ㄖㄡˋ ㄏㄨㄥˊ 像肌肉那樣的淺紅色。

【肉雞】ròujī ㄖㄡˋ ㄐㄧ 肉用雞。

【肉瘤】ròuliú ㄖㄡˋ ㄌㄧㄡˊ 骨頭、淋巴組織、造血組織等部位發生的惡性腫瘤，如骨肉瘤。

【肉麻】ròumá ㄖㄡˋ ㄇㄚˊ 由輕佻的或虛偽的言語、舉動所引起的不舒服的感覺。

【肉糜】ròumí ㄖㄡˋ ㄇㄧˊ 〈方〉細碎的肉。

【肉牛】ròuniú ㄖㄡˋ ㄋㄧㄡˊ 菜牛。

【肉排】ròupái ㄖㄡˋ ㄆㄞˊ 牛排或豬排。

【肉皮】ròupí ㄖㄡˋ ㄆㄧˊ 通常指豬肉的皮。

【肉皮兒】ròupír ㄖㄡˋ ㄆㄧㄦˊ 〈方〉人的皮膚。

【肉票】ròupiào ㄖㄡˋ ㄆㄧㄠˋ （肉票兒）指被盜匪擄去當人質的人，盜匪藉以向他的家屬勒索錢財：撕肉票（指殺死人質）。

【肉鰭】ròuqí ㄖㄡˋ ㄑㄧˊ 烏賊、槍烏賊等軟體動物體上的鰭狀物，用來幫助游泳。

【肉禽】ròuqín ㄖㄡˋ ㄑㄧㄣˊ 專供食用的家禽。

【肉色】ròusè ㄖㄡˋ ㄙㄜˋ 像皮膚那樣淺黃帶紅的顏色：肉色絲襪。

【肉身】ròushēn ㄖㄡˋ ㄕㄣ 佛教用語，指肉體。

【肉食】ròushí ㄖㄡˋ ㄕˊ 以肉類為食物；吃葷：肉食動物。

【肉食】ròu·shi ㄖㄡˋ ·ㄕ 肉類食物：隨着生活水平的提高，人們的肉食消費也不斷增長。

【肉鬆】ròusōng ㄖㄡˋ ㄙㄨㄥ 用牛、豬等的瘦肉加工製成的絨狀或碎末狀的食品，乾而鬆散。

【肉體】ròutǐ ㄖㄡˋ ㄊㄧˇ 人的身體（區別於'精神'）：備受精神和肉體的苦痛。

【肉痛】ròutòng ㄖㄡˋ ㄊㄨㄥˋ 〈方〉心疼；捨不得。

【肉頭】ròutóu ㄖㄡˋ ㄊㄡˊ 〈方〉❶軟弱無能。❷傻：他淨辦這種肉頭事！❸吝嗇。

【肉頭】ròu·tou ㄖㄡˋ ·ㄊㄡ 〈方〉豐滿而柔軟；軟和：這孩子的手多肉頭！｜這種米做出來的飯挺肉頭。

【肉刑】ròuxíng ㄖㄡˋ ㄒㄧㄥˊ 摧殘人的肉體的刑罰。

【肉眼】ròuyǎn ㄖㄡˋ ㄧㄢˇ ❶人的眼睛（表明不靠光學儀器的幫助）：肉眼看不見細菌。❷比喻平庸的眼光：凡夫肉眼。

【肉用雞】ròuyòngjī ㄖㄡˋ ㄩㄥˋ ㄐㄧ 主要供食用而飼養的雞品種，如九斤黃。

【肉慾】ròuyù ㄖㄡˋ ㄩˋ 性慾（含貶義）。

【肉質】ròuzhì ㄖㄡˋ ㄓˋ 生物學上指鬆軟肥厚像肉一樣的物質：仙人掌有肉質莖。

【肉中刺】ròuzhōngcì ㄖㄡˋ ㄓㄨㄥ ㄘˋ 比喻最痛恨而急於除掉的東西（常跟'眼中釘'連用）。

【肉贅】ròuzhuì ㄖㄡˋ ㄓㄨㄟˋ 疣（yóu）。

rú （ㄖㄨˊ）

如1 rú ㄖㄨˊ ❶適合；依照：如意｜如願｜如期完成｜如數還清。❷如同：愛廠如家｜十年如一日｜如臨大敵。❸及；比得上（只用於否定，比較得失或高下）：我不如他｜百聞不如一見｜與其那樣，不如這樣。❹表示超過：光景一年強如一年。❺表示舉例：唐朝有很多大詩人，如李白、杜甫、白居易等。❻〈書〉到；往：如廁。❼（Rú）姓。

如[2] rú ㄖㄨˊ 如果：如不及早準備，恐臨時措手不及。

如[3] rú ㄖㄨˊ 古漢語形容詞後綴，表示狀態：空空如也｜侃侃如也。

【如臂使指】rú bì shǐ zhǐ ㄖㄨˊ ㄅㄧˋ ㄕˇ ㄓˇ《漢書·賈誼傳》：'如身之使臂，臂之使指。'比喻指揮如意。

【如常】rúcháng ㄖㄨˊ ㄔㄤˊ 跟平常一樣；照常：平靜如常｜起居如常。

【如出一轍】rú chū yī zhé ㄖㄨˊ ㄔㄨ ㄧ ㄓㄜˊ 形容兩件事情非常相像。

【如初】rúchū ㄖㄨˊ ㄔㄨ 跟當初一樣：消除嫌隙，兩人和好如初。

【如此】rúcǐ ㄖㄨˊ ㄘˇ 這樣：如此勇敢｜理當如此｜事已如此，後悔也是枉然。

【如次】rúcì ㄖㄨˊ ㄘˋ 如下：其理由如次。

【如弟】rúdì ㄖㄨˊ ㄉㄧˋ 舊時稱結拜的弟弟。

【如法炮製】rú fǎ páozhì ㄖㄨˊ ㄈㄚˇ ㄆㄠˊ ㄓˋ 依照成法炮製藥劑，泛指照現成的方法辦事。

【如故】rúgù ㄖㄨˊ ㄍㄨˋ ❶跟原來一樣：依然如故。❷如同老朋友一樣：一見如故。

【如果】rúguǒ ㄖㄨˊ ㄍㄨㄛˇ 連詞，表示假設：你如果有困難，我可以幫助你。

【如何】rúhé ㄖㄨˊ ㄏㄜˊ 怎麼；怎麼樣：近況如何？｜此事如何辦理？｜不知如何是好。

【如虎添翼】rú hǔ tiān yì ㄖㄨˊ ㄏㄨˇ ㄊㄧㄢ ㄧˋ 比喻強大的得到援助後更加強大，也比喻兇惡的得到援助後更加兇惡。

【如花似錦】rú huā sì jǐn ㄖㄨˊ ㄏㄨㄚ ㄙˋ ㄐㄧㄣˇ 形容風景、前程等十分美好。

【如火如荼】rú huǒ rú tú ㄖㄨˊ ㄏㄨㄛˇ ㄖㄨˊ ㄊㄨˊ 像火那樣紅，像荼(茅草的白花)那樣白。原比喻軍容之盛(見於《國語·吳語》)，現用來形容旺盛、熱烈或激烈。

【如飢似渴】rú jī sì kě ㄖㄨˊ ㄐㄧ ㄙˋ ㄎㄜˇ 形容要求非常迫切。也説如飢如渴。

【如膠似漆】rú jiāo sì qī ㄖㄨˊ ㄐㄧㄠ ㄙˋ ㄑㄧ 形容感情深厚，難捨難分。

【如今】rújīn ㄖㄨˊ ㄐㄧㄣ 現在：事到如今，只好不了了之｜如今再用老眼光看問題可不行了。注意'現在'可以指較長的一段時間，也可以指極短的時間，'如今'只能指較長的一段時間。

【如來】Rúlái ㄖㄨˊ ㄌㄞˊ 釋迦牟尼的十種稱號之一。意思是從如實之道而來，開創並揭示真理的人。

【如雷貫耳】rú léi guàn ěr ㄖㄨˊ ㄌㄟˊ ㄍㄨㄢˋ ㄦˇ 形容人的名聲很大：久聞大名，如雷貫耳。

【如鳥獸散】rú niǎo shòu sàn ㄖㄨˊ ㄋㄧㄠˇ ㄕㄡˋ ㄙㄢˋ 像受驚的鳥獸一樣四處逃散(含貶義)。

【如期】rúqī ㄖㄨˊ ㄑㄧ 按照期限：如期完成｜如期抵達目的地。

【如其】rúqí ㄖㄨˊ ㄑㄧˊ 如果。

【如日中天】rú rì zhōng tiān ㄖㄨˊ ㄖˋ ㄓㄨㄥ ㄊㄧㄢ 比喻事物正發展到十分興盛的階段。

【如若】rúruò ㄖㄨˊ ㄖㄨㄛˋ 如果。

【如喪考妣】rú sàng kǎo bǐ ㄖㄨˊ ㄙㄤˋ ㄎㄠˇ ㄅㄧˇ 像死了父母一樣的傷心和着急(含貶義)。

【如上】rúshàng ㄖㄨˊ ㄕㄤˋ 如同上面所敍述或列舉的：如上所述｜特將經過詳情報告如上。

【如實】rúshí ㄖㄨˊ ㄕˊ 按照實際情況：如實彙報。

【如釋重負】rú shì zhòng fù ㄖㄨˊ ㄕˋ ㄓㄨㄥˋ ㄈㄨˋ 像放下重擔子一樣，形容心情緊張後的輕鬆愉快。

【如數家珍】rú shǔ jiā zhēn ㄖㄨˊ ㄕㄨˇ ㄐㄧㄚ ㄓㄣ 像數自己家裏的珍寶一樣，形容對列舉的事物或敍述的故事十分熟悉。

【如數】rúshù ㄖㄨˊ ㄕㄨˋ 按照原來的或規定的數目：如數歸還｜如數交納税款。

【如湯沃雪】rú tāng wò xuě ㄖㄨˊ ㄊㄤ ㄨㄛˋ ㄒㄩㄝˇ 像熱水澆在雪上，比喻事情極容易解決。

【如同】rútóng ㄖㄨˊ ㄊㄨㄥˊ 好像：燈火通明，如同白晝｜工廠綠化得如同花園一般。

【如下】rúxià ㄖㄨˊ ㄒㄧㄚˋ 如同下面所敍述或所列舉的：列舉如下｜現將應注意的事情説明如下。

【如兄】rúxiōng ㄖㄨˊ ㄒㄩㄥ 舊時稱結拜的哥哥。

【如許】rúxǔ ㄖㄨˊ ㄒㄩˇ〈書〉❶如此；這樣：泉水清如許｜如許非凡的才智。❷這麼些；那麼些：枉費如許工力。

【如一】rúyī ㄖㄨˊ ㄧ 沒有變化；完全一致：始終如一｜表裏如一。

【如蟻附羶】rú yǐ fù shān ㄖㄨˊ ㄧˇ ㄈㄨˋ ㄕㄢ 像螞蟻附着在有羶味的東西上，比喻許多臭味相投的人追求某種惡劣的事物，也比喻依附有錢有勢的人。

【如意】rú∥yì ㄖㄨˊ∥ㄧˋ 符合心意：稱心如意｜事事不如他的意。

【如意】rúyì ㄖㄨˊ ㄧˋ 一種象徵吉祥的器物，用玉、竹、骨等製成，頭呈靈芝形或雲形，柄微曲，供賞玩。

【如意算盤】rúyì suàn·pán ㄖㄨˊ ㄧˋ ㄙㄨㄢˋ·ㄆㄢˊ 比喻只從好的一方面着想的打算。

【如影隨形】rú yǐng suí xíng ㄖㄨˊ ㄧㄥˇ ㄙㄨㄟˊ ㄒㄧㄥˊ 好像影子老是跟着身體一樣，比喻兩個人常在一起，十分親密。

【如魚得水】rú yú dé shuǐ ㄖㄨˊ ㄩˊ ㄉㄜˊ ㄕㄨㄟˇ 比喻得到跟自己很投合的人或對自己很適合的環境。

【如願】rú∥yuàn ㄖㄨˊ∥ㄩㄢˋ 符合願望：如願以償(願望實現)｜這回可如了老人的願。

【如字】rúzì ㄖㄨˊ ㄗˋ 一種注音法。同一個字形因意義不同而有兩個或兩個以上讀法的時候，按照習慣上最通常的讀法叫讀如字，例如'美好'的'好'讀上聲(區別於'喜好'的'好'讀去聲)。參看893頁〖破讀〗。

【如坐針氈】rú zuò zhēn zhān ㄖㄨˊ ㄗㄨㄛˋ ㄓㄣ ㄓㄢ 形容心神不寧。

茹〔茹〕 rú ㄖㄨˊ ❶〈書〉吃：茹素｜含辛茹苦。❷(Rú)姓。

【茹苦含辛】rú kǔ hán xīn ㄖㄨˊ ㄎㄨˇ ㄏㄢˊ ㄒㄧㄣ 見449頁〖含辛茹苦〗。

【茹毛飲血】rú máo yǐn xuè ㄖㄨˊ ㄇㄠˊ ㄧㄣˇ ㄒㄩㄝˋ 原始人不會用火，連毛帶血地生吃禽獸，叫做茹毛飲血。

銣(铷) rú ㄖㄨˊ 金屬元素，符號 Rb (rubidium)。銀白色，質軟，化學性質極活潑，在光的作用下易放出電子，遇水發生爆炸。用於製光電池和真空管等。

儒 rú ㄖㄨˊ ❶指儒家：儒術｜儒生。❷舊時指讀書人：腐儒｜儒醫｜老儒。

【儒艮】rúgèn ㄖㄨˊ ㄍㄣˋ 哺乳動物，全身灰褐色，腹部色淡，無毛，頭圓，眼小，無耳殼，吻部有剛毛，前肢作鰭形，後肢退化，母獸有一對乳頭。生活在海洋中，食海草。俗稱人魚。

【儒家】Rújiā ㄖㄨˊ ㄐㄧㄚ 先秦時期的一個思想流派，以孔子為代表，主張禮治，強調傳統的倫常關係等。

【儒將】rújiàng ㄖㄨˊ ㄐㄧㄤˋ 有讀書人風度的將帥。

【儒教】Rújiào ㄖㄨˊ ㄐㄧㄠˋ 指儒家。從南北朝開始叫做儒教，跟佛教、道教並稱。參看〖儒家〗。

【儒略曆】rúlüèlì ㄖㄨˊ ㄌㄩㄝˋ ㄌㄧˋ 公曆的前身。一年365天，分為十二個月。單月每月31天，雙月每月30天，二月份例外，只有29天。四年一閏，閏年二月份有30天，全年366天。因公元前46年古羅馬統帥儒略·愷撒(Julius Caesar)開始採用而得名。

【儒生】rúshēng ㄖㄨˊ ㄕㄥ 原指遵從儒家學說的讀書人，後來泛指讀書人。

【儒術】rúshù ㄖㄨˊ ㄕㄨˋ 儒家的學術。

【儒學】rúxué ㄖㄨˊ ㄒㄩㄝˊ ❶儒家的學說。❷元明清時代各州、府、縣設立的供生員讀書的學校。

【儒雅】rúyǎ ㄖㄨˊ ㄧㄚˇ 〈書〉❶學問深湛。❷氣度溫文爾雅：風流儒雅。

【儒醫】rǔyī ㄖㄨˇ ㄧ 舊時指讀書人出身的中醫。

薷〔薷〕 rú ㄖㄨˊ 見1246頁〖香薷〗。

嚅 rú ㄖㄨˊ 見下。

【嚅動】rúdòng ㄖㄨˊ ㄉㄨㄥˋ 想要說話而嘴唇微動：她嚅動着嘴唇，想要說甚麼。

【嚅囁】rúniè ㄖㄨˊ ㄋㄧㄝˋ 〈書〉囁嚅。

濡 rú ㄖㄨˊ 〈書〉❶沾濕；沾上：濡筆｜濡濕｜耳濡目染。❷停留；遲滯：濡滯｜濡迹。

【濡染】rúrǎn ㄖㄨˊ ㄖㄢˇ 〈書〉❶沾染。❷浸潤。

【濡濕】rúshī ㄖㄨˊ ㄕ 沾濕；潮濕。

孺 rú ㄖㄨˊ 小孩子：婦孺｜孺子。

【孺人】rúrén ㄖㄨˊ ㄖㄣˊ 古代稱大夫的妻子，明清七品官的母親或妻子封孺人。也通用為婦人的尊稱。

【孺子】rúzǐ ㄖㄨˊ ㄗˇ 〈書〉小孩子：黃口孺子。

【孺子可教】rúzǐ kě jiào ㄖㄨˊ ㄗˇ ㄎㄜˇ ㄐㄧㄠˋ 指年輕人有出息，可以把本事傳授給他。

【孺子牛】rúzǐniú ㄖㄨˊ ㄗˇ ㄋㄧㄡˊ 春秋時，齊景公與兒子嬉戲，景公叼着繩子當牛，讓兒子牽着走(見於《左傳》哀公六年)。後來用'孺子牛'比喻甘願為人民大眾服務的人：橫眉冷對千夫指，俯首甘為孺子牛。

襦 rú ㄖㄨˊ 〈書〉短衣；短襖。

蠕(蝡) rú ㄖㄨˊ (舊讀 ruǎn ㄖㄨㄢˇ)蠕動：蠕形動物。

【蠕動】rúdòng ㄖㄨˊ ㄉㄨㄥˋ 像蚯蚓爬行那樣動：小腸是經常在蠕動着的。

【蠕蠕】rúrú ㄖㄨˊ ㄖㄨˊ 形容慢慢移動的樣子：蠕蠕而動。

【蠕形動物】rúxíng dòngwù ㄖㄨˊ ㄒㄧㄥˊ ㄉㄨㄥˋ ㄨˋ 無脊椎動物的一大類，構造比腔腸動物複雜，身體長形，左右對稱，質柔軟，沒有骨骼，沒有腳，如縧蟲、蛔蟲等。

顬(颥) rú ㄖㄨˊ 見844頁〖顳顬〗(niè-rú)。

rǔ (ㄖㄨˇ)

汝 rǔ ㄖㄨˇ ❶〈書〉你：汝曹｜汝輩。❷(Rǔ)姓。

乳 rǔ ㄖㄨˇ ❶生殖：孳乳。❷乳房：乳罩｜乳腺。❸奶汁：母乳｜乳牛｜代乳粉｜水乳交融。❹像奶汁的東西：豆乳｜乳膠。❺初生的；幼小的：乳燕｜乳豬｜乳牙。

【乳白】rǔbái ㄖㄨˇ ㄅㄞˊ 像奶汁那樣的顏色：乳白的烟雲。

【乳鉢】rǔbō ㄖㄨˇ ㄅㄛ 研藥末等的器具，形狀略像碗。

【乳齒】rǔchǐ ㄖㄨˇ ㄔˇ 乳牙。

【乳畜】rǔchù ㄖㄨˇ ㄔㄨˋ 專門養來產奶的家畜，如乳牛、乳用山羊等。

【乳兒】rǔ'ér ㄖㄨˇ ㄦˊ 以乳汁為主要食物的小兒，通常指一週歲以下的嬰兒。

【乳房】rǔfáng ㄖㄨˇ ㄈㄤˊ 人和哺乳動物乳腺集合的部分。發育成熟的女子和雌性哺乳動物的乳房比較膨大。

【乳腐】rǔfǔ ㄖㄨˇ ㄈㄨˇ 〈方〉豆腐乳。

【乳化】rǔhuà ㄖㄨˇ ㄏㄨㄚˋ 為使原來互不相混的

兩種液體混合起來，把其中一種液體變成微小顆粒分散在另一液體中，叫做乳化。如把肥皂水和油充分攪動，使油變成微小顆粒懸浮在肥皂水中。

【乳黃】rǔhuáng ㄖㄨˇ ㄏㄨㄤˊ 像奶油那樣的淡黃色：乳黃的圍牆。

【乳劑】rǔjì ㄖㄨˇ ㄐㄧˋ 經過乳化的溶液。通常是水和油的混合液，有兩種類型，一種是水分散在油中，一種是油分散在水中。

【乳膠】rǔjiāo ㄖㄨˇ ㄐㄧㄠ 粘木板等用的一種膠，成分是聚醋酸乙烯樹脂，乳白色液體，直接使用或加少量水調製，膠合強度較高。

【乳酪】rǔlào ㄖㄨˇ ㄌㄠˋ 酪。

【乳糜】rǔmí ㄖㄨˇ ㄇㄧˊ 腸系膜淋巴管內的液體跟胰液、膽汁、腸液等混合而失去酸性所成的乳狀液體。乳糜被吸收到血液中，是體內各種組織的營養物質。

【乳名】rǔmíng ㄖㄨˇ ㄇㄧㄥˊ 小名；奶名。

【乳母】rǔmǔ ㄖㄨˇ ㄇㄨˇ 奶媽。

【乳牛】rǔniú ㄖㄨˇ ㄋㄧㄡˊ 專門養來產奶的牛，產奶量比一般的母牛高。也叫奶牛。

【乳頭】rǔtóu ㄖㄨˇ ㄊㄡˊ ❶乳房上圓球形的突起，尖端有小孔，乳汁從小孔流出。也叫奶頭。❷像乳頭的東西：真皮乳頭｜視神經乳頭。

【乳腺】rǔxiàn ㄖㄨˇ ㄒㄧㄢˋ 人或哺乳動物乳房內的腺體。發育成熟的女子和雌性哺乳動物的乳腺發達，能分泌乳汁。

【乳臭】rǔxiù ㄖㄨˇ ㄒㄧㄡˋ 奶腥氣(對年幼人表示輕蔑)：乳臭未乾｜乳臭小兒。

【乳牙】rǔyá ㄖㄨˇ ㄧㄚˊ 人和哺乳動物出生後不久長出來的牙齒。嬰兒乳牙在出生後六七個月開始長出門齒，到兩歲半長全，共二十個，六至八歲時乳牙開始脫落，換成恒牙。也叫乳齒、奶牙。

【乳油】rǔyóu ㄖㄨˇ ㄧㄡˊ ❶指從乳汁中分離出來的脂肪含量較高的部分，是食品工業的重要原料。❷乳劑。

【乳罩】rǔzhào ㄖㄨˇ ㄓㄠˋ 婦女保護乳房使不下垂的用品。

【乳汁】rǔzhī ㄖㄨˇ ㄓ 由乳腺分泌出來的白色液體，含有水、蛋白質、乳糖、鹽類等營養物質。通稱奶。

【乳脂】rǔzhī ㄖㄨˇ ㄓ 從動物乳汁中提取的脂肪，有牛乳脂(黃油)、羊乳脂等，可供食用或製糕點、糖果。

【乳濁液】rǔzhuóyè ㄖㄨˇ ㄓㄨㄛˊ ㄧㄝˋ 一種液體的小滴分散在另一種液體中形成的混合物。乳濁液是渾濁的，靜置相當時間後，它的組成部分會按比重不同分為上下兩層，如牛奶。也叫乳狀液。

辱 rǔ ㄖㄨˇ ❶恥辱(跟‘榮’相對)：羞辱｜屈辱｜奇耻大辱。❷使受恥辱；侮辱：折辱｜辱罵｜喪權辱國。❸玷辱：辱沒｜辱命。❹〈書〉謙辭，表示承蒙：辱臨｜辱承指教。

【辱罵】rǔmà ㄖㄨˇ ㄇㄚˋ 污辱謾罵。

【辱命】rǔmìng ㄖㄨˇ ㄇㄧㄥˋ 〈書〉沒有完成上級的命令或朋友的囑咐：幸不辱命。

【辱沒】rǔmò ㄖㄨˇ ㄇㄛˋ 玷污；使不光彩：我們一定完成任務，決不辱沒先進集體的光榮稱號。

鄏 rǔ ㄖㄨˇ 郟鄏(Jiárǔ ㄐㄧㄚˊ ㄖㄨˇ)，古山名，在今河南洛陽西北。

擩 rǔ ㄖㄨˇ 〈方〉插；塞：一隻腳擩到泥裏了｜那本小說不知擩到哪裏了。

rù (ㄖㄨˋ)

入 rù ㄖㄨˋ ❶進來或進去(跟‘出’相對)：投入｜入冬｜由淺入深｜納入正軌。❷參加到某種組織中，成為它的成員：入學｜入團｜入伍。❸收入：歲入｜入不敷出｜量入為出。❹合乎：入時｜入情入理。❺入聲：平上去入。

【入不敷出】rù bù fū chū ㄖㄨˋ ㄅㄨˋ ㄈㄨ ㄔㄨ 收入不夠開支。

【入超】rùchāo ㄖㄨˋ ㄔㄠ 在一定時期(一般為一年)內，對外貿易中進口貨物的總值超過出口貨物的總值(跟‘出超’相對)。

【入定】rùdìng ㄖㄨˋ ㄉㄧㄥˋ 佛教徒的一種修行方法，閉着眼睛靜坐，控制身心各種活動。

【入耳】rù'ěr ㄖㄨˋ ㄦˇ 中聽：不堪入耳｜這句話十分入耳。

【入伏】rù//fú ㄖㄨˋ//ㄈㄨˊ 進入伏天；伏天開始。

【入港】rùgǎng ㄖㄨˋ ㄍㄤˇ (交談)投機(多見於早期白話)：二人說得入港。

【入彀】rùgòu ㄖㄨˋ ㄍㄡˋ 〈書〉❶唐太宗在端門看見新進士魚貫而出，高興地說，‘天下英雄入吾彀中矣。’(見於《唐摭言·述進士》)‘彀’是使勁張弓，‘彀中’指箭能射及的範圍。後來用‘入彀’比喻受人牢籠，由他操縱。❷比喻合乎一般程式或要求。❸投合；入神：聽得入彀｜兩人談得入彀。

【入股】rù//gǔ ㄖㄨˋ//ㄍㄨˇ 加入股份：踴躍入股。

【入骨】rùgǔ ㄖㄨˋ ㄍㄨˇ 形容達到極點：恨之入骨。

【入國問禁】rù guó wèn jìn ㄖㄨˋ ㄍㄨㄛˊ ㄨㄣˋ ㄐㄧㄣˋ 進入別的國家，先問清他們的禁令。參看〖入境問俗〗。

【入畫】rùhuà ㄖㄨˋ ㄏㄨㄚˋ 畫入畫圖，多用來形容景物優美：桂林山水，處處可以入畫。

【入伙】rù//huǒ ㄖㄨˋ//ㄏㄨㄛˇ 加入集體伙食。

【入夥】rù//huǒ ㄖㄨˋ//ㄏㄨㄛˇ 加入某個集體或集團。

【入寂】rùjì ㄖㄨˋ ㄐㄧˋ 佛教用語，稱僧尼死亡。

【入境】rù//jìng ㄖㄨˋ//ㄐㄧㄥˋ 進入國境：入境簽證｜辦理入境手續。

【入境問俗】rù jìng wèn sú ㄖㄨˋ ㄐㄧㄥˋ ㄨㄣˋ ㄙㄨˊ 《禮記·曲禮》：'入竟(境)而問禁，入國而問俗。'進入別國的境界，先問清他們的禁令；進入別國的都城，先問清他們的風俗。現在說成'入國問禁'和'入境問俗'。

【入口】rù//kǒu ㄖㄨˋ//ㄎㄡˇ ❶進入嘴中。❷外國的貨物運進來，有時也指外地的貨物運進本地區。

【入口】rùkǒu ㄖㄨˋ ㄎㄡˇ 進入建築物或場地所經過的門或口兒：入口處｜車站入口。

【入寇】rùkòu ㄖㄨˋ ㄎㄡˋ 〈書〉入侵：入寇邊關。

【入殮】rù//liàn ㄖㄨˋ//ㄌㄧㄢˋ 把死者放進棺材裏。

【入列】rùliè ㄖㄨˋ ㄌㄧㄝˋ 出列的或遲到的人進入隊伍行列。

【入流】rùliú ㄖㄨˋ ㄌㄧㄡˊ ❶封建王朝把官員分成九品(九個等級)，九品以外的官員進入九品內叫入流。❷泛指進入某個等級：他演技拙劣，是個不入流的演員。

【入壟】rùlǒng ㄖㄨˋ ㄌㄨㄥˇ 〈方〉(交談)投機。

【入梅】rù//méi ㄖㄨˋ//ㄇㄟˊ 進入黃梅季。參看505頁〖黃梅季〗。

【入寐】rùmèi ㄖㄨˋ ㄇㄟˋ 入睡：思緒萬千，輾轉不能入寐。

【入門】rù//mén ㄖㄨˋ//ㄇㄣˊ (入門兒)得到門徑；初步學會：入門既不難，深造也是辦得到的。

【入門】rùmén ㄖㄨˋ ㄇㄣˊ 指初級讀物(多用做書名)：《攝影入門》|《國際象棋入門》。

【入夢】rùmèng ㄖㄨˋ ㄇㄥˋ 進入夢境，指睡着(zháo)，有時也指別人出現在自己的夢中。

【入迷】rù//mí ㄖㄨˋ//ㄇㄧˊ 喜歡某種事物到了沈迷的程度：老爺爺講故事，孩子們聽得入了迷。

【入眠】rùmián ㄖㄨˋ ㄇㄧㄢˊ ❶入睡：由於過度興奮，久久不能入眠。❷蠶在每次蛻皮的時候不動不吃叫入眠。

【入魔】rù//mó ㄖㄨˋ//ㄇㄛˊ 迷戀某種事物到了失去理智的地步。

【入木三分】rù mù sān fēn ㄖㄨˋ ㄇㄨˋ ㄙㄢ ㄈㄣ 相傳晉代書法家王羲之在木板上寫字，刻字的人發現墨汁透入木板有三分深(見於唐代張懷瓘《書斷》)。後用來形容書法有力，也用來比喻議論深刻。

【入侵】rùqīn ㄖㄨˋ ㄑㄧㄣ (敵軍)侵入國境：全殲入侵之敵。

【入情入理】rù qíng rù lǐ ㄖㄨˋ ㄑㄧㄥˊ ㄖㄨˋ ㄌㄧˇ 合乎情理：他說得入情入理，大家聽得心服口服。

【入神】rù//shén ㄖㄨˋ//ㄕㄣˊ ❶對眼前的事物發生濃厚的興趣而注意力高度集中：他越說越起勁，大家越聽越入神。❷達到精妙的境地：這幅畫畫得很入神。

【入聲】rùshēng ㄖㄨˋ ㄕㄥ 古漢語四聲之一。普通話沒有入聲，古入聲字分別讀成陰平(如'屋、出')、陽平(如'國、直')、上聲(如'鐵、北')、去聲(如'客、綠')。有些方言有入聲，入聲字一般比較短促，有時還帶輔音韻尾。

【入時】rùshí ㄖㄨˋ ㄕˊ 合乎時尚(多指裝束)：打扮入時｜穿着入時。

【入世】rùshì ㄖㄨˋ ㄕˋ 投身到社會裏：入世不深。

【入手】rùshǒu ㄖㄨˋ ㄕㄡˇ 着手；開始做：從調查研究入手｜音樂教育應當從兒童時代入手。

【入睡】rùshuì ㄖㄨˋ ㄕㄨㄟˋ 睡着(zháo)。

【入土】rù//tǔ ㄖㄨˋ//ㄊㄨˇ 埋到墳墓裏：入土為安｜老人說自己是個半截兒入土的人了。

【入托】rùtuō ㄖㄨˋ ㄊㄨㄛ (小孩兒)送入託兒所。

【入微】rùwēi ㄖㄨˋ ㄨㄟ 達到十分細緻或深刻的地步：體貼入微｜演員的表情細膩入微。

【入闈】rùwéi ㄖㄨˋ ㄨㄟˊ 科舉時代應考的或監考的人進入考場。

【入味】rùwèi ㄖㄨˋ ㄨㄟˋ (入味兒)❶有滋味：菜做得很入味。❷有趣味：這齣戲我們越看越入味。

【入伍】rùwǔ ㄖㄨˋ ㄨˇ 參加部隊：應徵入伍。

【入席】rù//xí ㄖㄨˋ//ㄒㄧˊ 舉行宴會或儀式時各就位次：來賓入席｜依次入席。

【入鄉隨鄉】rù xiāng suí xiāng ㄖㄨˋ ㄒㄧㄤ ㄙㄨㄟˊ ㄒㄧㄤ 見1097頁〖隨鄉入鄉〗。

【入緒】rùxù ㄖㄨˋ ㄒㄩˋ 有了頭緒：這項工作剛剛入緒。

【入選】rùxuǎn ㄖㄨˋ ㄒㄩㄢˇ 中選。

【入學】rù//xué ㄖㄨˋ//ㄒㄩㄝˊ ❶開始進某個學校學習：入學考試｜明天檢查體格，後天就入學。❷開始進小學學習：入學年齡。

【入眼】rùyǎn ㄖㄨˋ ㄧㄢˇ 中看：看得入眼｜看不入眼｜其他裙子都不怎麼樣，只有這條還入眼。

【入藥】rùyào ㄖㄨˋ ㄧㄠˋ 用做藥物：龜甲中醫入藥。

【入夜】rùyè ㄖㄨˋ ㄧㄝˋ 到了晚上：入夜時分｜入夜燈火通明。

【入院】rù//yuàn ㄖㄨˋ//ㄩㄢˋ (需要住在醫院裏治療的人)進入醫院：辦理入院手續。

【入賬】rù//zhàng ㄖㄨˋ//ㄓㄤˋ 記入賬簿中：貨款已經入賬｜昨天送來的禮物尚未入賬。

【入主出奴】rù zhǔ chū nú ㄖㄨˋ ㄓㄨˇ ㄔㄨ ㄋㄨˊ 韓愈《原道》：'入於彼，必出於此；入者主之，出者奴之；入者附之，出者污之。'意思是說崇信了一種說法，就必然會排斥另一種說法；把前者奉做主人，把後者當做奴僕；附和前者，污衊後者。後來用'入主出奴'比喻在學術上持門戶之見。

【入贅】rùzhuì ㄖㄨˋ ㄓㄨㄟˋ 男子到女家結婚並

成為女家的家庭成員。

【入坐】rù//zuò ㄖㄨˋ//ㄗㄨㄛˋ 就位：賓主入坐｜對號入坐。也作入座。

【入座】rù//zuò ㄖㄨˋ//ㄗㄨㄛˋ 同'入坐'。

洳 rù ㄖㄨˋ 見623頁[沮洳](jùrù)。

蓐〔蓐〕 rù ㄖㄨˋ 〈書〉草蓆；草墊子(多指產婦的牀鋪)：坐蓐(坐月子)。

溽 rù ㄖㄨˋ 〈書〉濕潤：溽熱｜溽暑。

【溽熱】rùrè ㄖㄨˋ ㄖㄜˋ 潮濕而悶熱。

【溽暑】rùshǔ ㄖㄨˋ ㄕㄨˇ 夏天潮濕而悶熱的氣候。

褥 rù ㄖㄨˋ 褥子：被褥｜褥單。

【褥瘡】rùchuāng ㄖㄨˋ ㄔㄨㄤ 由於局部組織長期受壓迫，血液循環發生障礙而引起的皮膚和肌肉等組織的壞死和潰爛。長期臥牀不能自己移動的病人，骶部和髖部都容易發生褥瘡。

【褥單】rùdān ㄖㄨˋ ㄉㄢ (褥單兒)蒙在褥子上的布。也叫褥單子。

【褥套】rùtào ㄖㄨˋ ㄊㄠˋ ❶出門時裝被褥等的布套，反面中間開口，兩頭各有一個兜兒，步行時搭在肩上，騎牲口時搭在牲口背上。❷做褥子用的棉花胎。

【褥子】rù·zi ㄖㄨˋ ·ㄗ 睡覺時墊在身體下面的東西，用棉花做成，也有用獸皮等製成的。

縟(缛) rù ㄖㄨˋ 〈書〉繁瑣；繁重：縟禮｜繁文縟節。

ruá (ㄖㄨㄚˊ)

挼 ruá ㄖㄨㄚˊ 〈方〉❶(紙、布等)皺：這張紙挼了。❷(布)快要磨破：襯衫穿挼了。另見982頁 ruó。

ruán (ㄖㄨㄢˊ)

堧(壖) ruán ㄖㄨㄢˊ 〈書〉城郭旁、宮殿廟宇外或河邊的空地。

ruǎn (ㄖㄨㄢˇ)

阮 ruǎn ㄖㄨㄢˇ ❶阮咸(樂器)的簡稱：大阮｜中阮。❷(Ruǎn)姓。

【阮咸】ruǎnxián ㄖㄨㄢˇ ㄒㄧㄢˊ 弦樂器，形狀略像月琴，柄長而直，有四根弦，現在也有三根弦的。相傳因西晉阮咸善彈這種樂器而得名。簡稱阮。

朊 ruǎn ㄖㄨㄢˇ 見226頁〖蛋白質〗。

耎 ruǎn ㄖㄨㄢˇ 〈書〉同'軟'。

軟(软、輭) ruǎn ㄖㄨㄢˇ ❶物體內部的組織疏鬆，受外力作用後，容易改變形狀(跟'硬'相對)：柔軟｜軟木｜柳條很軟。❷柔和：軟風｜軟語｜話說得很軟。❸軟弱：兩腿發軟｜欺軟怕硬。❹能力弱；質量差：工夫軟｜貨色軟。❺容易被感動或動搖：心軟｜耳朵軟。❻(Ruǎn)姓。

【軟包裝】ruǎnbāozhuāng ㄖㄨㄢˇ ㄅㄠ ㄓㄨㄤ ❶用塑料袋、鋁箔等質地較軟的包裝材料密封包裝：軟包裝飲料｜軟包裝燒雞。❷指用來密封包裝商品的質地較軟的材料，如塑料袋、鋁箔袋等。

【軟磁盤】ruǎncípán ㄖㄨㄢˇ ㄘˊ ㄆㄢˊ 以聚脂塑料膜片為基底的磁盤。不固定在電子計算機內，存取方便。簡稱軟盤。

【軟刀子】ruǎndāo·zi ㄖㄨㄢˇ ㄉㄠ ·ㄗ 比喻使人在不知不覺中受到折磨或腐蝕的手段：軟刀子殺人。

【軟緞】ruǎnduàn ㄖㄨㄢˇ ㄉㄨㄢˋ 一種絲織品，質地柔軟，光澤很強，多用來做刺綉用料和裝飾品等。

【軟腭】ruǎn'è ㄖㄨㄢˇ ㄜˋ 腭的後部，是由結締組織和肌肉構成的。(圖見477頁'喉')

【軟耳朵】ruǎn'ěr·duo ㄖㄨㄢˇ ㄦˇ ·ㄉㄨㄛ 指沒有主見容易聽信別人的話的人。

【軟風】ruǎnfēng ㄖㄨㄢˇ ㄈㄥ ❶微風；和風：軟風拂面。❷氣象學上指1級風。參見343頁〖風級〗。

【軟膏】ruǎngāo ㄖㄨㄢˇ ㄍㄠ 用油脂或凡士林等和藥物混合製成的半固體的外用藥物，如硫碘軟膏、青黴素軟膏等。

【軟骨】ruǎngǔ ㄖㄨㄢˇ ㄍㄨˇ 人或脊椎動物體內的一種結締組織。在胚胎時期，人的大部分骨骼是由軟骨組成的。成年人的身體上只有個別的部分還存在着軟骨。

【軟骨頭】ruǎngǔ·tou ㄖㄨㄢˇ ㄍㄨˇ ·ㄊㄡ 比喻沒有氣節的人。

【軟骨魚】ruǎngǔyú ㄖㄨㄢˇ ㄍㄨˇ ㄩˊ 魚的一類，骨骼全由軟骨構成，鱗片多為粒狀，或全體無鱗。多生活在海洋中。鯊魚、鰩等都屬於軟骨魚類。

【軟化】ruǎnhuà ㄖㄨㄢˇ ㄏㄨㄚˋ ❶由硬變軟：骨質軟化症。❷由堅定變成動搖；由倔強變成順從：態度逐漸軟化。❸使軟化：軟化血管。

【軟化栽培】ruǎnhuà zāipéi ㄖㄨㄢˇ ㄏㄨㄚˋ ㄗㄞ ㄆㄟˊ 蔬菜栽培的一種方法，使蔬菜莖葉在不見陽光的條件下生長。這樣栽培的蔬菜呈淺黃色，細嫩，纖維少，如韭黃，蒜黃等。

【軟話】ruǎnhuà ㄖㄨㄢˇ ㄏㄨㄚˋ 溫和的話，多指表示歉意、告饒或撫慰的話：你就說幾句軟話讓老太太消消氣吧。

【軟和】ruǎn·huo ㄖㄨㄢˇ ·ㄏㄨㄛ 柔軟；柔和：軟和的羊毛｜軟和話兒｜木棉枕頭很軟和。

【軟件】ruǎnjiàn ㄖㄨㄢˇ ㄐㄧㄢˋ ❶計算機系統的組成部分，是指揮計算機進行計算、判斷、處理信息的程序系統或設備。包括彙編程序、操作系統、編譯程序、診斷程序、控制程序、數據管理系統等。❷借指生產、科研、經營等過程中的人員素質、管理水平、服務質量等。

【軟禁】ruǎnjìn ㄖㄨㄢˇ ㄐㄧㄣˋ 不關進牢獄但是不許自由行動。

【軟綿綿】ruǎnmiānmiān ㄖㄨㄢˇ ㄇㄧㄢ ㄇㄧㄢ（軟綿綿的）❶形容柔軟：鞋底軟綿綿的，穿着特別舒服。❷形容軟弱無力：病雖好了，身子還是軟綿綿的。

【軟磨】ruǎnmó ㄖㄨㄢˇ ㄇㄛˊ 用和緩的手段糾纏：軟磨硬抗。

【軟木】ruǎnmù ㄖㄨㄢˇ ㄇㄨˋ 見1070頁【栓皮】。

【軟盤】ruǎnpán ㄖㄨㄢˇ ㄆㄢˊ 軟磁盤的簡稱。

【軟片】ruǎnpiàn ㄖㄨㄢˇ ㄆㄧㄢˋ 膠片（對'硬片'而言）。

【軟弱】ruǎnruò ㄖㄨㄢˇ ㄖㄨㄛˋ ❶缺乏力氣：病後身體軟弱。❷不堅強：軟弱無能。

【軟食】ruǎnshí ㄖㄨㄢˇ ㄕˊ 容易咀嚼和消化的食物。

【軟水】ruǎnshuǐ ㄖㄨㄢˇ ㄕㄨㄟˇ 不含或只含少量鈣鹽、鎂鹽類的水，如雨水。

【軟梯】ruǎntī ㄖㄨㄢˇ ㄊㄧ 繩梯。

【軟體動物】ruǎntǐ-dòngwù ㄖㄨㄢˇ ㄊㄧˇ ㄉㄨㄥˋ ㄨˋ 無脊椎動物的一門，體柔軟，沒有環節，兩側對稱，足是肉質，多數具有鈣質的硬殼，生活範圍很廣，水中和陸地上都有，如蚌、螺、蝸牛、烏賊等。

【軟臥】ruǎnwò ㄖㄨㄢˇ ㄨㄛˋ 火車臥車上的軟席臥鋪位。

【軟武器】ruǎnwǔqì ㄖㄨㄢˇ ㄨˇ ㄑㄧˋ 指用來破壞敵人無綫電設備效能的電子干擾裝備等。

【軟席】ruǎnxí ㄖㄨㄢˇ ㄒㄧˊ 火車上比較舒適的、軟的坐位或鋪位。

【軟飲料】ruǎnyǐnliào ㄖㄨㄢˇ ㄧㄣˇ ㄌㄧㄠˋ 不含酒精的飲料，如汽水、橘子水等。

【軟硬兼施】ruǎn yìng jiān shī ㄖㄨㄢˇ ㄧㄥˋ ㄐㄧㄢ ㄕ 軟的手段和硬的手段一齊用（含貶義）。

【軟着陸】ruǎnzhuólù ㄖㄨㄢˇ ㄓㄨㄛˊ ㄌㄨˋ 人造衛星、宇宙飛船等利用一定裝置，改變運行軌道，逐漸減低降落速度，最後不受損壞地降落到地面或其他星體表面上。

【軟組織】ruǎnzǔzhī ㄖㄨㄢˇ ㄗㄨˇ ㄓ 醫學上指肌肉、韌帶等。

ruí（ㄖㄨㄟˊ）

緌（绥）ruí ㄖㄨㄟˊ 〈書〉帽子上或旗杆頂上的纓子。

蕤〔蕤〕ruí ㄖㄨㄟˊ 見1184頁［葳蕤］（wēiruí）。

ruǐ（ㄖㄨㄟˇ）

桵 ruǐ ㄖㄨㄟˇ 古書上指一種植物。

蕊〔蕊〕（蘂、蘃）ruǐ ㄖㄨㄟˇ 花蕊：雄蕊｜雌蕊。

橤（縈、蘂）ruǐ ㄖㄨㄟˇ 〈書〉形容下垂。

ruì（ㄖㄨㄟˋ）

芮〔芮〕Ruì ㄖㄨㄟˋ 姓。

汭 ruì ㄖㄨㄟˋ 〈書〉河流會合或彎曲的地方。

枘 ruì ㄖㄨㄟˋ 〈書〉榫子：方枘圓鑿（形容格格不入）。

【枘鑿】ruìzáo ㄖㄨㄟˋ ㄗㄠˊ （也有讀 ruìzuò ㄖㄨㄟˋ ㄗㄨㄛˋ 的）〈書〉鑿枘。

蚋（蜹）ruì ㄖㄨㄟˋ 昆蟲，體長 2–3 毫米，黑色，頭小，觸角粗短，複眼明顯，翅闊透明，吸食人畜的血液。幼蟲頭部方形，尾部稍膨大，生活在水中。

瑞 ruì ㄖㄨㄟˋ ❶吉祥：祥瑞｜瑞雪。❷（Ruì）姓。

【瑞籤】ruìqiān ㄖㄨㄟˋ ㄑㄧㄢ 寫着吉利話的紙條，多用紅紙，在春節期間張貼。

【瑞雪】ruìxuě ㄖㄨㄟˋ ㄒㄩㄝˇ 應時的好雪：瑞雪兆豐年｜華北各省普降瑞雪。

睿（叡）ruì ㄖㄨㄟˋ 〈書〉看得深遠：睿智｜睿哲。

【睿智】ruìzhì ㄖㄨㄟˋ ㄓˋ 〈書〉英明有遠見。

鋭（锐）ruì ㄖㄨㄟˋ ❶鋭利（同'鈍'相對）：尖鋭◇敏鋭｜鋭不可當。❷鋭氣：養精蓄鋭。❸急劇：鋭進｜鋭減。

【鋭不可當】ruì bù kě dāng ㄖㄨㄟˋ ㄅㄨˋ ㄎㄜˇ ㄉㄤ 形容來勢兇猛，不可阻擋：鋭不可當的攻勢。

【鋭角】ruìjiǎo ㄖㄨㄟˋ ㄐㄧㄠˇ 大於 0° 而小於直角（90°）的角。

【鋭利】ruìlì ㄖㄨㄟˋ ㄌㄧˋ ❶（刃鋒等）尖而快：鋭利的匕首。❷（目光、言論、文筆等）尖鋭：眼光鋭利｜鋭利的筆鋒。

【鋭敏】ruìmǐn ㄖㄨㄟˋ ㄇㄧㄣˇ （感覺）靈敏；（眼光）尖鋭。

【鋭氣】ruìqì ㄖㄨㄟˋ ㄑㄧˋ 勇往直前的氣勢：挫其鋭氣。

【鋭意】ruìyì ㄖㄨㄟˋ ㄧˋ 意志堅決，勇往直前：鋭意進取｜鋭意興革，勵精圖治。

rún（ㄖㄨㄣˊ）

瞤（瞤）rún ㄖㄨㄣˊ 〈書〉❶眼皮跳動。❷肌肉抽縮跳動。

rùn（ㄖㄨㄣˋ）

閏（闰）rùn ㄖㄨㄣˋ 一回歸年的時間為365天5時48分46秒。陽曆把一年定為365天，所餘的時間約每四年積纍成一天，加在二月裏；農曆把一年定為354天或355天，所餘的時間約每3年積纍成一個月，加在一年裏。這樣的辦法，在曆法上叫做閏。

【閏年】rùnnián ㄖㄨㄣˋ ㄋㄧㄢˊ 陽曆有閏日的一年叫閏年，這年有366天。農曆有閏月的一年也叫閏年，這年有13個月，即383天或384天。

【閏日】rùnrì ㄖㄨㄣˋ ㄖˋ 陽曆四年一閏，在二月末加一天，這一天叫做閏日。

【閏月】rùnyuè ㄖㄨㄣˋ ㄩㄝˋ 農曆三年一閏，五年兩閏，十九年七閏，每逢閏年所加的一個月叫閏月。閏月加在某月之後就稱閏某月。

潤（润）rùn ㄖㄨㄣˋ ❶細膩光滑；滋潤：光潤｜潤澤｜墨色很潤｜珠圓玉潤。❷加油或水，使不乾燥：浸潤｜潤腸｜潤嗓子。❸使有光彩(指修改文章)：潤色｜潤飾。❹利益；好處：分潤｜利潤。

【潤筆】rùnbǐ ㄖㄨㄣˋ ㄅㄧˇ 指給做詩文書畫的人的報酬。

【潤格】rùngé ㄖㄨㄣˋ ㄍㄜˊ 指為人做詩文書畫所定的報酬標準。

【潤滑】rùnhuá ㄖㄨㄣˋ ㄏㄨㄚˊ 加油脂等以減少物體之間的摩擦，使物體便於運動。

【潤滑油】rùnhuáyóu ㄖㄨㄣˋ ㄏㄨㄚˊ ㄧㄡˊ 塗在機器軸承等摩擦部分的油質，作用是潤滑、冷卻和用來密封等，一般是分餾石油的產物，也有從動植物油中提煉的。

【潤例】rùnlì ㄖㄨㄣˋ ㄌㄧˋ 潤格。

【潤色】rùnsè ㄖㄨㄣˋ ㄙㄜˋ 修飾文字：這篇譯稿太粗糙，你把它潤色一下。

【潤飾】rùnshì ㄖㄨㄣˋ ㄕˋ 潤色：潤飾文稿。

【潤澤】rùnzé ㄖㄨㄣˋ ㄗㄜˊ ❶滋潤；不乾枯：潤澤如玉｜雨後荷花顯得更加潤澤可愛了。❷使滋潤：用油潤澤輪軸。

【潤資】rùnzī ㄖㄨㄣˋ ㄗ 潤筆。

ruó（ㄖㄨㄛˊ）

挼 ruó ㄖㄨㄛˊ 〈書〉揉搓：挼挲(摩挲；搓)。另見980頁 ruá。

【挼搓】ruó·cuo ㄖㄨㄛˊ ·ㄘㄨㄛ 揉搓：別把鮮花挼搓壞了。

ruò（ㄖㄨㄛˋ）

若[1]〔若〕ruò ㄖㄨㄛˋ 如；好像：安之若素｜欣喜若狂｜若隱若現｜旁若無人｜若無其事。

若[2]〔若〕ruò ㄖㄨㄛˋ 〈書〉如果：人不犯我，我不犯人；人若犯我，我必犯人。

若[3]〔若〕ruò ㄖㄨㄛˋ 〈書〉你：若輩。另見961頁 rě。

【若蟲】ruòchóng ㄖㄨㄛˋ ㄔㄨㄥˊ 蝗蟲、椿象等不完全變態的昆蟲，在卵孵化之後，翅膀還沒有長成期間，外形跟成蟲相似，但較小，生殖器官發育不全，這個階段的昆蟲叫做若蟲，例如蝗蝻就是蝗蟲的若蟲。

【若非】ruòfēi ㄖㄨㄛˋ ㄈㄟ 要不是：若非親身經歷，豈知其中甘苦。

【若夫】ruòfú ㄖㄨㄛˋ ㄈㄨˊ 〈書〉助詞，用在句子的開頭。a) 表示發端。b) 表示轉向另一方面。

【若干】ruògān ㄖㄨㄛˋ ㄍㄢ 多少(問數量或指不定量)：價值若干？｜關於發展教育的若干問題。

【若何】ruòhé ㄖㄨㄛˋ ㄏㄜˊ 如何：結果若何，還不得而知。

【若即若離】ruò jí ruò lí ㄖㄨㄛˋ ㄐㄧˊ ㄖㄨㄛˋ ㄌㄧˊ 好像接近，又好像不接近。

【若明若暗】ruò míng ruò àn ㄖㄨㄛˋ ㄇㄧㄥˊ ㄖㄨㄛˋ ㄢˋ 比喻對問題或情況有所認識卻不很清楚，也指對某事態度不明朗。

【若是】ruòshì ㄖㄨㄛˋ ㄕˋ 如果；如果是：他若是不來，咱們就找他去｜我若是他，決不會那麼辦。

【若無其事】ruò wú qí shì ㄖㄨㄛˋ ㄨˊ ㄑㄧˊ ㄕˋ 好像沒有那麼回事似的，形容不動聲色或漠不關心。

【若隱若現】ruò yǐn ruò xiàn ㄖㄨㄛˋ ㄧㄣˇ ㄖㄨㄛˋ ㄒㄧㄢˋ 形容隱隱約約：遠望白雲繚繞，峰巒若隱若現。

【若有所失】ruò yǒu suǒ shī ㄖㄨㄛˋ ㄧㄡˇ ㄙㄨㄛˇ ㄕ 感覺好像丟掉了甚麼，形容心情悵惘。

偌〔偌〕ruò ㄖㄨㄛˋ 這麼；那麼(多見於早期白話)。

【偌大】ruòdà ㄖㄨㄛˋ ㄉㄚˋ 這麼大；那麼大(多見於早期白話)：偌大年紀｜偌大的京城。

弱 ruò ㄖㄨㄛˋ ❶氣力小；勢力差(跟'強'相對)：軟弱｜衰弱｜他年紀雖老，幹活並不弱。❷年幼：老弱。❸差；不如：他的本領不弱於那些人。❹〈書〉喪失(指人死)：又弱一個。❺用在數字後面，表示略少於此數(跟'強'相對)：三分之二弱。

【弱不禁風】ruò bù jīn fēng ㄖㄨㄛˋ ㄅㄨˋ ㄐㄧㄣ ㄈㄥ 形容身體虛弱，連風吹都禁不住。

【弱點】ruòdiǎn ㄖㄨㄛˋ ㄉㄧㄢˇ 不足的地方；力量薄弱的方面：他的弱點是愛聽奉承話｜攻擊性差是這個乒乓球隊的弱點。

【弱冠】ruòguàn ㄖㄨㄛˋ ㄍㄨㄢˋ 古代男子二十歲行冠禮，表示已經成人，因為還沒達到壯年，叫做弱冠，後來泛指男子二十左右的年紀：年方弱冠。

【弱肉強食】ruò ròu qiáng shí ㄖㄨㄛˋ ㄖㄡˋ ㄑㄧㄤˊ ㄕˊ 指動物中弱者被強者吃掉。借指弱者被強者欺凌、吞併。

【弱視】ruòshì ㄖㄨㄛˋ ㄕˋ 眼球無器質性病變而視覺減弱的症狀。

【弱項】ruòxiàng ㄖㄨㄛˋ ㄒㄧㄤˋ 實力弱的項目(多指體育比賽項目)。

【弱小】ruòxiǎo ㄖㄨㄛˋ ㄒㄧㄠˇ 又弱又小：弱小民族｜弱小的嬰兒。

【弱智】ruòzhì ㄖㄨㄛˋ ㄓˋ 指智力發育低於正常水平：弱智兒童。

鄀〔鄀〕 Ruò ㄖㄨㄛˋ 春秋時楚國的都城，在今湖北宜城東南。

婼〔婼〕 ruò ㄖㄨㄛˋ 婼羌(Ruòqiāng ㄖㄨㄛˋ ㄑㄧㄤ)，地名，在新疆。今作若羌。

另見186頁 chuò。

蒻〔蒻〕 ruò ㄖㄨㄛˋ 古書上指嫩的香蒲。

箬〔箬〕(篛) ruò ㄖㄨㄛˋ ❶箬竹。❷箬竹的葉子。

【箬帽】ruòmào ㄖㄨㄛˋ ㄇㄠˋ 箬竹的篾或葉子製成的帽子，用來遮雨和遮陽光：蓑衣箬帽。

【箬竹】ruòzhú ㄖㄨㄛˋ ㄓㄨˊ 竹的一種，莖高三四尺，中空，節顯著，葉子寬而大，秋季葉子的邊緣變白色，葉可以編製器物或竹笠，還可以包粽子。

爇〔爇〕(焫) ruò ㄖㄨㄛˋ 〈書〉點燃；焚燒：爇燭。

S

sā (ㄙㄚ)

仨 sā ㄙㄚ 三個（後面不能再接'個'字或其他量詞）：仨人｜哥兒仨｜仨瓜倆棗（比喻一星半點的小事、小東西）。

挲（抄） sā ㄙㄚ 見764頁〖摩挲〗(mā·sā)。

另見995頁 shā；1099頁 suō。

撒 sā ㄙㄚ ❶放開；張開：撒手｜撒網｜一撒綫，風箏就上去了。❷儘量使出來或施展出來（貶義）：撒賴｜撒酒瘋。

另見984頁 sǎ。

【撒村】sā//cūn ㄙㄚ//ㄘㄨㄣ 〈方〉說粗魯下流的話：撒村罵街。

【撒旦】sādàn ㄙㄚ ㄉㄢˋ 基督教用語，指魔鬼。［希伯來 sātān］

【撒刁】sā//diāo ㄙㄚ//ㄉㄧㄠ 狡猾耍賴：別撒刁，沒人吃你那一套。

【撒歡兒】sā//huānr ㄙㄚ//ㄏㄨㄢㄦ 〈方〉因興奮而連跑帶跳（多指動物）。

【撒謊】sā//huǎng ㄙㄚ//ㄏㄨㄤˇ 說謊。

【撒嬌】sā//jiāo ㄙㄚ//ㄐㄧㄠ （撒嬌兒）仗着受人寵愛故意作態：撒嬌使性｜小女孩兒愛撒嬌。

【撒酒瘋】sā jiǔfēng ㄙㄚ ㄐㄧㄡˇ ㄈㄥ （撒酒瘋兒）喝酒過量後，借着酒勁任性胡鬧。也說發酒瘋。

【撒拉族】Sālāzú ㄙㄚ ㄌㄚ ㄗㄨˊ 我國少數民族之一，主要分佈在青海和甘肅。

【撒賴】sālài ㄙㄚ ㄌㄞˋ 蠻橫胡鬧；耍無賴：她又是哭，又是鬧，躺在地上撒賴。

【撒尿】sā//niào ㄙㄚ//ㄋㄧㄠˋ 排泄尿。

【撒潑】sāpō ㄙㄚ ㄆㄛ 大哭大鬧，不講道理：撒潑放刁｜撒潑打滾。

【撒氣】sā//qì ㄙㄚ//ㄑㄧˋ ❶（球、車胎等）空氣放出或漏出。❷拿旁人或借其他事物發泄怒氣：你心裏不痛快，也不能拿孩子撒氣。

【撒手】sā//shǒu ㄙㄚ//ㄕㄡˇ 放開手；鬆手：撒手不管｜你拿穩，我撒手了◇撒手人世（指死亡）。

【撒手鐧】sāshǒujiǎn ㄙㄚ ㄕㄡˇ ㄐㄧㄢˇ 舊小說中指厮殺時出其不意地用鐧投擲敵手的招數。比喻最關鍵的時刻使出的最拿手的本領。

【撒腿】sā//tuǐ ㄙㄚ//ㄊㄨㄟˇ 放開腳步（跑）：他聽說哥哥回來了，撒腿就往家裏跑。

【撒丫子】sā yā·zi ㄙㄚ ㄧㄚ·ㄗ 〈方〉放開腳步（跑）；撒腿（多含詼諧意）。也作撒鴨子。

【撒野】sā//yě ㄙㄚ//ㄧㄝˇ （對人）粗野、放肆；任意妄為，不講情理。

【撒囈掙】sā yì·zheng ㄙㄚ ㄧˋ·ㄓㄥ 熟睡時說話或動作。

sǎ (ㄙㄚˇ)

洒 sǎ ㄙㄚˇ 宋元時關西方言，男姓的自稱代詞，相當於"咱"。

另見984頁 sǎ'灑'。

【洒家】sǎjiā ㄙㄚˇ ㄐㄧㄚ 我（早期白話中用於男性自稱）。

靸 sǎ ㄙㄚˇ 〈方〉把鞋後幫踩在腳後跟下；穿（拖鞋）：別靸着鞋往外面跑。

【靸鞋】sǎxié ㄙㄚˇ ㄒㄧㄝˊ ❶拖鞋。❷鞋幫納得很密，前臉較深，上面縫着皮樑的布鞋。

撒 sǎ ㄙㄚˇ ❶把顆粒狀的東西分散着扔出去；散佈（東西）：撒種｜年糕上撒了一層白糖。❷散落；灑：把碗端平，別撒了湯。❸（Sǎ）姓。

另見984頁 sā。

【撒播】sǎbō ㄙㄚˇ ㄅㄛ 把作物的種子均勻地撒在田地裏，必要時進行覆土。

潵 Sǎ ㄙㄚˇ 潵河，水名，在河北。

灑（洒） sǎ ㄙㄚˇ ❶使（水或其他東西）分散地落下：掃地的時候先灑些水。❷分散地落下：把灑在地上的糧食撿起來。❸（Sǎ）姓。

〈古〉'灑'又同'洗'xǐ。

'洒'另見984頁 sǎ。

【灑狗血】sǎ gǒuxiě ㄙㄚˇ ㄍㄡˇ ㄒㄧㄝˇ （戲曲演員）脫離情節而賣弄滑稽、武藝或做其他過火的表演。

【灑淚】sǎlèi ㄙㄚˇ ㄌㄟˋ 掉淚；落淚：灑淚而別。

【灑落】sǎluò ㄙㄚˇ ㄌㄨㄛˋ ❶分散地落下：一串串汗珠灑落在地上。❷瀟灑；灑脫：談笑灑落｜丰姿灑落。

【灑灑】sǎsǎ ㄙㄚˇ ㄙㄚˇ 形容眾多（多指文辭）：洋洋灑灑｜灑灑萬言。

【灑掃】sǎsǎo ㄙㄚˇ ㄙㄠˇ 灑水掃地：灑掃庭除。

【灑脫】sǎ·tuo ㄙㄚˇ·ㄊㄨㄛ （言談、舉止、風格）自然；不拘束。

sà (ㄙㄚˋ)

卅 sà ㄙㄚˋ 三十：五卅運動。

脎 sà ㄙㄚˋ 有機化合物的一類，是含有相鄰的兩個羰基的化合物和兩個分子苯肼

縮水而成的衍生物。[英 osazone]

撒（搽） sà ㄙㄚˋ 〈書〉側手擊。另見995頁 shā。

颯（飒） sà ㄙㄚˋ ❶形容風聲。❷〈書〉凋零；衰老。

【颯然】sàrán ㄙㄚˋ ㄖㄢˊ 〈書〉形容風聲：有風颯然而至。

【颯颯】sàsà ㄙㄚˋ ㄙㄚˋ 形容風、雨聲：秋風颯颯｜白楊樹迎風颯颯地響。

【颯爽】sàshuǎng ㄙㄚˋ ㄕㄨㄤˇ 〈書〉豪邁而矯健：颯爽英姿。

薩〔薩〕（萨） Sà ㄙㄚˋ 姓。

【薩噶達娃節】Sàgádáwá Jié ㄙㄚˋ ㄍㄚˊ ㄉㄚˊ ㄨㄚˊ ㄐㄧㄝˊ 藏族地區紀念釋迦牟尼誕生的節日，在藏曆 4 月 15 日。

【薩克管】sàkèguǎn ㄙㄚˋ ㄎㄜˋ ㄍㄨㄢˇ 管樂器，有音鍵和嘴子，用於管弦樂隊中，也可以用做獨奏樂器。為比利時薩克斯（Adolphe Sax）所創造。

【薩滿教】Sàmǎnjiào ㄙㄚˋ ㄇㄢˇ ㄐㄧㄠˋ 一種原始宗教，流行於亞洲、歐洲的極北部等地區。薩滿是跳神作法的巫師。[薩滿，滿]

【薩其馬】sàqímǎ ㄙㄚˋ ㄑㄧˊ ㄇㄚˇ 一種糕點，把油炸的短麪條用糖等黏合起來，切成方塊兒。[滿]

sāi（ㄙㄞ）

思 sāi ㄙㄞ 見1392頁〖於思〗。另見1082頁 sī。

毸 sāi ㄙㄞ 見868頁〖毰毸〗(péisāi)。

腮（顋） sāi ㄙㄞ 兩頰的下半部：雙手托腮。

【腮幫子】sāibāng·zi ㄙㄞ ㄅㄤ ·ㄗ 腮。也說腮幫。

【腮頰】sāijiá ㄙㄞ ㄐㄧㄚˊ 腮。

【腮腺】sāixiàn ㄙㄞ ㄒㄧㄢˋ 兩耳下部的唾液腺，是唾液腺中最大的一對，所分泌的唾液含大量消化酶。也叫耳下腺。參看1169頁〖唾液腺〗。（圖見1252頁〖消化系統〗）

塞 sāi ㄙㄞ ❶把東西放進有空隙的地方；填入：箱子裏還可塞幾件衣服｜把窟窿塞住。❷（塞兒）塞子：軟木塞｜瓶塞。另見985頁 sài；992頁 sè。

【塞車】sāi//chē ㄙㄞ// ㄔㄜ 堵車。

【塞尺】sāichǐ ㄙㄞ ㄔˇ 見478頁〖厚薄規〗。

【塞規】sāiguī ㄙㄞ ㄍㄨㄟ 一種量具，用來測量孔眼和凹形工件。參看593頁〖界限量規〗。

【塞子】sāi·zi ㄙㄞ ·ㄗ 塞住容器口使內外隔絕的東西：瓶塞子。

攓（揌） sāi ㄙㄞ 同'塞'(sāi)①。

噻 sāi ㄙㄞ 見下。

【噻吩】sāifēn ㄙㄞ ㄈㄣ 有機化合物，化學式 C_4H_4S。無色液體，有特殊氣味，溶於乙醇和乙醚，不溶於水。是製造染料、藥物等的原料。[英 thiophene]

【噻唑】sāizuò ㄙㄞ ㄗㄨㄛˋ 有機化合物，化學式 C_3H_3NS。無色或淡黃色液體，容易揮發。用於合成藥物、染料等。[英 thiazole]

鰓（鳃） sāi ㄙㄞ 某些水生動物的呼吸器官，多為羽毛狀，板狀或絲狀，用來吸取溶解在水中的氧。

sài（ㄙㄞˋ）

塞 sài ㄙㄞˋ 可做屏障的險要地方：邊塞｜要塞。另見985頁 sāi；992頁 sè。

【塞北】Sàiběi ㄙㄞˋ ㄅㄟˇ 塞外：塞北江南。

【塞外】Sàiwài ㄙㄞˋ ㄨㄞˋ 指長城以北的地區：塞外風光。

【塞翁失馬】sài wēng shī mǎ ㄙㄞˋ ㄨㄥ ㄕ ㄇㄚˇ 邊塞上一個老頭兒丟了一匹馬，別人來安慰他，他說：'怎麼知道這不是福呢？'後來這匹馬竟帶着一匹好馬回來了（見於《淮南子·人間訓》）。比喻壞事在一定條件下可以變為好事。

賽[1]（赛） sài ㄙㄞˋ ❶比賽：賽跑｜賽詩會｜足球賽。❷勝；比得上：這些姑娘幹活賽過小夥子。

賽[2]（赛） sài ㄙㄞˋ 舊時祭祀酬報神恩（迷信）：祭賽｜賽神。

【賽場】sàichǎng ㄙㄞˋ ㄔㄤˇ 比賽的場所。

【賽車】sài//chē ㄙㄞˋ// ㄔㄜ 比賽自行車、摩托車或汽車。

【賽車】sàichē ㄙㄞˋ ㄔㄜ ❶專供比賽用的自行車。也叫跑車。❷泛指專供比賽用的車。

【賽程】sàichéng ㄙㄞˋ ㄔㄥˊ ❶體育比賽途經的路程或距離：自行車大賽賽程為 70 公里。❷比賽的程序或日程：賽程過半｜賽程因故將重新排定。

【賽會】sàihuì ㄙㄞˋ ㄏㄨㄟˋ 舊時的一種迷信活動，用儀仗和吹打演唱迎神像出廟，遊行街巷或村莊間。

【賽璐玢】sàilùfēn ㄙㄞˋ ㄌㄨˋ ㄈㄣ 玻璃紙的一種，無色，透明，有光澤，可以染成各種顏色，多用於包裝。[英 cellophane]

【賽璐珞】sàilùluò ㄙㄞˋ ㄌㄨˋ ㄌㄨㄛˋ 塑料的一種，由膠棉（低氮含量的硝化纖維）和增塑劑（主要是樟腦）、潤滑劑、染料等加工製成。透明，可以染成各種顏色，容易燃燒。用來製造玩具、文具等。舊稱假象牙。[英 celluloid]

【賽馬】sài//mǎ ㄙㄞˋ// ㄇㄚˇ 運動項目的一種，比賽騎馬速度。

【賽跑】sàipǎo ㄙㄞˋ ㄆㄠˇ 比賽跑步速度的運動，有短距離、中距離、長距離和超長距離賽跑。另外還有跨欄、接力、障礙和越野賽跑等。

【賽區】sàiqū ㄙㄞˋ ㄑㄩ 綜合性的或大型的比賽劃分的比賽地區。

【賽事】sàishì ㄙㄞˋ ㄕˋ 比賽活動：賽事頻繁。

sān（ㄙㄢ）

三 sān ㄙㄢ ❶數目，二加一後所得。參看1067頁〖數字〗。❷表示多數或多次：三番五次｜一而再，再而三。

【三八婦女節】Sān-Bā Fùnǔ Jié ㄙㄢ ㄅㄚ ㄈㄨˋ ㄋㄩˇ ㄐㄧㄝˊ 國際婦女鬥爭的紀念日。1909年3月8日，美國芝加哥女工因要求男女平等權利而舉行示威，次年8月在丹麥哥本哈根召開的國際第二次社會主義者婦女大會上決定，為了促進國際勞動婦女的團結和解放，以每年3月8日為婦女節。也叫國際婦女節。

【三百六十行】sānbǎi liùshí háng ㄙㄢ ㄅㄞˇ ㄌㄧㄡˋ ㄕˊ ㄏㄤˊ 泛指各種行業：三百六十行，行行出狀元。

【三板】sānbǎn ㄙㄢ ㄅㄢˇ 見999頁[舢板]。

【三寶】sānbǎo ㄙㄢ ㄅㄠˇ 佛教指佛、法、僧。佛指大知大覺的人，法指佛所說的教義，僧指繼承或宣揚教義的人。

【三北】Sān Běi ㄙㄢ ㄅㄟˇ 指我國東北、西北、華北：三北防護林體系，被稱為北方'綠色萬里長城'。

【三不管】sānbùguǎn ㄙㄢ ㄅㄨˋ ㄍㄨㄢˇ 泛指沒人管的（事情或地區）：三不管地區。

【三不知】sānbùzhī ㄙㄢ ㄅㄨˋ ㄓ 原指對事情的開頭、中間和結尾一無所知，後泛指甚麼都不知道：一問三不知。

【三叉神經】sānchā-shénjīng ㄙㄢ ㄔㄚ ㄕㄣˊ ㄐㄧㄥ 第五對腦神經，從腦橋發出，每側分三支，分佈在眼、上頜、下頜等部位。主要管顏面、牙齒、角膜、鼻腔、口唇、大部分頭皮和腦膜的感覺。

【三長兩短】sān cháng liǎng duǎn ㄙㄢ ㄔㄤˊ ㄌㄧㄤˇ ㄉㄨㄢˇ 指意外的災禍、事故，特指人的死亡。

【三從四德】sān cóng sì dé ㄙㄢ ㄘㄨㄥˊ ㄙˋ ㄉㄜˊ 封建禮教束縛、壓迫婦女的道德標準之一。三從是'未嫁從父，既嫁從夫，夫死從子'。四德是'婦德、婦言、婦容、婦功'（婦女的品德、辭令、儀態、女工）。

【三寸不爛之舌】sān cùn bù làn zhī shé ㄙㄢ ㄘㄨㄣˋ ㄅㄨˋ ㄌㄢˋ ㄓ ㄕㄜˊ 指能言善辯的口才。也說三寸舌。

【三大差別】sān dà chābié ㄙㄢ ㄉㄚˋ ㄔㄚ ㄅㄧㄝˊ 指社會主義國家中存在的工農之間、城鄉之間、腦力勞動和體力勞動之間的差別。

【三點式】sāndiǎnshì ㄙㄢ ㄉㄧㄢˇ ㄕˋ 見59頁〖比基尼〗。

【三段論】sānduànlùn ㄙㄢ ㄉㄨㄢˋ ㄌㄨㄣˋ 形式邏輯間接推理的基本形式之一，由大前提和小前提推出結論。如'凡金屬都能導電'（大前提），'銅是金屬'（小前提），'所以銅能導電'（結論）。也叫三段論法或三段論式。

【三番五次】sān fān wǔ cì ㄙㄢ ㄈㄢ ㄨˇ ㄘˋ 屢次。

【三廢】sānfèi ㄙㄢ ㄈㄟˋ 在工業生產中所產生的廢氣、廢水、廢渣的總稱。

【三伏】sānfú ㄙㄢ ㄈㄨˊ ❶初伏、中伏、末伏的統稱。夏至後第三個庚日是初伏第一天，第四個庚日是中伏第一天，立秋後第一個庚日是末伏第一天，初伏、末伏各十天，中伏十天或二十天。通常也指從初伏第一天到末伏第十天的一段時間。三伏天一般是一年中天氣最熱時期。❷特指末伏。

【三副】sānfù ㄙㄢ ㄈㄨˋ 輪船上船員的職務名稱，職位次於二副。參看211頁〖大副〗。

【三綱五常】sāngāng wǔcháng ㄙㄢ ㄍㄤ ㄨˇ ㄔㄤˊ 封建禮教所提倡的人與人之間的道德標準。三綱指父為子綱、君為臣綱、夫為妻綱。五常傳說不一，通常指仁、義、禮、智、信。

【三姑六婆】sāngū liùpó ㄙㄢ ㄍㄨ ㄌㄧㄡˋ ㄆㄛˊ 三姑指尼姑、道姑、卦姑（占卦的），六婆指牙婆（以介紹人口買賣為業的婦女）、媒婆、師婆（女巫）、虔婆（鴇母）、藥婆（給人治病的婦女）、穩婆（接生婆）（見於元陶宗儀《輟耕錄》卷十）。舊社會裏三姑六婆往往藉着這類身份幹壞事，因此通常用'三姑六婆'比喻不務正業的婦女。

【三顧茅廬】sān gù máo lú ㄙㄢ ㄍㄨˋ ㄇㄠˊ ㄌㄨˊ 東漢末年，劉備請隱居在隆中（湖北襄陽附近）草舍的諸葛亮出來運籌劃策，去了三次才見到。後用來泛指誠心誠意一再邀請。

【三國】Sān Guó ㄙㄢ ㄍㄨㄛˊ 魏、蜀、吳三國並立的時期（魏，公元220－265；蜀，公元221－263；吳，公元222－280）。參看'魏'、'蜀'、'吳'。

【三合板】sānhébǎn ㄙㄢ ㄏㄜˊ ㄅㄢˇ 用三層薄木膠合而成的板材。是最常見的一種膠合板。

【三合房】sānhéfáng ㄙㄢ ㄏㄜˊ ㄈㄤˊ 一種舊式房子，三面是屋子，前面是牆，中間是院子。也叫三合院兒。

【三合土】sānhétǔ ㄙㄢ ㄏㄜˊ ㄊㄨˇ 石灰、砂和碎磚加水拌和後，經澆灌夯實而成的建築材料，乾燥後堅硬，可用來打地基或修築道路。

【三花臉】sānhuāliǎn ㄙㄢ ㄏㄨㄚ ㄌㄧㄢˇ （三花臉兒）戲曲角色行當中的丑。

【三皇五帝】Sān Huáng Wǔ Dì ㄙㄢ ㄏㄨㄤˊ ㄨˇ ㄉㄧˋ 指古代傳說中的帝王，說法不一，通常稱伏羲、燧人、神農為三皇。或者稱天皇、地皇、人皇為三皇。五帝通常指黃帝、顓頊(Zhuānxū)、帝嚳(Dìkù)、唐堯、虞舜。

【三極管】sānjíguǎn ㄙㄢ ㄐㄧˊ ㄍㄨㄢˇ 有三個電極的管子。電子管三極管由屏極、柵極、陰極組成，晶體管三極管由發射極、基極、集電極組成。

【三級跳遠】sānjí tiàoyuǎn ㄙㄢ ㄐㄧˊ ㄊㄧㄠˋ ㄩㄢˇ 田徑運動項目之一，運動員經過快速助跑後連續跳三步，第一步用起跳的腳落地，第二步用另一隻腳落地，第三步兩腳落地。

【三緘其口】sān jiān qí kǒu ㄙㄢ ㄐㄧㄢ ㄑㄧˊ ㄎㄡˇ 形容說話十分謹慎，不肯或不敢開口(語出《說苑·敬慎》)。

【三焦】sānjiāo ㄙㄢ ㄐㄧㄠ 中醫指自舌的下部沿胸腔至腹腔的部分。參看1005頁〖上焦〗、1479頁〖中焦〗、1232頁〖下焦〗。

【三角】sānjiǎo ㄙㄢ ㄐㄧㄠˇ ❶三角學的簡稱。❷形狀像三角形的東西：糖三角(食品)。

【三角板】sānjiǎobǎn ㄙㄢ ㄐㄧㄠˇ ㄅㄢˇ 繪圖用具，是用木頭或塑料等製成的三角形薄片。其中一角為直角，其他兩角或各為45°，或一角為60°，另一角為30°。也叫三角尺。

【三角帶】sānjiǎodài ㄙㄢ ㄐㄧㄠˇ ㄉㄞˋ 一種斷面為梯形的傳動帶，用在有槽的皮帶輪上。

【三角函數】sānjiǎo hánshù ㄙㄢ ㄐㄧㄠˇ ㄏㄢˊ ㄕㄨˋ 在直角三角形中，各邊長度兩兩之間的比值是銳角的函數。每個銳角有六個三角函數，記做正弦(sin)、餘弦(cos)、正切(tg)、餘切(ctg)、正割(sec)、餘割(csc)。例如銳角 $\angle A$ 的三角函數：$\sin A=\frac{a}{c}$，$\cos A=\frac{b}{c}$，$\mathrm{tg}A=\frac{a}{b}$，$\mathrm{ctg}A=\frac{b}{a}$，$\sec A=\frac{c}{b}$，$\csc A=\frac{c}{a}$，見圖(一)。三角函數的概念可推廣到任意角。對於任意角 α，以角的頂點為原點，角的始邊作 X 軸正方向，建立平面直角坐標系 XOY，設 $P(x, y)$ 為角 α 終邊上任意一點，P 點到原點距離為 $r=\sqrt{x^2+y^2}>0$。則 $\sin\alpha=\frac{y}{r}$，$\cos\alpha=\frac{x}{r}$，$\mathrm{tg}\alpha=\frac{y}{x}$，$\mathrm{ctg}\alpha=\frac{x}{y}$，$\sec\alpha=\frac{r}{x}$，$\csc\alpha=\frac{r}{y}$，見圖(二)。

三角函數

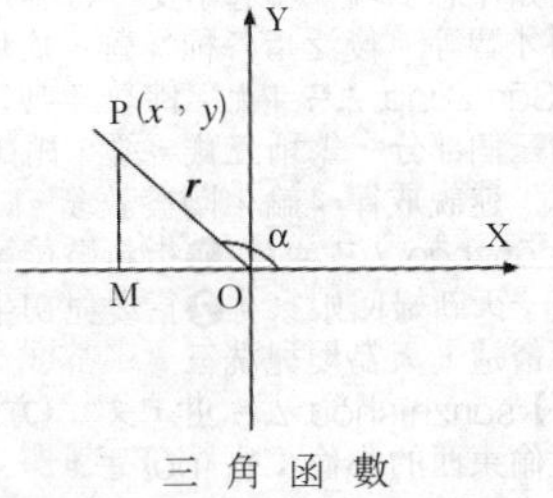

三 角 函 數

【三角戀愛】sānjiǎo liàn'ài ㄙㄢ ㄐㄧㄠˇ ㄌㄧㄢˋ ㄞˋ 指兩個男子和一個女子或兩個女子和一個男子之間的戀愛。

【三角鐵】sānjiǎotiě ㄙㄢ ㄐㄧㄠˇ ㄊㄧㄝˇ ❶角鋼的俗稱。❷打擊樂器，用於管弦樂隊，是一根彎成三角形的細金屬條，用金屬槌敲打發音。

【三角形】sānjiǎoxíng ㄙㄢ ㄐㄧㄠˇ ㄒㄧㄥˊ 平面上三條直綫或球面上三條弧綫所圍成的圖形。三條直綫所圍成的圖形叫平面三角形；三條弧綫所圍成的圖形叫球面三角形。也叫三邊形。

【三角學】sānjiǎoxué ㄙㄢ ㄐㄧㄠˇ ㄒㄩㄝˊ 數學的一個分支，主要研究三角函數和它的性質，以及三角函數在幾何學上的應用。簡稱三角。

【三角債】sānjiǎozhài ㄙㄢ ㄐㄧㄠˇ ㄓㄞˋ 一方是另一方的債務人或債權人，同時又是第三方的債權人或債務人，這三方之間的債務，叫三角債。

【三角洲】sānjiǎozhōu ㄙㄢ ㄐㄧㄠˇ ㄓㄡ 河口地區的沖積平原，大致成三角形，如我國的長江三角洲。

【三腳架】sānjiǎojià ㄙㄢ ㄐㄧㄠˇ ㄐㄧㄚˋ 安放照相機、測量儀器等用的有三個支柱的架子。

【三教九流】sān jiào jiǔ liú ㄙㄢ ㄐㄧㄠˋ ㄐㄧㄡˇ ㄌㄧㄡˊ 三教指儒教、佛教、道教；九流指儒家、道家、陰陽家、法家、名家、墨家、縱橫家、雜家、農家。泛指宗教、學術中各種流派或社會上各種行業。也用來泛稱江湖上各種各樣的人。也說九流三教。

【三節】sānjié ㄙㄢ ㄐㄧㄝˊ 端午、中秋、春節合稱三節。

【三九】sānjiǔ ㄙㄢ ㄐㄧㄡˇ 冬至後第十九天至第二十七天，是一年中最冷的時候：三九天氣｜三九嚴寒。也叫三九天。

【三軍】sān-jūn ㄙㄢ ㄐㄩㄣ ❶指陸軍、海軍、空軍。❷對軍隊的統稱。

【三K黨】Sānkèidǎng ㄙㄢ ㄎㄟˋ ㄉㄤˇ 美國的一個反動恐怖組織。提倡種族歧視，迫害黑人及一切進步人士，並從事其他破壞活動。[英 K. K. K.(三 K)是 Ku Klux Klan的縮寫]

【三棱鏡】sānléngjìng ㄙㄢ ㄌㄥˊ ㄐㄧㄥˋ 截面呈三角形的棱鏡。

【三聯單】sānliándān ㄙㄢ ㄌㄧㄢˊ ㄉㄢ 一式三份合印一頁的空白單據，在騎縫處編號蓋章。三聯單填寫後，其中一聯由本單位存查，其餘兩聯分送有關方面。

【三令五申】sān lìng wǔ shēn ㄙㄢ ㄌㄧㄥˋ ㄨˇ ㄕㄣ 再三地命令和告誡。

【三六九等】sān liù jiǔ děng ㄙㄢ ㄌㄧㄡˋ ㄐㄧㄡˇ

ㄉㄥˇ 許多等級，種種差別。

【三輪車】sānlúnchē ㄙㄢ ㄌㄨㄣˊ ㄔㄜ 安裝三個輪的腳踏車，裝置車廂或平板，用來載人或裝貨。也叫三輪兒。

【三昧】sānmèi ㄙㄢ ㄇㄟˋ 佛教用語，意思是使心神平靜，雜念止息，是佛教的重要修行方法之一。借指事物的訣要：深得其中三昧。［梵 samādhi］

【三民主義】sānmín zhǔyì ㄙㄢ ㄇㄧㄣˊ ㄓㄨˇ ㄧˋ 孫中山在他所領導的中國資產階級民主革命中提出的政治綱領即民族主義、民權主義和民生主義。民族主義是推翻滿族統治，恢復漢族政權；民權主義是建立民國；民生主義是平均地權。在十月革命的影響和中國共產黨的幫助下，孫中山制定了聯俄、聯共、扶助農工三大政策，並於1924年重新解釋了三民主義。民族主義是反對帝國主義，主張國內各民族一律平等；民權主義是建立為一般平民所共有、非少數人所得而私的民主政治；民生主義是平均地權，節制資本。

【三明治】sānmíngzhì ㄙㄢ ㄇㄧㄥˊ ㄓˋ 夾有肉、乾酪等的麵包。［英 sandwich］

【三親六故】sān qīn liù gù ㄙㄢ ㄑㄧㄣ ㄌㄧㄡˋ ㄍㄨˋ 泛指親戚和故舊。

【三秋】sānqiū ㄙㄢ ㄑㄧㄡ ❶秋收、秋耕和秋播的統稱。❷〈書〉指秋季的三個月。也指秋季的第三個月，即農曆九月。❸〈書〉指三個秋天；三年：一日不見，如隔三秋。

【三三兩兩】sānsānliǎngliǎng ㄙㄢ ㄙㄢ ㄌㄧㄤˇ ㄌㄧㄤˇ 三個一群兩個一夥(多指人)：傍晚，人們三三兩兩地在河邊散步。

【三色版】sānsèbǎn ㄙㄢ ㄙㄜˋ ㄅㄢˇ 銅製的照相凸版。將彩色原稿製成三塊印版，用紅、藍、黃三種原色的油墨套印，能印出彩色的印刷品。

【三牲】sānshēng ㄙㄢ ㄕㄥ 指用於祭祀的牛、羊、豬。

【三思】sānsī ㄙㄢ ㄙ 反復考慮：事關重大，請你三思｜三思而後行。

【三天打魚，兩天曬網】sān tiān dǎ yú, liǎng tiān shài wǎng ㄙㄢ ㄊㄧㄢ ㄉㄚˇ ㄩˊ, ㄌㄧㄤˇ ㄊㄧㄢ ㄕㄞˋ ㄨㄤˇ 比喻學習或做事缺乏恒心，時常中斷，不能堅持。

【三天兩頭兒】sān tiān liǎng tóur ㄙㄢ ㄊㄧㄢ ㄌㄧㄤˇ ㄊㄡㄦˊ 指隔一天，或幾乎每天：他三天兩頭兒地來找你幹甚麼？

【三頭對案】sān tóu duì àn ㄙㄢ ㄊㄡˊ ㄉㄨㄟˋ ㄢˋ 指與事情有關的雙方及中間人(或見證人)在一起對質，弄清真相。

【三頭六臂】sān tóu liù bì ㄙㄢ ㄊㄡˊ ㄌㄧㄡˋ ㄅㄧˋ 比喻了不起的本領：離開群眾，你就是有三頭六臂也不頂用。

【三維空間】sānwéi kōngjiān ㄙㄢ ㄨㄟˊ ㄎㄨㄥ ㄐㄧㄢ 點的位置由三個坐標決定的空間。客觀存在的現實空間就是三維空間，具有長、寬、高三種度量。數學、物理等學科中引進的多維空間的概念，是在三維空間基礎上所做的科學抽象。也叫三度空間。

【三位一體】sān wèi yī tǐ ㄙㄢ ㄨㄟˋ ㄧ ㄊㄧˇ 基督教稱耶和華為聖父，耶穌為聖子，聖父、聖子共有的神的性質為聖靈。雖然父子有別，而其神的性質融合為一，所以叫三位一體。一般用來比喻三個人、三件事或三個方面聯成的一個整體。

【三…五…】sān…wǔ… ㄙㄢ…ㄨˇ… ❶表示次數多：三番五次｜三令五申。❷表示不太大的大概數量：三年五載(幾年)。

【三下五除二】sān xià wǔ chú èr ㄙㄢ ㄒㄧㄚˋ ㄨˇ ㄔㄨˊ ㄦˋ 珠算口訣之一。常用來形容做事及動作敏捷利索。

【三夏】sānxià ㄙㄢ ㄒㄧㄚˋ ❶夏收、夏種和夏管的統稱。❷〈書〉指夏季的三個月。

【三弦】sānxián ㄙㄢ ㄒㄧㄢˊ (三弦兒)弦樂器，木筒兩面蒙蟒皮，上面有長柄，有三根弦。分大三弦和小三弦兩種，大三弦又叫大鼓三弦，用做大鼓書的伴奏樂器；小三弦又叫曲弦，用做昆曲的伴奏樂器。通稱弦子。

【三綫】sānxiàn ㄙㄢ ㄒㄧㄢˋ 我國國防上指後方，是支援前綫的戰略基地。

【三心二意】sān xīn èr yì ㄙㄢ ㄒㄧㄣ ㄦˋ ㄧˋ 形容猶豫不決或意志不堅定：既然決定了，就不能三心二意。

【三星】sānxīng ㄙㄢ ㄒㄧㄥ ❶獵戶座中央三顆明亮的星，冬季天將黑時從東方升起，天將明時在西方落下，常根據它的位置估計時間。❷民間稱福、祿、壽三神為三星。

【三言兩語】sān yán liǎng yǔ ㄙㄢ ㄧㄢˊ ㄌㄧㄤˇ ㄩˇ 幾句話。形容話很少：這件事不是三言兩語說得完的。

【三一三十一】sān yī sān shí yī ㄙㄢ ㄧ ㄙㄢ ㄕˊ ㄧ 珠算口訣之一。常用來指按三份平均分配：所付的費用，大家三一三十一分攤。

【三災八難】sān zāi bā nàn ㄙㄢ ㄗㄞ ㄅㄚ ㄋㄢˋ 佛教指水災、火災、風災為大三災；刀兵、饑饉、疫癘為小三災。八難指影響見佛求道的八種障礙如作惡多端、安逸享受、盲啞殘疾、自恃聰明才智等。後泛指各種災難、疾病。

【三藏】Sān Zàng ㄙㄢ ㄗㄤˋ 佛教經典分為經、律、論三個部分，總稱三藏。經，總說根本教義；律，述說戒律；論，闡發教義。

【三朝】sānzhāo ㄙㄢ ㄓㄠ ❶指新婚後第三天，舊俗這一天新婦回娘家。❷指嬰兒初生後第三天，舊俗這一天為嬰兒洗三。

【三隻手】sānzhīshǒu ㄙㄢ ㄓ ㄕㄡˇ 〈方〉指從別人身上偷東西的小偷；扒(pá)手。

【三足鼎立】sān zú dǐng lì ㄙㄢ ㄗㄨˊ ㄉㄧㄥˇ ㄌㄧˋ

像鼎的三條腿那樣站立着。比喻三方面的勢力對峙。

【三座大山】sān zuò dà shān ㄙㄢ ㄗㄨㄛˋ ㄉㄚˋ ㄕㄢ 比喻我國新民主主義革命時期的三大敵人，即：帝國主義、封建主義和官僚資本主義。

弎 sān ㄙㄢ 同'三'。

叁 sān ㄙㄢ '三'的大寫。參看1067頁〖數字〗。

毵（毿） sān ㄙㄢ ［毵毵］〈書〉毛髮、枝條等細長的樣子：毵毵下垂｜柳枝毵毵。

sǎn（ㄙㄢˇ）

散 sǎn ㄙㄢˇ ❶沒有約束；鬆開；分散：散漫｜鬆散｜行李沒打好，都散了｜隊伍別走散了。❷零碎的；不集中的：散裝｜散居。❸藥末（多用做中藥名）：健胃散｜丸散膏丹。

另見989頁 sàn。

【散兵游勇】sǎnbīng yóuyǒng ㄙㄢˇ ㄅㄧㄥ ㄧㄡˊ ㄩㄥˇ 指失去統屬的士兵。現也比喻沒有組織到某項集體活動中而獨自行動的人。

【散工】sǎngōng ㄙㄢˇ ㄍㄨㄥ 零工；短工。

另見989頁 sàn∥gōng。

【散光】sǎnguāng ㄙㄢˇ ㄍㄨㄤ 視力缺陷的一種，有散光眼的人看東西模糊不清，由角膜或晶狀體表面的彎曲不規則，使進入眼球中的影像分散成許多部分引起。

【散記】sǎnjì ㄙㄢˇ ㄐㄧˋ 關於某一事物或活動的零碎記述（多用做文章標題或書名）：《旅美散記》。

【散劑】sǎnjì ㄙㄢˇ ㄐㄧˋ 乾燥而疏鬆的粉末狀或顆粒狀藥物。

【散架】sǎn∥jià ㄙㄢˇ∥ㄐㄧㄚˋ 完整的東西散開。比喻散夥或垮台：木盆散架了｜渾身痠疼，骨頭像散了架似的｜這個小組要不是你們幾個撐着，早就散架了。

【散居】sǎnjū ㄙㄢˇ ㄐㄩ 分散居住：一家人散居各地。

【散漫】sǎnmàn ㄙㄢˇ ㄇㄢˋ ❶隨隨便便，不守紀律：自由散漫。❷分散；不集中：文章散漫零亂，層次不清。

【散曲】sǎnqǔ ㄙㄢˇ ㄑㄩˇ 盛行於元、明、清三代的沒有賓白的曲子形式，內容以抒情為主，有小令和散套兩種。

【散射】sǎnshè ㄙㄢˇ ㄕㄜˋ ❶光綫通過有塵埃的空氣等媒質時，部分光綫向多方面改變方向。超短波發射到電離層時也發生散射。❷兩個基本粒子碰撞時，運動方向改變。❸在某些情況下，聲波投射到不平的分界面或媒質中的微粒上而向不同方向傳播。也叫亂反射。

【散套】sǎntào ㄙㄢˇ ㄊㄠˋ 散曲的一種，由同一宮調的若干支曲子組成的組曲。

【散體】sǎntǐ ㄙㄢˇ ㄊㄧˇ 不要求詞句齊整對偶的文體（區別於'駢體'）。

【散文】sǎnwén ㄙㄢˇ ㄨㄣˊ ❶指不講究韵律的文章（區別於'韵文'）。❷指除詩歌、戲劇、小說外的文學作品，包括雜文、隨筆、特寫等。

【散裝】sǎnzhuāng ㄙㄢˇ ㄓㄨㄤ 指原來整包整桶的商品，出售時臨時分成小包小袋，或零星出售不加包裝：散裝洗衣粉｜散裝白酒。

【散座】sǎnzuò ㄙㄢˇ ㄗㄨㄛˋ（散座兒）❶舊指劇場中包廂以外的座位。❷舊指人力車夫拉的不固定的主顧。❸飯館指為零散客人設的座位。

傘（伞、❶繖） sǎn ㄙㄢˇ ❶擋雨或遮太陽的用具，用油紙、布、塑料等製成，中間有柄，可以張合：一把傘｜旱傘｜雨傘。❷像傘的東西：降落傘。❸（Sǎn）姓。

【傘兵】sǎnbīng ㄙㄢˇ ㄅㄧㄥ 用降落傘着陸的空降兵。

糁（糝） sǎn ㄙㄢˇ 〈方〉米飯粒兒。

另見1019頁 shēn。

饊（馓） sǎn ㄙㄢˇ ［饊子］（sǎn·zi ㄙㄢˇ ·ㄗ）油炸的麵食，細條相連扭成花樣。

sàn（ㄙㄢˋ）

散 sàn ㄙㄢˋ ❶由聚集而分離：散場｜解散｜烟消雲散｜會還沒有散。❷散佈：發散｜公園裏散滿花香｜散傳單。❸排除：散悶｜散心。❹〈方〉解雇：舊社會資本家隨便散工人。

另見989頁 sǎn。

【散播】sànbō ㄙㄢˋ ㄅㄛ 散佈開：散播種子｜散播謠言。

【散步】sàn∥bù ㄙㄢˋ∥ㄅㄨˋ 隨便走走（作為一種休息方式）：休息時，到河邊散散步。

【散佈】sànbù ㄙㄢˋ ㄅㄨˋ 分散到各處：散佈傳單｜羊群散佈在山坡上吃草｜散佈流言飛語。

【散場】sàn∥chǎng ㄙㄢˋ∥ㄔㄤˇ 戲劇、電影、比賽等一場結束，觀眾離開：電影散場了。

【散發】sànfā ㄙㄢˋ ㄈㄚ 發出；分發：花兒散發着陣陣的芳香｜散發文件。

【散工】sàn∥gōng ㄙㄢˋ∥ㄍㄨㄥ 收工；放工：今天提前散工。

另見989頁 sǎngōng。

【散會】sàn∥huì ㄙㄢˋ∥ㄏㄨㄟˋ 一次會議結束，參加的人離開會場。

【散夥】sàn∥huǒ ㄙㄢˋ∥ㄏㄨㄛˇ （團體、組織等）解散。

【散落】sànluò ㄙㄢˋ ㄌㄨㄛˋ ❶分散地往下落：

花瓣散落了一地。❷分散；不集中：草原上散落着數不清的牛羊。❸因分散而失落或流落：一家骨肉不知散落何方。

【散悶】sàn//mèn ㄙㄢˋ//ㄇㄣˋ 排遣煩悶：散悶消愁｜到公園散散悶。

【散失】sànshī ㄙㄢˋ ㄕ ❶分散遺失：那部書稿在戰亂中散失了。❷（水分等）消散失去：水果、蔬菜貯藏在地窖裏，水分不容易散失。

【散水】sàn·shuǐ ㄙㄢˋ·ㄕㄨㄟˇ 在房屋等建築物外牆的牆腳周圍，用磚石、混凝土鋪成的斜坡。寬度多在一米上下，作用是把雨水排離牆角，以保護地基。

【散攤子】sàn tān·zi ㄙㄢˋ ㄊㄢ ·ㄗ 散夥。也說散攤兒。

【散戲】sàn//xì ㄙㄢˋ//ㄒㄧˋ 戲劇演出結束，觀眾離開劇場。

【散心】sàn//xīn ㄙㄢˋ//ㄒㄧㄣ 使心情舒暢；解悶：出去走走，散散心。

sāng（ㄙㄤ）

桑 sāng ㄙㄤ ❶桑樹，落葉喬木，樹皮有淺裂，葉子卵形，花單性，花被黃綠色。葉子是蠶的飼料，嫩枝的韌皮纖維可造紙，果穗可以吃，嫩枝、根的白皮、葉和果實均可入藥。❷（Sāng）姓。

【桑那浴】sāngnàyù ㄙㄤ ㄋㄚˋ ㄩˋ 一種利用蒸汽排汗的沐浴方式。起源於芬蘭。［桑那，也譯作桑拿，英 sauna］

【桑皮紙】sāngpízhǐ ㄙㄤ ㄆㄧˊ ㄓˇ 用桑樹皮做的紙，質地堅韌。

【桑葚兒】sāngrènr ㄙㄤ ㄖㄣㄦˋ 桑葚（sāngshèn）。

【桑葚】sāngshèn ㄙㄤ ㄕㄣˋ 桑樹的果穗，成熟時黑紫色或白色，味甜，可以吃。也叫桑葚子（sāngshèn·zi）。

【桑榆暮景】sāng yú mù jǐng ㄙㄤ ㄩˊ ㄇㄨˋ ㄐㄧㄥˇ 落日的餘輝照在桑榆樹梢上。比喻老年的時光。

【桑梓】sāngzǐ ㄙㄤ ㄗˇ 〈書〉《詩經·小雅·小弁》：'維桑與梓，必恭敬止。'是說家鄉的桑樹和梓樹是父母種的，對它要表示敬意。後人用來比喻故鄉。

喪（丧、䘮） sāng ㄙㄤ 跟死了人有關的（事情）：喪事｜治喪。

另見990頁 sàng。

【喪服】sāngfú ㄙㄤ ㄈㄨˊ 為哀悼死者而穿的服裝。我國舊時習俗用本色的粗布或麻布做成。

【喪家】sāngjiā ㄙㄤ ㄐㄧㄚ 有喪事的人家。

【喪禮】sānglǐ ㄙㄤ ㄌㄧˇ 有關喪事的禮儀。

【喪亂】sāngluàn ㄙㄤ ㄌㄨㄢˋ 〈書〉指死亡禍亂的事。

【喪事】sāngshì ㄙㄤ ㄕˋ 人死後處置遺體等事：辦喪事｜喪事從簡。

【喪葬】sāngzàng ㄙㄤ ㄗㄤˋ 辦理喪事，埋葬死者：喪葬費。

【喪鐘】sāngzhōng ㄙㄤ ㄓㄨㄥ 西方風俗，教堂在宣告本區教徒死亡或為死者舉行宗教儀式時敲鐘叫做敲喪鐘。因此用喪鐘來比喻死亡或滅亡。

sǎng（ㄙㄤˇ）

搡 sǎng ㄙㄤˇ 〈方〉猛推：推推搡搡｜把他搡了個跟頭。

嗓 sǎng ㄙㄤˇ ❶嗓子①。❷（嗓兒）嗓音：小嗓兒｜啞嗓兒。

【嗓門兒】sǎngménr ㄙㄤˇ ㄇㄣㄦˊ 嗓音：嗓門兒大。

【嗓音】sǎngyīn ㄙㄤˇ ㄧㄣ 說話或歌唱的聲音：嗓音洪亮。

【嗓子】sǎng·zi ㄙㄤˇ ·ㄗ ❶喉嚨：嗓子疼。❷嗓音：放開嗓子唱。

磉 sǎng ㄙㄤˇ 柱子底下的石礅。

顙（顡） sǎng ㄙㄤˇ 〈書〉額；腦門子。

sàng（ㄙㄤˋ）

喪（丧、䘮） sàng ㄙㄤˋ 喪失：喪盡天良｜喪權辱國。

另見990頁 sāng。

【喪膽】sàng//dǎn ㄙㄤˋ//ㄉㄢˇ 形容非常恐懼：敵軍聞風喪膽。

【喪魂落魄】sàng hún luò pò ㄙㄤˋ ㄏㄨㄣˊ ㄌㄨㄛˋ ㄆㄛˋ 形容非常恐懼的樣子。也說喪魂失魄。

【喪家之犬】sàng jiā zhī quǎn ㄙㄤˋ ㄐㄧㄚ ㄓ ㄑㄩㄢˇ 比喻失去靠山，到處亂竄，無處投奔的人。也說喪家之狗。

【喪命】sàng//mìng ㄙㄤˋ//ㄇㄧㄥˋ 死亡（多指兇死或死於暴病）。

【喪偶】sàng'ǒu ㄙㄤˋ ㄡˇ 〈書〉死了配偶：中年喪偶。

【喪氣】sàng//qì ㄙㄤˋ//ㄑㄧˋ 因事情不順利而情緒低落：灰心喪氣｜垂頭喪氣。

【喪氣】sàng·qi ㄙㄤˋ·ㄑㄧ 倒霉；不吉利：喪氣話。

【喪權辱國】sàng quán rǔ guó ㄙㄤˋ ㄑㄩㄢˊ ㄖㄨˇ ㄍㄨㄛˊ 喪失主權使國家蒙受恥辱。

【喪生】sàng//shēng ㄙㄤˋ//ㄕㄥ 喪命。

【喪失】sàngshī ㄙㄤˋ ㄕ 失去：喪失信心｜喪失工作能力。

【喪亡】sàngwáng ㄙㄤˋ ㄨㄤˊ 死亡；滅亡。

【喪心病狂】sàng xīn bìng kuáng ㄙㄤˋ ㄒㄧㄣ

ㄅㄧㄥˋ ㄎㄨㄤˊ 喪失理智，像發了瘋一樣。形容言行昏亂而荒謬或殘忍可惡到了極點。

【喪志】sàngzhì ㄙㄤˋ ㄓˋ 喪失志氣；失去進取心：玩物喪志。

sāo (ㄙㄠ)

搔 sāo ㄙㄠ 用指甲撓：搔頭皮｜搔到癢處(比喻說到點子上)｜搔首弄姿(形容賣弄姿容)。

臊 sāo ㄙㄠ 像尿或狐狸的氣味：臊氣｜腥臊。

另見992頁 sào。

繅(繰、繅) sāo ㄙㄠ 把蠶繭浸在熱水裏，抽出蠶絲。

'繰'另見925頁 qiāo。

騷[1](骚) sāo ㄙㄠ 擾亂；不安定：騷亂｜騷擾。

騷[2](骚) sāo ㄙㄠ ❶指屈原的《離騷》：騷體。❷〈書〉泛指詩文：騷人。

騷[3](骚) sāo ㄙㄠ ❶指舉止輕佻，作風下流：風騷｜騷貨。❷〈方〉雄性的(某些家畜)：騷馬｜騷驢。❸同'臊'(sāo)。

【騷動】sāodòng ㄙㄠ ㄉㄨㄥˋ ❶擾亂，使地方不安寧。❷秩序紊亂；動亂：會場騷動｜在人群裏引起一陣騷動。

【騷客】sāokè ㄙㄠ ㄎㄜˋ 〈書〉詩人。

【騷亂】sāoluàn ㄙㄠ ㄌㄨㄢˋ 混亂不安。

【騷擾】sāorǎo ㄙㄠ ㄖㄠˇ 使不安寧；擾亂：外敵騷擾邊境｜土匪騷擾村寨。

【騷人】sāorén ㄙㄠ ㄖㄣˊ 〈書〉詩人。

【騷體】sāotǐ ㄙㄠ ㄊㄧˇ 古典文學體裁的一種，以模仿屈原的《離騷》的形式得名。

sǎo (ㄙㄠˇ)

掃(扫) sǎo ㄙㄠˇ ❶用笤帚、掃帚除去塵土、垃圾等：掃雪｜把地掃一掃。❷除去；消滅：掃雷｜掃盲。❸很快地左右移動：掃射｜眼光向人群一掃。❹歸攏在一起：掃數。

另見992頁 sào。

【掃除】sǎochú ㄙㄠˇ ㄔㄨˊ ❶清除骯髒的東西：大掃除｜室內室外要天天掃除。❷除去有礙前進的事物：掃除障礙｜掃除文盲。

【掃盪】sǎodàng ㄙㄠˇ ㄉㄤˋ ❶用武力或其他手段肅清敵人。❷泛指徹底清除：舊社會遺留下來的腐朽東西，都應當掃盪。

【掃地】sǎo//dì ㄙㄠˇ//ㄉㄧˋ ❶用笤帚、掃帚清除地上的髒東西。❷比喻名譽、威風等完全喪失：威信掃地｜斯文掃地。

【掃地出門】sǎo dì chū mén ㄙㄠˇ ㄉㄧˋ ㄔㄨ ㄇㄣˊ 沒收全部財產，趕出家門。

【掃黃】sǎo//huáng ㄙㄠˇ//ㄏㄨㄤˊ 掃除各種黃色書刊、音像製品等。

【掃雷】sǎo//léi ㄙㄠˇ//ㄌㄟˊ 排除敷設的地雷或水雷。

【掃盲】sǎo//máng ㄙㄠˇ//ㄇㄤˊ 掃除文盲，對不識字或識字很少的成年人進行識字教育，使他們脱離文盲狀態。

【掃描】sǎomiáo ㄙㄠˇ ㄇㄧㄠˊ ❶利用一定裝置使電子束、無綫電波等左右移動而描繪出畫面、物體等圖形。❷借指掃視。

【掃墓】sǎo//mù ㄙㄠˇ//ㄇㄨˋ 在墓地祭奠、培土和打掃。現也指在烈士碑墓前舉行紀念活動：清明掃墓。

【掃平】sǎopíng ㄙㄠˇ ㄆㄧㄥˊ 掃盪平定：掃平匪患。

【掃射】sǎoshè ㄙㄠˇ ㄕㄜˋ ❶用機關槍、衝鋒槍等左右移動連續射擊。❷指目光或燈光向四周掠過。

【掃視】sǎoshì ㄙㄠˇ ㄕˋ 目光迅速地向周圍看：向台下掃視了一下。

【掃數】sǎoshù ㄙㄠˇ ㄕㄨˋ 盡數；全數：掃數還清｜掃數入庫。

【掃榻】sǎotà ㄙㄠˇ ㄊㄚˋ 〈書〉打掃牀上灰塵，表示歡迎客人：掃榻以待。

【掃堂腿】sǎotángtuǐ ㄙㄠˇ ㄊㄤˊ ㄊㄨㄟˇ 武術招數，用一隻腿猛力橫掃以絆倒對方。也說掃腿。

【掃聽】sǎo·ting ㄙㄠˇ·ㄊㄧㄥ 〈方〉探詢；從旁打聽。

【掃尾】sǎo//wěi ㄙㄠˇ//ㄨㄟˇ 結束最後部分的工作。

【掃興】sǎo//xìng ㄙㄠˇ//ㄒㄧㄥˋ 正當高興時遇到不愉快的事情而興致低落：別說掃興的話｜你要不去，豈不掃了大夥兒的興。

蕿〔蕿〕 sǎo ㄙㄠˇ 見780頁[莪蕿]。

嫂 sǎo ㄙㄠˇ ❶哥哥的妻子：兄嫂｜表嫂。❷泛稱年紀不大的已婚婦女：王嫂｜大嫂。

【嫂夫人】sǎofū·ren ㄙㄠˇ ㄈㄨ ·ㄖㄣ 對朋友尊稱他的妻子。

【嫂嫂】sǎo·sao ㄙㄠˇ·ㄙㄠ 〈方〉嫂子。

【嫂子】sǎo·zi ㄙㄠˇ·ㄗ 哥哥的妻子：二嫂子｜堂房嫂子。

sào (ㄙㄠˋ)

埽 sào ㄙㄠˋ ❶把樹枝、秫秸、石頭等捆緊做成的圓柱形的東西。治理黃河時用它保護堤岸防水沖刷。❷用許多埽做成的水工建築物。

掃(扫) sào ㄙㄠˋ 義同'掃'(sǎo)，用於'掃帚'、'掃把'等。

另見991頁 sǎo。

【掃把】sàobǎ ㄙㄠˋ ㄅㄚˇ 〈方〉掃帚。

【掃帚】sào·zhou ㄙㄠˋ ·ㄓㄡ 除去塵土、垃圾等的用具，多用竹枝紮成，比笤帚大。

【掃帚星】sào·zhouxīng ㄙㄠˋ ·ㄓㄡ ㄒㄧㄥ 彗星的通稱。舊時迷信的人認為出現掃帚星就會發生災難。因此掃帚星也用為罵人的話，如果認為發生的禍害是由某人帶來的，就說某人是掃帚星。

梢 sào ㄙㄠˋ ❶像圓錐體的形狀。❷見1506頁〖錐度〗。

另見1008頁 shāo。

瘙 sào ㄙㄠˋ 古代指疥瘡。

【瘙癢】sàoyǎng ㄙㄠˋ ㄧㄤˇ (皮膚)發癢：瘙癢難忍。

氉 sào ㄙㄠˋ 見781頁[毷氉](màosào)。

臊 sào ㄙㄠˋ 羞①：害臊｜臊得臉通紅。

另見991頁 sāo。

【臊氣】sàoqì ㄙㄠˋ ㄑㄧˋ 〈方〉倒霉。

【臊子】sào·zi ㄙㄠˋ ·ㄗ 〈方〉肉末或肉丁(多指烹調好加在別的食物中的)：羊肉臊子麵。

sè (ㄙㄜˋ)

色 sè ㄙㄜˋ ❶顏色：紅色｜三色版｜五顏六色。❷臉上表現的神情；神色：喜形於色｜面不改色｜和顏悅色。❸種類：貨色｜各色各樣。❹情景；景象：景色｜夜色｜行色匆匆。❺物品的質量：成色｜足色。❻指婦女美貌：姿色｜色藝雙絕。❼指情慾：色情｜色膽。

另見997頁 shǎi。

【色彩】sècǎi ㄙㄜˋ ㄘㄞˇ ❶顏色：色彩鮮明。❷比喻人的某種思想傾向或事物的某種情調：思想色彩｜地方色彩。

【色調】sèdiào ㄙㄜˋ ㄉㄧㄠˋ ❶指畫面上表現思想、情感的色彩及濃淡。各種紅色或黃色構成的色調屬於暖色調，用來表現興奮、快樂等情感；各種藍色或綠色構成的色調屬於寒色調，用來表現憂鬱、悲哀等情感。❷比喻文藝作品中思想感情的色彩：作品含有憂鬱、悲涼的色調。

【色光】sèguāng ㄙㄜˋ ㄍㄨㄤ 帶顏色的光。白色的光通過棱鏡分解成七種色光。

【色覺】sèjué ㄙㄜˋ ㄐㄩㄝˊ 各種有色光反映到視網膜上所產生的感覺。

【色拉】sèlā ㄙㄜˋ ㄌㄚ 西餐中的一種涼拌菜，一般是由熟土豆丁、香腸丁等加調味汁拌和而成。也譯作沙拉。[英 salad]

【色厲內荏】sè lì nèi rěn ㄙㄜˋ ㄌㄧˋ ㄋㄟˋ ㄖㄣˇ 外表強硬而內心怯懦。

【色盲】sèmáng ㄙㄜˋ ㄇㄤˊ 眼睛不能辨別顏色的病，常見的是紅綠色盲，患者不能區別紅綠兩種顏色。也有只能區別明暗不能區別色彩的全色盲。色盲多為先天性的，患者多為男子。

【色目人】Sèmùrén ㄙㄜˋ ㄇㄨˋ ㄖㄣˊ 元代統治者對西域各族人及西夏人的總稱。

【色情】sèqíng ㄙㄜˋ ㄑㄧㄥˊ 男女情慾：色情狂｜色情小說。

【色弱】sèruò ㄙㄜˋ ㄖㄨㄛˋ 程度較輕的色盲，辨別顏色的能力低。

【色散】sèsàn ㄙㄜˋ ㄙㄢˋ 複色光被分解成單色光而形成光譜的現象。

【色素】sèsù ㄙㄜˋ ㄙㄨˋ 使有機體具有各種不同顏色的物質，如紅花具有的紅色素，紫花具有的紫色素等。某些色素在生理過程中起很重要的作用，如血液中的血色素能輸送氧氣，植物體中的綠色素能進行光合作用。

【色相】sèxiàng ㄙㄜˋ ㄒㄧㄤˋ ❶色彩所呈現出來的質的面貌。如日光通過三棱鏡分解出的紅、橙、黃、綠、青、紫六種色相。❷佛教指一切物體的形狀外貌。後來也指女子的容貌和體態：犧牲色相。

【色慾】sèyù ㄙㄜˋ ㄩˋ 性慾；情慾。

【色澤】sèzé ㄙㄜˋ ㄗㄜˊ 顏色和光澤：色澤鮮明。

瑟 sè ㄙㄜˋ 古代弦樂器，像琴。現在所用的瑟有兩種，一種有二十五根弦，另一種有十六根弦。

【瑟瑟】sèsè ㄙㄜˋ ㄙㄜˋ ❶形容輕微的聲音：秋風瑟瑟。❷形容顫抖：瑟瑟發抖。

【瑟縮】sèsuō ㄙㄜˋ ㄙㄨㄛ 身體因寒冷、受驚等而蜷縮或兼抖動。

嗇(啬) sè ㄙㄜˋ 吝嗇。

【嗇刻】sè·ke ㄙㄜˋ ·ㄎㄜ 〈方〉吝嗇。

塞 sè ㄙㄜˋ 義同'塞'(sāi)，用於某些合成詞中。

另見985頁 sāi；985頁 sài。

【塞擦音】sècāyīn ㄙㄜˋ ㄘㄚ ㄧㄣ 氣流通路緊閉然後逐漸打開而摩擦發出的輔音，如普通話語音的 z、c、zh、ch、j、q。塞擦音的起頭近似塞音，末了近似擦音，所以叫塞擦音。舊稱破裂摩擦音。

【塞音】sèyīn ㄙㄜˋ ㄧㄣ 氣流通路緊閉然後突然打開而發出的輔音，如普通話語音的 b、p、d、t、g、k。也叫爆發音，舊稱破裂音。

【塞責】sèzé ㄙㄜˋ ㄗㄜˊ 對自己應負的責任敷衍了事：敷衍塞責。

銫(铯) sè ㄙㄜˋ 金屬元素，符號 Cs (caesium)。銀白色，質軟，化學性質極活潑，在光的作用下易放出電子，遇水發生爆炸。用於製光電池和真空管等。

濇(濇) sè ㄙㄜˋ〈書〉同'澀'。

澀(澁、澁) sè ㄙㄜˋ ❶像明礬或不熟的柿子那樣使舌頭感到麻木乾燥的味道。❷摩擦時阻力大；不滑潤：滯澀｜輪軸發澀，該上油了。❸(文句)難讀；難懂：晦澀｜艱澀。

【澀滯】sèzhì ㄙㄜˋ ㄓˋ 呆滯；不流暢：聲音澀滯｜文筆澀滯｜一雙澀滯失神的眼睛。

穡(穡) sè ㄙㄜˋ 見556頁〖稼穡〗(jià-sè)。

sēn (ㄙㄣ)

森 sēn ㄙㄣ ❶形容樹木多：森林。❷〈書〉繁密；眾多：森羅萬象(紛然羅列的各種事物現象)。❸陰暗：陰森。

【森林】sēnlín ㄙㄣ ㄌㄧㄣˊ 通常指大片生長的樹木；林業上指在相當廣闊的土地上生長的很多樹木，連同在這塊土地上的動物以及其他植物所構成的整體。森林是木材的主要來源，同時有保持水土，調節氣候，防止水、旱、風、沙等災害的作用。

【森羅殿】sēnluódiàn ㄙㄣ ㄌㄨㄛˊ ㄉㄧㄢˋ 迷信傳說指閻羅所居住的殿堂。

【森然】sēnrán ㄙㄣ ㄖㄢˊ ❶形容繁密直立：林木森然。❷形容森嚴可畏：大殿幽暗森然。

【森森】sēnsēn ㄙㄣ ㄙㄣ ❶形容樹木茂盛繁密：松柏森森。❷形容陰森岑寂：陰森森。

【森嚴】sēnyán ㄙㄣ ㄧㄢˊ 整齊嚴肅；(防備)嚴密：壁壘森嚴｜戒備森嚴。

sēng (ㄙㄥ)

僧 sēng ㄙㄥ 出家修行的男性佛教徒；和尚：僧人｜僧衣。[僧伽之省，梵 samgha]

【僧多粥少】sēng duō zhōu shǎo ㄙㄥ ㄉㄨㄛ ㄓㄡ ㄕㄠˇ 比喻人多東西少，不夠分配。

【僧侶】sēnglǚ ㄙㄥ ㄌㄩˇ 僧徒，也借來稱某些別的宗教(如古印度婆羅門教、中世紀天主教)的修道人。

【僧尼】sēngní ㄙㄥ ㄋㄧˊ 和尚和尼姑。

【僧俗】sēngsú ㄙㄥ ㄙㄨˊ 僧尼和一般人。

【僧徒】sēngtú ㄙㄥ ㄊㄨˊ 和尚的總稱。

鬙 sēng ㄙㄥ 見872頁〖鬅鬙〗。

shā (ㄕㄚ)

杉 shā ㄕㄚ 義同'杉'(shān)，用於'杉木、杉篙'。
另見999頁 shān。

【杉篙】shāgāo ㄕㄚ ㄍㄠ 杉(shān)樹一類的樹幹砍去枝葉後製成的細而長的杆子，通常用來搭腳手架或撐船。

【杉木】shāmù ㄕㄚ ㄇㄨˋ 杉(shān)樹的木材。

沙¹ shā ㄕㄚ ❶細小的石粒：風沙｜防沙林｜飛沙走石。❷像沙的東西：豆沙。❸(Shā)姓。

沙² shā ㄕㄚ (嗓音)不清脆，不響亮：沙啞｜沙音。

沙³ shā ㄕㄚ 沙皇。
另見996頁 shà。

【沙包】shābāo ㄕㄚ ㄅㄠ ❶像小山一樣的大沙堆。❷沙袋。

【沙暴】shābào ㄕㄚ ㄅㄠˋ 塵暴。

【沙場】shāchǎng ㄕㄚ ㄔㄤˇ 廣闊的沙地。多指戰場：久經沙場。

【沙船】shāchuán ㄕㄚ ㄔㄨㄢˊ 一種遇沙不易擱淺的大型平底木帆船。

【沙袋】shādài ㄕㄚ ㄉㄞˋ 裝着沙子的袋子，打仗時堆積起來，用來掩護，也用於防洪、防火、體育鍛煉等。

【沙俄】Shā'é ㄕㄚ ㄜˊ 指沙皇統治下的俄國。

【沙發】shāfā ㄕㄚ ㄈㄚ 裝有彈簧或厚泡沫塑料等的坐具，兩邊一般有扶手。[英 sofa]

【沙肝兒】shāgānr ㄕㄚ ㄍㄢㄦ 〈方〉牛、羊、豬的脾臟作為食品時叫沙肝兒。

【沙鍋】shāguō ㄕㄚ ㄍㄨㄛ 用陶土和沙燒成的鍋，不易與酸或鹼起化學變化，大多用來做菜或熬藥。

【沙鍋淺兒】shāguōqiǎnr ㄕㄚ ㄍㄨㄛ ㄑㄧㄢㄦˇ 沙淺兒。

【沙荒】shāhuāng ㄕㄚ ㄏㄨㄤ 由大風或洪水帶來的大量沙土形成的不能耕種的沙地。

【沙皇】shāhuáng ㄕㄚ ㄏㄨㄤˊ 俄國和保加利亞過去皇帝的稱號。[沙，俄 царь]

【沙漿】shājiāng ㄕㄚ ㄐㄧㄤ 同'砂漿'。

【沙金】shājīn ㄕㄚ ㄐㄧㄣ 自然界中混合在沙裏的粒狀金子。

【沙拉】shālā ㄕㄚ ㄌㄚ 色拉。

【沙裏淘金】shā lǐ táo jīn ㄕㄚ ㄌㄧˇ ㄊㄠˊ ㄐㄧㄣ 從沙子裏淘出黃金。比喻費力大而成效少。也比喻從大量的材料中選取精華。

【沙礫】shālì ㄕㄚ ㄌㄧˋ 沙和碎石塊。

【沙龍】shālóng ㄕㄚ ㄌㄨㄥˊ ❶17世紀末葉和18世紀法國巴黎的文人和藝術家常接受貴族婦女的招待，在客廳集會，談論文藝，後來因而把有閑階級的文人雅士清談的場所叫做沙龍。❷泛指文學、藝術等方面人士的小型聚會：藝術沙龍｜攝影沙龍。[法 salon，客廳]

【沙門】shāmén ㄕㄚ ㄇㄣˊ 出家的佛教徒的總稱。[梵 śramana]

【沙彌】shāmí ㄕㄚ ㄇㄧˊ 指初出家的年輕的和尚。[梵 śrāmanera]

【沙漠】shāmò ㄕㄚ ㄇㄛˋ 地面完全為沙所覆蓋，缺乏流水，氣候乾燥，植物稀少的地區。

【沙鷗】shā'ōu ㄕㄚ ㄡ 文學作品中指栖息於沙灘或沙洲上的鷗一類的鳥。

【沙盤】shāpán ㄕㄚ ㄆㄢˊ ❶盛着細沙的盤子，可在上面寫字。❷用沙土做成的地形模型，一般用木盤盛着。

【沙磧】shāqì ㄕㄚ ㄑㄧˋ 〈書〉沙漠。

【沙淺兒】shā qiǎnr ㄕㄚ ㄑㄧㄢㄦˇ 比較淺的沙鍋。也叫沙鍋淺兒。

【沙丘】shāqiū ㄕㄚ ㄑㄧㄡ 沙漠、河岸、海濱等地由風吹而堆成的沙堆。

【沙瓤】shāráng ㄕㄚ ㄖㄤˊ (沙瓤兒) 某些種西瓜熟透時瓤變鬆散而呈細粒狀，叫沙瓤兒。

【沙壤土】shārǎngtǔ ㄕㄚ ㄖㄤˇ ㄊㄨˇ 含沙粒較多，細土較少的土壤。土質鬆散，宜於耕作。

【沙沙】shāshā ㄕㄚ ㄕㄚ 象聲詞，形容踩着沙子、飛沙擊物或風吹草木等的聲音：走在河灘上，腳下沙沙地響｜風吹枯葉，沙沙作響。

【沙灘】shātān ㄕㄚ ㄊㄢ 水中或水邊由沙子淤積成的陸地。

【沙田】shātián ㄕㄚ ㄊㄧㄢˊ 沙土田。

【沙土】shātǔ ㄕㄚ ㄊㄨˇ 由百分之八十以上的沙和百分之二十以下的黏土混合而成的土壤。泛指含沙很多的土。

【沙文主義】Shāwén zhǔyì ㄕㄚ ㄨㄣˊ ㄓㄨˇ ㄧˋ 一種資產階級民族主義，把自己民族利益看得高於一切，主張征服和奴役其他民族。因拿破侖手下的軍人沙文 (Nicolas Chauvin) 狂熱地擁護拿破侖用暴力向外擴張法國的勢力，所以把這種思想叫做沙文主義。

【沙啞】shāyǎ ㄕㄚ ㄧㄚˇ (嗓子) 發音困難，聲音低沈而不圓潤。

【沙眼】shāyǎn ㄕㄚ ㄧㄢˇ 眼的慢性傳染病，病原體是一種病毒，症狀是結膜上形成灰白色顆粒，逐漸形成瘢痕，刺激角膜，使角膜發生潰瘍。

【沙魚】shāyú ㄕㄚ ㄩˊ 同'鯊魚'。

【沙災】shāzāi ㄕㄚ ㄗㄞ 因大風或洪水帶來大量沙土而造成的災害。

【沙洲】shāzhōu ㄕㄚ ㄓㄡ 江河裏由泥沙淤積成的陸地。

【沙柱】shāzhù ㄕㄚ ㄓㄨˋ 沙漠中被旋風捲起成柱子形狀的飛沙。

【沙子】shā·zi ㄕㄚ ·ㄗ ❶細小的石粒。❷像沙的東西：鐵沙子。

【沙嘴】shāzuǐ ㄕㄚ ㄗㄨㄟˇ 由河流挾帶的泥沙構成的一種海岸堆積地貌，形狀像鐮刀，基部與岸相連，前端伸入海中。

砂 shā ㄕㄚ 同'沙¹'①。

【砂布】shābù ㄕㄚ ㄅㄨˋ 粘有金剛砂的布，用來磨光金屬器物的表面。

【砂漿】shājiāng ㄕㄚ ㄐㄧㄤ 建築上砌磚石用的黏結物質，由一定比例的沙子和膠結材料 (水泥、石灰膏、黏土等) 加水和成。也叫灰漿。也作沙漿。

【砂礓】shājiāng ㄕㄚ ㄐㄧㄤ 礦物，質地堅硬，不透水，大的塊狀，小的顆粒狀。可用來代替磚石做建築材料。

【砂輪】shālún ㄕㄚ ㄌㄨㄣˊ (砂輪兒) 磨刀具和零件用的工具，用磨料和膠結物質混合後，在高溫下燒結製成，多作輪狀。也叫磨輪。

【砂囊】shānáng ㄕㄚ ㄋㄤˊ ❶指鳥類的胃，胃裏貯有吞入的砂粒，用來磨碎食物。❷指蚯蚓的胃。

【砂皮】shāpí ㄕㄚ ㄆㄧˊ 〈方〉砂布。

【砂糖】shātáng ㄕㄚ ㄊㄤˊ 結晶顆粒較大、像砂粒的糖。分赤砂糖和白砂糖兩種，赤砂糖含少量的糖蜜，白砂糖純度較高。

【砂型】shāxíng ㄕㄚ ㄒㄧㄥˊ 鑄造中用潮濕型砂製成的模型。把鑄件的模型用一定方法埋在砂子裏，然後取出，模型就在砂中留下相同的空隙。

【砂眼】shāyǎn ㄕㄚ ㄧㄢˇ 翻砂過程中，氣體或雜質在鑄件內部或表面形成的小孔，是鑄件的一種缺陷。

【砂樣】shāyàng ㄕㄚ ㄧㄤˋ 鑽探時取出的供化驗分析用的岩石樣品。

【砂紙】shāzhǐ ㄕㄚ ㄓˇ 粘有玻璃粉的紙，用來磨光竹木器物的表面。

剎 shā ㄕㄚ 止住 (車、機器等)：把車剎住◇剎住不正之風。

另見121頁 chà。

【剎車】shā∥chē ㄕㄚ∥ㄔㄜ ❶用閘等止住車的行進。❷停止動力來源，使機器停止運轉。❸比喻停止或制止：浮誇風必須剎車。‖也作煞車。

【剎車】shāchē ㄕㄚ ㄔㄜ 使汽車、摩托車等停止前進的機件、裝置。也作煞車。

莎〔莎〕 shā ㄕㄚ 用於地名、人名。莎車 (Shāchē ㄕㄚ ㄔㄜ)，地名，在新疆。

另見1099頁 suō。

紗 (纱) shā ㄕㄚ ❶棉花、麻等紡成的較鬆的細絲，可以捻成綫或織成布：紗廠｜棉紗｜紡紗｜60 支紗。❷用紗織成的經緯綫很稀的織品：窗紗｜紗布。❸像窗紗一樣的製品：鐵紗｜塑料紗。❹某些紡織品的類名：喬其紗｜泡泡紗。

【紗包綫】shābāoxiàn ㄕㄚ ㄅㄠ ㄒㄧㄢˋ 用棉紗纏繞着做絕緣層的導綫，多用於繞製電機和電訊裝置中的綫圈。

【紗布】shābù ㄕㄚ ㄅㄨˋ 包紮傷口用的消過毒的經緯紗很稀疏的棉織品。

【紗櫥】shāchú ㄕㄚ ㄔㄨˊ 蒙有冷布或鐵紗的儲

存食物的櫥櫃。

【紗窗】shāchuāng ㄕㄚ ㄔㄨㄤ 蒙有冷布或鐵紗的窗戶。

【紗燈】shādēng ㄕㄚ ㄉㄥ 用薄紗糊成的燈籠。

【紗錠】shādìng ㄕㄚ ㄉㄧㄥˋ 紡紗機上的主要部件，用來把纖維捻成紗並把紗繞在筒管上成一定形狀。通常用紗錠的數目來表示紗廠規模的大小。也叫紡錠、錠子。

【紗籠】shālóng ㄕㄚ ㄌㄨㄥˊ 東南亞一帶人穿的用長布裹住身體的服裝。[馬來 saron]

【紗帽】shāmào ㄕㄚ ㄇㄠˋ 古代文官戴的一種帽子。後用做官職的代稱。也叫烏紗帽。

【紗罩】shāzhào ㄕㄚ ㄓㄠˋ ❶罩食物的器具，用竹木等製成架子，蒙上鐵紗或冷布，防止蒼蠅落在食物上。❷煤氣燈或揮發油燈上的罩，用亞麻等纖維編成網狀再在硝酸釷、硝酸鈰溶液中浸製而成，遇熱即發強光。

殺(杀) shā ㄕㄚ ❶使人或動物失去生命；弄死：殺蟲｜殺雞｜殺敵。❷戰鬥：殺出重圍。❸削弱；減少；消除：減殺｜殺價｜殺暑氣｜風勢稍殺｜拿人殺氣。❹同'煞'①：殺筆｜殺尾。❺用在動詞後，表示程度深：氣殺｜恨殺｜笑殺人。❻〈方〉藥物等刺激皮膚或黏膜使感覺疼痛：傷口用酒精消毒殺得慌｜肥皂水殺眼睛。

【殺風景】shā fēngjǐng ㄕㄚ ㄈㄥ ㄐㄧㄥˇ 損壞美好的景色。比喻在興高采烈的場合使人掃興。也作煞風景。

【殺害】shāhài ㄕㄚ ㄏㄞˋ 殺死；害死(多指為了不正當目的)：慘遭殺害｜殺害野生動物。

【殺機】shājī ㄕㄚ ㄐㄧ 殺人的念頭。

【殺雞取卵】shā jī qǔ luǎn ㄕㄚ ㄐㄧ ㄑㄩˇ ㄌㄨㄢˇ 比喻只圖眼前的好處而損害長遠的利益。

【殺雞嚇猴】shā jī xià hóu ㄕㄚ ㄐㄧ ㄒㄧㄚˋ ㄏㄡˊ 比喻懲罰一個人來嚇唬另外的人。也說殺雞給猴看。

【殺價】shā∥jià ㄕㄚ∥ㄐㄧㄚˋ 壓低價格。指買主利用賣主急於出售的機會，大幅度地壓低價格。

【殺戒】shājiè ㄕㄚ ㄐㄧㄝˋ 佛教指禁止殺害生靈的戒律：大開殺戒。

【殺菌】shā∥jūn ㄕㄚ∥ㄐㄩㄣ 用日光、高溫、氯氣、石炭酸、酒精、抗生素等殺死病菌。

【殺戮】shālù ㄕㄚ ㄌㄨˋ 殺害(多指大量地)：殺戮無辜。

【殺氣】[1] shāqì ㄕㄚ ㄑㄧˋ 兇惡的氣勢：殺氣騰騰。

【殺氣】[2] shāqì ㄕㄚ ㄑㄧˋ 發泄不愉快的情緒；出氣：你有委屈就說出來，不該拿別人殺氣。

【殺青】shāqīng ㄕㄚ ㄑㄧㄥ ❶古人著書寫在竹簡上，為了便於書寫和防止蟲蛀，先把青竹簡用火烤乾水分，叫做殺青。後來泛指寫定著作。❷綠茶加工製作的第一道工序，把摘下的嫩葉加高溫，破壞其中的酵素，抑制發酵，使茶葉保持固有的綠色，同時減少葉中水分，使葉片變軟，便於進一步加工。

【殺人不見血】shā rén bù jiàn xiě ㄕㄚ ㄖㄣˊ ㄅㄨˋ ㄐㄧㄢˋ ㄒㄧㄝˇ 比喻害人的手段非常陰險毒辣，人受了害還一時察覺不出。

【殺人不眨眼】shā rén bù zhǎ yǎn ㄕㄚ ㄖㄣˊ ㄅㄨˋ ㄓㄚˇ ㄧㄢˇ 形容極其兇狠殘忍，殺人成性。

【殺人越貨】shā rén yuè huò ㄕㄚ ㄖㄣˊ ㄩㄝˋ ㄏㄨㄛˋ 殺害人的性命，搶奪人的財物(越：奪取)。指盜匪的行為。

【殺傷】shāshāng ㄕㄚ ㄕㄤ 打死打傷：殺傷力。

【殺身】shāshēn ㄕㄚ ㄕㄣ 被殺害；喪身：殺身之禍。

【殺身成仁】shā shēn chéng rén ㄕㄚ ㄕㄣ ㄔㄥˊ ㄖㄣˊ 為正義或崇高的理想而犧牲生命。

【殺生】shāshēng ㄕㄚ ㄕㄥ 稱宰殺牲畜、家禽等生物。

【殺手】shāshǒu ㄕㄚ ㄕㄡˇ 刺殺人的人：職業殺手。

【殺手鐧】shāshǒujiǎn ㄕㄚ ㄕㄡˇ ㄐㄧㄢˇ 見984頁〖撒手鐧〗。

【殺一儆百】shā yī jǐng bǎi ㄕㄚ ㄧ ㄐㄧㄥˇ ㄅㄞˇ 殺一個人來警戒許多人。'儆'也作警。

挲(抄) shā ㄕㄚ 見1432頁[挓挲]。另見984頁 sā；1099頁 suō。

痧 shā ㄕㄚ 中醫指霍亂、中暑等急性病：絞腸痧。

【痧子】shā·zi ㄕㄚ ·ㄗ 〈方〉麻疹。

煞 shā ㄕㄚ ❶結束；收束：煞賬｜鑼鼓煞住後，一個男孩兒領頭唱起來。❷勒緊；扣緊：煞車｜煞一煞腰帶。❸同'殺'③⑤。另見996頁 shà。

【煞筆】shā∥bǐ ㄕㄚ∥ㄅㄧˇ 寫文章、書信等結束時停筆。

【煞筆】shābǐ ㄕㄚ ㄅㄧˇ 文章最後的結束語：這篇散文的煞筆很精彩。

【煞車】[1] shā∥chē ㄕㄚ∥ㄔㄜ 把車上裝載的東西用繩索緊勒在車身上。

【煞車】[2] shā∥chē ㄕㄚ∥ㄔㄜ 同'剎車'(shā∥chē)。

【煞車】shāchē ㄕㄚ ㄔㄜ 同'剎車'(shāchē)。

【煞風景】shā fēngjǐng ㄕㄚ ㄈㄥ ㄐㄧㄥˇ 同'殺風景'。

【煞尾】shāwěi ㄕㄚ ㄨㄟˇ ❶結束事情的最後一段；收尾：事情不多了，馬上就可以煞尾。❷北曲套數中最後的一支曲子。❸文章、事情等的最後一段：煞尾部分需要重寫。

裟 shā ㄕㄚ 見552頁[袈裟]。

摋(搽) shā ㄕㄚ 〈書〉雜糅。另見985頁 sà。

鯊(鲨) shā ㄕㄚ [鯊魚](shāyú ㄕㄚ ㄩˊ)魚，種類很多，身體紡錘形，稍扁，鱗為盾狀，胸、腹鰭大，尾鰭發達。有的種類頭上有一個噴水孔。生活在海洋中，性兇猛，行動敏捷，捕食其他魚類。經濟價值很高。也叫鮫。也作沙魚。

鎩（铩） shā ㄕㄚ ❶古代一種長矛。❷〈書〉摧殘；傷害：鎩羽。

【鎩羽】shāyǔ ㄕㄚ ㄩˇ 〈書〉翅膀被摧殘。比喻失意或失敗：鎩羽而歸。

shá（ㄕㄚˊ）

啥 shá ㄕㄚˊ 〈方〉甚麼：有啥說啥｜到啥地方去？

【啥子】shá·zi ㄕㄚˊ ·ㄗ 〈方〉甚麼；甚麼東西。

shǎ（ㄕㄚˇ）

傻（傻） shǎ ㄕㄚˇ ❶頭腦糊塗，不明事理：傻頭傻腦｜裝瘋賣傻｜嚇傻了。❷死心眼，不知變通：傻幹｜傻等。

【傻瓜】shǎguā ㄕㄚˇ ㄍㄨㄚ 傻子（用於罵人或開玩笑）。

【傻瓜相機】shǎguā xiàngjī ㄕㄚˇ ㄍㄨㄚ ㄒㄧㄤˋ ㄐㄧ 自動或半自動照相機的俗稱，一般不需調焦距和測算曝光時間。

【傻呵呵】shǎhēhē ㄕㄚˇ ㄏㄜ ㄏㄜ （傻呵呵的）糊塗不懂事或老實的樣子：孩子聽故事聽得入了神，傻呵呵地瞪大了兩隻眼睛｜別看他傻呵呵的，心裏可有數。

【傻乎乎】shǎhūhū ㄕㄚˇ ㄏㄨ ㄏㄨ （傻乎乎的）傻呵呵。

【傻勁兒】shǎjìnr ㄕㄚˇ ㄐㄧㄣㄦˋ ❶傻氣。❷形容人力氣大或只知道憑力氣幹：光靠傻勁兒蠻幹是不行的，得找竅門。

【傻帽兒】shǎmàor ㄕㄚˇ ㄇㄠㄦˋ 〈方〉形容人傻，沒見過世面。也指這樣的人。

【傻氣】shǎqì ㄕㄚˇ ㄑㄧˋ 形容愚蠢、糊塗的樣子。

【傻笑】shǎxiào ㄕㄚˇ ㄒㄧㄠˋ 無意義地一個勁兒地笑。

【傻眼】shǎ//yǎn ㄕㄚˇ//ㄧㄢˇ 因出現某種意外情況而目瞪口呆，不知所措。

【傻子】shǎ·zi ㄕㄚˇ ·ㄗ 智力低下，不明事理的人。

shà（ㄕㄚˋ）

沙 shà ㄕㄚˋ 〈方〉搖動，使東西裏的雜物集中，以便清除：把米裏的沙子沙一沙。
另見993頁 shā。

啑 shà ㄕㄚˋ ❶同'唼'。❷同'歃'。
另見266頁 dié。

唼 shà ㄕㄚˋ［唼喋］（shàzhá ㄕㄚˋ ㄓㄚˊ）〈書〉形容成群的魚、水鳥等吃東西的聲音。

嗄 shà ㄕㄚˋ 〈書〉嗓音嘶啞。
另見1頁 á。

歃 shà ㄕㄚˋ 〈書〉用嘴吸取。

【歃血】shàxuè ㄕㄚˋ ㄒㄩㄝˋ 古代舉行盟會時，嘴唇塗上牲畜的血，表示誠意：歃血為盟。

煞[1] shà ㄕㄚˋ 迷信的人指兇神：兇神惡煞。

煞[2] shà ㄕㄚˋ 極；很：煞費苦心。
另見995頁 shā。

【煞白】shàbái ㄕㄚˋ ㄅㄞˊ 由於恐懼、憤怒或某些疾病等原因，面色極白，沒有血色。

【煞費苦心】shà fèi kǔxīn ㄕㄚˋ ㄈㄟˋ ㄎㄨˇ ㄒㄧㄣ 形容費盡心思。

【煞氣】shà//qì ㄕㄚˋ//ㄑㄧˋ 器物因有小孔而慢慢漏氣：車帶煞氣了。

【煞氣】shàqì ㄕㄚˋ ㄑㄧˋ ❶兇惡的神色。❷迷信的人指邪氣。

【煞有介事】shà yǒu jiè shì ㄕㄚˋ ㄧㄡˇ ㄐㄧㄝˋ ㄕˋ 見1251頁〖像煞有介事〗。

廈（厦） shà ㄕㄚˋ ❶（高大的）房子：廣廈｜高樓大廈。❷〈方〉房子裏靠後牆的部分，在柁之外：前廊後廈。
另見1234頁 xià。

箑 shà ㄕㄚˋ 〈書〉扇子。

霎 shà ㄕㄚˋ 短時間；一會兒：一霎｜霎時。

【霎時】shàshí ㄕㄚˋ ㄕˊ 霎時間。

【霎時間】shàshíjiān ㄕㄚˋ ㄕˊ ㄐㄧㄢ 極短時間：一聲巨響，霎時間天空中出現了千萬朵美麗的火花。也說霎時。

shāi（ㄕㄞ）

篩[1]（筛） shāi ㄕㄞ ❶篩子：過篩。❷把東西放在羅或篩子裏，來回搖動，使細碎的漏下去，粗的留在上頭：篩麪｜把糠篩淨。❸比喻經挑選後淘汰：他擔心考不好給篩下來。

篩[2]（筛） shāi ㄕㄞ ❶使酒熱：把酒篩一篩再喝。❷斟（酒）。

篩[3]（筛） shāi ㄕㄞ 〈方〉敲（鑼）：篩了三下鑼。

【篩骨】shāigǔ ㄕㄞ ㄍㄨˇ 頭骨之一，在顱腔底的前部，兩個眼眶之間，鼻腔的頂部，是顱腔和鼻腔之間的分界骨。

【篩糠】shāi//kāng ㄕㄞ//ㄎㄤ 比喻因驚嚇或受凍而身體發抖。

【篩選】shāixuǎn ㄕㄞ ㄒㄩㄢˇ ❶利用篩子進行選種、選礦等。❷泛指通過淘汰的方法挑選：經過多年的雜交試驗，篩選出優質高產的西瓜新品種。

【篩子】shāi·zi ㄕㄞ·ㄗ 用竹條、鐵絲等編成的有許多小孔的器具，可以把細碎的東西漏下去，較粗的成塊的留在上頭。

釃(酾) shāi ㄕㄞ '釃'(shī)的又音。

shǎi (ㄕㄞˇ)

色 shǎi ㄕㄞˇ (色兒)顏色：掉色｜套色｜不變色兒。
另見992頁 sè。

【色酒】shǎijiǔ ㄕㄞˇ ㄐㄧㄡˇ 〈方〉用葡萄或其他水果為原料製成的酒，一般帶有顏色，酒精含量較低。

【色子】shǎi·zi ㄕㄞˇ·ㄗ 一種遊戲用具或賭具，用骨頭、木頭等製成的立體小方塊，六面分刻一、二、三、四、五、六點。有的地區叫骰子(tóu·zi)。

shài (ㄕㄞˋ)

曬(晒) shài ㄕㄞˋ ❶太陽把熱照射到物體上：烈日曬得人頭昏眼花。❷在陽光下吸收光和熱：曬糧食｜讓孩子們多曬太陽。❸〈方〉比喻置之不理；慢待。

【曬垡】shàifá ㄕㄞˋ ㄈㄚˊ 使已經用犁翻起來的土在太陽光下曬。能改善土壤結構，提高土壤溫度，有利於種子發芽和根系生長。

【曬暖兒】shàinuǎnr ㄕㄞˋ ㄋㄨㄢㄦˇ 〈方〉在日光下取暖：靠在牆根曬暖兒。

【曬台】shàitái ㄕㄞˋ ㄊㄞˊ 在樓房屋頂或設置的露天小平台，供曬衣物或乘涼用。

【曬圖】shài//tú ㄕㄞˋ//ㄊㄨˊ 把描在透明或半透明紙上的圖和感光紙重疊在一起，利用日光或燈光照射，複製圖紙。

【曬烟】shàiyān ㄕㄞˋ ㄧㄢ 曬乾或晾乾的烟葉，是旱烟、水烟和雪茄、烟絲的原料。也指製造曬烟的烟草。

shān (ㄕㄢ)

山 shān ㄕㄢ ❶地面形成的高聳的部分：一座山｜高山。❷形狀像山的東西：冰山。❸蠶蔟：蠶上山了。❹指山牆：房山。❺(Shān)姓。

【山坳】shān'ào ㄕㄢ ㄠˋ 山間的平地。

【山包】shānbāo ㄕㄢ ㄅㄠ 〈方〉小山。

【山崩】shānbēng ㄕㄢ ㄅㄥ 山上大量的岩石和土壤塌下來。

【山茶】shānchá ㄕㄢ ㄔㄚˊ 常綠喬木或灌木，葉子卵形，有光澤，花紅色或白色，蒴果球形，種子球形，黑色。山茶是一種名貴的觀賞植物，花很美麗。通常叫茶花。種子可以榨油。

【山城】shānchéng ㄕㄢ ㄔㄥˊ 山上的或靠山的城市。

【山川】shānchuān ㄕㄢ ㄔㄨㄢ 山嶽和河流：山川壯麗。

【山村】shāncūn ㄕㄢ ㄘㄨㄣ 山區的村莊。

【山地】shāndì ㄕㄢ ㄉㄧˋ ❶多山的地帶：開發山地資源。❷在山上的農業用地：開墾山地。

【山頂洞人】Shāndǐngdòngrén ㄕㄢ ㄉㄧㄥˇ ㄉㄨㄥˋ ㄖㄣˊ 古代人類的一種，生活在舊石器時代晚期，距今約一萬八千年。化石在1933年發現於北京西南周口店龍骨山山頂洞中。

【山東梆子】Shāndōng bāng·zi ㄕㄢ ㄉㄨㄥ ㄅㄤ·ㄗ 山東地方戲曲劇種之一，流行於山東大部分地區和河北河南的部分地區。

【山東快書】Shāndōng kuàishū ㄕㄢ ㄉㄨㄥ ㄎㄨㄞˋ ㄕㄨ 曲藝的一種，說詞合轍押韵，表演者一面敍說，一面擊銅板伴奏，節奏較快。流行於山東、華北、東北等地。

【山峰】shānfēng ㄕㄢ ㄈㄥ 山的突出的尖頂。

【山旮旯兒】shāngālár ㄕㄢ ㄍㄚ ㄌㄚㄦˊ 〈方〉偏僻的山區。也說山旮旯子。

【山岡】shāngāng ㄕㄢ ㄍㄤ 不高的山。

【山崗子】shāngǎng·zi ㄕㄢ ㄍㄤˇ·ㄗ 不高的山。

【山高皇帝遠】shān gāo huángdì yuǎn ㄕㄢ ㄍㄠ ㄏㄨㄤˊ ㄉㄧˋ ㄩㄢˇ 指地處偏遠，法律、制度管束不到。也說天高皇帝遠。

【山高水低】shān gāo shuǐ dī ㄕㄢ ㄍㄠ ㄕㄨㄟˇ ㄉㄧ 比喻意外發生的不幸事情(多指死亡)。

【山歌】shāngē ㄕㄢ ㄍㄜ 形式短小、曲調爽朗質樸、節奏自由的民間歌曲，流行於南方農村或山區，多在山野勞動時歌唱。

【山根】shāngēn ㄕㄢ ㄍㄣ (山根兒)山腳。

【山溝】shāngōu ㄕㄢ ㄍㄡ ❶山間的流水溝。❷山谷。❸指偏僻的山區：過去的窮山溝，如今富裕起來了。

【山谷】shāngǔ ㄕㄢ ㄍㄨˇ 兩山之間低凹而狹窄的地方，中間多有溪流。

【山國】shānguó ㄕㄢ ㄍㄨㄛˊ 指多山的國家或多山的地方。

【山河】shānhé ㄕㄢ ㄏㄜˊ 大山和大河，指國家或國家某一地區的土地：大好山河｜錦綉山河。

【山洪】shānhóng ㄕㄢ ㄏㄨㄥˊ 因下大雨或積雪融化，由山上突然流下來的大水：山洪暴發。

【山貨】shānhuò ㄕㄢ ㄏㄨㄛˋ ❶山區的一般土產，如山查、榛子、栗子、胡桃等。❷指用竹子、木頭、苘麻、粗陶瓷等製成的日用器物，如掃帚、簸箕、麻繩、沙鍋、瓦盆等：山貨鋪。

【山積】shānjī ㄕㄢ ㄐㄧ 〈書〉東西極多，堆得像山一樣：貨物山積。

【山脊】shānjǐ ㄕㄢ ㄐㄧˇ 山的高處像獸類的脊樑

骨似的高起部分。

【山澗】shānjiàn ㄕㄢ ㄐㄧㄢˋ 山間的水溝。

【山腳】shānjiǎo ㄕㄢ ㄐㄧㄠˇ 山的靠近平地的部分。

【山轎】shānjiào ㄕㄢ ㄐㄧㄠˋ 用椅子捆在杠子上做成的乘坐用具，由人抬着走。

【山口】shānkǒu ㄕㄢ ㄎㄡˇ 連綿的山嶺中間較低處，多為通道經過的地方。

【山嵐】shānlán ㄕㄢ ㄌㄢˊ 〈書〉山間的雲霧：山嵐瘴氣。

【山裏紅】shān·lihóng ㄕㄢ ·ㄌㄧ ㄏㄨㄥˊ ❶山裏紅樹，落葉喬木，葉子卵形，花白色。果實圓形，深紅色，有白色斑點，味酸，可以吃，也可入藥。❷這種植物的果實。‖有的地區叫紅果兒。

【山樑】shānliáng ㄕㄢ ㄌㄧㄤˊ 山脊。

【山林】shānlín ㄕㄢ ㄌㄧㄣˊ 有山有樹林的地方。

【山陵】shānlíng ㄕㄢ ㄌㄧㄥˊ ❶〈書〉山嶽。❷舊時指帝王的墳墓。

【山嶺】shānlǐng ㄕㄢ ㄌㄧㄥˇ 連綿的高山。

【山路】shānlù ㄕㄢ ㄌㄨˋ 山間的道路：山路崎嶇。

【山麓】shānlù ㄕㄢ ㄌㄨˋ 山腳。

【山巒】shānluán ㄕㄢ ㄌㄨㄢˊ 連綿的山：山巒起伏。

【山脈】shānmài ㄕㄢ ㄇㄞˋ 成行列的群山，山勢起伏，向一定方向延展，好像脈絡似的，所以叫做山脈。

【山毛櫸】shānmáojǔ ㄕㄢ ㄇㄠˊ ㄐㄩˇ 落葉喬木，高可達二十多米，葉子卵形或長橢圓形，花萼有絲狀的毛，結堅果。木材可做鐵道枕木。也叫水青岡。

【山門】shānmén ㄕㄢ ㄇㄣˊ ❶佛教寺院的大門。❷指佛教。

【山盟海誓】shān méng hǎi shì ㄕㄢ ㄇㄥˊ ㄏㄞˇ ㄕˋ 見447頁〖海誓山盟〗。

【山南海北】shān nán hǎi běi ㄕㄢ ㄋㄢˊ ㄏㄞˇ ㄅㄟˇ ❶指遙遠的地方：山南海北，到處都有勘探人員的足迹。❷比喻説話漫無邊際：兩人山南海北地談了半天。‖也説天南海北。

【山炮】shānpào ㄕㄢ ㄆㄠˋ 一種適於山地作戰的輕型榴彈炮。重量較輕，能迅速分解結合，便於搬運。舊稱過山炮。

【山坡】shānpō ㄕㄢ ㄆㄛ 山頂與平地之間的傾斜面。

【山牆】shānqiáng ㄕㄢ ㄑㄧㄤˊ 人字形屋頂的房屋兩側的牆壁。也叫房山。(圖見324頁〖房子〗)

【山清水秀】shān qīng shuǐ xiù ㄕㄢ ㄑㄧㄥ ㄕㄨㄟˇ ㄒㄧㄡˋ 形容山水風景優美。也説山明水秀。

【山窮水盡】shān qióng shuǐ jìn ㄕㄢ ㄑㄩㄥˊ ㄕㄨㄟˇ ㄐㄧㄣˋ 山和水都到了盡頭，前面再沒有路可走了。比喻陷入絕境。

【山區】shānqū ㄕㄢ ㄑㄩ 多山的地區：支援山區建設。

【山水】shānshuǐ ㄕㄢ ㄕㄨㄟˇ ❶山上流下來的水。❷山和水。泛指有山有水的風景：桂林山水甲天下。❸指山水畫：潑墨山水。

【山水畫】shānshuǐhuà ㄕㄢ ㄕㄨㄟˇ ㄏㄨㄚˋ 以山水等自然風景為題材的中國畫。

【山桐子】shāntóngzǐ ㄕㄢ ㄊㄨㄥˊ ㄗˇ 落葉喬木，葉子卵形，圓錐花序，花黃綠色，有香氣，漿果球形，紅色或紅褐色。木材可以製器具。也叫椅(yī)。

【山頭】shāntóu ㄕㄢ ㄊㄡˊ ❶山的頂部；山峰。❷設立山寨的山頭。比喻獨霸一方的宗派：拉山頭。

【山窪】shānwā ㄕㄢ ㄨㄚ 山中的窪地；山谷。

【山窩】shānwō ㄕㄢ ㄨㄛ 偏僻的山區。也説山窩窩(shānwō·wo)。

【山塢】shānwù ㄕㄢ ㄨˋ 山間平地；山坳。

【山西梆子】Shānxī bāng·zi ㄕㄢ ㄒㄧ ㄅㄤ ·ㄗ 見600頁〖晉劇〗。

【山系】shānxì ㄕㄢ ㄒㄧˋ 同一造山運動形成，並沿一定走向規律分佈的若干相鄰山脈的總體，叫做山系。

【山峽】shānxiá ㄕㄢ ㄒㄧㄚˊ 兩山夾水的地方；兩山夾着的水道。

【山險】shānxiǎn ㄕㄢ ㄒㄧㄢˇ 山勢險要的地方。

【山響】shānxiǎng ㄕㄢ ㄒㄧㄤˇ 響聲極大；北風颳得門窗乒乓山響。

【山魈】shānxiāo ㄕㄢ ㄒㄧㄠ ❶獼猴的一種，體長約達一米，尾巴很短，鼻子深紅色，面部皮膚藍色，有微紫的皺紋，吻部有白鬚，全身毛黑褐色，腹部灰白色，臀部鮮紅色。產在非洲西部，多群居，吃小鳥、野鼠等。❷傳説中山裏的獨腳鬼怪。

【山崖】shānyá ㄕㄢ ㄧㄚˊ 山的陡立的側面。

【山羊】shānyáng ㄕㄢ ㄧㄤˊ ❶羊的一種，角的基部略作三角形，角尖向後，四肢強壯，善於跳躍，毛不彎曲，公羊有鬚，變種很多，有黑、灰等顏色。皮可以製革，毛皮可以製衣褥。❷一種體操器械，也叫跳躍器：跳山羊。

【山腰】shānyāo ㄕㄢ ㄧㄠ 山腳和山頂之間大約一半的地方。也説半山腰。

【山藥】shān·yao ㄕㄢ ·ㄧㄠ ❶薯蕷的通稱。❷〈方〉甘薯。

【山藥蛋】shān·yaodàn ㄕㄢ ·ㄧㄠ ㄉㄢˋ 〈方〉馬鈴薯。

【山野】shānyě ㄕㄢ ㄧㄝˇ ❶山和原野：小白花開遍山野。❷草野：山野小民。

【山雨欲來風滿樓】shān yǔ yù lái fēng mǎn lóu ㄕㄢ ㄩˇ ㄩˋ ㄌㄞˊ ㄈㄥ ㄇㄢˇ ㄌㄡˊ 唐代許渾《咸陽城東樓》詩句，現多用來比喻衝突或戰爭爆發之前的緊張氣氛。

【山芋】shānyù ㄕㄢ ㄩˋ 〈方〉甘薯。
【山嶽】shānyuè ㄕㄢ ㄩㄝˋ 高大的山。
【山查】shānzhā ㄕㄢ ㄓㄚ 同'山楂'。
【山楂】shānzhā ㄕㄢ ㄓㄚ ❶落葉喬木，葉子近於卵形，有三至五裂片，花白色。果實球形，比山裏紅略小，深紅色，有小斑點，味酸，可以吃，也可入藥。❷這種植物的果實。‖也作山查。
【山楂糕】shānzhāgāo ㄕㄢ ㄓㄚ ㄍㄠ 食品，用去核的山楂磨碎，加糖、澱粉等煮熟，涼後凝凍而成。
【山寨】shānzhài ㄕㄢ ㄓㄞˋ ❶在山林中設有防守的柵欄的地方。❷有寨子的山區村莊。
【山珍海味】shān zhēn hǎi wèi ㄕㄢ ㄓㄣ ㄏㄞˇ ㄨㄟˋ 山野和海洋裏的各種珍貴的食品。多指豐盛的菜肴。也説山珍海錯。
【山茱萸】shānzhūyú ㄕㄢ ㄓㄨ ㄩˊ 落葉小喬木，葉子對生，長橢圓形，花黃色。果實為核果，長橢圓形，棗紅色，可入藥。
【山莊】shānzhuāng ㄕㄢ ㄓㄨㄤ ❶山村。❷山中住所；別墅：避暑山莊。
【山子】shān·zi ㄕㄢ ·ㄗ 〈方〉假山。也叫山子石兒。
【山嘴】shānzuǐ ㄕㄢ ㄗㄨㄟˇ (山嘴兒) 伸出去的山腳的尖端。

芟〔芟〕 shān ㄕㄢ ❶割(草)。❷除去：芟除。
【芟除】shānchú ㄕㄢ ㄔㄨˊ ❶除去(草)：芟除雜草。❷刪除：文辭繁冗，芟除未盡。
【芟秋】shānqiū ㄕㄢ ㄑㄧㄡ 立秋以後在農作物地裏鋤草、鬆土，使農作物早熟，子實飽滿，並防止雜草結子。也作刪秋。
【芟夷】shānyí ㄕㄢ ㄧˊ 〈書〉❶除(草)。❷鏟除或消滅(某種勢力)。‖也作芟荑。
【芟荑】shānyí ㄕㄢ ㄧˊ 同'芟夷'。

杉 shān ㄕㄢ 常綠喬木，樹冠的形狀像塔，葉子長披針形，花單性，果實球形。木材白色，質輕，有香味，供建築和製器具用。
另見993頁 shā。

刪〔删〕 shān ㄕㄢ 去掉(文辭中的某些字句)：刪繁就簡｜這一段可以刪去。
【刪除】shānchú ㄕㄢ ㄔㄨˊ 刪去：刪除多餘的文字。
【刪繁就簡】shān fán jiù jiǎn ㄕㄢ ㄈㄢˊ ㄐㄧㄡˋ ㄐㄧㄢˇ 刪去多餘的文字或內容使簡明扼要：教材要刪繁就簡。
【刪改】shāngǎi ㄕㄢ ㄍㄞˇ 刪削並改動：刪改原稿。
【刪節】shānjié ㄕㄢ ㄐㄧㄝˊ 刪去文字中可有可無或比較次要的部分：刪節本｜文章太長，發表時作了一些刪節。
【刪節號】shānjiéhào ㄕㄢ ㄐㄧㄝˊ ㄏㄠˋ 見1029頁〖省略號〗。
【刪略】shānlüè ㄕㄢ ㄌㄩㄝˋ 刪節省略：文章轉載時作了刪略。
【刪秋】shānqiū ㄕㄢ ㄑㄧㄡ 同'芟秋'。
【刪汰】shāntài ㄕㄢ ㄊㄞˋ 刪削淘汰：原文過繁，略加刪汰。
【刪削】shānxuē ㄕㄢ ㄒㄩㄝ 刪改削減(文字)。

苫〔苫〕 shān ㄕㄢ 用草做成的蓋東西或墊東西的器物：草苫子。
另見1000頁 shàn。

衫 shān ㄕㄢ (衫兒) 單上衣：襯衫｜汗衫｜棉毛衫。

姍〔姗〕 shān ㄕㄢ ［姍姍］形容走路緩慢從容的姿態：姍姍來遲(形容來得很晚)。

珊〔珊〕 shān ㄕㄢ 見下。
【珊瑚】shānhú ㄕㄢ ㄏㄨˊ 許多珊瑚蟲的石灰質骨骼聚集而成的東西。形狀像樹枝，多為紅色，也有白色或黑色的。可供玩賞，也用做裝飾品。
【珊瑚蟲】shānhúchóng ㄕㄢ ㄏㄨˊ ㄔㄨㄥˊ 腔腸動物，身體呈圓筒形，有8個或8個以上的觸手，觸手中央有口。多群居，結合成一個群體，形狀像樹枝。骨骼叫珊瑚。產在熱帶海中。
【珊瑚島】shānhúdǎo ㄕㄢ ㄏㄨˊ ㄉㄠˇ 主要由珊瑚蟲的骨骼堆積成的島嶼。
【珊瑚礁】shānhújiāo ㄕㄢ ㄏㄨˊ ㄐㄧㄠ 主要由珊瑚蟲的骨骼堆積成的礁石，多見於熱帶海洋中。

柵〔栅〕 shān ㄕㄢ ［柵極］(shānjí ㄕㄢ ㄐㄧˊ) 多極電子管中最靠近陰極的一個電極，具有細絲網或螺旋綫的形狀，有控制板極電流的強度，改變電子管的性能等作用。
另見1434頁 zhà。

舢 shān ㄕㄢ ［舢板］(shānbǎn ㄕㄢ ㄅㄢˇ) 近海或江河上用槳划的小船，一般只能坐兩三個人；海軍用的較窄而長，一般可坐十人左右。也叫三板。也作舢舨。

埏 shān ㄕㄢ 〈書〉用水和(huó)土；和泥。

扇〔扇〕(❶❷搧) shān ㄕㄢ ❶搖動扇子或其他薄片，加速空氣流動：扇煤爐子｜扇扇(shàn)子。❷用手掌打：扇了他一耳光。❸同'煽'。
另見1001頁 shàn。
【扇動】shāndòng ㄕㄢ ㄉㄨㄥˋ ❶搖動(像扇子的東西)：扇動翅膀。❷同'煽動'。

痁 shān ㄕㄢ 古書上指瘧疾。

釤(钐) shān ㄕㄢ 金屬元素，符號Sm (samarium)。是一種稀土金屬。

銀白色，質硬，有放射性。用做激光材料等，也用於原子能工業。

另見1001頁 shàn。

跚〔跚〕 shān ㄕㄢ 見861頁[蹣跚]。

煽〔煽〕 shān ㄕㄢ ❶同'扇'(shān)①。❷鼓動(別人做不應該做的事)：煽動｜煽惑。

【煽動】shāndòng ㄕㄢ ㄉㄨㄥˋ 鼓動(別人去做壞事)：煽動鬧事｜煽動暴亂。

【煽風點火】shān fēng diǎn huǒ ㄕㄢ ㄈㄥ ㄉㄧㄢˇ ㄏㄨㄛˇ 比喻鼓動別人做某種事(多指壞的)。

【煽惑】shānhuò ㄕㄢ ㄏㄨㄛˋ 鼓動誘惑(別人去做壞事)。

潸(潸) shān ㄕㄢ 〈書〉形容流淚。

【潸然】shānrán ㄕㄢ ㄖㄢˊ 〈書〉流淚的樣子：潸然淚下。

【潸潸】shānshān ㄕㄢ ㄕㄢ 〈書〉形容流淚不止：熱淚潸潸｜不禁潸潸。

羶(膻) shān ㄕㄢ 像羊肉的氣味：羶氣｜羶味。

羴 shān ㄕㄢ 同'羶'。

shǎn (ㄕㄢˇ)

閃(闪) shǎn ㄕㄢˇ ❶閃避：閃開｜閃過去｜閃在樹後。❷(身體)猛然晃動：他腳下一滑，閃了閃，差點跌倒。❸因動作過猛，使一部分筋肉受傷而疼痛：閃了腰。❹閃電：打閃。❺突然出現：閃念｜山後閃出一條小路來。❻閃耀：閃金光｜電閃雷鳴｜眼裏閃着淚花。❼〈方〉甩下；丢下：出發時我們一定來叫你，不會把你閃下。❽(Shǎn)姓。

【閃避】shǎnbì ㄕㄢˇ ㄅㄧˋ 迅速側轉身子向旁邊躲避：閃避不及。

【閃電】shǎndiàn ㄕㄢˇ ㄉㄧㄢˋ 雲與雲之間或雲與地面之間所發生的放電現象，會發出很強的電光。

【閃電戰】shǎndiànzhàn ㄕㄢˇ ㄉㄧㄢˋ ㄓㄢˋ 閃擊戰。

【閃躲】shǎnduǒ ㄕㄢˇ ㄉㄨㄛˇ 躲閃；躲避：閃躲不開｜他有意閃躲我的目光。

【閃光】shǎn//guāng ㄕㄢˇ//ㄍㄨㄤ 現出光亮；發光：螢火蟲在草叢中閃着光。

【閃光】shǎnguāng ㄕㄢˇ ㄍㄨㄤ 突然一現或忽明忽暗的光亮：流星變成一道閃光，劃破黑夜的長空。

【閃光燈】shǎnguāngdēng ㄕㄢˇ ㄍㄨㄤ ㄉㄥ ❶一種照明裝置，能產生強度很大而持續時間很短的閃光，用於攝影。❷燈標的主要部分，能發出定時瞬息明滅或輪換強弱和色彩的閃光，以電燈、汽油燈、煤氣燈等為光源。

【閃擊】shǎnjī ㄕㄢˇ ㄐㄧ 集中兵力突然襲擊。

【閃擊戰】shǎnjīzhàn ㄕㄢˇ ㄐㄧ ㄓㄢˋ 利用大量快速部隊和新式武器突然發動猛烈的進攻，企圖迅速取得戰爭勝利的一種作戰方法。也叫閃電戰。

【閃念】shǎnniàn ㄕㄢˇ ㄋㄧㄢˋ 突然一現的念頭。

【閃閃】shǎnshǎn ㄕㄢˇ ㄕㄢˇ 光亮四射；閃爍不定：電光閃閃｜閃閃發光。

【閃射】shǎnshè ㄕㄢˇ ㄕㄜˋ 閃耀；放射(光芒)：遠處有車燈閃射｜眼睛裏閃射着幸福的光芒。

【閃身】shǎn//shēn ㄕㄢˇ//ㄕㄣ (閃身兒)側着身子：閃身擠進門去。

【閃失】shǎnshī ㄕㄢˇ ㄕ 意外的損失；岔子：萬一有個閃失，後悔就晚了。

【閃爍】shǎnshuò ㄕㄢˇ ㄕㄨㄛˋ ❶(光亮)動搖不定，忽明忽暗：江面上隱約閃爍着夜航船的燈光。❷(說話)稍微露出一點想法，但不肯說明確；吞吞吐吐：閃爍其詞(形容說話吞吞吐吐，躲躲閃閃)｜他閃閃爍爍，不做肯定答復。

【閃現】shǎnxiàn ㄕㄢˇ ㄒㄧㄢˋ 一瞬間出現；呈現：往事又閃現在眼前。

【閃耀】shǎnyào ㄕㄢˇ ㄧㄠˋ 閃爍①；光彩耀眼：繁星閃耀｜塔頂閃耀着金光。

陝(陕) Shǎn ㄕㄢˇ ❶指陝西。❷姓。

【陝西梆子】Shǎnxī bāng·zi ㄕㄢˇ ㄒㄧ ㄅㄤ·ㄗ 秦腔①。

睒(睒) shǎn ㄕㄢˇ 眨巴眼；眼睛很快地開閉：那飛機飛得很快，一睒眼就不見了。

摻(掺) shǎn ㄕㄢˇ 〈書〉持；握：摻手。另見110頁 càn；123頁 chān。

shàn (ㄕㄢˋ)

汕 shàn ㄕㄢˋ 汕頭(Shàntóu ㄕㄢˋ ㄊㄡˊ)，地名，在廣東。

苫〔苫〕 shàn ㄕㄢˋ 用蓆、布等遮蓋：要下雨了，快把場裏的麥子苫上。

另見999頁 shān。

【苫背】shàn//bèi ㄕㄢˋ//ㄅㄟˋ 蓋房子時，在草、蓆等上面抹上灰和泥土做成房頂底層。

【苫布】shànbù ㄕㄢˋ ㄅㄨˋ 遮蓋貨物用的大雨布。

疝 shàn ㄕㄢˋ 病，某一臟器通過周圍組織較薄弱的地方而隆起。頭、膈、腹股溝等部都能發生這種病。

【疝氣】shànqì ㄕㄢˋ ㄑㄧˋ 通常指腹股溝部的疝。症狀是腹股溝凸起或陰囊腫大，時有劇痛。也叫小腸串氣。

赸 shàn ㄕㄢˋ 〈書〉躲開；走開。

扇〔扇〕 shàn ㄕㄢˋ ❶(扇兒)扇子：蒲扇｜電扇｜摺扇兒。❷指板狀或片狀的東西：門扇｜隔扇。❸量詞，用於門窗等：一扇門｜一扇磨｜兩扇窗子。

另見999頁 shān。

【扇貝】shànbèi ㄕㄢˋ ㄅㄟˋ 軟體動物，殼略作扇形，色彩多樣，表面有很多縱溝，生活在海中。體內的閉殼肌製成乾貝，是一種珍貴的食品。也叫海扇。

【扇車】shànchē ㄕㄢˋ ㄔㄜ 一種農械，由木箱和裝有葉片的軸構成。轉動葉片可以扇風，從而把穀類的殼和米粒分開。也叫風車。

【扇骨】shàngǔ ㄕㄢˋ ㄍㄨˇ (扇骨兒)摺扇的骨架，多用竹、木等製成。也說扇骨子。

【扇面兒】shànmiànr ㄕㄢˋ ㄇㄧㄢㄦˋ 摺扇或團扇的面兒，用紙、絹等做成。

【扇墜】shànzhuì ㄕㄢˋ ㄓㄨㄟˋ (扇墜兒)繫在扇柄下端的裝飾物，多用玉石等製成。

【扇子】shàn·zi ㄕㄢˋ ·ㄗ 搖動生風的用具：一把扇子｜扇(shān)扇子。

訕(讪) shàn ㄕㄢˋ ❶譏諷：訕笑。❷難為情的樣子：臉上發訕。

【訕臉】shànliǎn ㄕㄢˋ ㄌㄧㄢˇ 〈方〉小孩子在大人面前嬉皮笑臉。

【訕訕】shànshàn ㄕㄢˋ ㄕㄢˋ 形容不好意思、難為情的樣子：他覺得沒趣，只好訕訕地走開了。

【訕笑】shànxiào ㄕㄢˋ ㄒㄧㄠˋ 譏笑。

剡 Shàn ㄕㄢˋ 古縣名，在今浙江嵊縣。

另見1317頁 yǎn。

掞 shàn ㄕㄢˋ 〈書〉舒展；鋪張。

釤(钐、鐥、鏾) shàn ㄕㄢˋ 〈方〉掄開鐮刀或釤鐮大片地割：釤草。

另見999頁 shān。

【釤鐮】shànlián ㄕㄢˋ ㄌㄧㄢˊ 一種把兒很長的大鐮刀。也叫釤刀。

單(单) Shàn ㄕㄢˋ ❶單縣，在山東。❷姓。

另見123頁 chán；222頁 dān。

善 shàn ㄕㄢˋ ❶善良；慈善(跟'惡'相對)：善舉｜善事｜心懷不善。❷善行；善事(跟'惡'相對)：行善｜勸善規過。❸良好：善策｜善本。❹友好；和好：友善｜相善｜親善。❺熟悉：面善。❻辦好；弄好：善後｜善始善終｜工欲善其事，必先利其器。❼擅長；長於：勇猛善戰｜多謀善斷。❽好好地：善自保重｜善為說辭。❾容易；易於：善變｜善忘。❿(Shàn)姓。

【善罷甘休】shàn bà gān xiū ㄕㄢˋ ㄅㄚˋ ㄍㄢ ㄒㄧㄡ 好好地了結糾紛，不鬧下去(多用於否定)：決不能善罷甘休。

【善本】shànběn ㄕㄢˋ ㄅㄣˇ 古代書籍在學術或藝術價值上比一般本子優異的刻本或寫本：善本書｜善本目錄。

【善處】shànchǔ ㄕㄢˋ ㄔㄨˇ 〈書〉妥善地處理。

【善感】shàngǎn ㄕㄢˋ ㄍㄢˇ 容易引起感觸：多愁善感。

【善後】shànhòu ㄕㄢˋ ㄏㄡˋ 妥善地料理和解決事件發生以後遺留的問題：處理善後問題。

【善舉】shànjǔ ㄕㄢˋ ㄐㄩˇ 〈書〉慈善的事情：共襄善舉。

【善類】shànlèi ㄕㄢˋ ㄌㄟˋ 〈書〉善良的人(多用於否定式)：此人行迹詭秘，定非善類。

【善良】shànliáng ㄕㄢˋ ㄌㄧㄤˊ 心地純潔，沒有惡意：心地善良｜善良的願望。

【善男信女】shànnán-xìnnǚ ㄕㄢˋ ㄋㄢˊ ㄒㄧㄣˋ ㄋㄩˇ 佛教用語，指信仰佛教的人們。

【善始善終】shàn shǐ shàn zhōng ㄕㄢˋ ㄕˇ ㄕㄢˋ ㄓㄨㄥ 事情從開頭到結束都做得很好。

【善事】shànshì ㄕㄢˋ ㄕˋ 慈善的事。

【善心】shànxīn ㄕㄢˋ ㄒㄧㄣ 好心腸。

【善意】shànyì ㄕㄢˋ ㄧˋ 善良的心意；好意：善意的批評。

【善於】shànyú ㄕㄢˋ ㄩˊ 在某方面具有特長：善於辭令｜善於團結群眾。

【善戰】shànzhàn ㄕㄢˋ ㄓㄢˋ 善於打仗：英勇善戰。

【善終】shànzhōng ㄕㄢˋ ㄓㄨㄥ ❶指人因衰老而死亡，不是死於意外的災禍。❷把事情的最後階段工作做完做好：善始善終。

墠(墠) shàn ㄕㄢˋ ❶古代祭祀用的平地。❷北墠(Běishàn ㄅㄟˇ ㄕㄢˋ)，地名，在山東。

撣(掸) Shàn ㄕㄢˋ ❶我國史書上對傣族的一種稱呼。❷緬甸民族之一，大部分居住在撣邦(自治邦名)。

另見225頁 dǎn。

墡 shàn ㄕㄢˋ 古書上指白色黏土。

鄯 shàn ㄕㄢˋ 鄯善(Shànshàn ㄕㄢˋ ㄕㄢˋ)，地名，在新疆。

擅 shàn ㄕㄢˋ ❶擅自：擅離職守。❷長於；善於：不擅辭令。

【擅長】shàncháng ㄕㄢˋ ㄔㄤˊ 在某方面有特長：擅長書法。

【擅場】shànchǎng ㄕㄢˋ ㄔㄤˇ 〈書〉壓倒全場；在某種專長方面超過一般人：擅場之作。

【擅權】shànquán ㄕㄢˋ ㄑㄩㄢˊ 獨攬權力；專權。

【擅自】shànzì ㄕㄢˋ ㄗˋ 對不在自己的職權範圍以內的事情自作主張：不得擅自改變安全操作規程。

膳(饍) shàn ㄕㄢˋ 飯食：早膳｜午膳｜晚膳｜用膳。

【膳費】shànfèi ㄕㄢˋ ㄈㄟˋ 膳食所需的費用。

【膳食】shànshí ㄕㄢˋ ㄕˊ 日常吃的飯和菜。

禪(禅) shàn ㄕㄢˋ 禪讓：受禪｜禪位。另見124頁 chán。

【禪讓】shànràng ㄕㄢˋ ㄖㄤˋ 帝王把帝位讓給別人。

嬗 shàn ㄕㄢˋ 〈書〉❶更替；蛻變。❷同'禪'(shàn)。

【嬗變】shànbiàn ㄕㄢˋ ㄅㄧㄢˋ 〈書〉演變。

蟮 shàn ㄕㄢˋ 見947頁〖曲蟮〗。

繕(缮) shàn ㄕㄢˋ ❶修補：修繕。❷繕寫：議定書用兩種文字各繕一份。

【繕發】shànfā ㄕㄢˋ ㄈㄚ 繕寫後發出：繕發公文。

【繕寫】shànxiě ㄕㄢˋ ㄒㄧㄝˇ 謄寫；抄寫：繕寫書稿。

騸〔騸〕(骟) shàn ㄕㄢˋ 割掉牲畜的睾丸或卵巢：騸馬。

贍(赡) shàn ㄕㄢˋ ❶贍養。❷〈書〉豐富；充足：宏贍｜力不贍(力不足)。

【贍養】shànyǎng ㄕㄢˋ ㄧㄤˇ 供給生活所需，特指子女對父母在物質上和生活上進行幫助：贍養費｜贍養父母。

鱔(鳝、鱓) shàn ㄕㄢˋ 鱔魚，通常指黃鱔。

shāng (ㄕㄤ)

商1 shāng ㄕㄤ ❶商量：協商｜面商｜有要事相商。❷商業：經商｜通商。❸商人：布商｜商旅。❹除法運算中，被除數除以除數所得的數。如 10÷2=5中，5 是商。❺用某數做商：八除以二商四。

商2 shāng ㄕㄤ ❶古代五音之一，相當於簡譜的'2'。參看1211頁〖五音〗。❷二十八宿中的心宿。

商3 Shāng ㄕㄤ ❶朝代，約公元前 17 世紀初－公元前 11 世紀，湯所建。❷姓。

【商標】shāngbiāo ㄕㄤ ㄅㄧㄠ 一種商品表面或包裝上的標誌、記號(圖畫、圖案形文字等)，使這種商品和同類的其他商品有所區別。

【商埠】shāngbù ㄕㄤ ㄅㄨˋ 舊時與外國通商的城鎮。

【商場】shāngchǎng ㄕㄤ ㄔㄤˇ ❶聚集在一個或相連的幾個建築物內的各種商店所組成的市場。❷面積較大、商品比較齊全的綜合商店：百貨商場。❸指商界。

【商船】shāngchuán ㄕㄤ ㄔㄨㄢˊ 運載貨物和旅客的船。

【商店】shāngdiàn ㄕㄤ ㄉㄧㄢˋ 在室內出售商品的場所：百貨商店｜零售商店。

【商定】shāngdìng ㄕㄤ ㄉㄧㄥˋ 商量決定：這事如何處理還沒有最後商定。

【商兑】shāngduì ㄕㄤ ㄉㄨㄟˋ 〈書〉商量斟酌。

【商販】shāngfàn ㄕㄤ ㄈㄢˋ 指現買現賣的小商人。

【商賈】shānggǔ ㄕㄤ ㄍㄨˇ 〈書〉商人(總稱)。

【商行】shāngháng ㄕㄤ ㄏㄤˊ 商店(多指較大的)。

【商號】shānghào ㄕㄤ ㄏㄠˋ 商店。

【商會】shānghuì ㄕㄤ ㄏㄨㄟˋ 商人為了維護自己利益而組成的團體。

【商計】shāngjì ㄕㄤ ㄐㄧˋ 商量；計議：商計要事。

【商檢】shāngjiǎn ㄕㄤ ㄐㄧㄢˇ 商品檢驗：商檢部門｜商檢工作。

【商界】shāngjiè ㄕㄤ ㄐㄧㄝˋ 指商業界。

【商籟體】shānglàitǐ ㄕㄤ ㄌㄞˋ ㄊㄧˇ 見1036頁〖十四行詩〗。[商籟，法 sonnet]

【商量】shāng·liáng ㄕㄤ ·ㄌㄧㄤˊ 交換意見：遇事要多和群眾商量｜這件事要跟他商量一下。

【商旅】shānglǚ ㄕㄤ ㄌㄩˇ 指來往外地買賣貨物的商人。

【商貿】shāngmào ㄕㄤ ㄇㄠˋ 商業和貿易：商貿系統｜商貿活動。

【商品】shāngpǐn ㄕㄤ ㄆㄧㄣˇ ❶為交換而生產的勞動產品。具有使用價值和價值的兩重性。商品在不同的社會制度中，體現着不同的生產關係。❷泛指市場上買賣的物品。

【商品房】shāngpǐnfáng ㄕㄤ ㄆㄧㄣˇ ㄈㄤˊ 指作為商品出售的房屋。

【商品經濟】shāngpǐn jīngjì ㄕㄤ ㄆㄧㄣˇ ㄐㄧㄥ ㄐㄧˋ 以交換為目的而進行生產的經濟形式。參看〖商品生產〗。

【商品糧】shāngpǐnliáng ㄕㄤ ㄆㄧㄣˇ ㄌㄧㄤˊ 指作為商品出售的糧食。

【商品流通】shāngpǐn liútōng ㄕㄤ ㄆㄧㄣˇ ㄌㄧㄡˊ ㄊㄨㄥ 以貨幣為媒介的商品交換。

【商品生產】shāngpǐn shēngchǎn ㄕㄤ ㄆㄧㄣˇ ㄕㄥ ㄔㄢˇ 以交換為目的而進行的產品生產。

【商洽】shāngqià ㄕㄤ ㄑㄧㄚˋ 接洽商談：為落實雙方合作事宜，請速派人前來商洽。

【商情】shāngqíng ㄕㄤ ㄑㄧㄥˊ 指市場上的商品價格和供銷情況：商情調查｜熟悉商情｜商情資料。

【商榷】shāngquè ㄕㄤ ㄑㄩㄝˋ 商討：這個問題尚待商榷｜他的論點還有值得商榷的地方。

【商人】shāngrén ㄕㄤ ㄖㄣˊ 販賣商品從中取利的人。

【商談】shāngtán ㄕㄤ ㄊㄢˊ 口頭商量：商談工作｜對這個問題雙方進行了長時間的商談。

【商討】shāngtǎo ㄕㄤ ㄊㄠˇ 為了解決較大的、較複雜的問題而交換意見；商量討論：會議商討了兩國的經濟合作問題。
【商務】shāngwù ㄕㄤ ㄨˋ 商業上的事務：商務往來。
【商業】shāngyè ㄕㄤ ㄧㄝˋ 以買賣方式使商品流通的經濟活動。
【商議】shāngyì ㄕㄤ ㄧˋ 為了對某些問題取得一致意見而進行討論：這個問題如何解決，還需好好商議一下。
【商約】shāngyuē ㄕㄤ ㄩㄝ 國家之間締結的通商條約。
【商戰】shāngzhàn ㄕㄤ ㄓㄢˋ 指商業上為商品銷路而進行的激烈競爭。
【商酌】shāngzhuó ㄕㄤ ㄓㄨㄛˊ 商量斟酌：此項工作有待進一步商酌。

傷(伤) shāng ㄕㄤ ❶人體或其他物體受到的損害：內傷｜蟲傷｜探傷｜輕傷不下火綫。❷傷害：傷了筋骨｜出口傷人｜傷感情。❸悲傷：憂傷｜哀傷｜傷感。❹因過度而感到厭煩(多指飲食)：傷食｜吃糖吃傷了。❺妨礙：無傷大雅｜有傷風化。
【傷疤】shāngbā ㄕㄤ ㄅㄚ ❶傷口愈合後留下的痕迹。❷比喻過去的錯誤、隱私、恥辱等：揭傷疤。
【傷悼】shāngdào ㄕㄤ ㄉㄠˋ 懷念死者而感到悲傷：頃得噩耗，傷悼不已。
【傷風】shāng//fēng ㄕㄤ// ㄈㄥ 感冒。
【傷風敗俗】shāng fēng bài sú ㄕㄤ ㄈㄥ ㄅㄞˋ ㄙㄨˊ 指敗壞風俗。多用來譴責道德敗壞。
【傷感】shānggǎn ㄕㄤ ㄍㄢˇ 因感觸而悲傷：對景思人，無限傷感。
【傷害】shānghài ㄕㄤ ㄏㄞˋ 使身體組織或思想感情等受到損害：睡眠過少會傷害身體｜傷害自尊心。
【傷寒】shānghán ㄕㄤ ㄏㄢˊ ❶急性腸道傳染病，病原體是傷寒桿菌，症狀是體溫持續在39－40°C，脉搏緩慢，脾臟腫大，白細胞減少，腹部出現玫瑰色疹。也叫腸傷寒。❷中醫指外感發熱的病，特指發熱、惡寒無汗、頭痛項僵的病。
【傷號】shānghào ㄕㄤ ㄏㄠˋ 受傷的人(多用於軍隊)。
【傷耗】shāng·hao ㄕㄤ ·ㄏㄠ 損耗。
【傷痕】shānghén ㄕㄤ ㄏㄣˊ 傷疤。也指物體受損害後留下的痕迹：傷痕纍纍。
【傷口】shāngkǒu ㄕㄤ ㄎㄡˇ 皮膚、肌肉、黏膜等受傷破裂的地方。
【傷腦筋】shāng nǎojīn ㄕㄤ ㄋㄠˇ ㄐㄧㄣ 形容事情難辦，費心思：這件事真讓人傷腦筋。
【傷神】shāng//shén ㄕㄤ// ㄕㄣˊ ❶過度耗費精神：做這事真夠傷神的。❷傷心：黯然傷神。
【傷生】shāng//shēng ㄕㄤ// ㄕㄥ 傷害生命。
【傷逝】shāngshì ㄕㄤ ㄕˋ 〈書〉悲傷地懷念去世的人。
【傷勢】shāngshì ㄕㄤ ㄕˋ 受傷的情況：傷勢嚴重。
【傷天害理】shāng tiān hài lǐ ㄕㄤ ㄊㄧㄢ ㄏㄞˋ ㄌㄧˇ 指做事殘忍，滅絕人性。
【傷亡】shāngwáng ㄕㄤ ㄨㄤˊ 受傷和死亡；受傷和死亡的人：傷亡慘重｜交戰雙方各有傷亡。
【傷心】shāng//xīn ㄕㄤ// ㄒㄧㄣ 由於遭受不幸或不如意的事而心裏痛苦：傷心事｜傷心落淚。
【傷心慘目】shāng xīn cǎn mù ㄕㄤ ㄒㄧㄣ ㄘㄢˇ ㄇㄨˋ 非常悲慘，使人不忍心看。
【傷員】shāngyuán ㄕㄤ ㄩㄢˊ 受傷的人員(多用於軍隊)。

湯(汤) shāng ㄕㄤ ［湯湯］〈書〉水流大而急：河水湯湯｜浩浩湯湯。
另見1112頁 tāng。

殤(殇) shāng ㄕㄤ 〈書〉沒有到成年就死去。

熵 shāng ㄕㄤ ❶熱力體系中，不能利用來作功的熱能可以用熱能的變化量除以溫度所得的商來表示，這個商叫做熵。❷科學技術上泛指某些物質系統狀態的一種量度或者某些物質系統狀態可能出現的程度。

墒(䊤) shāng ㄕㄤ 土壤適合種子發芽和作物生長的濕度：搶墒｜保墒｜跑墒。
【墒情】shāngqíng ㄕㄤ ㄑㄧㄥˊ 土壤濕度的情況。

觴(觞) shāng ㄕㄤ 古代稱酒杯：舉觴相慶。

shǎng(ㄕㄤˇ)

上 shǎng ㄕㄤˇ 指上聲，'上[2]'(shàng)⑭的又音。
【上聲】shǎngshēng ㄕㄤˇ ㄕㄥ 四聲之一，上聲(shàngshēng)的又音。

垧 shǎng ㄕㄤˇ 土地面積單位，各地不同，東北地區多數地方合十五畝，西北地區合三畝或五畝。

晌 shǎng ㄕㄤˇ ❶(晌兒)一天以內的一段時間：工作了一晌｜前半晌兒｜晚半晌兒。❷〈方〉晌午：晌覺｜歇晌。
【晌飯】shǎngfàn ㄕㄤˇ ㄈㄢˋ 〈方〉❶午飯。也叫晌午飯。❷農忙時午前或午後增加的一頓(或兩頓)飯。
【晌覺】shǎngjiào ㄕㄤˇ ㄐㄧㄠˋ 〈方〉午覺：睡晌覺。也叫晌午覺。
【晌午】shǎng·wu ㄕㄤˇ ·ㄨ 中午。

賞[1](赏) shǎng ㄕㄤˇ ❶賞賜；獎賞：有賞有罰。❷賞賜或獎賞的東西：懸賞｜領賞。❸(Shǎng)姓。

賞2(赏) shǎng ㄕㄤˇ ❶欣賞；觀賞：賞月｜賞花｜雅俗共賞。❷賞識：讚賞。

【賞賜】shǎngcì ㄕㄤˇ ㄘˋ ❶舊指地位高的人或長輩把財物送給地位低的人或晚輩。❷指賞賜的財物。

【賞罰】shǎngfá ㄕㄤˇ ㄈㄚˊ 獎賞有功的人，處罰有過失的人：賞罰分明。

【賞封】shǎngfēng ㄕㄤˇ ㄈㄥ 舊時指裝在紅封套裏的或者用紅紙包起來的賞錢。

【賞格】shǎnggé ㄕㄤˇ ㄍㄜˊ 懸賞所定的報酬數。

【賞光】shǎng∥guāng ㄕㄤˇ∥ㄍㄨㄤ 客套話，用於請對方接受自己的邀請。

【賞鑒】shǎngjiàn ㄕㄤˇ ㄐㄧㄢˋ 欣賞鑒別(多指藝術品)：賞鑒名畫。

【賞賚】shǎnglài ㄕㄤˇ ㄌㄞˋ 〈書〉賞賜。

【賞臉】shǎng∥liǎn ㄕㄤˇ∥ㄌㄧㄢˇ 客套話，用於請對方接受自己的要求或贈品。

【賞錢】shǎng·qián ㄕㄤˇ·ㄑㄧㄢˊ 賞給人的錢。

【賞識】shǎngshí ㄕㄤˇ ㄕˊ 認識到別人的才能或作品的價值而予以重視或讚揚。

【賞玩】shǎngwán ㄕㄤˇ ㄨㄢˊ 欣賞玩味(景物、藝術品等)：賞玩山景｜賞玩古董。

【賞析】shǎngxī ㄕㄤˇ ㄒㄧ 欣賞並分析(詩文等)：唐詩賞析｜京劇藝術賞析。

【賞心悅目】shǎng xīn yuè mù ㄕㄤˇ ㄒㄧㄣ ㄩㄝˋ ㄇㄨˋ 指因欣賞美好的情景而心情舒暢。

【賞閱】shǎngyuè ㄕㄤˇ ㄩㄝˋ 欣賞閱讀(詩文等)：賞閱佳作。

shàng (ㄕㄤˋ)

上1 shàng ㄕㄤˋ ❶位置在高處的：上部｜上游｜往上看。❷等級或品質高的：上等｜上級｜上品。❸次序或時間在前的：上卷｜上次｜上半年。❹舊時指皇帝：上諭。❺向上面：上繳｜上升｜上進。

上2 shàng ㄕㄤˋ ❶由低處到高處：上山｜上樓｜上車。❷到；去(某個地方)：上街｜上工廠｜他上哪兒去了？❸向上級呈遞：上書。❹向前進：老張快上，投籃｜見困難就上，見榮譽就讓。❺出場：這一場戲，你應該從左邊的旁門上｜這一場球，你們五個先上。❻把飯菜等端上桌子：上飯｜上菜｜上茶。❼添補；增加：上水｜上貨。❽把一件東西安裝在另一件東西上；把一件東西的兩部分安裝在一起：上刺刀｜上螺絲。❾塗；搽：上顏色｜上藥。❿登載：上報｜上賬。⓫擰緊：上弦｜表該上了。⓬到規定時間開始工作或學習等：上班｜上課。⓭達到；夠(一定數量或程度)：上百人｜上年紀。⓮(又 shǎng ㄕㄤˇ)四聲之一；上聲：平上去入。

上3 shàng ㄕㄤˋ 我國民族音樂音階上的一級，樂譜上用做記音符號，相當於簡譜的‘1’。參看392頁〖工尺〗。

上 ∥·shàng ∥·ㄕㄤˋ 用在動詞後。❶表示由低處向高處：爬上山頂。❷表示有了結果或達到目的：鎖上門｜考上了大學｜那時他家窮得連飯都吃不上。❸表示開始並繼續：愛上了農村。

上 ·shang ·ㄕㄤ ❶用在名詞後，表示在物體的表面：臉上｜牆上｜桌子上。❷用在名詞後，表示在某種事物的範圍以內：會上｜書上｜課堂上｜報紙上。❸用在名詞後，表示某一方面：組織上｜事實上｜思想上。

【上班】shàng∥bān ㄕㄤˋ∥ㄅㄢ (上班兒)在規定的時間到工作地點工作。

【上板兒】shàng∥bǎnr ㄕㄤˋ∥ㄅㄢㄦˇ 〈方〉商店停止營業時，門窗外面用木板擋上，叫做上板兒。泛指商店停止營業。

【上半晌】shàngbànshǎng ㄕㄤˋ ㄅㄢˋ ㄕㄤˇ 〈方〉(上半兒)上午。

【上半時】shàngbànshí ㄕㄤˋ ㄅㄢˋ ㄕˊ 足球、籃球等球類比賽，全場比賽分作兩段時間進行，前一段時間叫上半時。也說上半場。

【上半天】shàngbàntiān ㄕㄤˋ ㄅㄢˋ ㄊㄧㄢ (上半兒)上午。

【上半夜】shàngbànyè ㄕㄤˋ ㄅㄢˋ ㄧㄝˋ 前半夜。

【上報】shàng∥bào ㄕㄤˋ∥ㄅㄠˋ 刊登在報紙上：老張的模範事迹上了報了。

【上報】shàngbào ㄕㄤˋ ㄅㄠˋ 向上級報告：年終決算要及時填表上報。

【上輩】shàngbèi ㄕㄤˋ ㄅㄟˋ (上輩兒)❶祖先①。❷家族中的上一代。

【上輩子】shàngbèi·zi ㄕㄤˋ ㄅㄟˋ·ㄗ ❶上輩①：我們上輩子在清朝初年就從山西遷到這個地方了。❷前世(迷信)。

【上臂】shàngbì ㄕㄤˋ ㄅㄧˋ 胳膊上由肩至肘的部分。(圖見1017頁〖身體〗)

【上邊】shàng·bian ㄕㄤˋ·ㄅㄧㄢ (上邊兒)上面。

【上膘】shàng∥biāo ㄕㄤˋ∥ㄅㄧㄠ (牲畜)長肉：精心飼養，耕畜就容易上膘。

【上賓】shàngbīn ㄕㄤˋ ㄅㄧㄣ 尊貴的客人：待為上賓。

【上蒼】shàngcāng ㄕㄤˋ ㄘㄤ 蒼天。

【上操】shàng∥cāo ㄕㄤˋ∥ㄘㄠ 指出操。

【上策】shàngcè ㄕㄤˋ ㄘㄜˋ 高明的計策或辦法。

【上層】shàngcéng ㄕㄤˋ ㄘㄥˊ 上面的一層或幾層(多指機構、組織、階層)：上層領導｜上層人物。

【上層建築】shàngcéng jiànzhù ㄕㄤˋ ㄘㄥˊ ㄐㄧㄢˋ ㄓㄨˋ 指建立在經濟基礎上的政治、法律、宗教、藝術、哲學等的觀點，以及適合這些觀點的政治、法律等制度。經濟基礎決定上層建築，上層建築反映經濟基礎。

【上場】shàng//chǎng ㄕㄤˋ//ㄔㄤˇ 演員或運動員出場。

【上場門】shàngchǎngmén ㄕㄤˋ ㄔㄤˇ ㄇㄣˊ 戲曲工作者指舞台右首(就觀眾說是左首)的出入口，角色大多從這兒上場。

【上朝】shàng//cháo ㄕㄤˋ//ㄔㄠˊ ❶臣子到朝廷上拜見君主奏事議事。❷君主到朝廷上處理政事。

【上乘】shàngchéng ㄕㄤˋ ㄔㄥˊ 本佛教用語，就是'大乘'。一般借指文學藝術的高妙境界或上品。也泛指事物質量好或水平高：上乘之作｜質量上乘。

【上蔟】shàng//cù ㄕㄤˋ//ㄘㄨˋ 蠶發育至一定時期，停止吃東西，爬到蔟上吐絲做繭，叫做上蔟。

【上躥下跳】shàng cuān xià tiào ㄕㄤˋ ㄘㄨㄢ ㄒㄧㄚˋ ㄊㄧㄠˋ ❶(動物)到處躥蹦：小松鼠上躥下跳，尋找食物。❷比喻人到處活動(貶義)：上躥下跳，煽風點火。

【上代】shàngdài ㄕㄤˋ ㄉㄞˋ 家族或民族的較早的一代或幾代叫上代。

【上黨梆子】Shàngdǎng bāng·zi ㄕㄤˋ ㄉㄤˇ ㄅㄤ ·ㄗ 山西地方戲曲劇種之一，流行於該省東南部(古上黨郡)地區。

【上當】shàng//dàng ㄕㄤˋ//ㄉㄤˋ 受騙吃虧。

【上等】shàngděng ㄕㄤˋ ㄉㄥˇ 等級高的；質量高的：上等貨｜上等衣料。

【上等兵】shàngděngbīng ㄕㄤˋ ㄉㄥˇ ㄅㄧㄥ 軍銜，高於列兵。

【上帝】Shàngdì ㄕㄤˋ ㄉㄧˋ ❶我國古代指天上主宰萬物的神。❷基督教所崇奉的神，認為是宇宙萬物的創造者和主宰者。

【上吊】shàng//diào ㄕㄤˋ//ㄉㄧㄠˋ 用繩子吊在高處套着脖子自殺。

【上調】shàngdiào ㄕㄤˋ ㄉㄧㄠˋ ❶調到上面工作：他已經從車間上調到廠部了。❷上級調用(財物等)：這是上調的木材。

另見 shàngtiáo。

【上凍】shàng//dòng ㄕㄤˋ//ㄉㄨㄥˋ 結冰；因冷凝結：今年冬天不冷，快到冬至了還沒上凍｜地上了凍了。

【上顎】shàng'è ㄕㄤˋ ㄜˋ ❶某些節肢動物的第一對攝取食物的器官，生在口兩旁的上方，上面長着許多短毛。❷脊椎動物的上頜。

【上方寶劍】shàngfāng bǎojiàn ㄕㄤˋ ㄈㄤ ㄅㄠˇ ㄐㄧㄢˋ 皇帝用的寶劍。戲曲和近代小說中常說持有皇帝賞賜的上方寶劍的大臣，有先斬後奏的權力。'上'也作尚。

【上房】shàngfáng ㄕㄤˋ ㄈㄤˊ 正房①。

【上訪】shàngfǎng ㄕㄤˋ ㄈㄤˇ 人民群眾到上級機關反映問題並要求解決。

【上墳】shàng//fén ㄕㄤˋ//ㄈㄣˊ 到墳前祭奠死者。

【上風】shàngfēng ㄕㄤˋ ㄈㄥ ❶風颳來的那一方：烟氣從上風颳過來。❷比喻作戰或比賽的一方所處的有利地位：這場球賽，上半場甲隊佔上風。

【上峰】shàngfēng ㄕㄤˋ ㄈㄥ 舊時指上級長官。

【上崗】shàng//gǎng ㄕㄤˋ//ㄍㄤˇ 到執行守衛、警戒等任務的崗位：上崗指揮交通◇只有達到服務標準的營業員才能上崗工作。

【上告】shànggào ㄕㄤˋ ㄍㄠˋ ❶向上級機關或司法部門告狀。❷向上級報告。

【上工】shàng//gōng ㄕㄤˋ//ㄍㄨㄥ ❶(工人、農民等)每天開始工作。❷指雇工第一天到雇主家幹活。

【上供】shàng//gòng ㄕㄤˋ//ㄍㄨㄥˋ ❶指擺上祭祖物品。❷比喻向有權勢的人送禮，以求得到照顧。

【上鈎】shàng//gōu ㄕㄤˋ//ㄍㄡ 魚吃了魚餌被鈎住。比喻人被引誘上當。

【上古】shànggǔ ㄕㄤˋ ㄍㄨˇ 較早的古代，在我國歷史分期上多指商周秦漢這個時期。

【上官】Shàngguān ㄕㄤˋ ㄍㄨㄢ 姓。

【上軌道】shàng guǐdào ㄕㄤˋ ㄍㄨㄟˇ ㄉㄠˋ 比喻事情開始正常而有秩序地進行。

【上好】shànghǎo ㄕㄤˋ ㄏㄠˇ 頂好；最好：上好的茶葉。

【上頜】shànghé ㄕㄤˋ ㄏㄜˊ 口腔的上部。也叫上腭。參看466頁'頜'。

【上呼吸道】shànghūxīdào ㄕㄤˋ ㄏㄨ ㄒㄧ ㄉㄠˋ 呼吸道的上部，包括鼻腔、咽、喉和氣管，上呼吸道內壁有黏膜。

【上火】shàng//huǒ ㄕㄤˋ//ㄏㄨㄛˇ ❶中醫把大便幹燥或鼻腔黏膜、口腔黏膜、結合膜等發炎的症狀叫上火：他上火了，眼睛紅紅的。❷〈方〉(上火兒)發怒。

【上級】shàngjí ㄕㄤˋ ㄐㄧˊ 同一組織系統中等級較高的組織或人員：上級機關｜上級組織｜上級領導深入下層｜完成上級交給的任務。

【上家】shàngjiā ㄕㄤˋ ㄐㄧㄚ (上家兒)幾個人打牌、擲色子、行酒令等的時候，如輪流的次序是甲乙丙丁…，乙是甲的下家、丙的上家，丙是乙的下家、丁的上家。

【上江】Shàngjiāng ㄕㄤˋ ㄐㄧㄤ ❶長江上游地區。❷清代安徽、江蘇兩省稱上下江，上江指安徽，下江指江蘇。

【上漿】shàng//jiāng ㄕㄤˋ//ㄐㄧㄤ 用澱粉等加水製成的黏性液體浸潤紗、布、衣服等物，使增加光滑耐磨的性能。

【上將】shàngjiàng ㄕㄤˋ ㄐㄧㄤˋ 軍銜，將官的一級，高於中將。

【上焦】shàngjiāo ㄕㄤˋ ㄐㄧㄠ 中醫指胃的上口到舌頭的下部，包括心、肺、食管等，主要功能是呼吸、血液循環等。

【上繳】shàngjiǎo ㄕㄤˋ ㄐㄧㄠˇ 把收入的財物、利潤和節餘等繳給上級：上繳利潤。

【上界】shàngjiè ㄕㄤˋ ㄐㄧㄝˋ 迷信的人指天上神仙居住的地方。

【上緊】shàngjǐn ㄕㄤˋ ㄐㄧㄣˇ 〈方〉趕快；加緊，麥子都熟了，得上緊割啦！

【上勁】shàng//jìn ㄕㄤˋ//ㄐㄧㄣˋ (上勁兒) 精神振奮，勁頭兒大；來勁，越幹越上勁兒。

【上進】shàngjìn ㄕㄤˋ ㄐㄧㄣˋ 向上；進步，上進心｜發憤上進｜不求上進。

【上課】shàng//kè ㄕㄤˋ//ㄎㄜˋ 教師講課或學生聽課，學校裏八點開始上課。

【上空】shàngkōng ㄕㄤˋ ㄎㄨㄥ 指一定地點上面的天空，接受檢閱的機群在天安門上空飛過。

【上口】shàngkǒu ㄕㄤˋ ㄎㄡˇ ❶指誦讀詩文等純熟時，能順口而出：琅琅上口。❷詩文寫得流利，讀起來順口。

【上口字】shàngkǒuzì ㄕㄤˋ ㄎㄡˇ ㄗˋ 京劇中指按照傳統唸法唸的字，某些字跟北京音略有區別，如'尖、千、先'唸 ziān、ciān、siān，不唸 jiān、qiān、xiān；'臉'唸 jiǎn，不唸 liǎn；'哥、可、何'唸 guō、kuǒ、huó，不唸 gē、kě、hé。

【上款】shàngkuǎn ㄕㄤˋ ㄎㄨㄢˇ (上款兒) 書畫家為人寫字繪畫、一般人寫信或送人禮品時，在這些東西上面所題的對方的名字、稱呼等。

【上來】shànglái ㄕㄤˋ ㄌㄞˊ ❶開始；起頭：一上來就有勁｜上來先少説話。❷〈書〉總括以上敍述：上來所言。

【上來】shàng//·lái ㄕㄤˋ//·ㄌㄞˊ 由低處到高處來：他在樓下看書，半天沒上來。

【上來】//·shàng//·lái //·ㄕㄤˋ//·ㄌㄞˊ ❶用在動詞後，表示由低處到高處或由遠處到近處來：部隊從兩路增援上來｜端上飯來。❷用在動詞後，表示成功(指説、唱、背誦等)：那首詩他唸了兩遍就背上來了｜這個問題你一定答得上來。❸〈方〉用在形容詞後面，表示程度的增加：天色黑上來了｜中秋節後，天氣慢慢涼上來。

【上聯】shànglián ㄕㄤˋ ㄌㄧㄢˊ (上聯兒) 對聯的上一半。

【上臉】shàng//liǎn ㄕㄤˋ//ㄌㄧㄢˇ 〈方〉受人抬舉，自以為得意而更加放肆：這孩子不懂事，才誇他兩句就上臉了。

【上樑不正下樑歪】shàngliáng bùzhèng xiàliáng wāi ㄕㄤˋ ㄌㄧㄤˊ ㄅㄨˋ ㄓㄥˋ ㄒㄧㄚˋ ㄌㄧㄤˊ ㄨㄞ 比喻上面的人行為不正，下面的人也就跟着學壞。

【上列】shàngliè ㄕㄤˋ ㄌㄧㄝˋ 上面所開列的：上列工作都要抓緊抓好。

【上流】shàngliú ㄕㄤˋ ㄌㄧㄡˊ ❶上游：長江上流。❷舊時指社會地位高的：上流社會。

【上路】shàng//lù ㄕㄤˋ//ㄌㄨˋ ❶走上路程；動身：幾時上路？❷上軌道：工作還沒有上路。

【上馬】shàng//mǎ ㄕㄤˋ//ㄇㄚˇ 比喻開始某項較大的工作或工程：這項工程即將上馬。

【上門】shàng//mén ㄕㄤˋ//ㄇㄣˊ ❶到別人家裏去；登門：送貨上門。❷上門閂。❸指商店停止營業。❹指入贅：上門女婿。

【上面】shàng·mian ㄕㄤˋ·ㄇㄧㄢ (上面兒) ❶位置較高的地方：小河上面跨着一座石橋。❷次序靠前的部分；文章或講話中前於現在所敍述的部分：上面列舉了各種實例。❸物體的表面：牆上面貼着標語。❹方面：他在品種改良上面下了很多功夫。❺指上級：上面派了兩名幹部到我們這兒幫助工作。❻指家族中上一輩。

【上年】shàngnián ㄕㄤˋ ㄋㄧㄢˊ 去年：上年我們倆見過一面。

【上年紀】shàng nián·ji ㄕㄤˋ ㄋㄧㄢˊ·ㄐㄧ 年老：上了年紀了，腿腳不那麼靈便了。

【上皮組織】shàngpí zǔzhī ㄕㄤˋ ㄆㄧˊ ㄗㄨˇ ㄓ 由許多密集的細胞和少量的細胞間質(黏合細胞的物質)構成的一種組織，覆蓋在身體的表面、體腔的內壁、體內的管和囊的內壁以及某些器官的游離面上。

【上品】shàngpǐn ㄕㄤˋ ㄆㄧㄣˇ 上等品級：龍井是綠茶中的上品。

【上坡路】shàngpōlù ㄕㄤˋ ㄆㄛ ㄌㄨˋ ❶由低處通向高處的道路。❷比喻向好的或繁榮的方向發展的道路。

【上去】shàng//·qù ㄕㄤˋ//·ㄑㄩˋ 由低處到高處去：登着梯子上去。

【上去】//·shàng//·qù //·ㄕㄤˋ//·ㄑㄩˋ 用在動詞後，表示由低處向高處，或由近處向遠處，或由主體向對象，順着山坡爬上去｜大家連忙迎上去｜把所有的力量都使上去了。

【上人】shàngrén ㄕㄤˋ ㄖㄣˊ 舊時對和尚的尊稱。

【上人】shàng·ren ㄕㄤˋ·ㄖㄣ 〈方〉指父母或祖父母。

【上人兒】shàng//rénr ㄕㄤˋ ㄖㄣㄦˊ 〈方〉飯館、劇場等指陸續有顧客、觀眾來。

【上任】shàng//rèn ㄕㄤˋ//ㄖㄣˋ 指官吏就職：走馬上任。

【上任】shàngrèn ㄕㄤˋ ㄖㄣˋ 稱前一任的官吏。

【上色】shàngsè ㄕㄤˋ ㄙㄜˋ (貨品)上等；高級：上色綠茶｜上色材料。

【上色】shàng//shǎi ㄕㄤˋ//ㄕㄞˇ (在圖畫、工藝美術品等上面)加顏色：地圖的輪廓已經畫好，還沒上色。

【上山】shàng//shān ㄕㄤˋ//ㄕㄢ ❶到山上去；到山區去：上山砍柴｜上山下鄉。❷〈方〉婉辭，指人死亡，埋入墳地。❸〈方〉指蠶上蔟：再過一兩天，蠶就要上山了。

【上上】shàngshàng ㄕㄤˋ ㄕㄤˋ ❶最好：上上

策。❷指比前一時期再往前的（一個時期）：上上星期｜上上月。

【上身】shàng∥shēn ㄕㄤˋ∥ㄕㄣ 新衣初次穿在身上：這件新褂子剛上身就撕了個口子。

【上身】shàngshēn ㄕㄤˋ ㄕㄣ ❶身體的上半部，他上身只穿一件襯衫。❷（上身兒）上衣：她穿着白上身，花裙子。

【上升】shàngshēng ㄕㄤˋ ㄕㄥ ❶由低處往高處移動：一縷炊烟裊裊上升。❷（等級、程度、數量）升高；增加：氣溫上升｜產量大幅度上升。

【上聲】shàngshēng ㄕㄤˋ ㄕㄥ，又 shǎngshēng ㄕㄤˇ ㄕㄥ ❶古漢語四聲的第二聲。❷普通話字調的第三聲。‖參看1086頁〖四聲〗。

【上士】shàngshì ㄕㄤˋ ㄕˋ 軍銜，軍士的最高一級。

【上市】shàng∥shì ㄕㄤˋ∥ㄕˋ ❶（貨物）開始在市場出售：六月裏西紅柿大量上市｜這是剛上市的蘋果。❷到市場上：上市買菜去。

【上世】shàngshì ㄕㄤˋ ㄕˋ 上代。

【上手】[1] shàngshǒu ㄕㄤˋ ㄕㄡˇ ❶位置較尊的一側。也作上首。❷上家。

【上手】[2] shàngshǒu ㄕㄤˋ ㄕㄡˇ ❶〈方〉動手：這事我一個人幹就行了，你們就不用上手了。❷開始，今天這場球一上手就打得很順利。

【上書】[1] shàng∥shū ㄕㄤˋ∥ㄕㄨ 舊時指私塾先生給兒童講授新課。

【上書】[2] shàng∥shū ㄕㄤˋ∥ㄕㄨ 給地位高的人寫信（多陳述政治見解）：上書中央。

【上述】shàngshù ㄕㄤˋ ㄕㄨˋ 上面所說的（多用於文章段落或條文等結尾）：上述各條，望切實執行。

【上水】shàngshuǐ ㄕㄤˋ ㄕㄨㄟˇ ❶上游。❷向上游航行：上水船。

【上水】shàng·shui ㄕㄤˋ ·ㄕㄨㄟ 〈方〉食用的牲畜的心、肝、肺。

【上水道】shàngshuǐdào ㄕㄤˋ ㄕㄨㄟˇ ㄉㄠˋ 供給生活、消防或工業生產上用的清潔水的管道。

【上司】shàng·si ㄕㄤˋ ·ㄙ 上級：頂頭上司。

【上訴】shàngsù ㄕㄤˋ ㄙㄨˋ 訴訟當事人不服第一審的判決或裁定，按照法律規定的程序向上一級法院請求改判。

【上溯】shàngsù ㄕㄤˋ ㄙㄨˋ ❶逆着水流往上游走。❷從現在往上推（過去的年代）。

【上算】shàngsuàn ㄕㄤˋ ㄙㄨㄢˋ 合算：不上算｜燒煤氣比燒煤上算。

【上歲數】shàng suì·shu ㄕㄤˋ ㄙㄨㄟˋ ·ㄕㄨ （上歲數兒）上年紀。

【上台】shàng∥tái ㄕㄤˋ∥ㄊㄞˊ ❶到舞台或講台上去：上台表演｜上台講話。❷比喻出任官職或掌權（多含貶義）。

【上堂】shàng∥táng ㄕㄤˋ∥ㄊㄤˊ ❶到公堂：❷〈方〉上課。

【上膛】shàng∥táng ㄕㄤˋ∥ㄊㄤˊ 把槍彈推進槍膛裏或把炮彈推進炮膛裏準備發射：子彈上了膛。

【上膛】shàngtáng ㄕㄤˋ ㄊㄤˊ 腭的通稱。

【上體】shàngtǐ ㄕㄤˋ ㄊㄧˇ 〈書〉上身（shàngshēn）①。

【上天】shàng∥tiān ㄕㄤˋ∥ㄊㄧㄢ ❶上升到天空：人造衛星上天。❷迷信的人指到神佛仙人所在的地方。也用做婉辭，指人死亡。

【上天】shàngtiān ㄕㄤˋ ㄊㄧㄢ 迷信的人指主宰自然和人類的天：上天保祐。

【上調】shàngtiáo ㄕㄤˋ ㄊㄧㄠˊ （價格等）向上調整；提高（價格等）。

另見 shàngdiào。

【上頭】shàng∥tóu ㄕㄤˋ∥ㄊㄡˊ 舊時女子未出嫁時梳辮子，臨出嫁才把頭髮攏上去結成髮髻，叫做上頭。

【上頭】shàng·tou ㄕㄤˋ ·ㄊㄡ 上面。

【上尉】shàngwèi ㄕㄤˋ ㄨㄟˋ 軍銜，尉官的一級，高於中尉。

【上文】shàngwén ㄕㄤˋ ㄨㄣˊ 書中或文章中某一段或某一句以前的部分。

【上午】shàngwǔ ㄕㄤˋ ㄨˇ 指半夜十二點到正午十二點的一段時間，一般也指清晨到正午十二點的一段時間。

【上下】[1] shàngxià ㄕㄤˋ ㄒㄧㄚˋ ❶在職位、輩分上較高的人和較低的人：機關裏上下都很忙｜孩子考上大學，全家上上下下都很高興。❷從上到下：摩天嶺上下有十五里｜我上下打量着這位客人。❸（程度）高低；好壞；優劣：不相上下｜難分上下。❹用在數量詞後面，表示大致是這個數量：這裏一畝地能有一千斤上下的收成。

【上下】[2] shàngxià ㄕㄤˋ ㄒㄧㄚˋ 從高處到低處或從低處到高處：山上修了公路，汽車上下很方便。

【上下其手】shàng xià qí shǒu ㄕㄤˋ ㄒㄧㄚˋ ㄑㄧˊ ㄕㄡˇ 比喻玩弄手法，暗中作弊。

【上下文】shàngxiàwén ㄕㄤˋ ㄒㄧㄚˋ ㄨㄣˊ 指文章或說話中與某一詞語或文句相連的上文和下文：這個詞的含義聯繫上下文不難理解。

【上弦】shàngxián ㄕㄤˋ ㄒㄧㄢˊ 月相的一種，農曆每月初七或初八，太陽跟地球的連綫和地球跟月亮的連綫成直角時，在地球上看到月亮呈D形：上弦月。

【上限】shàngxiàn ㄕㄤˋ ㄒㄧㄢˋ 時間最早或數量最大的限度（跟'下限'相對）。

【上相】shàngxiàng ㄕㄤˋ ㄒㄧㄤˋ 指某人在相片上的面貌比本人好看。

【上校】shàngxiào ㄕㄤˋ ㄒㄧㄠˋ 軍銜，校官的一級，高於中校。

【上鞋】shàng∥xié ㄕㄤˋ∥ㄒㄧㄝˊ 把鞋幫鞋底縫在

一起。也作緔鞋。

【上心】shàngxīn ㄕㄤˋ ㄒㄧㄣ 對要辦的事情留心；用心：這孩子讀書不上心。

【上行】shàngxíng ㄕㄤˋ ㄒㄧㄥˊ ❶我國鐵路部門規定，列車在幹綫上朝着首都的方向行駛，在支綫上朝着連接幹綫的車站行駛，叫做上行。上行列車編號用偶數，如12次，104次等。❷船從下游向上游行駛。❸公文由下級送往上級。

【上行下效】shàng xíng xià xiào ㄕㄤˋ ㄒㄧㄥˊ ㄒㄧㄚˋ ㄒㄧㄠˋ 上面或上輩的人怎樣做，下面的人就學着怎樣做(多指不好的事)。

【上學】shàng∥xué ㄕㄤˋ∥ㄒㄩㄝˊ ❶到學校學習：我每天早晨七點鐘上學。❷開始到小學學習：這孩子上學了沒有？

【上旬】shàngxún ㄕㄤˋ ㄒㄩㄣˊ 每月一日到十日的十天。

【上演】shàngyǎn ㄕㄤˋ ㄧㄢˇ (戲劇、舞蹈等)演出：這個月上演了三台新戲。

【上夜】shàngyè ㄕㄤˋ ㄧㄝˋ 舊時指值班守夜。

【上衣】shàngyī ㄕㄤˋ ㄧ 上身穿的衣服。

【上議院】shàngyìyuàn ㄕㄤˋ ㄧˋ ㄩㄢˋ 某些國家兩院制議會的組成部分。上議院有權否決下議院所通過的法案，議員由間接選舉產生或由國家元首指定，任期比下議院議員長，有的終身任職，也有世襲的。上議院名稱各國叫法不一，如英國叫貴族院，美國、日本叫參議院等。

【上癮】shàng∥yǐn ㄕㄤˋ∥ㄧㄣˇ 愛好某種事物而成為癖好：喝茶喝上了癮，一天不喝就難受。

【上映】shàngyìng ㄕㄤˋ ㄧㄥˋ (電影)放映：近來常有新片上映。

【上游】shàngyóu ㄕㄤˋ ㄧㄡˊ ❶河流接近發源地的部分。❷比喻先進：力爭上游。

【上元節】Shàngyuán Jié ㄕㄤˋ ㄩㄢˊ ㄐㄧㄝˊ 元宵節。

【上漲】shàngzhǎng ㄕㄤˋ ㄓㄤˇ (水位、商品價格等)上升：河水上漲｜物價上漲。

【上賬】shàng∥zhàng ㄕㄤˋ ㄓㄤˋ 登上賬簿：剛收到的款子已經上賬了。

【上照】shàngzhào ㄕㄤˋ ㄓㄠˋ 〈方〉上相。

【上陣】shàng∥zhèn ㄕㄤˋ∥ㄓㄣˋ 上戰場打仗，比喻參加比賽、勞動等。

【上肢】shàngzhī ㄕㄤˋ ㄓ 人體的主要部分之一，包括上臂、前臂、腕和手。

【上中農】shàngzhōngnóng ㄕㄤˋ ㄓㄨㄥ ㄋㄨㄥˊ 經濟地位比較富裕，佔有較多生產資料，有輕微剝削的中農。也叫富裕中農。

【上裝】shàng∥zhuāng ㄕㄤˋ∥ㄓㄨㄤ 演員化裝。

【上裝】shàngzhuāng ㄕㄤˋ ㄓㄨㄤ 〈方〉上衣。

【上座】shàngzuò ㄕㄤˋ ㄗㄨㄛˋ 坐位分尊卑時，最尊的坐位叫上座。

【上座兒】shàng∥zuòr ㄕㄤˋ∥ㄗㄨㄛㄦˋ 指戲院、飯館等處有顧客到來：戲園子裏上座兒已到八成。

尚[1] shàng ㄕㄤˋ ❶尊崇；注重：崇尚｜尚武。❷風尚：時尚。❸(Shàng)姓。

尚[2] shàng ㄕㄤˋ 〈書〉❶還(hái)：為時尚早｜尚待研究。❷尚且。

【尚方寶劍】shàngfāng bǎojiàn ㄕㄤˋ ㄈㄤ ㄅㄠˇ ㄐㄧㄢˋ 見1005頁〖上方寶劍〗。

【尚且】shàngqiě ㄕㄤˋ ㄑㄧㄝˇ 連詞，提出程度更甚的事例作為襯托，下文常用'何況'等呼應，表示進一層的意思：為了人民的事業，流血尚且不惜，更別說流這點兒汗了！

【尚書】shàngshū ㄕㄤˋ ㄕㄨ 古代官名。明清兩代是政府各部的最高長官。

【尚武】shàngwǔ ㄕㄤˋ ㄨˇ 注重軍事或武術：尚武精神。

緔(绱、鞝) shàng ㄕㄤˋ 把鞋幫、鞋底縫在一起：緔鞋。

【緔鞋】shàngxié ㄕㄤˋ ㄒㄧㄝˊ 同'上鞋'。

·shang (·ㄕㄤ)

裳 ·shang ·ㄕㄤ 見1346頁〖衣裳〗。
另見130頁 cháng。

shāo (ㄕㄠ)

捎 shāo ㄕㄠ 順便帶：捎封信｜捎件衣服｜捎個口信。
另見1010頁 shào。

【捎帶】shāodài ㄕㄠ ㄉㄞˋ 順便；附帶：你上街時捎帶把信發了。

【捎帶腳兒】shāodàijiǎor ㄕㄠ ㄉㄞˋ ㄐㄧㄠㄦˇ 〈方〉順便：你要的東西我捎帶腳兒就買來了。

【捎腳】shāo∥jiǎo ㄕㄠ∥ㄐㄧㄠˇ (捎腳兒)運輸中順便載客或捎帶貨物：回去是空車，捎個腳兒吧！

梢 shāo ㄕㄠ (梢兒)條狀物的較細的一頭：樹梢｜眉梢｜辮梢。
另見992頁 sào。

【梢公】shāogōng ㄕㄠ ㄍㄨㄥ 同'艄公'。

【梢頭】shāotóu ㄕㄠ ㄊㄡˊ 樹枝的頂端：月上柳梢頭。

稍 shāo ㄕㄠ 稍微：衣服稍長了一點｜你稍等一等。
另見1011頁 shào。

【稍稍】shāoshāo ㄕㄠ ㄕㄠ 稍微：稍稍休息一下。

【稍微】shāowēi ㄕㄠ ㄨㄟ 副詞，表示數量不多或程度不深：稍微放點糖就好吃了｜稍微大意一點就要出毛病｜今天稍微有點冷。

【稍為】shāowéi ㄕㄠ ㄨㄟˊ 稍微。

【稍許】shāoxǔ ㄕㄠ ㄒㄩˇ 稍微：接到他的電

話，心裏稍許安定了些。

蛸 shāo ㄕㄠ 見1255頁［蠨蛸］(xiāoshāo)。另見1254頁 xiāo。

筲 shāo ㄕㄠ 水桶，多用竹子或木頭製成。

【筲箕】shāojī ㄕㄠ ㄐㄧ 淘米洗菜等用的竹器，形狀像簸箕。

艄 shāo ㄕㄠ ❶船尾：船艄。❷舵：掌艄｜撐艄。

【艄公】shāogōng ㄕㄠ ㄍㄨㄥ 船尾掌舵的人。也泛指撐船的人。也作梢公。

鞘 shāo ㄕㄠ 鞭鞘，拴在鞭子頭上的細皮條等。

另見927頁 qiào。

燒(烧) shāo ㄕㄠ ❶使東西着火：燃燒｜燒燬。❷加熱或接觸某些化學藥品、放射性物質等使物體起變化：燒水｜燒飯｜燒磚｜燒炭｜鹽酸把衣服燒壞了。❸烹調方法，先用油炸，再加湯汁來炒或燉，或先煮熟再用油炸：燒茄子｜紅燒鯉魚｜燒羊肉。❹烹調方法，就是烤：叉燒｜燒雞。❺發燒：他現在燒得厲害。❻比正常體溫高的體溫：燒退了｜退燒了。❼過多的肥料使植物體枯萎或死亡。❽因財富多而忘乎所以：有兩個錢就燒得不知怎麼好了！

【燒包】shāobāo ㄕㄠ ㄅㄠ 〈方〉由於變得富有或得勢而忘乎所以。

【燒杯】shāobēi ㄕㄠ ㄅㄟ 實驗室中配製溶液或加熱液體用的玻璃杯，杯口上有便於倒出液體的嘴。

【燒餅】shāo·bing ㄕㄠ ·ㄅㄧㄥ 烤熟的小的發麪餅，表面多有芝麻。

【燒鍋】shāoguō ㄕㄠ ㄍㄨㄛ 一種塗有釉質的鋼製炊具。

【燒鍋】shāo·guo ㄕㄠ ·ㄍㄨㄛ 做燒酒的作坊。

【燒化】shāohuà ㄕㄠ ㄏㄨㄚˋ 燒掉(屍首、祭品等)。

【燒荒】shāo//huāng ㄕㄠ// ㄏㄨㄤ 開墾前燒掉荒地上的野草。

【燒燬】shāohuǐ ㄕㄠ ㄏㄨㄟˇ 焚燒毀滅；燒壞。

【燒火】shāo//huǒ ㄕㄠ// ㄏㄨㄛˇ 使柴、煤等燃燒(多指炊事)：燒火做飯。

【燒結】shāojié ㄕㄠ ㄐㄧㄝˊ 把小塊礦石或粉末狀物質加熱，使固結。

【燒酒】shāojiǔ ㄕㄠ ㄐㄧㄡˇ 白酒。

【燒烤】shāokǎo ㄕㄠ ㄎㄠˇ 燒製或烤製的肉食品的統稱。

【燒料】shāoliào ㄕㄠ ㄌㄧㄠˋ 用含有硅酸鹽的岩石粉末與純鹼混合，並加上顏料，加熱熔化，冷卻後凝成的物質。跟玻璃相似，但熔點較低，透明度也較小(有的不透明)。用來製造器皿或手工藝品。

【燒賣】shāo·mai ㄕㄠ ·ㄇㄞ 食品，用很薄的燙麪皮包餡兒，頂上捏成摺兒，然後蒸熟。俗誤作燒麥。

【燒瓶】shāopíng ㄕㄠ ㄆㄧㄥˊ 實驗室中加熱或蒸餾液體用的玻璃瓶，常見的有圓底燒瓶、錐形燒瓶、蒸餾燒瓶等。

【燒傷】shāoshāng ㄕㄠ ㄕㄤ 火焰的高溫以及強酸、強鹼、X射綫、原子能射綫等跟身體接觸後使組織受到的損傷。

【燒香】shāo//xiāng ㄕㄠ// ㄒㄧㄤ ❶信仰佛教、道教或有迷信思想的人拜神佛時把香點着插在香爐中，叫燒香。❷比喻給人送禮，請求關照。

【燒心】shāoxīn ㄕㄠ ㄒㄧㄣ ❶胃部燒灼的感覺，多由胃酸過多刺激胃黏膜引起。❷〈方〉(燒心兒)(包心的蔬菜)菜心因發生病害而發黃。

【燒心壺】shāoxīnhú ㄕㄠ ㄒㄧㄣ ㄏㄨˊ 〈方〉茶炊。

【燒夷彈】shāoyídàn ㄕㄠ ㄧˊ ㄉㄢˋ 燃燒彈。

【燒紙】shāo//zhǐ ㄕㄠ// ㄓˇ 迷信的人燒紙錢等，認為可供死者在陰間使用。

【燒紙】shāo·zhǐ ㄕㄠ ·ㄓˇ 紙錢的一種，在較大的紙片上刻出或印上錢形。

【燒灼】shāozhuó ㄕㄠ ㄓㄨㄛˊ 燒、燙，使受傷。

sháo（ㄕㄠˊ）

勺(❶杓) sháo ㄕㄠˊ ❶(勺兒)舀東西的用具，略作半球形，有柄：一把勺兒｜馬勺｜鐵勺。❷容量單位。10撮等於1勺，10勺等於1合(gě)。

'杓'另見73頁 biāo。

【勺口兒】sháo·kour ㄕㄠˊ ·ㄎㄡㄦ 〈方〉指廚師烹調的滋味：請嘗嘗這位師傅的勺口兒怎麼樣。

【勺狀軟骨】sháozhuàng ruǎngǔ ㄕㄠˊ ㄓㄨㄤˋ ㄖㄨㄢˇ ㄍㄨˇ 喉部上方的三角形小軟骨，左右各一，位置在環狀軟骨的後上部。聲帶附着在勺狀軟骨前部的突起部分上。

【勺子】sháo·zi ㄕㄠˊ ·ㄗ 較大的勺兒。

芍〔芍〕 sháo ㄕㄠˊ ［芍藥］(sháo·yao ㄕㄠˊ ·ㄧㄠ) ❶多年生草本植物，羽狀複葉，小葉卵形或披針形，花大而美麗，有紫紅、粉紅、白等顏色，供觀賞。根可入藥。❷這種植物的花。

苕〔苕〕 sháo ㄕㄠˊ 〈方〉甘薯。也叫紅苕。

另見1134頁 tiáo。

韶 sháo ㄕㄠˊ 〈書〉美：韶光。

【韶光】sháoguāng ㄕㄠˊ ㄍㄨㄤ 〈書〉❶美麗的春光。❷比喻美好的青年時代。

【韶華】sháohuá ㄕㄠˊ ㄏㄨㄚˊ 〈書〉韶光。

【韶秀】sháoxiù ㄕㄠˊ ㄒㄧㄡˋ 〈書〉清秀：儀容韶秀。

shǎo（ㄕㄠˇ）

少 shǎo ㄕㄠˇ ❶數量小（跟'多'相對）：少量｜少見多怪。❷不夠原有或應有的數目；缺少（跟'多'相對）：賬算錯了，少一塊錢｜全體同學都來了，一個沒少。❸丟；遺失：屋裏少了東西。❹虧欠：少人家的錢都還清了。❺暫時；稍微：少候｜少待。
另見1010頁 shào。

【少安毋躁】shǎo ān wú zào ㄕㄠˇ ㄢ ㄨˊ ㄗㄠˋ 耐心等待一下，不要急躁。

【少不得】shǎo ·bu dé ㄕㄠˇ ·ㄅㄨ ㄉㄜˊ 少不了：得到別人的幫助，少不得登門致謝。

【少不了】shǎo ·bu liǎo ㄕㄠˇ ·ㄅㄨ ㄌㄧㄠˇ 短不了：辦這個事兒，一定少不了你。

【少見】shǎojiàn ㄕㄠˇ ㄐㄧㄢˋ ❶客套話，表示很少見到對方：少見了，您近來好嗎？❷難得見到；罕見：這種情景一般很少見。

【少見多怪】shǎo jiàn duō guài ㄕㄠˇ ㄐㄧㄢˋ ㄉㄨㄛ ㄍㄨㄞˋ 由於見聞少，遇見平常的事情也感到奇怪。

【少刻】shǎokè ㄕㄠˇ ㄎㄜˋ 少（shǎo）時。

【少禮】shǎolǐ ㄕㄠˇ ㄌㄧˇ 客套話。❶請人不必拘於禮節：賢侄少禮。❷稱自己禮貌不周到：恕我少禮。

【少量】shǎoliàng ㄕㄠˇ ㄌㄧㄤˋ 比較少的數量和分量。

【少陪】shǎopéi ㄕㄠˇ ㄆㄟˊ 客套話，對人表示因事不能相陪。

【少時】shǎoshí ㄕㄠˇ ㄕˊ 過了不大一會兒；不多時：少時雨過天晴，院子裏又熱鬧起來了。

【少數】shǎoshù ㄕㄠˇ ㄕㄨˋ 較小的數量：少數服從多數。

【少數民族】shǎoshù mínzú ㄕㄠˇ ㄕㄨˋ ㄇㄧㄣˊ ㄗㄨˊ 多民族國家中人數最多的民族以外的民族，在我國指漢族以外的兄弟民族，如蒙古、回、藏、維吾爾、哈薩克、苗、彝、壯、布依、朝鮮、滿等民族。

【少許】shǎoxǔ ㄕㄠˇ ㄒㄩˇ 一點兒；少量。

shào（ㄕㄠˋ）

少 shào ㄕㄠˋ ❶年紀輕（跟'老'相對）：少年｜少女｜男女老少｜青春年少。❷少爺：惡少｜闊少。❸（Shào）姓。
另見1010頁 shǎo。

【少白頭】shàobáitóu ㄕㄠˋ ㄅㄞˊ ㄊㄡˊ ❶年紀不大而頭髮已經變白。❷指年紀不大而頭髮已經變白的人。

【少不更事】shào bù gēng shì ㄕㄠˋ ㄅㄨˋ ㄍㄥ ㄕˋ 指人年紀輕，經歷的事不多，缺少經驗。

【少東家】shàodōng·jia ㄕㄠˋ ㄉㄨㄥ ·ㄐㄧㄚ 舊時稱東家的兒子。

【少兒】shào'ér ㄕㄠˋ ㄦˊ 少年兒童：少兒讀物。

【少婦】shàofù ㄕㄠˋ ㄈㄨˋ 年輕的已婚女子。

【少將】shàojiàng ㄕㄠˋ ㄐㄧㄤˋ 軍銜，將官的一級，低於中將。

【少林拳】shàolínquán ㄕㄠˋ ㄌㄧㄣˊ ㄑㄩㄢˊ 拳術的一派，因唐初嵩山少林寺僧徒練習這種拳術而得名。

【少奶奶】shàonǎi·nai ㄕㄠˋ ㄋㄞˇ ·ㄋㄞ ❶舊時僕人稱少爺的妻子。❷舊時尊稱別人的兒媳婦。

【少男】shàonán ㄕㄠˋ ㄋㄢˊ 年輕未婚的男子：少男少女。

【少年】shàonián ㄕㄠˋ ㄋㄧㄢˊ ❶人十歲左右到十五六歲的階段：少年時代。❷指上述年齡的人：少年宮｜少年之家。❸〈書〉指青年男子：翩翩少年。

【少年犯】shàoniánfàn ㄕㄠˋ ㄋㄧㄢˊ ㄈㄢˋ 在我國指年滿十四歲不滿十八歲因犯罪情節嚴重而被依法判處徒刑的犯人。

【少年宮】shàoniángōng ㄕㄠˋ ㄋㄧㄢˊ ㄍㄨㄥ 在學校以外對少年兒童進行教育和開展集體文化活動的機構。

【少年老成】shàonián lǎochéng ㄕㄠˋ ㄋㄧㄢˊ ㄌㄠˇ ㄔㄥˊ 原指人雖年輕，卻很老練，舉動謹慎，現在多指年輕人缺乏朝氣。

【少年先鋒隊】shàonián xiānfēngduì ㄕㄠˋ ㄋㄧㄢˊ ㄒㄧㄢ ㄈㄥ ㄉㄨㄟˋ 我國和某些國家的少年兒童的群眾性組織。簡稱少先隊。

【少女】shàonǚ ㄕㄠˋ ㄋㄩˇ 年輕未婚的女子。

【少尉】shàowèi ㄕㄠˋ ㄨㄟˋ 軍銜，尉官的一級，低於中尉。

【少先隊】shàoxiānduì ㄕㄠˋ ㄒㄧㄢ ㄉㄨㄟˋ 少年先鋒隊的簡稱。

【少相】shào·xiang ㄕㄠˋ ·ㄒㄧㄤ 相貌顯得年輕：她長得少相，歲數兒可不小了。

【少校】shàoxiào ㄕㄠˋ ㄒㄧㄠˋ 軍銜，校官的一級，低於中校。

【少爺】shào·ye ㄕㄠˋ ·ㄧㄝ ❶舊時僕人稱主人的兒子。❷舊時尊稱別人的兒子。

【少壯】shàozhuàng ㄕㄠˋ ㄓㄨㄤˋ 年輕力壯：少壯派｜少壯不努力，老大徒傷悲。

召 Shào ㄕㄠˋ ❶周朝國名，在今陝西鳳翔一帶。❷姓。
另見1445頁 zhào。

卲 shào ㄕㄠˋ 同'劭'②。

劭 shào ㄕㄠˋ 〈書〉❶勸勉：先帝劭農。❷美好（多指道德品質）：年高德劭。

邵 Shào ㄕㄠˋ 姓。

捎 shào ㄕㄠˋ 稍微向後倒退（多指騾馬等）。
另見1008頁 shāo。

【捎馬子】shàomǎ·zi ㄕㄠˋ ㄇㄚˇ·ㄗ 〈方〉馬褡子。

【捎色】shào//shǎi ㄕㄠˋ//ㄕㄞˇ 退色。

哨[1] shào ㄕㄠˋ ❶偵察；巡邏：哨探。❷為警戒、偵察等任務而設的崗位：哨卡｜崗哨｜觀察哨｜放哨。❸量詞，支；隊(用於軍隊)：一哨人馬。

哨[2] shào ㄕㄠˋ ❶(鳥)叫。❷〈方〉說話；閑談(含貶義)：神聊海哨。❸(哨兒)哨子：吹哨兒。

【哨兵】shàobīng ㄕㄠˋ ㄅㄧㄥ 執行警戒任務的士兵的統稱。

【哨卡】shàoqiǎ ㄕㄠˋ ㄑㄧㄚˇ 設在邊境或要道的哨所。

【哨所】shàosuǒ ㄕㄠˋ ㄙㄨㄛˇ 警戒分隊或哨兵所在的處所：邊防哨所。

【哨位】shàowèi ㄕㄠˋ ㄨㄟˋ 哨兵執行任務的崗位。

【哨子】shào·zi ㄕㄠˋ·ㄗ 用金屬或塑料等製成的能吹響的器物，多在集合人員、操練或體育運動時使用。

紹[1](绍) shào ㄕㄠˋ 〈書〉繼續；繼承。

紹[2](绍) Shào ㄕㄠˋ 指浙江紹興：紹酒。

【紹介】shàojiè ㄕㄠˋ ㄐㄧㄝˋ 介紹。

【紹劇】shàojù ㄕㄠˋ ㄐㄩˋ 浙江地方戲曲劇種之一，原名紹興亂彈，通稱紹興大班，流行於紹興一帶。

【紹興酒】shàoxīngjiǔ ㄕㄠˋ ㄒㄧㄥ ㄐㄧㄡˇ 浙江紹興出產的黃酒。也叫紹酒。

睄 shào ㄕㄠˋ 〈方〉略看一眼。

稍 shào ㄕㄠˋ ［稍息］(shàoxī ㄕㄠˋ ㄒㄧ)軍事或體育口令，命令從立正姿勢變為休息姿勢。

另見1008頁 shāo。

潲[1] shào ㄕㄠˋ ❶雨斜着落下來：快關窗戶，別讓雨點潲進來。❷〈方〉灑水：打桶水潲潲院子｜往菜上潲水。

潲[2] shào ㄕㄠˋ 〈方〉用泔水、米糠、野菜等煮成的飼料：豬潲。

【潲水】shàoshuǐ ㄕㄠˋ ㄕㄨㄟˇ 〈方〉泔水。

shē (ㄕㄜ)

奢 shē ㄕㄜ ❶奢侈：窮奢極慾。❷過分的：奢望。

【奢侈】shēchǐ ㄕㄜ ㄔˇ 花費大量錢財追求過分享受：奢侈品｜生活奢侈。

【奢華】shēhuá ㄕㄜ ㄏㄨㄚˊ 花費大量錢財擺門面：陳設奢華。

【奢靡】shēmí ㄕㄜ ㄇㄧˊ 奢侈浪費：生活奢靡。

【奢念】shēniàn ㄕㄜ ㄋㄧㄢˋ 過高的想法；奢望。

【奢求】shēqiú ㄕㄜ ㄑㄧㄡˊ 過高的要求：我只想有一個安靜的工作環境，別無奢求。

【奢望】shēwàng ㄕㄜ ㄨㄤˋ 過高的希望：心存奢望。

【奢想】shēxiǎng ㄕㄜ ㄒㄧㄤˇ 奢望。

猞 shē ㄕㄜ ［猞猁］(shēlì ㄕㄜ ㄌㄧˋ)哺乳動物，外形像貓，但大得多。尾巴短，兩耳的尖端有兩撮長毛，兩頰的毛也長。全身淡黃色，有灰褐色的斑點，尾端黑色。善於爬樹，行動敏捷，性兇猛，皮毛厚而軟，是珍貴的毛皮。也叫林独(línyì)。

畬 Shē ㄕㄜ 指畬族。

【畬族】Shēzú ㄕㄜ ㄗㄨˊ 我國少數民族之一，主要分佈在福建、浙江、江西、廣東、安徽。

畲 shē ㄕㄜ 〈書〉焚燒田地裏的草木，用草木灰做肥料的耕作方法。這樣耕種的田地叫畲田。

另見1394頁 yú。

輋(峚) Shē ㄕㄜ 同'畬'。

賒(赊) shē ㄕㄜ 賒欠：賒購｜賒銷｜前賬未清，不能再賒。

【賒購】shēgòu ㄕㄜ ㄍㄡˋ 用賒欠的方式購買。

【賒欠】shēqiàn ㄕㄜ ㄑㄧㄢˋ 買賣貨物時買方延期交款，賣方延期收款。

【賒銷】shēxiāo ㄕㄜ ㄒㄧㄠ 用賒欠的方式銷售。

【賒賬】shē//zhàng ㄕㄜ//ㄓㄤˋ 把買賣的貨款記在賬上延期收付；賒欠：現金買賣，概不賒賬。

shé (ㄕㄜˊ)

舌 shé ㄕㄜˊ ❶舌頭。❷像舌頭的東西：帽舌｜火舌。❸鈴或鐸中的錘。

【舌敝唇焦】shé bì chún jiāo ㄕㄜˊ ㄅㄧˋ ㄔㄨㄣˊ ㄐㄧㄠ 形容話說得太多，費盡唇舌。

【舌根音】shégēnyīn ㄕㄜˊ ㄍㄣ ㄧㄣ 語音學上指舌面後部上升，靠着或接近軟腭(或硬腭和軟腭中間)發出的輔音，如普通話語音中的 g、k、h。也叫舌面後音。

【舌耕】shégēng ㄕㄜˊ ㄍㄥ 〈書〉指依靠教書謀生。

【舌尖音】shéjiānyīn ㄕㄜˊ ㄐㄧㄢ ㄧㄣ 語音學上指舌尖頂住或接近門齒、上齒齦、硬腭前部發出的輔音。普通話語音中的 z、c、s、d、t、n、l、zh、ch、sh、r 都是舌尖音。細分起來，z、c、s 是舌尖前音，d、t、n、l 是舌尖中音，zh、ch、sh、r 是舌尖後音。

【舌劍唇槍】shé jiàn chún qiāng ㄕㄜˊ ㄐㄧㄢˋ ㄔㄨㄣˊ ㄑㄧㄤ 見185頁〖唇槍舌劍〗。

【舌面後音】shémiànhòuyīn ㄕㄜˊ ㄇㄧㄢˋ ㄏㄡˋ ㄧㄣ 舌根音。

【舌面前音】shémiànqiányīn ㄕㄜˊ ㄇㄧㄢˋ ㄑㄧㄢˊ ㄧㄣ 語音學上指舌面前部上升，靠着或接近齒齦、前硬腭發出的輔音，如普通話語音中的j、q、x。

【舌苔】shétāi ㄕㄜˊ ㄊㄞ 舌頭表面上滑膩的物質。健康的人，舌苔薄白而潤。醫生常根據病人舌苔的情況來診斷病情。

【舌頭】shé·tou ㄕㄜˊ ·ㄊㄡ ❶辨別滋味、幫助咀嚼和發音的器官，在口腔底部，根部固定在口腔底上。❷指為偵訊敵情而活捉來的敵人：抓舌頭。

【舌下神經】shéxià-shénjīng ㄕㄜˊ ㄒㄧㄚˋ ㄕㄣˊ ㄐㄧㄥ 第十二對腦神經，從延髓發出，分佈在舌的肌肉中，管舌肌的運動。

【舌下腺】shéxiàxiàn ㄕㄜˊ ㄒㄧㄚˋ ㄒㄧㄢˋ 口腔底部舌下方的唾液腺，左右各一。參看1169頁〖唾液腺〗。

【舌咽神經】shéyān-shénjīng ㄕㄜˊ ㄧㄢ ㄕㄣˊ ㄐㄧㄥ 第九對腦神經，從延髓發出，分佈在咽頭和舌頭等處，主要管咽頭肌肉運動、唾腺分泌和味覺。

【舌戰】shézhàn ㄕㄜˊ ㄓㄢˋ 激烈辯論：一場舌戰｜諸葛亮舌戰群儒。

折 shé ㄕㄜˊ ❶斷(多用於長條形的東西)：樹枝折了｜桌子腿撞折了。❷虧損：折本兒｜折耗。❸(Shé)姓。

另見1447頁 zhē；1447頁 zhé；1448頁 zhé'摺'。

【折本】shé∥běn ㄕㄜˊ∥ㄅㄣˇ (折本兒)賠本：折本生意｜做買賣折了本兒。

【折秤】shé∥chèng ㄕㄜˊ∥ㄔㄥˋ 貨物重新過秤時因為已經損耗而分量減少，或貨物大宗稱進，零星稱出而分量減少。

【折耗】shéhào ㄕㄜˊ ㄏㄠˋ 物品或商品在製造、運輸、保管等過程中數量上的損失：用鮮菜醃成鹹菜，折耗很大。

佘 Shé ㄕㄜˊ 姓。

蛇(虵) shé ㄕㄜˊ 爬行動物，身體圓而細長，有鱗，沒有四肢。種類很多，有的有毒，有的無毒。吃青蛙等小動物，大蛇也能吞食大的獸類。

另見1349頁 yí。

【蛇膽】shédǎn ㄕㄜˊ ㄉㄢˇ 中藥上指蝮蛇的膽，有殺蟲等作用。

【蛇毒】shédú ㄕㄜˊ ㄉㄨˊ 毒蛇體內所含的有毒物質。提煉後可入藥。

【蛇蛻】shétuì ㄕㄜˊ ㄊㄨㄟˋ 中藥上指蛇蛻下來的皮，用來治驚風、抽搐、癲癇等。

【蛇蠍】shéxiē ㄕㄜˊ ㄒㄧㄝ 蛇和蠍子。比喻狠毒的人。

【蛇行】shéxíng ㄕㄜˊ ㄒㄧㄥˊ ❶全身伏在地上，爬着前進。❷形容像蛇爬行時蜿蜒曲折的樣子：小溪蛇行，繞林而過。

【蛇足】shézú ㄕㄜˊ ㄗㄨˊ 比喻多餘無用的事物。參看496頁〖畫蛇添足〗。

揲 shé ㄕㄜˊ 古代用蓍草占卦時，數蓍草的數目，把它分成幾份兒。

另見266頁 dié。

闍(阇) shé ㄕㄜˊ [闍梨](shélí ㄕㄜˊ ㄌㄧˊ)高僧，泛指僧。[阿闍梨之省，梵 ācārya]

另見281頁 dū。

shě (ㄕㄜˇ)

捨(舍) shě ㄕㄜˇ ❶捨棄：四捨五入｜捨近求遠。❷施捨：捨粥｜捨藥。

'舍'另見1013頁 shè。

【捨本逐末】shě běn zhú mò ㄕㄜˇ ㄅㄣˇ ㄓㄨˊ ㄇㄛˋ 捨棄事物的根本的、主要的部分，而去追求細枝末節。形容輕重倒置。

【捨不得】shě ·bu ·de ㄕㄜˇ ·ㄅㄨ ·ㄉㄜ 很愛惜，不忍放棄或離開，不願意使用或處置：媽媽捨不得孩子出遠門｜他從來捨不得亂花一分錢。

【捨得】shě·de ㄕㄜˇ ·ㄉㄜ 願意割捨；不吝惜：你捨得把這本書送給他嗎？｜他學起技術來，真捨得下工夫。

【捨己為公】shě jǐ wèi gōng ㄕㄜˇ ㄐㄧˇ ㄨㄟˋ ㄍㄨㄥ 為了公共的利益而犧牲個人的利益。

【捨己為人】shě jǐ wèi rén ㄕㄜˇ ㄐㄧˇ ㄨㄟˋ ㄖㄣˊ 為了他人而犧牲自己的利益。

【捨近求遠】shě jìn qiú yuǎn ㄕㄜˇ ㄐㄧㄣˋ ㄑㄧㄡˊ ㄩㄢˇ 捨棄近的尋找遠的。形容做事走彎路或追求不切實際的東西。也說捨近圖遠。

【捨臉】shě∥liǎn ㄕㄜˇ∥ㄌㄧㄢˇ 〈方〉不顧面子向人求助(多指出於不得已)。

【捨命】shě∥mìng ㄕㄜˇ∥ㄇㄧㄥˋ 不顧性命；拼命：捨命搶救國家財產。

【捨棄】shěqì ㄕㄜˇ ㄑㄧˋ 丟開；拋棄；放棄：捨棄不顧。

【捨身】shěshēn ㄕㄜˇ ㄕㄣ 原指佛教徒犧牲肉體表示虔誠，後來泛指為祖國或為他人而犧牲自己：捨身為國。

【捨生取義】shě shēng qǔ yì ㄕㄜˇ ㄕㄥ ㄑㄩˇ ㄧˋ 為正義而犧牲生命。

【捨死忘生】shě sǐ wàng shēng ㄕㄜˇ ㄙˇ ㄨㄤˋ ㄕㄥ 形容不顧性命危險。也說捨生忘死。

shè (ㄕㄜˋ)

社 shè ㄕㄜˋ ❶某些集體組織：詩社｜報社｜通訊社｜合作社｜集會結社。❷某些服務性單位：茶社｜旅社｜旅行社。❸古代把土神和祭土神的地方、日子和祭禮都叫社：春社｜秋社｜社日｜社稷。

【社會】shèhuì ㄕㄜˋ ㄏㄨㄟˋ ❶指由一定的經濟基礎和上層建築構成的整體。也叫社會形態。原始共產主義社會、奴隸社會、封建社會、資本主義社會、共產主義社會是人類社會的五種基本形態。❷泛指由於共同物質條件而互相聯繫起來的人群。

【社會必要勞動】shèhuì bìyào láodòng ㄕㄜˋ ㄏㄨㄟˋ ㄅㄧˋ ㄧㄠˋ ㄌㄠˊ ㄉㄨㄥˋ 指在現有社會正常的生產條件下，在社會平均勞動熟練程度和強度下，生產某種產品所需要的勞動。用勞動時間來衡量。

【社會存在】shèhuì cúnzài ㄕㄜˋ ㄏㄨㄟˋ ㄘㄨㄣˊ ㄗㄞˋ 指社會物質生活條件的總和，主要指物質資料的生產方式。社會存在決定社會意識，社會意識又反作用於社會存在。

【社會工作】shèhuì gōngzuò ㄕㄜˋ ㄏㄨㄟˋ ㄍㄨㄥ ㄗㄨㄛˋ 本職工作之外沒有報酬的為群眾服務的工作。

【社會關係】shèhuì guān·xì ㄕㄜˋ ㄏㄨㄟˋ ㄍㄨㄢ·ㄒㄧˋ ❶指個人的親戚朋友關係。❷人們在共同活動的過程中彼此間結成的關係。一切社會關係中最主要的是生產關係，即經濟關係，其他政治、法律等關係的性質都決定於生產關係。

【社會活動】shèhuì huó·dòng ㄕㄜˋ ㄏㄨㄟˋ ㄏㄨㄛˊ·ㄉㄨㄥˋ 本職工作以外的集體活動，如黨團活動、工會活動等。

【社會教育】shèhuì jiàoyù ㄕㄜˋ ㄏㄨㄟˋ ㄐㄧㄠˋ ㄩˋ 指學校以外的文化教育機關(如圖書館、博物館、文化宮、展覽會、俱樂部、少年宮等)對人民群眾和少年兒童所進行的教育。

【社會科學】shèhuì kēxué ㄕㄜˋ ㄏㄨㄟˋ ㄎㄜ ㄒㄩㄝˊ 研究各種社會現象的科學，包括政治經濟學、法律學、歷史學、文藝學、美學、倫理學等。

【社會青年】shèhuì qīngnián ㄕㄜˋ ㄏㄨㄟˋ ㄑㄧㄥ ㄋㄧㄢˊ 指既不上學也未就業的青年。

【社會形態】shèhuì xíngtài ㄕㄜˋ ㄏㄨㄟˋ ㄒㄧㄥˊ ㄊㄞˋ 見〖社會〗①。

【社會學】shèhuìxué ㄕㄜˋ ㄏㄨㄟˋ ㄒㄩㄝˊ 研究社會生活，社會制度、社會行為，社會變遷和發展及其他社會問題的學科。

【社會意識】shèhuì yìshí ㄕㄜˋ ㄏㄨㄟˋ ㄧˋ ㄕˊ 指政治、法律、道德、藝術、哲學、宗教等觀點。參看〖社會存在〗。

【社會制度】shèhuì zhìdù ㄕㄜˋ ㄏㄨㄟˋ ㄓˋ ㄉㄨˋ 社會的經濟、政治等制度的總稱。

【社會主義】shèhuì zhǔyì ㄕㄜˋ ㄏㄨㄟˋ ㄓㄨˇ ㄧˋ ❶指科學社會主義。❷指社會主義制度，是共產主義的初級階段。在社會主義社會裏，無產階級掌握了國家政權，所有制的形式主要有全民所有制和勞動群眾集體所有制，分配原則是'各盡所能，按勞分配'。社會主義的本質，是解放生產力，發展生產力，消滅剝削，消除兩極分化，最終達到共同富裕。

【社會主義革命】shèhuì zhǔyì gémìng ㄕㄜˋ ㄏㄨㄟˋ ㄓㄨˇ ㄧˋ ㄍㄜˊ ㄇㄧㄥˋ 由無產階級及其先鋒隊共產黨領導的，以推翻資本主義制度，建立社會主義制度和實現共產主義為目的的革命。

【社會主義所有制】shèhuì zhǔyì suǒyǒuzhì ㄕㄜˋ ㄏㄨㄟˋ ㄓㄨˇ ㄧˋ ㄙㄨㄛˇ ㄧㄡˇ ㄓˋ 生產資料和勞動產品歸社會公有的制度，是社會主義生產關係的基礎。我國目前主要有兩種形式，即全民所有制和勞動群眾集體所有制。

【社火】shèhuǒ ㄕㄜˋ ㄏㄨㄛˇ 民間在節日的集體遊藝活動，如獅舞、龍燈等：玩社火。

【社稷】shèjì ㄕㄜˋ ㄐㄧˋ '社'指土神，'稷'指穀神，古代君主都祭社稷，後來就用'社稷'代表國家。

【社交】shèjiāo ㄕㄜˋ ㄐㄧㄠ 指社會上人與人的交際往來：社交活動｜社交場合。

【社論】shèlùn ㄕㄜˋ ㄌㄨㄣˋ 報社或雜誌社在自己的報紙或刊物上，以本社名義發表的評論當前重大問題的文章。

【社評】shèpíng ㄕㄜˋ ㄆㄧㄥˊ 社論。

【社區】shèqū ㄕㄜˋ ㄑㄩ 社會上以某種特徵劃分的居住區：舊金山華人區。

【社團】shètuán ㄕㄜˋ ㄊㄨㄢˊ 各種群眾性的組織的總稱，如工會、婦女聯合會、學生會等。

【社戲】shèxì ㄕㄜˋ ㄒㄧˋ 舊時農村中迎神賽會時演出的戲。一般在廟裏戲台上演出，也有露天搭台演出的。

【社員】shèyuán ㄕㄜˋ ㄩㄢˊ 某些以社命名的組織的成員。

舍1 shè ㄕㄜˋ ❶房屋：宿舍｜校舍。❷舍間：敝舍｜寒舍。❸養家畜的圈：豬舍｜牛舍。❹謙辭，用於對別人稱自己的輩分低或年紀小的親屬：舍侄｜舍弟。❺(Shè)姓。

舍2 shè ㄕㄜˋ 古代三十里為一舍：退避三舍。

另見1012頁 shě'捨'。

【舍間】shèjiān ㄕㄜˋ ㄐㄧㄢ 謙稱自己的家：請來舍間一敍。也說舍下。

【舍利】shèlì ㄕㄜˋ ㄌㄧˋ 佛教稱釋迦牟尼遺體焚燒之後結成珠狀的東西，後來也指德行較高的和尚死後燒剩的骨頭。也叫舍利子(shèlìzǐ)。[梵 śarīra]

【舍親】shèqīn ㄕㄜˋ ㄑㄧㄣ 謙稱自己的親戚。

【舍下】shèxià ㄕㄜˋ ㄒㄧㄚˋ 舍間。

拾 shè ㄕㄜˋ 〈書〉輕步而上。

另見1037頁 shí。

【拾級】shèjí ㄕㄜˋ ㄐㄧˊ 〈書〉逐步登階：我們拾級而上，登上了頂峰。

厙(厍) shè ㄕㄜˋ ❶〈方〉村莊(多用於村莊名)。❷(Shè)姓。

射 shè ㄕㄜˋ ❶用推力或彈力送出(箭、子彈、足球等)：發射｜掃射｜射箭｜射出三發炮彈｜右鋒乘機射入一球。❷液體受到壓力通過小孔迅速擠出：噴射｜注射｜管子壞了，射了他一身的水。❸放出(光、熱、電波等)：反射｜輻射｜射綫｜光芒四射｜月光從樹梢的空隙裏射到地上。❹有所指：暗射｜影射。

【射程】shèchéng ㄕㄜˋ ㄔㄥˊ 彈頭等射出後所能達到的距離。

【射電望遠鏡】shèdiàn wàngyuǎnjìng ㄕㄜˋ ㄉㄧㄢˋ ㄨㄤˋ ㄩㄢˇ ㄐㄧㄥˋ 利用定向天綫和靈敏度很高的微波接收裝置來接收星體發出的無綫電波以觀測天體的設備。這種望遠鏡比光學望遠鏡的觀測距離遠得多，並且使用上不受時間和氣候變化的影響。

【射電源】shèdiànyuán ㄕㄜˋ ㄉㄧㄢˋ ㄩㄢˊ 宇宙空間中發射較強烈無綫電波的天體，如脈衝星、類星體等。

【射擊】shèjī ㄕㄜˋ ㄐㄧ ❶用槍炮等火器向目標發射彈頭。❷體育比賽的一種，按照比賽時所用槍支、射擊距離、射擊目標和射擊姿勢，分為不同項目。

【射箭】shè//jiàn ㄕㄜˋ//ㄐㄧㄢˋ ❶用弓把箭射出去。❷體育運動項目之一，在一定的距離外用箭射靶。

【射界】shèjiè ㄕㄜˋ ㄐㄧㄝˋ 指火器射擊時所能達到的範圍。

【射獵】shèliè ㄕㄜˋ ㄌㄧㄝˋ 打獵。

【射流】shèliú ㄕㄜˋ ㄌㄧㄡˊ 噴射成束狀的流體。如空氣從氣管中噴出，水從水槍中噴出等都能形成射流。

【射門】shè//mén ㄕㄜˋ//ㄇㄣˊ 足球、手球等比賽時把球直接踢向或投向對方的球門。

【射頻】shèpín ㄕㄜˋ ㄆㄧㄣˊ 無綫電波的頻率，頻率範圍從3－3,000千兆赫。這個頻率範圍內的電波，可以用天綫輻射出去。

【射手】shèshǒu ㄕㄜˋ ㄕㄡˇ ❶指射箭或放槍炮的人(多指熟練的)：機槍射手。❷指足球等比賽中射門技術熟練的運動員。

【射綫】shèxiàn ㄕㄜˋ ㄒㄧㄢˋ ❶波長較短的電磁波，包括紅外綫、可見光、紫外綫、X射綫、丙種射綫等。速度高、能量大的粒子流也叫射綫，如甲種射綫、乙種射綫和陰極射綫等。❷數學上指從一個定點出發，沿着單一方向運動的點的軌迹；直綫上某一點一旁的部分。

【射影】shèyǐng ㄕㄜˋ ㄧㄥˇ ❶從一點向一條直綫或一個平面作垂綫，垂足叫做這點在這條直綫或平面上的射影；一條綫段的各點在一條直綫或一個平面上射影的連綫叫做這條綫段在這條直綫或平面上的射影。❷古書上説水中有一種叫'蜮'的動物能含沙噴射人影使人致病。'射影'也是'蜮'的別名。參看449頁〖含沙射影〗。

涉 shè ㄕㄜˋ ❶徒步過水，泛指從水上經過；渡：跋山涉水｜遠涉重洋。❷經歷：涉險。❸牽涉：涉及｜涉嫌。

【涉筆】shèbǐ ㄕㄜˋ ㄅㄧˇ 用筆寫作；動筆：涉筆成趣。

【涉及】shèjí ㄕㄜˋ ㄐㄧˊ 牽涉到；關聯到：案子涉及到好幾個人｜這個問題涉及面很廣。

【涉獵】shèliè ㄕㄜˋ ㄌㄧㄝˋ 粗略地閱讀：有的書必須精讀，有的只要稍加涉獵即可。

【涉禽】shèqín ㄕㄜˋ ㄑㄧㄣˊ 鳥的一類，屬於這一類的鳥，頸、嘴、腳和趾都長，適於在淺水中涉行並捕食水中魚蝦等，如鶴、鷺等。

【涉世】shèshì ㄕㄜˋ ㄕˋ 經歷世事：涉世未深。

【涉訟】shèsòng ㄕㄜˋ ㄙㄨㄥˋ 牽涉到訴訟之中。

【涉外】shèwài ㄕㄜˋ ㄨㄞˋ 涉及與外國有關的：涉外工作｜涉外問題。

【涉嫌】shèxián ㄕㄜˋ ㄒㄧㄢˊ 有跟某件事情有關的嫌疑：涉嫌人犯。

【涉足】shèzú ㄕㄜˋ ㄗㄨˊ 〈書〉指進入某種環境或生活範圍：涉足其間｜後山較為荒僻，遊人很少涉足。

赦 shè ㄕㄜˋ 赦免：大赦｜特赦｜十惡不赦。

【赦免】shèmiǎn ㄕㄜˋ ㄇㄧㄢˇ 依法定程序減輕或免除對罪犯的刑罰。參看215頁〖大赦〗、1120頁〖特赦〗。

設(设) shè ㄕㄜˋ ❶設立；佈置：設防｜設宴｜總部設在北京。❷籌劃：設計｜想方設法。❸假設：設想｜設 $x=1$｜設長方形的寬是 x 米。❹〈書〉假如；倘若：設有困難，當助一臂之力。

【設備】shèbèi ㄕㄜˋ ㄅㄟˋ ❶設置以備應用：新建的工人俱樂部設備得很不錯。❷進行某項工作或供應某種需要所必需的成套建築或器物：廠房設備｜機器設備｜自來水設備。

【設法】shèfǎ ㄕㄜˋ ㄈㄚˇ 想辦法：設法解決｜設法克服困難。

【設防】shèfáng ㄕㄜˋ ㄈㄤˊ 設置防衛力量：步步設防。

【設伏】shèfú ㄕㄜˋ ㄈㄨˊ 佈置伏兵：設伏擒敵。

【設或】shèhuò ㄕㄜˋ ㄏㄨㄛˋ 〈書〉假如。

【設計】shèjì ㄕㄜˋ ㄐㄧˋ 在正式做某項工作之前，根據一定的目的要求，預先制定方法、圖樣等：設計師｜設計圖紙。

【設立】shèlì ㄕㄜˋ ㄌㄧˋ 成立；建立(組織、機構等)：設立監察小組｜新住宅區設立了學校、醫院和商店。

【設若】shèruò ㄕㄜˋ ㄖㄨㄛˋ 〈書〉假如。

【設色】shèsè ㄕㄜˋ ㄙㄜˋ (繪畫)塗色；着色：這幅畫佈局新穎，設色柔和。

【設身處地】shè shēn chǔ dì ㄕㄜˋ ㄕㄣ ㄔㄨˇ ㄉㄧˋ 設想自己處在別人的地位或境遇中。
【設施】shèshī ㄕㄜˋ ㄕ 為進行某項工作或滿足某種需要而建立起來的機構、系統、組織、建築等：生活設施｜服務設施相當齊全。
【設使】shèshǐ ㄕㄜˋ ㄕˇ 假如；如果。
【設想】shèxiǎng ㄕㄜˋ ㄒㄧㄤˇ ❶想像；假想：不堪設想｜他提出了關於技術改造的大膽設想。❷着想：應該處處替國家設想。
【設置】shèzhì ㄕㄜˋ ㄓˋ ❶設立：這座劇院是為兒童設置的。❷安放；安裝：設置障礙。

歙 Shè ㄕㄜˋ 歙縣，在安徽。另見1222頁 xī。

攝[1]（摄）shè ㄕㄜˋ ❶吸取：攝取｜攝食。❷攝影：攝製。

攝[2]（摄）shè ㄕㄜˋ 〈書〉保養：攝生｜攝護（調護）。

攝[3]（摄）shè ㄕㄜˋ 代理：攝政。

【攝理】shèlǐ ㄕㄜˋ ㄌㄧˇ 代理：攝理國政。
【攝取】shèqǔ ㄕㄜˋ ㄑㄩˇ ❶吸收（營養等）：攝取食物｜攝取氧氣。❷拍攝（照片或電影、電視鏡頭）：攝取幾個鏡頭。
【攝生】shèshēng ㄕㄜˋ ㄕㄥ 〈書〉保養身體：攝生養性｜攝生之道。
【攝食】shèshí ㄕㄜˋ ㄕˊ 攝取食物（多指動物）。
【攝氏度】shèshìdù ㄕㄜˋ ㄕˋ ㄉㄨˋ 攝氏溫標的單位。參看〖攝氏溫標〗。
【攝氏溫標】shèshì wēnbiāo ㄕㄜˋ ㄕˋ ㄨㄣ ㄅㄧㄠ 溫標的一種，規定在一個標準大氣壓下，純水的冰點為 0 度，沸點為 100 度，0 度和 100 度之間均勻分成 100 份，每份表示 1 度。這種溫標是瑞典天文學家攝爾修斯（Anders Celsius）制定的。
【攝氏溫度】shèshì wēndù ㄕㄜˋ ㄕˋ ㄨㄣ ㄉㄨˋ 攝氏溫標的標度，用符號 '℃' 表示。
【攝衞】shèwèi ㄕㄜˋ ㄨㄟˋ 〈書〉保養身體。
【攝像】shèxiàng ㄕㄜˋ ㄒㄧㄤˋ 用攝像機拍攝實物影像：攝像師。
【攝像機】shèxiàngjī ㄕㄜˋ ㄒㄧㄤˋ ㄐㄧ 電視技術中用來攝取景物的裝置。它可將圖像分解並變成電信號，用來拍攝文體節目、集會及個人娛樂活動、婚禮等的實況。有黑白、彩色和立體攝像機幾種。
【攝行】shèxíng ㄕㄜˋ ㄒㄧㄥˊ 〈書〉代行職務：攝行政事。
【攝影】shèyǐng ㄕㄜˋ ㄧㄥˇ ❶通過膠片的感光作用，用照相機拍下實物影像。通稱照相。❷拍電影。
【攝影機】shèyǐngjī ㄕㄜˋ ㄧㄥˇ ㄐㄧ ❶照相機。❷電影攝影機的簡稱。
【攝政】shèzhèng ㄕㄜˋ ㄓㄥˋ 代君主處理政務。
【攝製】shèzhì ㄕㄜˋ ㄓˋ 拍攝並製作（電影片、電視片等）。

麝 shè ㄕㄜˋ ❶哺乳動物，形狀像鹿而小，無角，前腿短，後腿長，善於跳躍，尾巴短，毛黑褐色或灰褐色。雄麝的犬齒很發達，肚臍和生殖器之間有腺囊，能分泌麝香。通稱香獐子。❷麝香的簡稱。
【麝香】shèxiāng ㄕㄜˋ ㄒㄧㄤ 雄麝的肚臍和生殖器之間的腺囊的分泌物，乾燥後呈顆粒狀或塊狀，有特殊的香氣，有苦味，可以製香料，也可入藥。簡稱麝。

灄（滠）shè ㄕㄜˋ 灄口（Shèkǒu ㄕㄜˋ ㄎㄡˇ），地名，在湖北。

懾（慑、慴）shè ㄕㄜˋ 〈書〉害怕；使害怕：懾服｜威懾。

【懾服】shèfú ㄕㄜˋ ㄈㄨˊ ❶因恐懼而順從。❷使恐懼而屈服。

shéi（ㄕㄟˊ）

誰（谁）shéi ㄕㄟˊ 又 shuí ㄕㄨㄟˊ 疑問代詞。❶問人：你找誰？｜今天誰值日？注意 '誰' 可以指一個人或幾個人，方言中有用 '誰們' 表示複數的。❷用在反問句裏，表示沒有一個人：誰不說他好。注意 反問句中用 '誰知道' 有時候是 '不料' 的意思：我本是跟他開玩笑，誰知道他真急了。❸虛指，表示不知道的甚麼人或無須說出姓名和說不出姓名的人：我的書不知道被誰拿走了｜今天沒有誰來過。❹任指，表示任何人。a) 用在 '也' 或 '都' 前面，表示所說的範圍之內沒有例外：這件事誰也不知道｜大家比着幹，誰都不肯落後。b) 主語和賓語都用 '誰'，指不同的人，表示彼此一樣：他們倆誰也說不服誰。c) 兩個 '誰' 字前後照應，指相同的人：大家看誰合適，就選誰當代表。
【誰邊】shéibiān ㄕㄟˊ ㄅㄧㄢ 何處；哪裏：知向誰邊？
【誰個】shéigè ㄕㄟˊ ㄍㄜˋ 〈方〉哪一個人；誰：誰個不服他｜此事誰個不知，誰個不曉。
【誰人】shéirén ㄕㄟˊ ㄖㄣˊ 誰；甚麼人：這是誰人造的謠｜誰人不知，他是植棉的能手。
【誰誰】shéishéi ㄕㄟˊ ㄕㄟˊ 疊用的疑問代詞，用來表示無須說出的某些人的名字：鄉親們傳說着誰誰立了大功，誰誰當了英雄。

shēn（ㄕㄣ）

申1 shēn ㄕㄣ 說明；申述：申言｜申說｜三令五申｜重申前令。

申2 shēn ㄕㄣ 地支的第九位。參看368頁〖干支〗。

申3 Shēn ㄕㄣ ❶上海的別稱。❷姓。

【申辦】shēnbàn ㄕㄣ ㄅㄢˋ 申請辦理或舉辦：申辦下屆運動會。
【申報】shēnbào ㄕㄣ ㄅㄠˋ 用書面向上級或有關部門報告：向稅務部門如實申報營業額。
【申辯】shēnbiàn ㄕㄣ ㄅㄧㄢˋ (對受人指責的事)申述理由，加以辯解：允許受批評的人申辯。
【申斥】shēnchì ㄕㄣ ㄔˋ 斥責(多用於對下屬)：嚴厲申斥了他一頓。
【申敕】shēnchì ㄕㄣ ㄔˋ 同'申飭'①。
【申飭】shēnchì ㄕㄣ ㄔˋ ❶〈書〉告誡。也作申敕。❷同'申斥'。
【申令】shēnlìng ㄕㄣ ㄌㄧㄥˋ 下令；命令：申令全國。
【申明】shēnmíng ㄕㄣ ㄇㄧㄥˊ 鄭重說明：申明理由。
【申請】shēnqǐng ㄕㄣ ㄑㄧㄥˇ 向上級或有關部門說明理由，提出請求：申請書｜申請助學金。
【申時】shēnshí ㄕㄣ ㄕˊ 舊式計時法指下午三點鐘到五點鐘的時間。
【申述】shēnshù ㄕㄣ ㄕㄨˋ 詳細說明：申述理由｜申述來意。
【申說】shēnshuō ㄕㄣ ㄕㄨㄛ 說明(理由)：反復申說。
【申訴】shēnsù ㄕㄣ ㄙㄨˋ ❶國家機關工作人員和政黨、團體成員等對所受處分不服時，向原機關或上級機關提出自己的意見。❷訴訟當事人或其他公民對已發生效力的判決或裁定不服時，依法向法院提出重新處理的要求。
【申討】shēntǎo ㄕㄣ ㄊㄠˇ 聲討。
【申屠】Shēntú ㄕㄣ ㄊㄨˊ 姓。
【申謝】shēnxiè ㄕㄣ ㄒㄧㄝˋ 表示謝意。
【申雪】shēnxuě ㄕㄣ ㄒㄩㄝˇ 表白或洗雪冤屈。也作伸雪。
【申冤】shēn∥yuān ㄕㄣ∥ㄩㄢ ❶洗雪冤屈：申冤吐氣｜為民申冤。也作伸冤。❷自己申訴所受的冤屈，希望得到洗雪。

屾 shēn ㄕㄣ 〈書〉兩山並立。

伸 shēn ㄕㄣ (肢體或物體的一部分)展開：伸直｜伸展｜延伸。

【伸懶腰】shēn lǎnyāo ㄕㄣ ㄌㄢˇ ㄧㄠ 人疲乏時伸展腰和上肢。
【伸手】shēn∥shǒu ㄕㄣ∥ㄕㄡˇ ❶伸出手。比喻向別人或組織要(東西、榮譽等)：有困難我們自己解決，不向國家伸手。❷指插手(含貶義)。
【伸縮】shēnsuō ㄕㄣ ㄙㄨㄛ ❶引長和縮短；伸出和縮進：有的照相機的鏡頭能夠前後伸縮。❷比喻在數量或規模上作有限的或局部的變動：伸縮性｜沒有伸縮的餘地。
【伸腿】shēn∥tuǐ ㄕㄣ∥ㄊㄨㄟˇ ❶鑽入；插足；佔一份好處(含厭惡意)。❷(伸腿兒)指人死亡(含詼諧意)。
【伸雪】shēnxuě ㄕㄣ ㄒㄩㄝˇ 同'申雪'。
【伸延】shēnyán ㄕㄣ ㄧㄢˊ 延伸：公路一直伸延到山腳下。
【伸腰】shēn∥yāo ㄕㄣ∥ㄧㄠ 挺直身體。比喻不再受人欺侮。
【伸冤】shēn∥yuān ㄕㄣ∥ㄩㄢ 同'申冤'①。
【伸展】shēnzhǎn ㄕㄣ ㄓㄢˇ 向一定方向延長或擴展：金色的麥田一直伸展到遠遠的天邊。
【伸張】shēnzhāng ㄕㄣ ㄓㄤ 擴大(多指抽象事物)：伸張正義。

身 shēn ㄕㄣ ❶身體：身上｜轉過身去｜身高五尺｜翻了一個身。❷指生命：奮不顧身。❸自己；本身：以身作則｜身先士卒｜身臨其境｜身為領導，當然應該走在群眾的前面。❹人的品格和修養：修身｜立身處世。❺物體的中部或主要部分：車身｜河身｜船身｜機身。❻(身兒)量詞，用於衣服：換了身衣裳｜做兩身兒制服。

【身敗名裂】shēn bài míng liè ㄕㄣ ㄅㄞˋ ㄇㄧㄥˊ ㄌㄧㄝˋ 地位喪失，名譽掃地。
【身板】shēnbǎn ㄕㄣ ㄅㄢˇ (身板兒)身體；體格：他七十多了，身板兒還挺結實。
【身邊】shēnbiān ㄕㄣ ㄅㄧㄢ ❶身體的近旁：年老多病的人身邊需要有人照料。❷指身上：我身邊沒有帶錢，你給我先墊一下。
【身材】shēncái ㄕㄣ ㄘㄞˊ 身體的高矮和胖瘦：身材高大｜身材苗條。
【身長】shēncháng ㄕㄣ ㄔㄤˊ ❶人體的高度。❷衣服從肩到下襬的長度。
【身段】shēnduàn ㄕㄣ ㄉㄨㄢˋ ❶女性的身材或身體的姿態：身段優美。❷戲曲演員在舞台上表演的各種舞蹈化的動作。
【身分】shēn·fen ㄕㄣ ·ㄈㄣ 同'身份'。
【身份】shēn·fen ㄕㄣ ·ㄈㄣ ❶指自身所處的地位：他是甚麼身份？｜她以主人的身份發出邀請｜他以受害人家屬的身份要求法庭嚴懲被告。❷指受人尊重的地位：有失身份｜他是位有身份的人。❸〈方〉(身份兒)物品的質量：這布身份不壞。‖也作身分。
【身高】shēngāo ㄕㄣ ㄍㄠ 人體的高度。
【身後】shēnhòu ㄕㄣ ㄏㄡˋ 指死後。
【身家】shēnjiā ㄕㄣ ㄐㄧㄚ ❶本人和家庭：身家性命。❷舊時指家庭出身：身家清白。
【身價】shēnjià ㄕㄣ ㄐㄧㄚˋ ❶人身買賣的價格。❷指一個人的社會地位：身價百倍。
【身教】shēnjiào ㄕㄣ ㄐㄧㄠˋ 用自己的行動做榜樣：言傳身教｜身教重於言教。
【身歷】shēnlì ㄕㄣ ㄌㄧˋ 親身經歷：身歷其境。
【身歷聲】shēnlìshēng ㄕㄣ ㄌㄧˋ ㄕㄥ 〈方〉立體聲。
【身量】shēn·liang ㄕㄣ ·ㄌㄧㄤ (身量兒)人的身材；個子：身量不高。
【身軀】shēnqū ㄕㄣ ㄑㄩ 身體；身材：健壯的

身軀｜身軀高大。

【身上】shēn·shang ㄕㄣ ·ㄕㄤ ❶身體上：身上穿一件灰色制服｜你身上不舒服，早點去休息吧◇希望寄託在青年人身上。❷隨身(攜帶)：身上沒帶筆。

【身世】shēnshì ㄕㄣ ㄕˋ 指人生的經歷、遭遇(多指不幸的)：身世淒涼。

【身手】shēnshǒu ㄕㄣ ㄕㄡˇ 本領：好身手｜大顯身手。

【身受】shēnshòu ㄕㄣ ㄕㄡˋ 親身受到：感同身受｜身受其害。

【身體】shēntǐ ㄕㄣ ㄊㄧˇ 一個人或一個動物的生理組織的整體，有時專指軀幹和四肢。

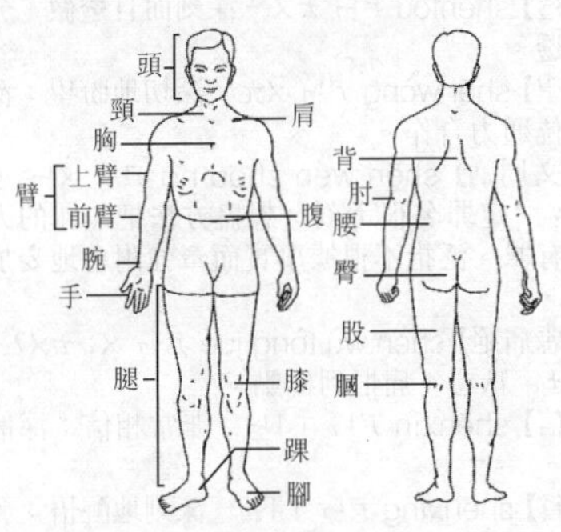

人的身體

【身體力行】shēn tǐ lì xíng ㄕㄣ ㄊㄧˇ ㄌㄧˋ ㄒㄧㄥˊ 親身體驗，努力實行。

【身條兒】shēntiáor ㄕㄣ ㄊㄧㄠㄦˊ 身材；個子：瘦瘦的身條兒｜身條兒勻稱。

【身外之物】shēn wài zhī wù ㄕㄣ ㄨㄞˋ ㄓ ㄨˋ 個人身體以外的東西(指財產等，表示無足輕重的意思)。

【身先士卒】shēn xiān shì zú ㄕㄣ ㄒㄧㄢ ㄕˋ ㄗㄨˊ 作戰時將帥親自帶頭，衝在士兵前面。現多用來比喻領導帶頭走在群眾前面。

【身心】shēnxīn ㄕㄣ ㄒㄧㄣ 身體和精神：大力開展文娛體育活動，增進職工身心健康。

【身影】shēnyǐng ㄕㄣ ㄧㄥˇ 從遠處看到的身體的模糊形象。

【身孕】shēnyùn ㄕㄣ ㄩㄣˋ 懷了胎兒的現象：有了三個月的身孕。

【身子】shēn·zi ㄕㄣ ·ㄗ ❶身體：身子不大舒服。❷身孕：她已經有了六七個月的身子。

【身子骨兒】shēn·zigǔr ㄕㄣ ·ㄗㄍㄨㄦˇ 〈方〉體格；身體：身子骨兒結實。

呻 shēn ㄕㄣ 〈書〉吟誦。

【呻吟】shēnyín ㄕㄣ ㄧㄣˊ 指人因痛苦而發出聲音：病人在牀上呻吟。

侁 shēn ㄕㄣ ［侁侁］〈書〉形容眾多。

珅 shēn ㄕㄣ 〈書〉一種玉。

砷 shēn ㄕㄣ 非金屬元素，符號 As (arsenium)。有灰、黃、黑三種同素異形體，有毒。用於製硬質合金，砷的化合物用做殺菌劑和殺蟲劑。舊稱砒(pī)。

莘[1]〔莘〕 shēn ㄕㄣ ［莘莘］〈書〉形容眾多：莘莘學子。

莘[2]〔莘〕 Shēn ㄕㄣ ❶莘縣，在山東。❷姓。

另見1272頁 xīn。

甡 shēn ㄕㄣ ［甡甡］〈書〉形容眾多。

娠 shēn ㄕㄣ 〈書〉懷孕：妊娠。

深 shēn ㄕㄣ ❶從上到下或從外到裏的距離大(跟'淺'相對，③④⑤⑥同)：深耕｜深山｜這院子很深。❷深度：這裏的河水只有三尺深｜這間屋子寬一丈，深一丈四。❸深奧：由淺入深｜這本書很深，初學的人不容易看懂。❹深刻；深入：深談｜影響很深。❺(感情)厚；(關係)密切：深情厚誼｜兩人的關係很深。❻(顏色)濃：深紅｜深綠｜顏色太深。❼距離開始的時間很久：深秋｜夜已經很深了。❽很；十分：深知｜深信｜深恐｜深表同情｜深有此感。

【深奧】shēn'ào ㄕㄣ ㄠˋ (道理、含義)高深不易了解：深奧的道理。

【深閉固拒】shēn bì gù jù ㄕㄣ ㄅㄧˋ ㄍㄨˋ ㄐㄩˋ 比喻堅決不接受新事物或別人的意見。

【深藏若虛】shēn cáng ruò xū ㄕㄣ ㄘㄤˊ ㄖㄨㄛˋ ㄒㄩ 形容把寶貴的東西收藏起來，好像沒有這東西似的(見於《史記·老莊申韓列傳》)。比喻人有知識才能但不愛在人前表現。

【深層】shēncéng ㄕㄣ ㄘㄥˊ ❶較深的層次。❷深入的；更進一步的：深層原因｜深層意義。

【深長】shēncháng ㄕㄣ ㄔㄤˊ (意思)深刻而耐人尋味：意味深長｜用意深長。

【深沈】shēnchén ㄕㄣ ㄔㄣˊ ❶形容程度深：暮色深沈｜深沈的夜｜深沈的哀悼。❷(聲音)低沈：鐵鎬碰着凍硬的土地，發出深沈的聲響。❸沈着持重；思想感情不外露：深沈的微笑｜這人很深沈，不容易捉摸。

【深仇大恨】shēn chóu dà hèn ㄕㄣ ㄔㄡˊ ㄉㄚˋ ㄏㄣˋ 極深極大的仇恨。

【深度】shēndù ㄕㄣ ㄉㄨˋ ❶深淺的程度；向下或向裏的距離：測量河水的深度。❷(工作、認識)觸及事物本質的程度：對這個問題大家理解的深度不一致。❸事物向更高階段發展的程度：向生產的深度和廣度進軍。❹程度很深的：深度近視。

【深更半夜】shēngēng-bànyè ㄕㄣ ㄍㄥ ㄅㄢˋ ㄧㄝˋ 深夜。

【深溝高壘】shēn gōu gāo lěi ㄕㄣ ㄍㄡ ㄍㄠ ㄌㄟˇ 很深的壕溝和高大的營壘，指堅固的防禦工事。

【深廣】shēnguǎng ㄕㄣ ㄍㄨㄤˇ 程度深，範圍大：影響深廣｜見識深廣。

【深閨】shēnguī ㄕㄣ ㄍㄨㄟ 舊時指富貴人家的女子所住的閨房(多在住宅的最裏面)。

【深海】shēnhǎi ㄕㄣ ㄏㄞˇ 水深超過200米的海域。

【深厚】shēnhòu ㄕㄣ ㄏㄡˋ ❶(感情)濃厚：深厚的友誼｜深厚的感情。❷(基礎)堅實：這一帶是老根據地，群眾基礎非常深厚。

【深呼吸】shēnhūxī ㄕㄣ ㄏㄨ ㄒㄧ 盡力吸氣然後盡力呼出。

【深化】shēnhuà ㄕㄣ ㄏㄨㄚˋ ❶向更深的階段發展：矛盾深化｜認識不斷深化。❷使向更深的階段發展：深化改革。

【深加工】shēnjiāgōng ㄕㄣ ㄐㄧㄚ ㄍㄨㄥ 對產品作進一步的、更精細的加工：逐步提高深加工產品出口的比重。

【深交】shēnjiāo ㄕㄣ ㄐㄧㄠ ❶深厚的交情：我和他往日並無深交。❷密切地交往：你不願和他深交，也不要得罪他。

【深究】shēnjiū ㄕㄣ ㄐㄧㄡ 認真追究：對這些小事不必深究。

【深居簡出】shēn jū jiǎn chū ㄕㄣ ㄐㄩ ㄐㄧㄢˇ ㄔㄨ 平日老在家裏呆着，很少出門。

【深刻】shēnkè ㄕㄣ ㄎㄜˋ ❶達到事情或問題的本質的：深刻剖析｜這篇文章內容深刻，見解精闢。❷內心感受程度很大的：印象深刻｜深刻的體會。

【深謀遠慮】shēn móu yuǎn lǜ ㄕㄣ ㄇㄡˊ ㄩㄢˇ ㄌㄩˋ 周密地計劃，往長遠裏考慮。

【深淺】shēnqiǎn ㄕㄣ ㄑㄧㄢˇ ❶深淺的程度：你去打聽一下這裏河水的深淺，能不能蹚水過去。❷比喻分寸：說話沒深淺。

【深切】shēnqiè ㄕㄣ ㄑㄧㄝˋ ❶深摯而親切：深切的關懷｜深切的懷念。❷深刻而切實：深切地了解。

【深情】shēnqíng ㄕㄣ ㄑㄧㄥˊ ❶深厚的感情：無限深情｜滿懷深情｜深情厚誼。❷感情深厚：他站在高台上，深情地望着家鄉的土地。

【深秋】shēnqiū ㄕㄣ ㄑㄧㄡ 秋季的末期。

【深入】shēnrù ㄕㄣ ㄖㄨˋ ❶透過外部，達到事物內部或中心：孤軍深入｜深入實際｜深入人心。❷深刻；透徹：深入地分析｜這個問題需要作深入的調查研究。

【深入淺出】shēn rù qiǎn chū ㄕㄣ ㄖㄨˋ ㄑㄧㄢˇ ㄔㄨ 指文章或言論的內容很深刻，措辭卻淺顯易懂。

【深山】shēnshān ㄕㄣ ㄕㄢ 山裏山外距離遠、人不常到的山嶺：深山老林常有野獸出沒。

【深水炸彈】shēnshuǐ zhàdàn ㄕㄣ ㄕㄨㄟˇ ㄓㄚˋ ㄉㄢˋ 一種到水下預定深度時爆炸的炸彈。由艦艇或飛機投放，主要用於炸毀在水下的敵方潛艇等。

【深思】shēnsī ㄕㄣ ㄙ 深刻地思考：好學深思。

【深思熟慮】shēn sī shú lǜ ㄕㄣ ㄙ ㄕㄨˊ ㄌㄩˋ 深入細緻地考慮。

【深邃】shēnsuì ㄕㄣ ㄙㄨㄟˋ ❶深①：深邃的山谷。❷深奧：哲理深邃。

【深談】shēntán ㄕㄣ ㄊㄢˊ 深入地交談：我們見過面，但沒有深談。

【深通】shēntōng ㄕㄣ ㄊㄨㄥ 精通：深通傣語。

【深透】shēntòu ㄕㄣ ㄊㄡˋ 深刻而且透徹：分析深透。

【深望】shēnwàng ㄕㄣ ㄨㄤˋ 深切地盼望：深望諸位通力合作。

【深文周納】shēn wén zhōu nà ㄕㄣ ㄨㄣˊ ㄓㄡ ㄋㄚˋ 定罪名很苛刻，想盡方法把無罪的人定成有罪。泛指不根據事實而牽強附會地妄加罪名。

【深惡痛絕】shēn wù tòng jué ㄕㄣ ㄨˋ ㄊㄨㄥˋ ㄐㄩㄝˊ 厭惡、痛恨到極點。

【深信】shēnxìn ㄕㄣ ㄒㄧㄣˋ 非常相信：深信不疑。

【深省】shēnxǐng ㄕㄣ ㄒㄧㄥˇ 深刻地醒悟：發人深省。也作深醒。

【深醒】shēnxǐng ㄕㄣ ㄒㄧㄥˇ 同'深省'。

【深夜】shēnyè ㄕㄣ ㄧㄝˋ 指半夜以後。

【深意】shēnyì ㄕㄣ ㄧˋ 深刻的含意：話說得扼要而有深意。

【深淵】shēnyuān ㄕㄣ ㄩㄢ 很深的水：萬丈深淵。

【深遠】shēnyuǎn ㄕㄣ ㄩㄢˇ (影響、意義等)深刻而長遠。

【深造】shēnzào ㄕㄣ ㄗㄠˋ 進一步學習以達到更高的程度：出國深造。

【深宅大院】shēn zhái dà yuàn ㄕㄣ ㄓㄞˊ ㄉㄚˋ ㄩㄢˋ 一家居住的房屋多而有圍牆的大院子。

【深湛】shēnzhàn ㄕㄣ ㄓㄢˋ 精深：深湛的著作｜學識深湛｜功夫深湛。

【深摯】shēnzhì ㄕㄣ ㄓˋ 深厚而真誠：深摯的友誼。

【深重】shēnzhòng ㄕㄣ ㄓㄨㄥˋ (罪孽、災難、危機、苦悶等)程度高：罪孽深重｜深重的災難。

紳(绅) shēn ㄕㄣ ❶古代士大夫束在腰間的大帶子。❷紳士：鄉紳｜土豪劣紳。

【紳耆】shēnqí ㄕㄣ ㄑㄧˊ 指舊時地方上的紳士和年老而有聲望的人。

【紳士】shēnshì ㄕㄣ ㄕˋ 指舊時地方上有勢力、有功名的人，一般是地主或退職官僚。

【紳士協定】shēnshì xiédìng ㄕㄣ ㄕˋ ㄒㄧㄝˊ ㄉㄧㄥˋ 見631頁〖君子協定〗。

參[1](参、蓡、葠) shēn ㄕㄣ 人參、黨參等的統稱。通常指人參：參茸(人參和鹿茸)｜參鬚。

參[2](参) shēn ㄕㄣ 二十八宿之一：參商。

另見107頁 cān；116頁 cēn。

【參商】shēnshāng ㄕㄣ ㄕㄤ 〈書〉❶參和商都是二十八宿之一，兩者不同時在天空中出現。比喻親友不能會面。❷比喻感情不和睦。

莘 shēn ㄕㄣ ［莘莘］〈書〉形容繁盛茂密。

詵(诜) shēn ㄕㄣ ［詵詵］〈書〉形容眾多。

駪(駪) shēn ㄕㄣ ［駪駪］〈書〉形容眾多。

燊 shēn ㄕㄣ 〈書〉熾盛。

糝(糁、籸) shēn ㄕㄣ (糝兒)穀類磨成的碎粒：玉米糝兒。

另見989頁 sǎn。

鰺(鲹) shēn ㄕㄣ 魚類的一科，身體側扁，側面呈卵圓形，鱗細，胸鰭呈鐮刀狀，尾鰭分叉。生活在海中。

shén (ㄕㄣˊ)

甚(什) shén ㄕㄣˊ 見下。
另見1022頁 shèn。'什'另見1036頁 shí。

【甚麼】shén·me ㄕㄣˊ ·ㄇㄜ 疑問代詞。❶表示疑問。a) 單用，問事物：這是甚麼？｜你找甚麼？｜他說甚麼？｜甚麼叫押韵？b) 用在名詞前面，問人或事物：甚麼人？｜甚麼事兒？｜甚麼顏色？｜甚麼地方？❷虛指，表示不確定的事物：他們仿佛在談論甚麼｜我餓了，想吃點兒甚麼。❸任指。a) 用在'也'或'都'前面，表示所說的範圍之內沒有例外：他甚麼也不怕｜只要認真學，甚麼都能學會。b) 兩個'甚麼'前後照應，表示由前者決定後者：想甚麼說甚麼｜你甚麼時候去，我也甚麼時候去。❹表示驚訝或不滿：甚麼！九點了，車還沒有開！｜這是甚麼鞋！一隻大一隻小的！❺表示責難：你笑甚麼？(不應該笑)｜你說呀！裝甚麼啞巴？(不必裝啞巴)❻表示不同意對方說的某一句話：甚麼曬一天？曬三天也曬不乾。❼用在幾個並列成分前面，表示列舉不盡：甚麼送個信兒啊，跑個腿兒啊，他都幹得了。

【甚麼的】shén·me·de ㄕㄣˊ ·ㄇㄜ ·ㄉㄜ 用在一個成分或並列的幾個成分之後，表示'…之類'的意思：他就喜歡看文藝作品甚麼的｜修修機器，畫個圖樣甚麼的，他都能對付。

神 shén ㄕㄣˊ ❶宗教指天地萬物的創造者和統治者，迷信的人指神仙或能力、德行高超的人物死後的精靈：神位｜財神｜無神論｜多神教。❷神話傳說中的人物，有超人的能力：料事如神｜用兵如神。❸特別高超或出奇，令人驚異的；神妙：神速｜神效｜這事真是越說越神了。❹精神；精力：凝神｜費神｜聚精會神｜兩目炯炯有神。❺(神兒)神氣：神色｜神情｜瞧他那個神兒，準是有甚麼心事。❻〈方〉聰明；機靈：瞧！這孩子真神。❼(Shén)姓。

【神奧】shén'ào ㄕㄣˊ ㄠˋ 神秘；奧妙：日蝕和月蝕是一種自然現象，不像迷信的人所說的那麼神奧。

【神不守舍】shén bù shǒu shè ㄕㄣˊ ㄅㄨˋ ㄕㄡˇ ㄕㄜˋ 指神魂不定(舍：這裏指人的軀體)。

【神不知，鬼不覺】shén bù zhī, guǐ bù jué ㄕㄣˊ ㄅㄨˋ ㄓ,ㄍㄨㄟˇ ㄅㄨˋ ㄐㄩㄝˊ 形容做事極為隱秘，別人一點也不知道。

【神采】shéncǎi ㄕㄣˊ ㄘㄞˇ 人面部的神氣和光采：神采飛揚｜神采奕奕(精神飽滿的樣子)。

【神差鬼使】shén chāi guǐ shǐ ㄕㄣˊ ㄔㄞ ㄍㄨㄟˇ ㄕˇ 見432頁〖鬼使神差〗。

【神馳】shénchí ㄕㄣˊ ㄔˊ 心思飛向(某種境界)：神馳心往｜神馳故國。

【神出鬼沒】shén chū guǐ mò ㄕㄣˊ ㄔㄨ ㄍㄨㄟˇ ㄇㄛˋ 比喻變化巧妙迅速，或一會兒出現，一會兒隱沒，不容易捉摸(多指用兵出奇制勝，讓敵人摸不着頭腦)。

【神道】[1] shéndào ㄕㄣˊ ㄉㄠˋ ❶迷信的人關於鬼神禍福的說法。❷神①。

【神道】[2] shéndào ㄕㄣˊ ㄉㄠˋ 墓道：神道碑。

【神道碑】shéndàobēi ㄕㄣˊ ㄉㄠˋ ㄅㄟ 墓道前記載死者事迹的石碑。也指這種碑上的文字。

【神甫】shén·fu ㄕㄣˊ ·ㄈㄨ 天主教、東正教的神職人員。過去也作神父。也叫司鐸。

【神工鬼斧】shén gōng guǐ fǔ ㄕㄣˊ ㄍㄨㄥ ㄍㄨㄟˇ ㄈㄨˇ 見432頁〖鬼斧神工〗。

【神怪】shénguài ㄕㄣˊ ㄍㄨㄞˋ 神仙和鬼怪：神怪小說。

【神漢】shénhàn ㄕㄣˊ ㄏㄢˋ 男巫師。

【神乎其神】shén hū qí shén ㄕㄣˊ ㄏㄨ ㄑㄧˊ ㄕㄣˊ 神秘奇妙到了極點。

【神化】shénhuà ㄕㄣˊ ㄏㄨㄚˋ 把人當做神來看待。

【神話】shénhuà ㄕㄣˊ ㄏㄨㄚˋ ❶關於神仙或神化的古代英雄的故事，是古代人民對自然現象和社會生活的一種天真的解釋和美麗的嚮往。❷指荒誕的無稽之談。

【神魂】shénhún ㄕㄣˊ ㄏㄨㄣˊ 精神；神志(多用於不正常時)：神魂顛倒｜神魂不定。

【神機妙算】shén jī miào suàn ㄕㄣˊ ㄐㄧ ㄇㄧㄠˋ ㄙㄨㄢˋ 驚人的機智，巧妙的謀劃。形容有預見

性，善於估計客觀情勢，決定策略。

【神交】shénjiāo ㄕㄣˊ ㄐㄧㄠ ❶指心意投合、相知很深的朋友。❷彼此沒有見過面，但精神相通，互相傾慕：二人神交已久，今日才得相見。

【神經】shénjīng ㄕㄣˊ ㄐㄧㄥ ❶把中樞神經系統的興奮傳遞給各個器官，或把各個器官的興奮傳遞給中樞神經系統的組織，是由許多神經纖維構成的。參看831頁〖腦神經〗、1469頁〖植物性神經〗。❷指精神失常：犯神經。

【神經病】shénjīngbìng ㄕㄣˊ ㄐㄧㄥ ㄅㄧㄥˋ ❶神經系統的組織發生病變或機能發生障礙的疾病，症狀是麻木、癱瘓、抽搐、昏迷等。❷精神病的俗稱。

【神經錯亂】shénjīng cuòluàn ㄕㄣˊ ㄐㄧㄥ ㄘㄨㄛˋ ㄌㄨㄢˋ 通常指犯精神病。

【神經過敏】shénjīng guòmǐn ㄕㄣˊ ㄐㄧㄥ ㄍㄨㄛˋ ㄇㄧㄣˇ ❶神經系統的感覺機能異常鋭敏的症狀，神經衰弱的患者多有這種症狀。❷通常指多疑，好大驚小怪。

【神經衰弱】shénjīng shuāiruò ㄕㄣˊ ㄐㄧㄥ ㄕㄨㄞ ㄖㄨㄛˋ 一種神經活動機能失調的病。症狀是頭痛、耳鳴、健忘、失眠、容易興奮激動並且容易疲勞等。

【神經系統】shénjīng xìtǒng ㄕㄣˊ ㄐㄧㄥ ㄒㄧˋ ㄊㄨㄥˇ 人或動物體內由神經原組成的系統，包括中樞神經系統和周圍神經系統，主要作用是使機體內部各個器官成為統一體，並能使機體適應外界的環境。

【神經質】shénjīngzhì ㄕㄣˊ ㄐㄧㄥ ㄓˋ 指人的神經過敏、膽小怯懦、情感容易衝動的性質。

【神龕】shénkān ㄕㄣˊ ㄎㄢ 供神像或祖宗牌位的小閣子。

【神來之筆】shén lái zhī bǐ ㄕㄣˊ ㄌㄞˊ ㄓ ㄅㄧˇ 指絕妙的文思或詞句。

【神聊】shénliáo ㄕㄣˊ ㄌㄧㄠˊ 漫無邊際地閑聊：他倆天南海北地神聊起來。

【神靈】shénlíng ㄕㄣˊ ㄌㄧㄥˊ 神①的總稱。

【神秘】shénmì ㄕㄣˊ ㄇㄧˋ 使人摸不透的；高深莫測的：科學技術並不是那麼神秘，只要努力鑽研，就可以掌握它。

【神妙】shénmiào ㄕㄣˊ ㄇㄧㄠˋ 非常高明、巧妙：神妙莫測｜筆法神妙。

【神明】[1] shénmíng ㄕㄣˊ ㄇㄧㄥˊ 神①的總稱：奉若神明。

【神明】[2] shénmíng ㄕㄣˊ ㄇㄧㄥˊ 指精神狀態：內疚神明｜神明不衰。

【神農】shénnóng ㄕㄣˊ ㄋㄨㄥˊ 我國古代傳說中的人物，相傳他教人從事農業生產，又親嘗百草，發明醫藥。

【神女】shénnǚ ㄕㄣˊ ㄋㄩˇ ❶女神。❷舊時指妓女。

【神品】shénpǐn ㄕㄣˊ ㄆㄧㄣˇ 絕妙的作品（多指書畫）。

【神婆】shénpó ㄕㄣˊ ㄆㄛˊ 女巫。也叫神婆子。

【神奇】shénqí ㄕㄣˊ ㄑㄧˊ 非常奇妙：這一古代傳說被人們渲染上一層神奇的色彩。

【神祇】shénqí ㄕㄣˊ ㄑㄧˊ 〈書〉'神'指天神，'祇'指地神，'神祇'泛指神。

【神氣】shén·qì ㄕㄣˊ ·ㄑㄧˋ ❶神情：團長的神氣很嚴肅｜他説話的神氣特別認真。❷精神飽滿：戰士們穿上新軍裝，顯得很神氣。❸自以為優越而表現出得意或傲慢的樣子：神氣活現。

【神槍手】shénqiāngshǒu ㄕㄣˊ ㄑㄧㄤ ㄕㄡˇ 用槍射擊非常準確的人。

【神情】shénqíng ㄕㄣˊ ㄑㄧㄥˊ 人臉上所顯露的內心活動：神情抑鬱｜他臉上露出愉快的神情。

【神權】shénquán ㄕㄣˊ ㄑㄩㄢˊ ❶迷信的人認為鬼神所具有的支配人們命運的權力。❷奴隸社會、封建社會的最高統治者宣揚他們的統治權力是神所賦予的，所以把這種統治權力叫做神權。

【神人】shénrén ㄕㄣˊ ㄖㄣˊ ❶神仙；道家指得道的人。❷儀表不凡的人。

【神色】shénsè ㄕㄣˊ ㄙㄜˋ 神情：神色匆忙｜神色自若。

【神傷】shénshāng ㄕㄣˊ ㄕㄤ 〈書〉心中傷感；精神頹喪：黯然神傷。

【神神道道】shén·shendāodāo ㄕㄣˊ ·ㄕㄣ ㄉㄠ ㄉㄠ 形容言談舉止失常的樣子：他成天神神道道的，也不知道在幹些甚麼。也説神神叨叨(shén·shendāodāo)。

【神聖】shénshèng ㄕㄣˊ ㄕㄥˋ 極其崇高而莊嚴的；不可褻瀆的：神聖的使命｜我國的神聖領土，不容侵犯。

【神聖同盟】shénshèng tóngméng ㄕㄣˊ ㄕㄥˋ ㄊㄨㄥˊ ㄇㄥˊ 1815年拿破侖一世的帝國崩潰後，俄國、普魯士和奧地利三國君主在巴黎訂約結成的反動同盟。它的目的是為了鎮壓歐洲各國人民的革命運動和民族解放運動。現也用來指反動勢力之間的同盟或合作。

【神使鬼差】shén shǐ guǐ chāi ㄕㄣˊ ㄕˇ ㄍㄨㄟˇ ㄔㄞ 見432頁〖鬼使神差〗。

【神思】shénsī ㄕㄣˊ ㄙ 精神；心緒：神思不定。

【神似】shénsì ㄕㄣˊ ㄙˋ 精神實質上相似；極相似：他畫的蟲鳥，栩栩如生，十分神似。

【神速】shénsù ㄕㄣˊ ㄙㄨˋ 速度快得驚人：收效神速｜兵貴神速。

【神算】shénsuàn ㄕㄣˊ ㄙㄨㄢˋ ❶準確的推測。❷神妙的計謀。

【神態】shéntài ㄕㄣˊ ㄊㄞˋ 神情態度：神態自若。

【神通】shéntōng ㄕㄣˊ ㄊㄨㄥ 原是佛教用語，

指無所不能的力量，今指特別高明的本領：神通廣大｜大顯神通。

【神童】shéntóng ㄕㄣˊ ㄊㄨㄥˊ 指特別聰明的兒童。

【神往】shénwǎng ㄕㄣˊ ㄨㄤˇ 心裏嚮往：心馳神往｜黃山雲海，令人神往。

【神威】shénwēi ㄕㄣˊ ㄨㄟ 神奇的威力：大顯神威。

【神位】shénwèi ㄕㄣˊ ㄨㄟˋ 宗廟、祠堂中或祭祀時設立的牌位。

【神武】shénwǔ ㄕㄣˊ ㄨˇ 〈書〉英明威武(多用於稱道帝王將相)：神武雄才。

【神物】shénwù ㄕㄣˊ ㄨˋ 〈書〉❶神奇的東西。❷指神仙。

【神悟】shénwù ㄕㄣˊ ㄨˋ 〈書〉敏捷的理解力。

【神仙】shén·xiān ㄕㄣˊ ·ㄒㄧㄢ ❶神話傳說中的人物，有超人的能力，可以超脫塵世，長生不老。❷比喻能預料或猜透事情的人。❸比喻逍遙自在、毫無拘束和牽掛的人。

【神像】shénxiàng ㄕㄣˊ ㄒㄧㄤˋ ❶神佛的圖像、塑像。❷舊時指遺像。

【神效】shénxiào ㄕㄣˊ ㄒㄧㄠˋ 驚人的效驗；神奇的功效。

【神學】shénxué ㄕㄣˊ ㄒㄩㄝˊ 援用唯心主義哲學來論證神的存在、本質和宗教教義的一種學說。

【神醫】shényī ㄕㄣˊ ㄧ 指醫術非常高明的醫生。

【神異】shényì ㄕㄣˊ ㄧˋ ❶神怪：神異小說。❷神奇：神異景色。

【神勇】shényǒng ㄕㄣˊ ㄩㄥˇ 形容人非常勇猛：神勇無敵。

【神遊】shényóu ㄕㄣˊ ㄧㄡˊ 〈書〉感覺中好像親遊某地：故國神遊｜神遊天外。

【神宇】shényǔ ㄕㄣˊ ㄩˇ 〈書〉神情儀表。

【神韵】shényùn ㄕㄣˊ ㄩㄣˋ 精神韵致(多用於藝術作品)：他不過淡淡幾筆，卻把這幅山水點染得很有神韵。

【神職人員】shénzhí rényuán ㄕㄣˊ ㄓˊ ㄖㄣˊ ㄩㄢˊ 天主教、東正教等教會中負責宗教事務的專職人員。

【神志】shénzhì ㄕㄣˊ ㄓˋ 知覺和理智：神志不清｜神志模糊。

【神智】shénzhì ㄕㄣˊ ㄓˋ 精神智慧。

【神州】shénzhōu ㄕㄣˊ ㄓㄡ 戰國時人騶衍稱中國'赤縣神州'(見於《史記·孟子荀卿列傳》)，後世用'神州'做中國的代稱。

【神主】shénzhǔ ㄕㄣˊ ㄓㄨˇ 寫着死人名字的狹長的小木牌，是供奉和祭祀的對象。

shěn (ㄕㄣˇ)

沈 Shěn ㄕㄣˇ 姓。另見138頁 chén；1022頁 shěn'瀋'。

哂 shěn ㄕㄣˇ 〈書〉微笑：不值一哂。

【哂納】shěnnà ㄕㄣˇ ㄋㄚˋ 客套話，用於請人收下禮物。

【哂笑】shěnxiào ㄕㄣˇ ㄒㄧㄠˋ 〈書〉譏笑：為行家所哂笑。

矧 shěn ㄕㄣˇ 〈書〉況且。

諗(谂) shěn ㄕㄣˇ 〈書〉❶知道：諗知｜諗悉。❷勸告。

審[1](审) shěn ㄕㄣˇ ❶詳細；周密：審慎｜審視。❷審查：審閱｜審稿。❸審訊：審案｜公審｜三堂會審。

審[2](审、譋) shěn ㄕㄣˇ 〈書〉知道：審悉。

審[3](审) shěn ㄕㄣˇ 〈書〉的確；果然：審如其言。

【審查】shěnchá ㄕㄣˇ ㄔㄚˊ 檢查核對是否正確、妥當(多指計劃、提案、著作、個人的資歷等)：審查提案｜審查經費｜審查屬實。

【審察】shěnchá ㄕㄣˇ ㄔㄚˊ ❶仔細觀察。❷審查。

【審處】shěnchǔ ㄕㄣˇ ㄔㄨˇ ❶審判處理。❷審查處理。

【審定】shěndìng ㄕㄣˇ ㄉㄧㄥˋ 審查決定：審定計劃。

【審訂】shěndìng ㄕㄣˇ ㄉㄧㄥˋ 審閱修訂：審訂書稿。

【審讀】shěndú ㄕㄣˇ ㄉㄨˊ 審閱：審讀書稿。

【審改】shěngǎi ㄕㄣˇ ㄍㄞˇ 審查修改：審改文稿。

【審核】shěnhé ㄕㄣˇ ㄏㄜˊ 審查核定(多指書面材料或數字材料)：審核經費｜審核預算。

【審計】shěnjì ㄕㄣˇ ㄐㄧˋ 指由專設機關對國家各級政府及金融機構、企業事業組織的財務收支進行事前和事後的審查。

【審結】shěnjié ㄕㄣˇ ㄐㄧㄝˊ 審理結束，做出判決：這一刑事案件已經審結。

【審理】shěnlǐ ㄕㄣˇ ㄌㄧˇ 審查處理(案件)：依法審理｜這一案件的審理工作正在進行。

【審美】shěnměi ㄕㄣˇ ㄇㄟˇ 領會事物或藝術品的美：審美觀點。

【審判】shěnpàn ㄕㄣˇ ㄆㄢˋ 審理和判決(案件)。

【審批】shěnpī ㄕㄣˇ ㄆㄧ 審查批示(下級呈報上級的書面計劃、報告等)：報請上級審批。

【審慎】shěnshèn ㄕㄣˇ ㄕㄣˋ 周密而謹慎：審慎地考慮。

【審時度勢】shěn shí duó shì ㄕㄣˇ ㄕˊ ㄉㄨㄛˊ ㄕˋ 了解時勢的特點，估計情況的變化。

【審視】shěnshì ㄕㄣˇ ㄕˋ 仔細看：審視圖紙。

【審題】shěn//tí ㄕㄣˇ // ㄊㄧˊ 做文章或答題前仔細了解題目的要求。

【審問】shěnwèn ㄕㄣˇ ㄨㄣˋ 審訊。
【審訊】shěnxùn ㄕㄣˇ ㄒㄩㄣˋ 公安機關、檢察機關或法院向民事案件中的當事人或刑事案件中的自訴人、被告人查問有關案件的事實。
【審議】shěnyì ㄕㄣˇ ㄧˋ 審查討論：計劃草案提交大會審議。
【審閱】shěnyuè ㄕㄣˇ ㄩㄝˋ 審查閱讀：審閱制訂的方案｜審閱各班組送來的報告。

瞫 shěn ㄕㄣˇ 〈書〉往深處看。

瀋1(沈) shěn ㄕㄣˇ 瀋陽(Shěnyáng ㄕㄣˇ ㄧㄤˊ)，市名，在遼寧。

瀋2(沈) shěn ㄕㄣˇ 〈書〉汁：墨瀋未乾。
'沈'另見138頁 chén；1021頁 shěn。

嬸(婶) shěn ㄕㄣˇ (嬸兒) ❶嬸母：二嬸｜三嬸兒。❷稱呼跟母親輩分相同而年紀較小的已婚婦女：大嬸兒｜張二嬸。
【嬸母】shěnmǔ ㄕㄣˇ ㄇㄨˇ 叔父的妻子。
【嬸娘】shěnniáng ㄕㄣˇ ㄋㄧㄤˊ 〈方〉嬸母。
【嬸婆】shěnpó ㄕㄣˇ ㄆㄛˊ 丈夫的嬸母。
【嬸嬸】shěn·shen ㄕㄣˇ ·ㄕㄣ 嬸母。
【嬸子】shěn·zi ㄕㄣˇ ·ㄗ 嬸母。

shèn (ㄕㄣˋ)

甚1 shèn ㄕㄣˋ ❶很；極：甚佳｜欺人太甚。❷超過；勝過：日甚一日｜他關心他人甚於關心自己。

甚2 shèn ㄕㄣˋ 〈方〉甚麼①②③：甚事？｜有甚說甚｜那有甚要緊？
另見1019頁 shén。
【甚而】shèn'ér ㄕㄣˋ ㄦˊ 甚至。
【甚或】shènhuò ㄕㄣˋ ㄏㄨㄛˋ 〈書〉甚至。
【甚囂塵上】shèn xiāo chén shàng ㄕㄣˋ ㄒㄧㄠ ㄔㄣˊ ㄕㄤˋ 楚國跟晉國作戰，楚王登車窺探敵情，對侍臣說：'甚囂，且塵上矣。'意思是晉軍喧譁紛亂得很厲害，而且塵土也飛揚起來了(見於《左傳》成公十六年)。後來用'甚囂塵上'形容對傳聞之事議論紛紛。現多指某種言論十分囂張(含貶義)。
【甚至】shènzhì ㄕㄣˋ ㄓˋ 提出突出的事例(有更進一層的意思)：大院裏五十多歲甚至六十多歲的老年人也參加了植樹活動。也說甚至於或甚而至於。

胂 shèn ㄕㄣˋ 有機化合物的一類，是砷化氫分子中的氫原子部分或全部被烴基取代而成的衍生物。[英 arsine]

昚(眘) shèn ㄕㄣˋ 〈書〉同'慎'。多用於人名。

腎(肾) shèn ㄕㄣˋ ❶人或高等動物的主要排泄器官，形如蠶豆，在脊柱的兩側，左右各一，表面有纖維組織構成的薄膜，有血管從內緣通入腎內。血液流過時，血內的水分和溶解在水裏的物質被腎吸收，分解後形成尿，經輸尿管輸出。也叫腎臟，通稱腰子。(圖見794頁〖泌尿器〗) ❷中醫指外腎，即人的睾丸。
【腎囊】shènnáng ㄕㄣˋ ㄋㄤˊ 中醫指陰囊。
【腎上腺】shènshàngxiàn ㄕㄣˋ ㄕㄤˋ ㄒㄧㄢˋ 內分泌腺之一，共有兩個，位置在兩個腎臟的上端，分皮質和髓質兩部分。髓質分泌腎上腺素，皮質分泌的激素總稱腎上腺皮質激素，屬於類固醇化合物。也叫腎上體或副腎。(圖見794頁〖泌尿器〗)
【腎盂】shènyú ㄕㄣˋ ㄩˊ 腎臟的一部分，是圓錐形的囊狀物，下端通輸尿管。
【腎臟】shènzàng ㄕㄣˋ ㄗㄤˋ 腎。

葚〔葚〕 shèn ㄕㄣˋ 見990頁〖桑葚〗。
另見969頁 rèn。

椹 shèn ㄕㄣˋ 同'葚'。
另見1453頁 zhēn。

蜃 shèn ㄕㄣˋ 大蛤蜊。
【蜃景】shènjǐng ㄕㄣˋ ㄐㄧㄥˇ 見447頁〖海市蜃樓〗。

慎 shèn ㄕㄣˋ ❶謹慎；小心：不慎｜慎重。❷(Shèn)姓。
【慎獨】shèndú ㄕㄣˋ ㄉㄨˊ 古人的一種修養方法，指人獨處時謹慎不苟。
【慎重】shènzhòng ㄕㄣˋ ㄓㄨㄥˋ 謹慎認真：慎重處理｜慎重研究｜態度慎重。

滲(渗) shèn ㄕㄣˋ 液體慢慢地透過或漏出：滲水｜包紮傷口的綳帶上滲出了血｜雨水都滲到地裏去了。
【滲溝】shèngōu ㄕㄣˋ ㄍㄡ 在街道下面挖掘的用以排除地面積水的暗溝。
【滲井】shènjǐng ㄕㄣˋ ㄐㄧㄥˇ 滲坑。
【滲坑】shènkēng ㄕㄣˋ ㄎㄥ 挖在庭院地面之下用以排除地面積水或管道污水的坑，水流入滲坑以後逐漸滲入地層。
【滲流】shènliú ㄕㄣˋ ㄌㄧㄡˊ 液體在土壤空隙或其他透水介質中的流動，如地下水的流動、地下石油的流動。
【滲入】shènrù ㄕㄣˋ ㄖㄨˋ ❶液體慢慢地滲到裏面去：融化了的雪水滲入大地。❷比喻某種勢力無孔不入地鑽進來(多含貶義)。
【滲透】shèntòu ㄕㄣˋ ㄊㄡˋ ❶兩種氣體或兩種可以互相混合的液體，彼此通過多孔性的薄膜而混合。❷液體從物體的細小空隙中透過：雨水滲透了泥土。❸比喻一種事物或勢力逐漸進入到其他方面(多用於抽象事物)：經濟滲透｜在每一項建設工程上都滲透着設計人員和工人的心血。
【滲析】shènxī ㄕㄣˋ ㄒㄧ 利用半透膜(如羊皮紙、膀胱膜)使溶膠和其中所含的雜質分離。用來提純核酸、蛋白質等高分子化合物和精製膠體溶液。也叫透析。

瘮(瘆) shèn ㄕㄣˋ 使人害怕；可怕：瘮人｜夜裏一個人走山路真有點兒瘮得慌。

shēng (ㄕㄥ)

升[1](昇、❶陞) shēng ㄕㄥ ❶由低往高移動(跟'降'相對)：升旗｜上升｜旭日東升。❷(等級)提高(跟'降'相對)：升級。

升[2] shēng ㄕㄥ ❶公制容量的主單位，1升等於1,000毫升。也叫公升。參看436頁〖國際公制〗。❷容量單位。10合(gě)等於1升，10升等於1斗。現用市升，1市升合公制1升，即1,000毫升。❸量糧食的器具，容量為斗的十分之一。

【升班】shēng//bān ㄕㄥ//ㄅㄢ (學生)升級。

【升幅】shēngfú ㄕㄥ ㄈㄨˊ 上升的幅度：消費品價格升幅較大。

【升格】shēng//gé ㄕㄥ//ㄍㄜˊ 身份、地位等升高：公使升格為大使｜這個縣明年將升格為市。

【升官】shēng//guān ㄕㄥ//ㄍㄨㄢ 提升官職。

【升華】shēnghuá ㄕㄥ ㄏㄨㄚˊ ❶固態(晶體)物質不經液態直接變為氣態。樟腦、碘、萘等都容易升華。❷比喻事物的提高和精煉：藝術不就是現實生活，而是現實生活升華的結果。

【升華熱】shēnghuárè ㄕㄥ ㄏㄨㄚˊ ㄖㄜˋ 單位質量的晶體直接變成氣體時需要吸收的熱量，叫做該固體的升華熱。

【升級】shēng//jí ㄕㄥ//ㄐㄧˊ ❶從較低的等級或班級升到較高的等級或班級：產品升級換代｜考試及格，方可升級。❷指戰爭的規模擴大、事態的緊張程度加深等：戰爭升級。

【升降】shēngjiàng ㄕㄥ ㄐㄧㄤˋ 上升和下降。

【升降舵】shēngjiàngduò ㄕㄥ ㄐㄧㄤˋ ㄉㄨㄛˋ 用來調節飛機上升或下降的片狀裝置，裝在飛機的尾部，和水平面平行。

【升降機】shēngjiàngjī ㄕㄥ ㄐㄧㄤˋ ㄐㄧ 建築工地、多層建築物等載人或載物升降的機械設備。由動力機和用鋼絲繩吊着的箱狀裝置、料車或平台構成，多用電做動力。有的也叫電梯。

【升結腸】shēngjiécháng ㄕㄥ ㄐㄧㄝˊ ㄔㄤˊ 結腸的一部分，與盲腸相連，向上行，連接橫結腸。(圖見1252頁〖消化系統〗)

【升力】shēnglì ㄕㄥ ㄌㄧˋ 空氣和物體相對運動時，空氣把物體向上托的力。也叫舉力。

【升平】shēngpíng ㄕㄥ ㄆㄧㄥˊ 太平：升平氣象。

【升旗】shēng//qí ㄕㄥ//ㄑㄧˊ 把國旗、軍旗等慢慢地拉到旗杆頂上：升旗儀式。

【升遷】shēngqiān ㄕㄥ ㄑㄧㄢ 調到另一部門，職位比原來提高。

【升任】shēngrèn ㄕㄥ ㄖㄣˋ 提升擔任(職務)：他由排長升任連長。

【升水】shēngshuǐ ㄕㄥ ㄕㄨㄟˇ 調換票據或兌換貨幣時，因為比價的不同，比價高的一方向另一方收取一定的差額，叫升水。也指這種收取的差額。

【升堂入室】shēng táng rù shì ㄕㄥ ㄊㄤˊ ㄖㄨˋ ㄕˋ 比喻學問或技能由淺入深，循序漸進，達到更高的水平。也說登堂入室。

【升騰】shēngténg ㄕㄥ ㄊㄥˊ (火焰、氣體等)向上升起：火光升騰｜山頭上升騰起白濛濛的霧氣。

【升天】shēng//tiān ㄕㄥ//ㄊㄧㄢ ❶稱人死亡(迷信)。❷升上天空：衛星升天。

【升溫】shēngwēn ㄕㄥ ㄨㄣ 溫度上升。比喻事物發展程度加深或提高：當豬肉供不應求時，養豬業驟然升溫。

【升學】shēng//xué ㄕㄥ//ㄒㄩㄝˊ 由低一級的學校進入高一級的學校。

【升漲】shēngzhǎng ㄕㄥ ㄓㄤˇ 上升；高漲：革命潮流逐漸升漲。

【升帳】shēngzhàng ㄕㄥ ㄓㄤˋ 指元帥在帳中召集將士議事或發令(多見於早期白話)。現多用於比喻。

【升值】shēngzhí ㄕㄥ ㄓˊ 增加本國單位貨幣的含金量或提高本國貨幣對外幣的比價，叫做升值。

生[1] shēng ㄕㄥ ❶生育：胎生｜卵生｜生孩子｜優生優育。❷生長：生根｜生芽｜新生力量。❸生存；活(跟'死'相對)：起死回生｜貪生怕死。❹生計：謀生｜營生。❺生命：喪生｜捨生取義。❻生平：一生一世｜今生今世。❼具有生命力的；活的：生物｜生龍活虎。❽產生；發生：生病｜生效｜惹是生非。❾使柴、煤等燃燒：生火｜生爐子。❿(Shēng)姓。

生[2] shēng ㄕㄥ ❶果實沒有成熟(跟'熟'相對下②③④同)：生柿子｜這西瓜是生的。❷(食物)沒有煮過或煮得不夠的：夾生飯｜生吃瓜果要洗淨。❸沒有進一步加工或煉過的：生石膏｜生鐵。❹生疏：生人｜生字｜小孩兒認生｜剛到這裏，工作很生。❺生硬；勉強：生拉硬拽｜生搬硬套。❻很(用在少數表示感情、感覺的詞的前面)：生怕｜生恐｜生疼。

生[3] shēng ㄕㄥ ❶學習的人；學生：師生｜招生｜畢業生。❷舊時稱讀書人：書生。❸戲曲角色行當，扮演男子，有老生、小生、武生等區別。❹某些指人的名詞後綴：醫生。

生4 shēng ㄕㄥ 某些副詞的後綴，如‘好生、怎生’等。

【生搬硬套】shēng bān yìng tào ㄕㄥ ㄅㄢ ㄧㄥˋ ㄊㄠˋ 不顧實際情況機械地搬用別人的方法、經驗等。

【生變】shēng//biàn ㄕㄥ//ㄅㄧㄢˋ 發生變故：急則生變。

【生病】shēng//bìng ㄕㄥ//ㄅㄧㄥˋ (人體或動物體) 發生疾病。

【生財】shēngcái ㄕㄥ ㄘㄞˊ ❶指增加財富：生財有道。❷〈方〉指商店所用的傢具雜物。

【生財有道】shēng cái yǒu dào ㄕㄥ ㄘㄞˊ ㄧㄡˇ ㄉㄠˋ 很有發財的辦法 (多含貶義)。

【生菜】shēngcài ㄕㄥ ㄘㄞˋ ❶一年生或二年生草本植物，萵苣的變種。葉子狹長，花黃色。葉子可做蔬菜。❷這種植物的葉子。

【生產】shēngchǎn ㄕㄥ ㄔㄢˇ ❶人們使用工具來創造各種生產資料和生活資料：工業生產｜發展生產｜生產出更好的產品。❷生孩子。

【生產方式】shēngchǎn fāngshì ㄕㄥ ㄔㄢˇ ㄈㄤ ㄕˋ 人們取得物質資料的方式，包括生產力和生產關係兩個方面。生產方式決定社會的性質。

【生產工具】shēngchǎn gōngjù ㄕㄥ ㄔㄢˇ ㄍㄨㄥ ㄐㄩˋ 人在生產過程中用來改變勞動對象的器具，如機器、農具、儀器等等。生產工具的發展水平標誌着生產力發展的水平。

【生產關係】shēngchǎn guānxì ㄕㄥ ㄔㄢˇ ㄍㄨㄢ ㄒㄧˋ 人們在物質資料的生產過程中形成的社會關係。它包括生產資料所有制的形式，人們在生產中的地位和相互關係，產品分配的形式。其中起決定作用的是生產資料所有制的形式。

【生產過剩】shēngchǎn guòshèng ㄕㄥ ㄔㄢˇ ㄍㄨㄛˋ ㄕㄥˋ 指商品因社會購買力不足，找不到銷路而造成的剩餘現象。它是資本主義經濟危機的基本特徵。

【生產基金】shēngchǎn jījīn ㄕㄥ ㄔㄢˇ ㄐㄧ ㄐㄧㄣ 企業所擁有的、處在生產領域中的那部分基金。

【生產力】shēngchǎnlì ㄕㄥ ㄔㄢˇ ㄌㄧˋ 具有勞動能力的人，跟生產資料 (生產工具和勞動對象) 相結合而構成的征服、改造自然的能力。人是生產力中具有決定性的因素。生產力是生產中最活躍最革命的要素。生產力的發展水平標誌着人類征服自然界的程度。

【生產率】shēngchǎnlǜ ㄕㄥ ㄔㄢˇ ㄌㄩˋ ❶見687頁〖勞動生產率〗。❷生產設備在生產過程中的效率。

【生產綫】shēngchǎnxiàn ㄕㄥ ㄔㄢˇ ㄒㄧㄢˋ 指工業企業內部為生產某種產品設計的從材料投入到產品製成的連貫的工序，也指完成這些工序的整套設備：電視機生產綫。

【生產資料】shēngchǎn zīliào ㄕㄥ ㄔㄢˇ ㄗ ㄌㄧㄠˋ 勞動資料和勞動對象的總和。是人們從事物質資料生產時所必需的物質條件。也叫生產手段。參看687頁〖勞動資料〗、687頁〖勞動對象〗。

【生辰】shēngchén ㄕㄥ ㄔㄣˊ 生日。

【生成】shēngchéng ㄕㄥ ㄔㄥˊ ❶(自然現象) 形成；經過化學反應而形成；產生：颱風的生成必須具有一定的環境｜鋅加硫酸生成硫酸鋅和氫氣。❷生就：他生成一張巧嘴。

【生齒】shēngchǐ ㄕㄥ ㄔˇ 〈書〉長出乳齒，古時把已經長出乳齒的男女登入戶籍，後來借指人口、家口：生齒日繁。

【生詞】shēngcí ㄕㄥ ㄘˊ 不認識的或不懂得的詞。

【生湊】shēngcòu ㄕㄥ ㄘㄡˋ 勉強湊成。

【生存】shēngcún ㄕㄥ ㄘㄨㄣˊ 保存生命 (跟‘死亡’相對)：沒有空氣和水，人就無法生存。

【生存鬥爭】shēngcún dòuzhēng ㄕㄥ ㄘㄨㄣˊ ㄉㄡˋ ㄓㄥ 達爾文學說中的一個概念，認為每個生物在生活過程中都必須跟自然環境作鬥爭、跟同一物種的生物作鬥爭、跟不同物種的生物作鬥爭，其中以同一物種的生物之間的鬥爭最為劇烈；並認為在自然界裏，各種生物彼此相互影響、相互制約、相互依存。

【生地】[1] shēngdì ㄕㄥ ㄉㄧˋ ❶陌生的地方。❷生荒。

【生地】[2] shēngdì ㄕㄥ ㄉㄧˋ 藥名，未經蒸製的地黃的根，鮮的淡黃色，乾的灰褐色。也叫生地黃。

【生動】shēngdòng ㄕㄥ ㄉㄨㄥˋ 具有活力能感動人的：生動活潑｜生動的語言。

【生發】shēngfā ㄕㄥ ㄈㄚ 滋生；發展：萬年青默默地生發着根鬚，把嫩芽變成寬大的綠葉。

【生法】shēng//fǎ ㄕㄥ//ㄈㄚˇ 〈方〉設法。

【生番】shēngfān ㄕㄥ ㄈㄢ 舊時對開化較晚的民族的蔑稱。

【生分】shēng·fen ㄕㄥ ·ㄈㄣ (感情) 疏遠：都是自家人，一客氣倒顯得生分了。

【生俘】shēngfú ㄕㄥ ㄈㄨˊ 生擒；活捉 (敵人)。

【生父】shēngfù ㄕㄥ ㄈㄨˋ 生身父親。

【生根】shēng//gēn ㄕㄥ//ㄍㄣ 比喻事物建立起牢固的基礎：在群眾中生根。

【生光】shēngguāng ㄕㄥ ㄍㄨㄤ 日蝕和月蝕的過程中，月亮陰影和太陽圓面或地球陰影和月亮圓面第二次內切時的位置關係，也指發生這種位置關係的時刻。生光發生在蝕甚之後。參看1040頁〖蝕甚〗。

【生花之筆】shēng huā zhī bǐ ㄕㄥ ㄏㄨㄚ ㄓ ㄅㄧˇ 傳說李白少年時夢見筆頭生花，從此才華橫溢，名聞天下 (見於五代王仁裕《開元天寶遺事》)。比喻杰出的寫作才能。

【生還】shēnghuán ㄕㄥ ㄏㄨㄢˊ 脫離危險，活着回來：這次空難，旅客和機組人員無一生還。

【生荒地】shēnghuāngdì ㄕㄥ ㄏㄨㄤ ㄉㄧˋ 從未耕種過的土地。也叫生地或生荒。

【生活】shēnghuó ㄕㄥ ㄏㄨㄛˊ ❶人或生物為了生存和發展而進行的各種活動：政治生活｜日常生活｜觀察蜜蜂和螞蟻的生活。❷進行各種活動：跟群眾生活在一起。❸生存；一個人脱離了社會就不能生活下去。❹衣、食、住、行等方面的情況：人民的生活不斷提高。❺〈方〉活兒(主要指工業，農業，手工業方面的)：做生活｜生活忙。

【生活費】shēnghuófèi ㄕㄥ ㄏㄨㄛˊ ㄈㄟˋ 維持生活的費用。

【生活資料】shēnghuó zīliào ㄕㄥ ㄏㄨㄛˊ ㄗ ㄌㄧㄠˋ 供人們生活需要的那部分產品，如食品、衣服、住房等。也叫消費資料。

【生火】shēng∥huǒ ㄕㄥ∥ㄏㄨㄛˇ 把柴、煤等燃起來：生火做飯｜生火取暖。

【生火】shēnghuǒ ㄕㄥ ㄏㄨㄛˇ 輪船上燒鍋爐的工人。

【生機】shēngjī ㄕㄥ ㄐㄧ ❶生存的機會：一綫生機。❷生命力；活力：生機勃勃｜春風吹過，大地上充滿了生機。

【生計】shēngjì ㄕㄥ ㄐㄧˋ 維持生活的辦法；生活④：家庭生計｜另謀生計。

【生就】shēngjiù ㄕㄥ ㄐㄧㄡˋ 生來就有：他生就一張能説會道的嘴。

【生角】shēngjué ㄕㄥ ㄐㄩㄝˊ (生角兒)生³③，通常專指老生。

【生客】shēngkè ㄕㄥ ㄎㄜˋ 不認識的客人。

【生恐】shēngkǒng ㄕㄥ ㄎㄨㄥˇ 很怕；唯恐：他生恐掉隊，在後面緊追。

【生壙】shēngkuàng ㄕㄥ ㄎㄨㄤˋ 生前營造的墓穴；壽穴。

【生拉硬拽】shēng lā yìng zhuài ㄕㄥ ㄌㄚ ㄧㄥˋ ㄓㄨㄞˋ ❶形容用力拉扯，強使人聽從自己。❷比喻牽強附會。也説生拉硬扯。

【生來】shēnglái ㄕㄥ ㄌㄞˊ 從小時候起：他生來就這脾氣｜這孩子身體生來就結實。

【生老病死】shēng lǎo bìng sǐ ㄕㄥ ㄌㄠˇ ㄅㄧㄥˋ ㄙˇ 佛教認為'生、老、病、死'是人生的四苦，今泛指生活中生育、養老、醫療、殯葬等事。

【生冷】shēnglěng ㄕㄥ ㄌㄥˇ 指生的和冷的食物：病人忌生冷。

【生離死別】shēng lí sǐ bié ㄕㄥ ㄌㄧˊ ㄙˇ ㄅㄧㄝˊ 很難再見面的離別或永久的離別。

【生理】shēnglǐ ㄕㄥ ㄌㄧˇ 機體的生命活動和體內各器官的機能：生理學｜生理特點。

【生理學】shēnglǐxué ㄕㄥ ㄌㄧˇ ㄒㄩㄝˊ 研究生物的功能的學科，包括人體生理學、動物生理學、植物生理學等。

【生理鹽水】shēnglǐ yánshuǐ ㄕㄥ ㄌㄧˇ ㄧㄢˊ ㄕㄨㄟˇ 生理學實驗或臨牀上常用的滲透壓與動物或人體血漿的滲透壓相等的氯化鈉溶液。

【生力軍】shēnglìjūn ㄕㄥ ㄌㄧˋ ㄐㄩㄣ ❶新加入作戰具有強大作戰能力的軍隊。❷比喻新加入某種工作或活動能起積極作用的人員：青年人是祖國建設的生力軍。

【生料】shēngliào ㄕㄥ ㄌㄧㄠˋ 未經加工，不能直接製成產品的原料。

【生靈】shēnglíng ㄕㄥ ㄌㄧㄥˊ ❶〈書〉指百姓：生靈塗炭。❷指有生命的東西：草木生靈｜這裏有雲雀、黃鸝、畫眉，都是些可愛的小生靈。

【生靈塗炭】shēnglíng tútàn ㄕㄥ ㄌㄧㄥˊ ㄊㄨˊ ㄊㄢˋ 形容政治混亂時期人民處在極端困苦的環境中。

【生龍活虎】shēng lóng huó hǔ ㄕㄥ ㄌㄨㄥˊ ㄏㄨㄛˊ ㄏㄨˇ 形容很有生氣和活力。

【生路】shēnglù ㄕㄥ ㄌㄨˋ 維持生活或生存的途徑：另謀生路｜從包圍中殺出一條生路。

【生猛】shēngměng ㄕㄥ ㄇㄥˇ 〈方〉指活蹦亂跳的(魚蝦等)：生猛海鮮。

【生米煮成熟飯】shēng mǐ zhǔ chéng shú fàn ㄕㄥ ㄇㄧˇ ㄓㄨˇ ㄔㄥˊ ㄕㄨˊ ㄈㄢˋ 比喻事情已經做成，不能再改變(多含無可奈何之意)。

【生命】shēngmìng ㄕㄥ ㄇㄧㄥˋ 生物體所具有的活動能力，生命是蛋白質存在的一種形式：犧牲生命｜生命不息，工作不止◇學習古人語言中有生命的東西。

【生命力】shēngmìnglì ㄕㄥ ㄇㄧㄥˋ ㄌㄧˋ 指事物具有的生存、發展的能力：新生事物具有強大的生命力。

【生命綫】shēngmìngxiàn ㄕㄥ ㄇㄧㄥˋ ㄒㄧㄢˋ 比喻保證生存和發展的最根本的因素。

【生母】shēngmǔ ㄕㄥ ㄇㄨˇ 生身母親。

【生怕】shēngpà ㄕㄥ ㄆㄚˋ 生恐；很怕：我們在泥濘的山路上小心地走着，生怕滑倒了。

【生僻】shēngpì ㄕㄥ ㄆㄧˋ 不常見的；不熟悉的(詞語、文字、書籍等)：生僻字｜生僻的典故。

【生平】shēngpíng ㄕㄥ ㄆㄧㄥˊ ❶一個人生活的整個過程；一輩子：生平事迹。❷有生以來；平生：這幅畫是他生平最滿意的作品。

【生漆】shēngqī ㄕㄥ ㄑㄧ 漆樹樹幹的表皮割開後流出的樹脂，乳白色，跟空氣接觸後逐漸變成黑色。用做塗料，也是製油漆的原料。也叫大漆。

【生氣】shēng∥qì ㄕㄥ∥ㄑㄧˋ 因不合心意而不愉快：孩子考試成績很差，媽媽非常生氣｜快去認個錯吧，他還在生你的氣呢！

【生氣】shēngqì ㄕㄥ ㄑㄧˋ 生命力；活力：生氣勃勃｜青年是最有生氣的。

【生前】shēngqián ㄕㄥ ㄑㄧㄢˊ 指死者還活着的時候：生前友好。

【生擒】shēngqín ㄕㄥ ㄑㄧㄣˊ 活捉(敵人、盜匪

等)：生擒活捉。

【生趣】shēngqù ㄕㄥ ㄑㄩˋ 生活的情趣：生趣盎然。

【生人】shēng//rén ㄕㄥ// ㄖㄣˊ (人)出生：他是1949年生人。

【生人】shēngrén ㄕㄥ ㄖㄣˊ 不認識的人：孩子怕見生人。

【生日】shēng·ri ㄕㄥ ·ㄖ (人)出生的日子。也指每年滿週歲的那一天◇七月一日是中國共產黨的生日。

【生色】shēngsè ㄕㄥ ㄙㄜˋ 增添光彩：他的精彩表演使晚會生色不少。

【生澀】shēngsè ㄕㄥ ㄙㄜˋ (言詞、文字等)不流暢，不純熟。

【生殺予奪】shēng shā yǔ duó ㄕㄥ ㄕㄚ ㄩˇ ㄉㄨㄛˊ 指統治者掌握生死、賞罰的大權。

【生身】shēngshēn ㄕㄥ ㄕㄣ 生育自己的：生身父母。

【生生世世】shēngshēngshìshì ㄕㄥ ㄕㄥ ㄕˋ ㄕˋ 佛教認為眾生不斷輪迴，'生生世世'指每次生在世上的時候，就是每一輩子的意思。現在借指一代又一代；輩輩。

【生石膏】shēngshígāo ㄕㄥ ㄕˊ ㄍㄠ 石膏。

【生石灰】shēngshíhuī ㄕㄥ ㄕˊ ㄏㄨㄟ 無機化合物，化學式CaO。白色無定形固體，由石灰石煅燒而成。遇水碎裂，並放出大量的熱。是常用的建築材料，也用做殺蟲劑和殺菌劑。也叫煅石灰。

【生事】shēng//shì ㄕㄥ// ㄕˋ 製造糾紛；惹事：造謠生事｜這人脾氣很壞，容易生事。

【生手】shēngshǒu ㄕㄥ ㄕㄡˇ 新做某項工作，對工作還不熟悉的人。

【生疏】shēngshū ㄕㄥ ㄕㄨ ❶沒有接觸過或很少接觸的：人地生疏｜業務生疏。❷因長期不用而不熟練：技藝生疏｜手法生疏。❸疏遠；不親近：感情生疏。

【生水】shēngshuǐ ㄕㄥ ㄕㄨㄟˇ 沒有燒開過的水。

【生絲】shēngsī ㄕㄥ ㄙ 用繭繅製成的絲，是絲紡工業的原料。

【生死】shēngsǐ ㄕㄥ ㄙˇ ❶生存和死亡：生死關頭｜生死與共｜同生死，共患難。❷同生共死。形容情誼極深：生死弟兄｜生死之交。

【生死存亡】shēng sǐ cún wáng ㄕㄥ ㄙˇ ㄘㄨㄣˊ ㄨㄤˊ 或者生存，或者死亡。形容事關重大或形勢極端危急。

【生死攸關】shēng sǐ yōu guān ㄕㄥ ㄙˇ ㄧㄡ ㄍㄨㄢ 關係到人的生存和死亡(攸：所)。

【生死與共】shēng sǐ yǔ gòng ㄕㄥ ㄙˇ ㄩˇ ㄍㄨㄥˋ 生一起生，死一起死。形容情誼很深。

【生態】shēngtài ㄕㄥ ㄊㄞˋ 指生物在一定的自然環境下生存和發展的狀態。也指生物的生理特性和生活習性：保持生態平衡。

【生態平衡】shēngtài pínghéng ㄕㄥ ㄊㄞˋ ㄆㄧㄥˊ ㄏㄥˊ 一個生物群落及其生態系統之中，各種對立因素互相制約而達到的相對穩定的平衡。如麻雀吃果樹害蟲，同時它的數量又受到天敵(如猛禽等)的控制，三者的數量在自然界中達到一定的平衡，要是為了防止麻雀偷吃穀物而濫殺，就會破壞這種平衡，造成果樹害蟲猖獗。

【生態學】shēngtàixué ㄕㄥ ㄊㄞˋ ㄒㄩㄝˊ 研究生物之間及生物與非生物環境之間相互關係的學科。

【生鐵】shēngtiě ㄕㄥ ㄊㄧㄝˇ 見1497頁〖鑄鐵〗。

【生土】shēngtǔ ㄕㄥ ㄊㄨˇ 未經熟化的土壤，不適於耕作。

【生吞活剝】shēng tūn huó bō ㄕㄥ ㄊㄨㄣ ㄏㄨㄛˊ ㄅㄛ 比喻生硬地接受或機械地搬用(別人的理論、經驗、方法等)。

【生物】shēngwù ㄕㄥ ㄨˋ 自然界中由活質構成並具有生長、發育、繁殖等能力的物體。生物能通過新陳代謝作用跟周圍環境進行物質交換。動物、植物、微生物都是生物。

【生物電流】shēngwù diànliú ㄕㄥ ㄨˋ ㄉㄧㄢˋ ㄌㄧㄡˊ 生物體的神經活動和肌肉運動等都伴隨着很微弱的電流和電位變化，這種電流叫生物電流，如皮膚電流和心臟電流。

【生物防治】shēngwù fángzhì ㄕㄥ ㄨˋ ㄈㄤˊ ㄓˋ 利用某些生物來防治對人類有害的生物的方法。如用鴨群消滅蝗蝻和稻田害蟲，用寄生蜂消滅螟蟲，用細菌消滅田鼠等。

【生物圈】shēngwùquān ㄕㄥ ㄨˋ ㄑㄩㄢ 生物活動的範圍和生物本身的總稱。生物活動的範圍包括地球大氣圈的下層、岩石圈的上層和整個水圈。

【生物武器】shēngwù wǔqì ㄕㄥ ㄨˋ ㄨˇ ㄑㄧˋ 利用生物戰劑大規模傷害人和動植物的一種武器，包括生物戰劑和施放生物戰劑的各種武器彈藥。國際公約禁止在戰爭中使用生物武器。也叫細菌武器。

【生物學】shēngwùxué ㄕㄥ ㄨˋ ㄒㄩㄝˊ 研究生物的結構、功能、發生和發展規律的學科，包括動物學、植物學、微生物學、古生物學等。

【生物鐘】shēngwùzhōng ㄕㄥ ㄨˋ ㄓㄨㄥ 生物生命活動的週期性節律。這種節律，經過長時期的適應，與自然界的節律(如晝夜變化、四季變化)相一致。植物在每年的一定季節開花、結果，候鳥在每年的一定時間遷徙，就是生物鐘的表現。

【生息】shēng//xī ㄕㄥ// ㄒㄧ 取得利息。

【生息】shēngxī ㄕㄥ ㄒㄧ ❶生活；生存：我們的祖先曾在這塊土地上勞動生息過。❷〈書〉繁殖(人口)：休養生息。❸〈書〉使生長：生息力量。

【生相】shēngxiàng ㄕㄥ ㄒㄧㄤˋ 相貌；長相。

【生橡膠】shēngxiàngjiāo ㄕㄥ ㄒㄧㄤˋ ㄐㄧㄠ 未經硫化的橡膠。多指膠乳經過初步加工而成的半透明膠片。也叫生膠。

【生肖】shēngxiào ㄕㄥ ㄒㄧㄠˋ 代表十二地支而用來記人的出生年的十二種動物，即鼠、牛、虎、兔、龍、蛇、馬、羊、猴、雞、狗、豬。如子年生的人屬鼠，丑年生的人屬牛等。也叫屬相。

【生效】shēng∥xiào ㄕㄥ∥ㄒㄧㄠˋ 發生效力：條約自簽訂之日起生效。

【生性】shēngxìng ㄕㄥ ㄒㄧㄥˋ 從小養成的性格、習慣：生性活潑。

【生涯】shēngyá ㄕㄥ ㄧㄚˊ 指從事某種活動或職業的生活：教書生涯｜舞台生涯。

【生養】shēngyǎng ㄕㄥ ㄧㄤˇ 生育撫養。

【生藥】shēngyào ㄕㄥ ㄧㄠˋ 直接從植物體或動物體採來，經過乾燥加工而未精煉的藥物。通常所説的生藥多指植物性的，如甘草、麻黃等。

【生業】shēngyè ㄕㄥ ㄧㄝˋ 賴以生活的職業：各安生業｜不事生業。

【生意】shēngyì ㄕㄥ ㄧˋ 富有生命力的氣象；生機：生意盎然｜百花盛開，百鳥齊鳴，大地上一片蓬勃的生意。

【生意】shēng·yi ㄕㄥ ·ㄧ ❶指商業經營；買賣：做生意｜生意興隆。❷〈方〉指職業：停生意(解雇)。

【生意經】shēng·yijīng ㄕㄥ ·ㄧ ㄐㄧㄥ 做生意的方法或門路。

【生硬】shēngyìng ㄕㄥ ㄧㄥˋ ❶勉強做的；不自然；不熟練：這幾個字用得很生硬。❷不柔和；不細緻：態度生硬｜作風生硬。

【生油】[1] shēngyóu ㄕㄥ ㄧㄡˊ 沒有熬過的油。

【生油】[2] shēngyóu ㄕㄥ ㄧㄡˊ〈方〉花生油。

【生育】shēngyù ㄕㄥ ㄩˋ 生孩子：計劃生育。

【生員】shēngyuán ㄕㄥ ㄩㄢˊ 明清兩代稱通過最低一級考試得以在府、縣學讀書的人，生員有應鄉試的資格。通稱秀才。

【生源】shēngyuán ㄕㄥ ㄩㄢˊ 學生的來源(多就招生而言)：生源不足。

【生造】shēngzào ㄕㄥ ㄗㄠˋ 憑空製造(詞語等)：生造詞。

【生長】shēngzhǎng ㄕㄥ ㄓㄤˇ ❶生物體在一定的生活條件下，體積和重量逐漸增加。生長是發育的一個特性：生長期。❷出生和成長；產生和增長：他生長在北京｜新生力量不斷生長。

【生殖】shēngzhí ㄕㄥ ㄓˊ 生物產生幼小的個體以繁殖後代。分有性生殖和無性生殖兩種。生殖是生命的基本特徵之一。

【生殖洄游】shēngzhí huíyóu ㄕㄥ ㄓˊ ㄏㄨㄟˊ ㄧㄡˊ 某些魚類在產卵季節，由生活的地區游到產卵的地區去，產卵後死亡或仍回到原來的地區。

【生殖器】shēngzhíqì ㄕㄥ ㄓˊ ㄑㄧˋ 生物體產生生殖細胞用來繁殖後代的器官。高等植物的生殖器是花(包括雄蕊和雌蕊)。人和高等動物的生殖器包括雄性的精囊、輸精管、睾丸、陰莖等，雌性的卵巢、輸卵管、子宮、陰道等。人和高等動物的生殖器也叫性器官。

【生殖腺】shēngzhíxiàn ㄕㄥ ㄓˊ ㄒㄧㄢˋ 人或動物體產生精子或卵子的腺體。雄性的生殖腺是睾丸，雌性的生殖腺是卵巢。也叫性腺。

【生豬】shēngzhū ㄕㄥ ㄓㄨ 活豬(多用於商業)。

【生字】shēngzì ㄕㄥ ㄗˋ 不認識的字。

狌 shēng ㄕㄥ〈書〉同‘鼪’。
另見1276頁 xīng。

牲 shēng ㄕㄥ ❶家畜：牲口｜牲畜。❷古代祭神用的牛、羊、豬等；獻牲。

【牲畜】shēngchù ㄕㄥ ㄔㄨˋ 家畜：牲畜家禽。

【牲口】shēng·kou ㄕㄥ ·ㄎㄡ 用來幫助人做活的家畜，如牛、馬、騾、驢等。

胜 shēng ㄕㄥ 見1107頁‘肽’。
另見1030頁 shèng‘勝’。

笙 shēng ㄕㄥ 管樂器，常見的有大小數種，用若干根裝有簧的竹管和一根吹氣管裝在一個鍋形的座子上製成。

【笙歌】shēnggē ㄕㄥ ㄍㄜ〈書〉泛指奏樂唱歌：笙歌達旦。

甥 shēng ㄕㄥ 外甥。

【甥女】shēngnǚ ㄕㄥ ㄋㄩˇ 外甥女。

湦 shēng ㄕㄥ 人名用字。

聲(声) shēng ㄕㄥ ❶(聲兒)聲音：雨聲｜小聲兒説話。❷量詞，表示聲音發出的次數：喊了兩聲。❸發出聲音；宣佈；陳述：聲明｜不聲不響｜聲東擊西。❹名聲：聲譽｜聲望。❺聲母：雙聲疊韻。❻字調：平聲｜四聲。

【聲辯】shēngbiàn ㄕㄥ ㄅㄧㄢˋ 公開辯白；辯解：不容聲辯｜受到指責，他也不為自己聲辯一句。

【聲波】shēngbō ㄕㄥ ㄅㄛ 能引起聽覺的機械波。頻率在20－20,000赫茲之間，一般在空氣中傳播，也可在液體或固體中傳播。

【聲部】shēngbù ㄕㄥ ㄅㄨˋ 包含兩個或兩個以上同時進行的不同旋律的聲樂曲或器樂曲，稱為多聲部音樂，其中的每一個旋律叫做一個聲部。如二重唱包含兩個聲部，三重唱包含三個聲部。

【聲場】shēngchǎng ㄕㄥ ㄔㄤˇ 媒質中存在着聲波的空間範圍。

【聲稱】shēngchēng ㄕㄥ ㄔㄥ 聲言：他聲稱自己與這件事無關。

【聲帶】shēngdài ㄕㄥ ㄉㄞˋ ❶發音器官的主要

部分，是兩片帶狀的纖維質薄膜，附在喉部的勺狀軟骨上，肺內呼出氣流振動聲帶，即發出聲音。(圖見477頁'喉')❷電影膠片一側記錄着聲音的部分。也指用光學方法記下的聲音的紋理。

【聲調】shēngdiào ㄕㄥ ㄉㄧㄠˋ ❶音調。❷字調。

【聲東擊西】shēng dōng jī xī ㄕㄥ ㄉㄨㄥ ㄐㄧ ㄒㄧ 為了迷惑敵人，表面上宣揚要攻打這一邊，其實是攻打另一邊(語本《通典·兵典六》：'聲言擊東，其實擊西')。

【聲控】shēngkòng ㄕㄥ ㄎㄨㄥˋ 用聲音控制：這裏的部分噴泉為聲控，可以隨着音樂頻率的變化噴出不同形狀的水花。

【聲口】shēngkǒu ㄕㄥ ㄎㄡˇ 〈方〉❶指説話的口音、語調：聽他的聲口，不是北方人。❷口氣；口吻：理直氣壯的聲口。

【聲浪】shēnglàng ㄕㄥ ㄌㄤˋ ❶聲波的舊稱。❷指許多人呼喊的聲音：喝彩的聲浪一陣高過一陣。

【聲淚俱下】shēng lèi jù xià ㄕㄥ ㄌㄟˋ ㄐㄩˋ ㄒㄧㄚˋ 邊訴説，邊哭泣。形容極其悲慟：慷慨陳詞，聲淚俱下。

【聲門】shēngmén ㄕㄥ ㄇㄣˊ 兩片聲帶當中的開口。聲帶靜止不發音時，聲門呈V字形。

【聲名】shēngmíng ㄕㄥ ㄇㄧㄥˊ 名聲：聲名狼藉(形容名聲極壞)｜聲名鵲起(形容名聲迅速提高)。

【聲明】shēngmíng ㄕㄥ ㄇㄧㄥˊ ❶公開表示態度或説明真相：鄭重聲明。❷聲明的文告：發表聯合聲明。

【聲母】shēngmǔ ㄕㄥ ㄇㄨˇ 漢語字音可以分成聲母、韵母、字調三部分。一個字起頭的音叫聲母，其餘的音叫韵母，字音的高低升降叫字調。例如'報(bào)告(gào)、豐(fēng)收(shōu)'的b，g，f，sh是聲母；'報'和'告'的ao，'豐'的eng，'收'的ou是韵母；'報'和'告'的字調都是去聲，'豐'和'收'都是陰平。大部分字的聲母是輔音聲母，只有小部分的字拿元音起頭(就是直接拿韵母起頭)，它的聲母叫'零聲母'，如'愛'(ài)、'鵝'(é)、'藕'(ǒu)等字。

【聲吶】shēngnà ㄕㄥ ㄋㄚˋ 利用超聲波在水中的傳播和反射來進行導航和測距的技術或設備。［英 sonar］

【聲旁】shēngpáng ㄕㄥ ㄆㄤˊ 見1280頁〖形聲〗。

【聲頻】shēngpín ㄕㄥ ㄆㄧㄣˊ 音頻。

【聲譜】shēngpǔ ㄕㄥ ㄆㄨˇ 描繪聲音成分(頻率、幅度等)的圖表或記錄。

【聲氣】shēngqì ㄕㄥ ㄑㄧˋ ❶消息：互通聲氣。❷〈方〉説話時的語氣、聲音：聽他説話的聲氣像是生了氣。

【聲腔】shēngqiāng ㄕㄥ ㄑㄧㄤ 許多劇種所共有的、成系統的腔調，如昆腔、高腔、梆子腔、皮黃等。

【聲情】shēngqíng ㄕㄥ ㄑㄧㄥˊ 聲音和感情：聲情並茂。

【聲請】shēngqǐng ㄕㄥ ㄑㄧㄥˇ 申請。

【聲色】[1] shēngsè ㄕㄥ ㄙㄜˋ 説話時的聲音和臉色：聲色俱厲｜不動聲色。

【聲色】[2] shēngsè ㄕㄥ ㄙㄜˋ ❶指詩文等藝術表現出的格調、色彩：他的《空城計》演唱得別具聲色。❷指生氣和活力：這群青年人的到來給縣城增添了不少聲色。

【聲色】[3] shēngsè ㄕㄥ ㄙㄜˋ 〈書〉指歌舞和女色：不近聲色｜聲色犬馬(指縱情淫樂的生活)。

【聲勢】shēngshì ㄕㄥ ㄕˋ 聲威和氣勢：虛張聲勢｜聲勢浩大。

【聲嘶力竭】shēng sī lì jié ㄕㄥ ㄙ ㄌㄧˋ ㄐㄧㄝˊ 嗓子喊啞，力氣用盡。形容拼命叫喊、呼號。

【聲速】shēngsù ㄕㄥ ㄙㄨˋ 聲波傳播的速度。不同的介質中聲速不同，在15℃的空氣中每秒為340米。也叫音速。

【聲討】shēngtǎo ㄕㄥ ㄊㄠˇ 公開譴責：憤怒聲討侵略者的暴行。

【聲望】shēngwàng ㄕㄥ ㄨㄤˋ 為眾人所仰望的名聲：社會聲望｜聲望很高。

【聲威】shēngwēi ㄕㄥ ㄨㄟ ❶名聲和威望：聲威大震。❷聲勢；威勢：搖旗吶喊，以助聲威。

【聲息】shēngxī ㄕㄥ ㄒㄧ ❶聲音(多用於否定)：院子裏靜悄悄的，沒有一點聲息。❷聲氣；消息：聲息相通。

【聲響】shēngxiǎng ㄕㄥ ㄒㄧㄤˇ 聲音：山谷裏洪水發出巨大的聲響。

【聲學】shēngxué ㄕㄥ ㄒㄩㄝˊ 研究聲波的產生、傳播、接收和作用等的學科。

【聲言】shēngyán ㄕㄥ ㄧㄢˊ 公開地用語言或文字表示：他聲言不達目的，決不罷休。

【聲揚】shēngyáng ㄕㄥ ㄧㄤˊ 聲張；宣揚。

【聲音】shēngyīn ㄕㄥ ㄧㄣ 聲波通過聽覺所產生的印象：聲音大｜他聽見了敲門的聲音◇報紙反映了群眾的聲音。

【聲譽】shēngyù ㄕㄥ ㄩˋ 聲望名譽：有損聲譽｜聲譽卓著。

【聲援】shēngyuán ㄕㄥ ㄩㄢˊ 公開發表言論支援。

【聲樂】shēngyuè ㄕㄥ ㄩㄝˋ 歌唱的音樂，可以有樂器伴奏(區別於'器樂')。

【聲韵學】shēngyùnxué ㄕㄥ ㄩㄣˋ ㄒㄩㄝˊ 見1362頁〖音韵學〗。

【聲張】shēngzhāng ㄕㄥ ㄓㄤ 把消息、事情等傳出去：這件事不要聲張出去。

【聲障】shēngzhàng ㄕㄥ ㄓㄤˋ 音障。

鼪 shēng ㄕㄥ 〈書〉黃鼬。

shéng (ㄕㄥˊ)

澠(渑) Shéng ㄕㄥˊ 古水名，在今山東。

另見798頁 miǎn。

繩(绳) shéng ㄕㄥˊ ❶(繩兒)繩子：麻繩｜綫繩｜鋼繩。❷〈書〉糾正；約束；制裁：繩之以法。❸〈書〉繼續。❹(Shéng)姓。

【繩鋸木斷】shēng jù mù duàn ㄕㄥ ㄐㄩˋ ㄇㄨˋ ㄉㄨㄢˋ 比喻力量雖小，只要堅持不懈，事情就能成功。

【繩捆索綁】shéng kǔn suǒ bǎng ㄕㄥˊ ㄎㄨㄣˇ ㄙㄨㄛˇ ㄅㄤˇ 用繩索捆綁(多指對罪犯等)。

【繩墨】shéngmò ㄕㄥˊ ㄇㄛˋ 木工打直綫的工具。比喻規矩或法度：不中繩墨｜拘守繩墨。參看816頁〖墨斗〗。

【繩索】shēngsuǒ ㄕㄥ ㄙㄨㄛˇ 粗的繩子。

【繩梯】shéngtī ㄕㄥˊ ㄊㄧ 用繩做的梯子，在兩根平行的繩子中間橫向而等距離地拴上許多短的木棍。

【繩子】shéng·zi ㄕㄥˊ·ㄗ 用兩股以上的苘麻、棕毛或稻草等擰成的條狀物，主要用來捆東西。

shěng (ㄕㄥˇ)

省1 shěng ㄕㄥˇ ❶儉省；節約(跟'費'相對)：省錢｜省吃儉用。❷免掉；減去：省一道工序｜這兩個字不能省。❸(詞語等)減去一部分後所剩下的：'佛'是'佛陀'之省。

省2 shěng ㄕㄥˇ ❶行政區劃單位，直屬中央：河北省｜台灣省。❷指省會：進省｜抵省。

另見1281頁 xǐng。

【省便】shěngbiàn ㄕㄥˇ ㄅㄧㄢˋ 省事方便：做事不能只圖省便。

【省城】shěngchéng ㄕㄥˇ ㄔㄥˊ 省會。

【省得】shěng·de ㄕㄥˇ·ㄉㄜ 不使發生某種(不好的)情況；免得：穿厚一點，省得冷｜你就住在這兒，省得天天來回跑｜快告訴我吧，省得我着急。

【省份】shěngfèn ㄕㄥˇ ㄈㄣˋ 省(不和專名連用)：台灣是中國的一個省份｜許多省份連年豐收。

【省會】shěnghuì ㄕㄥˇ ㄏㄨㄟˋ 省行政機關所在地，一般也是全省的經濟、文化中心。也叫省城。

【省儉】shěngjiǎn ㄕㄥˇ ㄐㄧㄢˇ 儉省。

【省略】shěnglüè ㄕㄥˇ ㄌㄩㄝˋ ❶免掉；除去(沒有必要的手續、言語等)：省略這幾段風景描寫，可以使全篇顯得更加緊湊。❷在一定條件下省去一個或幾個句子成分，如祈使句中常常省去主語'你(們)'或'咱們'，答話中常常省去跟問話中相同的詞或詞組。

【省略號】shěnglüèhào ㄕㄥˇ ㄌㄩㄝˋ ㄏㄠˋ 標點符號(……)，表示引文中省略的部分或話語中沒有說完全的部分，或者表示斷斷續續的話語中的停頓。也叫刪節號。

【省卻】shěngquè ㄕㄥˇ ㄑㄩㄝˋ ❶節省：這樣做，可以省卻不少時間。❷去掉；免除：省卻煩惱。

【省事】shěng∥shì ㄕㄥˇ∥ㄕˋ ❶減少辦事手續：辦法一改就可以省許多事。❷方便；不費事：在食堂裏吃飯省事。

【省心】shěng∥xīn ㄕㄥˇ∥ㄒㄧㄣ 少操心：孩子進了託兒所，我省心多了。

【省垣】shěngyuán ㄕㄥˇ ㄩㄢˊ 〈書〉省城。

【省治】shěngzhì ㄕㄥˇ ㄓˋ 舊時指省會。

眚 shěng ㄕㄥˇ 〈書〉❶眼睛長白翳。❷災異。❸過錯：不以一眚掩大德(不因為一個人有個別的錯誤而抹殺他的大功績)。

shèng (ㄕㄥˋ)

晟 shèng ㄕㄥˋ 〈書〉❶光明。❷旺盛；興盛。

另見147頁 Chéng。

乘1 shèng ㄕㄥˋ 春秋時晉國的史書叫'乘'，後來通稱一般史書：史乘｜野乘。

乘2 shèng ㄕㄥˋ 古代稱四匹馬拉的車一輛為一乘：千乘之國。

另見147頁 chéng。

盛 shèng ㄕㄥˋ ❶興盛；繁盛：全盛時期｜桃花盛開。❷強烈；旺盛：年輕氣盛｜火勢很盛。❸盛大；隆重：盛會｜盛宴。❹豐富；豐盛：盛饌。❺深厚：盛情｜盛意。❻普遍；廣泛：盛行｜盛傳。❼用力大；程度深：盛讚｜盛誇。❽(Shèng)姓。

另見148頁 chéng。

【盛產】shèngchǎn ㄕㄥˋ ㄔㄢˇ 大量地出產：盛產木材。

【盛傳】shèngchuán ㄕㄥˋ ㄔㄨㄢˊ 廣泛流傳：這地區盛傳着他的英雄事迹。

【盛大】shèngdà ㄕㄥˋ ㄉㄚˋ 規模大，儀式隆重的(集體活動)：盛大的宴會｜盛大的閱兵式。

【盛典】shèngdiǎn ㄕㄥˋ ㄉㄧㄢˇ 盛大的典禮：開國盛典。

【盛服】shèngfú ㄕㄥˋ ㄈㄨˊ 〈書〉盛裝。

【盛會】shènghuì ㄕㄥˋ ㄏㄨㄟˋ 盛大的會：團結的盛會。

【盛舉】shèngjǔ ㄕㄥˋ ㄐㄩˇ 盛大的活動。

【盛開】shèngkāi ㄕㄥˋ ㄎㄞ (花)開得茂盛：百花盛開。

【盛況】shèngkuàng ㄕㄥˋ ㄎㄨㄤˋ 盛大熱烈的狀況：盛況空前｜電視台將轉播大會的盛況。
【盛名】shèngmíng ㄕㄥˋ ㄇㄧㄥˊ 很大的名望：享有盛名。
【盛名之下，其實難副】shèngmíng zhīxià,qí shínán fù ㄕㄥˋ ㄇㄧㄥˊ ㄓ ㄒㄧㄚˋ,ㄑㄧˊ ㄕˊ ㄋㄢˊ ㄈㄨˋ 名望很大，而實際情況難以和名望相稱。
【盛年】shèngnián ㄕㄥˋ ㄋㄧㄢˊ 壯年：正值盛年。
【盛怒】shèngnù ㄕㄥˋ ㄋㄨˋ 大怒。
【盛氣凌人】shèng qì líng rén ㄕㄥˋ ㄑㄧˋ ㄌㄧㄥˊ ㄖㄣˊ 傲慢的氣勢逼人。
【盛情】shèngqíng ㄕㄥˋ ㄑㄧㄥˊ 深厚的情意：盛情厚誼｜盛情難卻。
【盛世】shèngshì ㄕㄥˋ ㄕˋ 興盛的時代：太平盛世。
【盛事】shèngshì ㄕㄥˋ ㄕˋ 盛大的事情：文壇盛事。
【盛暑】shèngshǔ ㄕㄥˋ ㄕㄨˇ 大熱天。
【盛夏】shèngxià ㄕㄥˋ ㄒㄧㄚˋ 夏天最熱的時候。
【盛行】shèngxíng ㄕㄥˋ ㄒㄧㄥˊ 廣泛流行：盛行一時。
【盛宴】shèngyàn ㄕㄥˋ ㄧㄢˋ 盛大的宴會。
【盛意】shèngyì ㄕㄥˋ ㄧˋ 盛情：盛意難卻。
【盛譽】shèngyù ㄕㄥˋ ㄩˋ 很大的榮譽：享有盛譽。
【盛讚】shèngzàn ㄕㄥˋ ㄗㄢˋ 極力稱讚：盛讚這次演出成功。
【盛饌】shèngzhuàn ㄕㄥˋ ㄓㄨㄢˋ 豐盛的飲食。
【盛裝】shèngzhuāng ㄕㄥˋ ㄓㄨㄤ 華麗的裝束：姑娘們換上了節日的盛裝。

剩(賸) shèng ㄕㄥˋ 剩餘：剩飯｜剩貨｜大家都走了，只剩下他一個人。
【剩磁】shèngcí ㄕㄥˋ ㄘˊ 磁性物質在外界磁場消除後保留的磁性。永久磁鐵的磁化和磁性錄音都是剩磁作用的應用。
【剩餘】shèngyú ㄕㄥˋ ㄩˊ 從某個數量裏減去一部分以後遺留下來：剩餘物資｜不但沒有虧欠，而且還有些剩餘。
【剩餘產品】shèngyú chǎnpǐn ㄕㄥˋ ㄩˊ ㄔㄢˇ ㄆㄧㄣˇ 由勞動者的剩餘勞動生產出來的產品(跟'必要產品'相對)。
【剩餘價值】shèngyú jiàzhí ㄕㄥˋ ㄩˊ ㄐㄧㄚˋ ㄓˊ 由工人剩餘勞動創造的完全被資本家所佔有的那部分價值。
【剩餘勞動】shèngyú láodòng ㄕㄥˋ ㄩˊ ㄌㄠˊ ㄉㄨㄥˋ 勞動者在必要勞動之外所付出的勞動。

勝[1](胜) shèng ㄕㄥˋ ❶勝利(跟'負'或'敗'相對)：打勝仗｜取勝。❷打敗(別人)：以少勝多｜戰勝敵人。❸比另一個優越(後面常帶'於、過'等)：事實勝於雄辯｜實際行動勝過空洞的言辭。❹優美的(景物、境界等)：勝景｜勝境｜引人入勝。

勝[2](胜) shēng ㄕㄥ (舊讀 shēng ㄕㄥ) 能夠承擔或承受：勝任｜數不勝數｜不勝枚舉。

勝[3](胜) shèng ㄕㄥˋ 古代戴在頭上的一種首飾：方勝。
'胜'另見1027頁 shēng。
【勝朝】shèngcháo ㄕㄥˋ ㄔㄠˊ 〈書〉指前一個朝代(被戰勝而滅亡的朝代)：勝朝遺老。
【勝地】shèngdì ㄕㄥˋ ㄉㄧˋ 有名的風景優美的地方：避暑勝地。
【勝迹】shèngjì ㄕㄥˋ ㄐㄧˋ 有名的風景優美的古迹：名山勝迹。
【勝景】shèngjǐng ㄕㄥˋ ㄐㄧㄥˇ 優美的風景：園林勝景｜佳卉娛目，勝景怡情。
【勝境】shèngjìng ㄕㄥˋ ㄐㄧㄥˋ ❶風景優美的地方：名山勝境。❷極美好的意境。
【勝局】shèngjú ㄕㄥˋ ㄐㄩˊ 勝利的局勢或局面：勝局已定。
【勝利】shènglì ㄕㄥˋ ㄌㄧˋ ❶在鬥爭或競賽中打敗對方(跟'失敗'相對)：抗戰勝利。❷工作、事業達到預定的目的：大會勝利閉幕｜生產任務勝利完成。
【勝利果實】shènglì guǒshí ㄕㄥˋ ㄌㄧˋ ㄍㄨㄛˇ ㄕˊ 指鬥爭勝利所取得的成果(政權、物資等)：保衛勝利果實。
【勝券】shèngquàn ㄕㄥˋ ㄑㄩㄢˋ 指勝利的把握：穩操勝券｜勝券在握。
【勝任】shèngrèn ㄕㄥˋ ㄖㄣˋ 能力足以擔任：勝任工作｜力能勝任。
【勝似】shèngsì ㄕㄥˋ ㄙˋ 勝過；超過：不是親人，勝似親人。
【勝訴】shèngsù ㄕㄥˋ ㄙㄨˋ 訴訟當事人的一方受到有利的判決。
【勝算】shèngsuàn ㄕㄥˋ ㄙㄨㄢˋ 〈書〉能夠取得勝利的計謀：操勝算，用妙計。
【勝仗】shèngzhàng ㄕㄥˋ ㄓㄤˋ 打贏了的戰役或戰鬥：打了一個大勝仗。

椉 shèng ㄕㄥˋ 〈書〉同'乘'。
另見148頁 chéng。

聖(圣) shèng ㄕㄥˋ ❶最崇高的：聖地｜神聖。❷稱學識或技能有極高成就的：聖手｜詩聖。❸指聖人：聖賢。❹封建社會尊稱帝王：聖上｜聖旨。❺宗教徒對所崇拜的事物的尊稱：聖經｜聖靈。
【聖誕】shèngdàn ㄕㄥˋ ㄉㄢˋ ❶舊時稱孔子的生日。❷基督教徒稱耶穌的生日。
【聖誕節】Shèngdàn Jié ㄕㄥˋ ㄉㄢˋ ㄐㄧㄝˊ 基督教徒紀念耶穌基督'誕生'的節日，在12月25日。
【聖誕卡】shèngdànkǎ ㄕㄥˋ ㄉㄢˋ ㄎㄚˇ 贈送給別人用以祝賀聖誕節的紙片。
【聖誕老人】Shèngdàn Lǎorén ㄕㄥˋ ㄉㄢˋ ㄌㄠˇ

ㄖㄣˊ 西方童話故事人物，據説是一個白鬍着紅袍的老人。在聖誕節晚上到各家分送禮物給兒童。西方各國在聖誕節晚上有扮成聖誕老人分送禮物給兒童的風俗。

【聖誕樹】shèngdànshù ㄕㄥˋ ㄉㄢˋ ㄕㄨˋ 聖誕節用的松樹、樅樹等常綠樹。樹上點綴着彩燈、玩具和贈送的物品等。

【聖地】shèngdì ㄕㄥˋ ㄉㄧˋ ❶宗教徒稱與教主生平事迹有重大關係的地方，如基督教徒稱耶路撒冷為聖地，伊斯蘭教徒稱麥加為聖地。❷指具有重大歷史意義和作用的地方：革命聖地。

【聖潔】shèngjié ㄕㄥˋ ㄐㄧㄝˊ 神聖而純潔：聖潔的心靈。

【聖經】shèngjīng ㄕㄥˋ ㄐㄧㄥ 基督教的經典，包括《舊約全書》(原為猶太教的經典，敍述世界和人類的起源，以及法典、教義、格言等)和《新約全書》(敍述耶穌言行、基督教的早期發展情況等)。

【聖經賢傳】shèngjīng-xiánzhuàn ㄕㄥˋ ㄐㄧㄥ ㄒㄧㄢˊ ㄓㄨㄢˋ 舊稱儒家的代表性著作為聖經賢傳(聖經：傳説經聖人手訂的著作。賢傳：賢人闡釋經書的著作)。

【聖靈】shènglíng ㄕㄥˋ ㄌㄧㄥˊ 神靈。

【聖廟】shèngmiào ㄕㄥˋ ㄇㄧㄠˋ 奉祀孔子的廟。

【聖明】shèngmíng ㄕㄥˋ ㄇㄧㄥˊ 認識清楚，見解高明(多用來稱頌皇帝)。

【聖母】shèngmǔ ㄕㄥˋ ㄇㄨˇ ❶迷信的人稱某些女神。❷天主教徒稱耶穌的母親馬利亞。

【聖人】shèngrén ㄕㄥˋ ㄖㄣˊ ❶舊時指品格最高尚、智慧最高超的人物，如孔子從漢朝以後被歷代帝王推崇為聖人。❷封建時代臣子對君主的尊稱。

【聖上】shèngshàng ㄕㄥˋ ㄕㄤˋ 封建社會稱在位的皇帝。

【聖手】shèngshǒu ㄕㄥˋ ㄕㄡˇ 指某些方面技藝高超的人：國醫聖手。

【聖水】shèngshuǐ ㄕㄥˋ ㄕㄨㄟˇ 迷信的人指用來降福、驅鬼或治病的水。

【聖賢】shèngxián ㄕㄥˋ ㄒㄧㄢˊ 聖人和賢人：人非聖賢，孰能無過？

【聖藥】shèngyào ㄕㄥˋ ㄧㄠˋ 迷信的人指靈驗的藥：靈丹聖藥。

【聖旨】shèngzhǐ ㄕㄥˋ ㄓˇ 封建社會裏稱皇帝的命令。現多用於比喻：他的話你就當成聖旨啦？

嵊 Shèng ㄕㄥˋ 嵊縣，在浙江。

shī (ㄕ)

尸 shī ㄕ ❶古代祭祀時代表死者受祭的人。❷空佔着(職位)：尸位。另見1033頁 shī'屍'。

【尸位】shīwèi ㄕ ㄨㄟˋ〈書〉空佔着職位而不做事：尸位誤國。

【尸位素餐】shī wèi sù cān ㄕ ㄨㄟˋ ㄙㄨˋ ㄘㄢ 空佔着職位，不做事而白吃飯。

失 shī ㄕ ❶失掉；丢掉(跟'得'相對)：遺失｜喪失｜失血｜坐失良機｜不要失了信心。❷沒有把握住：失手｜失足｜失於檢點｜百無一失。❸找不着：迷失方向｜失群之雁。❹沒有達到目的：失望｜失意。❺改變(常態)：失聲｜失色｜失神。❻違背；背棄：失信｜失約。❼錯誤；過失：失誤｜惟恐有失。

【失敗】shībài ㄕ ㄅㄞˋ ❶在鬥爭或競賽中被對方打敗(跟'勝利'相對)：非正義的戰爭注定是要失敗的。❷工作沒有達到預定的目的(跟'成功'相對)：試驗失敗｜失敗是成功之母。

【失策】shīcè ㄕ ㄘㄜˋ ❶策略上有錯誤；失算。❷錯誤的策略。

【失察】shīchá ㄕ ㄔㄚˊ 在所負的督察責任上有疏失。

【失常】shīcháng ㄕ ㄔㄤˊ 失去正常狀態：精神失常｜舉動失常。

【失寵】shī//chǒng ㄕ// ㄔㄨㄥˇ 失掉別人的寵愛(含貶義)。

【失傳】shīchuán ㄕ ㄔㄨㄢˊ 沒有流傳下來：北曲的曲譜早已失傳了。

【失聰】shīcōng ㄕ ㄘㄨㄥ 失去聽力；聾：雙耳失聰。

【失措】shīcuò ㄕ ㄘㄨㄛˋ 舉動失常，不知怎麼辦才好：茫然失措｜驚慌失措。

【失單】shīdān ㄕ ㄉㄢ 被竊、被劫或失落的財物的清單。

【失當】shīdàng ㄕ ㄉㄤˋ 不適宜；不恰當：處理失當。

【失盜】shī//dào ㄕ// ㄉㄠˋ 失竊。

【失道寡助】shī dào guǎ zhù ㄕ ㄉㄠˋ ㄍㄨㄚˇ ㄓㄨˋ 違背正義必然陷於孤立(語本《孟子·公孫丑下》：'得道者多助，失道者寡助')。

【失地】shīdì ㄕ ㄉㄧˋ ❶喪失國土：失地千里。❷喪失的國土：收復失地。

【失掉】shīdiào ㄕ ㄉㄧㄠˋ ❶原有的不再具有；沒有了：失掉理智｜失掉聯絡｜失掉作用。❷沒有取得或沒有把握住：失掉機會。

【失和】shīhé ㄕ ㄏㄜˊ 雙方由和睦變為不和睦。

【失衡】shīhéng ㄕ ㄏㄥˊ 失去平衡：產銷失衡｜比例失衡◇心理失衡。

【失歡】shī//huān ㄕ// ㄏㄨㄢ 失掉別人的歡心。

【失悔】shīhuǐ ㄕ ㄏㄨㄟˇ 後悔：他失悔沒有聽從老人的勸告。

【失魂落魄】shī hún luò pò ㄕ ㄏㄨㄣˊ ㄌㄨㄛˋ ㄆㄛˋ 形容心神不定非常驚慌的樣子。

【失火】shī//huǒ ㄕ// ㄏㄨㄛˇ 發生火災。

【失計】shījì ㄕ ㄐㄧˋ 失策；失算。

【失記】shījì ㄕ ㄐㄧˋ 〈書〉忘記；不記得：年遠失記。

【失檢】shījiǎn ㄕ ㄐㄧㄢˇ 失於檢點：行為失檢。

【失腳】shī∥jiǎo ㄕ∥ㄐㄧㄠˇ 失足①。

【失節】shī∥jié ㄕ∥ㄐㄧㄝˊ ❶失去氣節。❷封建禮教指婦女失去貞操。

【失禁】shījìn ㄕ ㄐㄧㄣˋ 指控制大小便的器官失去控制能力。

【失敬】shījìng ㄕ ㄐㄧㄥˋ 客套話，向對方表示歉意，責備自己禮貌不周。

【失據】shījù ㄕ ㄐㄩˋ 失掉憑藉：進退失據。

【失控】shīkòng ㄕ ㄎㄨㄥˋ 失去控制：物價失控。

【失口】shī∥kǒu ㄕ∥ㄎㄡˇ 失言。

【失禮】shīlǐ ㄕ ㄌㄧˇ ❶違背禮節。❷自己感到禮貌有所不周，向對方表示歉意。

【失利】shī∥lì ㄕ∥ㄌㄧˋ 打敗仗；戰敗；在比賽中輸了：吸取戰鬥失利的教訓，以利再戰｜青年足球隊初戰失利。

【失戀】shī∥liàn ㄕ∥ㄌㄧㄢˋ 戀愛的一方失去另一方的愛情。

【失靈】shīlíng ㄕ ㄌㄧㄥˊ (機器、儀器、某些器官等)變得不靈敏或失去應有的功能：發動機失靈｜聽覺失靈◇指揮失靈。

【失落】shīluò ㄕ ㄌㄨㄛˋ 遺失；丟失：不慎失落了一塊手錶。

【失落感】shīluògǎn ㄕ ㄌㄨㄛˋ ㄍㄢˇ 精神上產生的空虛或失去寄託的感覺。

【失迷】shīmí ㄕ ㄇㄧˊ 走錯(方向、道路等)。

【失密】shī∥mì ㄕ∥ㄇㄧˋ 泄漏機密。

【失眠】shī∥mián ㄕ∥ㄇㄧㄢˊ 夜間睡不着或醒後不能再入睡。

【失明】shī∥míng ㄕ∥ㄇㄧㄥˊ 失去視力；瞎：雙目失明。

【失陪】shīpéi ㄕ ㄆㄟˊ 客套話，表示不能陪伴對方：你們多談一會兒，我有事失陪了。

【失竊】shī∥qiè ㄕ∥ㄑㄧㄝˋ 財物被人偷走。

【失去】shīqù ㄕ ㄑㄩˋ 失掉：失去知覺｜失去效力。

【失卻】shīquè ㄕ ㄑㄩㄝˋ 失掉。

【失散】shīsàn ㄕ ㄙㄢˋ 離散；散失：找到了失散多年的親人。

【失色】shīsè ㄕ ㄙㄜˋ ❶失去本來的色彩或光彩：壁畫年久失色。❷因受驚或害怕而面色蒼白：大驚失色｜相顧失色。

【失閃】shī·shan ㄕ ·ㄕㄢ 意外的差錯或危險；閃失：要是有個失閃，可不是鬧着玩的。

【失墒】shī∥shāng ㄕ∥ㄕㄤ 土壤所含的水分受到風吹日曬而蒸發，失去作物生長的濕度。通稱跑墒、走墒。

【失身】shī∥shēn ㄕ∥ㄕㄣ 失節。

【失神】shīshén ㄕ ㄕㄣˊ ❶疏忽；不注意：稍一失神就會出差錯。❷形容人的精神委靡或精神狀態不正常。

【失慎】shīshèn ㄕ ㄕㄣˋ ❶疏忽；不謹慎：行動失慎。❷〈書〉指失火。

【失聲】shīshēng ㄕ ㄕㄥ ❶不自主地發出聲音：失聲喊叫｜失聲大笑。❷因悲痛過度而哽咽，哭不出聲來：痛哭失聲。❸失音：一天喊下來，喉嚨都失聲了。

【失時】shī∥shí ㄕ∥ㄕˊ 錯過時機：播種不能失時。

【失實】shīshí ㄕ ㄕˊ 跟事實不符：傳聞失實。

【失事】shī∥shì ㄕ∥ㄕˋ 發生不幸的事故：飛機失事。

【失勢】shī∥shì ㄕ∥ㄕˋ 失去權勢。

【失收】shīshōu ㄕ ㄕㄡ ❶農作物、果樹等因遭受災害而沒有收成：因遇大旱，夏季作物全部失收。❷該收錄而沒有收錄：輯錄《全唐詩》失收的詩。

【失手】shī∥shǒu ㄕ∥ㄕㄡˇ ❶因手沒有把握住或沒有留意，而造成不好的後果：失手傷人｜一失手把碗摔破了。❷比喻失利(多指意外的)：賽場失手。

【失守】shīshǒu ㄕ ㄕㄡˇ 防守的地區被敵方佔領：陣地失守。

【失算】shīsuàn ㄕ ㄙㄨㄢˋ 沒有算計或算計得不好；謀劃不當：一着失算，全盤被動。

【失所】shīsuǒ ㄕ ㄙㄨㄛˇ 無處安身：流離失所。

【失態】shītài ㄕ ㄊㄞˋ 態度舉止不合乎應有的禮貌：酒後失態。

【失調】shītiáo ㄕ ㄊㄧㄠˊ ❶失去平衡；調配不當：供求失調｜雨水失調。❷沒有得到適當的調養：產後失調｜先天不足，後天失調。

【失望】shīwàng ㄕ ㄨㄤˋ ❶感到沒有希望，失去信心；希望落了空：多次搶救無效，徹底失望。❷因為希望未實現而不愉快：孩子不爭氣，真令人失望。

【失物】shīwù ㄕ ㄨˋ 遺失的物品：尋找失物｜失物招領。

【失誤】shīwù ㄕ ㄨˋ 由於疏忽或水平不高而造成差錯：傳球失誤｜一着失誤，全盤皆輸。

【失陷】shīxiàn ㄕ ㄒㄧㄢˋ (領土、城市)被敵人侵佔。

【失笑】shīxiào ㄕ ㄒㄧㄠˋ 不自主地發笑：啞然失笑。

【失效】shī∥xiào ㄕ∥ㄒㄧㄠˋ 失去效力：藥劑失效。

【失信】shī∥xìn ㄕ∥ㄒㄧㄣˋ 答應別人的事沒做，失去信用：失信於人｜準時歸還，決不失信。

【失修】shīxiū ㄕ ㄒㄧㄡ 沒有維護修理(多指建築物)：這座廟年久失修，已經破敗不堪了。

【失學】shī∥xué ㄕ∥ㄒㄩㄝˊ 因家庭困難、疾病等失去上學機會或中途退學。

【失血】shīxuè ㄕ ㄒㄩㄝˋ 由於大量出血而體內

血液含量減少：失血過多，病勢危險。

【失言】shī∥yán ㄕ∥ㄧㄢˊ 無意中說出不該說的話：一時失言。也說失口。

【失業】shī∥yè ㄕ∥ㄧㄝˋ 有勞動能力的人找不到工作。

【失宜】shīyí ㄕㄧˊ 不得當：處置失宜｜決策失宜。

【失意】shī∥yì ㄕ∥ㄧˋ 不得志；不如意：情場失意。

【失音】shīyīn ㄕㄧㄣ 由喉部肌肉或聲帶發生病變引起的發音障礙。患者說話時聲調變低，聲音微弱，嚴重時發不出聲音。

【失迎】shīyíng ㄕㄧㄥˊ 客套話，因沒有親自迎接客人而向對方表示歉意。

【失語】shīyǔ ㄕㄩˇ ❶〈書〉失言。❷指說話困難或不能說話：失語症。

【失約】shī∥yuē ㄕ∥ㄩㄝ 沒有履行約會。

【失着】shī∥zhāo ㄕ∥ㄓㄠ 行動疏忽或方法錯誤；失策。

【失真】shī∥zhēn ㄕ∥ㄓㄣ ❶跟原來的有出入(指聲音、形象或語言內容等)：傳寫失真。❷無綫電技術中指輸出信號與輸入信號不一致。如音質變化、圖像變形等。也叫畸變。

【失之東隅，收之桑榆】shī zhī dōng yú,shōu zhī sāng yú ㄕ ㄓ ㄉㄨㄥ ㄩˊ,ㄕㄡ ㄓ ㄙㄤ ㄩˊ 比喻這個時候失敗了，另一個時候得到了補償(語出《後漢書·馮異傳》。東隅：東方日出處，指早晨；桑榆：西方日落處，日落時太陽的餘光照在桑樹榆樹之間，指傍晚)。

【失之毫釐，謬以千里】shī zhī háo lí, miù yǐ qiān lǐ ㄕ ㄓ ㄏㄠˊ ㄌㄧˊ,ㄇㄧㄡˋ ㄧˇ ㄑㄧㄢ ㄌㄧˇ 開始稍微差一點兒，結果會造成很大的錯誤。

【失之交臂】shī zhī jiāo bì ㄕ ㄓ ㄐㄧㄠ ㄅㄧˋ 形容當面錯過，失掉好機會(交臂：因彼此走得很靠近而胳膊碰胳膊)：機會難得，幸勿失之交臂。

【失職】shī∥zhí ㄕ∥ㄓˊ 沒有盡到職責：由於值班人員失職，造成了嚴重的後果。

【失重】shī∥zhòng ㄕ∥ㄓㄨㄥˋ 物體失去原有的重量。是由於物體在高空中所受地心引力變小或由於物體向地球中心方向作加速運動而引起的。如升降機開始下降時就有失重現象。

【失主】shīzhǔ ㄕ ㄓㄨˇ 失落或失竊的財物的所有者。

【失蹤】shī∥zōng ㄕ∥ㄗㄨㄥ 下落不明(多指人)。

【失足】shī∥zú ㄕ∥ㄗㄨˊ ❶行走時不小心跌倒：失足落水｜他一失足從土坡上滑了下來。❷比喻人墮落或犯嚴重錯誤：一失足成千古恨｜耐心做失足青少年的教育工作。

虱(蝨)

shī ㄕ 虱子。

【虱子】shī·zi ㄕ·ㄗ 昆蟲，灰白色、淺黃色或灰黑色，有短毛，頭小，沒有翅膀，腹部大，卵白色，橢圓形。常寄生在人和豬、牛等身體上，吸食血液，能傳染斑疹傷寒和回歸熱等疾病。

施

shī ㄕ ❶施行；施展：實施｜措施｜施工｜無計可施。❷給予：施禮｜施壓力。❸施捨：施診｜施與。❹在物體上加某種東西：施粉(搽粉)｜施肥。❺(Shī)姓。

【施暴】shībào ㄕ ㄅㄠˋ ❶採取暴力行動。❷指強姦。

【施放】shīfàng ㄕ ㄈㄤˋ 放出；發出：施放烟幕｜施放毒氣。

【施肥】shī∥féi ㄕ∥ㄈㄟˊ 給植物上肥料。

【施工】shī∥gōng ㄕ∥ㄍㄨㄥ 按照設計的規格和要求建築房屋、橋樑、道路、水利工程等。

【施加】shījiā ㄕ ㄐㄧㄚ 給予(壓力、影響等)。

【施禮】shī∥lǐ ㄕ∥ㄌㄧˇ 行禮。

【施捨】shīshě ㄕ ㄕㄜˇ 把財物送給窮人或出家人。

【施事】shīshì ㄕ ㄕˋ 語法上指動作的主體，也就是發出動作或發生變化的人或事物，如'爺爺笑了'裏的'爺爺'，'水結成冰'裏的'水'。表示施事的名詞不一定做句子的主語，如'魚叫貓吃了'裏的施事是'貓'，但主語是'魚'。

【施威】shīwēi ㄕ ㄨㄟ 施展威風。

【施行】shīxíng ㄕ ㄒㄧㄥˊ ❶法令、規章等公佈後從某時起發生效力；執行：本條例自公佈之日起施行。❷按照某種方式或辦法去做；實行：施行手術。

【施用】shīyòng ㄕ ㄩㄥˋ 使用；施④：施用化肥。

【施與】shīyǔ ㄕ ㄩˇ 以財物周濟人；給予(恩惠)。

【施齋】shī∥zhāi ㄕ∥ㄓㄞ 給出家人食物。

【施展】shīzhǎn ㄕ ㄓㄢˇ 發揮(能力等)：施展本領｜他把全部技術都施展出來了。

【施診】shī∥zhěn ㄕ∥ㄓㄣˇ 給貧苦的人看病，不收診費。

【施政】shīzhèng ㄕ ㄓㄥˋ 施行政治措施：施政方針。

【施主】shīzhǔ ㄕ ㄓㄨˇ 和尚或道士稱施捨財物給佛寺或道觀的人，通常用來稱呼一般的在家人。

屍(尸)

shī ㄕ 屍體：死屍｜僵屍｜行屍走肉。

'尸'另見1031頁 shī。

【屍骨】shīgǔ ㄕ ㄍㄨˇ ❶屍體腐爛後剩下的骨頭：屍骨無存。❷借指屍體：屍骨未寒(指人剛死不久)。

【屍骸】shīhái ㄕ ㄏㄞˊ 屍骨。

【屍檢】shījiǎn ㄕ ㄐㄧㄢˇ 指病理解剖學和法醫學的屍體檢查。

【屍蠟】shīlà ㄕ ㄌㄚˋ 埋葬多年後皮膚、肌肉等組織沒有乾枯腐朽的屍體。

【屍身】shīshēn ㄕ ㄕㄣ 屍體。
【屍首】shī·shou ㄕ ·ㄕㄡ 人的屍體。
【屍體】shītǐ ㄕ ㄊㄧˇ 人或動物死後的身體。

師[1]（师） shī ㄕ ❶稱某些傳授知識技術的人：教師｜師傅｜師徒關係。❷學習的榜樣：前事不忘，後事之師。❸掌握專門學術或技藝的人：工程師｜技師｜醫師。❹對和尚的尊稱：法師｜禪師。❺指由師徒關係產生的：師母｜師兄｜師弟。❻〈書〉仿效；學習：師法｜師其意不師其辭。❼（Shī）姓。

師[2]（师） shī ㄕ ❶軍隊的編制單位，隸屬於軍或集團軍，下轄若干旅或團。❷軍隊：出師｜班師。
【師表】shībiǎo ㄕ ㄅㄧㄠˇ 〈書〉品德學問上值得學習的榜樣：為人師表。
【師承】shīchéng ㄕ ㄔㄥˊ ❶效法某個或某個流派並繼承其傳統：師承前賢。❷師徒相傳的系統：這些藝人各有自己的師承。
【師出無名】shī chū wú míng ㄕ ㄔㄨ ㄨˊ ㄇㄧㄥˊ 沒有理由而出兵打仗。泛指做某件事缺乏正當理由。
【師弟】shīdì ㄕ ㄉㄧˋ ❶稱同從一個師傅學習而拜師的時間在後的人。❷稱師傅的兒子或父親的徒弟中年齡比自己小的人。❸老師和學生（弟：弟子）。
【師法】shīfǎ ㄕ ㄈㄚˇ 〈書〉❶在學術或文藝上效法（某人或某個流派）。❷師徒相傳的學問和技術。
【師範】shīfàn ㄕ ㄈㄢˋ ❶師範學校的簡稱。❷〈書〉學習的榜樣：為世師範。
【師範學校】shīfàn xuéxiào ㄕ ㄈㄢˋ ㄒㄩㄝˊ ㄒㄧㄠˋ 專門培養師資的學校。簡稱師範。
【師父】shī·fu ㄕ ·ㄈㄨ ❶師傅。❷對和尚、尼姑、道士的尊稱。
【師傅】shī·fu ㄕ ·ㄈㄨ ❶工、商、戲劇等行業中傳授技藝的人。❷對有技藝的人的尊稱：老師傅｜廚師傅｜木匠師傅。
【師公】shīgōng ㄕ ㄍㄨㄥ ❶師父的師父。❷男巫師。
【師姐】shījiě ㄕ ㄐㄧㄝˇ ❶稱同從一個師傅學習而拜師的時間在前的女子。❷稱師傅的女兒或父親的女弟子中年齡比自己大的人。
【師妹】shīmèi ㄕ ㄇㄟˋ ❶稱同從一個師傅學習而拜師的時間在後的女子。❷稱師傅的女兒或父親的女弟子中年齡比自己小的人。
【師母】shīmǔ ㄕ ㄇㄨˇ 稱自己的教師的妻子或師傅的妻子。
【師娘】shīniáng ㄕ ㄋㄧㄤˊ 師母。
【師事】shīshì ㄕ ㄕˋ 〈書〉拜某人做師傅或對某人以師傅的禮節相待。
【師心自用】shī xīn zì yòng ㄕ ㄒㄧㄣ ㄗˋ ㄩㄥˋ 固執己見，自以為是。
【師兄】shīxiōng ㄕ ㄒㄩㄥ ❶稱同從一個師傅學習而拜師的時間在前的人。❷稱師傅的兒子或父親的徒弟中年齡比自己大的人。
【師爺】shī·ye ㄕ ·ㄧㄝ 幕友的俗稱：錢糧師爺｜刑名師爺｜包攬詞訟的師爺。
【師長】shīzhǎng ㄕ ㄓㄤˇ 對教師的尊稱。
【師資】shīzī ㄕ ㄗ 指可以當教師的人才：培養師資｜解決師資不足的問題。

絁（𫄨） shī ㄕ 〈書〉一種粗綢子。

葹〔葹〕 shī ㄕ 古書上說的一種植物。

蓍〔蓍〕 shī ㄕ 蓍草，多年生草本植物，莖有棱，葉子互生，羽狀深裂，裂片有鋸齒，花白色，結瘦果，扁平。全草入藥，莖、葉含芳香油，可做香料。我國古代用它的莖占卜。通稱蚰蜒草或鋸齒草。

獅（狮） shī ㄕ 獅子。

【獅子】shī·zi ㄕ ·ㄗ 哺乳動物，身體長約3米，四肢強壯，有鈎爪，掌部有肉塊，尾巴細長，末端有一叢毛，雄獅的頸部有長鬣，全身毛棕黃色。產於非洲和亞洲西部。捕食羚羊、斑馬等動物，吼聲很大，有'獸王'之稱。
【獅子搏兔】shī·zi bó tù ㄕ ·ㄗ ㄅㄛˊ ㄊㄨˋ 比喻對小事情也拿出全部力量，不輕視（搏：撲上去抓住）。
【獅子大開口】shī·zi dà kāi kǒu ㄕ ·ㄗ ㄉㄚˋ ㄎㄞ ㄎㄡˇ 比喻要大價錢或提出很高的物質要求。
【獅子狗】shī·zigǒu ㄕ ·ㄗ ㄍㄡˇ 毛較長的巴兒狗。
【獅子舞】shī·ziwǔ ㄕ ·ㄗ ㄨˇ 流行很廣的一種民間舞蹈，通常由兩人扮成獅子的樣子，另一人持綉球，逗引獅子舞蹈。
【獅子座】shī·zizuò ㄕ ·ㄗ ㄗㄨㄛˋ 黃道十二星座之一。參看505頁〖黃道十二宮〗。

詩（诗） shī ㄕ 文學體裁的一種，通過有節奏、韵律的語言反映生活、抒發情感。

【詩風】shīfēng ㄕ ㄈㄥ 詩歌創作的風格。
【詩歌】shīgē ㄕ ㄍㄜ 泛指各種體裁的詩。
【詩話】shīhuà ㄕ ㄏㄨㄚˋ ❶評論詩人和詩的書，多為隨筆性質。❷我國早期的有詩有話的小說，可以說唱。
【詩集】shījí ㄕ ㄐㄧˊ 編輯一個人或許多人的詩而成的書。
【詩句】shījù ㄕ ㄐㄩˋ 詩的句子，泛指詩作：優美動人的詩句。
【詩律】shīlǜ ㄕ ㄌㄩˋ 詩的格律。
【詩篇】shīpiān ㄕ ㄆㄧㄢ ❶詩（總稱）：這些詩篇寫得很動人。❷比喻生動而有意義的故事、文章等：光輝的詩篇｜英雄的詩篇。
【詩情畫意】shī qíng huà yì ㄕ ㄑㄧㄥˊ ㄏㄨㄚˋ ㄧˋ 詩畫一般的美好意境：這裏是一派田園景色，

充滿詩情畫意。
【詩人】shīrén ㄕ ㄖㄣˊ 寫詩的作家。
【詩史】shīshǐ ㄕ ㄕˇ ❶詩歌發展的歷史。❷指反映一個時代的面貌、具有歷史意義的詩歌。
【詩壇】shītán ㄕ ㄊㄢˊ 詩歌界：詩壇領袖｜詩壇盛會。
【詩興】shīxìng ㄕ ㄒㄧㄥˋ 做詩的興致：詩興大發。
【詩意】shīyì ㄕ ㄧˋ 像詩裏表達的那樣給人以美感的意境：富有詩意。
【詩餘】shīyú ㄕ ㄩˊ 詞②的別稱。意思是說詞是由詩發展而來的。
【詩韻】shīyùn ㄕ ㄩㄣˋ ❶做詩所押的韻。❷做詩所依據的韻書，一般指《平水韻》，平、上、去、入四聲共106韻。
【詩章】shīzhāng ㄕ ㄓㄤ 詩篇。
【詩作】shīzuò ㄕ ㄗㄨㄛˋ 詩歌作品。

浉(浉) Shī ㄕ 浉河，水名，在河南。

鳲(鸤) shī ㄕ［鳲鳩］(shījiū ㄕ ㄐㄧㄡ) 古書上指布穀鳥。

鳾(䴓) shī ㄕ 鳥，身體長約3寸，嘴長而尖，背部蒼灰色，翅膀的羽毛黑色，胸部白色，腹部淡褐色。生活在森林中，吃害蟲。

噓 shī ㄕ 嘆詞，表示制止、驅逐等：噓！別做聲。
另見1291頁 xū。

濕(湿、溼) shī ㄕ 沾了水的或顯出含水分多的(跟'乾'相對)：濕度｜潮濕｜地皮很濕｜衣服都給雨淋濕了。
【濕度】shīdù ㄕ ㄉㄨˋ ❶空氣內含水分的多少，分為絕對濕度、相對濕度等，通常指絕對濕度。❷泛指某些物質中所含水分的多少：土壤濕度。
【濕冷】shīlěng ㄕ ㄌㄥˇ 潮濕而寒冷。
【濕淋淋】shīlīnlīn ㄕ ㄌㄧㄣ ㄌㄧㄣ (濕淋淋的)形容物體濕得往下滴水：全身被雨澆得濕淋淋的。
【濕漉漉】shīlūlū ㄕ ㄌㄨ ㄌㄨ (濕漉漉的)形容物體潮濕的樣子：天氣返潮，晾了一天的衣服還是濕漉漉的。也作濕淥淥。
【濕熱】shīrè ㄕ ㄖㄜˋ 熱而濕度大。
【濕潤】shīrùn ㄕ ㄖㄨㄣˋ 潮濕潤澤：濕潤的土地｜空氣清新濕潤｜他有點激動，眼睛也濕潤了。

鯴(䲠) shī ㄕ 節肢動物的一屬，身體扁圓形，跟臭蟲相似，頭部有一對吸盤。寄生在魚類身體的表面。

鰤(𫚕) shī ㄕ 魚，側扁，背部褐色，鰭灰褐色，鱗小而圓，尾鰭分叉。生活在我國近海中。

釃[1](酾) shī ㄕ，又 shāi ㄕㄞ ❶〈書〉濾(酒)。❷〈方〉斟(酒)。

釃[2](酾) shī ㄕ〈書〉疏導(河渠)。

shí (ㄕˊ)

十 shí ㄕˊ ❶數目，九加一後所得。參看1067頁〖數字〗。❷表示達到頂點：十足｜十分｜十成。
【十八般武藝】shíbā bān wǔyì ㄕˊ ㄅㄚ ㄅㄢ ㄨˇ ㄧˋ 指使用刀、槍、劍、戟等十八種古式兵器的武藝，一般用來比喻各種技能。
【十八羅漢】shíbā-luóhàn ㄕˊ ㄅㄚ ㄌㄨㄛˊ ㄏㄢˋ 佛教對如來佛的十六個弟子和降龍伏虎兩羅漢的合稱。多塑在佛寺裏，或作為繪畫的題材。
【十不閑兒】shíbùxiánr ㄕˊ ㄅㄨˋ ㄒㄧㄢㄦˊ 同'什不閑兒'。
【十冬臘月】shí dōng là yuè ㄕˊ ㄉㄨㄥ ㄌㄚˋ ㄩㄝˋ 指農曆十月、十一月(冬月)、十二月(臘月)，天氣寒冷的季節。
【十惡不赦】shí è bù shè ㄕˊ ㄜˋ ㄅㄨˋ ㄕㄜˋ 形容罪大惡極，不可饒恕(十惡：古代刑法指不可赦免的十種重大罪名，即：謀反、謀大逆、謀叛、惡逆、不道、大不敬、不孝、不睦、不義、內亂，現在借指重大的罪行)。
【十二分】shí'èrfēn ㄕˊ ㄦˋ ㄈㄣ 形容程度極深(比用'十分'的語氣更強)：我對這件事感到十二分的滿意。
【十二指腸】shí'èrzhǐcháng ㄕˊ ㄦˋ ㄓˇ ㄔㄤˊ 小腸的第一段，較粗，約有十二個橫排着的指頭那麼長，上接胃，下接空腸。胰腺和膽囊的開口都在這裏。
【十番樂】shífānyuè ㄕˊ ㄈㄢ ㄩㄝˋ 一種民間音樂，樂隊由十種樂器組成(包括管樂器、弦樂器和打擊樂器)。統稱十番鑼鼓，簡稱十番。
【十方】shífāng ㄕˊ ㄈㄤ 佛教用語，指東、西、南、北、東南、西南、東北、西北、上、下十個方位。
【十分】shífēn ㄕˊ ㄈㄣ 副詞，很：十分滿意。
【十錦】shíjǐn ㄕˊ ㄐㄧㄣˇ 同'什錦'。
【十進制】shíjìnzhì ㄕˊ ㄐㄧㄣˋ ㄓˋ 一種記數法，採用0，1，2，3，4，5，6，7，8，9十個數碼，逢十進位。如9加1為10，90加10為100，900加100為1,000。
【十目所視，十手所指】shí mù suǒ shì, shí shǒu suǒ zhǐ ㄕˊ ㄇㄨˋ ㄙㄨㄛˇ ㄕˋ, ㄕˊ ㄕㄡˇ ㄙㄨㄛˇ ㄓˇ 表示監督的人很多，不允許做壞事，做了也隱瞞不住(見於《禮記·大學》)。
【十拿九穩】shí ná jiǔ wěn ㄕˊ ㄋㄚˊ ㄐㄧㄡˇ ㄨㄣˇ 比喻很有把握。也說十拿九準。
【十年九不遇】shí nián jiǔ bù yù ㄕˊ ㄋㄧㄢˊ ㄐㄧㄡˇ ㄅㄨˋ ㄩˋ 指某種情況多年難遇到：今年這麼大的雨量，真是十年九不遇。
【十年樹木，百年樹人】shí nián shù mù,bǎi

nián shù rén ㄕˊ ㄋㄧㄢˊ ㄕㄨˋ ㄇㄨˋ, ㄅㄞˇ ㄋㄧㄢˊ ㄕㄨˋ ㄖㄣˊ 培植樹木需要十年，培育人才需要百年。比喻培養人才是長久之計，也形容培養人才很不容易（《管子 · 權修》：'十年之計，莫如樹木；終身之計，莫如樹人'）。

【十全】shíquán ㄕˊ ㄑㄩㄢˊ 完美無缺：人都有缺點，哪能十全呢？

【十全十美】shí quán shí měi ㄕˊ ㄑㄩㄢˊ ㄕˊ ㄇㄟˇ 各方面都非常完美，毫無缺陷。

【十三點】shísāndiǎn ㄕˊ ㄙㄢ ㄉㄧㄢˇ〈方〉❶形容人傻裏傻氣或言行不合情理：這個人有點十三點。❷指傻裏傻氣，言行不合情理的人。

【十三經】Shísān Jīng ㄕˊ ㄙㄢ ㄐㄧㄥ 指《易經》、《書經》、《詩經》、《周禮》、《儀禮》、《禮記》、《春秋左傳》、《春秋公羊傳》、《春秋穀梁傳》、《論語》、《孝經》、《爾雅》、《孟子》十三種儒家的經傳。

【十三轍】shísān zhé ㄕˊ ㄙㄢ ㄓㄜˊ 指皮黃、鼓兒詞等戲劇曲藝中押韵的十三個大類，也叫十三道轍，就是：中東、江陽、衣期、姑蘇、懷來、灰堆、人辰、言前、梭波、麻沙、乜邪、遙迢、由求。

【十室九空】shí shì jiǔ kōng ㄕˊ ㄕˋ ㄐㄧㄡˇ ㄎㄨㄥ 十戶人家九家空。形容天災人禍使得人民流離失所的悲慘景象。

【十四行詩】shísìhángshī ㄕˊ ㄙˋ ㄏㄤˊ ㄕ 歐洲的一種抒情詩體，每首十四行，格律上分為好幾種。也譯作商籟體。

【十萬八千里】shí wàn bā qiān lǐ ㄕˊ ㄨㄢˋ ㄅㄚ ㄑㄧㄢ ㄌㄧˇ 形容極遠的距離或極大的差距：他說了半天，離正題還差十萬八千里呢！｜這兩個廠相比，經濟效益相差十萬八千里。

【十萬火急】shí wàn huǒ jí ㄕˊ ㄨㄢˋ ㄏㄨㄛˇ ㄐㄧˊ 形容事情緊急到了極點。

【十一】Shí-Yī ㄕˊ ㄧ 十月一日，中華人民共和國國慶日。一九四九年十月一日中華人民共和國成立。

【十月革命】Shíyuè Gémìng ㄕˊ ㄩㄝˋ ㄍㄜˊ ㄇㄧㄥˋ 1917年11月7日（俄曆10月25日）俄國工人階級和農民在以列寧為首的布爾什維克黨的領導下進行的社會主義革命。十月革命推翻了俄國資產階級臨時政府，建立了世界上第一個無產階級專政的社會主義國家。

【十指連心】shí zhǐ lián xīn ㄕˊ ㄓˇ ㄌㄧㄢˊ ㄒㄧㄣ 手指頭感覺靈敏，十個手指碰傷了哪一個都感到痛得鑽心。常用來比喻某人和有關的人或事具有極密切的關係。

【十字架】shízìjià ㄕˊ ㄗˋ ㄐㄧㄚˋ 羅馬帝國時代的一種刑具，是一個十字形的木架，把人的兩手、兩腳釘在上面，任他慢慢死去。據基督教《新約全書》中記載，耶穌被釘死在十字架上。因此基督教徒就把十字架作為信仰的標記，也看做受難或死亡的象徵。

【十字街頭】shízì jiētóu ㄕˊ ㄗˋ ㄐㄧㄝ ㄊㄡˊ 指道路交叉，行人往來頻繁的熱鬧街市。

【十字路口】shízì lùkǒu ㄕˊ ㄗˋ ㄌㄨˋ ㄎㄡˇ（十字路口兒）兩條路縱橫交叉的地方。比喻在重大問題上需要對去向作出選擇的境地。

【十足】shízú ㄕˊ ㄗㄨˊ ❶成色純：十足的黃金。❷十分充足：十足的理由｜神氣十足｜幹勁十足。

什

shí ㄕˊ ❶〈書〉同'十'（多用於分數或倍數）：什一（十分之一）｜什九（十分之九）｜什百（十倍或百倍）。❷多種的；雜樣的：什物｜什件｜傢什。

另見1019頁 shén '甚'。

【什不閑兒】shíbùxiánr ㄕˊ ㄅㄨˋ ㄒㄧㄢˊㄦ 曲藝的一種，由蓮花落發展而成，用鑼、鼓、鐃、鈸等伴奏。也作十不閑兒。

【什件兒】shíjiànr ㄕˊ ㄐㄧㄢˋㄦ ❶雞鴨的內臟做食品時的總稱：炒什件兒。❷〈方〉箱櫃、馬車、刀劍等上面所附的各樣起加固作用的金屬裝飾品：黃銅什件兒。

【什錦】shíjǐn ㄕˊ ㄐㄧㄣˇ ❶多種原料製成或多種花樣的：什錦餅乾｜什錦糖｜什錦銼。❷多種原料製成或多種花樣拼成的食品：素什錦。

【什錦銼】shíjǐncuò ㄕˊ ㄐㄧㄣˇ ㄘㄨㄛˋ 由各種不同橫斷面的小型銼刀組成的一組銼，包括扁銼、方銼、圓銼、三角銼、刀銼等。也叫組銼。

【什物】shíwù ㄕˊ ㄨˋ 泛指家庭日常應用的衣物及其他零碎用品。

石

shí ㄕˊ ❶構成地殼的堅硬物質，是由礦物集合而成的：花崗石｜石灰石｜石碑｜石板｜石器。參看1314頁〖岩石〗。❷指石刻：金石。❸古代用來治病的石針：藥石。❹（Shí）姓。

另見225頁 dàn。

【石板】shíbǎn ㄕˊ ㄅㄢˇ ❶片狀的石頭，多用為建築材料。❷文具，用薄的方形板岩製成，周圍鑲木框，用石筆在上面寫字。

【石版】shíbǎn ㄕˊ ㄅㄢˇ 石印的印刷底版，用一種多孔質的石料製成。參看〖石印〗。

【石筆】shíbǐ ㄕˊ ㄅㄧˇ 用滑石製成的筆，用來在石板上寫字。

【石沈大海】shí chén dà hǎi ㄕˊ ㄔㄣˊ ㄉㄚˋ ㄏㄞˇ 像石頭掉到大海裏一樣，不見踪影。比喻始終沒有消息。

【石擔】shídàn ㄕˊ ㄉㄢˋ 體育鍛煉用的器械，在竹杠或木杠兩端安着石輪。

【石雕】shídiāo ㄕˊ ㄉㄧㄠ 在石頭上雕刻形象、花紋的藝術。也指用石頭雕刻成的作品。

【石碓】shíduì ㄕˊ ㄉㄨㄟˋ 碓（舂米用具）。

【石方】shífāng ㄕˊ ㄈㄤ 採石、填石或運輸石頭的工作通常都用立方米來計算，一立方米稱為一個石方。這一類的工作叫石方工程，有時也簡稱石方。

【石膏】shígāo ㄕˊ ㄍㄠ 無機化合物，化學式 $CaSO_4 \cdot 2H_2O$，透明或半透明結晶體，白色、淡黃色、粉紅色或灰色。大部分為天然產，用於建築、裝飾、塑造和製造水泥等。中醫用做解熱藥，農業上用來改良鹼化土壤。也叫生石膏。

【石膏像】shígāoxiàng ㄕˊ ㄍㄠ ㄒㄧㄤˋ 用石膏做成的人物形象，是一種美術品。

【石工】shígōng ㄕˊ ㄍㄨㄥ ❶開採石料或用石料製作器物的工作。❷做這種工作的工人。也叫石匠。

【石鼓文】shígǔwén ㄕˊ ㄍㄨˇ ㄨㄣˊ 石鼓上刻的銘文或石鼓上銘文所用的字體，叫石鼓文。石鼓是戰國時秦國留存下來的文物，形狀略像鼓，共有十個，上面刻有四言詩銘文。唐代初年在今陝西鳳翔發現，現存北京。

【石滾】shígǔn ㄕˊ ㄍㄨㄣˇ 見741頁[碌碡](liù·zhóu)。

【石灰】shíhuī ㄕˊ ㄏㄨㄟ 生石灰和熟石灰的統稱。也特指生石灰。通稱白灰。

【石灰質】shíhuīzhì ㄕˊ ㄏㄨㄟ ㄓˋ 主要成分是碳酸鈣的物質。人和動物的骨骼中都含有大量的石灰質。

【石級】shíjí ㄕˊ ㄐㄧˊ 用石頭砌的台階。

【石匠】shí·jiang ㄕˊ ·ㄐㄧㄤ 石工②。

【石蜐】shíjié ㄕˊ ㄐㄧㄝˊ 見431頁〖龜足〗。

【石坎】shíkǎn ㄕˊ ㄎㄢˇ ❶石頭砌的防洪壩。❷石頭山上鑿成的台階。

【石刻】shíkè ㄕˊ ㄎㄜˋ 刻有文字、圖畫的碑碣等石製品或石壁，也指上面刻的文字、圖畫。

【石窟】shíkū ㄕˊ ㄎㄨ 古時一種就着山崖開鑿成的寺廟建築，裏面有佛像或佛教故事的壁畫和石刻等，如我國的敦煌、雲崗和龍門等石窟。

【石砬子】shílá·zi ㄕˊ ㄌㄚˊ ·ㄗ 〈方〉地面上突起的巨大岩石。也叫石頭砬子。

【石料】shíliào ㄕˊ ㄌㄧㄠˋ 做建築、築路、雕刻等材料用的岩石或類似岩石的物質，分為天然石料(如花崗石、石灰石)和人造石料(如人造大理石、水磨石、剁斧石)。

【石榴】shí·liu ㄕˊ ·ㄌㄧㄡ ❶落葉灌木或小喬木，葉子長圓形，花紅色、白色或黃色。果實球形，內有很多種子，種子的外種皮多汁，可以吃。根皮和樹皮可入藥。❷這種植物的果實。‖也叫安石榴。

【石榴裙】shíliúqún ㄕˊ ㄌㄧㄡˊ ㄑㄩㄣˊ 紅裙子。借指女人。

【石棉】shímián ㄕˊ ㄇㄧㄢˊ 礦物，成分是鎂、鐵等的硅酸鹽，纖維狀，多為白色、灰色或淺綠色。纖維柔軟，耐高溫，耐酸鹼，是熱和電的絕緣體。

【石墨】shímò ㄕˊ ㄇㄛˋ 礦物，成分是碳，灰黑色，有金屬光澤，硬度小，熔點高，導電性強，化學性質穩定。用來製造坩堝、電極、鉛筆心、潤滑劑、顏料、防銹塗料等。

【石女】shínǚ ㄕˊ ㄋㄩˇ 先天性無陰道或陰道發育不全的女子。

【石破天驚】shí pò tiān jīng ㄕˊ ㄆㄛˋ ㄊㄧㄢ ㄐㄧㄥ 唐代李賀詩《李憑箜篌引》：'女媧煉石補天處，石破天驚逗秋雨。'形容箜篌的聲音忽而高亢，忽而低沈，出人意外，有不可名狀的奇境。後多用來比喻文章議論新奇驚人。

【石器時代】shíqì shídài ㄕˊ ㄑㄧˋ ㄕˊ ㄉㄞˋ 考古學分期中最早的一個時代，從有人類起到青銅器的出現止共二三百萬年。這時人類主要用石頭製造勞動工具，還不知道利用金屬。按照石器的加工情況又可分為舊石器時代、中石器時代和新石器時代。

【石筍】shísǔn ㄕˊ ㄙㄨㄣˇ 石灰岩洞中直立的像筍的物體，常與鐘乳石上下相對，是由洞頂滴下的水滴中所含的碳酸鈣沈澱堆積而成的。

【石鎖】shísuǒ ㄕˊ ㄙㄨㄛˇ 體育鍛煉用的器械，形狀像舊式的鎖，用石料製成。

【石炭】shítàn ㄕˊ ㄊㄢˋ 古代指煤。

【石頭】shí·tou ㄕˊ ·ㄊㄡ 石①。

【石頭子兒】shí·touzǐr ㄕˊ ·ㄊㄡ ㄗㄦˇ 小石塊。

【石硪】shíwò ㄕˊ ㄨㄛˋ 用石頭製成的打夯工具，圓形，周圍繫着幾根繩子。

【石印】shíyìn ㄕˊ ㄧㄣˋ 用石版印刷。先把原稿用特製的墨寫在藥紙上，再軋印在石版上，塗上桃膠，乾後用水擦淨，然後塗油墨印刷。

【石英】shíyīng ㄕˊ ㄧㄥ 礦物，成分是二氧化硅，質地堅硬，純粹的石英叫做水晶，無色透明。含雜質時，有紫、褐、淡黃、深黑等顏色，一般是乳白色、半透明或不透明的結晶。工業上用來製造光學儀器、無綫電器材、耐火材料、玻璃或陶瓷等。

【石英鐘】shíyīngzhōng ㄕˊ ㄧㄥ ㄓㄨㄥ 一種計時儀器，利用石英晶體的振盪代替普通鐘擺的運動。石英鐘具有很高的精確性和穩定性，每天誤差可小於萬分之一秒。

【石油】shíyóu ㄕˊ ㄧㄡˊ 具有不同結構的碳氫化合物的混合物，液體，可以燃燒，一般呈褐色、暗綠色或黑色，滲透在岩石的空隙中。從石油中可以提取汽油、煤油、柴油、潤滑油、石蠟、瀝青等。

【石油氣】shíyóuqì ㄕˊ ㄧㄡˊ ㄑㄧˋ 開採石油或在煉油廠加工石油時產生的氣體，主要成分是碳氫化合物和氫氣。用做燃料和化工原料等。

【石子兒】shízǐr ㄕˊ ㄗㄦˇ 石頭子兒：碎石子兒。

辻 shí ㄕˊ 日本漢字，十字路口。多用於日本姓名。

旹 shí ㄕˊ 〈書〉同'時'。

拾1 shí ㄕˊ ❶把地上的東西拿起來；撿：拾糞｜拾麥穗兒｜拾金不昧。❷收拾：

拾掇。

拾2 shí ㄕˊ ‘十’的大寫。參看1067頁〖數字〗。

另見1013頁 shè。

【拾掇】shí·duo ㄕˊ ·ㄉㄨㄛ ❶整理；歸攏：屋裏拾掇得整整齊齊的。❷修理：拾掇鐘錶。❸懲治：他要是説瞎話，得狠狠地拾掇他！

【拾荒】shíhuāng ㄕˊ ㄏㄨㄤ 因生活貧困而拾取柴草、田地間遺留的穀物、別人扔掉的廢品等。

【拾金不昧】shí jīn bù mèi ㄕˊ ㄐㄧㄣ ㄅㄨˋ ㄇㄟˋ 拾到錢財不藏起來據為己有。

【拾零】shílíng ㄕˊ ㄌㄧㄥˊ 指把某方面的零碎的材料收集起來（多用於標題）：賽場拾零。

【拾取】shíqǔ ㄕˊ ㄑㄩˇ 拾1①：在海岸上拾取貝殼。

【拾趣】shíqù ㄕˊ ㄑㄩˋ 指把某方面的有趣的材料收集起來（多用於標題）：峨眉拾趣。

【拾人牙慧】shí rén yá huì ㄕˊ ㄖㄣˊ ㄧㄚˊ ㄏㄨㄟˋ 拾取人家的隻言片語當做自己的話。

【拾物】shíwù ㄕˊ ㄨˋ 拾到的別人遺失的東西：拾物招領處。

【拾遺】shíyí ㄕˊ ㄧˊ ❶拾取旁人遺失的東西，據為己有：夜不閉戶，道不拾遺。❷補充旁人所遺漏的事物：拾遺補闕。

【拾音器】shíyīnqì ㄕˊ ㄧㄣ ㄑㄧˋ 電唱機中把唱針的振動變成電能的裝置。連在放大器上由揚聲器發出聲音。最常見的有電磁式和晶體式兩種。電磁式的由磁鐵、綫圈和裝唱針的振動鐵架構成；晶體式的用石英或酒石酸鹽等有壓電效應的晶體製成。也叫電唱頭。

食 shí ㄕˊ ❶吃：食肉｜應多食蔬菜。❷專指吃飯：食堂｜廢寢忘食。❸人吃的東西：肉食｜麪食｜主食｜副食｜消食開胃｜豐衣足食。❹（食兒）一般動物吃的東西；飼料：豬食｜雞沒食兒了｜鳥兒出來找食兒。❺供食用或調味用的：食物｜食油｜食鹽。❻同‘蝕’②。

另見1087頁 sì；1355頁 yì。

【食補】shíbǔ ㄕˊ ㄅㄨˇ 吃有滋補作用的飲食補養身體：藥補不如食補。

【食不甘味】shí bù gān wèi ㄕˊ ㄅㄨˋ ㄍㄢ ㄨㄟˋ 形容心裏有事，吃東西都不知道滋味。

【食道】shídào ㄕˊ ㄉㄠˋ 食管。

【食餌】shí'ěr ㄕˊ ㄦˇ 捕捉魚蝦等時用作誘餌的食物。

【食古不化】shí gǔ bù huà ㄕˊ ㄍㄨˇ ㄅㄨˋ ㄏㄨㄚˋ 指學了古代的文化知識不善於理解和應用，跟吃了東西不能消化一樣。

【食管】shíguǎn ㄕˊ ㄍㄨㄢˇ 連接咽頭和胃的管狀器官，食物經口腔從咽頭進入食管，食管肌肉收縮的蠕動把食物送到胃裏。也叫食道。（圖見1252頁〖消化系統〗）

【食積】shíjī ㄕˊ ㄐㄧ 中醫指因飲食沒有節制而引起的消化不良的病。症狀是胸部、腹部脹滿，吐酸水，便秘或腹瀉。

【食客】shíkè ㄕˊ ㄎㄜˋ ❶古代寄食在貴族官僚家裏，為主人策劃、奔走的人。❷飲食店的顧客。

【食口】shíkǒu ㄕˊ ㄎㄡˇ 指家裏吃飯的人。

【食糧】shíliáng ㄕˊ ㄌㄧㄤˊ 人吃的糧食：食糧供應◇精神食糧｜煤是工業的食糧。

【食量】shíliàng ㄕˊ ㄌㄧㄤˋ 飯量。

【食品】shípǐn ㄕˊ ㄆㄧㄣˇ 商店出售的經過加工製作的食物：罐頭食品｜食品公司。

【食譜】shípǔ ㄕˊ ㄆㄨˇ ❶介紹菜肴等製作方法的書。❷制定的每頓飯菜的單子：幼兒園食譜｜一週食譜。

【食親財黑】shí qīn cái hēi ㄕˊ ㄑㄧㄣ ㄘㄞˊ ㄏㄟ 〈方〉指人貪吝自私，愛佔便宜。

【食堂】shítáng ㄕˊ ㄊㄤˊ 機關、團體中供應本單位成員吃飯的地方。

【食糖】shítáng ㄕˊ ㄊㄤˊ 食用的糖，如白糖、紅糖。

【食物】shíwù ㄕˊ ㄨˋ 可以充飢的東西。

【食物鏈】shíwùliàn ㄕˊ ㄨˋ ㄌㄧㄢˋ 乙種生物吃甲種生物，丙種生物吃乙種生物，丁種生物又吃丙種生物…。這種一連串的食與被食的關係，叫做食物鏈。草食動物吃綠色植物，肉食動物吃草食動物，是最基本的食物鏈。也叫營養鏈。

【食物中毒】shíwù zhòngdú ㄕˊ ㄨˋ ㄓㄨㄥˋ ㄉㄨˊ 因吃了含有細菌或毒素的食物而引起的疾病，一般症狀是嘔吐、腹瀉、腹痛、心臟血管機能障礙等。

【食性】shíxìng ㄕˊ ㄒㄧㄥˋ ❶動物吃食料的習性。以動物為食的叫肉食性，以植物為食的叫草食性，以動物和植物為食的叫雜食性。❷指各人對食物味道的愛好；口味。

【食言】shíyán ㄕˊ ㄧㄢˊ 不履行諾言；失信：決不食言。

【食言而肥】shí yán ér féi ㄕˊ ㄧㄢˊ ㄦˊ ㄈㄟˊ 形容為了自己佔便宜而説話不算數，不守信用（語本《左傳》哀公二十五年：‘是食言多矣，能無肥乎！’）。

【食鹽】shíyán ㄕˊ ㄧㄢˊ 無機化合物，成分是氯化鈉，有海鹽、池鹽、岩鹽和井鹽四種。無色或白色晶體，有鹹味。用於製染料、玻璃、肥皂等，也是重要的調味劑和防腐劑。通稱鹽。

【食用】shíyòng ㄕˊ ㄩㄥˋ ❶做食物用。❷可以吃的：食用油｜食用植物。

【食油】shíyóu ㄕˊ ㄧㄡˊ 供食用的油，如芝麻油、花生油、菜油、豆油等。

【食慾】shíyù ㄕˊ ㄩˋ 人進食的要求：食慾不振｜適當運動能促進食慾。

【食指】shízhǐ ㄕˊ ㄓˇ ❶緊挨着大拇指的手指頭。❷〈書〉比喻家庭人口：食指眾多（人口多，負擔重）。

【食茱萸】shízhūyú ㄕˊ ㄓㄨ ㄩˊ 落葉喬木，枝上多刺，羽狀複葉，小葉披針形，花淡綠黃色。果實球形，成熟時紅色，可入藥，又可提製芳香油。

炻 shí ㄕˊ［炻器］(shíqì ㄕˊ ㄑㄧˋ) 介於陶器和瓷器之間的陶瓷製品，多呈棕色、黃褐色或灰藍色，質地緻密堅硬，跟瓷器相似。如水缸、沙鍋等。

祏 shí ㄕˊ 古代宗廟中藏神主的石室。

時(时) shí ㄕˊ ❶指比較長的一段時間：古時｜宋時｜盛極一時。❷規定的時候：按時上班｜列車準時到站。❸季節：四時｜不誤農時｜應時食品。❹當前；現在：時下｜時新｜時事。❺時俗；時尚：入時｜合時。❻計時的單位。a) 時辰：卯時｜辰時。b) 小時(點)：上午八時。❼時機：失時｜待時而動。❽時常：時時｜時有出現。❾疊用，跟'時而…時而…'相同；有時候：時斷時續｜時快時慢。注意 '時…時…'後面通常用單音詞，'時而…時而…'沒有限制。❿一種語法範疇，表示動詞所指動作在甚麼時候發生。很多語言的動詞分現在時、過去時和將來時，有些語言分得更細。⓫ (Shí) 姓。

【時弊】shíbì ㄕˊ ㄅㄧˋ 當時社會的弊病：切中時弊｜針砭時弊。

【時不時】shíbùshí ㄕˊ ㄅㄨˋ ㄕˊ 〈方〉時常。

【時不我待】shí bù wǒ dài ㄕˊ ㄅㄨˋ ㄨㄛˇ ㄉㄞˋ 時間不等人。指要抓緊時間：任務緊迫，時不我待。

【時差】shíchā ㄕˊ ㄔㄚ ❶平太陽時和真太陽時的差。一年之中時差是不斷改變的，最大正值是 +14 分 24 秒，最大負值是 −16 分 24 秒，有四次等於零。❷不同時區之間的時間差別。

【時常】shícháng ㄕˊ ㄔㄤˊ 常常；經常。

【時辰】shí·chen ㄕˊ ·ㄔㄣ ❶舊時計時的單位。把一晝夜平分為十二段，每段叫做一個時辰，合現在的兩小時。十二個時辰用地支做名稱，從半夜起算，半夜十一點到一點是子時，中午十一點到一點是午時。❷時間；時候：時辰不早了，快睡吧。

【時代】shídài ㄕˊ ㄉㄞˋ ❶指歷史上以經濟、政治、文化等狀況為依據而劃分的某個時期：石器時代｜封建時代｜五四時代｜時代潮流。❷指個人生命中的某個時期：青年時代。

【時點】shídiǎn ㄕˊ ㄉㄧㄢˇ 時間上的某一點，如說某年某月某日零點整。在計算人口、物資儲備等時，都是以一個時點為限。

【時調】shídiào ㄕˊ ㄉㄧㄠˋ 在一個地區流行的各種時興小調、小曲，有的已發展成曲藝，有演唱，有伴奏，如天津時調。

【時段】shíduàn ㄕˊ ㄉㄨㄢˋ 指某一段時間：新聞節目安排在最佳時段播出｜秋季是該市旅遊的黃金時段。

【時而】shí'ér ㄕˊ ㄦˊ 副詞。❶表示不定時地重複發生：天空中，時而飄過幾片薄薄的白雲。❷疊用，表示不同的現象或事情在一定時間內交替發生：這幾天時而晴天，時而下雨｜他們興高采烈，時而引吭高歌，時而婆娑起舞。

【時分】shífèn ㄕˊ ㄈㄣˋ 時候：三更時分｜掌燈時分。

【時乖運蹇】shí guāi yùn jiǎn ㄕˊ ㄍㄨㄞ ㄩㄣˋ ㄐㄧㄢˇ 指時運不好。也說時乖命蹇。

【時光】shíguāng ㄕˊ ㄍㄨㄤ ❶時間；光陰：時光易逝｜消磨時光。❷時期：他是抗日戰爭時光入伍的。❸日子：過着豐衣足食的好時光。

【時過境遷】shí guò jìng qiān ㄕˊ ㄍㄨㄛˋ ㄐㄧㄥˋ ㄑㄧㄢ 隨着時間的推移，境況發生變化。

【時候】shí·hou ㄕˊ ·ㄏㄡ ❶時間②：你寫這篇文章用了多少時候？❷時間③：現在是甚麼時候了？｜到時候請叫我一聲。

【時機】shíjī ㄕˊ ㄐㄧ 具有時間性的客觀條件(多指有利的)：掌握時機｜錯過時機｜有利時機。

【時價】shíjià ㄕˊ ㄐㄧㄚˋ 現時的價格：時價稍減｜時價起落不大。

【時間】shíjiān ㄕˊ ㄐㄧㄢ ❶物質存在的一種客觀形式，由過去、現在、將來構成的連綿不斷的系統。是物質的運動、變化的持續性、順序性的表現。❷有起點和終點的一段時間：地球自轉一周的時間是二十四小時｜蓋這麼所房子要多少時間？❸時間裏的某一點：現在的時間是三點十五分。

【時間詞】shíjiāncí ㄕˊ ㄐㄧㄢ ㄘˊ 表示時間的名詞，如：過去、現在、將來、早晨、今天、元旦、春季、去年、星期日等。

【時間性】shíjiānxìng ㄕˊ ㄐㄧㄢ ㄒㄧㄥˋ 事物在某一段時間內才有效、有意義或有作用的特徵：新聞報道的時間性強，要及時發表。

【時節】shíjié ㄕˊ ㄐㄧㄝˊ ❶節令；季節：清明時節｜農忙時節。❷時候：開始學戲那時節她才六歲。

【時局】shíjú ㄕˊ ㄐㄩˊ 當前的政治局勢：時局穩定。

【時刻】shíkè ㄕˊ ㄎㄜˋ ❶時間③：嚴守時刻，準時到會。❷每時每刻；經常：時時刻刻｜時刻準備貢獻出我們的力量。

【時空】shíkōng ㄕˊ ㄎㄨㄥ 時間和空間：時空觀(人們對於時間和空間的根本觀點)。

【時來運轉】shí lái yùn zhuǎn ㄕˊ ㄌㄞˊ ㄩㄣˋ ㄓㄨㄢˇ 時機來了，運氣有了好轉。

【時令】shílìng ㄕˊ ㄌㄧㄥˋ 季節：時令已交初秋，天氣逐漸涼爽。

【時令】shí·ling ㄕˊ ·ㄌㄧㄥ 〈方〉指時令病：鬧時令。

【時令病】shílìngbìng ㄕˊ ㄌㄧㄥˋ ㄅㄧㄥˋ 中醫指

某一季節的多發病，如夏季的痢疾、中暑，秋季的瘧疾等。

【時令河】shílìnghé ㄕˊ ㄌㄧㄥˋ ㄏㄜˊ 季節性的河流，雨季或冰雪融化期有水，其他時期無水或斷續有水。

【時髦】shímáo ㄕˊ ㄇㄠˊ 形容人的裝飾衣着或其他事物入時：趕時髦。

【時評】shípíng ㄕˊ ㄆㄧㄥˊ 指報刊上評論時事的文章。

【時期】shíqī ㄕˊ ㄑㄧ 一段時間（多指具有某種特徵的）：抗戰時期｜社會主義建設時期。

【時氣】shí·qi ㄕˊ·ㄑㄧ〈方〉❶一時的運氣，又特指一時的幸運：時氣好｜碰時氣｜有時氣。❷因氣候失常而流行的疾病。

【時區】shíqū ㄕˊ ㄑㄩ 見75頁〖標準時區〗。

【時人】shírén ㄕˊ ㄖㄣˊ ❶當時的人：時人有詩為證。❷舊時指社會上一個時期裏最活躍的人。

【時日】shírì ㄕˊ ㄖˋ ❶時間和日期：不計時日｜延誤時日。❷較長的時間：這項工程需要時日。

【時尚】shíshàng ㄕˊ ㄕㄤˋ 當時的風尚：不合時尚。

【時時】shíshí ㄕˊ ㄕˊ 常常：時時不忘自己是人民的公僕｜二十年來我時時想起這件事。

【時世】shíshì ㄕˊ ㄕˋ ❶時代①：艱難時世。❷指當前的社會：他對時世有深刻的認識。

【時事】shíshì ㄕˊ ㄕˋ 最近期間的國內外大事：關心時事｜時事報告｜時事述評。

【時勢】shíshì ㄕˊ ㄕˋ 某一時期的客觀形勢：當時為時勢所迫，只好離家出走。

【時俗】shísú ㄕˊ ㄙㄨˊ 當時的習俗；流俗：囿於時俗｜不落時俗。

【時速】shísù ㄕˊ ㄙㄨˋ 以小時為時間單位的速度。

【時務】shíwù ㄕˊ ㄨˋ 當前的重大事情或客觀形勢：不識時務｜識時務者為俊杰。

【時下】shíxià ㄕˊ ㄒㄧㄚˋ 當前；眼下：這是時下流行的款式。

【時鮮】shíxiān ㄕˊ ㄒㄧㄢ 少量上市的應時的新鮮蔬菜、魚蝦等。

【時限】shíxiàn ㄕˊ ㄒㄧㄢˋ 完成某項工作的期限：時限緊迫｜以三天為時限完成這項任務。

【時效】shíxiào ㄕˊ ㄒㄧㄠˋ ❶指在一定時間內能起的作用。❷法律所規定的刑事責任和民事訴訟權利的有效期限。

【時新】shíxīn ㄕˊ ㄒㄧㄣ 某一時期最新的（多指服裝樣式）：時新款式。

【時興】shíxīng ㄕˊ ㄒㄧㄥ 一時流行：這種款式時興了一陣子｜現在正時興這種服裝。

【時行】shíxíng ㄕˊ ㄒㄧㄥˊ 時興。

【時序】shíxù ㄕˊ ㄒㄩˋ 季節變化的次序：時序推移，秋去冬來。

【時樣】shíyàng ㄕˊ ㄧㄤˋ 時新的式樣。

【時宜】shíyí ㄕˊ ㄧˊ 當時的需要：不合時宜。

【時疫】shíyì ㄕˊ ㄧˋ 指某個季節流行的傳染病。

【時運】shíyùn ㄕˊ ㄩㄣˋ 一時的運氣：時運不濟。

【時針】shízhēn ㄕˊ ㄓㄣ ❶鐘錶面上的針形零件，短針指示'時'，長針指示'分'，還有指示'秒'的。❷鐘錶上的短針。

【時政】shízhèng ㄕˊ ㄓㄥˋ 指當時的政治情況。

【時鐘】shízhōng ㄕˊ ㄓㄨㄥ 能報時的鐘。

【時裝】shízhuāng ㄕˊ ㄓㄨㄤ ❶式樣最新的服裝：時裝展覽。❷當代通行的服裝（跟'古裝'相對）：時裝戲。

湜 shí ㄕˊ〈書〉水清見底的樣子。

寔 shí ㄕˊ〈書〉❶放置。❷同'實'。❸此。

塒（塒） shí ㄕˊ 在牆上鑿的雞窩。

蒔〔蒔〕（莳） shí ㄕˊ［蒔蘿］（shíluó ㄕˊ ㄌㄨㄛˊ）多年生草本植物，羽狀複葉，花黃色，果實橢圓形。子實含有芳香油，可製香精。

另見1049頁 shì。

蝕（蚀） shí ㄕˊ ❶損失；損傷；虧耗：蝕本｜侵蝕｜腐蝕｜剝蝕。❷月球走到地球太陽之間遮蔽了太陽，或地球走到太陽月球之間遮蔽了月球時，人所看到的日月虧缺或完全不見的現象：日蝕｜月蝕。

【蝕本】shí//běn ㄕˊ//ㄅㄣˇ 賠本兒。

【蝕分】shífēn ㄕˊ ㄈㄣ 發生日蝕或月蝕時，日、月被遮蔽的程度。以太陽或月球的直徑為單位來計算，如日蝕的蝕分為 0.3 就是說太陽的直徑被月球遮住 3/10。

【蝕既】shíjì ㄕˊ ㄐㄧˋ 日全蝕或月全蝕過程中，月亮陰影與太陽圓面或地球陰影與月亮圓面第一次內切時二者之間的位置關係，也指發生這種位置關係的時刻。蝕既發生在初虧之後。參看〖蝕相〗。

【蝕刻】shíkè ㄕˊ ㄎㄜˋ 利用硝酸等化學藥品的腐蝕作用來製造銅版、鋅版等印刷版的方法。

【蝕甚】shíshèn ㄕˊ ㄕㄣˋ 日偏蝕或月偏蝕過程中，太陽被月亮陰影遮蓋最多或月亮被地球陰影遮蓋最多時，兩者之間的位置關係；日全蝕或月全蝕過程中，太陽被月亮陰影全部遮蓋或月亮完全走進地球陰影裏而兩個中心距離最近時，兩者之間的位置關係。也指發生上述位置關係的時刻。蝕甚發生在蝕既之後。參看〖蝕相〗。

【蝕相】shíxiàng ㄕˊ ㄒㄧㄤˋ 日蝕（或月蝕）時，月球陰影與太陽（或地球陰影與月球）的不同位置關係，也指不同位置發生的時刻。全蝕時，有初虧、蝕既、蝕甚、生光、復圓五種蝕相；偏蝕時有初虧、蝕甚、復圓三種蝕相。

實(实) shí ㄕˊ ❶內部完全填滿，沒有空隙：實心兒的鐵球｜把窟窿填實了。❷真實；實在(跟'虛'相對)：實心眼兒｜實事求是｜實話實說。❸實際；事實：傳聞失實｜名實相副。❹果實；種子：芡實(雞頭米)｜開花結實。

【實報實銷】shí bào shí xiāo ㄕˊ ㄅㄠˋ ㄕˊ ㄒㄧㄠ 支出多少報銷多少。

【實測】shícè ㄕˊ ㄘㄜˋ 用工具、儀器等進行實際測量或檢測。

【實誠】shí·cheng ㄕˊ·ㄔㄥ 誠實；老實：實誠話｜這個人實誠，答應了的事一定會做到。

【實處】shíchù ㄕˊ ㄔㄨˋ 指起實際作用的地方：幹勁用在實處｜措施落到實處。

【實詞】shící ㄕˊ ㄘˊ 意義比較具體的詞。漢語的實詞包括名詞、動詞、形容詞、數詞、量詞、代詞六類。

【實打實】shí dǎ shí ㄕˊ ㄉㄚˇ ㄕˊ 實實在在：實打實的硬功夫｜實打實地說吧。

【實彈】shídàn ㄕˊ ㄉㄢˋ ❶裝有槍彈或炮彈：荷槍實彈。❷實際發射槍彈或炮彈的：實彈演習。

【實地】shídì ㄕˊ ㄉㄧˋ ❶在現場(做某事)：實地考察｜實地試驗。❷實實在在(做某事)：實地去做。

【實感】shígǎn ㄕˊ ㄍㄢˇ 真實的感情；實際的感受：真情實感。

【實幹】shígàn ㄕˊ ㄍㄢˋ 實地去做：實幹家｜發揚實幹精神。

【實話】shíhuà ㄕˊ ㄏㄨㄚˋ 真實的話：實話實說。

【實惠】shíhuì ㄕˊ ㄏㄨㄟˋ ❶實際的好處：得到實惠。❷有實際的好處：你送他實用的東西比送陳設品要實惠些。

【實寄封】shíjìfēng ㄕˊ ㄐㄧˋ ㄈㄥ 集郵中指經過實際投遞的信封。

【實際】shíjì ㄕˊ ㄐㄧˋ ❶客觀存在的事物或情況：一切從實際出發｜理論聯繫實際。❷實有的；具體的：舉一個實際的例子來說明｜實際工作｜實際行動。❸合乎事實的：這種想法不實際｜計劃訂得很實際。

【實際工資】shíjì gōngzī ㄕˊ ㄐㄧˋ ㄍㄨㄥ ㄗ 以工人所得的貨幣工資實際上能購買多少生活消費品、開銷多少服務費做標準來衡量的工資。參看806頁〖名義工資〗。

【實績】shíjì ㄕˊ ㄐㄧˋ 實際的成績：考察工作實績。

【實踐】shíjiàn ㄕˊ ㄐㄧㄢˋ ❶實行(自己的主張)；履行(自己的諾言)。❷人們改造自然和改造社會的有意識的活動：實踐出真知。

【實景】shíjǐng ㄕˊ ㄐㄧㄥˇ 拍攝電影、電視時作為背景的真實的景物(區別於'佈景')。

【實據】shíjù ㄕˊ ㄐㄩˋ 確實的證據：真憑實據。

【實況】shíkuàng ㄕˊ ㄎㄨㄤˋ 實際情況：實況報導｜實況錄像｜轉播大會實況。

【實力】shílì ㄕˊ ㄌㄧˋ 實在的力量(多指軍事或經濟方面)：經濟實力｜實力雄厚｜增強實力。

【實例】shílì ㄕˊ ㄌㄧˋ 實際的例子：用實例說明。

【實錄】shílù ㄕˊ ㄌㄨˋ ❶按照真實情況記載的文字：這本日記是他晚年生活的實錄。❷編年體史書的一種，專記某一皇帝統治時期的大事，如唐代韓愈的《順宗實錄》、宋代錢若水等的《太宗實錄》等。私人記載祖先事迹的文字，有的也叫實錄，如唐代李翱的《皇祖實錄》。❸把實況記錄或錄製下來。

【實落】shí·luo ㄕˊ·ㄌㄨㄛ 〈方〉❶誠實；不虛偽：他有點執拗，對人心地可實落。❷(心情)安穩踏實：聽他這樣一說，我心裏才感到實落。❸確切：你究竟哪天動身，請告訴我個實落的日子。❹結實；牢固：這把椅子做得可真實落。

【實情】shíqíng ㄕˊ ㄑㄧㄥˊ 真實的情況：了解實情。

【實權】shíquán ㄕˊ ㄑㄩㄢˊ 實際的權力：握有實權。

【實生】shíshēng ㄕˊ ㄕㄥ 直接用種子播種培育的(苗木等)：實生苗｜實生毛竹造林。

【實施】shíshī ㄕˊ ㄕ 實行(法令、政策等)：付諸實施｜實施細則。

【實事】shíshì ㄕˊ ㄕˋ ❶實有的事：此劇取材於京城實事。❷具體的事；實在的事：少講空話，多辦實事。

【實事求是】shí shì qiú shì ㄕˊ ㄕˋ ㄑㄧㄡˊ ㄕˋ 從實際情況出發，不誇大，不縮小，正確地對待和處理問題。

【實數】shíshù ㄕˊ ㄕㄨˋ ❶有理數和無理數的統稱。❷實在的數字：開會的人有多少，報個實數來。

【實說】shíshuō ㄕˊ ㄕㄨㄛ 如實地說：實話實說。

【實體】shítǐ ㄕˊ ㄊㄧˇ ❶馬克思主義以前的哲學上的一個概念，認為實體是萬物不變的基礎和本原。唯心主義者所說的'精神'、形而上學的唯物主義者所說的'物質'都是這樣的實體。❷指實際存在的起作用的組織或機構：經濟實體｜政治實體。

【實物】shíwù ㄕˊ ㄨˋ ❶實際應用的東西。❷真實的東西：實物教學。❸物質存在的一種基本形式，指具有相對靜止狀態的質量的基本粒子所組成的物質。任何實物粒子都不能脫離有關的場而獨立存在。

【實習】shíxí ㄕˊ ㄒㄧˊ 把學到的理論知識拿到實際工作中去應用和檢驗，以鍛煉工作能力。

【實現】shíxiàn ㄕˊ ㄒㄧㄢˋ 使成為事實：理想實現。

【實像】shíxiàng ㄕˊ ㄒㄧㄤˋ 物體發出的光綫經凹面鏡、凸透鏡反射或折射後會聚而形成的影像叫做實像。實像可以顯現在屏幕上，能使照相底片感光。光源在主焦點以外時才能產生實像，攝影和放映電影都必須利用實像。

【實效】shíxiào ㄕˊ ㄒㄧㄠˋ 實際的效果：講求實效。

【實心】shíxīn ㄕˊ ㄒㄧㄣ ❶心地誠實：實心話｜實心實意。❷(實心兒)物體內部是實的：這個球是實心的，拿着很沈。

【實心眼兒】shíxīnyǎnr ㄕˊ ㄒㄧㄣ ㄧㄢˇㄦ 心地誠實，也指心地誠實的人：實心眼兒的小夥子｜他是個實心眼兒，不會說假話。

【實行】shíxíng ㄕˊ ㄒㄧㄥˊ 用行動來實現(綱領、政策、計劃等)：實行改革。

【實學】shíxué ㄕˊ ㄒㄩㄝˊ 塌實而有根底的學問：真才實學。

【實驗】shíyàn ㄕˊ ㄧㄢˋ ❶為了檢驗某種科學理論或假設而進行某種操作或從事某種活動。❷指實驗的工作：做實驗｜科學實驗。

【實驗式】shíyànshì ㄕˊ ㄧㄢˋ ㄕˋ 用元素符號表示化合物中各元素原子數最簡整數比的式子。如氯化鈉的實驗式是NaCl，表示氯化鈉晶體中鈉(Na)和氯(Cl)原子數的比例是1：1而並不意味着有氯化鈉分子存在。也叫最簡式。

【實業】shíyè ㄕˊ ㄧㄝˋ 指工商企業：實業家｜興辦實業。

【實益】shíyì ㄕˊ ㄧˋ 實在的利益：得到實益。

【實意】shíyì ㄕˊ ㄧˋ 心意真實：實心實意。

【實用】shíyòng ㄕˊ ㄩㄥˋ ❶實際使用：切合實用。❷有實際使用價值的：這種傢具又美觀，又實用。

【實用文】shíyòngwén ㄕˊ ㄩㄥˋ ㄨㄣˊ 舊指應用文。

【實用主義】shíyòng zhǔyì ㄕˊ ㄩㄥˋ ㄓㄨˇ ㄧˋ 現代資產階級哲學的一個派別，創始於美國。它的主要內容是否認世界的物質性和真理的客觀性，把客觀存在和主觀經驗等同起來，認為有用的就是真理，思維只是應付環境解決疑難的工具。

【實在】shízài ㄕˊ ㄗㄞˋ ❶誠實；不虛假：實在的本事｜心眼兒實在。❷的確：實在太好了｜實在不知道。❸真實：他說他懂了，實在並沒懂。

【實在】shí·zai ㄕˊ ·ㄗㄞ (工作、活兒)扎實；地道；不馬虎：工作做得很實在。

【實在法】shízàifǎ ㄕˊ ㄗㄞˋ ㄈㄚˇ 西方法學家對法律的分類之一，指各國在各個歷史時期制定或認可的法律(跟'自然法'相對)。

【實則】shízé ㄕˊ ㄗㄜˊ 實際上；其實：他滿口說好，實則是敷衍大家。

【實戰】shízhàn ㄕˊ ㄓㄢˋ 實際作戰：要從實戰出發，苦練殺敵本領。

【實證】shízhèng ㄕˊ ㄓㄥˋ 實際的證明：這些塗改過的單據是他犯罪活動的實證。

【實職】shízhí ㄕˊ ㄓˊ 有職位而且實際參加工作的：實職人員。

【實質】shízhì ㄕˊ ㄓˋ 本質。

【實字】shízì ㄕˊ ㄗˋ 有實在意義的字(跟'虛字'相對)。

【實足】shízú ㄕˊ ㄗㄨˊ 確實足數的：實足年齡｜實足一百人。

鼫 shí ㄕˊ 古書上指鼫鼠一類的動物。

識(识) shí ㄕˊ ❶認識：識字｜素不相識｜有眼不識泰山。❷見識；知識：卓識｜有識之士｜常識｜學識。

另見1477頁 zhì。

【識別】shíbié ㄕˊ ㄅㄧㄝˊ 辨別；辨認：識別真偽。

【識貨】shí//huò ㄕˊ // ㄏㄨㄛˋ 能鑒別貨物的好壞：不怕不識貨，就怕貨比貨。

【識家】shíjiā ㄕˊ ㄐㄧㄚ 識貨的人：貨賣識家｜只要東西好，不怕沒識家。

【識見】shíjiàn ㄕˊ ㄐㄧㄢˋ 〈書〉知識和見聞；見識②。

【識荊】shíjīng ㄕˊ ㄐㄧㄥ 〈書〉敬辭，指初次見面或結識(語本李白《與韓荊州書》：'生不用封萬戶侯，但願一識韓荊州')。

【識破】shípò ㄕˊ ㄆㄛˋ 看穿(別人的內心秘密或陰謀詭計)：識破機關｜識破陰謀。

【識趣】shíqù ㄕˊ ㄑㄩˋ 知趣。

【識時務者為俊杰】shí shíwù zhě wéi jùnjié ㄕˊ ㄕˊ ㄨˋ ㄓㄜˇ ㄨㄟˊ ㄐㄩㄣˋ ㄐㄧㄝˊ 能認清當前的重大事情或客觀形勢的才是杰出的人物(語本《三國志·蜀書·諸葛亮傳》註引《襄陽記》：'識時務者，在乎俊杰')。

【識文斷字】shí wén duàn zì ㄕˊ ㄨㄣˊ ㄉㄨㄢˋ ㄗˋ 識字(就能力說)：他識文斷字，當個文化教員還能對付。

【識相】shíxiàng ㄕˊ ㄒㄧㄤˋ 〈方〉會看別人的神色行事；知趣：我勸你識相點，別自討沒趣。

【識羞】shíxiū ㄕˊ ㄒㄧㄡ 自覺羞耻(多用於否定式)：好不識羞。

【識字】shí//zì ㄕˊ // ㄗˋ 認識文字：讀書識字｜注音識字｜識字課本。

鰣(鲥) shí ㄕˊ 鰣魚，背部黑綠色，腹部銀白色，眼周圍銀白色帶金光。鱗下有豐富的脂肪，肉鮮嫩，是名貴的食用魚。屬於海產魚類，春季到我國珠江、長江、錢塘江等河流中產卵。

shǐ (ㄕˇ)

史 shǐ ㄕˇ ❶歷史：史學｜近代史｜世界史｜有史以來。❷古代掌管記載史實的官。❸(Shǐ)姓。

【史部】shǐbù ㄕˇ ㄅㄨˋ 我國古代圖書分類的一大部類。包括各種體裁的歷史著作。也叫乙部。參看1086頁〖四部〗。

【史冊】shǐcè ㄕˇ ㄘㄜˋ 歷史記錄：名垂史冊。也作史策。

【史抄】shǐchāo ㄕˇ ㄔㄠ 摘抄史書而成的書籍。

【史官】shǐguān ㄕˇ ㄍㄨㄢ 古代朝廷中專門負責整理編纂前朝史料史書和搜集記錄本朝史實的官。

【史館】shǐguǎn ㄕˇ ㄍㄨㄢˇ 舊時指編纂國史的機構。

【史話】shǐhuà ㄕˇ ㄏㄨㄚˋ 敍述史事或某種事物發展過程的以故事的形式寫成的作品(多用做書名)，如《太平天國史話》、《辭書史話》。

【史籍】shǐjí ㄕˇ ㄐㄧˊ 歷史書籍。

【史迹】shǐjì ㄕˇ ㄐㄧˋ 歷史遺迹：革命史迹。

【史劇】shǐjù ㄕˇ ㄐㄩˋ 歷史劇。

【史料】shǐliào ㄕˇ ㄌㄧㄠˋ 歷史資料。

【史評】shǐpíng ㄕˇ ㄆㄧㄥˊ 評論史事或史書的著作。

【史前】shǐqián ㄕˇ ㄑㄧㄢˊ 沒有書面記錄的遠古：史前時代｜史前考古學。

【史乘】shǐshèng ㄕˇ ㄕㄥˋ 〈書〉史書。

【史詩】shǐshī ㄕˇ ㄕ 敍述英雄傳說或重大歷史事件的敍事長詩。

【史實】shǐshí ㄕˇ ㄕˊ 歷史上的事實：《三國演義》中的故事，大部分都有史實根據。

【史書】shǐshū ㄕˇ ㄕㄨ 記載歷史的書籍。

【史無前例】shǐ wú qián lì ㄕˇ ㄨˊ ㄑㄧㄢˊ ㄌㄧˋ 歷史上從來沒有過；前所未有。

【史學】shǐxué ㄕˇ ㄒㄩㄝˊ 以人類歷史為研究對象的科學。

矢¹ shǐ ㄕˇ 箭：流矢｜飛矢｜矢鏃｜有的放矢。

矢² shǐ ㄕˇ 〈書〉發誓：矢口｜矢志｜矢忠。

矢³ shǐ ㄕˇ 同'屎'：遺矢｜蠅矢。

【矢口】shǐkǒu ㄕˇ ㄎㄡˇ 一口咬定：矢口否認｜矢口抵賴。

【矢量】shǐliàng ㄕˇ ㄌㄧㄤˋ 有大小也有方向的物理量，如速度、動量、力等。也叫向量。

【矢石】shǐshí ㄕˇ ㄕˊ 古代作武器用的箭和石頭(石：礌石或用機械裝置彈射出去的石頭)：矢石如雨｜親冒矢石。

【矢志】shǐzhì ㄕˇ ㄓˋ 〈書〉發誓立志：矢志不渝｜矢志於科學。

【矢忠】shǐzhōng ㄕˇ ㄓㄨㄥ 〈書〉發誓盡忠：矢忠於祖國。

叓 shǐ ㄕˇ 〈書〉同'史'。

豕 shǐ ㄕˇ 〈書〉豬：狼奔豕突。

使¹ shǐ ㄕˇ ❶派遣；支使：使喚｜使人去打聽消息。❷使用：使拖拉機耕地｜這支筆很好使｜使上點肥料。❸讓；叫；致使：辦事使群眾滿意｜加強質量管理，使產品合格率不斷上升。❹〈書〉假如。

使² shǐ ㄕˇ 奉使命辦事的人：使節｜大使｜公使｜特使｜學使(科舉時代派到各省去主持考試的官員)。

【使絆兒】shǐ//bànr ㄕˇ//ㄅㄢㄦˋ ❶摔跤時用腿腳勾住對方的腿腳使跌倒。❷比喻用不正當手段暗害別人：嘴上說話比蜜甜，暗中使絆兒算計人。‖也說使絆子。

【使不得】shǐ·bu·de ㄕˇ ·ㄅㄨ ·ㄉㄜ ❶不能使用：這支筆壞了，使不得｜情況改變了，老辦法使不得。❷不行；不可以：病剛好，走遠路可使不得。

【使得】¹ shǐ·de ㄕˇ ·ㄉㄜ ❶可以使用：這支筆使得使不得？❷能行；可以：這個主意倒使得｜你不去如何使得？

【使得】² shǐ·de ㄕˇ ·ㄉㄜ (意圖、計劃、事物)引起一定的結果：科學種田使得糧食產量有了大幅度提高｜這個想法使得他忘記了一切困難。

【使館】shǐguǎn ㄕˇ ㄍㄨㄢˇ 外交使節在所駐國家的辦公機關。外交使節是大使的叫大使館，是公使的叫公使館。

【使壞】shǐ//huài ㄕˇ//ㄏㄨㄞˋ 出壞主意；耍狡猾手段：暗中使壞。

【使喚】shǐ·huan ㄕˇ ·ㄏㄨㄢ ❶叫人替自己做事：孩子大了，使喚不動了。❷使用(工具、牲口等)：新式農具使喚起來很得勁兒｜這匹馬不聽生人使喚。

【使假】shǐ//jiǎ ㄕˇ//ㄐㄧㄚˇ 以次充好；攙假：攙雜使假。

【使節】shǐjié ㄕˇ ㄐㄧㄝˊ 由一個國家派駐在另一個國家的外交代表，或由一個國家派遣到另一個國家去辦理事務的代表。

【使勁】shǐ//jìn ㄕˇ//ㄐㄧㄣˋ (使勁兒)用力：使勁划船｜我們倆使足了勁兒才把這塊石頭搬開。

【使命】shǐmìng ㄕˇ ㄇㄧㄥˋ 派人辦事的命令，多比喻重大的責任：歷史使命｜神聖使命。

【使然】shǐrán ㄕˇ ㄖㄢˊ (由於某種原因)致使這樣：他之所以離去，實為當時處境使然。

【使性】shǐxìng ㄕˇ ㄒㄧㄥˋ 由着脾氣；任性：任情使性｜你可不能使性胡來。也說使性子。

【使眼色】shǐ yǎn·sè ㄕˇ ㄧㄢˇ ·ㄙㄜˋ 用眼睛向別人暗示自己的意思。

【使役】shǐyì ㄕˇ ㄧˋ 使用(牲畜等)：使役耕牛要得當。

【使用】shǐyòng ㄕˇ ㄩㄥˋ 使人員、器物、資金等為某種目的服務：使用幹部｜合理使用資金。

【使用價值】shǐyòng jiàzhí ㄕˇ ㄩㄥˋ ㄐㄧㄚˋ ㄓˊ 物品所具有的能夠滿足人們某種需要的屬性，如糧食能充飢，衣服能禦寒等。

【使者】shǐzhě ㄕˇ ㄓㄜˇ 奉使命辦事的人(現多指外交人員)。

始 shǐ ㄕˇ ❶最初；起頭；開始(跟'終'相對)：始祖｜週而復始｜從始至終｜不自今日始｜不知始於何時｜始而不解，繼而恍然。❷〈書〉副詞，跟'才'相同：遊行至下午五時始畢｜不斷學習始能進步。

【始末】shǐmò ㄕˇ ㄇㄛˋ (事情)從頭到尾的經過：他把這件事情的始末對大家說了一遍。

【始業】shǐyè ㄕˇ ㄧㄝˋ 學業開始，特指大、中、小學的各個階段開始：春季始業｜秋季始業。

【始終】shǐzhōng ㄕˇ ㄓㄨㄥ 指從開始到最後：貫徹始終｜始終不懈。

【始祖】shǐzǔ ㄕˇ ㄗㄨˇ ❶有世系可考的最初的祖先。❷比喻某一學派或某一行業的創始人。❸指原始的(動物)：始祖鳥。

【始祖馬】shǐzǔmǎ ㄕˇ ㄗㄨˇ ㄇㄚˇ 古哺乳動物，馬類的祖先，身體大小與狐狸相仿，前足四趾，後足三趾。

【始祖鳥】shǐzǔniǎo ㄕˇ ㄗㄨˇ ㄋㄧㄠˇ 古脊椎動物，頭部像鳥，有爪和翅膀，稍能飛行，有牙齒，尾巴很長，由多數尾椎骨構成，除身上有鳥類的羽毛外，跟爬行動物相似。一般認為它是爬行動物進化到鳥類的中間類型，是鳥類的祖先，出現在侏羅紀。

【始作俑者】shǐ zuò yǒng zhě ㄕˇ ㄗㄨㄛˋ ㄩㄥˇ ㄓㄜˇ 孔子反對用俑殉葬，他說，開始用俑殉葬的人，大概沒有後嗣了吧！(見於《孟子・梁惠王上》)比喻惡劣風氣的創始者。

屎 shǐ ㄕˇ ❶從肛門出來的排泄物；糞：拉屎。❷眼睛、耳朵等器官裏分泌出來的東西：眼屎｜耳屎。

【屎殼郎】shǐ·kelàng ㄕˇ ·ㄎㄜ ㄌㄤˋ 〈方〉蜣螂。

駛(驶) shǐ ㄕˇ ❶(車馬等)飛快地跑：急駛而過。❷開動(車船等)：駕駛｜行駛｜輪船因故停駛。

shì (ㄕˋ)

士 shì ㄕˋ ❶古代指未婚的男子。❷古代介於大夫和庶民之間的階層。❸士人：士農工商。❹軍人：士兵｜士氣。❺軍人的一級，在尉以下：上士｜中士｜下士。❻指某些種技術人員：醫士｜護士｜技士｜助產士。❼對人的美稱：烈士｜勇士｜女士。❽(Shì)姓。

【士兵】shìbīng ㄕˋ ㄅㄧㄥ 軍士和兵的統稱；兵③。

【士大夫】shìdàfū ㄕˋ ㄉㄚˋ ㄈㄨ 封建時代泛指官僚階層，有時也包括還沒有做官的讀書人。

【士女】shìnǚ ㄕˋ ㄋㄩˇ ❶古代指未婚的男女，後來泛指男女。❷同'仕女'②。

【士氣】shìqì ㄕˋ ㄑㄧˋ 軍隊的戰鬥意志，也泛指群眾的鬥爭意志：士氣旺盛｜鼓舞士氣。

【士人】shìrén ㄕˋ ㄖㄣˊ 封建時代稱讀書人。

【士紳】shìshēn ㄕˋ ㄕㄣ 紳士。

【士卒】shìzú ㄕˋ ㄗㄨˊ 士兵：身先士卒。

【士族】shìzú ㄕˋ ㄗㄨˊ 東漢魏晉南北朝時期地主階級內部逐漸形成的世代讀書做官的大族，在政治經濟各方面享有特權。

氏 shì ㄕˋ ❶姓(張氏是'姓張的')：張氏兄弟。❷放在已婚婦女的姓後，通常在父姓前再加夫姓，作為稱呼：趙王氏(夫姓趙，父姓王)。❸對名人專家的稱呼：顧氏(顧炎武)《日知錄》｜攝氏溫度計｜達爾文氏。❹〈書〉用在親屬關係字的後面稱自己的親屬：舅氏(母舅)｜母氏。

另見1463頁 zhī。

【氏族】shìzú ㄕˋ ㄗㄨˊ 原始社會由血統關係聯繫起來的人的集體，氏族內部實行禁婚，集體佔有生產資料，集體生產，集體消費。也叫氏族公社。

示 shì ㄕˋ 把事物擺出來或指出來使人知道；表示：告示｜指示｜顯示｜暗示｜示意｜示範｜示威｜示眾。

【示波器】shìbōqì ㄕˋ ㄅㄛ ㄑㄧˋ 用來測驗交流電或脈動電流波的形狀的儀器，由電子管放大器、掃描振盪器、陰極射綫管等組成。除觀測電流的波形外，還可以測定頻率、電壓強度等。

【示範】shìfàn ㄕˋ ㄈㄢˋ 做出某種可供大家學習的典範：示範操作｜示範作用。

【示警】shìjǐng ㄕˋ ㄐㄧㄥˇ 用某種動作或信號使人注意(危險或緊急情況)：鳴鑼示警｜舉紅燈示警。

【示例】shìlì ㄕˋ ㄌㄧˋ 舉出或做出具有代表性的例子：示例演出。

【示人】shìrén ㄕˋ ㄖㄣˊ 拿出來給人看：他珍藏的古董從不輕易示人。

【示弱】shìruò ㄕˋ ㄖㄨㄛˋ 表示比對方軟弱，不敢較量(多用於否定)：不甘示弱。

【示威】shìwēi ㄕˋ ㄨㄟ ❶有所抗議或要求而進行的顯示自身威力的集體行動：遊行示威。❷向對方顯示自己的力量。

【示性式】shìxìngshì ㄕˋ ㄒㄧㄥˋ ㄕˋ 表示含有官能團的化合物分子的簡化結構式，如乙醇、甲醚的示性式分別為 CH_3CH_2OH 和 CH_3OCH_3。參看587頁〖結構式〗。

【示意】shìyì ㄕˋ ㄧˋ 用表情、動作、含蓄的話或圖形表示意思：以目示意｜護士指了指門，示意他把門關上。

【示意圖】shìyìtú ㄕˋ ㄧˋ ㄊㄨˊ 為了說明內容較複雜的事物的原理或具體輪廓而繪成的略圖：水利工程示意圖｜人造衛星運行示意圖。

【示眾】shìzhòng ㄕˋ ㄓㄨㄥˋ 給大家看，特指當

眾懲罰犯人：遊街示眾。

世(㔺) shì ㄕˋ ❶人的一輩子：一生一世。❷有血統關係的人相傳而成的輩分：第十世孫。❸一代又一代：世交｜世仇｜世誼｜三代祖傳世醫。❹指有世交的關係：世兄｜世叔。❺時代：近世｜當世。❻社會；人間：問世｜世人｜世道｜世上｜公之於世。❼(Shì)姓。

【世弊】shìbì ㄕˋ ㄅㄧˋ 當代的弊病；社會上的弊病。

【世變】shìbiàn ㄕˋ ㄅㄧㄢˋ 世間的變化、變故：飽經世變。

【世仇】shìchóu ㄕˋ ㄔㄡˊ 世世代代有仇的人或人家，也指世世代代的冤仇。

【世傳】shìchuán ㄕˋ ㄔㄨㄢˊ 世世代代相傳下來：世傳名醫。

【世代】shìdài ㄕˋ ㄉㄞˋ ❶(很多)年代：那些格言不知流傳了多少世代。❷好幾輩子：世代相傳｜世代務農。

【世代交替】shìdài jiāotì ㄕˋ ㄉㄞˋ ㄐㄧㄠ ㄊㄧˋ 某些植物和無脊椎動物有性生殖和無性生殖交替進行的現象。動物中如水螅，植物中如羊齒都有這種現象。

【世道】shìdào ㄕˋ ㄉㄠˋ 指社會狀況。

【世風】shìfēng ㄕˋ ㄈㄥ 社會風氣：世風日下。

【世故】shìgù ㄕˋ ㄍㄨˋ 處世經驗：人情世故｜老於世故。

【世故】shì·gu ㄕˋ ·ㄍㄨ (處事待人)圓滑，不得罪人：這人有些世故，不大願意給人提意見。

【世紀】shìjì ㄕˋ ㄐㄧˋ 計算年代的單位，一百年為一世紀。

【世紀末】shìjìmò ㄕˋ ㄐㄧˋ ㄇㄛˋ 原指 19 世紀末葉，這個時期歐洲資本主義進入腐朽階段，各方面潛伏着危機。也泛指某一社會的沒落階段。

【世家】shìjiā ㄕˋ ㄐㄧㄚ ❶封建社會中門第高，世代做大官的人家。❷《史記》中諸侯的傳記，按着諸侯的世代編排。❸指以某種專長世代相承的家族：游泳世家｜梨園世家。

【世間】shìjiān ㄕˋ ㄐㄧㄢ 社會上；人間：世間的事沒有一成不變的。

【世交】shìjiāo ㄕˋ ㄐㄧㄠ ❶上代就有交情的人或人家：朱先生是我的老世交｜王家跟李家是世交。❷兩代以上的交誼。

【世界】shìjiè ㄕˋ ㄐㄧㄝˋ ❶自然界和人類社會的一切事物的總和：世界觀｜世界之大，無奇不有。❷佛教用語，指宇宙：大千世界。❸地球上所有地方：世界各地｜周遊世界。❹指社會的形勢、風氣：現在是甚麼世界，還允許你不講理？❺領域；人的某種活動範圍：內心世界｜主觀世界｜科學世界｜兒童世界。

【世界觀】shìjièguān ㄕˋ ㄐㄧㄝˋ ㄍㄨㄢ 人們對世界的總的根本的看法。由於人們的社會地位不同，觀察問題的角度不同，形成不同的世界觀。也叫宇宙觀。

【世界時】shìjièshí ㄕˋ ㄐㄧㄝˋ ㄕˊ 以本初子午綫所在時區為標準的時間。世界時用於無綫電通訊和科學數據記錄，以便各國取得一致。也叫格林尼治時間。

【世界市場】shìjiè shìchǎng ㄕˋ ㄐㄧㄝˋ ㄕˋ ㄔㄤˇ 國際間進行商品交換的市場的總稱。

【世界語】Shìjièyǔ ㄕˋ ㄐㄧㄝˋ ㄩˇ 指 1887 年波蘭人柴門霍夫 (Ludwig Lazarus Zamenhof) 創造的國際輔助語，語法比較簡單。

【世局】shìjú ㄕˋ ㄐㄩˊ 世界局勢：世局動盪。

【世面】shìmiàn ㄕˋ ㄇㄧㄢˋ 社會上各方面上的情況：見過世面(指閱歷多)。

【世情】shìqíng ㄕˋ ㄑㄧㄥˊ 社會上的情況；世態人情：不懂世情｜世情冷暖。

【世人】shìrén ㄕˋ ㄖㄣˊ 世界上的人；一般的人。

【世上】shìshàng ㄕˋ ㄕㄤˋ 世界上；社會上：世上無難事，只怕有心人。

【世事】shìshì ㄕˋ ㄕˋ 世上的事：世事多變。

【世俗】shìsú ㄕˋ ㄙㄨˊ ❶流俗：世俗之見。❷非宗教的。

【世態】shìtài ㄕˋ ㄊㄞˋ 指社會上人對人的態度：世態人情。

【世態炎涼】shìtài yánliáng ㄕˋ ㄊㄞˋ ㄧㄢˊ ㄌㄧㄤˊ 指有錢有勢時，人就巴結，無錢無勢時，人就冷淡。

【世外桃源】shì wài táoyuán ㄕˋ ㄨㄞˋ ㄊㄠˊ ㄩㄢˊ 晉陶潛在《桃花源記》中描述了一個與世隔絕的不遭戰禍的安樂而美好的地方。後借指不受外界影響的地方或幻想中的美好世界。

【世襲】shìxí ㄕˋ ㄒㄧˊ 指帝位、爵位等世代相傳。

【世系】shìxì ㄕˋ ㄒㄧˋ 指家族世代相承的系統。

【世兄】shìxiōng ㄕˋ ㄒㄩㄥ 舊時對輩分相同的世交(如父親的門生，老師的兒子)的稱呼，對輩分較低的世交也尊稱做世兄。

【世醫】shìyī ㄕˋ ㄧ 世代為醫的中醫。

【世族】shìzú ㄕˋ ㄗㄨˊ 封建社會中世代相傳的官僚地主家族。

仕 shì ㄕˋ 舊指做官：出仕。

【仕宦】shìhuàn ㄕˋ ㄏㄨㄢˋ 〈書〉指做官：仕宦之家｜仕宦子弟。

【仕進】shìjìn ㄕˋ ㄐㄧㄣˋ 〈書〉指做官而謀發展：不求仕進。

【仕女】shìnǚ ㄕˋ ㄋㄩˇ ❶宮女。❷以美女為題材的中國畫。也作士女。

【仕途】shìtú ㄕˋ ㄊㄨˊ 〈書〉指做官的道路：仕途多舛｜仕途得意。

市 shì ㄕˋ ❶集中買賣貨物的固定場所；市場：米市｜菜市｜夜市｜上市。❷〈書〉

買賣貨物◇市惠。❸城市：市容｜市民｜市區｜都市。❹行政區劃單位，分直轄市和市。設市的地方都是工商業集中處或政治、文化的中心。❺屬於市制的(度量衡單位)：市尺｜市升｜市斤。

【市布】shìbù ㄕˋ ㄅㄨˋ 一種原色平紋棉布，質地比較細密。

【市場】shìchǎng ㄕˋ ㄔㄤˇ ❶商品交易的場所：集貿市場。❷商品行銷的區域：國內市場｜國外市場◇悲觀主義的論調，越來越沒有市場。

【市場經濟】shìchǎng jīngjì ㄕˋ ㄔㄤˇ ㄐㄧㄥ ㄐㄧˋ 由市場進行調節的國民經濟。

【市電】shìdiàn ㄕˋ ㄉㄧㄢˋ 指城市裏主要供居民使用的電源，電壓一般是220伏，也有110伏的。

【市房】shìfáng ㄕˋ ㄈㄤˊ 〈方〉鋪面房。

【市花】shìhuā ㄕˋ ㄏㄨㄚ 為某城市市民普遍喜歡、養植並經確認作為該市象徵的花。

【市徽】shìhuī ㄕˋ ㄏㄨㄟ 一個城市所規定的代表這個城市的標誌。

【市惠】shìhuì ㄕˋ ㄏㄨㄟˋ 〈書〉買好兒；討好①。

【市集】shìjí ㄕˋ ㄐㄧˊ ❶集市。❷市鎮。

【市價】shìjià ㄕˋ ㄐㄧㄚˋ 市場價格。

【市郊】shìjiāo ㄕˋ ㄐㄧㄠ 城市所屬的郊區。

【市井】shìjǐng ㄕˋ ㄐㄧㄥˇ 〈書〉街市；市場①：市井小人｜市井之徒(含輕視意)。

【市儈】shìkuài ㄕˋ ㄎㄨㄞˋ 本指買賣的中間人，後指唯利是圖的奸商。也泛指貪圖私利的人：市儈習氣｜市儈作風。

【市面】shìmiàn ㄕˋ ㄇㄧㄢˋ ❶街面上；做買賣的地面：攤販爭着佔好市面｜市面上很少空房空地。❷(市面兒)城市工商業活動的一般狀況：市面繁榮｜市面蕭條。

【市民】shìmín ㄕˋ ㄇㄧㄣˊ 城市居民。

【市區】shìqū ㄕˋ ㄑㄩ 屬於城市範圍的地區，一般人口及房屋建築比較集中。

【市容】shìróng ㄕˋ ㄖㄨㄥˊ 城市的面貌(指街道、房屋建築、櫥窗陳列等)：北京市容比前幾年更加壯觀了。

【市聲】shìshēng ㄕˋ ㄕㄥ 街市上喧鬧嘈雜的聲音：恬靜的鄉村沒有那種擾人的市聲。

【市樹】shìshù ㄕˋ ㄕㄨˋ 為某城市市民普遍喜歡、種植並經確認作為該市象徵的樹。

【市肆】shìsì ㄕˋ ㄙˋ 〈書〉商店。

【市招】shìzhāo ㄕˋ ㄓㄠ 幌子(huǎng·zi)①。

【市鎮】shìzhèn ㄕˋ ㄓㄣˋ 較大的集鎮。

【市政】shìzhèng ㄕˋ ㄓㄥˋ 城市管理工作，包括工商業、交通、公安、衛生、公用事業、基本建設、文化教育等。

【市制】shìzhì ㄕˋ ㄓˋ 一種計量制度，以國際公制為基礎，結合我國人民習用的計量名稱制定。長度的主單位是市尺，重量的主單位是市斤，容量的主單位是市升。也叫市用制。

式 shì ㄕˋ ❶樣式：新式｜舊式｜西式。❷格式：程式｜法式。❸儀式；典禮：開幕式｜畢業式｜閱兵式。❹自然科學中表明某種規律的一組符號：分子式｜方程式。❺一種語法範疇，表示說話者對所說事情的主觀態度。如敍述式、命令式、條件式。

【式微】shìwēi ㄕˋ ㄨㄟ 〈書〉指國家或世族的衰落。也泛指事物衰落(原為《詩經．邶風》篇名)：家道式微｜製造業日趨式微。

【式樣】shìyàng ㄕˋ ㄧㄤˋ 人造的物體的形狀：各種式樣的服裝｜樓房式樣很美觀。

【式子】shì·zi ㄕˋ ·ㄗ ❶姿勢：他練的這套拳，式子擺得很好。❷算式、代數式、方程式等的統稱。

似 shì ㄕˋ ［似的］(shì·de ㄕˋ ·ㄉㄜ)助詞，用在名詞、代詞或動詞後面，表示跟某種事物或情況相似：像雪似的那麼白｜仿佛睡着了似的｜樂得甚麼似的。也作是的。

另見1087頁 sì。

事 shì ㄕˋ ❶(事兒)事情：公事｜家事｜國家大事｜新人新事｜老王有事請假｜這事兒容易辦。❷(事兒)事故：出事｜平安無事｜別怕，甚麼事兒也沒有。❸(事兒)職業；工作：謀事｜找事兒。❹關係或責任：回去吧，沒有你的事了。❺〈書〉侍奉：事父母至孝。❻從事：大事宣揚｜不事勞動。

【事半功倍】shì bàn gōng bèi ㄕˋ ㄅㄢˋ ㄍㄨㄥ ㄅㄟˋ 形容花費的勞力小，收到的成效大。

【事倍功半】shì bèi gōng bàn ㄕˋ ㄅㄟˋ ㄍㄨㄥ ㄅㄢˋ 形容花費的勞力大，收到的成效小。

【事必躬親】shì bì gōng qīn ㄕˋ ㄅㄧˋ ㄍㄨㄥ ㄑㄧㄣ 不管甚麼事一定親自去做。

【事變】shìbiàn ㄕˋ ㄅㄧㄢˋ ❶突然發生的重大政治、軍事性事件：七七事變｜西安事變。❷政治、軍事方面的重大變化。❸泛指事物的變化：找出周圍事變的內部聯繫，作為我們行動的嚮導。

【事出有因】shì chū yǒu yīn ㄕˋ ㄔㄨ ㄧㄡˇ ㄧㄣ 事情的發生有它的原因。

【事典】shìdiǎn ㄕˋ ㄉㄧㄢˇ ❶〈書〉專門輯錄有關禮制事件的類書。❷指輯錄某方面事物的工具書，如《中華人民共和國四十年成就事典》。

【事端】shìduān ㄕˋ ㄉㄨㄢ 事故；糾紛：挑起事端。

【事故】shìgù ㄕˋ ㄍㄨˋ 意外的損失或災禍(多指在生產、工作上發生的)：工傷事故｜責任事故｜防止發生事故。

【事過境遷】shì guò jìng qiān ㄕˋ ㄍㄨㄛˋ ㄐㄧㄥˋ ㄑㄧㄢ 事情已經過去，客觀環境也改變了。

【事後】shìhòu ㄕˋ ㄏㄡˋ 事情發生以後。也指事情處理、了結以後：事後方知其中真相｜事先周密考慮，事後認真總結。

【事機】shìjī ㄕˋ ㄐㄧ ❶需要保守機密的事情：事

機敗露。❷情勢；行事的時機：延誤事機。

【事迹】shìjì ㄕˋ ㄐㄧˋ 個人或集體過去做過的比較重要的事情：生平事迹｜模範事迹。

【事假】shìjià ㄕˋ ㄐㄧㄚˋ 因辦理個人的事而請的假。

【事件】shìjiàn ㄕˋ ㄐㄧㄢˋ 歷史上或社會上發生的不平常的大事情：政治事件。

【事理】shìlǐ ㄕˋ ㄌㄧˇ 事情的道理：明白事理。

【事例】shìlì ㄕˋ ㄌㄧˋ 具有代表性的、可以作例子的事情：結合實際事例對學生進行愛國主義教育。

【事略】shìlüè ㄕˋ ㄌㄩㄝˋ 傳記文體的一種，記述人的生平大概。

【事前】shìqián ㄕˋ ㄑㄧㄢˊ 事情發生以前，也指事情處理、了結以前：事前一無所知｜事前做好充分準備，免得到時忙亂。

【事情】shì·qing ㄕˋ ·ㄑㄧㄥ ❶人類生活中的一切活動和所遇到的一切社會現象：事情多，忙不過來。❷事故；差錯：不能馬虎，出了事情就麻煩了。❸職業；工作：在公司裏找了一個事情。

【事權】shìquán ㄕˋ ㄑㄩㄢˊ 處理事情的權力；職權：下放事權。

【事實】shìshí ㄕˋ ㄕˊ 事情的真實情況：事實勝於雄辯｜傳聞與事實不符。

【事態】shìtài ㄕˋ ㄊㄞˋ 局勢；情況(多指壞的)：事態嚴重｜事態擴大｜事態有所緩和。

【事體】shìtǐ ㄕˋ ㄊㄧˇ 〈方〉❶事情：出了啥事體？❷事情③：託朋友尋個事體做。

【事物】shìwù ㄕˋ ㄨˋ 指客觀存在的一切物體和現象。

【事務】shìwù ㄕˋ ㄨˋ ❶所做的或要做的事情：事務繁忙。❷總務：事務科｜事務員｜事務工作。

【事務主義】shìwù zhǔyì ㄕˋ ㄨˋ ㄓㄨˇ ㄧˋ 沒有計劃，不分輕重、主次，不注意方針、政策和政治思想教育，而只埋頭於日常瑣碎事務的工作作風。

【事先】shìxiān ㄕˋ ㄒㄧㄢ 事前：這件事事先我一點也不知道。

【事項】shìxiàng ㄕˋ ㄒㄧㄤˋ 事情的項目：注意事項。

【事業】shìyè ㄕˋ ㄧㄝˋ ❶人所從事的，具有一定目標、規模和系統而對社會發展有影響的經常活動：革命事業｜科學文化事業｜事業心強。❷特指沒有生產收入，由國家經費開支，不進行經濟核算的事業(區別於'企業')：事業費｜事業單位。

【事宜】shìyí ㄕˋ ㄧˊ 關於事情的安排、處理(多用於公文、法令)：商談呈遞國書事宜。

【事由】shìyóu ㄕˋ ㄧㄡˊ ❶事情的原委：把事由交代明白。❷公文用語，指本件公文的主要內容。❸(事由兒)指藉口；理由：找個事由離開會場。❹〈方〉(事由兒)職業；工作：找個正經事由幹。

【事與願違】shì yǔ yuàn wéi ㄕˋ ㄩˇ ㄩㄢˋ ㄨㄟˊ 事情的發展跟主觀願望相反。

【事在人為】shì zài rén wéi ㄕˋ ㄗㄞˋ ㄖㄣˊ ㄨㄟˊ 事情能否成功，取決於人是否努力去做。

【事主】shìzhǔ ㄕˋ ㄓㄨˇ ❶某些刑事案件(如偷竊、搶劫等)中的被害人。❷舊指辦理婚喪喜事的人家。

侍 shì ㄕˋ 陪伴侍候：服侍｜侍立一旁。

【侍從】shìcóng ㄕˋ ㄘㄨㄥˊ 指在皇帝或官員左右侍候衛護的人。

【侍奉】shìfèng ㄕˋ ㄈㄥˋ 侍候奉養(長輩)：侍奉父母｜侍奉老人。

【侍候】shìhòu ㄕˋ ㄏㄡˋ 服侍：侍候父母｜侍候病人。

【侍郎】shìláng ㄕˋ ㄌㄤˊ 古代官名。明清兩代是政府各部的副長官，地位次於尚書。

【侍立】shìlì ㄕˋ ㄌㄧˋ 指恭敬地站在上級或長輩左右侍候：垂手侍立。

【侍弄】shìnòng ㄕˋ ㄋㄨㄥˋ ❶指經營、照管、餵養：侍弄豬｜把荒地侍弄成了豐產田。❷擺弄；修理：侍弄鋤頭｜侍弄機器。

【侍女】shìnǚ ㄕˋ ㄋㄩˇ 舊時供有錢人家使喚的年輕婦女。

【侍衛】shìwèi ㄕˋ ㄨㄟˋ ❶衛護。❷在帝王左右衛護的武官。

【侍養】shìyǎng ㄕˋ ㄧㄤˇ 奉養：侍養老人。

【侍者】shìzhě ㄕˋ ㄓㄜˇ 侍候人的人。舊時也特指旅館、飯店中接待顧客的人。

拭 shì ㄕˋ 擦：拂拭｜拭淚。

【拭目以待】shì mù yǐ dài ㄕˋ ㄇㄨˋ ㄧˇ ㄉㄞˋ 擦亮眼睛等待着。形容殷切期望或等待某件事情的實現。

柿(柹) shì ㄕˋ ❶柿子樹，落葉喬木，品種很多，葉子橢圓形或倒卵形，背面有絨毛，花黃白色。結漿果，扁圓形或圓錐形，橙黃色或紅色，可以吃。❷這種植物的果實。

【柿餅】shìbǐng ㄕˋ ㄅㄧㄥˇ 用柿子製成的餅狀食品。

【柿霜】shìshuāng ㄕˋ ㄕㄨㄤ 柿子去皮晾乾後，表面形成的白霜，味道很甜，可入藥。

【柿子】shì·zi ㄕˋ ·ㄗ ❶柿子樹。❷柿子樹的果實。

【柿子椒】shì·zijiāo ㄕˋ ·ㄗ ㄐㄧㄠ ❶辣椒的一個品種。果實近球形，略扁，表面有縱溝，味不很辣，是普通蔬菜。❷這種植物的果實。

昰 shì ㄕˋ 同'是'。多用於人名。

是1 shì ㄕˋ ❶對；正確(跟'非'相對)：一無是處｜自以為是｜實事求是｜你說得

是｜應當早做準備才是。❷〈書〉認為正確：是古非今｜深是其言。❸表示答應的詞：是，我知道｜是，我就去。❹(Shì)姓。

是2 shì ㄕˋ 〈書〉這；這個：如是｜由是可知｜是可忍，孰不可忍？｜是日天氣晴朗。

是3 shì ㄕˋ ❶聯繫兩種事物，表明兩者同一或後者說明前者的種類、屬性：《阿Q正傳》的作者是魯迅｜節約是不浪費的意思。❷與'的'字相應，有分類的作用：這張桌子是石頭的｜才買來的墨水是紅的｜我是來看他的。❸聯繫兩種事物，表示陳述的對象屬於'是'後面所說的情況：他是一片好心｜咱們是好漢一言，快馬一鞭｜院子裏是冬天，屋子裏是春天。❹表示存在，主語通常是表處所的語詞，'是'後面表示存在的事物：村子前面是一片水田｜他跑得滿身是汗。❺'是'前後用相同的名詞或動詞，連用兩個這樣的格式，表示所說的幾樁事物互不相干，不能混淆：去年是去年，今年是今年，你當年年一個樣哪！｜說是說，做是做，有意見也不能耽誤幹活兒。❻在上半句裏'是'前後用相同的名詞、形容詞或動詞，表示讓步，含有'雖然'的意思：詩是好詩，就是長了點｜東西舊是舊，可是還能用｜我去是去，可是不在那兒吃飯。❼用在句首，加重語氣：是誰告訴你的？｜是國防戰士，日日夜夜保衛着祖國，咱們才能過幸福的日子。❽用在名詞前面，含有'凡是'的意思：是有利於群眾的事情他都肯幹。❾用在名詞前面，含有'適合'的意思：他想的很是路｜這場雨下的是時候｜東西放的都挺是地方。❿用在選擇問句、是非問句或反問句裏：你是吃米飯是吃麪？｜他不是走了嗎？｜你是累了不是？⓫(必須重讀)表示堅決肯定，含有'的確、實在'的意思：我打聽清楚了，他那天是沒去｜這本書是好，你可以看看。

【是的】shì·de ㄕˋ ·ㄉㄜ 同'似的'(shì·de)。

【是凡】shìfán ㄕˋ ㄈㄢˊ 凡是。

【是非】shìfēi ㄕˋ ㄈㄟ ❶事理的正確和錯誤：明辨是非｜是非曲直。❷口舌：惹起是非｜搬弄是非。

【是非窩】shìfēiwō ㄕˋ ㄈㄟ ㄨㄛ 矛盾、糾紛多的地方。

【是否】shìfǒu ㄕˋ ㄈㄡˇ 是不是：他是否能來，還不一定。

【是個兒】shì∥gèr ㄕˋ∥ㄍㄜㄦˋ 是對手：論幹力氣活我不是他的個兒｜跟我下棋，你是個兒嗎？

【是味兒】shì∥wèir ㄕˋ∥ㄨㄟㄦˋ ❶(食品等)味道正；合口味。❷(心裏感到)好受；舒服。

【是樣兒】shì∥yàngr ㄕˋ∥ㄧㄤㄦˋ 樣式好看：衣服做得很是樣兒。

峙 shì ㄕˋ 繁峙(Fánshì ㄈㄢˊ ㄕˋ)，地名，在山西。

另見1474頁 zhì。

恃 shì ㄕˋ 依賴；倚仗：有恃無恐。

【恃才傲物】shì cái ào wù ㄕˋ ㄘㄞˊ ㄠˋ ㄨˋ 依仗自己的才能而驕傲自大，輕視旁人(物：眾人)。

室 shì ㄕˋ ❶屋子：教室｜卧室｜休息室｜室外。❷機關、工廠、學校等內部的工作單位：檔案室｜圖書室。❸妻子：妻室｜繼室。❹家；家族：皇室｜十室九空。❺器官、機器等內部的空腔：腦室｜心室。❻二十八宿之一。

【室內樂】shìnèiyuè ㄕˋ ㄋㄟˋ ㄩㄝˋ 原指西洋宮廷內演奏或演唱的世俗音樂，區別於教堂音樂。現在泛指區別於管弦樂曲的各種重奏、重唱曲或獨奏、獨唱曲。

【室女】shìnǚ ㄕˋ ㄋㄩˇ 舊時稱未結婚的女子。

【室女座】shìnǚzuò ㄕˋ ㄋㄩˇ ㄗㄨㄛˋ 黃道十二星座之一。參看505頁〖黃道十二宮〗。

栻 shì ㄕˋ 古代占卜用的器具。

舐 shì ㄕˋ 〈書〉舔：老牛舐犢｜吮癰舐痔。

【舐犢情深】shì dú qíng shēn ㄕˋ ㄉㄨˊ ㄑㄧㄥˊ ㄕㄣ 比喻對子女的慈愛。

【舐痔】shìzhì ㄕˋ ㄓˋ 〈書〉舔別人的痔瘡(語出《莊子·列禦寇》：'秦王有病召醫。破癰潰痤者得車一乘，舐痔者得車五乘')。比喻無恥的諂媚行為。

逝 shì ㄕˋ ❶(時間、水流等)過去：時光易逝｜逝者如斯夫。❷死亡：病逝｜長逝。

【逝世】shìshì ㄕˋ ㄕˋ 去世。

視(视、眡、眎) shì ㄕˋ ❶看：視力｜視綫｜近視｜熟視無睹。❷看待：輕視｜重視｜藐視｜一視同仁。❸考察：視察｜巡視｜監視。

【視差】shìchā ㄕˋ ㄔㄚ ❶直接用肉眼觀測時產生的誤差。❷由地球表面上某一點到某天體的中心和由地心或太陽到同一天體的中心的夾角，叫做該天體的視差。由地心算起的是週日視差，由太陽算起的是週年視差。

【視察】shìchá ㄕˋ ㄔㄚˊ ❶上級人員到下級機構檢查工作。❷察看：視察地形。

【視而不見】shì ér bù jiàn ㄕˋ ㄦˊ ㄅㄨˋ ㄐㄧㄢˋ 儘管睜着眼睛看，卻甚麼也沒有看見。指不重視或不注意。

【視角】shìjiǎo ㄕˋ ㄐㄧㄠˇ ❶由物體兩端射出的兩條光綫在眼球內交叉而成的角。物體愈小或距離愈遠，視角愈小。❷攝影鏡頭所能攝取的場面上距離最大的兩點與鏡頭連綫的夾角。短焦距鏡頭視角大，長焦距鏡頭視角小。❸指觀察問題的角度：影片以久居鬧市的青年人的視角反映了山區人民的文化生活。

【視覺】shìjué ㄕˋ ㄐㄩㄝˊ 物體的影像刺激視網膜所產生的感覺。

【視力】shìlì ㄕˋ ㄌㄧˋ 在一定距離內眼睛辨別物體形象的能力。

【視亮度】shìliàngdù ㄕˋ ㄌㄧㄤˋ ㄉㄨˋ 人在地球上所看到的恒星的亮度，視亮度並不是恒星真正的亮度。

【視頻】shìpín ㄕˋ ㄆㄧㄣˊ 圖像信號所包括的頻率範圍，一般在零到幾個兆赫之間。

【視若無睹】shì ruò wú dǔ ㄕˋ ㄖㄨㄛˋ ㄨˊ ㄉㄨˇ 雖然看了卻像沒有看見一樣。形容對眼前事物漠不關心。

【視弱】shìruò ㄕˋ ㄖㄨㄛˋ 指視力低於正常水平(多指先天性的)。

【視神經】shìshénjīng ㄕˋ ㄕㄣˊ ㄐㄧㄥ 第二對腦神經，由間腦的底部發出，末端分佈成眼球的視網膜。能把視覺的刺激傳遞給大腦皮層的視覺中樞。(圖見1318頁'眼')

【視事】shìshì ㄕˋ ㄕˋ 〈書〉指官吏到職開始工作。

【視死如歸】shì sǐ rú guī ㄕˋ ㄙˇ ㄖㄨˊ ㄍㄨㄟ 把死看作像回家一樣。形容不怕死。

【視聽】shìtīng ㄕˋ ㄊㄧㄥ 看和聽；看到的和聽到的：組織參觀，以廣視聽｜混淆視聽。

【視圖】shìtú ㄕˋ ㄊㄨˊ 根據物體的正投影繪出的圖形。

【視網膜】shìwǎngmó ㄕˋ ㄨㄤˇ ㄇㄛˊ 眼球最內層的薄膜，是由神經組織構成的，外面跟脉絡膜相連，裏面是眼球的玻璃體，是接受光綫刺激的部分。簡稱網膜。(圖見1318頁'眼')

【視綫】shìxiàn ㄕˋ ㄒㄧㄢˋ ❶用眼睛看東西時，眼睛和物體之間的假想直綫。❷比喻注意力：轉移視綫。

【視學】shìxué ㄕˋ ㄒㄩㄝˊ 督學。

【視野】shìyě ㄕˋ ㄧㄝˇ 眼睛看到的空間範圍；眼界：視野寬廣｜開闊視野。

【視閾】shìyù ㄕˋ ㄩˋ ❶能產生視覺的最高限度和最低限度的刺激強度。❷指視野：豐富遊人的視閾。也作視域。

貰(贳) shì ㄕˋ 〈書〉❶出賃；出借。❷賒欠。❸寬縱；赦免。

【貰器店】shìqìdiàn ㄕˋ ㄑㄧˋ ㄉㄧㄢˋ 〈方〉出租婚喪喜慶應用的某些器物和陳設的鋪子。

勢(势) shì ㄕˋ ❶勢力：威勢｜權勢｜人多勢眾｜仗勢欺人。❷一切事物力量表現出來的趨向：來勢甚急｜勢如破竹。❸自然界的現象或形勢：山勢｜地勢｜水勢洶涌。❹政治、軍事或其他社會活動方面的狀況或情勢：趨勢｜局勢｜守勢｜大勢所趨｜趁勢猛追。❺姿態：手勢｜姿勢。❻雄性生殖器：去勢。

【勢必】shìbì ㄕˋ ㄅㄧˋ 副詞，根據形勢推測必然會怎樣：看不到群眾的力量，勢必要犯錯誤。

【勢不可擋】shì bù kě dǎng ㄕˋ ㄅㄨˋ ㄎㄜˇ ㄉㄤˇ 來勢迅猛，不可抵擋。

【勢不兩立】shì bù liǎng lì ㄕˋ ㄅㄨˋ ㄌㄧㄤˇ ㄌㄧˋ 指敵對的事物不能同時存在。

【勢均力敵】shì jūn lì dí ㄕˋ ㄐㄩㄣ ㄌㄧˋ ㄉㄧˊ 雙方勢力相等，不分高低(敵：力量相當)。

【勢力】shì·li ㄕˋ ·ㄌㄧ 政治、經濟、軍事等方面的力量。

【勢利】shì·li ㄕˋ ·ㄌㄧ 形容看財產、地位分別對待人的表現：勢利眼｜勢利小人｜勢利之交(以權勢、金錢為基礎結交的朋友)。

【勢利眼】shì·liyǎn ㄕˋ ·ㄌㄧ ㄧㄢˇ ❶作風勢利。❷作風勢利的人。

【勢能】shìnéng ㄕˋ ㄋㄥˊ 相互作用的物體由於所處的位置或彈性形變等而具有的能。如水的落差和發條作功的能力都是勢能。也叫位能。

【勢派】shì·pai ㄕˋ ·ㄆㄞ 〈方〉(勢派兒) ❶排場；氣派：講勢派｜好大的勢派。❷形勢。

【勢如破竹】shì rú pò zhú ㄕˋ ㄖㄨˊ ㄆㄛˋ ㄓㄨˊ 形勢像劈竹子一樣，劈開上端之後，底下的都隨着刀刃分開了。比喻節節勝利，毫無阻礙。

【勢態】shìtài ㄕˋ ㄊㄞˋ 態勢；情勢：勢態嚴重。

【勢頭】shì·tóu ㄕˋ ·ㄊㄡˊ 形勢；情勢：他一看勢頭不對，轉身就走。

【勢焰】shìyàn ㄕˋ ㄧㄢˋ 勢力和氣焰(含貶義)：勢焰萬丈｜勢焰熏天。

【勢要】shìyào ㄕˋ ㄧㄠˋ 〈書〉有權勢，居要職。也指有權勢、居要職的人：勢要之家。

蒔〔蒔〕(莳) shì ㄕˋ ❶〈方〉移植(秧苗)：蒔秧｜蒔田。❷〈書〉栽種：蒔花。

另見1040頁 shí。

軾(轼) shì ㄕˋ 〈書〉古代車廂前面用做扶手的橫木。

嗜 shì ㄕˋ 特別愛好：嗜好｜嗜酒。

【嗜好】shìhào ㄕˋ ㄏㄠˋ 特殊的愛好(多指不良的)：他沒有別的嗜好，就喜歡喝點兒酒。

【嗜痂之癖】shì jiā zhī pǐ ㄕˋ ㄐㄧㄚ ㄓ ㄆㄧˇ 《南史·劉穆之傳》：'穆之孫邕，性嗜食瘡痂，以為味似鰒魚'。後來用'嗜痂之癖'形容人的乖僻嗜好。也說嗜痂成癖。

【嗜慾】shìyù ㄕˋ ㄩˋ 指耳目口鼻等方面貪圖享受的要求。

筮 shì ㄕˋ 古時用蓍草占卜。

鈰(铈) shì ㄕˋ 金屬元素，符號 Ce (cerium)。是一種稀土金屬。灰色，質較軟，化學性質活潑，用作還原劑、催化劑，也用來製合金等。

弒 shì ㄕˋ 〈書〉臣殺死君主或子女殺死父母：弒君｜弒父。

飾(饰) shì ㄕˋ ❶裝飾：修飾｜四周飾上花邊。❷掩飾：飾詞｜文過飾非。❸裝飾品：首飾｜衣飾｜窗飾。❹扮演：他在京劇《空城計》裏飾諸葛亮。

【飾詞】shìcí ㄕˋ ㄘˊ 掩蔽真相的話；託詞。

【飾品】shìpǐn ㄕˋ ㄆㄧㄣˇ 首飾：黃金飾品。

【飾物】shìwù ㄕˋ ㄨˋ ❶首飾。❷器物上的裝飾品，如花邊、流蘇等。

【飾演】shìyǎn ㄕˋ ㄧㄢˇ 扮演。

試(试) shì ㄕˋ ❶試驗；嘗試：試行｜試航｜試製｜你去試試｜先這麼試一下看，再做決定。❷考試：試題｜試場｜試卷｜口試｜筆試｜初試｜復試。

【試筆】shìbǐ ㄕˋ ㄅㄧˇ 試着寫作或寫字作畫：新春試筆。

【試表】shì//biǎo ㄕˋ//ㄅㄧㄠˇ 用體溫計測試體量：給病人試表。

【試場】shìchǎng ㄕˋ ㄔㄤˇ 舉行考試的場所。

【試車】shì//chē ㄕˋ//ㄔㄜ 機動車、機器等在裝配好以後，正式應用之前，先進行試驗性操作，看它的性能是否合乎標準。

【試點】shì//diǎn ㄕˋ//ㄉㄧㄢˇ 正式進行某項工作之前，先做小型試驗，以便取得經驗：先試點，再推廣。

【試點】shìdiǎn ㄕˋ ㄉㄧㄢˇ 正式進行某項工作之前，做小型試驗的地方。

【試電筆】shìdiànbǐ ㄕˋ ㄉㄧㄢˋ ㄅㄧˇ 檢測電源相綫是否帶電或電氣設備是否漏電的工具，形狀像自來水筆，筒尖由金屬製成，筆中有電阻和小燈泡。檢測時，筆尖接觸電源相綫或電氣設備上一點，並使試電筆和人體形成一個回路，如小燈泡亮了，就證明其帶電或漏電。也叫電筆。

【試飛】shìfēi ㄕˋ ㄈㄟ ❶飛機在正式使用前進行試驗性飛行，用來檢查飛機的設備和驗證飛機的性能等。❷飛機沿着正式使用前的航綫飛行。

【試工】shì//gōng ㄕˋ//ㄍㄨㄥ (工人或傭工)在正式工作之前試做一個短時期的工作。

【試管】shìguǎn ㄕˋ ㄍㄨㄢˇ 化學實驗用的圓柱形管，管底半球形或圓錐形，一般用玻璃製成。

【試航】shìháng ㄕˋ ㄏㄤˊ 飛機、船隻等在正式航行前進行試驗性航行。

【試劑】shìjì ㄕˋ ㄐㄧˋ 做化學實驗用的化學物質。也叫試藥。

【試金石】shìjīnshí ㄕˋ ㄐㄧㄣ ㄕˊ ❶礦物，通常指黑色堅硬緻密的硅質岩石。用黃金在試金石上畫一條紋就可以看出黃金的成色。❷比喻精確可靠的檢驗方法和依據。

【試卷】shìjuàn ㄕˋ ㄐㄩㄢˋ 考試時準備應試人寫答案或應試人已經寫上答案的卷子。

【試看】shìkàn ㄕˋ ㄎㄢˋ 試着看看；請看：軍民團結如一人，試看天下誰能敵。

【試手】shì//shǒu ㄕˋ//ㄕㄡˇ (試手兒)❶試工。❷試做。

【試探】shìtàn ㄕˋ ㄊㄢˋ 試着探索(某種問題)：用棍子試探水的深淺。

【試探】shì·tan ㄕˋ·ㄊㄢ 用含義不很明顯的言語或舉動引起對方的反應，藉以了解對方的意思：先試探一下他的口氣。

【試題】shìtí ㄕˋ ㄊㄧˊ 考試的題目。

【試圖】shìtú ㄕˋ ㄊㄨˊ 打算：試圖闖出一條新路。

【試問】shìwèn ㄕˋ ㄨㄣˋ 試着提出問題(用於質問對方或者表示不同意對方的意見)：試問你這麼說有甚麼根據？

【試想】shìxiǎng ㄕˋ ㄒㄧㄤˇ 婉詞，試着想想(用於質問)：試想你這樣做會有好的結果嗎？

【試銷】shìxiāo ㄕˋ ㄒㄧㄠ 新產品未正式大量生產前，先試製一部分銷售，徵求用戶意見和檢驗產品質量。

【試行】shìxíng ㄕˋ ㄒㄧㄥˊ 實行起來試試：試行製造｜先試行，再推廣。

【試驗】shìyàn ㄕˋ ㄧㄢˋ ❶為了察看某事的結果或某物的性能而從事某種活動：試驗新機器｜新辦法試驗後推廣。❷舊時指考試。

【試驗田】shìyàntián ㄕˋ ㄧㄢˋ ㄊㄧㄢˊ ❶進行農業試驗的田地。❷比喻試點或試點工作。

【試用】shìyòng ㄕˋ ㄩㄥˋ 在正式使用以前，先試一個時期，看是否合適：試用品｜試用本｜試用期｜試用人員。

【試紙】shìzhǐ ㄕˋ ㄓˇ 用指示劑或試劑浸過的乾燥紙條，用來檢驗溶液的酸碱性和某種化合物、元素或離子的存在。如石蕊試紙、碘化鉀澱粉試紙等。

【試製】shìzhì ㄕˋ ㄓˋ 試着製作：新產品試製成功。

誓 shì ㄕˋ ❶表示決心依照說的話實行；發誓：誓師｜誓不甘休。❷表示決心的話：宣誓｜起誓｜發個誓。

【誓詞】shìcí ㄕˋ ㄘˊ 誓言。

【誓師】shìshī ㄕˋ ㄕ 軍隊出征前，統帥向將士宣示作戰意義，表示堅決的戰鬥意志。也泛指群眾集會莊嚴地表示完成某項重要任務的決心：誓師大會。

【誓死】shìsǐ ㄕˋ ㄙˇ 立下誓願，表示至死不變：誓死不屈。

【誓言】shìyán ㄕˋ ㄧㄢˊ 宣誓時說的話：立下誓言。

【誓願】shìyuàn ㄕˋ ㄩㄢˋ 表示決心時許下的心願。

【誓約】shìyuē ㄕˋ ㄩㄝ 宣誓時訂下的必須遵守的條款。

奭 shì ㄕˋ ❶〈書〉盛大的樣子。❷(Shì)姓。

適[1] (适) shì ㄕˋ ❶適合：適當｜適用。❷恰好：適中｜適得其反｜適可而止。❸舒服：舒適｜身體不適。

適[2] (适) shì ㄕˋ ❶去；往：無所適從。❷〈書〉出嫁：適人。
'适' 另見674頁 kuò '适'。

【適才】shìcái ㄕˋ ㄘㄞˊ 剛才。

【適當】shìdàng ㄕˋ ㄉㄤˋ 合適；妥當：措詞適當｜適當的機會｜由他去辦這件事再適當不過了。

【適得其反】shì dé qí fǎn ㄕˋ ㄉㄜˊ ㄑㄧˊ ㄈㄢˇ 結果跟希望正好相反。

【適度】shìdù ㄕˋ ㄉㄨˋ 程度適當：繁簡適度。

【適逢其會】shì féng qí huì ㄕˋ ㄈㄥˊ ㄑㄧˊ ㄏㄨㄟˋ 恰巧碰到那個時機。

【適合】shìhé ㄕˋ ㄏㄜˊ 符合(實際情況或客觀要求)：過去的經驗未必適合當前的情況。

【適可而止】shì kě ér zhǐ ㄕˋ ㄎㄜˇ ㄦˊ ㄓˇ 到了適當的程度就停止(指做事不過分)。

【適口】shìkǒu ㄕˋ ㄎㄡˇ 適合口味：還是家鄉菜吃起來適口。

【適量】shìliàng ㄕˋ ㄌㄧㄤˋ 數量適宜：飲酒要適量。

【適齡】shìlíng ㄕˋ ㄌㄧㄥˊ 適合某種要求的年齡(多指入學年齡和兵役應徵年齡)：適齡兒童都已入學｜適齡青年踴躍報名參軍。

【適時】shìshí ㄕˋ ㄕˊ 適合時宜；不太早也不太晚：播種適時｜適時收割。

【適銷】shìxiāo ㄕˋ ㄒㄧㄠ (商品)適合於消費者需要，賣得快：產品適銷對路。

【適宜】shìyí ㄕˋ ㄧˊ 合適；相宜：濃淡適宜｜氣候適宜｜應對適宜。

【適意】shìyì ㄕˋ ㄧˋ 舒適。

【適應】shìyìng ㄕˋ ㄧㄥˋ 適合(客觀條件或需要)：適應環境。

【適用】shìyòng ㄕˋ ㄩㄥˋ 適合使用：這套耕作方法，在我們這個地區也完全適用。

【適值】shìzhí ㄕˋ ㄓˊ 恰好遇到：上次赴京，適值全國運動會開幕。

【適中】shìzhōng ㄕˋ ㄓㄨㄥ ❶既不是太過，又不是不及：冷熱適中｜身材適中。❷位置不偏於哪一面：地點適中。

噬 shì ㄕˋ 咬：吞噬｜反噬。

【噬菌體】shìjūntǐ ㄕˋ ㄐㄩㄣ ㄊㄧˇ 微生物的一類，能溶解細菌，一般呈蝌蚪狀，尾部能侵入細菌體內，並在其中大量繁殖使細菌溶解。某一種噬菌體只能對相應的細菌起作用，例如傷寒桿菌噬菌體只能溶解傷寒桿菌。

【噬臍莫及】shì qí mò jí ㄕˋ ㄑㄧˊ ㄇㄛˋ ㄐㄧˊ《左傳》莊公六年：'若不早圖，後君噬齊(齊：同'臍')，其及圖之乎？'杜預註：'若嚙腹齊，喻不可及'。意思是咬自己的肚臍是夠不着的，後來用'噬臍莫及'比喻後悔莫及。

澨 shì ㄕˋ 〈書〉水邊。

螫 shì ㄕˋ 〈書〉蜇(zhē)。

【螫針】shìzhēn ㄕˋ ㄓㄣ 蜜蜂、胡蜂等尾部的毒刺，尖端有倒鈎。

謚 (谥、諡) shì ㄕˋ ❶君主時代帝王、貴族、大臣等死後，依其生前事迹所給予的稱號。例如齊宣王的'宣'，楚莊王的'莊'；諸葛亮謚'忠武'，岳飛謚'武穆'。❷稱(做)；叫(做)：謚之為保守主義。

釋[1] (释) shì ㄕˋ ❶解釋：釋義｜註釋。❷消除：釋疑｜渙然冰釋。❸放開；放下：釋手｜手不釋卷｜愛不忍釋。❹釋放：開釋｜保釋。

釋[2] (释) Shì ㄕˋ 釋迦牟尼(佛教創始人)的簡稱，泛指佛教：釋門｜釋家｜釋子。

【釋典】shìdiǎn ㄕˋ ㄉㄧㄢˇ 佛經。

【釋讀】shìdú ㄕˋ ㄉㄨˊ 考證並解釋(古文字)。

【釋放】shìfàng ㄕˋ ㄈㄤˋ ❶恢復被拘押者或服刑者的人身自由：釋放戰俘｜刑滿釋放。❷把所含的物質或能量放出來：這種肥料的養分釋放緩慢｜原子反應堆能有效地釋放原子能。

【釋懷】shìhuái ㄕˋ ㄏㄨㄞˊ (愛憎、悲喜等感情)在心中消除(多用於否定)：當年離別的情景使我久久不能釋懷。

【釋教】Shìjiào ㄕˋ ㄐㄧㄠˋ 佛教。

【釋然】shìrán ㄕˋ ㄖㄢˊ 〈書〉形容疑慮、嫌隙等消釋而心中平靜。

【釋俗】shìsú ㄕˋ ㄙㄨˊ 用通俗的話解釋：新名詞要釋俗。

【釋文】shìwén ㄕˋ ㄨㄣˊ ❶解釋文字音義(多用於書名)：《經典釋文》｜《楚辭釋文》。❷考訂古文字(甲骨文字、金石文字等)，逐字逐句加以辨認。

【釋疑】shìyí ㄕˋ ㄧˊ 解釋疑難；消除疑慮：釋疑解難｜釋疑消嫌。

【釋義】shìyì ㄕˋ ㄧˋ 解釋詞義或文義。

【釋藏】Shìzàng ㄕˋ ㄗㄤˋ 佛教經典的總彙，分經、律、論三藏，包括漢譯佛經和中國的一些佛教著述。

【釋子】shìzǐ ㄕˋ ㄗˇ 〈書〉和尚。

襫 shì ㄕˋ 見89頁［襏襫］(bóshì)。

·shi (·ㄕ)

匙 ·shi ·ㄕ 見1333頁〖鑰匙〗(yào·shi)。另見153頁 chí。

殖 ·shi ·ㄕ 見410頁〖骨殖〗(gǔ·shi)。另見1469頁 zhí。

shōu (ㄕㄡ)

收(収) shōu ㄕㄡ ❶把外面的事物拿到裏面；把攤開的或分散的事物聚攏：收拾｜收藏｜收集｜收篷｜衣裳收進來了沒有？❷取自己有權取的東西或原來屬於自己的東西：收回｜收復｜收稅｜沒收｜收歸國有。❸獲得(經濟利益)：收入｜收益｜收支相抵。❹收穫；收割：收成｜秋收｜麥收｜今年早稻收得多。❺接；接受；容納：收報｜收留｜收容｜收禮物｜收徒弟。❻約束；控制(感情或行動)：收心｜我的心像斷了綫的風箏似的，簡直收不住了。❼逮捕；拘禁：收監。❽結束；停止(工作)：收工｜收操｜收場。

【收報】shōu//bào ㄕㄡ//ㄅㄠˋ 用無綫電或有綫電等裝置接收發報者發出的信號：收報員。

【收編】shōubiān ㄕㄡ ㄅㄧㄢ 收容並改編(武裝力量)：收編起義部隊。

【收兵】shōubīng ㄕㄡ ㄅㄧㄥ ❶撤回軍隊，結束戰鬥：鳴金收兵。❷比喻結束工作：清理工作不可草率收兵。

【收藏】shōucáng ㄕㄡ ㄘㄤˊ 收集保藏：收藏文物。

【收操】shōu//cāo ㄕㄡ//ㄘㄠ 結束操練。

【收場】shōuchǎng ㄕㄡ ㄔㄤˇ ❶結束：他的話匣子一打開，就不容易收場。❷結局；下場：沒料想事情落到這樣的收場。

【收車】shōu//chē ㄕㄡ//ㄔㄜ 運輸工作完畢把車輛開回或拉回：下班時間到了，該收車了。

【收成】shōu·cheng ㄕㄡ ·ㄔㄥ 莊稼、蔬菜、果品等收穫的成績。有時也指魚蝦等捕撈的成績。

【收發】shōufā ㄕㄡ ㄈㄚ ❶(機關、學校等)收進和發出公文、信件：收發室｜收發工作。❷擔任收發工作的人。

【收方】shōufāng ㄕㄡ ㄈㄤ 簿記賬戶的左方，記載資產的增加，負債的減少和淨值的減少(跟‘付方’相對)。也叫借方。

【收風】shōu//fēng ㄕㄡ//ㄈㄥ 結束放風，讓犯人回牢房。

【收伏】shōufú ㄕㄡ ㄈㄨˊ 同‘收服’。

【收服】shōufú ㄕㄡ ㄈㄨˊ 制伏對方使順從自己。也作收伏。

【收撫】shōufǔ ㄕㄡ ㄈㄨˇ ❶收容安撫：收撫難民。❷收留撫養：收撫烈士遺孤。

【收復】shōufù ㄕㄡ ㄈㄨˋ 奪回(失去的領土、陣地)：收復失地。

【收割】shōugē ㄕㄡ ㄍㄜ 割取(成熟的農作物)：收割小麥。

【收工】shōu//gōng ㄕㄡ//ㄍㄨㄥ (在田間或工地上幹活兒的人)結束工作。

【收購】shōugòu ㄕㄡ ㄍㄡˋ 從各處買進：收購棉花｜收購糧食｜完成羊毛收購計劃。

【收回】shōu//huí ㄕㄡ//ㄏㄨㄟˊ ❶把發出去或借出去的東西、借出去或用出去的錢取回來：收回貸款｜收回成本｜借出的書，應該收回了。❷撤銷；取消(意見、命令等)：收回原議｜收回成命。

【收活】shōu//huó ㄕㄡ//ㄏㄨㄛˊ (收活兒) ❶(加工、修理等部門)接收顧客要加工或修理的物品。❷〈方〉收工：趕早收活｜準時收活。

【收穫】shōuhuò ㄕㄡ ㄏㄨㄛˋ ❶取得成熟的農作物：春天播種，秋天收穫。❷比喻心得、戰果等：學習收穫。

【收集】shōují ㄕㄡ ㄐㄧˊ 使聚集在一起：收集資料｜收集廢品。

【收監】shōu//jiān ㄕㄡ//ㄐㄧㄢ 指把犯人關進監牢。

【收繳】shōujiǎo ㄕㄡ ㄐㄧㄠˇ ❶接收，繳獲：收繳武器。❷徵收上交：收繳稅款。

【收據】shōujù ㄕㄡ ㄐㄩˋ 收到錢或東西後寫給對方的字據。

【收看】shōukàn ㄕㄡ ㄎㄢˋ 看(電視節目)：收看率｜收看實況轉播。

【收口】shōu//kǒu ㄕㄡ//ㄎㄡˇ (收口兒) ❶編織東西時把開口的地方結起來：這件毛綫衣再打幾針該收口了吧？❷(傷口)愈合：刀傷還沒有收口，要注意防止感染。

【收攬】shōulǎn ㄕㄡ ㄌㄢˇ ❶收買拉攏：收攬民心。❷〈書〉收攏把持。

【收鐮】shōu//lián ㄕㄡ//ㄌㄧㄢˊ 指停止或結束收割工作：今年麥子開鐮早，收鐮也早。

【收斂】shōuliǎn ㄕㄡ ㄌㄧㄢˇ ❶(笑容、光綫等)減弱或消失：她的笑容突然收斂了｜夕陽已經收斂了餘輝。❷減輕放縱的程度(指言行)：狂妄的態度有所收斂。❸引起有機體組織的收縮，減少腺體的分泌：收斂劑。

【收殮】shōuliàn ㄕㄡ ㄌㄧㄢˋ 把人的屍體放進棺材。

【收留】shōuliú ㄕㄡ ㄌㄧㄡˊ 把生活困難或有特殊要求的人接收下來並給予幫助：父母死後，一位遠房叔叔收留了他。

【收攏】shōulǒng ㄕㄡ ㄌㄨㄥˇ ❶把散開的聚集起來；合攏：收攏隊伍。❷收買拉攏：收攏人心。

【收錄】shōulù ㄕㄡ ㄌㄨˋ ❶吸收任用(人員)：收錄舊部。❷編集子時採用(詩文等)：《短篇小說選》中收錄了他的作品。

【收錄機】shōulùjī ㄕㄡ ㄌㄨˋ ㄐㄧ 具有無綫電收音機和錄音機功能的機器。

【收羅】shōuluó ㄕㄡ ㄌㄨㄛˊ 把人或物聚集在一起：收羅人才｜收羅材料。

【收買】shōumǎi ㄕㄡ ㄇㄞˇ ❶收購：收買舊書｜收買廢銅爛鐵。❷用錢財或其他好處籠絡人，使受利用：收買人心。

【收納】shōunà ㄕㄡ ㄋㄚˋ 收進來；收容：如數收納。

【收盤】shōupán ㄕㄡ ㄆㄢˊ (收盤兒) 指交易市場中營業時間終了，最後一次報告行情。

【收篷】shōu//péng ㄕㄡ//ㄆㄥˊ 〈方〉降下船帆。比喻結束；收場：自動收篷｜趁勢收篷。

【收訖】shōuqì ㄕㄡ ㄑㄧˋ 收清 (收訖這兩個字常刻成戳子，加蓋在發票或其他單據上)。

【收清】shōuqīng ㄕㄡ ㄑㄧㄥ 全部如數收到 (多指款項)。

【收秋】shōu//qiū ㄕㄡ//ㄑㄧㄡ 秋季收穫農作物：農民正忙着收秋。

【收取】shōuqǔ ㄕㄡ ㄑㄩˇ 交來 (或取來) 收下：收取手續費。

【收容】shōuróng ㄕㄡ ㄖㄨㄥˊ (有關的組織、機構等) 收留：收容所｜收容隊｜收容傷員。

【收入】shōurù ㄕㄡ ㄖㄨˋ ❶收進來：每天收入的現金都存入銀行。❷收進來的錢：財政收入｜個人的收入有所增加。

【收審】shōushěn ㄕㄡ ㄕㄣˇ 拘留審查。

【收生】shōushēng ㄕㄡ ㄕㄥ 指接生：收生婆。

【收生婆】shōushēngpó ㄕㄡ ㄕㄥ ㄆㄛˊ 以舊法接生為業的婦女。

【收屍】shōu//shī ㄕㄡ//ㄕ 收拾屍體火化或埋葬，不使暴露。

【收市】shōu//shì ㄕㄡ//ㄕˋ 指市場、商店等停止交易或營業。

【收視】shōushì ㄕㄡ ㄕˋ 收看：收視率｜收視效果。

【收拾】shōu·shi ㄕㄡ ·ㄕ ❶整頓；整理：收拾殘局｜收拾屋子。❷修理：收拾皮鞋。❸整治②：你要不聽話，看你父親回來收拾你！❹消滅；殺死：據點的敵人，全叫我們收拾了。

【收受】shōushòu ㄕㄡ ㄕㄡˋ 接受；收取：他不收受任何禮物｜收受賄賂。

【收縮】shōusuō ㄕㄡ ㄙㄨㄛ ❶(物體) 由大變小或由長變短：鐵受了熱就會膨脹，遇到冷就會收縮。❷緊縮：把兵力收縮在交通綫上。

【收攤兒】shōu//tānr ㄕㄡ//ㄊㄢㄦ 攤販把擺着的貨收起來。比喻結束手頭的工作：下班時間到了，收攤兒吧。

【收條】shōutiáo ㄕㄡ ㄊㄧㄠˊ (收條兒) 收據：打收條。

【收聽】shōutīng ㄕㄡ ㄊㄧㄥ 聽 (廣播)：收聽天氣預報。

【收尾】shōuwěi ㄕㄡ ㄨㄟˇ ❶結束事情的最後一段；煞尾：麥收已到收尾階段。❷文章的末尾：文章的收尾有些鬆懈。

【收文】shōuwén ㄕㄡ ㄨㄣˊ 本單位收到的公文：收文簿 (登記收文的本子)。

【收效】shōu//xiào ㄕㄡ//ㄒㄧㄠˋ 收到效果：收效顯著。

【收心】shōu//xīn ㄕㄡ//ㄒㄧㄣ 把放縱散漫的心思收起來，也指把做壞事的念頭收起來：該收心用功了｜強盜收心做好人。

【收押】shōuyā ㄕㄡ ㄧㄚ 拘留：收押候審。

【收養】shōuyǎng ㄕㄡ ㄧㄤˇ 把別人的兒女收下來當做自己家裏的人來撫養：收養棄嬰。

【收益】shōuyì ㄕㄡ ㄧˋ 生產上或商業上的收入：增加收益｜收益甚少。

【收音】shōuyīn ㄕㄡ ㄧㄣ ❶集中聲波，使人聽得清楚：露天劇場不收音。❷接收無綫電廣播的：收音機｜收音站｜收音網｜收音員。

【收音機】shōuyīnjī ㄕㄡ ㄧㄣ ㄐㄧ 無綫電收音機的通稱。

【收執】shōuzhí ㄕㄡ ㄓˊ ❶公文用語，收下並保存。❷政府機關收到稅金或其他東西時發給的書面憑證。

【收治】shōuzhì ㄕㄡ ㄓˋ 收留並治療：醫院增加牀位，收治病人。

shóu (ㄕㄡˊ)

熟 shóu ㄕㄡˊ 義同'熟'(shú)。另見1063頁 shú。

shǒu (ㄕㄡˇ)

手 shǒu ㄕㄡˇ ❶人體上肢前端能拿東西的部分。❷拿着：人手一冊。❸小巧而便於拿的：手冊｜手摺。❹親手：手訂｜手抄。❺手段；手法：眼高手低｜心狠手辣。❻(手兒) 量詞，用於技能、本領等：他真有兩手｜他有一手絕活兒。❼擅長某種技能的人或做某種事的人：選手｜能手｜拖拉機手。

【手把手】shǒu bǎ shǒu ㄕㄡˇ ㄅㄚˇ ㄕㄡˇ 指親自指點、傳授 (技藝等)。

【手板】shǒubǎn ㄕㄡˇ ㄅㄢˇ ❶〈方〉手掌。❷同'手版'。

【手版】shǒubǎn ㄕㄡˇ ㄅㄢˇ ❶古時君臣在朝廷上相見時手中所拿的笏。❷手本①。‖也作手板。

【手背】shǒubèi ㄕㄡˇ ㄅㄟˋ 手掌的反面。

【手本】shǒuběn ㄕㄡˇ ㄅㄣˇ ❶明清時代門生見老師或下屬見上司所用的帖子，上面寫着自己的姓名、職位等。❷手冊。

【手筆】shǒubǐ ㄕㄡˇ ㄅㄧˇ ❶親手做的文章、寫的字或畫的畫 (多指名人的)：這篇雜文像是魯迅先生的手筆。❷文字技巧的造詣：大手筆 (文章能手)。❸指辦事、用錢的氣派：闊手筆。

【手臂】shǒubì ㄕㄡˇ ㄅㄧˋ ❶胳膊。❷比喻助手：他是王隊長的得力手臂。

【手邊】shǒubiān ㄕㄡˇ ㄅㄧㄢ (手邊兒) 手頭①：你要的那張畫，不在手邊，等找出來給你。

【手錶】shǒubiǎo ㄕㄡˇ ㄅㄧㄠˇ 帶在手腕上的錶。

【手柄】shǒubǐng ㄕㄡˇ ㄅㄧㄥˇ 操縱機器時手握着的把兒。也叫手把(bà)。

【手不釋卷】shǒu bù shì juàn ㄕㄡˇ ㄅㄨˋ ㄕˋ ㄐㄩㄢˋ 手裏的書捨不得放下。形容讀書勤奮或看書入迷。

【手不穩】shǒu bù wěn ㄕㄡˇ ㄅㄨˋ ㄨㄣˇ 〈方〉指愛偷竊。

【手冊】shǒucè ㄕㄡˇ ㄘㄜˋ ❶介紹一般性的或某種專業知識的參考書(多用於書名)：《時事手冊》|《物理手冊》。❷專做某種記錄用的本子：勞動手冊。

【手車】shǒuchē ㄕㄡˇ ㄔㄜ 用人力推動的小車，用來裝運物品。也叫手推車。

【手釧】shǒuchuàn ㄕㄡˇ ㄔㄨㄢˋ 〈方〉手鐲。

【手戳】shǒuchuō ㄕㄡˇ ㄔㄨㄛ (手戳兒)刻有某人姓名的圖章。

【手搭涼棚】shǒu dā liángpéng ㄕㄡˇ ㄉㄚ ㄌㄧㄤˊ ㄆㄥˊ 瞭望時用一隻手平支在前額上遮陽光：老大爺站在路口，手搭涼棚在張望。

【手大】shǒu dà ㄕㄡˇ ㄉㄚˋ 指花錢不在乎。

【手到擒來】shǒu dào qín lái ㄕㄡˇ ㄉㄠˋ ㄑㄧㄣˊ ㄌㄞˊ 手一到就把敵人捉拿過來。比喻做事很有把握或毫不費力就能成功。

【手底下】shǒu dǐ·xia ㄕㄡˇ ㄉㄧˇ ·ㄒㄧㄚ 手下。

【手電筒】shǒudiàntǒng ㄕㄡˇ ㄉㄧㄢˋ ㄊㄨㄥˇ 利用乾電池做電源的小型筒狀照明用具。也叫手電、電筒或電棒。

【手段】shǒuduàn ㄕㄡˇ ㄉㄨㄢˋ ❶為達到某種目的而採取的具體方法：革命的戰爭是奪取政權的手段。❷指待人處世所用的不正當的方法：要手段騙人。❸本領；能耐：手段高強。

【手法】shǒufǎ ㄕㄡˇ ㄈㄚˇ ❶(藝術品或文學作品的)技巧：白描手法|表現手法獨特。❷手段：兩面手法。

【手風琴】shǒufēngqín ㄕㄡˇ ㄈㄥ ㄑㄧㄣˊ 風琴的一種，由金屬簧、摺疊的皮製風箱和鍵盤組成。演奏時左手拉動風箱，右手按鍵盤。

【手感】shǒugǎn ㄕㄡˇ ㄍㄢˇ 用手撫摸時的感覺：這種面料手感柔和。

【手高手低】shǒu gāo shǒu dī ㄕㄡˇ ㄍㄠ ㄕㄡˇ ㄉㄧ 形容不用度量衡器具而用手或一般的器皿分東西時，難免稍有出入。

【手稿】shǒugǎo ㄕㄡˇ ㄍㄠˇ 親手寫成的底稿。

【手工】shǒugōng ㄕㄡˇ ㄍㄨㄥ ❶靠手的技能做出的工作：做手工。❷用手操作：手工勞動。❸給予手工勞動的報酬：手工很貴|做這件衣服要多少手工？

【手工業】shǒugōngyè ㄕㄡˇ ㄍㄨㄥ ㄧㄝˋ 只靠手工或只用簡單工具從事生產的工業。

【手工藝】shǒugōngyì ㄕㄡˇ ㄍㄨㄥ ㄧˋ 指具有高度技巧性、藝術性的手工，如挑花、刺綉、緙(kè)絲等。

【手鼓】shǒugǔ ㄕㄡˇ ㄍㄨˇ 維吾爾、哈薩克等少數民族的打擊樂器，扁圓形，一面蒙皮，周圍有金屬片或環，常用做舞蹈的伴奏樂器。

【手黑】shǒu hēi ㄕㄡˇ ㄏㄟ 手段狠毒：心狠手黑。

【手疾眼快】shǒu jí yǎn kuài ㄕㄡˇ ㄐㄧˊ ㄧㄢˇ ㄎㄨㄞˋ 形容做事機警敏捷。也説眼疾手快。

【手技】shǒujì ㄕㄡˇ ㄐㄧˋ ❶手藝。❷雜技的一種，運用手的技巧拋接、要弄各種物件。

【手記】shǒujì ㄕㄡˇ ㄐㄧˋ ❶親手記錄。❷親手寫下的記錄。

【手迹】shǒujì ㄕㄡˇ ㄐㄧˋ 親手寫的字或畫的畫：這是魯迅先生的手迹。

【手腳】shǒujiǎo ㄕㄡˇ ㄐㄧㄠˇ ❶指舉動或動作：手腳利落|手腳靈敏。❷為了實現某種企圖而暗中採取的行動(含貶義)：做手腳。

【手巾】shǒu·jīn ㄕㄡˇ ·ㄐㄧㄣ ❶土布做的擦臉巾；毛巾。❷〈方〉手絹。

【手緊】shǒu jǐn ㄕㄡˇ ㄐㄧㄣˇ ❶指不隨便花錢或給人東西：他一向手緊，不會買這種玩藝兒的。❷指缺錢用：這幾天手緊，過兩天再買吧。也説手頭兒緊。

【手卷】shǒujuàn ㄕㄡˇ ㄐㄩㄢˋ 橫幅書畫長卷，只供案頭觀賞，不能懸挂。

【手絹】shǒujuàn ㄕㄡˇ ㄐㄩㄢˋ (手絹兒)隨身攜帶的方形小塊織物，用來擦汗或擦鼻涕等。

【手銬】shǒukào ㄕㄡˇ ㄎㄠˋ 束縛犯人兩手的刑具。

【手快】shǒu kuài ㄕㄡˇ ㄎㄨㄞˋ 形容動作敏捷，做事快：眼疾手快。

【手辣】shǒu là ㄕㄡˇ ㄌㄚˋ 手段毒辣：心狠手辣。

【手雷】shǒuléi ㄕㄡˇ ㄌㄟˊ 一種反坦克用的大型手榴彈。

【手榴彈】shǒuliúdàn ㄕㄡˇ ㄌㄧㄡˊ ㄉㄢˋ ❶一種用手投擲的小型炸彈，有的裝有木柄。❷田徑運動使用的投擲器械之一，形狀跟軍用的裝有木柄的手榴彈一樣。

【手令】shǒulìng ㄕㄡˇ ㄌㄧㄥˋ 親手寫的命令。

【手爐】shǒulú ㄕㄡˇ ㄌㄨˊ 冷天烘手用的小銅爐，多為圓形或橢圓形，直徑約半尺，有提樑，蓋上有許多小孔，爐中燃燒炭墼、鋸末或礱糠。可以隨身攜帶。

【手鑼】shǒuluó ㄕㄡˇ ㄌㄨㄛˊ 小鑼。

【手慢】shǒu màn ㄕㄡˇ ㄇㄢˋ 形容動作遲緩，做事慢：這個人手慢，老趕不上趟兒。

【手忙腳亂】shǒu máng jiǎo luàn ㄕㄡˇ ㄇㄤˊ ㄐㄧㄠˇ ㄌㄨㄢˋ 形容做事慌張而沒有條理。也形容驚慌失措。

【手面】shǒumiàn ㄕㄡˇ ㄇㄧㄢˋ 〈方〉指用錢的寬緊：你手面太闊了，要節約一點才好。

【手民】shǒumín ㄕㄡˇ ㄇㄧㄣˊ 〈書〉指刻字或排字的工人：手民之誤(指印刷上發生的錯誤)。

【手模】shǒumó ㄕㄡˇ ㄇㄛˊ 手印。

【手帕】shǒupà ㄕㄡˇ ㄆㄚˋ 手絹兒。
【手旗】shǒuqí ㄕㄡˇ ㄑㄧˊ 打旗語用的旗子：手旗通訊。
【手氣】shǒuqì ㄕㄡˇ ㄑㄧˋ 指賭博或抓彩時的運氣。又特指贏錢或得彩的運氣：手氣好｜有手氣。
【手槍】shǒuqiāng ㄕㄡˇ ㄑㄧㄤ 單手發射的短槍。用於近距離射擊。
【手巧】shǒu qiǎo ㄕㄡˇ ㄑㄧㄠˇ 手靈巧；手藝高：心靈手巧。
【手勤】shǒu qín ㄕㄡˇ ㄑㄧㄣˊ 指做事勤快：手勤腳快。
【手輕】shǒu qīng ㄕㄡˇ ㄑㄧㄥ 動作時手用力較小。
【手球】shǒuqiú ㄕㄡˇ ㄑㄧㄡˊ ❶球類運動項目之一。球場呈長方形，比賽時每隊上場七人，一人守球門，用手把球擲進對方球門算得分，得分多的獲勝。❷手球運動使用的球，形狀像足球，但比足球略小。❸足球運動中的犯規動作。指守門員在禁區外或其他隊員故意用手或臂部攜帶或擊、推球。
【手軟】shǒu ruǎn ㄕㄡˇ ㄖㄨㄢˇ 形容不忍下手或因心慌而下手不狠：心慈手軟。
【手生】shǒu shēng ㄕㄡˇ ㄕㄥ 指對所做的事不熟悉或原來熟悉因長久不做而不熟練：這種活兒多年沒做，手生了。
【手勢】shǒushì ㄕㄡˇ ㄕˋ 表示意思時用手（有時連同身體別的部分）所做的姿勢：交通警打手勢指揮車輛。
【手書】shǒushū ㄕㄡˇ ㄕㄨ ❶親筆書寫：條幅上'天下為公'四個字乃孫中山先生手書。❷親筆寫的信：今天接到了家父的手書。
【手術】shǒushù ㄕㄡˇ ㄕㄨˋ 醫生用醫療器械在病人的身體上進行的切除、縫合等治療：大手術｜小手術｜動手術。
【手鬆】shǒu sōng ㄕㄡˇ ㄙㄨㄥ 指隨便花錢或給人東西。
【手談】shǒután ㄕㄡˇ ㄊㄢˊ 〈書〉下圍棋。
【手套】shǒutào ㄕㄡˇ ㄊㄠˋ （手套兒）套在手上的物品，用棉紗、毛綫、皮革等製成，用來防寒或保護手。
【手提包】shǒutíbāo ㄕㄡˇ ㄊㄧˊ ㄅㄠ 提包。
【手提箱】shǒutíxiāng ㄕㄡˇ ㄊㄧˊ ㄒㄧㄤ 裝隨身用品的有提樑的輕便的箱子。
【手頭】shǒutóu ㄕㄡˇ ㄊㄡˊ （手頭兒）❶指伸手可以拿到的地方：這部書我倒有，可惜不在手頭。❷個人某一時候的經濟情況：手頭寬裕｜手頭緊。❸指寫作或辦事的能力：手頭利落。
【手頭字】shǒutóuzì ㄕㄡˇ ㄊㄡˊ ㄗˋ 簡體字的舊稱。
【手推車】shǒutuīchē ㄕㄡˇ ㄊㄨㄟ ㄔㄜ 手車。
【手腕】shǒuwàn ㄕㄡˇ ㄨㄢˋ （手腕兒）❶手腕子。❷手段②③：耍手腕。
【手腕子】shǒuwàn·zi ㄕㄡˇ ㄨㄢˋ·ㄗ 手和臂相接的部分。
【手無寸鐵】shǒu wú cùn tiě ㄕㄡˇ ㄨˊ ㄘㄨㄣˋ ㄊㄧㄝˇ 形容手裏沒有任何武器。
【手無縛雞之力】shǒu wú fù jī zhī lì ㄕㄡˇ ㄨˊ ㄈㄨˋ ㄐㄧ ㄓ ㄌㄧˋ 形容力氣很小。
【手舞足蹈】shǒu wǔ zú dǎo ㄕㄡˇ ㄨˇ ㄗㄨˊ ㄉㄠˇ 雙手舞動，兩隻腳也跳起來。形容高興到極點。
【手下】shǒuxià ㄕㄡˇ ㄒㄧㄚˋ ❶領屬下；管轄下：他在總工程師的手下當過技術員。❷手頭①：東西不在手下。❸手頭②：用錢無計劃，月底手下就緊了。❹下手的時候：手下留情。
【手寫】shǒuxiě ㄕㄡˇ ㄒㄧㄝˇ 用手寫；親自記錄：口問手寫。
【手寫體】shǒuxiětǐ ㄕㄡˇ ㄒㄧㄝˇ ㄊㄧˇ 文字或拼音字母的手寫形式（區別於'印刷體'）。如：

直	*直*
zhí	*zhí*
（印刷體）	（手寫體）

【手心】shǒuxīn ㄕㄡˇ ㄒㄧㄣ ❶手掌的中心部分。❷（手心兒）比喻所控制的範圍：跳不出他的手心。
【手續】shǒuxù ㄕㄡˇ ㄒㄩˋ （辦事的）程序：報名手續｜借款手續｜辦理轉學手續。
【手眼】shǒuyǎn ㄕㄡˇ ㄧㄢˇ 手段：手眼通天。
【手藝】shǒuyì ㄕㄡˇ ㄧˋ 手工業工人的技術：手藝人｜這位木匠師傅的手藝很好。
【手淫】shǒuyín ㄕㄡˇ ㄧㄣˊ 自己用手刺激生殖器以發泄性慾。成習慣後，有害健康。
【手印】shǒuyìn ㄕㄡˇ ㄧㄣˋ （手印兒）❶手留下的痕迹。❷特指按在契約、證件等上面的指紋。
【手語】shǒuyǔ ㄕㄡˇ ㄩˇ 以手指字母和手勢代替語言進行交際的方式（多用於聾啞人）。
【手諭】shǒuyù ㄕㄡˇ ㄩˋ 〈書〉指上級或尊長親筆寫的指示。
【手澤】shǒuzé ㄕㄡˇ ㄗㄜˊ 〈書〉先人的遺物或手迹。
【手札】shǒuzhá ㄕㄡˇ ㄓㄚˊ 〈書〉親筆寫的信。
【手掌】shǒuzhǎng ㄕㄡˇ ㄓㄤˇ 手在握拳時指尖觸着的一面。
【手杖】shǒuzhàng ㄕㄡˇ ㄓㄤˋ 走路時手裏拄着的棍子。
【手植】shǒuzhí ㄕㄡˇ ㄓˊ 親手種植：這棵樹乃先父手植。
【手指】shǒuzhǐ ㄕㄡˇ ㄓˇ 人手前端的五個分支。
【手指頭】shǒuzhǐ·tou ㄕㄡˇ ㄓˇ·ㄊㄡ 手指。
【手指頭肚兒】shǒuzhǐ·toudùr ㄕㄡˇ ㄓˇ·ㄊㄡ ㄉㄨˋ ㄦˋ 手指末端有指紋的略微隆起的部分。
【手指字母】shǒuzhǐ zìmǔ ㄕㄡˇ ㄓˇ ㄗˋ ㄇㄨˇ 用

手指屈伸的各種姿勢代表不同的字母，可以組成文字，供聾啞人使用。

【手紙】shǒuzhǐ ㄕㄡˇ ㄓˇ 解手時使用的紙。

【手重】shǒu zhòng ㄕㄡˇ ㄓㄨㄥˋ 動作時手用力較猛：捅火時手重了些，把爐子裏沒燒盡的煤塊兒都給捅下來了。

【手鐲】shǒuzhuó ㄕㄡˇ ㄓㄨㄛˊ 套在手腕子上的環形裝飾品，多用金、銀、玉等製成。

【手足】shǒuzú ㄕㄡˇ ㄗㄨˊ ❶指舉動、動作：手足無措。❷比喻弟兄：情同手足。

【手足無措】shǒu zú wú cuò ㄕㄡˇ ㄗㄨˊ ㄨˊ ㄘㄨㄛˋ 形容舉動慌亂或沒有辦法應付。

守 shǒu ㄕㄡˇ ❶防守(跟'攻'相對)：把守｜看守｜守衛｜守住陣地。❷守候；看護：守護｜醫生守着傷員。❸遵守；遵循：守法｜守約｜守紀律｜守時間。❹靠近；依傍：守着水的地方，可多種稻子。

【守備】shǒubèi ㄕㄡˇ ㄅㄟˋ 防守戒備：加強守備。

【守財奴】shǒucáinú ㄕㄡˇ ㄘㄞˊ ㄋㄨˊ 指有錢而非常吝嗇的人(含譏諷意)。也說看財奴(kāncáinú)。

【守車】shǒuchē ㄕㄡˇ ㄔㄜ 貨運列車中車長辦公用的車廂，車身較短，挂在列車的最後。

【守成】shǒuchéng ㄕㄡˇ ㄔㄥˊ 〈書〉在事業上保持前人的成就；守業：保業守成。

【守敵】shǒudí ㄕㄡˇ ㄉㄧˊ 守備某據點的敵人。

【守法】shǒu∥fǎ ㄕㄡˇ∥ㄈㄚˇ 遵守法律或法令：守法戶｜奉公守法。

【守服】shǒufú ㄕㄡˇ ㄈㄨˊ 服喪；守孝。

【守寡】shǒu∥guǎ ㄕㄡˇ∥ㄍㄨㄚˇ 婦女死了丈夫後，不再結婚。

【守恒】shǒuhéng ㄕㄡˇ ㄏㄥˊ (數值)保持恒定：能量守恒｜動量守恒。

【守候】shǒuhòu ㄕㄡˇ ㄏㄡˋ ❶等待：他守候着家鄉的信息。❷看護：護士日夜守候着傷員。

【守護】shǒuhù ㄕㄡˇ ㄏㄨˋ 看守保護：守護倉庫｜戰士們日夜守護着祖國的邊疆。

【守活寡】shǒu huóguǎ ㄕㄡˇ ㄏㄨㄛˊ ㄍㄨㄚˇ 已婚婦女的丈夫長期外出不歸，叫守活寡。有的地區也說守生寡。

【守節】shǒu∥jié ㄕㄡˇ∥ㄐㄧㄝˊ 舊時指不改變節操。特指婦女受封建宗法的強制或封建道德觀念的影響，在丈夫死後不再結婚或未婚夫死後終身不結婚。

【守舊】[1] shǒujiù ㄕㄡˇ ㄐㄧㄡˋ 拘泥於過時的看法或做法而不願改變：守舊思想｜辦法過於守舊。

【守舊】[2] shǒujiù ㄕㄡˇ ㄐㄧㄡˋ 戲曲演出時挂在舞台上用來隔開前後的幕，幕上綉着跟劇情無關的圖案。

【守空房】shǒu kōngfáng ㄕㄡˇ ㄎㄨㄥ ㄈㄤˊ 指丈夫外出，妻子一人住在家裏。

【守口如瓶】shǒu kǒu rú píng ㄕㄡˇ ㄎㄡˇ ㄖㄨˊ ㄆㄧㄥˊ 形容說話慎重或嚴守秘密。

【守靈】shǒu∥líng ㄕㄡˇ∥ㄌㄧㄥˊ 守在靈牀、靈柩或靈位的旁邊。

【守門】shǒu∥mén ㄕㄡˇ∥ㄇㄣˊ ❶看守門戶。❷指足球、手球、冰球等球類比賽中守衛球門。

【守門員】shǒuményuán ㄕㄡˇ ㄇㄣˊ ㄩㄢˊ 足球、手球、冰球等球類比賽中守衛球門的隊員。

【守喪】shǒu∥sāng ㄕㄡˇ∥ㄙㄤ 守靈。

【守勢】shǒushì ㄕㄡˇ ㄕˋ 防禦敵方進攻的部署：採取守勢｜處於守勢。

【守歲】shǒu∥suì ㄕㄡˇ∥ㄙㄨㄟˋ 在農曆除夕晚上不睡，直到天亮：圍爐守歲。

【守土】shǒutǔ ㄕㄡˇ ㄊㄨˇ 〈書〉保衛領土：守土有責。

【守望】shǒuwàng ㄕㄡˇ ㄨㄤˋ 看守瞭望：守望塔。

【守望相助】shǒu wàng xiāng zhù ㄕㄡˇ ㄨㄤˋ ㄒㄧㄤ ㄓㄨˋ 為了防禦外來的侵害，鄰近的村落之間互相看守瞭望，遇警互相幫助。

【守衛】shǒuwèi ㄕㄡˇ ㄨㄟˋ 防守保衛：守衛邊疆。

【守孝】shǒu∥xiào ㄕㄡˇ∥ㄒㄧㄠˋ 舊俗尊親死後，在服滿以前停止娛樂和交際，表示哀悼。

【守信】shǒu∥xìn ㄕㄡˇ∥ㄒㄧㄣˋ 講信用；不失信：他是個守信的人，不會失約的。

【守夜】shǒuyè ㄕㄡˇ ㄧㄝˋ 夜間守衛：值班守夜。

【守業】shǒu∥yè ㄕㄡˇ∥ㄧㄝˋ 守住前人所創立的事業：不但要守業，而且要創業。

【守則】shǒuzé ㄕㄡˇ ㄗㄜˊ 共同遵守的規則：學生守則。

【守職】shǒu∥zhí ㄕㄡˇ∥ㄓˊ 堅守崗位，忠於職守：守職盡責。

【守制】shǒuzhì ㄕㄡˇ ㄓˋ 封建時代，兒子在父母死後，在家守孝二十七個月，謝絕應酬，做官的在這期間必須離職，叫做守制。

【守株待兔】shǒu zhū dài tù ㄕㄡˇ ㄓㄨ ㄉㄞˋ ㄊㄨˋ 傳說戰國時宋國有一個農民看見一隻兔子撞在樹樁上死了，他便放下手裏的農具在那裏等待，希望再得到撞死的兔子(見於《韓非子·五蠹》)。比喻不主動地努力，而存萬一的僥幸心理，希望得到意外的收穫。

首1 shǒu ㄕㄡˇ ❶頭：昂首｜搔首｜首飾｜首級。❷第一；最高的：首相｜首腦｜首席代表。❸首領：首長｜罪魁禍首。❹首先：首創｜首義。❺出頭告發：自首｜出首。❻(Shǒu)姓。

首2 shǒu ㄕㄡˇ 量詞，用於詩詞等：一首詩。

【首倡】shǒuchàng ㄕㄡˇ ㄔㄤˋ 首先提倡。

【首車】shǒuchē ㄕㄡˇ ㄔㄜ 按班次行駛的第一班車。

【首創】shǒuchuàng ㄕㄡˇ ㄔㄨㄤˋ 最先創造；創始：這種產品在國內還是首創｜尊重科學家們的首創精神。

【首當其衝】shǒu dāng qí chōng ㄕㄡˇ ㄉㄤ ㄑㄧˊ ㄔㄨㄥ 比喻最先受到攻擊或遭遇災難（衝：要衝）。

【首都】shǒudū ㄕㄡˇ ㄉㄨ 國家最高政權機關所在地，是全國的政治中心。

【首惡】shǒu'è ㄕㄡˇ ㄜˋ 作惡犯法集團的頭子：首惡必辦。

【首犯】shǒufàn ㄕㄡˇ ㄈㄢˋ 組織、帶領犯罪集團進行犯罪活動的首要分子。

【首府】shǒufǔ ㄕㄡˇ ㄈㄨˇ ❶舊時稱省會所在的府為首府；現在多指自治區或自治州人民政府所在地。❷附屬國和殖民地的最高政府機關所在地。

【首富】shǒufù ㄕㄡˇ ㄈㄨˋ 指某個地區中最富有的人或人家。

【首告】shǒugào ㄕㄡˇ ㄍㄠˋ 出面告發（別人的犯罪行為）。

【首戶】shǒuhù ㄕㄡˇ ㄏㄨˋ 首富。

【首級】shǒují ㄕㄡˇ ㄐㄧˊ 古代指作戰時斬下的人頭（秦法，斬下敵人一個人頭，加爵一級，後來就把斬下的敵人的頭顱叫首級）。

【首屆】shǒujiè ㄕㄡˇ ㄐㄧㄝˋ 第一次；第一期：首屆運動會｜首屆畢業生。

【首肯】shǒukěn ㄕㄡˇ ㄎㄣˇ 點頭表示同意。

【首領】shǒulǐng ㄕㄡˇ ㄌㄧㄥˇ ❶〈書〉頭和脖子：保全首領。❷借指某些集團的領導人：義軍首領。

【首腦】shǒunǎo ㄕㄡˇ ㄋㄠˇ 為首的（人、機關等）；領導人：政府首腦｜首腦會議。

【首屈一指】shǒu qū yī zhǐ ㄕㄡˇ ㄑㄩ ㄧ ㄓˇ 彎下手指頭計數，首先彎下大拇指，表示第一。

【首日封】shǒurìfēng ㄕㄡˇ ㄖˋ ㄈㄥ 郵政部門發行新郵票的當天，把新郵票貼在特製的信封上，並蓋上郵戳，這種信封叫做首日封。

【首善之區】shǒu shàn zhī qū ㄕㄡˇ ㄕㄢˋ ㄓ ㄑㄩ 〈書〉最好的地方，指首都。

【首飾】shǒu·shi ㄕㄡˇ ·ㄕ 本指戴在頭上的裝飾品，今泛指耳環、項鏈、戒指、手鐲等。

【首鼠兩端】shǒu shǔ liǎng duān ㄕㄡˇ ㄕㄨˇ ㄌㄧㄤˇ ㄉㄨㄢ 遲疑不決或動搖不定（見《史記·魏其武安侯列傳》）。

【首途】shǒutú ㄕㄡˇ ㄊㄨˊ 〈書〉動身；上路：首途赴任。

【首尾】shǒuwěi ㄕㄡˇ ㄨㄟˇ ❶起頭的部分和末尾的部分：首尾呼應。❷從開始到末了：這次旅行，首尾經過了一個多月。

【首席】shǒuxí ㄕㄡˇ ㄒㄧˊ ❶最高的席位：坐首席。❷職位最高的：首席代表。

【首先】shǒuxiān ㄕㄡˇ ㄒㄧㄢ ❶最先；最早：首先報名。❷第一（用於列舉事項）：首先，是大會主席報告；其次，是代表發言。

【首相】shǒuxiàng ㄕㄡˇ ㄒㄧㄤˋ 君主國家內閣的最高官職。某些非君主國家的中央政府首腦有時也沿用這個名稱，職權相當於內閣總理。

【首選】shǒuxuǎn ㄕㄡˇ ㄒㄩㄢˇ 以第一名當選的；首先選中的：首選藥物｜該地是冬季運動會的首選地點。

【首要】shǒuyào ㄕㄡˇ ㄧㄠˋ ❶擺在第一位的；最重要的：首要任務｜首要分子。❷首腦：政府首要。

【首義】shǒuyì ㄕㄡˇ ㄧˋ 〈書〉首先起義：辛亥首義（指辛亥革命時武昌首先起義）。

【首長】shǒuzhǎng ㄕㄡˇ ㄓㄤˇ 政府各部門中的高級領導人或部隊中較高級的領導人：部首長｜團首長。

【首戰】shǒuzhàn ㄕㄡˇ ㄓㄢˋ 第一次交戰：首戰告捷。

【首座】shǒuzuò ㄕㄡˇ ㄗㄨㄛˋ ❶筵席上最尊貴的席位。也作首坐。❷寺廟裏地位最高的和尚。

艏 shǒu ㄕㄡˇ 船的前端或前部。

shòu（ㄕㄡˋ）

受 shòu ㄕㄡˋ ❶接受：受賄｜受教育｜受到幫助。❷遭受：受災｜受批評｜受委屈。❸忍受；禁受：受不了｜受得住。❹適合：受吃（吃着有味）｜受看（看着舒服）｜受聽（聽着入耳）。

【受病】shòu//bìng ㄕㄡˋ//ㄅㄧㄥˋ 得病（多指不立即發作的）：你身體不好，在風口站着會受病的。

【受潮】shòu//cháo ㄕㄡˋ//ㄔㄠˊ （物體）被潮氣滲入：屋子老不見太陽，東西容易受潮。

【受寵若驚】shòu chǒng ruò jīng ㄕㄡˋ ㄔㄨㄥˇ ㄖㄨㄛˋ ㄐㄧㄥ 受到過分的寵愛待遇而感到意外的驚喜。

【受挫】shòucuò ㄕㄡˋ ㄘㄨㄛˋ 遭到挫折：受挫而氣不餒。

【受敵】shòudí ㄕㄡˋ ㄉㄧˊ 遭受敵方的攻擊：四面受敵｜腹背受敵。

【受罰】shòu//fá ㄕㄡˋ//ㄈㄚˊ 遭到處罰：違章受罰。

【受粉】shòu//fěn ㄕㄡˋ//ㄈㄣˇ 雄蕊的花粉傳到雌蕊的柱頭上，就雌蕊來說，叫做受粉。

【受過】shòu//guò ㄕㄡˋ//ㄍㄨㄛˋ 承擔過失的責任（多指不應承擔的）：代人受過。

【受害】shòu//hài ㄕㄡˋ//ㄏㄞˋ 遭到損害或殺害：受害不淺｜無辜受害。

【受話器】shòuhuàqì ㄕㄡˋ ㄏㄨㄚˋ ㄑㄧˋ 電話機等的一個部件，能把強弱不同的電流變成聲音。也叫聽筒或耳機。

【受賄】shòu∥huì ㄕㄡˋ∥ㄏㄨㄟˋ 接受賄賂：貪污受賄。
【受獎】shòu∥jiǎng ㄕㄡˋ∥ㄐㄧㄤˇ 得到獎勵：立功受獎。
【受戒】shòu∥jiè ㄕㄡˋ∥ㄐㄧㄝˋ 佛教用語，在一定的宗教儀式下接受戒律。初學佛的或初出家的人，須在受戒之後才能稱做正式的居士或僧尼。
【受精】shòu∥jīng ㄕㄡˋ∥ㄐㄧㄥ ❶人或動物的雌性生殖細胞和雄性生殖細胞相結合。受精過程除魚類等在體外進行外，其餘都在雌性動物體內進行。在體內受精，也叫受胎或受孕。❷植物進行有性生殖時精子和卵細胞相結合。
【受驚】shòu∥jīng ㄕㄡˋ∥ㄐㄧㄥ 受到突然的刺激或威脅而害怕。
【受窘】shòu∥jiǒng ㄕㄡˋ∥ㄐㄩㄥˇ 陷入為難的境地。
【受苦】shòu∥kǔ ㄕㄡˋ∥ㄎㄨˇ 遭受痛苦：受苦受難。
【受累】shòu∥lěi ㄕㄡˋ∥ㄌㄟˇ 受到拖累或連累：一人出事，全家受累。
【受累】shòu∥lèi ㄕㄡˋ∥ㄌㄟˋ 受到勞累；消耗精神氣力（也常用做客氣話）：這麼遠來看我，讓您受累了。
【受理】shòulǐ ㄕㄡˋ ㄌㄧˇ ❶接受並辦理：受理快件專遞業務。❷法院接受案件，進行審理：法院已受理此案。
【受禮】shòu∥lǐ ㄕㄡˋ∥ㄌㄧˇ 接受別人贈送的禮物。
【受涼】shòu∥liáng ㄕㄡˋ∥ㄌㄧㄤˊ 受到低溫度的影響而患感冒等疾病。
【受命】shòumìng ㄕㄡˋ ㄇㄧㄥˋ 接受命令或任務：受命辦理。
【受難】shòu∥nàn ㄕㄡˋ∥ㄋㄢˋ 受到災難：受苦受難。
【受盤】shòupán ㄕㄡˋ ㄆㄢˊ 指工商業主購買別人企業的全部財產（如房屋、機器、設備、貨物等）繼續經營。也說接盤。
【受騙】shòu∥piàn ㄕㄡˋ∥ㄆㄧㄢˋ 被騙：受騙上當。
【受聘】shòu∥pìn ㄕㄡˋ∥ㄆㄧㄣˋ ❶舊俗定親時女方接受男方的聘禮。❷接受聘請：他受聘當了排球教練。
【受氣】shòu∥qì ㄕㄡˋ∥ㄑㄧˋ 遭受欺侮：裏外受氣｜受了半輩子氣。
【受氣包】shòuqìbāo ㄕㄡˋ ㄑㄧˋ ㄅㄠ（受氣包兒）比喻經常被當做抱怨或泄憤的對象的人。
【受窮】shòu∥qióng ㄕㄡˋ∥ㄑㄩㄥˊ 遭受窮困：吃苦受窮。
【受屈】shòu∥qū ㄕㄡˋ∥ㄑㄩ 受到委屈或冤屈。
【受權】shòuquán ㄕㄡˋ ㄑㄩㄢˊ 接受國家或上級委託有權力做某事：外交部受權發表聲明。
【受熱】shòu∥rè ㄕㄡˋ∥ㄖㄜˋ ❶受到高溫度的影響：絕大部分物體受熱則膨脹。❷中暑：他路上受熱了，有點頭痛。
【受辱】shòu∥rǔ ㄕㄡˋ∥ㄖㄨˇ 受到侮辱或羞辱：無故受辱｜當場受辱。
【受傷】shòu∥shāng ㄕㄡˋ∥ㄕㄤ 身體或物體部分地受到破損。
【受賞】shòu∥shǎng ㄕㄡˋ∥ㄕㄤˇ 得到獎賞：立功受賞。
【受審】shòu∥shěn ㄕㄡˋ∥ㄕㄣˇ 接受審訊：到庭受審。
【受事】shòushì ㄕㄡˋ ㄕˋ 語法上指動作的對象，也就是受動作支配的人或事物，如'我看報'裏的'報'，'老鷹抓小雞'裏的'小雞'。表示受事的名詞不一定做句子的賓語，如'衣服送來了'裏的'衣服'是受事，但是做句子的主語。
【受暑】shòu∥shǔ ㄕㄡˋ∥ㄕㄨˇ 中暑。
【受胎】shòu∥tāi ㄕㄡˋ∥ㄊㄞ 婦女或雌性動物體內受精。也叫受孕。
【受託】shòu∥tuō ㄕㄡˋ∥ㄊㄨㄛ 接受人家的委託。
【受洗】shòuxǐ ㄕㄡˋ ㄒㄧˇ （基督教徒）接受洗禮。
【受降】shòu∥xiáng ㄕㄡˋ∥ㄒㄧㄤˊ 接受敵方投降。
【受刑】shòu∥xíng ㄕㄡˋ∥ㄒㄧㄥˊ 遭受刑罰，特指遭受肉刑。
【受訓】shòu∥xùn ㄕㄡˋ∥ㄒㄩㄣˋ 接受訓練：在訓練班受訓半年。
【受業】shòuyè ㄕㄡˋ ㄧㄝˋ〈書〉❶跟隨老師學習。❷學生對老師的自稱。
【受益】shòuyì ㄕㄡˋ ㄧˋ 得到好處；受到利益：受益良多｜水庫修好後，受益地區很大。
【受用】shòuyòng ㄕㄡˋ ㄩㄥˋ 享受；得益：學會這種本領，一輩子受用不盡。
【受用】shòu·yong ㄕㄡˋ ·ㄩㄥ 身心舒服（多用於否定式）：聽了這番話，他心裏很不受用。
【受孕】shòu∥yùn ㄕㄡˋ∥ㄩㄣˋ 受胎。
【受災】shòu∥zāi ㄕㄡˋ∥ㄗㄞ 遭受災害：受災地區｜賑濟受災群眾。
【受制】shòu∥zhì ㄕㄡˋ∥ㄓˋ〈書〉❶受轄制：受制於人。❷受害；受罪。
【受阻】shòuzǔ ㄕㄡˋ ㄗㄨˇ 受到阻礙：因交通受阻，不能按時到達。
【受罪】shòu∥zuì ㄕㄡˋ∥ㄗㄨㄟˋ 受到折磨。也泛指遇到不愉快的事。

狩

shòu ㄕㄡˋ〈書〉打獵，特指冬天打獵。

【狩獵】shòuliè ㄕㄡˋ ㄌㄧㄝˋ 打獵。

授

shòu ㄕㄡˋ ❶交付；給予（多用於正式或隆重的場合）：授旗｜授獎｜授權。❷傳授；教：講授｜授課｜函授。

【授粉】shòufěn ㄕㄡˋ ㄈㄣˇ 雄蕊的花粉傳到雌蕊的柱頭上，叫做授粉。
【授獎】shòu∥jiǎng ㄕㄡˋ∥ㄐㄧㄤˇ 頒發獎金、獎

品或獎狀：授獎大會。

【授課】shòukè ㄕㄡˋ ㄎㄜˋ 教課：他在夜校每週授課六小時。

【授命】[1] shòumìng ㄕㄡˋ ㄇㄧㄥˋ 〈書〉獻出生命：見危授命｜臨危授命。

【授命】[2] shòumìng ㄕㄡˋ ㄇㄧㄥˋ 下命令（多指某些國家的元首下命令）：總統授命總理組閣。

【授權】shòuquán ㄕㄡˋ ㄑㄩㄢˊ 把權力委託給人或機構代為執行。

【授時】shòushí ㄕㄡˋ ㄕˊ ❶某些天文台每天在一定的時間用無綫電信號報告最精確的時間，這種工作叫授時。❷舊時指政府頒行曆書。

【授首】shòushǒu ㄕㄡˋ ㄕㄡˇ 〈書〉（叛逆、盜賊等）被斬首。

【授受】shòushòu ㄕㄡˋ ㄕㄡˋ 交付和接受：私相授受。

【授銜】shòu//xián ㄕㄡˋ//ㄒㄧㄢˊ 給予軍銜或其他稱號。

【授意】shòuyì ㄕㄡˋ ㄧˋ 把自己的意圖告訴別人，讓別人照着辦（多指不公開的）：這件事一定是有人授意他幹的。

【授予】shòuyǔ ㄕㄡˋ ㄩˇ 給與（勛章、獎狀、學位、榮譽等）。

售 shòu ㄕㄡˋ ❶賣：售票｜售貨｜零售｜出售。❷〈書〉施展（奸計）：以售其奸｜其計不售。

【售貨員】shòuhuòyuán ㄕㄡˋ ㄏㄨㄛˋ ㄩㄢˊ 商店裏出售貨物的工作人員。

【售賣】shòumài ㄕㄡˋ ㄇㄞˋ 賣①。

【售票員】shòupiàoyuán ㄕㄡˋ ㄆㄧㄠˋ ㄩㄢˊ 賣票的工作人員。

壽（寿、夀） shòu ㄕㄡˋ ❶活得歲數大；長命：福壽｜人壽年豐。❷年歲；生命：長壽｜壽命。❸壽辰：做壽｜壽麪。❹〈書〉祝人壽辰。❺婉辭，生前預備的；裝殮死人的：壽材｜壽衣。❻（Shòu）姓。

【壽斑】shòubān ㄕㄡˋ ㄅㄢ 老年人皮膚上出現的黑斑（多指臉上的）。

【壽材】shòucái ㄕㄡˋ ㄘㄞˊ 指生前準備的棺材，也泛指一般的。

【壽辰】shòuchén ㄕㄡˋ ㄔㄣˊ 生日（一般用於中年人或老年人）：八十壽辰。

【壽誕】shòudàn ㄕㄡˋ ㄉㄢˋ 壽辰。

【壽禮】shòulǐ ㄕㄡˋ ㄌㄧˇ 祝壽的禮品。

【壽麪】shòumiàn ㄕㄡˋ ㄇㄧㄢˋ 祝壽時所吃的麪條。

【壽命】shòumìng ㄕㄡˋ ㄇㄧㄥˋ 生存的年限。比喻使用的期限或存在的期限：人類平均壽命在不斷提高｜延長機車的壽命。

【壽木】shòumù ㄕㄡˋ ㄇㄨˋ 壽材。

【壽山石】shòushānshí ㄕㄡˋ ㄕㄢ ㄕˊ 一種以葉蠟石為主要成分的石料，產於福建閩侯的壽山，是製印章的名貴材料。

【壽數】shòu·shu ㄕㄡˋ ·ㄕㄨ 迷信的人指命中注定的歲數：壽數已盡。

【壽桃】shòutáo ㄕㄡˋ ㄊㄠˊ 祝壽所用的桃，一般用麪粉製成，也有用鮮桃的。神話中，西王母做壽，設蟠桃會招待群仙，所以一般習俗用桃來做慶壽的物品。

【壽星】shòu·xing ㄕㄡˋ ·ㄒㄧㄥ ❶指老人星，自古以來用做長壽的象徵，稱為壽星，民間常把它畫成老人的樣子，頭部長而隆起。也叫壽星老兒。❷稱長壽的老人或被祝壽的人。

【壽穴】shòuxué ㄕㄡˋ ㄒㄩㄝˊ 生前營造的墓穴。

【壽衣】shòuyī ㄕㄡˋ ㄧ 裝殮死人的衣服，老年人往往生前做好備用。

【壽終正寢】shòu zhōng zhèng qǐn ㄕㄡˋ ㄓㄨㄥ ㄓㄥˋ ㄑㄧㄣˇ 舊時指年老病死在家中。比喻事物的消亡（正寢：舊式住宅的正屋。人死後，一般停靈在正屋正中的房間）。

瘦 shòu ㄕㄡˋ ❶脂肪少；肉少（跟‘胖’或‘肥’相對）。❷（食用的肉）脂肪少（跟‘肥’相對）：這塊肉太肥，我要瘦點兒的。❸（衣服鞋襪等）窄小（跟‘肥’相對）：褲子做得太瘦了，可以往肥裏放一下。❹（地力）薄；不肥沃：瘦田。

【瘦長】shòucháng ㄕㄡˋ ㄔㄤˊ 又瘦又長：瘦長臉｜瘦長個兒｜瘦長的身材。

【瘦骨嶙峋】shòu gǔ línxún ㄕㄡˋ ㄍㄨˇ ㄌㄧㄣˊ ㄒㄩㄣˊ 形容人十分瘦。

【瘦果】shòuguǒ ㄕㄡˋ ㄍㄨㄛˇ 乾果的一種，比較小，裏面只有一粒種子，果皮和種子皮只有一處相連接，如白頭翁、向日葵、蕎麥等的果實。

【瘦瘠】shòují ㄕㄡˋ ㄐㄧˊ ❶不肥胖；瘦弱。❷（土地）不肥沃：把瘦瘠的荒山改造成富饒山區。

【瘦金體】shòujīntǐ ㄕㄡˋ ㄐㄧㄣ ㄊㄧˇ 宋徽宗趙佶的字體，筆勢瘦硬挺拔。

【瘦溜】shòu·liu ㄕㄡˋ ·ㄌㄧㄡ 〈方〉形容身體瘦而細的樣子：身材瘦溜，動作輕巧。

【瘦弱】shòuruò ㄕㄡˋ ㄖㄨㄛˋ 肌肉不豐滿，軟弱無力：身體瘦弱◇樹苗瘦弱。

【瘦小】shòuxiǎo ㄕㄡˋ ㄒㄧㄠˇ 形容身材瘦，個兒小：別看他人瘦小，力氣還挺大。

【瘦削】shòuxuē ㄕㄡˋ ㄒㄩㄝ 形容身體或臉很瘦。

【瘦子】shòu·zi ㄕㄡˋ ·ㄗ 肌肉不豐滿的人。

綬（绶） shòu ㄕㄡˋ 綬帶：印綬。

【綬帶】shòudài ㄕㄡˋ ㄉㄞˋ 一種彩色的絲帶，用來繫官印或勛章。有的斜挂在肩上表示某種身份。

獸（兽） shòu ㄕㄡˋ ❶哺乳動物的通稱。一般指有四條腿、全身生毛的哺乳動物：野獸｜禽獸｜走獸。❷比喻野蠻；下流：獸心｜獸行。

【獸環】shòuhuán ㄕㄡˋ ㄏㄨㄢˊ 舊式大門上裝的用銅或鐵製成的獸頭和環子，敲門或鎖門時用。

【獸力車】shòulìchē ㄕㄡˋ ㄌㄧˋ ㄔㄜ 用牛、馬、驢、騾等牲口拉的車。

【獸王】shòuwáng ㄕㄡˋ ㄨㄤˊ 指獅子。

【獸行】shòuxíng ㄕㄡˋ ㄒㄧㄥˊ ❶指極端野蠻、殘忍的行為。❷指發泄獸慾的行為。

【獸性】shòuxìng ㄕㄡˋ ㄒㄧㄥˋ 形容極端野蠻和殘忍的性情。

【獸醫】shòuyī ㄕㄡˋ ㄧ 治療家畜家禽等疾病的醫生。

【獸疫】shòuyì ㄕㄡˋ ㄧˋ 家畜、家禽等的傳染病，如牛瘟、豬瘟、口蹄疫、雞新城疫等。

【獸慾】shòuyù ㄕㄡˋ ㄩˋ 指野蠻的性慾。

shū（ㄕㄨ）

殳 shū ㄕㄨ ❶古代的一種兵器，用竹竿製成，有棱無刃。❷(Shū)姓。

抒 shū ㄕㄨ ❶表達；發表：各抒己見｜直抒胸臆。❷同'紓'①。

【抒發】shūfā ㄕㄨ ㄈㄚ 表達；發抒(感情)：抒發思鄉之情。

【抒懷】shūhuái ㄕㄨ ㄏㄨㄞˊ 抒發情懷：賦詩抒懷。

【抒情】shūqíng ㄕㄨ ㄑㄧㄥˊ 抒發情感：抒情散文｜寫景、敍事的詩裏也往往含有抒情的成分。

【抒寫】shūxiě ㄕㄨ ㄒㄧㄝˇ 表達和描寫：散文可以抒寫感情，也可以發表議論。

叔 shū ㄕㄨ ❶叔父：二叔。❷稱呼跟父親輩分相同而年紀較小的男子：表叔｜李叔。❸丈夫的弟弟；小叔子：叔嫂。❹在弟兄排行的次序裏代表第三：伯仲叔季。

【叔伯】shū·bai ㄕㄨ ·ㄅㄞ 同祖父的，有時也指同曾祖父的(弟兄姐妹)：他們是叔伯弟兄。

【叔父】shūfù ㄕㄨ ㄈㄨˋ 父親的弟弟。

【叔公】shūgōng ㄕㄨ ㄍㄨㄥ ❶丈夫的叔叔。❷〈方〉叔祖。

【叔母】shūmǔ ㄕㄨ ㄇㄨˇ 叔父的妻子。

【叔婆】shūpó ㄕㄨ ㄆㄛˊ ❶丈夫的嬸母。❷〈方〉叔祖母。

【叔叔】shū·shu ㄕㄨ ·ㄕㄨ ❶叔父：親叔叔｜堂房叔叔。❷稱呼跟父親輩分相同而年紀較小的男子：劉叔叔｜工人叔叔｜解放軍叔叔。

【叔祖】shūzǔ ㄕㄨ ㄗㄨˇ 父親的叔父。

【叔祖母】shūzǔmǔ ㄕㄨ ㄗㄨˇ ㄇㄨˇ 父親的叔母。

姝 shū ㄕㄨ〈書〉❶美好。❷美女。

殊 shū ㄕㄨ ❶不同；差異：殊途同歸｜照相影印，與原本無殊。❷特別；特殊：殊勛｜殊功｜殊效｜殊績。❸〈書〉很；極：殊覺歉然。❹〈書〉斷；絕。

【殊不知】shūbùzhī ㄕㄨ ㄅㄨˋ ㄓ ❶竟不知道(引述別人的意見而加以糾正)：有人以為喝酒可以禦寒，殊不知酒力一過，更覺得冷。❷竟沒想到(糾正自己原先的想法)：我以為他還在北京，殊不知上星期他就走了。

【殊榮】shūróng ㄕㄨ ㄖㄨㄥˊ 特殊的光榮。

【殊死】shūsǐ ㄕㄨ ㄙˇ ❶拼着性命，竭盡死力；決死：殊死戰｜殊死的鬥爭。❷古代指斬首的死刑。

【殊途同歸】shū tú tóng guī ㄕㄨ ㄊㄨˊ ㄊㄨㄥˊ ㄍㄨㄟ 通過不同的道路走到同一個目的地。比喻採取不同的方法而得到相同的結果。

【殊勛】shūxūn ㄕㄨ ㄒㄩㄣ〈書〉特殊的功勛：屢建殊勛。

書(书) shū ㄕㄨ ❶寫字；記錄；書寫：書法｜大書特書｜振筆直書。❷字體：楷書｜隸書。❸裝訂成冊的著作：一本書｜一部書｜一套書｜叢書｜新書｜古書｜書店。❹書信：家書｜書札。❺文件：證書｜保證書｜説明書｜挑戰書｜白皮書。

【書案】shū'àn ㄕㄨ ㄢˋ〈書〉長形的書桌。

【書包】shūbāo ㄕㄨ ㄅㄠ 布或皮革等製成的袋子，主要供學生上學時裝書籍、文具用。

【書背】shūbèi ㄕㄨ ㄅㄟˋ 書脊。

【書本】shūběn ㄕㄨ ㄅㄣˇ (書本兒)書③(總稱)：書本知識。

【書冊】shūcè ㄕㄨ ㄘㄜˋ 裝訂成冊的書；書本。

【書場】shūchǎng ㄕㄨ ㄔㄤˇ 表演説書、彈詞、相聲等曲藝的場所。

【書櫥】shūchú ㄕㄨ ㄔㄨˊ 書櫃。

【書呆子】shūdāi·zi ㄕㄨ ㄉㄞ ·ㄗ 不懂得聯繫實際只知道啃書本的人。

【書丹】shūdān ㄕㄨ ㄉㄢ 刻碑前用朱筆書寫碑上的文字，泛指書寫碑上的文字。

【書牘】shūdú ㄕㄨ ㄉㄨˊ〈書〉書信。

【書法】shūfǎ ㄕㄨ ㄈㄚˇ 文字的書寫藝術。特指用毛筆寫漢字的藝術：書法比賽｜硬筆書法。

【書坊】shūfāng ㄕㄨ ㄈㄤ 舊時印刷並出售書籍的地方。

【書房】shūfáng ㄕㄨ ㄈㄤˊ 讀書寫字的房間。

【書稿】shūgǎo ㄕㄨ ㄍㄠˇ 著作的底稿：謄寫書稿。

【書館】shūguǎn ㄕㄨ ㄍㄨㄢˇ ❶古代教授學童的處所。❷〈方〉(書館兒)有藝人在那裏説評書的茶館兒。

【書櫃】shūguì ㄕㄨ ㄍㄨㄟˋ 放置書籍用的櫃子。

【書函】shūhán ㄕㄨ ㄏㄢˊ ❶書套。❷書信。

【書號】shūhào ㄕㄨ ㄏㄠˋ 主管部門對正式出版物給予的編號，包括出版社的代號、書刊類別代號等。

【書後】shūhòu ㄕㄨ ㄏㄡˋ 寫在別人著作後面，對著作有所説明或評論的文章。

【書畫】shūhuà ㄕㄨ ㄏㄨㄚˋ 作為藝術品供人欣賞的書法和繪畫：書畫展覽會。

【書籍】shūjí ㄕㄨ ㄐㄧˊ 書③(總稱)。

【書脊】shūjǐ ㄕㄨ ㄐㄧˇ 書籍被釘住的一邊。新式裝訂的書脊上一般印有書名、出版機構名稱等。也叫書背。

【書記】shū·ji ㄕㄨ ·ㄐㄧ ❶黨、團等各級組織中的主要負責人。❷舊時稱辦理文書及繕寫工作的人員。

【書家】shūjiā ㄕㄨ ㄐㄧㄚ 擅長書法的人；書法家。

【書架】shūjià ㄕㄨ ㄐㄧㄚˋ 放置書籍用的架子，多用木料或鐵製成。也叫書架子。

【書柬】shūjiǎn ㄕㄨ ㄐㄧㄢˇ 同'書簡'。

【書簡】shūjiǎn ㄕㄨ ㄐㄧㄢˇ 書信。也作書柬。

【書局】shūjú ㄕㄨ ㄐㄩˊ 舊時印書或藏書的機構，後多用做書店的名稱。

【書卷】shūjuàn ㄕㄨ ㄐㄩㄢˋ 指書籍，古代書籍多裝成捲軸，所以叫做書卷。

【書卷氣】shūjuànqì ㄕㄨ ㄐㄩㄢˋ ㄑㄧˋ 指在説話、作文、寫字、畫畫等方面表現出來的讀書人的風格、氣質。

【書刊】shūkān ㄕㄨ ㄎㄢ 書籍和刊物。

【書口】shūkǒu ㄕㄨ ㄎㄡˇ 書籍上跟書脊相對的一邊，綫裝書在這地方標註書名、頁數等。

【書庫】shūkù ㄕㄨ ㄎㄨˋ 圖書館或書店存放書刊的房屋。

【書錄】shūlù ㄕㄨ ㄌㄨˋ 有關某一部書或某些著作的版本、插圖、評論及其源流等各種資料的目錄。

【書眉】shūméi ㄕㄨ ㄇㄟˊ 書頁的上端。

【書迷】shūmí ㄕㄨ ㄇㄧˊ 聽評彈、評書等入迷的人。

【書面】shūmiàn ㄕㄨ ㄇㄧㄢˋ 用文字表達的(區別於'口頭')：書面通知｜書面答復｜書面材料。

【書面語】shūmiànyǔ ㄕㄨ ㄇㄧㄢˋ ㄩˇ 用文字寫出來的語言(區別於'口語')。

【書名號】shūmínghào ㄕㄨ ㄇㄧㄥˊ ㄏㄠˋ 標點符號(《 》或﹏，後者用在橫行文字的底下或豎行文字的旁邊)，表示書名、篇名、報刊名等。

【書目】shūmù ㄕㄨ ㄇㄨˋ ❶圖書的目錄。❷曲藝上指評書、評話、彈詞等説唱節目。

【書皮】shūpí ㄕㄨ ㄆㄧˊ (書皮兒) ❶書刊的最外面的一層，用厚紙、布、絹、皮等做成。綫裝書在上面貼書籤，新式裝訂的書刊一般是把書名、作者姓名等印在上面。❷讀者在書皮外面再包上的一層紙，用來保護書：包書皮。

【書評】shūpíng ㄕㄨ ㄆㄧㄥˊ 評論或介紹書刊的文章。

【書籤】shūqiān ㄕㄨ ㄑㄧㄢ (書籤兒) ❶貼在綫裝書書皮上的寫着或印着書名的紙或絹的條兒，有些新式裝訂的書也仿照它的形式直接印在書皮上。❷為標記閱讀到甚麼地方而夾在書裏的小片，多用紙或賽璐珞等製成。

【書社】shūshè ㄕㄨ ㄕㄜˋ ❶舊時文人組織的讀書會。❷舊時印書的機構，後多用做出版社的名稱，如齊魯書社、岳麓書社等。

【書生】shūshēng ㄕㄨ ㄕㄥ 讀書人：白面書生。

【書生氣】shūshēngqì ㄕㄨ ㄕㄥ ㄑㄧˋ 指知識分子只顧讀書，不關心生活中其他事物的習氣。

【書市】shūshì ㄕㄨ ㄕˋ 集中出售書籍的場所，多指臨時舉辦的、短時間的。

【書套】shūtào ㄕㄨ ㄊㄠˋ 套在幾本或一本書外面的殼子，有保護作用，多用硬紙等製成。

【書亭】shūtíng ㄕㄨ ㄊㄧㄥˊ 銷售書刊的像亭子的小房子。

【書童】shūtóng ㄕㄨ ㄊㄨㄥˊ 舊時侍候主人及其子弟讀書並做雜事的未成年的僕人。

【書屋】shūwū ㄕㄨ ㄨ 舊時供讀書用的房子，現也用做書店的名稱。

【書香】shūxiāng ㄕㄨ ㄒㄧㄤ 指上輩有讀書人的(人家)：書香門第｜書香子弟｜世代書香。

【書寫】shūxiě ㄕㄨ ㄒㄧㄝˇ 寫：書寫標語｜書寫工具。

【書寫紙】shūxiězhǐ ㄕㄨ ㄒㄧㄝˇ ㄓˇ 紙張的一種，質地潔白光滑，耐水性好，適於書寫。

【書心】shūxīn ㄕㄨ ㄒㄧㄣ 書刊每頁印有文字或圖畫的部分。

【書信】shūxìn ㄕㄨ ㄒㄧㄣˋ 信：書信往來｜書信格式。

【書頁】shūyè ㄕㄨ ㄧㄝˋ 書中印有文字或圖片的單篇。

【書影】shūyǐng ㄕㄨ ㄧㄥˇ 顯示書刊的版式和部分內容的印刷物，從前仿照原書刻印或石印，現在大多影印，有的用做插頁，有的彙集成冊，如《宋元書影》。

【書院】shūyuàn ㄕㄨ ㄩㄢˋ 舊時地方上設立的供人讀書、講學的處所，有專人主持。從唐代開始，歷代都有。清末廢科舉後，大都改為學校。

【書札】shūzhá ㄕㄨ ㄓㄚˊ 〈書〉書信。

【書齋】shūzhāi ㄕㄨ ㄓㄞ 書房。

【書展】shūzhǎn ㄕㄨ ㄓㄢˇ ❶書籍展覽。❷書法展覽。

【書證】shūzhèng ㄕㄨ ㄓㄥˋ ❶著作或註釋中有關詞語來歷、意義、用法等的有書面出處的例證。❷法律上指證明案件事實的書面材料，如書信、傳單、合同、賬本等。通常廣義的物證也包括書證在內。

【書桌】shūzhuō ㄕㄨ ㄓㄨㄛ (書桌兒) 讀書寫字用的桌子。

紓(纾) shū ㄕㄨ 〈書〉❶解除：毀家紓難(nàn)。❷延緩。❸寬裕。

菽〔菽〕(尗) shū ㄕㄨ 豆類的總稱：不辨菽麥。

【菽粟】shūsù ㄕㄨ ㄙㄨˋ 泛指糧食：布帛菽粟。

梳 shū ㄕㄨ ❶(梳兒) 梳子：木梳。❷梳理：梳頭洗臉｜她梳着兩根粗辮子。

【梳篦】shūbì ㄕㄨ ㄅㄧˋ 梳子和篦子的合稱。

【梳辮子】shū biàn·zi ㄕㄨ ㄅㄧㄢˋ ·ㄗ 比喻把紛繁的事項、問題等進行分析歸類：先把存在的問題梳梳辮子，再逐個研究解決辦法。

【梳理】shūlǐ ㄕㄨ ㄌㄧˇ ❶紡織工藝中用植有針或齒的機件使纖維排列一致，並清除其中的短纖維和雜質。❷用梳子整理(鬚、髮等)：梳理頭髮◇梳理思路。

【梳頭】shū∥tóu ㄕㄨ∥ㄊㄡˊ 用梳子整理頭髮。

【梳洗】shūxǐ ㄕㄨ ㄒㄧˇ 梳頭洗臉：梳洗打扮。

【梳妝】shūzhuāng ㄕㄨ ㄓㄨㄤ 梳洗打扮：梳妝枱。

【梳子】shū·zi ㄕㄨ ·ㄗ 整理頭髮、鬍子的用具，有齒，用竹木、塑料等製成。

倏(倐) shū ㄕㄨ 〈書〉極快地：倏已半年。

【倏地】shūdì ㄕㄨ ㄉㄧˋ 極快地；迅速地：倏地閃過一個人影。

【倏忽】shūhū ㄕㄨ ㄏㄨ 很快地；忽然：倏忽不見｜山地氣候倏忽變化，應當隨時注意。

【倏然】shūrán ㄕㄨ ㄖㄢˊ 〈書〉❶忽然；倏然一陣暴雨。❷形容極快：一道流星，倏然而逝。

淑 shū ㄕㄨ 溫和善良；美好：淑女。

【淑靜】shūjìng ㄕㄨ ㄐㄧㄥˋ (女子) 溫柔文靜。

【淑女】shūnǚ ㄕㄨ ㄋㄩˇ 〈書〉美好的女子：窈窕淑女。

舒 shū ㄕㄨ ❶伸展；寬解(拘束或憋悶狀態)：舒眉展眼｜舒經活血｜舒了一口氣。❷〈書〉緩慢；從容：舒徐｜舒緩。❸(Shū) 姓。

【舒暢】shūchàng ㄕㄨ ㄔㄤˋ 開朗愉快；舒服痛快：心情舒暢｜車窗打開了，涼爽的風吹進來，使人非常舒暢。

【舒服】shū·fu ㄕㄨ ·ㄈㄨ ❶身體或精神上感到輕鬆愉快：睡得很舒服。❷能使身體或精神上感到輕鬆愉快：窑洞又舒服，又暖和。

【舒緩】shūhuǎn ㄕㄨ ㄏㄨㄢˇ ❶緩慢：動作舒緩｜節拍舒緩的歌聲。❷緩和：語調舒緩｜他的心情好像舒緩了一些。❸坡度小：他從舒緩的斜坡上慢慢走了下來。

【舒捲】shūjuǎn ㄕㄨ ㄐㄩㄢˇ 〈書〉舒展和捲縮(多指雲或烟)：舒捲自如｜白雲舒捲。

【舒散】shūsàn ㄕㄨ ㄙㄢˋ ❶活動(筋骨)。❷消除疲勞或不愉快的心情：舒散心中的鬱悶。

【舒聲】shūshēng ㄕㄨ ㄕㄥ 指古漢語四聲中的平、上、去三聲(跟'促聲'相對)。

【舒適】shūshì ㄕㄨ ㄕˋ 舒服安逸：環境舒適｜舒適的生活。

【舒坦】shū·tan ㄕㄨ ·ㄊㄢ 舒服：心裏舒坦。

【舒心】shūxīn ㄕㄨ ㄒㄧㄣ 心情舒展；適意：日子過得挺舒心。

【舒徐】shūxú ㄕㄨ ㄒㄩˊ 緩慢：從容不迫。

【舒展】shū·zhǎn ㄕㄨ ·ㄓㄢˇ ❶不捲縮；不皺：荷葉舒展着，發出清香｜祖父心裏很高興，臉上的皺紋也舒展了。❷(身心) 安適；舒適。

【舒張】shūzhāng ㄕㄨ ㄓㄤ 心臟或血管等的肌肉組織由緊張狀態變為鬆弛狀態。

鄃 Shū ㄕㄨ 古縣名，在今山東夏津附近。

疏[1](疎) shū ㄕㄨ ❶清除阻塞使通暢；疏通：疏導｜疏浚。❷事物之間距離遠；事物的部分之間空隙大(跟'密'相對)：疏林｜疏星。❸關係遠；不親近；不熟悉：疏遠｜生疏｜親疏。❹疏匆：疏於防範。❺空虛：志大才疏。❻分散；使從密變稀：疏散｜仗義疏財。❼(Shū) 姓。

疏[2] shū ㄕㄨ ❶封建時代臣下向君主分條陳述事情的文字；條陳：上疏｜奏疏。❷古書的比'註'更詳細的註解；'註'的註：《十三經註疏》。

【疏財仗義】shū cái zhàng yì ㄕㄨ ㄘㄞˊ ㄓㄤˋ ㄧˋ 見1442頁〖仗義疏財〗。

【疏導】shūdǎo ㄕㄨ ㄉㄠˇ ❶開通壅塞的水道，使水流暢通：疏導淮河。❷泛指引導使暢通：疏導交通｜解決思想問題一定要善於疏導。

【疏放】shūfàng ㄕㄨ ㄈㄤˋ 〈書〉❶放縱：舉止疏放。❷(文章) 不拘常格：行文疏放。

【疏忽】shū·hu ㄕㄨ ·ㄏㄨ 粗心大意；忽略：疏忽職守｜一時疏忽，造成錯誤。

【疏剪】shūjiǎn ㄕㄨ ㄐㄧㄢˇ 剪去樹上過密的、無用的枝條。

【疏解】shūjiě ㄕㄨ ㄐㄧㄝˇ ❶疏通調解：由於老師從中疏解，他倆才消除了誤會。❷使通暢緩解：調集車輛，增大運輸能力，疏解客流。

【疏浚】shūjùn ㄕㄨ ㄐㄩㄣˋ 清除淤塞或挖深河槽使水流通暢：疏浚航道，以利交通。

【疏狂】shūkuáng ㄕㄨ ㄎㄨㄤˊ 〈書〉狂放不受約束：生性疏狂。

【疏闊】shūkuò ㄕㄨ ㄎㄨㄛˋ 〈書〉❶不周密：立論疏闊。❷疏遠：交往疏闊。❸迂闊：疏闊之言。❹久別。

【疏懶】shūlǎn ㄕㄨ ㄌㄢˇ 懶散而不慣受拘束。

【疏朗】shūlǎng ㄕㄨ ㄌㄤˇ ❶稀疏而清晰：鬚眉疏朗｜夜空中閃爍着疏疏朗朗的幾點星光。❷開朗：胸懷漸漸疏朗了。

【疏漏】shūlòu ㄕㄨ ㄌㄡˋ 疏忽遺漏：工作不細心就會有疏漏。

【疏略】shūlüè ㄕㄨ ㄌㄩㄝˋ 〈書〉❶疏漏忽略：疏略之處甚多。❷粗疏簡略：記載疏略。

【疏落】shūluò ㄕㄨ ㄌㄨㄛˋ 稀疏零落：疏落的晨星。

【疏散】shūsàn ㄕㄨ ㄙㄢˋ ❶疏落：疏散的村落。❷把密集的人或東西散開；分散：疏散人口。

【疏失】shūshī ㄕㄨ ㄕ 疏忽失誤：清查庫存物資，要照冊仔細核對，不准稍有遺漏疏失。

【疏鬆】shūsōng ㄕㄨ ㄙㄨㄥ ❶(土壤等)鬆散；不緊密：土質乾燥疏鬆。❷使鬆散：疏鬆土壤。

【疏通】shūtōng ㄕㄨ ㄊㄨㄥ ❶疏浚：疏通田間排水溝。❷溝通雙方的意思，調解雙方的爭執：這件事還得你從中疏通疏通。

【疏虞】shūyú ㄕㄨ ㄩˊ〈書〉疏忽。

【疏遠】shūyuǎn ㄕㄨ ㄩㄢˇ 關係、感情上有距離；不親近：不應疏遠有缺點的同學。

毹 shū ㄕㄨ 見949頁[氍毹](qúshū)。

蔬〔蔬〕 shū ㄕㄨ 蔬菜：布衣蔬食。

【蔬菜】shūcài ㄕㄨ ㄘㄞˋ 可以做菜吃的草本植物，其中以十字花科和葫蘆科的植物居多，如白菜、菜花、蘿蔔、黃瓜、洋葱、扁豆等。

樞(枢) shū ㄕㄨ ❶門上的轉軸：戶樞不蠹。❷指重要的或中心的部分：中樞｜樞紐。

【樞機】shūjī ㄕㄨ ㄐㄧ ❶舊指封建王朝的重要職位或機構。❷〈書〉事物的關鍵。

【樞紐】shūniǔ ㄕㄨ ㄋㄧㄡˇ 事物的重要關鍵；事物相互聯繫的中心環節：樞紐工程｜交通樞紐。

【樞要】shūyào ㄕㄨ ㄧㄠˋ〈書〉指中央行政機構。

輸¹(输) shū ㄕㄨ ❶運輸；運送：輸出｜輸油管｜輸電網。❷〈書〉捐獻(財物)：輸財助戰。

輸²(输) shū ㄕㄨ 在較量時失敗；敗(跟'贏'相對)：決不認輸｜輸了兩個球。

【輸誠】shūchéng ㄕㄨ ㄔㄥˊ〈書〉❶表示誠心：輸誠結交。❷投降。

【輸出】shūchū ㄕㄨ ㄔㄨ ❶從內部送到外部：血液從心臟輸出，經血管分佈到全身組織。❷商品或資本從某一國銷售或投放到國外。❸科學技術上指能量、信號等從某種機構或裝置發出。

【輸電】shūdiàn ㄕㄨ ㄉㄧㄢˋ 通過導綫把電能從發電廠或變電所送到用戶那裏。

【輸家】shū·jiā ㄕㄨ ·ㄐㄧㄚ 指賭博或比賽中失敗的一方。

【輸將】shūjiāng ㄕㄨ ㄐㄧㄤ〈書〉資助；捐獻：慷慨輸將。

【輸精管】shūjīngguǎn ㄕㄨ ㄐㄧㄥ ㄍㄨㄢˇ 男子或雄性動物生殖器官的一部分。是把精子從睾丸輸送到精囊裏去的管道。

【輸理】shū∥lǐ ㄕㄨ∥ㄌㄧˇ 在道理上站不住腳：明明是你輸理，不要再強辯了。

【輸卵管】shūluǎnguǎn ㄕㄨ ㄌㄨㄢˇ ㄍㄨㄢˇ 女子或雌性動物生殖器官的一部分。在子宮兩側，作用是把卵巢產生的卵子輸送到子宮裏去。

【輸尿管】shūniàoguǎn ㄕㄨ ㄋㄧㄠˋ ㄍㄨㄢˇ 輸送尿液的管狀組織，連結腎盂和膀胱，作用是把在腎臟中形成的尿輸送到膀胱裏去。

【輸入】shūrù ㄕㄨ ㄖㄨˋ ❶從外部送到內部。❷商品或資本從國外進入某國。❸科學技術上指能量、信號等進入某種機構或裝置。

【輸送】shūsòng ㄕㄨ ㄙㄨㄥˋ 從一處運到另一處；運送：輸送帶｜植物的根吸收了肥料，就輸送到枝葉上去。

【輸血】shū∥xuè ㄕㄨ∥ㄒㄩㄝˋ 把健康人的血液或血液的組成部分(如血漿、血小板等)用一定的器械輸送到病人體內。有靜脈、動脈和骨髓內輸血三種途徑。

【輸氧】shū∥yǎng ㄕㄨ∥ㄧㄤˇ 把氧氣通過一定的裝置輸送到病人的呼吸道，使被動吸氧。

【輸液】shūyè ㄕㄨ ㄧㄝˋ 把葡萄糖溶液、生理鹽水等用一定的裝置通過靜脉血管輸送到體內，以補充體液並達到治療的目的。

【輸贏】shūyíng ㄕㄨ ㄧㄥˊ ❶勝負：這兩個球隊今天非見個輸贏不可。❷指賭博時輸贏的錢數：這夥賭徒，一夜就有幾千元的輸贏。

【輸油管】shūyóuguǎn ㄕㄨ ㄧㄡˊ ㄍㄨㄢˇ 大量輸送石油或石油製品的管道，通常是鋼管，外面包着隔熱層、保護層，有的埋在地下。

攄(摅) shū ㄕㄨ〈書〉❶表示；發表：略攄己意。❷騰躍；奔騰。

倏 shū ㄕㄨ〈書〉同'倏'。

shú (ㄕㄨˊ)

秫 shú ㄕㄨˊ 高粱(多指黏高粱)：秫秸｜秫米。

【秫秸】shújiē ㄕㄨˊ ㄐㄧㄝ 去掉穗的高粱稈。

【秫米】shúmǐ ㄕㄨˊ ㄇㄧˇ 高粱米。

【秫秫】shúshú ㄕㄨˊ ㄕㄨˊ〈方〉高粱。

孰 shú ㄕㄨˊ〈書〉疑問代詞。❶誰：人非聖賢，孰能無過？❷哪個(表示選擇)：孰勝孰負。❸甚麼：是可忍，孰不可忍？

塾 shú ㄕㄨˊ 舊時私人設立的教學的地方：私塾｜塾師。參看1082頁〖私塾〗。

【塾師】shúshī ㄕㄨˊ ㄕ 私塾的教師。

熟 shú ㄕㄨˊ ❶植物的果實等完全長成(跟'生²'相對，②至⑤同)：西瓜已經熟了。❷(食物)加熱到可以食用的程度：熟菜｜飯熟了。❸加工製造或鍛煉過的：熟皮子｜熟鐵。❹因常見或常用而知道得清楚：熟人｜熟視無睹｜這條路我常走，所以很熟。❺熟練：熟手｜熟能生巧。❻程度深：熟睡｜深思熟慮。

另見1053頁 shóu。

【熟諳】shú'ān ㄕㄨˊ ㄢ 〈書〉熟悉：熟諳兵法。

【熟菜】shúcài ㄕㄨˊ ㄘㄞˋ 已經烹調的菜。多指出售的熟肉食等。

【熟道】shúdào ㄕㄨˊ ㄉㄠˋ (熟道兒)熟路。

【熟地】[1] shúdì ㄕㄨˊ ㄉㄧˋ 經過多年耕種的土地。

【熟地】[2] shúdì ㄕㄨˊ ㄉㄧˋ 藥名，經過蒸曬的地黃，黑色，有滋補作用。也叫熟地黃。

【熟化】shúhuà ㄕㄨˊ ㄏㄨㄚˋ 經過深耕、曬垡、施肥、灌溉等措施，使不能耕種的土壤變成可以耕種的土壤。

【熟荒】shúhuāng ㄕㄨˊ ㄏㄨㄤ 曾經耕種過後來荒蕪了的土地。也叫熟荒地。

【熟客】shúkè ㄕㄨˊ ㄎㄜˋ 常來的客人。

【熟練】shúliàn ㄕㄨˊ ㄌㄧㄢˋ 工作、動作等因常做而有經驗：熟練工人｜業務熟練。

【熟路】shúlù ㄕㄨˊ ㄌㄨˋ 常走而熟悉的道路。

【熟能生巧】shú néng shēng qiǎo ㄕㄨˊ ㄋㄥˊ ㄕㄥ ㄑㄧㄠˇ 熟練了就能產生巧辦法，或找出竅門。

【熟年】shúnián ㄕㄨˊ ㄋㄧㄢˊ 豐收的年頭。

【熟人】shúrén ㄕㄨˊ ㄖㄣˊ (熟人兒)熟識的人。

【熟稔】shúrěn ㄕㄨˊ ㄖㄣˇ 〈書〉很熟悉。

【熟石膏】shúshígāo ㄕㄨˊ ㄕˊ ㄍㄠ 把石膏加熱到150°C，使脱水，就成為熟石膏。是粉刷牆壁和做石膏像、石膏模型等的材料。

【熟石灰】shúshíhuī ㄕㄨˊ ㄕˊ ㄏㄨㄟ 無機化合物，化學式 $Ca(OH)_2$。白色粉末，由生石灰和水反應而成，它的飽和水溶液叫做石灰水。是常用的建築材料，也用做殺菌劑和化工原料等。也叫消石灰。

【熟食】shúshí ㄕㄨˊ ㄕˊ 經過加工做熟的飯菜，多指出售的做熟的肉食等：熟食專櫃。

【熟識】shú·shi ㄕㄨˊ ·ㄕ 對某人認識得比較久或對某種事物了解得比較透徹：這批學員熟識水性｜我們曾共過事，彼此都很熟識。

【熟視無睹】shú shì wú dǔ ㄕㄨˊ ㄕˋ ㄨˊ ㄉㄨˇ 指對客觀事物不關心，雖然經常看見，還跟沒看見一樣。

【熟手】shúshǒu ㄕㄨˊ ㄕㄡˇ 熟悉某項工作的人。

【熟睡】shúshuì ㄕㄨˊ ㄕㄨㄟˋ 睡得很沈；睡得很香：一夜熟睡，醒來精神好多了。

【熟思】shúsī ㄕㄨˊ ㄙ 周密地考慮：再三熟思。

【熟燙】shú·tang ㄕㄨˊ ·ㄊㄤ 瓜果蔬菜等因揉搓或受熱而失去新鮮的顏色或滋味：熟燙味兒｜這些瓜都摔打熟燙了。

【熟鐵】shútiě ㄕㄨˊ ㄊㄧㄝˇ 見287頁〖鍛鐵〗。

【熟土】shútǔ ㄕㄨˊ ㄊㄨˇ 熟化了的土壤，適於耕種。

【熟悉】shúxī ㄕㄨˊ ㄒㄧ 知道得清楚：熟悉情況｜我熟悉他｜他們彼此很熟悉。

【熟習】shúxí ㄕㄨˊ ㄒㄧˊ (對某種技術或學問)學習得很熟練或了解得很深刻：熟習業務｜他很熟習果樹栽培知識。

【熟橡膠】shúxiàngjiāo ㄕㄨˊ ㄒㄧㄤˋ ㄐㄧㄠ 硫化橡膠。

【熟語】shúyǔ ㄕㄨˊ ㄩˇ 固定的詞組，只能整個應用，不用隨意變動其中成分，並且往往不能按照一般的構詞法來分析，如'慢條斯理、無精打采、不尷不尬、亂七八糟、八九不離十'等。

【熟知】shúzhī ㄕㄨˊ ㄓ 清楚地知道：熟知故宮的歷史變遷。

【熟字】shúzì ㄕㄨˊ ㄗˋ 已經認識了的字(跟'生字'相對)。

贖(赎) shú ㄕㄨˊ ❶用財物把抵押品換回：贖身｜把東西贖回來。❷抵消；彌補(罪過)：立功贖罪。

【贖當】shúdàng ㄕㄨˊ ㄉㄤˋ 贖回抵押給當鋪的東西。

【贖金】shújīn ㄕㄨˊ ㄐㄧㄣ 贖回抵押品或贖身所用的錢。

【贖買】shúmǎi ㄕㄨˊ ㄇㄞˇ 指國家有代價地把私營企業收歸國有。

【贖身】shú//shēn ㄕㄨˊ // ㄕㄣ 舊時奴婢妓女等用金錢或其他代價換取人身自由。

【贖罪】shú//zuì ㄕㄨˊ // ㄗㄨㄟˋ 抵消所犯的罪過：將功贖罪｜立功贖罪。

shǔ (ㄕㄨˇ)

暑 shǔ ㄕㄨˇ 熱(跟'寒'相對)：暑天｜中暑｜受暑｜寒來暑往。

【暑假】shǔjià ㄕㄨˇ ㄐㄧㄚˋ 學校中夏季的假期，在七八月間。

【暑期】shǔqī ㄕㄨˇ ㄑㄧ 暑假期間：暑期訓練班。

【暑氣】shǔqì ㄕㄨˇ ㄑㄧˋ 盛夏時的熱氣：暑氣逼人。

【暑熱】shǔrè ㄕㄨˇ ㄖㄜˋ 指盛夏時氣溫高的氣候：暑熱難耐。

【暑天】shǔtiān ㄕㄨˇ ㄊㄧㄢ 夏季炎熱的日子。

黍 shǔ ㄕㄨˇ 黍子。

【黍子】shǔ·zi ㄕㄨˇ ·ㄗ ❶一年生草本植物，葉子綫形，子實淡黃色，去皮後叫黃米，比小米稍大，煮熟後有黏性。是重要糧食作物之一，子實可以釀酒、做糕等。❷這種植物的子實。

署1 shǔ ㄕㄨˇ ❶辦公的處所：海關總署｜專員公署。❷佈置：部署。❸署理。

署2 shǔ ㄕㄨˇ 簽(名)；題(名)：簽署｜署名。

【署理】shǔlǐ ㄕㄨˇ ㄌㄧˇ 舊時指某官職空缺，由別人暫時代理。

【署名】shǔ∥míng ㄕㄨˇ∥ㄇㄧㄥˊ 在書信、文件或文稿上，簽上自己的名字。

蜀 Shǔ ㄕㄨˇ ❶周朝國名，在今四川成都一帶。❷蜀漢。❸四川的別稱。

【蜀漢】Shǔ-Hàn ㄕㄨˇ ㄏㄢˋ 三國之一，公元221－263，劉備所建。在今四川東部和雲南、貴州北部以及陝西漢中一帶。為魏所滅。簡稱蜀。

【蜀錦】shǔjǐn ㄕㄨˇ ㄐㄧㄣˇ 四川出產的傳統的絲織工藝品，用染色的熟絲織成。

【蜀犬吠日】Shǔ quǎn fèi rì ㄕㄨˇ ㄑㄩㄢˇ ㄈㄟˋ ㄖˋ 柳宗元在《答韋中立論師道書》中說，四川地方多霧，那裏的狗不常見日光，每逢日出，狗都叫起來。後來用'蜀犬吠日'比喻少見多怪。

【蜀黍】shǔshǔ ㄕㄨˇ ㄕㄨˇ 高粱。

【蜀繡】shǔxiù ㄕㄨˇ ㄒㄧㄡˋ 四川出產的刺繡。

鼠 shǔ ㄕㄨˇ 哺乳動物的一科，種類很多，一般的身體小，尾巴長，門齒很發達，沒有犬齒，毛褐色或黑色，繁殖力很強，有的能傳播鼠疫。通稱老鼠，有的地區叫耗子。

【鼠輩】shǔbèi ㄕㄨˇ ㄅㄟˋ 指微不足道的人（罵人的話）：無名鼠輩。

【鼠竄】shǔcuàn ㄕㄨˇ ㄘㄨㄢˋ 比喻像老鼠那樣的驚慌逃走：抱頭鼠竄。

【鼠肚雞腸】shǔ dù jī cháng ㄕㄨˇ ㄉㄨˋ ㄐㄧ ㄔㄤˊ 見1256頁〖小肚雞腸〗。

【鼠目寸光】shǔ mù cùn guāng ㄕㄨˇ ㄇㄨˋ ㄘㄨㄣˋ ㄍㄨㄤ 比喻眼光短，見識淺。

【鼠竊狗盜】shǔ qiè gǒu dào ㄕㄨˇ ㄑㄧㄝˋ ㄍㄡˇ ㄉㄠˋ 指小偷小摸，也比喻進行不光明的活動（語本《史記・劉敬叔孫通傳》：'此特群盜鼠竊狗盜耳，何足置之齒牙間'）。也說鼠竊狗偷。

【鼠蹊】shǔxī ㄕㄨˇ ㄒㄧ 腹股溝。

【鼠疫】shǔyì ㄕㄨˇ ㄧˋ 急性傳染病，病原體是鼠疫桿菌，嚙齒動物如鼠、兔等感染這種病之後，再由蚤傳入人體。根據症狀的不同可分為腺鼠疫、肺鼠疫和敗血型鼠疫三種。也叫黑死病。

數（数） shǔ ㄕㄨˇ ❶查點（數目）；逐個說出（數目）：數數目｜你去數數咱們今天種了多少棵樹｜從十五數到三十。❷計算起來、比較起來（最突出）：數一數二｜全班數他的功課好。❸列舉（罪狀）；責備：數說｜數其罪｜數了一頓。

另見1067頁 shù；1080頁 shuò。

【數不上】shǔ ·bu shàng ㄕㄨˇ ·ㄅㄨ ㄕㄤˋ 數不着。

【數不勝數】shǔ bù shèng shǔ ㄕㄨˇ ㄅㄨˋ ㄕㄥˋ ㄕㄨˇ 數也數不過來，形容很多。

【數不着】shǔ ·bu zháo ㄕㄨˇ ·ㄅㄨ ㄓㄠˊ 比較起來不算突出或夠不上標準：論射擊技術，在我們連裏可數不着我。也說數不上。

【數叨】shǔ·dao ㄕㄨˇ ·ㄉㄠ 〈方〉數落。

【數得上】shǔ ·de shàng ㄕㄨˇ ·ㄉㄜ ㄕㄤˋ 數得着：這座建築物的規模，在全國都是數得上的。

【數得着】shǔ ·de zháo ㄕㄨˇ ·ㄉㄜ ㄓㄠˊ 比較突出或夠得上標準：在我們村裏，她是數得着的插秧能手。也說數得上。

【數典忘祖】shǔ diǎn wàng zǔ ㄕㄨˇ ㄉㄧㄢˇ ㄨㄤˋ ㄗㄨˇ 春秋時晉國的籍談出使周朝，他回答周王的問題時沒有答好，事後周王諷刺他'數典而忘其祖'，意思是籍談說起國家的禮制掌故來，把自己祖先的職守（掌管國家的史冊）都忘掉了（見於《左傳》昭公十五年）。後來就用數典忘祖比喻忘掉自己本來的情況或事物的本源。

【數伏】shǔ∥fú ㄕㄨˇ∥ㄈㄨˊ 進入伏天；伏天開始。參看986頁〖三伏〗。

【數九】shǔ∥jiǔ ㄕㄨˇ∥ㄐㄧㄡˇ 進入從冬至開始的'九'：數九寒天。參看614頁'九'。

【數來寶】shǔláibǎo ㄕㄨˇ ㄌㄞˊ ㄅㄠˇ 曲藝的一種，用繫有銅鈴的牛骨或竹板打節拍，多為即興編詞，邊敲邊唱。

【數落】shǔ·luo ㄕㄨˇ ·ㄌㄨㄛ ❶列舉過失而指責。泛指責備：被母親數落了一頓。❷不住嘴地列舉着說：那個老大娘數落着村裏的新事。

【數米而炊】shǔ mǐ ér chuī ㄕㄨˇ ㄇㄧˇ ㄦˊ ㄔㄨㄟ 比喻做用不着做的瑣細小事（見於《莊子・庚桑楚》：'簡髮而櫛，數米而炊，竊竊乎又何足以濟世哉？'）。後來也形容人吝嗇或生活困窘。

【數說】shǔshuō ㄕㄨˇ ㄕㄨㄛ ❶列舉敍述：把頭年的事又數說了一遍。❷責備：又被老爺子數說了一頓。

【數一數二】shǔ yī shǔ èr ㄕㄨˇ ㄧ ㄕㄨˇ ㄦˋ 形容突出：他的學習成績在全年級都是數一數二的。

薯〔藷〕（藷） shǔ ㄕㄨˇ 甘薯、馬鈴薯等農作物的統稱。

【薯莨】shǔliáng ㄕㄨˇ ㄌㄧㄤˊ ❶多年生草本植物，地下有塊莖，地上有纏繞莖，葉子對生，狹長橢圓形，穗狀花序，蒴果有三個翅。塊莖的外部紫黑色，內部棕紅色，莖內含有膠質，可用來染棉、麻織品。❷這種植物的塊莖。‖也叫茨莨。

【薯莨綢】shǔliángchóu ㄕㄨˇ ㄌㄧㄤˊ ㄔㄡˊ 香雲紗。

【薯蕷】shǔyù ㄕㄨˇ ㄩˋ 多年生草本植物，莖蔓生，常帶紫色，塊根圓柱形，葉子對生，卵形或橢圓形，花乳白色，雌雄異株。塊根含澱粉和蛋白質，可以吃。通稱山藥。

曙 shǔ ㄕㄨˇ 〈書〉天剛亮；曉：曙光。

【曙光】shǔguāng ㄕㄨˇ ㄍㄨㄤ ❶清晨的日光。❷比喻已經在望的美好的前景：勝利的曙光。

【曙色】shǔsè ㄕㄨˇ ㄙㄜˋ 黎明的天色：從窗口透進了灰白的曙色。

癙 shǔ ㄕㄨˇ 〈書〉憂悶成病：癙憂。

屬(属) shǔ ㄕㄨˇ ❶類別：金屬。❷生物學中把同一科的生物群按照彼此相似的程度再分為不同的群，叫做屬，如貓科有貓屬、虎屬等，禾本科有稻屬、小麥屬、燕麥屬等。屬以下為種。❸隸屬：直屬｜附屬｜湟中縣屬青海省。❹歸屬：勝利終屬我們！❺家屬；親屬：軍屬｜烈屬。❻系；是：查明屬實。❼用十二屬相記生年：哥哥屬馬，弟弟屬雞。參看1027頁〖生肖〗。

另見1494頁 zhǔ。

【屬地】shǔdì ㄕㄨˇ ㄉㄧˋ 指隸屬或附屬於某國的國家或地區。

【屬國】shǔguó ㄕㄨˇ ㄍㄨㄛˊ 封建時代作為宗主國的藩屬的國家。

【屬相】shǔ·xiang ㄕㄨˇ ·ㄒㄧㄤ 生肖。

【屬性】shǔxìng ㄕㄨˇ ㄒㄧㄥˋ 事物所具有的性質、特點，如運動是物質的屬性。

【屬於】shǔyú ㄕㄨˇ ㄩˊ 歸某一方面或為某方所有：中華人民共和國的武裝力量屬於人民。

【屬員】shǔyuán ㄕㄨˇ ㄩㄢˊ 舊時指長官所統屬的官吏。

shù (ㄕㄨˋ)

戍 shù ㄕㄨˋ (軍隊)防守：衞戍｜戍邊。

【戍邊】shùbiān ㄕㄨˋ ㄅㄧㄢ 戍守邊疆：屯墾戍邊｜戍邊部隊。

【戍守】shùshǒu ㄕㄨˋ ㄕㄡˇ 武裝守衞；防守：戍守邊疆。

束 shù ㄕㄨˋ ❶捆①；繫(jì)：腰束皮帶。❷量詞，用於捆在一起的東西：一束鮮花｜一束稻草。❸聚集成一條的東西：光束｜電子束。❹控制；約束：拘束｜束手束腳。❺(Shù)姓。

【束縛】shùfù ㄕㄨˋ ㄈㄨˋ 使受到約束限制；使停留在狹窄的範圍裏：束縛手腳。

【束身】shùshēn ㄕㄨˋ ㄕㄣ ❶約束自身，不放縱：束身自愛。❷自縛。

【束手】shùshǒu ㄕㄨˋ ㄕㄡˇ 捆住了手。比喻沒有辦法：束手就擒｜束手無策。

【束手待斃】shù shǒu dài bì ㄕㄨˋ ㄕㄡˇ ㄉㄞˋ ㄅㄧˋ 比喻遇到危險或困難，不積極想辦法解決，卻坐着等死或等待失敗。

【束手就擒】shù shǒu jiù qín ㄕㄨˋ ㄕㄡˇ ㄐㄧㄡˋ ㄑㄧㄣˊ 比喻無法脱逃或無力抵抗。

【束手束腳】shù shǒu shù jiǎo ㄕㄨˋ ㄕㄡˇ ㄕㄨˋ ㄐㄧㄠˇ 比喻做事顧慮多，不敢放手去幹。

【束脩】shùxiū ㄕㄨˋ ㄒㄧㄡ 〈書〉送給教師的報酬(古時稱乾肉為脩)。

【束之高閣】shù zhī gāo gé ㄕㄨˋ ㄓ ㄍㄠ ㄍㄜˊ 把東西捆起來，放在高高的架子上面。比喻扔在一邊，不去用它或管它。

【束裝】shùzhuāng ㄕㄨˋ ㄓㄨㄤ 〈書〉整理行裝：束裝就道。

沭 Shù ㄕㄨˋ 沭河，發源於山東，流入江蘇。

述 shù ㄕㄨˋ 陳説；敍述：口述｜重述一遍｜略述經過｜上述各項，務須遵照執行。

【述而不作】shù ér bù zuò ㄕㄨˋ ㄦˊ ㄅㄨˋ ㄗㄨㄛˋ 指只闡述他人學説而不加自己的創見。

【述懷】shùhuái ㄕㄨˋ ㄏㄨㄞˊ 抒發心中的感受(多用作詩文篇名)：五十述懷。

【述評】shùpíng ㄕㄨˋ ㄆㄧㄥˊ 敍述和評論，也指敍述和評論的文章：時事述評。

【述説】shùshuō ㄕㄨˋ ㄕㄨㄛ 陳述説明：述説身世。

【述職】shù//zhí ㄕㄨˋ//ㄓˊ 向主管部門陳述工作情況(多用於派到外國或外地去擔任重要工作的人員)：大使回國述職。

恕 shù ㄕㄨˋ ❶用自己的心推想別人的心：忠恕｜恕道。❷不計較(別人的)過錯；原諒：寬恕｜饒恕｜恕罪。❸客套話，請對方不要計較：恕不招待｜恕難從命。

術(术) shù ㄕㄨˋ ❶技藝；技術；學術：美術｜武術｜醫術｜術語｜不學無術。❷方法；策略：戰術｜權術。

【術科】shùkē ㄕㄨˋ ㄎㄜ 軍事訓練或體育訓練中的各種技術性的科目(區別於'學科')。

【術士】shùshì ㄕㄨˋ ㄕˋ 〈書〉❶遵從儒家學説的讀書人。❷方士。

【術語】shùyǔ ㄕㄨˋ ㄩˇ 某門學科中的專門用語。

庶1 shù ㄕㄨˋ ❶眾多：庶務｜富庶。❷〈書〉平民；百姓：庶民。

庶2 shù ㄕㄨˋ 宗法制度下指家庭的旁支(跟'嫡'相對)：庶出。

庶3 shù ㄕㄨˋ 〈書〉庶幾：庶免誤會｜庶不致誤。

【庶出】shùchū ㄕㄨˋ ㄔㄨ 指妾所生(區別於'嫡出'、'正出')。

【庶乎】shūhū ㄕㄨ ㄏㄨ 〈書〉庶幾：庶乎可行。

【庶幾】shùjī ㄕㄨˋ ㄐㄧ 〈書〉連詞，表示在上述情況之下才能避免某種後果或實現某種希望：必須有一筆賬，以便檢查，庶幾兩不含糊。也説庶幾乎或庶乎。

【庶民】shùmín ㄕㄨˋ ㄇㄧㄣˊ 〈書〉百姓：王子犯法，與庶民同罪。

【庶母】shùmǔ ㄕㄨˋ ㄇㄨˇ 舊時子女稱父親的妾。

【庶務】shùwù ㄕㄨˋ ㄨˋ ❶舊時指機關團體內的

雜項事務。❷舊時指擔任庶務的人。

【庶子】shùzǐ ㄕㄨˋ ㄗˇ 指妾所生的兒子(區別於'嫡子')。

裋 shù ㄕㄨˋ ［裋褐］(shùhè ㄕㄨˋ ㄏㄜˋ)〈書〉粗布衣服。

豎[1](竖、豎) shù ㄕㄨˋ ❶跟地面垂直的(跟'橫'相對)：豎井｜豎琴。❷從上到下的；從前到後的(跟'橫'相對)：畫一條豎綫｜豎着再挖一道溝。❸使物體跟地面垂直：豎電綫杆｜把柱子豎起來。❹(豎兒)漢字的筆畫，從上一直向下，形狀是'丨'。

豎[2](竖、豎) shù ㄕㄨˋ 〈書〉年輕的僕人：豎子。

【豎井】shùjǐng ㄕㄨˋ ㄐㄧㄥˇ 直接通到地面的礦井，井筒是垂直的，提升礦物的叫主井，通風、排水、輸送人員或材料的叫輔井。也叫立井。

【豎立】shùlì ㄕㄨˋ ㄌㄧˋ 物體垂直，一端向上，一端接觸地面或埋在地裏：寶塔豎立在山上｜門前豎立一根旗杆。

【豎琴】shùqín ㄕㄨˋ ㄑㄧㄣˊ 弦樂器，在直立的三角形架上安有四十八根弦。

【豎蜻蜓】shù qīngtíng ㄕㄨˋ ㄑㄧㄥ ㄊㄧㄥˊ〈方〉倒立②。

【豎子】shùzǐ ㄕㄨˋ ㄗˇ 〈書〉❶童僕。❷小子(含輕蔑意)：豎子不足與謀。

鉥(銤) shù ㄕㄨˋ 〈書〉長針。

腧(俞) shù ㄕㄨˋ 腧穴：肺腧｜胃腧。'俞'另見1393頁 yú。

【腧穴】shùxué ㄕㄨˋ ㄒㄩㄝˊ 人體上的穴位。

墅 shù ㄕㄨˋ 別墅。

漱 shù ㄕㄨˋ 含水洗(口腔)：漱口｜用藥水漱漱。

數(数) shù ㄕㄨˋ ❶(數兒)數目：人數｜歲數｜次數｜數以萬計◇心中有數。❷數學上表示事物的量的基本概念，如自然數、整數、分數、有理數、無理數、實數、複數等。❸一種語法範疇，表示名詞或代詞所指事物的數量，例如英語名詞有單、複兩種數。❹天數；劫數：在數難逃(迷信)。❺幾；幾個：數十種｜數小時。❻用在某些數詞或量詞後面表示概數：每畝能產千數斤。

另見1065頁 shǔ；1080頁 shuò。

【數表】shùbiǎo ㄕㄨˋ ㄅㄧㄠˇ 數學用表，如三角函數表、常用對數表等。

【數詞】shùcí ㄕㄨˋ ㄘˊ 表示數目的詞。數詞連用或者加上別的詞，可以表示序數、分數、倍數、概數，如'第一、八成、百分之五、一千倍、十六七、二三十、四十上下'。

【數額】shù'é ㄕㄨˋ ㄜˊ 一定的數目：超出數額｜不足規定數額。

【數據】shùjù ㄕㄨˋ ㄐㄩˋ 進行各種統計、計算、科學研究或技術設計等所依據的數值。

【數理邏輯】shùlǐ-luó·jí ㄕㄨˋ ㄌㄧˇ ㄌㄨㄛˊ·ㄐㄧˊ 用數學方法研究推理、計算等邏輯問題的學科。也叫符號邏輯。

【數量】shùliàng ㄕㄨˋ ㄌㄧㄤˋ 事物的多少：要保證數量，也要保證質量。

【數量詞】shùliàngcí ㄕㄨˋ ㄌㄧㄤˋ ㄘˊ 數詞和量詞連用時的合稱。如'三本書'的'三本'，'一群人'的'一群'，'去一次'的'一次'。

【數量級】shùliàngjí ㄕㄨˋ ㄌㄧㄤˋ ㄐㄧˊ 用來量度或估計某些物理量大小的一種概念。當一個物理量的數值寫成以10為底的指數表達式時，指數的數目就是這個物理量的數量級。如地球赤道半徑為6,378公里，可以寫成6.378×10^3公里或6.378×10^8厘米。就公里來説，它的數量級是3；就厘米來説，它的數量級是8。

【數列】shùliè ㄕㄨˋ ㄌㄧㄝˋ 按照一定次序排列的一列數。如3，9，27，81；2，4，6，8…等。數列的項數是有限的稱為有限數列，項數是無限的稱為無限數列。

【數論】shùlùn ㄕㄨˋ ㄌㄨㄣˋ 數學的一個分支，主要研究整數性質以及和它有關的規律。

【數碼】shùmǎ ㄕㄨˋ ㄇㄚˇ (數碼兒)❶數字。❷數目：這次進貨的數碼比以前大得多。

【數目】shùmù ㄕㄨˋ ㄇㄨˋ 通過單位表現出來的事物的多少：你數好以後，就把數目告訴他。

【數目字】shùmùzì ㄕㄨˋ ㄇㄨˋ ㄗˋ 數字。

【數位】shùwèi ㄕㄨˋ ㄨㄟˋ 數字在數中的所在位置。如十進制數整數部分的數位從右向左依次為個位、十位、百位…，小數部分的數位從左向右依次為十分位、百分位、千分位…。

【數學】shùxué ㄕㄨˋ ㄒㄩㄝˊ 研究現實世界的空間形式和數量關係的科學，包括算術、代數、幾何、三角、微積分等。

【數值】shùzhí ㄕㄨˋ ㄓˊ 一個量用數目表示出來的多少，叫做這個量的數值。如3克的'3'，4秒的'4'。

【數制】shùzhì ㄕㄨˋ ㄓˋ 記數的法則。根據進位基數的不同，有十進制、二進制、十六進制等。

【數軸】shùzhóu ㄕㄨˋ ㄓㄡˊ 規定了原點、正方向和單位長度的直綫。數軸上的點和實數一一對應。

【數珠】shùzhū ㄕㄨˋ ㄓㄨ (數珠兒)佛教徒誦經時用來計算次數的成串的珠子。也叫唸珠。

【數字】shùzì ㄕㄨˋ ㄗˋ ❶表示數目的文字。漢字的數字有小寫大寫兩種，'一二三四五六七八九十'等是小寫，'壹貳叁肆伍陸柒捌玖拾'等是大寫。❷表示數目的符號，如阿拉伯數字、蘇州碼子。❸數量：不要盲目追求數字。‖也説數目字。

【數字控制】shùzì kòngzhì ㄕㄨˋ ㄗˋ ㄎㄨㄥˋ ㄓˋ 自動控制的一種方式，通常使用專門的電子計算機，操作指令以數字形式表示，機器設備按照預定的程序進行工作。簡稱數控。

【數字通信】shùzì tōngxìn ㄕㄨˋ ㄗˋ ㄊㄨㄥ ㄒㄧㄣˋ 傳送數字信號的通信方式。傳送的一方把所要傳送的信號變換成可以代表文字、圖像等的數字脈衝(如二進制編碼)傳送，接收的一方收到後再把它們變換成原來的信號。

澍 shù ㄕㄨˋ 〈書〉及時的雨。

樹(树) shù ㄕㄨˋ ❶木本植物的通稱：柳樹｜一棵樹。❷種植；栽培：十年樹木，百年樹人。❸樹立；建立：建樹｜獨樹一幟｜樹雄心，立壯志。❹(Shù)姓。

【樹碑立傳】shù bēi lì zhuàn ㄕㄨˋ ㄅㄟ ㄌㄧˋ ㄓㄨㄢˋ 原指把某人生平事迹刻在石碑上或寫成傳記加以頌揚，現在比喻通過某種途徑樹立個人威信，抬高個人聲望(含貶義)。

【樹叢】shùcóng ㄕㄨˋ ㄘㄨㄥˊ 叢生的樹木。

【樹大根深】shù dà gēn shēn ㄕㄨˋ ㄉㄚˋ ㄍㄣ ㄕㄣ 比喻勢力大，根基牢固。

【樹大招風】shù dà zhāo fēng ㄕㄨˋ ㄉㄚˋ ㄓㄠ ㄈㄥ 比喻因名氣大引人注意或惹人嫉妒而生出是非。

【樹倒猢猻散】shù dǎo húsūn sàn ㄕㄨˋ ㄉㄠˇ ㄏㄨˊ ㄙㄨㄣ ㄙㄢˋ 比喻為首的人垮下來，隨從的人無所依附也就隨之而散(含貶義)。

【樹敵】shùdí ㄕㄨˋ ㄉㄧˊ 使別人跟自己為敵：四面樹敵｜樹敵太多。

【樹墩】shùdūn ㄕㄨˋ ㄉㄨㄣ 樹身鋸去後剩下的靠近根部的一段。也叫樹墩子。

【樹幹】shùgàn ㄕㄨˋ ㄍㄢˋ 樹木的主體部分。

【樹挂】shùguà ㄕㄨˋ ㄍㄨㄚˋ 霧凇的通稱。

【樹冠】shùguān ㄕㄨˋ ㄍㄨㄢ 喬木樹幹的上部連同所長的枝葉。

【樹行子】shùhàng·zi ㄕㄨˋ ㄏㄤˋ ·ㄗ 排成行列的樹木；小樹林。

【樹膠】shùjiāo ㄕㄨˋ ㄐㄧㄠ 某些植物(如桃、杏等)分泌的膠質。

【樹籬】shùlí ㄕㄨˋ ㄌㄧˊ 用樹密植而成的圍牆。

【樹立】shùlì ㄕㄨˋ ㄌㄧˋ 建立(多用於抽象的好的事情)：樹立榜樣｜樹立典型｜樹立助人為樂的風尚。

【樹涼兒】shùliángr ㄕㄨˋ ㄌㄧㄤˊㄦ 夏天大樹底下太陽照不到的地方。也說樹蔭涼兒。

【樹林】shùlín ㄕㄨˋ ㄌㄧㄣˊ 成片生長的許多樹木，比森林小。也叫樹林子。

【樹齡】shùlíng ㄕㄨˋ ㄌㄧㄥˊ 樹木種植的年數：院中有幾株二百年以上樹齡的古樹。

【樹苗】shùmiáo ㄕㄨˋ ㄇㄧㄠˊ 可供移植的小樹，多栽培在苗圃中。

【樹木】shùmù ㄕㄨˋ ㄇㄨˋ 樹(總稱)：花草樹木。

【樹身】shùshēn ㄕㄨˋ ㄕㄣ 樹幹。

【樹蔭】shùyīn ㄕㄨˋ ㄧㄣ (樹蔭兒)樹木枝葉在日光下所形成的陰影。

【樹陰涼兒】shùyīnliángr ㄕㄨˋ ㄧㄣ ㄌㄧㄤˊㄦ 樹涼兒。

【樹脂】shùzhī ㄕㄨˋ ㄓ 遇熱變軟，具有可塑性的高分子化合物的統稱。一般是無定形固體或半固體。分為天然樹脂和合成樹脂兩大類。松香、安息香等是天然樹脂，酚醛樹脂、聚氯乙烯樹脂等是合成樹脂。樹脂是製造塑料的主要原料，也用來製塗料、黏合劑、絕緣材料等。

【樹種】shùzhǒng ㄕㄨˋ ㄓㄨㄥˇ ❶樹木的種類：針葉樹種｜闊葉樹種。❷樹木的種子：採集樹種。

【樹樁】shùzhuāng ㄕㄨˋ ㄓㄨㄤ ❶樹墩。也說樹樁子。❷指樹幹粗而極矮的樹木，枝條很少，通常用來做盆景。

shuā (ㄕㄨㄚ)

刷[1] shuā ㄕㄨㄚ ❶(刷兒)刷子：牙刷｜鞋刷子。❷用刷子清除或塗抹：刷牙｜刷鞋｜刷鍋｜用石灰漿刷牆。❸比喻除名；淘汰：由於他不守勞動紀律，讓廠裏給刷了｜今年高考他被刷了下來。

刷[2]·(唰) shuā ㄕㄨㄚ 象聲詞，形容迅速擦過去的聲音：風颳得樹葉子刷刷地響｜刷刷地下起雨來了。

另見1069頁shuà。

【刷拉】shuālā ㄕㄨㄚ ㄌㄚ 象聲詞，形容迅速擦過去的短促的聲音：刷拉一聲，柳樹上飛走了一隻鳥兒。

【刷洗】shuāxǐ ㄕㄨㄚ ㄒㄧˇ 用刷子等蘸水洗；把髒東西放在水裏清洗：刷洗地板｜刷洗鍋碗。

【刷新】shuā//xīn ㄕㄨㄚ//ㄒㄧㄣ 刷洗使煥然一新。比喻突破舊的而創出新的(記錄、內容等)：在這次運動會上她刷新了一萬米賽跑的世界記錄。

【刷子】shuā·zi ㄕㄨㄚ ·ㄗ 用毛、棕、塑料絲、金屬絲等製成的清除髒物或塗抹膏油等的用具，一般為長形或橢圓形，有的帶柄：一把刷子｜鞋刷子。

shuǎ (ㄕㄨㄚˇ)

耍 shuǎ ㄕㄨㄚˇ ❶〈方〉玩；玩耍：讓孩子到院子裏耍去｜全村的大事，可不是耍的！❷表演：耍刀｜耍把戲。❸施展；表現出來(多含貶義)：耍筆桿｜耍脾氣｜耍威風｜耍態度。❹耍弄：耍人｜咱們被人耍了。❺(Shuǎ)姓。

【耍把戲】shuǎ bǎxì ㄕㄨㄚˇ ㄅㄚˇ ㄒㄧˋ ❶表演

雜技。❷〈方〉比喻施展詭詐手段：別以為我們不知道你在暗中耍把戲。

【耍筆桿】shuǎ bǐgǎn ㄕㄨㄚˇ ㄅㄧˇ ㄍㄢˇ (耍筆桿兒)用筆寫東西(多含貶義)：光會耍筆桿的人，碰到實際問題往往束手無策。

【耍骨頭】shuǎ gǔ·tou ㄕㄨㄚˇ ㄍㄨˇ ·ㄊㄡ〈方〉❶開玩笑。❷故意搗亂；調皮搗蛋。

【耍橫】shuǎ∥hèng ㄕㄨㄚˇ∥ㄏㄥˋ〈方〉表現出蠻橫的態度：有理說理，別耍橫。

【耍猴兒】shuǎhóur ㄕㄨㄚˇ ㄏㄡㄦˊ ❶一種雜技，讓猴子做各種表演。❷比喻戲弄人。

【耍花腔】shuǎ huāqiāng ㄕㄨㄚˇ ㄏㄨㄚ ㄑㄧㄤ 用花言巧語騙人。

【耍花招】shuǎ huāzhāo ㄕㄨㄚˇ ㄏㄨㄚ ㄓㄠ (耍花招兒)❶賣弄小聰明；玩弄技巧。❷施展詭詐手腕。

【耍滑】shuǎhuá ㄕㄨㄚˇ ㄏㄨㄚˊ 使用手段使自己省力或免負責任：偷奸耍滑。也說耍滑頭。

【耍奸】shuǎjiān ㄕㄨㄚˇ ㄐㄧㄢ 耍滑。

【耍賴】shuǎlài ㄕㄨㄚˇ ㄌㄞˋ 使用無賴手段：撒潑耍賴。也說耍無賴。

【耍流氓】shuǎ liúmáng ㄕㄨㄚˇ ㄌㄧㄡˊ ㄇㄤˊ 指放刁、撒賴或使用下流手段欺負人或侮辱人。

【耍鬧】shuǎnào ㄕㄨㄚˇ ㄋㄠˋ 耍笑；鬧着玩兒：孩子們在院子裏嘻嘻哈哈地耍鬧着。

【耍弄】shuǎnòng ㄕㄨㄚˇ ㄋㄨㄥˋ ❶玩弄；施展：耍弄花招。❷戲弄：受人耍弄。

【耍貧嘴】shuǎ pínzuǐ ㄕㄨㄚˇ ㄆㄧㄣˊ ㄗㄨㄟˇ 不顧對方是否願意聽而嘮叨地說。

【耍錢】shuǎ∥qián ㄕㄨㄚˇ∥ㄑㄧㄢˊ〈方〉賭博。

【耍人】shuǎ∥rén ㄕㄨㄚˇ∥ㄖㄣˊ 戲弄人；拿人開玩笑。

【耍手藝】shuǎ shǒuyì ㄕㄨㄚˇ ㄕㄡˇ ㄧˋ 靠手藝謀生；做手藝活兒。

【耍無賴】shuǎ wúlài ㄕㄨㄚˇ ㄨˊ ㄌㄞˋ 耍賴。

【耍笑】shuǎxiào ㄕㄨㄚˇ ㄒㄧㄠˋ ❶隨意說笑：大家耍笑一陣便散了。❷戲弄人以取笑：他一向很莊重，從來不耍笑人。

【耍心眼兒】shuǎ xīnyǎnr ㄕㄨㄚˇ ㄒㄧㄣ ㄧㄢㄦˇ 使用心計；施展小聰明：別看他人不大，倒很會耍心眼兒。

【耍子】shuǎ·zi ㄕㄨㄚˇ ·ㄗ〈方〉玩兒。

【耍嘴皮子】shuǎ zuǐpí·zi ㄕㄨㄚˇ ㄗㄨㄟˇ ㄆㄧˊ ·ㄗ ❶指賣弄口才(含貶義)。❷指光說不做。

shuà (ㄕㄨㄚˋ)

刷 shuà ㄕㄨㄚˋ〈方〉挑揀：打這堆梨裏頭刷出幾個好的給奶奶送去。

另見1068頁 shuā。

【刷白】shuàbái ㄕㄨㄚˋ ㄅㄞˊ〈方〉色白而略微發青：月亮升起來了，把麥地照得刷白｜一聽這話，他的臉立刻變得刷白。

shuāi (ㄕㄨㄞ)

衰 shuāi ㄕㄨㄞ 衰弱：盛衰｜年老力衰｜風勢漸衰。

另見197頁 cuī。

【衰敗】shuāibài ㄕㄨㄞ ㄅㄞˋ 衰落：家業衰敗｜衰敗景象。

【衰憊】shuāibèi ㄕㄨㄞ ㄅㄟˋ〈書〉衰弱疲乏。

【衰變】shuāibiàn ㄕㄨㄞ ㄅㄧㄢˋ 放射性元素自發地放射出粒子而變成另一種元素，如鐳放射出α粒子後變成氡。也叫蛻變。

【衰減】shuāijiǎn ㄕㄨㄞ ㄐㄧㄢˇ 減弱；減退：功能衰減｜精力日漸衰減。

【衰竭】shuāijié ㄕㄨㄞ ㄐㄧㄝˊ 由於疾病嚴重而生理機能極度減弱：心力衰竭｜全身衰竭。

【衰老】shuāilǎo ㄕㄨㄞ ㄌㄠˇ 年老精力衰弱：兩年沒見，老人顯得衰老多了。

【衰落】shuāiluò ㄕㄨㄞ ㄌㄨㄛˋ (事物)由興盛轉向沒落：家道衰落。

【衰邁】shuāimài ㄕㄨㄞ ㄇㄞˋ 衰老：年紀衰邁。

【衰弱】shuāiruò ㄕㄨㄞ ㄖㄨㄛˋ ❶(身體)失去了強盛的精力、機能：身體衰弱｜神經衰弱｜心臟衰弱。❷(事物)由強轉弱：在我軍有力反擊下，敵軍攻勢已經衰弱。

【衰替】shuāitì ㄕㄨㄞ ㄊㄧˋ〈書〉衰敗：世風衰替。

【衰頹】shuāituí ㄕㄨㄞ ㄊㄨㄟˊ (身體、精神等)衰弱頹廢。

【衰退】shuāituì ㄕㄨㄞ ㄊㄨㄟˋ (身體、精神、意志、能力等)趨向衰弱；(國家的政治經濟狀況)衰落：記憶力衰退｜經濟衰退。

【衰亡】shuāiwáng ㄕㄨㄞ ㄨㄤˊ 衰落以至滅亡。

【衰微】shuāiwēi ㄕㄨㄞ ㄨㄟ〈書〉(國家、民族等)衰落；不興旺：國力衰微｜家道衰微。

【衰萎】shuāiwěi ㄕㄨㄞ ㄨㄟˇ 衰敗萎縮：被霜打過的野草漸漸衰萎下來。

【衰歇】shuāixiē ㄕㄨㄞ ㄒㄧㄝ 由衰落而趨於終止。

【衰朽】shuāixiǔ ㄕㄨㄞ ㄒㄧㄡˇ〈書〉衰落；衰老：衰朽的王朝｜衰朽殘年。

摔(❶踤) shuāi ㄕㄨㄞ ❶(身體)失去平衡而倒下：摔跤｜摔了一個跟頭。❷很快地往下落：敵機冒着黑烟摔下來。❸使落下而破損：不小心把個瓶子摔了。❹扔：往空中摔鞭炮。❺摔打①。

【摔打】shuāi·da ㄕㄨㄞ ·ㄉㄚ ❶抓在手裏磕打：把笤帚上的泥摔打摔打。❷比喻磨練；鍛煉：到社會上摔打摔打有好處。

【摔跤】shuāi∥jiāo ㄕㄨㄞ∥ㄐㄧㄠ ❶摔倒在地上：摔了一跤｜路太滑，一不小心就要摔跤。❷體育運動項目之一，兩人相抱運用力氣和技巧，以摔倒對方為勝。

【摔耙子】shuāi pá·zi ㄕㄨㄞ ㄆㄚˊ·ㄗ 比喻扔下工作不幹。

shuǎi（ㄕㄨㄞˇ）

甩 shuǎi ㄕㄨㄞˇ ❶揮動；掄(lūn)：甩胳膊｜甩辮子｜袖子一甩就走了。❷用甩的動作往外扔：甩手榴彈。❸拋開：我們等他一下吧，別把他一個人甩在後面。

【甩包袱】shuǎi bāo·fu ㄕㄨㄞˇ ㄅㄠ ·ㄈㄨ 比喻去掉拖累自己的人或事物。

【甩車】shuǎi//chē ㄕㄨㄞˇ//ㄔㄜ 使列車的部分車廂或全部車廂脫離機車。

【甩臉子】shuǎi liǎn·zi ㄕㄨㄞˇ ㄌㄧㄢˇ·ㄗ 〈方〉把不高興的心情故意表現出來給別人看。

【甩賣】shuǎimài ㄕㄨㄞˇ ㄇㄞˋ 商店標榜減價，大量出售貨物：賠本大甩賣。

【甩腔】shuǎiqiāng ㄕㄨㄞˇ ㄑㄧㄤ 拖腔。

【甩手】shuǎi//shǒu ㄕㄨㄞˇ//ㄕㄡˇ ❶手向前後擺動。❷扔下不管（多指事情、工作）：甩手不幹。

【甩站】shuǎi//zhàn ㄕㄨㄞˇ//ㄓㄢˋ 指公共汽車、電車經過該停的站不停車。

shuài（ㄕㄨㄞˋ）

帥[1]（帅） shuài ㄕㄨㄞˋ ❶軍隊中最高的指揮員：元帥｜將帥｜帥旗｜帥印。❷(Shuài)姓。

帥[2]（帅、率） shuài ㄕㄨㄞˋ 英俊；瀟灑；漂亮：這個武打動作乾淨利落，帥極了｜字寫得真帥。

【帥才】shuàicái ㄕㄨㄞˋ ㄘㄞˊ 指能統帥全軍具有杰出指揮才能的人。

率[1] shuài ㄕㄨㄞˋ ❶帶領：率代表團離京。❷〈書〉順着；隨着：率由舊章。

率[2] shuài ㄕㄨㄞˋ ❶不加思考；不慎重：輕率｜草率。❷直爽坦白：直率｜坦率。❸〈書〉大概；大抵：大率如此｜率十日一至。❹同'帥[2]'。

另見753頁lǜ。

【率爾】shuài'ěr ㄕㄨㄞˋ ㄦˇ 〈書〉輕率：率爾應戰。

【率領】shuàilǐng ㄕㄨㄞˋ ㄌㄧㄥˇ 帶領（隊伍或集體）：率領隊伍｜他率領着一個訪問團出國了。

【率然】shuàirán ㄕㄨㄞˋ ㄖㄢˊ 〈書〉輕率的樣子：切不可率然從事。

【率先】shuàixiān ㄕㄨㄞˋ ㄒㄧㄢ 帶頭；首先：率先發難｜率先表態。

【率性】shuàixìng ㄕㄨㄞˋ ㄒㄧㄥˋ ❶索性：草鞋磨破了，他率性赤着腳繼續走。❷由着性子；任性：率性行事。

【率由舊章】shuài yóu jiù zhāng ㄕㄨㄞˋ ㄧㄡˊ ㄐㄧㄡˋ ㄓㄤ 一切照老規矩辦事。

【率真】shuàizhēn ㄕㄨㄞˋ ㄓㄣ 直爽而誠懇：為人率真。

【率直】shuàizhí ㄕㄨㄞˋ ㄓˊ 直率：說話率直｜率直的態度。

蟀 shuài ㄕㄨㄞˋ 見1222頁[蟋蟀]。

shuān（ㄕㄨㄢ）

拴 shuān ㄕㄨㄢ ❶用繩子等繞在物體上，再打上結：把馬拴在一棵樹上。❷比喻纏住而不能自由行動：被瑣事拴住了｜這件事把大夥兒拴在了一起。

閂（闩、櫦） shuān ㄕㄨㄢ ❶門關上後，插在門內使門推不開的木棍或鐵棍：門閂｜上了閂。❷用閂插上：把門閂上｜門閂得緊緊的。

栓 shuān ㄕㄨㄢ ❶器物上可以開關的機件：消火栓。❷特指槍栓。❸(瓶)塞子；也泛稱形狀像塞子的東西，如栓劑之類。

【栓劑】shuānjì ㄕㄨㄢ ㄐㄧˋ 塞入肛門、尿道或陰道內的外用藥，在室溫下為固體，在體溫下融化或軟化。有的製成棒狀，有的製成球狀。中醫叫坐藥。

【栓皮】shuānpí ㄕㄨㄢ ㄆㄧˊ 栓皮櫟之類樹皮的木栓層。質輕而軟，富於彈性，不導電，不透水，不透氣，耐磨擦，隔音隔熱。用來製救生圈、軟木磚、隔音板、瓶塞、軟木紙等。也叫軟木。

【栓皮櫟】shuānpílì ㄕㄨㄢ ㄆㄧˊ ㄌㄧˋ 落葉喬木，葉子長圓形或長圓狀披針形，葉子背面有灰白色絨毛，種子圓形。是培養木耳的主要植物，樹皮的木栓層特別發達，叫做栓皮，用途很廣。

【栓塞】shuānsè ㄕㄨㄢ ㄙㄜˋ 醫學上指從體外侵入血管內的物質或從血管、心臟內脫落的血栓隨血液流到較小的血管後，由於不能通過而將血管堵塞。

shuàn（ㄕㄨㄢˋ）

涮 shuàn ㄕㄨㄢˋ ❶把手或東西放在水裏擺動：洗洗涮涮｜涮涮手。❷把水放在器物裏面搖動，把器物沖洗乾淨：涮一下瓶子。❸把肉片等放在開水裏燙一下就取出來蘸作料吃：涮羊肉。❹〈方〉耍弄；騙：你別涮我啦。

【涮鍋子】shuànguō·zi ㄕㄨㄢˋ ㄍㄨㄛ ·ㄗ 把肉片、蔬菜等放在火鍋裏涮着吃，這種吃法叫涮鍋子。

shuāng（ㄕㄨㄤ）

霜 shuāng ㄕㄨㄤ ❶在氣溫降到0°C以下時，接近地面空氣中所含的水汽在地面物體上凝結成的白色冰晶。❷像霜的東西：柿霜｜鹽霜。❸比喻白色：霜鬢(兩鬢的白髮)。

【霜晨】shuāngchén ㄕㄨㄤ ㄔㄣˊ 寒冷多霜的清晨。

【霜凍】shuāngdòng ㄕㄨㄤ ㄉㄨㄥˋ 植物表面以及接近地面的空氣溫度迅速下降，使植物受到凍害的天氣現象。

【霜害】shuānghài ㄕㄨㄤ ㄏㄞˋ 農業上指由於霜凍造成的災害。

【霜降】shuāngjiàng ㄕㄨㄤ ㄐㄧㄤˋ 二十四節氣之一，在10月23日或24日。參看589頁〖節氣〗、306頁〖二十四節氣〗。

【霜期】shuāngqī ㄕㄨㄤ ㄑㄧ 從第一年初霜起到第二年終霜止的時期。

【霜天】shuāngtiān ㄕㄨㄤ ㄊㄧㄢ 指嚴寒的天空；寒冷的天(多指晚秋或冬天)。

雙(双、雙)

shuāng ㄕㄨㄤ ❶兩個(多為對稱的，跟'單'相對)：雙翅｜舉雙手贊成｜男女雙方。❷量詞，用於成對的東西：一雙鞋｜一雙手｜買雙襪子。❸偶數的(跟'單'相對)：雙數｜雙號。❹加倍的：雙料｜雙份。❺(Shuāng)姓。

【雙棒兒】shuāngbàngr ㄕㄨㄤ ㄅㄤㄦˋ 〈方〉雙胞胎。

【雙胞胎】shuāngbāotāi ㄕㄨㄤ ㄅㄠ ㄊㄞ 同一胎內兩個嬰兒；兩人同一胎出生。

【雙邊】shuāngbiān ㄕㄨㄤ ㄅㄧㄢ 由兩個方面參加的；特指由兩個國家參加的：雙邊會談｜雙邊條約｜雙邊貿易。

【雙賓語】shuāngbīnyǔ ㄕㄨㄤ ㄅㄧㄣ ㄩˇ 某些動詞能帶兩個賓語，一般是一個賓語指人，另一個賓語指事物，如'我問你一句話'。指人的一個('你')靠近動詞，叫做近賓語；指事物的一個('一句話')離動詞較遠，叫做遠賓語。

【雙重】shuāngchóng ㄕㄨㄤ ㄔㄨㄥˊ 兩層；兩方面(多用於抽象事物)：雙重領導｜雙重任務。

【雙重國籍】shuāngchóng guójí ㄕㄨㄤ ㄔㄨㄥˊ ㄍㄨㄛˊ ㄐㄧˊ 指一個人同時具有兩個國家的國籍。

【雙重人格】shuāngchóng réngé ㄕㄨㄤ ㄔㄨㄥˊ ㄖㄣˊ ㄍㄜˊ 指一個人兼有的兩種互相對立的身份、品質或態度(含貶義)。

【雙唇音】shuāngchúnyīn ㄕㄨㄤ ㄔㄨㄣˊ ㄧㄣ 雙唇緊閉或接近發出的輔音，如普通話語音中的b，p，m。

【雙打】shuāngdǎ ㄕㄨㄤ ㄉㄚˇ 某些球類比賽的一種方式，由每組兩人的兩組對打，如乒乓球、羽毛球、網球等都可以雙打。

【雙方】shuāngfāng ㄕㄨㄤ ㄈㄤ 在某一件事情上相對的兩個人或集體：男女雙方｜締約國雙方。

【雙杠】shuānggàng ㄕㄨㄤ ㄍㄤˋ ❶體操器械的一種。用兩根木杠平行地固定在木製或鐵製的架上構成。❷男子競技體操項目之一，運動員在雙杠上做各種動作。

【雙鈎】shuānggōu ㄕㄨㄤ ㄍㄡ 用綫條鈎出筆畫的周邊，構成空心筆畫的字體，如'大'。

【雙關】shuāngguān ㄕㄨㄤ ㄍㄨㄢ 用詞造句時表面上是一個意思，而暗中隱藏着另一個意思：一語雙關。

【雙管齊下】shuāng guǎn qí xià ㄕㄨㄤ ㄍㄨㄢˇ ㄑㄧˊ ㄒㄧㄚˋ 本指畫畫時兩管筆同時並用，比喻兩方面同時進行。

【雙軌】shuāngguǐ ㄕㄨㄤ ㄍㄨㄟˇ 有兩組軌道的複綫。

【雙簧】shuānghuáng ㄕㄨㄤ ㄏㄨㄤˊ ❶曲藝的一種，一人表演動作，一人藏在後面或説或唱，互相配合。❷比喻一方出面、一方背後操縱的活動。‖也作雙鑣。

【雙簧管】shuānghuángguǎn ㄕㄨㄤ ㄏㄨㄤˊ ㄍㄨㄢˇ 管樂器，由嘴子、管身和喇叭口三部分構成，嘴子上裝有雙簧片。

【雙肩挑】shuāng jiān tiāo ㄕㄨㄤ ㄐㄧㄢ ㄊㄧㄠ 比喻一個人在同一部門同時擔任業務和行政兩種工作：他在廠裏既是廠長，又是工程師，是個雙肩挑幹部。

【雙料】shuāngliào ㄕㄨㄤ ㄌㄧㄠˋ (雙料兒)製造物品用的材料比通常的同類物品加倍，多用於比喻：雙料搪瓷盆｜雙料冠軍。

【雙搶】shuāngqiǎng ㄕㄨㄤ ㄑㄧㄤˇ 指搶收、搶種。

【雙親】shuāngqīn ㄕㄨㄤ ㄑㄧㄣ 指父親和母親。

【雙全】shuāngquán ㄕㄨㄤ ㄑㄩㄢˊ 成對的或相稱(chèn)的兩方面都具備：文武雙全｜父母雙全。

【雙人舞】shuāngrénwǔ ㄕㄨㄤ ㄖㄣˊ ㄨˇ 由兩個人表演的舞蹈，可以單獨表演，也可以是舞劇或集體舞中的一個部分。

【雙身子】shuāngshēn·zi ㄕㄨㄤ ㄕㄣ ·ㄗ 指孕婦。

【雙生】shuāngshēng ㄕㄨㄤ ㄕㄥ 孿(luán)生的通稱。

【雙聲】shuāngshēng ㄕㄨㄤ ㄕㄥ 兩個字或幾個字的聲母相同叫雙聲，例如'公告(gōnggào)、方法(fāngfǎ)'。

【雙數】shuāngshù ㄕㄨㄤ ㄕㄨˋ 正的偶數。

【雙雙】shuāngshuāng ㄕㄨㄤ ㄕㄨㄤ 成雙成對的：我男、女乒乓球隊雙雙獲得冠軍。

【雙喜】shuāngxǐ ㄕㄨㄤ ㄒㄧˇ 兩件喜事(多指同時發生的)：雙喜臨門。

【雙響】shuāngxiǎng ㄕㄨㄤ ㄒㄧㄤˇ (雙響兒)一種爆竹，火藥分裝兩截，點燃下截後發一聲，升到空中後上截爆炸，又發一聲。有的地區也叫二踢腳或兩響。

【雙向】shuāngxiàng ㄕㄨㄤ ㄒㄧㄤˋ 指雙方互相(進行某種活動)：雙向貿易｜雙向服務｜雙向

選擇。

【雙薪】shuāngxīn ㄕㄨㄤ ㄒㄧㄣ 加倍的工資：發雙薪。

【雙星】shuāngxīng ㄕㄨㄤ ㄒㄧㄥ ❶兩個距離很近或彼此之間有引力關係的恒星叫做雙星。用肉眼或望遠鏡能分清是兩個星的叫做視雙星；用分光的方法才能分清的叫做分光雙星。雙星中較亮的一顆叫主星，另一顆圍繞主星旋轉，叫伴星。❷指牛郎和織女兩顆星。

【雙眼皮】shuāngyǎnpí ㄕㄨㄤ ㄧㄢˇ ㄆㄧˊ (雙眼皮兒) 沿着下緣有一條褶兒的上眼皮。

【雙魚座】shuāngyúzuò ㄕㄨㄤˇ ㄩˊ ㄗㄨㄛˋ 黃道十二星座之一。參看505頁〖黃道十二宮〗。

【雙語】shuāngyǔ ㄕㄨㄤ ㄩˇ 同時使用兩種語言的：雙語教育｜雙語詞典。

【雙月刊】shuāngyuèkān ㄕㄨㄤ ㄩㄝˋ ㄎㄢ 兩個月出版一次的刊物。

【雙職工】shuāngzhígōng ㄕㄨㄤ ㄓˊ ㄍㄨㄥ 指夫妻二人都參加工作的職工。

【雙縐】shuāngzhòu ㄕㄨㄤ ㄓㄡˋ 一種表面有縐紋的織物，常用生絲織成。質地柔軟堅牢，主要用於婦女衣着。

【雙子座】shuāngzǐzuò ㄕㄨㄤ ㄗˇ ㄗㄨㄛˋ 黃道十二星座之一。參看505頁〖黃道十二宮〗。

瀧(泷) shuāng ㄕㄨㄤ 瀧水(Shuāngshuǐ ㄕㄨㄤ ㄕㄨㄟˇ)，地名，在廣東。今作雙水。

另見743頁 lóng。

孀 shuāng ㄕㄨㄤ 指寡婦：孤孀｜孀居｜烈士遺孀。

【孀婦】shuāngfù ㄕㄨㄤ ㄈㄨˋ 〈書〉寡婦。

【孀居】shuāngjū ㄕㄨㄤ ㄐㄩ 〈書〉守寡：孀居多年。

騻(骦) shuāng ㄕㄨㄤ 見1094頁〖驌騻〗(sùshuāng)。

礵 shuāng ㄕㄨㄤ 地名用字：四礵列島｜南礵島｜北礵島(都在福建)。

鷞(鹴) shuāng ㄕㄨㄤ 見1094頁〖鷫鷞〗(sùshuāng)。

驦(骦) shuāng ㄕㄨㄤ 見1094頁〖驌驦〗(sùshuāng)。

鸘(鹴) shuāng ㄕㄨㄤ 見1094頁〖鷫鸘〗(sùshuāng)。

shuǎng (ㄕㄨㄤˇ)

爽[1] shuǎng ㄕㄨㄤˇ ❶明朗；清亮：神清目爽｜秋高氣爽。❷(性格)率直；痛快：豪爽｜直爽。❸舒服；暢快：身體不爽｜人逢喜事精神爽。

爽[2] shuǎng ㄕㄨㄤˇ 違背；差失：爽約｜毫釐不爽｜屢試不爽。

【爽口】shuǎngkǒu ㄕㄨㄤˇ ㄎㄡˇ 清爽可口：這個瓜吃着很爽口。

【爽快】shuǎng·kuai ㄕㄨㄤˇ ·ㄎㄨㄞ ❶舒適痛快：洗個澡，身上爽快多了｜談了這許多話，心裏倒爽快了些。❷直爽；直截了當：他是個爽快人｜有甚麼事，就爽爽快快地說吧。

【爽朗】shuǎnglǎng ㄕㄨㄤˇ ㄌㄤˇ ❶天氣明朗，空氣流通，使人感到暢快：深秋的天空異常爽朗｜戶外比室內爽朗得多。❷開朗；直爽：爽朗的笑聲｜這人很爽朗，有說有笑。

【爽利】shuǎnglì ㄕㄨㄤˇ ㄌㄧˋ 爽快；利落：辦事爽利｜動作爽利。

【爽目】shuǎngmù ㄕㄨㄤˇ ㄇㄨˋ 悦目：清晰爽目｜淺黃的樓房在蔚藍天空的襯托下，顯得格外爽目。

【爽氣】shuǎngqì ㄕㄨㄤˇ ㄑㄧˋ ❶〈書〉清爽的空氣。❷〈方〉爽快：她回答得十分爽氣。

【爽然】shuǎngrán ㄕㄨㄤˇ ㄖㄢˊ 〈書〉茫然無主見的樣子：爽然若失。

【爽心】shuǎngxīn ㄕㄨㄤˇ ㄒㄧㄣ 心中清爽愉快：爽心悦目。

【爽性】shuǎngxìng ㄕㄨㄤˇ ㄒㄧㄥˋ 索性。

【爽約】shuǎngyuē ㄕㄨㄤˇ ㄩㄝ 失約。

【爽直】shuǎngzhí ㄕㄨㄤˇ ㄓˊ 直爽：性情爽直。

塽 shuǎng ㄕㄨㄤˇ 〈書〉高而向陽的地方。

shuí (ㄕㄨㄟˊ)

誰(谁) shuí ㄕㄨㄟˊ '誰' shéi 的又音。

shuǐ (ㄕㄨㄟˇ)

水 shuǐ ㄕㄨㄟˇ ❶最簡單的氫氧化合物，化學式H_2O。無色、無味、無臭的液體，在標準大氣壓下，冰點0°C，沸點100°C，4°C時密度最大，比重為1。❷河流：漢水｜淮水。❸指江、河、湖、海、洋：水陸交通｜水旱碼頭｜水上人家。❹(水兒)稀的汁：墨水｜藥水｜甘蔗的水兒很甜。❺指附加的費用或額外的收入：貼水｜匯水｜外水。❻指洗的次數：這衣裳洗幾水也不變色。❼(Shuǐ)姓。

【水壩】shuǐbà ㄕㄨㄟˇ ㄅㄚˋ 壩①。

【水泵】shuǐbèng ㄕㄨㄟˇ ㄅㄥˋ 用來抽水或壓水的泵，抽水的也叫抽水機。參看56頁'泵'。

【水筆】shuǐbǐ ㄕㄨㄟˇ ㄅㄧˇ ❶寫小楷用的毛較硬的毛筆。也指畫水彩畫的毛筆。❷〈方〉自來水筆。

【水表】shuǐbiǎo ㄕㄨㄟˇ ㄅㄧㄠˇ 記錄自來水用水量的儀表，裝在水管上，當用戶放水時，表上指針轉動指出通過的水量。

【水兵】shuǐbīng ㄕㄨㄟˇ ㄅㄧㄥ 海軍艦艇上士兵的統稱。

【水波】shuǐbō ㄕㄨㄟˇ ㄅㄛ 波浪：水波不興｜水波粼粼。
【水彩】shuǐcǎi ㄕㄨㄟˇ ㄘㄞˇ 用水調和後使用的繪畫顏料。
【水彩畫】shuǐcǎihuà ㄕㄨㄟˇ ㄘㄞˇ ㄏㄨㄚˋ 用水彩繪成的畫。
【水草】shuǐcǎo ㄕㄨㄟˇ ㄘㄠˇ ❶有水源和草的地方：牧民逐水草而居。❷某些水生植物的通稱，如浮萍、黑藻等。
【水產】shuǐchǎn ㄕㄨㄟˇ ㄔㄢˇ 海洋、江河、湖泊裏出產的動物、藻類等的統稱，一般指有經濟價值的，如各種魚、蝦、蟹、貝類、海帶、石花菜等。
【水車】shuǐchē ㄕㄨㄟˇ ㄔㄜ ❶使用人或畜力的舊式提水灌溉工具。❷以水流做動力的舊式動力機械裝置，可以帶動石磨、風箱等。❸運送水的車。❹〈方〉救火車。
【水程】shuǐchéng ㄕㄨㄟˇ ㄔㄥˊ 水路的遠近：船行了六七里水程就靠了岸。
【水到渠成】shuǐ dào qú chéng ㄕㄨㄟˇ ㄉㄠˋ ㄑㄩˊ ㄔㄥˊ 水流到的地方自然成渠。比喻條件成熟，事情自然成功。
【水道】shuǐdào ㄕㄨㄟˇ ㄉㄠˋ ❶水流的路綫，包括溝、渠、江、河等。❷水路：上海到天津打水道走要兩天。❸泳道。
【水稻】shuǐdào ㄕㄨㄟˇ ㄉㄠˋ 種在水田裏的稻，有粳稻和秈稻兩大類。參看237頁'稻'。
【水滴石穿】shuǐ dī shí chuān ㄕㄨㄟˇ ㄉㄧ ㄕˊ ㄔㄨㄢ 比喻力量雖小，只要堅持不懈，事情就能成功。也說滴水穿石。
【水地】shuǐdì ㄕㄨㄟˇ ㄉㄧˋ ❶利用灌溉系統澆水的耕地。也叫水澆地。❷水田。
【水電站】shuǐdiànzhàn ㄕㄨㄟˇ ㄉㄧㄢˋ ㄓㄢˋ 利用水力發電的機構。
【水貂】shuǐdiāo ㄕㄨㄟˇ ㄉㄧㄠ 哺乳動物，身體細長，四肢短，趾間有蹼，毛暗褐色，密而柔軟，有光澤。善於潛入水底捕食魚類和蛙等。皮毛珍貴，可以製衣帽等。
【水碓】shuǐduì ㄕㄨㄟˇ ㄉㄨㄟˋ 利用水力舂米的器具。
【水遁】shuǐdùn ㄕㄨㄟˇ ㄉㄨㄣˋ 從水裏逃跑。
【水肥】shuǐféi ㄕㄨㄟˇ ㄈㄟˊ 人糞尿等腐熟後加上水所成的肥料。
【水粉】shuǐfěn ㄕㄨㄟˇ ㄈㄣˇ ❶一種化妝品。❷〈方〉水浸過的粉條。
【水粉畫】shuǐfěnhuà ㄕㄨㄟˇ ㄈㄣˇ ㄏㄨㄚˋ 用水調和粉質顏料繪成的畫。
【水分】shuǐfèn ㄕㄨㄟˇ ㄈㄣˋ ❶物體內所含的水：水分充足｜植物靠它的根從土壤中吸收水分。❷比喻某一情況中夾雜的不真實的成分：他說的話裏有很大水分。
【水垢】shuǐgòu ㄕㄨㄟˇ ㄍㄡˋ 水鹼。
【水臌】shuǐgǔ ㄕㄨㄟˇ ㄍㄨˇ 中醫指腹水。
【水果】shuǐguǒ ㄕㄨㄟˇ ㄍㄨㄛˇ 可以吃的含水分較多的植物果實的統稱，如梨、桃、蘋果等。
【水合】shuǐhé ㄕㄨㄟˇ ㄏㄜˊ 物質跟水化合，如碳酸鈉和十個水分子化合成碳酸鈉的十水化合物，乙烯和水化合成乙醇。也叫水化。
【水鶴】shuǐhè ㄕㄨㄟˇ ㄏㄜˋ 設在鐵路旁邊，給蒸汽機車加水的裝置，是一個圓柱形的管子，上面彎下來的部分像鶴的頭部，能左右旋轉。
【水紅】shuǐhóng ㄕㄨㄟˇ ㄏㄨㄥˊ 比粉紅略深而較鮮艷的顏色。
【水花】shuǐhuā ㄕㄨㄟˇ ㄏㄨㄚ (水花兒) ❶水受到衝擊而形成的許多小水泡；浪花：汽艇劃破平靜的湖面，船頭堆起層層水花。❷〈方〉水痘：出水花。
【水患】shuǐhuàn ㄕㄨㄟˇ ㄏㄨㄢˋ 水災。
【水荒】shuǐhuāng ㄕㄨㄟˇ ㄏㄨㄤ 指水嚴重的缺乏。
【水火】[1] shuǐhuǒ ㄕㄨㄟˇ ㄏㄨㄛˇ ❶水和火兩相矛盾。比喻不能相容的對立物：勢如水火。❷'水深火熱'的略語。比喻災難：拯救百姓於水火之中。
【水火】[2] shuǐhuǒ ㄕㄨㄟˇ ㄏㄨㄛˇ 指大小便(多見於早期白話)。
【水火無情】shuǐ huǒ wú qíng ㄕㄨㄟˇ ㄏㄨㄛˇ ㄨˊ ㄑㄧㄥˊ 指水災和火災來勢兇猛，一點不容情。
【水貨】shuǐhuò ㄕㄨㄟˇ ㄏㄨㄛˋ 指通過水路走私的貨物，泛指通過非正常途徑進出口的貨物。
【水鹼】shuǐjiǎn ㄕㄨㄟˇ ㄐㄧㄢˇ 硬水煮沸後所含礦質附着在容器(如鍋、壺等)內逐漸形成的白色塊狀或粉末狀的東西，主要成分是碳酸鈣、碳酸鎂、硫酸鎂等。也叫水垢、水銹。
【水解】shuǐjiě ㄕㄨㄟˇ ㄐㄧㄝˇ 化合物跟水作用而分解，如澱粉水解生成葡萄糖。
【水晶】shuǐjīng ㄕㄨㄟˇ ㄐㄧㄥ 純粹的石英，無色透明，用來製光學儀器、無綫電器材和裝飾品等。
【水晶宮】shuǐjīnggōng ㄕㄨㄟˇ ㄐㄧㄥ ㄍㄨㄥ 神話裏的龍王在水下居住的宮殿。
【水晶體】shuǐjīngtǐ ㄕㄨㄟˇ ㄐㄧㄥ ㄊㄧˇ 晶狀體。
【水井】shuǐjǐng ㄕㄨㄟˇ ㄐㄧㄥˇ 井①。
【水酒】shuǐjiǔ ㄕㄨㄟˇ ㄐㄧㄡˇ 很淡薄的酒(多用做謙辭，指請客時所備的酒)：請吃杯水酒。
【水庫】shuǐkù ㄕㄨㄟˇ ㄎㄨˋ 攔洪蓄水和調節水流的水利工程建築物，可以利用來灌溉、發電和養魚。
【水雷】shuǐléi ㄕㄨㄟˇ ㄌㄟˊ 一種水中爆炸武器，由艦艇或飛機佈設在水中，能炸毀敵方艦艇。種類很多，如漂雷、錨雷等。用於保衞領海或封鎖港灣。
【水力】shuǐlì ㄕㄨㄟˇ ㄌㄧˋ 海洋、河流、湖泊的水流所產生的作功能力，是自然能源之一，可以用來做發電和轉動機器的動力。

【水利】shuǐlì ㄕㄨㄟˇ ㄌㄧˋ ❶利用水力資源和防止水的災害。❷水利工程的簡稱：興修水利。
【水利工程】shuǐlì gōngchéng ㄕㄨㄟˇ ㄌㄧˋ ㄍㄨㄥ ㄔㄥˊ 利用水力資源和防止水的災害的工程，包括防洪、排洪、蓄洪、灌溉、航運和其他水力利用工程。簡稱水利或水工。
【水利樞紐】shuǐlì shūniǔ ㄕㄨㄟˇ ㄌㄧˋ ㄕㄨ ㄋㄧㄡˇ 根據綜合利用水力資源的要求，由各種不同作用的水利工程建築所構成的整體。一般包括攔河壩、溢洪道、船閘、發電廠等。
【水淋淋】shuǐlīnlīn ㄕㄨㄟˇ ㄌㄧㄣ ㄌㄧㄣ (水淋淋的) 形容物體上水往下滴：他爬上岸來，渾身水淋淋的。
【水靈】shuǐ·ling ㄕㄨㄟˇ ·ㄌㄧㄥ ❶ (食物) 鮮美多汁而爽口：肥城出產的桃兒很水靈。❷ (形狀、容貌) 漂亮而有精神：這小姑娘有兩隻又大又水靈的眼睛｜牡丹花開得真水靈。
【水流】shuǐliú ㄕㄨㄟˇ ㄌㄧㄡˊ ❶江、河等的統稱。❷流動的水：河道經過疏浚，水流暢通。
【水溜】shuǐliù ㄕㄨㄟˇ ㄌㄧㄡˋ 檐溝。
【水龍】[1] shuǐlóng ㄕㄨㄟˇ ㄌㄨㄥˊ 多年生草本植物，葉子互生，長橢圓形，有葉柄，花黃色。生在沼澤等淺水中。
【水龍】[2] shuǐlóng ㄕㄨㄟˇ ㄌㄨㄥˊ 救火用的引水工具，多用數條長的帆布輸水管接成，一端有金屬製的噴嘴，另一端和水源連接。
【水龍頭】shuǐlóngtóu ㄕㄨㄟˇ ㄌㄨㄥˊ ㄊㄡˊ 自來水管上的開關。
【水鹿】shuǐlù ㄕㄨㄟˇ ㄌㄨˋ 鹿的一種，身體大，耳朵大，頸較長，尾短，四肢長，全身深棕色帶灰色，也有黃棕色的，臀部灰白色。雄的有角，粗大，長而有叉。毛皮可製革，鹿茸可入藥。也叫馬鹿或麖 (jīng)。
【水陸】shuǐlù ㄕㄨㄟˇ ㄌㄨˋ ❶水上和陸地上：水陸並進｜水陸交通。❷指山珍海味：水陸俱陳。
【水路】shuǐlù ㄕㄨㄟˇ ㄌㄨˋ 水上的交通綫：走陸路比水路快。
【水綠】shuǐlǜ ㄕㄨㄟˇ ㄌㄩˋ 淺綠色。
【水輪機】shuǐlúnjī ㄕㄨㄟˇ ㄌㄨㄣˊ ㄐㄧ 渦輪機的一種，利用水流衝擊葉輪轉動，產生動力，是水力發電的主要動力裝置，也可直接帶動碾米機、磨粉機等。
【水落】shuǐluò ㄕㄨㄟˇ ㄌㄨㄛˋ 〈方〉檐溝。
【水落管】shuǐluòguǎn ㄕㄨㄟˇ ㄌㄨㄛˋ ㄍㄨㄢˇ 把檐溝裏的水引到地面的豎管，多用鐵皮等製成。也叫雨水管。
【水落石出】shuǐ luò shí chū ㄕㄨㄟˇ ㄌㄨㄛˋ ㄕˊ ㄔㄨ 水落下去，石頭就露出來。比喻真相大白。
【水煤氣】shuǐméiqì ㄕㄨㄟˇ ㄇㄟˊ ㄑㄧˋ 水蒸氣通過熾熱的焦炭而生成的氣體，主要成分是一氧化碳和氫，有毒。用做燃料和化工原料。
【水門】shuǐmén ㄕㄨㄟˇ ㄇㄣˊ ❶安裝在水管上的閥。❷〈方〉水閘。
【水門汀】shuǐméntīng ㄕㄨㄟˇ ㄇㄣˊ ㄊㄧㄥ 〈方〉水泥，有時也指混凝土。[英 cement]
【水米無交】shuǐ mǐ wú jiāo ㄕㄨㄟˇ ㄇㄧˇ ㄨˊ ㄐㄧㄠ 比喻彼此毫無來往。特指居官清廉，跟百姓沒有經濟上的來往。
【水面】shuǐmiàn ㄕㄨㄟˇ ㄇㄧㄢˋ ❶水的表面：水面上漂着片片花瓣。❷水域的面積：我國可以養魚的水面很大。
【水磨】shuǐmó ㄕㄨㄟˇ ㄇㄛˊ 加水細磨：水磨磚的牆。
　　另見 shuǐmò。
【水磨工夫】shuǐmó gōng·fu ㄕㄨㄟˇ ㄇㄛˊ ㄍㄨㄥ ·ㄈㄨ 比喻細緻精密的工夫。
【水磨石】shuǐmóshí ㄕㄨㄟˇ ㄇㄛˊ ㄕˊ 一種人造石料，製作過程是用水泥、石屑或顏料等加水拌和，抹在建築物的表面，相當凝固後，潑水並用金剛石打磨光滑。
【水墨畫】shuǐmòhuà ㄕㄨㄟˇ ㄇㄛˋ ㄏㄨㄚˋ 指純用水墨不着彩色的國畫。
【水磨】shuǐmò ㄕㄨㄟˇ ㄇㄛˋ 用水力帶動的磨，多用來磨麪。
　　另見 shuǐmó。
【水能】shuǐnéng ㄕㄨㄟˇ ㄋㄥˊ 水體運動產生的能量；水流中蘊藏的能量。
【水泥】shuǐní ㄕㄨㄟˇ ㄋㄧˊ 一種建築材料，灰綠色或棕色粉末，用石灰石、黏土等加工製成。加水拌和，乾燥後堅硬。有的地區叫水門汀。
【水泥釘】shuǐnídīng ㄕㄨㄟˇ ㄋㄧˊ ㄉㄧㄥ 專門用來往水泥牆上釘的鋼釘，硬度較高。
【水碾】shuǐniǎn ㄕㄨㄟˇ ㄋㄧㄢˇ 用水力帶動的碾子，多用來碾米。
【水鳥】shuǐniǎo ㄕㄨㄟˇ ㄋㄧㄠˇ 在水面或水邊棲息以及從水中捕取食物的鳥類的統稱，如鷺鷥、野鴨、海鷗等。
【水牛】shuǐniú ㄕㄨㄟˇ ㄋㄧㄡˊ 牛的一種。角很大，作新月形。毛灰黑色。暑天喜歡浸在水中。食物以青草為主。適於水田耕作。
【水牛兒】shuǐniúr ㄕㄨㄟˇ ㄋㄧㄡㄦˊ 〈方〉蝸牛。
【水暖】shuǐnuǎn ㄕㄨㄟˇ ㄋㄨㄢˇ ❶鍋爐燒出的熱水通過暖氣設備，散發熱量而使室溫增高的供暖方式。❷自來水和暖氣設備的統稱：水暖工｜水暖設備。
【水牌】shuǐpái ㄕㄨㄟˇ ㄆㄞˊ 臨時登記賬目或記事用的漆成白色或黑色的木板或薄鐵板。白色的也叫粉牌。
【水疱】shuǐpào ㄕㄨㄟˇ ㄆㄠˋ (水疱兒) 因病理變化，漿液在表皮裏或表皮下聚積而成的黃豆大小的隆起。
【水皮兒】shuǐpír ㄕㄨㄟˇ ㄆㄧㄦˊ 〈方〉水面①。
【水平】shuǐpíng ㄕㄨㄟˇ ㄆㄧㄥˊ ❶跟水平面平行的：水平方向。❷在生產、生活、政治、思想、文化、藝術、技術、業務等方面所達到的高度：提高思想水平和業務水平。

【水平面】shuǐpíngmiàn ㄕㄨㄟˇ ㄆㄧㄥˊ ㄇㄧㄢˋ 小範圍內完全靜止的水所形成的平面。也指跟這個平面平行的面。

【水平綫】shuǐpíngxiàn ㄕㄨㄟˇ ㄆㄧㄥˊ ㄒㄧㄢˋ 水平面上的直綫以及和水平面平行的直綫。

【水平儀】shuǐpíngyí ㄕㄨㄟˇ ㄆㄧㄥˊ ㄧˊ 測定水平面的儀器。由框架和裝有乙醚或酒精的弧形玻璃管組成，管中留有氣泡，氣泡始終處於管的最高點。當水平儀處於水平位置時，氣泡的位置在管上刻度的中間。也叫水準器。

【水汽】shuǐqì ㄕㄨㄟˇ ㄑㄧˋ 呈氣態的水。

【水槍】shuǐqiāng ㄕㄨㄟˇ ㄑㄧㄤ ❶水力採煤用的一種工具，一端有噴嘴，另一端接高壓水源，水從水槍中噴射出來，能把煤層中的煤衝擊下來。❷一種消防用具，由銅管和活塞構成，口小，能把水噴射到高處或遠處。

【水禽】shuǐqín ㄕㄨㄟˇ ㄑㄧㄣˊ 水鳥。

【水情】shuǐqíng ㄕㄨㄟˇ ㄑㄧㄥˊ 水位、流量等的情況。

【水球】shuǐqiú ㄕㄨㄟˇ ㄑㄧㄡˊ ❶球類運動項目之一。球場為長方形的水池。分兩隊，每隊七人。運動員在水中用一隻手傳球，把球射進對方球門算得分，得分多的獲勝。❷水球運動使用的球，用皮革或橡膠等製成。

【水渠】shuǐqú ㄕㄨㄟˇ ㄑㄩˊ 人工開鑿的水道。

【水乳交融】shuǐ rǔ jiāo róng ㄕㄨㄟˇ ㄖㄨˇ ㄐㄧㄠ ㄖㄨㄥˊ 水和乳汁融合在一起。比喻關係非常融洽或結合十分緊密。

【水杉】shuǐshān ㄕㄨㄟˇ ㄕㄢ 落葉大喬木，高達35米，葉子扁平，對生，花單性，球果近圓形，種子扁平。是世界上現存的稀有植物之一。

【水上居民】shuǐshàng jūmín ㄕㄨㄟˇ ㄕㄤˋ ㄐㄩ ㄇㄧㄣˊ 在廣東、福建、廣西沿海港灣和內河上從事漁業或水上運輸的居民，多以船為家。舊稱疍民或疍戶。

【水上運動】shuǐshàng yùndòng ㄕㄨㄟˇ ㄕㄤˋ ㄩㄣˋ ㄉㄨㄥˋ 體育運動項目的一大類，包括在水上進行的各種運動，如游泳、跳水、划船運動、帆船運動等。

【水筲】shuǐshāo ㄕㄨㄟˇ ㄕㄠ 〈方〉水桶，多用木頭或竹子製成。

【水蛇】shuǐshé ㄕㄨㄟˇ ㄕㄜˊ 生活在水邊的蛇類的統稱。

【水蛇腰】shuǐshéyāo ㄕㄨㄟˇ ㄕㄜˊ ㄧㄠ 指細長而腰部略彎的身材。

【水深火熱】shuǐ shēn huǒ rè ㄕㄨㄟˇ ㄕㄣ ㄏㄨㄛˇ ㄖㄜˋ 比喻人民生活處境異常艱難痛苦。

【水生植物】shuǐshēng zhíwù ㄕㄨㄟˇ ㄕㄥ ㄓˊ ㄨˋ 植株的整體或部分浸沒在水中，能適應水域環境的植物。包括水生藻類、水生蕨類和水生種子植物。如小球藻、苦草、蓮、浮萍等。

【水蝕】shuǐshí ㄕㄨㄟˇ ㄕˊ 由於水的衝擊，岩石剝落，土壤被沖刷掉。多發生在山區、丘陵地帶。

【水勢】shuǐshì ㄕㄨㄟˇ ㄕˋ 水流的勢頭：水勢湍急。

【水手】shuǐshǒu ㄕㄨㄟˇ ㄕㄡˇ 船舶上負責艙面工作的普通船員。

【水刷石】shuǐshuāshí ㄕㄨㄟˇ ㄕㄨㄚ ㄕˊ 一種人造石料，製作過程是用水泥、石屑、小石子或顏料等加水拌和，抹在建築物的表面，半凝固後，用硬毛刷蘸水刷去表面的水泥漿而使石屑或小石子半露。也叫汰石子。

【水塔】shuǐtǎ ㄕㄨㄟˇ ㄊㄚˇ 自來水設備中增高水的壓力的裝置，是一種高聳的塔狀構築物，頂端有一個大水箱，箱內儲水。水塔愈高，水的壓力愈大，也就能把水送到更高的建築物上。

【水獺】shuǐtǎ ㄕㄨㄟˇ ㄊㄚˇ 哺乳動物，頭部寬而扁，尾巴長，四肢短粗，趾間有蹼，毛褐色，密而柔軟，有光澤。穴居在河邊，晝伏夜出，善於游泳和潛水，吃魚類和青蛙、水鳥等。皮毛很珍貴，可以用來製衣領、帽子等。

【水田】shuǐtián ㄕㄨㄟˇ ㄊㄧㄢˊ 周圍有隆起的田埂，能蓄水的耕地，多用來種植水稻。

【水汀】shuǐtīng ㄕㄨㄟˇ ㄊㄧㄥ 〈方〉暖氣。［英 steam］

【水頭】shuǐtóu ㄕㄨㄟˇ ㄊㄡˊ ❶河流漲大水時洪峰到達的勢頭。❷泛指水的來勢：打了一口水頭很旺的井。

【水土】shuǐtǔ ㄕㄨㄟˇ ㄊㄨˇ ❶土地表面的水和土：水土流失｜森林能保持水土。❷泛指自然環境和氣候：水土不服。

【水土保持】shuǐtǔ bǎochí ㄕㄨㄟˇ ㄊㄨˇ ㄅㄠˇ ㄔˊ 用造林、種草、深耕、密植和修建梯田、溝渠、塘壩、水庫等方法，蓄水分，保土壤，增加土地吸水能力，防止土壤被侵蝕沖刷。

【水土流失】shuǐtǔ liúshī ㄕㄨㄟˇ ㄊㄨˇ ㄌㄧㄡˊ ㄕ 土地表面的肥沃土壤被水沖走或被風颳走。

【水汪汪】shuǐwāngwāng ㄕㄨㄟˇ ㄨㄤ ㄨㄤ（水汪汪的）❶形容充滿水的樣子：剛下過大雨，地裏水汪汪的。❷形容眼睛明亮而靈活：小姑娘睜着水汪汪的大眼睛，好奇地看着我。

【水網】shuǐwǎng ㄕㄨㄟˇ ㄨㄤˇ 指縱橫交錯的河湖港汊：陽澄湖一帶，是蘇南著名的水網地區。

【水位】shuǐwèi ㄕㄨㄟˇ ㄨㄟˋ ❶江河、湖泊、海洋、水庫等水面的高度（一般以某個基準面為標準）。❷地下水和地面的距離。

【水文】shuǐwén ㄕㄨㄟˇ ㄨㄣˊ 自然界中水的各種變化和運動的現象：水文觀測。

【水螅】shuǐxī ㄕㄨㄟˇ ㄒㄧ 腔腸動物，身體圓筒形，褐色，口周圍有觸手，是捕食物的工具，體內有一個空腔。附着在池沼、水溝中的水草或枯葉上。大多雌雄同體，生殖方法有二：通常進行無性生殖（由身體長出芽體）；夏初和秋末進行有性生殖。

【水洗布】shuǐxǐbù ㄕㄨㄟˇ ㄒㄧˇ ㄅㄨˋ 一種經過特殊印染加工的紡織品。

【水系】shuǐxì ㄕㄨㄟˇ ㄒㄧˋ 河川流域內，幹、支流的總體叫做水系。如嘉陵江、漢水、湘江、贛江等與長江幹流組成長江水系。

【水仙】shuǐxiān ㄕㄨㄟˇ ㄒㄧㄢ ❶多年生草本植物，地下鱗莖作卵圓形，葉子條形，傘狀花序，花白色，中心黃色，有香味。供觀賞，鱗莖和花可以入藥。❷這種植物的花。

【水險】shuǐxiǎn ㄕㄨㄟˇ ㄒㄧㄢˇ 水上運輸事故的保險。

【水綫】shuǐxiàn ㄕㄨㄟˇ ㄒㄧㄢˋ 船殼外面與水平面的接觸綫。

【水鄉】shuǐxiāng ㄕㄨㄟˇ ㄒㄧㄤ 河流、湖泊多的地區：江南水鄉。

【水箱】shuǐxiāng ㄕㄨㄟˇ ㄒㄧㄤ 某些機械、交通運輸工具或建築物中盛水用的裝置。

【水泄不通】shuǐ xiè bù tōng ㄕㄨㄟˇ ㄒㄧㄝˋ ㄅㄨˋ ㄊㄨㄥ 形容十分擁擠或包圍得非常嚴密，好像連水都不能泄出。

【水榭】shuǐxiè ㄕㄨㄟˇ ㄒㄧㄝˋ 臨水的供人遊玩和休息的房屋。

【水星】shuǐxīng ㄕㄨㄟˇ ㄒㄧㄥ 太陽系九大行星之一，按離太陽由近而遠的次序計為第一顆，繞太陽公轉週期約 88 天，自轉週期約 58.6 天。（圖見1107頁〖太陽系〗）

【水性】shuǐxìng ㄕㄨㄟˇ ㄒㄧㄥˋ ❶游水的技能：他的水性不錯，能游過長江。❷指江河湖海的深淺、流速等方面的特點：熟悉長江水性。

【水性楊花】shuǐxìng yánghuā ㄕㄨㄟˇ ㄒㄧㄥˋ ㄧㄤˊ ㄏㄨㄚ 形容婦女作風輕浮，用情不專一。

【水袖】shuǐxiù ㄕㄨㄟˇ ㄒㄧㄡˋ 表演古典戲曲、舞蹈的演員所穿服裝的袖端拖下來的部分，用白色綢子或絹製成。

【水銹】shuǐxiù ㄕㄨㄟˇ ㄒㄧㄡˋ ❶水鹼。❷器皿盛水日久留下的痕迹。

【水循環】shuǐxúnhuán ㄕㄨㄟˇ ㄒㄩㄣˊ ㄏㄨㄢˊ 海洋、陸地、大氣之間水分的大規模交換，如海面蒸發的水氣進入大氣，被氣流帶到陸地上空，以雨雪形式降落地面，匯入河流，流回海洋。

【水壓機】shuǐyājī ㄕㄨㄟˇ ㄧㄚ ㄐㄧ 利用水傳遞壓力的機器，多用來衝壓金屬。

【水烟】shuǐyān ㄕㄨㄟˇ ㄧㄢ 用水烟袋抽的細烟絲。

【水烟袋】shuǐyāndài ㄕㄨㄟˇ ㄧㄢ ㄉㄞˋ 一種用銅、竹等製的吸烟用具，烟通過水的過濾而吸出，吸時發出咕嚕嚕的響聲。也叫水烟筒、水烟斗。

【水眼】shuǐyǎn ㄕㄨㄟˇ ㄧㄢˇ 泉眼。

【水舀子】shuǐyǎo·zi ㄕㄨㄟˇ ㄧㄠˇ ·ㄗ 舀水的勺子。

【水銀】shuǐyín ㄕㄨㄟˇ ㄧㄣˊ 汞的通稱。

【水銀燈】shuǐyíndēng ㄕㄨㄟˇ ㄧㄣˊ ㄉㄥ 一種產生強光的照明裝置。把水銀充入真空的硬質玻璃管或石英玻璃管內，通電後，水銀蒸氣放電而發出強光。多用於攝影、曬圖和街道照明等。也叫汞燈。

【水印】[1] shuǐyìn ㄕㄨㄟˇ ㄧㄣˋ 指我國傳統的用木刻印刷繪畫作品的方法。調和顏料用水，不用油質，跟一般彩印法不同，所以特稱為水印。也叫水印木刻。

【水印】[2] shuǐyìn ㄕㄨㄟˇ ㄧㄣˋ（水印兒）❶在造紙生產過程中用改變紙漿纖維密度的方法製成的有明暗紋理的圖形或文字。❷水滲在某些物體上，乾後留下的痕迹。

【水印】[3] shuǐyìn ㄕㄨㄟˇ ㄧㄣˋ 〈方〉（水印兒）舊時商店的正式圖章。

【水域】shuǐyù ㄕㄨㄟˇ ㄩˋ 指海、河、湖（從水面到水底）的一定範圍。

【水源】shuǐyuán ㄕㄨㄟˇ ㄩㄢˊ ❶河流發源的地方。❷民用水、工業用水或灌溉用水的來源。

【水運】shuǐyùn ㄕㄨㄟˇ ㄩㄣˋ 用船舶、木筏等在江河、湖泊、海洋上運輸。

【水災】shuǐzāi ㄕㄨㄟˇ ㄗㄞ 因久雨、山洪暴發或河水氾濫等原因而造成的災害。

【水葬】shuǐzàng ㄕㄨㄟˇ ㄗㄤˋ 處理死人遺體的一種方法，把屍體投入水中，任其漂流，讓魚類吃掉。

【水藻】shuǐzǎo ㄕㄨㄟˇ ㄗㄠˇ 生長在水裏的藻類植物的統稱，如水綿、褐藻植物。

【水澤】shuǐzé ㄕㄨㄟˇ ㄗㄜˊ 多河湖沼澤的地方。

【水閘】shuǐzhá ㄕㄨㄟˇ ㄓㄚˊ 修建在堤壩中用來控制河渠水流的水工建築物。調節水閘開閉的大小或高低可以改變通過的水量。常見的水閘有攔河閘、分洪閘、進水閘、排水閘、擋潮閘等。

【水漲船高】shuǐ zhǎng chuán gāo ㄕㄨㄟˇ ㄓㄤˇ ㄔㄨㄢˊ ㄍㄠ 比喻事物隨着它所憑藉的基礎的提高而提高。'漲'也作長。

【水蒸氣】shuǐzhēngqì ㄕㄨㄟˇ ㄓㄥ ㄑㄧˋ 氣態的水。常壓下液態的水加熱到 100°C 時就開始沸騰，迅速變成水蒸氣。

【水至清則無魚】shuǐ zhì qīng zé wú yú ㄕㄨㄟˇ ㄓˋ ㄑㄧㄥ ㄗㄜˊ ㄨˊ ㄩˊ《大戴禮記·子張問入官篇》：'水至清則無魚，人至察則無徒。'水太清了，魚就無法生存，要求別人太嚴了，就沒有夥伴。現在有時用來表示對人或物不可要求太高。也說水清無魚。

【水蛭】shuǐzhì ㄕㄨㄟˇ ㄓˋ 蛭綱動物，體狹長而扁，後端稍闊，黑綠色。生活在池沼或水田中，吸食人畜的血液。

【水質】shuǐzhì ㄕㄨㄟˇ ㄓˋ 水的質量(多就食用水的純淨度而言)：保護環境，改善水質。

【水中撈月】shuǐ zhōng lāo yuè ㄕㄨㄟˇ ㄓㄨㄥ ㄌㄠ ㄩㄝˋ 見445頁〖海底撈月〗。

【水腫】shuǐzhǒng ㄕㄨㄟˇ ㄓㄨㄥˇ 由於皮下組織的間隙有過量的液體積蓄而引起的全身或身體的一部分腫脹的症狀。通稱浮腫。

【水準】shuǐzhǔn ㄕㄨㄟˇ ㄓㄨㄣˇ ❶地球各部分的水平面。❷水平②。

【水準儀】shuǐzhǔnyí ㄕㄨㄟˇ ㄓㄨㄣˇ ㄧˊ 利用水平視綫直接測定地球表面兩點間高度差的儀器，主要由望遠鏡和水平儀構成。

【水族】[1] Shuǐzú ㄕㄨㄟˇ ㄗㄨˊ 我國少數民族之一，分佈在貴州。

【水族】[2] shuǐzú ㄕㄨㄟˇ ㄗㄨˊ 生活在水中的動物，一般指形體較大行動較活躍的：水族館。

【水鑽】shuǐzuàn ㄕㄨㄟˇ ㄗㄨㄢˋ 指人造鑽石。

shuì (ㄕㄨㄟˋ)

帨 shuì ㄕㄨㄟˋ 古時的佩巾，像現在的手絹兒。

稅 shuì ㄕㄨㄟˋ ❶國家向徵稅對象按稅率徵收的貨幣或實物：農業稅｜營業稅｜納稅。❷(Shuì)姓。

【稅單】shuìdān ㄕㄨㄟˋ ㄉㄢ 稅收部門開給交稅人的納稅收據。

【稅額】shuì'é ㄕㄨㄟˋ ㄜˊ 按稅率繳納的稅款數額。

【稅法】shuìfǎ ㄕㄨㄟˋ ㄈㄚˇ 國家稅收的法規。

【稅利】shuìlì ㄕㄨㄟˋ ㄌㄧˋ 指企業單位向有關部門上繳的稅款和利潤。

【稅率】shuìlǜ ㄕㄨㄟˋ ㄌㄩˋ 稅收條例所規定的對某種課稅對象徵稅時計算稅額的比率。

【稅卡】shuìqiǎ ㄕㄨㄟˋ ㄑㄧㄚˇ 舊時為收稅而設置的檢查站或崗哨。

【稅收】shuìshōu ㄕㄨㄟˋ ㄕㄡ 國家徵稅所得到的收入。

【稅務】shuìwù ㄕㄨㄟˋ ㄨˋ 關於稅收的工作：稅務局。

【稅則】shuìzé ㄕㄨㄟˋ ㄗㄜˊ 徵稅的規則和實施條例。

【稅制】shuìzhì ㄕㄨㄟˋ ㄓˋ 國家稅收的制度。

【稅種】shuìzhǒng ㄕㄨㄟˋ ㄓㄨㄥˇ 國家稅收的種類，如農業稅、工商業稅。

睡 shuì ㄕㄨㄟˋ 睡覺：早睡早起｜睡着了。

【睡袋】shuìdài ㄕㄨㄟˋ ㄉㄞˋ 袋狀的被子，供嬰兒、幼兒或露宿的人使用：鴨絨睡袋。

【睡覺】shuì//jiào ㄕㄨㄟˋ//ㄐㄧㄠˋ 進入睡眠狀態：該睡覺了｜睡了一覺。

【睡懶覺】shuì lǎnjiào ㄕㄨㄟˋ ㄌㄢˇ ㄐㄧㄠˋ 指人貪睡，不愛起牀(多指早晨晚起)：他就愛睡懶覺，要叫幾次才起牀。

【睡夢】shuìmèng ㄕㄨㄟˋ ㄇㄥˋ 指睡熟的狀態：一陣敲門聲把他從睡夢中驚醒了。

【睡眠】shuìmián ㄕㄨㄟˋ ㄇㄧㄢˊ 抑制過程在大腦皮層中逐漸擴散並達到大腦皮層下部各中樞的生理現象。睡眠能恢復體力和腦力。

【睡魔】shuìmó ㄕㄨㄟˋ ㄇㄛˊ 比喻強烈的睡意。

【睡鄉】shuìxiāng ㄕㄨㄟˋ ㄒㄧㄤ 指睡眠狀態：進入睡鄉。

【睡眼】shuìyǎn ㄕㄨㄟˋ ㄧㄢˇ 要睡或剛睡醒時的呈矇矓神態的眼睛：睡眼惺忪。

【睡意】shuìyì ㄕㄨㄟˋ ㄧˋ 想睡覺的感覺：睡意矇矓｜已經半夜了，我一點兒睡意也沒有。

說(说) shuì ㄕㄨㄟˋ 用話勸說使人聽從自己的意見：遊說。

另見1079頁 shuō；1415頁 yuè。

shǔn (ㄕㄨㄣˇ)

吮 shǔn ㄕㄨㄣˇ 吮吸；嘬：吮乳｜吮癰舐痔。

【吮吸】shǔnxī ㄕㄨㄣˇ ㄒㄧ 把嘴唇聚攏在乳頭或其他有小口兒的物體上吸取東西。現多用於比喻：剝削階級長期殘酷地吮吸着勞動人民的血汗。

【吮癰舐痔】shǔn yōng shì zhì ㄕㄨㄣˇ ㄩㄥ ㄕˋ ㄓˋ 給人嘬癰疽的膿、舔痔瘡。比喻不擇手段地諂媚拍馬。

楯 shǔn ㄕㄨㄣˇ 〈書〉闌干。

另見293頁 dùn。

shùn (ㄕㄨㄣˋ)

順(顺) shùn ㄕㄨㄣˋ ❶向着同一個方向(跟'逆'相對)：順風｜順流而下。❷依着自然情勢(移動)；沿(着)：順大道走｜水順着山溝流。❸使方向一致；使有條理次序：把船順過來，一隻一隻地靠岸停下｜這篇文章還得順一順。❹趁便；順便：順手關門｜順嘴說了出來。❺適合；如意：順心｜順眼｜不順他的意。❻順利：順遂｜這些年一直很順。❼依次：順延。❽順從：歸順｜百依百順。❾(Shùn)姓。

【順便】shùnbiàn ㄕㄨㄣˋ ㄅㄧㄢˋ (順便兒)乘做某事的方便(做另一事)：我是下班打這兒過，順便來看看你們。

【順變】shùnbiàn ㄕㄨㄣˋ ㄅㄧㄢˋ 〈書〉順應變化或變故：節哀順變｜順變達權。

【順差】shùnchā ㄕㄨㄣˋ ㄔㄚ 對外貿易上輸出超過輸入的貿易差額(跟'逆差'相對)。

【順產】shùnchǎn ㄕㄨㄣˋ ㄔㄢˇ 醫學上指胎兒頭朝下經母體陰道自然娩出(區別於'難產')。

【順暢】shùnchàng ㄕㄨㄣˋ ㄔㄤˋ 順利通暢，沒有阻礙：水流順暢｜交通順暢｜行文順暢。

【順次】shùncì ㄕㄨㄣˋ ㄘˋ 挨着次序：順次排列。

【順從】shùncóng ㄕㄨㄣˋ ㄘㄨㄥˊ 依照別人的意思，不違背，不反抗。

【順帶】shùndài ㄕㄨㄣˋ ㄉㄞˋ 順便；捎帶：探親回來順帶捎點土產品。

【順當】shùn·dang ㄕㄨㄣˋ ·ㄉㄤ 順利：問題解決得圓滿、順當｜這幾年日子過得順順當當。

【順導】shùndǎo ㄕㄨㄣˋ ㄉㄠˇ 順着正常的發展趨向加以引導。

【順道】shùndào ㄕㄨㄣˋ ㄉㄠˋ (順道兒) 順路：途經那裏，順道去看望一下老同學。

【順耳】shùn'ěr ㄕㄨㄣˋ ㄦˇ (話) 合乎心意，聽着舒服：這話聽着順耳｜不能只聽順耳的話，不順耳的也要聽。

【順風】shùnfēng ㄕㄨㄣˋ ㄈㄥ 車、船等行進的方向跟風向相同。也常作為祝人旅途順利、平安的吉祥話：今天順風，船走得很快｜祝你一路順風。

【順風吹火】shùn fēng chuī huǒ ㄕㄨㄣˋ ㄈㄥ ㄔㄨㄟ ㄏㄨㄛˇ 比喻費力不多，事情容易做。

【順風耳】shùnfēng'ěr ㄕㄨㄣˋ ㄈㄥ ㄦˇ ❶舊小說中指能聽到很遠聲音的人。也比喻消息靈通的人。❷舊式話筒，用銅管接成，嘴接觸的地方小，末端大。

【順風轉舵】shùn fēng zhuǎn duò ㄕㄨㄣˋ ㄈㄥ ㄓㄨㄢˇ ㄉㄨㄛˋ 比喻順着情勢改變態度(多含貶義)。也說隨風轉舵。

【順服】shùnfú ㄕㄨㄣˋ ㄈㄨˊ 順從；服從：人心順服｜我只好順服地跟在他身後。

【順杆兒爬】shùn gānr pá ㄕㄨㄣˋ ㄍㄢㄦ ㄆㄚˊ 比喻迎合別人的心意、言語、要求等說話或行事。

【順和】shùn·he ㄕㄨㄣˋ ·ㄏㄜ (話語、態度等) 平順緩和：語氣順和｜態度順和。

【順腳】shùnjiǎo ㄕㄨㄣˋ ㄐㄧㄠˇ (順腳兒) ❶趁車馬等本來要去某個地方的方便(搭人或運貨)：順腳捎回來一千斤化肥。❷順路。

【順境】shùnjìng ㄕㄨㄣˋ ㄐㄧㄥˋ 順利的境遇：他中年以後，漸入順境。

【順口】shùnkǒu ㄕㄨㄣˋ ㄎㄡˇ ❶(詞句) 唸着流暢：經他這樣一改，唸起來就特別順口了。❷沒有經過考慮(說出、唱出)：順口答音兒(隨聲附和)。❸(順口兒)(食品) 適合口味：這個菜他吃着很順口兒。

【順口溜】shùnkǒuliū ㄕㄨㄣˋ ㄎㄡˇ ㄌㄧㄡ 民間流行的一種口頭韵文，句子長短不等，純用口語，唸起來很順口。

【順理成章】shùn lǐ chéng zhāng ㄕㄨㄣˋ ㄌㄧˇ ㄔㄥˊ ㄓㄤ 形容寫文章或做事條理清楚。

【順利】shùnlì ㄕㄨㄣˋ ㄌㄧˋ 在事物的發展或工作的進行中沒有或很少遇到困難：工作順利。

【順溜】shùn·liu ㄕㄨㄣˋ ·ㄌㄧㄡ 〈方〉❶有次序，不參差：她解開辮子，把頭髮梳順溜了，又重新編好｜這篇小文章寫得很順溜。❷通暢順當；沒有阻攔：這幾年日子過得很順溜。❸順從聽話：這幾個人中間就數他脾氣好，比誰都順溜。

【順路】shùnlù ㄕㄨㄣˋ ㄌㄨˋ (順路兒) ❶順着所走的路綫(到另一處)：她在區裏開完會，順路到書店看了看。❷指道路沒有曲折阻礙，走着方便：這麼走太繞遠兒，不順路。‖也說順道兒、順腳。

【順民】shùnmín ㄕㄨㄣˋ ㄇㄧㄣˊ 指歸附外族侵略者或歸附改朝換代後的新統治者的人(貶義)。

【順勢】shùnshì ㄕㄨㄣˋ ㄕˋ ❶順着情勢；趁勢：見有人先退場，他也順勢離去。❷順便；趁便：做午飯的時候順勢多加了一碗米，晚飯就不用做了。

【順手】shùnshǒu ㄕㄨㄣˋ ㄕㄡˇ (順手兒) ❶做事沒有遇到阻礙；順利：事情辦得相當順手｜開始試驗不很順手，也是很自然的。❷很輕易地一伸手；隨手：他順手從水裏撈上一顆菱角來。❸順便；捎帶着：院子掃完了，順手兒也把屋子掃一掃。

【順手牽羊】shùn shǒu qiān yáng ㄕㄨㄣˋ ㄕㄡˇ ㄑㄧㄢ ㄧㄤˊ 比喻順便拿走人家的東西。

【順水】shùn//shuǐ ㄕㄨㄣˋ//ㄕㄨㄟˇ 行駛的方向跟水流方向一致(跟'逆水'相對)：順水而下｜順水推舟。

【順水人情】shùn shuǐ rénqíng ㄕㄨㄣˋ ㄕㄨㄟˇ ㄖㄣˊ ㄑㄧㄥˊ 不費力的人情；順便給人的好處。

【順水推舟】shùn shuǐ tuī zhōu ㄕㄨㄣˋ ㄕㄨㄟˇ ㄊㄨㄟ ㄓㄡ 比喻順應趨勢辦事。

【順遂】shùnsuì ㄕㄨㄣˋ ㄙㄨㄟˋ 事情進行順利，合乎心意：諸事順遂。

【順藤摸瓜】shùn téng mō guā ㄕㄨㄣˋ ㄊㄥˊ ㄇㄛ ㄍㄨㄚ 比喻沿着發現的綫索追究根底。

【順心】shùn//xīn ㄕㄨㄣˋ//ㄒㄧㄣ 合乎心意：諸事順心。

【順序】shùnxù ㄕㄨㄣˋ ㄒㄩˋ ❶次序：順序紊亂｜順序顛倒。❷順着次序：順序前進｜順序退場。

【順延】shùnyán ㄕㄨㄣˋ ㄧㄢˊ 順着次序向後延期：划船比賽定於7月9日舉行，遇雨順延。

【順眼】shùnyǎn ㄕㄨㄣˋ ㄧㄢˇ 看着舒服：這身打扮，叫人看着不順眼。

【順意】shùn//yì ㄕㄨㄣˋ//ㄧˋ 順心；如意：他遇到了不順意的事｜做甚麼事都得順他的意。

【順應】shùnyìng ㄕㄨㄣˋ ㄧㄥˋ 順從；適應：順應歷史發展潮流。

【順治】Shùnzhì ㄕㄨㄣˋ ㄓˋ 清世祖(愛新覺羅福臨) 年號(公元1644－1661)。

【順嘴】shùnzuǐ ㄕㄨㄣˋ ㄗㄨㄟˇ (順嘴兒) 順口①②。

舜 Shùn ㄕㄨㄣˋ 傳説中上古帝王名。

瞬 shùn ㄕㄨㄣˋ 眼珠兒一動；一眨眼：轉瞬｜瞬間｜瞬將結束｜一瞬即逝。

【瞬間】shùnjiān ㄕㄨㄣˋ ㄐㄧㄢ 轉眼之間：飛機飛上天空，瞬間即逝。

【瞬時】shùnshí ㄕㄨㄣˋ ㄕˊ 一瞬間。

【瞬息】shùnxī ㄕㄨㄣˋ ㄒㄧ 一眨眼一呼吸的短時間：一顆流星劃過天空，瞬息便消失了。

【瞬息萬變】shùnxī wàn biàn ㄕㄨㄣˋ ㄒㄧ ㄨㄢˋ ㄅㄧㄢˋ 形容極短的時間內變化快而多。

shuō (ㄕㄨㄛ)

説(说) shuō ㄕㄨㄛ ❶用話來表達意思：我不會唱歌，只説了個笑話。❷解釋：一説就明白。❸言論；主張：學説｜著書立説｜有此一説。❹責備；批評：捱説了｜爸爸説了他幾句。❺指説合；介紹：説婆家。❻意思上指：他這段話是説誰呢？

另見1077頁 shuì；1415頁 yuè。

【説白】shuōbái ㄕㄨㄛ ㄅㄞˊ 戲曲、歌劇中除唱詞部分以外的台詞。

【説部】shuōbù ㄕㄨㄛ ㄅㄨˋ 舊指小説以及關於逸聞、瑣事之類的著作。

【説不得】shuō·bu·de ㄕㄨㄛ ·ㄅㄨ ·ㄉㄜ ❶不能説；説不出口：她罵得太難聽了，説不得。❷無從説起：他家的家務矛盾，説不得。❸〈方〉沒有甚麼話可説：説不得，只好親自走一趟。

【説不過去】shuō ·bu guòqù ㄕㄨㄛ ·ㄅㄨ ㄍㄨㄛˋ ㄑㄩˋ 指不合情理；無法交代：你這樣對待人家，太説不過去了。

【説不來】shuō ·bu lái ㄕㄨㄛ ·ㄅㄨ ㄌㄞˊ ❶雙方思想感情不合，談不到一起。❷〈方〉不會説。

【説不上】shuō ·bu shàng ㄕㄨㄛ ·ㄅㄨ ㄕㄤˋ ❶因了解不夠、認識不清而不能具體地説出來：他也説不上是鄉間美呢，還是城市美｜他也説不上到農場去的路怎麼走。❷因不成理由或不可靠而無須提到或不值得提：你這些話都説不上｜這都是封建統治者捏造的話，説不上甚麼史料價值。

【説長道短】shuō cháng dào duǎn ㄕㄨㄛ ㄔㄤˊ ㄉㄠˋ ㄉㄨㄢˇ 評論別人的好壞是非。

【説唱】shuōchàng ㄕㄨㄛ ㄔㄤˋ 指有説有唱的曲藝，如大鼓、相聲、彈詞等。

【説唱文學】shuōchàng wénxué ㄕㄨㄛ ㄔㄤˋ ㄨㄣˊ ㄒㄩㄝˊ 韵文散文兼用，可以連講帶唱的文藝形式，如古代的變文和諸宮調，現代的評彈和大鼓。也叫講唱文學。

【説穿】shuōchuān ㄕㄨㄛ ㄔㄨㄢ 用話揭露；説破(真相)：他的心事被老伴兒説穿了。

【説辭】shuō·cí ㄕㄨㄛ ·ㄘˊ 辯解或推託的理由：不妨把事兒挑明了，看他還有甚麼説辭。

【説道】shuōdào ㄕㄨㄛ ㄉㄠˋ 説(小説中多用來直接引進人物説的話)：校長説道，'應該這麼辦！'

【説…道…】shuō…dào… ㄕㄨㄛ…ㄉㄠˋ… 分別嵌用相對或相類的形容詞、數詞等表示各種性質的説話：説長道短｜説三道四｜説黑道白(任意評論)｜説東道西(盡情談論各種事物)｜説親道熱(説親近話)｜説千道萬(話説得很多)。

【説道】shuō·dao ㄕㄨㄛ ·ㄉㄠ 〈方〉❶用話表達：你把剛才講的在會上説道説道，讓大家討論討論。❷商量；談論：我跟他説道説道再作決定。❸(説道兒)名堂；道理：他為甚麼突然改變主意，這裏頭肯定有説道。

【説得過去】shuō ·de guòqù ㄕㄨㄛ ·ㄉㄜ ㄍㄨㄛˋ ㄑㄩˋ 大體上合乎情理；還能令人滿意：情面上説得過去｜這個活兒我做得還説得過去吧。

【説得來】shuō ·de lái ㄕㄨㄛ ·ㄉㄜ ㄌㄞˊ ❶雙方思想感情相近，能談到一塊兒：找一個跟他説得來的人去動員他。❷〈方〉會説。

【説法】shuōfǎ ㄕㄨㄛ ㄈㄚˇ 講解佛法。

【説法】shuō·fa ㄕㄨㄛ ·ㄈㄚ ❶措辭：改換一個説法｜一個意思可以有兩種説法。❷意見；見解：'後來居上'是一種鼓舞人向前看的説法。

【説服】shuō∥fú ㄕㄨㄛ∥ㄈㄨˊ 用理由充分的話使對方心服：只是這麼幾句話，説服不了人。

【説合】shuō·he ㄕㄨㄛ ·ㄏㄜ ❶從中介紹，促成別人的事；把兩方面説到一塊兒：説合人｜説合親事。❷商議；商量。❸説和。

【説和】shuō·he ㄕㄨㄛ ·ㄏㄜ 調解雙方的爭執；勸説使和解：你去給他們説和説和。

【説話】shuō∥huà ㄕㄨㄛ∥ㄏㄨㄚˋ ❶用語言表達意思：這人不愛説話兒｜不要説話｜老鄉感動得説不出話來。❷(説話兒)閑談：找他説話兒去｜説了半天話兒。❸指責；非議：要把事情做好，否則人家要説話了。

【説話】shuōhuà ㄕㄨㄛ ㄏㄨㄚˋ ❶説話的一會兒時間，比喻時間相當短：你稍等一等，我説話就來。❷〈方〉話：他這句説話很有道理。❸唐宋時代的一種民間技藝，以講述故事為主，跟現在的説書相同。

【説謊】shuō∥huǎng ㄕㄨㄛ∥ㄏㄨㄤˇ 有意説不真實的話。

【説教】shuōjiào ㄕㄨㄛ ㄐㄧㄠˋ ❶宗教信徒宣傳教義。❷比喻生硬地、機械地空談理論。

【説開】shuōkāi ㄕㄨㄛ ㄎㄞ ❶説明白；解釋明白：你索性把事情的原委跟他説開了，免得他猜疑。❷(某一詞語)普遍流行起來：這個詞兒已經説開了，大家也都這麼用了。

【説客】shuōkè ㄕㄨㄛ ㄎㄜˋ (舊讀 shuìkè ㄕㄨㄟˋ ㄎㄜˋ)❶善於勸説的人。❷替別人做勸説工作的人(含貶義)。

【説口】shuō·kou ㄕㄨㄛ ·ㄎㄡ 二人轉等曲藝中指

演員上場後的一段説白。

【説理】shuō∥lǐ ㄕㄨㄛ∥ㄌㄧˇ ❶説明道理：説理的文章｜咱們找他説理去。❷講理；不蠻橫（多用於否定式）：你這個人説理不説理？

【説媒】shuō∥méi ㄕㄨㄛ∥ㄇㄟˊ 指給人介紹婚姻。

【説明】shuōmíng ㄕㄨㄛ ㄇㄧㄥˊ ❶解釋明白：説明原因｜説明問題。❷解釋意義的話：圖片下邊附有説明。❸證明：事實充分説明這種做法是正確的。

【説明書】shuōmíngshū ㄕㄨㄛ ㄇㄧㄥˊ ㄕㄨ 關於物品的用途、規格、性能和使用法以及戲劇、電影情節等的文字説明。

【説明文】shuōmíngwén ㄕㄨㄛ ㄇㄧㄥˊ ㄨㄣˊ 説明事物的情況或道理的文章。

【説破】shuōpò ㄕㄨㄛ ㄆㄛˋ 把隱秘的意思或事情説出來：這是變戲法兒，一説破就沒意思了。

【説親】shuō∥qīn ㄕㄨㄛ∥ㄑㄧㄣ 説媒。

【説情】shuō∥qíng ㄕㄨㄛ∥ㄑㄧㄥˊ （説情兒）代人請求寬恕；給別人講情：託人説情｜你幫我説個情。

【説書】shuō∥shū ㄕㄨㄛ∥ㄕㄨ 表演評書、評話、彈詞等。

【説頭兒】shuō·tour ㄕㄨㄛ ·ㄊㄡㄦ ❶可談之處：這件事還有個説頭兒。❷辯解的理由：不管怎樣，你總有你的説頭兒。

【説戲】shuō∥xì ㄕㄨㄛ∥ㄒㄧˋ （導演等）給演員解説劇情或做示範動作。

【説閑話】shuō xiánhuà ㄕㄨㄛ ㄒㄧㄢˊ ㄏㄨㄚˋ ❶從旁説諷刺或不滿意的話：有意見當面提，別在背後説閑話。❷（説閑話兒）閑談。

【説項】shuōxiàng ㄕㄨㄛ ㄒㄧㄤˋ 唐代項斯被楊敬之看重，敬之贈詩有'平生不解藏人善，到處逢人説項斯'的句子，後世指為人説好話，替人講情。

【説笑】shuōxiào ㄕㄨㄛ ㄒㄧㄠˋ 連説帶笑；又説又笑：院子裏的人，談心的談心，説笑的説笑｜她的性格很活潑，愛蹦蹦跳跳，説説笑笑。

【説笑話】shuō xiào·hua ㄕㄨㄛ ㄒㄧㄠˋ·ㄏㄨㄚ（説笑話兒）❶講引人發笑的話或故事。❷用言語跟人開玩笑：他是在跟你説笑話，你怎麼就當真了呢？

【説一不二】shuō yī bù èr ㄕㄨㄛ ㄧ ㄅㄨˋ ㄦˋ 形容説話算數。

【説嘴】shuōzuǐ ㄕㄨㄛ ㄗㄨㄟˇ ❶自誇；吹牛：誰也別説嘴，咱們倆來比一比。❷〈方〉爭辯：他好和人説嘴，時常爭得面紅耳赤。

shuò（ㄕㄨㄛˋ）

妁 shuò ㄕㄨㄛˋ 見783頁〖媒妁〗。

朔1 shuò ㄕㄨㄛˋ ❶農曆每月初一，月球運行到太陽和地球之間，跟太陽同時出沒，地球上看不到月光，這種月相叫朔，這時的月亮叫新月。❷朔日：朔望。

朔2 shuò ㄕㄨㄛˋ 北（方）：朔方｜朔風。

【朔方】shuòfāng ㄕㄨㄛˋ ㄈㄤ〈書〉北方。

【朔風】shuòfēng ㄕㄨㄛˋ ㄈㄥ〈書〉北風：朔風凜冽。

【朔日】shuòrì ㄕㄨㄛˋ ㄖˋ 農曆每月初一。

【朔望】shuòwàng ㄕㄨㄛˋ ㄨㄤˋ 朔日和望日。

【朔望月】shuòwàngyuè ㄕㄨㄛˋ ㄨㄤˋ ㄩㄝˋ 月亮連續兩次呈現同樣的月相所經歷的時間。一個朔望月等於29天12小時44分2.8秒。陰曆一個月的天數為29天或30天，就是根據朔望月制定的。

【朔月】shuòyuè ㄕㄨㄛˋ ㄩㄝˋ 見1274頁〖新月〗。

矟 shuò ㄕㄨㄛˋ〈書〉同'槊'。

搠 shuò ㄕㄨㄛˋ 刺；扎（多見於早期白話）。

蒴〔蒴〕 shuò ㄕㄨㄛˋ 蒴果：芝麻蒴。

【蒴果】shuòguǒ ㄕㄨㄛˋ ㄍㄨㄛˇ 乾果的一種，由兩個以上的心皮構成，內含許多種子，成熟後裂開，如芝麻、百合、鳳仙花等的果實。

碩（硕） shuò ㄕㄨㄛˋ 大：碩大｜豐碩。

【碩大】shuòdà ㄕㄨㄛˋ ㄉㄚˋ 非常大；巨大：碩大無朋｜碩大的身軀。

【碩大無朋】shuò dà wú péng ㄕㄨㄛˋ ㄉㄚˋ ㄨˊ ㄆㄥˊ 形容無比的大：整個地球可以想像為一塊碩大無朋的磁石（朋：比）。

【碩果】shuòguǒ ㄕㄨㄛˋ ㄍㄨㄛˇ 大的果實，比喻巨大的成績：結碩果｜碩果纍纍。

【碩果僅存】shuòguǒ jǐn cún ㄕㄨㄛˋ ㄍㄨㄛˇ ㄐㄧㄣˇ ㄘㄨㄣˊ 比喻經過淘汰，留存下的稀少可貴的人或物。

【碩士】shuòshì ㄕㄨㄛˋ ㄕˋ 學位的一級。大學畢業生在研究機關或高等學校學習一、二年以上，成績合格者，即可授予。

槊 shuò ㄕㄨㄛˋ 古代兵器，桿兒比較長的矛。

數（数） shuò ㄕㄨㄛˋ〈書〉屢次：頻數｜數見不鮮。

另見1065頁 shǔ；1067頁 shù。

【數見不鮮】shuò jiàn bù xiān ㄕㄨㄛˋ ㄐㄧㄢˋ ㄅㄨˋ ㄒㄧㄢ 經常看見，並不新奇。也説屢見不鮮。

爍（烁） shuò ㄕㄨㄛˋ 光亮的樣子：閃爍。

【爍爍】shuòshuò ㄕㄨㄛˋ ㄕㄨㄛˋ （光芒）閃爍：繁星爍爍。

鑠[1] **(铄)** shuò ㄕㄨㄛˋ〈書〉❶熔化(金屬)：鑠石流金。❷耗損；削弱。

鑠[2] **(铄)** shuò ㄕㄨㄛˋ 同'爍'。

【鑠石流金】shuò shí liú jīn ㄕㄨㄛˋ ㄕˊ ㄌㄧㄡˊ ㄐㄧㄣ 見739頁〖流金鑠石〗。

sī (ㄙ)

ㄙ sī ㄙ 〈書〉同'私'。

司 sī ㄙ ❶主持；操作；經營：司機｜司爐｜各司其事。❷中央部一級機關裏的一個部門：人事司｜外交部禮賓司。❸(Sī)姓。

【司鐸】sīduó ㄙ ㄉㄨㄛˊ 見1019頁〖神甫〗。

【司法】sīfǎ ㄙ ㄈㄚˇ 指檢察機關或法院依照法律對民事、刑事案件進行偵查、審判。

【司號員】sīhàoyuán ㄙ ㄏㄠˋ ㄩㄢˊ 軍隊中負責使用軍號進行通信聯絡的士兵。

【司機】sījī ㄙ ㄐㄧ 火車、汽車、電車等交通運輸工具上的駕駛員。

【司空】Sīkōng ㄙ ㄎㄨㄥ 姓。

【司空見慣】sīkōng jiàn guàn ㄙ ㄎㄨㄥ ㄐㄧㄢˋ ㄍㄨㄢˋ 相傳唐代司空(古代中央政府中掌管工程的長官)李紳請卸任和州刺史(古代一州的行政長官)劉禹錫喝酒，席上叫歌伎勸酒。劉作詩：'鬌髻(wǒtuǒ)梳頭宮様妝，春風一曲杜韋娘，司空見慣渾閑事，斷盡江南刺史腸。'(見唐代孟棨《本事詩》)現在用司空見慣表示，看慣了就不覺得奇怪。

【司寇】Sīkòu ㄙ ㄎㄡˋ 姓。

【司庫】sīkù ㄙ ㄎㄨˋ 經管財務，也指團體中做這種工作的人。

【司令】sīlìng ㄙ ㄌㄧㄥˋ ❶某些國家軍隊中主管軍事的人。❷中國人民解放軍的司令員習慣上也稱作司令。

【司令員】sīlìngyuán ㄙ ㄌㄧㄥˋ ㄩㄢˊ 中國人民解放軍中負責軍事工作的高級指揮人員，如軍區司令員，兵團司令員。

【司爐】sīlú ㄙ ㄌㄨˊ 燒鍋爐的工人(多指火車機車上的)。

【司馬】Sīmǎ ㄙ ㄇㄚˇ 姓。

【司馬昭之心，路人皆知】Sīmǎ Zhāo zhī xīn, lùrénjiē zhī ㄙ ㄇㄚˇ ㄓㄠ ㄓ ㄒㄧㄣ,ㄌㄨˋ ㄖㄣˊ ㄐㄧㄝ ㄓ《三國志·魏書·高貴鄉公傳》註引《漢晉春秋》，魏帝曹髦在位時，大將軍司馬昭專權，圖謀奪取帝位。一次曹髦氣憤地對大臣説：'司馬昭之心，路人所知也。'後來用'司馬昭之心，路人皆知'指野心非常明顯，人所共知。

【司南】sīnán ㄙ ㄋㄢˊ 我國古代辨別方向用的一種儀器。用天然磁鐵礦石琢成一個勺形的東西，放在一個光滑的盤上，盤上刻着方位，利用磁鐵指南的作用，可以辨別方向。是現在所用指南針的始祖。

【司徒】Sītú ㄙ ㄊㄨˊ 姓。

【司務長】sīwùzhǎng ㄙ ㄨˋ ㄓㄤˇ 連隊中主管裝備、物資、經費、伙食等後勤工作的幹部。

【司藥】sīyào ㄙ ㄧㄠˋ 醫院藥房裏負責按處方配藥、發藥的人。

【司儀】sīyí ㄙ ㄧˊ 舉行典禮或召開大會時報告進行程序的人。

私 sī ㄙ ❶屬於個人的或為了個人的(跟'公'相對)：私事｜私信｜私有財產。❷自私(跟'公'相對)：私心｜大公無私。❸暗地裏；私下：竊竊私語。❹秘密而不合法的：私貨｜私鹽｜私通。

【私奔】sībēn ㄙ ㄅㄣ 舊時指女子私自投奔所愛的人，或跟他一起逃走。

【私弊】sībì ㄙ ㄅㄧˋ 營私舞弊的事情：杜絕私弊。

【私產】sīchǎn ㄙ ㄔㄢˇ 私有財產。

【私娼】sīchāng ㄙ ㄔㄤ 暗娼。

【私仇】sīchóu ㄙ ㄔㄡˊ 因個人利害關係而產生的仇恨：報私仇。

【私黨】sīdǎng ㄙ ㄉㄤˇ 私自糾合的宗派集團，也指這種集團的成員。

【私德】sīdé ㄙ ㄉㄜˊ 在私人生活上所表現的道德品質：私德失檢。

【私邸】sīdǐ ㄙ ㄉㄧˇ 高級官員私人所置的住所(區別於'官邸')。

【私第】sīdì ㄙ ㄉㄧˋ 私宅；私邸。

【私法】sīfǎ ㄙ ㄈㄚˇ 西方法學中指保護私人利益的法律，如民法、商法等(區別於'公法')。

【私方】sīfāng ㄙ ㄈㄤ 指公私合營企業中私人的一方(跟'公方'相對)：私方代表。

【私房】sī·fang ㄙ ·ㄈㄤ ❶家庭成員個人積蓄的(財物)：私房錢。❷不願讓外人知道的：私房話。

【私訪】sīfǎng ㄙ ㄈㄤˇ 指官吏等隱瞞身份到民間調查：微服私訪。

【私憤】sīfèn ㄙ ㄈㄣˋ 因個人利害關係而產生的憤恨：泄私憤。

【私股】sīgǔ ㄙ ㄍㄨˇ 公私合營的工商企業中，私人所有的股份。

【私話】sīhuà ㄙ ㄏㄨㄚˋ 不讓外人知道的話：這是咱們的私話，你別往外説。

【私活】sīhuó ㄙ ㄏㄨㄛˊ (私活兒)公務人員、集體成員所做的與公務或集體無關的活兒：幹私活｜攬私活。

【私貨】sīhuò ㄙ ㄏㄨㄛˋ 違法販運的貨物：偷運私貨◇文章在漂亮的言詞掩蓋下，塞進了不少宣揚自己的私貨。

【私見】sījiàn ㄙ ㄐㄧㄢˋ ❶個人的成見或偏見：不存私見｜克服私見。❷個人的見解：以上私見，僅供參考。

【私交】sījiāo ㄙ ㄐㄧㄠ 私人之間的交情：兩人素無私交｜他們在學術上時常公開爭論，但私交很好。

【私立】sīlì ㄙ ㄌㄧˋ ❶私人設立(用於學校、醫院等)。❷私人設立的：私立學校。

【私利】sīlì ㄙ ㄌㄧˋ 私人方面的利益：不謀私利。

【私了】sīliǎo ㄙ ㄌㄧㄠˇ 不經過司法手續而私下了結(跟'公了'相對)。

【私囊】sīnáng ㄙ ㄋㄤˊ 私人的錢袋：中飽私囊。

【私念】sīniàn ㄙ ㄋㄧㄢˋ 私心雜念：摒除私念。

【私情】sīqíng ㄙ ㄑㄧㄥˊ ❶私人的交情：不徇私情。❷指男女情愛的事(多指不正當的)。

【私人】sīrén ㄙ ㄖㄣˊ ❶屬於個人或以個人身份從事的；非公家的：私人企業｜私人資本｜私人秘書｜以前這個小城市裏只有一所私人辦的中學。❷個人和個人之間的：私人關係｜私人感情。❸因私交、私利而依附於自己的人：濫用私人。

【私商】sīshāng ㄙ ㄕㄤ 用私人資本經營的商店，也指這類商人。

【私生活】sīshēnghuó ㄙ ㄕㄥ ㄏㄨㄛˊ 個人生活(主要指日常生活中所表現的品質、作風)。

【私生子】sīshēngzǐ ㄙ ㄕㄥ ㄗˇ 非夫妻關係的男女所生的子女。

【私事】sīshì ㄙ ㄕˋ 個人的事(區別於'公事')：這是我的私事，與別人無關。

【私淑】sīshū ㄙ ㄕㄨ 〈書〉未能親自受業但敬仰其學術並尊之為師：私淑弟子(未親自受業的弟子)。

【私塾】sīshú ㄙ ㄕㄨˊ 舊時家庭、宗族或教師自己設立的教學處所，一般只有一個教師，採用個別教學法，沒有一定的教材和學習年限：讀私塾｜私塾先生。

【私通】sītōng ㄙ ㄊㄨㄥ ❶私下勾結：私通敵寇。❷通姦。

【私圖】sītú ㄙ ㄊㄨˊ 〈書〉個人的圖謀；企圖(含貶義)。

【私吞】sītūn ㄙ ㄊㄨㄣ 私自侵吞：私吞公款。

【私下】sīxià ㄙ ㄒㄧㄚˋ ❶背地裏：私下商議。❷自己進行，不通過有關部門或群眾的：私下調解。‖也說私下裏。

【私梟】sīxiāo ㄙ ㄒㄧㄠ 舊時指私販食鹽的人。現泛指走私或販毒的人。

【私心】sīxīn ㄙ ㄒㄧㄣ ❶個人心裏；內心：他公而忘私的精神，使我私心非常佩服。❷為自己打算的念頭：私心雜念｜他私心太重。

【私刑】sīxíng ㄙ ㄒㄧㄥˊ 指不按照法律程序加給人的刑罰。

【私蓄】sīxù ㄙ ㄒㄩˋ 個人的積蓄：動用私蓄。

【私學】sīxué ㄙ ㄒㄩㄝˊ 私人創辦的學校。

【私營】sīyíng ㄙ ㄧㄥˊ 私人經營：私營企業。

【私有】sīyǒu ㄙ ㄧㄡˇ 私人所有：私有財產。

【私有制】sīyǒuzhì ㄙ ㄧㄡˇ ㄓˋ 生產資料歸私人所有的制度，隨着生產力的發展，剩餘產品的出現和原始公社的瓦解而產生，是產生階級和剝削的基礎。

【私語】sīyǔ ㄙ ㄩˇ ❶低聲說話：竊竊私語。❷私下說的話。

【私慾】sīyù ㄙ ㄩˋ 指個人的慾望：貪求私慾。

【私章】sīzhāng ㄙ ㄓㄤ 刻有個人姓名，代表個人身份的印章(區別於'公章')。

【私衷】sīzhōng ㄙ ㄓㄨㄥ 〈書〉個人內心的真實想法。

【私自】sīzì ㄙ ㄗˋ 背着組織或有關的人，自己(做不合乎規章制度的事)：私自逃跑｜這是公物，不能私自拿走。

思 sī ㄙ ❶思考；想①：多思｜深思｜尋思｜前思後想。❷思念；懷念；想念：思家｜思親｜相思。❸希望；想③：思歸｜窮則思變。❹思路：文思。❺(Sī)姓。

另見985頁 sāi。

【思辨】sībiàn ㄙ ㄅㄧㄢˋ ❶哲學上指運用邏輯推導而進行純理論、純概念的思考。❷思考辨析：思辨能力。也作思辯。

【思辯】sībiàn ㄙ ㄅㄧㄢˋ 同'思辨'。

【思潮】sīcháo ㄙ ㄔㄠˊ ❶某一時期內在某一階級或階層中反映當時社會政治情況而有較大影響的思想潮流：文藝思潮。❷接二連三的思想活動：思潮起伏｜思潮澎湃。

【思春】sīchūn ㄙ ㄔㄨㄣ 懷春。

【思忖】sīcǔn ㄙ ㄘㄨㄣˇ 〈書〉思量①。

【思凡】sīfán ㄙ ㄈㄢˊ 神話小說中仙人想到人間來生活。也指僧尼等厭惡宗教生活，想過世俗生活。

【思古】sīgǔ ㄙ ㄍㄨˇ 懷念往昔；懷古：發思古之幽情。

【思舊】sījiù ㄙ ㄐㄧㄡˋ 懷念舊友；懷舊。

【思考】sīkǎo ㄙ ㄎㄠˇ 進行比較深刻、周到的思維活動：獨立思考｜思考問題。

【思戀】sīliàn ㄙ ㄌㄧㄢˋ 思念；懷戀：思戀故鄉。

【思量】sī·liang ㄙ ·ㄌㄧㄤ ❶考慮：這件事你還得好好思量思量。❷〈方〉想念；記挂：大家正思量你呢！

【思路】sīlù ㄙ ㄌㄨˋ 思考的綫索：別打斷他的思路｜他越寫越興奮，思路也越來越清晰。

【思慮】sīlǜ ㄙ ㄌㄩˋ 思索考慮：思慮周到。

【思摸】sī·mo ㄙ ·ㄇㄛ 想；考慮：我思摸了好幾天，覺得這事還是非辦不可。

【思謀】sīmóu ㄙ ㄇㄡˊ 思索；考慮。

【思慕】sīmù ㄙ ㄇㄨˋ 思念(自己敬仰的人)。

【思念】sīniàn ㄙ ㄋㄧㄢˋ 想念：思念親人｜思念故土。

【思前想後】sī qián xiǎng hòu ㄙ ㄑㄧㄢˊ ㄒㄧㄤˇ ㄏㄡˋ 形容前前後後地反復思考。

【思索】sīsuǒ ㄙ ㄙㄨㄛˇ 思考探求：思索問題｜用心思索。

【思惟】sīwéi ㄙ ㄨㄟˊ 同'思維'。

【思維】sīwéi ㄙ ㄨㄟˊ ❶在表象、概念的基礎上進行分析、綜合、判斷、推理等認識活動的過程。思維是人類特有的一種精神活動，是從社會實踐中產生的。❷進行思維活動：再三思維。‖也作思惟。

【思鄉】sī∥xiāng ㄙ∥ㄒㄧㄤ 想念家鄉。

【思想】sīxiǎng ㄙ ㄒㄧㄤˇ ❶客觀存在反映在人的意識中經過思維活動而產生的結果。思想的內容為社會制度的性質和人們的物質生活條件所決定，在階級社會中，思想具有明顯的階級性。❷念頭；想法：她早有去農村參加農業生產的思想。❸思量。

【思想家】sīxiǎngjiā ㄙ ㄒㄧㄤˇ ㄐㄧㄚ 對客觀現實的認識有獨創見解並能自成體系的人。

【思想體系】sīxiǎng tǐxì ㄙ ㄒㄧㄤˇ ㄊㄧˇ ㄒㄧˋ ❶成體系的思想。❷意識形態。

【思想性】sīxiǎngxìng ㄙ ㄒㄧㄤˇ ㄒㄧㄥˋ 文藝作品或其他著作中所表現的政治傾向，政治標準是衡量作品思想性的依據。

【思緒】sīxù ㄙ ㄒㄩˋ ❶思想的頭緒；思路：思緒萬千｜思緒紛亂。❷情緒：思緒不寧。

【思議】sīyì ㄙ ㄧˋ 想像和理解：不可思議。

虒 sī ㄙ 虒亭(Sītíng ㄙ ㄊㄧㄥˊ)，地名，在山西。

偲 sī ㄙ ［偲偲］〈書〉相互切磋，互相督促。另見103頁 cāi。

斯 sī ㄙ ❶〈書〉這；此；這個；這裏：斯人｜斯時｜生於斯，長於斯｜以至於斯。❷〈書〉於是；就。❸(Sī)姓。

【斯拉夫人】Sīlāfūrén ㄙ ㄌㄚ ㄈㄨ ㄖㄣˊ 說印歐語系斯拉夫語族語言的各民族的統稱。主要分佈在歐洲東部，部分散居在西伯利亞和美洲。

【斯文】sīwén ㄙ ㄨㄣˊ 〈書〉指文化或文人：敬重斯文｜斯文掃地。

【斯文】sī·wen ㄙ ·ㄨㄣ 文雅：他說話挺斯文的｜斯斯文文地坐着。

【斯文掃地】sīwén sǎo dì ㄙ ㄨㄣˊ ㄙㄠˇ ㄉㄧˋ 指文化或文人不受尊重或文人自甘墮落。

絲(丝) sī ㄙ ❶蠶絲。❷(絲兒)像絲的物品：鐵絲｜鋼絲｜蜘蛛絲｜蘿蔔絲兒。❸(某些計量單位的)萬分之一：絲米。❹計量單位名稱。a)長度，10忽等於1絲，10絲等於1毫。通稱1忽米為1絲。b)重量，10忽等於1絲，10絲等於1毫。❺極少或極小的量：一絲不差｜一絲風也沒有。

【絲包綫】sībāoxiàn ㄙ ㄅㄠ ㄒㄧㄢˋ 用絲纏繞着做絕緣層的金屬導綫，多用來繞製電機和電訊裝置中的綫圈。

【絲綢】sīchóu ㄙ ㄔㄡˊ 用蠶絲或人造絲織成的紡織品的總稱。

【絲糕】sīgāo ㄙ ㄍㄠ 小米麪、玉米麪等加水攪拌發酵後蒸成的鬆軟的食品。

【絲瓜】sīguā ㄙ ㄍㄨㄚ ❶一年生草本植物，莖蔓生，葉子通常三至七裂，花單性，黃色。果實長形，嫩時可供食用，成熟後肉多網狀纖維，叫做絲瓜絡(luò)，可入藥。❷這種植物的果實。

【絲光】sīguāng ㄙ ㄍㄨㄤ 棉織品在低溫和绷緊的情況下，用濃氫氧化鈉溶液浸漬，由於纖維結構發生變化，表面產生像絲一樣的光彩，稱為絲光：絲光毛巾。

【絲毫】sīháo ㄙ ㄏㄠˊ 極小或很少；一點兒：絲毫不差。

【絲綿】sīmián ㄙ ㄇㄧㄢˊ 剝取蠶繭表面的亂絲整理而成的像棉花的東西，輕軟保溫，用來絮衣服、被子等。

【絲絨】sīróng ㄙ ㄖㄨㄥˊ 用蠶絲和人造絲為原料織成的絲織品，表面起絨毛，色澤鮮艷、光亮，質地柔軟，供製婦女服裝、帷幕、裝飾品等。

【絲絲入扣】sī sī rù kòu ㄙ ㄙ ㄖㄨˋ ㄎㄡˋ 織綢、布等時，經綫都要從扣(筘)齒間穿過，比喻做得十分細膩準確(多指文章、藝術表演等)。

【絲弦】sīxián ㄙ ㄒㄧㄢˊ ❶用絲擰成的弦。❷(絲弦兒)河北地方戲曲劇種之一，流行於石家莊一帶。

【絲綫】sīxiàn ㄙ ㄒㄧㄢˋ 用絲紡成的綫。

【絲織品】sīzhīpǐn ㄙ ㄓ ㄆㄧㄣˇ ❶用蠶絲或人造絲織成的紡織品。❷用蠶絲或人造絲編織的衣物。

【絲竹】sīzhú ㄙ ㄓㄨˊ 琴、瑟、簫、笛等樂器的總稱，'絲'指弦樂器，'竹'指管樂器。

【絲錐】sīzhuī ㄙ ㄓㄨㄟ 一種加工內螺紋的刀具，形狀像螺栓，沿軸向開有溝槽。也叫螺絲攻。

楒 sī ㄙ ［楒仔］(sīzǐ ㄙ ㄗˇ)見727頁〖淋漓柯〗。

罳 sī ㄙ 見352頁〖罘罳〗(fúsī)。

凘 sī ㄙ 〈書〉解凍時流動的冰。

撕 sī ㄙ 用手使東西(多為薄片狀的)裂開或離開附着處：把布撕成兩塊｜把書頁撕破了｜把牆上的標語撕下來。

【撕扯】sīchě ㄙ ㄔㄜˇ 撕：他一怒之下把來信撕扯成碎片◇孩子的呻吟撕扯着母親的心。

【撕毀】sīhuǐ ㄙ ㄏㄨㄟˇ ❶撕破毀掉：撕毀畫稿。❷單方面背棄共同商定的協議、條約等：撕毀合同｜撕毀協定。

【撕票】sī∥piào ㄙ∥ㄆㄧㄠˋ (撕票兒)綁票的匪徒因勒索金錢的要求沒得到滿足，把擄去的人殺死，叫做撕票。

嘶[1] sī ㄙ 〈書〉❶(馬)叫：人喊馬嘶。❷嘶啞：聲嘶力竭。

嘶[2] sī ㄙ 同'噝'。

【嘶鳴】sīmíng ㄙ ㄇㄧㄥˊ (騾、馬等)大聲叫：戰馬嘶鳴。

【嘶啞】sīyǎ ㄙ ㄧㄚˇ 聲音沙啞。

噝(咝) sī ㄙ 象聲詞，形容槍彈等在空中很快飛過的聲音：子彈噝噝噝地從頭頂上飛過。

簛 sī ㄙ [簛簩竹](sīláozhú ㄙ ㄌㄠˊ ㄓㄨˊ) 竹子的一種，稈直立，頂端下垂，節間細長，皮薄，可編製傢具等。

廝[1](厮) sī ㄙ ❶男性僕人(多見於早期白話)：小廝。❷對人輕視的稱呼(多見於早期白話)：這廝｜那廝。

廝[2](厮) sī ㄙ 互相：廝打｜廝殺｜廝混。

【廝打】sīdǎ ㄙ ㄉㄚˇ 相互扭打：拼命廝打｜兩個人在門外廝打起來。

【廝混】sīhùn ㄙ ㄏㄨㄣˋ ❶彼此生活在一起；相處(多含貶義)：他整天和那些不三不四的人廝混。❷混合；混雜：人的喊聲、馬的叫聲、槍聲廝混在一起。

【廝殺】sīshā ㄙ ㄕㄚ 相互拼殺，指戰鬥：廝殺聲｜跟敵人廝殺。

澌 sī ㄙ 〈書〉盡。

【澌滅】sīmiè ㄙ ㄇㄧㄝˋ 〈書〉消失乾淨。

緦(缌) sī ㄙ 〈書〉細麻布。

螄(蛳) sī ㄙ 見759頁〖螺螄〗。

鍶(锶) sī ㄙ 金屬元素，符號 Sr (strontium)。銀白色，質軟，燃燒時發出紅色光。用於製合金、光電管和烟火等。

颸(飔) sī ㄙ 〈書〉涼風。

鷥(鸶) sī ㄙ 見752頁〖鷺鷥〗(lùsī)。

sǐ (ㄙˇ)

死 sǐ ㄙˇ ❶(生物)失去生命(跟'生、活'相對)：死亡｜死人｜這棵樹死了◇死棋｜死火山。❷不顧生命；拼死：死戰｜死守。❸至死，表示堅決：死不認輸｜死也不鬆手。❹表示達到極點：笑死人｜高興死了｜死頑固。❺不可調和的：死敵｜死對頭。❻固定；死板；不活動：死腦筋｜死心眼｜死規矩｜死水｜開會的時間要定死。❼不能通過：死胡同｜死路一條｜把漏洞堵死。

【死板】sǐbǎn ㄙˇ ㄅㄢˇ ❶不活潑；不生動：這幅畫上的人物太死板，沒有表情。❷(辦事)不會變通；不靈活：做事情不能死板。

【死不瞑目】sǐ bù míngmù ㄙˇ ㄅㄨˋ ㄇㄧㄥˊ ㄇㄨˋ 指人死時因心裏還有牽挂，死了沒有閉上眼睛。多用來形容不達目的，決不甘休。

【死產】sǐchǎn ㄙˇ ㄔㄢˇ 胎兒在分娩過程中死亡，出生後已無心跳和呼吸。

【死黨】sǐdǎng ㄙˇ ㄉㄤˇ ❶為某人或某集團出死力的黨羽(貶義)。❷頑固的反動集團：結成死黨。

【死得其所】sǐ dé qí suǒ ㄙˇ ㄉㄜˊ ㄑㄧˊ ㄙㄨㄛˇ 形容死得有意義、有價值(所：處所，地方)：一個人為人民利益而死就是死得其所。

【死敵】sǐdí ㄙˇ ㄉㄧˊ 無論如何也不可調和的敵人。

【死地】sǐdì ㄙˇ ㄉㄧˋ 無法生存的境地；絕境：置人於死地｜置之死地而後快(恨不得把人弄死才痛快)。

【死點】sǐdiǎn ㄙˇ ㄉㄧㄢˇ 機器中的活塞在汽缸內做往復運動時最左和最右(或最上和最下)的位置，叫做死點。處於死點時曲柄不能轉動，而需要依靠飛輪的慣性使它通過死點，維持機器的連續運轉。

【死對頭】sǐduì·tou ㄙˇ ㄉㄨㄟˋ ·ㄊㄡ 無論如何也不能和解的仇敵。

【死鬼】sǐguǐ ㄙˇ ㄍㄨㄟˇ ❶鬼(多用於罵人或開玩笑)。❷指死去了的人。

【死耗】sǐhào ㄙˇ ㄏㄠˋ 人死亡的消息；死訊。

【死胡同】sǐhútòng ㄙˇ ㄏㄨˊ ㄊㄨㄥˋ (死胡同兒)走不通的胡同，比喻絕路。

【死緩】sǐhuǎn ㄙˇ ㄏㄨㄢˇ '判處死刑、緩期二年執行'的簡稱。到期後，根據罪犯在死緩期的悔改表現，決定執行死刑或減刑。

【死灰】sǐhuī ㄙˇ ㄏㄨㄟ 熄滅的火灰：心如死灰(形容心灰意懶)。

【死灰復燃】sǐhuī fù rán ㄙˇ ㄏㄨㄟ ㄈㄨˋ ㄖㄢˊ 比喻已經停息的事物又重新活動起來(多指壞事)。

【死活】sǐhuó ㄙˇ ㄏㄨㄛˊ ❶活得下去活不下去(用於否定句)：這種做法簡直是不顧別人的死活。❷無論如何：叫他別去，他死活要去｜我勸了他半天，他死活不答應。

【死火山】sǐhuǒshān ㄙˇ ㄏㄨㄛˇ ㄕㄢ 在人類歷史記載中沒有噴發過的火山。

【死記】sǐjì ㄙˇ ㄐㄧˋ 強行記住；死板地記憶：死記硬背。

【死寂】sǐjì ㄙˇ ㄐㄧˋ 非常寂靜；沒有一點聲音：夜深了，山谷裏一片死寂。

【死角】sǐjiǎo ㄙˇ ㄐㄧㄠˇ ❶軍事上指在火器射程之內而射擊不到的地方。也指在視力範圍內而觀察不到的地方。❷比喻運動、潮流、風氣等尚未影響到的地方：計劃生育的意義要宣傳到各家各戶，不要留死角。
【死校】sǐjiào ㄙˇ ㄐㄧㄠˋ 按照原稿校對，只對原稿負責，叫死校（區別於'活校'）。
【死結】sǐjié ㄙˇ ㄐㄧㄝˊ 不是一拉就解開的結子（區別於'活結'）。
【死節】sǐjié ㄙˇ ㄐㄧㄝˊ〈書〉為保全節操而死；殉節：為國死節。
【死勁兒】sǐjìnr ㄙˇ ㄐㄧㄣㄦˋ ❶所能使出的最大的力氣：大夥用死勁兒來拉，終於把車子拉出了泥坑。❷使出最大的力氣或集中全部注意力：死勁兒往下壓｜死勁兒盯住他。
【死局】sǐjú ㄙˇ ㄐㄩˊ 救不活的棋局。
【死扣兒】sǐkòur ㄙˇ ㄎㄡㄦˋ 死結。
【死牢】sǐláo ㄙˇ ㄌㄠˊ 關押死囚的監牢。
【死勞動】sǐláodòng ㄙˇ ㄌㄠˊ ㄉㄨㄥˋ 物化勞動。
【死老虎】sǐ lǎohǔ ㄙˇ ㄌㄠˇ ㄏㄨˇ 比喻失去威勢沒有反抗力的人（貶義）。
【死力】sǐlì ㄙˇ ㄌㄧˋ ❶最大的力量：下死力。❷使出最大的力量：死力抵抗。
【死路】sǐlù ㄙˇ ㄌㄨˋ 走不通的路。比喻毀滅的途徑。
【死麵】sǐmiàn ㄙˇ ㄇㄧㄢˋ（死麵兒）加水調和後未經發酵的麵：烙死麵餅。
【死滅】sǐmiè ㄙˇ ㄇㄧㄝˋ 滅亡；死亡。
【死命】sǐmìng ㄙˇ ㄇㄧㄥˋ ❶必然死亡的命運：制敵人於死命。❷拼命：死命掙扎。
【死難】sǐnàn ㄙˇ ㄋㄢˋ 遭難而死：死難烈士。
【死腦筋】sǐnǎojīn ㄙˇ ㄋㄠˇ ㄐㄧㄣ ❶不靈活的頭腦；陳舊的思想意識。❷指固執守舊的人。
【死皮賴臉】sǐ pí lài liǎn ㄙˇ ㄆㄧˊ ㄌㄞˋ ㄌㄧㄢˇ 形容不顧羞耻，一味糾纏。
【死期】sǐqī ㄙˇ ㄑㄧ 死亡的日期。
【死棋】sǐqí ㄙˇ ㄑㄧˊ 救不活的棋局或棋局中救不活的棋子。比喻一定失敗的局面。
【死契】sǐqì ㄙˇ ㄑㄧˋ 出賣房地產時所立的契約，上面寫明不能贖回的叫死契。
【死氣沈沈】sǐqì chénchén ㄙˇ ㄑㄧˋ ㄔㄣˊ ㄔㄣˊ 形容氣氛不活潑生動。
【死氣白賴】sǐ·qibáilài ㄙˇ ·ㄑㄧ ㄅㄞˊ ㄌㄞˋ〈方〉（死氣白賴的）糾纏個沒完。也作死乞白賴。
【死錢】sǐqián ㄙˇ ㄑㄧㄢˊ（死錢兒）❶指不能增息獲利的錢。❷指定時收入的固定數額的錢。
【死囚】sǐqiú ㄙˇ ㄑㄧㄡˊ 已經判處死刑而尚未執行的囚犯。
【死去活來】sǐ qù huó lái ㄙˇ ㄑㄩˋ ㄏㄨㄛˊ ㄌㄞˊ 死過去又醒過來。形容極度悲哀或疼痛。
【死傷】sǐshāng ㄙˇ ㄕㄤ 死亡和受傷。多指死亡和受傷的人數：死傷慘重。
【死神】sǐshén ㄙˇ ㄕㄣˊ 指掌管人死亡的神，多用作比喻：經過搶救，終於把他從死神手裏奪了回來。
【死屍】sǐshī ㄙˇ ㄕ 人的屍體。
【死守】sǐshǒu ㄙˇ ㄕㄡˇ ❶拼死守住：死守陣地。❷固執而不知變通地遵守：死守老規矩。
【死水】sǐshuǐ ㄙˇ ㄕㄨㄟˇ 不流動的池水、湖水等。常用來形容長時期沒甚麼變化的地方：那裏並不是一潭死水。
【死胎】sǐtāi ㄙˇ ㄊㄞ 在子宮內死亡的胎兒。
【死亡】sǐwáng ㄙˇ ㄨㄤˊ 失去生命（跟'生存'相對）：死亡率。
【死亡率】sǐwánglǜ ㄙˇ ㄨㄤˊ ㄌㄩˋ 每年死亡人數在總人口中所佔的比率，通常以千分之幾來表示。
【死亡綫】sǐwángxiàn ㄙˇ ㄨㄤˊ ㄒㄧㄢˋ 指危及生存的境地：在死亡綫上掙扎。
【死心】sǐ∥xīn ㄙˇ∥ㄒㄧㄣ 不再寄託希望；斷了念頭：失敗多次，他仍不死心。
【死心塌地】sǐ xīn tā dì ㄙˇ ㄒㄧㄣ ㄊㄚ ㄉㄧˋ 形容主意已定，決不改變。
【死心眼兒】sǐxīnyǎnr ㄙˇ ㄒㄧㄣ ㄧㄢㄦˇ ❶固執；想不開。❷死心眼兒的人。
【死信】[1] sǐxìn ㄙˇ ㄒㄧㄣˋ（死信兒）人死了的消息。
【死信】[2] sǐxìn ㄙˇ ㄒㄧㄣˋ 無法投遞的信件。
【死刑】sǐxíng ㄙˇ ㄒㄧㄥˊ 剝奪犯人生命的刑罰。
【死訊】sǐxùn ㄙˇ ㄒㄩㄣˋ 人死了的消息。
【死因】sǐyīn ㄙˇ ㄧㄣ 死亡的原因：查明死因。
【死硬】sǐyìng ㄙˇ ㄧㄥˋ ❶呆板；不靈活。❷頑固：死硬分子。
【死有餘辜】sǐ yǒu yú gū ㄙˇ ㄧㄡˇ ㄩˊ ㄍㄨ 雖然處以死刑，也抵償不了他的罪過。形容罪大惡極。
【死於非命】sǐ yú fēi mìng ㄙˇ ㄩˊ ㄈㄟ ㄇㄧㄥˋ 遭受意外的災禍而死亡。
【死戰】sǐzhàn ㄙˇ ㄓㄢˋ ❶關係到生死存亡的戰鬥或戰爭：決一死戰。❷拼死戰鬥：死戰到底。
【死仗】sǐzhàng ㄙˇ ㄓㄤˋ 硬仗。
【死症】sǐzhèng ㄙˇ ㄓㄥˋ 無法治好的病。
【死罪】sǐzuì ㄙˇ ㄗㄨㄟˋ ❶應該判處死刑的罪行。❷客套話，用於請罪或道歉，表示過失很重。

sì（ㄙˋ）

巳（巳）sì ㄙˋ 地支的第六位。參看368頁〖干支〗。
【巳時】sìshí ㄙˋ ㄕˊ 舊式計時法指上午九點鐘到十一點鐘的時間。
四[1] sì ㄙˋ ❶數目，三加一後所得。參看1067頁〖數字〗。❷（Sì）姓。
四[2] sì ㄙˋ 我國民族音樂音階上的一級，樂譜上用做記音符號，相當於簡譜的'6̣'。參看392頁〖工尺〗。
【四…八…】sì…bā… ㄙˋ…ㄅㄚ… 分別用在兩個意義相近的詞或詞素前面，表示各方面：四面八方｜四通八達｜四平八穩。

【四邊】sìbiān ㄙˋ ㄅㄧㄢ (四邊兒)四周：房子四邊兒圍着籬笆。

【四邊形】sìbiānxíng ㄙˋ ㄅㄧㄢ ㄒㄧㄥˊ 同一平面上的四條直綫所圍成的圖形。

【四不像】sìbùxiàng ㄙˋ ㄅㄨˋ ㄒㄧㄤˋ ❶麋鹿。❷比喻不倫不類的東西或情況。

【四部】sìbù ㄙˋ ㄅㄨˋ 我國古代把圖書按經部、史部、子部、集部劃分為四大部類，合稱四部。後因分庫儲藏，故又稱四庫。

【四出】sìchū ㄙˋ ㄔㄨ 到周圍各地：四出活動。

【四處】sìchù ㄙˋ ㄔㄨˋ 周圍各地；到處：四處奔波｜田野裏四處都是歌聲。

【四大皆空】sì dà jiē kōng ㄙˋ ㄉㄚˋ ㄐㄧㄝ ㄎㄨㄥ 佛教用語，指世界上一切都是空虛的。(印度古代認為地、水、火、風是組成宇宙的四種元素，佛教稱為四大。)

【四疊體】sìdiétǐ ㄙˋ ㄉㄧㄝˊ ㄊㄧˇ 中腦背部的四個圓形突起，是視覺和聽覺反射運動的低級中樞。(圖見831頁'腦')

【四方】[1] sìfāng ㄙˋ ㄈㄤ 東、南、西、北，泛指各處：四方響應｜奔走四方。

【四方】[2] sìfāng ㄙˋ ㄈㄤ 正方形或立方體：四方的木頭匣子｜四四方方的大臉。

【四方步】sìfāngbù ㄙˋ ㄈㄤ ㄅㄨˋ (四方步兒)悠閑的、大而慢的步子。

【四分五裂】sì fēn wǔ liè ㄙˋ ㄈㄣ ㄨˇ ㄌㄧㄝˋ 形容分散、不完整、不團結。

【四伏】sìfú ㄙˋ ㄈㄨˊ 到處潛伏着：危機四伏。

【四顧】sìgù ㄙˋ ㄍㄨˋ 向四周看：四顧無人｜茫然四顧。

【四海】sìhǎi ㄙˋ ㄏㄞˇ 指全國各處。也指全世界各處：五湖四海｜四海為家。

【四合院】sìhéyuàn ㄙˋ ㄏㄜˊ ㄩㄢˋ (四合院兒)一種四面是屋子，中間是院子的住房建築。也叫四合房。

【四呼】sìhū ㄙˋ ㄏㄨ 按照韻母把字音分成開口呼、齊齒呼、合口呼、撮口呼四類，總稱四呼。韻母是 i 或拿 i 起頭的叫齊齒呼，韻母是 u 或拿 u 起頭的叫合口呼，韻母是ü 或拿 ü 起頭的叫撮口呼，韻母不是 i、u、ü，也不拿 i、u、ü 起頭的叫開口呼。例如肝 gān (開)、堅 jiān (齊)、關 guān (合)、捐 juān (撮)。

【四胡】sìhú ㄙˋ ㄏㄨˊ 胡琴的一種，形狀跟二胡相似，有四根弦。

【四季】sìjì ㄙˋ ㄐㄧˋ 春、夏、秋、冬，叫做四季，每季三個月。

【四郊】sìjiāo ㄙˋ ㄐㄧㄠ 城市周圍附近的地方。

【四近】sìjìn ㄙˋ ㄐㄧㄣˋ 指周圍附近的地方：四近見不到一個人影。

【四聯單】sìliándān ㄙˋ ㄌㄧㄢˊ ㄉㄢ 一式四份的單據，形式和用處跟三聯單相同。參看987頁〖三聯單〗。

【四鄰】sìlín ㄙˋ ㄌㄧㄣˊ 前後左右的鄰居：街坊四鄰｜吵得四鄰不安。

【四六體】sìliùtǐ ㄙˋ ㄌㄧㄡˋ ㄊㄧˇ 駢體的一種，因以四字句、六字句為主，所以有這個名稱。

【四面】sìmiàn ㄙˋ ㄇㄧㄢˋ 東、南、西、北。泛指周圍：四面環水｜四面八方。

【四面八方】sì miàn bā fāng ㄙˋ ㄇㄧㄢˋ ㄅㄚ ㄈㄤ 泛指周圍各地或各個方面：人們從四面八方來到北京｜我們小組裏的人來自四面八方。

【四面楚歌】sìmiàn Chǔ gē ㄙˋ ㄇㄧㄢˋ ㄔㄨˇ ㄍㄜ 楚漢交戰時，項羽的軍隊駐紮在垓下，兵少糧盡，被漢軍和諸侯的軍隊層層包圍起來，夜間聽到漢軍四面都唱楚歌，項羽吃驚地說：'漢軍把楚地都佔領了嗎？為甚麼楚人這麼多呢？'(見於《史記·項羽本紀》)比喻四面受敵，處於孤立危急的困境。

【四拇指】sì·muzhǐ ㄙˋ ·ㄇㄨ ㄓˇ 〈方〉無名指。

【四旁】sìpáng ㄙˋ ㄆㄤˊ 指前後左右很近的地方。

【四平八穩】sì píng bā wěn ㄙˋ ㄆㄧㄥˊ ㄅㄚ ㄨㄣˇ 形容説話、做事、寫文章穩當。有時也指做事只求不出差錯，缺乏創新精神。

【四起】sìqǐ ㄙˋ ㄑㄧˇ 從周圍各處出現或興起：歌聲四起｜謠言四起｜群雄四起。

【四散】sìsàn ㄙˋ ㄙㄢˋ 向四面分散：四散奔逃。

【四捨五入】sì shě wǔ rù ㄙˋ ㄕㄜˇ ㄨˇ ㄖㄨˋ 運算時取近似值的一種方法。如被捨去部分的頭一位數滿五，就在所取數的末位加一，不滿五的就捨去，如 1.3785 只取兩位小數是 1.38，1.2434 只取兩位小數是 1.24。

【四聲】sìshēng ㄙˋ ㄕㄥ ❶古漢語字調有平聲、上聲、去聲、入聲四類，叫做四聲。❷普通話的字調有陰平(讀高平調，符號是'ˉ')、陽平(讀高升調，符號是'ˊ')、上聲(讀先降後升的曲折調，符號是'ˇ')、去聲(讀降調，符號是'ˋ')四類，也叫四聲(輕聲在外)。❸泛指字調。

【四時】sìshí ㄙˋ ㄕˊ 四季。

【四書】Sì shū ㄙˋ ㄕㄨ 指《大學》《中庸》《論語》《孟子》四種書。是儒家的主要經典。

【四體】[1] sìtǐ ㄙˋ ㄊㄧˇ 〈書〉指人的四肢：四體不勤，五穀不分。

【四體】[2] sìtǐ ㄙˋ ㄊㄧˇ 漢字的四種主要字體，即正、草、隸、篆。

【四外】sìwài ㄙˋ ㄨㄞˋ 四處(多指空曠的地方)：四外無人｜四外全是平坦遼闊的大草地。

【四圍】sìwéi ㄙˋ ㄨㄟˊ 周圍：村子四圍都是菜地。

【四維空間】sìwéi kōngjiān ㄙˋ ㄨㄟˊ ㄎㄨㄥ ㄐㄧㄢ 確定任何事物都需要四個坐標(空間的三個坐標和時間的一個坐標)的空間，是三維空間和時間組成的整體。這個概念是根據任何物質都同時存在於空間和時間中，空間和時間不可分割而提出的。四維空間的幾何學對相對論的廣泛傳播有重要作用。

【四下裏】sìxià·li ㄙˋ ㄒㄧㄚˋ ·ㄌㄧ 四處：四下裏一看，都是果樹。也說四下。

【四仙桌】sìxiānzhuō ㄙˋ ㄒㄧㄢ ㄓㄨㄛ 小的方桌，每邊只坐一個人。

【四鄉】sìxiāng ㄙˋ ㄒㄧㄤ 城鎮四周圍的鄉村。

【四言詩】sìyánshī ㄙˋ ㄧㄢˊ ㄕ 我國漢代以前最通行的詩歌形式，通章或通篇每句四字。如《詩經》，多為四言。

【四野】sìyě ㄙˋ ㄧㄝˇ 廣闊的原野(就四周展望說)：四野茫茫，寂靜無聲。

【四則】sìzé ㄙˋ ㄗㄜˊ 加、減、乘、除四種運算的總稱：四則題｜整數四則｜分數四則。

【四肢】sìzhī ㄙˋ ㄓ 指人體的兩上肢和兩下肢，也指某些動物的四條腿。

【四至】sìzhì ㄙˋ ㄓˋ 建築基地或耕地四周跟別的基地或耕地分界的地方。

【四周】sìzhōu ㄙˋ ㄓㄡ 周圍。也說四周圍。

【四座】sìzuò ㄙˋ ㄗㄨㄛˋ 指四周在座的人：四座譁然｜語驚四座。

寺 sì ㄙˋ ❶古代官署名：大理寺｜太常寺。❷佛教的廟宇：碧雲寺｜護國寺。❸伊斯蘭教徒禮拜、講經的地方：清真寺。

【寺觀】sìguàn ㄙˋ ㄍㄨㄢˋ 佛寺和道觀。泛指廟宇。

【寺廟】sìmiào ㄙˋ ㄇㄧㄠˋ 供神佛或歷史上有名人物的處所；廟宇。

【寺院】sìyuàn ㄙˋ ㄩㄢˋ 佛寺的總稱。有時也指別的宗教的修道院。

似 sì ㄙˋ ❶像；如同：相似｜近似｜類似｜似是而非。❷似乎：似屬可行｜似應從速辦理。❸表示超過：人民生活一年強似一年。

另見1046頁 shì。

【似…非…】sì…fēi… ㄙˋ…ㄈㄟ… 嵌用同一個單音名詞、形容詞或動詞，表示又像又不像的意思：似綢非綢｜似藍非藍｜似笑非笑｜似懂非懂。

【似乎】sì·hū ㄙˋ ·ㄏㄨ 副詞，仿佛；好像：他似乎了解了這個字的意思，但是又講不出來。

【似是而非】sì shì ér fēi ㄙˋ ㄕˋ ㄦˊ ㄈㄟ 好像對，實際上並不對：這些論點似是而非，必須認真分辨，才不至於上當。

汜 Sì ㄙˋ 汜水，水名，在河南。

兕 sì ㄙˋ 〈書〉雌的犀牛。

佀 sì ㄙˋ ❶〈書〉同'似'。❷(Sì)姓。

伺 sì ㄙˋ 觀察；守候：窺伺｜伺隙｜伺機。另見191頁 cì。

【伺機】sìjī ㄙˋ ㄐㄧ 窺伺時機：伺機而動｜伺機報復。

【伺隙】sìxì ㄙˋ ㄒㄧˋ 察看可利用的機會；伺機：伺隙乘虛｜伺隙進攻。

祀 sì ㄙˋ ❶祭祀：祀天｜祀孔｜祀祖。❷殷代特指年：十有三祀。

姒 sì ㄙˋ ❶古代稱姐姐。❷古代稱丈夫的嫂子。❸(Sì)姓。

泗1 sì ㄙˋ 〈書〉鼻涕。

泗2 Sì ㄙˋ 泗水，古水名，發源於山東，因四源並發而得名，是淮河的支流。

【泗州戲】sìzhōuxì ㄙˋ ㄓㄡ ㄒㄧˋ 安徽地方戲曲劇種之一，起源於舊泗州(州治在今安徽泗縣)，流行於淮河兩岸。也叫拉魂腔。

俟(竢) sì ㄙˋ 〈書〉等待：俟機進攻。另見902頁 qí。

食 sì ㄙˋ 〈書〉拿東西給人吃。另見1038頁 shí；1355頁 yì。

飤(饲) sì ㄙˋ 〈書〉同'飼'。

涘 sì ㄙˋ 〈書〉水邊：涯涘。

耜 sì ㄙˋ ❶古代的一種農具，形狀像現在的鍬。❷古代跟犁上的鏵相似的東西。

笥 sì ㄙˋ 〈書〉盛飯或盛衣物的方形竹器。

覗(觇) sì ㄙˋ 〈書〉窺視。

肆1 sì ㄙˋ 不顧一切，任意妄為：放肆｜大肆攻擊。

肆2 sì ㄙˋ '四'的大寫。參看1067頁〖數字〗。

肆3 sì ㄙˋ 鋪子：茶樓酒肆。

【肆力】sìlì ㄙˋ ㄌㄧˋ 〈書〉盡力：肆力農事。

【肆虐】sìnüè ㄙˋ ㄋㄩㄝˋ 任意殘殺或迫害；起破壞作用：逞兇肆虐。

【肆擾】sìrǎo ㄙˋ ㄖㄠˇ 肆意擾亂。

【肆無忌憚】sì wú jì dàn ㄙˋ ㄨˊ ㄐㄧˋ ㄉㄢˋ 任意妄為，沒有一點兒顧忌。

【肆行】sìxíng ㄙˋ ㄒㄧㄥˊ 任意妄為：肆行無忌｜肆行劫掠。

【肆意】sìyì ㄙˋ ㄧˋ 不顧一切由着自己的性子(去做)：肆意攻擊｜肆意妄為。

嗣 sì ㄙˋ ❶接續；繼承：嗣位｜嗣子。❷子孫：後嗣。

【嗣後】sìhòu ㄙˋ ㄏㄡˋ 〈書〉以後。

【嗣位】sìwèi ㄙˋ ㄨㄟˋ 〈書〉繼承王位。

飼(饲) sì ㄙˋ ❶飼養：飼料。❷飼料：打草儲飼。

【飼料】sìliào ㄙˋ ㄌㄧㄠˋ 餵家畜或家禽的食物。

【飼養】sìyǎng ㄙˋ ㄧㄤˇ 餵養(動物)：飼養員。

【飼育】sìyù ㄙˋ ㄩˋ 餵養。

駟(驷) sì ㄙˋ 〈書〉❶駟馬。❷馬。

【駟馬】sìmǎ ㄙˋ ㄇㄚˇ 〈書〉同拉一輛車的四匹馬：駟馬高車｜一言既出，駟馬難追。

禩 sì ㄙˋ 〈書〉同'祀'。

sōng (ㄙㄨㄥ)

忪 sōng ㄙㄨㄥ 見1277頁〖惺忪〗(xīng-sōng)。

另見1481頁 zhōng。

松 sōng ㄙㄨㄥ ❶種子植物的一屬，一般為常綠喬木，很少為灌木，樹皮多為鱗片狀，葉子針形，花單性，雌雄同株，結球果，卵圓形或圓錐形，有木質的鱗片。木材和樹脂都可利用。如馬尾松、油松等。❷ (Sōng) 姓。

另見1088頁 sōng '鬆'。

【松花】sōnghuā ㄙㄨㄥ ㄏㄨㄚ 一種蛋製食品，用水混合石灰、黏土、食鹽、稻殼等包在鴨蛋或雞蛋的殼上使凝固變味而成，因蛋青上有像松針的花紋，所以叫松花。也叫皮蛋、變蛋、松花蛋。

【松節油】sōngjiéyóu ㄙㄨㄥ ㄐㄧㄝˊ ㄧㄡˊ 蒸餾松脂而得的揮發性油，無色至深棕色液體，有特殊氣味。油漆工業上用做溶劑，也用於醫藥。

【松明】sōngmíng ㄙㄨㄥ ㄇㄧㄥˊ 燃點起來照明用的松樹枝。

【松牆】sōngqiáng ㄙㄨㄥ ㄑㄧㄤˊ 栽種成行像短牆一樣的檜、柏，多用於庭園佈置。也叫松牆 (sōngqiáng·zi)。

【松球】sōngqiú ㄙㄨㄥ ㄑㄧㄡˊ 松樹的果穗，多為卵圓形，由許多木質的鱗片組成，裏面有松子。有的地區叫松塔兒。

【松仁】sōngrén ㄙㄨㄥ ㄖㄣˊ (松仁兒) 松子裏面的仁，可以吃。

【松鼠】sōngshǔ ㄙㄨㄥ ㄕㄨˇ (松鼠兒) 哺乳動物的一屬，外形略像鼠，比鼠大，尾巴蓬鬆而特別長大，生活在松林中，有的種類毛皮珍貴。

【松塔兒】sōngtǎr ㄙㄨㄥ ㄊㄚㄦˇ 〈方〉松球。

【松濤】sōngtāo ㄙㄨㄥ ㄊㄠ 松樹被風吹動時所發出的像波濤一樣的聲音。

【松香】sōngxiāng ㄙㄨㄥ ㄒㄧㄤ 松脂蒸餾後剩下的固體物質，淡黃色或棕色，透明，質硬而脆。用於油漆、肥皂、造紙、橡膠等工業。

【松針】sōngzhēn ㄙㄨㄥ ㄓㄣ 松樹的葉子，形狀像針。

【松脂】sōngzhī ㄙㄨㄥ ㄓ 針葉樹的樹幹上滲出的膠狀液體，主要由松香和松節油組成。

【松子】sōngzǐ ㄙㄨㄥ ㄗˇ ❶ (松子兒) 松樹的種子。❷〈方〉松仁：松子糖。

娀 sōng ㄙㄨㄥ 有娀，古國名，在今山西運城一帶。

凇 sōng ㄙㄨㄥ 見1216頁〖霧凇〗，1398頁〖雨凇〗。

菘〔菘〕 sōng ㄙㄨㄥ 古書上指白菜。

【菘菜】sōngcài ㄙㄨㄥ ㄘㄞˋ 〈方〉白菜。

淞 Sōng ㄙㄨㄥ 淞江，水名，發源於江蘇，流經上海，入黃浦江。通稱吳淞江。

嵩(崧) sōng ㄙㄨㄥ 〈書〉❶山大而高。❷高。

鬆(松) sōng ㄙㄨㄥ ❶鬆散 (跟'緊'相對，②③同)：這包書捆得太鬆，容易散。❷使鬆：鬆一鬆腰帶｜鬆口氣 (緊張之後，放鬆一下)｜要再接再厲，不能鬆勁。❸經濟寬裕：這個月我手頭鬆一些，給他寄了點錢去。❹不堅實：點心鬆脆適口。❺解開；放開：鬆綁｜一鬆手，氣球就飛了。❻用魚、蝦、瘦肉等做成的絨狀或碎末狀的食品：肉鬆。

'松'另見1088頁 sōng。

【鬆綁】sōng∥bǎng ㄙㄨㄥ∥ㄅㄤˇ ❶解開捆綁在身上的繩索。❷比喻放寬約束限制。

【鬆弛】sōngchí ㄙㄨㄥ ㄔˊ ❶鬆①；不緊張：肌肉鬆弛，鬆弛的心情。❷ (制度、紀律等) 執行得不嚴格：紀律鬆弛。

【鬆動】sōngdòng ㄙㄨㄥ ㄉㄨㄥˋ ❶不擁擠：接近終點站，車廂裏鬆動多了。❷寬裕；不窘：手頭鬆動。❸ (牙齒、螺絲等) 不緊；活動：門牙鬆動。❹ (措施、態度、關係等) 靈活；改變強硬、緊張狀態：談判中，雙方口氣都有了些鬆動。

【鬆緊】sōngjǐn ㄙㄨㄥ ㄐㄧㄣˇ 鬆或緊的程度：檢查一下繩子綁的鬆緊。

【鬆緊帶】sōngjǐndài ㄙㄨㄥ ㄐㄧㄣˇ ㄉㄞˋ (鬆緊帶兒) 可以伸縮的帶子，用橡膠絲或橡膠條和紗織成。

【鬆勁】sōng∥jìn ㄙㄨㄥ∥ㄐㄧㄣˋ (鬆勁兒) 降低緊張用力的程度：工程越接近尾聲，越是不能鬆勁。

【鬆口】sōngkǒu ㄙㄨㄥ ㄎㄡˇ ❶張嘴把咬住的東西放開：獵犬叼着野兔不鬆口。❷不堅持 (主張、意見等)：怎麼勸他，他也不鬆口。

【鬆快】sōng·kuai ㄙㄨㄥ ·ㄎㄨㄞ ❶輕鬆爽快；舒暢：感覺鬆快｜心裏鬆快多了。❷寬敞：房間雖不大，一個人住還是鬆快的。

【鬆軟】sōngruǎn ㄙㄨㄥ ㄖㄨㄢˇ ❶鬆散綿軟：白淨鬆軟的羊毛｜耕過的土地十分鬆軟。❷ (肢體) 軟而無力：渾身鬆軟，癱倒在地。

【鬆散】sōngsǎn ㄙㄨㄥ ㄙㄢˇ (事物結構) 不緊密；(精神) 不集中。

【鬆散】sōng·san ㄙㄨㄥ ·ㄙㄢ 使輕鬆舒暢：房裏太熱，出來鬆散鬆散。

【鬆手】sōng∥shǒu ㄙㄨㄥ∥ㄕㄡˇ 放開手：一鬆手，鋼筆掉在地上了◇工作要抓緊，不能鬆手。

【鬆鬆垮垮】sōng·sōngkuǎkuǎ ㄙㄨㄥ·ㄙㄨㄥ ㄎㄨㄚˇ ㄎㄨㄚˇ (鬆鬆垮垮的) ❶(結構)不堅固，不緊密：這座房子樑柱檁條鬆鬆垮垮的，像是快要倒塌了。❷懶散；鬆懈；不緊張：訓練時鬆鬆垮垮，比賽時一定打敗仗。

【鬆懈】sōngxiè ㄙㄨㄥ ㄒㄧㄝˋ ❶注意力不集中；做事不抓緊。❷紀律不嚴格；意志不堅定。❸人與人之間關係不密切；動作不協調。

【鬆心】sōng∥xīn ㄙㄨㄥ∥ㄒㄧㄣ 不操心；使心情鬆快：家務有兒媳婦操持，婆婆就鬆心了｜忙完了這件事，我們就能鬆幾天心了。

【鬆嘴】sōng∥zuǐ ㄙㄨㄥ∥ㄗㄨㄟˇ 鬆口。

sóng（ㄙㄨㄥˊ）

㞞(尿) sóng ㄙㄨㄥˊ ❶精液。❷譏諷人軟弱無能。

【㞞包】sóngbāo ㄙㄨㄥˊ ㄅㄠ 軟弱無能，也指軟弱無能的人。

sǒng（ㄙㄨㄥˇ）

悚 sǒng ㄙㄨㄥˇ 〈書〉害怕：悚然。

【悚懼】sǒngjù ㄙㄨㄥˇ ㄐㄩˋ 恐懼。

【悚然】sǒngrán ㄙㄨㄥˇ ㄖㄢˊ 害怕的樣子：毛骨悚然。

竦 sǒng ㄙㄨㄥˇ ❶〈書〉恭敬。❷同'悚'。❸同'聳'。

慫(怂) sǒng ㄙㄨㄥˇ 〈書〉驚懼。

【慫恿】sǒngyǒng ㄙㄨㄥˇ ㄩㄥˇ 鼓動別人去做(某事)。

聳(耸) sǒng ㄙㄨㄥˇ ❶聳立：高聳入雲。❷引起注意；使人吃驚：危言聳聽。

【聳動】sǒngdòng ㄙㄨㄥˇ ㄉㄨㄥˋ ❶(肩膀、肌肉等)向上動。❷造成某種局面，使人震動：聳動視聽。

【聳肩】sǒng∥jiān ㄙㄨㄥˇ∥ㄐㄧㄢ 微抬肩膀(表示輕蔑、疑惑、驚訝等)：他聳了聳肩，現出不可理解的神情。

【聳立】sǒnglì ㄙㄨㄥˇ ㄌㄧˋ 高高地直立：群山聳立。

【聳人聽聞】sǒng rén tīng wén ㄙㄨㄥˇ ㄖㄣˊ ㄊㄧㄥ ㄨㄣˊ 故意說誇大或驚奇的話，使人震驚。

㩳(扨) sǒng ㄙㄨㄥˇ ❶〈書〉挺立；挺起：㩳身。❷〈方〉推。

sòng（ㄙㄨㄥˋ）

宋[1] Sòng ㄙㄨㄥˋ ❶周朝國名，在今河南商丘一帶。❷朝代。a) 南朝之一，公元420－479，劉裕所建。參看827頁〖南北朝〗。b) 公元960－1279，趙匡胤所建。參看49頁〖北宋〗、828頁〖南宋〗。❸姓。

宋[2] sòng ㄙㄨㄥˋ 響度單位。1宋等於1,000毫宋，約相當於人耳剛能聽到的聲音響度的一千倍。舊作𠳐。［英 sone］

【宋江起義】Sòng Jiāng Qǐyì ㄙㄨㄥˋ ㄐㄧㄤ ㄑㄧˇ ㄧˋ 北宋末年(約公元1110年)宋江領導的農民起義，活動於今山東、河北一帶，公元1121年被北宋王朝所鎮壓。

【宋體字】sòngtǐzì ㄙㄨㄥˋ ㄊㄧˇ ㄗˋ 通行的漢字印刷體，正方形，橫的筆畫細，豎的筆畫粗。這種字體起於明朝中葉，叫做宋體是出於誤會。另有橫豎筆畫都較細的字體稱'仿宋體'，比較接近於宋朝刻書的字體。為了區別於仿宋體，原來的宋體字又稱為'老宋體'。

𠳐 sòng ㄙㄨㄥˋ '宋'(響度單位)舊也作𠳐。

送 sòng ㄙㄨㄥˋ ❶把東西運去或拿去給人：送報｜送信｜送公糧。❷贈送：奉送｜老師送我兩本書。❸陪着離去的人一起走：把客人送到大門外｜送小孩兒上學。

【送別】sòng∥bié ㄙㄨㄥˋ∥ㄅㄧㄝˊ 送行：車站送別。

【送殯】sòng∥bìn ㄙㄨㄥˋ∥ㄅㄧㄣˋ 出殯時陪送靈柩。

【送風機】sòngfēngjī ㄙㄨㄥˋ ㄈㄥ ㄐㄧ 工廠、礦山生產中為防暑降溫或保持空氣清潔，向車間、礦井大量輸送空氣的機器。

【送禮】sòng∥lǐ ㄙㄨㄥˋ∥ㄌㄧˇ 贈送禮品：請客送禮。

【送命】sòng∥mìng ㄙㄨㄥˋ∥ㄇㄧㄥˋ 喪失性命(含不值得的意思)；送死：白白送命。

【送氣】sòngqì ㄙㄨㄥˋ ㄑㄧˋ 語音學上把發輔音時有比較顯著的氣流出來叫送氣，沒有顯著的氣流出來叫不送氣。普通話語音中的 b，d，g，j，z，zh 是不送氣音，p，t，k，q，c，ch 是送氣音。送氣、不送氣也叫吐氣、不吐氣。

【送親】sòng∥qīn ㄙㄨㄥˋ∥ㄑㄧㄣ 結婚時女家親屬送新娘到男家。

【送情】sòng∥qíng ㄙㄨㄥˋ∥ㄑㄧㄥˊ ❶傳遞情意：眉目送情。❷〈方〉送禮。

【送人情】sòng rénqíng ㄙㄨㄥˋ ㄖㄣˊ ㄑㄧㄥˊ ❶給人一些好處，以討好別人。❷〈方〉送禮。

【送喪】sòng∥sāng ㄙㄨㄥˋ∥ㄙㄤ 送殯。

【送審】sòngshěn ㄙㄨㄥˋ ㄕㄣˇ 送上級或有關方面審批或審訂：送審稿。

【送死】sòngsǐ ㄙㄨㄥˋ ㄙˇ 自尋死路；找死。

【送信兒】sòng//xìnr ㄙㄨㄥˋ//ㄒㄧㄣㄦˋ 傳遞消息：大哥一到家，小妹就給媽媽送信兒去了。

【送行】sòng//xíng ㄙㄨㄥˋ//ㄒㄧㄥˊ ❶到遠行人啓程的地方，和他告別，看他離開：到車站送行。❷餞行：送行酒席。

【送葬】sòng//zàng ㄙㄨㄥˋ//ㄗㄤˋ 送死者遺體到埋葬地點或火化地點。

【送站】sòngzhàn ㄙㄨㄥˋ ㄓㄢˋ 送人到車站：火車開了，送站的人們漸漸離去。

【送終】sòng//zhōng ㄙㄨㄥˋ//ㄓㄨㄥ 長輩親屬臨終時在身旁照料。也指安排長輩親屬的喪事：養老送終。

訟（讼） sòng ㄙㄨㄥˋ ❶在法庭上爭辯是非曲直；打官司：訴訟。❷爭辯是非：爭訟｜聚訟紛紜。

【訟棍】sònggùn ㄙㄨㄥˋ ㄍㄨㄣˋ 舊社會裏唆使別人打官司自己從中取利的壞人。

【訟師】sòngshī ㄙㄨㄥˋ ㄕ 舊社會裏以給打官司的人出主意、寫狀紙為職業的人。

頌（颂） sòng ㄙㄨㄥˋ ❶頌揚：歌頌。❷祝頌（多用於書信問候）：敬頌大安。❸周代祭祀時用的舞曲，配曲的歌詞有些收在《詩經》裏面。❹以頌揚為目的的詩文：《祖國頌》。

【頌詞】sòngcí ㄙㄨㄥˋ ㄘˊ 稱讚功德或祝賀幸福的講話或文章。

【頌歌】sònggē ㄙㄨㄥˋ ㄍㄜ 用於祝頌的詩歌。

【頌揚】sòngyáng ㄙㄨㄥˋ ㄧㄤˊ 歌頌讚揚：大加頌揚｜頌揚功績。

誦（诵） sòng ㄙㄨㄥˋ ❶讀出聲音來；唸：朗誦。❷背誦：熟讀成誦。❸稱述；述説：傳誦。

【誦讀】sòngdú ㄙㄨㄥˋ ㄉㄨˊ 唸（詩文）：高聲誦讀。

sōu （ㄙㄡ）

搜（❶蒐） sōu ㄙㄡ ❶尋找：搜集｜搜羅｜搜求。❷搜查：搜身｜搜腰｜搜捕｜甚麼也沒搜着。

【搜捕】sōubǔ ㄙㄡ ㄅㄨˇ 搜查與案件有關的地方並逮捕有關的人：搜捕逃犯。

【搜查】sōuchá ㄙㄡ ㄔㄚˊ 搜索檢查（犯罪的人或違禁的東西）：搜查毒品。

【搜腸刮肚】sōu cháng guā dù ㄙㄡ ㄔㄤˊ ㄍㄨㄚ ㄉㄨˋ 形容費盡心思：他搜腸刮肚地想辦法，卻怎麼也想不出好點子來。

【搜刮】sōuguā ㄙㄡ ㄍㄨㄚ 用各種方法掠奪（人民的財物）：貪官污吏搜刮民脂民膏。

【搜集】sōují ㄙㄡ ㄐㄧˊ 到處尋找（事物）並聚集在一起：搜集意見｜搜集革命文物。

【搜剿】sōujiǎo ㄙㄡ ㄐㄧㄠˇ 搜索剿滅：搜剿殘敵。

【搜繳】sōujiǎo ㄙㄡ ㄐㄧㄠˇ 搜查收繳：搜繳兇器｜搜繳非法出版物。

【搜括】sōukuò ㄙㄡ ㄎㄨㄛˋ 搜刮。

【搜羅】sōuluó ㄙㄡ ㄌㄨㄛˊ 到處尋找（人或事物）並聚集在一起：搜羅人才｜搜羅史料。

【搜身】sōu//shēn ㄙㄡ//ㄕㄣ 搜查身上有無夾帶。

【搜索】sōusuǒ ㄙㄡ ㄙㄨㄛˇ 仔細尋找（隱藏的人或東西）：搜索殘敵｜搜索前進｜四處搜索。

【搜索枯腸】sōusuǒ kū cháng ㄙㄡ ㄙㄨㄛˇ ㄎㄨ ㄔㄤˊ 形容竭力思索（多指寫詩文）。

【搜尋】sōuxún ㄙㄡ ㄒㄩㄣˊ 到處尋找：搜尋證據。

嗖（飕） sōu ㄙㄡ 象聲詞，形容很快通過的聲音：汽車嗖的一聲開過去了｜子彈嗖嗖地從頭頂飛過。

廋 sōu ㄙㄡ 〈書〉隱藏；藏匿。

溲 sōu ㄙㄡ 〈書〉排泄糞便，特指排泄小便。

螋 sōu ㄙㄡ 見949頁［蠼螋］(qúsōu)。

艘 sōu ㄙㄡ 量詞，用於船隻：五艘遠洋貨輪。

鎪（锼） sōu ㄙㄡ 〈方〉鏤刻（木頭）：椅背上的花紋是鎪出來的。

【鎪弓子】sōugōng·zi ㄙㄡ ㄍㄨㄥ ·ㄗ 〈方〉鋼絲鋸。

餿（馊） sōu ㄙㄡ 飯、菜等變質而發出酸臭味。

【餿主意】sōu zhǔ·yi ㄙㄡ ㄓㄨˇ ·ㄧ 指不高明的辦法。

颼[1]（飕） sōu ㄙㄡ 〈方〉風吹（使變乾或變冷）：別讓風颼乾了。

颼[2]（飕） sōu ㄙㄡ 同'嗖'。

【颼飀】sōuliú ㄙㄡ ㄌㄧㄡˊ 〈書〉形容風聲。

sǒu （ㄙㄡˇ）

叟（叜） sǒu ㄙㄡˇ 年老的男人：老叟｜童叟無欺。

瞍 sǒu ㄙㄡˇ 〈書〉❶眼睛沒有瞳人，看不見東西。❷瞎子。

嗾 sǒu ㄙㄡˇ ❶指使狗時所發的聲音。❷〈書〉發出聲音來指使狗。❸教唆：嗾使。

【嗾使】sǒushǐ ㄙㄡˇ ㄕˇ 挑動指使別人做壞事。

擻（擞） sǒu ㄙㄡˇ 見278頁〖抖擻〗。另見1091頁 sòu。

藪〔藪〕（薮） sǒu ㄙㄡˇ 〈書〉❶生長着很多草的湖。❷指人或東西聚集的地方：淵藪。

sòu (ㄙㄡˋ)

嗽 sòu ㄙㄡˋ 咳嗽：乾嗽。

擻(擻) sòu ㄙㄡˋ 〈方〉用通條插到火爐裏抖動，使爐灰掉下去：擻火｜把爐子擻一擻。

另見1090頁 sǒu。

sū (ㄙㄨ)

酥 sū ㄙㄨ ❶古代稱酥油為酥。❷(食物)鬆而易碎：蝦片一炸就很酥。❸麪粉和油加糖製成的鬆而易碎的點心：桃酥。❹酥軟：酥麻。

【酥脆】sūcuì ㄙㄨ ㄘㄨㄟˋ (食物)酥而且脆。

【酥麻】sūmá ㄙㄨ ㄇㄚˊ (肢體)酥軟發麻：渾身酥麻。

【酥軟】sūruǎn ㄙㄨ ㄖㄨㄢˇ (肢體)軟弱無力：走了一天路，累得兩腿酥軟。

【酥鬆】sūsōng ㄙㄨ ㄙㄨㄥ (土壤等)鬆散；不緊密：泥土酥鬆｜酥鬆的石灰層。

【酥油】sūyóu ㄙㄨ ㄧㄡˊ 從牛奶或羊奶內提出來的脂肪。把牛奶或羊奶煮沸，用勺攪動，冷卻後凝結在上面的一層就是酥油。

【酥油茶】sūyóuchá ㄙㄨ ㄧㄡˊ ㄔㄚˊ 藏族、蒙古族地區的一種飲料，用酥油、磚茶、鹽等製成。

【酥油花】sūyóuhuā ㄙㄨ ㄧㄡˊ ㄏㄨㄚ 藏族的一種藝術品，用攙合各種顏料的酥油雕塑成的各種人物、風景、花卉、鳥獸等。

窣 sū ㄙㄨ 見1222頁〔窸窣〕。

穌(穌) sū ㄙㄨ 同'蘇(蘇醒)'。

蘇[1]〔蘇〕(苏) sū ㄙㄨ 植物名：紫蘇｜白蘇。

蘇[2]〔蘇〕(苏) sū ㄙㄨ 指鬚狀下垂物：流蘇。

蘇[3]〔蘇〕(苏、甦) sū ㄙㄨ 蘇醒：醒：死而復蘇。

蘇[4]〔蘇〕(苏) Sū ㄙㄨ ❶指江蘇蘇州：蘇綉。❷姓。

蘇[5]〔蘇〕(苏) sū ㄙㄨ ❶指蘇維埃：蘇區。❷(Sū)指前蘇聯。

'苏'另見1091頁 sū'囌'。

【蘇白】sūbái ㄙㄨ ㄅㄞˊ ❶蘇州話。❷京劇、昆曲等劇中用蘇州話説的道白。

【蘇打】sūdá ㄙㄨ ㄉㄚˊ 無機化合物，化學式(Na_2CO_3)。白色粉末或顆粒，水溶液呈強鹼性。是玻璃、造紙、肥皂、洗滌劑、紡織、製革等工業的重要原料，也用來軟化硬水。也叫純鹼。[英 soda]

【蘇丹】sūdān ㄙㄨ ㄉㄢ 某些伊斯蘭教國家最高統治者的稱號。[阿拉伯 sultān]

【蘇劇】sūjù ㄙㄨ ㄐㄩˋ 江蘇地方戲曲劇種之一，由曲藝'蘇州灘簧'發展而成。用胡琴、笛、琵琶(或弦子)、笙等伴奏。

【蘇區】sūqū ㄙㄨ ㄑㄩ 第二次國內革命戰爭時期的革命根據地。因根據地的政權採取蘇維埃的形式，故稱蘇區。

【蘇鐵】sūtiě ㄙㄨ ㄊㄧㄝˇ 常綠喬木，葉子聚生在莖的頂部，有大形的羽狀複葉，小葉條形，有光澤，花頂生，雌雄異株，雄花圓錐形，雌花有褐色絨毛，種子球形。產於溫暖的地區，生長得很慢。通稱鐵樹。

【蘇維埃】sūwéi'āi ㄙㄨ ㄨㄟˊ ㄞ 前蘇聯中央和地方各級的國家權力機關。我國第二次國內革命戰爭時期曾把當時的工農民主政權組織也叫蘇維埃。[俄 совет]

【蘇醒】sūxǐng ㄙㄨ ㄒㄧㄥˇ 昏迷後醒過來：傷員已從昏迷中蘇醒◇春天萬物蘇醒。

【蘇綉】sūxiù ㄙㄨ ㄒㄧㄡˋ 江蘇蘇州出產的刺綉。

【蘇州碼子】sūzhōu mǎ·zi ㄙㄨ ㄓㄡ ㄇㄚˇ ·ㄗ 我國舊時表示數目的符號，從一到十依次寫做〡、〢、〣、〤、〥、〦、〧、〨、〩、十。也叫草碼。

囌〔囌〕(苏) sū ㄙㄨ 見747頁〔嚕囌〕(lū·sū)。

'苏'另見1091頁 sū'蘇'。

sú (ㄙㄨˊ)

俗 sú ㄙㄨˊ ❶風俗：土俗｜移風易俗｜入境問俗。❷大眾的；普遍流行的：俗名｜俗話｜通俗。❸庸俗：俗氣｜俗不可耐。❹指沒出家的人(區別於出家的佛教徒等)：僧俗。

【俗稱】súchēng ㄙㄨˊ ㄔㄥ ❶通俗地叫做：馬鈴薯俗稱土豆兒。❷俗名①。

【俗話】súhuà ㄙㄨˊ ㄏㄨㄚˋ (俗話兒)俗語。

【俗家】sújiā ㄙㄨˊ ㄐㄧㄚ ❶僧尼道士等稱其父母的家。❷指沒出家的人(對僧人道士等而言)：俗家打扮。

【俗講】sújiǎng ㄙㄨˊ ㄐㄧㄤˇ 唐代寺院中用於講解佛教經義的一種説唱形式，以佛教經義為根據，增加一些故事性成分，吸引聽眾。

【俗名】súmíng ㄙㄨˊ ㄇㄧㄥˊ ❶通俗的名稱，不是正式的名稱(多有地方性)：闌尾炎俗名盲腸炎。❷僧人、道士等出家前的名字(跟'法名'相對)。

【俗氣】sú·qi ㄙㄨˊ ·ㄑㄧ 粗俗；庸俗：這塊布顏色素淨，花樣也大方，一點不俗氣。

【俗曲】súqǔ ㄙㄨˊ ㄑㄩˇ 舊指民間的通俗歌曲。

也叫俚曲。

【俗人】súrén ㄙㄨˊ ㄖㄣˊ ❶世俗的人；一般人(對僧、尼、道士等出家人而言)。❷庸俗的人。

【俗尚】súshàng ㄙㄨˊ ㄕㄤˋ 習俗所崇尚的風氣：不拘俗尚。

【俗套】sútào ㄙㄨˊ ㄊㄠˋ ❶習俗上常見的使人感到無聊的禮節。❷陳舊的格調：不落俗套。‖也說俗套子。

【俗體字】sútǐzì ㄙㄨˊ ㄊㄧˇ ㄗˋ 指通俗流行而字體不合規範的漢字，如'菓'(果)、'塟'(葬)等。也叫俗字。

【俗文學】súwénxué ㄙㄨˊ ㄨㄣˊ ㄒㄩㄝˊ 指我國古代的通俗文學，包括歌謠、曲子、講史、話本、變文、彈詞、寶卷、鼓詞、民間傳說、笑話、謎語及宋元以來南北戲曲、地方戲等。

【俗語】súyǔ ㄙㄨˊ ㄩˇ 通俗並廣泛流行的定型的語句，簡練而形象化，大多數是勞動人民創造出來的，反映人民的生活經驗和願望。如：天下無難事，只怕有心人。也叫俗話。

【俗子】súzǐ ㄙㄨˊ ㄗˇ 俗人：凡夫俗子。

【俗字】súzì ㄙㄨˊ ㄗˋ 俗體字。

sù (ㄙㄨˋ)

夙 sù ㄙㄨˋ 〈書〉❶早：夙興夜寐。❷素有的；舊有的：夙志｜夙願。

【夙仇】sùchóu ㄙㄨˋ ㄔㄡˊ ❶一向作對的仇人。❷舊有的仇恨。

【夙敵】sùdí ㄙㄨˋ ㄉㄧˊ 一向對抗的敵人。也作宿敵。

【夙諾】sùnuò ㄙㄨˋ ㄋㄨㄛˋ 以前的諾言。也作宿諾。

【夙嫌】sùxián ㄙㄨˋ ㄒㄧㄢˊ 舊有的嫌怨：捐棄夙嫌。

【夙興夜寐】sù xīng yè mèi ㄙㄨˋ ㄒㄧㄥ ㄧㄝˋ ㄇㄟˋ 早起晚睡。形容勤勞。

【夙夜】sùyè ㄙㄨˋ ㄧㄝˋ 早晨和夜晚。泛指時時刻刻：夙夜憂國。

【夙怨】sùyuàn ㄙㄨˋ ㄩㄢˋ 舊有的怨恨；夙嫌：了卻夙怨。也作宿怨。

【夙願】sùyuàn ㄙㄨˋ ㄩㄢˋ 一向懷着的願望：夙願得償。也作宿願。

素 sù ㄙㄨˋ ❶本色；白色：素服。❷顏色單純；不艷麗：素淨。❸蔬菜、瓜果等食物(跟'葷'相對)：吃素｜三葷一素。❹本來的；原有的：素質｜素性。❺帶有根本性質的物質：色素｜毒素｜因素｜元素｜維生素。❻素來；向來：素日｜平素｜素不相識｜安之若素。

【素材】sùcái ㄙㄨˋ ㄘㄞˊ 文學、藝術的原始材料，就是未經總括和提煉的實際生活現象：搜集素材。

【素菜】sùcài ㄙㄨˋ ㄘㄞˋ 用蔬菜、瓜果等做的菜(指不攙有肉類的)。

【素餐】sùcān ㄙㄨˋ ㄘㄢ ❶素的飯食。❷吃素。❸〈書〉不做事而白吃飯：尸位素餐。

【素常】sùcháng ㄙㄨˋ ㄔㄤˊ 平日；平素：兒子結婚的那一天，老大爺把素常捨不得穿的衣服都穿出來了。

【素淡】sùdàn ㄙㄨˋ ㄉㄢˋ 素淨；淡雅：顏色素淡。

【素服】sùfú ㄙㄨˋ ㄈㄨˊ 本色或白色的衣服，多指喪服。

【素潔】sùjié ㄙㄨˋ ㄐㄧㄝˊ 素淨潔白：池中的白蓮花是那麼的素潔、雅致。

【素淨】sù·jing ㄙㄨˋ ·ㄐㄧㄥ 顏色樸素，不鮮艷刺目：衣着素淨｜陳設素淨而大方。

【素酒】sùjiǔ ㄙㄨˋ ㄐㄧㄡˇ ❶就着素菜而喝的酒。❷〈方〉素席。

【素來】sùlái ㄙㄨˋ ㄌㄞˊ 從來；向來：他的人品，是我素來佩服的。

【素昧平生】sù mèi píngshēng ㄙㄨˋ ㄇㄟˋ ㄆㄧㄥˊ ㄕㄥ 一向不相識。

【素描】sùmiáo ㄙㄨˋ ㄇㄧㄠˊ ❶單純用綫條描寫、不加彩色的畫，如鉛筆畫、木炭畫、某種毛筆畫等。素描是一切造型藝術的基礎。❷文學上借指文句簡潔、不加渲染的樸素描寫。

【素樸】sùpǔ ㄙㄨˋ ㄆㄨˇ ❶樸素；不加修飾的：這些描繪草原人民生活的畫面都很素樸動人。❷萌芽的；未發展的(多指哲學思想)：素樸唯物主義。

【素日】sùrì ㄙㄨˋ ㄖˋ 平日；平常：他素日不愛說話，今天一高興，話也多起來了。

【素食】sùshí ㄙㄨˋ ㄕˊ ❶素的飯食和點心。❷吃素：素食者(長期吃素的人)。

【素昔】sùxī ㄙㄨˋ ㄒㄧ 素來；往常：我們素昔沒有往來。

【素席】sùxí ㄙㄨˋ ㄒㄧˊ 全用素菜不用葷菜的酒席。

【素雅】sùyǎ ㄙㄨˋ ㄧㄚˇ 素淨雅致：衣着素雅。

【素養】sùyǎng ㄙㄨˋ ㄧㄤˇ 平日的修養：藝術素養。

【素油】sùyóu ㄙㄨˋ ㄧㄡˊ 指食用的植物油。有的地區叫清油。

【素願】sùyuàn ㄙㄨˋ ㄩㄢˋ 一向懷着的願望：素願得償。

【素志】sùzhì ㄙㄨˋ ㄓˋ 〈書〉一向懷有的志願：素志未償｜素志不改。

【素質】sùzhì ㄙㄨˋ ㄓˋ ❶指事物本來的性質。❷素養：提高軍事素質。❸心理學上指人的神經系統和感覺器官上的先天的特點。

【素裝】sùzhuāng ㄙㄨˋ ㄓㄨㄤ 白色的服裝；淡雅的裝束。

涑 Sù ㄙㄨˋ 涑水，水名，在山西。

速1 sù ㄙㄨˋ ❶迅速；快：火速｜速戰速決｜加速前進。❷速度：風速｜光速｜聲速｜車速｜時速。

速2 sù ㄙㄨˋ 〈書〉邀請：不速之客。

【速成】sùchéng ㄙㄨˋ ㄔㄥˊ 將學習期限縮短，在短期內很快學完：速成班。

【速凍】sùdòng ㄙㄨˋ ㄉㄨㄥˋ 快速冷凍：速凍食品。

【速度】sùdù ㄙㄨˋ ㄉㄨˋ ❶運動物體在某一個方向上單位時間內所通過的距離。❷泛指快慢的程度：高速度｜放慢速度。

【速記】sùjì ㄙㄨˋ ㄐㄧˋ 用一種簡便的記音符號迅速地把話記錄下來。

【速決】sùjué ㄙㄨˋ ㄐㄩㄝˊ 迅速地解決：速戰速決。

【速決戰】sùjuézhàn ㄙㄨˋ ㄐㄩㄝˊ ㄓㄢˋ 在較短時間內迅速決定勝負的戰役或戰鬥。

【速率】sùlǜ ㄙㄨˋ ㄌㄩˋ 運動物體在單位時間內所通過的距離。

【速溶】sùróng ㄙㄨˋ ㄖㄨㄥˊ 溶解快：速溶奶粉｜速溶咖啡。

【速食麵】sùshímiàn ㄙㄨˋ ㄕˊ ㄇㄧㄢˋ 〈方〉方便麵。

【速算】sùsuàn ㄙㄨˋ ㄙㄨㄢˋ 利用數與數的組成和分解以及各種運算定律、性質或它們之間的特殊關係，進行迅速簡便的運算。

【速效】sùxiào ㄙㄨˋ ㄒㄧㄠˋ 見效快：速效肥料。

【速寫】sùxiě ㄙㄨˋ ㄒㄧㄝˇ ❶繪畫的一種方法，一邊觀察對象一邊用簡單綫條把它的主要特點迅速地畫出來。❷一種文體，扼要描寫事物的情況，及時地向讀者報道。

宿1 sù ㄙㄨˋ ❶夜裏睡覺；過夜：宿舍｜宿營｜住宿｜露宿。❷(Sù)姓。

宿2 sù ㄙㄨˋ 〈書〉❶舊有的；一向有的：宿願｜宿志。❷年老的；久於其事的：耆宿｜宿將(jiàng)。

另見1288頁 xiǔ；1288頁 xiù。

【宿弊】sùbì ㄙㄨˋ ㄅㄧˋ 〈書〉多年的弊病：宿弊一清。

【宿逋】sùbū ㄙㄨˋ ㄅㄨ 〈書〉久欠不還的債。

【宿娼】sù∥chāng ㄙㄨˋ∥ㄔㄤ 嫖妓。

【宿仇】sùchóu ㄙㄨˋ ㄔㄡˊ 舊有的仇恨。

【宿敵】sùdí ㄙㄨˋ ㄉㄧˊ 同'夙敵'。

【宿根】sùgēn ㄙㄨˋ ㄍㄣ 某些二年生或多年生草本植物的根，在莖葉枯萎以後可以繼續生存，到第二年春天重新發芽，這種根叫做宿根，如芍藥、薄荷等的根。

【宿疾】sùjí ㄙㄨˋ ㄐㄧˊ 一向有的病；拖延很久難以治愈的病。

【宿將】sùjiàng ㄙㄨˋ ㄐㄧㄤˋ 久經戰陣的指揮官；老將。

【宿命論】sùmìnglùn ㄙㄨˋ ㄇㄧㄥˋ ㄌㄨㄣˋ 一種唯心主義理論，認為事物的變化和發展、人的生死和貧富等都由命運或天命預先決定，人是無能為力的。

【宿諾】sùnuò ㄙㄨˋ ㄋㄨㄛˋ 同'夙諾'。

【宿儒】sùrú ㄙㄨˋ ㄖㄨˊ 老成博學的讀書人。

【宿舍】sùshè ㄙㄨˋ ㄕㄜˋ 企業、機關、學校等供給工作人員及其家屬或供給學生住的房屋。

【宿世】sùshì ㄙㄨˋ ㄕˋ 前生；前世。

【宿土】sùtǔ ㄙㄨˋ ㄊㄨˇ 植物原生長地點的土壤。

【宿營】sùyíng ㄙㄨˋ ㄧㄥˊ 軍隊在行軍或戰鬥後住宿：露天宿營。

【宿怨】sùyuàn ㄙㄨˋ ㄩㄢˋ 同'夙怨'。

【宿願】sùyuàn ㄙㄨˋ ㄩㄢˋ 同'夙願'。

【宿債】sùzhài ㄙㄨˋ ㄓㄞˋ 以前欠下的債務：償清宿債。

【宿志】sùzhì ㄙㄨˋ ㄓˋ 〈書〉一向懷有的志願：不忘宿志。

【宿主】sùzhǔ ㄙㄨˋ ㄓㄨˇ 寄主。

粟 sù ㄙㄨˋ ❶見412頁〖穀子〗①②。❷(Sù)姓。

【粟米】sùmǐ ㄙㄨˋ ㄇㄧˇ 〈方〉玉米。

【粟子】sù·zi ㄙㄨˋ ·ㄗ 〈方〉穀子①②。

訴(诉) sù ㄙㄨˋ ❶説給人：告訴。❷傾吐(心裏的話)：訴苦｜訴衷情。❸控告：上訴。

【訴苦】sù∥kǔ ㄙㄨˋ∥ㄎㄨˇ 向人訴説自己所受的苦難：訴苦叫屈｜無處訴苦。

【訴權】sùquán ㄙㄨˋ ㄑㄩㄢˊ 起訴和訴願的權利。

【訴述】sùshù ㄙㄨˋ ㄕㄨˋ 訴説：訴述經歷。

【訴説】sùshuō ㄙㄨˋ ㄕㄨㄛ 帶感情地陳述：他在信裏訴説着對地質工作的熱愛。

【訴訟】sùsòng ㄙㄨˋ ㄙㄨㄥˋ 檢察機關、法院以及民事案件中的當事人、刑事案件中的自訴人解決案件時所進行的活動。俗稱打官司。

【訴訟法】sùsòngfǎ ㄙㄨˋ ㄙㄨㄥˋ ㄈㄚˇ 關於訴訟程序的法規，有刑事訴訟法、民事訴訟法、行政訴訟法等。

【訴冤】sù∥yuān ㄙㄨˋ∥ㄩㄢ 向人訴説自己所受的冤屈。

【訴願】sùyuàn ㄙㄨˋ ㄩㄢˋ 指當事人受國家機關不當的處分時，依法向原處分機關的上級機關提出申訴，請求撤消或變更原處分。

【訴狀】sùzhuàng ㄙㄨˋ ㄓㄨㄤˋ 起訴書的舊稱。

嗉(膆) sù ㄙㄨˋ 嗉子①。

【嗉子】sù·zi ㄙㄨˋ ·ㄗ ❶鳥類的消化器官的一部分，在食道的下部，像個袋子，用來儲存食物：雞嗉子。也叫嗉囊。❷〈方〉裝酒的錫製的或瓷的器皿，像瓶子，底大，頸細長。

塑 sù ㄙㄨˋ ❶塑造：塑像｜泥塑木雕。❷塑料：塗塑壁紙｜全塑傢具。

【塑封】sùfēng ㄙㄨˋ ㄈㄥ 為防水、耐用而用塑料膜封閉起來的：塑封卡片。

【塑料】sùliào ㄙㄨˋ ㄌㄧㄠˋ 以樹脂等高分子化合物為基本成分，與配料混合後加熱加壓而成的、具有一定形狀的材料。在常溫下不再變形。種類很多，如電木、賽璐珞、聚氯乙烯等。一般具有質輕、絕緣、耐腐蝕、耐磨擦等特點。應用極為廣泛。

【塑像】sùxiàng ㄙㄨˋ ㄒㄧㄤˋ 用石膏或泥土等塑成的人像。

【塑性】sùxìng ㄙㄨˋ ㄒㄧㄥˋ 在應力超過一定限度的條件下，材料或物體不斷裂而繼續變形的性質。在外力去掉後還能保持一部分殘餘變形。也叫範性。

【塑造】sùzào ㄙㄨˋ ㄗㄠˋ ❶用泥土等可塑材料塑成人物形象：廟裏塑造了一尊泥菩薩。❷用語言文字或其他藝術手段表現人物形象：這篇小說成功地塑造了一位知識分子的形象。

溯(泝、遡) sù ㄙㄨˋ ❶逆着水流的方向走：溯流而上。❷往上推求或回想：回溯｜追溯。

【溯源】sùyuán ㄙㄨˋ ㄩㄢˊ 往上游尋找發源的地方。比喻向上尋求歷史根源：追本溯源。

愫 sù ㄙㄨˋ 〈書〉真實的情意；誠意：情愫。

肅(肃) sù ㄙㄨˋ ❶恭敬：肅立。❷嚴肅：肅穆。❸肅清：肅貪(肅清貪污行為)。

【肅靜】sùjìng ㄙㄨˋ ㄐㄧㄥˋ 嚴肅寂靜：肅靜無聲。

【肅立】sùlì ㄙㄨˋ ㄌㄧˋ 恭敬莊嚴地站着：奏國歌時全場肅立。

【肅穆】sùmù ㄙㄨˋ ㄇㄨˋ ❶嚴肅安靜：靈堂佈置得莊嚴肅穆。❷嚴肅和睦。

【肅清】sùqīng ㄙㄨˋ ㄑㄧㄥ 徹底清除(壞人、壞事、壞思想)：肅清盜匪｜肅清流毒。

【肅然】sùrán ㄙㄨˋ ㄖㄢˊ 形容十分恭敬的樣子：肅然起敬。

【肅殺】sùshā ㄙㄨˋ ㄕㄚ 〈書〉形容秋冬天氣寒冷，草木枯落：秋氣肅殺。

蔌〔蔌〕 sù ㄙㄨˋ 〈書〉蔬菜：山肴野蔌。

僳 sù ㄙㄨˋ 見709頁［傈僳族］(Lìsùzú)。

觫 sù ㄙㄨˋ 見485頁［觳觫］(húsù)。

愬 sù ㄙㄨˋ 〈書〉同‘訴’。

餗(𫗧) sù ㄙㄨˋ 〈書〉鼎中的食物。

嗉 sù ㄙㄨˋ 見750頁〖麗嗉〗(lùsù)。

簌 sù ㄙㄨˋ ［簌簌］❶象聲詞，形容風吹葉子等的聲音。❷形容眼淚等紛紛落下的樣子：簌簌淚下。❸形容肢體發抖的樣子：手指簌簌地抖。

謖(谡) sù ㄙㄨˋ 〈書〉起；起來。

【謖謖】sùsù ㄙㄨˋ ㄙㄨˋ 形容挺拔：謖謖長松。

縮(缩) sù ㄙㄨˋ ［縮砂密］(sùshāmì ㄙㄨˋ ㄕㄚ ㄇㄧˋ)多年生草本植物，葉子條狀披針形，花粉色，蒴果橢圓形。種子棕色，橢圓形，有三個棱，入藥叫砂仁。原產越南、緬甸、印度尼西亞等地。也叫縮砂。

另見1099頁 suō。

蹜 sù ㄙㄨˋ ［蹜蹜］〈書〉形容小步快走。

驌(骕) sù ㄙㄨˋ 見下。

【驌驦】sùshuāng ㄙㄨˋ ㄕㄨㄤ 同‘驌驦’。

【驌驦】sùshuāng ㄙㄨˋ ㄕㄨㄤ 古書上說的一種良馬。也作驌驦。

鷫(鹔) sù ㄙㄨˋ 見下。

【鷫鷞】sùshuāng ㄙㄨˋ ㄕㄨㄤ 同‘鷫鸘’。

【鷫鸘】sùshuāng ㄙㄨˋ ㄕㄨㄤ 古書上說的一種鳥。也作鷫鷞。

suān (ㄙㄨㄢ)

狻 suān ㄙㄨㄢ ［狻猊］(suānní ㄙㄨㄢ ㄋㄧˊ)傳說中的一種猛獸。

痠(酸) suān ㄙㄨㄢ 因疲勞或疾病引起的微痛而無力的感覺：腰痠腿疼｜腿站痠了。

‘酸’另見1094頁 suān。

【痠懶】suānlǎn ㄙㄨㄢ ㄌㄢˇ 〈方〉(身體)發痠而疲倦。

【痠溜溜】suānliūliū ㄙㄨㄢ ㄌㄧㄡ ㄌㄧㄡ 形容輕微痠痛的感覺：走了一天的路，腿肚子有點兒痠溜溜的。

【痠軟】suānruǎn ㄙㄨㄢ ㄖㄨㄢˇ (身體)發痠而無力：四肢痠軟。

【痠痛】suāntòng ㄙㄨㄢ ㄊㄨㄥˋ (身體)又痠又痛。

酸 suān ㄙㄨㄢ ❶電解質電離時所生成的陽離子全部是氫離子的化合物。能跟鹼中和生成鹽和水，跟某些金屬化合生成鹽和氫氣，水溶液有酸味，可使石蕊試紙變紅。如鹽酸、硫酸等。❷像醋的氣味或味道：酸菜｜酸棗｜青梅很酸。❸悲痛；傷心：辛酸｜心酸｜悲酸。❹譏諷文人迂腐：窮酸｜酸秀才。

另見1094頁 suān‘痠’。

【酸敗】suānbài ㄙㄨㄢ ㄅㄞˋ 油脂、魚肉等由於受到空氣、水分、細菌、熱、光等的作用而氧化或水解，酸值增高，產生異味。

【酸不溜丟】suān·buliūdiū ㄙㄨㄢ ·ㄅㄨ ㄌㄧㄡ ㄉㄧ

ㄡ〈方〉(酸不溜丢的)形容有酸味(含厭惡意)。

【酸菜】suāncài ㄙㄨㄢ ㄘㄞˋ 白菜等經發酵變酸了的叫做酸菜。

【酸楚】suānchǔ ㄙㄨㄢ ㄔㄨˇ 辛酸苦楚:心頭酸楚。

【酸酐】suāngān ㄙㄨㄢ ㄍㄢ 酸縮去水而成的化合物,如一個碳酸分子(H_2CO_3)縮去一分子水(H_2O)剩下的二氧化碳(CO_2)就是碳酸酐,兩個醋酸分子(CH_3COOH)縮去一分子水(H_2O)剩下的$(CH_3CO)_2O$就是醋酸酐。簡稱酐。

【酸根】suāngēn ㄙㄨㄢ ㄍㄣ 酸分子裏除去氫離子後剩下的部分;酸或鹽類存在於晶體或水溶液中的負離子。如硫酸根(SO_4^{2-})、硝酸根(NO_3^-)、鹽酸根(Cl^-)等。

【酸鹼度】suānjiǎndù ㄙㄨㄢ ㄐㄧㄢˇ ㄉㄨˋ 氫離子濃度指數(pH值)。

【酸溜溜】suānliūliū ㄙㄨㄢ ㄌㄧㄡ ㄌㄧㄡ ❶形容酸的味道或氣味:這個涼菜酸溜溜的,吃着挺爽口。❷形容輕微嫉妒或心裏難過的感覺:聽到被表揚的不是自己,她心裏有些酸溜溜的。❸形容愛引用古書詞句,言談迂腐(含譏諷意):他就喜歡賣弄,酸溜溜地來兩句之乎者也。

【酸梅湯】suānméitāng ㄙㄨㄢ ㄇㄟˊ ㄊㄤ 把烏梅放在水裏泡過或煮過再加糖製成的夏季飲料,滋味酸甜。

【酸牛奶】suānniúnǎi ㄙㄨㄢ ㄋㄧㄡˊ ㄋㄞˇ 牛奶經人工發酵而成的半固體食品,帶酸味,易於消化吸收。

【酸甜苦辣】suān tián kǔ là ㄙㄨㄢ ㄊㄧㄢˊ ㄎㄨˇ ㄌㄚˋ 指各種味道。比喻幸福、痛苦等種種遭遇。

【酸心】suānxīn ㄙㄨㄢ ㄒㄧㄣ ❶心裏悲痛:這齣戲看了叫人酸心。❷胃裏發酸:白薯吃多了酸心。

【酸辛】suānxīn ㄙㄨㄢ ㄒㄧㄣ 辛酸。

【酸雨】suānyǔ ㄙㄨㄢ ㄩˇ 指含有一定數量酸性物質(如硫酸、硝酸、鹽酸)的自然降水,包括雨、雪、雹、霧等。酸雨能腐蝕建築物、損害植物、污染水源。

【酸棗】suānzǎo ㄙㄨㄢ ㄗㄠˇ ❶酸棗樹,落葉灌木或喬木,枝上有刺,葉子長橢圓形,邊緣有細鋸齒,花黃綠色,果實長圓形,暗紅色,肉質薄,味酸。核仁可入藥。也叫棘(jí)。❷(酸棗兒)這種植物的果實。

suàn (ㄙㄨㄢˋ)

蒜〔蒜〕 suàn ㄙㄨㄢˋ ❶多年生草本植物,花白色帶紫,葉子和花軸嫩時可以做菜。地下鱗莖味道辣,有刺激性氣味,可以做作料,也可入藥。❷這種植物的鱗莖。‖也叫大蒜。

【蒜瓣兒】suànbànr ㄙㄨㄢˋ ㄅㄢㄦˋ 蒜的鱗莖分成瓣狀,每一個瓣狀部分叫做一個蒜瓣兒。

【蒜毫】suànháo ㄙㄨㄢˋ ㄏㄠˊ (蒜毫兒)蒜薹。

【蒜黃】suànhuáng ㄙㄨㄢˋ ㄏㄨㄤˊ (蒜黃兒)在不受日光的照射和適當的溫度,濕度條件下培育出來的黃色蒜葉。做蔬菜用。

【蒜苗】suànmiáo ㄙㄨㄢˋ ㄇㄧㄠˊ〈方〉❶嫩的蒜薹。❷青蒜。

【蒜泥】suànní ㄙㄨㄢˋ ㄋㄧˊ 搗得非常爛的蒜,用來拌菜或蘸菜吃。

【蒜薹】suàntái ㄙㄨㄢˋ ㄊㄞˊ 蒜的花軸,嫩的可以吃。

【蒜頭】suàntóu ㄙㄨㄢˋ ㄊㄡˊ (蒜頭兒)蒜的鱗莖,略呈球形,是由許多蒜瓣構成的。

筭 suàn ㄙㄨㄢˋ〈書〉同'算'。

算(祘) suàn ㄙㄨㄢˋ ❶計算數目:珠算|筆算|心算|預算|能寫會算|算了一筆賬。❷計算進去:明天賽球算我一個。❸謀劃;計劃:失算|打算|盤算|暗算|算計。❹推測:我算他今天該動身了。❺認做;當做:他各方面都不錯,可以算一個好學生|你們挑剩下的都算我的。❻算數;承認有效力:他說的不算,還得你說。❼作罷;不再計較(後面跟'了'):算了,別說了|他不願意就算了吧,咱們兩人去。❽總算:最後算把這個問題弄懂了。

【算草】suàncǎo ㄙㄨㄢˋ ㄘㄠˇ (算草兒)演算算題時所做的草式。如 $\begin{array}{r}28\\-19\\\hline 9\end{array}$, $\begin{array}{r}5\\\times5\\\hline 25\end{array}$ 。

【算尺】suànchǐ ㄙㄨㄢˋ ㄔˇ 計算尺。

【算得】suàn//dé ㄙㄨㄢˋ//ㄉㄜˊ 被認為是;算做:他倆真算得一對好夫妻。

【算卦】suàn//guà ㄙㄨㄢˋ//ㄍㄨㄚˋ 根據卦象推算吉凶(迷信)。

【算計】suàn·ji ㄙㄨㄢˋ·ㄐㄧ ❶計算數目:數量之多,難以算計。❷考慮;打算:這件事慢一步辦,還得算計算計。❸估計:我算計他今天回不來,果然沒回來。❹暗中謀劃損害別人:被人算計。

【算計兒】suàn·jir ㄙㄨㄢˋ·ㄐㄧㄦ〈方〉計劃;打算:安排好生活要預先有個算計兒。

【算命】suàn//mìng ㄙㄨㄢˋ//ㄇㄧㄥˋ 憑人的生辰八字,用陰陽五行推算人的命運,斷定人的吉凶禍福(迷信)。

【算盤】suàn·pán ㄙㄨㄢˋ·ㄆㄢˊ ❶一種計算數目的用具,長方形框內裝有一根橫樑,樑上鑽孔鑲小棍兒十餘根,每根上穿一串珠子,叫算盤子兒,常見的是兩顆在橫樑上,每顆代表五,五顆在橫樑下,每顆代表一。按規定的方法撥動算盤子兒,可以做加減乘除等運算。❷比喻計劃,打算:如意算盤|他答應這件事,是有他自己的算盤的。

【算盤子兒】suàn·pánzǐr ㄙㄨㄢˋ ·ㄆㄢˊ ㄗㄦˇ 算盤上的珠子，多為木製，扁圓形，中間有孔。

【算式】suànshì ㄙㄨㄢˋ ㄕˋ 進行數(或代數式)的計算時，所列出的式子，分為橫式和豎式兩種。

【算是】suànshì ㄙㄨㄢˋ ㄕˋ 總算：這一下算是你猜着了｜我們早就想辦這事，現在算是實現了。

【算術】suànshù ㄙㄨㄢˋ ㄕㄨˋ 數學的一個分支，是數學中最基礎、最初等的部分。主要研究零和正整數、正分數的記數法，在加、減、乘、除、乘方、開方運算下產生的數的性質、運算法則以及在社會實踐中的應用。

【算數】suàn∥shù ㄙㄨㄢˋ∥ㄕㄨˋ ❶(算數兒)承認有效力：說話要算數，不能翻悔｜以前的不算數，從現在算起。❷表示到…為止：學會了才算數。

【算題】suàntí ㄙㄨㄢˋ ㄊㄧˊ 數學的練習題。

【算學】suànxué ㄙㄨㄢˋ ㄒㄩㄝˊ ❶數學。❷算術。

【算賬】suàn∥zhàng ㄙㄨㄢˋ∥ㄓㄤˋ ❶計算賬目。❷吃虧或失敗後和人爭執較量：這件事得找他算賬，要他賠償損失。

suī (ㄙㄨㄟ)

尿 suī ㄙㄨㄟ 人或動物體內，由腎臟產生，從尿道排泄出來的液體：小孩兒又尿(niào)了一泡尿。
另見843頁 niào。

【尿泡】suī·pāo ㄙㄨㄟ ·ㄆㄠ 同'尿脬'。

【尿脬】suī·pāo ㄙㄨㄟ ·ㄆㄠ 〈方〉膀胱。也作尿泡。

荽〔荽〕 suī ㄙㄨㄟ 見1313頁［芫荽］(yán·suī)。

眭 suī ㄙㄨㄟ ❶〈書〉目光深注。❷(Suī)姓。

睢1 suī ㄙㄨㄟ 見1519頁〖恣睢〗。

睢2 Suī ㄙㄨㄟ ❶睢縣，在河南。❷姓。

濉 Suī ㄙㄨㄟ 濉河，發源於安徽，流入江蘇。

雖(虽) suī ㄙㄨㄟ 〈書〉連詞。❶雖然：事情雖小，意義卻很大｜三月天氣，雖沒太陽，也不覺得冷了｜房子舊雖舊，倒還乾淨。❷縱然：為人民而死，雖死猶榮。

【雖然】suīrán ㄙㄨㄟ ㄖㄢˊ 連詞，用在上半句，下半句往往有'可是、但是'等跟它呼應，表示承認甲事為事實，但乙事並不因為甲事而不成立：現在我們雖然生活富裕了，但是還要注意節約｜他雖然工作很忙，可是對業餘學習並不放鬆。注意 文言裏'雖然'承接上文，稍微停頓，等於白話'雖然如此'的意思。

【雖說】suīshuō ㄙㄨㄟ ㄕㄨㄛ 雖然：雖說是開玩笑，也該有個分寸｜她雖說才十六歲，家裏地裏樣樣活兒都能幹。

【雖則】suīzé ㄙㄨㄟ ㄗㄜˊ 雖然：雖則多費了些工夫，但是長了不少知識。

suí (ㄙㄨㄟˊ)

隋 Suí ㄙㄨㄟˊ ❶朝代，公元 581－618，楊堅所建。❷姓。

遂 suí ㄙㄨㄟˊ 見32頁〖半身不遂〗。
另見1098頁 suì。

綏(绥) suí ㄙㄨㄟˊ 〈書〉❶安好：順頌時綏(書信結尾用語)。❷安撫：綏靖。

【綏靖】suíjìng ㄙㄨㄟˊ ㄐㄧㄥˋ 〈書〉安撫，使保持地方平靜：綏靖四方。

隨(随) suí ㄙㄨㄟˊ ❶跟：跟隨｜隨着形勢的發展，我們的任務更加繁重了。❷順從：隨順｜隨風轉舵｜只要你們做得對，我都隨着。❸任憑：隨意｜隨便｜去不去隨你吧。❹順便：隨手。❺〈方〉像：他長得隨他父親。❻(Suí)姓。

【隨筆】suíbǐ ㄙㄨㄟˊ ㄅㄧˇ ❶一種散文體裁，篇幅短小，表現形式靈活自由，可以抒情、敘事或評論。❷筆記。

【隨便】suí∥biàn ㄙㄨㄟˊ∥ㄅㄧㄢˋ 按照某人的方便：隨你的便。

【隨便】suíbiàn ㄙㄨㄟˊ ㄅㄧㄢˋ ❶不在範圍、數量等方面加限制：隨便閑談｜你們活兒多，隨便勻給我們一些吧。❷怎麼方便就怎麼做，不多考慮：我說話很隨便，請你不要見怪｜寫文章不能隨隨便便，要對讀者負責任。❸任憑；無論：話劇也好，京劇也好，隨便甚麼戲，他都愛看。

【隨波逐流】suí bō zhú liú ㄙㄨㄟˊ ㄅㄛ ㄓㄨˊ ㄌㄧㄡˊ 隨着波浪起伏，跟着流水漂盪。比喻自己沒有主見，隨着潮流走。

【隨常】suícháng ㄙㄨㄟˊ ㄔㄤˊ 平常；普通：出門時就帶了兩件隨常的衣服。

【隨處】suíchù ㄙㄨㄟˊ ㄔㄨˋ 不拘甚麼地方；到處：這個城市的建設發展很快，新的樓房隨處可見。

【隨從】suícóng ㄙㄨㄟˊ ㄘㄨㄥˊ ❶跟隨(首長)：隨從師長南征北戰。❷隨從人員：當了一名隨從。

【隨大溜】suí dàliù ㄙㄨㄟˊ ㄉㄚˋ ㄌㄧㄡˋ (隨大溜兒)跟着多數人說話或行事。也說隨大流。

【隨帶】suídài ㄙㄨㄟˊ ㄉㄞˋ ❶隨同帶去：信外隨帶書籍一包。❷隨身攜帶：隨帶行李不多。

【隨地】suídì ㄙㄨㄟˊ ㄉㄧˋ 不拘甚麼地方：隨時

隨地｜公共場所禁止隨地亂扔果皮紙屑。

【隨訪】suífǎng ㄙㄨㄟˊ ㄈㄤˇ 隨從訪問：隨訪記者。

【隨份子】suífèn·zi ㄙㄨㄟˊ ㄈㄣˋ ·ㄗ ❶拿出分攤的一份錢參加集體送禮。❷帶着錢到別人家參加婚喪等活動。也說出份子。

【隨風倒】suífēngdǎo ㄙㄨㄟˊ ㄈㄥ ㄉㄠˇ 形容無主見，看哪一邊勢力大就跟着哪一邊走。

【隨風轉舵】suí fēng zhuǎn duò ㄙㄨㄟˊ ㄈㄥ ㄓㄨㄢˇ ㄉㄨㄛˋ 見1078頁〖順風轉舵〗。

【隨感】suígǎn ㄙㄨㄟˊ ㄍㄢˇ 隨時的感想（多用作標題）：隨感錄｜《旅歐隨感》。

【隨行就市】suí háng jiù shì ㄙㄨㄟˊ ㄏㄤˊ ㄐㄧㄡˋ ㄕˋ 價格隨着市場的行情而變動：農產品充足了，價格自然會隨行就市落下來。

【隨和】suí·he ㄙㄨㄟˊ ·ㄏㄜ 和氣而不固執己見：他脾氣隨和，跟誰都合得來。

【隨後】suíhòu ㄙㄨㄟˊ ㄏㄡˋ 副詞，表示緊接某種情況或行動之後，多與'就'連用：你先走，我隨後就去。

【隨機應變】suí jī yìng biàn ㄙㄨㄟˊ ㄐㄧ ㄧㄥˋ ㄅㄧㄢˋ 跟着情況的變化，掌握時機，靈活應付。

【隨即】suíjí ㄙㄨㄟˊ ㄐㄧˊ 隨後就；立刻：你們先走，我隨即動身。

【隨記】suíjì ㄙㄨㄟˊ ㄐㄧˋ 隨手記錄（多用作標題）：參觀隨記｜《採訪隨記》。

【隨軍】suíjūn ㄙㄨㄟˊ ㄐㄩㄣ 跟隨軍隊（行動）：隨軍記者｜隨軍家屬。

【隨口】suíkǒu ㄙㄨㄟˊ ㄎㄡˇ 沒經過考慮，隨便說出：隨口附和｜他對別人的要求，從不隨口答應。

【隨群】suíqún ㄙㄨㄟˊ ㄑㄩㄣˊ （隨群兒）舉動跟大家一樣。

【隨身】suíshēn ㄙㄨㄟˊ ㄕㄣ 帶在身上或跟在身旁：隨身攜帶｜隨身用品｜隨身僕從。

【隨聲附和】suí shēng fùhè ㄙㄨㄟˊ ㄕㄥ ㄈㄨˋ ㄏㄜˋ 別人說甚麼，自己跟着說甚麼。形容沒有主見。

【隨時】suíshí ㄙㄨㄟˊ ㄕˊ ❶不拘甚麼時候：有問題可以隨時來問我。❷有需要或有可能的時候（就做）：維修工可以隨時上門修理。

【隨手】suíshǒu ㄙㄨㄟˊ ㄕㄡˇ （隨手兒）順手：出門時請隨手關門。

【隨順】suíshùn ㄙㄨㄟˊ ㄕㄨㄣˋ 依從；順從：怎能不加思考隨順別人？

【隨俗】suísú ㄙㄨㄟˊ ㄙㄨˊ 隨順習俗（做事）：入鄉隨俗。

【隨…隨…】suí…suí… ㄙㄨㄟˊ… ㄙㄨㄟˊ… 分別用在兩個動詞或動詞性詞組前面，表示後一動作緊接着前一動作而發生：大家隨到隨吃，不用等｜這幾個文件隨印隨發。

【隨同】suítóng ㄙㄨㄟˊ ㄊㄨㄥˊ 跟着；陪着：幾位有經驗的老工人隨同工程師到場地查勘。

【隨喜】suíxǐ ㄙㄨㄟˊ ㄒㄧˇ ❶佛教用語，見人做功德而樂意參加；也指隨着眾人做某種表示，或願意加入集體送禮等：隨喜拍手喝彩｜隨喜，隨喜！也算我一份兒。❷舊指參觀廟宇。

【隨鄉入鄉】suí xiāng rù xiāng ㄙㄨㄟˊ ㄒㄧㄤ ㄖㄨˋ ㄒㄧㄤ 到一個地方就按照當地的風俗習慣生活。也說入鄉隨鄉。

【隨心】suí∥xīn ㄙㄨㄟˊ∥ㄒㄧㄣ ❶隨着自己的意思：隨心所欲。❷合乎自己的心願；稱心：這番話聽着很隨心。

【隨心所欲】suí xīn suǒ yù ㄙㄨㄟˊ ㄒㄧㄣ ㄙㄨㄛˇ ㄩˋ 一切都由着自己的心意，想怎麼做就怎麼做。

【隨意】suí∥yì ㄙㄨㄟˊ∥ㄧˋ 任憑自己的意思：隨意出入｜請大家隨意點菜。

【隨遇而安】suí yù ér ān ㄙㄨㄟˊ ㄩˋ ㄦˊ ㄢ 能適應各種環境，在任何環境中都能滿足。

【隨遇平衡】suíyù-pínghéng ㄙㄨㄟˊ ㄩˋ ㄆㄧㄥˊ ㄏㄥˊ 處於平衡的物體，在受到微小作用時，它的重心高度不變，能在任意位置繼續保持平衡的現象。如水平地面上圓球的平衡狀態。

【隨員】suíyuán ㄙㄨㄟˊ ㄩㄢˊ ❶隨同首長或代表團外出的工作人員。❷在駐外使館工作的最低一級的外交官。

【隨葬】suízàng ㄙㄨㄟˊ ㄗㄤˋ 用財物、器具、車馬等隨同死者埋葬：隨葬品｜隨葬物。

suǐ（ㄙㄨㄟˇ）

髓 suǐ ㄙㄨㄟˇ ❶見410頁〖骨髓〗。❷像骨髓的東西：腦髓｜脊髓。❸植物莖的中心部分，由薄壁的細胞組成。

suì（ㄙㄨㄟˋ）

祟 suì ㄙㄨㄟˋ 原指鬼怪或鬼怪害人（迷信），借指不正當的行動：鬼祟｜作祟。

碎 suì ㄙㄨㄟˋ ❶完整的東西破成零片零塊：粉碎｜碗打碎了。❷使碎：碎石機｜粉身碎骨。❸零星；不完整：碎布｜碎屑｜瑣碎。❹說話嘮叨：嘴太碎｜閑言碎語。

【碎步兒】suìbùr ㄙㄨㄟˋ ㄅㄨㄦˋ 小而快的步子。也說碎步子。

【碎嘴子】suìzuǐ·zi ㄙㄨㄟˋ ㄗㄨㄟˇ ·ㄗ 〈方〉❶說話絮煩：兩句話能說完的事就別犯碎嘴子了。❷愛說話並且一說起來就沒完的人。

歲（岁、嵗、歳） suì ㄙㄨㄟˋ ❶年：歲月｜歲末｜辭舊歲，迎新年。❷量詞，表示年齡的單位：孩子三歲了｜這匹馬是六歲口。❸〈書〉指時間：歲不我與（時間不等待我們）。❹〈書〉年成：歉歲｜豐歲。

【歲差】suìchā ㄙㄨㄟˋ ㄔㄚ 由於太陽和月亮的引

力對地球赤道的作用，使地軸在黃道軸的周圍作圓錐形的運動，緩慢西移，約25,800年環繞一周，同時引起春分點以每年50.2秒的速度西移，使回歸年比恒星年短，這種現象叫做歲差。

【歲出】suìchū ㄙㄨㄟˋ ㄔㄨ 國家在預算年度內的一切支出（跟'歲入'相對）。

【歲初】suìchū ㄙㄨㄟˋ ㄔㄨ 年初。

【歲除】suìchú ㄙㄨㄟˋ ㄔㄨˊ〈書〉一年的最後一天；除夕。

【歲杪】suìmiǎo ㄙㄨㄟˋ ㄇㄧㄠˇ〈書〉年底。

【歲暮】suìmù ㄙㄨㄟˋ ㄇㄨˋ〈書〉❶一年快完的時候：歲暮天寒。❷比喻年老：歲暮之人。

【歲入】suìrù ㄙㄨㄟˋ ㄖㄨˋ 國家在預算年度內的一切收入（跟'歲出'相對）。

【歲首】suìshǒu ㄙㄨㄟˋ ㄕㄡˇ〈書〉一年開始的時候，一般指正月。

【歲數】suì·shu ㄙㄨㄟˋ ·ㄕㄨ（歲數兒）人的年齡：媽是上了歲數的人了｜他今年多大歲數了？

【歲星】suìxīng ㄙㄨㄟˋ ㄒㄧㄥ 我國古代指木星。因為木星每十二年在空中繞行一周，每年移動周天的十二分之一，古人把木星所在的位置作為紀年的標準，所以叫歲星。

【歲修】suìxiū ㄙㄨㄟˋ ㄒㄧㄡ 各種建築工程每年進行的有計劃的整修和養護工作。

【歲序】suìxù ㄙㄨㄟˋ ㄒㄩˋ〈書〉年份更易的順序：歲序更新。

【歲月】suìyuè ㄙㄨㄟˋ ㄩㄝˋ 年月：漫長的歲月｜艱苦鬥爭的歲月。

睟 suì ㄙㄨㄟˋ〈書〉❶光潤的樣子。❷顏色純粹。

遂1 suì ㄙㄨㄟˋ ❶順；如意：遂心｜遂願。❷成功：未遂犯｜所謀不遂。

遂2 suì ㄙㄨㄟˋ〈書〉就；於是：服藥後腹痛遂止。

另見1096頁 suí。

【遂心】suì∥xīn ㄙㄨㄟˋ∥ㄒㄧㄣ 合自己的心意；滿意：遂心如意｜這回可遂了他的心啦！

【遂意】suì∥yì ㄙㄨㄟˋ∥ㄧˋ 遂心。

【遂願】suì∥yuàn ㄙㄨㄟˋ∥ㄩㄢˋ 滿足願望；如願：稱心遂願。

誶（谇） suì ㄙㄨㄟˋ〈書〉❶斥責；詰問。❷諫諍。

隧 suì ㄙㄨㄟˋ〈書〉地道。

【隧道】suìdào ㄙㄨㄟˋ ㄉㄠˋ 在山中或地下鑿成的通路。

【隧洞】suìdòng ㄙㄨㄟˋ ㄉㄨㄥˋ 隧道。

穗1（❷繐） suì ㄙㄨㄟˋ（穗兒）❶稻麥等禾本科植物的花或果實聚生在莖的頂端，叫做穗：麥穗兒｜穀穗兒。❷用絲綫、布條或紙條等紮成的、挂起來往下垂的裝飾品：黃穗紅罩的宮燈。

穗2 Suì ㄙㄨㄟˋ ❶廣州市的別稱。❷姓。

【穗子】suì·zi ㄙㄨㄟˋ ·ㄗ 穗1：高粱穗子｜錦旗的下邊有許多金黃色的穗子。

燧 suì ㄙㄨㄟˋ ❶古代取火的器具：燧石。❷古代告警的烽火：烽燧。

【燧人氏】Suìrénshì ㄙㄨㄟˋ ㄖㄣˊ ㄕˋ 我國古代傳說中的人物。傳說他發明鑽木取火，教人熟食。

檖 suì ㄙㄨㄟˋ〈書〉同'穗'。

邃 suì ㄙㄨㄟˋ〈書〉❶（時間、空間）深遠：邃古｜深邃。❷精深：精邃。

【邃密】suìmì ㄙㄨㄟˋ ㄇㄧˋ ❶深①：屋宇邃密。❷精深：邃密的理論。

sūn（ㄙㄨㄣ）

孫（孙） sūn ㄙㄨㄣ ❶孫子：祖孫。❷孫子以後的各代：曾孫｜玄孫。❸跟孫子同輩的親屬：侄孫｜外孫。❹植物再生或孳生的：稻孫｜孫竹。❺（Sūn）姓。

〈古〉又同'遜'xùn。

【孫女】sūn·nǚ ㄙㄨㄣ ·ㄋㄩˇ（孫女兒）兒子的女兒。

【孫女婿】sūnnǚ·xu ㄙㄨㄣ ㄋㄩˇ·ㄒㄩ 孫女的丈夫。

【孫媳婦】sūnxí·fu ㄙㄨㄣ ㄒㄧˊ·ㄈㄨ（孫媳婦兒）孫子的妻子。

【孫子】sūn·zi ㄙㄨㄣ ·ㄗ 兒子的兒子。

飧（飧） sūn ㄙㄨㄣ〈書〉晚飯。

蓀〔蕵〕（荪） sūn ㄙㄨㄣ 古書上說的一種香草。

猻（狲） sūn ㄙㄨㄣ 見484頁［猢猻］。

sǔn（ㄙㄨㄣˇ）

隼 sǔn ㄙㄨㄣˇ 鳥類的一科，翅膀窄而尖，嘴短而寬，上嘴彎曲並有齒狀突起。飛得很快，善於襲擊其他鳥類，是兇猛的鳥。也叫鶻（hú）。

筍（笋） sǔn ㄙㄨㄣˇ 竹的嫩芽，味鮮美，可以做菜。也叫竹筍。

【筍雞】sǔnjī ㄙㄨㄣˇ ㄐㄧ 做食物用的小而嫩的雞。

損（损） sǔn ㄙㄨㄣˇ ❶減少：損益｜增損｜損兵折將。❷損害：損人利己｜有益無損。❸損壞：破損｜完好無損。❹〈方〉用尖刻的話挖苦人：損人。❺〈方〉刻薄；惡毒：這人辦事真損｜他說的話夠損的。

【損兵折將】sǔn bīng zhé jiàng ㄙㄨㄣˇ ㄅㄧㄥ ㄓ

ㄜˊ ㄐㄧㄤˋ 兵士和將領都有損失。指作戰失利。

【損公肥私】sǔn gōng féi sī ㄙㄨㄣˇ ㄍㄨㄥ ㄈㄟˊ ㄙ 損害公家的利益而使人得到好處。

【損害】sǔnhài ㄙㄨㄣˇ ㄏㄞˋ 使事業、利益、健康、名譽等蒙受損失：光綫不好，看書容易損害視力｜不能損害群眾利益。

【損耗】sǔnhào ㄙㄨㄣˇ ㄏㄠˋ ❶損失消耗：電能的損耗。❷貨物由於自然原因（如物理變化和化學變化）或運輸而造成的消耗損失：減少水果運輸中的損耗。

【損壞】sǔnhuài ㄙㄨㄣˇ ㄏㄨㄞˋ 使失去原來的使用效能：糖吃多了，容易損壞牙齒。

【損毀】sǔnhuǐ ㄙㄨㄣˇ ㄏㄨㄟˇ 損壞；毀壞：損毀樹木近萬株。

【損人】sǔnrén ㄙㄨㄣˇ ㄖㄣˊ ❶〈方〉用尖刻的話挖苦人：你有意見直說，幹嗎損人。❷使別人受到損失：損人利己。

【損人利己】sǔn rén lì jǐ ㄙㄨㄣˇ ㄖㄣˊ ㄌㄧˋ ㄐㄧˇ 使別人受到損失而使自己得到好處。

【損傷】sǔnshāng ㄙㄨㄣˇ ㄕㄤ ❶損害；傷害：工作中要注意方式方法，不要損傷群眾的積極性。❷損失：經過兩次戰役，敵人的兵力損傷很大。

【損失】sǔnshī ㄙㄨㄣˇ ㄕ ❶沒有代價地消耗或失去：財產受到損失。❷沒有代價地消耗或失去的東西：損失巨大。

【損益】sǔnyì ㄙㄨㄣˇ ㄧˋ ❶減少和增加。❷賠和賺；盈虧：損益相抵。

榫 sǔn ㄙㄨㄣˇ（榫兒）榫頭。

【榫頭】sǔn·tou ㄙㄨㄣˇ ·ㄊㄡ 竹、木、石製器物或構件上利用凹凸方式相接處凸出的部分。

【榫眼】sǔnyǎn ㄙㄨㄣˇ ㄧㄢˇ 卯眼。

【榫子】sǔn·zi ㄙㄨㄣˇ ·ㄗ 榫頭。

簨 sǔn ㄙㄨㄣˇ 古時懸挂鐘鼓的架子。

suō（ㄙㄨㄛ）

莎〔莎〕 suō ㄙㄨㄛ［莎草］（suōcǎo ㄙㄨㄛ ㄘㄠˇ）多年生草本植物，多生在潮濕地區或河邊沙地上，葉條形，有光澤，花穗褐色。地下塊根叫香附子，供藥用。

另見994頁 shā。

唆 suō ㄙㄨㄛ 唆使：教唆｜調唆。

【唆使】suōshǐ ㄙㄨㄛ ㄕˇ 指使或挑動別人去做壞事：受人唆使。

娑 suō ㄙㄨㄛ 見下。

【娑羅樹】suōluóshù ㄙㄨㄛ ㄌㄨㄛˊ ㄕㄨˋ 常綠喬木，高30餘米，葉子長卵形，花淡黃色。原產印度。木材紫褐色或淡紅色，可以做建築材料。［梵 sāla］

【娑羅雙樹】suōluó shuāng shù ㄙㄨㄛ ㄌㄨㄛˊ ㄕㄨㄤ ㄕㄨˋ 兩棵娑羅樹，相傳釋迦牟尼涅槃於娑羅雙樹間。

桫 suō ㄙㄨㄛ［桫欏］（suōluó ㄙㄨㄛ ㄌㄨㄛˊ）蕨類植物，木本，莖高而直，葉片大，羽狀分裂。莖含澱粉，可供食用。

梭 suō ㄙㄨㄛ 織布時牽引緯綫（橫綫）的工具，兩頭尖，中間粗，形狀像棗核。也叫梭子。

【梭鏢】suōbiāo ㄙㄨㄛ ㄅㄧㄠ 裝上長柄的兩邊有刃的尖刀。

【梭巡】suōxún ㄙㄨㄛ ㄒㄩㄣˊ 往來巡邏：晝夜梭巡。

【梭子】[1] suō·zi ㄙㄨㄛ ·ㄗ 梭。

【梭子】[2] suō·zi ㄙㄨㄛ ·ㄗ ❶機關槍等武器的子彈夾子。❷量詞，用於子彈：一梭子子彈。

【梭子蟹】suō·zixiè ㄙㄨㄛ ·ㄗ ㄒㄧㄝˋ 海蟹的一類，頭胸部的甲略呈梭形，螯長而大。常棲息在海底。也叫蝤蛑（yóumóu）。

挲（挱） suō ㄙㄨㄛ 見812頁〖摩挲〗（mósuō）。

另見984頁 sā；995頁 shā。

睃 suō ㄙㄨㄛ 斜着眼睛看。

蓑〔簑〕 suō ㄙㄨㄛ 蓑衣：蓑笠。

【蓑衣】suōyī ㄙㄨㄛ ㄧ 用草或棕製成的、披在身上的防雨用具。

嗦 suō ㄙㄨㄛ ❶見295頁［哆嗦］。❷見759頁〖囉嗦〗。

嗍 suō ㄙㄨㄛ 吮吸：嬰兒嗍奶頭。

羧 suō ㄙㄨㄛ 羧基。

【羧基】suōjī ㄙㄨㄛ ㄐㄧ 由羰基和羥基組成的一價原子團（－COOH）。

縮（缩） suō ㄙㄨㄛ ❶由大變小或由長變短；收縮：緊縮｜縮短｜熱脹冷縮｜這布下水也不縮。❷沒伸開或伸開了又收回去；不伸出：烏龜的頭老縮在裏面。❸後退：退縮｜畏縮。

另見1094頁 sù。

【縮編】suōbiān ㄙㄨㄛ ㄅㄧㄢ ❶（部隊、機關等）縮減編制：軍隊縮編。❷把作品、節目等壓縮編輯，使篇幅減少：將原來50集的電視連續劇縮編成30集。

【縮尺】suōchǐ ㄙㄨㄛ ㄔˇ 比例尺①②（專指圖紙上的尺寸小於實際尺寸的）。

【縮短】suōduǎn ㄙㄨㄛ ㄉㄨㄢˇ 使原有長度、距離、時間變短：縮短戰綫｜縮短期限。

【縮合】suōhé ㄙㄨㄛ ㄏㄜˊ 兩個或兩個以上的有

機化合物分子相互作用，同時析出水、醇、鹵化氫、氨等小分子而形成另外的物質，如兩個分子的乙醇析出一個分子的水而縮合成乙醚。

【縮減】suōjiǎn ㄙㄨㄛ ㄐㄧㄢˇ 緊縮減少：縮減開支｜縮減重疊的機構。

【縮聚】suōjù ㄙㄨㄛ ㄐㄩˋ 縮合聚合，指單體結合成高分子化合物，同時析出小分子副產物。如苯酚和甲醛結合成苯酚甲醛樹脂，同時產生水。

【縮手】suō∥shǒu ㄙㄨㄛ∥ㄕㄡˇ 手縮回來。比喻不敢再做下去：病勢危重，幾位名醫都縮手了。

【縮手縮腳】suō shǒu suō jiǎo ㄙㄨㄛ ㄕㄡˇ ㄙㄨㄛ ㄐㄧㄠˇ ❶因寒冷而四肢不能舒展的樣子。❷形容做事顧慮多，不大膽。

【縮水】suō∥shuǐ ㄙㄨㄛ∥ㄕㄨㄟˇ 將紡織品、纖維等放進水中浸泡使收縮：這塊布縮過水了嗎？

【縮水】suōshuǐ ㄙㄨㄛ ㄕㄨㄟˇ 某些紡織品、纖維等下水後收縮：這種布不縮水。也說抽水。

【縮頭縮腦】suō tóu suō nǎo ㄙㄨㄛ ㄊㄡˊ ㄙㄨㄛ ㄋㄠˇ ❶形容畏縮。❷形容膽小，不敢出頭負責任。

【縮微】suōwēi ㄙㄨㄛ ㄨㄟ 指利用照相技術等把文字圖像縮成很小的複製品：縮微技術。

【縮小】suōxiǎo ㄙㄨㄛ ㄒㄧㄠˇ 使由大變小：縮小範圍。

【縮寫】suōxiě ㄙㄨㄛ ㄒㄧㄝˇ ❶使用拼音文字的語言中，對於常用的詞組(多為專名)以及少數常用的詞所採用的簡便的寫法。縮寫有幾種方式。a) 截取詞的第一個字母來代表這個詞，如C 代表 carbonium (碳)。b) 截取詞的前幾個字母，如 Eng. 代表 England (英國) 或 English (英語)。c) 分別截取一個詞的兩個部分的第一個字母，如 cm. 代表 centimètre (厘米)，kg. 代表 kilogramme (公斤)。d) 截取詞的第一個和末一個字母，如 No. 代表 numéro (號數)。❷把文學作品 (多為長篇小說) 改寫，使篇幅減少：縮寫本。

【縮衣節食】suō yī jié shí ㄙㄨㄛ ㄧ ㄐㄧㄝˊ ㄕˊ 見589頁〖節衣縮食〗。

【縮印】suōyìn ㄙㄨㄛ ㄧㄣˋ 一種影印法，把書畫、文件等先用照相法縮小，然後製成印刷版印刷。

【縮影】suōyǐng ㄙㄨㄛ ㄧㄥˇ 指可以代表同一類型的具體而微的人或事物：作品主人公的遭遇是當時農民生活的縮影。

suǒ (ㄙㄨㄛˇ)

所(戼) suǒ ㄙㄨㄛˇ ❶處所：場所｜住所｜各得其所。❷明代駐兵的地點，大的叫千戶所，小的叫百戶所。現在只用於地名：海陽所(在山東)｜前所(在浙江)｜後所(在山西)｜沙後所(在遼寧)。❸用做機關或其他辦事地方的名稱：研究所｜派出所｜診療所｜指揮所｜招待所。❹量詞。a) 用於房屋：這所房子。b) 用於學校等 (可以不止一所房子)：一所醫院｜兩所學校。❺助詞。a) 跟'為'或'被'合用，表示被動：為人所笑｜看問題片面，容易被表面現象所迷惑。b) 用在做定語的主謂結構的動詞前面，表示中心詞是受事：我所認識的人｜大家所提的意見。c) 用在'是…的'中間的名詞、代詞和動詞之間，強調施事和動作的關係：全國的形勢，是同志們所關心的。d)〈書〉用在動詞前面，跟動詞構成體詞結構：各盡所能｜聞所未聞。❻ (Suǒ) 姓。

【所部】suǒbù ㄙㄨㄛˇ ㄅㄨˋ 所率領的部隊。

【所得稅】suǒdéshuì ㄙㄨㄛˇ ㄉㄜˊ ㄕㄨㄟˋ 國家對個人和企業按一定比率從各種收入中徵收的稅。

【所屬】suǒshǔ ㄙㄨㄛˇ ㄕㄨˇ ❶統屬之下的：命令所屬各部隊一齊出動。❷自己隸屬的：向所屬派出所填報戶口。[注意] 後面不帶名詞時只有①義，如：通令所屬一體遵照。

【所謂】suǒwèi ㄙㄨㄛˇ ㄨㄟˋ ❶所說的：所謂共識，就是指共同的認識。❷ (某些人) 所說的 (含不承認意)：難道這就是所謂代表作？

【所向披靡】suǒ xiàng pī mǐ ㄙㄨㄛˇ ㄒㄧㄤˋ ㄆㄧ ㄇㄧˇ 比喻力量所到之處，一切障礙全被掃除 (所向：指風吹到的地方；披靡：草木隨風倒伏)。

【所向無敵】suǒ xiàng wú dí ㄙㄨㄛˇ ㄒㄧㄤˋ ㄨˊ ㄉㄧˊ 指軍隊等所指向的地方，誰也擋不住。也說所向無前。

【所以】suǒyǐ ㄙㄨㄛˇ ㄧˇ ❶表示因果關係的連詞。a) 用在下半句表示結果：我和他在一起工作過，所以對他比較熟悉。b) 用在上半句主語和謂語之間，提出需要說明原因的事情，下半句說明原因：我所以對他比較熟悉，是因為我和他在一起工作過。c) 上半句先說明原因，下半句用'是…所以…的原因 (緣故)'：我和他在一起工作過，這就是我所以對他比較熟悉的原因。d)'所以'單獨成句，表示'原因就在這裏'：所以呀，要不然我怎麼這麼說呢！❷實在的情由或適宜的舉動 (限用於固定詞組中做賓語)：忘其所以｜不知所以。

【所以然】suǒyǐrán ㄙㄨㄛˇ ㄧˇ ㄖㄢˊ 指為甚麼是這樣的原因或道理：知其然而不知其所以然｜他說了半天還是沒說出個所以然來。

【所有】suǒyǒu ㄙㄨㄛˇ ㄧㄡˇ ❶領有：所有權｜所有制。❷領有的東西：盡其所有。❸一切；全部：把所有的力量都貢獻給祖國。

【所有權】suǒyǒuquán ㄙㄨㄛˇ ㄧㄡˇ ㄑㄩㄢˊ 國家、集體或個人對於生產資料或生活資料的佔有權。所有權是由所有制形式決定的，它是生產關係上的所有制在立法上的表現。

【所有制】suǒyǒuzhì ㄙㄨㄛˇ ㄧㄡˇ ㄓˋ 生產資料歸誰佔有的制度，它決定人們在生產中相互關係的性質和產品分配、交換的形式，是生產關係的基礎。在人類社會的各個歷史發展階段，有各種不同性質的所有制。

【所在】suǒzài ㄙㄨㄛˇ ㄗㄞˋ ❶處所：在風景好、氣候適宜的所在給工人們修建了療養院。❷存在的地方：病因所在｜力量所在。

索1 suǒ ㄙㄨㄛˇ ❶大繩子或大鏈子：船索｜繩索｜麻索｜絞索｜鐵索橋。❷(Suǒ)姓。

索2 suǒ ㄙㄨㄛˇ ❶搜尋；尋找：搜索｜遍索不得。❷要；取：索取｜索還｜索價。

索3 suǒ ㄙㄨㄛˇ 〈書〉❶孤單：離群索居。❷寂寞；沒有意味：索然。

【索道】suǒdào ㄙㄨㄛˇ ㄉㄠˋ 用鋼索在兩地之間架設的空中通道，通常用於運輸：載人架空索道。

【索賄】suǒ∥huì ㄙㄨㄛˇ∥ㄏㄨㄟˋ 索取賄賂：索賄受賄。

【索價】suǒjià ㄙㄨㄛˇ ㄐㄧㄚˋ 要價：索價過高。

【索寞】suǒmò ㄙㄨㄛˇ ㄇㄛˋ 〈書〉❶頹喪消沈：神情索寞。❷寂寞蕭索：山上雜草叢生，異常索寞。

【索賠】suǒpéi ㄙㄨㄛˇ ㄆㄟˊ 索取賠償：索賠一千元。

【索取】suǒqǔ ㄙㄨㄛˇ ㄑㄩˇ 要：向大自然索取財富。

【索然】suǒrán ㄙㄨㄛˇ ㄖㄢˊ 沒有意味，沒有興趣的樣子：索然寡味｜興致索然。

【索索】suǒsuǒ ㄙㄨㄛˇ ㄙㄨㄛˇ ❶象聲詞，形容輕微的聲音：微風吹動樹葉索索作響｜雨索索地下着。❷形容顫抖：他嚇得臉色蒼白，索索發抖。

【索性】suǒxìng ㄙㄨㄛˇ ㄒㄧㄥˋ 副詞，表示直截了當；乾脆：既然已經做了，索性就把它做完｜找了幾個地方都沒有找着，索性不再找了。

【索要】suǒyào ㄙㄨㄛˇ ㄧㄠˋ 索取：索要財物。

【索引】suǒyǐn ㄙㄨㄛˇ ㄧㄣˇ 把書刊中的項目或內容摘記下來，每條下標註出處頁碼，按一定次序排列，供人查閱的資料。也叫引得。

【索子】suǒ·zi ㄙㄨㄛˇ ·ㄗ 〈方〉大繩子或大鏈子。

貨（货） suǒ ㄙㄨㄛˇ 貨乃亥(Suǒnǎihài ㄙㄨㄛˇ ㄋㄞˇ ㄏㄞˋ)，地名，即澤庫縣，在青海。

嗩（唢） suǒ ㄙㄨㄛˇ［嗩吶］(suǒ·nà ㄙㄨㄛˇ ·ㄋㄚ)管樂器，管身正面有七孔，背面一孔。

瑣（琐） suǒ ㄙㄨㄛˇ ❶細碎：繁瑣｜瑣事｜瑣聞。❷卑微：猥瑣。

【瑣事】suǒshì ㄙㄨㄛˇ ㄕˋ 細小零碎的事情：日常瑣事｜瑣事纏身。

【瑣碎】suǒsuì ㄙㄨㄛˇ ㄙㄨㄟˋ 細小而繁多：瑣碎碎｜擺脱這些瑣碎的事，多抓些大問題。

【瑣細】suǒxì ㄙㄨㄛˇ ㄒㄧˋ 瑣碎：瑣細的事務。

【瑣屑】suǒxiè ㄙㄨㄛˇ ㄒㄧㄝˋ 〈書〉瑣碎。

璅 suǒ ㄙㄨㄛˇ 〈書〉同'瑣'。

鎖（锁） suǒ ㄙㄨㄛˇ ❶安在門、箱子、抽屜等的開合處或鐵鏈的環孔中，使人不能隨便打開的金屬器具，一般要用鑰匙才能開。❷用鎖使門、箱子、抽屜等關住或使鐵鏈拴住：鎖門｜把箱子鎖上｜把猴子鎖起來◇雙眉深鎖｜愁眉鎖眼。❸形狀像鎖的東西：石鎖。❹鎖鏈：枷鎖。❺縫紉方法，用於衣物邊緣或釦眼兒上，針腳很密，綫斜交或鈎連：鎖邊｜鎖眼。

【鎖匙】suǒchí ㄙㄨㄛˇ ㄔˊ 〈方〉鑰匙。

【鎖骨】suǒgǔ ㄙㄨㄛˇ ㄍㄨˇ 胸腔前上部、呈S形的骨頭，左右各一塊，內端與胸骨相連，外端與肩胛骨相連。(圖見410頁〖骨骼〗)

【鎖國】suǒguó ㄙㄨㄛˇ ㄍㄨㄛˊ 像鎖門似的把國家關閉起來，不與外國來往：閉關鎖國。

【鎖鏈】suǒliàn ㄙㄨㄛˇ ㄌㄧㄢˋ (鎖鏈兒)用鐵環連接起來的成串的東西，用來束縛人、物◇打斷了封建的鎖鏈。也叫鎖鏈子。

【鎖鑰】suǒyuè ㄙㄨㄛˇ ㄩㄝˋ ❶比喻做好一件事的重要關鍵：調查研究是做好各項工作的鎖鑰。❷比喻軍事要地：北門鎖鑰。

鏁（鏁） suǒ ㄙㄨㄛˇ 〈書〉同'鎖'。

T

tā (ㄊㄚ)

他 tā ㄊㄚ 代詞。❶稱自己和對方以外的某個人。注意‘五四’以前‘他’兼稱男性、女性以及一切事物。現代書面語裏，‘他’一般只用來稱男性。但是在性別不明或沒有區分的必要時，‘他’只是泛指，不分男性和女性，如：從筆迹上看不出他是男的還是女的｜一個人要是離開了集體，他就將一事無成。❷虛指(用在動詞和數量詞之間)：睡他一覺｜唱他幾句｜蓋他三間瓦房。❸指別一方面或其他地方：早已他去｜留作他用。❹另外的；其他的：他人｜他鄉｜他日。

【他們】tā·men ㄊㄚ·ㄇㄣ 代詞，稱自己和對方以外的若干人。參看‘他’、〖她們〗。

【他年】tānián ㄊㄚ ㄋㄧㄢˊ ❶將來的某一年或某個時候。❷〈書〉過去的某個時候。

【他人】tārén ㄊㄚ ㄖㄣˊ 別人：關心他人，比關心自己為重。

【他日】tārì ㄊㄚ ㄖˋ 〈書〉❶將來的某一天或某一個時期。❷過去的某個時候。

【他殺】tāshā ㄊㄚ ㄕㄚ 被他人殺死(區別於‘殺’)。

【他山攻錯】tā shān gōng cuò ㄊㄚ ㄕㄢ ㄍㄨㄥ ㄘㄨㄛˋ 見398頁〖攻錯〗。

【他鄉】tāxiāng ㄊㄚ ㄒㄧㄤ 家鄉以外的地方(多指離家鄉較遠的)：流落他鄉｜他鄉遇故知。

它 tā ㄊㄚ 代詞，稱人以外的事物：這杯牛奶你喝了它。

【它們】tā·men ㄊㄚ·ㄇㄣ 代詞，稱不止一個的事物。

她 tā ㄊㄚ 代詞。❶稱自己和對方以外的某個女性。❷稱自己敬愛或珍愛的事物，如祖國、國旗等。

【她們】tā·men ㄊㄚ·ㄇㄣ 代詞，稱自己和對方以外的若干女性。注意在書面上，若干人全是女性時用‘她們’，有男有女時用‘他們’，不用‘他(她)們’。

牠 tā ㄊㄚ 代詞，稱人以外的動物。

趿 tā ㄊㄚ 趿拉。

【趿拉】tā·la ㄊㄚ·ㄌㄚ 把鞋後幫踩在腳後跟下：別趿拉着鞋走路｜這雙鞋都叫你趿拉壞了。

【趿拉板兒】tā·labǎnr ㄊㄚ·ㄌㄚ ㄅㄢㄦˇ 〈方〉沒有幫而只有襻兒的木底鞋。也叫呱嗒板兒(guā·dabǎnr)。

【趿拉兒】tā·lar ㄊㄚ·ㄌㄚㄦ 〈方〉拖鞋。

塌 tā ㄊㄚ ❶(支架起來的東西)倒下或陷下：倒塌｜六孔橋塌了一孔。❷凹下：塌鼻樑｜年糕越蒸越往下塌。❸安定；鎮定：塌下心來。

【塌車】tāchē ㄊㄚ ㄔㄜ 〈方〉一種人拉的大型兩輪排子車。也說榻車。

【塌方】tā∥fāng ㄊㄚ∥ㄈㄤ 因地層結構不良、雨水沖刷或修築上的缺陷，道路、堤壩等旁邊的陡坡或坑道、隧道的頂部突然坍塌。也說坍方。

【塌架】tā∥jià ㄊㄚ∥ㄐㄧㄚˋ ❶(房屋等)倒塌。❷比喻垮台。

【塌實】tā·shi ㄊㄚ·ㄕ ❶(工作或學習的態度)切實；不浮躁。❷(情緒)安定；安穩：事情辦完就塌實了｜翻來覆去睡不塌實。‖也作踏實。

【塌台】tā∥tái ㄊㄚ∥ㄊㄞˊ 垮台。

【塌陷】tāxiàn ㄊㄚ ㄒㄧㄢˋ 往下陷；沈陷：地基塌陷。

【塌心】tā∥xīn ㄊㄚ∥ㄒㄧㄣ 〈方〉心情安定：事情落實了，幹活也塌心。

【塌秧】tāyāng ㄊㄚ ㄧㄤ 〈方〉(塌秧兒)❶花草、蔬菜等因缺水而發蔫。❷形容垂頭喪氣，精神不振。

鉈(铊) tā ㄊㄚ 金屬元素，符號 Tl (thallium)。白色，質軟。用來製合金光電管、溫度計、光學玻璃等。鉈的化合物有毒，用於醫藥。

另見1168頁 tuó‘砣’。

溻 tā ㄊㄚ 〈方〉汗濕透(衣服、被褥等)：天太熱，我衣服都溻了。

遢 tā ㄊㄚ 見677頁〖邋遢〗(lā·tā)。

踏 tā ㄊㄚ ［踏實］(tā·shi ㄊㄚ·ㄕ) 同‘塌實’。另見1103頁 tà。

禢 1 tā ㄊㄚ 〈方〉在衣物上面縫(花邊或綠子)。

禢 2 tā ㄊㄚ 見451頁〖汗禢兒〗。

緆(鳎) tā ㄊㄚ 〈書〉用繩索套住、捆住。

噠 tā ㄊㄚ 〈書〉飲。

tǎ (ㄊㄚˇ)

塔〔墖〕(墖) tǎ ㄊㄚˇ ❶佛教的建築物，有種種形式，通常有五層到十三層不等，頂上是尖的：寶塔。❷塔形的建築物：水塔｜燈塔｜金字塔。❸(Tǎ)姓。

另見218頁·da。

【塔吊】tǎdiào ㄊㄚˇ ㄉㄧㄠˋ 塔式起重機。機身很高，像塔，有長臂，可以在軌道上移動，工作面較大。主要用於建築工程。

【塔灰】tǎhuī ㄊㄚˇ ㄏㄨㄟ 〈方〉室內房頂上或牆上的塵土，多指從房頂上垂下來的成串的塵土。

【塔吉克族】Tǎjíkèzú ㄊㄚˇ ㄐㄧˊ ㄎㄜˋ ㄗㄨˊ 我國少數民族之一，分佈在新疆。

【塔林】tǎlín ㄊㄚˇ ㄌㄧㄣˊ 僧人的塔形墓群，多坐落在寺廟附近。

【塔樓】tǎlóu ㄊㄚˇ ㄌㄡˊ ❶高層的略呈塔形的樓房。❷建築物上面的呈塔形的小樓。

【塔輪】tǎlún ㄊㄚˇ ㄌㄨㄣˊ 幾個直徑不同的輪按大小順序裝在同一軸上構成的皮帶輪，形狀像寶塔。傳動帶挂在不同直徑的輪上，軸的轉動速度不同。

【塔塔爾族】Tǎtǎ'ěrzú ㄊㄚˇ ㄊㄚˇ ㄦˇ ㄗㄨˊ 我國少數民族之一，分佈在新疆。

【塔台】tǎtái ㄊㄚˇ ㄊㄞˊ 飛機場上的塔形建築物，設有電台，擔任地面與空中的聯繫。

【塔鐘】tǎzhōng ㄊㄚˇ ㄓㄨㄥ 裝在高大建築物頂上的大型時鐘。

溚〔㳠〕 tǎ ㄊㄚˇ 焦油的舊稱。[英 tar]

獺(獭) tǎ ㄊㄚˇ 水獺、旱獺、海獺的統稱，通常指水獺。

【獺祭】tǎjì ㄊㄚˇ ㄐㄧˋ 〈書〉《禮記·月令》：'獺祭魚。'獺貪食，常捕魚陳列水邊，稱為祭魚。後用來比喻羅列典故或堆砌典故。

鰨(鳎) tǎ ㄊㄚˇ 魚類的一科，體側扁，呈片狀，長橢圓形，像舌頭，有細鱗，頭部短小，有絨毛狀的牙，兩眼生在身體的右側，有的背鰭、臀鰭與尾鰭相連。左側向下卧在淺海底的泥沙上，捕食小魚。常見的有條鰨。通稱鰨目魚。

tà (ㄊㄚˋ)

拓(搨) tà ㄊㄚˋ 把碑刻、銅器等的形狀和上面的文字、圖形印下來，方法是在物體上蒙一層薄紙，先拍打使凹凸分明，然後上墨，顯出文字、圖像來：拓印｜把碑文拓下來。

另見1169頁 tuò。

【拓本】tàběn ㄊㄚˋ ㄅㄣˇ 把碑刻、銅器等文物的形狀和上面的文字、圖像拓下來的紙本。

【拓片】tàpiàn ㄊㄚˋ ㄆㄧㄢˋ 把碑刻、銅器等文物的形狀和上面的文字、圖像拓下來的紙片。

沓 tà ㄊㄚˋ〈書〉多而重複：雜沓｜紛至沓來。

另見204頁 dá。

嗒〔噠〕 tà ㄊㄚˋ 見下。
另見203頁 dā。

【嗒然】tàrán ㄊㄚˋ ㄖㄢˊ 〈書〉形容懊喪的神情：嗒然若喪。

【嗒喪】tàsàng ㄊㄚˋ ㄙㄤˋ 失意；喪氣：嗒喪而歸。

榻 tà ㄊㄚˋ 狹長而較矮的牀：竹榻｜藤榻。

【榻車】tàchē ㄊㄚˋ ㄔㄜ 見1102頁〖塌車〗。

遝 tà ㄊㄚˋ 見1422頁〖雜遝〗。

漯 Tà ㄊㄚˋ 漯河，水名，在山東。
另見763頁 luò。

踏 tà ㄊㄚˋ ❶踩：踐踏｜踏步｜腳踏實地◇踏上工作崗位。❷在現場(查勘)：踏看｜踏勘。

另見1102頁 tā。

【踏板】tàbǎn ㄊㄚˋ ㄅㄢˇ ❶車、船等上面供人上下用的板。❷舊式牀前供上下牀腳踏的板，有腿，像長而寬的矮凳。有的地區叫踏凳。❸運動場上供跳遠起跳用的板。❹縫紉機、水車等下部用腳蹬的板狀裝置。

【踏步】tàbù ㄊㄚˋ ㄅㄨˋ ❶身體站直，兩腳交替抬起又着地而不邁步前進，是體操或軍操的一種動作：原地踏步｜踏步不前。❷〈方〉台階。

【踏春】tàchūn ㄊㄚˋ ㄔㄨㄣ 春天到郊外散步遊玩。

【踏訪】tàfǎng ㄊㄚˋ ㄈㄤˇ 踏看；訪查。

【踏歌】tàgē ㄊㄚˋ ㄍㄜ 古代的一種邊歌邊舞的藝術形式。舞時成群結隊，連臂踏腳，配以輕微的手臂動作。現在苗、瑤等民族還有這種歌舞。

【踏勘】tàkān ㄊㄚˋ ㄎㄢ ❶鐵路、公路、水庫、採礦等工程進行設計之前在實地勘察地形或地質情況：踏勘油田。❷在出事現場查看。

【踏看】tàkàn ㄊㄚˋ ㄎㄢˋ 在現場查看：踏看地形。

【踏青】tàqīng ㄊㄚˋ ㄑㄧㄥ 清明節前後到郊外散步遊玩叫踏青(青：青草)。

【踏足】tàzú ㄊㄚˋ ㄗㄨˊ 涉足：踏足影壇｜踏足會。

健(㒓) tà ㄊㄚˋ 見1133頁〖佻健〗(tiāo-tà)。

撻(挞) tà ㄊㄚˋ 〈書〉用鞭子、棍子等打人：鞭撻。

【撻伐】tàfá ㄊㄚˋ ㄈㄚˊ 〈書〉討伐：大張撻伐。

艜(𦨴) tà ㄊㄚˋ 〈書〉大船。

躂(𨁈) tà ㄊㄚˋ 〈書〉滑溜(huá·liu)；光滑。

蹋 tà ㄊㄚˋ ❶踏；踩。❷〈書〉踢。

闒(阘) tà ㄊㄚˋ 見下。另見205頁 dá。

【闒懦】tànuò ㄊㄚˋ ㄋㄨㄛˋ 〈書〉地位低下，軟弱無能。

【闒茸】tàróng ㄊㄚˋ ㄖㄨㄥˊ 〈書〉卑賤；低劣。

闥(闼) tà ㄊㄚˋ 〈書〉門；小門：排闥直入(推門就進去)。

tāi (ㄊㄞ)

台 tāi ㄊㄞ 指台州(Tāizhōu ㄊㄞ ㄓㄡ)，地名。天台(Tiāntāi ㄊㄧㄢ ㄊㄞ)，山名，又地名，都在浙江。

另見1104頁 tái；1105頁 tái'枱'；1105頁 tái'颱'。

苔〔苔〕 tāi ㄊㄞ 見1012頁〖舌苔〗。另見1105頁 tái。

胎[1] tāi ㄊㄞ ❶人或哺乳動物母體內的幼體：胎兒｜胚胎｜懷胎◇禍胎。❷懷孕或生育的次數：頭胎｜生過三胎｜這頭母豬一胎下了十二個小豬。❸(胎兒)襯在衣服、被褥等的面子和裏子之間的東西：棉花胎｜這頂帽子是軟胎兒的。❹(胎兒)某些器物的坯：泥胎兒｜景泰藍的胎兒。

胎[2] tāi ㄊㄞ 輪胎：車胎。[英 tyre]

【胎動】tāidòng ㄊㄞ ㄉㄨㄥˋ 胎兒在母體內蠕動。一般在懷孕四個月後開始。

【胎毒】tāidú ㄊㄞ ㄉㄨˊ 中醫指母體內的熱毒，認為是初生嬰兒所患瘡癤等的病因。也指初生嬰兒所患的瘡癤等病。

【胎兒】tāi'ér ㄊㄞ ㄦˊ 母體內的幼體(通常指人的幼體，獸醫學上也指家畜等的幼體)。

【胎髮】tāifà ㄊㄞ ㄈㄚˋ 初生嬰兒未剃過的頭髮。

【胎記】tāijì ㄊㄞ ㄐㄧˋ 人體上生來就有的深顏色的斑痕：他的背上有塊紫色胎記。

【胎教】tāijiào ㄊㄞ ㄐㄧㄠˋ 指孕婦在懷孕期間，通過自身的調和修養，給予胎兒以良好影響，如注意營養，保持心情舒暢，謹慎用藥，避免輻射等。

【胎具】tāijù ㄊㄞ ㄐㄩˋ ❶製造土模、砂型或某些產品時所依據的模型。❷按產品規格、形狀製造的模具。‖也叫胎模。

【胎裏素】tāilǐsù ㄊㄞ ㄌㄧˇ ㄙㄨˋ 指生來就吃素的人。

【胎毛】tāimáo ㄊㄞ ㄇㄠˊ 胎髮，也指初生的哺乳動物身上的毛。

【胎盤】tāipán ㄊㄞ ㄆㄢˊ 介於母體的子宮內壁和胎兒之間的圓餅狀組織，通過臍帶和胎兒相連，是胎兒和母體的主要聯繫物。

【胎生】tāishēng ㄊㄞ ㄕㄥ 人或某些動物的幼體在母體內發育到一定階段以後才脫離母體，叫做胎生。

【胎位】tāiwèi ㄊㄞ ㄨㄟˋ 胎兒在子宮內的位置和姿勢。胎位異常(如胎兒橫臥或頭部朝上)會引起難產。

【胎衣】tāiyī ㄊㄞ ㄧ 胞衣。

tái (ㄊㄞˊ)

台[1](臺) tái ㄊㄞˊ ❶平而高的建築物，便於在上面遠望：瞭望台｜塔台｜亭台樓閣。❷公共場所室內外高出地面便於講話或表演的設備(用磚砌或用木料製成)：講台｜舞台｜主席台。❸某些做座子用的器物：鍋台｜磨台｜燈台｜蠟台。❹(台兒)像台的東西：井台｜窗台兒。❺量詞：一台戲｜一台機器。

台[2] tái ㄊㄞˊ 敬辭，舊時用於稱呼對方或跟對方有關的動作：兄台｜台鑒。

台[3](臺) Tái ㄊㄞˊ ❶指台灣：台胞。❷姓。

另見1104頁 tāi；1105頁 tái'枱'；1105頁 tái'颱'。

【台本】táiběn ㄊㄞˊ ㄅㄣˇ 指經過導演加工的適用於舞台演出的劇本。

【台步】táibù ㄊㄞˊ ㄅㄨˋ (台步兒)戲曲演員等在舞台上表演時行走的步法。

【台詞】táicí ㄊㄞˊ ㄘˊ 戲劇角色所說的話，包括對白、獨白、旁白。

【台地】táidì ㄊㄞˊ ㄉㄧˋ 邊緣為陡坡的廣闊平坦的高地。

【台端】táiduān ㄊㄞˊ ㄉㄨㄢ 敬辭，舊時稱對方(多用於機關、團體等給個人的函件)：謹聘台端為本社戲劇指導。

【台風兒】táifēngr ㄊㄞˊ ㄈㄥㄦ 戲劇演員在舞台上表現出來的風度：台風兒穩健｜台風兒瀟灑。

【台甫】táifǔ ㄊㄞˊ ㄈㄨˇ 敬辭，舊時用於問人的表字。

【台駕】táijià ㄊㄞˊ ㄐㄧㄚˋ 敬辭，舊時稱對方：敬候台駕光臨。

【台鑒】táijiàn ㄊㄞˊ ㄐㄧㄢˋ 舊式書信套語，用在開頭的稱呼之後，表示請對方看信。

【台階】táijiē ㄊㄞˊ ㄐㄧㄝ (台階兒)❶用磚、石、混凝土等築成的一級一級供人上下的建築物，多在大門前或坡道上◇改進管理方法之後，該廠生產躍上新的台階。(圖見324頁〖房子〗)❷比喻避免因僵持而受窘的途徑或機會：給他們找個台階兒下。

【台柱】táizhù ㄊㄞˊ ㄓㄨˋ 戲班中的主要演員(台：戲台)，借指集體中的骨幹。也說台柱子。

【台子】tái·zi ㄊㄞˊ ·ㄗ 台：戲台子｜窗台子。

抬(擡) tái ㄊㄞˊ ❶往上托；舉：抬手｜抬起頭來◇抬價。❷共同用手或肩膀搬東西：抬擔架｜把桌子抬過來。❸指抬杠：他們兩人一談到這個問題，抬起來就沒完。❹量詞，用於兩人抬的東西：十抬妝奩。

【抬愛】tái'ài ㄊㄞˊ ㄞˋ 抬舉愛護：多蒙抬愛。
【抬秤】táichèng ㄊㄞˊ ㄔㄥˋ 大型的桿秤，一次能稱幾百斤，用時從秤毫中穿上扁擔或杠子，由兩個人抬着。
【抬杠】[1] tái//gàng ㄊㄞˊ//ㄍㄤˋ 爭辯（多指無謂的）：抬杠拌嘴。有的地區也説抬杠子。
【抬杠】[2] tái//gàng ㄊㄞˊ//ㄍㄤˋ 指用杠抬運靈柩。
【抬盒】táihé ㄊㄞˊ ㄏㄜˊ 舊時贈送禮品用的大木盒，多為兩層或三層，由兩人抬着。
【抬肩】tái·jian ㄊㄞˊ ·ㄐㄧㄢ 上衣從肩頭到腋下的尺寸。有的地區叫抬裉（kèn）。
【抬轎子】tái jiào·zi ㄊㄞˊ ㄐㄧㄠˋ ·ㄗ 比喻為有權勢的人捧場。
【抬舉】tái·ju ㄊㄞˊ ·ㄐㄩ 看重某人而加以稱讚或提拔：不識抬舉。
【抬裉】táikèn ㄊㄞˊ ㄎㄣˋ 〈方〉抬肩。
【抬升】táishēng ㄊㄞˊ ㄕㄥ 地形、氣流等升高：青藏高原在持續抬升｜氣流受山脉阻攔被迫抬升。
【抬頭】tái//tóu ㄊㄞˊ//ㄊㄡˊ 把頭抬起來，比喻受壓制的人或事物得到伸展。
【抬頭】táitóu ㄊㄞˊ ㄊㄡˊ ❶舊時書信、公文等行文中遇到對方的名稱或涉及對方時，為表示尊敬而另起一行。❷舊時書信、公文等行文中抬頭的地方。現在一般只有在單據上寫收件人或收款人的地方還叫抬頭。
【抬頭紋】táitóuwén ㄊㄞˊ ㄊㄡˊ ㄨㄣˊ 額上的皺紋。

苔〔苔〕 tái ㄊㄞˊ 苔蘚植物的一綱，屬於這一綱的植物，根、莖、葉的區別不明顯，綠色，生長在陰濕的地方。
另見1104頁 tāi。
【苔蘚植物】táixiǎn zhíwù ㄊㄞˊ ㄒㄧㄢˇ ㄓˊ ㄨˋ 隱花植物的一大類，主要分為苔和蘚兩個綱，種類很多，大多生長在潮濕的地方，有假根。

邰 Tái ㄊㄞˊ 姓。

枱（台、檯） tái ㄊㄞˊ 桌子或類似桌子的器物：寫字枱｜梳妝枱｜乒乓球枱。
'台'另見1104頁 tāi；1104頁 tái；1105頁 tái'颱'。
【枱筆】táibǐ ㄊㄞˊ ㄅㄧˇ 放在桌子上的一種筆，筆帽的頂端與特製的底座固定在一起。
【枱布】táibù ㄊㄞˊ ㄅㄨˋ 桌布。
【枱秤】táichèng ㄊㄞˊ ㄔㄥˋ ❶秤的一種，用金屬製成，底座上有承重的金屬板。也叫磅秤。❷〈方〉案秤。
【枱燈】táidēng ㄊㄞˊ ㄉㄥ 放在桌子上用的有座子的電燈。
【枱曆】táilì ㄊㄞˊ ㄌㄧˋ 擺在桌子上用的日曆或月曆。
【枱面】táimiàn ㄊㄞˊ ㄇㄧㄢˋ 〈方〉❶席面；桌面兒上：你的話能拿到枱面上説嗎？❷指賭博時桌面上的賭金總額：枱面大。
【枱盤】táipán ㄊㄞˊ ㄆㄢˊ 〈方〉❶席面：家常菜上不了枱盤。❷比喻交際應酬或公開的場合：扭扭捏捏的上不了枱盤。
【枱鉗】táiqián ㄊㄞˊ ㄑㄧㄢˊ 老虎鉗①。
【枱球】táiqiú ㄊㄞˊ ㄑㄧㄡˊ ❶一種球類運動，在特製的枱子上用硬木製成的桿兒擊球。❷枱球運動用的實心球，用塑料等堅韌物質製成，直徑約七厘米。❸〈方〉乒乓球。
【枱扇】táishàn ㄊㄞˊ ㄕㄢˋ 放在桌子上用的有座子的電扇。
【枱鐘】táizhōng ㄊㄞˊ ㄓㄨㄥ 〈方〉座鐘。
【枱子】tái·zi ㄊㄞˊ ·ㄗ ❶打枱球、乒乓球等時所用的特製的桌子。❷〈方〉桌子。

炱 tái ㄊㄞˊ 由烟凝積成的黑灰：煤炱｜松炱（松烟）。

臺 tái ㄊㄞˊ ❶同'台[1]'。❷（Tái）姓。

颱（台） tái ㄊㄞˊ 見下。
'台'另見1104頁 tāi；1104頁 tái；1105頁 tái'枱'。
【颱風】táifēng ㄊㄞˊ ㄈㄥ 發生在太平洋西部海洋和南海海上的熱帶空氣旋渦，是一種極強烈的風暴，中心附近最大風力達12級或12級以上，同時有暴雨。

駘（骀） tái ㄊㄞˊ 〈書〉劣馬：駑駘（劣馬，比喻庸才）。
另見222頁 dài。

儓 tái ㄊㄞˊ 古代官署中的僕役。

鮐（鲐） tái ㄊㄞˊ 鮐魚，身體紡錘形，頭頂淺黑色，背部青藍色，腹部淡黃色，兩側上部有深藍色斑紋。生活在海裏，是洄游性魚類。

薹[1]〔薹〕 tái ㄊㄞˊ 多年生草本植物，葉扁平，長約3尺，莖長3–4尺，花穗淺綠褐色，生長在水田裏，葉可製蓑衣。

薹[2]〔薹〕 tái ㄊㄞˊ 蒜、韭菜、油菜等生長到一定階段時在中央部分長出的細長的莖，頂上開花結實。嫩的可以當蔬菜吃。

tǎi（ㄊㄞˇ）

呔（奤、嗳） tǎi ㄊㄞˇ 〈方〉説話帶外地口音。
另見219頁 dāi。'奤'另見444頁 hǎ。

tài（ㄊㄞˋ）

太 tài ㄊㄞˋ ❶高；大：太空｜太學｜太湖。❷極；最：太古。❸身份最高或輩分更高的：太老伯｜太老師(老師的父親或父親的老師)｜太夫人(尊稱別人的母親)。❹副詞。a) 表示程度過分：水太熱，燙手｜人太多了，會客室裏坐不開。b) 表示程度極高(用於讚嘆)：這辦法太好了｜這建築太偉大了。c) 很(用於否定)：不太好｜不太夠。❺(Tài)姓。

【太白星】tàibáixīng ㄊㄞˋ ㄅㄞˊ ㄒㄧㄥ 我國古代指金星。

【太半】tàibàn ㄊㄞˋ ㄅㄢˋ 〈書〉大半；過半：敵軍死傷太半。

【太倉一粟】tàicāng yī sù ㄊㄞˋ ㄘㄤ ㄧ ㄙㄨˋ 比喻非常渺小(太倉：古代京城裏的大糧倉)。

【太阿倒持】Tài'ē dào chí ㄊㄞˋ ㄜ ㄉㄠˋ ㄔˊ 倒拿着太阿(寶劍名)。比喻把權柄給人家，自己反而受到威脅或禍害。也說倒持太阿。

【太公】tàigōng ㄊㄞˋ ㄍㄨㄥ 〈方〉曾祖。

【太古】tàigǔ ㄊㄞˋ ㄍㄨˇ 最古的時代(指人類還沒有開化的時代)。

【太后】tàihòu ㄊㄞˋ ㄏㄡˋ 帝王的母親。

【太湖石】tàihúshí ㄊㄞˋ ㄏㄨˊ ㄕˊ 江蘇太湖產的石頭，多窟窿和皺紋，可用來造假山，點綴庭院。

【太極】tàijí ㄊㄞˋ ㄐㄧˊ 我國古代哲學上指宇宙的本原，為原始的混沌之氣。

【太極拳】tàijíquán ㄊㄞˋ ㄐㄧˊ ㄑㄩㄢˊ 一種傳統拳術，流派很多，流傳很廣，動作柔和緩慢，既可用於技擊，又有增強體質和防治疾病的作用。

【太極圖】tàijítú ㄊㄞˋ ㄐㄧˊ ㄊㄨˊ 我國古代說明宇宙現象的圖，一種是用圓形的圖像表示陰陽對立面的統一體，圓形外邊附八卦方位，道教常用它做標誌。另一種是宋周敦頤所畫的，代表宋代理學對於世界形成問題的一種看法。他認為太極是天地萬物的根源，太極分為陰陽二氣，由陰陽二氣產生木、火、土、金、水這五行，五行之精凝合而生人類，陰陽化合而生萬物。

【太監】tàijiàn ㄊㄞˋ ㄐㄧㄢˋ 宦官。

【太空】tàikōng ㄊㄞˋ ㄎㄨㄥ 極高的天空：太空飛行｜宇宙火箭射入太空。

【太廟】tàimiào ㄊㄞˋ ㄇㄧㄠˋ 帝王祭祀祖先的廟。

【太平】tàipíng ㄊㄞˋ ㄆㄧㄥˊ 指社會平安；安寧：天下太平｜太平景象｜太太平平地過日子。

【太平斧】tàipíngfǔ ㄊㄞˋ ㄆㄧㄥˊ ㄈㄨˇ 消防用的長把大斧；船遇大風時用來砍斷桅杆、纜繩的斧子。

【太平鼓】tàipínggǔ ㄊㄞˋ ㄆㄧㄥˊ ㄍㄨˇ ❶打擊樂器，舞蹈時用，在一個帶柄的鐵圈上蒙上羊皮，用細長的鼓槌敲打，柄的頭上有十多個大小鐵環，打鼓時同時發出聲響。❷民間舞蹈，多為女子表演，一邊敲鼓，一邊舞蹈。

【太平間】tàipíngjiān ㄊㄞˋ ㄆㄧㄥˊ ㄐㄧㄢ 醫院中停放屍體的房間。

【太平龍頭】tàipíng lóngtóu ㄊㄞˋ ㄆㄧㄥˊ ㄌㄨㄥˊ ㄊㄡˊ 消防用的自來水龍頭。

【太平門】tàipíngmén ㄊㄞˋ ㄆㄧㄥˊ ㄇㄣˊ 戲院、電影院等公共場所為便於疏散群眾而設置的旁門。

【太平梯】tàipíngtī ㄊㄞˋ ㄆㄧㄥˊ ㄊㄧ 倉庫、公共場所、集體宿舍等樓房為萬一發生火災時便於疏散、救護而在牆外設置的樓梯。

【太平天國】Tàipíng Tiānguó ㄊㄞˋ ㄆㄧㄥˊ ㄊㄧㄢ ㄍㄨㄛˊ 洪秀全、楊秀清等於1851年在廣西桂平縣金田村起義，建立'太平天國'，1853年在天京(今南京)定都，建立國家政權，勢力發展到十七個省。太平天國革命是我國歷史上規模最大的一次農民起義。1864年在清朝政府和帝國主義的聯合鎮壓下失敗。

【太婆】tàipó ㄊㄞˋ ㄆㄛˊ 〈方〉曾祖母。

【太上皇】tàishànghuáng ㄊㄞˋ ㄕㄤˋ ㄏㄨㄤˊ ❶皇帝的父親的稱號，特稱把皇位讓給兒子而自己退位的皇帝。❷比喻在幕後操縱，掌握實權的人。

【太甚】tàishèn ㄊㄞˋ ㄕㄣˋ 太過分；太狠：欺人太甚。

【太師椅】tàishīyǐ ㄊㄞˋ ㄕ ㄧˇ 一種舊式的比較寬大的椅子，有靠背，帶扶手。

【太歲】tàisuì ㄊㄞˋ ㄙㄨㄟˋ ❶古代天文學中假設的星名，與歲星(木星)相應，又稱歲陰或太陰。古代用它圍繞太陽公轉的週期紀年，十二年是一周。❷傳說中神名。舊時迷信，認為太歲之神在地，與天上歲星(木星)相應而行，掘土(興建工程)要躲避太歲的方位，否則就要遭受禍害。❸舊社會對土豪的憎稱：鎮山太歲。

【太歲頭上動土】tàisuì tóu·shang dòng tǔ ㄊㄞˋ ㄙㄨㄟˋ ㄊㄡˊ ·ㄕㄤ ㄉㄨㄥˋ ㄊㄨˇ 比喻觸犯有權勢或強有力的人。參看〖太歲〗。

【太太】tài·tai ㄊㄞˋ ·ㄊㄞ ❶舊時通稱官吏的妻子。❷舊時僕人等稱女主人。❸對已婚婦女的尊稱(帶丈夫的姓)：張太太｜王太太。❹稱某人的妻子或丈夫對人稱自己的妻子(多帶人稱代詞做定語)：我太太跟他太太原來是同學。❺〈方〉稱曾祖母或曾祖父。

【太息】tàixī ㄊㄞˋ ㄒㄧ 〈書〉嘆氣。

【太學】tàixué ㄊㄞˋ ㄒㄩㄝˊ 我國古代設立在京城的最高學府。

【太陽】tàiyáng ㄊㄞˋ ㄧㄤˊ ❶銀河系的恒星之一，是一熾熱的氣體球，體積是地球的130萬倍，質量是地球的33.34萬倍，表面溫度約6,000°C，內部溫度約1,500萬°C，內部經常不斷地進行原子核反應而產生大量的熱能。太陽是太陽系的中心天體，距地球約1.5億公里。地球和其他行星都圍繞着它旋轉並且從它得到光和熱。(圖見〖太陽系〗) ❷指太陽光：今天太陽很好。❸指太陽穴。

【太陽燈】tàiyángdēng ㄊㄞˋ ㄧㄤˊ ㄉㄥ 產生紫外綫的裝置。在真空的石英管中封入一些水銀和兩個電極，通電時兩極在水銀蒸氣中放電，產生大量紫外綫。用於醫療和保健。

【太陽地兒】tàiyángdìr ㄊㄞˋ ㄧㄤˊ ㄉㄧㄦˋ 太陽光照着的地方。

【太陽電池】tàiyáng diànchí ㄊㄞˋ ㄧㄤˊ ㄉㄧㄢˋ ㄔˊ 用半導體硅、硒等材料將太陽的光能變成電能的轉換器件。具有可靠性高，壽命長，轉換效率高等優點，可做人造衛星、航標燈、晶體管收音機等的電源。

【太陽風】tàiyángfēng ㄊㄞˋ ㄧㄤˊ ㄈㄥ 從太陽表面射出的高速帶電粒子流。

【太陽黑子】tàiyáng hēizǐ ㄊㄞˋ ㄧㄤˊ ㄏㄟ ㄗˇ 太陽表面的氣體旋渦，溫度較周圍區域低，從地球上看像是太陽表面上的黑斑，叫做太陽黑子。太陽黑子有很強的磁場，會影響地球上短波無綫電通訊。也叫日斑或黑子。

【太陽活動】tàiyáng huódòng ㄊㄞˋ ㄧㄤˊ ㄏㄨㄛˊ ㄉㄨㄥˋ 太陽表面黑子、光斑、耀斑、日珥，射電現象等的變化，平均約以11年為週期。活動強烈時，紫外綫和粒子輻射增強，使地球上發生極光、磁暴、電離層擾動等現象。

【太陽鏡】tàiyángjìng ㄊㄞˋ ㄧㄤˊ ㄐㄧㄥˋ 能防止太陽的紫外綫傷害眼睛的眼鏡，鏡片多用茶色或變色玻璃等做成。

【太陽曆】tàiyánglì ㄊㄞˋ ㄧㄤˊ ㄌㄧˋ 陽曆。

【太陽爐】tàiyánglú ㄊㄞˋ ㄧㄤˊ ㄌㄨˊ 把太陽能直接變為熱能的炊事裝在鍋底而產生大量熱能。也叫太陽灶。

【太陽能】tàiyángnéng ㄊㄞˋ ㄧㄤˊ ㄋㄥˊ 太陽所發出的輻射能，是太陽上的氫原子核發生聚變反應產生的。太陽能是地球上光和熱的源泉。

【太陽年】tàiyángnián ㄊㄞˋ ㄧㄤˊ ㄋㄧㄢˊ 回歸年。

【太陽窩】tàiyángwō ㄊㄞˋ ㄧㄤˊ ㄨㄛ 〈方〉太陽穴。

【太陽系】tàiyángxì ㄊㄞˋ ㄧㄤˊ ㄒㄧˋ 銀河系中的一個天體系統，以太陽為中心，包括太陽、九大行星及其衛星和無數的小行星、彗星、流星等。

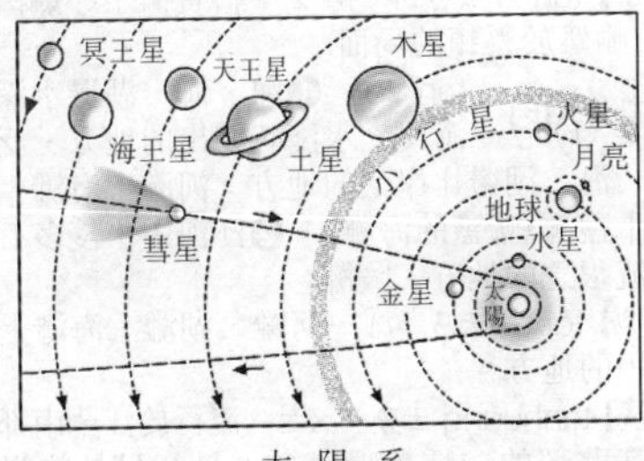

太陽系

【太陽穴】tàiyángxué ㄊㄞˋ ㄧㄤˊ ㄒㄩㄝˊ 人的鬢角前、眉梢後的部位。

【太爺】tàiyé ㄊㄞˋ ㄧㄝˊ ❶祖父。❷〈方〉曾祖父。

【太醫】tàiyī ㄊㄞˋ ㄧ ❶皇家的醫生。❷〈方〉醫生。

【太陰】tàiyīn ㄊㄞˋ ㄧㄣ 〈方〉月亮。

【太陰曆】tàiyīnlì ㄊㄞˋ ㄧㄣ ㄌㄧˋ 陰曆。

【太子】tàizǐ ㄊㄞˋ ㄗˇ 帝王的兒子中已經確定繼承帝位或王位的。

汰 tài ㄊㄞˋ 淘汰：裁汰｜優勝劣汰。

肽 tài ㄊㄞˋ 有機化合物，由一個氨基酸分子中的氨基與另一個氨基酸分子中的羧基縮合失去水分子形成。也叫胜(shēng)。［英 peptide］

泰 tài ㄊㄞˋ ❶平安；安寧：泰然自若｜國泰民安。❷極；最：泰西。❸〈書〉太；過甚：簡略泰甚。❹(Tài)姓。

【泰昌】Tàichāng ㄊㄞˋ ㄔㄤ 明光宗(朱常洛)年號(公元1620)。

【泰斗】tàidǒu ㄊㄞˋ ㄉㄡˇ 泰山北斗：京劇泰斗｜他算得上音樂界的泰斗。

【泰然】tàirán ㄊㄞˋ ㄖㄢˊ 形容心情安定：處之泰然｜泰然自若。

【泰然自若】tàirán zìruò ㄊㄞˋ ㄖㄢˊ ㄗˋ ㄖㄨㄛˋ 形容鎮定，毫不在意的樣子：他臨危不懼，神情泰然自若。

【泰山】tàishān ㄊㄞˋ ㄕㄢ ❶古人以泰山(山名，在山東)為高山的代表，常用來比喻敬仰的人和重大的、有價值的事物：泰山北斗｜重於泰山｜有眼不識泰山。❷岳父的別稱。

【泰山北斗】tàishān běidǒu ㄊㄞˋ ㄕㄢ ㄅㄟˇ ㄉㄡˇ 比喻德高望重或有卓越成就而為眾人所敬仰的人。

【泰山壓頂】tàishān yā dǐng ㄊㄞˋ ㄕㄢ ㄧㄚ ㄉㄧㄥˇ 比喻壓力極大：泰山壓頂不彎腰｜以泰山壓頂之勢擊敵於措手不及。

【泰水】tàishuǐ ㄊㄞˋ ㄕㄨㄟˇ 岳母的別稱。

【泰西】Tàixī ㄊㄞˋ ㄒㄧ 舊時指西洋(主要指歐洲)：泰西各國。

酞 tài ㄊㄞ 有機化合物的一類，是一個分子的鄰苯二酸酐與兩個分子的酚縮合的衍生物，如酚酞。［英 phthalein］

鈦(钛) tài ㄊㄞˋ 金屬元素，符號 Ti (titanium)。銀白色，質硬而輕，耐腐蝕性強。鈦合金用來製造飛機等。

態(态) tài ㄊㄞˋ ❶形狀；狀態：形態｜姿態｜常態｜事態。❷一種語法範疇，多表明句子中動詞所表示的動作跟主語所表示的事物之間的關係，如主動、被動等。

【態度】tài·du ㄊㄞˋ ·ㄉㄨ ❶人的舉止神情：態度大方｜耍態度(發怒或急躁)。❷對於事情的看法和採取的行動：工作態度｜端正態度｜態度堅決。

【態勢】tàishì ㄊㄞˋ ㄕˋ 狀態和形勢：分析敵我態勢。

tān (ㄊㄢ)

坍(坍) tān ㄊㄢ 倒塌：土牆坍了｜房坍了。

【坍方】tān//fāng ㄊㄢ//ㄈㄤ 塌方。

【坍圮】tānpǐ ㄊㄢ ㄆㄧˇ 〈書〉倒塌；坍塌。

【坍縮】tānsuō ㄊㄢ ㄙㄨㄛ 天體體積縮小，密度加大。

【坍縮星】tānsuōxīng ㄊㄢ ㄙㄨㄛ ㄒㄧㄥ 見468頁〖黑洞〗。

【坍塌】tāntā ㄊㄢ ㄊㄚ （山坡、河岸、建築物或堆積的東西）倒下來：院牆坍塌。

【坍台】tān//tái ㄊㄢ//ㄊㄞˊ 〈方〉❶垮台（多指事業、局面不能繼續維持）。❷丟臉；出醜。

【坍陷】tānxiàn ㄊㄢ ㄒㄧㄢˋ 塌陷：地層坍陷。

怹 tān ㄊㄢ 〈方〉他（含尊敬意）。

貪(贪) tān ㄊㄢ ❶原指愛財，後來多指貪污：貪贓枉法｜貪官污吏｜倡廉肅貪。❷對某種事物慾望老不滿足；求多：貪玩｜貪得無厭。❸片面追求；貪圖：貪便宜。

【貪杯】tānbēi ㄊㄢ ㄅㄟ 過分喜好喝酒：好(hào)酒貪杯｜貪杯誤事。

【貪財】tān//cái ㄊㄢ//ㄘㄞˊ 貪圖錢財。

【貪得無厭】tān dé wú yàn ㄊㄢ ㄉㄜˊ ㄨˊ ㄧㄢˋ 指貪心大，老不滿足。

【貪官】tānguān ㄊㄢ ㄍㄨㄢ 貪污受賄的官吏：貪官污吏。

【貪賄】tānhuì ㄊㄢ ㄏㄨㄟˋ 貪污受賄：貪賄無藝（藝：限度）。

【貪婪】tānlán ㄊㄢ ㄌㄢˊ ❶貪得無厭（含貶義）。❷不知滿足。

【貪戀】tānliàn ㄊㄢ ㄌㄧㄢˋ 十分留戀：貪戀大都市生活。

【貪墨】tānmò ㄊㄢ ㄇㄛˋ 〈書〉貪污。

【貪青】tānqīng ㄊㄢ ㄑㄧㄥ 農作物到了變黃成熟的時期，莖葉仍繁茂呈青綠色。多由氮肥或水分過多等引起。

【貪求】tānqiú ㄊㄢ ㄑㄧㄡˊ 極力希望得到：貪求無度｜貪求富貴。

【貪色】tānsè ㄊㄢ ㄙㄜˋ 貪戀女色；好色。

【貪生】tānshēng ㄊㄢ ㄕㄥ 吝惜生命（多含貶義）：貪生怕死。

【貪天之功】tān tiān zhī gōng ㄊㄢ ㄊㄧㄢ ㄓ ㄍㄨㄥ 原指竊據上天的功績，後泛指把不屬於自己的功勞歸於自己。

【貪圖】tāntú ㄊㄢ ㄊㄨˊ 極力希望得到（某種好處）：貪圖便宜｜貪圖涼快｜貪圖安逸。

【貪污】tānwū ㄊㄢ ㄨ 利用職務上的便利非法地取得財物：貪污腐化｜貪污分子。

【貪小】tānxiǎo ㄊㄢ ㄒㄧㄠˇ 愛佔小便宜。

【貪心】tānxīn ㄊㄢ ㄒㄧㄣ ❶貪得的慾望：貪心不足。❷貪得無厭；不知足：這人太貪心。

【貪贓】tān//zāng ㄊㄢ//ㄗㄤ 指官吏接受賄賂：貪贓枉法｜貪贓舞弊。

【貪嘴】tānzuǐ ㄊㄢ ㄗㄨㄟˇ 貪吃。

貚(狁) tān ㄊㄢ 傳説中的一種獸。

嘽(啴) tān ㄊㄢ 〔嘽嘽〕〈書〉形容牲畜喘息。

另見125頁 chǎn。

攤(摊) tān ㄊㄢ ❶擺開；鋪平：攤牌｜攤場｜把涼蓆攤在牀上◇許多事情一攤到桌面上來，是非立時分明。❷(攤兒)設在路旁、廣場上的售貨處：地攤兒｜水果攤兒。❸量詞，用於攤開的糊狀物：一攤血｜一攤稀泥。❹烹飪方法，把糊狀食物倒在鍋中攤開成為薄片：攤雞蛋｜攤煎餅。❺分擔：分攤｜攤派｜一人僅攤五元錢。❻碰到；落到（多指不如意的事情）：事情雖小，攤在他身上就受不了。

【攤場】tān//cháng ㄊㄢ//ㄔㄤˊ 把收割的莊稼攤開晾在場上。

【攤點】tāndiǎn ㄊㄢ ㄉㄧㄢˇ 一個一個的售貨攤或售貨點：街市兩邊設有大小攤點五十餘處。

【攤販】tānfàn ㄊㄢ ㄈㄢˋ 擺攤子做小買賣的人。

【攤牌】tān//pái ㄊㄢ//ㄆㄞˊ ❶把手裏所有的牌擺出來，跟對方比較大小，以決勝負。❷比喻到最後關頭把所有的意見、條件、實力等擺出來給對方看。

【攤派】tānpài ㄊㄢ ㄆㄞˋ 叫眾人或各地區、各單位分擔（捐款、任務等）：費用按人頭攤派。

【攤手】tān//shǒu ㄊㄢ//ㄕㄡˇ 放開手；鬆手：攤手不管。

【攤售】tānshòu ㄊㄢ ㄕㄡˋ 擺攤子出售（貨物）：攤售食品要講衛生。

【攤位】tānwèi ㄊㄢ ㄨㄟˋ 設售貨攤的地方；一個貨攤所佔的位置：分配攤位｜固定攤位｜這個農貿市場有一百多個攤位。

【攤子】tān·zi ㄊㄢ ·ㄗ 攤②：舊貨攤子◇爛攤子（比喻難於整頓的局面）。

灘(滩) tān ㄊㄢ ❶河、海、湖邊水深時淹沒、水淺時露出的地方，泛指河、海、湖邊比岸低的地方：河灘｜海灘｜灘地｜鹽灘（曬鹽的海灘）。❷江河中水淺多石而水流很急的地方：險灘。

【灘地】tāndì ㄊㄢ ㄉㄧˋ 河灘、湖灘、海灘上較平坦的地方。

【灘簧】tānhuáng ㄊㄢ ㄏㄨㄤˊ 流行於江蘇南部、浙江北部的一種説唱藝術。最初只是説唱故事，後來發展為表演小戲，如蘇灘(蘇州灘簧)、湖灘(湖州灘簧)。有的已經發展成為地方戲，如上海灘簧發展為滬劇。

【灘頭】tāntóu ㄊㄢ ㄊㄡˊ 河、湖、海岸邊的沙灘：灘頭陣地。

【灘塗】tāntú ㄊㄢ ㄊㄨˊ 海塗。

癱(瘫) tān ㄊㄢ 癱瘓：偏癱｜癱在牀上，不能下地。

【癱瘓】tānhuàn ㄊㄢ ㄏㄨㄢˋ ❶由於神經機能發生障礙，身體的一部分完全或不完全地喪失運動的能力。可分為面癱、單癱、偏癱、截癱、四肢癱等。❷比喻機構渙散，不能正常進行工作。

【癱軟】tānruǎn ㄊㄢ ㄖㄨㄢˇ (肢體)綿軟，難以動彈：渾身癱軟，一點力氣也沒有。

【癱子】tān·zi ㄊㄢ ·ㄗ 癱瘓的人。

tán (ㄊㄢˊ)

倓 tán ㄊㄢˊ 〈書〉安靜。多用於人名。

埮 tán ㄊㄢˊ 人名用字。

郯 tán ㄊㄢˊ 郯城(Tánchéng ㄊㄢˊ ㄔㄥˊ)，地名，在山東。

覃 tán ㄊㄢˊ ❶〈書〉深：覃思(深思)。❷(Tán)姓。

另見932頁 Qín。

醓 tán ㄊㄢˊ 〈方〉水塘。多用於地名。

痰 tán ㄊㄢˊ 肺泡、支氣管和氣管分泌出來的黏液，當肺部或呼吸道發生病變時分泌量增多，並含有某些病菌，是傳播疾病的媒介物。

【痰氣】tánqì ㄊㄢˊ ㄑㄧˋ 〈方〉❶指精神病。❷指中風(zhòngfēng)。

【痰桶】tántǒng ㄊㄢˊ ㄊㄨㄥˇ 形狀略像桶的痰盂。

【痰盂】tányú ㄊㄢˊ ㄩˊ (痰盂兒)盛痰用的器皿。

談(谈) tán ㄊㄢˊ ❶說話或討論：漫談｜面談｜談思想。❷所說的話：奇談｜傳為美談｜無稽之談。❸(Tán)姓。

【談柄】tánbǐng ㄊㄢˊ ㄅㄧㄥˇ ❶被人拿來做談笑資料的言行。❷古人談論時所執的拂塵。

【談鋒】tánfēng ㄊㄢˊ ㄈㄥ 談話的勁頭兒：談鋒甚健。

【談何容易】tán hé róngyì ㄊㄢˊ ㄏㄜˊ ㄖㄨㄥˊ ㄧˋ 說起來怎麼這樣容易，表示事情做起來並不像說的那麼簡單。

【談虎色變】tán hǔ sè biàn ㄊㄢˊ ㄏㄨˇ ㄙㄜˋ ㄅㄧㄢˋ 比喻一提到可怕的事物連臉色都變了。

【談話】tán∥huà ㄊㄢˊ∥ㄏㄨㄚˋ 兩個人或許多人在一起說話：他們正在屋裏談話。

【談話】tánhuà ㄊㄢˊ ㄏㄨㄚˋ 用談話的形式發表的意見(多為政治性的)。

【談論】tánlùn ㄊㄢˊ ㄌㄨㄣˋ 用談話的方式表示對人或事物的看法：談論古今。

【談判】tánpàn ㄊㄢˊ ㄆㄢˋ 有關方面對有待解決的重大問題進行會談：和平談判｜談判破裂。

【談天】tántiān ㄊㄢˊ ㄊㄧㄢ (談天兒)閑談。

【談天說地】tán tiān shuō dì ㄊㄢˊ ㄊㄧㄢ ㄕㄨㄛ ㄉㄧˋ 指漫無邊際地閑談：人們聚在一起，談天說地，好不熱鬧。

【談吐】tántǔ ㄊㄢˊ ㄊㄨˇ 指談話時的措詞和態度：談吐不俗。

【談笑風生】tán xiào fēng shēng ㄊㄢˊ ㄒㄧㄠˋ ㄈㄥ ㄕㄥ 形容談話談得高興而有風趣。

【談笑自若】tán xiào zìruò ㄊㄢˊ ㄒㄧㄠˋ ㄗˋ ㄖㄨㄛˋ 說說笑笑，跟平常一樣(多指在緊張或危急的情況下)。也說談笑自如。

【談心】tán∥xīn ㄊㄢˊ∥ㄒㄧㄣ 談心裏話：促膝談心。

【談興】tánxìng ㄊㄢˊ ㄒㄧㄥˋ 談話的興致：談興正濃。

【談言微中】tán yán wēi zhòng ㄊㄢˊ ㄧㄢˊ ㄨㄟ ㄓㄨㄥˋ 說話委婉而中肯。

【談助】tánzhù ㄊㄢˊ ㄓㄨˋ 〈書〉談資：足資談助。

【談資】tánzī ㄊㄢˊ ㄗ 談話的資料：茶餘飯後的談資。

潭 tán ㄊㄢˊ ❶深的水池：清潭｜古潭｜龍潭虎穴。❷〈方〉坑。

【潭府】tánfǔ ㄊㄢˊ ㄈㄨˇ 〈書〉❶深淵。❷深邃的府第，常用於尊稱對方的住宅。

彈(弹) tán ㄊㄢˊ ❶由於一物的彈性作用使另一物射出去。❷利用機械使纖維變得鬆軟：彈棉花｜彈羊毛。❸一個指頭被另一個指頭壓住，然後用力掙開，借這個力量觸物使動：把帽子上的土彈去。❹用手指、器具撥弄或敲打，使物體振動：彈鋼琴｜彈琵琶。❺有彈性：彈簧。❻抨擊：譏彈｜彈劾。

另見226頁 dàn。

【彈撥樂器】tánbō-yuèqì ㄊㄢˊ ㄅㄛ ㄩㄝˋ ㄑㄧˋ 指由於撥動琴弦而發音的一類樂器，如琵琶、月琴、三弦等。

【彈唱】tánchàng ㄊㄢˊ ㄔㄤˋ 一邊彈奏，一邊演唱。

【彈詞】táncí ㄊㄢˊ ㄘˊ 曲藝的一種，流行於南方各省，有說有唱，曲調、唱腔各地不同，用三弦伴奏，或再加琵琶陪襯。也指說唱彈詞的底本。

【彈冠相慶】tán guān xiāng qìng ㄊㄢˊ ㄍㄨㄢ ㄒㄧㄤ ㄑㄧㄥˋ《漢書·王吉傳》：'吉與貢禹為友，世稱"王陽在位，貢公彈冠"，言其取捨同也'(彈冠：撣去帽子上的塵土，準備做官)。後來用'彈冠相慶'指一人當了官或升了官，他的同夥也互相慶賀將有官可做。

【彈劾】tánhé ㄊㄢˊ ㄏㄜˊ ❶君主時代擔任監察職務的官員檢舉官吏的罪狀。❷某些國家的議會抨擊政府工作人員，揭發其罪狀。

【彈簧】tánhuáng ㄊㄢˊ ㄏㄨㄤˊ 利用材料的彈性作用製成的零件，在外力作用下能發生形變，除去外力後又恢復原狀。常見的用合金鋼製成，有螺旋形、板形等不同形狀。有的地區叫綳簧。

【彈簧秤】tánhuángchèng ㄊㄢˊ ㄏㄨㄤˊ ㄔㄥˋ 用彈簧製成的秤，常見的是用螺旋形彈簧裝在金屬筒裏，上端固定，下端有鈎，筒上有刻度。重物懸在鈎上，就可以由指針所指的刻度上得出重量。

【彈簧門】tánhuángmén ㄊㄢˊ ㄏㄨㄤˊ ㄇㄣˊ 門框和門扇之間裝有彈簧、可以自動關閉的門。

【彈淚】tánlèi ㄊㄢˊ ㄌㄟˋ 揮淚，泛指傷心流淚。

【彈力】tánlì ㄊㄢˊ ㄌㄧˋ 物體發生形變時產生的使物體恢復原狀的作用力。

【彈射】tánshè ㄊㄢˊ ㄕㄜˋ ❶利用彈力、壓力等射出：氣壓彈射器。❷〈書〉指摘：彈射利病(指出缺點錯誤)。

【彈跳】tántiào ㄊㄢˊ ㄊㄧㄠˋ (身體或物體)利用彈力向上跳起：彈跳力。

【彈性】tánxìng ㄊㄢˊ ㄒㄧㄥˋ ❶物體受外力作用變形後，除去作用力時能恢復原來形狀的性質。❷比喻事物的可多可少、可大可小等伸縮性：彈性立場｜彈性外交｜彈性工作制。

【彈壓】tányā ㄊㄢˊ ㄧㄚ 指用武力壓制；壓服。

【彈指】tánzhǐ ㄊㄢˊ ㄓˇ 比喻時間極短暫：彈指之間｜彈指光陰。

壇(坛) tán ㄊㄢˊ ❶古代舉行祭祀、誓師等大典用的台，多用土石等建成：天壇｜登壇拜將。❷用土堆成的台，多在上面種花：花壇。❸某些會道門設立的拜神集會的組織。❹指文藝界或體育界：文壇｜詩壇｜影壇｜球壇。

'坛'另見1110頁 tán'罎'。

曇(昙) tán ㄊㄢˊ 雲彩密佈；多雲。

【曇花】tánhuā ㄊㄢˊ ㄏㄨㄚ 常綠灌木，主枝圓筒形，分枝扁平呈葉狀，綠色，沒有葉片，花大，白色，生在分枝邊緣上，多在夜間開放，開花的時間極短。供觀賞。原產墨西哥。

【曇花一現】tánhuā yīxiàn ㄊㄢˊ ㄏㄨㄚ ㄧ ㄒㄧㄢˋ 曇花開放後很快就凋謝。比喻稀有的事物或顯赫一時的人物出現不久就消逝(曇花：佛經中指優曇鉢華)。

錟(锬) tán ㄊㄢˊ 〈書〉長矛。
另見1236頁 xiān'銛'。

澹 tán ㄊㄢˊ ［澹台］(Tántái ㄊㄢˊ ㄊㄞˊ)姓。
另見227頁 dàn。

燂 tán ㄊㄢˊ 〈方〉放在火上使熱。

檀 tán ㄊㄢˊ ❶落葉喬木，葉互生，卵形，花單生，果實有圓形的翅。木質堅硬，用來製造傢具、農具和樂器。也叫青檀。❷(Tán)姓。

【檀板】tánbǎn ㄊㄢˊ ㄅㄢˇ 拍板，多用檀木製成。

【檀越】tányuè ㄊㄢˊ ㄩㄝˋ 佛教用語，稱施主。

磹 tán ㄊㄢˊ 磹口(Tánkǒu ㄊㄢˊ ㄎㄡˇ)，地名，在福建。

醰 tán ㄊㄢˊ 〈書〉酒味厚；醇。

譚(谭) tán ㄊㄢˊ ❶同'談'。❷(Tán)姓。

鐔(镡) Tán ㄊㄢˊ 姓。
另見124頁 Chán；1274頁 xín。

罎(坛、壜、罈、墰) tán ㄊㄢˊ (罎兒)罎子：酒罎｜一罎醋。

'坛'另見1110頁 tán'壇'。

【罎罎罐罐】tántánguànguàn ㄊㄢˊ ㄊㄢˊ ㄍㄨㄢˋ ㄍㄨㄢˋ 泛指各種傢什。

【罎子】tán·zi ㄊㄢˊ ·ㄗ 口小腹大的陶器，多用來盛酒、醋、醬油等。

tǎn (ㄊㄢˇ)

忐 tǎn ㄊㄢˇ ［忐忑］(tǎntè ㄊㄢˇ ㄊㄜˋ)心神不定：忐忑不安。

坦 tǎn ㄊㄢˇ ❶平：坦途｜平坦。❷坦白：坦率。❸心裏安定：坦然。

【坦白】tǎnbái ㄊㄢˇ ㄅㄞˊ ❶心地純潔，語言直率：襟懷坦白。❷如實地說出(自己的錯誤或罪行)：坦白交代問題｜坦白從寬，抗拒從嚴。

【坦誠】tǎnchéng ㄊㄢˇ ㄔㄥˊ 坦率誠懇：心地坦誠｜坦誠相見｜坦誠的話語。

【坦蕩】tǎndàng ㄊㄢˇ ㄉㄤˋ ❶寬廣平坦：前面是一條坦蕩的大路。❷形容心地純潔，胸襟寬暢：胸懷坦蕩。

【坦緩】tǎnhuǎn ㄊㄢˇ ㄏㄨㄢˇ 地勢平坦，傾斜度小：坦緩的山坡。

【坦克】tǎnkè ㄊㄢˇ ㄎㄜˋ 裝有火炮、機關槍和旋轉炮塔的履帶式裝甲戰鬥車輛。也叫坦克車。［英 tank］

【坦克兵】tǎnkèbīng ㄊㄢˇ ㄎㄜˋ ㄅㄧㄥ 裝甲兵。

【坦然】tǎnrán ㄊㄢˇ ㄖㄢˊ 形容心裏平靜，無顧慮：坦然無懼｜坦然自若。

【坦實】tǎnshí ㄊㄢˇ ㄕˊ 坦誠。

【坦率】tǎnshuài ㄊㄢˇ ㄕㄨㄞˋ 直率：性情坦率｜為人坦率熱情。

【坦途】tǎntú ㄊㄢˇ ㄊㄨˊ 平坦的道路，比喻順利的形勢或境況。

袒 tǎn ㄊㄢˇ ❶脫去或敞開上衣，露出(身體的一部分)：袒露｜袒胸露臂。❷袒護：偏袒。

【袒護】tǎnhù ㄊㄢˇ ㄏㄨˋ 對錯誤的思想行為無原則地支持或保護：袒護孩子不是愛孩子。

【袒露】tǎnlù ㄊㄢˇ ㄌㄨˋ 裸露：袒露胸膛◇袒露心聲。

菼〔菼〕 tǎn ㄊㄢˇ 〈書〉荻。

毯 tǎn ㄊㄢˇ 毯子：毛毯｜綫毯｜地毯｜壁毯。

【毯子】tǎn·zi ㄊㄢˇ ·ㄗ 鋪在牀上、地上或掛在牆上的較厚的毛織品、棉織品或棉毛混織品，大多有圖案或圖畫。

鉭(钽) tǎn ㄊㄢˇ 金屬元素，符號 Ta (tantalum)。銀白色，有超導電性(−268.8°C 時)和延展性，耐腐蝕性強。用來製造化學器皿、真空管、醫療器械等。

tàn (ㄊㄢˋ)

炭(炭) tàn ㄊㄢˋ ❶木炭的通稱。❷像炭的東西：山查炭。❸〈方〉煤：挖炭。

【炭化】tànhuà ㄊㄢˋ ㄏㄨㄚˋ 古代的植物埋藏在沈積物裏，在一定的壓力、溫度等的作用下逐漸變成煤的過程。也叫煤化。

【炭畫】tànhuà ㄊㄢˋ ㄏㄨㄚˋ 用炭質材料繪成的畫。

【炭墼】tànjī ㄊㄢˋ ㄐㄧ 用炭末做成的塊狀燃料，多呈圓柱形。

【炭精】tànjīng ㄊㄢˋ ㄐㄧㄥ ❶各種炭製品的總稱。❷〈方〉人造炭和石墨的總稱。

【炭精燈】tànjīngdēng ㄊㄢˋ ㄐㄧㄥ ㄉㄥ 弧光燈。

【炭疽】tànjū ㄊㄢˋ ㄐㄩ 急性傳染病，馬、牛、綿羊等家畜和人都能感染，病原體是炭疽桿菌。病畜的症狀是發高熱，痙攣，口和肛門出血，胸部、頸部或腹部腫脹。人感染後，發生膿疱、水腫或癰，也能侵入肺或胃腸。家畜的炭疽病有的地區叫癀病。

【炭盆】tànpén ㄊㄢˋ ㄆㄣˊ 燒木炭的火盆。

探 tàn ㄊㄢˋ ❶試圖發現(隱藏的事物或情況)：探礦｜探路｜探口氣｜試探｜鑽探。❷做偵察工作的人：密探｜敵探。❸看望：探望｜探親｜探病。❹向前伸出(頭或上體)：探頭探腦｜行車時不要探身窗外。❺〈方〉過問：探閑事。

【探本窮源】tàn běn qióng yuán ㄊㄢˋ ㄅㄣˇ ㄑㄩㄥˊ ㄩㄢˊ 追本窮源。也說探本溯源。

【探測】tàncè ㄊㄢˋ ㄘㄜˋ 對於不能直接觀察的事物或現象用儀器進行考察和測量：高空探測｜探測海的深度◇探測對方心裏的秘密。

【探查】tànchá ㄊㄢˋ ㄔㄚˊ 深入檢查或暗中查看：剖腹探查｜探查敵情。

【探察】tànchá ㄊㄢˋ ㄔㄚˊ 探聽偵察；察看：探察地形｜探察敵人的行踪。

【探訪】tànfǎng ㄊㄢˋ ㄈㄤˇ ❶訪求；搜尋：探訪新聞｜探訪善本書。❷探望：探訪親友。

【探戈】tàngē ㄊㄢˋ ㄍㄜ 交際舞的一種，起源於非洲，流行於歐美，2/4 或 4/4 拍，速度緩慢，多為滑步，舞時變化很多。[西 tango]

【探花】tànhuā ㄊㄢˋ ㄏㄨㄚ 科舉時代的一種稱號。明清兩代稱殿試考取一甲(第一等)第三名的人。

【探監】tàn//jiān ㄊㄢˋ // ㄐㄧㄢ 到監獄裏看望被囚禁的人(多為親友)。

【探井】tànjǐng ㄊㄢˋ ㄐㄧㄥˇ 為探測礦體而開掘的小井。

【探究】tànjiū ㄊㄢˋ ㄐㄧㄡ 探索研究；探尋追究：探究原因。

【探勘】tànkān ㄊㄢˋ ㄎㄢ 勘探。

【探口氣】tàn kǒu·qi ㄊㄢˋ ㄎㄡˇ ·ㄑㄧ 設法引出對方的話，探聽他對某人某事的態度和看法。也說探口風。

【探礦】tàn//kuàng ㄊㄢˋ // ㄎㄨㄤˋ 根據礦牀生成的原理，採用一定的方法尋找礦產。

【探驪得珠】tàn lí dé zhū ㄊㄢˋ ㄌㄧˊ ㄉㄜˊ ㄓㄨ 《莊子·列禦寇》上說，黃河邊上有人泅入深水，得到一顆價值千金的珠子。他父親說：'這樣珍貴的珠子，一定是在萬丈深淵的黑龍下巴底下取得，而且是在它睡時取得的。'後來用'探驪得珠'比喻做文章扣緊主題，抓住要領(驪：黑龍)。

【探馬】tànmǎ ㄊㄢˋ ㄇㄚˇ 做偵察工作的騎兵(多見於早期白話)。

【探秘】tànmì ㄊㄢˋ ㄇㄧˋ 探索秘密或奧秘：宇宙探秘。

【探囊取物】tàn náng qǔ wù ㄊㄢˋ ㄋㄤˊ ㄑㄩˇ ㄨˋ 伸手到袋子裏取東西。比喻能夠輕而易舉地辦成某件事情。

【探親】tàn//qīn ㄊㄢˋ // ㄑㄧㄣ 探望親屬，現多指探望父母或配偶：探親假｜回鄉探親。

【探求】tànqiú ㄊㄢˋ ㄑㄧㄡˊ 探索追求：探求學問｜探求真理。

【探傷】tàn//shāng ㄊㄢˋ // ㄕㄤ 通過一定裝置，利用磁性，X 射綫、γ 射綫、超聲波等檢查和探測金屬材料內部的缺陷。

【探身】tàn//shēn ㄊㄢˋ // ㄕㄣ 向前伸出上體：探身向門裏望了一下。

【探勝】tànshèng ㄊㄢˋ ㄕㄥˋ 〈書〉探尋優美的景物。

【探視】tànshì ㄊㄢˋ ㄕˋ ❶看望：探視病人。❷察看：向窗外探視。

【探索】tànsuǒ ㄊㄢˋ ㄙㄨㄛˇ 多方尋求答案，解決疑問：探索人生道路｜探索自然界的奧秘。

【探討】tàntǎo ㄊㄢˋ ㄊㄠˇ 研究討論：探討哲學

問題。

【探聽】tàntīng ㄊㄢˋ ㄊㄧㄥ 探問(多指方式比較秘密、措辭比較含蓄的)：探聽虛實｜探聽口氣。

【探頭】tàn//tóu ㄊㄢˋ//ㄊㄡˊ 向前伸出頭：他從窗口探頭看了一下，屋內不見有人。

【探頭探腦】tàn tóu tàn nǎo ㄊㄢˋ ㄊㄡˊ ㄊㄢˋ ㄋㄠˇ (探頭探腦兒)不斷探頭看，多形容鬼鬼祟祟地窺探：只見門外一個人探頭探腦，東張西望。

【探望】tànwàng ㄊㄢˋ ㄨㄤˋ ❶看(試圖發現情況)：四處探望｜他不時地向窗外探望。❷看望(多指遠道)：我路過上海時，順便探望了幾個老朋友。

【探問】tànwèn ㄊㄢˋ ㄨㄣˋ ❶試探着詢問(消息、情況、意圖等)：探問失散多年的親人的下落｜到處探問，毫無結果。❷探望，問候：探問病友。

【探析】tànxī ㄊㄢˋ ㄒㄧ 探討和分析(多用做文章標題)：《人口學難題探析》。

【探悉】tànxī ㄊㄢˋ ㄒㄧ 打聽後知道：從有關方面探悉。

【探險】tàn//xiǎn ㄊㄢˋ//ㄒㄧㄢˇ 到從來沒有人去過或很少有人去過的地方去考察(自然界情況)：探險隊｜到南極去探險。

【探尋】tànxún ㄊㄢˋ ㄒㄩㄣˊ 探求；尋找：探尋真理｜探尋地下礦藏。

【探詢】tànxún ㄊㄢˋ ㄒㄩㄣˊ 探問。

【探幽】tànyōu ㄊㄢˋ ㄧㄡ 〈書〉❶探索深奧的道理：探幽析微。❷探尋勝境：探幽攬勝。

【探賾索隱】tàn zé suǒ yǐn ㄊㄢˋ ㄗㄜˊ ㄙㄨㄛˇ ㄧㄣˇ 探究深奧的道理，搜索隱秘的事迹。

【探照燈】tànzhàodēng ㄊㄢˋ ㄓㄠˋ ㄉㄥ 一種用於遠距離搜索和照明的裝置。在軍事上主要用於搜索以及照射空中、地面和水上目標。

【探子】[1] tàn·zi ㄊㄢˋ ·ㄗ 指在軍中做偵察工作的人(多見於早期白話)。

【探子】[2] tàn·zi ㄊㄢˋ ·ㄗ 長條或管狀的用具，用來探取東西，如蛐蛐兒探子(用來伸入穴中把蛐蛐兒撵出來)、糧食探子(用來插入袋中取出少量糧食做樣品)。

碳 tàn ㄊㄢˋ 非金屬元素，符號 C(carbonium)。有金剛石、石墨和無定形碳三種同素異形體。化學性質穩定，在空氣中不起變化，是構成有機物的主要成分。在工業上和醫藥上用途很廣。

【碳化】tànhuà ㄊㄢˋ ㄏㄨㄚˋ 見370頁〖乾餾〗。

【碳水化合物】tànshuǐ-huàhéwù ㄊㄢˋ ㄕㄨㄟˇ ㄏㄨㄚˋ ㄏㄜˊ ㄨˋ '糖'①。

【碳酸氣】tànsuānqì ㄊㄢˋ ㄙㄨㄢ ㄑㄧˋ 二氧化碳。

嘆(叹、歎) tàn ㄊㄢˋ ❶嘆氣：嘆息｜可嘆｜長吁短嘆。❷吟哦：咏嘆｜一唱三嘆。❸發出讚美的聲音：讚嘆｜嘆為奇迹。

【嘆詞】tàncí ㄊㄢˋ ㄘˊ 表示強烈的感情以及表示招呼、應答的詞，如'啊、哎、喲、哼、嗯、喂'。

【嘆服】tànfú ㄊㄢˋ ㄈㄨˊ 稱讚而且佩服：他畫的人物栩栩如生，令人嘆服。

【嘆觀止矣】tàn guān zhǐ yǐ ㄊㄢˋ ㄍㄨㄢ ㄓˇ ㄧˇ 春秋時吳國的季札在魯國觀看各種樂舞，看到舜時的樂舞，十分讚美，説看到這裏就夠了(觀止矣)，再有別的樂舞也不必看了(見於《左傳》襄公二十九年)。後來指讚美看到的事物好到極點。也説嘆為觀止。

【嘆號】tànhào ㄊㄢˋ ㄏㄠˋ 標點符號(！)，表示一個感嘆句完了。

【嘆絕】tànjué ㄊㄢˋ ㄐㄩㄝˊ 讚嘆事物好到極點：技藝之精，讓人嘆絕。

【嘆氣】tàn//qì ㄊㄢˋ//ㄑㄧˋ 心裏感到不痛快而呼出長氣，發出聲音：唉聲嘆氣｜嘆了一口氣。

【嘆賞】tànshǎng ㄊㄢˋ ㄕㄤˇ 稱讚：嘆賞不絕｜擊節嘆賞。

【嘆惋】tànwǎn ㄊㄢˋ ㄨㄢˇ 〈書〉嘆惜。

【嘆為觀止】tàn wéi guān zhǐ ㄊㄢˋ ㄨㄟˊ ㄍㄨㄢ ㄓˇ 見〖嘆觀止矣〗。

【嘆息】tànxī ㄊㄢˋ ㄒㄧ 嘆氣。

【嘆惜】tànxī ㄊㄢˋ ㄒㄧ 慨嘆惋惜：功虧一簣，令人嘆惜。

【嘆羨】tànxiàn ㄊㄢˋ ㄒㄧㄢˋ 〈書〉讚嘆羨慕。

tāng (ㄊㄤ)

湯(汤) tāng ㄊㄤ ❶熱水；開水：溫湯浸種｜揚湯止沸｜赴湯蹈火。❷專指溫泉(現多用於地名)：湯山。❸食物煮後所得的汁水：米湯｜雞湯。❹烹調後汁兒特別多的副食：豆腐湯｜菠菜湯｜四菜一湯。❺湯藥：柴胡湯。❻(Tāng)姓。

另見1003頁 shāng。

【湯池】tāngchí ㄊㄤ ㄔˊ ❶見595頁〖金城湯池〗。❷熱水浴池。

【湯匙】tāngchí ㄊㄤ ㄔˊ 調羹；羹匙。

【湯罐】tāngguàn ㄊㄤ ㄍㄨㄢˋ 舊式灶上燒熱水用的罐。

【湯鍋】tāngguō ㄊㄤ ㄍㄨㄛ 屠宰牲畜時煮熱水燙毛的大型鍋。也指屠宰場。

【湯壺】tānghú ㄊㄤ ㄏㄨˊ 盛熱水後放在被中取暖的用具，多用銅合金或陶瓷、塑料製成。有的地區叫湯婆子。

【湯麪】tāngmiàn ㄊㄤ ㄇㄧㄢˋ 加作料帶湯的麪條。

【湯婆子】tāngpó·zi ㄊㄤ ㄆㄛˊ ·ㄗ 〈方〉湯壺。

【湯泉】tāngquán ㄊㄤ ㄑㄩㄢˊ 古代稱溫泉。

【湯色】tāngsè ㄊㄤ ㄙㄜˋ 沏茶後茶水呈現的色

澤(多用於鑒定茶葉質量時)：湯色明亮。

【湯水】tāngshuǐ ㄊㄤ ㄕㄨㄟˇ ❶食物煮後的湯兒。❷〈方〉開水或熱水。

【湯頭】tāngtóu ㄊㄤ ㄊㄡˊ 中藥多為湯劑，所以中藥的配方泛稱湯頭。把常用的湯頭編成歌訣，以便學習記憶，叫湯頭歌訣。

【湯糰】tāngtuán ㄊㄤ ㄊㄨㄢˊ 〈方〉帶餡兒的湯圓。

【湯藥】tāngyào ㄊㄤ ㄧㄠˋ 中醫指用水煎服的藥物。

【湯圓】tāngyuán ㄊㄤ ㄩㄢˊ 糯米粉等做的球形食品，大多有餡兒，帶湯吃。

嘡 tāng ㄊㄤ 象聲詞，形容打鐘、敲鑼、放槍一類聲音：嘡嘡連響了兩槍。

【嘡啷】tānglāng ㄊㄤ ㄌㄤ 象聲詞，金屬器物等磕碰的聲音：嘡啷一聲，臉盆掉在地上了。

耥 tāng ㄊㄤ 用耥耙鬆土、除草。

【耥耙】tāngbà ㄊㄤ ㄅㄚˋ 水稻中耕的一種農具，形狀像木屐，底下有許多短鐵釘，上面有長柄。在水稻行間推拉，鬆土除草。

趟 tāng ㄊㄤ 同'蹚'。
另見1115頁 tàng。

羰 tāng ㄊㄤ 羰基。

【羰基】tāngjī ㄊㄤ ㄐㄧ 由碳和氧兩種原子組合的二價原子團(>C=O)。

蹚[1](**蹚**) tāng ㄊㄤ 從淺水裏走過去：蹚水過河。

蹚[2](**蹚**) tāng ㄊㄤ 用犁把土翻開，除去雜草並給苗培土：蹚地。

【蹚道】tāng//dào ㄊㄤ//ㄉㄠˋ 〈方〉(蹚兒)探路，比喻摸情況。也說蹚路。

【蹚渾水】tāng húnshuǐ ㄊㄤ ㄏㄨㄣˊ ㄕㄨㄟˇ 〈方〉(蹚渾水兒)比喻跟着別人幹壞事。

鏜(**镗**) tāng ㄊㄤ 同'嘡'。
另見1115頁 táng。

鐋(**铴**) tāng ㄊㄤ [鐋鑼](tāngluó ㄊㄤ ㄌㄨㄛˊ)小銅鑼。

táng (ㄊㄤˊ)

唐[1] táng ㄊㄤˊ ❶(言談)虛誇：唐大無驗。❷空；徒然：功不唐捐(功夫不白費)。

唐[2] Táng ㄊㄤˊ ❶傳說中的朝代名，堯所建。❷朝代，公元618－907，李淵和他的兒子世民所建，建都長安(今陝西西安)。❸後唐。❹姓。

【唐棣】tángdì ㄊㄤˊ ㄉㄧˋ 同'棠棣'(tángdì)。

【唐花】tánghuā ㄊㄤˊ ㄏㄨㄚ 溫室裏養的花卉。也作堂花。

【唐人街】tángrénjiē ㄊㄤˊ ㄖㄣˊ ㄐㄧㄝ 指海外華僑聚居並開設較多具有中國特色的店鋪的街市。

【唐三彩】tángsāncǎi ㄊㄤˊ ㄙㄢ ㄘㄞˇ 唐代陶器和陶俑的釉色，有黃、綠、褐、藍等多種顏色。也指有這種釉色的陶製品，現多為仿製品。

【唐突】tángtū ㄊㄤˊ ㄊㄨ 〈書〉亂闖；冒犯。

堂 táng ㄊㄤˊ ❶正房：堂屋。❷專為某種活動用的房屋：禮堂｜課堂｜食堂。❸舊時官府中舉行儀式、審訊案件的地方：大堂｜過堂。❹用於廳堂名稱；舊時也指某一家、某一房或某一家族：三槐堂。❺用於商店牌號：同仁堂(北京的一家藥店)。❻堂房：堂兄｜堂弟｜堂姊妹。❼量詞。a)用於成套的傢具：一堂傢具。b)用於分節的課堂，一節叫一堂：兩堂課。c)舊時審案一次叫一堂：過了兩堂。d)用於場景、壁畫等：三堂內景｜一堂壁畫。

【堂奧】táng'ào ㄊㄤˊ ㄠˋ 〈書〉❶房屋的深處。❷腹地。❸比喻深奧的道理或境界：窺其堂奧。

【堂而皇之】táng ér huáng zhī ㄊㄤˊ ㄦˊ ㄏㄨㄤˊ ㄓ ❶形容公開或不加掩飾：他是憑着一張偽造的出入證堂而皇之進來的。❷形容體面或氣派大：講了一套堂而皇之的理論。

【堂房】tángfáng ㄊㄤˊ ㄈㄤˊ 同宗而非嫡親的(親屬)：堂房弟兄、堂房姐妹(同祖父、同曾祖或者更疏遠的弟兄姐妹)｜堂房侄子、堂房侄女(堂房弟兄的子女)。

【堂鼓】tánggǔ ㄊㄤˊ ㄍㄨˇ 打擊樂器，兩面蒙牛皮，常用於戲曲樂隊中。

【堂倌】tángguān ㄊㄤˊ ㄍㄨㄢ 舊時稱飯館、茶館、酒店中的招待人員。

【堂號】tánghào ㄊㄤˊ ㄏㄠˋ 廳堂的名稱，舊時多指某一家、某一房或某一家族的名號。

【堂花】tánghuā ㄊㄤˊ ㄏㄨㄚ 同'唐花'。

【堂皇】tánghuáng ㄊㄤˊ ㄏㄨㄤˊ ❶形容氣勢宏大：富麗堂皇。❷冠冕堂皇：堂皇的理由。

【堂會】tánghuì ㄊㄤˊ ㄏㄨㄟˋ 舊時家裏有喜慶事邀請藝人來舉行的演出會。

【堂客】táng·kè ㄊㄤˊ·ㄎㄜ ❶女客人。❷〈方〉泛指婦女。❸〈方〉妻。

【堂上】tángshàng ㄊㄤˊ ㄕㄤˋ ❶指父母。❷舊時受審訊的人稱審案的官吏。❸舊指審訊問案的地方。

【堂堂】tángtáng ㄊㄤˊ ㄊㄤˊ ❶形容容貌莊嚴大方：儀表堂堂。❷形容有志氣或有氣魄：堂堂中華兒女。❸形容陣容或力量壯大：堂堂之陣。

【堂堂正正】tángtángzhèngzhèng ㄊㄤˊ ㄊㄤˊ ㄓㄥˋ ㄓㄥˋ ❶形容光明正大：做一個堂堂正正的男子漢。❷形容身材威武，儀表出眾：堂堂正正的相貌。

【堂屋】tángwū ㄊㄤˊ ㄨ ❶正房的居中的一間。

❷泛指正房。

【堂戲】tángxì ㄊㄤˊ ㄒㄧˋ ❶堂會上演的戲。❷湖北地方戲曲劇種之一，流行於該省巴東、五峰等地。

【堂子】táng·zi ㄊㄤˊ ·ㄗ ❶清朝皇室祭神的場所。❷〈方〉舊時妓院的別稱。

棠 táng ㄊㄤˊ ❶棠梨。❷ (Táng) 姓。

【棠棣】tángdì ㄊㄤˊ ㄉㄧˋ 古書上說的一種植物。也作唐棣。

塘 táng ㄊㄤˊ ❶堤岸；堤防：河塘｜海塘。❷水池：池塘｜魚塘。❸浴池：洗澡塘。❹〈方〉室內生火取暖用的坑：火塘。

【塘堰】tángyàn ㄊㄤˊ ㄧㄢˋ 在山區或丘陵地區修築的一種小型蓄水工程，用來積蓄附近的雨水和泉水，灌溉農田。也叫塘壩。

搪1 táng ㄊㄤˊ ❶抵擋：搪飢｜搪風｜搪上一塊板子就塌不下來了。❷搪塞：搪賬｜搪差事。

搪2 táng ㄊㄤˊ 把泥土或塗料均勻地塗在爐灶、瓷器上：搪爐子。

搪3 táng ㄊㄤˊ 同'鏜'。

【搪瓷】tángcí ㄊㄤˊ ㄘˊ 用石英、長石、硝石、碳酸鈉等燒製成的像釉子的物質。塗在金屬坯胎上，能燒製成不同顏色的圖案，並可防銹。

【搪塞】tángsè ㄊㄤˊ ㄙㄜˋ 敷衍塞責：用幾句話搪塞過去。

鄌 táng ㄊㄤˊ 鄌郚 (Tángwú ㄊㄤˊ ㄨˊ)，地名，在山東。

溏 táng ㄊㄤˊ 不凝結、半流動的：溏心｜溏便。

【溏便】tángbiàn ㄊㄤˊ ㄅㄧㄢˋ 中醫指稀薄的大便。

【溏心】tángxīn ㄊㄤˊ ㄒㄧㄣ (溏心兒) 蛋煮過或醃過後蛋黃沒有完全凝固的：溏心兒雞蛋｜溏心兒松花。

瑭 táng ㄊㄤˊ 〈書〉一種玉。

樘 táng ㄊㄤˊ ❶門框或窗框：門樘｜窗樘。❷量詞，門扇和門框或窗扇和窗框一副叫一樘：一樘玻璃門｜四樘雙扇窗。

膛 táng ㄊㄤˊ ❶胸腔：胸膛｜開膛。❷ (膛兒) 器物的中空的部分：爐膛兒｜槍膛｜把子彈上了膛。

【膛綫】tángxiàn ㄊㄤˊ ㄒㄧㄢˋ 槍膛或炮膛內的螺旋形凹凸綫，凸起的叫陽綫，凹下的叫陰綫。作用是使發射出的彈頭旋轉飛行，以增加射程、命中率和侵徹力。也叫來復綫。

螗 táng ㄊㄤˊ 古書上指一種較小的蟬。

糖 (❶醣) táng ㄊㄤˊ ❶有機化合物的一類，可分為單糖、雙糖和多糖三種，是人體內產生熱能的主要物質，如葡萄糖、蔗糖、乳糖、澱粉等。也叫碳水化合物。❷食糖的統稱，包括白糖、紅糖、冰糖等。❸糖果：奶糖｜水果糖。

【糖彈】tángdàn ㄊㄤˊ ㄉㄢˋ 糖衣炮彈的簡稱。

【糖房】tángfáng ㄊㄤˊ ㄈㄤˊ 製紅糖、白糖等的作坊。有的地區叫糖寮或榨寮。

【糖苷】tánggān ㄊㄤˊ ㄍㄢ 甙 (dài)。

【糖膏】tánggāo ㄊㄤˊ ㄍㄠ 製糖時甘蔗汁或甜菜汁蒸發濃縮後形成的赤褐色黏稠液體，是糖蜜和糖的結晶的混合物。糖膏經過分蜜後製成白糖。

【糖瓜】tángguā ㄊㄤˊ ㄍㄨㄚ (糖瓜兒) 用麥芽糖製成的瓜狀食品。

【糖果】tángguǒ ㄊㄤˊ ㄍㄨㄛˇ 糖製的食品，其中多加有果汁、香料、牛奶或咖啡等。

【糖葫蘆】tánghú·lu ㄊㄤˊ ㄏㄨˊ ·ㄌㄨ (糖葫蘆兒) 一種食品，用竹籤把山楂果或海棠果等穿成一串兒，蘸上熔化的冰糖、白糖或麥芽糖而製成。也叫冰糖葫蘆。

【糖化】tánghuà ㄊㄤˊ ㄏㄨㄚˋ 澱粉在酵素的作用下分解成糖。

【糖漿】tángjiāng ㄊㄤˊ ㄐㄧㄤ ❶用蔗糖加蒸餾水加熱溶解後製成的較稠的糖溶液。醫藥上用來改變某些藥物的味道，使容易服用。❷製糖時熬成的濃度為 60% 的糖溶液，可用來做糖果等。

【糖精】tángjīng ㄊㄤˊ ㄐㄧㄥ 有機化合物，化學式 $C_7H_5NO_3S$。無色晶體，難溶於水。糖精的鈉鹽為白色結晶粉末，易溶於水，比蔗糖甜 300－500 倍，可做食糖的代用品，但沒有營養價值。

【糖蘿蔔】tángluó·bo ㄊㄤˊ ㄌㄨㄛˊ ·ㄅㄛ ❶甜菜的通稱。❷〈方〉蜜餞的胡蘿蔔。

【糖蜜】tángmì ㄊㄤˊ ㄇㄧˋ 含有糖、蛋白質和色素的黏稠物體，是製糖的產物。紅糖中就含有糖蜜。

【糖尿病】tángniàobìng ㄊㄤˊ ㄋㄧㄠˋ ㄅㄧㄥˋ 慢性病，以血糖增高為主要特徵，病因是胰腺中的胰島素分泌不足，食物中的碳水化合物的代謝不正常，變成葡萄糖從尿中排出體外。症狀是食慾亢進，時常口渴，小便增多，身體消瘦等。

【糖人】tángrén ㄊㄤˊ ㄖㄣˊ (糖人兒) 用糖稀吹成的人物、鳥獸，可以玩，也可以吃。

【糖色】tángshǎi ㄊㄤˊ ㄕㄞˇ 用紅糖炒至半焦而成的深棕色半流體，做肉類和其他一些食品用來上色，也指這種深棕色：紅燒肉的糖色不夠。

【糖霜】tángshuāng ㄊㄤˊ ㄕㄨㄤ ❶粘在食物表面上的一層白糖。❷〈方〉白糖。

【糖稀】tángxī ㄊㄤˊ ㄒㄧ 含水分較多的麥芽糖，淡黃色，呈膠狀，可用來製糖果、糕點等。

【糖衣】tángyī ㄊㄤˊ ㄧ 包在某些苦味藥物表面的糖質層，作用是使藥物容易吃下去。

【糖衣炮彈】tángyī pàodàn ㄊㄤˊ ㄧ ㄆㄠˋ ㄉㄢˋ 比喻腐蝕、拉攏，拖人下水的手段。簡稱糖彈。

【糖紙】tángzhǐ ㄊㄤˊ ㄓˇ 包在一顆顆糖果外面的紙，多印有圖案。

糖 táng ㄊㄤˊ 紅色(多用於人的臉色)：紫糖臉。

螳 táng ㄊㄤˊ 指螳螂：螳臂當車。

【螳臂當車】táng bì dāng chē ㄊㄤˊ ㄅㄧˋ ㄉㄤ ㄔㄜ 螳螂舉起前腿想擋住車子前進。比喻不估計自己的力量，去做辦不到的事情，必然招致失敗(語出《莊子·人間世》：'汝不知夫螳螂乎，怒其臂以當車轍，不知其不勝任也')。也說螳臂擋車。

【螳螂】tángláng ㄊㄤˊ ㄌㄤˊ 昆蟲，全身綠色或土黃色，頭呈三角形，活動靈便，觸角呈絲狀，胸部細長，翅兩對，前腿呈鐮刀狀。捕食害蟲，對農業有益。有的地區叫刀螂。

【螳螂捕蟬，黃雀在後】tángláng bǔ chán,huángquè zài hòu ㄊㄤˊ ㄌㄤˊ ㄅㄨˇ ㄔㄢˊ,ㄏㄨㄤˊ ㄑㄩㄝˋ ㄗㄞˋ ㄏㄡˋ 螳螂正要捉蟬，不知道黃雀在後面正想吃它。比喻只看見前面有利可圖，不知道禍害就在後面(語出《韓詩外傳》卷十：'螳螂方欲食蟬，而不知黃雀在後，舉其頸欲啄而食之也')。

餳(饧) táng ㄊㄤˊ 〈書〉同'糖'。
另見1281頁 xíng。

餹(䊤) táng ㄊㄤˊ 同'糖'。

鏜(镗) táng ㄊㄤˊ 用鏜牀切削機器零件上已有的孔眼。也作搪。
另見1113頁 tāng。

【鏜牀】tángchuáng ㄊㄤˊ ㄔㄨㄤˊ 金屬切削機牀，用來加工工件上已有的孔眼，使孔眼擴大、光潔而精確。加工時工件固定在工作台上，鏜刀裝在旋轉的金屬桿上，伸進工件的孔眼裏切削。

tǎng (ㄊㄤˇ)

帑 tǎng ㄊㄤˇ 〈書〉國庫裏的錢財；公款：國帑｜公帑。
〈古〉又同'孥'(nú)。

倘(儻) tǎng ㄊㄤˇ 倘若：倘有困難，當再設法。
另見128頁 cháng。

【倘或】tǎnghuò ㄊㄤˇ ㄏㄨㄛˋ 倘若。

【倘來之物】tǎng lái zhī wù ㄊㄤˇ ㄌㄞˊ ㄓ ㄨˋ 無意中得到的或不應得而得到的錢財。

【倘然】tǎngrán ㄊㄤˇ ㄖㄢˊ 倘若。

【倘若】tǎngruò ㄊㄤˇ ㄖㄨㄛˋ 連詞，表示假設：你倘若不信，就親自去看看吧。

【倘使】tǎngshǐ ㄊㄤˇ ㄕˇ 倘若。

淌 tǎng ㄊㄤˇ 往下流：淌血｜淌眼淚｜天氣太熱，身上直淌汗｜木桶漏水，淌了一地。

惝 tǎng ㄊㄤˇ '惝'(chǎng)的又音。

躺 tǎng ㄊㄤˇ 身體倒在地上或其他物體上。也指車輛、器具等倒在地上：躺在地頭休息｜一棵大樹橫躺在路上。

【躺櫃】tǎngguì ㄊㄤˇ ㄍㄨㄟˋ 一種平放的較矮的櫃子，長方形，上面有蓋。

【躺椅】tǎngyǐ ㄊㄤˇ ㄧˇ 靠背特別長而向後傾斜的椅子，人可以斜躺在上面。

儻(傥) tǎng ㄊㄤˇ ❶同'倘'(tǎng)。❷見1126頁〖倜儻〗(tìtǎng)。

【儻蕩】tǎngdàng ㄊㄤˇ ㄉㄤˋ 〈書〉放蕩。

钂(镋) tǎng ㄊㄤˇ 古代兵器，跟叉相似。

tàng (ㄊㄤˋ)

趟 tàng ㄊㄤˋ ❶量詞，表示走動的次數：他到成都去了一趟｜今天夜裏還有一趟車。注意 方言中不限於走動，如：看一趟｜洗一趟｜約過他三趟。❷(趟兒)行進的行列：跟不上趟。❸〈方〉量詞，用於成行的東西：半趟街｜一趟欄杆｜兩趟桌子｜幾趟大字。
另見1113頁 tāng。

【趟馬】tàngmǎ ㄊㄤˋ ㄇㄚˇ 戲曲中表演騎着馬走或跑的一套程式動作。

燙(烫) tàng ㄊㄤˋ ❶溫度高的物體與皮膚接觸使感覺疼痛：燙手｜燙嘴｜別讓開水燙着。❷利用溫度高的物體使另一物體溫度升高或發生其他變化：燙酒(用熱水暖酒)｜燙衣裳(用熱熨斗使衣服平整)。❸物體溫度高：這水太燙。❹指燙髮：電燙。

【燙髮】tàng//fà ㄊㄤˋ//ㄈㄚˋ 用熱能或藥水使頭髮捲曲美觀。

【燙花】tànghuā ㄊㄤˋ ㄏㄨㄚ 烙花。

【燙金】tàngjīn ㄊㄤˋ ㄐㄧㄣ 在印刷品等上面燙出金色的文字或圖案。方法是先把文字或圖案製成金屬凸版，用火或燙金電爐烘熱後，在鋪着金箔的印刷品等上面壓印。

【燙蠟】tàng//là ㄊㄤˋ//ㄌㄚˋ 在地板、傢具等表面撒上蠟屑，烤化後弄平，可以增加光澤。

【燙麪】tàngmiàn ㄊㄤˋ ㄇㄧㄢˋ 用很燙的水和(huò)的麪：燙麪捲兒｜燙麪餃兒。

【燙傷】tàngshāng ㄊㄤˋ ㄕㄤ 無火焰的高溫物體(如開水、熱油)接觸身體而引起組織的損傷。

【燙手】tàng//shǒu ㄊㄤˋ//ㄕㄡˇ 比喻事情難辦：他感到這個問題有些燙手。

【燙頭】tàng//tóu ㄊㄤˋ//ㄊㄡˊ 燙髮。

tāo（ㄊㄠ）

叨 tāo ㄊㄠ 受到（好處）；沾④：叨光｜叨教。

另見231頁 dāo；231頁 dáo。

【叨光】tāo//guāng ㄊㄠ//ㄍㄨㄤ 客套話，沾光（受到好處，表示感謝）。

【叨教】tāojiào ㄊㄠ ㄐㄧㄠˋ 客套話，領教（受到指教，表示感謝）。

【叨擾】tāorǎo ㄊㄠ ㄖㄠˇ 客套話，打擾（受到款待，表示感謝）。

掏（搯） tāo ㄊㄠ ❶用手或工具伸進物體的口，把東西弄出來：掏錢｜掏耳朵｜掏口袋｜掏麻雀窩。❷挖：在牆上掏一個洞。

另見1117頁 táo'淘¹'。

【掏底】tāo//dǐ ㄊㄠ//ㄉㄧˇ 探明底細；摸底。

【掏窟窿】tāo kū·long ㄊㄠ ㄎㄨ ·ㄌㄨㄥ 〈方〉比喻借債；負債。

【掏心】tāoxīn ㄊㄠ ㄒㄧㄣ 指發自內心：說句掏心的話，你真不該那樣對他。

【掏腰包】tāo yāobāo ㄊㄠ ㄧㄠ ㄅㄠ ❶在腰包裏掏（錢），多指出錢：今天這頓飯我付錢，不用你掏腰包。❷指小偷從別人腰包裏偷東西。

滔 tāo ㄊㄠ 大水瀰漫：白浪滔天。

【滔滔】tāotāo ㄊㄠ ㄊㄠ ❶形容大水滾滾：白浪滔滔，無邊無際。❷形容連續不斷（多指話多）：口若懸河，滔滔不絕。

【滔天】tāotiān ㄊㄠ ㄊㄧㄢ ❶形容波浪極大：波浪滔天。❷形容罪惡、災禍極大：罪惡滔天｜滔天大禍。

濤（涛） tāo ㄊㄠ 大的波浪：波濤｜驚濤駭浪。

縧（绦、絛、縚） tāo ㄊㄠ 縧子：絲縧｜縧帶。

【縧蟲】tāochóng ㄊㄠ ㄔㄨㄥˊ 扁形動物，身體柔軟，像帶子，由許多節片構成，每個節片都有雌雄兩性生殖器。常見的是有鈎縧蟲和無鈎縧蟲兩種，都能附着在宿主的腸道裏。成蟲寄生在人體內，幼蟲叫囊蟲，多寄生在豬、牛等動物體內，也能寄生在人體內。

【縧子】tāo·zi ㄊㄠ ·ㄗ 用絲綫編織成的圓的或扁平的帶子，可以鑲衣服、枕頭、窗簾等的邊。

燾（焘） tāo ㄊㄠ '燾'（dào）的又音，多用於人名。

韜（韬、弢） tāo ㄊㄠ 〈書〉❶弓或劍的套子。❷比喻隱藏：韜光養晦。❸兵法：六韜｜韜略。

【韜光養晦】tāo guāng yǎng huì ㄊㄠ ㄍㄨㄤ ㄧㄤˇ ㄏㄨㄟˋ 比喻隱藏才能，不使外露。

【韜晦】tāohuì ㄊㄠ ㄏㄨㄟˋ 〈書〉收斂鋒芒，隱藏行迹；韜光養晦：韜晦之計。

【韜略】tāolüè ㄊㄠ ㄌㄩㄝˋ《六韜》、《三略》都是古代的兵書，後來稱用兵的計謀為韜略。

饕 tāo ㄊㄠ 〈書〉貪財；貪食：老饕（貪食者）。

【饕餮】tāotiè ㄊㄠ ㄊㄧㄝˋ ❶傳說中的一種兇惡貪食的野獸，古代銅器上面常用它的頭部形狀做裝飾，叫做饕餮紋。❷比喻兇惡貪婪的人。❸比喻貪吃的人。

táo（ㄊㄠˊ）

匋 táo ㄊㄠˊ 〈書〉同'陶'（陶器）。

咷 táo ㄊㄠˊ 哭：號（háo）咷。

洮 Táo ㄊㄠˊ 洮河，水名，在甘肅。

桃 táo ㄊㄠˊ ❶桃樹，落葉小喬木，品種很多。小枝光滑，葉長橢圓形，花單生，粉紅色，果實略呈球形，表面有短絨毛，味甜，是一種常見的水果。核仁可入藥。❷（桃兒）這種植物的果實。❸（桃兒）形狀像桃兒的東西：棉桃。❹指核桃：桃酥。

【桃符】táofú ㄊㄠˊ ㄈㄨˊ 古代在大門上挂的兩塊畫着門神或題着門神名字的桃木板，認為能壓邪。後來在上面貼春聯，因此借指春聯。

【桃紅】táohóng ㄊㄠˊ ㄏㄨㄥˊ 像桃花的顏色；粉紅。

【桃花雪】táohuāxuě ㄊㄠˊ ㄏㄨㄚ ㄒㄩㄝˇ 桃花開時下的雪；春雪。

【桃花汛】táohuāxùn ㄊㄠˊ ㄏㄨㄚ ㄒㄩㄣˋ 桃花盛開時發生的河水暴漲。也叫桃汛、春汛、桃花水。

【桃花源】táohuāyuán ㄊㄠˊ ㄏㄨㄚ ㄩㄢˊ 見1045頁〖世外桃源〗。

【桃花運】táohuāyùn ㄊㄠˊ ㄏㄨㄚ ㄩㄣˋ 指男子在愛情方面的運氣。

【桃李】táolǐ ㄊㄠˊ ㄌㄧˇ 比喻所教的學生：桃李盈門｜桃李滿天下。

【桃李不言，下自成蹊】táo lǐ bù yán, xià zì chéng xī ㄊㄠˊ ㄌㄧˇ ㄅㄨˋ ㄧㄢˊ, ㄒㄧㄚˋ ㄗˋ ㄔㄥˊ ㄒㄧ 比喻為人誠摯，自會有強烈的感召力，而深得人心。

【桃仁】táorén ㄊㄠˊ ㄖㄣˊ （桃仁兒）❶桃核兒（húr）的仁，可以入藥。❷核桃的仁兒。

【桃色】táosè ㄊㄠˊ ㄙㄜˋ ❶粉紅色。❷形容跟不正當的男女關係有關的事情：桃色新聞。

【桃子】táo·zi ㄊㄠˊ ·ㄗ 桃樹的果實。

逃（迯） táo ㄊㄠˊ ❶逃跑；逃走：逃匿｜逃脫。❷逃避：逃荒｜逃學。

【逃奔】táobèn ㄊㄠˊ ㄅㄣˋ 逃走（到別的地方）：逃奔他鄉。

【逃避】táobì ㄊㄠˊ ㄅㄧˋ 躲開不願意或不敢接觸的事物：逃避鬥爭｜逃避現實｜逃避責任。

【逃兵】táobīng ㄊㄠˊ ㄅㄧㄥ ❶私自脱離部隊的士兵。❷比喻因怕困難而脱離工作崗位的人。

【逃竄】táocuàn ㄊㄠˊ ㄘㄨㄢˋ 逃跑流竄：狼狽逃竄。

【逃遁】táodùn ㄊㄠˊ ㄉㄨㄣˋ 逃跑；逃避：倉皇逃遁。

【逃反】táo//fǎn ㄊㄠˊ//ㄈㄢˇ〈方〉跑反。

【逃犯】táofàn ㄊㄠˊ ㄈㄢˋ 未捕獲或捕獲後逃亡的犯人：追捕逃犯。

【逃荒】táo//huāng ㄊㄠˊ//ㄏㄨㄤ 因遇災荒而跑到外鄉謀生。

【逃婚】táohūn ㄊㄠˊ ㄏㄨㄣ 為逃避不自主的婚姻，在結婚前離家出走。

【逃課】táo//kè ㄊㄠˊ//ㄎㄜˋ 學生有意不到課堂上課。

【逃命】táo//mìng ㄊㄠˊ//ㄇㄧㄥˋ 逃出危險的環境以保全生命。

【逃難】táo//nàn ㄊㄠˊ//ㄋㄢˋ 為躲避災難而逃往別處。

【逃匿】táonì ㄊㄠˊ ㄋㄧˋ 逃跑並躲藏起來：逃匿山林。

【逃跑】táopǎo ㄊㄠˊ ㄆㄠˇ 為躲避不利於自己的環境或事物而離開：越獄逃跑。

【逃票】táopiào ㄊㄠˊ ㄆㄧㄠˋ 乘車、船時有意不買票：乘客逃票，照章罰款。

【逃散】táosàn ㄊㄠˊ ㄙㄢˋ 逃亡失散：尋找逃散的親人。

【逃生】táoshēng ㄊㄠˊ ㄕㄥ 逃出危險的環境以求生存：死裏逃生｜出外逃生。

【逃税】táo//shuì ㄊㄠˊ//ㄕㄨㄟˋ 逃避納税：不法商人逃税、漏税。

【逃脱】táotuō ㄊㄠˊ ㄊㄨㄛ ❶逃離(險地)；逃跑：從虎口中逃脱出來｜剛抓住的逃犯又逃脱了。❷擺脱：逃脱罪責。

【逃亡】táowáng ㄊㄠˊ ㄨㄤˊ 逃走而流浪在外：四散逃亡｜逃亡他鄉。

【逃席】táoxí ㄊㄠˊ ㄒㄧˊ 在宴會中因怕勸酒而離開：藉故逃席。

【逃學】táo//xué ㄊㄠˊ//ㄒㄩㄝˊ 學生無故不上學。

【逃逸】táoyì ㄊㄠˊ ㄧˋ〈書〉逃跑。

【逃債】táo//zhài ㄊㄠˊ//ㄓㄞˋ 躲債。

【逃之夭夭】táo zhī yāoyāo ㄊㄠˊ ㄓ ㄧㄠ ㄧㄠ《詩經·周南·桃夭》有'桃之夭夭'一句，'桃'、'逃'同音，借來説逃跑，是詼諧的説法。

【逃走】táozǒu ㄊㄠˊ ㄗㄡˇ 逃跑。

萄〔萄〕 táo ㄊㄠˊ 指葡萄：萄糖｜萄酒。

啕 táo ㄊㄠˊ 哭：號(háo)啕。

桃 táo ㄊㄠˊ ［桃黍］(táoshǔ ㄊㄠˊ ㄕㄨˇ)〈方〉高粱。

淘1(❷掏) táo ㄊㄠˊ ❶用器物盛顆粒狀的東西，加水攪動，或放在水裏簸動，使除去雜質：淘米｜淘金。❷〈方〉到舊貨市場尋覓購買：淘舊書。❸從深的地方舀出污水、泥沙、糞便等：淘井｜淘缸｜淘茅廁。

'掏'另見1116頁 tāo。

淘2 táo ㄊㄠˊ ❶耗費：淘神。❷〈方〉頑皮：這孩子真淘！

【淘換】táo·huan ㄊㄠˊ ·ㄏㄨㄢ 尋覓；設法尋求(某種東西)：好不容易給你淘換着這本書。

【淘金】táo//jīn ㄊㄠˊ//ㄐㄧㄣ 用水選的方法從沙子裏選出沙金。也泛指設法撈取高額的錢財。

【淘籮】táoluó ㄊㄠˊ ㄌㄨㄛˊ 用來淘米或盛東西的籮。

【淘氣】táo//qì ㄊㄠˊ//ㄑㄧˋ ❶頑皮：這孩子很聰明，就是有些淘氣｜這孩子淘起氣來，淨搞惡作劇。❷〈方〉生閑氣；惹氣。

【淘神】táoshén ㄊㄠˊ ㄕㄣˊ 使人耗費精神：這孩子夠大人淘神的。

【淘汰】táotài ㄊㄠˊ ㄊㄞˋ 去壞的留好的；去掉不適合的，留下適合的：淘汰舊產品｜他在第二輪比賽中被淘汰。

【淘汰賽】táotàisài ㄊㄠˊ ㄊㄞˋ ㄙㄞˋ 體育運動競賽方式之一，按排定的次序比賽，失敗者被淘汰，獲勝者繼續參加比賽，到定出冠軍為止。

陶1 táo ㄊㄠˊ ❶用黏土燒製的材料，質地比瓷質鬆軟，有吸水性：陶器｜陶俑｜彩陶。❷製造陶器：陶冶。❸比喻教育、培養：熏陶。❹(Táo)姓。

陶2 táo ㄊㄠˊ 快樂：陶然｜陶醉。

另見1329頁 yáo。

【陶瓷】táocí ㄊㄠˊ ㄘˊ 陶器和瓷器的統稱。

【陶管】táoguǎn ㄊㄠˊ ㄍㄨㄢˇ 用黏土燒製成的管子，內外塗釉，燒製而成，主要用做排污水的管道。通稱缸管。

【陶鈞】táojūn ㄊㄠˊ ㄐㄩㄣ〈書〉❶製陶器時所用的轉輪。❷比喻造就人材。

【陶器】táoqì ㄊㄠˊ ㄑㄧˋ 陶質的器皿，現代用的陶器大多塗上粗釉。

【陶然】táorán ㄊㄠˊ ㄖㄢˊ 形容舒暢快樂的樣子：陶然自得。

【陶塑】táosù ㄊㄠˊ ㄙㄨˋ 用黏土塑造後燒成的人和動物形象：陶塑群像。

【陶陶】táotáo ㄊㄠˊ ㄊㄠˊ 形容快樂：其樂陶陶。

【陶土】táotǔ ㄊㄠˊ ㄊㄨˇ 燒製陶器或粗瓷器的高嶺土。

【陶文】táowén ㄊㄠˊ ㄨㄣˊ 古代陶器上的文字，多為人名、官名、地名、吉祥話、製造年月等。

【陶冶】táoyě ㄊㄠˊ ㄧㄝˇ 燒製陶器和冶煉金屬。

比喻給人的思想、性格以有益的影響：陶冶情操。

【陶鑄】táozhù ㄊㄠˊ ㄓㄨˋ〈書〉❶燒製陶器和鑄造金屬器物。❷比喻造就人才。

【陶醉】táozuì ㄊㄠˊ ㄗㄨㄟˋ 很滿意地沈浸在某種境界或思想活動中：自我陶醉｜陶醉於山川景色之中。

綯(绹) táo ㄊㄠˊ ❶〈書〉繩索。❷〈方〉用繩索捆。

醄 táo ㄊㄠˊ 見779頁[酕醄](máotáo)。

檮(梼) táo ㄊㄠˊ 見下。

【檮昧】táomèi ㄊㄠˊ ㄇㄟˋ〈書〉愚昧(多用做謙辭)：自慚檮昧｜不揣檮昧。

【檮杌】táowù ㄊㄠˊ ㄨˋ 古代傳說中的猛獸，借指兇惡的人。

鼗(鞉、鞀) táo ㄊㄠˊ〈書〉撥浪鼓。

tǎo (ㄊㄠˇ)

討(讨) tǎo ㄊㄠˇ ❶討伐：征討。❷索取；請求：討飯｜討債｜討饒｜討教。❸娶：討老婆。❹招惹：討厭｜討人喜歡｜自討苦吃。❺討論：商討｜研討｜探討。

【討伐】tǎofá ㄊㄠˇ ㄈㄚˊ 出兵攻打(敵人或叛逆)。

【討飯】tǎo∥fàn ㄊㄠˇ∥ㄈㄢˋ 要飯：討飯的(乞丐)。

【討好】tǎo∥hǎo ㄊㄠˇ∥ㄏㄠˇ (討好兒) ❶迎合別人，取得別人的歡心或稱讚：討好賣乖｜你用不着討他的好。❷得到好效果(多用於否定)：費力不討好。

【討還】tǎohuán ㄊㄠˇ ㄏㄨㄢˊ 要回(欠下的錢、東西等)：討還血債。

【討價】tǎo∥jià ㄊㄠˇ∥ㄐㄧㄚˋ 要價。

【討價還價】tǎo jià huán jià ㄊㄠˇ ㄐㄧㄚˋ ㄏㄨㄢˊ ㄐㄧㄚˋ 比喻接受任務或舉行談判時提出種種條件，斤斤計較。也說要價還價。

【討教】tǎojiào ㄊㄠˇ ㄐㄧㄠˋ 請求人指教：有個問題向您討教。

【討論】tǎolùn ㄊㄠˇ ㄌㄨㄣˋ 就某一問題交換意見或進行辯論：討論會｜展開討論｜討論工作計劃。

【討便宜】tǎo pián·yi ㄊㄠˇ ㄆㄧㄢˊ·ㄧ 存心佔便宜。

【討平】tǎopíng ㄊㄠˇ ㄆㄧㄥˊ 討伐平定(叛亂)：討平叛匪。

【討乞】tǎoqǐ ㄊㄠˇ ㄑㄧˇ 向人要錢要飯等：沿街討乞。

【討巧】tǎoqiǎo ㄊㄠˇ ㄑㄧㄠˇ 做事不費力而佔便宜。

【討俏】tǎo∥qiào ㄊㄠˇ∥ㄑㄧㄠˋ (藝術表演、做事)使人覺得俏皮。

【討親】tǎo∥qīn ㄊㄠˇ∥ㄑㄧㄣ〈方〉娶親。

【討情】tǎo∥qíng ㄊㄠˇ∥ㄑㄧㄥˊ〈方〉求情：討情告饒。

【討饒】tǎo∥ráo ㄊㄠˇ∥ㄖㄠˊ 求饒。

【討生活】tǎo shēnghuó ㄊㄠˇ ㄕㄥ ㄏㄨㄛˊ 尋求生路；混日子。

【討嫌】tǎo∥xián ㄊㄠˇ∥ㄒㄧㄢˊ 惹人厭煩：這人整天東家長西家短的，真討嫌！也說討人嫌。

【討厭】tǎo∥yàn ㄊㄠˇ∥ㄧㄢˋ ❶惹人厭煩：這人說話總是這麼囉唆，真討厭！❷事情難辦令人心煩：這種病很討厭，目前還不容易徹底治好。❸厭惡；不喜歡：他討厭這地方春天的風沙。

【討債】tǎo∥zhài ㄊㄠˇ∥ㄓㄞˋ 索取借給人的錢財：上門討債。

【討賬】tǎo∥zhàng ㄊㄠˇ∥ㄓㄤˋ ❶討債。❷〈方〉索取買東西欠的錢。

稻 tǎo ㄊㄠˇ [稻黍](tǎoshǔ ㄊㄠˇ ㄕㄨˇ)〈方〉高粱。

tào (ㄊㄠˋ)

套 tào ㄊㄠˋ ❶(套兒)套子①：手套｜書套｜封套。❷罩在外面：套上一件毛衣。❸罩在外面的：套鞋｜套褲。❹互相銜接或重疊：套種｜套色｜套間。❺河流或山勢彎曲的地方(多用於地名)：河套｜葫蘆套。❻〈方〉(套兒)套子②：被套｜褀套。❼〈方〉把棉花、絲綿等平整地裝入被褥或襖裏縫好。❽(套兒)拴牲口的兩根皮繩或麻繩，一端拴在牲口脖子夾板或軛上，另一端拴在車上：牲口套｜大車套｜套繩。❾用套拴繫：套車｜套馬。❿套購：套外匯。⓫用繩子等結成的環狀物。⓬模仿：套公式｜這是從現成文章上套下來的。⓭(套兒)套子③：套語｜客套。⓮引出(真情實話)：想法兒套他的話。⓯拉攏：套交情｜套近乎。⓰事物配合成的整體：套裝｜套曲｜成套設備。⓱量詞，用於成組的事物：一套制度｜一套傢具｜一套課本。⓲用絲錐或板牙切削螺紋。

【套版】tào∥bǎn ㄊㄠˋ∥ㄅㄢˇ 按照印刷頁摺疊的順序，把印刷版排列在印刷機上。

【套版】tàobǎn ㄊㄠˋ ㄅㄢˇ 套印用的版。

【套包】tàobāo ㄊㄠˋ ㄅㄠ 馬、驢、騾拉車或碾場時，套在牲口脖子上的東西，用皮革或布製成，內裝棕、糠等。也叫套包子。

【套裁】tàocái ㄊㄠˋ ㄘㄞˊ 裁製兩件以上的服裝時，在一塊布料上作合理的安排，儘量減少廢料。

【套餐】tàocān ㄊㄠˋ ㄘㄢ 搭配好的成套供應的飯食：吃套餐。

【套車】tào∥chē ㄊㄠˋ∥ㄔㄜ 把車上的套套在拉車

的牲口身上。

【套房】tàofáng ㄊㄠˋ ㄈㄤˊ ❶套間：一間套房。❷由卧室、客廳、廚房、廁所等組成的成套住房：購買豪華型套房一套。

【套服】tàofú ㄊㄠˋ ㄈㄨˊ 套裝。

【套耕】tàogēng ㄊㄠˋ ㄍㄥ 用兩張犁同時耕地，第二張犁順着第一張犁犁出來的溝再犁一次，目的是耕得更深。也説套犁。

【套購】tàogòu ㄊㄠˋ ㄍㄡˋ 用不正當的手段購買國家計劃控制的商品並從中牟利。

【套紅】tàohóng ㄊㄠˋ ㄏㄨㄥˊ 用套印方法在報刊版面的某部分印成紅顏色，使醒目：套紅標題｜報頭套紅。

【套話】tàohuà ㄊㄠˋ ㄏㄨㄚˋ ❶指文章、書信中按舊套套寫的語句；套語。❷特指套用現成的結論或格式而沒有實際內容的話：大會發言要開門見山，套話、空話都應省去。

【套匯】tàohuì ㄊㄠˋ ㄏㄨㄟˋ ❶非法購買、換取外匯。❷外匯市場上的一種投機活動，即利用不同地點的外匯市場上同一種外匯的匯價不同，在低價市場上買進，再在高價市場上賣出，取得差額收益。

【套間】tàojiān ㄊㄠˋ ㄐㄧㄢ (套間兒)住宅中幾間相連的屋子的兩頭的房間(或銜接在相連的屋子的一頭的後面)，也指兩間相連的屋子裏頭的一間，一般比較窄小，沒有直通外面的門。

【套交情】tào jiāo·qing ㄊㄠˋ ㄐㄧㄠ ·ㄑㄧㄥ 跟不熟識的人拉攏感情。

【套近乎】tào jìn·hu ㄊㄠˋ ㄐㄧㄣˋ ·ㄏㄨ 和不太熟識的人拉攏關係，表示親近(多含貶義)。也説拉近乎。

【套褲】tàokù ㄊㄠˋ ㄎㄨˋ 套在褲子外面的只有褲腿的褲子，一般是棉的或夾的，作用是使腿部暖和而又便於行動。也有單的，用粗布、塑料、油布等做成，用來保護褲子或防雨。

【套犁】tàolí ㄊㄠˋ ㄌㄧˊ 套耕。

【套耬】tàolóu ㄊㄠˋ ㄌㄡˊ 用舊式耬耩地而行距較寬時，為了密植，在兩行中間再耩一次。

【套路】tàolù ㄊㄠˋ ㄌㄨˋ 指編制成套的武術動作：少林武術套路◇改革的新套路。

【套馬杆】tàomǎgān ㄊㄠˋ ㄇㄚˇ ㄍㄢ 牧民套牲口用的長木杆，一頭拴着用皮繩做的活套。也叫套馬杆子。

【套曲】tàoqǔ ㄊㄠˋ ㄑㄩˇ 由若干樂曲或樂章組合成套的大型器樂曲或聲樂曲。

【套裙】tàoqún ㄊㄠˋ ㄑㄩㄣˊ 下身是裙子的女式套裝：西式套裙。

【套色】tào∥shǎi ㄊㄠˋ∥ㄕㄞˇ 彩色印刷的方法，用平版或凸版分次印刷，每次印一種顏色，利用紅、黃、藍三種原色重疊印刷，可以印出各種顏色：套色印刷。

【套衫】tàoshān ㄊㄠˋ ㄕㄢ 不開襟的針織上衣：男套衫｜女套衫。也叫套頭衫。

【套數】tàoshù ㄊㄠˋ ㄕㄨˋ ❶戲曲或散曲中連貫成套的曲子。❷比喻成系統的技巧或手法。❸套子③。

【套套】tào·tao ㄊㄠˋ ·ㄊㄠ 〈方〉辦法；着數：老套套。

【套問】tàowèn ㄊㄠˋ ㄨㄣˋ 不讓對方察覺自己的目的，拐彎抹角地盤問。

【套鞋】tàoxié ㄊㄠˋ ㄒㄧㄝˊ 原指套在鞋外面的防雨的膠鞋，後來泛指防雨的膠鞋。

【套袖】tàoxiù ㄊㄠˋ ㄒㄧㄡˋ 套在衣袖外面的、單層的袖子，作用是保護衣袖。

【套印】tàoyìn ㄊㄠˋ ㄧㄣˋ 一種印刷書籍圖畫的方法。在同一版面上用顏色不同的版分次印刷：朱墨套印。

【套用】tàoyòng ㄊㄠˋ ㄩㄥˋ 模仿着應用(現成的辦法等)：套用公式。

【套語】tàoyǔ ㄊㄠˋ ㄩˇ ❶客套話。❷流行的公式化的言談：套語濫調。

【套種】tàozhòng ㄊㄠˋ ㄓㄨㄥˋ 在某一種作物生長的後期，在行間播種另一種作物，以充分利用地力和生長期，增加產量。也説套作。

【套裝】tàozhuāng ㄊㄠˋ ㄓㄨㄤ 指上下身配套設計、用同一面料製作的服裝，也有用不同面料搭配製作的。一般是成套出售。也説套服。

【套子】tào·zi ㄊㄠˋ ·ㄗ ❶做成一定形狀的、罩在物體外面的東西：傘套子。❷〈方〉棉衣、棉被裏的棉絮：棉花套子。❸應酬的話；陳陳相因的辦法：俗套子。❹用繩子等結成的環狀物，比喻圈套。

tè（ㄊㄜˋ）

忑 tè ㄊㄜˋ 見1110頁[忐忑](tǎntè)。

忒 tè ㄊㄜˋ〈書〉差錯：差忒。另見1121頁 tēi；1161頁 tuī。

特1 tè ㄊㄜˋ ❶特殊；超出一般：奇特｜特權｜特等｜能力特強。❷特地：特意｜特為。❸指特務(tè·wu)：匪特｜防特。

特2 tè ㄊㄜˋ〈書〉只；但：不特此也。

【特別】tèbié ㄊㄜˋ ㄅㄧㄝˊ ❶與眾不同；不普通：特別的式樣｜他的脾氣很特別。❷格外：火車跑得特別快｜這個節目特別吸引觀眾。❸特地：散會的時候，廠長特別把他留下來研究技術上的問題。❹尤其：他喜歡郊遊，特別是騎自行車郊遊。

【特別快車】tèbié-kuàichē ㄊㄜˋ ㄅㄧㄝˊ ㄎㄨㄞˋ ㄔㄜ 指停站少、行車時間比直達快車短的旅客列車。簡稱特快。

【特產】tèchǎn ㄊㄜˋ ㄔㄢˇ 指某地或某國特有的或特別著名的產品。

【特長】tècháng ㄊㄜˋ ㄔㄤˊ 特別擅長的技能或

特有的工作經驗：發揮特長。

【特出】tèchū ㄊㄜˋ ㄔㄨ 特別出眾；格外突出：特出的人才｜特出的優點。

【特此】tècǐ ㄊㄜˋ ㄘˇ 公文、書信用語，表示為某件事特別在這裏通知、公告、奉告等等。

【特等】tèděng ㄊㄜˋ ㄉㄥˇ 等級最高的；最優良的：特等艙｜特等功臣｜特等射手。

【特地】tèdì ㄊㄜˋ ㄉㄧˋ 副詞，表示專為某件事：他昨天特地來看你，你沒在。

【特點】tèdiǎn ㄊㄜˋ ㄉㄧㄢˇ 人或事物所具有的獨特的地方：快餐的特點就是快｜他的特點是為人直爽。

【特定】tèdìng ㄊㄜˋ ㄉㄧㄥˋ ❶特別指定的：特定的人選。❷某一個（人、時期、地方等）：特定環境｜在特定的歷史時期內可以用這一辦法處理。

【特工】tègōng ㄊㄜˋ ㄍㄨㄥ ❶特務工作：特工人員。❷從事特務工作的人。

【特護】tèhù ㄊㄜˋ ㄏㄨˋ ❶（對重病人）格外精心護理：特護病房｜經過十多天的特護，他終於脱險了。❷對病人進行特殊護理的護士。

【特化】tèhuà ㄊㄜˋ ㄏㄨㄚˋ 動物在進化過程中，為了適應環境，專門向某一方面發展。特化了的動物不能再改變發展方向，例如現代的類人猿已經特化，不能再變成人。

【特輯】tèjí ㄊㄜˋ ㄐㄧˊ 為特定主題而編輯的文字資料、報刊或電影。

【特技】tèjì ㄊㄜˋ ㄐㄧˋ ❶武術、馬術、飛機駕駛等方面的特殊技能：特技表演。❷電影用語，指攝製特殊鏡頭的技巧，如利用玻璃箱的裝置拍攝海底的景物，疊印人物和雲霧的底片表現騰雲駕霧。

【特價】tèjià ㄊㄜˋ ㄐㄧㄚˋ 特別降低的價格：特價出售。

【特刊】tèkān ㄊㄜˋ ㄎㄢ 刊物、報紙為紀念某一節日、事件、人物等而編輯的一期或一版：元旦特刊。

【特快】tèkuài ㄊㄜˋ ㄎㄨㄞˋ ❶速度特別快的：特快列車｜特快郵件｜開辦長途電話特快業務。❷特別快車的簡稱。

【特例】tèlì ㄊㄜˋ ㄌㄧˋ 特殊的事例。

【特洛伊木馬】Tèluòyī mùmǎ ㄊㄜˋ ㄌㄨㄛˋ ㄧ ㄇㄨˋ ㄇㄚˇ 見819頁〖木馬計〗。

【特派】tèpài ㄊㄜˋ ㄆㄞˋ （為辦理某項事務）特地派遣；委派：特派記者｜特派專人前往接洽。

【特區】tèqū ㄊㄜˋ ㄑㄩ 在政治、經濟等方面實行特殊政策的地區：經濟特區。

【特權】tèquán ㄊㄜˋ ㄑㄩㄢˊ 特殊的權利：享有特權。

【特任】tèrèn ㄊㄜˋ ㄖㄣˋ 民國時期文官的第一等，在簡任以上。

【特色】tèsè ㄊㄜˋ ㄙㄜˋ 事物所表現的獨特的色彩、風格等：民族特色｜藝術特色｜他們的表演各有特色。

【特赦】tèshè ㄊㄜˋ ㄕㄜˋ 國家對某些有悔改表現的犯人或特定犯人減輕或免除刑罰。

【特使】tèshǐ ㄊㄜˋ ㄕˇ 國家臨時派遣的擔任特殊任務的外交代表。

【特殊】tèshū ㄊㄜˋ ㄕㄨ 不同於同類的事物或平常的情況的：情形特殊｜特殊照顧｜特殊待遇。

【特體】tètǐ ㄊㄜˋ ㄊㄧˇ 體形特別的，有異於常人的（多指形體特別高大或肥胖）：加工特體服裝。

【特為】tèwèi ㄊㄜˋ ㄨㄟˋ 特地：我特為來請你們去幫忙。

【特務】tèwù ㄊㄜˋ ㄨˋ 軍隊中指擔任警衞、通訊、運輸等特殊任務的，如特務員、特務連、特務營。

【特務】tè·wu ㄊㄜˋ ·ㄨ 經過特殊訓練，從事刺探情報、顛覆、破壞等活動的人。

【特效】tèxiào ㄊㄜˋ ㄒㄧㄠˋ 特殊的效果；特殊的療效：特效藥。

【特寫】tèxiě ㄊㄜˋ ㄒㄧㄝˇ ❶報告文學的一種形式，主要特點是描寫現實生活中的真人真事，具有高度的真實性，但在細節上也可做適當的藝術加工。❷電影藝術的一種手法，拍攝人或物的某一部分，使特別放大（多為人的面部表情）：特寫鏡頭。

【特性】tèxìng ㄊㄜˋ ㄒㄧㄥˋ 某人或某事物所特有的性質：民族特性。

【特許】tèxǔ ㄊㄜˋ ㄒㄩˇ 特別許可：特許證｜非經特許，一般商店不得經銷此類商品。

【特異】tèyì ㄊㄜˋ ㄧˋ ❶特別優異：成績特異。❷特殊：他們都畫花卉，但各有特異的風格。

【特異質】tèyìzhì ㄊㄜˋ ㄧˋ ㄓˋ 對某些藥物發生過敏性反應的體質，例如有些人服用磺胺藥物後發生嘔吐、噁心、皮炎等症狀。

【特意】tèyì ㄊㄜˋ ㄧˋ 特地：這塊衣料是他特意託人從上海買來送給你的。

【特約】tèyuē ㄊㄜˋ ㄩㄝ 特地約請或約定：特約記者｜特約稿。

【特徵】tèzhēng ㄊㄜˋ ㄓㄥ 可以作為事物特點的徵象、標誌等：藝術特徵｜這個人的相貌有甚麼特徵？

【特製】tèzhì ㄊㄜˋ ㄓˋ 特地製造：特製香烟。

【特質】tèzhì ㄊㄜˋ ㄓˋ 特有的性質或品質：在他身上仍然保留着某些農民的淳厚樸實的特質。

【特種】tèzhǒng ㄊㄜˋ ㄓㄨㄥˇ 同類事物中特殊的一種：特種兵｜特種工藝。

【特種兵】tèzhǒngbīng ㄊㄜˋ ㄓㄨㄥˇ ㄅㄧㄥ 執行某種特殊任務的技術兵種的統稱。

【特種工藝】tèzhǒng gōngyì ㄊㄜˋ ㄓㄨㄥˇ ㄍㄨㄥ ㄧˋ 技藝性很高的傳統手工藝產品，多為供人欣賞的陳設品或裝飾品，如象牙玉石雕刻、景泰藍等。簡稱特藝。

【特種郵票】tèzhǒng yóupiào ㄊㄜˋ ㄓㄨㄥˇ ㄧㄡˊ ㄆㄧㄠˋ 郵政部門為了達到某種宣傳目的而特別發行的郵票。

慝〔慝〕 tè ㄊㄜˋ 〈書〉邪惡；罪惡；惡念：隱慝(人家不知道的罪惡)。

鋱(铽) tè ㄊㄜˋ 金屬元素，符號Tb(terbium)。是一種稀土金屬。銀灰色。鋱的化合物用做殺蟲劑，也可用來治療某些皮膚病。

蟘(蟘、螣) tè ㄊㄜˋ 古書上指吃苗葉的害蟲。

'螣'另見1121頁téng。

·te (·ㄊㄜ)

貣 ·te ·ㄊㄜ '貣'·de的又音。見693頁[肋貣](lē·de)。

tēi (ㄊㄟ)

忒 tēi ㄊㄟ '忒'tuī的又音。

另見1119頁tè。

【忒兒】tēir ㄊㄟㄦ 〈方〉象聲詞，形容鳥急促地振動翅膀的聲音：麻雀忒兒一聲就飛了。

tēng (ㄊㄥ)

熥 tēng ㄊㄥ 涼了的熟食再蒸或烤：熥饅頭｜把烙餅放在鐺(chēng)上熥一熥。

鼟 tēng ㄊㄥ 象聲詞，形容鼓聲。

téng (ㄊㄥˊ)

疼 téng ㄊㄥˊ ❶痛①：頭疼｜腳碰得很疼，不能走路。❷心疼；疼愛：奶奶最疼小孫子｜這孩子怪招人疼的。

【疼愛】téng'ài ㄊㄥˊ ㄞˋ 關切喜愛：母親最疼愛小女兒。

【疼痛】téngtòng ㄊㄥˊ ㄊㄨㄥˋ 痛①：傷口受了凍，更加疼痛。

滕 Téng ㄊㄥˊ ❶周朝國名，在今山東滕州一帶。❷姓。

螣 téng ㄊㄥˊ [螣蛇](téngshé ㄊㄥˊ ㄕㄜˊ)古書上說的一種能飛的蛇。

另見1121頁tè'蟘'。

縢 téng ㄊㄥˊ 〈書〉❶封閉；約束。❷繩子。

謄(誊) téng ㄊㄥˊ 謄寫：這稿子太亂，要謄一遍。

【謄錄】ténglù ㄊㄥˊ ㄌㄨˋ 謄寫；過錄：謄錄生(繕寫人員的舊稱)｜謄錄文稿。

【謄寫】téngxiě ㄊㄥˊ ㄒㄧㄝˇ 照底稿抄寫：謄寫社｜謄寫筆記。

【謄寫版】téngxiěbǎn ㄊㄥˊ ㄒㄧㄝˇ ㄅㄢˇ 簡便的印刷版，舊時用毛筆蘸藥水在特製的紙上寫成，現在一般把蠟紙鋪在鋼版上用鐵筆刻成。

【謄寫鋼版】téngxiě gāngbǎn ㄊㄥˊ ㄒㄧㄝˇ ㄍㄤ ㄅㄢˇ 刻蠟版時墊在底下的鋼板，有網紋，多鑲在木板上。'版'也作板。

藤〔籐〕(籐) téng ㄊㄥˊ 某些植物的匍匐莖或攀緣莖，如白藤、紫藤、葡萄等的莖。有的可以編製箱子、椅子等。

【藤本植物】téngběn zhíwù ㄊㄥˊ ㄅㄣˇ ㄓˊ ㄨˋ 有纏繞莖或攀緣莖的植物，通常指木本的，如葡萄、紫藤。

【藤編】téngbiān ㄊㄥˊ ㄅㄧㄢ 民間的一種手工藝，用某些藤本植物的莖或莖皮編製箱子、椅子和其他物品。也指用藤編製的物品。

【藤蘿】téngluó ㄊㄥˊ ㄌㄨㄛˊ 紫藤的通稱。

【藤牌】téngpái ㄊㄥˊ ㄆㄞˊ 原指藤製的盾，後來泛指盾。

【藤蔓】téngwàn ㄊㄥˊ ㄨㄢˋ 藤和蔓：架子上爬滿了葡萄、絲瓜、扁豆的藤蔓◇感情的藤蔓在他心中萌芽、蔓延。

【藤子】téng·zi ㄊㄥˊ ·ㄗ 藤。

騰(腾) téng ㄊㄥˊ ❶奔跑或跳躍：奔騰｜歡騰。❷升(到空中)：升騰｜飛騰。❸使空(kòng)：騰地方｜騰出時間溫功課。❹用在某些動詞後面，表示反復：翻騰｜折騰｜倒騰｜鬧騰。❺(Téng)姓。

【騰達】téngdá ㄊㄥˊ ㄉㄚˊ 〈書〉❶上升。❷指發迹，職位高升。

【騰飛】téngfēi ㄊㄥˊ ㄈㄟ ❶飛騰：石壁上刻着騰飛起舞的龍。❷迅速向前發展：經濟騰飛。

【騰貴】ténggùi ㄊㄥˊ ㄍㄨㄟˋ (物價)飛漲：百物騰貴。

【騰空】téngkōng ㄊㄥˊ ㄎㄨㄥ 向天空上升：烈焰騰空｜一個個氣球騰空而起。

【騰挪】téngnuó ㄊㄥˊ ㄋㄨㄛˊ 挪動(多指款項或地方)：專款專用，不得任意騰挪｜把倉庫裏的東西騰挪一下好放水泥。

【騰騰】téngténg ㄊㄥˊ ㄊㄥˊ 形容氣體上升的樣子：熱氣騰騰｜烈焰騰騰◇殺氣騰騰。

【騰湧】téngyǒng ㄊㄥˊ ㄩㄥˇ 水流迅急：水勢騰湧。

【騰越】téngyuè ㄊㄥˊ ㄩㄝˋ 跳躍越過：騰越障礙物。

【騰躍】téngyuè ㄊㄥˊ ㄩㄝˋ ❶奔騰跳躍：駿馬騰躍。❷〈書〉(物價)飛漲：穀價騰躍。

【騰雲駕霧】téng yún jià wù ㄊㄥˊ ㄩㄣˊ ㄐㄧㄚˋ ㄨˋ ❶傳說中指利用法術乘雲霧飛行。❷形容奔馳迅速或頭腦迷糊，感到身子輕飄飄的。

䲢(䲢) téng ㄊㄥˊ 魚，身體黃褐色，頭大而闊，眼小，下頜突出，有兩個背鰭。常棲息在海底，捕食小魚。

tī（ㄊㄧ）

剔 tī ㄊㄧ ❶從骨頭上把肉刮下來：把骨頭剔得乾乾淨淨。❷從縫隙裏往外挑（tiǎo）：剔牙縫兒｜剔指甲。❸剔除：挑剔｜把爛了的果子剔出去。❹漢字的筆畫，即挑（tiǎo）⑤。

【剔除】tīchú ㄊㄧ ㄔㄨˊ 把不合適的去掉：剔除糟粕。

【剔紅】tīhóng ㄊㄧ ㄏㄨㄥˊ 雕漆的一種。又叫雕紅漆。

【剔透】tītòu ㄊㄧ ㄊㄡˋ 明澈：晶瑩剔透｜玲瓏剔透。

【剔莊貨】tīzhuānghuò ㄊㄧ ㄓㄨㄤ ㄏㄨㄛˋ 廉價出售的次貨：處理品（多用於百貨和服裝）。

梯 tī ㄊㄧ ❶便利人上下的用具或設備，常見的是梯子、樓梯。❷作用跟樓梯相似的設備：電梯。❸形狀像樓梯的：梯田。

【梯隊】tīduì ㄊㄧ ㄉㄨㄟˋ ❶軍隊戰鬥或行軍時，按任務和行動順序區分為幾個部分，每一部分叫做一個梯隊。❷指依次接替上一撥人任務的幹部、運動員等：加強技術人員的梯隊建設｜女排第二梯隊。

【梯恩梯】tī'ēntī ㄊㄧ ㄣ ㄊㄧ 黃色炸藥①。［英 T. N. T. 是 trinitrotoluene'三硝基甲苯'的縮寫］

【梯河】tīhé ㄊㄧ ㄏㄜˊ 在較大的河流的不同地段修築若干攔河壩，因而水流形成階梯狀，有這種水工建築的河流叫做梯河。

【梯級】tījí ㄊㄧ ㄐㄧˊ ❶樓梯的級。❷在河流上分段攔河築壩，使水位呈階梯狀，這種水利工程叫做梯級。

【梯己】tī·ji ㄊㄧ ·ㄐㄧ ❶家庭成員個人積蓄的（財物）；私房①：梯己錢。❷親近的；貼心的：梯己人｜梯己話。‖也作體己。

【梯田】tītián ㄊㄧ ㄊㄧㄢˊ 沿着山坡開闢的一級一級的農田，形狀像樓梯，邊緣築有田埂，防止水土流失。

【梯形】tīxíng ㄊㄧ ㄒㄧㄥˊ 只有一組對邊平行的四邊形。

梯　形

【梯子】tī·zi ㄊㄧ ·ㄗ 便於人上下的用具，一般用兩根長的竹子或木頭並排做幫，中間橫穿若干根短的竹子或木頭製成。

踢 tī ㄊㄧ 抬起腿用腳撞擊：踢球｜踢毽子｜小心牲口踢人。

【踢蹬】tī·deng ㄊㄧ ·ㄉㄥ ❶腳亂蹬亂踢：小孩兒愛活動，一天到晚老踢蹬。❷胡亂用錢；揮霍：這月的工資被他踢蹬光了。❸清理；處理：用了一個晚上才把這些瑣碎事踢蹬完。

【踢腳板】tījiǎobǎn ㄊㄧ ㄐㄧㄠˇ ㄅㄢˇ 室內四周牆壁下部的寬木條或水泥長條，用來保護牆面和牆角。也叫踢腳綫。

【踢皮球】tī píqiú ㄊㄧ ㄆㄧˊ ㄑㄧㄡˊ 比喻互相推委，把應該解決的事情推給別人：要糾正辦事拖拉，踢皮球的作風。

【踢踏舞】tītàwǔ ㄊㄧ ㄊㄚˋ ㄨˇ 主要流行於西方的一種舞蹈，以鞋底擊地及各種節奏的腳的動作為其特點，舞時發出清晰的踢踏聲。

【踢騰】tī·teng ㄊㄧ ·ㄊㄥ 踢蹬。

銻（锑） tī ㄊㄧ 金屬元素，符號 Sb（stibium）。普通銻銀白色，質硬而脆，有冷脹性。無定形銻灰色，由鹵化銻電解製得。用於工業和醫藥上，超純銻是重要的半導體和紅外探測器材料。

擿 tī ㄊㄧ〈書〉揭發：發奸擿伏（揭發奸邪，使無可隱藏）。

另見1477頁 zhì。

鷈（䴘） tī ㄊㄧ 見878頁［鸊鷈］（pìtī）。

體（体） tī ㄊㄧ ［體己］（tī·ji ㄊㄧ ·ㄐㄧ）同'梯己'。

另見1124頁 tǐ。

tí（ㄊㄧˊ）

荑〔荑〕 tí ㄊㄧˊ〈書〉❶植物初生的葉芽。❷稗子一類的草。

另見1348頁 yí。

提 tí ㄊㄧˊ ❶垂手拿着（有提樑、繩套之類的東西）：手裏提着個籃子｜我去提一壺水來◇提心吊膽。❷使事物由下往上移：提高｜提升◇提神。❸把預定的期限往前挪：提前｜提早。❹指出或舉出：提醒｜提意見｜提問題。❺提取：提煉｜提款｜提貨。❻把犯人從關押的地方帶出來：提訊｜提犯人。❼談（起，到）：舊事重提｜一提起這件事來他就好笑｜他跟父親提到要參加農業勞動的事。❽舀油、酒等的器具，有很長的把兒，往往按所舀液體的斤兩製成大小不等的一套：油提｜酒提。❾漢字的筆畫，即挑（tiǎo）⑤。❿（Tí）姓。

另見244頁 dī。

【提案】tí'àn ㄊㄧˊ ㄢˋ 提交會議討論決定的建議。

【提拔】tí·bá ㄊㄧˊ ·ㄅㄚˊ 挑選人員使擔任更重要的職務：提拔幹部。

【提包】tíbāo ㄊㄧˊ ㄅㄠ 有提樑的包兒，用皮、布、塑料等製成。

【提倡】tíchàng ㄊㄧˊ ㄔㄤˋ 指出事物的優點鼓勵

大家使用或實行：提倡說普通話｜提倡勤儉節約。

【提成】tí//chéng ㄊㄧˊ//ㄔㄥˊ （提成兒）從錢財的總數中按一定成數提出來：利潤提成｜按百分之三提成。

【提純】tíchún ㄊㄧˊ ㄔㄨㄣˊ 除去某種物質所含的雜質，使變得純淨：提純金屬｜提純酒精。

【提詞】tí//cí ㄊㄧˊ//ㄘˊ 戲劇演出時給演員提示台詞。

【提單】tídān ㄊㄧˊ ㄉㄢ 向貨棧或倉庫提取貨物的憑據。也叫提貨單。

【提調】tídiào ㄊㄧˊ ㄉㄧㄠˋ ❶指揮調度：這個車場的車輛由他一人提調。❷負責指揮調度的人：總提調。

【提綱】tígāng ㄊㄧˊ ㄍㄤ （寫作、發言、學習、研究、討論等）內容的要點：發言提綱｜討論提綱。

【提綱挈領】tí gāng qiè lǐng ㄊㄧˊ ㄍㄤ ㄑㄧㄝˋ ㄌㄧㄥˇ 提住網的總繩，提住衣服的領子。比喻把問題簡明扼要地提示出來。

【提高】tí//gāo ㄊㄧˊ//ㄍㄠ 使位置、程度、水平、數量、質量等方面比原來高：提高水位｜提高警惕｜提高技術｜提高裝載量｜提高工作效率。

【提供】tígōng ㄊㄧˊ ㄍㄨㄥ 供給（意見、資料、物資、條件等）：提供經驗｜提供援助｜為旅客提供方便。

【提灌】tíguàn ㄊㄧˊ ㄍㄨㄢˋ 用水泵、水車等把低處的水引到高處灌溉：提灌設備。

【提行】tí//háng ㄊㄧˊ//ㄏㄤˊ 書寫或排版時另起一行。

【提盒】tíhé ㄊㄧˊ ㄏㄜˊ 有提樑的盒子，多為兩層或三層，形狀不一，用竹、木、金屬或搪瓷等製成，多用來裝飯菜、糕點等。

【提花】tíhuā ㄊㄧˊ ㄏㄨㄚ （提花兒）用經綫、緯綫錯綜地在織物上織出凸起的圖案：提花浴巾。

【提貨】tí//huò ㄊㄧˊ//ㄏㄨㄛˋ （從貨棧、倉庫等處）提取貨物。

【提交】tíjiāo ㄊㄧˊ ㄐㄧㄠ 把需要討論、決定或處理的問題交有關機構或會議：提交大會討論。

【提籃】tílán ㄊㄧˊ ㄌㄢˊ （提籃兒）籃子（多指小巧的）。

【提煉】tíliàn ㄊㄧˊ ㄌㄧㄢˋ 用化學方法或物理方法從化合物或混合物中提取（所要的東西）：從野生芳香植物中提煉香精◇科學是從無數經驗中提煉出來的。

【提樑】tíliáng ㄊㄧˊ ㄌㄧㄤˊ （提樑兒）籃子、水壺、提包等上面用手提的部分。

【提留】tíliú ㄊㄧˊ ㄌㄧㄡˊ 從錢財的總數中提取一部分留下來：這筆款要提留一部分做公積金。

【提名】tí//míng ㄊㄧˊ//ㄇㄧㄥˊ 在評選或選舉前提出有當選可能的人或事物名稱：獲得百花獎提名的影片有三部｜他被提名為下屆工會主席。

【提起】tíqǐ ㄊㄧˊ ㄑㄧˇ ❶談到；說起：提起此人，沒有一個不知道的。❷奮起：提起精神。❸提出：提起訴訟。

【提前】tíqián ㄊㄧˊ ㄑㄧㄢˊ （把預定的時間）往前移：提前動身｜提前完成任務。

【提挈】tíqiè ㄊㄧˊ ㄑㄧㄝˋ 〈書〉❶帶領；攜帶：提挈全軍。❷照顧；提拔：提挈後人。

【提親】tí//qīn ㄊㄧˊ//ㄑㄧㄣ 受男家或女家委託向對方提議結親。也說提親事。

【提琴】tíqín ㄊㄧˊ ㄑㄧㄣˊ 弦樂器，有四根弦，分小提琴、中提琴、大提琴、低音提琴四種。

【提請】tíqǐng ㄊㄧˊ ㄑㄧㄥˇ 提出並請求：提請上級批准｜提請大會討論通過。

【提取】tíqǔ ㄊㄧˊ ㄑㄩˇ ❶從負責保管的機構或一定數量的財物中取出（存放的或應得的財物）：提取存款｜他到車站去提取行李｜從技術交易淨收入中提取百分之十五的費用。❷提煉而取得：從油頁岩中提取石油。

【提神】tí//shén ㄊㄧˊ//ㄕㄣˊ 使精神興奮：濃茶能提神。

【提審】tíshěn ㄊㄧˊ ㄕㄣˇ ❶提訊。❷因為案情重大或其他原因，上級法院把下級法院尚未判決或已經判決的案件提來自行審判。

【提升】tíshēng ㄊㄧˊ ㄕㄥ ❶提高（職位、等級等）：由副廠長提升為廠長。❷用捲揚機等向高處運送（礦物、材料等）：提升設備。

【提示】tíshì ㄊㄧˊ ㄕˋ 把對方沒有想到或想不到的提出來，引起對方注意：向學生提示課文要點。

【提問】tíwèn ㄊㄧˊ ㄨㄣˋ 提出問題來問（多指教師對學生）。

【提箱】tíxiāng ㄊㄧˊ ㄒㄧㄤ 有提樑的輕便的箱子：帆布提箱。也說手提箱。

【提攜】tíxié ㄊㄧˊ ㄒㄧㄝˊ ❶領着孩子走路，比喻在事業上扶植後輩或後進：多蒙提攜。❷〈書〉攜手；合作：互相提攜。

【提心吊膽】tí xīn diào dǎn ㄊㄧˊ ㄒㄧㄣ ㄉㄧㄠˋ ㄉㄢˇ 形容十分擔心或害怕。也說懸心吊膽。

【提醒】tí//xǐng ㄊㄧˊ//ㄒㄧㄥˇ 從旁指點，促使注意：我要是忘了，請你提醒我｜到時候請你提個醒兒。

【提選】tíxuǎn ㄊㄧˊ ㄒㄩㄢˇ 把認為好的選出來：提選耐旱品種｜我們一致提選他當工會主席。

【提訊】tíxùn ㄊㄧˊ ㄒㄩㄣˋ 把犯人從關押的地方提出來審訊。

【提要】tíyào ㄊㄧˊ ㄧㄠˋ ❶從全書或全文提出要點。❷提出來的要點（也常用做書名，如《四庫全書總目提要》）。

【提議】tíyì ㄊㄧˊ ㄧˋ ❶商討問題時提出主張來請大家討論：有人提議，今天暫時休會。❷商討問題時提出的主張：大家都同意這個提議。

【提早】tízǎo ㄊㄧˊ ㄗㄠˇ 提前：提早出發。

【提製】tízhì ㄊㄧˊ ㄓˋ 提煉製造：用麻黃提製麻

黃素。

【提子】tí·zi ㄊㄧˊ·ㄗ 〈方〉提⑧。

啼（嗁） tí ㄊㄧˊ ❶啼哭：啼笑皆非｜哭哭啼啼。❷（某些鳥獸）叫：雞啼｜月落烏啼｜虎嘯猿啼。

【啼飢號寒】tí jī háo hán ㄊㄧˊ ㄐㄧ ㄏㄠˊ ㄏㄢˊ 因為缺乏衣食而啼哭，形容生活極端困苦。

【啼哭】tíkū ㄊㄧˊ ㄎㄨ 出聲地哭：大聲啼哭。

【啼笑皆非】tí xiào jiē fēi ㄊㄧˊ ㄒㄧㄠˋ ㄐㄧㄝ ㄈㄟ 哭也不是，笑也不是，形容既令人難受又令人發笑。

遆 Tí ㄊㄧˊ 姓。

綈（绨） tí ㄊㄧˊ 厚綢子：綈袍。另見1126頁 tì。

緹（缇） tí ㄊㄧˊ 〈書〉橘紅色。

醍 tí ㄊㄧˊ ［醍醐］（tíhú ㄊㄧˊ ㄏㄨˊ）古時指從牛奶中提煉出來的精華，佛教比喻最高的佛法：如飲醍醐｜醍醐灌頂（比喻灌輸智慧，使人徹底醒悟）。

蹄（蹏） tí ㄊㄧˊ 馬、牛、羊等動物生在趾端的角質物，也指具有這種角質物的腳。

【蹄筋】tíjīn ㄊㄧˊ ㄐㄧㄣ （蹄筋兒）牛、羊、豬的四肢中的筋，作為食物時叫做蹄筋。

【蹄髈】típǎng ㄊㄧˊ ㄆㄤˇ 〈方〉肘子①。

【蹄子】tí·zi ㄊㄧˊ·ㄗ ❶蹄。❷〈方〉肘子①。❸舊時罵女子的話。

題（题） tí ㄊㄧˊ ❶題目：命題｜出題｜離題太遠｜文不對題。❷寫上；簽上：題詩｜題字｜題名。❸（Tí）姓。

【題跋】tíbá ㄊㄧˊ ㄅㄚˊ 寫在書籍、字畫等前後的文字。'題'指寫在前面的，'跋'指寫在後面的，總稱題跋。內容多為品評、鑒賞、考訂、記事等。

【題壁】tíbì ㄊㄧˊ ㄅㄧˋ ❶在壁上寫字或詩文。❷寫在壁上的字或詩文：洞裏有歷代文人墨客的題壁。

【題材】tícái ㄊㄧˊ ㄘㄞˊ 構成文學和藝術作品的材料，即作品中具體描寫的生活事件或生活現象：歷史題材｜題材新穎。

【題詞】tí∥cí ㄊㄧˊ∥ㄘˊ 寫一段話表示紀念或勉勵：題個詞留作紀念。

【題詞】tící ㄊㄧˊ ㄘˊ ❶為表示紀念或勉勵而寫下來的話。❷序文。

【題額】tí'é ㄊㄧˊ ㄜˊ 題寫匾額。

【題花】tíhuā ㄊㄧˊ ㄏㄨㄚ 報刊、書籍上詩文標題前面的裝飾性圖畫。

【題記】tíjì ㄊㄧˊ ㄐㄧˋ 寫在書的正文前或文章題目下面的文字，多為扼要說明著作的內容或主旨，有的只引用名人名言。

【題解】tíjiě ㄊㄧˊ ㄐㄧㄝˇ ❶供學習的書籍中解釋題目含義或作品時代背景等的文字。❷彙集成冊的關於數學、物理、化學等問題的詳細解答：《平面幾何題解》。

【題名】tí∥míng ㄊㄧˊ∥ㄇㄧㄥˊ 為留紀念或表示表揚而寫上姓名：英雄榜上題名。

【題名】tímíng ㄊㄧˊ ㄇㄧㄥˊ ❶為留紀念而寫上的姓名。❷題目的名稱。

【題目】tímù ㄊㄧˊ ㄇㄨˋ ❶概括詩文或講演內容的詞句。❷練習或考試時要求解答的問題：考試題目。

【題籤】tí∥qiān ㄊㄧˊ∥ㄑㄧㄢ 為書皮題寫標籤。

【題籤】tíqiān ㄊㄧˊ ㄑㄧㄢ 寫在書皮上的標籤。

【題寫】tíxiě ㄊㄧˊ ㄒㄧㄝˇ 寫；書寫（標題、匾額等）：題寫書名。

【題旨】tízhǐ ㄊㄧˊ ㄓˇ ❶文章題目的意旨。❷文藝作品主題的意義：題旨深遠。

【題字】tí∥zì ㄊㄧˊ∥ㄗˋ 為留紀念而寫上字：主人拿出紀念冊來請來賓題字。

【題字】tízì ㄊㄧˊ ㄗˋ 為留紀念而寫上的字：書上有作者的親筆題字。

鵜（鹈） tí ㄊㄧˊ ［鵜鶘］（tíhú ㄊㄧˊ ㄏㄨˊ）水鳥，體長可達2米，翼大，嘴長，尖端彎曲，嘴下有一個皮質的囊，可以存食，羽毛白色，翼上有少數黑色羽毛。善於游泳和捕魚。喜群居。也叫淘河。

騠（𫘨） tí ㄊㄧˊ 見629頁［駃騠］（juétí）。

鶗（䴘） tí ㄊㄧˊ ［鶗鴂］（tíjué ㄊㄧˊ ㄐㄩㄝˊ）古書上指杜鵑。

鯷（鳀、鮷） tí ㄊㄧˊ 魚，體長3－4寸，側扁，腹部呈圓柱形，眼和口都大，無側綫。生活在海中。幼鯷加工製成的魚乾叫海蜒。

tǐ（ㄊㄧˇ）

體（体、躰） tǐ ㄊㄧˇ ❶身體，有時指身體的一部分：體高｜體重｜上體｜肢體｜五體投地。❷物體：固體｜液體｜整體｜集體。❸文字的書寫形式；作品的體裁：字體｜草體｜文體｜舊體詩。❹親身（經驗）；設身處地（着想）：體會｜體驗｜體諒｜身體力行。❺體制：政體｜國體。❻一種語法範疇，多表示動詞所指動作進行的情況。另見1122頁 tī。

【體裁】tǐcái ㄊㄧˇ ㄘㄞˊ 文學作品的表現形式。可以用各種標準來分類，如根據有韻無韻可分為韻文和散文；根據結構可分為詩歌、小說、散文、戲劇等。

【體操】tǐcāo ㄊㄧˇ ㄘㄠ 體育運動項目，徒手或借助於某些器械進行各種動作操練或表演。

【體察】tǐchá ㄊㄧˇ ㄔㄚˊ 體驗和觀察：體察民情。

【體嘗】tǐcháng ㄊㄧˇ ㄔㄤˊ 親身嘗試：仔細品味體嘗｜她體嘗到了生活給自己帶來的欣慰和苦澀。

【體詞】tǐcí ㄊㄧˇ ㄘˊ 語法上名詞、代詞、數詞、量詞的總稱。

【體大思精】tǐ dà sī jīng ㄊㄧˇ ㄉㄚˋ ㄙ ㄐㄧㄥ 規模宏大，思慮精密（多形容大部頭著作）：這部小說史，體大思精，徵引宏富。

【體罰】tǐfá ㄊㄧˇ ㄈㄚˊ 用罰站、罰跪、打手心等方式來處罰兒童的一種教育方法：廢除體罰。

【體格】tǐgé ㄊㄧˇ ㄍㄜˊ ❶人體發育的情況和健康的情況：檢查體格｜體格健全。❷泛指人和動物的體形：古代的猛獁和現在的象體格大小差不多。

【體會】tǐhuì ㄊㄧˇ ㄏㄨㄟˋ 體驗領會：只有深入群眾，才能真正體會群眾的思想感情｜座談會上大家漫談個人的體會。

【體積】tǐjī ㄊㄧˇ ㄐㄧ 物體所佔空間的大小。

【體積噸】tǐjīdūn ㄊㄧˇ ㄐㄧ ㄉㄨㄣ 水運輕貨時，計算運費所使用的一種計算單位。以貨物佔用貨艙容積每 1.133 立方米折算為一噸，叫做一個體積噸。

【體檢】tǐjiǎn ㄊㄧˇ ㄐㄧㄢˇ 體格檢查：每年做一次體檢。

【體力】tǐlì ㄊㄧˇ ㄌㄧˋ 人體活動時所能付出的力量：消耗體力｜他體力好，能耐久。

【體力勞動】tǐlìláodòng ㄊㄧˇ ㄌㄧˋ ㄌㄠˊ ㄉㄨㄥˋ 主要靠體力進行的生產勞動。

【體例】tǐlì ㄊㄧˇ ㄌㄧˋ 著作的編寫格式；文章的組織形式。

【體諒】tǐ·liàng ㄊㄧˇ ·ㄌㄧㄤ 設身處地為人着想，給以諒解：她心腸好，很能體諒人。

【體貌】tǐmào ㄊㄧˇ ㄇㄠˋ 體態相貌：體貌特徵。

【體面】tǐ·miàn ㄊㄧˇ ·ㄇㄧㄢ ❶體統；身份：有失體面。❷光榮；光彩：好吃懶做是不體面的事。❸（相貌或樣子）好看；美麗：長得體面。

【體念】tǐniàn ㄊㄧˇ ㄋㄧㄢˋ 設身處地為別人着想：你要體念他的難處，不要苛求於他。

【體魄】tǐpò ㄊㄧˇ ㄆㄛˋ 體格和精力：鍛煉體魄｜體魄健壯。

【體腔】tǐqiāng ㄊㄧˇ ㄑㄧㄤ 人或脊椎動物的內臟器官存在的空間，分為胸腔和腹腔兩部分。

【體式】tǐshì ㄊㄧˇ ㄕˋ ❶文字的式樣：拼音字母有手寫體和印刷體兩種體式。❷〈書〉體裁。

【體態】tǐtài ㄊㄧˇ ㄊㄞˋ 身體的姿態；人的體形：體態輕盈｜體態魁梧。

【體壇】tǐtán ㄊㄧˇ ㄊㄢˊ 體育界：體壇精英｜國際體壇。

【體貼】tǐtiē ㄊㄧˇ ㄊㄧㄝ 細心忖度別人的心情和處境，給予關切、照顧：體貼入微（多指對人照顧和關懷十分細緻周到）。

【體統】tǐtǒng ㄊㄧˇ ㄊㄨㄥˇ 指體制，格局、規矩等：不成體統。

【體外循環】tǐwài xúnhuán ㄊㄧˇ ㄨㄞˋ ㄒㄩㄣˊ ㄏㄨㄢˊ 應用特殊機械裝置把血液從身體內引到體外處理後再送回體內，如心肺體外循環是把靜脈血引到體外，用人工肺臟使成為動脈血，再用人工心臟送回體內動脈，從而使全身血液暫時改道，不經過心肺。

【體位】tǐwèi ㄊㄧˇ ㄨㄟˋ 醫學上指身體所保持的姿勢。

【體味】tǐwèi ㄊㄧˇ ㄨㄟˋ 仔細體會：體味人生苦樂。

【體溫】tǐwēn ㄊㄧˇ ㄨㄣ 身體的溫度。人的正常體溫為 37°C 左右，疾病能引起體溫的變化，劇烈運動也能使體溫升高。

【體溫計】tǐwēnjì ㄊㄧˇ ㄨㄣ ㄐㄧˋ 測量人或動物體溫用的溫度計，通常是在很細的玻璃管裏裝上水銀製成，人用的體溫計刻度從 34°C 開始到 42°C。也叫體溫表。

【體無完膚】tǐ wú wán fū ㄊㄧˇ ㄨˊ ㄨㄢˊ ㄈㄨ ❶形容渾身受傷。❷比喻論點被全部駁倒或文章被刪改得很多。

【體惜】tǐxī ㄊㄧˇ ㄒㄧ 體諒愛惜。

【體系】tǐxì ㄊㄧˇ ㄒㄧˋ 若干有關事物或某些意識互相聯繫而構成的一個整體：防禦體系｜工業體系｜思想體系。

【體現】tǐxiàn ㄊㄧˇ ㄒㄧㄢˋ 某種性質或現象在某一事物上具體表現出來：說實話，辦實事，體現出了他的務實精神。

【體形】tǐxíng ㄊㄧˇ ㄒㄧㄥˊ 人或動物身體的形狀。也指機器等的形狀。

【體型】tǐxíng ㄊㄧˇ ㄒㄧㄥˊ 人體的類型（主要指各部分之間的比例）：成年人和兒童在體型上有顯著的區別。

【體恤】tǐxù ㄊㄧˇ ㄒㄩˋ 設身處地為人着想，給以同情、照顧：體恤孤寡老人。

【體循環】tǐxúnhuán ㄊㄧˇ ㄒㄩㄣˊ ㄏㄨㄢˊ 血液從左心室流出，經過動脈、毛細管，把氧氣和養料送到各組織，並把各組織所產生的二氧化碳或廢物帶走，經過靜脈流回右心室。血液的這種循環叫做體循環。也叫大循環。

【體驗】tǐyàn ㄊㄧˇ ㄧㄢˋ 通過實踐來認識周圍的事物；親身經歷：作家到群眾中去體驗生活｜他深深體驗到了這種工作的艱辛。

【體液】tǐyè ㄊㄧˇ ㄧㄝˋ 身體內組織間的液體。

【體育】tǐyù ㄊㄧˇ ㄩˋ ❶以發展體力、增強體質為主要任務的教育，通過參加各項運動來實現：體育課。❷指體育運動。

【體育場】tǐyùchǎng ㄊㄧˇ ㄩˋ ㄔㄤˇ 進行體育鍛煉或比賽的場地。有的設有固定看台。

【體育館】tǐyùguǎn ㄊㄧˇ ㄩˋ ㄍㄨㄢˇ 室內進行體育鍛煉或比賽的場所。一般設有固定看台。

【體育運動】tǐyù yùndòng ㄊㄧˇ ㄩˋ ㄩㄣˋ ㄉㄨㄥˋ 鍛煉身體增強體質的各種活動，包括田徑、體操、球類、游泳、武術、登山、射擊、滑冰、滑雪、舉重、摔跤、擊劍、自行車等各種項目。

【體針】tǐzhēn ㄊㄧˇ ㄓㄣ 泛指用針刺身體各部穴位的針刺療法（區別於'耳針'、'鼻針'等）。

【體徵】tǐzhēng ㄊㄧˇ ㄓㄥ 醫生在檢查病人時所發現的異常變化，如心臟病患者心臟的雜音、闌尾炎患者右下腹部的壓痛等。

【體制】tǐzhì ㄊㄧˇ ㄓˋ ❶國家機關、企業、事業單位等的組織制度：學校體制｜領導體制。❷文體的格局；體裁：五言詩的體制，在漢末就形成了。

【體質】tǐzhì ㄊㄧˇ ㄓˋ 人體的健康水平和對外界的適應能力：發展體育運動，增強人民體質｜各人的體質不同，對疾病的抵抗力也不同。

【體重】tǐzhòng ㄊㄧˇ ㄓㄨㄥˋ 身體的重量。

tì（ㄊㄧˋ）

洟 tì ㄊㄧˋ 同'涕'。

剃 tì ㄊㄧˋ 用特製的刀子刮去（頭髮、鬍鬚等）：剃刀｜剃光頭｜剃鬍子。

【剃刀】tìdāo ㄊㄧˋ ㄉㄠ 剃頭或刮臉用的刀子。

【剃度】tìdù ㄊㄧˋ ㄉㄨˋ 佛教用語，指給要出家的人剃去頭髮，使成為僧尼。

【剃光頭】tì guāngtóu ㄊㄧˋ ㄍㄨㄤ ㄊㄡˊ 用剃刀刮去全部頭髮，比喻考試中一個沒取或比賽中一分沒得。

【剃頭】tì∥tóu ㄊㄧˋ∥ㄊㄡˊ 剃去頭髮，也泛指理髮。

俶 tì ㄊㄧˋ ［俶儻］（tìtǎng ㄊㄧˋ ㄊㄤˇ）同'倜儻'。

另見173頁 chù。

倜 tì ㄊㄧˋ 見下。

【倜儻】tìtǎng ㄊㄧˋ ㄊㄤˇ 〈書〉灑脱；不拘束：風流倜儻。也作俶儻。

【倜然】tìrán ㄊㄧˋ ㄖㄢˊ 〈書〉❶超然或特出的樣子。❷疏遠的樣子。

涕 tì ㄊㄧˋ ❶眼淚：痛哭流涕｜感激涕零。❷鼻涕：涕淚交流。

【涕淚】tìlèi ㄊㄧˋ ㄌㄟˋ ❶眼淚。❷眼淚和鼻涕：涕淚俱下。

【涕零】tìlíng ㄊㄧˋ ㄌㄧㄥˊ 流淚：感激涕零（因感激而流淚）。

悌 tì ㄊㄧˋ 〈書〉敬愛哥哥：孝悌。

逖（逷） tì ㄊㄧˋ 〈書〉遠。

惕 tì ㄊㄧˋ 謹慎小心：警惕。

【惕厲】tìlì ㄊㄧˋ ㄌㄧˋ 警惕；戒懼：日夜惕厲。也作惕勵。

【惕勵】tìlì ㄊㄧˋ ㄌㄧˋ 同'惕厲'。

屜（屉） tì ㄊㄧˋ ❶屜子①，特指籠屜：屜帽（籠屜的蓋子）｜一屜饅頭。❷指屜子：棕屜｜藤屜。❸〈方〉抽屜：三屜桌。

【屜子】tì·zi ㄊㄧˋ ·ㄗ ❶扁平的盛器，成套的屜子大小相等，可以一層層整齊地疊起來。❷某些牀或椅子的架子上可以取下的部分，一般用棕繩、藤皮、鋼絲等編成。❸〈方〉抽屜。

替1 tì ㄊㄧˋ ❶代替：替工｜他沒來，你替他吧！｜我替你洗衣服。❷為（wèi）②：大家替他高興｜同學們替他送行。

替2 tì ㄊㄧˋ 〈書〉衰敗：衰替｜興替。

【替班】tì∥bān ㄊㄧˋ∥ㄅㄢ （替班兒）代替別人上班：今天他生病了，得找個人替班。

【替補】tìbǔ ㄊㄧˋ ㄅㄨˇ 替代補充：替補隊員。

【替代】tìdài ㄊㄧˋ ㄉㄞˋ 代替。

【替工】tì∥gōng ㄊㄧˋ∥ㄍㄨㄥ （替工兒）代替別人做工：明天我有事，請你給我替一下工。

【替工】tìgōng ㄊㄧˋ ㄍㄨㄥ （替工兒）代替別人做工的人：找了個替工。

【替換】tì·huàn ㄊㄧˋ ·ㄏㄨㄢˋ 把原來的（工作着的人、使用着的衣物等）調換下來；倒換：你去替換他一下｜替換的衣服。

【替身】tìshēn ㄊㄧˋ ㄕㄣ （替身兒）替代別人的人，多指代人受罪的人。

【替死鬼】tìsǐguǐ ㄊㄧˋ ㄙˇ ㄍㄨㄟˇ 比喻代人受過或受害的人。

【替罪羊】tìzuìyáng ㄊㄧˋ ㄗㄨㄟˋ ㄧㄤˊ 古代猶太教在贖罪日用做祭品的羊，表示由它替人受罪，比喻代人受過的人。

裼 tì ㄊㄧˋ 〈書〉嬰兒的衣服。

另見1221頁 xī。

綈（绨） tì ㄊㄧˋ 比綢子厚實、粗糙的紡織品，用蠶絲或人造絲做經，棉綫做緯織成。

另見1124頁 tí。

薙〔薙〕 tì ㄊㄧˋ 〈書〉❶除去野草。❷同'剃'。

殢（殢） tì ㄊㄧˋ 〈書〉❶滯留。❷困擾；糾纏。

嚏 tì ㄊㄧˋ 〈書〉打噴嚏。

【嚏噴】tì·pen ㄊㄧˋ ·ㄆㄣ 噴嚏。

鬄 tì ㄊㄧˋ 〈書〉同'剃'。

趯 tì ㄊㄧˋ 〈書〉跳躍。

tiān（ㄊㄧㄢ）

天 tiān ㄊㄧㄢ ❶天空：頂天立地｜太陽一出滿天紅。❷位置在頂部的；淩空架設的：天棚｜天窗｜天橋。❸一晝夜二十四小時的時間，有時專指白天：今天｜每天｜第二天｜三天三夜｜忙了一天，晚上早點休息吧。❹(天兒)一天裏的某一段時間：五更天｜天兒還早呢。❺季節：春天｜冷天｜三伏天｜黃梅天。❻天氣：陰天｜天晴｜天冷了。❼天然的；天生的：天性｜天資｜天足。❽自然①：天災。❾迷信的人指自然界的主宰者；造物：天意。❿迷信的人指神佛仙人所住的地方：天國｜天堂｜歸天。

【天寶】Tiānbǎo ㄊㄧㄢ ㄅㄠˇ 唐玄宗(李隆基)年號(公元742－756)。

【天崩地裂】tiān bēng dì liè ㄊㄧㄢ ㄅㄥ ㄉㄧˋ ㄌㄧㄝˋ 形容聲響強烈或變化巨大，像天塌下、地裂開一樣。也說天崩地坼。

【天邊】tiānbiān ㄊㄧㄢ ㄅㄧㄢ (天邊兒) ❶指極遠的地方：遠在天邊，近在眼前。❷天際。

【天兵】tiānbīng ㄊㄧㄢ ㄅㄧㄥ ❶神話中指天神的兵：天兵天將。❷比喻英勇善戰、所向無敵的軍隊。❸封建時代指朝廷的軍隊。

【天稟】tiānbǐng ㄊㄧㄢ ㄅㄧㄥˇ 〈書〉天資：天稟聰穎。

【天波】tiānbō ㄊㄧㄢ ㄅㄛ 指離開地面，依靠電離層的反射傳播的無綫電波。也叫空間波。

【天才】tiāncái ㄊㄧㄢ ㄘㄞˊ ❶卓絕的創造力、想像力；突出的聰明智慧：藝術天才｜天才的創作。❷有天才的人。

【天差地遠】tiān chā dì yuǎn ㄊㄧㄢ ㄔㄚ ㄉㄧˋ ㄩㄢˇ 比喻相差懸殊。也說天懸地隔。

【天長地久】tiān cháng dì jiǔ ㄊㄧㄢ ㄔㄤˊ ㄉㄧˋ ㄐㄧㄡˇ 跟天和地存在的時間一樣長，形容永久不變(多指愛情)。

【天長日久】tiān cháng rì jiǔ ㄊㄧㄢ ㄔㄤˊ ㄖˋ ㄐㄧㄡˇ 時間長，日子久。

【天車】tiānchē ㄊㄧㄢ ㄔㄜ 一種起重機械，裝在廠房上空，在高架軌道上移動。有的地區叫行(háng)車。

【天成】tiānchéng ㄊㄧㄢ ㄔㄥˊ 天然生成或形成：美麗天成｜妙趣天成｜天成仙境。

【天秤座】tiānchèngzuò ㄊㄧㄢ ㄔㄥˋ ㄗㄨㄛˋ 黃道十二星座之一。參看505頁〖黃道十二宮〗。

【天窗】tiānchuāng ㄊㄧㄢ ㄔㄨㄤ ❶(天窗兒)房頂上為採光開的像窗子的裝置。❷見638頁〖開天窗〗②。

【天打雷轟】tiān dǎ léi hōng ㄊㄧㄢ ㄉㄚˇ ㄌㄟˊ ㄏㄨㄥ 被雷電打死(多用於賭咒或發誓)。也說天打雷擊、天打雷劈、天打五雷轟。

【天道】tiāndào ㄊㄧㄢ ㄉㄠˋ ❶中國古代哲學術語。唯物主義認為天道是自然界及其發展變化的客觀規律。唯心主義認為天道是上帝意志的表現，是吉凶禍福的徵兆。❷〈方〉天氣。

【天敵】tiāndí ㄊㄧㄢ ㄉㄧˊ 自然界中某種動物專門捕食或危害另一種動物，前者就是後者的天敵，例如貓是鼠的天敵，寄生蜂是某些作物害蟲的天敵。

【天底下】tiān dǐ·xia ㄊㄧㄢ ㄉㄧˇ·ㄒㄧㄚ 指世界上：天底下竟有這樣的事。

【天地】tiāndì ㄊㄧㄢ ㄉㄧˋ ❶天和地：炮聲震動天地。❷比喻人們活動的範圍：別有天地(另有一種境界)｜廣闊的天地。❸〈方〉地步；境地：不料走錯一步，竟落到這般天地。

【天地頭】tiāndìtóu ㄊㄧㄢ ㄉㄧˋ ㄊㄡˊ 書頁上下兩端的空白處，上邊叫天頭，下邊叫地頭。

【天帝】tiāndì ㄊㄧㄢ ㄉㄧˋ 我國古代指天上主宰萬物的神。

【天電】tiāndiàn ㄊㄧㄢ ㄉㄧㄢˋ 大氣中的電荷，對無綫電的接收有干擾作用。

【天頂】tiāndǐng ㄊㄧㄢ ㄉㄧㄥˇ ❶天空：飛機在天頂上盤旋。❷將觀測點的鉛垂綫延長與天球相交，交點就是該觀測點的天頂。

【天鵝】tiān'é ㄊㄧㄢ ㄜˊ 鳥，形狀像鵝而體形較大，全身白色，上嘴分黃色和黑色兩部分，腳和尾都短，腳黑色，有蹼。生活在海濱或湖邊，善飛，吃植物、昆蟲等。也叫鵠(hú)。

【天鵝絨】tiān'éróng ㄊㄧㄢ ㄜˊ ㄖㄨㄥˊ 一種起絨的絲織物或毛織物，也有用棉、麻做底子的。顏色華美，大多用來做服裝或簾、幕、沙發套等。

【天翻地覆】tiān fān dì fù ㄊㄧㄢ ㄈㄢ ㄉㄧˋ ㄈㄨˋ ❶形容變化極大：這幾年村裏起了天翻地覆的變化。❷形容鬧得很兇：鬧得天翻地覆，四鄰不安。‖也說地覆天翻。

【天方】Tiānfāng ㄊㄧㄢ ㄈㄤ 我國古代稱中東一帶阿拉伯人建立的國家：《天方夜譚》。

【天分】tiānfèn ㄊㄧㄢ ㄈㄣˋ 天資。

【天府之國】tiān fǔ zhī guó ㄊㄧㄢ ㄈㄨˇ ㄓ ㄍㄨㄛˊ 指土地肥沃、物產豐富的地方，在我國一般把四川稱為'天府之國'。

【天賦】tiānfù ㄊㄧㄢ ㄈㄨˋ ❶自然賦予；生來就具備：天賦機謀。❷天資：有天賦｜天賦高。

【天干】tiāngān ㄊㄧㄢ ㄍㄢ 甲、乙、丙、丁、戊、己、庚、辛、壬、癸的總稱，傳統用做表示次序的符號。也叫十干。參看368頁〖干支〗。

【天罡】tiāngāng ㄊㄧㄢ ㄍㄤ 古書上指北斗星，也指北斗七星的柄。

【天高地厚】tiān gāo dì hòu ㄊㄧㄢ ㄍㄠ ㄉㄧˋ ㄏㄡˋ ❶形容恩情深厚。❷指事物的複雜性(多用做'不知'的賓語)。

【天各一方】tiān gè yī fāng ㄊㄧㄢ ㄍㄜˋ ㄧ ㄈㄤ 指彼此相隔遙遠，難於相見。

【天公】tiāngōng ㄊㄧㄢ ㄍㄨㄥ 指自然界的主宰者；天：偏偏天公不作美，一連下了幾天雨。

【天公地道】tiān gōng dì dào ㄊㄧㄢ ㄍㄨㄥ ㄉㄧˋ ㄉㄠˋ 形容十分公平合理：多勞多得，是天公地道的事兒。

【天宮】tiāngōng ㄊㄧㄢ ㄍㄨㄥ 神話中天神的宮殿。

【天溝】tiāngōu ㄊㄧㄢ ㄍㄡ 屋面和屋面連接處或屋面和高牆連接處的排水溝。

【天光】tiānguāng ㄊㄧㄢ ㄍㄨㄤ ❶天色：天光還早｜天光剛露出魚肚白。❷天空的光輝；日光：天光漸漸隱去。❸〈方〉早晨。

【天癸】tiānguǐ ㄊㄧㄢ ㄍㄨㄟˇ 中醫指人體中促進生殖功能的一種物質。通常指月經。

【天國】tiānguó ㄊㄧㄢ ㄍㄨㄛˊ ❶基督教稱上帝所治理的國。❷比喻理想世界。

【天河】tiānhé ㄊㄧㄢ ㄏㄜˊ 銀河的通稱。

【天候】tiānhòu ㄊㄧㄢ ㄏㄡˋ 天氣氣候和某些天文現象的統稱，包括陰晴、冷暖、乾濕和月相、晝夜長短、四季更替等。

【天花】[1] tiānhuā ㄊㄧㄢ ㄏㄨㄚ 急性傳染病，人或某些哺乳動物都能感染，病原體是天花病毒。症狀是先發高熱，全身出紅色的丘疹，變成皰疹，最後變成膿皰，中心凹陷，十天左右結痂，痂脱落後的疤痕就是麻子。種牛痘可以預防。也叫痘或痘瘡，簡稱花。

【天花】[2] tiānhuā ㄊㄧㄢ ㄏㄨㄚ 玉米的雄花穗，因為長在植株的頂部，所以叫天花。

【天花板】tiānhuābǎn ㄊㄧㄢ ㄏㄨㄚ ㄅㄢˇ 室內的天棚，講究的有雕刻或彩繪。

【天花亂墜】tiān huā luàn zhuì ㄊㄧㄢ ㄏㄨㄚ ㄌㄨㄢˋ ㄓㄨㄟˋ 傳說梁武帝時雲光法師講經，感動了上天，天上的花紛紛降落下來。現在用來比喻説話有聲有色，非常動聽（多指誇大的或不切實際的）。

【天荒地老】tiān huāng dì lǎo ㄊㄧㄢ ㄏㄨㄤ ㄉㄧˋ ㄌㄠˇ 指經過的時間很久。也説地老天荒。

【天皇】tiānhuáng ㄊㄧㄢ ㄏㄨㄤˊ ❶指天子。❷日本皇帝的稱號。

【天昏地暗】tiān hūn dì àn ㄊㄧㄢ ㄏㄨㄣ ㄉㄧˋ ㄢˋ ❶形容大風時飛沙漫天的景象：突然狂風大起，颳得天昏地暗。❷比喻政治腐敗或社會混亂。❸形容程度深；厲害：哭得個天昏地暗。‖也説天昏地黑。

【天火】tiānhuǒ ㄊㄧㄢ ㄏㄨㄛˇ 俗指由雷電或物質氧化時溫度升高等自然原因引起的大火。

【天機】tiānjī ㄊㄧㄢ ㄐㄧ ❶迷信的人指神秘的天意。❷比喻自然界的秘密，也比喻重要而不可泄露的秘密：一語道破了天機。

【天極】tiānjí ㄊㄧㄢ ㄐㄧˊ ❶地軸延長和天球相交的兩點叫做天極。在北半天球的叫北天極，在南半天球的叫南天極。❷〈書〉天際；天邊。

【天際】tiānjì ㄊㄧㄢ ㄐㄧˋ 肉眼能看到的天地交接的地方。

【天驕】tiānjiāo ㄊㄧㄢ ㄐㄧㄠ 漢朝人稱匈奴單于（chányú）為天之驕子，後來稱歷史上某些北方少數民族君主為天驕。

【天經地義】tiān jīng dì yì ㄊㄧㄢ ㄐㄧㄥ ㄉㄧˋ ㄧˋ 指非常正確不容置疑的道理。

【天井】tiānjǐng ㄊㄧㄢ ㄐㄧㄥˇ ❶宅院中房子和房子或房子和圍牆所圍成的露天空地；院落。❷某些地區的舊式房屋為了採光而在房頂上開的洞（對着天井在地上所挖的排泄雨水的坑叫天井溝）。

【天空】tiānkōng ㄊㄧㄢ ㄎㄨㄥ 日月星辰羅列的廣大的空間：仰望天空｜雄鷹在天空翱翔。

【天籟】tiānlài ㄊㄧㄢ ㄌㄞˋ 自然界的聲音，如風聲、鳥聲、流水聲等。

【天藍】tiānlán ㄊㄧㄢ ㄌㄢˊ 像晴朗的天空的顏色。

【天狼星】tiānlángxīng ㄊㄧㄢ ㄌㄤˊ ㄒㄧㄥ 天空中最明亮的恒星，屬於大犬座。它有一個伴星，用望遠鏡可以看見。

【天老兒】tiān·laor ㄊㄧㄢ ·ㄌㄠㄦ 俗稱患白化病的人。

【天老爺】tiānlǎo·ye ㄊㄧㄢ ㄌㄠˇ ·ㄧㄝ 老天爺。

【天理】tiānlǐ ㄊㄧㄢ ㄌㄧˇ ❶宋代的理學家認為封建倫理是客觀存在的道德法則，把它叫做'天理'。❷天然的道理：天理難容。

【天理教】Tiānlǐjiào ㄊㄧㄢ ㄌㄧˇ ㄐㄧㄠˋ 白蓮教的一個支派，是十八世紀中葉白蓮教武裝起義失敗後，由部分教徒組織起來的，曾在北京、河南發動起義。又稱八卦教。

【天良】tiānliáng ㄊㄧㄢ ㄌㄧㄤˊ 良心：喪盡天良。

【天亮】tiān liàng ㄊㄧㄢ ㄌㄧㄤˋ 太陽快要露出地平綫時天空發出光亮：一覺睡到天亮｜雞叫了三遍才天亮。

【天靈蓋】tiānlínggài ㄊㄧㄢ ㄌㄧㄥˊ ㄍㄞˋ 指人或某些動物頭頂部分的骨頭。

【天倫】tiānlún ㄊㄧㄢ ㄌㄨㄣˊ 〈書〉指父子、兄弟等關係：天倫之樂。

【天羅地網】tiān luó dì wǎng ㄊㄧㄢ ㄌㄨㄛˊ ㄉㄧˋ ㄨㄤˇ 上下四方都佈下的羅網，比喻對敵人、逃犯等設下的嚴密包圍圈。

【天麻】tiānmá ㄊㄧㄢ ㄇㄚˊ 多年生草本植物，地下莖肉質，地上莖杏紅色，葉子呈鱗片狀，花黃紅色。塊莖可入藥。

【天馬行空】tiān mǎ xíng kōng ㄊㄧㄢ ㄇㄚˇ ㄒㄧㄥˊ ㄎㄨㄥ 馬的奔馳如同騰空飛行。多比喻詩文、書法等氣勢豪放，不受拘束（天馬：漢武帝從西域大宛國得到的汗血馬稱為'天馬'，意思是一種神馬。見《史記·大宛傳》）。

【天門】tiānmén ㄊㄧㄢ ㄇㄣˊ ❶舊稱天宮的門。❷帝王宮殿的門。❸指前額的中央。❹道家指心。

【天明】tiān míng ㄊㄧㄢ ㄇㄧㄥˊ 天亮。

【天命】tiānmìng ㄊㄧㄢ ㄇㄧㄥˋ 迷信的人指上天的意志；也指上天主宰之下的人們的命運。

【天幕】tiānmù ㄊㄧㄢ ㄇㄨˋ ❶籠罩大地的天空。❷舞台後面懸掛的天藍色的大布幔，演劇時配合燈光，用來表現各種天空景象。

【天南地北】tiān nán dì běi ㄊㄧㄢ ㄋㄢˊ ㄉㄧˋ ㄅㄟˇ ❶形容距離遙遠，也指相距遙遠的不同地方：天南地北，各在一方。❷形容說話漫無邊際：兩個人天南地北地說了好半天。‖也說天南海北。

【天年】tiānnián ㄊㄧㄢ ㄋㄧㄢˊ ❶指人的自然壽命：盡其天年｜安享天年。❷〈方〉年成：今年天年不好，糧食歉收。❸〈方〉年頭兒；時代：過去那種打仗的天年，家家的日子都不好過。

【天怒人怨】tiān nù rén yuàn ㄊㄧㄢ ㄋㄨˋ ㄖㄣˊ ㄩㄢˋ 形容為害作惡十分嚴重，引起普遍的憤怒。

【天棚】tiānpéng ㄊㄧㄢ ㄆㄥˊ ❶房屋內部在屋頂或樓板下面加的一層東西，或用木板做成，或在木條、葦箔上抹灰，或在葦箔、秫秸上糊紙，有保溫、隔音、美觀等作用。❷夏天在庭院等處搭起來遮蔽太陽的棚。也叫涼棚。

【天平】tiānpíng ㄊㄧㄢ ㄆㄧㄥˊ 較精密的衡器，根據杠桿原理製成。杠桿兩頭有小盤，一頭放砝碼，一頭放要稱的物體。杠桿正中的指針停在刻度中央時，砝碼的重量就是所稱物體的重量。多用於實驗室和藥房。

【天啓】Tiānqǐ ㄊㄧㄢ ㄑㄧˇ 明熹宗（朱由校）年號（公元1621－1627）。

【天氣】tiānqì ㄊㄧㄢ ㄑㄧˋ ❶一定區域一定時間內大氣中發生的各種氣象變化，如溫度、濕度、氣壓、降水、風、雲等的情況：天氣預報｜今天天氣很好。❷〈方〉指時間；時候：現在是三更天氣｜天氣不早了，快回家吧！

【天氣圖】tiānqìtú ㄊㄧㄢ ㄑㄧˋ ㄊㄨˊ 表示某地區或整個地球天氣形勢的圖，圖上用數字和規定的符號記錄各地的氣象資料。分為高空天氣圖和地面天氣圖兩種，氣象部門用來預測天氣變化。

【天氣預報】tiānqì yùbào ㄊㄧㄢ ㄑㄧˋ ㄩˋ ㄅㄠˋ 向有關地區發出的關於未來一定時間內天氣變化的報告。

【天塹】tiānqiàn ㄊㄧㄢ ㄑㄧㄢˋ 天然形成的隔斷交通的大溝，多指長江，形容它的險要：長江天塹。

【天橋】tiānqiáo ㄊㄧㄢ ㄑㄧㄠˊ ❶火車站裏為了旅客橫過鐵路而在鐵路上空架設的橋，也指城市中為了行人橫穿馬路而在馬路上空架設的橋。❷一種體育運動設備，高而窄，形狀略像獨木橋，兩端有梯子。

【天琴座】tiānqínzuò ㄊㄧㄢ ㄑㄧㄣˊ ㄗㄨㄛˋ 北部天空中的星座，很小，在銀河的西邊，織女星就是其中的一顆。

【天青】tiānqīng ㄊㄧㄢ ㄑㄧㄥ 深黑而微紅的顏色。

【天穹】tiānqióng ㄊㄧㄢ ㄑㄩㄥˊ 從地球表面上看，像半個球面似的覆蓋着大地的天空。

【天球】tiānqiú ㄊㄧㄢ ㄑㄧㄡˊ 為研究天體位置和運動，天文學上假想天體分佈在以觀測者為球心，以適當長度為半徑的球面上，這個球面叫做天球。以地心為球心的叫做地心天球，以太陽中心為球心的叫做日心天球。

【天球儀】tiānqiúyí ㄊㄧㄢ ㄑㄧㄡˊ ㄧˊ 球形的天文儀器，刻畫着星座、赤道、黃道等的位置。

【天趣】tiānqù ㄊㄧㄢ ㄑㄩˋ 自然的情趣，多指寫作或藝術品的韵致：天趣盎然。

【天闕】tiānquè ㄊㄧㄢ ㄑㄩㄝˋ ❶天上的宮闕。❷天子的宮闕，也指朝廷或京城。

【天然】tiānrán ㄊㄧㄢ ㄖㄢˊ 自然存在的；自然產生的（區別於'人工'或'人造'）：天然冰｜天然景色｜天然財富。

【天然免疫】tiānrán miǎnyì ㄊㄧㄢ ㄖㄢˊ ㄇㄧㄢˇ ㄧˋ 生來就有的或病後獲得的免疫能力（區別於'人工免疫'）。也叫自然免疫。

【天然氣】tiānránqì ㄊㄧㄢ ㄖㄢˊ ㄑㄧˋ 可燃氣體，主要成分是甲烷，產生在油田、煤田和沼澤地帶，是埋藏在地下的古代生物經高溫、高壓等作用形成的。主要用做燃料和化工原料。

【天然絲】tiānránsī ㄊㄧㄢ ㄖㄢˊ ㄙ 指蠶絲（區別於'人造絲'）。

【天然橡膠】tiānrán xiàngjiāo ㄊㄧㄢ ㄖㄢˊ ㄒㄧㄤˋ ㄐㄧㄠ 高分子化合物，由橡膠樹、橡膠草等植物中取得的乳膠，經加工製成。種類很多。

【天壤】tiānrǎng ㄊㄧㄢ ㄖㄤˇ 〈書〉❶天地：天壤間。❷天淵：天壤之別。

【天日】tiānrì ㄊㄧㄢ ㄖˋ 天和太陽，比喻光明：重見天日｜暗無天日。

【天色】tiānsè ㄊㄧㄢ ㄙㄜˋ 天空的顏色，借指時間的早晚和天氣的變化：看天色怕要下雨｜天色還早，你再睡一會兒。

【天上】tiānshàng ㄊㄧㄢ ㄕㄤˋ 天空。

【天神】tiānshén ㄊㄧㄢ ㄕㄣˊ 傳說中天上的神。

【天生】tiānshēng ㄊㄧㄢ ㄕㄥ 天然生成：天生麗質｜天生的一對｜本事不是天生的。

【天時】tiānshí ㄊㄧㄢ ㄕˊ ❶指宜於做某事的氣候條件：莊稼活一定要趁天時，早了晚了都不好。❷指氣候狀況：天時轉暖。❸指時候；時間：天時尚早。

【天使】tiānshǐ ㄊㄧㄢ ㄕˇ ❶猶太教、基督教、伊斯蘭教等宗教指神的使者。西方文學藝術中，天使的形象多為帶翅膀的少女或小孩子，現在常用來比喻天真可愛的人（多指女子或小孩子）。❷皇帝的使者。

【天授】tiānshòu ㄊㄧㄢ ㄕㄡˋ 上天所授予（迷信）；天賦①。

【天書】tiānshū ㄊㄧㄢ ㄕㄨ ❶天上神仙寫的書或信（迷信）。❷比喻難認的文字或難懂的文章。❸古代帝王的詔書。

【天數】tiānshù ㄊㄧㄢ ㄕㄨˋ 迷信的人把一切不可解的事、不能抗禦的災難都歸於上天安排的命運，稱為天數。

【天順】Tiānshùn ㄊㄧㄢ ㄕㄨㄣˋ 明英宗(朱祁鎮)年號(公元1457－1464)。

【天堂】tiāntáng ㄊㄧㄢ ㄊㄤˊ ❶某些宗教指人死後靈魂居住的永享幸福的地方(跟'地獄'相對)。❷比喻幸福美好的生活環境。

【天梯】tiāntī ㄊㄧㄢ ㄊㄧ 很高的梯子，多裝置在較高的建築、設備上。

【天體】tiāntǐ ㄊㄧㄢ ㄊㄧˇ 太陽、地球、月亮和其他恒星、行星、衞星以及彗星、流星、宇宙塵、星雲、星團等的統稱。

【天天】tiāntiān ㄊㄧㄢ ㄊㄧㄢ 每天：好好學習，天天向上。

【天條】tiāntiáo ㄊㄧㄢ ㄊㄧㄠˊ 迷信的人認為老天爺所定的戒律，人、神都要遵守：違犯天條。

【天庭】[1] tiāntíng ㄊㄧㄢ ㄊㄧㄥˊ 指前額的中央：天庭飽滿。

【天庭】[2] tiāntíng ㄊㄧㄢ ㄊㄧㄥˊ ❶神話中天神居住的地方。❷帝王的住所。

【天頭】tiāntóu ㄊㄧㄢ ㄊㄡˊ 書頁上端的空白處。

【天外】tiānwài ㄊㄧㄢ ㄨㄞˋ ❶太空以外的地方。❷指極高極遠的地方。

【天外有天】tiān wài yǒu tiān ㄊㄧㄢ ㄨㄞˋ ㄧㄡˇ ㄊㄧㄢ 指一個境界之外，更有無窮無盡的境界，多用來表示學問、技藝、本領等是沒有止境的。

【天王】tiānwáng ㄊㄧㄢ ㄨㄤˊ ❶指天子。❷太平天國領袖洪秀全的稱號。❸神話傳說中指某些天神。

【天王星】tiānwángxīng ㄊㄧㄢ ㄨㄤˊ ㄒㄧㄥ 太陽系九大行星之一，按離太陽由近而遠的次序計為第七顆，繞太陽公轉週期約84年，自轉週期約為24±3小時，自東向西逆轉。光度較弱，用望遠鏡才能看到。(圖見1107頁〖太陽系〗)

【天網恢恢】tiān wǎng huī huī ㄊㄧㄢ ㄨㄤˇ ㄏㄨㄟ ㄏㄨㄟ 天道像一個廣闊的大網，作惡者逃不出這個網，也就是逃不出天道的懲罰(見於《老子》；恢恢：形容非常廣大)。

【天文】tiānwén ㄊㄧㄢ ㄨㄣˊ 日月星辰等天體在宇宙間分佈、運行等現象。

【天文表】tiānwénbiǎo ㄊㄧㄢ ㄨㄣˊ ㄅㄧㄠˇ 應用於天文測時或航海計時的小型計時器具。

【天文單位】tiānwén dānwèi ㄊㄧㄢ ㄨㄣˊ ㄉㄢ ㄨㄟˋ 天文學上的一種距離單位，即以地球到太陽的平均距離為一個天文單位。1天文單位約等於1.496×10^8公里。

【天文館】tiānwénguǎn ㄊㄧㄢ ㄨㄣˊ ㄍㄨㄢˇ 普及天文知識的文化教育機構，一般有天象儀、天文望遠鏡等設備。

【天文數字】tiānwén shùzì ㄊㄧㄢ ㄨㄣˊ ㄕㄨˋ ㄗˋ 指億以上的極大的數字(因為天文學上用的數字極大，如天王星和太陽的平均距離是2.8691×10^9公里)。

【天文台】tiānwéntái ㄊㄧㄢ ㄨㄣˊ ㄊㄞˊ 觀測天體和研究天文學的機構。

【天文望遠鏡】tiānwén wàngyuǎnjìng ㄊㄧㄢ ㄨㄣˊ ㄨㄤˋ ㄩㄢˇ ㄐㄧㄥˋ 用來觀測天體的望遠鏡。用透鏡做物鏡的叫折射望遠鏡，用反射鏡做物鏡的叫反射望遠鏡，既用透鏡又用反射鏡的叫雙射望遠鏡。

【天文學】tiānwénxué ㄊㄧㄢ ㄨㄣˊ ㄒㄩㄝˊ 研究天體的結構、形態、分佈、運行和演化等的學科，一般分為天體測量學、天體力學、天體物理學和射電天文學等。天文學在實際生活中應用很廣，如授時、編制曆法、測定方位等。

【天文鐘】tiānwénzhōng ㄊㄧㄢ ㄨㄣˊ ㄓㄨㄥ 確定時刻的一種天文儀器，一般是每秒擺動一次的擺鐘，準確度遠比一般優良的時鐘為高，通常放在真空的玻璃罩中，裝在恒溫的地下室裏。

【天下】tiānxià ㄊㄧㄢ ㄒㄧㄚˋ ❶指中國或世界：天下太平。❷指國家的統治權：打天下｜新中國是人民的天下。

【天仙】tiānxiān ㄊㄧㄢ ㄒㄧㄢ 傳說中天上的仙女。比喻美女。

【天險】tiānxiǎn ㄊㄧㄢ ㄒㄧㄢˇ 天然的險要地方。

【天綫】tiānxiàn ㄊㄧㄢ ㄒㄧㄢˋ 用來發射或接收無綫電波的裝置。把發射機發射出來的無綫電波送到空中去的叫發射天綫，接收空中無綫電波傳送給接收機的叫接收天綫。

【天香國色】tiān xiāng guó sè ㄊㄧㄢ ㄒㄧㄤ ㄍㄨㄛˊ ㄙㄜˋ 原是讚美牡丹的話，後常用來稱美女。也說國色天香。

【天象】tiānxiàng ㄊㄧㄢ ㄒㄧㄤˋ ❶天文現象：觀測天象。❷天空中風、雲等變化的現象：我國勞動人民常根據天象預測天氣的變化。

【天象儀】tiānxiàngyí ㄊㄧㄢ ㄒㄧㄤˋ ㄧˊ 一種特製的光學投影器，用來在半球形的幕上放映出人造星空，顯示日月星辰的運行情況以及日蝕、月蝕、流星雨等天文現象。

【天曉得】tiān xiǎo·de ㄊㄧㄢ ㄒㄧㄠˇ ·ㄉㄜ 天知道。

【天蝎座】tiānxiēzuò ㄊㄧㄢ ㄒㄧㄝ ㄗㄨㄛˋ 黃道十二星座之一。參看505頁〖黃道十二宮〗。

【天幸】tiānxìng ㄊㄧㄢ ㄒㄧㄥˋ 瀕於災禍而幸免的好運氣。

【天性】tiānxìng ㄊㄧㄢ ㄒㄧㄥˋ 指人先天具有的品質或性情：天性善良｜他天性就不愛說話。

【天旋地轉】tiān xuán dì zhuǎn ㄊㄧㄢ ㄒㄩㄢˊ ㄉㄧˋ ㄓㄨㄢˇ ❶比喻重大的變化。❷形容眩暈時的感覺：昏沈沈只覺得天旋地轉。❸形容鬧得很兇：吵了個天旋地轉。

【天懸地隔】tiān xuán dì gé ㄊㄧㄢ ㄒㄩㄢˊ ㄉㄧˋ ㄍㄜˊ 見〖天差地遠〗。

【天涯】tiānyá ㄊㄧㄢ ㄧㄚˊ 形容極遠的地方：遠在天涯，近在咫尺。

【天涯海角】tiān yá hǎi jiǎo ㄊㄧㄢ ㄧㄚˊ ㄏㄞˇ ㄐㄧㄠˇ 形容極遠的地方或彼此之間相隔極遠。

也説天涯地角、海角天涯。

【天閹】tiānyān ㄊㄧㄢ ㄧㄢ 男子性器官發育不完全、沒有生殖能力的現象。

【天衣無縫】tiān yī wú fèng ㄊㄧㄢ ㄧ ㄨˊ ㄈㄥˋ 神話傳説，仙女穿的天衣，不用針綫製作，沒有縫兒。比喻事物(多指詩文、話語等)沒有一點破綻。

【天意】tiānyì ㄊㄧㄢ ㄧˋ 上天的意旨(迷信)。

【天鷹座】tiānyīngzuò ㄊㄧㄢ ㄧㄥ ㄗㄨㄛˋ 北部天空中的星座，其中有一個一等星、五個三等星和幾十個肉眼能看到的星，大部分在銀河內，其餘在銀河的東邊，牽牛星就是其中的一顆。

【天宇】tiānyǔ ㄊㄧㄢ ㄩˇ ❶天空：歌聲響徹天宇。❷〈書〉天下。

【天淵】tiānyuān ㄊㄧㄢ ㄩㄢ 〈書〉上天和深淵，比喻差別極大：天淵之別｜相去天淵。

【天災】tiānzāi ㄊㄧㄢ ㄗㄞ 自然災害，如水災、旱災、風災、地震等。

【天葬】tiānzàng ㄊㄧㄢ ㄗㄤˋ 某些民族和某些宗教的信徒處理死人遺體的方法，把死屍抬到葬場或曠野，讓雕、鷹、烏鴉等鳥類吃。

【天造地設】tiān zào dì shè ㄊㄧㄢ ㄗㄠˋ ㄉㄧˋ ㄕㄜˋ 自然形成而合乎理想：這裏物產豐富，山水秀麗，四季如春，真是天造地設的好地方｜他們真是天造地設的一對好夫妻。

【天真】tiānzhēn ㄊㄧㄢ ㄓㄣ ❶心地單純，性情直率；沒有做作和虛偽：天真爛漫。❷頭腦簡單，容易被假象迷惑：這種想法過於天真。

【天知道】tiān zhī·dao ㄊㄧㄢ ㄓ ·ㄉㄠ 表示難以理解或無法分辯：天知道那是怎麼一回事！

【天職】tiānzhí ㄊㄧㄢ ㄓˊ 應盡的職責：服從命令是軍人的天職。

【天軸】tiānzhóu ㄊㄧㄢ ㄓㄡˊ ❶通過皮帶和皮帶輪來轉動車間中全部或一組機械的總軸，多用電動機帶動。過去常裝在廠房的高處，所以叫天軸。❷指地球自轉軸無限延長與天球相交的假想軸綫。

【天誅地滅】tiān zhū dì miè ㄊㄧㄢ ㄓㄨ ㄉㄧˋ ㄇㄧㄝˋ 比喻為天地所不容(多用於賭咒、發誓)。

【天竺】Tiānzhú ㄊㄧㄢ ㄓㄨˊ 我國古代稱印度。

【天主】Tiānzhǔ ㄊㄧㄢ ㄓㄨˇ 天主教所崇奉的神，認為是宇宙萬物的創造者和主宰者。

【天主教】Tiānzhǔjiào ㄊㄧㄢ ㄓㄨˇ ㄐㄧㄠˋ 以羅馬教皇為教會最高統治者的基督教派。明代傳入我國。也叫羅馬公教。參看529頁〖基督教〗。

【天姿國色】tiān zī guó sè ㄊㄧㄢ ㄗ ㄍㄨㄛˊ ㄙㄜˋ 形容女子容貌非常美麗，也指容貌非常美麗的女子。

【天資】tiānzī ㄊㄧㄢ ㄗ 資質：天資聰穎。

【天子】tiānzǐ ㄊㄧㄢ ㄗˇ 指國王或皇帝(奴隸社會和封建社會的統治階級把他們的政權説成是受天命建立的，因此稱國王或皇帝為天的兒子)。

【天字第一號】tiān zì dì yī hào ㄊㄧㄢ ㄗˋ ㄉㄧˋ ㄧ ㄏㄠˋ 從前對於數目多和種類多的東西，常用《千字文》文句的字來編排次序，'天'字是《千字文》首句'天地玄黃'的第一字，因此'天字第一號'就是第一或第一類中的第一號，借指最高的、最大的或最強的。

【天足】tiānzú ㄊㄧㄢ ㄗㄨˊ 舊時指婦女沒有經過纏裹的腳。

【天尊】tiānzūn ㄊㄧㄢ ㄗㄨㄣ 信道教的人對神仙的尊稱；信佛教的人對佛的尊稱。

【天作之合】tiān zuò zhī hé ㄊㄧㄢ ㄗㄨㄛˋ ㄓ ㄏㄜˊ 上天成全的婚姻(多用做新婚的頌詞)。

添 tiān ㄊㄧㄢ ❶增添；增加：添人｜添水｜添枝加葉｜如虎添翼｜添了三十台機器。❷〈方〉指生育(後代)：他家添了個女兒。

【添補】tiān·bu ㄊㄧㄢ ·ㄅㄨ 補充(用具、衣裳等)。

【添彩】tiāncǎi ㄊㄧㄢ ㄘㄞˇ 增添光彩：增色添彩｜添彩生輝。

【添倉】tiān∥cāng ㄊㄧㄢ∥ㄘㄤ 填倉。

【添丁】tiān∥dīng ㄊㄧㄢ∥ㄉㄧㄥ 舊時指生了小孩兒，特指生了男孩兒。

【添堵】tiāndǔ ㄊㄧㄢ ㄉㄨˇ 〈方〉給人增加不愉快；讓人心煩、憋氣。

【添加劑】tiānjiājì ㄊㄧㄢ ㄐㄧㄚ ㄐㄧˋ 為改善物質的某些性能而加入到物質中的藥劑，如防老劑、增效劑、抗震劑等。

【添亂】tiān∥luàn ㄊㄧㄢ∥ㄌㄨㄢˋ 增加麻煩：人家這是在談正事，你別在一旁添亂了。

【添箱】tiān∥xiāng ㄊㄧㄢ∥ㄒㄧㄤ 舊時指女家的親友贈送新娘禮物或禮金。

【添箱】tiānxiāng ㄊㄧㄢ ㄒㄧㄤ 舊時女子出嫁時親友所送的賀禮。

【添油加醋】tiān yóu jiā cù ㄊㄧㄢ ㄧㄡˊ ㄐㄧㄚ ㄘㄨˋ 見〖添枝加葉〗。

【添枝加葉】tiān zhī jiā yè ㄊㄧㄢ ㄓ ㄐㄧㄚ ㄧㄝˋ 形容敍述事情或轉述別人的話時，為了誇張渲染，添上原來沒有的內容。也説添油加醋。

【添置】tiānzhì ㄊㄧㄢ ㄓˋ 在原有的以外再購置：添置傢具｜添置衣服。

【添磚加瓦】tiān zhuān jiā wǎ ㄊㄧㄢ ㄓㄨㄢ ㄐㄧㄚ ㄨㄚˇ 比喻為宏偉的事業做一點小小的貢獻：我們要為國家的經濟建設添磚加瓦。

黇 tiān ㄊㄧㄢ ［黇鹿］(tiānlù ㄊㄧㄢ ㄌㄨˋ)鹿的一種，全身毛黃褐色或帶赤褐色，有白色斑紋，角的上部扁平或呈掌狀，尾略長，性溫順。

tián (ㄊㄧㄢˊ)

田1 tián ㄊㄧㄢˊ ❶田地(有的地區專指水田)：水田｜稻田｜麥田｜耕田。❷指可供開採的蘊藏礦物的地帶：煤田｜油田｜氣田。❸(Tián)姓。

田2 tián ㄊㄧㄢˊ〈書〉同'畋'，打獵。

【田產】tiánchǎn ㄊㄧㄢˊ ㄔㄢˇ 個人、團體等所擁有的田地。

【田塍】tiánchéng ㄊㄧㄢˊ ㄔㄥˊ〈方〉田埂。

【田疇】tiánchóu ㄊㄧㄢˊ ㄔㄡˊ〈書〉田地；田野。

【田地】tiándì ㄊㄧㄢˊ ㄉㄧˋ ❶種植農作物的土地。❷地步：想不到他會落到這步田地！

【田畈】tiánfàn ㄊㄧㄢˊ ㄈㄢˋ〈方〉田地；土地。

【田賦】tiánfù ㄊㄧㄢˊ ㄈㄨˋ 封建時代徵收的土地稅。

【田埂】tiángěng ㄊㄧㄢˊ ㄍㄥˇ 田間的埂子，用來分界並蓄水。

【田雞】tiánjī ㄊㄧㄢˊ ㄐㄧ ❶鳥，形狀略像雞，體形較小，羽毛赤栗色，背部橄欖色，嘴綠褐色，腳赤色。生活在草原和水田裏。❷青蛙的通稱。

【田家】tiánjiā ㄊㄧㄢˊ ㄐㄧㄚ 指從事農業生產的人家：田家情趣。

【田間】tiánjiān ㄊㄧㄢˊ ㄐㄧㄢ 田地裏，有時借指農村：田間勞動｜來自田間。

【田徑賽】tiánjìngsài ㄊㄧㄢˊ ㄐㄧㄥˋ ㄙㄞˋ 田賽和徑賽的合稱。

【田徑運動】tiánjìng yùndòng ㄊㄧㄢˊ ㄐㄧㄥˋ ㄩㄣˋ ㄉㄨㄥˋ 體育運動項目的一大類，包括各種跳躍、投擲、賽跑和競走等。

【田坎】tiánkǎn ㄊㄧㄢˊ ㄎㄢˇ 田埂。

【田獵】tiánliè ㄊㄧㄢˊ ㄌㄧㄝˋ〈書〉打獵。

【田壟】tiánlǒng ㄊㄧㄢˊ ㄌㄨㄥˇ ❶田埂。❷田地中種植農作物的壟。

【田螺】tiánluó ㄊㄧㄢˊ ㄌㄨㄛˊ 軟體動物，殼圓錐形，蒼黑色，觸角長，胎生。生長在淡水中。

【田畝】tiánmǔ ㄊㄧㄢˊ ㄇㄨˇ 田地(總稱)。

【田契】tiánqì ㄊㄧㄢˊ ㄑㄧˋ 買賣田地時所立的契約。

【田賽】tiánsài ㄊㄧㄢˊ ㄙㄞˋ 田徑運動中各種跳躍、投擲項目比賽的總稱。

【田舍】tiánshè ㄊㄧㄢˊ ㄕㄜˋ〈書〉❶田地和房屋。❷農村的房子。❸田家：田舍翁｜田舍郎。

【田鼠】tiánshǔ ㄊㄧㄢˊ ㄕㄨˇ 鼠的一類，有多種，體長約10厘米，生活在樹林、草地、田野裏，主要吃草本植物的莖、葉、種子等，對農作物有害。

【田野】tiányě ㄊㄧㄢˊ ㄧㄝˇ 田地和原野：田野上一片碧綠。

【田野工作】tiányě gōngzuò ㄊㄧㄢˊ ㄧㄝˇ ㄍㄨㄥ ㄗㄨㄛˋ 野外工作的舊稱。

【田園】tiányuán ㄊㄧㄢˊ ㄩㄢˊ 田地和園圃，泛指農村：田園之樂｜田園風光｜田園詩人。

【田園詩】tiányuánshī ㄊㄧㄢˊ ㄩㄢˊ ㄕ 以農村景物和農民、牧人、漁夫的勞動為題材的詩。

【田莊】tiánzhuāng ㄊㄧㄢˊ ㄓㄨㄤ ❶田地和莊園。❷〈方〉莊戶；農村：田莊人家。

佃 tián ㄊㄧㄢˊ〈書〉❶耕種田地。❷同'畋'，打獵。
另見257頁 diàn。

畋 tián ㄊㄧㄢˊ〈書〉打獵。

恬 tián ㄊㄧㄢˊ〈書〉❶恬靜：恬適。❷滿不在乎；坦然：恬不知恥｜恬不為怪。

【恬不知恥】tián bù zhī chǐ ㄊㄧㄢˊ ㄅㄨˋ ㄓ ㄔˇ 做了壞事滿不在乎，不以為恥。

【恬淡】tiándàn ㄊㄧㄢˊ ㄉㄢˋ ❶不追求名利；淡泊：心懷恬淡｜恬淡寡慾。❷恬靜；安適：勾起對鄉村恬淡生活的回憶。

【恬靜】tiánjìng ㄊㄧㄢˊ ㄐㄧㄥˋ 寧靜；安靜：環境幽雅恬靜｜恬靜的生活。

【恬然】tiánrán ㄊㄧㄢˊ ㄖㄢˊ 滿不在乎的樣子：處之恬然｜恬然不以為怪。

【恬適】tiánshì ㄊㄧㄢˊ ㄕˋ〈書〉恬靜而舒適。

畑 tián ㄊㄧㄢˊ 日本漢字，旱地。多用於日本姓名。

畠 tián ㄊㄧㄢˊ 日本漢字，旱地。多用於日本姓名。

菾〔蒸〕tián ㄊㄧㄢˊ［菾菜］(tiáncài ㄊㄧㄢˊ ㄘㄞˋ)同'甜菜'。

甜 tián ㄊㄧㄢˊ ❶像糖和蜜的味道：這西瓜真甜◇話説得很甜。❷形容舒適、愉快：他睡得真甜。

【甜菜】tiáncài ㄊㄧㄢˊ ㄘㄞˋ ❶二年生草本植物，根肥大，葉子叢生，有長柄，總狀花序，花小，綠色。根含有糖質，是製糖的主要原料之一。❷這種植物的根。‖通稱糖蘿蔔。也作菾菜。

【甜點】tiándiǎn ㄊㄧㄢˊ ㄉㄧㄢˇ 甜的點心。

【甜活兒】tiánhuór ㄊㄧㄢˊ ㄏㄨㄛㄦˊ 費力少而報酬多的工作(對'苦活兒'而言)。

【甜津津】tiánjīnjīn ㄊㄧㄢˊ ㄐㄧㄣ ㄐㄧㄣ (甜津津的)甜絲絲。

【甜美】tiánměi ㄊㄧㄢˊ ㄇㄟˇ ❶甜①：這種蘋果多汁而甜美。❷愉快；舒服；美好：音色甜美｜甜美的生活。

【甜蜜】tiánmì ㄊㄧㄢˊ ㄇㄧˋ 形容感到幸福、愉快、舒適：孩子們笑得那麼甜蜜｜日子過得甜甜蜜蜜。

【甜麪醬】tiánmiànjiàng ㄊㄧㄢˊ ㄇㄧㄢˋ ㄐㄧㄤˋ 饅頭等發酵後製成的醬，有甜味。有的地區叫甜醬。

【甜潤】tiánrùn ㄊㄧㄢˊ ㄖㄨㄣˋ 甜美滋潤：嗓音甜潤｜清涼甜潤的空氣。

【甜食】tiánshí ㄊㄧㄢˊ ㄕˊ 甜的食品。

【甜水】tiánshuǐ ㄊㄧㄢˊ ㄕㄨㄟˇ 指味道不苦的水：甜水井。

【甜絲絲】tiánsīsī ㄊㄧㄢˊ ㄙ ㄙ (甜絲絲兒的) ❶形容有甜味：這種菜甜絲絲兒的，很好吃。❷

形容感到幸福愉快：她想到孩子們都長大成人，能為祖國盡力，心裏甜絲絲兒的。

【甜頭】tián·tou ㄊㄧㄢˊ·ㄊㄡ (甜頭兒) ❶微甜的味道，泛指好吃的味道。❷好處；利益(多指引誘人的)：嘗到了讀書的甜頭。

【甜言蜜語】tián yán mì yǔ ㄊㄧㄢˊ ㄧㄢˊ ㄇㄧˋ ㄩˇ 為了討人喜歡或哄騙人而說的好聽的話。

湉 tián ㄊㄧㄢˊ ［湉湉］〈書〉形容水流平靜。

填 tián ㄊㄧㄢˊ ❶把凹陷地方墊平或塞滿：填坑｜把溝填平了。❷補充：填補。❸填寫：填表。

【填報】tiánbào ㄊㄧㄢˊ ㄅㄠˋ 填表上報：每週填報工程進度。

【填補】tiánbǔ ㄊㄧㄢˊ ㄅㄨˇ 補足空缺或缺欠：填補缺額｜填補空白。

【填倉】tián//cāng ㄊㄧㄢˊ//ㄘㄤ 舊俗正月二十五日為填倉節，往糧囤裏添點糧食，表示吉利，並且吃講究的飯食。

【填充】tiánchōng ㄊㄧㄢˊ ㄔㄨㄥ ❶填補(某個空間)：填充作用。❷教學中測驗的一種方法，把問題寫成一句話，空着要求回答的部分，讓人填寫：填充題。

【填詞】tián//cí ㄊㄧㄢˊ//ㄘˊ 按照詞的格律作詞，因為必須嚴格地按照格律選字用韻，所以叫做填詞。

【填房】tián//fáng ㄊㄧㄢˊ//ㄈㄤˊ 指女子嫁給死了妻子的人。

【填房】tián·fang ㄊㄧㄢˊ·ㄈㄤ 指前妻死後續娶的妻。

【填空】tiánkòng ㄊㄧㄢˊ ㄎㄨㄥˋ ❶填補空出的或空着的位置、職務等：填空補缺。❷填充②。

【填料】tiánliào ㄊㄧㄢˊ ㄌㄧㄠˋ 攙在混凝土、橡膠、塑料等中間起填充作用的材料，通常粒狀、粉末狀或纖維狀，如黃土、鋸末、滑石、石棉、炭黑等。

【填塞】tiánsè ㄊㄧㄢˊ ㄙㄜˋ 往洞穴或空着的地方填東西，使塞滿或不通：填塞洞隙◇填塞心靈上的空虛。

【填寫】tiánxiě ㄊㄧㄢˊ ㄒㄧㄝˇ 在印好的表格、單據等的空白處，按照項目、格式寫上應寫的文字或數字：填寫履歷表｜填寫匯款通知單。

【填鴨】tiányā ㄊㄧㄢˊ ㄧㄚ ❶飼養鴨子的一種方法。鴨子長到一定時期，按時把做成長條形的飼料從鴨子的嘴裏填進去，並減少鴨子的活動量，使它很快長肥。北京鴨多用這種方法飼養。❷用填鴨的方法飼養的鴨子。

鈿(钿) tián ㄊㄧㄢˊ 〈方〉❶硬幣：銅鈿(銅錢，也泛指款子，錢財)。❷錢[1]②：幾鈿(多少錢)？❸錢[1]③：車鈿。

另見261頁 diàn。

闐(阗) tián ㄊㄧㄢˊ 〈書〉充滿：喧闐。

tiǎn (ㄊㄧㄢˇ)

忝 tiǎn ㄊㄧㄢˇ 〈書〉謙辭，表示辱沒他人，自己有愧：忝列門牆(愧在師門)｜忝在相知之列。

殄 tiǎn ㄊㄧㄢˇ 滅絕：暴殄天物(任意糟蹋東西)。

淟 tiǎn ㄊㄧㄢˇ 〈書〉污濁；骯髒。

倎 tiǎn ㄊㄧㄢˇ 〈書〉慚愧。

腆 tiǎn ㄊㄧㄢˇ ❶豐盛；豐厚。❷〈方〉凸出或挺起(胸、腹)：腆着胸脯｜腆着個大肚子。

舔 tiǎn ㄊㄧㄢˇ 用舌頭接觸東西或取東西：舔盤子｜貓舔爪子。

餂(铦) tiǎn ㄊㄧㄢˇ 〈書〉勾取；探取。

靦(觍) tiǎn ㄊㄧㄢˇ ❶〈書〉形容慚愧：靦顏。❷厚着臉皮叫靦着臉。

【靦顏】tiǎnyán ㄊㄧㄢˇ ㄧㄢˊ 〈書〉❶表現出慚愧的臉色。❷厚顏：靦顏惜命。

覥(覜) tiǎn ㄊㄧㄢˇ 〈書〉❶形容人臉：覥然人面。❷同'靦'。

另見798頁 miǎn。

tiàn (ㄊㄧㄢˋ)

掭 tiàn ㄊㄧㄢˋ ❶用毛筆蘸墨後斜着在硯台上理順筆毛或除去多餘的墨汁。❷〈方〉撥動：掭燈心。

tiāo (ㄊㄧㄠ)

佻 tiāo ㄊㄧㄠ 輕佻：佻薄。

【佻薄】tiāobó ㄊㄧㄠ ㄅㄛˊ 〈書〉輕佻。

【佻巧】tiāoqiǎo ㄊㄧㄠ ㄑㄧㄠˇ 〈書〉❶輕佻巧詐。❷(文辭)細巧而不嚴肅。

【佻㒓】tiāotà ㄊㄧㄠ ㄊㄚˋ 〈書〉輕薄：心性佻㒓。

挑1 tiāo ㄊㄧㄠ ❶挑選：挑心愛的買。❷挑剔：挑毛病。

挑2 tiāo ㄊㄧㄠ ❶扁擔等兩頭挂上東西，用肩膀支起來搬運：挑擔｜挑水｜挑着兩筐土。❷(挑兒)挑子：挑挑兒。❸(挑兒)量詞，用於成挑兒的東西：一挑兒白菜。

另見1136頁 tiǎo。

【挑刺兒】tiāo//cìr ㄊㄧㄠ//ㄘㄦˋ 挑剔；指摘(言語行動方面的缺點)。

【挑肥揀瘦】tiāo féi jiǎn shòu ㄊㄧㄠ ㄈㄟˊ ㄐㄧㄢˇ ㄕㄡˋ 挑選對自己有利的(含貶義)：擔任工作

不應挑肥揀瘦。

【挑夫】tiāofū ㄊㄧㄠ ㄈㄨ 舊時指以給人挑貨物、行李為業的人。

【挑揀】tiāojiǎn ㄊㄧㄠ ㄐㄧㄢˇ 挑選。

【挑腳】tiāo//jiǎo ㄊㄧㄠ//ㄐㄧㄠˇ 舊時指給人挑運貨物或行李：挑腳的。

【挑食】tiāoshí ㄊㄧㄠ ㄕˊ 指對食物有所選擇，有的愛吃，有的不愛吃或不吃。

【挑剔】tiāo·tī ㄊㄧㄠ ·ㄊㄧ 過分嚴格地在細節上指摘：她由於過分挑剔，跟誰也合不來。

【挑選】tiāoxuǎn ㄊㄧㄠ ㄒㄩㄢˇ 從若干人或事物中找出適合要求的：挑選人才｜挑選蘋果｜小分隊的成員都是經過嚴格挑選的。

【挑眼】tiāo//yǎn ㄊㄧㄠ//ㄧㄢˇ 〈方〉挑剔毛病；指摘缺點（多指禮節方面的）。

【挑字眼兒】tiāo zìyǎnr ㄊㄧㄠ ㄗˋ ㄧㄢㄦˇ 從措辭用字上找小毛病。

【挑子】tiāo·zi ㄊㄧㄠ ·ㄗ 扁擔和它兩頭所挑的東西：菜挑子。

【挑嘴】tiāozuǐ ㄊㄧㄠ ㄗㄨㄟˇ 挑食。

祧 tiāo ㄊㄧㄠ 〈書〉❶原指祭遠祖的廟，後來指繼承上代：兼祧。❷把隔了幾代的祖宗的神主遷入遠祖的廟：不祧之祖。

tiáo（ㄊㄧㄠˊ）

苕〔苕〕 tiáo ㄊㄧㄠˊ 古書上指凌霄花。另見1009頁 sháo。

岧（岹） tiáo ㄊㄧㄠˊ 見下。

【岧岧】tiáotiáo ㄊㄧㄠˊ ㄊㄧㄠˊ 〈書〉形容高。

【岧嶢】tiáoyáo ㄊㄧㄠˊ ㄧㄠˊ 〈書〉形容山高。

迢 tiáo ㄊㄧㄠˊ 見下。

【迢迢】tiáotiáo ㄊㄧㄠˊ ㄊㄧㄠˊ 形容路途遙遠：千里迢迢。

【迢遠】tiáoyuǎn ㄊㄧㄠˊ ㄩㄢˇ 遙遠：路途迢遠。

笤 tiáo ㄊㄧㄠˊ ［笤帚］(tiáo·zhou ㄊㄧㄠˊ·ㄓㄡ) 除去塵土、垃圾等的用具，用去粒的高粱穗、黍子穗等綁成，比掃帚小。

條（条） tiáo ㄊㄧㄠˊ ❶（條兒）細長的樹枝：枝條｜荊條｜柳條兒。❷（條兒）條子：麵條兒｜布條兒｜便條兒｜金條。❸（條兒）細長的形狀：條紋｜花條兒布。❹分項目的：條例｜條目｜條款｜條陳。❺層次；秩序；條理：有條不紊｜井井有條。❻量詞。a) 用於細長的東西：一條綫｜兩條腿｜三條魚｜五條黃瓜｜一條大街。b) 用於以固定數量合成的某些長條形的東西：一條兒肥皂（連在一起的兩塊肥皂）｜一條兒烟（香烟一般十包合在一起叫一條）。c) 用於分項的：三條新聞｜五條辦法。

【條案】tiáo'àn ㄊㄧㄠˊ ㄢˋ 一種狹長的桌子，長一丈左右，寬一尺多，放陳設品用。也叫條几。

【條播】tiáobō ㄊㄧㄠˊ ㄅㄛ 播種的一種方法，把種子均勻地播成長條，行與行之間保持一定距離。

【條暢】tiáochàng ㄊㄧㄠˊ ㄔㄤˋ 〈書〉（文章）通暢而有條理：文筆條暢。

【條陳】tiáochén ㄊㄧㄠˊ ㄔㄣˊ ❶分條陳述。❷舊時向上級分條陳述意見的文件：上了一個條陳。

【條分縷析】tiáo fēn lǚ xī ㄊㄧㄠˊ ㄈㄣ ㄌㄩˇ ㄒㄧ 形容分析得細密而有條理。

【條幅】tiáofú ㄊㄧㄠˊ ㄈㄨˊ 直掛的長條的字畫，單幅的叫單條，成組的叫屏條。

【條貫】tiáoguàn ㄊㄧㄠˊ ㄍㄨㄢˋ 〈書〉條理；系統。

【條規】tiáoguī ㄊㄧㄠˊ ㄍㄨㄟ 由國家或集體制定的分列項目的規則。

【條件】tiáojiàn ㄊㄧㄠˊ ㄐㄧㄢˋ ❶影響事物發生、存在或發展的因素：自然條件｜創造有利條件。❷為某事而提出的要求或定出的標準：講條件｜他的條件太高，我無法答應。❸狀況：他身體條件很好｜這個工廠條件好，工人素質高，設備也先進。

【條件刺激】tiáojiàn cìjī ㄊㄧㄠˊ ㄐㄧㄢˋ ㄘˋ ㄐㄧ 生理學上指引起條件反射的刺激。

【條件反射】tiáojiàn fǎnshè ㄊㄧㄠˊ ㄐㄧㄢˋ ㄈㄢˇ ㄕㄜˋ 有機體因信號的刺激而發生的反應，例如鈴聲本來不會使狗分泌唾液，但是如果在每次餵食物之前打鈴，經過若干次之後，狗聽到鈴聲就會分泌出唾液來，這種因鈴聲這個信號的刺激而發生的反應叫條件反射，鈴聲就叫條件刺激。

【條款】tiáokuǎn ㄊㄧㄠˊ ㄎㄨㄢˇ 文件或契約上的條目：法律條款。

【條理】tiáolǐ ㄊㄧㄠˊ ㄌㄧˇ 思想、言語、文字的層次；生活、工作的秩序：條理分明｜生活安排得很有條理。

【條例】tiáolì ㄊㄧㄠˊ ㄌㄧˋ 由國家制定或批准的規定某些事項或某一機關的組織、職權等的法律文件，也指團體制定的章程：獎懲條例｜治安管理條例。

【條令】tiáolìng ㄊㄧㄠˊ ㄌㄧㄥˋ 用簡明條文規定的軍隊行動的準則，如戰鬥條令、紀律條令等。

【條目】tiáomù ㄊㄧㄠˊ ㄇㄨˋ 規章、條約等的項目：分列條目。

【條絨】tiáoróng ㄊㄧㄠˊ ㄖㄨㄥˊ 燈心絨。

【條條框框】tiáo·tiao kuàng·kuàng ㄊㄧㄠˊ·ㄊㄧㄠ ㄎㄨㄤˋ·ㄎㄨㄤˋ 指束縛人的各種規章制度：打破條條框框。

【條文】tiáowén ㄊㄧㄠˊ ㄨㄣˊ 法規、章程等的分條說明的文字。

【條形碼】tiáoxíngmǎ ㄊㄧㄠˊ ㄒㄧㄥˊ ㄇㄚˇ 商品的代碼標記。用粗細相間的黑白綫條表示數字，印在商品包裝上，用於計算機識別。

【條約】tiáoyuē ㄊㄧㄠˊ ㄩㄝ 國家和國家簽訂的有關政治、軍事、經濟或文化等方面的權利和義務的文書：軍事條約｜和平友好條約｜不平等條約。

【條子】tiáo·zi ㄊㄧㄠˊ ·ㄗ ❶狹長的東西：紙條子。❷便條。❸〈方〉金條。

蓨〔蓨〕(蓚) Tiáo ㄊㄧㄠˊ 古地名，在今河北景縣南。

蜩 tiáo ㄊㄧㄠˊ 古書上指蟬。

髫 tiáo ㄊㄧㄠˊ 古代指孩子的下垂的頭髮：垂髫｜髫齡。

【髫齡】tiáolíng ㄊㄧㄠˊ ㄌㄧㄥˊ 〈書〉童年。

【髫年】tiáonián ㄊㄧㄠˊ ㄋㄧㄢˊ 〈書〉童年。

調[1] (调) tiáo ㄊㄧㄠˊ ❶配合得均勻合適：風調雨順｜飲食失調。❷使配合得均勻合適：調味｜調配｜牛奶裏加點糖調一下。❸調解：調停｜調處｜調人。

調[2] (调) tiáo ㄊㄧㄠˊ ❶挑逗：調笑｜調戲。❷挑撥：調詞架訟（挑撥別人訴訟）。

另見264頁 diào。

【調撥】tiáobō ㄊㄧㄠˊ ㄅㄛ 挑撥。

另見264頁 diàobō。

【調處】tiáochǔ ㄊㄧㄠˊ ㄔㄨˇ 調停①：調處糾紛。

【調幅】tiáofú ㄊㄧㄠˊ ㄈㄨˊ 使載波的頻率保持不變，而它的振幅依照所需傳遞信號的變化規律而變化。

【調羹】tiáogēng ㄊㄧㄠˊ ㄍㄥ 羹匙。

【調和】tiáo·hé ㄊㄧㄠˊ ·ㄏㄜˊ ❶配合得適當：色彩調和｜雨水調和。❷排解糾紛，使雙方重歸和好：從中調和。❸妥協、讓步（多用於否定）：他認為在這個原則問題上沒有調和的餘地。

【調和漆】tiáohéqī ㄊㄧㄠˊ ㄏㄜˊ ㄑㄧ 人造漆的一種，用乾性油、顏料等製成的叫做油性調和漆，用樹脂、乾性油和顏料等製成的叫做磁性調和漆。

【調護】tiáohù ㄊㄧㄠˊ ㄏㄨˋ 調養護理：精心調護。

【調級】tiáo∥jí ㄊㄧㄠˊ∥ㄐㄧˊ 調整工資級別（多指提升）。

【調劑】tiáo∥jì ㄊㄧㄠˊ∥ㄐㄧˋ 根據醫生的處方配製藥物。

【調劑】tiáojì ㄊㄧㄠˊ ㄐㄧˋ 把多和少、忙和閑等加以適當的調整：調劑物資｜調劑生活｜娛樂可以調劑精神。

【調價】tiáo∥jià ㄊㄧㄠˊ∥ㄐㄧㄚˋ 調整商品價格（多指提高價格）。

【調教】tiáojiào ㄊㄧㄠˊ ㄐㄧㄠˋ ❶調理教導（多指幼童）：不服調教。❷照料訓練（牲畜等）：調教劣馬｜調教鸚鵡。

【調節】tiáojié ㄊㄧㄠˊ ㄐㄧㄝˊ 從數量上或程度上調整，使適合要求：水能調節動物的體溫｜經過水庫的調節，航運條件大為改善。

【調解】tiáojiě ㄊㄧㄠˊ ㄐㄧㄝˇ 勸說雙方消除糾紛：調解人｜調解糾紛。

【調經】tiáojīng ㄊㄧㄠˊ ㄐㄧㄥ 中醫指用藥物調整子宮的機能，使月經正常。

【調侃】tiáokǎn ㄊㄧㄠˊ ㄎㄢˇ 用言語戲弄；嘲笑。

【調控】tiáokòng ㄊㄧㄠˊ ㄎㄨㄥˋ 調節控制：調控地下水的水位｜經濟調控失靈。

【調理】tiáo·lǐ ㄊㄧㄠˊ ·ㄌㄧˇ ❶調養；調護：病剛好，要注意調理。❷照料；管理：調理伙食｜調理牲口。❸管教；訓練。❹〈方〉戲弄。

【調料】tiáoliào ㄊㄧㄠˊ ㄌㄧㄠˋ 作料。

【調弄】tiáonòng ㄊㄧㄠˊ ㄋㄨㄥˋ ❶調笑；戲弄：調弄婦女。❷整理；擺弄：調弄琴弦。❸調唆：調弄是非。

【調配】tiáopèi ㄊㄧㄠˊ ㄆㄟˋ 調和，配合（顏料、藥物等）。

另見265頁 diàopèi。

【調皮】tiáopí ㄊㄧㄠˊ ㄆㄧˊ ❶頑皮。❷不馴順；狡猾不易對付。❸指耍小聰明，做事不老實。

【調頻】tiáopín ㄊㄧㄠˊ ㄆㄧㄣˊ ❶調整交流發電機等的輸出功率，使電力系統等的頻率保持在一定範圍內，以保證用電設備正常工作。❷使載波的振幅保持不變，而它的瞬時頻率依照所需傳遞信號的變化規律而變化。

【調情】tiáoqíng ㄊㄧㄠˊ ㄑㄧㄥˊ 男女間挑逗、戲謔。

【調攝】tiáoshè ㄊㄧㄠˊ ㄕㄜˋ 〈書〉調養。

【調試】tiáoshì ㄊㄧㄠˊ ㄕˋ 試驗並調整（機器、儀器等）：機牀裝好後要經過調試才能投入生產。

【調唆】tiáo·suō ㄊㄧㄠˊ ·ㄙㄨㄛ 挑撥，使跟別人鬧糾紛：他倆不和，一定有人在調唆。

【調停】tiáo·tíng ㄊㄧㄠˊ ·ㄊㄧㄥˊ ❶調解：居中調停。❷照料；安排（多見於早期白話）。

【調味】tiáo∥wèi ㄊㄧㄠˊ∥ㄨㄟˋ 加在食物中使滋味可口：調味品｜花椒、八角都可以調味。

【調戲】tiáo·xì ㄊㄧㄠˊ ·ㄒㄧˋ 用輕佻的言語舉動戲弄（婦女）。

【調笑】tiáoxiào ㄊㄧㄠˊ ㄒㄧㄠˋ 開玩笑；嘲笑。

【調協】tiáoxié ㄊㄧㄠˊ ㄒㄧㄝˊ 調和；協調：不相調協。

【調諧】tiáoxié ㄊㄧㄠˊ ㄒㄧㄝˊ ❶和諧：色彩調諧。❷調節可變電容器或綫圈使接收電路達到諧振。

【調謔】tiáoxuè ㄊㄧㄠˊ ㄒㄩㄝˋ 調笑。

【調養】tiáoyǎng ㄊㄧㄠˊ ㄧㄤˇ 調節飲食起居，必要時服用藥物，使身體恢復健康：靜心調養｜

病後要好好調養身體。

【調匀】tiáoyún ㄊㄧㄠˊ ㄩㄣˊ 調和均匀：雨水調匀｜飲食調匀。

【調整】tiáozhěng ㄊㄧㄠˊ ㄓㄥˇ 改變原有的情況，使適應客觀環境和要求：調整物價｜調整人力｜調整作息時間。

【調制】tiáozhì ㄊㄧㄠˊ ㄓˋ 使電磁波的振幅、頻率或脉衝的有關參數依照所需傳遞的信號而變化。

【調治】tiáozhì ㄊㄧㄠˊ ㄓˋ 調養（身體），治療（疾病）：細心調治。

【調製】tiáozhì ㄊㄧㄠˊ ㄓˋ 調配製作：調製雞尾酒。

【調資】tiáo∥zī ㄊㄧㄠˊ∥ㄗ 調整工資（多指提升工資級別）：評級調資。

【調嘴學舌】tiáo zuǐ xué shé ㄊㄧㄠˊ ㄗㄨㄟˇ ㄒㄩㄝˊ ㄕㄜˊ 指背地裏説人長短，搬弄是非（調嘴：耍嘴皮。學舌：把聽到的話告訴別人）。也説調嘴弄舌。

齠（齠）tiáo ㄊㄧㄠˊ 〈書〉兒童换牙：齠年（童年）｜齠齔（指童年或兒童）。

鰷（鰷、鯈）tiáo ㄊㄧㄠˊ ［鰷魚］（tiáo yú ㄊㄧㄠˊ ㄩˊ）見108頁［鰲鰷］（cāntiáo）。

tiǎo（ㄊㄧㄠˇ）

挑 tiǎo ㄊㄧㄠˇ ❶用竹竿等的一頭支起：把簾子挑起來。❷用細長的東西撥：挑火（撥開爐灶的蓋火，露出火苗）｜挑刺。❸一種刺綉的方法，用針挑起經綫或緯綫，把針上的綫從底下穿過去：挑花。❹挑撥；挑動：挑戰｜挑釁｜挑是非。❺漢字的筆畫，由左斜上，形狀是'㇀'。

另見1133頁 tiāo。

【挑撥】tiǎobō ㄊㄧㄠˇ ㄅㄛ 搬弄是非，引起糾紛：挑撥離間（引起是非爭端，使別人不和）。

【挑大樑】tiǎo dàliáng ㄊㄧㄠˇ ㄉㄚˋ ㄌㄧㄤˊ ❶指戲劇等藝術表演中擔任主要角色或主要演員。❷泛指承擔重要的、起支柱作用的工作：小字輩挑大樑。

【挑燈】tiǎo∥dēng ㄊㄧㄠˇ∥ㄉㄥ ❶挑起油燈的燈心，使燈光加亮。❷把燈挂在高處：挑燈夜戰。

【挑動】tiǎodòng ㄊㄧㄠˇ ㄉㄨㄥˋ ❶引起；惹起（糾紛、某種心理等）：挑動是非｜挑動好奇心。❷挑撥煽動：挑動戰爭。

【挑逗】tiǎodòu ㄊㄧㄠˇ ㄉㄡˋ 逗引；招惹。

【挑花】tiǎohuā ㄊㄧㄠˇ ㄏㄨㄚ （挑花兒）手工藝的一種，在棉布或麻布的經緯綫上用彩色的綫挑出許多很小的十字，構成各種圖案，一般挑在枕頭、桌布、服裝等上面，作為裝飾。

【挑弄】tiǎonòng ㄊㄧㄠˇ ㄋㄨㄥˋ ❶挑撥：挑弄是非。❷戲弄。

【挑唆】tiǎo·suō ㄊㄧㄠˇ ·ㄙㄨㄛ 調唆。

【挑頭】tiǎo∥tóu ㄊㄧㄠˇ∥ㄊㄡˊ （挑頭兒）領頭兒；帶頭：他挑頭兒向領導提意見｜誰出來挑個頭，事情就好辦了。

【挑釁】tiǎoxìn ㄊㄧㄠˇ ㄒㄧㄣˋ 藉端生事，企圖引起衝突或戰爭：武裝挑釁。

【挑戰】tiǎo∥zhàn ㄊㄧㄠˇ∥ㄓㄢˋ ❶故意激怒敵人，使敵人出來打仗。❷鼓動對方跟自己競賽：班組之間互相挑戰應戰。

朓 tiǎo ㄊㄧㄠˇ 古書上指農曆月底月亮在西方出現。

窕 tiǎo ㄊㄧㄠˇ 見1331頁〖窈窕〗（yǎotiǎo）。

斢 tiǎo ㄊㄧㄠˇ 〈方〉掉換：斢穀種。

tiào（ㄊㄧㄠˋ）

眺 tiào ㄊㄧㄠˋ 眺望：遠眺｜登高眺遠。

【眺望】tiàowàng ㄊㄧㄠˋ ㄨㄤˋ 從高處往遠處看：憑欄眺望｜站在山頂眺望。

跳 tiào ㄊㄧㄠˋ ❶腿上用力，使身體突然離開所在的地方：跳高｜跳遠｜連蹦帶跳｜跳過一條溝｜高興得直跳。❷物體由於彈性作用突然向上移動：新皮球跳得高。❸一起一伏地動：心跳｜眼跳。❹越過應該經過的一處而到另一處：跳級｜隔三跳兩。

〈古〉又同'逃'táo。

【跳班】tiào∥bān ㄊㄧㄠˋ∥ㄅㄢ 跳級。

【跳板】tiàobǎn ㄊㄧㄠˋ ㄅㄢˇ ❶搭在車、船等的邊沿便於人上下的長板。❷跳水池邊或跳台上伸出於水面之上供跳水用的長板。❸朝鮮族的傳統體育活動，多在節日舉行。參加者均為女子。玩時兩人或四人為一組，分站在蹺蹺板兩端，交相蹬板，此起彼落，互將對方彈到空中。

【跳布扎】tiào bùzhá ㄊㄧㄠˋ ㄅㄨˋ ㄓㄚˊ 喇嘛教習俗，在宗教節日裏喇嘛裝扮成神佛魔鬼等，誦經跳舞。也叫打鬼或跳神。（布扎，藏語，惡鬼）

【跳槽】tiàocáo ㄊㄧㄠˋ ㄘㄠˊ ❶牲口離開所在的槽頭到別的槽頭去吃食。❷比喻人離開原來的職業或單位到別的單位或改變職業：有的科研人員跳槽經商去了。

【跳動】tiàodòng ㄊㄧㄠˋ ㄉㄨㄥˋ 一起一伏地動：只要我的心還在跳動，我就不會停止工作。

【跳房子】tiào fáng·zi ㄊㄧㄠˋ ㄈㄤˊ ·ㄗ 一種兒童遊戲，在地上畫幾個方格，一隻腳着地，沿地面踢瓦片，依次序經過各格。也叫跳間。

【跳高】tiàogāo ㄊㄧㄠˋ ㄍㄠ （跳高兒）田徑運動項目之一，有急行跳高、立定跳高兩種。通常指急行跳高，運動員按照規則經過助跑後跳過橫杆。

【跳行】tiào∥háng ㄊㄧㄠˋ∥ㄏㄤˊ ❶閱讀或抄寫時漏去一行。❷另起一行書寫。❸改行。

【跳級】tiào∥jí ㄊㄧㄠˋ∥ㄐㄧˊ 學生越過本來應該經過的班級，如由一年級升到三年級。也說跳班。

【跳加官】tiào jiāguān ㄊㄧㄠˋ ㄐㄧㄚ ㄍㄨㄢ 舊時戲曲開場或在演出中遇顯貴到場時，加演的舞蹈節目，由一個演員戴假面具，穿紅袍、皂靴，手裏拿着'天官賜福'等字樣的布幅向台下展示，表示慶賀。

【跳腳】tiào∥jiǎo ㄊㄧㄠˋ∥ㄐㄧㄠˇ (跳腳兒)因為焦急或發怒而跺腳。

【跳梁】tiàoliáng ㄊㄧㄠˋ ㄌㄧㄤˊ 跳跳蹦蹦；跳躍。多比喻跋扈，猖獗：跳梁小丑(指上躥下跳、興風作浪的卑劣小人)。也作跳踉。

【跳踉】tiàoliáng ㄊㄧㄠˋ ㄌㄧㄤˊ 同"跳梁"。

【跳馬】tiàomǎ ㄊㄧㄠˋ ㄇㄚˇ ❶體操器械，略像馬，背部無環，高低可以調節，是木馬的一種。❷競技體操項目之一，運動員用手支撐跳馬的背做各種騰越動作。

【跳皮筋兒】tiào píjīnr ㄊㄧㄠˋ ㄆㄧˊ ㄐㄧㄣㄦ 少年兒童的一種體育活動。跳時由兩人分執皮筋兩端，其餘參加者在皮筋上來回踏跳，跳出各種式樣。

【跳棋】tiàoqí ㄊㄧㄠˋ ㄑㄧˊ 棋類遊藝的一種。棋盤是六角的星形，上面畫着許多三角形的格子。遊藝各方的棋子各佔滿一個犄角，根據規則，或移動，或跳越，先把自己的棋子全部走到對面的那個犄角的為勝。

【跳傘】tiào∥sǎn ㄊㄧㄠˋ∥ㄙㄢˇ 利用降落傘從飛行中的飛機或跳傘塔上跳下來。

【跳傘塔】tiàosǎntǎ ㄊㄧㄠˋ ㄙㄢˇ ㄊㄚˇ 訓練跳傘用的塔形建築物，高度一般為五十米。

【跳神】tiào∥shén ㄊㄧㄠˋ∥ㄕㄣˊ ❶(跳神兒)女巫或巫師裝出鬼神附體的樣子，亂說亂舞，迷信的人認為能給人驅鬼治病。❷見〖跳布扎〗。

【跳繩】tiàoshéng ㄊㄧㄠˋ ㄕㄥˊ 一種體育活動或兒童遊戲，把繩子揮舞成圓圈，人趁繩子近地時跳過去。

【跳水】tiàoshuǐ ㄊㄧㄠˋ ㄕㄨㄟˇ 水上體育運動項目之一。從跳台或跳板上跳入水中，身體在空中做出各種優美的動作。

【跳水池】tiàoshuǐchí ㄊㄧㄠˋ ㄕㄨㄟˇ ㄔˊ 專供跳水運動用的池子，池邊有跳台，比游泳池深。

【跳台】tiàotái ㄊㄧㄠˋ ㄊㄞˊ 跳水池旁為跳水設置的台。台高一般為五米、七米五和十米，上有跳板。

【跳舞】tiào∥wǔ ㄊㄧㄠˋ∥ㄨˇ ❶舞蹈。❷跳交際舞。

【跳箱】tiàoxiāng ㄊㄧㄠˋ ㄒㄧㄤ ❶體操器械的一種。形狀像箱，略呈梯形，高低可以調節。❷體操項目之一，運動員以種種不同的姿勢跳過跳箱。

【跳鞋】tiàoxié ㄊㄧㄠˋ ㄒㄧㄝˊ 跳高、跳遠時穿的一種輕便皮鞋，和跑鞋相似，前後掌都有釘子。是釘鞋的一種。

【跳遠】tiàoyuǎn ㄊㄧㄠˋ ㄩㄢˇ (跳遠兒)田徑運動項目之一，有急行跳遠、立定跳遠兩種，通常指急行跳遠，運動員按照規則，經助跑後向前躍進沙坑內。

【跳躍】tiàoyuè ㄊㄧㄠˋ ㄩㄝˋ 跳①：跳躍前進｜跳躍運動。

【跳躍器】tiàoyuèqì ㄊㄧㄠˋ ㄩㄝˋ ㄑㄧˋ 體操器械的一種。形狀像跳馬而短，高低可以調節。可用來做騰越、全旋等動作。也叫山羊。

【跳蚤】tiào·zao ㄊㄧㄠˋ ·ㄗㄠ 昆蟲，身體小，深褐色或棕黃色，有吸吮的口器，腳長，善跳躍。寄生在人或哺乳動物身體上，吸血液，是傳染鼠疫、斑疹傷寒等病的媒介。也叫虼蚤(gè·zao)。有的地區叫跳虱。

【跳蚤市場】tiào·zao shìchǎng ㄊㄧㄠˋ ·ㄗㄠ ㄕˋ ㄔㄤˇ 指經營廉價商品、舊貨物和古物的露天市場。

【跳閘】tiào∥zhá ㄊㄧㄠˋ∥ㄓㄚˊ 電閘斷路，叫做跳閘。

糶(粜) tiào ㄊㄧㄠˋ 賣出(糧食)(跟'糴'相對)：糶米。

tiē (ㄊㄧㄝ)

帖¹(貼) tiē ㄊㄧㄝ ❶服從；順從：服帖。❷妥當；穩當：妥帖。

另見1138頁 tiě；1140頁 tiè。'貼'另見1137頁 tiē。

帖² Tiē ㄊㄧㄝ 姓。

怗 tiē ㄊㄧㄝ 〈書〉平定；平息(叛亂)。

萜〔萜〕 tiē ㄊㄧㄝ 有機化合物的一類，多為有香味的液體，松節油、薄荷油等都是含萜的化合物。［英 terpenes］

貼¹(贴) tiē ㄊㄧㄝ ❶把薄片狀的東西粘在另一個東西上：剪貼｜貼郵票｜把宣傳畫貼在牆上。❷緊挨：貼身｜貼着牆走。❸貼補：哥哥每月貼他零用錢。❹津貼①：米貼萜房貼。❺量詞，膏藥一張叫一貼。

貼²(贴) tiē ㄊㄧㄝ 同'帖¹'。

【貼邊】tiē∥biān ㄊㄧㄝ∥ㄅㄧㄢ 挨邊；沾邊：你說的話和事實貼不上邊。

【貼邊】tiēbiān ㄊㄧㄝ ㄅㄧㄢ 縫在衣服裏子邊上的窄條，一般跟面兒用同樣的料子。

【貼標籤】tiē biāoqiān ㄊㄧㄝ ㄅㄧㄠ ㄑㄧㄢ 比喻在評論中不作具體分析，只是生搬硬套地加上一些名目。

【貼餅子】tiēbǐng·zi ㄊㄧㄝ ㄅㄧㄥˇ·ㄗ 用玉米麪或小米麪做的長圓形厚餅，貼在鍋的周圍烤熟。

【貼補】tiē·bǔ ㄊㄧㄝ ·ㄅㄨˇ ❶從經濟上幫助(多指對親屬或朋友)：他每月貼補弟弟數十元錢。❷用積蓄的財物彌補日常的消費：還有存的料子貼補着用，現在先不買。

【貼兜】tiēdōu ㄊㄧㄝ ㄉㄡ 衣兜的一種樣式。口袋兩側和下沿緊貼衣服(區別於'吊兜')。也叫明兜。

【貼花】tiēhuā ㄊㄧㄝ ㄏㄨㄚ 貼畫②。

【貼畫】tiēhuà ㄊㄧㄝ ㄏㄨㄚˋ ❶貼在牆上的年畫、宣傳畫等：百壽圖貼畫。❷火柴盒上貼的畫片；火花。

【貼換】tiē·huàn ㄊㄧㄝ ·ㄏㄨㄢˋ 把舊的器物折價後加一些錢跟商販或廠家交換新的。

【貼己】tiējǐ ㄊㄧㄝ ㄐㄧˇ ❶親密；親近：貼己話｜她對大娘表現出十分貼己的樣子｜我真是錯認了他，把他當成貼己的人。❷〈方〉家庭成員個人積蓄的(財物)；梯己：貼己錢｜她把貼己首飾賣了，貼補家用。

【貼金】tiē∥jīn ㄊㄧㄝ∥ㄐㄧㄣ 在神佛塑像上貼上金箔。比喻誇耀、美化：別往自己臉上貼金！

【貼近】tiējìn ㄊㄧㄝ ㄐㄧㄣˋ ❶緊緊地挨近；接近：貼近生活｜老頭兒把嘴貼近他的耳朵邊，低低地說了幾句。❷親近：找貼近的人說說心裏話。

【貼譜】tiēpǔ ㄊㄧㄝ ㄆㄨˇ (講話或做事)合乎準則或實際：這個分析很貼譜｜話說得不貼譜。

【貼切】tiēqiè ㄊㄧㄝ ㄑㄧㄝˋ (措辭)恰當；確切：比喻要用得貼切，用得通俗。

【貼身】tiēshēn ㄊㄧㄝ ㄕㄣ ❶(貼身兒)緊挨着身體的：貼身兒的小褂兒。❷合身；可體：他裁的衣服穿了貼身。❸指跟隨在身邊的：貼身丫鬟｜貼身保鏢。

【貼水】tiēshuǐ ㄊㄧㄝ ㄕㄨㄟˇ ❶調換票據或兌換貨幣時，因比價的不同，比價低的一方補足一定的差額給另一方。❷調換票據或兌換貨幣時所補足的差額。

【貼題】tiētí ㄊㄧㄝ ㄊㄧˊ 切合題目：着墨不多，但是十分貼題。

【貼息】tiēxī ㄊㄧㄝ ㄒㄧ ❶用期票調換現款時付出利息。❷用期票調換現款時所付出的利息。

【貼現】tiēxiàn ㄊㄧㄝ ㄒㄧㄢˋ 拿沒有到期的票據到銀行兌現或做支付手段，並由銀行扣除從交付日至到期止這段時間內的利息。

【貼心】tiēxīn ㄊㄧㄝ ㄒㄧㄣ 最親近；最知己：貼心話｜貼心的朋友。

tiě (ㄊㄧㄝˇ)

帖 tiě ㄊㄧㄝˇ ❶邀請客人的通知：請帖。❷舊時寫着生辰八字等的紙片：庚帖｜換帖。❸(帖兒)寫着字的小紙片：字帖兒(便條)。❹〈方〉量詞，用於配合起來的若干味湯藥：一帖藥。

另見1137頁 tiē；1140頁 tiè。

【帖子】tiě·zi ㄊㄧㄝˇ·ㄗ 帖①②③。

鐵(铁、銕) tiě ㄊㄧㄝˇ ❶金屬元素，符號Fe(ferrum)。銀白色，質硬，延展性強，純鐵磁化和去磁都很快，含雜質的鐵在濕空氣中容易生銹，是煉鋼的主要原料，用途很廣。❷指刀槍等：手無寸鐵｜動鐵為兇。❸形容堅硬；堅強；牢靠：鐵拳｜鐵漢子｜鐵飯碗｜銅牆鐵壁。❹形容強暴或精銳：鐵蹄｜鐵騎。❺形容確定不移：鐵定｜鐵的事實｜鐵案如山。❻形容表情嚴肅：他鐵着個臉，沒有一絲笑容。❼(Tiě)姓。

【鐵案如山】tiě àn rú shān ㄊㄧㄝˇ ㄢˋ ㄖㄨˊ ㄕㄢ 定案像山那樣不能推翻(多因證據十分確鑿)。

【鐵板釘釘】tiěbǎn dìng dīng ㄊㄧㄝˇ ㄅㄢˇ ㄉㄧㄥˋ ㄉㄧㄥ 比喻事情已定，不能變更：這次足球賽，甲隊獲勝，看來是鐵板釘釘了｜事實俱在，鐵板釘釘，你抵賴不了。

【鐵板一塊】tiěbǎn yī kuài ㄊㄧㄝˇ ㄅㄢˇ ㄧ ㄎㄨㄞˋ 比喻像鐵板那樣結合緊密的整體：他們不是鐵板一塊，內部有矛盾，有分歧。

【鐵筆】tiěbǐ ㄊㄧㄝˇ ㄅㄧˇ ❶刻圖章用的小刀。❷刻蠟紙用的筆。

【鐵壁銅牆】tiě bì tóng qiáng ㄊㄧㄝˇ ㄅㄧˋ ㄊㄨㄥˊ ㄑㄧㄤˊ 見1149頁〖銅牆鐵壁〗。

【鐵餅】tiěbǐng ㄊㄧㄝˇ ㄅㄧㄥˇ ❶田徑運動項目之一，運動員一手平挽鐵餅，轉動身體，然後投出。❷田徑運動使用的投擲器械之一，形狀像凸鏡，邊沿和中心用鐵製成，其餘部分用木頭。

【鐵蠶豆】tiěcándòu ㄊㄧㄝˇ ㄘㄢˊ ㄉㄡˋ 一種炒熟的蠶豆，殼不裂開，比較硬。

【鐵杵磨成針】tiě chǔ mó chéng zhēn ㄊㄧㄝˇ ㄔㄨˇ ㄇㄛˊ ㄔㄥˊ ㄓㄣ 傳說李白幼年時，在路上碰見一個老大娘，正在磨一根鐵杵，說要把它磨成一根針。李白很感動，改變了中途輟學的念頭，終於得到了很大的成就(見於宋代祝穆《方輿勝覽·五十三·磨針溪》)。比喻有恒心肯努力，做任何事情都能成功：只要功夫深，鐵杵磨成針。

【鐵窗】tiěchuāng ㄊㄧㄝˇ ㄔㄨㄤ 安上鐵柵的窗戶，借指監牢：鐵窗風味。

【鐵搭】tiědā ㄊㄧㄝˇ ㄉㄚ 〈方〉刨土用的一種農具，有三個至六個略向裏彎的鐵齒。也作鐵鎝。

【鐵鎝】tiědā ㄊㄧㄝˇ ㄉㄚ 同'鐵搭'。

【鐵打】tiědǎ ㄊㄧㄝˇ ㄉㄚˇ 用鐵打成的，比喻堅固或堅強：鐵打江山｜鐵打的漢子。

【鐵道】tiědào ㄊㄧㄝˇ ㄉㄠˋ 鐵路。

【鐵定】tiědìng ㄊㄧㄝˇ ㄉㄧㄥˋ 確定不移：鐵定的

事實｜鐵定的局面。

【鐵飯碗】tiěfànwǎn ㄊㄧㄝˇ ㄈㄢˋ ㄨㄢˇ 比喻非常穩固的職業、職位。

【鐵桿】tiěgǎn ㄊㄧㄝˇ ㄍㄢˇ（鐵桿兒）❶比喻十分可靠：鐵桿衛隊。❷形容頑固不化：鐵桿漢奸。

【鐵工】tiěgōng ㄊㄧㄝˇ ㄍㄨㄥ ❶製造和修理鐵器的工作。❷製造和修理鐵器的工人。

【鐵公雞】tiěgōngjī ㄊㄧㄝˇ ㄍㄨㄥ ㄐㄧ 比喻一毛不拔非常吝嗇的人。

【鐵軌】tiěguǐ ㄊㄧㄝˇ ㄍㄨㄟˇ 見376頁〖鋼軌〗。

【鐵漢】tiěhàn ㄊㄧㄝˇ ㄏㄢˋ 指堅強的人。也叫鐵漢子。

【鐵合金】tiěhéjīn ㄊㄧㄝˇ ㄏㄜˊ ㄐㄧㄣ 鐵和其他金屬組成的合金的統稱，如錳鐵、硅鐵、鎢鐵、鉬鐵、鈦鐵等。鐵合金一般很脆，不能作為金屬材料使用。

【鐵畫】tiěhuà ㄊㄧㄝˇ ㄏㄨㄚˋ 一種工藝品，用鐵片、鐵綫構成圖畫，塗上黑色或棕紅色。也指製作鐵畫的工藝。

【鐵灰】tiěhuī ㄊㄧㄝˇ ㄏㄨㄟ 像鐵表面氧化後那樣的深灰色。

【鐵活】tiěhuó ㄊㄧㄝˇ ㄏㄨㄛˊ ❶建築物或器物上各種鐵製的物件。❷製造和修理上述物件的工作。

【鐵蒺藜】tiějí·li ㄊㄧㄝˇ ㄐㄧˊ ·ㄌㄧ 一種軍用障礙物，用鐵做成，有尖刺像蒺藜，佈在要道上或淺水中，阻礙敵軍人馬、車輛行動。

【鐵甲】tiějiǎ ㄊㄧㄝˇ ㄐㄧㄚˇ ❶古代用鐵片連綴而成的戰衣。❷用厚鋼板做成的車或船的外殼：鐵甲車。

【鐵甲車】tiějiǎchē ㄊㄧㄝˇ ㄐㄧㄚˇ ㄔㄜ 裝甲車。

【鐵甲艦】tiějiǎjiàn ㄊㄧㄝˇ ㄐㄧㄚˇ ㄐㄧㄢˋ 裝甲艦。

【鐵將軍】tiějiāngjūn ㄊㄧㄝˇ ㄐㄧㄤ ㄐㄩㄣ 指鎖門的鎖(含詼諧意)：鐵將軍把門。

【鐵匠】tiě·jiang ㄊㄧㄝˇ ·ㄐㄧㄤ 製造和修理鐵器的人。

【鐵腳板】tiějiǎobǎn ㄊㄧㄝˇ ㄐㄧㄠˇ ㄅㄢˇ（鐵腳板兒）指善於走路的腳，也指善於走路的人。

【鐵軍】tiějūn ㄊㄧㄝˇ ㄐㄩㄣ 頑強善戰、無堅不摧的軍隊。

【鐵路】tiělù ㄊㄧㄝˇ ㄌㄨˋ 有鋼軌的供火車行駛的道路。

【鐵馬】[1] tiěmǎ ㄊㄧㄝˇ ㄇㄚˇ 鐵騎：金戈鐵馬。

【鐵馬】[2] tiěmǎ ㄊㄧㄝˇ ㄇㄚˇ 懸挂在宮殿廟宇等屋檐下的金屬片，風吹時撞擊發聲。

【鐵面無私】tiě miàn wú sī ㄊㄧㄝˇ ㄇㄧㄢˋ ㄨˊ ㄙ 形容公正嚴明，不講情面。

【鐵皮】tiěpí ㄊㄧㄝˇ ㄆㄧˊ 壓成薄片的熟鐵，多指鉛鐵或馬口鐵。

【鐵騎】tiěqí ㄊㄧㄝˇ ㄑㄧˊ〈書〉指精鋭的騎兵。

【鐵器時代】tiěqì shídài ㄊㄧㄝˇ ㄑㄧˋ ㄕˊ ㄉㄞˋ 青銅時代之後的一個時代，這時人類普遍製造和使用鐵製的生產工具，特別是鐵犁。我國在公元前 5 世紀，中原地區已經使用鐵器。

【鐵鍬】tiěqiāo ㄊㄧㄝˇ ㄑㄧㄠ 起砂、土的工具，用熟鐵或鋼打成片狀，前一半略呈圓形而稍尖，後一半末端安有長的木把兒。

【鐵青】tiěqīng ㄊㄧㄝˇ ㄑㄧㄥ 青黑色。多形容人恐懼、盛怒或患病時發青的臉色。

【鐵拳】tiěquán ㄊㄧㄝˇ ㄑㄩㄢˊ 比喻強大的打擊力量。

【鐵砂】tiěshā ㄊㄧㄝˇ ㄕㄚ ❶含鐵的礦砂。❷鐵製小顆粒，用來清除鑄件表面的砂子，也用做獵槍的子彈。

【鐵紗】tiěshā ㄊㄧㄝˇ ㄕㄚ 用細鐵絲縱橫交錯編成的網狀物，多用來做紗窗。

【鐵石心腸】tiě shí xīncháng ㄊㄧㄝˇ ㄕˊ ㄒㄧㄣ ㄔㄤˊ 比喻心腸硬，不為感情所動。

【鐵樹】tiěshù ㄊㄧㄝˇ ㄕㄨˋ ❶常綠灌木，葉聚生在莖的頂端，披針狀橢圓形，花淡紅色或紫色。產於熱帶地方。供觀賞。❷蘇鐵的通稱。

【鐵樹開花】tiěshù kāi huā ㄊㄧㄝˇ ㄕㄨˋ ㄎㄞ ㄏㄨㄚ 比喻事情非常罕見或極難實現。蘇鐵原產熱帶，不常開花，移植北方後，往往多年才開一次。

【鐵水】tiěshuǐ ㄊㄧㄝˇ ㄕㄨㄟˇ 鐵熔化而成的熾熱液體。

【鐵絲】tiěsī ㄊㄧㄝˇ ㄙ 用鐵拉製成的綫狀成品。

【鐵絲網】tiěsīwǎng ㄊㄧㄝˇ ㄙ ㄨㄤˇ ❶鐵絲編成的網子。❷一種軍用障礙物，用有刺或無刺的鐵絲固定在樁上，用來阻止敵人的步兵或保護禁區、倉庫和建築工地等。

【鐵算盤】tiěsuàn·pán ㄊㄧㄝˇ ㄙㄨㄢˋ ·ㄆㄢˊ 比喻精細的計算，也比喻很會計算的人。

【鐵索】tiěsuǒ ㄊㄧㄝˇ ㄙㄨㄛˇ 鋼絲編成的索或粗鐵鏈：鐵索橋。

【鐵索橋】tiěsuǒqiáo ㄊㄧㄝˇ ㄙㄨㄛˇ ㄑㄧㄠˊ 以鐵索為主要承重構件的橋，橋面鋪設或懸吊在鐵索上。

【鐵塔】tiětǎ ㄊㄧㄝˇ ㄊㄚˇ ❶用鐵造的塔，也指鐵色釉磚砌成的塔。❷指架設高壓輸電綫的鐵架子。

【鐵蹄】tiětí ㄊㄧㄝˇ ㄊㄧˊ 比喻蹂躪人民的殘暴行為。

【鐵腕】tiěwàn ㄊㄧㄝˇ ㄨㄢˋ ❶指強有力的手段：鐵腕人物。❷指強有力的統治。

【鐵鍁】tiěxiān ㄊㄧㄝˇ ㄒㄧㄢ 鏟砂、土等東西的工具，用熟鐵或鋼打成長方形片狀，一端安有長的木把兒。

【鐵心】tiě//xīn ㄊㄧㄝˇ// ㄒㄧㄣ 指下定決心：鐵心務農｜這回他可鐵了心啦。

【鐵心】tiěxīn ㄊㄧㄝˇ ㄒㄧㄣ 電機、變壓器、電磁鐵等電器中的心子，多用硅鋼片等材料製成。

【鐵銹】tiěxiù ㄊㄧㄝˇ ㄒㄧㄡˋ 鋼鐵表面上生成的紅褐色的銹，主要成分是水合氧化鐵。

【鐵血】tiěxuè ㄊㄧㄝˇ ㄒㄩㄝˋ 指具有剛強意志和富於犧牲精神的：鐵血青年｜鐵血男兒。
【鐵證】tiězhèng ㄊㄧㄝˇ ㄓㄥˋ 指確鑿的證據：鐵證如山（形容證據確鑿不移）。

tiè（ㄊㄧㄝˋ）

帖 tiè ㄊㄧㄝˋ 學習寫字或繪畫時臨摹用的樣本：碑帖｜法帖｜習字帖｜畫帖。另見1137頁 tiē；1138頁 tiě。
饕 tiè ㄊㄧㄝˋ 〈書〉貪食。參看1116頁〖饕餮〗(tāotiè)。

tīng（ㄊㄧㄥ）

汀 tīng ㄊㄧㄥ 〈書〉水邊平地：綠汀｜蓼花汀。
【汀綫】tīngxiàn ㄊㄧㄥ ㄒㄧㄢˋ 海岸被海水侵蝕而成的綫狀的痕迹。
桯 tīng ㄊㄧㄥ ❶桯子。❷古代放置牀前的小桌。
【桯子】tīng·zi ㄊㄧㄥ ·ㄗ ❶錐子等的桿子：錐桯子。❷蔬菜等的花軸。
烴（烃） tīng ㄊㄧㄥ 由碳和氫兩種元素組成的一類有機化合物。也叫碳氫化合物。
【烴基】tīngjī ㄊㄧㄥ ㄐㄧ 烴分子失去一個或幾個氫原子而成的基團，通常用R表示，如烷基、烯基、芳香基等。
鞓 tīng ㄊㄧㄥ 〈書〉皮革製成的腰帶。
聽[1]（听、聼） tīng ㄊㄧㄥ ❶用耳朵接受聲音：聽音樂｜耳朵聾了聽不見｜你的話我已經聽清楚了。❷聽從（勸告）；接受（意見）：言聽計從｜我勸他，他不聽。❸治理；判斷：聽政｜聽訟。
聽[2]（听、聼） tīng ㄊㄧㄥ （舊讀tìng ㄊㄧㄥˋ）聽憑；任憑：聽任｜聽便｜聽其自然。
聽[3]（听、聼） tīng ㄊㄧㄥ 〈方〉聽子：聽裝｜一聽香烟｜三聽咖啡。［英 tin］
【聽便】tīng∥biàn ㄊㄧㄥ∥ㄅㄧㄢˋ 聽憑自便：你參加不參加這個會，聽便。
【聽差】tīngchāi ㄊㄧㄥ ㄔㄞ ❶聽從差使：他從前在衙門聽差。❷舊時指在機關或有錢人家裏做勤雜工作的男僕人。
【聽從】tīngcóng ㄊㄧㄥ ㄘㄨㄥˊ 依照別人的意思行動：聽從指揮｜聽從勸告。
【聽而不聞】tīng ér bù wén ㄊㄧㄥ ㄦˊ ㄅㄨˋ ㄨㄣˊ 聽了和沒聽見一樣，指漠不關心。
【聽風是雨】tīng fēng shì yǔ ㄊㄧㄥ ㄈㄥ ㄕˋ ㄩˇ 比喻只聽到一點兒風聲就當做真的。也說聽見（到）風就是雨。
【聽骨】tīnggǔ ㄊㄧㄥ ㄍㄨˇ 錘骨、砧骨和鐙骨的合稱，位置在中耳裏面，作用是把鼓膜的振動傳給內耳。（圖見303頁〖耳朵〗）
【聽喝】tīng∥hē ㄊㄧㄥ∥ㄏㄜ （聽喝兒）聽從別人安排，受別人使喚：我們只管聽喝幹活兒，別的事一概不問｜你說怎麼幹就怎麼幹，聽你喝。
【聽候】tīnghòu ㄊㄧㄥ ㄏㄡˋ 等候（上級的決定）：聽候調遣｜聽候分配｜聽候處理。
【聽話】tīng∥huà ㄊㄧㄥ∥ㄏㄨㄚˋ 聽從長輩或領導的話：這孩子還算聽話｜他把手下不聽他話的人都辭退了。
【聽話兒】tīng∥huàr ㄊㄧㄥ∥ㄏㄨㄚㄦˋ 等候別人給回話：同意還是不同意你去，你明天就聽話兒吧。
【聽會】tīng∥huì ㄊㄧㄥ∥ㄏㄨㄟˋ 到會場聽發言、講演等：今天來聽會的人很多。
【聽見】tīng∥·jiàn ㄊㄧㄥ∥·ㄐㄧㄢˋ 聽到：聽得見｜聽不見｜聽見打雷的聲音。
【聽講】tīng∥jiǎng ㄊㄧㄥ∥ㄐㄧㄤˇ ❶聽人講課或講演：一面聽講，一面記筆記。❷〈方〉聽說。
【聽覺】tīngjué ㄊㄧㄥ ㄐㄩㄝˊ 聲波振動鼓膜所產生的感覺：聽覺靈敏。
【聽課】tīng∥kè ㄊㄧㄥ∥ㄎㄜˋ 聽教師講課：聽課時思想要集中｜我聽過他的課，講得很好。
【聽力】tīnglì ㄊㄧㄥ ㄌㄧˋ 耳朵辨別聲音的能力。
【聽命】tīngmìng ㄊㄧㄥ ㄇㄧㄥˋ ❶聽天由命。❷聽從命令：俯首聽命｜聽命於人。
【聽憑】tīngpíng ㄊㄧㄥ ㄆㄧㄥˊ 讓別人願意怎樣就怎樣；任憑：去也罷，不去也罷，聽憑你自己作主。
【聽其自然】tīng qí zìrán ㄊㄧㄥ ㄑㄧˊ ㄗˋ ㄖㄢˊ 任憑人或事物自然發展變化，不去干涉。
【聽取】tīngqǔ ㄊㄧㄥ ㄑㄩˇ 聽（意見、反映、彙報等）：虛心聽取群眾意見｜大會聽取了常務委員會的工作報告。
【聽任】tīngrèn ㄊㄧㄥ ㄖㄣˋ 聽憑。
【聽神經】tīngshénjīng ㄊㄧㄥ ㄕㄣˊ ㄐㄧㄥ 第八對腦神經，從腦橋和延髓之間發出，分佈在內耳，主管聽覺和身體平衡的感覺。
【聽審】tīngshěn ㄊㄧㄥ ㄕㄣˇ 聽候審判。
【聽事】tīngshì ㄊㄧㄥ ㄕˋ 〈書〉❶聽政。❷大廳（多指官署中的）。也作廳事。
【聽訟】tīngsòng ㄊㄧㄥ ㄙㄨㄥˋ 〈書〉指審案：聽訟斷獄。
【聽天由命】tīng tiān yóu mìng ㄊㄧㄥ ㄊㄧㄢ ㄧㄡˊ ㄇㄧㄥˋ 任憑事態自然發展變化，不做主觀努力。有時也用來比喻碰機會或聽其自然。
【聽筒】tīngtǒng ㄊㄧㄥ ㄊㄨㄥˇ ❶耳機。❷聽診器。
【聽聞】tīngwén ㄊㄧㄥ ㄨㄣˊ 〈書〉指聽的活動或所聽到的內容：駭人聽聞｜以廣聽聞。

【聽寫】tīngxiě ㄊㄧㄥ ㄒㄧㄝˇ 語文教學方法之一，由教師發音或朗讀，學生筆錄，用來訓練學生聽和寫的能力。

【聽信】tīng∥xìn ㄊㄧㄥ∥ㄒㄧㄣˋ (聽信兒) 等候消息：今天晚上開會就決定這件事兒，你聽信吧。

【聽信】tīngxìn ㄊㄧㄥ ㄒㄧㄣˋ 聽到而相信 (多指不正確的話或消息)：聽信謠言｜聽信一面之詞。

【聽閾】tīngyù ㄊㄧㄥ ㄩˋ 能產生聽覺的最高限度和最低限度的刺激強度。

【聽診】tīngzhěn ㄊㄧㄥ ㄓㄣˇ 診察的一種方法，用耳朵或聽診器來聽心、肺等內臟器官的聲音，以便進行診斷。

【聽診器】tīngzhěnqì ㄊㄧㄥ ㄓㄣˇ ㄑㄧˋ 聽診用的器械。也叫聽筒。

【聽政】tīngzhèng ㄊㄧㄥ ㄓㄥˋ (帝王或攝政的人) 上朝聽取臣子報告，並決定政事：垂簾聽政。

【聽證】tīngzhèng ㄊㄧㄥ ㄓㄥˋ 為了解案情或其他特殊事件的真相而聽取當事人的說明與證詞：聽證會。

【聽之任之】tīng zhī rèn zhī ㄊㄧㄥ ㄓ ㄖㄣˋ ㄓ 聽任事情自然發展，不管不問。

【聽眾】tīngzhòng ㄊㄧㄥ ㄓㄨㄥˋ 聽講演、音樂或廣播的人。

【聽裝】tīngzhuāng ㄊㄧㄥ ㄓㄨㄤ 用聽子包裝的：聽裝奶粉。

【聽子】tīng·zi ㄊㄧㄥ ·ㄗ 用鍍錫或鍍鋅的薄鐵皮做成的裝食品、香烟等的筒子或罐子。

廳 (厅、厛) tīng ㄊㄧㄥ ❶聚會或招待客人用的房間：大廳｜門廳｜客廳｜餐廳。❷大機關裏一個辦事部門的名稱：辦公廳。❸某些省屬機關的名稱：教育廳｜財政廳。

【廳房】tīngfáng ㄊㄧㄥ ㄈㄤˊ 〈方〉廳①。

【廳事】tīngshì ㄊㄧㄥ ㄕˋ 同'聽事'②。

【廳堂】tīngtáng ㄊㄧㄥ ㄊㄤˊ 廳①。

tíng (ㄊㄧㄥˊ)

廷 tíng ㄊㄧㄥˊ 朝廷：宮廷｜清廷 (清朝中央政府)。

亭1 tíng ㄊㄧㄥˊ ❶亭子。❷形狀像亭子的小房子：郵亭｜書亭。

亭2 tíng ㄊㄧㄥˊ 〈書〉適中；均勻：亭午。

【亭亭】tíngtíng ㄊㄧㄥˊ ㄊㄧㄥˊ 〈書〉❶形容高聳：早年種的一棵松樹已長得亭亭如蓋。❷同'婷婷'。

【亭亭玉立】tíngtíng yù lì ㄊㄧㄥˊ ㄊㄧㄥˊ ㄩˋ ㄌㄧˋ 形容美女身材細長或花木等形體挺拔。

【亭午】tíngwǔ ㄊㄧㄥˊ ㄨˇ 〈書〉正午；中午。

【亭勻】tíngyún ㄊㄧㄥˊ ㄩㄣˊ 同'停勻'。

【亭子】tíng·zi ㄊㄧㄥˊ ·ㄗ 蓋在路旁或花園裏供人休息用的建築物，面積較小，大多只有頂，沒有牆。

【亭子間】tíng·zijiān ㄊㄧㄥˊ ·ㄗ ㄐㄧㄢ 〈方〉上海等地某些舊式樓房中的一種小房間，位置在房子後部的樓梯中間，狹小，光綫較差。

莛〔莛〕 tíng ㄊㄧㄥˊ (莛兒) 某些草本植物的莖：麥莛兒。

庭 tíng ㄊㄧㄥˊ ❶廳堂：大庭廣眾。❷正房前的院子：前庭後院。❸指法庭：民庭｜刑庭｜開庭。

【庭除】tíngchú ㄊㄧㄥˊ ㄔㄨˊ 庭院 (除：台階)：灑掃庭除。

【庭審】tíngshěn ㄊㄧㄥˊ ㄕㄣˇ 法庭審訊：進行庭審｜庭審筆錄。

【庭園】tíngyuán ㄊㄧㄥˊ ㄩㄢˊ 有花木的庭院或附屬於住宅的花園。

【庭院】tíngyuàn ㄊㄧㄥˊ ㄩㄢˋ 正房前的院子，泛指院子。

停1 tíng ㄊㄧㄥˊ ❶停止：停辦｜雨停了。❷停留：我在杭州停了三天，才去金華。❸停放；停泊：車停在大門口｜船停在江心，沒有靠岸。❹停當：停妥。

停2 tíng ㄊㄧㄥˊ (停兒) 總數分成幾等份，其中一份叫一停兒：三停兒去了兩停兒，還剩一停兒｜十停兒有九停兒是好的。

【停擺】tíng∥bǎi ㄊㄧㄥˊ∥ㄅㄞˇ 鐘擺停止擺動，比喻事情停頓：因材料跟不上，工程已停擺三天了。

【停辦】tíngbàn ㄊㄧㄥˊ ㄅㄢˋ 中途停止進行中的事業。

【停閉】tíngbì ㄊㄧㄥˊ ㄅㄧˋ (工廠、商店等) 歇業或停辦。

【停錶】tíngbiǎo ㄊㄧㄥˊ ㄅㄧㄠˇ 見765頁〖馬錶〗。

【停泊】tíngbó ㄊㄧㄥˊ ㄅㄛˊ (船隻) 停靠；停留：碼頭上停泊着許多輪船。

【停車】tíng∥chē ㄊㄧㄥˊ∥ㄔㄜ ❶車輛停留或停止行駛：停車十分鐘｜因修理馬路，停車三天。❷停放車輛：停車處｜停車場。❸(機器) 停止轉動：三號車間停車修理。

【停當】tíng·dang ㄊㄧㄥˊ ·ㄉㄤ 齊備；完畢：一切準備停當。

【停頓】tíngdùn ㄊㄧㄥˊ ㄉㄨㄣˋ ❶(事情) 中止或暫停：生產陷於停頓狀態。❷說話時語音上的間歇：他停頓了一下，又繼續往下說。

【停放】tíngfàng ㄊㄧㄥˊ ㄈㄤˋ 短時間放置 (多指車輛、靈柩)：一輛自行車停放在門前。

【停航】tínghána ㄊㄧㄥˊ ㄏㄤˊ (輪船或飛機) 停止航行：班機因氣候惡劣停航。

【停火】tíng∥huǒ ㄊㄧㄥˊ∥ㄏㄨㄛˇ 交戰雙方或一方停止攻擊：雙方達成停火協議。

【停機】tíngjī ㄊㄧㄥˊ ㄐㄧ ❶指影片、電視片拍攝工作結束：該影片現已停機，進入後期製作。❷停放飛機：停機坪。

【停刊】tíng//kān ㄊㄧㄥˊ//ㄎㄢ (報紙、雜誌)停止刊行。

【停靠】tíngkào ㄊㄧㄥˊ ㄎㄠˋ 輪船、火車等停留在某個地方：一艘萬噸貨輪停靠在碼頭。

【停課】tíng//kè ㄊㄧㄥˊ//ㄎㄜˋ (學校)因故停止上課：開運動會，停課一天。

【停靈】tínglíng ㄊㄧㄥˊ ㄌㄧㄥˊ 埋葬前暫時把靈柩停放在某個地方。

【停留】tíngliú ㄊㄧㄥˊ ㄌㄧㄡˊ 暫時不繼續前進：代表團在北京停留了一週｜不能停留在目前的水平上。

【停食】tíng//shí ㄊㄧㄥˊ//ㄕˊ 食物停滯在胃裏不消化。

【停手】tíng//shǒu ㄊㄧㄥˊ//ㄕㄡˇ 停止正在做的事情。

【停妥】tíngtuǒ ㄊㄧㄥˊ ㄊㄨㄛˇ 停當妥帖：收拾停妥｜商議停妥｜準備停妥。

【停息】tíngxī ㄊㄧㄥˊ ㄒㄧ 停止：雨一停息，大家立即整隊趕路。

【停歇】tíngxiē ㄊㄧㄥˊ ㄒㄧㄝ ❶歇業：小店虧本停歇。❷停止；停息：直到天亮，大風還沒有停歇。❸停止行動而休息：隊伍停歇在小樹林裏。

【停學】tíng//xué ㄊㄧㄥˊ//ㄒㄩㄝˊ (學生)因故停止上學。

【停業】tíng//yè ㄊㄧㄥˊ//ㄧㄝˋ ❶暫時停止營業：清理存貨，停業兩天。❷歇業。

【停勻】tíngyún ㄊㄧㄥˊ ㄩㄣˊ 〈書〉均勻(多指形體、節奏)。也作亭勻。

【停戰】tíng//zhàn ㄊㄧㄥˊ//ㄓㄢˋ 交戰雙方停止作戰：停戰協定。

【停診】tíngzhěn ㄊㄧㄥˊ ㄓㄣˇ 停止門診：節日停診，急診除外。

【停職】tíng//zhí ㄊㄧㄥˊ//ㄓˊ 暫時解除職務，是一種處分：停職反省。

【停止】tíngzhǐ ㄊㄧㄥˊ ㄓˇ 不再進行：停止演習｜停止營業｜暴風雨停止了。

【停滯】tíngzhì ㄊㄧㄥˊ ㄓˋ 因為受到阻礙，不能順利地運動或發展：停滯不前｜生產停滯。

葶〔葶〕 tíng ㄊㄧㄥˊ ［葶藶］(tínglì ㄊㄧㄥˊ ㄌㄧˋ)一年生草本植物，葉子卵形或長橢圓形，花小，黃色，總狀花序，果實橢圓形。種子入藥。

渟 tíng ㄊㄧㄥˊ 〈書〉水停滯。

婷 tíng ㄊㄧㄥˊ ［婷婷］(tíngtíng ㄊㄧㄥˊ ㄊㄧㄥˊ)〈書〉形容人或花木美好。也作亭亭。

蜓 tíng ㄊㄧㄥˊ 見939頁〖蜻蜓〗(qīngtíng)。

霆 tíng ㄊㄧㄥˊ 暴雷；霹靂：雷霆。

tǐng（ㄊㄧㄥˇ）

町 tǐng ㄊㄧㄥˇ 〈書〉❶田界。❷田畝；田地。

另見267頁 dīng。

侹 tǐng ㄊㄧㄥˇ 〈書〉平而直。

挺1 tǐng ㄊㄧㄥˇ ❶硬而直：筆挺｜挺立｜挺然屹立(堅強地直立着)。❷伸直或凸出(身體或身體的一部分)：挺胸｜挺着脖子。❸勉強支撐：他有病還硬挺着上班。❹特出；杰出：英挺｜挺拔。❺很：這花挺香｜他學習挺努力。

挺2 tǐng ㄊㄧㄥˇ 量詞，用於機關槍。

【挺拔】tǐngbá ㄊㄧㄥˇ ㄅㄚˊ ❶直立而高聳：峰巒挺拔｜挺拔的白楊。❷堅強有力；強勁：筆力挺拔。

【挺括】tǐng·guā ㄊㄧㄥˇ·ㄍㄨㄚ 〈方〉(衣服、布料、紙張等)較硬而平整。

【挺進】tǐngjìn ㄊㄧㄥˇ ㄐㄧㄣˋ (軍隊)直向前進：挺進隊｜部隊馬不停蹄地向前挺進。

【挺舉】tǐngjǔ ㄊㄧㄥˇ ㄐㄩˇ 一種舉重法，雙手把杠鈴從地上提到胸前，再利用屈膝等動作舉過頭頂，一直到兩臂伸直、兩腿直立為止。

【挺立】tǐnglì ㄊㄧㄥˇ ㄌㄧˋ 直立：幾棵老松樹挺立在山坡上。

【挺身】tǐng//shēn ㄊㄧㄥˇ//ㄕㄣ 直起身子：挺起身來｜挺身而起｜挺身反抗。

【挺屍】tǐng//shī ㄊㄧㄥˇ//ㄕ 屍體直挺挺地躺着，常用來罵人睡覺。

【挺脫】tǐngtuō ㄊㄧㄥˇ ㄊㄨㄛ 〈方〉❶強勁；結實：文字挺脫｜這匹馬真挺脫。❷衣着挺括、舒展。

【挺秀】tǐngxiù ㄊㄧㄥˇ ㄒㄧㄡˋ (身材、樹木等)挺拔秀麗：峰巒挺秀｜字體挺秀。

珽 tǐng ㄊㄧㄥˇ 〈書〉玉笏。

梃 tǐng ㄊㄧㄥˇ ❶〈書〉棍棒。❷梃子：門梃｜窗梃。❸〈方〉(梃兒)花梗：獨梃兒(只開一朵花的花梗)｜梃折(shé)了。

【梃子】tǐng·zi ㄊㄧㄥˇ·ㄗ 門框、窗框或門扇、窗扇兩側直立的邊框。

另見1143頁 tìng。

脡 tǐng ㄊㄧㄥˇ 〈書〉❶長條的乾肉。❷直。

艇 tǐng ㄊㄧㄥˇ ❶指比較輕便的船，如遊艇、救生艇等。❷排水量在500噸以下的軍用船隻。潛水艇無論排水量大小，習慣上都稱為艇。

鋌(铤) tǐng ㄊㄧㄥˇ 〈書〉快走的樣子。

【鋌而走險】tǐng ér zǒu xiǎn ㄊㄧㄥˇ ㄦˊ ㄗㄡˇ ㄒㄧㄢˇ 指因無路可走而採取冒險行動。

另見271頁dìng。

頲(颋) tǐng ㄊㄧㄥˇ〈書〉正直；直。

tìng (ㄊㄧㄥˋ)

梃 tìng ㄊㄧㄥˋ ❶殺豬後，在豬的腿上割一個口子，用鐵棍貼着腿皮往裏捅叫做梃。梃成溝之後，往裏吹氣，使豬皮繃緊，以便去毛除垢：梃豬。❷梃豬用的鐵棍。

另見1142頁tǐng。

tōng (ㄊㄨㄥ)

恫(痌) tōng ㄊㄨㄥ〈書〉病痛。

另見275頁dòng。

【恫瘝在抱】tōng guān zài bào ㄊㄨㄥ ㄍㄨㄢ ㄗㄞˋ ㄅㄠˋ 把人民的疾苦放在心上。

通 tōng ㄊㄨㄥ ❶沒有堵塞，可以穿過：管子是通的｜山洞快要打通了◇這個主意行得通。❷用工具戳，使不堵塞：用通條通爐子。❸有路達到：四通八達｜火車直通北京。❹連接；相來往：溝通｜串通｜私通｜通商｜互通有無。❺傳達；使知道：通知｜通報｜通個電話。❻了解；懂得：通曉｜精通業務｜粗通文墨｜不通人情｜他通三國文字。❼指精通某一方面的人：日本通｜萬事通。❽通順：文章寫得不通。❾普通；一般：通常｜通病｜通例｜通稱。❿整個；全部：通共｜通夜｜通盤。⓫量詞，用於文書電報等：一通電報｜一通文書｜手書兩通。⓬(Tōng)姓。

另見1150頁tòng。

【通報】tōngbào ㄊㄨㄥ ㄅㄠˋ ❶上級機關把工作情況或經驗教訓等用書面形式通告下級機關：通報表揚。❷上級機關通告下級機關的文件。❸報道科學研究的動態和成果的刊物：科學通報｜化學通報。❹通知告訴(上級或主人)：請通報院長一聲，門外有人求見。❺說出(姓名)：通報各自的姓名。

【通病】tōngbìng ㄊㄨㄥ ㄅㄧㄥˋ 一般都有的缺點：嬌氣可以說是獨生子女的通病。

【通才】tōngcái ㄊㄨㄥ ㄘㄞˊ 兼備多種才能的人。

【通常】tōngcháng ㄊㄨㄥ ㄔㄤˊ 一般；平常：通常的情況｜通常的方法｜他通常六點鐘就起牀。

【通暢】tōngchàng ㄊㄨㄥ ㄔㄤˋ ❶運行無阻：血液循環通暢｜道路通暢。❷(思路、文字)流暢：文筆通暢。

【通車】tōng∥chē ㄊㄨㄥ∥ㄔㄜ ❶鐵路或公路修通，開始行車：通車典禮。❷有車來往：我老家在山區，那兒不通車。

【通徹】tōngchè ㄊㄨㄥ ㄔㄜˋ 通曉；貫通。

【通稱】tōngchēng ㄊㄨㄥ ㄔㄥ ❶通常叫做：烏鱧通稱黑魚。❷通常的名稱：水銀是汞的通稱。

【通誠】tōngchéng ㄊㄨㄥ ㄔㄥˊ 在神、佛像前表白自己的心意：通誠禱告。

【通達】tōngdá ㄊㄨㄥ ㄉㄚˊ 明白(人情事理)：通達人情｜見解通達。

【通道】tōngdào ㄊㄨㄥ ㄉㄠˋ 往來的大路；通路：南北通道。

【通敵】tōng∥dí ㄊㄨㄥ∥ㄉㄧˊ 勾結敵人。

【通電】tōng∥diàn ㄊㄨㄥ∥ㄉㄧㄢˋ 使電流通過。

【通電】tōngdiàn ㄊㄨㄥ ㄉㄧㄢˋ ❶把宣佈政治上某種主張的電報拍給有關方面，同時公開發表：通電全國。❷公開發表的宣佈政治上某種主張的電報：大會通電｜發出通電。

【通牒】tōngdié ㄊㄨㄥ ㄉㄧㄝˊ 一個國家通知另一個國家並要求對方答復的文書：最後通牒。

【通都大邑】tōng dū dà yì ㄊㄨㄥ ㄉㄨ ㄉㄚˋ ㄧˋ 四通八達的大城市。

【通讀】[1] tōngdú ㄊㄨㄥ ㄉㄨˊ 從頭到尾閱讀全書或全文：通讀課文｜書稿已通讀一遍。

【通讀】[2] tōngdú ㄊㄨㄥ ㄉㄨˊ 讀懂；讀通：他上過幾年私塾，淺近的文言文已能通讀。

【通分】tōng∥fēn ㄊㄨㄥ∥ㄈㄣ 把幾個分母不同的分數化成分母相同而數值不變的分數。通分後的相同分母叫做公分母，通常用各分數分母的最小公倍數作為公分母。如$\frac{1}{2}$和$\frac{1}{3}$通分後得$\frac{3}{6}$和$\frac{2}{6}$。

【通風】tōng∥fēng ㄊㄨㄥ∥ㄈㄥ ❶使空氣流通：通風設備｜把窗子打開，通通風。❷透露消息：通風報信。

【通風】tōngfēng ㄊㄨㄥ ㄈㄥ 空氣流通；透氣兒：這屋子不通風，悶得很。

【通風報信】tōng fēng bào xìn ㄊㄨㄥ ㄈㄥ ㄅㄠˋ ㄒㄧㄣˋ 向別人暗中透露消息，多指把對立雙方中一方的機密暗中告知另一方。

【通告】tōnggào ㄊㄨㄥ ㄍㄠˋ ❶普遍地通知：通告周知。❷普遍通知的文告：佈告欄裏貼着一張通告。

【通共】tōnggòng ㄊㄨㄥ ㄍㄨㄥˋ 一共：通共有八個隊參加比賽。

【通古斯】Tōnggǔsī ㄊㄨㄥ ㄍㄨˇ ㄙ 西方學者對屬於阿爾泰語系的某些民族的稱呼，包括我國的滿族、赫哲族、鄂倫春族、鄂溫克族等。

【通觀】tōngguān ㄊㄨㄥ ㄍㄨㄢ 總的來看；全面地看：通觀全局。

【通過】tōng∥guò ㄊㄨㄥ∥ㄍㄨㄛˋ ❶從一端或一側到另一端或另一側；穿過：電流通過導綫｜隊伍通過了沙漠｜路太窄，汽車不能通過。❷

議案等經過法定人數的同意而成立：通過決議｜該提案以四分之三的多數票獲得通過。

【通過】tōngguò ㄊㄨㄥ ㄍㄨㄛˋ ❶以人或事物為媒介或手段而達到某種目的：通過老藝人收集民間故事｜通過座談會徵詢意見。❷徵求有關的人或組織的同意或核准：通過組織｜通過領導｜這問題要通過群眾，才能做出決定。

【通航】tōngháng ㄊㄨㄥ ㄏㄤˊ 有船隻或飛機來往。

【通好】tōnghǎo ㄊㄨㄥ ㄏㄠˇ 〈書〉互相友好往來(多指國與國之間)：纍世通好。

【通紅】tōnghóng ㄊㄨㄥ ㄏㄨㄥˊ，又 tònghóng ㄊㄨㄥˋ ㄏㄨㄥˊ 很紅；十分紅：臉凍得通紅｜爐火通紅。

【通話】tōng//huà ㄊㄨㄥ//ㄏㄨㄚˋ 通電話：他剛打長途同一個朋友通了話。

【通話】tōnghuà ㄊㄨㄥ ㄏㄨㄚˋ 用彼此聽得懂的話交談：他倆用英語通話。

【通婚】tōng//hūn ㄊㄨㄥ//ㄏㄨㄣ 結成姻親。

【通貨】tōnghuò ㄊㄨㄥ ㄏㄨㄛˋ 在社會經濟活動中作為流通手段的貨幣：硬通貨｜通貨膨脹。

【通貨膨脹】tōnghuò péngzhàng ㄊㄨㄥ ㄏㄨㄛˋ ㄆㄥˊ ㄓㄤˋ 國家紙幣的發行量超過流通中所需要的貨幣量，引起紙幣貶值，物價上漲的現象。

【通緝】tōngjī ㄊㄨㄥ ㄐㄧ 公安或司法機關通令轄區搜捕在逃的犯人：通緝令｜通緝逃犯。

【通家】tōngjiā ㄊㄨㄥ ㄐㄧㄚ 〈書〉❶指兩家交誼深厚，如同一家：通家之好｜通家之誼。❷指內行人。

【通假】tōngjiǎ ㄊㄨㄥ ㄐㄧㄚˇ 漢字的通用和假借。

【通姦】tōng//jiān ㄊㄨㄥ//ㄐㄧㄢ 男女雙方沒有夫婦關係而發生性行為(多指一方或雙方已有配偶)。

【通解】tōngjiě ㄊㄨㄥ ㄐㄧㄝˇ 〈書〉通曉；理解。

【通經】[1] tōng//jīng ㄊㄨㄥ//ㄐㄧㄥ 舊時指通曉儒家經典。

【通經】[2] tōng//jīng ㄊㄨㄥ//ㄐㄧㄥ 中醫指用藥物、針灸等使月經通暢。

【通欄】tōnglán ㄊㄨㄥ ㄌㄢˊ 書籍報刊上，從左到右或從上到下貫通版面不分欄的編排形式：通欄標題。

【通力】tōnglì ㄊㄨㄥ ㄌㄧˋ 一齊出力：通力合作。

【通例】tōnglì ㄊㄨㄥ ㄌㄧˋ ❶一般的情況；常規；慣例：星期日休息是學校的通例。❷〈書〉較普遍的規律。

【通連】tōnglián ㄊㄨㄥ ㄌㄧㄢˊ 接連而又相通：跟臥房通連的還有一間小屋子。

【通聯】tōnglián ㄊㄨㄥ ㄌㄧㄢˊ 通訊聯絡：通聯工作。

【通亮】tōngliàng ㄊㄨㄥ ㄌㄧㄤˋ 通明：火光通亮｜照明彈照得滿天通亮。

【通令】tōnglìng ㄊㄨㄥ ㄌㄧㄥˋ ❶把同一個命令發到若干地方：通令全國。❷發到若干地方的同一個命令：發出通令。

【通路】tōnglù ㄊㄨㄥ ㄌㄨˋ ❶往來的大路：門前有一條南北通路。❷泛指物體通過的途徑：電流的通路。

【通路子】tōng lù·zi ㄊㄨㄥ ㄌㄨˋ ·ㄗ 打通辦事的途徑；走門路。

【通論】tōnglùn ㄊㄨㄥ ㄌㄨㄣˋ ❶通達的議論。❷某一學科的全面的論述(多用於書名)：史學通論。

【通名】tōngmíng ㄊㄨㄥ ㄇㄧㄥˊ ❶說出自己的姓名(舊戲曲、小說描寫武將交戰時多用)：來將通名！❷通用的名稱。

【通明】tōngmíng ㄊㄨㄥ ㄇㄧㄥˊ 十分明亮：燈火通明｜月光照着雪地，四外通明。

【通年】tōngnián ㄊㄨㄥ ㄋㄧㄢˊ 一年到頭；整年。

【通盤】tōngpán ㄊㄨㄥ ㄆㄢˊ 兼顧到各個部分的；全盤；全面：通盤籌劃｜通盤安排。

【通票】tōngpiào ㄊㄨㄥ ㄆㄧㄠˋ 聯運票。

【通鋪】tōngpù ㄊㄨㄥ ㄆㄨˋ (旅店、集體宿舍等)連在一起的鋪位。

【通氣】tōng//qì ㄊㄨㄥ//ㄑㄧˋ ❶使空氣流通；通風①：通氣孔。❷互通聲氣：上下不通氣，工作很難開展。

【通竅】tōng//qiào ㄊㄨㄥ//ㄑㄧㄠˋ 通達事理：他是個通竅的人，用不着你去開導他。

【通情達理】tōng qíng dá lǐ ㄊㄨㄥ ㄑㄧㄥˊ ㄉㄚˊ ㄌㄧˇ 懂得道理，說話做事合情合理。

【通衢】tōngqú ㄊㄨㄥ ㄑㄩˊ 四通八達的道路；大道：通衢要道｜南北通衢。

【通權達變】tōng quán dá biàn ㄊㄨㄥ ㄑㄩㄢˊ ㄉㄚˊ ㄅㄧㄢˋ 為了應付當前的情勢，不按照常規做事，而採取適合實際需要的靈活辦法。

【通人】tōngrén ㄊㄨㄥ ㄖㄣˊ 〈書〉學識淵博通曉古今的人：通人達才。

【通融】tōng·róng ㄊㄨㄥ ·ㄖㄨㄥˊ ❶變通辦法(如放寬條件、延長期限)，給人方便：這事可以通融。❷指短期借錢：我想跟你通融二百塊錢。

【通商】tōng//shāng ㄊㄨㄥ//ㄕㄤ (國家或地區之間)進行貿易：通商口岸｜與世界各國通商。

【通身】tōngshēn ㄊㄨㄥ ㄕㄣ 全身；渾身：通身是汗｜通身白毛的小貓。

【通史】tōngshǐ ㄊㄨㄥ ㄕˇ 連貫敘述各個時代史實的史書，如《史記》、《中國通史》。

【通式】tōngshì ㄊㄨㄥ ㄕˋ 表示同一類化合物分子組成的化學式，如烷類化合物的通式是 C_nH_{2n+2}。

【通事】tōngshì ㄊㄨㄥ ㄕˋ 舊時指譯員。

【通書】tōngshū ㄊㄨㄥ ㄕㄨ ❶曆書。❷舊時結

婚前男家通知女家迎娶日期的帖子。

【通順】tōngshùn ㄊㄨㄥ ㄕㄨㄣˋ （文章）沒有邏輯上或語法上的毛病：文理通順｜這篇短文寫得很通順。

【通俗】tōngsú ㄊㄨㄥ ㄙㄨˊ 淺顯易懂，適合一般人的水平和需要的：通俗化｜通俗易懂｜通俗讀物。

【通俗歌曲】tōngsú gēqǔ ㄊㄨㄥ ㄙㄨˊ ㄍㄜ ㄑㄩˇ 指形式上簡潔、單純，曲調流暢，易於被社會大眾接受的歌曲。

【通體】tōngtǐ ㄊㄨㄥ ㄊㄧˇ ❶整個物體：水晶通體透明。❷全身；渾身：通體濕透。

【通天】tōngtiān ㄊㄨㄥ ㄊㄧㄢ ❶上通於天，形容極大、極高：罪惡通天｜通天的本事。❷指能直接同最高層的領導人取得聯繫：通天人物。

【通條】tōng·tiáo ㄊㄨㄥ ·ㄊㄧㄠˊ 用來通爐子或槍、炮膛等的鐵條。

【通通】tōngtōng ㄊㄨㄥ ㄊㄨㄥ 副詞，表示全部：把旱地通通改成了水田。

【通同】tōngtóng ㄊㄨㄥ ㄊㄨㄥˊ 串通：通同舞弊。

【通統】tōngtǒng ㄊㄨㄥ ㄊㄨㄥˇ 通通。

【通途】tōngtú ㄊㄨㄥ ㄊㄨˊ 〈書〉大道。

【通侻】tōngtuō ㄊㄨㄥ ㄊㄨㄛ 同'通脫'。

【通脫】tōngtuō ㄊㄨㄥ ㄊㄨㄛ 〈書〉通達脫俗，不拘小節。也作通侻。

【通宵】tōngxiāo ㄊㄨㄥ ㄒㄧㄠ 整夜：通宵不眠｜通宵達旦（從天黑到天亮）。

【通曉】tōngxiǎo ㄊㄨㄥ ㄒㄧㄠˇ 透徹地了解：通曉音律｜通曉多種文字。

【通心粉】tōngxīnfěn ㄊㄨㄥ ㄒㄧㄣ ㄈㄣˇ 一種中心空的麪條。

【通信】tōng//xìn ㄊㄨㄥ//ㄒㄧㄣˋ 用書信互通消息，反映情況等：通信處｜我們幾年前曾經通過信。

【通信】tōngxìn ㄊㄨㄥ ㄒㄧㄣˋ 利用電波、光波等信號傳送文字、圖像等：數字通信。

【通信兵】tōngxìnbīng ㄊㄨㄥ ㄒㄧㄣˋ ㄅㄧㄥ 擔負通信聯絡任務的兵種。也稱這一兵種的士兵。

【通信衛星】tōngxìn wèixīng ㄊㄨㄥ ㄒㄧㄣˋ ㄨㄟˋ ㄒㄧㄥ 用於通信目的的人造地球衛星，能夠把來自一個地面站的信號轉發或反射給其他的地面站。

【通信員】tōngxìnyuán ㄊㄨㄥ ㄒㄧㄣˋ ㄩㄢˊ 部隊、機關中擔任遞送公文等聯絡工作的人員。

【通行】tōngxíng ㄊㄨㄥ ㄒㄧㄥˊ ❶（行人、車馬等）在交通綫上通過：此巷不通行｜前面翻修公路，車輛停止通行。❷通用①；流通：這是全國通行的辦法。

【通行證】tōngxíngzhèng ㄊㄨㄥ ㄒㄧㄥˊ ㄓㄥˋ ❶准許在警戒區域或規定道路通行的證件。❷准許在同一系統下的各個機關通行的證件。

【通宿】tōngxiǔ ㄊㄨㄥ ㄒㄧㄡˇ 通夜；通宵。

【通訊】tōngxùn ㄊㄨㄥ ㄒㄩㄣˋ ❶利用電訊設備傳遞消息：通訊班｜無綫電通訊。❷詳實而生動地報道客觀事物或典型人物的文章。

【通訊社】tōngxùnshè ㄊㄨㄥ ㄒㄩㄣˋ ㄕㄜˋ 採訪和編輯新聞供給各報社使用的宣傳機構，如我國的新華社。

【通訊網】tōngxùnwǎng ㄊㄨㄥ ㄒㄩㄣˋ ㄨㄤˇ 分佈很廣的許多電台或通訊員所組成的整體。

【通訊員】tōngxùnyuán ㄊㄨㄥ ㄒㄩㄣˋ ㄩㄢˊ 報刊、通訊社、電台邀請的為其經常寫通訊報道的非專業人員。

【通夜】tōngyè ㄊㄨㄥ ㄧㄝˋ 整夜。

【通譯】tōngyì ㄊㄨㄥ ㄧˋ ❶舊時指在語言互不相通的人談話時做翻譯。❷舊時指做通譯工作的人。

【通用】tōngyòng ㄊㄨㄥ ㄩㄥˋ ❶（在一定範圍內）普遍使用：國際單位制世界通用｜使用當地民族通用的語言文字。❷某些寫法不同而讀音相同的漢字彼此可以換用（有的限於某一意義），如'太'和'泰'，'措詞'和'措辭'。

【通郵】tōngyóu ㄊㄨㄥ ㄧㄡˊ （國家、地區之間）有郵件來往。

【通則】tōngzé ㄊㄨㄥ ㄗㄜˊ 適合於一般情況的規章或法則：民法通則。

【通知】tōngzhī ㄊㄨㄥ ㄓ ❶把事項告訴人知道：你回去通知大家，明天就動工｜你走以前通知我一聲。❷通知事項的文書或口信：把通知發出去｜口頭通知。

嗵 tōng ㄊㄨㄥ 象聲詞：他嗵嗵地往前走｜心嗵嗵直跳。

tóng（ㄊㄨㄥˊ）

仝 tóng ㄊㄨㄥˊ ❶同'同'。❷（Tóng）姓。

同 tóng ㄊㄨㄥˊ ❶相同；一樣：同類｜同歲｜同工同酬｜大同小異｜條件不同｜同是一雙手，我為甚麼幹不過他？❷跟…相同：同上｜同前｜'貳'同'二'。❸共同；一齊（從事）：一同｜會同｜陪同｜同甘苦，共患難。❹介詞，引進動作的對象，跟'跟'相同：有事同群眾商量。❺介詞，引進比較的事物，跟'跟'相同：他同哥哥一樣聰明｜今年的氣候同往年不一樣。❻〈方〉介詞，表示替人做事，跟'給'相同：這封信我一直同你保存着｜你別着急，我同你出個主意。❼連詞，表示聯合關係，跟'和'相同：我同你一起去。❽（Tóng）姓。

另見1150頁 tòng。

【同案犯】tóng'ànfàn ㄊㄨㄥˊ ㄢˋ ㄈㄢˋ 指共同參加同一犯罪案件的人。

【同班】tóng//bān ㄊㄨㄥˊ//ㄅㄢ 同在一個班裏：同班同學｜同班戰友。

【同班】tóngbān ㄊㄨㄥˊ ㄅㄢ 同一個班級的同學。

【同伴】tóngbàn ㄊㄨㄥˊ ㄅㄢˋ (同伴兒) 在一起工作、生活或從事某項活動的人：他進城時找了個同伴。

【同胞】tóngbāo ㄊㄨㄥˊ ㄅㄠ ❶同父母所生的：同胞兄弟｜同胞姐妹。❷同一個國家或民族的人：告全國同胞書。

【同輩】tóngbèi ㄊㄨㄥˊ ㄅㄟˋ 輩分相同：村裏同輩的男子都以兄弟相稱。

【同病相憐】tóng bìng xiāng lián ㄊㄨㄥˊ ㄅㄧㄥˋ ㄒㄧㄤ ㄌㄧㄢˊ 比喻有同樣不幸遭遇的人互相同情。

【同步】tóngbù ㄊㄨㄥˊ ㄅㄨˋ ❶科學技術上指兩個或兩個以上隨時間變化的量在變化過程中保持一定的相對關係。❷泛指互相關聯的事物在進行速度上協調一致：實現產值、利潤和財政收入同步增長。

【同儕】tóngchái ㄊㄨㄥˊ ㄔㄞˊ 〈書〉同輩。

【同仇敵愾】tóng chóu díkài ㄊㄨㄥˊ ㄔㄡˊ ㄉㄧˊ ㄎㄞˋ 全體一致地仇恨敵人。

【同窗】tóngchuāng ㄊㄨㄥˊ ㄔㄨㄤ ❶同在一個學校學習：同窗三載｜同窗好友。❷同在一個學校學習的人：他是我舊日的同窗。

【同牀異夢】tóng chuáng yì mèng ㄊㄨㄥˊ ㄔㄨㄤˊ ㄧˋ ㄇㄥˋ 比喻雖然共同生活或者共同從事某項活動，但是各人有各人的打算。

【同道】tóngdào ㄊㄨㄥˊ ㄉㄠˋ ❶志同道合的人：引為同道。❷同一行業的人：新聞界的同道。❸同路：同道南下。

【同等】tóngděng ㄊㄨㄥˊ ㄉㄥˇ 等級或地位相同：同等重要｜同等地位。

【同等學力】tóngděng xuélì ㄊㄨㄥˊ ㄉㄥˇ ㄒㄩㄝˊ ㄌㄧˋ 沒有在某一等級的學校畢業或者沒有在某一班級肄業而具有相等的知識技能的水平：高中畢業或具有同等學力者都可以報考。

【同調】tóngdiào ㄊㄨㄥˊ ㄉㄧㄠˋ 比喻志趣或主張相同的人：引為同調。

【同惡相濟】tóng è xiāng jì ㄊㄨㄥˊ ㄜˋ ㄒㄧㄤ ㄐㄧˋ 壞人跟壞人互相幫助，共同作惡。

【同房】tóng∥fáng ㄊㄨㄥˊ∥ㄈㄤˊ ❶在同一房間住宿。❷婉辭，指夫妻過性生活。

【同房】tóngfáng ㄊㄨㄥˊ ㄈㄤˊ 指家族中同一支的：同房兄弟。

【同甘共苦】tóng gān gòng kǔ ㄊㄨㄥˊ ㄍㄢ ㄍㄨㄥˋ ㄎㄨˇ 共同享受幸福，共同擔當艱苦。

【同感】tónggǎn ㄊㄨㄥˊ ㄍㄢˇ 相同的感想或感受：他認為這部小說的人物寫得十分成功，我也有同感。

【同庚】tónggēng ㄊㄨㄥˊ ㄍㄥ 歲數相同：咱倆同庚，只是我小你兩個月。

【同工同酬】tóng gōng tóng chóu ㄊㄨㄥˊ ㄍㄨㄥ ㄊㄨㄥˊ ㄔㄡˊ 不分種族、民族、性別、年齡，做同樣的工作，工作的質量、數量相同的，給予同樣的報酬。

【同工異曲】tóng gōng yì qǔ ㄊㄨㄥˊ ㄍㄨㄥ ㄧˋ ㄑㄩˇ 見1356頁〖異曲同工〗。

【同歸於盡】tóng guī yú jìn ㄊㄨㄥˊ ㄍㄨㄟ ㄩˊ ㄐㄧㄣˋ 一同死亡或毀滅。

【同行】tóngháng ㄊㄨㄥˊ ㄏㄤˊ ❶行業相同：他倆同行，都是學醫的。❷同行業的人：路上碰到一個同行，聊了幾句。

另見 tóngxíng。

【同好】tónghào ㄊㄨㄥˊ ㄏㄠˋ 愛好相同的人：公諸同好。

【同化】tónghuà ㄊㄨㄥˊ ㄏㄨㄚˋ ❶不相同的事物逐漸變得相近或相同：民族同化。❷語言學上指一個音變得和鄰近的音相同或相似。如'難免'(nánmiǎn)在口語中讀成 nánmiǎn，'難'字的韵尾 n 受了後面'免'字聲母 m 的影響變成 m。

【同化政策】tónghuà zhèngcè ㄊㄨㄥˊ ㄏㄨㄚˋ ㄓㄥˋ ㄘㄜˋ 指統治民族的統治者所實行的強制同化其他民族的政策。

【同化作用】tónghuà zuòyòng ㄊㄨㄥˊ ㄏㄨㄚˋ ㄗㄨㄛˋ ㄩㄥˋ 生物體在新陳代謝過程中，從食物中攝取養料，使它轉化成本身的物質，並儲存能量。這個過程叫做同化作用。

【同夥】tónghuǒ ㄊㄨㄥˊ ㄏㄨㄛˇ ❶共同參加某種組織，從事某種活動(多含貶義)。❷同夥的人(多含貶義)：供出同夥。

【同居】tóngjū ㄊㄨㄥˊ ㄐㄩ ❶同在一處居住：父母死後，他和叔父同居。❷指夫妻共同生活。也指男女雙方沒有結婚而共同生活。

【同類】tónglèi ㄊㄨㄥˊ ㄌㄟˋ ❶類別相同：同類作品｜同類案件。❷同類的人或事物：同類相從。

【同僚】tóngliáo ㄊㄨㄥˊ ㄌㄧㄠˊ 舊時稱同在一個官署任職的官吏。

【同齡】tónglíng ㄊㄨㄥˊ ㄌㄧㄥˊ 年齡相同或相近：我和新中國同齡｜同齡人。

【同流合污】tóng liú hé wū ㄊㄨㄥˊ ㄌㄧㄡˊ ㄏㄜˊ ㄨ 隨着壞人一起做壞事。

【同路】tóng∥lù ㄊㄨㄥˊ∥ㄌㄨˋ 一路同行。

【同路人】tónglùrén ㄊㄨㄥˊ ㄌㄨˋ ㄖㄣˊ 一路同行的人，比喻在某一革命階段在某種程度上追隨或贊同革命的人。

【同門】tóngmén ㄊㄨㄥˊ ㄇㄣˊ 〈書〉❶指受業於同一個老師。❷指受業於同一個老師的人。

【同盟】tóngméng ㄊㄨㄥˊ ㄇㄥˊ ❶為採取共同行動而締結盟約：同盟國｜同盟軍｜同盟罷工。❷由締結盟約而形成的整體：結成同盟｜軍事同盟｜攻守同盟。

【同盟國】tóngméngguó ㄊㄨㄥˊ ㄇㄥˊ ㄍㄨㄛˊ ❶締結同盟條約或參加某一同盟條約的國家。❷第一次世界大戰時，指由德、奧等國結成的戰爭集團，是第一次世界大戰的發動者。❸第二次世界大戰期間，指反對德、意、日法西斯侵略的中、蘇、美、英、法等國。

【同盟會】Tóngménghuì ㄊㄨㄥˊ ㄇㄥˊ ㄏㄨㄟˋ 中國同盟會的簡稱。

【同盟軍】tóngméngjūn ㄊㄨㄥˊ ㄇㄥˊ ㄐㄩㄣ 為共同的鬥爭目標而結成同盟的隊伍。

【同名】tóngmíng ㄊㄨㄥˊ ㄇㄧㄥˊ 名字或名稱相同：同名異姓｜這部影片是根據同名小說改編的。

【同謀】tóngmóu ㄊㄨㄥˊ ㄇㄡˊ ❶共同謀劃(做壞事)：同謀犯｜同謀作案。❷共同謀劃做壞事的人：供出同謀。

【同年】tóngnián ㄊㄨㄥˊ ㄋㄧㄢˊ ❶同一年：同年九月大橋竣工。❷〈方〉同歲。❸科舉考試同榜考中的人。

【同期】tóngqī ㄊㄨㄥˊ ㄑㄧ ❶同一個時期：產量超過歷史同期最高水平。❷同一屆：同期畢業。

【同情】tóngqíng ㄊㄨㄥˊ ㄑㄧㄥˊ ❶對於別人的遭遇在感情上發生共鳴：同情心｜他在青少年時期就十分同情被壓迫的勞苦大眾。❷對於別人的行動表示贊成：我們同情並支持該國人民的正義鬥爭。

【同人】tóngrén ㄊㄨㄥˊ ㄖㄣˊ 稱在同一單位工作的人或同行業的人。也作同仁。

【同仁】tóngrén ㄊㄨㄥˊ ㄖㄣˊ 同'同人'。

【同上】tóngshàng ㄊㄨㄥˊ ㄕㄤˋ 跟上面所說的相同(多用於填表)。

【同聲相應，同氣相求】tóng shēng xiāng yìng, tóng qì xiāng qiú ㄊㄨㄥˊ ㄕㄥ ㄒㄧㄤ ㄧㄥˋ, ㄊㄨㄥˊ ㄑㄧˋ ㄒㄧㄤ ㄑㄧㄡˊ 同類性質的事物互相感應，形容志趣相投的人自然地結合在一起(見於《周易·乾·文言》)。

【同時】tóngshí ㄊㄨㄥˊ ㄕˊ ❶同一個時候：他們倆是同時復員的｜在抓緊工程進度的同時，必須注意工程質量。❷表示並列關係，常含有進一層的意味：這是非常重要的任務，同時也是十分艱巨的任務。

【同事】tóng∥shì ㄊㄨㄥˊ∥ㄕˋ 在同一單位工作：我和他同過事｜我們同事已經多年。

【同事】tóngshì ㄊㄨㄥˊ ㄕˋ 在同一單位工作的人：老同事｜同事之間關係融洽。

【同室操戈】tóng shì cāo gē ㄊㄨㄥˊ ㄕˋ ㄘㄠ ㄍㄜ 一家人動起刀槍來，比喻內部相鬥。

【同歲】tóngsuì ㄊㄨㄥˊ ㄙㄨㄟˋ 年齡相同：我和他同歲，但他比我大幾個月。

【同位素】tóngwèisù ㄊㄨㄥˊ ㄨㄟˋ ㄙㄨˋ 同一元素中質子數相同、中子數不同的各種原子互為同位素。它們的原子序數相同，在元素週期表上佔同一位置。如氫有氕、氘、氚三種同位素。

【同位素量】tóngwèisùliàng ㄊㄨㄥˊ ㄨㄟˋ ㄙㄨˋ ㄌㄧㄤˋ 元素的同位素以原子質量單位為標準的相對質量。元素按其所含各種同位素的百分組成求得的平均同位素量，就是該元素的原子量。

【同喜】tóngxǐ ㄊㄨㄥˊ ㄒㄧˇ 客套話，用來回答對方的道喜。

【同鄉】tóngxiāng ㄊㄨㄥˊ ㄒㄧㄤ 同一籍貫的人(在外地時說)。

【同心】tóngxīn ㄊㄨㄥˊ ㄒㄧㄣ 齊心：同心同德(思想、行動一致)｜同心協力(統一認識，共同努力)。

【同行】tóngxíng ㄊㄨㄥˊ ㄒㄧㄥˊ 一起行路：一路同行｜跟他同行的還有兩個同學。

另見 tóngháng。

【同性】tóngxìng ㄊㄨㄥˊ ㄒㄧㄥˋ ❶性別相同：同性戀。❷性質相同：異性的電互相吸引，同性的電互相排斥。

【同性戀】tóngxìngliàn ㄊㄨㄥˊ ㄒㄧㄥˋ ㄌㄧㄢˋ 男子和男子或女子和女子之間發生的戀愛關係，是一種心理變態。也說同性戀愛。

【同姓】tóngxìng ㄊㄨㄥˊ ㄒㄧㄥˋ 同一姓氏。

【同學】tóng∥xué ㄊㄨㄥˊ∥ㄒㄩㄝˊ 在同一個學校學習：我們自幼同學｜我和他同過三年學。

【同學】tóngxué ㄊㄨㄥˊ ㄒㄩㄝˊ ❶在同一個學校學習的人：老同學｜這位是我的同班同學。❷稱呼學生：同學，請問你到遊樂場怎麼走？

【同樣】tóngyàng ㄊㄨㄥˊ ㄧㄤˋ 相同；一樣；沒有差異：同樣大小｜同樣美觀｜作同樣處理｜他們幾位做同樣的工作。

【同業】tóngyè ㄊㄨㄥˊ ㄧㄝˋ ❶相同的行業：同業公會。❷行業相同的人。

【同業公會】tóngyè gōnghuì ㄊㄨㄥˊ ㄧㄝˋ ㄍㄨㄥ ㄏㄨㄟˋ 舊時同行業的企業聯合組成的行會組織。簡稱公會。

【同一】tóngyī ㄊㄨㄥˊ ㄧ ❶共同的一個或一種：同一形式｜向同一目標前進。❷一致；統一：同一性。

【同一律】tóngyīlǜ ㄊㄨㄥˊ ㄧ ㄌㄩˋ 形式邏輯的基本規律之一，就是在同一思維過程中，必須在同一意義上使用概念和判斷，不能混淆不相同的概念和判斷。公式是：'甲是甲'或'甲等於甲'。

【同義詞】tóngyìcí ㄊㄨㄥˊ ㄧˋ ㄘˊ 意義相同或相近的詞，如'教室'和'課堂'，'保護'和'保衛'，'巨大'和'宏大'。

【同意】tóngyì ㄊㄨㄥˊ ㄧˋ 對某種主張表示相同的意見；贊成；准許：我的意見你同意嗎？｜上級會同意你們的要求。

【同音詞】tóngyīncí ㄊㄨㄥˊ ㄧㄣ ㄘˊ 語音相同而意義不同的詞，如'反攻'和'返工'(fǎngōng)，'樹木'和'數目'(shùmù)。

【同志】tóngzhì ㄊㄨㄥˊ ㄓˋ ❶為共同的理想、事業而奮鬥的人，特指同一個政黨的成員。❷人們慣用的彼此之間的稱呼：女同志｜老同志｜張同志｜同志，請問您貴姓？

【同治】Tóngzhì ㄊㄨㄥˊ ㄓˋ 清穆宗(愛新覺羅載淳)年號(公元1862－1874)。

【同舟共濟】tóng zhōu gòng jì ㄊㄨㄥˊ ㄓㄡ ㄍㄨㄥˋ ㄐㄧˋ 比喻同心協力，共同渡過困難。

【同宗】tóngzōng ㄊㄨㄥˊ ㄗㄨㄥ 同一家族：他倆同姓不同宗。

佟 Tóng ㄊㄨㄥˊ 姓。

彤 tóng ㄊㄨㄥˊ ❶〈書〉紅色：彤弓。❷(Tóng)姓。

【彤雲】tóngyún ㄊㄨㄥˊ ㄩㄣˊ ❶紅霞。❷下雪前密佈的陰雲：彤雲密佈。

峂 tóng ㄊㄨㄥˊ 峂峪(Tóngyù ㄊㄨㄥˊ ㄩˋ)，地名，在北京。

侗 tóng ㄊㄨㄥˊ 〈書〉幼稚；無知。

另見274頁 Dòng；1149頁 tǒng。

垌 tóng ㄊㄨㄥˊ 垌塚(Tóngzhǒng ㄊㄨㄥˊ ㄓㄨㄥˇ)，地名，在湖北。

另見274頁 dòng。

茼〔茼〕 tóng ㄊㄨㄥˊ［茼蒿］(tónghāo ㄊㄨㄥˊ ㄏㄠ)一年或二年生草本植物，葉互生，長形羽狀分裂，頭狀花序，花黃色或白色，瘦果有棱。嫩莖和葉有特殊香氣，可以吃。有的地區叫蓬蒿。

峒 tóng ㄊㄨㄥˊ 崆峒(Kōngtóng ㄎㄨㄥ ㄊㄨㄥˊ)，山名，在甘肅。又島名，在山東。

另見274頁 dòng。

桐 tóng ㄊㄨㄥˊ ❶泡桐。❷油桐。❸梧桐。

【桐油】tóngyóu ㄊㄨㄥˊ ㄧㄡˊ 用油桐的種子榨的油，黃棕色，有毒，是質量很好的乾性油，用來製造油漆、油墨、油布，也可做防水防腐劑等。

硿 tóng ㄊㄨㄥˊ 混凝土。

烔 tóng ㄊㄨㄥˊ 烔煬鎮(Tóngyángzhèn ㄊㄨㄥˊ ㄧㄤˊ ㄓㄣˋ)，地名，在安徽。

童(❸僮) tóng ㄊㄨㄥˊ ❶兒童；小孩子：牧童｜頑童｜童話｜童謠｜童年。❷指沒結婚的：童男｜童女。❸(童兒)舊時指未成年的僕人：書童兒｜家童。❹禿：童山。❺(Tóng)姓。

'僮'另見1505頁 Zhuàng。

【童便】tóngbiàn ㄊㄨㄥˊ ㄅㄧㄢˋ 中醫指十二歲以下健康男孩子的尿，可入藥。

【童工】tónggōng ㄊㄨㄥˊ ㄍㄨㄥ 雇用的未成年的工人。

【童話】tónghuà ㄊㄨㄥˊ ㄏㄨㄚˋ 兒童文學的一種體裁，通過豐富的想像、幻想和誇張來編寫適合於兒童欣賞的故事。

【童蒙】tóngméng ㄊㄨㄥˊ ㄇㄥˊ 〈書〉年幼無知的兒童。

【童年】tóngnián ㄊㄨㄥˊ ㄋㄧㄢˊ 兒童時期；幼年：童年時代｜回憶童年時的生活。

【童僕】tóngpú ㄊㄨㄥˊ ㄆㄨˊ 〈書〉家童和僕人。也泛指僕人。

【童山】tóngshān ㄊㄨㄥˊ ㄕㄢ 沒有樹木的山：童山禿嶺。

【童生】tóngshēng ㄊㄨㄥˊ ㄕㄥ 明清兩代稱沒有考秀才或沒有考取秀才的讀書人。

【童聲】tóngshēng ㄊㄨㄥˊ ㄕㄥ 兒童未變聲以前的嗓音。

【童心】tóngxīn ㄊㄨㄥˊ ㄒㄧㄣ 小孩子的天真純樸的心；像小孩子那樣的天真純樸的心：童心未泯｜萌發了童心。

【童星】tóngxīng ㄊㄨㄥˊ ㄒㄧㄥ 稱有名的未成年的演員、運動員。

【童顏鶴髮】tóng yán hè fà ㄊㄨㄥˊ ㄧㄢˊ ㄏㄜˋ ㄈㄚˋ 見467頁〖鶴髮童顏〗。

【童養媳】tóngyǎngxí ㄊㄨㄥˊ ㄧㄤˇ ㄒㄧˊ 領養人家的小女孩兒做兒媳婦，等兒子長大後再結婚。這樣的小女孩兒叫做童養媳。

【童謠】tóngyáo ㄊㄨㄥˊ ㄧㄠˊ 在兒童中間流行的歌謠，形式比較簡短。

【童貞】tóngzhēn ㄊㄨㄥˊ ㄓㄣ 指沒有經過性交的人所保持的貞操(多指女性)。

【童真】tóngzhēn ㄊㄨㄥˊ ㄓㄣ 兒童的天真稚氣：歌中充滿童真的感情。

【童裝】tóngzhuāng ㄊㄨㄥˊ ㄓㄨㄤ 兒童服裝。

【童子】tóngzǐ ㄊㄨㄥˊ ㄗˇ 男孩子；兒童。

【童子雞】tóngzǐjī ㄊㄨㄥˊ ㄗˇ ㄐㄧ 〈方〉笋雞。

酮 tóng ㄊㄨㄥˊ 有機化合物的一類，是羰基的兩個單鍵分別和兩個烴基連接而成的化合物。［英 ketone］

銅(铜) tóng ㄊㄨㄥˊ 金屬元素，符號 Cu (cuprum)。淡紫紅色，延展性和導電、導熱性能好，是工業的重要原料，用途廣泛。

【銅板】tóngbǎn ㄊㄨㄥˊ ㄅㄢˇ ❶銅圓。❷演唱快書等打拍子用的板狀器具，多用銅製成。

【銅版】tóngbǎn ㄊㄨㄥˊ ㄅㄢˇ 用銅製成的印刷版，主要用來印刷照片、圖片等。

【銅版畫】tóngbǎnhuà ㄊㄨㄥˊ ㄅㄢˇ ㄏㄨㄚˋ 版畫的一種，在以銅為主的金屬版上刻畫或腐蝕成圖形，再印在紙上。

【銅幣】tóngbì ㄊㄨㄥˊ ㄅㄧˋ 銅製的貨幣。

【銅鼓】tónggǔ ㄊㄨㄥˊ ㄍㄨˇ 南方一些少數民族的打擊樂器。由古代炊具的銅釜發展而成，鼓面有浮雕圖案，鼓身有花紋，視為象徵統治權力的重器。明清以來，成為一般的娛樂樂器。

【銅活】tónghuó ㄊㄨㄥˊ ㄏㄨㄛˊ ❶建築物或器物上各種銅製的物件。❷製造和修理上述物件的工作。

【銅匠】tóng·jiang ㄊㄨㄥˊ·ㄐㄧㄤ 製造和修理銅器的手工業工人。

【銅筋鐵骨】tóng jīn tiě gǔ ㄊㄨㄥˊ ㄐㄧㄣ ㄊㄧㄝˇ ㄍㄨˇ 比喻十分健壯的身體。

【銅綠】tónglǜ ㄊㄨㄥˊ ㄌㄩˋ 銅表面上生成的綠銹，主要成分是碱式碳酸銅，粉末狀，有毒。用來製烟火和顏料、殺蟲劑等。

【銅模】tóngmú ㄊㄨㄥˊ ㄇㄨˊ 字模。

【銅牌】tóngpái ㄊㄨㄥˊ ㄆㄞˊ 獎牌的一種，獎給第三名。

【銅器時代】tóngqì shídài ㄊㄨㄥˊ ㄑㄧˋ ㄕˊ ㄉㄞˋ 考古學上指石器時代後、鐵器時代前的一個時代。這時人類已經能用青銅製成工具，農業和畜牧業有了很大的發展。我國在公元前2000年左右已能用青銅鑄造器物。一般指青銅器時代。

【銅錢】tóngqián ㄊㄨㄥˊ ㄑㄧㄢˊ 古代銅質輔幣，圓形，中有方孔。

【銅牆鐵壁】tóng qiáng tiě bì ㄊㄨㄥˊ ㄑㄧㄤˊ ㄊㄧㄝˇ ㄅㄧˋ 比喻十分堅固、不可摧毀的事物。也説鐵壁銅牆。

【銅臭】tóngxiù ㄊㄨㄥˊ ㄒㄧㄡˋ 指銅錢、銅圓的臭味，用來譏諷惟利是圖的表現：滿身銅臭。

【銅銹】tóngxiù ㄊㄨㄥˊ ㄒㄧㄡˋ 銅綠。

【銅元】tóngyuán ㄊㄨㄥˊ ㄩㄢˊ 同'銅圓'。

【銅圓】tóngyuán ㄊㄨㄥˊ ㄩㄢˊ 從清代末年到抗日戰爭前通用的銅質輔幣，圓形。也作銅元。

【銅子兒】tóngzǐr ㄊㄨㄥˊ ㄗㄦˇ 銅圓。

潼 tóng ㄊㄨㄥˊ 潼關(Tóngguān ㄊㄨㄥˊ ㄍㄨㄢ)，地名，在陝西。

橦 tóng ㄊㄨㄥˊ 古書上指木棉樹。

曈 tóng ㄊㄨㄥˊ 見下。

【曈曨】tónglóng ㄊㄨㄥˊ ㄌㄨㄥˊ 〈書〉形容太陽初升由暗而明。

【曈曈】tóngtóng ㄊㄨㄥˊ ㄊㄨㄥˊ 〈書〉❶日出時光亮的樣子：初日曈曈。❷(目光)閃爍的樣子。

朣 tóng ㄊㄨㄥˊ ［朣朦］(tóngméng ㄊㄨㄥˊ ㄇㄥˊ)〈書〉不明亮的樣子。

瞳 tóng ㄊㄨㄥˊ 瞳孔。

【瞳孔】tóngkǒng ㄊㄨㄥˊ ㄎㄨㄥˇ 虹膜中心的圓孔，光綫通過瞳孔進入眼內。瞳孔可以隨着光綫的強弱而擴大或縮小。通稱瞳人。(圖見1318頁'眼')

【瞳人】tóngrén ㄊㄨㄥˊ ㄖㄣˊ (瞳人兒)瞳孔中有人像(就是看它的人的像)，因此通稱瞳人。也作瞳仁。

【瞳仁】tóngrén ㄊㄨㄥˊ ㄖㄣˊ 同'瞳人'。

鮦(鲖) tóng ㄊㄨㄥˊ 鮦城(Tóngchéng ㄊㄨㄥˊ ㄔㄥˊ)，地名，在安徽。

tǒng (ㄊㄨㄥˇ)

侗 tǒng ㄊㄨㄥˇ 見744頁［儱侗］(lǒng-tǒng)。另見274頁 Dòng；1148頁 tóng。

捅(搧) tǒng ㄊㄨㄥˇ ❶戳；扎：捅了一刀｜他把窗戶紙捅了個大窟窿。❷碰；觸動：我用胳膊肘捅了他一下。❸戳穿；揭露：他是個直性人，把看到的事兒都捅出來了。

【捅咕】tǒng·gu ㄊㄨㄥˇ·ㄍㄨ ❶碰；觸動。❷從旁鼓動人(做某種事)。

【捅婁子】tǒng lóu·zi ㄊㄨㄥˇ ㄌㄡˊ·ㄗ 引起糾紛；惹禍。

【捅馬蜂窩】tǒng mǎfēngwō ㄊㄨㄥˇ ㄇㄚˇ ㄈㄥ ㄨㄛ 比喻惹禍或觸動不好惹的人。

桶 tǒng ㄊㄨㄥˇ 盛東西的器具，用木頭、鐵皮、塑料等製成，多為圓筒形，有的有提樑：水桶｜汽油桶。

筒(筩) tǒng ㄊㄨㄥˇ ❶粗大的竹管：竹筒。❷較粗的管狀器物：筆筒｜烟筒｜郵筒。❸(筒兒)衣服等的筒狀部分：袖筒兒｜襪筒兒｜長筒靴。也作統。

【筒褲】tǒngkù ㄊㄨㄥˇ ㄎㄨˋ 褲腿呈直筒狀的褲子，褲腿膝部和最下端肥瘦略同。

【筒裙】tǒngqún ㄊㄨㄥˇ ㄑㄩㄣˊ 呈筒狀的裙子，上部和下部肥瘦略同，一般下襬長不過膝部，沒有褶子。

【筒瓦】tǒngwǎ ㄊㄨㄥˇ ㄨㄚˇ 半圓筒形的瓦。

【筒子】tǒng·zi ㄊㄨㄥˇ·ㄗ 筒：竹筒子｜槍筒子｜襪筒子。

【筒子樓】tǒng·zilóu ㄊㄨㄥˇ·ㄗ ㄌㄡˊ 中間是過道，兩邊是住房，沒有廚房和衞生間的樓房。這種樓房俗稱筒子樓。

統[1](统) tǒng ㄊㄨㄥˇ ❶事物彼此之間連續的關係：系統｜血統｜傳統。❷總起來；總括；全部：統籌｜統購統銷｜這些東西統歸你用。❸統領；統管：統治｜統兵｜上級主管部門不要對企業統得過死。

統[2](统) tǒng ㄊㄨㄥˇ 同'筒'③：長統皮靴｜皮統子。

【統艙】tǒngcāng ㄊㄨㄥˇ ㄘㄤ 輪船上可以容納許多乘客的大艙，有時也用來裝載貨物。

【統稱】tǒngchēng ㄊㄨㄥˇ ㄔㄥ ❶總起來叫做：陶器和瓷器統稱為陶瓷。❷總的名稱：陶瓷是陶器和瓷器的統稱。

【統籌】tǒngchóu ㄊㄨㄥˇ ㄔㄡˊ 統一籌劃：統籌兼顧｜統籌全局。

【統共】tǒnggòng ㄊㄨㄥˇ ㄍㄨㄥˋ 一共：我們小組統共才七個人。

【統購】tǒnggòu ㄊㄨㄥˇ ㄍㄡˋ 國家對某些有關國計民生的重要物資實行有計劃的統一收購。

【統管】tǒngguǎn ㄊㄨㄥˇ ㄍㄨㄢˇ 統一管理；全面管理：統管家務｜學校的行政和教學工作都由校長統管。

【統貨】tǒnghuò ㄊㄨㄥˇ ㄏㄨㄛˋ 商業上指不分質量、規格、等級而按照一個價格購進或售出的某一種商品。

【統計】tǒngjì ㄊㄨㄥˇ ㄐㄧˋ ❶指對某一現象有關的數據的搜集、整理、計算和分析等。❷總括地計算：把人數統計一下。

【統計學】tǒngjìxué ㄊㄨㄥˇ ㄐㄧˋ ㄒㄩㄝˊ 研究統計理論和方法的學科。

【統考】tǒngkǎo ㄊㄨㄥˇ ㄎㄠˇ 在一定範圍內用統一的試題進行的考試：全國統考｜語文統考｜全區數學統考，她取得了較好的成績。

【統領】tǒnglǐng ㄊㄨㄥˇ ㄌㄧㄥˇ ❶統轄率領：統領各路人馬。❷統領人馬的軍官。

【統攝】tǒngshè ㄊㄨㄥˇ ㄕㄜˋ 〈書〉統轄。

【統屬】tǒngshǔ ㄊㄨㄥˇ ㄕㄨˇ 上級統轄下級，下級隸屬於上級：統屬關係｜彼此不相統屬。

【統帥】tǒngshuài ㄊㄨㄥˇ ㄕㄨㄞˋ ❶統率全國武裝力量的最高領導人。❷同'統率'。

【統率】tǒngshuài ㄊㄨㄥˇ ㄕㄨㄞˋ 統轄率領：統率全軍。

【統統】tǒngtǒng ㄊㄨㄥˇ ㄊㄨㄥˇ 通通。

【統轄】tǒngxiá ㄊㄨㄥˇ ㄒㄧㄚˊ 管轄（所屬單位）：這個團歸司令部直接統轄。

【統銷】tǒngxiāo ㄊㄨㄥˇ ㄒㄧㄠ 國家對某些有關國計民生的重要物資實行有計劃的統一銷售。

【統一】tǒngyī ㄊㄨㄥˇ ㄧ ❶部分聯成整體；分歧歸於一致：統一體｜統一戰綫｜大家的意見逐漸統一了。❷一致的；整體的；單一的：統一的意見｜統一調配｜統一領導。

【統一體】tǒngyītǐ ㄊㄨㄥˇ ㄧ ㄊㄧˇ 哲學上指矛盾的兩個方面在一定條件下相互依存而結成的整體。

【統一戰綫】tǒngyī zhànxiàn ㄊㄨㄥˇ ㄧ ㄓㄢˋ ㄒㄧㄢˋ 幾個階級或幾個政黨為了某種共同的政治目的結成的聯盟。如抗日民族統一戰綫、人民民主統一戰綫、國際統一戰綫等。

【統戰】tǒngzhàn ㄊㄨㄥˇ ㄓㄢˋ 統一戰綫的簡稱：統戰政策｜統戰工作。

【統制】tǒngzhì ㄊㄨㄥˇ ㄓˋ 統一控制：經濟統制｜統制軍用物資。

【統治】tǒngzhì ㄊㄨㄥˇ ㄓˋ ❶憑藉政權來控制、管理國家或地區：統治階級｜血腥統治｜封建統治。❷支配；控制：統治文壇。

【統治階級】tǒngzhì jiējí ㄊㄨㄥˇ ㄓˋ ㄐㄧㄝ ㄐㄧˊ 掌握國家政權的階級，有時特指佔統治地位的剝削階級。

tòng（ㄊㄨㄥˋ）

同 tòng ㄊㄨㄥˋ 見484頁〖胡同〗。
另見1145頁 tóng。

通 tòng ㄊㄨㄥˋ （通兒）量詞，用於動作：打了三通鼓｜捱了一通兒說。
另見1143頁 tōng。

【通紅】tònghóng ㄊㄨㄥˋ ㄏㄨㄥˊ '通紅' tōnghóng 的又音。

衕 tòng ㄊㄨㄥˋ 見484頁［衚衕］(hú·tòng)。

痛 tòng ㄊㄨㄥˋ ❶疾病創傷等引起的難受的感覺：頭痛｜肚子痛｜傷口很痛。❷悲傷：悲痛｜哀痛。❸盡情地；深切地；徹底地：痛擊｜痛罵｜痛殲｜痛飲｜痛改前非。

【痛不欲生】tòng bù yù shēng ㄊㄨㄥˋ ㄅㄨˋ ㄩˋ ㄕㄥ 悲痛得不想活下去。形容悲傷到極點。

【痛斥】tòngchì ㄊㄨㄥˋ ㄔˋ 痛切地斥責；狠狠地斥責：痛斥國賊｜受了一頓痛斥。

【痛楚】tòngchǔ ㄊㄨㄥˋ ㄔㄨˇ 悲痛；苦楚：內心痛楚萬分。

【痛處】tòngchù ㄊㄨㄥˋ ㄔㄨˋ 感到痛苦的地方；心病：一句話觸到他的痛處。

【痛打】tòngdǎ ㄊㄨㄥˋ ㄉㄚˇ 狠狠地打：痛打一頓。

【痛悼】tòngdào ㄊㄨㄥˋ ㄉㄠˋ 沈痛地哀悼：痛悼死難烈士。

【痛定思痛】tòng dìng sī tòng ㄊㄨㄥˋ ㄉㄧㄥˋ ㄙ ㄊㄨㄥˋ 悲痛的心情平靜之後，回想以前的痛苦。

【痛感】tònggǎn ㄊㄨㄥˋ ㄍㄢˇ ❶深切地感覺到：他痛感自己知識貧乏。❷疼痛的感覺：針灸時有輕微的痛感。

【痛恨】tònghèn ㄊㄨㄥˋ ㄏㄣˋ 深切地憎恨。

【痛悔】tònghuǐ ㄊㄨㄥˋ ㄏㄨㄟˇ 深切地後悔。

【痛擊】tòngjī ㄊㄨㄥˋ ㄐㄧ 狠狠地打擊：迎頭痛擊。

【痛經】tòngjīng ㄊㄨㄥˋ ㄐㄧㄥ 婦女在行經前或行經時下腹子宮部位疼痛的症狀。也叫經痛。

【痛覺】tòngjué ㄊㄨㄥˋ ㄐㄩㄝˊ 身體組織因受破壞或受強烈的刺激所產生的感覺。

【痛哭】tòngkū ㄊㄨㄥˋ ㄎㄨ 盡情大哭：痛哭流涕｜痛哭失聲。

【痛苦】tòngkǔ ㄊㄨㄥˋ ㄎㄨˇ 身體或精神感到非常難受：痛苦的生活｜得了這種病，非常痛苦。

【痛快】tòng·kuài ㄊㄨㄥˋ ·ㄎㄨㄞˋ ❶舒暢；高興：看見場上一堆一堆的麥子，心裏真痛快。❷盡興：這個澡洗得真痛快｜痛痛快快地玩一場。❸爽快；直率：隊長痛快地答應了我們的要求｜他很痛快，說到哪兒做到哪兒。

【痛切】tòngqiè ㄊㄨㄥˋ ㄑㄧㄝˋ 悲痛而深切；非常沈痛：痛切地認識到自己的錯誤。

【痛惡】tòngwù ㄊㄨㄥˋ ㄨˋ 極端厭惡：不講公德的行為，令人痛惡。

【痛惜】tòngxī ㄊㄨㄥˋ ㄒㄧ 沈痛地惋惜：詩人英年早逝，令人痛惜。

【痛心】tòngxīn ㄊㄨㄥˋ ㄒㄧㄣ 極端傷心：做出這種事，真讓人痛心。

【痛心疾首】tòng xīn jí shǒu ㄊㄨㄥˋ ㄒㄧㄣ ㄐㄧˊ ㄕㄡˇ 形容痛恨到極點(疾首：頭痛)。

【痛癢】tòngyǎng ㄊㄨㄥˋ ㄧㄤˇ ❶比喻疾苦：痛癢相關。❷比喻緊要的事：不關痛癢。

【痛癢相關】tòngyǎng xiāngguān ㄊㄨㄥˋ ㄧㄤˇ ㄒㄧㄤ ㄍㄨㄢ 彼此疾苦互相關聯，形容關係極為密切：這事跟他痛癢相關，他怎能不着急？

慟(慟) tòng ㄊㄨㄥˋ 〈書〉極悲哀；大哭。

tōu (ㄊㄡ)

偷(❺媮) tōu ㄊㄡ ❶私下裏拿走別人的東西，據為己有：偷竊｜錢包被人偷去了。❷(偷兒)指偷盜的人：慣偷。❸瞞着人：偷看｜偷聽｜偷渡｜偷跑。❹抽出(時間)：偷空兒｜忙裏偷閑。❺苟且敷衍，只顧眼前：偷安。

【偷安】tōu'ān ㄊㄡ ㄢ 只顧眼前的安逸：苟且偷安。

【偷盜】tōudào ㄊㄡ ㄉㄠˋ 偷竊；盜竊：偷盜財物。

【偷渡】tōudù ㄊㄡ ㄉㄨˋ 偷偷通過封鎖的水域或區域。

【偷工減料】tōu gōng jiǎn liào ㄊㄡ ㄍㄨㄥ ㄐㄧㄢˇ ㄌㄧㄠˋ 不按照產品或工程所規定的質量要求而暗中攙假或削減工序和用料。

【偷雞摸狗】tōu jī mō gǒu ㄊㄡ ㄐㄧ ㄇㄛ ㄍㄡˇ ❶指偷盜(多指小偷小摸)。❷指男子亂搞男女關係。

【偷奸取巧】tōu jiān qǔ qiǎo ㄊㄡ ㄐㄧㄢ ㄑㄩˇ ㄑㄧㄠˇ 用狡猾的手段使自己不費力而得到好處：他這人專會偷奸取巧，幹事全憑一張嘴。

【偷空】tōu∥kòng ㄊㄡ∥ㄎㄨㄥˋ (偷空兒)忙碌中抽出時間(做別的事)：前兩天曾偷空去看過他一次。

【偷懶】tōu∥lǎn ㄊㄡ∥ㄌㄢˇ 貪圖安逸、省事，逃避應做的事：從不偷懶。

【偷樑換柱】tōu liáng huàn zhù ㄊㄡ ㄌㄧㄤˊ ㄏㄨㄢˋ ㄓㄨˋ 比喻用欺騙的手法暗中改變事物的內容或事情的性質。

【偷摸】tōumō ㄊㄡ ㄇㄛ 小偷小摸；偷盜：偷摸成性。

【偷巧】tōu∥qiǎo ㄊㄡ∥ㄑㄧㄠˇ 取巧。

【偷竊】tōuqiè ㄊㄡ ㄑㄧㄝˋ 盜竊。

【偷情】tōu∥qíng ㄊㄡ∥ㄑㄧㄥˊ 舊指暗中與人談戀愛，現多指與人發生不正當的男女關係。

【偷生】tōushēng ㄊㄡ ㄕㄥ 苟且地活着：偷生苟安。

【偷手】tōushǒu ㄊㄡ ㄕㄡˇ 指留有餘地不把本事全顯示出來。

【偷稅】tōu∥shuì ㄊㄡ∥ㄕㄨㄟˋ 有意不繳納或少繳納應該繳納的稅款。

【偷天換日】tōu tiān huàn rì ㄊㄡ ㄊㄧㄢ ㄏㄨㄢˋ ㄖˋ 比喻暗中玩弄手法，改變重大事物的真相來欺騙別人。

【偷偷】tōutōu ㄊㄡ ㄊㄡ (偷偷兒)形容行動不使人覺察：趁人不注意，他偷偷兒地溜走了。

【偷偷摸摸】tōutōumōmō ㄊㄡ ㄊㄡ ㄇㄛ ㄇㄛ 形容瞞着人做事，不敢讓人知道。

【偷襲】tōuxí ㄊㄡ ㄒㄧˊ 趁敵人不防備時突然襲擊：偷襲敵營。

【偷閑】tōu∥xián ㄊㄡ∥ㄒㄧㄢˊ ❶擠出空閑的時間：忙裏偷閑。❷〈方〉偷懶；閑着。

【偷眼】tōuyǎn ㄊㄡ ㄧㄢˇ 形容偷偷地看：他偷眼看了一下母親的神色。

【偷營】tōu∥yíng ㄊㄡ∥ㄧㄥˊ 偷襲敵人的軍營：偷營劫寨。

【偷嘴】tōu∥zuǐ ㄊㄡ∥ㄗㄨㄟˇ 偷吃東西。

tóu (ㄊㄡˊ)

投 tóu ㄊㄡˊ ❶向一定目標扔：投籃｜投手榴彈。❷放進去；送進去：投票｜投資。❸跳進去(專指自殺行為)：投河｜投江｜投井。❹投射②：把眼光投到他身上｜影子投在窗戶上。❺寄給人(書信等)：投書｜投稿。❻找上去；參加進去：投宿｜投考｜投軍｜棄暗投明｜投入戰鬥。❼合；迎合：投機｜情投意合｜意氣相投｜投其所好。❽臨；在…以前：投明(天亮以前)｜投暮(天黑以前)。

【投案】tóu∥àn ㄊㄡˊ∥ㄢˋ 犯法的人主動到司法機關或公安機關交代自己的作案經過，聽候處理：投案自首。

【投保】tóu∥bǎo ㄊㄡˊ∥ㄅㄠˇ 到保險部門辦理手續參加保險：家庭財產已經投保。

【投奔】tóubèn ㄊㄡˊ ㄅㄣˋ 前去依靠(別人)：投奔親戚。

【投筆從戎】tóu bǐ cóng róng ㄊㄡˊ ㄅㄧˇ ㄘㄨㄥˊ ㄖㄨㄥˊ 後漢班超家境窮困，在官府做抄寫工作，曾經擲筆長嘆說，大丈夫應當在邊疆為國立功，哪能老在筆硯之間討生活呢！(見於《後漢書．班超傳》)後人把文人從軍叫做投筆從戎。

【投畀豺虎】tóu bì chái hǔ ㄊㄡˊ ㄅㄧˋ ㄔㄞˊ ㄏㄨˇ (把壞人)扔給豺狼老虎吃掉(見於《詩經．小雅．巷伯》)。後用來表示對壞人十分憤恨。

【投鞭斷流】tóu biān duàn liú ㄊㄡˊ ㄅㄧㄢ ㄉㄨㄢˋ ㄌㄧㄡˊ 前秦的苻堅進攻東晉時驕傲地說，我這麼多的軍隊，把每個兵的馬鞭子都投到江裏，就能截斷水流(見於《晉書．苻堅載記》)。後用來比喻人馬眾多，兵力強大。

【投標】tóu∥biāo ㄊㄡˊ∥ㄅㄧㄠ 承包建築工程或承買大宗商品時，承包人或買主按照招標公告的標準和條件提出價格，填具標單，叫做投標。

【投產】tóuchǎn ㄊㄡˊ ㄔㄢˇ 投入生產：化肥廠已建成投產。

【投誠】tóuchéng ㄊㄡˊ ㄔㄥˊ (敵人、叛軍等)歸附：繳械投誠。

【投彈】tóu∥dàn ㄊㄡˊ∥ㄉㄢˋ 空投炸彈或燃燒彈等，也指投擲手榴彈。

【投敵】tóudí ㄊㄡˊ ㄉㄧˊ 投靠敵人：叛變投敵。

【投遞】tóudì ㄊㄡˊ ㄉㄧˋ 送(公文、信件等)；遞送：投遞員｜信上地址不明，無法投遞。

【投遞員】tóudìyuán ㄊㄡˊ ㄉㄧˋ ㄩㄢˊ 郵電局中負責投遞郵件和電報的人員。也叫郵遞員。

【投放】tóufàng ㄊㄡˊ ㄈㄤˋ ❶投下去；放進：投放魚餌。❷把人力、物力、資金等用於工農業或商業：投放資金｜為興修水利，投放了大量勞力。❸工商企業向市場供應商品：夏令商品已投放市場。

【投稿】tóu∥gǎo ㄊㄡˊ∥ㄍㄠˇ 把稿子送交報刊編輯部、出版社等，要求發表或出版：歡迎投稿｜他曾給報紙投過幾次稿。

【投工】tóu∥gōng ㄊㄡˊ∥ㄍㄨㄥ 投入勞動力；使用工作日：修這個水庫要投多少工？

【投合】tóuhé ㄊㄡˊ ㄏㄜˊ ❶合得來：兩人性情投合｜大家談得很投合。❷迎合：投合顧客的口味。

【投壺】tóuhú ㄊㄡˊ ㄏㄨˊ 古代宴會時的一種娛樂活動，賓主依次把籌投入壺中，以投中多少決定勝負，負者須飲酒(壺：古代的一種容器)。

【投繯】tóuhuán ㄊㄡˊ ㄏㄨㄢˊ〈書〉上吊(繯：繩索的套子)。

【投簧】tóuhuáng ㄊㄡˊ ㄏㄨㄤˊ ❶鑰匙適合鎖簧。❷比喻方法等切合實際，能收成效：這一劑藥總算投簧了。

【投機】tóujī ㄊㄡˊ ㄐㄧ ❶見解相同：話不投機｜我們一路上談得很投機。❷利用時機謀取私利：投機取巧｜投機分子｜投機買賣。

【投機倒把】tóujī dǎobǎ ㄊㄡˊ ㄐㄧ ㄉㄠˇ ㄅㄚˇ 指以買空賣空、囤積居奇、套購轉賣等手段牟取暴利。

【投機取巧】tóujī qǔqiǎo ㄊㄡˊ ㄐㄧ ㄑㄩˇ ㄑㄧㄠˇ 利用時機和巧妙手段謀取個人私利。也指不願下苦功夫，憑小聰明僥幸取得成功。

【投井下石】tóu jǐng xià shí ㄊㄡˊ ㄐㄧㄥˇ ㄒㄧㄚˋ ㄕˊ 見人投到井裏，不但不救，反而扔下石頭。比喻乘人之危，加以陷害。也說落井下石。

【投軍】tóujūn ㄊㄡˊ ㄐㄩㄣ 舊時指參軍。

【投考】tóukǎo ㄊㄡˊ ㄎㄠˇ 報名應試：投考高等學校。

【投靠】tóukào ㄊㄡˊ ㄎㄠˋ 前去依靠別人生活：投靠親友｜賣身投靠。

【投籃】tóu∥lán ㄊㄡˊ∥ㄌㄢˊ 打籃球時向球架上的鐵圈投球。

【投料】tóuliào ㄊㄡˊ ㄌㄧㄠˋ 投放原料或材料：按配方投料。

【投票】tóu∥piào ㄊㄡˊ∥ㄆㄧㄠˋ 選舉的一種方式，由選舉人將所要選的人的姓名寫在票上，或在印有候選人姓名的選票上做出標誌，投入票箱。表決議案也有用投票方式的。

【投契】tóuqì ㄊㄡˊ ㄑㄧˋ 投合；投機①：他倆越談越投契。

【投槍】tóuqiāng ㄊㄡˊ ㄑㄧㄤ 可以投擲出去殺傷敵人或野獸的標槍。

【投親】tóu∥qīn ㄊㄡˊ∥ㄑㄧㄣ 投靠親戚：投親靠友。

【投入】tóurù ㄊㄡˊ ㄖㄨˋ ❶投到某種環境裏去：投入生產｜新機場已經正式投入使用。❷聚精會神地做某事：她演戲很投入。❸指投放資金：少投入，多產出｜教育投入逐年增加。

【投射】tóushè ㄊㄡˊ ㄕㄜˋ ❶(對着目標)扔；擲：舉起標槍猛力向前投射。❷(光綫等)射：太陽從雲海中升起，金色的光芒投射到平靜的海面上｜周圍的人都對他投射出驚訝的眼光。

【投身】tóushēn ㄊㄡˊ ㄕㄣ 獻身出力：投身於教育事業。

【投生】tóu∥shēng ㄊㄡˊ∥ㄕㄥ 投胎。

【投師】tóu∥shī ㄊㄡˊ∥ㄕ 從師學習：投師訪友。

【投石問路】tóu shí wèn lù ㄊㄡˊ ㄕˊ ㄨㄣˋ ㄌㄨˋ 比喻先以某種行動試探。

【投鼠忌器】tóu shǔ jì qì ㄊㄡˊ ㄕㄨˇ ㄐㄧˋ ㄑㄧˋ 要打老鼠又怕打壞了牠旁邊的器物(《漢書·賈誼傳》：'里諺曰：欲投鼠而忌器')。比喻想打擊壞人而又有所顧忌。

【投訴】tóusù ㄊㄡˊ ㄙㄨˋ 向有關部門或有關人員申訴：投訴信｜投訴法院｜投訴無門。

【投宿】tóusù ㄊㄡˊ ㄙㄨˋ (旅客)找地方住宿：到客店投宿。

【投胎】tóu∥tāi ㄊㄡˊ∥ㄊㄞ 人或動物(多指家畜家禽)死後，靈魂投入母胎，轉生世間(迷信)。也說投生。

【投桃報李】tóu táo bào lǐ ㄊㄡˊ ㄊㄠˊ ㄅㄠˋ ㄌㄧˇ 他送給我桃兒，我拿李子回送他(《詩經·大雅·抑》：'投我以桃，報之以李')。比喻友好往來。

【投降】tóuxiáng ㄊㄡˊ ㄒㄧㄤˊ 停止對抗，向對方屈服：繳械投降。

【投效】tóuxiào ㄊㄡˊ ㄒㄧㄠˋ〈書〉前往效力：投效義軍。

【投藥】tóuyào ㄊㄡˊ ㄧㄠˋ ❶給以藥物服用。❷投放毒藥(多用於毒殺老鼠、蟑螂等)。

【投醫】tóu∥yī ㄊㄡˊ∥ㄧ 就醫：投醫求藥｜病急亂投醫。

【投影】tóuyǐng ㄊㄡˊ ㄧㄥˇ ❶光學上指在光綫的照射下物體的影子投射到一個面上，數學上指圖形的影子投射到一個面或一條綫上。❷在一個面或一條綫上投射的物體或圖形的影子。

【投映】tóuyìng ㄊㄡˊ ㄧㄥˋ (影像)呈現在物體上：他的身影投映在平靜的湖面上。

【投緣】tóuyuán ㄊㄡˊ ㄩㄢˊ 情意相合(多指初交)：兩人越談越投緣。

【投擲】tóuzhì ㄊㄡˊ ㄓˋ 扔；投①：投擲標槍｜投擲手榴彈。

【投資】tóu//zī ㄊㄡˊ//ㄗ ❶把資金投入企業：投資一百萬元｜決定投資建廠。❷泛指為達到一定目的而投入資金：投資辦學。

【投資】tóuzī ㄊㄡˊ ㄗ ❶投入企業的資金：一大筆投資。❷泛指為達到一定目的而投入的錢財：智力投資。

骰 tóu ㄊㄡˊ ［骰子］(tóu·zi ㄊㄡˊ ·ㄗ)〈方〉色子(shǎi·zi)。

頭(头) tóu ㄊㄡˊ ❶人身最上部或動物最前部長着口、鼻、眼等器官的部分。(圖見1017頁〖身體〗) ❷指頭髮或所留頭髮的樣式：剃頭｜留頭｜梳頭｜平頭｜分頭。❸(頭兒)物體的頂端或末梢：山頭｜筆頭兒｜中間粗，兩頭兒細。❹(頭兒)事情的起點或終點：話頭兒｜提個頭兒｜這樣一條綫一條綫地，織到甚麼時候才是個頭兒呀！❺(頭兒)物品的殘餘部分：布頭兒｜蠟頭兒｜鉛筆頭兒。❻(頭兒)頭目：李頭兒｜他是這一幫人的頭兒。❼(頭兒)方面：他們是一頭兒的｜心挂兩頭。❽第一：頭等｜頭號。❾領頭的；次序居先的：頭車｜頭馬｜頭羊。❿用在數量詞前面，表示次序在前的：頭趟｜頭一遍｜頭半本｜頭幾個｜頭三天(＝前面的三天)。⓫〈方〉用在'年'或'天'前面，表示時間在先的：頭年(＝去年或上一年)｜頭天(＝上一天)｜頭兩年(＝去年和前年，或某年以前的兩年)｜頭三天(＝昨天、前天和大前天，或某天以前的三天)。⓬臨；接近：頭五點就得動身｜頭雞叫我就起來了｜頭吃飯要洗手。⓭用在某兩個數字之間，表示約數，兼表數目不大：十頭八塊｜三頭五百。⓮量詞。a)用於牛、驢、騾、羊等家畜：一頭牛｜兩頭驢。b)用於蒜：一頭蒜。

頭(头) ·tou ·ㄊㄡ ❶(頭兒)名詞後綴。a)接於名詞性詞根：木頭｜石頭｜骨頭｜舌頭｜罐頭｜尺頭｜苗頭。b)接於動詞詞根：念頭｜扣頭｜饒頭｜接頭兒｜看頭兒｜聽頭兒。c)接於形容詞詞根：有準頭｜嘗了甜頭兒。❷方位詞後綴：上頭｜下頭｜前頭｜後頭｜裏頭｜外頭。

【頭籌】tóuchóu ㄊㄡˊ ㄔㄡˊ 比喻第一位或第一名：拔取頭籌｜奪得頭籌。

【頭寸】tóucùn ㄊㄡˊ ㄘㄨㄣˋ ❶指銀行、錢莊等所擁有的款項，收多付少叫頭寸多，收少付多叫頭寸缺，結算收付差額叫軋(gá)頭寸，借款彌補差額叫拆頭寸。❷指銀根，如銀根鬆也說頭寸鬆，銀根緊也說頭寸緊。

【頭等】tóuděng ㄊㄡˊ ㄉㄥˇ 第一等；最高的：頭等艙｜頭等大事｜頭等重要任務。

【頭頂】tóudǐng ㄊㄡˊ ㄉㄧㄥˇ 頭的頂部。

【頭髮】tóu·fa ㄊㄡˊ ·ㄈㄚ 人的前額以上、兩耳以上和後頸部以上生長的毛。

【頭伏】tóufú ㄊㄡˊ ㄈㄨˊ 初伏。

【頭骨】tóugǔ ㄊㄡˊ ㄍㄨˇ 構成頭顱的骨頭，包括額骨、頂骨、顳骨、枕骨、蝶骨等。

【頭號】tóuhào ㄊㄡˊ ㄏㄠˋ ❶第一號；最大號：頭號字｜頭號新聞。❷最好的：頭號麪粉｜頭號貨色。

【頭家】tóujiā ㄊㄡˊ ㄐㄧㄚ ❶指聚賭抽頭的人。❷莊家。❸上家。❹〈方〉店主；老闆。

【頭角】tóujiǎo ㄊㄡˊ ㄐㄧㄠˇ 比喻青年的氣概或才華：嶄露頭角｜頭角崢嶸。

【頭巾】tóujīn ㄊㄡˊ ㄐㄧㄣ ❶古代男子裹頭的紡織物；明清兩代讀書人裹頭的紡織物。❷現代婦女裹頭的紡織物，多為正方形。

【頭頸】tóujǐng ㄊㄡˊ ㄐㄧㄥˇ 〈方〉脖子。

【頭盔】tóukuī ㄊㄡˊ ㄎㄨㄟ 帽盔；鋼盔。

【頭裏】tóu·li ㄊㄡˊ ·ㄌㄧ ❶前面：您頭裏走，我馬上就來｜工作和學習，他樣樣都走在頭裏。❷事前：咱們把話說在頭裏，不要事後翻悔。❸〈方〉以前：十年頭裏到處都唱這個歌。

【頭臉】tóuliǎn ㄊㄡˊ ㄌㄧㄢˇ ❶指面貌：走到跟前我才看清他的頭臉。❷指面子；體面：他在地方上是個有頭臉的人物。

【頭領】tóulǐng ㄊㄡˊ ㄌㄧㄥˇ 領頭的人；首領：土匪頭領。

【頭顱】tóulú ㄊㄡˊ ㄌㄨˊ 人的頭：拋頭顱，灑熱血。

【頭路】[1] tóulù ㄊㄡˊ ㄌㄨˋ 頭等的(貨物等)。

【頭路】[2] tóulù ㄊㄡˊ ㄌㄨˋ〈方〉❶頭髮朝不同方向梳時中間露出頭皮的一道縫兒。❷頭緒：摸不着頭路。❸職業、門路：在這裏找頭路可難了！

【頭馬】tóumǎ ㄊㄡˊ ㄇㄚˇ 馬群或馬幫中領頭的馬。

【頭面】tóu·mian ㄊㄡˊ ·ㄇㄧㄢ 舊時婦女頭上妝飾品的總稱：一副頭面。

【頭面人物】tóumiàn rénwù ㄊㄡˊ ㄇㄧㄢˋ ㄖㄣˊ ㄨˋ 指社會上有較大勢力和聲望的人物。

【頭目】tóumù ㄊㄡˊ ㄇㄨˋ 某些集團中為首的人(多含貶義)：大頭目｜小頭目。

【頭難】tóunán ㄊㄡˊ ㄋㄢˊ 〈方〉(做事)起頭時感覺困難：甚麼事情總是頭難，做了一陣就容易了。

【頭腦】tóunǎo ㄊㄡˊ ㄋㄠˇ ❶腦筋；思維能力：有頭腦｜頭腦清楚｜勝利衝昏頭腦。❷頭緒：摸不着頭腦(弄不清頭緒)。❸首領。

【頭年】tóunián ㄊㄡˊ ㄋㄧㄢˊ ❶第一年：三年看頭年。❷去年或上一年：頭年春節｜頭年他曾回來過一次。

【頭牌】tóupái ㄊㄡˊ ㄆㄞˊ 舊時演戲時，演員的名字寫在牌子上挂出來，挂在最前面的牌子叫頭牌：挂頭牌｜頭牌小生｜頭牌花旦。

【頭皮】tóupí ㄊㄡˊ ㄆㄧˊ ❶頭頂及其周圍的皮膚：撓着頭皮想主意。❷頭皮表面脱落下來的碎屑。

【頭前】tóuqián ㄊㄡˊ ㄑㄧㄢˊ ❶前面：他在頭前引路。❷以前：頭前這個地方還是很荒涼的。

【頭錢】tóuqián ㄊㄡˊ ㄑㄧㄢˊ 賭博抽頭所得的錢。

【頭人】tóurén ㄊㄡˊ ㄖㄣˊ 領頭的人，多指部落或某些少數民族中的首領。

【頭晌】tóushǎng ㄊㄡˊ ㄕㄤˇ 〈方〉上午。

【頭生】tóushēng ㄊㄡˊ ㄕㄥ ❶頭次生育：她這是頭生，不免有些緊張。❷第一胎生的：頭生孩子。❸(頭生兒)第一胎生下的孩子。

【頭繩】tóushéng ㄊㄡˊ ㄕㄥˊ ❶(頭繩兒)用棉、毛、塑料等製成的細繩子，主要用來紮髮髻或辮子。❷〈方〉毛綫。

【頭飾】tóushì ㄊㄡˊ ㄕˋ 戴在頭上的裝飾品。

【頭套】tóutào ㄊㄡˊ ㄊㄠˋ 一種化裝用具，套在頭上，使頭型、髮式等符合某種需要。

【頭疼】tóuténg ㄊㄡˊ ㄊㄥˊ 頭痛。

【頭疼腦熱】tóu téng nǎo rè ㄊㄡˊ ㄊㄥˊ ㄋㄠˇ ㄖㄜˋ (頭疼腦熱的)指一般的小病：頭疼腦熱的，着甚麼急呀！

【頭天】tóutiān ㄊㄡˊ ㄊㄧㄢ ❶上一天。❷第一天。

【頭痛】tóutòng ㄊㄡˊ ㄊㄨㄥˋ 頭部疼痛。比喻感到為難或討厭。

【頭痛醫頭，腳痛醫腳】tóu tòng yī tóu, jiǎo tòng yī jiǎo ㄊㄡˊ ㄊㄨㄥˋ ㄧ ㄊㄡˊ, ㄐㄧㄠˇ ㄊㄨㄥˋ ㄧ ㄐㄧㄠˇ 比喻對問題不從根本上解決，只從表面現象或枝節上應付。

【頭頭兒】tóu·tour ㄊㄡˊ ·ㄊㄡㄦ 俗稱某單位或某集團的為首的人。

【頭頭是道】tóu tóu shì dào ㄊㄡˊ ㄊㄡˊ ㄕˋ ㄉㄠˋ 形容説話或做事很有條理。

【頭陀】tóutuó ㄊㄡˊ ㄊㄨㄛˊ 指行腳乞食的和尚。［梵 dhūta］

【頭先】tóuxiān ㄊㄡˊ ㄒㄧㄢ 〈方〉❶起先；先前。❷前頭。❸剛才。

【頭銜】tóuxián ㄊㄡˊ ㄒㄧㄢˊ 指官銜、學銜等稱號。

【頭像】tóuxiàng ㄊㄡˊ ㄒㄧㄤˋ 肩部以上的人像。

【頭胸部】tóuxiōngbù ㄊㄡˊ ㄒㄩㄥ ㄅㄨˋ 某些節肢動物(如螃蟹、蝦)的頭部和胸部緊連在一起，合稱為頭胸部。

【頭緒】tóuxù ㄊㄡˊ ㄒㄩˋ 複雜紛亂的事情中的條理：茫無頭緒｜理不出個頭緒。

【頭雁】tóuyàn ㄊㄡˊ ㄧㄢˋ 雁群中領頭飛的大雁。

【頭羊】tóuyáng ㄊㄡˊ ㄧㄤˊ 羊群中領頭的羊。

【頭油】tóuyóu ㄊㄡˊ ㄧㄡˊ 抹在頭髮上的油質化妝品。

【頭重腳輕】tóu zhòng jiǎo qīng ㄊㄡˊ ㄓㄨㄥˋ ㄐㄧㄠˇ ㄑㄧㄥ 上面重，下面輕。比喻基礎不穩固。

【頭子】tóu·zi ㄊㄡˊ ·ㄗ 首領(含貶義)：土匪頭子｜流氓頭子。

tǒu (ㄊㄡˇ)

鈄(钭) Tǒu ㄊㄡˇ 姓。

敨 tǒu ㄊㄡˇ 〈方〉❶打開(包着或捲着的東西)；展平(褶子)。❷抖摟(塵土等)。

tòu (ㄊㄡˋ)

透 tòu ㄊㄡˋ ❶(液體、光綫等)滲透；穿透：透水｜陽光透過玻璃窗照進來◇透過事物的表面現象，找出它的本質。❷暗地裏告訴：透消息｜透個信兒。❸透徹：把道理説透了｜我摸透了他的脾氣。❹達到飽滿的、充分的程度：雨下透了｜我記得熟透了。❺顯露：這花白裏透紅。

【透徹】tòuchè ㄊㄡˋ ㄔㄜˋ (了解情況、分析事理)詳盡而深入：這一番話説得非常透徹｜他對於各部分的工作內容都有透徹的了解。

【透底】tòudǐ ㄊㄡˋ ㄉㄧˇ 透露底細：交心透底。

【透雕】tòudiāo ㄊㄡˋ ㄉㄧㄠ 雕塑的一種，在浮雕的基礎上，鏤空其背景部分。

【透頂】tòudǐng ㄊㄡˋ ㄉㄧㄥˇ 達到極端(多含貶義)：反動透頂｜腐敗透頂｜糊塗透頂。

【透風】tòu∥fēng ㄊㄡˋ∥ㄈㄥ ❶風可以通過：門縫兒有點透風。❷把東西攤開，讓風吹吹；晾①：把箱子裏的東西拿出來透透風。❸透露風聲：這件事，他向我透了一點風。

【透汗】tòuhàn ㄊㄡˋ ㄏㄢˋ 濕透全身的汗：出了一身透汗。

【透河井】tòuhéjǐng ㄊㄡˋ ㄏㄜˊ ㄐㄧㄥˇ 靠近河岸挖的井，水源是靠開溝或埋管道引進河水。

【透話】tòu∥huà ㄊㄡˋ∥ㄏㄨㄚˋ 透露話語：他透話要買這所房子。

【透鏡】tòujìng ㄊㄡˋ ㄐㄧㄥˋ 用透明物質(如玻璃)製成的鏡片，根據鏡面中央和邊緣的厚薄不同，分為凸透鏡和凹透鏡。

【透亮】tòu·liàng ㄊㄡˋ ·ㄌㄧㄤ ❶明亮：這間房子又向陽，又透亮。❷明白：經你這麼一説，我心裏就透亮了。

【透亮兒】tòu∥liàngr ㄊㄡˋ∥ㄌㄧㄤㄦˋ 透過光綫：玻璃窗透亮兒。

【透漏】tòulòu ㄊㄡˋ ㄌㄡˋ 透露；泄漏：透漏消息。

【透露】tòulù ㄊㄡˋ ㄌㄨˋ 泄漏或顯露(消息、意思等)：透露風聲｜真相透露出來了。

【透明】tòumíng ㄊㄡˋ ㄇㄧㄥˊ (物體)能透過光綫的：水是無色透明的液體。

【透闢】tòupì ㄊㄡˋ ㄆㄧˋ 透徹精闢：他的講解很透闢。

【透氣】tòu//qì ㄊㄡˋ// ㄑㄧˋ (透氣兒) ❶空氣可以通過；通氣：門窗關着，房子不透氣。❷指呼吸新鮮空氣：屋裏憋得慌，到外面去透透氣。❸通聲氣：我得把這件事先向家裏人透一點氣兒。

【透墒】tòushāng ㄊㄡˋ ㄕㄤ 土壤中所含的水分足夠農作物出苗或生長的需要。

【透視】tòushì ㄊㄡˋ ㄕˋ ❶用綫條或色彩在平面上表現立體空間的方法。❷利用X射綫透過人體在熒光屏上所形成的影像觀察人體內部。❸比喻清楚地看到事物的本質。

【透視圖】tòushìtú ㄊㄡˋ ㄕˋ ㄊㄨˊ 根據透視的原理繪製的圖，多用於機械工程和建築工程。

【透析】tòuxī ㄊㄡˋ ㄒㄧ 滲析。

【透信】tòu//xìn ㄊㄡˋ// ㄒㄧㄣˋ (透信兒)透露音信：如果有甚麼變化，你最好事先給我透個信兒。

【透雨】tòuyǔ ㄊㄡˋ ㄩˇ 把田地裏乾土層濕透的雨：下了一場透雨。

【透支】tòuzhī ㄊㄡˋ ㄓ ❶存戶經銀行同意在一定限額之內提取超過存款數字的款項。❷開支超過收入。❸舊時職工預支工資。

tū (ㄊㄨ)

凸 tū ㄊㄨ 高於周圍(跟'凹'相對)：凸出｜凸起｜挺胸凸肚。

【凸版】tūbǎn ㄊㄨ ㄅㄢˇ 版面印刷的部分高出空白部分的印刷版，如木版、鉛版、鋅版等。

【凸版紙】tūbǎnzhǐ ㄊㄨ ㄅㄢˇ ㄓˇ 供凸版印刷用的紙，用化學紙漿製成。質量比膠版紙、凹版紙差。

【凸輪】tūlún ㄊㄨ ㄌㄨㄣˊ 一種具有曲面周緣或凹槽的零件。種類很多，可以推動從動零件做往復運動或擺動。

【凸面鏡】tūmiànjìng ㄊㄨ ㄇㄧㄢˋ ㄐㄧㄥˋ 球面鏡的一種，反射面為凸面，焦點在鏡後。凸面鏡所成的像為正立的縮小的虛像。也叫凸鏡、發散鏡。

【凸透鏡】tūtòujìng ㄊㄨ ㄊㄡˋ ㄐㄧㄥˋ 透鏡的一種，中央比四周厚，平行光綫透過後，向軸綫的方向折射聚集於一點上。物體放在焦點以內，由另一側看去就得一個放大的虛像。遠視眼鏡的鏡片就屬於這個類型。也叫會聚透鏡，通稱放大鏡。

禿 tū ㄊㄨ ❶(人)沒有頭髮；(鳥獸頭或尾)沒有毛：禿尾巴｜頭頂有點禿了。❷(樹木)沒有枝葉；(山)沒有樹木：禿樹｜山是禿的。❸物體失去尖端：禿筆｜筆尖禿了。❹首尾結構不完整：這篇文章煞尾處顯得有點禿。

【禿筆】tūbǐ ㄊㄨ ㄅㄧˇ 沒有筆尖兒的毛筆。比喻不高明的寫作能力。

【禿瘡】tūchuāng ㄊㄨ ㄔㄨㄤ 〈方〉黃癬。

【禿頂】tū//dǐng ㄊㄨ// ㄉㄧㄥˇ 頭頂脫落了全部或大部分頭髮。

【禿頂】tūdǐng ㄊㄨ ㄉㄧㄥˇ 脫落了全部或大部分頭髮的頭頂。

【禿鷲】tūjiù ㄊㄨ ㄐㄧㄡˋ 身體大，全身棕黑色，頭部頸部裸出，但有絨毛，嘴大而尖銳，呈鉤狀，以屍體和小動物為食物。也叫坐山雕。

【禿嚕】tū·lu ㄊㄨ ·ㄌㄨ 〈方〉❶鬆散開：你的鞋帶禿嚕了。❷(毛、羽毛)脫落：這張老羊皮的毛兒都禿嚕了。❸拖；墜下來：禿嚕着褲子｜裙子禿嚕地了。❹脫口失言：你要留神，別把話說禿嚕了。❺過頭：錢一花就花禿嚕了。

【禿瓢】tūpiáo ㄊㄨ ㄆㄧㄠˊ (禿瓢兒)光頭(guāngtóu)：剃了個禿瓢。

【禿頭】tū//tóu ㄊㄨ// ㄊㄡˊ 光着頭，不戴帽子：他禿着個頭出去了。

【禿頭】tūtóu ㄊㄨ ㄊㄡˊ ❶頭髮脫光或剃光的頭。❷頭髮脫光的人。

【禿子】tū·zi ㄊㄨ ·ㄗ ❶頭髮脫光的人。❷〈方〉黃癬。

突 tū ㄊㄨ ❶猛衝：突破｜突圍｜狼奔豕突。❷突然：突變｜氣溫突增。❸高於周圍：突起｜突出。❹古代灶旁突起的出烟火口，相當於現在的烟筒：灶突｜曲突徙薪。

【突變】tūbiàn ㄊㄨ ㄅㄧㄢˋ ❶突然急劇的變化：時局突變｜神色突變。❷哲學上指飛躍。

【突出】tū//chū ㄊㄨ// ㄔㄨ 衝出：突出重圍。

【突出】tūchū ㄊㄨ ㄔㄨ ❶鼓出來：懸崖突出｜突出的顴骨。❷超過一般地顯露出來：成績突出。❸使超過一般：突出重點｜突出個人。

【突飛猛進】tū fēi měng jìn ㄊㄨ ㄈㄟ ㄇㄥˇ ㄐㄧㄣˋ 形容事業、學問等進展非常迅速。

【突擊】tūjī ㄊㄨ ㄐㄧ ❶集中兵力向敵人防禦陣地猛烈而急速地攻擊：突擊隊。❷比喻集中力量，加快速度，在短時期內完成某項工作：連續突擊了兩個晚上才把稿子寫完。

【突進】tūjìn ㄊㄨ ㄐㄧㄣˋ 集中兵力向一定方向或地區猛進。

【突厥】Tūjué ㄊㄨ ㄐㄩㄝˊ 我國古代少數民族，游牧在阿爾泰山一帶。6世紀中葉，開始強盛起來，併吞了鄰近的部落。西魏時建立政權。隋開皇二年(582)分為東突厥和西突厥。7世紀中葉，先後被唐所滅。

【突破】tūpò ㄊㄨ ㄆㄛˋ ❶集中兵力向一點進攻或反攻，打開缺口：突破封鎖｜突破防綫｜突破敵人陣地。❷打破(困難、限制等)：突破難關｜突破定額｜對這個問題的研究又有新的突破。

【突起】tūqǐ ㄊㄨ ㄑㄧˇ ❶突然發生；突然興起：狂風突起｜異軍突起。❷高聳：峰巒突起。❸生物體上長的像瘤子的東西。

【突然】tūrán ㄊㄨ ㄖㄢˊ 在短促的時間裏發生，出乎意外：突然襲擊｜他來得很突然。

【突如其來】tū rú qí lái ㄊㄨ ㄖㄨˊ ㄑㄧˊ ㄌㄞˊ 突然發生(突如：突然)。

【突突】tūtū ㄊㄨ ㄊㄨ 象聲詞：心突突地跳｜摩托車突突地響。

【突圍】tū//wéi ㄊㄨ//ㄨㄟˊ 突破包圍：突圍脱險。

【突兀】tūwù ㄊㄨ ㄨˋ ❶高聳：怪峰突兀｜突兀的山石。❷突然發生，出乎意外：事情來得這麼突兀，使他簡直不知所措。

【突襲】tūxí ㄊㄨ ㄒㄧˊ 用兵力出其不意地進攻；突然襲擊。

葖〔葖〕 tū ㄊㄨ 見408頁［骨葖］(gūtū)。

tú (ㄊㄨˊ)

荼〔荼〕 tú ㄊㄨˊ ❶古書上説的一種苦菜。❷古書上指茅草的白花：如火如荼。

【荼毒】túdú ㄊㄨˊ ㄉㄨˊ 〈書〉荼是一種苦菜，毒指毒蟲毒蛇之類，比喻毒害：荼毒生靈。

【荼蘼】túmí ㄊㄨˊ ㄇㄧˊ 落葉小灌木，攀緣莖，莖上有鉤狀的刺，羽狀複葉，小葉橢圓形，花白色，有香氣。供觀賞。也作酴醿。

徒1 tú ㄊㄨˊ ❶步行：徒步｜徒涉。❷空的；沒有憑藉的：徒手。❸表示除此以外，沒有別的；僅僅：徒託空言｜家徒四壁。❹徒然：徒勞｜徒自驚擾。❺(Tú)姓。

徒2 tú ㄊㄨˊ ❶徒弟；學生：門徒｜學徒｜藝徒｜尊師愛徒。❷信仰某種宗教的人：信徒｜佛教徒。❸同一派系的人(含貶義)：黨徒。❹指某種人(含貶義)：酒徒｜賭徒｜不法之徒｜好事之徒。❺〈書〉指徒刑。

【徒步】túbù ㄊㄨˊ ㄅㄨˋ 步行：徒步旅行｜徒步行軍。

【徒弟】tú·dì ㄊㄨˊ ·ㄉㄧˋ 跟從師傅學習的人。

【徒工】túgōng ㄊㄨˊ ㄍㄨㄥ 學徒工。

【徒勞】túláo ㄊㄨˊ ㄌㄠˊ 無益地耗費勞力：徒勞往返。

【徒勞無功】túláo wú gōng ㄊㄨˊ ㄌㄠˊ ㄨˊ ㄍㄨㄥ 白費力氣，沒有成就或好處。也説徒勞無益。

【徒然】túrán ㄊㄨˊ ㄖㄢˊ ❶白白地；不起作用：徒然耗費精力。❷僅僅；只是：如果那麼辦，徒然有利於對手。

【徒涉】túshè ㄊㄨˊ ㄕㄜˋ 〈書〉蹚水過河。

【徒手】túshǒu ㄊㄨˊ ㄕㄡˇ 空手(不拿器械)：徒手操｜徒手格鬥。

【徒孫】túsūn ㄊㄨˊ ㄙㄨㄣ 徒弟的徒弟：徒子徒孫。

【徒託空言】tú tuō kōng yán ㄊㄨˊ ㄊㄨㄛ ㄎㄨㄥ ㄧㄢˊ 只說空話，並不實行。

【徒刑】túxíng ㄊㄨˊ ㄒㄧㄥˊ 剝奪犯人自由的刑罰，分有期徒刑和無期徒刑兩種。

【徒有虛名】tú yǒu xū míng ㄊㄨˊ ㄧㄡˇ ㄒㄩ ㄇㄧㄥˊ 空有某種名聲，指名不符實。也説徒有其名。

【徒長】túzhǎng ㄊㄨˊ ㄓㄤˇ 作物在生長期間，因生長條件不協調而莖葉發育過旺。徒長影響產量。

【徒子徒孫】túzǐ túsūn ㄊㄨˊ ㄗˇ ㄊㄨˊ ㄙㄨㄣ 徒弟和徒孫，泛指黨羽。

涂(涂) Tú ㄊㄨˊ 姓。
另見1156頁 tú‘塗’。

菟〔菟〕 tú ㄊㄨˊ 見1202頁〖於菟〗(wūtú)。
另見1159頁 tù。

途 tú ㄊㄨˊ 道路：路途｜旅途｜長途｜道聽途説｜半途而廢◇用途。

【途程】túchéng ㄊㄨˊ ㄔㄥˊ 路程(多用於比喻)：人類進化的途程｜革命的途程。

【途次】túcì ㄊㄨˊ ㄘˋ 〈書〉旅途中住宿的地方。

【途徑】tújìng ㄊㄨˊ ㄐㄧㄥˋ 路徑(多用於比喻)：尋找解決問題的途徑｜革新的途徑。

屠 tú ㄊㄨˊ ❶宰殺(牲畜)：屠狗｜屠刀。❷屠殺：屠城。❸(Tú)姓。

【屠城】túchéng ㄊㄨˊ ㄔㄥˊ 攻破城池後屠殺城中的居民。

【屠刀】túdāo ㄊㄨˊ ㄉㄠ 宰殺牲畜的刀。

【屠夫】túfū ㄊㄨˊ ㄈㄨ 舊時指以宰殺牲畜為業的人。比喻屠殺人民的人。

【屠戶】túhù ㄊㄨˊ ㄏㄨˋ 舊時指以宰殺牲畜為業的人或人家。

【屠戮】túlù ㄊㄨˊ ㄌㄨˋ 〈書〉屠殺。

【屠殺】túshā ㄊㄨˊ ㄕㄚ 大批殘殺。

【屠蘇】túsū ㄊㄨˊ ㄙㄨ 古代一種酒名。

【屠宰】túzǎi ㄊㄨˊ ㄗㄞˇ 宰殺(牲畜)。

【屠宰場】túzǎichǎng ㄊㄨˊ ㄗㄞˇ ㄔㄤˇ 專門宰殺牲畜的處所。

腯 tú ㄊㄨˊ 〈書〉(豬)肥。

瘏 tú ㄊㄨˊ 〈書〉病。

塗1(涂) tú ㄊㄨˊ ❶使油漆、顏色、脂粉、藥物等附着在物體上：塗抹｜塗飾｜塗脂抹粉｜塗上一層油。❷亂寫或亂畫；隨意地寫字或畫畫：塗鴉。❸抹去：塗改｜把寫錯的字塗掉。

塗2(涂) tú ㄊㄨˊ ❶〈書〉泥：塗炭。❷海塗：塗田｜圍塗造田。❸同‘途’。
‘涂’另見1156頁 Tú。

【塗改】túgǎi ㄊㄨˊ ㄍㄞˇ 抹去原來的字，重新寫；用白粉塗在字或畫上，重新寫或畫。

【塗料】túliào ㄊㄨˊ ㄌㄧㄠˋ 塗在物體的表面，能使物體美觀或保護物體防止侵蝕的物質，如油漆、繪畫顏料、乾性油、煤焦油等。

【塗抹】túmǒ ㄊㄨˊ ㄇㄛˇ ❶塗¹①：木樁子上塗抹了瀝青。❷塗¹②：信筆塗抹。

【塗飾】túshì ㄊㄨˊ ㄕˋ ❶塗上(油漆顏色)：塗飾木器。❷抹(灰、泥)；粉刷：塗飾牆壁。

【塗炭】tútàn ㄊㄨˊ ㄊㄢˋ 〈書〉❶爛泥和炭火。比喻極困苦的境遇。參看1025頁〖生靈塗炭〗。❷使處於極困苦的境遇；蹂躪：塗炭百姓。

【塗寫】túxiě ㄊㄨˊ ㄒㄧㄝˇ 亂寫；隨意寫：不要在牆上塗寫標語。

【塗鴉】túyā ㄊㄨˊ ㄧㄚ 唐代盧仝《添丁詩》：'忽來案上翻墨汁，塗抹詩書如老鴉。'後世用'塗鴉'形容字寫得很壞(多用做謙辭)。

【塗乙】túyǐ ㄊㄨˊ ㄧˇ 〈書〉塗是抹去，乙是勾畫，指刪改文章。

【塗脂抹粉】tú zhī mǒ fěn ㄊㄨˊ ㄓ ㄇㄛˇ ㄈㄣˇ 塗胭脂，抹香粉。原指婦女修飾容貌，現多比喻對醜惡事物進行粉飾。

酴 tú ㄊㄨˊ 〈書〉釀酒用的酒母。

【酴醾】túmí ㄊㄨˊ ㄇㄧˊ ❶古書上指重釀的酒。❷同'荼蘼'。

圖(图) tú ㄊㄨˊ ❶用繪畫表現出來的形象；圖畫：地圖｜藍圖｜繪圖｜插圖｜製圖｜看圖識字。❷謀劃；謀求：圖謀｜力圖。❸貪圖：惟利是圖｜不能只圖省事，不顧質量。❹意圖；計劃：良圖｜宏圖。❺〈書〉繪；畫：繪影圖形。

【圖案】tú'àn ㄊㄨˊ ㄢˋ 有裝飾意味的花紋或圖形，以結構整齊、勻稱、調和為特點，多用在紡織品、工藝美術品和建築物上。

【圖板】túbǎn ㄊㄨˊ ㄅㄢˇ 製圖時墊在圖紙下面的木板，有一定的規格。

【圖版】túbǎn ㄊㄨˊ ㄅㄢˇ 一種印刷版，主要用於印製照相圖片、插圖或表格，用銅、鋅等金屬製成。

【圖表】túbiǎo ㄊㄨˊ ㄅㄧㄠˇ 表示各種情況和注明各種數字的圖和表的總稱，如示意圖、統計表等。

【圖讖】túchèn ㄊㄨˊ ㄔㄣˋ 古代關於宣揚迷信的預言、預兆的書籍。

【圖釘】túdīng ㄊㄨˊ ㄉㄧㄥ (圖釘兒)帽大針短的釘子，用來把紙或布釘在木板或牆壁上。

【圖畫】túhuà ㄊㄨˊ ㄏㄨㄚˋ 用綫條或色彩構成的形象。

【圖畫文字】túhuà wénzì ㄊㄨˊ ㄏㄨㄚˋ ㄨㄣˊ ㄗˋ 用圖畫來表達意思的文字。特點是用整幅圖畫表示意思，本身不能分解成字，沒有固定的讀法。參看1251頁〖象形文字〗。

【圖籍】tújí ㄊㄨˊ ㄐㄧˊ 〈書〉疆域圖和戶口冊。

【圖記】tújì ㄊㄨˊ ㄐㄧˋ ❶圖章。❷用圖形作的標誌。

【圖鑒】tújiàn ㄊㄨˊ ㄐㄧㄢˋ 以圖畫為主而用文字解說的著作(多用做書名)：《哺乳動物圖鑒》。

【圖解】tújiě ㄊㄨˊ ㄐㄧㄝˇ 利用圖形來分析或求解：圖解法。

【圖景】tújǐng ㄊㄨˊ ㄐㄧㄥˇ ❶畫面上的景物：他只用幾筆，便勾勒出一幅海上日出的圖景。❷描述的或想像中的景象：這些民間傳說反映出人們理想中的社會生活圖景。

【圖例】túlì ㄊㄨˊ ㄌㄧˋ 地圖、天文圖、統計圖等上面各種符號的說明。

【圖謀】túmóu ㄊㄨˊ ㄇㄡˊ ❶暗中謀劃(多含貶義)：圖謀私利｜圖謀不軌。❷計謀。

【圖片】túpiàn ㄊㄨˊ ㄆㄧㄢˋ 用來說明某一事物的圖畫、照片、拓片等的統稱：古代建築圖片展覽。

【圖譜】túpǔ ㄊㄨˊ ㄆㄨˇ 系統地編輯起來的、根據實物描繪或攝製的圖，是研究某一學科所用的資料：植物圖譜｜歷史圖譜。

【圖窮匕首見】tú qióng bǐshǒu xiàn ㄊㄨˊ ㄑㄩㄥˊ ㄅㄧˇ ㄕㄡˇ ㄒㄧㄢˋ 戰國時，荊軻奉燕國太子之命去刺秦王，以獻燕國督亢的地圖為名，預先把匕首捲在圖裏，到了秦王座前，慢慢把地圖展開，最後露出匕首(見於《戰國策·燕策》)。比喻事情發展到最後，真相或本意露出來了。也說圖窮匕見。

【圖書】túshū ㄊㄨˊ ㄕㄨ 圖片和書刊，一般指書籍：圖書目錄｜圖書資料。

【圖書】tú·shu ㄊㄨˊ ·ㄕㄨ 指圖章。

【圖書館】túshūguǎn ㄊㄨˊ ㄕㄨ ㄍㄨㄢˇ 搜集、整理、收藏圖書資料供人閱覽參考的機構。

【圖說】túshuō ㄊㄨˊ ㄕㄨㄛ 以圖畫為主而用文字加以說明的著作(多用做書名)：《天體圖說》。

【圖騰】túténg ㄊㄨˊ ㄊㄥˊ 原始社會的人認為跟本氏族有血緣關係的某種動物或自然物，一般用做本氏族的標誌。[英 totem]

【圖文並茂】tú wén bìng mào ㄊㄨˊ ㄨㄣˊ ㄅㄧㄥˋ ㄇㄠˋ 圖畫和文字都很豐富精美(多用於同一書刊)。

【圖像】túxiàng ㄊㄨˊ ㄒㄧㄤˋ 畫成、攝製或印製的形象。

【圖形】túxíng ㄊㄨˊ ㄒㄧㄥˊ ❶在紙上或其他平面上表示出來的物體的形狀。❷幾何圖形的簡稱。

【圖樣】túyàng ㄊㄨˊ ㄧㄤˋ 按照一定的規格和要求繪製的各種圖形，在製造或建築時用做樣子。

【圖章】túzhāng ㄊㄨˊ ㄓㄤ ❶用小塊的石頭、木頭、金屬、象牙等做成的東西，底下一面多為方形或圓形，刻着姓名或其他名稱、圖案等，用來印在文件、書籍等上面，作為標記。❷圖章印在文件、書籍等上面的痕迹。

【圖紙】túzhǐ ㄊㄨˊ ㄓˇ 畫了圖樣的紙；設計圖：施工圖紙。

tǔ（ㄊㄨˇ）

土 tǔ ㄊㄨˇ ❶土壤；泥土：黃土｜黏土｜土山｜土坡｜土堆。❷土地：國土｜領土。❸本地的；地方性的：土產｜土風｜土氣｜土話｜這個字眼太土，外地人不好懂。❹指我國民間沿用的生產技術和有關的設備、產品、人員等(區別於'洋')：土法｜土專家｜土洋並舉。❺不合潮流；不開通：土裏土氣｜土頭土腦。❻未熬製的鴉片：烟土。❼(Tǔ)姓。

【土邦】tǔbāng ㄊㄨˇ ㄅㄤ 亞洲和非洲某些國家在帝國主義(英國)殖民統治下以獨立形式存在的政權，一國之內可有若干個土邦。

【土包子】tǔbāo·zi ㄊㄨˇ ㄅㄠ ·ㄗ 指沒有見過世面的人(含譏諷意)。

【土崩瓦解】tǔ bēng wǎ jiě ㄊㄨˇ ㄅㄥ ㄨㄚˇ ㄐㄧㄝˇ 比喻徹底崩潰。

【土鱉】tǔbiē ㄊㄨˇ ㄅㄧㄝ 地鱉的通稱。

【土布】tǔbù ㄊㄨˇ ㄅㄨˋ 手工紡織的布。

【土產】tǔchǎn ㄊㄨˇ ㄔㄢˇ ❶某地出產的：土產品。❷某地出產的富有地方色彩的產品：這是從家鄉四川帶來的土產。

【土地】tǔdì ㄊㄨˇ ㄉㄧˋ ❶田地：土地肥沃｜土地改革。❷疆域：土地廣闊，物產豐富。

【土地】tǔ·di ㄊㄨˇ ·ㄉㄧ 迷信傳說中指管一個小地區的神：土地堂(土地廟)。也叫土地爺或土地老。

【土地改革】tǔdì gǎigé ㄊㄨˇ ㄉㄧˋ ㄍㄞˇ ㄍㄜˊ 對封建土地所有制進行改革的運動。簡稱土改。

【土地革命戰爭】Tǔdì Gémìng Zhànzhēng ㄊㄨˇ ㄉㄧˋ ㄍㄜˊ ㄇㄧㄥˋ ㄓㄢˋ ㄓㄥ 見252頁〖第二次國內革命戰爭〗。

【土豆】tǔdòu ㄊㄨˇ ㄉㄡˋ (土豆兒)馬鈴薯。

【土法】tǔfǎ ㄊㄨˇ ㄈㄚˇ 民間沿用的方法：土法打井。

【土方】[1] tǔfāng ㄊㄨˇ ㄈㄤ 挖土、填土、運土的工作量通常都用立方米計算，一立方米稱為一個土方。這一類的工作叫土方工程，有時也簡稱土方。

【土方】[2] tǔfāng ㄊㄨˇ ㄈㄤ (土方兒)民間流行的、不見於醫藥專門著作的藥方。

【土肥】tǔféi ㄊㄨˇ ㄈㄟˊ 用作肥料的牆土、炕土、灶土等的總稱。

【土匪】tǔfěi ㄊㄨˇ ㄈㄟˇ 地方上的武裝匪徒。

【土粉子】tǔfěn·zi ㄊㄨˇ ㄈㄣˇ ·ㄗ 〈方〉粉刷牆壁用的白堊土。

【土改】tǔgǎi ㄊㄨˇ ㄍㄞˇ 土地改革的簡稱。

【土埂】tǔgěng ㄊㄨˇ ㄍㄥˇ 田地裏稍稍高起的埂子。也叫土埂子。

【土棍】tǔgùn ㄊㄨˇ ㄍㄨㄣˋ 地方上的惡棍：流氓土棍。

【土豪】tǔháo ㄊㄨˇ ㄏㄠˊ 舊時指地方上有錢有勢的家族或個人，後特指農村中有錢有勢的惡霸：土豪劣紳。

【土話】tǔhuà ㄊㄨˇ ㄏㄨㄚˋ 小地區內使用的方言。也叫土語。

【土皇帝】tǔhuángdì ㄊㄨˇ ㄏㄨㄤˊ ㄉㄧˋ 指盤踞一方的軍閥或大惡霸。

【土黃】tǔhuáng ㄊㄨˇ ㄏㄨㄤˊ 像黃土一樣的黃色。

【土貨】tǔhuò ㄊㄨˇ ㄏㄨㄛˋ 土產的物品。

【土籍】tǔjí ㄊㄨˇ ㄐㄧˊ 世代久居的籍貫。

【土家族】Tǔjiāzú ㄊㄨˇ ㄐㄧㄚ ㄗㄨˊ 我國少數民族之一，主要分佈在湖南、湖北、四川等地。

【土木】tǔmù ㄊㄨˇ ㄇㄨˋ 指土木工程：大興土木。

【土木工程】tǔmù gōngchéng ㄊㄨˇ ㄇㄨˋ ㄍㄨㄥ ㄔㄥˊ 房屋、道路、橋樑、海港等工程的統稱。

【土牛】tǔniú ㄊㄨˇ ㄋㄧㄡˊ 堆在堤壩上以備搶修用的土堆，從遠處看去像一頭頭卧着的牛。

【土偶】tǔ'ǒu ㄊㄨˇ ㄡˇ 用泥土塑成的偶像。

【土坯】tǔpī ㄊㄨˇ ㄆㄧ 把黏土放在模型裏製成的方形土塊，可以用來盤灶、盤炕、砌牆。

【土氣】tǔ·qì ㄊㄨˇ ·ㄑㄧˋ ❶不時髦的風格、式樣等。❷不時髦：穿着要像個樣，不要讓人家說我們太土氣了。

【土壤】tǔrǎng ㄊㄨˇ ㄖㄤˇ 地球陸地表面的一層疏鬆物質，由各種顆粒狀礦物質、有機物質、水分、空氣、微生物等組成，能生長植物。

【土人】tǔrén ㄊㄨˇ ㄖㄣˊ 外地人稱經濟、文化等不發達的原來住在本地的人(含輕視意)。

【土色】tǔsè ㄊㄨˇ ㄙㄜˋ 像土一樣的黃色：面如土色。

【土生土長】tǔ shēng tǔ zhǎng ㄊㄨˇ ㄕㄥ ㄊㄨˇ ㄓㄤˇ 當地生長：他是土生土長的山東人。

【土石方】tǔshífāng ㄊㄨˇ ㄕˊ ㄈㄤ 土方、石方的名稱。

【土司】tǔsī ㄊㄨˇ ㄙ 元、明、清各朝在少數民族地區授予少數民族首領世襲官職，以統治該族人民的制度。也指被授予這種官職的人。

【土俗】tǔsú ㄊㄨˇ ㄙㄨˊ ❶當地的習俗：土俗淳樸。❷粗俗不雅：土俗的語言。

【土溫】tǔwēn ㄊㄨˇ ㄨㄣ 土壤的溫度。

【土物】tǔwù ㄊㄨˇ ㄨˋ 土產②。

【土戲】tǔxì ㄊㄨˇ ㄒㄧˋ ❶土家族的戲曲劇種，流行於湖北來鳳一帶。❷壯族戲曲劇種之一，流行於雲南文山壯族苗族自治州。也叫壯族土戲。

【土星】tǔxīng ㄊㄨˇ ㄒㄧㄥ 太陽系九大行星之一，按離太陽由近而遠的次序計為第六顆，公轉週期約為 29.5 年，自轉週期約 10 小時。(圖見1107頁〖太陽系〗)

【土腥氣】tǔ·xīngqì ㄊㄨˇ ·ㄒㄧㄥ ㄑㄧˋ 泥土的氣味：這菠菜沒洗乾淨，有點兒土腥氣。也說土腥味兒。

【土性】tǔxìng ㄊㄨˇ ㄒㄧㄥˋ 土壤對植物供給養分、水分的性能。

【土儀】tǔyí ㄊㄨˇ ㄧˊ〈書〉指用來送人的土產品。

【土音】tǔyīn ㄊㄨˇ ㄧㄣ 土話的口音。

【土語】tǔyǔ ㄊㄨˇ ㄩˇ 土話：方言土語。

【土葬】tǔzàng ㄊㄨˇ ㄗㄤˋ 處理死人遺體的一種方法，一般是把屍體先裝在棺材裏，然後再把棺材埋在地裏（區別於'火葬、水葬'等）。

【土政策】tǔzhèngcè ㄊㄨˇ ㄓㄥˋ ㄘㄜˋ 指某個地區或部門從局部利益出發制定的某些規定或辦法（多與國家政策不一致）。

【土質】tǔzhì ㄊㄨˇ ㄓˋ 土壤的構造和性質：土質肥沃。

【土著】tǔzhù ㄊㄨˇ ㄓㄨˋ 世代居住本地的人。

【土族】Tǔzú ㄊㄨˇ ㄗㄨˊ 我國少數民族之一，主要分佈在青海和甘肅。

吐 tǔ ㄊㄨˇ ❶使東西從嘴裏出來：吐核兒(húr)｜吐痰。❷從口兒或縫兒裏長出來或露出來：吐穗兒｜吐絮｜蠶吐絲。❸說出來：談吐｜吐露｜吐實｜吐字清楚。

另見1159頁 tù。

【吐翠】tǔcuì ㄊㄨˇ ㄘㄨㄟˋ〈書〉呈現碧綠的顏色：楊柳吐翠。

【吐蕃】Tǔfān ㄊㄨˇ ㄈㄢ 我國古代少數民族，在今青藏高原。唐時曾建立政權。

【吐故納新】tǔ gù nà xīn ㄊㄨˇ ㄍㄨˋ ㄋㄚˋ ㄒㄧㄣ《莊子・刻意》：'吹呴呼吸，吐故納新'（呴xū：吹氣），本指人體呼吸，吐出碳酸氣，吸進新鮮空氣，現多用來比喻揚棄舊的、不好的，吸收新的、好的。

【吐話】tǔ//huà ㄊㄨˇ//ㄏㄨㄚˋ（吐話兒）說出話來；發話①：要辦這件事，還得領導上吐話才行。

【吐口】tǔ//kǒu ㄊㄨˇ//ㄎㄡˇ 開口說話，多用於表示同意或說出實情等：問了半天，他就是不吐口。

【吐露】tǔlù ㄊㄨˇ ㄌㄨˋ 說出（實情或真心話）：吐露真情｜她的心裏話不輕易向人吐露。

【吐氣】tǔ//qì ㄊㄨˇ//ㄑㄧˋ 發泄出積在胸中的委屈或怨恨而感到痛快：揚眉吐氣。

【吐氣】tǔqì ㄊㄨˇ ㄑㄧˋ 語音學上指送氣。

【吐棄】tǔqì ㄊㄨˇ ㄑㄧˋ 唾棄。

【吐屬】tǔshǔ ㄊㄨˇ ㄕㄨˇ〈書〉談話用的語句；談吐：吐屬不凡｜吐屬大方。

【吐穗】tǔ//suì ㄊㄨˇ//ㄙㄨㄟˋ（吐穗兒）抽穗。

【吐絮】tǔxù ㄊㄨˇ ㄒㄩˋ 棉桃成熟裂開，露出白色的棉絮。

【吐谷渾】Tǔyùhún ㄊㄨˇ ㄩˋ ㄏㄨㄣˊ 我國古代少數民族，在今甘肅、青海一帶。隋唐時曾建立政權。

【吐字】tǔzì ㄊㄨˇ ㄗˋ 唱曲和說白中按照正確的或傳統的音讀出字音；咬字：吐字行腔｜吐字清楚。

釷（钍）tǔ ㄊㄨˇ 金屬元素，符號 Th (thorium)。銀白色，在空氣中逐漸變為灰色，質軟，有放射性。經過中子轟擊，可得核燃料鈾233，也可用做耐火材料、電極等。

tù（ㄊㄨˋ）

吐 tù ㄊㄨˋ ❶（消化道或呼吸道裏的東西）不自主地從嘴裏涌出：嘔吐｜吐血｜上吐下瀉。❷比喻被迫退還侵佔的財物。

另見1159頁 tǔ。

【吐沫】tù·mo ㄊㄨˋ ·ㄇㄛ 唾沫。

【吐血】tù//xiě ㄊㄨˋ//ㄒㄧㄝˇ 內臟出血由口中吐出。參看631頁〖咯血〗、855頁〖嘔血〗。

【吐瀉】tùxiè ㄊㄨˋ ㄒㄧㄝˋ 嘔吐和腹瀉。

兔（兎）tù ㄊㄨˋ（兔兒）哺乳動物，頭部略像鼠，耳大，上唇中間分裂，尾短而向上翹，前肢比後肢短，善於跳躍，跑得很快。有家兔和野兔等種類。肉可以吃，毛可供紡織，毛皮可以製衣物。通稱兔子。

【兔唇】tùchún ㄊㄨˋ ㄔㄨㄣˊ 唇裂。

【兔毫】tùháo ㄊㄨˋ ㄏㄠˊ 用兔毛做筆頭的毛筆。

【兔起鶻落】tù qǐ hú luò ㄊㄨˋ ㄑㄧˇ ㄏㄨˊ ㄌㄨㄛˋ 兔剛跑動，鶻就撲下去。比喻動作敏捷。也比喻作畫、寫字、寫文章等下筆迅速，沒有停頓。

【兔兒爺】tùryé ㄊㄨㄦˋ ㄧㄝˊ 中秋節應景的兔頭人身的泥製玩具。

【兔死狗烹】tù sǐ gǒu pēng ㄊㄨˋ ㄙˇ ㄍㄡˇ ㄆㄥ《史記・越王句踐世家》：'蜚（飛）鳥盡，良弓藏；狡兔死，走狗烹。'鳥沒有了，弓也就收起來不用了；兔子死了，獵狗也就被煮來吃了。比喻事情成功以後，把曾經出過大力的人殺掉。

【兔死狐悲】tù sǐ hú bēi ㄊㄨˋ ㄙˇ ㄏㄨˊ ㄅㄟ 比喻因同類的滅亡而感到悲傷：兔死狐悲，物傷其類。

【兔脫】tùtuō ㄊㄨˋ ㄊㄨㄛ〈書〉比喻很快地逃走。

【兔崽子】tùzǎi·zi ㄊㄨˋ ㄗㄞˇ ·ㄗ 幼小的兔子。多用做罵人的話。

【兔子】tù·zi ㄊㄨˋ ·ㄗ 兔的通稱。

堍 tù ㄊㄨˋ 橋兩頭靠近平地的地方：橋堍。

菟〔莵〕tù ㄊㄨˋ［菟絲子］(tùsīzǐ ㄊㄨˋ ㄙ ㄗˇ) 一年生草本植物，莖很細，呈絲狀，黃白色，莖上有吸取別的植物體養料的器官，葉子退化，開白色小花。多寄生在豆科植物上。種子黃褐色，可入藥。也叫菟絲。

另見1156頁 tú。

tuān（ㄊㄨㄢ）

湍 tuān ㄊㄨㄢ 〈書〉❶湍急：湍流。❷急流的水：急湍。

【湍急】tuānjí ㄊㄨㄢ ㄐㄧˊ 水勢急：川江險灘多，水流湍急。

【湍流】tuānliú ㄊㄨㄢ ㄌㄧㄡˊ 〈書〉流得很急的水。

tuán（ㄊㄨㄢˊ）

摶（抟） tuán ㄊㄨㄢˊ ❶〈書〉盤旋。❷同'團'②。

【摶弄】tuán·nong ㄊㄨㄢˊ ·ㄋㄨㄥ 同'團弄'。

團（团） tuán ㄊㄨㄢˊ ❶ 圓形的：團扇｜雌蟹是團臍。❷把東西揉弄成球形：團泥球｜團紙團兒｜團飯團子。❸成球形的東西：紙團兒｜棉花團兒。❹會合在一起：團聚｜團結。❺工作或活動的集體：主席團｜文工團｜代表團｜參觀團。❻軍隊的編制單位，一般隸屬於師，下轄若干營。❼青少年的政治性組織，如兒童團、青年團等，在我國特指中國共產主義青年團。❽舊時某些地區相當於鄉一級的政權機關。❾量詞，用於成團的東西：一團毛綫｜一團碎紙。

'团'另見1160頁 tuán'糰'。

【團拜】tuánbài ㄊㄨㄢˊ ㄅㄞˋ （機關、學校等集體的成員）為慶祝新年或春節而聚在一起互相祝賀。

【團丁】tuándīng ㄊㄨㄢˊ ㄉㄧㄥ 舊時團防機構役使的壯丁。

【團隊】tuánduì ㄊㄨㄢˊ ㄉㄨㄟˋ 具有某種性質的集體；團體：體育團隊｜組織旅遊團隊。

【團夥】tuánhuǒ ㄊㄨㄢˊ ㄏㄨㄛˇ 糾集在一起從事不軌活動的小集團：打擊流氓團夥。

【團結】tuánjié ㄊㄨㄢˊ ㄐㄧㄝˊ ❶為了集中力量實現共同理想或完成共同任務而聯合或結合：團結朋友，打擊敵人｜團結就是力量。❷和睦；友好：鄰里團結｜大家很團結。

【團聚】tuánjù ㄊㄨㄢˊ ㄐㄩˋ ❶相聚（多指親人分別後再相聚）：夫妻團聚｜全家團聚。❷團結聚集：組織和團聚千千萬萬民眾。

【團粒】tuánlì ㄊㄨㄢˊ ㄌㄧˋ 由腐殖質和礦物顆粒等構成的團狀小土粒，直徑一般在1－10毫米之間。可以儲存養分和水分，團粒之間的空隙便於滲水。

【團練】tuánliàn ㄊㄨㄢˊ ㄌㄧㄢˋ 宋代到民國初年，地主階級用來鎮壓農民起義的地方反動武裝組織。

【團圞】tuánluán ㄊㄨㄢˊ ㄌㄨㄢˊ 〈書〉❶形容月圓：一輪團圞的明月。❷團圓①；團聚①：團圞到老｜合家團圞。‖也作團欒。

【團弄】tuán·nong ㄊㄨㄢˊ ·ㄋㄨㄥ 〈方〉❶用手掌搓東西使成球形。❷擺佈；蒙蔽；籠絡。‖也作摶弄。

【團臍】tuánqí ㄊㄨㄢˊ ㄑㄧˊ ❶螃蟹肚子下面的甲是圓形的（雌蟹的特徵，區別於'尖臍'）：今天買的螃蟹都是團臍的。❷指雌蟹。

【團扇】tuánshàn ㄊㄨㄢˊ ㄕㄢˋ 圓形的扇子，一般用竹子或獸骨做柄，竹篾或鐵絲做圈，蒙上絹、綾子或紙。

【團體】tuántǐ ㄊㄨㄢˊ ㄊㄧˇ 有共同目的、志趣的人所組成的集體：人民團體｜團體活動。

【團體操】tuántǐcāo ㄊㄨㄢˊ ㄊㄧˇ ㄘㄠ 集體表演的、具有一定主題思想的體操。表演者按規定做各種體操或舞蹈動作，或進行隊列變化，或組成各種有意義的圖案。

【團團】tuántuán ㄊㄨㄢˊ ㄊㄨㄢˊ ❶形容圓的樣子：團團的小臉兒。❷形容旋轉或圍繞的樣子：團團轉｜團團圍住。

【團團轉】tuántuánzhuàn ㄊㄨㄢˊ ㄊㄨㄢˊ ㄓㄨㄢˋ 來回轉圈兒，多用來形容忙碌、焦急的樣子：忙得團團轉｜急得團團轉。

【團音】tuányīn ㄊㄨㄢˊ ㄧㄣ 見556頁〖尖團音〗。

【團魚】tuányú ㄊㄨㄢˊ ㄩˊ 鱉。

【團員】tuányuán ㄊㄨㄢˊ ㄩㄢˊ ❶代表團、參觀團等的成員：這個代表團由團長一人團員三人組成。❷特指中國共產主義青年團團員。

【團圓】tuányuán ㄊㄨㄢˊ ㄩㄢˊ ❶（夫妻、父子等）散而復聚：骨肉團圓｜全家團圓。❷圓形的：這個人團圓臉，大眼睛。

【團圓節】Tuányuán Jié ㄊㄨㄢˊ ㄩㄢˊ ㄐㄧㄝˊ 指中秋。

漙（溥） tuán ㄊㄨㄢˊ 〈書〉形容露水多。

糰（团） tuán ㄊㄨㄢˊ 糰子：湯糰。'团'另見1160頁 tuán'團'。

【糰粉】tuánfěn ㄊㄨㄢˊ ㄈㄣˇ 烹調用的澱粉，多用綠豆或芡實製成。

【糰子】tuán·zi ㄊㄨㄢˊ ·ㄗ 米或粉做成的圓球形食物：糯米糰子｜玉米麪糰子。

tuǎn（ㄊㄨㄢˇ）

疃（畽） tuǎn ㄊㄨㄢˇ 村莊；屯（多用於地名）：柳疃（在山東）｜王疃（在河北）。

tuàn（ㄊㄨㄢˋ）

彖 tuàn ㄊㄨㄢˋ 〈書〉論斷；判斷：彖凶吉。

【彖辭】tuàncí ㄊㄨㄢˋ ㄘˊ 《易經》中論卦義的文字。也叫卦辭。

tuī（ㄊㄨㄟ）

忒 tuī ㄊㄨㄟ，又 tēi ㄊㄟ 〈方〉太：這屋子忒小，擠不下。
另見1119頁 tè。

推 tuī ㄊㄨㄟ ❶向外用力使物體或物體的某一部分順着用力的方向移動：推車｜推磨｜推倒｜我推了他一把｜門沒有門上，一推就開了。❷（推磨）磨或（推碾子）碾（糧食）：推了兩斗蕎麥。❸用工具貼着物體的表面向前剪或削：推草機｜推頭｜用刨子推光。❹使事情開展：推廣｜推銷｜推行｜把水利建設推向高潮。❺根據已知的事實斷定其他；從某方面的情況想到其他方面：類推｜推算｜推己及人。❻讓給別人；辭讓：推辭｜推讓｜解衣推食。❼推委；推託：推三阻四。❽推遲：開會日期往後推幾天。❾推崇：推許｜推重。❿推選；推舉：大家推老張擔任小組長。

【推本溯源】tuī běn sù yuán ㄊㄨㄟ ㄅㄣˇ ㄙㄨˋ ㄩㄢˊ 推究根源；找原因。

【推波助瀾】tuī bō zhù lán ㄊㄨㄟ ㄅㄛ ㄓㄨˋ ㄌㄢˊ 比喻促使或助長事物（多指壞的事物）的發展，使擴大影響。

【推測】tuīcè ㄊㄨㄟ ㄘㄜˋ 根據已經知道的事情來想像不知道的事情：無從推測。

【推陳出新】tuī chén chū xīn ㄊㄨㄟ ㄔㄣˊ ㄔㄨ ㄒㄧㄣ 去掉舊事物的糟粕，取其精華，並使它向新的方向發展（多指繼承文化遺產）。

【推誠相見】tuī chéng xiāng jiàn ㄊㄨㄟ ㄔㄥˊ ㄒㄧㄤ ㄐㄧㄢˋ 用真心相待。

【推遲】tuīchí ㄊㄨㄟ ㄔˊ 把預定時間向後改動：推遲婚期｜開會日期推遲一天。

【推崇】tuīchóng ㄊㄨㄟ ㄔㄨㄥˊ 十分推重：推崇備至｜杜甫的詩深受後世推崇。

【推辭】tuīcí ㄊㄨㄟ ㄘˊ 表示拒絕（任命、邀請、饋贈等）。

【推戴】tuīdài ㄊㄨㄟ ㄉㄞˋ 〈書〉擁護某人做領袖：竭誠推戴。

【推宕】tuīdàng ㄊㄨㄟ ㄉㄤˋ 拖延擱置：藉故推宕。

【推倒】tuī∥dǎo ㄊㄨㄟ∥ㄉㄠˇ ❶向前用力使立着的倒下來：推倒土牆｜他被人推倒在地。❷推翻：推倒前人的成說｜這個結論看來是推不倒的。

【推導】tuīdǎo ㄊㄨㄟ ㄉㄠˇ 數學、物理等學科中，根據已知的公理、定義、定理、定律等，經過演算和邏輯推理而得出新的結論。

【推定】tuīdìng ㄊㄨㄟ ㄉㄧㄥˋ ❶推舉確定：大家推定他為下一次的大會主席。❷經推測而斷定：一時還難以推定他變卦的原因。

【推動】tuī∥dòng ㄊㄨㄟ∥ㄉㄨㄥˋ 使事物前進；使工作展開：總結經驗，推動工作。

【推斷】tuīduàn ㄊㄨㄟ ㄉㄨㄢˋ ❶推測斷定：正確地分析事物的歷史和現狀，才有可能推斷它的發展變化。❷推測斷定後所作的結論：作出正確的推斷。

【推度】tuīduó ㄊㄨㄟ ㄉㄨㄛˊ 推測：推度無據。

【推翻】tuī∥fān ㄊㄨㄟ∥ㄈㄢ ❶用武力打垮舊的政權，使局面徹底改變。❷根本否定已有的說法、計劃、決定等：推翻原有結論｜推翻強加給他的誣衊不實之詞。

【推服】tuīfú ㄊㄨㄟ ㄈㄨˊ 〈書〉推許佩服。

【推廣】tuīguǎng ㄊㄨㄟ ㄍㄨㄤˇ 擴大事物使用的範圍或起作用的範圍：推廣普通話｜推廣先進經驗。

【推及】tuījí ㄊㄨㄟ ㄐㄧˊ 推廣到；類推到：推及各處｜推及其餘。

【推己及人】tuī jǐ jí rén ㄊㄨㄟ ㄐㄧˇ ㄐㄧˊ ㄖㄣˊ 用自己的心思來推想別人的心思；設身處地替別人着想。

【推見】tuījiàn ㄊㄨㄟ ㄐㄧㄢˋ 推想出：從這些生活瑣事上，可以推見其為人。

【推薦】tuījiàn ㄊㄨㄟ ㄐㄧㄢˋ 把好的人或事物向人或組織介紹，希望任用或接受：推薦她去當教師｜向青年推薦優秀的文學作品。

【推襟送抱】tuī jīn sòng bào ㄊㄨㄟ ㄐㄧㄣ ㄙㄨㄥˋ ㄅㄠˋ 比喻推誠相見（襟抱：指心意）。

【推進】tuījìn ㄊㄨㄟ ㄐㄧㄣˋ ❶推動工作，使前進：把學科的研究推進到一個新階段。❷（戰綫或作戰的軍隊）向前進：主力正向前沿陣地推進。

【推究】tuījiū ㄊㄨㄟ ㄐㄧㄡ 探索和檢查（原因、道理等）：推究緣由。

【推舉】tuījǔ ㄊㄨㄟ ㄐㄩˇ 推選：大家推舉他為工會小組長。

【推理】tuīlǐ ㄊㄨㄟ ㄌㄧˇ 邏輯學上指思維的基本形式之一，是由一個或幾個已知的判斷（前提）推出新判斷（結論）的過程，有直接推理、間接推理等。

【推力】tuīlì ㄊㄨㄟ ㄌㄧˋ ❶推進的力量。❷物體所承受的推進的力。

【推論】tuīlùn ㄊㄨㄟ ㄌㄨㄣˋ 用語言的形式進行推理：根據事實推論。

【推拿】tuīná ㄊㄨㄟ ㄋㄚˊ 見8頁〖按摩〗。

【推敲】tuīqiāo ㄊㄨㄟ ㄑㄧㄠ 傳說唐代詩人賈島騎着驢做詩，得到'鳥宿池邊樹，僧敲月下門'兩句。第二句的'敲'字又想改用'推'字，猶豫不決，就用手做推、敲的樣子，無意中碰上了韓愈，向韓愈說明原委。韓愈想了一會兒說，用'敲'字好（見於《苕溪漁隱叢話》卷十九引《劉公嘉話》）。後人就用'推敲'來比喻斟酌字句，反復琢磨：反復推敲｜推敲詞句。

【推求】tuīqiú ㄊㄨㄟ ㄑㄧㄡˊ 根據已知的條件或因素來探索（道理、意圖等）：推求對方的動機。

【推卻】tuīquè ㄊㄨㄟ ㄑㄩㄝˋ 拒絕；推辭：再三

推卻。

【推讓】tuīràng ㄊㄨㄟ ㄖㄤˋ 由於謙虛、客氣而不肯接受(利益、職位等)。

【推三阻四】tuī sān zǔ sì ㄊㄨㄟ ㄙㄢ ㄗㄨˇ ㄙˋ 以各種藉口推託。也說推三推四。

【推事】tuīshì ㄊㄨㄟ ㄕˋ 舊時法院的審判員。

【推算】tuīsuàn ㄊㄨㄟ ㄙㄨㄢˋ 根據已有的數據計算出有關的數值：根據太陽、地球、月球運行的規律，可以推算日蝕和月蝕發生的時間。

【推濤作浪】tuī tāo zuò làng ㄊㄨㄟ ㄊㄠ ㄗㄨㄛˋ ㄌㄤˋ 比喻促使壞事物發展，製造事端。

【推頭】tuī//tóu ㄊㄨㄟ//ㄊㄡˊ (用推子)理髮。

【推土機】tuītǔjī ㄊㄨㄟ ㄊㄨˇ ㄐㄧ 在拖拉機前裝有推土鏟的機械，用於平整建築場地等。

【推託】tuītuō ㄊㄨㄟ ㄊㄨㄛ 藉故拒絕：她推託嗓子不好，怎麼也不肯唱。

【推脱】tuītuō ㄊㄨㄟ ㄊㄨㄛ 推卸：推脱責任。

【推委】tuīwěi ㄊㄨㄟ ㄨㄟˇ 把責任推給別人：遇事推委。也作推諉。

【推問】tuīwèn ㄊㄨㄟ ㄨㄣˋ 推究審問：推問案情。

【推想】tuīxiǎng ㄊㄨㄟ ㄒㄧㄤˇ 推測。

【推銷】tuīxiāo ㄊㄨㄟ ㄒㄧㄠ 推廣貨物的銷路：推銷員｜把大量的工業品推銷到農村去。

【推卸】tuīxiè ㄊㄨㄟ ㄒㄧㄝˋ 不肯承擔(責任)：推卸職責。

【推謝】tuīxiè ㄊㄨㄟ ㄒㄧㄝˋ 藉故推辭：推謝再三。

【推心置腹】tuī xīn zhì fù ㄊㄨㄟ ㄒㄧㄣ ㄓˋ ㄈㄨˋ 比喻真心待人：他倆推心置腹地交談了好一陣子。

【推行】tuīxíng ㄊㄨㄟ ㄒㄧㄥˊ 普遍實行；推廣(經驗、辦法等)：推行新方案｜推行生產責任制。

【推許】tuīxǔ ㄊㄨㄟ ㄒㄩˇ 推重並讚許：他的見義勇為的行為受到人們的推許。

【推選】tuīxuǎn ㄊㄨㄟ ㄒㄩㄢˇ 口頭提名選舉：推選代表｜他被大家推選為組長。

【推延】tuīyán ㄊㄨㄟ ㄧㄢˊ 推遲：事情緊急，不能推延｜會議因故推延三天。

【推演】tuīyǎn ㄊㄨㄟ ㄧㄢˇ 推斷演繹。

【推移】tuīyí ㄊㄨㄟ ㄧˊ (時間、形勢、風氣等)移動或發展：日月推移｜時局的推移。

【推知】tuīzhī ㄊㄨㄟ ㄓ 經過推論或推算而知道：由此可以推知其餘。

【推重】tuīzhòng ㄊㄨㄟ ㄓㄨㄥˋ 重視某人的思想、才能、行為、著作、發明等，給以很高的評價。

【推子】tuī·zi ㄊㄨㄟ ·ㄗ 理髮工具，有上下重疊的兩排帶刃的齒兒，使用時上面的一排齒兒左右移動，把頭髮剪下來。使用電力的叫電推子。

蓷〔蓷〕 tuī ㄊㄨㄟ 古書上指茺蔚(chōngwèi)。

tuí (ㄊㄨㄟˊ)

隤(隤、隤) tuí ㄊㄨㄟˊ 見508頁[虺隤](huītuí)。

隤(隤) tuí ㄊㄨㄟˊ 〈書〉同'頹'。

頹(颓) tuí ㄊㄨㄟˊ ❶坍塌：頹垣斷壁。❷衰敗：衰頹｜頹敗。❸委靡：頹喪｜頹唐。

【頹敗】tuíbài ㄊㄨㄟˊ ㄅㄞˋ 衰落；腐敗：荒涼頹敗的景象｜風俗頹敗。

【頹放】tuífàng ㄊㄨㄟˊ ㄈㄤˋ 〈書〉志氣消沈，行為放縱。

【頹廢】tuífèi ㄊㄨㄟˊ ㄈㄟˋ 意志消沈，精神委靡：情緒頹廢｜頹廢的生活。

【頹風】tuífēng ㄊㄨㄟˊ ㄈㄥ 日趨敗壞的風氣。

【頹靡】tuímǐ ㄊㄨㄟˊ ㄇㄧˇ 頹喪；不振作：士氣頹靡。

【頹然】tuírán ㄊㄨㄟˊ ㄖㄢˊ 〈書〉形容敗興的樣子：神情頹然。

【頹喪】tuísàng ㄊㄨㄟˊ ㄙㄤˋ 情緒低落，精神委靡：他頹喪地低着頭，半天不說話。

【頹勢】tuíshì ㄊㄨㄟˊ ㄕˋ 衰敗的趨勢：扭轉頹勢。

【頹唐】tuítáng ㄊㄨㄟˊ ㄊㄤˊ ❶精神委靡。❷〈書〉衰頹敗落：老境頹唐。

穨(穨) tuí ㄊㄨㄟˊ 〈書〉同'頹'。

tuǐ (ㄊㄨㄟˇ)

腿 tuǐ ㄊㄨㄟˇ ❶人和動物用來支持身體和行走的部分：大腿｜前腿｜後腿。(圖見1017頁〖身體〗)❷(腿兒)器物下部像腿一樣起支撐作用的部分：桌子腿｜椅子腿兒。❸指火腿：雲腿(雲南火腿)。

【腿帶】tuǐdài ㄊㄨㄟˇ ㄉㄞˋ (腿帶兒)束緊褲腳兒的寬而長的帶子。

【腿肚子】tuǐdù·zi ㄊㄨㄟˇ ㄉㄨˋ ·ㄗ 小腿後面隆起的部分，是由腓腸肌等形成的。

【腿腳】tuǐjiǎo ㄊㄨㄟˇ ㄐㄧㄠˇ 指走動的能力：這位老人的腿腳倒很利落。

【腿彎子】tuǐwān·zi ㄊㄨㄟˇ ㄨㄢ ·ㄗ 〈方〉大腿和小腿相連的關節的後部。

【腿腕子】tuǐwàn·zi ㄊㄨㄟˇ ㄨㄢˋ ·ㄗ 腳和小腿之間的部分。

【腿子】tuǐ·zi ㄊㄨㄟˇ ·ㄗ ❶〈方〉腿：腿子發軟。❷狗腿子。

tuì (ㄊㄨㄟˋ)

侻 tuì ㄊㄨㄟˋ 〈書〉美好；相宜。另見1165頁 tuō。

退 tuì ㄊㄨㄟˋ ❶向後移動(跟'進'相對)：後退｜倒退｜進退兩難。❷使向後移動：退兵｜退敵｜把子彈退出來。❸退出：退席｜退職｜退伍｜退伙｜引退。❹減退；下降：退色｜退燒｜潮水已經退了。❺退還：退錢｜退貨｜退票｜把這份禮退了。❻把已定的事撤銷：退佃｜退婚。

【退避】tuìbì ㄊㄨㄟˋ ㄅㄧˋ 退後躲避：退避無地｜退避不及，正好碰上。

【退避三舍】tuìbì sān shè ㄊㄨㄟˋ ㄅㄧˋ ㄙㄢ ㄕㄜˋ 春秋時，晉國同楚國在城濮(在今山東鄄城西南)作戰，遵守以前的諾言，把軍隊撤退九十里(舍：古時行軍三十里叫一舍)。後用來比喻對人讓步，不與相爭。

【退兵】tuì//bīng ㄊㄨㄟˋ//ㄅㄧㄥ ❶撤退軍隊：傳令退兵。❷迫使敵軍撤退：退兵之計。

【退步】tuì//bù ㄊㄨㄟˋ//ㄅㄨˋ ❶落後；向後退：成績退步｜許久不練，技藝退步了。❷退讓；讓步：彼此都退步，就不至於衝突起來。

【退步】tuìbù ㄊㄨㄟˋ ㄅㄨˋ 後步：留個退步。

【退場】tuì//chǎng ㄊㄨㄟˋ//ㄔㄤˇ 離開演出、比賽等的場所：運動員退場｜演出結束，請觀眾退場。

【退潮】tuì//cháo ㄊㄨㄟˋ//ㄔㄠˊ 海水在漲潮以後逐漸下降：退潮後，海灘上留下許多貝殼。也叫落潮。

【退出】tuìchū ㄊㄨㄟˋ ㄔㄨ 離開會場或其他場所，不再參加；脱離團體或組織：退出會場｜退出戰鬥｜退出組織。

【退磁】tuìcí ㄊㄨㄟˋ ㄘˊ 用加高溫等方法使磁體失去磁性。

【退佃】tuì//diàn ㄊㄨㄟˋ//ㄉㄧㄢˋ 地主收回租給農民種的土地。

【退化】tuìhuà ㄊㄨㄟˋ ㄏㄨㄚˋ ❶生物體在進化過程中某一部分器官變小，構造簡化，機能減退甚至完全消失，叫做退化。如鯨、海豚等的四肢成鰭狀，仙人掌的葉子成針狀，虱子的翅膀完全消失。❷泛指事物由優變劣，由好變壞。

【退還】tuìhuán ㄊㄨㄟˋ ㄏㄨㄢˊ 交還(已經收下來或買下來的東西)：原物退還｜退還給本人。

【退換】tuìhuàn ㄊㄨㄟˋ ㄏㄨㄢˋ 退還不合適的，換取合適的(多指貨物)：缺頁或裝訂上有錯誤的書，可以退換。

【退回】tuìhuí ㄊㄨㄟˋ ㄏㄨㄟˊ ❶退還：無法投遞，退回原處｜把這篇稿子退回給作者。❷返回原來的地方：道路不通，只得退回。

【退婚】tuì//hūn ㄊㄨㄟˋ//ㄏㄨㄣ 解除婚約。

【退火】tuì//huǒ ㄊㄨㄟˋ//ㄏㄨㄛˇ ❶金屬工具使用時因受熱而失去原有的硬度。❷把金屬材料或工件加熱到一定溫度並持續一定時間後，使緩慢冷卻。退火可以減低金屬硬度和脆性，增加可塑性。也叫燜火。

【退伙】tuì//huǒ ㄊㄨㄟˋ//ㄏㄨㄛˇ 退出集體伙食。

【退夥】tuì//huǒ ㄊㄨㄟˋ//ㄏㄨㄛˇ 舊時指退出幫會。

【退路】tuìlù ㄊㄨㄟˋ ㄌㄨˋ ❶退回去的道路：切斷敵軍的退路。❷迴旋的餘地：留個退路。

【退賠】tuìpéi ㄊㄨㄟˋ ㄆㄟˊ 退還，賠償(多指侵佔的、非法取得的財物等)：責令他退賠所貪污的全部公款。

【退票】tuì//piào ㄊㄨㄟˋ//ㄆㄧㄠˋ 把已經買來的車票、船票、戲票等退還原處或轉讓別人，收回買票的錢。

【退坡】tuì//pō ㄊㄨㄟˋ//ㄆㄛ 比喻意志衰退，或因工作中遭到困難而後退：退坡思想。

【退親】tuì//qīn ㄊㄨㄟˋ//ㄑㄧㄣ 退婚。

【退卻】tuìquè ㄊㄨㄟˋ ㄑㄩㄝˋ ❶軍隊在作戰中向後撤退：全綫退卻。❷畏難後退；畏縮：遇到挫折也不退卻。

【退讓】tuìràng ㄊㄨㄟˋ ㄖㄤˋ ❶向後退，讓開路：退讓不及，讓車撞倒。❷讓步：原則問題，一點也不能退讓。

【退色】tuì//shǎi ㄊㄨㄟˋ//ㄕㄞˇ 布匹、衣服等的顏色逐漸變淡：這種布下水後不退色。

【退燒】tuì//shāo ㄊㄨㄟˋ//ㄕㄠ 高於正常的體溫降到正常。也說退熱。

【退守】tuìshǒu ㄊㄨㄟˋ ㄕㄡˇ 向後退並採取守勢。

【退縮】tuìsuō ㄊㄨㄟˋ ㄙㄨㄛ 向後退或縮；畏縮：退縮不前。

【退庭】tuìtíng ㄊㄨㄟˋ ㄊㄧㄥˊ 訴訟案件的關係人(如原告人、被告人、律師、證人等)退出法庭：法官宣佈退庭。

【退位】tuì//wèi ㄊㄨㄟˋ//ㄨㄟˋ 最高統治者讓出統治地位，泛指退出原有的職位或地位。

【退伍】tuì//wǔ ㄊㄨㄟˋ//ㄨˇ 指軍人服滿現役或由於其他原因退出軍隊：退伍軍人｜他是兩年前退的伍。

【退席】tuì//xí ㄊㄨㄟˋ//ㄒㄧˊ 退出宴席或會場。

【退行】tuìxíng ㄊㄨㄟˋ ㄒㄧㄥˊ 向後倒退；退化：老年人的機體不免要產生退行性改變。

【退休】tuīxiū ㄊㄨㄟ ㄒㄧㄡ 職工因年老或因公致殘而離開工作崗位，按期領取生活費用：退休金｜退休人員。

【退學】tuì//xué ㄊㄨㄟˋ//ㄒㄩㄝˊ 學生因故不能繼續學習，或因嚴重違反紀律不許繼續學習而取消學籍：因病退學。

【退押】tuì//yā ㄊㄨㄟˋ//ㄧㄚ 退還押金。特指土地改革時期使地主退還佃戶所繳的押金。

【退役】tuì//yì ㄊㄨㄟˋ//ㄧˋ ❶軍人退出現役或服預備役期滿後停止服役：退役軍人。❷某種陳舊的武器不再用於軍備：這種型號的戰鬥機已經退役了。❸泛指其他行業的人員退離專業崗位(多指運動員)：這個球隊主力隊員大半退役，實力有所下降。

【退隱】tuìyǐn ㄊㄨㄟˋ ㄧㄣˇ 指官吏退職隱居：退

隱山林。

【退職】tuì//zhí ㄊㄨㄟˋ//ㄓˊ 辭退或辭去職務：自動退職｜提前退職。

【退走】tuìzǒu ㄊㄨㄟˋ ㄗㄡˇ 向後退去；退卻：見勢不妙，趕緊退走。

蜕 tuì ㄊㄨㄟˋ ❶蛇、蟬等脱皮：蜕化。❷蛇、蟬等脱下的皮：蛇蜕｜蟬蜕。❸鳥換毛(脱毛重長)。

【蜕變】tuìbiàn ㄊㄨㄟˋ ㄅㄧㄢˋ ❶(人或事物)發生質變：一個優等生蜕變為小偷，這種教訓值得記取。❷衰變。

【蜕化】tuìhuà ㄊㄨㄟˋ ㄏㄨㄚˋ 蟲類脱皮，比喻腐化墮落：蜕化變質。

【蜕皮】tuì//pí ㄊㄨㄟˋ//ㄆㄧˊ 許多節肢動物(主要是昆蟲)和爬行動物，生長期間舊的表皮脱落，由新長出的表皮來代替。通常每蜕皮一次就長大一些。

煺(燵、撴) tuì ㄊㄨㄟˋ 已宰殺的豬、雞等用滾水燙後去掉毛：煺毛｜煺豬。

褪 tuì ㄊㄨㄟˋ 脱(衣服、羽毛、顏色等)：褪去冬衣｜小鴨褪了黃毛。
另見1165頁 tùn。

【褪色】tuì//shǎi ㄊㄨㄟˋ//ㄕㄞˇ 退色。

tūn (ㄊㄨㄣ)

吞 tūn ㄊㄨㄣ ❶不嚼或不細嚼，整個兒地或成塊地嚥下去：囫圇吞棗｜狼吞虎嚥｜把丸藥吞下去。❷併吞；吞沒①：侵吞｜獨吞｜吞滅。

【吞併】tūnbìng ㄊㄨㄣ ㄅㄧㄥˋ 併吞。

【吞剝】tūnbō ㄊㄨㄣ ㄅㄛ 侵吞剝削：吞剝民財。

【吞金】tūn//jīn ㄊㄨㄣ//ㄐㄧㄣ 吞下黃金(自殺)。

【吞滅】tūnmiè ㄊㄨㄣ ㄇㄧㄝˋ 併吞消滅。

【吞沒】tūnmò ㄊㄨㄣ ㄇㄛˋ ❶把公共的或代管的財物據為己有：吞沒巨款。❷淹沒：大水吞沒了村子。

【吞聲】tūnshēng ㄊㄨㄣ ㄕㄥ 〈書〉不敢出聲，特指哭泣不敢出聲：忍氣吞聲｜吞聲飲泣。

【吞食】tūnshí ㄊㄨㄣ ㄕˊ 吞①：大魚吞食小魚。

【吞噬】tūnshì ㄊㄨㄣ ㄕˋ 吞食；併吞。

【吞吐】tūntǔ ㄊㄨㄣ ㄊㄨˇ ❶吞進和吐出，比喻大量地進來和出去：吞吐量｜吞吐港｜北京車站晝夜不停地吞吐着來往的旅客。❷形容説話或行文含混不清：吞吐其詞。

【吞吞吐吐】tūntūntǔtǔ ㄊㄨㄣ ㄊㄨㄣ ㄊㄨˇ ㄊㄨˇ 形容有顧慮，有話不敢直説或説話含混不清。

【吞嚥】tūnyàn ㄊㄨㄣ ㄧㄢˋ 吞食：咽喉發炎，吞嚥困難◇千言萬語涌到喉頭，卻又吞嚥了下去。

暾 tūn ㄊㄨㄣ 〈書〉剛出的太陽：朝暾。

tún (ㄊㄨㄣˊ)

屯 tún ㄊㄨㄣˊ ❶聚集；儲存：屯聚｜聚草屯糧。❷(軍隊)駐紮：駐屯｜屯兵。❸村莊(多用於村莊名)：皇姑屯(在遼寧)｜小屯(在河南)。
另見1507頁 zhūn。

【屯兵】túnbīng ㄊㄨㄣˊ ㄅㄧㄥ 駐紮軍隊：屯兵邊城。

【屯集】túnjí ㄊㄨㄣˊ ㄐㄧˊ 屯聚。

【屯聚】túnjù ㄊㄨㄣˊ ㄐㄩˋ 聚集(人馬等)：屯聚大量兵力。

【屯墾】túnkěn ㄊㄨㄣˊ ㄎㄣˇ 駐兵墾荒：屯墾戍邊。

【屯綠】túnlǜ ㄊㄨㄣˊ ㄌㄩˋ 安徽屯溪、歙縣等地產的綠茶，色澤潤綠，味醇和，是綠茶中的上品。

【屯落】túnluò ㄊㄨㄣˊ ㄌㄨㄛˋ 〈方〉村莊。

【屯守】túnshǒu ㄊㄨㄣˊ ㄕㄡˇ 駐守：屯守邊疆。

【屯田】túntián ㄊㄨㄣˊ ㄊㄧㄢˊ 漢以後歷代政府利用兵士在駐紮的地區種地，或者召募農民種地，這種措施叫做屯田。

【屯紮】túnzhā ㄊㄨㄣˊ ㄓㄚ 駐紮。

【屯子】tún·zi ㄊㄨㄣˊ ·ㄗ 〈方〉村莊。

囤 tún ㄊㄨㄣˊ 儲存：囤貨｜囤糧。
另見293頁 dùn。

【囤積】túnjī ㄊㄨㄣˊ ㄐㄧ 投機商人為了等待時機高價出售而把貨物儲存起來：囤積居奇。

【囤聚】túnjù ㄊㄨㄣˊ ㄐㄩˋ 儲存聚集(貨物)：囤聚木材。

忳 tún ㄊㄨㄣˊ ［忳忳］〈書〉煩悶的樣子。

豚(㹠) tún ㄊㄨㄣˊ 小豬，泛指豬。

飩(饨) tún ㄊㄨㄣˊ 見518頁［餛飩］(hún·tún)。

魨(鲀) tún ㄊㄨㄣˊ 河豚。

臀 tún ㄊㄨㄣˊ 人體後面兩股的上端和腰相連接的部分，也指高等動物後肢的上端和腰相連接的部分。(圖見1017頁〖身體〗)

【臀尖】túnjiān ㄊㄨㄣˊ ㄐㄧㄢ 做食品用的豬臀部隆起處的肉。

【臀鰭】túnqí ㄊㄨㄣˊ ㄑㄧˊ 魚類肛門後面的鰭。(圖見905頁'鰭')

【臀疣】túnyóu ㄊㄨㄣˊ ㄧㄡˊ 猴類臀部的厚而堅韌的皮，紅色，不生毛。

tǔn (ㄊㄨㄣˇ)

氽 tǔn ㄊㄨㄣˇ 〈方〉❶漂浮：木板在水上氽。❷用油炸：油氽饅頭｜油氽花生米。

tùn (ㄊㄨㄣˋ)

褪 tùn ㄊㄨㄣˋ ❶退縮身體的某部分，使套着的東西脱離：褪套兒｜褪下一隻袖子。❷〈方〉藏在袖子裏：褪着手｜袖子裏褪着一封信。

另見1164頁 tuì。

【褪去】tùnqù ㄊㄨㄣˋ ㄑㄩˋ 脱去(衣服等)。

【褪套兒】tùn∥tàor ㄊㄨㄣˋ∥ㄊㄠㄦˋ ❶使身體脱離縛着它的繩索：狗褪了套兒跑了。❷比喻擺脱責任。

tuō (ㄊㄨㄛ)

乇 tuō ㄊㄨㄛ '托[2]'舊作乇。

托[1] tuō ㄊㄨㄛ ❶手掌或其他東西向上承受(物體)：兩手托着下巴｜茶盤托着茶杯和茶壺。❷(托兒)托子；類似托子的東西：花托｜茶托兒｜日曆托兒。❸陪襯：襯托｜烘雲托月。

托[2] tuō ㄊㄨㄛ 壓強單位，1托等於1毫米汞柱的壓強，合13.32帕斯卡。舊作乇。［英 torr］

另見1166頁 tuō'託'。

【托福】tuōfú ㄊㄨㄛ ㄈㄨˊ 美國'對非英語國家留學生的英語考試'(Test of English as a Foreign Language)英文縮寫(TOEFL)的音譯。

【托拉斯】tuōlāsī ㄊㄨㄛ ㄌㄚ ㄙ ❶資本主義壟斷組織形式之一，由許多生產同類商品或在生產上有密切關係的企業合併組成。最大企業的資本家操縱領導權，其他企業主喪失了獨立性，成了按股分紅的股東。托拉斯的成立，是為了壟斷銷售市場，爭奪原料產地和投資範圍，以獲取高額壟斷利潤。❷專業公司。［英 trust］

【托盤】tuōpán ㄊㄨㄛ ㄆㄢˊ 端飯菜時放碗碟的盤子，也用來盛禮物。

【托腔】tuōqiāng ㄊㄨㄛ ㄑㄧㄤ 指戲曲演出時演奏樂器襯托演員的唱腔：他拉胡琴沒有花招，托腔托得極嚴。

【托子】tuō·zi ㄊㄨㄛ ·ㄗ 某些物件下面起支撐作用的部分；座兒：槍托子。

拖 tuō ㄊㄨㄛ ❶拉着物體使挨着地面或另一物體的表面移動：拖船｜拖地板｜火車頭拖着十二個車皮。❷在身體後面耷拉着：拖着辮子｜拖着個尾巴。❸拖延：這件工作拖得太久了。

【拖把】tuōbǎ ㄊㄨㄛ ㄅㄚˇ 擦地板的工具，用許多布條或綫繩綁在木棍的一頭做成。也叫墩布、拖布。

【拖駁】tuōbó ㄊㄨㄛ ㄅㄛˊ 由拖輪或汽艇牽引的駁船。

【拖布】tuōbù ㄊㄨㄛ ㄅㄨˋ 拖把。

【拖車】tuōchē ㄊㄨㄛ ㄔㄜ 被牽引車拉着走的車輛，通常指汽車、電車等所牽引的車輛。

【拖船】tuōchuán ㄊㄨㄛ ㄔㄨㄢˊ ❶拖輪。❷〈方〉拖輪所牽引的木船。

【拖帶】tuōdài ㄊㄨㄛ ㄉㄞˋ ❶牽引：這些車輛不僅載重量大，而且拖帶靈活，平穩安全。❷〈方〉牽連；牽累：受到兒女的拖帶。

【拖宕】tuōdàng ㄊㄨㄛ ㄉㄤˋ 〈書〉拖延：拖宕時日。

【拖斗】tuōdǒu ㄊㄨㄛ ㄉㄡˇ 拖車(多指小型的、不帶棚的)。

【拖糞】tuōfèn ㄊㄨㄛ ㄈㄣˋ 〈方〉拖把。

【拖後腿】tuō hòutuǐ ㄊㄨㄛ ㄏㄡˋ ㄊㄨㄟˇ 比喻牽制、阻撓別人或事物使不得前進。

【拖拉】tuōlā ㄊㄨㄛ ㄌㄚ 辦事遲緩，不趕緊完成：拖拉作風｜辦事拖拖拉拉的。

【拖拉機】tuōlājī ㄊㄨㄛ ㄌㄚ ㄐㄧ 主要用於農業的動力機器，種類很多，小型的用橡膠輪胎，大型的用履帶。能牽引不同的農具進行耕地、播種、收割等。

【拖累】tuōlěi ㄊㄨㄛ ㄌㄟˇ 牽累；使受牽累：受孩子拖累｜不能因為我而拖累親友。

【拖輪】tuōlún ㄊㄨㄛ ㄌㄨㄣˊ 裝有拖曳設備，用來牽引船舶或木筏、竹排的機動船。

【拖泥帶水】tuō ní dài shuǐ ㄊㄨㄛ ㄋㄧˊ ㄉㄞˋ ㄕㄨㄟˇ 比喻説話、寫文章不簡潔或做事不乾脆。

【拖欠】tuōqiàn ㄊㄨㄛ ㄑㄧㄢˋ 久欠不還：拖欠房租｜拖欠税款。

【拖腔】tuōqiāng ㄊㄨㄛ ㄑㄧㄤ 指戲曲演出時唱某一個字的音拖長。

【拖沓】tuōtà ㄊㄨㄛ ㄊㄚˋ 形容做事拖拉；不爽利：工作拖沓｜文字繁冗拖沓。

【拖堂】tuō∥táng ㄊㄨㄛ∥ㄊㄤˊ 指教師拖延下課的時間。

【拖網】tuōwǎng ㄊㄨㄛ ㄨㄤˇ 魚網的一種，形狀像袋子，使用時拋在海底，用一隻或兩隻漁船拖曳，兜捕底層魚蝦，如鰻魚、小黃魚、對蝦等。

【拖鞋】tuōxié ㄊㄨㄛ ㄒㄧㄝˊ 後半截沒有鞋幫的鞋。一般在室內穿。

【拖延】tuōyán ㄊㄨㄛ ㄧㄢˊ 把時間延長，不迅速辦理：拖延時日｜期限快到，不能再拖延了。

【拖曳】tuōyè ㄊㄨㄛ ㄧㄝˋ 拉着走；牽引：信號彈拖曳着一道長長的尾巴升起｜拖輪拖曳着木筏在江中航行。

挖 tuō ㄊㄨㄛ 〈書〉同'拖'。

侂(佗、任) tuō ㄊㄨㄛ 〈書〉委託；寄託。

侻 tuō ㄊㄨㄛ 〈書〉❶簡易。❷適當；應當。❸見1145頁〖通侻〗。

另見1162頁 tuì。

捝 tuō ㄊㄨㄛ 〈書〉❶解脱。❷遺漏；失誤。

託(托) tuō ㄊㄨㄛ ❶委託；寄託①：託兒所｜託人買東西。❷推託：託病｜託故｜託詞。❸依賴：託福｜託庇。'托'另見1165頁 tuō。

【託庇】tuōbì ㄊㄨㄛ ㄅㄧˋ 依賴長輩或有權勢者的庇護：託庇祖蔭。

【託病】tuōbìng ㄊㄨㄛ ㄅㄧㄥˋ 以有病為藉口：託病離席。

【託詞】tuōcí ㄊㄨㄛ ㄘˊ ❶找藉口：託詞謝絕。❷藉口：他説有事，這是託詞，未必真有事。‖也作託辭。

【託辭】tuōcí ㄊㄨㄛ ㄘˊ 同'託詞'。

【託兒所】tuō'érsuǒ ㄊㄨㄛ ㄦˊ ㄙㄨㄛˇ 照管嬰兒或教養幼兒的處所。

【託福】tuō∥fú ㄊㄨㄛ∥ㄈㄨˊ 客套話，意思是依賴別人的福氣，使自己幸運(多用於回答別人的問候)：託您的福，一切都很順利。

【託付】tuōfù ㄊㄨㄛ ㄈㄨˋ 委託別人照料或辦理：把孩子託付給老師｜託付朋友處理這件事。

【託孤】tuōgū ㄊㄨㄛ ㄍㄨ 臨終前把留下的孤兒託付給別人(多指君主把遺孤託付給大臣)。

【託故】tuōgù ㄊㄨㄛ ㄍㄨˋ 藉口某種原因：託故不來｜託故早退。

【託管】tuōguǎn ㄊㄨㄛ ㄍㄨㄢˇ 由聯合國委託一個或幾個會員國在聯合國監督下管理還沒有獲得自治權的地區。

【託管地】tuōguǎndì ㄊㄨㄛ ㄍㄨㄢˇ ㄉㄧˋ 由聯合國委託一個或幾個會員國在聯合國監督下管理的地區。

【託疾】tuōjí ㄊㄨㄛ ㄐㄧˊ 〈書〉託病：託疾推辭。

【託門子】tuō mén·zi ㄊㄨㄛ ㄇㄣˊ·ㄗ 為達到某種目的而找門路託人求情：託門子，拉關係。

【託夢】tuō∥mèng ㄊㄨㄛ∥ㄇㄥˋ 親友的靈魂在人的夢中出現並有所囑託(迷信)。

【託名】tuōmíng ㄊㄨㄛ ㄇㄧㄥˊ 假借別人的名義：這篇古文是託名之作。

【託兒】tuōr ㄊㄨㄛㄦ 〈方〉指從旁誘人受騙上當的人。

【託人情】tuō rénqíng ㄊㄨㄛ ㄖㄣˊ ㄑㄧㄥˊ 請人代為説情。也説託情。

【託身】tuōshēn ㄊㄨㄛ ㄕㄣ 寄身：託身之處。

【託生】tuōshēng ㄊㄨㄛ ㄕㄥ 迷信的人指人或高等動物(多指家畜家禽)死後，靈魂轉生世間。

【託熟】tuōshú ㄊㄨㄛ ㄕㄨˊ 認為是熟人而不拘禮節。

【託運】tuōyùn ㄊㄨㄛ ㄩㄣˋ 委託運輸部門運(行李、貨物等)：託運行李。

飥(饦) tuō ㄊㄨㄛ 見89頁[餺飥](bótuō)。

脱 tuō ㄊㄨㄛ ❶(皮膚、毛髮等)脱落：脱皮｜脱毛｜爺爺的頭髮都脱光了。❷取下；除去：脱鞋｜脱脂｜脱色。❸脱離：逃脱｜擺脱｜脱險｜脱繮之馬。❹漏掉(文字)：脱誤｜這一行裏脱了三個字。❺〈書〉輕率；輕慢：輕脱｜脱易(輕率，不講究禮貌)。❻〈書〉倘若；或許：脱有不測｜脱有遺漏，必致誤事。❼(Tuō)姓。

【脱靶】tuō∥bǎ ㄊㄨㄛ∥ㄅㄚˇ 打靶時沒有打中。

【脱班】tuō∥bān ㄊㄨㄛ∥ㄅㄢ 遲於規定接替的時間到達；晚點：郵件脱班｜飛機脱班了兩個小時。

【脱產】tuō∥chǎn ㄊㄨㄛ∥ㄔㄢˇ 脱離直接生產，專門從事行政管理、黨、團、工會等工作或者專門學習：脱產幹部｜脱產學習。

【脱檔】tuōdàng ㄊㄨㄛ ㄉㄤˋ 指某種商品生產或供應暫時中斷。

【脱髮】tuōfà ㄊㄨㄛ ㄈㄚˋ 頭髮大量脱落，多由髮癬等皮膚病引起。

【脱肛】tuō∥gāng ㄊㄨㄛ∥ㄍㄤ 直腸或乙狀結腸從肛門脱出的病，長期的便秘、腹瀉、痔瘡等都能引起脱肛。

【脱稿】tuō∥gǎo ㄊㄨㄛ∥ㄍㄠˇ (著作)寫完：這本書已經脱稿，即可付印。

【脱鈎】tuō∥gōu ㄊㄨㄛ∥ㄍㄡ 比喻脱離聯繫。

【脱軌】tuō∥guǐ ㄊㄨㄛ∥ㄍㄨㄟˇ 車輪離開軌道：火車脱軌。

【脱貨】tuō∥huò ㄊㄨㄛ∥ㄏㄨㄛˋ 貨物脱銷；缺貨：這種藥暫時脱貨，四五天後才能運到。

【脱膠】tuō∥jiāo ㄊㄨㄛ∥ㄐㄧㄠ ❶(附着在物體上的膠質)脱落；開膠。❷去掉附着在植物纖維上的膠質。方法很多，如用化學藥劑或細菌破壞膠質，用清水浸漬，加高壓蒸氣，用人工捶打等。

【脱節】tuō∥jié ㄊㄨㄛ∥ㄐㄧㄝˊ 原來連接着的物體分開，借指原來聯繫着的事物失掉聯繫，或原來應該聯繫的事物沒有聯繫起來：管子焊得不好，容易脱節｜理論與實踐不能脱節。

【脱臼】tuō∥jiù ㄊㄨㄛ∥ㄐㄧㄡˋ 脱位。

【脱口】tuōkǒu ㄊㄨㄛ ㄎㄡˇ 不加思索地開口(説)：脱口而出｜脱口成章。

【脱口而出】tuō kǒu ér chū ㄊㄨㄛ ㄎㄡˇ ㄦˊ ㄔㄨ 不加思索，隨口説出。

【脱離】tuōlí ㄊㄨㄛ ㄌㄧˊ 離開(某種環境或情況)；斷絕(某種聯繫)：脱離危險｜脱離舊家庭｜脱離實際｜脱離群眾。

【脱粒】tuō∥lì ㄊㄨㄛ∥ㄌㄧˋ 把收割的莊稼放在場地上碾軋、摔打或用機器使子實脱落下來。

【脱漏】tuōlòu ㄊㄨㄛ ㄌㄡˋ 漏掉；遺漏：這份抄件脱漏的字句較多。

【脱略】tuōlüè ㄊㄨㄛ ㄌㄩㄝˋ 〈書〉❶放任；輕慢；不拘束：脱略形骸｜舉動脱略。❷(文詞)脱漏或省略。

【脱落】tuōluò ㄊㄨㄛ ㄌㄨㄛˋ ❶(附着的東西)掉下：毛髮脱落｜牙齒脱落｜門上的油漆已經脱

落。❷指文字遺漏：字句脱落。

【脱盲】tuō∥máng ㄊㄨㄛ∥ㄇㄤˊ 指不識字的人經過學習後脱離文盲狀態：經過掃盲班學習，很多人都已脱盲。

【脱毛】tuō∥máo ㄊㄨㄛ∥ㄇㄠˊ ❶鳥獸的毛脱落。❷脱羽的通稱。

【脱帽】tuōmào ㄊㄨㄛ ㄇㄠˋ 摘下帽子(大都表示恭敬)：脱帽致敬。

【脱坯】tuō∥pī ㄊㄨㄛ∥ㄆㄧ 用模子把泥製成土坯。

【脱皮】tuō∥pí ㄊㄨㄛ∥ㄆㄧˊ 表皮脱落：曬得脱了一層皮。

【脱貧】tuōpín ㄊㄨㄛ ㄆㄧㄣˊ 擺脱貧困：脱貧致富。

【脱坡】tuō∥pō ㄊㄨㄛ∥ㄆㄛ 堤壩等水工建築物的斜坡被水沖塌。

【脱期】tuō∥qī ㄊㄨㄛ∥ㄑㄧ 延誤預定的日期，特指期刊延期出版：脱期交貨｜由於裝訂不及，造成雜誌脱期。

【脱色】tuō∥sè ㄊㄨㄛ∥ㄙㄜˋ ❶用化學藥品去掉物質原來的色素。❷退色。

【脱澀】tuō∥sè ㄊㄨㄛ∥ㄙㄜˋ 使柿子去掉澀味，通常是把它浸在溫水或石灰水裏。

【脱身】tuō∥shēn ㄊㄨㄛ∥ㄕㄣ 離開某種場合；擺脱某件事情：事情太多，不能脱身｜他正忙着，一時脱不了身。

【脱手】tuō∥shǒu ㄊㄨㄛ∥ㄕㄡˇ ❶脱開手：用力一扔，石塊脱手飛出去◇稿子已脱手，即日可寄出。❷賣出貨物。

【脱水】tuō∥shuǐ ㄊㄨㄛ∥ㄕㄨㄟˇ ❶人體中的液體大量減少，常在嚴重的嘔吐、腹瀉或大量出汗、出血等情況下發生。❷物質失去所含的水分，如結晶體失去結晶水，化合物的分子中失去跟水相當的氫氧原子。❸〈方〉水田裏旱得沒有水。

【脱俗】tuōsú ㄊㄨㄛ ㄙㄨˊ 不沾染庸俗之氣：超凡脱俗｜房間佈置得淡雅脱俗。

【脱胎】tuō∥tāi ㄊㄨㄛ∥ㄊㄞ ❶漆器的一種製法，在泥或木製的模型上糊上薄綢或夏布，再經塗漆磨光等工序，最後把胎脱去，塗上顏料。❷指一事物由另一事物孕育變化而產生：脱胎換骨。

【脱胎換骨】tuō tāi huàn gǔ ㄊㄨㄛ ㄊㄞ ㄏㄨㄢˋ ㄍㄨˇ 原為道教修煉用語，指修道者得道，就脱凡胎而成聖胎，換凡骨而為仙骨。現在用來比喻徹底改變立場觀點。

【脱逃】tuōtáo ㄊㄨㄛ ㄊㄠˊ 脱身逃走：臨陣脱逃。

【脱兔】tuōtù ㄊㄨㄛ ㄊㄨˋ 逃走的兔子：動如脱兔(比喻行動迅速，像逃走的兔子一樣)。

【脱位】tuō∥wèi ㄊㄨㄛ∥ㄨㄟˋ 由於外傷或關節內部發生病變，構成關節的骨頭脱離正常的位置。也叫脱臼。

【脱誤】tuōwù ㄊㄨㄛ ㄨˋ (文字)脱漏和錯誤：在校樣上檢查出不少脱誤之處。

【脱險】tuō∥xiǎn ㄊㄨㄛ∥ㄒㄧㄢˇ 脱離危險：虎口脱險。

【脱銷】tuō∥xiāo ㄊㄨㄛ∥ㄒㄧㄠ (某種商品)賣完，一時不能繼續供應。

【脱卸】tuōxiè ㄊㄨㄛ ㄒㄧㄝˋ 擺脱；推卸(責任)：脱卸罪責。

【脱鹽】tuō∥yán ㄊㄨㄛ∥ㄧㄢˊ 用灌水沖洗等方法除去土壤中過多的鹽分。

【脱氧】tuō∥yǎng ㄊㄨㄛ∥ㄧㄤˇ 除去物質中所含的氧。如在鋼水中加入少量的硅鐵、錳鐵、鋁等，除去所含的氧，以提高鋼的質量。

【脱穎而出】tuō yǐng ér chū ㄊㄨㄛ ㄧㄥˇ ㄦˊ ㄔㄨ 戰國時代，秦兵攻打趙國。趙國平原君奉命到楚國求救，要選二十名文武雙全的門客一起去，但缺一人，毛遂自動請求跟着去。平原君說，賢能的人在眾人當中就像錐子放在布袋裏，尖兒立刻就會露出來，你來我門下已經三年，沒聽到過對你的讚揚，你沒甚麼能耐，不去吧！毛遂説，假使我毛遂早能像錐子放在布袋裏似的，'乃脱穎而出，非特其末見而已'，就是説，連錐子上部的環兒也會露出來的，豈止光露個尖兒！(見於《史記·平原君列傳》)後來用'脱穎而出'比喻人的才能全部顯示出來。(穎：據舊註，指錐子把兒上套的環)

【脱羽】tuōyǔ ㄊㄨㄛ ㄩˇ 鳥類的羽毛在春秋兩季脱落，換新的羽毛。通稱脱毛。

【脱脂】tuō∥zhī ㄊㄨㄛ∥ㄓ 除去物質中所含的脂肪質。某些纖維和乳類常常脱脂後應用。

【脱脂棉】tuōzhīmián ㄊㄨㄛ ㄓ ㄇㄧㄢˊ 經化學處理去掉脂肪的棉花，比普通棉花容易吸收液體，是衞生用品，也用來製造硝酸纖維。

tuó (ㄊㄨㄛˊ)

佗 tuó ㄊㄨㄛˊ 〈書〉負荷。

坨 tuó ㄊㄨㄛˊ ❶麪食煮熟後粘在一塊兒：麪條坨了。❷(坨兒)坨子：粉坨兒。

【坨子】tuó·zi ㄊㄨㄛˊ·ㄗ 成塊或成堆的東西：泥坨子｜鹽坨子｜粉坨子｜礁石坨子。

沱 tuó ㄊㄨㄛˊ 〈方〉可以停船的水灣，多用於地名，如朱家沱、石盤沱、金剛沱(都在四川)。

【沱茶】tuóchá ㄊㄨㄛˊ ㄔㄚˊ 一種壓成碗形的成塊的茶，產於雲南、四川。

陁 tuó ㄊㄨㄛˊ 見861頁〖盤陁〗。

陀 tuó ㄊㄨㄛˊ 〈書〉山岡。

【陀螺】tuóluó ㄊㄨㄛˊ ㄌㄨㄛˊ 兒童玩具，形狀略像海螺，多用木頭製成，下面有鐵尖，玩時用繩子纏繞，用力抽繩，使直立旋轉。有的用鐵皮製成，利用發條的彈力旋轉。

柁 tuó ㄊㄨㄛˊ 木結構屋架中順着前後方向架在柱子上的橫木。

另見296頁 duò '柁'。

砣(❶鉈) tuó ㄊㄨㄛˊ ❶秤砣。❷碾砣。❸用砣子打磨玉器：砣一個玉杯。

'鉈'另見1102頁 tà。

【砣子】tuó·zi ㄊㄨㄛˊ·ㄗ 打磨玉器的砂輪。

堶 tuó ㄊㄨㄛˊ 〈書〉磚。

酡 tuó ㄊㄨㄛˊ 〈書〉喝了酒臉色發紅：酡然｜酡顏。

跎 tuó ㄊㄨㄛˊ 見201頁〖蹉跎〗(cuōtuó)。

馱(驮) tuó ㄊㄨㄛˊ 用背部承受物體的重量：馱運｜這匹馬能馱四袋糧食｜他馱着我過了河。

另見297頁 duò。

【馱轎】tuójiào ㄊㄨㄛˊ ㄐㄧㄠˋ 馱在騾馬等背上的轎子。

【馱馬】tuómǎ ㄊㄨㄛˊ ㄇㄚˇ 專門用來馱東西的馬。

駞(驰) tuó ㄊㄨㄛˊ 〈書〉同'駝'。

駝(驼) tuó ㄊㄨㄛˊ ❶指駱駝：駝峰｜駝絨。❷(背)彎曲：老爺爺的背都駝了。

【駝背】tuóbèi ㄊㄨㄛˊ ㄅㄟˋ ❶人的脊柱向後拱起，多由年老脊椎變形、坐立姿勢不正或佝僂病等疾病引起。❷〈方〉駝子。

【駝峰】tuófēng ㄊㄨㄛˊ ㄈㄥ ❶駱駝背部隆起像山峰狀的部分，裏面儲藏大量脂肪，缺乏食物時，脂肪就供體內的消耗，因此駱駝可以較長時間不吃食物。❷鐵路上調車用的土坡。車輛可以憑本身的重力自動溜到各股鐵道上去。

【駝鈴】tuólíng ㄊㄨㄛˊ ㄌㄧㄥˊ 繫在駱駝頸下的鈴鐺，隨着駱駝的行走而發出響聲。

【駝鹿】tuólù ㄊㄨㄛˊ ㄌㄨˋ 哺乳動物，是最大型的鹿，毛黑棕色，頭大而長，頸短，鼻長如駱駝，尾短，四肢細長，雄的有角，角上部呈鏟形。肉可以吃，皮可以製革。我國東北大興安嶺地區有出產。有的地區叫堪達罕或犴。

【駝絨】tuóróng ㄊㄨㄛˊ ㄖㄨㄥˊ ❶駱駝的絨毛，用來織衣料或毯子，也可以用來絮衣裳。❷見763頁〖駱駝絨〗。

【駝色】tuósè ㄊㄨㄛˊ ㄙㄜˋ 像駱駝毛那樣的淺棕色。

【駝子】tuó·zi ㄊㄨㄛˊ·ㄗ 駝背的人。

橐[1](橐) tuó ㄊㄨㄛˊ 〈書〉一種口袋：囊橐。

橐[2](橐) tuó ㄊㄨㄛˊ 象聲詞：橐橐的皮鞋聲。

【橐駝】tuótuó ㄊㄨㄛˊ ㄊㄨㄛˊ 〈書〉駱駝。

鴕(鸵) tuó ㄊㄨㄛˊ 鴕鳥。

【鴕鳥】tuóniǎo ㄊㄨㄛˊ ㄋㄧㄠˇ 現代鳥類中最大的鳥，高可達3米，頸長，頭小，嘴扁平，翼短小，不能飛，腿長，腳有力，善走。雌鳥灰褐色，雄鳥的翼和尾部有白色羽毛。生活在非洲的草原和沙漠地帶。

【鴕鳥政策】tuóniǎo zhèngcè ㄊㄨㄛˊ ㄋㄧㄠˇ ㄓㄥˋ ㄘㄜˋ 指不敢正視現實的政策(據説鴕鳥被追急時，就把頭鑽進沙裏，自以為平安無事)。

鼧 tuó ㄊㄨㄛˊ 〔鼧鼥〕(tuóbá ㄊㄨㄛˊ ㄅㄚˊ) 古書上指旱獺。

鼉(鼍) tuó ㄊㄨㄛˊ 爬行動物，吻短，體長2米多，背部、尾部有鱗甲。力大，性貪睡，穴居江河岸邊。皮可以製鼓。也叫鼉龍或揚子鱷，通稱豬婆龍。

tuǒ (ㄊㄨㄛˇ)

妥 tuǒ ㄊㄨㄛˇ ❶妥當：穩妥｜欠妥｜這樣處理，恐怕不妥。❷齊備；停當(多用在動詞後)：貨已購妥｜事情商量妥了。

【妥便】tuǒbiàn ㄊㄨㄛˇ ㄅㄧㄢˋ 妥當方便：這個辦法妥便可行。

【妥當】tuǒ·dang ㄊㄨㄛˇ·ㄉㄤ 穩妥適當：安排妥當｜這句話中有一個詞用得不妥當。

【妥靠】tuǒkào ㄊㄨㄛˇ ㄎㄠˋ 妥當可靠：為人妥靠。

【妥善】tuǒshàn ㄊㄨㄛˇ ㄕㄢˋ 妥當完善：妥善安置。

【妥實】tuǒshí ㄊㄨㄛˇ ㄕˊ 妥當；實在：需要找個妥實的擔保人｜這樣辦不夠妥實，得另想辦法。

【妥帖】tuǒtiē ㄊㄨㄛˇ ㄊㄧㄝ 恰當；十分合適：用詞妥帖｜安置得妥妥帖帖。

【妥協】tuǒxié ㄊㄨㄛˇ ㄒㄧㄝˊ 用讓步的方法避免衝突或爭執：妥協投降｜原則問題上不能妥協。

庹 tuǒ ㄊㄨㄛˇ ❶量詞，成人兩臂左右平伸時兩手之間的距離，約合五尺。❷(Tuǒ)姓。

橢(椭) tuǒ ㄊㄨㄛˇ 長圓形：橢圓。

【橢圓】tuǒyuán ㄊㄨㄛˇ ㄩㄢˊ ❶平面上的動點A到兩個定點F，F'的距離的和等於一個常數時，這個動點A的軌迹，就是橢圓。兩個定點F，F'叫

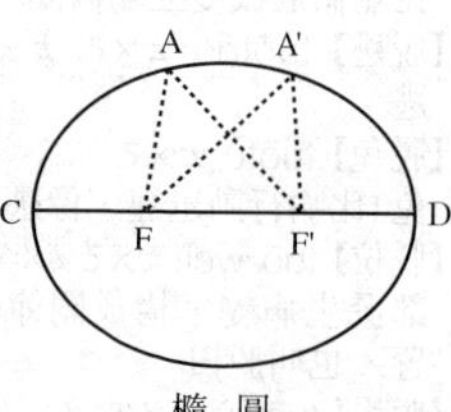

橢圓

做橢圓的焦點。❷通常也指橢圓體。

【橢圓體】tuǒyuántǐ ㄊㄨㄛˇ ㄩㄢˊ ㄊㄧˇ 橢圓圍繞它的長軸或短軸旋轉一周所圍成的立體。

鬌 tuǒ ㄊㄨㄛˇ ［鬌鬌］(wǒtuǒ ㄨㄛˇ ㄊㄨㄛˇ)〈書〉形容髮髻美好。

tuò (ㄊㄨㄛˋ)

拓 tuò ㄊㄨㄛˋ ❶開闢(土地、道路)：開拓｜拓荒｜公路拓寬工程。❷(Tuò)姓。
另見1103頁 tà。

【拓荒】tuòhuāng ㄊㄨㄛˋ ㄏㄨㄤ 開荒：拓荒者。

【拓寬】tuòkuān ㄊㄨㄛˋ ㄎㄨㄢ 開拓使寬廣：拓寬視野｜拓寬思路｜拓寬路面。

【拓撲學】tuòpūxué ㄊㄨㄛˋ ㄆㄨ ㄒㄩㄝˊ 數學的一個分支，研究幾何圖形在連續改變形狀時還能保持不變的一些特性，它只考慮物體間的位置關係而不考慮它們的距離和大小。［英 topology］

柝(欜) tuò ㄊㄨㄛˋ 〈書〉打更用的梆子。

唾 tuò ㄊㄨㄛˋ ❶唾液：唾腺｜唾壺。❷用力吐唾沫：唾手可得。❸吐唾沫表示鄙視：唾棄｜唾罵｜唾面自乾。

【唾罵】tuòmà ㄊㄨㄛˋ ㄇㄚˋ 鄙棄責罵：當面唾罵｜受天下人唾罵。

【唾面自乾】tuò miàn zì gān ㄊㄨㄛˋ ㄇㄧㄢˋ ㄗˋ ㄍㄢ 人家往自己臉上吐唾沫，不擦掉而讓它自乾。指受了侮辱，極度容忍，不加反抗(見於《新唐書．婁師德傳》：'其弟守代州，辭之官，教之耐事。弟曰：人有唾面，潔之乃已。師德曰：未也，潔之，是違其怒，正使自乾耳')。

【唾沫】tuò·mo ㄊㄨㄛˋ ·ㄇㄛ 唾液的通稱。

【唾棄】tuòqì ㄊㄨㄛˋ ㄑㄧˋ 鄙棄。

【唾手可得】tuò shǒu kě dé ㄊㄨㄛˋ ㄕㄡˇ ㄎㄜˇ ㄉㄜˊ 比喻非常容易得到(唾手：往手上吐唾沫)。

【唾液】tuòyè ㄊㄨㄛˋ ㄧㄝˋ 口腔中分泌的液體，作用是使口腔濕潤，使食物變軟容易嚥下，還能分解澱粉，有部分消化作用。通稱唾沫或口水。

【唾液腺】tuòyèxiàn ㄊㄨㄛˋ ㄧㄝˋ ㄒㄧㄢˋ 人或脊椎動物口腔內分泌唾液的較大的唾液腺，即腮腺、頜下腺和舌下腺，另外還有許多小的唾液腺。也叫唾腺。

【唾餘】tuòyú ㄊㄨㄛˋ ㄩˊ 比喻別人的無足輕重的言論或意見：拾人唾餘。

跅 tuò ㄊㄨㄛˋ ［跅弛］(tuòchí ㄊㄨㄛˋ ㄔˊ)〈書〉放蕩：跅弛之士。

魄〔魄〕 tuò ㄊㄨㄛ '落魄'的'魄'的又音。
另見89頁 bó；894頁 pò。

蘀〔蘀〕(萚) tuò ㄊㄨㄛˋ 〈書〉從草木上脱落下來的皮或葉。

籜(箨) tuò ㄊㄨㄛˋ 竹筍上一片一片的皮。

W

wā (ㄨㄚ)

凹 wā ㄨㄚ 〈方〉同'窪'，用於地名：核桃凹（在山西）。
另見11頁 āo。

空 wā ㄨㄚ 同'挖'。

挖 wā ㄨㄚ ❶用工具或手從物體的表面向裏用力，取出其一部分或其中包藏的東西：挖洞｜挖土｜挖個槽兒◇挖潛力。❷〈方〉用指甲抓。

【挖補】wābǔ ㄨㄚ ㄅㄨˇ 把壞的地方去掉，用新的材料補上：挖補衣服｜挖補字畫。

【挖方】wāfāng ㄨㄚ ㄈㄤ 土木工程施工時開挖的土石方。

【挖掘】wājué ㄨㄚ ㄐㄩㄝˊ 挖；發掘：挖掘地下的財富◇挖掘生產潛力｜挖掘、整理地方戲曲劇目。

【挖空心思】wā kōng xīnsī ㄨㄚ ㄎㄨㄥ ㄒㄧㄣ ㄙ 費盡心計（多含貶義）。

【挖苦】wā·ku ㄨㄚ ·ㄎㄨ 用尖酸刻薄的話譏笑（人）：有意見就直說，不要挖苦人。

【挖潛】wāqián ㄨㄚ ㄑㄧㄢˊ 挖掘潛力。

【挖牆腳】wā qiángjiǎo ㄨㄚ ㄑㄧㄤˊ ㄐㄧㄠˇ 拆台。

【挖肉補瘡】wā ròu bǔ chuāng ㄨㄚ ㄖㄡˋ ㄅㄨˇ ㄔㄨㄤ 見1175頁〖剜肉醫瘡〗。

哇 wā ㄨㄚ 象聲詞，形容嘔吐聲、大哭聲等：打得孩子哇哇叫｜哇的一聲把剛吃的東西全吐了。
另見1171頁 ·wa。

【哇啦】wālā ㄨㄚ ㄌㄚ 象聲詞，形容說話或吵鬧聲：哇啦哇啦地發議論。也作哇喇。

【哇喇】wālā ㄨㄚ ㄌㄚ 同'哇啦'。

【哇哇】wāwā ㄨㄚ ㄨㄚ 象聲詞，形容老鴉叫聲、小孩兒哭聲等。

呱 wā ㄨㄚ 呱底（Wādǐ ㄨㄚ ㄌㄧˇ），地名，在山西。

窊 wā ㄨㄚ 同'窪'，用於地名：南窊子（在山西）。

蛙（鼃） wā ㄨㄚ 兩棲動物的一科，無尾，後肢長，前肢短，趾有蹼，善於跳躍和泅水。捕食昆蟲。種類很多，青蛙是常見的蛙科動物。

【蛙泳】wāyǒng ㄨㄚ ㄩㄥˇ 游泳的一種姿勢，也是游泳項目之一，運動員俯卧在水面，兩臂划水，同時兩腿蹬、夾水。因像蛙游的姿勢而得名。

媧（娲） wā ㄨㄚ 女媧，我國古代神話中煉石補天的神。

窪（洼） wā ㄨㄚ ❶凹陷：窪地｜這地太窪。❷（窪兒）凹陷的地方：水窪兒。

【窪地】wādì ㄨㄚ ㄉㄧˋ 低窪的地方。

【窪陷】wāxiàn ㄨㄚ ㄒㄧㄢˋ 凹陷（多指地面）：路面窪陷｜顴骨隆起，兩眼窪陷。

wá (ㄨㄚˊ)

娃 wá ㄨㄚˊ ❶（娃兒）小孩兒：女娃｜男娃。❷〈方〉某些幼小的動物：雞娃。

【娃娃】wá·wa ㄨㄚˊ ·ㄨㄚ 小孩兒：胖娃娃｜泥娃娃。

【娃娃親】wá·waqīn ㄨㄚˊ ·ㄨㄚ ㄑㄧㄣ 指男女雙方在年紀很小的時候由父母訂下的親事。

【娃娃生】wá·washēng ㄨㄚˊ ·ㄨㄚ ㄕㄥ 戲曲中生角的一類，專演大嗓子兒童的角色，一般由年幼的演員扮演。

【娃娃魚】wá·wayú ㄨㄚˊ ·ㄨㄚ ㄩˊ 大鯢（ní）的俗稱。

【娃子】[1] wá·zi ㄨㄚˊ ·ㄗ 〈方〉❶小孩兒。❷某些幼小的動物：豬娃子。

【娃子】[2] wá·zi ㄨㄚˊ ·ㄗ 舊時涼山等少數民族地區的奴隸。

wǎ (ㄨㄚˇ)

瓦[1]〔瓦〕 wǎ ㄨㄚˇ ❶鋪屋頂用的建築材料，一般用泥土燒成，也有用水泥等材料製成的，形狀有拱形的、平的或半個圓筒形的等。❷用泥土燒成的：瓦盆｜瓦器。

瓦[2]〔瓦〕 wǎ ㄨㄚˇ 瓦特的簡稱。
另見1171頁 wà。

【瓦當】wǎdāng ㄨㄚˇ ㄉㄤ 古代稱瓦背向上的滴水瓦的瓦頭為瓦當，呈圓形或半圓形，上有圖案或文字。

【瓦釜雷鳴】wǎ fǔ léi míng ㄨㄚˇ ㄈㄨˇ ㄌㄟˊ ㄇㄧㄥˊ 比喻無才無德的人佔據高位，煊赫一時（見於《楚辭·卜居》：'黃鐘毀棄，瓦釜雷鳴。'瓦釜：用黏土燒製的鍋）。

【瓦工】wǎgōng ㄨㄚˇ ㄍㄨㄥ ❶指砌磚、蓋瓦等工作。❷做上述工作的建築工人。

【瓦灰】wǎhuī ㄨㄚˇ ㄏㄨㄟ 深灰色。

【瓦匠】wǎ·jiang ㄨㄚˇ ·ㄐㄧㄤ 瓦工②。

【瓦解】wǎjiě ㄨㄚˇ ㄐㄧㄝˇ ❶比喻崩潰或分裂：

土崩瓦解。❷使對方的力量崩潰：瓦解敵人。

【瓦剌】wǎlà ㄨㄚˇ ㄌㄚˋ 明代指我國西蒙古各部，清代叫衞拉特或額魯特。居住在巴爾喀什湖以東以南，包括現在新疆北部及今蒙古國西部的廣大地區。十五世紀時，曾一度統一蒙古各部。

【瓦藍】wǎlán ㄨㄚˇ ㄌㄢˊ 蔚藍：瓦藍的天空。

【瓦楞】wǎléng ㄨㄚˇ ㄌㄥˊ 瓦壟。

【瓦楞紙】wǎléngzhǐ ㄨㄚˇ ㄌㄥˊ ㄓˇ 呈瓦楞形的厚紙，多作包裝用。

【瓦礫】wǎlì ㄨㄚˇ ㄌㄧˋ 破碎的磚頭瓦片：瓦礫堆｜一片瓦礫(形容建築物被破壞後的景象)。

【瓦亮】wǎliàng ㄨㄚˇ ㄌㄧㄤˋ 非常光亮：鋥光瓦亮｜車擦得油光瓦亮。

【瓦壟】wǎlǒng ㄨㄚˇ ㄌㄨㄥˇ (瓦壟兒)屋頂上用瓦鋪成的凸凹相間的行列。也叫瓦楞(wǎléng)。

【瓦圈】wǎquān ㄨㄚˇ ㄑㄩㄢ 自行車，三輪車等車輪上安裝輪胎的鋼圈。也叫車圈。

【瓦全】wǎquán ㄨㄚˇ ㄑㄩㄢˊ 比喻沒有氣節，苟且偷生(常與'玉碎'對舉)：寧為玉碎，不為瓦全。

【瓦斯】wǎsī ㄨㄚˇ ㄙ 氣體，特指各種可燃氣體，如煤氣、沼氣等。[日，從英 gas]

【瓦特】wǎtè ㄨㄚˇ ㄊㄜˋ 功率單位，1 秒鐘作 1 焦耳的功，功率就是 1 瓦特。這個單位名稱是為紀念英國發明家瓦特(James Watt)而定的。簡稱瓦。

【瓦特小時計】wǎtèxiǎoshíjì ㄨㄚˇ ㄊㄜˋ ㄒㄧㄠˇ ㄕˊ ㄐㄧˋ 以千瓦小時為單位來計量用電量的儀表。通稱電表。

【瓦頭】wǎtóu ㄨㄚˇ ㄊㄡˊ 滴水瓦頭上下垂的邊兒。

佤〔佤〕 Wǎ ㄨㄚˇ 指佤族。

【佤族】Wǎzú ㄨㄚˇ ㄗㄨˊ 我國少數民族之一，分佈在雲南。

wà (ㄨㄚˋ)

瓦〔瓦〕 wà ㄨㄚˋ 蓋(瓦)：這排房子的房頂都苫好了，就等着瓦瓦(wǎ)了。

另見1170頁 wǎ。

【瓦刀】wàdāo ㄨㄚˋ ㄉㄠ 瓦工所用的工具，多用鐵嵌鋼製成，形狀略像菜刀，用來砍斷磚瓦，塗抹泥灰。

膃〔膃〕 wà ㄨㄚˋ 見下。

【膃肭】wànà ㄨㄚˋ ㄋㄚˋ 〈書〉肥胖。

【膃肭臍】wànàqí ㄨㄚˋ ㄋㄚˋ ㄑㄧˊ 海狗的陰莖和睾丸，可入藥。

【膃肭獸】wànàshòu ㄨㄚˋ ㄋㄚˋ ㄕㄡˋ 見445頁〖海狗〗。

襪〔襪〕(袜、韤) wà ㄨㄚˋ 襪子：襪底兒｜襪筒｜絲襪｜尼龍襪。

【襪船】wàchuán ㄨㄚˋ ㄔㄨㄢˊ 〈方〉沒有筒兒的布襪，形狀略像船。

【襪套】wàtào ㄨㄚˋ ㄊㄠˋ (襪套兒)短筒的或沒有筒的襪子，可套在襪子外面，也可單獨穿。

【襪筒】wàtǒng ㄨㄚˋ ㄊㄨㄥˇ (襪筒兒)襪子穿在腳腕以上的部分。

【襪子】wà·zi ㄨㄚˋ ·ㄗ 一種穿在腳上的東西，用棉、毛、絲、化學纖維等織成或用布縫成。

·wa (·ㄨㄚ)

哇 ·wa ·ㄨㄚ 助詞，'啊'受到前一字收音 u 或 ao的影響而發生的變音：才幾天功夫哇，麥子就長過了膝蓋｜你好哇？

另見1170頁 wā。

wāi (ㄨㄞ)

歪 wāi ㄨㄞ ❶不正；斜；偏(跟'正'相對)：歪嘴｜歪戴着帽子｜這堵牆歪了。❷不正當的；不正派的：歪理｜歪風邪氣。

【歪才】wāicái ㄨㄞ ㄘㄞˊ 指正業以外的某個方面的才能；不合正道的才能。

【歪纏】wāichán ㄨㄞ ㄔㄢˊ 無理糾纏：人家都不理你了，你還一個勁地歪纏甚麼。

【歪打正着】wāi dǎ zhèng zháo ㄨㄞ ㄉㄚˇ ㄓㄥˋ ㄓㄠˊ (歪打正着兒)比喻方法本來不恰當，卻僥幸得到滿意的結果。

【歪道】wāidào ㄨㄞ ㄉㄠˋ (歪道兒) ❶不正當的途徑；邪道：年紀輕輕的，可不能走歪道。❷壞主意：這傢伙想的盡是歪道。也說歪道道兒。

【歪風】wāifēng ㄨㄞ ㄈㄥ 不正派的作風；不好的風氣：歪風邪氣｜剎住鋪張浪費的歪風。

【歪理】wāilǐ ㄨㄞ ㄌㄧˇ 強辯的、不正確的道理：你這套歪理到哪兒也行不通。

【歪門邪道】wāi mén xié dào ㄨㄞ ㄇㄣˊ ㄒㄧㄝˊ ㄉㄠˋ 不正當的途徑；壞點子。

【歪七扭八】wāi qī niǔ bā ㄨㄞ ㄑㄧ ㄋㄧㄡˇ ㄅㄚ 歪歪扭扭，不直：字寫得歪七扭八。也說歪七斜八。

【歪曲】wāiqū ㄨㄞ ㄑㄩ 故意改變(事實或內容)：歪曲事實｜你不要歪曲了我的意思。

【歪歪扭扭】wāiwāiniǔniǔ ㄨㄞ ㄨㄞ ㄋㄧㄡˇ ㄋㄧㄡˇ 形容歪斜不正的樣子：紙條上寫着兩行歪歪扭扭的字。

【歪斜】wāixié ㄨㄞ ㄒㄧㄝˊ 不正或不直：身子歪斜，有點站立不穩。

喎 wāi ㄨㄞ 嘆詞，表示招呼：喎，你住在哪兒？

喎（咼） wāi ㄨㄞ （嘴）歪：喎斜。

【喎斜】wāixié ㄨㄞ ㄒㄧㄝˊ 嘴、眼等歪斜：口眼喎斜。

wǎi（ㄨㄞˇ）

搋 wǎi ㄨㄞˇ 〈方〉舀：從水缸裏搋了一瓢水。

崴（❸踒） wǎi ㄨㄞˇ ❶山路不平。❷崴子(用於地名)：海參崴。❸(腳)扭傷：走路不小心，把腳給崴了。

另見1184頁 wēi。

【崴泥】wǎi//ní ㄨㄞˇ//ㄋㄧˊ 陷在爛泥裏，比喻陷入困境，事情不易處理。

【崴子】wǎi·zi ㄨㄞˇ·ㄗ 〈方〉山、水彎曲的地方(多用於地名)：遲家崴子(在遼寧)｜三道崴子(在吉林)。

wài（ㄨㄞˋ）

外[1] wài ㄨㄞˋ ❶外邊；外邊的(跟'內'或'裏'相對)：外表｜外傷｜外國｜門外｜出外｜課外活動。❷指自己所在地以外的：外地｜外埠｜外省。❸外國；外國的：外文｜古今中外｜對外貿易。❹稱母親、姐妹或女兒方面的親戚：外祖母｜外甥｜外孫。❺關係疏遠的：外人｜見外。❻另外：外加｜外帶。❼以外：此外｜除外｜六百里外。❽非正式的；非正規的：外號｜外傳｜《儒林外史》。

外[2] wài ㄨㄞˋ 戲曲角色行當，扮演老年男子。

【外幣】wàibì ㄨㄞˋ ㄅㄧˋ 外國的貨幣。

【外邊】wài·bian ㄨㄞˋ·ㄅㄧㄢ ❶(外邊兒)超出某一範圍的地方：外邊有人敲門｜院子外邊新栽了一些樹｜這事外邊早就傳開了，我們卻不知道。❷指外地：他剛從外邊來，對當地的情況不大了解。❸表面：行李捲兒外邊再包一層塑料布。

【外表】wàibiǎo ㄨㄞˋ ㄅㄧㄠˇ 表面：這架機器不但構造精密，外表也很美觀。

【外賓】wàibīn ㄨㄞˋ ㄅㄧㄣ 外國客人。

【外部】wàibù ㄨㄞˋ ㄅㄨˋ ❶某一範圍以外。❷表面；外表。

【外埠】wàibù ㄨㄞˋ ㄅㄨˋ 本地以外較大的城鎮。

【外財】wàicái ㄨㄞˋ ㄘㄞˊ 外快。

【外場】wàicháng ㄨㄞˋ ㄔㄤˊ 指在外面做事所講究的善交際、好面子、講義氣等方面的事情：外場人兒｜講究外場。

【外鈔】wàichāo ㄨㄞˋ ㄔㄠ 外國的鈔票。

【外出】wàichū ㄨㄞˋ ㄔㄨ 到外面去，特指因事到外地去：外出謀生。

【外傳】wàichuán ㄨㄞˋ ㄔㄨㄢˊ ❶向外傳播、散佈：這份材料只供內部參考，請勿外傳。❷外界傳說。

另見 wàizhuàn。

【外帶】[1] wàidài ㄨㄞˋ ㄉㄞˋ 外胎的通稱。

【外帶】[2] wàidài ㄨㄞˋ ㄉㄞˋ 又加上：她要洗衣、做飯，外帶照顧老人，沒有時間幹別的事了。

【外道】wàidào ㄨㄞˋ ㄉㄠˋ 佛教用語，指不合佛法的教派。

【外道】wài·dao ㄨㄞˋ·ㄉㄠ 指禮節過於周到反而顯得疏遠；見外：你再客氣，就顯得外道了。

【外敵】wàidí ㄨㄞˋ ㄉㄧˊ 外來的敵人。

【外地】wàidì ㄨㄞˋ ㄉㄧˋ 本地以外的地方：外地人｜外地貨｜他到外地旅遊去了。

【外電】wàidiàn ㄨㄞˋ ㄉㄧㄢˋ 國外通訊社的電訊消息。

【外調】wàidiào ㄨㄞˋ ㄉㄧㄠˋ ❶調出；向其他地方或單位調(物資、人員)：完成日用品的外調任務｜有一部分機關幹部要外調。❷到外地、外單位調查：內查外調。

【外耳】wài'ěr ㄨㄞˋ ㄦˇ 耳朵最外面的一部分，由耳郭、外聽道和鼓膜構成。(圖見303頁〖耳朵〗)

【外耳道】wài'ěrdào ㄨㄞˋ ㄦˇ ㄉㄠˋ 外聽道。

【外耳門】wài'ěrmén ㄨㄞˋ ㄦˇ ㄇㄣˊ 外耳道的開口，呈圓形，內連外耳道，外連耳郭。也叫耳孔。通稱耳朵眼兒。

【外藩】wàifān ㄨㄞˋ ㄈㄢ 封建時代有封地的諸侯王。也泛指藩屬。

【外分泌】wàifēnmì ㄨㄞˋ ㄈㄣ ㄇㄧˋ 人或高等動物體內，有些腺體的分泌物通過導管排出體外或引至體內其他部分，這種分泌叫做外分泌。具有外分泌功能的腺體叫外分泌腺，如唾腺、胃腺等。

【外稃】wàifū ㄨㄞˋ ㄈㄨ 小麥等植物的花的外面包着的硬殼。

【外敷】wàifū ㄨㄞˋ ㄈㄨ (把藥膏等)塗抹在患處(區別於'內服')。

【外感】wàigǎn ㄨㄞˋ ㄍㄢˇ 中醫指由風、寒、暑、濕等侵害而引起的疾病。

【外港】wàigǎng ㄨㄞˋ ㄍㄤˇ 某個沒有港口或沒有良好港口的城市附近的較好的港口叫做這個城市的外港。

【外公】wàigōng ㄨㄞˋ ㄍㄨㄥ 外祖父。

【外功】wàigōng ㄨㄞˋ ㄍㄨㄥ (外功兒)鍛煉筋、骨、皮的武術(區別於'內功')。

【外骨骼】wàigǔgé ㄨㄞˋ ㄍㄨˇ ㄍㄜˊ 昆蟲、蝦、蟹等動物露在身體表面的骨骼。參看410頁〖骨骼〗。

【外觀】wàiguān ㄨㄞˋ ㄍㄨㄢ 物體從外表看的樣子：這套傢具外觀典雅。

【外國】wàiguó ㄨㄞˋ ㄍㄨㄛˊ 本國以外的國家。

【外國語】wàiguóyǔ ㄨㄞˋ ㄍㄨㄛˊ ㄩˇ 外國的語言(包括文字)。

【外海】wàihǎi ㄨㄞˋ ㄏㄞˇ 離陸地較遠的海域：開發外海漁場。

【外行】wàiháng ㄨㄞˋ ㄏㄤˊ ❶對某種事情或工作不懂或沒有經驗：外行話｜種莊稼他可不外行。❷外行的人。

【外號】wàihào ㄨㄞˋ ㄏㄠˋ (外號兒)人的本名以外，別人根據他的特徵給他另起的名字，大都含有親昵、憎惡或開玩笑的意味。

【外話】wàihuà ㄨㄞˋ ㄏㄨㄚˋ 〈方〉見外的話。

【外踝】wàihuái ㄨㄞˋ ㄏㄨㄞˊ 踝部外側的突起部分，由腓骨下端構成。

【外患】wàihuàn ㄨㄞˋ ㄏㄨㄢˋ 來自國外的禍害，指外國的侵略：內憂外患。

【外匯】wàihuì ㄨㄞˋ ㄏㄨㄟˋ ❶用於國際貿易清算的外國貨幣和可以兌換外國貨幣的支票、匯票、期票等證券。❷外幣。

【外貨】wàihuò ㄨㄞˋ ㄏㄨㄛˋ 從外國來的貨物。

【外禍】wàihuò ㄨㄞˋ ㄏㄨㄛˋ 外患。

【外籍】wàijí ㄨㄞˋ ㄐㄧˊ ❶外地戶籍；外地：他是外籍人，我是本地人。❷外國國籍：外籍商人｜外籍飛機。

【外寄生】wàijìshēng ㄨㄞˋ ㄐㄧˋ ㄕㄥ 一種生物寄居在另一種生物的體表，並攝取養分以維持生活，如虱、蚤都以這種方式生活。

【外加】wàijiā ㄨㄞˋ ㄐㄧㄚ 另外加上：點了四菜一湯，外加一個拼盤。

【外家】wàijiā ㄨㄞˋ ㄐㄧㄚ ❶指外祖父、外祖母家。❷〈方〉娘家。❸〈書〉指岳父母家。❹舊社會已婚男子在自己原來的家以外另成的家。❺與有妻男子另外成家的婦女叫做那個男子的外家。

【外間】wàijiān ㄨㄞˋ ㄐㄧㄢ ❶(外間兒)相連的幾間屋子裏直接通到外面的房間。❷指外界：外間傳聞，不可盡信。

【外交】wàijiāo ㄨㄞˋ ㄐㄧㄠ 一個國家在國際關係方面的活動，如參加國際組織和會議，跟別的國家互派使節、進行談判、簽訂條約和協定等。

【外交辭令】wàijiāo cílìng ㄨㄞˋ ㄐㄧㄠ ㄘˊ ㄌㄧㄥˋ 適合於外交場合的話語。借指客氣、得體而無實際內容的話。

【外交特權】wàijiāo tèquán ㄨㄞˋ ㄐㄧㄠ ㄊㄜˋ ㄑㄩㄢˊ 駐在國為保證他國的外交代表履行職務而給予其本人和有關人員的特權，如人身、住所不受侵犯，免受行政管轄、司法裁判，免除關稅、海關檢查，以及使用密碼通信和派遣外交信使等。

【外交團】wàijiāotuán ㄨㄞˋ ㄐㄧㄠ ㄊㄨㄢˊ 駐在一個國家的各國使節組成的團體。外交團的活動多限於禮儀上的應酬，如祝賀、弔唁等。

【外界】wàijiè ㄨㄞˋ ㄐㄧㄝˋ 某個物體以外的空間或某個集體以外的社會：飛機的機身必須承受住外界的空氣壓力｜外界輿論。

【外景】wàijǐng ㄨㄞˋ ㄐㄧㄥˇ 戲劇方面指舞台上的室外佈景，電影方面指攝影棚外的景物。

【外舅】wàijiù ㄨㄞˋ ㄐㄧㄡˋ 〈書〉岳父。

【外科】wàikē ㄨㄞˋ ㄎㄜ 醫院中主要用手術來治療體內外疾病的一科。

【外客】wàikè ㄨㄞˋ ㄎㄜˋ 指關係較疏遠的客人。

【外寇】wàikòu ㄨㄞˋ ㄎㄡˋ 指入侵的敵寇：抗擊外寇。

【外快】wàikuài ㄨㄞˋ ㄎㄨㄞˋ 指正常收入以外的收入：撈外快。也說外水。

【外來】wàilái ㄨㄞˋ ㄌㄞˊ 從外地或外國來的；非固有的(一般用做定語)：外來戶｜外來語。

【外來戶】wàiláihù ㄨㄞˋ ㄌㄞˊ ㄏㄨˋ 從別的地方遷移來的人家。

【外來語】wàiláiyǔ ㄨㄞˋ ㄌㄞˊ ㄩˇ 從別的語言吸收來的詞語。如漢語裏從俄語吸收來的'布拉吉'，從法語吸收來的'沙龍'，從英語吸收來的'馬達、沙發'。

【外力】wàilì ㄨㄞˋ ㄌㄧˋ ❶外部的力量。❷指外界作用於某一體系的力，例如其他原子對某一原子的作用力，對該原子來說就是外力。

【外流】wàiliú ㄨㄞˋ ㄌㄧㄡˊ (人口、財富等)轉移到外國或外地：人才外流｜資源外流｜黃金外流。

【外路】wàilù ㄨㄞˋ ㄌㄨˋ 外地；外地來的：外路貨｜外路人｜外路口音。

【外露】wàilù ㄨㄞˋ ㄌㄨˋ 顯露在外：兇相外露｜此人性格內向，不外露。

【外輪】wàilún ㄨㄞˋ ㄌㄨㄣˊ 外國籍的輪船。

【外貿】wàimào ㄨㄞˋ ㄇㄠˋ 對外貿易的簡稱。

【外貌】wàimào ㄨㄞˋ ㄇㄠˋ 人或物的表面形狀：外貌清秀｜這幾年城市外貌變化較大。

【外面】wàimiàn ㄨㄞˋ ㄇㄧㄢˋ (外面兒)外表：這座樓房看外面很堅固。

【外面】wài·mian ㄨㄞˋ ·ㄇㄧㄢ (外面兒)外邊：窗戶外面兒有棵梧桐樹。

【外面兒光】wàimiànrguāng ㄨㄞˋ ㄇㄧㄢˋㄦ ㄍㄨㄤ 僅僅外表好看：做事要講實際效果，不能只求外面兒光。

【外婆】wàipó ㄨㄞˋ ㄆㄛˊ 外祖母。

【外戚】wàiqī ㄨㄞˋ ㄑㄧ 指帝王的母親和妻子方面的親戚。

【外氣】wài·qi ㄨㄞˋ ·ㄑㄧ 〈方〉因見外而客氣：咱們都是老朋友了，可不興外氣。

【外強中乾】wài qiáng zhōng gān ㄨㄞˋ ㄑㄧㄤˊ ㄓㄨㄥ ㄍㄢ 外表上好像很強大，實際上很空虛。

【外僑】wàiqiáo ㄨㄞˋ ㄑㄧㄠˊ 外國的僑民。

【外勤】wàiqín ㄨㄞˋ ㄑㄧㄣˊ ❶部隊以及某些機關企業(如報社、測量隊、貿易公司)經常在外面進行的工作：跑外勤｜外勤記者。❷從事外勤工作的人。

【外人】wàirén ㄨㄞˋ ㄖㄣˊ ❶指沒有親友關係的人。❷指某個範圍或組織以外的人。❸指外國人。

【外商】wàishāng ㄨㄞˋ ㄕㄤ 外國商人。

【外傷】wàishāng ㄨㄞˋ ㄕㄤ 身體或物體由於外界物體的打擊、碰撞或化學物質的侵蝕等造成的損傷。

【外腎】wàishèn ㄨㄞˋ ㄕㄣˋ 中醫指人的睾丸。

【外生殖器】wàishēngzhíqì ㄨㄞˋ ㄕㄥ ㄓˊ ㄑㄧˋ 指男子和雄性哺乳動物的陰莖、陰囊或女子和雌性哺乳動物的陰道。

【外甥】wài·sheng ㄨㄞˋ ·ㄕㄥ ❶姐姐或妹妹的兒子。❷〈方〉外孫。

【外甥女】wài·shengnǚ ㄨㄞˋ ·ㄕㄥ ㄋㄩˇ (外甥女兒) ❶姐姐或妹妹的女兒。❷〈方〉外孫女。

【外省】wàishěng ㄨㄞˋ ㄕㄥˇ 本省以外的省份。

【外史】wàishǐ ㄨㄞˋ ㄕˇ 指野史、雜史和以描寫人物為主的舊小説之類：《儒林外史》。

【外事】wàishì ㄨㄞˋ ㄕˋ ❶外交事務：外事活動｜外事機關。❷外邊的事；家庭或個人以外的事。

【外手】wàishǒu ㄨㄞˋ ㄕㄡˇ (外手兒) 趕車或操縱器械時指車或器械的右邊。

【外首】wàishǒu ㄨㄞˋ ㄕㄡˇ 〈方〉外頭；外邊。

【外水】wàishuǐ ㄨㄞˋ ㄕㄨㄟˇ 外快。

【外孫】wàisūn ㄨㄞˋ ㄙㄨㄣ 女兒的兒子。

【外孫女】wàisūn·nǚ ㄨㄞˋ ㄙㄨㄣ ·ㄋㄩˇ (外孫女兒) 女兒的女兒。

【外孫子】wàisūn·zi ㄨㄞˋ ㄙㄨㄣ ·ㄗ 外孫。

【外胎】wàitāi ㄨㄞˋ ㄊㄞ 包在內胎外面直接與地面接觸的輪胎，用橡膠和簾布製成，胎面上有凸凹的花紋。通稱外帶。

【外逃】wàitáo ㄨㄞˋ ㄊㄠˊ 指逃往外地或外國。

【外套】wàitào ㄨㄞˋ ㄊㄠˋ (外套兒) ❶大衣。❷罩在外面的西式短上衣。

【外聽道】wàitīngdào ㄨㄞˋ ㄊㄧㄥ ㄉㄠˋ 外耳的一部分，是一個彎曲的管子，由耳郭通到鼓膜，表皮上面有絨毛，皮下有皮脂腺，能分泌出黃色的耳垢。也叫外耳道。(圖見303頁〖耳朵〗)

【外頭】wài·tou ㄨㄞˋ ·ㄊㄡ 外邊。

【外圍】wàiwéi ㄨㄞˋ ㄨㄟˊ ❶周圍。❷以某一事物為中心而存在的 (事物)：外圍組織。

【外文】wàiwén ㄨㄞˋ ㄨㄣˊ 外國的語言或文字。

【外屋】wàiwū ㄨㄞˋ ㄨ 外間①。

【外侮】wàiwǔ ㄨㄞˋ ㄨˇ 外國的侵略和壓迫：抵禦外侮。

【外務】wàiwù ㄨㄞˋ ㄨˋ ❶本身職務以外的事。❷與外國交涉的事務。

【外騖】wàiwù ㄨㄞˋ ㄨˋ 〈書〉做分外的事；心不專。

【外弦】wàixián ㄨㄞˋ ㄒㄧㄢˊ 拉胡琴時指靠外的比較細的那根弦。

【外綫】wàixiàn ㄨㄞˋ ㄒㄧㄢˋ ❶採取包圍敵方的形勢的作戰綫：外綫作戰。❷在安有電話分機的地方稱對外通話的綫路。

【外縣】wàixiàn ㄨㄞˋ ㄒㄧㄢˋ 本縣或本市以外的縣份。

【外鄉】wàixiāng ㄨㄞˋ ㄒㄧㄤ 本地以外的地方：外鄉人｜流落外鄉｜外鄉口音。

【外向】wàixiàng ㄨㄞˋ ㄒㄧㄤˋ ❶指人開朗活潑，內心活動易於表露出來：性格外向。❷指面向外國市場：外向型經濟。

【外銷】wàixiāo ㄨㄞˋ ㄒㄧㄠ (產品) 銷售到外國或外地：外銷物資。

【外心】wàixīn ㄨㄞˋ ㄒㄧㄣ ❶由於愛上了別人而產生的對自己的配偶不忠誠的念頭，舊時也指臣子勾結外國的念頭。❷三角形三條邊的垂直平分綫相交於一點，這個點叫做三角形的外心。外心也是三角形外接圓的圓心。

【外形】wàixíng ㄨㄞˋ ㄒㄧㄥˊ 物體外部的形狀。

【外姓】wàixìng ㄨㄞˋ ㄒㄧㄥˋ ❶本宗族以外的姓氏。❷外姓的人。

【外延】wàiyán ㄨㄞˋ ㄧㄢˊ 邏輯學上指一個概念所確指的對象的範圍，例如'人'這個概念的外延是指古今中外一切的人。參看833頁〖內涵〗。

【外洋】wàiyáng ㄨㄞˋ ㄧㄤˊ ❶舊時指外國：出使外洋。❷舊時指外國貨幣。❸遠離陸地的海洋：外洋捕魚。

【外揚】wàiyáng ㄨㄞˋ ㄧㄤˊ 向外宣揚：家醜不可外揚。

【外衣】wàiyī ㄨㄞˋ ㄧ 穿在外面的衣服◇披着正人君子的外衣。

【外溢】wàiyì ㄨㄞˋ ㄧˋ ❶ (財富等) 外流：資金外溢｜利權外溢。❷液體從容器裏流出來：旅客攜帶的防銹漆外溢，引起了火災。

【外因】wàiyīn ㄨㄞˋ ㄧㄣ 事物變化、發展的外在原因，即一事物和他事物的互相聯繫和互相影響。唯物辯證法認為外因只是事物發展、變化的條件，外因只有通過內因才能起作用。

【外語】wàiyǔ ㄨㄞˋ ㄩˇ 外國語。

【外域】wàiyù ㄨㄞˋ ㄩˋ 〈書〉外國。

【外遇】wàiyù ㄨㄞˋ ㄩˋ 丈夫或妻子在外面的不正當的男女關係。

【外援】wàiyuán ㄨㄞˋ ㄩㄢˊ 來自外面的 (特指外國的) 援助。

【外圓內方】wài yuán nèi fāng ㄨㄞˋ ㄩㄢˊ ㄋㄟˋ ㄈㄤ 比喻人外表隨和，內心卻很嚴正。

【外在】wàizài ㄨㄞˋ ㄗㄞˋ 事物本身以外的 (跟'內在'相對)：外在因素。

【外債】wàizhài ㄨㄞˋ ㄓㄞˋ 國家向外國借的債。

【外展神經】wàizhǎn-shénjīng ㄨㄞˋ ㄓㄢˇ ㄕㄣˊ ㄐㄧㄥ 第六對腦神經，從腦橋發出，分佈在眼球的肌肉中，主管眼球向外側旋轉的運動。

【外長】wàizhǎng ㄨㄞˋ ㄓㄤˇ 外交部長。
【外罩】wàizhào ㄨㄞˋ ㄓㄠˋ （外罩兒）❶罩在衣服外面的褂子。❷罩在物體外面的東西：鐘上應加個玻璃外罩。
【外痔】wàizhì ㄨㄞˋ ㄓˋ 生在肛門外部的痔瘡。
【外傳】wàizhuàn ㄨㄞˋ ㄓㄨㄢˋ 舊指正史以外的傳記。
另見 wàichuán。
【外資】wàizī ㄨㄞˋ ㄗ 由外國投入的資本：外資企業｜吸收外資。
【外子】wàizǐ ㄨㄞˋ ㄗˇ 〈書〉對人稱自己的丈夫。
【外族】wàizú ㄨㄞˋ ㄗㄨˊ ❶本家族以外的人。❷本國以外的人；外國人。❸我國歷史上指本民族以外的民族。
【外祖父】wàizǔfù ㄨㄞˋ ㄗㄨˇ ㄈㄨˋ 母親的父親。
【外祖母】wàizǔmǔ ㄨㄞˋ ㄗㄨˇ ㄇㄨˇ 母親的母親。

wān（ㄨㄢ）

剜 wān ㄨㄢ （用刀子等）挖：剜野菜。
【剜肉醫瘡】wān ròu yī chuāng ㄨㄢ ㄖㄡˋ ㄧ ㄔㄨㄤ 比喻只顧眼前，用有害的方法來救急（瘡：傷口）。也說剜肉補瘡、挖肉補瘡。

帵 wān ㄨㄢ ［帵子］（wān·zi ㄨㄢ ·ㄗ）〈方〉剪裁衣服剩下的大片的布料，特指剪裁中式衣服挖夾肢窩剩下的那塊布料。

蜿 wān ㄨㄢ ［蜿蜒］（wānyán ㄨㄢ ㄧㄢˊ）❶蛇類爬行的樣子。❷（山脉、河流、道路等）彎彎曲曲地延伸。

豌 wān ㄨㄢ ［豌豆］（wāndòu ㄨㄢ ㄉㄡˋ）❶一年生或二年生草本植物，羽狀複葉，小葉卵形，花白色或淡紫紅色，結莢果，種子略作球形。嫩莢和種子供食用。❷這種植物的莢果和種子。

彎（弯） wān ㄨㄢ ❶彎曲：彎路｜樹枝都被雪壓彎了。❷使彎曲：彎腰｜彎着身子。❸（彎兒）彎子：轉彎抹角｜這根竹竿有個彎兒。❹〈書〉拉（弓）。
【彎度】wāndù ㄨㄢ ㄉㄨˋ 物體彎曲的程度。
【彎路】wānlù ㄨㄢ ㄌㄨˋ 不直的路。比喻工作、學習等不得法而多費的冤枉工夫。
【彎曲】wānqū ㄨㄢ ㄑㄩ 不直：小溪彎彎曲曲地順着山溝流下去。
【彎子】wān·zi ㄨㄢ ·ㄗ 彎曲的部分。也說彎兒。

壪（塆） wān ㄨㄢ 山溝裏的小塊平地，多用於地名。

灣（湾） wān ㄨㄢ ❶水流彎曲的地方：河灣。❷海灣：港灣｜渤海灣。❸使船停住：把船灣在那邊。
【灣泊】wānbó ㄨㄢ ㄅㄛˊ （船隻）停留；停泊：岸邊灣泊着兩隻大船。

wán（ㄨㄢˊ）

丸 wán ㄨㄢˊ ❶（丸兒）球形的小東西：彈丸｜魚丸｜肉丸｜泥丸。❷丸藥：丸散膏丹｜牛黃清心丸。❸量詞，用於丸藥：一丸藥｜一次吃三丸。
【丸劑】wánjì ㄨㄢˊ ㄐㄧˋ 中藥或西藥製劑的一種，把藥物研成粉末跟水、蜂蜜或澱粉糊混合團成丸狀。
【丸藥】wányào ㄨㄢˊ ㄧㄠˋ 中醫指製成丸劑的藥物。
【丸子】wán·zi ㄨㄢˊ ·ㄗ 食品，把魚、肉等剁成碎末，加上作料而團成的丸狀物。

刓 wán ㄨㄢˊ ❶〈書〉削去棱角：刓方以為圓。❷（用刀子等）挖；刻。

汍 wán ㄨㄢˊ ［汍瀾］（wánlán ㄨㄢˊ ㄌㄢˊ）〈書〉流淚的樣子。

抏 wán ㄨㄢˊ 〈書〉使受挫折；消耗。

完 wán ㄨㄢˊ ❶全；完整：完好｜體無完膚｜覆巢無完卵。❷消耗盡；沒有剩的：煤燒完了｜信紙完了。❸完結：事情做完了｜魚離開水，生命就完了。❹完成：完工｜完婚。❺交納（賦稅）：完糧｜完稅。❻（Wán）姓。
【完備】wánbèi ㄨㄢˊ ㄅㄟˋ 應該有的全都有了：工具完備｜有不完備的地方，請多提意見。
【完畢】wánbì ㄨㄢˊ ㄅㄧˋ 完結：操練完畢。
【完璧歸趙】wán bì guī zhào ㄨㄢˊ ㄅㄧˋ ㄍㄨㄟ ㄓㄠˋ 戰國時代趙國得到了楚國的和氏璧，秦昭王要用十五座城池來換璧。趙王派藺相如帶着璧去換城。相如到秦國獻了璧，見秦王沒有誠意，不肯交出城池，就設法把璧弄回，派人送回趙國（見於《史記·廉頗藺相如列傳》）。比喻原物完整無損地歸還本人。
【完成】wán∥chéng ㄨㄢˊ∥ㄔㄥˊ 按照預期的目的結束；做成：完成任務｜完成作業。
【完蛋】wán∥dàn ㄨㄢˊ∥ㄉㄢˋ 垮台；滅亡。
【完稿】wán∥gǎo ㄨㄢˊ∥ㄍㄠˇ 脫稿。
【完工】wán∥gōng ㄨㄢˊ∥ㄍㄨㄥ 工程或工作完成：該工程已於上月底完工。
【完好】wánhǎo ㄨㄢˊ ㄏㄠˇ 沒有損壞；沒有殘缺；完整：完好如新｜完好無缺。
【完婚】wán∥hūn ㄨㄢˊ∥ㄏㄨㄣ 指男子結婚（多指長輩為晚輩娶妻）。
【完結】wánjié ㄨㄢˊ ㄐㄧㄝˊ 結束；了結：工作完結。
【完聚】wánjù ㄨㄢˊ ㄐㄩˋ 〈書〉團聚：合家完聚。
【完竣】wánjùn ㄨㄢˊ ㄐㄩㄣˋ 完畢；完成（多指工程）：修建工程完竣｜整編完竣。
【完糧】wán∥liáng ㄨㄢˊ∥ㄌㄧㄤˊ 交納錢糧。
【完了】wánliǎo ㄨㄢˊ ㄌㄧㄠˇ （事情）完結；結束：等此事完了，我再找你細說。

【完滿】wánmǎn ㄨㄢˊ ㄇㄢˇ 沒有缺欠；圓滿：問題已經完滿解決了｜對提問回答得很完滿。
【完美】wánměi ㄨㄢˊ ㄇㄟˇ 完備美好；沒有缺點：完美無缺｜完美的藝術形式。
【完全】wánquán ㄨㄢˊ ㄑㄩㄢˊ ❶齊全；不缺少甚麼：話還沒說完全｜四肢完全。❷全部；完全同意｜他的病完全好了。
【完全小學】wánquán xiǎoxué ㄨㄢˊ ㄑㄩㄢˊ ㄒㄧㄠˇ ㄒㄩㄝˊ 指設有初級和高級兩部的小學。簡稱完小。
【完人】wánrén ㄨㄢˊ ㄖㄣˊ 指沒有缺點的人：金無足赤，人無完人。
【完善】wánshàn ㄨㄢˊ ㄕㄢˋ ❶完備美好：設備完善。❷使完善：完善管理制度。
【完事】wán∥shì ㄨㄢˊ∥ㄕˋ 事情完結：完事大吉｜結賬直到夜裏十點才完事。
【完稅】wán∥shuì ㄨㄢˊ∥ㄕㄨㄟˋ 交納捐稅。
【完小】wánxiǎo ㄨㄢˊ ㄒㄧㄠˇ 完全小學的簡稱。
【完整】wánzhěng ㄨㄢˊ ㄓㄥˇ 具有或保持着應有的各部分；沒有損壞或殘缺：領土完整｜結構完整｜這套書是完整的。

玩[1]（顽）wán ㄨㄢˊ （玩兒）❶玩耍：玩火｜孩子們在公園裏玩得很起勁。❷做某種文體活動：玩兒足球｜玩兒撲克。❸使用（不正當的方法、手段等）：玩花招兒。

玩[2]（翫）wán ㄨㄢˊ ❶用不嚴肅的態度來對待；輕視；戲弄：玩弄｜玩世不恭。❷觀賞：玩月｜遊玩。❸供觀賞的東西：古玩。

【玩忽】wánhū ㄨㄢˊ ㄏㄨ 不嚴肅認真地對待；忽視：玩忽職守。
【玩火自焚】wán huǒ zì fén ㄨㄢˊ ㄏㄨㄛˇ ㄗˋ ㄈㄣˊ 比喻幹冒險或害人的勾當，最後受害的還是自己。
【玩具】wánjù ㄨㄢˊ ㄐㄩˋ 專供兒童玩兒的東西：電動玩具｜益智玩具。
【玩樂】wánlè ㄨㄢˊ ㄌㄜˋ 玩耍遊樂：盡情玩樂。
【玩弄】wánnòng ㄨㄢˊ ㄋㄨㄥˋ ❶擺弄着玩耍：玩弄積木｜玩弄手槍。❷戲弄：玩弄女性。❸搬弄：該文除了玩弄名詞之外，沒有甚麼內容。❹施展（手段、伎倆等）：玩弄兩面手法。
【玩偶】wán'ǒu ㄨㄢˊ ㄡˇ 供兒童玩耍的人物玩具，多用布、泥土、木頭、塑料等製成。
【玩兒不轉】wánr ·bu zhuàn ㄨㄢㄦˊ ·ㄅㄨ ㄓㄨㄢˋ 沒有辦法；應付不了：你真沒用，這點小事都玩兒不轉。
【玩兒得轉】wánr ·de zhuàn ㄨㄢㄦˊ ·ㄉㄜ ㄓㄨㄢˋ 有辦法；應付得了：幾十人的飯菜，你一個人玩兒得轉嗎？
【玩兒命】wánrmìng ㄨㄢㄦˊ ㄇㄧㄥˋ 不顧一切，不顧危險，拿着性命當兒戲（含詼諧意）。
【玩兒票】wánr∥piào ㄨㄢㄦˊ∥ㄆㄧㄠˋ 指業餘從事戲曲表演：他是玩兒票的，不是職業演員。
【玩兒完】wánrwán ㄨㄢㄦˊ ㄨㄢˊ 垮台；失敗；死亡（含詼諧意）。
【玩賞】wánshǎng ㄨㄢˊ ㄕㄤˇ 欣賞；觀賞：玩賞雪景｜園中有很多可供玩賞的花木。
【玩世不恭】wán shì bù gōng ㄨㄢˊ ㄕˋ ㄅㄨˋ ㄍㄨㄥ 不把現實社會放在眼裏，對甚麼事都採取不嚴肅的態度（不恭：不嚴肅）。
【玩耍】wánshuǎ ㄨㄢˊ ㄕㄨㄚˇ 做使自己精神愉快的活動；遊戲：孩子們在大樹底下玩耍。
【玩味】wánwèi ㄨㄢˊ ㄨㄟˋ 細細地體會其中的意味：他的那句話值得玩味。
【玩物】wánwù ㄨㄢˊ ㄨˋ 供觀賞或玩耍的東西。
【玩物喪志】wán wù sàng zhì ㄨㄢˊ ㄨˋ ㄙㄤˋ ㄓˋ 只顧玩賞所喜好的東西，因而消磨掉志氣。
【玩笑】wánxiào ㄨㄢˊ ㄒㄧㄠˋ ❶玩耍和嬉笑：他這是玩笑，你別認真。❷玩耍的行動或嬉笑的言語：開玩笑。
【玩意兒】wányìr ㄨㄢˊ ㄧㄦˋ ❶玩具。❷指曲藝、雜技等，如大鼓、相聲、雙簧、魔術。❸指東西；事物：他手裏拿的是甚麼玩意兒？‖也作玩藝兒。

紈（纨）wán ㄨㄢˊ 〈書〉很細的絲織品；細絹：紈扇。

【紈袴】wánkù ㄨㄢˊ ㄎㄨˋ 〈書〉富貴人家子弟穿的細絹做成的褲子，泛指有錢人家子弟穿的華美衣着，借指富貴人家的子弟：紈袴習氣｜紈袴子弟。也作紈絝。
【紈絝】wánkù ㄨㄢˊ ㄎㄨˋ 同'紈袴'。
【紈扇】wánshàn ㄨㄢˊ ㄕㄢˋ 用細絹製成的團扇。

烷 wán ㄨㄢˊ 烷烴。

【烷烴】wántīng ㄨㄢˊ ㄊㄧㄥ 飽和烴的一類，分子中含有單鍵結構的開鏈烴，如甲烷（CH_4）、乙烷（C_2H_6）等。也叫石蠟烴。

頑[1]（顽）wán ㄨㄢˊ ❶愚蠢無知：冥頑不靈。❷不容易開導或制伏；固執：頑梗｜頑疾｜頑敵。❸頑皮：頑童。

頑[2]（顽）wán ㄨㄢˊ 同'玩[1]'。

【頑敵】wándí ㄨㄢˊ ㄉㄧˊ 頑固的敵人。
【頑鈍】wándùn ㄨㄢˊ ㄉㄨㄣˋ 〈書〉❶愚笨。❷指沒有氣節。❸不鋒利。
【頑梗】wángěng ㄨㄢˊ ㄍㄥˇ 非常頑固：頑梗不化。
【頑固】wángù ㄨㄢˊ ㄍㄨˋ ❶思想保守，不願意接受新鮮事物：頑固守舊｜頑固不化。❷指在政治立場上堅持錯誤，不肯改變：頑固分子。❸不易制伏或改變：這種病很頑固，要根治不容易。
【頑疾】wánjí ㄨㄢˊ ㄐㄧˊ 指難治或久治不愈的疾病。
【頑健】wánjiàn ㄨㄢˊ ㄐㄧㄢˋ 〈書〉謙稱自己身體

強健。

【頑抗】wánkàng ㄨㄢˊ ㄎㄤˋ 頑固抵抗：負隅頑抗｜憑險頑抗。

【頑劣】wánliè ㄨㄢˊ ㄌㄧㄝˋ 頑固無知；頑皮不順從：秉性頑劣｜頑劣異常。

【頑皮】wánpí ㄨㄢˊ ㄆㄧˊ （兒童、少年等）愛玩愛鬧，不聽勸導：這孩子頑皮極了，老師也拿他沒辦法。

【頑強】wánqiáng ㄨㄢˊ ㄑㄧㄤˊ 堅強；強硬：頑強的鬥爭｜他很頑強，沒有向困難低過頭。

【頑石點頭】wánshí diǎntóu ㄨㄢˊ ㄕˊ ㄉㄧㄢˇ ㄊㄡˊ 傳説晉朝和尚道生法師對着石頭講經，石頭都點起頭來（見於《蓮社高賢傳》）。後用來形容道理講得透徹，使人心服。

【頑童】wántóng ㄨㄢˊ ㄊㄨㄥˊ 頑皮的兒童。

【頑症】wánzhèng ㄨㄢˊ ㄓㄥˋ 指難治或久治不愈的病症。

wǎn （ㄨㄢˇ）

宛[1] wǎn ㄨㄢˇ ❶曲折：宛轉。❷（Wǎn）姓。

宛[2] wǎn ㄨㄢˇ 〈書〉仿佛：音容宛在。

【宛然】wǎnrán ㄨㄢˇ ㄖㄢˊ 仿佛：宛然在目｜這裏山清水秀，宛然江南風景。

【宛如】wǎnrú ㄨㄢˇ ㄖㄨˊ 正像；好像：歡騰的人群宛如大海的波濤。

【宛若】wǎnruò ㄨㄢˇ ㄖㄨㄛˋ 宛如；仿佛：那棵榕樹枝葉繁茂，宛若巨大的綠傘。

【宛似】wǎnsì ㄨㄢˇ ㄙˋ 宛如。

【宛轉】wǎnzhuǎn ㄨㄢˇ ㄓㄨㄢˇ ❶輾轉。❷同'婉轉'。

莞〔莞〕 wǎn ㄨㄢˇ ［莞爾］(wǎn'ěr ㄨㄢˇ ㄦˇ)〈書〉形容微笑：莞爾而笑｜不覺莞爾。

另見420頁 guān；422頁 guǎn。

挽[1] wǎn ㄨㄢˇ ❶拉：挽弓｜手挽着手◇挽留。❷扭轉；挽回：挽狂瀾於既倒。❸向上捲（衣服）：挽起袖子。

挽[2] wǎn ㄨㄢˇ 同'綰'。

另見1178頁 wǎn'輓'。

【挽回】wǎnhuí ㄨㄢˇ ㄏㄨㄟˊ ❶扭轉已成的不利局面：挽回面子｜挽回影響｜挽回敗局。❷收回（利權等）：話已説出，無法挽回。

【挽救】wǎnjiù ㄨㄢˇ ㄐㄧㄡˋ 從危險中救回來：挽救病人的生命。

【挽具】wǎnjù ㄨㄢˇ ㄐㄩˋ 套在牲畜身上用以拉車的器具。

【挽留】wǎnliú ㄨㄢˇ ㄌㄧㄡˊ 使要離去的人留下來：再三挽留｜挽留客人｜挽留不住。

娩 wǎn ㄨㄢˇ 見1178頁〖婉娩〗。

另見797頁 miǎn。

菀〔菀〕 wǎn ㄨㄢˇ 見1514頁〖紫菀〗。

另見1401頁 yù。

晚 wǎn ㄨㄢˇ ❶晚上：今晚｜昨晚｜晚會｜晚飯｜從早到晚。❷時間靠後的：晚稻｜晚秋｜晚年｜晚清（清朝末年）。❸比規定的或合適的時間靠後：八點再去就晚了｜今年的春天來得晚。❹後來的：晚輩｜晚娘。❺後輩對前輩自稱（用於書信）。❻〈書〉靠後的一段時間，特指人的晚年：歲晚｜晚節｜晚景。❼（Wǎn）姓。

【晚安】wǎn'ān ㄨㄢˇ ㄢ 客套話，用於晚上道別（多見於翻譯作品）。

【晚半天兒】wǎnbàntiānr ㄨㄢˇ ㄅㄢˋ ㄊㄧㄢㄦ 〈方〉下午臨近黃昏的時候。也説晚半晌兒。

【晚報】wǎnbào ㄨㄢˇ ㄅㄠˋ 下午出版的報紙。

【晚輩】wǎnbèi ㄨㄢˇ ㄅㄟˋ 輩分低的人；後輩。

【晚場】wǎnchǎng ㄨㄢˇ ㄔㄤˇ 戲劇、電影等在晚上演出的場次。也叫夜場。

【晚車】wǎnchē ㄨㄢˇ ㄔㄜ 晚上開出或到達的火車。

【晚春】wǎnchūn ㄨㄢˇ ㄔㄨㄣ 春季的末期；暮春。

【晚稻】wǎndào ㄨㄢˇ ㄉㄠˋ 插秧期比較晚或生長期比較長、成熟期比較晚的稻子。

【晚點】wǎn//diǎn ㄨㄢˇ//ㄉㄧㄢˇ （車、船、飛機）開出、運行或到達遲於規定時間。

【晚飯】wǎnfàn ㄨㄢˇ ㄈㄢˋ 晚上吃的飯。

【晚會】wǎnhuì ㄨㄢˇ ㄏㄨㄟˋ 晚上舉行的以文娛節目為主的集會：聯歡晚會｜營火晚會。

【晚婚】wǎnhūn ㄨㄢˇ ㄏㄨㄣ 達到結婚年齡以後再推遲若干年結婚。

【晚間】wǎnjiān ㄨㄢˇ ㄐㄧㄢ 晚上。

【晚節】wǎnjié ㄨㄢˇ ㄐㄧㄝˊ ❶晚年的節操：保持晚節。❷〈書〉晚年；末期：晚節末路。

【晚近】wǎnjìn ㄨㄢˇ ㄐㄧㄣˋ 最近若干年來。

【晚景】wǎnjǐng ㄨㄢˇ ㄐㄧㄥˇ ❶傍晚的景色；夜晚的情景。❷晚年的景況。

【晚境】wǎnjìng ㄨㄢˇ ㄐㄧㄥˋ 晚年的境況：晚境淒涼。

【晚年】wǎnnián ㄨㄢˇ ㄋㄧㄢˊ 指人年老的時期：晚年多病｜度過幸福的晚年。

【晚娘】wǎnniáng ㄨㄢˇ ㄋㄧㄤˊ 〈方〉繼母。

【晚期】wǎnqī ㄨㄢˇ ㄑㄧ 一個時代、一個過程或一個人一生的最後階段：肺癌晚期｜十九世紀晚期｜這是他晚期的作品。

【晚秋】wǎnqiū ㄨㄢˇ ㄑㄧㄡ ❶秋季的末期；深秋。❷指晚秋作物。

【晚秋作物】wǎnqiū zuòwù ㄨㄢˇ ㄑㄧㄡ ㄗㄨㄛˋ ㄨˋ 在小麥、油菜等收穫後複種的農作物，如玉米、甘薯、馬鈴薯、豆類在許多地方當做晚秋作物栽培。有的地區叫晚田。

【晚上】wǎn·shang ㄨㄢˇ ·ㄕㄤ 太陽落了以後到深夜以前的時間，也泛指夜裏：晚上要去看望一個朋友｜一連幾個晚上都沒有睡好覺。
【晚生】wǎnshēng ㄨㄢˇ ㄕㄥ 〈書〉後輩對前輩謙稱自己。
【晚世】wǎnshì ㄨㄢˇ ㄕˋ 〈書〉近世。
【晚熟】wǎnshú ㄨㄢˇ ㄕㄨˊ 指農作物生長期長，成熟較慢：晚熟作物。
【晚霜】wǎnshuāng ㄨㄢˇ ㄕㄨㄤ 早春時降的霜。對農作物有害。
【晚霞】wǎnxiá ㄨㄢˇ ㄒㄧㄚˊ 日落時出現的霞。
【晚育】wǎnyù ㄨㄢˇ ㄩˋ 女子婚後較晚地生育：提倡晚婚晚育。
【晚造】wǎnzào ㄨㄢˇ ㄗㄠˋ 收穫期較晚的作物。

脘 wǎn ㄨㄢˇ 胃腔。

惋 wǎn ㄨㄢˇ 〈書〉惋惜：嘆惋。

【惋惜】wǎnxī ㄨㄢˇ ㄒㄧ 對人的不幸遭遇或事物的意外變化表示同情、可惜：大家對他英年早逝深感惋惜。

婉 wǎn ㄨㄢˇ ❶(說話)婉轉：婉謝｜婉言相勸。❷〈書〉柔順：婉順。❸〈書〉美好：婉麗。

【婉詞】wǎncí ㄨㄢˇ ㄘˊ 同'婉辭[1]'。
【婉辭】[1] wǎncí ㄨㄢˇ ㄘˊ 婉言。也作婉詞。
【婉辭】[2] wǎncí ㄨㄢˇ ㄘˊ 婉言拒絕：他婉辭了對方的邀請。
【婉和】wǎnhé ㄨㄢˇ ㄏㄜˊ (話語)委婉溫和。
【婉麗】wǎnlì ㄨㄢˇ ㄌㄧˋ 〈書〉❶美麗；美好：姿容婉麗。❷婉轉而優美(多指詩文)：詞句清新婉麗。
【婉商】wǎnshāng ㄨㄢˇ ㄕㄤ 婉言相商：經過多次婉商，他才同意這個方案。
【婉順】wǎnshùn ㄨㄢˇ ㄕㄨㄣˋ 柔和溫順；柔順(多用於女性)：性情婉順。
【婉娩】wǎnwǎn ㄨㄢˇ ㄨㄢˇ 〈書〉柔順。
【婉謝】wǎnxiè ㄨㄢˇ ㄒㄧㄝˋ 婉言謝絕。
【婉言】wǎnyán ㄨㄢˇ ㄧㄢˊ 婉轉的話：婉言拒絕。
【婉約】wǎnyuē ㄨㄢˇ ㄩㄝ 〈書〉委婉含蓄：古人論詞的風格，分豪放和婉約兩派。
【婉轉】wǎnzhuǎn ㄨㄢˇ ㄓㄨㄢˇ ❶(說話)溫和而曲折(但是不失本意)：措詞婉轉。❷(歌聲、鳥鳴聲等)抑揚動聽：歌聲婉轉。‖也作宛轉。

琬 wǎn ㄨㄢˇ〈書〉美玉。

皖 Wǎn ㄨㄢˇ 安徽的別稱。

碗(椀、盌) wǎn ㄨㄢˇ ❶盛飲食的器具，口大底小，一般是圓形的。❷像碗的東西：軸碗兒。

【碗碗腔】wǎnwǎnqiāng ㄨㄢˇ ㄨㄢˇ ㄑㄧㄤ 陝西地方戲曲劇種之一，由陝西皮影戲發展而成，流行於該省渭南、大荔一帶。

畹 wǎn ㄨㄢˇ 古代稱三十畝為一畹。

輓(挽) wǎn ㄨㄢˇ ❶牽引(車輛)：輓車。❷哀悼死者：輓歌｜輓聯。
'挽'另見1177頁 wǎn。

【輓歌】wǎngē ㄨㄢˇ ㄍㄜ 哀悼死者的歌。
【輓聯】wǎnlián ㄨㄢˇ ㄌㄧㄢˊ 哀悼死者的對聯。

綰(绾) wǎn ㄨㄢˇ 把長條形的東西盤繞起來打成結：綰個扣兒｜把頭髮綰起來。

wàn (ㄨㄢˋ)

忨 wàn ㄨㄢˋ 〈書〉貪。

萬〔萬〕(万) wàn ㄨㄢˋ ❶數目，十個千。❷形容很多：萬國｜萬事｜萬物｜萬水千山。❸極；很；絕對：萬全｜萬不得已｜萬不能行。❹(Wàn)姓。
'万'另見814頁 mò。

【萬般】wànbān ㄨㄢˋ ㄅㄢ ❶各種各樣。❷極其；非常：萬般無奈(沒有一點辦法)。
【萬變不離其宗】wàn biàn bù lí qí zōng ㄨㄢˋ ㄅㄧㄢˋ ㄅㄨˋ ㄌㄧˊ ㄑㄧˊ ㄗㄨㄥ 形式上變化很多，本質上還是沒有變化。
【萬不得已】wàn bù dé yǐ ㄨㄢˋ ㄅㄨˋ ㄉㄜˊ ㄧˇ 實在沒有辦法；不得不這樣：萬不得已，才出此下策。
【萬代】wàndài ㄨㄢˋ ㄉㄞˋ 萬世：萬代傳揚｜千秋萬代。
【萬端】wànduān ㄨㄢˋ ㄉㄨㄢ (頭緒)極多而紛繁；各種各樣：感慨萬端｜變化萬端｜思緒萬端。
【萬惡】wàn'è ㄨㄢˋ ㄜˋ 極端惡毒；罪惡多端：萬惡不赦。
【萬兒八千】wàn·er-bāqiān ㄨㄢˋ·ㄦ ㄅㄚ ㄑㄧㄢ 一萬或比一萬略少。
【萬方】wànfāng ㄨㄢˋ ㄈㄤ ❶指全國各地或世界各地。❷指姿態多種多樣：儀態萬方。
【萬分】wànfēn ㄨㄢˋ ㄈㄣ 非常；極其：萬分高興。
【萬福】wànfú ㄨㄢˋ ㄈㄨˊ 舊時婦女行的敬禮，兩手鬆鬆抱拳重疊在胸前右下側上下移動，同時略做鞠躬的姿勢。
【萬古長青】wàngǔ cháng qīng ㄨㄢˋ ㄍㄨˇ ㄔㄤˊ ㄑㄧㄥ 永遠像春天的草木一樣欣欣向榮。也說萬古長春。
【萬貫】wànguàn ㄨㄢˋ ㄍㄨㄢˋ 一萬貫銅錢。形容錢財極多：萬貫家財｜腰纏萬貫。
【萬國】wànguó ㄨㄢˋ ㄍㄨㄛˊ 很多的國家；世界各國：萬國博覽會。
【萬戶侯】wànhùhóu ㄨㄢˋ ㄏㄨˋ ㄏㄡˊ 漢代侯爵的最高一級，享有萬戶農民的賦稅。後來泛指高官貴爵。

【萬花筒】wànhuātǒng ㄨㄢˋ ㄏㄨㄚ ㄊㄨㄥˇ 圓筒形玩具，兩頭鑲着玻璃，筒的內壁裝着玻璃條組成的幾面鏡子，筒的一端放着各種顏色和形狀的碎玻璃。向着亮處轉動圓筒，由於鏡子的反射作用，可以從筒的另一端看到各種圖案。

【萬機】wànjī ㄨㄢˋ ㄐㄧ 指當政者處理的各種重要事情：日理萬機。

【萬劫不復】wàn jié bù fù ㄨㄢˋ ㄐㄧㄝˊ ㄅㄨˋ ㄈㄨˋ 表示永遠不能恢復(佛家稱世界從生成到毀滅的一個過程為一劫，萬劫就是萬世的意思)。

【萬金油】wànjīnyóu ㄨㄢˋ ㄐㄧㄣ ㄧㄡˊ ❶藥名，清涼油的舊稱。❷比喻甚麼都能做，但甚麼都不擅長的人。

【萬籟】wànlài ㄨㄢˋ ㄌㄞˋ 各種聲音(籟：從孔穴裏發出的聲音)：萬籟俱寂。

【萬曆】Wànlì ㄨㄢˋ ㄌㄧˋ 明神宗(朱翊鈞)年號(公元1573－1620)。

【萬馬齊瘖】wàn mǎ qí yīn ㄨㄢˋ ㄇㄚˇ ㄑㄧˊ ㄧㄣ 千萬匹馬都沈寂無聲。比喻人們都沈默，不說話，不發表意見(瘖：啞)。

【萬民】wànmín ㄨㄢˋ ㄇㄧㄣˊ 廣大的老百姓：萬民塗炭(形容廣大老百姓陷入極端困苦的境地)｜萬民歡呼。

【萬難】wànnán ㄨㄢˋ ㄋㄢˊ ❶非常難於：萬難照辦｜萬難挽回。❷各種困難：排除萬難。

【萬能】wànnéng ㄨㄢˋ ㄋㄥˊ ❶無所不能：金錢不是萬能的。❷有多種用途的：萬能膠｜萬能機牀。

【萬年】wànnián ㄨㄢˋ ㄋㄧㄢˊ 極其久遠的年代：遺臭萬年。

【萬年曆】wànniánlì ㄨㄢˋ ㄋㄧㄢˊ ㄌㄧˋ 包括很多年或適用於很多年的曆書。

【萬念俱灰】wàn niàn jù huī ㄨㄢˋ ㄋㄧㄢˋ ㄐㄩˋ ㄏㄨㄟ 一切想法，打算都破滅了。形容失意或受到沈重打擊後極端灰心失望的心情。

【萬千】wànqiān ㄨㄢˋ ㄑㄧㄢ ❶形容數量多：萬千的科學家。❷形容事物所表現的方面多(多指抽象的)：變化萬千｜氣象萬千｜思緒萬千。

【萬頃】wànqǐng ㄨㄢˋ ㄑㄧㄥˇ 一萬頃，形容面積大：碧波萬頃｜良田萬頃。

【萬全】wànquán ㄨㄢˋ ㄑㄩㄢˊ 非常周到，沒有任何漏洞；非常安全：萬全之策｜計出萬全。

【萬人空巷】wàn rén kōng xiàng ㄨㄢˋ ㄖㄣˊ ㄎㄨㄥ ㄒㄧㄤˋ 家家戶戶的人都從巷裏出來了，多用來形容慶祝、歡迎等盛況。

【萬世】wànshì ㄨㄢˋ ㄕˋ 很多世代；年代非常久遠：千秋萬世｜萬世師表｜萬世不朽。

【萬事】wànshì ㄨㄢˋ ㄕˋ 一切事情：萬事大吉(一切事情都很圓滿順利)｜萬事亨通(一切事情都很順利)｜萬事不求人。

【萬事俱備，只欠東風】wàn shì jù bèi,zhǐ qiàn dōng fēng ㄨㄢˋ ㄕˋ ㄐㄩˋ ㄅㄟˋ,ㄓˇ ㄑㄧㄢˋ ㄉㄨㄥ ㄈㄥ 三國時周瑜計劃火攻曹操，一切都準備好了，只差東風還沒有颳起來，不能順風放火(事見《三國演義》第四十九回)。後比喻樣樣都準備好了，只差最後一個重要條件。

【萬事通】wànshìtōng ㄨㄢˋ ㄕˋ ㄊㄨㄥ 甚麼事情都知道的人(含譏諷意)。也叫百事通。

【萬壽無疆】wàn shòu wú jiāng ㄨㄢˋ ㄕㄡˋ ㄨˊ ㄐㄧㄤ 永遠生存(祝壽的話)。

【萬水千山】wàn shuǐ qiān shān ㄨㄢˋ ㄕㄨㄟˇ ㄑㄧㄢ ㄕㄢ 很多的山和水。形容路途遙遠險阻。

【萬死】wànsǐ ㄨㄢˋ ㄙˇ 死一萬次(誇張說法)，形容受嚴厲懲罰或冒生命危險：罪該萬死｜萬死不辭。

【萬歲】wànsuì ㄨㄢˋ ㄙㄨㄟˋ ❶千秋萬世，永遠存在(祝願的話)。❷封建時代臣民對皇帝的稱呼。

【萬萬】wànwàn ㄨㄢˋ ㄨㄢˋ ❶數目，一萬個萬，也表示數量大。❷絕對；無論如何(用於否定式)：萬萬想不到｜萬萬不可粗心大意。

【萬無一失】wàn wú yī shī ㄨㄢˋ ㄨˊ ㄧ ㄕ 絕對不會出差錯。

【萬物】wànwù ㄨㄢˋ ㄨˋ 宇宙間的一切事物。

【萬象】wànxiàng ㄨㄢˋ ㄒㄧㄤˋ 宇宙間的一切事物或景象：萬象更新｜萬象回春｜包羅萬象。

【萬幸】wànxìng ㄨㄢˋ ㄒㄧㄥˋ 非常幸運(多指免於災難)：損失點兒東西是小事，人沒有壓壞，總算萬幸。

【萬一】wànyī ㄨㄢˋ ㄧ ❶萬分之一，表示極小的一部分：筆墨不能形容其萬一。❷指可能性極小的意外變化：多帶幾件衣服，以防萬一。❸連詞，表示可能性極小的假設(用於不如意的事)：萬一下雨也不要緊，我帶着傘呢。

【萬用表】wànyòngbiǎo ㄨㄢˋ ㄩㄥˋ ㄅㄧㄠˇ 測量電路或元件的電阻、電流、電壓等的多量程儀表。也叫萬能表。

【萬有引力】wàn yǒu yǐnlì ㄨㄢˋ ㄧㄡˇ ㄧㄣˇ ㄌㄧˋ 物體之間相互吸引的力。簡稱引力。

【萬丈】wànzhàng ㄨㄢˋ ㄓㄤˋ 形容很高或很深：光芒萬丈｜氣焰萬丈｜萬丈高樓｜萬丈深淵。

【萬眾】wànzhòng ㄨㄢˋ ㄓㄨㄥˋ 廣大群眾；千千萬萬的人：萬眾歡騰｜萬眾一心。

【萬眾一心】wànzhòng yīxīn ㄨㄢˋ ㄓㄨㄥˋ ㄧ ㄒㄧㄣ 千千萬萬的人一條心。

【萬狀】wànzhuàng ㄨㄢˋ ㄓㄨㄤˋ 很多種樣子，表示程度極深(多用於消極事物)：危險萬狀｜驚恐萬狀｜痛苦萬狀｜狼狽萬狀。

【萬紫千紅】wàn zǐ qiān hóng ㄨㄢˋ ㄗˇ ㄑㄧㄢ ㄏㄨㄥˊ 形容百花齊放，顏色艷麗。也比喻事物豐富多采或事業繁榮興旺。

腕 wàn ㄨㄢˋ (腕兒)腕子：手腕兒。(圖見1017頁〖身體〗)

【腕骨】wàngǔ ㄨㄢˋ ㄍㄨˇ 構成手腕的骨頭，每

隻手有八塊。(圖見410頁〖骨骼〗)

【腕力】wànlì ㄨㄢˋ ㄌㄧˋ ❶腕部的力量。❷比喻辦事的能力;手腕:憑他的膽識腕力,完全可以擔負起這個責任。

【腕子】wàn·zi ㄨㄢˋ·ㄗ 胳膊(或小腿)下端跟手掌(或腳)相連接的可以活動的部分:手腕子|腳腕子。

【腕足】wànzú ㄨㄢˋ ㄗㄨˊ 烏賊、章魚等生長在口的四周能蜷曲的器官,上面有許多吸盤,用來捕食並防禦敵人。

蔓〔蔓〕 wàn ㄨㄢˋ (蔓兒)細長不能直立的莖:扁豆爬蔓兒了|順蔓摸瓜。

另見771頁 mán;773頁 màn。

灡〔灡〕(沥) wàn ㄨㄢˋ 灡尾(Wànwěi ㄨㄢˋ ㄨㄟˇ),地名,在廣西東興各族自治縣。

wāng (ㄨㄤ)

尪(尫) wāng ㄨㄤ 〈書〉❶脛、背或胸部彎曲的病。❷瘦弱。

汪¹ wāng ㄨㄤ ❶〈書〉水深而廣:汪洋。❷(液體)聚集:路上汪了一些水|眼裏汪着淚水。❸〈方〉小而淺的積水坑:水牛在泥水汪裏打滾。❹(汪兒)量詞,用於液體:一汪血|兩汪眼淚。❺(Wāng)姓。

汪² wāng ㄨㄤ 象聲詞,形容狗叫的聲音:狗汪汪叫。

【汪汪】wāngwāng ㄨㄤ ㄨㄤ ❶形容充滿水或眼淚的樣子:水汪汪|眼淚汪汪。❷〈書〉形容水面寬廣。

【汪洋】wāngyáng ㄨㄤ ㄧㄤˊ ❶形容水勢浩大的樣子:一片汪洋|汪洋大海。❷〈書〉形容氣度寬宏:汪洋大度。

【汪子】wāng·zi ㄨㄤ ·ㄗ '汪¹'④:一汪子水。

wáng (ㄨㄤˊ)

亡(亾) wáng ㄨㄤˊ ❶逃跑:逃亡|流亡|亡命。❷失去;丟失:亡失|歧路亡羊。❸死:死亡|傷亡|陣亡|家破人亡。❹死去的:亡友。❺滅亡:亡國。

〈古〉又同'無'wú。

【亡故】wánggù ㄨㄤˊ ㄍㄨˋ 死去;故去。

【亡國】wáng∥guó ㄨㄤˊ∥ㄍㄨㄛˊ 國家滅亡;使國家滅亡:亡國滅種。

【亡國】wángguó ㄨㄤˊ ㄍㄨㄛˊ 滅亡了的國家:亡國之君。

【亡國奴】wángguónú ㄨㄤˊ ㄍㄨㄛˊ ㄋㄨˊ 指祖國已經滅亡或部分國土被侵佔,受侵略者奴役的人。

【亡魂】wánghún ㄨㄤˊ ㄏㄨㄣˊ 迷信的人指人死後的靈魂(多指剛死不久的)。

【亡魂喪膽】wáng hún sàng dǎn ㄨㄤˊ ㄏㄨㄣˊ ㄙㄤˋ ㄉㄢˇ 形容驚慌恐懼到了極點。

【亡靈】wánglíng ㄨㄤˊ ㄌㄧㄥˊ 人死後的魂靈(迷信,多用於比喻)。

【亡命】wángmìng ㄨㄤˊ ㄇㄧㄥˋ ❶逃亡;流亡:亡命他鄉。❷(冒險作惡的人)不顧性命:亡命徒。

【亡失】wángshī ㄨㄤˊ ㄕ 丟失;散失:那套書已亡失多年。

【亡羊補牢】wáng yáng bǔ láo ㄨㄤˊ ㄧㄤˊ ㄅㄨˇ ㄌㄠˊ 羊丟失了,才修理羊圈(語出《戰國策·楚策四》:'亡羊而補牢,未為遲也')。比喻在受到損失之後想辦法補救,免得以後再受損失。

王 wáng ㄨㄤˊ ❶君主;最高統治者:君王|國王|女王。❷封建社會的最高爵位:王爵|親王|王侯將相。❸首領;頭目:佔山為王|擒賊先擒王。❹同類中居首位的或特別大的:蜂王|蟻王|王蛇|花中之王。❺〈書〉輩分高:王父(祖父)|王母(祖母)。❻最強的:王水|王牌。❼(Wáng)姓。

另見1182頁 wàng。

【王八】wáng·ba ㄨㄤˊ·ㄅㄚ ❶烏龜或鱉的俗稱。❷指妻子有外遇的人(罵人的話)。❸舊指開設妓院的男子。

【王朝】wángcháo ㄨㄤˊ ㄔㄠˊ 朝代或朝廷:封建王朝。

【王儲】wángchǔ ㄨㄤˊ ㄔㄨˇ 某些君主國確定為繼承王位的人。

【王道】wángdào ㄨㄤˊ ㄉㄠˋ 我國古代政治哲學中指君主以仁義治天下的政策。

【王法】wángfǎ ㄨㄤˊ ㄈㄚˇ ❶封建時代稱國家法律。❷指政策法令。

【王府】wángfǔ ㄨㄤˊ ㄈㄨˇ 有王爵封號的人的住宅。

【王公】wánggōng ㄨㄤˊ ㄍㄨㄥ 王爵和公爵,泛指顯貴的爵位:王公大臣|王公貴族。

【王宮】wánggōng ㄨㄤˊ ㄍㄨㄥ 國王居住的地方。

【王冠】wángguān ㄨㄤˊ ㄍㄨㄢ 國王戴的帽子。

【王國】wángguó ㄨㄤˊ ㄍㄨㄛˊ ❶以國王為國家元首的國家◇獨立王國。❷比喻某種特色或事物佔主導地位的領域:北京是自行車的王國。

【王侯】wánghóu ㄨㄤˊ ㄏㄡˊ 王爵和侯爵,泛指顯貴的爵位:王侯將相。

【王后】wánghòu ㄨㄤˊ ㄏㄡˋ 國王的妻子。

【王蔧】wánghuì ㄨㄤˊ ㄏㄨㄟˋ 古書上指地膚,就是掃帚菜。

【王漿】wángjiāng ㄨㄤˊ ㄐㄧㄤ 蜜蜂餵養幼蜂王的乳狀液體。味酸甜,含有多種氨基酸和維生素,有很高的營養價值。也叫蜂王漿。

【王母娘娘】Wángmǔ niáng·niang ㄨㄤˊ ㄇㄨˇ ㄋ

ㄧㄤˊ ·ㄋㄧㄤ 西王母的通稱。

【王牌】wángpái ㄨㄤˊ ㄆㄞˊ 橋牌等遊戲中最強的牌。比喻最強有力的人物、手段等：王牌軍。

【王權】wángquán ㄨㄤˊ ㄑㄩㄢˊ 君主的權力。

【王室】wángshì ㄨㄤˊ ㄕˋ ❶指王族：王室成員。❷指朝廷。

【王水】wángshuǐ ㄨㄤˊ ㄕㄨㄟˇ 一體積濃硝酸和三體積濃鹽酸混合而成的無色液體，迅速變黃，腐蝕性極強，能溶解金、鉑等一般酸類不能溶解的金屬。

【王孫】wángsūn ㄨㄤˊ ㄙㄨㄣ 封王者的子孫，也泛指一般貴族的子孫：王孫公子。

【王位】wángwèi ㄨㄤˊ ㄨㄟˋ 君主的地位：繼承王位。

【王爺】wáng·ye ㄨㄤˊ ·ㄧㄝ 封建時代尊稱有王爵封號的人。

【王子】wángzǐ ㄨㄤˊ ㄗˇ 帝王的兒子。

【王族】wángzú ㄨㄤˊ ㄗㄨˊ 國王的同族。

wǎng（ㄨㄤˇ）

枉 wǎng ㄨㄤˇ ❶彎曲或歪斜。比喻錯誤或偏差：矯枉過正。❷使歪曲：枉法。❸冤屈：冤枉｜枉死。❹白白地；徒然：枉然。

【枉法】wǎngfǎ ㄨㄤˇ ㄈㄚˇ 執法的人歪曲和破壞法律：貪贓枉法。

【枉費】wǎngfèi ㄨㄤˇ ㄈㄟˋ 白費；空費：枉費工夫｜枉費心機｜枉費唇舌。

【枉顧】wǎnggù ㄨㄤˇ ㄍㄨˋ 〈書〉敬辭，稱對方來訪自己。

【枉駕】wǎngjià ㄨㄤˇ ㄐㄧㄚˋ 〈書〉敬辭。❶稱對方來訪自己。❷請對方往訪他人。

【枉然】wǎngrán ㄨㄤˇ ㄖㄢˊ 得不到任何收穫；徒然：計劃雖好，不能執行也是枉然。

【枉死】wǎngsǐ ㄨㄤˇ ㄙˇ 含冤而死：枉死鬼。

【枉自】wǎngzì ㄨㄤˇ ㄗˋ 白白地：枉自費了半天勁，甚麼也沒辦成。

罔1 wǎng ㄨㄤˇ 〈書〉蒙蔽：欺罔。

罔2 wǎng ㄨㄤˇ 〈書〉沒有；無：藥石罔效｜置若罔聞。

【罔替】wǎngtì ㄨㄤˇ ㄊㄧˋ 〈書〉不更換；不廢除：世襲罔替｜千秋萬代，綿延罔替。

往 wǎng ㄨㄤˇ ❶去：往來｜來往。❷向（某處去）：一個往東，一個往西｜這趟車開往上海。❸過去的：往年｜往事。

【往常】wǎngcháng ㄨㄤˇ ㄔㄤˊ 過去的一般的日子：今天因為有事，所以比往常回來得晚。

【往返】wǎngfǎn ㄨㄤˇ ㄈㄢˇ 來回；反復：往返奔走｜徒勞往返｜事物的發展變化是往返曲折的。

【往復】wǎngfù ㄨㄤˇ ㄈㄨˋ ❶來回；反復：往復運動｜循環往復。❷往來：來往：賓主往復。

【往還】wǎnghuán ㄨㄤˇ ㄏㄨㄢˊ 往來；來往：他們兩個經常有書信往還。

【往來】wǎnglái ㄨㄤˇ ㄌㄞˊ ❶去和來：大街上往來的車輛很多。❷互相訪問；交際：他們倆往來十分密切｜我跟他沒有甚麼往來。

【往年】wǎngnián ㄨㄤˇ ㄋㄧㄢˊ 以往的年頭；從前：今年糧食產量超過往年。

【往日】wǎngrì ㄨㄤˇ ㄖˋ 過去的日子；從前：現在的情況跟往日不同了。

【往時】wǎngshí ㄨㄤˇ ㄕˊ 過去的時候；從前：他還像往時一樣健談。

【往事】wǎngshì ㄨㄤˇ ㄕˋ 過去的事情：回憶往事。

【往往】wǎngwǎng ㄨㄤˇ ㄨㄤˇ 副詞，表示某種情況時常存在或經常發生：他往往工作到深夜。

【往昔】wǎngxī ㄨㄤˇ ㄒㄧ 從前：一如往昔。

惘 wǎng ㄨㄤˇ 失意；精神恍惚：悵惘｜惘然。

【惘然】wǎngrán ㄨㄤˇ ㄖㄢˊ 失意的樣子；心裏好像失掉了甚麼東西的樣子：惘然若失。

蝄 wǎng ㄨㄤˇ ［蝄蜽］(wǎngliǎng ㄨㄤˇ ㄌㄧㄤˇ) 同'魍魎'。

網(网) wǎng ㄨㄤˇ ❶用繩綫等結成的捕魚捉鳥的器具：一張網｜魚網｜結網｜撒網｜張網。❷像網的東西：髮網｜蜘蛛網｜電網。❸像網一樣縱橫交錯的組織或系統：通信網｜交通網｜灌溉網｜宣傳網。❹用網捕捉：網着了一條魚。❺像網似的籠罩着：眼裏網着紅絲。

【網點】wǎngdiǎn ㄨㄤˇ ㄉㄧㄢˇ 指像網一樣成系統地分設在各處的商業、服務業單位：在新居民區增設商業網點。

【網兜】wǎngdōu ㄨㄤˇ ㄉㄡ 用綫繩、尼龍絲等編成的裝東西的兜子。

【網綱】wǎnggāng ㄨㄤˇ ㄍㄤ 魚網上的大繩。

【網巾】wǎngjīn ㄨㄤˇ ㄐㄧㄣ 用絲結成的網狀的頭巾，用來攏住頭髮。

【網開三面】wǎng kāi sān miàn ㄨㄤˇ ㄎㄞ ㄙㄢ ㄇㄧㄢˋ 把捕禽獸的網打開三面。比喻用寬大態度來對待。

【網籃】wǎnglán ㄨㄤˇ ㄌㄢˊ 上面有網子罩着的籃子，大多在出門時用來盛零星物件。

【網羅】wǎngluó ㄨㄤˇ ㄌㄨㄛˊ ❶捕魚的網和捕鳥的羅。比喻束縛人的東西：陷入網羅｜逃出網羅。❷從各方面搜尋招致：網羅人才。

【網絡】wǎngluò ㄨㄤˇ ㄌㄨㄛˋ ❶網狀的東西。❷指由許多互相交錯的分支組成的系統：這個新興城市已經形成合理的經濟網絡。❸在電的系統中，由若干元件組成的用來使電信號按一定要求傳輸的電路或其中的一部分，叫做網絡。

【網膜】wǎngmó ㄨㄤˇ ㄇㄛˊ ❶覆蓋在大腸表面的脂肪質的薄膜，能使腸的表面滑潤，減少摩擦，並有保護腸壁的作用。❷視網膜的簡稱。

【網球】wǎngqiú ㄨㄤˇ ㄑㄧㄡˊ ❶球類運動項目之一，球場長方形，中間有一道網，雙方各佔一面，用拍子來回打球。有單打和雙打兩種。❷網球運動使用的球，圓形，具有彈性。裏面用橡皮，外面用毛織品等製成。

【網眼】wǎngyǎn ㄨㄤˇ ㄧㄢˇ (網眼ㄦ) 網上綫繩縱橫交織而成的孔，多呈菱形。也叫網目。

【網子】wǎng·zi ㄨㄤˇ·ㄗ 像網的東西。特指婦女罩頭髮的小網。

輞(辋) wǎng ㄨㄤˇ 車輪周圍的框子。(圖見758頁〖輪子〗)

魍〔魍〕 wǎng ㄨㄤˇ 〔魍魎〕(wǎngliǎng ㄨㄤˇ ㄌㄧㄤˇ) 傳說中的怪物：魑魅魍魎。也作蝄蜽。

wàng (ㄨㄤˋ)

王 wàng ㄨㄤˋ 古代稱君主有天下：王天下。
另見1180頁 wáng。

妄 wàng ㄨㄤˋ ❶荒謬不合理：狂妄｜妄人。❷非分的，出了常規的；胡亂：妄念｜妄求｜妄加猜疑｜妄作主張｜膽大妄為。

【妄稱】wàngchēng ㄨㄤˋ ㄔㄥ 虛妄地或狂妄地聲稱。

【妄動】wàngdòng ㄨㄤˋ ㄉㄨㄥˋ 輕率地行動：輕舉妄動｜未經許可，不得妄動。

【妄斷】wàngduàn ㄨㄤˋ ㄉㄨㄢˋ 輕率地下結論：此事不能憑空妄斷。

【妄念】wàngniàn ㄨㄤˋ ㄋㄧㄢˋ 不正當或不切實際的念頭。

【妄求】wàngqiú ㄨㄤˋ ㄑㄧㄡˊ 非分地要求或追求。

【妄取】wàngqǔ ㄨㄤˋ ㄑㄩˇ 沒得到許可，擅自取用：非分的錢財，不可妄取。

【妄人】wàngrén ㄨㄤˋ ㄖㄣˊ 〈書〉無知妄為的人。

【妄說】wàngshuō ㄨㄤˋ ㄕㄨㄛ 沒有根據地亂說；瞎說：無知妄說。

【妄圖】wàngtú ㄨㄤˋ ㄊㄨˊ 狂妄地謀劃：匪徒妄圖逃竄。

【妄為】wàngwéi ㄨㄤˋ ㄨㄟˊ 胡作非為：膽大妄為｜恣意妄為。

【妄下雌黃】wàng xià cíhuáng ㄨㄤˋ ㄒㄧㄚˋ ㄘˊ ㄏㄨㄤˊ 指亂改文字或亂發議論。參看189頁〖雌黃〗。

【妄想】wàngxiǎng ㄨㄤˋ ㄒㄧㄤˇ ❶狂妄地打算：敵人妄想捲土重來。❷不能實現的打算：痴心妄想｜你想瞞過大夥ㄦ的眼睛，那是妄想。

【妄言】wàngyán ㄨㄤˋ ㄧㄢˊ 妄語。

【妄語】wàngyǔ ㄨㄤˋ ㄩˇ ❶說假話；胡說。❷虛妄的話。

【妄自菲薄】wàng zì fěibó ㄨㄤˋ ㄗˋ ㄈㄟˇ ㄅㄛˊ 過分地看輕自己。

【妄自尊大】wàng zì zūn dà ㄨㄤˋ ㄗˋ ㄗㄨㄣ ㄉㄚˋ 狂妄地自高自大。

忘 wàng ㄨㄤˋ 忘記：喝水不忘掘井人｜這件事我一輩子也忘不了。

【忘本】wàng∥běn ㄨㄤˋ∥ㄅㄣˇ 境遇變好後忘掉自己原來的情況和所以能得到幸福的根源。

【忘掉】wàng∥diào ㄨㄤˋ∥ㄉㄧㄠˋ 忘記。

【忘恩負義】wàng ēn fù yì ㄨㄤˋ ㄣ ㄈㄨˋ ㄧˋ 忘記別人對自己的恩情，做出對不起別人的事。

【忘乎所以】wàng hū suǒ yǐ ㄨㄤˋ ㄏㄨ ㄙㄨㄛˇ ㄧˇ 由於過度興奮或驕傲自滿而忘記了一切。也說忘其所以。

【忘懷】wànghuái ㄨㄤˋ ㄏㄨㄞˊ 忘記：那次分手的情景使人不能忘懷。

【忘記】wàngjì ㄨㄤˋ ㄐㄧˋ ❶經歷的事物不再存留在記憶中；不記得：我們決不會忘記，今天的勝利是經過艱苦的鬥爭得來的。❷應該做的或原來準備做的事情因為疏忽而沒有做；沒有記住：忘記帶筆記本。

【忘年交】wàngniánjiāo ㄨㄤˋ ㄋㄧㄢˊ ㄐㄧㄠ 年歲差別大、行輩不同而交情深厚的朋友。

【忘情】wàngqíng ㄨㄤˋ ㄑㄧㄥˊ ❶感情上放得下；無動於衷(常用於否定式)：不能忘情。❷不能節制自己的感情：忘情地歌唱。

【忘卻】wàngquè ㄨㄤˋ ㄑㄩㄝˋ 忘記：這些沈痛的教訓，使人無法忘卻。

【忘我】wàngwǒ ㄨㄤˋ ㄨㄛˇ 忘掉自己。形容人公而忘私：忘我的精神｜忘我地勞動。

【忘形】wàngxíng ㄨㄤˋ ㄒㄧㄥˊ 因為得意或高興而忘掉應有的禮貌和應持的態度：得意忘形。

【忘性】wàng·xing ㄨㄤˋ·ㄒㄧㄥ 好忘事的毛病：上了歲數的人，忘性大。

旺 wàng ㄨㄤˋ ❶旺盛：興旺｜火着得很旺｜花開得正旺｜莊稼長得真旺。❷〈方〉多；充足：奶水旺｜新打的井，水旺極了。

【旺季】wàngjì ㄨㄤˋ ㄐㄧˋ 營業旺盛的季節或某種東西出產多的季節(跟'淡季'相對)。

【旺健】wàngjiàn ㄨㄤˋ ㄐㄧㄢˋ 健旺：精力旺健。

【旺年】wàngnián ㄨㄤˋ ㄋㄧㄢˊ 〈方〉果樹生長旺盛、結果多的年份。

【旺盛】wàngshèng ㄨㄤˋ ㄕㄥˋ 生命力強；情緒高漲；茂盛：精力旺盛｜槐樹長得很旺盛。

【旺銷】wàngxiāo ㄨㄤˋ ㄒㄧㄠ 暢銷：旺銷商品｜家用電器出現旺銷勢頭。

【旺月】wàngyuè ㄨㄤˋ ㄩㄝˋ 營業旺盛的月份(跟'淡月'相對)。

望[1] wàng ㄨㄤˋ ❶向遠處看：登山遠望｜一望無際的稻田。❷探望：拜望｜看望。❸盼望；希望：大喜過望｜豐收有望｜望子成龍｜望準時到會。❹名望，也指有名望的人：德高望重｜一鄉之望。❺怨：怨望。❻望子：酒望。❼介詞，對着；朝着：望我點點頭｜望他笑了笑。❽〈書〉(年齡)接近：望六之年(指年近六十)。❾(Wàng)姓。

望2 wàng ㄨㄤˋ ❶農曆每月十五日(有時是十六日或十七日)，地球運行到月亮和太陽之間。這天太陽從西方落下去的時候，月亮正好從東方升上來，地球上看見圓形的月亮，這種月相叫望，這時的月亮叫望月。❷望日。

【望板】wàngbǎn ㄨㄤˋ ㄅㄢˇ 平鋪在椽子上面的木板。

【望塵莫及】wàng chén mò jí ㄨㄤˋ ㄔㄣˊ ㄇㄛˋ ㄐㄧˊ 只望見走在前面的人帶起的塵土而趕不上。比喻遠遠落後。

【望穿秋水】wàng chuān qiū shuǐ ㄨㄤˋ ㄔㄨㄢ ㄑㄧㄡ ㄕㄨㄟˇ 形容盼望得非常急切(秋水：比喻眼睛)。

【望而卻步】wàng ér què bù ㄨㄤˋ ㄦˊ ㄑㄩㄝˋ ㄅㄨˋ 看到了危險或力不能及的事而往後退縮。

【望而生畏】wàng ér shēng wèi ㄨㄤˋ ㄦˊ ㄕㄥ ㄨㄟˋ 看見了就害怕。

【望風】wàng//fēng ㄨㄤˋ//ㄈㄥ 給正在進行秘密活動的人觀察動靜。

【望風捕影】wàng fēng bǔ yǐng ㄨㄤˋ ㄈㄥ ㄅㄨˇ ㄧㄥˇ 捕風捉影：情況沒弄清楚，不要望風捕影地亂說。也說望風撲影。

【望風而逃】wàng fēng ér táo ㄨㄤˋ ㄈㄥ ㄦˊ ㄊㄠˊ 老遠看見對方的氣勢很盛就逃跑了。

【望風披靡】wàng fēng pī mǐ ㄨㄤˋ ㄈㄥ ㄆㄧ ㄇㄧˇ 形容軍隊喪失戰鬥意志，老遠看見對方的氣勢很盛就潰散了。

【望樓】wànglóu ㄨㄤˋ ㄌㄡˊ 瞭望用的樓。

【望梅止渴】wàng méi zhǐ kě ㄨㄤˋ ㄇㄟˊ ㄓˇ ㄎㄜˇ 曹操帶兵走到一個沒有水的地方，士兵們渴得很，曹操騙他們說：'前面有很大的一片梅樹林，梅子很多，又甜又酸。'士兵聽了，都流出口水來，不再嚷渴(見於《世說新語·假譎》)。比喻用空想安慰自己。

【望門】wàngmén ㄨㄤˋ ㄇㄣˊ 有名望的人家：出身望門。

【望門寡】wàngménguǎ ㄨㄤˋ ㄇㄣˊ ㄍㄨㄚˇ ❶舊時女子訂婚之後，未婚夫死了不再跟別人結婚，叫做守'望門寡'。❷守'望門寡'的女子。

【望其項背】wàng qí xiàng bèi ㄨㄤˋ ㄑㄧˊ ㄒㄧㄤˋ ㄅㄟˋ 能夠望見別人的頸項和背脊，表示趕得上或比得上(多用於否定式)：難以望其項背。

【望日】wàngrì ㄨㄤˋ ㄖˋ 天文學上指月亮圓的那一天，即農曆每月十五日，有時是十六日或十七日。通常指農曆每月十五日。

【望文生義】wàng wén shēng yì ㄨㄤˋ ㄨㄣˊ ㄕㄥ ㄧˋ 不懂某一詞句的正確意義，只從字面上去附會，做出錯誤的解釋。

【望聞問切】wàng wén wèn qiè ㄨㄤˋ ㄨㄣˊ ㄨㄣˋ ㄑㄧㄝˋ 中醫診斷疾病的方法。望是觀察病人的發育情況、面色、舌苔、表情等；聞是聽病人的說話聲音、咳嗽、喘息，並且嗅出病人的口臭、體臭等氣味；問是詢問病人自己所感到的症狀，以前所患過的病等；切是用手診脉或按腹部有沒有痞塊。通常這四種方法結合在一起使用，叫做四診。

【望眼欲穿】wàng yǎn yù chuān ㄨㄤˋ ㄧㄢˇ ㄩˋ ㄔㄨㄢ 形容盼望殷切。

【望洋興嘆】wàng yáng xīng tàn ㄨㄤˋ ㄧㄤˊ ㄒㄧㄥ ㄊㄢˋ 本義指在偉大的事物面前感嘆自己的藐小，今多比喻要做一件事而力量不夠，感到無可奈何(望洋：抬頭向上看的樣子)。

【望遠鏡】wàngyuǎnjìng ㄨㄤˋ ㄩㄢˇ ㄐㄧㄥˋ 觀察遠距離物體的光學儀器，最簡單的折射望遠鏡由兩組透鏡組成。

【望月】wàngyuè ㄨㄤˋ ㄩㄝˋ 望日的月亮。也叫滿月。

【望磚】wàngzhuān ㄨㄤˋ ㄓㄨㄢ 平鋪在椽子上面的較薄的磚。

【望子成龍】wàng zǐ chéng lóng ㄨㄤˋ ㄗˇ ㄔㄥˊ ㄌㄨㄥˊ 希望兒子能成為出人頭地或有作為的人。

【望子】wàng·zi ㄨㄤˋ ·ㄗ 店鋪標明屬於某種行業的標誌，多用竹竿高挂在門前，使遠近都能看清。

【望族】wàngzú ㄨㄤˋ ㄗㄨˊ 有名望、有地位的家族：名門望族。

wēi (ㄨㄟ)

危 wēi ㄨㄟ ❶危險；不安全(跟'安'相對)：危急｜危難｜轉危為安｜居安思危。❷使處於危險境地；損害：危害｜危及生命。❸指人快要死：臨危｜病危。❹〈書〉高；高聳：危檣｜危樓百尺。❺〈書〉端正；正直：正襟危坐。❻二十八宿之一。❼(Wēi)姓。

【危城】wēichéng ㄨㄟ ㄔㄥˊ ❶〈書〉城牆很高的城。❷指被圍困、快要被攻破的城市。

【危殆】wēidài ㄨㄟ ㄉㄞˋ 〈書〉(形勢、生命等)十分危險；危急：病勢危殆。

【危篤】wēidǔ ㄨㄟ ㄉㄨˇ 〈書〉(病勢)危急。

【危房】wēifáng ㄨㄟ ㄈㄤˊ 有倒塌危險的房屋：危房改建。

【危害】wēihài ㄨㄟ ㄏㄞˋ 使受破壞；損害：危害生命｜危害社會秩序。

【危機】wēijī ㄨㄟ ㄐㄧ ❶指危險的根由：危機四伏。❷嚴重困難的關頭：經濟危機｜人才危機。

【危及】wēijí ㄨㄟ ㄐㄧˊ 有害於；威脅到：危及生命｜危及國家安全。

【危急】wēijí ㄨㄟ ㄐㄧˊ 危險而緊急：情勢危急｜危急關頭。

【危局】wēijú ㄨㄟ ㄐㄩˊ 危險的局勢：扭轉危局。

【危懼】wēijù ㄨㄟ ㄐㄩˋ 擔憂害怕。

【危樓】wēilóu ㄨㄟ ㄌㄡˊ〈書〉高樓：危樓高百尺。

【危難】wēinàn ㄨㄟ ㄋㄢˋ 危險和災難。

【危淺】wēiqiǎn ㄨㄟ ㄑㄧㄢˇ〈書〉(生命) 垂危：人命危淺，朝不保夕。

【危如纍卵】wēi rú lěi luǎn ㄨㄟ ㄖㄨˊ ㄌㄟˇ ㄌㄨㄢˇ 形容形勢極其危險，如同摞 (luò) 起來的蛋，隨時都有倒下來的可能。

【危亡】wēiwáng ㄨㄟ ㄨㄤˊ (國家、民族) 接近於滅亡的危險局勢。

【危險】wēixiǎn ㄨㄟ ㄒㄧㄢˇ 有遭到損害或失敗的可能：危險期｜危險區｜危險標誌｜預防危險｜山路又陡又窄，攀登的時候非常危險。

【危言聳聽】wēi yán sǒng tīng ㄨㄟ ㄧㄢˊ ㄙㄨㄥˇ ㄊㄧㄥ 故意説嚇人的話使聽的人吃驚。

【危在旦夕】wēi zài dàn xī ㄨㄟ ㄗㄞˋ ㄉㄢˋ ㄒㄧ 指危險就在眼前。

【危重】wēizhòng ㄨㄟ ㄓㄨㄥˋ (病情) 嚴重而危險：搶救危重病人。

【危坐】wēizuò ㄨㄟ ㄗㄨㄛˋ〈書〉端端正正地坐着：正襟危坐。

委 wēi ㄨㄟ［委蛇］(wēiyí ㄨㄟ ㄧˊ)〈書〉❶同'逶迤'。❷形容隨順：虛與委蛇。另見1189頁 wěi。

威 wēi ㄨㄟ ❶表現出來的能壓服人的力量或使人敬畏的態度：威信｜威嚴｜示威｜助威｜狐假虎威。❷憑藉威力 (採取某種行動)：威逼｜威嚇｜威脅。

【威逼】wēibī ㄨㄟ ㄅㄧ 用威力強迫或進逼：威逼利誘。

【威風】wēifēng ㄨㄟ ㄈㄥ ❶使人敬畏的聲勢或氣派：威風凜凜｜長自己的志氣，滅敵人的威風。❷有威風：穿上軍裝顯得很威風。

【威赫】wēihè ㄨㄟ ㄏㄜˋ 威風顯赫：威赫一時。

【威嚇】wēihè ㄨㄟ ㄏㄜˋ 用威勢來嚇唬 (xià-·hu)：威嚇對方｜不怕武力威嚇。

【威力】wēilì ㄨㄟ ㄌㄧˋ ❶強大的使人畏懼的力量。❷具有巨大推動或摧毀作用的力量：氫彈的威力比原子彈大｜改革開放的政策，在發展生產中發揮着巨大的威力。

【威名】wēimíng ㄨㄟ ㄇㄧㄥˊ 因有驚人的力量或武功而得到的很大的名望：威名遠揚。

【威迫】wēipò ㄨㄟ ㄆㄛˋ 威逼：威迫利誘。

【威權】wēiquán ㄨㄟ ㄑㄩㄢˊ 威力和權勢：炫耀威權。

【威懾】wēishè ㄨㄟ ㄕㄜˋ 用武力使對方感到恐懼：威懾力量。

【威士忌】wēishìjì ㄨㄟ ㄕˋ ㄐㄧˋ 一種用大麥、黑麥等製成的酒。［英 whisky］

【威勢】wēishì ㄨㄟ ㄕˋ ❶威力和氣勢：太陽落山後，酷暑的威勢才稍稍減退。❷威力和權勢：倚仗威勢｜樹立威勢。

【威望】wēiwàng ㄨㄟ ㄨㄤˋ 聲譽和名望：國際威望｜他在文學界享有很高的威望。

【威武】wēiwǔ ㄨㄟ ㄨˇ ❶武力；權勢：威武不能屈。❷力量強大；有氣勢：威武雄壯。

【威脅】wēixié ㄨㄟ ㄒㄧㄝˊ 用威力逼迫恫嚇使人屈服：威脅利誘◇洪水正威脅着整個村莊。

【威信】wēixìn ㄨㄟ ㄒㄧㄣˋ 威望和信譽：威信掃地｜樹立威信。

【威嚴】wēiyán ㄨㄟ ㄧㄢˊ ❶有威力而又嚴肅的樣子：威嚴的儀仗隊。❷威風和尊嚴：他擺出了尊長的威嚴。

【威儀】wēiyí ㄨㄟ ㄧˊ 使人敬畏的嚴肅容貌和莊重舉止：威儀凜然。

偎 wēi ㄨㄟ 親熱地靠着；緊挨着：偎依｜孩子偎在母親的懷裏。

【偎傍】wēibàng ㄨㄟ ㄅㄤˋ 偎依。

【偎依】wēiyī ㄨㄟ ㄧ 偎：一對情人相互偎依着低低細語。

揻 wēi ㄨㄟ〈方〉使細長的東西彎曲。

葳〔蔵〕wēi ㄨㄟ［葳蕤］(wēiruí ㄨㄟ ㄖㄨㄟˊ)〈書〉形容枝葉繁盛。

崴 wēi ㄨㄟ［崴嵬］(wēiwéi ㄨㄟ ㄨㄟˊ)〈書〉形容山高。另見1172頁 wǎi。

逶 wēi ㄨㄟ［逶迤］(wēiyí ㄨㄟ ㄧˊ)〈書〉形容道路、山脈、河流等彎彎曲曲延續不絕的樣子：群山逶迤。也作委蛇。

隈 wēi ㄨㄟ〈書〉山、水等彎曲的地方：山隈｜城隈。

椳 wēi ㄨㄟ〈書〉門臼 (承門軸的)。

微 wēi ㄨㄟ ❶細小；輕微：細微｜微風｜謹小慎微｜相差甚微。❷主單位的一百萬分之一：微米｜微安｜微法拉。❸衰落：衰微。❹精深奧妙：微妙｜微言大義。

【微波】wēibō ㄨㄟ ㄅㄛ 一般指波長從 1 米到 1 毫米 (頻率 300 兆赫 — 300,000 兆赫) 的無綫電波。可分為分米波、厘米波和毫米波。直綫傳播，方向性強，頻率高，應用於導航、雷達、遙感技術、衛星通信、氣象、天文等方面。

【微薄】wēibó ㄨㄟ ㄅㄛˊ 微小單薄；數量少：微薄的力量｜微薄的收入。

【微不足道】wēi bù zú dào ㄨㄟ ㄅㄨˋ ㄗㄨˊ ㄉㄠˋ 非常藐小，不值得一提。

【微詞】wēicí ㄨㄟ ㄘˊ〈書〉隱晦的批評。也作微辭。

【微辭】wēicí ㄨㄟ ㄘˊ 同'微詞'。

【微電腦】wēidiànnǎo ㄨㄟ ㄉㄧㄢˋ ㄋㄠˇ 微機的

俗稱。

【微雕】wēidiāo ㄨㄟ ㄉㄧㄠ 微型雕刻，在極小的物體上刻出字或圖像等，也指用這種方法雕刻成的作品。也叫微刻。

【微風】wēifēng ㄨㄟ ㄈㄥ ❶微弱的風：微風拂面。❷氣象學上指3級風。參看343頁〖風級〗。

【微服】wēifú ㄨㄟ ㄈㄨˊ〈書〉官吏等外出時為不暴露身份而換穿便服：微服私訪。

【微觀】wēiguān ㄨㄟ ㄍㄨㄢ 深入到分子、原子、電子等構造領域的，泛指部分或較小範圍的（跟'宏觀'相對）：微觀考察｜微觀經濟。

【微觀經濟學】wēiguān jīngjìxué ㄨㄟ ㄍㄨㄢ ㄐㄧㄥ ㄐㄧˋ ㄒㄩㄝˊ 以單個經濟單位、個別商品作為研究對象的經濟學。

【微觀粒子】wēiguān lìzǐ ㄨㄟ ㄍㄨㄢ ㄌㄧˋ ㄗˇ 分子、原子和基本粒子的統稱。

【微觀世界】wēiguān shìjiè ㄨㄟ ㄍㄨㄢ ㄕˋ ㄐㄧㄝˋ 指分子、原子、電子等極微小的物質粒子的領域。

【微乎其微】wēi hū qí wēi ㄨㄟ ㄏㄨ ㄑㄧˊ ㄨㄟ 形容非常少或非常小。

【微機】wēijī ㄨㄟ ㄐㄧ 微型電子計算機的簡稱。

【微賤】wēijiàn ㄨㄟ ㄐㄧㄢˋ 指社會地位低下；卑賤①：出身微賤。

【微利】wēilì ㄨㄟ ㄌㄧˋ 很少的利潤；很小的利益：蠅頭微利。

【微粒】wēilì ㄨㄟ ㄌㄧˋ 微小的顆粒，包括肉眼可以看到的，也包括肉眼看不到的分子、原子等。

【微量元素】wēiliàng yuánsù ㄨㄟ ㄌㄧㄤˋ ㄩㄢˊ ㄙㄨˋ 植物體除需要鉀、磷、氮等元素作為養料外，還需要吸收極少量的硼、砷、錳、銅、鈷、鉬等元素作為養料，這些需要量極少的元素叫做微量元素。

【微茫】wēimáng ㄨㄟ ㄇㄤˊ〈書〉隱約，不清晰：月色微茫。

【微妙】wēimiào ㄨㄟ ㄇㄧㄠˋ 深奧玄妙，難以捉摸：微妙的關係｜這個問題很微妙。

【微末】wēimò ㄨㄟ ㄇㄛˋ 細小；不重要：微末的貢獻。

【微弱】wēiruò ㄨㄟ ㄖㄨㄛˋ ❶小而弱：氣息微弱｜微弱的燈光。❷衰弱；虛弱：微弱的身軀。

【微生物】wēishēngwù ㄨㄟ ㄕㄥ ㄨˋ 生物的一大類，形體微小，構造簡單，繁殖迅速，廣泛分佈在自然界中，如細菌、真菌、病毒等。

【微縮】wēisuō ㄨㄟ ㄙㄨㄛ 把物體按一定比例縮小：微縮景區。

【微調】wēitiáo ㄨㄟ ㄊㄧㄠˊ ❶電子學上指對調諧電容做很小的變動、調整。❷指微調電容器，電容量可做精細調整的小容量電容器。❸泛指做小幅度的調整：工資微調。

【微微】wēiwēi ㄨㄟ ㄨㄟ ❶稍微；略微：微微一笑。❷微小；細小：微微的亮光。

【微細】wēixì ㄨㄟ ㄒㄧˋ 非常細小：微細的血管。

【微小】wēixiǎo ㄨㄟ ㄒㄧㄠˇ 極小：微小的顆粒｜微小的進步｜個人的力量是微小的。

【微笑】wēixiào ㄨㄟ ㄒㄧㄠˋ ❶不顯著的笑容：臉上浮現一絲微笑。❷不顯著地、不出聲地笑：嫣然微笑｜回眸微笑。

【微行】wēixíng ㄨㄟ ㄒㄧㄥˊ 帝王或大官隱蔽自己的身份改裝出行。

【微型】wēixíng ㄨㄟ ㄒㄧㄥˊ 體積比同類的東西小的：微型汽車｜微型電子計算機。

【微血管】wēixuèguǎn ㄨㄟ ㄒㄩㄝˋ ㄍㄨㄢˇ 毛細管①。

【微言大義】wēi yán dà yì ㄨㄟ ㄧㄢˊ ㄉㄚˋ ㄧˋ 精微的語言和深奧的道理。

【微音器】wēiyīnqì ㄨㄟ ㄧㄣ ㄑㄧˋ 把聲音變成電能的器件。聲波通過微音器時，微音器能使電流隨聲波的變化做相應的變化，用於有綫和無綫電廣播。也叫傳聲器，通稱麥克風或話筒。

溦 wēi ㄨㄟ〈書〉小雨。

煨 wēi ㄨㄟ ❶烹調法，用微火慢慢地煮：煨牛肉｜煨山藥。❷把生的食物放在帶火的灰裏使燒熟：煨白薯。

薇〔薇〕 wēi ㄨㄟ 古書上指巢菜。

巍〔巍〕 wēi ㄨㄟ 形容高大：巍然｜巍峨。

【巍峨】wēi'é ㄨㄟ ㄜˊ 形容山或建築物的高大雄偉：巍峨的群山｜巍峨的天安門城樓。

【巍然】wēirán ㄨㄟ ㄖㄢˊ 形容山或建築物雄偉的樣子：巍然屹立｜大橋巍然橫跨在長江之上。

【巍巍】wēiwēi ㄨㄟ ㄨㄟ 形容高大：巍巍井岡山。

鰃（鰃） wēi ㄨㄟ 魚類的一屬，身體多為紅色，眼大，口大而斜。生活在熱帶海洋。

wéi（ㄨㄟˊ）

圩 wéi ㄨㄟˊ 圩子：築圩｜圩堤｜圩埂。另見1289頁 xū。

【圩田】wéitián ㄨㄟˊ ㄊㄧㄢˊ 有土堤包圍能防止外邊的水侵入的稻田。

【圩垸】wéiyuàn ㄨㄟˊ ㄩㄢˋ 濱湖地區為了防止湖水侵入而築的堤叫圩，圩內的小圩叫垸：圩垸工程。

【圩子】wéi·zi ㄨㄟˊ ·ㄗ ❶低窪地區防水護田的堤岸。❷同'圍子'①。

為[1]（为、爲） wéi ㄨㄟˊ ❶做；作為[1]：事在人為｜敢作敢為｜大有可為｜青年有為。❷充當：選他為代表。

❸變成；成：一分為二｜化為烏有｜變沙漠為良田。❹是：十寸為一尺。

為²(为、爲) wéi ㄨㄟˊ 介詞，被(跟'所'字合用)：這種藝術形式為廣大人民所喜聞樂見。

為³(为、爲) wéi ㄨㄟˊ 〈書〉助詞，常跟'何'相應，表示疑問：何以家為(要家幹甚麼)？

為⁴(为、爲) wéi ㄨㄟˊ ❶附於某些單音形容詞後，構成表示程度、範圍的副詞：大為高興｜廣為傳播｜深為感動。❷附於某些表示程度的單音副詞後，加強語氣：極為重要｜甚為便利｜頗為可觀｜尤為出色。

另見1192頁 wèi。

【為非作歹】wéi fēi zuò dǎi ㄨㄟˊ ㄈㄟ ㄗㄨㄛˋ ㄉㄞˇ 做各種壞事。

【為富不仁】wéi fù bù rén ㄨㄟˊ ㄈㄨˋ ㄅㄨˋ ㄖㄣˊ 靠剝削發財致富的人沒有好心腸(見於《孟子·滕文公上》)。

【為害】wéihài ㄨㄟˊ ㄏㄞˋ 造成損害：黏蟲對穀子、玉米等糧食作物為害最烈。

【為患】wéihuàn ㄨㄟˊ ㄏㄨㄢˋ 造成禍害：洪水為患。

【為力】wéilì ㄨㄟˊ ㄌㄧˋ 使勁兒；出力：無能為力。

【為難】wéinán ㄨㄟˊ ㄋㄢˊ ❶感到難以應付：為難的事｜叫人為難。❷作對或刁難：故意為難。

【為期】wéiqī ㄨㄟˊ ㄑㄧ 從時間、期限長短上看：為期不遠｜為期甚遠。

【為人】wéirén ㄨㄟˊ ㄖㄣˊ 指做人處世的態度：為人正直｜為人忠厚｜大家都了解他的為人。

【為生】wéishēng ㄨㄟˊ ㄕㄥ (以某種途徑)謀生：捕魚為生。

【為時】wéishí ㄨㄟˊ ㄕˊ 從時間的長短、早晚上看：為時過早｜為時已晚｜為時不多。

【為首】wéishǒu ㄨㄟˊ ㄕㄡˇ 作為領頭人：以某某為首的代表團｜犯罪團夥的為首分子已被抓獲。

【為數】wéishù ㄨㄟˊ ㄕㄨˋ 從數量多少上看：為數不少｜為數甚微｜為數可觀。

【為所欲為】wéi suǒ yù wéi ㄨㄟˊ ㄙㄨㄛˇ ㄩˋ ㄨㄟˊ 想幹甚麼就幹甚麼；任意行事(貶義)。

【為伍】wéiwǔ ㄨㄟˊ ㄨˇ 同夥；做夥伴：羞與為伍。

【為止】wéizhǐ ㄨㄟˊ ㄓˇ 截止；終止(多用於時間、進度等)：到目前為止，報名的人已超過一千。

溈 Wéi ㄨㄟˊ 溈水，水名，在湖北。

韋(韦) wéi ㄨㄟˊ ❶〈書〉皮革。❷(Wéi)姓。

【韋編三絕】wéi biān sān jué ㄨㄟˊ ㄅㄧㄢ ㄙㄢ ㄐㄩㄝˊ 孔子晚年很愛讀《周易》，翻來覆去地讀，使穿連《周易》竹簡的皮條斷了好幾次(見於《史記·孔子世家》)。後來用'韋編三絕'形容讀書勤奮。

桅 wéi ㄨㄟˊ 桅杆：船桅｜桅頂。

【桅燈】wéidēng ㄨㄟˊ ㄉㄥ ❶一種航行用的信號燈。❷馬燈。

【桅頂】wéidǐng ㄨㄟˊ ㄉㄧㄥˇ 桅杆的頂端。

【桅杆】wéigān ㄨㄟˊ ㄍㄢ ❶船上挂帆的杆子。❷輪船上懸挂信號、裝設天綫、支持觀測台的高杆。

【桅檣】wéiqiáng ㄨㄟˊ ㄑㄧㄤˊ 桅杆。

唯 wéi ㄨㄟˊ 同'惟¹'，用于下列各條(屬'惟'的條目有時也作'唯')。

另見1190頁 wěi。

【唯物辯證法】wéiwù biànzhèngfǎ ㄨㄟˊ ㄨˋ ㄅㄧㄢˋ ㄓㄥˋ ㄈㄚˇ 馬克思、恩格斯所創立的建立在徹底的唯物主義基礎上的辯證法。唯物辯證法認為物質世界本身有着自己的辯證運動規律，任何事物都是處在普遍聯繫和相互作用之中；任何事物都有它產生，發展和滅亡的過程；事物發展的根本原因在於事物內部的矛盾性，矛盾着的對立面又統一又鬥爭，由此推動事物的運動和變化。對立統一規律，是唯物辯證法的實質和核心。

【唯物論】wéiwùlùn ㄨㄟˊ ㄨˋ ㄌㄨㄣˋ 唯物主義。

【唯物史觀】wéiwù-shǐguān ㄨㄟˊ ㄨˋ ㄕˇ ㄍㄨㄢ 見710頁〖歷史唯物主義〗。

【唯物主義】wéiwù zhǔyì ㄨㄟˊ ㄨˋ ㄓㄨˇ ㄧˋ 哲學中兩大派別之一，認為世界按它的本質來說是物質的，是在人的意識之外，不依賴於人的意識而客觀存在的。物質是第一性的，意識是物質存在的反映，是第二性的。世界是可以認識的。唯物主義一般是先進階級的世界觀，它經歷了樸素唯物主義、形而上學唯物主義和辯證唯物主義三個發展階段。

【唯心論】wéixīnlùn ㄨㄟˊ ㄒㄧㄣ ㄌㄨㄣˋ 唯心主義。

【唯心史觀】wéixīn-shǐguān ㄨㄟˊ ㄒㄧㄣ ㄕˇ ㄍㄨㄢ 見710頁〖歷史唯心主義〗。

【唯心主義】wéixīn zhǔyì ㄨㄟˊ ㄒㄧㄣ ㄓㄨˇ ㄧˋ 哲學中兩大派別之一，認為物質世界是意識、精神的產物，意識、精神是第一性的，物質是第二性的。把客觀世界看成是主觀意識的體現或產物的叫主觀唯心主義，把客觀世界看成是客觀精神的體現或產物的叫客觀唯心主義。唯心主義一般是剝削階級的世界觀。

帷 wéi ㄨㄟˊ 帳子：羅帷。

【帷幔】wéimàn ㄨㄟˊ ㄇㄢˋ 帷幕。

【帷幕】wéimù ㄨㄟˊ ㄇㄨˋ 挂在較大的屋子裏或舞台上的遮擋用的幕。

【帷幄】wéiwò ㄨㄟˊ ㄨㄛˋ 〈書〉軍隊裏用的帳幕：運籌帷幄。
【帷子】wéi·zi ㄨㄟˊ ·ㄗ 圍起來做遮擋用的布：牀帷子｜車帷子。

惟1 wéi ㄨㄟˊ ❶單單；只：惟一無二。❷只是：他學習很好，惟身體稍差。

惟2 wéi ㄨㄟˊ 〈書〉助詞，用在年、月、日之前：惟二月既望（既望：農曆十六）。

惟3 wéi ㄨㄟˊ 思想：思惟（今多作思維）。

【惟獨】wéidú ㄨㄟˊ ㄉㄨˊ 單單：別的事還可以放一放，惟獨這件事必須趕快做。
【惟恐】wéikǒng ㄨㄟˊ ㄎㄨㄥˇ 只怕：惟恐落後｜惟恐遲到。
【惟利是圖】wéi lì shì tú ㄨㄟˊ ㄌㄧˋ ㄕˋ ㄊㄨˊ 只貪圖財利，別的甚麼都不顧。
【惟妙惟肖】wéi miào wéi xiào ㄨㄟˊ ㄇㄧㄠˋ ㄨㄟˊ ㄒㄧㄠˋ 形容描寫或模仿得非常好，非常逼真：這幅畫把兒童活潑有趣的神態畫得惟妙惟肖。
【惟命是聽】wéi mìng shì tīng ㄨㄟˊ ㄇㄧㄥˋ ㄕˋ ㄊㄧㄥ 讓做甚麼，就做甚麼，絕對服從。也說惟命是從。
【惟其】wéiqí ㄨㄟˊ ㄑㄧˊ 〈書〉連詞。表示因果關係，跟'正因為'相近：這問題我們了解甚少，惟其了解甚少，所以更須多方探討。
【惟我獨尊】wéi wǒ dú zūn ㄨㄟˊ ㄨㄛˇ ㄉㄨˊ ㄗㄨㄣ 認為只有自己最了不起。
【惟一】wéiyī ㄨㄟˊ ㄧ 只有一個；獨一無二：這是惟一可行的辦法｜他是我惟一的親人。
【惟有】wéiyǒu ㄨㄟˊ ㄧㄡˇ 只有：大家都願意，惟有他不願意。

圍（围） wéi ㄨㄟˊ ❶四周攔擋起來，使裏外不通；環繞：包圍｜突圍｜解圍｜團團圍住。❷四周；周圍：外圍｜四圍都是大山。❸某些物體周圍的長度：腰圍。❹量詞。a）兩隻手的拇指和食指合攏來的長度。b）兩隻胳膊合攏來的長度。

【圍脖兒】wéibór ㄨㄟˊ ㄅㄛㄦˊ 〈方〉圍巾。
【圍捕】wéibǔ ㄨㄟˊ ㄅㄨˇ 包圍起來捕捉：圍捕逃犯｜圍捕魚群。
【圍場】wéichǎng ㄨㄟˊ ㄔㄤˇ 封建時代圍起來專供皇帝貴族打獵的場地。
【圍城】wéi∥chéng ㄨㄟˊ∥ㄔㄥˊ 包圍城市：圍城戰。
【圍城】wéichéng ㄨㄟˊ ㄔㄥˊ 被包圍的城市。
【圍攻】wéigōng ㄨㄟˊ ㄍㄨㄥ 包圍起來加以攻擊：圍攻敵軍據點◇他在會上多次遭到圍攻。
【圍觀】wéiguān ㄨㄟˊ ㄍㄨㄢ （許多人）圍着觀看：鐵樹開花，引來許多群眾圍觀。
【圍擊】wéijī ㄨㄟˊ ㄐㄧ 圍攻。
【圍殲】wéijiān ㄨㄟˊ ㄐㄧㄢ 包圍起來殲滅：圍殲敵軍。
【圍剿】wéijiǎo ㄨㄟˊ ㄐㄧㄠˇ 包圍起來剿滅：圍剿殘匪◇文化圍剿。
【圍巾】wéijīn ㄨㄟˊ ㄐㄧㄣ 圍在脖子上保暖、保護衣領或做裝飾的針織品或紡織品。
【圍聚】wéijù ㄨㄟˊ ㄐㄩˋ 從四下裏聚集：店門前圍聚了不少看熱鬧的人。
【圍墾】wéikěn ㄨㄟˊ ㄎㄣˇ 用堤壩把湖灘、海灘等圍起來墾殖。
【圍困】wéikùn ㄨㄟˊ ㄎㄨㄣˋ 團團圍住，使處於困境：千方百計搶救被洪水圍困的群眾。
【圍獵】wéiliè ㄨㄟˊ ㄌㄧㄝˋ 從四面合圍起來捕捉禽獸：嚴禁圍獵珍禽。
【圍攏】wéilǒng ㄨㄟˊ ㄌㄨㄥˇ 從四周向某個地方聚攏。
【圍屏】wéipíng ㄨㄟˊ ㄆㄧㄥˊ 屏風的一種，通常是四扇、六扇或八扇連在一起，可以摺疊。
【圍棋】wéiqí ㄨㄟˊ ㄑㄧˊ 棋類運動的一種。棋盤上縱橫各十九道綫，交錯成三百六十一個位，雙方用黑白棋子對着，互相圍攻，吃去對方的棋子。以佔據位數多的為勝。
【圍牆】wéiqiáng ㄨㄟˊ ㄑㄧㄤˊ 環繞房屋、園林、場院等的攔擋用的牆。
【圍裙】wéiqún ㄨㄟˊ ㄑㄩㄣˊ 圍在身前保護衣服或身體的東西，用布或橡膠等製成。
【圍繞】wéirào ㄨㄟˊ ㄖㄠˋ ❶圍着轉動：月亮圍繞着地球旋轉。❷以某個問題或事情為中心：大家圍繞着當前生產問題提出很多建議。
【圍魏救趙】wéi Wèi jiù Zhào ㄨㄟˊ ㄨㄟˋ ㄐㄧㄡˋ ㄓㄠˋ 公元前 353 年，魏國圍攻趙國都城邯鄲。齊國派田忌率軍救趙。田忌用軍師孫臏的計策，乘魏國內部空虛而引兵攻魏，魏軍回救本國，齊軍乘其疲憊，在桂陵（今山東菏澤）大敗魏軍，趙國因而解圍。後來用'圍魏救趙'來指類似的作戰方法。
【圍桌】wéizhuō ㄨㄟˊ ㄓㄨㄛ 辦婚喪事或祭祀時懸挂在桌子前面用來遮擋的東西，用布或綢緞製成，上面一般綉有圖案。現在有些戲曲演出時仍使用。
【圍子】wéi·zi ㄨㄟˊ ·ㄗ ❶圍繞村莊的障礙物，用土石築成，或用密植成的荊棘做成：土圍子。❷同'圩子'①。❸同'帷子'。
【圍嘴兒】wéizuǐr ㄨㄟˊ ㄗㄨㄟㄦˇ 圍在小孩子胸前使衣服保持清潔的東西，用布或塑料等製成。

嵬〔嵬〕 wéi ㄨㄟˊ 〈書〉高大聳立：嵬然｜嵬嵬。

【嵬嵬】wéiwéi ㄨㄟˊ ㄨㄟˊ 〈書〉高大的樣子。

幃（帏） wéi ㄨㄟˊ ❶同'帷'。❷古代佩帶的香囊。

溈（沩、潙） Wéi ㄨㄟˊ 溈水，水名，在湖南。

湋（沣） wéi ㄨㄟˊ 湋源口（Wéiyuánkǒu ㄨㄟˊ ㄩㄢˊ ㄎㄡˇ），地名，在湖北。

違 (违) wéi ㄨㄟˊ ❶不遵照；不依從：違背｜違反｜違法｜違約｜違章｜陽奉陰違。❷離別：暌違｜久違。

【違礙】wéi'ài ㄨㄟˊ ㄞˋ 指觸犯統治者忌諱的：違礙字句。

【違拗】wéi'ào ㄨㄟˊ ㄠˋ 違背；有意不依從（上級或長輩的主意）。

【違背】wéibèi ㄨㄟˊ ㄅㄟˋ 違反；不遵守：違背誓言｜違背規章制度。

【違法】wéi∥fǎ ㄨㄟˊ∥ㄈㄚˇ 不遵守法律或法令：違法行為｜違法亂紀。

【違反】wéifǎn ㄨㄟˊ ㄈㄢˇ 不遵守；不符合（法則、規程等）：違反政策｜違反紀律。

【違犯】wéifàn ㄨㄟˊ ㄈㄢˋ 違背和觸犯（法規等）：違犯憲法。

【違和】wéihé ㄨㄟˊ ㄏㄜˊ 婉辭，稱別人有病：近聞貴體違和，深為懸念。

【違禁】wéijìn ㄨㄟˊ ㄐㄧㄣˋ 違犯禁令：違禁品。

【違抗】wéikàng ㄨㄟˊ ㄎㄤˋ 違背和抗拒：違抗命令。

【違例】wéilì ㄨㄟˊ ㄌㄧˋ ❶違反慣例。❷體育比賽中指違反比賽規則。如籃球比賽中帶球跑、拳擊球、腳踢球等。

【違忤】wéiwǔ ㄨㄟˊ ㄨˇ 〈書〉違背；不順從。

【違誤】wéiwù ㄨㄟˊ ㄨˋ 公文用語，違反命令，躭誤公事：迅速辦理，不得違誤。

【違心】wéixīn ㄨㄟˊ ㄒㄧㄣ 不是出於本心；跟本意相反：違心之論｜他說的是違心話。

【違約】wéi∥yuē ㄨㄟˊ∥ㄩㄝ 違背條約或契約。

【違章】wéi∥zhāng ㄨㄟˊ∥ㄓㄤ 違反規章：違章操作｜違章建築｜違章駕駛。

維[1] (维) wéi ㄨㄟˊ ❶連接：維繫。❷保持；保全：維持｜維護。❸(Wéi)姓。

維[2] (维) wéi ㄨㄟˊ 同'惟[3]'。

維[3] (维) wéi ㄨㄟˊ 幾何學及空間理論的基本概念。構成空間的每一個因素（如長、寬、高）叫做一維，如直綫是一維的，平面是二維的，普通空間是三維的。

【維持】wéichí ㄨㄟˊ ㄔˊ ❶使繼續存在下去；保持：維持秩序｜維持生活｜維持現狀。❷保護；維護支持：虧他暗中維持，才得以平安無事。

【維護】wéihù ㄨㄟˊ ㄏㄨˋ 使免於遭受破壞；維持保護：維護集體利益｜維護法律的尊嚴。

【維綸】wéilún ㄨㄟˊ ㄌㄨㄣˊ 合成纖維的一種，用乙炔、乙烯、醋酸、甲醛為原料合成，性質與棉纖維相近，但強度較高，較輕，吸水性較強，宜於做夏季衣服，也用來製繩索、漁網等。也譯作維尼綸、維尼龍。［英 vinylon］

【維棉布】wéimiánbù ㄨㄟˊ ㄇㄧㄢˊ ㄅㄨˋ 維綸與棉花混紡後織成的布。

【維生素】wéishēngsù ㄨㄟˊ ㄕㄥ ㄙㄨˋ 人和動物營養、生長所必需的某些少量有機化合物，對機體的新陳代謝、生長、發育、健康有極重要作用。如果長期缺乏某種維生素，就會引起生理機能障礙而發生某種疾病。一般由食物中取得。現在發現的有幾十種，如維生素 A、維生素 B、維生素 C 等。舊稱維他命。

【維他命】wéitāmìng ㄨㄟˊ ㄊㄚ ㄇㄧㄥˋ 維生素的舊稱。［英 vitamin］

【維吾爾族】Wéiwú'ěrzú ㄨㄟˊ ㄨˊ ㄦˇ ㄗㄨˊ 我國少數民族之一，主要分佈在新疆。

【維繫】wéixì ㄨㄟˊ ㄒㄧˋ 維持並聯繫，使不渙散：維繫人心。

【維新】wéixīn ㄨㄟˊ ㄒㄧㄣ 反對舊的，提倡新的。一般指政治上的改良，或改良主義運動，如我國清末的變法維新。

【維修】wéixiū ㄨㄟˊ ㄒㄧㄡ 保護和修理：維修房屋｜機器維修得好，使用年限就能延長。

【維族】Wéizú ㄨㄟˊ ㄗㄨˊ 維吾爾族的簡稱。

磑 (硙) wéi ㄨㄟˊ ［磑磑］〈書〉形容高。另見1193頁 wèi '磑'。

潿 (涠) wéi ㄨㄟˊ 潿洲（Wéizhōu ㄨㄟˊ ㄓㄡ），島名，在廣西。

鮠 (鮠) wéi ㄨㄟˊ 魚類的一屬，身體前部扁平，後部側扁，眼小，尾鰭分叉。生活在淡水中。

濰 (潍) Wéi ㄨㄟˊ 濰河，水名，在山東。

闈 (闱) wéi ㄨㄟˊ ❶宮的側門：宮闈。❷科舉時代稱考場：闈墨｜春闈｜秋闈。

【闈墨】wéimò ㄨㄟˊ ㄇㄛˋ 清代鄉試、會試後，主考從中式（zhòngshì）的試卷中選出並刊印的文章，供後來準備應考的人閱讀。

wěi（ㄨㄟˇ）

尾 wěi ㄨㄟˇ ❶尾巴①②。❷二十八宿之一。❸末端；末尾：排尾｜有頭無尾。❹主要部分以外的部分；沒有了結的事情：尾數｜掃尾。❺量詞，用於魚：一尾魚。

另見1353頁 yǐ。

【尾巴】wěi·ba ㄨㄟˇ ·ㄅㄚ ❶鳥、獸、蟲、魚等動物的身體末端突出的部分，主要作用是輔助運動、保持身體平衡等。❷某些物體的尾部：飛機尾巴｜彗星尾巴。❸指事物的殘留部分：徹底平反冤案，不要留尾巴。❹指跟踪或尾隨在後面的人：甩掉尾巴。❺指沒有主見、完全隨聲附和的人。

【尾大不掉】wěi dà bù diào ㄨㄟˇ ㄉㄚˋ ㄅㄨˋ ㄉㄧㄠˋ 比喻機構下強上弱，或組織龐大、渙散，以致指揮不靈（掉：搖動）。

【尾燈】wěidēng ㄨㄟˇ ㄉㄥ 裝在汽車、摩托車等交通工具尾部的燈，一般用紅色的燈罩，用以引起後面車輛或行人等的注意。

【尾骨】wěigǔ ㄨㄟˇ ㄍㄨˇ 人或脊椎動物脊柱的末端部分。人的尾骨是由四至五塊小骨組成的。(圖見410頁〖骨骼〗)

【尾花】wěihuā ㄨㄟˇ ㄏㄨㄚ 報刊、書籍上詩文末尾空白處的裝飾性圖畫。

【尾迹】wěijì ㄨㄟˇ ㄐㄧˋ 飛機等飛行時在大氣中留下的痕迹。也指船隻航行時在水面上留下的痕迹。

【尾鰭】wěiqí ㄨㄟˇ ㄑㄧˊ 魚類尾部的鰭，是魚類的運動器官。(圖見905頁'鰭')

【尾欠】wěiqiàn ㄨㄟˇ ㄑㄧㄢˋ ❶有一小部分沒有償還或交納：還了八百元，尾欠二百元。❷沒有償還或交納的一小部分：尾欠下月還清。

【尾聲】wěishēng ㄨㄟˇ ㄕㄥ ❶南曲、北曲的套曲中的最後一支曲子；每齣戲結束時用嗩吶吹奏的曲牌。❷大型樂曲中樂章的最後一部分。❸文學作品的結局部分。❹指某項活動快要結束的階段：會談接近尾聲。

【尾數】wěishù ㄨㄟˇ ㄕㄨˋ ❶小數點後面的數。❷結算賬目中大數目之外剩下的小數目。❸指多位號碼中末尾的數字。

【尾隨】wěisuí ㄨㄟˇ ㄙㄨㄟˊ 跟隨在後面：孩子們尾隨着軍樂隊走了好遠。

【尾音】wěiyīn ㄨㄟˇ ㄧㄣ 一個字、一個詞或一句話的最後的音。

【尾蚴】wěiyòu ㄨㄟˇ ㄧㄡˋ 有尾巴的幼蟲，身體很小，必須用顯微鏡才能看見，能在水中游泳，如血吸蟲的幼蟲。

【尾追】wěizhuī ㄨㄟˇ ㄓㄨㄟ 緊跟在後面追趕：尾追不捨。

【尾子】wěi·zi ㄨㄟˇ ·ㄗ 〈方〉❶事物的最後一部分。❷尾數。

委[1] wěi ㄨㄟˇ ❶把事交給別人去辦；委任：委託｜委派｜委以重任。❷拋棄：委棄｜委之於地。❸推委：委過｜委罪。❹委員或委員會的簡稱：編委｜黨委｜市委。

委[2] wěi ㄨㄟˇ 曲折：委曲｜委婉。

委[3] wěi ㄨㄟˇ 〈書〉❶積聚：委積。❷水流所聚；水的下游；末尾：原委｜窮源竟委(追究事物的本源及其發展)。

委[4] wěi ㄨㄟˇ 無精打采；不振作：委頓｜委靡。

委[5] wěi ㄨㄟˇ 〈書〉的確；確實：委實｜委係實情。

另見1184頁 wēi。

【委頓】wěidùn ㄨㄟˇ ㄉㄨㄣˋ 疲乏；沒有精神：精神委頓。

【委過】wěiguò ㄨㄟˇ ㄍㄨㄛˋ 把過錯推給別人：委過於人。也作諉過。

【委決不下】wěi jué bù xià ㄨㄟˇ ㄐㄩㄝˊ ㄅㄨˋ ㄒㄧㄚˋ 遲疑而決定不下來：他一時委決不下，跑來要我出主意。

【委靡】wěimǐ ㄨㄟˇ ㄇㄧˇ 精神不振；意志消沈：神志委靡｜委靡不振。也作萎靡。

【委派】wěipài ㄨㄟˇ ㄆㄞˋ 派人擔任職務或完成某項任務。

【委曲】wěiqū ㄨㄟˇ ㄑㄩ ❶(曲調、道路、河流等)彎彎曲曲的；曲折：委曲婉轉｜委曲的溪流。❷〈書〉事情的底細和原委：告知委曲。

【委曲求全】wěiqū qiú quán ㄨㄟˇ ㄑㄩ ㄑㄧㄡˊ ㄑㄩㄢˊ 勉強遷就，以求保全；為顧全大局而暫時忍讓。

【委屈】wěi·qu ㄨㄟˇ ·ㄑㄩ ❶受到不應該有的指責或待遇，心裏難過：訴委屈｜滿肚子的委屈。❷讓人受到委屈：對不起，委屈你了。

【委任】wěirèn ㄨㄟˇ ㄖㄣˋ ❶派人擔任職務：委任狀(派人擔任職務的證件)。❷辛亥革命以後到解放以前文官的最末一等，在薦任以下。

【委身】wěishēn ㄨㄟˇ ㄕㄣ 〈書〉把自己的身體、心力投到某一方面(多指在不得已的情況下)：委身事人。

【委實】wěishí ㄨㄟˇ ㄕˊ 實在：委實不容易。

【委瑣】wěisuǒ ㄨㄟˇ ㄙㄨㄛˇ 〈書〉❶瑣碎；拘泥於小節。❷同'猥瑣'。

【委託】wěituō ㄨㄟˇ ㄊㄨㄛ 請人代辦：這事就委託你了。

【委宛】wěiwǎn ㄨㄟˇ ㄨㄢˇ 同'委婉'。

【委婉】wěiwǎn ㄨㄟˇ ㄨㄢˇ (言詞、聲音等)婉轉：委婉動聽｜態度誠懇，語氣委婉。也作委宛。

【委員】wěiyuán ㄨㄟˇ ㄩㄢˊ ❶委員會的成員。❷舊時被委派擔任特定任務的人員。

【委員會】wěiyuánhuì ㄨㄟˇ ㄩㄢˊ ㄏㄨㄟˋ ❶政黨、團體、機關、學校中的集體領導組織：中國共產黨中央委員會｜體育運動委員會｜校務委員會。❷機關、團體、學校等為了完成一定的任務而設立的專門組織：招生委員會｜伙食委員會。

【委罪】wěizuì ㄨㄟˇ ㄗㄨㄟˋ 把罪名推給別人。也作諉罪。

洧 wěi ㄨㄟˇ 洧川(Wěichuān ㄨㄟˇ ㄔㄨㄢ)，地名，在河南。

娓 wěi ㄨㄟˇ [娓娓]形容談論不倦或說話動聽：娓娓而談｜娓娓動聽。

萎〔萎〕 wěi ㄨㄟˇ ❶(植物)乾枯：枯萎｜萎謝。❷衰落(口語中多讀 wēi ㄨㄟ)：買賣萎了｜價錢萎下來了。

【萎落】wěiluò ㄨㄟˇ ㄌㄨㄛˋ ❶枯萎敗落：草木萎落。❷衰落。

【萎靡】wěimǐ ㄨㄟˇ ㄇㄧˇ 同'委靡'。

【萎蔫】wěiniān ㄨㄟˇ ㄋㄧㄢ 植物體由於缺乏水分而莖葉萎縮。

【萎縮】wěisuō ㄨㄟˇ ㄙㄨㄛ ❶乾枯；(身體、器

官等) 功能減退並縮小：花草萎縮｜肢體萎縮｜子宮萎縮。❷(經濟) 衰退。

【萎謝】wěixiè ㄨㄟˇ ㄒㄧㄝˋ (花草) 乾枯凋謝：百花萎謝◇生命萎謝。

唯 wěi ㄨㄟˇ 〈書〉表示答應的詞。另見1186頁 wéi。

【唯唯諾諾】wěiwěinuònuò ㄨㄟˇ ㄨㄟˇ ㄋㄨㄛˋ ㄋㄨㄛˋ 形容一味順從別人的意見。

偽 (仂、僞) wěi ㄨㄟˇ ❶有意做作掩蓋本來面貌的；虛假 (跟'真'相對)：偽裝｜偽造｜作偽｜偽鈔｜去偽存真。❷不合法的；竊取政權、不為人民所擁護的：偽政權｜偽軍｜偽組織。

【偽鈔】wěichāo ㄨㄟˇ ㄔㄠ 假造的紙幣。

【偽君子】wěijūnzǐ ㄨㄟˇ ㄐㄩㄣ ㄗˇ 外貌正派，實際上卑鄙無恥的人。

【偽劣】wěiliè ㄨㄟˇ ㄌㄧㄝˋ 冒牌的、質量低劣的：偽劣商品｜偽劣書畫。

【偽善】wěishàn ㄨㄟˇ ㄕㄢˋ 冒充好人：偽善者｜偽善的面孔。

【偽書】wěishū ㄨㄟˇ ㄕㄨ 作者姓名或著作時代不可靠的書。

【偽託】wěituō ㄨㄟˇ ㄊㄨㄛ 在著述、製造等方面假託別人名義，多指把自己的或後人的作品假冒為古人的。

【偽造】wěizào ㄨㄟˇ ㄗㄠˋ 假造：偽造證件｜偽造歷史。

【偽證】wěizhèng ㄨㄟˇ ㄓㄥˋ 假造的證據、指案件進行偵查或審理中，證人、鑒定人、記錄人或翻譯人故意做出的虛假證明、鑒定和翻譯。偽證依法構成偽證罪。

【偽裝】wěizhuāng ㄨㄟˇ ㄓㄨㄤ ❶假裝：偽裝進步。❷假的裝扮：剝去偽裝。❸軍事上採取措施來隱蔽自己、迷惑敵人。❹軍事上用來偽裝的東西。

【偽足】wěizú ㄨㄟˇ ㄗㄨˊ 變形蟲等原生動物的運動器官和捕食器官，由身體的任一部分突出而形成，形成後可以重新縮回。

【偽作】wěizuò ㄨㄟˇ ㄗㄨㄛˋ ❶假託別人名義寫作詩文或製作藝術品。❷假託別人寫作的詩文或製作的藝術品。

偉 (伟) wěi ㄨㄟˇ ❶偉大：雄偉｜偉論｜偉績。❷〈書〉壯美：偉丈夫。

【偉岸】wěi'àn ㄨㄟˇ ㄢˋ 魁梧；高大：身材偉岸｜村頭有兩棵挺拔偉岸的松樹。

【偉大】wěidà ㄨㄟˇ ㄉㄚˋ 品格崇高；才識卓越；氣象雄偉；規模宏大；超出尋常，令人景仰欽佩的：偉大的領袖｜偉大的祖國｜偉大的事業｜偉大的成就。

【偉績】wěijì ㄨㄟˇ ㄐㄧˋ 偉大的功績：豐功偉績。

【偉力】wěilì ㄨㄟˇ ㄌㄧˋ 巨大的力量。

【偉論】wěilùn ㄨㄟˇ ㄌㄨㄣˋ 宏論。

【偉人】wěirén ㄨㄟˇ ㄖㄣˊ 偉大的人物：一代偉人。

【偉業】wěiyè ㄨㄟˇ ㄧㄝˋ 偉大的業績。

痏 wěi ㄨㄟˇ 〈書〉瘡；傷口。

蔿〔蒍〕(芛、蘤) Wěi ㄨㄟˇ 姓。

葦〔葦〕(苇) wěi ㄨㄟˇ 蘆葦。

【葦箔】wěibó ㄨㄟˇ ㄅㄛˊ 用蘆葦編成的簾子。

【葦蕩】wěidàng ㄨㄟˇ ㄉㄤˋ 生長大片蘆葦的淺水湖。也叫蘆蕩。

【葦塘】wěitáng ㄨㄟˇ ㄊㄤˊ 生長蘆葦的池塘。

【葦子】wěi·zi ㄨㄟˇ ·ㄗ 蘆葦。

猥 wěi ㄨㄟˇ ❶多；雜：猥雜。❷卑鄙；下流：猥褻。

【猥詞】wěicí ㄨㄟˇ ㄘˊ 同'猥辭'。

【猥辭】wěicí ㄨㄟˇ ㄘˊ 下流話；淫穢的詞語。也作猥詞。

【猥獕】wěicuī ㄨㄟˇ ㄘㄨㄟ 醜陋難看；庸俗拘束 (多見於早期白話)。

【猥劣】wěiliè ㄨㄟˇ ㄌㄧㄝˋ 〈書〉卑劣：行為猥劣。

【猥陋】wěilòu ㄨㄟˇ ㄌㄡˋ 〈書〉低劣；卑鄙。也說猥鄙。

【猥瑣】wěisuǒ ㄨㄟˇ ㄙㄨㄛˇ (容貌、舉動) 庸俗不大方：舉止猥瑣。也作委瑣。

【猥褻】wěixiè ㄨㄟˇ ㄒㄧㄝˋ ❶淫亂；下流的 (言語或行為)：言詞猥褻。❷做下流的動作：猥褻婦女。

隗〔隗〕 Wěi ㄨㄟˇ 姓。另見671頁 Kuí。

瑋 (玮) wěi ㄨㄟˇ 〈書〉❶玉名。❷珍奇；貴重：明珠瑋寶｜瑋奇 (奇特)。

暐 (暐) wěi ㄨㄟˇ 〈書〉形容光很盛。

骫 wěi ㄨㄟˇ 〈書〉曲；枉：骫曲 (委曲遷就)｜骫法 (枉法)。

【骫骳】wěibèi ㄨㄟˇ ㄅㄟˋ 〈書〉曲折；屈曲。

艉 wěi ㄨㄟˇ 船體的尾部。

痿 wěi ㄨㄟˇ 中醫指身體某一部分萎縮或失去機能的病，例如下痿、陽痿等。

廆 wěi ㄨㄟˇ 用於人名。慕容廆，西晉末年鮮卑族的首領。另見430頁 Guī。

煒 (炜) wěi ㄨㄟˇ 〈書〉光明。

頠 (颀) wěi ㄨㄟˇ 〈書〉安靜。多用於人名。

諉 (诿) wěi ㄨㄟˇ 把責任推給別人；推卸：推諉。

【諉過】wěiguò ㄨㄟˇ ㄍㄨㄛˋ 同'委過'。
【諉卸】wěixiè ㄨㄟˇ ㄒㄧㄝˋ 〈書〉推卸。
【諉罪】wěizuì ㄨㄟˇ ㄗㄨㄟˋ 同'委罪'。

緯(纬) wěi ㄨㄟˇ（舊讀 wèi ㄨㄟˋ）❶織物上橫的方向的紗或綫（跟'經'相對）：經緯｜緯紗｜緯綫。❷緯度：南緯｜北緯。❸緯書的簡稱：讖(chèn)緯。
【緯度】wěidù ㄨㄟˇ ㄉㄨˋ 地球表面南北距離的度數，以赤道為零度，以北為北緯，以南為南緯，南北各90°。通過某地的緯綫跟赤道相距的度數，就是該地的緯度。參看〖緯綫〗②。
【緯紗】wěishā ㄨㄟˇ ㄕㄚ 織布時由梭帶動的橫紗。
【緯書】wěishū ㄨㄟˇ ㄕㄨ 漢代以神學迷信附會儒家經義的一類書，其中保存不少古代神話傳説，也記錄一些有關古代天文、曆法、地理等方面的知識。簡稱緯。
【緯綫】wěixiàn ㄨㄟˇ ㄒㄧㄢˋ ❶緯紗或編織品上的橫綫。❷假定的沿地球表面跟赤道平行的綫。參看〖緯度〗。

鮪(鲔) wěi ㄨㄟˇ ❶魚，體呈紡錘形，背黑藍色，腹灰白色，背鰭和臀鰭後面各有七或八個小鰭。生活在熱帶海洋，吃小魚等動物。❷古書上指鱘魚。

韙(韪) wěi ㄨㄟˇ 見98頁〖不韙〗。

韡〔韠〕(韡) wěi ㄨㄟˇ 〈書〉光明；美盛。

亹 wěi ㄨㄟˇ［亹亹］〈書〉❶形容勤勉不倦。❷形容向前推移、行進。
另見788頁 mén。

wèi（ㄨㄟˋ）

未[1] wèi ㄨㄟˋ 副詞。❶沒（跟'已'相對）：未成年｜健康尚未恢復。❷不：未便｜未敢苟同｜未可厚非。

未[2] wèi ㄨㄟˋ 地支的第八位。參看368頁〖干支〗。
【未必】wèibì ㄨㄟˋ ㄅㄧˋ 不一定：他未必知道｜這消息未必可靠。
【未便】wèibiàn ㄨㄟˋ ㄅㄧㄢˋ 不宜於；不便：此事上級並無指示，未便擅自處理。
【未卜】wèibǔ ㄨㄟˋ ㄅㄨˇ 〈書〉不能預料；不可預知：前途未卜｜勝負未卜。
【未卜先知】wèi bǔ xiān zhī ㄨㄟˋ ㄅㄨˇ ㄒㄧㄢ ㄓ 事情發生之前不用占卜就能知道，形容有預見。
【未曾】wèicéng ㄨㄟˋ ㄘㄥˊ '沒有'[2]（'曾經'的否定）：這是歷史上未曾有過的奇迹。
【未嘗】wèicháng ㄨㄟˋ ㄔㄤˊ ❶未曾：終夜未嘗合眼。❷加在否定詞前面，構成雙重否定，意思跟'不是（不、沒）'相同，但口氣更委婉：這未嘗不是一個好建議｜你的辦法固然有優點，但是也未嘗沒有缺點。
【未婚夫】wèihūnfū ㄨㄟˋ ㄏㄨㄣ ㄈㄨ 已經訂婚尚未結婚的丈夫。
【未婚妻】wèihūnqī ㄨㄟˋ ㄏㄨㄣ ㄑㄧ 已經訂婚尚未結婚的妻子。
【未幾】wèijǐ ㄨㄟˋ ㄐㄧˇ 〈書〉❶沒有多少時候；不久：未幾即離滬北上。❷不多；無幾。
【未竟】wèijìng ㄨㄟˋ ㄐㄧㄥˋ 沒有完成（多指事業）：未竟之業｜未竟之志。
【未決犯】wèijuéfàn ㄨㄟˋ ㄐㄩㄝˊ ㄈㄢˋ 還沒有經法院判決定罪的犯人。
【未可厚非】wèi kě hòu fēi ㄨㄟˋ ㄎㄜˇ ㄏㄡˋ ㄈㄟ 不可過分指責，表示雖有缺點，但是可以原諒。也説無可厚非。
【未來】wèilái ㄨㄟˋ ㄌㄞˊ ❶就要到來的（指時間）：未來二十四小時內將有暴雨。❷現在以後的時間；將來的光景：展望未來。
【未了】wèiliǎo ㄨㄟˋ ㄌㄧㄠˇ 沒有完結；沒有了結：未了事項｜未了手續｜還有一樁心願未了。
【未免】wèimiǎn ㄨㄟˋ ㄇㄧㄢˇ ❶實在不能不説是…（表示不以為然）：你的顧慮未免多了些｜他這樣對待客人，未免不禮貌。❷不免：如此教學，未免要誤人子弟。
【未能免俗】wèi néng miǎn sú ㄨㄟˋ ㄋㄥˊ ㄇㄧㄢˇ ㄙㄨˊ 沒能擺脱開自己不以為然的習俗。
【未然】wèirán ㄨㄟˋ ㄖㄢˊ 還沒有成為事實：防患於未然。
【未時】wèishí ㄨㄟˋ ㄕˊ 舊式計時法指下午一點鐘到三點鐘的時間。
【未始】wèishǐ ㄨㄟˋ ㄕˇ 未嘗②：未始不可。
【未遂】wèisuì ㄨㄟˋ ㄙㄨㄟˋ 沒有達到（目的）；沒有滿足（願望）：未遂犯｜願心未遂。
【未亡人】wèiwángrén ㄨㄟˋ ㄨㄤˊ ㄖㄣˊ 舊時寡婦自稱。
【未詳】wèixiáng ㄨㄟˋ ㄒㄧㄤˊ 不知道或沒有了解清楚：本書作者未詳｜病因未詳。
【未央】wèiyāng ㄨㄟˋ ㄧㄤ 〈書〉未盡：夜未央。
【未雨綢繆】wèi yǔ chóumóu ㄨㄟˋ ㄩˇ ㄔㄡˊ ㄇㄡˊ 趁着天沒下雨，先修繕房屋門窗。比喻事先做好準備。
【未知數】wèizhīshù ㄨㄟˋ ㄓ ㄕㄨˋ ❶代數式或方程中，數值需要經過運算才能確定的數。如 $3x+6=27$ 中，x 是未知數。❷比喻還不知道的事情：能否成功，還是個未知數。

位 wèi ㄨㄟˋ ❶所在或所佔的地方：部位｜座位｜各就各位。❷職位；地位：名位。❸特指君主的地位：即位｜在位｜篡位。❹一個數中每個數碼所佔的位置：個位｜百位｜十位數。❺量詞，用於人（含敬意）：諸位｜各位｜家裏來了幾位客人。❻（Wèi）姓。
【位覺】wèijué ㄨㄟˋ ㄐㄩㄝˊ 平衡感覺。

【位能】wèinéng ㄨㄟˋ ㄋㄥˊ 勢能。

【位移】wèiyí ㄨㄟˋ ㄧˊ 物體在運動中所產生的位置的移動。

【位於】wèiyú ㄨㄟˋ ㄩˊ 位置處在(某處)：我國位於亞洲大陸東南部。

【位置】wèi·zhi ㄨㄟˋ ·ㄓ ❶所在或所佔的地方：大家都按指定的位置坐了下來。❷地位：《狂人日記》在我國新文學中佔有重要位置。❸指職位：謀了個科員的位置。

【位子】wèi·zi ㄨㄟˋ ·ㄗ 人所佔據的地方；座位。借指職位。

味 wèi ㄨㄟˋ ❶(味兒)物質所具有的能使舌頭得到某種味覺的特性：味道｜滋味｜甜味兒｜津津有味。❷(味兒)物質所具有的能使鼻子得到某種嗅覺的特性：氣味｜香味兒｜這種味兒很好聞。❸意味；趣味：文筆艱澀無味。❹指某類菜肴、食品：臘味｜美味｜野味｜山珍海味。❺辨別味道：體味。❻量詞，用於中藥：這個方子共有七味藥。

【味道】wèi·dao ㄨㄟˋ ·ㄉㄠ ❶味①：這個菜味道好◇心裏有一股說不出的味道。❷指興趣：這個連續劇越看越有味道。❸〈方〉氣味：他身上有一股難聞的味道。

【味精】wèijīng ㄨㄟˋ ㄐㄧㄥ 調味品，成分是右旋穀氨酸的單鈉鹽。白色粉末狀結晶，放在菜或湯裏使有鮮味。也叫味素。

【味覺】wèijué ㄨㄟˋ ㄐㄩㄝˊ 舌頭與液體或者溶解於液體的物質接觸時所產生的感覺。甜、酸、苦、鹹是最基本的四種味覺。

【味蕾】wèilěi ㄨㄟˋ ㄌㄟˇ 接受味覺刺激的感受器，分佈在舌頭的表面，能辨別滋味。

【味同嚼蠟】wèi tóng jiáo là ㄨㄟˋ ㄊㄨㄥˊ ㄐㄧㄠˊ ㄌㄚˋ 形容沒有味道，多指文章或講話枯燥無味。

畏 wèi ㄨㄟˋ ❶畏懼：大無畏｜望而生畏｜不畏艱苦。❷佩服：敬畏｜後生可畏。

【畏避】wèibì ㄨㄟˋ ㄅㄧˋ 因畏懼而躲避。

【畏忌】wèijì ㄨㄟˋ ㄐㄧˋ 畏懼和猜忌：相互畏忌。

【畏懼】wèijù ㄨㄟˋ ㄐㄩˋ 害怕：無所畏懼｜畏懼心理。

【畏難】wèinán ㄨㄟˋ ㄋㄢˊ 害怕困難：畏難情緒。

【畏怯】wèiqiè ㄨㄟˋ ㄑㄧㄝˋ 膽小害怕：毫不畏怯。

【畏首畏尾】wèi shǒu wèi wěi ㄨㄟˋ ㄕㄡˇ ㄨㄟˋ ㄨㄟˇ 怕這怕那，形容疑慮過多。

【畏縮】wèisuō ㄨㄟˋ ㄙㄨㄛ 害怕而不敢向前：在困難面前毫不畏縮。

【畏途】wèitú ㄨㄟˋ ㄊㄨˊ〈書〉危險可怕的路途。比喻不敢做的事情：視為畏途。

【畏葸】wèixǐ ㄨㄟˋ ㄒㄧˇ〈書〉畏懼：畏葸不前。

【畏友】wèiyǒu ㄨㄟˋ ㄧㄡˇ 自己敬畏的朋友：嚴師畏友。

【畏罪】wèizuì ㄨㄟˋ ㄗㄨㄟˋ 犯了罪怕受制裁：畏罪潛逃。

胃 wèi ㄨㄟˋ ❶消化器官的一部分，形狀像口袋，上端跟食道相連，下端跟十二指腸相連。能分泌胃液，消化食物。(圖見1252頁〖消化系統〗)❷二十八宿之一。

【胃口】wèikǒu ㄨㄟˋ ㄎㄡˇ ❶指食慾：胃口不好。❷比喻對事物或活動的興趣：打球他不感興趣，游泳才對他的胃口。

【胃酸】wèisuān ㄨㄟˋ ㄙㄨㄢ 胃液中所含的鹽酸，能促進蛋白質的消化，並能殺死細菌。

【胃腺】wèixiàn ㄨㄟˋ ㄒㄧㄢˋ 分泌胃液的腺體，密佈在胃的黏膜上。

【胃液】wèiyè ㄨㄟˋ ㄧㄝˋ 胃腺分泌出來的液體，呈酸性，無色透明，主要含有胃蛋白酶、鹽酸和黏液。有消化食物和殺菌的作用。

為(为、爲) wèi ㄨㄟˋ ❶〈書〉幫助；衛護：為呂氏者右袒，為劉氏者左袒。❷介詞，表示行為的對象；替：為你慶幸｜為人民服務｜為這本書寫一篇序。❸介詞，表示目的：為大家的健康乾杯｜為建設偉大祖國而奮鬥。❹對；向：不足為外人道。❺因為：為何？

另見1186頁 wéi。

【為何】wèihé ㄨㄟˋ ㄏㄜˊ 為甚麼：為何一言不發？

【為虎傅翼】wèi hǔ fù yì ㄨㄟˋ ㄏㄨˇ ㄈㄨˋ ㄧˋ 比喻幫助惡人，增加惡人的勢力(傅翼：加上翅膀)。也說為虎添翼。

【為虎作倀】wèi hǔ zuò chāng ㄨㄟˋ ㄏㄨˇ ㄗㄨㄛˋ ㄔㄤ 比喻做惡人的幫兇，幫助惡人做壞事(倀：鬼名)。參看126頁〖倀鬼〗。

【為了】wèi·le ㄨㄟˋ ·ㄌㄜ 表示目的：學習是為了工作｜一切為了人民利益｜為了教育群眾，首先要向群眾學習。注意 表示原因，一般用'因為'不用'為了'。

【為人作嫁】wèi rén zuò jià ㄨㄟˋ ㄖㄣˊ ㄗㄨㄛˋ ㄐㄧㄚˋ 唐朝秦韜玉《貧女》詩：'苦恨年年壓金綫，為他人作嫁衣裳。'後來用'為人作嫁'比喻空為別人辛苦忙碌。

【為甚麼】wèi shén·me ㄨㄟˋ ㄕㄣˊ ·ㄇㄜ 詢問原因或目的：為甚麼群眾這麼愛護解放軍？因為解放軍是人民的子弟兵｜他這麼做到底是為甚麼？注意 '為甚麼不'常含有勸告的意思，跟'何不'相同，如：這種技術很有用處，你為甚麼不學一學？

【為淵驅魚，為叢驅雀】wèi yuān qū yú,wèi cóng qū què ㄨㄟˋ ㄩㄢ ㄑㄩ ㄩˊ,ㄨㄟˋ ㄘㄨㄥˊ ㄑㄩ ㄑㄩㄝˋ《孟子·離婁上》：'為淵驅魚者，獺也；為叢驅爵者，鸇也'(爵：同'雀')。意思是水獺想捉魚吃，卻把魚趕到深淵去了；鸇鷹想捉麻雀吃，卻把麻雀趕到叢林中去了。後來用這兩句話比喻不善於團結人或籠絡人，把可以依靠的力量趕到敵人方面去。

【為着】wèi·zhe ㄨㄟˋ ·ㄓㄜ 為了。

尉 wèi ㄨㄟˋ ❶古官名：太尉。❷尉官。❸(Wèi)姓。

另見1401頁 yù。

【尉官】wèiguān ㄨㄟˋ ㄍㄨㄢ 尉級軍官，低於校官。

喂 wèi ㄨㄟˋ 嘆詞，招呼的聲音：喂，你上哪兒去？｜喂，你的圍巾掉了。

另見1194頁 wèi'餵'。

渭 Wèi ㄨㄟˋ 渭河，發源於甘肅，經陝西流入黃河。

蔚〔蔚〕 wèi ㄨㄟˋ 〈書〉❶茂盛；盛大：蔚成風氣。❷有文采的：雲蒸霞蔚。

另見1403頁 yù。

【蔚藍】wèilán ㄨㄟˋ ㄌㄢˊ 像晴朗的天空那樣的顏色：蔚藍的天空｜蔚藍的海洋。

【蔚起】wèiqǐ ㄨㄟˋ ㄑㄧˇ 〈書〉興旺地發展起來。

【蔚然】wèirán ㄨㄟˋ ㄖㄢˊ 形容茂盛、盛大：蔚然成風｜幾年前栽的樹苗，現已蔚然成林。

【蔚然成風】wèirán chéng fēng ㄨㄟˋ ㄖㄢˊ ㄔㄥˊ ㄈㄥ 形容一種事物逐漸發展、盛行，形成風氣。

【蔚為大觀】wèi wéi dà guān ㄨㄟˋ ㄨㄟˊ ㄉㄚˋ ㄍㄨㄢ 豐富多彩，成為盛大的景象（多指文物等）：展出的中外名畫蔚為大觀。

磑（硙） wèi ㄨㄟˋ 〈方〉石磨（mò）。

'磑'另見1188頁 wéi。

蝟（猬） wèi ㄨㄟˋ 刺蝟。

【蝟集】wèijí ㄨㄟˋ ㄐㄧˊ 〈書〉比喻事情繁多，像刺蝟的硬刺那樣聚在一起：諸事蝟集。

慰 wèi ㄨㄟˋ ❶使人心情安適：慰勞｜慰問｜慰唁。❷心安：欣慰｜得信甚慰。

【慰藉】wèijiè ㄨㄟˋ ㄐㄧㄝˋ 〈書〉安慰。

【慰勞】wèiláo ㄨㄟˋ ㄌㄠˊ 慰問：慰勞品｜慰勞子弟兵。

【慰勉】wèimiǎn ㄨㄟˋ ㄇㄧㄢˇ 安慰勉勵：多方慰勉。

【慰問】wèiwèn ㄨㄟˋ ㄨㄣˋ （用話或物品）安慰問候：慰問信｜慰問災區人民。

【慰唁】wèiyàn ㄨㄟˋ ㄧㄢˋ 慰問（死者的家屬）。

遺（遗） wèi ㄨㄟˋ 〈書〉贈與；送給：遺之千金。

另見1350頁 yí。

罻 wèi ㄨㄟˋ 〈書〉捕鳥的網。

衛[1]（卫、衞） wèi ㄨㄟˋ ❶保衛：捍衛｜保家衛國。❷明代駐兵的地點，駐軍人數比'所'多，後來只用於地名：威海衛（今威海市，在山東）｜松門衛（在浙江）。

衛[2]（卫、衞） Wèi ㄨㄟˋ ❶周朝國名，在今河北南部和河南北部一帶。❷姓。

【衛兵】wèibīng ㄨㄟˋ ㄅㄧㄥ 擔任警衛工作的士兵。

【衛道】wèidào ㄨㄟˋ ㄉㄠˋ 衛護某種佔統治地位的思想體系：衛道士｜衛道者。

【衛隊】wèiduì ㄨㄟˋ ㄉㄨㄟˋ 擔任警衛工作的部隊。

【衛護】wèihù ㄨㄟˋ ㄏㄨˋ 捍衛保護。

【衛拉特】wèilātè ㄨㄟˋ ㄌㄚ ㄊㄜˋ 瓦剌在清代的稱呼。

【衛冕】wèimiǎn ㄨㄟˋ ㄇㄧㄢˇ 指競賽中保住上次獲得的冠軍稱號：衛冕成功｜男子籃球隊能否衛冕，就看這場比賽了。

【衛生】wèishēng ㄨㄟˋ ㄕㄥ ❶能防止疾病，有益於健康：衛生常識｜喝生水，不衛生。❷合乎衛生的情況：講衛生｜環境衛生。

【衛生帶】wèishēngdài ㄨㄟˋ ㄕㄥ ㄉㄞˋ 月經帶。

【衛生間】wèishēngjiān ㄨㄟˋ ㄕㄥ ㄐㄧㄢ 旅館或住宅中有衛生設備的房間。

【衛生褲】wèishēngkù ㄨㄟˋ ㄕㄥ ㄎㄨˋ 〈方〉絨褲。

【衛生球】wèishēngqiú ㄨㄟˋ ㄕㄥ ㄑㄧㄡˊ （衛生球兒）用萘製成的球狀物，白色，有特殊的氣味，過去放在衣物中，用來防止蟲蛀。

【衛生設備】wèishēng shèbèi ㄨㄟˋ ㄕㄥ ㄕㄜˋ ㄅㄟˋ 指與上水道和下水道接通的臉盆、澡盆、抽水馬桶等。

【衛生衣】wèishēngyī ㄨㄟˋ ㄕㄥ ㄧ 〈方〉絨衣。

【衛生員】wèishēngyuán ㄨㄟˋ ㄕㄥ ㄩㄢˊ 受過短期訓練，具有醫療衛生基本知識和急救護理等技術的初級醫務人員。

【衛生紙】wèishēngzhǐ ㄨㄟˋ ㄕㄥ ㄓˇ ❶手紙。❷供婦女在經期中使用的、消過毒的紙。

【衛士】wèishì ㄨㄟˋ ㄕˋ 衛兵，泛指擔任保衛工作的人。

【衛戍】wèishù ㄨㄟˋ ㄕㄨˋ 警備（多用於首都）：衛戍區｜衛戍司令。

【衛星】wèixīng ㄨㄟˋ ㄒㄧㄥ ❶按一定軌道繞行星運行的天體，本身不能發光。❷像衛星那樣環繞某個中心的：衛星城市。❸指人造衛星。

【衛星城】wèixīngchéng ㄨㄟˋ ㄒㄧㄥ ㄔㄥˊ 圍繞大城市建設的中小城市。

【衛星通信】wèixīng tōngxìn ㄨㄟˋ ㄒㄧㄥ ㄊㄨㄥ ㄒㄧㄣˋ 一種通信方式，兩個或幾個地面站之間以人造地球衛星為中繼站轉發無綫電信號。

謂（谓） wèi ㄨㄟˋ ❶說：所謂｜可謂神速。❷稱呼；叫做：稱謂｜何謂人造衛星？

【謂詞】wèicí ㄨㄟˋ ㄘˊ ❶數理邏輯中表示一個個體的性質和兩個或兩個以上個體間關繫的

詞。❷句子裏謂語部分中的主要的詞。參看〖謂語〗。

【謂語】wèiyǔ ㄨㄟˋ ㄩˇ 對主語加以陳述，說明主語怎樣或者是甚麼的句子成分。一般的句子都包括主語部分和謂語部分，謂語部分裏的主要的詞是謂語。例如在'我們盡情地歌唱'裏，'歌唱'是謂語，'盡情地歌唱'是謂語部分。有些語法書裏稱謂語部分為謂語，稱謂語為謂詞。

魏〔魏〕 Wèi ㄨㄟˋ ❶周朝國名，在今河南北部、陝西東部、山西西南部和河北南部等地。❷三國之一，公元220－265曹丕所建，領有今黃河流域各省和湖北、安徽、江蘇北部，遼寧中部。❸北魏。❹姓。

【魏碑】wèibēi ㄨㄟˋ ㄅㄟ 北朝碑刻的統稱，字體結構嚴整，筆力強勁，後世作為書法的一種典範。

【魏闕】wèiquè ㄨㄟˋ ㄑㄩㄝˋ 古代宮門外的建築，是發佈政令的地方，後用為朝廷的代稱。

餵（喂、餧） wèi ㄨㄟˋ ❶給動物東西吃；飼養：餵牲口｜家裏餵着幾隻雞。❷把食物送到人嘴裏：餵奶｜給病人餵飯。

'喂'另見1193頁 wèi。

【餵食】wèi∥shí ㄨㄟˋ∥ㄕˊ 給人或動物東西吃：定時餵食｜一天要餵兩次食。

【餵養】wèiyǎng ㄨㄟˋ ㄧㄤˇ 給幼兒或動物東西吃，並照顧其生活，使能成長：餵養牲口｜精心餵養嬰兒。

霨 wèi ㄨㄟˋ 〈書〉形容雲起。

讆（𧫒、𧭹） wèi ㄨㄟˋ 〈書〉虛妄：讆言。

鮠（鮠） wèi ㄨㄟˋ 魚類的一科，體長2－3寸，側扁，無鱗，只在身體的前端有側綫。生活在近海中。

wēn（ㄨㄣ）

溫〔温〕 wēn ㄨㄣ ❶不冷不熱：溫帶｜溫水。❷溫度：氣溫｜體溫。❸稍微加熱：把酒溫一下。❹性情平和；溫柔：溫情｜溫馴｜溫順。❺溫習：溫書｜溫課。❻瘟。❼(Wēn)姓。

【溫飽】wēnbǎo ㄨㄣ ㄅㄠˇ 吃得飽、穿得暖的生活。

【溫標】wēnbiāo ㄨㄣ ㄅㄧㄠ 關於溫度零點和分度方法的規定。有攝氏溫標、華氏溫標、熱力學溫標等。

【溫差】wēnchā ㄨㄣ ㄔㄚ 溫度的差，通常指一天中最高溫度和最低溫度的差：新疆地區日照長，溫差大。

【溫牀】wēnchuáng ㄨㄣ ㄔㄨㄤˊ ❶冬季或早春培育蔬菜、花卉等幼苗的苗牀。通常在苗牀下面埋好能發酵生熱的馬糞、落葉、垃圾等，或利用溫泉熱、電熱等給苗牀加溫，苗牀上面一般裝有玻璃窗或塑料薄膜。❷比喻對某種事物產生或發展有利的環境：官僚主義是違法亂紀現象的溫牀｜海洋是孕育原始生命的溫牀。

【溫存】wēncún ㄨㄣ ㄘㄨㄣˊ ❶殷勤撫慰（多指對異性）。❷溫柔體貼：性格溫存。

【溫帶】wēndài ㄨㄣ ㄉㄞˋ 南半球和北半球的極圈與回歸綫之間的地帶，氣候比較溫和。

【溫度】wēndù ㄨㄣ ㄉㄨˋ 物體冷熱的程度：溫度計｜室內溫度｜室外溫度。

【溫度計】wēndùjì ㄨㄣ ㄉㄨˋ ㄐㄧˋ 測量溫度的儀器。常用的溫度計是根據液體熱脹冷縮的原理製成的，如寒暑表、體溫計。工業上和科學研究上還有光學溫度計、電阻溫度計等。也叫溫度表。

【溫故知新】wēn gù zhī xīn ㄨㄣ ㄍㄨˋ ㄓ ㄒㄧㄣ 溫習舊的知識，能夠得到新的理解和體會。也指回憶過去，認識現在。

【溫和】wēnhé ㄨㄣ ㄏㄜˊ ❶（氣候）不冷不熱：昆明氣候溫和，四季如春。❷（性情、態度、言語等）不嚴厲，不粗暴，使人感到親切：臉色溫和｜談吐溫和｜溫和的目光。

另見 wēn·huo。

【溫厚】wēnhòu ㄨㄣ ㄏㄡˋ 溫和寬厚：為人溫厚。

【溫乎】wēn·hu ㄨㄣ ·ㄏㄨ 溫和（wēn·huo）。

【溫和】wēn·huo ㄨㄣ ·ㄏㄨㄛ （物體）不冷不熱：粥還溫和呢，快喝吧！

另見 wēnhé。

【溫居】wēn∥jū ㄨㄣ∥ㄐㄩ 指前往親友新居賀喜。

【溫覺】wēnjué ㄨㄣ ㄐㄩㄝˊ 皮膚受到比體溫高的溫度的刺激而產生的感覺。

【溫良】wēnliáng ㄨㄣ ㄌㄧㄤˊ 溫和善良：她舉止嫻雅，性情溫良。

【溫暖】wēnnuǎn ㄨㄣ ㄋㄨㄢˇ ❶暖和：天氣溫暖◇他深深地感到集體的溫暖。❷使感到溫暖：黨的關懷，溫暖了災區人民的心。

【溫情】wēnqíng ㄨㄣ ㄑㄧㄥˊ 溫柔的感情；溫和的態度：一片溫情｜溫情柔意。

【溫情脈脈】wēnqíng mòmò ㄨㄣ ㄑㄧㄥˊ ㄇㄛˋ ㄇㄛˋ 形容對人或事物懷有感情，很想表露出來的樣子。

【溫泉】wēnquán ㄨㄣ ㄑㄩㄢˊ 溫度在當地年平均氣溫以上的泉水。

【溫柔】wēnróu ㄨㄣ ㄖㄡˊ 溫和柔順（多形容女性）：性格溫柔｜溫柔的少女。

【溫潤】wēnrùn ㄨㄣ ㄖㄨㄣˋ ❶溫和（wēnhé）②：性情溫潤｜溫潤的面容。❷溫暖潤濕：氣候溫潤。❸細潤：玉質溫潤。

【溫室】wēnshì ㄨㄣ ㄕˋ 有防寒、加溫和透光等設備，供冬季培育不能耐寒的花木、蔬菜、秧苗等的房間，一般利用日光照射和人工加溫來保持室內適於植物生長的溫度。

【溫順】wēnshùn ㄨㄣ ㄕㄨㄣˋ 溫和順從：態度溫順。

【溫湯】wēntāng ㄨㄣ ㄊㄤ ❶溫水：溫湯浸種。❷〈書〉溫泉。

【溫吞】wēn·tūn ㄨㄣ ·ㄊㄨㄣ 同'溫暾'。

【溫暾】wēn·tūn ㄨㄣ ·ㄊㄨㄣ 〈方〉❶(液體)不冷不熱。❷(言談、文辭等)不爽利，不着邊際：溫暾之談。‖也作溫吞。

【溫文爾雅】wēn wén ěr yǎ ㄨㄣ ㄨㄣˊ ㄦˇ ㄧㄚˇ 態度溫和，舉止文雅。

【溫習】wēnxí ㄨㄣ ㄒㄧˊ 複習：溫習功課。

【溫馨】wēnxīn ㄨㄣ ㄒㄧㄣ 溫和芳香；溫暖：溫馨的春夜｜溫馨的家。

【溫煦】wēnxù ㄨㄣ ㄒㄩˋ ❶暖和：陽光溫煦｜氣候溫煦。❷溫和親切：溫煦的目光。

【溫血動物】wēnxuè dòngwù ㄨㄣ ㄒㄩㄝˋ ㄉㄨㄥˋ ㄨˋ 恒溫動物。

【溫馴】wēnxùn ㄨㄣ ㄒㄩㄣˋ 溫和馴服：溫馴的羔羊。

榲〔榅〕 wēn ㄨㄣ ［榲桲］(wēn·po ㄨㄣ ·ㄆㄛ) ❶落葉灌木或小喬木，葉子長圓形，背面密生絨毛，花淡紅色或白色。果實有香氣，味酸，可以製蜜餞。❷這種植物的果實。

瘟〔瘟〕 wēn ㄨㄣ ❶中醫指人或動物的急性傳染病。❷戲曲表演沈悶乏味，不夠火爆：這齣戲情節鬆，人物也瘟。

【瘟病】wēnbìng ㄨㄣ ㄅㄧㄥˋ 中醫對各種急性熱病的統稱，如春瘟、暑瘟、伏瘟等。

【瘟神】wēnshén ㄨㄣ ㄕㄣˊ 傳説中能散播瘟疫的惡神，比喻給人帶來災難的人或事物。

【瘟疫】wēnyì ㄨㄣ ㄧˋ 指流行性急性傳染病。

【瘟疹】wēnzhěn ㄨㄣ ㄓㄣˇ 通常指患者身上有斑或疹等症狀的急性傳染病，如猩紅熱、斑疹傷寒等。

薀〔蒕〕 wēn ㄨㄣ ［薀草］(wēncǎo ㄨㄣ ㄘㄠˇ)〈方〉指水生的雜草，可作肥料。

輼〔輼〕(辒) wēn ㄨㄣ ［輼輬］(wēnliáng ㄨㄣ ㄌㄧㄤˊ) 古代可以卧的車，也用做喪車。

鰮〔鰛〕(鳁) wēn ㄨㄣ ［鰮鯨］(wēnjīng ㄨㄣ ㄐㄧㄥ) 哺乳動物，外形像魚，體長6–9米，頭上有噴水孔，口內無齒，有鯨鬚，背鰭小，身體背面黑色，腹部帶白色。生活在海洋中。

wén (ㄨㄣˊ)

文 wén ㄨㄣˊ ❶字：甲骨文｜鐘鼎文。❷文字：漢文｜英文。❸文章：散文｜韵文｜記敍文｜應用文｜文集｜文人｜文學。❹文言：半文半白｜這句話太文了，不好懂。❺指社會發展到較高階段表現出來的狀態：文化｜文明｜文物。❻指文科：他在大學裏是學文的。❼舊時指禮節儀式：虛文｜繁文縟節。❽非軍事的(跟'武'相對)：文官｜文職｜文武雙全。❾柔和；不猛烈：文雅｜文弱｜文縐縐｜文火。❿自然界的某些現象：天文｜水文。⓫古時稱在身上、臉上刺畫花紋或字：文身｜文了雙頰。⓬(舊讀wèn ㄨㄣˋ)掩飾：文過飾非。⓭量詞，用於舊時的銅錢：一文錢｜不取分文。⓮(Wén)姓。

【文本】wénběn ㄨㄣˊ ㄅㄣˇ 文件的某種本子(多就文字、措辭而言)，也指某種文件：這個文件有中、英、法三種文本。

【文筆】wénbǐ ㄨㄣˊ ㄅㄧˇ 文章的用詞造句的風格和技巧：文筆辛辣｜文筆巧妙。

【文不對題】wén bù duì tí ㄨㄣˊ ㄅㄨˋ ㄉㄨㄟˋ ㄊㄧˊ 文章的內容跟題目沒關係；也指答非所問或者説的話跟原有的話題不相干。

【文不加點】wén bù jiā diǎn ㄨㄣˊ ㄅㄨˋ ㄐㄧㄚ ㄉㄧㄢˇ 形容寫文章很快，不用塗改就寫成(點：塗上一點，表示刪去)。

【文才】wéncái ㄨㄣˊ ㄘㄞˊ 寫作詩文的才能：文才出眾。

【文采】wéncǎi ㄨㄣˊ ㄘㄞˇ ❶華麗的色彩。❷文藝方面的才華。

【文場】wénchǎng ㄨㄣˊ ㄔㄤˇ ❶戲曲伴奏樂隊中的管弦樂部分。❷曲藝的一種，由數人演唱，伴奏樂器以揚琴為主。流行於廣西桂林、柳州一帶。

【文抄公】wénchāogōng ㄨㄣˊ ㄔㄠ ㄍㄨㄥ 指抄襲文章的人(含戲謔意)。

【文丑】wénchǒu ㄨㄣˊ ㄔㄡˇ (文丑兒)戲曲中丑角的一種，扮演性格滑稽的人物，以唸白、做工為主。

【文詞】wéncí ㄨㄣˊ ㄘˊ 同'文辭'。

【文辭】wéncí ㄨㄣˊ ㄘˊ ❶指文章的用字、用語等：文辭優美。❷泛指文章：以善文辭知名。‖也作文詞。

【文從字順】wén cóng zì shùn ㄨㄣˊ ㄘㄨㄥˊ ㄗˋ ㄕㄨㄣˋ 指文章通順。

【文旦】wéndàn ㄨㄣˊ ㄉㄢˋ 〈方〉柚子(柚樹的果實)。

【文牘】wéndú ㄨㄣˊ ㄉㄨˊ ❶公文、書信的總稱。❷舊時稱擔任文牘工作的人。

【文法】wénfǎ ㄨㄣˊ ㄈㄚˇ ❶語法。❷古代指法令成文。

【文房四寶】wénfáng sìbǎo ㄨㄣˊ ㄈㄤˊ ㄙˋ ㄅㄠˇ 指筆、墨、紙、硯，是書房中常備的四種文具。

【文風】wénfēng ㄨㄣˊ ㄈㄥ 使用語言文字的作風：整頓文風。

【文稿】wéngǎo ㄨㄣˊ ㄍㄠˇ 文章或公文的草稿。
【文告】wéngào ㄨㄣˊ ㄍㄠˋ 機關或團體發佈的文件。
【文蛤】wéngé ㄨㄣˊ ㄍㄜˊ 軟體動物，殼略作三角形，表面多為灰白色，有光澤，長約二三寸，生活在沿海泥沙中，以硅藻為食物。通稱蛤蜊。
【文工團】wéngōngtuán ㄨㄣˊ ㄍㄨㄥ ㄊㄨㄢˊ 從事文藝演出的團體。
【文官】wénguān ㄨㄣˊ ㄍㄨㄢ 指軍官以外的官員。
【文過飾非】wén guò shì fēi ㄨㄣˊ ㄍㄨㄛˋ ㄕˋ ㄈㄟ 掩飾過失、錯誤。
【文翰】wénhàn ㄨㄣˊ ㄏㄢˋ 〈書〉❶文章。❷指公文信札。
【文豪】wénháo ㄨㄣˊ ㄏㄠˊ 杰出的、偉大的作家。
【文化】wénhuà ㄨㄣˊ ㄏㄨㄚˋ ❶人類在社會歷史發展過程中所創造的物質財富和精神財富的總和，特指精神財富，如文學、藝術、教育、科學等。❷考古學用語，指同一個歷史時期的不依分佈地點為轉移的遺迹、遺物的綜合體。同樣的工具、用具，同樣的製造技術等，是同一種文化的特徵，如仰韶文化、龍山文化。❸指運用文字的能力及一般知識：學習文化｜文化水平。
【文化層】wénhuàcéng ㄨㄣˊ ㄏㄨㄚˋ ㄘㄥˊ 古代人類居住遺址上的土層，埋藏着古代人類遺物，如工具、用具、建築物遺迹等。
【文化宮】wénhuàgōng ㄨㄣˊ ㄏㄨㄚˋ ㄍㄨㄥ 規模較大、設備較好的文化娛樂場所，一般設有電影院、講演廳、圖書館等。
【文化館】wénhuàguǎn ㄨㄣˊ ㄏㄨㄚˋ ㄍㄨㄢˇ 為了開展群眾文化工作而設立的機構，也是群眾進行文娛活動的場所。
【文化人】wénhuàrén ㄨㄣˊ ㄏㄨㄚˋ ㄖㄣˊ ❶抗日戰爭前後指從事文化工作的人。❷指知識分子。
【文火】wénhuǒ ㄨㄣˊ ㄏㄨㄛˇ 烹飪時用的比較弱的火。
【文集】wénjí ㄨㄣˊ ㄐㄧˊ 把某人的作品彙集起來編成的書(可以有詩有文，多用作書名)：《茅盾文集》。
【文件】wénjiàn ㄨㄣˊ ㄐㄧㄢˋ ❶公文、信件等。❷指有關政治理論、時事政策、學術研究等方面的文章。
【文教】wénjiào ㄨㄣˊ ㄐㄧㄠˋ 文化和教育：文教部門｜文教事業。
【文靜】wénjìng ㄨㄣˊ ㄐㄧㄥˋ (性格、舉止等)文雅安靜。
【文句】wénjù ㄨㄣˊ ㄐㄩˋ 文章的詞句：文句通順。
【文具】wénjù ㄨㄣˊ ㄐㄩˋ 指筆、墨、紙、硯等用品。
【文科】wénkē ㄨㄣˊ ㄎㄜ 教學上對文學、語言、哲學、歷史、經濟等學科的統稱。
【文庫】wénkù ㄨㄣˊ ㄎㄨˋ 由許多書彙編成的一套書(多用作叢書名)：《世界文庫》。
【文儈】wénkuài ㄨㄣˊ ㄎㄨㄞˋ 指靠舞文弄墨投機取巧的人。
【文理】wénlǐ ㄨㄣˊ ㄌㄧˇ 文章內容方面和詞句方面的條理：文理通順。
【文盲】wénmáng ㄨㄣˊ ㄇㄤˊ 不識字的成年人：半文盲｜掃除文盲。
【文廟】wénmiào ㄨㄣˊ ㄇㄧㄠˋ 祭祀孔子的廟。
【文明】wénmíng ㄨㄣˊ ㄇㄧㄥˊ ❶文化①：物質文明。❷社會發展到較高階段和具有較高文化的：文明國家。❸舊時指有西方現代色彩的(風俗、習慣、事物)：文明結婚｜文明棍兒(手杖)。
【文墨】wénmò ㄨㄣˊ ㄇㄛˋ ❶指寫文章：粗通文墨。❷泛指屬於腦力勞動的：文墨人｜文墨事兒。
【文痞】wénpǐ ㄨㄣˊ ㄆㄧˇ 舞文弄墨顛倒是非的人。
【文憑】wénpíng ㄨㄣˊ ㄆㄧㄥˊ 舊時指用做憑證的官方文書，現專指畢業證書。
【文契】wénqì ㄨㄣˊ ㄑㄧˋ 買賣房地產等的契約。
【文氣】wénqì ㄨㄣˊ ㄑㄧˋ 貫穿在文章裏的氣勢；文章的連貫性。
【文氣】wén·qi ㄨㄣˊ ·ㄑㄧ 文靜；不粗暴。
【文人】wénrén ㄨㄣˊ ㄖㄣˊ 指會做詩文的讀書人：文人墨客。
【文弱】wénruò ㄨㄣˊ ㄖㄨㄛˋ 舉止文雅，身體柔弱(多用來形容文人)：文弱書生。
【文山會海】wén shān huì hǎi ㄨㄣˊ ㄕㄢ ㄏㄨㄟˋ ㄏㄞˇ 指過多的文件和會議。
【文身】wénshēn ㄨㄣˊ ㄕㄣ 在人體上繪成或刺成帶顏色的花紋或圖形。
【文飾】wénshì ㄨㄣˊ ㄕˋ ❶文辭方面的修飾：這段描寫，文飾較少。❷掩飾(自己的過錯)。
【文書】wénshū ㄨㄣˊ ㄕㄨ ❶指公文、書信、契約等。❷機關或部隊中從事公文、書信工作的人員。
【文思】wénsī ㄨㄣˊ ㄙ 寫文章的思路：文思敏捷。
【文壇】wéntán ㄨㄣˊ ㄊㄢˊ 指文學界：文壇巨匠。
【文體】[1] wéntǐ ㄨㄣˊ ㄊㄧˇ 文章的體裁：就文體講，公文、書信、廣告等都可歸入應用文。
【文體】[2] wéntǐ ㄨㄣˊ ㄊㄧˇ 文娛體育的簡稱：文體活動。
【文恬武嬉】wén tián wǔ xī ㄨㄣˊ ㄊㄧㄢˊ ㄨˇ ㄒㄧ 文官圖安逸，武官貪玩樂。指文武官吏一味貪圖享樂，不關心國事的腐敗現象。
【文玩】wénwán ㄨㄣˊ ㄨㄢˊ 供賞玩的器物：金

石文玩。

【文武】wénwǔ ㄨㄣˊ ㄨˇ ❶文才和武藝：文武雙全。❷〈書〉文治和武功：文武並用，垂拱而治。❸〈書〉文臣和武將：滿朝文武。

【文物】wénwù ㄨㄣˊ ㄨˋ 歷代遺留下來的在文化發展史上有價值的東西，如建築、碑刻、工具、武器、生活器皿和各種藝術品等：出土文物｜革命文物。

【文戲】wénxì ㄨㄣˊ ㄒㄧˋ 以唱工或做工為主的戲(區別於'武戲')。

【文獻】wénxiàn ㄨㄣˊ ㄒㄧㄢˋ 有歷史價值或參考價值的圖書資料：歷史文獻｜科技文獻。

【文選】wénxuǎn ㄨㄣˊ ㄒㄩㄢˇ 選錄的文章(多用作書名)：活頁文選｜《列寧文選》。

【文學】wénxué ㄨㄣˊ ㄒㄩㄝˊ 以語言文字為工具形象化地反映客觀現實的藝術，包括戲劇、詩歌、小說、散文等。

【文學革命】wénxué gémìng ㄨㄣˊ ㄒㄩㄝˊ ㄍㄜˊ ㄇㄧㄥˋ 指我國1919年五四運動前後展開的反對舊文學、提倡新文學的運動。文學革命以反對文言文，提倡白話文為起點，進而反對以封建主義為內容的舊文學，提倡反帝反封建的新文學。

【文學語言】wénxué yǔyán ㄨㄣˊ ㄒㄩㄝˊ ㄩˇ ㄧㄢˊ ❶標準語(偏於書面的)。❷文學作品裏所用的語言。也叫文藝語言。

【文雅】wényǎ ㄨㄣˊ ㄧㄚˇ (言談、舉止)溫和有禮貌，不粗俗：談吐文雅｜舉止文雅。

【文言】wényán ㄨㄣˊ ㄧㄢˊ 指五四以前通用的以古漢語為基礎的書面語。

【文言文】wényánwén ㄨㄣˊ ㄧㄢˊ ㄨㄣˊ 用文言寫的文章。

【文藝】wényì ㄨㄣˊ ㄧˋ 文學和藝術的總稱，有時特指文學或表演藝術：文藝團體｜文藝作品｜文藝會演。

【文藝復興】wényì fùxīng ㄨㄣˊ ㄧˋ ㄈㄨˋ ㄒㄧㄥ 指歐洲(主要是意大利)從14到16世紀文化和思想發展的潮流。據說那時文化的特點是復興被遺忘的希臘、羅馬的古典文化。實際上，文藝復興是歐洲資本主義文化思想的萌芽，是新興的資本主義生產關係的產物。文藝復興時期的主要思想特徵是人文主義，提倡以人為本位，反對以神為本位的宗教思想。參看967頁〖人文主義〗。

【文藝批評】wényì pīpíng ㄨㄣˊ ㄧˋ ㄆㄧ ㄆㄧㄥˊ 根據一定的美學觀點對作家的作品、創作活動、創作傾向性進行分析和評論。是文藝學的組成部分。

【文藝學】wényìxué ㄨㄣˊ ㄧˋ ㄒㄩㄝˊ 以文學和文學的發展規律為研究對象的科學，包括文藝理論、文學史和文藝批評。

【文藝語言】wényì yǔyán ㄨㄣˊ ㄧˋ ㄩˇ ㄧㄢˊ 文學語言②。

【文娛】wényú ㄨㄣˊ ㄩˊ 指看戲、看電影、唱歌、跳舞等娛樂：文娛活動｜文娛幹事。

【文責】wénzé ㄨㄣˊ ㄗㄜˊ 作者對文章內容的正確性以及在讀者中發生的作用所應負的責任：文責自負。

【文摘】wénzhāi ㄨㄣˊ ㄓㄞ ❶對文章、著作所作的扼要摘述。❷指選取的文章片段。也用作書刊名。

【文章】wénzhāng ㄨㄣˊ ㄓㄤ ❶篇幅不很長的單篇作品。❷泛指著作。❸比喻暗含的意思：話裏有文章。❹關於事情的做法：我們可以利用他們的矛盾，這裏很有文章可做｜還要想到下一戰略階段的文章。

【文職】wénzhí ㄨㄣˊ ㄓˊ 文官的職務：文職人員。

【文治】wénzhì ㄨㄣˊ ㄓˋ 〈書〉指文化教育方面的業績：文治武功。

【文質彬彬】wén zhì bīnbīn ㄨㄣˊ ㄓˋ ㄅㄧㄣ ㄅㄧㄣ 原形容人既文雅又樸實，後來形容人文雅有禮貌。

【文縐縐】wénzhōuzhōu ㄨㄣˊ ㄓㄡ ㄓㄡ (文縐縐的)形容人談吐、舉止文雅的樣子。

【文字】wénzì ㄨㄣˊ ㄗˋ ❶記錄語言的符號，如漢字、拉丁字母等。❷語言的書面形式，如漢文、英文等。❸文章(多指形式方面)：文字清通。

【文字學】wénzìxué ㄨㄣˊ ㄗˋ ㄒㄩㄝˊ 語言學的一個部門，研究文字的性質、結構和演變。

【文字獄】wénzìyù ㄨㄣˊ ㄗˋ ㄩˋ 統治者故意從作者的詩文中摘取字句，羅織罪狀所造成的冤獄。

【文宗】wénzōng ㄨㄣˊ ㄗㄨㄥ 〈書〉文章為眾人所師法的人物：一代文宗｜海內文宗。

炆 wén ㄨㄣˊ 〈方〉用微火燉食物或熬菜。

蚊 wén ㄨㄣˊ 蚊子：消滅蚊蠅。

【蚊蟲】wénchóng ㄨㄣˊ ㄔㄨㄥˊ 蚊子。

【蚊香】wénxiāng ㄨㄣˊ ㄒㄧㄤ 含有藥料，燃着後可以熏死或趕跑蚊子的綫香或盤香。

【蚊帳】wénzhàng ㄨㄣˊ ㄓㄤˋ 掛在牀鋪上阻擋蚊子的帳子，有傘形和長方形兩種。

【蚊子】wén·zi ㄨㄣˊ ·ㄗ 昆蟲，成蟲身體細長，胸部有一對翅膀和三對細長的腳，幼蟲(孑孓)和蛹都生長在水中。雄蚊吸植物的汁液。雌蚊吸人畜的血液，能傳播瘧疾、絲蟲病、流行性乙型腦炎等病。最常見的有按蚊、庫蚊和伊蚊三類。

紋(纹) wén ㄨㄣˊ ❶(紋兒)絲織品上的花紋：綾紋。❷泛指各種花紋；紋縷兒：指紋｜螺紋｜波紋｜皺紋。

另見1199頁 wèn'璺'。

【紋理】wénlǐ ㄨㄣˊ ㄌㄧˇ 物體上呈綫條的花紋。

【紋路】wén·lu ㄨㄣˊ ·ㄌㄨ (紋路兒) 物體上的皺痕或花紋。

【紋縷】wén·lü ㄨㄣˊ ·ㄌㄩ (紋縷兒) 紋路。

【紋飾】wénshì ㄨㄣˊ ㄕˋ 器物上繪成或鑄成的圖案、花紋：殷周青銅器紋飾。

【紋絲不動】wén sī bù dòng ㄨㄣˊ ㄙ ㄅㄨˋ ㄉㄨㄥˋ 一點兒也不動：連下幾鎬，那塊凍土還是紋絲不動。

【紋銀】wényín ㄨㄣˊ ㄧㄣˊ 舊時稱成色最好的銀子。

雯 wén ㄨㄣˊ 〈書〉有花紋的雲彩。

聞 (闻) wén ㄨㄣˊ ❶聽見：聽而不聞｜耳聞不如目見。❷聽見的事情；消息：見聞｜新聞｜奇聞。❸〈書〉有名望的：聞人。❹名聲：令聞｜穢聞。❺用鼻子嗅：你聞聞這是甚麼味兒？❻ (Wén) 姓。

【聞達】wéndá ㄨㄣˊ ㄉㄚˊ 〈書〉顯達；有名望：不求聞達。

【聞風而動】wén fēng ér dòng ㄨㄣˊ ㄈㄥ ㄦˊ ㄉㄨㄥˋ 一聽到消息就立刻行動。

【聞風喪膽】wén fēng sàng dǎn ㄨㄣˊ ㄈㄥ ㄙㄤˋ ㄉㄢˇ 聽到一點風聲就嚇破了膽。形容對某種力量極端恐懼。

【聞過則喜】wén guò zé xǐ ㄨㄣˊ ㄍㄨㄛˋ ㄗㄜˊ ㄒㄧˇ 聽到別人指出自己的缺點、錯誤就感到高興。形容虛心，對自己要求嚴格。

【聞雞起舞】wén jī qǐ wǔ ㄨㄣˊ ㄐㄧ ㄑㄧˇ ㄨˇ 東晉時，祖逖和劉琨二人為好友，常常互相勉勵，半夜聽到雞鳴就起牀舞劍(見於《晉書·祖逖傳》)。後用來比喻志士及時奮發。

【聞名】wénmíng ㄨㄣˊ ㄇㄧㄥˊ ❶聽到名聲：聞名已久｜聞名不如見面。❷有名：聞名全國｜二萬五千里長征聞名世界｜西湖是聞名的風景區。

【聞人】wénrén ㄨㄣˊ ㄖㄣˊ ❶有名望的人：社會聞人。❷ (Wénrén) 姓。

【聞所未聞】wén suǒ wèi wén ㄨㄣˊ ㄙㄨㄛˇ ㄨㄟˋ ㄨㄣˊ 聽到從來沒有聽到過的。形容事物非常希罕。

閿 (阌) wén ㄨㄣˊ 閿鄉 (Wénxiāng ㄨㄣˊ ㄒㄧㄤ)，舊縣名，在河南。

蟁 wén ㄨㄣˊ 〈書〉同'蚊'。

wěn (ㄨㄣˇ)

刎 wěn ㄨㄣˇ 用刀割脖子：自刎。

【刎頸交】wěnjǐngjiāo ㄨㄣˇ ㄐㄧㄥˇ ㄐㄧㄠ 指同生死共患難的朋友。也說刎頸之交。

抆 wěn ㄨㄣˇ 〈書〉擦；拭：抆淚。

吻 (脗) wěn ㄨㄣˇ ❶嘴唇：接吻。❷用嘴唇接觸人或物。❸動物的嘴。

【吻合】wěnhé ㄨㄣˇ ㄏㄜˊ ❶完全符合：雙方意見吻合。❷醫學上指把器官的兩個斷裂面連接起來：腸吻合｜動脉吻合。

【吻獸】wěnshòu ㄨㄣˇ ㄕㄡˋ 古建築屋脊兩端陶製鴟尾之類的裝飾物。

紊 wěn ㄨㄣˇ (舊讀 wèn ㄨㄣˋ) 紊亂：有條不紊。

【紊亂】wěnluàn ㄨㄣˇ ㄌㄨㄢˋ 雜亂；紛亂：秩序紊亂｜思路紊亂。

穩 (稳) wěn ㄨㄣˇ ❶穩固；平穩：腳要站穩｜把桌子放穩｜時局不穩｜他的立場很穩。❷穩重：態度很穩｜穩步前進。❸穩妥：十拿九穩｜穩紮穩打。❹使穩定：你先穩住他，別讓他跑了。

【穩便】wěnbiàn ㄨㄣˇ ㄅㄧㄢˋ ❶穩妥方便：這樣做恐怕不大穩便。❷請便；任便(多見於早期白話)。

【穩步】wěnbù ㄨㄣˇ ㄅㄨˋ 穩重的步子：穩步前進(比喻按一定步驟推進工作)｜產量穩步上升。

【穩操勝券】wěn cāo shèng quàn ㄨㄣˇ ㄘㄠ ㄕㄥˋ ㄑㄩㄢˋ 比喻有勝利的把握。也說穩操勝算、穩操左券。

【穩產】wěnchǎn ㄨㄣˇ ㄔㄢˇ 產量穩定：提倡科學種田，促進農作物穩產高產。

【穩當】wěn·dang ㄨㄣˇ ·ㄉㄤ ❶穩重妥當：辦事穩當。❷穩固牢靠：把梯子放穩當。

【穩定】wěndìng ㄨㄣˇ ㄉㄧㄥˋ ❶穩固安定；沒有變動：水位穩定｜情緒穩定｜社會穩定。❷使穩定：穩定物價｜穩定情緒｜穩定局勢。❸指物質不易被酸、碱、強氧化劑等腐蝕，或不易受光和熱的作用而改變性能。

【穩定流】wěndìngliú ㄨㄣˇ ㄉㄧㄥˋ ㄌㄧㄡˊ 流體任何一處的流速、壓強、密度等都不隨時間改變的流動。也叫定常流。

【穩定平衡】wěndìng pínghéng ㄨㄣˇ ㄉㄧㄥˋ ㄆㄧㄥˊ ㄏㄥˊ 處於平衡狀態的物體，受到微小的外力作用後平衡狀態改變，外力除去後，仍能恢復原來的平衡狀態，叫做穩定平衡。如不倒翁的平衡狀態。

【穩固】wěngù ㄨㄣˇ ㄍㄨˋ ❶安穩而鞏固：基礎穩固｜地位穩固。❷使穩固：穩固政權。

【穩健】wěnjiàn ㄨㄣˇ ㄐㄧㄢˋ ❶穩而有力：穩健的步子。❷穩重；不輕舉妄動：辦事穩健。

【穩練】wěnliàn ㄨㄣˇ ㄌㄧㄢˋ 沈穩幹練：辦事精明穩練。

【穩婆】wěnpó ㄨㄣˇ ㄆㄛˊ 舊時以接生為業的婦女。

【穩如泰山】wěn rú Tài Shān ㄨㄣˇ ㄖㄨˊ ㄊㄞˋ ㄕㄢ 見6頁〖安如泰山〗。

【穩妥】wěntuǒ ㄨㄣˇ ㄊㄨㄛˇ 穩當；可靠：這樣

處理，我看不夠穩妥。

【穩紮穩打】wěn zhā wěn dǎ ㄨㄣˇ ㄓㄚ ㄨㄣˇ ㄉㄚˇ ❶穩當而有把握地打仗（紮：紮營）。❷比喻有步驟有把握地做事。

【穩重】wěnzhòng ㄨㄣˇ ㄓㄨㄥˋ （言語、舉動）沈着而有分寸；不輕浮：為人穩重｜辦事穩重。

wèn（ㄨㄣˋ）

汶 Wèn ㄨㄣˋ 汶水，水名，在山東。也叫汶河。

問（问） wèn ㄨㄣˋ ❶有不知道或不明白的事情或道理請人解答：詢問｜問事處｜不懂就問｜答非所問。❷為表示關切而詢問；慰問：問好｜問候。❸審訊；追究：審問｜問案。❹管；干預：不聞不問｜概不過問。❺向（某方面或某人要東西）：我問他借兩本書。❻（Wèn）姓。

【問安】wèn//ān ㄨㄣˋ // ㄢ 問好（多對長輩）。

【問案】wèn//àn ㄨㄣˋ // ㄢˋ 審問案件。

【問卜】wènbǔ ㄨㄣˋ ㄅㄨˇ 用占卜來解決疑難（迷信）：求神問卜。

【問長問短】wèn cháng wèn duǎn ㄨㄣˋ ㄔㄤˊ ㄨㄣˋ ㄉㄨㄢˇ 仔細地問（多表示關心）。

【問答】wèndá ㄨㄣˋ ㄉㄚˊ 發問和回答：問答題。

【問道於盲】wèn dào yú máng ㄨㄣˋ ㄉㄠˋ ㄩˊ ㄇㄤˊ 向瞎子問路。比喻向毫無所知的人求教。

【問鼎】wèndǐng ㄨㄣˋ ㄉㄧㄥˇ 春秋時，楚子（楚莊王）北伐，陳兵於洛水，向周王朝炫耀武力。周定王派遣王孫滿慰勞楚師，楚子向王孫滿詢問周朝的傳國之寶九鼎的大小和輕重（見於《左傳》宣公三年）。楚子問鼎，有奪取周王朝天下的意思。後用'問鼎'指圖謀奪取政權：問鼎中原◇這次比賽主隊連輸幾場，失去問鼎冠軍的機會。

【問寒問暖】wèn hán wèn nuǎn ㄨㄣˋ ㄏㄢˊ ㄨㄣˋ ㄋㄨㄢˇ 形容對別人的生活十分關切。

【問好】wèn//hǎo ㄨㄣˋ // ㄏㄠˇ 詢問安好，表示關切：請向伯母問好｜問同志們好！

【問號】wènhào ㄨㄣˋ ㄏㄠˋ ❶標點符號（？），表示疑問句末尾的停頓。❷疑問：他今天晚上能不能趕到還是個問號。

【問候】wènhòu ㄨㄣˋ ㄏㄡˋ 問好。

【問津】wènjīn ㄨㄣˋ ㄐㄧㄣ 探詢渡口，比喻探問價格或情況（多用於否定句）：無人問津｜書價太貴，不敢問津。

【問卷】wènjuàn ㄨㄣˋ ㄐㄩㄢˋ 列有若干問題讓人回答的書面調查材料，目的在於了解人們對這些問題的看法：問卷調查。

【問難】wènnàn ㄨㄣˋ ㄋㄢˋ 反復質問、辯論（多指學術研究）：質疑問難。

【問世】wènshì ㄨㄣˋ ㄕˋ ❶指著作等出版跟讀者見面：一部新詞典即將問世。❷面市。

【問事】wènshì ㄨㄣˋ ㄕˋ ❶詢問事情：問事處。❷〈書〉過問事務。

【問題】wèntí ㄨㄣˋ ㄊㄧˊ ❶要求回答或解釋的題目：這次考試一共有五個問題｜我想答復一下這一類的問題。❷須要研究討論並加以解決的矛盾、疑難：思想問題｜這種藥治感冒很解決問題。❸關鍵；重要之點：重要的問題在善於學習。❹事故或麻煩：那部車牀又出問題了。

【問心】wènxīn ㄨㄣˋ ㄒㄧㄣ 反躬自問：問心無愧。

【問訊】wènxùn ㄨㄣˋ ㄒㄩㄣˋ ❶詢問：問訊處。❷問候。❸僧尼跟人應酬時合十招呼。也說打問訊。

【問罪】wènzuì ㄨㄣˋ ㄗㄨㄟˋ 指出對方的罪過，加以譴責或攻擊；聲討：興師問罪。

搵〔揾〕 wèn ㄨㄣˋ 〈書〉❶用手指按。❷擦：搵淚。

璺（紋） wèn ㄨㄣˋ 陶瓷、玻璃等器具上的裂痕：碗上有一道璺｜打破沙鍋璺到底（諧'問'）。

'紋'另見1197頁 wén。

wēng（ㄨㄥ）

翁 wēng ㄨㄥ ❶年老的男子；老頭兒：漁翁。❷父親。❸丈夫的父親：翁姑（公公和婆婆）。❹妻子的父親：翁婿（岳父和女婿）。❺（Wēng）姓。

【翁仲】wēngzhòng ㄨㄥ ㄓㄨㄥˋ 原指銅鑄或石雕的偶像，後來專指墓前的石人。

嗡 wēng ㄨㄥ 象聲詞：蜜蜂嗡嗡地飛｜飛機嗡嗡地響。

【嗡子】wēng·zi ㄨㄥ ·ㄗ 見603頁〖京二胡〗。

滃 Wēng ㄨㄥ 滃江，水名，在廣東。

另見1200頁 wěng。

鞥 wēng ㄨㄥ 〈方〉靴鞥。

【鞥靴】wēngxuē ㄨㄥ ㄒㄩㄝ 〈方〉高鞥棉鞋。

鶲（鹟） wēng ㄨㄥ 鳥類的一科，身體小，嘴稍扁平，基部有許多剛毛，腳短小。大都以飛行的蟲為食物，是益鳥。

鰤（鳎） wēng ㄨㄥ 魚類的一屬，身體側扁，有圓鱗，吻不尖。生活在近海。

wěng（ㄨㄥˇ）

塕 wěng ㄨㄥˇ 〈方〉❶形容塵土飛揚。❷塵土。

蓊〔蓊〕 wěng ㄨㄥˇ 〈書〉草木茂盛：蓊鬱。

滃 wěng ㄨㄥˇ 〈書〉❶形容水盛。❷形容雲起。
另見1199頁 Wēng。

wèng（ㄨㄥˋ）

瓮〔甕〕（甕、❶罋）wèng ㄨㄥˋ ❶一種盛東西的陶器，腹部較大：水瓮｜酒瓮｜菜瓮。❷(Wèng)姓。

【瓮城】wèngchéng ㄨㄥˋ ㄔㄥˊ 圍繞在城門外的小城。

【瓮聲瓮氣】wèng shēng wèng qì ㄨㄥˋ ㄕㄥ ㄨㄥˋ ㄑㄧˋ 形容說話的聲音粗大而低沈。

【瓮中之鱉】wèng zhōng zhī biē ㄨㄥˋ ㄓㄨㄥ ㄓ ㄅㄧㄝ 比喻逃脫不了的人或動物。

【瓮中捉鱉】wèng zhōng zhuō biē ㄨㄥˋ ㄓㄨㄥ ㄓㄨㄛ ㄅㄧㄝ 比喻要捕捉的對象無處逃遁，下手即可捉到，很有把握。

蕹〔蕹〕wèng ㄨㄥˋ［蕹菜］(wèngcài ㄨㄥˋ ㄘㄞˋ) 一年生草本植物，莖蔓生，中空，葉卵圓形或心臟形，葉柄長，花粉紅色或白色，漏斗狀，結蒴果，卵形。嫩莖葉可做蔬菜。也叫空心菜。

齆 wèng ㄨㄥˋ［齆鼻兒］(wèngbír ㄨㄥˋ ㄅㄧㄦˊ) ❶因鼻孔堵塞而發音不清：這兩天傷風，說話有點兒齆鼻兒。❷齆鼻兒的人。

wō（ㄨㄛ）

倭 Wō ㄨㄛ 我國古代稱日本。

【倭瓜】wōguā ㄨㄛ ㄍㄨㄚ 〈方〉南瓜。

【倭寇】Wōkòu ㄨㄛ ㄎㄡˋ 14－16世紀屢次騷擾搶劫朝鮮和我國沿海的日本海盜。

萵〔萵〕（莴）wō ㄨㄛ 見下。

【萵苣】wō·jù ㄨㄛ ·ㄐㄩˋ 一年生或二年生草本植物，葉子長圓形，頭狀花序，花金黃色。莖和葉子是普通蔬菜。萵苣的變種有萵筍、生菜等。

【萵筍】wōsǔn ㄨㄛ ㄙㄨㄣˇ 萵苣的變種，葉長圓形，莖部肉質，呈棒狀，是普通蔬菜。

喔 wō ㄨㄛ 象聲詞，形容公雞叫的聲音。

渦（涡）wō ㄨㄛ 旋渦：水渦。
另見435頁 Guō。

【渦電流】wōdiànliú ㄨㄛ ㄉㄧㄢˋ ㄌㄧㄡˊ 渦流③。

【渦流】wōliú ㄨㄛ ㄌㄧㄡˊ ❶流體旋轉，形成旋渦的流動。也叫有旋流。❷指旋渦。❸實心的導體或鐵心在交流電場中由於電磁感應所產生的電流。渦流能消耗電能並使導體和鐵心發熱。也叫渦電流。

【渦輪機】wōlúnjī ㄨㄛ ㄌㄨㄣˊ ㄐㄧ 利用流體衝擊葉輪轉動而產生動力的發動機，按流體的不同而分為汽輪機、燃氣輪機和水輪機。廣泛用做發電、航空、航海等的動力機。簡稱輪機，也叫透平機。

窩（窝）wō ㄨㄛ ❶鳥獸、昆蟲住的地方：鳥窩｜狗窩｜螞蟻窩｜喜鵲搭窩。❷比喻壞人聚居的地方：賊窩｜土匪窩。❸〈方〉(窩兒)比喻人體或物體所佔的位置：他不動窩兒｜這爐子真礙事，給它挪個窩兒。❹(窩兒)凹進去的地方：夾肢窩｜酒窩兒。❺窩藏：窩贓｜窩主。❻蜷縮或呆在某處不活動：把頭窩在衣領裏｜窩在家裏生悶氣。❼鬱積不得發作或發揮：窩工｜窩火。❽使彎或曲折：把鐵絲窩個圓圈。❾量詞，用於一胎所生的或一次孵出的動物(豬、狗、雞等)：一窩下了五隻貓｜孵了幾窩小雞。

【窩憋】wō·bie ㄨㄛ ·ㄅㄧㄝ 〈方〉煩悶；不舒暢(多指有不如意的事情)：平白無故捱了一頓訓，真窩憋。

【窩藏】wōcáng ㄨㄛ ㄘㄤˊ 私藏(罪犯、違禁品或贓物)。

【窩點】wōdiǎn ㄨㄛ ㄉㄧㄢˇ 壞人聚集窩藏的地方：販毒窩點。

【窩工】wō//gōng ㄨㄛ// ㄍㄨㄥ 因計劃或調配不好，工作人員沒事可做或不能發揮作用。

【窩火】wō//huǒ ㄨㄛ// ㄏㄨㄛˇ (窩火兒)憋氣②：窩了一肚子火。

【窩家】wōjiā ㄨㄛ ㄐㄧㄚ 窩主。

【窩裏鬥】wō·lidòu ㄨㄛ ·ㄌㄧ ㄉㄡˋ 家族或團體內部彼此鉤心鬥角。也說窩兒裏鬥。

【窩裏橫】wō·lihèng ㄨㄛ ·ㄌㄧ ㄏㄥˋ 只敢在家裏發橫、不講理。也說窩兒裏橫。

【窩囊】wō·nang ㄨㄛ ·ㄋㄤ ❶因受委屈而煩悶：窩囊氣。❷無能；怯懦：這個人真窩囊。

【窩囊廢】wō·nangfèi ㄨㄛ ·ㄋㄤ ㄈㄟˋ 怯懦無能的人(含譏諷意)。

【窩棚】wō·peng ㄨㄛ ·ㄆㄥ 簡陋的小屋。

【窩鋪】wōpù ㄨㄛ ㄆㄨˋ 供睡覺的窩棚。

【窩氣】wō//qì ㄨㄛ// ㄑㄧˋ 有委屈或煩惱得不到發泄：捱了剋，心裏窩氣｜窩了一肚子氣。

【窩頭】wōtóu ㄨㄛ ㄊㄡˊ 用玉米麪、高粱麪或別種雜糧麪做的食物，略作圓錐形，底下有個窩兒。也叫窩窩頭。

【窩心】wōxīn ㄨㄛ ㄒㄧㄣ 〈方〉因受到委屈或侮辱後不能表白或發泄而心中苦悶。

【窩贓】wō//zāng ㄨㄛ// ㄗㄤ 故意為罪犯窩藏或轉移贓物、贓款：窩贓罪。

【窩主】wōzhǔ ㄨㄛ ㄓㄨˇ 窩藏罪犯、違禁品或贓物的人或人家。

踒 wō ㄨㄛ (手、腳等)猛折而筋骨受傷。

蝸(蜗) wō ㄨㄛ 蝸牛。

【蝸桿】wōgǎn ㄨㄛ ㄍㄢˇ 一種桿形零件，桿上有螺旋綫形的槽紋，與蝸輪相嚙合。

【蝸居】wōjū ㄨㄛ ㄐㄩ 〈書〉比喻窄小的住所。

【蝸輪】wōlún ㄨㄛ ㄌㄨㄣˊ 一種與蝸桿相嚙合，具有特殊齒形的齒輪。

【蝸牛】wōniú ㄨㄛ ㄋㄧㄡˊ 軟體動物，頭部有兩對觸角，腹面有扁平的腳，殼略作扁圓形、球形或橢圓形，黃褐色，有螺旋紋。吃草本植物的表皮，危害植物。有的地區叫水牛兒。

【蝸旋】wōxuán ㄨㄛ ㄒㄩㄢˊ 迴環旋轉：塔內壁有石階，蝸旋而上。

撾(挝) wō ㄨㄛ 老撾(Lǎowō ㄌㄠˇ ㄨㄛ)，亞洲國名。
另見1498頁 zhuā。

wǒ (ㄨㄛˇ)

我 wǒ ㄨㄛˇ 代詞。❶稱自己。注意 a) 有時也用來指稱'我們'，如：我校｜我軍｜敵我矛盾。b)'我、你'對舉，表示泛指。參看837頁'你'。❷自己：自我｜忘我精神。

【我們】wǒ·men ㄨㄛˇ·ㄇㄣ 代詞，稱包括自己在內的若干人。參看1425頁〖咱們〗。

【我行我素】wǒ xíng wǒ sù ㄨㄛˇ ㄒㄧㄥˊ ㄨㄛˇ ㄙㄨˋ 不管別人怎麼說，我還是照我本來的一套去做。

鬖 wǒ ㄨㄛˇ ［鬖鬌］(wǒtuǒ ㄨㄛˇ ㄊㄨㄛˇ) 〈書〉形容髮髻美好。

wò (ㄨㄛˋ)

肟 wò ㄨㄛˋ 有機化合物的一類，是醛或酮的羰基和羥胺中的氨基縮合而成的衍生物。［英 oxime］

沃 wò ㄨㄛˋ ❶灌溉；澆：沃田｜如湯沃雪。❷(土地)肥：肥沃｜沃土｜沃野｜肥田沃地。❸(Wò)姓。

【沃野】wòyě ㄨㄛˋ ㄧㄝˇ 肥沃的田野：沃野千里。

卧(臥) wò ㄨㄛˋ ❶躺下：仰卧｜卧倒｜卧病。❷〈方〉使嬰兒躺下：把小孩兒卧在炕上。❸(動物)趴：卧牛｜雞卧在窩裏。❹睡覺用的：卧室｜卧房｜卧鋪。❺指卧鋪：硬卧｜軟卧。❻〈方〉把去殼的雞蛋放到開水裏煮：卧個雞子兒。

【卧病】wòbìng ㄨㄛˋ ㄅㄧㄥˋ 因病躺下。

【卧車】wòchē ㄨㄛˋ ㄔㄜ ❶設有卧鋪的火車車廂。❷小轎車。

【卧牀】wòchuáng ㄨㄛˋ ㄔㄨㄤˊ 因疾病、年老等躺在牀上：卧牀不起。

【卧底】wòdǐ ㄨㄛˋ ㄉㄧˇ 埋伏下來做內應。

【卧房】wòfáng ㄨㄛˋ ㄈㄤˊ 卧室。

【卧軌】wòguǐ ㄨㄛˋ ㄍㄨㄟˇ 躺在鐵軌上(阻止火車行駛或企圖自殺)。

【卧果兒】wò//guǒr ㄨㄛˋ//ㄍㄨㄛㄦˇ 〈方〉把雞蛋去殼，整個兒放在開水裏煮：卧個果兒。

【卧果兒】wòguǒr ㄨㄛˋ ㄍㄨㄛㄦˇ 〈方〉去殼後整個兒放在開水裏煮的雞蛋。

【卧具】wòjù ㄨㄛˋ ㄐㄩˋ 睡覺時用的東西，特指火車、輪船上或旅館中供給旅客用的被子、毯子、枕頭等。

【卧鋪】wòpù ㄨㄛˋ ㄆㄨˋ 卧車上供旅客睡覺的鋪位。有的長途汽車也設卧鋪。

【卧室】wòshì ㄨㄛˋ ㄕˋ 睡覺的房間。也叫卧房。

【卧榻】wòtà ㄨㄛˋ ㄊㄚˋ 〈書〉牀：卧榻之側，豈容他人鼾睡(比喻不許別人侵入自己的勢力範圍)。

【卧薪嘗膽】wò xīn cháng dǎn ㄨㄛˋ ㄒㄧㄣ ㄔㄤˊ ㄉㄢˇ 越國被吳國打敗，越王勾踐立志報仇。據說他睡覺睡在柴草上頭，吃飯、睡覺前都要嘗一嘗苦膽，策勵自己不忘恥辱。經過長期準備，終於打敗了吳國(《史記·越王勾踐世家》只有嘗膽事，蘇軾《擬孫權答曹操書》才有'卧薪嘗膽'的話)。形容人刻苦自勵，立志為國家報仇雪恥。

偓 wò ㄨㄛˋ 偓佺(Wòquán ㄨㄛˋ ㄑㄩㄢˊ)，古代傳說中的仙人。

涴 wò ㄨㄛˋ 〈方〉弄髒，如油、泥粘在衣服或器物上。
另見1404頁 yuān。

硪 wò ㄨㄛˋ 砸實地基或打樁等用的一種工具，通常是一塊圓形石頭或鐵餅，周圍繫着幾根繩子：打硪。

握 wò ㄨㄛˋ ❶用手拿或攥：把握｜握筆｜握手。❷掌握：握有兵權。

【握別】wòbié ㄨㄛˋ ㄅㄧㄝˊ 握手告別。

【握力】wòlì ㄨㄛˋ ㄌㄧˋ 手握緊物體的力量。

【握拳】wò//quán ㄨㄛˋ//ㄑㄩㄢˊ 手指彎曲成拳頭。

【握手】wò//shǒu ㄨㄛˋ//ㄕㄡˇ 彼此伸手相互握住，是見面或分別時的禮節，也用來表示祝賀或慰問。

幄 wò ㄨㄛˋ 〈書〉帳幕：帷幄。

渥 wò ㄨㄛˋ 〈書〉❶沾濕；沾潤。❷厚；重：優渥。

斡 wò ㄨㄛˋ 〈書〉旋轉。

【斡旋】wòxuán ㄨㄛˋ ㄒㄩㄢˊ 調解：從中斡旋，解決兩方爭端。

齷(龌) wò ㄨㄛˋ ［齷齪］(wòchuò ㄨㄛˋ ㄔㄨㄛˋ) ❶不乾淨；髒。❷比喻人品質惡劣：卑鄙齷齪。❸〈書〉形容氣量狹小，拘於小節。

wū （ㄨ）

兀 wū ㄨ［兀禿］(wū·tu ㄨ·ㄊㄨ) 同‘烏塗’。另見1213頁 wù。

圬(杇) wū ㄨ〈書〉❶瓦工用的抹子。❷抹灰；粉刷。

【圬工】wūgōng ㄨ ㄍㄨㄥ 瓦工①的舊稱。

污(汙、汚) wū ㄨ ❶渾濁的水，泛指髒東西：糞污｜血污｜去污粉。❷髒：污水｜污泥。❸不廉潔：貪官污吏。❹弄髒：玷污｜污辱。

【污點】wūdiǎn ㄨ ㄉㄧㄢˇ ❶衣服上沾染的污垢。❷比喻不光彩的事情：歷史上有污點。

【污垢】wūgòu ㄨ ㄍㄡˋ 積在人身上或物體上的髒東西。

【污痕】wūhén ㄨ ㄏㄣˊ 污穢的痕迹：斑斑污痕。

【污穢】wūhuì ㄨ ㄏㄨㄟˋ〈書〉❶不乾淨。❷不乾淨的東西。

【污衊】wūmiè ㄨ ㄇㄧㄝˋ ❶誣衊。❷玷污。

【污泥濁水】wū ní zhuó shuǐ ㄨ ㄋㄧˊ ㄓㄨㄛˊ ㄕㄨㄟˇ 比喻落後、腐朽和反動的東西。

【污七八糟】wūqībāzāo ㄨ ㄑㄧ ㄅㄚ ㄗㄠ 同‘烏七八糟’。

【污染】wūrǎn ㄨ ㄖㄢˇ ❶使沾染上有害物質：污染水源。❷空氣、土壤、水源等混入有害的東西：環境污染｜空氣污染◇精神污染。

【污辱】wūrǔ ㄨ ㄖㄨˇ ❶侮辱。❷玷污。

【污濁】wūzhuó ㄨ ㄓㄨㄛˊ ❶(水、空氣等)不乾淨；混濁：污濁的水不能飲用。❷髒東西：洗去身上的污濁。

【污漬】wūzì ㄨ ㄗˋ 附着在物體上的油泥等。

巫 wū ㄨ ❶指女巫、巫師：小巫見大巫。❷(Wū)姓。

【巫婆】wūpó ㄨ ㄆㄛˊ 女巫。

【巫神】wūshén ㄨ ㄕㄣˊ 巫師。

【巫師】wūshī ㄨ ㄕ 以裝神弄鬼替人祈禱為職業的人(多指男巫)。

於 wū ㄨ〈書〉嘆詞，表示感嘆。另見1392頁 Yū；1393頁 yú。

【於乎】wūhū ㄨ ㄏㄨ 同‘嗚呼’。

【於戲】wūhū ㄨ ㄏㄨ 同‘嗚呼’。

【於菟】wūtú ㄨ ㄊㄨˊ 古代楚人稱虎。

洿 wū ㄨ〈書〉❶低窪的地方：洿池。❷掘成水池。

屋 wū ㄨ ❶房子：房屋｜屋頂。❷屋子：裏屋｜外屋｜一間屋住四個人。

【屋頂花園】wūdǐng huāyuán ㄨ ㄉㄧㄥˇ ㄏㄨㄚ ㄩㄢˊ 高樓大廈頂上佈置花木等供人遊憩的場所。

【屋脊】wūjǐ ㄨ ㄐㄧˇ 屋頂中間高起的部分◇帕米爾高原是世界的屋脊。(圖見324頁〖房子〗)

【屋架】wūjià ㄨ ㄐㄧㄚˋ 承載屋面的構件，多用木料、鋼材或鋼筋混凝土等製成，有三角形、梯形、拱形等多種形狀。

【屋裏人】wū·lirén ㄨ ·ㄌㄧ ㄖㄣˊ〈方〉妻子。也說屋裏的。

【屋面】wūmiàn ㄨ ㄇㄧㄢˋ 屋頂部分的遮蓋物。

【屋上架屋】wū shàng jià wū ㄨ ㄕㄤˋ ㄐㄧㄚˋ ㄨ 比喻機構或結構重疊，也比喻不必要的重複。

【屋檐】wūyán ㄨ ㄧㄢˊ 房檐。

【屋宇】wūyǔ ㄨ ㄩˇ〈書〉房屋：聲震屋宇。

【屋子】wū·zi ㄨ ·ㄗ 房間：一間屋子。

烏[1](乌) wū ㄨ ❶烏鴉：月落烏啼。❷黑色：烏雲｜烏木。❸姓。

烏[2](乌) wū ㄨ〈書〉何；哪裏(多用於反問)：烏足道哉？

另見1215頁 wù。

【烏飛兔走】wū fēi tù zǒu ㄨ ㄈㄟ ㄊㄨˋ ㄗㄡˇ 指日月運行，形容光陰過得快(古代傳說日中有三足烏，月中有玉兔)。

【烏龜】wūguī ㄨ ㄍㄨㄟ ❶爬行動物，體扁，有硬甲，長圓形，背部隆起，黑褐色，有花紋，趾有蹼，能游泳，頭尾四肢能縮入殼內。生活在河流、湖泊裏，吃雜草或小動物。龜甲可入藥。也叫金龜，俗稱王八。❷譏稱妻子有外遇的人。

【烏合之眾】wū hé zhī zhòng ㄨ ㄏㄜˊ ㄓ ㄓㄨㄥˋ 指無組織紀律的一群人(烏合：像烏鴉那樣聚集)。

【烏黑】wūhēi ㄨ ㄏㄟ 深黑：烏黑的頭髮｜她那一雙大眼睛烏黑發亮。

【烏呼】wūhū ㄨ ㄏㄨ 同‘嗚呼’。

【烏金】wūjīn ㄨ ㄐㄧㄣ ❶指煤。❷中藥上指墨。

【烏桕】wūjiù ㄨ ㄐㄧㄡˋ 落葉喬木，葉子互生，略呈菱形，秋天變紅，花單性，雌雄同株，種子的外面有白蠟層，用來製造蠟燭。葉子可以做黑色染料。樹皮、葉均可入藥。也叫桕樹。

【烏拉】wūlā ㄨ ㄌㄚ ❶西藏民主改革前，農奴為官府或農奴主所服的勞役，主要是耕種和運輸，還有種種雜役、雜差。❷服上項勞役的人。‖也作烏喇。

另見1215頁 wù·la。

【烏鱧】wūlǐ ㄨ ㄌㄧˇ 魚，身體圓柱形，頭扁，口大，有齒，背部灰綠色，腹部灰白色，有黑色斑紋。性兇猛，捕食小魚、蛙等小動物，對淡水養魚業有害。也叫烏魚，通稱黑魚。

【烏亮】wūliàng ㄨ ㄌㄧㄤˋ 又黑又亮：烏亮的頭髮｜油井噴出烏亮的石油。

【烏溜溜】wūliūliū ㄨ ㄌㄧㄡ ㄌㄧㄡ (烏溜溜的)形容眼珠兒黑而靈活。

【烏龍茶】wūlóngchá ㄨ ㄌㄨㄥˊ ㄔㄚˊ 半發酵的茶葉(茶葉邊沿發酵，中間不發酵)，黑褐色。

【烏梅】wūméi ㄨ ㄇㄟˊ 經過熏製的梅子，外面黑褐色，有解熱、驅蟲等作用。通稱酸梅。

【烏木】wūmù ㄨ ㄇㄨˋ ❶常綠喬木，葉子互生，橢圓形，花單性，淡黃色。果實球形，赤黃色。木材黑色，緻密，用來製造精緻的器具和工藝品。產於熱帶地區。❷這種植物的木材。❸泛指質硬而重的黑色木材。

【烏七八糟】wūqībāzāo ㄨ ㄑㄧ ㄅㄚ ㄗㄠ 十分雜亂；亂七八糟。'烏'也作污。

【烏紗帽】wūshāmào ㄨ ㄕㄚ ㄇㄠˋ 紗帽。比喻官職。也叫烏紗。

【烏塗】wū·tu ㄨ ·ㄊㄨ ❶水不涼也不熱(多指飲用的水)：烏塗水不好喝。❷不爽利；不乾脆。‖也作兀禿。

【烏托邦】wūtuōbāng ㄨ ㄊㄨㄛ ㄅㄤ 理想中最美好的社會。本是英國空想社會主義者莫爾(Thomas More)所著書名的簡稱。作者在書裏描寫了他所想像的實行公有制的幸福社會，並把這種社會叫做'烏托邦'，意即沒有的地方。後來泛指不能實現的願望、計劃等。[新拉Utopia]

【烏鴉】wūyā ㄨ ㄧㄚ 鳥，嘴大而直，全身羽毛黑色，翼有綠光。多群居在樹林中或田野間，以穀物果實、昆蟲等為食物。有的地區叫老鴰、老鴉。

【烏烟瘴氣】wū yān zhàng qì ㄨ ㄧㄢ ㄓㄤˋ ㄑㄧˋ 形容環境嘈雜、秩序混亂或社會黑暗。

【烏油油】wūyōuyōu ㄨ ㄧㄡ ㄧㄡ (烏油油的)形容黑而潤澤：烏油油的頭髮｜泥土烏油油的，十分肥沃。

【烏有】wūyǒu ㄨ ㄧㄡˇ 〈書〉虛幻；不存在：子虛烏有｜化為烏有。參看1513頁〖子虛〗。

【烏魚蛋】wūyúdàn ㄨ ㄩˊ ㄉㄢˋ 作為食品的烏賊的纏卵腺(一對橢圓形的腺體，在卵巢的腹面，能分泌黏液，使卵結成塊狀)，可以做羹。

【烏雲】wūyún ㄨ ㄩㄣˊ ❶黑雲。❷比喻黑暗或惡劣的形勢：戰爭的烏雲。❸比喻婦女的黑髮。

【烏賊】wūzéi ㄨ ㄗㄟˊ 軟體動物，身體橢圓形而扁平，蒼白色，有濃淡不均的黑斑，頭部有一對大眼，口的邊緣有十隻腕足，腕足的內側生有吸盤，體內有囊狀物能分泌黑色液體，遇到危險時放出，以掩護自己逃跑。俗稱墨魚或墨斗魚。也作烏鰂。

【烏鰂】wūzéi ㄨ ㄗㄟˊ 同'烏賊'。

【烏孜別克族】Wūzībiékèzú ㄨ ㄗ ㄅㄧㄝˊ ㄎㄜˋ ㄗㄨˊ 我國少數民族之一，分佈在新疆。

惡(恶) wū ㄨ 〈書〉❶同'烏²'。❷嘆詞，表示驚訝：惡，是何言也(啊，這是甚麼話)！

另見299頁ě'噁'；299頁è；1215頁wù。

嗚(呜) wū ㄨ 象聲詞：嗚的一聲，一輛汽車飛馳過去｜輪船上的汽笛嗚嗚地直叫。

【嗚呼】wūhū ㄨ ㄏㄨ ❶〈書〉嘆詞，表示嘆息：嗚呼哀哉。❷指死亡：一命嗚呼。‖也作烏呼、於乎、於戲。

【嗚呼哀哉】wūhū-āizāi ㄨ ㄏㄨ ㄞ ㄗㄞ 舊時祭文中常用的感嘆詞，現在借指死了或完蛋了(含詼諧意)。

【嗚咽】wūyè ㄨ ㄧㄝˋ ❶低聲哭泣。❷形容淒切的水聲或絲竹聲：山泉嗚咽。

鄔(邬) Wū ㄨ 姓。

誣(诬) wū ㄨ 捏造事實冤枉人：誣良為盜。

【誣告】wūgào ㄨ ㄍㄠˋ 無中生有地控告別人有犯罪行為。

【誣害】wūhài ㄨ ㄏㄞˋ 捏造事實來陷害：誣害忠良。

【誣賴】wūlài ㄨ ㄌㄞˋ 毫無根據地說別人做了壞事，或說了壞話：誣賴好人。

【誣衊】wūmiè ㄨ ㄇㄧㄝˋ 捏造事實敗壞別人的名譽：造謠誣衊。

【誣枉】wūwǎng ㄨ ㄨㄤˇ 誣衊冤枉：誣枉好人。

【誣陷】wūxiàn ㄨ ㄒㄧㄢˋ 誣告陷害：遭人誣陷。

【誣栽】wūzāi ㄨ ㄗㄞ 栽贓陷害。

鎢(钨) wū ㄨ 金屬元素，符號W(wolfram)。灰黑色，質硬而脆，耐高溫。用來製合金鋼和燈絲等。

wú (ㄨˊ)

毋 wú ㄨˊ ❶〈書〉副詞，表示禁止或勸阻，相當於'不要'：毋妄言｜寧缺毋濫。❷(Wú)姓。

【毋寧】wúnìng ㄨˊ ㄋㄧㄥˋ 副詞，表示'不如'：這與其說是奇迹，毋寧說是歷史發展的必然產物。也作無寧。

【毋庸】wúyōng ㄨˊ ㄩㄥ 無須：毋庸諱言｜毋庸置疑｜應毋庸議(舊時下行公文用語)。也作無庸。

吾 wú ㄨˊ ❶〈書〉我，我們(多做主語或定語)：吾身｜吾師｜吾國。❷(Wú)姓。

【吾輩】wúbèi ㄨˊ ㄅㄟˋ 〈書〉我們。

【吾儕】wúchái ㄨˊ ㄔㄞˊ 〈書〉我們。

【吾人】wúrén ㄨˊ ㄖㄣˊ 〈書〉我們。

吳(吴) Wú ㄨˊ ❶周朝國名，在今江蘇南部和浙江北部，後來擴展到淮河流域。❷三國之一，公元222－280，孫權所建，在長江中下游和東南沿海一帶。❸指江蘇南部和浙江北部一帶。❹姓。

【吳牛喘月】wú niú chuǎn yuè ㄨˊ ㄋㄧㄡˊ ㄔㄨㄢˇ ㄩㄝˋ 據說江浙一帶的水牛怕熱，見到月亮就以為是太陽而發喘(《世說新語·言語》：'臣猶吳牛，見月而喘')。比喻因疑心而害怕。

【吳語】wúyǔ ㄨˊ ㄩˇ 漢語方言之一，分佈於上海、江蘇東南部分和浙江大部分地區。

【吳茱萸】wúzhūyú ㄨˊ ㄓㄨ ㄩˊ 落葉喬木，羽狀複葉，小葉對生，卵形或橢圓形，花綠黃色，傘房花序，結紅色小乾果。果實可入藥。

郚 wú ㄨˊ 鄌郚(Tángwú ㄊㄤˊ ㄨˊ)，地名，在山東。

捂 wú ㄨˊ 見1464頁〖枝捂〗。
另見1212頁 wǔ。

唔 wú ㄨˊ 見1347頁〖咿唔〗(yīwú)。
另見836頁 ńg'嗯'。

浯 Wú ㄨˊ 浯河，水名，在山東。

梧 wú ㄨˊ 指梧桐：碧梧。

【梧桐】wútóng ㄨˊ ㄊㄨㄥˊ 落葉喬木，葉子掌狀分裂，葉柄長，花單性，黃綠色。木材白色，質輕而堅韌，可製造樂器和各種器具。種子可以吃，也可以榨油。

無(无) wú ㄨˊ ❶沒有(跟'有'相對)：從無到有｜無產階級｜有則改之，無則加勉。❷不：無論｜無須。❸不論：事無大小，都有人負責。❹同'毋'。
另見811頁 mó。

【無比】wúbǐ ㄨˊ ㄅㄧˇ 沒有別的能夠相比(多用於好的方面)：無比強大｜無比憤慨｜英勇無比。

【無邊】wúbiān ㄨˊ ㄅㄧㄢ 沒有邊際：一望無邊的大草原｜苦海無邊，回頭是岸。

【無病呻吟】wú bìng shēnyín ㄨˊ ㄅㄧㄥˋ ㄕㄣ ㄧㄣˊ 比喻沒有值得憂慮的事情而長吁短嘆，也比喻文藝作品缺乏真情實感，矯揉造作。

【無補】wúbǔ ㄨˊ ㄅㄨˇ 沒有益處：空談無補於實際。

【無不】wúbù ㄨˊ ㄅㄨˋ 沒有一個不：無不為之感動。

【無產階級】wúchǎn jiējí ㄨˊ ㄔㄢˇ ㄐㄧㄝ ㄐㄧˊ 工人階級。也泛指不佔有生產資料的勞動者階級。

【無產階級專政】wúchǎn jiējí zhuānzhèng ㄨˊ ㄔㄢˇ ㄐㄧㄝ ㄐㄧˊ ㄓㄨㄢ ㄓㄥˋ 無產階級用暴力革命打碎資產階級的國家機器後建立的新型國家政權。專政的主要任務是防禦外部敵人的顛覆和侵略，鎮壓國內反動階級、反動派和反對社會主義的分子的反抗，保證社會主義建設的順利進行，並過渡到共產主義。

【無產者】wúchǎnzhě ㄨˊ ㄔㄢˇ ㄓㄜˇ 資本主義社會中不佔有生產資料、靠出賣勞動力為生的雇傭工人。

【無常】[1] wúcháng ㄨˊ ㄔㄤˊ 時常變化；變化不定：反復無常｜這裏氣候變化無常。

【無常】[2] wúcháng ㄨˊ ㄔㄤˊ ❶鬼名，迷信的人相信人將死時有'無常鬼'來勾魂。❷婉辭，指人死：一旦無常。

【無償】wúcháng ㄨˊ ㄔㄤˊ 不要代價的；沒有報酬的：無償援助｜無償提供各種服務。

【無成】wúchéng ㄨˊ ㄔㄥˊ 沒有做成；沒有成就：一事無成｜畢生無成。

【無恥】wúchǐ ㄨˊ ㄔˇ 不顧羞恥；不知羞恥：卑鄙無恥｜無恥吹捧｜無恥之尤(最無恥的)。

【無從】wúcóng ㄨˊ ㄘㄨㄥˊ 沒有門徑或找不到頭緒(做某件事)：無從入手｜無從查考｜心中千言萬語，一時無從說起。

【無大無小】wú dà wú xiǎo ㄨˊ ㄉㄚˋ ㄨˊ ㄒㄧㄠˇ ❶不論大的或小的。也說無小無大。❷不分輩分、年齡大小，指言行過於隨便，沒有禮貌。

【無敵】wúdí ㄨˊ ㄉㄧˊ 沒有對手：所向無敵。

【無底洞】wúdǐdòng ㄨˊ ㄉㄧˇ ㄉㄨㄥˋ 永遠填不滿的洞(多用於比喻)。

【無地自容】wú dì zì róng ㄨˊ ㄉㄧˋ ㄗˋ ㄖㄨㄥˊ 沒有地方可以讓自己藏起來，形容十分羞慚。

【無的放矢】wú dì fàng shǐ ㄨˊ ㄉㄧˋ ㄈㄤˋ ㄕˇ 沒有箭靶亂射箭，比喻言語、行動沒有明確目標或不切合實際。

【無定形體】wúdìngxíngtǐ ㄨˊ ㄉㄧㄥˋ ㄒㄧㄥˊ ㄊㄧˇ 原子、離子或分子不按一定空間次序排列而成的固體，沒有規則的幾何外形，沒有固定的熔點和各向異性。如石蠟、玻璃等。

【無動於衷】wú dòng yú zhōng ㄨˊ ㄉㄨㄥˋ ㄩˊ ㄓㄨㄥ 心裏一點不受感動；一點也不動心。'衷'也作中。

【無獨有偶】wú dú yǒu ǒu ㄨˊ ㄉㄨˊ ㄧㄡˇ ㄡˇ 雖然罕見，但是不只一個，還有一個可以成對兒(多用於貶義)。

【無度】wúdù ㄨˊ ㄉㄨˋ 沒有限度；沒有節制：揮霍無度｜荒淫無度。

【無端】wúduān ㄨˊ ㄉㄨㄢ 沒有來由；無緣無故：無端生事｜無端受過。

【無惡不作】wú è bù zuò ㄨˊ ㄜˋ ㄅㄨˋ ㄗㄨㄛˋ 沒有哪樣壞事不幹，形容人極壞。

【無法】wúfǎ ㄨˊ ㄈㄚˇ 沒有辦法：無法可想｜這問題是難處理，但還不是無法解決。

【無法無天】wú fǎ wú tiān ㄨˊ ㄈㄚˇ ㄨˊ ㄊㄧㄢ 形容人毫無顧忌地胡作非為。

【無方】wúfāng ㄨˊ ㄈㄤ 不得法(跟'有方'相對)：經營無方｜治家無方。

【無妨】wúfáng ㄨˊ ㄈㄤˊ 沒有妨礙；不妨：提意見無妨直率一點兒。

【無紡織布】wúfǎngzhībù ㄨˊ ㄈㄤˇ ㄓ ㄅㄨˋ 一種以紡織纖維為原料，外觀和用途相當於布匹的片狀物，因不經過一般的紡織過程，而通過機械或化學方法使纖維黏結得名。可用做包裝用布、書面用布等。也叫不織布。

【無非】wúfēi ㄨˊ ㄈㄟ 只；不外乎：院子裏種的無非是鳳仙花和雞冠花。

【無風不起浪】wú fēng bù qǐ làng ㄨˊ ㄈㄥ ㄅㄨˋ ㄑㄧˇ ㄌㄤˋ 比喻事出有因。

【無干】wúgān ㄨˊ ㄍㄢ 沒有關係；不相干：這

是我的錯兒，跟別人無干。

【無告】wúgào ㄨˊ ㄍㄠˋ ❶有痛苦而無處訴説。形容處境很不幸：窮苦無告的老人。❷〈書〉有痛苦而無處訴説的人：哀憐無告。

【無功受祿】wú gōng shòu lù ㄨˊ ㄍㄨㄥ ㄕㄡˋ ㄌㄨˋ 沒有功勞而得到報酬（祿：古代官員的薪俸）。

【無辜】wúgū ㄨˊ ㄍㄨ ❶沒有罪：無辜平民｜事實證明那個人是無辜的。❷沒有罪的人：株連無辜。

【無故】wúgù ㄨˊ ㄍㄨˋ 沒有緣故：平白無故｜無故缺席。

【無怪】wúguài ㄨˊ ㄍㄨㄞˋ 表示明白了原因，對下文所説的情況就不覺得奇怪：原來爐子滅了，無怪屋裏這麼冷。也説無怪乎。

【無關】wúguān ㄨˊ ㄍㄨㄢ 沒有關係；不牽涉：此事跟他無關｜無關緊要｜無關大局。

【無關宏旨】wú guān hóngzhǐ ㄨˊ ㄍㄨㄢ ㄏㄨㄥˊ ㄓˇ 不涉及主旨。指意義不大或關係不大。

【無關痛癢】wú guān tòngyǎng ㄨˊ ㄍㄨㄢ ㄊㄨㄥˋ ㄧㄤˇ 比喻與本身利害無關或無足輕重。

【無軌電車】wúguǐ-diànchē ㄨˊ ㄍㄨㄟˇ ㄉㄧㄢˋ ㄔㄜ 電車的一種，用橡膠輪胎行駛，不用鐵軌。

【無何】wúhé ㄨˊ ㄏㄜˊ 〈書〉❶沒多久。❷沒有甚麼；沒有其他的事。

【無後坐力炮】wúhòuzuòlìpào ㄨˊ ㄏㄡˋ ㄗㄨㄛˋ ㄌㄧˋ ㄆㄠˋ 射擊時炮身不向後坐的火炮，主要用來摧毀近距離的裝甲目標和火力點。也叫無坐力炮。

【無華】wúhuá ㄨˊ ㄏㄨㄚˊ 沒有華麗的色彩：質樸無華。

【無稽】wújī ㄨˊ ㄐㄧ 無從查考；毫無根據：荒誕無稽｜無稽之談。

【無機】wújī ㄨˊ ㄐㄧ 原來指跟非生物體有關的或從非生物體來的（化合物），現在指除碳酸鹽和碳的氧化物外，不含碳原子的（化合物）：無機鹽｜無機肥料｜無機化學。

【無機肥料】wújī féiliào ㄨˊ ㄐㄧ ㄈㄟˊ ㄌㄧㄠˋ 不含有機物質的肥料，如硫酸銨、過磷酸鈣等。

【無機化合物】wújī huàhéwù ㄨˊ ㄐㄧ ㄏㄨㄚˋ ㄏㄜˊ ㄨˋ 通常指不含碳元素的化合物，也包括一氧化碳、二氧化碳、碳酸鹽、氰化物等。簡稱無機物。

【無機化學】wújī huàxué ㄨˊ ㄐㄧ ㄏㄨㄚˋ ㄒㄩㄝˊ 化學的一個分支，研究元素、單質和無機化合物的構造、性質、變化、製備、用途等。

【無及】wújí ㄨˊ ㄐㄧˊ 來不及：後悔無及。

【無幾】wújǐ ㄨˊ ㄐㄧˇ 沒有多少；不多：寥寥無幾｜所剩無幾｜兩塊試驗田的產量相差無幾。

【無脊椎動物】wújǐzhuī-dòngwù ㄨˊ ㄐㄧˇ ㄓㄨㄟ ㄉㄨㄥˋ ㄨˋ 體內沒有脊椎骨的動物，種類很多，包括原生動物、海綿動物、腔腸動物、蠕形動物、軟體動物、節肢動物和棘皮動物等。

【無記名投票】wújìmíng-tóupiào ㄨˊ ㄐㄧˋ ㄇㄧㄥˊ ㄊㄡˊ ㄆㄧㄠˋ 一種選舉方法，選舉人在選票上不寫自己的姓名。

【無際】wújì ㄨˊ ㄐㄧˋ 沒有邊際：一望無際｜無邊無際。

【無濟於事】wú jì yú shì ㄨˊ ㄐㄧˋ ㄩˊ ㄕˋ 對於事情沒有甚麼幫助。

【無價之寶】wú jià zhī bǎo ㄨˊ ㄐㄧㄚˋ ㄓ ㄅㄠˇ 指極珍貴的東西。

【無堅不摧】wú jiān bù cuī ㄨˊ ㄐㄧㄢ ㄅㄨˋ ㄘㄨㄟ 能夠摧毀任何堅固的東西。形容力量強大。

【無間】wújiàn ㄨˊ ㄐㄧㄢˋ 〈書〉❶沒有間隙：親密無間。❷不間斷：他每天早晨練太極拳，寒暑無間。❸不分別：無間是非。

【無疆】wújiāng ㄨˊ ㄐㄧㄤ 沒有止境；沒有窮盡：萬壽無疆（祝壽的話）。

【無盡】wújìn ㄨˊ ㄐㄧㄣˋ 沒有盡頭；無窮：無盡的寶藏｜感激無盡。

【無盡無休】wú jìn wú xiū ㄨˊ ㄐㄧㄣˋ ㄨˊ ㄒㄧㄡ 沒完沒了（含厭惡意）。

【無精打采】wú jīng dǎ cǎi ㄨˊ ㄐㄧㄥ ㄉㄚˇ ㄘㄞˇ 沒精打采。

【無拘無束】wú jū wú shù ㄨˊ ㄐㄩ ㄨˊ ㄕㄨˋ 不受任何約束，形容自由自在。

【無可非議】wú kě fēi yì ㄨˊ ㄎㄜˇ ㄈㄟ ㄧˋ 沒有甚麼可以指摘的，表示言行合乎情理。

【無可厚非】wú kě hòu fēi ㄨˊ ㄎㄜˇ ㄏㄡˋ ㄈㄟ 未可厚非。

【無可奈何】wú kě nàihé ㄨˊ ㄎㄜˇ ㄋㄞˋ ㄏㄜˊ 沒有辦法；沒有辦法可想。

【無可無不可】wú kě wú bù kě ㄨˊ ㄎㄜˇ ㄨˊ ㄅㄨˋ ㄎㄜˇ 怎麼樣都行，表示沒有一定的選擇。

【無孔不入】wú kǒng bù rù ㄨˊ ㄎㄨㄥˇ ㄅㄨˋ ㄖㄨˋ 比喻利用一切機會（多指做壞事）。

【無愧】wúkuì ㄨˊ ㄎㄨㄟˋ 沒有甚麼可以慚愧的地方：問心無愧｜當之無愧。

【無賴】wúlài ㄨˊ ㄌㄞˋ ❶放刁撒潑，蠻不講理：耍無賴。❷遊手好閑、品行不端的人。也叫無賴漢、無賴子（wúlàizǐ）。

【無理】wúlǐ ㄨˊ ㄌㄧˇ 沒有道理：無理強辯｜無理取鬧。

【無理取鬧】wú lǐ qǔ nào ㄨˊ ㄌㄧˇ ㄑㄩˇ ㄋㄠˋ 毫無理由地跟人吵鬧；故意搗亂。

【無理式】wúlǐshì ㄨˊ ㄌㄧˇ ㄕˋ 有開方運算，而且被開方數含有字母的代數式。如 $\sqrt{a^2+b^2}$，$\sqrt{a-x}$。

【無理數】wúlǐshù ㄨˊ ㄌㄧˇ ㄕㄨˋ 無限不循環小數。如 $\sqrt{2}$，$\sqrt[3]{5}$，3.1415926…。

【無力】wúlì ㄨˊ ㄌㄧˋ ❶沒有力量（多用於抽象事

物)：領導軟弱無力｜這問題事關全廠，我們車間無力解決。❷沒有氣力：四肢無力。

【無量】wúliàng ㄨˊ ㄌㄧㄤˋ 沒有限量；沒有止境：前途無量｜功德無量。

【無聊】wúliáo ㄨˊ ㄌㄧㄠˊ ❶由於清閑而煩悶：他一閑下來，便感到無聊。❷(言談、行動等)沒有意義而使人討厭：老談吃穿，太無聊了。

【無聊賴】wú liáolài ㄨˊ ㄌㄧㄠˊ ㄌㄞˋ 〈書〉沒有憑藉或依賴，指十分無聊或潦倒失意。參看26頁〚百無聊賴〛。

【無論】wúlùn ㄨˊ ㄌㄨㄣˋ 連詞，表示條件不同而結果不變：無論任務怎麼艱巨，也要把它完成。

【無論如何】wúlùn rúhé ㄨˊ ㄌㄨㄣˋ ㄖㄨˊ ㄏㄜˊ 不管怎麼樣，表示不管條件怎樣變化，其結果始終不變：這週的義務勞動我無論如何得參加。

【無米之炊】wú mǐ zhī chuī ㄨˊ ㄇㄧˇ ㄓ ㄔㄨㄟ 見927頁〚巧婦難為無米之炊〛。

【無冕之王】wú miǎn zhī wáng ㄨˊ ㄇㄧㄢˇ ㄓ ㄨㄤˊ 指沒有權威的名義而影響、作用極大的人，現多指新聞記者。

【無名】wúmíng ㄨˊ ㄇㄧㄥˊ ❶沒有名稱的：無名腫毒。❷姓名不為世人所知的：無名英雄｜無名小輩。❸說不出所以然來的；無緣無故的(多指不愉快的事情或情緒)：無名損失｜無名的恐懼。

【無名氏】wúmíngshì ㄨˊ ㄇㄧㄥˊ ㄕˋ 不願說出姓名或查不出姓名的人。

【無名帖】wúmíngtiě ㄨˊ ㄇㄧㄥˊ ㄊㄧㄝˇ (無名帖兒)為了攻訐或恐嚇別人而寫的不具名的帖兒。

【無名小卒】wúmíng xiǎozú ㄨˊ ㄇㄧㄥˊ ㄒㄧㄠˇ ㄗㄨˊ 比喻沒有名氣的人。

【無名英雄】wúmíng yīngxióng ㄨˊ ㄇㄧㄥˊ ㄧㄥ ㄒㄩㄥˊ 姓名不為世人所知的英雄人物。

【無名指】wúmíngzhǐ ㄨˊ ㄇㄧㄥˊ ㄓˇ 靠近小指的手指。

【無名腫毒】wúmíng zhǒngdú ㄨˊ ㄇㄧㄥˊ ㄓㄨㄥˇ ㄉㄨˊ 中醫指既不像疽、又不像癰、也不像疔的毒瘡。

【無明火】wúmínghuǒ ㄨˊ ㄇㄧㄥˊ ㄏㄨㄛˇ 怒火(無明：佛典中指'痴'或'愚昧')：無明火起(發怒)。也作無名火。

【無乃】wúnǎi ㄨˊ ㄋㄞˇ 〈書〉副詞，用於反問句中，表示不以為然的意思，跟'豈不是'相近，但語氣比較和緩：無乃不可乎？

【無奈】wúnài ㄨˊ ㄋㄞˋ ❶無可奈何：出於無奈｜萬般無奈。❷用在轉折句的頭上，表示由於某種原因，不能實現上文所說的意圖，有'可惜'的意思：星期天我們本想去郊遊，無奈天不作美下起雨來，只好作罷了。

【無奈何】wúnài∥hé ㄨˊ ㄋㄞˋ∥ㄏㄜˊ ❶表示對人或事沒有辦法，不能把…怎麼樣：敵人無奈他何。❷無可奈何：無奈何只得再去一趟。

【無能】wúnéng ㄨˊ ㄋㄥˊ 沒有能力；不能幹甚麼：軟弱無能｜腐敗無能｜無能之輩。

【無能為力】wú néng wéi lì ㄨˊ ㄋㄥˊ ㄨㄟˊ ㄌㄧˋ 用不上力量；沒有能力或能力達不到。

【無寧】wúnìng ㄨˊ ㄋㄧㄥˋ 同'毋寧'。

【無期徒刑】wúqī túxíng ㄨˊ ㄑㄧ ㄊㄨˊ ㄒㄧㄥˊ 剝奪犯人終身自由的刑罰。

【無奇不有】wú qí bù yǒu ㄨˊ ㄑㄧˊ ㄅㄨˋ ㄧㄡˇ 甚麼希奇的事物都有。

【無前】wúqián ㄨˊ ㄑㄧㄢˊ ❶無敵；無與相比：一往無前。❷過去沒有過；空前：成績無前。

【無情】wúqíng ㄨˊ ㄑㄧㄥˊ ❶沒有感情：無情無義。❷不留情：翻臉無情｜水火無情｜事實是無情的。

【無窮】wúqióng ㄨˊ ㄑㄩㄥˊ 沒有窮盡；沒有限度：言有盡而意無窮｜群眾的智慧是無窮的。

【無窮大】wúqióngdà ㄨˊ ㄑㄩㄥˊ ㄉㄚˋ 一個變量在變化過程中，絕對值永遠大於任意大的已定正數，這個變量叫做無窮大，用符號∞表示。如 2^n，在 n 取值 1，2，3，4… 的變化過程中就是無窮大。也叫無限大。

【無窮小】wúqióngxiǎo ㄨˊ ㄑㄩㄥˊ ㄒㄧㄠˇ 一個變量在變化過程中，絕對值永遠小於任意小的已定正數，即以零為極限的變量，叫做無窮小。如 $\frac{1}{2^n}$，在 n 取值 1，2，3，4… 的變化過程中就是無窮小。也叫無限小。

【無缺】wúquē ㄨˊ ㄑㄩㄝ (器物等)沒有殘缺；沒有缺陷：完好無缺｜完美無缺。

【無任】wúrèn ㄨˊ ㄖㄣˋ 〈書〉非常；十分(用於'感激、歡迎'等)。

【無日】wúrì ㄨˊ ㄖˋ '無日不…'是'天天…'的意思，表示不間斷：無日不在渴望四個現代化早日實現。

【無如】wúrú ㄨˊ ㄖㄨˊ 無奈：昨天本想去拜訪，無如天色太晚了。

【無傷大雅】wú shāng dà yǎ ㄨˊ ㄕㄤ ㄉㄚˋ ㄧㄚˇ 對主要方面沒有妨害。

【無上】wúshàng ㄨˊ ㄕㄤˋ 最高：至高無上｜無上光榮。

【無神論】wúshénlùn ㄨˊ ㄕㄣˊ ㄌㄨㄣˋ 否定鬼神迷信和宗教信仰的學說。

【無聲】wúshēng ㄨˊ ㄕㄥ 沒有聲音：悄然無聲。

【無聲片兒】wúshēngpiānr ㄨˊ ㄕㄥ ㄆㄧㄢㄦ 無聲片。

【無聲片】wúshēngpiàn ㄨˊ ㄕㄥ ㄆㄧㄢˋ 只有形象沒有聲音的影片。也叫默片。

【無聲無臭】wú shēng wú xiù ㄨˊ ㄕㄥ ㄨˊ ㄒㄧㄡˋ 沒有聲音，沒有氣味。比喻人沒有名聲。

【無時無刻】wú shí wú kè ㄨˊ ㄕˊ ㄨˊ ㄎㄜˋ '無時無刻不…'是'時時刻刻都…'的意思，表示永遠，不間斷：我們無時無刻不在想念着你。

【無事不登三寶殿】wú shì bù dēng sānbǎodiàn ㄨˊ ㄕˋ ㄅㄨˋ ㄉㄥ ㄙㄢ ㄅㄠˇ ㄉㄧㄢˋ 比喻沒事不上門（三寶殿：指佛殿）：他是無事不登三寶殿，今天來，一定有原因。

【無事生非】wú shì shēng fēi ㄨˊ ㄕˋ ㄕㄥ ㄈㄟ 本來沒有問題而故意製造糾紛。

【無視】wúshì ㄨˊ ㄕˋ 不放在眼裏；漠視；不認真對待：無視現實｜無視法紀｜無視群眾的利益。

【無數】wúshù ㄨˊ ㄕㄨˋ ❶難以計數，形容極多：死傷無數。❷不知道底細：心中無數。

【無雙】wúshuāng ㄨˊ ㄕㄨㄤ 獨一無二：蓋世無雙。

【無霜期】wúshuāngqī ㄨˊ ㄕㄨㄤ ㄑㄧ 每年從終霜起到初霜止的時期，是有利植物生長的季節。

【無私】wúsī ㄨˊ ㄙ 不自私：大公無私｜無私的援助。

【無私有弊】wú sī yǒu bì ㄨˊ ㄙ ㄧㄡˇ ㄅㄧˋ 指雖然沒有私弊，但因處於嫌疑之地，容易使人猜疑。

【無損】wúsǔn ㄨˊ ㄙㄨㄣˇ ❶沒有損害：爭論無損於友誼。❷沒有損壞：完好無損。

【無所不為】wú suǒ bù wéi ㄨˊ ㄙㄨㄛˇ ㄅㄨˋ ㄨㄟˊ 沒有甚麼不幹的。指甚麼壞事都幹。

【無所不用其極】wú suǒ bù yòng qí jí ㄨˊ ㄙㄨㄛˇ ㄅㄨˋ ㄩㄥˋ ㄑㄧˊ ㄐㄧˊ 指做壞事時任何極端的手段都使得出來。

【無所不在】wú suǒ bù zài ㄨˊ ㄙㄨㄛˇ ㄅㄨˋ ㄗㄞˋ 到處都存在；到處都有：矛盾的鬥爭無所不在。

【無所不至】wú suǒ bù zhì ㄨˊ ㄙㄨㄛˇ ㄅㄨˋ ㄓˋ ❶沒有達不到的地方：細菌的活動範圍極廣，無所不至。❷指凡能做的都做到了（用於壞事）：威脅利誘，無所不至｜摧殘鎮壓，無所不至。

【無所措手足】wú suǒ cuò shǒu zú ㄨˊ ㄙㄨㄛˇ ㄘㄨㄛˋ ㄕㄡˇ ㄗㄨˊ 手腳不知放在哪裏。形容不知該怎麼辦才好。

【無所事事】wú suǒ shì shì ㄨˊ ㄙㄨㄛˇ ㄕˋ ㄕˋ 閑着甚麼事也不幹。

【無所適從】wú suǒ shì cóng ㄨˊ ㄙㄨㄛˇ ㄕˋ ㄘㄨㄥˊ 不知道依從誰好；不知按哪個辦法做才好。

【無所謂】wúsuǒwèi ㄨˊ ㄙㄨㄛˇ ㄨㄟˋ ❶說不上：我只是來談體會，無所謂報告。❷不在乎；沒有甚麼關係：今天去還是明天去，我是無所謂的｜大家都替他着急，而他自己倒好像無所謂似的。

【無所用心】wú suǒ yòng xīn ㄨˊ ㄙㄨㄛˇ ㄩㄥˋ ㄒㄧㄣ 不動腦子，對甚麼事情都不關心：飽食終日，無所用心。

【無所作為】wú suǒ zuòwéi ㄨˊ ㄙㄨㄛˇ ㄗㄨㄛˋ ㄨㄟˊ 不去努力做出成績或沒有做出甚麼成績。

【無題】wútí ㄨˊ ㄊㄧˊ 詩文等有用'無題'做題目的，表示沒有適當的題目可標或者不願意標題目。

【無條件】wútiáojiàn ㄨˊ ㄊㄧㄠˊ ㄐㄧㄢˋ 沒有任何條件；不提出任何條件：無條件服從｜無條件投降。

【無頭案】wútóu'àn ㄨˊ ㄊㄡˊ ㄢˋ 沒有綫索可尋的案件或事情。

【無頭告示】wútóu-gào·shi ㄨˊ ㄊㄡˊ ㄍㄠˋ ·ㄕ 用意不明的文告。也指不得要領的官樣文章。

【無往不利】wú wǎng bù lì ㄨˊ ㄨㄤˇ ㄅㄨˋ ㄌㄧˋ 不論到哪裏，沒有不順利的。指在各處都行得通，辦得成。

【無往不勝】wú wǎng bù shèng ㄨˊ ㄨㄤˇ ㄅㄨˋ ㄕㄥˋ 不論到哪裏，沒有不勝的。指在各處都能成功。

【無妄之災】wú wàng zhī zāi ㄨˊ ㄨㄤˋ ㄓ ㄗㄞ 平白無故受到的損害。

【無望】wúwàng ㄨˊ ㄨㄤˋ 沒有希望：事情已經無望。

【無微不至】wú wēi bù zhì ㄨˊ ㄨㄟ ㄅㄨˋ ㄓˋ 形容待人非常細心周到。

【無為】wúwéi ㄨˊ ㄨㄟˊ 順其自然，不必有所作為，是古代道家的一種處世態度和政治思想：無為而治。

【無味】wúwèi ㄨˊ ㄨㄟˋ ❶沒有滋味：食之無味，棄之可惜。❷沒有趣味：枯燥無味。

【無畏】wúwèi ㄨˊ ㄨㄟˋ 沒有畏懼；不知害怕：無私無畏｜無畏的英雄氣概。

【無謂】wúwèi ㄨˊ ㄨㄟˋ 沒有意義；毫無價值：不作無謂的爭論。

【無…無…】wú…wú… ㄨˊ…ㄨˊ… 分別用在兩個意義相同或相近的詞或詞素前面，強調沒有：無影無踪（沒有踪影）｜無緣無故（沒有緣故）｜無拳無勇（沒有武力）｜無依無靠（沒有依靠）｜無窮無盡（沒有止境）。

【無物】wúwù ㄨˊ ㄨˋ 沒有東西；沒有內容：眼空無物｜空洞無物｜言之無物。

【無誤】wúwù ㄨˊ ㄨˋ 沒有差錯：核對無誤。

【無隙可乘】wú xì kě chéng ㄨˊ ㄒㄧˋ ㄎㄜˇ ㄔㄥˊ 沒有空子可鑽。也說無懈可乘、無機可乘。

【無瑕】wúxiá ㄨˊ ㄒㄧㄚˊ 完美無疵。比喻沒有缺點或污點：白璧無瑕｜完美無瑕。

【無暇】wúxiá ㄨˊ ㄒㄧㄚˊ 沒有空閑的時間：無暇過問｜無暇顧及。

【無限】wúxiàn ㄨˊ ㄒㄧㄢˋ 沒有窮盡；沒有限量：前途無限光明。

【無限公司】wúxiàn gōngsī ㄨˊ ㄒㄧㄢˋ ㄍㄨㄥ ㄙ 企業的一種組織形式，由兩個以上的股東組成。股東對公司債務負有無限清償責任。

【無限小數】wúxiàn xiǎoshù ㄨˊ ㄒㄧㄢˋ ㄒㄧㄠˇ

ㄕㄨˋ 小數部分的位數是無限的小數，如0.333…，3.14159265…。無限小數包括循環小數和無限不循環小數。

【無綫電】wúxiàndiàn ㄨˊ ㄒㄧㄢˋ ㄉㄧㄢˋ ❶用電波的振盪在空中傳送信號的技術設備。因為不用導綫傳送，所以叫無綫電。無綫電廣泛應用在通訊、廣播、電視、遠距離控制、自動化、探測等方面。❷無綫電收音機的通稱。

【無綫電報】wúxiàn diànbào ㄨˊ ㄒㄧㄢˋ ㄉㄧㄢˋ ㄅㄠˋ 利用無綫電波傳送的電報，發報的地方把要發送的信號變成無綫電波發射出去，收報的地方直接收聽信號或把信號用接收機記錄下來。

【無綫電波】wúxiàn diànbō ㄨˊ ㄒㄧㄢˋ ㄉㄧㄢˋ ㄅㄛ 無綫電技術中使用的電磁波，波長從1毫米到3,000米以上。可分為長波、中波、中短波、短波、微波等。

【無綫電話】wúxiàn diànhuà ㄨˊ ㄒㄧㄢˋ ㄉㄧㄢˋ ㄏㄨㄚˋ 利用無綫電波傳送的電話。通話的兩方面各有一套無綫電收發設備。

【無綫電視】wúxiàn-diànshì ㄨˊ ㄒㄧㄢˋ ㄉㄧㄢˋ ㄕˋ 從電視台發射的電磁波中接收圖像信號的電視。

【無綫電收音機】wúxiàndiàn shōuyīnjī ㄨˊ ㄒㄧㄢˋ ㄉㄧㄢˋ ㄕㄡ ㄧㄣ ㄐㄧ 接收無綫電廣播的裝置。把空中的無綫電波變為低頻的電信號，經過放大而變成聲音。通稱無綫電或收音機。

【無綫電台】wúxiàn-diàntái ㄨˊ ㄒㄧㄢˋ ㄉㄧㄢˋ ㄊㄞˊ 能夠發射和接收無綫電信號的裝置。由天綫、無綫電發射機和接收機等組成。通稱電台。

【無綫電通信】wúxiàndiàn tōngxìn ㄨˊ ㄒㄧㄢˋ ㄉㄧㄢˋ ㄊㄨㄥ ㄒㄧㄣˋ 一種通信方式，利用無綫電波在空間傳輸電信號，電信號可以代表聲音、文字、圖像等。按照傳輸內容不同可分為無綫電話、無綫電報、無綫傳真等；按照電波波長不同可分為長波通信、中波通信、短波通信等。

【無效】wúxiào ㄨˊ ㄒㄧㄠˋ 沒有效力；沒有效果：過期無效｜醫治無效。

【無懈可擊】wú xiè kě jī ㄨˊ ㄒㄧㄝˋ ㄎㄜˇ ㄐㄧ 沒有可以被攻擊或挑剔的漏洞，形容十分嚴密。

【無心】wúxīn ㄨˊ ㄒㄧㄣ ❶沒有心思：他心裏有事，無心再看電影。❷不是故意的：言者無心，聽者有意。

【無行】wúxíng ㄨˊ ㄒㄧㄥˊ 〈書〉指沒有善行，品行不好。

【無形】wúxíng ㄨˊ ㄒㄧㄥˊ ❶不具備某種事物的形式、名義而有類似作用的：無形的枷鎖｜無形的戰綫。❷無形中：孩子總會有形無形地受家庭的影響。

【無形損耗】wúxíng sǔnhào ㄨˊ ㄒㄧㄥˊ ㄙㄨㄣˇ ㄏㄠˋ 指機器、設備等固定資產由於科學技術進步而引起的貶值。也叫精神損耗。

【無形中】wúxíngzhōng ㄨˊ ㄒㄧㄥˊ ㄓㄨㄥ 不知不覺的情況下；不具備名義而具有實質的情況下：小張無形中成了他的助手｜大家三三兩兩地交談着，無形中開起了小組會。也說無形之中。

【無性生殖】wúxìng shēngzhí ㄨˊ ㄒㄧㄥˋ ㄕㄥ ㄓˊ 不經過雌雄兩性生殖細胞的結合、只由一個生物體產生後代的生殖方式。常見的有孢子生殖、出芽生殖和分裂生殖。此外由植物的根、莖、葉等經過壓條或嫁接等方法產生新個體，也叫做無性生殖。

【無性雜交】wúxìng zájiāo ㄨˊ ㄒㄧㄥˋ ㄗㄚˊ ㄐㄧㄠ 不經過雌雄兩性生殖細胞的結合而通過營養器官的接合，使不同個體交換營養物質，以產生雜種的一種方法。例如在動物體內移植生殖腺，對植物體進行嫁接等。

【無須】wúxū ㄨˊ ㄒㄩ 不用；不必：無須操心｜無須大驚小怪。也說無須乎 (wúxū·hū)。

【無需】wúxū ㄨˊ ㄒㄩ 同'無須'。

【無烟火藥】wúyān huǒyào ㄨˊ ㄧㄢ ㄏㄨㄛˇ ㄧㄠˋ 以硝酸纖維素或硝酸纖維素加硝化甘油為主要原料製成的火藥，爆炸時只產生很少的烟。多用做槍、炮的發射藥。

【無烟煤】wúyānméi ㄨˊ ㄧㄢ ㄇㄟˊ 煤的一種，炭化程度最高，黑色，質硬，有金屬光澤，燃燒時冒烟很少或幾乎沒有烟。有的地區叫硬煤、紅煤或白煤。

【無恙】wúyàng ㄨˊ ㄧㄤˋ 〈書〉沒有疾病；沒有受害：安然無恙｜別來無恙？

【無業】wúyè ㄨˊ ㄧㄝˋ ❶沒有職業：無業遊民。❷沒有產業或財產：全然無業。

【無疑】wúyí ㄨˊ ㄧˊ 沒有疑問：確鑿無疑。

【無遺】wúyí ㄨˊ ㄧˊ 沒有遺留；一點兒不剩：暴露無遺｜地面上的建築已被破壞無遺。

【無已】wúyǐ ㄨˊ ㄧˇ 〈書〉❶沒有休止：有增無已｜苛責無已。❷不得已。

【無以復加】wú yǐ fù jiā ㄨˊ ㄧˇ ㄈㄨˋ ㄐㄧㄚ 達到極點，不可能再增加。

【無益】wúyì ㄨˊ ㄧˋ 沒有好處：生氣對身體無益。

【無意】wúyì ㄨˊ ㄧˋ ❶沒有做某種事的願望：無意於此｜他既然無意參加，你就不必勉強他了。❷不是故意的：他開荒時無意中發現了一枚古錢。

【無意識】wúyì·shí ㄨˊ ㄧˋ ·ㄕˊ 指未加注意的，出於不知不覺的：他說話時無意識地擺弄着手中的鉛筆。

【無翼鳥】wúyìniǎo ㄨˊ ㄧˋ ㄋㄧㄠˇ 鳥，翅膀和尾巴都已退化，嘴長，全身有灰色細長的絨毛，腿短而粗，跑得很快。晝伏夜出，吃泥土中的昆蟲。產於新西蘭，是世界上稀有的鳥類。也叫鷸鴕 (yùtuó)，通稱幾維鳥。

【無藝】wúyì ㄨˊ ㄧˋ〈書〉❶沒有準則、法度：用人無藝。❷沒有限度：貪賄無藝。

【無垠】wúyín ㄨˊ ㄧㄣˊ〈書〉遼闊無邊：一望無垠｜無垠的原野。

【無影燈】wúyǐngdēng ㄨˊ ㄧㄥˇ ㄉㄥ 醫院中進行外科手術時用的照明燈。裝有幾個或十幾個排列成環形的特殊燈泡，燈光從不同位置通過濾色器射向手術枱，不會形成陰影。光綫柔和而不眩目。

【無庸】wúyōng ㄨˊ ㄩㄥ 同'毋庸'。

【無用功】wúyònggōng ㄨˊ ㄩㄥˋ ㄍㄨㄥ 機械克服額外阻力（如起重機提起重物時起重機臂的重力以及繩索和滑輪間的摩擦力）所做的功。

【無由】wúyóu ㄨˊ ㄧㄡˊ〈書〉無從。

【無餘】wúyú ㄨˊ ㄩˊ 沒有剩餘：揭露無餘｜一覽無餘。

【無與倫比】wú yǔ lún bǐ ㄨˊ ㄩˇ ㄌㄨㄣˊ ㄅㄧˇ 沒有能比得上的（多含褒義）。

【無援】wúyuán ㄨˊ ㄩㄢˊ 沒有援助：孤立無援。

【無緣】wúyuán ㄨˊ ㄩㄢˊ ❶沒有緣分：無緣得見。❷無從：無緣分辯。

【無源之水，無本之木】wú yuán zhī shuǐ,wú běn zhī mù ㄨˊ ㄩㄢˊ ㄓ ㄕㄨㄟˇ,ㄨˊ ㄅㄣˇ ㄓ ㄇㄨˋ 沒有源頭的水，沒有根的樹木。比喻沒有基礎的事物。

【無政府主義】wúzhèngfǔ zhǔyì ㄨˊ ㄓㄥˋ ㄈㄨˇ ㄓㄨˇ ㄧˋ ❶以蒲魯東、巴枯寧為代表的一種小資產階級的政治思潮。否定在任何歷史條件下的一切國家政權，反對任何組織、紀律和權威。音譯作安那其主義。❷指革命隊伍中，不服從組織紀律的思想和行為。

【無知】wúzhī ㄨˊ ㄓ 缺乏知識；不明事理：年幼無知｜無知妄説。

【無中生有】wú zhōng shēng yǒu ㄨˊ ㄓㄨㄥ ㄕㄥ ㄧㄡˇ 憑空捏造。

【無足輕重】wú zú qīng zhòng ㄨˊ ㄗㄨˊ ㄑㄧㄥ ㄓㄨㄥˋ 無關緊要。也説無足重輕。

【無阻】wúzǔ ㄨˊ ㄗㄨˇ 沒有阻礙：暢行無阻｜風雨無阻。

蜈（蜈） wú ㄨˊ ［蜈蚣］(wú·gōng ㄨˊ·ㄍㄨㄥ) 節肢動物，身體長而扁，背部暗綠色，腹部黃褐色，頭部有鞭狀觸角，軀幹由許多環節構成，每個環節有一對足。第一對足呈鈎狀，有毒腺，能分泌毒液。吃小昆蟲。可入藥。

蕪〔蕪〕（芜） wú ㄨˊ〈書〉❶草長得多而亂：荒蕪。❷亂草叢生的地方：平蕪。❸比喻雜亂（多指文辭）：蕪詞。

【蕪鄙】wúbǐ ㄨˊ ㄅㄧˇ〈書〉（文章）雜亂淺陋：辭義蕪鄙。

【蕪穢】wúhuì ㄨˊ ㄏㄨㄟˋ 形容亂草叢生：荒涼蕪穢。

【蕪菁】wújīng ㄨˊ ㄐㄧㄥ ❶二年生草本植物，塊根肉質，白色或紅色，扁球形或長形，葉子狹長，有大缺刻，花黃色。塊根可做蔬菜。❷這種植物的塊根。‖也叫蔓菁（mán·jing）。

【蕪劣】wúliè ㄨˊ ㄌㄧㄝˋ〈書〉（文章）雜亂拙劣：辭意蕪劣。

【蕪雜】wúzá ㄨˊ ㄗㄚˊ 雜亂；沒有條理：文章內容蕪雜｜昔日蕪雜的園子已經成了遊覽勝地。

鋙（铻） wú ㄨˊ 錕鋙（Kūnwú ㄎㄨㄣ ㄨˊ），古書上記載的山名。所產的鐵可以鑄刀劍，因此錕鋙也指寶劍。

另見1399頁 yǔ。

鵐（鹀） wú ㄨˊ 鳥類的一屬，大小和形狀似麻雀，閉嘴時，上嘴的邊緣不與下嘴的邊緣緊密連接。雄鳥羽毛的顏色較鮮艷。吃種子和昆蟲。

鼯 wú ㄨˊ ［鼯鼠］(wúshǔ ㄨˊ ㄕㄨˇ) 哺乳動物，外形像松鼠，前後肢之間有寬大的薄膜，尾長，背部褐色或灰黑色。生活在高山樹林中，能利用前後肢之間的薄膜從高處向下滑翔，吃植物的皮、果實和昆蟲等。

wǔ（ㄨˇ）

五[1] wǔ ㄨˇ 數目，四加一後所得。參看1067頁〖數字〗。

五[2] wǔ ㄨˇ 我國民族音樂音階上的一級，樂譜上用做記音符號。相當於簡譜的'6'。參看392頁〖工尺〗。

【五愛】wǔ'ài ㄨˇ ㄞˋ 指愛祖國、愛人民、愛勞動、愛科學、愛護公共財物。

【五倍子】wǔbèizǐ ㄨˇ ㄅㄟˋ ㄗˇ 五倍子蟲寄生在鹽膚木上刺激葉細胞而形成的蟲癭，表面灰褐色，含有單寧酸。蟲在裏面發育繁殖。採集下來，把蟲燙死，可入藥，也用於染料、製革等工業。也作五棓子。

【五棓子】wǔbèizǐ ㄨˇ ㄅㄟˋ ㄗˇ 同'五倍子'。

【五彩】wǔcǎi ㄨˇ ㄘㄞˇ 原來指青、黃、赤、白、黑五種顏色，後來泛指多種顏色：五彩繽紛。

【五大三粗】wǔ dà sān cū ㄨˇ ㄉㄚˋ ㄙㄢ ㄘㄨ 形容人身體高大粗壯；魁梧：這個五大三粗的青年人，渾身有使不完的力氣。

【五代】Wǔ Dài ㄨˇ ㄉㄞˋ 唐朝以後，後梁、後唐、後晉、後漢、後周先後在中原建立政權的時期，公元907－960。

【五帝】Wǔ Dì ㄨˇ ㄉㄧˋ 見986頁〖三皇五帝〗。

【五斗米道】wǔdǒumǐdào ㄨˇ ㄉㄡˇ ㄇㄧˇ ㄉㄠˋ 道教的一派，東漢末年張道陵所創，以入道者須出五斗米而得名。

【五短身材】wǔduǎn-shēncái ㄨˇ ㄉㄨㄢˇ ㄕㄣ ㄘㄞˊ 指四肢和軀幹短小的身材。

【五方】wǔfāng ㄨˇ ㄈㄤ 指東、西、南、北和中央，泛指各地。

【五方雜處】wǔfāng zá chǔ ㄨˇ ㄈㄤ ㄗㄚˊ ㄔㄨˇ 形容某地的居民複雜，從各個地方來的人都有。

【五分制】wǔfēnzhì ㄨˇ ㄈㄣ ㄓˋ 學校評定學生成績的一種記分方法。五分為最高成績，三分為及格。

【五更】wǔgēng ㄨˇ ㄍㄥ ❶從黃昏到拂曉一夜間分為五更，即一更、二更、三更、四更、五更。❷指第五更：起五更，睡半夜。

【五古】wǔgǔ ㄨˇ ㄍㄨˇ 每句五字的古體詩。參看408頁〖古體詩〗。

【五穀】wǔgǔ ㄨˇ ㄍㄨˇ 古書中對五穀有不同的說法，通常指稻、黍、稷、麥、豆，泛指糧食作物：五穀豐登。

【五官】wǔguān ㄨˇ ㄍㄨㄢ 指耳、目、口、鼻、身，通常指臉上的器官：五官端正。

【五光十色】wǔ guāng shí sè ㄨˇ ㄍㄨㄤ ㄕˊ ㄙㄜˋ 形容色彩鮮艷，式樣繁多：展品五光十色，琳琅滿目。

【五行八作】wǔ háng bā zuō ㄨˇ ㄏㄤˊ ㄅㄚ ㄗㄨㄛ 泛指各種行業(作：作坊)。

【五湖四海】wǔ hú sì hǎi ㄨˇ ㄏㄨˊ ㄙˋ ㄏㄞˇ 指全國各地。

【五花八門】wǔ huā bā mén ㄨˇ ㄏㄨㄚ ㄅㄚ ㄇㄣˊ 比喻花樣繁多或變幻多端。

【五花大綁】wǔ huā dà bǎng ㄨˇ ㄏㄨㄚ ㄉㄚˋ ㄅㄤˇ 綁人的一種方法，用繩索套住脖子並繞到背後反剪兩臂。

【五花肉】wǔhuāròu ㄨˇ ㄏㄨㄚ ㄖㄡˋ 作為食物的肥瘦分層相間的豬肉。有的地區叫五花兒。

【五黃六月】wǔ huáng liùyuè ㄨˇ ㄏㄨㄤˊ ㄌㄧㄡˋ ㄩㄝˋ 指農曆五月、六月間天氣炎熱的時候。

【五葷】wǔhūn ㄨˇ ㄏㄨㄣ 佛教指大蒜、韭菜、薤(xiè)、葱、興渠(根像蘿蔔，氣味像蒜)五種有氣味的蔬菜。

【五講四美】wǔjiǎng-sìměi ㄨˇ ㄐㄧㄤˇ ㄙˋ ㄇㄟˇ 我國人民在社會生活中總結出來的關於社會主義精神文明的行為規範。'五講'指講文明、講禮貌、講衞生、講秩序、講道德，'四美'指心靈美、語言美、行為美、環境美。

【五角大樓】Wǔjiǎo dàlóu ㄨˇ ㄐㄧㄠˇ ㄉㄚˋ ㄌㄡˊ 美國國防部的辦公大樓，外形為五角形，常用做美國國防部的代稱。

【五金】wǔjīn ㄨˇ ㄐㄧㄣ 指金、銀、銅、鐵、錫。泛指金屬或金屬製品：五金商店｜小五金。

【五經】Wǔ Jīng ㄨˇ ㄐㄧㄥ 指易、書、詩、禮、春秋五種儒家經書。

【五絕】wǔjué ㄨˇ ㄐㄩㄝˊ 五言絕句。一首四句，每句五個字。參看629頁〖絕句〗。

【五勞七傷】wǔ láo qī shāng ㄨˇ ㄌㄠˊ ㄑㄧ ㄕㄤ 中醫學上五勞指心、肝、脾、肺、腎五臟的勞損；七傷指大飽傷脾，大怒氣逆傷肝，強力舉重，久坐濕地傷腎，形寒飲冷傷肺，憂愁思慮傷心，風雨寒暑傷形，恐懼不節傷志。泛指身體虛弱多病。'勞'也作癆。

【五雷轟頂】wǔ léi hōng dǐng ㄨˇ ㄌㄟˊ ㄏㄨㄥ ㄉㄧㄥˇ 比喻遭到巨大的打擊：他聽到這話猶如五雷轟頂，一下子癱坐在椅子上。

【五里霧】wǔlǐwù ㄨˇ ㄌㄧˇ ㄨˋ 據說東漢張楷'好道術，能作五里霧'(見於《後漢書·張楷傳》)。現在比喻迷離恍惚、不明真相的境界：如墮五里霧中。

【五糧液】wǔliángyè ㄨˇ ㄌㄧㄤˊ ㄧㄝˋ 四川宜賓市出產的一種白酒，以五種糧食為原料。

【五嶺】Wǔ Lǐng ㄨˇ ㄌㄧㄥˇ 指越城嶺、都龐嶺、萌渚嶺、騎田嶺、大庾嶺，在湖南、江西南部和廣西、廣東北部交界處。

【五律】wǔlǜ ㄨˇ ㄌㄩˋ 五言律詩。一首八句，每句五個字。參看753頁〖律詩〗。

【五倫】wǔlún ㄨˇ ㄌㄨㄣˊ 封建時代稱君臣、父子、兄弟、夫婦、朋友五種倫理關係。

【五馬分屍】wǔ mǎ fēn shī ㄨˇ ㄇㄚˇ ㄈㄣ ㄕ 古代一種殘酷的刑罰，用五匹馬分別拴住人的四肢和頭部，把人扯開。比喻把完整的東西分割得非常零碎。也說五牛分屍。

【五內】wǔnèi ㄨˇ ㄋㄟˋ〈書〉五臟，指內心：五內如焚(形容內心極為焦慮)｜銘感五內。

【五日京兆】wǔ rì jīngzhào ㄨˇ ㄖˋ ㄐㄧㄥ ㄓㄠˋ 西漢張敞為京兆尹(官名)，將被免官，有個下屬知道了就不肯為他辦案子，對人說：'他不過再做五天的京兆尹就是了，還能辦甚麼案子'(見於《漢書·張敞傳》)。後來比喻任職時間短或即將去職。

【五卅運動】Wǔ-Sà Yùndòng ㄨˇ ㄙㄚˋ ㄩㄣˋ ㄉㄨㄥˋ 中國人民在共產黨領導下進行的反帝運動。1925年5月30日，上海群眾遊行示威，抗議日本紗廠的資本家槍殺領導罷工的共產黨員顧正紅，到公共租界時遭到英國巡捕的開槍射擊。共產黨領導上海各界罷工、罷課、罷市，各地紛紛響應，形成了全國性的反帝高潮。

【五色】wǔsè ㄨˇ ㄙㄜˋ 五彩：五色斑斕｜五色繽紛。

【五十步笑百步】wǔshí bù xiào bǎi bù ㄨˇ ㄕˊ ㄅㄨˋ ㄒㄧㄠˋ ㄅㄞˇ ㄅㄨˋ 戰國時候，孟子跟梁惠王談話，打了一個比方，有兩個兵士在前綫上敗下來，一個退了五十步，另一個退了一百步。退了五十步的就譏笑退了一百步的，說他不中用。其實兩個人都是在退卻，只是跑得遠近不同罷了(見於《孟子·梁惠王上》)。比喻自己跟別人有同樣的缺點或錯誤，只是程度上輕一些，卻譏笑別人。

【五四青年節】Wǔ-Sì Qīngnián Jié ㄨˇ ㄙˋ ㄑㄧㄥ

ㄋㄧㄢˊ ㄐㄧㄝˊ 紀念五四運動的節日。在五四運動中，我國青年充分顯示了偉大的革命精神和力量。為了使青年繼承和發揚這個光榮的革命傳統，規定五月四日為青年節。

【五四運動】Wǔ-Sì Yùndòng ㄨˇ ㄙˋ ㄩㄣˋ ㄉㄨㄥˋ 中國人民所進行的反帝，反封建的偉大的政治運動和文化運動。1919 年 5 月 4日北京學生遊行示威，抗議巴黎和會承認日本接管德國侵佔中國山東的各種特權的無理決定，運動很快擴大到全國。在五四運動中無產階級作為覺悟了的獨立政治力量登上政治舞台，馬克思列寧主義在全國廣泛傳播，為中國共產黨的成立做了準備。

【五體投地】wǔ tǐ tóu dì ㄨˇ ㄊㄧˇ ㄊㄡˊ ㄉㄧˋ 指兩手、兩膝和頭着地，是佛教最恭敬的禮節。比喻敬佩到了極點。

【五味】wǔwèi ㄨˇ ㄨㄟˋ 指甜、酸、苦、辣、鹹。泛指各種味道。

【五綫譜】wǔxiànpǔ ㄨˇ ㄒㄧㄢˋ ㄆㄨˇ 在五條平行橫綫上標記音符的樂譜。

【五香】wǔxiāng ㄨˇ ㄒㄧㄤ 指花椒、八角、桂皮、丁香花蕾、茴香子五種調味的香料：五香豆。

【五星紅旗】Wǔxīng-Hóngqí ㄨˇ ㄒㄧㄥ ㄏㄨㄥˊ ㄑㄧˊ 中華人民共和國國旗，旗面紅色，長方形，長和寬為三與二之比，左上方綴五角星五顆。一星較大，居左；四星較小，環拱於大星之右，並各有一個角尖正對大星的中心點。

【五刑】wǔxíng ㄨˇ ㄒㄧㄥˊ 我國古代的主要刑罰，通常指殷、周時代的墨、劓、剕、宮、大辟。

【五行】wǔxíng ㄨˇ ㄒㄧㄥˊ 指金、木、水、火、土五種物質。我國古代思想家企圖用這五種物質來說明世界萬物的起源。中醫用五行來説明生理病理上的種種現象。迷信的人用五行相生相克來推算人的命運。

【五言詩】wǔyánshī ㄨˇ ㄧㄢˊ ㄕ 每句五字的舊詩，有五言古詩、五言律詩和五言絕句。

【五顏六色】wǔ yán liù sè ㄨˇ ㄧㄢˊ ㄌㄧㄡˋ ㄙㄜˋ 指各種色彩：五顏六色的花布｜五顏六色的彩旗。

【五一】Wǔ-Yī ㄨˇ ㄧ 五一勞動節的簡稱。

【五一勞動節】Wǔ-Yī Láodòng Jié ㄨˇ ㄧ ㄌㄠˊ ㄉㄨㄥˋ ㄐㄧㄝˊ 全世界勞動人民團結戰鬥的節日。1886 年 5 月 1 日，美國芝加哥等地工人舉行大罷工和遊行示威，反對資本家的殘酷剝削，要求實行八小時工作制。經過鬥爭，取得了勝利。1889 年在恩格斯組織召開的第二國際成立大會上，決定 5 月 1 日為國際勞動節。簡稱五一。

【五音】wǔyīn ㄨˇ ㄧㄣ ❶中國五聲音階上的五個級，相當於現行簡譜上的 1、2、3、5、6。古代叫宮、商、角、徵 (zhǐ)、羽。❷音韻學上指五類聲母在口腔中的五類發音部位，即喉音、牙音、舌音、齒音、唇音。

【五月節】Wǔyuè Jié ㄨˇ ㄩㄝˋ ㄐㄧㄝˊ 端午。

【五嶽】Wǔ Yuè ㄨˇ ㄩㄝˋ 指東嶽泰山、西嶽華山、南嶽衡山、北嶽恒山和中嶽嵩山，是我國歷史上的五大名山。

【五臟】wǔzàng ㄨˇ ㄗㄤˋ 指心、肝、脾、肺、腎五種器官。

【五指】wǔzhǐ ㄨˇ ㄓˇ 手上的五個指頭，就是拇指、食指、中指、無名指、小指。

【五中】wǔzhōng ㄨˇ ㄓㄨㄥ 〈書〉五臟，指內心：銘感五中。

【五洲】wǔzhōu ㄨˇ ㄓㄡ 指全世界各地：五洲四海。

【五子棋】wǔzǐqí ㄨˇ ㄗˇ ㄑㄧˊ 一種棋類遊戲，用圍棋子在圍棋盤上對下，先把五個棋子連成一條直綫的為勝。

午 wǔ ㄨˇ ❶地支的第七位。參看368頁〖干支〗。❷日中的時候；白天十二點：中午｜上午｜下午｜午飯｜午睡。

【午餐】wǔcān ㄨˇ ㄘㄢ 午飯。

【午飯】wǔfàn ㄨˇ ㄈㄢˋ 中午吃的飯。

【午後】wǔhòu ㄨˇ ㄏㄡˋ 下午。

【午間】wǔjiān ㄨˇ ㄐㄧㄢ 中午：午間休息。

【午覺】wǔjiào ㄨˇ ㄐㄧㄠˋ 午飯後短時間的睡眠：睡午覺。

【午前】wǔqián ㄨˇ ㄑㄧㄢˊ 上午。

【午時】wǔshí ㄨˇ ㄕˊ 舊式計時法指上午十一點鐘到下午一點鐘的時間。

【午睡】wǔshuì ㄨˇ ㄕㄨㄟˋ ❶午覺。❷睡午覺：大家都午睡了，說話請小聲一些。

【午休】wǔxiū ㄨˇ ㄒㄧㄡ 午間休息。

【午夜】wǔyè ㄨˇ ㄧㄝˋ 半夜，夜裏十二點前後。

伍 wǔ ㄨˇ ❶古代軍隊的最小單位，由五個人編成，現在泛指軍隊：隊伍｜入伍｜行伍。❷同夥的人：羞與為伍。❸'五'的大寫。參看1067頁〖數字〗。❹ (Wǔ) 姓。

【伍的】wǔ·de ㄨˇ ·ㄉㄜ 〈方〉等等；之類；甚麼的：買個籃子，裝點東西伍的。

仵 wǔ ㄨˇ ❶仵作。❷ (Wǔ) 姓。

【仵作】wǔzuò ㄨˇ ㄗㄨㄛˋ 舊時官府中檢驗命案死屍的人。

忤 (**啎**) wǔ ㄨˇ 不順從；不和睦：忤逆｜與人無忤。

【忤逆】wǔnì ㄨˇ ㄋㄧˋ 不孝順 (父母)：忤逆不孝。

武1 wǔ ㄨˇ ❶關於軍事的 (跟'文'相對，下②③同)：武器｜武裝｜武力。❷關於技擊的：武術｜武藝。❸勇猛；猛烈：英武｜威武｜武火。❹ (Wǔ) 姓。

武2 wǔ ㄨˇ 〈書〉半步，泛指腳步：踵武。參看101頁〖步武〗。

【武把子】wǔbǎ·zi ㄨˇ ㄅㄚˇ ·ㄗ 〈方〉❶指戲曲中表演武打的角色。❷把子[2]。

【武備】wǔbèi ㄨˇ ㄅㄟˋ 〈書〉指武裝力量和武器裝備；國防建設：有文事者必有武備。

【武昌起義】Wǔchāng Qǐyì ㄨˇ ㄔㄤ ㄑㄧˇ ㄧˋ 1911 年在湖北武昌舉行的起義。參看1272頁〖辛亥革命〗。

【武場】wǔchǎng ㄨˇ ㄔㄤˇ 戲曲伴奏樂隊中的打擊樂部分。

【武丑】wǔchǒu ㄨˇ ㄔㄡˇ (武丑兒)戲曲中丑角的一種，扮演有武藝而性格滑稽的人物，偏重武工。也叫開口跳。

【武打】wǔdǎ ㄨˇ ㄉㄚˇ 戲曲、影視中用武術表演的搏鬥：武打片｜武打場面。

【武旦】wǔdàn ㄨˇ ㄉㄢˋ 戲曲中旦角的一種，扮演有武藝的婦女，偏重武工。

【武斷】wǔduàn ㄨˇ ㄉㄨㄢˋ ❶只憑主觀作判斷：我對此事知之不詳，不敢武斷。❷形容言行主觀片面：說話武斷｜這樣作決定，未免太武斷了。❸〈書〉妄以權勢裁斷曲直：武斷鄉曲。

【武夫】wǔfū ㄨˇ ㄈㄨ ❶有勇力的人：赳赳武夫。❷指軍人：一介武夫。

【武工】wǔgōng ㄨˇ ㄍㄨㄥ 戲曲中的武術表演。也作武功。

【武功】wǔgōng ㄨˇ ㄍㄨㄥ ❶〈書〉指軍事方面的功績：武功赫赫。❷武術功夫：他練過武功。❸同'武工'。

【武官】wǔguān ㄨˇ ㄍㄨㄢ ❶指軍官。❷使館的組成人員之一，是本國軍事主管部門向使館駐在國派遣的代表，同時也是外交代表在軍事問題上的顧問。

【武行】wǔháng ㄨˇ ㄏㄤˊ 戲曲中專門表演武打的配角，多出現在開打的場面裏。

【武火】wǔhuǒ ㄨˇ ㄏㄨㄛˇ 烹飪時用的較猛的火。

【武將】wǔjiàng ㄨˇ ㄐㄧㄤˋ 指軍官；將領。

【武警】wǔjǐng ㄨˇ ㄐㄧㄥˇ 武裝警察的簡稱。

【武庫】wǔkù ㄨˇ ㄎㄨˋ 儲藏兵器的倉庫。

【武力】wǔlì ㄨˇ ㄌㄧˋ ❶強暴的力量。❷軍事力量。

【武林】wǔlín ㄨˇ ㄌㄧㄣˊ 指武術界：武林新秀｜武林高手。

【武廟】wǔmiào ㄨˇ ㄇㄧㄠˋ 供奉關羽的廟，也指關羽、岳飛合祀的廟。

【武器】wǔqì ㄨˇ ㄑㄧˋ ❶直接用於殺傷敵人有生力量和破壞敵方作戰設施的器械、裝置，如刀、槍、火炮、導彈等。❷泛指進行鬥爭的工具：思想武器。

【武人】wǔrén ㄨˇ ㄖㄣˊ 指軍人。

【武生】wǔshēng ㄨˇ ㄕㄥ 戲曲中生角的一種，扮演勇武的男子，偏重開打。

【武師】wǔshī ㄨˇ ㄕ 舊時對擅長武術的人的尊稱。

【武士】wǔshì ㄨˇ ㄕˋ ❶古代守衛宮廷的衛兵。❷有勇力的人。

【武士道】wǔshìdào ㄨˇ ㄕˋ ㄉㄠˋ 日本幕府時代武士遵守的封建道德，內容是絕對效忠於封建主，甚至不惜葬送身家性命。

【武術】wǔshù ㄨˇ ㄕㄨˋ 打拳和使用兵器的技術，是我國傳統的體育項目。

【武松】Wǔ Sōng ㄨˇ ㄙㄨㄥ 《水滸傳》中人物之一，勇武有力，曾徒手打死猛虎，一般把他當做英雄好漢的典型。

【武戲】wǔxì ㄨˇ ㄒㄧˋ 以武工為主的戲(區別於'文戲')。

【武俠】wǔxiá ㄨˇ ㄒㄧㄚˊ 俠客：武俠小說。

【武俠小說】wǔxiá xiǎoshuō ㄨˇ ㄒㄧㄚˊ ㄒㄧㄠˇ ㄕㄨㄛ 主要寫俠客、義士行俠仗義故事的小說。

【武藝】wǔyì ㄨˇ ㄧˋ 武術上的本領：武藝高強。

【武職】wǔzhí ㄨˇ ㄓˊ 武官的職務。

【武裝】wǔzhuāng ㄨˇ ㄓㄨㄤ ❶軍事裝備：武裝力量｜解除武裝。❷用武器來裝備：繳獲的武器，足夠武裝我軍兩個師◇用現代科學知識武裝頭腦。❸用武器裝備起來的隊伍；軍隊：地方武裝。

【武裝部隊】wǔzhuāng bùduì ㄨˇ ㄓㄨㄤ ㄅㄨˋ ㄉㄨㄟˋ 軍隊。

【武裝警察】wǔzhuāng jǐngchá ㄨˇ ㄓㄨㄤ ㄐㄧㄥˇ ㄔㄚˊ 國家武裝力量的一部分，擔負守衛國家重要工礦、企業、交通設施，維持治安，警備城市和保衛國家邊疆安全等任務。也稱武裝警察部隊的士兵。簡稱武警。

【武裝力量】wǔzhuāng lìliàng ㄨˇ ㄓㄨㄤ ㄌㄧˋ ㄌㄧㄤˋ 國家的正規軍隊及其他武裝組織的總稱。

迕 wǔ ㄨˇ 〈書〉❶遇見：相迕。❷違背；不順從：違迕。

侮 wǔ ㄨˇ 欺負；輕慢：欺侮｜外侮｜禦侮。

【侮慢】wǔmàn ㄨˇ ㄇㄢˋ 欺侮輕慢：肆意侮慢。

【侮蔑】wǔmiè ㄨˇ ㄇㄧㄝˋ 輕視；輕蔑。

【侮辱】wǔrǔ ㄨˇ ㄖㄨˇ 使對方人格或名譽受到損害，蒙受耻辱：侮辱人格｜遭受侮辱。

捂(摀) wǔ ㄨˇ 遮蓋住或封閉起來：捂着嘴笑｜放在罐子裏捂起來，免得走味。

另見1204頁 wú。

【捂蓋子】wǔ gài·zi ㄨˇ ㄍㄞˋ ·ㄗ 比喻掩蓋矛盾，不讓把問題或壞人壞事揭發出來。

【捂捂蓋蓋】wǔwǔgàigài ㄨˇ ㄨˇ ㄍㄞˋ ㄍㄞˋ 〈方〉藏藏掖掖。

牾 wǔ ㄨˇ 〈書〉違背；不順從：抵牾｜牾意(違背心意)。

珷 wǔ ㄨˇ ［珷玞］(wǔfū ㄨˇ ㄈㄨ) 像玉的石塊。也作碔砆。

碔 wǔ ㄨˇ ［碔砆］(wǔfū ㄨˇ ㄈㄨ) 〈書〉同'珷玞'。

舞 wǔ ㄨˇ ❶舞蹈①：芭蕾舞｜跳了一個舞。❷舞蹈；做出舞蹈的動作：載歌載舞｜手舞足蹈◇眉飛色舞。❸拿着某種東西而舞蹈：舞劍｜舞龍燈。❹揮舞：手舞雙刀。❺耍；玩弄：舞弊｜舞文弄墨。❻〈方〉搞；弄：每家出個人，這事就舞起來了。

【舞伴】wǔbàn ㄨˇ ㄅㄢˋ (舞伴兒)跟自己一起跳交際舞的人。

【舞弊】wǔbì ㄨˇ ㄅㄧˋ 用欺騙的方式做違法亂紀的事情：徇私舞弊。

【舞步】wǔbù ㄨˇ ㄅㄨˋ 跳舞的步子：舞步輕盈。

【舞場】wǔchǎng ㄨˇ ㄔㄤˇ 營業性的供人跳交際舞等的場所。

【舞池】wǔchí ㄨˇ ㄔˊ 供跳交際舞用的地方，多在舞廳的中心，比休息的地方略低，所以叫舞池。

【舞蹈】wǔdǎo ㄨˇ ㄉㄠˇ ❶以有節奏的動作為主要表現手段的藝術形式，可以表現出人的生活、思想和感情，一般用音樂伴奏。❷表演舞蹈。

【舞動】wǔdòng ㄨˇ ㄉㄨㄥˋ 揮舞；搖擺：舞動雙刀｜柳枝在春風中舞動。

【舞會】wǔhuì ㄨˇ ㄏㄨㄟˋ 跳交際舞的集會。

【舞劇】wǔjù ㄨˇ ㄐㄩˋ 主要用舞蹈來表現內容和情節的戲劇。

【舞客】wǔkè ㄨˇ ㄎㄜˋ 舞場的顧客。

【舞美】wǔměi ㄨˇ ㄇㄟˇ 舞台美術：舞美設計｜舞美藝術。

【舞迷】wǔmí ㄨˇ ㄇㄧˊ 喜歡跳舞而入迷的人(多指跳交際舞)。

【舞弄】wǔnòng ㄨˇ ㄋㄨㄥˋ ❶揮舞耍弄；揮舞着手中的東西玩兒：舞弄棍棒。❷〈方〉弄；搞：她想做個雞籠子，可是自己不會舞弄。

【舞女】wǔnǚ ㄨˇ ㄋㄩˇ 以伴人跳舞為職業的女子，一般受舞場雇用。

【舞曲】wǔqǔ ㄨˇ ㄑㄩˇ 配合舞蹈的節奏作成的樂曲，多用來為舞蹈伴奏。

【舞台】wǔtái ㄨˇ ㄊㄞˊ 供演員表演的台：舞台藝術｜舞台生活◇歷史舞台｜政治舞台。

【舞廳】wǔtīng ㄨˇ ㄊㄧㄥ ❶專供跳舞用的大廳。❷舞場。

【舞文弄墨】wǔ wén nòng mò ㄨˇ ㄨㄣˊ ㄋㄨㄥˋ ㄇㄛˋ ❶歪曲法律條文作弊。也說舞文弄法。❷玩弄文字技巧。

【舞藝】wǔyì ㄨˇ ㄧˋ 舞蹈的技藝。

【舞姿】wǔzī ㄨˇ ㄗ 舞蹈的姿態：舞姿翩翩。

廡(庑) wǔ ㄨˇ 〈書〉正房對面和兩側的小屋子：東廡｜西廡｜廊廡｜廡下。

潕(㵲、溎) Wǔ ㄨˇ 潕水，發源於貴州，流入湖南。

憮(怃) wǔ ㄨˇ 〈書〉❶愛憐。❷失意：憮然。

【憮然】wǔrán ㄨˇ ㄖㄢˊ 〈書〉形容失望的樣子。

嫵(妩、娬) wǔ ㄨˇ [嫵媚](wǔmèi ㄨˇ ㄇㄟˋ)形容女子、花木等姿態美好可愛：嫵媚多姿｜嫵媚動人。

鵡(鹉) wǔ ㄨˇ 見1372頁〖鸚鵡〗。

wù (ㄨˋ)

兀 wù ㄨˋ 〈書〉❶高高地突起：突兀。❷形容山禿，泛指禿：兀鷲。
另見1202頁 wū。

【兀傲】wù'ào ㄨˋ ㄠˋ 〈書〉高傲：負才兀傲。

【兀鷲】wùjiù ㄨˋ ㄐㄧㄡˋ 鳥，身體很大，頭部較小，嘴端有鈎，頭和頸的羽毛稀少或全禿，翼長，視覺特別敏銳。生活在高原山麓地區，主要吃死屍。也叫兀鷹。

【兀立】wùlì ㄨˋ ㄌㄧˋ 直立：巍然兀立｜危峰兀立。

【兀臬】wùniè ㄨˋ ㄋㄧㄝˋ 同'杌隉'。

【兀自】wùzì ㄨˋ ㄗˋ 〈方〉仍舊；還是：想起方才的夢境，心頭兀自突突地跳。

勿 wù ㄨˋ 副詞，表示禁止或勸阻，相當於'不要'：切勿上當｜請勿入內。

【勿謂言之不預】wù wèi yán zhī bù yù ㄨˋ ㄨㄟˋ ㄧㄢˊ ㄓ ㄅㄨˋ ㄩˋ 不要說沒有預先說過。表示有言在先。

戊 wù ㄨˋ 天干的第五位。參看368頁〖干支〗。

【戊戌變法】Wùxū Biànfǎ ㄨˋ ㄒㄩ ㄅㄧㄢˋ ㄈㄚˇ 指1898年(農曆戊戌年)以康有為為首的改良主義者通過光緒皇帝所進行的資產階級政治改革，主要內容是，學習西方，提倡科學文化，改革政治、教育制度，發展農、工、商業等。這次運動遭到以慈禧太后為首的守舊派的強烈反對。這年九月慈禧太后等發動政變，光緒被囚，維新派遭捕殺或逃亡國外。歷時僅一百零三天的變法終於失敗。也叫戊戌維新、百日維新。

扤 wù ㄨˋ 〈書〉撼動。

屼 wù ㄨˋ 〈書〉形容山禿。

阢 wù ㄨˋ [阢隉](wùniè ㄨˋ ㄋㄧㄝˋ)同'杌隉'。

芴〔芴〕 wù ㄨˋ 有機化合物，化學式 $C_{13}H_{10}$。白色片狀晶體，不純時有熒光，存在於煤焦油中。用來製染料、殺蟲劑和藥物等。[英 fluorene]

杌 wù ㄨˋ 杌子。

【杌凳】wùdèng ㄨˋ ㄉㄥˋ (杌凳兒)杌子。

【杌隉】wùniè ㄨˋ ㄋㄧㄝˋ 〈書〉(局勢、局面、心

情等）不安定。也作阢隉、兀臬。

【杌子】wù·zi ㄨˋ·ㄗ 凳子（多指矮小的）。

物 wù ㄨˋ ❶東西；事物：動物｜貨物｜物質｜物盡其用。❷指自己以外的人或跟自己相對的環境：物議｜待人接物。❸內容；實質：言之有物｜空洞無物。

【物產】wùchǎn ㄨˋ ㄔㄢˇ 天然出產和人工製造的物品：我國疆域廣大，物產豐富。

【物故】wùgù ㄨˋ ㄍㄨˋ 〈書〉去世。

【物耗】wùhào ㄨˋ ㄏㄠˋ 物資消耗：降低物耗。

【物候】wùhòu ㄨˋ ㄏㄡˋ 生物的週期性現象（如植物的發芽、開花、結實，候鳥的遷徙，某些動物的冬眠等）與季節氣候的關係。也指自然界非生物變化（如初霜、解凍等）與季節氣候的關係。

【物化】wùhuà ㄨˋ ㄏㄨㄚˋ 〈書〉去世。

【物化勞動】wùhuà láodòng ㄨˋ ㄏㄨㄚˋ ㄌㄠˊ ㄉㄨㄥˋ 經濟學上指凝結或體現在產品中的勞動（跟'活勞動'相對）。也叫死勞動。

【物換星移】wù huàn xīng yí ㄨˋ ㄏㄨㄢˋ ㄒㄧㄥ ㄧˊ 景物改變了，星辰的位置也移動了。指節令變化，時間推移。也說星移物換。

【物極必反】wù jí bì fǎn ㄨˋ ㄐㄧˊ ㄅㄧˋ ㄈㄢˇ 事物發展到極端，就會向相反的方面轉化。

【物價】wùjià ㄨˋ ㄐㄧㄚˋ 貨物的價格：物價穩定｜物價波動｜哄抬物價。

【物價指數】wùjià zhǐshù ㄨˋ ㄐㄧㄚˋ ㄓˇ ㄕㄨˋ 用某一時期的物價平均數作為基數，把另一時期的物價平均數跟它相比，所得的百分數就是後一時期的物價指數，可以用它來表明商品價格變動的情況。

【物件】wùjiàn ㄨˋ ㄐㄧㄢˋ 泛指成件的東西；物品：小物件｜稀罕物件。

【物鏡】wùjìng ㄨˋ ㄐㄧㄥˋ 顯微鏡、望遠鏡等光學儀器上對着被觀察物體一端所裝的透鏡。也叫接物鏡。

【物理】wùlǐ ㄨˋ ㄌㄧˇ ❶事物的內在規律；事物的道理：人情物理。❷物理學。

【物理變化】wùlǐ biànhuà ㄨˋ ㄌㄧˇ ㄅㄧㄢˋ ㄏㄨㄚˋ 物質變化中只是改變形態而沒有生成其他物質的變化，如汽油揮發、蠟受熱熔化等。發生物理變化時，物質的組成和化學性質都不改變。

【物理量】wùlǐliàng ㄨˋ ㄌㄧˇ ㄌㄧㄤˋ 量度物質的屬性和描述其運動狀態時所用的各種量值，如重量、質量、速度、時間、溫度、功、能、電壓、電流等。

【物理療法】wùlǐ liáofǎ ㄨˋ ㄌㄧˇ ㄌㄧㄠˊ ㄈㄚˇ 西醫的一種治療方法。利用光、電、熱泥、熱蠟、不同溫度的水或器械等刺激人體，通過神經反射對全身起作用，達到治療目的。簡稱理療。

【物理性質】wùlǐ xìngzhì ㄨˋ ㄌㄧˇ ㄒㄧㄥˋ ㄓˋ 物質不需要發生化學變化就表現出來的性質，如狀態、顏色、氣味、比重、硬度、沸點、溶解性等。

【物理學】wùlǐxué ㄨˋ ㄌㄧˇ ㄒㄩㄝˊ 研究物質運動最一般規律和物質基本結構的學科，是自然科學中的基礎學科之一。包括力學、聲學、熱學、磁學、光學、原子物理學等。

【物理診斷】wùlǐ zhěnduàn ㄨˋ ㄌㄧˇ ㄓㄣˇ ㄉㄨㄢˋ 西醫診斷疾病的方法，如觀察病人的面色、表情和發育情況，用聽診器聽病人心、肺的聲音，用手指敲或按病人的胸腹部，用小槌敲病人的肘、膝等關節。

【物力】wùlì ㄨˋ ㄌㄧˋ 可供使用的物資：愛惜人力物力，避免濫用和浪費。

【物品】wùpǐn ㄨˋ ㄆㄧㄣˇ 東西（多指日常生活中應用的）：貴重物品｜零星物品。

【物情】wùqíng ㄨˋ ㄑㄧㄥˊ 事物的道理：世態物情。

【物色】wùsè ㄨˋ ㄙㄜˋ 尋找（需要的人才或東西）：物色演員｜物色衣料。

【物傷其類】wù shāng qí lèi ㄨˋ ㄕㄤ ㄑㄧˊ ㄌㄟˋ 指動物因同類遭了不幸而感到悲傷。比喻人因同夥受到打擊而傷心（多含貶義）。

【物事】wùshì ㄨˋ ㄕˋ ❶〈書〉事情：作何物事。❷〈方〉物品；東西：啥物事。

【物探】wùtàn ㄨˋ ㄊㄢˋ 物理勘探，用物理學的原理和方法研究地質構造，測定礦體的分佈情況。包括磁法勘探、重力勘探等。

【物體】wùtǐ ㄨˋ ㄊㄧˇ 由物質構成的、佔有一定空間的個體：運動物體｜透明物體。

【物外】wùwài ㄨˋ ㄨㄞˋ 〈書〉世事之外：超然物外。

【物象】wùxiàng ㄨˋ ㄒㄧㄤˋ ❶動物、器物等在不同的環境中顯示的現象。我國勞動人民常根據物象作為預測天氣變化的輔助手段。❷事物的形象：模寫物象。

【物像】wùxiàng ㄨˋ ㄒㄧㄤˋ 來自物體的光通過小孔或受到反射、折射後形成的像。

【物以類聚】wù yǐ lèi jù ㄨˋ ㄧˇ ㄌㄟˋ ㄐㄩˋ 同類的東西常聚在一起，現在多指壞人跟壞人常湊在一起：物以類聚，人以群分。

【物議】wùyì ㄨˋ ㄧˋ 〈書〉眾人的批評：免遭物議。

【物慾】wùyù ㄨˋ ㄩˋ 想得到物質享受的慾望。

【物證】wùzhèng ㄨˋ ㄓㄥˋ 對查明案件事實情況有價值的物品和痕迹，如犯罪兇器、被竊財物、現場指紋等（區別於'人證'）。

【物質】wùzhì ㄨˋ ㄓˋ ❶獨立存在於人的意識之外的客觀實在。❷特指金錢、生活資料等：物質生活｜物質獎勵｜貪圖物質享受。

【物質損耗】wùzhì sǔnhào ㄨˋ ㄓˋ ㄙㄨㄣˇ ㄏㄠˋ 有形損耗。

【物種】wùzhǒng ㄨˋ ㄓㄨㄥˇ 生物分類的基本單

位，不同物種的生物在生態和形態上具有不同的特點。物種是由共同的祖先演變發展而來的，也是生物繼續進化的基礎。在一般條件下，一個物種的個體不和其他物種中的個體交配，即使交配也不易產生出有生殖能力的後代。簡稱種。

【物主】wùzhǔ ㄨˋ ㄓㄨˇ 物資或物品的所有者，多指失落或失竊的財物的所有者。

【物資】wùzī ㄨˋ ㄗ 生產上和生活上所需要的物質資料：物資交流｜物資豐富｜戰略物資。

旄 wù ㄨˋ 見844頁［䲵旄］(nièwù)。

烏(乌) wù ㄨˋ 見下。
另見1202頁 wū。

【烏拉】wù·la ㄨˋ·ㄌㄚ 東北地區冬天穿的鞋，用皮革製成，裏面墊烏拉草。也作靰鞡。
另見1202頁 wūlā。

【烏拉草】wù·lacǎo ㄨˋ·ㄌㄚ ㄘㄠˇ 多年生草本植物，葉子細長，花單性，花穗綠褐色。莖和葉曬乾後，墊在鞋或靴子裏，可以保暖。主要產於我國東北地區。

悟 wù ㄨˋ 了解；領會；覺醒：覺悟｜若有所悟｜恍然大悟｜執迷不悟。

【悟徹】wùchè ㄨˋ ㄔㄜˋ 徹底領悟：悟徹佛理。

【悟道】wùdào ㄨˋ ㄉㄠˋ 領會道理或哲理：悟道之言。

【悟性】wù·xing ㄨˋ·ㄒㄧㄥ 指人對事物的分析和理解的能力：有悟性。

晤 wù ㄨˋ 見面：會晤｜晤談｜晤面｜有暇請來一晤。

【晤面】wùmiàn ㄨˋ ㄇㄧㄢˋ 見面：久未晤面，近來可好？

【晤談】wùtán ㄨˋ ㄊㄢˊ 見面交談：晤談片刻。

焐 wù ㄨˋ 用熱的東西接觸涼的東西使變暖：焐酒｜用熱水袋焐一焐手。

務(务) wù ㄨˋ ❶事情：事務｜任務｜公務。❷從事；致力：務農｜好高務遠。❸舊時收稅的關卡，現在只用於地名，如曹家務(在河北)，商酒務(在河南)。❹務必：務須｜除惡務盡。❺(Wù)姓。

【務必】wùbì ㄨˋ ㄅㄧˋ 必須；一定要：同學們都希望聽你的學術報告，你務必去講一次。

【務工】wùgōng ㄨˋ ㄍㄨㄥ ❶從事工業或工程方面的工作。❷指投入工力：務工不多，收益不少。

【務農】wùnóng ㄨˋ ㄋㄨㄥˊ 從事農業生產：回鄉務農。

【務期】wùqī ㄨˋ ㄑㄧ 一定要：務期必克｜務期有成。

【務求】wùqiú ㄨˋ ㄑㄧㄡˊ 必須要求(達到某種情況或程度)：務求善始善終｜務求早日完成任務。

【務實】wù∥shí ㄨˋ∥ㄕˊ ❶從事或討論具體的工作。❷講究實際，不求浮華。

【務虛】wù∥xū ㄨˋ∥ㄒㄩ 就某項工作的政治、思想、政策、理論方面進行研究討論。

【務須】wùxū ㄨˋ ㄒㄩ 務必；必須：務須準時到達。

【務正】wùzhèng ㄨˋ ㄓㄥˋ 從事正當的職業：不務正｜回心務正。

惡(恶) wù ㄨˋ 討厭；憎恨(跟'好'hào ㄏㄠˋ 相對)：好惡｜深惡痛絕。
另見299頁 ě'噁'；299頁 è；1203頁 wū。

軏 wù ㄨˋ ［靰鞡］(wù·la ㄨˋ·ㄌㄚ) 同'烏拉'(wù·la)。

痦(㾓) wù ㄨˋ ［痦子］(wù·zi ㄨˋ·ㄗ) 隆起的痣，半球形，紅色或黑褐色。參看1475頁'痣'。

婺 Wù ㄨˋ ❶婺江，水名，在江西。❷指舊婺州，在今浙江金華一帶。

【婺劇】wùjù ㄨˋ ㄐㄩˋ 浙江地方戲曲劇種之一，原名金華戲，流行於該省金華(在元代以前叫婺州)地區。

【婺綠】wùlǜ ㄨˋ ㄌㄩˋ 一種綠茶，產於江西婺源。

塢(坞、隖) wù ㄨˋ ❶地勢周圍高而中央凹的地方：山塢。❷四面高而擋風的建築物：船塢｜花塢。❸〈書〉防禦用的建築物，小型的城堡：村塢。

誤(误、悮) wù ㄨˋ ❶錯誤：誤解｜筆誤｜誤入歧途。❷耽誤：誤點｜生產學習兩不誤。❸使受損害：誤人子弟｜誤人不淺。❹不是故意地：誤傷｜誤觸忌諱。

【誤差】wùchā ㄨˋ ㄔㄚ 測定的數值或計算中的近似值與準確值的差，如用0.33代替1/3誤差為1/300。

【誤場】wù∥chǎng ㄨˋ∥ㄔㄤˇ 演出時，演員該上場而沒有上場。

【誤導】wùdǎo ㄨˋ ㄉㄠˇ 不正確地引導：由於新聞媒體的誤導，致使讀者產生誤會。

【誤點】wù∥diǎn ㄨˋ∥ㄉㄧㄢˇ 晚點。

【誤工】wù∥gōng ㄨˋ∥ㄍㄨㄥ 耽誤工作。也指生產勞動中缺勤或遲到。

【誤會】wùhuì ㄨˋ ㄏㄨㄟˋ ❶誤解對方的意思：我誤會了他的意思。❷對對方意思的誤解：消除誤會。

【誤解】wùjiě ㄨˋ ㄐㄧㄝˇ ❶理解得不正確：我沒這個意思，你誤解了。❷不正確的理解：消除誤會。

【誤期】wù∥qī ㄨˋ∥ㄑㄧ 延誤期限：必須按時完工，不能誤期。

【誤區】wùqū ㄨˋ ㄑㄩ 指較長時間形成的某種錯誤認識或錯誤做法：引導青年走出誤區 。

【誤殺】wùshā ㄨˋ ㄕㄚ 法律上指主觀上無殺人

意圖，因失誤而傷人致死(區別於'故殺')。

【誤傷】wùshāng ㄨˋ ㄕㄤ 無意中使人身體受傷。

【誤事】wù//shì ㄨˋ//ㄕˋ 躭誤事情：酒喝多了易誤事。

【誤診】wùzhěn ㄨˋ ㄓㄣˇ ❶錯誤地診斷：把肺炎誤診為感冒。❷延誤時間，使診治躭擱：離醫院很遠，因而誤診。

寤 wù ㄨˋ 〈書〉❶睡醒。❷同'悟'。

鋈 wù ㄨˋ 〈書〉❶白銅。❷鍍。

霧(雾) wù ㄨˋ ❶氣溫下降時，在接近地面的空氣中，水蒸氣凝結成的懸浮的微小水滴。❷指像霧的許多小水點：噴霧器。

【霧靄】wù'ǎi ㄨˋ ㄞˇ 霧氣：江面上霧靄蒙蒙。

【霧沈沈】wùchénchén ㄨˋ ㄔㄣˊ ㄔㄣˊ (霧沈沈的)霧氣濃重的樣子：山上霧沈沈的模糊一片。

【霧茫茫】wùmāngmāng ㄨˋ ㄇㄤ ㄇㄤ (霧茫茫的)霧氣迷茫的樣子：霧茫茫的山路上甚麼也看不清。也說霧蒙蒙。

【霧氣】wùqì ㄨˋ ㄑㄧˋ 霧①。

【霧凇】wù·sōng ㄨˋ ·ㄙㄨㄥ 寒冷天，霧凝聚在樹木的枝葉上或電綫上而成的白色鬆散冰晶。通稱樹挂。

騖(骛) wù ㄨˋ 〈書〉❶縱橫奔馳：馳騖。❷追求；務②：外騖｜好高騖遠。

鶩(鹜) wù ㄨˋ〈書〉鴨子：趨之若鶩。

X

xī（ㄒㄧ）

夕 xī ㄒㄧ ❶太陽落的時候；傍晚：夕陽｜夕照｜朝發夕至｜朝令夕改。❷泛指晚上：前夕｜除夕｜風雨之夕。

【夕烟】xīyān ㄒㄧ ㄧㄢ 黃昏時的烟霧：夕烟繚繞。

【夕陽】xīyáng ㄒㄧ ㄧㄤˊ 傍晚的太陽：夕陽西下。

【夕照】xīzhào ㄒㄧ ㄓㄠˋ 傍晚的陽光：西湖在夕照中顯得格外嫵媚。

兮 xī ㄒㄧ 〈書〉助詞，跟現代的'啊'相似：大風起兮雲飛揚｜力拔山兮氣蓋世。

西 xī ㄒㄧ ❶四個主要方向之一，太陽落下去的一邊：西面｜河西｜往西去｜夕陽西下。❷(Xī)西洋；內容或形式屬於西洋的：泰西｜西醫｜西服｜西式｜學貫中西。❸(Xī)姓。

【西安事變】Xī'ān Shìbiàn ㄒㄧ ㄢ ㄕˋ ㄅㄧㄢˋ 指1936年12月12日張學良和楊虎城兩將軍在西安扣押蔣介石，要求聯共抗日的事件。中國共產黨從中調解，在停止內戰一致對外的條件下釋放了蔣介石。

【西半球】xībànqiú ㄒㄧ ㄅㄢˋ ㄑㄧㄡˊ 地球的西半部，從西經20°起向西到東經160°止。陸地包括南美洲、北美洲和南極洲的一部分。

【西北】xīběi ㄒㄧ ㄅㄟˇ ❶西和北之間的方向。❷(Xīběi)指我國西北地區，包括陝西、甘肅、青海、寧夏、新疆等省區。

【西邊】xī·bian ㄒㄧ·ㄅㄧㄢ (西邊兒)西①。

【西餐】xīcān ㄒㄧ ㄘㄢ 西式的飯食，吃時用刀、叉。

【西點】xīdiǎn ㄒㄧ ㄉㄧㄢˇ 西洋式的糕點。

【西法】xīfǎ ㄒㄧ ㄈㄚˇ 西洋的方法：西法洗染。

【西番蓮】xīfānlián ㄒㄧ ㄈㄢ ㄌㄧㄢˊ ❶藤本植物，葉子互生，掌狀分裂，花多是紅、黃、粉紅等色，結黃色漿果。供觀賞。❷大麗花。

【西方】xīfāng ㄒㄧ ㄈㄤ ❶西①。❷(Xīfāng)指歐美各國，有時特指歐洲各國和美國：西方國家。❸佛教徒指西天。

【西非】Xī Fēi ㄒㄧ ㄈㄟ 非洲西部，包括毛里塔尼亞、馬里、塞內加爾、岡比亞、布基納法索、幾內亞比紹、幾內亞、塞拉利昂、佛得角、利比里亞、科特迪瓦、加納、多哥、貝寧、尼日爾、尼日利亞、喀麥隆、赤道幾內亞、聖多美和普林西比以及加那利群島、原西屬撒哈拉等。

【西風】xīfēng ㄒㄧ ㄈㄥ ❶指秋風。❷指西洋風俗、文化等：西風東漸。❸比喻日趨沒落的腐朽勢力。

【西鳳酒】xīfèngjiǔ ㄒㄧ ㄈㄥˋ ㄐㄧㄡˇ 陝西鳳翔柳林鎮出產的一種白酒。

【西服】xīfú ㄒㄧ ㄈㄨˊ 西洋式的服裝，有時特指男子穿的西式上衣、背心和褲子。

【西宮】xīgōng ㄒㄧ ㄍㄨㄥ 皇帝的妃嬪住的地方。借指妃嬪。

【西瓜】xīguā ㄒㄧ ㄍㄨㄚ ❶一年生草本植物，莖蔓生，葉子羽狀分裂，花淡黃色。果實是大形的漿果，球形或橢圓形，果肉水分很多，味甜，是夏季很好的果品。❷這種植物的果實。

【西漢】Xī Hàn ㄒㄧ ㄏㄢˋ 朝代，公元前206－公元25，自劉邦稱漢王起，到劉玄更始三年止，包括王莽稱帝時期(公元9－23)。建都長安(今陝西西安)。也叫前漢。

【西紅柿】xīhóngshì ㄒㄧ ㄏㄨㄥˊ ㄕˋ 番茄。

【西葫蘆】xīhú·lu ㄒㄧ ㄏㄨˊ·ㄌㄨ ❶一年生草本植物，莖蔓生，橫斷面呈五角形，葉子略呈三角形，有深裂，果實長圓筒形，是普通蔬菜。❷這種植物的果實。

【西化】xīhuà ㄒㄧ ㄏㄨㄚˋ 歐化。

【西畫】xīhuà ㄒㄧ ㄏㄨㄚˋ 西洋畫的簡稱。

【西晉】Xī Jìn ㄒㄧ ㄐㄧㄣˋ 朝代，公元265－317，自武帝(司馬炎)泰始元年起，到愍帝(司馬鄴)建興五年止。建都洛陽。

【西曆】xīlì ㄒㄧ ㄌㄧˋ 舊時指公曆。

【西門】Xīmén ㄒㄧ ㄇㄣˊ 姓。

【西門子】xīménzǐ ㄒㄧ ㄇㄣˊ ㄗˇ 電導單位，它的數值等於導體電阻的倒數，如一個導體的電阻為3歐姆，它的電導就是1/3西門子。這個單位名稱是為紀念德國電工學家西門子(William Siemens)而定的。也叫姆歐。

【西南】xīnán ㄒㄧ ㄋㄢˊ ❶西和南之間的方向。❷(Xīnán)指我國西南地區，包括四川、雲南、貴州、西藏等省區。

【西南非】Xīnán Fēi ㄒㄧ ㄋㄢˊ ㄈㄟ 非洲西南部，包括喀麥隆、赤道幾內亞、加蓬、剛果、聖多美和普林西比等國。

【西歐】Xī Ōu ㄒㄧ ㄡ 歐洲西部，狹義的指英國、愛爾蘭、法國、摩納哥、荷蘭、比利時、盧森堡等國，廣義的指除東歐以外的歐洲國家。

【西皮】xīpí ㄒㄧ ㄆㄧˊ 戲曲聲腔之一，用胡琴伴奏。跟二黃合稱皮黃。

【西曬】xīshài ㄒㄧ ㄕㄞˋ 房屋門窗朝西的一面午後受陽光照射，夏季室內較熱。

【西施】Xīshī ㄒㄧ ㄕ 春秋時越王勾踐獻給吳王夫差的美女。後來把西施當做美女的代稱。也叫西子。

【西式】xīshì ㄒㄧ ㄕˋ 西洋的式樣：西式糕點。

【西天】xītiān ㄒㄧ ㄊㄧㄢ ❶我國古代佛教徒稱印度(印度古稱天竺，在我國西南方)。❷佛教徒指極樂世界。

【西王母】Xīwángmǔ ㄒㄧ ㄨㄤˊ ㄇㄨˇ 我國古代神話中的女神，住在崑崙山的瑤池，她園子裏種有蟠桃，人吃了能長生不老。通稱王母娘娘。

【西魏】Xī Wèi ㄒㄧ ㄨㄟˋ 朝代，公元535－556。文帝元寶炬所建，建都長安。參看49頁〖北魏〗。

【西西】xīxī ㄒㄧ ㄒㄧ 毫升的舊稱。［英 c. c.，cubic centimeter 的縮寫］

【西席】xīxí ㄒㄧ ㄒㄧˊ 舊時對幕友或家中請的教師的稱呼(古時主位在東，賓位在西)。

【西夏】Xī Xià ㄒㄧ ㄒㄧㄚˋ 公元1038年黨項族建立的政權，在今寧夏、陝西北部、甘肅西北部、青海東北部和內蒙古西部。公元1227年為元所滅。

【西學】xīxué ㄒㄧ ㄒㄩㄝˊ 清末稱歐美的自然科學和社會、政治學說。

【西亞】Xī Yà ㄒㄧ ㄧㄚˋ 指亞洲西南部，包括阿富汗、伊朗、土耳其、塞浦路斯、敍利亞、黎巴嫩、巴勒斯坦、約旦、以色列、伊拉克、科威特、沙特阿拉伯、也門、阿曼、阿拉伯聯合酋長國、卡塔爾、巴林等國家和地區。也叫西南亞。

【西洋】xīyáng ㄒㄧ ㄧㄤˊ ❶指歐、美各國：西洋史｜西洋文學。❷古代指南洋群島、馬來半島、印度、斯里蘭卡、阿拉伯半島、東非等地：鄭和下西洋。

【西洋畫】xīyánghuà ㄒㄧ ㄧㄤˊ ㄏㄨㄚˋ 指西洋的各種繪畫。因工具、材料的不同，可分為鉛筆畫、油畫、木炭畫、水彩畫、水粉畫等。簡稱西畫。

【西洋景】xīyángjǐng ㄒㄧ ㄧㄤˊ ㄐㄧㄥˇ ❶民間文娛活動的一種裝置，若干幅畫片左右推動，週而復始，觀眾從透鏡中看放大的畫面。畫片多是西洋畫，所以叫西洋景。❷比喻故弄玄虛藉以騙人的事物或手法：拆穿西洋景。‖也說西洋鏡。

【西洋參】xīyángshēn ㄒㄧ ㄧㄤˊ ㄕㄣ 多年生草本植物，跟人參同屬，根略呈圓柱形，可入藥。原產北美等地。

【西藥】xīyào ㄒㄧ ㄧㄠˋ 指西醫所用的藥物，通常用合成的方法製成，或從天然產物中提製，如消炎片、阿司匹林、碘酊、青黴素等。

【西醫】xīyī ㄒㄧ ㄧ ❶從歐美各國傳入中國的醫學。❷運用上述醫學理論和技術治病的醫生。

【西域】Xīyù ㄒㄧ ㄩˋ 漢時指現在玉門關以西的新疆和中亞細亞等地區。

【西元】xīyuán ㄒㄧ ㄩㄢˊ 舊時指公元。

【西樂】xīyuè ㄒㄧ ㄩㄝˋ 指歐美的音樂。

【西崽】xīzǎi ㄒㄧ ㄗㄞˇ 舊時稱洋行、西式餐館等行業所雇用的男僕(含輕視意)。

【西周】Xī Zhōu ㄒㄧ ㄓㄡ 朝代，約公元前11世紀－公元前771自周武王(姬發)滅商起，至周平王(姬宜臼)東遷前一年止。建都鎬京(今陝西西安西南)。

【西裝】xīzhuāng ㄒㄧ ㄓㄨㄤ 西服。

【西子】Xīzǐ ㄒㄧ ㄗˇ 西施。

汐 xī ㄒㄧ 夜間的潮。參看135頁〖潮汐〗。

吸 xī ㄒㄧ ❶生物體把液體、氣體等引入體內：呼吸｜吸烟。❷吸收：吸墨紙｜吸塵器。❸吸引：吸鐵石。

【吸塵器】xīchénqì ㄒㄧ ㄔㄣˊ ㄑㄧˋ 清除灰塵、粉末等用的機器，一般是用電動抽氣機把灰塵、粉末等吸進去。

【吸毒】xī//dú ㄒㄧ//ㄉㄨˊ 吸食毒品，如鴉片、海洛因、可卡因、大麻等。

【吸附】xīfù ㄒㄧ ㄈㄨˋ 固體或液體把氣體或溶質吸過來，使附着在自己表面上，如活性炭吸附毒氣和液體中的雜質。

【吸力】xīlì ㄒㄧ ㄌㄧˋ 引力，多指磁體所表現的吸引力。

【吸溜】xī·liu ㄒㄧ·ㄌㄧㄡ 〈方〉往嘴或鼻子裏吸(氣體、液體等)並發出響聲：冷得直吸溜｜吸溜了一下鼻子｜他端起一碗粥，使勁地吸溜了一大口。

【吸墨紙】xīmòzhǐ ㄒㄧ ㄇㄛˋ ㄓˇ 一種質地疏鬆、吸水性能好的紙。用來吸收墨水。

【吸盤】xīpán ㄒㄧ ㄆㄢˊ ❶某些動物用來把身體附着在其他物體上的器官，形狀像圓盤，中間凹。烏賊、水蛭等都有這種器官。❷起重裝卸作業中利用電磁吸力或真空吸力吸取物件的盤狀裝置。

【吸取】xīqǔ ㄒㄧ ㄑㄩˇ 吸收採取：吸取養料｜吸取力量｜吸取經驗教訓。

【吸食】xīshí ㄒㄧ ㄕˊ 用嘴吸進(某些食物、毒物等)：吸食滋補液｜吸食毒品。

【吸收】xīshōu ㄒㄧ ㄕㄡ ❶物體把外界的某些物質吸到內部，如海綿吸收水，木炭吸收氣體等。❷特指有機體把組織外部的物質吸到組織內部，如腸黏膜吸收養分，植物的根吸收水和無機鹽等。❸物體使某些現象、作用減弱或消失。如彈簧吸收震動，隔音紙吸收聲音等。❹組織或團體接受某人為成員：吸收入黨｜吸收會員。

【吸吮】xīshǔn ㄒㄧ ㄕㄨㄣˇ 吮吸。

【吸鐵石】xītiěshí ㄒㄧ ㄊㄧㄝˇ ㄕˊ 見189頁〖磁鐵〗。

【吸血鬼】xīxuèguǐ ㄒㄧ ㄒㄩㄝˋ ㄍㄨㄟˇ 比喻榨取人民血汗、過着寄生生活的人。

【吸引】xīyǐn ㄒㄧ ㄧㄣˇ 把別的物體、力量或別人的注意力引到自己這方面來：吸引力｜這齣戲很吸引觀眾。

希1 xī ㄒㄧ 希望：希準時出席｜敬希讀者指正。

希2 xī ㄒㄧ 同‘稀’①：希奇｜希有。

【希罕】xī·han ㄒㄧ·ㄏㄢ ❶希奇：駱駝在南方是希罕東西。❷認為希奇而喜愛：誰希罕你那玩意兒，我們有的是。❸(希罕兒)希罕的事物：看希罕兒。‖也作稀罕。

【希冀】xījì ㄒㄧ ㄐㄧˋ 〈書〉希望。

【希臘字母】Xīlà zìmǔ ㄒㄧ ㄌㄚˋ ㄗˋ ㄇㄨˇ 希臘文的字母。數學、物理、天文等學科常用做符號。

希臘字母表

大寫	小寫	名稱	大寫	小寫	名稱
Α	α	阿爾法	Ν	ν	紐
Β	β	貝塔	Ξ	ξ	克西
Γ	γ	伽馬	Ο	ο	奧米克戎
Δ	δ	德爾塔	Π	π	派
Ε	ε	艾普西隆	Ρ	ρ	柔
Ζ	ζ	澤塔	Σ	σ, s	西格馬
Η	η	伊塔	Τ	τ	陶
Θ	θ	西塔	Υ	υ	宇普西隆
Ι	ι	約(yāo)塔	Φ	φ	斐
Κ	κ	卡帕	Χ	χ	希
Λ	λ	拉姆達	Ψ	ψ	普西
Μ	μ	繆	Ω	ω	奧米伽

【希奇】xīqí ㄒㄧ ㄑㄧˊ 希少新奇：希奇古怪。也作稀奇。

【希少】xīshǎo ㄒㄧ ㄕㄠˇ 同‘稀少’。

【希世】xīshì ㄒㄧ ㄕˋ 世間很少有：希世珍寶｜希世之才。也作稀世。

【希圖】xītú ㄒㄧ ㄊㄨˊ 心裏打算着達到某種目的(多指不好的)；企圖：希圖暴利｜希圖蒙混一時。

【希望】xīwàng ㄒㄧ ㄨㄤˋ ❶心裏想着達到某種目的或出現某種情況：他從小就希望做一個醫生。❷希望達到的某種目的或出現的某種情況；願望：這個希望不難實現。❸希望所寄託的對象：青少年是我們的未來，是我們的希望。

【希有】xīyǒu ㄒㄧ ㄧㄡˇ 同‘稀有’。

昔 xī ㄒㄧ 從前：昔日｜昔年｜今勝於昔。

【昔年】xīnián ㄒㄧ ㄋㄧㄢˊ 〈書〉往年；從前。

【昔日】xīrì ㄒㄧ ㄖˋ 往日；從前：昔日的荒山，今天已經栽滿了果樹。

析 xī ㄒㄧ ❶分開；散開：析居｜條分縷析｜分崩離析。❷分析：剖析｜解析幾何｜奇文共欣賞，疑義相與析。❸(Xī)姓。

【析出】xīchū ㄒㄧ ㄔㄨ ❶分析出來。❷固體從液體或氣體中分離出來：析出結晶。

【析居】xījū ㄒㄧ ㄐㄩ 〈書〉分家：兄弟析居。

【析疑】xīyí ㄒㄧ ㄧˊ 〈書〉解釋疑惑。

矽 xī ㄒㄧ 硅的舊稱。

【矽肺】xīfèi ㄒㄧ ㄈㄟˋ 硅肺的舊稱。

【矽鋼】xīgāng ㄒㄧ ㄍㄤ 硅鋼的舊稱。

肸 xī ㄒㄧ 多用於人名。羊舌肸，春秋時晉國大夫。

穸 xī ㄒㄧ 見1501頁[窀穸](zhūnxī)。

茜〔茜〕xī ㄒㄧ 人名用字，多用於外國婦女名字的譯音。(人名中也有讀qiàn的)

另見921頁qiàn。

恓 xī ㄒㄧ 見下。

【恓惶】xīhuáng ㄒㄧ ㄏㄨㄤˊ ❶〈書〉形容驚慌煩惱。❷〈方〉窮苦。

【恓恓】xīxī ㄒㄧ ㄒㄧ 〈書〉寂寞。

栖 xī ㄒㄧ [栖栖]〈書〉形容不安定。

另見899頁qī。

唏 xī ㄒㄧ 〈書〉嘆息。

【唏噓】xīxū ㄒㄧ ㄒㄩ 同‘欷歔’。

息 xī ㄒㄧ ❶呼吸時進出的氣：喘息｜鼻息｜一息尚存，此志不懈。❷消息：信息。❸停止：息怒｜息兵｜自強不息｜偃旗息鼓｜生命不息，戰鬥不止。❹休息：歇息｜作息時間表。❺滋生；繁殖：蕃息｜生息。❻利錢；利息：年息｜月息｜還本付息｜減租減息。❼〈書〉指子女：子息。❽(Xī)姓。

【息肩】xījiān ㄒㄧ ㄐㄧㄢ 〈書〉擺脱職務，卸去責任。

【息怒】xīnù ㄒㄧ ㄋㄨˋ 停止發怒：請息怒，有事好商量。

【息肉】xīròu ㄒㄧ ㄖㄡˋ 因黏膜發育異常而形成的像肉質的突起，多發生在鼻腔或腸道內。也作瘜肉。

【息事寧人】xī shì níng rén ㄒㄧ ㄕˋ ㄋㄧㄥˊ ㄖㄣˊ ❶從中調解，使爭端平息，彼此相安。❷在糾紛中自行讓步，減少麻煩。

【息訟】xīsòng ㄒㄧ ㄙㄨㄥˋ 停止訴訟：只要他能答應提出的條件，我可以息訟。

【息息相關】xī xī xiāng guān ㄒㄧ ㄒㄧ ㄒㄧㄤ ㄍㄨㄢ 呼吸相關連，比喻關係密切。也説息息相通。

【息影】xīyǐng ㄒㄧ ㄧㄥˇ 〈書〉指退隱閑居：息影家園｜杜門息影。

【息止】xīzhǐ ㄒㄧ ㄓˇ 停止：永不息止地工作。

郗 Xī ㄒㄧ 姓。

另見152頁Chī。

奚 xī ㄒㄧ ❶〈書〉疑問詞，何。❷(Xī)姓。

【奚落】xīluò ㄒㄧ ㄌㄨㄛˋ 用尖刻的話數說別人的短處，使人難堪；譏諷嘲笑：受人奚落｜他被奚落了一頓。

【奚幸】xīxìng ㄒㄧ ㄒㄧㄥˋ 同'傒倖'。

浠 Xī ㄒㄧ 浠水，水名，在湖北，流入長江。

悕 xī ㄒㄧ〈書〉悲傷。

娭 xī ㄒㄧ〈書〉同'嬉'。

另見3頁 āi。

菥〔菥〕 xī ㄒㄧ［菥蓂］(xīmì ㄒㄧ ㄇㄧˋ) 一年生草本植物，莖直立，葉子長橢圓形，花小，白色，總狀花序，角果扁平。全草入藥。

硒 xī ㄒㄧ 非金屬元素，符號 Se (selenium)。灰黑色晶體或紅色無定形粉末。晶體硒能夠導電，導電能力隨光照強度的增減而改變。用來製造光電池等，也是一種半導體材料。

晞 xī ㄒㄧ〈書〉❶乾；乾燥：晨露未晞。❷破曉；天亮：東方未晞。

欷 xī ㄒㄧ［欷歔］(xīxū ㄒㄧ ㄒㄩ)〈書〉哭泣後不自主地急促呼吸；抽搭：相對欷歔｜欷歔不已。也作唏噓。

悉1 xī ㄒㄧ 全；盡：悉心｜悉力｜悉聽君便。

悉2 xī ㄒㄧ 知道：熟悉｜來函敬悉。

【悉數】xīshǔ ㄒㄧ ㄕㄨˇ〈書〉全部數出；完全列舉：不可悉數。

另見 xīshù。

【悉數】xīshù ㄒㄧ ㄕㄨˋ〈書〉全數：悉數奉還｜悉數歸公。

另見 xīshǔ。

【悉心】xīxīn ㄒㄧ ㄒㄧㄣ 用盡所有的精力：悉心研究。

淅 xī ㄒㄧ〈書〉淘米。

【淅瀝】xīlì ㄒㄧ ㄌㄧˋ 象聲詞，形容輕微的風聲、雨聲、落葉聲等：小雨淅淅瀝瀝下個不停。

【淅淅】xīxī ㄒㄧ ㄒㄧ 象聲詞，形容輕微的風、雨、雪等的聲音。

惜 xī ㄒㄧ ❶愛惜：珍惜｜惜寸陰｜惜墨如金。❷可惜；惋惜：痛惜。❸吝惜；捨不得：惜別｜惜力｜不惜工本。

【惜別】xībié ㄒㄧ ㄅㄧㄝˊ 捨不得分別：依依惜別｜老師們懷着惜別的心情，送走了畢業的同學。

【惜福】xīfú ㄒㄧ ㄈㄨˊ 指珍視自己的福氣，不過分享受：他生平省儉惜福，不肯過費。

【惜老憐貧】xī lǎo lián pín ㄒㄧ ㄌㄠˇ ㄌㄧㄢˊ ㄆㄧㄣˊ 愛護老年人，同情窮人。也說憐貧惜老。

【惜力】xīlì ㄒㄧ ㄌㄧˋ 捨不得用力氣：幹活不惜力。

【惜墨如金】xī mò rú jīn ㄒㄧ ㄇㄛˋ ㄖㄨˊ ㄐㄧㄣ 指寫字、繪畫、做文章下筆非常慎重，力求精練。

【惜售】xīshòu ㄒㄧ ㄕㄡˋ 捨不得賣出。

【惜陰】xīyīn ㄒㄧ ㄧㄣ 愛惜光陰。

烯 xī ㄒㄧ 烯烴。

【烯烴】xītīng ㄒㄧ ㄊㄧㄥ 不飽和烴的一類，分子中含有雙鍵結構的開鏈烴，如乙烯 ($CH_2=CH_2$)、丁二烯 ($CH_2=CH–CH=CH_2$) 等。

晰(晳) xī ㄒㄧ 清楚；明白：明晰｜清晰。

睎 xī ㄒㄧ〈書〉❶瞭望。❷仰慕。

稀 xī ㄒㄧ ❶事物出現得少：稀少｜稀罕。❷事物之間距離遠；事物的部分之間空隙大(跟'密'相對)：地廣人稀｜月明星稀。❸含水多；稀薄(跟'稠'相對)：稀泥｜粥太稀了。❹用在'爛、鬆'等形容詞前面，表示程度深：稀爛｜稀鬆｜稀糟。❺指稀的東西：糖稀。

【稀巴爛】xī·balàn ㄒㄧ ·ㄅㄚ ㄌㄢˋ 稀爛②。

【稀薄】xībó ㄒㄧ ㄅㄛˊ (空氣、烟霧等)密度小；不濃厚：高山上空氣稀薄。

【稀飯】xīfàn ㄒㄧ ㄈㄢˋ 粥(多指用米或小米煮成的)。

【稀罕】xī·han ㄒㄧ ·ㄏㄢ 同'希罕'。

【稀客】xīkè ㄒㄧ ㄎㄜˋ 不常來的客人。

【稀拉】xī·la ㄒㄧ ·ㄌㄚ ❶稀疏：稀拉的枯草。❷〈方〉鬆鬆垮垮；散漫：作風稀拉。

【稀爛】xīlàn ㄒㄧ ㄌㄢˋ ❶極爛：肉煮得稀爛。❷破碎到極點：雞蛋掉到地上，摔了個稀爛。也說稀巴爛。

【稀朗】xīlǎng ㄒㄧ ㄌㄤˇ (燈火、星光)稀疏而明朗。

【稀裏糊塗】xī·lihútú ㄒㄧ ·ㄌㄧ ㄏㄨˊ ㄊㄨˊ ❶糊塗(程度略輕)；迷糊：這道題他講了兩遍，我還是稀裏糊塗的。❷馬馬虎虎；隨便：這件事沒經過認真討論，就稀裏糊塗地通過了。

【稀裏嘩啦】xī·lihuālā ㄒㄧ ·ㄌㄧ ㄏㄨㄚ ㄌㄚ ❶象聲詞，形容雨聲、建築物倒塌聲等：雨稀裏嘩啦下了起來｜院牆稀裏嘩啦倒了下來。❷形容七零八落或徹底粉碎的樣子：大廳裏的擺設被這夥人打了個稀裏嘩啦。

【稀裏馬虎】xī·limǎ·hu ㄒㄧ ·ㄌㄧ ㄇㄚˇ ·ㄏㄨ 疏忽大意；馬馬虎虎：唸書可不能稀裏馬虎的。

【稀料】xīliào ㄒㄧ ㄌㄧㄠˋ 用來溶解或稀釋塗料的有機液體，常用的有汽油、酒精、松香水、香蕉水等。

【稀溜溜】xīliūliū ㄒㄧ ㄌㄧㄡ ㄌㄧㄡ (稀溜溜的)(稀

溜溜儿的）粥、湯等很稀的樣子。

【稀奇】xīqí ㄒㄧ ㄑㄧˊ 同'希奇'。

【稀散元素】xīsàn-yuánsù ㄒㄧ ㄙㄢˋ ㄩㄢˊ ㄙㄨˋ 沒有形成獨立礦牀，而以雜質狀態分散在其他礦物中的元素，如硒、碲、鍺、鎵、銦、鉈等。

【稀少】xīshǎo ㄒㄧ ㄕㄠˇ 事物出現得少：街上行人稀少｜人烟稀少｜雨量稀少。也作希少。

【稀世】xīshì ㄒㄧ ㄕˋ 同'希世'。

【稀釋】xīshì ㄒㄧ ㄕˋ 在溶液中再加入溶劑使溶液的濃度降低。

【稀疏】xīshū ㄒㄧ ㄕㄨ （物體、聲音等）在空間或時間上的間隔遠：稀疏的頭髮｜稀疏的槍聲。

【稀鬆】xīsōng ㄒㄧ ㄙㄨㄥ ❶懶散；鬆懈：作風稀鬆。❷差勁：他們幹起活儿來，哪個也不稀鬆。❸無關緊要：別把這些稀鬆的事放在心裏。

【稀土元素】xītǔ-yuánsù ㄒㄧ ㄊㄨˇ ㄩㄢˊ ㄙㄨˋ 鑭、鈰、鐠、釹、鉕、釤、銪、釓、鋱、鏑、鈥、鉺、銩、鐿、鑥、釔、鈧十七種元素的統稱。也叫稀土金屬。

【稀稀拉拉】xī·xilālā ㄒㄧ·ㄒㄧ ㄌㄚ ㄌㄚ （稀稀拉拉的）稀疏的樣子：天上只有稀稀拉拉的幾個晨星｜會場內的掌聲稀稀拉拉，氣氛一點不熱烈。也說稀稀落落。

【稀有】xīyǒu ㄒㄧ ㄧㄡˇ 很少有的；極少見的：稀有金屬｜十月下雪在這儿不是稀有的事。也作希有。

【稀有金屬】xīyǒu jīnshǔ ㄒㄧ ㄧㄡˇ ㄐㄧㄣ ㄕㄨˇ 通常指在自然界含量較少、比較分散的金屬，如鋰、鎢、鍺、鈧、鉑等。

【稀有氣體】xīyǒu qìtǐ ㄒㄧ ㄧㄡˇ ㄑㄧˋ ㄊㄧˇ 惰性氣體。

【稀有元素】xīyǒu yuánsù ㄒㄧ ㄧㄡˇ ㄩㄢˊ ㄙㄨˋ 自然界中存在的數量少或很分散的元素，例如鋰、鈹、鉭、鎵、硒、碲、氪、氙、氡等。

【稀糟】xīzāo ㄒㄧ ㄗㄠ 〈方〉非常壞或亂；極糟：房間裏弄得一團稀糟。

傒 xī ㄒㄧ［傒倖］（xīxìng ㄒㄧ ㄒㄧㄥˋ）煩惱（多見於早期白話）。也作奚幸。

舾 xī ㄒㄧ［舾裝］（xīzhuāng ㄒㄧ ㄓㄨㄤ）❶船上錨、桅杆、梯、管路、電路等設備和裝置的總稱。❷船體主要結構造完之後安裝錨、桅杆、電路等設備和裝置的工作。

翕 xī ㄒㄧ 〈書〉❶和順；協調。❷收斂：翕張。

【翕動】xīdòng ㄒㄧ ㄉㄨㄥˋ 〈書〉（嘴唇等）一張一合地動：嘴唇翕動｜鼻翼翕動。也作噏動。

【翕然】xīrán ㄒㄧ ㄖㄢˊ 〈書〉❶形容言論、行為一致：翕然從之。❷形容安定：郡境翕然。

【翕張】xīzhāng ㄒㄧ ㄓㄤ 〈書〉一合一開：目自翕張。

腊 xī ㄒㄧ 〈書〉乾肉。
另見678頁là'臘'。

粞 xī ㄒㄧ ❶〈書〉碎米。❷〈方〉糙米碾軋時脫掉的皮，可做飼料。

犀 xī ㄒㄧ 哺乳動物，奇蹄目，形狀略像牛，頸短，四肢粗大，鼻子上有一個或兩個角。皮粗而厚，微黑色，沒有毛。產在亞洲和非洲的熱帶森林裏。通稱犀牛。

【犀角】xījiǎo ㄒㄧ ㄐㄧㄠˇ 犀牛的角，由角質纖維組成，很堅硬，可入藥，也用做圖章或其他器物的材料。

【犀利】xīlì ㄒㄧ ㄌㄧˋ （武器、言語等）鋒利；銳利：文筆犀利｜談鋒犀利｜目光犀利。

皙 xī ㄒㄧ 〈書〉人的皮膚白：白皙。

傒 xī ㄒㄧ 〈書〉❶等待。❷同'蹊'。

溪 xī ㄒㄧ（舊讀 qī ㄑㄧ）原指山裏的小河溝，現在泛指小河溝：清溪｜溪水｜溪谷。

【溪澗】xījiàn ㄒㄧ ㄐㄧㄢˋ 夾在兩山中間的小河溝。

【溪流】xīliú ㄒㄧ ㄌㄧㄡˊ 從山裏流出來的小股水流。

裼 xī ㄒㄧ 〈書〉敞開或脫去上衣，露出身體的一部分：袒裼。
另見1126頁tì。

熙 xī ㄒㄧ 〈書〉❶光明。❷和樂：眾人熙熙。❸興盛：熙朝（興盛的朝代）。

【熙和】xīhé ㄒㄧ ㄏㄜˊ 〈書〉❶和樂。❷溫暖。

【熙來攘往】xī lái rǎng wǎng ㄒㄧ ㄌㄞˊ ㄖㄤˇ ㄨㄤˇ 熙熙攘攘。

【熙攘】xīrǎng ㄒㄧ ㄖㄤˇ 熙熙攘攘：人群熙攘。

【熙熙攘攘】xīxī rǎngrǎng ㄒㄧ ㄒㄧ ㄖㄤˇ ㄖㄤˇ 形容人來人往，非常熱鬧。

豨 xī ㄒㄧ 古書上指豬。

【豨薟】xīxiān ㄒㄧ ㄒㄧㄢ 一年生草本植物，莖上有灰白色的毛，葉子對生，橢圓形或卵狀披針形，花黃色，結瘦果，黑色，有四個棱。全草入藥。

蜥 xī ㄒㄧ 蜥蜴：巨蜥。

【蜥蜴】xīyì ㄒㄧ ㄧˋ 爬行動物，身體表面有細小鱗片，有四肢，尾巴細長，容易斷。雄的背面青綠色，有黑色直紋數條，雌的背面淡褐色，兩側各有黑色直紋一條，腹面都呈淡黃色。生活在草叢中，捕食昆蟲和其他小動物。通稱四腳蛇。

僖 xī ㄒㄧ 〈書〉喜樂。

餼（饩） xī ㄒㄧ 老解放區曾用過的一種計算貨幣的單位，一餼等於若干種實物價格的總和。

熄 xī ㄒㄧ 熄滅：熄燈｜火勢已熄。

【熄燈】xī∥dēng ㄒㄧ∥ㄉㄥ 熄滅燈火：熄燈就寢。

【熄火】xī∥huǒ ㄒㄧ∥ㄏㄨㄛˇ ❶燃料停止燃燒。❷使燃料停止燃燒。

【熄滅】xīmiè ㄒㄧ ㄇㄧㄝˋ 停止燃燒；滅(燈火)。

磎 xī ㄒㄧ 〈書〉同'溪'。

嘻 xī ㄒㄧ ❶〈書〉嘆詞，表示驚嘆。❷象聲詞，形容笑的聲音：嘻嘻地笑。

【嘻皮笑臉】xī pí xiào liǎn ㄒㄧ ㄆㄧˊ ㄒㄧㄠˋ ㄌㄧㄢˇ 同'嬉皮笑臉'。

【嘻嘻哈哈】xīxīhāhā ㄒㄧ ㄒㄧ ㄏㄚ ㄏㄚ ❶形容嬉笑歡樂的樣子。❷形容不嚴肅或不認真：對待這樣的大事情，嘻嘻哈哈的可不行！

噏 xī ㄒㄧ 〈書〉❶同'吸'。❷收斂。

【噏動】xīdòng ㄒㄧ ㄉㄨㄥˋ 〈書〉同'翕動'。

巂 xī ㄒㄧ 越巂(Yuèxī ㄩㄝˋ ㄒㄧ)，地名，在四川。今作越西。

膝 xī ㄒㄧ 大腿和小腿相連的關節的前部。通稱膝蓋。(圖見1017頁〖身體〗)

【膝蓋骨】xīgàigǔ ㄒㄧ ㄍㄞˋ ㄍㄨˇ 見80頁〖髕骨〗。

【膝下】xīxià ㄒㄧ ㄒㄧㄚˋ 兒女幼時常在父母跟前，因此舊時表示有無兒女，常說'膝下怎樣怎樣'；給父母或祖父母寫信時，也在開頭的稱呼下面加'膝下'兩字：膝下猶虛(還沒有兒女)｜父親大人膝下。

【膝癢搔背】xī yǎng sāo bèi ㄒㄧ ㄧㄤˇ ㄙㄠ ㄅㄟˋ 比喻處事不得當或不得要領(語本《鹽鐵論·利議》：'議論無所依，如膝癢而搔背')。

瘜 xī ㄒㄧ ［瘜肉］(xīròu ㄒㄧ ㄖㄡˋ)同'息肉'。

嬉 xī ㄒㄧ 〈書〉遊戲；玩耍：嬉鬧｜嬉戲。

【嬉鬧】xīnào ㄒㄧ ㄋㄠˋ 嬉笑打鬧：大家嬉鬧了一陣，開始安靜下來。

【嬉皮士】xīpíshì ㄒㄧ ㄆㄧˊ ㄕˋ 指某些西方國家中具有頹廢派作風的人。他們由於對現實不滿而採取玩世不恭的態度，如蓄長髮、穿奇裝異服、吸毒等。［英 hippy;hippie］

【嬉皮笑臉】xī pí xiào liǎn ㄒㄧ ㄆㄧˊ ㄒㄧㄠˋ ㄌㄧㄢˇ 形容嬉笑不嚴肅的樣子。也作嘻皮笑臉。

【嬉戲】xīxì ㄒㄧ ㄒㄧˋ 〈書〉遊戲；玩耍。

【嬉笑】xīxiào ㄒㄧ ㄒㄧㄠˋ 笑着鬧着：遠處傳來了孩子們的嬉笑聲。

熹 xī ㄒㄧ 〈書〉❶天亮：熹微。❷明亮：星熹。

【熹微】xīwēi ㄒㄧ ㄨㄟ 〈書〉形容陽光不強(多指清晨的)：晨光熹微。

憙 xī ㄒㄧ 〈書〉嘆聲。

樨 xī ㄒㄧ ［木樨］(mù·xī ㄇㄨˋ·ㄒㄧ) 同'木犀'。

螅 xī ㄒㄧ 見1075頁〖水螅〗。

錫[1] **(锡)** xī ㄒㄧ ❶金屬元素，符號 Sn (stannum)。常見的白錫為銀白色，富有延展性，在空氣中不易起變化，多用來鍍鐵，焊接金屬或製造合金。有的地區叫錫鑞。❷(Xī)姓。

錫[2] **(锡)** xī ㄒㄧ 〈書〉賜給：天錫良緣。

【錫伯族】Xībózú ㄒㄧ ㄅㄛˊ ㄗㄨˊ 我國少數民族之一，主要分佈在新疆和遼寧。

【錫箔】xībó ㄒㄧ ㄅㄛˊ 上面塗着一層薄錫的紙，多疊成或糊成元寶形，迷信的人用來焚化給鬼神。

【錫匠】xī·jiang ㄒㄧ·ㄐㄧㄤ 製造和修理錫器的小手工業者。

【錫劇】xījù ㄒㄧ ㄐㄩˋ 江蘇地方戲曲劇種之一，原名常錫文戲，由無錫灘簧和常州灘簧合流而成，流行於該省南部和上海市。

【錫鑞】xī·la ㄒㄧ·ㄌㄚ 〈方〉❶焊錫。❷錫。

【錫杖】xīzhàng ㄒㄧ ㄓㄤˋ 佛教的杖形法器，頭部裝有錫環。

【錫紙】xīzhǐ ㄒㄧ ㄓˇ 包裝捲烟等所用的金屬紙，多為銀白色。

歙 xī ㄒㄧ 〈書〉吸氣。
另見1015頁 Shè。

羲 Xī ㄒㄧ 姓。

熺 xī ㄒㄧ 〈書〉同'熹'。

窸 xī ㄒㄧ ［窸窣］(xīsū ㄒㄧ ㄙㄨ) 象聲詞，形容細小的摩擦聲音。

蹊 xī ㄒㄧ 〈書〉小路：蹊徑。
另見901頁 qī。

【蹊徑】xījìng ㄒㄧ ㄐㄧㄥˋ 〈書〉途徑：獨闢蹊徑。

蟋 xī ㄒㄧ ［蟋蟀］(xīshuài ㄒㄧ ㄕㄨㄞˋ) 昆蟲，身體黑褐色，觸角很長，後腿粗大，善於跳躍。尾部有尾鬚一對。雄的好鬥，兩翅摩擦能發聲。生活在陰濕的地方，吃植物的根、莖和種子，對農業有害。也叫促織，有的地區叫蛐蛐兒。

豀 xī ㄒㄧ 見87頁〖勃豀〗(bóxī)。

谿 xī ㄒㄧ ❶同'溪'。❷見87頁〖勃谿〗(bóxī)。

【谿壑】xīhè ㄒㄧ ㄏㄜˋ 〈書〉兩山之間的大溝；山谷(多用於比喻)。

【谿卡】xīkǎ ㄒㄧ ㄎㄚˇ 西藏民主改革前屬於官府、寺院和奴隸主的莊園。

【谿刻】xīkè ㄒㄧ ㄎㄜˋ 〈書〉尖刻；刻薄。

醯 xī ㄒㄧ 〈書〉醋。

譆（譆）xī ㄒㄧ 〈書〉悲嘆的聲音；呼痛的聲音。

曦 xī ㄒㄧ 〈書〉陽光（多指清晨的）：晨曦。

巇 xī ㄒㄧ 見1239頁〖險巇〗。

犧（牺）xī ㄒㄧ 〈書〉做祭品用的毛色純一的牲畜：犧牛。

【犧牲】xīshēng ㄒㄧ ㄕㄥ ❶古代為祭祀宰殺的牲畜。❷為了正義的目的捨棄自己的生命：流血犧牲｜為國犧牲｜他犧牲在戰場上。❸放棄或損害一方的利益：犧牲休息時間趕修機器。

【犧牲節】Xīshēng Jié ㄒㄧ ㄕㄥ ㄐㄧㄝˊ 見1423頁〖宰牲節〗。

【犧牲品】xīshēngpǐn ㄒㄧ ㄕㄥ ㄆㄧㄣˇ 指成為犧牲對象的人或物：這對青年成了包辦婚姻的犧牲品。

爔 xī ㄒㄧ 〈書〉同'曦'。

鼷 xī ㄒㄧ ［鼷鼠］（xīshǔ ㄒㄧ ㄕㄨˇ）小家鼠。

蠵 xī ㄒㄧ ［蠵龜］（xīguī ㄒㄧ ㄍㄨㄟ）海產的一種大龜，體長達一米，背面褐色，腹面淡黃色，頭部有對稱的鱗片，四肢呈槳狀，尾短。吃魚、蝦、蟹等。

鸂（㶉）xī ㄒㄧ ［鸂鶒］（xīchì ㄒㄧ ㄔˋ）古書上指像鴛鴦的一種水鳥。

觿 xī ㄒㄧ 〈書〉古代用骨頭製的解繩結的錐子。

xí（ㄒㄧˊ）

郋 Xí ㄒㄧˊ 古地名，在今河南省。

席 xí ㄒㄧˊ ❶同'蓆'。❷坐位；席位：出席｜入席｜缺席｜退席｜硬席｜軟席｜來賓席。❸特指議會中的席位，表示當選的人數。❹成桌的飯菜；酒席：擺了兩桌席。❺量詞：一席話｜一席酒。❻（Xí）姓。

另見1223頁 xí '蓆'。

【席不暇暖】xí bù xiá nuǎn ㄒㄧˊ ㄅㄨˋ ㄒㄧㄚˊ ㄋㄨㄢˇ 坐位還沒有坐熱就走了，形容忙得很。

【席次】xícì ㄒㄧˊ ㄘˋ 坐位的次序：代表們按照指定席次入座。

【席地】xídì ㄒㄧˊ ㄉㄧˋ 原指在地上鋪了蓆（坐、卧在上面），後來泛指在地上（坐、卧）：席地而坐。

【席捲】xíjuǎn ㄒㄧˊ ㄐㄩㄢˇ 像捲蓆子把東西全都捲進去：席捲而逃（偷了全部細軟而逃跑）。

【席夢思】xímèngsī ㄒㄧˊ ㄇㄥˋ ㄙ 一種內部裝有彈簧的牀墊。也指裝有這種牀墊的牀。［英 simmons］

【席面】xímiàn ㄒㄧˊ ㄇㄧㄢˋ 筵席；筵席上的酒菜：婚宴的席面很豐盛。

【席位】xíwèi ㄒㄧˊ ㄨㄟˋ 集會時個人或團體在會場上所佔的座位。特指議會中的席位，表示當選的人數。

習（习）xí ㄒㄧˊ ❶學習；複習；練習：自習｜實習｜習藝｜修文習武。❷對某事物常常接觸而熟悉：習見｜習聞｜習以為常。❸習慣：積習｜惡習｜相沿成習。❹（Xí）姓。

【習非成是】xí fēi chéng shì ㄒㄧˊ ㄈㄟ ㄔㄥˊ ㄕˋ 對於某些錯的事情習慣了，反認為是對的。

【習慣】xíguàn ㄒㄧˊ ㄍㄨㄢˋ ❶常常接觸某種新的情況而逐漸適應：習慣成自然｜對這裏的生活還不習慣。❷在長時期裏逐漸養成的、一時不容易改變的行為、傾向或社會風尚。

【習慣法】xíguànfǎ ㄒㄧˊ ㄍㄨㄢˋ ㄈㄚˇ 指經國家承認，具有法律效力的社會習慣。

【習好】xíhào ㄒㄧˊ ㄏㄠˋ 長期養成的嗜好。

【習見】xíjiàn ㄒㄧˊ ㄐㄧㄢˋ 經常見到：習見不鮮｜這種情況一向為人們所習見。

【習氣】xíqì ㄒㄧˊ ㄑㄧˋ 逐漸形成的壞習慣或壞作風：官僚習氣｜不良習氣。

【習染】xírǎn ㄒㄧˊ ㄖㄢˇ 〈書〉❶沾染（不良習慣）。❷壞習慣：革除習染。

【習尚】xíshàng ㄒㄧˊ ㄕㄤˋ 風尚：社會習尚。

【習俗】xísú ㄒㄧˊ ㄙㄨˊ 習慣和風俗：民族習俗。

【習題】xítí ㄒㄧˊ ㄊㄧˊ 教學上供練習用的題目：數學習題｜習題解答。

【習習】xíxí ㄒㄧˊ ㄒㄧˊ 形容風輕輕地吹：微風習習。

【習性】xíxìng ㄒㄧˊ ㄒㄧㄥˋ 長期在某種自然條件或社會環境下所養成的特性。

【習焉不察】xí yān bù chá ㄒㄧˊ ㄧㄢ ㄅㄨˋ ㄔㄚˊ 習慣於某種事物而覺察不到其中的問題。

【習以為常】xí yǐ wéi cháng ㄒㄧˊ ㄧˇ ㄨㄟˊ ㄔㄤˊ 常常做某件事，成了習慣。

【習藝】xíyì ㄒㄧˊ ㄧˋ 學習技術、手藝。

【習用】xíyòng ㄒㄧˊ ㄩㄥˋ 經常用；慣用：習用語。

【習與性成】xí yǔ xìng chéng ㄒㄧˊ ㄩˇ ㄒㄧㄥˋ ㄔㄥˊ 指長期的習慣會形成一定的性格。

【習字】xízì ㄒㄧˊ ㄗˋ 練習寫字。

【習作】xízuò ㄒㄧˊ ㄗㄨㄛˋ ❶練習寫作。❷練習的作業（指文章、繪畫等）：每週交一篇習作。

蓆〔蓆〕（席）xí ㄒㄧˊ 用葦篾、竹篾、草等編成的片狀物，用來鋪炕、牀、地或搭棚子等：草蓆｜涼蓆｜炕蓆｜一領蓆。

'席'另見1223頁 xí。

【蓆篾】xímiè ㄒㄧˊ ㄇㄧㄝˋ 用葦子、竹子、高粱

稈等的皮劈開而做成的細長的薄片，用來編蓆、簍子等。

【蓆子】xí·zi ㄒㄧˊ·ㄗ 蓆。

媳 xí ㄒㄧˊ 媳婦：婆媳。

【媳婦】xífù ㄒㄧˊ ㄈㄨˋ ❶兒子的妻子。也叫兒媳婦兒。❷晚輩親屬的妻子（前面加晚輩稱呼）：侄媳婦｜孫媳婦。

【媳婦兒】xí·fur ㄒㄧˊ·ㄈㄨㄦ 〈方〉❶妻子。❷泛指已婚的年輕婦女。

覡（觋） xí ㄒㄧˊ 〈書〉男巫師。

嶍（嶍） xí ㄒㄧˊ 嶍峨（Xí'é ㄒㄧˊ ㄜˊ），舊縣名，就是現在雲南的峨山彝族自治縣。

檄 xí ㄒㄧˊ ❶檄文：羽檄。❷〈書〉用檄文曉諭或聲討：檄告天下。

【檄書】xíshū ㄒㄧˊ ㄕㄨ 檄文。

【檄文】xíwén ㄒㄧˊ ㄨㄣˊ 古代用於曉諭、徵召、聲討等的文書，特指聲討敵人或叛逆的文書。

隰 xí ㄒㄧˊ ❶〈書〉低濕的地方。❷〈書〉新開墾的田。❸（Xí）姓。

霫 xí ㄒㄧˊ 霫霫（xíxí ㄒㄧˊㄒㄧˊ）〈書〉形容下雨。

鰼（鳛） xí ㄒㄧˊ 鰼水（Xíshuǐ ㄒㄧˊ ㄕㄨㄟˇ），地名，在貴州。今作習水。

襲[1]（袭） xí ㄒㄧˊ ❶襲擊；侵襲：夜襲｜空襲｜偷襲｜襲取◇寒氣襲人。❷（Xí）姓。

襲[2]（袭） xí ㄒㄧˊ ❶照樣做；依照着繼續下去：抄襲｜因襲｜沿襲。❷〈書〉量詞，用於成套的衣服：一襲棉衣。

【襲擊】xíjī ㄒㄧˊ ㄐㄧ ❶軍事上指出其不意地打擊：襲擊敵軍右側。❷比喻突然的打擊：遭颱風襲擊。

【襲取】[1] xíqǔ ㄒㄧˊ ㄑㄩˇ 出其不意地奪取（多用於武裝衝突）：襲取敵人的營地。

【襲取】[2] xíqǔ ㄒㄧˊ ㄑㄩˇ 沿襲地採取：後人襲取這個故事，寫成了戲。

【襲擾】xírǎo ㄒㄧˊ ㄖㄠˇ 襲擊騷擾：打退敵人的襲擾。

【襲用】xíyòng ㄒㄧˊ ㄩㄥˋ 沿襲地採用：襲用古方，配製丸藥。

【襲佔】xízhàn ㄒㄧˊ ㄓㄢˋ 襲擊並佔領。

xǐ（ㄒㄧˇ）

洗 xǐ ㄒㄧˇ ❶用水或汽油、煤油等去掉物體上面的髒東西：洗臉｜乾洗｜洗衣服。❷洗禮：領洗｜受洗。❸洗雪：洗冤。❹清除：清洗。❺像用水洗淨一樣殺光或搶光：洗城｜洗劫。❻照相的顯影定影；沖洗：洗膠捲｜洗相片。❼把磁帶上的錄音、錄像去掉：那段錄音已經洗了。❽玩牌時把牌攙和整理，以便繼續玩：洗牌。❾筆洗。

另見1239頁 Xiǎn。

【洗塵】xǐchén ㄒㄧˇ ㄔㄣˊ 設宴歡迎遠道而來的人：接風洗塵。

【洗滌】xǐdí ㄒㄧˇ ㄉㄧˊ 洗①：洗滌器｜洗滌劑｜洗滌衣物。

【洗耳恭聽】xǐ ěr gōng tīng ㄒㄧˇ ㄦˇ ㄍㄨㄥ ㄊㄧㄥ 專心地聽（請人講話時説的客氣話）。

【洗鹼】xǐ//jiǎn ㄒㄧˇ//ㄐㄧㄢˇ 用灌水沖洗的方法除去土壤中過多的鹽鹼成分。

【洗劫】xǐjié ㄒㄧˇ ㄐㄧㄝˊ 把一個地方或一家人家的財物搶光：洗劫一空｜海盜洗劫了一隻商船。

【洗禮】xǐlǐ ㄒㄧˇ ㄌㄧˇ ❶基督教接受人入教時所舉行的一種宗教儀式，把水滴在受洗人的額上，或讓受洗人身體浸在水裏，表示洗淨過去的罪惡。❷比喻重大鬥爭的鍛煉和考驗：受過戰鬥的洗禮。

【洗練】xǐliàn ㄒㄧˇ ㄌㄧㄢˋ （語言、文字、技藝等）簡練利落：這篇小説形象生動，文字洗練｜劇情處理得很洗練。也作洗煉。

【洗煤】xǐméi ㄒㄧˇ ㄇㄟˊ 濕法洗煤，利用各種不同成分的煤比重不同，通過水流的衝擊作用，把原煤分出不同等級，並除去塵土和廢石。

【洗錢】xǐqián ㄒㄧˇ ㄑㄧㄢˊ 把非法得來的錢款，通過存入銀行改變名義、性質成為合法收入，叫做洗錢。

【洗三】xǐ//sān ㄒㄧˇ//ㄙㄢ 舊俗在嬰兒出生後第三天給他洗澡。

【洗手】xǐ//shǒu ㄒㄧˇ//ㄕㄡˇ ❶比喻盜賊等改邪歸正。❷比喻不再幹某項職業：洗手改行。

【洗手間】xǐshǒujiān ㄒㄧˇ ㄕㄡˇ ㄐㄧㄢ 婉辭，指廁所。

【洗漱】xǐshù ㄒㄧˇ ㄕㄨˋ 洗臉漱口。

【洗刷】xǐshuā ㄒㄧˇ ㄕㄨㄚ ❶用水洗，用刷子蘸水刷。❷除去（恥辱、污點、錯誤等）：洗刷恥辱｜洗刷冤枉｜洗刷罪名。

【洗心革面】xǐ xīn gé miàn ㄒㄧˇ ㄒㄧㄣ ㄍㄜˊ ㄇㄧㄢˋ 比喻徹底悔改。也説革面洗心。

【洗雪】xǐxuě ㄒㄧˇ ㄒㄩㄝˇ 除掉（恥辱、冤屈等）。

【洗衣機】xǐyījī ㄒㄧˇ ㄧ ㄐㄧ 自動洗滌衣物的電動機械裝置，是一種常用的家用電器。

【洗印】xǐyìn ㄒㄧˇ ㄧㄣˋ 沖洗和印製照片或影片。

【洗澡】xǐ//zǎo ㄒㄧˇ//ㄗㄠˇ 用水洗身體，除去污垢。

【洗濯】xǐzhuó ㄒㄧˇ ㄓㄨㄛˊ 洗①。

枲 xǐ ㄒㄧˇ 枲麻，也泛指麻。

【枲麻】xǐmá ㄒㄧˇ ㄇㄚˊ 大麻的雄株，只開雄花，不結果實。也叫花麻。

徙 xǐ ㄒㄧˇ ❶遷移：遷徙｜徙居(搬家)。❷〈書〉調動官職。

【徙倚】xǐyǐ ㄒㄧˇ ㄧˇ〈書〉徘徊。

喜 xǐ ㄒㄧˇ ❶快樂；高興：狂喜｜喜出望外｜笑在臉上，喜在心裏。❷可慶賀的；可慶賀的事：喜事｜賀喜｜報喜。❸稱懷孕為'有喜'。❹愛好：好大喜功｜喜新厭舊。❺某種生物適宜於甚麼環境；某種東西適宜於配合甚麼東西：喜光植物｜海帶喜葷，最好跟肉一起燉。

【喜愛】xǐ'ài ㄒㄧˇ ㄞˋ 對人或事物有好感或感興趣：喜愛游泳｜這小孩惹人喜愛。

【喜報】xǐbào ㄒㄧˇ ㄅㄠˋ 印成或寫成的報喜的東西：立功喜報｜試驗成功了，快出喜報！

【喜沖沖】xǐchōngchōng ㄒㄧˇ ㄔㄨㄥ ㄔㄨㄥ (喜沖沖的) 形容十分高興的樣子。

【喜出望外】xǐ chū wàng wài ㄒㄧˇ ㄔㄨ ㄨㄤˋ ㄨㄞˋ 遇到出乎意外的喜事而特別高興。

【喜果】xǐguǒ ㄒㄧˇ ㄍㄨㄛˇ (喜果兒) ❶定婚和結婚時招待賓客或分送親友的乾果，如花生、棗兒等。❷〈方〉紅蛋。

【喜好】xǐhào ㄒㄧˇ ㄏㄠˋ 喜歡；愛好：喜好音樂。

【喜歡】xǐ·huan ㄒㄧˇ ·ㄏㄨㄢ ❶對人或事物有好感或感興趣：他喜歡文學，我喜歡數學。❷愉快；高興：喜喜歡歡過春節｜快把試驗成功的消息廣播一下，叫大家喜歡喜歡。

【喜酒】xǐjiǔ ㄒㄧˇ ㄐㄧㄡˇ 指結婚時招待親友的酒或酒席：吃喜酒｜辦了三桌喜酒。

【喜劇】xǐjù ㄒㄧˇ ㄐㄩˋ 戲劇的主要類別之一，用誇張手法諷刺和嘲笑醜惡、落後的現象，突出這種現象本身的矛盾和它與健康事物的衝突，往往引人發笑，結局大多是圓滿的。

【喜樂】xǐlè ㄒㄧˇ ㄌㄜˋ 歡喜，快樂。

【喜聯】xǐlián ㄒㄧˇ ㄌㄧㄢˊ 結婚時所用的對聯。

【喜眉笑眼】xǐ méi xiào yǎn ㄒㄧˇ ㄇㄟˊ ㄒㄧㄠˋ ㄧㄢˇ 形容面帶笑容，非常高興。

【喜怒無常】xǐ nù wú cháng ㄒㄧˇ ㄋㄨˋ ㄨˊ ㄔㄤˊ 一會兒高興，一會兒發怒。形容人情緒變化不定。

【喜氣】xǐqì ㄒㄧˇ ㄑㄧˋ 歡喜的神色或氣氛：滿臉喜氣｜喜氣洋洋。

【喜氣洋洋】xǐ qì yáng yáng ㄒㄧˇ ㄑㄧˋ ㄧㄤˊ ㄧㄤˊ 形容非常歡樂的樣子。

【喜錢】xǐ·qian ㄒㄧˇ ·ㄑㄧㄢ 有喜慶的人家給人的賞錢。

【喜慶】xǐqìng ㄒㄧˇ ㄑㄧㄥˋ ❶值得喜歡和慶賀的：喜慶事｜喜慶的日子。❷值得喜歡和慶賀的事。

【喜鵲】xǐ·que ㄒㄧˇ ·ㄑㄩㄝ 鳥，嘴尖，尾長，身體大部為黑色，肩和腹部白色，叫聲嘈雜。民間傳説聽見它叫將有喜事來臨，所以叫喜鵲。也叫鵲。

【喜人】xǐrén ㄒㄧˇ ㄖㄣˊ 使人喜愛：形勢喜人｜今年的小麥長勢喜人。

【喜喪】xǐsāng ㄒㄧˇ ㄙㄤ 指高壽的人去世的喪事。

【喜色】xǐsè ㄒㄧˇ ㄙㄜˋ 歡喜的神色：面有喜色。

【喜事】xǐshì ㄒㄧˇ ㄕˋ ❶值得祝賀的使人高興的事。❷特指結婚的事：喜事新辦。

【喜糖】xǐtáng ㄒㄧˇ ㄊㄤˊ 結婚時招待親友的糖果。

【喜聞樂見】xǐ wén lè jiàn ㄒㄧˇ ㄨㄣˊ ㄌㄜˋ ㄐㄧㄢˋ 喜歡聽，樂意看：這是一部為群眾所喜聞樂見的文藝作品。

【喜笑顏開】xǐ xiào yán kāi ㄒㄧˇ ㄒㄧㄠˋ ㄧㄢˊ ㄎㄞ 心情愉快，滿臉笑容。

【喜新厭舊】xǐ xīn yàn jiù ㄒㄧˇ ㄒㄧㄣ ㄧㄢˋ ㄐㄧㄡˋ 喜歡新的，厭棄舊的(多指愛情不專一)。

【喜形於色】xǐ xíng yú sè ㄒㄧˇ ㄒㄧㄥˊ ㄩˊ ㄙㄜˋ 抑制不住的高興流露在臉色上。

【喜幸】xǐxìng ㄒㄧˇ ㄒㄧㄥˋ〈書〉歡喜高興。

【喜興】xǐ·xing ㄒㄧˇ ·ㄒㄧㄥ 〈方〉歡喜；高興：喜興事兒｜今天他顯得格外精神和喜興。

【喜訊】xǐxùn ㄒㄧˇ ㄒㄩㄣˋ 使人高興的消息。

【喜洋洋】xǐyángyáng ㄒㄧˇ ㄧㄤˊ ㄧㄤˊ 形容非常歡樂的樣子：新年到，過年忙，男女老少喜洋洋。

【喜雨】xǐyǔ ㄒㄧˇ ㄩˇ 天氣乾旱、莊稼需要雨水時下的雨：普降喜雨。

【喜悦】xǐyuè ㄒㄧˇ ㄩㄝˋ 愉快；高興：喜悦的心情。

【喜滋滋】xǐzīzī ㄒㄧˇ ㄗ ㄗ (喜滋滋的) 形容內心很歡喜：聽到兒子立功的消息，她心裏喜滋滋的。

【喜子】xǐ·zi ㄒㄧˇ ·ㄗ 同'蟢子'。

葸〔葸〕 xǐ ㄒㄧˇ〈書〉畏懼：畏葸不前。

鉨(鉨) xǐ ㄒㄧˇ〈書〉同'璽'。

蓰〔蓰〕 xǐ ㄒㄧˇ 〈書〉五倍：倍蓰(數倍)。

銑(铣) xǐ ㄒㄧˇ 銑削。另見1239頁 xiǎn。

【銑牀】xǐchuáng ㄒㄧˇ ㄔㄨㄤˊ 金屬切削機牀，用來加工平面、曲面和各種凹槽。加工時工作台上的工件移動着跟銑刀接觸，銑刀做旋轉運動切削。

【銑工】xǐgōng ㄒㄧˇ ㄍㄨㄥ ❶用銑牀進行切削的工作。❷使用銑牀工作的工人。

【銑削】xǐxiāo ㄒㄧˇ ㄒㄧㄠ 用銑牀進行金屬切削。

屣 xǐ ㄒㄧˇ〈書〉鞋：敝屣。

禧(釐) xǐ ㄒㄧˇ (舊讀 xī ㄒㄧ) 幸福；吉祥：年禧｜福禧。'釐'另見700頁 lí。

蟢 xǐ ㄒㄧˇ ［蟢子］(xǐ·zi ㄒㄧˇ·ㄗ) 蠨蛸的通稱。也作喜子。

璽(玺) xǐ ㄒㄧˇ 帝王的印：玉璽｜掌璽大臣。

鰓(鰓) xǐ ㄒㄧˇ 魚，體長6寸到7寸，圓筒形，銀灰色，嘴尖，眼大。生活在近海沙底。也叫沙鑽(zuàn)魚。

纚(缅) xǐ ㄒㄧˇ 〈書〉束髮帛。另見702頁 lí。

xì (ㄒㄧˋ)

卌 xì ㄒㄧˋ 四十。

系 xì ㄒㄧˋ ❶系統：派系｜水系｜語系｜世系｜直系親屬。❷高等學校中按學科所分的教學行政單位：哲學系。❸地層系統分類的第二級，小於界，相當於地質年代的紀。

另見547頁 jì '繫'；1226頁 xì '係'；1228頁 xì '繫'。

【系列】xìliè ㄒㄧˋ ㄌㄧㄝˋ 相關聯的成組成套的事物：系列產品｜電視系列片。

【系譜】xìpǔ ㄒㄧˋ ㄆㄨˇ 關於物種變化系統的記載，也指關於某動植物的世代的記載。

【系統】xìtǒng ㄒㄧˋ ㄊㄨㄥˇ ❶同類事物按一定的關係組成的整體：系統化｜組織系統｜灌溉系統。❷有條理的；有系統的：系統學習｜系統研究。

【系統工程】xìtǒng gōngchéng ㄒㄧˋ ㄊㄨㄥˇ ㄍㄨㄥ ㄔㄥˊ 運用先進的科學方法，進行組織管理，以求最佳效果的技術。

盻 xì ㄒㄧˋ 〈書〉怒視：瞋目盻之。

係(系) xì ㄒㄧˋ 〈書〉是[3]：魯迅係浙江紹興人｜確係實情。

'系'另見547頁 jì '繫'；1226頁 xì；1228頁 xì '繫'。

【係數】xìshù ㄒㄧˋ ㄕㄨˋ ❶與未知數相乘的數字或文字，如 $2ax^2$ 中，$2a$ 是 x^2 的係數。❷科學技術上用來表示某種性質的程度或比率的數，如膨脹係數、安全係數等。

郄 xì ㄒㄧˋ 〈書〉❶同'隙'。❷同'郤'(Xì)。另見929頁 Qiè。

郤 xì ㄒㄧˋ ❶同'隙'。❷(Xì)姓。

屓(屃、屭) xì ㄒㄧˋ 見66頁［贔屓］(bìxì)。

細(细) xì ㄒㄧˋ ❶(條狀物)橫剖面小(跟'粗'相對，②至⑥同)：細鉛絲｜她們紡的綫又細又勻。❷(長條形)兩邊的距離近：畫一根細綫｜曲折的小河細得像腰帶。❸顆粒小：細沙｜玉米麪磨得很細。❹音量小：嗓音細。❺精細：江西細瓷｜這幾件象牙雕刻做得真細。❻仔細；詳細；周密：細看｜精打細算｜深耕細作｜這人心很細。❼細微；細小：細節｜事無巨細。❽〈方〉年齡小：細妹｜細娃子。

【細胞】xìbāo ㄒㄧˋ ㄅㄠ 生物體的基本結構和功能單位，形狀多種多樣，主要由細胞核、細胞質、細胞膜等構成。植物的細胞膜外面還有細胞壁。細胞有運動、營養和繁殖等機能。

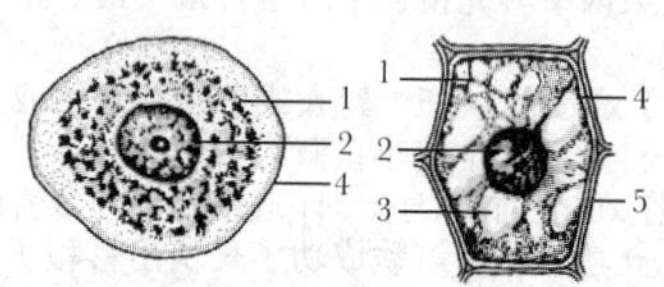

1.細胞質 2.細胞核 3.液泡 4.細胞膜 5.細胞壁

細 胞

【細胞壁】xìbāobì ㄒㄧˋ ㄅㄠ ㄅㄧˋ 植物細胞外圍的一層厚壁，包在細胞膜的外面，由纖維素構成。(圖見〖細胞〗)

【細胞核】xìbāohé ㄒㄧˋ ㄅㄠ ㄏㄜˊ 細胞的組成部分之一，在細胞的中央，多為球形或橢圓形，由核酸、核蛋白等構成。

【細胞膜】xìbāomó ㄒㄧˋ ㄅㄠ ㄇㄛˊ 細胞的組成部分之一，是緊貼在原生質外面的一層薄膜，有控制細胞內外物質交換的作用。動植物細胞都有細胞膜。(圖見〖細胞〗)

【細胞器】xìbāoqì ㄒㄧˋ ㄅㄠ ㄑㄧˋ 細胞質中由原生質分化而成的具有一定結構和功能的小器官，如綫粒體、葉綠體、質體等。簡稱胞器。

【細胞質】xìbāozhì ㄒㄧˋ ㄅㄠ ㄓˋ 細胞的組成部分之一，是一種無色透明的膠狀物質，在細胞核和細胞膜之間。(圖見〖細胞〗)

【細別】xìbié ㄒㄧˋ ㄅㄧㄝˊ ❶細微的差別。❷仔細地分別。

【細部】xìbù ㄒㄧˋ ㄅㄨˋ 製圖或複製圖畫時用較大的比例另外畫出或印出的部分，如建築圖上的卯榫，人物畫上的面部。

【細布】xìbù ㄒㄧˋ ㄅㄨˋ 一種平紋棉布，質地比市布還細密。

【細菜】xìcài ㄒㄧˋ ㄘㄞˋ 指某個地方在某個季節供應量不多的蔬菜，如北方地區冬季的黃瓜、豆角兒、蒜苗、西紅柿。

【細大不捐】xì dà bù juān ㄒㄧˋ ㄉㄚˋ ㄅㄨˋ ㄐㄩㄢ 小的大的都不拋棄。

【細點】xìdiǎn ㄒㄧˋ ㄉㄧㄢˇ 用料、製作精細的點心。

【細發】xì·fa ㄒㄧˋ ·ㄈㄚ 〈方〉細緻；不粗糙。

【細紡】xìfǎng ㄒㄧˋ ㄈㄤˇ 把粗紗紡成細紗，是紡紗的最後一道工序。

【細高挑兒】xìgāotiǎor ㄒㄧˋ ㄍㄠ ㄊㄧㄠㄦˇ 〈方〉細長身材，也指身材細長的人。

【細工】xìgōng ㄒㄧˋ ㄍㄨㄥ 精密細緻的工作（多指手工）：細工活兒。
【細故】xìgù ㄒㄧˋ ㄍㄨˋ 細小而值不得計較的事情。
【細活】xìhuó ㄒㄧˋ ㄏㄨㄛˊ （細活兒）細緻的活計，特指技術性強而消耗體力少的工作：慢工出細活｜他粗活細活樣樣都能幹。
【細節】xìjié ㄒㄧˋ ㄐㄧㄝˊ 細小的環節或情節。
【細究】xìjiū ㄒㄧˋ ㄐㄧㄡ 詳細推究；深究：此事不必細究｜細究起來，你我都負有一定責任。
【細菌】xìjūn ㄒㄧˋ ㄐㄩㄣ 微生物的一大類，體積微小，必須用顯微鏡才能看見。有球形、桿形、螺旋形、弧形、綫形等多種，一般都用分裂繁殖。自然界中分佈很廣，對自然界物質循環起着重大作用。有的細菌對人類有利；有的細菌能使人類、牲畜等發生疾病。
【細菌肥料】xìjūn féiliào ㄒㄧˋ ㄐㄩㄣ ㄈㄟˊ ㄌㄧㄠˋ 人工培養的固氮菌、根瘤菌、磷細菌等製成的細菌製劑。施到土壤中，能固定空氣中的氮，形成作物能吸收的物質，或把土壤中含磷、鉀的物質變成作物能吸收的物質。簡稱菌肥。
【細菌武器】xìjūn wǔqì ㄒㄧˋ ㄐㄩㄣ ㄨˇ ㄑㄧˋ 見1026頁〖生物武器〗。
【細菌性痢疾】xìjūnxìng lì·ji ㄒㄧˋ ㄐㄩㄣ ㄒㄧㄥˋ ㄌㄧˋ·ㄐㄧ 傳染病，病原體是痢疾桿菌，症狀是發燒，腹痛，裏急後重，腹瀉，糞便中有膿血和黏液。
【細糧】xìliáng ㄒㄧˋ ㄌㄧㄤˊ 一般指白麪和大米等食糧（區別於'粗糧'）。
【細毛】xìmáo ㄒㄧˋ ㄇㄠˊ 價值較高的毛皮，如水獺皮、狐皮、貂皮等。
【細密】xìmì ㄒㄧˋ ㄇㄧˋ ❶（質地）精細仔密：布織得細密。❷不疏忽大意；仔細：對情況進行細密的分析。
【細目】xìmù ㄒㄧˋ ㄇㄨˋ 詳細的項目或目錄。
【細嫩】xìnèn ㄒㄧˋ ㄋㄣˋ （皮膚、肌肉等）柔嫩：皮膚很細嫩。
【細膩】xìnì ㄒㄧˋ ㄋㄧˋ ❶精細光滑：質地細膩。❷（描寫、表演等）細緻入微：感情細膩｜人物描寫細膩而生動。
【細巧】xìqiǎo ㄒㄧˋ ㄑㄧㄠˇ 精細巧妙；纖細靈巧：石柱上雕刻着細巧的圖案。
【細情】xìqíng ㄒㄧˋ ㄑㄧㄥˊ 詳細情形：先告訴你個大概，細情等一會兒再說吧。
【細軟】xìruǎn ㄒㄧˋ ㄖㄨㄢˇ ❶指首飾、貴重衣物等便於攜帶的東西：收拾細軟｜細軟家私。❷纖細柔軟：細軟的柳枝。
【細潤】xìrùn ㄒㄧˋ ㄖㄨㄣˋ 細膩①：瓷質細潤。
【細弱】xìruò ㄒㄧˋ ㄖㄨㄛˋ 細小柔弱：聲音細弱｜細弱的柳條垂在水面上。
【細紗】xìshā ㄒㄧˋ ㄕㄚ 粗紗再紡而成的紗，用來織布或紡綫。
【細水長流】xì shuǐ cháng liú ㄒㄧˋ ㄕㄨㄟˇ ㄔㄤˊ ㄌㄧㄡˊ ❶比喻節約使用財物或人力，使經常不缺。❷比喻一點一滴地做某件事，總不間斷。
【細碎】xìsuì ㄒㄧˋ ㄙㄨㄟˋ 細小零碎：細碎的腳步聲。
【細條】xì·tiao ㄒㄧˋ·ㄊㄧㄠ 細挑。
【細挑】xì·tiao ㄒㄧˋ·ㄊㄧㄠ （身材）細長。
【細微】xìwēi ㄒㄧˋ ㄨㄟ 細小；微小：細微的變化｜細微的動作｜聲音很細微。
【細小】xìxiǎo ㄒㄧˋ ㄒㄧㄠˇ 很小：細小的雨點｜細小的事情。
【細心】xìxīn ㄒㄧˋ ㄒㄧㄣ 用心細密：細心人｜細心照料。
【細伢子】xìyá·zi ㄒㄧˋ ㄧㄚˊ·ㄗ 〈方〉小孩兒。
【細則】xìzé ㄒㄧˋ ㄗㄜˊ 有關規章、制度、措施、辦法等的詳細的規則：工作細則｜管理細則。
【細賬】xìzhàng ㄒㄧˋ ㄓㄤˋ 詳細的賬目。
【細針密縷】xì zhēn mì lǚ ㄒㄧˋ ㄓㄣ ㄇㄧˋ ㄌㄩˇ 針綫細密，比喻工作細緻。
【細枝末節】xì zhī mò jié ㄒㄧˋ ㄓ ㄇㄛˋ ㄐㄧㄝˊ 比喻事情或問題的細小而無關緊要的部分。
【細緻】xìzhì ㄒㄧˋ ㄓˋ ❶精細周密：工作細緻。❷細密精緻：細緻的花紋。
【細作】xìzuò ㄒㄧˋ ㄗㄨㄛˋ 舊指暗探；間諜。

舄 xì ㄒㄧˋ ❶〈書〉鞋。❷同'潟'。❸（Xì）姓。
【舄鹵】xìlǔ ㄒㄧˋ ㄌㄨˇ 〈書〉同'潟鹵'。

艴 xì ㄒㄧˋ 〈書〉赤色。

褉 xì ㄒㄧˋ 古代於春秋兩季在水邊舉行的一種祭禮。

綌（绤） xì ㄒㄧˋ 〈書〉粗葛布。

隙〔隟〕（隙） xì ㄒㄧˋ ❶縫隙；裂縫：牆隙｜門隙｜雲隙。❷（地區、時間）空閑：隙地｜空隙｜農隙（農閑）。❸漏洞；機會：無隙可乘。❹（感情上的）裂痕：嫌隙｜有隙。
【隙地】xìdì ㄒㄧˋ ㄉㄧˋ 空着的地方；空隙地帶：廣場上人山人海，幾無隙地｜在路旁隙地種樹。
【隙縫】xìfèng ㄒㄧˋ ㄈㄥˋ 縫隙；裂縫：兀鷹的窠巢築在懸崖峭壁的隙縫中。

隟 xì ㄒㄧˋ 〈書〉同'隙'。

潟 xì ㄒㄧˋ 〈書〉鹹水浸漬的土地。
【潟湖】xìhú ㄒㄧˋ ㄏㄨˊ 淺水海灣因灣口被淤積的泥沙封閉形成的湖，高潮時可與海相通。
【潟鹵】xìlǔ ㄒㄧˋ ㄌㄨˇ 〈書〉鹽鹹地。也作舄鹵。

戲（戏、戱） xì ㄒㄧˋ ❶玩耍；遊戲：兒戲｜嬉戲。❷開玩笑；嘲弄：戲弄｜戲言。❸戲劇，也指雜技：一齣京戲｜馬戲｜把戲｜這場戲演得很精彩。

另見482頁 hū。

【戲班】xìbān ㄒㄧˋ ㄅㄢ (戲班兒) 戲曲劇團的舊稱。也叫戲班子。

【戲報子】xìbào·zi ㄒㄧˋ ㄅㄠˋ·ㄗ 舊稱戲曲演出的招貼。

【戲本】xìběn ㄒㄧˋ ㄅㄣˇ (戲本兒) 戲曲劇本的舊稱。也叫戲本子。

【戲稱】xìchēng ㄒㄧˋ ㄔㄥ ❶戲謔地稱呼：因為他說話直爽，大夥戲稱他'炮筒子'。❷戲謔性的稱呼：萬事通是人們對他的戲稱。

【戲出兒】xìchūr ㄒㄧˋ ㄔㄨㄦ 模仿戲曲的某個場面而繪畫或雕塑的人物形象，大多印成年畫或製成工藝品。

【戲詞】xìcí ㄒㄧˋ ㄘˊ (戲詞兒) 戲曲中唱詞和說白的總稱。

【戲單】xìdān ㄒㄧˋ ㄉㄢ (戲單兒) 列有劇目和戲曲演員名字的單子；戲曲說明書。

【戲法】xìfǎ ㄒㄧˋ ㄈㄚˇ (戲法兒) 魔術。

【戲份兒】xìfènr ㄒㄧˋ ㄈㄣㄦˋ 指戲曲演員每次演出按一定比例分得的報酬。

【戲劇】xìjù ㄒㄧˋ ㄐㄩˋ ❶通過演員表演故事來反映社會生活中的各種衝突的藝術。是以表演藝術為中心的文學、音樂、舞蹈等藝術的綜合。分為話劇、戲曲、歌劇、舞劇等，按作品類型又可以分為悲劇、喜劇、正劇等。❷指劇本。

【戲劇性】xìjùxìng ㄒㄧˋ ㄐㄩˋ ㄒㄧㄥˋ ❶像戲劇情節那樣曲折、突如其來或激動人心的：局勢發生了戲劇性變化。❷事情所具有的上述性質：他們倆的悲歡離合很富有戲劇性。

【戲路】xìlù ㄒㄧˋ ㄌㄨˋ 指演員所能表演的角色類型：他戲路寬，正反面人物都能演。也說戲路子。

【戲碼】xìmǎ ㄒㄧˋ ㄇㄚˇ (戲碼兒) 戲曲演出的劇目。

【戲迷】xìmí ㄒㄧˋ ㄇㄧˊ 喜歡看戲或唱戲而入迷的人。

【戲目】xìmù ㄒㄧˋ ㄇㄨˋ 劇目。

【戲弄】xìnòng ㄒㄧˋ ㄋㄨㄥˋ 耍笑捉弄：拿人開心。

【戲曲】xìqǔ ㄒㄧˋ ㄑㄩˇ ❶我國傳統的戲劇形式，包括昆曲、京劇和各種地方戲，以歌唱、舞蹈為主要表演手段。❷一種文學形式，雜劇和傳奇中的唱詞。

【戲曲片兒】xìqǔpiānr ㄒㄧˋ ㄑㄩˇ ㄆㄧㄢㄦ 戲曲片。

【戲曲片】xìqǔpiàn ㄒㄧˋ ㄑㄩˇ ㄆㄧㄢˋ 用電影手法拍攝的戲曲演出的影片。

【戲耍】xìshuǎ ㄒㄧˋ ㄕㄨㄚˇ ❶戲弄：戲耍人。❷玩耍：終日吃喝戲耍。

【戲台】xìtái ㄒㄧˋ ㄊㄞˊ 舞台。

【戲文】xìwén ㄒㄧˋ ㄨㄣˊ ❶見828頁〖南戲〗。❷戲詞。❸泛指戲曲。

【戲侮】xìwǔ ㄒㄧˋ ㄨˇ 戲弄侮辱。

【戲謔】xìxuè ㄒㄧˋ ㄒㄩㄝˋ 用有趣的引人發笑的話開玩笑。

【戲言】xìyán ㄒㄧˋ ㄧㄢˊ ❶隨便說說並不當真的話：一句戲言。❷開玩笑地說：戲言身後事。

【戲衣】xìyī ㄒㄧˋ ㄧ 戲曲演員演出時穿的衣服。

【戲園子】xìyuán·zi ㄒㄧˋ ㄩㄢˊ·ㄗ 舊指專供演出戲曲的場所。

【戲院】xìyuàn ㄒㄧˋ ㄩㄢˋ 劇場。

【戲照】xìzhào ㄒㄧˋ ㄓㄠˋ 穿戲裝拍攝的照片。

【戲裝】xìzhuāng ㄒㄧˋ ㄓㄨㄤ 戲曲演員表演時所穿戴的衣服和靴，帽等。

【戲子】xì·zi ㄒㄧˋ·ㄗ 舊時稱職業的戲曲演員(含輕視意)。

鬩(阋) xì ㄒㄧˋ 〈書〉爭吵；爭鬥：兄弟鬩於牆。

虩 xì ㄒㄧˋ [虩虩]〈書〉形容恐懼。

餼(饩) xì ㄒㄧˋ 〈書〉❶穀物；飼料。❷活的牲口；生肉。❸贈送(食物)。

繫(系) xì ㄒㄧˋ ❶聯結：聯繫(多用於抽象的事物)：維繫｜名譽所繫｜觀瞻所繫｜成敗繫於此舉。❷牽挂：繫戀｜繫念。❸把人或東西捆住後往上提或向下送：從窖裏把白薯繫上來。❹拴；綁：繫馬｜繫縛。❺拘禁：繫獄。

另見547頁 jì。'系'另見1226頁 xì；1226頁 xì'係'。

【繫詞】xìcí ㄒㄧˋ ㄘˊ ❶邏輯上指一個命題的三部分之一，連繫主詞和賓詞來表示肯定或否定。如'雪是白的'中的'是'，'鯨魚不是魚'中的'不是'。❷有的語法書把'是'叫做繫詞。

【繫縛】xìfù ㄒㄧˋ ㄈㄨˋ 〈書〉束縛。

【繫戀】xìliàn ㄒㄧˋ ㄌㄧㄢˋ 留戀；戀戀不捨：繫戀家鄉。

【繫念】xìniàn ㄒㄧˋ ㄋㄧㄢˋ 〈書〉挂念。

【繫子】xì·zi ㄒㄧˋ·ㄗ 〈方〉拴在器物上的繩子：籮筐繫子｜秤錘繫子。

盡 xì ㄒㄧˋ 〈書〉悲傷；痛。

xiā (ㄒㄧㄚ)

呷 xiā ㄒㄧㄚ 〈方〉喝¹(hē)①：呷了一口茶。

另見364頁 gā。

瞎 xiā ㄒㄧㄚ ❶喪失視覺；失明：他的右眼瞎了。❷沒有根據地；沒有來由地；沒有效果地：瞎說｜瞎吵｜瞎花錢｜瞎操心。❸炮彈打出去不響或爆破裝置引火後不爆炸：瞎炮｜炮炮不瞎。❹〈方〉農作物種子沒有發芽出土或農作物子粒不飽滿。❺〈方〉糟蹋；損失；丟掉：白瞎了一個名額｜一場冰雹瞎了多少莊稼。❻〈方〉沒有頭緒；亂：綫繞瞎了。

【瞎掰】xiābāi ㄒㄧㄚ ㄅㄞ 〈方〉❶徒勞無益；白搭：天還沒黑就讓點燈，這不是瞎掰嗎？❷瞎扯：根本沒有這事兒，你別聽他瞎掰。

【瞎扯】xiāchě ㄒㄧㄚ ㄔㄜˇ 沒有中心地亂說；沒有根據地亂說：瞎扯一氣｜別瞎扯了，說正經的。

【瞎吹】xiāchuī ㄒㄧㄚ ㄔㄨㄟ 胡亂誇口：畝產一萬斤糧食，那是瞎吹。

【瞎話】xiāhuà ㄒㄧㄚ ㄏㄨㄚˋ 不真實的話；謊話：說瞎話。

【瞎火】xiāhuǒ ㄒㄧㄚ ㄏㄨㄛˇ ❶打不響的槍炮彈藥：打了五發炮彈，其中有一發是瞎火。❷彈藥失效：子彈瞎火了，槍沒打響。

【瞎奶】xiānǎi ㄒㄧㄚ ㄋㄞˇ ❶不突起的奶頭。❷啞不出奶水的奶頭。

【瞎鬧】xiānào ㄒㄧㄚ ㄋㄠˋ 沒有來由或沒有效果地做；胡鬧。

【瞎炮】xiāpào ㄒㄧㄚ ㄆㄠˋ 在施工爆破中，由於發生故障沒有爆炸的炮。也叫啞炮。

【瞎說】xiāshuō ㄒㄧㄚ ㄕㄨㄛ 沒有根據地亂說：瞎說一通。

【瞎信】xiāxìn ㄒㄧㄚ ㄒㄧㄣˋ 郵政部門指由於地址不清或寫錯等原因而不能投遞的信件；死信。也叫盲信。

【瞎眼】xiā//yǎn ㄒㄧㄚ//ㄧㄢˇ 喪失視覺；失明◇是我當初瞎了眼，沒有看出他是個騙子。

【瞎謅】xiāzhōu ㄒㄧㄚ ㄓㄡ 〈方〉説胡亂編造的話。

【瞎抓】xiāzhuā ㄒㄧㄚ ㄓㄨㄚ 沒有條理地做事。

【瞎子】xiā·zi ㄒㄧㄚ ·ㄗ ❶失去視覺能力的人。❷〈方〉結得很不飽滿的子粒。

蝦(虾) xiā ㄒㄧㄚ 節肢動物，身體長，分頭胸部和腹部，體外有殼質的軟殼，薄而透明，腹部由多數環節構成，頭部有長短觸角各一對，胸部的腳第一對最大，末端的形狀像鉗子。生活在水中，會跳躍，捕食小蟲。種類很多，如青蝦、龍蝦、對蝦等。

另見444頁 há。

【蝦兵蟹將】xiā bīng xiè jiàng ㄒㄧㄚ ㄅㄧㄥ ㄒㄧㄝˋ ㄐㄧㄤˋ 神話傳説中龍王的兵將，比喻不中用的兵將。

【蝦米】xiā·mi ㄒㄧㄚ ·ㄇㄧ ❶曬乾的去頭去殼的蝦。❷〈方〉小蝦。

【蝦皮】xiāpí ㄒㄧㄚ ㄆㄧˊ 曬乾的或蒸熟曬乾的毛蝦。也叫蝦米皮。

【蝦仁】xiārén ㄒㄧㄚ ㄖㄣˊ (蝦仁兒)去頭去殼的鮮蝦。

【蝦子】xiāzǐ ㄒㄧㄚ ㄗˇ 蝦的卵，乾製後橙黃色，用做調味品。

【蝦子】xiā·zi ㄒㄧㄚ ·ㄗ 〈方〉蝦。

鰕(鰕) xiā ㄒㄧㄚ 同'蝦'。

xiá (ㄒㄧㄚˊ)

匣 xiá ㄒㄧㄚˊ (匣兒)匣子：木匣｜梳頭匣兒｜兩匣點心。

【匣子】xiá·zi ㄒㄧㄚˊ ·ㄗ ❶裝東西的較小的方形器具，有蓋兒；盒子。❷〈方〉駁殼槍。

【匣子槍】xiá·ziqiāng ㄒㄧㄚˊ ·ㄗㄑㄧㄤ 〈方〉駁殼槍。也叫匣槍、匣子。

狎 xiá ㄒㄧㄚˊ 親近而態度不莊重：狎昵。

【狎妓】xiájì ㄒㄧㄚˊ ㄐㄧˋ 指玩弄妓女。

【狎昵】xiánì ㄒㄧㄚˊ ㄋㄧˋ 過分親近而態度輕佻。

柙 xiá ㄒㄧㄚˊ 關野獸的籠子，舊時也用來拘禁罪重的犯人。

俠(侠) xiá ㄒㄧㄚˊ ❶俠客：遊俠｜武俠。❷俠義：俠士｜行俠仗義。

【俠肝義膽】xiá gān yì dǎn ㄒㄧㄚˊ ㄍㄢ ㄧˋ ㄉㄢˇ 指講義氣，有勇氣，肯捨己助人的氣概和行為。

【俠客】xiákè ㄒㄧㄚˊ ㄎㄜˋ 舊時指有武藝、講義氣、肯捨己助人的人。

【俠義】xiáyì ㄒㄧㄚˊ ㄧˋ 指講義氣，肯捨己助人的：俠義心腸｜俠義行為。

峽(峡) xiá ㄒㄧㄚˊ 兩山夾水的地方(多用於地名)：三門峽(在河南)｜青銅峽(在寧夏)｜長江三峽。

【峽谷】xiágǔ ㄒㄧㄚˊ ㄍㄨˇ 河流經過的深而狹窄的山谷，兩旁有峭壁。

狹(狭) xiá ㄒㄧㄚˊ 窄(跟'廣'相對)：狹小｜狹路相逢。

【狹隘】xiá'ài ㄒㄧㄚˊ ㄞˋ ❶寬度小：狹隘的山道。❷(心胸、氣量、見識等)局限在一個小範圍裏；不寬廣；不宏大：見聞狹隘｜心胸狹隘｜狹隘的生活經驗。

【狹長】xiácháng ㄒㄧㄚˊ ㄔㄤˊ 窄而長：狹長的山谷。

【狹路相逢】xiá lù xiāng féng ㄒㄧㄚˊ ㄌㄨˋ ㄒㄧㄤ ㄈㄥˊ 在很窄的路上遇見了，不容易讓開。多指仇人相遇，難以相容。

【狹小】xiáxiǎo ㄒㄧㄚˊ ㄒㄧㄠˇ 狹窄：房屋狹小｜氣量狹小。

【狹義】xiáyì ㄒㄧㄚˊ ㄧˋ 範圍比較狹窄的定義(跟'廣義'相對)：狹義的文藝單指文學，廣義的文藝兼指美術、音樂等。

【狹窄】xiázhǎi ㄒㄧㄚˊ ㄓㄞˇ ❶寬度小：狹窄的走廊｜狹窄的小胡同。❷(心胸、見識等)不宏大寬廣：心地狹窄。

袷 xiá ㄒㄧㄚˊ 古時在太廟中合祭祖先。

硤(硖) xiá ㄒㄧㄚˊ 硤石(Xiáshí ㄒㄧㄚˊ ㄕˊ)，地名，在浙江。

陿(陿) xiá ㄒㄧㄚˊ 〈書〉❶同‘狹’。❷同‘峽’。

瑕 xiá ㄒㄧㄚˊ 玉上面的斑點，比喻缺點：瑕疵｜白璧微瑕｜純潔無瑕。

【瑕不掩瑜】xiá bù yǎn yú ㄒㄧㄚˊ ㄅㄨˋ ㄧㄢˇ ㄩˊ 比喻缺點掩蓋不了優點，優點是主要的，缺點是次要的。

【瑕疵】xiácī ㄒㄧㄚˊ ㄘ 微小的缺點。

【瑕玷】xiádiàn ㄒㄧㄚˊ ㄉㄧㄢˋ 〈書〉污點；毛病。

【瑕瑜互見】xiá yú hù jiàn ㄒㄧㄚˊ ㄩˊ ㄏㄨˋ ㄐㄧㄢˋ 比喻有缺點也有優點。

暇 xiá ㄒㄧㄚˊ 沒有事的時候；空閑：無暇兼顧｜自顧不暇。

遐 xiá ㄒㄧㄚˊ 〈書〉❶遠：遐邇。❷長久：遐齡。

【遐邇】xiá'ěr ㄒㄧㄚˊ ㄦˇ 〈書〉遠近：遐邇聞名(形容名聲大)。

【遐齡】xiálíng ㄒㄧㄚˊ ㄌㄧㄥˊ 指人長壽；高齡。

【遐思】xiásī ㄒㄧㄚˊ ㄙ 遐想。

【遐想】xiáxiǎng ㄒㄧㄚˊ ㄒㄧㄤˇ 悠遠地思索或想像：遐想聯翩｜閉目遐想。

轄(辖、❶鎋、舝) xiá ㄒㄧㄚˊ ❶大車軸頭上穿着的小鐵棍，可以管住輪子使不脱落。(圖見758頁〖輪子〗) ❷管轄；管理：直轄｜統轄｜省轄市。

【轄區】xiáqū ㄒㄧㄚˊ ㄑㄩ 所管轄的地區。

【轄制】xiázhì ㄒㄧㄚˊ ㄓˋ 管束：受人轄制。

霞 xiá ㄒㄧㄚˊ 日光斜射在天空中，由於空氣的散射作用而使天空和雲層呈現黃、橙、紅等彩色的自然現象，多出現在日出或日落的時候。通常指這樣出現的彩色的雲。

【霞光】xiáguāng ㄒㄧㄚˊ ㄍㄨㄤ 陽光穿透雲霧射出的彩色光芒：霞光萬道。

【霞帔】xiápèi ㄒㄧㄚˊ ㄆㄟˋ 我國古時貴族婦女禮服的一部分，類似披肩。

黠 xiá ㄒㄧㄚˊ 〈書〉聰明而狡猾：狡黠｜黠慧。

【黠慧】xiáhuì ㄒㄧㄚˊ ㄏㄨㄟˋ 〈書〉狡猾聰慧。

xià (ㄒㄧㄚˋ)

下[1] xià ㄒㄧㄚˋ ❶位置在低處的：下游｜下部｜山下｜往下看。❷等次或品級低的：下等｜下級｜下策｜下品。❸次序或時間在後的：下次｜下半年｜下不為例。❹向下面：下達｜下行。❺表示屬於一定範圍、情況、條件等：名下｜部下｜在黨的領導下｜在這種情況下。❻表示當某個時間或時節：時下｜節下｜年下。❼用在數目字後面，表示方面或方位：兩下都同意｜往四下一看。

下[2] xià ㄒㄧㄚˋ ❶由高處到低處：下山｜下樓｜順流而下。❷(雨、雪等)降落：下雨｜下雪｜下霜。❸發佈；投遞：下命令｜下通知｜下戰書。❹去；到(處所)：下鄉｜下車間｜下館子。❺退場：八一隊的五號下，三號上｜這一場戲你應該從右邊的旁門下。❻放入：下種｜下麪條｜下本錢｜下網撈魚。❼進行(棋類遊藝或比賽)：下圍棋｜咱們下兩盤象棋吧！❽卸除；取下：下裝｜把敵人的槍下了｜把窗戶下下來。❾做出(言論、判斷等)：下結論｜下批語｜下定義。❿使用；開始使用：下力氣｜下工夫｜下刀｜下筆｜對症下藥。⓫(動物)生產：母豬下小豬｜雞下蛋。⓬攻陷：連下數城。⓭退讓：相持不下。⓮到規定時間結束日常工作或學習等：下班｜下課。⓯低於；少於：參加大會的不下三千人。

下[3] xià ㄒㄧㄚˋ ❶(下兒)量詞。a)用於動作的次數：鐘打了三下｜搖了幾下旗子。b)〈方〉用於器物的容量：瓶子裏裝着半下墨水｜這麼大的碗，他足足吃了三下。❷(下兒)用在‘兩、幾’後面，表示本領，技能：他真有兩下｜就這麼幾下，你還要逞能？‖也説下子。

下 //·xià //·ㄒㄧㄚˋ 用在動詞後。❶表示由高處到低處：坐下｜躺下｜傳下一道命令。❷表示有空間，能容納：坐得下｜這個劇場能容下上千人｜這間屋子太小，睡不下六個人。❸表示動作的完成或結果：打下基礎｜定下計策｜準備下材料。

【下巴】xià·ba ㄒㄧㄚˋ·ㄅㄚ ❶下頜的通稱。❷頦的通稱。

【下巴頦兒】xià·bakēr ㄒㄧㄚˋ·ㄅㄚ ㄎㄜㄦ 頦的通稱。

【下襬】xiàbǎi ㄒㄧㄚˋ ㄅㄞˇ 長袍、上衣、襯衫等的最下面的部分。

【下班】xià//bān ㄒㄧㄚˋ//ㄅㄢ (下班兒)每天規定的工作時間結束，每天下午六點下班。

【下板兒】xià//bǎnr ㄒㄧㄚˋ//ㄅㄢㄦˇ 〈方〉商店摘下口板、窗板，開始營業，叫做下板兒。

【下半場】xiàbànchǎng ㄒㄧㄚˋ ㄅㄢˋ ㄔㄤˇ 下半時。

【下半旗】xià bànqí ㄒㄧㄚˋ ㄅㄢˋ ㄑㄧˊ 先將國旗升至杆頂，再降至離杆頂約占全杆三分之一的地方，是表示哀悼的禮節。也説降(jiàng)半旗。

【下半晌】xiàbànshǎng ㄒㄧㄚˋ ㄅㄢˋ ㄕㄤˇ 下午。

【下半時】xiàbànshí ㄒㄧㄚˋ ㄅㄢˋ ㄕˊ 足球、籃球等球類比賽，全場比賽分作兩段時間進行，後一段時間叫下半時。也説下半場。

【下半天】xiàbàntiān ㄒㄧㄚˋ ㄅㄢˋ ㄊㄧㄢ (下半天兒)下午。

【下半夜】xiàbànyè ㄒㄧㄚˋ ㄅㄢˋ ㄧㄝˋ 後半夜。

【下輩】xiàbèi ㄒㄧㄚˋ ㄅㄟˋ (下輩兒)❶指子孫。❷家族中的下一代。

【下輩子】xiàbèi·zi ㄒㄧㄚˋ ㄅㄟˋ·ㄗ 來世。

【下本兒】xià//běnr ㄒㄧㄚˋ//ㄅㄣㄦˇ 放進本錢◇要

多打糧食就要捨得下本兒，勤灌溉，多上肥料，加強田間管理。

【下筆】xià∥bǐ ㄒㄧㄚˋ∥ㄅㄧˇ 用筆寫或畫，特指開始寫或畫：下筆千言｜想好了再下筆。

【下邊】xià·bian ㄒㄧㄚˋ·ㄅㄧㄢ （下邊兒）下面。

【下不來】xià ·bu lái ㄒㄧㄚˋ·ㄅㄨ ㄌㄞˊ 指在人前受窘：幾句話說得他臉上下不來。

【下不為例】xià bù wéi lì ㄒㄧㄚˋ ㄅㄨˋ ㄨㄟˊ ㄌㄧˋ 下次不能援例，表示只通融這一次。

【下操】xià∥cāo ㄒㄧㄚˋ∥ㄘㄠ ❶指出操：我們上午下操，下午上課。❷指收操：他剛下操回來，跑得滿頭大汗。

【下策】xiàcè ㄒㄧㄚˋ ㄘㄜˋ 不高明的計策或辦法。

【下層】xiàcéng ㄒㄧㄚˋ ㄘㄥˊ 下面的一層或幾層（多指機構、組織、階層）：深入下層｜下層社會。

【下場】xià∥chǎng ㄒㄧㄚˋ∥ㄔㄤˇ ❶演員或運動員退場。❷舊時指到考場應考。

【下場】xià·chǎng ㄒㄧㄚˋ·ㄔㄤˇ 人的結局（多指不好的）：沒有好下場｜可耻的下場。

【下場門】xiàchǎngmén ㄒㄧㄚˋ ㄔㄤˇ ㄇㄣˊ 指舞台左首（就觀眾說是右首）的出入口，因為角色大多從這兒下場。

【下車伊始】xià chē yī shǐ ㄒㄧㄚˋ ㄔㄜ ㄧ ㄕˇ 指官吏初到任所。

【下乘】xiàchéng ㄒㄧㄚˋ ㄔㄥˊ 本佛教用語，就是'小乘'。一般借指文學藝術的平庸境界或下品：下乘之作。

【下處】xià·chu ㄒㄧㄚˋ·ㄔㄨ 出門人暫時住宿的地方：找個下處住下。

【下船】xià∥chuán ㄒㄧㄚˋ∥ㄔㄨㄢˊ ❶從船上到岸上；上岸。❷〈方〉從岸上到船上；登船。

【下存】xiàcún ㄒㄧㄚˋ ㄘㄨㄣˊ 支取一部分之後還存（若干數目）：這筆存款提了二百元，下存八百元。

【下達】xiàdá ㄒㄧㄚˋ ㄉㄚˊ 向下級發佈或傳達（命令、指示等）：下達通知。

【下蛋】xià∥dàn ㄒㄧㄚˋ∥ㄉㄢˋ （鳥類或爬行動物）產卵：母雞下蛋。

【下等】xià∥děng ㄒㄧㄚˋ∥ㄉㄥˇ 等級低的；質量低的：下等貨。

【下地】xià∥dì ㄒㄧㄚˋ∥ㄉㄧˋ ❶到地裏去（幹活）：下地勞動｜下地割麥。❷從牀鋪上下來（多指病人）：他病了幾個月，現在才能下地。❸〈方〉指嬰兒剛生下來。

【下第】xiàdì ㄒㄧㄚˋ ㄉㄧˋ ❶〈書〉下等；劣等。❷科舉時代指考試沒有考中；落第。

【下店】xià∥diàn ㄒㄧㄚˋ∥ㄉㄧㄢˋ 到客店住宿。

【下跌】xiàdiē ㄒㄧㄚˋ ㄉㄧㄝ （水位、價格等）下降。

【下定】xià∥dìng ㄒㄧㄚˋ∥ㄉㄧㄥˋ ❶舊時定婚時男方給女方聘禮。❷購買或租賃時預付定金。

【下碇】xià∥dìng ㄒㄧㄚˋ∥ㄉㄧㄥˋ 把繫船的石墩放到岸上或水底，使船停住。借指停船拋錨。

【下顎】xià'è ㄒㄧㄚˋ ㄜˋ ❶某些節肢動物的第二對（有的是第三對）攝取食物的器官，生在口兩旁的下方，极小，上面長着許多短毛。❷脊椎動物的下頜。

【下凡】xià∥fán ㄒㄧㄚˋ∥ㄈㄢˊ 神話中指神仙來到人世間：天仙下凡。

【下飯】xià∥fàn ㄒㄧㄚˋ∥ㄈㄢˋ ❶就着菜把主食吃下去。❷適宜於和飯一起吃：這個菜下酒不下飯。

【下飯】xiàfàn ㄒㄧㄚˋ ㄈㄢˋ 〈方〉指菜肴。

【下房】xiàfáng ㄒㄧㄚˋ ㄈㄤˊ （下房兒）僕人住的屋子。

【下放】xiàfàng ㄒㄧㄚˋ ㄈㄤˋ ❶把某些權力交給下層機構：把經營管理權下放給企業。❷把幹部調到下層機構去工作或送到農村、礦山去鍛煉：幹部下放勞動。

【下風】xiàfēng ㄒㄧㄚˋ ㄈㄥ ❶風所吹向的那一方：工業區設在城市的下風，就不至於污染城市的空氣。❷比喻作戰或比賽的一方所處的不利地位：處在下風。

【下疳】xiàgān ㄒㄧㄚˋ ㄍㄢ 性病，分硬性和軟性兩種。硬性下疳是梅毒初期，生殖器、舌、唇等形成潰瘍，病灶的底部堅硬而不痛。軟性下疳由軟性下疳桿菌引起，生殖器外部形成潰瘍，病灶的周圍組織柔軟而疼痛。

【下崗】xià∥gǎng ㄒㄧㄚˋ ㄍㄤˇ 離開執行守衛、警戒等任務的崗位：夜深了，交通警仍未下崗◇做好下崗職工的安排工作。

【下工】xià∥gōng ㄒㄧㄚˋ∥ㄍㄨㄥ ❶到了規定時間停止日常勞動。❷舊時指解雇。

【下工夫】xià gōng·fu ㄒㄧㄚˋ ㄍㄨㄥ ·ㄈㄨ 為了達到某個目的而花費很多的時間和很大的精力：要想把技術學好，就得下工夫｜下過一番工夫。

【下海】xià∥hǎi ㄒㄧㄚˋ ㄏㄞˇ ❶到海中去。❷（漁民）到海上（捕魚）：初次下海，頭暈嘔吐是難免的。❸指業餘戲曲演員成為職業演員。❹舊時指從事某些行業（如娼妓、舞女等）。❺泛指放棄原來的工作而經營商業。

【下頜】xiàhé ㄒㄧㄚˋ ㄏㄜˊ 口腔的下部。也叫下顎，通稱下巴。參看466頁'頜'。

【下懷】xiàhuái ㄒㄧㄚˋ ㄏㄨㄞˊ 指自己的心意（原是謙辭）：正中下懷。

【下級】xiàjí ㄒㄧㄚˋ ㄐㄧˊ 同一組織系統中等級低的組織或人員：下級組織｜下級服從上級。

【下家】xiàjiā ㄒㄧㄚˋ ㄐㄧㄚ ❶（下家兒）（打牌或行酒令等）下一個輪到的人。參看1005頁〖上家〗。❷〈方〉謙稱自己的家。

【下賤】xiàjiàn ㄒㄧㄚˋ ㄐㄧㄢˋ ❶舊時指出身或社會地位低下；低賤。❷卑劣下流（罵人的話）。

【下江】xiàjiāng ㄒㄧㄚˋ ㄐㄧㄤ 長江下游地區：下

江人｜下江官話。

【下降】xiàjiàng ㄒㄧㄚˋ ㄐㄧㄤˋ 從高到低；從多到少：地殼下降｜飛机下降｜氣溫下降｜成本下降。

【下焦】xiàjiāo ㄒㄧㄚˋ ㄐㄧㄠ 中醫指胃的下口到盆腔的部分，包括腎、小腸、大腸、膀胱等臟器，主要功能是吸收和大小便。

【下腳】xià//jiǎo ㄒㄧㄚˋ//ㄐㄧㄠˇ (下腳兒)走動時把腳踩下去：屋子裏到處是水，實在沒處下腳。

【下腳】xiàjiǎo ㄒㄧㄚˋ ㄐㄧㄠˇ 原材料加工、利用後剩下的碎料。也叫下腳料。

【下腳貨】xiàjiǎohuò ㄒㄧㄚˋ ㄐㄧㄠˇ ㄏㄨㄛˋ 〈方〉賣剩下的不好的貨物。

【下界】xià//jiè ㄒㄧㄚˋ//ㄐㄧㄝˋ 下凡。

【下界】xiàjiè ㄒㄧㄚˋ ㄐㄧㄝˋ 迷信的人稱天上神仙居住的地方為上界，相對地把人間叫做下界。

【下勁】xià//jìn ㄒㄧㄚˋ//ㄐㄧㄣˋ 下功夫；使勁：下勁學｜下勁幹。

【下九流】xiàjiǔliú ㄒㄧㄚˋ ㄐㄧㄡˇ ㄌㄧㄡˊ 舊時指社會地位低下、從事各種所謂下等職業的人，如藝人、腳夫、吹鼓手等。

【下酒】xià//jiǔ ㄒㄧㄚˋ//ㄐㄧㄡˇ ❶就着菜把酒喝下去。❷適宜於和酒一起吃：這個菜下飯不下酒。

【下課】xià//kè ㄒㄧㄚˋ//ㄎㄜˋ 上課時間結束。

【下款】xiàkuǎn ㄒㄧㄚˋ ㄎㄨㄢˇ (下款兒)送人的字畫、給人信件等上面所寫的自己的名字。

【下來】xià//·lái ㄒㄧㄚˋ//·ㄌㄞˊ ❶由高處到低處來：他從山坡上下來了◇昨天省裏下來兩位幹部。❷指穀物、水果、蔬菜等成熟或收穫：再有半個月桃就下來了。

【下來】//·xià//·lái //·ㄒㄧㄚˋ//·ㄌㄞˊ ❶用在動詞後，表示由高處向低處或由遠處向近處來：把樹上的蘋果摘下來｜河水從上游流下來｜又派下新任務來了。❷用在動詞後，表示從過去繼續到現在或從開始到最後：古代流傳下來的神話｜所有參加業餘培訓的人都堅持下來了。❸用在動詞後，表示動作的完成或結果：把情況記錄下來｜車漸漸停了下來｜起下幾個釘子來。❹用在形容詞後，表示程度繼續增加：天色漸漸黑下來。

【下里巴人】xiàlǐ bārén ㄒㄧㄚˋ ㄌㄧˇ ㄅㄚ ㄖㄣˊ 戰國時代楚國的民間歌曲(下里即鄉里，巴人指巴蜀的人民，表明做歌曲的人和地方)，後來泛指通俗的普及的文學藝術，常跟'陽春白雪'對舉。

【下裏】xià·li ㄒㄧㄚˋ ·ㄌㄧ 用在數目字後面，表示方面或方位：把敵人四下裏包圍起來。

【下聯】xiàlián ㄒㄧㄚˋ ㄌㄧㄢˊ (下聯兒)對聯的下一半。

【下列】xiàliè ㄒㄧㄚˋ ㄌㄧㄝˋ 下面所開列的：預防傳染病，應注意下列幾點。

【下令】xià//lìng ㄒㄧㄚˋ//ㄌㄧㄥˋ 下達命令；發佈命令：下令出擊｜下令解散。

【下流】xià//liú ㄒㄧㄚˋ//ㄌㄧㄡˊ ❶下游：長江下流｜黃河下流。❷舊時比喻卑下的地位。❸卑鄙齷齪：下流話｜下流無耻。

【下落】xiàluò ㄒㄧㄚˋ ㄌㄨㄛˋ ❶尋找中的人或物所在的地方：下落不明。❷下降：傘兵緩緩下落。

【下馬】xià//mǎ ㄒㄧㄚˋ//ㄇㄚˇ 比喻停止或放棄某項重大的工作、工程、計劃等：由於資金不足，一批建設項目將要下馬。

【下馬看花】xià mǎ kàn huā ㄒㄧㄚˋ ㄇㄚˇ ㄎㄢˋ ㄏㄨㄚ 比喻較長時間地深入實際，進行調查研究。

【下馬威】xiàmǎwēi ㄒㄧㄚˋ ㄇㄚˇ ㄨㄟ 原來指官吏初到任時對下屬顯示出來的威風，後指一開頭就向對方顯示的威力。

【下面】xià·mian ㄒㄧㄚˋ·ㄇㄧㄢ (下面兒)❶位置較低的地方：輪船從南京大橋下面順流而下｜在山頂遠望，下面是一片金黃的麥田。❷次序靠後的部分；文章或講話中後於現在所敍述的部分：請看下面陳列的紡織品｜下面談的是農業技術革新的問題。❸指下級：這個指示要及時向下面傳達。

【下奶】xià//nǎi ㄒㄧㄚˋ//ㄋㄞˇ 催奶。

【下品】xiàpǐn ㄒㄧㄚˋ ㄆㄧㄣˇ 質量最差或等級最低的。

【下聘】xià//pìn ㄒㄧㄚˋ//ㄆㄧㄣˋ 下聘禮；下定。

【下坡路】xiàpōlù ㄒㄧㄚˋ ㄆㄛ ㄌㄨˋ ❶由高處通向低處的道路。❷比喻向衰落或滅亡的方向發展的道路。

【下欠】xiàqiàn ㄒㄧㄚˋ ㄑㄧㄢˋ ❶歸還一部分之後還欠(若干數目)：我借老王二十元，還了八元，下欠十二元。❷下欠的款項：全數還清，並無下欠。

【下情】xiàqíng ㄒㄧㄚˋ ㄑㄧㄥˊ ❶下級或群眾的情況或心意：下情上達｜了解下情。❷謙辭，舊時對人有所陳述時稱自己的情況或心情。

【下去】xià//·qù ㄒㄧㄚˋ//·ㄑㄩ 由高處到低處去；從斜井下去一百米，就到工作面◇領導幹部每月要下去幾天。

【下去】//·xià//·qù //·ㄒㄧㄚˋ//·ㄑㄩ ❶用在動詞後，表示由高處向低處或由近處向遠處去：石頭從山上滾下去◇把敵人的火力壓下去。❷用在動詞後，表示從現在繼續到將來：堅持下去｜說不下去。❸用在形容詞後，表示程度繼續增加：天氣可能再冷下去，務必做好防凍保暖工作。

【下人】xiàrén ㄒㄧㄚˋ ㄖㄣˊ ❶舊時指僕人。也叫底下人。❷〈方〉指兒女或兒孫等晚輩。

【下三爛】xiàsānlàn ㄒㄧㄚˋ ㄙㄢ ㄌㄢˋ 〈方〉❶下賤。❷指下賤、沒出息的人。‖也作下三濫。

【下身】xiàshēn ㄒㄧㄚˋ ㄕㄣ ❶身體的下半部。有時專指陰部。❷(下身兒)指褲子。

【下神】xià∥shén ㄒㄧㄚˋ∥ㄕㄣˊ 巫婆等裝神弄鬼，假稱神仙附在自己身上，叫做下神。

【下生】xiàshēng ㄒㄧㄚˋ ㄕㄥ 出生；出世。

【下剩】xiàshèng ㄒㄧㄚˋ ㄕㄥˋ 剩餘：留五個人打場，下剩的人到地裏送肥料。

【下士】xiàshì ㄒㄧㄚˋ ㄕˋ 軍銜，軍士的最低一級。

【下世】xià∥shì ㄒㄧㄚˋ∥ㄕˋ 去世。

【下世】xiàshì ㄒㄧㄚˋ ㄕˋ 來世；來生。

【下市】xià∥shì ㄒㄧㄚˋ∥ㄕˋ ❶(季節性的貨物)已過產銷旺季：立秋後西瓜下市。❷結束一天的商業活動：太陽老高就下市。

【下手】xià∥shǒu ㄒㄧㄚˋ∥ㄕㄡˇ 動手；着手：先下手為強｜無從下手｜我們還沒到，人家就下了手了。

【下手】[1] xiàshǒu ㄒㄧㄚˋ ㄕㄡˇ (下手兒)❶位置較卑的一側，就室內說，一般指靠外的或靠右的(左右以人在室內而臉朝外時為準)。也作下首。❷下家。

【下手】[2] xiàshǒu ㄒㄧㄚˋ ㄕㄡˇ (下手兒)助手：打下手(擔任助手)。

【下首】xiàshǒu ㄒㄧㄚˋ ㄕㄡˇ 同'下手'(xiàshǒu)①。

【下屬】xiàshǔ ㄒㄧㄚˋ ㄕㄨˇ 下級。

【下水】xià∥shuǐ ㄒㄧㄚˋ∥ㄕㄨㄟˇ ❶進入水中：新船下水典禮。❷把某些紡織品、纖維等浸在水中使收縮。❸比喻做壞事：拖人下水。

【下水】xiàshuǐ ㄒㄧㄚˋ ㄕㄨㄟˇ 向下游航行的：下水船。

【下水】xià·shui ㄒㄧㄚˋ ·ㄕㄨㄟ 食用的牲畜內臟，有些地區專指肚子(dǔ·zi)和腸子：豬下水。

【下水道】xiàshuǐdào ㄒㄧㄚˋ ㄕㄨㄟˇ ㄉㄠˋ 排除雨水和污水的管道。

【下榻】xiàtà ㄒㄧㄚˋ ㄊㄚˋ (客人)住宿：下榻國際飯店。

【下台】xià∥tái ㄒㄧㄚˋ∥ㄊㄞˊ ❶從舞台或講台上下來。❷指卸去公職或交出政權。❸比喻擺脱困難窘迫的處境(多用於否定式)：他這句話使我下不了台。

【下體】xiàtǐ ㄒㄧㄚˋ ㄊㄧˇ 〈書〉下身①。

【下調】xiàtiáo ㄒㄧㄚˋ ㄊㄧㄠˊ (價格、利率)向下調整。

【下同】xiàtóng ㄒㄧㄚˋ ㄊㄨㄥˊ 底下所說的跟這裏所說的相同(多用於附註)。

【下頭】xià·tou ㄒㄧㄚˋ ·ㄊㄡ ❶位置較低的地方：山下頭有個村莊。❷指下級：領導要耐心听取下頭的意見。

【下晚兒】xiàwǎnr ㄒㄧㄚˋ ㄨㄢˇㄦ 〈方〉近黃昏的時候。

【下文】xiàwén ㄒㄧㄚˋ ㄨㄣˊ ❶書中或文章中某一段或某一句以後的部分。❷比喻事情的發展或結果：我託你的事已經好幾天了，怎麼還沒有下文？

【下問】xiàwèn ㄒㄧㄚˋ ㄨㄣˋ 向地位比自己低、知識比自己少的人請教：不恥下問。

【下午】xiàwǔ ㄒㄧㄚˋ ㄨˇ 從正午十二點到半夜十二點的一段時間，一般也指從正午十二點到日落的一段時間。

【下下】xiàxià ㄒㄧㄚˋ ㄒㄧㄚˋ ❶最下等；最差：下下策。❷指比後一個時期更往後的(時期)：下下星期。

【下弦】xiàxián ㄒㄧㄚˋ ㄒㄧㄢˊ 月相的一種，農曆每月二十二日或二十三日，太陽跟地球的連綫成直角時，在地球上看到月亮呈 ◖ 形：下弦月。

【下限】xiàxiàn ㄒㄧㄚˋ ㄒㄧㄢˋ 時間最晚或數量最小的限度(跟'上限'相對)。

【下陷】xiàxiàn ㄒㄧㄚˋ ㄒㄧㄢˋ 向下或向內凹進：眼眶下陷｜地基下陷。

【下泄】xiàxiè ㄒㄧㄚˋ ㄒㄧㄝˋ (水流)往下流或排泄：洪峰正沿江下泄。

【下瀉】xiàxiè ㄒㄧㄚˋ ㄒㄧㄝˋ ❶(水流)往下流：下瀉不暢◇匯率一路下瀉。❷指腹瀉。

【下行】xiàxíng ㄒㄧㄚˋ ㄒㄧㄥˊ ❶我國鐵路部門規定，列車行駛方向和上行相反叫做下行。下行列車編號用奇數，如 11 次，103 次等。參看1008頁〖上行〗。❷船從上游向下游行駛。❸公文從上級發往下級：下行公文。

【下學】xià∥xué ㄒㄧㄚˋ∥ㄒㄩㄝˊ 學校一天或半天課業完畢，學生回家。

【下旬】xiàxún ㄒㄧㄚˋ ㄒㄩㄣˊ 每月二十一日到月底的日子。

【下腰】xiàyāo ㄒㄧㄚˋ ㄧㄠ ❶彎下腰：她下腰抱起孩子。❷武術上指上身盡力向後彎曲。

【下藥】xià∥yào ㄒㄧㄚˋ∥ㄧㄠˋ ❶(醫生)用藥：對症下藥。❷下毒藥。

【下野】xià∥yě ㄒㄧㄚˋ∥ㄧㄝˇ 執政的人被迫下台。

【下議院】xiàyìyuàn ㄒㄧㄚˋ ㄧˋ ㄩㄢˋ 兩院制議會的組成部分。原來是英國議會中的平民院的別稱，後來泛指兩院制中議員按人口比例或選區選舉產生的議院，如美國的眾議院，法國的國民議會，荷蘭的二院等。也叫下院。

【下意識】xià·yìshí ㄒㄧㄚˋ ·ㄧ ㄕˊ 心理學上指不知不覺、沒有意識的心理活動。是有機體對外界刺激的本能反應。唯心主義心理學認為這種作用是潛伏在意識之下的一種精神實質，能支配人的一切思想、行動。

【下游】xiàyóu ㄒㄧㄚˋ ㄧㄡˊ ❶河流接近出口的部分。❷比喻落後的地位：不可甘居下游。

【下獄】xià∥yù ㄒㄧㄚˋ∥ㄩˋ 關進監獄。

【下葬】xià∥zàng ㄒㄧㄚˋ∥ㄗㄤˋ 把靈柩埋到土裏(有的民族不用棺材，指把遺體埋到土裏)。

【下賬】xià∥zhàng ㄒㄧㄚˋ∥ㄓㄤˋ 把賬目登記在賬本上。

【下肢】xiàzhī ㄒㄧㄚˋ ㄓ 人體的一部分，包括大腿、小腿、腳等。

【下中農】xiàzhōngnóng ㄒㄧㄚˋ ㄓㄨㄥ ㄋㄨㄥˊ 佔有較少生產資料，需要出賣少量勞動力，生活水平比較低下的中農。
【下種】xià∥zhǒng ㄒㄧㄚˋ∥ㄓㄨㄥˇ 播種(bō∥zhǒng)。
【下箸】xià∥zhù ㄒㄧㄚˋ∥ㄓㄨˋ 拿筷子夾東西吃。
【下裝】xià∥zhuāng ㄒㄧㄚˋ∥ㄓㄨㄤ 卸裝。
【下墜】xiàzhuì ㄒㄧㄚˋ ㄓㄨㄟˋ ❶(物體)向下墜落。❷(將分娩的產婦或痢疾、腸炎等病的患者)腹部感到沈重，像要大便。
【下子】xià∥zǐ ㄒㄧㄚˋ∥ㄗˇ (下子兒)❶播下種子。❷產卵。
【下子】xià·zi ㄒㄧㄚˋ·ㄗ 下[3]。
【下作】xià·zuo ㄒㄧㄚˋ·ㄗㄨㄛ ❶卑鄙；下流。❷〈方〉(吃東西)又貪又饞。❸〈方〉助手：打下作(擔任助手)。

夏[1] xià ㄒㄧㄚˋ 夏季：初夏｜立夏。

夏[2] Xià ㄒㄧㄚˋ ❶朝代，約公元前22世紀末－21世紀初至公元前17世紀初，禹(一說啓)所建。❷指中國：華夏。❸姓。
【夏布】xiàbù ㄒㄧㄚˋ ㄅㄨˋ 用苧麻的纖維織成的布，多用來做蚊帳或夏季服裝，產於江西、湖南、四川等地。
【夏侯】Xiàhóu ㄒㄧㄚˋ ㄏㄡˊ 姓。
【夏候鳥】xiàhòuniǎo ㄒㄧㄚˋ ㄏㄡˋ ㄋㄧㄠˇ 春季或夏季在某個地區繁殖、秋季飛到較暖的地區去過冬、第二年春季再飛回原地區的鳥。如家燕、杜鵑就是我國的夏候鳥。
【夏季】xiàjì ㄒㄧㄚˋ ㄐㄧˋ 一年的第二季，我國習慣指立夏到立秋的三個月時間。也指農曆‘四、五、六’三個月。參看1086頁〖四季〗。
【夏曆】xiàlì ㄒㄧㄚˋ ㄌㄧˋ 農曆①。
【夏糧】xiàliáng ㄒㄧㄚˋ ㄌㄧㄤˊ 夏季收穫的糧食。
【夏令】xiàlìng ㄒㄧㄚˋ ㄌㄧㄥˋ ❶夏季。❷夏季的氣候：春行夏令(春天的氣候像夏天)。
【夏令營】xiàlìngyíng ㄒㄧㄚˋ ㄌㄧㄥˋ ㄧㄥˊ 夏季開設的供青少年或集體的成員短期休息、娛樂等的營地，多設在林中或海邊。
【夏眠】xiàmián ㄒㄧㄚˋ ㄇㄧㄢˊ 某些動物(如非洲肺魚等)在炎熱和乾旱季節休眠。也叫夏蟄。
【夏收】xiàshōu ㄒㄧㄚˋ ㄕㄡ ❶夏季收割農作物。❷夏季的收成：今年夏收增產一成。
【夏天】xiàtiān ㄒㄧㄚˋ ㄊㄧㄢ 夏季。
【夏衣】xiàyī ㄒㄧㄚˋ ㄧ 夏季穿的衣服。
【夏至】xiàzhì ㄒㄧㄚˋ ㄓˋ 二十四節氣之一，在6月21日或22日。這一天太陽經過夏至點，北半球白天最長，夜間最短。參看589頁〖節氣〗、306頁〖二十四節氣〗。
【夏至點】xiàzhìdiǎn ㄚˋ ㄓˋ ㄉㄧㄢˇ 黃道上最北的一點，夏至這天太陽經過這個位置。
【夏至綫】xiàzhìxiàn ㄒㄧㄚˋ ㄓˋ ㄒㄧㄢˋ 北回歸綫。參看510頁〖回歸綫〗。
【夏裝】xiàzhuāng ㄒㄧㄚˋ ㄓㄨㄤ 夏季穿的服裝。

唬 xià ㄒㄧㄚˋ 同‘嚇’(xià)。
另見486頁 hǔ。

廈(厦) xià ㄒㄧㄚˋ 廈門(Xiàmén ㄒㄧㄚˋ ㄇㄣˊ)，地名，在福建。
另見996頁 shà。

嚇(吓) xià ㄒㄧㄚˋ 使害怕：嚇了一跳｜別嚇着孩子。
另見467頁 hè。
【嚇唬】xià·hu ㄒㄧㄚˋ·ㄏㄨ 使害怕；恐嚇。
【嚇人】xià∥rén ㄒㄧㄚˋ∥ㄖㄣˊ 使人害怕；可怕：山洞又深又黑，真嚇人。

罅 xià ㄒㄧㄚˋ〈書〉縫隙：雲罅｜石罅。
【罅漏】xiàlòu ㄒㄧㄚˋ ㄌㄡˋ〈書〉縫隙，比喻事情的漏洞：罅漏之處，有待訂補。
【罅隙】xiàxì ㄒㄧㄚˋ ㄒㄧˋ〈書〉縫隙。

xiān (ㄒㄧㄢ)

仙(僊) xiān ㄒㄧㄢ 仙人；神仙：成仙｜求仙。
【仙丹】xiāndān ㄒㄧㄢ ㄉㄢ 神話傳說中認為吃了可以起死回生或長生不老的靈丹妙藥。
【仙姑】xiāngū ㄒㄧㄢ ㄍㄨ ❶女仙人。❷以求神問卜等迷信活動為職業的婦女。也叫道姑。
【仙鶴】xiānhè ㄒㄧㄢ ㄏㄜˋ ❶白鶴。❷專指神話中仙人所養的白鶴。
【仙后座】xiānhòuzuò ㄒㄧㄢ ㄏㄡˋ ㄗㄨㄛˋ 北部天空的一個星座，和大熊座隔着北極星遙遙相對，其中五顆主要的星可以連接成W形。
【仙境】xiānjìng ㄒㄧㄢ ㄐㄧㄥˋ 神仙居住的地方。多比喻景物優美的地方。
【仙女】xiānnǚ ㄒㄧㄢ ㄋㄩˇ 年輕的女仙人。
【仙人】xiānrén ㄒㄧㄢ ㄖㄣˊ 神話和童話裏指長生不老並且有種種神通的人。
【仙人球】xiānrénqiú ㄒㄧㄢ ㄖㄣˊ ㄑㄧㄡˊ 多年生植物，莖球形或橢圓形，肉質，有縱行的棱，棱上有叢生的刺，花大，紅色或白色。供觀賞。也叫仙人拳。
【仙人掌】xiānrénzhǎng ㄒㄧㄢ ㄖㄣˊ ㄓㄤˇ 多年生植物，莖多呈長橢圓形，稍扁平，像手掌，肉質，有刺，花黃赤色，果實橢圓形，肉質。供觀賞。
【仙山瓊閣】xiānshān qiónggé ㄒㄧㄢ ㄕㄢ ㄑㄩㄥˊ ㄍㄜˊ 比喻奇異美妙的境界(多指幻境)。
【仙逝】xiānshì ㄒㄧㄢ ㄕˋ 婉辭，稱人死。
【仙子】xiānzǐ ㄒㄧㄢ ㄗˇ ❶仙女。❷泛指仙人。

先 xiān ㄒㄧㄢ ❶時間或次序在前的(跟‘後’相對)：先進｜先例｜事先｜領先｜爭先恐後｜有言在先。❷祖先；上代：先人。❸尊稱死去的人：先父｜先烈｜先哲。❹先前：小王的技術比先強多了｜你先怎麼不告訴我？❺

(Xiān) 姓。

【先輩】xiānbèi ㄒㄧㄢ ㄅㄟˋ ❶泛指行輩在先的人。❷指已去世的令人欽佩值得學習的人：繼承革命先輩的事業。

【先不先】xiān·buxiān ㄒㄧㄢ ·ㄅㄨ ㄒㄧㄢ 〈方〉首先(多用於申說理由)：香山，這個禮拜去不成了，先不先汽車就借不到。

【先導】xiāndǎo ㄒㄧㄢ ㄉㄠˇ ❶引導；引路。❷引路者；嚮導。

【先睹為快】xiān dǔ wéi kuài ㄒㄧㄢ ㄉㄨˇ ㄨㄟˊ ㄎㄨㄞˋ 以先看到為快事。

【先端】xiānduān ㄒㄧㄢ ㄉㄨㄢ 葉、花、果實等器官的頂部。

【先發制人】xiān fā zhì rén ㄒㄧㄢ ㄈㄚ ㄓˋ ㄖㄣˊ 先動手以制伏對方。

【先鋒】xiānfēng ㄒㄧㄢ ㄈㄥ 作戰或行軍時的先頭部隊，舊時也指率領先頭部隊的將官，現在多用於比喻：先鋒隊｜開路先鋒｜打先鋒。

【先河】xiānhé ㄒㄧㄢ ㄏㄜˊ 古代帝王先祭祀黃河，後祭祀海，以河為海的本源(見《禮記·學記》)。後來稱倡導在先的事物為先河：他主演《茶花女》等西洋名劇，開國人演話劇之先河。

【先後】xiānhòu ㄒㄧㄢ ㄏㄡˋ ❶先和後：要辦的事情很多，應該分個先後緩急。❷前後相繼：新出土的文物已經先後在國內外多次展出。

【先見之明】xiān jiàn zhī míng ㄒㄧㄢ ㄐㄧㄢˋ ㄓ ㄇㄧㄥˊ 事先看清問題的眼力；預見性。

【先進】xiānjìn ㄒㄧㄢ ㄐㄧㄣˋ ❶進步比較快，水平比較高，可以作為學習的榜樣的：先進工作者｜先進水平。❷先進的人或集體：後進趕先進。

【先決】xiānjué ㄒㄧㄢ ㄐㄩㄝˊ 為了解決某一問題，必須先解決的：先決條件。

【先覺】xiānjué ㄒㄧㄢ ㄐㄩㄝˊ 在政治、社會改革方面覺悟得較早的人：先知先覺。

【先來後到】xiān lái hòu dào ㄒㄧㄢ ㄌㄞˊ ㄏㄡˋ ㄉㄠˋ (先來後到兒)按照來到的先後而確定的次序。

【先禮後兵】xiān lǐ hòu bīng ㄒㄧㄢ ㄌㄧˇ ㄏㄡˋ ㄅㄧㄥ 先講禮貌，行不通時再使用強硬的手段。

【先例】xiānlì ㄒㄧㄢ ㄌㄧˋ 已有的事例：史無先例。

【先烈】xiānliè ㄒㄧㄢ ㄌㄧㄝˋ 對烈士的尊稱：革命先烈。

【先期】xiānqī ㄒㄧㄢ ㄑㄧ 在某一日期以前：代表團的部分團員已先期到達。

【先前】xiānqián ㄒㄧㄢ ㄑㄧㄢˊ 時間詞，泛指以前或指某個時候以前：先前我和他同過學｜我們煤礦的機械化程度比先前高多了。注意 '以前'可以用在動詞後面表示時間，例如'吃飯以前要洗手'，'先前'不能這樣用。

【先遣】xiānqiǎn ㄒㄧㄢ ㄑㄧㄢˇ 行動前先派出去擔任聯絡、偵察等任務的(人員或組織)：先遣隊｜先遣部隊。

【先秦】Xiān Qín ㄒㄧㄢ ㄑㄧㄣˊ 指秦統一以前的歷史時期，一般指春秋戰國時期：先秦史｜先秦諸子(指孔子、老子、墨子、莊子、孟子、荀子、韓非子等)。

【先驅】xiānqū ㄒㄧㄢ ㄑㄩ ❶走在前面引導(多虛用)：先驅者。❷先驅者：革命的先驅。

【先人】xiānrén ㄒㄧㄢ ㄖㄣˊ ❶祖先。❷指已死的父親。

【先容】xiānróng ㄒㄧㄢ ㄖㄨㄥˊ 〈書〉事先為人介紹、吹噓或疏通：為之先容｜懇為先容。

【先入為主】xiān rù wéi zhǔ ㄒㄧㄢ ㄖㄨˋ ㄨㄟˊ ㄓㄨˇ 先接受了一種說法或思想，以為是正確的，有了成見，後來就不容易再接受不同的說法或思想。

【先生】xiān·sheng ㄒㄧㄢ ·ㄕㄥ ❶老師。❷對知識分子的稱呼。❸稱別人的丈夫或對人稱自己的丈夫(都帶人稱代詞做定語)：她先生出差去了｜等我們先生回來，我讓他馬上去找您。❹〈方〉醫生。❺舊時稱管賬的人：在商號當先生。❻舊時稱以說書、相面、算卦、看風水等為業的人：算命先生。

【先聲】xiānshēng ㄒㄧㄢ ㄕㄥ 指發生在重大事件之前的性質相同的某項事件：1789年的法國大革命是十九世紀各國資產階級革命的先聲。

【先聲奪人】xiān shēng duó rén ㄒㄧㄢ ㄕㄥ ㄉㄨㄛˊ ㄖㄣˊ 先張大聲勢以壓倒對方，多用於比喻。

【先世】xiānshì ㄒㄧㄢ ㄕˋ 祖先。

【先是】xiān·shi ㄒㄧㄢ ·ㄕ 原先：先是承認，後又反悔。

【先手】xiānshǒu ㄒㄧㄢ ㄕㄡˇ 下棋時主動的形勢(跟'後手'相對)：先手棋｜佔先手。

【先天】xiāntiān ㄒㄧㄢ ㄊㄧㄢ ❶人或動物的胚胎時期(跟'後天'相對)：先天的(胚胎時期的，生來就具有的)。❷哲學上指先驗的。

【先天不足】xiāntiān bù zú ㄒㄧㄢ ㄊㄧㄢ ㄅㄨˋ ㄗㄨˊ 指人或動物生下來體質就不好，也泛指事物的根基差：先天不足，後天失調。

【先天性免疫】xiāntiānxìng miǎnyì ㄒㄧㄢ ㄊㄧㄢ ㄒㄧㄥˋ ㄇㄧㄢˇ ㄧˋ 生來就具有的對某種疾病的抵抗能力，如嬰兒出生後六個月內很少得麻疹等傳染病。

【先頭】xiāntóu ㄒㄧㄢ ㄊㄡˊ ❶位置在前的(多指部隊)：先頭騎兵連。❷(先頭兒)時間在前的；以前：先頭出發｜怎麼先頭我沒聽他說過。❸前頭；前面：首長走在隊伍的先頭。

【先賢】xiānxián ㄒㄧㄢ ㄒㄧㄢˊ 〈書〉已經去世的有才德的人：先賢祠。

【先行】xiānxíng ㄒㄧㄢ ㄒㄧㄥˊ ❶走在前面的：先行者｜先行官。❷先進行；預先進行：先行試辦｜先行通知。❸指先行官。

【先行官】xiānxíngguān ㄒㄧㄢ ㄒㄧㄥˊ ㄍㄨㄢ 戲

曲小說中指指揮先頭部隊的武官◇鐵路運輸是國民經濟的先行官。

【先行者】xiānxíngzhě ㄒㄧㄢ ㄒㄧㄥˊ ㄓㄜˇ 首先倡導的人：中國民主主義革命的先行者孫中山先生。

【先驗論】xiānyànlùn ㄒㄧㄢ ㄧㄢˋ ㄌㄨㄣˋ 唯心主義的認識論。同唯物主義的反映論相對立。認為人的知識（包括才能）是先於客觀存在、先於社會實踐、先於感覺經驗的，是先天就有的。

【先意承志】xiān yì chéng zhì ㄒㄧㄢ ㄧˋ ㄔㄥˊ ㄓˋ 原指不待父母明白說出就能迎合父母的心意做事，後來泛指揣摩人意，極力逢迎。

【先斬後奏】xiān zhǎn hòu zòu ㄒㄧㄢ ㄓㄢˇ ㄏㄡˋ ㄗㄡˋ 封建時代臣子把人殺了再報告皇帝。現在多比喻自行把問題處理了，然後報告上級或當權者。

【先兆】xiānzhào ㄒㄧㄢ ㄓㄠˋ 事先顯露出來的迹象。

【先哲】xiānzhé ㄒㄧㄢ ㄓㄜˊ 〈書〉指已經去世的有才德的思想家。

【先知】xiānzhī ㄒㄧㄢ ㄓ ❶對人類或國家的大事了解得較早的人。❷猶太教、基督教指受上帝啓示而傳達上帝旨意或預言未來的人。

【先祖】xiānzǔ ㄒㄧㄢ ㄗㄨˇ 〈書〉❶祖先。❷稱已故的祖父。

氙 xiān ㄒㄧㄢ 氣體元素，符號 Xe（xenonum）。無色，無臭，無味，大氣中含量極少，化學性質不活潑。具有極高的發光強度，用來填充光電管、閃光燈等。

【氙燈】xiāndēng ㄒㄧㄢ ㄉㄥ 一種照明裝置。把高純度的氙氣充入真空的石英玻璃管內，通電後發出的光和陽光的顏色相近。

忺 xiān ㄒㄧㄢ 高興；適意（唐宋詩詞常用）。

籼（秈） xiān ㄒㄧㄢ 見下。

【籼稻】xiāndào ㄒㄧㄢ ㄉㄠˋ 水稻的一種，莖稈較高較軟，葉子黃綠色，稻穗上的子粒較稀，米粒長而細。

【籼米】xiānmǐ ㄒㄧㄢ ㄇㄧˇ 籼稻碾出的米，黏性小。

祆 xiānㄒㄧㄢ［祆教］（Xiānjiào ㄒㄧㄢ ㄐㄧㄠˋ）拜火教。

掀 xiān ㄒㄧㄢ ❶使遮擋覆蓋的東西向上離開；揭：掀鍋蓋｜掀門簾｜把這一頁掀過去。❷翻騰；翻動：白浪掀天。

【掀風鼓浪】xiān fēng gǔ làng ㄒㄧㄢ ㄈㄥ ㄍㄨˇ ㄌㄤˋ 比喻煽動情緒，挑起事端。

【掀起】xiānqǐ ㄒㄧㄢ ㄑㄧˇ ❶揭起：掀起蓋子。❷往上湧起；翻騰：大海掀起了波濤。❸使運動等大規模地興起：掀起增產節約運動新高潮。

酰 xiān ㄒㄧㄢ 酰基。

【酰基】xiānjī ㄒㄧㄢ ㄐㄧ 無機或有機含氧酸分子失去一個羥基而成的原子團。

銛（铦、錟） xiān ㄒㄧㄢ 〈書〉鋒利：銛利。

'錟'另見1110頁 tán。

莶〔薟〕（蔹） xiān ㄒㄧㄢ 見1221頁〖豨莶〗（xīxiān）。

暹 xiān ㄒㄧㄢ 暹羅（Xiānluó ㄒㄧㄢ ㄌㄨㄛˊ），泰國的舊稱。

鍁（锨、杴、枮） xiān ㄒㄧㄢ 掘土或鏟東西用的工具，有板狀的頭，用鋼鐵或木頭製成，後面安把兒。

鮮（鲜） xiān ㄒㄧㄢ ❶新鮮1：鮮肉｜鮮啤酒。❷新鮮2：鮮花。❸鮮明：鮮艷｜鮮紅。❹鮮美：味道鮮。❺鮮美的食物：時鮮｜嘗鮮。❻特指魚蝦等水產食物：魚鮮。❼（Xiān）姓。

另見1240頁 xiǎn。

【鮮卑】Xiānbēi ㄒㄧㄢ ㄅㄟ 我國古代民族，居住在今東北、內蒙古一帶。漢末漸漸強盛起來，南北朝時曾建立北魏、北齊、北周等政權。

【鮮果】xiānguǒ ㄒㄧㄢ ㄍㄨㄛˇ 新鮮的水果。

【鮮紅】xiānhóng ㄒㄧㄢ ㄏㄨㄥˊ 鮮艷的紅色：鮮紅的朝霞。

【鮮花】xiānhuā ㄒㄧㄢ ㄏㄨㄚ 新鮮的花朵：一束鮮花。

【鮮貨】xiānhuò ㄒㄧㄢ ㄏㄨㄛˋ 指新鮮的水果、蔬菜、魚蝦等。

【鮮麗】xiānlì ㄒㄧㄢ ㄌㄧˋ 鮮艷美麗：衣着色彩鮮麗。

【鮮亮】xiān·liang ㄒㄧㄢ ·ㄌㄧㄤ 〈方〉❶鮮明①。❷漂亮：長得鮮亮｜這一打扮就顯得更鮮亮了。

【鮮靈】xiān·líng ㄒㄧㄢ ·ㄌㄧㄥˊ 〈方〉形容色澤鮮明，有生氣的樣子；新鮮水靈：澆了水之後，麥苗更鮮靈了｜石榴花紅得那麼鮮靈可愛。

【鮮美】xiānměi ㄒㄧㄢ ㄇㄟˇ ❶（菜肴、瓜果等）滋味好。❷〈書〉（花草等）新鮮美麗。

【鮮明】xiānmíng ㄒㄧㄢ ㄇㄧㄥˊ ❶（顏色）明亮：色調鮮明。❷分明而確定，一點也不含糊：主題鮮明｜鮮明的對比｜鮮明的立場。

【鮮嫩】xiānnèn ㄒㄧㄢ ㄋㄣˋ 新鮮而嫩：鮮嫩的藕。

【鮮血】xiānxuè ㄒㄧㄢ ㄒㄩㄝˋ 鮮紅的血。

【鮮妍】xiānyán ㄒㄧㄢ ㄧㄢˊ 鮮艷：色彩鮮妍。

【鮮艷】xiānyàn ㄒㄧㄢ ㄧㄢˋ 鮮明而美麗：鮮艷奪目。

【鮮于】Xiānyú ㄒㄧㄢ ㄩˊ 姓。

鶱（骞） xiān ㄒㄧㄢ 〈書〉形容鳥飛。

蹮(跹) xiān ㄒㄧㄢ 見880頁〖翩蹮〗(piān-xiān)。

纖(纤) xiān ㄒㄧㄢ 細小：纖塵｜纖微。'纤'另見921頁 qiàn'縴'。

【纖長】xiāncháng ㄒㄧㄢ ㄔㄤˊ 細而長：纖長的手指。

【纖塵】xiānchén ㄒㄧㄢ ㄔㄣˊ 細小的灰塵：纖塵不染(一點灰塵也沾染不上)。

【纖度】xiāndù ㄒㄧㄢ ㄉㄨˋ 天然絲或化學纖維粗細的程度，用一定長度纖維的重量來表示，纖維愈細，纖度愈小。常用的單位是旦。

【纖毫】xiānháo ㄒㄧㄢ ㄏㄠˊ 比喻非常細微的事物或部分：人物形象在這些牙雕藝術品裏刻得纖毫畢見。

【纖毛】xiānmáo ㄒㄧㄢ ㄇㄠˊ 某些生物體的細胞上生長的纖細的毛，由原生質構成，能運動，如人的氣管內壁細胞，纖毛蟲和某些藻類所生的毛。

【纖巧】xiānqiǎo ㄒㄧㄢ ㄑㄧㄠˇ 細巧；小巧：飾物纖巧精緻。

【纖柔】xiānróu ㄒㄧㄢ ㄖㄡˊ 纖細而柔軟：纖柔的長髮。

【纖弱】xiānruò ㄒㄧㄢ ㄖㄨㄛˋ 纖細而柔弱：身子纖弱。

【纖維】xiānwéi ㄒㄧㄢ ㄨㄟˊ 天然的或人工合成的細絲狀物質。棉花、麻類植物的韌皮部分、動物的毛和礦物中的石棉，都是天然纖維。合成纖維用高分子化合物製成。

【纖維板】xiānwéibǎn ㄒㄧㄢ ㄨㄟˊ ㄅㄢˇ 一種人造木板，把廢木料分離成木纖維或木漿，經過成型、熱壓等工序製成。

【纖維植物】xiānwéi zhíwù ㄒㄧㄢ ㄨㄟˊ ㄓˊ ㄨˋ 能從中取得纖維的植物，如棉花、亞麻、大麻等。

【纖悉】xiānxī ㄒㄧㄢ ㄒㄧ 〈書〉詳細；詳盡：纖悉無遺。

【纖細】xiānxì ㄒㄧㄢ ㄒㄧˋ 非常細：筆畫纖細。

【纖纖】xiānxiān ㄒㄧㄢ ㄒㄧㄢ 〈書〉形容細長：十指纖纖。

【纖小】xiānxiǎo ㄒㄧㄢ ㄒㄧㄠˇ 細小。

xián (ㄒㄧㄢˊ)

弦(❷絃) xián ㄒㄧㄢˊ ❶弓背兩端之間繫着的繩狀物，用牛筋製成，有彈性：弓弦。❷(弦兒)樂器上發聲的綫，一般用絲綫、銅絲或鋼絲等製成。❸發條。❹連接圓周上任意兩點的綫段。❺我國古代稱不等腰直角三角形的斜邊。

【弦歌】xiángē ㄒㄧㄢˊ ㄍㄜ 用琴瑟等弦樂器伴奏而歌唱：弦歌陣陣。

【弦外之音】xián wài zhī yīn ㄒㄧㄢˊ ㄨㄞˋ ㄓ ㄧㄣ 比喻言外之意。

【弦樂器】xiányuèqì ㄒㄧㄢˊ ㄩㄝˋ ㄑㄧˋ 指由於弦的振動而發音的一類樂器。如小提琴、琵琶、揚琴等。

【弦子】xián·zi ㄒㄧㄢˊ ·ㄗ 三弦的通稱。

【弦子戲】xián·zixì ㄒㄧㄢˊ ·ㄗ ㄒㄧˋ 柳子戲。

咸 xián ㄒㄧㄢˊ ❶〈書〉全；都：咸受其益｜老少咸宜。❷(Xián)姓。另見1239頁 xián'鹹'。

【咸豐】Xiánfēng ㄒㄧㄢˊ ㄈㄥ 清文宗(愛新覺羅奕詝[zhǔ])年號(公元1851－1861)。

蚿 xián ㄒㄧㄢˊ 馬蚿，古書上指馬陸。

舷 xián ㄒㄧㄢˊ 船、飛機等兩側的邊兒：左舷｜右舷｜舷梯。

【舷窗】xiánchuāng ㄒㄧㄢˊ ㄔㄨㄤ 飛機或某些船體兩側密封的窗子。

【舷梯】xiántī ㄒㄧㄢˊ ㄊㄧ 上下輪船，飛機等用的梯子。

涎 xián ㄒㄧㄢˊ 口水：垂涎三尺｜口角流涎。

【涎皮賴臉】xián pí lài liǎn ㄒㄧㄢˊ ㄆㄧˊ ㄌㄞˋ ㄌㄧㄢˇ 厚着臉皮跟人糾纏，惹人厭煩的樣子。

【涎水】xiánshuǐ ㄒㄧㄢˊ ㄕㄨㄟˇ 〈方〉口水。

【涎着臉】xián·zhe liǎn ㄒㄧㄢˊ ·ㄓㄜ ㄌㄧㄢˇ 〈方〉(涎着臉兒)做出涎皮賴臉的樣子。

閑(闲、閒) xián ㄒㄧㄢˊ ❶沒有事情；沒有活動；有空(跟'忙'相對)：遊手好閑｜我沒工夫，你找小楊吧，她閑着呢。❷(房屋、器物等)不在使用中：閑房｜不讓機器閑着。❸閑空兒：農閑｜忙裏偷閑。❹與正事無關的：閑談｜閑話。

'閒'另見558頁 jiān'間'；566頁 jiàn'間'。

【閑扯】xiánchě ㄒㄧㄢˊ ㄔㄜˇ 漫無邊際地隨便談話：兩人閑扯了一陣子。

【閑盪】xiándàng ㄒㄧㄢˊ ㄉㄤˋ 閑逛：閑盪街頭。

【閑工夫】xiángōng·fu ㄒㄧㄢˊ ㄍㄨㄥ ·ㄈㄨ (閑工夫兒)沒有事情要做的時間。

【閑逛】xiánguàng ㄒㄧㄢˊ ㄍㄨㄤˋ 閑暇時到外面隨便走走；遊逛：節日期間到遊樂園閑逛了一天。

【閑話】xiánhuà ㄒㄧㄢˊ ㄏㄨㄚˋ ❶(閑話兒)與正事無關的話：閑話少説，討論具體問題吧！❷不滿意的話：注意一點，免得讓人説閑話。❸〈書〉閑談：清夜閑話。

【閑居】xiánjū ㄒㄧㄢˊ ㄐㄩ 在家裏住着沒有工作做。

【閑磕牙】xiánkēyá ㄒㄧㄢˊ ㄎㄜ ㄧㄚˊ 〈方〉(閑磕牙兒)閑談。

【閑空】xiánkòng ㄒㄧㄢˊ ㄎㄨㄥˋ (閑空兒)沒有事的時候：她整天忙忙碌碌的，沒有一點兒閑空。

【閑聊】xiánliáo ㄒㄧㄢˊ ㄌㄧㄠˊ 閑談；閑扯。

【閑篇】xiánpiān ㄒㄧㄢˊ ㄆㄧㄢ 〈方〉(閑篇兒)與正事無關的話：我正忙着呢，沒工夫跟你扯閑篇兒。

【閑氣】xiánqì ㄒㄧㄢˊ ㄑㄧˋ 為了無關緊要的事而生的氣：嘔閑氣｜生閑氣。

【閑錢】xiánqián ㄒㄧㄢˊ ㄑㄧㄢˊ 指生活必需的費用以外多餘的錢。

【閑情逸致】xián qíng yì zhì ㄒㄧㄢˊ ㄑㄧㄥˊ ㄧˋ ㄓˋ 閑適的情致。

【閑人】xiánrén ㄒㄧㄢˊ ㄖㄣˊ ❶沒有事情要做的人：現在正是農忙季節，村裏一個閑人也沒有。❷與事無關的人：閑人免進。

【閑散】xiánsǎn ㄒㄧㄢˊ ㄙㄢˇ ❶無事可做而又無拘無束：閑散的日子。❷閑着不使用的(指人員或物資)：閑散資金。

【閑事】xiánshì ㄒㄧㄢˊ ㄕˋ 跟自己沒有關係的事；無關緊要的事：管閑事。

【閑適】xiánshì ㄒㄧㄢˊ ㄕˋ 清閑安逸：閑適的心情。

【閑書】xiánshū ㄒㄧㄢˊ ㄕㄨ 指供消遣的書；與正業無關的書：看閑書。

【閑談】xiántán ㄒㄧㄢˊ ㄊㄢˊ 沒有一定中心地談無關緊要的話。

【閑暇】xiánxiá ㄒㄧㄢˊ ㄒㄧㄚˊ 閑空。

【閑心】xiánxīn ㄒㄧㄢˊ ㄒㄧㄣ 閑適的心情。

【閑雅】xiányǎ ㄒㄧㄢˊ ㄧㄚˇ 同'嫻雅'。

【閑言碎語】xián yán suì yǔ ㄒㄧㄢˊ ㄧㄢˊ ㄙㄨㄟˋ ㄩˇ ❶與正事無關的話：閑言碎語不多講，表一表好漢武二郎。❷沒有根據的話；閑話②：背地裏散佈閑言碎語｜不要聽了幾句閑言碎語就打退堂鼓。

【閑員】xiányuán ㄒㄧㄢˊ ㄩㄢˊ 集體中沒事幹的人員；多餘的人員：裁汰閑員。

【閑雲野鶴】xián yún yě hè ㄒㄧㄢˊ ㄩㄣˊ ㄧㄝˇ ㄏㄜˋ 比喻閑散安逸不受塵事羈絆的人，舊時多指隱士、道士等。

【閑雜】xiánzá ㄒㄧㄢˊ ㄗㄚˊ 指沒有一定職務的或與某事無關的(人)：閑雜人員。

【閑章】xiánzhāng ㄒㄧㄢˊ ㄓㄤ (閑章兒)個人的與姓名、職務等無關的圖章，印文大多是熟語或詩文的句子，如'開卷有益'。

【閑職】xiánzhí ㄒㄧㄢˊ ㄓˊ 空閑的或事情少的職務。

【閑置】xiánzhì ㄒㄧㄢˊ ㄓˋ 擱在一邊不用：閑置設備。

嫌 xián ㄒㄧㄢˊ ❶嫌疑：避嫌｜涉嫌。❷嫌怨：消釋前嫌｜挾嫌報復。❸厭惡；不滿意：討人嫌｜嫌貧愛富｜大家都嫌他脾氣太急｜內容不錯，文字略嫌囉唆。

【嫌棄】xiánqì ㄒㄧㄢˊ ㄑㄧˋ 厭惡而不願接近。

【嫌惡】xiánwù ㄒㄧㄢˊ ㄨˋ 厭惡。

【嫌隙】xiánxì ㄒㄧㄢˊ ㄒㄧˋ 因彼此不滿或猜疑而發生的惡感：嫌隙消釋｜素有嫌隙。

【嫌疑】xiányí ㄒㄧㄢˊ ㄧˊ 被懷疑有某種行為的可能性：嫌疑犯｜不避嫌疑。

【嫌疑犯】xiányífàn ㄒㄧㄢˊ ㄧˊ ㄈㄢˋ 刑事訴訟中有犯罪嫌疑而未經證實的人。

【嫌怨】xiányuàn ㄒㄧㄢˊ ㄩㄢˋ 不滿的情緒；怨恨。

【嫌憎】xiánzēng ㄒㄧㄢˊ ㄗㄥ 嫌棄厭惡。

銜[1] (啣、啣) xián ㄒㄧㄢˊ ❶用嘴含：燕子銜泥｜他銜着一個大烟斗◇日已銜山。❷存在心裏：銜恨｜銜冤。❸〈書〉接受；奉：銜命。❹相連接：銜接。

銜[2] (銜) xián ㄒㄧㄢˊ 行政、軍事、學術等系統中人員的等級或稱號：頭銜｜學銜｜軍銜｜大使銜。

【銜恨】xiánhèn ㄒㄧㄢˊ ㄏㄣˋ 心中懷着怨恨或悔恨：銜恨而死。

【銜接】xiánjiē ㄒㄧㄢˊ ㄐㄧㄝ 事物相連接：兩個階段必須銜接。

【銜枚】xiánméi ㄒㄧㄢˊ ㄇㄟˊ 〈書〉古代軍隊秘密行動時，讓兵士口中橫銜着枚(像筷子的東西)，防止說話，以免敵人發覺：銜枚疾走。

【銜命】xián∥mìng ㄒㄧㄢˊ∥ㄇㄧㄥˋ 〈書〉奉命；受命。

【銜鐵】xiántiě ㄒㄧㄢˊ ㄊㄧㄝˇ 某些電器中放在電磁鐵兩極中間的鐵塊或鐵片。電磁鐵的綫圈通電時銜鐵就被吸引而移動，從而改變所連接的電路。

【銜冤】xiányuān ㄒㄧㄢˊ ㄩㄢ 含冤：銜冤負屈。

賢 (贤) xián ㄒㄧㄢˊ ❶有德行的；有才能的：賢明｜賢達｜賢良。❷有德行的人；有才能的人：聖賢｜選賢舉能｜任人唯賢。❸敬辭，用於平輩或晚輩：賢弟｜賢侄。

【賢達】xiándá ㄒㄧㄢˊ ㄉㄚˊ 有才能、德行和聲望的人：社會賢達。

【賢德】xiándé ㄒㄧㄢˊ ㄉㄜˊ ❶善良的德行。❷賢惠：賢德女子。

【賢惠】xiánhuì ㄒㄧㄢˊ ㄏㄨㄟˋ 指婦女心地善良，通情達理，對人和藹。也作賢慧。

【賢慧】xiánhuì ㄒㄧㄢˊ ㄏㄨㄟˋ 同'賢惠'。

【賢勞】xiánláo ㄒㄧㄢˊ ㄌㄠˊ 〈書〉(為公事)勤勞；勞累。

【賢良】xiánliáng ㄒㄧㄢˊ ㄌㄧㄤˊ 〈書〉❶有德行，有才能：賢良之士。❷指有德行、有才能的人：任用賢良。

【賢路】xiánlù ㄒㄧㄢˊ ㄌㄨˋ 〈書〉指賢能被任用的機會：開賢路｜避賢路。

【賢明】xiánmíng ㄒㄧㄢˊ ㄇㄧㄥˊ ❶有才能，有見識：賢明的領袖。❷指有才能、有見識的人：另聘賢明。

【賢能】xiánnéng ㄒㄧㄢˊ ㄋㄥˊ ❶有道德，有才

能：賢能之士。❷指有道德有才能的人：另舉賢能。
【賢契】xiánqì ㄒㄧㄢˊ ㄑㄧˋ 對弟子或朋友子侄輩的敬稱（多用於書面）。
【賢人】xiánrén ㄒㄧㄢˊ ㄖㄣˊ 有才德的人。
【賢士】xiánshì ㄒㄧㄢˊ ㄕˋ 〈書〉賢人。
【賢淑】xiánshū ㄒㄧㄢˊ ㄕㄨ 〈書〉賢惠：賢淑的妻子。
【賢哲】xiánzhé ㄒㄧㄢˊ ㄓㄜˊ 賢明的人。

撏（挦）xián ㄒㄧㄢˊ 撕；取；拔（毛髮）；拉：撏扯｜撏雞毛。

嫻（娴、嫺）xián ㄒㄧㄢˊ 〈書〉❶文雅：嫻靜。❷熟練：嫻熟｜嫻於辭令。
【嫻靜】xiánjìng ㄒㄧㄢˊ ㄐㄧㄥˋ 文雅安詳：舉止嫻靜。
【嫻熟】xiánshú ㄒㄧㄢˊ ㄕㄨˊ 熟練：技術嫻熟。
【嫻雅】xiányǎ ㄒㄧㄢˊ ㄧㄚˇ 文雅（多形容女子）：舉止嫻雅。也作閑雅。

癇（痫）xián ㄒㄧㄢˊ 癲癇。

鹹（咸）xián ㄒㄧㄢˊ 像鹽那樣的味道：鹹魚｜菜太鹹。
'咸'另見1237頁 xián。
【鹹菜】xiáncài ㄒㄧㄢˊ ㄘㄞˋ 用鹽醃製的某些菜蔬，有的地區也指某些醬菜。
【鹹津津】xiánjīnjīn ㄒㄧㄢˊ ㄐㄧㄣ ㄐㄧㄣ （鹹津津的）（鹹津津兒的）味道略微帶點鹹。
【鹹水湖】xiánshuǐhú ㄒㄧㄢˊ ㄕㄨㄟˇ ㄏㄨˊ 水中含鹽分多的湖。
【鹹鹽】xiányán ㄒㄧㄢˊ ㄧㄢˊ 〈方〉鹽。

鷳（鹇）xián ㄒㄧㄢˊ 見23頁〖白鷳〗。

鰔（鰔）xián ㄒㄧㄢˊ 魚類的一科，身體長數寸，無鱗，頭扁平，口小，吻尖。生活在近海。

xiǎn（ㄒㄧㄢˇ）

冼 Xiǎn ㄒㄧㄢˇ 姓。

洗 Xiǎn ㄒㄧㄢˇ 姓。
另見1224頁 xǐ。

毨（毪）xiǎn ㄒㄧㄢˇ 〈書〉（鳥獸新生的毛）齊整。

筅（筅）xiǎn ㄒㄧㄢˇ ［筅帚］（xiǎnzhǒu ㄒㄧㄢˇ ㄓㄡˇ）〈方〉炊帚（多指用竹子做的）。

跣 xiǎn ㄒㄧㄢˇ 〈書〉光着（腳）：跣足。

蜆（蚬）xiǎn ㄒㄧㄢˇ 軟體動物，介殼圓形或心臟形，表面有輪狀紋。生活在淡水中或河流入海的地方。

㬎 xiǎn ㄒㄧㄢˇ 〈書〉同'顯'。

銑（铣）xiǎn ㄒㄧㄢˇ ［銑鐵］（xiǎntiě ㄒㄧㄢˇ ㄊㄧㄝˇ）鑄鐵。
另見1225頁 xǐ。

嶮（崄）xiǎn ㄒㄧㄢˇ ［嶮巇］（xiǎnxī ㄒㄧㄢˇ ㄒㄧ）同'險巇'。

㟅（㟅）xiǎn ㄒㄧㄢˇ 地名用字，周家㟅，在陝西。

獫（猃）xiǎn ㄒㄧㄢˇ 〈書〉長（cháng）嘴的狗。
【獫狁】Xiǎnyǔn ㄒㄧㄢˇ ㄩㄣˇ 我國古代北方的一個民族。也作玁狁。

險（险）xiǎn ㄒㄧㄢˇ ❶地勢險惡、複雜，不易通過；險要：險地｜險隘｜險峻｜山高水險。❷地勢險惡不容易通過的地方：天險｜無險可守。❸遭到不幸或發生災難的可能：冒險｜保險｜脫險｜險症｜巡堤查險。❹狠毒：陰險｜險詐。❺險些：險遭不幸。
【險隘】xiǎn'ài ㄒㄧㄢˇ ㄞˋ 險要的關口。
【險地】xiǎndì ㄒㄧㄢˇ ㄉㄧˋ ❶險要的地方。❷危險的境地。
【險惡】xiǎn'è ㄒㄧㄢˇ ㄜˋ ❶（地勢、情勢等）危險可怕：山勢險惡｜病情險惡｜環境險惡。❷陰險惡毒：險惡用心。
【險峰】xiǎnfēng ㄒㄧㄢˇ ㄈㄥ 險峻的山峰：攀登險峰。
【險工】xiǎngōng ㄒㄧㄢˇ ㄍㄨㄥ 容易發生危險的工程。
【險固】xiǎngù ㄒㄧㄢˇ ㄍㄨˋ 險要堅固：地勢險固。
【險關】xiǎnguān ㄒㄧㄢˇ ㄍㄨㄢ 險要的關口。
【險乎】xiǎn·hu ㄒㄧㄢˇ ·ㄏㄨ 差一點（發生不如意的事）：險乎幹了件錯事。
【險峻】xiǎnjùn ㄒㄧㄢˇ ㄐㄩㄣˋ ❶（山勢）高而險：山峰險峻。❷危險嚴峻：形勢十分險峻。
【險情】xiǎnqíng ㄒㄧㄢˇ ㄑㄧㄥˊ 容易發生危險的情況：排除險情｜及時發現險情。
【險勝】xiǎnshèng ㄒㄧㄢˇ ㄕㄥˋ 指體育比賽中，以接近的比分取勝：甲隊以 31 比 30 險勝乙隊。
【險灘】xiǎntān ㄒㄧㄢˇ ㄊㄢ 江河中水淺礁石多、水流湍急、行船危險的地方。
【險巇】xiǎnxī ㄒㄧㄢˇ ㄒㄧ 〈書〉形容山路危險，泛指道路艱難。也作嶮巇。
【險象】xiǎnxiàng ㄒㄧㄢˇ ㄒㄧㄤˋ 危險的現象：險象環生。
【險些】xiǎnxiē ㄒㄧㄢˇ ㄒㄧㄝ （險些兒）差一點（發生不如意的事）：馬往旁邊一閃，險些把我摔下來。
【險要】xiǎnyào ㄒㄧㄢˇ ㄧㄠˋ （地勢）險峻而處於要衝。

【險韵】xiǎnyùn ㄒㄧㄢˇ ㄩㄣˋ 指做舊體詩時用生僻字或同韵的字少的字押的韵。
【險詐】xiǎnzhà ㄒㄧㄢˇ ㄓㄚˋ 陰險奸詐。
【險症】xiǎnzhèng ㄒㄧㄢˇ ㄓㄥˋ 危險的症候。
【險阻】xiǎnzǔ ㄒㄧㄢˇ ㄗㄨˇ (道路)險惡而有阻礙，不容易過去：崎嶇險阻的山路。

鮮(鲜、尟、尠) xiǎn ㄒㄧㄢˇ 少：鮮見｜鮮有｜鮮為人知｜寡廉鮮耻。
另見1236頁 xiān。

獮(狝) xiǎn ㄒㄧㄢˇ 古代指秋天打獵。

燹 xiǎn ㄒㄧㄢˇ 〈書〉野火。參看81頁〖兵燹〗。

幰 xiǎn ㄒㄧㄢˇ 〈書〉車的帷幔。

蘚〔藓〕(蘚) xiǎn ㄒㄧㄢˇ 苔蘚植物的一個綱。屬於這一綱的植物莖和葉子都很小，綠色，沒有根，生在陰濕的地方。

顯(显) xiǎn ㄒㄧㄢˇ ❶露在外面容易看出來；明顯：顯而易見｜藥剛吃了一劑，效果還不很顯。❷表現；露出：各顯其能｜大顯身手。❸有名聲有權勢地位的：顯達｜顯赫。
【顯擺】xiǎn·bai ㄒㄧㄢˇ ·ㄅㄞ 〈方〉顯示並誇耀：她就愛在人前顯擺自己。也作顯白。
【顯達】xiǎndá ㄒㄧㄢˇ ㄉㄚˊ 指在官場上地位高而有名聲。
【顯得】xiǎn·de ㄒㄧㄢˇ ·ㄉㄜ 表現出(某種情形)：節日的天安門顯得更加壯麗。
【顯貴】xiǎnguì ㄒㄧㄢˇ ㄍㄨㄟˋ ❶聲名顯赫，地位尊貴，指做大官：顯貴人物。❷指做大官的人：傲視顯貴。
【顯赫】xiǎnhè ㄒㄧㄢˇ ㄏㄜˋ (權勢、名聲等)盛大：顯赫一時｜地位顯赫。
【顯花植物】xiǎnhuā-zhíwù ㄒㄧㄢˇ ㄏㄨㄚ ㄓˊ ㄨˋ 開花、結實、靠種子繁殖的植物的統稱，如桃、菊、麥等(區別於'隱花植物')。
【顯豁】xiǎnhuò ㄒㄧㄢˇ ㄏㄨㄛˋ 顯著明白：內容顯豁。
【顯見】xiǎnjiàn ㄒㄧㄢˇ ㄐㄧㄢˋ 可以明顯地看出：孩子比前兩年顯見懂事多了。
【顯靈】xiǎn//líng ㄒㄧㄢˇ//ㄌㄧㄥˊ 迷信的人指神鬼現出形象，發出聲響或使人感到威力。
【顯露】xiǎnlù ㄒㄧㄢˇ ㄌㄨˋ 原來看不見的變成看得見；現出：他臉上顯露出高興的神色。
【顯明】xiǎnmíng ㄒㄧㄢˇ ㄇㄧㄥˊ 清楚明白：顯明的對照。
【顯目】xiǎnmù ㄒㄧㄢˇ ㄇㄨˋ 顯眼。
【顯能】xiǎn//néng ㄒㄧㄢˇ//ㄋㄥˊ 顯示自己的才能：你在行家面前顯甚麼能！
【顯然】xiǎnrán ㄒㄧㄢˇ ㄖㄢˊ 容易看出或感覺到；非常明顯：這種說法顯然錯誤｜問題很顯然。
【顯榮】xiǎnróng ㄒㄧㄢˇ ㄖㄨㄥˊ 〈書〉顯達榮耀。
【顯聖】xiǎn//shèng ㄒㄧㄢˇ//ㄕㄥˋ (受崇敬的人物)死後顯靈(迷信)。
【顯示】xiǎnshì ㄒㄧㄢˇ ㄕˋ 明顯地表現：顯示威力｜作品顯示了作者純熟的寫作技巧。
【顯微鏡】xiǎnwēijìng ㄒㄧㄢˇ ㄨㄟ ㄐㄧㄥˋ 觀察微小物體用的光學儀器，主要由一個金屬筒和兩組透鏡構成。常用的顯微鏡可以放大幾百倍到三千倍左右。
【顯現】xiǎnxiàn ㄒㄧㄢˇ ㄒㄧㄢˋ 呈現；顯露：霧氣逐漸消失，重疊的山巒一層一層地顯現出來。
【顯像管】xiǎnxiàngguǎn ㄒㄧㄢˇ ㄒㄧㄤˋ ㄍㄨㄢˇ 電視接收機、示波器等設備中的一種器件，是一個高度真空的玻璃泡，一端膨大，略平，呈屏狀，上面塗有熒光粉；另一端的裝置能產生電子束，並使電子束在熒光屏上掃描，形成圖像。
【顯效】xiǎnxiào ㄒㄧㄢˇ ㄒㄧㄠˋ ❶顯示效果：這種農藥顯效快，毒性低。❷明顯的效果：未見顯效。
【顯形】xiǎn//xíng ㄒㄧㄢˇ//ㄒㄧㄥˊ (顯形兒)顯露原形；露出真相(用於人時多含貶義)。
【顯學】xiǎnxué ㄒㄧㄢˇ ㄒㄩㄝˊ 〈書〉著名的學說、學派。
【顯眼】xiǎnyǎn ㄒㄧㄢˇ ㄧㄢˇ 明顯而容易被看到；引人注目：把佈告貼在顯眼的地方。
【顯揚】xiǎnyáng ㄒㄧㄢˇ ㄧㄤˊ 〈書〉❶表彰。❷聲譽著稱：顯揚於天下。
【顯要】xiǎnyào ㄒㄧㄢˇ ㄧㄠˋ 官職高而權柄大，也指官職高而權柄大的人：顯要人物｜朝中顯要。
【顯耀】xiǎnyào ㄒㄧㄢˇ ㄧㄠˋ ❶指聲譽、權勢等著稱：顯耀一時。❷誇耀；炫示：顯耀自己能幹。
【顯影】xiǎn//yǐng ㄒㄧㄢˇ//ㄧㄥˇ 把曝過光的照相底片或相紙，用藥液(酚、胺等)處理使顯出影像。顯影工作通常在暗室中進行。
【顯證】xiǎnzhèng ㄒㄧㄢˇ ㄓㄥˋ 〈書〉明證。
【顯著】xiǎnzhù ㄒㄧㄢˇ ㄓㄨˋ 非常明顯：效益顯著｜取得顯著成就｜發生顯著變化。

玁(猃) xiǎn ㄒㄧㄢˇ 〔玁狁〕(xiǎnyǔn ㄒㄧㄢˇ ㄩㄣˇ)同'獫狁'。

xiàn (ㄒㄧㄢˋ)

限 xiàn ㄒㄧㄢˋ ❶指定的範圍；限度：界限｜期限｜權限｜以年底為限。❷指定範圍，不許超過：限期完工｜人數不限。❸〈書〉門檻：門限｜戶限。
【限定】xiàndìng ㄒㄧㄢˋ ㄉㄧㄥˋ 在數量、範圍等

方面加以規定：限定報名時間｜討論的範圍不限定。
【限度】xiàndù ㄒㄧㄢˋ ㄉㄨˋ 範圍的極限；最高或最低的數量或程度：最高限度｜容忍是有限度的。
【限額】xiàn'é ㄒㄧㄢˋ ㄜˊ 規定的數額。
【限界】xiànjiè ㄒㄧㄢˋ ㄐㄧㄝˋ 限定的界綫。
【限量】xiànliàng ㄒㄧㄢˋ ㄌㄧㄤˋ ❶限定止境、數量：前途不可限量｜限量供應。❷限度。
【限令】xiànlìng ㄒㄧㄢˋ ㄌㄧㄥˋ ❶命令限期實行：限令三日內拆除違章建築。❷限定執行的命令：放寬限令。
【限期】xiànqī ㄒㄧㄢˋ ㄑㄧ ❶指定日期，不許超過：限期歸還｜限期報到。❷指定的不許超過的日期：限期已滿｜三天的限期。
【限於】xiànyú ㄒㄧㄢˋ ㄩˊ 受某些條件或情形的限制；局限在某一範圍之內：限於水平｜本文討論的範圍，限於一些原則問題。
【限止】xiànzhǐ ㄒㄧㄢˋ ㄓˇ 限制。
【限制】xiànzhì ㄒㄧㄢˋ ㄓˋ ❶規定範圍，不許超過；約束：限制其行動自由｜文章的字數不限制。❷規定的範圍：有一定的限制。

莧〔莧〕(苋)

xiàn ㄒㄧㄢˋ 莧菜。
【莧菜】xiàncài ㄒㄧㄢˋ ㄘㄞˋ 一年生草本植物，莖細長，葉子橢圓形，有長柄，暗紫色或綠色，花綠白色，種子黑色。莖和葉子是普通蔬菜。

峴(岘)

Xiàn ㄒㄧㄢˋ 峴山，山名，在湖北。

現(现、❺見)

xiàn ㄒㄧㄢˋ ❶現在；此刻：現狀｜現任｜現役｜現行犯。❷臨時；當時：現編現唱｜現做的燒餅。❸當時可以拿出來的：現貨｜現金｜現錢。❹現款：兑現｜貼現。❺表露在外面，使人可以看見：現原形｜圖窮匕首現。‘見’另見564頁jiàn。
【現場】xiànchǎng ㄒㄧㄢˋ ㄔㄤˇ ❶發生案件或事故的場所以及該場所在發生案件或事故時的狀況：保護現場，以便進行調查。❷直接從事生產、演出、試驗等的場所：現場參觀｜現場會議｜現場直播。
【現成】xiànchéng ㄒㄧㄢˋ ㄔㄥˊ (現成兒)已經準備好，不用臨時做或找的；原有的：現成飯｜現成話｜你幫幫忙去，別淨等現成兒的。
【現成飯】xiànchéngfàn ㄒㄧㄢˋ ㄔㄥˊ ㄈㄢˋ 已經做成的飯。比喻不勞而穫的利益。
【現成話】xiànchénghuà ㄒㄧㄢˋ ㄔㄥˊ ㄏㄨㄚˋ 不參與其事而在旁説冠冕堂皇的空話，叫説現成話。
【現存】xiàncún ㄒㄧㄢˋ ㄘㄨㄣˊ 現在留存；現有：現存的版本｜現存物資。
【現大洋】xiàndàyáng ㄒㄧㄢˋ ㄉㄚˋ ㄧㄤˊ 現洋。
【現代】xiàndài ㄒㄧㄢˋ ㄉㄞˋ 現在這個時代。在我國歷史分期上多指五四運動到現在的時期。
【現代化】xiàndàihuà ㄒㄧㄢˋ ㄉㄞˋ ㄏㄨㄚˋ 使具有現代先進科學技術水平：國防現代化｜現代化的設備。
【現代戲】xiàndàixì ㄒㄧㄢˋ ㄉㄞˋ ㄒㄧˋ 指以現代社會生活為題材的戲劇。
【現話】xiànhuà ㄒㄧㄢˋ ㄏㄨㄚˋ 〈方〉老一套的話；廢話。
【現貨】xiànhuò ㄒㄧㄢˋ ㄏㄨㄛˋ 可以當時交付的貨物(跟‘期貨’相對)：現貨交易｜備有現貨。
【現今】xiànjīn ㄒㄧㄢˋ ㄐㄧㄣ 現在；如今：這種式樣現今不時興了。
【現金】xiànjīn ㄒㄧㄢˋ ㄐㄧㄣ ❶現款，有時也包括可以提取現款的支票等：現金交易。❷銀行庫存的貨幣。
【現金賬】xiànjīnzhàng ㄒㄧㄢˋ ㄐㄧㄣ ㄓㄤˋ 記載現金收支的會計賬簿。
【現局】xiànjú ㄒㄧㄢˋ ㄐㄩˊ 現時的局面。
【現款】xiànkuǎn ㄒㄧㄢˋ ㄎㄨㄢˇ 可以當時交付的貨幣。
【現年】xiànnián ㄒㄧㄢˋ ㄋㄧㄢˊ 現在的年齡。
【現錢】xiànqián ㄒㄧㄢˋ ㄑㄧㄢˊ 現款。
【現任】xiànrèn ㄒㄧㄢˋ ㄖㄣˋ ❶現在擔任(職務)：他現任工會主席。❷現在任職的：現任校長是原來的教導主任。
【現如今】xiànrújīn ㄒㄧㄢˋ ㄖㄨˊ ㄐㄧㄣ 〈方〉現在；如今。
【現身說法】xiàn shēn shuō fǎ ㄒㄧㄢˋ ㄕㄣ ㄕㄨㄛ ㄈㄚˇ 本佛教用語，指佛力廣大，能現出種種人形，向人説法。今比喻用自己的經歷遭遇為例證，對人進行講解或勸導。
【現時】xiànshí ㄒㄧㄢˋ ㄕˊ 現在；當前：現時正是農忙時節。
【現實】xiànshí ㄒㄧㄢˋ ㄕˊ ❶客觀存在的事物：考慮問題，不能脱離現實。❷合於客觀情況：這個計劃不現實｜這是一個比較現實的辦法。
【現實主義】xiànshí zhǔyì ㄒㄧㄢˋ ㄕˊ ㄓㄨˇ ㄧˋ 文學藝術上的一種創作方法。通過典型人物、典型環境的描寫，反映現實生活的本質。舊稱寫實主義。
【現世】¹ xiànshì ㄒㄧㄢˋ ㄕˋ 今生；這一輩子：現世報。
【現世】² xiànshì ㄒㄧㄢˋ ㄕˋ 出醜；丢臉：活現世。
【現世報】xiànshìbào ㄒㄧㄢˋ ㄕˋ ㄅㄠˋ 迷信的人指人做了壞事今生就得到報應。
【現勢】xiànshì ㄒㄧㄢˋ ㄕˋ 目前的形勢。
【現下】xiànxià ㄒㄧㄢˋ ㄒㄧㄚˋ 現在；目前：現下正忙，過幾天再説。
【現…現…】xiàn…xiàn… ㄒㄧㄢˋ…ㄒㄧㄢˋ… 嵌用兩個動詞，表示為了某個目的而臨時採取某種行動：現編現唱｜現躉現賣｜現用現買｜現吃現做。'現'也説旋(xuàn)。

【現象】xiànxiàng ㄒㄧㄢˋ ㄒㄧㄤˋ 事物在發展、變化中所表現的外部的形態和聯繫：社會現象｜自然現象｜看問題不能只看現象，要看本質。

【現行】xiànxíng ㄒㄧㄢˋ ㄒㄧㄥˊ ❶現在施行的；現在有效的：現行法令｜現行制度。❷正在進行或不久前曾進行犯罪活動的：現行犯。

【現行法】xiànxíngfǎ ㄒㄧㄢˋ ㄒㄧㄥˊ ㄈㄚˇ 指一個國家正在施行、具有效力的法律。

【現行犯】xiànxíngfàn ㄒㄧㄢˋ ㄒㄧㄥˊ ㄈㄢˋ 法律上指正在預備犯罪、實行犯罪或犯罪後即時被發覺的罪犯。

【現形】xiàn//xíng ㄒㄧㄢˋ//ㄒㄧㄥˊ 顯露原形：《官場現形記》(清末小説名)。

【現眼】xiàn//yǎn ㄒㄧㄢˋ//ㄧㄢˇ 出醜；丢臉：丢人現眼｜這回差點兒現了眼，以後可得小心。

【現洋】xiànyáng ㄒㄧㄢˋ ㄧㄤˊ 舊指銀元。也説現大洋。

【現役】xiànyì ㄒㄧㄢˋ ㄧˋ ❶公民自應徵入伍之日起到退伍之日止所服的兵役。❷正在服兵役的：現役軍人。

【現在】xiànzài ㄒㄧㄢˋ ㄗㄞˋ 這個時候，指説話的時候，有時包括説話前後或長或短的一段時間(區別於'過去'或'將來')：他現在的情況怎麼樣？｜現在他當了廠長了。

【現職】xiànzhí ㄒㄧㄢˋ ㄓˊ 目前正擔任着的職務：他當過班長、排長，年初改任現職。

【現狀】xiànzhuàng ㄒㄧㄢˋ ㄓㄨㄤˋ 目前的狀況：打破現狀｜改變現狀｜維持現狀。

晛(晛)

xiàn ㄒㄧㄢˋ 〈書〉太陽出現。

陷

xiàn ㄒㄧㄢˋ ❶陷阱。❷掉進(泥土等鬆軟的物體裏)：越陷越深｜汽車陷在泥裏了。❸凹進：病了幾天，眼睛都陷進去了。❹陷害：誣陷｜陷人於罪。❺被攻破；被佔領：失陷｜淪陷。❻缺點：缺陷。

【陷害】xiànhài ㄒㄧㄢˋ ㄏㄞˋ 設計害人：陷害好人。

【陷阱】xiànjǐng ㄒㄧㄢˋ ㄐㄧㄥˇ ❶為捉野獸或敵人而挖的坑，上面浮蓋偽裝的東西，踩在上面就掉到坑裏。❷比喻害人的圈套。

【陷坑】xiànkēng ㄒㄧㄢˋ ㄎㄥ 陷阱。

【陷落】xiànluò ㄒㄧㄢˋ ㄌㄨㄛˋ ❶地面或其他物體的表面一部分向裏凹進去：許多盆地都是因為地殼陷落而形成的。❷陷入①。❸(領土)為敵佔領。

【陷落地震】xiànluò dìzhèn ㄒㄧㄢˋ ㄌㄨㄛˋ ㄉㄧˋ ㄓㄣˋ 地震的一種，由地殼內岩層受水的侵蝕，形成空洞，造成局部地層陷落而引起。波及範圍和破壞性都較小。

【陷入】xiànrù ㄒㄧㄢˋ ㄖㄨˋ ❶落在(不利的境地)：陷入重圍｜陷入停頓狀態。❷比喻深深地進入(某種境界或思想活動中)：陷入沈思。

【陷身】xiànshēn ㄒㄧㄢˋ ㄕㄣ 身體陷入：陷身囹圄(língyǔ，監獄)。

【陷於】xiànyú ㄒㄧㄢˋ ㄩˊ 陷入①：陷於孤立｜雙方談判陷於僵局。

【陷陣】xiànzhèn ㄒㄧㄢˋ ㄓㄣˋ 衝入敵陣：衝鋒陷陣。

腺

xiàn ㄒㄧㄢˋ 生物體內能分泌某些化學物質的組織，由腺細胞組成，如人體內的汗腺和唾液腺，花的蜜腺。

【腺細胞】xiànxìbāo ㄒㄧㄢˋ ㄒㄧˋ ㄅㄠ 機體各組織的表皮中能製造和分泌某種液體物質的細胞，如構成汗腺、唾液腺等的細胞。

羨(羡)

xiàn ㄒㄧㄢˋ ❶羨慕：歆羨｜艷羨。❷(Xiàn)姓。

【羨慕】xiànmù ㄒㄧㄢˋ ㄇㄨˋ 看見別人有某種長處、好處或有利條件而希望自己也有：他很羨慕我有這麼一個好師傅。

粯(粯)

xiàn ㄒㄧㄢˋ 〈書〉米屑。

【粯子】xiàn·zi ㄒㄧㄢˋ ·ㄗ 〈方〉粗麥粉。

綫(线、線)

xiàn ㄒㄧㄢˋ ❶(綫兒)用絲、棉、麻、金屬等製成的細長而可以任意曲折的東西：一根綫｜一綹綫｜毛綫｜電綫。❷幾何學上指一個點任意移動所構成的圖形，有長，沒有寬和厚。分為直綫和曲綫兩種。❸細長像綫的東西：綫香。❹交通路綫：航綫｜運輸綫｜京廣綫｜沿綫各站。❺指思想上、政治上的路綫：上綱上綫。❻邊緣交界的地方：前綫｜火綫｜防綫｜海岸綫｜國境綫。❼比喻所接近的某種邊際：生命綫｜死亡綫｜飢餓綫。❽綫索：眼綫。❾量詞，用於抽象事物，數詞限用'一'，表示極少：一綫光明｜一綫希望｜一綫生機。

【綫材】xiàncái ㄒㄧㄢˋ ㄘㄞˊ 斷面很小，可以捲起來的金屬材料，如鐵絲等。

【綫春】xiànchūn ㄒㄧㄢˋ ㄔㄨㄣ 一種有幾何圖案花紋的絲織品，多用做春季衣料，浙江杭州所產的最有名。也叫春綢。

【綫段】xiànduàn ㄒㄧㄢˋ ㄉㄨㄢˋ 直綫上任意兩點間的部分。

【綫桄子】xiànguàng·zi ㄒㄧㄢˋ ㄍㄨㄤˋ ·ㄗ 纏綫的器具，中間有軸，可以旋轉。也叫綫桄兒。

【綫規】xiànguī ㄒㄧㄢˋ ㄍㄨㄟ 測量金屬綫的直徑用的工具，是一塊圓形或方形的鋼板，邊緣有許多大小不同的開口，並標有綫號或尺寸。金屬綫通過的開口所標的號數或尺寸就是該綫的號數或直徑。

【綫腳】xiànjiǎo ㄒㄧㄢˋ ㄐㄧㄠˇ 〈方〉針腳：綫腳很密。

【綫粒體】xiànlìtǐ ㄒㄧㄢˋ ㄌㄧˋ ㄊㄧˇ 細胞質內粒狀或棒狀的細胞器，能為細胞提供能量，能自行分裂，在遺傳上有相對獨立性。

【綫路】xiànlù ㄒㄧㄢˋ ㄌㄨˋ 電流、運動物體等所經過的路綫：公共汽車綫路｜無綫電綫路。

【綫呢】xiànní ㄒㄧㄢˋ ㄋㄧˊ 用有顏色的紗或綫按不同花型織成的棉布，質地厚實，富於彈性，外表有點像毛呢。

【綫坯子】xiànpī·zi ㄒㄧㄢˋ ㄆㄧ·ㄗ 粗製的棉綫，質地鬆，可捻成合股兒綫。

【綫圈】xiànquān ㄒㄧㄢˋ ㄑㄩㄢ 用帶有絕緣外皮的導綫繞製成的圈狀物或筒狀物，廣泛應用在電機、變壓器和電訊裝置上。

【綫索】xiànsuǒ ㄒㄧㄢˋ ㄙㄨㄛˇ 比喻事物發展的脉絡或探求問題的途徑：故事的綫索｜找到了破案的綫索。

【綫毯】xiàntǎn ㄒㄧㄢˋ ㄊㄢˇ 用棉紗、混紡紗織成的較薄的毯子。

【綫膛】xiàntáng ㄒㄧㄢˋ ㄊㄤˊ 有膛綫的槍膛或炮膛：綫膛炮。

【綫條】xiàntiáo ㄒㄧㄢˋ ㄊㄧㄠˊ ❶繪畫時勾的或曲或直、或粗或細的綫：粗綫條｜這幅畫的綫條非常柔和。❷人體或工藝品的輪廓。

【綫頭】xiàntóu ㄒㄧㄢˋ ㄊㄡˊ （綫頭兒）❶綫的一端。❷很短的一段綫。也叫綫頭子。

【綫香】xiànxiāng ㄒㄧㄢˋ ㄒㄧㄤ 用木屑加香料做成的細長而不帶棒兒的香。

【綫形動物】xiànxíng dòngwù ㄒㄧㄢˋ ㄒㄧㄥˊ ㄉㄨㄥˋ ㄨˋ 無脊椎動物的一門，身體的形狀像綫或圓筒，兩端略尖，不分環節，表面有皮，體內有消化管，大多數雌雄異體，如蛔蟲、鈎蟲等。也叫圓形動物。

【綫衣】xiànyī ㄒㄧㄢˋ ㄧ 用粗棉綫織成的上衣。

【綫軸兒】xiànzhóur ㄒㄧㄢˋ ㄓㄡㄦˊ 纏綫用的軸形物；纏着綫的軸形物。

【綫裝】xiànzhuāng ㄒㄧㄢˋ ㄓㄨㄤ 書籍裝訂法的一種，裝訂的綫露在書的外面，是我國傳統的裝訂法：綫裝書。

線（线） xiàn ㄒㄧㄢˋ ❶同‘綫’。❷（Xiàn）姓。

縣（县） xiàn ㄒㄧㄢˋ 行政區劃單位，由地區、自治州、直轄市領導。

〈古〉又同‘懸’xuán。

【縣城】xiànchéng ㄒㄧㄢˋ ㄔㄥˊ 縣行政機關所在的城鎮。

【縣份】xiànfèn ㄒㄧㄢˋ ㄈㄣˋ 縣（不和專名連用）：崇信是甘肅東部的一個縣份。

【縣誌】xiànzhì ㄒㄧㄢˋ ㄓˋ 記載一個縣的歷史、地理、風俗、人物、文教、物產等的專書。

【縣治】xiànzhì ㄒㄧㄢˋ ㄓˋ 舊指縣政府的所在地。

餡 xiàn ㄒㄧㄢˋ （餡兒）麵食、點心裏包的糖、豆沙或細碎的肉、菜等：餃子餡兒｜棗泥餡兒月餅。

【餡兒餅】xiànrbǐng ㄒㄧㄢㄦˋ ㄅㄧㄥˇ 帶餡兒的餅，用麵做薄皮，包上肉、菜等拌成的餡兒，在鍋上或鐺上烙熟。

憲（宪） xiàn ㄒㄧㄢˋ ❶〈書〉法令：憲令。❷憲法：立憲｜違憲｜憲章。

【憲兵】xiànbīng ㄒㄧㄢˋ ㄅㄧㄥ 某些國家的軍事政治警察。

【憲法】xiànfǎ ㄒㄧㄢˋ ㄈㄚˇ 國家的根本法。具有最高的法律效力，是其他立法工作的根據。通常規定一個國家的社會制度、國家制度、國家機構和公民的基本權利與義務等。

【憲警】xiànjǐng ㄒㄧㄢˋ ㄐㄧㄥˇ 憲兵和警察。

【憲章】xiànzhāng ㄒㄧㄢˋ ㄓㄤ ❶〈書〉效法。❷〈書〉典章制度。❸某個國家的具有憲法作用的文件；規定國際機構的宗旨、原則、組織的文件。

【憲政】xiànzhèng ㄒㄧㄢˋ ㄓㄥˋ 民主的政治：實行憲政｜憲政運動。

鍁（锨） xiàn ㄒㄧㄢˋ 金屬綫。

霰 xiàn ㄒㄧㄢˋ 空中降落的白色不透明的小冰粒，常呈球形或圓錐形。多在下雪前或下雪時出現。在不同的地區有雪子（xuězǐ）、雪糁（xuěshēn）等名稱。

【霰彈】xiàndàn ㄒㄧㄢˋ ㄉㄢˋ 見740頁〖榴霰彈〗。

獻（献） xiàn ㄒㄧㄢˋ ❶把實物或意見等恭敬莊嚴地送給集體或尊敬的人：獻花｜獻旗｜貢獻｜把青春獻給祖國。❷表現給人看：獻技｜獻殷勤。

【獻寶】xiàn//bǎo ㄒㄧㄢˋ//ㄅㄠˇ ❶獻出珍貴的物品。❷比喻提供寶貴的經驗或意見。❸比喻顯示自己的東西或自以為新奇的東西。

【獻策】xiàn//cè ㄒㄧㄢˋ//ㄘㄜˋ 獻計。

【獻醜】xiàn//chǒu ㄒㄧㄢˋ//ㄔㄡˇ 謙辭，用於表演技能或寫作的時候，表示自己的能力很差。

【獻詞】xiàncí ㄒㄧㄢˋ ㄘˊ 祝賀的話或文字：新年獻詞。

【獻花】xiàn//huā ㄒㄧㄢˋ//ㄏㄨㄚ 把鮮花獻給貴賓或敬愛的人。

【獻技】xiànjì ㄒㄧㄢˋ ㄐㄧˋ 把技藝表演給大家看。

【獻計】xiàn//jì ㄒㄧㄢˋ//ㄐㄧˋ 貢獻計策。

【獻禮】xiàn//lǐ ㄒㄧㄢˋ//ㄌㄧˇ 為了表示慶祝而獻出禮物：國慶獻禮。

【獻媚】xiànmèi ㄒㄧㄢˋ ㄇㄟˋ 為了討好別人而做出某種姿態或舉動：獻媚取寵。

【獻旗】xiàn//qí ㄒㄧㄢˋ//ㄑㄧˊ 把錦旗獻給某個集體或個人，表示敬意或謝意。

【獻芹】xiànqín ㄒㄧㄢˋ ㄑㄧㄣˊ 《列子．楊朱》：‘昔人有美戎菽、甘枲莖、芹萍子者，對鄉豪稱之。鄉豪取而嘗之，蜇於口，慘於腹。眾哂而怨之，其人大慚。’後來用‘獻芹’謙稱贈人的禮品菲薄或所提的建議淺陋。也說芹獻。

【獻身】xiàn//shēn ㄒㄧㄢˋ//ㄕㄣ 把自己的全部精力或生命獻給祖國、人民或事業：獻身於教育事業幾十年｜為革命而光榮獻身。

【獻藝】xiànyì ㄒㄧㄢˋ ㄧˋ 獻技：登台獻藝。

【獻殷勤】xiàn yīnqín ㄒㄧㄢˋ ㄧㄣ ㄑㄧㄣˊ 為了討別人的歡心而奉承、伺候。

xiāng（ㄒㄧㄤ）

相1 xiāng ㄒㄧㄤ ❶互相：相像｜相識｜相距太遠｜不相上下。❷表示一方對另一方的動作：實不相瞞｜好言相勸。❸（Xiāng）姓。

相2 xiāng ㄒㄧㄤ 親自觀看（是不是合心意）：相親｜這件衣服她相不中。

另見1250頁 xiàng。

【相安】xiāng'ān ㄒㄧㄤ ㄢ 相處沒有衝突：相安無事。

【相幫】xiāngbāng ㄒㄧㄤ ㄅㄤ 〈方〉幫助。

【相稱】xiāngchèn ㄒㄧㄤ ㄔㄣˋ 事物配合起來顯得合適：這件衣服跟他的年齡不大相稱。

【相成】xiāngchéng ㄒㄧㄤ ㄔㄥˊ 互相成全、配合：相輔相成｜相反相成。

【相持】xiāngchí ㄒㄧㄤ ㄔˊ 兩方堅持對立，互不相讓：意見相持不下｜敵我相持階段。

【相處】xiāngchǔ ㄒㄧㄤ ㄔㄨˇ 彼此生活在一起；彼此接觸來往，互相對待：友好相處｜難以相處。

【相傳】xiāngchuán ㄒㄧㄤ ㄔㄨㄢˊ ❶長期以來互相傳説（不是確實有據，只是輾轉傳説的）：相傳此處是穆桂英的點將台。❷傳遞；傳授：一脈相傳。

【相當】xiāngdāng ㄒㄧㄤ ㄉㄤ ❶（數量、價值、條件、情形等）兩方面差不多；配得上或能夠相抵：旗鼓相當｜年紀相當｜攔河大壩高達一百一十米，相當於二十八層的大樓。❷適宜；合適：這個工作還沒有找到相當的人｜他一時想不出相當的字眼來。❸副詞，表示程度高，但不到'很'的程度：這個任務是相當艱巨的｜這齣戲演得相當成功。

【相得益彰】xiāng dé yì zhāng ㄒㄧㄤ ㄉㄜˊ ㄧˋ ㄓㄤ 指互相幫助，互相補充，更能顯出好處。

【相等】xiāngděng ㄒㄧㄤ ㄉㄥˇ （數目、分量、程度等）彼此一樣：這兩間房子的面積相等。

【相抵】xiāngdǐ ㄒㄧㄤ ㄉㄧˇ ❶互相抵消：收支相抵。❷〈書〉互相抵觸。

【相對】xiāngduì ㄒㄧㄤ ㄉㄨㄟˋ ❶指性質上互相對立，如大與小相對，美與醜相對。❷依靠一定條件而存在，隨着一定條件而變化的（跟'絕對'相對）：在絕對的總的宇宙發展過程中，各個具體過程的發展都是相對的。❸比較的：相對穩定｜相對優勢。

【相對高度】xiāngduì gāodù ㄒㄧㄤ ㄉㄨㄟˋ ㄍㄠ ㄉㄨˋ 以地面或選定的某個點做標準的高度。

【相對論】xiāngduìlùn ㄒㄧㄤ ㄉㄨㄟˋ ㄌㄨㄣˋ 研究時間和空間相對關係的物理學説。分為狹義相對論和廣義相對論。前者認為物體的運動是相對的，光速不因光源的運動而改變，物體的質量與能量的關係為 $E=mc^2$（E 代表能量，m 代表質量，c 代表光速）。後者認為物質的運動是物質引力場派生的，光在引力場中傳播因受引力場的影響而改變方向。相對論是愛因斯坦（Albert Einstein）提出的。這個理論修正了從牛頓以來對空間、時間、引力三者互相割裂的看法以及運動規律永恒不變的看法，從而奠定了現代物理學的基礎。

【相對濕度】xiāngduì shīdù ㄒㄧㄤ ㄉㄨㄟˋ ㄕ ㄉㄨˋ 空氣中所含水蒸氣密度和同溫度下飽和水蒸氣密度的比值，通常用百分數表示。

【相對真理】xiāngduì zhēnlǐ ㄒㄧㄤ ㄉㄨㄟˋ ㄓㄣ ㄌㄧˇ 在總的宇宙發展過程中，人們對於在各個發展階段上的具體過程的正確認識，它是對客觀世界近似的、不完全的反映。相對真理和絕對真理是辯證統一的，絕對真理寓於相對真理之中，在相對真理中包含有絕對真理的成分，無數相對真理的總和就是絕對真理。

【相煩】xiāngfán ㄒㄧㄤ ㄈㄢˊ 客套話，煩勞：有事相煩。

【相反】xiāngfǎn ㄒㄧㄤ ㄈㄢˇ ❶事物的兩個方面互相矛盾、互相排斥：相反相成｜兩個人走的方向相反。❷用在下文句首或句中，表示跟上文所説的意思相矛盾：他不但沒被困難嚇倒，相反地，意志越來越堅強了。

【相反數】xiāngfǎnshù ㄒㄧㄤ ㄈㄢˇ ㄕㄨˋ 絕對值相等，正負號相反的兩個數互為相反數。如 +5 和 −5，0 的相反數是 0。

【相反相成】xiāng fǎn xiāng chéng ㄒㄧㄤ ㄈㄢˇ ㄒㄧㄤ ㄔㄥˊ 指相反的東西有同一性。就是説，兩個矛盾方面互相排斥或互相鬥爭，並在一定條件下聯結起來，獲得同一性。

【相仿】xiāngfǎng ㄒㄧㄤ ㄈㄤˇ 大致相同；相差不多：年紀相仿｜顏色相仿。

【相逢】xiāngféng ㄒㄧㄤ ㄈㄥˊ 彼此遇見（多指偶然的）：萍水相逢｜狹路相逢。

【相符】xiāngfú ㄒㄧㄤ ㄈㄨˊ 彼此一致：名實相符｜他所説的話跟實際的情況完全相符。

【相輔而行】xiāng fǔ ér xíng ㄒㄧㄤ ㄈㄨˇ ㄦˊ ㄒㄧㄥˊ 互相協助進行或配合使用。

【相輔相成】xiāng fǔ xiāng chéng ㄒㄧㄤ ㄈㄨˇ ㄒㄧㄤ ㄔㄥˊ 互相補充，互相配合。

【相干】xiānggān ㄒㄧㄤ ㄍㄢ 互相關連或牽涉：有關連（多用於否定式）：這事跟他不相干。

【相隔】xiānggé ㄒㄧㄤ ㄍㄜˊ 相互間距離：相隔千里。

【相顧】xiānggù ㄒㄧㄤ ㄍㄨˋ 互相對看：相顧無言。

【相關】xiāngguān ㄒㄧㄤ ㄍㄨㄢ 彼此關連：休戚相關｜體育事業和人民健康密切相關。

【相好】xiānghǎo ㄒㄧㄤ ㄏㄠˇ ❶彼此親密，感情融洽：他們幾個從小就相好。❷親密的朋友。

❸戀愛(多指不正當的)。❹指不正當的戀愛的一方。

【相互】xiānghù ㄒㄧㄤ ㄏㄨˋ 兩相對待的；互相：相互作用｜相互促進｜相互間的關係。

【相繼】xiāngjì ㄒㄧㄤ ㄐㄧˋ 一個跟着一個：相繼發言。

【相間】xiāngjiàn ㄒㄧㄤ ㄐㄧㄢˋ (事物和事物)一個隔着一個：沿岸相間地栽着桃樹和柳樹。

【相交】xiāngjiāo ㄒㄧㄤ ㄐㄧㄠ ❶交叉：兩綫相交於一點。❷互相交往；做朋友：相交多年。

【相近】xiāngjìn ㄒㄧㄤ ㄐㄧㄣˋ 近似；差不多：年歲相近｜情況相近。

【相敬如賓】xiāng jìng rú bīn ㄒㄧㄤ ㄐㄧㄥˋ ㄖㄨˊ ㄅㄧㄣ 形容夫妻互相尊敬像對待賓客一樣。

【相距】xiāngjù ㄒㄧㄤ ㄐㄩˋ 相互間距離：相距不遠｜前後相距二十多年。

【相看】xiāng·kàn ㄒㄧㄤ ·ㄎㄢˋ ❶看；注視。❷看待：另眼相看。❸親自觀看(多用於相親)。

【相禮】xiānglǐ ㄒㄧㄤ ㄌㄧˇ 同'襄禮'。

【相連】xiānglián ㄒㄧㄤ ㄌㄧㄢˊ 互相連接：前後相連。

【相瞞】xiāngmán ㄒㄧㄤ ㄇㄢˊ 隱瞞：實不相瞞。

【相配】xiāngpèi ㄒㄧㄤ ㄆㄟˋ 配合起來合適；相稱：一個高，一個矮，不相配｜他們兩個很相配。

【相親】xiāng∥qīn ㄒㄧㄤ∥ㄑㄧㄣ 定親前家長或本人到對方家相看。

【相去】xiāngqù ㄒㄧㄤ ㄑㄩˋ 互相間存在距離；相距：相去甚遠(相差很大)｜兩地相去幾十里。

【相勸】xiāngquàn ㄒㄧㄤ ㄑㄩㄢˋ 勸告；勸解：好言相勸。

【相讓】xiāngràng ㄒㄧㄤ ㄖㄤˋ ❶忍讓；退讓：不肯相讓｜各不相讓。❷互相謙讓。

【相擾】xiāngrǎo ㄒㄧㄤ ㄖㄠˇ ❶互相打擾：各不相擾。❷客套話，打擾：無事不敢相擾。

【相忍為國】xiāng rěn wèi guó ㄒㄧㄤ ㄖㄣˇ ㄨㄟˋ ㄍㄨㄛˊ 為了國家和民族的利益而作一定的讓步。

【相濡以沫】xiāng rú yǐ mò ㄒㄧㄤ ㄖㄨˊ ㄧˇ ㄇㄛˋ 泉水乾涸，魚靠在一起以唾沫相互濕潤(語見《莊子·大宗師》)。後用'相濡以沫'比喻同處困境，相互救助。

【相商】xiāngshāng ㄒㄧㄤ ㄕㄤ 彼此商量；商議：有要事相商。

【相生相克】xiāng shēng xiāng kè ㄒㄧㄤ ㄕㄥ ㄒㄧㄤ ㄎㄜˋ 我國古代關於五行之間相互作用和影響的說法，如木能生火、火能克金等。參看1211頁〖五行〗。

【相識】xiāngshí ㄒㄧㄤ ㄕˊ ❶彼此認識：素不相識｜相識多年。❷相識的人：舊相識｜老相識｜成了相識。

【相率】xiāngshuài ㄒㄧㄤ ㄕㄨㄞˋ 一個接着一個：相率歸附。

【相思】xiāngsī ㄒㄧㄤ ㄙ 彼此思念，多指男女因互相愛慕而又無法接近所引起的思念：相思病｜兩地相思。

【相似】xiāngsì ㄒㄧㄤ ㄙˋ 相像：這兩個人年貌相似。

【相似形】xiāngsìxíng ㄒㄧㄤ ㄙˋ ㄒㄧㄥˊ 對應角相等，對應邊成比例的兩個多邊形叫做相似形。

【相提並論】xiāng tí bìng lùn ㄒㄧㄤ ㄊㄧˊ ㄅㄧㄥˋ ㄌㄨㄣˋ 把不同的人或不同的事物混在一起來談論或看待(多用於否定式)：鼓風機和木風箱的效力不能相提並論。

【相通】xiāngtōng ㄒㄧㄤ ㄊㄨㄥ 事物之間彼此連貫溝通：溝渠相通｜息息相通。

【相同】xiāngtóng ㄒㄧㄤ ㄊㄨㄥˊ 彼此一樣，沒有區別：年齡相同｜內容相同｜這兩篇文章的結論是相同的｜今年入學考試的科目跟去年相同。

【相投】xiāngtóu ㄒㄧㄤ ㄊㄡˊ (思想、感情等)彼此合得來：氣味相投｜興趣相投。

【相向】xiāngxiàng ㄒㄧㄤ ㄒㄧㄤˋ ❶向着對方的方向：相向而行。❷向着對方：武力相向｜惡言相向。

【相像】xiāngxiàng ㄒㄧㄤ ㄒㄧㄤˋ 彼此有相同點或共同點：面貌相像。

【相信】xiāngxìn ㄒㄧㄤ ㄒㄧㄣˋ 認為正確或確實而不懷疑：我相信他們的試驗一定會成功。

【相形】xiāngxíng ㄒㄧㄤ ㄒㄧㄥˊ 相互比較：相形失色｜相形見絀｜相形之下，這種辦法顯得拙笨一些。

【相形見絀】xiāng xíng jiàn chù ㄒㄧㄤ ㄒㄧㄥˊ ㄐㄧㄢˋ ㄔㄨˋ 跟另一人或事物比較起來顯得遠遠不如。

【相沿】xiāngyán ㄒㄧㄤ ㄧㄢˊ 依着舊的一套傳下來；沿襲：相沿成俗｜此種工藝相沿至今已有百餘年。

【相依】xiāngyī ㄒㄧㄤ ㄧ 互相依靠：唇齒相依｜相依為命。

【相依為命】xiāngyī wéi mìng ㄒㄧㄤ ㄧ ㄨㄟˊ ㄇㄧㄥˋ 互相依靠着生活，誰也離不開誰。

【相宜】xiāngyí ㄒㄧㄤ ㄧˊ 適宜：他做這種工作很相宜｜剛吃過飯就劇烈運動是不相宜的。

【相應】xiāngyīng ㄒㄧㄤ ㄧㄥ 舊式公文用語，應該：相應函達｜相應咨復。

【相映】xiāngyìng ㄒㄧㄤ ㄧㄥˋ 互相襯托：相映生輝｜湖光塔影，相映成趣。

【相應】xiāngyìng ㄒㄧㄤ ㄧㄥˋ 互相呼應或照應；相適應：這篇文章前後不相應｜環境改變了，工作方法也要相應地改變。

【相應】xiāng·ying ㄒㄧㄤ ·ㄧㄥ 〈方〉便宜(pián·yi)。

【相與】xiāngyǔ ㄒㄧㄤ ㄩˇ ❶彼此往來；相處：這人是很難相與的。❷相互：相與議論。❸舊時指相好的人。

【相約】xiāngyuē ㄒㄧㄤ ㄩㄝ 相互約定：他們相約明年春節聚會。

【相知】xiāngzhī ㄒㄧㄤ ㄓ ❶彼此相交而互相了解，感情深厚：相知有素。❷相互了解，感情深厚的朋友：老相知。

【相中】xiāng//zhòng ㄒㄧㄤ//ㄓㄨㄥˋ 看中：相得中｜相不中｜對象是他自己相中的。

【相助】xiāngzhù ㄒㄧㄤ ㄓㄨˋ 互相幫助；協助：彼此相助｜相助一臂之力。

【相左】xiāngzuǒ ㄒㄧㄤ ㄗㄨㄛˇ 〈書〉❶不相遇。❷相違反；相互不一致：意見相左。

香 xiāng ㄒㄧㄤ ❶氣味好聞(跟'臭'相對)：香水｜香皂｜這花真香。❷食物味道好：飯很香。❸吃東西胃口好：這兩天吃飯不香。❹睡得塌實：睡得正香呢。❺受歡迎；被看重：吃香｜這種貨物在農村很香。❻香料：檀香｜沈香｜龍涎香。❼用木屑攙香料做成的細條，燃燒時，發出好聞的氣味，在祭祀神先或神佛時常用，有的加上藥物，可以熏蚊子：綫香｜蚊香｜燒一炷香。❽〈方〉親吻：香面孔。❾(Xiāng)姓。

【香案】xiāng'àn ㄒㄧㄤ ㄢˋ 放置香爐的長條桌子。

【香檳酒】xiāngbīnjiǔ ㄒㄧㄤ ㄅㄧㄣ ㄐㄧㄡˇ 含有二氧化碳的起泡沫的白葡萄酒，因原產於法國香檳(Champagne)而得名。

【香波】xiāngbō ㄒㄧㄤ ㄅㄛ 專為洗頭髮用的肥皂或合成洗滌劑。[英 shampoo]

【香菜】xiāngcài ㄒㄧㄤ ㄘㄞˋ 芫荽(yán·sui)的通稱。

【香腸】xiāngcháng ㄒㄧㄤ ㄔㄤˊ (香腸兒)用豬的小腸，裝上碎肉和作料等製成的食品。

【香椿】xiāngchūn ㄒㄧㄤ ㄔㄨㄣ ❶落葉喬木，羽狀複葉，花白色。果實為蒴果，橢圓形，茶褐色。嫩枝葉有香味，可以吃。也叫椿。❷這種植物的嫩枝葉。

【香醇】xiāngchún ㄒㄧㄤ ㄔㄨㄣˊ (氣味、滋味)香而純正：香醇的美酒。也作香純。

【香肚】xiāngdǔ ㄒㄧㄤ ㄉㄨˇ 用豬的膀胱，裝上碎肉和作料等製成的食品。

【香榧】xiāngfěi ㄒㄧㄤ ㄈㄟˇ 榧的通稱。

【香馥馥】xiāngfùfù ㄒㄧㄤ ㄈㄨˋ ㄈㄨˋ (香馥馥的)形容香味濃。

【香乾】xiānggān ㄒㄧㄤ ㄍㄢ (香乾兒)經過熏製的豆腐乾兒。

【香菇】xiānggū ㄒㄧㄤ ㄍㄨ 寄生在栗、槲等樹幹上的蕈類，菌蓋表面黑褐色，有裂紋，菌柄白色。有冬菇、春菇等多種。味鮮美。也叫香蕈。也作香菰。

【香菰】xiānggū ㄒㄧㄤ ㄍㄨ 同'香菇'。

【香瓜】xiāngguā ㄒㄧㄤ ㄍㄨㄚ (香瓜兒)甜瓜。

【香花】xiānghuā ㄒㄧㄤ ㄏㄨㄚ 有香味的花。比喻對人民有益的言論或作品。

【香灰】xiānghuī ㄒㄧㄤ ㄏㄨㄟ 香燃燒後剩下的灰。特指祭祀祖先或神佛燒香剩餘的灰。

【香會】xiānghuì ㄒㄧㄤ ㄏㄨㄟˋ 舊時民間為朝山進香而組織的群眾團體。

【香火】[1] xiānghuǒ ㄒㄧㄤ ㄏㄨㄛˇ ❶(宗教徒或迷信的人)供佛敬神時燃點的香和燈火。❷廟宇中照料香火的人；廟祝。❸同'香烟'：斷了香火。

【香火】[2] xiānghuǒ ㄒㄧㄤ ㄏㄨㄛˇ (香火兒)燃着的綫香、棒香或盤香上的火。

【香蕉】xiāngjiāo ㄒㄧㄤ ㄐㄧㄠ ❶多年生草本植物，葉子長而大，有長柄，花淡黃色。果實長形，稍彎，味香甜。產在熱帶或亞熱帶地方。❷這種植物的果實。‖也叫甘蕉。

【香蕉水】xiāngjiāoshuǐ ㄒㄧㄤ ㄐㄧㄠ ㄕㄨㄟˇ 用酯類、酮類、醇類、醚類和芳香族化合物配製成的溶液，無色透明，容易揮發，有香蕉氣味。用於製造噴漆和稀釋噴漆等。

【香精】xiāngjīng ㄒㄧㄤ ㄐㄧㄥ 幾種香料配製而成的混合香料。有模仿花香的花香型香精、模仿果實香味的果實型香精等多種。用於化妝品、食品和烟草工業等。

【香客】xiāngkè ㄒㄧㄤ ㄎㄜˋ 朝山進香的人。參看135頁〖朝山〗。

【香料】xiāngliào ㄒㄧㄤ ㄌㄧㄠˋ 在常溫下能發出芳香的有機物質，分為天然香料和人造香料兩大類。天然香料從動物或植物體中取得，如麝香、靈貓香以及玫瑰、薔薇等的香精油，人工製造的也很多。用於化妝品和食品工業等。

【香爐】xiānglú ㄒㄧㄤ ㄌㄨˊ 燒香所用的器具，用陶瓷或金屬製成，通常圓形有耳，底有三足。

【香噴噴】xiāngpēnpēn ㄒㄧㄤ ㄆㄣ ㄆㄣ (香噴噴的)形容香氣撲鼻。

【香片】xiāngpiàn ㄒㄧㄤ ㄆㄧㄢˋ 花茶。

【香蒲】xiāngpú ㄒㄧㄤ ㄆㄨˊ 多年生草本植物，多生在河灘上，葉子狹長，花穗上部生雄花，下部生雌花。雌花密集成棒狀，成熟的果穗叫蒲棒，有絨毛。葉子可以編蒲包、蒲蓆、扇子等。

【香薷】xiāngrú ㄒㄧㄤ ㄖㄨˊ 一年或多年生草本植物，莖呈方形，紫色，有灰白色的毛，葉子對生，卵形或卵狀披針形，花粉紅色，果實棕色。莖和葉可以提取芳香油。全草入藥。

【香水】xiāngshuǐ ㄒㄧㄤ ㄕㄨㄟˇ (香水兒)用香料、酒精和蒸餾水等製成的化妝品。

【香甜】xiāngtián ㄒㄧㄤ ㄊㄧㄢˊ ❶又香又甜：這種瓜味道很香甜。❷形容睡得塌實，舒服：參加了一天義務勞動，晚上睡得格外香甜。

【香烟】[1] xiāngyān ㄒㄧㄤ ㄧㄢ ❶燃着的香所生的烟：香烟繚繞。❷舊指子孫祭祀祖先的事情：

斷了香烟（指斷絕了後代）。也說香火。

【香烟】[2] xiāngyān ㄒㄧㄤ ㄧㄢ 紙裹包烟絲和配料捲成的條狀物，供吸用。也叫紙烟、捲烟、烟捲兒。

【香艷】xiāngyàn ㄒㄧㄤ ㄧㄢˋ 指花草芳香美麗，常用來形容詞藻艷麗或內容涉及閨閣的詩文。也形容色情的小說、電影等。

【香胰子】xiāngyí·zi ㄒㄧㄤ ㄧˊ·ㄗ 〈方〉香皂。

【香油】xiāngyóu ㄒㄧㄤ ㄧㄡˊ 芝麻油。

【香櫞】xiāngyuán ㄒㄧㄤ ㄩㄢˊ ❶常綠小喬木或大灌木，有短刺，葉子卵圓形，總狀花序，花瓣裏面白色，外面淡紫色。果實長圓形，黃色，果皮粗而厚。供觀賞，果皮可入藥。❷這種植物的果實。‖也叫枸(jǔ)櫞。

【香雲紗】xiāngyúnshā ㄒㄧㄤ ㄩㄣˊ ㄕㄚ 一種提花絲織品，上面塗過薯莨汁液，適於做夏季衣料，主要產地是廣東。也叫薯莨綢、拷紗。

【香皂】xiāngzào ㄒㄧㄤ ㄗㄠˋ 在精煉的原料中加入香料而製成的肥皂，多用來洗臉。

【香澤】xiāngzé ㄒㄧㄤ ㄗㄜˊ 〈書〉❶潤髮用的帶有香味的油。❷香氣。

【香脂】xiāngzhī ㄒㄧㄤ ㄓ 一種化妝品，用硬脂酸、凡士林、杏仁油等原料製成。

【香燭】xiāngzhú ㄒㄧㄤ ㄓㄨˊ 祭祀祖先或神佛用的香和蠟燭。

葙〔葙〕 xiāng ㄒㄧㄤ 見934頁〖青葙〗。

廂（厢） xiāng ㄒㄧㄤ ❶廂房：東廂｜正兩廂。❷（廂兒）類似房子隔間的地方：車廂兒｜包廂。❸靠近城的地區：城廂｜關廂。❹邊；旁（多見於早期白話）：這廂｜那廂｜兩廂。

【廂房】xiāngfáng ㄒㄧㄤ ㄈㄤˊ 在正房前面兩旁的房屋：東廂房｜西廂房。

湘 Xiāng ㄒㄧㄤ ❶湘江，發源於廣西，流入湖南。❷湖南的別稱。

【湘菜】xiāngcài ㄒㄧㄤ ㄘㄞˋ 湖南風味的菜肴。

【湘妃竹】xiāngfēizhú ㄒㄧㄤ ㄈㄟ ㄓㄨˊ 斑竹。相傳帝舜南巡蒼梧而死，他的兩個妃子在江湘之間哭泣，眼淚灑在竹子上，從此竹竿上都有了斑點（見於《博物志》）。也叫湘竹。

【湘劇】xiāngjù ㄒㄧㄤ ㄐㄩˋ 湖南地方戲曲劇種之一，分長沙湘劇、衡陽湘劇、常德湘劇等。

【湘蓮】xiānglián ㄒㄧㄤ ㄌㄧㄢˊ 湖南出產的蓮子。

【湘簾】xiānglián ㄒㄧㄤ ㄌㄧㄢˊ 用湘妃竹製成的簾子。

【湘綉】xiāngxiù ㄒㄧㄤ ㄒㄧㄡˋ 湖南出產的刺綉。

【湘語】xiāngyǔ ㄒㄧㄤ ㄩˇ 漢語方言之一，分佈於湖南省（西北部除外）。

鄉（乡） xiāng ㄒㄧㄤ ❶鄉村（跟'城'相對）：山鄉｜下鄉｜城鄉物資交流。❷家鄉：背井離鄉｜回鄉務農。❸我國行政區劃的基層單位，由縣或縣以下的區領導。

【鄉巴佬兒】xiāng·balǎor ㄒㄧㄤ·ㄅㄚ ㄌㄠˇㄦ 鄉下人（含譏諷意），也指沒有見過世面的人。

【鄉愁】xiāngchóu ㄒㄧㄤ ㄔㄡˊ 深切思念家鄉的心情：離家多年，鄉愁與日俱增。

【鄉村】xiāngcūn ㄒㄧㄤ ㄘㄨㄣ 主要從事農業、人口分佈較城鎮分散的地方。

【鄉間】xiāngjiān ㄒㄧㄤ ㄐㄧㄢ 鄉村裏。

【鄉井】xiāngjǐng ㄒㄧㄤ ㄐㄧㄥˇ 〈書〉家鄉：遠離鄉井。

【鄉里】xiānglǐ ㄒㄧㄤ ㄌㄧˇ ❶家庭久居的地方（指小城鎮或農村）：榮歸鄉里。❷同鄉的人：看望鄉里。

【鄉僻】xiāngpì ㄒㄧㄤ ㄆㄧˋ 離城市遠而偏僻：鄉僻之地。

【鄉親】xiāngqīn ㄒㄧㄤ ㄑㄧㄣ ❶同鄉的人。❷對農村中當地人民的稱呼：鄉親們。

【鄉情】xiāngqíng ㄒㄧㄤ ㄑㄧㄥˊ 對故鄉的感情。

【鄉曲】xiāngqū ㄒㄧㄤ ㄑㄩ 〈書〉❶鄉里：橫行鄉曲。❷指鄉僻的地方。

【鄉紳】xiāngshēn ㄒㄧㄤ ㄕㄣ 舊指鄉間的紳士。

【鄉試】xiāngshì ㄒㄧㄤ ㄕˋ 明清兩代，每三年在省城舉行一次的考試，考中的人稱舉人。

【鄉思】xiāngsī ㄒㄧㄤ ㄙ 懷念家鄉的心情。

【鄉談】xiāngtán ㄒㄧㄤ ㄊㄢˊ 指家鄉話。

【鄉土】xiāngtǔ ㄒㄧㄤ ㄊㄨˇ 本鄉本土：鄉土觀念｜鄉土風味。

【鄉下】xiāng·xia ㄒㄧㄤ·ㄒㄧㄚ 鄉村裏。

【鄉誼】xiāngyì ㄒㄧㄤ ㄧˋ 〈書〉同鄉的情分。

【鄉音】xiāngyīn ㄒㄧㄤ ㄧㄣ 家鄉的口音：鄉音未改。

【鄉願】xiāngyuàn ㄒㄧㄤ ㄩㄢˋ 〈書〉外貌忠誠謹慎，實際上欺世盜名的人。

【鄉鎮】xiāngzhèn ㄒㄧㄤ ㄓㄣˋ ❶鄉和鎮。❷泛指較小的市鎮。

薌〔薌〕（芗） xiāng ㄒㄧㄤ ❶古書上指用以調味的香草。❷〈書〉同'香'。

【薌劇】xiāngjù ㄒㄧㄤ ㄐㄩˋ 流行於台灣、福建南部薌江（九龍江中游）一帶的地方戲曲劇種，清末在台灣形成。台灣稱之為歌仔戲。

箱 xiāng ㄒㄧㄤ ❶箱子：木箱｜皮箱｜書箱。❷像箱子的東西：信箱｜鏡箱｜風箱。

【箱底】xiāngdǐ ㄒㄧㄤ ㄉㄧˇ （箱底兒）❶箱子的內部底層。❷指不經常動用的財物：箱底厚。

【箱籠】xiānglǒng ㄒㄧㄤ ㄌㄨㄥˇ 泛指出門時攜帶的各種盛衣物的器具。

【箱子】xiāng·zi ㄒㄧㄤ·ㄗ 收藏衣物的方形器具，用皮子、木頭、鐵皮、塑料等製成。

緗（缃） xiāng ㄒㄧㄤ 〈書〉淺黃色。

襄 xiāng ㄒㄧㄤ ❶〈書〉幫助：共襄義舉。❷(Xiāng)姓。

【襄理】xiānglǐ ㄒㄧㄤ ㄌㄧˇ 規模較大的銀行或企業中協助經理主持業務的人，地位次於協理。

【襄禮】xiānglǐ ㄒㄧㄤ ㄌㄧˇ ❶舉行婚喪祭祀時，協助主持者完成儀式。❷擔任這種事情的人。‖也作相禮。

【襄助】xiāngzhù ㄒㄧㄤ ㄓㄨˋ〈書〉從旁幫助。

瓖 xiāng ㄒㄧㄤ〈書〉同'鑲'。

鑲(镶) xiāng ㄒㄧㄤ 把物體嵌入另一物體內或圍在另一物體的邊緣：鑲牙｜鑲邊｜金鑲玉嵌｜塔頂上鑲着一顆閃閃發亮的紅星。

【鑲嵌】xiāngqiàn ㄒㄧㄤ ㄑㄧㄢˋ 把一物體嵌入另一物體內。

【鑲牙】xiāng∥yá ㄒㄧㄤ∥ㄧㄚˊ 安裝假牙。

驤(骧) xiāng ㄒㄧㄤ〈書〉❶馬奔跑。❷(頭)仰起；高舉。

xiáng（ㄒㄧㄤˊ）

庠 xiáng ㄒㄧㄤˊ 古代的學校：庠序(古代鄉學，泛指學校)。

【庠生】xiángshēng ㄒㄧㄤˊ ㄕㄥ 科舉制度中府、州、縣學的生員的別稱。

降 xiáng ㄒㄧㄤˊ ❶投降：降順｜誘降｜降將｜寧死不降。❷降伏；使馴服：降龍伏虎｜一物降一物。

另見571頁 jiàng。

【降表】xiángbiǎo ㄒㄧㄤˊ ㄅㄧㄠˇ〈書〉請求投降的文書。

【降伏】xiáng∥fú ㄒㄧㄤˊ∥ㄈㄨˊ 制伏；使馴服：沒有使過牲口的人，連個毛驢也降伏不了。

【降服】xiángfú ㄒㄧㄤˊ ㄈㄨˊ 投降屈服：繳械降服。

【降龍伏虎】xiáng lóng fú hǔ ㄒㄧㄤˊ ㄌㄨㄥˊ ㄈㄨˊ ㄏㄨˇ 比喻戰勝強大的勢力。

【降順】xiángshùn ㄒㄧㄤˊ ㄕㄨㄣˋ 歸降順從。

祥 xiáng ㄒㄧㄤˊ ❶指吉利：吉祥｜不祥。❷(Xiáng)姓。

【祥和】xiánghé ㄒㄧㄤˊ ㄏㄜˊ ❶吉祥平和：祥和之氣｜祥和的景象。❷慈祥；和祥：神情祥和。

【祥瑞】xiángruì ㄒㄧㄤˊ ㄖㄨㄟˋ 指好事情的兆頭或徵象。

翔 xiáng ㄒㄧㄤˊ 盤旋地飛；飛：翱翔｜飛翔｜滑翔。

【翔實】xiángshí ㄒㄧㄤˊ ㄕˊ 詳細而確實：翔實的材料｜敘述翔實可信。也作詳實。

詳(详) xiáng ㄒㄧㄤˊ ❶詳細(跟'略'相對)：詳談｜不厭其詳｜這本書的註釋，詳略很不一致。❷說明；細說：內詳。❸(事情)清楚：生卒年不詳。

【詳備】xiángbèi ㄒㄧㄤˊ ㄅㄟˋ 詳細完備：註釋詳備。

【詳盡】xiángjìn ㄒㄧㄤˊ ㄐㄧㄣˋ 詳細而全面：詳盡的記載。

【詳密】xiángmì ㄒㄧㄤˊ ㄇㄧˋ 詳細周密：計劃詳密｜分析詳密｜詳密的施工方案。

【詳明】xiángmíng ㄒㄧㄤˊ ㄇㄧㄥˊ 詳細明白：記述詳明。

【詳情】xiángqíng ㄒㄧㄤˊ ㄑㄧㄥˊ 詳細的情形：探聽詳情。

【詳實】xiángshí ㄒㄧㄤˊ ㄕˊ 同'翔實'。

【詳悉】xiángxī ㄒㄧㄤˊ ㄒㄧ ❶詳細地知道。❷詳細而全面。

【詳細】xiángxì ㄒㄧㄤˊ ㄒㄧˋ 周密完備：詳細研究｜道理講得很詳細｜詳細情形還不知道。

xiǎng（ㄒㄧㄤˇ）

享 xiǎng ㄒㄧㄤˇ ❶享受：享用｜坐享其成｜有福同享。❷〈書〉同'饗'。

【享福】xiǎng∥fú ㄒㄧㄤˇ∥ㄈㄨˊ 生活得安樂美好；享受幸福。

【享樂】xiǎnglè ㄒㄧㄤˇ ㄌㄜˋ 享受安樂(多用於貶義)：享樂思想｜貪圖享樂。

【享年】xiǎngnián ㄒㄧㄤˇ ㄋㄧㄢˊ 敬辭，稱死去的人活的歲數(多指老人)：享年七十四歲。

【享受】xiǎngshòu ㄒㄧㄤˇ ㄕㄡˋ 物質上或精神上得到滿足：貪圖享受｜享受權利｜享受公費醫療｜吃苦在前，享受在後。

【享用】xiǎngyòng ㄒㄧㄤˇ ㄩㄥˋ 使用某種東西而得到物質上或精神上的滿足：享用不盡。

【享有】xiǎngyǒu ㄒㄧㄤˇ ㄧㄡˇ 在社會上取得(權利、聲譽、威望等)：享有盛名｜在我國，男女享有同樣的權利。

蚼 xiǎng ㄒㄧㄤˇ［蚼蟲］(xiǎngchóng ㄒㄧㄤˇ ㄔㄨㄥˊ)〈方〉指浮塵子等水稻害蟲。

想 xiǎng ㄒㄧㄤˇ ❶開動腦筋；思索：想辦法｜想方設法｜冥思苦想。❷推測；認為：我想他今天不會來。❸希望；打算：我想到杭州去一趟。❹懷念；想念：想家｜朝思暮想｜我們很想你。

【想必】xiǎngbì ㄒㄧㄤˇ ㄅㄧˋ 副詞，表示偏於肯定的推斷：這事想必你知道｜他沒回答我，想必是沒聽見我的話。

【想不到】xiǎng ·bu dào ㄒㄧㄤˇ ·ㄅㄨ ㄉㄠˋ 出於意料；沒有料到：一年沒回來，想不到家鄉變化這麼大。

【想不開】xiǎng ·bu kāi ㄒㄧㄤˇ ·ㄅㄨ ㄎㄞ 不如意的事情存在心中擺脫不了。

【想當然】xiǎngdāngrán ㄒㄧㄤˇ ㄉㄤ ㄖㄢˊ 憑主觀推測，認為事情大概是或應該是這樣：不能憑想當然辦事。

【想得到】xiǎng·de dào ㄒㄧㄤˇ·ㄉㄜ ㄉㄠˋ 在意料中；意料得到(多用於反問)：誰想得到當年的荒灘地，如今變成了米糧川。

【想得開】xiǎng·de kāi ㄒㄧㄤˇ·ㄉㄜ ㄎㄞ 不把不如意的事情老放在心上。

【想法】xiǎng/fǎ ㄒㄧㄤˇ/ㄈㄚˇ 設法；想辦法：想法消滅蟲害。

【想法】xiǎng·fa ㄒㄧㄤˇ·ㄈㄚ 思索所得的結果；意見：這個想法不錯｜有甚麼想法可以說出來。

【想方設法】xiǎng fāng shè fǎ ㄒㄧㄤˇ ㄈㄤ ㄕㄜˋ ㄈㄚˇ 想盡辦法：想方設法克服工作中的困難。

【想見】xiǎngjiàn ㄒㄧㄤˇ ㄐㄧㄢˋ 由推想而知道：從這件小事上也可以想見他的為人。

【想來】xiǎnglái ㄒㄧㄤˇ ㄌㄞˊ 表示只是根據推測，不敢完全肯定：從這裏修涵洞想來是可行的。

【想念】xiǎngniàn ㄒㄧㄤˇ ㄋㄧㄢˋ 對景仰的人、離別的人或環境不能忘懷，希望見到：想念親人｜他們在國外，時時想念着祖國。

【想兒】xiǎngr ㄒㄧㄤㄦˇ 〈方〉希望：有想兒｜沒想兒。

【想入非非】xiǎng rù fēi fēi ㄒㄧㄤˇ ㄖㄨˋ ㄈㄟ ㄈㄟ 思想進入虛幻境界，完全脫離實際；胡思亂想。

【想頭】xiǎng·tou ㄒㄧㄤˇ·ㄊㄡ ❶想法(xiǎng·fa)；念頭：我有這樣一個想頭，你看行不行？❷希望：有想頭｜沒想頭。

【想望】xiǎngwàng ㄒㄧㄤˇ ㄨㄤˋ ❶希望：他在上學的時候就想望着做一個醫生。❷〈書〉仰慕；思慕：想望風采。

【想象】xiǎngxiàng ㄒㄧㄤˇ ㄒㄧㄤˋ 同'想像'。

【想像】xiǎngxiàng ㄒㄧㄤˇ ㄒㄧㄤˋ ❶心理學上指在知覺材料的基礎上，經過新的配合而創造出新形象的心理過程。❷對於不在眼前的事物想出它的具體形象；設想：不難想像｜想像不出。‖也作想象。

【想像力】xiǎngxiànglì ㄒㄧㄤˇ ㄒㄧㄤˋ ㄌㄧˋ 在知覺材料的基礎上，經過新的配合而創造出新形象的能力。

餉(饷) xiǎng ㄒㄧㄤˇ ❶〈書〉用酒食等款待。❷薪金(舊時多指軍警等的薪金)：月餉｜關餉。

【餉銀】xiǎngyín ㄒㄧㄤˇ ㄧㄣˊ 舊指軍餉：剋扣餉銀。

曏(曏) xiǎng ㄒㄧㄤˇ 〈書〉從前；舊時。

鯗(鲞) xiǎng ㄒㄧㄤˇ 剖開晾乾的魚：鰻鯗｜白鯗。

【鯗魚】xiǎngyú ㄒㄧㄤˇ ㄩˊ 鯗。

饗(飨) xiǎng ㄒㄧㄤˇ 〈書〉用酒食款待人。泛指請人享受：饗客｜以饗讀者。

響(响) xiǎng ㄒㄧㄤˇ ❶回聲：響應｜影響｜如響斯應(比喻反應迅速)。❷發出聲音：鐘響了｜全場響起暴風雨般的掌聲。❸使發出聲音：響槍｜響鑼。❹響亮：號聲真響。❺聲音：聲響。

【響鼻】xiǎngbí ㄒㄧㄤˇ ㄅㄧˊ (響鼻兒)騾馬等動物鼻子裏發出響聲叫打響鼻兒。

【響徹雲霄】xiǎng chè yún xiāo ㄒㄧㄤˇ ㄔㄜˋ ㄩㄣˊ ㄒㄧㄠ 響聲直達高空。形容聲音十分嘹亮。

【響噹噹】xiǎngdāngdāng ㄒㄧㄤˇ ㄉㄤ ㄉㄤ ❶形容敲打的聲音響亮。❷比喻出色、過硬或有名氣：他是一個響噹噹的煉鋼工人。

【響動】xiǎng·dong ㄒㄧㄤˇ·ㄉㄨㄥ (響動兒)動作的聲音；動靜：夜很靜，甚麼響動也沒有。

【響度】xiǎngdù ㄒㄧㄤˇ ㄉㄨˋ 聽覺上感到的聲音強弱的程度。單位是宋或毫宋。也叫音量。

【響遏行雲】xiǎng è xíng yún ㄒㄧㄤˇ ㄜˋ ㄒㄧㄥˊ ㄩㄣˊ 聲音高入雲霄，把浮動着的雲彩也止住了。形容歌聲嘹亮。

【響箭】xiǎngjiàn ㄒㄧㄤˇ ㄐㄧㄢˋ 射出時能發出響聲的箭。

【響雷】xiǎngléi ㄒㄧㄤˇ ㄌㄟˊ 聲音響亮的雷。

【響亮】xiǎngliàng ㄒㄧㄤˇ ㄌㄧㄤˋ (聲音)宏大：歌聲響亮｜他回答得很響亮。

【響馬】xiǎngmǎ ㄒㄧㄤˇ ㄇㄚˇ 舊時稱在路上搶劫旅客的強盜，因搶劫時先放響箭而得名。

【響器】xiǎngqì ㄒㄧㄤˇ ㄑㄧˋ 鐃、鈸、鑼、鼓等打擊樂器的統稱。

【響晴】xiǎngqíng ㄒㄧㄤˇ ㄑㄧㄥˊ 晴朗無雲：雪白的鴿子在響晴的天空中飛翔。

【響兒】xiǎngr ㄒㄧㄤㄦˇ 〈方〉響聲：聽不見響兒了。

【響聲】xiǎng·shēng ㄒㄧㄤˇ·ㄕㄥ 聲音：沙沙的響聲。

【響頭】xiǎngtóu ㄒㄧㄤˇ ㄊㄡˊ 磕頭磕出聲音來叫磕響頭：叩了一個響頭。

【響尾蛇】xiǎngwěishé ㄒㄧㄤˇ ㄨㄟˇ ㄕㄜˊ 毒蛇的一種，尾巴的末端有角質的環，擺動時能發出聲音。產於美洲。吃小動物。

【響音】xiǎngyīn ㄒㄧㄤˇ ㄧㄣ 語音學上指元音(如a，e，o)和樂音成分佔優勢的輔音(如m，n，l)，有時專指樂音成分佔優勢的輔音。

【響應】xiǎngyìng ㄒㄧㄤˇ ㄧㄥˋ 回聲相應。比喻用言語行動表示贊同、支持某種號召或倡議：響應號召。

【響指】xiǎngzhǐ ㄒㄧㄤˇ ㄓˇ 打榧子打出響聲叫打響指。

xiàng (ㄒㄧㄤˋ)

向[1] xiàng ㄒㄧㄤˋ ❶偏袒：窮人向窮人。❷介詞，表示動作的方向：向東看｜向先進工作者學習｜從勝利走向勝利。❸(Xiàng) 姓。

向² xiàng ㄒㄧㄤˋ 向來：向有研究｜向無此例。

向³ xiàng ㄒㄧㄤˋ ❶方向：志向｜風向。❷對着。特指臉或正面對着(跟'背'相對)：向陽｜面向講台｜兩人相向而行。

另見1252頁 xiàng'嚮'。

【向背】xiàngbèi ㄒㄧㄤˋ ㄅㄟˋ 擁護和反對：人心向背。

【向壁虛構】xiàng bì xūgòu ㄒㄧㄤˋ ㄅㄧˋ ㄒㄩ ㄍㄡˋ 對着牆壁，憑空想像。比喻不根據事實而捏造。也說向壁虛造。

【向火】xiàng//huǒ ㄒㄧㄤˋ//ㄏㄨㄛˇ 〈方〉烤火：圍爐向火。

【向來】xiànglái ㄒㄧㄤˋ ㄌㄞˊ 從來；一向：向來如此｜他做事向來認真。

【向例】xiànglì ㄒㄧㄤˋ ㄌㄧˋ 一向的做法；慣例：打破向例｜我們這裏向例起得早。

【向量】xiàngliàng ㄒㄧㄤˋ ㄌㄧㄤˋ 見1043頁〖矢量〗。

【向日】xiàngrì ㄒㄧㄤˋ ㄖˋ 〈書〉往日。

【向日葵】xiàngrìkuí ㄒㄧㄤˋ ㄖˋ ㄎㄨㄟˊ 一年生草本植物，莖很高，葉子互生，心臟形，有長葉柄。開黃花，圓盤狀頭狀花序，常朝着太陽。種子叫葵花子，可以榨油。也叫朝陽花或葵花。有的地區叫轉日蓮。

【向上】xiàngshàng ㄒㄧㄤˋ ㄕㄤˋ 朝好的方向走；上進：有心向上｜好好學習，天天向上。

【向使】xiàngshǐ ㄒㄧㄤˋ ㄕˇ 〈書〉如果；假使。

【向心力】xiàngxīnlì ㄒㄧㄤˋ ㄒㄧㄣ ㄌㄧˋ 使物體沿着圓周或其他曲綫運動的力，跟速度的方向垂直，向着圓心。

【向學】xiàngxué ㄒㄧㄤˋ ㄒㄩㄝˊ 立志求學：無心向學。

【向陽】xiàngyáng ㄒㄧㄤˋ ㄧㄤˊ 對着太陽，一般指朝南：向陽三間北房。

【向隅】xiàngyú ㄒㄧㄤˋ ㄩˊ 〈書〉面對着屋子的一個角落。比喻非常孤立或得不到機會而失望：向隅而泣。

【向着】xiàng·zhe ㄒㄧㄤˋ·ㄓㄜ ❶朝着；對着：葵花向着太陽。❷偏袒：哥哥怪媽媽凡事向着小弟弟。

巷 xiàng ㄒㄧㄤˋ 較窄的街道：深巷｜陋巷｜一條小巷｜街頭巷尾｜街談巷議。

另見455頁 hàng。

【巷戰】xiàngzhàn ㄒㄧㄤˋ ㄓㄢˋ 在城鎮街巷內進行的戰鬥。

【巷子】xiàng·zi ㄒㄧㄤˋ·ㄗ 〈方〉巷：巷子口｜這條巷子裏住着六戶人家。

相¹ xiàng ㄒㄧㄤˋ ❶相貌；外貌：長相｜聰明相｜可憐相｜狼狽相。❷物體的外觀：月相｜金相。❸坐、立等的姿態：站有站相，坐有坐相。❹相位。❺交流電路中的一個組成部分，如三相交流發電機有三個繞組，每個繞組叫做一相。❻相態。❼觀察事物的外表，判斷其優劣：相馬。❽(Xiàng) 姓。

相² xiàng ㄒㄧㄤˋ ❶輔助：吉人天相(套語，用來安慰遭遇危險或困難的人)。❷宰相：丞相。❸某些國家的官名，相當於中央政府的部長。❹舊時指幫助主人接待賓客的人：儐相。

另見1244頁 xiāng。

【相冊】xiàngcè ㄒㄧㄤˋ ㄘㄜˋ 用來存放相片的冊子。

【相公】xiàng·gong ㄒㄧㄤˋ·ㄍㄨㄥ ❶舊時妻子對丈夫的敬稱。❷舊時稱年輕的讀書人(多見於舊戲曲、小說)。

【相機】¹ xiàngjī ㄒㄧㄤˋ ㄐㄧ 照相機。

【相機】² xiàngjī ㄒㄧㄤˋ ㄐㄧ 察看機會：相機行事(看具體情況靈活辦事)｜相機而動。

【相里】Xiànglǐ ㄒㄧㄤˋ ㄌㄧˇ 姓。

【相貌】xiàngmào ㄒㄧㄤˋ ㄇㄠˋ 人的面部長(zhǎng)的樣子；容貌：相貌堂堂｜相貌平常。

【相面】xiàng//miàn ㄒㄧㄤˋ//ㄇㄧㄢˋ 觀察人的相貌來推測禍福(迷信)。

【相片兒】xiàngpiānr ㄒㄧㄤˋ ㄆㄧㄢㄦ 相片。

【相片】xiàngpiàn ㄒㄧㄤˋ ㄆㄧㄢˋ 人的照片。

【相聲】xiàng·sheng ㄒㄧㄤˋ·ㄕㄥ 曲藝的一種，用說笑話、滑稽問答、說唱等引起觀眾發笑。多用於諷刺，現在也有用來歌頌新人新事的。按表演的人數分對口相聲、單口相聲和多口相聲。

【相書】¹ xiàngshū ㄒㄧㄤˋ ㄕㄨ 〈方〉口技：四川相書。

【相書】² xiàngshū ㄒㄧㄤˋ ㄕㄨ 關於相術的書。

【相術】xiàngshù ㄒㄧㄤˋ ㄕㄨˋ 指觀察人的相貌，預言命運好壞的方術(迷信)。

【相態】xiàngtài ㄒㄧㄤˋ ㄊㄞˋ 同一物質的某種物理、化學狀態，如水蒸氣、水和冰就是三個相態。

【相位】xiàngwèi ㄒㄧㄤˋ ㄨㄟˋ 作餘弦(或正弦)變化的物理量，在某一時刻(或某一位置)的狀態可用一個數值來確定，這種數值叫做相位。

項¹(项) xiàng ㄒㄧㄤˋ ❶頸的後部。❷(Xiàng) 姓。

項²(项) xiàng ㄒㄧㄤˋ ❶量詞，用於分項目的事物：下列各項｜三大紀律，八項注意｜第五條第二款第一項｜改造自然是一項重大任務。❷款項：用項｜存項。❸代數中不用加、減號連接的單式，如 $3a^2b$，ax^2，$4ba$ 等。

【項背】xiàngbèi ㄒㄧㄤˋ ㄅㄟˋ 人的背影：項背相望(形容行進的人多，連續不斷)。

【項鏈】xiàngliàn ㄒㄧㄤˋ ㄌㄧㄢˋ 套在脖子上垂挂

胸前的鏈形首飾，多用金銀或珍珠等製成。

【項目】xiàngmù ㄒㄧㄤˋ ㄇㄨˋ 事物分成的門類：服務項目｜體育項目｜首先興辦關鍵性的建設項目。

【項圈】xiàngquān ㄒㄧㄤˋ ㄑㄩㄢ 兒童或某些民族的婦女套在脖子上的環形裝飾品，多用金銀製成。

【項莊舞劍，意在沛公】Xiàng Zhuāng wǔ jiàn, yì zài Pèi Gōng ㄒㄧㄤˋ ㄓㄨㄤ ㄨˇ ㄐㄧㄢˋ, ㄧˋ ㄗㄞˋ ㄆㄟˋ ㄍㄨㄥ 《史記．項羽本紀》記載，劉邦和項羽在鴻門會見，酒宴上，項羽的謀士范增讓項莊舞劍，乘機殺死劉邦。劉邦的謀士張良對樊噲說：'今者項莊拔劍舞，其意常在沛公也'(項莊：項羽部下的武將。沛公：劉邦)。後用來比喻說話或行動雖然表面上另有名目，其真實意圖卻在於對某人某事進行威脅或攻擊。

跅(銗) xiàng ㄒㄧㄤˋ 古代儲錢或投受函件的器物，入口小，像撲滿，有的像竹筒。

衖 xiàng ㄒㄧㄤˋ 〈書〉同'巷'。

象1 xiàng ㄒㄧㄤˋ 哺乳動物，是陸地上現存最大的動物，耳朵大，鼻子長圓筒形，能蜷曲，多有一對長大的門牙伸出口外，全身的毛很稀疏，皮很厚，吃嫩葉和野菜等。產在我國雲南南部、印度、非洲等熱帶地方。有的可馴養來馱運貨物。

象2 xiàng ㄒㄧㄤˋ ❶形狀；樣子：景象｜天象｜氣象｜印象｜萬象更新。❷仿效；摹擬：象形｜象聲。

【象棋】xiàngqí ㄒㄧㄤˋ ㄑㄧˊ 棋類運動的一種。雙方各有棋子十六個，一將(帥)、兩士(仕)、兩象(相)、兩車、兩馬、兩炮、五卒(兵)。兩人對下，各按規則移動棋子。將(jiāng)死對方的將(帥)的為勝。又稱中國象棋。

【象聲詞】xiàngshēngcí ㄒㄧㄤˋ ㄕㄥ ㄘˊ 摹擬事物的聲音的詞，如'嘩、轟、乒乓、丁東、撲哧'。

【象限】xiàngxiàn ㄒㄧㄤˋ ㄒㄧㄢˋ 平面直角坐標系的橫、縱坐標軸把平面分為四個部分，每一部分叫做一個象限。右上方為第一象限，按逆時針方向旋轉，依次為第二、第三、第四象限。

【象形】xiàngxíng ㄒㄧㄤˋ ㄒㄧㄥˊ 六書之一。象形是說字描摹實物的形狀。

【象形文字】xiàngxíng wénzì ㄒㄧㄤˋ ㄒㄧㄥˊ ㄨㄣˊ ㄗˋ 描摹實物形狀的文字，每個字有固定的讀法，和沒有固定讀法的圖畫文字不同。參看1157頁〖圖畫文字〗。

【象形文字論】xiàngxíng wénzì lùn ㄒㄧㄤˋ ㄒㄧㄥˊ ㄨㄣˊ ㄗˋ ㄌㄨㄣˋ 見353頁〖符號論〗。

【象牙】xiàngyá ㄒㄧㄤˋ ㄧㄚˊ 象的門牙，略呈圓錐形，伸出口外。質地堅硬、細緻，可製工藝品。

【象牙之塔】xiàngyá zhī tǎ ㄒㄧㄤˋ ㄧㄚˊ ㄓ ㄊㄚˇ 比喻脫離現實生活的文學家和藝術家的小天地。也叫象牙寶塔。

【象牙質】xiàngyázhì ㄒㄧㄤˋ ㄧㄚˊ ㄓˋ 見1309頁〖牙質〗。

【象眼兒】xiàngyǎnr ㄒㄧㄤˋ ㄧㄢㄦˇ 〈方〉斜象眼兒；菱形。

【象徵】xiàngzhēng ㄒㄧㄤˋ ㄓㄥ ❶用具體的事物表現某種特殊意義：火炬象徵光明。❷用來象徵某種特別意義的具體事物：火炬是光明的象徵。

像 xiàng ㄒㄧㄤˋ ❶比照人物製成的形象：畫像｜塑像｜肖像。❷從物體發出的光綫經平面鏡、球面鏡、透鏡、棱鏡等反射或折射後所形成的與原物相似的圖景。分為實像和虛像。❸在形象上相同或有某些共同點：他的面貌像他哥哥。❹好像：像要下雨了。❺比如；如：像大熊貓這樣的珍稀動物，要加以保護。

【像話】xiàng//huà ㄒㄧㄤˋ//ㄏㄨㄚˋ (言語行動)合理(多用於反問)：他這樣說還像話｜同志們這樣關心你，你還鬧情緒，像話嗎？

【像煞有介事】xiàng shà yǒu jiè shì ㄒㄧㄤˋ ㄕㄚˋ ㄧㄡˇ ㄐㄧㄝˋ ㄕˋ 好像真有這回事似的。多指大模大樣，好像有甚麼了不起。也說煞有介事。

【像生】xiàngshēng ㄒㄧㄤˋ ㄕㄥ ❶仿天然產物製成的工藝品，舊時多用綾絹、通草製成花果人物等形狀：像生花果。❷宋元時期以說唱為業的女藝人。

【像樣】xiàng//yàng ㄒㄧㄤˋ//ㄧㄤˋ (像樣兒)有一定的水平；夠一定的標準：字寫的挺像樣。也說像樣子。

【像章】xiàngzhāng ㄒㄧㄤˋ ㄓㄤ 用金屬、塑料等製成的帶有人像的紀念章。

橡 xiàng ㄒㄧㄤˋ ❶櫟。❷橡膠樹。

【橡膠】xiàngjiāo ㄒㄧㄤˋ ㄐㄧㄠ ❶高分子化合物，分為天然橡膠和合成橡膠兩大類。彈性好，有絕緣性，不透水，不透氣。橡膠製品廣泛應用在工業和生活各方面。❷特指天然橡膠。

【橡膠樹】xiàngjiāoshù ㄒㄧㄤˋ ㄐㄧㄠ ㄕㄨˋ 常綠喬木，枝細長，複葉由三個小葉構成，小葉長橢圓形，花白色，有香氣，結蒴果，球形。原產巴西，現在熱帶地方多有栽培。是最主要的產橡膠的樹種。

【橡皮】xiàngpí ㄒㄧㄤˋ ㄆㄧˊ ❶硫化橡膠的通稱。❷用橡膠製成的文具，能擦掉石墨或墨水的痕迹。

【橡皮膏】xiàngpígāo ㄒㄧㄤˋ ㄆㄧˊ ㄍㄠ 一面塗有膠質的布條，常用來把敷料固定在皮膚上。也叫膠布。

【橡皮筋】xiàngpíjīn ㄒㄧㄤˋ ㄆㄧˊ ㄐㄧㄣ (橡皮

筋兒）用橡膠製成的、有伸縮性的綫狀或環形物品，多用來捆紮東西。

【橡皮泥】xiàngpíní ㄒㄧㄤˋ ㄆㄧˊ ㄋㄧˊ 用白石蠟、火漆、生橡膠、陶土、水泥、石膏等材料攙和顏料製成的泥，柔軟有塑性，不容易乾，供兒童捏東西玩兒。

【橡皮圈】xiàngpíquān ㄒㄧㄤˋ ㄆㄧˊ ㄑㄩㄢ ❶供練習游泳用的救生圈，用橡膠製成，內充空氣。❷（橡皮圈兒）用橡膠、塑料製成的小型環狀物，用來束住東西使不散開。

【橡皮圖章】xiàngpí túzhāng ㄒㄧㄤˋ ㄆㄧˊ ㄊㄨˊ ㄓㄤ 比喻只有名義而無實權的人或機構。

【橡皮綫】xiàngpíxiàn ㄒㄧㄤˋ ㄆㄧˊ ㄒㄧㄢˋ 外面包着橡膠的金屬導綫。也叫皮綫。

【橡實】xiàngshí ㄒㄧㄤˋ ㄕˊ 櫟樹的果實，長圓形，含澱粉和少量鞣酸。外殼可以製栲膠。也叫橡子。有的地區叫橡碗子。

嚮（向） xiàng ㄒㄧㄤˋ 〈書〉將近；接近：嚮曉雨止。

'向'另見1250頁 xiàng。

【嚮導】xiàngdǎo ㄒㄧㄤˋ ㄉㄠˇ ❶帶路。❷帶路的人：登山隊請了一位獵人當嚮導◇革命黨是群眾的嚮導。

【嚮邇】xiàng'ěr ㄒㄧㄤˋ ㄦˇ 〈書〉接近；親近：不可嚮邇。

【嚮往】xiàngwǎng ㄒㄧㄤˋ ㄨㄤˇ 因熱愛、羨慕某種事物或境界而希望得到或達到：他嚮往着北京｜嚮往着美好的未來。

xiāo（ㄒㄧㄠ）

肖 Xiāo ㄒㄧㄠ 姓（'蕭'俗作肖）。

另見1261頁 xiào。

枵 xiāo ㄒㄧㄠ 〈書〉空虛：枵腸轆轆。

【枵腹從公】xiāo fù cóng gōng ㄒㄧㄠ ㄈㄨˋ ㄘㄨㄥˊ ㄍㄨㄥ 指餓着肚子辦公家的事。

削 xiāo ㄒㄧㄠ 用刀斜着去掉物體的表層：削鉛筆｜削蘋果皮。

另見1298頁 xuē。

【削麪】xiāomiàn ㄒㄧㄠ ㄇㄧㄢˋ 見231頁〖刀削麪〗。

虓 xiāo ㄒㄧㄠ 〈書〉虎怒吼。

消 xiāo ㄒㄧㄠ ❶消失：烟消雲散｜冰消瓦解｜紅腫已消。❷使消失；消除：消毒｜消炎｜撤消。❸度過（時間）；消遣：消夜｜消夏。❹需要（前面常帶'不、只、何'等）：不消説｜只消三天。

【消沉】xiāochén ㄒㄧㄠ ㄔㄣˊ 情緒低落：意志消沈。

【消除】xiāochú ㄒㄧㄠ ㄔㄨˊ 使不存在；除去（不利的事物）：消除隱患｜消除隔閡｜消除戰爭威脅。

【消磁】xiāo//cí ㄒㄧㄠ//ㄘˊ 退磁。

【消毒】xiāo//dú ㄒㄧㄠ//ㄉㄨˊ ❶用物理方法或化學藥品殺死致病的微生物：消毒劑｜病房已經消過毒了。❷指清除流毒。

【消防】xiāofáng ㄒㄧㄠ ㄈㄤˊ 救火和防火：消防隊｜消防車｜消防器材。

【消費】xiāofèi ㄒㄧㄠ ㄈㄟˋ 為了生產或生活需要而消耗物質財富：消費品｜高消費。

【消費合作社】xiāofèi hézuòshè ㄒㄧㄠ ㄈㄟˋ ㄏㄜˊ ㄗㄨㄛˋ ㄕㄜˋ 消費者的組織，成批購買商品，零賣給消費者。

【消費基金】xiāofèi jījīn ㄒㄧㄠ ㄈㄟˋ ㄐㄧ ㄐㄧㄣ 指扣除積累後用於消費的那一部分國民收入，即用於滿足社會和個人的物質和文化生活需要的那部分國民收入。

【消費品】xiāofèipǐn ㄒㄧㄠ ㄈㄟˋ ㄆㄧㄣˇ 供消費的物品。通常指人們日常生活中需要的物品。

【消費資料】xiāofèi zīliào ㄒㄧㄠ ㄈㄟˋ ㄗ ㄌㄧㄠˋ 見1025頁〖生活資料〗。

【消耗】[1] xiāohào ㄒㄧㄠ ㄏㄠˋ ❶（精神、力量、東西等）因使用或受損失而漸漸減少：消耗精力｜消耗能量｜高產、優質、低消耗。❷使消耗：消耗敵人的有生力量。

【消耗】[2] xiāohào ㄒㄧㄠ ㄏㄠˋ 音信（多見於早期白話）：杳無消耗。

【消化】xiāohuà ㄒㄧㄠ ㄏㄨㄚˋ ❶食物在人或動物體內，經過物理和化學作用而變為能夠溶解於水並可以被機體吸收的養料。❷比喻理解、吸收所學的知識：一次講得太多，學生消化不了。

【消化系統】xiāohuà xìtǒng ㄒㄧㄠ ㄏㄨㄚˋ ㄒㄧˋ ㄊㄨㄥˇ 人或動物體內由口腔、食管、胃、小腸、大腸等組成的系統。消化系統的作用是消化食物和吸收養料。

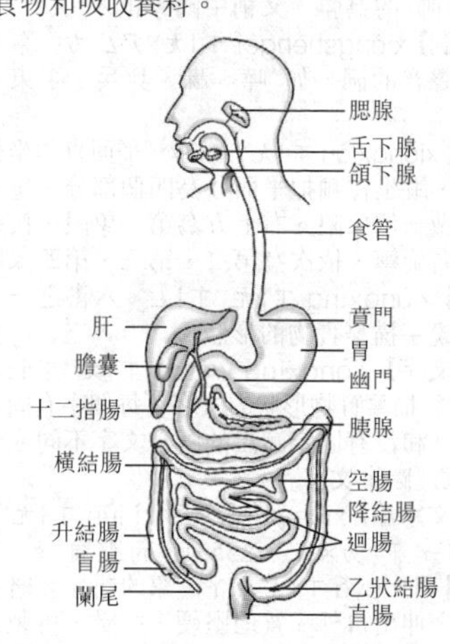

人的消化系統

【消魂】xiāohún ㄒㄧㄠ ㄏㄨㄣˊ 同'銷魂'。
【消火栓】xiāohuǒshuān ㄒㄧㄠ ㄏㄨㄛˇ ㄕㄨㄢ 消防用水的管道上的一種裝置，有出水口和水門，供救火時接水龍帶用。
【消極】xiāojí ㄒㄧㄠ ㄐㄧˊ ❶否定的；反面的；阻礙發展的(跟'積極'相對，多用於抽象事物)：消極言論｜消極影響｜消極因素。❷不求進取的；消沈(跟'積極'相對)：態度消極｜消極情緒｜消極防禦(單純取守勢的防禦)。
【消減】xiāojiǎn ㄒㄧㄠ ㄐㄧㄢˇ 減退；減少：食慾消減。
【消解】xiāojiě ㄒㄧㄠ ㄐㄧㄝˇ 消釋：消解胸中的愁悶。
【消弭】xiāomǐ ㄒㄧㄠ ㄇㄧˇ 消除：消弭隱患。
【消滅】xiāomiè ㄒㄧㄠ ㄇㄧㄝˋ ❶消失；滅亡：許多古生物，如恐龍、猛獁早已經消滅了。❷使消滅；除掉(敵對的或有害的人或事物)：消滅蚊蠅｜消滅差錯｜消滅一切敢於入侵之敵。
【消泯】xiāomǐn ㄒㄧㄠ ㄇㄧㄣˇ 消滅；泯滅。
【消磨】xiāomó ㄒㄧㄠ ㄇㄛˊ ❶使意志、精力等逐漸消失：消磨志氣。❷度過(時間，多指虛度)：消磨歲月。
【消氣】xiāo∥qì ㄒㄧㄠ∥ㄑㄧˋ 平息怒氣：你去賠個不是，讓她消消氣。
【消遣】xiāoqiǎn ㄒㄧㄠ ㄑㄧㄢˇ 用自己感覺愉快的事來度過空閑時間；消閑解悶。
【消溶】xiāoróng ㄒㄧㄠ ㄖㄨㄥˊ 同'消融'。
【消融】xiāoróng ㄒㄧㄠ ㄖㄨㄥˊ (冰、雪)融化◇將個人的感情消融在大眾的感情裏。也作消溶。
【消散】xiāosàn ㄒㄧㄠ ㄙㄢˋ (烟霧、氣味、熱力以及抽象事物)消失：霧漸漸消散了。
【消聲器】xiāoshēngqì ㄒㄧㄠ ㄕㄥ ㄑㄧˋ 降低或消除氣流噪聲的裝置，多用於內燃機、噴氣發動機、鼓風機等噪聲大的機械。也叫消音器。
【消失】xiāoshī ㄒㄧㄠ ㄕ (事物)逐漸減少以至沒有：瞬間，一顆流星就從夜空中消失了｜臉上的笑容消失了。
【消食】xiāo∥shí ㄒㄧㄠ∥ㄕˊ (消食兒)幫助消化。
【消逝】xiāoshì ㄒㄧㄠ ㄕˋ 消失：歲月消逝｜火車的隆隆聲慢慢消逝了｜一抹殘霞漸漸在天邊消逝。
【消釋】xiāoshì ㄒㄧㄠ ㄕˋ ❶〈書〉消融；溶化。❷(疑慮、嫌怨、痛苦等)消除；解除：消釋前嫌｜誤會消釋。
【消受】xiāoshòu ㄒㄧㄠ ㄕㄡˋ ❶享受；受用(多用於否定)：無福消受。❷忍受；禁(jīn)受：消受不起。
【消瘦】xiāoshòu ㄒㄧㄠˋ ㄕㄡˋ (身體)變瘦：身體一天天消瘦。
【消暑】xiào∥shǔ ㄒㄧㄠˋ∥ㄕㄨˇ ❶消夏：去北戴河度假消暑。❷去暑：喝杯冷飲消消暑。
【消損】xiāosǔn ㄒㄧㄠ ㄙㄨㄣˇ ❶(構成某個物體的物質)逐漸減少。❷消磨而失去；消滅損傷：歲月消損｜銳氣消損。
【消停】xiāo·ting ㄒㄧㄠ ·ㄊㄧㄥ 〈方〉❶安靜；安穩：過消停日子｜還沒住消停就走了。❷停止；歇：姐妹倆紡綫不消停｜太累了，消停一會兒再幹吧。
【消退】xiāotuì ㄒㄧㄠ ㄊㄨㄟˋ 減退；逐漸消失：太陽偏西，暑熱略略消退｜笑容漸漸消退了。
【消亡】xiāowáng ㄒㄧㄠ ㄨㄤˊ 消失；滅亡。
【消息】xiāo·xi ㄒㄧㄠ ·ㄒㄧ ❶關於人或事物情況的報道。❷音信：杳無消息。
【消息兒】xiāo·xir ㄒㄧㄠ ·ㄒㄧㄦ 〈方〉物件上暗藏的簡單的機械裝置，一觸動就能牽動其他部分。
【消夏】xiāoxià ㄒㄧㄠ ㄒㄧㄚˋ 用消遣的方式過夏天：消夏晚會。
【消閑】xiāoxián ㄒㄧㄠ ㄒㄧㄢˊ ❶消磨空閑的時間：消閑解悶｜消閑遣興。❷悠閑；清閑：別人忙得要命，他可真消閑，看戲去了。
【消歇】xiāoxiē ㄒㄧㄠ ㄒㄧㄝ 〈書〉休止；消失：風雨消歇。也作銷歇。
【消炎】xiāoyán ㄒㄧㄠ ㄧㄢˊ 使炎症消除：消炎止痛。
【消夜】xiāoyè ㄒㄧㄠ ㄧㄝˋ ❶夜宵兒。❷吃夜宵兒。
【消長】xiāozhǎng ㄒㄧㄠ ㄓㄤˇ 減少和增長：消長盈虛｜敵我力量的消長。

宵 xiāo ㄒㄧㄠ 夜：元宵｜春宵｜通宵達旦。
【宵旰】xiāogàn ㄒㄧㄠ ㄍㄢˋ 〈書〉宵衣旰食：宵旰圖治。
【宵禁】xiāojìn ㄒㄧㄠ ㄐㄧㄣˋ 戒嚴期間禁止夜間通行：實行宵禁｜解除宵禁。
【宵小】xiāoxiǎo ㄒㄧㄠ ㄒㄧㄠˇ 〈書〉盜賊晝伏夜出，叫做宵小。現泛指壞人：宵小行徑。
【宵衣旰食】xiāo yī gàn shí ㄒㄧㄠ ㄧ ㄍㄢˋ ㄕˊ 天不亮就穿衣起來，天黑了才吃飯。形容勤於政務。

逍 xiāo ㄒㄧㄠ [逍遙](xiāoyáo ㄒㄧㄠ ㄧㄠˊ)沒有甚麼約束，自由自在：逍遙自在｜獨自河邊垂釣，好不逍遙。
【逍遙法外】xiāoyáo fǎ wài ㄒㄧㄠ ㄧㄠˊ ㄈㄚˇ ㄨㄞˋ 指犯了法的人沒有受到法律制裁，仍舊自由自在。

梟(梟) xiāo ㄒㄧㄠ ❶見1288頁[鴟鴞]。❷〈書〉勇猛；強悍：梟將｜梟騎。❸魁首；首領：毒梟。❹舊時指私販食鹽的人：鹽梟｜私梟。❺〈書〉懸挂(砍下的人頭)：梟首｜梟示。
【梟將】xiāojiàng ㄒㄧㄠ ㄐㄧㄤˋ 〈書〉勇猛的將領。
【梟首】xiāoshǒu ㄒㄧㄠ ㄕㄡˇ 舊時的刑罰，把人頭砍下並且懸挂起來：梟首示眾。

【梟雄】xiāoxióng ㄒㄧㄠ ㄒㄩㄥˊ 〈書〉強橫而有野心的人物；智勇杰出的人物；魁首。

猇 xiāo ㄒㄧㄠ ❶同'虓'。❷猇亭(Xiāotíng ㄒㄧㄠ ㄊㄧㄥˊ)，古地名，在今湖北宜昌市。

硝 xiāo ㄒㄧㄠ ❶泛稱某些礦物鹽，如硝石、硭硝等。❷用朴硝或硭硝加黃米麪處理毛皮，使皮板兒柔軟：硝皮子。

【硝石】xiāoshí ㄒㄧㄠ ㄕˊ 礦物，成分是硝酸鉀。無色、白色或灰色晶體，有玻璃光澤。用來製造炸藥，也用做肥料。通稱火硝。

【硝酸】xiāosuān ㄒㄧㄠ ㄙㄨㄢ 無機化合物，化學式 HNO_3。無色液體，一般帶微黃色，有刺激性氣味，是一種強酸。用來製造火藥、氮肥、染料、人造絲等，也用做腐蝕劑。俗稱硝鏹水。

【硝烟】xiāoyān ㄒㄧㄠ ㄧㄢ 炸藥爆炸後產生的烟霧：硝烟彌漫的戰場。

【硝鹽】xiāoyán ㄒㄧㄠ ㄧㄢˊ 從含鹽分較多的土中熬製出來的食鹽。

蛸 xiāo ㄒㄧㄠ 見881頁[螵蛸](piāoxiāo)。另見1009頁 shāo。

翛 xiāo ㄒㄧㄠ 〈書〉無拘無束；自由自在：翛然。

【翛然】xiāorán ㄒㄧㄠ ㄖㄢˊ 〈書〉形容無拘無束、自由自在的樣子。

【翛翛】xiāoxiāo ㄒㄧㄠ ㄒㄧㄠ 〈書〉羽毛殘破的樣子。

綃(绡) xiāo ㄒㄧㄠ 〈書〉❶生絲。❷生絲織成的綢子。

霄 xiāo ㄒㄧㄠ 雲；天空：重霄｜雲霄｜九霄雲外。

【霄漢】xiāohàn ㄒㄧㄠ ㄏㄢˋ 〈書〉雲霄和天河，指天空：氣衝霄漢。

【霄壤】xiāorǎng ㄒㄧㄠ ㄖㄤˇ 天和地，比喻相去極遠：霄壤之別。

嘵(哓) xiāo ㄒㄧㄠ ［嘵嘵］〈書〉❶形容爭辯的聲音：嘵嘵不休。❷形容鳥類因恐懼而發出的鳴叫聲。

銷[1](销) xiāo ㄒㄧㄠ ❶熔化金屬：銷金。❷除去；解除：撤銷｜銷假。❸銷售：供銷｜暢銷｜脱銷｜兜銷｜一天銷了不少貨。❹消費：花銷｜開銷。

銷[2](销) xiāo ㄒㄧㄠ ❶銷子。❷插上銷子。

【銷案】xiāo∥àn ㄒㄧㄠ∥ㄢˋ 撤銷案件。

【銷場】xiāochǎng ㄒㄧㄠ ㄔㄤˇ 〈方〉銷路。

【銷釘】xiāodīng ㄒㄧㄠ ㄉㄧㄥ 銷子。

【銷毀】xiāohuǐ ㄒㄧㄠ ㄏㄨㄟˇ 熔化毀掉；燒掉：銷毀假貨｜銷毀武器｜銷毀文件｜銷毀證據。

【銷魂】xiāohún ㄒㄧㄠ ㄏㄨㄣˊ 靈魂離開肉體。形容極度的悲傷、愁苦或極度的歡樂。也作消魂。

【銷假】xiāo∥jià ㄒㄧㄠ∥ㄐㄧㄚˋ 請假期滿後向主管人員報到。

【銷路】xiāolù ㄒㄧㄠ ㄌㄨˋ (商品)銷售的出路：銷路不暢｜打開銷路。

【銷納】xiāonà ㄒㄧㄠ ㄋㄚˋ 銷毀和容納(垃圾、廢物等)：解決好城市垃圾的清運和銷納問題。

【銷聲匿迹】xiāo shēng nì jì ㄒㄧㄠ ㄕㄥ ㄋㄧˋ ㄐㄧˋ 不再公開講話，不再出頭露面。形容隱藏起來或不公開出現。

【銷蝕】xiāoshí ㄒㄧㄠ ㄕˊ 消損腐蝕：銷蝕劑｜銷蝕作用。

【銷售】xiāoshòu ㄒㄧㄠ ㄕㄡˋ 賣出(商品)：銷售一空。

【銷鑠】xiāoshuò ㄒㄧㄠ ㄕㄨㄛˋ 〈書〉❶熔化；消除。❷因久病而枯瘦：肌膚銷鑠。

【銷歇】xiāoxiē ㄒㄧㄠ ㄒㄧㄝ 同'消歇'。

【銷行】xiāoxíng ㄒㄧㄠ ㄒㄧㄥˊ (商品)銷售：銷行各地｜這本書多年來在海內外銷行不衰。

【銷贓】xiāo∥zāng ㄒㄧㄠ∥ㄗㄤ ❶銷售贓物：參與盜竊銷贓活動。❷銷毀贓物：銷贓滅迹。

【銷賬】xiāo∥zhàng ㄒㄧㄠ∥ㄓㄤˋ 從賬上勾銷。

【銷子】xiāo·zi ㄒㄧㄠ·ㄗ 一種形狀像釘子的金屬棍，橫斷面多呈圓形，用來插在器物中，使連接或固定。也叫銷釘。

擄(掳、擄) xiāo ㄒㄧㄠ 〈書〉敲打；敲擊。

蕭〔蕭〕(萧) xiāo ㄒㄧㄠ ❶蕭索；蕭條：蕭瑟｜蕭然。❷(Xiāo)姓。

【蕭規曹隨】Xiāo guī Cáo suí ㄒㄧㄠ ㄍㄨㄟ ㄘㄠˊ ㄙㄨㄟˊ 蕭何和曹參都是漢高祖的大臣。蕭何創立了規章制度，死後，曹參做宰相，仍照章實行。比喻後一輩的人完全依照前一輩的方式進行工作。

【蕭牆】xiāoqiáng ㄒㄧㄠ ㄑㄧㄤˊ 〈書〉照壁。比喻內部：禍起蕭牆｜蕭牆之患。

【蕭然】xiāorán ㄒㄧㄠ ㄖㄢˊ 〈書〉❶形容寂寞冷落：滿目蕭然。❷形容空虛：四壁蕭然｜囊橐蕭然。

【蕭灑】xiāosǎ ㄒㄧㄠ ㄙㄚˇ 同'瀟灑'。

【蕭颯】xiāosà ㄒㄧㄠ ㄙㄚˋ 〈書〉蕭條冷落；蕭索。

【蕭瑟】xiāosè ㄒㄧㄠ ㄙㄜˋ ❶形容風吹樹木的聲音：秋風蕭瑟。❷形容冷落；淒涼：門庭蕭瑟。

【蕭森】xiāosēn ㄒㄧㄠ ㄙㄣ 〈書〉❶形容草木凋零衰敗：秋樹蕭森。❷陰森：幽谷蕭森｜氣象蕭森。

【蕭疏】xiāoshū ㄒㄧㄠ ㄕㄨ 〈書〉❶蕭條荒涼：滿目瘡痍，萬戶蕭疏。❷稀疏；稀稀落落：黃葉蕭疏｜白髮蕭疏。

【蕭索】xiāosuǒ ㄒㄧㄠ ㄙㄨㄛˇ 缺乏生機；不熱

鬧：荒林蕭索｜蕭索的晚秋景象。

【蕭條】xiāotiáo ㄒㄧㄠ ㄊㄧㄠˊ ❶寂寞冷落，毫無生氣：荒山老樹，景象十分蕭條。❷經濟衰微，即資本主義社會中緊接着週期性經濟危機之後的一個階段，工業生產處於停滯狀態，物價低落，商業萎縮。

【蕭蕭】xiāoxiāo ㄒㄧㄠ ㄒㄧㄠ 〈書〉❶形容馬叫聲或風聲等：馬鳴蕭蕭｜風蕭蕭兮易水寒。❷（頭髮）花白稀疏的樣子：白髮蕭蕭。

鴞（鸮） xiāo ㄒㄧㄠ 見152頁〖鴟鴞〗(chīxiāo)。

魈〔魈〕 xiāo ㄒㄧㄠ 見998頁〖山魈〗。

簫（箫） xiāo ㄒㄧㄠ 管樂器，古代用許多竹管排在一起做成，現代一般用一根竹管做成。

瀟〔瀟〕（潇） xiāo ㄒㄧㄠ 〈書〉水深而清。

【瀟灑】xiāosǎ ㄒㄧㄠ ㄙㄚˇ （神情、舉止、風貌等）自然大方，有韵致，不拘束：風姿瀟灑｜這幅畫構思別致，筆墨瀟灑。也作蕭灑。

【瀟瀟】xiāoxiāo ㄒㄧㄠ ㄒㄧㄠ ❶形容颷風下雨：風雨瀟瀟。❷形容小雨：瀟瀟微雨。

囂（嚣、閙） xiāo ㄒㄧㄠ 吵鬧；喧譁：叫囂｜喧囂。

另見12頁 Áo。

【囂雜】xiāozá ㄒㄧㄠ ㄗㄚˊ 喧囂嘈雜：囂雜的叫賣聲。

【囂張】xiāozhāng ㄒㄧㄠ ㄓㄤ （惡勢力、邪氣）上漲；放肆：囂張一時｜氣焰囂張。

驍（骁） xiāo ㄒㄧㄠ 〈書〉勇猛：驍將｜驍勇。

【驍將】xiāojiàng ㄒㄧㄠ ㄐㄧㄤˋ 勇猛的將領。

【驍騎】xiāoqí ㄒㄧㄠ ㄑㄧˊ 〈書〉勇猛的騎兵。

【驍勇】xiāoyǒng ㄒㄧㄠ ㄩㄥˇ 〈書〉勇猛：驍勇善戰。

蠨〔蠨〕（蟏） xiāo ㄒㄧㄠ ［蠨蛸］(xiāoshāo ㄒㄧㄠ ㄕㄠ) 蜘蛛的一種，身體細長，暗褐色，腳很長，多在室內牆壁間結網。通稱喜蛛或蟢子，民間以為是喜慶的預兆。

xiáo（ㄒㄧㄠˊ）

洨 Xiáo ㄒㄧㄠˊ 洨河，戈名，在河北。

崤 Xiáo ㄒㄧㄠˊ 崤山，山名，在河南。

淆 xiáo ㄒㄧㄠˊ 混雜：混淆｜淆亂。

【淆惑】xiáohuò ㄒㄧㄠˊ ㄏㄨㄛˋ 〈書〉混淆迷惑：淆惑視聽。

【淆亂】xiáoluàn ㄒㄧㄠˊ ㄌㄨㄢˋ ❶雜亂；混亂。❷擾亂：淆亂社會秩序。

【淆雜】xiáozá ㄒㄧㄠˊ ㄗㄚˊ 混雜。

殽 xiáo ㄒㄧㄠˊ 同'淆'。

xiǎo（ㄒㄧㄠˇ）

小 xiǎo ㄒㄧㄠˇ ❶在體積、面積、數量、力量、強度等方面不及一般的或不及比較的對象（跟'大'相對）：小河｜小桌子｜地方小｜鞋小了點兒｜我比你小一歲｜聲音太小，聽不見。❷短時間地：小坐｜小住。❸稍微：小有才幹｜牛刀小試。❹略微少於；將近：這裏離北京有小二百里｜編了小三十年詞典。❺排行最末的：小兒子｜他是我的小弟弟。❻年紀小的人：一家大小｜上有老，下有小。❼指妾①：討小。❽謙辭，稱自己或與自己有關的人或事物：小弟｜小女｜小店。

【小把戲】xiǎobǎxì ㄒㄧㄠˇ ㄅㄚˇ ㄒㄧˋ 〈方〉小孩兒。

【小白菜】xiǎobáicài ㄒㄧㄠˇ ㄅㄞˊ ㄘㄞˋ （小白菜兒）青菜①。

【小白臉兒】xiǎobáiliǎnr ㄒㄧㄠˇ ㄅㄞˊ ㄌㄧㄢˇㄦˇ 指皮膚白而相貌好看的年輕男子（含戲謔意）。

【小百貨】xiǎobǎihuò ㄒㄧㄠˇ ㄅㄞˇ ㄏㄨㄛˋ 日常生活上用的輕工業和手工業的產品。

【小班】xiǎobān ㄒㄧㄠˇ ㄅㄢ 幼兒園裏由三週歲至五週歲兒童所編成的班級。

【小半】xiǎobàn ㄒㄧㄠˇ ㄅㄢˋ （小半兒）少於整體或全數一半的部分：西瓜吃了一大半，剩下一小半實在吃不下了。

【小半活】xiǎobànhuó ㄒㄧㄠˇ ㄅㄢˋ ㄏㄨㄛˊ 〈方〉舊社會長年出賣勞力的未成年的雇農。

【小報】xiǎobào ㄒㄧㄠˇ ㄅㄠˋ 篇幅比較小的報紙。

【小報告】xiǎobàogào ㄒㄧㄠˇ ㄅㄠˋ ㄍㄠˋ 指私下向領導反映的有關別人的情況（含貶義）：打小報告。

【小輩】xiǎobèi ㄒㄧㄠˇ ㄅㄟˋ （小輩兒）輩分小的人。

【小本經營】xiǎo běn jīngyíng ㄒㄧㄠˇ ㄅㄣˇ ㄐㄧㄥ ㄧㄥˊ 本錢小、利潤少的買賣。

【小便】xiǎobiàn ㄒㄧㄠˇ ㄅㄧㄢˋ ❶（人）排泄尿。❷人尿。❸指男子的外生殖器。也指女子的陰門。

【小辮兒】xiǎobiànr ㄒㄧㄠˇ ㄅㄧㄢˋㄦˋ 短小的辮子。也泛指辮子。

【小辮子】xiǎobiàn·zi ㄒㄧㄠˇ ㄅㄧㄢˋ ·ㄗ ❶小辮兒。❷比喻把柄：抓小辮子。

【小冰期】xiǎobīngqī ㄒㄧㄠˇ ㄅㄧㄥ ㄑㄧ 第四紀冰期以後出現的氣候明顯變冷、冰川有所發展的時期。如公元1550－1850年之間的時期。也叫小冰川期、小冰河期。

【小不點兒】xiǎo·budiǎnr ㄒㄧㄠˇ·ㄅㄨ ㄉㄧㄢˇㄦ〈方〉❶形容很小。❷指很小的小孩子。

【小菜】xiǎocài ㄒㄧㄠˇ ㄘㄞˋ ❶(小菜兒)小碟兒盛的下酒飯的菜蔬，多為鹽或醬醃製的。❷(小菜兒)比喻輕而易舉的事情：電視機、電冰箱他都會修，至於修電扇，那不過是小菜。❸〈方〉泛指魚肉蔬菜等。

【小差】xiǎochāi ㄒㄧㄠˇ ㄔㄞ 見639頁〖開小差〗。

【小產】xiǎochǎn ㄒㄧㄠˇ ㄔㄢˇ 流產①的通稱。

【小腸】xiǎocháng ㄒㄧㄠˇ ㄔㄤˊ 腸的一部分，上端跟胃相連，下端跟大腸相通，比大腸細而長，約佔全腸五分之四，分十二指腸、空腸、迴腸三部分。主要作用是完成消化和吸收，並把食物的渣滓輸送到大腸。

【小抄兒】xiǎochāor ㄒㄧㄠˇ ㄔㄠㄦ 考試作弊所夾帶的紙條：打小抄兒。

【小炒】xiǎochǎo ㄒㄧㄠˇ ㄔㄠˇ (小炒兒)指集體食堂裏小鍋單炒的菜肴。

【小車】xiǎochē ㄒㄧㄠˇ ㄔㄜ (小車兒)❶指手推車。❷指汽車中的小轎車。

【小乘】xiǎochéng ㄒㄧㄠˇ ㄔㄥˊ 早期佛教的主要流派。大乘教徒認為它教義煩瑣，不能超度很多人，因此貶稱它為小乘。參看210頁〖大乘〗。

【小吃】xiǎochī ㄒㄧㄠˇ ㄔ ❶飯館中分量少而價錢低的菜：經濟小吃。❷飲食業中出售的年糕、粽子、元宵、油茶等食品的統稱：小吃店｜應時小吃｜風味小吃。❸西餐中的冷盤。

【小丑】xiǎochǒu ㄒㄧㄠˇ ㄔㄡˇ (小丑兒)❶戲曲中的丑角或在雜技中做滑稽表演的人。❷比喻舉動不莊重、善於湊趣兒的人。❸指小人：跳梁小丑。

【小春】xiǎochūn ㄒㄧㄠˇ ㄔㄨㄣ〈方〉❶指農曆十月。參看〖小陽春〗。❷指小春時期播種的小麥、豌豆等農作物。也叫小春作物。

【小詞】xiǎocí ㄒㄧㄠˇ ㄘˊ 三段論中結論的主詞。參看986頁〖三段論〗。

【小葱】xiǎocōng ㄒㄧㄠˇ ㄘㄨㄥ (小葱兒)❶葱類的一種，分蘖性強，莖和葉較細，較短，是普通蔬菜。參看192頁'葱'。❷通常指幼嫩的葱，供移栽或食用。

【小聰明】xiǎocōng·ming ㄒㄧㄠˇ ㄘㄨㄥ ·ㄇㄧㄥ 在小事情上顯露出來的聰明(多含貶義)：耍小聰明。

【小道兒消息】xiǎodàor xiāo·xi ㄒㄧㄠˇ ㄉㄠㄦˋ ㄒㄧㄠ·ㄒㄧ 指道聽途説的或非正式途徑傳播的消息。

【小弟】xiǎodì ㄒㄧㄠˇ ㄉㄧˋ ❶小的弟弟。❷男性在朋友或熟人之間謙稱自己。

【小調】xiǎodiào ㄒㄧㄠˇ ㄉㄧㄠˋ (小調兒)流行於民間的各種曲調。

【小動作】xiǎodòngzuò ㄒㄧㄠˇ ㄉㄨㄥˋ ㄗㄨㄛˋ 偷偷做的干擾別人或集體活動的動作。特指為了某種個人目的在背地搞的不正當活動，如弄虛作假、播弄是非等。

【小豆】xiǎodòu ㄒㄧㄠˇ ㄉㄡˋ 見156頁〖赤小豆〗。

【小肚兒】xiǎodǔr ㄒㄧㄠˇ ㄉㄨㄦˇ 用豬的膀胱，裝入和(huò)有澱粉的豬肉末製成的球狀食品。

【小肚雞腸】xiǎo dù jī cháng ㄒㄧㄠˇ ㄉㄨˋ ㄐㄧ ㄔㄤˊ 比喻氣量狹小，只計較小事，不顧大局。也說鼠肚雞腸。

【小肚子】xiǎodù·zi ㄒㄧㄠˇ ㄉㄨˋ·ㄗ 小腹。

【小隊】xiǎoduì ㄒㄧㄠˇ ㄉㄨㄟˋ 隊伍編制的基層單位，屬中隊管轄。

【小恩小惠】xiǎo ēn xiǎo huì ㄒㄧㄠˇ ㄣ ㄒㄧㄠˇ ㄏㄨㄟˋ 為了籠絡人而給人的小利。

【小兒】xiǎo'ér ㄒㄧㄠˇ ㄦˊ ❶兒童。❷謙稱自己的兒子。參看〖小兒〗(xiǎor)。

【小兒麻痹症】xiǎo'ér mábìzhèng ㄒㄧㄠˇ ㄦˊ ㄇㄚˊ ㄅㄧˋ ㄓㄥˋ 脊髓灰質炎的通稱。簡稱兒麻。

【小販】xiǎofàn ㄒㄧㄠˇ ㄈㄢˋ 指本錢很小的行商。

【小紡】xiǎofǎng ㄒㄧㄠˇ ㄈㄤˇ 質地較薄的紡綢。

【小費】xiǎofèi ㄒㄧㄠˇ ㄈㄟˋ 顧客、旅客額外給飯館、旅館等行業中服務人員的錢。也叫小賬。

【小分隊】xiǎofēnduì ㄒㄧㄠˇ ㄈㄣ ㄉㄨㄟˋ 某些單位或團體派出執行特定任務的組織，一般人數較少，靈活機動，能力較強：民兵小分隊｜文藝小分隊。

【小粉】xiǎofěn ㄒㄧㄠˇ ㄈㄣˇ 澱粉。

【小腹】xiǎofù ㄒㄧㄠˇ ㄈㄨˋ 人體肚臍以下大腿以上的部分。也叫小肚子。

【小鋼炮】xiǎogāngpào ㄒㄧㄠˇ ㄍㄤ ㄆㄠˋ ❶小型新式火炮的俗稱。❷比喻性情直爽、説話衝而直率的人(多指年輕人)。

【小工】xiǎogōng ㄒㄧㄠˇ ㄍㄨㄥ (小工兒)壯工。

【小姑兒】xiǎogūr ㄒㄧㄠˇ ㄍㄨㄦ ❶小姑子。❷稱排行最末的姑姑。

【小姑子】xiǎo·gū·zi ㄒㄧㄠˇ·ㄍㄨ·ㄗ 丈夫的妹妹。也叫小姑兒。

【小褂】xiǎoguà ㄒㄧㄠˇ ㄍㄨㄚˋ (小褂兒)貼身穿的中式單上衣。

【小廣播】xiǎoguǎngbō ㄒㄧㄠˇ ㄍㄨㄤˇ ㄅㄛ 私下傳播不應該傳播的或不可靠的消息。

【小鬼】xiǎoguǐ ㄒㄧㄠˇ ㄍㄨㄟˇ ❶鬼神的差役(迷信)。❷對小孩兒的稱呼(含親昵意)。

【小孩兒】xiǎoháir ㄒㄧㄠˇ ㄏㄞㄦˊ ❶兒童。也説小孩子。❷子女(多指未成年的)：你有幾個小孩兒？

【小寒】xiǎohán ㄒㄧㄠˇ ㄏㄢˊ 二十四節氣之一，在1月5，6或7日。參看589頁〖節氣〗、306頁〖二十四節氣〗。

【小號】[1] xiǎohào ㄒㄧㄠˇ ㄏㄠˋ ❶(小號兒)較小的型號：小號中山裝。❷商人謙稱自己的鋪子。

【小號】[2] xiǎohào ㄒㄧㄠˇ ㄏㄠˋ 管樂器，號嘴呈碗

形，一般有活塞，吹奏時聲音響亮。
【小號】[3] xiǎohào ㄒㄧㄠˇ ㄏㄠˋ 〈方〉指單人牢房：關小號。
【小戶】xiǎohù ㄒㄧㄠˇ ㄏㄨˋ ❶舊時指無錢無勢的人家。❷人口少的人家。
【小花臉】xiǎohuāliǎn ㄒㄧㄠˇ ㄏㄨㄚ ㄌㄧㄢˇ 戲曲角色行當中的丑。
【小黃魚】xiǎohuángyú ㄒㄧㄠˇ ㄏㄨㄤˊ ㄩˊ 黃魚的一種，鱗大，身體側扁，背灰褐色，兩側黃色，鰭灰褐色。是我國主要的海產魚類之一。
【小惠】xiǎohuì ㄒㄧㄠˇ ㄏㄨㄟˋ 微小的恩惠：小恩小惠。
【小夥子】xiǎohuǒ·zi ㄒㄧㄠˇ ㄏㄨㄛˇ ·ㄗ 青年男子。
【小家碧玉】xiǎojiā bìyù ㄒㄧㄠˇ ㄐㄧㄚ ㄅㄧˋ ㄩˋ 指小戶人家的年輕美貌的女子。
【小傢伙】xiǎojiā·huo ㄒㄧㄠˇ ㄐㄧㄚ ·ㄏㄨㄛ (小傢伙兒) 對小孩兒的稱呼 (含親昵意)。
【小家鼠】xiǎojiāshǔ ㄒㄧㄠˇ ㄐㄧㄚ ㄕㄨˇ 家鼠的一種，身體小，不到褐家鼠的一半大，吻部尖而長，耳朵較大，尾巴細長，全身灰黑色或灰褐色。是傳播鼠疫的媒介。也叫鼷 (xī) 鼠。
【小家庭】xiǎojiātíng ㄒㄧㄠˇ ㄐㄧㄚ ㄊㄧㄥˊ 人口較少的家庭，通常指青年結婚後跟父母分居的家庭。
【小家子氣】xiǎojiā·ziqì ㄒㄧㄠˇ ㄐㄧㄚ ·ㄗㄑㄧˋ 形容人的舉止、行動等不大方。也說小家子相。
【小建】xiǎojiàn ㄒㄧㄠˇ ㄐㄧㄢˋ 農曆的小月份，只有29天。也叫小盡。
【小將】xiǎojiàng ㄒㄧㄠˇ ㄐㄧㄤˋ 古代指帶兵打仗的年輕將領，現多用於比喻。
【小腳】xiǎojiǎo ㄒㄧㄠˇ ㄐㄧㄠˇ (小腳兒) 指婦女纏裹後發育不正常的腳。
【小結】xiǎojié ㄒㄧㄠˇ ㄐㄧㄝˊ ❶在整個過程中的一個段落之後的臨時總結，用於統計數字或綜述經驗等：工作小結｜思想小結。❷做小結：把上個月的工作小結一下。
【小節】[1] xiǎojié ㄒㄧㄠˇ ㄐㄧㄝˊ 指與原則無關的瑣碎的事情：不拘小節｜生活小節。
【小節】[2] xiǎojié ㄒㄧㄠˇ ㄐㄧㄝˊ 音樂節拍的段落，樂譜中用一豎綫隔開。
【小姐】xiǎo·jiě ㄒㄧㄠˇ ·ㄐㄧㄝ ❶舊時有錢人家裏僕人稱主人的女兒。❷對年輕的女子的尊稱。
【小解】xiǎojiě ㄒㄧㄠˇ ㄐㄧㄝˇ (人) 排泄尿。
【小金庫】xiǎojīnkù ㄒㄧㄠˇ ㄐㄧㄣ ㄎㄨˋ 指在單位財務以外另立賬目的公款。
【小襟】xiǎojīn ㄒㄧㄠˇ ㄐㄧㄣ 底襟。
【小盡】xiǎojìn ㄒㄧㄠˇ ㄐㄧㄣˋ 小建。
【小九九】xiǎojiǔjiǔ ㄒㄧㄠˇ ㄐㄧㄡˇ ㄐㄧㄡˇ (小九九兒) ❶乘法口訣：如一一得一，一二得二，二五一十等。也叫九九歌。❷比喻心中的算計：事情怎麼搞，他心中已有個小九九。
【小舅子】xiǎojiù·zi ㄒㄧㄠˇ ㄐㄧㄡˋ ·ㄗ 妻子的弟弟。
【小開】xiǎokāi ㄒㄧㄠˇ ㄎㄞ 〈方〉稱老闆的兒子。
【小楷】xiǎokǎi ㄒㄧㄠˇ ㄎㄞˇ ❶手寫的小的楷體漢字：蠅頭小楷。❷拼音字母的小寫印刷體。
【小看】xiǎokàn ㄒㄧㄠˇ ㄎㄢˋ 輕視：別小看這些草藥，治病還真管用。
【小康】xiǎokāng ㄒㄧㄠˇ ㄎㄤ 指可以維持中等水平生活的家庭經濟狀況：家道小康｜小康人家。
【小可】xiǎokě ㄒㄧㄠˇ ㄎㄜˇ ❶謙稱自己 (多見於早期白話)：小可不才。❷輕微；尋常：非同小可。
【小老婆】xiǎolǎo·po ㄒㄧㄠˇ ㄌㄠˇ ·ㄆㄛ 妾①。有的地區叫小婆兒。
【小禮拜】xiǎolǐbài ㄒㄧㄠˇ ㄌㄧˇ ㄅㄞˋ 每兩個星期休息三天，休息一天的那個星期或那個星期的星期日俗稱小禮拜。也有每兩個星期休息一天的。不休息的那個星期日俗稱小禮拜。
【小兩口】xiǎoliǎngkǒu ㄒㄧㄠˇ ㄌㄧㄤˇ ㄎㄡˇ (小兩口兒) 指青年夫婦。
【小量】xiǎoliàng ㄒㄧㄠˇ ㄌㄧㄤˋ 少量。
【小令】xiǎolìng ㄒㄧㄠˇ ㄌㄧㄥˋ ❶短的詞調。❷散曲中不成套的曲。
【小綹】xiǎoliǔ ㄒㄧㄠˇ ㄌㄧㄡˇ 〈方〉扒手。
【小龍】xiǎolóng ㄒㄧㄠˇ ㄌㄨㄥˊ 指十二生肖中的蛇。
【小爐兒匠】xiǎolúrjiàng ㄒㄧㄠˇ ㄌㄨㄦˊ ㄐㄧㄤˋ 以鋦鍋、做焊活、修理銅鎖等為職業的人。也說小爐匠兒。
【小蘿蔔】xiǎoluó·bo ㄒㄧㄠˇ ㄌㄨㄛˊ ·ㄅㄛ ❶蘿蔔的一種，生長期很短，塊根細長而小，表皮鮮紅色，裏面白色。是普通蔬菜。❷這種植物的塊根。
【小鑼】xiǎoluó ㄒㄧㄠˇ ㄌㄨㄛˊ (小鑼兒) 打擊樂器，多用於戲曲伴奏。也叫手鑼。
【小麥】xiǎomài ㄒㄧㄠˇ ㄇㄞˋ ❶一年或二年生草本植物，莖直立，中空，葉子寬條形，子實橢圓形，腹面有溝。子實供製麵粉，是主要糧食作物之一。由於播種時期的不同有春小麥、冬小麥等。❷這種植物的子實。
【小賣】xiǎomài ㄒㄧㄠˇ ㄇㄞˋ ❶飯館中不成桌的、分量少的菜：應時小賣。❷做小買賣：提籃小賣。
【小賣部】xiǎomàibù ㄒㄧㄠˇ ㄇㄞˋ ㄅㄨˋ 公共場所裏出售糖果、點心、冷飲、烟酒等的地方。
【小滿】xiǎomǎn ㄒㄧㄠˇ ㄇㄢˇ 二十四節氣之一，在5月20，21或22日。參看589頁〖節氣〗、306頁〖二十四節氣〗。
【小貓熊】xiǎomāoxióng ㄒㄧㄠˇ ㄇㄠ ㄒㄩㄥˊ 哺乳動物，身體長約二尺，頭部棕色白色相間，背部棕紅色，尾巴長而粗，黃白色相間。生活在亞熱帶高山上，能爬樹、吃野果、野菜和竹葉，也吃小鳥等動物。是一種珍貴的動物。也叫小熊貓。

【小毛】xiǎomáo ㄒㄧㄠˇ ㄇㄠˊ (小毛兒)短毛的皮衣料，如灰鼠皮、銀鼠皮等。

【小帽】xiǎomào ㄒㄧㄠˇ ㄇㄠˋ (小帽兒)瓜皮帽。

【小米】xiǎomǐ ㄒㄧㄠˇ ㄇㄧˇ (小米兒)粟的子實去了殼叫小米。

【小米麪】xiǎomǐmiàn ㄒㄧㄠˇ ㄇㄧˇ ㄇㄧㄢˋ ❶小米磨成的麪。❷〈方〉(小米麪兒)糜子、黃豆、白玉米合起來磨成的麪。

【小名】xiǎomíng ㄒㄧㄠˇ ㄇㄧㄥˊ (小名兒)小時候起的非正式的名字(區別於'學名')。也叫乳名。

【小拇哥兒】xiǎo·mugēr ㄒㄧㄠˇ ·ㄇㄨ ㄍㄜㄦ 〈方〉小指。

【小拇指】xiǎo·muzhǐ ㄒㄧㄠˇ ·ㄇㄨ ㄓˇ 小指。

【小腦】xiǎonǎo ㄒㄧㄠˇ ㄋㄠˇ 後腦的一部分，在大腦的後下方，腦橋和延髓的背面。小腦能對人體的運動起協調作用，小腦受到破壞，運動就失去正常的靈活性和準確性。(圖見831頁'腦')

【小鯢】xiǎoní ㄒㄧㄠˇ ㄋㄧˊ 兩栖動物，身體的形狀跟大鯢相似，但較小，尾巴扁，四肢短，牙齒呈V形，生活在水邊的草地裏。

【小年】xiǎonián ㄒㄧㄠˇ ㄋㄧㄢˊ ❶指農曆臘月是小建的年份。❷節日，臘月二十三或二十四日，舊俗在這天祭灶。❸指果樹歇枝、竹子等生長得慢的年份。

【小年夜】xiǎoniányè ㄒㄧㄠˇ ㄋㄧㄢˊ ㄧㄝˋ ❶指農曆除夕前一夜。❷舊指農曆十二月二十三或二十四日。

【小妞兒】xiǎoniūr ㄒㄧㄠˇ ㄋㄧㄡㄦ 小女孩兒。也叫小妞子。

【小農】xiǎonóng ㄒㄧㄠˇ ㄋㄨㄥˊ 指個體農民：小農經濟。

【小農經濟】xiǎonóng jīngjì ㄒㄧㄠˇ ㄋㄨㄥˊ ㄐㄧㄥ ㄐㄧˋ 農民的個體經濟，以一家一戶為生產單位，生產力低，在一般情況下只能進行簡單的再生產。

【小女】xiǎonǚ ㄒㄧㄠˇ ㄋㄩˇ 謙稱自己的女兒。

【小跑】xiǎopǎo ㄒㄧㄠˇ ㄆㄠˇ (小跑兒)快步走，接近於跑；小步慢跑：一路小跑。

【小朋友】xiǎopéngyǒu ㄒㄧㄠˇ ㄆㄥˊ ㄧㄡˇ ❶指兒童：六一國際兒童節是小朋友們的節日。❷對兒童的稱呼：小朋友，你喜歡唱歌嗎？

【小品】xiǎopǐn ㄒㄧㄠˇ ㄆㄧㄣˇ 原指佛經的簡本，現指簡短的雜文或其他短小的表現形式：歷史小品｜廣播小品｜戲劇小品。

【小品文】xiǎopǐnwén ㄒㄧㄠˇ ㄆㄧㄣˇ ㄨㄣˊ 散文的一種形式，篇幅短小，形式活潑，內容多樣化。

【小氣】xiǎo·qi ㄒㄧㄠˇ ·ㄑㄧ ❶吝嗇：小氣鬼。❷〈方〉氣量小。

【小氣候】xiǎoqìhòu ㄒㄧㄠˇ ㄑㄧˋ ㄏㄡˋ ❶在一個大範圍的氣候區域內，由於局部地區地形、植被、土壤性質、建築群等以及人或生物活動的特殊性而形成的小範圍的特殊氣候。如農田、城市、住宅區的氣候。❷比喻在一個大的政治、經濟等方面的環境和條件下，由於具體地區或具體單位的特殊性而形成的特殊環境和條件。

【小器作】xiǎoqìzuō ㄒㄧㄠˇ ㄑㄧˋ ㄗㄨㄛ 製造並修理硬木傢具、細巧木器的作坊。

【小憩】xiǎoqì ㄒㄧㄠˇ ㄑㄧˋ 短時間的休息：在樹蔭下小憩片時。

【小前提】xiǎoqiántí ㄒㄧㄠˇ ㄑㄧㄢˊ ㄊㄧˊ 三段論的一個組成部分，含有結論中的主詞，是表達具體事物的命題。參看986頁〖三段論〗。

【小錢】xiǎoqián ㄒㄧㄠˇ ㄑㄧㄢˊ (小錢兒) ❶清末鑄造的質量、重量次於制錢的小銅錢。有的地區把制錢或鏰子(bèng·zi)叫做小錢。❷指少量的錢：說大話，使小錢。❸舊時指做賄賂用的少量錢財。

【小瞧】xiǎoqiáo ㄒㄧㄠˇ ㄑㄧㄠˊ 〈方〉小看。

【小巧】xiǎoqiǎo ㄒㄧㄠˇ ㄑㄧㄠˇ 小而靈巧：身材小巧。

【小巧玲瓏】xiǎoqiǎo línglóng ㄒㄧㄠˇ ㄑㄧㄠˇ ㄌㄧㄥˊ ㄌㄨㄥˊ 形容小而靈巧、精緻：畫舫裏陳設着小巧玲瓏的紫檀桌椅｜蘇州很多園林建築得小巧玲瓏。

【小青年】xiǎo qīngnián ㄒㄧㄠˇ ㄑㄧㄥ ㄋㄧㄢˊ (小青年兒)指二十歲左右的青年人。

【小青瓦】xiǎoqīngwǎ ㄒㄧㄠˇ ㄑㄧㄥ ㄨㄚˇ 普通的中式瓦，橫斷面略呈弧形。也叫蝴蝶瓦。

【小秋收】xiǎoqiūshōu ㄒㄧㄠˇ ㄑㄧㄡ ㄕㄡ 指秋收前後農民對於野生動植物的採集。

【小區】xiǎoqū ㄒㄧㄠˇ ㄑㄩ 在城市一定區域內建築的、具有相對獨立居住環境的大片居民住宅，配有成套的生活服務設施，如商業網點、學校等。

【小曲兒】xiǎoqǔr ㄒㄧㄠˇ ㄑㄩㄦˇ 小調。

【小圈子】xiǎoquān·zi ㄒㄧㄠˇ ㄑㄩㄢ ·ㄗ ❶狹小的生活範圍：走出家庭的小圈子，投身到火熱的社會生活中去。❷為個人利益而互相拉攏、互相利用的小集團：搞小圈子。

【小兒】xiǎor ㄒㄧㄠㄦˇ 〈方〉❶指幼年：從小兒｜自小兒。❷男性嬰兒：胖小兒。參看〖小兒〗(xiǎo'ér)。

【小人】xiǎorén ㄒㄧㄠˇ ㄖㄣˊ ❶古代指地位低的人，後來地位低的人也用於自稱。❷指人格卑鄙的人：小人得志｜勢利小人。

【小人兒】xiǎorénr ㄒㄧㄠˇ ㄖㄣㄦˊ 〈方〉對未成年人的愛稱。

【小人兒書】xiǎorénrshū ㄒㄧㄠˇ ㄖㄣㄦˊ ㄕㄨ 裝訂成冊的連環畫。

【小人物】xiǎorénwù ㄒㄧㄠˇ ㄖㄣˊ ㄨˋ 指在社會上不出名、沒有影響的人。

【小日子】xiǎorì·zi ㄒㄧㄠˇ ㄖˋ ·ㄗ 指人口不多、經濟上還過得去的家庭生活(多用於年輕夫婦)。

【小嗓兒】xiǎosǎngr ㄒㄧㄠˇ ㄙㄤㄦˇ 京劇、昆曲等戲曲中花旦、青衣演唱時的嗓音。

【小商品】xiǎoshāngpǐn ㄒㄧㄠˇ ㄕㄤ ㄆㄧㄣˇ 指價值一般較低的商品，如小百貨、小五金及某些日常生活用品、部分文化用品等。

【小商品經濟】xiǎo shāngpǐn jīngjì ㄒㄧㄠˇ ㄕㄤ ㄆㄧㄣˇ ㄐㄧㄥ ㄐㄧˋ 農民和手工業者以個體勞動進行商品生產的經濟。生產者佔有生產資料，依靠自己的勞動進行生產，並且只是為了換取自己需要的物質資料而出賣商品。

【小晌午】xiǎoshǎng·wu ㄒㄧㄠˇ ㄕㄤˇ ·ㄨ 〈方〉將近中午的時候。

【小舌】xiǎoshé ㄒㄧㄠˇ ㄕㄜˊ (小舌兒)懸雍垂的通稱。

【小生】xiǎoshēng ㄒㄧㄠˇ ㄕㄥ ❶戲曲中生角的一種，扮演青年男子。❷青年讀書人自稱(多見於早期白話)。

【小生產】xiǎoshēngchǎn ㄒㄧㄠˇ ㄕㄥ ㄔㄢˇ 在生產資料私有制的基礎上，以一家一戶為單位分散經營的生產方式。

【小生產者】xiǎoshēngchǎnzhě ㄒㄧㄠˇ ㄕㄥ ㄔㄢˇ ㄓㄜˇ 佔有簡單生產工具，在自己的小塊土地上或作坊裏進行小規模商品生產的人，如個體農民、小手工業者。

【小食】xiǎoshí ㄒㄧㄠˇ ㄕˊ 〈方〉❶小吃：小食鋪｜賣小食的。❷零食。

【小時】xiǎoshí ㄒㄧㄠˇ ㄕˊ 時間單位，一個平均太陽日的二十四分之一。

【小時候】xiǎo shí·hou ㄒㄧㄠˇ ㄕˊ ·ㄏㄡ (小時候兒)年紀小的時候：小時候的一些趣事至今記憶猶新。

【小市】xiǎoshì ㄒㄧㄠˇ ㄕˋ (小市兒)出售舊貨或零星雜物的市場。

【小市民】xiǎoshìmín ㄒㄧㄠˇ ㄕˋ ㄇㄧㄣˊ ❶城市中佔有少量生產資料或財產的居民。一般是小資產階級，如手工業者、小商人、小房東等。❷指格調不高、喜歡斤斤計較的人。

【小視】xiǎoshì ㄒㄧㄠˇ ㄕˋ 小看；輕視：近來他技藝頗有長進，小視不得。

【小試鋒芒】xiǎo shì fēngmáng ㄒㄧㄠˇ ㄕˋ ㄈㄥ ㄇㄤˊ 稍微顯示一下本領。

【小手工業者】xiǎoshǒugōngyèzhě ㄒㄧㄠˇ ㄕㄡˇ ㄍㄨㄥ ㄧㄝˋ ㄓㄜˇ 佔有少量生產資料，用手工操作進行小規模商品生產的人。

【小手小腳】xiǎo shǒu xiǎo jiǎo ㄒㄧㄠˇ ㄕㄡˇ ㄒㄧㄠˇ ㄐㄧㄠˇ ❶形容不大方。❷形容不敢放手做事，沒有魄力。

【小叔子】xiǎo·shū·zi ㄒㄧㄠˇ ·ㄕㄨ ·ㄗ 丈夫的弟弟。

【小暑】xiǎoshǔ ㄒㄧㄠˇ ㄕㄨˇ 二十四節氣之一，在7月6，7或8日。參看589頁〖節氣〗、306頁〖二十四節氣〗。

【小數】xiǎoshù ㄒㄧㄠˇ ㄕㄨˋ 形式不帶分母的十進分數，是十進分數的特殊表現形式。如 $\frac{3}{10}$ 可寫作0.3(讀作零點三)，$\frac{27}{100}$ 可寫作0.27(讀作零點二七)，$\frac{5001}{1000}$ 可寫作5.001(讀作五點零零一)。在小數中，符號'.'叫做小數點，小數點左邊的數是小數的整數部分，右邊的數是小數部分。

【小水】xiǎo·shui ㄒㄧㄠˇ ·ㄕㄨㄟ 中醫指尿。

【小睡】xiǎoshuì ㄒㄧㄠˇ ㄕㄨㄟˋ 短時間睡眠：小睡片刻。

【小說】xiǎoshuō ㄒㄧㄠˇ ㄕㄨㄛ (小說兒)一種敘事性的文學體裁，通過人物的塑造和情節、環境的描述來概括地表現社會生活的矛盾。一般分為長篇小說、中篇小說和短篇小說。

【小算盤】xiǎosuàn·pan ㄒㄧㄠˇ ㄙㄨㄢˋ ·ㄆㄢ (小算盤兒)比喻為個人或局部利益的打算。

【小提琴】xiǎotíqín ㄒㄧㄠˇ ㄊㄧˊ ㄑㄧㄣˊ 提琴的一種，體積最小，發音最高。舊時譯作梵啞鈴。

【小題大做】xiǎo tí dà zuò ㄒㄧㄠˇ ㄊㄧˊ ㄉㄚˋ ㄗㄨㄛˋ 比喻把小事當做大事來辦，有不值得這樣做的意思。

【小同鄉】xiǎotóngxiāng ㄒㄧㄠˇ ㄊㄨㄥˊ ㄒㄧㄤ 指籍貫是同一縣或同一村的人(對'大同鄉'而言)。

【小偷】xiǎotōu ㄒㄧㄠˇ ㄊㄡ (小偷兒)偷東西的人。

【小腿】xiǎotuǐ ㄒㄧㄠˇ ㄊㄨㄟˇ 下肢從膝蓋到踝子骨的一段。也叫脛。

【小我】xiǎowǒ ㄒㄧㄠˇ ㄨㄛˇ 指個人(跟'大我'相對)：小我服從大我。

【小巫見大巫】xiǎo wū jiàn dà wū ㄒㄧㄠˇ ㄨ ㄐㄧㄢˋ ㄉㄚˋ ㄨ 小巫師見了大巫師，覺得沒有大巫師高明。比喻小的跟大的一比，就顯得小不如大。

【小五金】xiǎowǔjīn ㄒㄧㄠˇ ㄨˇ ㄐㄧㄣ 安裝在建築物或傢具上的金屬器件和某些小工具的統稱，如釘子、螺絲、鐵絲、鎖、合葉、插銷、彈簧等。

【小媳婦】xiǎoxí·fu ㄒㄧㄠˇ ㄒㄧˊ ·ㄈㄨ (小媳婦兒)❶泛指年輕的已婚婦女。❷比喻聽支使或受氣的人。

【小戲】xiǎoxì ㄒㄧㄠˇ ㄒㄧˋ (小戲兒)小型的戲曲，一般角色較少，情節比較簡單。

【小先生】xiǎoxiān·sheng ㄒㄧㄠˇ ㄒㄧㄢ ·ㄕㄥ 指學習成績較好，給同學作輔導員的學生。也指一面跟老師學習一面教別人的人。

【小綫兒】xiǎoxiànr ㄒㄧㄠˇ ㄒㄧㄢㄦˋ 〈方〉用棉綫捻成的細繩子。

【小小不言】xiǎoxiǎo bù yán ㄒㄧㄠˇ ㄒㄧㄠˇ ㄅㄨˋ

ㄧㄢˊ 細微而不值一提：小小不言的事兒，不必計較。

【小小子】xiǎoxiǎo·zi ㄒㄧㄠˇ ㄒㄧㄠˇ ·ㄗ (小小子兒) 幼小的男孩子。

【小鞋】xiǎoxié ㄒㄧㄠˇ ㄒㄧㄝˊ (小鞋兒) 比喻暗中給人的刁難，也比喻施加的約束、限制：光明磊落，敢作敢為，不怕人家給小鞋穿。

【小寫】xiǎoxiě ㄒㄧㄠˇ ㄒㄧㄝˇ ❶漢字數目字的通常寫法，如'三、四'等(跟'大寫'相對)。❷拼音字母的一種寫法，如 a，b，c (跟'大寫'相對)。

【小心】xiǎo·xīn ㄒㄧㄠˇ ·ㄒㄧㄣ 注意；留神；謹慎：小心火燭｜路上很滑，一不小心就會跌跤。

【小心眼兒】xiǎoxīnyǎnr ㄒㄧㄠˇ ㄒㄧㄣ ㄧㄢˇㄦ ❶氣量狹小：你別太小心眼兒了，為這麼點兒事不值得生氣！❷指小的心計：耍小心眼兒。

【小心翼翼】xiǎoxīn yìyì ㄒㄧㄠˇ ㄒㄧㄣ ㄧˋ ㄧˋ 原形容嚴肅虔敬的樣子，現用來形容舉動十分謹慎，絲毫不敢疏忽。

【小行星】xiǎoxíngxīng ㄒㄧㄠˇ ㄒㄧㄥˊ ㄒㄧㄥ 太陽系中，沿橢圓形軌道繞太陽運行而體積小，從地球上肉眼不能看到的行星。大部分小行星的運行軌道在火星和木星之間。(圖見1107頁〖太陽系〗)

【小型】xiǎoxíng ㄒㄧㄠˇ ㄒㄧㄥˊ 形狀或規模小的：小型會議｜小型水利工程。

【小性兒】xiǎoxìngr ㄒㄧㄠˇ ㄒㄧㄥˋㄦ 〈方〉常因小事就發作的壞脾氣：犯小性兒｜使小性兒。

【小熊貓】xiǎoxióngmāo ㄒㄧㄠˇ ㄒㄩㄥˊ ㄇㄠ 小貓熊。

【小熊座】xiǎoxióngzuò ㄒㄧㄠˇ ㄒㄩㄥˊ ㄗㄨㄛˋ 北部天空的一個星座，其中七顆主要的星排列成勺狀，以 α 星 (即現在的北極星) 為最明亮。北半球中緯度以北地區全年可以見到這個星座。

【小修】xiǎoxiū ㄒㄧㄠˇ ㄒㄧㄡ 指對房屋、機器、車船等進行一般的小規模的檢修。

【小學】xiǎoxué ㄒㄧㄠˇ ㄒㄩㄝˊ ❶對兒童、少年實施初等教育的學校，給兒童、少年以全面的基礎教育。❷指研究文字、訓詁、音韵的學問。古時小學先教六書，所以有這名稱。

【小學生】xiǎoxuéshēng ㄒㄧㄠˇ ㄒㄩㄝˊ ㄕㄥ 在小學讀書的學生。

【小學生】xiǎo xué·sheng ㄒㄧㄠˇ ㄒㄩㄝˊ ·ㄕㄥ ❶年歲較小的學生。❷〈方〉年歲較小的男孩子。

【小雪】xiǎoxuě ㄒㄧㄠˇ ㄒㄩㄝˇ ❶二十四節氣之一，在 11 月 22 日或 23 日。參看589頁〖節氣〗、306頁〖二十四節氣〗。❷指 24 小時內降雪量小於或等於 2.5 毫米的雪。

【小洋】xiǎoyáng ㄒㄧㄠˇ ㄧㄤˊ 舊時指一角或二角的銀幣。

【小陽春】xiǎoyángchūn ㄒㄧㄠˇ ㄧㄤˊ ㄔㄨㄣ 指農曆十月 (因某些地區十月天氣溫暖如春)：十月小陽春。

【小樣】xiǎoyàng ㄒㄧㄠˇ ㄧㄤˋ ❶報紙的一條消息或一篇文章的校樣 (區別於'大樣'①)。❷〈方〉模型；樣品：實物小樣｜小樣產品。❸〈方〉(小樣兒) 小家子氣；小氣。

【小葉】xiǎoyè ㄒㄧㄠˇ ㄧㄝˋ 植物學上把複葉上的每一個葉片叫做小葉。

【小葉白蠟樹】xiǎoyè báilàshù ㄒㄧㄠˇ ㄧㄝˋ ㄅㄞˊ ㄌㄚˋ ㄕㄨˋ 小喬木，羽狀複葉，葉片卵形，圓錐花序。樹皮入藥叫秦皮。也叫梣。

【小夜曲】xiǎoyèqǔ ㄒㄧㄠˇ ㄧㄝˋ ㄑㄩˇ 西洋音樂中的一種小型聲樂曲或器樂曲，多以愛情為主題。

【小業主】xiǎoyèzhǔ ㄒㄧㄠˇ ㄧㄝˋ ㄓㄨˇ 佔有少量資財，從事小規模的生產經營，不雇用或雇用少數工人的小工商業者。

【小衣】xiǎoyī ㄒㄧㄠˇ ㄧ 〈方〉(小衣兒) 襯褲。

【小衣裳】xiǎoyī·shang ㄒㄧㄠˇ ㄧ ·ㄕㄤ ❶貼身穿的單衣單褲。❷小孩兒穿的衣裳。

【小姨兒】xiǎoyír ㄒㄧㄠˇ ㄧㄦˊ ❶小姨子。❷稱排行最末的姨母。

【小姨子】xiǎoyí·zi ㄒㄧㄠˇ ㄧˊ ·ㄗ 妻子的妹妹。

【小意思】xiǎoyì·si ㄒㄧㄠˇ ㄧˋ ·ㄙ ❶微薄的心意 (款待賓客或贈送禮物時的客氣話)：這是我的一點兒小意思，送給你做個紀念。❷指微不足道，算不了甚麼：這點兒故障，小意思，一會兒就修好。

【小引】xiǎoyǐn ㄒㄧㄠˇ ㄧㄣˇ 寫在詩文前面的簡短說明。

【小影】xiǎoyǐng ㄒㄧㄠˇ ㄧㄥˇ 小照。

【小雨】xiǎoyǔ ㄒㄧㄠˇ ㄩˇ ❶指 24 小時內雨量達 10 毫米或一小時內雨量在 2.5 毫米以下的雨。❷指下得不大的雨。

【小月】xiǎoyuè ㄒㄧㄠˇ ㄩㄝˋ 指陽曆只有 30 天或農曆只有 29 天的月份。

【小月】xiǎo·yuè ㄒㄧㄠˇ ·ㄩㄝˋ 流產①的通稱。也說小月子。

【小灶】xiǎozào ㄒㄧㄠˇ ㄗㄠˋ (小灶兒) ❶集體伙食標準中最高的一級 (區別於'中灶、大灶')。❷比喻享受的特殊的對待：老師給幾個學習上有困難的同學補課，開小灶。

【小賬】xiǎozhàng ㄒㄧㄠˇ ㄓㄤˋ (小賬兒) 小費。

【小照】xiǎozhào ㄒㄧㄠˇ ㄓㄠˋ 指自己的尺寸較小的照片。

【小指】xiǎozhǐ ㄒㄧㄠˇ ㄓˇ 手或腳的第五指。

【小註】xiǎozhù ㄒㄧㄠˇ ㄓㄨˋ (小註兒) 直行書中夾在正文中的註解，字體小於正文，多為雙行。

【小傳】xiǎozhuàn ㄒㄧㄠˇ ㄓㄨㄢˋ 簡短的傳記。

【小篆】xiǎozhuàn ㄒㄧㄠˇ ㄓㄨㄢˋ 指筆畫較簡省的篆書，秦朝李斯等取大篆稍加整理簡化而成。也叫秦篆。

【小資產階級】xiǎo zīchǎn jiējí ㄒㄧㄠˇ ㄗ ㄔㄢˇ ㄐㄧㄝ ㄐㄧˊ 佔有少量生產資料和財產，主要依靠自己勞動為生，一般不剝削別人的階級，包括中農、手工業者、小商人、自由職業者等。

【小子】xiǎozǐ ㄒㄧㄠˇ ㄗˇ 〈書〉❶年幼的人：後生小子。❷舊時長輩稱晚輩；晚輩對尊長的自稱：小子識之！｜小子不敏。

【小子】xiǎo·zi ㄒㄧㄠˇ ·ㄗ ❶男孩子：大小子｜二小子｜小小子｜胖小子。❷人（用於男性，含輕蔑意）：這小子真壞！｜小子！你敢罵人！

【小字輩】xiǎozìbèi ㄒㄧㄠˇ ㄗˋ ㄅㄟˋ （小字輩兒）指資歷較淺、年齡較輕的人。

【小卒】xiǎozú ㄒㄧㄠˇ ㄗㄨˊ 小兵，多用於比喻：馬前小卒｜無名小卒。

【小組】xiǎozǔ ㄒㄧㄠˇ ㄗㄨˇ 為工作、學習上的方便而組成的小集體：黨小組｜互助小組｜小組討論。

【小坐】xiǎozuò ㄒㄧㄠˇ ㄗㄨㄛˋ 短時間坐下來；坐一會兒：小坐片刻。

筱（篠） xiǎo ㄒㄧㄠˇ ❶〈書〉小竹子。❷同'小'，多用於人名。

曉（晓） xiǎo ㄒㄧㄠˇ ❶天剛亮的時候：拂曉｜曉霧｜破曉｜雞鳴報曉｜曉行夜宿。❷知道：通曉｜家喻戶曉。❸使人知道：揭曉｜曉以利害。

【曉暢】xiǎochàng ㄒㄧㄠˇ ㄔㄤˋ ❶精通；熟悉：曉暢軍事。❷（文章）明白流暢：該書圖文並茂，語言曉暢。

【曉得】xiǎo·de ㄒㄧㄠˇ ·ㄉㄜ 知道。

【曉示】xiǎoshì ㄒㄧㄠˇ ㄕˋ 明白地告訴：曉示眾人。

【曉市】xiǎoshì ㄒㄧㄠˇ ㄕˋ 清晨的集市；早市。

【曉諭】xiǎoyù ㄒㄧㄠˇ ㄩˋ 〈書〉曉示（用於上級對下級）：明白曉諭｜曉諭百姓。

謏（谀） xiǎo ㄒㄧㄠˇ 〈書〉小：謏才｜謏聞（小有名聲）。

xiào （ㄒㄧㄠˋ）

孝 xiào ㄒㄧㄠˋ ❶孝順：孝子｜盡孝。❷舊時尊長死後在一定時期內遵守的禮俗：守孝。❸喪服：穿孝｜帶孝。❹（Xiào）姓。

【孝道】xiàodào ㄒㄧㄠˋ ㄉㄠˋ 指奉養父母的準則：盡孝道。

【孝服】xiàofú ㄒㄧㄠˋ ㄈㄨˊ ❶孝衣。❷舊時指為尊長服喪的時期：孝服已滿。

【孝敬】xiàojìng ㄒㄧㄠˋ ㄐㄧㄥˋ ❶孝順尊敬（長輩）：孝敬公婆。❷把物品獻給尊長，表示敬意：他帶了些南邊的土產來孝敬老奶奶。

【孝幔】xiàomàn ㄒㄧㄠˋ ㄇㄢˋ 靈柩前挂的幔帳。

【孝順】xiàoshùn ㄒㄧㄠˋ ㄕㄨㄣˋ 盡心奉養父母，順從父母的意志：孝順雙親｜他是個孝順的孩子。

【孝心】xiàoxīn ㄒㄧㄠˋ ㄒㄧㄣ 孝順的心意：一片孝心。

【孝衣】xiàoyī ㄒㄧㄠˋ ㄧ 舊俗在死了尊長後的一段時間穿的白色布衣或麻衣。

【孝子】xiàozǐ ㄒㄧㄠˋ ㄗˇ ❶對父母孝順的人。❷父母死後居喪的人。

【孝子賢孫】xiàozǐ xiánsūn ㄒㄧㄠˋ ㄗˇ ㄒㄧㄢˊ ㄙㄨㄣ 孝順的兒子和有德行的孫子。泛指有孝行的子孫後輩（多用於比喻）。

肖 xiào ㄒㄧㄠˋ 相似；像：酷肖｜逼肖｜惟妙惟肖｜寥寥幾筆，神情畢肖。
另見1252頁 Xiāo。

【肖像】xiàoxiàng ㄒㄧㄠˋ ㄒㄧㄤˋ 以某一個人為主體的畫像或相片（多指沒有風景陪襯的大幅相片）。

【肖像畫】xiàoxiànghuà ㄒㄧㄠˋ ㄒㄧㄤˋ ㄏㄨㄚˋ 描繪具體人物形象的畫。

咲 xiào ㄒㄧㄠˋ 〈書〉同'笑'。

校[1] xiào ㄒㄧㄠˋ 學校：校舍｜校址｜母校｜夜校｜全校同學。

校[2] xiào ㄒㄧㄠˋ 校官。
另見581頁 jiào。

【校風】xiàofēng ㄒㄧㄠˋ ㄈㄥ 學校的風氣。

【校服】xiàofú ㄒㄧㄠˋ ㄈㄨˊ 學校規定的統一式樣的學生服裝。

【校官】xiàoguān ㄒㄧㄠˋ ㄍㄨㄢ 校級軍官，低於將官，高於尉官。

【校規】xiàoguī ㄒㄧㄠˋ ㄍㄨㄟ 學校制定的學生必須遵守的規則。

【校花】xiàohuā ㄒㄧㄠˋ ㄏㄨㄚ 舊時指被本校公認的最漂亮的女學生（多指大學生）。

【校徽】xiàohuī ㄒㄧㄠˋ ㄏㄨㄟ 學校成員佩帶在胸前的標明校名的徽章。

【校刊】xiàokān ㄒㄧㄠˋ ㄎㄢ 學校出版的刊物，內容包括本校各種情況的報道和本校師生所寫的文章。

【校慶】xiàoqìng ㄒㄧㄠˋ ㄑㄧㄥˋ 學校的成立紀念日。

【校舍】xiàoshè ㄒㄧㄠˋ ㄕㄜˋ 學校的房子。

【校訓】xiàoxùn ㄒㄧㄠˋ ㄒㄩㄣˋ 學校規定的對學生有指導意義的詞語：抗大的校訓是團結、緊張、嚴肅、活潑。

【校友】xiàoyǒu ㄒㄧㄠˋ ㄧㄡˇ 學校的師生稱在本校畢業的人，有時也包括曾在本校任教職員的人：校友會。

【校園】xiàoyuán ㄒㄧㄠˋ ㄩㄢˊ 泛指學校範圍內的地面。

【校長】xiàozhǎng ㄒㄧㄠˋ ㄓㄤˇ 一所學校裏行政、業務方面的最高領導人。

哮 xiào ㄒㄧㄠˋ ❶急促喘氣的聲音：哮喘。❷吼叫：咆哮。

【哮喘】xiàochuǎn ㄒㄧㄠˋ ㄔㄨㄢˇ 氣喘。

笑 xiào ㄒㄧㄠˋ ❶露出愉快的表情，發出歡喜的聲音：笑容｜微笑｜眉開眼笑｜哈哈大笑。❷譏笑：恥笑｜見笑。

【笑柄】xiàobǐng ㄒㄧㄠˋ ㄅㄧㄥˇ 可以拿來取笑的資料：傳為笑柄。

【笑場】xiàochǎng ㄒㄧㄠˋ ㄔㄤˇ 指演員在場上表演時失笑。

【笑哈哈】xiàohāhā ㄒㄧㄠˋ ㄏㄚ ㄏㄚ 形容笑的樣子。

【笑呵呵】xiàohēhē ㄒㄧㄠˋ ㄏㄜ ㄏㄜ (笑呵呵的) 形容笑的樣子：日子越過越好，老人成天笑呵呵的。

【笑話】xiào·hua ㄒㄧㄠˋ ·ㄏㄨㄚ ❶(笑話兒)能引人發笑的談話或故事；供人當做笑料的事情：他很會説笑話｜我不懂上海話，初到上海時淨鬧笑話。❷恥笑；譏笑：笑話人｜當場出醜，讓人笑話。

【笑劇】xiàojù ㄒㄧㄠˋ ㄐㄩˋ 鬧劇。

【笑噱】xiàojué ㄒㄧㄠˋ ㄐㄩㄝˊ 〈書〉大笑；笑。

【笑裏藏刀】xiào lǐ cáng dāo ㄒㄧㄠˋ ㄌㄧˇ ㄘㄤˊ ㄉㄠ 比喻外表和氣，心裏陰險狠毒。

【笑臉】xiàoliǎn ㄒㄧㄠˋ ㄌㄧㄢˇ (笑臉兒)含笑的面容：賠笑臉｜笑臉相迎。

【笑料】xiàoliào ㄒㄧㄠˋ ㄌㄧㄠˋ 可以拿來取笑的資料：不要把人家的生理缺陷當做笑料。

【笑咧咧】xiàoliēliē ㄒㄧㄠˋ ㄌㄧㄝ ㄌㄧㄝ (笑咧咧的)形容微笑時嘴角向兩邊伸展的樣子。

【笑罵】xiàomà ㄒㄧㄠˋ ㄇㄚˋ ❶譏笑並辱罵：笑罵由他笑罵，好官我自為之(譏諷官僚不顧廉恥)。❷開玩笑地罵。

【笑貌】xiàomào ㄒㄧㄠˋ ㄇㄠˋ 含笑的面容：老人去世多年了，他的音容笑貌至今猶在眼前。

【笑眯眯】xiàomīmī ㄒㄧㄠˋ ㄇㄧ ㄇㄧ (笑眯眯的)形容微笑時眼皮微微合攏的樣子：奶奶笑眯眯地看孫子的立功喜報。

【笑面虎】xiàomiànhǔ ㄒㄧㄠˋ ㄇㄧㄢˋ ㄏㄨˇ 比喻外貌裝得善良而心地兇狠的人。

【笑納】xiàonà ㄒㄧㄠˋ ㄋㄚˋ 客套話，用於請人收下禮物。

【笑容】xiàoróng ㄒㄧㄠˋ ㄖㄨㄥˊ 含笑的神情：滿面笑容。

【笑談】xiàotán ㄒㄧㄠˋ ㄊㄢˊ ❶笑柄：傳為笑談。❷笑話①。

【笑紋】xiàowén ㄒㄧㄠˋ ㄨㄣˊ 高興時臉上顯出的紋路：老人家喜不自禁，一臉笑紋。

【笑渦】xiàowō ㄒㄧㄠˋ ㄨㄛ 同'笑窩'。

【笑窩】xiàowō ㄒㄧㄠˋ ㄨㄛ (笑窩兒)酒窩兒。也作笑渦。

【笑嘻嘻】xiàoxīxī ㄒㄧㄠˋ ㄒㄧ ㄒㄧ (笑嘻嘻的)形容微笑的樣子。

【笑星】xiàoxīng ㄒㄧㄠˋ ㄒㄧㄥ 稱著名的相聲演員、滑稽演員、喜劇演員等。

【笑顏】xiàoyán ㄒㄧㄠˋ ㄧㄢˊ 笑容：笑顏常開。

【笑靨】xiàoyè ㄒㄧㄠˋ ㄧㄝˋ 〈書〉❶酒窩兒。❷笑臉。

【笑吟吟】xiàoyínyín ㄒㄧㄠˋ ㄧㄣ ㄧㄣ (笑吟吟的)形容微笑的樣子。

【笑影】xiàoyǐng ㄒㄧㄠˋ ㄧㄥˇ 微笑的神情。

【笑語】xiàoyǔ ㄒㄧㄠˋ ㄩˇ 指談笑：歡聲笑語。

【笑逐顏開】xiào zhú yán kāi ㄒㄧㄠˋ ㄓㄨˊ ㄧㄢˊ ㄎㄞ 眉開眼笑。

效[1] xiào ㄒㄧㄠˋ 效果；功用：功效｜成效｜無效｜見效。

效[2] **(傚)** xiào ㄒㄧㄠˋ 仿效：效法｜上行下效。

效[3] **(効)** xiào ㄒㄧㄠˋ 為別人或集團獻出(力量或生命)：效力｜效勞｜效命。

【效法】xiàofǎ ㄒㄧㄠˋ ㄈㄚˇ 照着別人的做法去做；學習(別人的長處)：效法前賢｜這種勇於承認錯誤的精神值得效法。

【效仿】xiàofǎng ㄒㄧㄠˋ ㄈㄤˇ 仿效；效法。

【效果】xiàoguǒ ㄒㄧㄠˋ ㄍㄨㄛˇ ❶由某種力量、做法或因素產生的結果(多指好的)：教學效果｜效果顯著。❷指演出時人工製造的風雨聲、槍炮聲(稱音響效果)和日出、下雪(稱光影效果)等。

【效勞】xiào//láo ㄒㄧㄠˋ//ㄌㄠˊ 出力服務：為國效勞。

【效力】xiào//lì ㄒㄧㄠˋ//ㄌㄧˋ 效勞：為教育事業效力。

【效力】xiàolì ㄒㄧㄠˋ ㄌㄧˋ 事物所產生的有利的作用：藥的效力很大｜你的勸告對他沒有效力。

【效率】xiàolǜ ㄒㄧㄠˋ ㄌㄩˋ ❶機械、電器等工作時，有用功在總功中所佔的百分比。❷單位時間內完成的工作量：工作效率｜用機耕比用畜耕效率高得多。

【效命】xiàomìng ㄒㄧㄠˋ ㄇㄧㄥˋ 奮不顧身地出力服務：效命疆場。

【效能】xiàonéng ㄒㄧㄠˋ ㄋㄥˊ 事物所蘊藏的有利的作用：充分發揮水利和肥料的效能。

【效顰】xiàopín ㄒㄧㄠˋ ㄆㄧㄣˊ 見274頁〖東施效顰〗。

【效死】xiàosǐ ㄒㄧㄠˋ ㄙˇ 盡力並且不惜犧牲生命。

【效驗】xiàoyàn ㄒㄧㄠˋ ㄧㄢˋ 方法、藥劑等的如所預期的效果：藥吃下去，還沒見效驗。

【效益】xiàoyì ㄒㄧㄠˋ ㄧˋ 效果和利益：社會效益｜經濟效益｜充分發揮水庫的效益。

【效益工資】xiàoyì gōngzī ㄒㄧㄠˋ ㄧˋ ㄍㄨㄥ ㄗ 職工基本工資以外，隨企業、單位經濟效益和本人工作成績而浮動的那一部分工資。

【效應】xiàoyìng ㄒㄧㄠˋ ㄧㄥˋ ❶物理的或化學的作用所產生的效果，如光電效應、熱效應、化學效應等。❷泛指某個人物的言行或某種事物的發生、發展在社會上所引起的反應和效果：明星效應。

【效應器】xiàoyìngqì ㄒㄧㄠˋ ㄧㄥˋ ㄑㄧˋ 接受傳出神經的支配，完成反射活動的組織或器官，例如肌肉、腺體等。

【效用】xiàoyòng ㄒㄧㄠˋ ㄩㄥˋ 效力和作用：發揮效用｜效用持久。

【效尤】xiàoyóu ㄒㄧㄠˋ ㄧㄡˊ 明知別人的行為是錯誤的而照樣去做：以儆效尤。

【效忠】xiàozhōng ㄒㄧㄠˋ ㄓㄨㄥ 全心全意地出力：效忠於祖國。

嘯（嘨、歗） xiào ㄒㄧㄠˋ ❶（人）撮口發出長而清脆的聲音；打口哨：登高長嘯。❷（禽獸）拉長聲音叫：虎嘯｜鳥嘯。❸自然界發出某種聲響：風嘯｜海水的嘯聲。❹形容飛機、子彈等飛過的聲音：槍彈的嘯聲｜飛機尖嘯着飛過頂空。

【嘯傲】xiào'ào ㄒㄧㄠˋ ㄠˋ 〈書〉指逍遙自在，不受禮俗拘束（多指隱士生活）：嘯傲林泉。

【嘯聚】xiàojù ㄒㄧㄠˋ ㄐㄩˋ 〈書〉互相招呼着聚合起來：嘯聚山林。

【嘯鳴】xiàomíng ㄒㄧㄠˋ ㄇㄧㄥˊ ❶呼嘯：北風嘯鳴。❷高而長的聲音：遠處傳來汽笛的嘯鳴。

斅（敩） xiào ㄒㄧㄠˋ 〈書〉教導。另見1300頁 xué。

xiē （ㄒㄧㄝ）

些 xiē ㄒㄧㄝ ❶表示不定的數量；一些：有些｜這些｜那麼些｜前些日子｜買些東西。❷放在形容詞後，表示略微的意思：稍大些｜更好些｜簡單些。

【些個】xiē·ge ㄒㄧㄝ ·ㄍㄜ 一些：這些個｜那些個｜吃些個東西｜他是弟弟，你應該讓他些個。

【些微】xiēwēi ㄒㄧㄝ ㄨㄟ ❶一點兒：一陣秋風吹來，感到些微的涼意。❷略微：肚子些微有點兒痛｜字些微大一點兒就好了。

【些小】xiēxiǎo ㄒㄧㄝ ㄒㄧㄠˇ ❶一點兒：些小感慨。❷細微；小：些小之事。

【些須】xiēxū ㄒㄧㄝ ㄒㄩ 些許（多見於早期白話）：些須識得幾字。

【些許】xiēxǔ ㄒㄧㄝ ㄒㄩˇ 一點兒；少許：些許小利。

【些子】xiēzǐ ㄒㄧㄝ ㄗˇ 〈方〉一點兒；些須。

揳 xiē ㄒㄧㄝ 把楔子、釘子等捶打到物體裏面：榫子縫兒裏揳上個楔子｜牆上揳個釘子｜往地裏揳根橛子。

楔 xiē ㄒㄧㄝ ❶（楔兒）楔子①②。❷同'揳'。

【楔形文字】xiēxíng wénzì ㄒㄧㄝ ㄒㄧㄥˊ ㄨㄣˊ ㄗˋ 公元前三千多年美索不達米亞南部蘇馬連人創造的文字，筆劃像楔子，古代巴比倫人、亞述人、波斯人等都曾使用這種文字。

【楔子】xiē·zi ㄒㄧㄝ ·ㄗ ❶插在木器的榫子縫裏的木片，可以使接榫的地方不活動。❷釘在牆上挂東西用的木釘或竹釘。❸雜劇裏加在第一折前頭或插在兩折之間的片段；近代小說加在正文前面的片段。

歇 xiē ㄒㄧㄝ ❶休息：歇禮拜｜幹累了就歇一會兒。❷停止：歇工｜歇業。❸〈方〉睡。❹〈方〉很短的一段時間；一會兒：過了一歇。

【歇鞍】xiē//ān ㄒㄧㄝ//ㄢ 〈方〉歇工；休息。

【歇班】xiē//bān ㄒㄧㄝ//ㄅㄢ （歇班兒）按照規定不上班（多用於輪班工作的人）。

【歇頂】xiē//dǐng ㄒㄧㄝ//ㄉㄧㄥˇ 成年人因為患某種病或者隨着年齡的增長，頭頂的頭髮逐漸脫落。

【歇乏】xiē//fá ㄒㄧㄝ//ㄈㄚˊ 勞動之後休息，解除疲勞：下了工，老漢盤着腿兒坐在炕上歇乏。

【歇伏】xiē//fú ㄒㄧㄝ//ㄈㄨˊ 在伏天停工休息。

【歇工】xiē//gōng ㄒㄧㄝ//ㄍㄨㄥ ❶停工休息。❷（企業）停業；工程中止。

【歇後語】xiēhòuyǔ ㄒㄧㄝ ㄏㄡˋ ㄩˇ 由兩個部分組成的一句話，前一部分像謎面，後一部分像謎底，通常只說前一部分，而本意在後一部分。如'泥菩薩過江——自身難保'，'外甥點燈籠——照舊（舅）'。

【歇肩】xiē//jiān ㄒㄧㄝ//ㄐㄧㄢ 卸下擔子暫時休息。

【歇腳】xiē//jiǎo ㄒㄧㄝ//ㄐㄧㄠˇ 走路疲乏時停下休息：歇會兒腳再走。也說歇腿。

【歇涼】xiē//liáng ㄒㄧㄝ//ㄌㄧㄤˊ 乘涼：夏天的傍晚，人們都喜歡到湖邊歇涼。

【歇氣】xiē//qì ㄒㄧㄝ//ㄑㄧˋ 停止下來，休息一段時間：她說起話來跟連珠炮似的不歇氣。

【歇晌】xiē//shǎng ㄒㄧㄝ//ㄕㄤˇ 午飯後休息（多指午睡）。

【歇手】xiē//shǒu ㄒㄧㄝ//ㄕㄡˇ 停止正在做的事情：先歇手吃飯，下午再幹。

【歇斯底里】xiēsīdǐlǐ ㄒㄧㄝ ㄙ ㄉㄧˇ ㄌㄧˇ ❶癔病。❷形容情緒異常激動，舉止失常。[英 hysteria]

【歇宿】xiēsù ㄒㄧㄝ ㄙㄨˋ 住宿：天色晚了，就在一家小客店裏歇宿。

【歇腿】xiē//tuǐ ㄒㄧㄝ//ㄊㄨㄟˇ （歇腿兒）歇腳。

【歇息】xiē·xi ㄒㄧㄝ ·ㄒㄧ ❶休息：病剛好，還是歇息幾天吧。❷住宿；睡覺：洗過澡就上牀歇息了。

【歇夏】xiē//xià ㄒㄧㄝ//ㄒㄧㄚˋ 歇伏。

【歇閑】xiēxián ㄒㄧㄝ ㄒㄧㄢˊ 〈方〉停止行動而休息：他一天到晚不歇閑。

【歇心】xiē//xīn ㄒㄧㄝ//ㄒㄧㄣ ❶心情安閑；不操心：孩子都已長大成人，老人家可以歇心了。❷斷了念頭；死心：幾次碰壁，他還是不肯歇心，仍在找門路。

【歇業】xiē//yè ㄒㄧㄝ//ㄧㄝˋ 不再繼續營業：關門

歇業。

【歇陰】xiē∥yīn ㄒㄧㄝ∥ㄧㄣ 〈方〉熱天在陰涼的地方休息。

【歇枝】xiē∥zhī ㄒㄧㄝ∥ㄓ 果樹在大量結果的次年或以後幾年內，結果很少，甚至不結果。

蝎(蠍) xiē ㄒㄧㄝ 蝎子。

【蝎虎】xiēhǔ ㄒㄧㄝ ㄏㄨˇ 壁虎。也叫蝎虎子。

【蝎子】xiē·zi ㄒㄧㄝ·ㄗ 節肢動物，身體多為黃褐色，口部兩側有一對螯，胸部有四對腳，前腹部較粗，後腹部細長，末端有毒鈎，用來禦敵或捕食。胎生。以蜘蛛、昆蟲等為食物。可入藥。

xié (ㄒㄧㄝˊ)

叶 xié ㄒㄧㄝˊ 和洽；相合：叶韻。
另見1336頁 yè'葉'。

邪 xié ㄒㄧㄝˊ ❶不正當：邪説｜改邪歸正。❷不正常：邪門兒｜邪勁兒。❸中醫指引起疾病的環境因素：風邪｜寒邪。❹迷信的人指鬼神給與的災禍：驅邪。
另見1334頁 yé。

【邪財】xiécái ㄒㄧㄝˊ ㄘㄞˊ 〈方〉來路不正當的財物；橫財。

【邪道】xiédào ㄒㄧㄝˊ ㄉㄠˋ (邪道兒)不正當的生活道路：走邪道。

【邪惡】xié'è ㄒㄧㄝˊ ㄜˋ (性情、行為)不正而且兇惡：邪惡勢力。

【邪乎】xié·hu ㄒㄧㄝˊ·ㄏㄨ 〈方〉❶超出尋常；厲害：這幾天天氣熱得邪乎。❷離奇；玄乎：這事沒甚麼，你別説得那麼邪乎。

【邪路】xiélù ㄒㄧㄝˊ ㄌㄨˋ 邪道。

【邪門兒】xiéménr ㄒㄧㄝˊ ㄇㄣˊㄦ 〈方〉不正常；反常：這裏天氣也真邪門兒，一會兒冷一會兒熱。

【邪門歪道】xié mén wāi dào ㄒㄧㄝˊ ㄇㄣˊ ㄨㄞ ㄉㄠˋ 指不正當的門路或途徑。

【邪魔】xiémó ㄒㄧㄝˊ ㄇㄛˊ 妖魔：邪魔外道。

【邪念】xiéniàn ㄒㄧㄝˊ ㄋㄧㄢˋ 不正當的念頭。

【邪氣】xiéqì ㄒㄧㄝˊ ㄑㄧˋ ❶不正當的風氣或作風：歪風邪氣｜正氣上升，邪氣下降。❷中醫指與人體正氣相抗的多種致病因素及其病理損害。

【邪説】xiéshuō ㄒㄧㄝˊ ㄕㄨㄛ 有嚴重危害性的不正當的議論：闢邪説｜異端邪説。

【邪祟】xiésuì ㄒㄧㄝˊ ㄙㄨㄟˋ 指邪惡而作祟的事物：驅除邪祟｜戰勝邪祟。

【邪心】xiéxīn ㄒㄧㄝˊ ㄒㄧㄣ 邪念。

【邪行】xiéxíng ㄒㄧㄝˊ ㄒㄧㄥˊ 不正當的行為。

【邪行】xié·xing ㄒㄧㄝˊ·ㄒㄧㄥ 〈方〉特殊；特別(多含貶義)：天氣冷得邪行｜他們倆好得邪行。

協(协) xié ㄒㄧㄝˊ ❶調和；和諧：協調｜協和。❷共同：協同｜協力。❸協助：協理｜協辦。

【協辦】xiébàn ㄒㄧㄝˊ ㄅㄢˋ 協助辦理：大獎賽由中央電視台主辦，若干廠礦企業協辦。

【協定】xiédìng ㄒㄧㄝˊ ㄉㄧㄥˋ ❶協商後訂立的共同遵守的條款：停戰協定｜貿易協定。❷經過協商訂立(共同遵守的條款)：雙方協定共同行動綱領。

【協和】xiéhé ㄒㄧㄝˊ ㄏㄜˊ 使協調融洽。

【協會】xiéhuì ㄒㄧㄝˊ ㄏㄨㄟˋ 為促進某種共同事業的發展而組成的群眾團體：作家協會｜中國人民對外友好協會。

【協理】xiélǐ ㄒㄧㄝˊ ㄌㄧˇ ❶協助辦理：協理員｜派員前去協理籌款事宜。❷規模較大的銀行、企業中協助經理主持業務的人，地位僅次於經理。

【協理員】xiélǐyuán ㄒㄧㄝˊ ㄌㄧˇ ㄩㄢˊ 政治協理員的通稱。

【協力】xiélì ㄒㄧㄝˊ ㄌㄧˋ 共同努力：同心協力。

【協商】xiéshāng ㄒㄧㄝˊ ㄕㄤ 共同商量以便取得一致意見：友好協商｜有問題可以協商解決。

【協調】xiétiáo ㄒㄧㄝˊ ㄊㄧㄠˊ ❶配合得適當：色彩協調｜國民經濟各部門的發展必須互相協調。❷使配合得適當：協調產銷關係。

【協同】xiétóng ㄒㄧㄝˊ ㄊㄨㄥˊ 各方互相配合或甲方協助乙方做某件事：協同辦理｜各軍種兵種協同作戰。

【協議】xiéyì ㄒㄧㄝˊ ㄧˋ ❶協商：雙方協議，提高收購價格。❷國家、政黨或團體間經過談判、協商後取得的一致意見：達成協議｜遵守協議｜停戰協議。

【協約】xiéyuē ㄒㄧㄝˊ ㄩㄝ ❶雙方或多方協商簽訂條約：協約國。❷指協商訂立的條約：兩國的協約期滿。

【協約國】xiéyuēguó ㄒㄧㄝˊ ㄩㄝ ㄍㄨㄛˊ 第一次世界大戰時，指最初由英、法、俄等國結成的戰爭集團，隨後有美、日、意等二十五國加入。

【協助】xiézhù ㄒㄧㄝˊ ㄓㄨˋ 幫助；輔助：從旁協助。

【協奏曲】xiézòuqǔ ㄒㄧㄝˊ ㄗㄡˋ ㄑㄩˇ 指由一個獨奏者(奏小提琴、鋼琴等)和一個管弦樂隊合作演奏的大型器樂曲，一般由三個樂章組成。

【協作】xiézuò ㄒㄧㄝˊ ㄗㄨㄛˋ 若干人或若干單位互相配合來完成任務：雙方密切協作。

挾(挟) xié ㄒㄧㄝˊ ❶用胳膊夾住：挾泰山以超北海(比喻做根本辦不到的事)。❷挾制：要挾｜挾天子以令諸侯。❸心裏懷着(怨恨等)：挾嫌｜挾恨｜挾仇陷害。
另見549頁 jiā'夾'。

【挾持】xiéchí ㄒㄧㄝˊ ㄔˊ ❶從兩旁抓住或架住被捉住的人(多指壞人捉住好人)。❷用威力強迫對方服從。

【挾嫌】xiéxián ㄒㄧㄝˊ ㄒㄧㄢˊ 〈書〉懷恨：挾嫌報復。

【挾制】xiézhì ㄒㄧㄝˊ ㄓˋ 倚仗勢力或抓住別人的弱點，強使服從：挾制人｜受人挾制。

脅(脇、脇) xié ㄒㄧㄝˊ ❶從腋下到腰上的部分：兩脅。❷脅迫：威脅｜裹脅｜脅從。

【脅持】xiéchí ㄒㄧㄝˊ ㄔˊ 挾持。

【脅從】xiécóng ㄒㄧㄝˊ ㄘㄨㄥˊ 被脅迫而隨別人做壞事：脅從分子。

【脅肩諂笑】xié jiān chǎn xiào ㄒㄧㄝˊ ㄐㄧㄢ ㄔㄢˇ ㄒㄧㄠˋ 聳起肩膀，裝出笑臉。形容諂媚的醜態。

【脅迫】xiépò ㄒㄧㄝˊ ㄆㄛˋ 威脅強迫。

偕 xié ㄒㄧㄝˊ 一同：偕行｜相偕出遊｜不日將偕夫人抵京。

【偕老】xiélǎo ㄒㄧㄝˊ ㄌㄠˇ 夫妻共同生活到老：白頭偕老｜百年偕老。

【偕同】xiétóng ㄒㄧㄝˊ ㄊㄨㄥˊ 跟別人一起(到某處去)：偕同前往。

斜 xié ㄒㄧㄝˊ 跟平面或直綫既不平行也不垂直的：傾斜｜斜綫｜斜着身子坐下。

【斜暉】xiéhuī ㄒㄧㄝˊ ㄏㄨㄟ 〈書〉傍晚的日光；斜陽。

【斜楞】xié·leng ㄒㄧㄝˊ ·ㄌㄥ 歪斜；向一邊斜：斜楞眼｜身子一斜楞就栽倒在地上。

【斜路】xiélù ㄒㄧㄝˊ ㄌㄨˋ 比喻錯誤的道路或途徑。

【斜率】xiélǜ ㄒㄧㄝˊ ㄌㄩˋ 一條直綫與水平綫相交的傾斜程度，用交角的正切來表示。

【斜面】xiémiàn ㄒㄧㄝˊ ㄇㄧㄢˋ 簡單機械，是一個傾斜的平面。物體沿斜面向上移動較豎直升高省力。螺旋和劈都是斜面的變形。

【斜坡】xiépō ㄒㄧㄝˊ ㄆㄛ 高度逐漸降低的地面。

【斜射】xiéshè ㄒㄧㄝˊ ㄕㄜˋ 光綫不垂直地照射到物體上：地球的兩極地方只能受到斜射的日光。

【斜視】xiéshì ㄒㄧㄝˊ ㄕˋ ❶眼病，由眼球位置異常、眼球肌肉麻痹等引起。當一隻眼睛注視目標時，另一隻眼睛的視綫偏斜在目標的一邊。也叫斜眼。❷斜着眼看：目不斜視。

【斜紋】xiéwén ㄒㄧㄝˊ ㄨㄣˊ ❶一根經紗和兩根緯紗交錯着織成的紋路，因為交織點相錯，看上去是斜的。❷(斜紋兒)斜紋布。

【斜紋布】xiéwénbù ㄒㄧㄝˊ ㄨㄣˊ ㄅㄨˋ 一種棉織品，正面現出明顯的斜紋，是普通的衣料。

【斜象眼兒】xié·xiangyǎnr ㄒㄧㄝˊ ·ㄒㄧㄤ ㄧㄢˇㄦ 〈方〉菱形。

【斜眼】xiéyǎn ㄒㄧㄝˊ ㄧㄢˇ ❶斜視①。❷(斜眼兒)患斜視的眼睛。❸(斜眼兒)患斜視的人。

【斜陽】xiéyáng ㄒㄧㄝˊ ㄧㄤˊ 傍晚時西斜的太陽。

絜 xié ㄒㄧㄝˊ 〈書〉❶量度物體周圍的長度。❷泛指衡量。

另見587頁 jié。

斜 xié ㄒㄧㄝˊ 麥斜(Màixié ㄇㄞˋ ㄒㄧㄝˊ)，地名，在江西。

頡(颉) xié ㄒㄧㄝˊ ❶〈書〉鳥往上飛。❷(Xié)姓。

另見590頁 jié。

【頡頏】xiéháng ㄒㄧㄝˊ ㄏㄤˊ 〈書〉❶鳥上下飛。❷泛指不相上下，相抗衡。

鞋 xié ㄒㄧㄝˊ 穿在腳上、走路時着地的東西，沒有高筒：棉鞋｜皮鞋｜拖鞋｜涼鞋｜旅遊鞋｜一雙鞋。

【鞋拔子】xiébá·zi ㄒㄧㄝˊ ㄅㄚˊ ·ㄗ 穿鞋用具，穿較緊的鞋時，放在鞋後跟裏往上提，使鞋易於穿上。

【鞋幫】xiébāng ㄒㄧㄝˊ ㄅㄤ (鞋幫兒)鞋的鞋底以外的部分，有時只指鞋的兩側面。

【鞋底】xiédǐ ㄒㄧㄝˊ ㄉㄧˇ (鞋底兒)鞋的着地部分。也叫鞋底子。

【鞋粉】xiéfěn ㄒㄧㄝˊ ㄈㄣˇ 擦鞋面用的粉。

【鞋匠】xié·jiang ㄒㄧㄝˊ ·ㄐㄧㄤ 以做鞋或修鞋為業的小手工業者。

【鞋臉】xiéliǎn ㄒㄧㄝˊ ㄌㄧㄢˇ (鞋臉兒)鞋幫的上部和前部。

【鞋油】xiéyóu ㄒㄧㄝˊ ㄧㄡˊ 擦在皮鞋或其他皮革製品上面使發光澤並起保護作用的蠟狀物。

【鞋子】xié·zi ㄒㄧㄝˊ ·ㄗ 鞋。

勰 xié ㄒㄧㄝˊ 〈書〉協和。多用於人名。

諧(谐) xié ㄒㄧㄝˊ ❶和諧：諧音｜諧調。❷(事情)商量好；辦妥(多指跟別人打交道的事情)：事諧之後，即可動身。❸詼諧：諧謔｜諧戲｜亦莊亦諧。

【諧和】xiéhé ㄒㄧㄝˊ ㄏㄜˊ 和諧：合奏諧和。

【諧劇】xiéjù ㄒㄧㄝˊ ㄐㄩˋ 一種介於曲藝與戲劇之間的藝術形式，流行於四川，由一人扮演角色，內容多風趣幽默。

【諧美】xiéměi ㄒㄧㄝˊ ㄇㄟˇ (言辭等)諧和優美。

【諧聲】xiéshēng ㄒㄧㄝˊ ㄕㄥ 見1280頁〖形聲〗。

【諧調】xiétiáo ㄒㄧㄝˊ ㄊㄧㄠˊ 和諧，協調：色彩諧調｜遊覽區周圍的建築物要跟名勝古迹諧調。

【諧戲】xiéxì ㄒㄧㄝˊ ㄒㄧˋ 〈書〉用詼諧的話開玩笑。

【諧謔】xiéxuè ㄒㄧㄝˊ ㄒㄩㄝˋ (語言)滑稽而略帶戲弄。

【諧音】xiéyīn ㄒㄧㄝˊ ㄧㄣ 字詞的音相同或相近。

【諧振】xiézhèn ㄒㄧㄝˊ ㄓㄣˋ 無綫電接收機中調諧回路的振盪頻率與無綫電發射台的振蕩頻率相同時，接收機就可以收到發射台的無綫電波，這種現象叫做諧振。

鮭(鲑) xié ㄒㄧㄝˊ 古書上指魚類的菜肴。
另見430頁 guī。

擷(撷) xié ㄒㄧㄝˊ 〈書〉❶摘下；取下：採擷。❷同'襭'。

鞵 xié ㄒㄧㄝˊ 〈書〉同'鞋'。

襭(𫌀) xié ㄒㄧㄝˊ 〈書〉用衣襟兜東西。

攜(携、擕) xié ㄒㄧㄝˊ ❶攜帶：攜酒｜攜杖｜攜眷｜攜侶｜扶老攜幼。❷拉着(手)：攜手。

【攜帶】xiédài ㄒㄧㄝˊ ㄉㄞˋ ❶隨身帶着：攜帶家眷｜攜帶行李。❷提攜：多承攜帶。

【攜貳】xié'èr ㄒㄧㄝˊ ㄦˋ 〈書〉有二心；離心①(攜：背叛)：士卒攜貳。

【攜手】xié∥shǒu ㄒㄧㄝˊ∥ㄕㄡˇ ❶手拉着手：攜手並肩｜攜手同遊。❷比喻共同做某事：攜手合作。

纈(缬) xié ㄒㄧㄝˊ 〈書〉有花紋的絲織品。

xiě (ㄒㄧㄝˇ)

血 xiě ㄒㄧㄝˇ 義同'血'(xuè)：流了一點血｜吐了兩口血。
另見1301頁 xuè。

【血糊糊】xiěhūhū ㄒㄧㄝˇ ㄏㄨ ㄏㄨ (血糊糊的)形容流出的鮮血附着皮肉或物體的樣子：血糊糊的傷口｜地上血糊糊的一片。

【血淋淋】xiělīnlīn ㄒㄧㄝˇ ㄌㄧㄣ ㄌㄧㄣ (血淋淋的)❶形容鮮血不斷地流的樣子。❷比喻嚴酷或慘酷：血淋淋的事實｜血淋淋的教訓。

【血暈】xiěyùn ㄒㄧㄝˇ ㄩㄣˋ 受傷後皮膚未破，呈紅紫色。
另見1302頁 xuèyùn。

寫(写) xiě ㄒㄧㄝˇ ❶用筆在紙上或其他東西上做字：寫草字｜寫對聯。❷寫作：寫詩｜寫文章。❸描寫：抒寫｜寫景｜寫實。❹繪畫：寫生｜寫真。
另見1267頁 xiè。

【寫本】xiěběn ㄒㄧㄝˇ ㄅㄣˇ 抄本。

【寫法】xiěfǎ ㄒㄧㄝˇ ㄈㄚˇ ❶寫作的方法。❷書寫文字的方法。

【寫景】xiějǐng ㄒㄧㄝˇ ㄐㄧㄥˇ 描寫景物：這篇散文寫景抒情都有獨到之處。

【寫生】xiěshēng ㄒㄧㄝˇ ㄕㄥ 對着實物或風景繪畫：靜物寫生｜室外寫生。

【寫實】xiěshí ㄒㄧㄝˇ ㄕˊ 真實地描繪事物。

【寫實主義】xiěshí zhǔyì ㄒㄧㄝˇ ㄕˊ ㄓㄨˇ ㄧˋ 現實主義的舊稱。

【寫意】xiěyì ㄒㄧㄝˇ ㄧˋ 國畫的一種畫法，用筆不求工細，注重神態的表現和抒發作者的情趣(區別於'工筆')。
另見1267頁 xièyì。

【寫照】xiězhào ㄒㄧㄝˇ ㄓㄠˋ ❶畫人物的形象：傳神寫照。❷描寫刻畫：'無風三尺土，有雨一街泥'，這就是舊北京街道的真實寫照。

【寫真】xiězhēn ㄒㄧㄝˇ ㄓㄣ ❶畫人像。❷畫的人像。❸對事物的如實描繪。

【寫字枱】xiězìtái ㄒㄧㄝˇ ㄗˋ ㄊㄞˊ 辦公、寫字等用的桌子，一般有幾個抽屜，有的還帶小櫃子。

【寫作】xiězuò ㄒㄧㄝˇ ㄗㄨㄛˋ 寫文章(有時專指文學創作)：寫作技巧｜寫作水平。

xiè (ㄒㄧㄝˋ)

灺(炧) xiè ㄒㄧㄝˋ 〈書〉蠟燭的餘燼。

泄(洩) xiè ㄒㄧㄝˋ ❶液體、氣體排出：排泄｜水泄不通◇氣可鼓而不可泄。❷泄露：泄密｜泄底。❸發泄：泄憤｜泄恨。

【泄底】xiè∥dǐ ㄒㄧㄝˋ∥ㄉㄧˇ 泄露底細。

【泄憤】xiè∥fèn ㄒㄧㄝˋ∥ㄈㄣˋ 發泄內心的憤恨：藉端泄憤。

【泄恨】xiè∥hèn ㄒㄧㄝˋ∥ㄏㄣˋ 泄憤。

【泄洪】xièhóng ㄒㄧㄝˋ ㄏㄨㄥˊ 排泄洪水：開閘泄洪。

【泄勁】xiè∥jìn ㄒㄧㄝˋ∥ㄐㄧㄣˋ (泄勁兒)失去信心和幹勁：努力趕上去，別泄勁。

【泄漏】xièlòu ㄒㄧㄝˋ ㄌㄡˋ ❶(液體、氣體)漏出：管道破裂，石油大量泄漏。❷同'泄露'。

【泄露】xièlòu ㄒㄧㄝˋ ㄌㄡˋ 不應該讓人知道的事情讓人知道了：泄露機密｜泄露風聲。也作泄漏。

【泄密】xiè∥mì ㄒㄧㄝˋ∥ㄇㄧˋ 泄露機密。

【泄氣】xiè∥qì ㄒㄧㄝˋ∥ㄑㄧˋ ❶泄勁：遇到困難也不要悲觀泄氣。❷譏諷低劣或沒有本領：這點小故障排除不了，你也太泄氣了。

【泄殖腔】xièzhíqiāng ㄒㄧㄝˋ ㄓˊ ㄑㄧㄤ 某些魚類、鳥類、兩栖類和爬行動物等的腸道、輸尿管和生殖腺的開口都在一個空腔裏，這個空腔叫做泄殖腔。

契(偰) Xiè ㄒㄧㄝˋ 人名，殷代的祖先，傳說是舜的臣。
另見909頁 qì。

卸〔卸〕 xiè ㄒㄧㄝˋ ❶把運輸的東西從運輸工具上搬下來：卸貨。❷把加在人身上的東西取下來或去掉：卸裝｜卸肩。❸把牲口身上拴的套解開取下來：卸牲口。❹把零件從機械上拆下來：拆卸｜卸螺絲。❺解除；推卸：卸任｜卸責。

【卸包袱】xiè bāo·fu ㄒㄧㄝˋ ㄅㄠ ·ㄈㄨ 比喻去掉拖累自己的事物或解除思想上的負擔。

【卸車】xiè∥chē ㄒㄧㄝˋ∥ㄔㄜ 把運輸的東西從車

上卸下來。

【卸貨】xiè//huò ㄒㄧㄝˋ//ㄏㄨㄛˋ 把貨物從運輸工具上卸下來。

【卸肩】xièjiān ㄒㄧㄝˋ ㄐㄧㄢ 把扛着或挑着的東西放下，比喻推卸責任。也比喻辭去職務。

【卸磨殺驢】xiè mò shā lǘ ㄒㄧㄝˋ ㄇㄛˋ ㄕㄚ ㄌㄩˊ 比喻達到目的以後，就把曾給自己出過力的人除掉。

【卸任】xiè//rèn ㄒㄧㄝˋ//ㄖㄣˋ 指官吏解除職務。

【卸載】xiè//zài ㄒㄧㄝˋ//ㄗㄞˋ 把車、船等上面裝載的貨物卸下來。也作卸儎。

【卸儎】xiè//zài ㄒㄧㄝˋ//ㄗㄞˋ 同'卸載'。

【卸責】xièzé ㄒㄧㄝˋ ㄗㄜˊ 推卸責任：推委卸責。

【卸職】xièzhí ㄒㄧㄝˋ ㄓˊ 卸任。

【卸妝】xiè//zhuāng ㄒㄧㄝˋ//ㄓㄨㄤ 婦女除去身上的裝飾。

【卸裝】xiè//zhuāng ㄒㄧㄝˋ//ㄓㄨㄤ 演員除去化裝時穿戴塗抹的東西。

屑 xiè ㄒㄧㄝˋ ❶碎末：鐵屑｜木屑｜冰屑。❷瑣碎：瑣屑｜屑屑。❸認為值得(做)：不屑一顧。

械 xiè ㄒㄧㄝˋ ❶器械：機械。❷武器：軍械｜繳械｜械鬥。❸〈書〉枷和鐐銬之類的刑具。

【械鬥】xièdòu ㄒㄧㄝˋ ㄉㄡˋ 手持棍棒等打群架。

卨(卨、离) xiè ㄒㄧㄝˋ 用於人名，万俟(Mòqí)卨，宋朝人。

紲(绁、緤、縲) xiè ㄒㄧㄝˋ〈書〉❶繩索：縲紲(léixiè)。❷捆；拴。

猲 xiè ㄒㄧㄝˋ〈書〉短嘴的狗。
另見467頁hè。

渫 xiè ㄒㄧㄝˋ ❶〈書〉除去。❷〈書〉泄；疏通。❸(Xiè)姓。

媟 xiè ㄒㄧㄝˋ〈書〉狎；輕慢：媟瀆(褻瀆)。

塮 xiè ㄒㄧㄝˋ 〈方〉指豬羊等家畜圈裏積的糞便：豬塮｜雞塮。

解1 xiè ㄒㄧㄝˋ 懂得；明白：解不開這個道理。

解2 xiè ㄒㄧㄝˋ 舊時指雜技表演的各種技藝，特指騎在馬上表演的技藝：跑馬賣解。

解3 Xiè ㄒㄧㄝˋ ❶解池，湖名，在山西 。❷姓。
另見590頁jiě；594頁jiè。

【解數】xièshù ㄒㄧㄝˋ ㄕㄨˋ 指武術的架勢。也泛指手段、本事：使盡渾身解數。

榭 xiè ㄒㄧㄝˋ 建築在台上的房屋：水榭｜歌台舞榭。

榍 xiè ㄒㄧㄝˋ［榍石］(xièshí ㄒㄧㄝˋ ㄕˊ) 礦物，成分是$CaTi[SiO_4]O$，楔狀、板狀或粒狀晶體，褐色或綠色，有時也呈紅、黑等色，有光澤。是提煉鈦的原料。

寫(写) xiè ㄒㄧㄝˋ 見下。
另見1266頁xiě。

【寫意】xièyì ㄒㄧㄝˋ ㄧˋ〈方〉舒適。
另見1266頁xiěyì。

屧(屟) xiè ㄒㄧㄝˋ〈書〉木板拖鞋。

薤〔韰〕 xiè ㄒㄧㄝˋ ❶多年生草本植物，地下有鱗莖，葉子細長，花紫色，傘形花序。鱗莖可以吃。❷這種植物的鱗莖。‖也叫藠頭(jiào·tou)。

薢〔薢〕 xiè ㄒㄧㄝˋ 見62頁〖萆薢〗(bì-xiè)。

嶰 xiè ㄒㄧㄝˋ〈書〉山澗：嶰壑｜幽嶰。

獬 xiè ㄒㄧㄝˋ［獬豸］(xièzhì ㄒㄧㄝˋ ㄓˋ)古代傳說中的異獸，能辨曲直，見人爭鬥就用角去頂壞人。

廨 xiè ㄒㄧㄝˋ〈書〉官吏辦事的地方：公廨。

澥1 xiè ㄒㄧㄝˋ ❶(糊狀物、膠狀物)由稠變稀：粥澥了｜糨糊澥了。❷〈方〉加水使糊狀物或膠狀物變稀：糨糊太稠，加上點水澥一澥。

澥2 xiè ㄒㄧㄝˋ 渤澥(Bóxiè ㄅㄛˊ ㄒㄧㄝˋ)，渤海的古稱。

懈 xiè ㄒㄧㄝˋ 鬆懈：懈怠｜堅持不懈。

【懈怠】xièdài ㄒㄧㄝˋ ㄉㄞˋ 鬆懈懶惰：對工作盡心竭力，從不懈怠。

【懈氣】xiè//qì ㄒㄧㄝˋ//ㄑㄧˋ 放鬆幹勁：工作有了點起色，要繼續努力，可不能懈氣。

邂 xiè ㄒㄧㄝˋ［邂逅］(xièhòu ㄒㄧㄝˋ ㄏㄡˋ)〈書〉偶然遇見(久別的親友)：不期邂逅。

謝(谢) xiè ㄒㄧㄝˋ ❶感謝：道謝｜酬謝｜這點兒小事不用謝了。❷認錯；道歉：謝罪｜謝過。❸辭去；拒絕：謝絕｜敬謝不敏。❹(花或葉子)脱落：凋謝｜萎謝。❺(Xiè)姓。

【謝病】xièbìng ㄒㄧㄝˋ ㄅㄧㄥˋ〈書〉推脱有病：謝病辭官。

【謝步】xièbù ㄒㄧㄝˋ ㄅㄨˋ 舊時親友前來拜訪或賀喜、弔喪，事後回拜道謝，叫做謝步。

【謝忱】xièchén ㄒㄧㄝˋ ㄔㄣˊ 感謝的心意：聊表謝忱。

【謝詞】xiècí ㄒㄧㄝˋ ㄘˊ 在儀式上所說的表示感謝的話。也作謝辭。

【謝恩】xiè//ēn ㄒㄧㄝˋ//ㄣ 感謝別人給自己的恩惠(多指臣子對君主)。

【謝絕】xièjué ㄒㄧㄝˋ ㄐㄩㄝˊ 婉辭，拒絕：謝絕參觀｜婉言謝絕。

【謝客】xièkè ㄒㄧㄝˋ ㄎㄜˋ ❶謝絕賓客：閉門謝

客。❷向賓客致謝。

【謝幕】xiè//mù ㄒㄧㄝˋ//ㄇㄨˋ 演出閉幕後觀眾鼓掌時，演員站在台前向觀眾敬禮，答謝觀眾的盛意。

【謝卻】xièquè ㄒㄧㄝˋ ㄑㄩㄝˋ 謝絕：婉言謝卻。

【謝世】xièshì ㄒㄧㄝˋ ㄕˋ 〈書〉去世。

【謝天謝地】xiè tiān xiè dì ㄒㄧㄝˋ ㄊㄧㄢ ㄒㄧㄝˋ ㄉㄧˋ 迷信的人認為處境順利是受到了天地神靈的保祐，因此要感謝天地。現在多用'謝天謝地'表示感激或慶幸：謝天謝地，這場災難總算過去了｜只要他不再來找麻煩，我就謝天謝地了。

【謝帖】xiètiě ㄒㄧㄝˋ ㄊㄧㄝˇ 受人禮物後表示答謝的回帖。

【謝孝】xièxiào ㄒㄧㄝˋ ㄒㄧㄠˋ 舊俗指孝子等向弔唁的親友行禮，特指服滿後拜訪弔唁的親友表示感謝。

【謝謝】xiè·xie ㄒㄧㄝˋ ·ㄒㄧㄝ 對別人的好意表示感謝。

【謝意】xièyì ㄒㄧㄝˋ ㄧˋ 感謝的心意。

【謝罪】xiè//zuì ㄒㄧㄝˋ//ㄗㄨㄟˋ 向人承認錯誤，請求原諒：登門謝罪。

褻（亵） xiè ㄒㄧㄝˋ ❶輕慢：褻瀆｜褻慢。❷淫穢：猥褻｜褻語。

【褻瀆】xièdú ㄒㄧㄝˋ ㄉㄨˊ 〈書〉輕慢；不尊敬：褻瀆神靈。

【褻慢】xièmàn ㄒㄧㄝˋ ㄇㄢˋ 〈書〉輕慢；不莊重：言語褻慢。

燮（燮） xiè ㄒㄧㄝˋ 〈書〉調和：燮理（協調治理）｜調燮。

瀉（泻） xiè ㄒㄧㄝˋ ❶很快地流：流瀉｜傾瀉｜河水奔騰，一瀉千里。❷腹瀉：瀉藥｜上吐下瀉。

【瀉肚】xiè//dù ㄒㄧㄝˋ//ㄉㄨˋ 腹瀉的通稱。

【瀉湖】xièhú ㄒㄧㄝˋ ㄏㄨˊ 潟湖的舊稱。

【瀉藥】xièyào ㄒㄧㄝˋ ㄧㄠˋ 內服後能引起下瀉的藥物。

齘（齘） xiè ㄒㄧㄝˋ 〈書〉❶牙齒相磨。❷參差不密合。

蟹（蠏） xiè ㄒㄧㄝˋ 螃蟹：蟹黃｜蟹粉。

【蟹粉】xièfěn ㄒㄧㄝˋ ㄈㄣˇ 〈方〉用來做菜或餡兒的蟹黃和蟹肉：蟹粉獅子頭。

【蟹黃】xièhuáng ㄒㄧㄝˋ ㄏㄨㄤˊ （蟹黃兒）螃蟹體內的卵巢和消化腺，橘黃色，味鮮美：蟹黃包子。

【蟹獴】xièměng ㄒㄧㄝˋ ㄇㄥˇ 哺乳動物，身體長約一尺，毛灰色、棕色、黑色相間。生活在水邊，能游泳，捕食魚、蟹、蛙等。毛皮珍貴。我國長江下游以南各省有出產。

【蟹青】xièqīng ㄒㄧㄝˋ ㄑㄧㄥ 像螃蟹殼那樣灰而發青的顏色。

瀣 xiè ㄒㄧㄝˋ 見455頁〖沆瀣〗（hàngxiè）。

躞 xiè ㄒㄧㄝˋ ［躞蹀］（xièdié ㄒㄧㄝˋ ㄉㄧㄝˊ）見266頁〖蹀躞〗。

xīn（ㄒㄧㄣ）

心 xīn ㄒㄧㄣ ❶人和高等動物身體內推動血液循環的器官。人的心在胸腔的中部，稍偏左方，呈圓錐形，大小約跟本人的拳頭相等，內部有四個空腔，上部兩個是心房，下部兩個是心室。心房和心室的舒張和收縮推動血液循環全身。也叫心臟。❷通常也指思想的器官和思想、感情等：心思｜心得｜用心｜談心｜一心一意。❸中心；中央的部分：江心｜圓心｜重心｜燈心。❹二十八宿之一。

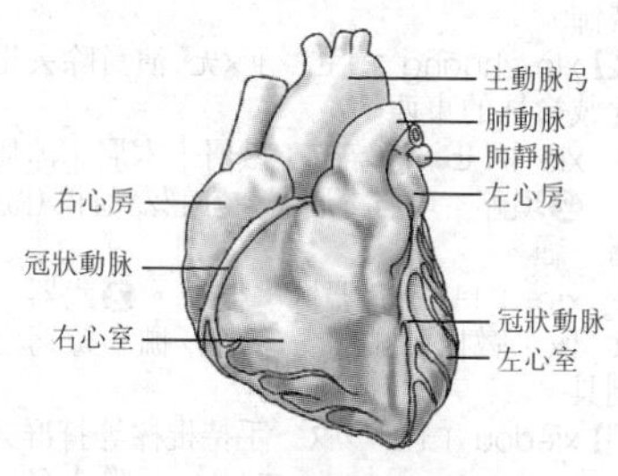

人的心

【心愛】xīn'ài ㄒㄧㄣ ㄞˋ 衷心喜愛：心愛的人｜心愛的禮物。

【心安理得】xīn ān lǐ dé ㄒㄧㄣ ㄢ ㄌㄧˇ ㄉㄜˊ 自信事情做得合理，心裏很坦然。

【心包】xīnbāo ㄒㄧㄣ ㄅㄠ 包在心臟外面的一層薄膜，心包和心臟壁的中間有漿液，能潤滑心肌，使心臟活動時不跟胸腔磨擦而受傷。

【心病】xīnbìng ㄒㄧㄣ ㄅㄧㄥˋ ❶指憂慮或煩悶的心情：心病難醫。❷指隱情或隱痛：一句話正說在她的心病上。

【心不在焉】xīn bù zài yān ㄒㄧㄣ ㄅㄨˋ ㄗㄞˋ ㄧㄢ 心思不在這裏。指思想不集中。

【心材】xīncái ㄒㄧㄣ ㄘㄞˊ 木材的中心，色澤較深，質地最堅硬的部分。

【心裁】xīncái ㄒㄧㄣ ㄘㄞˊ 心中的設計籌劃（指關於詩文、美術、建築等的）：獨出心裁｜別出心裁。

【心腸】xīncháng ㄒㄧㄣ ㄔㄤˊ ❶用心；存心：心腸好｜心腸壞。❷對事物的感情狀態：心腸軟｜心腸硬｜鐵石心腸｜菩薩心腸。❸興致；心思：在車上，他一心想着廠裏的生產問題，沒有心腸去看景色。

【心潮】xīncháo ㄒㄧㄣ ㄔㄠˊ 比喻像潮水一樣起伏的心情：心潮澎湃。

【心馳神往】xīn chí shén wǎng ㄒㄧㄣ ㄔˊ ㄕㄣˊ

ㄨㄤˇ 心神飛到（嚮往的地方）。

【心傳】xīnchuán ㄒㄧㄣ ㄔㄨㄢˊ ❶禪宗指不立文字，不依經卷，惟以師徒心心相印，傳受佛法。❷泛指世世代代相傳的某種學說。

【心慈手軟】xīn cí shǒu ruǎn ㄒㄧㄣ ㄘˊ ㄕㄡˇ ㄖㄨㄢˇ 心地和善，不忍下手（懲治）。

【心膽】xīndǎn ㄒㄧㄣ ㄉㄢˇ ❶指心和膽。❷指意志和膽量。

【心得】xīndé ㄒㄧㄣ ㄉㄜˊ 在工作和學習等活動中體驗或領會到的知識、技術、思想認識等：學習心得｜心得體會。

【心底】xīndǐ ㄒㄧㄣ ㄉㄧˇ ❶內心深處：他的一番話，讓人從心底裏感到親切。❷〈方〉（心底兒）居心；用心：這個人心底好。

【心地】xīndì ㄒㄧㄣ ㄉㄧˋ ❶指人的內心：心地坦白｜心地善良。❷心情；心境：心地輕鬆。

【心電圖】xīndiàntú ㄒㄧㄣ ㄉㄧㄢˋ ㄊㄨˊ 用特別的儀器把心臟收縮和舒張時所產生的電效應放大，在紙上畫出來的波狀條紋的圖形。可以幫助診斷心臟的各種疾病。

【心毒】xīn dú ㄒㄧㄣ ㄉㄨˊ 心腸狠毒：心毒如蛇蠍。

【心煩】xīnfán ㄒㄧㄣ ㄈㄢˊ 心裏煩躁或煩悶：心煩意亂｜這些瑣碎事務叫人心煩。

【心房】xīnfáng ㄒㄧㄣ ㄈㄤˊ ❶心臟內部上面的兩個空腔，在左邊的叫左心房，在右邊的叫右心房。左心房與肺靜脈相連，右心房與上、下腔的靜脈相連。左心房接受從肺部回來的血，右心房接受從全身其他部分回來的血。心房與心室之間有帶瓣膜的通路，心房收縮時血從通路流入心室。（圖見'心'）❷指人的內心：親切的話語暖人心房。

【心扉】xīnfēi ㄒㄧㄣ ㄈㄟ 指人的內心：叩人心扉｜我願意敞開自己的心扉，向她傾訴一切。

【心服】xīn//fú ㄒㄧㄣ//ㄈㄨˊ 衷心信服：心服口服（不但嘴裏服，並且心裏服）。

【心浮】xīn//fú ㄒㄧㄣ//ㄈㄨˊ 心裏浮躁，不塌實：心浮氣躁。

【心腹】xīnfù ㄒㄧㄣ ㄈㄨˋ ❶指親信的（人）：心腹朋友。❷指親信的人：身邊的心腹。❸藏在心裏輕易不對人說的：心腹話｜心腹事。

【心腹之患】xīnfù zhīhuàn ㄒㄧㄣ ㄈㄨˋ ㄓ ㄏㄨㄢˋ 指藏在內部的嚴重禍害。

【心甘】xīngān ㄒㄧㄣ ㄍㄢ 甘心：心甘情願｜為了人民的利益，死也心甘。

【心肝】xīngān ㄒㄧㄣ ㄍㄢ ❶良心；正義感：他不是那種沒心肝的人。❷（心肝兒）稱最親熱最心愛的人（多用於年幼的子女）：心肝寶貝。

【心廣體胖】xīn guǎng tǐ pán ㄒㄧㄣ ㄍㄨㄤˇ ㄊㄧˇ ㄆㄢˊ 心情舒暢，身體健壯。也說心寬體胖。

【心寒】xīn hán ㄒㄧㄣ ㄏㄢˊ 失望而又痛心。

【心黑】xīn hēi ㄒㄧㄣ ㄏㄟ ❶心腸歹毒。❷形容貪心。

【心狠手辣】xīn hěn shǒu là ㄒㄧㄣ ㄏㄣˇ ㄕㄡˇ ㄌㄚˋ 心腸兇狠，手段毒辣。

【心花怒放】xīn huā nù fàng ㄒㄧㄣ ㄏㄨㄚ ㄋㄨˋ ㄈㄤˋ 形容高興極了。

【心懷】xīn huái ㄒㄧㄣ ㄏㄨㄞˊ 心中存有：心懷鬼胎（懷着不可告人的目的）｜心懷叵測（懷着難以窺測的惡意）。

【心懷】xīnhuái ㄒㄧㄣ ㄏㄨㄞˊ ❶心意；心情：抒寫心懷。❷胸懷；胸襟：心懷坦盪｜心懷開闊。

【心慌】xīn huāng ㄒㄧㄣ ㄏㄨㄤ ❶心裏驚慌：心慌意亂。❷〈方〉心悸①：心慌氣緊。

【心慌意亂】xīn huāng yì luàn ㄒㄧㄣ ㄏㄨㄤ ㄧˋ ㄌㄨㄢˋ 形容心神驚慌忙亂。

【心灰意懶】xīn huī yì lǎn ㄒㄧㄣ ㄏㄨㄟ ㄧˋ ㄌㄢˇ 灰心喪氣，意志消沈。也說心灰意冷。

【心火】xīnhuǒ ㄒㄧㄣ ㄏㄨㄛˇ ❶中醫指煩躁、口渴、脈搏快、舌頭痛等症狀。❷心裏的怒氣：強按下心火沒有發作。

【心肌】xīnjī ㄒㄧㄣ ㄐㄧ 構成心臟的肌肉，受交感神經和迷走神經的支配，是不隨意的橫紋肌。心肌的收縮是自動的有節律的。

【心機】xīnjī ㄒㄧㄣ ㄐㄧ 心思；計謀：枉費心機｜她年齡不大，但很有心機。

【心急】xīn jí ㄒㄧㄣ ㄐㄧˊ 心裏急躁；着急：心急如焚。

【心急火燎】xīn jí huǒ liǎo ㄒㄧㄣ ㄐㄧˊ ㄏㄨㄛˇ ㄌㄧㄠˇ 心裏急得像火燒一樣，形容非常着急。也說心急如焚，心急如火。

【心計】xīnjì ㄒㄧㄣ ㄐㄧˋ 計謀；心裏的打算：有心計｜工於心計。

【心迹】xīnjì ㄒㄧㄣ ㄐㄧˋ 內心的真實情況：表明心迹｜剖白心迹。

【心悸】xīnjì ㄒㄧㄣ ㄐㄧˋ ❶由貧血、大出血或植物性神經系統機能失調等引起的心臟跳動加速、加強和節律不齊的症狀。❷〈書〉心裏害怕：令人心悸。

【心尖】xīnjiān ㄒㄧㄣ ㄐㄧㄢ ❶心臟的尖端。❷內心深處；心頭。❸〈方〉（心尖兒）稱最喜愛的人（多指兒女）。也說心尖子。

【心間】xīnjiān ㄒㄧㄣ ㄐㄧㄢ 心上；心裏：進城幾年了，鄉親們的囑託他一直記在心間。

【心焦】xīnjiāo ㄒㄧㄣ ㄐㄧㄠ 由於希望的事情遲遲不實現而煩悶急躁：孩子這麼晚了還沒回家，做父母的能不心焦？

【心勁】xīnjìn ㄒㄧㄣ ㄐㄧㄣˋ （心勁兒）❶想法；念頭：這事正對我的心勁｜上上下下都是一個心勁，搞好教育工作。❷指思考分析問題的能力：大叔是個有膽量有心勁的人。❸興趣；勁頭；精神（jīng·shen）：說到抓科研，他的心勁可足啦！

【心驚膽戰】xīn jīng dǎn zhàn ㄒㄧㄣ ㄐㄧㄥ ㄉㄢˇ ㄓㄢˋ 形容非常害怕。也說膽戰心驚。

【心驚肉跳】xīn jīng ròu tiào ㄒㄧㄣ ㄐㄧㄥ ㄖㄡˋ ㄊㄧㄠˋ 形容擔心禍患臨頭，非常害怕不安。

【心境】xīnjìng ㄒㄧㄣ ㄐㄧㄥˋ 心情(指苦樂)：心境不佳｜心境好，看甚麼都順眼。

【心靜】xīnjìng ㄒㄧㄣ ㄐㄧㄥˋ 心裏平靜。

【心坎】xīnkǎn ㄒㄧㄣ ㄎㄢˇ (心坎兒) ❶心口。❷內心深處：他的話説到我心坎上了。

【心口】xīnkǒu ㄒㄧㄣ ㄎㄡˇ 胸口。

【心口如一】xīn kǒu rú yī ㄒㄧㄣ ㄎㄡˇ ㄖㄨˊ ㄧ 心裏想的和嘴上説的一樣。形容誠實直爽。

【心寬】xīn kuān ㄒㄧㄣ ㄎㄨㄢ 心胸開闊，對不如意的事情想得開。

【心曠神怡】xīn kuàng shén yí ㄒㄧㄣ ㄎㄨㄤˋ ㄕㄣˊ ㄧˊ 心情舒暢，精神愉快。

【心勞日拙】xīn láo rì zhuō ㄒㄧㄣ ㄌㄠˊ ㄖˋ ㄓㄨㄛ 費盡心機，不但沒有得到好處，反而處境越來越糟。

【心理】xīnlǐ ㄒㄧㄣ ㄌㄧˇ ❶人的頭腦反映客觀現實的過程，如感覺、知覺、思維、情緒等。❷泛指人的思想、感情等內心活動：忌妒心理｜工作順利就高興，這是一般人的心理。

【心理學】xīnlǐxué ㄒㄧㄣ ㄌㄧˇ ㄒㄩㄝˊ 研究心理現象客觀規律的科學。心理現象指認識、情感、意志等心理過程和能力、性格等心理特徵。根據不同的研究領域和任務分普通心理學、兒童心理學、教育心理學等。

【心裏】xīn·li ㄒㄧㄣ ·ㄌㄧ ❶胸口內部：心裏發疼。❷思想裏；頭腦裏：記在心裏｜説心裏話。

【心力】xīnlì ㄒㄧㄣ ㄌㄧˋ 心思和勞力：竭盡心力｜心力交瘁(精神和體力都極度疲勞)。

【心靈】xīn líng ㄒㄧㄣ ㄌㄧㄥˊ 心思靈敏：心靈手巧。

【心靈】xīnlíng ㄒㄧㄣ ㄌㄧㄥˊ 指內心、精神、思想等：幼小的心靈｜眼睛是心靈的窗戶。

【心領】xīnlǐng ㄒㄧㄣ ㄌㄧㄥˇ ❶心裏領會：心領神會。❷客套話，用於辭謝別人的饋贈或酒食招待：您的美意，我心領了。

【心領神會】xīn lǐng shén huì ㄒㄧㄣ ㄌㄧㄥˇ ㄕㄣˊ ㄏㄨㄟˋ 不用對方明説，心裏領悟其中的意思。也指深刻地領會。

【心路】xīnlù ㄒㄧㄣ ㄌㄨˋ (心路兒) ❶機智；計謀：鬥心路。❷氣量：心路窄。❸指人的用心、居心：心路不正。❹心思：這話正對他的心路。

【心律】xīnlǜ ㄒㄧㄣ ㄌㄩˋ 心臟跳動的節律：心律不齊。

【心率】xīnlǜ ㄒㄧㄣ ㄌㄩˋ 心臟搏動的頻率。正常成年人在平靜時心臟每分鐘跳動 70－75 次。

【心滿意足】xīn mǎn yì zú ㄒㄧㄣ ㄇㄢˇ ㄧˋ ㄗㄨˊ 非常滿足。

【心明眼亮】xīn míng yǎn liàng ㄒㄧㄣ ㄇㄧㄥˊ ㄧㄢˇ ㄌㄧㄤˋ 心裏明白，眼睛雪亮。形容洞察事物，明辨是非。

【心目】xīnmù ㄒㄧㄣ ㄇㄨˋ ❶指內心或視覺方面的感受：猶在心目｜以娛心目。❷指想法和看法：在他的心目中國家的利益高於一切。

【心平氣和】xīn píng qì hé ㄒㄧㄣ ㄆㄧㄥˊ ㄑㄧˋ ㄏㄜˊ 心裏平和，不急躁，不生氣。

【心魄】xīnpò ㄒㄧㄣ ㄆㄛˋ 心靈(xīnlíng)：動人心魄。

【心氣】xīnqì ㄒㄧㄣ ㄑㄧˋ (心氣兒) ❶用心；想法：心氣相通。❷志氣：心氣高，幹勁大。❸心情：心氣不順。❹氣量：他的心氣窄，説不通。

【心竅】xīnqiào ㄒㄧㄣ ㄑㄧㄠˋ 指認識和思維的能力(古人以為心臟有竅，能運思，所以這樣説)：財迷心竅｜一席話真是開人心竅。

【心切】xīnqiè ㄒㄧㄣ ㄑㄧㄝˋ 心情急迫：求勝心切。

【心情】xīnqíng ㄒㄧㄣ ㄑㄧㄥˊ 感情狀態：心情舒暢｜悲傷的心情。

【心曲】xīnqū ㄒㄧㄣ ㄑㄩ ❶內心①：亂我心曲。❷心事：暢敍心曲。

【心軟】xīn ruǎn ㄒㄧㄣ ㄖㄨㄢˇ 容易被外界事物感動而生憐憫或同情：她這個人就是心軟，見不得人家傷心落淚。

【心上人】xīnshàngrén ㄒㄧㄣ ㄕㄤˋ ㄖㄣˊ 指心裏愛慕的異性；意中人。

【心神】xīnshén ㄒㄧㄣ ㄕㄣˊ ❶心思精力：勞而無功，空耗心神。❷精神狀態：心神不定。

【心聲】xīnshēng ㄒㄧㄣ ㄕㄥ 發自內心的聲音；心裏話：吐露心聲｜這首歌表達了人民的心聲。

【心盛】xīn shèng ㄒㄧㄣ ㄕㄥˋ 情緒高，幹勁大：求學心盛｜年輕心盛，敢想敢幹。

【心事】xīn·shì ㄒㄧㄣ ·ㄕ 心裏盤算的事(多指感到為難的)：心事重重｜低着頭想心事。

【心室】xīnshì ㄒㄧㄣ ㄕˋ 心臟內部下面的兩個空腔，在左邊的叫左心室，在右邊的叫右心室，壁厚，肌肉發達。左心室與主動脈相連，右心室與肺動脈相連。血液由心房壓入心室後，由心室壓入動脈，分別輸送到肺部和全身的其他部分。(圖見'心')

【心術】xīnshù ㄒㄧㄣ ㄕㄨˋ ❶居心(多指壞的)：心術不正。❷心計；計謀：他是個有心術的人。

【心數】xīnshù ㄒㄧㄣ ㄕㄨˋ 心計。

【心思】xīn·si ㄒㄧㄣ ·ㄙ ❶念頭：壞心思｜想心思(轉念頭)。❷腦筋①：用心思｜費心思｜挖空心思。❸想做某件事的心情：沒有心思下棋。

【心酸】xīn suān ㄒㄧㄣ ㄙㄨㄢ 心裏悲痛：心酸落淚。

【心算】xīnsuàn ㄒㄧㄣ ㄙㄨㄢˋ 只憑腦子而不用紙、筆、算盤等進行運算。

【心髓】xīnsuǐ ㄒㄧㄣ ㄙㄨㄟˇ 指內心深處。

【心態】xīntài ㄒㄧㄣ ㄊㄞˋ 心理狀態：心態各異。

【心疼】xīnténg ㄒㄧㄣ ㄊㄥˊ ❶疼愛：老太太最心疼小孫子。❷捨不得；惋惜：心疼錢｜瓷瓶摔碎了，老人心疼極了。

【心田】xīntián ㄒㄧㄣ ㄊㄧㄢˊ ❶指人的內心：同志們的關懷溫暖了她的心田。❷〈方〉指用心；居心：心田好。

【心跳】xīn tiào ㄒㄧㄣ ㄊㄧㄠˋ 心臟跳動。特指心臟加快地跳動，多因劇烈運動或感情激動、內心恐懼等引起，也是一種病症。

【心頭】xīntóu ㄒㄧㄣ ㄊㄡˊ 心上；心裏：記在心頭。

【心土】xīntǔ ㄒㄧㄣ ㄊㄨˇ 表土和底土之間的一層土壤。

【心窩兒】xīnwōr ㄒㄧㄣ ㄨㄛㄦ 人體上心臟所在的地方：後心窩兒(背上對着心臟的部位)◇他的話句句都說進了大家的心窩兒裏。

【心無二用】xīn wú èr yòng ㄒㄧㄣ ㄨˊ ㄦˋ ㄩㄥˋ 指做事必須專心，注意力不能分散。

【心細】xīn xì ㄒㄧㄣ ㄒㄧˋ 細心：膽大心細。

【心弦】xīnxián ㄒㄧㄣ ㄒㄧㄢˊ 指受感動而起共鳴的心：動人心弦。

【心心念念】xīnxīn niànniàn ㄒㄧㄣ ㄒㄧㄣ ㄋㄧㄢˋ ㄋㄧㄢˋ 心裏一直存着某種念頭(想做某件事情或得到某樣東西)：他心心念念地想當個飛行員。

【心心相印】xīn xīn xiāng yìn ㄒㄧㄣ ㄒㄧㄣ ㄒㄧㄤ ㄧㄣˋ 彼此心意一致。

【心性】xīnxìng ㄒㄧㄣ ㄒㄧㄥˋ 性情；性格：心性浮華｜剛強的心性。

【心胸】xīnxiōng ㄒㄧㄣ ㄒㄩㄥ ❶內心深處；胸中：心胸迸發出不可遏抑的怒火。❷胸懷；氣量：心胸開闊｜心胸狹窄。❸志氣；抱負：他有心胸，有氣魄。

【心秀】xīnxiù ㄒㄧㄣ ㄒㄧㄡˋ 心裏靈巧，有主意，但表面上不顯露。

【心虛】xīn xū ㄒㄧㄣ ㄒㄩ ❶做錯了事怕人知道：做賊心虛。❷缺乏自信心：剛接手做生疏的工作，不免有點兒心虛。

【心緒】xīnxù ㄒㄧㄣ ㄒㄩˋ 心情(多就安定或紊亂說)：心緒不寧｜心緒亂如麻。

【心血】xīnxuè ㄒㄧㄣ ㄒㄩㄝˋ 心思和精力：花費心血。

【心血來潮】xīnxuè lái cháo ㄒㄧㄣ ㄒㄩㄝˋ ㄌㄞˊ ㄔㄠˊ 形容突然產生某種念頭。

【心眼兒】xīnyǎnr ㄒㄧㄣ ㄧㄢㄦˇ ❶內心①：大媽看到這未來的兒媳婦，打心眼兒裏高興。❷心地；存心：心眼兒好｜沒安好心眼兒。❸聰明機智：他有心眼兒，甚麼事都想得周到。❹對人的不必要的顧慮和考慮：他人不錯，就是心眼兒太多。❺氣量(小或窄)：心眼兒小｜他心眼兒窄，受不了委屈。

【心儀】xīnyí ㄒㄧㄣ ㄧˊ 〈書〉心中仰慕：心儀已久。

【心意】xīnyì ㄒㄧㄣ ㄧˋ ❶對人的情意：送上些許薄禮，略表心意。❷意思：我們語言不通，只好用手勢來表達心意。

【心音】xīnyīn ㄒㄧㄣ ㄧㄣ ❶心臟收縮和舒張時因瓣膜關閉和血流衝擊的振動而發出的聲音。收縮時發出的聲音低沈而長，舒張時發出的聲音清晰而短。❷心聲。

【心硬】xīn yìng ㄒㄧㄣ ㄧㄥˋ 不容易被外界事物感動而憐憫或同情：不是我心硬，讓孩子從小吃點兒苦沒有壞處。

【心有靈犀一點通】xīn yǒu língxī yī diǎn tōng ㄒㄧㄣ ㄧㄡˇ ㄌㄧㄥˊ ㄒㄧ ㄧ ㄉㄧㄢˇ ㄊㄨㄥ 唐李商隱詩《無題》：'身無彩鳳雙飛翼，心有靈犀一點通。'(舊說犀牛是靈異的獸，它的角裏有一條白紋貫通兩端)原比喻戀愛着的男女心心相印，現在泛指彼此的心意相通。

【心有餘悸】xīn yǒu yú jì ㄒㄧㄣ ㄧㄡˇ ㄩˊ ㄐㄧˋ 危險的事情雖然過去了，回想起來還感到害怕。

【心餘力絀】xīn yú lì chù ㄒㄧㄣ ㄩˊ ㄌㄧˋ ㄔㄨˋ 心有餘而力不足。

【心猿意馬】xīn yuán yì mǎ ㄒㄧㄣ ㄩㄢˊ ㄧˋ ㄇㄚˇ 形容心思不專，變化無常，好像馬跑猿跳一樣。

【心願】xīnyuàn ㄒㄧㄣ ㄩㄢˋ 願望：美好的心願。

【心悅誠服】xīn yuè chéng fú ㄒㄧㄣ ㄩㄝˋ ㄔㄥˊ ㄈㄨˊ 誠心誠意地服從或佩服。

【心臟】xīnzàng ㄒㄧㄣ ㄗㄤˋ ❶心①。❷比喻中心：首都北京是祖國的心臟。

【心窄】xīn zhǎi ㄒㄧㄣ ㄓㄞˇ 心胸狹窄，對不如意的事情想不開。

【心照】xīnzhào ㄒㄧㄣ ㄓㄠˋ 不必對方明說而心中自然明白：彼此心照｜心照不宣(彼此心裏明白，不必明說)。

【心直口快】xīn zhí kǒu kuài ㄒㄧㄣ ㄓˊ ㄎㄡˇ ㄎㄨㄞˋ 性情直爽，有話就說。也說心直嘴快。

【心志】xīnzhì ㄒㄧㄣ ㄓˋ 意志：心志不移。

【心重】xīnzhòng ㄒㄧㄣ ㄓㄨㄥˋ 指思慮過多，遇事心裏總放不下：孩子心重，你不要過於責備。

【心子】xīn·zi ㄒㄧㄣ ·ㄗ ❶物體中心的部分：元宵心子。❷〈方〉食用的動物心臟。

【心醉】xīnzuì ㄒㄧㄣ ㄗㄨㄟˋ 因極喜愛而陶醉：心醉神迷｜演員的高超的藝術，令人為之心醉。

芯〔芯〕 xīn ㄒㄧㄣ 見241頁〖燈芯〗。另見1274頁 xìn。

辛1 xīn ㄒㄧㄣ ❶辣：辛辣。❷辛苦：辛勤｜艱辛。❸痛苦：辛酸。❹(Xīn)姓。

辛2 xīn ㄒㄧㄣ 天干的第八位。參看368頁〖干支〗。

【辛迪加】xīndíjiā ㄒㄧㄣ ㄉㄧˊ ㄐㄧㄚ 資本主義壟

斷組織形式之一。參加辛迪加的企業在生產上和法律上仍保持自己的獨立性，但喪失了商業上的獨立性，銷售商品和採購原料由辛迪加總辦事處統一辦理。其內部各企業間存在着爭奪銷售份額的競爭。［法 syndicat］

【辛亥革命】Xīnhài Gémìng ㄒㄧㄣ ㄏㄞˋ ㄍㄜˊ ㄇㄧㄥˋ 孫中山領導的、推翻清朝封建統治的資產階級民主革命。1911年（農曆辛亥年）10月10日湖北武昌起義爆發後，各省相繼起義響應，形成了全國規模的革命運動，終於推翻了清王朝的專制統治，結束了中國兩千多年的封建君主專制制度。1912年1月1日在南京成立中華民國臨時政府。由於資產階級的妥協退讓，革命果實被北洋軍閥袁世凱所篡奪。

【辛苦】xīnkǔ ㄒㄧㄣ ㄎㄨˇ ❶身心勞苦：辛辛苦苦｜他起早貪黑地工作，非常辛苦。❷客套話，用於求人做事：這事兒還得您辛苦一趟。

【辛辣】xīnlà ㄒㄧㄣ ㄌㄚˋ 辣，比喻語言、文章尖銳而刺激性強：辛辣的諷刺。

【辛勞】xīnláo ㄒㄧㄣ ㄌㄠˊ 辛苦勞累：日夜辛勞。

【辛勤】xīnqín ㄒㄧㄣ ㄑㄧㄣˊ 辛苦勤勞：辛勤耕耘。

【辛酸】xīnsuān ㄒㄧㄣ ㄙㄨㄢ 辣和酸，比喻痛苦悲傷：辛酸淚｜辛酸的往事。

忻 xīn ㄒㄧㄣ ❶同'欣'。❷（Xīn）姓。

昕 xīn ㄒㄧㄣ 〈書〉太陽將要升起的時候。

欣（訢） xīn ㄒㄧㄣ 喜悅：歡欣｜欣喜｜欣慰｜欣逢佳節。

【欣忭】xīnbiàn ㄒㄧㄣ ㄅㄧㄢˋ 〈書〉喜悅：不勝欣忭。

【欣然】xīnrán ㄒㄧㄣ ㄖㄢˊ 〈書〉愉快地：欣然前往｜欣然接受｜欣然命筆。

【欣賞】xīnshǎng ㄒㄧㄣ ㄕㄤˇ ❶享受美好的事物，領略其中的趣味：音樂欣賞｜欣賞雪景。❷認為好；喜歡：他很欣賞這個建築的獨特風格。

【欣慰】xīnwèi ㄒㄧㄣ ㄨㄟˋ 喜歡而心安：臉上露出欣慰的笑容。

【欣喜】xīnxǐ ㄒㄧㄣ ㄒㄧˇ 歡喜；快樂：欣喜若狂。

【欣羨】xīnxiàn ㄒㄧㄣ ㄒㄧㄢˋ 〈書〉喜愛而羨慕。

【欣欣】xīnxīn ㄒㄧㄣ ㄒㄧㄣ ❶形容高興：欣欣然有喜色。❷形容茂盛：欣欣向榮。

【欣欣向榮】xīnxīn xiàng róng ㄒㄧㄣ ㄒㄧㄣ ㄒㄧㄤˋ ㄖㄨㄥˊ 形容草木茂盛。比喻事業蓬勃發展。

【欣幸】xīnxìng ㄒㄧㄣ ㄒㄧㄥˋ 歡喜而慶幸：書失而復得，實是欣幸。

炘 xīn ㄒㄧㄣ 〈書〉熱氣盛。

莘〔莘〕 Xīn ㄒㄧㄣ 莘莊，地名，在上海市。

另見1017頁 shēn。

新 xīn ㄒㄧㄣ ❶剛出現的或剛經驗到的（跟'舊'或'老'相對）：新風氣｜新品種｜新的工作崗位。❷性質上改變得更好的；使變成新的（跟'舊'相對）：新社會｜新文藝｜改過自新｜一新耳目｜粉刷一新。❸沒有用過的（跟'舊'相對）：新筆｜新鋤頭｜這套衣服是全新的。❹指新的人或事物：嘗新｜花樣翻新｜推陳出新。❺結婚的或結婚不久的：新女婿｜新媳婦。❻新近；剛：我是新來的｜這幾本書是新買的。❼（Xīn）姓。

【新潮】xīncháo ㄒㄧㄣ ㄔㄠˊ ❶事物發展的新趨勢；新的潮流：文藝新潮。❷符合新潮的；時髦：新潮髮型。

【新陳代謝】xīn chén dàixiè ㄒㄧㄣ ㄔㄣˊ ㄉㄞˋ ㄒㄧㄝˋ ❶生物的基本特徵之一。生物體經常不斷地從外界取得生活必需的物質，並使這些物質變成生物體本身的物質，同時把體內產生的廢物排出體外，這種新物質代替舊物質的過程叫新陳代謝。簡稱代謝。❷比喻新的事物滋生發展，代替舊的事物。

【新春】xīnchūn ㄒㄧㄣ ㄔㄨㄣ 指春節以後的一二十天：歡度新春｜新春佳節｜辭舊歲，迎新春。

【新大陸】Xīn Dàlù ㄒㄧㄣ ㄉㄚˋ ㄌㄨˋ 美洲的別稱。因為它是到15世紀以後才由歐洲人殖民的，所以叫新大陸。

【新房】xīnfáng ㄒㄧㄣ ㄈㄤˊ 新婚夫婦的臥室：鬧新房。

【新風】xīnfēng ㄒㄧㄣ ㄈㄥ 剛出現的好風氣；新的風尚：校園新風｜破舊俗，樹新風。

【新婦】xīnfù ㄒㄧㄣ ㄈㄨˋ ❶新娘。❷〈方〉指兒媳。

【新官上任三把火】xīn guān shàngrèn sān bǎ huǒ ㄒㄧㄣ ㄍㄨㄢ ㄕㄤˋ ㄖㄣˋ ㄙㄢ ㄅㄚˇ ㄏㄨㄛˇ 比喻新上任的官總要先做幾件有影響的事，以顯示自己的才能和膽識。

【新貴】xīnguì ㄒㄧㄣ ㄍㄨㄟˋ 指初得勢的顯貴。

【新歡】xīnhuān ㄒㄧㄣ ㄏㄨㄢ 指新的相好（多指男子的，含貶義）：另有新歡。

【新婚】xīnhūn ㄒㄧㄣ ㄏㄨㄣ 剛結婚：新婚夫婦。

【新紀元】xīn jìyuán ㄒㄧㄣ ㄐㄧˋ ㄩㄢˊ 比喻劃時代的事業的開始：開創人類歷史的新紀元。

【新交】xīnjiāo ㄒㄧㄣ ㄐㄧㄠ ❶剛認識不久或交往不久：因為是新交，彼此還不太了解。❷新結交的朋友：舊友新交，歡聚一堂。

【新近】xīnjìn ㄒㄧㄣ ㄐㄧㄣˋ 不久以前的一段時期：他家新近才搬到這裏。

【新居】xīnjū ㄒㄧㄣ ㄐㄩ 剛建成或初遷到的住所。

【新郎】xīnláng ㄒㄧㄣ ㄌㄤˊ 結婚時的男子。

【新綠】xīnlǜ ㄒㄧㄣ ㄌㄩˋ 初春植物現出的嫩綠：五月的西山，一片新綠。

【新民主主義革命】xīn mínzhǔ zhǔyì gémìng ㄒㄧㄣ ㄇㄧㄣˊ ㄓㄨˇ ㄓㄨˇ ㄧˋ ㄍㄜˊ ㄇㄧㄥˋ 在帝國主義和無產階級革命時代，殖民地半殖民地國家無產階級領導的資產階級民主革命。我國從1919年五四運動到1949年的革命，屬於新民主主義革命。它是工人階級經過自己的先鋒隊共產黨領導的、以工農聯盟為基礎的、人民大眾的、反帝、反封建、反官僚資本主義的革命。1949年中華人民共和國成立，標誌了新民主主義革命階段的基本結束和社會主義革命階段的開始。

【新年】xīnnián ㄒㄧㄣ ㄋㄧㄢˊ 元旦和元旦以後的幾天。

【新娘】xīnniáng ㄒㄧㄣ ㄋㄧㄤˊ 結婚時的女子。也叫新娘子。

【新奇】xīnqí ㄒㄧㄣ ㄑㄧˊ 新鮮特別：新奇的景象｜剛來的時候，處處覺得新奇。

【新巧】xīnqiǎo ㄒㄧㄣ ㄑㄧㄠˇ 新奇而精巧：構思新巧。

【新區】xīnqū ㄒㄧㄣ ㄑㄩ 新解放的地區。特指第三次國內革命戰爭開始後解放的地區。

【新人】xīnrén ㄒㄧㄣ ㄖㄣˊ ❶具有新的道德品質的人：新人新事。❷某方面新出現的人物：文藝新人。❸指機關、團體等新來的人員：我們團裏增加了幾位新人。❹指改過自新的人：把失足青少年改造成為新人。❺指新娘和新郎。有時特指新娘。

【新任】xīnrèn ㄒㄧㄣ ㄖㄣˋ ❶新任命或新擔任(職務)：新任局長｜新任會計。❷新任命或新擔任的職務：星夜啓程，趕赴新任。

【新生】[1] xīnshēng ㄒㄧㄣ ㄕㄥ ❶剛產生的；剛出現的：新生事物。❷新生命：獲得新生。

【新生】[2] xīnshēng ㄒㄧㄣ ㄕㄥ 新入學的學生：新生報到處。

【新詩】xīnshī ㄒㄧㄣ ㄕ 指五四運動以來的白話詩。參看21頁〖白話詩〗。

【新石器時代】Xīnshíqì Shídài ㄒㄧㄣ ㄕˊ ㄑㄧˋ ㄕˊ ㄉㄞˋ 石器時代的晚期，約開始於八九千年以前。這時人類已能磨製石器，製造陶器，並且已開始有農業和畜牧業。

【新式】xīnshì ㄒㄧㄣ ㄕˋ ❶新產生的式樣：新式武器｜這個新建的工廠，設備和裝置都是最新式的。❷新的形式或儀式：新式婚禮。

【新手】xīnshǒu ㄒㄧㄣ ㄕㄡˇ 初參加某種工作的人；生手。

【新書】xīnshū ㄒㄧㄣ ㄕㄨ ❶嶄新的書。❷將出版或剛出版的書(多指初版的)：新書預告。

【新四軍】Xīn Sì Jūn ㄒㄧㄣ ㄙˋ ㄐㄩㄣ 中國共產黨領導的抗日革命武裝，原是紅軍遊擊隊，1937年抗日戰爭開始後編為新四軍，是華中抗日的主力。第三次國內革命戰爭時期跟八路軍及其他人民武裝一起改編為中國人民解放軍。

【新文化運動】xīn wénhuà yùndòng ㄒㄧㄣ ㄨㄣˊ ㄏㄨㄚˋ ㄩㄣˋ ㄉㄨㄥˋ 指我國五四運動前後的文化革命運動。五四運動前，主要內容是反對科舉，提倡辦學校，反對舊學，提倡新學，是資產階級舊民主主義的新文化與封建階級的舊文化的鬥爭。五四運動後，成為無產階級領導人民大眾，在社會科學和文學藝術領域中反帝反封建的新民主主義的文化運動。

【新文學】xīn wénxué ㄒㄧㄣ ㄨㄣˊ ㄒㄩㄝˊ 指我國自1919年五四運動以來以反帝反封建為主要內容的白話文學。

【新聞】xīnwén ㄒㄧㄣ ㄨㄣˊ ❶報社、通訊社、廣播電台、電視台等報道的消息：新聞記者｜新聞廣播｜採訪新聞。❷泛指社會上最近發生的新事情：你剛從鄉下回來，有甚麼新聞給大家説説。

【新聞公報】xīnwén gōngbào ㄒㄧㄣ ㄨㄣˊ ㄍㄨㄥ ㄅㄠˋ 政黨或國家機關直接或委託通訊社就某一重大事件發表的新聞性公告和聲明。

【新聞紙】xīnwénzhǐ ㄒㄧㄣ ㄨㄣˊ ㄓˇ ❶報紙①的舊稱。❷白報紙。

【新媳婦兒】xīnxí·fur ㄒㄧㄣ ㄒㄧˊ ·ㄈㄨㄦ 新娘。

【新禧】xīnxǐ ㄒㄧㄣ ㄒㄧˇ 新年幸福：恭賀新禧。

【新鮮】xīn·xiān ㄒㄧㄣ ·ㄒㄧㄢ ❶(剛生產、宰殺或烹調的食物)沒有變質，也沒有經過醃製、乾製等：新鮮的水果｜新鮮的魚蝦◇新鮮血液。❷(花朵)沒有枯萎：新鮮的花朵。❸(空氣)經常流通，不含雜類氣體：呼吸新鮮空氣。❹(事物)出現不久，還不普遍；少見的；希罕：新鮮經驗｜電視機已經不算甚麼新鮮東西啦。

【新星】xīnxīng ㄒㄧㄣ ㄒㄧㄥ ❶在短時期內亮度突然增大數千倍或數萬倍，後來又逐漸回降到原來亮度的恒星。❷指新出現的有名的演員、運動員等：體壇新星｜影視新星。

【新興】xīnxīng ㄒㄧㄣ ㄒㄧㄥ 最近興起的：新興學科｜新興的工業城市。

【新型】xīnxíng ㄒㄧㄣ ㄒㄧㄥˊ 新的類型；新式：新型機車｜新型的農村婦女。

【新秀】xīnxiù ㄒㄧㄣ ㄒㄧㄡˋ 新出現的優秀人才：文藝新秀｜越劇新秀｜體操新秀。

【新學】xīnxué ㄒㄧㄣ ㄒㄩㄝˊ 清代末年指西學。

【新雅】xīnyǎ ㄒㄧㄣ ㄧㄚˇ 清新典雅：詩句新雅。

【新藥】xīnyào ㄒㄧㄣ ㄧㄠˋ ❶新研製生產、投入使用的藥。❷指西藥。

【新醫】xīnyī ㄒㄧㄣ ㄧ 指西醫。

【新異】xīnyì ㄒㄧㄣ ㄧˋ 新奇：小説構思新異。

【新意】xīnyì ㄒㄧㄣ ㄧˋ 新的意思；新的意境：追求新意，力避雷同｜文章論點，頗有新意。

【新義】xīnyì ㄒㄧㄣ ㄧˋ 指詞語新產生的意義。

【新穎】xīnyǐng ㄒㄧㄣ ㄧㄥˇ 新而別致：題材新穎｜款式新穎。

【新雨】xīnyǔ ㄒㄧㄣ ㄩˇ ❶初春的雨；剛下過的雨。❷〈書〉比喻新朋友：舊知新雨。參看618頁〖舊雨〗。

【新月】xīnyuè ㄒㄧㄣ ㄩㄝˋ ❶農曆月初形狀如鈎的月亮：一彎新月。❷朔日的月相（人看不見）。也叫朔月。

【新張】xīnzhāng ㄒㄧㄣ ㄓㄤ 指新商店開始營業：新張誌喜。

【新正】xīnzhēng ㄒㄧㄣ ㄓㄥ 指農曆的正月。

【新址】xīnzhǐ ㄒㄧㄣ ㄓˇ 新的地址：本公司自即日起遷往新址辦公。

【新作】xīnzuò ㄒㄧㄣ ㄗㄨㄛˋ 新的作品：新人新作。

歆 xīn ㄒㄧㄣ 〈書〉羨慕：歆羨｜歆慕。

【歆慕】xīnmù ㄒㄧㄣ ㄇㄨˋ 〈書〉羨慕。

【歆羨】xīnxiàn ㄒㄧㄣ ㄒㄧㄢˋ 〈書〉羨慕。

鋅（锌） xīn ㄒㄧㄣ 金屬元素，符號 Zn (zincum)。淺藍白色。用於製合金、白鐵、乾電池等。俗稱白鉛。

【鋅版】xīnbǎn ㄒㄧㄣ ㄅㄢˇ 用鋅製成的印刷版，主要用來印刷插圖、表格等。

薪〔薪〕 xīn ㄒㄧㄣ ❶柴火：釜底抽薪｜米珠薪桂。❷薪水：加薪｜發薪｜月薪｜年薪。

【薪俸】xīnfèng ㄒㄧㄣ ㄈㄥˋ 薪水。

【薪給】xīnjǐ ㄒㄧㄣ ㄐㄧˇ 薪水。

【薪金】xīnjīn ㄒㄧㄣ ㄐㄧㄣ 薪水。

【薪盡火傳】xīn jìn huǒ chuán ㄒㄧㄣ ㄐㄧㄣˋ ㄏㄨㄛˇ ㄔㄨㄢˊ 前一根柴剛燒完，後一根柴已經燒着，火永遠不熄。比喻師生傳授，學問一代代地流傳。

【薪水】xīn·shui ㄒㄧㄣ ·ㄕㄨㄟ 工資。

【薪餉】xīnxiǎng ㄒㄧㄣ ㄒㄧㄤˇ 軍隊、警察等的薪金及規定的被服鞋襪等用品。

【薪資】xīnzī ㄒㄧㄣ ㄗ 工資。

馨 xīn ㄒㄧㄣ 〈書〉散佈得遠的香氣：馨香｜如蘭之馨。

【馨香】xīnxiāng ㄒㄧㄣ ㄒㄧㄤ 〈書〉❶芳香：桂花開了，滿院馨香。❷燒香的香味：馨香禱祝。

鑫 xīn ㄒㄧㄣ 財富興盛（多用於人名或字號）。

xín（ㄒㄧㄣˊ）

鐔（镡） xín ㄒㄧㄣˊ ❶古代劍柄的頂端部分。❷古代兵器，似劍而小。

另見124頁 Chán；1110頁 Tán。

xǐn（ㄒㄧㄣˇ）

伈 xǐn ㄒㄧㄣˇ ［伈伈］〈書〉形容恐懼。

xìn（ㄒㄧㄣˋ）

囟（顖） xìn ㄒㄧㄣˋ 囟門。

【囟門】xìnmén ㄒㄧㄣˋ ㄇㄣˊ 嬰兒頭頂骨未合縫的地方，在頭頂的前部中央。也叫囟腦門兒。

芯〔芯〕（信） xìn ㄒㄧㄣˋ［芯子］(xìn·zi ㄒㄧㄣˋ ·ㄗ) ❶裝在器物中心的捻子、消息兒等的東西，如蠟燭的捻子、爆竹的引綫等。❷蛇的舌頭。

另見1271頁 xīn。

信[1] xìn ㄒㄧㄣˋ ❶確實：信史｜信而有徵。❷信用：守信｜失信｜威信｜言而有信。❸相信：信託｜信任｜信仰｜別信他的話。❹信奉（宗教）：信教｜信徒。❺聽憑；隨意；放任：信步｜信口開河。❻憑據：信號｜信物｜印信。❼按照習慣的格式把要說的話寫下來給指定的對象看的東西；書信：送信｜介紹信｜證明信。❽（信兒）信息：音信｜口信兒｜通風報信。❾引信：信管。❿同'芯'(xìn)。⓫(Xìn)姓。

〈古〉又同'伸'(shēn)。

信[2] xìn ㄒㄧㄣˋ 信石：紅信｜白信。

【信筆】xìnbǐ ㄒㄧㄣˋ ㄅㄧˇ 沒有多加考慮，隨意（寫或畫）：信筆塗鴉｜信筆寫來，直抒胸臆。

【信不過】xìn ·bu guò ㄒㄧㄣˋ ·ㄅㄨ ㄍㄨㄛˋ 不相信：他一向多疑，對誰都信不過。

【信步】xìnbù ㄒㄧㄣˋ ㄅㄨˋ 隨意走動；散步：江邊信步｜信步而行｜信步來到花壇前。

【信差】xìnchāi ㄒㄧㄣˋ ㄔㄞ ❶舊時稱被派遞送公文信件的人。❷舊時稱郵遞員。

【信從】xìncóng ㄒㄧㄣˋ ㄘㄨㄥˊ 信任聽從：盲目信從。

【信貸】xìndài ㄒㄧㄣˋ ㄉㄞˋ 銀行存款、貸款等信用活動的總稱。一般指銀行的貸款。

【信得過】xìn ·de guò ㄒㄧㄣˋ ·ㄉㄜ ㄍㄨㄛˋ 相信；可以信任：我們信得過你｜這家商店貨真價實，信得過。

【信而有徵】xìn ér yǒu zhēng ㄒㄧㄣˋ ㄦˊ ㄧㄡˇ ㄓㄥ 可靠而且有證據。

【信訪】xìnfǎng ㄒㄧㄣˋ ㄈㄤˇ 指人民群眾來信來訪（多用於機關團體）：信訪工作｜信訪部門。

【信風】xìnfēng ㄒㄧㄣˋ ㄈㄥ 在赤道兩邊的低層大氣中，北半球吹東北風，南半球吹東南風，這種風的方向很少改變，叫做信風。也叫貿易風。

【信封】xìnfēng ㄒㄧㄣˋ ㄈㄥ （信封兒）裝書信的封套。

【信奉】xìnfèng ㄒㄧㄣˋ ㄈㄥˋ ❶信仰並崇奉：基督教徒信奉上帝。❷相信並奉行：信奉和平共處五項原則。

【信服】xìnfú ㄒㄧㄣˋ ㄈㄨˊ 相信並佩服：這些科學論據實在令人信服。
【信鴿】xìngē ㄒㄧㄣˋ ㄍㄜ 專門訓練來傳遞書信的家鴿。
【信函】xìnhán ㄒㄧㄣˋ ㄏㄢˊ 書信：私人信函｜信函往來。
【信號】xìnhào ㄒㄧㄣˋ ㄏㄠˋ ❶用來傳遞消息或命令的光、電波、聲音、動作等：信號燈｜信號槍｜打信號｜發信號。❷電路中用來控制其他部分的電流、電壓或無綫電發射機發射出的電波。
【信號彈】xìnhàodàn ㄒㄧㄣˋ ㄏㄠˋ ㄉㄢˋ 一種發射後產生有顏色的光或烟的彈藥，用於發佈信號或通訊聯絡。
【信號燈】xìnhàodēng ㄒㄧㄣˋ ㄏㄠˋ ㄉㄥ 利用燈光發出各種信號的燈，多用於交通設施、電子設備等。
【信號槍】xìnhàoqiāng ㄒㄧㄣˋ ㄏㄠˋ ㄑㄧㄤ 發射信號彈的槍，形狀像手槍。
【信箋】xìnjiān ㄒㄧㄣˋ ㄐㄧㄢ 信紙。
【信件】xìnjiàn ㄒㄧㄣˋ ㄐㄧㄢˋ 書信和遞送的文件、印刷品。
【信據】xìnjù ㄒㄧㄣˋ ㄐㄩˋ 確鑿可信的證據。
【信口雌黃】xìn kǒu cíhuáng ㄒㄧㄣˋ ㄎㄡˇ ㄘˊ ㄏㄨㄤˊ 不顧事實，隨口亂説。參看189頁〖雌黃〗。
【信口開河】xìn kǒu kāi hé ㄒㄧㄣˋ ㄎㄡˇ ㄎㄞ ㄏㄜˊ 隨口亂説一氣。'河'也作合。
【信賴】xìnlài ㄒㄧㄣˋ ㄌㄞˋ 信任並依靠：他是個值得信賴的朋友。
【信馬由繮】xìn mǎ yóu jiāng ㄒㄧㄣˋ ㄇㄚˇ ㄧㄡˊ ㄐㄧㄤ 騎着馬不拉繮繩，任其自由行動。比喻漫無目的地閑逛或隨意行動。
【信念】xìnniàn ㄒㄧㄣˋ ㄋㄧㄢˋ 自己認為可以確信的看法：堅定信念｜必勝的信念。
【信皮兒】xìnpír ㄒㄧㄣˋ ㄆㄧㄦˊ 信封。
【信瓤兒】xìnrángr ㄒㄧㄣˋ ㄖㄤㄦˊ 〈方〉裝在信封裏的寫好了的信。
【信任】xìnrèn ㄒㄧㄣˋ ㄖㄣˋ 相信而敢於託付：她工作一向認真負責，大家都信任她。
【信任投票】xìnrèn tóupiào ㄒㄧㄣˋ ㄖㄣˋ ㄊㄡˊ ㄆㄧㄠˋ 某些國家的議會對內閣(即政府)實行監督的方式之一。議會在討論組閣或政府政策時，可用投票方式表示對內閣信任或不信任。
【信賞必罰】xìn shǎng bì fá ㄒㄧㄣˋ ㄕㄤˇ ㄅㄧˋ ㄈㄚˊ 該獎賞的一定獎賞，該處罰的一定處罰。形容賞罰嚴明。
【信石】xìnshí ㄒㄧㄣˋ ㄕˊ 砒霜，因產地信州(即今江西上饒一帶)得名。
【信實】xìnshí ㄒㄧㄣˋ ㄕˊ ❶有信用；誠實：為人信實。❷真實可靠：史料信實。
【信史】xìnshǐ ㄒㄧㄣˋ ㄕˇ 記載確實的歷史。
【信使】xìnshǐ ㄒㄧㄣˋ ㄕˇ 奉派傳達消息或擔任使命的人：信使往來，絡繹不絕。
【信士】xìnshì ㄒㄧㄣˋ ㄕˋ ❶指信仰佛教而未出家的男人。❷〈書〉誠實的人；守信用的人。
【信誓旦旦】xìn shì dàndàn ㄒㄧㄣˋ ㄕˋ ㄉㄢˋ ㄉㄢˋ 誓言誠懇可信。
【信手】xìnshǒu ㄒㄧㄣˋ ㄕㄡˇ 隨手：信手揮霍｜信手寫來。
【信手拈來】xìn shǒu niān lái ㄒㄧㄣˋ ㄕㄡˇ ㄋㄧㄢ ㄌㄞˊ 隨手拿來。多形容寫文章時詞彙或材料豐富，不費思索，就能寫出來。
【信守】xìnshǒu ㄒㄧㄣˋ ㄕㄡˇ 忠誠地遵守：信守諾言。
【信宿】xìnsù ㄒㄧㄣˋ ㄙㄨˋ 〈書〉連宿兩夜，表示兩夜的時間：流連信宿｜信宿可至。
【信天遊】xìntiānyóu ㄒㄧㄣˋ ㄊㄧㄢ ㄧㄡˊ 陝北民歌中一類曲調的總稱。一般是兩句一段，短的只有一段，長的接連數十段。用同一曲調反復演唱，反復時曲調可以靈活變化。
【信條】xìntiáo ㄒㄧㄣˋ ㄊㄧㄠˊ 信守的準則。
【信筒】xìntǒng ㄒㄧㄣˋ ㄊㄨㄥˇ 郵局在路旁等處設置的供寄信人投信的筒狀設備。也叫郵筒。
【信徒】xìntú ㄒㄧㄣˋ ㄊㄨˊ 信仰某一宗教的人。也泛指信仰某一學派、主義或主張的人：佛教信徒｜達爾文的信徒。
【信託】xìntuō ㄒㄧㄣˋ ㄊㄨㄛ ❶信任人，把事情託付給他：大夥兒信託你，你就大膽去辦吧。❷經營別人委託購銷的業務的：信託部｜信託公司。
【信望】xìnwàng ㄒㄧㄣˋ ㄨㄤˋ 威信和聲望：信望卓著。
【信物】xìnwù ㄒㄧㄣˋ ㄨˋ 作為憑證的物件：定情信物。
【信息】xìnxī ㄒㄧㄣˋ ㄒㄧ ❶音信；消息：數月來一直沒有得到有關他的信息。❷信息論中指用符號傳送的報道，報道的內容是接收符號者預先不知道的。
【信息論】xìnxīlùn ㄒㄧㄣˋ ㄒㄧ ㄌㄨㄣˋ 研究信息的計量、傳遞、變換和儲存等的科學。通過數學運算可以計算出信息傳遞的能力和效率，應用在通訊、生理學、物理學等學科中。
【信箱】xìnxiāng ㄒㄧㄣˋ ㄒㄧㄤ ❶郵局設置的供人投寄信件的箱子。❷設在郵局內供人租來收信用的編有號碼的箱子，叫郵政專用信箱。有時某號信箱只是某個收信者的代號。❸收信人設在門前用來收信的箱子。
【信心】xìnxīn ㄒㄧㄣˋ ㄒㄧㄣ 相信自己的願望或預料一定能夠實現的心理：滿懷信心｜信心百倍。
【信仰】xìnyǎng ㄒㄧㄣˋ ㄧㄤˇ 對某人或某種主張、主義、宗教極度相信和尊敬，拿來作為自己行動的榜樣或指南：宗教信仰。
【信意】xìn∥yì ㄒㄧㄣˋ∥ㄧˋ 任意；隨意：信意胡鬧。

【信義】xìnyì ㄒㄧㄣˋ ㄧˋ 信用和道義：不守信義。

【信用】xìnyòng ㄒㄧㄣˋ ㄩㄥˋ ❶能夠履行跟人約定的事情而取得的信任：講信用｜喪失信用。❷不需要提供物資保證，可以按時償付的：信用貸款。❸指銀行借貸或商業上的賒銷、賒購。❹〈書〉信任並任用：信用奸臣。

【信用合作社】xìnyòng hézuòshè ㄒㄧㄣˋ ㄩㄥˋ ㄏㄜˊ ㄗㄨㄛˋ ㄕㄜˋ 勞動人民或居民聯合起來經營信貸業務的組織，通過儲蓄、借貸調劑資金，解決社員生活和生產上的困難。

【信用卡】xìnyòngkǎ ㄒㄧㄣˋ ㄩㄥˋ ㄎㄚˇ 銀行發給儲戶的一種代替現款的消費憑證。

【信譽】xìnyù ㄒㄧㄣˋ ㄩˋ 信用和名譽：信譽卓著。

【信札】xìnzhá ㄒㄧㄣˋ ㄓㄚˊ 書信。

【信紙】xìnzhǐ ㄒㄧㄣˋ ㄓˇ 供寫信用的紙。

焮 xìn ㄒㄧㄣˋ ❶燒；灼。❷〈方〉皮膚發炎腫痛。

舋 xìn ㄒㄧㄣˋ 〈書〉同'釁'。

釁（衅） xìn ㄒㄧㄣˋ 嫌隙；爭端：挑釁｜尋釁。

【釁端】xìnduān ㄒㄧㄣˋ ㄉㄨㄢ 〈書〉爭端。

xīng（ㄒㄧㄥ）

狌 xīng ㄒㄧㄥ 〈書〉同'猩'。
另見1027頁 shēng。

星 xīng ㄒㄧㄥ ❶夜晚天空中閃爍發光的天體：星羅棋佈｜月明星稀。❷天文學上指宇宙間能發射光或反射光的天體，分為恒星（如太陽）、行星（如地球）、衞星（如月亮）、彗星、流星等。❸（星兒）細碎或細小的東西：火星兒｜一星半點兒。❹秤桿上標記斤、兩、錢的小點子：定盤星。❺明星：歌星｜笑星。❻二十八宿之一。❼（Xīng）姓。

【星辰】xīngchén ㄒㄧㄥ ㄔㄣˊ 星①（總稱）：日月星辰。

【星等】xīngděng ㄒㄧㄥ ㄉㄥˇ 表示星體亮度的等級，亮度越大，等數越小。根據肉眼看到的星體的亮度而定的等級，叫做視星等，如太陽的視星等為－26.7，天狼星的視星等為－1.6。根據星體在距離觀測 10 秒差距（即 32.6 光年）時應有的亮度而定的等級，叫做絕對星等，如太陽的絕對星等為＋4.9，天狼星的絕對星等為＋1.3。

【星斗】xīngdǒu ㄒㄧㄥ ㄉㄡˇ 星①（總稱）：滿天星斗。

【星光】xīngguāng ㄒㄧㄥ ㄍㄨㄤ 星的光輝：星光閃爍。

【星漢】xīnghàn ㄒㄧㄥ ㄏㄢˋ 〈書〉銀河：星漢燦爛。

【星號】xīnghào ㄒㄧㄥ ㄏㄠˋ 加在文句上或段落之間的標誌（*），多用來標示腳註或分段。

【星河】xīnghé ㄒㄧㄥ ㄏㄜˊ 指銀河。

【星火】[1] xīnghuǒ ㄒㄧㄥ ㄏㄨㄛˇ 微小的火：星火燎原。

【星火】[2] xīnghuǒ ㄒㄧㄥ ㄏㄨㄛˇ 流星的光，比喻急迫：急如星火。

【星火燎原】xīnghuǒ liáo yuán ㄒㄧㄥ ㄏㄨㄛˇ ㄌㄧㄠˊ ㄩㄢˊ 見〖星星之火，可以燎原〗。

【星際】xīngjì ㄒㄧㄥ ㄐㄧˋ 星體與星體之間：星際空間｜星際旅行。

【星空】xīngkōng ㄒㄧㄥ ㄎㄨㄥ 夜晚有星的天空。

【星羅棋佈】xīng luó qí bù ㄒㄧㄥ ㄌㄨㄛˊ ㄑㄧˊ ㄅㄨˋ 像星星似的羅列着，像棋子似的分佈着。形容多而密集：電力網四通八達，排灌站星羅棋佈。

【星期】xīngqī ㄒㄧㄥ ㄑㄧ ❶我國古代曆法把二十八宿按日、月、火、水、木、金、土的次序排列，七日一週，週而復始，稱為'七曜'；西洋曆法中也有'七日為一週'的說法，跟我國的'七曜'暗合。後來根據國際習慣，把這樣連續排列的七天作為工作學習等作息日期的計算單位，叫做星期。❷跟'日、一、二、三、四、五、六、幾'連用，表示一個星期中的某一天：星期日｜星期三｜今天星期幾？❸星期日的簡稱：星期休息。

【星期日】xīngqīrì ㄒㄧㄥ ㄑㄧ ㄖˋ 星期六的下一天，一般定為休息日。也說星期天，簡稱星期。

【星球】xīngqiú ㄒㄧㄥ ㄑㄧㄡˊ 星②。

【星散】xīngsàn ㄒㄧㄥ ㄙㄢˋ 〈書〉像星星散佈在天空那樣，指四處分散。

【星術】xīngshù ㄒㄧㄥ ㄕㄨˋ 用星象占卜吉凶的方術。

【星體】xīngtǐ ㄒㄧㄥ ㄊㄧˇ 天體。通常指個別的星球，如月亮、太陽、火星、北極星。

【星圖】xīngtú ㄒㄧㄥ ㄊㄨˊ 記錄恒星位置的圖。不同地點和不同季節有不同的星圖。

【星團】xīngtuán ㄒㄧㄥ ㄊㄨㄢˊ 在一個比較不大的空間區域裏，數十顆至數萬顆以上的恒星聚集在一起所形成的恒星集團。數十到數百顆恒星不規則地聚集在一起的叫疏散星團。數以萬計的恒星密集成球狀的叫球狀星團。

【星系】xīngxì ㄒㄧㄥ ㄒㄧˋ 恒星系的簡稱。

【星相】xīngxiàng ㄒㄧㄥ ㄒㄧㄤˋ 星象和相貌，迷信的人認為根據星相可以占定人事的吉凶。

【星象】xīngxiàng ㄒㄧㄥ ㄒㄧㄤˋ 指星體的明暗、位置等現象，古代迷信的人往往借觀察星象，推測人事的吉凶。

【星星】xīngxīng ㄒㄧㄥ ㄒㄧㄥ 細小的點兒：星星點點｜天空晴朗，一星星薄雲也沒有。

【星星】xīng·xing ㄒㄧㄥ ·ㄒㄧㄥ 星①。

【星星之火，可以燎原】xīngxīng zhī huǒ,kěyǐ liáo yuán ㄒㄧㄥ ㄒㄧㄥ ㄓ ㄏㄨㄛˇ,ㄎㄜˇ ㄧˇ ㄌㄧㄠˊ ㄩㄢˊ 比喻小亂子可以發展成為大禍害，也比喻開始時顯得弱小的新生事物有旺盛的生命力和廣闊的發展前途。也說星火燎原。

【星宿】xīngxiù ㄒㄧㄥ ㄒㄧㄡˋ 我國古代指星座，共分二十八宿。

【星夜】xīngyè ㄒㄧㄥ ㄧㄝˋ 夜晚(在野外活動)：星夜行軍｜星夜奔忙。

【星移斗轉】xīng yí dǒu zhuǎn ㄒㄧㄥ ㄧˊ ㄉㄡˇ ㄓㄨㄢˇ 星斗變換位置，表示季節改變。比喻時間變化。也說星轉斗移。

【星移物換】xīng yí wù huàn ㄒㄧㄥ ㄧˊ ㄨˋ ㄏㄨㄢˋ 見1214頁〖物換星移〗。

【星雲】xīngyún ㄒㄧㄥ ㄩㄣˊ 指太陽系以外銀河系以內像雲霧的氣體和塵埃狀物質。

【星子】xīng·zi ㄒㄧㄥ ·ㄗ ❶星③：吐沫星子。❷〈方〉星①：滿天的星子。

【星座】xīngzuò ㄒㄧㄥ ㄗㄨㄛˋ 天文學上為了研究的方便，把星空分為若干區域，每一區域叫做一個星座，有時也指每個區域中的一群星。每個星座都給以人或動物的名稱，如仙后座、大熊座。現代天文學上分為八十八個星座。

猩

xīng ㄒㄧㄥ 猩猩。

【猩紅】xīnghóng ㄒㄧㄥ ㄏㄨㄥˊ 像猩猩血那樣的紅色；血紅：猩紅的榴火｜木棉盛開時滿樹猩紅。

【猩紅熱】xīnghóngrè ㄒㄧㄥ ㄏㄨㄥˊ ㄖㄜˋ 急性傳染病，病原體是溶血性鏈球菌，患者多為三歲到七歲的兒童，主要症狀是發熱，舌頭表面呈草莓狀，全身有點狀紅疹，紅疹消失後脫皮。

【猩猩】xīngxīng ㄒㄧㄥ ·ㄒㄧㄥ 哺乳動物，比猴子大，兩臂長，全身有赤褐色長毛，沒有臀疣。吃野果。產於南洋群島。

惺

xīng ㄒㄧㄥ 〈書〉❶聰明。❷醒悟；清醒。

【惺忪】xīngsōng ㄒㄧㄥ ㄙㄨㄥ 因剛醒而眼睛模糊不清：睡眼惺忪。也作惺鬆。

【惺惺】xīngxīng ㄒㄧㄥ ㄒㄧㄥ ❶〈書〉清醒。❷聰明，也指聰明的人：惺惺惜惺惺(泛指性格、才能或境遇等相同的人互相愛重、同情)。❸見554頁〖假惺惺〗。

【惺惺作態】xīngxīng zuò tài ㄒㄧㄥ ㄒㄧㄥ ㄗㄨㄛˋ ㄊㄞˋ 裝模作樣，故作姿態。

腥

xīng ㄒㄧㄥ ❶生肉，現指肉類魚類等食物：葷腥。❷魚蝦等的難聞的氣味：放些料酒去去腥。

【腥臭】xīngchòu ㄒㄧㄥ ㄔㄡˋ 又腥又臭。

【腥風血雨】xīng fēng xuè yǔ ㄒㄧㄥ ㄈㄥ ㄒㄩㄝˋ ㄩˇ 風裏帶有腥氣，血濺得像下雨一樣，形容殘酷屠殺的景象。也說血雨腥風。

【腥氣】xīng·qi ㄒㄧㄥ ·ㄑㄧ ❶腥②：一股子腥氣。❷有腥氣：你聞聞這魚，多腥氣。

【腥臊】xīngsāo ㄒㄧㄥ ㄙㄠ (氣味)又腥又臊。

【腥膻】xīngshān ㄒㄧㄥ ㄕㄢ (氣味)又腥又膻。

箵

xīng ㄒㄧㄥ 見731頁[笭箵](língxīng)。

興(兴)

xīng ㄒㄧㄥ ❶興盛；流行：復興｜新興｜現在已經不興這種式樣了。❷使盛行：大興調查研究之風。❸開始；發動；創立：興辦｜興工｜興利除弊｜百廢俱興。❹起；起來：晨興(早晨起來)｜夙興夜寐。❺〈方〉准許(多用於否定式)：說話要有根據，不興胡說。❻〈方〉或許：明天他也興來，也興不來。❼(Xīng)姓。

另見1283頁xìng。

【興辦】xīngbàn ㄒㄧㄥ ㄅㄢˋ 創辦(事業)：興辦學校｜興辦企業。

【興兵】xīngbīng ㄒㄧㄥ ㄅㄧㄥ 起兵：興兵討伐。

【興奮】xīngfèn ㄒㄧㄥ ㄈㄣˋ ❶振奮；激動。❷大腦皮層的兩種基本神經活動過程之一，是在外部或內部刺激之下產生的。興奮引起或增強皮層和相應器官機能的活動狀態，如肌肉的收縮、腺體的分泌等。❸使興奮：興奮劑。

【興風作浪】xīng fēng zuò làng ㄒㄧㄥ ㄈㄥ ㄗㄨㄛˋ ㄌㄤˋ 比喻挑起事端或進行破壞活動。

【興革】xīnggé ㄒㄧㄥ ㄍㄜˊ〈書〉興辦和革除。

【興工】xīnggōng ㄒㄧㄥ ㄍㄨㄥ 動工；開工：破土興工。

【興國】xīngguó ㄒㄧㄥ ㄍㄨㄛˊ 使國家振興：科學興國。

【興建】xīngjiàn ㄒㄧㄥ ㄐㄧㄢˋ 開始建築(多指規模較大的)：興建鋼鐵基地。

【興利除弊】xīng lì chú bì ㄒㄧㄥ ㄌㄧˋ ㄔㄨˊ ㄅㄧˋ 興辦有利的事業，除去弊端。

【興隆】xīnglóng ㄒㄧㄥ ㄌㄨㄥˊ 興盛：生意興隆。

【興起】xīngqǐ ㄒㄧㄥ ㄑㄧˇ ❶開始出現並興盛起來：各地興起綠化熱潮。❷〈書〉因感動而奮起：聞風興起。

【興盛】xīngshèng ㄒㄧㄥ ㄕㄥˋ 蓬勃發展：國家興盛｜事業興盛。

【興師】xīngshī ㄒㄧㄥ ㄕ 〈書〉興兵；起兵：興師問罪。

【興師動眾】xīng shī dòng zhòng ㄒㄧㄥ ㄕ ㄉㄨㄥˋ ㄓㄨㄥˋ 發動很多人做某件事(多含不值得意)。

【興衰】xīngshuāi ㄒㄧㄥ ㄕㄨㄞ 興盛和衰落。

【興嘆】xīngtàn ㄒㄧㄥ ㄊㄢˋ 〈書〉發出感嘆聲：望洋興嘆。

【興亡】xīngwáng ㄒㄧㄥ ㄨㄤˊ 興盛和滅亡(多指國家)：天下興亡，匹夫有責。

【興旺】xīngwàng ㄒㄧㄥ ㄨㄤˋ 興盛；旺盛：人丁興旺｜六畜興旺。

【興修】xīngxiū ㄒㄧㄥ ㄒㄧㄡ 開始修建(多指規模較大的)：興修鐵路｜興修水利。
【興許】xīngxǔ ㄒㄧㄥ ㄒㄩˇ 也許；或許：你問問老王，他興許知道。
【興學】xīngxué ㄒㄧㄥ ㄒㄩㄝˊ 興辦學校，振興教育：捐資興學。
【興妖作怪】xīng yāo zuò guài ㄒㄧㄥ ㄧㄠ ㄗㄨㄛˋ ㄍㄨㄞˋ 比喻壞人進行搗亂，壞思想擴大影響。

騂(骍) xīng ㄒㄧㄥ 〈書〉牛馬等毛皮紅色。

xíng (ㄒㄧㄥˊ)

刑 xíng ㄒㄧㄥˊ ❶刑罰：死刑｜徒刑｜緩刑｜量刑｜判刑。❷特指對犯人的體罰：動刑｜受刑。❸(Xíng)姓。
【刑場】xíngchǎng ㄒㄧㄥˊ ㄔㄤˇ 處決犯人的地方。
【刑罰】xíngfá ㄒㄧㄥˊ ㄈㄚˊ 國家依據刑事法律對罪犯所施行的法律制裁。
【刑法】xíngfǎ ㄒㄧㄥˊ ㄈㄚˇ 規定甚麼是犯罪行為，犯罪行為應受到甚麼懲罰的各種法律。
【刑法】xíng·fa ㄒㄧㄥˊ ·ㄈㄚ 對犯人的體罰：動刑法。
【刑房】xíngfáng ㄒㄧㄥˊ ㄈㄤˊ ❶舊時掌管刑事案牘的官吏。❷用刑的房子(多指非法的)：私設刑房。
【刑警】xíngjǐng ㄒㄧㄥˊ ㄐㄧㄥˇ 刑事警察的簡稱。
【刑具】xíngjù ㄒㄧㄥˊ ㄐㄩˋ 用來限制自由、逼問口供或執行刑罰的器具，如手銬、腳鐐、夾棍、絞架等。
【刑律】xínglǜ ㄒㄧㄥˊ ㄌㄩˋ 刑法(xíngfǎ)：觸犯刑律。
【刑名】xíngmíng ㄒㄧㄥˊ ㄇㄧㄥˊ ❶古代指法律：刑名之學。❷刑罰的名稱，如死刑、徒刑等。❸清代主管刑事的(幕僚)：刑名師爺。
【刑期】xíngqī ㄒㄧㄥˊ ㄑㄧ 服刑的期限。
【刑辱】xíngrǔ ㄒㄧㄥˊ ㄖㄨˇ 〈書〉用刑法殘害凌辱。
【刑事】xíngshì ㄒㄧㄥˊ ㄕˋ 有關刑法的：刑事犯罪｜刑事案件｜刑事法庭。
【刑事法庭】xíngshì fǎtíng ㄒㄧㄥˊ ㄕˋ ㄈㄚˇ ㄊㄧㄥˊ 負責審理刑事案件的法庭。簡稱刑庭。
【刑事犯】xíngshìfàn ㄒㄧㄥˊ ㄕˋ ㄈㄢˋ 觸犯刑法，負有刑事責任的罪犯。
【刑事警察】xíngshì jǐngchá ㄒㄧㄥˊ ㄕˋ ㄐㄧㄥˇ ㄔㄚˊ 刑事偵查工作人員和刑事科學技術工作人員的總稱。簡稱刑警。
【刑事拘留】xíngshì jūliú ㄒㄧㄥˊ ㄕˋ ㄐㄩ ㄌㄧㄡˊ 公安機關在緊急情況下依法暫時限制現行犯或重大嫌疑分子人身自由的一種強制措施。
【刑事判決】xíngshì pànjué ㄒㄧㄥˊ ㄕˋ ㄆㄢˋ ㄐㄩㄝˊ 法院就被告人是否犯罪、應否處刑、如何處刑所作的決定。
【刑事訴訟】xíngshì sùsòng ㄒㄧㄥˊ ㄕˋ ㄙㄨˋ ㄙㄨㄥˋ 關於刑事案件的訴訟。
【刑事責任】xíngshì zérèn ㄒㄧㄥˊ ㄕˋ ㄗㄜˊ ㄖㄣˋ 觸犯刑法所必須承擔的法律後果。
【刑庭】xíngtíng ㄒㄧㄥˊ ㄊㄧㄥˊ 刑事法庭的簡稱。
【刑訊】xíngxùn ㄒㄧㄥˊ ㄒㄩㄣˋ 用刑具逼供審訊。
【刑偵】xíngzhēn ㄒㄧㄥˊ ㄓㄣ 刑事偵查：刑偵人員。
【刑種】xíngzhǒng ㄒㄧㄥˊ ㄓㄨㄥˇ 刑罰的種類。一般分為主刑和從刑兩大類。

行 xíng ㄒㄧㄥˊ ❶走：步行｜人行道｜日行千里。❷古代指路程：千里之行始於足下。❸指旅行或跟旅行有關的：行裝｜行程｜行蹤｜西歐之行。❹流動性的；臨時性的：行商｜行營。❺流通；推行：行銷｜發行｜風行一時。❻做；辦：舉行｜執行｜試行｜行醫｜行禮｜行竊｜行不通｜行之有效。❼表示進行某項活動(多用於雙音動詞前)：另行通知｜即行查復。❽(舊讀xìng ㄒㄧㄥˋ)行為：品行｜言行｜罪行｜獸行。❾可以：行，咱們就照這樣辦吧｜算了，把事情說明白就行了。❿能幹：他樣樣都會，真行！⓫〈書〉將要：行將｜行及半歲。⓬吃了藥之後使藥性發散，發揮效力：行藥。⓭(Xíng)姓。

另見453頁 háng；455頁 hàng；470頁 héng。
【行藏】xíngcáng ㄒㄧㄥˊ ㄘㄤˊ 〈書〉❶指對於出仕和退隱的處世態度。參看1380頁〖用捨行藏〗。❷形迹；底細；來歷：露行藏｜看破行藏。
【行草】xíngcǎo ㄒㄧㄥˊ ㄘㄠˇ 介於行書和草書之間的字體。
【行車】xíngchē ㄒㄧㄥˊ ㄔㄜ 駕車行駛：行車執照｜安全行車十萬公里。

另見454頁 hángchē。
【行程】xíngchéng ㄒㄧㄥˊ ㄔㄥˊ ❶路程：行程萬里。❷進程：歷史發展行程。❸見158頁〖衡程〗。
【行船】xíngchuán ㄒㄧㄥˊ ㄔㄨㄢˊ 駕船行駛：行船靠舵｜這條河不能行船。
【行刺】xíngcì ㄒㄧㄥˊ ㄘˋ (用武器)暗殺：圖謀行刺。
【行道】xíngdào ㄒㄧㄥˊ ㄉㄠˋ 舊時指推行自己的政治主張：立身行道。

另見454頁 háng·dao。
【行道樹】xíngdàoshù ㄒㄧㄥˊ ㄉㄠˋ ㄕㄨˋ 種在道路兩旁的成行的樹。
【行動】xíngdòng ㄒㄧㄥˊ ㄉㄨㄥˋ ❶行走；走動：病剛好一點兒，不宜行動。❷指為實現某種意圖而具體地進行活動：行動綱領。❸行為；舉動：行動自由。

【行都】xíngdū ㄒㄧㄥˊ ㄉㄨ 舊時指臨時的首都。

【行方便】xíng fāng·bian ㄒㄧㄥˊ ㄈㄤ ·ㄅㄧㄢ 給人以便利。

【行房】xíng∥fáng ㄒㄧㄥˊ∥ㄈㄤˊ 婉辭，指夫婦性交。

【行宮】xínggōng ㄒㄧㄥˊ ㄍㄨㄥ 供帝王在京城之外居住的宮殿。也指帝王出京後臨時寓居的官署或住宅。

【行好】xíng∥hǎo ㄒㄧㄥˊ∥ㄏㄠˇ 因憐憫而給予幫助或加以原諒。

【行賄】xíng∥huì ㄒㄧㄥˊ∥ㄏㄨㄟˋ 進行賄賂。

【行迹】xíngjì ㄒㄧㄥˊ ㄐㄧˋ 行動的踪迹：行迹無定。

【行將】xíngjiāng ㄒㄧㄥˊ ㄐㄧㄤ 〈書〉即將；將要：行將就道｜行將滅亡。

【行將就木】xíngjiāng jiù mù ㄒㄧㄥˊ ㄐㄧㄤ ㄐㄧㄡˋ ㄇㄨˋ 壽命已經不長，快要進棺材了。

【行腳】xíngjiǎo ㄒㄧㄥˊ ㄐㄧㄠˇ (和尚)雲遊四方：行腳僧。

【行劫】xíngjié ㄒㄧㄥˊ ㄐㄧㄝˊ 進行搶劫：攔路行劫。

【行進】xíngjìn ㄒㄧㄥˊ ㄐㄧㄣˋ 向前行走(多用於隊伍)：行進路綫｜稍事休息，繼續行進。

【行經】[1] xíngjīng ㄒㄧㄥˊ ㄐㄧㄥ 來月經。

【行經】[2] xíngjīng ㄒㄧㄥˊ ㄐㄧㄥ 行程中經過：火車從北京開出，行經天津抵達上海。

【行徑】xíngjìng ㄒㄧㄥˊ ㄐㄧㄥˋ 行為；舉動(多指壞的)：無恥行徑。

【行軍】xíng∥jūn ㄒㄧㄥˊ∥ㄐㄩㄣ 軍隊進行訓練或執行任務時從一個地點走到另一個地點：夜行軍｜急行軍。

【行軍牀】xíngjūnchuáng ㄒㄧㄥˊ ㄐㄩㄣ ㄔㄨㄤˊ 可以摺疊的牀，用木架或金屬架綳着帆布做成，多供行軍或野外工作時用。也叫帆布牀。

【行楷】xíngkǎi ㄒㄧㄥˊ ㄎㄞˇ 介於行書和楷書之間的字體。

【行樂】xínglè ㄒㄧㄥˊ ㄌㄜˋ 〈書〉消遣娛樂；遊戲取樂。

【行禮】xíng∥lǐ ㄒㄧㄥˊ∥ㄌㄧˇ ❶致敬禮，如鞠躬、舉手等。❷〈方〉送禮。

【行李】xíng·li ㄒㄧㄥˊ ·ㄌㄧ 出門所帶的包裹、箱子等。

【行李捲兒】xíng·lijuǎnr ㄒㄧㄥˊ ·ㄌㄧ ㄐㄩㄢㄦˇ 鋪蓋捲兒。

【行獵】xíngliè ㄒㄧㄥˊ ㄌㄧㄝˋ 〈書〉打獵：深山行獵。

【行令】xíng∥lìng ㄒㄧㄥˊ∥ㄌㄧㄥˋ 行酒令：猜拳行令。

【行旅】xínglǚ ㄒㄧㄥˊ ㄌㄩˇ 走遠路的人：行旅往來。

【行囊】xíngnáng ㄒㄧㄥˊ ㄋㄤˊ 〈書〉出門時所帶的袋子或包兒。

【行期】xíngqī ㄒㄧㄥˊ ㄑㄧ 出發的日期：行期在即。

【行乞】xíngqǐ ㄒㄧㄥˊ ㄑㄧˇ 向人要錢要飯：沿路行乞。

【行腔】xíngqiāng ㄒㄧㄥˊ ㄑㄧㄤ 戲曲演員按個人對於曲譜的體會來運用腔調：行腔咬字。

【行篋】xíngqiè ㄒㄧㄥˊ ㄑㄧㄝˋ 〈書〉出門時所帶的箱子。

【行竊】xíng∥qiè ㄒㄧㄥˊ∥ㄑㄧㄝˋ 進行偷竊。

【行人】xíngrén ㄒㄧㄥˊ ㄖㄣˊ 在路上走的人：過往行人。

【行人情】xíng rénqíng ㄒㄧㄥˊ ㄖㄣˊ ㄑㄧㄥˊ 指向親友家送禮物或到親友家賀喜、弔喪等。

【行若無事】xíng ruò wú shì ㄒㄧㄥˊ ㄖㄨㄛˋ ㄨˊ ㄕˋ 指在緊急關頭態度鎮靜如常。有時也指對壞人壞事，聽之任之，滿不在乎。

【行色】xíngsè ㄒㄧㄥˊ ㄙㄜˋ 出發前後的神態、情景或氣派：行色匆匆｜以壯行色。

【行善】xíng∥shàn ㄒㄧㄥˊ∥ㄕㄢˋ 做善事：積德行善。

【行商】xíngshāng ㄒㄧㄥˊ ㄕㄤ 往來販賣、沒有固定營業地點的商人(區別於'坐商')。

【行屍走肉】xíng shī zǒu ròu ㄒㄧㄥˊ ㄕ ㄗㄡˇ ㄖㄡˋ 比喻不動腦筋、無所作為，糊裏糊塗過日子的人。

【行時】xíngshí ㄒㄧㄥˊ ㄕˊ (事物)在當時流行；(人)在當時得勢。

【行使】xíngshǐ ㄒㄧㄥˊ ㄕˇ 執行；使用(職權等)：行使國家主權｜行使公民權利。

【行駛】xíngshǐ ㄒㄧㄥˊ ㄕˇ (車、船)行走：列車向南行駛｜長江下游可以行駛萬噸輪船。

【行事】xíngshì ㄒㄧㄥˊ ㄕˋ ❶行為：言談行事。❷辦事；做事：行事謹慎｜看人臉色行事。

【行書】xíngshū ㄒㄧㄥˊ ㄕㄨ 漢字字體，形體和筆勢介於草書和楷書之間。

【行署】xíngshǔ ㄒㄧㄥˊ ㄕㄨˇ 行政公署的簡稱。

【行述】xíngshù ㄒㄧㄥˊ ㄕㄨˋ 行狀。

【行頭】xíng·tou ㄒㄧㄥˊ ·ㄊㄡ ❶戲曲演員演出時用的服裝。❷泛指服裝(含詼諧意)。

【行為】xíngwéi ㄒㄧㄥˊ ㄨㄟˊ 受思想支配而表現在外面的活動：行為不端｜揭露不法行為。

【行為能力】xíngwéi nénglì ㄒㄧㄥˊ ㄨㄟˊ ㄋㄥˊ ㄌㄧˋ 指能夠以自己的行為依法行使權利和承擔義務的能力。具有行為能力的人必須首先具有權利能力，但具有權利能力的人不一定都有行為能力。參看954頁〖權利能力〗。

【行文】xíngwén ㄒㄧㄥˊ ㄨㄣˊ ❶組織文字，表達意思：行文簡練。❷發公文給(某個或某些單位)：行文各地。

【行銷】xíngxiāo ㄒㄧㄥˊ ㄒㄧㄠ 向各地銷售：行銷全國。

【行星】xíngxīng ㄒㄧㄥˊ ㄒㄧㄥ 沿不同的橢圓形

軌道繞太陽運行的天體，本身不發光，只能反射太陽光。太陽系有九大行星，按離太陽由近而遠的次序，依次是水星、金星、地球、火星、木星、土星、天王星、海王星和冥王星。還有許多小行星。

【行刑】xíng//xíng ㄒㄧㄥˊ//ㄒㄧㄥˊ 執行刑罰，特指死刑。

【行兇】xíng//xiōng ㄒㄧㄥˊ//ㄒㄩㄥ 指打人或殺人：持刀行兇｜行兇作惡。

【行醫】xíng//yī ㄒㄧㄥˊ//ㄧ 從事醫生的業務（多指個人經營的）：掛牌行醫｜世代行醫。

【行營】xíngyíng ㄒㄧㄥˊ ㄧㄥˊ 舊時指統帥出征時辦公的營帳或房屋，也指專設的機構。

【行轅】xíngyuán ㄒㄧㄥˊ ㄩㄢˊ 行營。

【行雲流水】xíng yún liú shuǐ ㄒㄧㄥˊ ㄩㄣˊ ㄌㄧㄡˊ ㄕㄨㄟˇ 比喻自然不拘執（多指文章、歌唱等）。

【行者】xíngzhě ㄒㄧㄥˊ ㄓㄜˇ ❶〈書〉行人。❷出家而未經剃度的佛教徒。

【行政】xíngzhèng ㄒㄧㄥˊ ㄓㄥˋ ❶行使國家權力的：行政單位｜行政機構。❷指機關、企業、團體等內部的管理工作：行政人員｜行政費用。

【行政公署】xíngzhèng gōngshǔ ㄒㄧㄥˊ ㄓㄥˋ ㄍㄨㄥ ㄕㄨˇ ❶我國解放前革命根據地和解放初期部分地區設立的地方政權機關，如蘇南行政公署、皖北行政公署等。❷我國某些省、自治區設置的派出機關。‖簡稱行署。

【行政拘留】xíngzhèng jūliú ㄒㄧㄥˊ ㄓㄥˋ ㄐㄩ ㄌㄧㄡˊ 對違反治安管理行為的一種行政處罰。拘留由公安機關裁決執行。

【行政區】xíngzhèngqū ㄒㄧㄥˊ ㄓㄥˋ ㄑㄩ 設有國家政權機關的各級地區。

【行止】xíngzhǐ ㄒㄧㄥˊ ㄓˇ 〈書〉❶行蹤：行止無定。❷品行：行止不檢｜行止有虧。

【行裝】xíngzhuāng ㄒㄧㄥˊ ㄓㄨㄤ 出門時所帶的衣服、被褥等：整理行裝。

【行狀】xíngzhuàng ㄒㄧㄥˊ ㄓㄨㄤˋ 〈書〉舊時死者家屬敍述死者世系、籍貫、事迹的文章，多隨訃文分送親友。也叫行述。

【行蹤】xíngzōng ㄒㄧㄥˊ ㄗㄨㄥ 行動的蹤迹（多指目前停留的地方）：行蹤不定。

【行走】xíngzǒu ㄒㄧㄥˊ ㄗㄡˇ 走①：行走如飛。

形 xíng ㄒㄧㄥˊ ❶形狀：圓形｜方形｜圖形｜地形。❷形體；實體：有形｜無形｜形影不離。❸顯露；表現：喜形於色｜形諸筆墨。❹對照：相形見絀｜相形之下。

【形變】xíngbiàn ㄒㄧㄥˊ ㄅㄧㄢˋ 固體受到外力作用時所發生的形狀或體積的改變。分為拉伸形變、扭轉形變、彎曲形變和剪切形變等。

【形成】xíngchéng ㄒㄧㄥˊ ㄔㄥˊ 通過發展變化而成為具有某種特點的事物，或者出現某種情形或局面：形成鮮明的對比。

【形成層】xíngchéngcéng ㄒㄧㄥˊ ㄔㄥˊ ㄘㄥˊ 植物體中的一種組織，細胞排列緊密，有不斷分裂增殖的能力。形成層的細胞陸續分化而形成韌皮部和木質部，並使莖或根不斷變粗。

【形單影隻】xíng dān yǐng zhī ㄒㄧㄥˊ ㄉㄢ ㄧㄥˇ ㄓ 形容孤獨，沒有伴侶。也說形隻影單。

【形而上學】xíng'érshàngxué ㄒㄧㄥˊ ㄦˊ ㄕㄤˋ ㄒㄩㄝˊ ❶哲學史上指哲學中探究宇宙根本原理的部分。❷同辯證法相對立的世界觀或方法論。它用孤立、靜止、片面的觀點看世界，認為一切事物都是孤立的，永遠不變的；如果說有變化，只是數量的增減和場所的變更，這種增減或變更的原因不在事物內部而在於事物外部。‖也叫玄學。

【形格勢禁】xíng gé shì jìn ㄒㄧㄥˊ ㄍㄜˊ ㄕˋ ㄐㄧㄣˋ 指受形勢的阻礙或限制。

【形骸】xínghái ㄒㄧㄥˊ ㄏㄞˊ 〈書〉指人的形體：放浪形骸。

【形迹】xíngjì ㄒㄧㄥˊ ㄐㄧˋ ❶舉動和神色：形迹可疑。❷痕迹；迹象：不留形迹。❸指禮貌：不拘形迹。

【形旁】xíngpáng ㄒㄧㄥˊ ㄆㄤˊ 見〖形聲〗。

【形容】xíngróng ㄒㄧㄥˊ ㄖㄨㄥˊ ❶〈書〉形體和容貌：形容憔悴。❷對事物的形象或性質加以描述：他高興的心情是無法形容的。

【形容詞】xíngróngcí ㄒㄧㄥˊ ㄖㄨㄥˊ ㄘˊ 表示人或事物的性質或狀態的詞，如'高、細、軟、白、暖和、活潑'。

【形聲】xíngshēng ㄒㄧㄥˊ ㄕㄥ 六書之一。形聲是說字由'形'和'聲'兩部分合成，形旁和全字的意義有關，聲旁和全字的讀音有關。如由形旁'氵（水）'和聲旁'工、可'分別合成'江、河'。形聲字佔漢字總數的百分之八十以上。也叫諧聲。

【形勝】xíngshèng ㄒㄧㄥˊ ㄕㄥˋ 〈書〉地勢優越壯美：山川形勝｜形勝之地。

【形式】xíngshì ㄒㄧㄥˊ ㄕˋ 事物的形狀、結構等：組織形式｜藝術形式｜形式邏輯｜內容和形式的統一。

【形式邏輯】xíngshì luó·jí ㄒㄧㄥˊ ㄕˋ ㄌㄨㄛˊ·ㄐㄧˊ 關於思維的形式及其規律的科學。形式邏輯研究概念、判斷、推理等主要思維形式，研究同一律、矛盾律、排中律等思維規律。

【形式主義】xíngshì zhǔyì ㄒㄧㄥˊ ㄕˋ ㄓㄨˇ ㄧˋ ❶片面地注重形式不管實質的工作作風，或只看事物的現象而不分析其本質的思想方法。❷19世紀末到20世紀初形成的一種反現實主義的藝術思潮，主要特徵是脫離現實生活、否認藝術的思想內容，只在表現形式上標新立異。

【形勢】xíngshì ㄒㄧㄥˊ ㄕˋ ❶地勢（多指從軍事角度看）：形勢險要。❷事物發展的狀況：國際形勢｜客觀形勢｜形勢逼人｜形勢好轉。

【形似】xíngsì ㄒㄧㄥˊ ㄙˋ 形式、外表上相像：塑人像不僅要形似，更要神似。

【形態】xíngtài ㄒㄧㄥˊ ㄊㄞˋ ❶事物的形狀或表現：意識形態｜觀念形態。❷生物體外部的形狀。❸詞的內部變化形式，包括構詞形式和詞形變化的形式。

【形態學】xíngtàixué ㄒㄧㄥˊ ㄊㄞˋ ㄒㄩㄝˊ ❶研究生物體外部形狀、內部構造及其變化的科學。❷語法學中研究詞的形態變化的部分。也叫詞法。

【形體】xíngtǐ ㄒㄧㄥˊ ㄊㄧˇ ❶身體（就外觀說）：生物學家們塑造了形體完整的中國猿人模型。❷形狀和結構：文字的形體。

【形象】xíngxiàng ㄒㄧㄥˊ ㄒㄧㄤˋ ❶能引起人的思想或情感活動的具體形狀或姿態：圖畫教學是通過形象來發展兒童認識事物的能力。❷文藝作品中創造出來的生動具體的、激發人們思想感情的生活圖景，通常指文學作品中人物的神情面貌和性格特徵：形象逼真｜英雄形象。❸指描繪或表達具體、生動：語言精練而形象。

【形象思維】xíngxiàng sīwéi ㄒㄧㄥˊ ㄒㄧㄤˋ ㄙ ㄨㄟˊ 文學藝術創作過程中主要的思維方式，借助於形象反映生活，運用典型化和想像的方法，塑造藝術形象，表達作者的思想感情。也叫藝術思維。

【形銷骨立】xíng xiāo gǔ lì ㄒㄧㄥˊ ㄒㄧㄠ ㄍㄨˇ ㄌㄧˋ 形容身體極其消瘦。

【形形色色】xíngxíngsèsè ㄒㄧㄥˊ ㄒㄧㄥˊ ㄙㄜˋ ㄙㄜˋ 各種各樣。

【形影不離】xíng yǐng bù lí ㄒㄧㄥˊ ㄧㄥˇ ㄅㄨˋ ㄌㄧˊ 形容彼此關係密切。

【形影相弔】xíng yǐng xiāng diào ㄒㄧㄥˊ ㄧㄥˇ ㄒㄧㄤ ㄉㄧㄠˋ 形容孤獨（弔：慰問）。

【形制】xíngzhì ㄒㄧㄥˊ ㄓˋ 器物或建築物的形狀和構造：形制古樸｜形制奇特｜殿宇形制雄偉。

【形狀】xíngzhuàng ㄒㄧㄥˊ ㄓㄨㄤˋ 物體或圖形由外部的面或綫條組合而呈現的外表。

邢 Xíng ㄒㄧㄥˊ 姓。

型 xíng ㄒㄧㄥˊ ❶模型：砂型。❷類型：臉型｜血型｜小型｜大型｜新型｜流綫型。

【型鋼】xínggāng ㄒㄧㄥˊ ㄍㄤ 斷面呈不同形狀的鋼材的統稱。斷面呈 L 形的叫角鋼，呈 凵 形的叫槽鋼，呈圓形的叫圓鋼，呈方形的叫方鋼，呈工字形的叫工字鋼，呈 T 形的叫丁字鋼。

【型號】xínghào ㄒㄧㄥˊ ㄏㄠˋ 指機械或其他工業製品的性能、規格和大小：品種多樣，型號齊全。

【型砂】xíngshā ㄒㄧㄥˊ ㄕㄚ 製造砂型用的主要材料，一般是二氧化硅和黏土的混合物。

【型心】xíngxīn ㄒㄧㄥˊ ㄒㄧㄣ 用來形成鑄件內腔的東西，通常用型砂製成。

陘（陉） xíng ㄒㄧㄥˊ 〈書〉山脈中斷的地方；山口：井陘（地名，在河北）。

硎 xíng ㄒㄧㄥˊ 〈書〉❶磨刀石：發硎。❷磨製。

鈃（钘） xíng ㄒㄧㄥˊ ❶古代盛酒的器皿。❷同'鉶'。

鉶（铏） xíng ㄒㄧㄥˊ 古代盛菜羹的器皿。

滎（荥） xíng ㄒㄧㄥˊ 滎陽（Xíngyáng ㄒㄧㄥˊ ㄧㄤˊ），地名，在河南。

另見1372頁 yíng。

餳（饧） xíng ㄒㄧㄥˊ ❶〈書〉糖稀。❷糖塊、麵劑子等變軟：糖餳了。❸精神不振，眼睛半睜半閉：眼睛發餳。

另見1115頁 táng。

xǐng（ㄒㄧㄥˇ）

省 xǐng ㄒㄧㄥˇ ❶檢查自己的思想行為：反省｜內省。❷探望；問候（多指對尊長）：省親。❸醒悟；明白：省悟｜不省人事。

另見1029頁 shěng。

【省察】xǐngchá ㄒㄧㄥˇ ㄔㄚˊ 檢查自己的思想行為。

【省墓】xǐngmù ㄒㄧㄥˇ ㄇㄨˋ 〈書〉祭掃尊長的墳墓。

【省親】xǐngqīn ㄒㄧㄥˇ ㄑㄧㄣ 回家鄉或到遠處看望父母或其他尊親。

【省視】xǐngshì ㄒㄧㄥˇ ㄕˋ 看望；探望：省視雙親。

【省悟】xǐngwù ㄒㄧㄥˇ ㄨˋ 醒悟。

醒 xǐng ㄒㄧㄥˇ ❶酒醉、麻醉或昏迷後神志恢復正常狀態：酒醉未醒。❷睡眠狀態結束，大腦皮層恢復興奮狀態。也指尚未入睡：大夢初醒｜我還醒着呢，熱得睡不着。❸指和（huó）好麪糰後，放一會兒，使麪糰軟硬均勻。❹醒悟；覺悟：猛醒｜提醒。❺明顯；清楚：醒目｜醒豁。

【醒盹兒】xǐng∥dǔnr ㄒㄧㄥˇ∥ㄉㄨㄣˇㄦ 〈方〉小睡醒過來。

【醒豁】xǐnghuò ㄒㄧㄥˇ ㄏㄨㄛˋ 意思表達得清楚，道理說得醒豁。

【醒酒】xǐng∥jiǔ ㄒㄧㄥˇ∥ㄐㄧㄡˇ 使由醉而醒：醒酒湯｜吃個梨醒醒酒。

【醒木】xǐngmù ㄒㄧㄥˇ ㄇㄨˋ 說評書的人為了引起聽眾注意而用來拍桌子的小硬木塊。

【醒目】xǐngmù ㄒㄧㄥˇ ㄇㄨˋ （文字、圖畫等）形象明顯，容易看清：大字標題十分醒目。

【醒脾】xǐngpí ㄒㄧㄥˇ ㄆㄧˊ 〈方〉❶消遣解悶。❷（拿人）開心；取笑。

【醒悟】xǐngwù ㄒㄧㄥˇ ㄨˋ 在認識上由模糊而清楚，由錯誤而正確：翻然醒悟。

【醒眼】xǐngyǎn ㄒㄧㄥˇ ㄧㄢˇ 〈方〉❶醒目；顯眼。❷醒悟；開竅。

擤(揝) xǐng ㄒㄧㄥˇ 按住鼻孔用力出氣，使鼻涕排出：擤鼻涕。

xìng (ㄒㄧㄥˋ)

杏 xìng ㄒㄧㄥˋ ❶杏樹，落葉喬木，葉子寬卵形，花單性，白色或粉紅色，果實圓形，成熟時黃紅色，味酸甜。❷(杏兒)這種植物的果實。

【杏紅】xìnghóng ㄒㄧㄥˋ ㄏㄨㄥˊ 黃中帶紅，比杏黃稍紅的顏色。

【杏黃】xìnghuáng ㄒㄧㄥˋ ㄏㄨㄤˊ 黃而微紅的顏色。

【杏仁】xìngrén ㄒㄧㄥˋ ㄖㄣˊ (杏仁兒)杏核中的仁。甜的一種可以吃，苦的一種可以入藥。

【杏眼】xìngyǎn ㄒㄧㄥˋ ㄧㄢˇ 指女子大而圓的眼睛：柳眉杏眼｜杏眼圓睜。

【杏子】xìng·zi ㄒㄧㄥˋ ·ㄗ 〈方〉杏。

幸(❺倖) xìng ㄒㄧㄥˋ ❶幸福；幸運：榮幸｜三生有幸。❷認為幸福而高興：欣幸｜慶幸｜幸災樂禍。❸〈書〉望；希望：幸勿推卻。❹僥幸：幸虧｜幸免｜幸未成災。❺〈書〉寵幸：幸臣。❻舊時指帝王到達某地：巡幸。❼(Xìng)姓。

【幸臣】xìngchén ㄒㄧㄥˋ ㄔㄣˊ 帝王寵幸的臣子(貶義)。

【幸存】xìngcún ㄒㄧㄥˋ ㄘㄨㄣˊ 僥幸地活下來：幸存者｜飛機失事，機上人員無一幸存。

【幸而】xìng'ér ㄒㄧㄥˋ ㄦˊ 幸虧：幸而隱患及時消除，否則後果不堪設想。

【幸福】xìngfú ㄒㄧㄥˋ ㄈㄨˊ ❶使人心情舒暢的境遇和生活：為人民謀幸福｜今天的幸福是先烈們流血流汗得來的。❷(生活、境遇)稱心如意：隨着經濟的發展，人民越來越幸福。

【幸好】xìnghǎo ㄒㄧㄥˋ ㄏㄠˇ 幸虧：幸好雨不大，不然非淋成落湯雞不可。

【幸會】xìnghuì ㄒㄧㄥˋ ㄏㄨㄟˋ 客套話，表示跟對方相會很榮幸。

【幸進】xìngjìn ㄒㄧㄥˋ ㄐㄧㄣˋ 〈書〉因僥幸而當官或升級。

【幸虧】xìngkuī ㄒㄧㄥˋ ㄎㄨㄟ 副詞，表示藉以免除困難的有利情況：幸虧搶救及時，才保住性命。

【幸免】xìngmiǎn ㄒㄧㄥˋ ㄇㄧㄢˇ 僥幸地避免：幸免於難。

【幸甚】xìngshèn ㄒㄧㄥˋ ㄕㄣˋ 〈書〉❶表示很有希望，很可慶幸：剪除奸佞，國家幸甚。❷非常榮幸(多用於書信)：承不吝賜教，幸甚，幸甚。

【幸事】xìngshì ㄒㄧㄥˋ ㄕˋ 值得慶幸的事。

【幸喜】xìngxǐ ㄒㄧㄥˋ ㄒㄧˇ 幸虧：幸喜有熱心人指點，才沒有迷路。

【幸運】xìngyùn ㄒㄧㄥˋ ㄩㄣˋ ❶好的運氣；出乎意料的好機會：但願幸運能夠降臨到他的頭上。❷稱心如意；運氣好：買彩券得了頭等獎，真是幸運。

【幸運兒】xìngyùn'ér ㄒㄧㄥˋ ㄩㄣˋ ㄦˊ 幸運的人。

【幸災樂禍】xìng zāi lè huò ㄒㄧㄥˋ ㄗㄞ ㄌㄜˋ ㄏㄨㄛˋ 別人遭到災禍時自己心裏高興。

性 xìng ㄒㄧㄥˋ ❶性格：個性｜天性｜耐性。❷物質所具有的性能；物質因含有某種成分而產生的性質：黏性｜彈性｜藥性｜鹼性｜油性。❸在思想、感情等方面的表現：黨性｜階級性｜紀律性。❹有關生物的生殖或性慾的：性器官｜性行為｜性生活。❺性別：男性｜女性｜雄性｜雌性。❻表示名詞(以及代詞、形容詞)的類別的語法範疇。語法上的性跟事物的自然性別有時有關，有時無關。例如俄語名詞有陽、陰、中三性。

【性愛】xìng'ài ㄒㄧㄥˋ ㄞˋ 兩性之間的愛慾(就發生性關係說)。

【性別】xìngbié ㄒㄧㄥˋ ㄅㄧㄝˊ 雌雄兩性的區別，通常指男女兩性的區別。

【性病】xìngbìng ㄒㄧㄥˋ ㄅㄧㄥˋ 梅毒、淋病、軟性下疳等疾病的統稱，多由性交傳染。

【性感】xìnggǎn ㄒㄧㄥˋ ㄍㄢˇ 能夠引起異性情慾的肉感。

【性格】xìnggé ㄒㄧㄥˋ ㄍㄜˊ 在對人、對事的態度和行為方式上所表現出來的心理特點，如英勇、剛強、懦弱、粗暴等。

【性激素】xìngjīsù ㄒㄧㄥˋ ㄐㄧ ㄙㄨˋ 由睾丸或卵巢分泌的激素，主要作用是刺激生殖器官的生長和調節生殖器的機能。男子生鬍鬚，女子乳房發達，都與性激素有關。

【性急】xìng jí ㄒㄧㄥˋ ㄐㄧˊ 遇事沒有耐性，急於去做或急於達到目的；脾氣急：養病不能性急。

【性交】xìngjiāo ㄒㄧㄥˋ ㄐㄧㄠ 兩性之間發生性行為。

【性靈】xìnglíng ㄒㄧㄥˋ ㄌㄧㄥˊ 〈書〉指人的精神、性情、情感等：陶冶性靈。

【性命】xìngmìng ㄒㄧㄥˋ ㄇㄧㄥˋ 人和動物的生命。

【性命交關】xìngmìng jiāoguān ㄒㄧㄥˋ ㄇㄧㄥˋ ㄐㄧㄠ ㄍㄨㄢ 關係到人的性命。形容關係重大，非常緊要。

【性能】xìngnéng ㄒㄧㄥˋ ㄋㄥˊ 機械或其他工業製品對設計要求的滿足程度：這種插秧機構造簡單，性能良好。

【性氣】xìngqì ㄒㄧㄥˋ ㄑㄧˋ 性格；脾氣：性氣平和。

【性器官】xìngqìguān ㄒㄧㄥˋ ㄑㄧˋ ㄍㄨㄢ 人或高等動物的生殖器。參看1027頁〖生殖器〗。
【性情】xìng·qíng ㄒㄧㄥˋ·ㄑㄧㄥˊ 性格：性情急躁｜性情溫和。
【性腺】xìngxiàn ㄒㄧㄥˋ ㄒㄧㄢˋ 見1027頁〖生殖腺〗。
【性行】xìngxíng ㄒㄧㄥˋ ㄒㄧㄥˊ 性格行為：性行暴烈。
【性慾】xìngyù ㄒㄧㄥˋ ㄩˋ 對性行為的要求。
【性質】xìngzhì ㄒㄧㄥˋ ㄓˋ 一種事物區別於其他事物的根本屬性。
【性狀】xìngzhuàng ㄒㄧㄥˋ ㄓㄨㄤˋ 性質和形狀：土壤的理化性狀。
【性子】xìng·zi ㄒㄧㄥˋ·ㄗ ❶性情；脾氣：急性子｜使性子｜這匹馬的性子很烈。❷酒、藥等的刺激性：這藥性子平和。

姓 xìng ㄒㄧㄥˋ ❶表明家族的字：姓名｜貴姓。❷姓…；以…為姓：你姓甚麼？｜他姓張，不姓王。
【姓名】xìngmíng ㄒㄧㄥˋ ㄇㄧㄥˊ 姓和名字。
【姓氏】xìngshì ㄒㄧㄥˋ ㄕˋ 表明家族的字。姓和氏本有分別，姓起於女系，氏起於男系。後來說姓氏，專指姓。

荇〔荇〕(莕) xìng ㄒㄧㄥˋ ［荇菜］(xìngcài ㄒㄧㄥˋ ㄘㄞˋ）多年生草本物，葉子略呈圓形，浮在水面，根生在水底，花黃色，蒴果橢圓形。

悻 xìng ㄒㄧㄥˋ 見下。
【悻然】xìngrán ㄒㄧㄥˋ ㄖㄢˊ 怨恨憤怒的樣子。
【悻悻】xìngxìng ㄒㄧㄥˋ ㄒㄧㄥˋ 怨恨；憤怒：悻悻而去。

婞 xìng ㄒㄧㄥˋ 〈書〉倔強固執：婞直。

興(兴) xìng ㄒㄧㄥˋ 興致；興趣：豪興｜助興｜敗興｜雅興｜遊興。
另見1277頁 xīng。
【興沖沖】xìngchōngchōng ㄒㄧㄥˋ ㄔㄨㄥ ㄔㄨㄥ (興沖沖的)形容興致很高。
【興高采烈】xìng gāo cǎi liè ㄒㄧㄥˋ ㄍㄠ ㄘㄞˇ ㄌㄧㄝˋ 興致高，情緒熱烈。
【興會】xìnghuì ㄒㄧㄥˋ ㄏㄨㄟˋ 因偶然有所感受而發生的意趣：乘一時的興會，信手寫了這首詩。
【興趣】xìngqù ㄒㄧㄥˋ ㄑㄩˋ 喜好的情緒：我對下棋不感興趣｜人們懷着極大的興趣參觀了畫展。
【興頭】xìng·tou ㄒㄧㄥˋ·ㄊㄡ ❶因為高興或感興趣而產生的勁頭：興頭十足。❷〈方〉高興；得意：前呼後擁，好不興頭。
【興頭兒上】xìngtóur·shang ㄒㄧㄥˋ ㄊㄡㄦˊ·ㄕㄤ 興頭正足的時候：人家正在興頭兒上，你幹嗎要潑冷水！
【興味】xìngwèi ㄒㄧㄥˋ ㄨㄟˋ 興趣：饒有興味｜興味索然。
【興致】xìngzhì ㄒㄧㄥˋ ㄓˋ 興趣：興致勃勃。

xiōng (ㄒㄩㄥ)

凶 xiōng ㄒㄩㄥ ❶不幸的(形容死亡、災難等現象，跟'吉'相對)：凶事｜凶信。❷年成很壞：凶年。
另見1283頁 xiōng '兇'。
【凶服】xiōngfú ㄒㄩㄥ ㄈㄨˊ 〈書〉喪服；孝衣。
【凶耗】xiōnghào ㄒㄩㄥ ㄏㄠˋ 人死亡的消息。
【凶年】xiōngnián ㄒㄩㄥ ㄋㄧㄢˊ 荒年：凶年饑歲。
【凶信】xiōngxìn ㄒㄩㄥ ㄒㄧㄣˋ (凶信兒)不好的消息，特指人死亡的消息：報凶信。
【凶宅】xiōngzhái ㄒㄩㄥ ㄓㄞˊ 不吉利的或鬧鬼的房舍(迷信)。
【凶兆】xiōngzhào ㄒㄩㄥ ㄓㄠˋ 不吉祥的預兆(迷信)。

兄 xiōng ㄒㄩㄥ ❶哥哥：父兄｜胞兄｜從兄。❷親戚中同輩而年紀比自己大的男子：表兄。❸對男性朋友的尊稱：仁兄。
【兄弟】xiōngdì ㄒㄩㄥ ㄉㄧˋ 哥哥和弟弟：兄弟二人◇兄弟單位｜兄弟部隊｜兄弟民族。
【兄弟】xiōng·di ㄒㄩㄥ·ㄉㄧ ❶弟弟。❷稱呼年紀比自己小的男子(親切口氣)。❸謙辭，男子跟輩分相同的人或對眾人說話時的自稱：兄弟我剛到這裏，請多多關照。
【兄弟鬩牆】xiōngdì xì qiáng ㄒㄩㄥ ㄉㄧˋ ㄒㄧˋ ㄑㄧㄤˊ《詩經．小雅．常棣》：'兄弟鬩於牆。'兄弟在家爭吵。後用來比喻內部相爭。
【兄長】xiōngzhǎng ㄒㄩㄥ ㄓㄤˇ ❶兄①。❷對男性朋友的尊稱：請兄長指教。

芎〔芎〕 xiōng ㄒㄩㄥ ［芎藭］(xiōngqióng ㄒㄩㄥ ㄑㄩㄥˊ）見175頁〖川芎〗。

兇(凶) xiōng ㄒㄩㄥ ❶兇惡：窮兇極惡｜這個人樣子真兇。❷厲害：病勢很兇｜鬧得太兇。❸指殺害或傷害人的行為：行兇。❹行兇作惡的人：正兇｜幫兇｜元兇。
'凶'另見1283頁 xiōng。
【兇案】xiōng'àn ㄒㄩㄥ ㄢˋ 殺害人命的案件。
【兇暴】xiōngbào ㄒㄩㄥ ㄅㄠˋ (性情、行為)兇狠殘暴：脾氣兇暴｜兇暴殘忍。
【兇殘】xiōngcán ㄒㄩㄥ ㄘㄢˊ 兇惡殘暴：兇殘成性。
【兇惡】xiōng'è ㄒㄩㄥ ㄜˋ (性情、行為或相貌)十分可怕：兇惡的目光｜兇惡的敵人。
【兇犯】xiōngfàn ㄒㄩㄥ ㄈㄢˋ 行兇的罪犯：殺人兇犯。
【兇悍】xiōnghàn ㄒㄩㄥ ㄏㄢˋ 兇猛強悍：為人兇悍。

【兇狠】xiōnghěn ㄒㄩㄥ ㄏㄣˇ ❶（性情、行為）兇惡狠毒：兇狠的豺狼。❷猛烈：扣球兇狠。

【兇橫】xiōnghèng ㄒㄩㄥ ㄏㄥˋ 兇惡蠻橫：滿臉兇橫｜態度粗暴，說話兇橫。

【兇狂】xiōngkuáng ㄒㄩㄥ ㄎㄨㄤˊ 兇惡猖狂。

【兇猛】xiōngměng ㄒㄩㄥ ㄇㄥˇ （氣勢、力量）兇惡強大：來勢兇猛｜虎豹都是兇猛的野獸。

【兇虐】xiōngnüè ㄒㄩㄥ ㄋㄩㄝˋ 兇惡暴虐。

【兇氣】xiōngqì ㄒㄩㄥ ㄑㄧˋ 兇狠的氣勢；兇惡的神色：一臉兇氣。

【兇器】xiōngqì ㄒㄩㄥ ㄑㄧˋ 行兇用的器具：殺人兇器。

【兇殺】xiōngshā ㄒㄩㄥ ㄕㄚ 殺害人命：兇殺案。

【兇煞】xiōngshà ㄒㄩㄥ ㄕㄚˋ 兇神。

【兇神】xiōngshén ㄒㄩㄥ ㄕㄣˊ 迷信者指兇惡的神，常用來指兇惡的人：兇神惡煞。

【兇手】xiōngshǒu ㄒㄩㄥ ㄕㄡˇ 行兇的人。

【兇死】xiōngsǐ ㄒㄩㄥ ㄙˇ 指被人殺害或自殺而死。

【兇險】xiōngxiǎn ㄒㄩㄥ ㄒㄧㄢˇ ❶（情勢等）危險可怕：病情兇險｜地勢兇險。❷兇惡陰險：兇險的敵人。

【兇相】xiōngxiàng ㄒㄩㄥ ㄒㄧㄤˋ 兇惡的面目；兇惡的相貌：兇相畢露｜一臉的兇相。

【兇焰】xiōngyàn ㄒㄩㄥ ㄧㄢˋ 兇惡的氣焰。

匈

xiōng ㄒㄩㄥ 〈書〉同'胸'。

【匈奴】Xiōngnú ㄒㄩㄥ ㄋㄨˊ 我國古代民族，戰國時游牧在燕、趙、秦以北。東漢時分裂為南北兩部，北匈奴在一世紀末為漢所敗，西遷。南匈奴附漢，東晉時曾先後建立前趙、後趙、夏、北涼等政權。

洶（汹）

xiōng ㄒㄩㄥ 水向上翻騰：洶涌。

【洶洶】xiōngxiōng ㄒㄩㄥ ㄒㄩㄥ ❶〈書〉形容波濤的聲音：波聲洶洶｜波浪洶洶。❷形容聲勢盛大的樣子（貶義）：氣勢洶洶｜來勢洶洶。❸〈書〉形容爭論的聲音或紛擾的樣子：議論洶洶｜天下洶洶，干戈四起。也作訩訩。

【洶涌】xiōngyǒng ㄒㄩㄥ ㄩㄥˇ （水）猛烈地向上涌或向前翻滾：洶涌澎湃｜波濤洶涌。

恟（忷）

xiōng ㄒㄩㄥ 〈書〉恐懼；驚駭。

胸（胷）

xiōng ㄒㄩㄥ ❶軀幹的一部分，在頸和腹之間。（圖見1017頁〖身體〗）❷指心裏（跟思想、見識、氣量等有關）：心胸｜胸有成竹｜胸無點墨。

【胸次】xiōngcì ㄒㄩㄥ ㄘˋ 〈書〉❶心裏；心情：胸次舒暢。❷胸懷：胸次寬廣。

【胸骨】xiōnggǔ ㄒㄩㄥ ㄍㄨˇ 人或高等動物胸腔前面正中央的一根劍形的骨頭，兩側與肋骨相連。胸骨、胸椎和肋骨構成胸腔。（圖見410頁〖骨骼〗）

【胸懷】xiōng huái ㄒㄩㄥ ㄏㄨㄞˊ 心裏懷着：胸懷大志｜胸懷祖國，放眼世界。

【胸懷】xiōnghuái ㄒㄩㄥ ㄏㄨㄞˊ ❶胸襟：胸懷狹窄｜胸懷坦盪｜寬廣的胸懷。❷胸部；胸膛：敞着胸懷。

【胸襟】xiōngjīn ㄒㄩㄥ ㄐㄧㄣ ❶抱負；氣量：偉大的胸襟｜胸襟開闊。❷心胸；心懷：盪滌胸襟。❸胸部的衣襟：胸襟上戴着一朵大紅花。

【胸徑】xiōngjìng ㄒㄩㄥ ㄐㄧㄥˋ 林業上指樹幹離地面高1.3米處的直徑。

【胸口】xiōngkǒu ㄒㄩㄥ ㄎㄡˇ 胸骨下端周圍的部分。

【胸廓】xiōngkuò ㄒㄩㄥ ㄎㄨㄛˋ 胸部的骨質支架。人的胸廓為圓錐形，由胸椎、肋骨和胸骨構成。

【胸膜】xiōngmó ㄒㄩㄥ ㄇㄛˊ 包在肺臟表面和貼在胸腔內壁的兩層漿膜。這兩層薄膜兩端連在一起，當中形成囊狀的空腔，叫胸膜腔，腔內有少量液體，可以減少兩層薄膜的摩擦。也叫肋膜。

【胸脯】xiōngpú ㄒㄩㄥ ㄆㄨˊ （胸脯兒）指胸部：挺着胸脯兒。也叫胸脯子。

【胸鰭】xiōngqí ㄒㄩㄥ ㄑㄧˊ 魚類胸部的鰭，在鰓的後面，左右各一，是魚類的運動器官。（圖見905頁'鰭'）

【胸腔】xiōngqiāng ㄒㄩㄥ ㄑㄧㄤ 體腔的一部分，是胸骨、胸椎和肋骨圍成的空腔，上部跟頸相連，下部有橫膈膜和腹腔隔開。心、肺等器官都在胸腔內。

【胸牆】xiōngqiáng ㄒㄩㄥ ㄑㄧㄤˊ ❶齊胸高的矮牆。❷為了便於射擊和減少敵人火力可能造成的損害，在掩體前面和戰壕邊沿用土堆砌起來的矮牆。

【胸膛】xiōngtáng ㄒㄩㄥ ㄊㄤˊ 胸①：挺起胸膛。

【胸圍】xiōngwéi ㄒㄩㄥ ㄨㄟˊ ❶圍繞胸部一周的長度。❷林業上指樹幹離地面高1.3米處的周長。

【胸無點墨】xiōng wú diǎn mò ㄒㄩㄥ ㄨˊ ㄉㄧㄢˇ ㄇㄛˋ 形容讀書太少，文化水平極低。

【胸像】xiōngxiàng ㄒㄩㄥ ㄒㄧㄤˋ 腰部以上的半身人像。

【胸臆】xiōngyì ㄒㄩㄥ ㄧˋ 指心裏的話或想法：直抒胸臆｜傾吐胸臆。

【胸有成竹】xiōng yǒu chéng zhú ㄒㄩㄥ ㄧㄡˇ ㄔㄥˊ ㄓㄨˊ 畫竹子時心裏有一幅竹子的形象（見於宋晁補之詩'與可畫竹時，胸中有成竹'，與可是宋代畫家文同的字）。比喻做事之前已經有通盤的考慮。也說成竹在胸。

【胸章】xiōngzhāng ㄒㄩㄥ ㄓㄤ ❶佩帶在胸前表示身份或職務的標誌。❷佩帶在胸前的獎章、紀念章等。

【胸中無數】xiōng zhōng wú shù ㄒㄩㄥ ㄓㄨㄥ ㄨˊ ㄕㄨˋ 指對情況和問題了解不夠，處理事情沒有把握。也說心中無數。

【胸中有數】xiōng zhōng yǒu shù ㄒㄩㄥ ㄓㄨㄥ ㄧㄡˇ ㄕㄨˋ 指對情況和問題有基本的了解，處理事情有一定的把握。也說心中有數。

【胸椎】xiōngzhuī ㄒㄩㄥ ㄓㄨㄟ 胸部的椎骨，共有十二塊，較頸椎大。(圖見410頁〖骨骼〗)

詾(讻、哅) xiōng ㄒㄩㄥ ［詾詾］〈書〉同'洶洶'③。

xióng (ㄒㄩㄥˊ)

雄 xióng ㄒㄩㄥˊ ❶生物中能產生精細胞的(跟'雌'相對)：雄性｜雄雞｜雄蕊。❷有氣魄的：雄偉｜雄心｜雄姿。❸強有力的：雄兵｜雄辯。❹強有力的人或國家：英雄｜戰國七雄。

【雄辯】xióngbiàn ㄒㄩㄥˊ ㄅㄧㄢˋ ❶強有力的辯論：事實勝於雄辯。❷有説服力：最雄辯的莫過於事實｜事實雄辯地説明，這項改革是必要的。

【雄兵】xióngbīng ㄒㄩㄥˊ ㄅㄧㄥ 強有力的軍隊：雄兵百萬。

【雄才大略】xióng cái dà lüè ㄒㄩㄥˊ ㄘㄞˊ ㄉㄚˋ ㄌㄩㄝˋ 杰出的才智和謀略。

【雄大】xióngdà ㄒㄩㄥˊ ㄉㄚˋ (氣魄)雄壯有力。

【雄風】xióngfēng ㄒㄩㄥˊ ㄈㄥ ❶〈書〉強勁的風。❷威風：老將雄風猶在｜轉戰千里，雄風大振。

【雄蜂】xióngfēng ㄒㄩㄥˊ ㄈㄥ 雄性的蜂類。特指雄性的蜜蜂，是由未受精的卵子發育而成的，身體比工蜂大，比母蜂小，頭部圓形，沒有毒刺，和母蜂交配後，即被工蜂趕出蜂巢。

【雄關】xióngguān ㄒㄩㄥˊ ㄍㄨㄢ 險要的關口：雄關隘口。

【雄厚】xiónghòu ㄒㄩㄥˊ ㄏㄡˋ (人力、物力)充足：技術力量雄厚｜雄厚的資金。

【雄花】xiónghuā ㄒㄩㄥˊ ㄏㄨㄚ 只有雄蕊的單性花。

【雄黃】xiónghuáng ㄒㄩㄥˊ ㄏㄨㄤˊ 礦物，成分是硫化砷，橘黃色，有光澤。用來製農藥、染料等，中醫入藥。也叫雞冠石。

【雄黃酒】xiónghuángjiǔ ㄒㄩㄥˊ ㄏㄨㄤˊ ㄐㄧㄡˇ 攙有雄黃的燒酒，民間在端午節時飲用。

【雄渾】xiónghún ㄒㄩㄥˊ ㄏㄨㄣˊ 雄健渾厚；雄壯渾厚：筆力雄渾｜音調雄渾，節奏沈穩。

【雄健】xióngjiàn ㄒㄩㄥˊ ㄐㄧㄢˋ 強健有力：雄健的步伐。

【雄杰】xióngjié ㄒㄩㄥˊ ㄐㄧㄝˊ 〈書〉❶才能出眾：雄杰之士。❷才能出眾的人物：一代雄杰。

【雄勁】xióngjìng ㄒㄩㄥˊ ㄐㄧㄥˋ 雄壯有力：氣勢雄勁。

【雄赳赳】xióngjiūjiū ㄒㄩㄥˊ ㄐㄧㄡ ㄐㄧㄡ (雄赳赳的)形容威武：雄赳赳，氣昂昂。

【雄蕊】xióngruǐ ㄒㄩㄥˊ ㄖㄨㄟˇ 花的主要部分之一，一般由花絲和花藥構成。雄蕊成熟後，花藥裂開，散出花粉。(圖見488頁'花')

【雄師】xióngshī ㄒㄩㄥˊ ㄕ 雄兵：百萬雄師。

【雄圖】xióngtú ㄒㄩㄥˊ ㄊㄨˊ 偉大的計劃或謀略。

【雄威】xióngwēi ㄒㄩㄥˊ ㄨㄟ 雄壯威武。

【雄偉】xióngwěi ㄒㄩㄥˊ ㄨㄟˇ ❶雄壯而偉大：氣魄雄偉｜雄偉的天安門。❷魁梧；魁偉：身材雄偉。

【雄心】xióngxīn ㄒㄩㄥˊ ㄒㄧㄣ 遠大的理想和抱負：雄心壯志｜雄心勃勃。

【雄性】xióngxìng ㄒㄩㄥˊ ㄒㄧㄥˋ 生物兩性之一，能產生精子：雄性動物。

【雄主】xióngzhǔ ㄒㄩㄥˊ ㄓㄨˇ 有雄才大略的君主。

【雄壯】xióngzhuàng ㄒㄩㄥˊ ㄓㄨㄤˋ ❶(氣魄、聲勢)強大：雄壯的步伐｜歌聲雄壯，響徹雲霄。❷(身體)魁梧強壯：身材雄壯。

【雄姿】xióngzī ㄒㄩㄥˊ ㄗ 威武雄壯的姿態：雄姿英發｜晨曦中，山海關城樓的雄姿隱約可見。

熊1 xióng ㄒㄩㄥˊ ❶哺乳動物，頭大，尾巴短，四肢短而粗，腳掌大，趾端有帶鈎的爪，能爬樹。主要吃動物性食物，也吃水果、堅果等。種類很多，如棕熊、白熊、黑熊。❷(Xióng)姓。

熊2 xióng ㄒㄩㄥˊ 〈方〉❶斥責：捱熊｜熊了他一頓。❷怯懦；沒有能力：你也真熊，一上陣就敗了下來。

【熊包】xióngbāo ㄒㄩㄥˊ ㄅㄠ 〈方〉譏稱懦弱、無能的人。

【熊貓】xióngmāo ㄒㄩㄥˊ ㄇㄠ 見777頁〖貓熊〗。

【熊瞎子】xióngxiā·zi ㄒㄩㄥˊ ㄒㄧㄚ·ㄗ 〈方〉熊。

【熊熊】xióngxióng ㄒㄩㄥˊ ㄒㄩㄥˊ 形容火勢旺盛：熊熊的烈火｜大火熊熊。

【熊腰虎背】xióng yāo hǔ bèi ㄒㄩㄥˊ ㄧㄠ ㄏㄨˇ ㄅㄟˋ 見485頁〖虎背熊腰〗。

xiòng (ㄒㄩㄥˋ)

詗(诇) xiòng ㄒㄩㄥˋ 〈書〉刺探：詗察(偵察)。

夐 xiòng ㄒㄩㄥˋ 〈書〉❶遠；遙遠：夐若千里。❷久遠：夐古。

xiū (ㄒㄧㄡ)

休1 xiū ㄒㄧㄡ ❶停止；罷休(事情)：休會｜爭論不休。❷休息：休養｜休假｜退休。❸舊時指丈夫把妻子趕回娘家，斷絕夫妻關係：休妻｜休書。❹副詞，表示禁止或勸阻(多見於早期白話)：休得無理｜閑話休提｜休要胡言亂語。

休2 xiū ㄒㄧㄡ 〈書〉吉慶；歡樂：休咎(吉凶)｜休戚。

【休會】xiū∥huì ㄒㄧㄡ∥ㄏㄨㄟˋ 會議在進行期間暫時停止開會：休會一天。

【休假】xiū∥jià ㄒㄧㄡ∥ㄐㄧㄚˋ 按照規定或經過批准後，停止一定時期的工作或學習：因病休假｜休了一個月假。

【休克】xiūkè ㄒㄧㄡ ㄎㄜˋ ❶臨牀上常見的一種細胞急性缺氧綜合症。主要症狀是血壓下降，血流減慢，四肢發冷，臉色蒼白，體溫下降，神志淡漠等。❷發生休克：因為流血過多，他已經休克了。［英 shock］

【休眠】xiūmián ㄒㄧㄡ ㄇㄧㄢˊ 某些生物為了適應環境的變化，生命活動幾乎到了停止的狀態，如蛇到冬季就不吃不動，植物的芽在冬季停止生長等。

【休眠火山】xiūmián huǒshān ㄒㄧㄡ ㄇㄧㄢˊ ㄏㄨㄛˇ ㄕㄢ 歷史上曾經活動過，長期以來處於靜止狀態，但仍有可能噴發的火山。也叫休火山。

【休戚】xiūqī ㄒㄧㄡ ㄑㄧ 歡樂和憂愁。泛指有利的和不利的遭遇：休戚相關(彼此間禍福互相關聯)｜休戚與共(同甘共苦)。

【休憩】xiūqì ㄒㄧㄡ ㄑㄧˋ 休息：路邊設有坐椅，供行人休憩。

【休息】xiū·xi ㄒㄧㄡ ·ㄒㄧ 暫時停止工作、學習或活動：走累了，找個地方休息休息｜既要有緊張的工作，又要有適當的休息。

【休閑】xiūxián ㄒㄧㄡ ㄒㄧㄢˊ ❶休息；過清閑生活：休閑場所。❷(可耕地)閑着，一季或一年不種作物：休閑地。

【休想】xiūxiǎng ㄒㄧㄡ ㄒㄧㄤˇ 別想；不要妄想：休想逃脫｜你要騙人，休想！

【休學】xiū∥xué ㄒㄧㄡ∥ㄒㄩㄝˊ 學生因故不能繼續學習，經學校同意，暫停學習，仍保留學籍，叫做休學。

【休養】xiūyǎng ㄒㄧㄡ ㄧㄤˇ ❶休息調養：休養所｜他到北戴河休養去了。❷恢復並發展國家或人民的經濟力量：休養民力。

【休養生息】xiūyǎng shēngxī ㄒㄧㄡ ㄧㄤˇ ㄕㄥ ㄒㄧ 指在國家大動盪或大變革以後，減輕人民負擔，安定生活，發展生產，恢復元氣。

【休業】xiū∥yè ㄒㄧㄡ∥ㄧㄝˋ ❶停止營業：休業整頓。❷學習單位結束一個階段的學習。

【休戰】xiū∥zhàn ㄒㄧㄡ∥ㄓㄢˋ 交戰雙方簽訂協定，暫時停止軍事行動。

【休整】xiūzhěng ㄒㄧㄡ ㄓㄥˇ 休息整頓(多用於軍隊)：利用戰鬥空隙進行休整。

【休止】xiūzhǐ ㄒㄧㄡ ㄓˇ 停止：這座火山已進入休止狀態。

【休止符】xiūzhǐfú ㄒㄧㄡ ㄓˇ ㄈㄨˊ 樂譜中用來表示音樂停頓時間長短的符號。

咻 xiū ㄒㄧㄡ 〈書〉吵；亂說話；喧擾。

【咻咻】xiūxiū ㄒㄧㄡ ㄒㄧㄡ 象聲詞。❶形容喘氣的聲音：咻咻的鼻息｜咻咻地喘氣。❷形容某些動物的叫聲：小鴨咻咻地叫着。

庥 xiū ㄒㄧㄡ 〈書〉庇廕；保護。

修1 xiū ㄒㄧㄡ ❶修飾：裝修｜修辭。❷修理；整治：修車｜修橋補路｜一定要把淮河修好。❸寫；編寫：修函｜修史｜修縣誌。❹(學問、品行方面)學習和鍛煉：修養｜修業｜進修。❺修行(迷信)：修煉｜修仙。❻興建；建築：修建｜修水庫｜新修了一條鐵路。❼剪或削，使整齊：修樹枝｜修指甲。❽指修正主義：反修防修。❾(Xiū)姓。

修2 xiū ㄒㄧㄡ 〈書〉長；高：修長｜修竹。

【修補】xiūbǔ ㄒㄧㄡ ㄅㄨˇ ❶修理破損的東西使完好：修補輪胎｜修補魚網。❷有機體的組織發生損耗時，由體內的蛋白質來補充叫修補。

【修長】xiūcháng ㄒㄧㄡ ㄔㄤˊ 細長：修長身材。

【修辭】xiūcí ㄒㄧㄡ ㄘˊ 修飾文字詞句，運用各種表現方式，使語言表達得準確、鮮明而生動有力。

【修辭格】xiūcígé ㄒㄧㄡ ㄘˊ ㄍㄜˊ 各種修辭方式，如比喻、對偶、排比等。

【修辭學】xiūcíxué ㄒㄧㄡ ㄘˊ ㄒㄩㄝˊ 語言學的一個部門，研究如何使語言表達得準確、鮮明而生動有力。

【修道院】xiūdàoyuàn ㄒㄧㄡ ㄉㄠˋ ㄩㄢˋ 天主教和東正教等教徒出家修道的機構。在天主教會中，也指培養神甫的機構。

【修訂】xiūdìng ㄒㄧㄡ ㄉㄧㄥˋ 修改訂正(書籍、計劃等)：修訂本｜修訂教學計劃。

【修短】xiūduǎn ㄒㄧㄡ ㄉㄨㄢˇ 〈書〉長短：修短合度。

【修復】xiūfù ㄒㄧㄡ ㄈㄨˋ ❶修理使恢復完整(多指建築物)：修復河堤｜修復鐵路◇修復兩國關係。❷有機體的組織發生缺損時，由新生的組織來補充使恢復原來的形態。

【修改】xiūgǎi ㄒㄧㄡ ㄍㄞˇ 改正文章、計劃等裏面的錯誤、缺點：修改初稿｜修改章程｜修改計劃。

【修蓋】xiūgài ㄒㄧㄡ ㄍㄞˋ 修建(房屋)：修蓋教學樓。

【修函】xiū∥hán ㄒㄧㄡ∥ㄏㄢˊ 〈書〉寫信。

【修好】xiū∥hǎo ㄒㄧㄡ∥ㄏㄠˇ 〈方〉行好；行善：修好積德｜你修修好吧，再寬限幾天。

【修好】xiūhǎo ㄒㄧㄡ ㄏㄠˇ 〈書〉親善友好：兩國修好。

【修剪】xiūjiǎn ㄒㄧㄡ ㄐㄧㄢˇ ❶用剪子修(枝葉、指甲等)：修剪果樹。❷修改剪接：修剪影片。

【修建】xiūjiàn ㄒㄧㄡ ㄐㄧㄢˋ (土木工程)施工：修建鐵路。

【修腳】xiū//jiǎo ㄒㄧㄡ//ㄐㄧㄠˇ 修剪腳趾甲或削去腳上的趼子。

【修舊利廢】xiū jiù lì fèi ㄒㄧㄡ ㄐㄧㄡˋ ㄌㄧˋ ㄈㄟˋ 修理和利用廢舊物品，使再發揮作用。

【修浚】xiūjùn ㄒㄧㄡ ㄐㄩㄣˋ 修理疏通：修浚河道。

【修理】xiūlǐ ㄒㄧㄡ ㄌㄧˇ ❶使損壞的東西恢復原來的形狀或作用：修理廠｜修理機車。❷修剪①；整治①：修理樹木。❸〈方〉整治②：把他修理一頓。

【修煉】xiūliàn ㄒㄧㄡ ㄌㄧㄢˋ 指道家修養練功、煉丹等活動。

【修面】xiū//miàn ㄒㄧㄡ//ㄇㄧㄢˋ 〈方〉刮臉。

【修明】xiūmíng ㄒㄧㄡ ㄇㄧㄥˊ 〈書〉指政治清明。

【修女】xiūnǚ ㄒㄧㄡ ㄋㄩˇ 天主教或東正教中出家修道的女子。

【修配】xiūpèi ㄒㄧㄡ ㄆㄟˋ 修理機器等的損壞部分和配齊其中殘缺的零件。

【修葺】xiūqì ㄒㄧㄡ ㄑㄧˋ 修繕：房屋修葺一新。

【修繕】xiūshàn ㄒㄧㄡ ㄕㄢˋ 修理(建築物)：修繕廠房。

【修身】xiūshēn ㄒㄧㄡ ㄕㄣ 指努力提高自己的品德修養：修身養性。

【修史】xiūshǐ ㄒㄧㄡ ㄕˇ 〈書〉編寫史書：直筆修史。

【修士】xiūshì ㄒㄧㄡ ㄕˋ 天主教或東正教中出家修道的男子。

【修飾】xiūshì ㄒㄧㄡ ㄕˋ ❶修整裝飾使整齊美觀：修飾一新。❷梳妝打扮：略加修飾，就顯得很利落。❸修改潤飾，使語言文字明確生動：你把這篇稿子再修飾一下。

【修書】xiū//shū ㄒㄧㄡ//ㄕㄨ 〈書〉❶編纂書籍。❷寫信：修書一封。

【修仙】xiū//xiān ㄒㄧㄡ//ㄒㄧㄢ 煉丹服藥，安神養性，以求長生不老(迷信)。

【修行】xiū·xíng ㄒㄧㄡ ·ㄒㄧㄥˊ 佛教徒或道教徒虔誠地學習教義，並照着教義去實行：出家修行。

【修養】xiūyǎng ㄒㄧㄡ ㄧㄤˇ ❶指理論、知識、藝術、思想等方面的一定水平：理論修養｜文學修養｜他是一個很有修養的藝術家。❷指養成的正確的待人處事的態度：這人有修養，從不和人爭吵。

【修業】xiūyè ㄒㄧㄡ ㄧㄝˋ (學生)在校學習：修業期滿。

【修造】xiūzào ㄒㄧㄡ ㄗㄠˋ ❶修理並製造：修造農具｜修造船隻。❷建造：修造廠房｜修造花園。

【修整】xiūzhěng ㄒㄧㄡ ㄓㄥˇ 修理；整治：修整農具｜修整果樹。

【修正】xiūzhèng ㄒㄧㄡ ㄓㄥˋ ❶修改使正確：修正錯誤｜最後核對材料，修正了一些數字。❷篡改(馬克思列寧主義)。

【修正主義】xiūzhèng zhǔyì ㄒㄧㄡ ㄓㄥˋ ㄓㄨˇ ㄧˋ 國際共產主義運動中披着馬克思主義外衣的反馬克思主義的思潮。

【修築】xiūzhù ㄒㄧㄡ ㄓㄨˋ 修建(道路、工事等)：修築機場｜修築碼頭｜修築攔河壩。

脩1 xiū ㄒㄧㄡ 舊時送給老師的薪金(原義為乾肉，古代弟子用來送給老師做見面禮)：脩金｜束脩。

脩2 xiū ㄒㄧㄡ 同'修'。

羞1 xiū ㄒㄧㄡ ❶怕別人笑話的心理和表情；難為情；不好意思：怕羞｜害羞｜羞得低下了頭。❷使難為情：用手指劃着臉羞他。❸羞恥：遮羞｜羞辱。❹感到恥辱：羞與為伍。

羞2 xiū ㄒㄧㄡ 〈書〉同'饈'。

【羞慚】xiūcán ㄒㄧㄡ ㄘㄢˊ 羞愧：滿面羞慚。

【羞恥】xiūchǐ ㄒㄧㄡ ㄔˇ 不光彩；不體面：不知羞恥。

【羞答答】xiūdādā ㄒㄧㄡ ㄉㄚ ㄉㄚ (羞答答的)形容害羞：姑娘低着頭，羞答答的不説話。也説羞羞答答。

【羞憤】xiūfèn ㄒㄧㄡ ㄈㄣˋ 羞愧和憤恨：一臉的羞憤。

【羞口】xiūkǒu ㄒㄧㄡ ㄎㄡˇ 難以啓齒；不好意思説：他想説，可又感到羞口。

【羞愧】xiūkuì ㄒㄧㄡ ㄎㄨㄟˋ 感到羞恥和慚愧：羞愧難言。

【羞赧】xiūnǎn ㄒㄧㄡ ㄋㄢˇ 〈書〉因害臊而紅了臉的樣子。

【羞怯】xiūqiè ㄒㄧㄡ ㄑㄧㄝˋ 羞澀膽怯：孩子見了生人還有幾分羞怯。

【羞人】xiū//rén ㄒㄧㄡ//ㄖㄣˊ 感覺難為情或羞恥：羞死人了｜這話説出來多羞人！

【羞人答答】xiūréndādā ㄒㄧㄡ ㄖㄣˊ ㄉㄚ ㄉㄚ (羞人答答的)形容自己感覺難為情。

【羞辱】xiūrǔ ㄒㄧㄡ ㄖㄨˇ ❶恥辱：受盡羞辱。❷使受恥辱：羞辱了他一頓。

【羞臊】xiūsào ㄒㄧㄡ ㄙㄠˋ 害臊；害羞。

【羞澀】xiūsè ㄒㄧㄡ ㄙㄜˋ 難為情，態度不自然：他站在同學們中間，羞澀地看着大家。

【羞惡】xiūwù ㄒㄧㄡ ㄨˋ 〈書〉對自己或別人的壞處感覺羞恥和厭惡：羞惡之心。

【羞與為伍】xiū yǔ wéi wǔ ㄒㄧㄡ ㄩˇ ㄨㄟˊ ㄨˇ 把跟某人在一起以為是羞恥的事情。

貅 xiū ㄒㄧㄡ 見877頁〖貔貅〗(píxiū)。

髹(髤) xiū ㄒㄧㄡ 把漆塗在器物上。

蝤 xiū ㄒㄧㄡ 見1490頁〖竹節蟲〗①。

鵂(鸺) xiū ㄒㄧㄡ［鵂鶹］(xiūliú ㄒㄧㄡ ㄌㄧㄡˊ)鳥，羽毛棕褐色，有橫斑，尾巴黑褐色，腿部白色。外形跟鴟鵂相似，但頭部沒有角狀的羽毛。捕食鼠、兔等，對農業有益。也叫梟(xiāo)。

饈(馐) xiū ㄒㄧㄡ〈書〉滋味好的食物：珍饈。

xiǔ (ㄒㄧㄡˇ)

朽 xiǔ ㄒㄧㄡˇ ❶腐爛(多指木頭)：朽木｜這根柱子朽了◇永垂不朽。❷衰老：老朽。

【朽敗】xiǔbài ㄒㄧㄡˇ ㄅㄞˋ 朽壞：朽敗不堪。

【朽壞】xiǔhuài ㄒㄧㄡˇ ㄏㄨㄞˋ 腐朽毀壞：門窗朽壞。

【朽爛】xiǔlàn ㄒㄧㄡˇ ㄌㄢˋ 腐朽；朽壞：木頭朽爛。

【朽邁】xiǔmài ㄒㄧㄡˇ ㄇㄞˋ〈書〉老朽①。

【朽木】xiǔmù ㄒㄧㄡˇ ㄇㄨˋ ❶爛木頭：朽木枯株。❷比喻不可造就的人：朽木糞土。

宿 xiǔ ㄒㄧㄡˇ 量詞，用於計算夜：住了一宿｜談了半宿｜三天兩宿｜整宿沒睡覺。另見1093頁 sù；1288頁 xiù。

滫 xiǔ ㄒㄧㄡˇ〈書〉臭泔水。

xiù (ㄒㄧㄡˋ)

秀[1] xiù ㄒㄧㄡˋ 植物抽穗開花(多指莊稼)：秀穗｜六月六，看穀(粟)秀。

秀[2] xiù ㄒㄧㄡˋ ❶清秀：秀麗｜眉清目秀｜山清水秀｜秀外慧中。❷聰明；靈巧：內秀｜心秀。❸特別優異：優秀。❹特別優異的人才：新秀｜後起之秀。

【秀才】xiù·cai ㄒㄧㄡˋ·ㄘㄞ ❶明清兩代生員的通稱。❷泛指讀書人。

【秀麗】xiùlì ㄒㄧㄡˋ ㄌㄧˋ 清秀美麗：容貌秀麗｜秀麗的桂林山水。

【秀美】xiùměi ㄒㄧㄡˋ ㄇㄟˇ 清秀美麗：儀容秀美｜山川秀美。

【秀媚】xiùmèi ㄒㄧㄡˋ ㄇㄟˋ 秀麗嫵媚：容貌姣好秀媚。

【秀氣】xiù·qi ㄒㄧㄡˋ·ㄑㄧ ❶清秀：眉眼長得很秀氣｜他的字寫得很秀氣。❷(言談、舉止)文雅。❸(器物)小巧靈便：這把小刀兒做得真秀氣。

【秀色】xiùsè ㄒㄧㄡˋ ㄙㄜˋ 美好的景色或容貌：麗姿秀色。

【秀色可餐】xiùsè kě cān ㄒㄧㄡˋ ㄙㄜˋ ㄎㄜˇ ㄘㄢ 形容女子姿容非常美麗或景物非常優美。

【秀外慧中】xiù wài huì zhōng ㄒㄧㄡˋ ㄨㄞˋ ㄏㄨㄟˋ ㄓㄨㄥ 容貌秀美，資質聰慧(多指女子)。'慧'也作惠。

【秀雅】xiùyǎ ㄒㄧㄡˋ ㄧㄚˇ 秀麗雅致；秀麗文雅。

【秀逸】xiùyì ㄒㄧㄡˋ ㄧˋ 秀麗而灑脱；俊逸：風姿秀逸｜書法秀逸｜詩句清新秀逸。

岫 xiù ㄒㄧㄡˋ〈書〉❶山洞：白雲出岫。❷山：遠岫。

臭 xiù ㄒㄧㄡˋ ❶氣味：乳臭｜空氣是無色無臭的氣體。❷同'嗅'。另見164頁 chòu。

袖 xiù ㄒㄧㄡˋ ❶(袖兒)袖子：袖口｜短袖兒。❷藏在袖子裏：袖着手｜袖手旁觀。

【袖標】xiùbiāo ㄒㄧㄡˋ ㄅㄧㄠ 一種戴在袖子上的標誌。

【袖管】xiùguǎn ㄒㄧㄡˋ ㄍㄨㄢˇ ❶袖子。❷〈方〉袖口。

【袖箭】xiùjiàn ㄒㄧㄡˋ ㄐㄧㄢˋ 藏在衣袖裏暗中射人的箭，借着彈簧的力量發射。

【袖口】xiùkǒu ㄒㄧㄡˋ ㄎㄡˇ (袖口兒)袖子的邊緣。

【袖手旁觀】xiù shǒu páng guān ㄒㄧㄡˋ ㄕㄡˇ ㄆㄤˊ ㄍㄨㄢ 比喻置身事外或不協助別人。

【袖筒】xiùtǒng ㄒㄧㄡˋ ㄊㄨㄥˇ (袖筒兒)袖子。

【袖章】xiùzhāng ㄒㄧㄡˋ ㄓㄤ 套在袖子上表示身份或職務的標誌。

【袖珍】xiùzhēn ㄒㄧㄡˋ ㄓㄣ 體積較小便於攜帶的：袖珍本｜袖珍詞典｜袖珍收音機。

【袖子】xiù·zi ㄒㄧㄡˋ·ㄗ 衣服的套在胳膊上的筒狀部分。

琇 xiù ㄒㄧㄡˋ〈書〉像玉的石頭。

宿 xiù ㄒㄧㄡˋ 我國古代天文學家把天上某些星的集合體叫做宿：星宿｜二十八宿。另見1093頁 sù；1288頁 xiǔ。

嗅 xiù ㄒㄧㄡˋ 用鼻子辨別氣味；聞：嗅覺｜小狗在他腿上嗅來嗅去。

【嗅覺】xiùjué ㄒㄧㄡˋ ㄐㄩㄝˊ 鼻腔黏膜與某些物質的氣體分子相接觸時所產生的感覺：嗅覺靈敏◇政治嗅覺。

【嗅神經】xiùshénjīng ㄒㄧㄡˋ ㄕㄣˊ ㄐㄧㄥ 第一對腦神經，從大腦的前下部發出，分佈在鼻黏膜中，主管嗅覺。

溴 xiù ㄒㄧㄡˋ 非金屬元素，符號 Br (bromium)。暗棕紅色發烟液體，有刺激性氣味，化學性質較活潑。對皮膚和黏膜有強烈的腐蝕性。用來製染料、藥品等。

綉(绣、繡) xiù ㄒㄧㄡˋ ❶用彩色絲、絨、棉綫在綢、布等上面做成花紋、圖像或文字：刺綉｜綉花兒｜綉字。❷綉成的物品：蘇綉｜湘綉。

【綉房】xiùfáng ㄒㄧㄡˋ ㄈㄤˊ 舊指青年女子住的房間。

【綉花】xiù//huā ㄒㄧㄡˋ//ㄏㄨㄚ (綉花兒)綉出圖畫或圖案。

【綉花鞋】xiùhuāxié ㄒㄧㄡˋ ㄏㄨㄚ ㄒㄧㄝˊ 綉鞋。

【綉花枕頭】xiùhuā zhěn·tou ㄒㄧㄡˋ ㄏㄨㄚ ㄓㄣˇ·ㄊㄡ 比喻徒有外表而無學識才能的人。也比喻外表好看而質量不好的貨物。

【綉球】xiùqiú ㄒㄧㄡˋ ㄑㄧㄡˊ 用綢子結成的球形裝飾物。

【綉像】xiùxiàng ㄒㄧㄡˋ ㄒㄧㄤˋ ❶綉成的人像。❷指畫工細緻的人像：綉像小説(卷首插有綉像的通俗小説)。

【綉鞋】xiùxié ㄒㄧㄡˋ ㄒㄧㄝˊ 婦女穿的綉着花的鞋。

銹(锈、鏽) xiù ㄒㄧㄡˋ ❶銅、鐵等金屬表面在潮濕空氣中氧化形成的物質。❷生銹：刀刃都銹了｜鎖銹住了，開不開。❸指銹病：查銹滅銹。

【銹斑】xiùbān ㄒㄧㄡˋ ㄅㄢ ❶金屬器物上生銹形成的斑痕：刀上生了銹斑。❷植物的葉子和莖上因銹病而出現的鐵銹色的斑點。

【銹病】xiùbìng ㄒㄧㄡˋ ㄅㄧㄥˋ 由真菌引起的植物病害。發生病害的植物葉子和莖出現鐵銹色的斑點，產量受到影響。

【銹蝕】xiùshí ㄒㄧㄡˋ ㄕˊ (金屬)因生銹而腐蝕：鐵環銹蝕了｜古鐘上文字清晰，沒有銹蝕。

褎(亵) xiù ㄒㄧㄡˋ 〈書〉同'袖'。

xū (ㄒㄩ)

圩(墟) xū ㄒㄩ 湘、贛、閩、粵等地區稱集市(古書中作'虛')：圩市｜趕圩｜圩鎮。

另見1185頁 wéi。

【圩場】xūcháng ㄒㄩ ㄔㄤˊ 〈方〉集市。

【圩日】xūrì ㄒㄩ ㄖˋ 〈方〉集日。也叫圩期。

戌 xū ㄒㄩ 地支的第十一位。參看368頁〖干支〗。

另見951頁 ·qu。

【戌時】xūshí ㄒㄩㄕˊ 舊式計時法指晚上七點鐘到九點鐘的時間。

吁 xū ㄒㄩ 〈書〉❶嘆氣：長吁短嘆。❷嘆詞，表示驚異：吁，是何言歟！

另見1392頁 yū；1404頁 yù'籲'。

【吁吁】xūxū ㄒㄩ ㄒㄩ 象聲詞，形容出氣的聲音：氣喘吁吁。

盱 xū ㄒㄩ 〈書〉睜開眼睛向上看。

砉 xū ㄒㄩ 〈書〉皮骨相離的聲音：砉然嚮(響然，奏刀騞(huō)然(見《莊子·養生主》)。

另見491頁 huā。

胥1 xū ㄒㄩ ❶〈書〉胥吏(小官吏)。❷(Xū)姓。

胥2 xū ㄒㄩ 〈書〉齊；皆：萬事胥備。

訏(讦) xū ㄒㄩ 〈書〉❶誇口。❷大：訏謨(大計)。

虛 xū ㄒㄩ ❶空虛(跟'實'相對)：虛幻｜虛浮｜乘虛而入。❷空着：虛位以待。❸因心裏慚愧或沒有把握而勇氣不足：膽虛｜心裏有點虛。❹徒然；白白地：虛度｜箭不虛發｜不虛此行。❺虛假(跟'實'相對)：虛僞｜虛名｜虛構。❻虛心：謙虛。❼虛弱：氣虛｜血虛｜身子很虛。❽指政治思想、方針、政策等方面的道理：務虛｜以虛帶實。❾二十八宿之一。

【虛報】xūbào ㄒㄩ ㄅㄠˋ 不照真實情況報告(多指以少報多)：虛報成績｜虛報冒領。

【虛詞】xūcí ㄒㄩ ㄘˊ ❶不能單獨成句，意義比較抽象，有幫助造句作用的詞。漢語的虛詞包括副詞、介詞、連詞、助詞、嘆詞、象聲詞六類。❷〈書〉同'虛辭'。

【虛辭】xūcí ㄒㄩ ㄘˊ 〈書〉虛誇不實的言辭或文辭：空言虛辭｜虛辭濫調。也作虛詞。

【虛度】xūdù ㄒㄩ ㄉㄨˋ 白白地度過：虛度光陰。

【虛浮】xūfú ㄒㄩ ㄈㄨˊ 不切實；不塌實：虛浮的計劃｜作風虛浮。

【虛構】xūgòu ㄒㄩ ㄍㄡˋ 憑想像造出來：這篇小説的情節是虛構的。

【虛汗】xūhàn ㄒㄩ ㄏㄢˋ 由於衰弱、患病、心裏緊張等而出的汗。

【虛懷若谷】xū huái ruò gǔ ㄒㄩ ㄏㄨㄞˊ ㄖㄨㄛˋ ㄍㄨˇ 胸懷像山谷那樣深而且寬廣，形容十分謙虛。

【虛幻】xūhuàn ㄒㄩ ㄏㄨㄢˋ 主觀幻想的；不真實的(形象)：虛幻的夢境。

【虛火】xūhuǒ ㄒㄩ ㄏㄨㄛˇ 中醫指由身體虛弱而產生的焦躁和發熱的症狀。

【虛假】xūjiǎ ㄒㄩ ㄐㄧㄚˇ 跟實際不符合的：虛假現象｜做學問要老老實實，不能有半點虛假。

【虛驚】xūjīng ㄒㄩ ㄐㄧㄥ 事後證明是不必要的驚慌：受了一場虛驚。

【虛空】xūkōng ㄒㄩ ㄎㄨㄥ 空虛：內心虛空。

【虛誇】xūkuā ㄒㄩ ㄎㄨㄚ (言談)虛假誇張：報道消息，要實事求是，切忌虛誇。

【虛禮】xūlǐ ㄒㄩ ㄌㄧˇ 表面應酬的禮數。

【虛名】xūmíng ㄒㄩ ㄇㄧㄥˊ 和實際情況不符合的名聲：不務虛名｜徒有虛名，並無實學。

【虛擬】xūnǐ ㄒㄩ ㄋㄧˇ ❶不符合或不一定符合事實的；假設的：虛擬語氣。❷虛構：那篇小説裏的故事情節，有的是作者虛擬的。

【虛胖】xūpàng ㄒㄩ ㄆㄤˋ 人體內脂肪異常增多

而發胖，多由內分泌疾患引起。

【虛飄飄】xūpiāopiāo ㄒㄩ ㄆㄧㄠ ㄆㄧㄠ （虛飄飄的）形容飄飄盪盪不落實的樣子：喝了點酒，走路覺得兩腿虛飄飄的。

【虛榮】xūróng ㄒㄩ ㄖㄨㄥˊ 表面上的光彩：虛榮心｜不慕虛榮。

【虛弱】xūruò ㄒㄩ ㄖㄨㄛˋ ❶（身體）不結實：病後身體很虛弱。❷（國力、兵力）軟弱；薄弱。

【虛設】xūshè ㄒㄩ ㄕㄜˋ 機構、職位等形式上雖然存在，實際上不起作用：形同虛設。

【虛實】xūshí ㄒㄩ ㄕˊ 虛和實。泛指內部情況：探聽虛實｜虛實莫測｜不了解虛實。

【虛數】xūshù ㄒㄩ ㄕㄨˋ ❶複數 $a+bi$ 中，當 $b\neq0$ 時叫做虛數，如 $1-3i$；當 $a=0$，$b\neq0$ 時叫做純虛數，如 $5i$。參看362頁〖複數〗。❷虛假的不實在的數字。

【虛歲】xūsuì ㄒㄩ ㄙㄨㄟˋ 一種年齡計算法，人一生下來就算一歲，以後每逢新年就增加一歲，這樣就比實際年齡多一歲或兩歲，所以叫虛歲。

【虛套子】xūtào·zi ㄒㄩ ㄊㄠˋ·ㄗ 只有形式的應酬禮數：他說話不來虛套子，句句很實在。也說虛套。

【虛土】xūtǔ ㄒㄩ ㄊㄨˇ 〈方〉經過翻耕的鬆軟的土。

【虛脫】xūtuō ㄒㄩ ㄊㄨㄛ ❶因大量失血或脫水、中毒、患傳染病等而引起的心臟和血液循環突然衰竭的現象，主要症狀是體溫和血壓下降，脈搏微細，出冷汗，面色蒼白等。❷發生虛脫：病人出汗太多，虛脫了。

【虛妄】xūwàng ㄒㄩ ㄨㄤˋ 沒有事實根據的：虛妄之說。

【虛偽】xūwěi ㄒㄩ ㄨㄟˇ 不真實；不實在；做假：這個人太虛偽｜他對人實在，沒有一點虛偽。

【虛位以待】xū wèi yǐ dài ㄒㄩ ㄨㄟˋ ㄧˇ ㄉㄞˋ 留着位置等候。也說虛席以待。

【虛文】xūwén ㄒㄩ ㄨㄣˊ ❶具文：一紙虛文｜徒具虛文。❷沒有意義的禮節：虛文浮禮。

【虛無】xūwú ㄒㄩ ㄨˊ 有而若無，實而若虛，道家用來指'道'（真理）的本體無所不在，但無形象可見。

【虛無縹渺】xūwú piāomiǎo ㄒㄩ ㄨˊ ㄆㄧㄠ ㄇㄧㄠˇ 形容非常空虛渺茫。

【虛無主義】xūwú zhǔyì ㄒㄩ ㄨˊ ㄓㄨˇ ㄧˋ 一種否定人類歷史文化遺產、否定民族文化，甚至否定一切的思想。

【虛綫】xūxiàn ㄒㄩ ㄒㄧㄢˋ 以點或短綫畫成的斷續的綫，多用於作幾何圖形或標記。

【虛像】xūxiàng ㄒㄩ ㄒㄧㄤˋ 物體發出的光綫經凹面鏡、凸透鏡反射或折射後，如為發散光綫，它們的反向延長綫相交時所形成的影像，叫做虛像。虛像不能顯現在屏幕上，不能使照相底片感光。光源在主焦點以內時才能產生虛像，在放大鏡、顯微鏡等中看到的像都是虛像。

【虛心】xūxīn ㄒㄩ ㄒㄧㄣ 不自以為是，能夠接受別人意見：不虛心｜虛心學習別人的長處｜虛心使人進步，驕傲使人落後。

【虛懸】xūxuán ㄒㄩ ㄒㄩㄢˊ ❶懸而未決；沒有着落：虛懸已久的校長人選還未確定。❷憑空設想：虛懸的計劃，沒法實行。

【虛應故事】xū yìng gùshì ㄒㄩ ㄧㄥˋ ㄍㄨˋ ㄕˋ 照例應付，敷衍了事。

【虛有其表】xū yǒu qí biǎo ㄒㄩ ㄧㄡˇ ㄑㄧˊ ㄅㄧㄠˇ 表面上看來很好，實際不是如此。

【虛與委蛇】xū yǔ wēiyí ㄒㄩ ㄩˇ ㄨㄟ ㄧˊ 對人假意敷衍應酬。

【虛造】xūzào ㄒㄩ ㄗㄠˋ 憑空捏造：向壁虛造。

【虛張聲勢】xū zhāng shēngshì ㄒㄩ ㄓㄤ ㄕㄥ ㄕˋ 假裝出強大的氣勢。

【虛症】xūzhèng ㄒㄩ ㄓㄥˋ 中醫指體質虛弱的人發生全身無力、盜汗、出虛汗等症狀。

【虛字】xūzì ㄒㄩ ㄗˋ 古人稱沒有很實在意義的字，其中一部分相當於現代的虛詞（跟'實字'相對）。也叫虛字眼兒。

須[1]（须）

xū ㄒㄩ ❶須要：務須｜必須｜須知｜事前須做好準備。❷（Xū）姓。

須[2]（须）

xū ㄒㄩ 〈書〉等待；等到。'須'另見1291頁 xū '鬚'。

【須彌座】xūmízuò ㄒㄩ ㄇㄧˊ ㄗㄨㄛˋ ❶指佛像的底座。❷指佛塔、佛殿等的一種底座。［須彌，古印度神話中的高山名，梵 Sumeru］

【須要】xūyào ㄒㄩ ㄧㄠˋ 一定要：教育兒童須要耐心。

【須臾】xūyú ㄒㄩ ㄩˊ 〈書〉極短的時間；片刻：須臾不可離｜須臾之間，雨過天晴。

【須知】xūzhī ㄒㄩ ㄓ ❶對所從事的活動必須知道的事項（多用做通告或指導性文件的名稱）：遊覽須知｜考試須知｜大會須知。❷一定要知道：須知勝利來之不易。

湑

Xū ㄒㄩ 湑水，水名，在陝西。另見1291頁 xǔ。

欻（歘）

xū ㄒㄩ 〈書〉忽然：風雨欻至。另見174頁 chuā。

頊（顼）

Xū ㄒㄩ 姓。

需

xū ㄒㄩ ❶需要：需求｜按需分配。❷需用的東西：軍需。

【需求】xūqiú ㄒㄩ ㄑㄧㄡˊ 由需要而產生的要求：人們對商品的需求越來越高。

【需索】xūsuǒ ㄒㄩ ㄙㄨㄛˇ 〈書〉要求（財物）：需索無厭。

【需要】xūyào ㄒㄩ ㄧㄠˋ ❶應該有或必須有：我們需要有一支強大的科學技術隊伍。❷對事物的慾望或要求：從群眾的需要出發。

魖〔魖〕 xū ㄒㄩ 見469頁〖黑魖魖〗。

墟 xū ㄒㄩ ❶原來有許多人家聚居而現在已經荒廢了的地方：廢墟｜殷墟。❷同'圩'(xū)。

噓 xū ㄒㄩ ❶慢慢地吐氣：噓氣。❷嘆氣：仰天而噓。❸火或蒸氣的熱力接觸到物體：掀籠屜時小心熱氣噓着手｜先坐上籠屜把饅頭噓一噓。❹〈方〉嘆詞，表示制止、驅逐等：噓！輕一點，屋裏有病人。注意 表示制止、驅逐等，一般用 shī，也寫作噓。❺〈方〉發出'噓'(xū)的聲音來制止或驅逐：大家把他噓下去了。

另見1035頁 shī。

【噓寒問暖】xū hán wèn nuǎn ㄒㄩ ㄏㄢˊ ㄨㄣˋ ㄋㄨㄢˇ 形容對別人的生活十分關切(噓寒：呵出熱氣使受寒的人溫暖)。

【噓唏】xūxī ㄒㄩ ㄒㄧ 〈書〉同'歔欷'。

嬃(媭) xū ㄒㄩ 古代楚國人稱姐姐。

歔 xū ㄒㄩ［歔欷］(xūxī ㄒㄩ ㄒㄧ)〈書〉哽咽；抽噎：暗自歔欷｜歔欷不已。也作噓唏。

諝(谞) xū ㄒㄩ 〈書〉❶才智。❷計謀。

繻(繻) xū ㄒㄩ ❶〈書〉彩色的繒。❷古時出入關卡的憑證，用帛製成。

鬚(须) xū ㄒㄩ ❶原來指長在下巴上的鬍子，後來泛指鬍鬚：鬚髮｜鬚眉。❷鬚子：觸鬚｜花鬚。

'须'另見1290頁 xū'須'。

【鬚髮】xūfà ㄒㄩ ㄈㄚˋ 鬍鬚和頭髮：鬚髮皆白。

【鬚根】xūgēn ㄒㄩ ㄍㄣ 根的一種，這種根沒有明顯的主根，只有許多細長像鬍鬚的根。一般單子葉植物都有鬚根，如小麥、稻等。

【鬚鯨】xūjīng ㄒㄩ ㄐㄧㄥ 鯨的一類，沒有牙齒，有鯨鬚，吃甲殼動物和小魚。如長鬚鯨、藍鯨等。

【鬚眉】xūméi ㄒㄩ ㄇㄟˊ ❶鬍鬚和眉毛：鬚眉皆白的老人。❷指男子：堂堂鬚眉｜巾幗不讓鬚眉。

【鬚生】xūshēng ㄒㄩ ㄕㄥ 見691頁〖老生〗。

【鬚子】xū·zi ㄒㄩ ·ㄗ 動植物體上長的像鬚的東西：白薯鬚子。

xú (ㄒㄩˊ)

徐 xú ㄒㄩˊ ❶〈書〉慢慢地：徐步｜清風徐來。❷(Xú)姓。

【徐緩】xúhuǎn ㄒㄩˊ ㄏㄨㄢˇ 緩慢：水流徐緩｜腳步徐緩。

【徐圖】xútú ㄒㄩˊ ㄊㄨˊ 〈書〉慢慢地從容地謀劃(做某事)：徐圖殲擊｜徐圖良策。

【徐徐】xúxú ㄒㄩˊ ㄒㄩˊ 〈書〉慢慢地：列車徐徐開動。

xǔ (ㄒㄩˇ)

姁 xǔ ㄒㄩˇ［姁姁］〈書〉安樂或溫和的樣子。

栩 xǔ ㄒㄩˇ［栩栩］形容生動活潑的樣子：栩栩如生｜栩栩欲活。

許[1](许) xǔ ㄒㄩˇ ❶稱讚；承認優點：讚許｜推許｜許為佳作。❷答應(送人東西或給人做事)：許願｜以身許國｜他許過我請我看電影。❸許配：姑娘許了人了。❹允許；許可：准許｜特許｜只許成功，不許失敗。❺也許；或許：她許沒有這個意思｜他今天沒來開會，許是不知道。

許[2](许) xǔ ㄒㄩˇ ❶表示程度：許多｜許久｜少許。❷〈書〉表示大約接近某個數：從者百許人｜離岸一里許。

許[3](许) xǔ ㄒㄩˇ 〈書〉處；地方：何許人？

許[4](许) Xǔ ㄒㄩˇ ❶周朝國名，在今河南許昌東。❷姓。

【許多】xǔduō ㄒㄩˇ ㄉㄨㄛ 很多：許多東西｜我們有許多年沒見面了｜菊花有許許多多的品種。

【許婚】xǔhūn ㄒㄩˇ ㄏㄨㄣ (女方的家長或本人)接受男方的求親。

【許久】xǔjiǔ ㄒㄩˇ ㄐㄧㄡˇ 很久：他許久沒來了｜大家商量了許久，才想出個辦法來。

【許可】xǔkě ㄒㄩˇ ㄎㄜˇ 准許；容許：許可證｜未經許可，不得動用。

【許諾】xǔnuò ㄒㄩˇ ㄋㄨㄛˋ 答應；應承：他許諾過的事情一定會辦到。

【許配】xǔpèi ㄒㄩˇ ㄆㄟˋ 女子由家長做主，跟某人訂婚。

【許願】xǔ//yuàn ㄒㄩˇ ㄩㄢˋ ❶迷信的人對神佛有所祈求，許下某種酬謝：燒香許願。❷借指事前答應對方將來給以某種好處：封官許願。

【許字】xǔzì ㄒㄩˇ ㄗˋ 〈書〉許婚。

湑 xǔ ㄒㄩˇ 〈書〉❶清。❷茂盛。

另見1290頁 Xū。

詡(诩) xǔ ㄒㄩˇ 〈書〉誇耀：自詡。

滸(浒) xǔ ㄒㄩˇ 見下。

另見486頁 hǔ。

【滸墅關】Xǔshùguān ㄒㄩˇ ㄕㄨˋ ㄍㄨㄢ 地名，在江蘇。

【滸灣】Xǔwān ㄒㄩˇ ㄨㄢ 地名，在江西。

另見486頁 Hǔwān。

糈 xǔ ㄒㄩˇ 〈書〉糧食。

醑 xǔ ㄒㄩˇ ❶〈書〉美酒。❷醑劑的簡稱：樟腦醑｜氯仿醑。

【醑劑】xǔjì ㄒㄩˇ ㄐㄧˋ 揮發性物質溶解在酒精中所成的製劑。簡稱醑。

盨（盨） xǔ ㄒㄩˇ 古代盛(chéng)食物的銅製器皿，有蓋和兩個耳子。

xù (ㄒㄩˋ)

旭 xù ㄒㄩˋ ❶〈書〉初出的陽光：朝旭。❷(Xù)姓。

【旭日】xùrì ㄒㄩˋ ㄖˋ 剛出來的太陽：旭日東升。

芧〔茅〕 xù ㄒㄩˋ 古書上指橡實。另見1494頁 zhù。

序1 xù ㄒㄩˋ ❶次序：順序｜秩序｜工序｜程序｜井然有序。❷〈書〉排次序：序次｜序齒。❸開頭的；在正式內容以前的：序幕｜序曲。❹序文：寫了一篇序。

序2 xù ㄒㄩˋ ❶古代指廂房：東序｜西序。❷古代由地方舉辦的學校：庠序。

【序跋】xùbá ㄒㄩˋ ㄅㄚˊ 序文和跋文。

【序齒】xùchǐ ㄒㄩˋ ㄔˇ 〈書〉同在一起的人按照年紀長幼來排次序：序齒入座。

【序列】xùliè ㄒㄩˋ ㄌㄧㄝˋ 按次序排好的行列。

【序目】xùmù ㄒㄩˋ ㄇㄨˋ (書的)序和目錄。

【序幕】xùmù ㄒㄩˋ ㄇㄨˋ ❶某些多幕劇的第一幕之前的一場戲，用以介紹劇中人物的歷史和劇情發生的遠因，或暗示全劇的主題。❷比喻重大事件的開端：盧溝橋事變拉開了全面抗戰的序幕。

【序曲】xùqǔ ㄒㄩˋ ㄑㄩˇ ❶歌劇、清唱劇、芭蕾舞劇等開場時演出的樂曲，由交響樂隊演奏。也指用這種體裁寫成的獨立器樂曲。❷比喻事情、行動的開端：預賽獲勝只是奪取冠軍的序曲。

【序數】xùshù ㄒㄩˋ ㄕㄨˋ 表示次序的數目。漢語表示序數的方法，通常是在整數前邊加'第'，如'第一、第二十三'。此外還有些習慣的表示法，如'頭一回、末一次、正月、初一、大女兒、小兒子'。序數後邊直接連量詞或名詞的時候，可以省去'第'，如'二等、三號、四樓、五班、六小隊、1949年10月1日'。

【序文】xùwén ㄒㄩˋ ㄨㄣˊ 一般寫在著作正文之前的文章。有作者自己寫的，多說明寫書宗旨和經過。也有別人寫的，多介紹或評論本書內容。也作敍文。

【序言】xùyán ㄒㄩˋ ㄧㄢˊ 序文。也作敍言。

昫 xù ㄒㄩˋ 〈書〉同'煦'。多用於人名。

洫 xù ㄒㄩˋ 〈書〉田間的水道：溝洫。

恤（卹、賉） xù ㄒㄩˋ ❶〈書〉顧慮；憂慮：不恤人言。❷憐憫：憐恤｜體恤。❸救濟：撫恤｜恤金。

【恤金】xùjīn ㄒㄩˋ ㄐㄧㄣ 撫恤金。

【恤衫】xùshān ㄒㄩˋ ㄕㄢ 〈方〉襯衫。［恤，英shirt］

垿 xù ㄒㄩˋ 古代房屋的東西牆。多用於人名。

畜 xù ㄒㄩˋ 畜養：畜牧｜畜產。另見173頁 chù。

【畜產】xùchǎn ㄒㄩˋ ㄔㄢˇ 畜牧業產品的統稱。

【畜牧】xùmù ㄒㄩˋ ㄇㄨˋ 飼養大批的牲畜和家禽(多專指牲畜)：畜牧業｜從事畜牧。

【畜養】xùyǎng ㄒㄩˋ ㄧㄤˇ 飼養(動物)：畜養牲口。

聓 xù ㄒㄩˋ 〈書〉同'婿'。

酗 xù ㄒㄩˋ ［酗酒］(xùjiǔ ㄒㄩˋ ㄐㄧㄡˇ) 沒有節制地喝酒；喝酒後撒酒瘋：酗酒滋事。

勖（勗） xù ㄒㄩˋ 〈書〉勉勵：勖勉。

【勖勵】xùlì ㄒㄩˋ ㄌㄧˋ 〈書〉勉勵。

【勖勉】xùmiǎn ㄒㄩˋ ㄇㄧㄢˇ 〈書〉勉勵：勖勉有加(一再勉勵)｜勖勉後進。

敍（叙、敘） xù ㄒㄩˋ ❶說；談：敍家常｜閑言少敍。❷記述：敍事｜敍述。❸評議等級次第：敍功｜敍獎｜銓敍。❹〈書〉同'序1'①②④。

【敍別】xùbié ㄒㄩˋ ㄅㄧㄝˊ 臨別時聚在一塊兒談話；話別：臨行敍別。

【敍功】xùgōng ㄒㄩˋ ㄍㄨㄥ 〈書〉評定功績：敍功議賞。

【敍舊】xù//jiù ㄒㄩˋ//ㄐㄧㄡˋ (親友間)談論跟彼此有關的舊事：老同學一見面就敍起舊來了。

【敍錄】xùlù ㄒㄩˋ ㄌㄨˋ 對某部書的簡要介紹，包括對不同版本的校勘和對源流得失的論述。

【敍事】xùshì ㄒㄩˋ ㄕˋ 敍述事情(指書面的)：敍事文｜敍事詩｜敍事曲。

【敍事詩】xùshìshī ㄒㄩˋ ㄕˋ ㄕ 以敍述歷史或當代的事件為內容的詩篇。

【敍述】xùshù ㄒㄩˋ ㄕㄨˋ 把事情的前後經過記載下來或說出來：敍述了事情的經過。

【敍說】xùshuō ㄒㄩˋ ㄕㄨㄛ 敍述(多指口頭的)：請把事情的經過再敍說一遍。

【敍談】xùtán ㄒㄩˋ ㄊㄢˊ 隨意交談：找個時間，大家好好兒敍談敍談。

【敍文】xùwén ㄒㄩˋ ㄨㄣˊ 同'序文'。

【敍言】xùyán ㄒㄩˋ ㄧㄢˊ 同'序言'。

【敍用】xùyòng ㄒㄩˋ ㄩㄥˋ 〈書〉任用(官吏)：革去官職，永不敍用。

絮1 xù ㄒㄩˋ ❶棉絮：被絮。❷古代指粗的絲綿。❸像棉絮的東西：柳絮｜蘆絮。❹在衣服、被褥裏鋪棉花、絲綿等：絮棉襖｜絮被窩。

絮2 xù ㄒㄩˋ ❶絮叨。❷〈方〉膩煩：這些話都聽絮了。

【絮叨】xù·dāo ㄒㄩˋ·ㄉㄠ 形容説話囉嗦；來回地説：他説話太絮叨了｜老人絮叨起來沒個完了。

【絮煩】xù·fan ㄒㄩˋ·ㄈㄢ 因過多或重複而感到厭煩：他老説這件事，人們都聽絮煩了。

【絮聒】xùguō ㄒㄩˋ ㄍㄨㄛ ❶絮叨。❷麻煩（別人）。

【絮棉】xùmián ㄒㄩˋ ㄇㄧㄢˊ 做棉被、棉衣等用的棉花，商業上叫做絮棉。

【絮窩】xù//wō ㄒㄩˋ//ㄨㄛ 鳥獸用枯草、羽毛等鋪在窩裏。

【絮絮】xùxù ㄒㄩˋ ㄒㄩˋ 形容説話等連續不斷：絮絮不休。

【絮語】xùyǔ ㄒㄩˋ ㄩˇ〈書〉❶絮絮叨叨地説。❷絮叨的話。

婿（壻）xù ㄒㄩˋ ❶女婿：翁婿。❷丈夫：夫婿｜妹婿。

蓄〔蓄〕xù ㄒㄩˋ ❶儲存；積蓄：儲蓄｜蓄洪｜蓄電池。❷留着而不去掉：蓄髮｜蓄鬚。❸（心裏）藏着：蓄意｜蓄志。

【蓄電池】xùdiànchí ㄒㄩˋ ㄉㄧㄢˋ ㄔˊ 把電能變成化學能儲存起來的裝置。用電時再經過化學變化放出電能。通稱電瓶。

【蓄洪】xùhóng ㄒㄩˋ ㄏㄨㄥˊ 為了防止洪水成災，把超過河道所能排泄的洪水蓄積在一定的地區。

【蓄積】xùjī ㄒㄩˋ ㄐㄧ 積聚儲存：水庫可以蓄積雨水。

【蓄謀】xùmóu ㄒㄩˋ ㄇㄡˊ 早就有這種計謀（指壞的）：蓄謀已久｜蓄謀迫害。

【蓄念】xùniàn ㄒㄩˋ ㄋㄧㄢˋ 早就有這個念頭：蓄念已久。

【蓄養】xùyǎng ㄒㄩˋ ㄧㄤˇ 積蓄培養：蓄養力量。

【蓄意】xùyì ㄒㄩˋ ㄧˋ 早就有這個意思（指壞的）；存心：蓄意進行破壞｜蓄意挑起事端。

【蓄志】xùzhì ㄒㄩˋ ㄓˋ 早就有這個志願：蓄志報國。

煦 xù ㄒㄩˋ 〈書〉溫暖：煦暖｜和煦｜拂煦。

滀 xù ㄒㄩˋ 滀仕（Xùshì ㄒㄩˋ ㄕˋ），越南地名。
另見174頁 chù。

潊（漵）xù ㄒㄩˋ 〈書〉水邊。

緒（绪）xù ㄒㄩˋ ❶本指絲的頭，比喻事情的開端：端緒｜頭緒｜千頭萬緒。❷〈書〉殘餘：緒餘｜緒風。❸指心情、思想等：心緒｜情緒｜離情別緒。❹〈書〉事業；功業：續未竟之緒。❺（Xù）姓。

【緒論】xùlùn ㄒㄩˋ ㄌㄨㄣˋ 學術論著開頭説明全書主旨和內容等的部分。

【緒言】xùyán ㄒㄩˋ ㄧㄢˊ 發端的話；緒論。

續（续）xù ㄒㄩˋ ❶接連不斷：繼續｜連續｜陸續。❷接在原有的後頭：續編｜續集｜狗尾續貂｜這條繩子太短，再續上一截兒吧。❸添；加：壺裏的水是剛續的｜爐子該續煤了。❹（Xù）姓。

【續貂】xùdiāo ㄒㄩˋ ㄉㄧㄠ 比喻拿不好的東西接到好的東西後面（多用於謙稱續寫別人的著作）：續貂之譏。參看404頁〖狗尾續貂〗。

【續航】xùháng ㄒㄩˋ ㄏㄤˊ 連續航行：這種飛機不但速度遠超過一般客機，續航時間也很長。

【續航力】xùhánglì ㄒㄩˋ ㄏㄤˊ ㄌㄧˋ 指艦船、飛機等一次裝足燃料後能行駛或飛行的最大航程。

【續假】xù//jià ㄒㄩˋ//ㄐㄧㄚˋ 假期滿後繼續請假：續假一週｜續三天假。

【續篇】xùpiān ㄒㄩˋ ㄆㄧㄢ 一篇（或一部）著作完成後，接着原來的內容續寫的部分：小説結尾留有餘味，讓讀者還想看續篇。

【續聘】xùpìn ㄒㄩˋ ㄆㄧㄣˋ 繼續聘任：聘期滿後可以續聘。

【續弦】xù//xián ㄒㄩˋ//ㄒㄧㄢˊ 男子喪妻以後再娶。

鱮（鲊）xù ㄒㄩˋ 見715頁'鰱'。

·xu（·ㄒㄩ）

蓿〔蓿〕·xu ·ㄒㄩ 見821頁〖苜蓿〗（mù·xu）。

xuān（ㄒㄩㄢ）

宣 xuān ㄒㄩㄢ ❶公開説出來；傳播、散佈出去：宣傳｜宣佈｜宣誓｜心照不宣。❷宣召。❸疏導：宣泄。❹（Xuān）指安徽宣城，雲南宣威：宣筆｜宣腿。❺指宣紙：玉版宣（色白質堅的宣紙）｜虎皮宣（有淺色斑紋的紅、黃、綠等色的宣紙）。❻（Xuān）姓。

【宣筆】xuānbǐ ㄒㄩㄢ ㄅㄧˇ 安徽宣城、涇縣出產的毛筆，以製造精美著稱。

【宣佈】xuānbù ㄒㄩㄢ ㄅㄨˋ 正式告訴（大家）：宣佈命令。

【宣稱】xuānchēng ㄒㄩㄢ ㄔㄥ 公開地用語言、文字表示；聲稱：宣稱自己的意見是正確的。

【宣傳】xuānchuán ㄒㄩㄢ ㄔㄨㄢˊ 對群眾説明講解，使群眾相信並跟着行動：宣傳隊｜宣傳交通法規。

【宣傳彈】xuānchuándàn ㄒㄩㄢ ㄔㄨㄢˊ ㄉㄢˋ 散發宣傳品的炮彈或炸彈，用火炮發射或飛機投擲。

【宣傳畫】xuānchuánhuà ㄒㄩㄢ ㄔㄨㄢˊ ㄏㄨㄚˋ 進行宣傳鼓動的畫，標題一般是帶有號召性的文句。也叫招貼畫。

【宣傳品】xuānchuánpǐn ㄒㄩㄢ ㄔㄨㄢˊ ㄆㄧㄣˇ 宣傳用的物品，多指印刷品，如傳單、招貼畫等。

【宣德】Xuāndé ㄒㄩㄢ ㄉㄜˊ 明宣宗(朱瞻基)年號(公元1426－1435)。

【宣讀】xuāndú ㄒㄩㄢ ㄉㄨˊ 在集會上向群眾朗讀(佈告、文件等)：宣讀嘉獎令。

【宣告】xuāngào ㄒㄩㄢ ㄍㄠˋ 宣佈：宣告成立｜宣告結束。

【宣和】Xuānhé ㄒㄩㄢ ㄏㄜˊ 宋徽宗(趙佶)年號(公元1119－1125)。

【宣講】xuānjiǎng ㄒㄩㄢ ㄐㄧㄤˇ 宣傳講解：宣講交通法規。

【宣教】xuānjiào ㄒㄩㄢ ㄐㄧㄠˋ 宣傳教育：宣教工作。

【宣明】xuānmíng ㄒㄩㄢ ㄇㄧㄥˊ 明白宣佈；公開表明：宣明觀點。

【宣判】xuānpàn ㄒㄩㄢ ㄆㄢˋ 法院對當事人宣佈案件的判決：公開宣判｜當庭宣判。

【宣示】xuānshì ㄒㄩㄢ ㄕˋ 公開表示；宣佈：宣示內外。

【宣誓】xuān//shì ㄒㄩㄢ//ㄕˋ 擔任某個任務或參加某個組織時，在一定的儀式下當眾說出表示決心的話：宣誓就職｜舉手宣誓。

【宣統】Xuāntǒng ㄒㄩㄢ ㄊㄨㄥˇ 清朝最後一個皇帝(愛新覺羅溥儀)的年號(公元1909－1911)。

【宣腿】xuāntuǐ ㄒㄩㄢ ㄊㄨㄟˇ 雲南宣威出產的火腿。

【宣泄】xuānxiè ㄒㄩㄢ ㄒㄧㄝˋ ❶使積水流出去：低窪地區由於雨水無法宣泄，往往造成內澇。❷舒散；吐露(心中的積鬱)：宣泄心中的憤懣。❸〈書〉泄露：事屬機密，不得宣泄。

【宣敍調】xuānxùdiào ㄒㄩㄢ ㄒㄩˋ ㄉㄧㄠˋ 一種朗誦性質的曲調，節奏自由，伴奏比較簡單，內容大都敍述劇情的發展，常用於歌劇、清唱劇中。

【宣言】xuānyán ㄒㄩㄢ ㄧㄢˊ ❶(國家、政黨或團體)對重大問題公開表示意見以進行宣傳號召的文告：發表宣言。❷宣告；聲明：鄭重宣言。

【宣揚】xuānyáng ㄒㄩㄢ ㄧㄤˊ 廣泛宣傳，使大家知道；傳佈：大肆宣揚｜宣揚好人好事。

【宣戰】xuān//zhàn ㄒㄩㄢ//ㄓㄢˋ ❶一國或集團宣佈同另一國或集團開始處於戰爭狀態。❷泛指展開激烈鬥爭：他們向荒漠宣戰，引水灌溉，植樹造林。

【宣召】xuānzhào ㄒㄩㄢ ㄓㄠˋ (帝王)宣旨召見(某人)。

【宣紙】xuānzhǐ ㄒㄩㄢ ㄓˇ 安徽宣城、涇縣出產的一種高級紙張，用於寫毛筆字和畫國畫。質地綿軟堅韌，不容易破裂和被蟲蛀，吸墨均勻，適於長期存放。

軒[1] (轩) xuān ㄒㄩㄢ ❶高：軒昂｜軒敞｜軒朗。❷(Xuān)姓。

軒[2] (轩) xuān ㄒㄩㄢ ❶有窗的廊子或小屋子(舊時多用為書齋名或茶館飯館等的字號)。❷古代一種有帷幕而前頂較高的車。❸〈書〉窗戶；門。

【軒昂】xuān'áng ㄒㄩㄢ ㄤˊ ❶形容精神飽滿，氣度不凡：器宇軒昂。❷〈書〉高大：佛殿軒昂。

【軒敞】xuānchǎng ㄒㄩㄢ ㄔㄤˇ (房屋)高大寬敞。

【軒然大波】xuānrán dà bō ㄒㄩㄢ ㄖㄢˊ ㄉㄚˋ ㄅㄛ 比喻大的糾紛或風潮。

【軒輊】xuānzhì ㄒㄩㄢ ㄓˋ 〈書〉車前高後低叫軒，前低後高叫輊，比喻高低優劣：不分軒輊。

揎 xuān ㄒㄩㄢ ❶捋袖子露出手臂：揎拳捋袖。❷〈方〉用手推：揎開大門。❸〈方〉打：揎了他一拳。

萱〔萲〕(藼) xuān ㄒㄩㄢ ❶萱草。❷指萱堂：椿萱(父母)。

【萱草】xuāncǎo ㄒㄩㄢ ㄘㄠˇ 多年生草本植物，葉子條狀披針形，花橙紅色或黃紅色。供觀賞。

【萱堂】xuāntáng ㄒㄩㄢ ㄊㄤˊ 〈書〉尊稱人的母親。

喧(諠) xuān ㄒㄩㄢ 聲音大：喧譁｜喧鬧｜鑼鼓喧天。

【喧賓奪主】xuān bīn duó zhǔ ㄒㄩㄢ ㄅㄧㄣ ㄉㄨㄛˊ ㄓㄨˇ 客人的聲音比主人的還要大。比喻客人佔了主人的地位或外來的、次要的事物侵佔了原有的、主要的事物的地位。

【喧譁】xuānhuá ㄒㄩㄢ ㄏㄨㄚˊ ❶聲音大而雜亂：笑語喧譁。❷喧嚷：請勿喧譁。

【喧豗】xuānhuī ㄒㄩㄢ ㄏㄨㄟ 〈書〉喧鬧。

【喧鬧】xuānnào ㄒㄩㄢ ㄋㄠˋ 喧譁熱鬧：喧鬧的城市。

【喧嚷】xuānrǎng ㄒㄩㄢ ㄖㄤˇ (好些人)大聲地叫或說：人聲喧嚷｜千萬別把事情喧嚷出去呀！

【喧擾】xuānrǎo ㄒㄩㄢ ㄖㄠˇ 喧鬧擾亂：市聲喧擾。

【喧騰】xuānténg ㄒㄩㄢ ㄊㄥˊ 喧鬧沸騰：工地一片喧騰。

【喧闐】xuāntián ㄒㄩㄢ ㄊㄧㄢˊ 〈書〉聲音大而雜；喧鬧：鼓樂喧闐｜車馬喧闐。

【喧囂】xuānxiāo ㄒㄩㄢ ㄒㄧㄠ ❶聲音雜亂；不清靜：喧囂的車馬聲。❷叫囂；喧嚷：喧囂一時。

瑄 xuān ㄒㄩㄢ 古代祭天用的璧。

晅[1] xuān ㄒㄩㄢ 〈書〉(太陽) 溫暖：寒晅。

晅[2] xuān ㄒㄩㄢ 〈方〉物體內部空隙多而鬆軟：饅頭很晅｜沙土地晅，不好走。

【晅騰】xuān·teng ㄒㄩㄢ ·ㄊㄥ 〈方〉鬆軟而有彈性：饅頭蒸得很晅騰。

煖 xuān ㄒㄩㄢ 〈書〉溫暖。
另見851頁 nuǎn '暖'。

煊 xuān ㄒㄩㄢ 〈書〉同 '晅[1]'。

【煊赫】xuānhè ㄒㄩㄢ ㄏㄜˋ 形容名聲很大、聲勢很盛：煊赫一時｜權勢煊赫。

儇 xuān ㄒㄩㄢ 〈書〉❶輕浮：儇薄。❷慧黠。

【儇薄】xuānbó ㄒㄩㄢ ㄅㄛˊ 〈書〉輕薄。

【儇佻】xuāntiāo ㄒㄩㄢ ㄊㄧㄠ 〈書〉輕浮；輕佻。

禤 Xuān ㄒㄩㄢ 姓。

諼(谖) xuān ㄒㄩㄢ 〈書〉❶忘。❷欺詐。

懁 xuān ㄒㄩㄢ 〈書〉性情急躁。

翾 xuān ㄒㄩㄢ 〈書〉飛翔。

譞(譞) xuān ㄒㄩㄢ 〈書〉智慧。

xuán (ㄒㄩㄢˊ)

玄 xuán ㄒㄩㄢˊ ❶黑色：玄狐。❷深奧：玄妙｜玄理。❸玄虛；靠不住：這話真玄。

【玄奧】xuán'ào ㄒㄩㄢˊ ㄠˋ 深奧：道理淺顯，並不玄奧。

【玄狐】xuánhú ㄒㄩㄢˊ ㄏㄨˊ 狐的一種，毛深黑色，長毛的尖端白色。產在北美。皮毛珍貴。也叫銀狐。

【玄乎】xuán·hu ㄒㄩㄢˊ ·ㄏㄨ 玄虛不可捉摸：他說得也太玄乎了，天下哪有這種事！

【玄機】xuánjī ㄒㄩㄢˊ ㄐㄧ ❶道家稱深奧玄妙的道理：參悟玄機。❷神妙的機宜：不露玄機。

【玄妙】xuánmiào ㄒㄩㄢˊ ㄇㄧㄠˋ 奧妙難以捉摸：玄妙莫測。

【玄青】xuánqīng ㄒㄩㄢˊ ㄑㄧㄥ 深黑色。

【玄孫】xuánsūn ㄒㄩㄢˊ ㄙㄨㄣ 曾孫的兒子。

【玄武】xuánwǔ ㄒㄩㄢˊ ㄨˇ ❶指烏龜。❷二十八宿中北方七宿的合稱。❸道教所奉的北方的神。

【玄想】xuánxiǎng ㄒㄩㄢˊ ㄒㄧㄤˇ 幻想：妄生玄想｜閉目玄想。

【玄虛】xuánxū ㄒㄩㄢˊ ㄒㄩ 用使人迷惑的形式來掩蓋真相的欺騙手段：故弄玄虛。

【玄學】xuánxué ㄒㄩㄢˊ ㄒㄩㄝˊ ❶魏晉時代，何晏、王弼等運用道家的老莊思想糅合儒家經義而形成的一種唯心主義哲學思潮。❷形而上學。

【玄遠】xuányuǎn ㄒㄩㄢˊ ㄩㄢˇ 〈書〉(言論、道理) 深遠。

【玄之又玄】xuán zhī yòu xuán ㄒㄩㄢˊ ㄓ ㄧㄡˋ ㄒㄩㄢˊ《老子》第一章：'玄之又玄，眾妙之門。'後來形容非常玄妙，難以理解。

痃 xuán ㄒㄩㄢˊ 見472頁〖橫痃〗。

旋 xuán ㄒㄩㄢˊ ❶旋轉：旋繞｜盤旋｜迴旋｜天旋地轉。❷返回；歸來：旋里｜凱旋。❸(旋兒) 圈兒：旋渦｜老鷹在空中一個旋兒一個旋兒地轉了半天。❹(旋兒) 毛髮呈旋渦狀的地方：頭頂上有兩個旋兒。❺〈書〉不久；很快地：入場券旋即發完。❻(Xuán) 姓。
另見1297頁 xuàn；1298頁 xuàn '鏇'。

【旋即】xuánjí ㄒㄩㄢˊ ㄐㄧˊ 不久；很快地：他見事情已了結，旋即轉身離去。

【旋律】xuánlǜ ㄒㄩㄢˊ ㄌㄩˋ 樂音經過藝術構思而形成的有組織、有節奏的和諧運動。旋律是樂曲的基礎，樂曲的思想情感都是通過它表現出來的。

【旋繞】xuánrào ㄒㄩㄢˊ ㄖㄠˋ 繚繞：炊烟旋繞｜歌聲旋繞｜求學的念頭一直旋繞在腦際。

【旋塞】xuánsāi ㄒㄩㄢˊ ㄙㄞ 閥的一種，一般安裝在壓力低、口徑小的管道上，閥上有一個帶孔的塞子，旋轉塞子，可控制流體的通過。

【旋梯】xuántī ㄒㄩㄢˊ ㄊㄧ ❶體育運動器械。形狀像梯子，中間有一根軸固定在鐵架上，能夠來回旋轉。❷利用旋梯的擺動和旋轉鍛煉身體的一種體育運動。

【旋渦】xuánwō ㄒㄩㄢˊ ㄨㄛ ❶(旋渦兒) 流體旋轉時形成的螺旋形。❷比喻牽累人的事情：陷入愛情的旋渦。‖也作漩渦。

【旋翼】xuányì ㄒㄩㄢˊ ㄧˋ 直升機機艙上面可以旋轉的機翼。

【旋鑿】xuánzáo ㄒㄩㄢˊ ㄗㄠˊ 〈方〉改錐。

【旋踵】xuánzhǒng ㄒㄩㄢˊ ㄓㄨㄥˇ 〈書〉把腳後跟轉過來。比喻極短的時間：旋踵即逝。

【旋轉】xuánzhuǎn ㄒㄩㄢˊ ㄓㄨㄢˇ 物體圍繞一個點或一個軸作圓周運動。如地球繞地軸旋轉，同時也圍繞太陽旋轉。

【旋轉乾坤】xuánzhuǎn qiánkūn ㄒㄩㄢˊ ㄓㄨㄢˇ ㄑㄧㄢˊ ㄎㄨㄣ 改變自然的面貌或已成的局面。形容人的本領極大。也說旋乾轉坤。

【旋子】xuán·zi ㄒㄩㄢˊ ·ㄗ 圈兒：蝙蝠見了火光驚飛起來，打了幾個旋子，消失在黑暗中。
另見1297頁 xuàn·zi。

漩 xuán ㄒㄩㄢˊ (漩兒) 迴旋的水流：水打着漩兒向下流。

【漩渦】xuánwō ㄒㄩㄢˊ ㄨㄛ 同 '旋渦'。

璇(璿) xuán ㄒㄩㄢˊ 〈書〉美玉。

【璇璣】xuánjī ㄒㄩㄢˊ ㄐㄧ ❶古代測天文的儀器。❷古代稱北斗星的第一星至第四星。

懸[1]（悬） xuán ㄒㄩㄢˊ ❶挂①：倒懸｜懸燈結綵。❷公開揭示：懸賞。❸抬①；不着地：寫大字時最好把腕子懸起來。❹無着落；沒結果：懸案｜懸而未決｜他的問題還懸着。❺挂念：懸念｜懸望｜心懸兩處。❻憑空設想：懸擬｜懸想。❼距離遠；差別大：懸隔｜懸殊。

懸[2]（悬） xuán ㄒㄩㄢˊ〈方〉危險：一個人摸黑走山路，真懸！｜好懸，差一點兒掉到井裏。

【懸案】xuán'àn ㄒㄩㄢˊ ㄢˋ ❶沒有解決的案件：一樁懸案。❷泛指沒有解決的問題：這篇文章的作者是誰，至今還是個懸案。

【懸臂】xuánbì ㄒㄩㄢˊ ㄅㄧˋ 某些機器、機械等伸展在機身外部像手臂的部分。

【懸揣】xuánchuǎi ㄒㄩㄢˊ ㄔㄨㄞˇ 猜想；揣測：憑空懸揣。

【懸垂】xuánchuí ㄒㄩㄢˊ ㄔㄨㄟˊ （物體）懸空下垂：天車的挂鈎在空中懸垂着。

【懸浮】xuánfú ㄒㄩㄢˊ ㄈㄨˊ ❶固體微粒在流體中運動而不沈下去：這瓶油裏含有懸浮物質。❷飄浮：灰塵懸浮在空中。

【懸隔】xuángé ㄒㄩㄢˊ ㄍㄜˊ 相隔很遠：兩地懸隔。

【懸挂】xuánguà ㄒㄩㄢˊ ㄍㄨㄚˋ 挂①：懸挂國旗◇一輪明月懸挂在夜空。

【懸乎】xuán·hu ㄒㄩㄢˊ ·ㄏㄨ 〈方〉危險；不保險；不牢靠：叫他辦事可有點懸乎。

【懸壺】xuánhú ㄒㄩㄢˊ ㄏㄨˊ 〈書〉指行醫。

【懸空】xuánkōng ㄒㄩㄢˊ ㄎㄨㄥ ❶離開地面，懸在空中：兩手抓住杠子，身體懸空。❷比喻沒有落實或沒有着落：資金還懸空着，說建房的事也只是空談。

【懸樑】xuánliáng ㄒㄩㄢˊ ㄌㄧㄤˊ 在房樑上上吊：懸樑自盡。

【懸鈴木】xuánlíngmù ㄒㄩㄢˊ ㄌㄧㄥˊ ㄇㄨˋ 落葉喬木，葉子大，掌狀分裂，花淡黃綠色，果穗球形。可以作為行道樹，木材供建築用。也叫法國梧桐。

【懸擬】xuánnǐ ㄒㄩㄢˊ ㄋㄧˇ 憑空虛構：這篇小說的情節是懸擬的。

【懸念】xuánniàn ㄒㄩㄢˊ ㄋㄧㄢˋ ❶挂念。❷欣賞戲劇、電影或其他文藝作品時，對故事發展和人物命運的關切心情。

【懸賞】xuán//shǎng ㄒㄩㄢˊ // ㄕㄤˇ 用出錢等獎賞的辦法公開徵求別人幫助做某件事：懸賞尋人｜懸賞緝拿。

【懸殊】xuánshū ㄒㄩㄢˊ ㄕㄨ 相差很遠：眾寡懸殊｜貧富懸殊｜敵我力量懸殊。

【懸索橋】xuánsuǒqiáo ㄒㄩㄢˊ ㄙㄨㄛˇ ㄑㄧㄠˊ 吊橋②。

【懸梯】xuántī ㄒㄩㄢˊ ㄊㄧ 懸挂在直升飛機等上面的繩梯。

【懸腕】xuán//wàn ㄒㄩㄢˊ // ㄨㄢˋ 指用毛筆寫大字時手腕子不挨着桌子。

【懸望】xuánwàng ㄒㄩㄢˊ ㄨㄤˋ 不放心地盼望：你辦完事趕緊回來，免得家中懸望。

【懸想】xuánxiǎng ㄒㄩㄢˊ ㄒㄧㄤˇ 憑空想像：閉目懸想。

【懸心】xuán//xīn ㄒㄩㄢˊ // ㄒㄧㄣ 擔心：寫封信把情況告訴家裏，免得家人懸心。

【懸心吊膽】xuán xīn diào dǎn ㄒㄩㄢˊ ㄒㄧㄣ ㄉㄧㄠˋ ㄉㄢˇ 見1123頁〖提心吊膽〗。

【懸崖】xuányá ㄒㄩㄢˊ ㄧㄚˊ 高而陡的山崖：懸崖絕壁。

【懸崖勒馬】xuányá lè mǎ ㄒㄩㄢˊ ㄧㄚˊ ㄌㄜˋ ㄇㄚˇ 比喻臨到危險的邊緣及時清醒回頭。

【懸雍垂】xuányōngchuí ㄒㄩㄢˊ ㄩㄥ ㄔㄨㄟˊ 軟腭後部中央向下垂的肌肉小突起，略呈圓錐形。嚥東西時隨軟腭上升，有閉塞鼻腔通路的作用。通稱小舌。（圖見477頁'喉'）

【懸濁液】xuánzhuóyè ㄒㄩㄢˊ ㄓㄨㄛˊ ㄧㄝˋ 微小的固體顆粒懸浮在液體中形成的混合物。懸濁液是渾濁的，靜置相當時間後，固體顆粒會下降沈底，如石灰水。也叫懸浮液。

xuǎn（ㄒㄩㄢˇ）

晅 xuǎn ㄒㄩㄢˇ〈書〉❶光明。❷乾燥。

烜 xuǎn ㄒㄩㄢˇ，又 xuān ㄒㄩㄢ〈書〉盛大：烜赫。

【烜赫】xuǎnhè ㄒㄩㄢˇ ㄏㄜˋ〈書〉形容名聲很大、聲勢很盛：烜赫一時｜氣勢烜赫。

選（选） xuǎn ㄒㄩㄢˇ ❶挑選：篩選｜選拔｜選派｜選種。❷選舉：選民｜普選｜選代表。❸被選中了的（人或物）：入選｜人選。❹挑選出來編在一起的作品：文選｜詩選｜民歌選。

【選拔】xuǎnbá ㄒㄩㄢˇ ㄅㄚˊ 挑選（人才）：選拔賽｜選拔運動員｜選拔基層幹部。

【選拔賽】xuǎnbásài ㄒㄩㄢˇ ㄅㄚˊ ㄙㄞˋ 競賽的一種，目的是發現和挑選人員參加高一級的比賽。

【選本】xuǎnběn ㄒㄩㄢˇ ㄅㄣˇ 從一個人的或若干人的著作中選出部分篇章編輯成的書。

【選編】xuǎnbiān ㄒㄩㄢˇ ㄅㄧㄢ ❶從資料或文章中挑選出一部分編在一起：選編一本清代詩集。❷選編的集子（多用做書名）：《歷代白話小說選編》。

【選材】xuǎn//cái ㄒㄩㄢˇ // ㄘㄞˊ ❶挑選合適的人材。❷選擇適用的材料或素材：精於選材。

【選調】xuǎndiào ㄒㄩㄢˇ ㄉㄧㄠˋ 選拔調動：國家足球隊隊員是從各省市選調來的。

【選讀】xuǎndú ㄒㄩㄢˇ ㄉㄨˊ ❶選擇閱讀：這篇文章比較長，大家可以選讀其中的一部分。❷從一個人或若干人的著作中選出一部分編成的供閱讀的書(多用做書名)：《古代詩歌選讀》。

【選段】xuǎnduàn ㄒㄩㄢˇ ㄉㄨㄢˋ 從樂曲、戲曲等中間選取的片段：民族音樂選段｜京劇選段。

【選集】xuǎnjí ㄒㄩㄢˇ ㄐㄧˊ 選錄一個人或若干人的著作而成的集子(多用做書名)。

【選輯】xuǎnjí ㄒㄩㄢˇ ㄐㄧˊ ❶挑選並輯錄：他們合作選輯了上百萬字的古漢語語法資料。❷選輯成的書(多用做書名)：《文史資料選輯》。

【選舉】xuǎnjǔ ㄒㄩㄢˇ ㄐㄩˇ 用投票或舉手等表決方式選出代表或負責人：選舉工會主席。

【選舉權】xuǎnjǔquán ㄒㄩㄢˇ ㄐㄩˇ ㄑㄩㄢˊ ❶公民依法選舉國家權力機關代表的權利。❷各種組織的成員選舉本組織的領導人員或代表的權利。

【選刊】xuǎnkān ㄒㄩㄢˇ ㄎㄢ ❶挑選並刊載：從他的許多速寫中，選刊一組，以饗讀者。❷專門選擇刊載已經發表的某類作品的刊物(多用做刊物名)：《中篇小說選刊》。

【選礦】xuǎnkuàng ㄒㄩㄢˇ ㄎㄨㄤˋ 把礦物中的廢石、雜質和其他礦物分離出去，取得適於冶煉需要的礦石。

【選錄】xuǎnlù ㄒㄩㄢˇ ㄌㄨˋ 選擇收錄(文章等)：這本散文集選錄當代散文一百篇。

【選民】xuǎnmín ㄒㄩㄢˇ ㄇㄧㄣˊ 有選舉權的公民：選民證。

【選派】xuǎnpài ㄒㄩㄢˇ ㄆㄞˋ 挑選合於規定條件的人派遣出去：選派留學生｜選派代表參加大會。

【選票】xuǎnpiào ㄒㄩㄢˇ ㄆㄧㄠˋ 選舉者用來填寫或圈定被選舉人姓名的票。

【選區】xuǎnqū ㄒㄩㄢˇ ㄑㄩ 為了進行選舉而按人口劃分的區域。

【選取】xuǎnqǔ ㄒㄩㄢˇ ㄑㄩˇ 挑選採用：選取一條近路｜經過認真考慮，他選取了自學的方式。

【選任】xuǎnrèn ㄒㄩㄢˇ ㄖㄣˋ 選拔任用。

【選手】xuǎnshǒu ㄒㄩㄢˇ ㄕㄡˇ 被選參加體育比賽的人：乒乓球選手。

【選送】xuǎnsòng ㄒㄩㄢˇ ㄙㄨㄥˋ 挑選推薦：選送學員。

【選修】xuǎnxiū ㄒㄩㄢˇ ㄒㄧㄡ 學生從指定可以自由選擇的科目中，選定自己要學習的科目(區別於'必修')：選修科｜他選修的是法文。

【選用】xuǎnyòng ㄒㄩㄢˇ ㄩㄥˋ 選擇使用或運用：選用人才｜選用資料。

【選擇】xuǎnzé ㄒㄩㄢˇ ㄗㄜˊ 挑選：選擇對象｜選擇地點。

【選種】xuǎn//zhǒng ㄒㄩㄢˇ//ㄓㄨㄥˇ 選擇動物或植物的優良品種，加以繁殖。

癬(癣) xuǎn ㄒㄩㄢˇ 由黴菌引起的某些皮膚病的統稱，如髮癬、腳癬、手癬等。

xuàn (ㄒㄩㄢˋ)

券 xuàn ㄒㄩㄢˋ，又 quàn ㄑㄩㄢˋ 拱券：發券｜打券。

另見954頁 quàn。

泫 xuàn ㄒㄩㄢˋ 〈書〉水點下垂：花上露猶泫。

【泫然】xuànrán ㄒㄩㄢˋ ㄖㄢˊ 〈書〉水滴下的樣子(多指眼淚)：泫然淚下。

昡 xuàn ㄒㄩㄢˋ 〈書〉日光。

炫(❷衒) xuàn ㄒㄩㄢˋ 〈書〉❶(強烈的光綫)晃人的眼睛：炫目。❷誇耀：炫弄｜炫示｜自炫其能。

【炫目】xuànmù ㄒㄩㄢˋ ㄇㄨˋ (光彩)耀眼：裝飾華麗炫目。

【炫弄】xuànnòng ㄒㄩㄢˋ ㄋㄨㄥˋ 炫耀賣弄：炫弄技巧。

【炫示】xuànshì ㄒㄩㄢˋ ㄕˋ 故意在人面前顯示(自己的長處)：他有才華，但從不在人前炫示。

【炫耀】xuànyào ㄒㄩㄢˋ ㄧㄠˋ ❶照耀。❷誇耀：炫耀武力。

【炫鬻】xuànyù ㄒㄩㄢˋ ㄩˋ 〈書〉誇耀賣弄。

眩 xuàn ㄒㄩㄢˋ ❶(眼睛)昏花：頭暈目眩。❷〈書〉迷惑；執迷：眩於名利。

【眩暈】xuànyùn ㄒㄩㄢˋ ㄩㄣˋ 感覺到本身或周圍的東西旋轉：突然一陣眩暈，差一點兒摔倒。

旋[1] xuàn ㄒㄩㄢˋ 旋轉的：旋風。

旋[2] xuàn ㄒㄩㄢˋ 副詞，臨時(做)：旋用旋買｜客人到了旋做，就來不及了。

另見1295頁 xuán；1298頁 xuàn'鏇'。

【旋風】xuànfēng ㄒㄩㄢˋ ㄈㄥ 螺旋狀運動的風。

【旋子】xuàn·zi ㄒㄩㄢˋ·ㄗ 武術的一種動作，用臂，擰腰，旋腿，平身躍起，雙腳落地。

另見1295頁 xuán·zi。

渲 xuàn ㄒㄩㄢˋ 渲染①。

【渲染】xuànrǎn ㄒㄩㄢˋ ㄖㄢˇ ❶國畫的一種畫法，用水墨或淡的色彩塗抹畫面，以加強藝術效果。❷比喻誇大的形容：一件小事情，用不着這麼渲染。

絢(绚) xuàn ㄒㄩㄢˋ 色彩華麗：絢麗｜絢爛。

【絢爛】xuànlàn ㄒㄩㄢˋ ㄌㄢˋ 燦爛：絢爛的朝霞｜絢爛多彩。

【絢麗】xuànlì ㄒㄩㄢˋ ㄌㄧˋ 燦爛美麗：文采絢麗｜絢麗的鮮花。

楦（楥） xuàn ㄒㄩㄢˋ ❶楦子：鞋楦｜帽楦。❷用楦子填緊或撐大鞋帽的中空部分：新緔的鞋要楦一楦。❸〈方〉泛指用東西填緊物體的中空部分：裝完瓷器，把箱子楦好。

【楦子】xuàn·zi ㄒㄩㄢˋ·ㄗ 製鞋、製帽時所用的模型，多用木頭做成。也叫楦頭（xuàn·tou）。

鉉（铉） xuàn ㄒㄩㄢˋ 古代橫貫鼎耳以扛鼎的器具。

碹（碹） xuàn ㄒㄩㄢˋ ❶橋樑、涵洞等工程建築的弧形部分。❷用磚、石等築成弧形。

鏇（旋） xuàn ㄒㄩㄢˋ ❶用車牀切削或用刀子轉（zhuàn）着圈地削：鏇根車軸｜把梨皮鏇掉。❷鏇子。

'旋'另見1295頁xuán；1297頁xuàn。

【鏇子】xuàn·zi ㄒㄩㄢˋ·ㄗ ❶一種金屬器具，像盤而較大，通常用來做粉皮等。❷溫酒時盛水的金屬器具。

xuē （ㄒㄩㄝ）

削 xuē ㄒㄩㄝ 義同'削'（xiāo），專用於合成詞，如剝削、削減、削弱。

另見1252頁xiāo。

【削壁】xuēbì ㄒㄩㄝ ㄅㄧˋ 直立的山崖，像削過的一樣：懸崖削壁。

【削髮】xuēfà ㄒㄩㄝ ㄈㄚˋ 剃掉頭髮（出家做僧尼）。

【削價】xuējià ㄒㄩㄝ ㄐㄧㄚˋ 減價；降價：削價處理。

【削減】xuējiǎn ㄒㄩㄝ ㄐㄧㄢˇ 從已定的數目中減去：削減不必要的開支。

【削平】xuēpíng ㄒㄩㄝ ㄆㄧㄥˊ 〈書〉消滅；平定：削平叛亂。

【削弱】xuēruò ㄒㄩㄝ ㄖㄨㄛˋ ❶（力量、勢力）變弱：幾名主力隊員離隊後，這支球隊實力有所削弱。❷使變弱：削弱敵人的力量。

【削足適履】xuē zú shì lǚ ㄒㄩㄝ ㄗㄨˊ ㄕˋ ㄌㄩˇ 鞋小腳大，為了穿上鞋把腳削小。比喻不合理地遷就現成條件，或不顧具體條件，生搬硬套。

靴（鞾） xuē ㄒㄩㄝ 靴子：馬靴｜皮靴｜雨靴｜雪地靴。

【靴靿】xuēyào ㄒㄩㄝ ㄧㄠˋ （靴靿兒）靴子的筒。

【靴子】xuē·zi ㄒㄩㄝ·ㄗ 幫子略呈筒狀高到踝子骨以上的鞋。

薛〔薛〕 Xuē ㄒㄩㄝ 姓。

xué （ㄒㄩㄝˊ）

穴 xué ㄒㄩㄝˊ ❶岩洞。泛指地上或某些建築物上的坑或孔：洞穴｜孔穴｜穴居｜空穴來風。❷動物的窩：巢穴｜虎穴｜蟻穴。❸墓穴：土穴｜磚穴。❹醫學上指人體上可以進行針灸的部位，多為神經末梢密集或較粗的神經纖維經過的地方。也叫穴位或穴道。❺（Xué）姓。

【穴播】xuébō ㄒㄩㄝˊ ㄅㄛ 播種的一種方法，把種子放在挖好的坑裏並蓋上土；點播。

【穴道】xuédào ㄒㄩㄝˊ ㄉㄠˋ 穴④。

【穴居野處】xué jū yě chǔ ㄒㄩㄝˊ ㄐㄩ ㄧㄝˇ ㄔㄨˇ 指人類沒有房屋以前的生活狀態。

【穴頭】xué tóu ㄒㄩㄝˊ ㄊㄡˊ （穴頭兒）組織走穴的人。

【穴位】xuéwèi ㄒㄩㄝˊ ㄨㄟˋ ❶穴④。❷墓穴的位置。

茓〔茓〕 xué ㄒㄩㄝˊ 用茓子圍起來囤糧食。

【茓子】xué·zi ㄒㄩㄝˊ·ㄗ 用高粱稈、蘆葦等的篾兒編製的狹而長的粗席子，可以圍起來囤糧食。也叫踅子。

踅 xué ㄒㄩㄝˊ 來回走；中途折回：他在大門口踅來踅去｜沒走多遠，就踅回來了。

【踅摸】xué·mo ㄒㄩㄝˊ·ㄇㄛ 〈方〉尋找：想到舊書店踅摸兩本書。

【踅子】xué·zi ㄒㄩㄝˊ·ㄗ 同'茓子'。

噱 xué ㄒㄩㄝˊ 〈方〉笑：噱頭｜發噱。

另見630頁jué。

【噱頭】xuétóu ㄒㄩㄝˊ ㄊㄡˊ 〈方〉❶引人發笑的話或舉動：相聲演員噱頭真多。❷花招：擺噱頭（耍花招）。❸滑稽：很噱頭｜噱頭極了。

嶨（岦） xué ㄒㄩㄝˊ 嶨口（Xuékǒu ㄒㄩㄝˊ ㄎㄡˇ），地名，在浙江。

學（学、斈） xué ㄒㄩㄝˊ ❶學習：學技術｜勤工儉學｜我跟着他學了許多知識。❷模仿：他學杜鵑叫，學得很像。❸學問：治學｜才疏學淺｜博學多能。❹指學科：數學｜物理學｜政治經濟學。❺學校：小學｜大學｜上學。

【學報】xuébào ㄒㄩㄝˊ ㄅㄠˋ 學術團體、科研單位或高等學校定期出版的學術性刊物。

【學部】xuébù ㄒㄩㄝˊ ㄅㄨˋ ❶清末掌管全國教育的官署。❷中國科學院和中國工程院各學科的咨詢機構，由若干院士（舊稱學部委員）組成，院士由院內外著名科學家擔任。

【學潮】xuécháo ㄒㄩㄝˊ ㄔㄠˊ 指學生、教職員因對當時政治或學校事務有所不滿而掀起的風潮。

【學閥】xuéfá ㄒㄩㄝˊ ㄈㄚˊ 指憑藉勢力把持教育界或學術界的人。

【學費】xuéfèi ㄒㄩㄝˊ ㄈㄟˋ ❶學校規定的學生在校學習應繳納的費用。❷個人求學的費用。

【學分】xuéfēn ㄒㄩㄝˊ ㄈㄣ 高等學校計算課業時間的單位。一般以一學期中每週上課一小時為一學分。學生讀夠規定的學分才能畢業。

【學風】xuéfēng ㄒㄩㄝˊ ㄈㄥ 學校的、學術界的或一般學習方面的風氣。

【學府】xuéfǔ ㄒㄩㄝˊ ㄈㄨˇ 指實施高等教育的學校：最高學府。

【學富五車】xué fù wǔ chē ㄒㄩㄝˊ ㄈㄨˋ ㄨˇ ㄔㄜ 形容讀書多，學問大（五車：指五車書）。

【學棍】xuégùn ㄒㄩㄝˊ ㄍㄨㄣˋ 依仗勢力在教育界為非作歹的人。

【學好】xué//hǎo ㄒㄩㄝˊ//ㄏㄠˇ 以好人好事為榜樣，照着去做。

【學會】xuéhuì ㄒㄩㄝˊ ㄏㄨㄟˋ 由研究某一學科的人組成的學術團體，如物理學會、生物學會等。

【學籍】xuéjí ㄒㄩㄝˊ ㄐㄧˊ 登記學生姓名的冊子，轉指作為某校學生的資格：保留學籍｜開除學籍。

【學監】xuéjiān ㄒㄩㄝˊ ㄐㄧㄢ 舊時學校裏監督、管理學生的人員。

【學界】xuéjiè ㄒㄩㄝˊ ㄐㄧㄝˋ 指教育界。

【學究】xuéjiū ㄒㄩㄝˊ ㄐㄧㄡ 唐代科舉制度有'學究一經'科（專門研究一種經書），應這一科考試的稱為學究，後來指讀書人。也指迂腐的讀書人：老學究。

【學科】xuékē ㄒㄩㄝˊ ㄎㄜ ❶按照學問的性質而劃分的門類，如自然科學中的物理學、化學。❷學校教學的科目。如語文、數學。❸軍事訓練或體育訓練中的各種知識性的科目。（區別於'術科'）。

【學理】xuélǐ ㄒㄩㄝˊ ㄌㄧˇ 科學上的原理或法則。

【學力】xuélì ㄒㄩㄝˊ ㄌㄧˋ 在學問上達到的程度。

【學歷】xuélì ㄒㄩㄝˊ ㄌㄧˋ 學習的經歷，指曾在哪些學校肄業或畢業：招聘有大學學歷的人員。

【學齡】xuélíng ㄒㄩㄝˊ ㄌㄧㄥˊ 指兒童適合於入學的年齡，通常從六、七歲開始：學齡兒童。

【學名】xuémíng ㄒㄩㄝˊ ㄇㄧㄥˊ ❶入學時使用的正式名字（區別於'小名'）。❷科學上的專門名稱，如食鹽的學名是氯化鈉。

【學年】xuénián ㄒㄩㄝˊ ㄋㄧㄢˊ 規定的學習年度。從秋季開學到暑假，或從春季開學到寒假為一學年。

【學派】xuépài ㄒㄩㄝˊ ㄆㄞˋ 同一學科中由於學說、觀點不同而形成的派別。

【學期】xuéqī ㄒㄩㄝˊ ㄑㄧ 一學年分為兩學期，從秋季開學到寒假和從春季開學到暑假各為一個學期。

【學前班】xuéqiánbān ㄒㄩㄝˊ ㄑㄧㄢˊ ㄅㄢ 對學齡前快要入小學的兒童進行教育所編成的班級。

【學前教育】xuéqián-jiàoyù ㄒㄩㄝˊ ㄑㄧㄢˊ ㄐㄧㄠˋ ㄩˋ 指對學齡前兒童進行的教育。參看1391頁〖幼兒教育〗。

【學前期】xuéqiánqī ㄒㄩㄝˊ ㄑㄧㄢˊ ㄑㄧ 兒童從三歲到入學前的時期。

【學區】xuéqū ㄒㄩㄝˊ ㄑㄩ 為了便於學生上學和對學校的業務領導，根據中、小學分佈情況劃分的管理區。

【學人】xuérén ㄒㄩㄝˊ ㄖㄣˊ 學者：著名學人。

【學舌】xué//shé ㄒㄩㄝˊ//ㄕㄜˊ ❶模仿別人說話。比喻沒有主見，只是跟着別人說：鸚鵡學舌。❷嘴不嚴緊，把聽到的話告訴別人。

【學生】xué·sheng ㄒㄩㄝˊ ·ㄕㄥ ❶在學校讀書的人。❷向老師或前輩學習的人。❸〈方〉男孩子。

【學生會】xuéshēnghuì ㄒㄩㄝˊ ㄕㄥ ㄏㄨㄟˋ 大學或中學校內全體學生的群眾性組織。

【學生裝】xué·shengzhuāng ㄒㄩㄝˊ ·ㄕㄥ ㄓㄨㄤ 一種服裝，上身有三個沒有蓋的口袋，領子不向下翻，下身是西式長褲，過去多是學生穿的。

【學時】xuéshí ㄒㄩㄝˊ ㄕˊ 一節課的時間，通常為四十五分鐘：趙老師一週講八個學時的課。

【學識】xuéshí ㄒㄩㄝˊ ㄕˊ 學術上的知識和修養：學識淵博。

【學士】xuéshì ㄒㄩㄝˊ ㄕˋ ❶指讀書人：文人學士。❷學位中最低的一級，大學畢業時由學校授予。

【學塾】xuéshú ㄒㄩㄝˊ ㄕㄨˊ 私塾。

【學術】xuéshù ㄒㄩㄝˊ ㄕㄨˋ 有系統的、較專門的學問：學術界｜學術思想｜學術團體｜學術性刊物。

【學說】xuéshuō ㄒㄩㄝˊ ㄕㄨㄛ 學術上的有系統的主張或見解。

【學堂】xuétáng ㄒㄩㄝˊ ㄊㄤˊ 〈方〉學校。

【學童】xuétóng ㄒㄩㄝˊ ㄊㄨㄥˊ 上學的兒童。

【學徒】xué//tú ㄒㄩㄝˊ//ㄊㄨˊ 當學徒：學了一年徒｜他小時候在藥鋪學徒。

【學徒】xuétú ㄒㄩㄝˊ ㄊㄨˊ 在商店裏學做買賣或在作坊、工廠裏學習技術的青年或少年。

【學徒工】xuétúgōng ㄒㄩㄝˊ ㄊㄨˊ ㄍㄨㄥ 跟隨師傅（老工人）學習技術的青年工人。也叫徒工。

【學位】xuéwèi ㄒㄩㄝˊ ㄨㄟˋ 根據專業學術水平由高等院校、科研機構等授予的稱號，如博士、碩士、學士等。

【學問】xué·wen ㄒㄩㄝˊ ·ㄨㄣ ❶正確反映客觀事物的系統知識：這是一門新興的學問。❷知識；學識：有學問｜學問很大。

【學習】xuéxí ㄒㄩㄝˊ ㄒㄧˊ ❶從閱讀、聽講、研究、實踐中獲得知識或技能：學習文化｜學習先進經驗。❷效法：學習他的為人。

【學銜】xuéxián ㄒㄩㄝˊ ㄒㄧㄢˊ 高等學校教學人員、科研機構研究人員的專業職稱，如教授、副教授、講師、研究員、副研究員等。

【學校】xuéxiào ㄒㄩㄝˊ ㄒㄧㄠˋ 專門進行教育的機構。

【學養】xuéyǎng ㄒㄩㄝˊ ㄧㄤˇ 〈書〉學問和修養：

學養有素。
【學業】xuéyè ㄒㄩㄝˊ ㄧㄝˋ 學習的功課和作業：學業成績｜學業大有長進。
【學友】xuéyǒu ㄒㄩㄝˊ ㄧㄡˇ 同學：同窗學友。
【學員】xuéyuán ㄒㄩㄝˊ ㄩㄢˊ 一般指在高等學校、中學、小學以外的學校或訓練班學習的人。
【學院】xuéyuàn ㄒㄩㄝˊ ㄩㄢˋ 高等學校的一種，以某一專業教育為主，如工業學院、音樂學院、師範學院等。
【學長】xuézhǎng ㄒㄩㄝˊ ㄓㄤˇ ❶對同學的尊稱。❷舊時大學各科的負責人：文科學長｜理科學長。
【學者】xuézhě ㄒㄩㄝˊ ㄓㄜˇ 指在學術上有一定成就的人：青年學者｜訪問學者。
【學制】xuézhì ㄒㄩㄝˊ ㄓˋ 國家對各級各類學校的性質、任務、組織系統和課程、學習年限等的規定。
【學子】xuézǐ ㄒㄩㄝˊ ㄗˇ 〈書〉學生：莘莘(shēnshēn)學子(很多學生)。

斅(敩) xué ㄒㄩㄝˊ 〈書〉同'學'。另見1263頁 xiào。

xuě (ㄒㄩㄝˇ)

雪1 xuě ㄒㄩㄝˇ ❶空氣中降落的白色結晶，多為六角形，是氣溫降低到0°C以下時，空氣層中的水蒸氣凝結而成的。❷顏色或光彩像雪的：雪白｜雪亮。❸(Xuě)姓。

雪2 xuě ㄒㄩㄝˇ 洗掉(恥辱、仇恨、冤枉)：雪恥｜雪恨｜昭雪｜洗雪。

【雪白】xuěbái ㄒㄩㄝˇ ㄅㄞˊ 像雪一樣的潔白：雪白的牆壁｜梨花盛開，一片雪白。
【雪豹】xuěbào ㄒㄩㄝˇ ㄅㄠˋ 豹的一種，尾巴長，毛淡青而發灰色，全身有不規則的黑斑。生活在寒冷地區的高山中。
【雪暴】xuěbào ㄒㄩㄝˇ ㄅㄠˋ 大量積雪或降雪隨強風飛舞的現象。
【雪崩】xuěbēng ㄒㄩㄝˇ ㄅㄥ 大量積雪從高山上突然崩落下來。
【雪恥】xuěchǐ ㄒㄩㄝˇ ㄔˇ 洗掉恥辱：報仇雪恥。
【雪糕】xuěgāo ㄒㄩㄝˇ ㄍㄠ ❶一種冷食，用水、牛奶、雞蛋、糖、果汁等混合攪拌冷凍而成，形狀像冰棍兒。❷〈方〉冰激凌。
【雪恨】xuěhèn ㄒㄩㄝˇ ㄏㄣˋ 洗雪仇恨：申冤雪恨。
【雪花】xuěhuā ㄒㄩㄝˇ ㄏㄨㄚ 空中飄下的雪，形狀像花，因此叫雪花：北風吹，雪花飄。
【雪花膏】xuěhuāgāo ㄒㄩㄝˇ ㄏㄨㄚ ㄍㄠ 一種化妝品，用硬脂酸、甘油、苛性鉀和香料等製成，通常為白色，用來滋潤皮膚。
【雪茄】xuějiā ㄒㄩㄝˇ ㄐㄧㄚ 用烟葉捲成的烟，形狀較一般的香烟粗而長。也叫捲烟。[英cigar]
【雪裏紅】xuělǐhóng ㄒㄩㄝˇ ㄌㄧˇ ㄏㄨㄥˊ 一年生草本植物，芥(jiè)菜的變種，葉子深裂，邊緣皺縮，花鮮黃色。莖和葉子是普通蔬菜，通常醃着吃。也作雪裏蕻。
【雪裏蕻】xuělǐhóng ㄒㄩㄝˇ ㄌㄧˇ ㄏㄨㄥˊ 同'雪裏紅'。
【雪連紙】xuěliánzhǐ ㄒㄩㄝˇ ㄌㄧㄢˊ ㄓˇ 紙的一種，一面光滑，多用來做信箋、寫公文，印招貼傳單等。
【雪蓮】xuělián ㄒㄩㄝˇ ㄌㄧㄢˊ 草本植物，葉子長橢圓形，花深紅色，花瓣薄而狹長。生長在新疆、青海、西藏、雲南等地高山中。花可入藥。
【雪亮】xuěliàng ㄒㄩㄝˇ ㄌㄧㄤˋ 像雪那樣明亮：雪亮的燈光｜電燈把屋裏照得雪亮◇群眾的眼睛是雪亮的。
【雪柳】xuěliǔ ㄒㄩㄝˇ ㄌㄧㄡˇ ❶落葉灌木，葉子披針形或卵狀披針形，有光澤，花白色，有香氣。供觀賞。也叫過街柳或稻柳。❷舊時辦喪事在靈前供奉或出殯用做儀仗的一種東西，用細條白紙製成，挂在木棍上。
【雪盲】xuěmáng ㄒㄩㄝˇ ㄇㄤˊ 因雪地上反射的強烈的光長時間刺激眼睛而造成的損傷，症狀是眼睛疼痛，怕見光，流淚。
【雪泥鴻爪】xuění hóngzhǎo ㄒㄩㄝˇ ㄋㄧˊ ㄏㄨㄥˊ ㄓㄠˇ 鴻雁在雪泥上踏過留下的痕迹(雪泥：融化着雪水的泥土)。比喻往事遺留下的痕迹。
【雪片】xuěpiàn ㄒㄩㄝˇ ㄆㄧㄢˋ 紛飛的雪花，多用於比喻：各方賀電，雪片飛來。
【雪橇】xuěqiāo ㄒㄩㄝˇ ㄑㄧㄠ 用狗、鹿、馬等拉着在冰雪上滑行的一種沒有輪子的交通工具。
【雪青】xuěqīng ㄒㄩㄝˇ ㄑㄧㄥ 淺紫色。
【雪人】xuěrén ㄒㄩㄝˇ ㄖㄣˊ (雪人兒)用雪堆成的人形。
【雪山】xuěshān ㄒㄩㄝˇ ㄕㄢ 長年覆蓋着積雪的山。
【雪上加霜】xuě shàng jiā shuāng ㄒㄩㄝˇ ㄕㄤˋ ㄐㄧㄚ ㄕㄨㄤ 比喻一再遭受災難，損害愈加嚴重。
【雪糝】xuěshēn ㄒㄩㄝˇ ㄕㄣ 〈方〉(雪糝兒)霰(xiàn)。也叫雪糝子。
【雪松】xuěsōng ㄒㄩㄝˇ ㄙㄨㄥ 常綠喬木，葉子針形，淡綠色、藍綠色或銀灰色，球果卵形，樹冠圓錐形，是珍貴的觀賞樹。產於喜馬拉雅山麓。木材緻密，有香味。
【雪條】xuětiáo ㄒㄩㄝˇ ㄊㄧㄠˊ 〈方〉冰棍兒。
【雪綫】xuěxiàn ㄒㄩㄝˇ ㄒㄧㄢˋ 終年積雪區域的界綫。雪綫的高度一般隨緯度的增高而降低。
【雪野】xuěyě ㄒㄩㄝˇ ㄧㄝˇ 雪原。
【雪冤】xuěyuān ㄒㄩㄝˇ ㄩㄢ 洗刷冤屈。

【雪原】xuěyuán ㄒㄩㄝˇ ㄩㄢˊ 覆蓋着深雪的原野：林海雪原｜茫茫雪原，一望無際。

【雪中送炭】xuě zhōng sòng tàn ㄒㄩㄝˇ ㄓㄨㄥ ㄙㄨㄥˋ ㄊㄢˋ 比喻在別人急需的時候給以物質上的幫助。

【雪子】xuězǐ ㄒㄩㄝˇ ㄗˇ 〈方〉(雪子兒) 霰(xiàn)。

鱈(鳕) xuě ㄒㄩㄝˇ 鱈魚，下頜有一根鬚，背部有許多小黑斑，有三個背鰭，腹部灰白色。肝可製魚肝油。通稱大頭魚。

xuè (ㄒㄩㄝˋ)

血 xuè ㄒㄩㄝˋ ❶人或高等動物體內循環系統中的液體組織，暗赤或鮮紅色，有腥氣，由血漿、血細胞和血小板構成。作用是把養分和激素輸送給體內各個組織，收集廢物送給排泄器官，調節體溫和抵禦病菌等。也叫血液。❷有血統關係的：血親｜血緣。❸比喻剛強熱烈：血性｜血氣。❹指月經。

另見1266頁 xiě。

【血癌】xuè'ái ㄒㄩㄝˋ ㄞˊ 白血病的俗稱。

【血案】xuè'àn ㄒㄩㄝˋ ㄢˋ 兇殺案件：一樁血案。

【血本】xuèběn ㄒㄩㄝˋ ㄅㄣˇ 經商的老本兒：賠了血本。

【血崩】xuèbēng ㄒㄩㄝˋ ㄅㄥ 中醫指婦女不在行經期子宮大量出血的病，因來勢急劇，故名。常因子宮病變、陰道構造異常等引起。也叫崩症。

【血沈】xuèchén ㄒㄩㄝˋ ㄔㄣˊ 新鮮的血液放在特製的帶有刻度的玻璃管中，靜置一定時間後，紅細胞即從血漿中分離出來而下沈。紅細胞下沈的速度叫血細胞沈降率，通稱血沈。

【血仇】xuèchóu ㄒㄩㄝˋ ㄔㄡˊ 因親族被殺害而結下的仇恨：報血仇｜結下血仇。

【血防】xuèfáng ㄒㄩㄝˋ ㄈㄤˊ 對血吸蟲病的防治。

【血粉】xuèfěn ㄒㄩㄝˋ ㄈㄣˇ 用豬、牛、羊等動物的血液製成的粉狀物質，用作飼料和肥料。

【血管】xuèguǎn ㄒㄩㄝˋ ㄍㄨㄢˇ 血液在全身中循環時所經過的管狀構造，分動脈、靜脈和毛細管。參看276頁〖動脈〗、612頁〖靜脈〗、778頁〖毛細管〗。

【血光之災】xuè guāng zhī zāi ㄒㄩㄝˋ ㄍㄨㄤ ㄓ ㄗㄞ 迷信的人指被殺的災難。

【血海深仇】xuèhǎi shēnchóu ㄒㄩㄝˋ ㄏㄞˇ ㄕㄣ ㄔㄡˊ 指因親人被殺害而引起的極深的仇恨。

【血汗】xuèhàn ㄒㄩㄝˋ ㄏㄢˋ 血和汗。象徵辛勤的勞動：血汗錢｜糧食是農民用血汗換來的。

【血紅】xuèhóng ㄒㄩㄝˋ ㄏㄨㄥˊ 像鮮血那樣的紅色；鮮紅：血紅的夕陽。

【血紅蛋白】xuèhóng dànbái ㄒㄩㄝˋ ㄏㄨㄥˊ ㄉㄢˋ ㄅㄞˊ 血液中一種含鐵和蛋白質的紅色化合物，很容易與氧氣或二氧化碳結合和分離。血液借血紅蛋白從肺泡裏吸取氧氣輸送給體內各個組織，又從體內各個組織把二氧化碳帶回肺臟，排出體外。血液呈紅色就是由於含有血紅蛋白的緣故。也叫血紅素或血色素。

【血迹】xuèjì ㄒㄩㄝˋ ㄐㄧˋ 血在物體上留下的痕迹：血迹斑斑｜衣服上有血迹。

【血漿】xuèjiāng ㄒㄩㄝˋ ㄐㄧㄤ 血液中除血細胞、血小板之外的部分，無色透明的液體，含有水、無機鹽、營養物、激素、尿酸等。

【血口噴人】xuè kǒu pēn rén ㄒㄩㄝˋ ㄎㄡˇ ㄆㄣ ㄖㄣˊ 比喻用惡毒的話誣衊別人。

【血庫】xuèkù ㄒㄩㄝˋ ㄎㄨˋ 醫務部門存放血液以備輸血時應用的設備。

【血虧】xuèkuī ㄒㄩㄝˋ ㄎㄨㄟ 中醫指貧血。

【血淚】xuèlèi ㄒㄩㄝˋ ㄌㄟˋ 痛哭時眼睛裏流出的血。比喻慘痛的遭遇：血淚家史。

【血路】xuèlù ㄒㄩㄝˋ ㄌㄨˋ 拼死衝殺而突破重圍的道路：殺出一條血路。

【血脉】xuèmài ㄒㄩㄝˋ ㄇㄞˋ ❶中醫指人體內的血管或血液循環：血脉流通。❷血統：血脉相通。

【血泊】xuèpō ㄒㄩㄝˋ ㄆㄛ 大灘的血。

【血氣】xuèqì ㄒㄩㄝˋ ㄑㄧˋ ❶精力：血氣方剛。❷血性：有血氣的青年。

【血親】xuèqīn ㄒㄩㄝˋ ㄑㄧㄣ 有血統關係的親屬。

【血清】xuèqīng ㄒㄩㄝˋ ㄑㄧㄥ 血漿中除去纖維蛋白後的淡黃色膠狀液體，在血液凝固後才能分離出來。

【血球】xuèqiú ㄒㄩㄝˋ ㄑㄧㄡˊ 血細胞。

【血肉】xuèròu ㄒㄩㄝˋ ㄖㄡˋ ❶血液和肌肉：血肉之軀｜血肉模糊。❷比喻特別密切的關係：勞動人民血肉相連。

【血色】xuèsè ㄒㄩㄝˋ ㄙㄜˋ 皮膚紅潤的顏色：面無血色。

【血色素】xuèsèsù ㄒㄩㄝˋ ㄙㄜˋ ㄙㄨˋ 血紅蛋白。

【血書】xuèshū ㄒㄩㄝˋ ㄕㄨ 為了表示有極大的仇恨、冤屈或決心，用自己的血寫成的遺書、訴狀、志願書等。

【血栓】xuèshuān ㄒㄩㄝˋ ㄕㄨㄢ 由於動脉硬化或血管內壁損傷等原因，心臟或血管內部由少量的血液凝結成的塊狀物，附着在心臟或血管的內壁上。

【血水】xuèshuǐ ㄒㄩㄝˋ ㄕㄨㄟˇ 流出來的稀薄的血。

【血糖】xuètáng ㄒㄩㄝˋ ㄊㄤˊ 血液中所含的糖，通常是葡萄糖，是機體的能源之一。主要來源是食物中的澱粉和糖類。

【血統】xuètǒng ㄒㄩㄝˋ ㄊㄨㄥˇ 人類因生育而自

然形成的關係，如父母與子女之間，兄弟姊妹之間的關係。

【血統工人】xuètǒng gōngrén ㄒㄩㄝˋ ㄊㄨㄥˇ ㄍㄨㄥ ㄖㄣˊ 出身於工人家庭的工人(多指產業工人)。

【血污】xuèwū ㄒㄩㄝˋ ㄨ 流出的血在物體上留下的污痕：斑斑血污｜抹去臉上的血污。

【血吸蟲】xuèxīchóng ㄒㄩㄝˋ ㄒㄧ ㄔㄨㄥˊ 寄生蟲，灰白色，雌雄常合抱在一起。卵隨糞便到水中，在水中孵化成毛蚴，進入釘螺體內變成尾蚴。尾蚴離開釘螺，遇到入水的人、畜就鑽入皮膚，侵入體內，變成成蟲。成蟲主要寄生在肝臟和腸內，引起血吸蟲病。血吸蟲病的症狀是發熱、起風疹塊、腹瀉、有腹水、肝和脾腫大等。血吸蟲病有的地區叫羅漢病。

【血洗】xuèxǐ ㄒㄩㄝˋ ㄒㄧˇ 像用血洗了某個地方一樣，形容殘酷地屠殺人民。

【血細胞】xuèxìbāo ㄒㄩㄝˋ ㄒㄧˋ ㄅㄠ 血液中的細胞，由紅骨髓、脾臟等製造出來，分白細胞和紅細胞兩種。也叫血球。參看23頁〖白細胞〗、476頁〖紅細胞〗。

【血象】xuèxiàng ㄒㄩㄝˋ ㄒㄧㄤˋ 用化驗的方法把血液中所含紅細胞、白細胞、血小板等的數目計算出來製成的圖表，用做診斷的資料。

【血小板】xuèxiǎobǎn ㄒㄩㄝˋ ㄒㄧㄠˇ ㄅㄢˇ 血液的組成部分之一，比血細胞小，形狀不規則。有幫助止血和凝血的作用。

【血腥】xuèxīng ㄒㄩㄝˋ ㄒㄧㄥ 血液的腥味。比喻屠殺的殘酷：血腥統治｜血腥鎮壓。

【血型】xuèxíng ㄒㄩㄝˋ ㄒㄧㄥˊ 血液的類型，根據血細胞凝結現象的不同而分成O，A，B和AB四種。輸血時，除O型可以輸給任何型，AB型可以接受任何型外，必須用同型的血。

【血性】xuèxìng ㄒㄩㄝˋ ㄒㄧㄥˋ 剛強正直的氣質：血性漢子(有血性的人)｜血性男兒。

【血循環】xuèxúnhuán ㄒㄩㄝˋ ㄒㄩㄣˊ ㄏㄨㄢˊ 血液從心臟流出，經動脈、毛細管，把氧、養料、激素等輸送給全身各部組織，並把組織中的二氧化碳等廢物經靜脈帶回心臟，再經肺動脈帶入肺內，進行氣體交換後，經肺靜脈流回心臟，如此循環不已，叫做血循環。

【血壓】xuèyā ㄒㄩㄝˋ ㄧㄚ 血管中的血液對血管壁的壓力，由於心臟收縮和主動脈壁的彈性作用而產生。心臟收縮時的最高血壓叫收縮壓。心臟舒張時的最低血壓叫舒張壓。

【血樣】xuèyàng ㄒㄩㄝˋ ㄧㄤˋ (血樣兒)用做化驗樣品的少量的血。

【血液】xuèyè ㄒㄩㄝˋ ㄧㄝˋ ❶血①。❷比喻主要的成分或力量等：石油是工業的血液｜這批青年工人的到來為工廠增加了新鮮血液。

【血衣】xuèyī ㄒㄩㄝˋ ㄧ 殺人者或被殺者的沾血的衣服。

【血印】xuèyìn ㄒㄩㄝˋ ㄧㄣˋ (血印兒)血迹。

【血緣】xuèyuán ㄒㄩㄝˋ ㄩㄢˊ 血統：他們名義上是兄妹，但沒有血緣關係。

【血暈】xuèyùn ㄒㄩㄝˋ ㄩㄣˋ 中醫指產後因失血過多而暈厥的病症。

另見1266頁 xiěyùn。

【血債】xuèzhài ㄒㄩㄝˋ ㄓㄞˋ 指殘殺人民的罪行：血債纍纍｜償還血債。

【血戰】xuèzhàn ㄒㄩㄝˋ ㄓㄢˋ ❶指非常激烈的戰鬥：一場血戰。❷進行殊死的戰鬥：血戰到底。

【血證】xuèzhèng ㄒㄩㄝˋ ㄓㄥˋ 作為殺人證據的帶有被害者血迹的衣物等。

【血脂】xuèzhī ㄒㄩㄝˋ ㄓ 血液中所含的脂類，包括脂肪、膽固醇、磷脂和游離脂肪酸。

【血腫】xuèzhǒng ㄒㄩㄝˋ ㄓㄨㄥˇ 血管壁破裂，血液流出血管，聚積在軟組織內所形成的腫塊。

【血漬】xuèzì ㄒㄩㄝˋ ㄗˋ 血迹：血漬斑斑｜滿身血漬。

謔(谑) xuè ㄒㄩㄝˋ 〈書〉開玩笑：戲謔｜諧謔｜謔而不虐。

【謔而不虐】xuè ér bù nüè ㄒㄩㄝˋ ㄦˊ ㄅㄨˋ ㄋㄩㄝˋ 開玩笑而不至於使人難堪。

xūn (ㄒㄩㄣ)

葷〔葷〕 xūn ㄒㄩㄣ［葷粥］(Xūnyù ㄒㄩㄣ ㄩˋ)同'獯鬻'。

另見517頁 hūn。

勛(勋、勳) xūn ㄒㄩㄣ ❶功勛：勛業｜勛勞｜屢建奇勛。❷勛章：授勛。

【勛績】xūnjì ㄒㄩㄣ ㄐㄧˋ 勛勞：光輝的勛績。

【勛爵】xūnjué ㄒㄩㄣ ㄐㄩㄝˊ ❶封建時代朝廷賜予功臣的爵位。❷英國貴族的一種名譽頭銜，由國王授予，可以世襲。

【勛勞】xūnláo ㄒㄩㄣ ㄌㄠˊ 很高的功勞：勛勞卓著。

【勛業】xūnyè ㄒㄩㄣ ㄧㄝˋ 〈書〉功勛和事業：建立勛業｜不朽的勛業。

【勛章】xūnzhāng ㄒㄩㄣ ㄓㄤ 授給對國家有貢獻的人的一種表示榮譽的證章。

熏(❶❷燻) xūn ㄒㄩㄣ ❶(烟、氣等)接觸物體，使變顏色或沾上氣味：烟把牆熏黑了｜臭氣熏天◇利慾熏心。❷熏製(食品)：熏魚｜熏雞。❸〈書〉和暖：熏風。

另見1306頁 xùn。

【熏風】xūnfēng ㄒㄩㄣ ㄈㄥ 〈書〉和暖的南風。

【熏沐】xūnmù ㄒㄩㄣ ㄇㄨˋ 迷信的人在齋戒占卜前燒香、沐浴，表示對神虔誠。

【熏染】xūnrǎn ㄒㄩㄣ ㄖㄢˇ 長期接觸的人或事物對生活習慣逐漸產生某種影響(多指壞的)。

【熏陶】xūntáo ㄒㄩㄣ ㄊㄠˊ 長期接觸的人對生活習慣、思想行為、品行學問等逐漸產生好的影響：在父母的熏陶下，他從小喜愛音樂。

【熏蒸】xūnzhēng ㄒㄩㄣ ㄓㄥ 形容悶熱使人難受：暑氣熏蒸。

【熏製】xūnzhì ㄒㄩㄣ ㄓˋ 食品加工的一種方法，用烟火或香花熏食品，使帶有某種氣味。

窨 xūn ㄒㄩㄣ 同'熏'，用於窨茶葉。把茉莉花等放在茶葉中，使茶葉染上花的香味。
另見1370頁 yìn。

壎（塤） xūn ㄒㄩㄣ 古代吹奏樂器，多用陶土燒製而成，形狀像雞蛋，有一至六個音孔。

薰[1]〔薫〕 xūn ㄒㄩㄣ 〈書〉一種香草。也泛指花草的香。

薰[2]〔薫〕 xūn ㄒㄩㄣ 同'熏'。

【薰蕕不同器】xūn yóu bù tóng qì ㄒㄩㄣ ㄧㄡˊ ㄅㄨˋ ㄊㄨㄥˊ ㄑㄧˋ 香草和臭草不能收藏在一個器物裏。比喻好和壞不能共處。也説薰蕕異器。

獯 xūn ㄒㄩㄣ ［獯鬻］(Xūnyù ㄒㄩㄣ ㄩˋ）我國古代北方的一個民族。也作葷粥。

曛 xūn ㄒㄩㄣ 〈書〉❶日落時的餘光。❷昏黑；暮。

纁（𫄸） xūn ㄒㄩㄣ 〈書〉淺紅色。

醺 xūn ㄒㄩㄣ 酒醉：微醺｜醉醺醺。

xún （ㄒㄩㄣˊ）

旬 xún ㄒㄩㄣˊ ❶十日為一旬，一個月分上中下三旬：兼旬（二十天）｜三月上旬。❷十歲為一旬：八旬老母｜年過七旬。

【旬刊】xúnkān ㄒㄩㄣˊ ㄎㄢ 每十日出版一次的刊物。

【旬日】xúnrì ㄒㄩㄣˊ ㄖˋ 十天。

巡（廵） xún ㄒㄩㄣˊ ❶巡查；巡視：巡夜｜巡邏｜出巡。❷量詞，遍（用於給全座斟酒）：酒過三巡。

【巡捕】xúnbǔ ㄒㄩㄣˊ ㄅㄨˇ ❶清代總督、巡撫等地方長官的隨從官員。❷舊時稱租界中的警察：巡捕房。

【巡捕房】xúnbǔfáng ㄒㄩㄣˊ ㄅㄨˇ ㄈㄤˊ 舊社會，帝國主義者在上海等商埠的租界裏為壓制中國人民而設立的巡捕辦事機關，相當於舊中國的警察局。也叫捕房。

【巡查】xúnchá ㄒㄩㄣˊ ㄔㄚˊ 一面走一面查看：巡查堤防。

【巡察】xúnchá ㄒㄩㄣˊ ㄔㄚˊ 巡視考察；巡行察訪：巡察各地。

【巡風】xúnfēng ㄒㄩㄣˊ ㄈㄥ 來回走着望風：巡風瞭哨。

【巡撫】xúnfǔ ㄒㄩㄣˊ ㄈㄨˇ 古代官名，明代稱臨時派遣到地方巡視和監督地方民政、軍政的大臣，清代稱掌管一省民政、軍政的長官。

【巡航】xúnháng ㄒㄩㄣˊ ㄏㄤˊ 巡邏航行：飛機每天巡航護林｜乘小艇在港灣巡航。

【巡迴】xúnhuí ㄒㄩㄣˊ ㄏㄨㄟˊ 按一定路綫到各處（活動）：巡迴展覽｜巡迴演出｜巡迴醫療。

【巡警】xúnjǐng ㄒㄩㄣˊ ㄐㄧㄥˇ 舊時指警察。現在指巡邏、維持治安的警察。

【巡禮】xúnlǐ ㄒㄩㄣˊ ㄌㄧˇ ❶朝拜聖地。❷借指觀光或遊覽：市場巡禮。

【巡邏】xúnluó ㄒㄩㄣˊ ㄌㄨㄛˊ 巡查警戒：有專人值夜巡邏。

【巡哨】xúnshào ㄒㄩㄣˊ ㄕㄠˋ （負警戒任務的小部隊等）巡行偵察。

【巡視】xúnshì ㄒㄩㄣˊ ㄕˋ ❶到各處視察：師首長巡視哨所。❷往四下裏看：巡視着四周的聽眾。

【巡天】xúntiān ㄒㄩㄣˊ ㄊㄧㄢ 巡遊天空：巡天遨遊。

【巡行】xúnxíng ㄒㄩㄣˊ ㄒㄧㄥˊ 沿着一定路綫行進；巡迴：巡行市區｜巡行各地。

【巡幸】xúnxìng ㄒㄩㄣˊ ㄒㄧㄥˋ 〈書〉指帝王出巡，到達某地：巡幸江南。

【巡洋艦】xúnyángjiàn ㄒㄩㄣˊ ㄧㄤˊ ㄐㄧㄢˋ 主要在遠洋活動，裝備大口徑火炮和厚裝甲的大型軍艦。一般用於護航、炮擊敵航船和岸上目標，支援登陸兵作戰等。裝備有導彈的巡洋艦叫導彈巡洋艦。

【巡夜】xúnyè ㄒㄩㄣˊ ㄧㄝˋ 在夜間巡查警戒：值班巡夜。

【巡弋】xúnyì ㄒㄩㄣˊ ㄧˋ （軍艦）在水域巡邏。

【巡遊】xúnyóu ㄒㄩㄣˊ ㄧㄡˊ ❶出外遊玩；閑逛：巡遊各地。❷巡行（察看）：巡邏哨在村外巡遊。

【巡診】xúnzhěn ㄒㄩㄣˊ ㄓㄣˇ 巡迴治病。

荀〔荀〕 Xún ㄒㄩㄣˊ 姓。

峋 xún ㄒㄩㄣˊ 見727頁〖嶙峋〗(línxún)。

郇 Xún ㄒㄩㄣˊ ❶周朝國名，在今山西臨猗西。❷姓。
另見499頁 Huán。

洵 xún ㄒㄩㄣˊ 〈書〉誠然；實在：洵屬可貴。

恂 xún ㄒㄩㄣˊ 〈書〉❶誠實；恭順：恂謹。❷恐懼：恂然。

紃（𬘓） xún ㄒㄩㄣˊ 〈書〉絲子。

珣 xún ㄒㄩㄣˊ 〈書〉玉名。

栒 xún ㄒㄩㄣˊ ［栒子木］(xún·zimù ㄒㄩㄣˊ ·ㄗ ㄇㄨˋ）落葉灌木，葉子卵形，花白色，

果實球形，紅色，供觀賞。

循 xún ㄒㄩㄣˊ 遵守；依照；沿襲：遵循｜因循｜循例｜循規蹈矩。

【循規蹈矩】xún guī dǎo jǔ ㄒㄩㄣˊ ㄍㄨㄟ ㄉㄠˇ ㄐㄩˇ 遵守規矩。

【循環】xúnhuán ㄒㄩㄣˊ ㄏㄨㄢˊ 事物週而復始地運動或變化：循環往復｜血液循環｜循環小數。

【循環論】xúnhuánlùn ㄒㄩㄣˊ ㄏㄨㄢˊ ㄌㄨㄣˋ 形而上學的認識論，認為事物只是週而復始的循環運動，沒有發展和本質的變化。

【循環論證】xúnhuán lùnzhèng ㄒㄩㄣˊ ㄏㄨㄢˊ ㄌㄨㄣˋ ㄓㄥˋ 邏輯學上指由前提甲推出結論乙，又拿乙做前提來證明甲，這樣的論證叫循環論證，是不能成立的。

【循環賽】xúnhuánsài ㄒㄩㄣˊ ㄏㄨㄢˊ ㄙㄞˋ 體育運動競賽方式之一，參加者相互輪流比賽，按全部比賽中得分多少決定名次。

【循環系統】xúnhuán xìtǒng ㄒㄩㄣˊ ㄏㄨㄢˊ ㄒㄧˋ ㄊㄨㄥˇ 人或某些動物體內由心臟、血管、血液、淋巴等組成的系統，血液由心臟壓出去流到全身各部再回到心臟。參看1125頁〖體循環〗、332頁〖肺循環〗。

【循例】xúnlì ㄒㄩㄣˊ ㄌㄧˋ 依照常例：循例辦理。

【循名責實】xún míng zé shí ㄒㄩㄣˊ ㄇㄧㄥˊ ㄗㄜˊ ㄕˊ 要求實質跟名稱或名義相符。

【循序】xúnxù ㄒㄩㄣˊ ㄒㄩˋ 順着次序：循序漸進。

【循序漸進】xúnxù jiànjìn ㄒㄩㄣˊ ㄒㄩˋ ㄐㄧㄢˋ ㄐㄧㄣˋ (學習、工作)按照一定的步驟逐漸深入或提高。

【循循善誘】xúnxún shànyòu ㄒㄩㄣˊ ㄒㄩㄣˊ ㄕㄢˋ ㄧㄡˋ 善於有步驟地引導別人學習(循循：有步驟的樣子)。

尋[1](寻) xún ㄒㄩㄣˊ ❶古代長度單位，八尺叫一尋。❷(Xún)姓。

尋[2](寻) xún ㄒㄩㄣˊ 找：尋求｜尋覓｜尋人｜搜尋。

【尋查】xúnchá ㄒㄩㄣˊ ㄔㄚˊ 尋找；查找：尋查失散的親人。

【尋常】xúncháng ㄒㄩㄣˊ ㄔㄤˊ 平常(古代八尺為'尋'，倍尋為'常'，尋和常都是平常的長度)：尋常人家｜拾金不昧，在今天是尋常的事了。

【尋短見】xún duǎnjiàn ㄒㄩㄣˊ ㄉㄨㄢˇ ㄐㄧㄢˋ ('尋'口語中多讀 xín ㄒㄧㄣˊ)自殺。

【尋訪】xúnfǎng ㄒㄩㄣˊ ㄈㄤˇ 尋找探問；尋找訪查：四處尋訪｜尋訪故友。

【尋根】xúngēn ㄒㄩㄣˊ ㄍㄣ ❶尋找根底；尋找根源：尋根溯源。❷特指尋找祖籍宗族：尋根祭祖。

【尋根究底】xún gēn jiū dǐ ㄒㄩㄣˊ ㄍㄣ ㄐㄧㄡ ㄉㄧˇ 追究根底。泛指弄清一事的來龍去脈。也說尋根問底。

【尋花問柳】xún huā wèn liǔ ㄒㄩㄣˊ ㄏㄨㄚ ㄨㄣˋ ㄌㄧㄡˇ 指狎妓；嫖娼。

【尋機】xúnjī ㄒㄩㄣˊ ㄐㄧ 尋找機會：尋機報復。

【尋開心】xún kāixīn ㄒㄩㄣˊ ㄎㄞ ㄒㄧㄣ ('尋'口語中多讀 xín ㄒㄧㄣˊ)〈方〉逗樂兒；開玩笑。

【尋覓】xúnmì ㄒㄩㄣˊ ㄇㄧˋ 尋找：四處尋覓。

【尋摸】xún·mo ㄒㄩㄣˊ ·ㄇㄛ 尋找。

【尋求】xúnqiú ㄒㄩㄣˊ ㄑㄧㄡˊ 尋找追求：尋求知識｜尋求真理。

【尋事】xúnshì ㄒㄩㄣˊ ㄕˋ 找麻煩；故意引起爭端：尋事挑釁。

【尋死】xún∥sǐ ㄒㄩㄣˊ∥ㄙˇ ('尋'口語中多讀 xín ㄒㄧㄣˊ)自殺或企圖自殺。

【尋死覓活】xún sǐ mì huó ㄒㄩㄣˊ ㄙˇ ㄇㄧˋ ㄏㄨㄛˊ ('尋'口語中多讀 xín ㄒㄧㄣˊ)企圖自殺。多指用尋死來嚇唬人。

【尋思】xún·si ㄒㄩㄣˊ ·ㄙ ('尋'口語中多讀 xín ㄒㄧㄣˊ)思索；考慮：獨自尋思｜你尋思尋思這件事該怎麼辦。

【尋索】xúnsuǒ ㄒㄩㄣˊ ㄙㄨㄛˇ ❶尋找：尋索他的蹤迹。❷尋求探索：尋索答案。

【尋味】xúnwèi ㄒㄩㄣˊ ㄨㄟˋ 仔細體會：耐人尋味。

【尋隙】xúnxì ㄒㄩㄣˊ ㄒㄧˋ ❶故意挑毛病，引起爭端：尋隙鬧事。❷找空子；找機會：尋隙行竊。

【尋釁】xúnxìn ㄒㄩㄣˊ ㄒㄧㄣˋ 故意找事挑釁：尋釁逞兇。

【尋章摘句】xún zhāng zhāi jù ㄒㄩㄣˊ ㄓㄤ ㄓㄞ ㄐㄩˋ 讀書時只摘記一些漂亮詞句，不深入研究；也指寫作只堆砌現成詞句，缺乏創造性。

【尋找】xúnzhǎo ㄒㄩㄣˊ ㄓㄠˇ 找：尋找失物｜尋找真理。

詢(询) xún ㄒㄩㄣˊ 詢問：查詢｜咨詢。

【詢查】xúnchá ㄒㄩㄣˊ ㄔㄚˊ 查詢。

【詢問】xúnwèn ㄒㄩㄣˊ ㄨㄣˋ 徵求意見；打聽：他用詢問的目光望着大家｜向經理詢問公司的情況。

蕁〔䔨〕(荨) xún ㄒㄩㄣˊ [蕁麻疹](xúnmázhěn ㄒㄩㄣˊ ㄇㄚˊ ㄓㄣˇ，舊讀 qiánmázhěn ㄑㄧㄢˊ ㄇㄚˊ ㄓㄣˇ)皮膚病，症狀是局部皮膚突然成塊地紅腫，發癢，幾小時後消退，不留痕迹。常常復發。藥物、寄生蟲、血清、細菌感染、接觸刺激性物質等都能引起這種病。也叫風疹塊，有的地區叫鬼風疙瘩。

另見918頁 qián。

噚(哷) xún ㄒㄩㄣˊ，又 yīngxún ㄧㄥ ㄒㄩㄣˊ 英尋舊也作噚。

潯[1](浔) xún ㄒㄩㄣˊ ❶〈書〉水邊：江潯。❷(Xún)江西九江的別稱。

潯²(浔) xún ㄒㄩㄣˊ，又 hǎixún ㄏㄞˇ ㄒㄩㄣˊ 海尋舊也作潯。

鄩(郓) xún ㄒㄩㄣˊ 斟鄩(Zhēnxún ㄓㄣ ㄒㄩㄣˊ)，古國名，在今山東濰坊西南。

璕(玙) xún ㄒㄩㄣˊ 〈書〉一種美石。

鱘(鲟、鱏) xún ㄒㄩㄣˊ 鱘魚，背部黃灰色，口小而尖，背部和腹部有大片硬鱗。生活在淡水中，有些入海越冬。

xùn (ㄒㄩㄣˋ)

汛 xùn ㄒㄩㄣˋ 河流定期的漲水：桃花汛｜伏汛｜秋汛｜淩汛｜防汛。

【汛期】xùnqī ㄒㄩㄣˋ ㄑㄧ 江河水位定時性的上漲時期。

【汛情】xùnqíng ㄒㄩㄣˋ ㄑㄧㄥˊ 汛期水位漲落的情況。

迅 xùn ㄒㄩㄣˋ 迅速：迅跑｜迅捷｜迅猛。

【迅步】xùnbù ㄒㄩㄣˋ ㄅㄨˋ 〈書〉快步：迅步追趕。

【迅即】xùnjí ㄒㄩㄣˋ ㄐㄧˊ 立即：迅即處理。

【迅急】xùnjí ㄒㄩㄣˋ ㄐㄧˊ 急速：迅急回家。

【迅疾】xùnjí ㄒㄩㄣˋ ㄐㄧˊ 迅速：動作迅疾。

【迅捷】xùnjié ㄒㄩㄣˋ ㄐㄧㄝˊ 迅速敏捷：行動迅捷｜他們迅捷地做好了準備。

【迅雷不及掩耳】xùn léi bù jí yǎn ěr ㄒㄩㄣˋ ㄌㄟˊ ㄅㄨˋ ㄐㄧˊ ㄧㄢˇ ㄦˇ 比喻動作或事件突然而來，使人來不及防備。

【迅猛】xùnměng ㄒㄩㄣˋ ㄇㄥˇ 迅速而猛烈：來勢迅猛。

【迅速】xùnsù ㄒㄩㄣˋ ㄙㄨˋ 速度高；非常快：動作迅速｜迅速前進｜高等教育發展迅速。

徇(狥) xùn ㄒㄩㄣˋ ❶依從；曲從：徇情｜徇私。❷〈書〉對眾宣示。❸〈書〉同'殉'。

【徇情】xùnqíng ㄒㄩㄣˋ ㄑㄧㄥˊ 〈書〉徇私：徇情枉法。

【徇私】xùnsī ㄒㄩㄣˋ ㄙ 為了私情而做不合法的事。

殉(❷徇) xùn ㄒㄩㄣˋ ❶殉葬。❷因為維護某種事物或追求某種理想而犧牲生命：殉難｜以身殉職。

【殉國】xùn//guó ㄒㄩㄣˋ//ㄍㄨㄛˊ 為國家的利益而犧牲生命：壯烈殉國。

【殉節】xùn//jié ㄒㄩㄣˋ//ㄐㄧㄝˊ ❶指戰爭失敗或國家滅亡後因不願投降而犧牲生命：慷慨殉節。❷舊時指婦女因抗拒淩辱而犧牲生命。❸舊時指婦女受封建禮教毒害，因丈夫死而自殺。

【殉難】xùn//nàn ㄒㄩㄣˋ//ㄋㄢˋ (為國家或正義事業)遇難犧牲生命：他是在抗戰中殉難的。

【殉情】xùnqíng ㄒㄩㄣˋ ㄑㄧㄥˊ 因戀愛受到阻礙而自殺。

【殉葬】xùnzàng ㄒㄩㄣˋ ㄗㄤˋ 古代的一種風俗，逼迫死者的妻妾、奴隸等隨同埋葬，也指用俑和財物、器具隨葬：殉葬品。

【殉職】xùn//zhí ㄒㄩㄣˋ//ㄓˊ (在職人員)為公務而犧牲生命：在爆破施工中他不幸殉職。

訓(训) xùn ㄒㄩㄣˋ ❶教導；訓誡：教訓｜訓告｜訓話｜訓詞｜訓了他一頓｜挨了一通訓。❷教導或訓誡的話：家訓｜遺訓。❸訓練：培訓｜輪訓｜軍訓。❹準則：不足為訓。❺詞義解釋：訓詁。

【訓斥】xùnchì ㄒㄩㄣˋ ㄔˋ 訓誡和斥責：他讓父親訓斥了一頓。

【訓詞】xùncí ㄒㄩㄣˋ ㄘˊ 訓話時所説的話。

【訓導】xùndǎo ㄒㄩㄣˋ ㄉㄠˇ 教育訓誡。

【訓迪】xùndí ㄒㄩㄣˋ ㄉㄧˊ 〈書〉教誨開導。

【訓詁】xùngǔ ㄒㄩㄣˋ ㄍㄨˇ 對古書字句的解釋。

【訓話】xùn//huà ㄒㄩㄣˋ//ㄏㄨㄚˋ 上級對下級講教導和告誡的話。

【訓誨】xùnhuì ㄒㄩㄣˋ ㄏㄨㄟˋ 〈書〉教導。

【訓戒】xùnjiè ㄒㄩㄣˋ ㄐㄧㄝˋ 同'訓誡'。

【訓誡】xùnjiè ㄒㄩㄣˋ ㄐㄧㄝˋ ❶教導和告誡：訓誡部下。❷一種最輕的刑罰，人民法院以國家的名義對犯罪者進行公開的批評教育。‖也作訓戒。

【訓練】xùnliàn ㄒㄩㄣˋ ㄌㄧㄢˋ 有計劃有步驟地使具有某種特長或技能：訓練班｜業務訓練｜訓練救護人員｜警犬都是受過訓練的。

【訓令】xùnlìng ㄒㄩㄣˋ ㄌㄧㄥˋ 機關曉諭下屬或委派人員時所用的公文。

【訓示】xùnshì ㄒㄩㄣˋ ㄕˋ 上級對下級或長輩對晚輩的指示。

【訓育】xùnyù ㄒㄩㄣˋ ㄩˋ 舊時指學校裏的道德教育。

【訓諭】xùnyù ㄒㄩㄣˋ ㄩˋ 〈書〉同'訓喻'。

【訓喻】xùnyù ㄒㄩㄣˋ ㄩˋ 〈書〉訓誨；開導。也作訓諭。

訊(讯) xùn ㄒㄩㄣˋ ❶詢問：問訊。❷審問：審訊。❸消息；信息：通訊｜音訊｜新華社訊。

【訊號】xùnhào ㄒㄩㄣˋ ㄏㄠˋ ❶通過電磁波發出的信號。❷泛指信號。

【訊實】xùnshí ㄒㄩㄣˋ ㄕˊ 審訊屬實。

【訊問】xùnwèn ㄒㄩㄣˋ ㄨㄣˋ ❶問①：訊問病狀｜訊問原委。❷審問：訊問案件。

浚(濬) Xùn ㄒㄩㄣˋ 浚縣，在河南。另見633頁 jùn。

巽 xùn ㄒㄩㄣˋ 八卦之一，卦形是☴，代表風。參看14頁〖八卦〗。

馴(驯) xùn ㄒㄩㄣˋ ❶順服的；善良：溫馴｜馴順。❷使順服：善於馴虎。

【馴服】xùnfú ㄒㄩㄣˋ ㄈㄨˊ ❶順從：貓是很馴服的。❷使順從：這匹野馬終於被他馴服了。

【馴化】xùnhuà ㄒㄩㄣˋ ㄏㄨㄚˋ ❶野生動物經人長期飼養後逐漸改變原來的習性，聽從人的指揮。如野牛、野馬等經過馴化，成為家畜。❷野生植物經過引種培育並不斷選擇，逐漸成為人類所需要的栽培植物。

【馴良】xùnliáng ㄒㄩㄣˋ ㄌㄧㄤˊ 和順善良：性情馴良。

【馴鹿】xùnlù ㄒㄩㄣˋ ㄌㄨˋ 哺乳動物，毛栗棕色，頭長，耳短，頸長，尾短，雌雄都有角。性溫順，能耐寒。毛皮可做衣物，鹿茸可入藥。俗稱四不像。

【馴熟】xùnshú ㄒㄩㄣˋ ㄕㄨˊ ❶馴順：馴熟的小巴兒狗。❷熟練；純熟：技藝馴熟。

【馴順】xùnshùn ㄒㄩㄣˋ ㄕㄨㄣˋ 馴服順從：他馴順得像頭綿羊。

【馴養】xùnyǎng ㄒㄩㄣˋ ㄧㄤˇ 飼養野生動物使逐漸馴服：馴養猴子｜馴養麋鹿。

熏 xùn ㄒㄩㄣˋ〈方〉(煤氣) 使人窒息中毒：爐子安上烟筒，就不至於熏着了。

另見1302頁 xūn。

遜(逊) xùn ㄒㄩㄣˋ ❶讓出 (帝王的位子)：遜位。❷謙虛；謙恭：謙遜｜出言不遜。❸〈書〉差；比不上；不及：遜色｜稍遜一籌。

【遜色】xùnsè ㄒㄩㄣˋ ㄙㄜˋ ❶不及之處：毫無遜色。❷差勁：大為遜色｜並不遜色。

蕈〔蕈〕 xùn ㄒㄩㄣˋ 高等菌類。生長在樹林裏或草地上。地下部分叫菌絲，能從土壤裏或朽木裏吸取養料。地上部分由帽狀的菌蓋和桿狀的菌柄構成，菌蓋能產生孢子，是繁殖器官。種類很多，有的可以吃，如香菇，有的有毒，如毒蠅蕈。

噀(潠) xùn ㄒㄩㄣˋ〈書〉含在口中而噴出：噀水。

Y

yā (ㄧㄚ)

丫 yā ㄧㄚ ❶上端分叉的東西：枝丫。❷〈方〉女孩子：小丫。

【丫巴兒】yā·bar ㄧㄚ·ㄅㄚㄦ 〈方〉東西分叉的地方：樹丫巴兒｜手丫巴兒。

【丫杈】yāchà ㄧㄚ ㄔㄚˋ 同'椏杈'。

【丫鬟】yā·huan ㄧㄚ·ㄏㄨㄢ 婢女。也作丫環。

【丫髻】yājì ㄧㄚ ㄐㄧˋ 女孩梳在頭頂兩邊的髮髻。

【丫頭】yā·tou ㄧㄚ·ㄊㄡ ❶女孩子。❷丫鬟。

呀 yā ㄧㄚ ❶嘆詞，表示驚異：呀，下雪了！❷象聲詞：門呀的一聲開了。
另見1311頁·ya。

押[1] yā ㄧㄚ ❶把財物交給對方作為保證：抵押｜押租｜押金。❷暫時把人扣留，不准自由行動：拘押｜看押。❸跟隨着照料或看管：押車｜押運｜押送。❹同'壓'，用於'押寶'、'押隊'、'押韻'等。❺(Yā)姓。

押[2] yā ㄧㄚ ❶在公文、契約上簽字或畫符號，作為憑信：押尾。❷作為憑信而在公文、契約上所簽的名字或所畫的符號：花押｜畫押。

【押寶】yā∥bǎo ㄧㄚ∥ㄅㄠˇ 同'壓寶'。

【押車】yā∥chē ㄧㄚ∥ㄔㄜ 隨車看管(物品等)。

【押當】yā∥dàng ㄧㄚ∥ㄉㄤˋ 拿衣物向當鋪抵押借錢。

【押當】yādàng ㄧㄚ ㄉㄤˋ 小當鋪。

【押隊】yā∥duì ㄧㄚ∥ㄉㄨㄟˋ 同'壓隊'。

【押解】yājiè ㄧㄚ ㄐㄧㄝˋ ❶押送犯人或俘虜。❷押運：押解貨物｜押解禮品。

【押金】yājīn ㄧㄚ ㄐㄧㄣ ❶做抵押用的錢。❷押款(yākuǎn)②。

【押款】yā∥kuǎn ㄧㄚ∥ㄎㄨㄢˇ 用貨物、房地產或有價證券等做抵押向銀行或錢莊借款。

【押款】yākuǎn ㄧㄚ ㄎㄨㄢˇ ❶指用抵押的方式所借得的款子。❷指預付的款項。

【押送】yāsòng ㄧㄚ ㄙㄨㄥˋ ❶押着(犯人或俘虜)送交有關方面。❷押運：押送軍糧。

【押頭】yā·tou ㄧㄚ·ㄊㄡ 〈方〉做抵押用的東西。

【押尾】yāwěi ㄧㄚ ㄨㄟˇ 在文書、契約的末尾畫押。

【押韻】yā∥yùn ㄧㄚ∥ㄩㄣˋ 詩詞歌賦中，某些句子的末一字用韻母相同或相近的字，使音調和諧優美。也作壓韻。

【押運】yāyùn ㄧㄚ ㄩㄣˋ 運輸貨物時隨同照料：押運糧草。

【押賬】yāzhàng ㄧㄚ ㄓㄤˋ 借錢時用某種物品做抵押。

【押租】yāzū ㄧㄚ ㄗㄨ 舊時租用土地或房屋時交付的保證金。

埡(垭) yā ㄧㄚ 〈方〉兩山之間可通行的狹窄地方；山口。多用於地名，如馬頭埡、荀家埡(都在湖北)。

【埡口】yākǒu ㄧㄚ ㄎㄡˇ 〈方〉山口。

啞(哑) yā ㄧㄚ 同'呀'。
另見1310頁yǎ。

【啞啞】yāyā ㄧㄚ ㄧㄚ 象聲詞，形容烏鴉的叫聲、小兒的學語聲等。

椏(桠、枒) yā ㄧㄚ 椏杈：樹椏。

【椏杈】yāchà ㄧㄚ ㄔㄚˋ ❶樹枝分出的地方。❷形容樹枝歧出。‖也作丫杈。

【椏枝】yāzhī ㄧㄚ ㄓ 枝椏。

雅 yā ㄧㄚ 同'鴉'。
另見1310頁yǎ。

【雅片】yāpiàn ㄧㄚ ㄆㄧㄢˋ 同'鴉片'。

鴉(鸦、鵶) yā ㄧㄚ 鳥類的一屬，全身多為黑色，嘴大，翼長，腳有力。常見的有烏鴉、寒鴉等。

【鴉片】yāpiàn ㄧㄚ ㄆㄧㄢˋ 用罌粟果實中的乳狀汁液製成的一種毒品。也叫阿芙蓉，通稱大烟。也作雅片。參看1頁〖阿片〗。

【鴉片戰爭】Yāpiàn Zhànzhēng ㄧㄚ ㄆㄧㄢˋ ㄓㄢˋ ㄓㄥ 1840－1842年英國以我國禁止英商販賣鴉片為藉口對我國發動的侵略戰爭。戰爭開始後雖然有林則徐等人領導廣東愛國軍民的堅決抵抗，但腐敗無能的清政府一再向侵略者謀求妥協，致使侵略軍先後攻陷廈門、寧波、上海等地，兵臨南京城下。在英軍的武力威迫下，清政府向侵略者屈膝投降，和英國簽訂了我國近代史上第一個喪權辱國的《南京條約》。從此，中國逐漸淪為半殖民地半封建的國家，我國人民的反帝國主義、反封建主義的民主革命也從此開始。也叫第一次鴉片戰爭。

【鴉雀無聲】yā què wú shēng ㄧㄚ ㄑㄩㄝˋ ㄨˊ ㄕㄥ 形容非常靜。

鴨(鸭) yā ㄧㄚ 鳥類的一科，嘴扁腿短，趾間有蹼，善游泳，有家鴨、野鴨兩種。肉供食用，氄(rǒng)毛用來絮被子、羽絨服或填充枕頭。通常指家鴨。

【鴨蛋青】yādànqīng ㄧㄚ ㄉㄢˋ ㄑㄧㄥ 極淡的青色。

【鴨蛋圓】yādànyuán ㄧㄚ ㄉㄢˋ ㄩㄢˊ 〈方〉(鴨蛋圓兒)橢圓。

【鴨黃】yāhuáng ㄧㄚ ㄏㄨㄤˊ 〈方〉孵出不久的小鴨，身上有淡黃色的氄(rǒng)毛。

【鴨兒梨】yārlí ㄧㄚㄦ ㄌㄧˊ ❶梨的一個品種，果實卵圓形，皮薄而光滑，淡黃色，有棕色斑點，味甜，脆而多汁。❷這種植物的果實。

【鴨絨】yāróng ㄧㄚ ㄖㄨㄥˊ 加工過的鴨氄（rǒng）毛，有很強的保溫能力：鴨絨被。

【鴨舌帽】yāshémào ㄧㄚ ㄕㄜˊ ㄇㄠˋ 帽頂的前部和月牙形帽檐扣在一起的帽子。

【鴨子】yā·zi ㄧㄚ ·ㄗ 鴨。

【鴨子兒】yāzǐr ㄧㄚ ㄗㄦˇ 〈方〉鴨蛋。

【鴨嘴筆】yāzuǐbǐ ㄧㄚ ㄗㄨㄟˇ ㄅㄧˇ 製圖時畫墨綫的用具，筆頭由兩片弧形的鋼相向合成，略呈鴨嘴狀。

【鴨嘴獸】yāzuǐshòu ㄧㄚ ㄗㄨㄟˇ ㄕㄡˋ 哺乳動物，身體肥而扁，尾巴短而闊，嘴像鴨嘴，毛細密，深褐色，卵生。雌獸無乳頭，乳汁由腹部的幾個乳腺流出。穴居河邊，善游泳，吃昆蟲和貝類。產在大洋洲。

壓（压） yā ㄧㄚ ❶對物體施壓力（多指從上向下）：壓碎｜用銅尺把紙壓住◇泰山壓頂不彎腰。❷超越；勝過：才不壓眾｜技壓群芳。❸使穩定；使平靜：壓咳嗽｜壓住陣腳｜壓不住火兒｜這齣戲很精彩，一定壓得住台。❹壓制：鎮壓｜別拿大帽子壓人。❺逼近：壓境｜太陽壓樹梢。❻擱着不動：積壓｜這件公文要趕緊處理，別壓起來。❼賭博時在某一門上下注。

另見1311頁 yà。

【壓寶】yā//bǎo ㄧㄚ//ㄅㄠˇ 賭博的一種。賭博的人猜測寶上所指的方向下注。也作押寶。

【壓場】yā//chǎng ㄧㄚ//ㄔㄤˇ ❶控制住場面：他説話沒人聽，壓不住場。❷在一次演出中把某個節目排在最後演出：壓場戲｜以他獨創的嗩吶演奏壓場。

【壓秤】yāchèng ㄧㄚ ㄔㄥˋ ❶物體稱起來分量大（多就同體積的而言）：劈柴太濕，壓秤｜稻草不壓秤，一大捆才十來斤。❷過秤時有意壓低所稱物品的分量：收購時嚴禁壓秤、壓價。

【壓船】yā//chuán ㄧㄚ//ㄔㄨㄢˊ 由於裝卸不及時或氣候變化，船不能按時離開碼頭。

【壓倒】yā//dǎo ㄧㄚ//ㄉㄠˇ 力量勝過或重要性超過：壓倒一切｜以壓倒多數的選票當選。

【壓低】yādī ㄧㄚ ㄉㄧ 使降低：壓低售價｜他怕別人聽見，便壓低聲音説話。

【壓頂】yādǐng ㄧㄚ ㄉㄧㄥˇ 由頭頂上方壓下來，多用於比喻：烏雲壓頂｜泰山壓頂志不移。

【壓隊】yā//duì ㄧㄚ//ㄉㄨㄟˋ 跟在隊伍後面保護或監督。也作押隊。

【壓服】yā//fú ㄧㄚ//ㄈㄨˊ 用強力制伏；迫使服從：壓服眾人｜要説服，不要壓服。也作壓伏。

【壓價】yā//jià ㄧㄚ//ㄐㄧㄚˋ 強使價格降低。

【壓驚】yājīng ㄧㄚ ㄐㄧㄥ 用請吃飯等方式安慰受驚的人。

【壓境】yājìng ㄧㄚ ㄐㄧㄥˋ （敵軍）逼近邊境：大軍壓境。

【壓卷】yājuàn ㄧㄚ ㄐㄩㄢˋ 評為第一、壓倒其餘的某篇詩文：壓卷之作。

【壓庫】yā//kù ㄧㄚ//ㄎㄨˋ ❶貨物賣不出去，積壓在倉庫裏。❷減少庫存積壓：限產壓庫。

【壓力】yālì ㄧㄚ ㄌㄧˋ ❶物體所承受的與表面垂直的作用力。❷制伏人的力量：輿論壓力｜施加壓力。❸承受的負擔：交通壓力｜人口壓力。

【壓力鍋】yālìguō ㄧㄚ ㄌㄧˋ ㄍㄨㄛ 高壓鍋。

【壓路機】yālùjī ㄧㄚ ㄌㄨˋ ㄐㄧ 用來壓實道路或場地的機器，有很重的圓筒形輪子，用蒸汽機或內燃機做動力機。

【壓迫】yāpò ㄧㄚ ㄆㄛˋ ❶用權力或勢力強制別人服從：壓迫人｜反抗壓迫。❷對有機體的某個部分加上壓力：腫瘤壓迫神經而引起疼痛。

【壓氣】yā//qì ㄧㄚ//ㄑㄧˋ （壓氣兒）使怒氣平息：説幾句好話給他壓壓氣兒。

【壓強】yāqiáng ㄧㄚ ㄑㄧㄤˊ 物體單位面積上所受的壓力。

【壓青】yāqīng ㄧㄚ ㄑㄧㄥ 把綠肥作物或採集的野草、樹葉埋到田地裏做肥料。

【壓歲錢】yāsuìqián ㄧㄚ ㄙㄨㄟˋ ㄑㄧㄢˊ 過陰曆年時長輩給小孩兒的錢。

【壓縮】yāsuō ㄧㄚ ㄙㄨㄛ ❶加上壓力，使體積縮小：壓縮空氣｜壓縮餅乾。❷減少（人員、經費、篇幅等）：壓縮編制｜壓縮開支｜壓縮篇幅。

【壓縮空氣】yāsuō kōngqì ㄧㄚ ㄙㄨㄛ ㄎㄨㄥ ㄑㄧˋ 用氣泵把空氣壓入容器而形成的壓力高於大氣壓的空氣，可以用來開動機具等。

【壓台】yā//tái ㄧㄚ//ㄊㄞˊ ❶壓場②：壓台戲｜這次演出由她的獨唱壓台。❷指穩住局面，使局勢平靜。

【壓台戲】yātáixì ㄧㄚ ㄊㄞˊ ㄒㄧˋ 指一場戲曲演出中排在最後的節目。

【壓條】yātiáo ㄧㄚ ㄊㄧㄠˊ 把植物（如葡萄）的枝條的一部分埋入土中，尖端露出地面，目的是等它生根以後把它和母株分開，使另成一個植株。也叫壓枝。

【壓痛】yātòng ㄧㄚ ㄊㄨㄥˋ 醫學上指用手輕輕地按身體的某一部分時所產生的疼痛或異常的感覺。

【壓蔓】yā//wàn ㄧㄚ//ㄨㄢˋ （壓蔓兒）把瓜類等作物匍匐在地面上的蔓每隔一定距離用土壓住。壓蔓可以促使蔓上長出不定根，多吸收養分。

【壓延】yāyán ㄧㄚ ㄧㄢˊ 加壓力使金屬伸延成一定形狀。大多數金屬要加熱到一定程度進行壓延。

【壓抑】yāyì ㄧㄚ ㄧˋ 對感情、力量等加以限制，使不能充分流露或發揮：壓抑感｜心情壓抑。

【壓韻】yā//yùn ㄧㄚ//ㄩㄣˋ 同‘押韻’。

【壓榨】yāzhà ㄧㄚ ㄓㄚˋ ❶壓取物體裏的汁液：用甘蔗製糖，一般分壓榨和煎熬兩個步驟。❷比喻剝削或搜刮。

【壓陣】yā//zhèn ㄧㄚ//ㄓㄣˋ ❶排在或走在隊列的最後；壓隊：他壓陣掩護大家脱險。❷壓住陣腳，多用於比喻：為了這場比賽取勝，隊長親自上場壓陣。

【壓制】yāzhì ㄧㄚ ㄓˋ 竭力限制或制止；抑制：不要壓制批評｜壓制不住自己的憤怒。

【壓製】yāzhì ㄧㄚ ㄓˋ 用壓的方法製造：壓製磚坯。

【壓軸戲】yāzhòuxì ㄧㄚ ㄓㄡˋ ㄒㄧˋ 壓軸子的戲曲節目。比喻令人注目的、最後出現的事件。

【壓軸子】yāzhòu·zi ㄧㄚ ㄓㄡˋ·ㄗ ❶把某一齣戲排做一次戲曲演出中的倒數第二個節目(最後的一齣戲叫大軸子)。❷一次演出的戲曲節目中排在倒數第二的一齣戲。

yá (ㄧㄚˊ)

牙1 yá ㄧㄚˊ ❶牙齒：門牙｜鑲牙｜牙醫。❷特指象牙：牙筷｜牙章。❸形狀像牙齒的東西：牙子。❹(Yá)姓。

牙2 yá ㄧㄚˊ '牙子'²：牙行。

【牙磣】yá·chen ㄧㄚˊ·ㄔㄣ ❶食物中夾雜着砂子，嚼起來牙齒不舒服：菜沒有洗乾淨，有點兒牙磣。❷比喻言語粗鄙不堪入耳：你能説出這樣的話來，也不嫌牙磣。

【牙齒】yáchǐ ㄧㄚˊ ㄔˇ 齒的通稱。

【牙牀】¹ yáchuáng ㄧㄚˊ ㄔㄨㄤˊ 齒齦的通稱。有的地區也叫牙牀子。

【牙牀】² yáchuáng ㄧㄚˊ ㄔㄨㄤˊ 有象牙雕刻裝飾的牀。也泛指裝飾精美的牀。

【牙雕】yádiāo ㄧㄚˊ ㄉㄧㄠ 在象牙上雕刻形象、花紋的藝術。也指用象牙雕刻成的工藝品。

【牙粉】yáfěn ㄧㄚˊ ㄈㄣˇ 刷牙用的粉狀物，主要用碳酸鈣、肥皂粉、香料、殺菌劑等製成。

【牙膏】yágāo ㄧㄚˊ ㄍㄠ 刷牙用的膏狀物，用甘油、牙粉、白膠粉、水、糖精、澱粉等製成，裝在金屬或塑料的軟管裏。

【牙根】yágēn ㄧㄚˊ ㄍㄣ '牙牀'¹：牙根疼◇咬定牙根。

【牙垢】yágòu ㄧㄚˊ ㄍㄡˋ 牙齒表面黑褐色或黃色的污垢。有的地區叫牙花。

【牙關】yáguān ㄧㄚˊ ㄍㄨㄢ 指上頜(hé)和下頜之間的關節：牙關緊閉｜咬緊牙關。

【牙行】yáháng ㄧㄚˊ ㄏㄤˊ 舊時提供場所、協助買賣雙方成交而從中取得佣金的商號或個人。

【牙花】yáhuā ㄧㄚˊ ㄏㄨㄚ 〈方〉❶牙垢。❷齒齦。‖也叫牙花子。

【牙具】yájù ㄧㄚˊ ㄐㄩˋ 刷牙漱口的用具。

【牙口】yá·kou ㄧㄚˊ·ㄎㄡ ❶指牲口的年齡(根據牲口的牙齒多少可以判定牲口的年齡)：這頭牛牙口不老。❷(牙口兒)指老年人牙齒的咀嚼能力：您老人家的牙口還好吧？

【牙儈】yákuài ㄧㄚˊ ㄎㄨㄞˋ 〈書〉'牙子'²。

【牙輪】yálún ㄧㄚˊ ㄌㄨㄣˊ 齒輪的通稱。

【牙牌】yápái ㄧㄚˊ ㄆㄞˊ 骨牌。

【牙婆】yápó ㄧㄚˊ ㄆㄛˊ 舊時以介紹人口買賣為業從中取利的婦女。

【牙籤】yáqiān ㄧㄚˊ ㄑㄧㄢ (牙籤兒)剔除牙縫中食物殘屑用的細棍兒。

【牙色】yásè ㄧㄚˊ ㄙㄜˋ 近似象牙的淡黃顏色。

【牙石】¹ yáshí ㄧㄚˊ ㄕˊ 結成硬塊的牙垢。

【牙石】² yáshí ㄧㄚˊ ㄕˊ 見1410頁〖緣石〗。

【牙刷】yáshuā ㄧㄚˊ ㄕㄨㄚ (牙刷兒)刷牙的刷子。也叫牙刷子。

【牙牙】yáyá ㄧㄚˊ ㄧㄚˊ 〈書〉象聲詞，形容嬰兒學説話的聲音：牙牙學語。

【牙醫】yáyī ㄧㄚˊ ㄧ 給人鑲牙、拔牙、治療牙病的醫生。

【牙齦】yáyín ㄧㄚˊ ㄧㄣˊ 齒齦。

【牙質】yázhì ㄧㄚˊ ㄓˋ ❶以象牙為質料的：牙質的刀把。❷牙齒的主要組成部分，比骨堅硬而緻密，在齒髓的外面，釉質的裏面，由許多纖細的小管構成。也叫象牙質。

【牙子】¹ yá·zi ㄧㄚˊ·ㄗ 物體周圍雕花的裝飾或突出的部分：桌椅的牙子做工精細｜馬路牙子。

【牙子】² yá·zi ㄧㄚˊ·ㄗ 舊時為買賣雙方撮合從中取得佣金的人(通常賣方為農民、漁民等小生產者，買方為收購商或消費者)。

伢 yá ㄧㄚˊ 〈方〉小孩兒。

芽〔芽〕 yá ㄧㄚˊ (芽兒)❶植物剛長出來的可以發育成莖、葉或花的部分：麥子發芽兒了。❷形狀像芽的東西：肉芽(傷口愈合後多長出的肉)。

【芽茶】yáchá ㄧㄚˊ ㄔㄚˊ 極嫩的茶葉。

【芽豆】yádòu ㄧㄚˊ ㄉㄡˋ 用水泡後長出短芽的蠶豆，做菜吃。

【芽接】yájiē ㄧㄚˊ ㄐㄧㄝ 嫁接的一種方法，用植物的幼芽嵌在砧木上紮緊。參看555頁〖嫁接〗。

【芽體】yátǐ ㄧㄚˊ ㄊㄧˇ 低等生物出芽生殖時所生出的芽狀體。

【芽眼】yáyǎn ㄧㄚˊ ㄧㄢˇ 塊莖上凹進去可以生芽的部分。

岈 yá ㄧㄚˊ 嵖岈(Cháyá ㄔㄚˊ ㄧㄚˊ)，山名，在河南。

玡(琊) yá ㄧㄚˊ 琅玡(Lángyá ㄌㄤˊ ㄧㄚˊ)，山名，在山東。

蚜 yá ㄧㄚˊ 蚜蟲：棉蚜｜烟蚜。

【蚜蟲】yáchóng ㄧㄚˊ ㄔㄨㄥˊ 昆蟲，身體卵圓形，綠色、黃色或棕色，腹部大。吸食植物的汁液，是農業害蟲。種類很多，如棉蚜、烟蚜。通稱膩蟲。有的地區叫蜜蟲。

崖(厓、崕) yá ㄧㄚˊ (又讀 ái ㄞˊ) ❶山石或高地的陡立的側面：山崖｜懸崖｜摩崖。❷邊際：崖略。

【崖畫】yáhuà ㄧㄚˊ ㄏㄨㄚˋ 岩畫。

【崖刻】yákè ㄧㄚˊ ㄎㄜˋ 山崖上刻的文字。

【崖略】yálüè ㄧㄚˊ ㄌㄩㄝˋ 〈書〉大略；概略：言其崖略。

涯 yá ㄧㄚˊ 水邊。泛指邊際：天涯海角｜一望無涯。

【涯際】yájì ㄧㄚˊ ㄐㄧˋ 邊際：漫無涯際的海洋。

睚 yá ㄧㄚˊ 〈書〉眼角。

【睚眥】yázì ㄧㄚˊ ㄗˋ 〈書〉發怒時瞪眼睛。借指極小的仇恨：睚眥之怨。

【睚眥必報】yázì bì bào ㄧㄚˊ ㄗˋ ㄅㄧˋ ㄅㄠˋ 像瞪了自己一眼那樣的極小仇恨也要報復。形容心胸極其狹窄。

衙 yá ㄧㄚˊ 衙門：衙役。

【衙門】yá·men ㄧㄚˊ ·ㄇㄣ 舊時官員辦公的機關。

【衙內】yánèi ㄧㄚˊ ㄋㄟˋ 唐代稱擔任警衛的官員，五代及宋初多以大臣子弟充任，後來泛指官僚的子弟。

【衙役】yá·yi ㄧㄚˊ ·ㄧ 衙門裏的差役。

yǎ (ㄧㄚˇ)

疋 yǎ ㄧㄚˇ 同‘雅’。
另見877頁 pǐ‘匹’。

啞(瘂) yǎ ㄧㄚˇ ❶由於生理缺陷或疾病而不能說話：聾啞◇啞劇｜啞口無言。❷嗓子乾澀發不出聲音或發音低而不清楚：沙啞｜啞嗓子｜嗓子都喊啞了。❸因發生故障，炮彈、子彈等打不響：啞炮｜啞火。
另見1307頁 yā。

【啞巴】yǎ·ba ㄧㄚˇ ·ㄅㄚ 由於生理缺陷或疾病而不能說話的人。

【啞巴虧】yǎ·bakuī ㄧㄚˇ ·ㄅㄚ ㄎㄨㄟ 見151頁〖吃啞巴虧〗。

【啞場】yǎ//chǎng ㄧㄚˇ // ㄔㄤˇ 冷場②。

【啞劇】yǎjù ㄧㄚˇ ㄐㄩˋ 不用對話或歌唱而只用動作和表情來表達劇情的戲劇。

【啞鈴】yǎlíng ㄧㄚˇ ㄌㄧㄥˊ 體育運動的輔助器械，用木頭或鐵等製成，兩頭呈球形，中間較細，用手握住做各種動作。

【啞謎】yǎmí ㄧㄚˇ ㄇㄧˊ 隱晦的話。比喻難以猜透的問題：打啞謎。

【啞炮】yǎpào ㄧㄚˇ ㄆㄠˋ 見1229頁〖瞎炮〗。

【啞然】[1] yǎrán ㄧㄚˇ ㄖㄢˊ 〈書〉❶形容寂靜：啞然無聲｜全場啞然。❷形容驚異得說不出話來：啞然失驚。

【啞然】[2] yǎrán ㄧㄚˇ ㄖㄢˊ (‘啞’舊讀 è ㄜˋ)〈書〉形容笑聲：啞然失笑。

【啞語】yǎyǔ ㄧㄚˇ ㄩˇ 手語：打啞語。

【啞子】yǎ·zi ㄧㄚˇ ·ㄗ 〈方〉啞巴。

雅[1] yǎ ㄧㄚˇ ❶〈書〉合乎規範的：雅正。❷高尚的；不粗俗的：文雅｜雅致｜雅座。❸西周朝廷上的樂歌，《詩經》中詩篇的一類。❹敬辭，用於稱對方的情意、舉動：雅意｜雅教。

雅[2] yǎ ㄧㄚˇ 〈書〉❶交情：無一日之雅。❷平素：雅善鼓琴。❸很；極：雅以為美。
另見1307頁 yā。

【雅觀】yǎguān ㄧㄚˇ ㄍㄨㄢ 裝束、舉動文雅(多用於否定式)：坐的姿勢很不雅觀。

【雅號】yǎhào ㄧㄚˇ ㄏㄠˋ ❶高雅的名號(多用於尊稱人的名字)。❷指綽號(含詼諧意)：我倒不曉得他還有這麼一個雅號呢！

【雅教】yǎjiào ㄧㄚˇ ㄐㄧㄠˋ 敬辭，稱對方的指教。

【雅靜】yǎjìng ㄧㄚˇ ㄐㄧㄥˋ ❶雅致而清靜：雅靜的房間。❷文靜：這位姑娘很雅靜。

【雅量】yǎliàng ㄧㄚˇ ㄌㄧㄤˋ ❶寬宏的氣度：要有傾聽批評意見的雅量。❷大的酒量。

【雅趣】yǎqù ㄧㄚˇ ㄑㄩˋ 高雅的意趣：雅趣盎然。

【雅人】yǎrén ㄧㄚˇ ㄖㄣˊ 高雅的人。舊時多指吟風弄月的文人。

【雅士】yǎshì ㄧㄚˇ ㄕˋ 高雅的人。多指讀書人：文人雅士。

【雅俗共賞】yǎ sú gòng shǎng ㄧㄚˇ ㄙㄨˊ ㄍㄨㄥˋ ㄕㄤˇ 文化高的人和文化低的人都能欣賞。

【雅興】yǎxìng ㄧㄚˇ ㄒㄧㄥˋ 高雅的興趣：雅興不淺。

【雅馴】yǎxùn ㄧㄚˇ ㄒㄩㄣˋ 〈書〉(文辭)典雅。

【雅意】yǎyì ㄧㄚˇ ㄧˋ ❶高尚的情意：高情雅意｜有負雅意。❷敬辭，稱對方的情意或意見。

【雅正】yǎzhèng ㄧㄚˇ ㄓㄥˋ ❶〈書〉合規範；純正。❷正直。❸敬辭，把自己的詩文書畫等送給人時，表示請對方指教。

【雅致】yǎ·zhi ㄧㄚˇ ·ㄓ (服飾、器物、房屋等)美觀而不落俗套。

【雅座】yǎzuò ㄧㄚˇ ㄗㄨㄛˋ (雅座兒)指飯館、酒店、澡堂中比較精緻而舒適的小房間。

瘂(痖) yǎ ㄧㄚˇ 同‘啞’。

yà (ㄧㄚˋ)

亞[1](亚) yà ㄧㄚˋ ❶較差：他的技術不亞於你。❷次一等：亞軍｜亞熱帶。❸原子價較低的；酸根或化合物中少含一個氫原子或氧原子的：硫酸亞鐵($FeSO_4$)｜

亞氨基（=NH）｜亞硫酸（H_2SO_3）。

亞²（亚） Yà ㄧㄚˋ 指亞洲。

【亞當】Yàdāng ㄧㄚˋ ㄉㄤ 《聖經》故事中人類的始祖。［希伯來 Ādhām］

【亞軍】yàjūn ㄧㄚˋ ㄐㄩㄣ 體育、遊藝項目等的競賽中評比出來的第二名。

【亞麻】yàmá ㄧㄚˋ ㄇㄚˊ ❶一年生草本植物，莖細長，葉子互生，披針形或條形，花淺藍色，結蒴果，球形。纖維用亞麻的莖皮含纖維很多，可以做紡織原料。❷纖維用亞麻的莖皮纖維。

【亞熱帶】yàrèdài ㄧㄚˋ ㄖㄜˋ ㄉㄞˋ 熱帶和溫帶之間的過渡地帶。與熱帶相比，有顯著的季節變化，氣溫比溫帶高，植物在冬季仍能緩慢生長。也叫副熱帶。

軋¹（轧） yà ㄧㄚˋ ❶碾；滾壓：軋棉花。❷排擠：傾軋。❸（Yà）姓。

軋²（轧） yà ㄧㄚˋ 象聲詞，形容機器開動時發出的聲音：機聲軋軋｜縫紉機軋軋軋地響着。

另見364頁 gá；1433頁 zhá。

【軋場】yà∥cháng ㄧㄚˋ∥ㄔㄤˊ 用碌碡等壓平場院或滾壓攤在場上的穀物使脱粒。

【軋道車】yàdàochē ㄧㄚˋ ㄉㄠˋ ㄔㄜ 鐵路上巡查或檢修用的車，多用電瓶或柴油機做動力。

【軋道機】yàdàojī ㄧㄚˋ ㄉㄠˋ ㄐㄧ 〈方〉壓路機。

【軋花機】yàhuājī ㄧㄚˋ ㄏㄨㄚ ㄐㄧ 用來分離棉子和棉絮的機器，有鋸齒式和皮輥式兩種。也叫軋棉機。

迓 yà ㄧㄚˋ 〈書〉迎接：迎迓。

砑 yà ㄧㄚˋ 用卵石或弧形的石塊碾壓或摩擦皮革、布匹等，使密實而光亮：把牛皮砑光。

掗（挜） yà ㄧㄚˋ 〈方〉硬把東西送給對方或賣給對方。

訝（讶） yà ㄧㄚˋ 〈書〉詫異：驚訝｜訝然。

娅（娅） yà ㄧㄚˋ 見1362頁〖姻娅〗。

揠 yà ㄧㄚˋ 〈書〉拔：揠苗助長。

【揠苗助長】yà miáo zhù zhǎng ㄧㄚˋ ㄇㄧㄠˊ ㄓㄨˋ ㄓㄤˇ 古時候宋國有個人，嫌禾苗長得太慢，就一棵棵地往上拔起一點，回家還誇口説：'今天我幫助苗長了！'他兒子聽説後，到地裏一看，苗都死了（見於《孟子·公孫丑》）。後來用來比喻違反事物的發展規律，急於求成，反而壞事。也説拔苗助長。

氬（氩） yà ㄧㄚˋ 氣體元素，符號 Ar（argonium）。無色無臭無味，是大氣中含量最多的稀有氣體，化學性質很不活潑。放電時發出藍色的光，在電弧焊接不銹鋼、鎂、鋁等時用作保護氣體，也用來填充燈管和燈泡。

猰（猰） yà ㄧㄚˋ ［猰貐］（yàyǔ ㄧㄚˋ ㄩˇ）古代傳説中的一種吃人的猛獸。

壓（压） yà ㄧㄚˋ 見下。

另見1308頁 yā。

【壓板】yàbǎn ㄧㄚˋ ㄅㄢˇ 〈方〉蹺蹺板（qiāoqiāobǎn）。

【壓根兒】yàgēnr ㄧㄚˋ ㄍㄣㄦ 根本；從來（多用於否定句）：他全忘了，好像壓根兒沒有這回事。

·ya（·ㄧㄚ）

呀 ·ya ·ㄧㄚ 助詞，'啊'受前一字韻母 a，e，i，o，ü 的影響而發生的變音：馬跑得真快呀！｜大家快去呀！｜你怎麼不學一學呀！｜這個瓜呀，甜得很！

另見1307頁 yā。

yān（ㄧㄢ）

咽 yān ㄧㄢ 口腔後部主要由肌肉和黏膜構成的管子。咽分成三部分，上段跟鼻腔相對叫鼻咽，中段跟口腔相對叫口咽，下段在喉的後部叫喉咽。咽是呼吸道和消化道的共同通路。也叫咽頭。

另見1321頁 yàn'嚥'；1336頁 yè。

【咽喉】yānhóu ㄧㄢ ㄏㄡˊ ❶咽頭和喉頭。❷比喻形勢險要的交通孔道：咽喉要地。

【咽頭】yāntóu ㄧㄢ ㄊㄡˊ 咽。

殷 yān ㄧㄢ 〈書〉赤黑色。

另見1362頁 yīn；1367頁 yǐn。

【殷紅】yānhóng ㄧㄢ ㄏㄨㄥˊ 帶黑的紅色：殷紅的血迹｜殷紅的雞冠子。

胭（臙） yān ㄧㄢ 胭脂：胭粉｜胭紅。

【胭紅】yānhóng ㄧㄢ ㄏㄨㄥˊ 像胭脂的紅色：胭紅的野百合｜胭紅的朝霞。

【胭脂】yān·zhi ㄧㄢ ·ㄓ 一種紅色的化妝品，塗在兩頰或嘴唇上。也用做國畫的顏料。

【胭脂魚】yān·zhiyú ㄧㄢ ·ㄓ ㄩˊ 魚，體長而側扁，背部隆起，成魚全身粉紅、黃褐或暗褐色，供食用。分佈在長江上游。有的地區叫黃排。

煙（烟、❹菸） yān ㄧㄢ ❶物質燃燒時產生的混有未完全燃燒的微小顆粒的氣體。❷像煙的東西：煙霧｜煙霞。❸由於煙的刺激使眼睛流淚或睜不開：煙了眼睛了。❹煙草：煙葉｜烤煙。❺紙煙、煙絲等的統稱：香煙｜旱煙｜煙癮｜請勿吸煙。❻指鴉片：煙土。❼煙子：松煙。

另見1363頁 yīn。

【煙靄】yān'ǎi ㄧㄢ ㄞˇ 〈書〉雲霧：煙靄朦朧。

【煙波】yānbō ㄧㄢ ㄅㄛ 煙霧籠罩的江湖水面：煙波浩淼。

【煙草】yāncǎo ㄧㄢ ㄘㄠˇ ❶一年生草本植物，葉子大，長圓狀披針形，總狀花序生在莖的頂端，花冠漏斗形，筒部粉紅色或白色，裂片紅色，結蒴果，卵圓形。葉是製造煙絲、香煙等的主要原料。❷指煙葉：煙草市場。

【煙塵】yānchén ㄧㄢ ㄔㄣˊ ❶煙霧和塵埃：煙塵滾滾。❷烽煙和戰場上揚起的塵土。舊時指戰火。❸〈書〉指人煙稠密的地方。

【煙囪】yāncōng ㄧㄢ ㄘㄨㄥ 煙筒：煙囪林立。

【煙袋】yāndài ㄧㄢ ㄉㄞˋ 吸煙的用具，有旱煙袋和水煙袋兩種。特指旱煙袋。參看452頁〖旱煙袋〗、1076頁〖水煙袋〗。

【煙蒂】yāndì ㄧㄢ ㄉㄧˋ 煙頭。

【煙斗】yāndǒu ㄧㄢ ㄉㄡˇ ❶吸煙用具，多用堅硬的木頭製成，一頭裝煙葉，一頭銜在嘴裏吸。❷鴉片煙槍上的陶質球狀物，頂端奶頭狀的部分有小孔。

【煙斗絲】yāndǒusī ㄧㄢ ㄉㄡˇ ㄙ 裝在煙斗中吸的煙絲。也叫斗煙絲。

【煙膏】yāngāo ㄧㄢ ㄍㄠ 煙土熬成的膏。

【煙鬼】yānguǐ ㄧㄢ ㄍㄨㄟˇ 譏稱吸鴉片成癮的人。也指吸煙癮頭很大的人。

【煙海】yānhǎi ㄧㄢ ㄏㄞˇ 煙霧瀰漫的大海，多用於比喻：浩如煙海｜如墮煙海。

【煙花】[1] yānhuā ㄧㄢ ㄏㄨㄚ ❶〈書〉指春天艷麗的景物。❷舊時指妓女，也指跟娼妓有關的：淪為煙花｜煙花女｜煙花巷。

【煙花】[2] yānhuā ㄧㄢ ㄏㄨㄚ 煙火(yān·huo)：煙花爆竹。

【煙灰】yānhuī ㄧㄢ ㄏㄨㄟ 煙吸完後剩下的灰。

【煙火】yānhuǒ ㄧㄢ ㄏㄨㄛˇ ❶煙和火：動煙火(指生火做飯)｜建築工地嚴禁煙火。❷煙火食：不食人間煙火。❸〈書〉烽火；戰火。❹舊時指祭祀祖先的事。借指後嗣：絕了煙火。

【煙火】yān·huo ㄧㄢ ·ㄏㄨㄛ 燃放時能發出各種顏色的火花而供人觀賞的東西，主要是在火藥中攙入鍶、鋰、鋁、鋇、鎂、鈉、銅等金屬鹽類，並用紙裹成，種類不一。燃放時發出火花，同時變幻出各種景物。

【煙火食】yānhuǒshí ㄧㄢ ㄏㄨㄛˇ ㄕˊ 指熟食。

【煙具】yānjù ㄧㄢ ㄐㄩˋ 吸煙的用具，如煙嘴、煙盒、煙灰缸等。

【煙捲兒】yānjuǎnr ㄧㄢ ㄐㄩㄢㄦˇ '香煙'[2]。

【煙煤】yānméi ㄧㄢ ㄇㄟˊ 煤的一種，暗黑色，有光澤，燃燒時冒煙。可分為焦煤、肥煤、瘦煤、氣煤等。除用做燃料外，也是煉焦的原料。

【煙幕】yānmù ㄧㄢ ㄇㄨˋ ❶用化學藥劑造成的濃厚的煙霧，作戰時用來遮蔽敵人的視綫。❷燃燒某些燃料或化學物質而造成的濃厚的煙霧，農業上用來防止霜凍。❸比喻掩蓋真相或本意的言語或行為：以和談作煙幕。

【煙幕彈】yānmùdàn ㄧㄢ ㄇㄨˋ ㄉㄢˋ ❶爆炸時可以形成煙幕的炮彈或炸彈等。也叫發煙彈。❷比喻掩蓋真相或本意的言語或行為。

【煙農】yānnóng ㄧㄢ ㄋㄨㄥˊ 以種煙草為主的農民。

【煙屁股】yānpì·gu ㄧㄢ ㄆㄧˋ ·ㄍㄨ 煙頭。

【煙色】yānsè ㄧㄢ ㄙㄜˋ 像烤煙那樣的深棕色。

【煙絲】yānsī ㄧㄢ ㄙ 煙葉加工成的細絲。

【煙筒】yān·tong ㄧㄢ ·ㄊㄨㄥ 爐灶、鍋爐上出煙的管狀裝置。

【煙頭】yāntóu ㄧㄢ ㄊㄡˊ (煙頭兒)紙煙吸到最後剩下的部分。

【煙土】yāntǔ ㄧㄢ ㄊㄨˇ 未經熬製的鴉片。

【煙霧】yānwù ㄧㄢ ㄨˋ 泛指煙、霧、雲、氣等：煙霧瀰漫｜煙霧騰騰。

【煙霞】yānxiá ㄧㄢ ㄒㄧㄚˊ 煙霧和雲霞：煙霞縹緲。

【煙霞癖】yānxiápǐ ㄧㄢ ㄒㄧㄚˊ ㄆㄧˇ 〈書〉❶遊山玩水的癖好。❷借指吸食鴉片的嗜好。

【煙消雲散】yān xiāo yún sàn ㄧㄢ ㄒㄧㄠ ㄩㄣˊ ㄙㄢˋ 比喻事物消失淨盡。也說雲消霧散。

【煙葉】yānyè ㄧㄢ ㄧㄝˋ 煙草的葉子，是製造煙絲、香煙等的原料。

【煙癮】yānyǐn ㄧㄢ ㄧㄣˇ 吸煙的癮。舊時多指吸鴉片煙的癮。

【煙雨】yānyǔ ㄧㄢ ㄩˇ 像煙霧那樣的細雨。

【煙雲】yānyún ㄧㄢ ㄩㄣˊ 煙氣和雲霧：煙雲繚繞。

【煙柱】yānzhù ㄧㄢ ㄓㄨˋ 烈火燃燒時直向上升的呈柱狀的濃煙。

【煙子】yān·zi ㄧㄢ ·ㄗ 燒火或熬油時的煙上升而聚成的黑色物質，可以製墨。

【煙嘴兒】yānzuǐr ㄧㄢ ㄗㄨㄟㄦˇ 吸紙煙用的短管子。

焉 yān ㄧㄢ 〈書〉❶跟介詞'於'加代詞'是'相當：心不在焉｜樂莫大焉。❷哪裏；怎麼(多用於反問)：焉有今日？｜焉能不去？｜不入虎穴，焉得虎子？❸乃；才：必知亂之所自起，焉能治之。❹語助詞：有厚望焉｜因以為號焉。

崦 yān ㄧㄢ ［崦嵫］(Yānzī ㄧㄢ ㄗ) ❶山名，在甘肅。❷古代指太陽落山的地方：日薄崦嵫。

淹(❶渰) yān ㄧㄢ ❶淹沒：淹死｜莊稼遭水淹了。❷汗液等浸漬皮膚使感到痛或癢：胳肢窩被汗淹得難受。❸〈書〉廣：淹博。❹〈書〉久；遲延：淹留。

【淹博】yānbó ㄧㄢ ㄅㄛˊ 〈書〉廣博：學問淹博。

【淹灌】yānguàn ㄧㄢ ㄍㄨㄢˋ 灌溉的一種方法，

在田裏蓄水供作物的根部吸收，適用於水稻等。

【淹留】yānliú ㄧㄢ ㄌㄧㄡˊ 〈書〉長期逗留：淹留他鄉。

【淹埋】yānmái ㄧㄢ ㄇㄞˊ (淤泥、沙土)蓋過；埋住：鐵路被淤泥淹埋了。

【淹沒】yānmò ㄧㄢ ㄇㄛˋ (大水)漫過；蓋過：河裏漲水，小橋都淹沒了◇掌聲淹沒了他的講話。

湮 yān ㄧㄢ 〈書〉❶埋沒：湮沒｜湮滅。❷淤塞。

另見1362頁 yīn '洇'。

【湮滅】yānmiè ㄧㄢ ㄇㄧㄝˋ 湮沒。

【湮沒】yānmò ㄧㄢ ㄇㄛˋ 埋沒：湮沒無聞。

鄢 Yān ㄧㄢ 姓。

嫣 yān ㄧㄢ 〈書〉容貌美好。

【嫣紅】yānhóng ㄧㄢ ㄏㄨㄥˊ 〈書〉鮮艷的紅色：姹紫嫣紅。

【嫣然】yānrán ㄧㄢ ㄖㄢˊ 〈書〉美好的樣子：嫣然一笑。

醃(腌) yān ㄧㄢ 把魚、肉、蛋、蔬菜、果品等加上鹽、糖、醬、酒等。

'腌'另見1頁 ā。

【醃漬】yānzì ㄧㄢ ㄗˋ 醃。

燕 Yān ㄧㄢ ❶周朝國名，在今河北北部和遼寧南部。❷指河北北部。❸姓。

另見1321頁 yàn。

閹(阉) yān ㄧㄢ ❶閹割：閹雞｜閹豬。❷〈書〉指宦官：閹黨。

【閹割】yāngē ㄧㄢ ㄍㄜ ❶割掉睾丸或卵巢，使失去生殖能力。❷比喻抽掉文章或理論的主要內容，使失去作用或改變實質。

【閹人】yānrén ㄧㄢ ㄖㄣˊ 指被閹割的人。也用做宦官的代稱。

【閹寺】yānsì ㄧㄢ ㄙˋ 〈書〉指宦官。

閼(阏) yān ㄧㄢ [閼氏](yānzhī ㄧㄢ ㄓ) 漢代匈奴稱君主的正妻。

另見301頁 è。

懨(恹、懕) yān ㄧㄢ [懨懨]〈書〉形容患病而精神疲乏：懨懨欲睡。

yán (ㄧㄢˊ)

芫〔芫〕 yán ㄧㄢˊ [芫荽](yán·suī ㄧㄢˊ ·ㄙㄨㄟ) 一年生草本植物，葉互生，羽狀複葉，莖和葉有特殊香氣，花小，白色。果實圓形，用做香料，也可入藥。嫩莖和葉用來調味。通稱香菜。也叫胡荽。

另見1406頁 yuán。

延 yán ㄧㄢˊ ❶延長：蔓延｜綿延｜延年益壽｜苟延殘喘。❷(時間)向後推遲：遲延｜延期｜大會遇雨順延。❸〈書〉聘請；邀請：延聘｜延師｜延醫｜延至其家。❹(Yán)姓。

【延長】yáncháng ㄧㄢˊ ㄔㄤˊ 向長的方面發展：延長生命｜路綫延長一百里｜會議延長了三天。

【延遲】yánchí ㄧㄢˊ ㄔˊ 推遲：會議延遲三天召開。

【延宕】yándàng ㄧㄢˊ ㄉㄤˋ 拖延：延宕時日。

【延擱】yángē ㄧㄢˊ ㄍㄜ 拖延耽擱。

【延緩】yánhuǎn ㄧㄢˊ ㄏㄨㄢˇ 延遲；推遲：工程進度不容延緩。

【延頸企踵】yán jǐng qǐ zhǒng ㄧㄢˊ ㄐㄧㄥˇ ㄑㄧˇ ㄓㄨㄥˇ 伸長脖子，抬起腳跟。形容急切盼望。

【延攬】yánlǎn ㄧㄢˊ ㄌㄢˇ 〈書〉延聘招攬；聘請：延攬人才｜延攬天下賢士。

【延綿】yánmián ㄧㄢˊ ㄇㄧㄢˊ 綿延。

【延納】yánnà ㄧㄢˊ ㄋㄚˋ 〈書〉接待；接納。

【延年益壽】yán nián yì shòu ㄧㄢˊ ㄋㄧㄢˊ ㄧˋ ㄕㄡˋ 增加歲數，延長壽命。

【延聘】yánpìn ㄧㄢˊ ㄆㄧㄣˋ 〈書〉聘請。

【延期】yán∥qī ㄧㄢˊ∥ㄑㄧ 推遲原來規定的日期：會議延期舉行。

【延請】yánqǐng ㄧㄢˊ ㄑㄧㄥˇ 請人擔任工作(多指臨時的)：延請律師｜延請家庭教師。

【延燒】yánshāo ㄧㄢˊ ㄕㄠ 火勢蔓延燃燒：這場大火延燒房屋數十間。

【延伸】yánshēn ㄧㄢˊ ㄕㄣ 延長；伸展：這條鐵路一直延伸到國境綫。

【延髓】yánsuǐ ㄧㄢˊ ㄙㄨㄟˇ 後腦的一部分，上接腦橋，下接脊髓。舌咽神經、迷走神經、舌下神經等都由延髓發出。延髓中有呼吸、循環等中樞，主管呼吸、血液循環、唾液分泌等。(圖見831頁'腦')

【延誤】yánwù ㄧㄢˊ ㄨˋ 遲延耽誤：延誤時日。

【延性】yánxìng ㄧㄢˊ ㄒㄧㄥˋ 物體可以拉成細絲而不斷裂的性質。金屬多具有延性。

【延續】yánxù ㄧㄢˊ ㄒㄩˋ 照原來樣子繼續下去；延長下去：會談延續了兩個小時。

【延展】yánzhǎn ㄧㄢˊ ㄓㄢˇ 延伸；擴展：公路一直延展到江邊。

言 yán ㄧㄢˊ ❶話：言語｜語言｜格言｜諾言｜發言｜有言在先｜言外之意。❷說：言之有理｜暢所欲言｜知無不言，言無不盡。❸漢語的一個字叫一言：五言詩｜萬言書｜全書近二十萬言。❹(Yán)姓。

【言必有中】yán bì yǒu zhòng ㄧㄢˊ ㄅㄧˋ ㄧㄡˇ ㄓㄨㄥˋ 一說就說到點子上。

【言不及義】yán bù jí yì ㄧㄢˊ ㄅㄨˋ ㄐㄧˊ ㄧˋ 只說些無聊的話，不涉及正經道理。

【言不盡意】yán bù jìn yì ㄧㄢˊ ㄅㄨˋ ㄐㄧㄣˋ ㄧˋ 說的話未能表達出全部意思。表示意猶未盡(多用於書信結尾)。

【言不由衷】yán bù yóu zhōng ㄧㄢˊ ㄅㄨˋ ㄧㄡˊ ㄓㄨㄥ 說的話不是從內心發出來的。指心口不一致。

【言出法隨】yán chū fǎ suí ㄧㄢˊ ㄔㄨ ㄈㄚˇ ㄙㄨㄟˊ 宣佈之後立即按法執行。

【言傳】yánchuán ㄧㄢˊ ㄔㄨㄢˊ 用言語來表達：只可意會，不可言傳。

【言傳身教】yán chuán shēn jiào ㄧㄢˊ ㄔㄨㄢˊ ㄕㄣ ㄐㄧㄠˋ 一面口頭上傳授，一面行動上以身作則。指言語行動起模範作用。

【言詞】yáncí ㄧㄢˊ ㄘˊ 同'言辭'。

【言辭】yáncí ㄧㄢˊ ㄘˊ 說話所用的詞句：言辭尖刻｜言辭懇切。也作言詞。

【言多語失】yán duō yǔ shī ㄧㄢˊ ㄉㄨㄛ ㄩˇ ㄕ 話說多了就難免出錯。

【言歸於好】yán guī yú hǎo ㄧㄢˊ ㄍㄨㄟ ㄩˊ ㄏㄠˇ 彼此重新和好。

【言歸正傳】yán guī zhèng zhuàn ㄧㄢˊ ㄍㄨㄟ ㄓㄥˋ ㄓㄨㄢˋ 說話寫文章回到正題上來（評話和舊小說中常用的套語）。

【言過其實】yán guò qí shí ㄧㄢˊ ㄍㄨㄛˋ ㄑㄧˊ ㄕˊ 說話過分，不符合實際。

【言和】yánhé ㄧㄢˊ ㄏㄜˊ 講和：握手言和。

【言歡】yánhuān ㄧㄢˊ ㄏㄨㄢ 說笑；愉快地交談：握手言歡｜杯酒言歡。

【言簡意賅】yán jiǎn yì gāi ㄧㄢˊ ㄐㄧㄢˇ ㄧˋ ㄍㄞ 言語簡單而意思概括。

【言教】yánjiào ㄧㄢˊ ㄐㄧㄠˋ 用講說的方式教育、開導人：不僅要言教，更要身教。

【言近旨遠】yán jìn zhǐ yuǎn ㄧㄢˊ ㄐㄧㄣˋ ㄓˇ ㄩㄢˇ 話說得淺近，而含義卻很深遠。

【言路】yánlù ㄧㄢˊ ㄌㄨˋ 向政府或領導提出批評或建議的途徑（從政府或領導的角度說）：廣開言路。

【言論】yánlùn ㄧㄢˊ ㄌㄨㄣˋ 關於政治或一般公共事務的議論：發表言論｜進步的言論。

【言情】yánqíng ㄧㄢˊ ㄑㄧㄥˊ 描寫男女愛情的（作品）：言情小說。

【言人人殊】yán rén rén shū ㄧㄢˊ ㄖㄣˊ ㄖㄣˊ ㄕㄨ 每人所說的話各不相同。指對同一事物各人有各人的見解。

【言聲兒】yán//shēngr ㄧㄢˊ//ㄕㄥㄦ 說話；吭聲兒：不言一聲兒｜你缺甚麼，只管言聲兒。

【言說】yánshuō ㄧㄢˊ ㄕㄨㄛ 說：不可言說｜難以言說。

【言談】yántán ㄧㄢˊ ㄊㄢˊ 說話。也指說話的內容和態度：言談舉止｜言談風雅｜不善於言談。

【言聽計從】yán tīng jì cóng ㄧㄢˊ ㄊㄧㄥ ㄐㄧˋ ㄘㄨㄥˊ 說的話，出的主意，都聽從照辦。形容對某個人非常信任。

【言外之意】yán wài zhī yì ㄧㄢˊ ㄨㄞˋ ㄓ ㄧˋ 話裏暗含着的沒有直接說出的意思。

【言為心聲】yán wéi xīn shēng ㄧㄢˊ ㄨㄟˊ ㄒㄧㄣ ㄕㄥ 言語是思想的表達。

【言笑】yánxiào ㄧㄢˊ ㄒㄧㄠˋ 說和笑；談笑：不苟言笑（形容人態度莊重）｜言笑自若。

【言行】yánxíng ㄧㄢˊ ㄒㄧㄥˊ 言語和行為：言行一致。

【言猶在耳】yán yóu zài ěr ㄧㄢˊ ㄧㄡˊ ㄗㄞˋ ㄦˇ 形容別人的話說過不久，或者雖然說過很久，但是還記得很清楚。

【言語】yányǔ ㄧㄢˊ ㄩˇ 說的話：言語粗魯｜言語行動。

【言語】yán·yu ㄧㄢˊ ·ㄩ 〈方〉說；說話：你走的時候言語一聲兒｜問你話呢，你怎麼不言語？

【言喻】yányù ㄧㄢˊ ㄩˋ 〈書〉用語言來說明（多用於否定）：不可言喻｜難以言喻。

【言責】yánzé ㄧㄢˊ ㄗㄜˊ ❶君主時代臣下對君主進諫的責任。❷指對自己發表的言論的責任：言責自負。

【言者無罪，聞者足戒】yánzhě wú zuì, wénzhě zú jiè ㄧㄢˊ ㄓㄜˇ ㄨˊ ㄗㄨㄟˋ, ㄨㄣˊ ㄓㄜˇ ㄗㄨˊ ㄐㄧㄝˋ 儘管意見不完全正確，提出意見的人並沒有罪，聽取意見的人即使沒有對方所說的錯誤，也可以拿聽到的話來警惕自己。

【言重】yánzhòng ㄧㄢˊ ㄓㄨㄥˋ 話說得過重。

【言狀】yánzhuàng ㄧㄢˊ ㄓㄨㄤˋ 用言語來形容（多用於否定）：難以言狀。

妍 yán ㄧㄢˊ 〈書〉美麗（跟'媸'相對）：春光明媚，百花爭妍。

【妍媸】yánchī ㄧㄢˊ ㄔ 美和醜：不辨妍媸。

岩（巖、嵒） yán ㄧㄢˊ ❶岩石：岩層｜水成岩｜花崗岩。❷岩石突起而成的山峰：七星岩（在廣西）。

【岩層】yáncéng ㄧㄢˊ ㄘㄥˊ 地殼中成層的岩石。

【岩洞】yándòng ㄧㄢˊ ㄉㄨㄥˋ 泛指岩層中曲折幽深的大洞。

【岩畫】yánhuà ㄧㄢˊ ㄏㄨㄚˋ 刻畫在岩石或崖壁上的圖畫。也叫崖壁畫、崖畫。

【岩漿】yánjiāng ㄧㄢˊ ㄐㄧㄤ 地殼下面含有硅酸鹽和揮發成分的高溫熔融物質。

【岩溶】yánróng ㄧㄢˊ ㄖㄨㄥˊ 可溶性岩石，特別是碳酸鹽類岩石（如石灰岩等），受含有二氧化碳的流水溶蝕，並加上沈積作用而形成的地貌。往往形狀奇特，有洞穴也有峭壁。我國廣西、雲南、貴州等地有這種地貌。現以喀斯特為正名。

【岩石】yánshí ㄧㄢˊ ㄕˊ 構成地殼的礦物的集合體，分為火成岩、沈積岩和變質岩三類。

【岩心】yánxīn ㄧㄢˊ ㄒㄧㄣ 進行地質勘探時用管狀的機件從地層中取得的柱狀岩石標本。

【岩鹽】yányán ㄧㄢˊ ㄧㄢˊ 地殼中沈積的成層的鹽，是古代的海水或湖水乾涸後形成的。也叫礦鹽、石鹽。

炎 yán ㄧㄢˊ ❶極熱（指天氣）：炎熱｜炎夏。❷炎症：發炎｜腸胃炎。❸比喻權勢：趨炎附勢。❹（Yán）指炎帝：炎黃子孫。

【炎帝】Yándì ㄧㄢˊ ㄉㄧˋ 見〖炎黃〗。

【炎黃】Yán-Huáng ㄧㄢˊ ㄏㄨㄤˊ 指炎帝神農氏和黃帝軒轅氏，是我國古代傳說中的兩個帝王，借指中華民族的祖先：炎黃子孫。

【炎涼】yánliáng ㄧㄢˊ ㄌㄧㄤˊ 熱和冷。比喻對待地位不同的人或者親熱攀附，或者冷淡疏遠：世態炎涼。

【炎熱】yánrè ㄧㄢˊ ㄖㄜˋ （天氣）很熱：炎熱的夏天。

【炎日】yánrì ㄧㄢˊ ㄖˋ 炎熱的太陽：炎日當空。

【炎暑】yánshǔ ㄧㄢˊ ㄕㄨˇ ❶夏天最熱的時候：時值炎暑。❷指暑氣：炎暑逼人｜冒炎暑，頂烈日。

【炎夏】yánxià ㄧㄢˊ ㄒㄧㄚˋ 炎熱的夏天：炎夏盛暑。

【炎炎】yányán ㄧㄢˊ ㄧㄢˊ ❶形容夏天陽光強烈：赤日炎炎。❷形容火勢猛烈：炎炎的烈火。

【炎症】yánzhèng ㄧㄢˊ ㄓㄥˋ 機體受到較強烈刺激後的反應現象，多有紅、熱、腫、痛、機能障礙等症狀。

沿（㳂） yán ㄧㄢˊ ❶順着（江河、道路或物體的邊）：沿途｜沿街｜沿着河邊走。❷依照以往的方法、規矩、式樣等：沿襲｜相沿成習。❸順着衣物的邊再鑲上一條邊：沿鞋口。❹（沿兒）邊（多用在名詞後）：邊沿｜溝沿｜炕沿兒｜缸沿兒｜前沿。

【沿岸】yán'àn ㄧㄢˊ ㄢˋ 靠近江、河、湖、海一帶的地區：黃河沿岸｜洞庭湖沿岸。

【沿邊兒】yán//biānr ㄧㄢˊ//ㄅㄧㄢㄦ 把窄條的布或條子等縫在衣物邊上。

【沿革】yángé ㄧㄢˊ ㄍㄜˊ （事物）發展和變化的歷程：社會風俗的沿革｜歷史沿革地圖。

【沿海】yánhǎi ㄧㄢˊ ㄏㄞˇ 靠海的一帶：沿海城市。

【沿江】yánjiāng ㄧㄢˊ ㄐㄧㄤ 靠江（多指長江）的一帶。

【沿街】yánjiē ㄧㄢˊ ㄐㄧㄝ 順着街道：沿街叫賣｜沿街乞討。

【沿例】yánlì ㄧㄢˊ ㄌㄧˋ 沿用舊例。

【沿路】yánlù ㄧㄢˊ ㄌㄨˋ 順着路邊上；一路上：沿路尋找｜沿路景色迷人。

【沿條兒】yántiáor ㄧㄢˊ ㄊㄧㄠㄦˊ 沿邊兒用的綢布條兒。

【沿途】yántú ㄧㄢˊ ㄊㄨˊ 沿路。

【沿襲】yánxí ㄧㄢˊ ㄒㄧˊ 依照舊傳統或原有的規定辦理；因襲：沿襲成規｜沿襲前人成說。

【沿綫】yánxiàn ㄧㄢˊ ㄒㄧㄢˋ 靠近鐵路、公路或航綫的地方。

【沿用】yányòng ㄧㄢˊ ㄩㄥˋ 繼續使用（過去的方法、制度、法令等）：沿用原來的名稱。

阽 yán ㄧㄢˊ '阽' diàn 的又音。

研 yán ㄧㄢˊ ❶細磨（mó）：研墨｜把藥研成粉。❷研究：鑽研｜研習書法藝術。

另見1320頁 yàn。

【研讀】yándú ㄧㄢˊ ㄉㄨˊ 鑽研閱讀：研讀史書。

【研究】yánjiū ㄧㄢˊ ㄐㄧㄡ ❶探求事物的真相、性質、規律等：研究語言｜學術研究｜調查研究。❷考慮或商討（意見、問題）：今天的會議，只研究三個重要問題｜這個方案領導上正在研究。

【研究生】yánjiūshēng ㄧㄢˊ ㄐㄧㄡ ㄕㄥ 經考試錄取在高等學校或科學研究機關裏通過研究工作進修的人。有規定的修業年限。

【研究員】yánjiūyuán ㄧㄢˊ ㄐㄧㄡ ㄩㄢˊ 科學研究機關中的高級研究人員。

【研磨】yánmó ㄧㄢˊ ㄇㄛˊ ❶用工具研成粉末：把藥物放在乳鉢裏研磨。❷用磨料摩擦器物使變得光潔：研磨粉。

【研討】yántǎo ㄧㄢˊ ㄊㄠˇ 研究和討論；研究探討：學術研討會｜深入研討其發展規律。

【研習】yánxí ㄧㄢˊ ㄒㄧˊ 研究學習：研習山水畫。

【研製】yánzhì ㄧㄢˊ ㄓˋ 研究製造：研製新產品。

揅 yán ㄧㄢˊ 〈書〉同'研'（yán）。

蜒 yán ㄧㄢˊ ❶［蜒蚰］（yányóu ㄧㄢˊ ㄧㄡˊ）〈方〉蛞蝓（kuòyú）。❷見1384頁［蚰蜒］、447頁〖海蜒〗。

筵 yán ㄧㄢˊ 古人席地而坐時鋪的席。泛指筵席：喜筵｜壽筵。

【筵席】yánxí ㄧㄢˊ ㄒㄧˊ 指宴飲時陳設的座位。泛指酒席。

鈆（鉛） yán ㄧㄢˊ 鈆山（Yánshān ㄧㄢˊ ㄕㄢ），地名，在江西。

另見915頁 qiān。

閻（阎、❷閆） yán ㄧㄢˊ ❶〈書〉里巷的門。❷（Yán）姓。

【閻羅】Yánluó ㄧㄢˊ ㄌㄨㄛˊ 佛教稱管地獄的神。也叫閻羅王、閻王、閻王爺。［閻魔羅闍之省，梵 yamarāja］

【閻王】Yán·wang ㄧㄢˊ ·ㄨㄤ ❶閻羅。❷比喻極嚴厲或極兇惡的人。

【閻王賬】yán·wangzhàng ㄧㄢˊ ·ㄨㄤ ㄓㄤˋ 指高利貸。也說閻王債。

檐（簷） yán ㄧㄢˊ ❶（檐兒）屋頂向旁伸出的邊沿部分：房檐｜廊檐｜檐下｜檐前。（圖見324頁〖房子〗）❷（檐兒）某些器物上形狀像房檐的部分：帽檐兒。

【檐溝】yángōu ㄧㄢˊ ㄍㄡ 房檐下面橫向的槽形排水溝，作用是承接屋面的雨水，然後由豎管引到地面。有的地區叫水落。

【檐口】yánkǒu ㄧㄢˊ ㄎㄡˇ 房檐邊滴水的地方。

【檐溜】yánliù ㄧㄢˊ ㄌㄧㄡˋ 順着房檐往下流的雨水或雪水。

【檐子】yán·zi ㄧㄢˊ ·ㄗ 房檐。

顏(颜) yán ㄧㄢˊ ❶臉；臉上的表情：容顏｜和顏悦色｜笑逐顏開。❷體面；面子：無顏見人。❸顏色①：顏料｜五顏六色。❹(Yán)姓。

【顏料】yánliào ㄧㄢˊ ㄌㄧㄠˋ 用來着色的物質，種類很多，如硃砂、鋅白等。

【顏面】yánmiàn ㄧㄢˊ ㄇㄧㄢˋ ❶臉部：顏面神經。❷體面；面子：顧全顏面。

【顏容】yánróng ㄧㄢˊ ㄖㄨㄥˊ 容顏；面容：顏容枯槁。

【顏色】yánsè ㄧㄢˊ ㄙㄜˋ ❶由物體發射、反射或透過的光波通過視覺所產生的印象：顏色鮮艷｜彩虹有七種顏色。❷〈書〉指面貌；容貌：顏色憔悴。❸指臉上的表情：現出羞愧的顏色。❹指顯示給人看的厲害的臉色或行動：給他一點顏色看看。

【顏色】yán·shai ㄧㄢˊ ·ㄕㄞ 顏料或染料。

【顏體】Yán tǐ ㄧㄢˊ ㄊㄧˇ 唐代顏真卿所寫的字體，參用篆書筆意寫楷書，渾厚挺拔，開闊雄偉。

嚴(严) yán ㄧㄢˊ ❶嚴密；緊密：嚴緊｜戒嚴｜謹嚴｜把瓶口封嚴了｜他嘴嚴，從來不亂説。❷嚴厲；嚴格：莊嚴｜威嚴｜嚴辦｜嚴加管束｜紀律很嚴｜坦白從寬，抗拒從嚴。❸程度深；厲害：嚴冬｜嚴寒｜嚴刑。❹指父親：家嚴。❺(Yán)姓。

【嚴辦】yánbàn ㄧㄢˊ ㄅㄢˋ 嚴厲懲辦：依法嚴辦。

【嚴懲】yánchéng ㄧㄢˊ ㄔㄥˊ 嚴厲處罰：嚴懲兇犯｜嚴懲不貸(貸：寬恕)。

【嚴詞】yáncí ㄧㄢˊ ㄘˊ 嚴厲的話：嚴詞拒絕。

【嚴冬】yándōng ㄧㄢˊ ㄉㄨㄥ 極冷的冬天。

【嚴防】yánfáng ㄧㄢˊ ㄈㄤˊ 嚴格防止；嚴密防備：嚴防破壞｜嚴防事故發生。

【嚴格】yángé ㄧㄢˊ ㄍㄜˊ 在遵守制度或掌握標準時認真不放鬆：嚴格遵守｜他對自己要求很嚴格。

【嚴寒】yánhán ㄧㄢˊ ㄏㄢˊ (氣候)極冷：天氣嚴寒。

【嚴緊】yán·jǐn ㄧㄢˊ ·ㄐㄧㄣˇ ❶嚴格；嚴厲：管得嚴緊些才對。❷嚴密：窗戶糊得挺嚴緊。

【嚴謹】yánjǐn ㄧㄢˊ ㄐㄧㄣˇ ❶嚴密謹慎：辦事嚴謹。❷嚴密細緻；嚴格：格律嚴謹｜文章結構嚴謹。

【嚴禁】yánjìn ㄧㄢˊ ㄐㄧㄣˋ 嚴格禁止：庫房重地，嚴禁烟火。

【嚴峻】yánjùn ㄧㄢˊ ㄐㄩㄣˋ ❶嚴厲；嚴肅：嚴峻的考驗｜嚴峻的現實｜嚴峻的神情。❷嚴重：形勢嚴峻。

【嚴酷】yánkù ㄧㄢˊ ㄎㄨˋ ❶嚴厲；嚴格：嚴酷的教訓。❷殘酷；冷酷：嚴酷的壓迫｜嚴酷的剝削。

【嚴厲】yánlì ㄧㄢˊ ㄌㄧˋ 嚴肅而厲害：嚴厲打擊｜態度嚴厲｜措辭嚴厲。

【嚴令】yánlìng ㄧㄢˊ ㄌㄧㄥˋ 嚴格命令：嚴令禁止。

【嚴密】yánmì ㄧㄢˊ ㄇㄧˋ ❶事物之間結合得緊，沒有空隙：瓶子蓋得很嚴密｜小説結構嚴密，文字流暢。❷周到；沒有疏漏：消息封鎖得很嚴密｜嚴密注視形勢的發展。❸使嚴密：嚴密規章制度。

【嚴明】yánmíng ㄧㄢˊ ㄇㄧㄥˊ ❶嚴肅而公正(多指法紀)：賞罰嚴明｜紀律嚴明。❷使嚴明：嚴明軍紀｜要嚴明紀律，制止不正之風。

【嚴命】yánmìng ㄧㄢˊ ㄇㄧㄥˋ 〈書〉❶嚴令：嚴命緝查。❷指父親的命令：嚴命難違。

【嚴師】yánshī ㄧㄢˊ ㄕ 指對學生要求嚴格的老師：嚴師諍友｜嚴師出高徒。

【嚴實】yán·shi ㄧㄢˊ ·ㄕ 〈方〉❶嚴密①：門關得挺嚴實｜河裏剛鑿通的冰窟窿又凍嚴實了。❷藏得好，不容易找到。

【嚴守】yánshǒu ㄧㄢˊ ㄕㄡˇ ❶嚴格地遵守：嚴守紀律｜嚴守中立。❷嚴密地保守：嚴守國家機密。

【嚴絲合縫】yán sī hé fèng ㄧㄢˊ ㄙ ㄏㄜˊ ㄈㄥˋ 指縫隙密合。

【嚴肅】yánsù ㄧㄢˊ ㄙㄨˋ ❶(神情、氣氛等)使人感到敬畏的：他是個很嚴肅的人，從來不苟言笑｜會場的氣氛既嚴肅又隆重。❷(作風、態度等)嚴格認真：嚴肅處理。❸使嚴肅：嚴肅黨紀｜嚴肅法制。

【嚴刑】yánxíng ㄧㄢˊ ㄒㄧㄥˊ 極厲害的刑法(xíng·fǎ)或刑罰：嚴刑拷打。

【嚴陣以待】yán zhèn yǐ dài ㄧㄢˊ ㄓㄣˋ ㄧˇ ㄉㄞˋ 擺好嚴整的陣勢，等待來犯的敵人。

【嚴整】yánzhěng ㄧㄢˊ ㄓㄥˇ ❶嚴肅整齊(多指隊伍)：軍容嚴整。❷嚴謹；嚴密：治家嚴整｜畫兒的佈局嚴整。

【嚴正】yánzhèng ㄧㄢˊ ㄓㄥˋ 嚴肅正當：嚴正聲明｜嚴正的立場。

【嚴重】yánzhòng ㄧㄢˊ ㄓㄨㄥˋ 程度深；影響大；情勢危急：病情嚴重｜問題嚴重｜嚴重的後果。

鹽(盐) yán ㄧㄢˊ ❶食鹽的通稱：精鹽｜井鹽。❷由金屬離子(包括銨離子)和酸根離子組成的化合物。常温時一般為晶體，絕大多數是強電解質，在水溶液中和熔融狀態下都能電離。

【鹽巴】yánbā ㄧㄢˊ ㄅㄚ 〈方〉食鹽。

【鹽場】yánchǎng ㄧㄢˊ ㄔㄤˇ 製鹽的場所。

【鹽池】yánchí ㄧㄢˊ ㄔˊ 出產食鹽的鹹水湖。

【鹽分】yánfèn ㄧㄢˊ ㄈㄣˋ 物體內所含的鹽：汗

流得過多，會造成體內鹽分和水分的不足。

【鹽湖】yánhú ㄧㄢˊ ㄏㄨˊ 含鹽量很高的鹹水湖。

【鹽花】yánhuā ㄧㄢˊ ㄏㄨㄚ ❶(鹽花兒)極少量的鹽：湯裏擱點兒鹽花兒。❷〈方〉鹽霜。

【鹽鹼地】yánjiǎndì ㄧㄢˊ ㄐㄧㄢˇ ㄉㄧˋ 土壤中含有較多鹽分的土地，不利於植物生長。

【鹽井】yánjǐng ㄧㄢˊ ㄐㄧㄥˇ 為汲取含鹽質的地下水而挖的井。

【鹽鹵】yánlǔ ㄧㄢˊ ㄌㄨˇ 熬鹽時剩下的液體，是氯化鎂、硫酸鎂和氯化鈉的混合物，黑色，味苦，有毒。可以使豆漿凝結成豆腐。也叫鹵水，簡稱鹵。

【鹽汽水】yánqìshuǐ ㄧㄢˊ ㄑㄧˋ ㄕㄨㄟˇ 加鹽的汽水，主要供高溫下工作的人飲用。

【鹽泉】yánquán ㄧㄢˊ ㄑㄩㄢˊ 礦泉的一種，泉水中含有大量鹽分，用這種泉水可製得食鹽。

【鹽霜】yánshuāng ㄧㄢˊ ㄕㄨㄤ 含鹽分的東西乾燥後表面呈現的白色細鹽粒。

【鹽酸】yánsuān ㄧㄢˊ ㄙㄨㄢ 無機化合物，化學式 HCl。是氯化氫的水溶液，無色透明，含雜質時為淡黃色，有刺激性氣味，是一種強酸。廣泛應用於化學、冶金、石油、印染等工業。也叫氫氯酸。

【鹽灘】yántān ㄧㄢˊ ㄊㄢ 用來曬鹽的海灘、湖灘。

【鹽田】yántián ㄧㄢˊ ㄊㄧㄢˊ 用海水或鹽湖水曬鹽時挖的一排排的四方形的淺坑。

【鹽土】yántǔ ㄧㄢˊ ㄊㄨˇ 含可溶性鹽類過多，不利於作物生長的土壤。

【鹽坨子】yántuó·zi ㄧㄢˊ ㄊㄨㄛˊ ·ㄗ 露天的鹽堆。

【鹽梟】yánxiāo ㄧㄢˊ ㄒㄧㄠ 舊時私販食鹽的人，大多有武裝。

yǎn (ㄧㄢˇ)

奄 yǎn ㄧㄢˇ 〈書〉❶覆蓋；包括：奄有四方。❷忽然；突然：奄忽｜奄然。
〈古〉又同'閹'yān。

【奄忽】yǎnhū ㄧㄢˇ ㄏㄨ 〈書〉忽然；倏忽。

【奄然】yǎnrán ㄧㄢˇ ㄖㄢˊ 〈書〉忽然；奄忽。

【奄奄】yǎnyǎn ㄧㄢˇ ㄧㄢˇ 形容氣息微弱：奄奄一息。

衍[1] yǎn ㄧㄢˇ 〈書〉❶開展；發揮：推衍｜敷衍。❷多餘(指字句)：衍文。

衍[2] yǎn ㄧㄢˇ 〈書〉❶低而平坦的土地：廣衍沃野。❷沼澤。

【衍變】yǎnbiàn ㄧㄢˇ ㄅㄧㄢˋ 演變。

【衍化】yǎnhuà ㄧㄢˇ ㄏㄨㄚˋ 發展變化：這個藥方是綜合幾個秘方衍化而來的。

【衍射】yǎnshè ㄧㄢˇ ㄕㄜˋ 波在傳播時，如果被一個大小近於或小於波長的物體阻擋，就繞過這個物體，繼續進行；如果通過一個大小近於或小於波長的孔，則以孔為中心，形成環形波向前傳播。這種現象叫衍射。也叫繞射。

【衍生】yǎnshēng ㄧㄢˇ ㄕㄥ ❶較簡單的化合物中的原子或原子團被其他原子或原子團置換而生成較複雜的化合物。❷演變發生；產生。

【衍文】yǎnwén ㄧㄢˇ ㄨㄣˊ 因繕寫、刻版、排版錯誤而多出來的字句。

弇 yǎn ㄧㄢˇ 〈書〉覆蓋；遮蔽。

【弇陋】yǎnlòu ㄧㄢˇ ㄌㄡˋ 〈書〉見識淺陋。

兗(兖) yǎn ㄧㄢˇ 兗州(Yǎnzhōu ㄧㄢˇ ㄓㄡ)，地名，在山東。

剡 yǎn ㄧㄢˇ 〈書〉❶削尖：剡木為楫。❷銳利。
另見1001頁 Shàn。

掩(揜) yǎn ㄧㄢˇ ❶遮蓋；掩蔽：掩口而笑｜掩人耳目｜掩着懷(上衣遮蓋着胸膛而不扣紐釦)。❷關；合：掩卷｜虛掩着房門。❸〈方〉關門或合上箱蓋等物時被夾住：手被門掩了一下。❹〈書〉乘人不備(襲擊、捕捉)：掩殺｜掩捕。

【掩鼻】yǎnbí ㄧㄢˇ ㄅㄧˊ 捂住鼻子，指對骯髒的東西或醜惡的行為非常厭惡：掩鼻而過。

【掩蔽】yǎnbì ㄧㄢˇ ㄅㄧˋ ❶遮蔽；隱藏：掩蔽部。❷遮蔽的東西或隱蔽的地方：河邊的堤埂很高，正好做我們的掩蔽。

【掩蔽部】yǎnbìbù ㄧㄢˇ ㄅㄧˋ ㄅㄨˋ 保障人員免受敵方炮火傷害的掩蔽工事，一般構築在地下。

【掩藏】yǎncáng ㄧㄢˇ ㄘㄤˊ 隱藏：掩藏內心的痛苦。

【掩耳盜鈴】yǎn ěr dào líng ㄧㄢˇ ㄦˇ ㄉㄠˋ ㄌㄧㄥˊ 把耳朵捂住去偷鈴鐺。比喻自己欺騙自己，明明掩蓋不了的事偏要設法掩蓋。

【掩蓋】yǎngài ㄧㄢˇ ㄍㄞˋ ❶遮蓋①：大雪掩蓋着田野。❷隱藏；隱瞞：掩蓋罪行｜掩蓋不住內心的喜悅。

【掩護】yǎnhù ㄧㄢˇ ㄏㄨˋ ❶對敵採取警戒、牽制、壓制等手段，保障部隊或人員行動的安全。❷採取某種方式暗中保護或不使暴露：打掩護。❸指作戰時遮蔽身體的工事、山崗、樹木等。

【掩埋】yǎnmái ㄧㄢˇ ㄇㄞˊ 用泥土等蓋在上面；埋葬：掩埋屍體。

【掩人耳目】yǎn rén ěr mù ㄧㄢˇ ㄖㄣˊ ㄦˇ ㄇㄨˋ 遮着別人的耳朵和眼睛。比喻以假象矇騙別人。

【掩殺】yǎnshā ㄧㄢˇ ㄕㄚ 〈書〉乘人不備而襲擊。

【掩飾】yǎnshì ㄧㄢˇ ㄕˋ 設法掩蓋(真實的情況)：掩飾錯誤｜掩飾不住內心的喜悅。

【掩體】yǎntǐ ㄧㄢˇ ㄊㄧˇ 供單個火器射擊或技術器材操作的掩蔽工事，如機槍掩體、雷達掩體等。

【掩眼法】yǎnyǎnfǎ ㄧㄢˇ ㄧㄢˇ ㄈㄚˇ 障眼法。

【掩映】yǎnyìng ㄧㄢˇ ㄧㄥˋ 彼此遮掩而互相襯托：桃紅柳綠相互掩映。

眼 yǎn ㄧㄢˇ ❶人或動物的視覺器官。通稱眼睛。❷(眼兒)小洞；窟窿：泉眼｜炮眼｜拿針扎一個眼兒。❸(眼兒)指事物的關鍵所在：節骨眼兒。❹圍棋用語，成片的白子或黑子中間的空兒，在這個空兒中對手不能下成活棋。❺戲曲中的拍子：二黃慢板，一板三眼。❻量詞，用於井、窑洞：一眼井｜一眼舊窑洞。

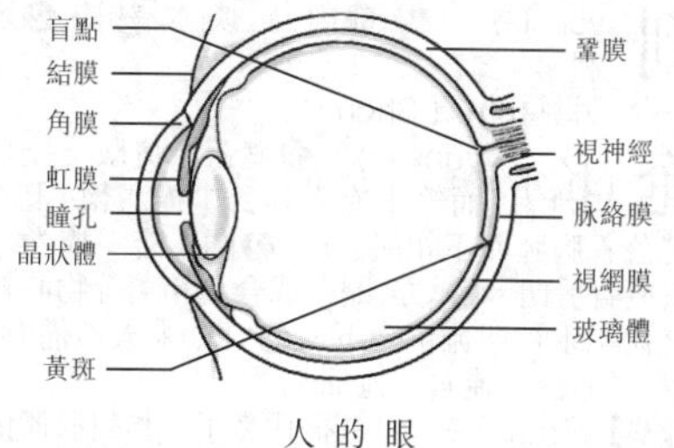

人 的 眼

【眼巴巴】yǎnbābā ㄧㄢˇ ㄅㄚ ㄅㄚ (眼巴巴的) ❶形容急切地盼望：大家眼巴巴地等着他回來。❷形容急切地看着不如意的事情發生而無可奈何：他眼巴巴地看着老鷹把小雞抓走了。

【眼白】yǎnbái ㄧㄢˇ ㄅㄞˊ 〈方〉白眼珠兒。

【眼波】yǎnbō ㄧㄢˇ ㄅㄛ 形容流動如水波的目光(多指女子的)。

【眼岔】yǎnchà ㄧㄢˇ ㄔㄚˋ 〈方〉看錯；認錯：剛才看見的不是蠍子，是我眼岔了。

【眼饞】yǎnchán ㄧㄢˇ ㄔㄢˊ 看見自己喜愛的事物極想得到。

【眼眵】yǎnchī ㄧㄢˇ ㄔ 見152頁'眵'。

【眼袋】yǎndài ㄧㄢˇ ㄉㄞˋ 指下眼皮微微凸起的部分。

【眼底】yǎndǐ ㄧㄢˇ ㄉㄧˇ ❶醫學上指用某種器械通過瞳孔所能觀察到的眼內構造。如脉絡膜、視網膜、視神經乳頭等。❷眼睛跟前；眼裏：登樓一望，全城景色盡收眼底。

【眼底下】yǎn dǐ·xia ㄧㄢˇ ㄉㄧˇ ·ㄒㄧㄚ ❶眼睛跟前：他的眼睛近視得厲害，放到眼底下才看得清。❷目前：以後的事以後再說，眼底下的事要緊。‖也說眼皮底下。

【眼點】yǎndiǎn ㄧㄢˇ ㄉㄧㄢˇ 某些低等生物的感覺器官，通常是紅色的小圓點，能感受溫度和光綫的刺激。

【眼福】yǎnfú ㄧㄢˇ ㄈㄨˊ 看到珍奇或美好事物的福分：眼福不淺｜以飽眼福。

【眼高手低】yǎn gāo shǒu dī ㄧㄢˇ ㄍㄠ ㄕㄡˇ ㄉㄧ 自己要求的標準高，而實際工作的能力低。

【眼格】yǎngé ㄧㄢˇ ㄍㄜˊ 〈方〉眼界。

【眼光】yǎnguāng ㄧㄢˇ ㄍㄨㄤ ❶視綫：大家的眼光都集中到他身上。❷觀察鑒別事物的能力；眼力：這輛車挑得好，你真有眼光。❸指觀點：老眼光｜用發展的眼光看問題。

【眼黑】yǎnhēi ㄧㄢˇ ㄏㄟ 〈方〉黑眼珠兒。

【眼紅】yǎnhóng ㄧㄢˇ ㄏㄨㄥˊ ❶看見別人有名有利或有好的東西時非常羨慕、忌妒，自己也想得到：看哥哥買輛新車，弟弟有點眼紅。❷激怒的樣子：仇人見面，分外眼紅。

【眼花】yǎnhuā ㄧㄢˇ ㄏㄨㄚ 看東西模糊不清：頭昏眼花。

【眼花繚亂】yǎnhuā liáoluàn ㄧㄢˇ ㄏㄨㄚ ㄌㄧㄠˊ ㄌㄨㄢˋ 眼睛看見複雜紛繁的東西而感到迷亂。

【眼犄角兒】yǎnjījiǎor ㄧㄢˇ ㄐㄧ ㄐㄧㄠˇㄦ 〈方〉眼角。

【眼疾手快】yǎn jí shǒu kuài ㄧㄢˇ ㄐㄧˊ ㄕㄡˇ ㄎㄨㄞˋ 見1054頁〖手疾眼快〗。

【眼尖】yǎn jiān ㄧㄢˇ ㄐㄧㄢ 眼力好，視覺鋭敏：還是你眼尖，一眼就認出了他。

【眼瞼】yǎnjiǎn ㄧㄢˇ ㄐㄧㄢˇ 眼睛周圍能開閉的皮，邊緣長着睫毛。眼瞼和睫毛都有保護眼球的作用。也叫瞼，通稱眼皮。

【眼見】yǎnjiàn ㄧㄢˇ ㄐㄧㄢˋ 馬上；眼看：眼見就要立冬了，棉衣還沒做好。

【眼見得】yǎnjiàn·de ㄧㄢˇ ㄐㄧㄢˋ ·ㄉㄜ 〈方〉顯然(多用於不如意的事情)：病人眼見得不行了。

【眼角】yǎnjiǎo ㄧㄢˇ ㄐㄧㄠˇ (眼角兒)眥(zì)的通稱，內眥叫大眼角，外眥叫小眼角。

【眼睫毛】yǎnjiémáo ㄧㄢˇ ㄐㄧㄝˊ ㄇㄠˊ 睫毛。

【眼界】yǎnjiè ㄧㄢˇ ㄐㄧㄝˋ 所見事物的範圍，借指見識的廣度：眼界開闊｜大開眼界。

【眼睛】yǎn·jing ㄧㄢˇ ·ㄐㄧㄥ 眼的通稱。

【眼鏡】yǎnjìng ㄧㄢˇ ㄐㄧㄥˋ (眼鏡兒)戴在眼睛上矯正視力或保護眼睛的透鏡。

【眼鏡蛇】yǎnjìngshé ㄧㄢˇ ㄐㄧㄥˋ ㄕㄜˊ 毒蛇的一種，頸部很粗，上面有一對白邊黑心的環狀斑紋，像一副眼鏡。毒性很大。吃小動物。產在熱帶和亞熱帶地區。

【眼看】yǎnkàn ㄧㄢˇ ㄎㄢˋ ❶馬上：雞叫了三遍，天眼看就要亮了。❷聽憑(不如意的事情發生或發展)：天再旱，我們也不能眼看着莊稼乾死。

【眼眶】yǎnkuàng ㄧㄢˇ ㄎㄨㄤˋ ❶眼皮的邊緣所構成的框兒：眼眶裏含着淚水。❷眼睛周圍的部位：他揉了揉眼眶。‖也叫眼眶子。

【眼淚】yǎnlèi ㄧㄢˇ ㄌㄟˋ 淚液的通稱。

【眼離】yǎnlí ㄧㄢˇ ㄌㄧˊ 〈方〉指視覺一時錯亂而產生幻象：牲口一眼離就驚了。

【眼力】yǎnlì ㄧㄢˇ ㄌㄧˋ ❶視力：眼力越來越差了。❷辨別是非好壞的能力：他的眼力不錯，找到了一個好幫手。

【眼力見兒】yǎnlìjiànr ㄧㄢˇ ㄌㄧˋ ㄐㄧㄢˋㄦ 〈方〉見

機行事的能力：這孩子真有眼力見兒，看見我掃地，就把簸箕拿過來了。

【眼簾】yǎnlián ㄧㄢˇ ㄌㄧㄢˊ 指眼皮或眼內(多用於文學作品)：垂下眼簾｜一片豐收的景色映入眼簾。

【眼眉】yǎnméi ㄧㄢˇ ㄇㄟˊ 〈方〉眉毛。

【眼面前】yǎnmiànqián ㄧㄢˇ ㄇㄧㄢˋ ㄑㄧㄢˊ 〈方〉(眼面前兒) ❶眼前；跟前：眼面前幾件事就夠他忙的了｜他剛從我眼面前過去。❷指日常使用的；常見的：雖說他文化低，眼面前的一些字還認識。

【眼明手快】yǎn míng shǒu kuài ㄧㄢˇ ㄇㄧㄥˊ ㄕㄡˇ ㄎㄨㄞˋ 眼力好，動作快。形容反應快。

【眼目】yǎnmù ㄧㄢˇ ㄇㄨˋ ❶指眼睛：強烈的燈光炫人眼目。❷為人暗中察看情況並通風報信的人：安插眼目。

【眼泡】yǎnpāo ㄧㄢˇ ㄆㄠ (眼泡兒) 上眼皮：肉眼泡兒｜眼泡兒哭腫了。

【眼皮】yǎnpí ㄧㄢˇ ㄆㄧˊ (眼皮兒) 眼瞼的通稱。

【眼皮底下】yǎnpí dǐ·xia ㄧㄢˇ ㄆㄧˊ ㄉㄧˇ ·ㄒㄧㄚ 眼底下。也說眼皮子底下。

【眼皮子】yǎnpí·zi ㄧㄢˇ ㄆㄧˊ ·ㄗ ❶眼皮：睏得眼皮子都睜不開了。❷指眼界，見識：眼皮子高｜眼皮子淺。

【眼前】yǎnqián ㄧㄢˇ ㄑㄧㄢˊ ❶眼睛前面；跟前：眼前是一片金黃色的麥田。❷目前。

【眼前虧】yǎnqiánkuī ㄧㄢˇ ㄑㄧㄢˊ ㄎㄨㄟ 指當時就會受到的損害：好漢不吃眼前虧。

【眼淺】yǎnqiǎn ㄧㄢˇ ㄑㄧㄢˇ 見識淺；眼光短。

【眼球】yǎnqiú ㄧㄢˇ ㄑㄧㄡˊ 眼的主要組成部分，呈球形，外部由角膜、鞏膜、脈絡膜、視網膜等薄膜構成，內部有水狀液、晶狀體和玻璃體，中央有一個圓形的瞳孔。眼球通過視網膜上的視神經末梢與中樞神經系統聯繫，外界物體在視網膜上構成物像刺激視神經發生興奮，傳遞到大腦皮層即產生視覺。通稱眼珠子。

【眼圈】yǎnquān ㄧㄢˇ ㄑㄩㄢ (眼圈兒) 眼眶。

【眼熱】yǎnrè ㄧㄢˇ ㄖㄜˋ 看見好的事物而希望得到：她見了這些花布怪眼熱的。

【眼色】yǎnsè ㄧㄢˇ ㄙㄜˋ ❶向人示意的目光：遞了個眼色｜使了個眼色｜看他的眼色行事。❷指見機行事的能力：做買賣要多長眼色｜你這沒眼色的糊塗蟲！

【眼梢】yǎnshāo ㄧㄢˇ ㄕㄠ 〈方〉靠近兩鬢的眼角。

【眼神】yǎnshén ㄧㄢˇ ㄕㄣˊ ❶眼睛的神態：人們都用異樣的眼神看着他。❷〈方〉(眼神兒) 眼力①：我眼神兒不好，天一黑就看不清了。

【眼神】yǎn·shen ㄧㄢˇ ·ㄕㄣ 〈方〉(眼神兒) 眼色。

【眼生】yǎnshēng ㄧㄢˇ ㄕㄥ 看着不認識或不熟悉：這人看着有點眼生｜幾年不到這兒來，連從前最熟的路也眼生了。

【眼時】yǎnshí ㄧㄢˇ ㄕˊ 〈方〉目前。

【眼屎】yǎnshǐ ㄧㄢˇ ㄕˇ 〈方〉眵。

【眼熟】yǎnshú ㄧㄢˇ ㄕㄨˊ 看着好像認識；見過而想不起是在哪兒見過：這人看着很眼熟。

【眼跳】yǎntiào ㄧㄢˇ ㄊㄧㄠˋ 眼瞼的肌肉緊張而跳動，多由眼睛疲勞或嚴重的沙眼所引起。

【眼窩】yǎnwō ㄧㄢˇ ㄨㄛ (眼窩兒) 眼球所在的凹陷的部分。

【眼下】yǎnxià ㄧㄢˇ ㄒㄧㄚˋ 目前：眼下秋收大忙，農民天不亮就下地了。

【眼綫】[1] yǎnxiàn ㄧㄢˇ ㄒㄧㄢˋ 化妝時在上下眼皮邊沿畫的綫條(多為黑色)：描眼綫。

【眼綫】[2] yǎnxiàn ㄧㄢˇ ㄒㄧㄢˋ 暗中偵察情況、必要時擔任嚮導的人。

【眼影】yǎnyǐng ㄧㄢˇ ㄧㄥˇ 婦女塗在眼皮上的一種裝飾，有藍色、淡褐色、粉紅色等：眼影膏｜眼影粉。

【眼暈】yǎnyùn ㄧㄢˇ ㄩㄣˋ 因視覺關係而發暈。

【眼罩兒】yǎnzhàor ㄧㄢˇ ㄓㄠㄦˋ ❶給牲畜戴的遮眼的東西。❷戴在眼睛上起遮蔽或保護作用的東西。舊時也指風鏡。❸用手平放在額上遮住陽光叫打眼罩兒：他打起眼罩兒向遠處望去。

【眼睜睜】yǎnzhēngzhēng ㄧㄢˇ ㄓㄥ ㄓㄥ (眼睜睜的) 睜着眼睛，多形容發呆、沒有辦法或無動於衷。

【眼中釘】yǎnzhōngdīng ㄧㄢˇ ㄓㄨㄥ ㄉㄧㄥ 比喻心目中最痛恨、最討厭的人。

【眼珠子】yǎnzhū·zi ㄧㄢˇ ㄓㄨ ·ㄗ ❶眼球。也叫眼珠兒。❷比喻最珍愛的人或物品。

【眼拙】yǎnzhuō ㄧㄢˇ ㄓㄨㄛ 客套話，表示沒認出對方是誰或記不清跟對方見過面沒有：恕我眼拙，您貴姓？

偃 yǎn ㄧㄢˇ 〈書〉❶仰面倒下；放倒：偃臥｜偃旗息鼓。❷停止：偃武修文。

【偃旗息鼓】yǎn qí xī gǔ ㄧㄢˇ ㄑㄧˊ ㄒㄧ ㄍㄨˇ 放倒軍旗，停擊戰鼓。指秘密行軍，不暴露目標。也指停止戰鬥。也比喻停止批評、攻擊等。

【偃武修文】yǎn wǔ xiū wén ㄧㄢˇ ㄨˇ ㄒㄧㄡ ㄨㄣˊ 停止武備，提倡文教。

琰 yǎn ㄧㄢˇ 〈書〉一種玉。

棪 yǎn ㄧㄢˇ 古書上說的一種樹，果實像柰。多用於人名。

郾 yǎn ㄧㄢˇ 郾城 (Yǎnchéng ㄧㄢˇ ㄔㄥˊ)，地名，在河南。

晻 yǎn ㄧㄢˇ 〈書〉陰暗不明。另見 9 頁 àn。

扊〔扊〕 yǎn ㄧㄢˇ ［扊扅］(yǎnyí ㄧㄢˇ ㄧˊ)〈書〉門閂。

罨 yǎn ㄧㄢˇ ❶〈書〉捕鳥或捕魚的網。❷覆蓋；敷：熱罨(一種醫療方法)｜拿濕布罨在傷口上。

演 yǎn ㄧㄢˇ ❶演變；演化：演進。❷發揮：演說｜演繹。❸依照程式（練習或計算）：演算｜演武｜演兵場。❹表演技藝；扮演：演奏｜她演過白毛女。

【演變】yǎnbiàn ㄧㄢˇ ㄅㄧㄢˋ 發展變化（指歷時較久的）：宇宙間一切事物都是在不斷演變的。

【演播】yǎnbō ㄧㄢˇ ㄅㄛ （通過廣播電台、電視台）表演並播送（節目）：演播設施｜演播室。

【演唱】yǎnchàng ㄧㄢˇ ㄔㄤˋ 表演（歌曲、戲曲）：演唱會｜演唱京戲。

【演出】yǎnchū ㄧㄢˇ ㄔㄨ 把戲劇、舞蹈、曲藝、雜技等演給觀眾欣賞。

【演化】yǎnhuà ㄧㄢˇ ㄏㄨㄚˋ 演變（多指自然界的變化）：演化過程｜生物的演化。

【演技】yǎnjì ㄧㄢˇ ㄐㄧˋ 表演技巧，指演員運用各種技術和手法創造形象的能力。

【演講】yǎnjiǎng ㄧㄢˇ ㄐㄧㄤˇ 演說；講演：登台演講。

【演進】yǎnjìn ㄧㄢˇ ㄐㄧㄣˋ 演變進化。

【演練】yǎnliàn ㄧㄢˇ ㄌㄧㄢˋ 訓練演習；操練：演練場｜運動員們正在演練各種技巧動作。

【演示】yǎnshì ㄧㄢˇ ㄕˋ 利用實驗或實物、圖表把事物的發展變化過程顯示出來，使人有所認識或理解。

【演說】yǎnshuō ㄧㄢˇ ㄕㄨㄛ 就某個問題對聽眾說明事理，發表見解：演說詞｜發表演說。

【演算】yǎnsuàn ㄧㄢˇ ㄙㄨㄢˋ 按一定原理和公式計算：演算習題。

【演武】yǎnwǔ ㄧㄢˇ ㄨˇ 指練習武藝：演武廳。

【演習】yǎnxí ㄧㄢˇ ㄒㄧˊ 實地練習（多指軍事的）：海軍演習｜實彈演習｜消防演習。

【演戲】yǎn∥xì ㄧㄢˇ∥ㄒㄧˋ 表演戲劇：登台演戲。

【演義】yǎnyì ㄧㄢˇ ㄧˋ ❶〈書〉敷陳義理而加以引申：此劇是取書中若干章節加以編排貫串，演義而成。❷以一定的歷史事迹為背景，以史書及傳說的材料為基礎，增添一些細節，用章回體寫成的小說，如《三國演義》、《隋唐演義》等。

【演繹】yǎnyì ㄧㄢˇ ㄧˋ 一種推理方法，由一般原理推出關於特殊情況下的結論。三段論就是演繹的一種形式（跟'歸納'相對）。

【演員】yǎnyuán ㄧㄢˇ ㄩㄢˊ 參加戲劇、電影、電視、舞蹈、曲藝、雜技等表演的人員。

【演奏】yǎnzòu ㄧㄢˇ ㄗㄡˋ 用樂器表演：演奏小提琴。

蝘 yǎn ㄧㄢˇ 古書上指蟬一類的昆蟲。

縯（缜） yǎn ㄧㄢˇ 〈書〉延長。

厴（厣） yǎn ㄧㄢˇ ❶螺類介殼口圓片狀的蓋，由足部表皮分泌的物質形成。❷蟹腹下面的薄殼。

甗〔甗〕 yǎn ㄧㄢˇ 古代炊具，中部有箅子。

龑（䶮） yǎn ㄧㄢˇ 五代時南漢劉龑為自己名字造的字。

儼（俨） yǎn ㄧㄢˇ 〈書〉❶莊重。❷很像。

【儼然】yǎnrán ㄧㄢˇ ㄖㄢˊ〈書〉❶形容莊嚴：望之儼然。❷形容齊整：屋舍儼然。❸形容很像：這孩子說起話來儼然是個大人。

【儼如】yǎnrú ㄧㄢˇ ㄖㄨˊ 十分像：日光燈下儼如白晝。

魘〔魘〕（魇） yǎn ㄧㄢˇ ❶發生夢魘：魘住了。❷〈方〉說夢話。

巘（𪩘） yǎn ㄧㄢˇ 〈書〉山峰；山頂：絕巘（極高的山頂）。

鼴（鼹） yǎn ㄧㄢˇ 哺乳動物，毛黑褐色，嘴尖，眼小。前肢發達，腳掌向外翻，有利爪，適於掘土，後肢細小。白天住在土中，夜晚出來捕食昆蟲，也吃農作物的根。通稱鼴鼠。

黶（黡） yǎn ㄧㄢˇ〈書〉黑色的痣。

yàn （ㄧㄢˋ）

研 yàn ㄧㄢˋ 同'硯'。
另見1315頁 yán。

彥 yàn ㄧㄢˋ 古代指有才德的人。

覎（觃） yàn ㄧㄢˋ 覎口（Yànkǒu ㄧㄢˋ ㄎㄡˇ），地名，在浙江。

晏 yàn ㄧㄢˋ ❶遲：晏起。❷同'宴'③。❸（Yàn）姓。

【晏駕】yànjià ㄧㄢˋ ㄐㄧㄚˋ 君主時代稱帝王死。

唁 yàn ㄧㄢˋ 對遭遇喪事的表示慰問：慰唁｜弔唁｜唁電。

【唁電】yàndiàn ㄧㄢˋ ㄉㄧㄢˋ 慰問死者家屬的電報。

【唁函】yànhán ㄧㄢˋ ㄏㄢˊ 慰問死者家屬的信。

宴 yàn ㄧㄢˋ ❶請人吃酒飯；聚會在一起吃酒飯：宴客｜歡宴。❷酒席；宴會：設宴｜赴宴｜盛宴｜國宴。❸安樂；安閑：宴安（安逸）｜宴樂（安樂）。

【宴安鴆毒】yàn'ān zhèn dú ㄧㄢˋ ㄢ ㄓㄣˋ ㄉㄨˊ 貪圖享樂等於喝毒酒自殺。

【宴爾】yàn'ěr ㄧㄢˋ ㄦˇ 〈書〉安樂。《詩經·邶風·谷風》有'宴爾新昏（婚）'的詩句。後來就用'宴爾'指新婚：宴爾之樂。也作燕爾。

【宴會】yànhuì ㄧㄢˋ ㄏㄨㄟˋ 賓主在一起飲酒吃飯的集會（指比較隆重的）：舉行盛大宴會。

【宴請】yànqǐng ㄧㄢˋ ㄑㄧㄥˇ 設宴招待：宴請外賓。

【宴席】yànxí ㄧㄢˋ ㄒㄧˊ 請客的酒席：承辦

宴席。

堰 yàn ㄧㄢˋ 較低的擋水建築物，作用是提高上游水位，便利灌溉和航運。

硯（砚） yàn ㄧㄢˋ ❶硯台：筆硯｜端硯。❷舊時指有同學關係的（因同學常共筆硯，同學也稱'同硯'）：硯兄｜硯友。

【硯池】yànchí ㄧㄢˋ ㄔˊ 硯台。

【硯滴】yàndī ㄧㄢˋ ㄉㄧ 水注。

【硯台】yàn·tai ㄧㄢˋ·ㄊㄞ 研墨的文具，有石頭的，有瓦的。

雁（鴈） yàn ㄧㄢˋ 鳥類的一屬，形狀略像鵝，頸和翼較長，足和尾較短，羽毛淡紫褐色。善於游泳和飛行。常見的有鴻雁。

【雁過拔毛】yàn guò bá máo ㄧㄢˋ ㄍㄨㄛˋ ㄅㄚˊ ㄇㄠˊ 比喻對經手的事不放過任何機會牟取私利。

【雁行】yànháng ㄧㄢˋ ㄏㄤˊ 鴻雁飛時整齊的行列。借指弟兄。

【雁陣】yànzhèn ㄧㄢˋ ㄓㄣˋ 雁高飛時排成的隊形。

喭 yàn ㄧㄢˋ 〈書〉❶粗魯。❷同'唁'。

焱 yàn ㄧㄢˋ 〈書〉火花；火焰。多用於人名。

焰（燄） yàn ㄧㄢˋ 火苗：火焰◇氣焰。

【焰火】yànhuǒ ㄧㄢˋ ㄏㄨㄛˇ 烟火（yān·huo）。

【焰口】yàn·kou ㄧㄢˋ·ㄎㄡ 佛教用語，形容餓鬼渴望飲食，口吐火焰。和尚做法事向餓鬼施食叫放焰口。

【焰心】yànxīn ㄧㄢˋ ㄒㄧㄣ 火焰最裏面的部分，這部分氣體還沒有氧化，不發光。

堨 yàn ㄧㄢˋ ❶〈方〉兩山之間的山地。❷同'堰'。

厭（厌） yàn ㄧㄢˋ ❶滿足：貪得無厭。❷因過多而不喜歡：看厭了。❸憎惡：厭惡｜厭棄。

【厭煩】yànfán ㄧㄢˋ ㄈㄢˊ 嫌麻煩而討厭：話說了一遍又一遍，都叫人聽厭煩了。

【厭恨】yànhèn ㄧㄢˋ ㄏㄣˋ 厭惡痛恨。

【厭倦】yànjuàn ㄧㄢˋ ㄐㄩㄢˋ 對某種活動失去興趣而不願繼續：下圍棋，他早就厭倦了。

【厭棄】yànqì ㄧㄢˋ ㄑㄧˋ 厭惡而嫌棄：遭人厭棄｜對成績差的學生不應厭棄而應熱情幫助。

【厭食】yànshí ㄧㄢˋ ㄕˊ 食慾不振，不想吃東西：這種新藥主治小兒厭食。

【厭世】yànshì ㄧㄢˋ ㄕˋ 悲觀消極，厭棄人生：悲觀厭世。

【厭惡】yànwù ㄧㄢˋ ㄨˋ （對人或事物）產生很大的反感：大家都厭惡他｜這種無聊的生活令人厭惡。

【厭戰】yànzhàn ㄧㄢˋ ㄓㄢˋ 厭惡戰爭：厭戰情緒。

燕[1]（鷰） yàn ㄧㄢˋ 鳥類的一科，翅膀尖而長，尾巴分開像剪刀。捕食昆蟲，對農作物有益。春天飛到北方，秋天飛到南方，是候鳥。常見的有家燕。

燕[2]（讌、❶醼） yàn ㄧㄢˋ ❶同'宴'①②。❷同'宴'③。

另見1313頁Yān。

【燕爾】yàn'ěr ㄧㄢˋ ㄦˇ 同'宴爾'。

【燕麥】yànmài ㄧㄢˋ ㄇㄞˋ ❶一年生或二年生草本植物，葉子細長而尖，花綠色，小穗有細長的芒。子實可以吃，也可以做飼料。❷這種植物的子實。

【燕雀】yànquè ㄧㄢˋ ㄑㄩㄝˋ 鳥，身體小，嘴圓錐形，喉和胸褐色，雄的頭和背黑色，雌的頭和背暗褐色，邊緣淺黃色。吃昆蟲等。

【燕雀處堂】yàn què chǔ táng ㄧㄢˋ ㄑㄩㄝˋ ㄔㄨˇ ㄊㄤˊ 燕子和麻雀在堂上築窩，自以為十分安全，房子着了火，燕子和麻雀仍然在窩裏作樂，不知道大禍已經臨頭（見於《孔叢子·論勢》）。比喻安居而失去警惕。

【燕尾服】yànwěifú ㄧㄢˋ ㄨㄟˇ ㄈㄨˊ 男子西式晚禮服的一種，黑色，前身較短，後身較長而下端分開像燕子尾巴。

【燕窩】yànwō ㄧㄢˋ ㄨㄛ 金絲燕在海邊岩石間築的巢，是金絲燕吞下海藻後吐出的膠狀物凝結而成的，是一種珍貴的食品。

【燕子】yàn·zi ㄧㄢˋ·ㄗ 家燕的通稱。

諺（谚） yàn ㄧㄢˋ 諺語：古諺｜農諺。

【諺語】yànyǔ ㄧㄢˋ ㄩˇ 在群眾中間流傳的固定語句，用簡單通俗的話反映出深刻的道理。如'三個臭皮匠，賽過諸葛亮'，'三百六十行，行行出狀元'，'天下無難事，只怕有心人'。

贗（赝、贋） yàn ㄧㄢˋ 〈書〉偽造的：贗品。

【贗本】yànběn ㄧㄢˋ ㄅㄣˇ 假託名人手筆的書畫。

【贗幣】yànbì ㄧㄢˋ ㄅㄧˋ 〈書〉偽造的貨幣（多指硬幣）。

【贗鼎】yàndǐng ㄧㄢˋ ㄉㄧㄥˇ 〈書〉偽造的某個鼎。泛指贗品。

【贗品】yànpǐn ㄧㄢˋ ㄆㄧㄣˇ 偽造的文物或藝術品。

嚥（咽） yàn ㄧㄢˋ 使嘴裏的食物或別的東西通過咽頭到食道裏去：嚥唾沫｜細嚼慢嚥｜狼吞虎嚥◇話到嘴邊，又嚥回去了。

'咽'另見1311頁yān；1336頁yè。

【嚥氣】yàn//qì ㄧㄢˋ//ㄑㄧˋ 指人死斷氣。

嬿 yàn ㄧㄢˋ 〈書〉美好。

爓(焰) yàn ㄧㄢˋ 〈書〉同'焰'。

鷃(鹖、鴳) yàn ㄧㄢˋ ［鷃雀］(yànquè ㄧㄢˋ ㄑㄩㄝˋ) 古書上説的一種小鳥。

饜(餍) yàn ㄧㄢˋ 〈書〉❶吃飽。❷滿足。

【饜足】yànzú ㄧㄢˋ ㄗㄨˊ 〈書〉滿足(多指私慾)。

驗(验、騐) yàn ㄧㄢˋ ❶察看；查考：驗貨｜驗血｜查驗｜考驗｜試驗。❷產生預期的效果：靈驗｜應驗｜屢試屢驗。❸預期的效果：效驗。

【驗方】yànfāng ㄧㄢˋ ㄈㄤ 臨牀經驗證明有療效的現成的藥方。

【驗關】yàn∥guān ㄧㄢˋ∥ㄍㄨㄢ 人員出入境時，由海關官員檢驗其證件及攜帶的物品等：辦理驗關手續｜在機場等候驗關。

【驗光】yàn∥guāng ㄧㄢˋ∥ㄍㄨㄤ 檢查眼球晶狀體的屈光度。

【驗看】yànkàn ㄧㄢˋ ㄎㄢˋ 察看；檢驗：驗看指紋｜驗看護照。

【驗墒】yàn∥shāng ㄧㄢˋ∥ㄕㄤ 檢查或測定土壤的濕度。

【驗屍】yàn∥shī ㄧㄢˋ∥ㄕ (司法人員)檢驗人的屍體，確定死亡的原因和過程。

【驗收】yànshōu ㄧㄢˋ ㄕㄡ 按照一定標準進行檢驗而後收下：驗收工作｜大橋竣工驗收後才能交付使用。

【驗算】yànsuàn ㄧㄢˋ ㄙㄨㄢˋ 算題算好以後，再用另外的方法演算一遍，檢驗已得出的運算結果是否正確。驗算多用逆運算，如減法算題用加法，除法算題用乘法。

【驗證】yànzhèng ㄧㄢˋ ㄓㄥˋ 證驗①：驗證數據。

艷(艳、豔) yàn ㄧㄢˋ ❶色彩光澤鮮明好看：艷麗｜嬌艷｜百花爭艷｜這布的花色太艷了，有沒有素一點的？❷指關於愛情方面的；香艷：艷情｜艷史。❸〈書〉羨慕：艷羨。

【艷福】yànfú ㄧㄢˋ ㄈㄨˊ 指男子得到美女歡心的福分。

【艷麗】yànlì ㄧㄢˋ ㄌㄧˋ 鮮明美麗：色彩艷麗｜艷麗奪目｜艷麗的彩虹。

【艷情】yànqíng ㄧㄢˋ ㄑㄧㄥˊ 指關於男女愛情的：艷情小説｜艷情故事。

【艷詩】yànshī ㄧㄢˋ ㄕ 指描寫男女愛情的詩。

【艷史】yànshǐ ㄧㄢˋ ㄕˇ 指關於男女愛情的故事。

【艷羨】yànxiàn ㄧㄢˋ ㄒㄧㄢˋ 〈書〉十分羨慕。

【艷陽】yànyáng ㄧㄢˋ ㄧㄤˊ ❶明亮的太陽：艷陽高照。❷明媚的風光，多指春天：艷陽桃李節｜艷陽天(明媚的春天)。

釅(酽) yàn ㄧㄢˋ (汁液)濃；味厚：這碗茶太釅了｜墨磨得釅釅的。

讞(谳) yàn ㄧㄢˋ 〈書〉審判定罪：定讞。

灩(滟、灧) yàn ㄧㄢˋ 灩澦堆(Yànyù Duī ㄧㄢˋ ㄩˋ ㄉㄨㄟ)，長江瞿塘峽口的巨石。1958 年整治航道時已炸平。

yāng (ㄧㄤ)

央¹ yāng ㄧㄤ 懇求：央求｜央人作保。

央² yāng ㄧㄤ 中心：中央。

央³ yāng ㄧㄤ 〈書〉終止；完結：夜未央｜長樂未央。

【央告】yāng·gao ㄧㄤ ·ㄍㄠ 央求。

【央求】yāngqiú ㄧㄤ ㄑㄧㄡˊ 懇求：再三央求，他才答應。

【央託】yāngtuō ㄧㄤ ㄊㄨㄛ 請託：央託一位朋友辦理。

【央中】yāngzhōng ㄧㄤ ㄓㄨㄥ 舊時文書用語，請某人做中人。

泱 yāng ㄧㄤ ［泱泱］〈書〉❶水面廣闊：湖水泱泱。❷形容氣魄宏大：泱泱大國。

殃 yāng ㄧㄤ ❶禍害：災殃｜遭殃。❷使受禍害：禍國殃民。

【殃及池魚】yāng jí chí yú ㄧㄤ ㄐㄧˊ ㄔˊ ㄩˊ 見147頁〖城門失火，殃及池魚〗。

秧 yāng ㄧㄤ ❶(秧兒)植物的幼苗：樹秧兒｜白菜秧兒｜黃瓜秧兒。❷特指水稻的幼苗：秧田｜插秧。❸某些植物的莖：瓜秧｜豆秧｜白薯秧。❹某些飼養的幼小動物：魚秧。❺〈方〉栽培；畜養：秧幾棵樹｜秧了一池魚。

【秧歌】yāng·ge ㄧㄤ ·ㄍㄜ 主要流行於北方廣大農村的一種民間舞蹈，用鑼鼓伴奏，有的地區也表演故事，跟小歌舞劇相似。跳這種舞叫扭秧歌或鬧秧歌。

【秧歌劇】yāng·gejù ㄧㄤ ·ㄍㄜ ㄐㄩˋ 由秧歌發展而成的歌舞劇，演出簡單，能迅速反映現實。如抗日戰爭時期演的《兄妹開荒》就是秧歌劇。

【秧齡】yānglíng ㄧㄤ ㄌㄧㄥˊ 水稻的幼苗在秧田中生長的時期。

【秧苗】yāngmiáo ㄧㄤ ㄇㄧㄠˊ 農作物的幼苗，通常指水稻的幼苗。

【秧田】yāngtián ㄧㄤ ㄊㄧㄢˊ 培植水稻秧苗的田。

【秧子】yāng·zi ㄧㄤ ·ㄗ ❶秧①：樹秧子。❷秧③：花生秧子。❸秧④：豬秧子。❹〈方〉比喻某種人(多含貶義)：病秧子｜奴才秧子。

鞅 yāng ㄧㄤ (舊讀 yǎng ㄧㄤˇ)古代用馬拉車時安在馬脖子上的皮套子。

另見1327頁 yàng。

鴦(鸯) yāng ㄧㄤ 見1405頁〖鴛鴦〗(yuān·yāng)。

yáng (ㄧㄤˊ)

羊 yáng ㄧㄤˊ ❶哺乳動物，反芻類，一般頭上有一對角，分山羊、綿羊、羚羊等多種。❷(Yáng)姓。

〈古〉又同'祥'xiáng。

【羊腸綫】yángchángxiàn ㄧㄤˊ ㄔㄤˊ ㄒㄧㄢˋ 羊的腸子製成的綫，用於縫合體腔內的傷口或切口。

【羊腸小道】yángcháng xiǎodào ㄧㄤˊ ㄔㄤˊ ㄒㄧㄠˇ ㄉㄠˋ 曲折而極窄的路(多指山路)。

【羊肚兒手巾】yángdǔr shǒu·jin ㄧㄤˊ ㄉㄨㄦˇ ㄕㄡˇ ·ㄐㄧㄣ 〈方〉毛巾。

【羊羔】yánggāo ㄧㄤˊ ㄍㄠ ❶小羊。❷古代汾州(在今山西省)出產的名酒。

【羊羹】yánggēng ㄧㄤˊ ㄍㄥ 用赤小豆粉、瓊脂、砂糖等製成的一種點心。

【羊工】yánggōng ㄧㄤˊ ㄍㄨㄥ 放羊的雇工。

【羊倌】yángguān ㄧㄤˊ ㄍㄨㄢ (羊倌兒)專職放羊的人。

【羊毫】yángháo ㄧㄤˊ ㄏㄠˊ 用羊毛做筆頭的毛筆，比較柔軟。

【羊角】yángjiǎo ㄧㄤˊ ㄐㄧㄠˇ 〈書〉指彎曲而上的旋風。

【羊角風】yángjiǎofēng ㄧㄤˊ ㄐㄧㄠˇ ㄈㄥ 癲癇的通稱。

【羊毛】yángmáo ㄧㄤˊ ㄇㄠˊ 羊的毛，通常指用做紡織原料的。

【羊膜】yángmó ㄧㄤˊ ㄇㄛˊ 人或哺乳動物包裹胎兒的膜，由外胚層和中胚層的一部分組成。

【羊皮紙】yángpízhǐ ㄧㄤˊ ㄆㄧˊ ㄓˇ ❶用羊皮做成的像紙的薄片，用於書寫。❷經硫酸處理而製成的紙，厚而結實，不透油和水，用來包裝物品。

【羊絨】yángróng ㄧㄤˊ ㄖㄨㄥˊ 指山羊腹部的絨毛，纖維柔細，是較好的紡織原料：羊絨衫。

【羊水】yángshuǐ ㄧㄤˊ ㄕㄨㄟˇ 羊膜中的液體。羊水能使胎兒不受外界的震盪，並能減少胎兒在子宮內活動時對母體的刺激。

【羊癇風】yángxiánfēng ㄧㄤˊ ㄒㄧㄢˊ ㄈㄥ 癲癇的通稱。

【羊眼】yángyǎn ㄧㄤˊ ㄧㄢˇ 裝在鏡框、門窗等上面的金屬零件，一端成圓環形，一端有螺紋，便於懸挂或固定。

佯 yáng ㄧㄤˊ 假裝：佯死｜佯攻。

【佯攻】yánggōng ㄧㄤˊ ㄍㄨㄥ 虛張聲勢地進攻。

【佯狂】yángkuáng ㄧㄤˊ ㄎㄨㄤˊ 〈書〉假裝瘋癲。也作陽狂。

【佯言】yángyán ㄧㄤˊ ㄧㄢˊ 〈書〉詐言；說假話。

【佯裝】yángzhuāng ㄧㄤˊ ㄓㄨㄤ 假裝：佯裝驚詫。

垟 yáng ㄧㄤˊ 〈方〉田地。多用於地名，如翁垟、黃垟(都在浙江)。

徉 yáng ㄧㄤˊ 見129頁[徜徉](chángyáng)。

洋 yáng ㄧㄤˊ ❶盛大；豐富：洋溢。❷地球表面上被水覆蓋的廣大地方，約佔地球面積的十分之七，分成四個部分，即太平洋、大西洋、印度洋、北冰洋。❸外國的；外國來的：洋人｜洋貨。❹現代化的(區別於'土')：洋辦法｜土洋結合。❺洋錢；銀元：大洋｜小洋｜罰洋一百元。

【洋白菜】yángbáicài ㄧㄤˊ ㄅㄞˊ ㄘㄞˋ 結球甘藍的通稱。

【洋布】yángbù ㄧㄤˊ ㄅㄨˋ 舊指機器織的平紋布。

【洋財】yángcái ㄧㄤˊ ㄘㄞˊ 指跟外國做買賣得到的財物，泛指意外得到的財物：發洋財。

【洋場】yángchǎng ㄧㄤˊ ㄔㄤˇ 指舊時洋人較多的都市，多指上海(含貶義)：十里洋場。

【洋車】yángchē ㄧㄤˊ ㄔㄜ 人力車②。

【洋瓷】yángcí ㄧㄤˊ ㄘˊ 搪瓷。

【洋蔥】yángcōng ㄧㄤˊ ㄘㄨㄥ ❶多年生草本植物，花莖細長，中空，花小，色白。地下有扁球形的鱗莖，白色或帶紫紅色，是普通蔬菜。❷這種植物的鱗莖。‖也叫葱頭。

【洋緞】yángduàn ㄧㄤˊ ㄉㄨㄢˋ 一種棉織品，表面光潔，像緞子。主要用來做鞋帽沿條和服裝襯裏。

【洋房】yángfáng ㄧㄤˊ ㄈㄤˊ 指歐美式樣的房屋。

【洋橄欖】yánggǎnlǎn ㄧㄤˊ ㄍㄢˇ ㄌㄢˇ 油橄欖的通稱。

【洋鎬】yánggǎo ㄧㄤˊ ㄍㄠˇ 鶴嘴鎬的通稱。

【洋鬼子】yángguǐ·zi ㄧㄤˊ ㄍㄨㄟˇ ·ㄗ 舊時憎稱侵略我國的西洋人。

【洋行】yángháng ㄧㄤˊ ㄏㄤˊ 舊時指外國資本家在中國開設的商行。也指專跟外國商人做買賣的商行。

【洋紅】yánghóng ㄧㄤˊ ㄏㄨㄥˊ ❶粉紅色的顏料。❷較深的粉紅色。

【洋灰】yánghuī ㄧㄤˊ ㄏㄨㄟ 水泥的俗稱。

【洋貨】yánghuò ㄧㄤˊ ㄏㄨㄛˋ 指從外國進口的貨物。

【洋鹼】yángjiǎn ㄧㄤˊ ㄐㄧㄢˇ 〈方〉肥皂。

【洋流】yángliú ㄧㄤˊ ㄌㄧㄡˊ 海洋中朝着一定方向流動的水。也叫海流。

【洋碼子】yángmǎ·zi ㄧㄤˊ ㄇㄚˇ ·ㄗ 〈方〉指阿拉伯數字。

【洋奴】yángnú ㄧㄤˊ ㄋㄨˊ 指崇洋媚外、甘心供外國人驅使的人。

【洋盤】yángpán ㄧㄤˊ ㄆㄢˊ 〈方〉對都市中普通的或時髦的事物缺乏常識、經驗的人。

【洋氣】yáng·qì ㄧㄤˊ ·ㄑㄧˋ ❶指西洋的式樣、風格、習俗等。❷帶洋氣的：打扮得十分洋氣。

【洋錢】yángqián ㄧㄤˊ ㄑㄧㄢˊ 銀元。

【洋琴】yángqín ㄧㄤˊ ㄑㄧㄣˊ 同'揚琴'。

【洋人】yángrén ㄧㄤˊ ㄖㄣˊ 外國人(多指西洋人)。

【洋嗓子】yángsǎng·zi ㄧㄤˊ ㄙㄤˇ ·ㄗ 用西洋發聲方法唱歌的嗓音。

【洋紗】yángshā ㄧㄤˊ ㄕㄚ ❶舊時稱用機器紡的棉紗。❷舊時稱用細棉紗織成的一種平紋細布，質地輕薄，多用來做手絹、蚊帳和夏季服裝等。

【洋鐵】yángtiě ㄧㄤˊ ㄊㄧㄝˇ 鍍錫鐵或鍍鋅鐵的舊稱。

【洋娃娃】yángwá·wa ㄧㄤˊ ㄨㄚˊ ·ㄨㄚ 兒童玩具，模仿外國小孩兒的相貌、服飾做成的小人兒。

【洋文】yángwén ㄧㄤˊ ㄨㄣˊ 指外國的語言文字(多指歐美的)。

【洋務】yángwù ㄧㄤˊ ㄨˋ ❶清末指關於外國的和關於模仿外國的事務。❷香港等地指以外國人為對象的服務行業。

【洋相】yángxiàng ㄧㄤˊ ㄒㄧㄤˋ 見169頁〖出洋相〗。

【洋洋】yángyáng ㄧㄤˊ ㄧㄤˊ ❶形容眾多或豐盛：洋洋萬言｜洋洋大觀。❷同'揚揚'。

【洋洋大觀】yángyáng dà guān ㄧㄤˊ ㄧㄤˊ ㄉㄚˋ ㄍㄨㄢ 形容事物繁多，豐富多采。

【洋洋灑灑】yángyángsǎsǎ ㄧㄤˊ ㄧㄤˊ ㄙㄚˇ ㄙㄚˇ ❶形容文章或談話豐富明快，連續不斷。❷形容規模或氣勢盛大。

【洋溢】yángyì ㄧㄤˊ ㄧˋ (情緒、氣氛等)充分流露：熱情洋溢｜節日的校園，洋溢着歡樂氣氛。

【洋油】yángyóu ㄧㄤˊ ㄧㄡˊ 〈方〉煤油。

【洋芋】yángyù ㄧㄤˊ ㄩˋ 〈方〉馬鈴薯。

【洋裝】[1] yángzhuāng ㄧㄤˊ ㄓㄨㄤ 西服。

【洋裝】[2] yángzhuāng ㄧㄤˊ ㄓㄨㄤ 西式的裝訂方法，裝訂的綫藏在書皮裏面：洋裝書。

烊 yáng ㄧㄤˊ 〈方〉熔化；溶化。另見1327頁 yàng。

揚[1]（扬、敭） yáng ㄧㄤˊ ❶高舉；往上升：飄揚｜趾高氣揚｜揚帆。❷往上撒：揚場｜把種子曬乾揚淨。❸傳播出去：表揚｜頌揚｜讚揚｜揚言。❹指容貌好看：其貌不揚。

揚[2]（扬） Yáng ㄧㄤˊ ❶指江蘇揚州。❷姓。

【揚長】yángcháng ㄧㄤˊ ㄔㄤˊ 大模大樣地離開的樣子：揚長走了｜揚長而去。

【揚長避短】yáng cháng bì duǎn ㄧㄤˊ ㄔㄤˊ ㄅㄧˋ ㄉㄨㄢˇ 發揚長處，避開短處：知人善任，揚長避短｜因地制宜，揚長避短，利用當地資源，發展商品生產。

【揚場】yáng//cháng ㄧㄤˊ//ㄔㄤˊ 把打下來的穀物、豆類等用機器、木鍁等揚起，借風力吹掉殼和塵土，分離出乾淨的子粒。

【揚程】yángchéng ㄧㄤˊ ㄔㄥˊ 水泵向上揚水的高度。

【揚帆】yáng//fān ㄧㄤˊ//ㄈㄢ 扯起帆(開船)：揚帆遠航。

【揚幡招魂】yáng fān zhāo hún ㄧㄤˊ ㄈㄢ ㄓㄠ ㄏㄨㄣˊ 挂幡招回死者的魂靈(迷信)。現多用於比喻。

【揚花】yánghuā ㄧㄤˊ ㄏㄨㄚ 水稻、小麥、高粱等作物開花時，花藥裂開，花粉飛散。

【揚劇】yángjù ㄧㄤˊ ㄐㄩˋ 江蘇地方戲曲劇種之一，原名維揚戲，流行於揚州一帶。

【揚厲】yánglì ㄧㄤˊ ㄌㄧˋ 〈書〉發揚：鋪張揚厲。

【揚眉吐氣】yáng méi tǔ qì ㄧㄤˊ ㄇㄟˊ ㄊㄨˇ ㄑㄧˋ 形容被壓抑的心情得到舒展而快活如意。

【揚名】yáng//míng ㄧㄤˊ//ㄇㄧㄥˊ 傳播名聲：揚名天下。

【揚旗】yángqí ㄧㄤˊ ㄑㄧˊ 鐵路信號的一種，設在車站的兩頭，在立柱上裝着活動的板，板橫着時表示不准火車進站，板向下斜時表示准許進站。

【揚棄】yángqì ㄧㄤˊ ㄑㄧˋ ❶哲學上指事物在新陳代謝過程中，發揚舊事物中的積極因素，拋棄舊事物中的消極因素。❷拋棄。

【揚琴】yángqín ㄧㄤˊ ㄑㄧㄣˊ 弦樂器，把許多根弦安在一個梯形的扁木箱上，用竹製的富有彈性的小槌擊弦而發聲。也作洋琴。

【揚清激濁】yáng qīng jī zhuó ㄧㄤˊ ㄑㄧㄥ ㄐㄧ ㄓㄨㄛˊ 見534頁〖激濁揚清〗。

【揚榷】yángquè ㄧㄤˊ ㄑㄩㄝˋ 〈書〉略舉大要；扼要論述：揚榷古今。

【揚聲器】yángshēngqì ㄧㄤˊ ㄕㄥ ㄑㄧˋ 把電能變成聲音的器件，常見的一種是由磁鐵、綫圈、紙盆等構成的，電流通過綫圈時使紙盆作相應的振動而發出聲音。用在收音機和擴音機上。

【揚水】yángshuǐ ㄧㄤˊ ㄕㄨㄟˇ 用水泵提水：揚水站。

【揚湯止沸】yáng tāng zhǐ fèi ㄧㄤˊ ㄊㄤ ㄓˇ ㄈㄟˋ 把沸水舀起來再倒回去，想叫它不沸騰。比喻辦法不徹底，不能從根本上解決問題。

【揚威】yángwēi ㄧㄤˊ ㄨㄟ 顯示威風：耀武揚威。

【揚言】yángyán ㄧㄤˊ ㄧㄢˊ 故意說出要採取某種行動的話(多含貶義)：揚言要進行報復。

【揚揚】yángyáng ㄧㄤˊ ㄧㄤˊ 得意的樣子：揚揚得意。也作洋洋。

【揚子鱷】yángzǐ'è ㄧㄤˊ ㄗˇ ㄜˋ 鼉(tuó)，因產

於揚子江(長江)而得名。

蛘 yáng ㄧㄤˊ 〈方〉(蛘ㄦ) 指米象一類的昆蟲。有的地區叫蛘子。

陽(阳) yáng ㄧㄤˊ ❶我國古代哲學認為存在於宇宙間的一切事物中的兩大對立面之一(跟'陰'相對，下②到⑦同)：陰陽二氣。❷太陽；日光：陽光｜陽曆｜陽坡｜朝陽｜向陽。❸山的南面；水的北面：衡陽(在衡山之南)｜洛陽(在洛河之北)。❹凸出的：陽文。❺外露的；表面的：陽溝｜陽奉陰違。❻指屬於活人和人世的(迷信)：陽宅｜陽間｜陽壽。❼帶正電的：陽電｜陽極。❽指男性生殖器。❾(Yáng)姓。

【陽春】yángchūn ㄧㄤˊ ㄔㄨㄣ 指春天：陽春三月。

【陽春白雪】yángchūn báixuě ㄧㄤˊ ㄔㄨㄣ ㄅㄞˊ ㄒㄩㄝˇ 戰國時代楚國的一種高雅的歌曲。後來泛指高深的、不通俗的文學藝術，常跟'下里巴人'對舉。

【陽電】yángdiàn ㄧㄤˊ ㄉㄧㄢˋ 正電。

【陽奉陰違】yáng fèng yīn wéi ㄧㄤˊ ㄈㄥˋ ㄧㄣ ㄨㄟˊ 表面上遵從，暗地裏不執行。

【陽剛】yánggāng ㄧㄤˊ ㄍㄤ 指男子在風度、氣概、體魄等方面表現出來的剛強氣質：陽剛之氣。

【陽溝】yánggōu ㄧㄤˊ ㄍㄡ 露在地面上的排水溝。

【陽關道】yángguāndào ㄧㄤˊ ㄍㄨㄢ ㄉㄠˋ 原指古代經過陽關(在今甘肅敦煌西南)通向西域的大道，後來泛指通行便利的大路。比喻有光明前途的道路：你走你的陽關道，我過我的獨木橋。也說陽關大道。

【陽光】yángguāng ㄧㄤˊ ㄍㄨㄤ 日光：陽光燦爛｜陽光充足。

【陽極】yángjí ㄧㄤˊ ㄐㄧˊ ❶電池等直流電源中吸收電子帶正電的電極。乾電池中間的炭精棒就是陽極。也叫正極。❷電子器件中吸收電子的一極。電子管和各種陰極射綫管中都有陽極，接受陰極放射的電子，這一極跟電源的正極相接。

【陽間】yángjiān ㄧㄤˊ ㄐㄧㄢ 人世間(對'陰間'而言)。

【陽狂】yángkuáng ㄧㄤˊ ㄎㄨㄤˊ 同'佯狂'。

【陽離子】yánglízǐ ㄧㄤˊ ㄌㄧˊ ㄗˇ 正離子。

【陽曆】yánglì ㄧㄤˊ ㄌㄧˋ ❶曆法的一類，以地球繞太陽1周的時間(365.24219天)為1年，平年365天，閏年366天，1年分12個月。公曆是陽曆的一種。也叫太陽曆。❷公曆的通稱。

【陽面】yángmiàn ㄧㄤˊ ㄇㄧㄢˋ (陽面ㄦ)(建築物等)向陽的一面。

【陽平】yángpíng ㄧㄤˊ ㄆㄧㄥˊ 普通話字調的第二聲，主要由古漢語平聲字中濁音聲母字分化而成。參看1086頁〖四聲〗②。

【陽畦】yángqí ㄧㄤˊ ㄑㄧˊ 苗牀的一種，設在向陽的地方，四周用土培成框，北面或四周安上風障，夜間或氣溫低時，在框上蓋席或塑料薄膜來保溫。

【陽傘】yángsǎn ㄧㄤˊ ㄙㄢˇ 遮太陽光用的傘。有的地區叫旱傘。

【陽世】yángshì ㄧㄤˊ ㄕˋ 人世間。

【陽壽】yángshòu ㄧㄤˊ ㄕㄡˋ 迷信的人指人活在人世的壽數。

【陽燧】yángsuì ㄧㄤˊ ㄙㄨㄟˋ 古代利用太陽光取火的器具，用銅製成，略像鏡子。

【陽台】yángtái ㄧㄤˊ ㄊㄞˊ 樓房的小平台，有欄杆，可以乘涼、曬太陽或遠望。

【陽痿】yángwěi ㄧㄤˊ ㄨㄟˇ 成年男子性功能障礙的病，陰莖不能勃起或勃起不堅而不能性交。多由前列腺炎症或神經機能障礙等引起。

【陽文】yángwén ㄧㄤˊ ㄨㄣˊ 印章或某些器物上所刻或所鑄的凸出的文字或花紋(跟'陰文'相對)。

【陽性】yángxìng ㄧㄤˊ ㄒㄧㄥˋ ❶診斷疾病時對進行某種試驗或化驗所得結果的表示方法。說明體內有某種病原體存在或對某種藥物有過敏反應，例如注射結核菌素後有紅腫等反應時叫做結核菌素試驗陽性。❷某些語言裏名詞(以及代詞、形容詞)分別陰性、陽性，或陰性、陽性、中性。參看'性'⑥。

【陽性植物】yángxìng zhíwù ㄧㄤˊ ㄒㄧㄥˋ ㄓˊ ㄨˋ 在陽光充足的條件下才生長得好的植物，如松樹和一般的農作物。也叫喜光植物。

【陽韻】yángyùn ㄧㄤˊ ㄩㄣˋ 音韻學家根據古韻母的性質，把字音分成三類：韻尾是b，d，g的叫入聲；韻尾是m，n，ng的叫陽韻；入聲和陽韻以外的叫陰韻。陽韻和陰韻的字調各有平聲、上聲、去聲三類。

【陽宅】yángzhái ㄧㄤˊ ㄓㄞˊ 迷信的人稱住宅(對'陰宅'而言)。

瑒(玚) yáng ㄧㄤˊ 古代的一種玉。另見132頁chàng。

楊(杨) yáng ㄧㄤˊ ❶楊樹，落葉喬木，葉子互生，卵形或卵狀披針形，柔荑花序，種類很多，有銀白楊、毛白楊、小葉楊等。❷(Yáng)姓。

【楊輝三角】yáng huī sānjiǎo ㄧㄤˊ ㄏㄨㄟ ㄙㄢ ㄐㄧㄠˇ 二項式$(a+b)$的n $(n=0，1，2，3，\cdots)$次方展開式的係數依次可排列成一個三角形的數表：

1
1 1
1 2 1
1 3 3 1
1 4 6 4 1
1 5 10 10 5 1

這個數表見於我國南宋數學家楊輝的《詳解九章算法》，後來叫做楊輝三角。因《詳解九章算法》指出北宋數學家賈憲已用這個數表開高次方，所以也叫賈憲三角。

【楊柳】yángliǔ ㄧㄤˊ ㄌㄧㄡˇ ❶楊樹和柳樹。❷泛指柳樹。

【楊梅】yángméi ㄧㄤˊ ㄇㄟˊ ❶常綠灌木或喬木，葉子狹長，花褐色，雌雄異株。果實表面有粒狀突起，紫紅色或白色，味酸甜，可以吃。❷這種植物的果實。❸〈方〉草莓。❹〈方〉梅毒。

【楊梅瘡】yángméichuāng ㄧㄤˊ ㄇㄟˊ ㄔㄨㄤ 〈方〉梅毒。

暘(旸) yáng ㄧㄤˊ 〈書〉❶日出。❷晴；晴天。

【暘谷】yánggǔ ㄧㄤˊ ㄍㄨˇ 古書上指日出的地方。

煬(炀) yáng ㄧㄤˊ 〈書〉❶熔化金屬。❷火旺。

瘍(疡) yáng ㄧㄤˊ ❶〈書〉瘡。❷潰爛：潰瘍。

鍚(钖) yáng ㄧㄤˊ 〈書〉馬額上的裝飾物。

颺(飏) yáng ㄧㄤˊ 飛揚；飄揚。

yǎng (ㄧㄤˇ)

仰 yǎng ㄧㄤˇ ❶臉向上(跟'俯'相對)：仰視｜仰望｜仰天大笑。❷敬慕：仰慕｜敬仰｜信仰。❸依靠；依賴：仰仗｜仰人鼻息。❹舊時公文用語。上行文中用在'請、祈、懇'等字之前，表示恭敬；下行文中表示命令，如'仰.即.遵.照'。❺(Yǎng)姓。

【仰八叉】yǎng·bachā ㄧㄤˇ ·ㄅㄚ ㄔㄚ 身體向後跌倒的姿勢，也泛指仰臥的姿式：摔了個仰八叉。也說仰八腳兒。

【仰承】yǎngchéng ㄧㄤˇ ㄔㄥˊ ❶〈書〉依靠；依賴。❷敬辭，遵從對方的意圖：仰承意旨。

【仰給】yǎngjǐ ㄧㄤˇ ㄐㄧˇ 仰仗別人供給：仰給於人。

【仰角】yǎngjiǎo ㄧㄤˇ ㄐㄧㄠˇ 視綫在水平綫以上時，在視綫所在的垂直平面內，視綫與水平綫所成的角叫做仰角。

仰角

【仰殼】yǎngké ㄧㄤˇ ㄎㄜˊ 〈方〉(仰殼兒)仰八叉：摔了個大仰殼。也說後仰殼。

【仰賴】yǎnglài ㄧㄤˇ ㄌㄞˋ 依靠：仰賴他人。

【仰面】yǎngmiàn ㄧㄤˇ ㄇㄧㄢˋ 臉朝上：仰面跌倒。

【仰慕】yǎngmù ㄧㄤˇ ㄇㄨˋ 敬仰思慕：仰慕已久。

【仰人鼻息】yǎng rén bíxī ㄧㄤˇ ㄖㄣˊ ㄅㄧˊ ㄒㄧ 比喻依賴人，看人的臉色行事。

【仰韶文化】Yǎngsháo wénhuà ㄧㄤˇ ㄕㄠˊ ㄨㄣˊ ㄏㄨㄚˋ 我國黃河流域新石器時代的一種文化，因最早發現於河南澠池仰韶村而得名。遺物中常有帶彩色花紋的陶器，所以也曾稱為彩陶文化。

【仰視】yǎngshì ㄧㄤˇ ㄕˋ 抬起頭向上看：仰視天空。

【仰天】yǎngtiān ㄧㄤˇ ㄊㄧㄢ 仰望天空：仰天長嘆。

【仰望】yǎngwàng ㄧㄤˇ ㄨㄤˋ ❶抬着頭向上看：仰望藍天。❷〈書〉敬仰而有所期望：萬眾仰望。

【仰臥】yǎngwò ㄧㄤˇ ㄨㄛˋ 臉朝上躺着。

【仰泳】yǎngyǒng ㄧㄤˇ ㄩㄥˇ 游泳的一種姿勢，也是游泳項目之一。身體仰臥水面，用臂划水，用腳打水。

【仰仗】yǎngzhàng ㄧㄤˇ ㄓㄤˋ 依靠；依賴：此事還得仰仗諸位大力支持。

氧 yǎng ㄧㄤˇ 氣體元素，符號 O (oxygenium)。無色無臭無味，能助燃，化學性質很活潑。氧在空氣中約佔 1/5 是人和動植物呼吸所必需的氣體，在工業上用途很廣。通稱氧氣。

【氧割】yǎnggē ㄧㄤˇ ㄍㄜ 用氧炔吹管的火焰來切割金屬製品。

【氧化】yǎnghuà ㄧㄤˇ ㄏㄨㄚˋ 指物質跟氧化合。也泛指物質在化學反應中失去電子或電子對偏離。如鐵生銹、煤燃燒等。氧化和還原是伴同發生的。

【氧化劑】yǎnghuàjì ㄧㄤˇ ㄏㄨㄚˋ ㄐㄧˋ 在氧化還原反應中得到電子或電子對偏近的反應物。氧化劑能氧化其他物質而自身被還原。

【氧氣】yǎngqì ㄧㄤˇ ㄑㄧˋ 氧的通稱。

【氧炔吹管】yǎngquē chuīguǎn ㄧㄤˇ ㄑㄩㄝ ㄔㄨㄟ ㄍㄨㄢˇ 用氧和乙炔做燃料的吹管，產生的火焰溫度可達 3,500°C，工業上多用來焊接和切割金屬。參看182頁〖吹管〗。

養(养) yǎng ㄧㄤˇ ❶供給生活資料或生活費用：撫養｜贍養｜養家活口。❷飼養(動物)；培植(花草)：養豬｜養蠶｜養花。❸生育：她養了一個兒子。❹撫養的(非親生的)：養子｜養女｜養父｜養母。❺培養：他從小養成了愛勞動的習慣。❻使身心得到滋補或休息，以增進精力或恢復健康：保養｜休養｜療養｜營養｜養料｜養精蓄銳。❼修養：教養｜學養有素。❽養護①：養路。❾(毛髮)留長；蓄起不剪。❿扶植；扶助：以農養牧，以牧促農。

【養兵】yǎng//bīng ㄧㄤˇ//ㄅㄧㄥ 指供養和訓練士兵：養兵千日，用兵一時。

【養病】yǎng//bìng ㄧㄤˇ//ㄅㄧㄥˋ 因患病而休養：安心養病。

【養地】yǎng//dì ㄧㄤˇ//ㄉㄧˋ 採取施肥、輪作等措施提高土地肥力。

【養分】yǎngfèn ㄧㄤˇ ㄈㄣˋ 物質中所含的能供給有機體營養的成分。

【養父】yǎngfù ㄧㄤˇ ㄈㄨˋ 指撫養自己的非生身父親。

【養虎遺患】yǎng hǔ yí huàn ㄧㄤˇ ㄏㄨˇ ㄧˊ ㄏㄨㄢˋ 比喻縱容敵人，給自己留下後患。

【養護】yǎnghù ㄧㄤˇ ㄏㄨˋ ❶保養維護：養護公路｜加強設備養護工作｜精心養護古樹名木。❷調養護理：經過一段時間養護，傷口就愈合了。

【養活】yǎng·huo ㄧㄤˇ·ㄏㄨㄛ ❶供給生活資料或生活費用：他還要養活老母親。❷飼養(動物)：農場今年養活了上千頭豬，上萬隻雞。❸〈方〉生育。

【養家】yǎng//jiā ㄧㄤˇ//ㄐㄧㄚ 供給家庭成員生活所需：掙錢養家｜養家餬口。

【養老】yǎng//lǎo ㄧㄤˇ//ㄌㄠˇ ❶奉養老人：養老送終。❷指年老閑居休養：居家養老。

【養老院】yǎnglǎoyuàn ㄧㄤˇ ㄌㄠˇ ㄩㄢˋ 由公家或集體辦的收養孤獨老人的機構。也叫敬老院。

【養廉】yǎnglián ㄧㄤˇ ㄌㄧㄢˊ 〈書〉培養廉潔的操守：儉以養廉。

【養料】yǎngliào ㄧㄤˇ ㄌㄧㄠˋ 能供給有機體營養的物質。

【養路】yǎng//lù ㄧㄤˇ//ㄌㄨˋ 養護公路或鐵路：養路工｜養路費。

【養母】yǎngmǔ ㄧㄤˇ ㄇㄨˇ 指撫養自己的非生身母親。

【養女】yǎngnǚ ㄧㄤˇ ㄋㄩˇ 指領養的女兒。

【養氣】yǎngqì ㄧㄤˇ ㄑㄧˋ 〈書〉❶培養品德；增進涵養功夫。❷古代道家的一種修煉方法。

【養人】yǎngrén ㄧㄤˇ ㄖㄣˊ 對人體有保養作用：喝粥養人。

【養傷】yǎng//shāng ㄧㄤˇ//ㄕㄤ 因受傷而休養。

【養神】yǎng//shén ㄧㄤˇ//ㄕㄣˊ 保持身體和心理的平靜狀態，以消除疲勞：閉目養神。

【養生】yǎngshēng ㄧㄤˇ ㄕㄥ 保養身體：養生之道。

【養媳婦】yǎngxífù ㄧㄤˇ ㄒㄧˊ ㄈㄨˋ 〈方〉童養媳。

【養性】yǎngxìng ㄧㄤˇ ㄒㄧㄥˋ 陶冶本性：修真養性。

【養癰成患】yǎng yōng chéng huàn ㄧㄤˇ ㄩㄥ ㄔㄥˊ ㄏㄨㄢˋ 比喻姑息壞人壞事，結果受到禍害。也說養癰遺患。

【養育】yǎngyù ㄧㄤˇ ㄩˋ 撫養和教育：養育子女｜養育之恩。

【養殖】yǎngzhí ㄧㄤˇ ㄓˊ 培育和繁殖(水產動植物)：養殖業｜養殖海帶。

【養子】yǎngzǐ ㄧㄤˇ ㄗˇ 指領養的兒子。

【養尊處優】yǎng zūn chǔ yōu ㄧㄤˇ ㄗㄨㄣ ㄔㄨˇ ㄧㄡ 生活在優裕的環境中(多含貶義)。

癢(痒) yǎng ㄧㄤˇ 皮膚或黏膜受到輕微刺激時引起的想撓的感覺。

【癢癢】yǎng·yang ㄧㄤˇ·ㄧㄤ 癢。

yàng (ㄧㄤˋ)

怏 yàng ㄧㄤˋ 見下。

【怏然】yàngrán ㄧㄤˋ ㄖㄢˊ 〈書〉❶形容不高興的樣子：怏然不悅。❷形容自大的樣子：怏然自足。

【怏怏】yàngyàng ㄧㄤˋ ㄧㄤˋ 形容不滿意或不高興的神情：怏怏不樂｜怏怏不得志。

恙 yàng ㄧㄤˋ 〈書〉病：偶染微恙◇安然無恙(沒受損傷或沒發生意外)。

烊 yàng ㄧㄤˋ 見209頁〖打烊〗。另見1324頁 yáng。

鞅 yàng ㄧㄤˋ 見847頁〖牛鞅〗。另見1322頁 yāng。

漾 yàng ㄧㄤˋ ❶水面微微動盪：盪漾。❷液體太滿而向外流：漾奶｜眼裏漾着淚｜這碗湯盛得太滿，都漾出來了◇臉上漾出了笑容。❸〈方〉小的湖泊。

【漾奶】yàng//nǎi ㄧㄤˋ//ㄋㄞˇ 嬰兒吃過奶後吐出，多因一次吃得太多。

樣(样) yàng ㄧㄤˋ (樣兒)❶樣子①：樣式｜模樣｜圖樣｜新樣兒的。❷樣子②：兩年沒見，他還是那個樣兒。❸樣子③：樣品｜樣本｜貨樣｜榜樣。❹量詞，表示事物的種類：四樣兒點心｜他的功課樣樣兒都好｜商店雖小，各樣貨物俱全。❺樣子④：看樣兒我們隊今天要輸。

【樣板】yàngbǎn ㄧㄤˋ ㄅㄢˇ ❶板狀的樣品。❷工業或工程上指供比照或檢驗尺寸、形狀、光潔度等用的板狀工具。❸比喻學習的榜樣。

【樣本】yàngběn ㄧㄤˋ ㄅㄣˇ ❶商品圖樣的印本或剪貼紙張、織物而成的本子。❷出版物的作為樣品的本子。

【樣稿】yànggǎo ㄧㄤˋ ㄍㄠˇ 作為樣品的部分書稿，用來徵求意見或送有關的人審閱。

【樣機】yàngjī ㄧㄤˋ ㄐㄧ 製造出來作為樣品的機器。

【樣款】yàngkuǎn ㄧㄤˋ ㄎㄨㄢˇ 樣式；款式。

【樣片】yàngpiàn ㄧㄤˋ ㄆㄧㄢˋ 攝製出來供審查

的電影片或電視片。

【樣品】yàngpǐn ㄧㄤˋ ㄆㄧㄣˇ 做樣子的物品(多用於商品推銷或材料試驗)：服裝樣品。

【樣式】yàngshì ㄧㄤˋ ㄕˋ 式樣；形式：樣式美觀｜建築樣式新穎。

【樣書】yàngshū ㄧㄤˋ ㄕㄨ 作為樣品的書。

【樣張】yàngzhāng ㄧㄤˋ ㄓㄤ ❶印刷出來作為樣品的單頁、散頁。❷指繪有服裝樣式的大張紙樣：衣服樣張。

【樣子】yàng·zi ㄧㄤˋ·ㄗ ❶形狀：這件衣服樣子很好看。❷人的模樣或神情：小姑娘的樣子真愛人兒｜高高興興的樣子。❸作為標準或代表，供人看或模仿的事物：鞋樣子｜就照這個樣子做。❹形勢；趨勢：天要下雨的樣子｜看樣子今天觀眾要超過三千人。

yāo (ㄧㄠ)

幺(么) yāo ㄧㄠ ❶數目中的'一'叫'幺'(只能單用，不能組成合成數詞，也不能帶量詞，舊時指色子和骨牌中的一點，現在說數字時也用來代替'1')。❷〈方〉排行最小的：幺叔｜幺妹。❸〈書〉細；小：幺小｜幺麼(mó)。❹(Yāo)姓。

'么'另見768頁·ma'嘛'；768頁'嗎'；781頁·me'麼'。

【幺蛾子】yāo'é·zi ㄧㄠ ㄜˊ·ㄗ 〈方〉鬼點子；壞主意：他就會出幺蛾子戲弄人。

【幺麼】yāomó ㄧㄠ ㄇㄛˊ 〈書〉微小：幺麼小丑(指微不足道的壞人)。

夭1(殀) yāo ㄧㄠ 夭折：夭亡｜壽夭(長壽與夭折；壽命長短)。

夭2 yāo ㄧㄠ 〈書〉形容草木茂盛：夭桃穠李。

【夭矯】yāojiǎo ㄧㄠ ㄐㄧㄠˇ 〈書〉屈曲而有氣勢：夭矯婆娑的古柏。

【夭亡】yāowáng ㄧㄠ ㄨㄤˊ 短命；夭折。

【夭折】yāozhé ㄧㄠ ㄓㄜˊ ❶未成年而死。❷比喻事情中途失敗。

吆(吆) yāo ㄧㄠ 大聲喊：吆牲口｜吆五喝六。

【吆喝】yāo·he ㄧㄠ·ㄏㄜ 大聲喊叫(多指叫賣東西、趕牲口、呼喚等)：吆喝牲口｜小販沿街吆喝｜你去吆喝幾個人來搬行李。

【吆五喝六】yāo wǔ hè liù ㄧㄠ ㄨˇ ㄏㄜˋ ㄌㄧㄡˋ ❶擲色子時的喊叫聲(五、六是色子的點子)。泛指賭博時的喧譁聲。❷〈方〉形容盛氣凌人的樣子：整天吆五喝六地抖威風。

妖 yāo ㄧㄠ ❶妖怪：妖魔｜妖精。❷邪惡而迷惑人的：妖言｜妖術｜妖道｜妖人。❸裝束奇特，作風不正派(多指女性)：妖裏妖氣。❹〈書〉艷麗；嫵媚：妖嬈。

【妖風】yāofēng ㄧㄠ ㄈㄥ 神話中妖魔興起的風。今比喻邪惡的風氣、潮流。

【妖怪】yāo·guài ㄧㄠ·ㄍㄨㄞˋ 神話、傳說、童話中所說形狀奇怪可怕、有妖術、會害人的精靈。

【妖精】yāo·jing ㄧㄠ·ㄐㄧㄥ ❶妖怪。❷比喻以姿色迷人的女子。

【妖媚】yāomèi ㄧㄠ ㄇㄟˋ 嫵媚而不正派。

【妖魔】yāomó ㄧㄠ ㄇㄛˊ 妖怪。

【妖魔鬼怪】yāo mó guǐ guài ㄧㄠ ㄇㄛˊ ㄍㄨㄟˇ ㄍㄨㄞˋ 妖怪和魔鬼。比喻各色各樣的邪惡勢力。

【妖孽】yāoniè ㄧㄠ ㄋㄧㄝˋ 〈書〉❶怪異不祥的事物。❷指妖魔鬼怪。❸比喻專做壞事的人。

【妖嬈】yāoráo ㄧㄠ ㄖㄠˊ 〈書〉嬌艷美好。

【妖物】yāowù ㄧㄠ ㄨˋ 妖怪一類的東西。

【妖言】yāoyán ㄧㄠ ㄧㄢˊ 迷惑人的邪說：妖言惑眾。

【妖艷】yāoyàn ㄧㄠ ㄧㄢˋ 艷麗而不莊重。

【妖冶】yāoyě ㄧㄠ ㄧㄝˇ 艷麗而不正派。

要 yāo ㄧㄠ ❶求：要求。❷強迫；威脅：要挾。❸同'邀'。❹(Yāo)姓。〈古〉又同'腰'。

另見1331頁 yào。

【要功】yāogōng ㄧㄠ ㄍㄨㄥ 同'邀功'。

【要擊】yāojī ㄧㄠ ㄐㄧ 同'邀擊'。

【要買】yāomǎi ㄧㄠ ㄇㄞˇ 同'邀買'。

【要求】yāoqiú ㄧㄠ ㄑㄧㄡˊ ❶提出具體願望或條件，希望得到滿足或實現：要求轉學｜嚴格要求自己。❷所提出的具體願望或條件：滿足了他的要求｜符合規定的要求。

【要挾】yāoxié ㄧㄠ ㄒㄧㄝˊ 利用對方的弱點，強迫對方答應自己的要求。

約(约) yāo ㄧㄠ 用秤稱：約一斤肉｜約一約有多重。

另見1412頁 yuē。

墝 yāo ㄧㄠ 地名用字：寨子墝(在山西)。

喓 yāo ㄧㄠ ［喓喓］〈書〉蟲叫的聲音。

腰 yāo ㄧㄠ ❶胯上脅下的部分，在身體的中部：彎腰｜兩手叉腰。(圖見1017頁〖身體〗)❷褲腰：紅褲子綠腰。❸指腰包或衣兜：我腰裏還有些錢，足夠我們零用的。❹事物的中間部分：山腰｜樹腰｜故事說到半中腰就不說了。❺中間狹小，像腰部的地勢：土腰｜海腰。❻(Yāo)姓。

【腰板兒】yāobǎnr ㄧㄠ ㄅㄢˇㄦ ❶人的腰和背(就姿勢說)：挺着腰板兒。❷借指體格：他雖然六十多歲了，腰板兒倒還挺硬朗的。

【腰包】yāobāo ㄧㄠ ㄅㄠ 指錢包：掏腰包。

【腰纏萬貫】yāo chán wàn guàn ㄧㄠ ㄔㄢˊ ㄨㄢˋ ㄍㄨㄢˋ 形容人極富有。

【腰帶】yāodài ㄧㄠ ㄉㄞˋ 束腰的帶子；褲帶。

【腰桿子】yāogǎn·zi ㄧㄠ ㄍㄢˇ ·ㄗ ❶指腰部：挺着腰桿子。❷比喻靠山：腰桿子硬(有人支持)。‖也說腰桿兒。

【腰鼓】yāogǔ ㄧㄠ ㄍㄨˇ ❶打擊樂器，短圓柱形，兩頭略小，挂在腰間敲打。❷一種民間舞蹈，腰間挂着腰鼓，一邊跳舞，一邊敲打。

【腰鍋】yāoguō ㄧㄠ ㄍㄨㄛ 雲南景頗族、傈僳族、白族、彝族等使用的一種鍋，用生鐵鑄成，形如葫蘆。

【腰果】yāoguǒ ㄧㄠ ㄍㄨㄛˇ ❶常綠喬木，葉子互生，倒卵形，花粉紅色，果實腎臟形。果仁可以吃，果殼可以榨油。原產南美，我國廣東等地也有栽植。❷這種植物的果實。

【腰花】yāohuā ㄧㄠ ㄏㄨㄚ (腰花兒)作菜用的豬、羊等的腰子，多切成齒狀花紋。

【腰身】yāo·shēn ㄧㄠ ·ㄕㄣ 指人體腰部的粗細。也指長袍、上衣等腰部的尺寸。

【腰圍】yāowéi ㄧㄠ ㄨㄟˊ ❶腰部周圍的長度。❷束腰的寬帶子。

【腰眼】yāoyǎn ㄧㄠ ㄧㄢˇ (腰眼兒) ❶腰後胯骨上面脊椎骨兩側的部位。❷比喻關鍵：您這一句話算是點到腰眼上了。

【腰斬】yāozhǎn ㄧㄠ ㄓㄢˇ ❶古代的酷刑，從腰部把身體斬為兩段。❷比喻把同一事物或相聯繫的事物從中割斷。

【腰椎】yāozhuī ㄧㄠ ㄓㄨㄟ 腰部的椎骨，共有5塊，較胸椎大。(圖見410頁〖骨骼〗)

【腰子】yāo·zi ㄧㄠ ·ㄗ 腎的通稱。

邀 yāo ㄧㄠ ❶邀請：邀客｜特邀代表｜應邀出席。❷〈書〉求得：邀准｜諒邀同意。❸攔住：邀擊。

【邀寵】yāochǒng ㄧㄠ ㄔㄨㄥˇ 迎合別人，求得寵愛。

【邀功】yāogōng ㄧㄠ ㄍㄨㄥ 把別人的功勞搶過來當作自己的：邀功請賞。也作要功。

【邀擊】yāojī ㄧㄠ ㄐㄧ 在敵人行進中途加以攻擊。也作要擊。

【邀集】yāojí ㄧㄠ ㄐㄧˊ 把較多的人邀請到一起：邀集同學成立了一個讀書會。

【邀買】yāomǎi ㄧㄠ ㄇㄞˇ 收買：邀買人心。也作要買。

【邀請】yāoqǐng ㄧㄠ ㄑㄧㄥˇ 請人到自己的地方來或到約定的地方去。

【邀請賽】yāoqǐngsài ㄧㄠ ㄑㄧㄥˇ ㄙㄞˋ 由一個單位或幾個單位聯合發出邀請，有許多單位參加的體育比賽。

【邀約】yāoyuē ㄧㄠ ㄩㄝ 約請：盛情邀約｜邀約友人。

yáo (ㄧㄠˊ)

爻 yáo ㄧㄠˊ 組成八卦的長短橫道，'—'為陽爻，'--'為陰爻。

肴(餚) yáo ㄧㄠˊ 魚肉等葷菜：菜肴｜酒肴。

【肴饌】yáozhuàn ㄧㄠˊ ㄓㄨㄢˋ〈書〉宴席上的或比較豐盛的菜和飯。

垚 yáo ㄧㄠˊ〈書〉山高。多用於人名。

姚 Yáo ㄧㄠˊ 姓。

珧 yáo ㄧㄠˊ 蚌、蛤的甲殼，古時用做刀、弓等上的裝飾物。

窑(窯、窰、窰) yáo ㄧㄠˊ ❶燒製磚瓦陶瓷等物的建築物：磚窑｜石灰窑。❷指土法生產的煤礦：煤窑。❸窑洞。❹〈方〉指妓院：窑姐兒。

【窑變】yáobiàn ㄧㄠˊ ㄅㄧㄢˋ 指燒製陶瓷時，因坯體所塗不同油漿互相滲透變化，釉面出現意外的特異顏色和花樣。

【窑洞】yáodòng ㄧㄠˊ ㄉㄨㄥˋ 我國西北黃土高原地區就土山的山崖挖成的洞，供人居住。

【窑姐兒】yáojiěr ㄧㄠˊ ㄐㄧㄝㄦˇ〈方〉妓女。

【窑坑】yáokēng ㄧㄠˊ ㄎㄥ 為取土製磚瓦等而挖成的坑。

【窑子】yáo·zi ㄧㄠˊ·ㄗ 〈方〉妓院。

陶 yáo ㄧㄠˊ 皋陶(Gāoyáo ㄍㄠ ㄧㄠˊ)，上古人名。
另見1117頁táo。

堯(尧) Yáo ㄧㄠˊ ❶傳說中上古帝王名。❷姓。

【堯舜】Yáo-Shùn ㄧㄠˊ ㄕㄨㄣˋ 堯和舜，傳說是上古的賢明君主。後來泛指聖人。

【堯天舜日】Yáo tiān Shùn rì ㄧㄠˊ ㄊㄧㄢ ㄕㄨㄣˋ ㄖˋ 比喻太平盛世。

軺(轺) yáo ㄧㄠˊ〈書〉軺車：乘軺行於湖邊。

【軺車】yáochē ㄧㄠˊ ㄔㄜ 古代一種輕便的車。

搖(摇) yáo ㄧㄠˊ 搖擺；使物體來回地動：動搖｜搖晃｜搖手｜搖鈴｜搖櫓｜搖紡車。

【搖擺】yáobǎi ㄧㄠˊ ㄅㄞˇ 向相反的方向來回地移動或變動：池塘裏的荷葉迎風搖擺。

【搖車】yáochē ㄧㄠˊ ㄔㄜ〈方〉❶(搖車兒)小孩用的睡車；搖籃。❷舊式紡紗用的器具。

【搖唇鼓舌】yáo chún gǔ shé ㄧㄠˊ ㄔㄨㄣˊ ㄍㄨˇ ㄕㄜˊ 指利用口才進行煽動、遊說或大發議論(含貶義)。

【搖盪】yáodàng ㄧㄠˊ ㄉㄤˋ 搖擺動盪：小船隨波搖盪。

【搖動】yáo//dòng ㄧㄠˊ//ㄉㄨㄥˋ 搖東西使它動：搖得動｜搖不動｜用力搖動木樁。

【搖動】yáodòng ㄧㄠˊ ㄉㄨㄥˋ ❶搖擺：柳枝在水面上搖動。❷動搖：人心搖動｜信念從未搖動。

【搖鵝毛扇】yáo émáoshàn ㄧㄠˊ ㄜˊ ㄇㄠˊ ㄕㄢˋ

舊小說戲曲描寫的軍師、謀士多手拿羽毛扇。後來用'搖鵝毛扇'比喻背後出謀劃策。

【搖滾樂】yáogǔnyuè ㄧㄠˊ ㄍㄨㄣˇ ㄩㄝˋ 西方流行的一種音樂，由稱為布魯斯的爵士樂演變而來，音響豐富，節奏強烈。

【搖撼】yáo·hàn ㄧㄠˊ ·ㄏㄢˋ 搖動(樹木、建築物等)。

【搖晃】yáo·huàng ㄧㄠˊ ·ㄏㄨㄤˋ 搖擺：燈光搖晃｜搖搖晃晃地走着。

【搖惑】yáohuò ㄧㄠˊ ㄏㄨㄛˋ ❶動搖迷惑：人心搖惑。❷使動搖迷惑：搖惑人心｜搖惑視聽。

【搖籃】yáolán ㄧㄠˊ ㄌㄢˊ ❶供嬰兒睡的傢具，形狀略像籃子，多用竹或藤製成，可以左右搖動，使嬰兒容易入睡。❷比喻幼年或青年時代的生活環境或文化、運動等的發源地：井岡山是中國革命的搖籃｜黃河流域是我國古代文化的搖籃。

【搖籃曲】yáolánqǔ ㄧㄠˊ ㄌㄢˊ ㄑㄩˇ 催嬰兒入睡時唱的小歌曲，以及由此發展而成的形式簡單的聲樂曲或器樂曲。

【搖耬】yáo//lóu ㄧㄠˊ//ㄌㄡˊ 用耬播種時，扶耬的人不斷搖晃耬把，使種子均勻地漏下。

【搖蜜】yáo//mì ㄧㄠˊ//ㄇㄧˋ 把削去蓋的蜂房放在特製的裝置中轉動，利用離心力使蜂蜜從蜂房中分離出來。

【搖旗吶喊】yáo qí nàhǎn ㄧㄠˊ ㄑㄧˊ ㄋㄚˋ ㄏㄢˇ ❶古代打仗的時候，後面的人搖着旗子吶喊，給前面作戰的人助威。❷比喻替別人助長聲勢。

【搖錢樹】yáoqiánshù ㄧㄠˊ ㄑㄧㄢˊ ㄕㄨˋ 神話中的一種寶樹，一搖晃就有許多錢落下來。後來多用來比喻藉以獲取錢財的人或物。

【搖身一變】yáo shēn yī biàn ㄧㄠˊ ㄕㄣ ㄧ ㄅㄧㄢˋ 神怪小說中描寫人物或妖怪一晃身就變成別的形體。現指壞人改換面目出現。

【搖手】yáo//shǒu ㄧㄠˊ//ㄕㄡˇ 把手左右搖動，表示阻止或否定。

【搖手】yáoshǒu ㄧㄠˊ ㄕㄡˇ 機械上用手旋轉的、使輪子等轉動的把兒。

【搖頭】yáo//tóu ㄧㄠˊ//ㄊㄡˊ 把頭左右搖動，表示否定、不以為然或阻止。

【搖頭擺尾】yáo tóu bǎi wěi ㄧㄠˊ ㄊㄡˊ ㄅㄞˇ ㄨㄟˇ 形容得意或輕狂的樣子。

【搖頭晃腦】yáo tóu huàng nǎo ㄧㄠˊ ㄊㄡˊ ㄏㄨㄤˋ ㄋㄠˇ 形容自得其樂或自以為是的樣子。

【搖尾乞憐】yáo wěi qǐ lián ㄧㄠˊ ㄨㄟˇ ㄑㄧˇ ㄌㄧㄢˊ 狗對主人的姿態，形容用諂媚姿態求取別人的歡心。

【搖搖欲墜】yáoyáo yù zhuì ㄧㄠˊ ㄧㄠˊ ㄩˋ ㄓㄨㄟˋ 形容非常危險，就要掉下來或垮下來。

【搖曳】yáoyè ㄧㄠˊ ㄧㄝˋ 搖盪：搖曳的燈光｜垂柳搖曳。

【搖椅】yáoyǐ ㄧㄠˊ ㄧˇ 一種能夠前後搖晃的椅子，構造的特點是前腿兒和後腿兒連成弓形，弓背着地，供休息時坐。

徭(傜、徭) yáo ㄧㄠˊ 勞役。

【徭役】yáoyì ㄧㄠˊ ㄧˋ 古時統治者強制人民承擔的無償勞動。

猺(猺) yáo ㄧㄠˊ 見506頁〖黃猺〗、934頁〖青猺〗。

瑤(瑶) yáo ㄧㄠˊ 〈書〉❶美玉：瓊瑤｜瑤琴(鑲有玉飾的琴)。❷形容美好、珍貴：瑤漿(美酒)。

【瑤池】yáochí ㄧㄠˊ ㄔˊ 神話中稱西王母所住的地方。

【瑤族】Yáozú ㄧㄠˊ ㄗㄨˊ 我國少數民族之一，分佈在廣西、湖南、雲南、廣東和貴州。

僥(侥) yáo ㄧㄠˊ 見575頁〔僬僥〕。
另見579頁 jiǎo。

銚(铫) yáo ㄧㄠˊ ❶古代的一種大鋤。❷(Yáo)姓。銚期，東漢人。
另見264頁 diào。

遙(遥) yáo ㄧㄠˊ 遙遠：遙望｜千里之遙｜路遙知馬力。

【遙測】yáocè ㄧㄠˊ ㄘㄜˋ 運用現代化的電子、光學儀器對遠距離的事物進行測量。

【遙感】yáogǎn ㄧㄠˊ ㄍㄢˇ 使用空間運載工具和現代化的電子、光學儀器探測和識別遠距離的研究對象。

【遙控】yáokòng ㄧㄠˊ ㄎㄨㄥˋ 通過有綫或無綫電路的裝備操縱一定距離以外的機器、儀器等。遙控廣泛應用在操縱水電站、飛機、飛行武器和自動化生產等方面。

【遙望】yáowàng ㄧㄠˊ ㄨㄤˋ 往遠處望：遙望天邊，紅霞爛漫。

【遙相呼應】yáo xiāng hūyìng ㄧㄠˊ ㄒㄧㄤ ㄏㄨ ㄧㄥˋ 遠遠地互相配合。

【遙想】yáoxiǎng ㄧㄠˊ ㄒㄧㄤˇ 想像(久遠的將來)；回想(久遠的過去)：遙想未來｜遙想當年。

【遙遙】yáoyáo ㄧㄠˊ ㄧㄠˊ ❶形容距離遠：遙遙相對｜遙遙領先。❷形容時間長久：遙遙無期。

【遙遠】yáoyuǎn ㄧㄠˊ ㄩㄢˇ 很遠：路途遙遠｜遙遠的將來。

嶢(峣) yáo ㄧㄠˊ 〈書〉形容高峻。

繇(繇) yáo ㄧㄠˊ 〈書〉❶同'徭'。❷同'謠'。
另見1387頁 yóu；1488頁 zhòu。

謠(谣) yáo ㄧㄠˊ ❶歌謠：民謠｜童謠。❷謠言：謠傳｜造謠。

【謠傳】yáochuán ㄧㄠˊ ㄔㄨㄢˊ ❶謠言傳播：謠傳他出事了。❷傳播的謠言：聽信謠傳。

【謠言】yáoyán ㄧㄠˊ ㄧㄢˊ 沒有事實根據的消

息：散佈謠言｜不要輕信謠言。

【謠諑】yáozhuó ㄧㄠˊ ㄓㄨㄛˊ〈書〉造謠誣衊的話。

飆（飖） yáo ㄧㄠˊ 見882頁〖飄飆〗(piāoyáo)。

鰩（鳐） yáo ㄧㄠˊ 魚類的一科，身體扁平，略呈圓形或菱形，表面光滑或有小刺，口小，牙細小而多。生活在海中。

yǎo（ㄧㄠˇ）

杳 yǎo ㄧㄠˇ〈書〉遠得不見踪影：杳然｜杳無音信｜杳無踪迹。

【杳渺】yǎomiǎo ㄧㄠˇ ㄇㄧㄠˇ〈書〉形容遙遠或深遠。也作杳眇。

【杳然】yǎorán ㄧㄠˇ ㄖㄢˊ〈書〉形容沈寂或不見踪影：音信杳然。

【杳如黃鶴】yǎo rú huánghè ㄧㄠˇ ㄖㄨˊ ㄏㄨㄤˊ ㄏㄜˋ 唐代崔顥《黃鶴樓》詩：'黃鶴一去不復返，白雲千載空悠悠。'後來用'杳如黃鶴'比喻人或物下落不明。

咬（齩、鮫） yǎo ㄧㄠˇ ❶上下牙齒用力對着（大多為了夾物體或使物體的一部分從整體分離）：咬緊牙關｜用嘴咬住繩子｜讓蛇咬了一口｜咬了一口蘋果。❷鉗子等夾住或齒輪、螺絲等互相卡住：螺絲母勩(yì)了，咬不住。❸（狗）叫：雞叫狗咬。❹受責難或審訊時牽扯別人（多指無辜的）：反咬一口。❺〈方〉油漆等使皮膚、衣物損傷：鹼水把鋁盆咬壞了｜我最怕漆咬。❻正確地唸出（字的音）；過分地計較（字句的意義）：咬字｜咬字眼兒｜咬文嚼字。❼追趕進逼；緊跟不放：雙方比分咬得很緊｜火炮始終咬住目標。

【咬定】yǎodìng ㄧㄠˇ ㄉㄧㄥˋ 說了就不改口，指話說得十分肯定：一口咬定。

【咬耳朵】yǎo ěr·duo ㄧㄠˇ ㄦˇ ·ㄉㄨㄛ 湊近人耳邊低聲說話，不使別人聽見。

【咬群】yǎoqún ㄧㄠˇ ㄑㄩㄣˊ ❶某個家畜常跟同類爭鬥。❷比喻某個人常跟周圍的人鬧糾紛。

【咬舌兒】yǎoshér ㄧㄠˇ ㄕㄜㄦˊ ❶說話時舌尖常接觸牙齒，因而發音不清。❷說話咬舌兒的人。也叫咬舌子。

【咬文嚼字】yǎo wén jiáo zì ㄧㄠˇ ㄨㄣˊ ㄐㄧㄠˊ ㄗˋ 過分地斟酌字句（多用來指死摳字眼兒而不領會精神實質）。

【咬牙】yǎo//yá ㄧㄠˇ//ㄧㄚˊ ❶由於極端憤怒或忍住極大的痛苦而咬緊牙齒：恨得直咬牙｜咬牙忍痛。❷熟睡時上下牙齒相磨發聲，由消化不良等原因引起。

【咬牙切齒】yǎo yá qiè chǐ ㄧㄠˇ ㄧㄚˊ ㄑㄧㄝˋ ㄔˇ 形容極端憤恨或仇視。

【咬字兒】yǎozìr ㄧㄠˇ ㄗㄦˋ 按照正確的或傳統的音唸出文章或唱出歌詞、戲詞中的字：咬字兒清楚。

【咬字眼兒】yǎo zìyǎnr ㄧㄠˇ ㄗˋ ㄧㄢㄦˇ 在措辭方面挑毛病（多指對別人說的話）。

舀 yǎo ㄧㄠˇ 用瓢、勺等取東西（多指液體）：舀一瓢水。

【舀子】yǎo·zi ㄧㄠˇ ·ㄗ 舀水、油等液體用的器具，底平，口圓，有柄，多用鋁或鐵皮製成。也叫舀兒。

窅 yǎo ㄧㄠˇ〈書〉形容深遠。

窈 yǎo ㄧㄠˇ〈書〉❶深遠。❷昏暗。

【窈窕】yǎotiǎo ㄧㄠˇ ㄊㄧㄠˇ〈書〉❶（女子）文靜而美好；（妝飾、儀容）美好。❷（宮室、山水）幽深。

yào（ㄧㄠˋ）

要1 yào ㄧㄠˋ ❶重要：主要｜緊要｜險要｜要事｜要點。❷重要的內容：綱要｜摘要｜提要｜擇要紀錄。

要2 yào ㄧㄠˋ ❶希望得到；希望保持：他要一個口琴｜這本書我還要呢！❷因為希望得到或收回而有所表示；索取：要賬｜小弟弟跟姐姐要鋼筆用。❸請求：她要我替她寫信。❹表示做某件事的意志：他要學游泳。❺須要；應該：路很滑，大家要小心！｜早點兒睡吧，明天還要起早呢！❻需要：我做件上衣要多少布？｜由北京到天津坐汽車要兩個小時。❼將要：我們要參加勞動競賽了｜要下雨了。❽表示估計，用於比較：夏天屋子裏太熱，樹蔭底下要涼快得多。

要3 yào ㄧㄠˋ 連詞。❶如果：明天要下雨，我就不去了。❷要麼：要就去打球，要就去溜冰，別再猶豫了。

另見1328頁 yāo。

【要隘】yào'ài ㄧㄠˋ ㄞˋ 險要的關口：扼守要隘。

【要案】yào'àn ㄧㄠˋ ㄢˋ 重要的案件。

【要不】yàobù ㄧㄠˋ ㄅㄨˋ 連詞。❶不然；否則：從上海到武漢，可以搭長江輪船，要不繞道坐火車也行。❷要麼：今天的會得去一個人，要不你去，要不我去。‖也說要不然。

【要不得】yào·bu·de ㄧㄠˋ ·ㄅㄨ ·ㄉㄜ 表示人或事物不好，不能同意或容忍：你這種想法要不得。

【要衝】yàochōng ㄧㄠˋ ㄔㄨㄥ 全國的或某一個地區的重要道路會合的地方：蘭州向來是西北交通的要衝。

【要道】yàodào ㄧㄠˋ ㄉㄠˋ ❶重要的道路：交通要道。❷重要的道理、方法。

【要得】yàodé ㄧㄠˋ ㄉㄜˊ〈方〉好（用來表示同意

或讚美)：這個計劃要得，我們就這樣辦。

【要地】yàodì ㄧㄠˋ ㄉㄧˋ ❶重要的地方(多指軍事上的)：徐州是歷史上的軍事要地。❷〈書〉顯要的地位：身處要地。

【要點】yàodiǎn ㄧㄠˋ ㄉㄧㄢˇ ❶話或文章等的主要內容：摘錄要點｜抓住要點。❷重要的據點：戰略要點。

【要端】yàoduān ㄧㄠˋ ㄉㄨㄢ 重要的事項；要點①：舉其要端。

【要犯】yàofàn ㄧㄠˋ ㄈㄢˋ 重要的罪犯。

【要飯】yào//fàn ㄧㄠˋ//ㄈㄢˋ 向人乞求飯食或財物：要飯的(乞丐)。

【要害】yàohài ㄧㄠˋ ㄏㄞˋ ❶身體上能致命的部位：一拳擊中要害◇一句話點到要害。❷比喻重要的部分或軍事上重要的地點：要害部門｜地處要害。

【要好】yàohǎo ㄧㄠˋ ㄏㄠˇ ❶指感情融洽；也指對人表示好感，願意親近：她們兩人從小就很要好。❷努力求好；要求上進：這孩子很要好，從來不肯無故躭誤功課。

【要好看】yào hǎokàn ㄧㄠˋ ㄏㄠˇ ㄎㄢˋ (要好看兒)使出醜：要我當眾表演，簡直是要我的好看兒。

【要謊】yào//huǎng ㄧㄠˋ//ㄏㄨㄤˇ 向顧客要價超過實價叫要謊。

【要價】yào//jià ㄧㄠˋ//ㄐㄧㄚˋ ❶(要價兒)做買賣的人向顧客說出貨物的售價：漫天要價，就地還錢。❷比喻談判或接受某項任務時向對方提出條件。

【要價還價】yào jià huán jià ㄧㄠˋ ㄐㄧㄚˋ ㄏㄨㄢˊ ㄐㄧㄚˋ 見1118頁〖討價還價〗。

【要件】yàojiàn ㄧㄠˋ ㄐㄧㄢˋ ❶重要的文件。❷重要的條件。

【要津】yàojīn ㄧㄠˋ ㄐㄧㄣ ❶衝要的渡口。泛指水陸交通要道。❷比喻顯要的地位：位居要津。

【要緊】yàojǐn ㄧㄠˋ ㄐㄧㄣˇ ❶重要：這段河堤要緊得很，一定要加強防護。❷嚴重：他只受了點兒輕傷，不要緊。❸〈方〉急着(做某件事)：我要緊進城，來不及和他細說。

【要訣】yàojué ㄧㄠˋ ㄐㄩㄝˊ 重要的訣竅。

【要領】yàolǐng ㄧㄠˋ ㄌㄧㄥˇ ❶要點①：不得要領。❷體育和軍事操練中某項動作的基本要求：掌握要領。

【要略】yàolüè ㄧㄠˋ ㄌㄩㄝˋ 闡述要旨的概說(多用於書名)：《中國文法要略》。

【要麼】yào·me ㄧㄠˋ ·ㄇㄜ 連詞，表示兩種情況或兩種意願的選擇關係：你趕快拍個電報通知他，要麼打個長途電話｜要麼他來，要麼我去，明天總得當面談一談。也作要末。

【要面子】yào miàn·zi ㄧㄠˋ ㄇㄧㄢˋ ·ㄗ 愛面子。

【要命】yào//mìng ㄧㄠˋ//ㄇㄧㄥˋ ❶使喪失生命：一場重病，差點兒要了命。❷表示程度達到極點：癢得要命｜好得要命。❸給人造成嚴重困難(着急或抱怨時說)：這人真要命，火車都快開了，他還不來。

【要目】yàomù ㄧㄠˋ ㄇㄨˋ 重要的條目或篇目：圖書要目｜本報今日要目。

【要強】yàoqiáng ㄧㄠˋ ㄑㄧㄤˊ 好勝心強，不肯落在別人後面。

【要人】yàorén ㄧㄠˋ ㄖㄣˊ 指有權勢有地位的人物。

【要塞】yàosài ㄧㄠˋ ㄙㄞˋ 在軍事上有重要意義的、有鞏固的防禦設備的據點。

【要事】yàoshì ㄧㄠˋ ㄕˋ 重要的事情：有要事相商。

【要是】yào·shi ㄧㄠˋ ·ㄕ 如果；如果是：要是你想參加，我可以當介紹人｜這事要是叫他知道了，一定會發生爭吵。

【要死】yàosǐ ㄧㄠˋ ㄙˇ 表示程度達到極點：疼得要死｜怕得要死｜這菜鹹得要死。

【要素】yàosù ㄧㄠˋ ㄙㄨˋ 構成事物的必要因素：一般說來，每個漢字都有形、音、義三個要素。

【要圖】yàotú ㄧㄠˋ ㄊㄨˊ 重要的規劃。

【要聞】yàowén ㄧㄠˋ ㄨㄣˊ 重要的新聞：國際要聞｜一週要聞。

【要務】yàowù ㄧㄠˋ ㄨˋ 重要的事務：要務在身。

【要言不煩】yào yán bù fán ㄧㄠˋ ㄧㄢˊ ㄅㄨˋ ㄈㄢˊ 說話、行文簡明扼要，不煩瑣。

【要義】yàoyì ㄧㄠˋ ㄧˋ 重要的內容或道理：闡明要義。

【要員】yàoyuán ㄧㄠˋ ㄩㄢˊ 重要的人員(多用於委派時)：政府要員。

【要職】yàozhí ㄧㄠˋ ㄓˊ 重要的職位：身居要職。

【要旨】yàozhǐ ㄧㄠˋ ㄓˇ 主要的意思。

【要子】yào·zi ㄧㄠˋ ·ㄗ ❶用麥稈、稻草等臨時擰成的繩狀物，用來捆麥子、稻子等。❷捆貨物用的或打包用的條狀物：鐵要子。

袎 yào ㄧㄠˋ 〈書〉同'靿'。

靿 yào ㄧㄠˋ (靿兒)靴或襪子的筒兒：靴靿兒｜高靿兒襪子。

瘧(疟) yào ㄧㄠˋ 義同'瘧'(nüè)，只用於'瘧子'。另見852頁 nüè。

【瘧子】yào·zi ㄧㄠˋ ·ㄗ 瘧疾：發瘧子。

藥[1]〔藥〕(药) yào ㄧㄠˋ ❶藥物。❷某些有化學作用的物質：火藥｜炸藥｜焊藥。❸〈書〉用藥治療：不可救藥。❹用藥毒死：藥老鼠｜藥蟲子。

藥[2]〔藥〕 yào ㄧㄠˋ 姓。

【藥材】yàocái ㄧㄠˋ ㄘㄞˊ 指中藥的原料或飲片。

【藥草】yàocǎo ㄧㄠˋ ㄘㄠˇ 用做藥物的草本植物。

【藥叉】yàochā ㄧㄠˋ ㄔㄚ 見1335頁〖夜叉〗。

【藥典】yàodiǎn ㄧㄠˋ ㄉㄧㄢˇ 國家法定的記載藥物的名稱、性質、形狀、成分、用量以及配製、貯藏方法等的書籍。

【藥店】yàodiàn ㄧㄠˋ ㄉㄧㄢˋ 出售藥品的商店；藥鋪。

【藥方】yàofāng ㄧㄠˋ ㄈㄤ (藥方兒) ❶為治療某種疾病而組合起來的若干種藥物的名稱、劑量和用法：開藥方。❷寫着藥方的紙。

【藥房】yàofáng ㄧㄠˋ ㄈㄤˊ ❶出售西藥的商店，有的能調劑配方，有的兼售中藥的成藥。❷醫院或診療所裏供應藥物的部門。

【藥粉】yàofěn ㄧㄠˋ ㄈㄣˇ 粉末狀的藥。

【藥膏】yàogāo ㄧㄠˋ ㄍㄠ 膏狀的外敷藥。

【藥罐子】yàoguàn·zi ㄧㄠˋ ㄍㄨㄢˋ ·ㄗ ❶熬中藥用的罐子。❷比喻經常生病吃藥的人(含嘲笑意)。

【藥衡】yàohéng ㄧㄠˋ ㄏㄥˊ 英美重量制度，用於藥物(區別於'常衡、金衡')。

【藥劑】yàojì ㄧㄠˋ ㄐㄧˋ 據藥典或處方配成的製劑。

【藥檢】yàojiǎn ㄧㄠˋ ㄐㄧㄢˇ ❶對藥品的質量進行化驗檢查。❷對參加體育比賽的運動員進行是否服用違禁藥物的檢測。

【藥酒】yàojiǔ ㄧㄠˋ ㄐㄧㄡˇ 用藥材浸製的酒。

【藥理】yàolǐ ㄧㄠˋ ㄌㄧˇ 藥物在機體內所起的變化、對機體的影響及其防治疾病的原理。

【藥力】yàolì ㄧㄠˋ ㄌㄧˋ 藥物的效力。

【藥棉】yàomián ㄧㄠˋ ㄇㄧㄢˊ 醫療上用的消過毒的脱脂棉。

【藥麪】yàomiàn ㄧㄠˋ ㄇㄧㄢˋ (藥麪兒) 藥粉。

【藥捻兒】yàoniǎnr ㄧㄠˋ ㄋㄧㄢㄦˇ ❶用來點燃火藥、爆竹的引綫。❷藥捻子。

【藥捻子】yàoniǎn·zi ㄧㄠˋ ㄋㄧㄢˇ ·ㄗ 帶藥的紙捻或紗布條，外科治療時用來放入傷口或瘡口內。

【藥農】yàonóng ㄧㄠˋ ㄋㄨㄥˊ 以種植或採集藥用植物為主的農民。

【藥片】yàopiàn ㄧㄠˋ ㄆㄧㄢˋ (藥片兒) 片狀的製劑。

【藥品】yàopǐn ㄧㄠˋ ㄆㄧㄣˇ 藥物和化學試劑的總稱。

【藥鋪】yàopù ㄧㄠˋ ㄆㄨˋ 出售中藥的商店，主要按中醫藥方配藥，有的兼售西藥。

【藥膳】yàoshàn ㄧㄠˋ ㄕㄢˋ 配有中藥的菜肴或食品，如參芪雞、蟲草鴨、銀耳羹等。

【藥石】yàoshí ㄧㄠˋ ㄕˊ 古時指藥和治病的石針：藥石罔效◇藥石之言(勸人改過的話)。

【藥水】yàoshuǐ ㄧㄠˋ ㄕㄨㄟˇ (藥水兒) 液態的藥。

【藥筒】yàotǒng ㄧㄠˋ ㄊㄨㄥˇ 槍彈或炮彈後部裝發射火藥的圓筒，多用金屬製成。通稱彈殼。

【藥丸】yàowán ㄧㄠˋ ㄨㄢˊ (藥丸兒) 製成丸狀的藥物。也叫藥丸子。

【藥味】yàowèi ㄧㄠˋ ㄨㄟˋ ❶中藥方中的藥(總稱)。❷(藥味兒) 藥的氣味或味道。

【藥物】yàowù ㄧㄠˋ ㄨˋ 能防治疾病、病蟲害等的物質。

【藥械】yàoxiè ㄧㄠˋ ㄒㄧㄝˋ 農業、林業等施藥用的器械，如噴霧器、噴粉器等。

【藥性】yàoxìng ㄧㄠˋ ㄒㄧㄥˋ 藥的性質：藥性平和。

【藥性氣】yào·xing·qi ㄧㄠˋ ·ㄒㄧㄥ ·ㄑㄧ 藥的氣味。

【藥引子】yàoyǐn·zi ㄧㄠˋ ㄧㄣˇ ·ㄗ 中藥藥劑中另加的一些藥物，能加強藥劑的效力。

【藥皂】yàozào ㄧㄠˋ ㄗㄠˋ 用脂肪酸鹽和石炭酸、來蘇等化學藥品製成的肥皂，略有消毒作用。

【藥疹】yàozhěn ㄧㄠˋ ㄓㄣˇ 由藥物引起的皮疹。長期大量使用某種藥物，或患者對某種藥品過敏，都會引起藥疹。

曜 yào ㄧㄠˋ 〈書〉❶日光。❷照耀。❸日、月、星都叫曜，日、月和火、水、木、金、土五星合稱七曜，舊時分別用來稱一個星期的七天，日曜日是星期天，月曜日是星期一，其餘依次類推。

燿 yào ㄧㄠˋ 〈書〉同'耀'。

耀 yào ㄧㄠˋ ❶光綫強烈地照射：照耀｜光芒耀眼。❷炫耀：耀武揚威。❸光芒；光輝：光耀。❹光榮：榮耀。

【耀斑】yàobān ㄧㄠˋ ㄅㄢ 太陽表面突然出現在太陽黑子附近的發亮區域。持續時間從幾分鐘到幾小時。它的出現跟太陽黑子的活動有密切關係。太陽上出現耀斑時，常引起磁暴現象。

【耀武揚威】yào wǔ yáng wēi ㄧㄠˋ ㄨˇ ㄧㄤˊ ㄨㄟ 炫耀武力，顯示威風。

【耀眼】yàoyǎn ㄧㄠˋ ㄧㄢˇ 光綫強烈，使人眼花。

鷂(鹞) yào ㄧㄠˋ 雀鷹。

【鷂鷹】yàoyīng ㄧㄠˋ ㄧㄥ 雀鷹的通稱。

【鷂子】yào·zi ㄧㄠˋ ·ㄗ ❶雀鷹的通稱。❷〈方〉紙鷂；風箏。

鑰(钥) yào ㄧㄠˋ 鑰匙。另見1416頁 yuè。

【鑰匙】yào·shi ㄧㄠˋ ·ㄕ 開鎖用的東西，有的鎖用了它才能鎖上。

yē (ㄧㄝ)

耶 yē ㄧㄝ 見下。另見1334頁 yé。

【耶和華】Yēhéhuá ㄧㄝ ㄏㄜˊ ㄏㄨㄚˊ 希伯來人信奉的猶太教中最高的神。基督教《舊約》中用做上帝的同義詞。[希伯來 Yĕhōwāh]

【耶穌】Yēsū ㄧㄝ ㄙㄨ 基督教徒所信奉的救世主，即基督。

【耶穌教】Yēsūjiào ㄧㄝ ㄙㄨ ㄐㄧㄠˋ 我國稱基督教的新派。耶穌教於19世紀初傳入我國。參看529頁〖基督教〗。

掖 yē ㄧㄝ 塞進(衣袋或夾縫裏)：把書掖在懷裏｜把紙條從門縫裏掖進去。
另見1336頁yè。

倻 yē ㄧㄝ 見550頁[伽倻琴](jiāyēqín)。

椰 yē ㄧㄝ 椰子。

【椰雕】yēdiāo ㄧㄝ ㄉㄧㄠ 在椰子殼上雕刻形象、花紋的藝術。也指用椰子殼雕刻成的工藝品。

【椰蓉】yēróng ㄧㄝ ㄖㄨㄥˊ 椰子的果肉晾乾後製成的粉狀物，用來做糕點的餡兒：椰蓉月餅。

【椰子】yē·zi ㄧㄝ ·ㄗ ❶常綠喬木，樹幹直立，不分枝。葉子叢生在頂部，羽狀複葉，小葉細長，肉穗花序，花單性，雌雄同株。核果橢圓形，外果皮黃褐色，中果皮為厚纖維層，內果皮為角質的硬殼，果肉白色多汁，含脂肪。果肉可吃，也可榨油，果肉內的汁可做飲料。❷這種植物的果實。

暍 yē ㄧㄝ 〈書〉中暑。

噎 yē ㄧㄝ ❶食物堵住食管：因噎廢食｜吃得太快，噎着了。❷因為迎風而呼吸困難。❸〈方〉説話頂撞人或使人受窘沒法接着説下去：他一句話就把人家給噎回去了。

yé（ㄧㄝˊ）

邪 yé ㄧㄝˊ ❶[莫邪](mòyé ㄇㄛˋ ㄧㄝˊ)同'鏌鎯'。❷同'耶'(yé)。
另見1264頁xié。

耶 yé ㄧㄝˊ ❶〈書〉助詞，表示疑問的語氣：是耶非耶？
〈古〉又同'爺'。
另見1333頁yē。

揶 yé ㄧㄝˊ [揶揄](yéyú ㄧㄝˊ ㄩˊ)〈書〉嘲笑：受人揶揄。

爺(爷) yé ㄧㄝˊ ❶〈方〉父親：爺娘。❷〈方〉祖父。❸對長一輩或年長男子的尊稱：大爺(dà·ye)｜李爺｜四爺。❹舊時對官僚、財主等的稱呼：老爺｜太爺。❺迷信的人對神的稱呼：土地爺｜閻王爺。

【爺們】yé·men ㄧㄝˊ ·ㄇㄣ 〈方〉❶男人(可以用於單數)：老爺們。❷丈夫。

【爺們兒】yé·menr ㄧㄝˊ ·ㄇㄣㄦ 〈方〉❶爺兒們。❷男人之間的互稱(含親昵意)。

【爺兒】yér ㄧㄝㄦˊ 長輩男子和男女晚輩的合稱，如父親和子女，叔父和侄子、侄女，祖父和孫子、孫女(後面常帶數量詞)：爺兒倆｜爺兒幾個在院子裏乘涼。

【爺兒們】yér·men ㄧㄝㄦˊ ·ㄇㄣ 長輩男子和晚輩男子的合稱。

【爺爺】yé·ye ㄧㄝˊ ·ㄧㄝ ❶祖父。❷稱呼跟祖父輩分相同或年紀相仿的男人。

鎯(铘) yé ㄧㄝˊ 見817頁[鏌鎯](mòyé)。

yě（ㄧㄝˇ）

也[1] yě ㄧㄝˇ 〈書〉助詞。❶表示判斷或解釋的語氣：孔子，魯人也｜非不能也，是不為也。❷表示疑問或反詰的語氣：何也？｜是可忍也，孰不可忍也？❸表示句中的停頓：大道之行也，天下為公｜地之相去也，千有餘里。

也[2] yě ㄧㄝˇ 副詞。❶表示同樣：水庫可以灌溉、發電，也可以養魚。❷疊用，強調兩事並列或對待：他也會種地，也會打鐵｜遊客裏面也有坐車的，也有步行的。❸疊用，表示無論這樣或那樣；不以某種情形為條件：你去我也去，你不去我也去｜他左想也不是，右想也不是。❹表示轉折或讓步(常跟上文的'雖然、即使'等呼應)：我雖然沒見過，也聽人説過｜即使你不説，我也知道。❺表示委婉：倒也罷了｜也只好如此。❻表示強調(常跟上文的'連'字呼應)：連爺爺也樂得合不攏嘴。

【也罷】[1] yěbà ㄧㄝˇ ㄅㄚˋ 表示容忍或只得如此，有'算了'或'也就算了'的意思(單用多見於戲曲)：這種事情不知道也罷，知道了反倒難為情｜也罷，你一定要走，我送你上車。

【也罷】[2] yěbà ㄧㄝˇ ㄅㄚˋ 助詞，兩個或幾個連用，表示不以某種情形為條件：你去也罷，不去也罷，反正是一樣。

【也許】yěxǔ ㄧㄝˇ ㄒㄩˇ 副詞，表示不很肯定：你仔細找一找，也許能找到。

冶[1] yě ㄧㄝˇ ❶熔煉(金屬)：冶金。❷(Yě)姓。

冶[2] yě ㄧㄝˇ 〈書〉形容女子裝飾艷麗(含貶義)：妖冶｜冶容。

【冶金】yějīn ㄧㄝˇ ㄐㄧㄣ 冶煉金屬：冶金工業。

【冶煉】yěliàn ㄧㄝˇ ㄌㄧㄢˋ 用焙燒、熔煉、電解等方法把礦石中所需要的金屬提取出來。

【冶容】yěróng ㄧㄝˇ ㄖㄨㄥˊ 〈書〉❶打扮得很妖媚。❷妖媚的容貌。

【冶艷】yěyàn ㄧㄝˇ ㄧㄢˋ 〈書〉妖艷。

【冶遊】yěyóu ㄧㄝˇ ㄧㄡˊ 原指男女在春天或節日裏外出遊玩，後來專指嫖妓。

野(埜) yě ㄧㄝˇ ❶野外：曠野｜野地｜野火｜野戰。❷界限：視野｜分野。❸指不當政的地位(跟'朝'相對)：下野｜在野。❹不是人工飼養或培植的：野獸｜野兔｜野菜｜野花｜野草。❺蠻橫不講理；粗魯沒禮貌：野蠻｜粗野｜撒野｜這人說話太野。❻不受約束：野性｜放了幾天假，心都玩野了。

【野菜】yěcài ㄧㄝˇ ㄘㄞˋ 可以做蔬菜的野生植物，如馬齒莧、苣蕒菜等。

【野餐】yěcān ㄧㄝˇ ㄘㄢ ❶帶了食物到野外去吃。❷帶到野外去吃的一頓飯。

【野炊】yěchuī ㄧㄝˇ ㄔㄨㄟ 在野外燒火做飯。

【野地】yědì ㄧㄝˇ ㄉㄧˋ 野外的荒地：荒山野地。

【野火】yěhuǒ ㄧㄝˇ ㄏㄨㄛˇ 荒山野地燃燒的火。

【野雞】yějī ㄧㄝˇ ㄐㄧ ❶雉的通稱。❷舊時指沿街拉客的私娼。❸指不合規章而經營的：野雞大學｜野雞汽車｜野雞公司。

【野景】yějǐng ㄧㄝˇ ㄐㄧㄥˇ 野外的景致。

【野馬】yěmǎ ㄧㄝˇ ㄇㄚˇ 哺乳動物，體形似家馬，毛淺棕色，腹部毛色較淺，尾毛長而多。群栖於沙漠、草原地帶。產於我國西北及蒙古，數量很少。

【野蠻】yěmán ㄧㄝˇ ㄇㄢˊ ❶不文明；沒有開化。❷蠻橫殘暴：野蠻屠殺｜舉止野蠻。

【野貓】yěmāo ㄧㄝˇ ㄇㄠ ❶無主的貓。❷〈方〉野兔。

【野牛】yěniú ㄧㄝˇ ㄋㄧㄡˊ 哺乳動物，形狀跟家牛相似，身體高大，毛褐色，頭部和頸部有長毛，背部隆起。吃樹皮、樹葉等。有好幾種，分別產於亞洲、歐洲和美洲，現存不多，是一種珍奇的動物。

【野禽】yěqín ㄧㄝˇ ㄑㄧㄣˊ 家禽以外的鳥類。

【野人】yěrén ㄧㄝˇ ㄖㄣˊ ❶古時指田野間的人；平民。❷指未開化的人。❸指性情粗野的人。

【野生】yěshēng ㄧㄝˇ ㄕㄥ 生物在自然環境裏生長而不是由人飼養或栽培：野生植物。

【野食兒】yěshír ㄧㄝˇ ㄕㄦˊ ❶禽獸在野外找到的食物。❷比喻本分以外所得的財物。

【野史】yěshǐ ㄧㄝˇ ㄕˇ 指舊時私家著的史書：稗官野史。

【野獸】yěshòu ㄧㄝˇ ㄕㄡˋ 家畜以外的獸類。

【野兔】yětù ㄧㄝˇ ㄊㄨˋ 生活在野地裏的兔類，身體一般較家兔略大，耳長大，毛很密，多為茶褐色或略帶灰色。吃草、蔬菜等。有的地區叫野貓。

【野外】yěwài ㄧㄝˇ ㄨㄞˋ 離居民點較遠的地方：荒郊野外。

【野外工作】yěwài gōngzuò ㄧㄝˇ ㄨㄞˋ ㄍㄨㄥ ㄗㄨㄛˋ 指科學技術工作者在野外進行的調查、勘探、測量、發掘等工作。舊稱田野工作。

【野味】yěwèi ㄧㄝˇ ㄨㄟˋ 獵得的做肉食的鳥獸。

【野心】yěxīn ㄧㄝˇ ㄒㄧㄣ 對領土、權力或名利的大而非分的慾望：野心家｜野心勃勃｜狼子野心。

【野性】yěxìng ㄧㄝˇ ㄒㄧㄥˋ 不馴順的性情。

【野鴨】yěyā ㄧㄝˇ ㄧㄚ 野生的鴨，形狀跟家鴨相似，雄的頭部綠色，有亮光，背部黑褐色，兩翼有藍色斑點，雌的全身褐色。吃小魚、貝類及植物的種子等。也叫鳧或綠頭鴨。

【野營】yěyíng ㄧㄝˇ ㄧㄥˊ 到野外搭了營帳住宿，是軍事或體育訓練的一種項目：野營訓練｜明天我們到西山野營去。

【野戰】yězhàn ㄧㄝˇ ㄓㄢˋ 在要塞和大城市以外進行的戰鬥。

【野戰軍】yězhànjūn ㄧㄝˇ ㄓㄢˋ ㄐㄩㄣ 適應廣大區域機動作戰的正規軍。

【野豬】yězhū ㄧㄝˇ ㄓㄨ 哺乳動物，全身長黑褐色粗毛，犬齒突出口外，耳和尾短小。性兇猛，晝伏夜出，吃蚯蚓、蛇、甲蟲和蔬菜、甘薯等。對農業危害很大。

壄 yě ㄧㄝˇ 〈書〉同'野'。

yè (ㄧㄝˋ)

曳(拽、抴) yè ㄧㄝˋ 拖；拉；牽引：曳光彈｜棄甲曳兵。

'拽'另見1498頁 zhuāi；1498頁 zhuài。

【曳光彈】yèguāngdàn ㄧㄝˋ ㄍㄨㄤ ㄉㄢˋ 一種彈頭尾部裝有能發光的化學藥劑的炮彈或槍彈，發射後能發光，用以顯示彈道和指示目標。

夜(亱) yè ㄧㄝˋ ❶從天黑到天亮的一段時間(跟'日'或'晝'相對)：夜晚｜白天黑夜｜三天三夜｜冬天晝短夜長。❷〈方〉指天黑；入夜：天快夜了。

【夜班】yèbān ㄧㄝˋ ㄅㄢ 夜裏工作的班次：值夜班。

【夜半】yèbàn ㄧㄝˋ ㄅㄢˋ 夜裏十二點鐘前後；半夜。

【夜不閉戶】yè bù bì hù ㄧㄝˋ ㄅㄨˋ ㄅㄧˋ ㄏㄨˋ 夜間不用關閉門戶睡覺。形容社會安寧，風氣良好。

【夜餐】yècān ㄧㄝˋ ㄘㄢ 夜間吃的飯。

【夜叉】yè·chā ㄧㄝˋ ·ㄔㄚ 佛教指惡鬼。後來用來比喻相貌醜陋、兇惡的人。也譯作藥叉。[梵 yaksa]

【夜長夢多】yè cháng mèng duō ㄧㄝˋ ㄔㄤˊ ㄇㄥˋ ㄉㄨㄛ 比喻時間拖長了，事情可能發生不利的變化。

【夜場】yèchǎng ㄧㄝˋ ㄔㄤˇ 晚場。

【夜車】yèchē ㄧㄝˋ ㄔㄜ ❶夜裏開出、夜裏到達或者夜裏經過的火車。❷見639頁〖開夜車〗。

【夜飯】yèfàn ㄧㄝˋ ㄈㄢˋ 〈方〉晚飯。

【夜工】yègōng ㄧㄝˋ ㄍㄨㄥ 夜間的活兒：做夜工｜打夜工。

【夜光錶】yèguāngbiǎo ㄧㄝˋ ㄍㄨㄤ ㄅㄧㄠˇ 指針和標誌時刻的數字或符號能發熒光的錶，在黑暗中也可以看時刻。

【夜壺】yèhú ㄧㄝˋ ㄏㄨˊ 便壺(多指舊式的)。
【夜間】yè·jiān ㄧㄝˋ·ㄐㄧㄢ 夜裏。
【夜景】yèjǐng ㄧㄝˋ ㄐㄧㄥˇ 夜晚由燈光、景物等組成的景色。
【夜空】yèkōng ㄧㄝˋ ㄎㄨㄥ 夜晚的天空。
【夜來】yèlái ㄧㄝˋ ㄌㄞˊ 〈書〉❶昨天。❷夜間。
【夜闌】yèlán ㄧㄝˋ ㄌㄢˊ 〈書〉夜深：夜闌人靜。
【夜郎自大】Yèláng zìdà ㄧㄝˋ ㄌㄤˊ ㄗˋ ㄉㄚˋ 漢代西南鄰國中，夜郎國(在今貴州西部)最大。夜郎國的國君問漢朝使臣道：'你們漢朝大呢？還是我們夜郎國大呢？'(見於《史記·西南夷列傳》)後來用'夜郎自大'比喻妄自尊大。
【夜裏】yè·li ㄧㄝˋ·ㄌㄧ 從天黑到天亮的一段時間。
【夜盲】yèmáng ㄧㄝˋ ㄇㄤˊ 病，主要由缺乏維生素A引起，症狀是在夜間光綫弱的地方視力很差或完全不能看見東西。有的地區叫雀盲眼(qiǎo·mangyǎn)。
【夜貓子】yèmāo·zi ㄧㄝˋ ㄇㄠ·ㄗ 〈方〉❶貓頭鷹。❷比喻喜歡晚睡的人。
【夜明珠】yèmíngzhū ㄧㄝˋ ㄇㄧㄥˊ ㄓㄨ 古代傳説黑暗中能放光的珍珠。
【夜幕】yèmù ㄧㄝˋ ㄇㄨˋ 在夜間，景物像被一幅大幕罩住一樣，因此叫做夜幕：夜幕籠罩着大地。
【夜兒個】yèr·ge ㄧㄝㄦˋ·ㄍㄜ 〈方〉昨天。
【夜色】yèsè ㄧㄝˋ ㄙㄜˋ 夜晚的景色：夜色蒼茫｜夜色深沈｜朦朧的夜色。
【夜生活】yèshēnghuó ㄧㄝˋ ㄕㄥ ㄏㄨㄛˊ 指夜間的交際應酬、文化娛樂等活動。
【夜市】yèshì ㄧㄝˋ ㄕˋ ❶夜間做買賣的市場。❷夜間的營業：一個夜市可收入百十來元。
【夜晚】yèwǎn ㄧㄝˋ ㄨㄢˇ 夜間；晚上。
【夜消】yèxiāo ㄧㄝˋ ㄒㄧㄠ 同'夜宵'。
【夜宵】yèxiāo ㄧㄝˋ ㄒㄧㄠ (夜宵兒)夜裏吃的酒食、點心等。也作夜消。
【夜校】yèxiào ㄧㄝˋ ㄒㄧㄠˋ 夜間上課的學校，多半是業餘學校。也説夜學。
【夜以繼日】yè yǐ jì rì ㄧㄝˋ ㄧˇ ㄐㄧˋ ㄖˋ 日夜不停。也説日以繼夜。
【夜鶯】yèyīng ㄧㄝˋ ㄧㄥ 文學上指歌鴝(qú)一類叫聲清脆婉轉的鳥。
【夜遊神】yèyóushén ㄧㄝˋ ㄧㄡˊ ㄕㄣˊ 迷信傳説中夜間巡行的神。比喻喜歡深夜在外遊盪的人。
【夜戰】yèzhàn ㄧㄝˋ ㄓㄢˋ 夜間作戰。也指夜間加班工作：挑燈夜戰。
【夜總會】yèzǒnghuì ㄧㄝˋ ㄗㄨㄥˇ ㄏㄨㄟˋ 大都市中供人們夜間吃喝玩兒樂的場所。
【夜作】yèzuò ㄧㄝˋ ㄗㄨㄛˋ 見209頁〖打夜作〗。

頁(页、葉、篥) yè ㄧㄝˋ ❶張(指紙)：冊頁｜活頁。❷量詞，舊時指單面印刷的書本中的一張紙，現在一般指兩面印刷的書本中一張紙的一面，但作為印刷術語時仍指一張。
【頁碼】yèmǎ ㄧㄝˋ ㄇㄚˇ (頁碼兒)書籍每一頁上標明次第的數目字。
【頁心】yèxīn ㄧㄝˋ ㄒㄧㄣ 版心。

咽 yè ㄧㄝˋ 聲音受阻而低沈：哽咽｜喇叭聲咽。
另見1311頁yān；1321頁yàn'嚥'。

掖 yè ㄧㄝˋ 用手攙扶別人的胳膊。借指扶助或提拔：扶掖｜獎掖。
另見1334頁yē。
【掖縣】Yè Xiàn ㄧㄝˋ ㄒㄧㄢˋ 地名，在山東。現改名萊州。

液 yè ㄧㄝˋ 液體：汁液｜血液｜溶液。
【液果】yèguǒ ㄧㄝˋ ㄍㄨㄛˇ 指多汁或多肉質的果實，如漿果、核果等。
【液化】yèhuà ㄧㄝˋ ㄏㄨㄚˋ ❶氣體因溫度降低或壓力增加而變成液體：液化石油氣。❷有機體的某些組織因發生病理變化而變成液體。
【液化熱】yèhuàrè ㄧㄝˋ ㄏㄨㄚˋ ㄖㄜˋ 單位質量的某種氣體變成液體時所放出的熱量，叫做這種氣體的液化熱。
【液晶】yèjīng ㄧㄝˋ ㄐㄧㄥ 液態晶體，是具有液體的流動性和表面張力，又具有晶體的光學性質的物體。可用做電子工業中的顯示材料，也用於無損探傷和醫療診斷等。
【液泡】yèpào ㄧㄝˋ ㄆㄠˋ 細胞質中泡狀的結構，內含液體，周圍有薄膜使液泡與細胞質分開。
【液態】yètài ㄧㄝˋ ㄊㄞˋ 物質的液體狀態，是物質存在的一種形態。
【液體】yètǐ ㄧㄝˋ ㄊㄧˇ 有一定的體積、沒有一定的形狀、可以流動的物質。在常溫下，油、水、酒、水銀等都是液體。
【液壓機】yèyājī ㄧㄝˋ ㄧㄚ ㄐㄧ 利用液體傳遞壓力的機器的統稱，如水壓機、油壓機。

葉[1]〔葉〕(叶) yè ㄧㄝˋ ❶(葉兒)植物的營養器官之一，通常由葉片和葉柄組成。通稱葉子。❷像葉子的：百葉窗｜千葉蓮。❸同'頁'。❹(Yè)姓。

葉[2]〔葉〕(叶) yè ㄧㄝˋ 較長時期的分段：清朝末葉｜20世紀中葉。
'叶'另見1264頁xié。
【葉柄】yèbǐng ㄧㄝˋ ㄅㄧㄥˇ 葉子的組成部分之一，連接葉片和莖，長條形。有的葉子沒有葉柄，葉片直接和莖連接。
【葉公好龍】Yè Gōng hào lóng ㄧㄝˋ ㄍㄨㄥ ㄏㄠˋ ㄌㄨㄥˊ 據説古代有個葉公，非常愛好龍，器物上畫着龍，房屋上也刻着龍。真龍知道了，就到葉公家來，把頭探進窗戶。葉公一見，嚇得面如土色，拔腿就跑(見於漢代劉向《新序·雜事》)。比喻説是愛好某事物，其實並不真愛好。

【葉綠素】yèlǜsù ㄧㄝˋ ㄌㄩˋ ㄙㄨˋ 植物體中的綠色物質，是一種複雜的有機酸。植物利用葉綠素進行光合作用製造養料。

【葉綠體】yèlǜtǐ ㄧㄝˋ ㄌㄩˋ ㄊㄧˇ 植物細胞質中的一種細胞器，內含葉綠素、酶和脱氧核糖核酸，能自行分裂，在遺傳上有相對獨立性。

【葉輪】yèlún ㄧㄝˋ ㄌㄨㄣˊ 渦輪機裏帶有葉片的輪，葉片受蒸汽或水流等的作用，使軸旋轉而產生動力。也指水泵、鼓風機等機器裏帶有葉片的輪，轉動時使流體運動。

【葉落歸根】yè luò guī gēn ㄧㄝˋ ㄌㄨㄛˋ ㄍㄨㄟ ㄍㄣ 比喻事物有一定的歸宿。多指客居他鄉的人終究要回到本鄉。

【葉脉】yèmài ㄧㄝˋ ㄇㄞˋ 葉片上分佈的細管狀構造，主要由細而長的細胞構成，分佈到葉片的各個部分，作用是輸送水分、養料等。

【葉片】yèpiàn ㄧㄝˋ ㄆㄧㄢˋ ❶葉的組成部分之一，通常是很薄的扁平體，有葉肉和葉脉，是植物進行光合作用的主要部分。❷渦輪機、水泵、鼓風機等機器中形狀像葉子的零件，許多葉片構成葉輪。

【葉鞘】yèqiào ㄧㄝˋ ㄑㄧㄠˋ 稻、麥、莎草等植物的葉子裹在莖上的部分。

【葉肉】yèròu ㄧㄝˋ ㄖㄡˋ 葉片表皮裏面除去葉脉以外所剩下的部分，主要由薄壁的細胞構成。

【葉序】yèxù ㄧㄝˋ ㄒㄩˋ 葉子在莖上排列的形式，常見的有互生、對生、輪生等。

【葉芽】yèyá ㄧㄝˋ ㄧㄚˊ 發育後長成新枝條的芽。

【葉腋】yèyè ㄧㄝˋ ㄧㄝˋ 葉的基部和莖之間所夾的角。

【葉枝】yèzhī ㄧㄝˋ ㄓ ❶果樹上只長葉子不結果實的枝。❷棉花植株上只長葉子不長棉桃的枝。

【葉子】yè·zi ㄧㄝˋ ·ㄗ ❶植物的葉的通稱。❷〈方〉紙牌。❸〈方〉指茶葉。

【葉子烟】yè·ziyān ㄧㄝˋ ·ㄗ ㄧㄢ 曬乾或烤乾而未進一步加工的烟葉。

腋 yè ㄧㄝˋ ❶腋窩。❷其他生物體上跟腋類似的部分：腋芽。

【腋臭】yèchòu ㄧㄝˋ ㄔㄡˋ 腋窩狐臭。

【腋毛】yèmáo ㄧㄝˋ ㄇㄠˊ 人腋部生長的毛。

【腋生】yèshēng ㄧㄝˋ ㄕㄥ 着生在葉腋或枝腋上：腋生穗狀花序。

【腋窩】yèwō ㄧㄝˋ ㄨㄛ 上肢和肩膀連接處靠底下的部分，呈窩狀。通稱夾肢窩(gā·zhiwō)。

【腋芽】yèyá ㄧㄝˋ ㄧㄚˊ 見115頁〖側芽〗。

業[1] (业) yè ㄧㄝˋ ❶行業：工業｜農業｜林業｜畜牧業｜飲食業｜各行各業。❷職業：就業｜轉業｜業餘。❸學業：肄業｜修業｜畢業｜結業。❹事業：功業｜創業｜業績。❺產業；財產：家業｜業主。❻佛教徒稱一切行為、言語、思想為業，分別叫做身業、口業、意業，合稱三業，包括善惡兩面，一般專指惡業。❼從事(某種行業)：業農｜業商。❽(Yè)姓。

業[2] (业) yè ㄧㄝˋ 已經：業已｜業經。

【業海】yèhǎi ㄧㄝˋ ㄏㄞˇ 佛教指使人沈淪的無邊的罪惡。

【業績】yèjì ㄧㄝˋ ㄐㄧˋ 建立的功勞和完成的事業；重大的成就。

【業界】yèjiè ㄧㄝˋ ㄐㄧㄝˋ 〈方〉指企業界。也指企業界中各行業或某個行業。

【業經】yèjīng ㄧㄝˋ ㄐㄧㄥ 已經(多見於公文)：業經呈報在案。

【業師】yèshī ㄧㄝˋ ㄕ 稱教過自己的老師。

【業務】yèwù ㄧㄝˋ ㄨˋ 個人的或某個機構的專業工作：業務能力｜業務學習｜業務範圍｜發展業務。

【業已】yèyǐ ㄧㄝˋ ㄧˇ 已經(多見於公文)：業已調查屬實｜業已準備就緒。

【業餘】yèyú ㄧㄝˋ ㄩˊ ❶工作時間以外的：業餘時間｜業餘學校。❷非專業的：業餘歌手｜業餘劇團｜業餘文藝活動。

【業餘教育】yèyú jiàoyù ㄧㄝˋ ㄩˊ ㄐㄧㄠˋ ㄩˋ 為提高工人、農民、幹部等的政治、文化和科學、技術水平，在業餘時間進行的教育。

【業障】yèzhàng ㄧㄝˋ ㄓㄤˋ ❶佛教指妨礙修行的罪惡。❷舊時長輩罵不肖子弟的話。

【業主】yèzhǔ ㄧㄝˋ ㄓㄨˇ 產業或企業的所有者。

曄〔曅〕(晔) yè ㄧㄝˋ 〈書〉光。

燁〔爗〕(烨、爆) yè ㄧㄝˋ 〈書〉❶火光；日光。❷光盛。

鄴 (邺) Yè ㄧㄝˋ ❶古地名，在今河南安陽北。❷姓。

謁 (谒) yè ㄧㄝˋ 〈書〉謁見：拜謁｜進謁｜謁黃帝陵。

【謁見】yèjiàn ㄧㄝˋ ㄐㄧㄢˋ 進見(地位或輩分高的人)。

饁 (馌) yè ㄧㄝˋ 〈書〉往田野送飯。

靨 (靥) yè ㄧㄝˋ 酒窩：酒靨｜笑靨。

yī (ㄧ)

一[1] yī ㄧ ❶數目，最小的正整數。參看1067頁〖數字〗。❷同一：一視同仁｜咱們是一家人｜你們一路走｜這不是一碼事。❸另一：番茄一名西紅柿。❹全；滿：一冬｜一生｜一路平安｜一屋子人｜一身的汗。❺專一：一心一意。❻表示動作是一次，或表示動作是短暫的，或表示動作是試試的。a) 用在重疊的動詞(多為單音)中間：歇一歇｜笑一笑｜讓我聞一聞。b)用在動詞之後，動量詞之前：笑一聲｜看一眼｜讓我們商量一下。❼用在動詞或動量詞前面，表示先做某個動作(下文説明動作結果)：一跳跳了過去｜一腳把它踢開｜他在旁邊一站，再也不説甚麼。❽一旦；一經：一失足成千古恨。❾〈書〉助詞，用在某些詞前加強語氣：一何速也｜為害之甚，一至於此！‖注意 '一'字單用或在一詞一句末尾唸陰平，如'十一、一一得一'，在去聲字前唸陽平，如'一半、一共'，在陰平、陽平、上聲字前唸去聲，如'一天、一年、一點'。本詞典為簡便起見，條目中的'一'字，都注陰平。

——2 yī ㄧ 我國民族音樂音階上的一級，樂譜上用做記音符號，相當於簡譜的'7'。參看392頁〖工尺〗。

【一把手】yī bǎ shǒu ㄧ ㄅㄚˇ ㄕㄡˇ ❶作為參加活動的一員：咱們搭夥幹，你也算上一把手。❷能幹的人：要説幹活兒，他可真是一把手。也説一把好手。❸同'第一把手'。

【一把死拿】yī bǎ sǐ ná ㄧ ㄅㄚˇ ㄙˇ ㄋㄚˊ 〈方〉(一把死拿兒)形容固執成法，不肯變通。

【一把抓】yī bǎ zhuā ㄧ ㄅㄚˇ ㄓㄨㄚ ❶對一切事都不放手，都是自己管。❷做事不分輕重緩急，一齊下手。

【一百一】yībǎiyī ㄧ ㄅㄞˇ ㄧ 〈方〉形容好到極點，無可挑剔：他是一百一的好人｜他侍候病人可説是一百一。

【一敗塗地】yī bài tú dì ㄧ ㄅㄞˋ ㄊㄨˊ ㄉㄧˋ 形容敗得不可收拾。

【一般】yībān ㄧ ㄅㄢ ❶一樣；同樣：哥兒倆長得一般高｜火車飛一般地向前馳去。❷一種：別有一般滋味。❸普通；通常：一般性｜一般化｜一般情況｜他一早出去，一般要到天黑才回來｜一般地説，吃這種藥是很見效的。

【一般見識】yībān jiàn·shi ㄧ ㄅㄢ ㄐㄧㄢˋ ·ㄕ 不跟知識、修養較差的人爭執，叫做不跟他一般見識。

【一斑】yībān ㄧ ㄅㄢ 指豹身上的一塊斑紋。比喻相類似的許多事物中很小的一部分：管中窺豹，可見一斑。參看423頁〖管中窺豹〗。

【一板一眼】yī bǎn yī yǎn ㄧ ㄅㄢˇ ㄧ ㄧㄢˇ 比喻言語行為有條理，合規矩，不馬虎。參看31頁〖板眼〗。

【一半】yībàn ㄧ ㄅㄢˋ (一半兒)二分之一：把菜子分給他們一半兒，咱們有一半兒也就夠了。

【一…半…】yī…bàn… ㄧ…ㄅㄢˋ… 分別用在同義詞或近義詞前邊，表示不多或不久：一鱗半爪｜一年半載｜一時半刻｜一星半點兒｜一知半解。

【一半天】yī bàn tiān ㄧ ㄅㄢˋ ㄊㄧㄢ 一兩天：過一半天就給你送去。

【一包在內】yī bāo zài nèi ㄧ ㄅㄠ ㄗㄞˋ ㄋㄟˋ 一切都包括在裏面：車錢、店錢、飯錢，一包在內，花了五十塊錢。

【一輩子】yībèi·zi ㄧ ㄅㄟˋ ·ㄗ 一生。

【一本萬利】yī běn wàn lì ㄧ ㄅㄣˇ ㄨㄢˋ ㄌㄧˋ 形容本錢小，利潤很大。

【一本正經】yī běn zhèng jīng ㄧ ㄅㄣˇ ㄓㄥˋ ㄐㄧㄥ 形容很規矩，很莊重。

【一鼻孔出氣】yī bíkǒng chū qì ㄧ ㄅㄧˊ ㄎㄨㄥˇ ㄔㄨ ㄑㄧˋ 比喻持有同樣的態度和主張(含貶義)。

【一筆帶過】yī bǐ dài guò ㄧ ㄅㄧˇ ㄉㄞˋ ㄍㄨㄛˋ 對事情只簡單一提，不着重敍説或描述。

【一筆勾銷】yī bǐ gōuxiāo ㄧ ㄅㄧˇ ㄍㄡ ㄒㄧㄠ 把賬一筆抹去。比喻把一切完全取消。

【一筆抹殺】yī bǐ mǒshā ㄧ ㄅㄧˇ ㄇㄛˇ ㄕㄚ 比喻輕率地把優點、成績等全部否定。

【一臂之力】yī bì zhī lì ㄧ ㄅㄧˋ ㄓ ㄌㄧˋ 指其中的一部分力量或不大的力量：助你一臂之力。

【一邊】yībiān ㄧ ㄅㄧㄢ (一邊兒) ❶東西的一面；事情的一方面：這塊木料有一邊兒不光滑｜兩方面爭論，總有一邊兒理屈。❷旁邊：我們打球，他坐在一邊看書。❸表示一個動作跟另一個動作同時進行。a)單用：他慢慢往前走，一邊兒唱着歌兒。b)連用：他一邊兒答應，一邊兒放下手裏的書。❹〈方〉同樣；一般①：他倆一邊高｜天下烏鴉一邊黑。

【一邊倒】yī biān dǎo ㄧ ㄅㄧㄢ ㄉㄠˇ 指完全傾向於對立雙方中的一方。

【一表非凡】yī biǎo fēi fán ㄧ ㄅㄧㄠˇ ㄈㄟ ㄈㄢˊ 形容人的儀表出眾，很不尋常。

【一表人才】yī biǎo rén cái ㄧ ㄅㄧㄠˇ ㄖㄣˊ ㄘㄞˊ 形容人相貌英俊、風度瀟灑。

【一併】yībìng ㄧ ㄅㄧㄥˋ 副詞，表示合在一起：一併辦理｜一併報銷。

【一波三折】yī bō sān zhé ㄧ ㄅㄛ ㄙㄢ ㄓㄜˊ 原指寫字筆畫曲折多姿，後形容文章結構曲折起伏。也比喻事情進行中阻礙、變化很多。

【一波未平，一波又起】yī bō wèi píng, yī bō yòu qǐ ㄧ ㄅㄛ ㄨㄟˋ ㄆㄧㄥˊ, ㄧ ㄅㄛ ㄧㄡˋ ㄑㄧˇ 比喻波折多，一個問題還沒有解決，另一個問題又發生了。

【一…不…】yī…bù… ㄧ…ㄅㄨˋ… ❶分別用在兩個動作前面，表示動作或情況一經發生就不改變：一定不易｜一去不返｜一蹶不振。❷分別用在一個名詞和一個動詞前面，表示強調或誇張：一言不發｜一字不漏｜一錢不值｜一毛不拔。

【一不做，二不休】yī bù zuò, èr bù xiū ㄧ ㄅㄨˋ ㄗㄨㄛˋ, ㄦˋ ㄅㄨˋ ㄒㄧㄡ 事情已經開始了，就索性幹到底。

【一步登天】yī bù dēng tiān ㄧ ㄅㄨˋ ㄉㄥ ㄊㄧㄢ 比喻一下子達到最高的境界或程度。也比喻地位一下子升得很高。

【一步一個腳印兒】yī bù yī gè jiǎoyìnr ㄧ ㄅㄨˋ ㄧ ㄍㄜˋ ㄐㄧㄠˇ ㄧㄣˋㄦ 比喻做事塌實。

【一差二錯】yī chā èr cuò ㄧ ㄔㄚ ㄦˋ ㄘㄨㄛˋ 可能發生的意外或差錯：萬一有個一差二錯，就麻煩了。

【一剎那】yīchànà ㄧ ㄔㄚˋ ㄋㄚˋ 極短的時間。參看121頁〖剎那〗。

【一剗】yīchàn ㄧ ㄔㄢˋ ❶〈方〉一概；全部：一剗都是新的。❷一味；總是（多見於早期白話）：一剗地殘害忠良。

【一場空】yī cháng kōng ㄧ ㄔㄤˊ ㄎㄨㄥ 希望和努力完全落空。

【一倡百和】yīchàng bǎi hè ㄧ ㄔㄤˋ ㄅㄞˇ ㄏㄜˋ 一人首倡，百人附和。形容附和的人極多。'倡'也作唱。

【一唱一和】yī chàng yī hè ㄧ ㄔㄤˋ ㄧ ㄏㄜˋ 比喻互相配合，互相呼應（多含貶義）。

【一朝天子一朝臣】yī cháo tiānzǐ yī cháo chén ㄧ ㄔㄠˊ ㄊㄧㄢ ㄗˇ ㄧ ㄔㄠˊ ㄔㄣˊ 指一個人上台，就另換一班人馬。

【一塵不染】yī chén bù rǎn ㄧ ㄔㄣˊ ㄅㄨˋ ㄖㄢˇ ❶佛家稱色、聲、香、味、觸、法為六塵，修道的人不被六塵所玷污，叫做一塵不染。泛指人品純潔，絲毫沒沾染壞習氣。❷借指環境非常清潔：屋子裏窗明几淨，一塵不染。

【一成不變】yī chéng bù biàn ㄧ ㄔㄥˊ ㄅㄨˋ ㄅㄧㄢˋ 一經形成，永不改變：任何事物都是不斷發展的，不是一成不變的。

【一程子】yīchéng·zi ㄧ ㄔㄥˊ·ㄗ 〈方〉一些日子：我母親來住了一程子，昨天剛走。

【一籌】yī chóu ㄧ ㄔㄡˊ 計數的一根竹籤。借指一着（zhāo）：略遜一籌｜他的思維能力比一般人高出一籌。

【一籌莫展】yī chóu mò zhǎn ㄧ ㄔㄡˊ ㄇㄛˋ ㄓㄢˇ 一點計策也施展不出；一點辦法也想不出。

【一觸即發】yī chù jí fā ㄧ ㄔㄨˋ ㄐㄧˊ ㄈㄚ 比喻形勢非常緊張，馬上會發生嚴重的事情：矛盾一觸即發。

【一觸即潰】yī chù jí kuì ㄧ ㄔㄨˋ ㄐㄧˊ ㄎㄨㄟˋ 一碰就崩潰：敵軍士氣渙散，一觸即潰。

【一錘定音】yī chuí dìng yīn ㄧ ㄔㄨㄟˊ ㄉㄧㄥˋ ㄧㄣ 比喻憑某個人的一句話做出最後決定。'錘'也作槌。

【一錘子買賣】yī chuí·zi mǎi·mai ㄧ ㄔㄨㄟˊ·ㄗ ㄇㄞˇ·ㄇㄞ 不考慮以後怎樣，只做一次的交易（多用於比喻）。

【一次能源】yī cì néngyuán ㄧ ㄘˋ ㄋㄥˊ ㄩㄢˊ 指存在於自然界的天然能源，如煤炭、石油、天然氣、水力、鈾礦等。

【一次性】yīcìxìng ㄧ ㄘˋ ㄒㄧㄥˋ 只一次的；不須或不做第二次的：發給一次性補助金｜對某些滯銷商品作一次性削價處理。

【一從】yīcóng ㄧ ㄘㄨㄥˊ 自從：一從別後，音信杳然。

【一蹴而就】yī cù ér jiù ㄧ ㄘㄨˋ ㄦˊ ㄐㄧㄡˋ 踏一步就成功。形容事情輕而易舉，一下子就能完成。

【一搭兩用兒】yī dā liǎng yòngr ㄧ ㄉㄚ ㄌㄧㄤˇ ㄩㄥˋㄦ 一樣東西當兩樣用：帶件大衣，白天穿，晚上當被蓋，一搭兩用兒。

【一帶】yīdài ㄧ ㄉㄞˋ 泛指某處及其附近地方：北京一帶｜江南一帶雨量充足。

【一旦】yīdàn ㄧ ㄉㄢˋ ❶一天之間（形容時間短）：毀於一旦。❷不確定的時間詞，表示有一天。a）用於已然，表示'忽然有一天'：相處三年，一旦離別，怎麼能不想念呢？b）用於未然，表示'要是有一天'：理論一旦為群眾所掌握，就會產生巨大的物質力量。

【一刀兩斷】yī dāo liǎng duàn ㄧ ㄉㄠ ㄌㄧㄤˇ ㄉㄨㄢˋ 比喻堅決斷絕關係。

【一刀切】yīdāoqiē ㄧ ㄉㄠ ㄑㄧㄝ 比喻不顧實際情況，用同一方式處理問題。也說一刀齊。

【一道】yīdào ㄧ ㄉㄠˋ （一道兒）一同；一路③：一道走｜一道工作。

【一得之功】yī dé zhī gōng ㄧ ㄉㄜˊ ㄓ ㄍㄨㄥ 一點微小的成績：不能沾沾自喜於一得之功，一孔之見。

【一得之愚】yī dé zhī yú ㄧ ㄉㄜˊ ㄓ ㄩˊ 謙辭，指自己對於某一問題的見解：這是我的一得之愚，供你參考。參看913頁〖千慮一得〗。

【一點兒】yīdiǎnr ㄧ ㄉㄧㄢˇㄦ ❶表示不定的數量：我沒活兒做了，你分給我一點兒吧。❷表示很小或很少：我以為有多大呢，原來只有這麼一點兒｜只有那麼一點兒，夠用嗎？｜幾年過去了，他的毛病一點兒都沒改。

【一丁點兒】yīdīngdiǎnr ㄧ ㄉㄧㄥ ㄉㄧㄢˇㄦ 〈方〉極少的或極小的一點兒。

【一定】yīdìng ㄧ ㄉㄧㄥˋ ❶規定的；確定的：每天工作幾小時，學習幾小時，休息幾小時，都有一定。❷固定不變；必然：文章的深淺跟篇幅的長短，並沒有一定的關係。❸表示堅決或確定；必定：一定要努力工作｜這半天還不回來，一定是沒搭到車。❹特定的：一定的文化是一定社會的政治和經濟的反映。❺相當的：我們的工作已經取得了一定的成績｜他的思想感情起了一定程度的變化。

【一定之規】yīdìng zhī guī ㄧ ㄉㄧㄥˋ ㄓ ㄍㄨㄟ 一定的規則。多比喻已經打定的主意。

【一動】yīdòng ㄧ ㄉㄨㄥˋ （一動兒）動不動：一動就發脾氣｜一動兒就哭。

【一度】yī dù ㄧ ㄉㄨˋ ❶一次；一陣：一年一度的春節又到了｜經過一度緊張的戰鬥，洪水終於被戰勝了。❷有過一次：他一度休學。

【一端】yī duān ㄧ ㄉㄨㄢ （事情的）一點或一個方面：此其一端。

【一多半】yīduōbàn ㄧ ㄉㄨㄛ ㄅㄢˋ （一多半兒）超

過半數；多半①：小組成員一多半是年輕人。

【一…而…】yī…ér… ㄧ…ㄦˊ… 分別用在兩個動詞前面，表示前一個動作很快產生了結果：一鬨而散｜一怒而去｜一痛而絕｜一望而知｜一掃而光｜一揮而就。

【一而再，再而三】yī ér zài,zài ér sān ㄧ ㄦˊ ㄗㄞˋ,ㄗㄞˋ ㄦˊ ㄙㄢ 反復多次；再三。

【一二】yī'èr ㄧ ㄦˋ 一兩個；少數：一二知己｜略知一二(自謙所知不多)。

【一…二…】yī…èr… ㄧ…ㄦˋ… 分別加在某些雙音節形容詞的兩個詞素前面，表示強調：一乾二淨｜一清二楚｜一清二白。

【一二·九運動】Yī'èr-Jiǔ Yùndòng ㄧ ㄦˋ ㄐㄧㄡˇ ㄩㄣˋ ㄉㄨㄥˋ 1935 年 12 月 9 日，北平(今北京)學生在中國共產黨領導下，發動的抗日救國運動。目標是反對日本帝國主義對華北的進一步侵略和國民政府的不抵抗政策，號召全國人民起來抗日救國。運動很快發展到全國各地，為 1937 年開始的抗日戰爭準備了條件。

【一發】yīfā ㄧ ㄈㄚ ❶更加：如果處理不當，就一發不可收拾了。❷一同；一併：你先把這些急用的材料領走，明天一發登記。

【一髮千鈞】yī fà qiān jūn ㄧ ㄈㄚˋ ㄑㄧㄢ ㄐㄩㄣ 一根頭髮上繫着千鈞的重量。比喻極其危險。也說千鈞一髮。

【一帆風順】yī fān fēng shùn ㄧ ㄈㄢ ㄈㄥ ㄕㄨㄣˋ 比喻非常順利，毫無挫折。

【一反常態】yī fǎn cháng tài ㄧ ㄈㄢˇ ㄔㄤˊ ㄊㄞˋ 完全改變了平時的態度。

【一風吹】yīfēngchuī ㄧ ㄈㄥ ㄔㄨㄟ 比喻一筆勾銷。

【一概】yīgài ㄧ ㄍㄞˋ 副詞，表示適用於全體，沒有例外：過期一概作廢。

【一概而論】yīgài ér lùn ㄧ ㄍㄞˋ ㄦˊ ㄌㄨㄣˋ 用同一標準來對待或處理(多用於否定)：不能一概而論。

【一干】yīgān ㄧ ㄍㄢ 所有跟某件事(多指案件)有關的：一干人｜一干人犯。

【一竿子到底】yī gān·zi dào dǐ ㄧ ㄍㄢ ·ㄗ ㄉㄠˋ ㄉㄧˇ 比喻直接貫徹到底。也說一竿子插到底。

【一個巴掌拍不響】yī·ge bā·zhang pāi bù xiǎng ㄧ·ㄍㄜ ㄅㄚ ·ㄓㄤ ㄆㄞ ㄅㄨˋ ㄒㄧㄤˇ 比喻矛盾和糾紛不是單方面引起的。

【一個勁兒】yī·gejìnr ㄧ·ㄍㄜ ㄐㄧㄣㄦˋ 表示不停地連續下去：雨一個勁兒地下｜他一個勁兒地直往前跑。

【一個蘿蔔一個坑兒】yī·ge luó·bo yī gè kēngr ㄧ·ㄍㄜ ㄌㄨㄛˊ·ㄅㄛ ㄧ ㄍㄜˋ ㄎㄥㄦ 比喻每人各有崗位，各有職責。

【一個心眼兒】yī·ge xīnyǎnr ㄧ·ㄍㄜ ㄒㄧㄣ ㄧㄢㄦˇ ❶指專心一意：一個心眼兒為集體。❷比喻固執不知變通。

【一共】yīgòng ㄧ ㄍㄨㄥˋ 副詞，表示合在一起：三個小組一共是十七個人。

【一股勁兒】yīgǔjìnr ㄧ ㄍㄨˇ ㄐㄧㄣㄦˋ 表示從始至終不鬆勁；一口氣：一股勁兒地幹。

【一股腦兒】yīgǔnǎor ㄧ ㄍㄨˇ ㄋㄠㄦˇ 〈方〉通通：她興奮得很，把要講的話一股腦兒都講出來了。'股'也作古。

【一鼓作氣】yī gǔ zuò qì ㄧ ㄍㄨˇ ㄗㄨㄛˋ ㄑㄧˋ《左傳》莊公十年：'夫戰，勇氣也。一鼓作氣，再而衰，三而竭。'意思是打仗靠勇氣，擂一通鼓，勇氣振作起來了，兩通鼓，勇氣就衰了，三通鼓，勇氣就完了。後來用來比喻趁勁頭大的時候一下子把事情完成。

【一貫】yīguàn ㄧ ㄍㄨㄢˋ (思想、作風等)一向如此，從未改變：謙虛、樸素是他一貫的作風。

【一棍子打死】yī gùn·zi dǎ sǐ ㄧ ㄍㄨㄣˋ ·ㄗ ㄉㄚˇ ㄙˇ 比喻對人或事物不加分析，全盤否定。

【一鍋端】yī guō duān ㄧ ㄍㄨㄛ ㄉㄨㄢ 比喻全部消滅或盡其所有：把這夥販毒分子來個一鍋端｜各種各樣的意見，一鍋端地往外倒。

【一鍋粥】yī guō zhōu ㄧ ㄍㄨㄛ ㄓㄡ 形容混亂的現象；一團糟：亂成一鍋粥。

【一鍋煮】yī guō zhǔ ㄧ ㄍㄨㄛ ㄓㄨˇ 比喻不區別情況，對不同的事物作同樣的處理。也說一鍋燴、一勺燴。

【一國三公】yī guó sān gōng ㄧ ㄍㄨㄛˊ ㄙㄢ ㄍㄨㄥ《左傳》僖公五年：'一國三公，吾誰適從？'一個國家有三個主持政事的人，我聽從誰？後來泛指事權不統一。

【一呼百應】yī hū bǎi yìng ㄧ ㄏㄨ ㄅㄞˇ ㄧㄥˋ 形容響應的人很多。

【一忽兒】yīhūr ㄧ ㄏㄨㄦ 〈方〉一會兒。

【一晃】yīhuǎng ㄧ ㄏㄨㄤˇ (一晃兒)很快地一閃：窗外有個人影，一晃兒就不見了。

【一晃】yīhuàng ㄧ ㄏㄨㄤˋ 形容時間過去得快(有不知不覺的意思)：一晃就是五年，孩子都長這麼大了。

【一會兒】yīhuìr ㄧ ㄏㄨㄟㄦˋ ❶指很短的時間：一會兒的工夫｜咱們歇一會兒。❷指在很短的時間之內：一會兒廠裏還要開會｜你媽媽一會兒就回來了｜一會兒地上就積起了三四寸厚的雪。❸疊用在兩個反義詞的前面，表示兩種情況交替：天氣一會兒晴一會兒陰｜他一會兒出，一會兒進，忙個不停。

【一己】yījǐ ㄧ ㄐㄧˇ 自身；個人：一己之私。

【一技之長】yī jì zhī cháng ㄧ ㄐㄧˋ ㄓ ㄔㄤˊ 指某一種技術特長。

【一家之言】yī jiā zhī yán ㄧ ㄐㄧㄚ ㄓ ㄧㄢˊ 指有獨特見解、自成體系的學術論述。也泛指一個學派或個人的理論、說法。

【一見如故】yī jiàn rú gù ㄧ ㄐㄧㄢˋ ㄖㄨˊ ㄍㄨˋ 初次見面就很相投，像老朋友一樣。

【一見鍾情】yī jiàn zhōngqíng ㄧ ㄐㄧㄢˋ ㄓㄨㄥ ㄑㄧㄥˊ 一見面就產生了愛情。

【一箭雙雕】yī jiàn shuāng diāo ㄧ ㄐㄧㄢˋ ㄕㄨㄤ ㄉㄧㄠ 比喻一舉兩得。

【一經】yījīng ㄧ ㄐㄧㄥ 副詞，表示只要經過某個步驟或者某種行為(下文説明就能產生相應的結果)：一經解釋，就恍然大悟。

【一徑】yījìng ㄧ ㄐㄧㄥˋ ❶徑直：他沒有跟別人打招呼，一徑走進屋裏。❷〈方〉一直；連續不斷：她一徑在微笑｜他一徑是做教師的。

【一…就…】yī…jiù… ㄧ … ㄐㄧㄡˋ … 表示兩事時間上前後緊接。a) 同一主語的：一學就會｜一開就謝｜一吃就吐。b) 不同主語的：一教就懂｜一請就到｜一説就成｜一推就倒。

【一舉】yījǔ ㄧ ㄐㄩˇ 一種舉動；一次行動：多此一舉｜成敗在此一舉｜一舉搗毀敵人的巢穴。

【一舉兩得】yī jǔ liǎng dé ㄧ ㄐㄩˇ ㄌㄧㄤˇ ㄉㄜˊ 做一件事情，得到兩種收穫：荒山造林，既能生產木材，又能保持水土，是一舉兩得的事。

【一蹶不振】yī jué bù zhèn ㄧ ㄐㄩㄝˊ ㄅㄨˋ ㄓㄣˋ 比喻一遭到挫折就不能再振作起來。

【一刻】yīkè ㄧ ㄎㄜˋ 指短暫的時間；片刻：一刻千金(形容時光非常寶貴)。

【一空】yīkōng ㄧ ㄎㄨㄥ 一點不剩：銷售一空｜搶劫一空。

【一孔之見】yī kǒng zhī jiàn ㄧ ㄎㄨㄥˇ ㄓ ㄐㄧㄢˋ 從一個小窟窿裏面所看到的。比喻狹隘片面的見解(多用作謙詞)。

【一口】yīkǒu ㄧ ㄎㄡˇ ❶純一(指説話的口音、腔調)：這孩子普通話説得很流利，可半年前還是一口的廣東話呢。❷表示口氣堅決：一口否認｜一口咬定。

【一口氣】yī kǒu qì ㄧ ㄎㄡˇ ㄑㄧˋ (一口氣兒) ❶一口氣息：只要她還有一口氣，就要盡力搶救。❷不間斷地(做某件事)：一口氣兒説完｜一口氣跑到家。

【一塊兒】yīkuàir ㄧ ㄎㄨㄞㄦˋ ❶同一個處所：他倆過去在一塊兒上學，現在又在一塊兒工作。❷一同：他們一塊兒參軍。

【一來二去】yī lái èr qù ㄧ ㄌㄞˊ ㄦˋ ㄑㄩˋ 指互相交往、接觸後漸漸產生某種情況：兩家住在一個院子裏，一來二去地孩子們也都熟了。

【一覽】yīlǎn ㄧ ㄌㄢˇ 用圖表或簡明的文字做成的關於概況的説明(多用做書名)：《北京名勝古迹一覽》。

【一覽表】yīlǎnbiǎo ㄧ ㄌㄢˇ ㄅㄧㄠˇ 説明概況的表格：行車時間一覽表。

【一攬子】yīlǎn·zi ㄧ ㄌㄢˇ·ㄗ 對各種事物不加區別或不加選擇的：一攬子計劃(總的計劃)｜一攬子建議(或者全部接受或者全部拒絕的建議)。

【一勞永逸】yī láo yǒng yì ㄧ ㄌㄠˊ ㄩㄥˇ ㄧˋ 辛苦一次，把事情辦好，以後就不再費事了。

【一力】yīlì ㄧ ㄌㄧˋ 盡全力；竭力：一力成全｜一力主持｜一力承擔。

【一例】yīlì ㄧ ㄌㄧˋ 一律；同等：一例看待。

【一連】yīlián ㄧ ㄌㄧㄢˊ 副詞，表示動作繼續不斷或情況連續發生：一連下了三天雨｜今天一連運到了四五批貨。

【一連串】yīliánchuàn ㄧ ㄌㄧㄢˊ ㄔㄨㄢˋ (行動、事情等)一個緊接着一個：一連串的勝利｜一連串的打擊。

【一連氣兒】yīliánqìr ㄧ ㄌㄧㄢˊ ㄑㄧㄦˋ〈方〉一連：一連氣兒唱了四五個歌。

【一了百了】yī liǎo bǎi liǎo ㄧ ㄌㄧㄠˇ ㄅㄞˇ ㄌㄧㄠˇ 由於主要的事情了結了，其餘的事情也跟着了結。

【一鱗半爪】yī lín bàn zhǎo ㄧ ㄌㄧㄣˊ ㄅㄢˋ ㄓㄠˇ 比喻零星片段的事物。也説東鱗西爪。

【一零兒】yīlíngr ㄧ ㄌㄧㄥㄦˊ〈方〉零頭：我知道的這一點兒，連人家的一零兒也比不上啊。

【一流】yīliú ㄧ ㄌㄧㄡˊ ❶同一類；一類：他是屬於新派一流人物。❷第一等：一流作品。

【一溜風】yīliùfēng ㄧ ㄌㄧㄡˋ ㄈㄥ 形容跑得很快：他一溜風地從山上跑下來。

【一溜兒】yīliùr ㄧ ㄌㄧㄡㄦˋ ❶一排；一行：這一溜兒十間房是集體宿舍。❷附近一帶：反正就是那一溜兒，準在哪兒我就説不清了。

【一溜歪斜】yīliù-wāixié ㄧ ㄌㄧㄡˋ ㄨㄞ ㄒㄧㄝˊ〈方〉形容走路腳步不穩，不能照直走：他挑着一挑兒水，一溜歪斜地從河邊走上來。

【一溜烟】yīliùyān ㄧ ㄌㄧㄡˋ ㄧㄢ (一溜烟兒) 形容跑得很快：他説了一聲再會，就騎上車，一溜烟地向東去了。

【一路】yīlù ㄧ ㄌㄨˋ ❶在整個行程中；沿路：一路平安｜一路順風｜一路上莊稼長勢很好，一片豐收景象｜一路上大家説説笑笑，很熱鬧。❷同一類：一路人｜一路貨｜老王是拘謹一路，小張是曠達一路。❸一起(來、去、走)：咱們一路走｜我跟他一路來的。❹〈方〉一個勁兒；一直：鋁價一路下跌。

【一律】yīlǜ ㄧ ㄌㄩˋ ❶一個樣子；相同：千篇一律｜強求一律。❷適用於全體，無例外：我國各民族一律平等。

【一落千丈】yī luò qiān zhàng ㄧ ㄌㄨㄛˋ ㄑㄧㄢ ㄓㄤˋ 形容地位、景況、聲譽等下降得很厲害。

【一馬當先】yī mǎ dāng xiān ㄧ ㄇㄚˇ ㄉㄤ ㄒㄧㄢ 作戰時策馬衝鋒在前。形容領先；帶頭。

【一馬平川】yī mǎ píngchuān ㄧ ㄇㄚˇ ㄆㄧㄥˊ ㄔㄨㄢ 能夠縱馬疾馳的平地：翻過山崗，就是一馬平川了。

【一脈相傳】yī mài xiāng chuán ㄧ ㄇㄞˋ ㄒㄧㄤ ㄔㄨㄢˊ 由一個血統或一個派別傳下來。也説一脈相承。

【一毛不拔】yī máo bù bá ㄧ ㄇㄠˊ ㄅㄨˋ ㄅㄚˊ

《孟子·盡心》：‘楊子取為我，拔一毛而利天下，不為也。’比喻非常吝嗇。

【一門心思】yī mén xīn·si ㄧ ㄇㄣˊ ㄒㄧㄣ ·ㄙ 一心一意；集中精神：他一門心思搞技術革新｜老漢在一門心思地磨着鐮刀。

【一面】yī miàn ㄧ ㄇㄧㄢˋ ❶(一面兒)物體的幾個面之一：緞子一面光一面毛｜這房子朝北的一面只開了一個小窗。❷一個方面：一面倒｜一面之詞｜獨當一面。❸表示一個動作跟另一個動作同時進行。a)單用：説着話，一面朝窗戶外面看。b)連用：一面走，一面唱。❹〈書〉見過一次面：一面之識｜未嘗一面。

【一面兒理】yīmiànrlǐ ㄧ ㄇㄧㄢㄦˋ ㄌㄧˇ 一方面的理由；片面的道理。

【一面之詞】yī miàn zhī cí ㄧ ㄇㄧㄢˋ ㄓ ㄘˊ 爭執雙方的一方所説的話。

【一面之交】yī miàn zhī jiāo ㄧ ㄇㄧㄢˋ ㄓ ㄐㄧㄠ 只見過一次面的交情。也説一面之雅。

【一鳴驚人】yī míng jīng rén ㄧ ㄇㄧㄥˊ ㄐㄧㄥ ㄖㄣˊ《史記·滑稽列傳》：‘此鳥不飛則已，一飛衝天；不鳴則已，一鳴驚人。’比喻平時沒有特殊的表現，一幹就有驚人的成績。

【一命嗚呼】yī mìng wūhū ㄧ ㄇㄧㄥˋ ㄨ ㄏㄨ 指死(含詼諧意)。

【一模一樣】yī mú yī yàng ㄧ ㄇㄨˊ ㄧ ㄧㄤˋ 形容完全相同，沒有甚麼兩樣。

【一木難支】yī mù nán zhī ㄧ ㄇㄨˋ ㄋㄢˊ ㄓ 比喻艱巨的事業不是一人之力所能勝任的：眾擎易舉，一木難支。

【一目瞭然】yī mù liǎorán ㄧ ㄇㄨˋ ㄌㄧㄠˇ ㄖㄢˊ 一眼就能看清楚。

【一目十行】yī mù shí háng ㄧ ㄇㄨˋ ㄕˊ ㄏㄤˊ 形容看書極快。

【一年到頭】yī nián dào tóu ㄧ ㄋㄧㄢˊ ㄉㄠˋ ㄊㄡˊ (一年到頭兒)從年初到年底；整年：一年到頭不得閑。

【一年生】yīniánshēng ㄧ ㄋㄧㄢˊ ㄕㄥ 在當年之內完成全部生活週期的(種子萌發、長出根、莖、葉，開花，結果，植物體死亡)，如大豆、花生、水稻等植物都是一年生的。

【一念之差】yī niàn zhī chā ㄧ ㄋㄧㄢˋ ㄓ ㄔㄚ 一個念頭的差錯(引起嚴重的後果)。

【一諾千金】yī nuò qiān jīn ㄧ ㄋㄨㄛˋ ㄑㄧㄢ ㄐㄧㄣ《史記·季布欒布列傳》：‘得黃金百，不如得季布一諾’。後來用‘一諾千金’形容諾言的信用極高。

【一拍即合】yī pāi jí hé ㄧ ㄆㄞ ㄐㄧˊ ㄏㄜˊ 一打拍子就合上了曲子的節奏。比喻雙方很容易一致。

【一盤棋】yī pán qí ㄧ ㄆㄢˊ ㄑㄧˊ 比喻整體或全局：全國一盤棋｜一盤棋觀點。

【一盤散沙】yī pán sǎn shā ㄧ ㄆㄢˊ ㄙㄢˇ ㄕㄚ 比喻分散的、不團結的狀態。

【一旁】yīpáng ㄧ ㄆㄤˊ 旁邊：站在一旁看熱鬧。

【一炮打響】yī pào dǎ xiǎng ㄧ ㄆㄠˋ ㄉㄚˇ ㄒㄧㄤˇ 比喻第一次行動就獲得很大成功。

【一偏】yīpiān ㄧ ㄆㄧㄢ 偏於一方面的：一偏之見｜一偏之論。

【一片冰心】yī piàn bīng xīn ㄧ ㄆㄧㄢˋ ㄅㄧㄥ ㄒㄧㄣ 形容心地純潔，不羨慕榮華富貴(語本唐王昌齡《芙蓉樓送辛漸》詩：‘洛陽親友如相問，一片冰心在玉壺’)。

【一瞥】yīpiē ㄧ ㄆㄧㄝ ❶用眼一看，比喻極短的時間：就在這一瞥之間，我已看出他那激動的心情。❷一眼看到的概況(多用做文章題目)：邊城市場一瞥。

【一貧如洗】yī pín rú xǐ ㄧ ㄆㄧㄣˊ ㄖㄨˊ ㄒㄧˇ 形容窮得一無所有。

【一品鍋】yīpǐnguō ㄧ ㄆㄧㄣˇ ㄍㄨㄛ ❶一種類似火鍋的用具，用金屬製成，上面是鍋，下面是盛炭火的座子。❷菜名，把雞、鴨、火腿、肘子、香菇等放在一品鍋裏做成。

【一品紅】yīpǐnhóng ㄧ ㄆㄧㄣˇ ㄏㄨㄥˊ 落葉灌木，葉子互生，下部的葉子橢圓形或披針形，綠色，頂端的葉片較狹小，鮮紅色，很像花瓣。花小，單性，沒有花被。供觀賞。

【一暴十寒】yī pù shí hán ㄧ ㄆㄨˋ ㄕˊ ㄏㄢˊ《孟子·告子》：‘雖有天下易生之物也，一日暴之('暴'同'曝 pù')，十日寒之，未有能生者也。’比喻時而勤奮，時而懈怠，沒有恒心。

【一齊】yīqí ㄧ ㄑㄧˊ 副詞，表示同時：隊伍一齊出動｜全場一齊鼓掌｜人和行李一齊到了。

【一起】yīqǐ ㄧ ㄑㄧˇ ❶同一個處所：坐在一起。❷一同：張大叔明天進城，你一起去吧。❸〈方〉一共：這幾件東西一起多少錢？

【一氣】yīqì ㄧ ㄑㄧˋ ❶(一氣兒)不間斷地(做某件事)：一氣兒跑了五里地。❷聲氣相通；成為一夥(多含貶義)：串通一氣｜他們通同一氣。❸一陣(多含貶義)：瞎鬧一氣｜亂説一氣。

【一氣呵成】yīqì hē chéng ㄧ ㄑㄧˋ ㄏㄜ ㄔㄥˊ ❶比喻文章的氣勢首尾貫通。❷比喻整個工作過程中不間斷，不鬆懈。

【一竅不通】yī qiào bù tōng ㄧ ㄑㄧㄠˋ ㄅㄨˋ ㄊㄨㄥ 比喻一點兒也不懂。

【一切】yīqiè ㄧ ㄑㄧㄝˋ ❶全部的：調動一切積極因素。❷全部的事物：人民的利益高於一切｜夜深了，田野裏的一切都是那麼靜。

【一清早】yīqīngzǎo ㄧ ㄑㄧㄥ ㄗㄠˇ (一清早兒)清晨。

【一窮二白】yī qióng èr bái ㄧ ㄑㄩㄥˊ ㄦˋ ㄅㄞˊ 形容基礎差，底子薄(窮，指工農業不發達；白，指文化科學水平不高)。

【一丘之貉】yī qiū zhī hé ㄧ ㄑㄧㄡ ㄓ ㄏㄜˊ 同一個山丘上的貉。比喻彼此相同，沒有差別(專指壞人)。

【一人得道，雞犬升天】yī rén dé dào,jī quǎn shēng tiān ㄧ ㄖㄣˊ ㄉㄜˊ ㄉㄠˋ,ㄐㄧ ㄑㄩㄢˇ ㄕㄥ ㄊㄧㄢ 傳説漢代淮南王劉安修煉成仙，全家升天，連雞狗吃了仙藥也都升了天(見於漢代王充《論衡·道虛》)。後來用'一人得道，雞犬升天'比喻一個人得勢，他的親戚朋友也跟着沾光。'升天'也説飛升。

【一任】yīrèn ㄧ ㄖㄣˋ〈書〉聽憑。

【一仍舊貫】yī réng jiù guàn ㄧ ㄖㄥˊ ㄐㄧㄡˋ ㄍㄨㄢˋ 完全按照舊例。

【一日千里】yī rì qiān lǐ ㄧ ㄖˋ ㄑㄧㄢ ㄌㄧˇ 形容進展極快。

【一日三秋】yī rì sān qiū ㄧ ㄖˋ ㄙㄢ ㄑㄧㄡ《詩經·王風·採葛》：'一日不見，如三秋兮。'一天不見，就好像過了三年。形容思念人的心情非常迫切。

【一日之雅】yī rì zhī yǎ ㄧ ㄖˋ ㄓ ㄧㄚˇ 一天的交情。指交情不深：無一日之雅。

【一如】yīrú ㄧ ㄖㄨˊ (同某種情況)完全一樣：一如所見｜一如所聞｜一如所請。

【一如既往】yīrú jìwǎng ㄧ ㄖㄨˊ ㄐㄧˋ ㄨㄤˇ 完全跟過去一樣。

【一色】yīsè ㄧ ㄙㄜˋ ❶一樣的顏色：水天一色。❷全部一樣的；不混雜別的種類或式樣的：一色的大瓦房｜一色的江西瓷器。

【一霎】yīshà ㄧ ㄕㄚˋ 一會兒；短時間：一霎間｜一霎時｜就一霎工夫。

【一身】yīshēn ㄧ ㄕㄣ ❶全身；渾身：一身是勁｜一身是膽。❷(一身兒)一套(衣服)：一身工作服。❸一個人：獨自一身｜一身二任。

【一身兩役】yī shēn liǎng yì ㄧ ㄕㄣ ㄌㄧㄤˇ ㄧˋ 一個人同時擔任兩件工作。

【一身是膽】yī shēn shì dǎn ㄧ ㄕㄣ ㄕˋ ㄉㄢˇ 形容膽量極大。

【一神教】yīshénjiào ㄧ ㄕㄣˊ ㄐㄧㄠˋ 只信奉一個神的宗教，如基督教、伊斯蘭教等(區別於'多神教')。

【一審】yīshěn ㄧ ㄕㄣˇ 第一審。

【一生】yīshēng ㄧ ㄕㄥ 從生到死的全部時間。

【一失足成千古恨】yī shīzú chéng qiāngǔ hèn ㄧ ㄕ ㄗㄨˊ ㄔㄥˊ ㄑㄧㄢ ㄍㄨˇ ㄏㄣˋ 一旦墮落或犯了嚴重錯誤，就成為終身的恨事。

【一時】yīshí ㄧ ㄕˊ ❶一個時期：此一時彼一時｜一時無出其右。❷短時間；暫時：一時半刻｜一時還用不着｜這是一時的和表面的現象。❸臨時；偶然：一時想不起他是誰｜一時高興，寫了兩首詩。❹疊用，跟'時而'相同：高原上氣候變化大，一時晴，一時雨，一時冷，一時熱。

【一時半會兒】yī shí bàn huìr ㄧ ㄕˊ ㄅㄢˋ ㄏㄨㄟˋ ㄦˋ 指短時間：這場雨一時半會兒停不了。

【一時一刻】yī shí yī kè ㄧ ㄕˊ ㄧ ㄎㄜˋ 每時每刻：我一時一刻也不能忘記這個教訓。

【一世】yīshì ㄧ ㄕˋ ❶一輩子：他一世沒出過遠門。❷一個時代：一世之雄。

【一事】yīshì ㄧ ㄕˋ〈方〉業務或組織上有關係的；一起的：這家藥鋪和城裏同仁堂藥鋪是一事。

【一事無成】yī shì wú chéng ㄧ ㄕˋ ㄨˊ ㄔㄥˊ 連一樣事情也沒做成；甚麼事情都做不成。

【一是一，二是二】yī shì yī,èr shì èr ㄧ ㄕˋ ㄧ,ㄦˋ ㄕˋ ㄦˋ 根據事情本來的情況，應該怎樣就怎樣。多形容對事情認真，一絲不苟。

【一視同仁】yī shì tóng rén ㄧ ㄕˋ ㄊㄨㄥˊ ㄖㄣˊ 同樣看待，不分厚薄。

【一手】yīshǒu ㄧ ㄕㄡˇ ❶(一手兒)指一種技能或本領：留一手。❷(一手兒)指要的手段：你可不能跟我來這一手。❸指一個人單獨地：一手造成｜一手包辦。

【一手一足】yī shǒu yī zú ㄧ ㄕㄡˇ ㄧ ㄗㄨˊ 指單薄的力量。

【一手遮天】yī shǒu zhē tiān ㄧ ㄕㄡˇ ㄓㄜ ㄊㄧㄢ 形容倚仗權勢，玩弄騙人手法，蒙蔽眾人耳目。

【一水兒】yīshuǐr ㄧ ㄕㄨㄟ ㄦˇ〈方〉一色②：屋裏一水兒紅木傢具。

【一順兒】yīshùnr ㄧ ㄕㄨㄣ ㄦˋ 同一個方向或順序：村裏新蓋的房子，一順兒都是朝南的瓦房。

【一瞬】yīshùn ㄧ ㄕㄨㄣˋ 轉眼之間。形容時間極短：火箭飛行，一瞬千里。

【一絲】yīsī ㄧ ㄙ 形容極小或很少；一點兒：臉上露出了一絲笑容。

【一絲不苟】yī sī bù gǒu ㄧ ㄙ ㄅㄨˋ ㄍㄡˇ 形容辦事認真，連最細微的地方也不馬虎。

【一絲不挂】yī sī bù guà ㄧ ㄙ ㄅㄨˋ ㄍㄨㄚˋ 形容赤身裸體。

【一絲一毫】yī sī yī háo ㄧ ㄙ ㄧ ㄏㄠˊ 絲毫。

【一死兒】yīsǐr ㄧ ㄙ ㄦˇ〈方〉非常固執地(要怎麼樣)：不讓他去，他一死兒要去。

【一似】yīsì ㄧ ㄙˋ〈書〉一如；好像。

【一塌刮子】yītāguā·zi ㄧ ㄊㄚ ㄍㄨㄚ ·ㄗ〈方〉❶通通。❷總共加在一起。

【一塌糊塗】yītāhútú ㄧ ㄊㄚ ㄏㄨˊ ㄊㄨˊ 亂到不可收拾；糟到不可收拾：鬧得一塌糊塗｜爛得一塌糊塗。

【一潭死水】yī tán sǐshuǐ ㄧ ㄊㄢˊ ㄙˇ ㄕㄨㄟˇ 比喻沒有生氣或停滯不前的沈悶局面。

【一體】yītǐ ㄧ ㄊㄧˇ ❶關係密切，如同一個整體。❷全體：一體周知｜一體遵照。

【一天】yī tiān ㄧ ㄊㄧㄢ ❶一晝夜：一天二十四小時。❷一個白天：一天一夜。❸泛指過去某一天：一天，他談起當演員的經過。❹〈方〉一天到晚。

【一天到晚】yī tiān dào wǎn ㄧ ㄊㄧㄢ ㄉㄠˋ ㄨㄢˇ 整天；成天。

【一條龍】yītiáolóng ㄧ ㄊㄧㄠˊ ㄌㄨㄥˊ ❶比喻一個較長的行列：十幾輛汽車排成一條龍。❷比喻生產程序或工作環節上的緊密聯繫和配合：產運銷一條龍。

【一條藤兒】yītiáoténgr ㄧ ㄊㄧㄠˊ ㄊㄥˊ ㄦ˙〈方〉比喻串通一氣的一夥兒。

【一條心】yī tiáo xīn ㄧ ㄊㄧㄠˊ ㄒㄧㄣ 意志相同。

【一同】yītóng ㄧ ㄊㄨㄥˊ 副詞，表示同時同地做某件事：一同出發｜一同歡度新年。

【一統】yītǒng ㄧ ㄊㄨㄥˇ 統一(國家)：一統天下。

【一通】yītòng ㄧ ㄊㄨㄥˋ (一通兒)一陣；一次：胡扯一通｜他和我吵過一通｜這一通打真不輕。

【一頭】yītóu ㄧ ㄊㄡˊ ❶表示同時進行幾件事；一面：他一頭走，一頭說。❷表示動作急；徑直：打開車門，他一頭鑽了進去。❸突然；一下子：剛進門，一頭碰見了他。❹頭部突然往下扎或往下倒的動作：一頭撲進水裏｜一頭倒在牀上。❺(一頭兒)一端：扁擔的一頭挑着籃子，另一頭挂着水罐。❻相當於一個頭的高度：他比你高出一頭。❼(一頭兒)同一個方面；一夥：昨天打橋牌，我和老王一頭，小張和小李一頭。❽〈方〉一塊：他們是一頭來的。

【一頭兒沉】yītóurchén ㄧ ㄊㄡㄦˊ ㄔㄣˊ〈方〉❶書桌或辦公桌的一種構造形式，一頭有櫃子或抽屜，另一頭沒有。也指這種形式的桌子。❷比喻進行調解時偏袒一方。

【一團和氣】yī tuán héqì ㄧ ㄊㄨㄢˊ ㄏㄜˊ ㄑㄧˋ 態度溫和，沒有原則。

【一團漆黑】yī tuán qīhēi ㄧ ㄊㄨㄢˊ ㄑㄧ ㄏㄟ 見901頁〖漆黑一團〗。

【一團糟】yītuánzāo ㄧ ㄊㄨㄢˊ ㄗㄠ 形容異常混亂，不易收拾。

【一退六二五】yī tuì liù èr wǔ ㄧ ㄊㄨㄟˋ ㄌㄧㄡˋ ㄦˋ ㄨˇ 本是一句珠算斤兩法口訣，十六除一是0.0625，借用做推卸乾淨的意思。'退'是'推'的諧音，有時就說成'推'。

【一碗水端平】yī wǎn shuǐ duān píng ㄧ ㄨㄢˇ ㄕㄨㄟˇ ㄉㄨㄢ ㄆㄧㄥˊ 比喻辦事公道，不偏袒任何一方。

【一網打盡】yī wǎng dǎ jìn ㄧ ㄨㄤˇ ㄉㄚˇ ㄐㄧㄣˋ 比喻全部抓住或消滅。

【一往情深】yī wǎng qíng shēn ㄧ ㄨㄤˇ ㄑㄧㄥˊ ㄕㄣ 指對人或事物有深厚的感情，十分嚮往留戀。

【一往無前】yī wǎng wú qián ㄧ ㄨㄤˇ ㄨˊ ㄑㄧㄢˊ 指不怕困難，奮勇前進。

【一望無際】yī wàng wú jì ㄧ ㄨㄤˋ ㄨˊ ㄐㄧˋ 一眼看不到邊。形容遼闊：麥浪翻滾，一望無際。

【一味】yīwèi ㄧ ㄨㄟˋ 副詞，單純地：一味遷就｜一味推託。

【一文不名】yī wén bù míng ㄧ ㄨㄣˊ ㄅㄨˋ ㄇㄧㄥˊ 一個錢也沒有(名：佔有)。

【一窩蜂】yīwōfēng ㄧ ㄨㄛ ㄈㄥ 形容許多人亂哄哄地同時說話或行動。

【一無】yīwú ㄧ ㄨˊ 全無；毫無：一無所獲｜一無所知｜一無所有。

【一無是處】yī wú shì chù ㄧ ㄨˊ ㄕˋ ㄔㄨˋ 一點對的地方也沒有：不要把人說得一無是處。

【一無所有】yī wú suǒ yǒu ㄧ ㄨˊ ㄙㄨㄛˇ ㄧㄡˇ 甚麼都沒有。多形容非常貧窮。

【一五一十】yī wǔ yī shí ㄧ ㄨˇ ㄧ ㄕˊ 數數目時往往以五為單位，一五，一十，十五，二十…數下去，因此用'一五一十'比喻敍述時清楚而無遺漏。

【一物降一物】yī wù xiáng yī wù ㄧ ㄨˋ ㄒㄧㄤˊ ㄧ ㄨˋ 某種事物專門制伏另一種事物，或者某種事物專門有另一種事物來制伏。

【一息尚存】yī xī shàng cún ㄧ ㄒㄧ ㄕㄤˋ ㄘㄨㄣˊ 還有一口氣兒，表示直到生命的最後階段：一息尚存，決不懈怠。

【一席話】yī xí huà ㄧ ㄒㄧˊ ㄏㄨㄚˋ 一番話：你這一席話對我很有啓發。

【一席之地】yī xí zhī dì ㄧ ㄒㄧˊ ㄓ ㄉㄧˋ 比喻極小的一塊地方或極小的一個位置。

【一系列】yīxìliè ㄧ ㄒㄧˋ ㄌㄧㄝˋ 許許多多有關聯的或一連串的(事物)：一系列問題｜引起了一系列變化｜採取了一系列措施。

【一下】yīxià ㄧ ㄒㄧㄚˋ (一下兒)❶用在動詞後面，表示做一次或試着做：看一下兒｜打聽一下｜研究一下。❷表示短暫的時間：燈一下兒又亮了｜這天氣，一下冷，一下熱。‖也說一下子。

【一綫】[1] yīxiàn ㄧ ㄒㄧㄢˋ ❶戰爭的最前綫。❷指直接從事生產、教學、科研等活動的崗位：深入車間慰問一綫工人。

【一綫】[2] yīxiàn ㄧ ㄒㄧㄢˋ 形容極其細微：一綫陽光｜一綫光明｜一綫希望｜一綫生機。

【一相情願】yī xiāng qíngyuàn ㄧ ㄒㄧㄤ ㄑㄧㄥˊ ㄩㄢˋ 處理彼此有關的事情時，只管自己願意，不管對方願意不願意；泛指辦事時全從主觀願望出發，不考慮客觀條件。'相'也作廂。

【一向】yīxiàng ㄧ ㄒㄧㄤˋ ❶過去的某一段時期：前一向雨水多(指較早的一段時期)｜這一向工程的進度很快(指最近的一段時期)。❷副詞。a)表示從過去到現在：一向儉樸｜一向好客。b)表示從上次見面到現在：你一向好哇！

【一小兒】yīxiǎor ㄧ ㄒㄧㄠˇ ㄦ˙〈方〉從小：他一小兒就喜歡畫畫兒。

【一笑置之】yī xiào zhì zhī ㄧ ㄒㄧㄠˋ ㄓˋ ㄓ 笑一笑就把它擱在一旁，表示不拿它當回事。

【一些】yīxiē ㄧ ㄒㄧㄝ ❶表示不定的數量：這些活兒你做不完，分一些給我。❷(一些兒)表示數量少：只有這一些兒了，怕不夠吧？❸表示不止一種或一次：他曾擔任過一些重要的職務。❹放在形容詞、動詞或動詞性詞組後，表示略微的意思：好一些｜留神一些｜想開一些。

【一瀉千里】yī xiè qiān lǐ ㄧ ㄒㄧㄝˋ ㄑㄧㄢ ㄌㄧˇ 形容江河水流迅速。也形容文筆奔放，流暢。

【一蟹不如一蟹】yī xiè bùrú yī xiè ㄧ ㄒㄧㄝˋ ㄅㄨˋ ㄖㄨˊ ㄧ ㄒㄧㄝˋ 艾子來到沿海的地方，看見一物扁而圓，有很多腿。他不認識，就問當地居民，當地人告訴他那是一種螃蟹。後來艾子又看到了好幾種螃蟹，但一種比一種小，艾子嘆了口氣說：'怎麼一蟹不如一蟹呢！'(見於託名蘇軾的《艾子雜說》)後來比喻一個比一個糟。

【一心】yīxīn ㄧ ㄒㄧㄣ ❶專心；全心全意：一心為公。❷齊心；同心：萬眾一心｜全國一心。

【一心一德】yī xīn yī dé ㄧ ㄒㄧㄣ ㄧ ㄉㄜˊ 同心同德。

【一心一意】yī xīn yī yì ㄧ ㄒㄧㄣ ㄧ ㄧˋ 心思、意念專一。

【一新】yīxīn ㄧ ㄒㄧㄣ 完全變成新的：整修一新。

【一星半點兒】yīxīngbàndiǎnr ㄧ ㄒㄧㄥ ㄅㄢˋ ㄉㄧㄢˇㄦ 極少：為大夥兒做一星半點兒的事情，不值得一提。

【一星兒】yīxīngr ㄧ ㄒㄧㄥㄦ 極少的一點兒。

【一行】yīxíng ㄧ ㄒㄧㄥˊ 一群(指同行的人)：參觀團一行十二人已於昨日起程。

【一言既出，駟馬難追】yī yán jì chū, sì mǎ nán zhuī ㄧ ㄧㄢˊ ㄐㄧˋ ㄔㄨ, ㄙˋ ㄇㄚˇ ㄋㄢˊ ㄓㄨㄟ 一句話說出了口，就是套四匹馬的車也追不上。形容話說出之後，無法再收回。

【一言堂】yī yán táng ㄧ ㄧㄢˊ ㄊㄤˊ ❶舊時商店挂的匾額，上寫'一言堂'三個字，表示不二價。❷指領導缺乏民主作風，不能聽取群眾意見，特別是不能聽相反的意見(跟'群言堂'相對)。

【一言以蔽之】yī yán yǐ bì zhī ㄧ ㄧㄢˊ ㄧˇ ㄅㄧˋ ㄓ 用一句話來概括。

【一氧化碳】yīyǎnghuàtàn ㄧ ㄧㄤˇ ㄏㄨㄚˋ ㄊㄢˋ 無機化合物，化學式 CO。無色無味的氣體，比空氣輕，有劇毒，燃燒時發出藍色火焰，並放出大量的熱。用做燃料，也是化工原料。煤氣中含有一氧化碳。

【一樣】yīyàng ㄧ ㄧㄤˋ 同樣；沒有差別：哥兒倆相貌一樣，脾氣也一樣｜他們兩個人打槍打得一樣準。

【一葉蔽目】yī yè bì mù ㄧ ㄧㄝˋ ㄅㄧˋ ㄇㄨˋ《鶡冠子·天則》：'一葉蔽目，不見太山。'比喻為局部的或暫時的現象所迷惑，不能認清事物的全貌或問題的本質。也說一葉障目。

【一葉知秋】yī yè zhī qiū ㄧ ㄧㄝˋ ㄓ ㄑㄧㄡ 看見一片落葉就知道秋天的來臨。比喻發現一點預兆就料到事物發展的趨向。

【一一】yīyī ㄧ ㄧ 一個一個地：臨行時媽媽囑咐了好些話，他一一記在心裏。

【一…一…】yī…yī… ㄧ…ㄧ… ❶分別用在兩個同類的名詞前面。a) 表示整個：一心一意｜一生一世(人的一生)。b) 表示數量極少：一針一綫｜一草一木｜一言一行。❷分別用在不同類的名詞前面。a) 用相對的名詞表明前後事物的對比：一薰一蕕(比喻好的和壞的有區別)。b) 用相關的名詞表示事物的關係：一本一利(指本錢和利息相等)。❸分別用在同類動詞的前面，表示動作是連續的：一瘸一拐｜一歪一扭。❹分別用在相對的動詞前面，表示兩方面的行動協調配合或兩種動作交替進行：一問一答｜一唱一和｜一起一落｜一張一弛。❺分別用在相反的方位詞、形容詞等的前面，表示相反的方位或情況：一上一下｜一東一西｜一長一短。

【一衣帶水】yī yī dài shuǐ ㄧ ㄧ ㄉㄞˋ ㄕㄨㄟˇ 水面像一條衣帶那樣窄。形容一水之隔，往來方便。

【一意孤行】yī yì gū xíng ㄧ ㄧˋ ㄍㄨ ㄒㄧㄥˊ 不聽勸告，固執地照自己的意思行事。

【一應】yīyīng ㄧ ㄧㄥ 所有一切：一應俱全｜一應工具、材料都準備好了。

【一隅】yīyú ㄧ ㄩˊ〈書〉❶一個角落：一隅之地｜偏安一隅。❷偏於一方面的：一隅之見。

【一隅三反】yī yú sān fǎn ㄧ ㄩˊ ㄙㄢ ㄈㄢˇ 見622頁〖舉一反三〗。

【一語破的】yī yǔ pò dì ㄧ ㄩˇ ㄆㄛˋ ㄉㄧˋ 一句話就說明關鍵(的：箭靶，比喻關鍵)。

【一元化】yīyuánhuà ㄧ ㄩㄢˊ ㄏㄨㄚˋ ❶由多樣向單一發展；由分散向統一發展。❷指集中統一：一元化領導。

【一元論】yīyuánlùn ㄧ ㄩㄢˊ ㄌㄨㄣˋ 認為世界只有一個本原的哲學學說。認為物質是世界本原的是唯物主義的一元論。認為精神是世界本原的是唯心主義的一元論。

【一再】yīzài ㄧ ㄗㄞˋ 一次又一次：一再聲明｜一再表示。

【一…再…】yī…zài… ㄧ…ㄗㄞˋ… 分別放在同一個動詞前面，表示該動作多次重複：一誤再誤｜一錯再錯｜一拖再拖。

【一早】yīzǎo ㄧ ㄗㄠˇ ❶(一早兒)清晨：今天一早他就下鄉去了。❷〈方〉很早；早先：這是他現在的表現呢，還是一早就如此呢？

【一朝】yīzhāo ㄧ ㄓㄠ 一旦。

【一朝一夕】yī zhāo yī xī ㄧ ㄓㄠ ㄧ ㄒㄧ 一個早晨或一個晚上。指非常短的時間：非一朝一夕之功。

【一針見血】yī zhēn jiàn xiě ㄧ ㄓㄣ ㄐㄧㄢˋ ㄒㄧㄝˇ 比喻說話簡短而能說中要害。

【一枕黃粱】yī zhěn huángliáng ㄧ ㄓㄣˇ ㄏㄨㄤˊ ㄌㄧㄤˊ 見505頁〖黃粱夢〗。

【一陣】yīzhèn ㄧ ㄓㄣˋ (一陣兒)動作或情形繼續

的一段時間：一陣掌聲｜一陣狂風｜說一陣笑一陣。也說一陣子。

【一陣風】yīzhènfēng ㄧ ㄓㄣˋ ㄈㄥ ❶形容動作快：同學們一陣風地衝了上來。❷比喻行動短暫，不能持久：搞科學實驗，不能一陣風。

【一知半解】yī zhī bàn jiě ㄧ ㄓ ㄅㄢˋ ㄐㄧㄝˇ 知道得不全面，理解得不透徹。

【一直】yīzhí ㄧ ㄓˊ 副詞。❶表示順着一個方向不變：一直走，不拐彎｜一直往東，就到了。❷表示動作始終不間斷或狀態始終不變：雨一直下了一天一夜｜他幹活兒一直很賣力。❸強調所指的範圍：全村從老人一直到小孩都非常熱情。

【一紙空文】yī zhǐ kōng wén ㄧ ㄓˇ ㄎㄨㄥ ㄨㄣˊ 指沒有效用的文書。

【一致】yīzhì ㄧ ㄓˋ ❶沒有分歧：看法一致｜步調一致。❷一同；一齊：一致對外。

【一擲千金】yī zhì qiān jīn ㄧ ㄓˋ ㄑㄧㄢ ㄐㄧㄣ 原指賭博時下一次注就多達千金，後用來形容任意揮霍錢財。

【一準】yīzhǔn ㄧ ㄓㄨㄣˇ 副詞，必定：明兒我一準進城。

【一字長蛇陣】yī zì chángshézhèn ㄧ ㄗˋ ㄔㄤˊ ㄕㄜˊ ㄓㄣˋ 排列成一長條的陣勢。泛指排列成一長條的人或物。

【一字千金】yī zì qiān jīn ㄧ ㄗˋ ㄑㄧㄢ ㄐㄧㄣ 秦相呂不韋叫門客著《呂氏春秋》，書寫成後出佈告，稱有能增減一字的，就賞給千金(見於《史記・呂不韋傳》)。後來用'一字千金'稱讚詩文精妙。

【一字一板】yī zì yī bǎn ㄧ ㄗˋ ㄧ ㄅㄢˇ 形容說話從容清楚。

【一總】yīzǒng ㄧ ㄗㄨㄥˇ ❶(一總兒)合併(計算)：一總要二十個人才夠分配｜錢請你再墊一下，過後一總算吧。❷全都：這些工作一總交給我們小組去完成。

伊[1] yī ㄧ ❶〈書〉助詞(用於詞語的前面)：下車伊始｜伊於胡底｜伊誰之力？❷(Yī)姓。

伊[2] yī ㄧ 他或她。注意 五四前後有的文學作品中用'伊'專指女性，後來改用'她'。

【伊甸園】yīdiànyuán ㄧ ㄉㄧㄢˋ ㄩㄢˊ 猶太教、基督教聖經中指人類祖先居住的樂園。[伊甸，希伯來 'edēn]

【伊人】yīrén ㄧ ㄖㄣˊ 〈書〉那個人(多指女性)。

【伊始】yīshǐ ㄧ ㄕˇ 〈書〉開始：新春伊始｜下車伊始。

【伊斯蘭教】Yīsīlánjiào ㄧ ㄙ ㄌㄢˊ ㄐㄧㄠˋ 世界上主要宗教之一，公元 7 世紀初阿拉伯人穆罕默德所創，盛行於亞洲西部和非洲北部。唐代傳入我國。在我國也叫清真教、回教。[伊斯蘭，阿拉伯 Islām]

【伊斯蘭教曆】Yīsīlánjiàolì ㄧ ㄙ ㄌㄢˊ ㄐㄧㄠˋ ㄌㄧˋ 伊斯蘭教的曆法，是陰曆的一種。1 年分為 12 個月，單月為大月，每月 30 天，雙月為小月，每月 29 天。平年 354 天，閏年 355 天。30 年中有 11 個閏年，不設置閏月。紀元以公元 622 年 7 月 16 日(即穆罕默德入麥地那的第二天)為元年元旦。我國也叫回曆。

【伊於胡底】yī yú hú dǐ ㄧ ㄩˊ ㄏㄨˊ ㄉㄧˇ 〈書〉到甚麼地步為止(對不好的現象表示感嘆)。

衣 yī ㄧ ❶衣服：上衣｜內衣｜大衣｜豐衣足食。❷包在物體外面的一層東西：炮衣｜笋衣｜糖衣。❸胞衣。❹(Yī)姓。
另見1354頁 yì。

【衣襬】yībǎi ㄧ ㄅㄞˇ 衣服的下襬。

【衣包】yībāo ㄧ ㄅㄠ 舊俗祭奠時燒給死者的紙衣和裝着紙錢的紙袋。

【衣胞】yī·bao ㄧ ·ㄅㄠ 見38頁〖胞衣〗。

【衣鉢】yībō ㄧ ㄅㄛ 原指佛教中師父傳授給徒弟的袈裟和鉢，後泛指傳授下來的思想、學術、技能等：繼承衣鉢｜衣鉢相傳。

【衣不解帶】yī bù jiě dài ㄧ ㄅㄨˋ ㄐㄧㄝˇ ㄉㄞˋ 形容日夜辛勞，不能安穩休息。

【衣兜】yīdōu ㄧ ㄉㄡ (衣兜兒)衣服上的口袋。也叫衣袋。

【衣服】yī·fu ㄧ ·ㄈㄨ 穿在身上遮蔽身體和禦寒的東西。

【衣冠楚楚】yīguān chǔchǔ ㄧ ㄍㄨㄢ ㄔㄨˇ ㄔㄨˇ 形容穿戴整齊、漂亮。

【衣冠禽獸】yīguān qínshòu ㄧ ㄍㄨㄢ ㄑㄧㄣˊ ㄕㄡˋ 穿戴着衣帽的禽獸。指行為卑劣，如同禽獸的人。

【衣冠塚】yīguānzhǒng ㄧ ㄍㄨㄢ ㄓㄨㄥˇ 只埋着死者的衣服等遺物的墳墓。也叫衣冠墓。

【衣架】yījià ㄧ ㄐㄧㄚˋ ❶(衣架兒)掛衣服用的傢具，用木材、金屬等製成。❷指人的身材；身架：他的衣架好，穿上西服特別精神。也說衣架子。

【衣襟】yījīn ㄧ ㄐㄧㄣ 上衣、袍子前面的部分。

【衣錦還鄉】yī jǐn huán xiāng ㄧ ㄐㄧㄣˇ ㄏㄨㄢˊ ㄒㄧㄤ 古時指做官以後，穿了錦綉的衣服，回到故鄉向親友誇耀。也說衣錦榮歸。

【衣料】yīliào ㄧ ㄌㄧㄠˋ (衣料兒)做衣服用的棉布、綢緞、呢絨等材料。

【衣帽間】yīmàojiān ㄧ ㄇㄠˋ ㄐㄧㄢ 公共場所中暫時存放衣物的地方。

【衣衫】yīshān ㄧ ㄕㄢ 泛指衣服：衣衫不整｜衣衫襤褸。

【衣裳】yī·shang ㄧ ·ㄕㄤ 衣服。

【衣食】yīshí ㄧ ㄕˊ 衣服和食物。泛指基本生活資料：衣食豐足｜衣食不周。

【衣食住行】yī shí zhù xíng ㄧ ㄕˊ ㄓㄨˋ ㄒㄧㄥˊ 穿衣、吃飯、住宿、行路。指生活上的基本需要。

【衣物】yīwù ㄧ ㄨˋ 指衣着和日常用品。

【衣魚】yīyú ㄧ ㄩˊ 昆蟲，體形長而扁，頭小，觸角鞭狀，無翅，有三條長尾毛。常躲在黑暗的地方。蛀食衣服、書籍等。也叫蠹魚、紙魚。

【衣裝】yīzhuāng ㄧ ㄓㄨㄤ ❶衣服裝束。❷衣服和行李。

【衣着】yīzhuó ㄧ ㄓㄨㄛˊ 指身上的穿戴，包括衣服、鞋、襪、帽子等：衣着華麗｜從衣着看，他像個商人。

依 yī ㄧ ❶依靠①：唇齒相依。❷依從；同意：勸他休息，他怎麼也不依。❸按照：依次前進｜依法懲處｜依樣畫葫蘆｜依我看，這樣辦可以。❹(Yī)姓。

【依傍】yībàng ㄧ ㄅㄤˋ ❶依靠①：無可依傍。❷摹仿(多指藝術、學問方面)：依傍前人。

【依次】yīcì ㄧ ㄘˋ 按照次序：依次入座｜依次就診。

【依從】yīcóng ㄧ ㄘㄨㄥˊ 順從：萬難依從。

【依存】yīcún ㄧ ㄘㄨㄣˊ (互相)依附而存在。

【依法】yīfǎ ㄧ ㄈㄚˇ ❶按照成法：依法炮製。❷按照法律：依法懲辦。

【依附】yīfù ㄧ ㄈㄨˋ ❶附着：凌霄花依附在別的樹木上。❷依賴①；從屬：依附權貴。

【依歸】yīguī ㄧ ㄍㄨㄟ ❶出發點和歸宿：以民族的利益為依歸。❷依託；依靠：無所依歸。

【依舊】yījiù ㄧ ㄐㄧㄡˋ 照舊：風物依舊｜別人都走了，他依舊坐在那裏看書。

【依據】yījù ㄧ ㄐㄩˋ 根據。

【依靠】yīkào ㄧ ㄎㄠˋ ❶指望(別的人或事物來達到一定目的)：依靠群眾｜依靠組織。❷可以依靠的人或東西：女兒是老人唯一的依靠。

【依賴】yīlài ㄧ ㄌㄞˋ ❶依靠別的人或事物而不能自立或自給：依賴性｜不依賴別人。❷指各個事物或現象互為條件而不可分離：工業和農業是互相依賴、互相支援的兩大國民經濟部門。

【依戀】yīliàn ㄧ ㄌㄧㄢˋ 留戀；捨不得離開：依戀故園｜依戀之情。

【依憑】yīpíng ㄧ ㄆㄧㄥˊ ❶依靠：孤身在外，無所依憑。❷指證據；憑證。

【依然】yīrán ㄧ ㄖㄢˊ 依舊：依然如故｜風景依然。

【依順】yīshùn ㄧ ㄕㄨㄣˋ 順從：他說得有理，也就依順了他。

【依隨】yīsuí ㄧ ㄙㄨㄟˊ 順從：丈夫說甚麼她都依隨。

【依託】yītuō ㄧ ㄊㄨㄛ ❶依靠：無所依託。❷為達到一定目的而假借某種名義：依託古人｜依託鬼神，騙人錢財。

【依偎】yīwēi ㄧ ㄨㄟ 親熱地靠着；緊挨着：孩子依偎在奶奶的懷裏。

【依違】yīwéi ㄧ ㄨㄟˊ 〈書〉依從或違背。指模棱、猶豫：依違兩可｜依違不決。

【依稀】yīxī ㄧ ㄒㄧ 模模糊糊：依稀可辨｜依稀記得｜遠處樓台，依稀可見。

【依循】yīxún ㄧ ㄒㄩㄣˊ 依照；遵循。

【依樣葫蘆】yī yàng húlú ㄧ ㄧㄤˋ ㄏㄨˊ ㄌㄨˊ 照葫蘆的樣子畫葫蘆。比喻單純模仿，不加改變。也說依樣畫葫蘆。

【依依】yīyī ㄧ ㄧ ❶〈書〉形容樹枝柔弱，隨風搖擺：楊柳依依。❷形容留戀，不忍分離：依依不捨｜依依惜別｜依依之感。

【依允】yīyǔn ㄧ ㄩㄣˇ 依從；應允：他點頭依允了孩子的要求。

【依仗】yīzhàng ㄧ ㄓㄤˋ 倚仗。

【依照】yīzhào ㄧ ㄓㄠˋ 以某事物為根據照着進行；按照：依照他說的去做｜依照原樣複製一件。

咿(吚) yī ㄧ 見下。

【咿唔】yīwú ㄧ ㄨˊ 象聲詞，形容讀書的聲音。

【咿呀】yīyā ㄧ ㄧㄚ ❶象聲詞：蘆葦裏傳出咿呀的槳聲｜隔壁發出咿咿呀呀的胡琴聲。❷小孩子學話的聲音：咿呀學語。

洢 Yī ㄧ ❶洢水，水名，在湖南。❷古水名，即今伊河，在河南。

椸 yī ㄧ 見1348頁[移椸](yíyī)。

猗 yī ㄧ 〈書〉❶助詞，相當於'啊'：河水清且漣猗。❷嘆詞，表示讚美：猗歟休哉。

揖 yī ㄧ 〈書〉拱手行禮。

【揖讓】yīràng ㄧ ㄖㄤˋ 〈書〉作揖和謙讓，是古代賓主相見的禮節。

壹(弌) yī ㄧ '一'的大寫。參看1067頁〖數字〗。

椅 yī ㄧ 見998頁〖山桐子〗。另見1354頁 yǐ。

欹 yī ㄧ 〈書〉同'猗'②。另見900頁 qī。

禕(祎) yī ㄧ 〈書〉美好(多用於人名)。

嫛 yī ㄧ [嫛婗](yīní ㄧ ㄋㄧˊ)〈書〉嬰兒。

銥(铱) yī ㄧ 金屬元素，符號 Ir (iridium)。銀白色，質硬而脆，化學性質穩定，用來製科學儀器。

漪 yī ㄧ 〈書〉水波紋：漪瀾｜清漪。

【漪瀾】yīlán ㄧ ㄌㄢˊ 〈書〉水波。

噫 yī ㄧ 嘆詞。❶〈書〉表示悲痛或嘆息。❷表示驚異：噫，他今天怎麼來了？

【噫嘻】yīxī ㄧ ㄒㄧ 〈書〉嘆詞，表示悲痛或嘆息。

繄 yī ㄧ 〈書〉❶惟：繄我獨無！❷是。

醫(医、毉) yī ㄧ ❶醫生：軍醫｜牙醫｜延醫診治。❷醫學：中醫｜西醫｜醫科｜他是學醫的。❸醫治：把我的病醫好了｜頭痛醫頭，腳痛醫腳，不是根本辦法。

【醫道】yīdào ㄧㄉㄠˋ 治病的本領(多指中醫)：醫道高明。

【醫德】yīdé ㄧㄉㄜˊ 醫務人員應該具備的品德：醫德高尚。

【醫護】yīhù ㄧㄏㄨˋ 醫治和護理：醫護工作｜醫護人員｜經精心醫護，病情大有好轉。

【醫家】yījiā ㄧㄐㄧㄚ 指醫生(多指中醫)：收集各地醫家祖傳秘方。

【醫科】yīkē ㄧㄎㄜ 教學上對有關醫療，藥物、公共衞生等方面的學科的統稱。

【醫理】yīlǐ ㄧㄌㄧˇ 醫學上的道理或理論知識：深通醫理。

【醫療】yīliáo ㄧㄌㄧㄠˊ 疾病的治療：醫療隊｜醫療機構｜醫療設備。

【醫生】yīshēng ㄧㄕㄥ 掌握醫藥知識，以治病為業的人。

【醫師】yīshī ㄧㄕ 受過高等醫學教育或具有同等能力、經國家衞生部門審查合格的負主要醫療責任的醫務工作者。

【醫士】yīshì ㄧㄕˋ 受過中等醫學教育或具有同等能力、經國家衞生部門審查合格的負醫療責任的醫務工作者。

【醫書】yīshū ㄧㄕㄨ 講述醫學的書籍(多指中醫的)。

【醫術】yīshù ㄧㄕㄨˋ 醫療技術：醫術高明。

【醫務】yīwù ㄧㄨˋ 醫療事務：醫務工作者。

【醫學】yīxué ㄧㄒㄩㄝˊ 以保護和增進人類健康、預防和治療疾病為研究內容的科學。參看1481頁〖中醫〗、1218頁〖西醫〗。

【醫藥】yīyào ㄧㄧㄠˋ 醫療和藥品：醫藥費｜醫藥常識｜醫藥衞生。

【醫院】yīyuàn ㄧㄩㄢˋ 治療和護理病人的機構，也兼做健康檢查、疾病預防等工作。

【醫治】yīzhì ㄧㄓˋ 治療：急性病應該趕快醫治。

【醫囑】yīzhǔ ㄧㄓㄨˇ 醫生根據病情和治療的需要對病人在飲食、用藥、化驗等方面的指示。

黟 Yī ㄧ 黟縣，在安徽。

鷖(鷖) yī ㄧ 古書上指鷗。

yí (ㄧˊ)

一 yí ㄧˊ 見1337頁'一'(yī)。

匜 yí ㄧˊ 古代盥洗時舀水用的器具，形狀像瓢。

圯 yí ㄧˊ〈書〉橋。

夷1 yí ㄧˊ〈書〉❶平坦；平安：化險為夷。❷破壞建築物(使成為平地)：燒夷彈｜夷為平地。❸滅掉；殺盡：夷滅｜夷族。

夷2 yí ㄧˊ ❶我國古代稱東方的民族。也泛稱周邊的民族：淮夷｜四夷。❷舊時泛指外國或外國人：夷情｜華夷雜處。

沂 Yí ㄧˊ 沂河，發源於山東，流入江蘇。

怡 yí ㄧˊ〈書〉快樂；愉快：心曠神怡。

【怡然】yírán ㄧˊㄖㄢˊ 形容喜悦：怡然自得。

宜 yí ㄧˊ ❶合適：相宜｜適宜｜權宜之計｜因地制宜。❷應當(今多用於否定式)：事不宜遲｜不宜操之過急。❸〈書〉當然；無怪：宜其無往而不利。❹(Yí)姓。

【宜人】yírén ㄧˊㄖㄣˊ 適合人的心意：景物宜人｜氣候宜人。

荑〔荑〕 yí ㄧˊ〈書〉除去田地裏的野草：芟荑。

另見1122頁tí。

椸(杝) yí ㄧˊ 古書上指一種像白楊的樹。

另見296頁duò。'杝'另見700頁lí。

咦 yí ㄧˊ 嘆詞，表示驚異：咦，你甚麼時候來的？｜咦，這是怎麼回事？

迤(迆) yí ㄧˊ 見1184頁〔逶迤〕(wēiyí)。另見1353頁yǐ。

姨 yí ㄧˊ ❶姨母：二姨｜姨夫。❷妻子的姐妹：大姨子｜小姨子。

【姨表】yíbiǎo ㄧˊㄅㄧㄠˇ 兩家的母親是姐妹的親戚關係(區別於'姑表')：姨表親｜姨表兄弟。

【姨夫】yí·fu ㄧˊ·ㄈㄨ 姨母的丈夫。也作姨父。

【姨父】yí·fu ㄧˊ·ㄈㄨ 姨夫。

【姨姥姥】yílǎo·lao ㄧˊㄌㄠˇ·ㄌㄠ 外祖母的姐妹。

【姨媽】yímā ㄧˊㄇㄚ 姨母(指已婚的)。

【姨母】yímǔ ㄧˊㄇㄨˇ 母親的姐妹。

【姨奶奶】yínǎi·nai ㄧˊㄋㄞˇ·ㄋㄞ ❶祖母的姐妹。❷姨太太。

【姨娘】yí·niáng ㄧˊ·ㄋㄧㄤˊ ❶舊時子女稱父親的妾。❷〈方〉姨母。

【姨兒】yír ㄧˊㄦ〈方〉姨母：三姨兒。

【姨太太】yítài·tai ㄧˊㄊㄞˋ·ㄊㄞ 妾。

【姨丈】yízhàng ㄧˊㄓㄤˋ 姨夫。

移 yí ㄧˊ〔移依〕(yíyī ㄧˊㄧ)常綠喬木，葉子橢圓形或卵狀披針形，花白色，果實卵形。樹皮和果實可入藥。

貤(贻) yí ㄧˊ〈書〉移動；移。另見1355頁yì。

眙 yí ㄧˊ 盱眙(Xūyí ㄒㄩㄧˊ)，地名，在江蘇。

另見156頁 chì。

胰 yí ㄧˊ 人或高等動物體內的腺體之一，在胃的後下方，形狀像牛舌。能分泌胰液，幫助消化，又能分泌胰島素，調節體內糖的新陳代謝。也叫胰腺、胰臟。舊稱脺(cuì)臟。

【胰島素】yídǎosù ㄧˊ ㄉㄠˇ ㄙㄨˋ 胰腺分泌的一種激素，能促進肝臟和肌肉內動物澱粉的生成，加速組織中葡萄糖的氧化和利用，從而調節體內血糖的含量。胰島素分泌量減低時即引起糖尿病。

【胰腺】yíxiàn ㄧˊ ㄒㄧㄢˋ 胰。(圖見1252頁〖消化系統〗)

【胰液】yíyè ㄧˊ ㄧㄝˋ 胰腺分泌的一種消化液，無色透明，碱性，內含碳酸氫鈉、胰蛋白酶、胰脂酶，胰澱粉酶等。由胰腺分泌出來之後，經導管流入小腸。

【胰子】yí·zi ㄧˊ·ㄗ ❶豬羊等的胰。❷〈方〉肥皂：香胰子｜藥胰子。

扅〔扅〕 yí ㄧˊ 見1319頁［扊扅］(yǎnyí)。

迻 yí ㄧˊ 〈書〉同'移'。

【迻錄】yílù ㄧˊ ㄌㄨˋ 〈書〉抄錄；謄錄。

【迻譯】yíyì ㄧˊ ㄧˋ 〈書〉翻譯。也作移譯。

訑(訑、詑) yí ㄧˊ ［訑訑］〈書〉自滿自足的樣子。

宧 yí ㄧˊ 古時指屋子裏的東北角。

蛇 yí ㄧˊ 見1184頁［委蛇］(wēiyí)。另見1012頁 shé。

移 yí ㄧˊ ❶移動：轉移｜遷移｜把菊花移到花盆裏去。❷改變；變動：移風易俗｜貧賤不能移。

【移動】yídòng ㄧˊ ㄉㄨㄥˋ 改換原來的位置：冷空氣正向南移動｜汽笛響後，船身開始移動了。

【移防】yífáng ㄧˊ ㄈㄤˊ 在某地駐防的軍隊移到另一地駐防。

【移風易俗】yí fēng yì sú ㄧˊ ㄈㄥ ㄧˋ ㄙㄨˊ 改變舊的風俗習慣。

【移花接木】yí huā jiē mù ㄧˊ ㄏㄨㄚ ㄐㄧㄝ ㄇㄨˋ 把帶花的枝條嫁接在別的樹木上。比喻使用手段，暗中更換人或事物。

【移交】yíjiāo ㄧˊ ㄐㄧㄠ ❶把人或事物轉移給有關方面：把罪犯移交法庭審訊｜工程竣工後已移交使用單位。❷原來負責經管的人離職前把所管的事物交給接手的人：新會計剛到，賬目還沒有移交。

【移解】yíjiè ㄧˊ ㄐㄧㄝˋ 把犯人從原關押的地方押送到另一個地方。

【移居】yíjū ㄧˊ ㄐㄩ 改變居住的地方；遷居：移居外地。

【移民】yí//mín ㄧˊ//ㄇㄧㄣˊ 居民由一地或一國遷移到另一地或另一國落戶：移民海外｜移民政策。

【移民】yímín ㄧˊ ㄇㄧㄣˊ 遷移到外地或外國去落戶的人：安置移民。

【移山倒海】yí shān dǎo hǎi ㄧˊ ㄕㄢ ㄉㄠˇ ㄏㄞˇ 改變山和海的位置。形容人類征服自然的力量和氣魄的偉大。

【移師】yíshī ㄧˊ ㄕ 移動軍隊：移師北上◇獲出綫資格的球隊將移師上海參加決賽。

【移易】yíyì ㄧˊ ㄧˋ 〈書〉改變：措辭精當，一字不可移易。

【移譯】yíyì ㄧˊ ㄧˋ 〈書〉同'迻譯'。

【移用】yíyòng ㄧˊ ㄩㄥˋ 把用於別方面的方法、物資等拿來使用：專款專用，不得移用。

【移植】yízhí ㄧˊ ㄓˊ ❶把播種在苗牀或秧田裏的幼苗拔起或連土掘起種在田地裏◇近年來京劇從各種地方戲曲移植了不少優秀劇目。❷將機體的一部分組織或器官補在同一機體或另一機體的缺陷部分上，使它逐漸長好。如角膜、皮膚、骨和血管等的移植。

【移樽就教】yí zūn jiù jiào ㄧˊ ㄗㄨㄣ ㄐㄧㄡˋ ㄐㄧㄠˋ 端着酒杯到別人跟前共飲，以便求教。泛指主動前去向人請教。

痍 yí ㄧˊ 〈書〉創傷：瘡痍。

貽(贻) yí ㄧˊ 〈書〉❶贈送：貽贈｜饋貽。❷遺留：貽害｜貽患。

【貽害】yíhài ㄧˊ ㄏㄞˋ 留下禍害：貽害無窮。

【貽人口實】yí rén kǒushí ㄧˊ ㄖㄣˊ ㄎㄡˇ ㄕˊ 給人以利用的藉口；讓人當做話柄。

【貽誤】yíwù ㄧˊ ㄨˋ 錯誤遺留下去，使受到壞的影響；躭誤：貽誤後學｜貽誤戰機｜貽誤農時。

【貽笑大方】yíxiào dàfāng ㄧˊ ㄒㄧㄠˋ ㄉㄚˋ ㄈㄤ 讓內行見笑。

詒(诒) yí ㄧˊ 〈書〉同'貽'。

飴(饴) yí ㄧˊ 飴糖：高粱飴｜甘之如飴。

【飴糖】yítáng ㄧˊ ㄊㄤˊ 用米和麥芽為原料製成的糖。主要成分是麥芽糖，葡萄糖和糊精。

疑 yí ㄧˊ ❶不能確定是否真實；不能有肯定的意見；不信；因不信而猜度；懷疑：疑惑｜疑心｜疑慮｜遲疑｜猜疑｜半信半疑。❷不能確定的；不能解決的：疑問｜疑案｜疑義。

【疑案】yí'àn ㄧˊ ㄢˋ ❶真相不明，證據不足，一時難以判決的案件。❷泛指情況了解不夠、不能確定的事件或情節。

【疑兵】yíbīng ㄧˊ ㄅㄧㄥ 為了虛張聲勢、迷惑敵人而佈置的軍隊。

【疑點】yídiǎn ㄧˊ ㄉㄧㄢˇ 懷疑的地方；不太明瞭

的地方：聽了他的解釋我仍有許多疑點｜把書上的疑點畫出來請教老師。

【疑竇】yídòu ㄧˊ ㄉㄡˋ 〈書〉可疑之點：疑竇叢生。

【疑惑】yíhuò ㄧˊ ㄏㄨㄛˋ 心裏不明白；困惑：疑惑不解。

【疑忌】yíjì ㄧˊ ㄐㄧˋ 因懷疑別人而生猜忌：心懷疑忌｜疑忌功臣。

【疑懼】yíjù ㄧˊ ㄐㄩˋ 疑慮而恐懼：面露疑懼。

【疑慮】yílǜ ㄧˊ ㄌㄩˋ 因懷疑而顧慮：消除疑慮。

【疑難】yínán ㄧˊ ㄋㄢˊ 有疑問而難於判斷或處理的：疑難問題｜疑難雜症(各種病理不明或難治的病)。

【疑神疑鬼】yí shén yí guǐ ㄧˊ ㄕㄣˊ ㄧˊ ㄍㄨㄟˇ 形容人多疑：人家沒議論你，別那麼疑神疑鬼的。

【疑似】yísì ㄧˊ ㄙˋ 似乎確實又似乎不確實：疑似之間｜疑似之詞。

【疑團】yítuán ㄧˊ ㄊㄨㄢˊ 積聚的懷疑；一連串不能解決的問題：滿腹疑團｜疑團難解。

【疑問】yíwèn ㄧˊ ㄨㄣˋ 有懷疑的問題；不能確定或不能解釋的事情。

【疑問句】yíwènjù ㄧˊ ㄨㄣˋ ㄐㄩˋ 提出問題的句子，如'誰來了？''你願意不願意？''你是去呢還是不去？''我們坐火車去嗎？'在書面上，疑問句後邊用問號。

【疑心】yíxīn ㄧˊ ㄒㄧㄣ ❶懷疑的念頭：人家是好意，你別起疑心。❷懷疑②：我一走進村子，全變了樣，我真疑心自己走錯路了。

【疑心病】yíxīnbìng ㄧˊ ㄒㄧㄣ ㄅㄧㄥˋ 指多疑的心理。

【疑義】yíyì ㄧˊ ㄧˋ 可以懷疑的道理；可疑之點。

【疑雲】yíyún ㄧˊ ㄩㄣˊ 像濃雲一樣聚集的懷疑：驅散疑雲｜疑雲難消。

【疑陣】yízhèn ㄧˊ ㄓㄣˋ 為了使對方迷惑而佈置的陣勢或局面。

儀[1] **(仪)** yí ㄧˊ ❶人的外表：儀表｜儀容｜威儀。❷禮節；儀式：司儀｜行禮如儀。❸禮物：賀儀｜謝儀。❹〈書〉傾心；嚮往：心儀已久。❺(Yí)姓。

儀[2] **(仪)** yí ㄧˊ 儀器：儀表｜地動儀｜半圓儀。

【儀表】[1] yíbiǎo ㄧˊ ㄅㄧㄠˇ 人的外表(包括容貌、姿態、風度等，指好的)：儀表堂堂。

【儀表】[2] yíbiǎo ㄧˊ ㄅㄧㄠˇ 測定溫度、氣壓、電量、血壓等的儀器，形狀或作用像計時的表。

【儀器】yíqì ㄧˊ ㄑㄧˋ 科學技術上用於實驗、計量、觀測、檢驗、繪圖等的比較精密的器具或裝置。

【儀容】yíróng ㄧˊ ㄖㄨㄥˊ '儀表'[1](多就容貌說)：儀容俊秀，舉止大方。

【儀式】yíshì ㄧˊ ㄕˋ 舉行典禮的程序、形式：授勛儀式｜儀式隆重。

【儀態】yítài ㄧˊ ㄊㄞˋ 〈書〉'儀表'[1](多就姿態說)：儀態萬方(姿態美麗多姿)。

【儀仗】yízhàng ㄧˊ ㄓㄤˋ ❶古代帝王、官員等外出時護衛所持的旗幟、傘、扇、武器等。❷國家舉行大典或迎接外國貴賓時護衛所持的武器。也指遊行隊伍前列舉着的較大的旗幟、標語、圖表、模型等。

【儀仗隊】yízhàngduì ㄧˊ ㄓㄤˋ ㄉㄨㄟˋ ❶由軍隊派出的執行某種禮節任務的小部隊，有時帶有軍樂隊，用於迎送國家元首、政府首腦等，也用於隆重典禮。❷走在遊行隊伍前，由手持儀仗的人員組成的隊伍。

椸 (箷) yí ㄧˊ 〈書〉衣架。

頤[1] **(颐)** yí ㄧˊ 〈書〉頰；腮：支頤(手托住腮)｜解頤(面現笑容)。

頤[2] **(颐)** yí ㄧˊ 〈書〉保養：頤神｜頤養。

【頤養】yíyǎng ㄧˊ ㄧㄤˇ 〈書〉保養：頤養天年。

【頤指氣使】yí zhǐ qì shǐ ㄧˊ ㄓˇ ㄑㄧˋ ㄕˇ 不說話而用面部表情來示意。指有權勢的人傲慢的神氣。

遺 (遗) yí ㄧˊ ❶遺失。❷遺失的東西：路不拾遺。❸遺漏：遺忘｜補遺。❹留下：遺迹｜遺憾｜不遺餘力。❺專指死人留下的：遺容｜遺囑｜遺著。❻排泄大小便或精液(多指不自主的)：遺矢｜遺尿｜遺精。

另見1193頁 wèi。

【遺產】yíchǎn ㄧˊ ㄔㄢˇ ❶死者留下的財產，包括財物、債權等。❷借指歷史上遺留下來的精神財富或物質財富：文學遺產｜醫學遺產｜經濟遺產。

【遺臭萬年】yí chòu wàn nián ㄧˊ ㄔㄡˋ ㄨㄢˋ ㄋㄧㄢˊ 壞名聲流傳下去，永遠為人唾罵。

【遺傳】yíchuán ㄧˊ ㄔㄨㄢˊ 生物體的構造和生理機能等由上代傳給下代。

【遺傳工程】yíchuán gōngchéng ㄧˊ ㄔㄨㄢˊ ㄍㄨㄥ ㄔㄥˊ 一種遺傳學技術，借助生物化學的手段，將一種生物細胞中的遺傳物質取出來，在體外進行切割和重新組合，然後引入另一種生物的活細胞內，以改變另一種生物的遺傳性狀或創造新的生物品種。也叫基因工程。

【遺傳學】yíchuánxué ㄧˊ ㄔㄨㄢˊ ㄒㄩㄝˊ 研究生物體遺傳和變異規律的學科。

【遺存】yícún ㄧˊ ㄘㄨㄣˊ ❶遺留：這些石刻遺存至今已有千年。❷古代遺留下來的東西：古代文化遺存｜北京周口店有人類化石遺存。

【遺毒】yídú ㄧˊ ㄉㄨˊ 遺留下來的有害的思想、風氣等：肅清遺毒。

【遺風】yífēng ㄧˊ ㄈㄥ 某個時代留傳下來的風氣：古代遺風｜遺風餘韻。

【遺腹子】yífùzǐ ㄧˊ ㄈㄨˋ ㄗˇ 父親死後才出生的

子女。

【遺稿】yígǎo ㄧˊ ㄍㄠˇ 死者生前沒有發表的文稿。

【遺孤】yígū ㄧˊ ㄍㄨ 某人死後遺留下來的孤兒：烈士遺孤｜撫養遺孤。

【遺骸】yíhái ㄧˊ ㄏㄞˊ 遺體；遺骨：生物遺骸｜遷葬烈士遺骸。

【遺憾】yíhàn ㄧˊ ㄏㄢˋ ❶遺恨：一時失足成了他終生的遺憾。❷不稱心；大可惋惜(在外交文件上常用來表示不滿和抗議)：功虧一簣，令人遺憾｜對此，我們深感遺憾。

【遺恨】yíhèn ㄧˊ ㄏㄣˋ 到死還感到悔恨或不稱心的事情：死無遺恨。

【遺患】yíhuàn ㄧˊ ㄏㄨㄢˋ 留下禍患：養虎遺患｜遺患無窮。

【遺禍】yíhuò ㄧˊ ㄏㄨㄛˋ 留下禍患，使人受害。

【遺迹】yíjì ㄧˊ ㄐㄧˋ 古代或舊時代的事物遺留下來的痕迹：歷史遺迹｜古代村落的遺迹。

【遺教】yíjiào ㄧˊ ㄐㄧㄠˋ 死者遺留下來的學説、主張、著作等。

【遺精】yí∥jīng ㄧˊ∥ㄐㄧㄥ 未經性交而在無意中流出精液。男子在夜間有時遺精是正常的生理現象，但次數過多的遺精是病理現象。

【遺老】yílǎo ㄧˊ ㄌㄠˇ ❶指改朝換代後仍然效忠前一朝代的老年人：前朝遺老。❷〈書〉指經歷世變的老人。

【遺留】yíliú ㄧˊ ㄌㄧㄡˊ (以前的事物或現象)繼續存在；(過去)留下來：解決遺留問題｜許多歷史遺迹一直遺留到現在。

【遺漏】yílòu ㄧˊ ㄌㄡˋ 應該列入或提到的因疏忽而沒有列入或提到：名冊上把他的名字給遺漏了｜他回答完全，一點也沒有遺漏。

【遺民】yímín ㄧˊ ㄇㄧㄣˊ 指改朝換代後仍然效忠前一朝代的人。也泛指大亂後遺留下來的人民。

【遺墨】yímò ㄧˊ ㄇㄛˋ 死者遺留下來的親筆書札、文稿、字畫等。

【遺尿】yí∥niào ㄧˊ∥ㄋㄧㄠˋ 不自主的排尿。三歲以前的遺尿是生理性的。三歲以後的遺尿是一種不正常的現象。不正常的遺尿多發生於夜間，所以也叫夜尿症。

【遺篇】yípiān ㄧˊ ㄆㄧㄢ 前人遺留下來的詩文。

【遺棄】yíqì ㄧˊ ㄑㄧˋ ❶拋棄：敵軍遺棄輜重無數。❷對自己應該贍養或撫養的親屬拋開不管。

【遺缺】yíquē ㄧˊ ㄑㄩㄝ 因原任人員死亡或去職而空出來的職位。

【遺容】yíróng ㄧˊ ㄖㄨㄥˊ ❶人死後的容貌：瞻仰遺容。❷遺像。

【遺少】yíshào ㄧˊ ㄕㄠˋ 指改朝換代後仍然效忠前一朝代的年輕人。

【遺失】yíshī ㄧˊ ㄕ 由於疏忽而失掉(東西)：遺失證件。

【遺矢】yíshǐ ㄧˊ ㄕˇ 〈書〉拉屎。

【遺事】yíshì ㄧˊ ㄕˋ 前代或前人留下來的事迹：前朝遺事｜革命烈士的遺事。

【遺書】yíshū ㄧˊ ㄕㄨ ❶前人留下而由後人刊印的著作(多用做書名)。❷死者臨死時留下的書信。❸〈書〉散失的書。

【遺屬】yíshǔ ㄧˊ ㄕㄨˇ 死者的眷屬。

【遺孀】yíshuāng ㄧˊ ㄕㄨㄤ 某人死後，他的妻子稱為某人的遺孀。

【遺體】yítǐ ㄧˊ ㄊㄧˇ ❶死者的屍體(多用於所尊敬的人)。❷動植物死後的殘餘物質。

【遺忘】yíwàng ㄧˊ ㄨㄤˋ 忘記：童年的生活，至今尚未遺忘。

【遺聞】yíwén ㄧˊ ㄨㄣˊ 遺留下來的傳聞：遺聞軼事。

【遺物】yíwù ㄧˊ ㄨˋ 古代或死者留下來的東西。

【遺像】yíxiàng ㄧˊ ㄒㄧㄤˋ 死者生前的相片或畫像。

【遺訓】yíxùn ㄧˊ ㄒㄩㄣˋ 死者生前所説的有教育意義的話。

【遺言】yíyán ㄧˊ ㄧㄢˊ 死者死前留下來的話：臨終遺言。

【遺業】yíyè ㄧˊ ㄧㄝˋ ❶前人遺留下來的事業。❷遺產。

【遺願】yíyuàn ㄧˊ ㄩㄢˋ 死者生前沒有實現的願望：實現先烈的遺願。

【遺詔】yízhào ㄧˊ ㄓㄠˋ 皇帝臨死時留下的詔書。

【遺照】yízhào ㄧˊ ㄓㄠˋ 死者生前的相片。

【遺址】yízhǐ ㄧˊ ㄓˇ 毀壞的年代較久的建築物所在的地方：圓明園遺址。

【遺志】yízhì ㄧˊ ㄓˋ 死者生前沒有實現的志願：繼承先烈遺志。

【遺囑】yízhǔ ㄧˊ ㄓㄨˇ ❶人在生前或臨死時用口頭或書面形式囑咐身後各事應如何處理。❷關於上述內容的話或字據。

【遺族】yízú ㄧˊ ㄗㄨˊ 死者的家族。

嶷 yí ㄧˊ 九嶷(Jiǔyí ㄐㄧㄡˇ ㄧˊ)，山名，在湖南。

簃 yí ㄧˊ 〈書〉樓閣旁邊的小屋(多用做書齋的名稱)。

彝[1] (彜) yí ㄧˊ ❶古代盛酒的器具。也泛指祭器：彝器｜鼎彝。❷〈書〉法度；常規：彝準。

彝[2] (彜) Yí ㄧˊ 彝族。

【彝劇】yíjù ㄧˊ ㄐㄩˋ 彝族戲曲劇種，在彝族歌舞藝術的基礎上發展而成。流行於雲南楚雄彝族自治州。

【彝族】Yízú ㄧˊ ㄗㄨˊ 我國少數民族之一，主要分佈在四川、雲南、貴州和廣西。

鬹 yí ㄧˊ ［鬹鬹］〈書〉形容獸角鋭利。

yǐ (ㄧˇ)

乙 1 yǐ ㄧˇ ❶天干的第二位。參看364頁〖干支〗。❷(Yǐ)姓。

乙 2 yǐ ㄧˇ 我國民族音樂音階上的一級，樂譜上用做記音符號，相當於簡譜的'7'。參看392頁〖工尺〗。

乙 3 yǐ ㄧˇ 畫'乙'字形狀的記號，從前讀書寫字時常常用到，例如讀書讀到一個地方暫時停止，在上面畫個'∠'形的記號，或是寫字有顛倒、遺漏，用曲折的綫勾過來或把補寫的字勾進去，都叫做'乙'。古書沒有標點，到一段終了而下無空格時，有時也畫個'∠'形記號，表示第二行起是另一段。

【乙部】yǐbù ㄧˇ ㄅㄨˋ 史部。

【乙種粒子】yǐzhǒng lìzǐ ㄧˇ ㄓㄨㄥˇ ㄌㄧˋ ㄗˇ 某些放射性物質衰變時放射出來的高速運動的電子，帶負電。也叫貝塔粒子。

【乙種射綫】yǐzhǒng shèxiàn ㄧˇ ㄓㄨㄥˇ ㄕㄜˋ ㄒㄧㄢˋ 放射性物質衰變時放射出來的乙種粒子流。也叫貝塔射綫。

【乙狀結腸】yǐzhuàng-jiécháng ㄧˇ ㄓㄨㄤˋ ㄐㄧㄝˊ ㄔㄤˊ 結腸的一部分，與降結腸相連，在左髂骨附近，形成'乙'字形，下連直腸。也叫S狀結腸。

已 yǐ ㄧˇ ❶停止：爭論不已｜有加無已。❷已經(跟'未'相對)：時間已過｜此事已設法解決。❸〈書〉後來；過了一會兒：已而｜已忽不見。❹〈書〉太；過：不為已甚。

〈古〉又同'以²'。

【已而】yǐ'ér ㄧˇ ㄦˊ 〈書〉❶不久；繼而：突然雷電大作，已而大雨傾盆。❷罷了；算了。

【已經】yǐ·jing ㄧˇ ·ㄐㄧㄥ 副詞，表示事情完成或時間過去：任務已經完成｜他們已經來了｜天已經黑了，他們還沒有收工。

【已決犯】yǐjuéfàn ㄧˇ ㄐㄩㄝˊ ㄈㄢˋ 經法院判決定了罪的犯人。

【已然】yǐrán ㄧˇ ㄖㄢˊ ❶已經：事情已然如此，還是想開些吧。❷已經這樣；已經成為事實：與其補救於已然，不如防止於未然。

【已往】yǐwǎng ㄧˇ ㄨㄤˇ 以前；過去：今天的農村跟已往大不一樣了。

以 1 yǐ ㄧˇ ❶用；拿：以少勝多｜喻之以理｜贈以鮮花。❷依；按照：以次就座｜以時啓閉。❸因：何以知之？｜不以人廢言。❹表示目的：以廣視聽｜以待時機。❺〈書〉於；在(時間)：中華人民共和國以1949年10月1日宣告成立。❻〈書〉連詞，跟'而'相同：城高以厚，地廣以深。

以 2 yǐ ㄧˇ 用在單純的方位詞前，組成合成的方位詞或方位結構，表示時間、方位、數量的界限：以前｜以上｜三日以後｜縣級以上｜長江以南｜五千以內｜二十歲以下。

【以暴易暴】yǐ bào yì bào ㄧˇ ㄅㄠˋ ㄧˋ ㄅㄠˋ 用兇暴的代替兇暴的，表示統治者改換了，可是暴虐的統治方式依然不變。

【以便】yǐbiàn ㄧˇ ㄅㄧㄢˋ 連詞，用在下半句話的開頭，表示使下文所說的目的容易實現：請在信封上寫清郵政編碼，以便迅速投遞。

【以次】yǐcì ㄧˇ ㄘˋ ❶依照次序：以次入座。❷次序在某處以後的；以下：以次各章，內容從略。

【以德報怨】yǐ dé bào yuàn ㄧˇ ㄉㄜˊ ㄅㄠˋ ㄩㄢˋ 用恩惠回報與別人之間的仇恨。

【以毒攻毒】yǐ dú gōng dú ㄧˇ ㄉㄨˊ ㄍㄨㄥ ㄉㄨˊ 用毒藥來治療毒瘡等疾病。比喻利用惡人來制惡人或利用不良事物本身的矛盾來反對不良事物。

【以訛傳訛】yǐ é chuán é ㄧˇ ㄜˊ ㄔㄨㄢˊ ㄜˊ 把本來就不正確的話又錯誤地傳出去，結果越傳越錯。

【以後】yǐhòu ㄧˇ ㄏㄡˋ 現在或所說某時之後的時期：從今以後｜五年以後｜畢業以後｜以後，我們還要研究這個問題。

【以還】yǐhuán ㄧˇ ㄏㄨㄢˊ 〈書〉過去某個時期以後：海禁以還｜隋唐以還，方興科舉。

【以及】yǐjí ㄧˇ ㄐㄧˊ 連詞，連接並列的詞或詞組：院子裏種着大麗花、矢車菊、夾竹桃以及其他的花木。

【以己度人】yǐ jǐ duó rén ㄧˇ ㄐㄧˇ ㄉㄨㄛˊ ㄖㄣˊ 拿自己的心思來衡量或揣度別人。

【以近】yǐjìn ㄧˇ ㄐㄧㄣˋ 指鐵路、公路、航空等路綫上比某個車站或機場近的。例如從北京經過石家莊、鄭州到武漢，石家莊、鄭州都是武漢以近的地方。

【以儆效尤】yǐ jǐng xiào yóu ㄧˇ ㄐㄧㄥˇ ㄒㄧㄠˋ ㄧㄡˊ 用對一個壞人或一件壞事的嚴肅處理來警告那些學做壞事的人。

【以來】yǐlái ㄧˇ ㄌㄞˊ 表示從過去某時直到現在的一段時期：自古以來｜長期以來｜有生以來｜解放以來｜開春以來。

【以鄰為壑】yǐ lín wéi hè ㄧˇ ㄌㄧㄣˊ ㄨㄟˊ ㄏㄜˋ 拿鄰國當做大水坑，把本國洪水排泄到那裏去。比喻把災禍推給別人。

【以卵投石】yǐ luǎn tóu shí ㄧˇ ㄌㄨㄢˇ ㄊㄡˊ ㄕˊ 用蛋打石頭。比喻不自量力，自取滅亡。也說以卵擊石。

【以貌取人】yǐ mào qǔ rén ㄧˇ ㄇㄠˋ ㄑㄩˇ ㄖㄣˊ 只根據外表來判斷人的品質或能力。

【以免】yǐmiǎn ㄧˇ ㄇㄧㄢˇ 連詞，用在下半句話的開頭，表示目的是使下文所說的情況不至於發生：工地上應該加強安全措施，以免發生工傷事故｜借閱的書籍應該在限期之內歸還，以免妨礙流通。

【以內】yǐnèi ㄧˇ ㄋㄟˋ 在一定的時間、處所、數量、範圍的界限之內：本年以內｜長城以內｜五十人以內。

【以期】yǐqī ㄧˇ ㄑㄧ 用在下半句話的開頭，表示下文是前半句所說希望達到的目的：再接再勵，以期全勝。

【以前】yǐqián ㄧˇ ㄑㄧㄢˊ 現在或所說某時之前的時期：解放以前｜三年以前｜很久以前｜以前他是個學生。

【以人廢言】yǐ rén fèi yán ㄧˇ ㄖㄣˊ ㄈㄟˋ ㄧㄢˊ 因為某人不好或不喜歡某人而不管他的話是否有道理，概不聽取。

【以上】yǐshàng ㄧˇ ㄕㄤˋ ❶表示位置、次序或數目等在某一點之上：半山以上石級更陡｜縣級以上幹部。❷指前面的(話)，總括上文：以上所說的是方針問題。

【以身試法】yǐ shēn shì fǎ ㄧˇ ㄕㄣ ㄕˋ ㄈㄚˇ 以自己的行為來試試法律的威力。指明知法律的規定而還要去做觸犯法律的事。

【以身作則】yǐ shēn zuò zé ㄧˇ ㄕㄣ ㄗㄨㄛˋ ㄗㄜˊ 用自己的行動做榜樣。

【以湯沃雪】yǐ tāng wò xuě ㄧˇ ㄊㄤ ㄨㄛˋ ㄒㄩㄝˇ 把開水澆在雪上，雪很快就融化。比喻輕而易舉。

【以外】yǐwài ㄧˇ ㄨㄞˋ 在一定的時間、處所、數量、範圍的界限之外：十天以外｜辦公室以外｜五步以外｜除此以外，還有一點要注意。

【以往】yǐwǎng ㄧˇ ㄨㄤˇ 從前；過去：產品的質量比以往大有提高｜這地方以往是一片荒野。

【以為】yǐwéi ㄧˇ ㄨㄟˊ 認為：不以為然｜不以為苦，反以為樂｜這部電影我以為很有教育意義｜我以為是誰呢，原來是你。

【以下】yǐxià ㄧˇ ㄒㄧㄚˋ ❶表示位置、次序或數目等在某一點之下：氣溫已降到零度以下｜請勿攜帶三歲以下兒童入場。❷指下面的(話)：以下就要談談具體辦法。

【以眼還眼，以牙還牙】yǐ yǎn huán yǎn, yǐ yá huán yá ㄧˇ ㄧㄢˇ ㄏㄨㄢˊ ㄧㄢˇ, ㄧˇ ㄧㄚˊ ㄏㄨㄢˊ ㄧㄚˊ 比喻用對方所使用的手段還擊對方。

【以一當十】yǐ yī dāng shí ㄧˇ ㄧ ㄉㄤ ㄕˊ 一個人抵擋十個人。形容軍隊勇敢善戰。

【以逸待勞】yǐ yì dài láo ㄧˇ ㄧˋ ㄉㄞˋ ㄌㄠˊ 指作戰的時候採取守勢，養精蓄銳，等待來攻的敵人疲勞後再出擊。

【以遠】yǐyuǎn ㄧˇ ㄩㄢˇ 指鐵路、公路、航空等路綫上比某個車站或機場遠的。例如從北京經過濟南往南去上海或往東去青島，上海和青島都是濟南以遠的地方。

【以怨報德】yǐ yuàn bào dé ㄧˇ ㄩㄢˋ ㄅㄠˋ ㄉㄜˊ 用仇恨回報別人對自己的恩惠。

【以至】yǐzhì ㄧˇ ㄓˋ 連詞。❶表示在時間、數量、程度、範圍上的延伸：實踐、認識、再實踐、再認識，這種形式，循環往復以至無窮，而實踐和認識之每一循環的內容，都比較地進到了高一級的程度。❷用在下半句話的開頭，表示由於前半句話所說的動作、情況的程度很深而形成的結果：他非常用心地寫生，以至野地裏颳起風沙來也不理會｜情勢的發展十分迅速，以至使很多人感到驚奇。‖也說以至於。

【以致】yǐzhì ㄧˇ ㄓˋ 連詞，用在下半句話的開頭，表示下文是上述的原因所形成的結果(多指不好的結果)：他事先沒有充分調查研究，以致做出了錯誤的結論。

【以子之矛，攻子之盾】yǐ zǐ zhī máo,gōng zǐ zhī dùn ㄧˇ ㄗˇ ㄓ ㄇㄠˊ,ㄍㄨㄥ ㄗˇ ㄓ ㄉㄨㄣˋ 用你的矛來刺你的盾。比喻用對方的觀點、方法或言論等來反駁對方。參看779頁〖矛盾〗。

吕 yǐ ㄧˇ 〈書〉同'以'。

苡〔苡〕 yǐ ㄧˇ 薏苡。

【苡米】yǐmǐ ㄧˇ ㄇㄧˇ 見1359頁〖薏米〗。

【苡仁】yǐrén ㄧˇ ㄖㄣˊ 見1359頁〖薏米〗。

尾 yǐ ㄧˇ (尾兒) ❶特指馬尾上的毛：馬尾羅(以馬尾毛為篩絹的篩子)。❷特指蟋蟀等尾部的針狀物：三尾兒(雌蟋蟀)。

另見1188頁 wěi。

矣 yǐ ㄧˇ 古漢語助詞。❶用在句末，跟'了'相同：由來久矣｜悔之晚矣。❷表示感嘆：大矣哉。

苢〔苢〕 yǐ ㄧˇ 見351頁〔芣苢〕(fúyǐ)。

釔(钇) yǐ ㄧˇ 金屬元素，符號 Y (yttrium)。是一種稀土金屬。暗灰色，用來製合金和特種玻璃等。

迤(迆) yǐ ㄧˇ 往；向(表示在某一方向上的延伸)：天安門迤西是中山公園，迤東是勞動人民文化宮。

另見1348頁 yí。

【迤邐】yǐlǐ ㄧˇ ㄌㄧˇ 〈書〉曲折連綿：隊伍沿着山道迤邐而行。

酏 yǐ ㄧˇ 酏劑：芳香酏。[拉 elixir]

【酏劑】yǐjì ㄧˇ ㄐㄧˋ 含有糖和揮發油或另含有主要藥物的酒精溶液的製劑。

倚 yǐ ㄧˇ ❶靠着：倚門而望｜倚馬千言。❷仗恃：倚勢欺人｜倚老賣老。❸〈書〉偏；歪：不偏不倚。

【倚傍】yǐbàng ㄧˇ ㄅㄤˋ 依傍。

【倚靠】yǐkào ㄧˇ ㄎㄠˋ ❶依賴；依靠。❷身體靠在物體上。

【倚賴】yǐlài ㄧˇ ㄌㄞˋ 依賴。

【倚老賣老】yǐ lǎo mài lǎo ㄧˇ ㄌㄠˇ ㄇㄞˋ ㄌㄠˇ 仗着年紀大，賣弄老資格。

【倚馬可待】yǐ mǎ kě dài ㄧˇ ㄇㄚˇ ㄎㄜˇ ㄉㄞˋ 形容文思敏捷，寫文章快。參看〖倚馬千言〗。

【倚馬千言】yǐ mǎ qiān yán ㄧˇ ㄇㄚˇ ㄑㄧㄢ ㄧㄢˊ

晉朝桓溫領兵北征，命令袁虎靠着馬擬公文，一會兒就寫成七張紙，而且作得很好（見於《世說新語·文學》）。形容文思敏捷，寫文章快。

【倚仗】yǐzhàng ㄧˇ ㄓㄤˋ 靠別人的勢力或有利條件；依賴：倚仗權勢｜倚仗力氣大。

【倚重】yǐzhòng ㄧˇ ㄓㄨㄥˋ 依靠，器重：倚重賢才。

扆〔扆〕 yǐ ㄧˇ ❶古代的一種屏風。❷（Yǐ）姓。

椅 yǐ ㄧˇ 椅子：藤椅｜躺椅｜桌椅板凳。
另見1347頁 yī。

【椅披】yǐpī ㄧˇ ㄆㄧ 披在椅背上的裝飾品，多用大紅綢緞或布料製成，有的還綉花，與椅墊、桌圍成套，現在戲曲演出時還用。

【椅子】yǐ·zi ㄧˇ·ㄗ 有靠背的坐具，主要用木頭、竹子、藤子等製成。

蛾 yǐ ㄧˇ 〈書〉同'蟻'。
另見298頁 é。

旖 yǐ ㄧˇ ［旖旎］(yǐnǐ ㄧˇ ㄋㄧˇ)〈書〉柔和美好：風光旖旎。

踦 yǐ ㄧˇ 〈書〉用力抵住。

蟻（蚁、❶螘） yǐ ㄧˇ ❶昆蟲的一科，種類很多，一般體小，呈黑、褐、紅等色，觸角絲狀或棒狀，腹部球狀，腰部細。營群居生活，分雌蟻、雄蟻、工蟻和兵蟻。雌蟻和雄蟻都有單眼，有翅。工蟻和兵蟻都沒有翅，生殖器官不發達。工蟻擔任築巢、採集食物、撫養幼蟲等工作。兵蟻負責守衛。❷（Yǐ）姓。

顗（䪰） yǐ ㄧˇ 〈書〉安靜（古時多用於人名）。

艤（舣、檥） yǐ ㄧˇ 〈書〉使船靠岸。

齮（𬺈） yǐ ㄧˇ 〈書〉咬：齮齕。

【齮齕】yǐhé ㄧˇ ㄏㄜˊ 〈書〉❶咬；啃。❷忌恨；傾軋。

yì（ㄧˋ）

一 yì ㄧˋ 見1337頁'一'(yī)。

乂 yì ㄧˋ 〈書〉治理；安定：乂安（太平無事）。

弋 yì ㄧˋ ❶〈書〉用帶有繩子的箭射鳥：弋獲｜弋鳧與雁。❷〈書〉用來射鳥的帶有繩子的箭。❸（Yì）姓。

【弋獲】yìhuò ㄧˋ ㄏㄨㄛˋ 〈書〉❶射中（飛禽）。❷捕獲（逃犯、盜匪）。

【弋陽腔】yìyángqiāng ㄧˋ ㄧㄤˊ ㄑㄧㄤ 戲曲聲腔之一，起源於江西弋陽，流行地區很廣。由一人獨唱，眾人幫腔，用打擊樂器伴奏。也叫弋腔。

刈 yì ㄧˋ 〈書〉割（草或穀類）：刈麥｜刈草。

艾〔艾〕 yì ㄧˋ〈書〉❶同'乂'。❷懲治：懲艾。
另見3頁 ài。

仡 yì ㄧˋ ［仡仡］〈書〉❶強壯勇敢。❷高大。
另見383頁 gē。

屹 yì ㄧˋ〈書〉山峰高聳的樣子：屹立。
另見383頁 gē。

【屹立】yìlì ㄧˋ ㄌㄧˋ 像山峰一樣高聳而穩固地立着，常用來比喻堅定不可動搖：屹立不動｜人民英雄紀念碑屹立在天安門廣場上。

【屹然】yìrán ㄧˋ ㄖㄢˊ 屹立的樣子：屹然不動。

亦 yì ㄧˋ ❶〈書〉也（表示同樣）；也是：反之亦然｜人云亦云。❷（Yì）姓。

【亦步亦趨】yì bù yì qū ㄧˋ ㄅㄨˋ ㄧˋ ㄑㄩ《莊子·田子方》：'夫子步亦步，夫子趨亦趨。'意思是老師走學生也走，老師跑學生也跑。比喻自己沒有主張，或為了討好，每件事都順從別人，跟着人家走。

【亦莊亦諧】yì zhuāng yì xié ㄧˋ ㄓㄨㄤ ㄧˋ ㄒㄧㄝˊ 形容既莊重，又詼諧。

衣 yì ㄧˋ 〈書〉穿（衣服）；拿衣服給人穿：衣布衣｜解衣衣我。
另見1346頁 yī。

抑[1] yì ㄧˋ 向下按；壓制：抑制｜抑鬱｜壓抑｜抑強扶弱｜抑惡揚善。

抑[2] yì ㄧˋ〈書〉連詞。❶表示選擇，相當於'或是'、'還是'：求之歟，抑與之歟？❷表示轉折，相當於'可是'、'但是'、'然而'：多則多矣，抑君似鼠。❸表示遞進，相當於'而且'：非惟天時，抑亦人謀也。

【抑或】yìhuò ㄧˋ ㄏㄨㄛˋ 〈書〉連詞，表示選擇關係：不知他們是贊成，抑或是反對。

【抑揚】yìyáng ㄧˋ ㄧㄤˊ （聲音）高低起伏。

【抑揚頓挫】yìyáng dùncuò ㄧˋ ㄧㄤˊ ㄉㄨㄣˋ ㄘㄨㄛˋ （聲音）高低起伏和停頓轉折。

【抑鬱】yìyù ㄧˋ ㄩˋ 心有憤恨，不能訴說而煩悶：心情抑鬱。

【抑止】yìzhǐ ㄧˋ ㄓˇ 抑制②。

【抑制】yìzhì ㄧˋ ㄓˋ ❶大腦皮層的兩種基本神經活動過程之一。是在外部或內部刺激下產生的，作用是阻止皮層的興奮，減弱器官機能的活動。睡眠就是大腦皮層全部處於抑制的現象。❷壓下去；控制：他抑制不住內心的喜悅。

苅〔苅〕（刘） yì ㄧˋ 同'刈'。

杙 yì ㄧˋ〈書〉小木樁。

邑 yì ㄧˋ ❶城市：城邑｜通都大邑。❷古時縣的別稱：邑境｜邑宰（縣令）。

佚 yì ㄧˋ 同'逸'。

役 yì ㄧˋ ❶需要出勞力的事：勞役｜徭役。❷兵役：服役｜現役｜退役｜預備役。❸役使：奴役。❹舊時指供使喚的人：僕役｜衙役。❺戰爭；戰役：平型關之役。

【役畜】yìchù ㄧˋ ㄔㄨˋ 見705頁〖力畜〗。

【役齡】yìlíng ㄧˋ ㄌㄧㄥˊ ❶指適合服兵役的年齡。❷服兵役的年數。

【役使】yìshǐ ㄧˋ ㄕˇ 使用(牲畜)；強迫使用(人力)：役使騾馬｜役使奴婢。

易 1 yì ㄧˋ ❶做起來不費事的；容易(跟'難'相對)：簡易｜輕易｜易如反掌｜顯而易見｜得來不易。❷平和：平易近人。❸〈書〉輕視。

易 2 yì ㄧˋ ❶改變；變換：變易｜易名｜移風易俗｜不易之論。❷交換：貿易｜交易｜易貨協定｜以物易物。❸(Yì)姓。

【易拉罐】yìlāguàn ㄧˋ ㄌㄚ ㄍㄨㄢˋ 一種裝飲料或其他流質食品的金屬罐，封閉罐口的一塊兒金屬片很容易拉開，所以叫易拉罐。

【易如反掌】yì rú fǎn zhǎng ㄧˋ ㄖㄨˊ ㄈㄢˇ ㄓㄤˇ 像翻一下手掌那樣容易。比喻事情極容易辦。

【易手】yìshǒu ㄧˋ ㄕㄡˇ (政權、財產等)更換佔有者：他家原先的住宅早已易手他人。

【易於】yìyú ㄧˋ ㄩˊ 容易：這個辦法易於實行。

【易幟】yìzhì ㄧˋ ㄓˋ 國家或軍隊更換旗子。指政權性質發生變化或投向敵方。

佾 yì ㄧˋ 古代樂舞的行列。

泆 yì ㄧˋ 〈書〉❶放縱。❷同'溢'。

枻(栧) yì ㄧˋ 〈書〉槳。

昳 yì ㄧˋ ［昳麗］(yìlì ㄧˋ ㄌㄧˋ)〈書〉容貌美麗。
另見265頁 dié。

食 yì ㄧˋ 用於人名，酈食其(Lì Yìjī ㄌㄧˋ ㄧˋ ㄐㄧ)，漢朝人。
另見1038頁 shí；1087頁 sì。

狓 yì ㄧˋ 見727頁〖林狓〗。

弈 yì ㄧˋ 〈書〉❶圍棋。❷下棋：對弈｜弈棋。

奕 yì ㄧˋ ❶〈書〉盛大。❷(Yì)姓。

【奕奕】yìyì ㄧˋ ㄧˋ 精神飽滿的樣子：神采奕奕。

疫 yì ㄧˋ 瘟疫：鼠疫｜時疫｜防疫。

【疫病】yìbìng ㄧˋ ㄅㄧㄥˋ 流行性的傳染病：疫病流行。

【疫苗】yìmiáo ㄧˋ ㄇㄧㄠˊ 能使機體產生免疫力的病毒、立克次氏體等製劑，如牛痘苗、麻疹疫苗等。通常也包括能使機體產生免疫力的細菌製劑、抗毒素、類毒素。

【疫情】yìqíng ㄧˋ ㄑㄧㄥˊ 疫病的發生和發展情況；控制疫情｜疫情報告站。

羿 Yì ㄧˋ ❶上古人名，傳說是夏代有窮國的君主，善於射箭。❷姓。

挹 yì ㄧˋ 〈書〉❶舀：挹取｜挹彼注茲(從那裏舀出來倒在這裏頭)。❷牽引；拉。

【挹取】yìqǔ ㄧˋ ㄑㄩˇ 〈書〉舀。

【挹注】yìzhù ㄧˋ ㄓㄨˋ 〈書〉比喻從有餘的地方取些出來以補不足的地方。

貤(䝯) yì ㄧˋ 〈書〉重疊；重複。
另見1348頁 yí。

唈 yì ㄧˋ 〈書〉同'悒'。

益 1 yì ㄧˋ ❶好處(跟'害'相對)：利益｜公益｜權益｜受益不淺。❷有益的(跟'害'相對)：益友｜益鳥｜益蟲。❸(Yì)姓。

益 2 yì ㄧˋ ❶增加：增益｜延年益壽。❷更加：多多益善｜精益求精。

【益蟲】yìchóng ㄧˋ ㄔㄨㄥˊ 直接或間接對人有利的昆蟲，如吐絲的蠶，釀蜜和傳播花粉的蜜蜂，捕食農業害蟲的螳螂、瓢蟲、蜻蜓等。

【益處】yì·chu ㄧˋ ·ㄔㄨ 對人或事物有利的因素；好處。

【益發】yìfā ㄧˋ ㄈㄚ 越發；更加：自他病倒以後，家裏的日子益發艱難了。

【益母草】yìmǔcǎo ㄧˋ ㄇㄨˇ ㄘㄠˇ 二年生草本植物，莖直立，方形，基部的葉子有長柄，略呈圓形，莖部的葉子掌狀分裂，裂片狹長，花淡紫紅色，堅果有棱。莖葉和子實均可入藥。也叫茺(chōngwèi)。

【益鳥】yìniǎo ㄧˋ ㄋㄧㄠˇ 捕食害蟲、害獸，直接或間接對人類有益的鳥類，如燕子、杜鵑、貓頭鷹等。

【益友】yìyǒu ㄧˋ ㄧㄡˇ 對自己思想、工作、學習有幫助的朋友：良師益友。

浥 yì ㄧˋ 〈書〉沾濕。

悒 yì ㄧˋ 〈書〉憂愁不安：憂悒｜鬱悒｜悒悒不樂。

埸 yì ㄧˋ 〈書〉❶田間的界限。❷邊境：疆埸。

異(异) yì ㄧˋ ❶有分別；不相同：異口同聲｜大同小異｜日新月異｜求同存異。❷奇異；特別：異香｜異聞。❸驚奇；奇怪：驚異｜深以為異。❹另外的；別的：異日｜異地。❺分開：離異｜異爨(親屬分家)。

【異邦】yìbāng ㄧˋ ㄅㄤ 外國。

【異彩】yìcǎi ㄧˋ ㄘㄞˇ 奇異的光彩。比喻突出的成就或表現：大放異彩｜異彩紛呈。

【異常】yìcháng ㄧˋ ㄔㄤˊ ❶不同於尋常：神色

異常｜情況異常｜異常現象。❷非常；特別：異常激動｜異常美麗｜異常反感。

【異詞】yìcí ㄧˋ ㄘˊ 異言。

【異地】yìdì ㄧˋ ㄉㄧˋ 他鄉；外鄉：流落異地｜異地相逢。

【異讀】yìdú ㄧˋ ㄉㄨˊ 指一個字在習慣上具有的兩個或幾個不同的讀法，如'誰'字讀 shéi 又讀 shuí。

【異端】yìduān ㄧˋ ㄉㄨㄢ 指不符合正統思想的主張或教義：異端邪說。

【異國】yìguó ㄧˋ ㄍㄨㄛˊ 外國：異國情調｜異國他鄉。

【異乎】yìhū ㄧˋ ㄏㄨ 不同於：異乎尋常。

【異化】yìhuà ㄧˋ ㄏㄨㄚˋ ❶相似或相同的事物逐漸變得不相似或不相同。❷哲學上指把自己的素質或力量轉化為跟自己對立、支配自己的東西。❸語音學上指連發幾個相似或相同的音，其中一個變得和其他的音不相似或不相同。

【異化作用】yìhuà zuòyòng ㄧˋ ㄏㄨㄚˋ ㄗㄨㄛˋ ㄩㄥˋ 生物體在新陳代謝過程中，自身的組成物質發生分解，同時放出能量，這個過程叫做異化作用。

【異己】yìjǐ ㄧˋ ㄐㄧˇ 同一集體中在立場、政見或重大問題上常跟自己有嚴重分歧甚至敵對的人：異己分子｜排除異己。

【異軍突起】yì jūn tū qǐ ㄧˋ ㄐㄩㄣ ㄊㄨ ㄑㄧˇ 比喻與眾不同的新派別或新力量突然興起。

【異口同聲】yì kǒu tóng shēng ㄧˋ ㄎㄡˇ ㄊㄨㄥˊ ㄕㄥ 形容很多人說同樣的話。

【異類】yìlèi ㄧˋ ㄌㄟˋ ❶舊時稱外族。❷指鳥獸、草木、神鬼等(對'人類'而言)。

【異曲同工】yì qǔ tóng gōng ㄧˋ ㄑㄩˇ ㄊㄨㄥˊ ㄍㄨㄥ 不同的曲調演得同樣好。比喻不同的人的辭章或言論同樣精彩，或者不同的做法收到同樣的效果。也說同工異曲。

【異趣】yìqù ㄧˋ ㄑㄩˋ ❶不同的志趣、情趣。❷不同於一般的趣味：點畫之間，多有異趣。

【異日】yìrì ㄧˋ ㄖˋ 〈書〉❶將來；日後：委之異日｜留待異日再決。❷從前；往日：談笑一如異日。

【異體】yìtǐ ㄧˋ ㄊㄧˇ ❶不同的形體：異體字。❷不同屬一個身體或個體：異體組織移植｜雌雄異體。

【異體字】yìtǐzì ㄧˋ ㄊㄧˇ ㄗˋ 跟規定的正體字同音同義而寫法不同的字，如'攷'是'考'的異體字，'隄'是'堤'的異體字。

【異同】yìtóng ㄧˋ ㄊㄨㄥˊ ❶不同之處和相同之處：分別異同。❷〈書〉異議。

【異味】yìwèi ㄧˋ ㄨㄟˋ ❶不同尋常的美味；難得的好吃的東西。❷不正常的氣味：食物已有異味，不能再吃。

【異物】yìwù ㄧˋ ㄨˋ ❶不應進入而進入或不應存在而存在於身體內部的物體，通常多指非生物體，例如進入眼內的沙子、掉進氣管內的玻璃球等。❷〈書〉指死亡的人：化為異物。❸〈書〉奇異的物品。

【異香】yìxiāng ㄧˋ ㄒㄧㄤ 異乎尋常的香味：異香撲鼻。

【異鄉】yìxiāng ㄧˋ ㄒㄧㄤ 外鄉；外地(就做客的人而言)：客居異鄉。

【異想天開】yì xiǎng tiān kāi ㄧˋ ㄒㄧㄤˇ ㄊㄧㄢ ㄎㄞ 形容想法離奇，不切實際。

【異心】yìxīn ㄧˋ ㄒㄧㄣ 不忠實的念頭：懷有異心。

【異型】yìxíng ㄧˋ ㄒㄧㄥˊ 通常指某些材料截面形狀不同於常見的方形、圓形的形狀：異型鋼｜異型磚。

【異性】yìxìng ㄧˋ ㄒㄧㄥˋ ❶性別不同的人：追求異性。❷性質不同：異性的電互相吸引，同性的電互相排斥。

【異姓】yìxìng ㄧˋ ㄒㄧㄥˋ 不同姓：異姓兄弟。

【異言】yìyán ㄧˋ ㄧㄢˊ 表示不同意的話：並無異言。

【異樣】yìyàng ㄧˋ ㄧㄤˋ ❶兩樣；不同：多年沒見了，看不出他有甚麼異樣。❷不同尋常的；特殊：人們都用異樣的眼光打量他。

【異議】yìyì ㄧˋ ㄧˋ 不同的意見：提出異議。

【異域】yìyù ㄧˋ ㄩˋ ❶外國。❷他鄉；外鄉。

【異族】yìzú ㄧˋ ㄗㄨˊ 外族。

翊 yì ㄧˋ 〈書〉輔佐；幫助：翊戴(輔佐擁戴)｜翊贊(輔助)。

翌 yì ㄧˋ 〈書〉次於今日、今年的：翌日｜翌年｜翌晨(第二天早晨)。

【翌日】yìrì ㄧˋ ㄖˋ 〈書〉次日。

軼(轶) yì ㄧˋ 同'逸'④⑤。

逸 yì ㄧˋ ❶安樂；安閑：安逸｜以逸待勞｜一勞永逸。❷逃跑：奔逸｜逃逸。❸避世隱居：隱逸｜逸民。❹散失；失傳：逸文｜逸書｜逸事｜逸聞。❺超過一般：超逸｜逸群。

【逸樂】yìlè ㄧˋ ㄌㄜˋ 閑適安樂。

【逸民】yìmín ㄧˋ ㄇㄧㄣˊ 古代稱避世隱居不做官的人。也指亡國後不在新朝代做官的人。

【逸事】yìshì ㄧˋ ㄕˋ 世人不大知道的關於某人的事迹，多指不見於正式記載的：這部書裏記載了很多名人逸事。

【逸聞】yìwén ㄧˋ ㄨㄣˊ 世人不大知道的傳說，多指不見於正式記載的。

【逸豫】yìyù ㄧˋ ㄩˋ 〈書〉安逸享樂：逸豫亡身。

暘 yì ㄧˋ 〈書〉太陽在雲中忽隱忽現。

嗌 yì ㄧˋ 〈書〉咽喉。
另見 4 頁 ài。

肄 yì ㄧˋ 學習：肄業｜肄習(學習)。

【肄業】yìyè ㄧˋㄧㄝˋ 學習(課程)。指沒有畢業或尚未畢業：肄業生｜高中肄業｜他曾在北京大學物理系肄業兩年。

詣(诣) yì ㄧˋ 〈書〉❶到某人所在的地方；到某個地方去看人(多用於所尊敬的人)：詣烈士墓參謁。❷(學業、技術等)所達到的程度：造詣｜苦心孤詣。

裔 yì ㄧˋ ❶〈書〉後代：後裔｜華裔。❷〈書〉邊遠的地方：四裔。❸(Yì)姓。

意 yì ㄧˋ ❶意思：同意｜來意｜詞不達意。❷心願；願望：中意｜任意｜滿意。❸意料；料想：意外｜出其不意。

【意表】yìbiǎo ㄧˋㄅㄧㄠˇ 意想之外：出人意表。

【意會】yìhuì ㄧˋㄏㄨㄟˋ 不經直接説明而了解(意思)：只可意會，不可言傳。

【意見】yì·jiàn ㄧˋ·ㄐㄧㄢˋ ❶對事情的一定的看法或想法：你的意見怎麼樣？咱們來交換交換意見。❷(對人、對事)認為不對因而不滿意的想法：我對於這種辦法有意見｜人家對他的意見很多。

【意匠】yìjiàng ㄧˋㄐㄧㄤˋ 指詩文、繪畫等的構思設計：別具意匠。

【意境】yìjìng ㄧˋㄐㄧㄥˋ 文學藝術作品通過形象描寫表現出來的境界和情調。

【意料】yìliào ㄧˋㄌㄧㄠˋ 事先對情況、結果等的估計：意料之中｜出乎意料｜意料不到的事。

【意念】yìniàn ㄧˋㄋㄧㄢˋ 念頭；想法：這時每人腦子裏都只有一個意念：'勝利！'

【意氣】yìqì ㄧˋㄑㄧˋ ❶意志和氣概：意氣高昂｜意氣風發。❷志趣和性格：意氣相投。❸由於主觀和偏激而產生的情緒：鬧意氣｜意氣用事。

【意氣風發】yìqì fēngfā ㄧˋㄑㄧˋ ㄈㄥ ㄈㄚ 形容精神振奮，氣概昂揚。

【意氣用事】yìqì yòngshì ㄧˋㄑㄧˋ ㄩㄥˋㄕˋ 只憑感情辦事，缺乏理智。

【意趣】yìqù ㄧˋㄑㄩˋ 意味和興趣：意趣盎然。

【意識】yì·shí ㄧˋ·ㄕˊ ❶人的頭腦對於客觀物質世界的反映，是感覺、思維等各種心理過程的總和，其中的思維是人類特有的反映現實的高級形式。存在決定意識，意識又反作用於存在。❷覺察(常與'到'字連用)：天還冷，看見樹枝發綠才意識到已經是春天了。

【意識形態】yì·shí xíngtài ㄧˋ·ㄕˊ ㄒㄧㄥˊㄊㄞˋ 在一定的經濟基礎上形成的，人對於世界和社會的有系統的看法和見解，哲學、政治、藝術、宗教、道德等是它的具體表現。意識形態是上層建築的組成部分，在階級社會裏具有階級性。也叫觀念形態。

【意思】yì·si ㄧˋ·ㄙ ❶語言文字的意義；思想內容：'節約'就是不浪費的意思｜要正確地了解這篇文章的中心意思｜你這句話是甚麼意思？❷意見；願望：大家的意思是一起去｜我想跟你合寫一篇文章，你是不是也有這個意思？❸指禮品所代表的心意：這不過是我的一點意思，你就收下吧！❹指表示一點心意：大家受累了，得買些東西意思一下。❺某種趨勢或苗頭：天有點要下雨的意思｜天氣漸漸暖了，樹木有點兒發綠的意思了。❻情趣；趣味：這棵松樹長得像座寶塔，真有意思｜他看着工業展覽會上的新產品，感覺很有意思。

【意圖】yìtú ㄧˋㄊㄨˊ 希望達到某種目的的打算：主觀意圖｜他的意圖很明顯，是想要那本書。

【意外】yìwài ㄧˋㄨㄞˋ ❶意料之外：感到意外｜意外事故。❷意外的不幸事件：煤爐子一定要裝烟筒，以免發生意外。

【意味】yìwèi ㄧˋㄨㄟˋ ❶含蓄的意思：話裏含有諷刺意味。❷情調；情趣；趣味：意味無窮｜富於文學意味。

【意味着】yìwèi·zhe ㄧˋㄨㄟˋ·ㄓㄜ 含有某種意義：生產率的提高意味着勞動力的節省。

【意想】yìxiǎng ㄧˋㄒㄧㄤˇ 料想；想像：意想不到｜比賽結果在意想之中。

【意向】yìxiàng ㄧˋㄒㄧㄤˋ 意圖；目的：意向不明｜該廠有擴大生產規模的意向。

【意向書】yìxiàngshū ㄧˋㄒㄧㄤˋㄕㄨ 在經濟活動中簽署的表明雙方意向的文書。

【意象】yìxiàng ㄧˋㄒㄧㄤˋ 意境：這首民歌意象新穎。

【意興】yìxìng ㄧˋㄒㄧㄥˋ 興致：意興索然｜意興勃勃。

【意義】yìyì ㄧˋㄧˋ ❶語言文字或其他信號所表示的內容。❷價值；作用：革命的意義｜人生的意義｜一部富有教育意義的影片。

【意譯】yìyì ㄧˋㄧˋ ❶根據原文的大意來翻譯，不作逐字逐句的翻譯(區別於'直譯')。❷根據某種語言詞語的意義譯成另一種語言的詞語(區別於'音譯')。

【意願】yìyuàn ㄧˋㄩㄢˋ 願望；心願：尊重本人的意願。

【意蘊】yìyùn ㄧˋㄩㄣˋ 內在的意義；含義：意蘊豐富｜反復琢磨，才能領會這首詩的意蘊。

【意在言外】yì zài yán wài ㄧˋㄗㄞˋㄧㄢˊㄨㄞˋ 言詞的真正用意是暗含着的，沒有明白說出。

【意旨】yìzhǐ ㄧˋㄓˇ 意圖(多指應該遵從的)：秉承意旨。

【意志】yìzhì ㄧˋㄓˋ 決定達到某種目的而產生的心理狀態，往往由語言和行動表現出來：意志薄弱｜意志堅強｜不屈不撓的意志。

【意中人】yìzhōngrén ㄧˋㄓㄨㄥㄖㄣˊ 心裏愛慕的異性。

義[1](义) yì ㄧˋ ❶正義：道義｜大義滅親｜義不容辭。❷合乎正義或公益的：義舉｜義演。❸情誼：情義｜忘恩負義。❹因撫養或拜認而成為親屬的：義父｜義女。❺人工製造的(00人體的部分)：義齒｜義肢。❻ (Yì) 姓。

義² (义) yì ㄧˋ 意義：字義｜定義。

【義不容辭】yì bù róng cí ㄧˋ ㄅㄨˋ ㄖㄨㄥˊ ㄘˊ 道義上不允許推辭。

【義倉】yìcāng ㄧˋ ㄘㄤ 舊時地方上為防備荒年而設置的公益糧倉。

【義齒】yìchǐ ㄧˋ ㄔˇ 假牙。

【義地】yìdì ㄧˋ ㄉㄧˋ 舊時埋葬窮人的公共墓地。也指由私人或團體購置，專為埋葬一般同鄉、團體成員及其家屬的墓地。

【義憤】yìfèn ㄧˋ ㄈㄣˋ 對違反正義的事情所產生的憤怒：滿腔義憤｜義憤填膺。

【義憤填膺】yìfèn tián yīng ㄧˋ ㄈㄣˋ ㄊㄧㄢˊ ㄧㄥ 胸中充滿義憤。

【義和團】yìhétuán ㄧˋ ㄏㄜˊ ㄊㄨㄢˊ 19世紀末我國北方人民自發組織的反對帝國主義侵略的團體。

【義舉】yìjǔ ㄧˋ ㄐㄩˇ 指疏財仗義的行為。

【義軍】yìjūn ㄧˋ ㄐㄩㄣ 起義的或為正義而戰的軍隊。

【義理】yìlǐ ㄧˋ ㄌㄧˇ 言論或文章的內容和道理：剖析義理。

【義賣】yìmài ㄧˋ ㄇㄞˋ 為正義或公益的事情籌款而出售物品，出售的物品往往是捐獻的，售價比市價高。

【義旗】yìqí ㄧˋ ㄑㄧˊ 義軍的旗幟：義旗所向，勢不可當。

【義氣】yì·qi ㄧˋ·ㄑㄧ ❶指由於私人關係而甘於承擔風險或犧牲自己利益的氣概：講義氣｜義氣凜然。❷有這種氣概或感情：你看他多麼慷慨，多麼義氣。

【義師】yìshī ㄧˋ ㄕ 義軍。

【義士】yìshì ㄧˋ ㄕˋ 舊時指能維護正義的或俠義的人。

【義塾】yìshú ㄧˋ ㄕㄨˊ 義學。

【義無反顧】yì wú fǎn gù ㄧˋ ㄨˊ ㄈㄢˇ ㄍㄨˋ 在道義上只有勇往直前，絕對不能退縮回顧。'反'也作返。

【義務】yìwù ㄧˋ ㄨˋ ❶公民或法人按法律規定應盡的責任，例如服兵役(跟'權利'相對)。❷道德上應盡的責任：我們有義務幫助學習較差的同學。❸不要報酬的：義務勞動｜義務演出。

【義務兵】yìwùbīng ㄧˋ ㄨˋ ㄅㄧㄥ 按義務兵役制服役的士兵。

【義務兵役制】yìwù bīngyìzhì ㄧˋ ㄨˋ ㄅㄧㄥ ㄧˋ ㄓˋ 公民依照法律在一定年齡內有服一定期限兵役義務的制度。

【義務教育】yìwù jiàoyù ㄧˋ ㄨˋ ㄐㄧㄠˋ ㄩˋ 國家在法律中規定一定年齡的兒童必須受到的一定程度的教育。

【義項】yìxiàng ㄧˋ ㄒㄧㄤˋ 字典、詞典中同一個條目內按意義分列的項目。

【義形於色】yì xíng yú sè ㄧˋ ㄒㄧㄥˊ ㄩˊ ㄙㄜˋ 義憤之氣顯露在臉上。

【義學】yìxué ㄧˋ ㄒㄩㄝˊ 舊時由私人集資或用地方公益金創辦的免費的學校。

【義演】yìyǎn ㄧˋ ㄧㄢˇ 為正義或公益的事情籌款而舉行演出。

【義勇】yìyǒng ㄧˋ ㄩㄥˇ 為正義事業而勇於鬥爭的：義勇軍｜義勇之氣。

【義勇軍】yìyǒngjūn ㄧˋ ㄩㄥˇ ㄐㄩㄣ 人民為了抗擊侵略者自願組織起來的軍隊。特指我國抗日時期人民自動組織起來的一種抗日武裝。

【義戰】yìzhàn ㄧˋ ㄓㄢˋ 正義的戰爭。

【義診】yìzhěn ㄧˋ ㄓㄣˇ ❶為正義或公益的事情籌款而設門診給人治病。❷醫生無報酬地給人治病。

【義正詞嚴】yì zhèng cí yán ㄧˋ ㄓㄥˋ ㄘˊ ㄧㄢˊ 道理正當，措詞嚴肅。'詞'也作辭。

【義肢】yìzhī ㄧˋ ㄓ 裝在殘疾人身上的假的上肢或下肢。

【義塚】yìzhǒng ㄧˋ ㄓㄨㄥˇ 舊時埋葬無主屍骨的墳墓。

溢 yì ㄧˋ ❶充滿而流出來：充溢｜洋溢｜河水四溢。❷過分：溢美。〈古〉又同'鎰'。

【溢洪道】yìhóngdào ㄧˋ ㄏㄨㄥˊ ㄉㄠˋ 水庫建築物的防洪設備，多築在水壩的一側，像大槽子。當水庫的水位超過安全限度時，水就從溢洪道向下游流出。

【溢美】yìměi ㄧˋ ㄇㄟˇ 〈書〉過分誇讚：溢美之詞。

【溢於言表】yì yú yán biǎo ㄧˋ ㄩˊ ㄧㄢˊ ㄅㄧㄠˇ (感情)流露在言辭、神情上：憤激之情，溢於言表。

蓺〔埶〕 yì ㄧˋ 〈書〉種植：蓺菊｜樹蓺五穀。

勩 (勚) yì ㄧˋ ❶〈書〉勞苦。❷器物的棱角、鋒芒等磨損：螺絲扣勩了。

蜴 yì ㄧˋ 見1221頁〖蜥蜴〗(xīyì)。

廙 yì ㄧˋ 〈書〉恭敬(多用於人名)。

潩 yì ㄧˋ 清潩河(Qīngyìhé ㄑㄧㄥ ㄧˋ ㄏㄜˊ)，水名，潁河支流，在河南。

嫕 yì ㄧˋ 〈書〉性情和善可親：婉嫕(和婉柔順)。

億 (亿) yì ㄧˋ ❶數目，一萬萬。❷古代指十萬。

【億萬】yìwàn ㄧˋ ㄨㄢˋ 泛指極大的數目：億萬斯年。

【億萬斯年】yì wàn sī nián ㄧˋ ㄨㄢˋ ㄙ ㄋㄧㄢˊ 形容無限長遠的年代。

誼 (谊) yì ㄧˋ 交情：友誼｜情誼｜深情厚誼。

瘞(瘗) yì ㄧˋ〈書〉掩埋；埋藏。

毅 yì ㄧˋ 堅決：毅力｜剛毅｜沈毅。

【毅力】yìlì ㄧˋ ㄌㄧˋ 堅強持久的意志：學習沒有毅力是不行的。

【毅然】yìrán ㄧˋ ㄖㄢˊ 堅決地；毫不猶疑地：毅然決然｜毅然獻身祖國的科學事業。

熠 yì ㄧˋ〈書〉光耀；鮮明。

【熠熠】yìyì ㄧˋ ㄧˋ〈書〉形容閃光發亮：光彩熠熠。

薏〔薏〕 yì ㄧˋ 見下。

【薏米】yìmǐ ㄧˋ ㄇㄧˇ 去殼後的薏苡的子實，白色，可供食用，也可入藥。也叫薏仁米、苡仁、苡米。

【薏仁米】yìrénmǐ ㄧˋ ㄖㄣˊ ㄇㄧˇ 薏米。

【薏苡】yìyǐ ㄧˋ ㄧˇ 多年生草本植物，莖直立，葉披針形，穎果卵形，灰白色。果仁叫薏米。

瞖 yì ㄧˋ〈書〉同'翳'。

殪 yì ㄧˋ〈書〉❶死。❷殺死。

曀 yì ㄧˋ〈書〉天陰沈。

螠 yì ㄧˋ 無脊椎動物的一綱，雌雄異體，身體呈圓筒狀，不分節，有少數剛毛。生活在海底泥沙中。

嶧(峄) Yì ㄧˋ 嶧山，山名，在山東。

劓 yì ㄧˋ 古代割掉鼻子的酷刑。

燚 yì ㄧˋ 人名用字。

懌(怿) yì ㄧˋ〈書〉歡喜；高興。

憶(忆) yì ㄧˋ 回想；記得：回憶｜記憶。

【憶想】yìxiǎng ㄧˋ ㄒㄧㄤˇ 回想：憶想往事｜憶想當年。

縊(缢) yì ㄧˋ〈書〉用繩子勒死；吊死：自縊。

翳 yì ㄧˋ ❶〈書〉遮蔽：陰翳｜翳蔽。❷眼睛角膜病變後遺留下來的疤痕。

斁(斁) yì ㄧˋ〈書〉厭棄；厭倦。另見285頁dù。

臆(肊) yì ㄧˋ ❶胸：胸臆。❷主觀地：臆測｜臆造。

【臆測】yìcè ㄧˋ ㄘㄜˋ 主觀地推測。

【臆斷】yìduàn ㄧˋ ㄉㄨㄢˋ 憑臆測來斷定：主觀臆斷。

【臆度】yìduó ㄧˋ ㄉㄨㄛˊ〈書〉臆測。

【臆見】yìjiàn ㄧˋ ㄐㄧㄢˋ 主觀的見解。

【臆說】yìshuō ㄧˋ ㄕㄨㄛ 主觀推測的說法。

【臆想】yìxiǎng ㄧˋ ㄒㄧㄤˇ 主觀地想像。

【臆造】yìzào ㄧˋ ㄗㄠˋ 憑主觀的想法編造：憑空臆造。

鮨(鲐) yì ㄧˋ 魚類的一科，體側扁，紅色或褐色，有斑紋，口大，牙細而尖。大部分種類生活在海洋中。

瘱 yì ㄧˋ〈書〉同'囈'。

翼 yì ㄧˋ ❶鳥類的飛行器官，由前肢演化而成，上面生有羽毛。有的鳥翼退化，不能飛翔。通稱翅膀。❷飛機或滑翔機等飛行工具兩側伸出像鳥翼的部分，有支撐機身、產生升力等作用。❸側：兩翼陣地｜由左翼進攻。❹二十八宿之一。❺〈書〉幫助；輔佐：翼助｜扶翼。❻〈書〉同'翌'：翼日。❼(Yì)姓。

【翼側】yìcè ㄧˋ ㄘㄜˋ 作戰時部隊的兩翼：左翼側｜右翼側。也說側翼。

【翼翅】yìchì ㄧˋ ㄔˋ 翅膀。

【翼翼】yìyì ㄧˋ ㄧˋ〈書〉❶嚴肅謹慎：小心翼翼。❷嚴整有秩序。❸繁盛；眾多。

藝〔藝〕(艺) yì ㄧˋ ❶技能；技術：工藝｜手藝｜園藝｜藝高人膽大。❷藝術：文藝｜曲藝｜藝人。❸〈書〉準則；限度：貪賄無藝。

【藝林】yìlín ㄧˋ ㄌㄧㄣˊ ❶指圖書典籍薈萃的地方。❷指文藝界：馳譽藝林｜藝林盛事。

【藝齡】yìlíng ㄧˋ ㄌㄧㄥˊ 演員從事藝術活動的年數。

【藝名】yìmíng ㄧˋ ㄇㄧㄥˊ 藝人為從藝起的別名。

【藝人】yìrén ㄧˋ ㄖㄣˊ ❶戲曲、曲藝、雜技等演員。❷某些手工藝工人。

【藝術】yìshù ㄧˋ ㄕㄨˋ ❶用形象來反映現實但比現實有典型性的社會意識形態，包括文學、繪畫、雕塑、建築、音樂、舞蹈、戲劇、電影、曲藝等。❷指富有創造性的方式、方法：領導藝術。❸形狀獨特而美觀的：這棵松樹的樣子挺藝術。

【藝術家】yìshùjiā ㄧˋ ㄕㄨˋ ㄐㄧㄚ 從事藝術創作或表演而有一定成就的人。

【藝術品】yìshùpǐn ㄧˋ ㄕㄨˋ ㄆㄧㄣˇ 藝術作品。一般指造型藝術的作品。

【藝術體操】yìshù tǐcāo ㄧˋ ㄕㄨˋ ㄊㄧˇ ㄘㄠ 體操運動項目之一。女運動員在音樂伴奏下做走、跑、跳、轉體、平衡等各種動作，富於藝術性。也叫韵律體操。

【藝術性】yìshùxìng ㄧˋ ㄕㄨˋ ㄒㄧㄥˋ 文學藝術作品通過形象反映生活、表現思想感情所達到的準確、鮮明、生動的程度以及形式、結構、表現技巧的完美的程度。

【藝徒】yìtú ㄧˋ ㄊㄨˊ〈方〉學徒工。

【藝文誌】yìwénzhì ㄧˋ ㄨㄣˊ ㄓˋ ❶我國紀傳體史書和政書、方誌等記載的圖書目錄。❷指方誌中所輯錄的詩文。

【藝苑】yìyuàn ㄧˋ ㄩㄢˋ 文學藝術薈萃的地方。泛指文學藝術界：藝苑奇葩。

鎰(镒) yì ㄧˋ 古代重量單位，合二十兩(一說二十四兩)：黃金百鎰。

癔 yì ㄧˋ［癔病］(yìbìng ㄧˋ ㄅㄧㄥˋ) 精神病，多由精神受重大刺激引起。發作時大叫大鬧，哭笑無常，言語錯亂，或有痙攣、麻痹、失明、失語等現象。也叫歇斯底里。

鷁(鹢、鶂) yì ㄧˋ〈書〉同'鷾'。

【鷁鷁】yìyì ㄧˋ ㄧˋ〈書〉形容鵝叫的聲音。

繹(绎) yì ㄧˋ〈書〉抽出或理出事物的頭緒來：尋繹｜演繹｜抽繹。

饐(饐) yì ㄧˋ〈書〉食物腐敗變味。

譯(译) yì ㄧˋ 翻譯：口譯｜筆譯｜直譯｜編譯｜譯文。

【譯本】yìběn ㄧˋ ㄅㄣˇ 翻譯成另一種文字的本子：這部著作已有兩種外文譯本。

【譯筆】yìbǐ ㄧˋ ㄅㄧˇ 指譯文的質量或風格：譯筆流暢。

【譯名】yìmíng ㄧˋ ㄇㄧㄥˊ 翻譯出來的名稱。

【譯文】yìwén ㄧˋ ㄨㄣˊ 翻譯成的文字。

【譯意風】yìyìfēng ㄧˋ ㄧˋ ㄈㄥ 會場或電影院使用的一種翻譯裝置。譯員在隔音室裏把講演人或影片裏的對話隨時翻譯成各種語言，聽的人可以用座位上的耳機從中挑選自己懂得的語言。常在國際會議或多民族參加的會議上使用。

【譯音】yìyīn ㄧˋ ㄧㄣ ❶把一種語言的語詞用另一種語言中跟它發音相同或近似的語音表示出來，例如'большевик'譯成'布爾什維克'，'sofa'譯成'沙發'。❷按譯音法譯成的音。

【譯員】yìyuán ㄧˋ ㄩㄢˊ 翻譯人員(多指口譯的)。

【譯製】yìzhì ㄧˋ ㄓˋ 翻譯製作(電影片、電視片等)。

【譯註】yìzhù ㄧˋ ㄓㄨˋ 翻譯並註解：譯註古籍｜《孟子譯註》。

【譯作】yìzuò ㄧˋ ㄗㄨㄛˋ 翻譯的作品。

議(议) yì ㄧˋ ❶意見；言論：提議｜建議｜異議。❷商議：議論｜議定｜議會｜會議｜自報公議｜這件事大家先議一議。❸議論；評説：物議｜無可非議。

【議案】yì'àn ㄧˋ ㄢˋ 列入會議議程的提案。

【議程】yìchéng ㄧˋ ㄔㄥˊ 會議上議案討論的程序。

【議定】yìdìng ㄧˋ ㄉㄧㄥˋ 商議決定：議定書｜當面議定價款。

【議定書】yìdìngshū ㄧˋ ㄉㄧㄥˋ ㄕㄨ 一種國際文件，是締約國關於個別問題所取得的協議，通常是正式條約的修正或補充，附在正式條約的後面，也可作為單獨的文件。有時也把國際會議對某問題達成協議並經簽字的記錄叫做議定書。

【議和】yìhé ㄧˋ ㄏㄜˊ 進行和平談判；通過談判，結束戰爭。

【議會】yìhuì ㄧˋ ㄏㄨㄟˋ ❶某些國家的最高立法機關，一般由上、下兩院組成。議會成員由選舉產生。也叫議院。❷某些國家的最高權力機關。‖也叫國會。

【議會制】yìhuìzhì ㄧˋ ㄏㄨㄟˋ ㄓˋ 見220頁〖代議制〗。

【議價】yì//jià ㄧˋ//ㄐㄧㄚˋ 買賣雙方或同業共同議定貨品價格。

【議決】yìjué ㄧˋ ㄐㄩㄝˊ 會議對議案經過討論後做出決定。

【議論】yìlùn ㄧˋ ㄌㄨㄣˋ ❶對人或事物的好壞、是非等表示意見：議論紛紛｜大家都在議論這件事。❷對人或事物的好壞、是非等所表示的意見：大發議論。

【議事】yìshì ㄧˋ ㄕˋ 商討公事：議事日程。

【議題】yìtí ㄧˋ ㄊㄧˊ 會議討論的題目：確定議題｜中心議題。

【議席】yìxí ㄧˋ ㄒㄧˊ 議會中議員的席位。

【議員】yìyuán ㄧˋ ㄩㄢˊ 在議會中有正式代表資格，享有表決權的成員。

【議院】yìyuàn ㄧˋ ㄩㄢˋ 議會①：上議院｜下議院。

【議長】yìzhǎng ㄧˋ ㄓㄤˇ 議會中的領導人。

【議政】yìzhèng ㄧˋ ㄓㄥˋ 議論政事；對政府的方針政策和管理工作等提出意見和建議。

鷊(鹝) yì ㄧˋ 同'鷾'。

囈〔囈〕(呓、讛) yì ㄧˋ 囈語：夢囈。

【囈語】yìyǔ ㄧˋ ㄩˇ 夢話。

鐿(镱) yì ㄧˋ 金屬元素，符號 Yb (ytterbium)。是一種稀土金屬。銀白色，質軟。用來製特種合金，也用作激光材料等。

鷾(鹢) yì ㄧˋ 古書上説的一種水鳥。

懿 yì ㄧˋ〈書〉美好(多指德行)：懿德｜懿範｜嘉言懿行。

【懿旨】yìzhǐ ㄧˋ ㄓˇ 指皇太后或皇后的命令。

驛(驿) yì ㄧˋ 驛站。現在多用於地名：龍泉驛(在四川)｜鄭家驛(在湖南)。

【驛道】yìdào ㄧˋ ㄉㄠˋ 古代傳遞政府文書等的道路，沿途設有驛站。

【驛站】yìzhàn ㄧˋ ㄓㄢˋ 古代供傳遞政府文書的人中途更換馬匹或休息、住宿的地方。

虉〔鷊〕 yì ㄧˋ 虉草。

【虉草】yìcǎo ㄧˋ ㄘㄠˇ 多年生草本植物，葉子條形，圓錐花序。嫩時可作飼料，稈可用來編織器物。

yīn （ㄧㄣ）

因 yīn ㄧㄣ ❶〈書〉沿襲：因循｜陳陳相因。❷〈書〉憑藉；根據：因勢利導｜因陋就簡｜因地制宜｜因人成事。❸原因(跟'果'相對)：因由｜事出有因｜前因後果。❹因為：因病請假｜會議因故改期。

【因材施教】yīn cái shī jiào ㄧㄣ ㄘㄞˊ ㄕ ㄐㄧㄠˋ 針對學習的人的能力、性格、志趣等具體情況施行不同的教育。

【因此】yīncǐ ㄧㄣ ㄘˇ 因為這個：他的話引得大家都笑了，室內的空氣因此輕鬆了很多。

【因地制宜】yīn dì zhì yí ㄧㄣ ㄉㄧˋ ㄓˋ ㄧˊ 根據不同地區的具體情況規定適宜的辦法。

【因而】yīn'ér ㄧㄣ ㄦˊ 連詞，表示結果：下游河牀狹窄，因而河水容易氾濫。

【因果】yīnguǒ ㄧㄣ ㄍㄨㄛˇ ❶原因和結果，合起來說，指二者的關係：因果關係｜互為因果。❷佛教指事物的起因和結果，今生種甚麼因，來生結甚麼果，善有善報，惡有惡報：因果報應。

【因陋就簡】yīn lòu jiù jiǎn ㄧㄣ ㄌㄡˋ ㄐㄧㄡˋ ㄐㄧㄢˇ 就着原來簡陋的條件：要提倡因陋就簡、少花錢多辦事的精神。

【因明】yīnmíng ㄧㄣ ㄇㄧㄥˊ 古代印度關於論證和反駁的學說，類似現在的邏輯學，隨佛教傳入中國。'因'是立論的根據，'明'是一門科學的意思。

【因人成事】yīn rén chéng shì ㄧㄣ ㄖㄣˊ ㄔㄥˊ ㄕˋ 依賴別人的力量辦成事情。

【因式】yīnshì ㄧㄣ ㄕˋ 一個多項式能夠被另一個整式整除，後者就是前者的因式。如 $a+b$ 和 $a-b$ 都是 a^2-b^2 的因式。也叫因子。

【因勢利導】yīn shì lì dǎo ㄧㄣ ㄕˋ ㄌㄧˋ ㄉㄠˇ 順着事情的發展趨勢加以引導。

【因數】yīnshù ㄧㄣ ㄕㄨˋ 約數②。

【因素】yīnsù ㄧㄣ ㄙㄨˋ ❶構成事物本質的成分。❷決定事物成敗的原因或條件：學習先進經驗是提高生產的重要因素之一。

【因為】yīn·wèi ㄧㄣ ·ㄨㄟ 連詞，表示原因或理由：因為今天事情多，所以沒有去。

【因襲】yīnxí ㄧㄣ ㄒㄧˊ 繼續使用(過去的方法、制度、法令等)；模仿(別人)：因襲陳規。

【因循】yīnxún ㄧㄣ ㄒㄩㄣˊ ❶沿襲：因循舊習｜因循守舊。❷遷延拖拉：因循誤事。

【因循守舊】yīn xún shǒu jiù ㄧㄣ ㄒㄩㄣˊ ㄕㄡˇ ㄐㄧㄡˋ 不求變革，沿襲老的一套。

【因噎廢食】yīn yē fèi shí ㄧㄣ ㄧㄝ ㄈㄟˋ ㄕˊ 因為吃飯噎住了，索性連飯也不吃了。比喻因為怕出問題，索性不幹。

【因由】yīnyóu ㄧㄣ ㄧㄡˊ (因由兒)原因：問明因由。

【因緣】yīnyuán ㄧㄣ ㄩㄢˊ ❶佛教指產生結果的直接原因和輔助促成結果的條件或力量。❷緣分。

【因子】yīnzǐ ㄧㄣ ㄗˇ ❶因數。❷因式。

茵〔茵〕(絪) yīn ㄧㄣ 墊子或褥子：綠草如茵。

音 yīn ㄧㄣ ❶聲音：音律｜音樂｜口音｜樂音｜雜音。❷消息：佳音｜音信。❸指音節：單音詞｜複音詞。❹讀(某音)：'區'字作姓時音歐。

【音標】yīnbiāo ㄧㄣ ㄅㄧㄠ 語音學上用來記錄語音的符號，如國際音標。

【音波】yīnbō ㄧㄣ ㄅㄛ 聲波。

【音叉】yīnchā ㄧㄣ ㄔㄚ 用鋼材製成的發聲儀器，形狀像叉子，用小木槌敲打發出聲音。音叉的長短厚薄不同，能產生各種音高的聲音，可以用來調整樂器和幫助歌唱者定出音高。

【音長】yīncháng ㄧㄣ ㄔㄤˊ 聲音的長短，是由發聲體振動持續時間的長短決定的。

【音程】yīnchéng ㄧㄣ ㄔㄥˊ 兩個樂音之間的音高關係。用'度'來表示。以簡譜為例，從 1 到 1 或從 2 到 2 都是一度，從 1 到 3 或從 2 到 4 都是三度，從 1 到 5 是五度。

【音帶】yīndài ㄧㄣ ㄉㄞˋ 錄音磁帶，多指盒式錄音帶。

【音調】yīndiào ㄧㄣ ㄉㄧㄠˋ 聲音的高低。

【音讀】yīndú ㄧㄣ ㄉㄨˊ (字的)唸法；讀音。

【音符】yīnfú ㄧㄣ ㄈㄨˊ 樂譜中表示音長或音高的符號。五綫譜上用空心或實心的小橢圓形和特定的附加符號。簡譜上用七個阿拉伯數字，1234567，和特定的附加符號。

【音高】yīngāo ㄧㄣ ㄍㄠ 由於發聲體振動頻率的不同所造成的聲音的屬性，頻率越高，聲音越高。

【音耗】yīnhào ㄧㄣ ㄏㄠˋ 音信；消息：不通音耗｜杳無音耗。

【音階】yīnjiē ㄧㄣ ㄐㄧㄝ 以一定的調式為標準，按音高次序向上或向下排列成的一組音。

【音節】yīnjié ㄧㄣ ㄐㄧㄝˊ 由一個或幾個音素組成的語音單位。其中包含一個比較響亮的中心。一句話裏頭，有幾個響亮的中心就是有幾個音節。在漢語裏，一般地講，一個漢字是一個音節，一個音節寫成一個漢字(兒化韻一個音節寫成兩個字，兒不自成音節，是例外)。也叫音綴。

【音節文字】yīnjié wénzì ㄧㄣ ㄐㄧㄝˊ ㄨㄣˊ ㄗˋ 一種拼音文字，它的字母表示整個音節，例如梵文和日本文的假名。

【音量】yīnliàng ㄧㄣ ㄌㄧㄤˋ 聲音的強弱；響度。

【音律】yīnlǜ ㄧㄣ ㄌㄩˋ 指音樂上的律呂、宮調等。也叫樂律。

【音名】yīnmíng ㄧㄣ ㄇㄧㄥˊ ❶律呂的名稱，如黃鐘、大呂等。❷西洋音樂中代表不同音高的七個基本音律的名稱，即C、D、E、F、G、A、B。

【音頻】yīnpín ㄧㄣ ㄆㄧㄣˊ 人的耳朵能聽見的振動頻率（20－20,000赫茲）。

【音品】yīnpǐn ㄧㄣ ㄆㄧㄣˇ 音色。

【音強】yīnqiáng ㄧㄣ ㄑㄧㄤˊ 聲音的大小，是由聲波振幅的大小決定的。也叫音勢。

【音區】yīnqū ㄧㄣ ㄑㄩ 音域中按音高和音色特點劃分出的若干部分，一般分高音區、中音區、低音區三種。

【音兒】yīnr ㄧㄣㄦ 〈方〉❶（說話的）聲音：他急得連說話的音兒都變了。❷話裏邊微露的意思：聽話聽音兒。

【音容】yīnróng ㄧㄣ ㄖㄨㄥˊ 聲音容貌：音容笑貌。

【音容宛在】yīn róng wǎn zài ㄧㄣ ㄖㄨㄥˊ ㄨㄢˇ ㄗㄞˋ 聲音和容貌仿佛還在耳邊和眼前。多形容對死者的懷念。

【音色】yīnsè ㄧㄣ ㄙㄜˋ 由於波型和泛音的不同所造成的聲音的屬性。每個人的聲音以及鋼琴、提琴、笛子等各種樂器所發出的聲音的區別，就是由音色不同造成的。也叫音品、音質。

【音勢】yīnshì ㄧㄣ ㄕˋ 音強。

【音素】yīnsù ㄧㄣ ㄙㄨˋ 語音中最小的單位，例如 mǎ 是由 m、a 和上聲調這三個音素組成的。

【音素文字】yīnsù wénzì ㄧㄣ ㄙㄨˋ ㄨㄣˊ ㄗˋ 一種拼音文字，它的字母表示語言中的音素，如俄文、英文。

【音速】yīnsù ㄧㄣ ㄙㄨˋ 見1028頁〖聲速〗。

【音位】yīnwèi ㄧㄣ ㄨㄟˋ 一個語言中能夠區別意義的最簡單的語音單位。

【音問】yīnwèn ㄧㄣ ㄨㄣˋ 音信：不通音問｜音問斷絕。

【音息】yīnxī ㄧㄣ ㄒㄧ 音信；消息：渺無音息。

【音響】yīnxiǎng ㄧㄣ ㄒㄧㄤˇ ❶聲音（多就聲音所產生的效果說）：劇場音響條件很好。❷錄音機、電唱機、收音機及擴音器等的統稱：組合音響。

【音像】yīnxiàng ㄧㄣ ㄒㄧㄤˋ 錄音和錄像的合稱：音像製品｜音像教材。

【音信】yīnxìn ㄧㄣ ㄒㄧㄣˋ 往來的信件和消息：互通音信｜杳無音信。

【音訊】yīnxùn ㄧㄣ ㄒㄩㄣˋ 音信。

【音義】yīnyì ㄧㄣ ㄧˋ ❶文字的讀音和意義。❷舊時關於文字音義方面的註解（多用做書名）：《毛詩音義》。

【音譯】yīnyì ㄧㄣ ㄧˋ 譯音①（區別於'意譯'）。

【音域】yīnyù ㄧㄣ ㄩˋ 指某一樂器或人聲（歌唱）所能發出的最低音到最高音之間的範圍：音域寬。

【音樂】yīnyuè ㄧㄣ ㄩㄝˋ 用有組織的樂音來表達人們思想感情、反映現實生活的一種藝術。它的最基本的要素是節奏和旋律。分為聲樂和器樂兩大部門。

【音韵】yīnyùn ㄧㄣ ㄩㄣˋ ❶指和諧的聲音；詩文的音節韵律：音韵悠揚。❷指漢字字音的聲、韵、調。

【音韵學】yīnyùnxué ㄧㄣ ㄩㄣˋ ㄒㄩㄝˊ 語言學的一個部門，研究語音結構和語音演變。也叫聲韵學。

【音障】yīnzhàng ㄧㄣ ㄓㄤˋ 高速飛行的物體（如飛機、火箭）速度增加到接近音速時，物體前方的空氣因來不及散開而受到壓縮，密度、溫度突然增加，阻礙該物體向前飛行，這種現象叫做音障。

【音值】yīnzhí ㄧㄣ ㄓˊ 指人們實際發出或聽見的語音，對音位而言。例如 dài（代）裏的a跟 dà（大）裏的 a，音值上有些不同，但在漢語普通話裏是一個音位。

【音質】yīnzhì ㄧㄣ ㄓˋ ❶音色。❷錄音或廣播上所說的音質，不僅指音色的好壞，也兼指聲音的清晰或逼真的程度。

【音綴】yīnzhuì ㄧㄣ ㄓㄨㄟˋ 音節。

【音準】yīnzhǔn ㄧㄣ ㄓㄨㄣˇ 音樂上指音高的準確程度。

洇（湮） yīn ㄧㄣ 液體落在紙上向四外散開或滲透；浸：這種紙寫字容易洇｜用水把土洇濕。

'湮'另見1313頁 yān。

婣（姻） yīn ㄧㄣ ❶婚姻：聯姻。❷由婚姻結成的、比較間接的親戚關係，如稱弟兄的岳父、姐妹的公公為'姻伯'，稱姐妹的丈夫的弟兄、妻子的表兄弟為'姻兄、姻弟'等。

【姻親】yīnqīn ㄧㄣ ㄑㄧㄣ 由婚姻而結成的親戚，如姑夫、姐夫、妻子的兄弟姐妹以及比這些更間接的親戚。

【姻亞】yīnyà ㄧㄣ ㄧㄚˋ 同'姻婭'。

【姻婭】yīnyà ㄧㄣ ㄧㄚˋ 〈書〉親家和連襟。泛指姻親。也作姻亞。

【姻緣】yīnyuán ㄧㄣ ㄩㄢˊ 指婚姻的緣分：結姻緣｜美滿姻緣。

氤 yīn ㄧㄣ ［氤氳］（yīnyūn ㄧㄣ ㄩㄣ）〈書〉形容烟或雲氣濃鬱：雲烟氤氳。也作絪縕、烟熅。

殷[1] yīn ㄧㄣ 〈書〉❶豐盛；豐富：殷實｜殷富。❷深厚：殷切｜期望甚殷。❸殷勤：招待甚殷。

殷[2] Yīn ㄧㄣ ❶朝代，約公元前14世紀到公元前11世紀，是商代遷都於殷（今河南安陽市西北小屯村）後改用的稱號。❷姓。

另見1311頁 yān；1367頁 yǐn。

【殷富】yīnfù ㄧㄣ ㄈㄨˋ 殷實富足：家道殷富。

【殷鑒】yīnjiàn ㄧㄣ ㄐㄧㄢˋ 《詩經·大雅·蕩》：'殷鑒不遠，在夏後之世。'意思是殷人滅夏，殷人的子孫應該以夏的滅亡作為鑒戒。後來用來泛指可以作為後人鑒戒的前人失敗之事：可資殷鑒。

【殷切】yīnqiè ㄧㄣ ㄑㄧㄝˋ 深厚而急切：殷切的期望。

【殷勤】yīnqín ㄧㄣ ㄑㄧㄣˊ 熱情而周到：殷勤招待。也作慇懃。

【殷實】yīnshí ㄧㄣ ㄕˊ 富裕：殷實人家｜家道殷實。

【殷墟】YīnXū ㄧㄣ ㄒㄩ 商代後期的都城遺址，在今河南安陽小屯村附近。1899年在這個地方發現甲骨刻辭。

【殷殷】yīnyīn ㄧㄣ ㄧㄣ ❶形容殷切：殷殷期望｜殷殷囑咐。❷〈書〉形容憂傷：憂心殷殷。

【殷憂】yīnyōu ㄧㄣ ㄧㄡ 深深的憂慮：內懷殷憂。

煙（烟） yīn ㄧㄣ ［烟熅］（yīnyūn ㄧㄣ ㄩㄣ）同'氤氳'。

另見1311頁 yān。

陰（阴、隂） yīn ㄧㄣ ❶我國古代哲學認為存在於宇宙間的一切事物中的兩大對立面之一（跟'陽'相對，下②⑤⑦⑧⑩⑪同）。❷指太陰，即月亮：陰曆。❸我國氣象上，天空80%以上被雲遮住時叫做陰。❹泛指空中雲層密佈，不見陽光或偶見陽光的天氣。❺山的北面；水的南面：華陰（在華山之北）｜江陰（在長江之南）。❻背面：碑陰。❼凹進的：陰文。❽隱藏的；不露在外面的：陰溝｜陰私｜陽奉陰違。❾陰險；不光明：陰謀｜這個人真陰。❿指屬於鬼神的；陰間的（迷信）：陰司｜陰曹。⓫帶負電的：陰電｜陰極。⓬生殖器，有時特指女性生殖器。⓭（Yīn）姓。

【陰暗】yīn'àn ㄧㄣ ㄢˋ 暗；陰沈：地下室裏陰暗而潮濕｜天色陰暗◇陰暗心理｜陰暗的臉色。

【陰暗面】yīn'ànmiàn ㄧㄣ ㄢˋ ㄇㄧㄢˋ 比喻思想、生活、社會風氣等不健康的方面：揭露陰暗面。

【陰部】yīnbù ㄧㄣ ㄅㄨˋ 外生殖器官（通常指人的）。

【陰曹】yīncáo ㄧㄣ ㄘㄠˊ 陰間。

【陰沈】yīnchén ㄧㄣ ㄔㄣˊ 天陰的樣子：天色陰沈◇臉色陰沈。

【陰沈沈】yīnchénchén ㄧㄣ ㄔㄣˊ ㄔㄣˊ （陰沈沈的）形容天色或臉色等陰暗：天空陰沈沈的，像要下雨｜他臉上陰沈沈的，一點兒笑容也沒有。

【陰錯陽差】yīn cuò yáng chā ㄧㄣ ㄘㄨㄛˋ ㄧㄤˊ ㄔㄚ 比喻由於偶然因素而造成了差錯。也說陰差陽錯。

【陰丹士林】yīndānshìlín ㄧㄣ ㄉㄢ ㄕˋ ㄌㄧㄣˊ ❶一種有機染料，有多種顏色，最常見的是藍色。耐洗、耐曬、能染棉、絲、毛等纖維和紡織品。❷用陰丹士林藍染的布。［德 Indanthren］

【陰道】yīndào ㄧㄣ ㄉㄠˋ 女性或某些雌性動物生殖器官的一部分，管狀。人的陰道在子宮頸的下方，膀胱和直腸的中間。

【陰德】yīndé ㄧㄣ ㄉㄜˊ 暗中做的好事；迷信的人指在人世間所做的而在陰間可以記功的好事。

【陰電】yīndiàn ㄧㄣ ㄉㄧㄢˋ 負電。

【陰毒】yīndú ㄧㄣ ㄉㄨˊ 陰險毒辣：手段陰毒。

【陰風】yīnfēng ㄧㄣ ㄈㄥ ❶寒風。❷從陰暗處來的風◇扇陰風，點鬼火。

【陰乾】yīngān ㄧㄣ ㄍㄢ 東西在通風而不見太陽的地方慢慢地乾。

【陰功】yīngōng ㄧㄣ ㄍㄨㄥ 陰德。

【陰溝】yīngōu ㄧㄣ ㄍㄡ 地面下的排水溝。

【陰魂】yīnhún ㄧㄣ ㄏㄨㄣˊ 迷信指人死後的靈魂（今多用做比喻）：陰魂不散。

【陰極】yīnjí ㄧㄣ ㄐㄧˊ ❶電池等直流電源放出電子帶負電的電極。也叫負極。❷電子器件中放射電子的一極。電子管和各種陰極射綫管中都有陰極。

【陰極射綫】yīnjí shèxiàn ㄧㄣ ㄐㄧˊ ㄕㄜˋ ㄒㄧㄢˋ 裝着兩個電極的真空管，增加電壓時，從陰極向陽極高速運動的電子流，叫做陰極射綫。一般情況下，按直綫前進，受磁力作用而偏轉。能使熒光物質或磷光物質發光。示波管、顯像管、電子顯微鏡等都是陰極射綫的應用。

【陰間】yīnjiān ㄧㄣ ㄐㄧㄢ 迷信指人死後靈魂所在的地方。也叫陰曹、陰司。

【陰莖】yīnjīng ㄧㄣ ㄐㄧㄥ 男子和某些雄性哺乳動物生殖器官的一部分，內有三根柱狀的海綿體。中間有尿道。

【陰冷】yīnlěng ㄧㄣ ㄌㄥˇ ❶陰暗而寒冷：天氣陰冷｜朝北的房間陰冷陰冷的。❷（臉色）陰沈而冷酷。

【陰離子】yīnlízǐ ㄧㄣ ㄌㄧˊ ㄗˇ 負離子。

【陰曆】yīnlì ㄧㄣ ㄌㄧˋ ❶曆法的一類。以月亮繞地球1周的時間（29.53059天）為1月，大月30天，小月29天，12個月為1年，1年354天或355天。伊斯蘭教曆是陰曆的一種。也叫太陰曆。❷農曆的通稱。

【陰涼】yīnliáng ㄧㄣ ㄌㄧㄤˊ ❶太陽照不到而涼爽的：陰涼的地方。❷（陰涼兒）陰涼的地方：找個陰涼兒歇一歇。

【陰霾】yīnmái ㄧㄣ ㄇㄞˊ 霾的通稱。

【陰門】yīnmén ㄧㄣ ㄇㄣˊ 陰道的口兒。也叫陰戶。

【陰面】yīnmiàn ㄧㄣ ㄇㄧㄢˋ （陰面兒）（建築物等）背陰的一面：石碑的陰面有字。

【陰謀】yīnmóu ㄧㄣ ㄇㄡˊ ❶暗中策劃(做壞事)：陰謀暴亂｜陰謀陷害好人。❷暗中做壞事的計謀：耍陰謀｜陰謀詭計。

【陰囊】yīnnáng ㄧㄣ ㄋㄤˊ 包藏睾丸的囊狀物，在腹部的下面，兩股根部的中間。

【陰匿】yīnnì ㄧㄣ ㄋㄧˋ 中醫指一種婦科病，症狀是外陰部瘙癢疼痛，白帶增多等。也叫陰蝕、陰癢。

【陰平】yīnpíng ㄧㄣ ㄆㄧㄥˊ 普通話字調的第一聲，主要由古漢語平聲字中的清音聲母字分化而成。參看1086頁〖四聲〗②。

【陰森】yīnsēn ㄧㄣ ㄙㄣ (地方、氣氛、臉色等)陰沈，可怕：陰森的樹林｜陰森的古廟。

【陰山背後】yīnshān bèihòu ㄧㄣ ㄕㄢ ㄅㄟˋ ㄏㄡˋ 指偏僻冷落的地方。

【陰壽】yīnshòu ㄧㄣ ㄕㄡˋ ❶舊俗為已故長輩逢十週年生日祝壽，叫做陰壽。❷迷信的人指死去的人在陰間的壽數。

【陰司】yīnsī ㄧㄣ ㄙ 陰間。

【陰私】yīnsī ㄧㄣ ㄙ 不可告人的壞事。

【陰損】yīnsǔn ㄧㄣ ㄙㄨㄣˇ ❶陰險尖刻：說話陰損。❷暗地裏損害：當面裝笑臉，背後陰損人。

【陰文】yīnwén ㄧㄣ ㄨㄣˊ 印章上或某些器物上所刻或所鑄的凹下的文字或花紋(跟'陽文'相對)。

【陰險】yīnxiǎn ㄧㄣ ㄒㄧㄢˇ 表面和善，暗地不存好心：狡詐陰險｜陰險毒辣。

【陰性】yīnxìng ㄧㄣ ㄒㄧㄥˋ ❶診斷疾病時對進行某種試驗或化驗所得結果的表示方法，說明體內沒有某種病原體存在或對某種藥物沒有過敏反應。例如注射結核菌素後並無紅腫等反應時叫做結核菌素試驗陰性。❷某些語言裏名詞(以及代詞、形容詞)分別陰性、陽性，或陰性、陽性、中性。參看'性'⑥。

【陰陽】yīnyáng ㄧㄣ ㄧㄤˊ ❶我國古代哲學指宇宙中貫通物質和人事的兩大對立面。❷古代指日、月等天體運轉規律的學問。❸指星相、占卜、相宅、相墓的方術，也指陰陽生。

【陰陽怪氣】yīn yáng guàiqì ㄧㄣ ㄧㄤˊ ㄍㄨㄞˋ ㄑㄧˋ (陰陽怪氣的)(性格、言行等)乖僻，跟一般的不同：他說話陰陽怪氣的，沒法跟他打交道◇天氣老是這樣陰陽怪氣的，不晴也不雨。

【陰陽曆】yīnyánglì ㄧㄣ ㄧㄤˊ ㄌㄧˋ 曆法的一類，以月亮繞地球一周的時間為一月，但設置閏月，使一年的平均天數跟太陽年的天數相符，因此這類曆法與月相相符合，也與地球繞太陽的週年運動相符合。農曆是陰陽曆的一種。

【陰陽人】yīnyángrén ㄧㄣ ㄧㄤˊ ㄖㄣˊ ❶兩性人。❷陰陽生。

【陰陽生】yīnyángshēng ㄧㄣ ㄧㄤˊ ㄕㄥ 舊時指以星相、占卜、相宅、相墓等為業的人。特指以辦理喪葬中相墓、選擇吉日等事務為業的人。

【陰陽水】yīnyángshuǐ ㄧㄣ ㄧㄤˊ ㄕㄨㄟˇ 中醫指涼水和開水，或井水和河水合在一起的水，調藥或服藥時用。

【陰翳】yīnyì ㄧㄣ ㄧˋ 同'蔭翳'。

【陰影】yīnyǐng ㄧㄣ ㄧㄥˇ (陰影兒)陰暗的影子：樹木的陰影｜肺部有陰影｜月球的表面有許多高山的陰影◇新的衝突使和談蒙上了陰影。

【陰雨】yīnyǔ ㄧㄣ ㄩˇ 天陰又下雨：陰雨連綿。

【陰鬱】yīnyù ㄧㄣ ㄩˋ ❶(天氣)低沈鬱悶；(氣氛)不活躍：陰鬱的天色｜笑聲衝破了室內陰鬱的空氣。❷憂鬱，不開朗：心情陰鬱。

【陰雲】yīnyún ㄧㄣ ㄩㄣˊ 天陰時的雲：陰雲密佈◇戰爭的陰雲。

【陰韵】yīnyùn ㄧㄣ ㄩㄣˋ 見1325頁〖陽韵〗。

【陰宅】yīnzhái ㄧㄣ ㄓㄞˊ 迷信的人稱墳墓。

【陰騭】yīnzhì ㄧㄣ ㄓˋ 原指默默地使安定，轉指陰德：積陰騭。

【陰鷙】yīnzhì ㄧㄣ ㄓˋ〈書〉陰險兇狠。

堙 yīn ㄧㄣ〈書〉❶土山。❷堵塞；填塞。

喑(瘖) yīn ㄧㄣ〈書〉❶嗓子啞，不能出聲；失音：喑啞。❷緘默，不做聲：萬馬齊喑。

【喑啞】yīnyǎ ㄧㄣ ㄧㄚˇ 嗓子乾澀發不出聲音或發音低而不清楚。

愔 yīn ㄧㄣ［愔愔］〈書〉安靜無聲；默默無言。

絪(细) yīn ㄧㄣ［絪縕］(yīnyūn ㄧㄣ ㄩㄣ)同'氤氳'。

歅 yīn ㄧㄣ 用於人名，九方歅，春秋時人，善相馬。

溵 yīn ㄧㄣ 溵溜(Yīnliù ㄧㄣ ㄌㄧㄡˋ)，地名，在天津市。

禋 yīn ㄧㄣ ❶古代祭天的祭名。❷泛指祭祀。

蔭〔廕〕(荫) yīn ㄧㄣ 樹蔭：綠樹成蔭。
另見1370頁 yìn。'荫'另見1370頁 yìn'廕'。

【蔭蔽】yīnbì ㄧㄣ ㄅㄧˋ ❶(枝葉)遮蔽：茅屋蔭蔽在樹林中。❷隱蔽。

【蔭翳】yīnyì ㄧㄣ ㄧˋ〈書〉❶蔭蔽①：柳樹蔭翳的河邊。❷枝葉繁茂：桃李蔭翳。

慇 yīn ㄧㄣ［慇懃］(yīnqín ㄧㄣ ㄑㄧㄣˊ)同'殷勤'。

銦(铟) yīn ㄧㄣ 金屬元素，符號 In (indium)。銀白色，質軟。用來製低熔合金、軸承合金、半導體、電光源等。

駰(骃) yīn ㄧㄣ 古書上指一種淺黑帶白色的馬。

闉(闉) yīn ㄧㄣ ❶古代瓮城的門。❷〈書〉堵塞。

yín (ㄧㄣˊ)

圻 yín ㄧㄣˊ〈書〉同'垠'。
另見901頁 qí。

吟(唫) yín ㄧㄣˊ ❶吟咏：吟詩｜抱膝長吟。❷〈書〉呻吟；嘆息。❸古典詩歌的一種名稱：《秦婦吟》｜水龍吟。
'唫'另見601頁 jìn。

【吟哦】yín'é ㄧㄣˊ ㄜˊ 吟咏。

【吟風弄月】yín fēng nòng yuè ㄧㄣˊ ㄈㄥ ㄋㄨㄥˋ ㄩㄝˋ 舊時有的詩人做詩愛用風花雪月做題材，因此稱這類題材的寫作為吟風弄月（多含貶義）。也說吟風咏月。

【吟咏】yínyǒng ㄧㄣˊ ㄩㄥˇ 有節奏地誦讀詩文：吟咏古詩。

垠 yín ㄧㄣˊ〈書〉界限；邊際：一望無垠｜平沙無垠。

狺 yín ㄧㄣˊ［狺狺］〈書〉狗叫的聲音：狺狺狂吠。

崟(崯) yín ㄧㄣˊ 見930頁［嶔崟］(qīnyín)。

淫(❸婬) yín ㄧㄣˊ ❶過多或過甚：淫雨｜淫威。❷放縱：驕奢淫逸｜樂而不淫，哀而不傷。❸指不正當的男女關係：姦淫｜淫亂。

【淫蕩】yíndàng ㄧㄣˊ ㄉㄤˋ 淫亂放蕩。

【淫穢】yínhuì ㄧㄣˊ ㄏㄨㄟˋ 淫亂或猥褻：淫穢書刊。

【淫亂】yínluàn ㄧㄣˊ ㄌㄨㄢˋ 在性行為上違反道德準則。

【淫威】yínwēi ㄧㄣˊ ㄨㄟ 濫用的威力：橫施淫威。

【淫猥】yínwěi ㄧㄣˊ ㄨㄟˇ 淫穢。

【淫雨】yínyǔ ㄧㄣˊ ㄩˇ 連綿不停的過量的雨：淫雨成災。也作霪雨。

【淫慾】yínyù ㄧㄣˊ ㄩˋ 指色慾。

寅 yín ㄧㄣˊ 地支的第三位。參看368頁〖干支〗。

【寅吃卯糧】yín chī mǎo liáng ㄧㄣˊ ㄔ ㄇㄠˇ ㄌㄧㄤˊ 寅年就吃了卯年的口糧。比喻入不敷出，預先支用了以後的收入。也說寅支卯糧。

【寅時】yínshí ㄧㄣˊ ㄕˊ 舊式計時法指夜裏三點鐘到五點鐘的時間。

鄞 Yín ㄧㄣˊ 鄞縣，在浙江。

銀(银) yín ㄧㄣˊ ❶金屬元素，符號 Ag (argentum)。白色，質軟，延展性強，導電、導熱性能好，化學性質穩定。用途很廣。通稱銀子或白銀。❷跟貨幣有關的：銀行｜銀根。❸像銀子的顏色：銀灰色｜紅地銀字的匾。❹(Yín)姓。

【銀白】yínbái ㄧㄣˊ ㄅㄞˊ 白中略帶銀光的顏色：一場大雪把大地變成了銀白世界。

【銀杯】yínbēi ㄧㄣˊ ㄅㄟ 體育競賽用的銀質杯形獎品。

【銀本位】yínběnwèi ㄧㄣˊ ㄅㄣˇ ㄨㄟˋ 用白銀做本位貨幣的貨幣制度。

【銀幣】yínbì ㄧㄣˊ ㄅㄧˋ 銀製的貨幣。

【銀錠】yíndìng ㄧㄣˊ ㄉㄧㄥˋ ❶(銀錠兒)銀元寶。❷用錫箔折成或糊成的假元寶，迷信的人焚化給鬼神用。

【銀耳】yín'ěr ㄧㄣˊ ㄦˇ 真菌的一種，生長在枯死或半枯死的栓皮櫟等樹上，白色，半透明，富於膠質。用做滋養品。也叫白木耳。

【銀髮】yínfà ㄧㄣˊ ㄈㄚˋ 白頭髮：滿頭銀髮。

【銀粉】yínfěn ㄧㄣˊ ㄈㄣˇ 鋁粉的俗稱。

【銀根】yíngēn ㄧㄣˊ ㄍㄣ 指市場上貨幣周轉流通的情況。市場需要貨幣多而流通量小叫銀根緊，市場需要貨幣少而流通量大叫銀根鬆。

【銀漢】yínhàn ㄧㄣˊ ㄏㄢˋ〈書〉銀河：銀漢橫空。

【銀行】yínháng ㄧㄣˊ ㄏㄤˊ 經營存款、貸款、匯兑、儲蓄等業務的金融機構。

【銀號】yínhào ㄧㄣˊ ㄏㄠˋ 舊時指規模較大的錢莊。參看920頁〖錢莊〗。

【銀河】yínhé ㄧㄣˊ ㄏㄜˊ 晴天夜晚，天空呈現出一條明亮的光帶，夾雜着許多閃爍的小星，看起來像一條銀白色的河，叫做銀河。銀河由許許多多的恒星構成。通稱天河。

【銀河系】yínhéxì ㄧㄣˊ ㄏㄜˊ ㄒㄧˋ 宇宙中的一個大的恒星系，由 1,000 億顆以上的大小恒星和無數星雲、星團構成，形狀像懷錶，中心厚，直徑為 10 萬光年。太陽是銀河系中的許多恒星之一，距離銀河中心約有 3 萬光年。我們平常在夜晚看到的天空的銀河，就是銀河系的密集部分在天球上的投影。

【銀紅】yínhóng ㄧㄣˊ ㄏㄨㄥˊ 在粉紅色顏料裏加銀硃調和而成的顏色。

【銀灰】yínhuī ㄧㄣˊ ㄏㄨㄟ 淺灰而略帶銀光的顏色。

【銀婚】yínhūn ㄧㄣˊ ㄏㄨㄣ 歐洲風俗稱結婚二十五週年為銀婚。

【銀匠】yínjiàng ㄧㄣˊ ㄐㄧㄤˋ 製造金銀飾物、器具的工人。

【銀兩】yínliǎng ㄧㄣˊ ㄌㄧㄤˇ 舊時用銀子為主要貨幣，以兩為單位，因此做貨幣用的銀子稱為銀兩（總稱）。

【銀樓】yínlóu ㄧㄣˊ ㄌㄡˊ 製造和買賣金銀首飾和器皿的商店。

【銀幕】yínmù ㄧㄣˊ ㄇㄨˋ 放映電影或幻燈時，用來顯示影像的白色的幕。

【銀牌】yínpái ㄧㄣˊ ㄆㄞˊ 獎牌的一種，獎給第二名。

【銀屏】yínpíng ㄧㄣˊ ㄆㄧㄥˊ 電視機的熒光屏。也借指電視節目。

【銀錢】yínqián ㄧㄣˊ ㄑㄧㄢˊ 泛指錢財。
【銀杏】yínxìng ㄧㄣˊ ㄒㄧㄥˋ ❶落葉喬木，雌雄異株，葉片扇形。種子橢圓形，外面有橙黃色帶臭味的種皮，果仁可以吃，也可以入藥。木材緻密，可供雕刻用。是我國的特產。也叫公孫樹。❷這種植物的果實。‖也叫白果。
【銀洋】yínyáng ㄧㄣˊ ㄧㄤˊ 銀圓。
【銀樣鑞槍頭】yín yàng là qiāng tóu ㄧㄣˊ ㄧㄤˋ ㄌㄚˋ ㄑㄧㄤ ㄊㄡˊ 比喻表面看起來還不錯，實際上不中用，好像顏色如銀子的錫鑞槍頭一樣。
【銀鷹】yínyīng ㄧㄣˊ ㄧㄥ 比喻飛機(多指戰鬥機)：祖國的銀鷹在天空翱翔。
【銀元】yínyuán ㄧㄣˊ ㄩㄢˊ 同'銀圓'。
【銀圓】yínyuán ㄧㄣˊ ㄩㄢˊ 舊時使用的銀質硬幣，圓形，價值相當於七錢二分白銀。也作銀元。
【銀硃】yínzhū ㄧㄣˊ ㄓㄨ 無機化合物，鮮紅色粉末，有毒。用做顏料和藥品等。
【銀子】yín·zi ㄧㄣˊ ·ㄗ 銀的通稱。

夤 yín ㄧㄣˊ〈書〉❶敬畏：夤畏。❷深：夤夜。
【夤夜】yínyè ㄧㄣˊ ㄧㄝˋ〈書〉深夜。
【夤緣】yínyuán ㄧㄣˊ ㄩㄢˊ〈書〉攀附上升。比喻拉攏關係，向上巴結：夤緣而上。

誾(訚) yín ㄧㄣˊ［誾誾］〈書〉形容辯論時態度好。

蟫 yín ㄧㄣˊ 古書上指衣魚。

嚚 yín ㄧㄣˊ〈書〉❶蠢而頑固。❷奸詐。

霪 yín ㄧㄣˊ［霪雨］(yínyǔ ㄧㄣˊ ㄩˇ) 同'淫雨'。

齗(龂) yín ㄧㄣˊ〈書〉❶同'齦'(yín)。❷［齗齗］形容爭辯。

齦(龈) yín ㄧㄣˊ 齒齦。
另見653頁 kěn'啃'。

yǐn (ㄧㄣˇ)

尹 yǐn ㄧㄣˇ ❶舊時官名：府尹｜道尹｜京兆尹。❷(Yǐn)姓。

引 yǐn ㄧㄣˇ ❶牽引；拉：引弓｜引車賣漿。❷引導：引路｜引港。❸離開：引避(因避嫌而辭官)｜引退。❹伸着：引領｜引頸。❺引起；使出現：用紙引火｜拋磚引玉。❻惹③：他這一句話，引得大家笑了起來。❼用來做證據或理由：引書｜引證。❽舊俗出殯時牽引棺材的白布：發引。❾長度單位。10丈等於1引，15引等於1里。
【引爆】yǐnbào ㄧㄣˇ ㄅㄠˋ 用發火裝置使爆炸物爆炸：引爆裝置｜引爆了一顆炸彈。
【引柴】yǐnchái ㄧㄣˇ ㄔㄞˊ 引火用的小木片、小竹片或秫稭等。有的地區叫引火柴。
【引產】yǐnchǎn ㄧㄣˇ ㄔㄢˇ 指妊娠後期用藥物、針刺、手術等方法引起子宮收縮，促使胎兒產出。
【引導】yǐndǎo ㄧㄣˇ ㄉㄠˇ ❶帶領①：主人引導記者參觀了幾個主要車間。❷帶着人向某個目標行動：老師對學生要善於引導。
【引得】yǐndé ㄧㄣˇ ㄉㄜˊ 索引。［英 index］
【引動】yǐndòng ㄧㄣˇ ㄉㄨㄥˋ 引起；觸動(多指心情)：一席話引動我思鄉的情懷。
【引逗】yǐndòu ㄧㄣˇ ㄉㄡˋ 挑逗；引誘。
【引渡】yǐndù ㄧㄣˇ ㄉㄨˋ ❶引導人渡過(水面)；指引：引渡迷津。❷甲國應乙國的請求，把乙國逃到甲國的犯人拘捕，解交乙國。
【引而不發】yǐn ér bù fā ㄧㄣˇ ㄦˊ ㄅㄨˋ ㄈㄚ 射箭時拉開弓卻不把箭放出去。比喻善於引導或控制，也比喻做好準備，待機行動。
【引發】yǐnfā ㄧㄣˇ ㄈㄚ 引起；觸發：天象表演引發了大家對天文學的濃厚興趣。
【引港】yǐngǎng ㄧㄣˇ ㄍㄤˇ 見734頁〖領港〗。
【引吭高歌】yǐn háng gāo gē ㄧㄣˇ ㄏㄤˊ ㄍㄠ ㄍㄜ 放開喉嚨高聲歌唱。
【引航】yǐnháng ㄧㄣˇ ㄏㄤˊ 由熟悉航道的人員引導(或駕駛)船舶進出港口或在內海、江河一定區域內航行。也叫引水。
【引號】yǐnhào ㄧㄣˇ ㄏㄠˋ 標點符號(橫行文字用"" 、' '；豎行文字開始時用﹁、﹃，結束時用﹂、﹄)，表示文中直接引用的部分。有時也用來表示需要着重論述的對象或具有特殊含義的詞語等。
【引河】yǐnhé ㄧㄣˇ ㄏㄜˊ ❶為引水灌溉而開挖的河道。❷減河。
【引火】yǐn//huǒ ㄧㄣˇ//ㄏㄨㄛˇ 把燃料點着，特指用燃燒着的東西把燃料點着：引個火｜引火煤用木柴引火。
【引火燒身】yǐn huǒ shāo shēn ㄧㄣˇ ㄏㄨㄛˇ ㄕㄠ ㄕㄣ ❶見961頁〖惹火燒身〗。❷比喻主動暴露自己的問題，爭取批評幫助。
【引見】yǐnjiàn ㄧㄣˇ ㄐㄧㄢˋ 引人相見，使彼此認識：經友人引見，得以認識這位前輩。
【引薦】yǐnjiàn ㄧㄣˇ ㄐㄧㄢˋ 推薦(人)。
【引酵】yǐnjiào ㄧㄣˇ ㄐㄧㄠˋ 酵子。
【引進】yǐnjìn ㄧㄣˇ ㄐㄧㄣˋ ❶引薦。❷從外地或外國引入(人員、資金、技術、設備等)：引進良種｜引進人才｜引進外資。
【引經據典】yǐn jīng jù diǎn ㄧㄣˇ ㄐㄧㄥ ㄐㄩˋ ㄉㄧㄢˇ 引用經典中的語句或故事。
【引頸】yǐnjǐng ㄧㄣˇ ㄐㄧㄥˇ 伸長脖子：引頸企待｜引頸受戮。
【引咎】yǐnjiù ㄧㄣˇ ㄐㄧㄡˋ 把過失歸在自己身上：引咎自責｜引咎辭職。
【引狼入室】yǐn láng rù shì ㄧㄣˇ ㄌㄤˊ ㄖㄨˋ ㄕˋ 比喻把敵人或壞人引入內部。

【引力】yǐnlì ㄧㄣˇ ㄌㄧˋ 萬有引力的簡稱。
【引例】yǐn//lì ㄧㄣˇ//ㄌㄧˋ 在書、文章中引用例證。
【引例】yǐnlì ㄧㄣˇ ㄌㄧˋ 在書、文章中引用的例證。
【引領】yǐnlǐng ㄧㄣˇ ㄌㄧㄥˇ ❶引導；帶領：由當地人引領，穿過叢林。❷〈書〉伸直脖子(遠望)，形容盼望殷切。
【引流】yǐnliú ㄧㄣˇ ㄌㄧㄡˊ 用外科手術把體內病灶的膿液排出來。
【引路】yǐn//lù ㄧㄣˇ//ㄌㄨˋ 帶路：在前引路。
【引起】yǐnqǐ ㄧㄣˇ ㄑㄧˇ 一種事情、現象、活動使另一種事情、現象、活動出現：引起注意｜引起爭論。
【引橋】yǐnqiáo ㄧㄣˇ ㄑㄧㄠˊ 連接正橋和路堤的橋。
【引擎】yǐnqíng ㄧㄣˇ ㄑㄧㄥˊ 發動機，特指蒸汽機、內燃機等熱機。［英 engine］
【引人入勝】yǐn rén rù shèng ㄧㄣˇ ㄖㄣˊ ㄖㄨˋ ㄕㄥˋ 引人進入佳境(指風景或文章等)。
【引蛇出洞】yǐn shé chū dòng ㄧㄣˇ ㄕㄜˊ ㄔㄨ ㄉㄨㄥˋ 比喻運用計謀誘使壞人進行活動，使之暴露。
【引申】yǐnshēn ㄧㄣˇ ㄕㄣ (字、詞)由原義產生新義，如'鑒'字本義為'鏡子'，'可以作為警戒或引為教訓的事'是它的引申義。
【引述】yǐnshù ㄧㄣˇ ㄕㄨˋ 引用(別人的話或文字)敍述：引述專家的評論。
【引水】yǐnshuǐ ㄧㄣˇ ㄕㄨㄟˇ 引航。
【引退】yǐntuì ㄧㄣˇ ㄊㄨㄟˋ 指辭去官職。
【引文】yǐnwén ㄧㄣˇ ㄨㄣˊ 引自其他書籍或文件的語句。也叫引語。
【引綫】yǐnxiàn ㄧㄣˇ ㄒㄧㄢˋ ❶綫狀的引信。❷做媒介的人或東西。❸〈方〉縫衣針。
【引信】yǐnxìn ㄧㄣˇ ㄒㄧㄣˋ 引起炮彈、炸彈、地雷等爆炸的一種裝置。也叫信管。
【引言】yǐnyán ㄧㄣˇ ㄧㄢˊ 寫在書或文章前面類似序言或導言的短文。
【引用】yǐnyòng ㄧㄣˇ ㄩㄥˋ ❶用別人說過的話(包括書面材料)或做過的事作為根據：引用古書上的話。❷任用；援引(人)：引用私人。
【引誘】yǐnyòu ㄧㄣˇ ㄧㄡˋ ❶誘導。多指引人做壞事：受壞人引誘走上邪路。❷誘惑：經不起金錢的引誘。
【引玉之磚】yǐn yù zhī zhuān ㄧㄣˇ ㄩˋ ㄓ ㄓㄨㄢ 謙辭，比喻為了引出別人高明的意見而發表的粗淺的、不成熟的意見。參看864頁〖拋磚引玉〗。
【引證】yǐnzhèng ㄧㄣˇ ㄓㄥˋ 引用事實或言論、著作做根據。
【引致】yǐnzhì ㄧㄣˇ ㄓˋ 引起；導致。
【引種】yǐnzhǒng ㄧㄣˇ ㄓㄨㄥˇ 把別的地區的動植物優良品種引入本地區，選擇適於本地區條件的加以繁殖推廣。
【引種】yǐnzhòng ㄧㄣˇ ㄓㄨㄥˋ 把外地的優良品種引入本地種植。
【引子】yǐn·zi ㄧㄣˇ ·ㄗ ❶南曲、北曲的套曲中的第一支曲子。❷戲曲角色初上場時所唸的一段詞句，有時唱和唸相間。❸某些樂曲的開始部分，有醞釀情緒、提示內容等作用。❹比喻引起正文的話或啓發別人發言的話：這一段話是下文的引子｜我簡單說幾句做個引子，希望大家多發表意見。❺藥引子。

吲 yǐn ㄧㄣˇ［吲哚］(yǐnduǒ ㄧㄣˇ ㄉㄨㄛˇ)有機化合物，化學式 C_8H_7N，無色或淡黃色片狀結晶。存在於煤焦油和腐敗的蛋白質中。用來製香料、染料和藥物。［英 indole］

蚓 yǐn ㄧㄣˇ 蚯蚓。

殷 yǐn ㄧㄣˇ〈書〉象聲詞，形容雷聲：殷其雷。
另見1311頁 yān；1362頁 yīn。

飲(饮) yǐn ㄧㄣˇ ❶喝，有時特指喝酒：飲料｜飲食｜痛飲｜飲水思源。❷可以喝的東西：冷飲。❸飲子：香蘇飲。❹中醫指稀痰。❺心裏存着；含着：飲恨。
另見1370頁 yìn。
【飲彈】yǐndàn ㄧㄣˇ ㄉㄢˋ 身上中(zhòng)了子彈：飲彈身亡。
【飲恨】yǐnhèn ㄧㄣˇ ㄏㄣˋ〈書〉抱恨含冤：飲恨而終。
【飲料】yǐnliào ㄧㄣˇ ㄌㄧㄠˋ 經過加工製造供飲用的液體，如酒、茶、汽水、橘子水等。
【飲片】yǐnpiàn ㄧㄣˇ ㄆㄧㄢˋ 供製湯劑的中藥，多指經過炮製的。
【飲泣】yǐnqì ㄧㄣˇ ㄑㄧˋ 淚流滿面，流到口裏去。形容悲哀到了極點：飲泣吞聲。
【飲食】yǐnshí ㄧㄣˇ ㄕˊ ❶吃的和喝的東西：注意飲食衛生。❷吃東西和喝東西：飲食起居。
【飲食療法】yǐnshí liáofǎ ㄧㄣˇ ㄕˊ ㄌㄧㄠˊ ㄈㄚˇ 調配病人的飲食以治療某些疾病的方法，例如治療胃潰瘍的方法，每日多吃幾頓飯，每頓飯要少吃，吃容易消化的食物。
【飲食業】yǐnshíyè ㄧㄣˇ ㄕˊ ㄧㄝˋ 從事飲食品的烹製加工，並提供就地消費的場所和設備的行業。
【飲水】yǐnshuǐ ㄧㄣˇ ㄕㄨㄟˇ 喝的和做飯用的水。
【飲水思源】yǐn shuǐ sī yuán ㄧㄣˇ ㄕㄨㄟˇ ㄙ ㄩㄢˊ 喝水的時候想到水的來源。比喻人在幸福的時候不忘掉幸福的來源。
【飲譽】yǐnyù ㄧㄣˇ ㄩˋ 享有盛名；受到稱讚：飲譽全球｜他的作品飲譽文壇。
【飲鴆止渴】yǐn zhèn zhǐ kě ㄧㄣˇ ㄓㄣˋ ㄓˇ ㄎㄜˇ 用毒酒解渴。比喻只求解決目前困難而不計後果。

【飲子】yǐn·zi ㄧㄣˇ·ㄗ 宜於冷着喝的湯藥。

靷 yǐn ㄧㄣˇ〈書〉引車前行的皮帶。

歙 yǐn ㄧㄣˇ〈書〉同'飲'。

螾 yǐn ㄧㄣˇ 同'蚓'。

隱(隐) yǐn ㄧㄣˇ ❶隱藏不露：隱蔽｜隱士。❷潛伏的；藏在深處的：隱情｜隱患。❸指隱秘的事：難言之隱。

【隱蔽】yǐnbì ㄧㄣˇ ㄅㄧˋ ❶借旁的事物來遮掩：遊擊隊隱蔽在高粱地裏。❷被別的事物遮住不易被發現：地形隱蔽｜手法隱蔽。

【隱避】yǐnbì ㄧㄣˇ ㄅㄧˋ 隱藏躲避：隱避在外。

【隱藏】yǐncáng ㄧㄣˇ ㄘㄤˊ 藏起來不讓發現：隱藏在樹林中。

【隱惡揚善】yǐn è yáng shàn ㄧㄣˇ ㄜˋ ㄧㄤˊ ㄕㄢˋ 隱瞞人的壞處，而表揚他的好處。這是古代提倡的一種為人處世的態度。

【隱伏】yǐnfú ㄧㄣˇ ㄈㄨˊ 隱藏；潛伏：隱伏在黑暗角落裏｜隱伏着危機。

【隱花植物】yǐnhuā-zhíwù ㄧㄣˇ ㄏㄨㄚ ㄓˊ ㄨˋ 不開花結實、靠孢子、配子或細胞分裂繁殖的植物的統稱，如藻類、菌類、蕨類、苔蘚類(區別於'顯花植物')。

【隱患】yǐnhuàn ㄧㄣˇ ㄏㄨㄢˋ 潛藏着的禍患：消除隱患。

【隱晦】yǐnhuì ㄧㄣˇ ㄏㄨㄟˋ (意思)不明顯：這些詩寫得十分隱晦，不容易懂。

【隱諱】yǐnhuì ㄧㄣˇ ㄏㄨㄟˋ 有所顧忌而隱瞞不說：毫無隱諱｜他從不隱諱自己的缺點和錯誤。

【隱疾】yǐnjí ㄧㄣˇ ㄐㄧˊ 不好向別人說的病，如性病之類。

【隱居】yǐnjū ㄧㄣˇ ㄐㄩ 由於對統治者不滿或有厭世思想而住在偏僻地方，不出來做官。

【隱君子】yǐnjūnzǐ ㄧㄣˇ ㄐㄩㄣ ㄗˇ 原指隱居的人，後來藉以嘲諷吸毒成癮的人(隱、癮諧音)。

【隱括】yǐnkuò ㄧㄣˇ ㄎㄨㄛˋ 同'檃栝'。

【隱瞞】yǐnmán ㄧㄣˇ ㄇㄢˊ 掩蓋真相，不讓人知道：隱瞞錯誤｜大家都知道了，他還想隱瞞。

【隱秘】yǐnmì ㄧㄣˇ ㄇㄧˋ ❶隱蔽不外露：隱秘不說｜地道的出口開在隱秘的地方。❷秘密的事：刺探隱秘。

【隱沒】yǐnmò ㄧㄣˇ ㄇㄛˋ 隱蔽①；漸漸看不見：遠去的航船隱沒在雨霧裏。

【隱匿】yǐnnì ㄧㄣˇ ㄋㄧˋ〈書〉隱藏；躲起來。

【隱僻】yǐnpì ㄧㄣˇ ㄆㄧˋ ❶偏僻：隱僻的角落。❷隱晦而罕見：用典隱僻。

【隱情】yǐnqíng ㄧㄣˇ ㄑㄧㄥˊ 不願告訴人的事實或原因：說出隱情。

【隱然】yǐnrán ㄧㄣˇ ㄖㄢˊ 隱隱約約的樣子：隱然可見｜隱然可聞。

【隱忍】yǐnrěn ㄧㄣˇ ㄖㄣˇ 把事情藏在內心，勉強忍耐：隱忍不言。

【隱射】yǐnshè ㄧㄣˇ ㄕㄜˋ 暗射；影射。

【隱身草】yǐnshēncǎo ㄧㄣˇ ㄕㄣ ㄘㄠˇ (隱身草兒)比喻用來遮掩自己的人或事物。

【隱士】yǐnshì ㄧㄣˇ ㄕˋ 隱居的人。

【隱私】yǐnsī ㄧㄣˇ ㄙ 不願告人的或不願公開的個人的事。

【隱痛】yǐntòng ㄧㄣˇ ㄊㄨㄥˋ ❶不願告訴人的痛苦。❷隱隱約約的疼痛。

【隱現】yǐnxiàn ㄧㄣˇ ㄒㄧㄢˋ 時隱時現；不清晰地顯現：水天相接，島嶼隱現。

【隱形飛機】yǐnxíng-fēijī ㄧㄣˇ ㄒㄧㄥˊ ㄈㄟ ㄐㄧ 指用雷達、紅外綫或其他探測系統難以發現的飛機。

【隱形眼鏡】yǐnxíng-yǎnjìng ㄧㄣˇ ㄒㄧㄥˊ ㄧㄢˇ ㄐㄧㄥˋ 角膜接觸鏡的通稱。

【隱姓埋名】yǐn xìng mái míng ㄧㄣˇ ㄒㄧㄥˋ ㄇㄞˊ ㄇㄧㄥˊ 隱瞞自己的真實姓名。

【隱血】yǐnxuè ㄧㄣˇ ㄒㄩㄝˋ 因體內某部分出血而在糞便或腦脊液中出現的血液，用肉眼或顯微鏡都不能查出，必須用化學試劑或試紙才能測出來。也叫潛血。

【隱逸】yǐnyì ㄧㄣˇ ㄧˋ〈書〉避世隱居。也指隱居的人：山林隱逸。

【隱隱】yǐnyǐn ㄧㄣˇ ㄧㄣˇ 隱約：隱隱的雷聲｜青山隱隱｜筋骨隱隱作痛。

【隱憂】yǐnyōu ㄧㄣˇ ㄧㄡ 深藏的憂愁；潛藏的憂慮。

【隱語】yǐnyǔ ㄧㄣˇ ㄩˇ ❶不把要說的意思明說出來，而借用別的話來表示，古代稱做隱語，類似後世的謎語。❷黑話；暗語。

【隱喻】yǐnyù ㄧㄣˇ ㄩˋ 比喻的一種，不用'如''像''似''好像'等比喻詞，而用'是''成''就是''成為''變為'等詞，把某事物比擬成和它有相似關係的另一事物。如'少年兒童是祖國的花朵'，'荷葉成了一把把撐開的小傘'。也叫暗喻。

【隱約】yǐnyuē ㄧㄣˇ ㄩㄝ 看起來或聽起來不很清楚；感覺不很明顯：遠處的高樓大廈隱約可見｜歌聲隱隱約約地從山頭傳來。

【隱衷】yǐnzhōng ㄧㄣˇ ㄓㄨㄥ 不願告訴人的苦衷。

讔(𬘡) yǐn ㄧㄣˇ〈方〉絎(háng)。

檃(隐、櫽) yǐn ㄧㄣˇ［檃栝］(yǐnkuò ㄧㄣˇ ㄎㄨㄛˋ)〈書〉❶矯正木材彎曲的器具。❷(就原有的文章、著作)剪裁改寫。‖也作隱括。

癮(瘾) yǐn ㄧㄣˇ ❶由於神經中樞經常接受某種外界刺激而形成的習慣性：烟癮｜他喝酒的癮真大。❷泛指濃厚的興趣：球癮｜他看書看上癮了。

【癮頭】yǐntóu ㄧㄣˇ ㄊㄡˊ (癮頭兒)癮的程度：你們下棋的癮頭兒可真不小。

讔(讔) yǐn ㄧㄣˇ 〈書〉隱語；謎語。

yìn (ㄧㄣˋ)

印 yìn ㄧㄣˋ ❶政府機關的圖章。泛指圖章：蓋印｜鋼印。❷(印兒)印子①：烙印｜腳印兒。❸留下痕迹。特指文字或圖畫等留在紙上或器物上：印書｜排印｜石印｜印花兒布。❹符合：印證｜心心相印。❺(Yìn)姓。

【印把子】yìnbà·zi ㄧㄣˋ ㄅㄚˋ ·ㄗ 指行政機關的圖章的把兒。比喻政權：掌握印把子。

【印本】yìnběn ㄧㄣˋ ㄅㄣˇ 印刷的書本(區別於'抄本')。

【印鼻】yìnbí ㄧㄣˋ ㄅㄧˊ 印紐。

【印次】yìncì ㄧㄣˋ ㄘˋ 圖書每一版印刷的次數。從第一版第一次印刷起連續計算。如內容經重大修訂而再版，就另行計算印次。

【印第安人】Yìndì'ānrén ㄧㄣˋ ㄉㄧˋ ㄢ ㄖㄣˊ 美洲最古老的居民，皮膚紅黑色，從前稱為紅種人。大部分住在中、南美各國。[印第安，英Indian]

【印度教】Yìndùjiào ㄧㄣˋ ㄉㄨˋ ㄐㄧㄠˋ 經過改革的婆羅門教，現在流行於印度、尼泊爾等國。

【印發】yìnfā ㄧㄣˋ ㄈㄚ 印刷散發：印發傳單｜把這些材料印發給各科室。

【印痕】yìnhén ㄧㄣˋ ㄏㄣˊ 痕迹。

【印花】yìn∥huā ㄧㄣˋ∥ㄏㄨㄚ (印花兒)將有色花紋或圖案印到紡織品等上去。

【印花】[1] yìnhuā ㄧㄣˋ ㄏㄨㄚ (印花兒)印有花紋的：印花兒布｜印花綢。

【印花】[2] yìnhuā ㄧㄣˋ ㄏㄨㄚ 由政府出售，規定貼在契約、憑證等上面，作為稅款的一種特製印刷品。全稱印花稅票。

【印花稅】yìnhuāshuì ㄧㄣˋ ㄏㄨㄚ ㄕㄨㄟˋ 國家稅收的一種，各項契約、簿據、憑證上須按稅則貼政府發售的印花。

【印記】yìnjì ㄧㄣˋ ㄐㄧˋ ❶舊指鈐記。❷印迹：公章一按，留下了鮮紅的印記◇他的每篇作品都帶有鮮明的時代印記。❸把印象深刻地保持着：他一直把那次約會的情景印記在腦海裏。

【印迹】yìnjì ㄧㄣˋ ㄐㄧˋ 痕迹。

【印鑒】yìnjiàn ㄧㄣˋ ㄐㄧㄢˋ 為防假冒，在支付款項的機關留供核對的印章底樣。支領款項時，所用的印章要與所留的印章底樣相符。

【印泥】yìnní ㄧㄣˋ ㄋㄧˊ 蓋圖章用的顏料，一般用硃砂、艾絨和油製成，印出來是紅色。

【印紐】yìnniǔ ㄧㄣˋ ㄋㄧㄡˇ 古代印章上端雕刻成龜、虎、獅等形象的部分，有孔，可以穿帶子。也叫印鼻。也作印鈕。

【印譜】yìnpǔ ㄧㄣˋ ㄆㄨˇ 彙集古印或名家所刻印章而成的書。

【印染】yìnrǎn ㄧㄣˋ ㄖㄢˇ 紡織品的印花和染色：印染技術。

【印色】yìn·se ㄧㄣˋ ·ㄙㄜ 印泥。

【印綬】yìnshòu ㄧㄣˋ ㄕㄡˋ 舊時稱印信和繫印的絲帶。

【印刷】yìnshuā ㄧㄣˋ ㄕㄨㄚ 把文字、圖畫等做成版，塗上油墨，印在紙張上。近代印刷用各種印刷機。我國的手工印刷，多用棕刷子蘸墨刷在印版上，然後放上紙，再用乾淨的棕刷子在紙背上用力擦過，所以叫做印刷。

【印刷品】yìnshuāpǐn ㄧㄣˋ ㄕㄨㄚ ㄆㄧㄣˇ 印刷成的書報、圖片等。

【印刷體】yìnshuātǐ ㄧㄣˋ ㄕㄨㄚ ㄊㄧˇ 文字或拼音字母的印刷形式(區別於'手寫體')。參看1055頁〖手寫體〗。

【印台】yìntái ㄧㄣˋ ㄊㄞˊ 蓋圖章(主要是橡皮圖章或木戳)所用的印油盒。也叫打印台。

【印堂】yìntáng ㄧㄣˋ ㄊㄤˊ 指額部兩眉之間。

【印鐵】yìntiě ㄧㄣˋ ㄊㄧㄝˇ 在鍍錫的薄鐵皮或鋁皮上印刷圖案文字。

【印相紙】yìnxiàngzhǐ ㄧㄣˋ ㄒㄧㄤˋ ㄓˇ 印相片的感光紙，上面塗有鹵化銀乳劑。

【印象】yìnxiàng ㄧㄣˋ ㄒㄧㄤˋ 客觀事物在人的頭腦裏留下的迹象：深刻的印象｜他給我的印象很好。

【印信】yìnxìn ㄧㄣˋ ㄒㄧㄣˋ 政府機關的圖章(總稱)。

【印行】yìnxíng ㄧㄣˋ ㄒㄧㄥˊ 印刷並發行：印行單行本｜那本書已印行上百萬冊。

【印油】yìnyóu ㄧㄣˋ ㄧㄡˊ 專供印台用的液體，有紅、藍、紫等色。

【印章】yìnzhāng ㄧㄣˋ ㄓㄤ 印和章的合稱。

【印張】yìnzhāng ㄧㄣˋ ㄓㄤ 印刷書籍時每一本書所用紙張數量的計算單位，以一整張平板紙(通稱新聞紙或報紙)為兩個印張。

【印證】yìnzhèng ㄧㄣˋ ㄓㄥˋ ❶證明與事實相符：材料已印證過。❷用來印證的事物。

【印子】yìn·zi ㄧㄣˋ ·ㄗ ❶痕迹：地板上踩了好多腳印子。❷指印子錢：放印子｜打印子(借印子錢)。

【印子錢】yìn·ziqián ㄧㄣˋ ·ㄗ ㄑㄧㄢˊ 高利貸的一種，把本錢和很高的利息加在一起，約定期限，由債務人分期償還，每還一期，在折子上蓋印為記。簡稱印子。

茚〔茚〕 yìn ㄧㄣˋ 有機化合物，化學式 C_9H_8，無色液體，化學性質活潑。用來製造合成樹脂，與其他液態烴混合可做油漆的溶劑。[英 indene]

胤 yìn ㄧㄣˋ 〈書〉後代；後嗣。

垽 yìn ㄧㄣˋ 〈書〉沈澱物；沈澱物的痕迹。

飲(饮) yìn ㄧㄣˋ 給牲畜水喝：飲牲口｜馬飲過了。

【飲場】yìnchǎng ㄧㄣˋ ㄔㄤˇ 舊時戲曲演員在台上喝水潤嗓。

另見1367頁 yǐn。

蔭〔䕃〕(荫) yìn ㄧㄣˋ 沒有陽光；又涼又潮：南屋太蔭，這邊坐吧。

另見1364頁 yīn。'荫'另見1370頁 yìn '廕'。

【蔭涼】yìnliáng ㄧㄣˋ ㄌㄧㄤˊ 因沒有太陽曬着而涼爽：這屋子蔭涼得很。

廕(荫) yìn ㄧㄣˋ ❶〈書〉廕庇。❷封建時代由於父祖有功而給予子孫入學或任官的權利。

'荫'另見1364頁 yīn '蔭'；1370頁 yìn '蔭'。

【廕庇】yìnbì ㄧㄣˋ ㄅㄧˋ 大樹枝葉遮蔽陽光，宜於人們休息。比喻尊長照顧着晚輩或祖宗保祐着子孫。

窨 yìn ㄧㄣˋ 地窨子；地下室。

另見1303頁 xūn。

【窨井】yìnjǐng ㄧㄣˋ ㄐㄧㄥˇ 上下水道或其他地下管綫工程中，為便於檢查或疏通而設置的井狀建築物。

慭(憖) yìn ㄧㄣˋ 〈書〉❶願；寧願。❷損傷；殘缺。

【慭慭】yìnyìn ㄧㄣˋ ㄧㄣˋ 形容小心謹慎。

鮣(䲟) yìn ㄧㄣˋ 魚，身體細長，灰黑色，圓柱形，頭和身體前端的背部扁平，有一長橢圓形吸盤，鱗小而圓。生活在海洋中，常用吸盤吸在其他大魚身體下面或船底下。

yīng (ㄧㄥ)

吋 yīngcùn ㄧㄥ ㄘㄨㄣˋ，又 cùn ㄘㄨㄣˋ 英寸舊也作吋。

呎 yīngchǐ ㄧㄥ ㄔˇ，又 chǐ ㄔˇ 英尺舊也作呎。

英[1]〔英〕 yīng ㄧㄥ ❶〈書〉花：落英繽紛。❷才能或智慧過人的人：英豪｜群英大會。❸(Yīng)姓。

英[2]〔英〕 yīng ㄧㄥ 指英國：英尺｜英鎊。

【英鎊】yīngbàng ㄧㄥ ㄅㄤˋ 英國的本位貨幣。

【英才】yīngcái ㄧㄥ ㄘㄞˊ ❶才智出眾的人(多指青年)：一代英才。❷杰出的才智：英才蓋世。

【英尺】yīngchǐ ㄧㄥ ㄔˇ 英美制長度單位，1英尺等於12英寸，合0.3048米，0.9144市尺。舊也作呎。

【英寸】yīngcùn ㄧㄥ ㄘㄨㄣˋ 英美制長度單位，1英寸等於1英尺的1/12。舊也作吋。

【英豪】yīngháo ㄧㄥ ㄏㄠˊ 英雄豪杰：各路英豪。

【英魂】yīnghún ㄧㄥ ㄏㄨㄣˊ 英靈。

【英杰】yīngjié ㄧㄥ ㄐㄧㄝˊ 英豪：一代英杰。

【英俊】yīngjùn ㄧㄥ ㄐㄩㄣˋ ❶才能出眾：英俊有為。❷容貌俊秀又有精神：英俊少年。

【英里】yīnglǐ ㄧㄥ ㄌㄧˇ 英美制長度單位，1英里等於5,280英尺，合1.6093公里。舊也作哩。

【英兩】yīngliǎng ㄧㄥ ㄌㄧㄤˇ 盎司的舊稱。舊也作唡。

【英烈】yīngliè ㄧㄥ ㄌㄧㄝˋ ❶英勇剛烈：英烈女子。❷英勇犧牲的烈士：祭奠英烈。

【英靈】yīnglíng ㄧㄥ ㄌㄧㄥˊ 受崇敬的人去世後的靈魂：告慰先烈英靈。也說英魂。

【英名】yīngmíng ㄧㄥ ㄇㄧㄥˊ 指英雄人物的名字或名聲：英名永存。

【英明】yīngmíng ㄧㄥ ㄇㄧㄥˊ 卓越而明智：英明果斷｜英明的領導。

【英模】yīngmó ㄧㄥ ㄇㄛˊ 英雄模範：英模報告會。

【英畝】yīngmǔ ㄧㄥ ㄇㄨˇ 英美制地積單位，1英畝等於4,840平方碼，合4,046.86平方米。舊也作嘸。

【英年】yīngnián ㄧㄥ ㄋㄧㄢˊ 英氣煥發的年齡，一般指青壯年時期：正當英年｜英年早逝。

【英氣】yīngqì ㄧㄥ ㄑㄧˋ 英俊、豪邁的氣概：英氣勃勃。

【英石】yīngshí ㄧㄥ ㄕˊ 廣東英德所產的一種石頭，用來疊假山。

【英特耐雄納爾】Yīngtènàixióngnà'ěr ㄧㄥ ㄊㄜˋ ㄋㄞˋ ㄒㄩㄥˊ ㄋㄚˋ ㄦˇ '國際'('國際工人協會'的簡稱)的音譯。在《國際歌》中指國際共產主義的理想。[法 Internationale]

【英武】yīngwǔ ㄧㄥ ㄨˇ 〈書〉英俊威武。

【英雄】yīngxióng ㄧㄥ ㄒㄩㄥˊ ❶才能勇武過人的人：英雄好漢｜自古英雄出少年。❷不怕困難，不顧自己，為人民利益而英勇鬥爭，令人欽敬的人：人民英雄｜勞動英雄｜民族英雄。❸具有英雄品質的：英雄的中國人民。

【英雄無用武之地】yīngxióng wú yòngwǔ zhī dì ㄧㄥ ㄒㄩㄥˊ ㄨˊ ㄩㄥˋ ㄨˇ ㄓ ㄉㄧˋ 形容有本領的人得不到施展的機會。

【英尋】yīngxún ㄧㄥ ㄒㄩㄣˊ 英美制計量水深的單位，1英尋等於6英尺，合1.828米。舊也作㖊。

【英勇】yīngyǒng ㄧㄥ ㄩㄥˇ 勇敢出眾：英勇殺敵｜英勇的戰士。

【英制】yīngzhì ㄧㄥ ㄓˋ 單位制的一種，以英尺為長度的主單位，磅為質量的主單位，秒為時間的主單位。盎司、碼、英畝、加侖等都是英制單位。
【英姿】yīngzī ㄧㄥ ㄗ 英俊威武的風姿：英姿煥發｜颯爽英姿。

哩 yīnglǐ ㄧㄥ ㄌㄧˇ，又 lǐ ㄌㄧˇ 英里舊也作哩。
另見700頁 lī；711頁 ·li。

啢(𠮷) yīngliǎng ㄧㄥ ㄌㄧㄤˇ，又 liǎng ㄌㄧㄤˇ 盎司的舊稱。

媖〔媖〕 yīng ㄧㄥ〈書〉婦女的美稱。

瑛〔瑛〕 yīng ㄧㄥ〈書〉❶美玉。❷玉的光彩。

煐〔煐〕 yīng ㄧㄥ 人名用字。

嘤 yīngmǔ ㄧㄥ ㄇㄨˇ，又 mǔ ㄇㄨˇ 英畝舊也作嘤。

噚(㖊) yīngxún ㄧㄥ ㄒㄩㄣˊ，又 xún ㄒㄩㄣˊ 英尋舊也作噚。

霙〔霙〕 yīng ㄧㄥ 古書上指雪花。

鍈〔鍈〕(锳) yīng ㄧㄥ〈書〉鈴聲。

罃(罂) yīng ㄧㄥ〈書〉同'罌'。

嬰[1](婴) yīng ㄧㄥ 嬰兒：婦嬰｜溺嬰。

嬰[2](婴) yīng ㄧㄥ〈書〉觸；纏繞：嬰疾(得病)。
【嬰兒】yīng'ér ㄧㄥ ㄦˊ 不滿一歲的小孩兒。
【嬰孩】yīnghái ㄧㄥ ㄏㄞˊ 嬰兒。

膺[1] yīng ㄧㄥ〈書〉胸：義憤填膺。

膺[2] yīng ㄧㄥ〈書〉❶承受；承當：榮膺勛章。❷討伐；打擊：膺懲。
【膺懲】yīngchéng ㄧㄥ ㄔㄥˊ〈書〉討伐；打擊。
【膺選】yīngxuǎn ㄧㄥ ㄒㄩㄢˇ〈書〉當選。

應[1](应) yīng ㄧㄥ ❶答應：喊他不應。❷答應(做)：這事是我應下來的，由我負責。❸(Yīng)姓。

應[2](应) yīng ㄧㄥ 應該：應有盡有｜發現錯誤，應立即糾正。
另見1376頁 yìng。
【應當】yīngdāng ㄧㄥ ㄉㄤ 應該。
【應分】yīngfèn ㄧㄥ ㄈㄣˋ 分內應該：幫他點忙，也是我們應分的事。
【應該】yīnggāi ㄧㄥ ㄍㄞ 表示理所當然：應該愛護公共財產｜為了大夥的事，我多受點累也是應該的。
【應屆】yīngjiè ㄧㄥ ㄐㄧㄝˋ 本期的(只用於畢業生)：應屆畢業生。
【應名兒】yīng∥míngr ㄧㄥ∥ㄇㄧㄥㄦˊ 用某人的名義(辦某事)；掛某種虛名：你應個名兒吧，反正費不了多大事兒。
【應名兒】yīngmíngr ㄧㄥ ㄇㄧㄥㄦˊ 僅僅在名義上(是)：他們應名兒是親戚，實際上不大來往。
【應聲】yīng∥shēng ㄧㄥ∥ㄕㄥ (應聲兒)出聲回答：敲了一陣門，裏邊沒有人應聲兒｜問了半天，你也該應一聲。
另見1376頁 yìngshēng。
【應許】yīngxǔ ㄧㄥ ㄒㄩˇ ❶答應(做)：他應許明天來談。❷允許：誰應許他把寫字枱搬走的？
【應有盡有】yīng yǒu jìn yǒu ㄧㄥ ㄧㄡˇ ㄐㄧㄣˋ ㄧㄡˇ 應該有的全都有了，表示一切齊備。
【應允】yīngyǔn ㄧㄥ ㄩㄣˇ 應許；點頭應允。

攖(撄) yīng ㄧㄥ〈書〉❶接觸；觸犯：攖其鋒｜攖怒。❷糾纏；擾亂。

蘡〔蘡〕(蘡) yīng ㄧㄥ［蘡薁］(yīngyù ㄧㄥ ㄩˋ)落葉藤本植物，枝條細長有棱角，葉子闊卵形，有三到五個深裂，圓錐花序，漿果黑紫色。莖的纖維可以做繩索。

罌(罂、甖) yīng ㄧㄥ〈書〉小口大肚的瓶子。
【罌粟】yīngsù ㄧㄥ ㄙㄨˋ 二年生草本植物，全株有白粉，葉長圓形，邊緣有缺刻，花紅色、粉色或白色，果實球形。果實未成熟時劃破表皮，流出汁液，用來製取阿片。果殼可入藥，花供觀賞。

嚶(嘤) yīng ㄧㄥ〈書〉象聲詞，形容鳥叫聲。

膺 yīng ㄧㄥ〈書〉同'應'(yīng)。
另見1377頁 yìng。

瓔(璎) yīng ㄧㄥ〈書〉似玉的石頭。
【瓔珞】yīngluò ㄧㄥ ㄌㄨㄛˋ 古代用珠玉穿成的戴在頸項上的裝飾品。

櫻(樱) yīng ㄧㄥ ❶指櫻桃。❷指櫻花。
【櫻花】yīnghuā ㄧㄥ ㄏㄨㄚ ❶落葉喬木，葉子橢圓形，總狀花序或傘房花序，花白色或粉紅色，略有芳香，果實球形，黑色。原產日本。供觀賞。❷這種植物的花。
【櫻桃】yīng·táo ㄧㄥ ·ㄊㄠˊ ❶落葉喬木，葉子長卵圓形，花白色略帶紅暈。果實近於球形，紅色，味甜，可以吃。❷這種植物的果實。

鶯(莺、鸎) yīng ㄧㄥ 鳥類的一科，身體小，多為褐色或暗綠色，嘴短而尖。叫的聲音清脆。吃昆蟲，對農業和林業有益。
【鶯歌燕舞】yīng gē yàn wǔ ㄧㄥ ㄍㄜ ㄧㄢˋ ㄨˇ 黃鶯歌唱，燕子飛舞。形容大好春光或比喻大好形勢：大地春回，鶯歌燕舞。

纓(缨) yīng ㄧㄥ ❶古代帽子上繫在頷下的帶子。也泛指帶子。❷(纓兒)

纓子①：紅纓槍。❸(纓兒)纓子②：芥菜纓兒。

【纓帽】yīngmào ㄧㄥ ㄇㄠˋ 清朝官吏所戴的帽子，帽頂上有紅纓子。

【纓子】yīng·zi ㄧㄥ ·ㄗ ❶繫在服裝或器物上的穗狀飾物：帽纓子。❷像纓子的東西：蘿蔔纓子。

鷹(鹰) yīng ㄧㄥ 鳥類的一科，一般指鷹屬的鳥類，上嘴呈鈎形，頸短，腳部有長毛，足趾有長而鋭利的爪。性兇猛，捕食小獸及其他鳥類。

【鷹鼻鷂眼】yīng bí yào yǎn ㄧㄥ ㄅㄧˊ ㄧㄠˋ ㄧㄢˇ 形容奸詐兇狠的人的相貌。

【鷹犬】yīngquǎn ㄧㄥ ㄑㄩㄢˇ 打獵所用的鷹和狗。比喻受驅使、做爪牙的人。

【鷹隼】yīngsǔn ㄧㄥ ㄙㄨㄣˇ 〈書〉鷹和隼，都捕食小鳥和別種小動物。比喻兇猛或勇猛的人。

【鷹洋】yīngyáng ㄧㄥ ㄧㄤˊ 舊時曾在我國市面上流通過的墨西哥銀幣，正面有凸起的鷹形。

【鷹爪毛兒】yīngzhǎomáor ㄧㄥ ㄓㄠˇ ㄇㄠㄦˊ 一種短毛羊皮，因毛像鷹爪而得名。

鸚(鹦) yīng ㄧㄥ 見下。

【鸚鵡】yīngwǔ ㄧㄥ ㄨˇ 鳥，頭部圓，上嘴大，呈鈎狀，下嘴短小，羽毛美麗，有白、赤、黃、綠等色。生活在熱帶樹林裏，吃果實。能模仿人說話的聲音。通稱鸚哥。

【鸚鵡學舌】yīngwǔ xuéshé ㄧㄥ ㄨˇ ㄒㄩㄝˊ ㄕㄜˊ 鸚鵡學人說話。比喻別人怎樣說，也跟着怎樣說(含貶義)。

yíng (ㄧㄥˊ)

迎 yíng ㄧㄥˊ ❶迎接：歡迎｜迎新會。❷對着；衝着：迎面｜迎風｜迎擊。

【迎春】yíngchūn ㄧㄥˊ ㄔㄨㄣ 落葉灌木，羽狀複葉，小葉卵形或長橢圓形，花單生，黃色，早春開花。供觀賞。

【迎風】yíng∥fēng ㄧㄥˊ∥ㄈㄥ ❶對着風：這裏坐着正迎風，很涼爽。❷隨風：紅旗迎風招展。

【迎合】yínghé ㄧㄥˊ ㄏㄜˊ 故意使自己的言語或舉動適合別人的心意：迎合上司｜迎合觀眾。

【迎候】yínghòu ㄧㄥˊ ㄏㄡˋ 到某個地方等候迎接(到來的人)。

【迎擊】yíngjī ㄧㄥˊ ㄐㄧ 對着敵人來的方向攻擊：奮勇迎擊｜迎擊進犯之敵。

【迎接】yíngjiē ㄧㄥˊ ㄐㄧㄝ 到某個地點去陪同客人等一起來：到車站去迎接貴賓◇迎接勞動節｜迎接即將到來的戰鬥任務。

【迎面】yíng∥miàn ㄧㄥˊ∥ㄇㄧㄢˋ (迎面兒)衝着臉：西北風正迎面兒颳着｜迎面走上去打招呼。

【迎親】yíng∥qīn ㄧㄥˊ∥ㄑㄧㄣ 舊俗結婚時男家用花轎鼓樂等到女家迎接新娘。

【迎娶】yíngqǔ ㄧㄥˊ ㄑㄩˇ 娶妻。

【迎刃而解】yíng rèn ér jiě ㄧㄥˊ ㄖㄣˋ ㄦˊ ㄐㄧㄝˇ 用刀劈竹子，劈開了口兒，下面的一段就迎着刀口自己裂開(見於《晉書·杜預傳》)。比喻主要的問題解決了，其他有關的問題就可以很容易地得到解決。

【迎頭】yíng∥tóu ㄧㄥˊ∥ㄊㄡˊ (迎頭兒)迎面；當頭：迎頭痛擊。

【迎頭趕上】yíngtóu gǎnshàng ㄧㄥˊ ㄊㄡˊ ㄍㄢˇ ㄕㄤˋ 加緊追上最前面的。

【迎新】yíngxīn ㄧㄥˊ ㄒㄧㄣ 歡迎新來的人：迎新晚會。

【迎迓】yíngyà ㄧㄥˊ ㄧㄚˋ 〈書〉迎接。

【迎戰】yíngzhàn ㄧㄥˊ ㄓㄢˋ 朝着敵人來的方向上前去作戰：迎戰敵軍◇我隊在決賽中將迎戰歐洲勁旅。

盈 yíng ㄧㄥˊ ❶充滿：充盈｜豐盈｜車馬盈門｜惡貫滿盈。❷多出來；多餘：盈餘｜盈利。

【盈虧】yíngkuī ㄧㄥˊ ㄎㄨㄟ ❶指月亮的圓和缺。❷指賺錢或賠本：自負盈虧。

【盈利】yínglì ㄧㄥˊ ㄌㄧˋ 同'贏利'(yínglì)。

【盈千累萬】yíng qiān lěi wàn ㄧㄥˊ ㄑㄧㄢ ㄌㄟˇ ㄨㄢˋ 形容數量多：參觀展覽的人盈千累萬。

【盈盈】yíngyíng ㄧㄥˊ ㄧㄥˊ ❶形容清澈：春水盈盈｜荷葉上露珠盈盈。❷形容儀態美好：盈盈顧盼。❸形容情緒、氣氛等充分流露：喜氣盈盈｜笑臉盈盈。❹形容動作輕盈：盈盈起舞。

【盈餘】yíngyú ㄧㄥˊ ㄩˊ ❶收入中除去開支後剩餘：盈餘二百元。❷收入中除去開支後剩餘的財物：有二百元的盈餘。‖也作贏餘。

楹 yíng ㄧㄥˊ ❶堂屋前部的柱子：楹聯。❷〈書〉量詞，房屋一間為一楹：園內有小舍三楹。

【楹聯】yínglián ㄧㄥˊ ㄌㄧㄢˊ 挂或貼在楹上的對聯。泛指對聯。

塋(茔) yíng ㄧㄥˊ 〈書〉墳地：塋地｜祖塋。

滎(荥) yíng ㄧㄥˊ 滎經(Yíngjīng ㄧㄥˊ ㄐㄧㄥ)，地名，在四川。

另見1281頁 xíng。

熒(荧) yíng ㄧㄥˊ 〈書〉❶光亮微弱的樣子：一燈熒然。❷眼光迷亂；疑惑：熒惑。

【熒光】yíngguāng ㄧㄥˊ ㄍㄨㄤ 某些物質受光或其他射綫照射時所發出的可見光。光和其他射綫停止照射，熒光隨之消失。熒光燈和熒光屏都塗有熒光物質。

【熒光燈】yíngguāngdēng ㄧㄥˊ ㄍㄨㄤ ㄉㄥ 燈的一種，在真空玻璃管裏充入水銀，兩端安裝電極，管的內壁塗有熒光物質。通電後水銀蒸氣放電，同時產生紫外綫，激發熒光物質而發光。常見的熒光燈光和日光相似。也叫日光燈。

【熒光屏】yíngguāngpíng ㄧㄥˊ ㄍㄨㄤ ㄆㄧㄥˊ 塗有熒光物質的屏，眼睛看不見的愛克斯射綫、紫外綫、陰極射綫照射在熒光屏上能發出可見光。如示波器和電視機上都裝有熒光屏，用來把陰極射綫變為圖像。

【熒惑】yínghuò ㄧㄥˊ ㄏㄨㄛˋ ❶〈書〉迷惑：熒惑人心。❷我國古代天文學上指火星。

【熒屏】yíngpíng ㄧㄥˊ ㄆㄧㄥˊ 熒光屏。特指電視熒光屏，也借指電視：六集連續劇下週即可在熒屏上和觀眾見面。

【熒熒】yíngyíng ㄧㄥˊ ㄧㄥˊ 形容星光或燈燭光：明星熒熒｜一燈熒熒。

瑩(莹) yíng ㄧㄥˊ 〈書〉❶光潔像玉的石頭。❷光亮透明：晶瑩。

贏 Yíng ㄧㄥˊ 姓。

螢(萤) yíng ㄧㄥˊ 昆蟲，身體黃褐色，觸角絲狀，腹部末端有發光的器官，能發帶綠色的光。白天伏在草叢裏，夜晚飛出來。通稱螢火蟲。

縈(萦) yíng ㄧㄥˊ 〈書〉圍繞；纏繞：瑣事縈身。

【縈懷】yínghuái ㄧㄥˊ ㄏㄨㄞˊ (事情)牽挂在心上：離思縈懷｜此事使人夢寐縈懷。

【縈迴】yínghuí ㄧㄥˊ ㄏㄨㄟˊ 迴旋往復；曲折環繞：當年情景，縈迴腦際｜青山環抱，綠水縈迴。

【縈繞】yíngrào ㄧㄥˊ ㄖㄠˋ 縈迴：泉石縈繞｜雲霧縈繞。

【縈繫】yíngxì ㄧㄥˊ ㄒㄧˋ 記挂；牽挂：思鄉之念縈繫心頭。

【縈紆】yíngyú ㄧㄥˊ ㄩˊ 〈書〉旋繞彎曲；縈迴。

營[1](营) yíng ㄧㄥˊ ❶謀求：營生｜營救。❷經營；管理：營造｜營業｜國營｜公私合營。❸(Yíng)姓。

營[2](营) yíng ㄧㄥˊ ❶軍隊駐紮的地方：軍營｜安營。❷軍隊的編制單位，隸屬於團，下轄若干連。

【營辦】yíngbàn ㄧㄥˊ ㄅㄢˋ 操持辦理；承辦。

【營地】yíngdì ㄧㄥˊ ㄉㄧˋ 部隊紮營的地方。

【營房】yíngfáng ㄧㄥˊ ㄈㄤˊ 專供軍隊駐紮的房屋及其周圍劃定的地方。

【營火】yínghuǒ ㄧㄥˊ ㄏㄨㄛˇ 露營時燃起的火堆。

【營火會】yínghuǒhuì ㄧㄥˊ ㄏㄨㄛˇ ㄏㄨㄟˋ 一種露天晚會，參加者多是青少年，圍着火堆談笑歌舞。

【營建】yíngjiàn ㄧㄥˊ ㄐㄧㄢˋ 營造；建造：營建宿舍樓。

【營救】yíngjiù ㄧㄥˊ ㄐㄧㄡˋ 設法援救：營救遇險船員。

【營壘】yínglěi ㄧㄥˊ ㄌㄟˇ ❶軍營和四周的圍牆。❷陣營：革命營壘。

【營利】yínglì ㄧㄥˊ ㄌㄧˋ 謀求利潤。

【營盤】yíngpán ㄧㄥˊ ㄆㄢˊ 軍營的舊稱。

【營區】yíngqū ㄧㄥˊ ㄑㄩ 指軍隊紮營的地區。

【營生】yíngshēng ㄧㄥˊ ㄕㄥ 謀生活：船戶們長年都在水上營生。

【營生】yíng·sheng ㄧㄥˊ ·ㄕㄥ 〈方〉(營生兒)職業；工作：找個營生｜地裏的營生他都拿得起來。

【營私】yíngsī ㄧㄥˊ ㄙ 謀求私利：結黨營私｜營私舞弊。

【營養】yíngyǎng ㄧㄥˊ ㄧㄤˇ ❶有機體從外界吸取需要的物質來維持生長發育等生命活動的作用。❷養分：水果富於營養。

【營養素】yíngyǎngsù ㄧㄥˊ ㄧㄤˇ ㄙㄨˋ 食物中具有營養的物質，包括蛋白質、脂肪、糖類、維生素、礦物質、膳食纖維素和水等。

【營養元素】yíngyǎng yuánsù ㄧㄥˊ ㄧㄤˇ ㄩㄢˊ ㄙㄨˋ 農作物生長所不可缺少的元素。主要的是氮、磷、鉀，此外還有碳、氫、氧、鈣、鎂、硫、硅、鉛、銅、錳、鋅、硼、鉬等。

【營業】yíngyè ㄧㄥˊ ㄧㄝˋ (商業、服務業、交通運輸業等)經營業務：營業額｜開始營業｜擴充營業。

【營業稅】yíngyèshuì ㄧㄥˊ ㄧㄝˋ ㄕㄨㄟˋ 國家稅收的一種，工商業部門遵照政府規定的分類法，按營業額的大小向政府交納稅款。我國於1958年將營業稅併入工商統一稅。

【營業員】yíngyèyuán ㄧㄥˊ ㄧㄝˋ ㄩㄢˊ 售貨員和收購員的統稱。

【營運】yíngyùn ㄧㄥˊ ㄩㄣˋ ❶(車船等)營業和運行；運營：這條新船即將投入營運。❷經營，一般指經商(多見於早期白話)。

【營造】yíngzào ㄧㄥˊ ㄗㄠˋ ❶經營建築：營造住宅。❷有計劃地造(林)：營造防護林。

【營造尺】yíngzàochǐ ㄧㄥˊ ㄗㄠˋ ㄔˇ 清代工部營造所用的尺，合0.32米。為當時的標準長度單位。

【營寨】yíngzhài ㄧㄥˊ ㄓㄞˋ 舊時駐紮軍隊的地方；軍營：偷襲營寨。

【營帳】yíngzhàng ㄧㄥˊ ㄓㄤˋ 軍隊或野外工作者等用的帳篷。

瀠(潆) yíng ㄧㄥˊ 地名用字：瀠灣鎮(在湖南長沙)｜瀠溪(在四川南充)。

鎣(蓥) yíng ㄧㄥˊ 華鎣(Huáyíng ㄏㄨㄚˊ ㄧㄥˊ)，山名，在四川。

瀅(滢) yíng ㄧㄥˊ 〈書〉清澈。

蠅(蝇) yíng ㄧㄥˊ 蒼蠅：蠅拍｜蠅蛹｜滅蠅。

【蠅甩兒】yíngshuǎir ㄧㄥˊ ㄕㄨㄞˇㄦ 〈方〉拂塵。

【蠅頭】yíngtóu ㄧㄥˊ ㄊㄡˊ 比喻非常小：蠅頭小楷｜蠅頭微利。
【蠅營狗苟】yíng yíng gǒu gǒu ㄧㄥˊ ㄧㄥˊ ㄍㄡˇ ㄍㄡˇ 像蒼蠅那樣飛來飛去，像狗那樣苟且偷生。比喻人不顧廉恥，到處鑽營。也說狗苟蠅營。
【蠅子】yíng·zi ㄧㄥˊ ·ㄗ 蒼蠅。

瀛 yíng ㄧㄥˊ ❶〈書〉大海。❷(Yíng)姓。
【瀛海】yínghǎi ㄧㄥˊ ㄏㄞˇ 〈書〉大海。
【瀛寰】yínghuán ㄧㄥˊ ㄏㄨㄢˊ 〈書〉指全世界。

瀠(濴) yíng ㄧㄥˊ 見下。
【瀠洄】yínghuí ㄧㄥˊ ㄏㄨㄟˊ 水流迴旋。
【瀠繞】yíngrào ㄧㄥˊ ㄖㄠˋ 水流環繞：清溪瀠繞。

贏(赢) yíng ㄧㄥˊ ❶勝(跟'輸'相對)：足球比賽結果，甲隊贏了｜這盤棋他一定贏。❷獲利：贏餘。
【贏得】yíngdé ㄧㄥˊ ㄉㄜˊ 博得；取得：贏得時間｜贏得信任與支持｜精彩的表演贏得全場喝彩。
【贏家】yíng·jiā ㄧㄥˊ ·ㄐㄧㄚ 指賭博或比賽中獲勝的一方。
【贏利】yínglì ㄧㄥˊ ㄌㄧˋ ❶企業單位的利潤。❷獲得利潤。‖也作盈利。
【贏餘】yíngyú ㄧㄥˊ ㄩˊ 同'盈餘'。

籯(籝) yíng ㄧㄥˊ〈書〉❶箱籠一類的器具。❷放筷子的籠子。

yǐng (ㄧㄥˇ)

郢 Yǐng ㄧㄥˇ 楚國的都城，在今湖北江陵北。

影 yǐng ㄧㄥˇ ❶(影兒)影子①：樹影｜陰影。❷(影兒)影子②：倒影。❸(影兒)影子③：人影兒。❹照片：小影｜合影。❺舊時指祖先的畫像。❻指電影：影評｜影院。❼指皮影戲：灤州影。❽〈方〉隱藏；遮蔽：一隻野兔影在草叢裏｜把棍子影在背後。❾描摹：影宋本。
【影壁】yǐngbì ㄧㄥˇ ㄅㄧˋ ❶大門內或屏門內做屏蔽的牆壁。也有木製的，下有底座，可以移動，上面像屋脊。❷照壁。❸指塑有各種形象的牆壁。
【影碟】yǐngdié ㄧㄥˇ ㄉㄧㄝˊ 〈方〉視盤。
【影格兒】yǐnggér ㄧㄥˇ ㄍㄜㄦˊ 小孩兒初學毛筆字時放在紙下模仿着寫的字樣子。
【影集】yǐngjí ㄧㄥˇ ㄐㄧˊ 用來貼照片的本子。
【影劇院】yǐngjùyuàn ㄧㄥˇ ㄐㄩˋ ㄩㄢˋ 供放映電影、演出戲劇、歌舞、曲藝等的場所。
【影迷】yǐngmí ㄧㄥˇ ㄇㄧˊ 喜歡看電影而入迷的人。
【影片兒】yǐngpiānr ㄧㄥˇ ㄆㄧㄢㄦ 影片。
【影片】yǐngpiàn ㄧㄥˇ ㄆㄧㄢˋ ❶用來放映電影的膠片。參看645頁〖拷貝〗。❷放映的電影：故事影片｜科學教育影片。
【影評】yǐngpíng ㄧㄥˇ ㄆㄧㄥˊ 評論電影的文章。
【影射】yǐngshè ㄧㄥˇ ㄕㄜˋ 借甲指乙；暗指(某人某事)：小說的主角影射作者的一個同學。
【影視】yǐngshì ㄧㄥˇ ㄕˋ 電影和電視：影視圈｜影視明星。
【影戲】yǐngxì ㄧㄥˇ ㄒㄧˋ ❶皮影戲。❷〈方〉電影。
【影響】yǐngxiǎng ㄧㄥˇ ㄒㄧㄤˇ ❶對別人的思想或行動起作用(如影之隨形，響之應聲)：父母應該用自己的模範行動去影響孩子。❷對人或事物所起的作用：他愛好音樂是受了一位老師的影響。❸傳聞的；無根據的：模糊影響之談。
【影像】yǐngxiàng ㄧㄥˇ ㄒㄧㄤˋ ❶肖像；畫像。❷形象：他的影像時刻在我眼前浮現。❸物體通過光學裝置、電子裝置等呈現出來的形狀。
【影星】yǐngxīng ㄧㄥˇ ㄒㄧㄥ 電影明星。
【影印】yǐngyìn ㄧㄥˇ ㄧㄣˋ 用照相的方法製版印刷，多用於翻印書籍或圖表。
【影影綽綽】yǐngyǐngchuòchuò ㄧㄥˇ ㄧㄥˇ ㄔㄨㄛˋ ㄔㄨㄛˋ (影影綽綽的)模模糊糊；不真切：天剛亮，影影綽綽地可以看見牆外的槐樹梢兒。
【影院】yǐngyuàn ㄧㄥˇ ㄩㄢˋ 電影院(多用做電影院的名稱)。
【影展】yǐngzhǎn ㄧㄥˇ ㄓㄢˇ ❶攝影展覽。❷電影展覽。
【影子】yǐng·zi ㄧㄥˇ ·ㄗ ❶物體擋住光綫後，映在地面或其他物體上的形象：樹影子。❷鏡中、水面等反映出來的物體的形象。❸模糊的形象：那件事我連點兒影子也記不得了。
【影子內閣】yǐng·zi nèigé ㄧㄥˇ ·ㄗ ㄋㄟˋ ㄍㄜˊ 某些國家的在野黨在其議會黨團內部按照內閣形式組成的準備上台執政的班子。始於英國。

潁(颍) Yǐng ㄧㄥˇ 潁河，發源於河南，流入安徽。

穎(颖) yǐng ㄧㄥˇ〈書〉❶某些禾本科植物子實的帶芒的外殼：穎果。❷指某些小而細長的東西的尖端：短穎羊毫(筆)。❸聰明：聰穎。
【穎果】yǐngguǒ ㄧㄥˇ ㄍㄨㄛˇ 乾果的一種，種皮和果皮合而為一，裏面只有一粒種子。禾本科植物的果實都是穎果，如稻、麥的果實。
【穎慧】yǐnghuì ㄧㄥˇ ㄏㄨㄟˋ 〈書〉聰明(多指少年)。
【穎悟】yǐngwù ㄧㄥˇ ㄨˋ 〈書〉聰明(多指少年)。
【穎異】yǐngyì ㄧㄥˇ ㄧˋ 〈書〉❶指聰明過人：自幼穎異。❷新穎奇異：構思穎異。

癭(瘿) yǐng ㄧㄥˇ ❶中醫指生長在脖子上的一種囊狀的瘤子，主要指甲狀腺腫大等病症。❷見160頁〖蟲癭〗。

yìng（ㄧㄥˋ）

映 yìng ㄧㄥˋ 因光綫照射而顯出物體的形象：反映｜放映｜垂柳倒映在水裏。

【映襯】yìngchèn ㄧㄥˋ ㄔㄣˋ ❶映照；襯托：紅牆碧瓦，互相映襯。❷修辭方式，並列相反的事物，形成鮮明的對比。如'為人民利益而死，就比泰山還重；替法西斯賣力，替剝削人民和壓迫人民的人去死，就比鴻毛還輕'。

【映帶】yìngdài ㄧㄥˋ ㄉㄞˋ 〈書〉景物相互襯托：湖光山色，映帶左右。

【映山紅】yìngshānhóng ㄧㄥˋ ㄕㄢ ㄏㄨㄥˊ 杜鵑(植物)。

【映射】yìngshè ㄧㄥˋ ㄕㄜˋ 照射：陽光照射在江面上。

【映現】yìngxiàn ㄧㄥˋ ㄒㄧㄢˋ 由光綫照射而顯現；呈現：輪船駛向海岸，熱帶島國的景色映現眼前｜當年的情景再次在腦海中映現。

【映照】yìngzhào ㄧㄥˋ ㄓㄠˋ 照射：晚霞映照。

硬 yìng ㄧㄥˋ ❶物體內部的組織緊密，受外力作用後不容易改變形狀(跟'軟'相對)：堅硬｜硬木｜硬煤。❷(性格)剛強；(意志)堅定；(態度)堅決或執拗：強硬｜硬漢子｜話說得硬｜不讓他去，他硬要去。❸勉強：硬撐｜他一發狠，硬爬上去了。❹(能力)強；(質量)好：硬手｜貨色硬｜功夫硬。

【硬邦邦】yìngbāngbāng ㄧㄥˋ ㄅㄤ ㄅㄤ (硬邦邦的)形容堅硬結實。

【硬棒】yìng·bang ㄧㄥˋ ·ㄅㄤ 〈方〉硬；結實有力：有了這根硬棒的枴棍兒，上山就得力了｜老人的身體還挺硬棒。

【硬包裝】yìngbāozhuāng ㄧㄥˋ ㄅㄠ ㄓㄨㄤ ❶用馬口鐵、玻璃瓶等質地較硬的包裝材料密封包裝。❷指用來密封包裝商品的質地較硬的材料，如馬口鐵罐、玻璃瓶等。

【硬筆】yìngbǐ ㄧㄥˋ ㄅㄧˇ 指筆尖堅硬的筆，如鋼筆、圓珠筆等(對筆尖柔軟的毛筆而言)：硬筆書法。

【硬幣】yìngbì ㄧㄥˋ ㄅㄧˋ 金屬的貨幣。

【硬磁盤】yìngcípán ㄧㄥˋ ㄘˊ ㄆㄢˊ 指固定在電子計算機內的磁盤。簡稱硬盤。

【硬度】yìngdù ㄧㄥˋ ㄉㄨˋ ❶固體堅硬的程度，也就是固體對磨損和外力所能引起的形變的抵抗能力的大小。❷水中含鈣鹽、鎂鹽等鹽類的多少，叫做水的硬度。

【硬腭】yìng'è ㄧㄥˋ ㄜˋ 腭的前部，是由骨和肌肉構成的。(圖見477頁'喉')

【硬弓】yìnggōng ㄧㄥˋ ㄍㄨㄥ 拉起來費力大的弓。

【硬骨頭】yìnggǔ·tou ㄧㄥˋ ㄍㄨˇ ·ㄊㄡ 比喻堅強不屈的人。

【硬漢】yìnghàn ㄧㄥˋ ㄏㄢˋ 堅強不屈的男人。也說硬漢子。

【硬化】yìnghuà ㄧㄥˋ ㄏㄨㄚˋ ❶物體由軟變硬：生橡膠遇冷容易硬化，遇熱容易軟化｜血管硬化。❷比喻思想停止發展；僵化。

【硬件】yìngjiàn ㄧㄥˋ ㄐㄧㄢˋ ❶計算機系統的一個組成部分，是構成計算機的各個元件、部件和裝置的統稱。也叫硬設備。❷借指生產、科研、經營等過程中的機器設備、物質材料等。

【硬結】yìngjié ㄧㄥˋ ㄐㄧㄝˊ ❶結成硬塊；變硬。❷硬塊：外痔在肛門周圍結成硬結。

【硬撅撅】yìngjuējuē ㄧㄥˋ ㄐㄩㄝ ㄐㄩㄝ 〈方〉(硬撅撅的)❶形容很硬(含厭惡意)：衣服漿得硬撅撅的，穿着不舒服。❷形容生硬：他說話硬撅撅的，讓人接受不了。

【硬拷貝】yìngkǎobèi ㄧㄥˋ ㄎㄠˇ ㄅㄟˋ 指能夠永久保存的信息記錄，如電子計算機打印的數據文本。

【硬朗】yìng·lang ㄧㄥˋ ·ㄌㄤ ❶(老人)身體健壯：大爺身板還挺硬朗。❷堅強有力：幾句話，他說得十分硬朗。

【硬煤】yìngméi ㄧㄥˋ ㄇㄟˊ 〈方〉無烟煤。

【硬麪】yìngmiàn ㄧㄥˋ ㄇㄧㄢˋ (硬麪兒)用少量水和成的麪或發酵的麪攙入乾麪和成的麪：硬麪饅頭。

【硬木】yìngmù ㄧㄥˋ ㄇㄨˋ 堅實細緻的木材，多指紫檀、花梨等。

【硬盤】yìngpán ㄧㄥˋ ㄆㄢˊ 硬磁盤的簡稱。

【硬碰硬】yìng pèng yìng ㄧㄥˋ ㄆㄥˋ ㄧㄥˋ 硬的東西碰硬的東西。比喻用強硬的態度對付強硬的態度。

【硬片】yìngpiàn ㄧㄥˋ ㄆㄧㄢˋ 見369頁〖乾板〗。

【硬氣】yìng·qi ㄧㄥˋ ·ㄑㄧ 〈方〉❶剛強；有骨氣：為人硬氣。❷有正當理由，於心無愧(多在用錢、吃飯上說)：她覺得自己掙的錢用着硬氣。

【硬任務】yìngrènwù ㄧㄥˋ ㄖㄣˋ ㄨˋ 在時間、數量、質量等方面有明確要求，不能通融、改變的任務。

【硬是】yìngshì ㄧㄥˋ ㄕˋ ❶〈方〉實在是；真的是。❷就是(無論如何也是…)：他雖然身體不好，可硬是不肯休息。

【硬實】yìng·shi ㄧㄥˋ ·ㄕ 〈方〉壯實；硬棒。

【硬手】yìngshǒu ㄧㄥˋ ㄕㄡˇ (硬手兒)能手；強手：這人真是把硬手兒，幹活又快又細緻。

【硬水】yìngshuǐ ㄧㄥˋ ㄕㄨㄟˇ 含有較多鈣、鎂鹽類的水，味道不好，並容易形成水垢。

【硬挺】yìngtǐng ㄧㄥˋ ㄊㄧㄥˇ 勉強支撐：有了病不要硬挺，應該早點兒治。

【硬通貨】yìngtōnghuò ㄧㄥˋ ㄊㄨㄥ ㄏㄨㄛˋ 在國際上能廣泛作為計價、支付、結算手段使用的貨幣。

【硬臥】yìngwò ㄧㄥˋ ㄨㄛˋ 火車上的硬席臥鋪。

【硬武器】yìngwǔqì ㄧㄥˋ ㄨˇ ㄑㄧˋ 指用來直接殺

傷敵人或摧毀敵方軍事目標的武器，如槍炮、地雷、導彈等。

【硬席】yìngxí ㄧㄥˋ ㄒㄧˊ 火車上設備比較簡單的、硬的坐位或鋪位。

【硬性】yìngxìng ㄧㄥˋ ㄒㄧㄥˋ 不能改變的；不能通融的：硬性規定。

【硬仗】yìngzhàng ㄧㄥˋ ㄓㄤˋ 正面硬拼的戰鬥；艱苦激烈的戰鬥：打硬仗。

【硬着頭皮】yìng·zhe tóupí ㄧㄥˋ ·ㄓㄜ ㄊㄡˊ ㄆㄧˊ 不得已勉強做某事：這首詩實在難譯，他還是硬着頭皮譯下去。

【硬掙】yìng·zheng ㄧㄥˋ ·ㄓㄥ 〈方〉❶硬而有韌性：這種紙很硬掙，可以做包裝。❷堅強；強硬有力的：找個硬掙的搭檔。

【硬指標】yìngzhǐbiāo ㄧㄥˋ ㄓˇ ㄅㄧㄠ 有明確而嚴格的要求，不能通融、改變的指標：每月生產五十台機牀，這是必須完成的硬指標。

【硬着陸】yìngzhuólù ㄧㄥˋ ㄓㄨㄛˊ ㄌㄨˋ 人造衛星、宇宙飛船等不經減速控制而以較高速度降落到地面或其他星體表面上。

【硬座】yìngzuò ㄧㄥˋ ㄗㄨㄛˋ 火車上的硬席坐位。

暎〔暎〕 yìng ㄧㄥˋ 〈書〉同'映'。

媵 yìng ㄧㄥˋ 〈書〉❶陪送出嫁。❷陪嫁的人。❸妾。

應（应） yìng ㄧㄥˋ ❶回答：答應｜呼應。❷滿足要求；允許；接受：有求必應｜應邀。❸順應；適應：應時｜應景｜得心應手。❹應付：應變｜應急｜應接不暇。

另見1371頁 yīng。

【應變】[1] yìngbiàn ㄧㄥˋ ㄅㄧㄢˋ 應付突然發生的情況：隨機應變｜他的應變能力很強。

【應變】[2] yìngbiàn ㄧㄥˋ ㄅㄧㄢˋ 物體由於外因（受力、溫度變化等）或內在缺陷，它的形狀尺寸所發生的相對改變。

【應承】yìngchéng ㄧㄥˋ ㄔㄥˊ 答應（做）：滿口應承｜把事情應承下來。

【應城】Yìngchéng ㄧㄥˋ ㄔㄥˊ 地名，在湖北。

【應酬】yìng·chou ㄧㄥˋ ·ㄔㄡ ❶交際往來；以禮相待：應酬話｜不善應酬。❷指私人間的宴會：今天晚上有個應酬。

【應從】yìngcóng ㄧㄥˋ ㄘㄨㄥˊ 答應並順從：他點頭應從了大家的建議。

【應答】yìngdá ㄧㄥˋ ㄉㄚˊ 回答：應答如流。

【應敵】yìngdí ㄧㄥˋ ㄉㄧˊ 應付敵人：應敵計劃｜現有兵力不足以應敵。

【應典】yìng//diǎn ㄧㄥˋ // ㄉㄧㄢˇ 〈方〉指實踐自己說的話。也作應點。

【應對】yìngduì ㄧㄥˋ ㄉㄨㄟˋ 答對：善於應對｜應對如流。

【應付】yìng·fù ㄧㄥˋ ·ㄈㄨˋ ❶對人對事採取措施、辦法：應付局面｜應付事變｜事情太多，難於應付。❷敷衍了事：應付事兒。❸將就；湊合：這件衣服今年還可以應付過去。

【應和】yìnghè ㄧㄥˋ ㄏㄜˋ （聲音、語言、行動等）相呼應：同聲應和。

【應急】yìng//jí ㄧㄥˋ // ㄐㄧˊ 應付迫切的需要：應急措施｜你先借我點兒錢應應急。

【應接不暇】yìngjiē bù xiá ㄧㄥˋ ㄐㄧㄝ ㄅㄨˋ ㄒㄧㄚˊ《世說新語．言語》：'從山陰道上行，山川自相映發，使人應接不暇。''應接不暇'指一路上風景優美，看不過來。後來也形容來人或事情太多，接待應付不過來：圖書館擠滿了人，有還書的，有借書的，工作人員應接不暇。

【應景】yìng//jǐng ㄧㄥˋ // ㄐㄧㄥˇ （應景兒）為了適應當前情況而勉強做某事：他本來不大會喝酒，可是在宴會上也不得不應個景兒。

【應景】yìngjǐng ㄧㄥˋ ㄐㄧㄥˇ （應景兒）適合當時的節令：應景果品｜端午吃粽子是應景兒。

【應舉】yìngjǔ ㄧㄥˋ ㄐㄩˇ 指參加科舉考試，明清兩代指參加鄉試。

【應考】yìngkǎo ㄧㄥˋ ㄎㄠˇ 參加招考的考試：踴躍應考｜今年應考人數超過往年。

【應力】yìnglì ㄧㄥˋ ㄌㄧˋ 物體由於外因或內在缺陷而產生形變時，在它內部任一截面單位面積上兩方的相互作用力。

【應卯】yìng//mǎo ㄧㄥˋ // ㄇㄠˇ 舊時官廳每天卯時（早晨五點到七點）查點到班人員，點名時到班的人應聲叫應卯。現比喻到場應付一下：上班時他應個卯就走了。

【應門】yìng//mén ㄧㄥˋ // ㄇㄣˊ 管開關門戶。

【應募】yìngmù ㄧㄥˋ ㄇㄨˋ 接受招募：應募從戎。

【應諾】yìngnuò ㄧㄥˋ ㄋㄨㄛˋ 答應；應承：連聲應諾｜慨然應諾。

【應聘】yìngpìn ㄧㄥˋ ㄆㄧㄣˋ 接受聘請：他應聘到廣州教書。

【應山】Yìngshān ㄧㄥˋ ㄕㄢ 地名，在湖北。

【應聲】yìngshēng ㄧㄥˋ ㄕㄥ 隨着聲音：應聲而至｜一槍打去，猛獸應聲而倒。

另見1371頁 yīng//shēng。

【應聲蟲】yìngshēngchóng ㄧㄥˋ ㄕㄥ ㄔㄨㄥˊ 比喻隨聲附和的人。

【應時】yìngshí ㄧㄥˋ ㄕˊ ❶適合時令的：應時小菜｜應時貨品。❷〈方〉符合規定時間：他一連多日沒吃過應時飯，沒睡過安生覺。❸立刻；馬上：車子一歪，應時他就摔了下來。

【應市】yìngshì ㄧㄥˋ ㄕˋ （商品）適應市場需要上市出售：新產品即將應市｜大批水產品節前應市。

【應試】yìngshì ㄧㄥˋ ㄕˋ 應考。

【應縣】Yìng Xiàn ㄧㄥˋ ㄒㄧㄢˋ 地名，在山西。

【應驗】yìngyàn ㄧㄥˋ ㄧㄢˋ （預言、預感）和後來發生的事實相符：他的預測果然應驗了。

【應邀】yìngyāo ㄧㄥˋ ㄧㄠ 接受邀請：應邀前往。

【應用】yìngyòng ㄧㄥˋ ㄩㄥˋ ❶使用：應用新技術｜這種方法應用得最為普遍。❷直接用於生活或生產的：應用文｜應用科學。

【應用科學】yìngyòng kēxué ㄧㄥˋ ㄩㄥˋ ㄎㄜ ㄒㄩㄝˊ 跟人類生產、生活直接聯繫的科學，如醫學、農學。

【應用衛星】yìngyòng wèixīng ㄧㄥˋ ㄩㄥˋ ㄨㄟˋ ㄒㄧㄥ 供地面上實際業務應用的人造地球衛星，如氣象衛星、通信衛星、導航衛星、偵察衛星、預警衛星等。

【應用文】yìngyòngwén ㄧㄥˋ ㄩㄥˋ ㄨㄣˊ 指日常生活或工作中經常應用的文體，如公文、書信、廣告、收據等。

【應援】yìngyuán ㄧㄥˋ ㄩㄢˊ (軍隊)接應。

【應運】yìngyùn ㄧㄥˋ ㄩㄣˋ 原指應天命(而降生)，泛指順應時機：應運而生。

【應戰】yìng//zhàn ㄧㄥˋ // ㄓㄢˋ ❶跟進攻的敵人作戰：沈着應戰。❷接受對方提出的挑戰條件：我堅決應戰，保證按時完成生產指標。

【應招】yìngzhāo ㄧㄥˋ ㄓㄠ 接受招考、招募等。

【應診】yìngzhěn ㄧㄥˋ ㄓㄣˇ 接受病人，給予治療：應診時間｜節假日照常應診。

【應徵】yìngzhēng ㄧㄥˋ ㄓㄥ ❶適齡的公民響應徵兵號召：應徵入伍。❷泛指響應某種徵求：應徵稿件。

【應制】yìngzhì ㄧㄥˋ ㄓˋ 指奉皇帝的命令而寫作詩文：應制詩。

噟 yìng ㄧㄥˋ 〈書〉同'應'(yìng)。另見1371頁yīng。

yō (ㄧㄛ)

育 yō ㄧㄛ 見454頁〖杭育〗。另見1400頁yù。

唷 yō ㄧㄛ 見470頁〖哼唷〗(hēngyō)。

喲(喲) yō ㄧㄛ 嘆詞，表示輕微的驚異(有時帶玩笑的語氣)：喲，你踩我腳了。

另見1377頁·yo。

·yo (·ㄧㄛ)

喲(喲) ·yo ·ㄧㄛ 助詞。❶用在句末表示祈使的語氣：大家一齊用力喲！❷用在歌詞中做襯字：呼兒嗨喲！

另見1377頁yō。

yōng (ㄩㄥ)

邕 Yōng ㄩㄥ ❶邕江，水名，在廣西。❷廣西南寧的別稱。

【邕劇】yōngjù ㄩㄥ ㄐㄩˋ 廣西地方戲曲劇種之一，流行於廣西説粵語的地區。

庸¹ yōng ㄩㄥ ❶平凡；平庸：庸言庸行(平平常常的言行)。❷不高明；沒有作為：庸人(平庸沒有作為的人)｜庸醫｜庸庸碌碌。

庸² yōng ㄩㄥ 〈書〉❶用(用於否定式)：無庸細述｜毋庸諱言。❷疑問詞，表示反問；豈：庸有濟乎？｜庸可棄乎？

【庸才】yōngcái ㄩㄥ ㄘㄞˊ 〈書〉指能力平常或能力低的人。

【庸夫】yōngfū ㄩㄥ ㄈㄨ 沒有作為的人。

【庸碌】yōnglù ㄩㄥ ㄌㄨˋ 形容人平庸沒有志氣，沒有作為：庸碌無能｜庸庸碌碌，隨波逐流。

【庸人自擾】yōng rén zì rǎo ㄩㄥ ㄖㄣˊ ㄗˋ ㄖㄠˇ 《新唐書·陸象先傳》：'天下本無事，庸人擾之為煩耳。'今泛指本來沒有問題而自己瞎着急或自找麻煩。

【庸俗】yōngsú ㄩㄥ ㄙㄨˊ 平庸鄙俗；不高尚：庸俗化｜作風庸俗｜趣味庸俗。

【庸醫】yōngyī ㄩㄥ ㄧ 醫術低劣的醫生。

【庸中佼佼】yōng zhōng jiǎojiǎo ㄩㄥ ㄓㄨㄥ ㄐㄧㄠˇ ㄐㄧㄠˇ 指平常人中比較特出的(佼佼：美好)。

傭(佣) yōng ㄩㄥ ❶雇用：雇傭｜傭工。❷僕人：女傭。

'佣'另見1380頁yòng。

【傭工】yōnggōng ㄩㄥ ㄍㄨㄥ 受雇為人做工的人。

雍 yōng ㄩㄥ ❶〈書〉和諧。❷(Yōng)姓。

【雍容】yōngróng ㄩㄥ ㄖㄨㄥˊ 形容文雅大方，從容不迫：雍容華貴｜態度雍容。

【雍正】Yōngzhèng ㄩㄥ ㄓㄥˋ 清世宗(愛新覺羅胤禛)年號(公元1723－1735)。

滽 Yōng ㄩㄥ 滽水，水名，在江西。

墉(牗) yōng ㄩㄥ 〈書〉城牆；高牆。

鄘 Yōng ㄩㄥ 周朝國名，在今河南汲縣北。

慵 yōng ㄩㄥ〈書〉困倦；懶②：慵睏。

擁(拥) yōng ㄩㄥ ❶抱：擁抱。❷圍着：前呼後擁｜一群青年擁着一位老師傅走出來。❸(人群)擠着走：一擁而入｜大家都擁到前邊去了。❹擁護：擁戴｜擁軍優屬。❺〈書〉擁有：擁兵百萬。

【擁抱】yōngbào ㄩㄥ ㄅㄠˋ 為表示親愛而相抱。

【擁戴】yōngdài ㄩㄥ ㄉㄞˋ 擁護推戴：深受群眾擁戴。

【擁護】yōnghù ㄩㄥ ㄏㄨˋ 對領袖、黨派、政策、措施等表示贊成並全力支持。

【擁擠】yōngjǐ ㄩㄥ ㄐㄧˇ ❶(人或車船等)擠在一起：按次序上車，不要擁擠。❷地方相對地小而人或車船等相對地多：星期天市場裏特別擁擠。

【擁軍優屬】yōng jūn yōu shǔ ㄩㄥ ㄐㄩㄣ ㄧㄡ ㄕㄨˇ 擁護人民軍隊，優待革命軍人家屬。

【擁塞】yōngsè ㄩㄥ ㄙㄜˋ 擁擠的人馬、車輛或船隻等把道路或河道堵塞：城門口擁塞得水泄不通。

【擁有】yōngyǒu ㄩㄥ ㄧㄡˇ 領有；具有(大量的土地、人口、財產等)：柴達木盆地擁有二十二萬平方公里的面積｜我國擁有巨大的水電資源。

【擁政愛民】yōng zhèng ài mín ㄩㄥ ㄓㄥˋ ㄞˋ ㄇㄧㄣˊ 軍隊擁護政府，愛護人民。

噰(噰) yōng ㄩㄥ［噰噰］〈書〉象聲詞，形容鳥叫聲。

壅 yōng ㄩㄥ ❶堵塞：壅塞｜壅蔽。❷把土或肥料培在植物根上：壅土｜壅肥。

【壅塞】yōngsè ㄩㄥ ㄙㄜˋ 堵塞不通：泥沙壅塞。

【壅土】yōngtǔ ㄩㄥ ㄊㄨˇ ❶培土。❷指用機具耙地或播種時土聚集起來妨礙耕作的現象，多由草根或作物根茬阻擋、耙齒過密、土壤較濕等引起。

臃 yōng ㄩㄥ〈書〉腫。

【臃腫】yōngzhǒng ㄩㄥ ㄓㄨㄥˇ ❶過度肥胖，轉動不靈：身軀臃腫，步子緩慢。❷比喻機構龐大，調度不靈。

雝 yōng ㄩㄥ 同'雍'。

鏞(镛) yōng ㄩㄥ 古樂器，奏樂時表示節拍的大鐘。

鱅(鳙) yōng ㄩㄥ 鱅魚，身體暗黑色，鱗細，頭大，眼睛靠近頭的下部。生活在淡水中，是重要的食用魚。也叫胖頭魚。

饔 yōng ㄩㄥ〈書〉熟食。有時專指早飯。

【饔飧不繼】yōng sūn bù jì ㄩㄥ ㄙㄨㄣ ㄅㄨˋ ㄐㄧˋ〈書〉指吃了上頓沒有下頓(饔飧：早飯和晚飯)。

癰(痈) yōng ㄩㄥ 皮膚和皮下組織化膿性的炎症，病原體是葡萄球菌，多發生在背部或項部，症狀是局部紅腫，形成硬塊，表面有許多膿泡，有時形成許多小孔，呈篩狀，非常疼痛，常引起發燒、寒戰等，嚴重時並發敗血症。

【癰疽】yōngjū ㄩㄥ ㄐㄩ 毒瘡。

yóng (ㄩㄥˊ)

喁 yóng ㄩㄥˊ〈書〉魚口向上，露出水面。另見1394頁 yú。

【喁喁】yóngyóng ㄩㄥˊ ㄩㄥˊ〈書〉比喻眾人景仰歸向的樣子。

另見1394頁 yúyú。

顒(颙) yóng ㄩㄥˊ〈書〉❶大。❷仰慕：顒望。

yǒng (ㄩㄥˇ)

永 yǒng ㄩㄥˇ 永遠；久遠：永久｜永恒｜永世。

【永別】yǒngbié ㄩㄥˇ ㄅㄧㄝˊ 永遠分別，多指人死。

【永垂不朽】yǒng chuí bù xiǔ ㄩㄥˇ ㄔㄨㄟˊ ㄅㄨˋ ㄒㄧㄡˇ (姓名、事迹、精神等)永遠流傳，不磨滅：人民英雄永垂不朽！｜永垂不朽的杰作。

【永存】yǒngcún ㄩㄥˇ ㄘㄨㄣˊ 永久存在；長存不滅：友誼永存｜烈士的英名和業績永存。

【永恒】yǒnghéng ㄩㄥˇ ㄏㄥˊ 永遠不變：永恒的友誼。

【永嘉】Yǒngjiā ㄩㄥˇ ㄐㄧㄚ 晉懷帝(司馬熾)年號(公元307－313)。

【永久】yǒngjiǔ ㄩㄥˇ ㄐㄧㄡˇ 永遠；長久。

【永訣】yǒngjué ㄩㄥˇ ㄐㄩㄝˊ〈書〉永別：豈料京城一別，竟成永訣。

【永樂】Yǒnglè ㄩㄥˇ ㄌㄜˋ 明成祖(朱棣)年號(公元1403－1424)。

【永眠】yǒngmián ㄩㄥˇ ㄇㄧㄢˊ 婉辭，指人死。

【永生】yǒngshēng ㄩㄥˇ ㄕㄥ ❶原為宗教用語，指人死後靈魂永久不滅，現在一般用做哀悼死者的話：為爭取民族解放而犧牲的烈士們永生！❷終生；一輩子：永生難忘｜真善美是他永生的追求。

【永生永世】yǒngshēng yǒngshì ㄩㄥˇ ㄕㄥ ㄩㄥˇ ㄕˋ 永遠：您的教誨我將永生永世銘記在心。

【永世】yǒngshì ㄩㄥˇ ㄕˋ 永遠，也指終生：永世長存｜永世不忘。

【永逝】yǒngshì ㄩㄥˇ ㄕˋ ❶永遠消逝：青春永逝｜永逝的韶光。❷指人死。

【永遠】yǒngyuǎn ㄩㄥˇ ㄩㄢˇ 副詞，表示時間長久，沒有終止：先烈們的革命精神永遠值得我們學習。

甬 Yǒng ㄩㄥˇ ❶甬江，在浙江，流經寧波。❷寧波的別稱。

【甬道】yǒngdào ㄩㄥˇ ㄉㄠˋ ❶大的院落或墓地中間對着廳堂、墳墓等主要建築物的路，多用磚石砌成。也叫甬路。❷走廊；過道。

咏(詠) yǒng ㄩㄥˇ ❶依着一定腔調緩慢地誦讀：歌咏｜吟咏。❷用詩詞等來敍述：咏雪｜咏梅｜咏史。

【咏懷】yǒnghuái ㄩㄥˇ ㄏㄨㄞˊ 抒發情懷抱負：咏懷詩｜借物咏懷。

【咏嘆】yǒngtàn ㄩㄥˇ ㄊㄢˋ 歌咏；吟咏：反復

咏嘆。

【咏嘆調】yǒngtàndiào ㄩㄥˇ ㄊㄢˋ ㄉㄧㄠˋ 富於抒情的獨唱歌曲，用管弦樂器或鍵盤樂器伴奏，能集中表現人物內心情緒，通常是歌劇、清唱劇和大合唱曲的組成部分。

泳 yǒng ㄩㄥˇ 游泳：仰泳｜蛙泳｜自由泳。

【泳程】yǒngchéng ㄩㄥˇ ㄔㄥˊ 游泳的距離：這次橫渡，泳程五公里。

【泳道】yǒngdào ㄩㄥˇ ㄉㄠˋ 游泳池中供游泳比賽的分道，每道寬 2.5 米。分道綫由單個白色浮標連接而成，分道綫兩端各 5 米的浮標為紅色。

俑 yǒng ㄩㄥˇ 古代殉葬的偶像：陶俑｜女俑。

勇 yǒng ㄩㄥˇ ❶勇敢：勇武｜奮勇｜越戰越勇｜智勇雙全。❷清朝稱戰爭時期臨時招募，不在平時編制之內的兵：散兵游勇。❸(Yǒng)姓。

【勇敢】yǒnggǎn ㄩㄥˇ ㄍㄢˇ 不怕危險和困難；有膽量：機智勇敢｜勇敢作戰。

【勇悍】yǒnghàn ㄩㄥˇ ㄏㄢˋ 勇猛強悍。

【勇決】yǒngjué ㄩㄥˇ ㄐㄩㄝˊ〈書〉勇敢而有決斷。

【勇力】yǒnglì ㄩㄥˇ ㄌㄧˋ 勇氣和力量：勇力過人。

【勇猛】yǒngměng ㄩㄥˇ ㄇㄥˇ 勇敢有力：勇猛衝殺。

【勇氣】yǒngqì ㄩㄥˇ ㄑㄧˋ 敢作敢為毫不畏懼的氣魄：鼓起勇氣。

【勇士】yǒngshì ㄩㄥˇ ㄕˋ 有力氣有膽量的人。

【勇往直前】yǒng wǎng zhí qián ㄩㄥˇ ㄨㄤˇ ㄓˊ ㄑㄧㄢˊ 勇敢地一直往前進。

【勇武】yǒngwǔ ㄩㄥˇ ㄨˇ 英勇威武。

【勇於】yǒngyú ㄩㄥˇ ㄩˊ 在困難面前不退縮；不推委(後面跟動詞)：勇於負責｜勇於承認錯誤。

埇 yǒng ㄩㄥˇ 石埇(Shíyǒng ㄕˊ ㄩㄥˇ)，地名，在廣西。

涌 yǒng ㄩㄥˇ ❶水或雲氣冒出：淚如泉涌｜風起雲涌。❷從水或雲氣中冒出：雨過天晴，涌出一輪明月◇臉上涌出了笑容。❸波峰呈半圓形，波長特別大、波速特別高的海浪：一個大涌滚過來。

另見157頁 chōng。

【涌流】yǒngliú ㄩㄥˇ ㄌㄧㄡˊ 急速地流淌：江水涌流。

【涌現】yǒngxiàn ㄩㄥˇ ㄒㄧㄢˋ (人或事物)大量出現：新人新作不斷涌現。

恿(慂) yǒng ㄩㄥˇ 見1089頁〖慫恿〗(sǒngyǒng)。

湧 yǒng ㄩㄥˇ ❶同'涌'(yǒng)。❷(Yǒng)姓。

蛹 yǒng ㄩㄥˇ 完全變態的昆蟲由幼蟲變為成蟲的過渡形態。幼蟲生長到一定時期，就不再吃東西，內部組織和外形發生變化，最後變成蛹，一般為棗核形。蛹在條件適合的情況下變為成蟲。

踴(踊) yǒng ㄩㄥˇ 往上跳：踴躍。

【踴躍】yǒngyuè ㄩㄥˇ ㄩㄝˋ ❶跳躍：踴躍歡呼。❷形容情緒熱烈，爭先恐後：踴躍參加｜座談會上發言非常踴躍。

鯒(鲬) yǒng ㄩㄥˇ 魚的一類，身體長形，扁而平，黃褐色，一般頭部扁而寬，有黑褐色斑點，無鰾。生活在海中。

yòng (ㄩㄥˋ)

用 yòng ㄩㄥˋ ❶使用：用具｜用力｜用兵｜公用｜大材小用｜用筆寫字。❷費用：用項｜家用。❸用處：功用｜多少總會有點用。❹需要(多用於否定)：天還很亮，不用開燈｜東西都準備好了，您不用操心了。❺吃、喝(含恭敬意)：用飯｜請用茶。❻〈書〉因此；因④(多用於書信)：用特函達。

【用兵】yòng∥bīng ㄩㄥˋ∥ㄅㄧㄥ 使用軍隊作戰：善於用兵｜用兵如神。

【用材林】yòngcáilín ㄩㄥˋ ㄘㄞˊ ㄌㄧㄣˊ 人工經營的以培育木材為主要目的的森林。

【用場】yòngchǎng ㄩㄥˋ ㄔㄤˇ 用途：派用場｜有用場。

【用處】yòng·chu ㄩㄥˋ ·ㄔㄨ 用途：水庫的用處很多。

【用度】yòngdù ㄩㄥˋ ㄉㄨˋ 費用(總括各種)：他家人口多，用度較大。

【用法】yòngfǎ ㄩㄥˋ ㄈㄚˇ 使用的方法：虛詞用法｜商品用法可看説明書。

【用飯】yòng∥fàn ㄩㄥˋ∥ㄈㄢˋ 敬辭，吃飯：您請用飯。

【用費】yòngfèi ㄩㄥˋ ㄈㄟˋ 某一件事上的費用：日常用費｜一應用費由我負擔。

【用工】yònggōng ㄩㄥˋ ㄍㄨㄥ 指招收工人或使用工人：改革用工制度。

【用工夫】yòng gōng·fu ㄩㄥˋ ㄍㄨㄥ ·ㄈㄨ 指練得勤，費的精力多，花的時間多：他對太極拳很用工夫｜他在這門學問上用過不少工夫。

【用功】yòng∥gōng ㄩㄥˋ∥ㄍㄨㄥ 努力學習：他正在圖書館裏用功。

【用功】yònggōng ㄩㄥˋ ㄍㄨㄥ 學習努力：讀書很用功。

【用戶】yònghù ㄩㄥˋ ㄏㄨˋ 指某些設備、商品的使用者或消費者：竭誠為用戶服務。

【用勁】yòng∥jìn ㄩㄥˋ∥ㄐㄧㄣˋ 用力：一齊用勁｜多用一把勁，就多一分成績。

【用具】yòngjù ㄩㄥˋ ㄐㄩˋ 日常生活、生產等所使用的器具：炊事用具。

【用力】yòng//lì ㄩㄥˋ//ㄌㄧˋ 用力氣；使勁：用力喊叫｜用力把門推開。

【用命】yòngmìng ㄩㄥˋ ㄇㄧㄥˋ〈書〉服從命令；效命：將士用命。

【用品】yòngpǐn ㄩㄥˋ ㄆㄧㄣˇ 應用的物品：生活用品｜辦公用品。

【用人】yòng//rén ㄩㄥˋ//ㄖㄣˊ ❶選擇與使用人員：用人不當｜善於用人。❷需要人手：現在正是用人的時候。

【用人】yòng·ren ㄩㄥˋ ·ㄖㄣ 僕人：女用人。

【用捨行藏】yòng shě xíng cáng ㄩㄥˋ ㄕㄜˇ ㄒㄧㄥˊ ㄘㄤˊ《論語·述而》：'用之則行，捨之則藏。'被任用就出仕，不被任用就退隱，是儒家對於出處進退的態度。也說用行捨藏。

【用事】yòngshì ㄩㄥˋ ㄕˋ ❶〈書〉當權：奸臣用事。❷(憑感情、意氣等)行事：意氣用事｜感情用事。❸〈書〉引用典故。

【用途】yòngtú ㄩㄥˋ ㄊㄨˊ 應用的方面或範圍：橡膠的用途很廣｜一套設備，多種用途。

【用武】yòngwǔ ㄩㄥˋ ㄨˇ 使用武力；用兵◇英雄無用武之地。

【用項】yòngxiàng ㄩㄥˋ ㄒㄧㄤˋ 費用：今年廠裏要添不少機器，用項自然要增加一些。

【用心】yòng//xīn ㄩㄥˋ//ㄒㄧㄣ 集中注意力；多用心力：學習用心｜用心聽講。

【用心】yòngxīn ㄩㄥˋ ㄒㄧㄣ 居心；存心：用心良苦｜險惡用心｜別有用心。

【用刑】yòng//xíng ㄩㄥˋ//ㄒㄧㄥˊ 動用刑具；施加刑法(xíng·fa)。

【用意】yòngyì ㄩㄥˋ ㄧˋ 居心；企圖：我說這話的用意，只是想勸告他一下。

【用印】yòng//yìn ㄩㄥˋ//ㄧㄣˋ 蓋圖章(用於莊重的場合)。

【用語】yòngyǔ ㄩㄥˋ ㄩˇ ❶措辭：用語不當。❷某一方面專用的詞語：軍事用語｜外交用語。

佣 yòng ㄩㄥˋ 佣金。
另見1377頁 yōng'傭'。

【佣金】yòngjīn ㄩㄥˋ ㄐㄧㄣ 買賣時付給中間人的報酬。

【佣錢】yòng·qian ㄩㄥˋ ·ㄑㄧㄢ 佣金。

yōu (ㄧㄡ)

攸 yōu ㄧㄡ〈書〉所：責有攸歸｜利害攸關。

呦 yōu ㄧㄡ 嘆詞，表示驚異：呦！怎麼你也來了？

【呦呦】yōuyōu ㄧㄡ ㄧㄡ〈書〉鹿鳴聲。

幽[1] yōu ㄧㄡ ❶深遠；僻靜；昏暗：幽靜｜幽谷。❷隱蔽的；不公開的：幽居｜幽會。❸沈靜：幽思。❹囚禁：幽囚｜幽禁。❺陰間：幽靈。

幽[2] Yōu ㄧㄡ ❶古州名，大致在今河北北部和遼寧南部。❷姓。

【幽暗】yōu'àn ㄧㄡ ㄢˋ 昏暗：光綫幽暗｜幽暗的角落。

【幽閉】yōubì ㄧㄡ ㄅㄧˋ ❶幽禁。❷深居家中不能外出或不願外出。

【幽憤】yōufèn ㄧㄡ ㄈㄣˋ 鬱結在心裏的怨憤。

【幽谷】yōugǔ ㄧㄡ ㄍㄨˇ 幽深的山谷：密林幽谷。

【幽會】yōuhuì ㄧㄡ ㄏㄨㄟˋ 相愛的男女秘密相會。

【幽魂】yōuhún ㄧㄡ ㄏㄨㄣˊ 人死後的靈魂(迷信)。

【幽寂】yōujì ㄧㄡ ㄐㄧˋ 幽靜；寂寞：幽寂的生活。

【幽禁】yōujìn ㄧㄡ ㄐㄧㄣˋ 軟禁；囚禁。

【幽靜】yōujìng ㄧㄡ ㄐㄧㄥˋ 幽雅寂靜：幽靜的環境｜樹影婆娑，夜色分外幽靜。

【幽靈】yōulíng ㄧㄡ ㄌㄧㄥˊ 幽魂。

【幽美】yōuměi ㄧㄡ ㄇㄟˇ 幽靜美麗；幽雅：景色幽美｜幽美的庭院。

【幽門】yōumén ㄧㄡ ㄇㄣˊ 胃與十二指腸相連的部分，是胃下端的口兒，胃中的食物通過幽門進入十二指腸。(圖見1252頁〖消化系統〗)

【幽眇】yōumiǎo ㄧㄡ ㄇㄧㄠˇ〈書〉精微：義趣幽眇。

【幽明】yōumíng ㄧㄡ ㄇㄧㄥˊ〈書〉陰間和陽間：幽明永隔。

【幽冥】yōumíng ㄧㄡ ㄇㄧㄥˊ ❶幽暗。❷指陰間。

【幽默】yōumò ㄧㄡ ㄇㄛˋ 有趣或可笑而意味深長：言詞幽默｜幽默畫。［英 humour］

【幽期】yōuqī ㄧㄡ ㄑㄧ 幽會。

【幽情】yōuqíng ㄧㄡ ㄑㄧㄥˊ 深遠的感情：發思古之幽情。

【幽囚】yōuqiú ㄧㄡ ㄑㄧㄡˊ 囚禁。

【幽趣】yōuqù ㄧㄡ ㄑㄩˋ 幽雅的趣味。

【幽深】yōushēn ㄧㄡ ㄕㄣ (山水、樹林、宮室等)深而幽靜：幽深的峽谷｜山林幽深。

【幽思】yōusī ㄧㄡ ㄙ ❶沈靜地深思。❷隱藏在內心的思想感情。

【幽邃】yōusuì ㄧㄡ ㄙㄨㄟˋ〈書〉幽深。

【幽婉】yōuwǎn ㄧㄡ ㄨㄢˇ (文學作品、聲音、語調等)含意深而曲折：幽婉的詩篇｜幽婉的歌聲。也作幽宛。

【幽微】yōuwēi ㄧㄡ ㄨㄟ ❶(聲音、氣味等)微弱：幽微的呼喚｜幽微的花香。❷〈書〉深奧精微：涵義幽微。

【幽閑】yōuxián ㄧㄡ ㄒㄧㄢˊ ❶同'幽嫻'。❷同'悠閑'。

【幽嫻】yōuxián ㄧㄡ ㄒㄧㄢˊ (女子)安詳文雅：氣度幽嫻。

【幽香】yōuxiāng ㄧㄡ ㄒㄧㄤ 清淡的香氣：幽香四溢。
【幽敻】yōuxiòng ㄧㄡ ㄒㄩㄥˋ 〈書〉深遠。
【幽雅】yōuyǎ ㄧㄡ ㄧㄚˇ 幽靜而雅致：景致幽雅｜環境幽雅。
【幽咽】yōuyè ㄧㄡ ㄧㄝˋ 〈書〉❶形容低微的哭聲。❷形容低微的流水聲：泉水幽咽。
【幽幽】yōuyōu ㄧㄡ ㄧㄡ ❶形容聲音、光綫等微弱：幽幽啜泣｜幽幽的路燈。❷〈書〉深遠：幽幽南山。
【幽憂】yōuyōu ㄧㄡ ㄧㄡ 〈書〉憂傷。
【幽遠】yōuyuǎn ㄧㄡ ㄩㄢˇ 幽深：意境幽遠｜幽遠的夜空。
【幽怨】yōuyuàn ㄧㄡ ㄩㄢˋ 隱藏在內心的怨恨（多指女子的與愛情有關的）：深閨幽怨。

悠[1] yōu ㄧㄡ ❶久；遠：悠久｜悠揚。❷閑適；閑散：悠閑｜悠然。

悠[2] yōu ㄧㄡ 悠盪：站在鞦韆上來回悠｜他抓住杠子，一悠就上去了。

【悠長】yōucháng ㄧㄡ ㄔㄤˊ 長；漫長：悠長的歲月｜悠長的汽笛聲。
【悠盪】yōudàng ㄧㄡ ㄉㄤˋ 懸在空中擺動：坐在鞦韆上來回悠盪。
【悠忽】yōuhū ㄧㄡ ㄏㄨ 〈書〉形容悠閑懶散。
【悠久】yōujiǔ ㄧㄡ ㄐㄧㄡˇ 年代久遠：歷史悠久｜悠久的文化傳統。
【悠謬】yōumiù ㄧㄡ ㄇㄧㄡˋ 〈書〉荒誕無稽。也作悠繆。
【悠然】yōurán ㄧㄡ ㄖㄢˊ 悠閑的樣子：悠然自得｜悠然神往。
【悠閑】yōuxián ㄧㄡ ㄒㄧㄢˊ 閑適自得：態度悠閑｜他退休後過着悠閑的生活。
【悠揚】yōuyáng ㄧㄡ ㄧㄤˊ 形容聲音時高時低而和諧：悠揚的歌聲。
【悠悠】yōuyōu ㄧㄡ ㄧㄡ ❶長久；遙遠：悠悠長夜｜悠悠歲月｜悠悠山川。❷〈書〉眾多：悠悠萬事。❸形容從容不迫：悠悠自得。❹〈書〉荒謬：悠悠之談｜悠悠之論。
【悠遊】yōuyóu ㄧㄡ ㄧㄡˊ ❶從容移動：小艇在盪漾的春波中悠遊。❷悠閑：悠遊自在｜悠遊從容的態度。
【悠遠】yōuyuǎn ㄧㄡ ㄩㄢˇ ❶離現在時間長：悠遠的童年。❷距離遠：山川悠遠。
【悠着】yōu·zhe ㄧㄡ ·ㄓㄜ 〈方〉控制着不使過度：悠着點勁兒，別太猛了。

麀 yōu ㄧㄡ 古書上指母鹿。

憂（忧） yōu ㄧㄡ ❶憂愁：憂悶｜憂傷。❷使人憂愁的事：憂患｜高枕無憂。❸擔心；憂慮：杞人憂天｜憂國憂民。❹〈書〉指父母的喪事：丁憂。

【憂愁】yōuchóu ㄧㄡ ㄔㄡˊ 因遭遇困難或不如意的事而苦悶。
【憂煩】yōufán ㄧㄡ ㄈㄢˊ 憂愁煩惱。
【憂憤】yōufèn ㄧㄡ ㄈㄣˋ 憂悶憤慨：憂憤而死。
【憂患】yōuhuàn ㄧㄡ ㄏㄨㄢˋ 困苦患難：飽經憂患。
【憂懼】yōujù ㄧㄡ ㄐㄩˋ 憂慮害怕：憂懼不安。
【憂慮】yōulǜ ㄧㄡ ㄌㄩˋ 憂愁擔心：病情令人憂慮。
【憂悶】yōumèn ㄧㄡ ㄇㄣˋ 憂愁煩悶：心中憂悶。
【憂戚】yōuqī ㄧㄡ ㄑㄧ 〈書〉憂傷。
【憂傷】yōushāng ㄧㄡ ㄕㄤ 憂愁悲傷：神情憂傷｜極度的憂傷摧殘了他的健康。
【憂心】yōuxīn ㄧㄡ ㄒㄧㄣ ❶憂愁；憂慮：大家都替他的身體憂心。❷〈書〉憂愁的心情：憂心忡忡。
【憂心如焚】yōu xīn rú fén ㄧㄡ ㄒㄧㄣ ㄖㄨˊ ㄈㄣˊ 憂愁得心裏像火燒火燎一樣。
【憂悒】yōuyì ㄧㄡ ㄧˋ 〈書〉憂愁不安。
【憂鬱】yōuyù ㄧㄡ ㄩˋ 憂傷，愁悶：神情憂鬱。

優[1]**（优）** yōu ㄧㄡ ❶優良；美好（跟'劣'相對）：優美｜優等。❷〈書〉充足；富裕：優渥｜優裕。❸優待：擁軍優屬。

優[2]**（优）** yōu ㄧㄡ 舊時稱演戲的人：優伶｜名優。

【優待】yōudài ㄧㄡ ㄉㄞˋ ❶給以好的待遇：優待烈屬。❷好的待遇：受到了特別的優待。
【優等】yōuděng ㄧㄡ ㄉㄥˇ 優良的等級；上等：優等生｜成績優等。
【優點】yōudiǎn ㄧㄡ ㄉㄧㄢˇ 好處；長處（跟'缺點'相對）：勇於負責是他的優點｜這個辦法有很多優點。
【優撫】yōufǔ ㄧㄡ ㄈㄨˇ 指對烈屬、軍屬、殘廢軍人等的優待和撫恤：做好優撫工作。
【優厚】yōuhòu ㄧㄡ ㄏㄡˋ （待遇等）好：月薪優厚。
【優化】yōuhuà ㄧㄡ ㄏㄨㄚˋ 加以改變或選擇使優良：優化組合｜優化設計｜優化環境｜優化產品結構。
【優惠】yōuhuì ㄧㄡ ㄏㄨㄟˋ 較一般優厚：優惠條件｜優惠貸款｜價格優惠。
【優惠待遇】yōuhuì dàiyù ㄧㄡ ㄏㄨㄟˋ ㄉㄞˋ ㄩˋ 在國際商務關係中，一國對另一國給予比對其他國更優厚的待遇，如放寬進口限額、減免關稅等。
【優良】yōuliáng ㄧㄡ ㄌㄧㄤˊ （品種、質量、成績、作風等）十分好：優良的傳統。
【優伶】yōulíng ㄧㄡ ㄌㄧㄥˊ 舊時稱戲曲演員。
【優美】yōuměi ㄧㄡ ㄇㄟˇ 美好：風景優美｜姿態優美｜優美的民間藝術。
【優容】yōuróng ㄧㄡ ㄖㄨㄥˊ 〈書〉寬待；寬容。
【優柔】yōuróu ㄧㄡ ㄖㄡˊ ❶〈書〉寬舒；從容：優柔不迫。❷〈書〉平和；柔和。❸猶豫不決：優柔的性格｜優柔寡斷。

【優柔寡斷】yōuróu guǎ duàn ㄧㄡ ㄖㄡˊ ㄍㄨㄚˇ ㄉㄨㄢˋ 辦事遲疑，沒有決斷。
【優生】yōushēng ㄧㄡ ㄕㄥ 生育素質優良的孩子：提倡少生、優生，控制人口數量，提高人口素質。
【優生學】yōushēngxué ㄧㄡ ㄕㄥ ㄒㄩㄝˊ 生物學的一個分支，研究如何改進人類的遺傳性。
【優勝】yōushèng ㄧㄡ ㄕㄥˋ 成績優異，勝過別人：他在這次比賽中獲得優勝獎。
【優勢】yōushì ㄧㄡ ㄕˋ 能壓倒對方的有利形勢：集中優勢兵力｜上半場的比賽主隊佔優勢。
【優渥】yōuwò ㄧㄡ ㄨㄛˋ 〈書〉優厚。
【優先】yōuxiān ㄧㄡ ㄒㄧㄢ 在待遇上佔先：優先權｜優先錄取。
【優秀】yōuxiù ㄧㄡ ㄒㄧㄡˋ (品行、學問、成績等)非常好：優秀作品｜成績優秀。
【優選】yōuxuǎn ㄧㄡ ㄒㄩㄢˇ 選擇出好的：對各種方案進行優選，確定出最佳方案。
【優選法】yōuxuǎnfǎ ㄧㄡ ㄒㄩㄢˇ ㄈㄚˇ 對生產和科學試驗中提出的問題，根據數學原理，通過盡可能少的試驗次數，迅速求得最佳方案的方法。
【優雅】yōuyǎ ㄧㄡ ㄧㄚˇ ❶優美雅致：唱詞優雅｜演奏合拍，優雅動聽｜優雅寬敞的大廳。❷優美高雅：優雅的姿態｜舉止優雅。
【優異】yōuyì ㄧㄡ ㄧˋ 特別好：成績優異。
【優遊】yōuyóu ㄧㄡ ㄧㄡˊ 〈書〉❶生活悠閑：優遊歲月｜優遊自得。❷悠閑遊樂：優遊林下。
【優育】yōuyù ㄧㄡ ㄩˋ 以優良條件撫育嬰幼兒：優生優育。
【優裕】yōuyù ㄧㄡ ㄩˋ 富裕；充足：生活優裕。
【優遇】yōuyù ㄧㄡ ㄩˋ 優待：格外優遇｜以示優遇。
【優越】yōuyuè ㄧㄡ ㄩㄝˋ 優勝；優良：優越的條件｜地理位置十分優越。
【優越感】yōuyuègǎn ㄧㄡ ㄩㄝˋ ㄍㄢˇ 自以為比別人優越的意識。
【優質】yōuzhì ㄧㄡ ㄓˋ 質量優良：優質皮鞋。

鄾 Yōu ㄧㄡ 周朝國名，在今湖北襄樊北。

耰 yōu ㄧㄡ ❶古代的一種農具，弄碎土塊，平整田地用。❷播種後用耰翻土、蓋土。

yóu（ㄧㄡˊ）

尤¹(尢) yóu ㄧㄡˊ ❶特異的；突出的：擇尤｜拔其尤｜無恥之尤。❷更；尤其：尤甚｜尤妙｜此地盛產水果，尤以梨桃著稱。❸(Yóu)姓。

尤²(尢) yóu ㄧㄡˊ ❶過失：效尤(模仿別人做壞事)。❷怨恨；歸咎：怨天尤人。

【尤其】yóuqí ㄧㄡˊ ㄑㄧˊ 副詞，表示更進一步：我喜歡圖畫，尤其喜歡國畫。
【尤為】yóuwéi ㄧㄡˊ ㄨㄟˊ 副詞，用在雙音節的形容詞或動詞前，表示在全體中或跟其他事物比較時特別突出：尤為奇妙｜尤為驚慌｜尤為不滿。
【尤物】yóuwù ㄧㄡˊ ㄨˋ 〈書〉指優異的人或物品(多指美女)。
【尤異】yóuyì ㄧㄡˊ ㄧˋ 〈書〉優異；優秀：政績尤異。

由 yóu ㄧㄡˊ ❶原由：因由｜事由｜理由。❷由於：咎由自取。❸經過：必由之路。❹順隨；聽從：事不由己｜由着性子。❺介詞，(某事)歸(某人去做)：準備工作由我負責｜隊長由你擔任。❻介詞，表示憑藉：由此可知｜人體是由各種細胞組織成的。❼介詞，表示起點：由表及裏｜由北京出發。❽(Yóu)姓。

【由不得】yóu·bu·de ㄧㄡˊ ·ㄅㄨ ·ㄉㄜ ❶不能依從；不能由…做主：這件事由不得你。❷不由自主地：相聲的特點就是叫人由不得發笑。
【由打】yóudǎ ㄧㄡˊ ㄉㄚˇ 〈方〉❶自從；從：由打入冬以來，這裏沒下過雪｜由打家鄉來。❷經由：黃河水由打這兒往北，再向東入海。
【由得】yóu·de ㄧㄡˊ ·ㄉㄜ 能依從；能由…做主；允許：辛辛苦苦種出來的糧食，由得你作踐糟蹋嗎！
【由來】yóulái ㄧㄡˊ ㄌㄞˊ ❶從發生到現在：由來已久。❷事物發生的原因；來源：查清這次火警的由來。
【由頭】yóu·tou ㄧㄡˊ ·ㄊㄡ (由頭兒)可作為藉口的事：找由頭。
【由於】yóuyú ㄧㄡˊ ㄩˊ 表示原因或理由：由於老師傅的耐心教導，他很快就掌握了這一門技術。
【由衷】yóuzhōng ㄧㄡˊ ㄓㄨㄥ 出於本心：由衷之言｜言不由衷｜表示由衷的感激。

油 yóu ㄧㄡˊ ❶動植物體內所含的液態脂肪或礦產的碳氫化合物的混合液體。通常把固態的動物脂肪也叫油。❷用桐油、油漆等塗抹：油窗戶｜這扇門去年油過一次。❸被油弄髒：衣服油了。❹油滑：油腔滑調｜這個人油得很。

【油泵】yóubèng ㄧㄡˊ ㄅㄥˋ 用來抽油或壓油的泵，多用於油類的輸送以及在潤滑和傳動系統的管道中產生壓力。
【油餅】¹yóubǐng ㄧㄡˊ ㄅㄧㄥˇ 油料作物的種子榨油後餅狀的渣滓，如豆餅、花生餅等，多用做飼料和肥料。也叫枯餅或油枯。
【油餅】²yóubǐng ㄧㄡˊ ㄅㄧㄥˇ (油餅兒)油炸的一種麪食，扁而圓，多用做早點。
【油駁】yóubó ㄧㄡˊ ㄅㄛˊ 運輸散裝油類的駁船。
【油布】yóubù ㄧㄡˊ ㄅㄨˋ 塗上桐油的布，用來防水防濕。

【油彩】yóucǎi ㄧㄡˊ ㄘㄞˇ 舞台化裝用的含有油質的顏料。

【油菜】yóucài ㄧㄡˊ ㄘㄞˋ ❶一年生或二年生草本植物，莖直立，綠色或紫色，葉子互生，下部的葉有柄，邊緣有缺刻，上部的葉長圓形或披針形。總狀花序，花黃色，果實為角果，種子可以榨油，是我國重要油料作物之一。也叫蕓薹。❷二年生草本植物，略像白菜，葉子濃綠色，葉柄淡綠色，是普通蔬菜。

【油層】yóucéng ㄧㄡˊ ㄘㄥˊ 積聚着石油的地層。

【油茶】[1] yóuchá ㄧㄡˊ ㄔㄚˊ 常綠灌木，葉子互生，橢圓形，花白色，果實內有黑褐色的種子。種子榨的油叫茶油。油茶是我國的特產，湖南、江西、福建等省種植最多。

【油茶】[2] yóuchá ㄧㄡˊ ㄔㄚˊ 用油茶麪兒沖成的糊狀食品。

【油茶麪兒】yóuchámiànr ㄧㄡˊ ㄔㄚˊ ㄇㄧㄢㄦˋ 一種食品，麪粉內攙牛骨髓或牛油炒熟，加糖、芝麻等物製成。吃時用滾水沖成糊狀，叫油茶。

【油船】yóuchuán ㄧㄡˊ ㄔㄨㄢˊ 油輪。

【油燈】yóudēng ㄧㄡˊ ㄉㄥ 用植物油做燃料的燈。

【油底子】yóudǐ·zi ㄧㄡˊ ㄉㄧˇ ·ㄗ 指盛油容器底部較黏稠的油。有的地區叫油腳。

【油坊】yóufáng ㄧㄡˊ ㄈㄤˊ 榨植物油的作坊。

【油橄欖】yóugǎnlǎn ㄧㄡˊ ㄍㄢˇ ㄌㄢˇ ❶常綠小喬木，葉子對生，長橢圓形，花白色，氣味很香。果實橢圓形，成熟後黑色，加工後可以吃，又可以榨油。原產歐洲，西洋用它的枝葉作為和平的象徵。❷這種植物的果實。‖也叫齊墩果，通稱橄欖或洋橄欖。

【油垢】yóugòu ㄧㄡˊ ㄍㄡˋ 含油的污垢；油泥：他剛修完車，滿手油垢。

【油光】yóuguāng ㄧㄡˊ ㄍㄨㄤ 形容光亮潤澤：油光閃亮｜油光碧綠的樹葉。

【油耗】yóuhào ㄧㄡˊ ㄏㄠˋ (車輛、機器等)機油、柴油、汽油等的消耗量：降低油耗。

【油乎乎】yóuhūhū ㄧㄡˊ ㄏㄨ ㄏㄨ (油乎乎的)形容物體上油很多的樣子：油乎乎的糕點｜工作服油乎乎的。

【油葫蘆】yóu·hulǔ ㄧㄡˊ ·ㄏㄨ ㄌㄨˇ 昆蟲，體形像蟋蟀，比蟋蟀大，黑褐色，有油光，觸角大，腹部肥大，有一對尾鬚，雌蟲另有一個赤褐色的產卵管，雄蟲的翅能互相摩擦發聲。晝伏夜出，吃豆類、穀類、瓜類等。

【油花】yóuhuā ㄧㄡˊ ㄏㄨㄚ (油花兒)湯或帶湯食物表面上浮着的油滴。

【油滑】yóuhuá ㄧㄡˊ ㄏㄨㄚˊ 圓滑；世故；不誠懇：為人油滑｜説話油滑。

【油畫】yóuhuà ㄧㄡˊ ㄏㄨㄚˋ 西洋畫的一種，用含油質的顏料在布或木板上繪成。

【油灰】yóuhuī ㄧㄡˊ ㄏㄨㄟ 桐油和石灰的混合物，用來填充器物上的縫隙。

【油煎火燎】yóu jiān huǒ liǎo ㄧㄡˊ ㄐㄧㄢ ㄏㄨㄛˇ ㄌㄧㄠˇ 形容非常焦急：孩子發高燒，病得很重，母親急得油煎火燎的。

【油井】yóujǐng ㄧㄡˊ ㄐㄧㄥˇ 開採石油時用鑽機從地面打到油層而成的井。

【油鋸】yóujù ㄧㄡˊ ㄐㄩˋ 以內燃機為動力的鋸，主要用來伐木。

【油礦】yóukuàng ㄧㄡˊ ㄎㄨㄤˋ ❶蘊藏在地下的石油礦牀。❷開採石油的地方。

【油亮】yóuliàng ㄧㄡˊ ㄌㄧㄤˋ 油光(多疊用)：剛下過雨，花草樹木的葉子綠得油亮油亮的。

【油料作物】yóuliào zuòwù ㄧㄡˊ ㄌㄧㄠˋ ㄗㄨㄛˋ ㄨˋ 種子含有多量油脂的作物，如花生、油菜、大豆、蓖麻、芝麻、胡麻、向日葵。

【油簍】yóulǒu ㄧㄡˊ ㄌㄡˇ 口小腹大的簍子，用竹篾、荊條等編成，裏面糊紙，並塗上桐油和其他塗料，用來盛油等。

【油綠】yóulǜ ㄧㄡˊ ㄌㄩˋ 有光澤的深綠色：雨後，麥田一片油綠。

【油輪】yóulún ㄧㄡˊ ㄌㄨㄣˊ 設有裝液體的貨艙、專用於運輸散裝油類的輪船。也叫油船。

【油麥】yóumài ㄧㄡˊ ㄇㄞˋ 同'莜麥'。

【油毛】yóumáo ㄧㄡˊ ㄇㄠˊ 見1406頁〖原毛〗。

【油毛氈】yóumáozhān ㄧㄡˊ ㄇㄠˊ ㄓㄢ 油氈。

【油門】yóumén ㄧㄡˊ ㄇㄣˊ (油門兒)內燃機上調節燃料供給量的裝置，油門開得越大，機器轉動得越快。

【油苗】yóumiáo ㄧㄡˊ ㄇㄧㄠˊ 地殼內的石油在地面上的露頭，是尋找石油資源的重要標誌之一。

【油墨】yóumò ㄧㄡˊ ㄇㄛˋ 印刷用的黏性油質，是用胡麻子油、松脂油、礦物油、硬膠等加入各種顏料或油烟調和製成的。

【油泥】yóuní ㄧㄡˊ ㄋㄧˊ 含油的泥垢：滿手油泥。

【油膩】yóunì ㄧㄡˊ ㄋㄧˋ ❶含油多的：他不愛吃油膩的東西。❷含油多的食物：忌食油膩。

【油皮】yóupí ㄧㄡˊ ㄆㄧˊ 〈方〉(油皮兒)❶皮膚的最外層：擦破一塊油皮。❷豆腐皮①。

【油漆】yóuqī ㄧㄡˊ ㄑㄧ ❶泛指油類和漆類塗料。❷用油或漆塗抹：把門窗油漆一下。❸用礦物顏料(如鉛白、鋅白)和乾性油、樹脂等製成的塗料，塗在器物的表面，能保護器物，並增加光澤。

【油氣】yóuqì ㄧㄡˊ ㄑㄧˋ 油田伴生氣。

【油氣田】yóuqìtián ㄧㄡˊ ㄑㄧˋ ㄊㄧㄢˊ 既可開採石油又可開採天然氣的地帶。

【油氣顯示】yóuqì xiǎnshì ㄧㄡˊ ㄑㄧˋ ㄒㄧㄢˇ ㄕˋ 石油或天然氣的露頭。包括天然的和人工的。

【油腔滑調】yóu qiāng huá diào ㄧㄡˊ ㄑㄧㄤ ㄏㄨㄚˊ ㄉㄧㄠˋ 形容人説話輕浮油滑。

【油然】yóurán ㄧㄡˊ ㄖㄢˊ ❶形容思想感情自然而然地產生：敬慕之心，油然而生。❷形容雲氣上升：油然作雲。

【油石】yóushí ㄧㄡˊ ㄕˊ 用磨料製成的各種形狀的研磨工具，質地細緻，用來磨精緻的刀具，磨時放上油。

【油飾】yóushì ㄧㄡˊ ㄕˋ 用油漆塗飾門窗傢具等：門窗油飾一新。

【油水】yóu·shui ㄧㄡˊ ·ㄕㄨㄟ ❶指飯菜裏所含的脂肪質。❷比喻可以利己的好處（多指不正當的額外收入）：撈油水。

【油酥】yóusū ㄧㄡˊ ㄙㄨ 和麪時加食油，烙熟後發酥的：油酥燒餅。

【油田】yóutián ㄧㄡˊ ㄊㄧㄢˊ 可以開採的大面積的油層分佈地帶。

【油田伴生氣】yóutián bànshēngqì ㄧㄡˊ ㄊㄧㄢˊ ㄅㄢˋ ㄕㄥ ㄑㄧˋ 伴隨石油從油井中出來的氣體，主要成分是甲烷、乙烷，也含有相當數量的丙烷、丁烷、戊烷等。用作燃料和化工原料。也叫油田氣、油氣。

【油條】yóutiáo ㄧㄡˊ ㄊㄧㄠˊ ❶一種油炸的麪食。長條形，多用做早點。❷譏稱處事經驗多而油滑的人。

【油頭粉面】yóu tóu fěn miàn ㄧㄡˊ ㄊㄡˊ ㄈㄣˇ ㄇㄧㄢˋ 形容人打扮過分而顯輕浮（多指男子）。

【油頭滑腦】yóu tóu huá nǎo ㄧㄡˊ ㄊㄡˊ ㄏㄨㄚˊ ㄋㄠˇ 形容人狡猾輕浮。

【油汪汪】yóuwāngwāng ㄧㄡˊ ㄨㄤ ㄨㄤ （油汪汪的）❶形容油多。❷油光。

【油污】yóuwū ㄧㄡˊ ㄨ 油垢：滿身油污。

【油香】yóu·xiang ㄧㄡˊ ·ㄒㄧㄤ 伊斯蘭教徒的一種食物，用溫水和麪，加鹽，製成餅狀，再用香油炸熟。

【油箱】yóuxiāng ㄧㄡˊ ㄒㄧㄤ 裝油用的容器。特指飛機、汽車上盛燃料油用的。

【油鞋】yóuxié ㄧㄡˊ ㄒㄧㄝˊ 外面塗桐油的舊式雨鞋。

【油性】yóuxìng ㄧㄡˊ ㄒㄧㄥˋ 物質因含油而產生的性質：這種果仁油性大。

【油壓機】yóuyājī ㄧㄡˊ ㄧㄚ ㄐㄧ 利用礦物油傳遞壓力的機器，多用來衝壓金屬。

【油烟】yóuyān ㄧㄡˊ ㄧㄢ 油類沒有完全燃燒所產生的黑色物質，主要成分是碳，可以用來製墨、油墨等。也叫油烟子。

【油印】yóuyìn ㄧㄡˊ ㄧㄣˋ 一種簡便的印刷方法。用刻寫或打字的蠟紙做版，用油墨印刷。

【油炸鬼】yóuzháguǐ ㄧㄡˊ ㄓㄚˊ ㄍㄨㄟˇ 油炸的麪食，有長條、圓圈等形狀。有的地區也叫油鬼。

【油氈】yóuzhān ㄧㄡˊ ㄓㄢ 用動物的毛或植物纖維製成的氈或厚紙坯浸透瀝青後所成的建築材料，有韌性，不透水，用來做屋頂、地下室牆壁、地基等的防水、防潮層。也叫油毛氈。

【油脂】yóuzhī ㄧㄡˊ ㄓ 油和脂肪的統稱。

【油脂麻花】yóu·zhimáhuā ㄧㄡˊ ·ㄓ ㄇㄚˊ ㄏㄨㄚ 〈方〉（油脂麻花的）形容衣物上油泥很多的樣子：看你的衣服油脂麻花的，也該洗洗了。

【油紙】yóuzhǐ ㄧㄡˊ ㄓˇ 塗上桐油的紙，能防潮濕，常用來包東西。

【油漬】yóuzì ㄧㄡˊ ㄗˋ 粘在衣物等上的油垢：滿手油漬。

【油子】yóu·zi ㄧㄡˊ ·ㄗ ❶某些稠而黏的東西，多為黑色：膏藥油子｜烟袋油子。❷指閱歷多，熟悉情況而狡猾的人：老油子。

【油嘴】[1] yóuzuǐ ㄧㄡˊ ㄗㄨㄟˇ ❶說話油滑，善於狡辯：油嘴滑舌。❷油嘴的人。

【油嘴】[2] yóuzuǐ ㄧㄡˊ ㄗㄨㄟˇ 噴嘴。

【油嘴滑舌】yóu zuǐ huá shé ㄧㄡˊ ㄗㄨㄟˇ ㄏㄨㄚˊ ㄕㄜˊ （油嘴滑舌的）形容說話油滑。

柚 yóu ㄧㄡˊ ［柚木］（yóumù ㄧㄡˊ ㄇㄨˋ）落葉喬木，葉子大，卵形或橢圓形，表面粗糙，背面有褐色絨毛，花序圓錐狀，花白色或藍色，核果略作球形。木材暗褐色，堅硬，耐腐蝕，用來造船、車、傢具，也供建築用。產於印度、印度尼西亞等地。

另見1392頁 yòu。

疣（肬） yóu ㄧㄡˊ 皮膚病，病原體是一種病毒，症狀是皮膚上出現跟正常的皮膚顏色相同的或黃褐色的突起，表面乾燥而粗糙，不疼不癢，多長在面部、頭部或手背等處。也叫肉贅，通稱瘊子。

斿 yóu ㄧㄡˊ 〈書〉❶旌旗上面的飄帶。❷同‘遊’。❸同‘游’。

莜〔蓧〕 yóu ㄧㄡˊ ［莜麥］（yóumài ㄧㄡˊ ㄇㄞˋ）❶一年生草本植物，和燕麥極相似，但小穗的花數較多，種子成熟後容易與外殼脫離。生長期短，子實可磨成麪供食用。❷這種植物的子實。‖也作油麥。

蚰 yóu ㄧㄡˊ ❶［蚰蜒］（yóu·yán ㄧㄡˊ ·ㄧㄢˊ）節肢動物，像蜈蚣而略小，黃褐色，觸角和腳都很細。生活在陰濕的地方。❷見1315頁［蜒蚰］。

郵〔郵〕（邮） yóu ㄧㄡˊ ❶郵寄；郵匯：郵封信｜上月給家裏郵去五十元。❷有關郵務的：郵電｜郵局｜郵票。❸指郵票：集郵｜郵展。

【郵包】yóubāo ㄧㄡˊ ㄅㄠ （郵包兒）由郵局寄遞的包裹。

【郵編】yóubiān ㄧㄡˊ ㄅㄧㄢ 郵政編碼的簡稱。

【郵差】yóuchāi ㄧㄡˊ ㄔㄞ 郵遞員的舊稱。

【郵船】yóuchuán ㄧㄡˊ ㄔㄨㄢˊ 海洋上定綫、定期航行的大型客運輪船。因過去水運郵件總是委託這種大型快速客輪運載，故名。

【郵戳】yóuchuō ㄧㄡˊ ㄔㄨㄛ （郵戳兒）郵局蓋在郵件上，註銷郵票並標明收發日期的戳子。

【郵袋】yóudài ㄧㄡˊ ㄉㄞˋ 郵政部門用來裝郵件

的袋子，多用帆布做成。

【郵遞】yóudì ㄧㄡˊ ㄉㄧˋ 由郵局遞送(包裹、信件等)。

【郵遞員】yóudìyuán ㄧㄡˊ ㄉㄧˋ ㄩㄢˊ 投遞員。

【郵電】yóudiàn ㄧㄡˊ ㄉㄧㄢˋ 郵政、電信的合稱。

【郵電局】yóudiànjú ㄧㄡˊ ㄉㄧㄢˋ ㄐㄩˊ 辦理郵政和電信業務的機構。

【郵費】yóufèi ㄧㄡˊ ㄈㄟˋ 郵資。

【郵購】yóugòu ㄧㄡˊ ㄍㄡˋ 通過郵遞購買(售貨部門接到匯款後把貨物寄給購貨人)。

【郵花】yóuhuā ㄧㄡˊ ㄏㄨㄚ 〈方〉郵票。

【郵匯】yóuhuì ㄧㄡˊ ㄏㄨㄟˋ 通過郵局匯款。

【郵集】yóují ㄧㄡˊ ㄐㄧˊ 收集、保存郵票的冊子：精美郵集。

【郵寄】yóujì ㄧㄡˊ ㄐㄧˋ 通過郵局寄遞。

【郵件】yóujiàn ㄧㄡˊ ㄐㄧㄢˋ 由郵局接收、運送、投遞的信件、包裹等的統稱。

【郵局】yóujú ㄧㄡˊ ㄐㄩˊ 辦理郵政業務的機構。

【郵輪】yóulún ㄧㄡˊ ㄌㄨㄣˊ 郵船。

【郵票】yóupiào ㄧㄡˊ ㄆㄧㄠˋ 郵局發賣的、用來貼在郵件上表明已付郵資的憑證。

【郵亭】yóutíng ㄧㄡˊ ㄊㄧㄥˊ 郵局在街道、廣場等處設立的收寄郵件的處所。多是木頭建造的小屋，有的像亭子。

【郵筒】yóutǒng ㄧㄡˊ ㄊㄨㄥˇ 信筒。

【郵箱】yóuxiāng ㄧㄡˊ ㄒㄧㄤ 信箱①。

【郵展】yóuzhǎn ㄧㄡˊ ㄓㄢˇ 集郵展覽：國際郵展。

【郵政】yóuzhèng ㄧㄡˊ ㄓㄥˋ 郵電業務的一大部門，主要業務是寄遞信件和包裹，辦理匯兑，發行報刊等。

【郵政編碼】yóuzhèng biānmǎ ㄧㄡˊ ㄓㄥˋ ㄅㄧㄢ ㄇㄚˇ 郵政部門為了分揀、投遞方便、迅速，按地區編成的號碼。我國郵政編碼採用六位數。

【郵政局】yóuzhèngjú ㄧㄡˊ ㄓㄥˋ ㄐㄩˊ 郵局。

【郵資】yóuzī ㄧㄡˊ ㄗ 郵局按照規定數額向寄郵件的人所收的費用。

猶(犹) yóu ㄧㄡˊ 〈書〉❶如同：雖死猶生｜過猶不及。❷還；尚且：記憶猶新｜困獸猶鬥。

【猶大】Yóudà ㄧㄡˊ ㄉㄚˋ 據基督教《新約·馬太福音》的傳説，是受了三十塊銀幣出賣自己老師耶穌的叛徒，一般用做叛徒的同義語。[希臘 Ioudas]

【猶然】yóurán ㄧㄡˊ ㄖㄢˊ 仍然；照舊：雖然時隔多年，那事他猶然記得很清楚｜大家都離去了，只有她猶然坐在那裏不走。

【猶如】yóurú ㄧㄡˊ ㄖㄨˊ 如同：燈燭輝煌，猶如白晝。

【猶太教】Yóutàijiào ㄧㄡˊ ㄊㄞˋ ㄐㄧㄠˋ 主要在猶太人中間流行的宗教，奉耶和華為唯一的神，基督教的《舊約》原是它的經典。

【猶太人】Yóutàirén ㄧㄡˊ ㄊㄞˋ ㄖㄣˊ 古代聚居在巴勒斯坦的居民，曾建立以色列和猶太王國，後來為羅馬所滅，人口全部向外遷徙，散居在歐洲、美洲、西亞和北非等地。1948年，有一部分猶太人在地中海東南岸(巴勒斯坦部分地區)建立了以色列國。[猶太，希伯來 Yĕhūdhi]

【猶疑】yóu·yi ㄧㄡˊ ·ㄧ 猶豫。

【猶豫】yóuyù ㄧㄡˊ ㄩˋ 拿不定主意：猶豫不定｜猶猶豫豫。

【猶之乎】yóuzhīhū ㄧㄡˊ ㄓ ㄏㄨ 〈書〉如同：人離不開土地，猶之乎魚離不開水。

【猶自】yóuzì ㄧㄡˊ ㄗˋ 尚且；仍然：現在提起那件事，猶自叫人心驚肉跳。

游 yóu ㄧㄡˊ ❶人或動物在水裏行動：游泳｜魚在水裏游。❷江河的一段：上游｜中游｜下游。❸(Yóu)姓。

另見1385頁 yóu‘遊’。

【游程】yóuchéng ㄧㄡˊ ㄔㄥˊ 游泳的距離：比賽的游程是一千米。

【游離】yóulí ㄧㄡˊ ㄌㄧˊ ❶一種物質不和其他物質化合而單獨存在，或物質從化合物中分離出來，叫做游離。❷比喻離開集體或依附的事物而存在：游離分子｜游離狀態。

【游離態】yóulítài ㄧㄡˊ ㄌㄧˊ ㄊㄞˋ 元素以單質存在的形態。

【游禽】yóuqín ㄧㄡˊ ㄑㄧㄣˊ 鳥的一類。這類鳥會游泳，通常在水上生活，趾間有蹼，嘴寬而扁平，吃魚蝦等，如雁、鴛鴦、野鴨。

【游水】yóu∥shuǐ ㄧㄡˊ ∥ㄕㄨㄟˇ 在水裏游；游泳。

【游絲】yóusī ㄧㄡˊ ㄙ ❶蜘蛛等所吐的飄盪在空中的絲。❷裝在儀表指針的轉軸上或鐘錶等的擺輪軸上的彈簧，是用金屬綫捲成的，能控制轉軸或擺輪做往復運動。

【游移】yóuyí ㄧㄡˊ ㄧˊ ❶來回移動 ：浮雲在空中游移。❷(態度、辦法、方針等)搖擺不定：游移不決。

【游弋】yóuyì ㄧㄡˊ ㄧˋ ❶(兵船等)巡邏。❷泛指在水中游動：幾隻野鴨在湖心游弋。

【游泳】yóuyǒng ㄧㄡˊ ㄩㄥˇ ❶人或動物在水裏游動。❷體育運動項目之一，人在水裏用各種不同的姿勢划水前進。

【游泳池】yóuyǒngchí ㄧㄡˊ ㄩㄥˇ ㄔˊ 人工建造的供游泳用的水池子，分室內、室外兩種。

楢 yóu ㄧㄡˊ 古書上指一種質地柔軟的樹木。

鈾(铀) yóu ㄧㄡˊ 金屬元素，符號 U (uranium)。銀白色，有放射性，主要用於原子能工業，做核燃料。

遊(游) yóu ㄧㄡˊ ❶各處從容地行走；閑逛：遊覽｜遊歷｜遊園｜遊玩｜

遊人｜周遊天下。❷〈書〉交遊；來往。❸不固定的；經常移動的：遊牧｜遊民｜遊擊｜遊資。

'游'另見1385頁 yóu。

【遊伴】yóubàn ㄧㄡˊ ㄅㄢˋ 遊玩時的伴侶。

【遊標】yóubiāo ㄧㄡˊ ㄅㄧㄠ 某些度量器具上可以滑動的部分，有指示數字等作用，如計算尺上的遊標、標尺上的遊標。

【遊標卡尺】yóubiāo kǎchǐ ㄧㄡˊ ㄅㄧㄠ ㄎㄚˇ ㄔˇ 用來測量機器零件或工件的內外直徑或厚度等的量具，精密度可達 0.02 毫米。簡稱卡尺。

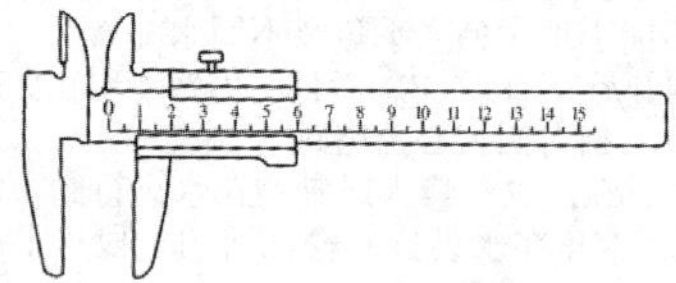

遊標卡尺

【遊程】yóuchéng ㄧㄡˊ ㄔㄥˊ ❶遊玩的路程；旅遊的路程：一日遊程｜遊程三千里。❷旅遊的日程：時間有限，把遊程排得緊一點。

【遊船】yóuchuán ㄧㄡˊ ㄔㄨㄢˊ 遊覽用的船。

【遊蕩】yóudàng ㄧㄡˊ ㄉㄤˋ ❶閑遊放蕩，不務正業。❷閑遊；閑逛：獨自一人在田野裏遊蕩。❸飄浮晃蕩：船在湖心隨風遊蕩。

【遊方】[1] yóufāng ㄧㄡˊ ㄈㄤ 雲遊四方：遊方僧｜遊方和尚。

【遊方】[2] yóufāng ㄧㄡˊ ㄈㄤ 苗族男女青年的社交方式。多在節日或農閑時進行。通常是男女對歌，相邀談話，互贈信物等。

【遊舫】yóufǎng ㄧㄡˊ ㄈㄤˇ 遊船。

【遊逛】yóuguàng ㄧㄡˊ ㄍㄨㄤˋ 遊覽；為消遣而閑走：出外遊逛｜遊逛名山大川。

【遊擊】yóujī ㄧㄡˊ ㄐㄧ 對敵人進行分散的出沒無常的襲擊。

【遊擊隊】yóujīduì ㄧㄡˊ ㄐㄧ ㄉㄨㄟˋ 執行遊擊作戰任務的非正規武裝組織。

【遊擊戰】yóujīzhàn ㄧㄡˊ ㄐㄧ ㄓㄢˋ 靈活、分散的小部隊，在敵後用襲擊、伏擊、破壞、擾亂等手段進行的戰鬥。

【遊記】yóujì ㄧㄡˊ ㄐㄧˋ 記述遊覽經歷的文章。

【遊街】yóu∥jiē ㄧㄡˊ∥ㄐㄧㄝ 許多人在街上遊行，多押着犯罪分子以示懲戒，有時擁着英雄人物以示表揚：遊街示眾｜披紅遊街。

【遊客】yóukè ㄧㄡˊ ㄎㄜˋ 遊人。

【遊覽】yóulǎn ㄧㄡˊ ㄌㄢˇ 從容行走觀看（名勝、風景）：遊覽黃山。

【遊廊】yóuláng ㄧㄡˊ ㄌㄤˊ 連接兩個或幾個獨立建築物的走廊。

【遊樂】yóulè ㄧㄡˊ ㄌㄜˋ 遊玩嬉戲：遊樂場｜青年們在森林公園盡情遊樂。

【遊歷】yóulì ㄧㄡˊ ㄌㄧˋ 到遠地遊覽：遊歷名山大川。

【遊民】yóumín ㄧㄡˊ ㄇㄧㄣˊ 沒有正當職業的人。

【遊民無產者】yóumín wúchǎnzhě ㄧㄡˊ ㄇㄧㄣˊ ㄨˊ ㄔㄢˇ ㄓㄜˇ 見738頁〖流氓無產者〗。

【遊牧】yóumù ㄧㄡˊ ㄇㄨˋ 從事畜牧，不在一個地方定居的：遊牧民族｜遊牧生活。

【遊憩】yóuqì ㄧㄡˊ ㄑㄧˋ 遊玩和休息。

【遊人】yóurén ㄧㄡˊ ㄖㄣˊ 遊覽的人：遊人如織。

【遊刃有餘】yóu rèn yǒu yú ㄧㄡˊ ㄖㄣˋ ㄧㄡˇ ㄩˊ 廚師把整個的牛分割成塊，技術熟練，刀子在牛的骨頭縫裏自由移動着，沒有一點阻礙（見於《莊子・養生主》）。比喻做事熟練，輕而易舉。

【遊手好閑】yóu shǒu hào xián ㄧㄡˊ ㄕㄡˇ ㄏㄠˋ ㄒㄧㄢˊ 遊盪成性，不好勞動。

【遊説】yóushuì ㄧㄡˊ ㄕㄨㄟˋ 古代叫做'説客'的政客，奔走各國，憑着口才勸説君主採納他的主張，叫做遊説。

【遊艇】yóutǐng ㄧㄡˊ ㄊㄧㄥˇ 遊船。

【遊玩】yóuwán ㄧㄡˊ ㄨㄢˊ ❶遊戲。❷遊逛。

【遊戲】yóuxì ㄧㄡˊ ㄒㄧˋ ❶娛樂活動，如捉迷藏、猜燈謎等。某些非正式比賽項目的體育活動如康樂球等也叫遊戲。❷玩耍：幾個孩子正在大樹底下遊戲。

【遊俠】yóuxiá ㄧㄡˊ ㄒㄧㄚˊ 古代稱好交遊、輕生死、重信義、能救人於急難的人。

【遊仙詩】yóuxiānshī ㄧㄡˊ ㄒㄧㄢ ㄕ 古代借描述仙境以寄託個人懷抱的詩歌。

【遊鄉】yóu∥xiāng ㄧㄡˊ∥ㄒㄧㄤ ❶許多人在鄉村中遊行，多押着有罪的人以示懲戒。❷在鄉村中流動着兜攬生意。

【遊行】yóuxíng ㄧㄡˊ ㄒㄧㄥˊ ❶行踪無定，到處漫遊：遊行四方。❷廣大群眾為了慶祝、紀念、示威等在街上結隊而行：遊行示威｜上午十時遊行開始。

【遊興】yóuxìng ㄧㄡˊ ㄒㄧㄥˋ 遊逛的興致：遊興大發。

【遊學】yóuxué ㄧㄡˊ ㄒㄩㄝˊ 舊時指離開本鄉到外地或外國求學。

【遊藝】yóuyì ㄧㄡˊ ㄧˋ 遊戲娛樂：遊藝室｜遊藝會。

【遊藝會】yóuyìhuì ㄧㄡˊ ㄧˋ ㄏㄨㄟˋ 以文藝表演、遊戲等為內容的集會。

【遊勇】yóuyǒng ㄧㄡˊ ㄩㄥˇ 見989頁〖散兵遊勇〗。

【遊園】yóuyuán ㄧㄡˊ ㄩㄢˊ 在公園或花園中遊覽、觀賞：遊園活動。

【遊園會】yóuyuánhuì ㄧㄡˊ ㄩㄢˊ ㄏㄨㄟˋ 在公園或花園裏舉行的聯歡會，規模較大的遊園會有各種文藝表演。

【遊資】yóuzī ㄧㄡˊ ㄗ 從生產過程中游離出來的、沒有用於擴大再生產的資金。

【遊子】yóuzǐ ㄧㄡˊ ㄗˇ 〈書〉離家在外或久居外鄉的人：海外遊子。

【遊子】yóu·zi ㄧㄡˊ·ㄗ 同'圝子'。

猷 yóu ㄧㄡˊ 〈書〉計劃；謀劃：鴻猷(大計劃)。

蕕〔蕕〕(莸) yóu ㄧㄡˊ ❶落葉小灌木，葉子卵形或披針形，聚傘花序，花藍色，蒴果成熟後裂成四個小堅果。供觀賞。❷古書上指一種有臭味的草，比喻壞人：薰蕕不同器(比喻好人和壞人搞不到一塊兒)。

蝣 yóu ㄧㄡˊ 見354頁[蜉蝣](fúyóu)。

蝤 yóu ㄧㄡˊ [蝤蛑](yóumóu ㄧㄡˊ ㄇㄡˊ)梭子蟹。

另見946頁 qiú。

魷(鱿) yóu ㄧㄡˊ [魷魚](yóuyú ㄧㄡˊ ㄩˊ)槍烏賊的通稱。

輶(辅) yóu ㄧㄡˊ ❶古代一種輕便的車。❷〈書〉輕。

繇(繇) yóu ㄧㄡˊ 〈書〉同'由'⑥⑦。另見1330頁 yáo；1488頁 zhòu。

鮋(鲉) yóu ㄧㄡˊ 魚類的一科，體側扁，頭部有許多棘狀突起，生活在海中。

圝(圝) yóu ㄧㄡˊ [圝子](yóu·zi ㄧㄡˊ·ㄗ)用已捉到的鳥把同類的鳥引來，這種起引誘作用的鳥叫圝子。也作遊子。

yǒu (ㄧㄡˇ)

友 yǒu ㄧㄡˇ ❶朋友：好友｜戰友。❷相好；親近：友愛｜友好。❸有友好關係的：友人｜友邦｜友軍。

【友愛】yǒu'ài ㄧㄡˇ ㄞˋ 友好親愛：兄弟友愛｜團結友愛。

【友邦】yǒubāng ㄧㄡˇ ㄅㄤ 友好的國家。

【友好】yǒuhǎo ㄧㄡˇ ㄏㄠˇ ❶好朋友：生前友好。❷親近和睦：團結友好｜友好鄰邦。

【友軍】yǒujūn ㄧㄡˇ ㄐㄩㄣ 與本部隊協同作戰的部隊。

【友情】yǒuqíng ㄧㄡˇ ㄑㄧㄥˊ 朋友的感情；友誼：深厚的友情。

【友人】yǒurén ㄧㄡˇ ㄖㄣˊ 朋友：國際友人。

【友善】yǒushàn ㄧㄡˇ ㄕㄢˋ 〈書〉朋友之間親近和睦：素相友善｜友善相處。

【友誼】yǒuyì ㄧㄡˇ ㄧˋ 朋友間的交情：深厚的友誼。

【友誼賽】yǒuyìsài ㄧㄡˇ ㄧˋ ㄙㄞˋ 為了增進友誼、交流經驗、提高技術而舉行的體育比賽。

有 yǒu ㄧㄡˇ ❶表示領有(跟'無'或'沒'相對，下②③同)：我有《魯迅全集》｜有熱情，有朝氣。❷表示存在：屋裏有十來個人。❸表示估量或比較：水有一丈多深｜他有他哥哥那麼高了。❹表示發生或出現：他有病了｜形勢有了新發展｜他在大家的幫助下有了很大的進步。❺表示多，大：有學問｜有經驗｜有了年紀。❻泛指，跟'某'的作用相近：有一天他來了｜有人這麼說，我可沒看見。❼用在'人、時候、地方'前面，表示一部分：有人性子急，有人性子慢｜這裏有時候也能熱到三十八九度｜這場雨有地方下到了，有地方沒下到。❽用在某些動詞的前面組成套語，表示客氣：有勞｜有請。❾〈書〉前綴，用在某些朝代名稱的前面：有夏｜有周｜有宋一代。

另見1392頁 yòu。

【有板有眼】yǒu bǎn yǒu yǎn ㄧㄡˇ ㄅㄢˇ ㄧㄡˇ ㄧㄢˇ 比喻言語行動有條不紊，富有節奏或章法。

【有備無患】yǒu bèi wú huàn ㄧㄡˇ ㄅㄟˋ ㄨˊ ㄏㄨㄢˋ 事先有準備就可以避免禍患：有了水庫，雨天可以蓄水，旱天可以灌溉，可說是有備無患了。

【有鼻子有眼兒】yǒu bí·zi yǒu yǎnr ㄧㄡˇ ㄅㄧˊ·ㄗ ㄧㄡˇ ㄧㄢㄦˇ 形容把虛構的事物說得很逼真，活靈活現：聽他說得有鼻子有眼兒的，也就信了。

【有差】yǒuchā ㄧㄡˇ ㄔㄚ 〈書〉有區別；不同：賞罰有差。

【有償】yǒucháng ㄧㄡˇ ㄔㄤˊ 有代價的；有報酬的：有償服務。

【有成】yǒuchéng ㄧㄡˇ ㄔㄥˊ 〈書〉成功：三年有成｜雙方意見已漸接近，談判可望有成。

【有待】yǒudài ㄧㄡˇ ㄉㄞˋ 要等待：這個問題有待進一步的研究。

【有得】yǒudé ㄧㄡˇ ㄉㄜˊ 有心得；有所領會：學習有得｜讀書有得。

【有的】yǒu·de ㄧㄡˇ·ㄉㄜ 人或事物中的一部分(多疊用)：有的人記性好｜十個指頭，有的長，有的短。

【有的是】yǒu·deshì ㄧㄡˇ·ㄉㄜ ㄕˋ 強調很多(不怕沒有)：立功的機會有的是。

【有底】yǒu∥dǐ ㄧㄡˇ∥ㄉㄧˇ 知道底細，因而有把握：心裏有底。

【有的放矢】yǒu dì fàng shǐ ㄧㄡˇ ㄉㄧˋ ㄈㄤˋ ㄕˇ 對準靶子射箭。比喻言論、行動目標明確。

【有點】yǒudiǎn ㄧㄡˇ ㄉㄧㄢˇ (有點兒)❶表示數量不大或程度不深：鍋裏還有點剩飯｜看來有點希望。❷副詞，表示略微；稍微(多用於不如意的事情)：今天他有點不大高興｜這句話說得有點叫人摸不着頭腦。

【有方】yǒufāng ㄧㄡˇ ㄈㄤ 得法(跟'無方'相對)：領導有方｜計劃周詳，指揮有方。

【有關】yǒuguān ㄧㄡˇ ㄍㄨㄢ ❶有關係：有關方面｜有關部門｜這些問題都跟哲學有關。❷涉及到：他研究了歷代有關水利問題的著作。

【有光紙】yǒuguāngzhǐ ㄧㄡˇ ㄍㄨㄤ ㄓˇ 一種一面光一面毛的紙，質薄，可用來單面書寫或印刷。

【有過之無不及】yǒu guò zhī wú bù jí ㄧㄡˇ ㄍㄨㄛˋ ㄓ ㄨˊ ㄅㄨˋ ㄐㄧˊ (相比起來)只有超過的，沒有不如的(多用於壞的方面)。

【有恒】yǒuhéng ㄧㄡˇ ㄏㄥˊ 有恒心，能堅持下去。

【有會子】yǒuhuì·zi ㄧㄡˇ ㄏㄨㄟˋ ·ㄗ 表示時間已經不短：他出去可有會子啦！也說有會兒。

【有機】yǒujī ㄧㄡˇ ㄐㄧ ❶原來指跟生物體有關的或從生物體來的(化合物)，現在指除碳酸鹽和碳的氧化物外，含碳原子的(化合物)：有機酸｜有機化學。❷指事物構成的各部分互相關連協調，而具有不可分的統一性，就像一個生物體那樣。

【有機玻璃】yǒujī bō·lí ㄧㄡˇ ㄐㄧ ㄅㄛ ·ㄌㄧˊ 由甲基丙烯酸甲酯聚合而成的高分子化合物，透明性好，質輕，不易破碎，有熱塑性。可用做玻璃的代用品，製航空窗玻璃、儀表盤等。也用來製日常用品。

【有機肥料】yǒujī féiliào ㄧㄡˇ ㄐㄧ ㄈㄟˊ ㄌㄧㄠˋ 含有機物質的肥料，如廄肥、堆肥、綠肥等。

【有機合成】yǒujī héchéng ㄧㄡˇ ㄐㄧ ㄏㄜˊ ㄔㄥˊ 用化學合成方法把無機物或簡單的有機物製成較複雜的有機物，如用煤、石油、天然氣製成合成纖維、合成橡膠、合成染料。

【有機化合物】yǒujī huàhéwù ㄧㄡˇ ㄐㄧ ㄏㄨㄚˋ ㄏㄜˊ ㄨˋ 指含有碳元素的化合物。有機物中除碳元素以外，通常還含有氫、氧、氮、硫、磷、鹵素等。簡稱有機物。

【有機化學】yǒujī huàxué ㄧㄡˇ ㄐㄧ ㄏㄨㄚˋ ㄒㄩㄝˊ 化學的一個分支，研究有機化合物的結構、性質、變化、製備、用途等。

【有機染料】yǒujī rǎnliào ㄧㄡˇ ㄐㄧ ㄖㄢˇ ㄌㄧㄠˋ 做染料用的有機化合物的統稱，有天然的和人造的兩種，如靛藍、海昌藍。

【有機體】yǒujītǐ ㄧㄡˇ ㄐㄧ ㄊㄧˇ 機體。

【有機物】yǒujīwù ㄧㄡˇ ㄐㄧ ㄨˋ 有機化合物的簡稱。

【有機質】yǒujīzhì ㄧㄡˇ ㄐㄧ ㄓˋ 一般指植物體和動物的遺體、糞便等腐爛後變成的物質，裏面含有植物生長所需要的各種養料。肥沃的土壤含有機質較多。有機質經過微生物的作用轉化生成腐殖質。

【有價證券】yǒujià zhèngquàn ㄧㄡˇ ㄐㄧㄚˋ ㄓㄥˋ ㄑㄩㄢˋ 表示對貨幣、資本、商品或其他資產等有價物具有一定權利的憑證，如股票、公債券、各種票據、提貨單、倉庫營業者出具的存貨棧單等。

【有勁】yǒu∥jìn ㄧㄡˇ∥ㄐㄧㄣˋ ❶(有勁兒)有力氣：這人真有勁，能挑起二百斤重的擔子。❷指興致濃；有趣：大家談得非常有勁｜今天的球賽真精彩，越看越有勁。

【有救】yǒu∥jiù ㄧㄡˇ∥ㄐㄧㄡˋ 有可能挽救或補救：有了這藥，病就有救了！

【有舊】yǒujiù ㄧㄡˇ ㄐㄧㄡˋ 〈書〉過去曾相交好；有老交情。

【有口皆碑】yǒu kǒu jiē bēi ㄧㄡˇ ㄎㄡˇ ㄐㄧㄝ ㄅㄟ 比喻人人稱讚。

【有口難分】yǒu kǒu nán fēn ㄧㄡˇ ㄎㄡˇ ㄋㄢˊ ㄈㄣ 形容很難分辯。

【有口無心】yǒu kǒu wú xīn ㄧㄡˇ ㄎㄡˇ ㄨˊ ㄒㄧㄣ 嘴上愛說，心裏不存甚麼。

【有賴】yǒulài ㄧㄡˇ ㄌㄞˋ 表示一件事要依賴另一件事的幫助促成(常跟'於')：任務是否能提前完成，有賴於大家的努力。

【有勞】yǒuláo ㄧㄡˇ ㄌㄠˊ 客套話，用於拜託或答謝別人代自己做事：這件事有勞您了｜有勞您代我買一本書。

【有理】yǒulǐ ㄧㄡˇ ㄌㄧˇ 有道理；符合道理：言之有理｜有理走遍天下。

【有理式】yǒulǐshì ㄧㄡˇ ㄌㄧˇ ㄕˋ 沒有開方運算，或有開方運算但被開方數不含字母的代數式。如 a^2+b，$\frac{\sqrt{2}}{x-y}$。

【有理數】yǒulǐshù ㄧㄡˇ ㄌㄧˇ ㄕㄨˋ 整數(正整數、負整數和零)和分數(正分數、負分數)的統稱。

【有力】yǒulì ㄧㄡˇ ㄌㄧˋ 有力量；分量重：領導有力｜有力的回擊｜這篇文章寫得簡短有力。

【有利】yǒulì ㄧㄡˇ ㄌㄧˋ 有好處；有幫助：有利可圖｜積極儲蓄既有利於國家建設，又有利於個人。

【有兩下子】yǒu liǎng xià·zi ㄧㄡˇ ㄌㄧㄤˇ ㄒㄧㄚˋ ·ㄗ 有些本領：他幹活又快又好，真有兩下子。

【有零】yǒulíng ㄧㄡˇ ㄌㄧㄥˊ 用在整數後，表示附有零數；挂零：一千有零。

【有門兒】yǒu∥ménr ㄧㄡˇ∥ㄇㄣㄦˊ 有希望。

【有名】yǒu∥míng ㄧㄡˇ∥ㄇㄧㄥˊ 名字為大家所熟知；出名：他是有名的登山運動健將。

【有名無實】yǒu míng wú shí ㄧㄡˇ ㄇㄧㄥˊ ㄨˊ ㄕˊ 空有名義或名聲而沒有實際。

【有目共睹】yǒu mù gòng dǔ ㄧㄡˇ ㄇㄨˋ ㄍㄨㄥˋ ㄉㄨˇ 人人都看見，極其明顯。也說有目共見。

【有目共賞】yǒu mù gòng shǎng ㄧㄡˇ ㄇㄨˋ ㄍㄨㄥˋ ㄕㄤˇ 看見的人都讚賞。

【有奶便是娘】yǒu nǎi biàn shì niáng ㄧㄡˇ ㄋㄞˇ ㄅㄧㄢˋ ㄕˋ ㄋㄧㄤˊ 比喻貪利忘義，誰給好處就投靠誰。

【有年】yǒunián ㄧㄡˇ ㄋㄧㄢˊ 〈書〉已經有許多

年：習藝有年，漸臻純熟。

【有盼兒】yǒu∥pànr ㄧㄡˇ∥ㄆㄢˋㄦ 〈方〉有希望：孩子快大學畢業了，您總算有盼兒了。

【有譜兒】yǒu∥pǔr ㄧㄡˇ∥ㄆㄨㄦˇ 〈方〉心中有數；有一定的計劃：做這樣的事你心裏有譜兒沒有？

【有期徒刑】yǒuqī túxíng ㄧㄡˇ ㄑㄧ ㄊㄨˊ ㄒㄧㄥˊ 有期限的徒刑，在刑期內剝奪犯人的自由。

【有氣無力】yǒu qì wú lì ㄧㄡˇ ㄑㄧˋ ㄨˊ ㄌㄧˋ 形容無精打采的樣子。

【有頃】yǒuqǐng ㄧㄡˇ ㄑㄧㄥˇ 〈書〉一會兒；片刻。

【有請】yǒuqǐng ㄧㄡˇ ㄑㄧㄥˇ 客套話，表示主人請客人相見。

【有求必應】yǒu qiú bì yìng ㄧㄡˇ ㄑㄧㄡˊ ㄅㄧˋ ㄧㄥˋ 只要有人請求就一定答應。

【有趣】yǒuqù ㄧㄡˇ ㄑㄩˋ （有趣兒）能引起人的好奇心或喜愛：有趣的故事｜這孩子活潑有趣。

【有人家兒】yǒu rénjiār ㄧㄡˇ ㄖㄣˊ ㄐㄧㄚㄦ 指女子已經定婚。

【有日子】yǒu rì·zi ㄧㄡˇ ㄖˋ ·ㄗ ❶指有好些天：咱們有日子沒見面了！❷有確定的日期：你們結婚有日子了沒有？

【有如】yǒurú ㄧㄡˇ ㄖㄨˊ 就像；好像：他的身軀有如一棵青松。

【有色金屬】yǒusè jīnshǔ ㄧㄡˇ ㄙㄜˋ ㄐㄧㄣ ㄕㄨˇ 工業上黑色金屬（鐵、錳、鉻）以外的所有金屬的統稱，如金、銀、銅、錫、汞、鋅、鎂等。

【有色人種】yǒusè rénzhǒng ㄧㄡˇ ㄙㄜˋ ㄖㄣˊ ㄓㄨㄥˇ 指白種人以外的人種。

【有色眼鏡】yǒusè yǎnjìng ㄧㄡˇ ㄙㄜˋ ㄧㄢˇ ㄐㄧㄥˋ 比喻妨礙得出正確看法的成見或偏見。

【有身子】yǒu shēn·zi ㄧㄡˇ ㄕㄣ ·ㄗ 指婦女懷孕。

【有神論】yǒushénlùn ㄧㄡˇ ㄕㄣˊ ㄌㄨㄣˋ 承認神的存在的學說。認為神是世界萬物的創造者，能操縱自然變化和干預人的生活。有神論是宗教信仰的根據。

【有生力量】yǒushēng-lìliàng ㄧㄡˇ ㄕㄥ ㄌㄧˋ ㄌㄧㄤˋ ❶指軍隊中的兵員和馬匹。❷泛指軍隊。

【有生以來】yǒu shēng yǐlái ㄧㄡˇ ㄕㄥ ㄧˇ ㄌㄞˊ 從出生到現在：這種事我有生以來還是第一次聽見。

【有生之年】yǒu shēng zhī nián ㄧㄡˇ ㄕㄥ ㄓ ㄋㄧㄢˊ 指人還活在世上的歲月。

【有聲片兒】yǒushēngpiānr ㄧㄡˇ ㄕㄥ ㄆㄧㄢㄦ 有聲片。

【有聲片】yǒushēngpiàn ㄧㄡˇ ㄕㄥ ㄆㄧㄢˋ 既有形象又有聲音的影片。

【有聲有色】yǒu shēng yǒu sè ㄧㄡˇ ㄕㄥ ㄧㄡˇ ㄙㄜˋ 形容表現得十分生動。

【有時】yǒushí ㄧㄡˇ ㄕˊ 有時候：那裏的天氣，有時冷，有時熱。

【有始無終】yǒu shǐ wú zhōng ㄧㄡˇ ㄕˇ ㄨˊ ㄓㄨㄥ 指人做事不能堅持到底。

【有始有終】yǒu shǐ yǒu zhōng ㄧㄡˇ ㄕˇ ㄧㄡˇ ㄓㄨㄥ 指人做事能堅持到底。

【有恃無恐】yǒu shì wú kǒng ㄧㄡˇ ㄕˋ ㄨˊ ㄎㄨㄥˇ 因有所依仗而不害怕。

【有數】yǒu∥shù ㄧㄡˇ∥ㄕㄨˋ （有數兒）知道數目。指了解情況，有把握：兩個人心裏都有數兒。

【有數】yǒushù ㄧㄡˇ ㄕㄨˋ 表示數目不多：只剩下有數的幾天了，得加把勁兒。

【有司】yǒusī ㄧㄡˇ ㄙ 〈書〉指官吏。

【有絲分裂】yǒusī-fēnliè ㄧㄡˇ ㄙ ㄈㄣ ㄌㄧㄝˋ 植物細胞繁殖的一種方式。細胞成熟時，細胞核內出現一定數量的染色體，並形成細絲，密集在細胞的兩極，排成紡錘形。後期染色體向兩極移動形成兩個新細胞。高等植物的細胞繁殖主要以有絲分裂的方式進行。也叫間接分裂。

【有條不紊】yǒu tiáo bù wěn ㄧㄡˇ ㄊㄧㄠˊ ㄅㄨˋ ㄨㄣˇ 有條理，有次序，一點不亂。

【有頭無尾】yǒu tóu wú wěi ㄧㄡˇ ㄊㄡˊ ㄨˊ ㄨㄟˇ 只有開頭，沒有結尾。指做事不能堅持到底。

【有頭有臉】yǒu tóu yǒu liǎn ㄧㄡˇ ㄊㄡˊ ㄧㄡˇ ㄌㄧㄢˇ （有頭有臉兒）比喻有名譽，有威信：他在村裏是個有頭有臉的，說話很有分量。

【有頭有尾】yǒu tóu yǒu wěi ㄧㄡˇ ㄊㄡˊ ㄧㄡˇ ㄨㄟˇ 既有開頭，又有結尾。指做事能堅持到底。

【有望】yǒuwàng ㄧㄡˇ ㄨㄤˋ 有希望：豐收有望。

【有為】yǒuwéi ㄧㄡˇ ㄨㄟˊ 有作為：奮發有為｜有為的青年。

【有…無…】yǒu…wú… ㄧㄡˇ…ㄨˊ… ❶表示只有前者而沒有後者：有行無市（過去通貨膨脹時，有貨價卻無成交）｜有己無人（自私自利，只顧自己，不顧別人）｜有口無心（指心直口快）｜有利無弊｜有名無實｜有始無終｜有頭無尾｜有眼無珠｜有益無損｜有勇無謀。❷表示有前者沒有後者（強調的說法）：有過之無不及｜有加無已｜有增無減。❸表示有了前者就可以沒有後者：有備無患｜有恃無恐。❹表示似有似無：有意無意。

【有喜】yǒu∥xǐ ㄧㄡˇ∥ㄒㄧˇ 指婦女懷孕。

【有戲】yǒu∥xì ㄧㄡˇ∥ㄒㄧˋ 〈方〉有希望。

【有隙可乘】yǒu xì kě chéng ㄧㄡˇ ㄒㄧˋ ㄎㄜˇ ㄔㄥˊ （事情）有漏洞可以利用。

【有限】yǒuxiàn ㄧㄡˇ ㄒㄧㄢˋ ❶有一定限度：有限性｜有限責任。❷數量不多；程度不高：為數有限｜我的文化水平有限。

【有限公司】yǒuxiàn gōngsī ㄧㄡˇ ㄒㄧㄢˋ ㄍㄨㄥ ㄙ 企業的一種組織形式，由兩個以上的股東組成，股東所負的責任以他認定的股本為限。

【有限小數】yǒuxiàn xiǎoshù ㄧㄡˇ ㄒㄧㄢˋ ㄒㄧㄠˇ

ㄕㄨˋ 小數部分的位數是有限的小數，如0.28，0.333，3.1416。

【有綫電報】yǒuxiàn diànbào ㄧㄡˇ ㄒㄧㄢˋ ㄉㄧㄢˋ ㄅㄠˋ 靠導綫傳送信號的電報，在發報和收報裝置之間有導綫連接。普通電報大多是有綫電報。參看257頁〖電報〗。

【有綫電話】yǒuxiàn diànhuà ㄧㄡˇ ㄒㄧㄢˋ ㄉㄧㄢˋ ㄏㄨㄚˋ 靠導綫傳送的電話，在通話的兩地之間有導綫連接。普通電話大多是有綫電話。

【有綫廣播】yǒuxiàn guǎngbō ㄧㄡˇ ㄒㄧㄢˋ ㄍㄨㄤˇ ㄅㄛ 靠導綫傳送的廣播，把聲音通過放大器放大，由導綫送到裝在各處的揚聲器發送出去。

【有綫通信】yǒuxiàn tōngxìn ㄧㄡˇ ㄒㄧㄢˋ ㄊㄨㄥ ㄒㄧㄣˋ 一種通信方式，利用導綫傳輸電信號，電信號可以代表聲音、文字、圖像等。按照傳輸內容不同可分為有綫電話、有綫電報、有綫傳真等；按照傳輸綫路不同可分為明綫通信、電纜通信等。

【有效】yǒuxiào ㄧㄡˇ ㄒㄧㄠˋ 能實現預期目的；有效果：有效方法｜有效措施｜這個方法果然有效。

【有效期】yǒuxiàoqī ㄧㄡˇ ㄒㄧㄠˋ ㄑㄧ ❶條約、合同等有效的期限。❷化學物品、醫藥用品以及某些特殊器材在規定的使用與保管的條件下，其性能不變而有效的期限。一般由原生產單位規定，有時由使用部門自行規定。

【有效射程】yǒuxiào shèchéng ㄧㄡˇ ㄒㄧㄠˋ ㄕㄜˋ ㄔㄥˊ 指彈頭射出後能獲得可靠射擊效果的距離。

【有效溫度】yǒuxiào wēndù ㄧㄡˇ ㄒㄧㄠˋ ㄨㄣ ㄉㄨˋ 某種植物生長所需的最低溫度為10°C，某天的平均溫度為15°C，兩個溫度之差為5°C。這個相差的溫度對這種植物的生長起積極作用，叫做這種植物的有效溫度。

【有些】yǒuxiē ㄧㄡˇ ㄒㄧㄝ ❶有一部分；有的：今天來參觀的人有些是從外地來的｜列車上有些人在看書，有些人在談天。❷有一些(表示數量不大)：我有些舊書想捐給圖書館。❸副詞，表示略微，稍微：他心裏有些着急。

【有心】yǒuxīn ㄧㄡˇ ㄒㄧㄣ ❶有某種心意或想法：有心人。❷故意：有心搗鬼。

【有心人】yǒuxīnrén ㄧㄡˇ ㄒㄧㄣ ㄖㄣˊ 有某種志願，肯動腦筋的人：世上無難事，只怕有心人。

【有形】yǒuxíng ㄧㄡˇ ㄒㄧㄥˊ 感官能感覺到的。

【有形損耗】yǒuxíng sǔnhào ㄧㄡˇ ㄒㄧㄥˊ ㄙㄨㄣˇ ㄏㄠˋ 指機器、廠房等固定資產由於使用或自然力作用(生銹、腐爛)而引起的損耗。也叫物質損耗。

【有幸】yǒuxìng ㄧㄡˇ ㄒㄧㄥˋ 很幸運：我有幸見到了海市蜃樓的奇妙景象。

【有性生殖】yǒuxìng shēngzhí ㄧㄡˇ ㄒㄧㄥˋ ㄕㄥ ㄓˊ 經過雌雄兩性生殖細胞的結合而形成新個體的一種生殖方式，是生物界中最普遍的一種生殖方式。也叫兩性生殖。

【有性雜交】yǒuxìng zájiāo ㄧㄡˇ ㄒㄧㄥˋ ㄗㄚˊ ㄐㄧㄠ 使雌雄兩性的生殖細胞相結合的雜交。動物的有性雜交是使不同種、屬或品種的動物交配產生新的一代。植物的有性雜交是用人工授粉的方法使不同種、屬或品種的植物產生新品種。

【有血有肉】yǒu xuè yǒu ròu ㄧㄡˇ ㄒㄩㄝˋ ㄧㄡˇ ㄖㄡˋ 比喻文藝作品的描寫生動，內容充實：這篇報道寫得生動具體，有血有肉。

【有言在先】yǒu yán zài xiān ㄧㄡˇ ㄧㄢˊ ㄗㄞˋ ㄒㄧㄢ 已經有話講在頭裏。指事前打了招呼。

【有眼不識泰山】yǒu yǎn bù shí tài shān ㄧㄡˇ ㄧㄢˇ ㄅㄨˋ ㄕˊ ㄊㄞˋ ㄕㄢ 比喻認不出地位高或本領大的人。

【有眼無珠】yǒu yǎn wú zhū ㄧㄡˇ ㄧㄢˇ ㄨˊ ㄓㄨ 比喻沒有識別能力。

【有一搭沒一搭】yǒuyīdā-méiyīdā ㄧㄡˇ ㄧ ㄉㄚ ㄇㄟˊ ㄧ ㄉㄚ ❶表示沒有話找話說。❷表示可有可無，無足輕重。

【有一得一】yǒu yī dé yī ㄧㄡˇ ㄧ ㄉㄜˊ ㄧ 不增不減，有多少是多少。

【有益】yǒuyì ㄧㄡˇ ㄧˋ 有幫助；有好處：運動對健康有益。

【有意】yǒuyì ㄧㄡˇ ㄧˋ ❶有心思：我有意到海濱游泳，但是事情忙，去不了。❷指男女間有愛慕之心：小王對小李有意，可一直沒有機會表白。❸故意：他這是有意跟我作對。

【有意識】yǒu yì·shi ㄧㄡˇ ㄧˋ·ㄕ 主觀上意識到的；有目的有計劃的：他這樣做完全是有意識的。

【有意思】yǒu yì·si ㄧㄡˇ ㄧˋ·ㄙ ❶有意義，耐人尋味：他的講話雖然簡短，可是非常有意思。❷有趣：今天的晚會很有意思。❸指男女間有愛慕之心：她對你有意思，你沒看出來？

【有…有…】yǒu…yǒu… ㄧㄡˇ… ㄧㄡˇ… ❶分別用在意思相反或相對的兩個名詞或動詞前面，表示既有這個又有那個，兩方面兼而有之：有利有弊｜有頭有尾。❷分別用在意思相同或相近的兩個名詞或動詞(或一個雙音名詞或動詞的兩個詞素)前面，表示強調：有板有眼｜有鼻子有眼兒｜有儘(jǐn)有讓(互相謙讓)｜有棱有角｜有情有義｜有聲有色｜有說有笑｜有偏有向｜有憑有據｜有條有理｜有頭有緒｜有血有肉。

【有餘】yǒuyú ㄧㄡˇ ㄩˊ ❶有剩餘；超過足夠的程度：綽綽有餘。❷有零：他比我大十歲有餘。

【有緣】yǒuyuán ㄧㄡˇ ㄩㄢˊ 有緣分。

【有朝一日】yǒu zhāo yīrì ㄧㄡˇ ㄓㄠ ㄧ ㄖˋ 將來有一天。

【有着】yǒu·zhe ㄧㄡˇ ·ㄓㄜ 存在着；具有：五四運動有着偉大的歷史意義｜他有着別人所沒有的膽識。

【有枝添葉兒】yǒu zhī tiān yèr ㄧㄡˇ ㄓ ㄊㄧㄢ ㄧㄝ ㄦˋ 見1131頁〖添枝加葉〗。

【有志者事竟成】yǒu zhì zhě shì jìng chéng ㄧㄡˇ ㄓˋ ㄓㄜˇ ㄕˋ ㄐㄧㄥˋ ㄔㄥˊ 只要有決心有毅力，事情終究會成功。

【有致】yǒuzhì ㄧㄡˇ ㄓˋ 富有情趣：錯落有致。

【有種】yǒuzhǒng ㄧㄡˇ ㄓㄨㄥˇ 指有膽量，有骨氣。

酉 yǒu ㄧㄡˇ 地支的第十位。參看368頁〖干支〗。

【酉時】yǒushí ㄧㄡˇ ㄕˊ 舊式記時法指下午五點鐘到七點鐘的時間。

卣 yǒu ㄧㄡˇ 古代盛酒的器具，口小腹大。

羑 yǒu ㄧㄡˇ 羑里（Yǒulǐ ㄧㄡˇ ㄌㄧˇ），古代地名，在今河南湯陰一帶。

莠〔莠〕 yǒu ㄧㄡˇ ❶狗尾草。❷〈書〉比喻品質壞的（人）：良莠不齊。

銪（铕） yǒu ㄧㄡˇ 金屬元素，符號 Eu (europium)。是一種稀土金屬。灰白色，在核反應堆中做中子吸收劑，也用來做激光材料。

槱 yǒu ㄧㄡˇ 〈書〉聚積木柴以備燃燒。

牖〔牗〕 yǒu ㄧㄡˇ 〈書〉窗戶。

黝 yǒu ㄧㄡˇ 見下。

【黝黯】yǒu'àn ㄧㄡˇ ㄢˋ 沒有光亮；黑暗：黝黯的牆角。也作黝暗。

【黝黑】yǒuhēi ㄧㄡˇ ㄏㄟ 黑；黑暗①：胳膊曬得黝黑。

yòu （ㄧㄡˋ）

又 yòu ㄧㄡˋ 副詞。❶表示重複或繼續：他拿着這封信看了又看｜人類社會的生產活動，是一步又一步地由低級向高級發展。❷表示幾種情況或性質同時存在。a) 單用：五四運動是反帝國主義的運動，又是反封建的運動。b) 連用：又快又好｜又香又脆。❸表示意思上更進一層：冬季日短，又是陰天，夜色早已籠罩了整個市鎮。❹表示在某個範圍之外有所補充：生活費之外，又發給五十塊錢做零用。❺表示整數之外再加零數：一又二分之一。❻表示有矛盾的兩件事情（多疊用）：她又想去，又想不去，拿不定主意。❼表示轉折，有'可是'的意思：剛才有個事兒要問你，這會兒又想不起來了。❽用在否定句或反問句裏，加強語氣：我又不是客人，還用你老陪着嗎？

【又及】yòují ㄧㄡˋ ㄐㄧˊ 附帶再提一下。信寫完並已署名後又添上幾句，往往在這幾句話下面注明'又及'或'某某又及'。

右 yòu ㄧㄡˋ ❶面向南時靠西的一邊（跟'左'相對，下②⑤同）：右方｜右手｜靠右走。❷西：山右（太行山以西的地方，後專指山西）。❸上①②（古人以右為尊）：無出其右。❹〈書〉崇尚：右文。❺保守的；反動的：右派｜右傾。❻〈書〉同'佑'。

【右邊】yòu·bian ㄧㄡˋ ·ㄅㄧㄢ （右邊兒）靠右的一邊。

【右面】yòumiàn ㄧㄡˋ ㄇㄧㄢˋ 右邊。

【右派】yòupài ㄧㄡˋ ㄆㄞˋ 在階級、政黨、集團內，政治上保守、反動的一派。也指屬於這一派的人。

【右傾】yòuqīng ㄧㄡˋ ㄑㄧㄥ 思想保守的；向反動勢力妥協或投降的。

【右傾機會主義】yòuqīng jīhuì zhǔyì ㄧㄡˋ ㄑㄧㄥ ㄐㄧ ㄏㄨㄟˋ ㄓㄨˇ ㄧˋ 見531頁〖機會主義〗。

【右手】yòushǒu ㄧㄡˋ ㄕㄡˇ ❶右邊的手。❷同'右首'。

【右首】yòushǒu ㄧㄡˋ ㄕㄡˇ 右邊（多指坐位）：那天他就坐在我的右首。也作右手。

【右翼】yòuyì ㄧㄡˋ ㄧˋ ❶作戰時在正面部隊右側的部隊。❷政黨或階級、集團中在政治思想上傾向保守的一部分。

幼 yòu ㄧㄡˋ ❶（年紀）小；未長成：幼年｜幼兒｜幼苗｜幼蟲。❷小孩兒：扶老攜幼。

【幼蟲】yòuchóng ㄧㄡˋ ㄔㄨㄥˊ 昆蟲的胚胎在卵內發育完成後，從卵內孵化出來的幼小生物體。如孑孓是蚊子的幼蟲，蛆是蒼蠅的幼蟲。也指某些寄生蟲的幼體。

【幼兒】yòu'ér ㄧㄡˋ ㄦˊ 幼小的兒童。

【幼兒教育】yòu'ér jiàoyù ㄧㄡˋ ㄦˊ ㄐㄧㄠˋ ㄩˋ 對幼兒進行的教育，包括思想、體育、語言、認識環境、圖畫、手工、音樂、計算等。

【幼兒園】yòu'éryuán ㄧㄡˋ ㄦˊ ㄩㄢˊ 實施幼兒教育的機構。

【幼功】yòugōng ㄧㄡˋ ㄍㄨㄥ 戲曲演員、雜技演員等童年練成的功夫。

【幼教】yòujiào ㄧㄡˋ ㄐㄧㄠˋ 幼兒教育的簡稱：幼教事業｜幼教工作。

【幼林】yòulín ㄧㄡˋ ㄌㄧㄣˊ 由小樹形成的樹林。幼林長大就形成森林。

【幼苗】yòumiáo ㄧㄡˋ ㄇㄧㄠˊ 種子發芽後生長初期的幼小植物體。

【幼年】yòunián ㄧㄡˋ ㄋㄧㄢˊ 三歲左右到十歲左右的時期。

【幼體】yòutǐ ㄧㄡˋ ㄊㄧˇ 在母體內或脫離母體不久的小生物。

【幼小】yòuxiǎo ㄧㄡˋ ㄒㄧㄠˇ 未成年；未長成：幼小的心靈｜幼小的果樹。

【幼稚】yòuzhì ㄧㄡˋ ㄓˋ ❶年紀小。❷形容頭腦簡單或缺乏經驗：幼稚的想法。

【幼稚病】yòuzhìbìng ㄧㄡˋ ㄓˋ ㄅㄧㄥˋ 看問題或處理問題簡單化，不作深入分析的思想毛病。

【幼稚園】yòuzhìyuán ㄧㄡˋ ㄓˋ ㄩㄢˊ 幼兒園的舊稱。

【幼株】yòuzhū ㄧㄡˋ ㄓㄨ 初生的植物體（指種子植物）。

【幼子】yòuzǐ ㄧㄡˋ ㄗˇ 最小的兒子；幼小的兒子：弱妻幼子。

有 yòu ㄧㄡˋ 〈書〉同'又'：三十有八年。
另見1387頁 yǒu。

佑 yòu ㄧㄡˋ 輔助；保護：保佑｜庇佑。
另見1392頁 yòu'祐'。

侑 yòu ㄧㄡˋ 〈書〉勸人（吃、喝）：侑食｜侑觴（勸人飲酒）。

狖 yòu ㄧㄡˋ 古書上説的一種猴。

柚 yòu ㄧㄡˋ ❶常綠喬木，葉子大而闊，卵形，花白色，很香，果實大，冬季成熟，球形或扁圓形，果皮淡黃，果肉白色或粉紅色，是普通的水果。產於我國南部地區。❷這種植物的果實。有的地區叫文旦。‖通稱柚子。
另見1384頁 yóu。

囿 yòu ㄧㄡˋ 〈書〉❶養動物的園子：鹿囿｜園囿。❷局限；拘泥：囿於成見。

宥 yòu ㄧㄡˋ 〈書〉寬恕；原諒：原宥｜寬宥｜尚希見宥。

祐（佑） yòu ㄧㄡˋ 神靈保祐：菩薩保祐。
'佑'另見1392頁 yòu。

蚴 yòu ㄧㄡˋ 絛蟲、血吸蟲等動物的幼體：尾蚴｜毛蚴。

釉 yòu ㄧㄡˋ 釉子。

【釉質】yòuzhì ㄧㄡˋ ㄓˋ 齒冠表面的一層硬組織，主要成分是磷酸鈣和碳酸鈣，此外還含有氟和一些有機質。有保護牙齒免受磨損的作用。也叫琺琅質。（圖見154頁'齒'）

【釉子】yòu·zi ㄧㄡˋ ·ㄗ 以石英、長石、硼砂、黏土等為原料，磨成粉末，加水調製而成的物質，用來塗在陶瓷半成品的表面，燒製後發出玻璃光澤，並能增加陶瓷的機械強度和絕緣性能。

誘（诱） yòu ㄧㄡˋ ❶誘導：循循善誘。❷使用手段引人隨從自己的意願：引誘｜誘敵深入。

【誘捕】yòubǔ ㄧㄡˋ ㄅㄨˇ 引誘捕捉：用燈光誘捕害蟲。

【誘導】yòudǎo ㄧㄡˋ ㄉㄠˇ ❶勸誘教導；引導：對學生要多用啓發和誘導的方法｜這些故事的結局很能誘導觀眾進行思索。❷物理學上指感應。❸大腦皮層中興奮過程引起抑制過程的加強，或者抑制過程引起興奮過程的加強。

【誘餌】yòu'ěr ㄧㄡˋ ㄦˇ 捕捉動物時用來引誘牠的食物◇用金錢作誘餌拖人下水。

【誘發】yòufā ㄧㄡˋ ㄈㄚ ❶誘導啓發：誘發人的聯想。❷導致發生（多指疾病）：誘發腸炎。

【誘供】yòugòng ㄧㄡˋ ㄍㄨㄥˋ 用不正當的方法誘使刑事被告人按偵查、審判人員的主觀意圖或推斷進行陳述。

【誘拐】yòuguǎi ㄧㄡˋ ㄍㄨㄞˇ 用誘騙的方法把別人家的婦女或兒童弄走。

【誘惑】yòuhuò ㄧㄡˋ ㄏㄨㄛˋ ❶使用手段，使人認識模糊而做壞事。❷吸引；招引：窗外是一片誘惑人的景色。

【誘姦】yòujiān ㄧㄡˋ ㄐㄧㄢ 用欺騙的手段使異性跟自己發生性行為。

【誘騙】yòupiàn ㄧㄡˋ ㄆㄧㄢˋ 誘惑欺騙。

【誘殺】yòushā ㄧㄡˋ ㄕㄚ 引誘出來殺死：用燈光誘殺棉鈴蟲。

【誘降】yòuxiáng ㄧㄡˋ ㄒㄧㄤˊ 引誘敵人投降。

【誘脅】yòuxié ㄧㄡˋ ㄒㄧㄝˊ 利誘威脅。

【誘掖】yòuyè ㄧㄡˋ ㄧㄝˋ 〈書〉誘導扶植：誘掖青年。

【誘因】yòuyīn ㄧㄡˋ ㄧㄣ 導致某種事情發生的原因（多指疾病）。

【誘致】yòuzhì ㄧㄡˋ ㄓˋ 導致；招致（不好的結果）。

鼬 yòu ㄧㄡˋ 哺乳動物的一科，身體細長，四肢短小，尾較粗，唇有鬚，毛有黃褐、棕、灰棕等色。如黃鼬、紫貂。

yū （ㄩ）

吁 yū ㄩ 象聲詞，吆喝牲口的聲音。
另見1289頁 xū；1404頁 yù'籲'。

迂 yū ㄩ ❶曲折；繞彎：迂迴｜迂道訪問。❷迂腐：迂論｜這人迂得很。

【迂夫子】yūfūzǐ ㄩ ㄈㄨ ㄗˇ 迂腐的讀書人。

【迂腐】yūfǔ ㄩ ㄈㄨˇ （言談、行事）拘泥於陳舊的準則，不適應新時代：迂腐之談。

【迂緩】yūhuǎn ㄩ ㄏㄨㄢˇ （行動）遲緩；不直截。

【迂迴】yūhuí ㄩ ㄏㄨㄟˊ ❶迴旋；環繞：迂迴曲折。❷繞到敵人側面或後面（進攻敵人）：迂迴包抄｜迂迴戰術。

【迂闊】yūkuò ㄩ ㄎㄨㄛˋ 不切合實際：迂闊之論。

【迂曲】yūqū ㄩ ㄑㄩ 迂迴曲折：山路迂曲難行。

【迂執】yūzhí ㄩ ㄓˊ 迂腐固執：生性迂執。

【迂拙】yūzhuō ㄩ ㄓㄨㄛ 迂闊笨拙。

於 Yū ㄩ 姓。
另見1202頁 wū；1393頁 yú。

紆（纡） yū ㄩ ❶彎曲；曲折：縈紆。❷〈書〉繫；結：紆金佩紫（指地位顯貴)。
【紆回】yūhuí ㄩ ㄏㄨㄟˊ 〈書〉同'迂迴'①。
【紆徐】yūxú ㄩ ㄒㄩˊ 〈書〉從容緩慢的樣子。

淤 yū ㄩ ❶淤積：大雨過後，院子裏淤了一層泥。❷淤積起來的：淤泥｜淤地。❸淤積的泥沙；淤泥：河淤｜溝淤。❹〈方〉液體沸騰溢出：米湯淤了一鍋台。
【淤灌】yūguàn ㄩ ㄍㄨㄢˋ 在洪水期放水灌溉，讓洪水帶來的泥沙和養分淤積在田地裏，以改善土壤的性質，增加土壤的肥力。
【淤積】yūjī ㄩ ㄐㄧ (水裏的泥沙等)沈積◇憂愁淤積在心頭。
【淤泥】yūní ㄩ ㄋㄧˊ 河流、湖沼、水庫、池塘中沈積的泥沙。
【淤塞】yūsè ㄩ ㄙㄜˋ (水道)被沈積的泥沙堵塞：河牀淤塞。
【淤滯】yūzhì ㄩ ㄓˋ (水道)因泥沙沈積而不能暢通：疏通淤滯的河道。

瘀 yū ㄩ (血液)不流通：瘀血。
【瘀血】yūxuè ㄩ ㄒㄩㄝˋ 凝聚不流通的血。
【瘀滯】yūzhì ㄩ ㄓˋ 中醫指經絡血脈等阻塞不通。

yú (ㄩˊ)

于 Yú ㄩˊ 姓。
另見1393頁 yú'於'。

予 yú ㄩˊ 〈書〉我。
另見1397頁 yǔ。
【予取予求】yú qǔ yú qiú ㄩˊ ㄑㄩˇ ㄩˊ ㄑㄧㄡˊ 原指從我這裏取，從我這裏求(財物)(見於《左傳》僖公七年)，後用來指任意索取。

邘 Yú ㄩˊ 周朝國名，在今河南沁陽西北。

伃 yú ㄩˊ 見587頁〖倢伃〗(jiéyú)。

余 yú ㄩˊ ❶我。❷(Yú)姓。
另見1396頁 yú'餘¹'。

妤 yú ㄩˊ 見587頁〔婕妤〕(jiéyú)。

盂 yú ㄩˊ (盂兒)盛液體的敞口器具：水盂｜痰盂｜漱口盂兒。
【盂蘭盆會】yúlánpén huì ㄩˊ ㄌㄢˊ ㄆㄣˊ ㄏㄨㄟˋ 農曆七月十五日佛教徒為超度祖先亡靈所舉行的儀式，有齋僧、拜懺、放焰口等活動。〔盂蘭盆，梵 ullambana〕

臾 yú ㄩˊ 見1290頁〖須臾〗。

於(于) yú ㄩˊ ❶介詞。a)在：她生於1949年｜黃河發源於青海。b)向：問道於盲｜告慰於知己｜求救於人。c)給：嫁禍於人｜獻身於科學事業。d)對；對於：忠於祖國｜有益於人民｜形勢於我們有利。e)自；從：青出於藍｜出於自願。f)表示比較：大於｜少於｜高於｜低於。g)表示被動：見笑於大方之家。❷後綴。a)動詞後綴：合於｜屬於｜在於｜至於。b)形容詞後綴：勇於負責｜善於調度｜易於了解｜難於實行。
另見1202頁 wū；1392頁 Yū。'于'另見1393頁 Yú。
【於今】yújīn ㄩˊ ㄐㄧㄣ ❶到現在：故鄉一別，於今十載。❷如今：這城市建設得非常快，於今已看不出原來的面貌。
【於思】yúsāi ㄩˊ ㄙㄞ 〈書〉形容鬍鬚很多(多疊用)。
【於是】yúshì ㄩˊ ㄕˋ 連詞，表示後一事緊接着前一事，後一事往往是由前一事引起的：大家一鼓勵，我於是恢復了信心。也說於是乎。

禺 yú ㄩˊ 古書上說的一種猴。

竽 yú ㄩˊ 古樂器，形狀像現在的笙。

舁 yú ㄩˊ 〈方〉共同抬東西。

俞 yú ㄩˊ ❶文言嘆詞，表示允許。❷(Yú)姓。
另見1067頁 shù'腧'。
【俞允】yúyǔn ㄩˊ ㄩㄣˇ 〈書〉允許。

狳 yú ㄩˊ 見944頁〔犰狳〕(qiúyú)。

娛(娱) yú ㄩˊ ❶使快樂：聊以自娛。❷快樂：歡娛｜耳目之娛。
【娛樂】yúlè ㄩˊ ㄌㄜˋ ❶使人快樂；消遣：娛樂場所。❷快樂有趣的活動：下棋是他愛好的娛樂。

萸〔萸〕 yú ㄩˊ 見1489頁〔茱萸〕(zhūyú)。

雩 yú ㄩˊ 古代求雨的祭禮。

魚(鱼) yú ㄩˊ ❶生活在水中的脊椎動物，體溫隨外界溫度而變化，一般身體側扁，有鱗和鰭，用鰓呼吸。種類極多，大部分可供食用或製魚膠。❷(Yú)姓。
【魚白】[1] yúbái ㄩˊ ㄅㄞˊ ❶魚的精液。❷〈方〉魚鰾。
【魚白】[2] yúbái ㄩˊ ㄅㄞˊ 魚肚白：東方一綫魚白，黎明已經到來。
【魚鰾】yúbiào ㄩˊ ㄅㄧㄠˋ 魚腹內白色的囊狀器官。鰾的脹縮可以調節身體的浮沈。魚鰾可以製魚膠。
【魚艙】yúcāng ㄩˊ ㄘㄤ 漁船上供裝載魚、蝦等的船艙。
【魚翅】yúchì ㄩˊ ㄔˋ 鯊魚的鰭經過加工之後，其軟骨條叫做魚翅，是珍貴的食品。也叫翅或翅子。

【魚唇】yúchún ㄩˊ ㄔㄨㄣˊ 海味，用鯊魚的唇加工而成。
【魚刺】yúcì ㄩˊ ㄘˋ 魚的細而尖的骨頭。
【魚肚】yúdǔ ㄩˊ ㄉㄨˇ 食品，用某些魚類的鰾製成。
【魚肚白】yúdùbái ㄩˊ ㄉㄨˋ ㄅㄞˊ 像魚肚子的顏色，白裏略帶青。多指黎明時東方天的顏色：天邊現出了魚肚白。
【魚餌】yú'ěr ㄩˊ ㄦˇ 釣魚用的魚食。
【魚粉】yúfěn ㄩˊ ㄈㄣˇ 魚類或魚類加工後剩下的頭、尾、內臟等經過蒸乾、壓榨、粉碎等工序而製成的產品，含有豐富的蛋白質，是良好的飼料。
【魚肝油】yúgānyóu ㄩˊ ㄍㄢ ㄧㄡˊ 從鯊魚、鱈魚和海豚、鯨等的肝臟中提煉出來的脂肪，黃色，有腥味，主要含有維生素A和維生素D。常用於夜盲症、佝僂病等。
【魚鼓】yúgǔ ㄩˊ ㄍㄨˇ 同'漁鼓'。
【魚鼓道情】yúgǔ dàoqíng ㄩˊ ㄍㄨˇ ㄉㄠˋ ㄑㄧㄥˊ 見237頁〖道情〗。
【魚貫】yúguàn ㄩˊ ㄍㄨㄢˋ 像游魚一樣一個挨一個地接連着(走)：魚貫而行｜魚貫入場。
【魚花】yúhuā ㄩˊ ㄏㄨㄚ 魚苗。
【魚膠】yújiāo ㄩˊ ㄐㄧㄠ ❶用魚鰾或用魚鱗、魚骨熬成的膠，熔化後黏性強，用做黏合劑，也用來製膠片。❷〈方〉魚的鰾，特指黃魚的鰾。
【魚具】yújù ㄩˊ ㄐㄩˋ 捕魚或釣魚的器具。也作漁具。
【魚雷】yúléi ㄩˊ ㄌㄟˊ 一種能在水中自行推進、自行控制方向和深度的炸彈。略呈圓筒形，由艦艇發射或飛機投擲，用來攻擊敵方的艦艇或破壞港口的建築物。
【魚雷艇】yúléitǐng ㄩˊ ㄌㄟˊ ㄊㄧㄥˇ 以魚雷為主要武器的小型艦艇，能迅速而靈活地逼近敵艦，發射魚雷。也叫魚雷快艇。
【魚鱗】yúlín ㄩˊ ㄌㄧㄣˊ 魚身上的鱗片，可以製魚膠。
【魚鱗坑】yúlínkēng ㄩˊ ㄌㄧㄣˊ ㄎㄥ 為蓄水或種樹而在山坡上挖的坑，交錯排列像魚鱗。
【魚龍混雜】yú lóng hùnzá ㄩˊ ㄌㄨㄥˊ ㄏㄨㄣˋ ㄗㄚˊ 比喻壞人和好人混在一起。
【魚米之鄉】yú mǐ zhī xiāng ㄩˊ ㄇㄧˇ ㄓ ㄒㄧㄤ 指盛產魚和大米的富庶的地方。
【魚苗】yúmiáo ㄩˊ ㄇㄧㄠˊ 由魚子孵化出來供養殖用的小魚。
【魚目混珠】yú mù hùn zhū ㄩˊ ㄇㄨˋ ㄏㄨㄣˋ ㄓㄨ 拿魚眼睛冒充珍珠。比喻拿假的東西冒充真的東西。
【魚漂】yúpiāo ㄩˊ ㄆㄧㄠ (魚漂兒)釣魚時拴在綫上的能漂浮的東西，作用是使魚鈎不致沈底。魚漂下沈，就知道魚已上鈎。
【魚肉】yúròu ㄩˊ ㄖㄡˋ 《史記·項羽本紀》：'人為刀俎，我為魚肉。'(刀俎指宰割的器具，魚肉指受宰割者)後來比喻用暴力欺凌，殘害：土豪橫行鄉里，魚肉百姓。
【魚水】yúshuǐ ㄩˊ ㄕㄨㄟˇ 魚和水。比喻彼此親密：魚水情深。
【魚水情】yúshuǐqíng ㄩˊ ㄕㄨㄟˇ ㄑㄧㄥˊ 形容極其親密的情誼，就像魚和水不能分離一樣。
【魚死網破】yú sǐ wǎng pò ㄩˊ ㄙˇ ㄨㄤˇ ㄆㄛˋ 比喻鬥爭雙方同歸於盡：拼個魚死網破。
【魚鬆】yúsōng ㄩˊ ㄙㄨㄥ 用魚類的肉加工製成的絨狀或碎末狀的食品。也叫魚肉鬆。
【魚網】yúwǎng ㄩˊ ㄨㄤˇ 捕魚用的網。也作漁網。
【魚尾紋】yúwěiwén ㄩˊ ㄨㄟˇ ㄨㄣˊ 人的眼角與鬢角之間的像魚尾的皺紋。
【魚鮮】yúxiān ㄩˊ ㄒㄧㄢ 指魚蝦等水產食物。
【魚汛】yúxùn ㄩˊ ㄒㄩㄣˋ 某些魚類由於產卵、越冬等原因在一定時期內高度集中在一定海域，適於捕撈的時期。也作漁汛。
【魚雁】yúyàn ㄩˊ ㄧㄢˋ 〈書〉比喻書信(古時有借魚腹和雁足傳信的說法)：頻通魚雁｜魚雁往還。
【魚秧子】yúyāng·zi ㄩˊ ㄧㄤ ·ㄗ 比魚苗稍大的小魚。
【魚鷹】yúyīng ㄩˊ ㄧㄥ ❶鶚的通稱。❷鸕鷀的通稱。
【魚游釜中】yú yóu fǔ zhōng ㄩˊ ㄧㄡˊ ㄈㄨˇ ㄓㄨㄥ 比喻處境危險，快要滅亡。
【魚子】yúzǐ ㄩˊ ㄗˇ 魚的卵：魚子醬。

揄 yú ㄩˊ 〈書〉牽引；提起。

【揄揚】yúyáng ㄩˊ ㄧㄤˊ 〈書〉❶讚揚：極口揄揚。❷宣揚：揄揚大義。

喁 yú ㄩˊ 〈書〉應和的聲音。
另見1378頁 yóng。

【喁喁】yúyú ㄩˊ ㄩˊ 〈書〉❶隨聲附和。❷形容說話的聲音(多用於小聲說話)：喁喁私語。
另見1378頁 yóngyóng。

嵎 yú ㄩˊ ❶山彎兒。❷同'隅'。

嵛(崳) yú ㄩˊ 昆嵛(Kūnyú ㄎㄨㄣ ㄩˊ)，山名，在山東。

畬 yú ㄩˊ 〈書〉開墾過兩年的田地。
另見1011頁 shē。

腴 yú ㄩˊ ❶(人)胖：豐腴。❷肥沃：膏腴。

渝[1] yú ㄩˊ 改變(多指態度或感情)：始終不渝｜堅貞不渝。

渝[2] Yú ㄩˊ 重慶市的別稱。

愉 yú ㄩˊ 愉快：愉悅｜面有不愉之色。

【愉快】yúkuài ㄩˊ ㄎㄨㄞˋ 快意；舒暢：愉快的微笑｜心情愉快｜生活過得很愉快。

【愉悦】yúyuè ㄩˊ ㄩㄝˋ 喜悦：懷着十分愉悦的心情。

隅 yú ㄩˊ ❶角落：牆隅｜城隅｜向隅｜一隅之地。❷靠邊沿的地方：海隅。

瑜 yú ㄩˊ 〈書〉❶美玉。❷玉的光彩，比喻優點：瑕不掩瑜｜瑕瑜互見。

【瑜伽】yújiā ㄩˊ ㄐㄧㄚ 印度的一種傳統健身法。'瑜伽'意為'結合'，指修行。強調呼吸規則和靜坐，以解除精神緊張，修身養性。也作瑜珈。［梵 Yoga］

榆 yú ㄩˊ 榆樹，落葉喬木，葉子卵形，花有短梗。翅果倒卵形，通稱榆錢。木材可供建築或製器具用。

【榆莢】yújiá ㄩˊ ㄐㄧㄚˊ 榆樹的果實。

【榆錢】yúqián ㄩˊ ㄑㄧㄢˊ (榆錢兒) 榆莢，形狀圓而小，像小銅錢。

虞[1]（虞）yú ㄩˊ ❶猜測；預料：不虞。❷憂慮：興修水利，水旱無虞｜無凍餒之虞。❸欺騙：爾虞我詐。

虞[2]（虞）Yú ㄩˊ ❶傳説中的朝代名，舜所建。❷周朝國名，在今山西平陸東北。❸姓。

愚 yú ㄩˊ ❶愚笨；傻：愚人｜愚不可及｜大智若愚。❷愚弄：為人所愚。❸用於自稱的謙辭：愚兄｜愚見｜愚以為不可。

【愚笨】yúbèn ㄩˊ ㄅㄣˋ 頭腦遲鈍，不靈活。

【愚不可及】yú bù kě jí ㄩˊ ㄅㄨˋ ㄎㄜˇ ㄐㄧˊ《論語·公冶長》：'寧武子，邦有道則知(智)；邦無道則愚。其知可及也，其愚不可及也。'原指人為了應付不利局面假裝愚痴，以免禍患，為常人所不及。後用來形容人極端愚蠢。

【愚痴】yúchī ㄩˊ ㄔ 愚笨痴呆。

【愚蠢】yúchǔn ㄩˊ ㄔㄨㄣˇ 愚笨；不聰明：愚蠢無知｜這種做法太愚蠢。

【愚鈍】yúdùn ㄩˊ ㄉㄨㄣˋ 愚笨；不伶俐：天資愚鈍。

【愚公移山】Yúgōng yí shān ㄩˊ ㄍㄨㄥ ㄧˊ ㄕㄢ 傳説古代有一位老人名叫北山愚公，家門前有兩座大山擋住了路，他下決心要把山平掉，另一個老人河曲智叟笑他太傻，認為不可能。愚公回答説：'我死了有兒子，兒子死了還有孫子，子子孫孫是沒有窮盡的。這兩座山可不會再增高了，鑿去一點就少一點，終有一天要鑿平的。'(見於《列子·湯問》) 比喻做事有毅力，不怕困難。

【愚陋】yúlòu ㄩˊ ㄌㄡˋ 愚昧鄙陋：愚陋之見。

【愚魯】yúlǔ ㄩˊ ㄌㄨˇ 愚笨：自愧愚魯｜生性愚魯。

【愚昧】yúmèi ㄩˊ ㄇㄟˋ 缺乏知識；愚蠢而不明事理：愚昧無知。

【愚氓】yúméng ㄩˊ ㄇㄥˊ 愚蠢的人。

【愚蒙】yúméng ㄩˊ ㄇㄥˊ 愚昧。

【愚民政策】yúmín zhèngcè ㄩˊ ㄇㄧㄣˊ ㄓㄥˋ ㄘㄜˋ 統治者為了便於統治人民而實行的愚弄人民，使人民處於愚昧無知和閉塞狀態的政策。

【愚弄】yúnòng ㄩˊ ㄋㄨㄥˋ 蒙蔽玩弄：被人愚弄。

【愚懦】yúnuò ㄩˊ ㄋㄨㄛˋ 愚昧怯懦：生性愚懦。

【愚頑】yúwán ㄩˊ ㄨㄢˊ 愚昧而頑固。

【愚妄】yúwàng ㄩˊ ㄨㄤˋ 愚昧而狂妄：愚妄可笑。

【愚拙】yúzhuō ㄩˊ ㄓㄨㄛ 愚笨。

與（与）yú ㄩˊ 同'歟'。另見1398頁 yǔ；1402頁 yù。

艅 yú ㄩˊ ［艅艎］(yúhuáng ㄩˊ ㄏㄨㄤˊ) 古時一種木船。

歈 yú ㄩˊ 〈書〉❶歌。❷同'愉'。

逾（❶踰）yú ㄩˊ ❶超過；越過：逾期｜逾限｜逾額｜年逾六十。❷更加：逾甚。

【逾常】yúcháng ㄩˊ ㄔㄤˊ 超過尋常：欣喜逾常。

【逾分】yúfèn ㄩˊ ㄈㄣˋ 過分：逾分的要求。

【逾期】yú//qī ㄩˊ // ㄑㄧ 超過所規定的期限：逾期未歸｜逾期三天。

【逾越】yúyuè ㄩˊ ㄩㄝˋ 超越：逾越常規｜不可逾越的障礙。

漁（渔、魰）yú ㄩˊ ❶捕魚：漁撈｜漁船｜漁翁｜漁業｜竭澤而漁。❷謀取(不應得的東西)：漁利。

【漁霸】yúbà ㄩˊ ㄅㄚˋ 佔有漁船、魚網等或開魚行剝削、欺壓漁民的惡霸。

【漁產】yúchǎn ㄩˊ ㄔㄢˇ 漁業產品：沿海漁產豐富。

【漁場】yúchǎng ㄩˊ ㄔㄤˇ 海上集中捕魚的區域，一般為魚群密集的地方。

【漁船】yúchuán ㄩˊ ㄔㄨㄢˊ 用於捕魚的船。

【漁村】yúcūn ㄩˊ ㄘㄨㄣ 漁民聚居的村莊。

【漁夫】yúfū ㄩˊ ㄈㄨ 以捕魚為業的男子。

【漁港】yúgǎng ㄩˊ ㄍㄤˇ 停泊漁船的港灣。

【漁歌】yúgē ㄩˊ ㄍㄜ 漁民所唱的、反映漁民生活的歌曲。

【漁鼓】yúgǔ ㄩˊ ㄍㄨˇ ❶打擊樂器，在長竹筒的一頭蒙上薄皮，用手敲打。是演唱道情的主要伴奏樂器。❷指道情，因用漁鼓伴奏而得名。參看237頁〖道情〗。‖也作魚鼓。

【漁鼓道情】yúgǔ dàoqíng ㄩˊ ㄍㄨˇ ㄉㄠˋ ㄑㄧㄥˊ 見237頁〖道情〗。

【漁火】yúhuǒ ㄩˊ ㄏㄨㄛˇ 漁船上的燈火：入夜，江上漁火點點。

【漁家】yújiā ㄩˊ ㄐㄧㄚ 以捕魚為業的人家。

【漁具】yújù ㄩˊ ㄐㄩˋ 同'魚具'。

【漁撈】yúlāo ㄩˊ ㄌㄠ 大規模的捕魚工作。

【漁利】yúlì ㄩˊ ㄌㄧˋ ❶趁機會謀取不正當的利

益：從中漁利。❷見〖漁人之利〗。
【漁獵】yúliè ㄩˊ ㄌㄧㄝˋ ❶捕魚打獵。❷〈書〉掠奪：漁獵百姓。❸〈書〉貪求並追逐：漁獵女色。
【漁輪】yúlún ㄩˊ ㄌㄨㄣˊ 捕魚的輪船。
【漁民】yúmín ㄩˊ ㄇㄧㄣˊ 以捕魚為業的人。
【漁人之利】yú rén zhī lì ㄩˊ ㄖㄣˊ ㄓ ㄌㄧˋ 比喻第三者利用雙方的矛盾衝突而取得的利益：坐收漁人之利。參看1404頁〖鷸蚌相爭，漁人得利〗。
【漁網】yúwǎng ㄩˊ ㄨㄤˇ 同'魚網'。
【漁翁】yúwēng ㄩˊ ㄨㄥ 稱年老的漁夫。
【漁汛】yúxùn ㄩˊ ㄒㄩㄣˋ 同'魚汛'。
【漁業】yúyè ㄩˊ ㄧㄝˋ 捕撈或養殖水生動植物的生產事業。
【漁舟】yúzhōu ㄩˊ ㄓㄡ 〈書〉漁船。

窬（踰） yú ㄩˊ〈書〉從牆上爬過去：穿窬。

褕 yú ㄩˊ 見123頁〖襜褕〗(chānyú)。

蝓 yú ㄩˊ 見674頁〖蛞蝓〗(kuòyú)。

餘[1]（余、馀） yú ㄩˊ ❶剩下：餘糧｜餘錢｜不遺餘力｜收支相抵，尚餘一百元。❷大數或度量單位等後面的零頭：五百餘斤｜一丈餘。❸指某種事情、情況以外或以後的時間：業餘｜興奮之餘，高歌一曲。

'余'另見1393頁 yú。

餘[2]（馀） Yú ㄩˊ 姓。

【餘波】yúbō ㄩˊ ㄅㄛ 指事件結束以後留下的影響：糾紛的餘波｜餘波未平。
【餘存】yúcún ㄩˊ ㄘㄨㄣˊ (出入相抵後)剩餘；結存：核對銷售數量和餘存數量。
【餘黨】yúdǎng ㄩˊ ㄉㄤˇ 未消滅盡的黨羽。
【餘地】yúdì ㄩˊ ㄉㄧˋ 指言語或行動中留下的可迴旋的地步：不留餘地｜有充分考慮的餘地。
【餘毒】yúdú ㄩˊ ㄉㄨˊ 殘留的毒素或禍害：肅清餘毒。
【餘額】yú'é ㄩˊ ㄜˊ ❶名額中餘下的空額。❷賬目上剩餘的金額。
【餘風】yúfēng ㄩˊ ㄈㄥ 遺留下來的風氣。
【餘割】yúgē ㄩˊ ㄍㄜ 見987頁〖三角函數〗。
【餘暉】yúhuī ㄩˊ ㄏㄨㄟ 傍晚的陽光：夕陽的餘暉｜晚霞的餘暉。也作餘輝。
【餘悸】yújì ㄩˊ ㄐㄧˋ 事後還感到的恐懼：心有餘悸。
【餘角】yújiǎo ㄩˊ ㄐㄧㄠˇ 平面上兩個角的和等於一個直角(90°)，這兩個角就互為餘角。
【餘燼】yújìn ㄩˊ ㄐㄧㄣˋ ❶燃燒後剩下的灰和沒燒盡的東西：紙烟餘燼。❷比喻戰亂後殘存的東西：劫後餘燼。
【餘力】yúlì ㄩˊ ㄌㄧˋ 剩餘的力量；多餘的精力：不遺餘力｜沒有餘力顧及此事。
【餘利】yúlì ㄩˊ ㄌㄧˋ 指工商業所得的利潤。
【餘瀝】yúlì ㄩˊ ㄌㄧˋ〈書〉剩餘的酒。比喻分到的一點小利：分沾餘瀝。
【餘糧】yúliáng ㄩˊ ㄌㄧㄤˊ 吃用之外餘下的糧食。
【餘年】yúnián ㄩˊ ㄋㄧㄢˊ 晚年：安度餘年。
【餘孽】yúniè ㄩˊ ㄋㄧㄝˋ 殘餘的壞人或惡勢力：封建餘孽｜鏟除餘孽。
【餘切】yúqiē ㄩˊ ㄑㄧㄝ 見987頁〖三角函數〗。
【餘缺】yúquē ㄩˊ ㄑㄩㄝ 富餘和缺欠：互通有無，調劑餘缺。
【餘熱】yúrè ㄩˊ ㄖㄜˋ ❶生產過程中剩餘的熱量：利用餘熱取暖。❷比喻離休、退休以後的老年人的精力和作用：老專家要發揮餘熱，為社會多做貢獻。
【餘生】yúshēng ㄩˊ ㄕㄥ ❶指晚年：安度餘生。❷(大災難後)僥幸保全的生命：劫後餘生｜憂患餘生｜虎口餘生。
【餘剩】yúshèng ㄩˊ ㄕㄥˋ 剩餘：去年收成好，今年有餘剩。
【餘數】yúshù ㄩˊ ㄕㄨˋ 整數除法中，被除數未被除數整除所剩的大於0而小於除數的部分。如27÷6=4…3，即不完全商是4，餘數是3。
【餘外】yúwài ㄩˊ ㄨㄞˋ〈方〉除此之外：荒野裏只見幾個墳頭，餘外甚麼也看不到。
【餘威】yúwēi ㄩˊ ㄨㄟ 剩餘的威力：餘威猶存｜傍晚，地面仍發散着烈日的餘威。
【餘味】yúwèi ㄩˊ ㄨㄟˋ 留下的耐人回想的味道：歌聲美妙，餘味無窮。
【餘暇】yúxiá ㄩˊ ㄒㄧㄚˊ 工作或學習之外的空閑時間。
【餘下】yúxià ㄩˊ ㄒㄧㄚˋ 剩下：一共一千元，用去六百元，還餘下四百元。
【餘弦】yúxián ㄩˊ ㄒㄧㄢˊ 見987頁〖三角函數〗。
【餘興】yúxìng ㄩˊ ㄒㄧㄥˋ ❶未盡的興致：餘興未盡。❷會議或宴會之後附帶舉行的文娛活動：會議到此結束，餘興節目現在開始。
【餘音】yúyīn ㄩˊ ㄧㄣ 指歌唱或演奏後好像還留在耳邊的聲音：餘音繚繞。
【餘音繞樑】yú yīn rào liáng ㄩˊ ㄧㄣ ㄖㄠˋ ㄌㄧㄤˊ 歌唱停止後，餘音好像還在繞着屋樑迴旋。形容歌聲或音樂優美，耐人回味。
【餘勇可賈】yú yǒng kě gǔ ㄩˊ ㄩㄥˇ ㄎㄜˇ ㄍㄨˇ 還有剩餘力量可以使出來。
【餘裕】yúyù ㄩˊ ㄩˋ 富裕：餘裕的時間｜餘裕的精力｜這幾年吃穿不但不愁，而且還有餘裕。
【餘韻】yúyùn ㄩˊ ㄩㄣˋ 遺留下來的韻致：饒有餘韻。
【餘震】yúzhèn ㄩˊ ㄓㄣˋ 大地震之後緊跟着發生的小地震。較大的餘震也能造成破壞。

諛(谀) yú ㄩˊ〈書〉諂媚；奉承：阿(ē)諛｜諛辭。

【諛辭】yúcí ㄩˊ ㄘˊ 阿諛奉承的話。也作諛詞。

覦(觎) yú ㄩˊ 見547頁〖覬覦〗(jìyú)。

璵(玙) yú ㄩˊ〈書〉美玉。

歟(欤) yú ㄩˊ〈書〉助詞。❶表示疑問或反問，跟'嗎'或'呢'相同：子非三閭大夫歟？｜嗚呼，是誰之咎歟？❷表示感嘆，跟'啊'相同：論者之言，一似管窺虎歟！

輿[1](舆) yú ㄩˊ〈書〉❶車：輿馬｜捨輿登舟。❷車上可以載人載物的部分。❸指轎：肩輿｜綵輿。

輿[2](舆) yú ㄩˊ 地：輿地｜輿圖。

輿[3](舆) yú ㄩˊ 眾人的：輿論｜輿情。

【輿論】yúlùn ㄩˊ ㄌㄨㄣˋ 群眾的言論：輿論界｜社會輿論｜國際輿論｜輿論譁然。

【輿情】yúqíng ㄩˊ ㄑㄧㄥˊ 群眾的意見和態度：洞察輿情｜輿情激昂。

【輿圖】yútú ㄩˊ ㄊㄨˊ〈書〉地圖(多指疆域圖)。

騟(蝓) yú ㄩˊ〈書〉紫色的馬。

髃 yú ㄩˊ 中醫指肩的前部。

旟(旟) yú ㄩˊ 古代一種軍旗。

yǔ (ㄩˇ)

予 yǔ ㄩˇ 給：授予獎狀｜免予處分｜請予批准。

另見1393頁 yú。

【予人口實】yǔ rén kǒushí ㄩˇ ㄖㄣˊ ㄎㄡˇ ㄕˊ 給人留下指責的把柄。

【予以】yǔyǐ ㄩˇ ㄧˇ 給以：予以支持｜予以警告｜予以表揚｜予以批評。

宇 yǔ ㄩˇ ❶房檐。泛指房屋：屋宇｜棟宇。❷上下四方，所有的空間；世界：宇宙｜宇內｜寰宇。❸風度；氣質：眉宇｜神宇｜器宇。❹(Yǔ)姓。

【宇航】yǔháng ㄩˇ ㄏㄤˊ ❶宇宙航行。指人造地球衛星、宇宙飛船等在太陽系內外空間航行。❷跟宇航有關的：宇航員。

【宇文】Yǔwén ㄩˇ ㄨㄣˊ 姓。

【宇宙】yǔzhòu ㄩˇ ㄓㄡˋ ❶包括地球及其他一切天體的無限空間。❷一切物質及其存在形式的總體('宇'指無限空間，'宙'指無限時間)。哲學上也叫世界。參看655頁〖空間〗、1039頁〖時間〗、1045頁〖世界〗。

【宇宙塵】yǔzhòuchén ㄩˇ ㄓㄡˋ ㄔㄣˊ 散在宇宙空間的微粒狀物質，密集像雲霧，常作劇烈的迴旋運動。

【宇宙飛船】yǔzhòu fēichuán ㄩˇ ㄓㄡˋ ㄈㄟ ㄔㄨㄢˊ 用多級火箭做運載工具，從地球上發射出去能在宇宙空間航行的飛行器。

【宇宙觀】yǔzhòuguān ㄩˇ ㄓㄡˋ ㄍㄨㄢ 世界觀。

【宇宙火箭】yǔzhòu huǒjiàn ㄩˇ ㄓㄡˋ ㄏㄨㄛˇ ㄐㄧㄢˋ 可以脫離地心引力，發射到其他星球或星際空間的火箭。

【宇宙空間】yǔzhòu kōngjiān ㄩˇ ㄓㄡˋ ㄎㄨㄥ ㄐㄧㄢ 指地球大氣層以外的空間。也叫外層空間。

【宇宙射綫】yǔzhòu shèxiàn ㄩˇ ㄓㄡˋ ㄕㄜˋ ㄒㄧㄢˋ 從宇宙空間輻射到地球上的射綫。能量極大，穿透力比愛克斯射綫和丙種射綫更強。也叫宇宙綫。

【宇宙速度】yǔzhòu sùdù ㄩˇ ㄓㄡˋ ㄙㄨˋ ㄉㄨˋ 物體能夠克服地心引力的作用離開地球進入星際空間的速度。宇宙速度分為三級，即第一宇宙速度、第二宇宙速度、第三宇宙速度。

羽[1] yǔ ㄩˇ ❶羽毛①。❷鳥類或昆蟲的翅膀：振羽。❸量詞，用於鳥類：一羽信鴿。

羽[2] yǔ ㄩˇ 古代五音之一，相當於簡譜的'6'。參看1211頁〖五音〗。

【羽緞】yǔduàn ㄩˇ ㄉㄨㄢˋ 光滑像緞子的棉織品，常用來做外衣和大衣的裏子。也叫羽毛緞。

【羽冠】yǔguān ㄩˇ ㄍㄨㄢ 鳥類頭頂上的豎立的長羽毛，例如孔雀就有羽冠。

【羽化】[1] yǔhuà ㄩˇ ㄏㄨㄚˋ ❶古人說仙人能飛升變化，把成仙叫做羽化。❷婉辭，道教徒稱人死。

【羽化】[2] yǔhuà ㄩˇ ㄏㄨㄚˋ 昆蟲由蛹變為成蟲。

【羽毛】yǔmáo ㄩˇ ㄇㄠˊ ❶鳥類身體表面所長的毛，有保護身體、保持體溫、幫助飛翔等作用。❷鳥類的羽和獸類的毛。比喻人的名譽：愛惜羽毛。

【羽毛球】yǔmáoqiú ㄩˇ ㄇㄠˊ ㄑㄧㄡˊ ❶球類運動項目之一，規則和用具大體上像網球。❷羽毛球運動使用的球，用軟木包羊皮裝上羽毛製成。也有用塑料製的。

【羽毛未豐】yǔmáo wèi fēng ㄩˇ ㄇㄠˊ ㄨㄟˋ ㄈㄥ 比喻還沒有成熟，還沒有成長壯大。

【羽絨】yǔróng ㄩˇ ㄖㄨㄥˊ 禽類腹部和背部的絨毛。特指經過加工處理的鴨、鵝等的羽毛：羽絨服｜羽絨製品。

【羽紗】yǔshā ㄩˇ ㄕㄚ 一種薄的紡織品，用棉跟毛或絲等混合織成，多用來做衣服裏子。

【羽扇】yǔshàn ㄩˇ ㄕㄢˋ 用鳥翅膀上的長羽毛製成的扇子：羽扇綸(guān)巾。

【羽翼】yǔyì ㄩˇ ㄧˋ 翅膀。比喻輔佐的人或力量。

雨 yǔ ㄩˇ 從雲層中降向地面的水。雲裏的小水滴體積增大到不能懸浮在空氣中時，就落下成為雨。

另見1400頁 yù。

【雨布】yǔbù ㄩˇ ㄅㄨˋ 指可以遮擋雨的布，如油布、膠布、塑料布等。

【雨點】yǔdiǎn ㄩˇ ㄉㄧㄢˇ (雨點兒) 形成雨的小水滴。

【雨刮器】yǔguāqì ㄩˇ ㄍㄨㄚ ㄑㄧˋ 刮去汽車擋風玻璃上雨水的裝置。也叫雨刷。

【雨後春筍】yǔ hòu chūn sǔn ㄩˇ ㄏㄡˋ ㄔㄨㄣ ㄙㄨㄣˇ 春天下雨後竹筍長得很多很快。比喻新事物大量出現。

【雨花石】yǔhuāshí ㄩˇ ㄏㄨㄚ ㄕˊ 一種光潔的小卵石，有美麗的色彩和花紋，可供觀賞，主要出產在南京雨花台一帶。

【雨季】yǔjì ㄩˇ ㄐㄧˋ 雨水多的季節。

【雨腳】yǔjiǎo ㄩˇ ㄐㄧㄠˇ 指像綫一樣一串串密密連接着的雨點。

【雨具】yǔjù ㄩˇ ㄐㄩˋ 防雨的用具，如雨傘、雨衣、雨鞋、油布。

【雨量】yǔliàng ㄩˇ ㄌㄧㄤˋ 在一定時間內，降落在水平地面上的未經蒸發、滲透或流失的雨水所積的深度，通常以毫米為單位。

【雨林】yǔlín ㄩˇ ㄌㄧㄣˊ 熱帶或亞熱帶暖熱濕潤地區的一種森林類型。由高大常綠闊葉樹構成繁密林冠，多層結構，並包含豐富的木質藤本和附生高等植物。包括熱帶雨林、亞熱帶雨林、山地雨林等。

【雨露】yǔlù ㄩˇ ㄌㄨˋ 雨和露。比喻恩惠：雨露之恩。

【雨幕】yǔmù ㄩˇ ㄇㄨˋ 雨點密密麻麻，景物像被幕罩住一樣，因此叫做雨幕。

【雨披】yǔpī ㄩˇ ㄆㄧ 防雨的斗篷。

【雨前】yǔqián ㄩˇ ㄑㄧㄢˊ 綠茶的一種，用穀雨前採摘的細嫩芽尖製成。

【雨情】yǔqíng ㄩˇ ㄑㄧㄥˊ 某個地區降雨的情況。

【雨傘】yǔsǎn ㄩˇ ㄙㄢˇ 防雨的傘，用油紙、油布、錦綸或塑料布等製成。

【雨刷】yǔshuā ㄩˇ ㄕㄨㄚ 雨刮器。

【雨水】[1] yǔshuǐ ㄩˇ ㄕㄨㄟˇ 由降雨而來的水：雨水調和｜雨水足，莊稼長得好。

【雨水】[2] yǔshuǐ ㄩˇ ㄕㄨㄟˇ 二十四節氣之一，在2月18，19或20日。參看589頁〖節氣〗、306頁〖二十四節氣〗。

【雨水管】yǔshuǐguǎn ㄩˇ ㄕㄨㄟˇ ㄍㄨㄢˇ 見1074頁〖水落管〗。

【雨絲】yǔsī ㄩˇ ㄙ 像一條條絲的細雨：空中飄着雨絲。

【雨凇】yǔsōng ㄩˇ ㄙㄨㄥ 雨落在0°C以下的地表或地面物體上，或過冷的水滴和物體(如電綫、樹枝、飛機翼面等)互相接觸而形成的冰層。通稱冰挂。

【雨霧】yǔwù ㄩˇ ㄨˋ 像霧一樣的細雨：雨霧茫茫｜雨霧籠罩了江面。

【雨鞋】yǔxié ㄩˇ ㄒㄧㄝˊ 下雨天穿的不透水的鞋。

【雨靴】yǔxuē ㄩˇ ㄒㄩㄝ 防水的靴子，用橡膠、塑料等製成。

【雨衣】yǔyī ㄩˇ ㄧ 用油布、膠布或塑料等製成的防雨外衣。

【雨意】yǔyì ㄩˇ ㄧˋ 要下雨的徵兆：陰雲密佈，雨意正濃｜天空萬里無雲，沒有一絲雨意。

俁 (俣) yǔ ㄩˇ [俁俁]〈書〉身材高大。

禹 Yǔ ㄩˇ ❶傳說中的古代部落聯盟首領，曾治平洪水。❷姓。

圄 yǔ ㄩˇ 見730頁〖囹圄〗(língyǔ)。

敔 yǔ ㄩˇ 古樂器，奏樂將終，擊敔使演奏停止。

圉 yǔ ㄩˇ 〈書〉養馬的地方：圉人(掌管養馬的人)。

偊 yǔ ㄩˇ 〈書〉形容獨行。

庾 yǔ ㄩˇ ❶〈書〉露天的穀倉。❷(Yǔ)姓。

鄅 Yǔ ㄩˇ 周朝國名，在今山東臨沂。

瑀 yǔ ㄩˇ 〈書〉像玉的石頭。

與[1] (与) yǔ ㄩˇ ❶給：贈與｜與人方便｜信件已交與本人。❷交往：相與｜與國(友邦)。❸讚許；贊助：與人為善。❹〈書〉等待：歲不我與(時光不等我)。

與[2] (与) yǔ ㄩˇ ❶介詞，跟：與虎謀皮｜與困難作鬥爭。❷連詞，和：工業與農業｜批評與自我批評。

另見1395頁 yú；1402頁 yù。

【與共】yǔgòng ㄩˇ ㄍㄨㄥˋ 在一起：生死與共｜朝夕與共｜榮辱與共。

【與虎謀皮】yǔ hǔ móu pí ㄩˇ ㄏㄨˇ ㄇㄡˊ ㄆㄧˊ 跟老虎商量取下它的皮來。比喻所商量的事跟對方(多指壞人)利害衝突，絕對辦不到。

【與其】yǔqí ㄩˇ ㄑㄧˊ 連詞，比較兩件事的利害得失而決定取捨的時候，'與其' 用在放棄的一面(後面常用 '毋寧、不如' 呼應)：與其揚湯止沸，不如釜底抽薪。

【與人為善】yǔ rén wéi shàn ㄩˇ ㄖㄣˊ ㄨㄟˊ ㄕㄢˋ 原指贊助人學好，現多指善意幫助別人。

【與日俱增】yǔ rì jù zēng ㄩˇ ㄖˋ ㄐㄩˋ ㄗㄥ 隨着時間的推移而不斷增長。

【與世長辭】yǔ shì cháng cí ㄩˇ ㄕˋ ㄔㄤˊ ㄘˊ 指人去世。

傴 (伛) yǔ ㄩˇ 曲(背)；彎(腰)：傴着背｜傴下腰。

【傴僂】yǔlǚ ㄩˇ ㄌㄩˇ〈書〉腰背彎曲。

瘐

yǔ ㄩˇ 見下。

【瘐斃】yǔbì ㄩˇ ㄅㄧˋ 瘐死。

【瘐死】yǔsǐ ㄩˇ ㄙˇ 古代指犯人在監獄中因飢寒而死。後來也泛指在監獄中病死。

語（语）

yǔ ㄩˇ ❶話：語言｜語音｜漢語｜外語｜成語｜千言萬語。❷說：細語｜低語｜不言不語｜默默不語。❸諺語；成語：語云，'不入虎穴，焉得虎子。'❹代替語言表示意思的動作或方式：手語｜旗語｜燈語。

另見1403頁 yù。

【語病】yǔbìng ㄩˇ ㄅㄧㄥˋ 措詞上的毛病（多指不通順、有歧義或容易引起誤會的）。

【語詞】yǔcí ㄩˇ ㄘˊ 指詞、詞組一類的語言成分。

【語調】yǔdiào ㄩˇ ㄉㄧㄠˋ 說話的腔調，就是一句話裏語音高低輕重的配置。

【語法】yǔfǎ ㄩˇ ㄈㄚˇ ❶語言的結構方式，包括詞的構成和變化、詞組和句子的組織。❷語法研究：描寫語法｜歷史語法｜比較語法。

【語法學】yǔfǎxué ㄩˇ ㄈㄚˇ ㄒㄩㄝˊ 語言學的一個部門，研究語法結構規律。

【語感】yǔgǎn ㄩˇ ㄍㄢˇ 言語交流中指對詞語表達的理解、使用習慣等的反映。

【語彙】yǔhuì ㄩˇ ㄏㄨㄟˋ 一種語言的或一個人所用的詞和短語的總和：漢語的語彙是極其豐富的｜語彙貧乏是寫不出好文章的。

【語句】yǔjù ㄩˇ ㄐㄩˋ 泛指成句的話：語句不通。

【語庫】yǔkù ㄩˇ ㄎㄨˋ 彙集並保存語料的地方。也叫語料庫。

【語料】yǔliào ㄩˇ ㄌㄧㄠˋ 語言材料，是編寫字典、詞典和進行語言研究的依據。

【語料庫】yǔliàokù ㄩˇ ㄌㄧㄠˋ ㄎㄨˋ 語庫。

【語錄】yǔlù ㄩˇ ㄌㄨˋ 某人言論的記錄或摘錄。

【語氣】yǔqì ㄩˇ ㄑㄧˋ ❶說話的口氣：聽他的語氣，這事大概有點不妙。❷表示陳述、疑問、祈使、感嘆等分別的語法範疇。

【語塞】yǔsè ㄩˇ ㄙㄜˋ 由於激動、氣憤或理虧等原因而一時說不出話：悲憤之下，一時語塞。

【語素】yǔsù ㄩˇ ㄙㄨˋ 詞素。

【語體文】yǔtǐwén ㄩˇ ㄊㄧˇ ㄨㄣˊ 白話文。

【語文】yǔwén ㄩˇ ㄨㄣˊ ❶語言和文字：語文程度（指閱讀、寫作等能力）。❷語言和文學：中學語文課本。

【語無倫次】yǔ wú lúncì ㄩˇ ㄨˊ ㄌㄨㄣˊ ㄘˋ 話講得很亂，沒有條理層次。

【語系】yǔxì ㄩˇ ㄒㄧˋ 有共同來源的一些語言的總稱。如漢藏語系、印歐語系。同一語系又可以根據關係疏密分成好些語族，如印歐語系可以分成印度、伊朗、斯拉夫、日耳曼、羅馬等語族。

【語序】yǔxù ㄩˇ ㄒㄩˇ 見188頁〖詞序〗。

【語焉不詳】yǔ yān bù xiáng ㄩˇ ㄧㄢ ㄅㄨˋ ㄒㄧㄤˊ 說得不詳細。

【語言】yǔyán ㄩˇ ㄧㄢˊ ❶人類所特有的用來表達意思、交流思想的工具，是一種特殊的社會現象，由語音、詞彙和語法構成一定的系統。'語言'一般包括它的書面形式，但在與'文字'並舉時只指口語。❷話語：語言乏味｜由於文化水平和職業的差異，他們之間缺少共同的語言。

【語言學】yǔyánxué ㄩˇ ㄧㄢˊ ㄒㄩㄝˊ 研究語言的本質、結構和發展規律的科學。

【語意】yǔyì ㄩˇ ㄧˋ 話語所包含的意義：語意深長。

【語義學】yǔyìxué ㄩˇ ㄧˋ ㄒㄩㄝˊ 語言學的一個部門，研究詞語的意義及其演變。

【語音】yǔyīn ㄩˇ ㄧㄣ 語言的聲音，就是人說話的聲音。

【語音學】yǔyīnxué ㄩˇ ㄧㄣ ㄒㄩㄝˊ 語言學的一個部門，研究的對象是語音。

【語源學】yǔyuánxué ㄩˇ ㄩㄢˊ ㄒㄩㄝˊ 語言學的一個部門，研究語詞的語音和意義的演變，並應用比較語言學的方法考求某個語詞的最初的語音和意義。

【語種】yǔzhǒng ㄩˇ ㄓㄨㄥˇ 語言按語音、詞彙和語法特徵、性質的不同而劃分的種類。

【語重心長】yǔ zhòng xīn cháng ㄩˇ ㄓㄨㄥˋ ㄒㄧㄣ ㄔㄤˊ 言辭誠懇，情意深長。

【語助詞】yǔzhùcí ㄩˇ ㄓㄨˋ ㄘˊ 漢語和另外一些語言中專門表示各種語氣的助詞，一般位於句子的末尾或句中停頓的地方。也叫語氣助詞。

【語族】yǔzú ㄩˇ ㄗㄨˊ 見〖語系〗。

鋙（铻）

yǔ ㄩˇ 見621頁〔鉏鋙〕(jǔyǔ)。另見1209頁 wú。

窳

yǔ ㄩˇ〈書〉(事物) 惡劣；壞：窳敗｜窳劣｜良窳 (優劣)。

【窳敗】yǔbài ㄩˇ ㄅㄞˋ〈書〉敗壞；腐敗。

【窳惰】yǔduò ㄩˇ ㄉㄨㄛˋ〈書〉懶惰。

【窳劣】yǔliè ㄩˇ ㄌㄧㄝˋ〈書〉粗劣；惡劣：器具窳劣。

嶼（屿）

yǔ ㄩˇ (舊讀xù ㄒㄩˋ) 小島：島嶼。

貐（猰）

yǔ ㄩˇ 見1311頁〔猰貐〕(yàyǔ)。

齬（龉）

yǔ ㄩˇ 見622頁〔齟齬〕(jǔyǔ)。

yù (ㄩˋ)

玉

yù ㄩˋ ❶礦物，硬玉和軟玉的統稱，質地細而有光澤，可用來製造裝飾品或做雕刻的材料。❷比喻潔白或美麗：玉顏｜亭亭玉立。❸敬辭，指對方身體或行動：玉音｜玉照。❹(Yù)姓。

【玉版宣】yùbǎnxuān ㄩˋ ㄅㄢˇ ㄒㄩㄢ 一種色白質堅的宣紙，比一般宣紙厚。

【玉版紙】yùbǎnzhǐ ㄩˋ ㄅㄢˇ ㄓˇ 一種文化用紙，供書寫或作簿籍用。產於湖南。

【玉帛】yùbó ㄩˋ ㄅㄛˊ 古時國與國間交際時用做禮物的玉器和絲織品：化干戈為玉帛(變戰爭為和平)。

【玉成】yùchéng ㄩˋ ㄔㄥˊ 敬辭，成全：深望玉成此事。

【玉帶】yùdài ㄩˋ ㄉㄞˋ 古代官員所用的玉飾腰帶。

【玉雕】yùdiāo ㄩˋ ㄉㄧㄠ 在玉上雕刻形象、花紋的藝術。也指用玉雕刻成的工藝品。

【玉皇大帝】Yùhuáng Dàdì ㄩˋ ㄏㄨㄤˊ ㄉㄚˋ ㄉㄧˋ 道教稱天上最高的神。也叫玉帝。

【玉茭】yùjiāo ㄩˋ ㄐㄧㄠ 〈方〉玉米。也叫玉茭子。

【玉潔冰清】yù jié bīng qīng ㄩˋ ㄐㄧㄝˊ ㄅㄧㄥ ㄑㄧㄥ 比喻高尚純潔。也說冰清玉潔。

【玉蘭】yùlán ㄩˋ ㄌㄢˊ ❶落葉喬木，葉子倒卵形，背面有柔毛，花大，多為白色或紫色，有香氣，花瓣長倒卵形，果實圓筒形。供觀賞。❷這種植物的花。

【玉蘭片】yùlánpiàn ㄩˋ ㄌㄢˊ ㄆㄧㄢˋ 曬乾了的白色嫩筍片，供食用。

【玉麥】yùmài ㄩˋ ㄇㄞˋ 〈方〉玉米。

【玉米】yùmǐ ㄩˋ ㄇㄧˇ ❶一年生草本植物，莖高2–3米，葉子長而大，花單性，雌雄同株，子實比黃豆稍大，可供食用或製澱粉等。❷這種植物的果實。‖也叫玉蜀黍。在不同地區有老玉米、玉茭、玉麥、包穀、包米、棒子、珍珠米等名稱。

【玉米麪】yùmǐmiàn ㄩˋ ㄇㄧˇ ㄇㄧㄢˋ 玉米磨成的麪。

【玉珮】yùpèi ㄩˋ ㄆㄟˋ 用玉石製成的裝飾品，古時多繫在衣帶上。

【玉器】yùqì ㄩˋ ㄑㄧˋ 用玉石雕琢成的各種器物。多為工藝美術品。

【玉搔頭】yùsāotóu ㄩˋ ㄙㄠ ㄊㄡˊ 玉簪。

【玉色】yù·shai ㄩˋ·ㄕㄞ 〈方〉淡青色。

【玉石】yù·shí ㄩˋ·ㄕˊ 玉：這座人像是玉石的。

【玉石俱焚】yù shí jù fén ㄩˋ ㄕˊ ㄐㄩˋ ㄈㄣˊ 美玉和石頭一齊燒燬了。比喻好的和壞的一同毀掉。

【玉碎】yùsuì ㄩˋ ㄙㄨㄟˋ 比喻為保持氣節而犧牲(常與'瓦全'對舉)：寧為玉碎，不為瓦全。

【玉兔】yùtù ㄩˋ ㄊㄨˋ 〈書〉指月亮，傳說中月中有兔：玉兔東升。

【玉璽】yùxǐ ㄩˋ ㄒㄧˇ 君主的玉印。

【玉音】yùyīn ㄩˋ ㄧㄣ 尊稱對方的書信、言詞(多用於書信)：佇候玉音。

【玉宇】yùyǔ ㄩˋ ㄩˇ ❶傳說中神仙住的華麗的宮殿：瓊樓玉宇。❷指天空。也指宇宙：玉宇澄清。

【玉簪】yùzān ㄩˋ ㄗㄢ 用玉做成的簪子。也叫玉搔頭。

【玉照】yùzhào ㄩˋ ㄓㄠˋ 敬辭，稱別人的照片。

芋〔芋〕 yù ㄩˋ ❶多年生草本植物，塊莖橢圓形或卵形，葉子略呈卵形，有長柄，花穗軸在苞內，雄花黃色，雌花綠色。塊莖含澱粉很多，供食用。❷這種植物的塊莖。‖通稱芋頭。❸泛指馬鈴薯、甘薯等植物：洋芋｜山芋。

【芋艿】yùnǎi ㄩˋ ㄋㄞˇ 芋①②。

【芋頭】yù·tou ㄩˋ·ㄊㄡ ❶芋①②的通稱。❷〈方〉甘薯。

聿 yù ㄩˋ 古漢語助詞，用在句首或句中。

谷 yù ㄩˋ 見1159頁〖吐谷渾〗(Tǔyùhún)。另見409頁 gǔ；412頁 gǔ'穀'。

雨 yù ㄩˋ 〈書〉下(雨、雪等)：雨雪。另見1398頁 yǔ。

育 yù ㄩˋ ❶生育：節育。❷養活：育嬰｜育苗｜封山育林。❸教育：德育｜智育｜體育。

另見1377頁 yō。

【育才】yùcái ㄩˋ ㄘㄞˊ 培養人才。

【育雛】yùchú ㄩˋ ㄔㄨˊ 餵養幼小的鳥類。

【育肥】yùféi ㄩˋ ㄈㄟˊ 見331頁〖肥育〗。

【育林】yùlín ㄩˋ ㄌㄧㄣˊ 培植森林：封山育林。

【育齡】yùlíng ㄩˋ ㄌㄧㄥˊ 指適合生育的年齡：育齡夫婦。

【育苗】yù∥miáo ㄩˋ∥ㄇㄧㄠˊ 在苗圃、溫牀或溫室裏培育幼苗，以備移到地裏去栽種。

【育秧】yù∥yāng ㄩˋ∥ㄧㄤ 培育秧苗：溫室育秧。

【育嬰堂】yùyīngtáng ㄩˋ ㄧㄥ ㄊㄤˊ 舊時收養無人撫育的嬰兒的機構。

【育種】yù∥zhǒng ㄩˋ∥ㄓㄨㄥˇ 用人工方法培育新的品種。常用的作物育種方法有單穗或單株選種、有性雜交、無性雜交等。

郁 yù ㄩˋ ❶香氣濃厚：馥郁｜郁烈。❷(Yù)姓。

另見1404頁 yù'鬱'。

【郁郁】yùyù ㄩˋ ㄩˋ 〈書〉❶文采顯著：文采郁郁。❷香氣濃厚。

昱 yù ㄩˋ 〈書〉❶日光。❷照耀。

彧 yù ㄩˋ 〈書〉有文采。

峪 yù ㄩˋ 山谷(多用於地名)：馬蘭峪(在河北)｜嘉峪關(在甘肅)。

浴 yù ㄩˋ 洗澡：沐浴｜淋浴｜浴室｜海水浴◇日光浴。

【浴場】yùchǎng ㄩˋ ㄔㄤˇ 露天游泳場所：海濱

浴場。
【浴池】yùchí ㄩˋ ㄔˊ ❶供許多人同時洗澡的設備，形狀像池塘，用石頭或混凝土築成。❷借指澡堂(多用做澡堂的名稱)。
【浴缸】yùgāng ㄩˋ ㄍㄤ 新式的大澡盆。
【浴巾】yùjīn ㄩˋ ㄐㄧㄣ 洗澡時用的長毛巾。
【浴盆】yùpén ㄩˋ ㄆㄣˊ 澡盆(不包括新式的大澡盆)。
【浴室】yùshì ㄩˋ ㄕˋ ❶有洗澡設備的房間。❷澡堂。
【浴血】yùxuè ㄩˋ ㄒㄩㄝˋ 形容戰鬥激烈：浴血奮戰。
【浴衣】yùyī ㄩˋ ㄧ 專供洗澡前後穿的衣服。

域 yù ㄩˋ ❶在一定疆界內的地方；疆域：區域｜異域｜域外｜絕域。❷泛指某種範圍：境域｜音域。

堉 yù ㄩˋ 〈書〉肥沃的土地。

菀〔菀〕 yù ㄩˋ 〈書〉茂盛。
另見1177頁 wǎn。

欲 yù ㄩˋ ❶想要；希望：暢所欲言｜從心所欲。❷需要：膽欲大而心欲細。❸將要：搖搖欲墜｜山雨欲來風滿樓。
另見1403頁 yù'慾'。
【欲罷不能】yù bà bù néng ㄩˋ ㄅㄚˋ ㄅㄨˋ ㄋㄥˊ 想停止也不能停止。
【欲蓋彌彰】yù gài mí zhāng ㄩˋ ㄍㄞˋ ㄇㄧˊ ㄓㄤ 想要掩蓋事實的真相，結果反而更加顯露出來(指壞事)。
【欲加之罪，何患無辭】yù jiā zhī zuì,hé huàn wú cí ㄩˋ ㄐㄧㄚ ㄓ ㄗㄨㄟˋ,ㄏㄜˊ ㄏㄨㄢˋ ㄨˊ ㄘˊ 想要給人加上罪名，何愁找不到藉口。指以種種藉口誣陷人。
【欲擒故縱】yù qín gù zòng ㄩˋ ㄑㄧㄣˊ ㄍㄨˋ ㄗㄨㄥˋ 為了要捉住他，故意先放開他，使他放鬆戒備。比喻為了更好地控制，故意放鬆一步。
【欲速則不達】yù sù zé bù dá ㄩˋ ㄙㄨˋ ㄗㄜˊ ㄅㄨˋ ㄉㄚˊ 過於性急反而不能達到目的。

淯 Yù ㄩˋ 淯河，發源於河南，流入湖北。也叫白河。

尉 yù ㄩˋ 見下。
另見1193頁 wèi。
【尉遲】Yùchí ㄩˋ ㄔˊ 姓。
【尉犁】Yùlí ㄩˋ ㄌㄧˊ 地名，在新疆。

馭(驭) yù ㄩˋ ❶駕馭：馭車｜馭馬｜馭手。❷〈書〉統率；控制：馭下無方。
【馭手】yùshǒu ㄩˋ ㄕㄡˇ 使役牲畜的士兵。也作御手。

棫 yù ㄩˋ 古書上說的一種植物。

喻 yù ㄩˋ ❶說明；告知：曉喻｜喻之以理｜不可理喻。❷明白；了解：家喻戶曉｜不言而喻。❸比方：比喻。❹(Yù)姓。
【喻世】yùshì ㄩˋ ㄕˋ 告誡世人，使明白道理。
【喻義】yùyì ㄩˋ ㄧˋ 比喻的意義。

御〔御〕 yù ㄩˋ ❶駕御車馬；趕車：御者。❷封建社會指上級對下級的管理或支配：御下｜御眾。❸封建社會指與皇帝有關的：御賜｜御前｜告御狀。
另見1404頁 yù'禦'。
【御筆】yùbǐ ㄩˋ ㄅㄧˇ 指皇帝親筆寫的字或畫的畫。
【御駕】yùjià ㄩˋ ㄐㄧㄚˋ 皇帝的馬車：御駕親征(皇帝親自帶兵出征)。
【御林軍】yùlínjūn ㄩˋ ㄌㄧㄣˊ ㄐㄩㄣ 禁軍。
【御手】yùshǒu ㄩˋ ㄕㄡˇ 同'馭手'。
【御用】yùyòng ㄩˋ ㄩㄥˋ ❶皇帝所用。❷為反動統治者利用而做幫兇的：御用文人｜御用學者。

飫(饫) yù ㄩˋ 〈書〉飽。

寓(庽) yù ㄩˋ ❶居住：寓居｜寓所。❷住的地方：客寓｜公寓｜趙寓。❸寄託：寓意。
【寓邸】yùdǐ ㄩˋ ㄉㄧˇ 高級官員的住所。
【寓公】yùgōng ㄩˋ ㄍㄨㄥ 古時指寄居他國的諸侯、貴族。後泛指失勢寄居他鄉的官僚、紳士等。
【寓居】yùjū ㄩˋ ㄐㄩ 居住(多指不是本地人)：他晚年寓居上海。
【寓目】yùmù ㄩˋ ㄇㄨˋ 〈書〉過目：室內展覽品我已大致寓目。
【寓所】yùsuǒ ㄩˋ ㄙㄨㄛˇ 寓居的地方。
【寓言】yùyán ㄩˋ ㄧㄢˊ ❶有所寄託的話。❷用假託的故事或自然物的擬人手法來說明某個道理或教訓的文學作品，常帶有諷刺或勸戒的性質。
【寓意】yùyì ㄩˋ ㄧˋ 寄託或隱含的意思：寓意深長。
【寓於】yùyú ㄩˋ ㄩˊ 包含在(其中)：矛盾的普遍性寓於矛盾的特殊性之中。

裕 yù ㄩˋ ❶豐富；寬綽：富裕｜寬裕｜充裕｜餘裕。❷〈書〉使富足：富國裕民。❸(Yù)姓。
【裕固族】Yùgùzú ㄩˋ ㄍㄨˋ ㄗㄨˊ 我國少數民族之一，分佈在甘肅。
【裕如】yùrú ㄩˋ ㄖㄨˊ ❶形容從容不費力：應付裕如。❷形容豐足：生活裕如。

粥 yù ㄩˋ ❶〈書〉生養。❷同'鬻'。
另見1487頁 zhōu。

矞 yù ㄩˋ 〈書〉象徵祥瑞的彩雲。

遇 yù ㄩˋ ❶相逢；遭遇：相遇｜遇雨｜遇險｜不期而遇。❷對待；款待：待遇｜優遇｜冷遇。❸機會：機遇｜際遇。❹(Yù)姓。

【遇刺】yùcì ㄩˋ ㄘˋ 被暗殺：遇刺身亡。

【遇害】yù∥hài ㄩˋ∥ㄏㄞˋ 被殺害：不幸遇害。

【遇合】yùhé ㄩˋ ㄏㄜˊ ❶相遇而彼此投合。❷遇見；碰到。

【遇見】yù∥·jiàn ㄩˋ∥·ㄐㄧㄢˋ 碰到。

【遇救】yù∥jiù ㄩˋ∥ㄐㄧㄡˋ 得到援救：遇救脱險。

【遇難】yù∥nàn ㄩˋ∥ㄋㄢˋ ❶遭受迫害或遇到意外而死亡：他在一次飛機失事中遇難。❷遭遇危難：遇難成祥（遭遇危難而化為吉祥）。

【遇事生風】yù shì shēng fēng ㄩˋ ㄕˋ ㄕㄥ ㄈㄥ 一有機會就搬弄是非。

【遇險】yù∥xiǎn ㄩˋ∥ㄒㄧㄢˇ 遭遇危險：船在海上遇險。

罭 yù ㄩˋ 〈書〉捕捉小魚的細網。

與（与） yù ㄩˋ 參與：與會。另見1395頁 yú；1398頁 yǔ。

【與會】yùhuì ㄩˋ ㄏㄨㄟˋ 參加會議：與會國｜與會人員。

【與聞】yùwén ㄩˋ ㄨㄣˊ 參與並且得知（內情）：與聞其事。也作預聞。

鈺（钰） yù ㄩˋ 〈書〉珍寶。

愈[1]（❶痛、癒） yù ㄩˋ ❶（病）好：痊愈｜病愈。❷較好；勝過：彼愈於此。

愈[2] yù ㄩˋ 疊用，跟'越…越…'相同：山路愈走愈陡，而風景愈來愈奇｜愈是情況緊急，愈是需要沈着冷靜。

【愈合】yùhé ㄩˋ ㄏㄜˊ （傷口）長好：等傷口愈合了才能出院。

【愈加】yùjiā ㄩˋ ㄐㄧㄚ 越發：由於他的插手，事情變得愈加複雜了。

【愈演愈烈】yù yǎn yù liè ㄩˋ ㄧㄢˇ ㄩˋ ㄌㄧㄝˋ （事情、情況）變得越來越嚴重。

【愈益】yùyì ㄩˋ ㄧˋ 愈加：在科學技術日益發達的今天，學科分類愈益細密了。

煜 yù ㄩˋ 〈書〉照耀。

預[1]（预） yù ㄩˋ 預先；事先：預備｜預測｜天氣預報｜預祝成功｜勿謂言之不預。

預[2]（预） yù ㄩˋ 同'與'（yù）。

【預案】yù'àn ㄩˋ ㄢˋ 為應付某種情況的發生而事先制訂的處置方案。

【預報】yùbào ㄩˋ ㄅㄠˋ 預先報告（多用於天文、氣象方面）：天氣預報。

【預備】yùbèi ㄩˋ ㄅㄟˋ 準備：預備功課｜春節你預備到哪兒去玩兒？

【預備役】yùbèiyì ㄩˋ ㄅㄟˋ ㄧˋ 隨時準備根據國家需要應徵入伍的兵役。服滿現役退伍的軍人和依法應服兵役而未入伍的公民，按規定編入預備役。

【預卜】yùbǔ ㄩˋ ㄅㄨˇ 預先斷定：前途未可預卜。

【預測】yùcè ㄩˋ ㄘㄜˋ 預先推測或測定：市場預測。

【預產期】yùchǎnqī ㄩˋ ㄔㄢˇ ㄑㄧ 預計的胎兒出生的日期。預產期的計算方法是從最後一次月經的第一日後推九個月零七天。

【預定】yùdìng ㄩˋ ㄉㄧㄥˋ 預先規定或約定：預定計劃｜預定時間｜這項工程預定在明年完成。

【預訂】yùdìng ㄩˋ ㄉㄧㄥˋ 預先訂購：預訂報紙｜預訂酒席。

【預斷】yùduàn ㄩˋ ㄉㄨㄢˋ 預先斷定：發展前景還很難預斷。

【預防】yùfáng ㄩˋ ㄈㄤˊ 事先防備：預防傳染病｜預防自然災害。

【預付】yùfù ㄩˋ ㄈㄨˋ 預先付給（款項）：預付租金。

【預感】yùgǎn ㄩˋ ㄍㄢˇ ❶事先感覺：天氣異常悶熱，大家都預感到將要下一場大雨。❷事先的感覺：不祥的預感。

【預告】yùgào ㄩˋ ㄍㄠˋ ❶事先通告：這場大雪預告了來年農業的豐收。❷事先的通告（多用於戲劇演出、圖書出版等）：新書預告｜電視節目預告。

【預購】yùgòu ㄩˋ ㄍㄡˋ 預先購買或訂購：預購農產品｜預購返程機票。

【預後】yùhòu ㄩˋ ㄏㄡˋ 對於某種疾病發展過程和最後結果的估計：預後不良。

【預會】yùhuì ㄩˋ ㄏㄨㄟˋ 同'與會'（yùhuì）。

【預計】yùjì ㄩˋ ㄐㄧˋ 預先計算、計劃或推測：預計十天之內就可以完工。

【預見】yùjiàn ㄩˋ ㄐㄧㄢˋ ❶根據事物的發展規律預先料到將來：可以預見，我廠的生產水平幾年內將有很大的提高。❷能預先料到將來的見識：科學的預見。

【預警】yùjǐng ㄩˋ ㄐㄧㄥˇ 預先告警：預警衞星｜預警雷達。

【預科】yùkē ㄩˋ ㄎㄜ 為高等學校培養新生的機構，附設在高等學校裏，也有單獨設立的。

【預料】yùliào ㄩˋ ㄌㄧㄠˋ ❶事先推測：預料這個地區農業方面可以比去年增產百分之十。❷事先的推測：果然不出他的預料。

【預謀】yùmóu ㄩˋ ㄇㄡˊ 做壞事之前有所謀劃。特指犯人做犯法的事之前有所謀劃。

【預期】yùqī ㄩˋ ㄑㄧ 預先期待：達到預期的目的。

【預賽】yùsài ㄩˋ ㄙㄞˋ 決賽之前進行的比賽。在預賽中選拔參加決賽的選手或單位。參看627頁〖決賽〗。

【預審】yùshěn ㄩˋ ㄕㄣˇ ❶法院正式開庭審判前對刑事被告人所進行的預備性審訊活動。❷偵查階段對刑事案件被告人進行的訊問。

【預示】yùshì ㄩˋ ㄕˋ 預先顯示：燦爛的晚霞預示明天又是好天氣。

【預收】yùshōu ㄩˋ ㄕㄡ 預先收取(款項)：預收定金。

【預算】yùsuàn ㄩˋ ㄙㄨㄢˋ 國家機關、團體和事業單位等對於未來的一定時期內的收入和支出的計劃。

【預聞】yùwén ㄩˋ ㄨㄣˊ 同'與聞'(yùwén)。

【預習】yùxí ㄩˋ ㄒㄧˊ 學生預先自學將要聽講的功課。

【預先】yùxiān ㄩˋ ㄒㄧㄢ 在事情發生或進行之前：預先聲明｜預先通知｜預先佈置。

【預想】yùxiǎng ㄩˋ ㄒㄧㄤˇ 預料；事前推想：事情並不像預想的那麼簡單。

【預行】yùxíng ㄩˋ ㄒㄧㄥˊ 預先施行：預行警報。

【預選】yùxuǎn ㄩˋ ㄒㄩㄢˇ 在正式選舉前，為確定候選人而進行的選舉。

【預言】yùyán ㄩˋ ㄧㄢˊ ❶預先說出(將來要發生的事情)：科學家預言人類在征服宇宙方面將有新的突破。❷預先說出的關於將來要發生甚麼事情的話：科學家的預言已經變成了現實。

【預演】yùyǎn ㄩˋ ㄧㄢˇ 在正式演出前試演。

【預約】yùyuē ㄩˋ ㄩㄝ 事先約定(服務時間、購貨權利等)：預約挂號。

【預展】yùzhǎn ㄩˋ ㄓㄢˇ 在展覽會正式開幕前先行展覽，請人參觀，以便提出意見，加以改進，然後再正式展出。

【預兆】yùzhào ㄩˋ ㄓㄠˋ ❶預先顯露出來的迹象：不祥的預兆。❷(某種迹象)預示將要發生某種事情：瑞雪預兆來年豐收。

【預支】yùzhī ㄩˋ ㄓ 預先付出或領取(款項)：預支一個月的工資。

【預知】yùzhī ㄩˋ ㄓ 預先知道：雲能夠幫助我們預知天氣變化。

【預製構件】yùzhì gòujiàn ㄩˋ ㄓˋ ㄍㄡˋ ㄐㄧㄢˋ 按照設計規格在工廠或現場預先製成的鋼、木或混凝土構件。

蔚〔蔚〕 Yù ㄩˋ 蔚縣，在河北。另見1193頁 wèi。

蜮(魊) yù ㄩˋ 傳說中在水裏暗中害人的怪物：鬼蜮。

毓 yù ㄩˋ ❶〈書〉生育；養育：鍾靈毓秀。❷(Yù)姓。

獄(狱) yù ㄩˋ ❶監獄：牢獄｜下獄｜入獄。❷官司；罪案：冤獄｜文字獄。

【獄警】yùjǐng ㄩˋ ㄐㄧㄥˇ 看管監獄的警察。

【獄吏】yùlì ㄩˋ ㄌㄧˋ 舊時管理監獄的小官。

【獄卒】yùzú ㄩˋ ㄗㄨˊ 舊時稱監獄看守人。

語(语) yù ㄩˋ〈書〉告訴：不以語人。另見1399頁 yǔ。

嫗(妪) yù ㄩˋ〈書〉年老的女人：老嫗｜翁嫗。

慾(欲) yù ㄩˋ 慾望：食慾｜求知慾。'欲'另見1401頁 yù。

【慾壑難填】yù hè nán tián ㄩˋ ㄏㄜˋ ㄋㄢˊ ㄊㄧㄢˊ 形容貪得的慾望太大，很難滿足。

【慾火】yùhuǒ ㄩˋ ㄏㄨㄛˇ 比喻強烈的慾望(多指情慾)。

【慾念】yùniàn ㄩˋ ㄋㄧㄢˋ 慾望。

【慾望】yùwàng ㄩˋ ㄨㄤˋ 想得到某種東西或想達到某種目的的要求：求知的慾望。

澦 yù ㄩˋ〈書〉水涌。

熨 yù ㄩˋ［熨帖］(yùtiē ㄩˋ ㄊㄧㄝ) ❶(用字、用詞)貼切；妥帖。❷心裏平靜：這一番坦誠的談話，說得他心裏十分熨帖。❸〈方〉舒服：他身上不熨帖，要回家躺一會兒。❹〈方〉(事情)完全辦妥：這事不辦熨帖，我不能走。另見1420頁 yùn。

蘡〔薁〕 yù ㄩˋ 見1371頁［蘡薁］(yīng-yù)。

蕷〔蕷〕(蓣) yù ㄩˋ 見1065頁〖薯蕷〗。

鴥(鴥) yù ㄩˋ〈書〉形容鳥飛得快。

諭(谕) yù ㄩˋ 告訴；吩咐(用於上級對下級或長輩對晚輩)：諭知｜面諭｜手諭｜上諭(舊時稱皇帝的命令)。〈古〉又同'喻'。

【諭旨】yùzhǐ ㄩˋ ㄓˇ 皇帝對臣子下的命令、指示。

爩 yù ㄩˋ〈書〉火光。

澦(滪) yù ㄩˋ 見1322頁'灩澦堆'(Yànyù Duī)。

閾(阈) yù ㄩˋ〈書〉門坎兒。泛指界限或範圍：視閾｜聽閾。

遹 yù ㄩˋ〈書〉遵循。

豫1 yù ㄩˋ〈書〉❶歡喜；快樂：面有不豫之色。❷安適：逸豫亡身。

豫2 yù ㄩˋ 同'預1'。

豫3 Yù ㄩˋ 河南的別稱。

【豫劇】yùjù ㄩˋ ㄐㄩˋ 河南地方戲曲劇種之一，流行於河南全省和陝西、山西等地。也叫河南梆子。

隩 yù ㄩˋ〈書〉河岸彎曲的地方。另見13頁 ào。

噢 yù ㄩˋ〈書〉同'燠'。

禦〔禦〕(御) yù ㄩˋ 抵擋：防禦｜禦寒｜禦敵。
'御'另見1401頁 yù。

【禦寒】yùhán ㄩˋ ㄏㄢˊ 抵禦寒冷：禦寒用品。

【禦侮】yùwǔ ㄩˋ ㄨˇ 抵抗外侮。

燠 yù ㄩˋ〈書〉暖；熱：燠熱｜寒燠失時。

【燠熱】yùrè ㄩˋ ㄖㄜˋ〈書〉悶熱：天氣燠熱。

鴥(鹆) yù ㄩˋ 見949頁〖鴝鴥〗(qúyù)。

譽(誉) yù ㄩˋ ❶名譽：榮譽｜譽滿全國。❷稱讚：毀譽｜譽不絕口。

鬻 yù ㄩˋ〈書〉賣：鬻歌｜鬻畫｜鬻文為生｜賣官鬻爵。

鷸(鹬) yù ㄩˋ 鳥的一屬，體色暗淡，嘴細長，腿長，趾間沒有蹼。常在淺水邊或水田中吃小魚、貝類、昆蟲等，是候鳥。

【鷸蚌相爭，漁人得利】yù bàng xiāng zhēng, yúrén dé lì ㄩˋ ㄅㄤˋ ㄒㄧㄤ ㄓㄥ, ㄩˊ ㄖㄣˊ ㄉㄜˊ ㄌㄧˋ 蚌張開殼曬太陽，鷸去啄它，被蚌殼鉗住了嘴，兩方面都不肯相讓。漁翁來了，把兩個都捉住了(見於《戰國策·燕策》)。比喻雙方相爭持，讓第三者得了利。

鬱(郁) yù ㄩˋ ❶(草木)茂盛：葱鬱。❷(憂愁、氣憤等)在心裏積聚不得發泄：憂鬱｜抑鬱｜鬱悶。
'郁'另見1400頁 yù。

【鬱憤】yùfèn ㄩˋ ㄈㄣˋ 憂憤：滿腔鬱憤。

【鬱積】yùjī ㄩˋ ㄐㄧ 鬱結：哀怨鬱積｜發泄心中鬱積的憤怒。

【鬱結】yùjié ㄩˋ ㄐㄧㄝˊ 積聚不得發泄：鬱結在心頭的煩悶。

【鬱金香】yùjīnxiāng ㄩˋ ㄐㄧㄣ ㄒㄧㄤ ❶多年生草本植物，葉闊披針形，有白粉，花通常鮮紅色，花心黑紫色，花瓣倒卵形，結蒴果。供觀賞，根和花可入藥。❷這種植物的花。

【鬱悶】yùmèn ㄩˋ ㄇㄣˋ 煩悶；不舒暢：鬱悶不樂｜排解胸中的鬱悶。

【鬱熱】yùrè ㄩˋ ㄖㄜˋ 悶熱：天氣鬱熱。

【鬱血】yùxuè ㄩˋ ㄒㄩㄝˋ 由於管腔堵塞或管外的壓迫等原因，血液鬱積在靜脉管內。

【鬱悒】yùyì ㄩˋ ㄧˋ〈書〉憂愁；苦悶：心境鬱悒。

【鬱鬱】yùyù ㄩˋ ㄩˋ〈書〉❶(草木)茂密：鬱鬱葱葱。❷心裏苦悶：鬱鬱不樂｜鬱鬱寡歡。

【鬱鬱葱葱】yùyùcōngcōng ㄩˋ ㄩˋ ㄘㄨㄥ ㄘㄨㄥ (草木)蒼翠茂盛。也說鬱鬱蒼蒼。

籲(吁) yù ㄩˋ 為某種要求而呼喊：籲請｜籲求｜呼籲。
'吁'另見1289頁 xū；1392頁 yū。

【籲請】yùqǐng ㄩˋ ㄑㄧㄥˇ 呼籲並請求：籲請有關部門採取有效措施。

【籲求】yùqiú ㄩˋ ㄑㄧㄡˊ 呼籲並懇求：籲求各界人士捐款救災。

yuān (ㄩㄢ)

邧 yuān ㄩㄢ 見316頁〔繙邧〕(fányuān)。

眢 yuān ㄩㄢ〈書〉❶眼睛乾枯下陷。❷枯竭：眢井(乾枯的井)。

冤(寃) yuān ㄩㄢ ❶冤枉；冤屈：冤情｜鳴冤｜伸冤｜含冤負屈。❷冤仇：冤家｜結冤。❸上當；吃虧：花冤錢｜白跑一趟，真冤！❹〈方〉欺騙：你別冤人！

【冤案】yuān'àn ㄩㄢ ㄢˋ 誤判的冤屈案件；被人誣陷，妄加罪名的案件：平反冤案。

【冤仇】yuānchóu ㄩㄢ ㄔㄡˊ 受人侵害或侮辱而產生的仇恨。

【冤大頭】yuāndàtóu ㄩㄢ ㄉㄚˋ ㄊㄡˊ 枉費錢財的人(含譏諷意)。

【冤魂】yuānhún ㄩㄢ ㄏㄨㄣˊ 稱死得冤枉的人的魂靈(迷信)。

【冤家】yuān·jia ㄩㄢ ·ㄐㄧㄚ ❶仇人：冤家對頭。❷稱似恨而實愛、給自己帶來苦惱而又捨不得的人(舊時戲曲或民歌中多用來稱情人)。

【冤家路窄】yuānjiā lù zhǎi ㄩㄢ ㄐㄧㄚ ㄌㄨˋ ㄓㄞˇ 仇人或不願意相見的人偏偏容易相逢，無可迴避。

【冤孽】yuānniè ㄩㄢ ㄋㄧㄝˋ 冤仇罪孽。

【冤情】yuānqíng ㄩㄢ ㄑㄧㄥˊ 受冤枉的情況：冤情大白｜申訴冤情。

【冤屈】yuānqū ㄩㄢ ㄑㄩ ❶冤枉①②。❷不公平的待遇；不應受的損害：受冤屈。

【冤頭】yuāntóu ㄩㄢ ㄊㄡˊ 仇人。

【冤枉】yuān·wang ㄩㄢ ·ㄨㄤ ❶受到不公平的待遇；被加上不應有的罪名：冤枉官司｜把這過錯加在我頭上，真是冤枉。❷使無罪者有罪；沒有事實根據，給人加上惡名：別冤枉好人。❸不值得；吃虧：這個錢花得真冤枉！

【冤枉路】yuān·wanglù ㄩㄢ ·ㄨㄤ ㄌㄨˋ 本來不必走而多走的路。

【冤枉錢】yuān·wangqián ㄩㄢ ·ㄨㄤ ㄑㄧㄢˊ 本來不必花而花的錢。

【冤獄】yuānyù ㄩㄢ ㄩˋ 冤屈的案件：平反冤獄。

涴 yuān ㄩㄢ 涴市(Yuānshì ㄩㄢ ㄕˋ)，地名，在湖北。
另見1201頁 wò。

痟 yuān ㄩㄢ〈書〉❶痠痛。❷憂鬱。

淵(渊) yuān ㄩㄢ ❶深水；潭：深淵｜魚躍於淵｜天淵之別。❷深：淵泉｜淵博。❸(Yuān)姓。

【淵博】yuānbó ㄩㄢ ㄅㄛˊ (學識)深而且廣：知

識淵博｜淵博的學者。

【淵海】yuānhǎi ㄩㄢ ㄏㄞˇ 深淵和大海，比喻內容廣而深：筆墨淵海。

【淵深】yuānshēn ㄩㄢ ㄕㄣ （學問、計謀等）很深：學識淵深。

【淵藪】yuānsǒu ㄩㄢ ㄙㄡˇ 比喻人或事物聚集的地方（淵：深水，魚所聚處；藪：水邊草地，獸所聚處）：罪惡的淵藪。

【淵源】yuānyuán ㄩㄢ ㄩㄢˊ 比喻事情的本原：歷史淵源｜家學淵源（家世學問的傳授有根源）。

蜎 yuān ㄩㄢ 〈書〉孑孓。

【蜎蜎】yuānyuān ㄩㄢ ㄩㄢ 〈書〉形容蟲子爬行。

鳶（鸢） yuān ㄩㄢ 老鷹：鳶飛魚躍。

篼 yuān ㄩㄢ 見下。

【篼篼】yuāndōu ㄩㄢ ㄉㄡ 〈方〉篼箕。

【篼箕】yuānjī ㄩㄢ ㄐㄧ 〈方〉竹篾等編成的盛東西的器具。

鴛（鸳） yuān ㄩㄢ 指鴛鴦◇鴛侶（比喻夫妻）。

【鴛鴦】yuān·yāng ㄩㄢ ·ㄧㄤ 鳥，像野鴨，體形較小，嘴扁，頸長，趾間有蹼，善游泳，翼長，能飛。雄鳥有彩色羽毛，頭後有銅赤、紫、綠等色的長冠毛，嘴紅色。雌鳥羽毛蒼褐色，嘴灰黑色，雌雄多成對生活在水邊。文學上用來比喻夫妻。

鵷（鹓） yuān ㄩㄢ ［鵷鶵］（yuānchú ㄩㄢ ㄔㄨˊ）古書上説的鳳凰一類的鳥。

yuán （ㄩㄢˊ）

元1 yuán ㄩㄢˊ ❶開始的；第一：元始｜元旦｜元月｜元年｜紀元。❷為首的；居首的：元首｜元老｜元帥｜元勛｜元兇｜狀元。❸主要；根本：元素｜元音。❹元素：一元論｜二元論。❺構成一個整體的：單元。

元2 yuán ㄩㄢˊ 貨幣單位，同'圓'⑥⑦。

元3 Yuán ㄩㄢˊ ❶朝代。蒙古孛兒只斤・鐵木真於1206年建國。1271年忽必烈定國號為元。1279年滅宋。定都大都（今北京）。❷姓。

【元寶】yuánbǎo ㄩㄢˊ ㄅㄠˇ 舊時較大的金銀錠，兩頭翹起中間凹下，銀元寶一般重五十兩，金元寶重五兩或十兩。

【元寶楓】yuánbǎofēng ㄩㄢˊ ㄅㄠˇ ㄈㄥ 落葉喬木，羽狀複葉，小葉長橢圓形，花黃綠色，果實兩旁有直立的翅，像元寶，可栽培做行道樹。也叫柜（jǔ）柳。

【元旦】yuándàn ㄩㄢˊ ㄉㄢˋ 新年的第一天。

【元惡】yuán'è ㄩㄢˊ ㄜˋ 〈書〉首惡。

【元件】yuánjiàn ㄩㄢˊ ㄐㄧㄢˋ 構成機器、儀表等的一部分，常由若干零件組成，可以在同類裝置中調換使用。

【元老】yuánlǎo ㄩㄢˊ ㄌㄠˇ 稱政界年輩資望高的人：三朝元老。

【元麥】yuánmài ㄩㄢˊ ㄇㄞˋ 青稞。

【元煤】yuánméi ㄩㄢˊ ㄇㄟˊ 同'原煤'。

【元謀猿人】Yuánmóu yuánrén ㄩㄢˊ ㄇㄡˊ ㄩㄢˊ ㄖㄣˊ 中國猿人的一種，大約生活在一百七十萬年以前，化石在1965年發現於雲南元謀。也叫元謀人。

【元年】yuánnián ㄩㄢˊ ㄋㄧㄢˊ 帝王或諸侯即位的第一年或帝王改元的第一年，如隱公元年，貞觀元年。又指紀年的第一年，如公元元年，回曆元年。有時指政體改變或政府組織上的大改變的第一年，如周代共和元年。

【元配】yuánpèi ㄩㄢˊ ㄆㄟˋ 指第一次娶的妻子。也作原配。

【元氣】yuánqì ㄩㄢˊ ㄑㄧˋ 指人或國家、組織的生命力：元氣旺盛｜不傷元氣｜恢復元氣。

【元曲】yuánqǔ ㄩㄢˊ ㄑㄩˇ 盛行於元代的一種文藝形式，包括雜劇和散曲，有時專指雜劇。參看1421頁〖雜劇〗、989頁〖散曲〗。

【元日】yuánrì ㄩㄢˊ ㄖˋ 一年的第一天（舊指農曆正月初一）。

【元戎】yuánróng ㄩㄢˊ ㄖㄨㄥˊ 〈書〉主將。

【元首】yuánshǒu ㄩㄢˊ ㄕㄡˇ ❶〈書〉君主。❷國家的最高領導人：國家元首。

【元書紙】yuánshūzhǐ ㄩㄢˊ ㄕㄨ ㄓˇ 一種文化用紙，供書寫或作簿籍用，產於浙江。

【元帥】yuánshuài ㄩㄢˊ ㄕㄨㄞˋ ❶軍銜，高於將官的軍官。❷古時稱統率全軍的主帥。

【元素】yuánsù ㄩㄢˊ ㄙㄨˋ ❶要素。❷在代數學中組成聯合的各個部分，如723，312中的7，2，3，1。在幾何學中構成圖形的各個部分，如構成三角形的邊和角。❸化學元素的簡稱。

【元素符號】yuánsù fúhào ㄩㄢˊ ㄙㄨˋ ㄈㄨˊ ㄏㄠˋ 用來表示元素的化學符號。通常用元素的拉丁文名稱的第一個字母（大寫）來表示，如第一個字母與其他元素相同，就附加後面的一個字母（小寫）來區別。如氧的元素符號是O，鐵的元素符號是Fe。

【元宵】yuánxiāo ㄩㄢˊ ㄒㄧㄠ ❶農曆正月十五日夜晚。因為這一天叫上元節，所以晚上叫元宵。❷用糯米粉等做成的球形食品，有餡，多煮着吃。是元宵節的應時食品。

【元宵節】Yuánxiāo Jié ㄩㄢˊ ㄒㄧㄠ ㄐㄧㄝˊ 我國傳統節日，在農曆正月十五日。從唐代起，在這一天夜晚就有觀燈的風俗。也叫燈節或上元節。

【元兇】yuánxiōng ㄩㄢˊ ㄒㄩㄥ 禍首。

【元勛】yuánxūn ㄩㄢˊ ㄒㄩㄣ 立大功的人：開國元勛。

【元夜】yuányè ㄩㄢˊ ㄧㄝˋ 〈書〉元宵①。

【元音】yuányīn ㄩㄢˊ ㄧㄣ 聲帶顫動，氣流在口腔的通路上不受到阻礙而發出的聲音，如普通話語音的 a，e，o，i，u，ü 等。也叫母音。發元音時鼻腔不通氣，要是鼻腔也通氣，發的元音就叫鼻化元音。普通話語音中 ng 尾韵兒化時元音變成鼻化元音。

【元魚】yuányú ㄩㄢˊ ㄩˊ 同'黿魚'。

【元元本本】yuányuánběnběn ㄩㄢˊ ㄩㄢˊ ㄅㄣˇ ㄅㄣˇ 同'原原本本'。

【元月】yuányuè ㄩㄢˊ ㄩㄝˋ 指農曆正月。也指公曆一月。

芫〔芫〕 yuán ㄩㄢˊ ［芫花］(yuánhuā ㄩㄢˊ ㄏㄨㄚ) 落葉灌木，葉子長圓形，花淡紫色，結核果。供觀賞，花蕾可入藥。

另見1313頁 yán。

沅 Yuán ㄩㄢˊ 沅江，發源於貴州，流入湖南。

垣 yuán ㄩㄢˊ 〈書〉❶牆：城垣｜頹垣斷壁。❷城：省垣(省城)。❸(Yuán) 姓。

爰 yuán ㄩㄢˊ 〈書〉❶何處；哪裏：爰其適歸？❷於是：爰書其事以告。

袁 Yuán ㄩㄢˊ 姓。

【袁頭】yuántóu ㄩㄢˊ ㄊㄡˊ 指民國初年發行的鑄有袁世凱頭像的銀元。也叫袁大頭。

原[1] yuán ㄩㄢˊ ❶最初的；開始的：原始｜原人｜原生動物。❷原來；本來：原地｜原作者｜原班人馬｜原有人數。❸沒加工的：原棉｜原煤｜原油。❹(Yuán) 姓。

原[2] yuán ㄩㄢˊ 原諒：原宥｜情有可原。

原[3] yuán ㄩㄢˊ ❶寬廣平坦的地方：平原｜高原｜草原｜原野。❷同'塬'。

【原版】yuánbǎn ㄩㄢˊ ㄅㄢˇ ❶書籍原來的印本。❷指音像部門原出版的錄音帶、錄像帶(區別於'盜版'或翻錄的)。

【原本】[1] yuánběn ㄩㄢˊ ㄅㄣˇ ❶底本；原稿(區別於傳抄本)。❷初刻本(區別於重刻本)。❸翻譯所根據的原書。

【原本】[2] yuánběn ㄩㄢˊ ㄅㄣˇ 原來；本來：他原本是學醫的，後來改行搞戲劇。

【原材料】yuáncáiliào ㄩㄢˊ ㄘㄞˊ ㄌㄧㄠˋ 原料和材料。

【原初】yuánchū ㄩㄢˊ ㄔㄨ 起初；原先：她原初不像現在這樣愛說愛笑。

【原動機】yuándòngjī ㄩㄢˊ ㄉㄨㄥˋ ㄐㄧ 利用熱能、水力、風力等產生動力的機械。

【原動力】yuándònglì ㄩㄢˊ ㄉㄨㄥˋ ㄌㄧˋ 產生動力的力，如水力發電的水力。

【原封】yuánfēng ㄩㄢˊ ㄈㄥ (原封兒) 沒有開封的。泛指保持原來的樣子，一點不加變動的：原封燒酒｜原封不動｜原封退回。

【原稿】yuángǎo ㄩㄢˊ ㄍㄠˇ 寫成後沒有經過他人修改增刪的稿子；出版部門據以印刷出版的稿子。

【原告】yuángào ㄩㄢˊ ㄍㄠˋ 向法院提出訴訟的人或機關、團體。也叫原告人。

【原鴿】yuángē ㄩㄢˊ ㄍㄜ 鴿的一種，身體的上部灰色，頸部有綠紫色的光澤，腹部淡灰色，善飛行。吃穀物及其他植物的種子。也叫野鴿。

【原故】yuángù ㄩㄢˊ ㄍㄨˋ 同'緣故'。

【原雞】yuánjī ㄩㄢˊ ㄐㄧ 鳥，體形和家雞相似而小，是家雞的遠祖。雄雞羽毛顏色美麗，體上部多紅色，下部黑褐色。雌雞體上部暗褐色，尾短。栖息在雲南、廣西南部及海南島等山區密林中。

【原籍】yuánjí ㄩㄢˊ ㄐㄧˊ 原先的籍貫(區別於'寄籍、客籍')：原籍浙江，寄籍北京。

【原價】yuánjià ㄩㄢˊ ㄐㄧㄚˋ 原來的價格：按原價打八折出售。

【原件】yuánjiàn ㄩㄢˊ ㄐㄧㄢˋ 未經改動或變動的文件或物件；翻印文件、製作複製品所依據的原來的文件或物件：原件退回。

【原礦】yuánkuàng ㄩㄢˊ ㄎㄨㄤˋ 開採後未經加工的礦石。

【原來】yuánlái ㄩㄢˊ ㄌㄞˊ ❶起初；沒有經過改變的：我們能夠學會我們原來不懂的東西｜他還住在原來的地方。❷表示發現真實情況：原來是你｜我說夜裏怎麼這麼冷，原來是下雪了。

【原理】yuánlǐ ㄩㄢˊ ㄌㄧˇ 帶有普遍性的、最基本的、可以作為其他規律的基礎的規律；具有普遍意義的道理。

【原糧】yuánliáng ㄩㄢˊ ㄌㄧㄤˊ 沒有經過加工的糧食，如沒有碾成米的稻穀，沒有磨成麪粉的小麥。

【原諒】yuánliàng ㄩㄢˊ ㄌㄧㄤˋ 對人的疏忽、過失或錯誤寬恕諒解，不加責備或懲罰。

【原料】yuánliào ㄩㄢˊ ㄌㄧㄠˋ 指沒有經過加工製造的材料，如用來冶金的礦砂，用來紡織的棉花。

【原麻】yuánmá ㄩㄢˊ ㄇㄚˊ 紡織上指用做原料的麻類植物的纖維。

【原毛】yuánmáo ㄩㄢˊ ㄇㄠˊ 紡織上指未經加工的獸毛，如兔毛、羊毛等。也叫油毛。

【原貌】yuánmào ㄩㄢˊ ㄇㄠˋ 原來的面貌；本來的樣子：保持原貌。

【原煤】yuánméi ㄩㄢˊ ㄇㄟˊ 從礦井開採出來，沒有經過篩、洗、選等加工程序的煤。也作元煤。

【原蜜】yuánmì ㄩㄢˊ ㄇㄧˋ 沒有經過加工的蜂蜜。

【原棉】yuánmián ㄩㄢˊ ㄇㄧㄢˊ 紡織上指用做原料的皮棉。

【原木】yuánmù ㄩㄢˊ ㄇㄨˋ 採伐後未經加工的木料。

【原配】yuánpèi ㄩㄢˊ ㄆㄟˋ 同'元配'。

【原人】yuánrén ㄩㄢˊ ㄖㄣˊ 指猿人。

【原色】yuánsè ㄩㄢˊ ㄙㄜˋ 能配合成各種顏色的基本顏色。顏料中的原色是紅、黃、藍，藍和黃可以配合成綠，紅和藍可以配合成紫。色光中的原色是紅、綠、藍，紅和綠可以配合成黃，紅和藍可以配合成紫。也叫基色。

【原審】yuánshěn ㄩㄢˊ ㄕㄣˇ 對案件進行第二次審判時，稱前一次審判為原審。

【原生動物】yuánshēng-dòngwù ㄩㄢˊ ㄕㄥ ㄉㄨㄥˋ ㄨˋ 最原始最簡單的動物，生活在水中或其他生物體內，大都是單細胞動物，有的由多數個體組成群體生活。

【原生礦物】yuánshēng-kuàngwù ㄩㄢˊ ㄕㄥ ㄎㄨㄤˋ ㄨˋ 礦牀中保持其生成時的形態和成分的礦物，如輝石、石英、方鉛礦等。

【原生林】yuánshēnglín ㄩㄢˊ ㄕㄥ ㄌㄧㄣˊ 從來未經人工採伐和培育的天然森林。也叫原始林。

【原生質】yuánshēngzhì ㄩㄢˊ ㄕㄥ ㄓˋ 細胞中有生活力的組成部分，是生命的物質基礎，由蛋白質、核酸、脂肪、碳水化合物、無機鹽、水等構成。

【原聲帶】yuánshēngdài ㄩㄢˊ ㄕㄥ ㄉㄞˋ 指樂隊或演員直接在錄音棚裏錄製的磁帶(區別於轉錄的磁帶)。

【原始】yuánshǐ ㄩㄢˊ ㄕˇ ❶最初的；第一手的：原始記錄｜原始資料。❷最古老的；未開發的；未開化的：原始動物｜原始社會｜原始森林。

【原始公社】yuánshǐ gōngshè ㄩㄢˊ ㄕˇ ㄍㄨㄥ ㄕㄜˋ 人類社會歷史上最早階段的社會組織，延續了數十萬年。包括母系氏族公社和父系氏族公社兩個階段。參看〖原始社會〗。

【原始積纍】yuánshǐ jīlěi ㄩㄢˊ ㄕˇ ㄐㄧ ㄌㄟˇ 指在資本主義大生產方式建立以前，剝削階級通過對農民、小生產者和殖民地人民的殘酷掠奪而進行的資本積纍。

【原始群】yuánshǐqún ㄩㄢˊ ㄕˇ ㄑㄩㄣˊ 原始社會初期，人類為了共同勞動和抵禦敵人，由有血統關係的人自然形成的集體。這時生產能力極低，以採集野生植物和狩獵為生，沒有固定居住的地方。後來原始群發展成氏族。

【原始社會】yuánshǐ shèhuì ㄩㄢˊ ㄕˇ ㄕㄜˋ ㄏㄨㄟˋ 人類歷史上最早的社會，從原始群的形成開始，經過母系氏族公社、父系氏族公社直至原始公社的解體。原始社會生產力極低，生產資料公有，人們共同勞動，共同消費，沒有剝削，沒有階級。後被奴隸社會所取代。

【原訴】yuánsù ㄩㄢˊ ㄙㄨˋ 在訴訟過程中，被告對原告提出反訴時，稱原告提起的訴訟為原訴。

【原索動物】yuánsuǒ-dòngwù ㄩㄢˊ ㄙㄨㄛˇ ㄉㄨㄥˋ ㄨˋ 脊索動物的一個亞門。背部有柔軟的脊索，以支持身體，如文昌魚等。

【原湯】yuántāng ㄩㄢˊ ㄊㄤ 指煮熟某種食物後的湯汁。

【原田】yuántián ㄩㄢˊ ㄊㄧㄢˊ 〈方〉高原上的田地。

【原委】yuánwěi ㄩㄢˊ ㄨㄟˇ 事情從頭到尾的經過；本末：說明原委。

【原文】yuánwén ㄩㄢˊ ㄨㄣˊ ❶翻譯時所根據的詞句或文章：譯筆能表達出原文精神。❷徵引或轉寫所依據的文字：引用原文要加引號｜抄完之後要跟原文校對一下。

【原先】yuánxiān ㄩㄢˊ ㄒㄧㄢ 從前；起初：照原先的計劃做｜他原先是個文盲，現在已經成了業餘作家。

【原綫圈】yuánxiànquān ㄩㄢˊ ㄒㄧㄢˋ ㄑㄩㄢ 感應圈、變壓器內接電源的綫圈。也叫初級綫圈。

【原形】yuánxíng ㄩㄢˊ ㄒㄧㄥˊ 原來的形狀；本來面目(貶義)：現原形｜原形畢露。

【原型】yuánxíng ㄩㄢˊ ㄒㄧㄥˊ 原來的類型或模型。特指敍事性文學作品中塑造人物形象所依據的現實生活中的人。

【原鹽】yuányán ㄩㄢˊ ㄧㄢˊ 只經過初步曬製或熬製的食鹽，一般含雜質較多，多用做工業原料。

【原樣】yuányàng ㄩㄢˊ ㄧㄤˋ (原樣兒)原來的樣子；老樣子：照實物原樣複製｜幾年沒見，你還是原樣，一點不見老。

【原野】yuányě ㄩㄢˊ ㄧㄝˇ 平原曠野：遼闊的原野｜山下是肥沃的原野。

【原意】yuányì ㄩㄢˊ ㄧˋ 原來的意思或意圖：有背原意｜不要曲解原意。

【原因】yuányīn ㄩㄢˊ ㄧㄣ 造成某種結果或引起另一件事情發生的條件：豐收的原因｜成功的原因｜檢查生病的原因。

【原由】yuányóu ㄩㄢˊ ㄧㄡˊ 同'緣由'。

【原油】yuányóu ㄩㄢˊ ㄧㄡˊ 開採出來未經提煉的石油。

【原宥】yuányòu ㄩㄢˊ ㄧㄡˋ 原諒：敬希原宥。

【原原本本】yuányuánběnběn ㄩㄢˊ ㄩㄢˊ ㄅㄣˇ ㄅㄣˇ 從頭到尾地(敍述)：我把這件事原原本本講給他們聽。'原'也作'源'或'元'。

【原則】yuánzé ㄩㄢˊ ㄗㄜˊ ❶說話或行事所依據的法則或標準：原則性｜原則問題｜堅持原則｜基本原則。❷指總的方面；大體上：他原則上贊成這個方案，只在個別細節上提了些具體意見。

【原職】yuánzhí ㄩㄢˊ ㄓˊ 原來的職務：官復原職。

【原址】yuánzhǐ ㄩㄢˊ ㄓˇ 原來的地址：該公司

已遷回原址。

【原紙】yuánzhǐ ㄩㄢˊ ㄓˇ 用來製造各種加工紙的原料紙。質量根據加工要求而不同，如鋼紙原紙要求結構鬆軟，吸收液體性能好；謄寫蠟紙原紙要求紙質柔韌，纖維細長。

【原種】yuánzhǒng ㄩㄢˊ ㄓㄨㄥˇ 原來的品種；保持原來的特性、沒有變易的品種：原種肉雞。

【原主】yuánzhǔ ㄩㄢˊ ㄓㄨˇ (原主兒) 原來的所有者：物歸原主。

【原著】yuánzhù ㄩㄢˊ ㄓㄨˋ 著作的原本 (對譯本、縮寫本、刪節本、改編本而言)：翻譯作品要忠實於原著。

【原裝】yuánzhuāng ㄩㄢˊ ㄓㄨㄤ ❶原來裝配好的：原裝名牌電器。❷原來包裝好的：原裝名酒。

【原狀】yuánzhuàng ㄩㄢˊ ㄓㄨㄤˋ 原來的樣子：恢復原狀。

【原子】yuánzǐ ㄩㄢˊ ㄗˇ 構成化學元素的基本單位，是物質化學變化中的最小微粒，由帶正電的原子核和圍繞原子核運動的電子組成。

【原子彈】yuánzǐdàn ㄩㄢˊ ㄗˇ ㄉㄢˋ 核武器的一種，利用鈾、鈈等原子核分裂所產生的原子能進行殺傷和破壞。爆炸時產生衝擊波、光輻射、貫穿輻射和放射性沾染。

【原子反應堆】yuánzǐ fǎnyìngduī ㄩㄢˊ ㄗˇ ㄈㄢˇ ㄧㄥˋ ㄉㄨㄟ 使鈾、鈈等的原子核裂變的鏈式反應能夠有控制地持續進行，從而獲得原子能的裝置。也叫核反應堆，簡稱反應堆。

【原子核】yuánzǐhé ㄩㄢˊ ㄗˇ ㄏㄜˊ 原子的核心部分，由質子和中子組成。原子核只佔原子體積的極小部分，而原子的質量幾乎全部集中在原子核上。

【原子價】yuánzǐjià ㄩㄢˊ ㄗˇ ㄐㄧㄚˋ 見494頁〖化合價〗。

【原子量】yuánzǐliàng ㄩㄢˊ ㄗˇ ㄌㄧㄤˋ 元素原子的相對質量。將質量數為12的碳原子的質量定為12，其他元素的原子量就是該元素原子質量和這種碳原子質量的比值。如氫的原子量為1.0079，氧的原子量為15.9994。

【原子能】yuánzǐnéng ㄩㄢˊ ㄗˇ ㄋㄥˊ 原子核發生裂變或聚變反應時產生的能量，廣泛用於工業、軍事等方面。也叫核能。

【原子團】yuánzǐtuán ㄩㄢˊ ㄗˇ ㄊㄨㄢˊ 幾個不同種的原子結合成的集團，在許多化學反應中作為一個整體參加，如氫氧根 (OH)、硫酸根 (SO_4)、烷基 (CH_3) 等。

【原子武器】yuánzǐ wǔqì ㄩㄢˊ ㄗˇ ㄨˇ ㄑㄧˋ 見466頁〖核武器〗。

【原子序數】yuánzǐ xùshù ㄩㄢˊ ㄗˇ ㄒㄩˋ ㄕㄨˋ 元素週期表中，元素按原子的核電荷數從小到大順序排列的號碼。

【原子質量單位】yuánzǐ zhìliàng dānwèi ㄩㄢˊ ㄗˇ ㄓˋ ㄌㄧㄤˋ ㄉㄢ ㄨㄟˋ 計量原子質量的單位。它的數值相當於碳同位素原子 $^{12}_{6}C$質量的1/12 約等於 1.6606×10^{-27}千克。

【原子鐘】yuánzǐzhōng ㄩㄢˊ ㄗˇ ㄓㄨㄥ 利用銫、銣等原子的穩定振盪頻率製成的極精密的計時器，計時誤差每日可小於百萬分之一秒。

【原罪】yuánzuì ㄩㄢˊ ㄗㄨㄟˋ 基督教指人類始祖亞當和夏娃在伊甸園偷吃了上帝禁吃的智慧之果而犯下的罪。傳給後世子孫，成為一切罪惡和災禍的根源。

【原作】yuánzuò ㄩㄢˊ ㄗㄨㄛˋ ❶詩文唱和的最初的一篇。❷譯文或改寫本所根據的原文。

員 (员) yuán ㄩㄢˊ ❶指工作或學習的人：教員｜學員｜演員｜職員｜炊事員｜指揮員｜戰鬥員｜員工｜人員。❷指團體或組織中的成員：黨員｜團員｜會員｜隊員。❸量詞，用於武將：一員大將。

另見1417頁 yún；1418頁 Yùn。

【員額】yuán'é ㄩㄢˊ ㄜˊ 人員的定額：縮減員額。

【員工】yuángōng ㄩㄢˊ ㄍㄨㄥ 職員和工人：鐵路員工。

【員司】yuánsī ㄩㄢˊ ㄙ 舊時指政府機關的中下級人員。

【員外】yuánwài ㄩㄢˊ ㄨㄞˋ ❶古時官職 (全稱為‘員外郎’，是在郎官的定員之外設置的)。❷指地主豪紳 (多見於早期白話)。

援 yuán ㄩㄢˊ ❶以手牽引：攀援。❷引用：援用｜援例。❸援助：支援｜增援｜援軍｜孤立無援。

【援兵】yuánbīng ㄩㄢˊ ㄅㄧㄥ 援軍；救兵。

【援救】yuánjiù ㄩㄢˊ ㄐㄧㄡˋ 幫助別人使脫離痛苦或危險：援救災民。

【援軍】yuánjūn ㄩㄢˊ ㄐㄩㄣ 增援的軍隊。

【援例】yuán//lì ㄩㄢˊ//ㄌㄧˋ 引用成例：援例處理｜我們不能援這個例。

【援手】yuánshǒu ㄩㄢˊ ㄕㄡˇ 〈書〉救助 (語出《孟子．離婁上》：‘嫂溺，援之以手’)。

【援外】yuánwài ㄩㄢˊ ㄨㄞˋ (在經濟、技術等方面) 支援外國：援外物資。

【援引】yuányǐn ㄩㄢˊ ㄧㄣˇ ❶引用：援引條文｜援引例證。❷提拔；引薦：援引賢能。

【援用】yuányòng ㄩㄢˊ ㄩㄥˋ ❶引用：援用成例。❷引薦任用：援用親信。

【援助】yuánzhù ㄩㄢˊ ㄓㄨˋ 支援；幫助：國際援助｜經濟援助｜援助受難者。

湲 yuán ㄩㄢˊ 見123頁〖潺湲〗(chányuán)。

媛 yuán ㄩㄢˊ 見123頁〖嬋媛〗(chányuán)。另見1412頁 yuàn。

塬 yuán ㄩㄢˊ 我國西北黃土高原地區因流水沖刷而形成的一種地貌，呈台狀，四周陡峭，頂上平坦。

園(园) yuán ㄩㄢˊ ❶(園兒)種蔬菜、花果、樹木的地方：花園兒｜果園｜園藝。❷供人遊覽娛樂的地方：公園｜動物園。

【園地】yuándì ㄩㄢˊ ㄉㄧˋ ❶菜園、花園、果園等的統稱：農業園地。❷比喻開展某種活動的地方：文化園地｜藝術園地。

【園丁】yuándīng ㄩㄢˊ ㄉㄧㄥ ❶從事園藝的工人。❷比喻教師(多指小學的)。

【園林】yuánlín ㄩㄢˊ ㄌㄧㄣˊ 種植花草樹木供人遊賞休息的風景區：園林藝術。

【園圃】yuánpǔ ㄩㄢˊ ㄆㄨˇ 種蔬菜、花果、樹木的場所。

【園田】yuántián ㄩㄢˊ ㄊㄧㄢˊ 種菜的田地：耕作園田化(精耕細作)。

【園藝】yuányì ㄩㄢˊ ㄧˋ 種植蔬菜、花卉、果樹等的技術：園藝師。

【園囿】yuányòu ㄩㄢˊ ㄧㄡˋ 〈書〉供遊玩的花園或動物園。

【園子】yuán·zi ㄩㄢˊ ·ㄗ ❶園①：菜園子。❷指戲園子。

圓(圆) yuán ㄩㄢˊ ❶圓周所圍成的平面：圓桌｜圓柱｜圓筒。❷圓周的簡稱。❸像球的形狀：滾圓｜滴溜圓。❹圓滿；周全：這話説得不圓｜這人做事很圓，各方面都能照顧到。❺使圓滿；使周全：圓場｜圓謊｜自圓其説。❻我國的本位貨幣單位，一圓等於十角或一百分。也作元。❼圓形的貨幣：銀圓｜銅圓。也作元。❽(Yuán)姓。

【圓白菜】yuánbáicài ㄩㄢˊ ㄅㄞˊ ㄘㄞˋ 結球甘藍的通稱。

【圓場】yuán//chǎng ㄩㄢˊ//ㄔㄤˇ 為打開僵局而從中解説或提出折衷辦法：這事最好由你出面説幾句話圓圓場。

【圓場】yuánchǎng ㄩㄢˊ ㄔㄤˇ 見866頁〖跑圓場〗。

【圓成】yuánchéng ㄩㄢˊ ㄔㄥˊ 成全：圓成好事。

【圓雕】yuándiāo ㄩㄢˊ ㄉㄧㄠ 雕塑的一種，用石頭、金屬、木頭等雕出的立體形象。

【圓房】yuán//fáng ㄩㄢˊ//ㄈㄤˊ 舊指童養媳和未婚夫開始過夫婦生活。

【圓墳】yuán//fén ㄩㄢˊ//ㄈㄣˊ 舊俗在死人埋葬三天後去墳上培土。

【圓鼓鼓】yuángǔgǔ ㄩㄢˊ ㄍㄨˇ ㄍㄨˇ (圓鼓鼓的)形容圓而凸起的樣子：挺着圓鼓鼓的肚子｜圓鼓鼓的豆粒。

【圓光】yuánguāng ㄩㄢˊ ㄍㄨㄤ 舊時江湖術士利用迷信心理騙人的一種方法，先唸咒語，叫小孩看鏡子裏或白紙上有甚麼形象出現，胡説憑所見形象就可以知道失物所在或預測凶吉、禍福。

【圓規】yuánguī ㄩㄢˊ ㄍㄨㄟ 兩腳規的一種，一腳是尖針，另一腳可以裝上鉛筆芯或鴨嘴筆頭，是畫圓和弧的用具。

【圓滾滾】yuángǔngǔn ㄩㄢˊ ㄍㄨㄣˇ ㄍㄨㄣˇ (圓滾滾的)形容非常圓：圓滾滾的臉蛋兒｜圓滾滾的小肥豬。

【圓號】yuánhào ㄩㄢˊ ㄏㄠˋ 管樂器，管身圈成圓形，號嘴的形狀像漏斗，裝有活塞。音色沈靜、柔和。

【圓滑】yuánhuá ㄩㄢˊ ㄏㄨㄚˊ 形容人只顧各方面敷衍討好，不負責任。

【圓謊】yuán//huǎng ㄩㄢˊ//ㄏㄨㄤˇ 彌補謊話中的漏洞：他想圓謊，可越説漏洞越多。

【圓渾】yuánhún ㄩㄢˊ ㄏㄨㄣˊ ❶(聲音)婉轉而圓潤自然：語調圓渾｜這段唱腔流暢而圓渾。❷(詩文)意味濃厚，沒有雕琢的痕迹。

【圓寂】yuánjì ㄩㄢˊ ㄐㄧˋ 佛教用語，稱僧尼死亡。

【圓籠】yuánlóng ㄩㄢˊ ㄌㄨㄥˊ 放飯菜或送飯菜用的圓形大提盒。

【圓顱方趾】yuán lú fāng zhǐ ㄩㄢˊ ㄌㄨˊ ㄈㄤ ㄓˇ 《淮南子·精神篇》：'故頭之圓也象天，足之方也象地。'後來用'圓顱方趾'指人類。

【圓滿】yuánmǎn ㄩㄢˊ ㄇㄢˇ 沒有缺欠、漏洞，使人滿意：圓滿的答案｜兩國會談圓滿結束。

【圓夢】yuán//mèng ㄩㄢˊ//ㄇㄥˋ 解説夢的吉凶(迷信)。

【圓盤耙】yuánpánbà ㄩㄢˊ ㄆㄢˊ ㄅㄚˋ 碎土、平地的農具，也可用來滅茬，由一個個邊緣鋒利的鋼製圓盤組成，用拖拉機或畜力牽引。

【圓圈】yuánquān ㄩㄢˊ ㄑㄩㄢ (圓圈兒)圓形的圈子。

【圓全】yuán·quan ㄩㄢˊ ·ㄑㄩㄢ 〈方〉圓滿；周全：想得圓全｜事情辦得圓全。

【圓潤】yuánrùn ㄩㄢˊ ㄖㄨㄣˋ ❶飽滿而潤澤：圓潤的歌喉。❷(書、畫技法)圓熟流利：他的書法圓潤有力。

【圓實】yuán·shi ㄩㄢˊ ·ㄕ 圓而結實：西瓜長得挺圓實｜蓮子飽滿圓實。

【圓熟】yuánshú ㄩㄢˊ ㄕㄨˊ ❶熟練；純熟：筆體圓熟｜演技日臻圓熟。❷精明練達；靈活變通：處事極圓熟。

【圓台】yuántái ㄩㄢˊ ㄊㄞˊ 圓錐的底面和平行於底面的一個截面間的部分，叫做圓台。也叫圓錐台。

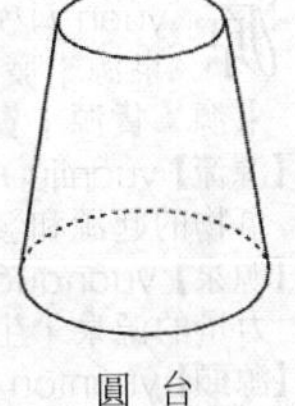

圓台

【圓通】yuántōng ㄩㄢˊ ㄊㄨㄥ (為人、做事)靈活變通，不固執己見。

【圓舞曲】yuánwǔqǔ ㄩㄢˊ ㄨˇ ㄑㄩˇ 一種每節三拍的民間舞曲，起源於奧地利民間，後來流行很廣。

【圓心】yuánxīn ㄩㄢˊ ㄒㄧㄣ 圓的中心；跟圓周上各點距離都相等的一點。

【圓鑿方枘】yuán záo fāng ruì ㄩㄢˊ ㄗㄠˊ ㄈㄤ ㄖㄨㄟˋ 見322頁〖方枘圓鑿〗。

【圓周】yuánzhōu ㄩㄢˊ ㄓㄡ 平面上一動點以一定點為中心，一定長為距離運動一周的軌迹。簡稱圓。

【圓周角】yuánzhōujiǎo ㄩㄢˊ ㄓㄡ ㄐㄧㄠˇ 頂點在圓周上，兩條邊都與圓相交的角。

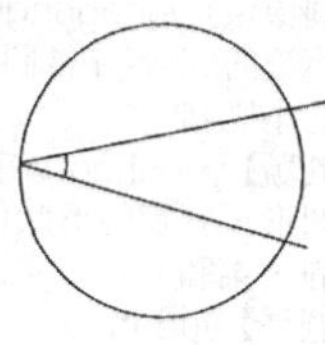

圓周角

【圓周率】yuánzhōulǜ ㄩㄢˊ ㄓㄡ ㄌㄩˋ 圓周長度與圓的直徑長度的比，圓周率的值是3.14159265358979323846…，通常用'π'表示。計算中常取3.1416為它的近似值。

【圓珠筆】yuánzhūbǐ ㄩㄢˊ ㄓㄨ ㄅㄧˇ 用油墨書寫的一種筆，筆芯裏裝有油墨，筆尖是個小鋼珠，油墨由鋼珠四周漏下。

【圓柱】yuánzhù ㄩㄢˊ ㄓㄨˋ 以矩形的一邊為軸使矩形旋轉一周所圍成的立體。

【圓錐】yuánzhuī ㄩㄢˊ ㄓㄨㄟ 以直角三角形的一直角邊為軸旋轉一周所圍成的立體。

【圓桌】yuánzhuō ㄩㄢˊ ㄓㄨㄛ 桌面是圓形的桌子。

【圓桌會議】yuánzhuō huìyì ㄩㄢˊ ㄓㄨㄛ ㄏㄨㄟˋ ㄧˋ 一種會議形式，用圓桌或把席位排成圓圈，以表示與會各方席次不分上下一律平等。相傳創始於5世紀的英國。第一次世界大戰後，國際會議常採用這種形式。

【圓桌面】yuánzhuōmiàn ㄩㄢˊ ㄓㄨㄛ ㄇㄧㄢˋ（圓桌面兒）圓形桌面，可以安放在方桌上，當圓桌用。

【圓子】yuán·zi ㄩㄢˊ ·ㄗ ❶糯米粉等做成的一種食品，大多有餡兒。❷〈方〉丸子。

猿（猨）yuán ㄩㄢˊ 哺乳動物，跟猴相似，比猴大，種類很多，沒有頰囊和尾巴，有的形狀跟人類很相似。生活在森林中。如猩猩和長臂猿。

【猿猴】yuánhóu ㄩㄢˊ ㄏㄡˊ 猿和猴。

【猿人】yuánrén ㄩㄢˊ ㄖㄣˊ 最原始的人類。猿人還保留猿類的某些特徵，但已能直立行走，並產生了簡單的語言，能製造簡單的生產工具，知道用火熟食等。

源 yuán ㄩㄢˊ ❶水流起頭的地方：河源｜泉源｜發源｜源遠流長｜飲水思源。❷來源：貨源｜資源｜病源。❸(Yuán)姓。

【源流】yuánliú ㄩㄢˊ ㄌㄧㄡˊ 水源和水流。比喻事物的起源和發展：七言詩的源流。

【源泉】yuánquán ㄩㄢˊ ㄑㄩㄢˊ 泉源：知識是力量的源泉｜生活是創作的源泉。

【源頭】yuántóu ㄩㄢˊ ㄊㄡˊ 水發源的地方：黃河源頭◇民歌是文學的一個源頭。

【源源】yuányuán ㄩㄢˊ ㄩㄢˊ 繼續不斷的樣子：源源不絕｜源源不竭｜源源而來。

【源源本本】yuányuánběnběn ㄩㄢˊ ㄩㄢˊ ㄅㄣˇ ㄅㄣˇ 同'原原本本'。

【源遠流長】yuán yuǎn liú cháng ㄩㄢˊ ㄩㄢˇ ㄌㄧㄡˊ ㄔㄤˊ ❶源頭很遠，流程很長：長江是一條源遠流長的大河。❷比喻歷史悠久。

嫄 yuán ㄩㄢˊ 用於人名，姜嫄，傳說是周朝祖先后稷的母親。

緣（缘）yuán ㄩㄢˊ ❶緣故：緣由｜無緣無故。❷因為；為了：緣何到此？❸緣分：人緣｜姻緣｜有緣｜不解之緣。❹沿着；順着：緣溪而行。❺邊：邊緣。

【緣簿】yuánbù ㄩㄢˊ ㄅㄨˋ 僧道向人化緣的冊子。

【緣分】yuánfèn ㄩㄢˊ ㄈㄣˋ 迷信的人認為人與人之間由命中注定的遇合的機會；泛指人與人或人與事物之間發生聯繫的可能性：咱們倆又在一起了，真是有緣分｜烟、酒跟我沒有緣分。

【緣故】yuángù ㄩㄢˊ ㄍㄨˋ 原因：他到這時候還沒來，不知甚麼緣故。也作原故。

【緣何】yuánhé ㄩㄢˊ ㄏㄜˊ 〈書〉為甚麼；因何：緣何避而不見？

【緣木求魚】yuán mù qiú yú ㄩㄢˊ ㄇㄨˋ ㄑㄧㄡˊ ㄩˊ《孟子·梁惠王上》：'以若所為，求若所欲，猶緣木而求魚也。'用那樣的辦法來追求那樣的目的，就像爬到樹上去找魚一樣。比喻方向、方法不對，一定達不到目的。

【緣起】yuánqǐ ㄩㄢˊ ㄑㄧˇ ❶事情的起因。❷説明發起某件事情的緣故的文字：成立學會的緣起。

【緣石】yuánshí ㄩㄢˊ ㄕˊ 砌在車行道與人行道交界綫上的長條形磚或混凝土塊，通常略高出車行道的路面。也叫牙石。

【緣由】yuányóu ㄩㄢˊ ㄧㄡˊ 原因：他這樣做不是沒有緣由的。也作原由。

螈 yuán ㄩㄢˊ 見974頁〔蠑螈〕(róngyuán)。

圜 yuán ㄩㄢˊ 同'圓'。
另見499頁 huán。

羱 yuán ㄩㄢˊ 羱羊。

【羱羊】yuányáng ㄩㄢˊ ㄧㄤˊ 見49頁〖北山羊〗。

黿（鼋）yuán ㄩㄢˊ 黿魚。

【黿魚】yuányú ㄩㄢˊ ㄩˊ 鱉。也作元魚。

轅（辕）yuán ㄩㄢˊ ❶車前駕牲畜的兩根直木：一匹馬駕轅，一匹馬拉套。❷指轅門。借指衙署：行轅。

【轅騾】yuánluó ㄩㄢˊ ㄌㄨㄛˊ 駕轅的騾子。

【轅馬】yuánmǎ ㄩㄢˊ ㄇㄚˇ 駕轅的馬。

【轅門】yuánmén ㄩㄢˊ ㄇㄣˊ 古時軍營的門或官署的外門。

【轅子】yuán·zi ㄩㄢˊ·ㄗ 轅①：車轅子。

櫞(橼) yuán ㄩㄢˊ 見1247頁〖香櫞〗。

yuǎn (ㄩㄢˇ)

遠(远) yuǎn ㄩㄢˇ ❶空間或時間的距離長(跟'近'相對)：遠處｜路遠｜廣州離北京很遠｜遠古｜遠景｜久遠｜為時不遠｜眼光要看得遠。❷(血統關係)疏遠：遠親｜遠房。❸(差別)程度大：差得遠｜遠遠超過。❹不接近：敬而遠之。❺(Yuǎn)姓。

【遠程】yuǎnchéng ㄩㄢˇ ㄔㄥˊ 路程遠的：遠程運輸｜遠程航行。

【遠大】yuǎndà ㄩㄢˇ ㄉㄚˋ 長遠而廣闊，不限於目前：前途遠大｜眼光遠大｜遠大的理想。

【遠道】yuǎndào ㄩㄢˇ ㄉㄠˋ 遙遠的道路：遠道而來。

【遠地點】yuǎndìdiǎn ㄩㄢˇ ㄉㄧˋ ㄉㄧㄢˇ 月球或人造地球衞星繞地球運行的軌道上離地球最遠的點。

【遠東】Yuǎndōng ㄩㄢˇ ㄉㄨㄥ 歐洲人指亞洲東部地區。

【遠方】yuǎnfāng ㄩㄢˇ ㄈㄤ 距離較遠的地方：遠方的來客。

【遠房】yuǎnfáng ㄩㄢˇ ㄈㄤˊ 血統疏遠的(宗族成員)：遠房叔父｜遠房兄弟。

【遠古】yuǎngǔ ㄩㄢˇ ㄍㄨˇ 遙遠的古代：'女媧補天'是從遠古流傳下來的神話。

【遠海】yuǎnhǎi ㄩㄢˇ ㄏㄞˇ 距離陸地較遠的海域：遠海航行。

【遠航】yuǎnháng ㄩㄢˇ ㄏㄤˊ 遠程航行：揚帆遠航。

【遠見】yuǎnjiàn ㄩㄢˇ ㄐㄧㄢˋ 遠大的眼光：遠見卓識。

【遠交近攻】yuǎnjiāojìngōng ㄩㄢˇ ㄐㄧㄠ ㄐㄧㄣˋ ㄍㄨㄥ 聯絡距離遠的國家，進攻鄰近的國家。本來是戰國時秦國採用的一種外交策略，秦國用它達到了統一六國、建立統一王朝的目的。後來也指待人、處世的一種手段。

【遠郊】yuǎnjiāo ㄩㄢˇ ㄐㄧㄠ 離城區較遠的郊區。

【遠近】yuǎnjìn ㄩㄢˇ ㄐㄧㄣˋ ❶多遠多近；遠近的程度：這兩條路的遠近差不多｜這裏離市中心有十公里遠近。❷遠處和近處：遠近聞名。

【遠景】yuǎnjǐng ㄩㄢˇ ㄐㄧㄥˇ ❶遠距離的景物：眺望遠景｜用色彩的濃淡來表示畫面前景和遠景的分別。❷將來的景象：遠景規劃。

【遠客】yuǎnkè ㄩㄢˇ ㄎㄜˋ 遠方來的客人。

【遠慮】yuǎnlǜ ㄩㄢˇ ㄌㄩˋ 長遠考慮：深謀遠慮｜人無遠慮，必有近憂。

【遠略】yuǎnlüè ㄩㄢˇ ㄌㄩㄝˋ 深遠的謀略：有遠略。

【遠門】yuǎnmén ㄩㄢˇ ㄇㄣˊ ❶離家到很遠的地方去叫出遠門。❷遠房：遠門兄弟。

【遠謀】yuǎnmóu ㄩㄢˇ ㄇㄡˊ 深遠的謀劃；長遠的打算：遠謀深算。

【遠親】yuǎnqīn ㄩㄢˇ ㄑㄧㄣ 血統關係或婚姻關係疏遠的親戚，也指居住相隔很遠的親戚：遠親不如近鄰。

【遠日點】yuǎnrìdiǎn ㄩㄢˇ ㄖˋ ㄉㄧㄢˇ 行星或彗星繞太陽公轉的軌道上離太陽最遠的點。

【遠視】yuǎnshì ㄩㄢˇ ㄕˋ ❶視力缺陷的一種，能看清遠處的東西，看不清近處的東西。遠視是由於眼球的晶狀體和視網膜間的距離過短或晶狀體折光力過弱，使進入眼球中的影像不能正落在視網膜上而落在網膜的後面。❷眼光遠大：她在生活中保持了平和遠視的樂觀態度。

【遠水解不了近渴】yuǎn shuǐ jiě bù liǎo jìn kě ㄩㄢˇ ㄕㄨㄟˇ ㄐㄧㄝˇ ㄅㄨˋ ㄌㄧㄠˇ ㄐㄧㄣˋ ㄎㄜˇ 比喻緩慢的解決辦法不能滿足急迫的需要。也說遠水不解近渴。

【遠水救不了近火】yuǎn shuǐ jiù bù liǎo jìn huǒ ㄩㄢˇ ㄕㄨㄟˇ ㄐㄧㄡˋ ㄅㄨˋ ㄌㄧㄠˇ ㄐㄧㄣˋ ㄏㄨㄛˇ 比喻緩慢的解決辦法不能滿足急迫的需要。也說遠水不救近火。

【遠揚】yuǎnyáng ㄩㄢˇ ㄧㄤˊ (名聲等)傳播很遠：臭名遠揚｜聲威遠揚。

【遠洋】yuǎnyáng ㄩㄢˇ ㄧㄤˊ 距離大陸遠的海洋：遠洋輪船｜遠洋捕魚｜遠洋航行。

【遠因】yuǎnyīn ㄩㄢˇ ㄧㄣ 不是直接造成結果的原因(區別於'近因')。

【遠征】yuǎnzhēng ㄩㄢˇ ㄓㄥ 遠道出征或長途行軍：遠征軍｜出師遠征。

【遠志】[1] yuǎnzhì ㄩㄢˇ ㄓˋ 遠大的志向：胸懷遠志。

【遠志】[2] yuǎnzhì ㄩㄢˇ ㄓˋ 多年生草本植物，莖細，葉子互生，條形，總狀花序，花綠白色，蒴果卵圓形。根可入藥。

【遠走高飛】yuǎn zǒu gāo fēi ㄩㄢˇ ㄗㄡˇ ㄍㄠ ㄈㄟ 遠遠地離開，到別的地方。多指逃往遠處。

【遠足】yuǎnzú ㄩㄢˇ ㄗㄨˊ 比較遠的徒步旅行。

【遠祖】yuǎnzǔ ㄩㄢˇ ㄗㄨˇ 許多代以前的祖先。

yuàn (ㄩㄢˋ)

苑〔苑〕 yuàn ㄩㄢˋ ❶〈書〉養禽獸植林木的地方(多指帝王的花園)：鹿苑｜御苑。❷〈書〉(學術、文藝)薈萃之處：文苑｜藝苑。❸(Yuàn)姓。

怨 yuàn ㄩㄢˋ ❶怨恨：抱怨｜結怨。❷責怪：任勞任怨｜事情沒辦好只能怨我自己。

【怨不得】yuàn·bu·de ㄩㄢˋ·ㄅㄨ·ㄉㄜ 怪不得；難怪。

【怨敵】yuàndí ㄩㄢˋ ㄉㄧˊ 仇敵。
【怨毒】yuàndú ㄩㄢˋ ㄉㄨˊ〈書〉仇恨。
【怨懟】yuànduì ㄩㄢˋ ㄉㄨㄟˋ〈書〉怨恨。
【怨憤】yuànfèn ㄩㄢˋ ㄈㄣˋ 怨恨憤怒：滿腔怨憤。
【怨府】yuànfǔ ㄩㄢˋ ㄈㄨˇ〈書〉大家怨恨的對象。
【怨恨】yuànhèn ㄩㄢˋ ㄏㄣˋ ❶對人或事物強烈地不滿或仇恨：我對誰也不怨恨，只恨自己不爭氣。❷強烈的不滿或仇恨：一腔怨恨。
【怨偶】yuàn'ǒu ㄩㄢˋ ㄡˇ〈書〉不和睦的夫妻。
【怨氣】yuàn qì ㄩㄢˋ ㄑㄧˋ 怨恨的神色或情緒：怨氣衝天｜一肚子怨氣。
【怨聲載道】yuàn shēng zài dào ㄩㄢˋ ㄕㄥ ㄗㄞˋ ㄉㄠˋ 怨恨的聲音充滿道路。形容群眾普遍不滿。
【怨天尤人】yuàn tiān yóu rén ㄩㄢˋ ㄊㄧㄢ ㄧㄡˊ ㄖㄣˊ 抱怨天，埋怨別人。形容對不如意的事情一味歸咎於客觀。
【怨望】yuànwàng ㄩㄢˋ ㄨㄤˋ〈書〉怨恨。
【怨言】yuànyán ㄩㄢˋ ㄧㄢˊ 抱怨的話：毫無怨言。
【怨艾】yuànyì ㄩㄢˋ ㄧˋ〈書〉怨恨：深自怨艾。

垸 yuàn ㄩㄢˋ〈方〉垸子：堤垸｜垸田(在湖邊淤積的地方作成的圩田)。
【垸子】yuàn·zi ㄩㄢˋ ·ㄗ 湖南、湖北等地，在沿江、湖地帶圍繞房屋、田地等修建的像堤壩的防水建築物。

衙 yuàn ㄩㄢˋ 見454頁[衖衙](hángyuàn)。

院 yuàn ㄩㄢˋ ❶(院兒)院子：場院｜四合院兒｜院裏種了許多花。❷某些機關和公共處所的名稱：法院｜國務院｜科學院｜博物院｜電影院。❸指學院：高等院校。❹指醫院：住院｜出院。❺(Yuàn)姓。
【院本】yuànběn ㄩㄢˋ ㄅㄣˇ 金、元時代行院(hángyuàn)演唱用的戲曲腳本，明清泛指雜劇、傳奇。
【院畫】yuànhuà ㄩㄢˋ ㄏㄨㄚˋ 院體畫的簡稱。
【院落】yuànluò ㄩㄢˋ ㄌㄨㄛˋ 院子。
【院士】yuànshì ㄩㄢˋ ㄕˋ 某些國家科學院、工程院部分高級研究人員的稱號。
【院體畫】yuàntǐhuà ㄩㄢˋ ㄊㄧˇ ㄏㄨㄚˋ 指我國封建時代宮廷畫家的作品，題材多以花鳥、山水或宗教內容為主。簡稱院畫。
【院子】yuàn·zi ㄩㄢˋ ·ㄗ 房屋前後用牆或柵欄圍起來的空地。

掾 yuàn ㄩㄢˋ〈書〉屬員。

媛 yuàn ㄩㄢˋ〈書〉美女。
另見1408頁 yuán。

瑗 yuàn ㄩㄢˋ〈書〉大孔的璧。

愿 yuàn ㄩㄢˋ〈書〉老實謹慎：謹愿｜誠愿。
另見1412頁 yuàn '願'。

願(愿) yuàn ㄩㄢˋ ❶願望：心願｜志願｜如願｜平生之願。❷願意：情願｜自覺自願｜我願參加籃球比賽。❸願心：許願｜還願。
'愿'另見1412頁 yuàn。
【願望】yuànwàng ㄩㄢˋ ㄨㄤˋ 希望將來能達到某種目的的想法：主觀願望｜他終於實現了上大學的願望。
【願心】yuànxīn ㄩㄢˋ ㄒㄧㄣ ❶迷信的人對神佛有所祈求時許下的酬謝。❷泛指願望、志向：他從小就有做一番事業的願心。
【願意】yuàn·yì ㄩㄢˋ ·ㄧ ❶認為符合自己心願而同意(做某事)：送你去學習，你願意不願意？❷希望(發生某種情況)：他們願意你留在這裏。

yuē (ㄩㄝ)

曰 yuē ㄩㄝ〈書〉❶說：其誰曰不然。❷叫做：名之曰農民學校(給它個名字，叫做農民學校)。

約(约) yuē ㄩㄝ ❶提出或商量(須要共同遵守的事)：預約｜約定｜約期。❷邀請：特約｜約請｜約他來。❸約定的事；共同訂立、須要共同遵守的條文：踐約｜條約｜和約｜有約在先。❹限制使不越出範圍；拘束：約束｜制約。❺儉省：節約｜儉約。❻簡單；簡要：由博返約。❼大概：大約｜約計｜約數｜年約十七八｜約有五十人。❽約分：$\frac{5}{10}$ 可以約成 $\frac{1}{2}$。
另見1328頁 yāo。
【約定】yuēdìng ㄩㄝ ㄉㄧㄥˋ 經過商量而確定：大家約定明天在公園會面。
【約定俗成】yuē dìng sú chéng ㄩㄝ ㄉㄧㄥˋ ㄙㄨˊ ㄔㄥˊ 指某種事物的名稱或社會習慣是由人們經過長期實踐而認定或形成的。
【約法】yuēfǎ ㄩㄝ ㄈㄚˇ 暫行的具有憲法性質的文件。如我國辛亥革命後制定的《中華民國臨時約法》。
【約法三章】yuē fǎ sān zhāng ㄩㄝ ㄈㄚˇ ㄙㄢ ㄓㄤ《史記·高祖本紀》：'與父老約，法三章耳：殺人者死，傷人及盜抵罪。'指訂立法律，與人民相約遵守。後來泛指訂立簡單的條款。
【約分】yuē∥fēn ㄩㄝ∥ㄈㄣ 用分子和分母的公約數同時除分子和分母，使分子、分母都比原來較小而分數值不變。如 $\frac{16}{64}$ 約分成 $\frac{1}{4}$。
【約會】yuē·huì ㄩㄝ ·ㄏㄨㄟˋ ❶預先約定相會：大夥兒約會好在這兒碰頭｜他們約會過我，我沒去。❷(約會兒)預先約定的會晤：訂個約會兒｜我今天晚上有個約會兒。

【約集】yuējí ㄩㄝ ㄐㄧˊ 請人到一起；邀集：約集有關人員開個會。

【約計】yuējì ㄩㄝ ㄐㄧˋ 約略計算：約計有百十來人。

【約見】yuējiàn ㄩㄝ ㄐㄧㄢˋ 約定時間會見(多用於外交場合)：約見該國駐華大使。

【約據】yuējù ㄩㄝ ㄐㄩˋ 合同、契約等的統稱。

【約略】yuēlüè ㄩㄝ ㄌㄩㄝˋ ❶大致；大概：這件事的經過我也約略知道一些。❷依稀；仿佛：約略聽得見窗外的雨點聲。

【約莫】yuē·mo ㄩㄝ ·ㄇㄛ 大概估計：我們等了約莫有一個小時的光景。也作約摸。

【約摸】yuē·mo ㄩㄝ ·ㄇㄛ 同'約莫'。

【約期】yuēqī ㄩㄝ ㄑㄧ ❶約定日期：約期會談。❷約定的日子：誤了約期。❸契約的期限：約期未滿。

【約請】yuēqǐng ㄩㄝ ㄑㄧㄥˇ 邀請：約請幾位老同學到家裏聚一聚。

【約束】yuēshù ㄩㄝ ㄕㄨˋ 限制使不越出範圍：受紀律的約束｜這種口頭協議約束不了他們。

【約數】yuēshù ㄩㄝ ㄕㄨˋ ❶(約數兒)大約的數目。❷一個數能夠整除另一數，這個數就是另一數的約數。如 2，3，4，6 都能整除 12，因此 2，3，4，6 都是 12 的約數。也叫因數。

【約同】yuētóng ㄩㄝ ㄊㄨㄥˊ 邀請一起去：約同前往。

【約言】yuēyán ㄩㄝ ㄧㄢˊ 約定的話：履行約言｜遵守約言｜違背約言。

矱〔矱〕 yuē ㄩㄝ 〈書〉尺度。

彠〔彠〕(彠) yuē ㄩㄝ 〈書〉❶尺度。❷用秤稱(今口語說 yāo ㄧㄠ，寫作'約')。

yuě (ㄩㄝˇ)

噦(哕) yuě ㄩㄝˇ ❶象聲詞，嘔吐時嘴裏發出的聲音：噦的一聲，吐了。❷嘔吐：乾噦｜剛吃完藥，都噦出來了。另見516頁 huì。

yuè (ㄩㄝˋ)

月 yuè ㄩㄝˋ，❶月球；月亮：月蝕｜月光｜賞月。❷計時的單位，公曆 1 年分為 12 個月。❸每月的：月刊｜月產量。❹形狀像月亮的；圓的：月琴｜月餅。

【月白】yuèbái ㄩㄝˋ ㄅㄞˊ 淡藍色：月白竹布褂。

【月半】yuèbàn ㄩㄝˋ ㄅㄢˋ 一個月的第十五天。

【月報】yuèbào ㄩㄝˋ ㄅㄠˋ ❶每月出版一次的報刊(多用做刊物名)：《新華月報》。❷按月的彙報：月報表。

【月餅】yuè·bing ㄩㄝˋ ·ㄅㄧㄥ 圓形有餡的點心，中秋節應時的食品。

【月城】yuèchéng ㄩㄝˋ ㄔㄥˊ 〈書〉瓮城。

【月初】yuèchū ㄩㄝˋ ㄔㄨ 一個月的開頭幾天。

【月底】yuèdǐ ㄩㄝˋ ㄉㄧˇ 一個月的最後幾天。

【月洞門】yuèdòngmén ㄩㄝˋ ㄉㄨㄥˋ ㄇㄣˊ 月亮門兒。

【月度】yuèdù ㄩㄝˋ ㄉㄨˋ 作為計算單位的一個月：月度計劃｜最高月度運輸量。

【月份】yuèfèn ㄩㄝˋ ㄈㄣˋ (月份兒)指某一個月：七月份的產量比六月份提高百分之十五。

【月份牌】yuèfènpái ㄩㄝˋ ㄈㄣˋ ㄆㄞˊ (月份牌兒)舊式的彩畫單張年曆，現在也指日曆。

【月工】yuègōng ㄩㄝˋ ㄍㄨㄥ 論月雇用的工人。

【月宮】yuègōng ㄩㄝˋ ㄍㄨㄥ 傳說中月亮裏的宮殿，也作為月亮的代稱。

【月光】yuèguāng ㄩㄝˋ ㄍㄨㄤ 月亮的光綫，是由太陽光照到月亮上反射出來的。

【月桂樹】yuèguìshù ㄩㄝˋ ㄍㄨㄟˋ ㄕㄨˋ 常綠喬木，葉互生，披針形或長橢圓形，花帶黃色，傘形花序，漿果卵形，暗紫色。供觀賞，葉子可做香料。

【月黑天】yuèhēitiān ㄩㄝˋ ㄏㄟ ㄊㄧㄢ 指沒有月光的漆黑的夜晚。也說月黑夜。

【月華】yuèhuá ㄩㄝˋ ㄏㄨㄚˊ ❶〈書〉月光：月華如水。❷月光通過雲中的小水滴或冰粒時發生衍射，在月亮周圍形成的彩色光環，內紫外紅。

【月季】yuèjì ㄩㄝˋ ㄐㄧˋ ❶常綠或半常綠小灌木，莖有刺，羽狀複葉，小葉闊卵形，花紅色、粉紅或近白色，夏季開花。供觀賞。園藝上變種很多。❷這種植物的花。

【月經】yuèjīng ㄩㄝˋ ㄐㄧㄥ ❶生殖細胞發育成熟的女子每二十八天左右有一次週期性的子宮出血，出血時間持續三到七天，這種生理現象叫做月經。❷月經期間流出的血。

【月刊】yuèkān ㄩㄝˋ ㄎㄢ 每月出版一次的刊物。

【月老】yuèlǎo ㄩㄝˋ ㄌㄠˇ 月下老人。

【月利】yuèlì ㄩㄝˋ ㄌㄧˋ 按月計算的利息。

【月例】yuèlì ㄩㄝˋ ㄌㄧˋ ❶月錢：月例銀子。❷婉辭，指月經。

【月曆】yuèlì ㄩㄝˋ ㄌㄧˋ 一月一頁的曆書。

【月亮】yuè·liang ㄩㄝˋ ·ㄌㄧㄤ 月球的通稱。(圖見1107頁〖太陽系〗)

【月亮門兒】yuè·liangménr ㄩㄝˋ ·ㄌㄧㄤ ㄇㄣㄦˊ 院子裏的牆上的圓形的門。

【月令】yuèlìng ㄩㄝˋ ㄌㄧㄥˋ 農曆某個月的氣候和物候。

【月輪】yuèlún ㄩㄝˋ ㄌㄨㄣˊ 指圓月。

【月杪】yuèmiǎo ㄩㄝˋ ㄇㄧㄠˇ 〈書〉月底。

【月末】yuèmò ㄩㄝˋ ㄇㄛˋ 月底。
【月票】yuèpiào ㄩㄝˋ ㄆㄧㄠˋ 按月購買的乘公共汽車、電車或遊覽公園等使用的票。
【月錢】yuè·qian ㄩㄝˋ·ㄑㄧㄢ 按月付給家庭成員、學徒等的零用錢。
【月琴】yuèqín ㄩㄝˋ ㄑㄧㄣˊ 弦樂器，用木頭製成，琴身為扁圓形或八角形，有四根弦或三根弦。
【月球】yuèqiú ㄩㄝˋ ㄑㄧㄡˊ 地球的衞星，表面凹凸不平，本身不發光，只能反射太陽光，直徑約為地球直徑的$\frac{1}{4}$，引力相當於地球的$\frac{1}{6}$。通稱月亮。
【月色】yuèsè ㄩㄝˋ ㄙㄜˋ 月光：荷塘月色｜月色溶溶。
【月石】yuèshí ㄩㄝˋ ㄕˊ 中藥上指硼砂。
【月蝕】yuèshí ㄩㄝˋ ㄕˊ 地球運行到月亮和太陽的中間時，太陽的光正好被地球擋住，不能射到月亮上去，月亮上就出現黑影，這種現象叫月蝕。太陽光全部被地球擋住時，叫月全蝕；部分被擋住時，叫月偏蝕。月蝕一定發生在農曆十五日或十五日以後一兩天。

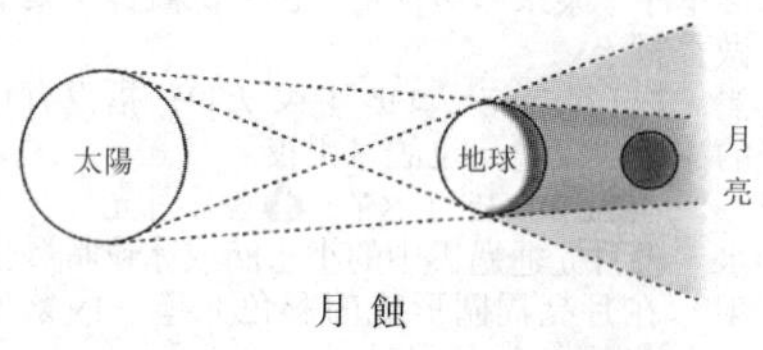

月 蝕

【月台】yuètái ㄩㄝˋ ㄊㄞˊ ❶舊時為賞月而築的台。❷正殿前方突出的台，三面有台階。❸站台。
【月台票】yuètáipiào ㄩㄝˋ ㄊㄞˊ ㄆㄧㄠˋ 站台票。
【月頭兒】yuètóur ㄩㄝˋ ㄊㄡㄦˊ ❶滿一個月的時候（多用於財物按月的支付）：到月頭兒了，該交水電費了。❷月初。
【月尾】yuèwěi ㄩㄝˋ ㄨㄟˇ 一個月的最後幾天；月末。
【月息】yuèxī ㄩㄝˋ ㄒㄧ 月利。
【月下老人】yuèxià lǎorén ㄩㄝˋ ㄒㄧㄚˋ ㄌㄠˇ ㄖㄣˊ 傳說唐朝韋固月夜裏經過宋城，遇見一個老人坐着翻檢書本。韋固往前窺視，一個字也不認得，向老人詢問後，才知道老人是專管人間婚姻的神仙，翻檢的書是婚姻簿子（見於《續幽怪錄·定婚店》）。後來因此稱媒人為月下老人。也說月下老兒或月老。
【月相】yuèxiàng ㄩㄝˋ ㄒㄧㄤˋ 指人們所看到的月亮表面發亮部分的形狀。主要有朔、上弦、望、下弦四種。
【月薪】yuèxīn ㄩㄝˋ ㄒㄧㄣ 按月發給的工資。
【月牙】yuèyá ㄩㄝˋ ㄧㄚˊ （月牙兒）新月①。也作月芽。
【月夜】yuèyè ㄩㄝˋ ㄧㄝˋ 有月光的夜晚。
【月暈】yuèyùn ㄩㄝˋ ㄩㄣˋ 月光通過雲層中的冰晶時，經折射而成的光的現象。成彩色光環，內紅外紫。月暈常被認為是天氣變化的預兆。通稱風圈。
【月氏】Yuèzhī ㄩㄝˋ ㄓ 漢朝西域國名。
【月中】yuèzhōng ㄩㄝˋ ㄓㄨㄥ 一個月的中間幾天。
【月終】yuèzhōng ㄩㄝˋ ㄓㄨㄥ 月底。
【月子】yuè·zi ㄩㄝˋ·ㄗ ❶婦女生育後的第一個月：坐月子｜她還沒出月子。❷分娩的時期：她的月子是二月初。
【月子病】yuè·zibìng ㄩㄝˋ·ㄗ ㄅㄧㄥˋ 產褥熱的通稱。

刖（跀） yuè ㄩㄝˋ 古代砍掉腳的酷刑。

抈 yuè ㄩㄝˋ 〈書〉❶動搖。❷折斷。

玥 yuè ㄩㄝˋ 古代傳說中的一種神珠。

岳 yuè ㄩㄝˋ ❶稱妻的父母及伯父、叔父：岳父｜岳母｜叔岳。❷（Yuè）姓。另見1416頁yuè‘嶽’。
【岳父】yuèfù ㄩㄝˋ ㄈㄨˋ 妻子的父親。也叫岳丈。
【岳家】yuèjiā ㄩㄝˋ ㄐㄧㄚ 妻子的娘家。
【岳母】yuèmǔ ㄩㄝˋ ㄇㄨˇ 妻子的母親。
【岳丈】yuèzhàng ㄩㄝˋ ㄓㄤˋ 岳父。

軏（轫） yuè ㄩㄝˋ 古代車轅與橫木相連接的關鍵。

悅 yuè ㄩㄝˋ ❶高興；愉快：喜悅｜不悅｜和顏悅色。❷使愉快：悅耳｜悅目。❸（Yuè）姓。
【悅耳】yuè'ěr ㄩㄝˋ ㄦˇ 好聽：歌聲婉轉悅耳。
【悅服】yuèfú ㄩㄝˋ ㄈㄨˊ 從心裏佩服：四方悅服。
【悅目】yuèmù ㄩㄝˋ ㄇㄨˋ 看着愉快；好看：賞心悅目｜天空幾抹晚霞，鮮明悅目。

越[1] yuè ㄩㄝˋ ❶跨過（阻礙）；跳過：越牆｜翻山越嶺。❷不按照一般的次序；超出（範圍）：越級｜越權。❸（聲音、情感）昂揚：激越｜聲音清越。❹〈書〉搶奪：殺人越貨。

越[2] yuè ㄩㄝˋ 疊用，表示程度隨着條件的發展而發展（跟‘愈…愈…’相同）：腦子越用越靈｜爭論越認真，是非越清楚。注意 ‘越來越…’表示程度隨着時間發展，如：天氣越來越熱了。

越[3] Yuè ㄩㄝˋ ❶周朝國名，原來在今浙江東部，後來擴展到江蘇、山東。❷指浙江東部。❸姓。
【越冬】yuèdōng ㄩㄝˋ ㄉㄨㄥ 過冬（多指植物、昆蟲、病菌）：越冬作物｜有些昆蟲的卵潛伏在土內越冬。

【越冬作物】yuèdōng zuòwù ㄩㄝˋ ㄉㄨㄥ ㄗㄨㄛˋ ㄨˋ 秋季播種，幼苗經過冬季，到第二年春季或夏季收割的農作物，如冬小麥。也叫過冬作物。

【越發】yuèfā ㄩㄝˋ ㄈㄚ ❶更加：過了中秋，天氣越發涼快了。❷跟上文的'越'或'越是'呼應，作用跟'越…越…'相同(用於兩個或更多的分句前後呼應的場合)：觀眾越多，他們演得越發賣力氣｜越是性急，越發容易出差錯。

【越軌】yuè∥guǐ ㄩㄝˋ∥ㄍㄨㄟˇ (行為)超出規章制度所允許的範圍：越軌的行為。

【越過】yuè∥guò ㄩㄝˋ∥ㄍㄨㄛˋ 經過中間的界限、障礙物等由一邊到另一邊：越過高山｜越過一片草地。

【越級】yuè∥jí ㄩㄝˋ∥ㄐㄧˊ 不按照一般的次序，越過直屬的一級到更高的一級：越級上訴。

【越界】yuèjiè ㄩㄝˋ ㄐㄧㄝˋ 超越界限或邊界。

【越境】yuè∥jìng ㄩㄝˋ∥ㄐㄧㄥˋ 非法入境或出境(多指國境)。

【越劇】yuèjù ㄩㄝˋ ㄐㄩˋ 浙江地方戲曲劇種之一，起源於嵊縣，由當地民歌發展而成，主要流行於江浙、上海一帶。

【越禮】yuèlǐ ㄩㄝˋ ㄌㄧˇ 不合規定的禮節；不守禮法：越禮行為。

【越權】yuè∥quán ㄩㄝˋ∥ㄑㄩㄢˊ (行為)超出權限。

【越位】yuèwèi ㄩㄝˋ ㄨㄟˋ ❶超越自己的職位或地位：僭權越位(指超越職權和地位行事)。❷在足球賽中，攻方的隊員踢球，同隊的另一隊員如果在對方半場內，並在球的前方或攻方隊員與對方端綫(球場兩端的界綫)之間、對方隊員少於二人，都是越位。此外，冰球、橄欖球、曲棍球賽中也有判越位的規定。

【越野】yuèyě ㄩㄝˋ ㄧㄝˇ 在野地、山地裏行進：越野車｜越野賽跑。

【越野賽】yuèyěsài ㄩㄝˋ ㄧㄝˇ ㄙㄞˋ 自行車、汽車、摩托車運動比賽項目之一。在有天然障礙的複雜地形中進行比賽。

【越野賽跑】yuèyě sàipǎo ㄩㄝˋ ㄧㄝˇ ㄙㄞˋ ㄆㄠˇ 在運動場以外進行的中長距離賽跑。通常在野外或公路上舉行。

【越獄】yuè∥yù ㄩㄝˋ∥ㄩˋ (犯人)從監獄裏逃走：越獄潛逃。

【越俎代庖】yuè zǔ dài páo ㄩㄝˋ ㄗㄨˇ ㄉㄞˋ ㄆㄠˊ 廚子不做飯，掌管祭祀神主的人不能越過自己的職守，放下祭器去代替廚子做飯(見於《莊子·逍遙遊》)。一般用來比喻超過自己的職務範圍，去處理別人所管的事情。

粵 Yuè ㄩㄝˋ ❶指廣東、廣西：兩粵。❷廣東的別稱：粵劇。

【粵菜】yuècài ㄩㄝˋ ㄘㄞˋ 廣東風味的菜肴。

【粵劇】yuèjù ㄩㄝˋ ㄐㄩˋ 廣東地方戲曲劇種之一，用廣州話演唱，主要流行於説粵語的地區。

鉞(钺、戉) yuè ㄩㄝˋ 古代兵器，青銅或鐵製成，形狀像板斧而較大。

篗 yuè ㄩㄝˋ 同'籰'(yuè)。

説(说) yuè ㄩㄝˋ 同'悦'。另見1077頁 shuì；1079頁 shuō。

閲(阅) yuè ㄩㄝˋ ❶看(文字)：閲覽｜訂閲期刊｜翻閲文件。❷檢閲：閲兵。❸經歷；經過：閲歷｜試行已閲三月。

【閲兵】yuè∥bīng ㄩㄝˋ∥ㄅㄧㄥ 檢閲軍隊：閲兵式。

【閲讀】yuèdú ㄩㄝˋ ㄉㄨˊ 看(書報)並領會其內容：他認識了兩千多字，已能閲讀通俗書報。

【閲卷】yuè∥juàn ㄩㄝˋ∥ㄐㄩㄢˋ 評閲試卷。

【閲覽】yuèlǎn ㄩㄝˋ ㄌㄢˇ 看(書報)：閲覽室。

【閲歷】yuèlì ㄩㄝˋ ㄌㄧˋ ❶親身見過、聽過或做過；經歷：閲歷過很多事｜他應該出去閲歷一番。❷由經歷得來的知識：閲歷淺。

【閲世】yuèshì ㄩㄝˋ ㄕˋ 〈書〉經歷世事：閲世漸深。

樂(乐) yuè ㄩㄝˋ ❶音樂：奏樂｜樂器。❷(Yuè)姓(與Lè不同姓)。另見694頁 lè。

【樂池】yuèchí ㄩㄝˋ ㄔˊ 舞台前面樂隊伴奏的地方，有矮牆跟觀眾席隔開。

【樂隊】yuèduì ㄩㄝˋ ㄉㄨㄟˋ 演奏不同樂器的許多人組成的集體。

【樂府】yuèfǔ ㄩㄝˋ ㄈㄨˇ 原是漢代朝廷的音樂官署，它的主要任務是採集各地民間詩歌和樂曲。後世把這類民歌或文人模擬的作品也叫做樂府。

【樂歌】yuègē ㄩㄝˋ ㄍㄜ ❶音樂與歌曲。❷有音樂伴奏的歌曲。

【樂戶】yuèhù ㄩㄝˋ ㄏㄨˋ 古代婦女因犯罪或受牽累而被逮入官府充當奏樂的官妓，叫做樂戶，後來也用來稱妓院。

【樂理】yuèlǐ ㄩㄝˋ ㄌㄧˇ 音樂的一般基礎理論。

【樂律】yuèlǜ ㄩㄝˋ ㄌㄩˋ 見1362頁〖音律〗。

【樂譜】yuèpǔ ㄩㄝˋ ㄆㄨˇ 歌譜或器樂演奏用的譜子，有簡譜、五綫譜等。

【樂器】yuèqì ㄩㄝˋ ㄑㄧˋ 可以發出樂音，供演奏音樂使用的器具，如鋼琴、胡琴、笛子、板鼓等。

【樂清】Yuèqīng ㄩㄝˋ ㄑㄧㄥ 地名，在浙江。

【樂曲】yuèqǔ ㄩㄝˋ ㄑㄩˇ 音樂作品。

【樂師】yuèshī ㄩㄝˋ ㄕ 指從事音樂演奏的人。

【樂壇】yuètán ㄩㄝˋ ㄊㄢˊ 音樂界：譽滿樂壇。

【樂團】yuètuán ㄩㄝˋ ㄊㄨㄢˊ 演出音樂的團體：廣播樂團｜交響樂團。

【樂舞】yuèwǔ ㄩㄝˋ ㄨˇ 有音樂伴奏的舞蹈。

【樂音】yuèyīn ㄩㄝˋ ㄧㄣ 有一定頻率，聽起來比較和諧悦耳的聲音，是由發音體有規律的振動而產生的(區別於'噪音')。

【樂章】yuèzhāng ㄩㄝˋ ㄓㄤ 成套的樂曲中具有一定主題的獨立組成部分，一部交響曲一般分為四個樂章。

樾 yuè ㄩㄝˋ 〈書〉樹蔭。

嶽(岳) yuè ㄩㄝˋ 高大的山：五嶽。'岳'另見1414頁 yuè。

龠[1] yuè ㄩㄝˋ 古代容量單位，等於半合(gě)。

龠[2](籥) yuè ㄩㄝˋ 古代一種樂器，形狀像簫。

櫟(栎) yuè ㄩㄝˋ 櫟陽(Yuèyáng ㄩㄝˋ ㄧㄤˊ)，地名，在陝西。
另見710頁 lì。

黦 yuè ㄩㄝˋ 〈書〉黃黑色。

瀹 yuè ㄩㄝˋ 〈書〉❶煮：瀹茗(烹茶)。❷疏通(河道)。

躍(跃) yuè ㄩㄝˋ 跳：跳躍｜飛躍｜一躍而過。

【躍進】yuèjìn ㄩㄝˋ ㄐㄧㄣˋ ❶跳着前進：避開火力，向左側躍進。❷比喻極快地前進：生產躍進｜從感性認識躍進到理性認識。

【躍遷】yuèqiān ㄩㄝˋ ㄑㄧㄢ 原子、分子等由某一種狀態過渡到另一種狀態，如一個能級較高的原子發射一個光子而躍遷到能級較低的原子。

【躍然】yuèrán ㄩㄝˋ ㄖㄢˊ 形容活躍地呈現：義憤之情躍然紙上。

【躍躍欲試】yuèyuè yù shì ㄩㄝˋ ㄩㄝˋ ㄩˋ ㄕˋ 形容心裏急切地想試試。

爚 yuè ㄩㄝˋ 〈書〉火光。

鑰(钥) yuè ㄩㄝˋ 鑰匙：北門鎖鑰(北方重鎮)。
另見1333頁 yào。

鸑(鸑) yuè ㄩㄝˋ ［鸑鷟］(yuèzhuó ㄩㄝˋ ㄓㄨㄛˊ)古書上説的一種水鳥。

籰(籰) yuè ㄩㄝˋ 〈方〉籰子，繞絲、紗、綫等的工具。

yūn (ㄩㄣ)

暈(晕) yūn ㄩㄣ ❶同'暈'(yùn)①，用於'頭暈、暈頭暈腦、暈頭轉向'等。❷昏迷：暈倒｜暈厥。
另見1418頁 yùn。

【暈厥】yūnjué ㄩㄣ ㄐㄩㄝˊ 昏厥。

【暈頭轉向】yūn tóu zhuàn xiàng ㄩㄣ ㄊㄡˊ ㄓㄨㄢˋ ㄒㄧㄤˋ 形容頭腦昏亂，迷失方向：風浪很大，船把我搖晃得暈頭轉向◇這道算題真難，把我搞得暈頭轉向。

氳〔氲〕 yūn ㄩㄣ 見1362頁［氤氳］(yīnyūn)。

煴〔煴〕 yūn ㄩㄣ 〈書〉微火；無焰的火。另見1420頁 yùn。

緼〔緼〕(缊) yūn ㄩㄣ ［絪緼］(yīnyūn ㄧㄣ ㄩㄣ)見1362頁［氤氳］。
另見1420頁 yùn。

贇(赟) yūn ㄩㄣ 〈書〉美好。

yún (ㄩㄣˊ)

云 yún ㄩㄣˊ ❶説：人云亦云｜不知所云。❷古漢語助詞：歲云暮矣。
另見1417頁 yún'雲'。

【云云】yúnyún ㄩㄣˊ ㄩㄣˊ 〈書〉如此；這樣(引用文句或談話時，表示結束或有所省略)：他來信説讀了不少新書，很有心得云云。

勻 yún ㄩㄣˊ ❶均勻：顏色塗得不勻。❷使均勻：把粉勻勻｜這兩份多少不均，再勻一勻吧。❸抽出一部分給別人或做別用：勻出一部分糧食支援災區｜工作太忙，勻不出時間幹家務。

【勻稱】yún·chèn ㄩㄣˊ ·ㄔㄣˋ 均勻；比例和諧：穗子又多又勻稱｜字寫得很勻稱｜這人身段勻稱。

【勻兑】yún·dui ㄩㄣˊ ·ㄉㄨㄟ 勻出來；抽出一部分讓給別人：給他勻兑一間屋子。

【勻和】yún·huo ㄩㄣˊ ·ㄏㄨㄛ (勻和兒)❶均勻：剛才還在喘氣，現在呼吸才勻和了。❷使均勻：這些蘋果大的大，小的小，得勻和勻和再分。‖也説勻乎。

【勻淨】yún·jing ㄩㄣˊ ·ㄐㄧㄥ 粗細或深淺一致；均勻：這塊布染得很勻淨｜綫紡得非常勻淨。

【勻臉】yún∥liǎn ㄩㄣˊ∥ㄌㄧㄢˇ 化裝時用手搓臉使脂粉勻淨。

【勻溜】yún·liu ㄩㄣˊ ·ㄌㄧㄡ (勻溜兒)大小、粗細或稀稠等適中：這綫紡得真勻溜。

【勻實】yún·shi ㄩㄣˊ ·ㄕ 均勻：瞧這布多細密多勻實｜麥苗出得很勻實。

【勻速運動】yúnsù yùndòng ㄩㄣˊ ㄙㄨˋ ㄩㄣˋ ㄉㄨㄥˋ 物體在單位時間內所通過的距離相等的運動。也叫等速運動。

【勻整】yún·zhěng ㄩㄣˊ ·ㄓㄥˇ 均勻整齊：字寫得勻整｜勻整的腳步。

芸〔芸〕 yún ㄩㄣˊ 芸香。
另見1418頁 yún'蕓'。

【芸豆】yúndòu ㄩㄣˊ ㄉㄡˋ 菜豆的通稱。也作雲豆。

【芸香】yúnxiāng ㄩㄣˊ ㄒㄧㄤ 多年生草本植物，

莖直立，葉子互生，羽狀分裂，裂片長圓形，花黃色，果實為蒴果。全草有香氣，可入藥。

【芸芸】yúnyún ㄩㄣˊ ㄩㄣˊ〈書〉形容眾多：萬物芸芸｜芸芸眾生。

【芸芸眾生】yúnyún zhòngshēng ㄩㄣˊ ㄩㄣˊ ㄓㄨㄥˋ ㄕㄥ 佛教指一切有生命的東西。一般也用來指眾多的平常人。

沄 yún ㄩㄣˊ ［沄沄］〈書〉形容水流動。另見1418頁 yún‘澐’。

妘 Yún ㄩㄣˊ 姓。

昀 yún ㄩㄣˊ〈書〉日光。

畇 yún ㄩㄣˊ ［畇畇］〈書〉形容田地整齊。

員（员） yún ㄩㄣˊ 用於人名，伍員（即伍子胥），春秋時人。

另見1408頁 yuán；1418頁 Yùn。

秐 yún ㄩㄣˊ 田地裏除草：秐田｜春耕夏秐，秋收冬藏。

【秐鋤】yúnchú ㄩㄣˊ ㄔㄨˊ 除草和鬆土用的鋤頭。

【秐耥】yúntāng ㄩㄣˊ ㄊㄤ 秐稻和耥稻。指在水稻分蘗期間進行中耕除草。

紜（纭） yún ㄩㄣˊ ［紜紜］形容多而亂。

雲[1]（云） yún ㄩㄣˊ 在空中懸浮的由水滴、冰晶聚集形成的物體。

雲[2]（云） Yún ㄩㄣˊ ❶指雲南：雲腿（雲南宣威一帶出產的火腿）。❷姓。

‘云’另見1416頁 yún。

【雲板】yúnbǎn ㄩㄣˊ ㄅㄢˇ 舊時打擊樂器，用長鐵片做成，兩端作雲頭形，官署和權貴之家多用做報時報事的器具。也作雲版。

【雲豹】yúnbào ㄩㄣˊ ㄅㄠˋ 哺乳動物，四肢較短，尾較長。毛淡黃色，略帶灰色。有雲塊狀斑紋，因而得名。毛皮柔軟，花紋美觀，可製衣物。也叫貓豹。

【雲鬢】yúnbìn ㄩㄣˊ ㄅㄧㄣˋ〈書〉婦女多而美的鬢髮。

【雲彩】yún·cai ㄩㄣˊ ·ㄘㄞ 雲：藍藍的天上沒有一絲雲彩。

【雲層】yúncéng ㄩㄣˊ ㄘㄥˊ 成層的雲：許多山峰高出雲層｜灰色的雲層低低壓在大森林上面。

【雲豆】yúndòu ㄩㄣˊ ㄉㄡˋ 同‘芸豆’。

【雲端】yúnduān ㄩㄣˊ ㄉㄨㄢ 雲裏：飛機從雲端飛來。

【雲朵】yúnduǒ ㄩㄣˊ ㄉㄨㄛˇ 呈塊狀的雲。

【雲貴】Yún-Guì ㄩㄣˊ ㄍㄨㄟˋ 雲南和貴州兩省的合稱：雲貴高原。

【雲海】yúnhǎi ㄩㄣˊ ㄏㄞˇ 從高處下望時，平鋪在下面的像海一樣的雲：雲海蒼茫。

【雲漢】yúnhàn ㄩㄣˊ ㄏㄢˋ〈書〉❶天河。❷指高空：冉冉入雲漢。

【雲集】yúnjí ㄩㄣˊ ㄐㄧˊ 比喻許多人從各處來，聚集在一起：各地代表雲集首都。

【雲錦】yúnjǐn ㄩㄣˊ ㄐㄧㄣˇ 我國一種歷史悠久的高級提花絲織物，色彩鮮艷，花紋瑰麗如彩雲。

【雲譎波詭】yún jué bō guǐ ㄩㄣˊ ㄐㄩㄝˊ ㄅㄛ ㄍㄨㄟˇ 漢代揚雄《甘泉賦》：‘於是大廈雲譎波詭。’形容房屋構造就像雲彩和波浪那樣千姿百態。後多用來形容事態變幻莫測。也説波譎雲詭。

【雲鑼】yúnluó ㄩㄣˊ ㄌㄨㄛˊ 打擊樂器，用十個小鑼編排而成，第一排一個，以下三排各三個，裝置在小木架上。各個鑼的大小相同而厚薄不同，所以發出的聲音不同。最上面的一個不常用，因此也叫九音鑼。現在雲鑼有所發展，已不止十個。

【雲母】yúnmǔ ㄩㄣˊ ㄇㄨˇ 礦物，主要成分是硅酸鹽，白色、黑色，帶有深淺不同的褐色或綠色。耐高溫，不導電，能分成透明的可以彎曲的薄片，是重要的電氣絕緣材料。

【雲泥之別】yún ní zhī bié ㄩㄣˊ ㄋㄧˊ ㄓ ㄅㄧㄝˊ 相差像天空的雲和地下的泥。比喻高低差別懸殊。

【雲片糕】yúnpiàngāo ㄩㄣˊ ㄆㄧㄢˋ ㄍㄠ 用米粉加糖和核桃仁等製成的糕，切做長方形薄片。

【雲氣】yúnqì ㄩㄣˊ ㄑㄧˋ 稀薄遊動的雲。

【雲雀】yúnquè ㄩㄣˊ ㄑㄩㄝˋ 鳥，羽毛赤褐色，有黑色斑紋，嘴小而尖，翅膀大，飛得高，叫的聲音好聽。

【雲散】yúnsàn ㄩㄣˊ ㄙㄢˋ 像天空的雲那樣四處散開。a) 比喻曾在一起的人分散到各地：舊友雲散。b) 比喻事物四散消失：烟消雲散。

【雲山霧罩】yún shān wù zhào ㄩㄣˊ ㄕㄢ ㄨˋ ㄓㄠˋ ❶形容雲霧瀰漫。❷形容説話漫無邊際，使人困惑不解。

【雲梯】yúntī ㄩㄣˊ ㄊㄧ 攻城或救火時用的長梯。

【雲天】yúntiān ㄩㄣˊ ㄊㄧㄢ 高空；雲霄：響徹雲天｜高聳雲天｜高峰直插雲天。

【雲頭】yúntóu ㄩㄣˊ ㄊㄡˊ 看起來成團成堆的雲：看這雲頭像有雨的樣子。

【雲頭兒】yúntóur ㄩㄣˊ ㄊㄡㄦˊ 雲狀的圖案花紋。

【雲圖】yúntú ㄩㄣˊ ㄊㄨˊ 雲的圖片，記錄着某時某地雲的情況和形狀，是氣象研究和預報的參考資料。

【雲霧】yúnwù ㄩㄣˊ ㄨˋ 雲和霧。多比喻遮蔽或障礙的東西：撥開雲霧見青天。

【雲霞】yúnxiá ㄩㄣˊ ㄒㄧㄚˊ 彩雲。

【雲消霧散】yún xiāo wù sàn ㄩㄣˊ ㄒㄧㄠ ㄨˋ ㄙㄢˋ 見1312頁〖烟消雲散〗。

【雲霄】yúnxiāo ㄩㄣˊ ㄒㄧㄠ 極高的天空；天際：響徹雲霄｜直上雲霄。
【雲崖】yúnyá ㄩㄣˊ ㄧㄚˊ 高聳入雲的山崖。
【雲烟】yúnyān ㄩㄣˊ ㄧㄢ 雲霧和烟氣：雲烟繚繞｜雲烟過眼(比喻事物很快就消失了)。
【雲翳】yúnyì ㄩㄣˊ ㄧˋ ❶陰暗的雲：清澄的藍天上沒有一點雲翳◇臉上罩上了憂鬱的雲翳。❷眼球角膜發生病變後遺留下來的疤痕組織，影響視力。
【雲遊】yúnyóu ㄩㄣˊ ㄧㄡˊ 到處遨遊，行踪無定(多指和尚、道士)：雲遊四海。
【雲雨】yúnyǔ ㄩㄣˊ ㄩˇ 宋玉《高唐賦》敍宋玉對楚襄王問，説楚懷王曾遊高唐，夢與巫山神女相會，神女臨去説自己'旦為朝雲，暮為行雨'，後世因以指男女合歡(多見於舊小説)。
【雲蒸霞蔚】yún zhēng xiá wèi ㄩㄣˊ ㄓㄥ ㄒㄧㄚˊ ㄨㄟˋ 形容景物燦爛絢麗。也説雲興霞蔚。

鄖(郧) Yún ㄩㄣˊ ❶鄖縣，在湖北。❷姓。

筠 yún ㄩㄣˊ 〈書〉❶竹子的青皮。❷借指竹子。
另見632頁 jūn。

溳(涢) Yún ㄩㄣˊ 溳水，水名，在湖北。

鋆 yún ㄩㄣˊ (在人名中也讀 jūn ㄐㄩㄣ)〈書〉金子。

蕓〔蕓〕(芸) yún ㄩㄣˊ 見〖蕓薹〗。
'芸'另見1416頁 yún。
【蕓薹】yúntái ㄩㄣˊ ㄊㄞˊ 油菜①。

澐(沄) yún ㄩㄣˊ 〈書〉大波浪。
'沄'另見1417頁 yún。

篔(筼) yún ㄩㄣˊ ［篔簹］(yúndāng ㄩㄣˊ ㄉㄤ)〈書〉生長在水邊的大竹子。

yǔn (ㄩㄣˇ)

允[1] yǔn ㄩㄣˇ 允許：應允｜不允。

允[2] yǔn ㄩㄣˇ 公平；適當：允當｜公允｜平允。
【允當】yǔndàng ㄩㄣˇ ㄉㄤˋ 得當；適當：繁簡允當。
【允諾】yǔnnuò ㄩㄣˇ ㄋㄨㄛˋ 應許：欣然允諾。
【允許】yǔnxǔ ㄩㄣˇ ㄒㄩˇ 許可：得到允許，方可入內。
【允准】yǔnzhǔn ㄩㄣˇ ㄓㄨㄣˇ 允許；許可：允准開業。

狁 yǔn ㄩㄣˇ 見1239頁〖獫狁〗。

隕(陨) yǔn ㄩㄣˇ 隕落：隕石。
【隕落】yǔnluò ㄩㄣˇ ㄌㄨㄛˋ (星體或其他在高空運行的物體)從高空掉下。
【隕滅】yǔnmiè ㄩㄣˇ ㄇㄧㄝˋ ❶物體從高空掉下而毀滅。❷喪命。也作殞滅。
【隕石】yǔnshí ㄩㄣˇ ㄕˊ 含石質較多或全部為石質的隕星。
【隕鐵】yǔntiě ㄩㄣˇ ㄊㄧㄝˇ 含鐵質較多或全部是鐵質的隕星。
【隕星】yǔnxīng ㄩㄣˇ ㄒㄧㄥ 流星體經過地球大氣層時，沒有完全燒燬而落在地面上的部分叫做隕星，有純鐵質的、純石質的和鐵質石質混合的。

殞(殒) yǔn ㄩㄣˇ 死亡：殞身｜殞命。
【殞滅】yǔnmiè ㄩㄣˇ ㄇㄧㄝˋ 同'隕滅'②。
【殞命】yǔnmìng ㄩㄣˇ ㄇㄧㄥˋ 〈書〉喪命。
【殞身】yǔnshēn ㄩㄣˇ ㄕㄣ 〈書〉喪命；死亡。

yùn (ㄩㄣˋ)

孕 yùn ㄩㄣˋ ❶懷胎：孕育◇孕穗。❷身孕：有孕。
【孕畜】yùnchù ㄩㄣˋ ㄔㄨˋ 懷孕的牲畜。
【孕婦】yùnfù ㄩㄣˋ ㄈㄨˋ 懷孕的婦女。
【孕期】yùnqī ㄩㄣˋ ㄑㄧ 婦女從受孕到產出胎兒的一段時間，通常為266日，自末次月經的第一日算起則為280日。
【孕穗】yùnsuì ㄩㄣˋ ㄙㄨㄟˋ 水稻、小麥、玉米等作物的穗在葉鞘內形成而尚未抽出來，叫做孕穗。
【孕吐】yùntù ㄩㄣˋ ㄊㄨˋ 孕婦在妊娠初期食慾異常、噁心、嘔吐的現象。
【孕育】yùnyù ㄩㄣˋ ㄩˋ 懷胎生育。比喻既存的事物中醞釀着新事物：海洋是孕育原始生命的溫牀。

員(员) Yùn ㄩㄣˋ 姓。
另見1408頁 yuán；1417頁 yún。

惲(恽) Yùn ㄩㄣˋ 姓。

鄆(郓) Yùn ㄩㄣˋ ❶鄆城，地名，在山東。❷姓。

暈(晕) yùn ㄩㄣˋ ❶頭腦發昏，周圍物體好像在旋轉，人有要跌倒的感覺：暈船｜眼暈｜他一坐汽車就暈。❷日光或月光通過雲層中的冰晶時經折射而形成的光圈。參看971頁〖日暈〗、1414頁〖月暈〗。❸光影、色彩四周模糊的部分：墨暈｜紅暈｜燈光黃而有暈。
另見1416頁 yūn。
【暈場】yùn//chǎng ㄩㄣˋ // ㄔㄤˇ 考生在考試或演員在演出時由於過度緊張或其他原因而頭暈，影響考試或演出的正常進行。
【暈車】yùn//chē ㄩㄣˋ // ㄔㄜ 坐車時頭暈、嘔吐。
【暈池】yùn//chí ㄩㄣˋ // ㄔˊ (到池湯中洗澡的人)

因溫度過高、濕度過大、體質較弱等原因而昏厥。也說暈堂。

【暈船】yùn∥chuán ㄩㄣˋ∥ㄔㄨㄢˊ 坐船時頭暈、嘔吐。

【暈高兒】yùn∥gāor ㄩㄣˋ∥ㄍㄠㄦ 〈方〉登高時頭暈心跳。

【暈機】yùnjī ㄩㄣˋ ㄐㄧ 坐飛機時頭暈、嘔吐。

【暈針】yùnzhēn ㄩㄣˋ ㄓㄣ 針刺後病人面色蒼白，頭暈，目眩，心煩欲嘔等，叫做暈針。

韵(韻) yùn ㄩㄣˋ ❶好聽的聲音：琴韵悠揚｜松聲竹韵。❷韵母：押韵｜疊韵｜韵文。❸情趣：風韵｜韵味｜韵致。❹(Yùn)姓。

【韵白】yùnbái ㄩㄣˋ ㄅㄞˊ ❶京劇中指按照傳統唸法唸出的道白，有的字音和北京音略有不同。❷戲曲中句子整齊押韵的道白。

【韵調】yùndiào ㄩㄣˋ ㄉㄧㄠˋ 音調：韵調優美｜韵調悠揚。

【韵腹】yùnfù ㄩㄣˋ ㄈㄨˋ 指韵母中的主要元音。參看〖韵母〗。

【韵腳】yùnjiǎo ㄩㄣˋ ㄐㄧㄠˇ 韵文句末押韵的字。

【韵律】yùnlǜ ㄩㄣˋ ㄌㄩˋ 指詩詞中的平仄格式和押韵規則。

【韵律體操】yùnlǜ tǐcāo ㄩㄣˋ ㄌㄩˋ ㄊㄧˇ ㄘㄠ 藝術體操。

【韵母】yùnmǔ ㄩㄣˋ ㄇㄨˇ 漢語字音中聲母、字調以外的部分。韵母又可以分成韵頭(介音)、韵腹(主要元音)、韵尾三部分。如'娘'niáng的韵母是iang，其中i是韵頭，a是韵腹，ng是韵尾。每個韵母一定有韵腹，韵頭和韵尾則可有可無。如'大'dà的韵母是a，a是韵腹，沒有韵頭、韵尾；'瓜'guā的韵母是ua，其中u是韵頭，a是韵腹，沒有韵尾；'刀'dāo的韵母是ao，其中a是韵腹，o是韵尾，沒有韵頭。參看1028頁〖聲母〗。

【韵目】yùnmù ㄩㄣˋ ㄇㄨˋ 韵書把同韵的字歸為一部，每韵用一個字標目，按次序排列，如通用的詩韵上平聲分為一東、二冬、三江、四支等，叫做韵目。

【韵事】yùnshì ㄩㄣˋ ㄕˋ 風雅的事：風流韵事。

【韵書】yùnshū ㄩㄣˋ ㄕㄨ 為寫作韵文押韵用的同韵、同音字典，如《廣韵》、《集韵》、《中原音韵》等。

【韵頭】yùntóu ㄩㄣˋ ㄊㄡˊ 介音。參見〖韵母〗。

【韵尾】yùnwěi ㄩㄣˋ ㄨㄟˇ 指韵母的收尾部分，例如韵母ai、ei的i，韵母ao的o，韵母ou的u，韵母an、en的n，韵母ang、eng的ng。參看〖韵母〗。

【韵味】yùnwèi ㄩㄣˋ ㄨㄟˋ ❶聲韵所體現的意味：他的唱腔很有韵味。❷情趣；趣味：這首詩韵味很濃｜古塔古樹相互映襯，平添了古樸的韵味。

【韵文】yùnwén ㄩㄣˋ ㄨㄣˊ 有節奏韵律的文學體裁，也指用這種體裁寫成的文章，包括詩、詞、歌、賦等(區別於'散文')。

【韵語】yùnyǔ ㄩㄣˋ ㄩˇ 押韵的語言，指詩、詞和唱詞、歌訣等。

【韵致】yùnzhì ㄩㄣˋ ㄓˋ 風度韵味；情致：水仙另有一種淡雅的韵致。

慍〔愠〕 yùn ㄩㄣˋ 〈書〉怒：微慍｜慍色。

【慍色】yùnsè ㄩㄣˋ ㄙㄜˋ 〈書〉惱怒的臉色：面有慍色。

運[1](运) yùn ㄩㄣˋ ❶運動①：運行。❷搬運；運輸：運貨｜客運｜水運｜空運｜這批貨運到哪兒去？❸運用：運筆｜運思。❹(Yùn)姓。

運[2](运) yùn ㄩㄣˋ 運氣：幸運｜好運。

【運筆】yùnbǐ ㄩㄣˋ ㄅㄧˇ 運用筆(寫或畫)；動筆：時而擱筆沈思，時而運筆如飛。

【運籌】yùnchóu ㄩㄣˋ ㄔㄡˊ 制定策略；籌劃。

【運籌帷幄】yùnchóu wéiwò ㄩㄣˋ ㄔㄡˊ ㄨㄟˊ ㄨㄛˋ《漢書·高帝紀》：'上(劉邦)曰：夫運籌帷幄之中，決勝於千里之外，吾不如子房(張良)。'後因以稱在後方決定作戰策略，也泛指籌劃決策。

【運籌學】yùnchóuxué ㄩㄣˋ ㄔㄡˊ ㄒㄩㄝˊ 利用現代數學，特別是統計數學的成就，研究人力物力的運用和籌劃，使能發揮最大效率的學科。

【運單】yùndān ㄩㄣˋ ㄉㄢ 託運人在託運貨物時填寫的單據，是運輸部門承運貨物的依據。

【運道】yùn·dao ㄩㄣˋ ·ㄉㄠ 〈方〉運氣(yùn·qi)：交上了好運道。

【運動】yùndòng ㄩㄣˋ ㄉㄨㄥˋ ❶物體的位置不斷變化的現象。通常指一個物體和其他物體之間相對位置的變化，說某物體運動常是對另一物體而言。❷指宇宙間所發生的一切變化和過程，從簡單的位置變動到複雜的人類思維，都是物質運動的表現。❸體育活動：田徑運動｜運動健將。❹政治、文化、生產等方面有組織、有目的而聲勢較大的群眾性活動：五四運動｜技術革新運動。

【運動】yùn·dong ㄩㄣˋ ·ㄉㄨㄥ 為求達到某種目的而奔走鑽營：運動官府。

【運動場】yùndòngchǎng ㄩㄣˋ ㄉㄨㄥˋ ㄔㄤˇ 供體育鍛煉和比賽的場地。

【運動會】yùndònghuì ㄩㄣˋ ㄉㄨㄥˋ ㄏㄨㄟˋ 多項體育運動的競賽會。

【運動健將】yùndòng jiànjiàng ㄩㄣˋ ㄉㄨㄥˋ ㄐㄧㄢˋ ㄐㄧㄤˋ 我國對符合技術等級標準的運動員授予的最高稱號。

【運動量】yùndòngliàng ㄩㄣˋ ㄉㄨㄥˋ ㄌㄧㄤˋ 指體育運動所給予人體的生理負荷量。由強度、密度、時間、數量及運動項目的特點等因素構成。也叫運動負荷。

【運動神經】yùndòng shénjīng ㄩㄣˋ ㄉㄨㄥˋ ㄕㄣˊ ㄐㄧㄥ 見177頁〖傳出神經〗。

【運動學】yùndòngxué ㄩㄣˋ ㄉㄨㄥˋ ㄒㄩㄝˊ 體育科學的一門學科，以人體解剖學和力學來解釋各種體育活動。

【運動員】yùndòngyuán ㄩㄣˋ ㄉㄨㄥˋ ㄩㄢˊ 參加體育運動競賽的人。

【運動戰】yùndòngzhàn ㄩㄣˋ ㄉㄨㄥˋ ㄓㄢˋ 主要指正規兵團在長的戰綫和大的戰區上面，從事於戰役和戰鬥上的外綫的、速決的進攻戰的形式。

【運費】yùnfèi ㄩㄣˋ ㄈㄟˋ 運載貨物時支付的費用。

【運河】yùnhé ㄩㄣˋ ㄏㄜˊ 人工挖成的可以通航的河。

【運腳】yùnjiǎo ㄩㄣˋ ㄐㄧㄠˇ 〈方〉運費。

【運斤成風】yùn jīn chéng fēng ㄩㄣˋ ㄐㄧㄣ ㄔㄥˊ ㄈㄥ 楚國郢人在鼻尖抹了一層白粉，讓一個名叫石的巧匠用斧子把粉削去，石便揮動斧子順着風勢削掉白粉，那人的鼻子卻毫無損傷(見於《莊子·徐無鬼》)。後來就用'運斤成風'比喻手法熟練，技藝高超。

【運力】yùnlì ㄩㄣˋ ㄌㄧˋ 運輸力量：提高運力｜安排運力，搶運救災物資。

【運氣】yùn∥qì ㄩㄣˋ∥ㄑㄧˋ 把力氣貫注到身體某一部分：他一運氣，把石塊搬了起來。

【運氣】yùn·qi ㄩㄣˋ·ㄑㄧ ❶命運：運氣不佳。❷幸運：你真運氣，中了頭等獎。

【運輸】yùnshū ㄩㄣˋ ㄕㄨ 用交通工具把物資或人從一個地方運到另一個地方。

【運輸機】yùnshūjī ㄩㄣˋ ㄕㄨ ㄐㄧ 專門用來載運人員和物資的飛機。

【運輸艦】yùnshūjiàn ㄩㄣˋ ㄕㄨ ㄐㄧㄢˋ 專門擔負軍事運輸任務的軍艦。

【運思】yùnsī ㄩㄣˋ ㄙ 運用心思(多指詩文寫作)：執筆運思｜運思精巧。

【運送】yùnsòng ㄩㄣˋ ㄙㄨㄥˋ 把人或物資運到別處：運送肥料。

【運算】yùnsuàn ㄩㄣˋ ㄙㄨㄢˋ 依照數學法則，求出一個算題或算式的結果。

【運算器】yùnsuànqì ㄩㄣˋ ㄙㄨㄢˋ ㄑㄧˋ 電子計算機中用來進行算術運算或邏輯運算的部件。

【運銷】yùnxiāo ㄩㄣˋ ㄒㄧㄠ 把貨物運到別處銷售：運銷全國｜運銷水果。

【運行】yùnxíng ㄩㄣˋ ㄒㄧㄥˊ 週而復始地運轉(多指星球、車船等)：人造衛星的運行軌道｜列車運行示意圖｜縮短列車的運行時間。

【運營】yùnyíng ㄩㄣˋ ㄧㄥˊ ❶(車船等)運行和營業：地下鐵道開始正式運營。❷比喻機構有組織地進行工作：改善一些工礦企業低效率運營的狀況。

【運用】yùnyòng ㄩㄣˋ ㄩㄥˋ 根據事物的特性加以利用：運用自如｜靈活運用。

【運載】yùnzài ㄩㄣˋ ㄗㄞˋ 裝載和運送：運載工具｜運載貨物｜增加貨車的運載量。

【運載火箭】yùnzài huǒjiàn ㄩㄣˋ ㄗㄞˋ ㄏㄨㄛˇ ㄐㄧㄢˋ 把人造衛星或宇宙飛船等運送到預定軌道的火箭。

【運轉】yùnzhuǎn ㄩㄣˋ ㄓㄨㄢˇ ❶沿着一定的軌道行動：行星繞着太陽運轉。❷指機器轉動：發電機運轉正常。❸比喻組織、機構等進行工作：這家公司前不久宣告成立，開始運轉。

【運作】yùnzuò ㄩㄣˋ ㄗㄨㄛˋ (組織、機構等)進行工作；開展活動：改變現行的運作方式｜保證海關機構的正常運作。

熅〔熅〕 yùn ㄩㄣˋ 〈書〉同'熨'。另見1416頁 yūn。

熨 yùn ㄩㄣˋ 用烙鐵或熨斗燙平：熨衣服。另見1403頁 yù。

【熨斗】yùndǒu ㄩㄣˋ ㄉㄡˇ 形狀像斗，中間燒木炭，用來燙平衣物的金屬器具。用電發熱的叫電熨斗。

緼〔縕〕(缊) yùn ㄩㄣˋ 〈書〉❶碎麻。❷新舊混合的絲綿絮：緼袍。

另見1416頁 yūn。

醞〔醖〕(酝) yùn ㄩㄣˋ 〈書〉❶釀酒：醞釀｜春醞夏成。❷指酒：佳醞。

【醞釀】yùnniàng ㄩㄣˋ ㄋㄧㄤˋ 造酒的發酵過程。比喻做準備工作：醞釀候選人名單｜大家先醞釀一下，好充分發表意見。

藴〔蘊〕(蕴) yùn ㄩㄣˋ 〈書〉❶包含；蓄積：藴藏。❷事理深奧的地方：底藴。

【藴藏】yùncáng ㄩㄣˋ ㄘㄤˊ 蓄積而未顯露或未發掘：大沙漠下面藴藏着豐富的石油資源｜他們心中藴藏着極大的愛國熱情。

【藴含】yùnhán ㄩㄣˋ ㄏㄢˊ 藴涵①。

【藴涵】yùnhán ㄩㄣˋ ㄏㄢˊ ❶包含：這段文字不長，卻藴涵着豐富的內容。也作藴含。❷判斷中前後兩個命題間存在的某一種條件關係叫做藴涵，表現形式是'如果…則…'。例如'如果溫度增高則寒暑表的水銀柱上升'。

【藴藉】yùnjiè ㄩㄣˋ ㄐㄧㄝˋ 〈書〉(言語、文字、神情等)含蓄而不顯露：意味藴藉｜藴藉的微笑。

【藴蓄】yùnxù ㄩㄣˋ ㄒㄩˋ 積蓄或包含在裏面而未表露出來：青年人身上藴蓄着旺盛的活力。

韞〔韞〕(韫) yùn ㄩㄣˋ 〈書〉包含；藴藏。

Z

zā (ㄗㄚ)

匝(帀) zā ㄗㄚ 〈書〉❶周¹①；圈：繞樹三匝。❷環繞：清渠匝庭堂。❸遍；滿：匝地。

【匝地】zādì ㄗㄚ ㄉㄧˋ 〈書〉遍地；滿地：柳蔭匝地。

【匝月】zāyuè ㄗㄚ ㄩㄝˋ 〈書〉滿一個月。

咂 zā ㄗㄚ ❶用嘴唇吸：咂了一口酒。❷咂嘴。❸仔細辨別(滋味)。

【咂摸】zā·mo ㄗㄚ ·ㄇㄛ 〈方〉仔細辨別(滋味、意思等)：咂摸着酒的香味｜你再咂摸咂摸他這話是甚麼意思。

【咂嘴】zā//zuǐ ㄗㄚ//ㄗㄨㄟˇ (咂嘴兒)舌尖抵住上腭發出吸氣音，表示稱讚、羨慕、驚訝、為難、惋惜等。

拶 zā ㄗㄚ 〈書〉逼迫：逼拶。
另見1425頁 zǎn。

紮(扎、紥) zā ㄗㄚ ❶捆；束：紮綵｜紮褲腳｜腰裏紮着一條皮帶。❷〈方〉量詞，用於捆起來的東西：一紮乾草。
另見1433頁 zhā。'扎'另見1432頁 zhā；1433頁 zhá。

臢(臜) zā ㄗㄚ 見1頁［腌臢］(ā·zā)。

zá (ㄗㄚˊ)

咱(喒、偺) zá ㄗㄚˊ［咱家］(zájiā ㄗㄚˊㄐㄧㄚ)我(多見於早期白話)。
另見1425頁 zán；1426頁 ·zan。

砸 zá ㄗㄚˊ ❶用沈重的東西對準物體撞擊；沈重的東西落在物體上：砸核桃｜砸地基｜搬石頭不小心，砸了腳了。❷打破：碗砸了。❸〈方〉(事情)失敗：事兒辦砸了｜戲演砸了。

【砸飯碗】zá fànwǎn ㄗㄚˊ ㄈㄢˋ ㄨㄢˇ 比喻失業。

【砸鍋】zá//guō ㄗㄚˊ//ㄍㄨㄛ 〈方〉比喻辦事失敗：讓他去辦這件事兒，準砸鍋。

【砸鍋賣鐵】zá guō mài tiě ㄗㄚˊ ㄍㄨㄛ ㄇㄞˋ ㄊㄧㄝˇ 比喻把自己所有的都拿出來。

雜(杂、雑、襍) zá ㄗㄚˊ ❶多種多樣的：複雜｜雜色｜雜技。❷正項以外的；正式的以外的：雜費｜雜項｜雜牌兒。❸混合在一起；攙雜：夾雜｜草叢中還雜有粉紅色的野花。

【雜拌兒】zábànr ㄗㄚˊ ㄅㄢˋㄦ ❶攙雜在一起的各種乾果、果脯等。❷比喻雜湊而成的事物：這個集子是個大雜拌兒，有詩，有雜文，有遊記，還有短篇小說。

【雜處】záchǔ ㄗㄚˊ ㄔㄨˇ 來自各地的人在一個地區居住：五方雜處。

【雜湊】zácòu ㄗㄚˊ ㄘㄡˋ 不同的人或事物勉強合在一起。

【雜費】záfèi ㄗㄚˊ ㄈㄟˋ ❶主要開支以外的零碎費用：節約開支，減少雜費。❷學校為雜項開支而向學生收的費用。

【雜感】zágǎn ㄗㄚˊ ㄍㄢˇ ❶零星的感想。❷寫零星感想的一種文體。

【雜燴】záhuì ㄗㄚˊ ㄏㄨㄟˋ ❶用多種菜合在一起燴成的菜。❷比喻雜湊而成的事物。

【雜活兒】záhuór ㄗㄚˊ ㄏㄨㄛㄦ 零碎的工作；各種各樣的力氣活。

【雜貨】záhuò ㄗㄚˊ ㄏㄨㄛˋ 各種日用的零星貨物。

【雜和菜】zá·huocài ㄗㄚˊ ·ㄏㄨㄛ ㄘㄞˋ 把多種剩菜攙和在一起的菜。

【雜和麪兒】zá·huomiànr ㄗㄚˊ ·ㄏㄨㄛ ㄇㄧㄢˋㄦ 攙少量豆類磨成的玉米麪兒。

【雜技】zájì ㄗㄚˊ ㄐㄧˋ 各種技藝表演(如車技、口技、頂碗、走鋼絲、獅子舞、魔術等)的總稱。

【雜記】zájì ㄗㄚˊ ㄐㄧˋ ❶記載風景、瑣事、感想等的一種文體。❷零碎的筆記：學習雜記｜旅途雜記。

【雜家】zájiā ㄗㄚˊ ㄐㄧㄚ ❶先秦時期融會各家學說而成一家之言的學派。❷指知識面廣，甚麼都懂一點兒的人。

【雜交】zájiāo ㄗㄚˊ ㄐㄧㄠ 不同種、屬或品種的動物或植物進行交配或結合。參看1390頁〖有性雜交〗、1208頁〖無性雜交〗。

【雜居】zájū ㄗㄚˊ ㄐㄩ 指兩個或兩個以上的民族在一個地區居住。

【雜劇】zájù ㄗㄚˊ ㄐㄩˋ 宋代以滑稽調笑為特點的一種表演形式。元代發展成戲曲形式，每本以四折為主，有時在開頭或折間另加楔子。每折用同宮調同韵的北曲套曲和賓白組成。如關漢卿的《竇娥冤》等。流行於大都(今北京)一帶。明清兩代也有雜劇，但每本不限四折。

【雜糧】záliáng ㄗㄚˊ ㄌㄧㄤˊ 稻穀、小麥以外的糧食，如玉米、高粱、豆類等。

【雜亂】záluàn ㄗㄚˊ ㄌㄨㄢˋ 多而亂，沒有秩序或條理：院子裏雜亂地堆着木料、磚瓦。

【雜亂無章】záluàn wú zhāng ㄗㄚˊ ㄌㄨㄢˋ ㄨˊ ㄓㄤ 又多又亂，沒有條理。

【雜念】zániàn ㄗㄚˊ ㄋㄧㄢˋ 不純正的念頭，多指為個人打算的念頭：摒除雜念｜私心雜念。

【雜牌】zápái ㄗㄚˊ ㄆㄞˊ（雜牌兒）非正規的；非正牌的：雜牌軍｜雜牌貨。

【雜品】zápǐn ㄗㄚˊ ㄆㄧㄣˇ 商業上指各種日用的零星物品。

【雜七雜八】zá qī zá bā ㄗㄚˊ ㄑㄧ ㄗㄚˊ ㄅㄚ 形容多而雜。

【雜糅】záróu ㄗㄚˊ ㄖㄡˊ 指不同的事物混雜在一起：古今雜糅。

【雜食】záshí ㄗㄚˊ ㄕˊ ❶以各種動物植物為食物：雜食動物。❷〈書〉零食。

【雜史】záshǐ ㄗㄚˊ ㄕˇ 只記一事始末和一時見聞的史書或私家記述有關掌故的史書。

【雜事】záshì ㄗㄚˊ ㄕˋ（雜事兒）瑣碎的事；雜七雜八的事。

【雜書】záshū ㄗㄚˊ ㄕㄨ ❶科舉時代指與科舉考試無直接關係的書籍。❷指與本人專業無直接關係的書籍。

【雜耍】záshuǎ ㄗㄚˊ ㄕㄨㄚˇ（雜耍兒）指曲藝、雜技等。

【雜稅】záshuì ㄗㄚˊ ㄕㄨㄟˋ 指在正稅以外徵收的各種各樣的稅：苛捐雜稅。

【雜說】záshuō ㄗㄚˊ ㄕㄨㄛ ❶各種各樣的說法：雜說不一。❷〈書〉零碎的論說文章。❸〈書〉正統學說以外的各種學說。

【雜碎】zá·sui ㄗㄚˊ ·ㄙㄨㄟ 煮熟切碎供食用的牛羊等的內臟：牛雜碎｜羊雜碎。

【雜沓】zátà ㄗㄚˊ ㄊㄚˋ 雜亂：門外傳來雜沓的腳步聲。也作雜遝。

【雜遝】zátà ㄗㄚˊ ㄊㄚˋ 同'雜沓'。

【雜文】záwén ㄗㄚˊ ㄨㄣˊ 現代散文的一種，不拘泥於某一種形式，偏重議論，也可以敍事。

【雜務】záwù ㄗㄚˊ ㄨˋ 專門業務以外的瑣碎事務。

【雜項】záxiàng ㄗㄚˊ ㄒㄧㄤˋ 正項以外的項目。

【雜音】záyīn ㄗㄚˊ ㄧㄣ 人或動物的心、肺等或機器裝置等因發生障礙或受到干擾而發出的不正常的聲音。

【雜院兒】záyuànr ㄗㄚˊ ㄩㄢㄦˋ 有許多戶人家居住的院子。也說大雜院兒。

【雜誌】zázhì ㄗㄚˊ ㄓˋ ❶刊物：報章雜誌。❷零碎的筆記(多用做書名)。

【雜質】zázhì ㄗㄚˊ ㄓˋ 某種物質中所夾雜的不純的成分。

【雜種】zázhǒng ㄗㄚˊ ㄓㄨㄥˇ ❶不同種、屬或品種的動物或植物雜交而生成的新品種。雜種具有上一代品種的特徵。❷罵人的話。

【雜字】zázì ㄗㄚˊ ㄗˋ 彙集在一起的各類日常用字(多用做書名)：《農村四言雜字》。

zǎ（ㄗㄚˇ）

咋(唓) zǎ ㄗㄚˇ〈方〉怎；怎麼：咋樣｜咋辦｜你咋不去？
另見1429頁 zé；1432頁 zhā。

zāi（ㄗㄞ）

災(灾) zāi ㄗㄞ ❶災害：旱災｜水災｜防災｜救災｜災區。❷個人遭遇的不幸：招災惹禍｜沒病沒災。

【災害】zāihài ㄗㄞ ㄏㄞˋ 旱、澇、蟲、雹、戰爭等所造成的禍害。

【災患】zāihuàn ㄗㄞ ㄏㄨㄢˋ 災害；災難。

【災荒】zāihuāng ㄗㄞ ㄏㄨㄤ 指自然給人造成的損害(多指荒年)：鬧災荒。

【災禍】zāihuò ㄗㄞ ㄏㄨㄛˋ 自然的或人為的禍害。

【災民】zāimín ㄗㄞ ㄇㄧㄣˊ 遭受災害的人。

【災難】zāinàn ㄗㄞ ㄋㄢˋ 天災人禍所造成的嚴重損害和痛苦：災難深重｜遭受災難。

【災情】zāiqíng ㄗㄞ ㄑㄧㄥˊ 受災的情況。

【災殃】zāiyāng ㄗㄞ ㄧㄤ 災難；禍殃。

【災異】zāiyì ㄗㄞ ㄧˋ 指自然災害和某些特異的自然現象，如水災、地震、日蝕等。

甾 zāi ㄗㄞ 有機化合物的一類，廣泛存在於動植物體內，一般具有重要的生理作用，如膽固醇、膽酸、維生素D和性激素等。也叫類固醇。

哉 zāi ㄗㄞ〈書〉❶語氣詞，表示感嘆：嗚呼哀哉！｜快哉此風！❷語氣詞，跟疑問詞合用，表示疑問或反詰：何足道哉！｜如此而已，豈有他哉！

栽1 zāi ㄗㄞ ❶栽種：栽樹｜栽花。❷插上：栽絨｜栽刷子。❸硬給安上：栽贓｜栽上了罪名。❹栽子：桃栽。

栽2 zāi ㄗㄞ ❶摔倒；跌倒：栽了一跤。❷〈方〉比喻受挫。

【栽跟頭】zāi gēn·tou ㄗㄞ ㄍㄣ ·ㄊㄡ ❶摔跤；跌倒。❷比喻失敗或出醜。

【栽培】zāipéi ㄗㄞ ㄆㄟˊ ❶種植，培養：栽培水稻｜栽培果樹。❷比喻培養、造就人才：感謝老師的栽培。❸官場中比喻照拂、提拔。

【栽絨】zāiróng ㄗㄞ ㄖㄨㄥˊ 一種織物，把絨綫織入以後割斷，再剪平，絨都立着。

【栽贓】zāi∥zāng ㄗㄞ∥ㄗㄤ 把贓物或違禁物品暗放在別人處，誣告他犯法：栽贓陷害。

【栽植】zāizhí ㄗㄞ ㄓˊ 把植物的幼苗種在土壤中：栽植葡萄。

【栽種】zāizhòng ㄗㄞ ㄓㄨㄥˋ 種植(花草樹木等)：栽種蘋果。

【栽子】zāi·zi ㄗㄞ ·ㄗ 供移植的植物幼苗：樹

栽子。

烖 zāi ㄗㄞ 〈書〉同'災'。

zǎi (ㄗㄞˇ)

宰[1] zǎi ㄗㄞˇ ❶主管；主持：主宰。❷古代官名：縣宰｜邑宰。

宰[2] zǎi ㄗㄞˇ ❶殺(牲畜、家禽等)：屠宰｜殺豬宰羊。❷比喻向買東西或接受服務的人索取高價：挨宰｜宰人。

【宰割】zǎigē ㄗㄞˇㄍㄜ 比喻侵略、壓迫、剝削：不能任人宰割。

【宰殺】zǎishā ㄗㄞˇㄕㄚ 殺(牲畜、家禽等)：禁止隨意宰殺耕牛。

【宰牲節】Zǎishēng Jié ㄗㄞˇㄕㄥ ㄐㄧㄝˊ 伊斯蘭教重要節日之一，在伊斯蘭教曆12月10日。這一天，伊斯蘭教徒要宰牛、羊、駱駝等獻禮。也叫古爾邦節或犧牲節。

【宰相】zǎixiàng ㄗㄞˇㄒㄧㄤˋ 我國古代輔助君主掌管國事的最高官員的通稱。

崽(仔) zǎi ㄗㄞˇ 〈方〉❶兒子。❷男青年：華崽｜打工崽。❸(崽兒)幼小的動物：豬崽兒。

'仔'另見1510頁 zī；1513頁 zǐ。

【崽子】zǎi·zi ㄗㄞˇ·ㄗ 崽③(多用做罵人的話)。

載[1]**(载)** zǎi ㄗㄞˇ 年：一年半載｜三年五載｜千載難逢。

載[2]**(载)** zǎi ㄗㄞˇ 記載①；刊登：登載｜刊載｜轉載。

另見1424頁 zài。

zài (ㄗㄞˋ)

再 zài ㄗㄞˋ ❶副詞。a)表示又一次(有時專指第二次)：再版｜再接再厲｜一而再，再而三｜學習，學習，再學習。注意 表示已經重複的動作用'又'，表示將要重複的動作用'再'，如：這部書前幾天我又讀了一遍，以後有時間我還要再讀一遍。b)表示更加：高點兒，再高點兒｜再多一點兒就好了。c)表示如果繼續下去就會怎樣：學習再不努力，就得留級了｜離開車只剩半個鐘頭了，再不走可趕不上了。d)表示一個動作發生在另一個動作結束之後：咱們看完了這個節目再走｜你把材料整理好再動筆。e)表示另外有所補充：再則｜再不然｜院子裏種着迎春、牡丹、海棠、石榴，再就是玫瑰和月季。❷〈書〉再繼續；再出現：青春不再｜良機難再。

【再版】zàibǎn ㄗㄞˋㄅㄢˇ (書刊)第二次出版。有時也指第二次印刷。

【再不】zài·bu ㄗㄞˋ·ㄅㄨ 要不然：我打算讓老吳去一趟，再不讓小王也去，倆人好商量。

【再次】zàicì ㄗㄞˋㄘˋ 第二次；又一次：再次獲獎。

【再度】zàidù ㄗㄞˋㄉㄨˋ 第二次；又一次：機構再度調整｜談判再度破裂。

【再會】zàihuì ㄗㄞˋㄏㄨㄟˋ 再見。

【再婚】zàihūn ㄗㄞˋㄏㄨㄣ 離婚或配偶死後再結婚。

【再嫁】zàijià ㄗㄞˋㄐㄧㄚˋ (婦女)再婚。

【再見】zàijiàn ㄗㄞˋㄐㄧㄢˋ 客套話，用於分手時。

【再醮】zàijiào ㄗㄞˋㄐㄧㄠˋ 舊時稱寡婦再嫁。

【再接再厲】zài jiē zài lì ㄗㄞˋㄐㄧㄝ ㄗㄞˋㄌㄧˋ 一次又一次地繼續努力。

【再三】zàisān ㄗㄞˋㄙㄢ 一次又一次：再三再四｜言之再三｜考慮再三｜再三挽留。

【再審】zàishěn ㄗㄞˋㄕㄣˇ ❶重新審查。❷法院對已經審理終結的案件依法重新審理。

【再生】zàishēng ㄗㄞˋㄕㄥ ❶死而復生。❷機體的組織或器官的某一部分喪失或受到損傷後，重新生長。如創口愈合，水螅被切成兩段後長成兩個水螅等。❸對某種廢品加工，使恢復原有性能，成為新的產品：再生紙｜再生橡膠｜再生材料。

【再生產】zàishēngchǎn ㄗㄞˋㄕㄥ ㄔㄢˇ 指生產過程不斷重複和經常更新。有兩種形式，即按原規模重複的簡單再生產和在擴大的規模上進行的擴大再生產。

【再生父母】zàishēng fùmǔ ㄗㄞˋㄕㄥ ㄈㄨˋㄇㄨˇ 指對自己有重大恩情的人。多指救命的恩人。也說重生父母。

【再世】zàishì ㄗㄞˋㄕˋ ❶來世。❷〈書〉再次在世上出現；再生①：華陀再世。

【再衰三竭】zài shuāi sān jié ㄗㄞˋㄕㄨㄞ ㄙㄢ ㄐㄧㄝˊ 《左傳》莊公十年：'一鼓作氣，再而衰，三而竭。'形容士氣低落，不能再振作。

【再說】zàishuō ㄗㄞˋㄕㄨㄛ ❶表示留待以後辦理或考慮：這事先擱一擱，過兩天再說。❷表示推進一層：去約他，來不及了，再說他也不一定有工夫。

【再現】zàixiàn ㄗㄞˋㄒㄧㄢˋ (過去的事情)再次出現。

【再造】zàizào ㄗㄞˋㄗㄠˋ 重新給予生命(多用來表示對於重大恩惠的感激)：恩同再造。

【再則】zàizé ㄗㄞˋㄗㄜˊ 表示更進一層或另外列舉原因、理由：興修水利可灌溉農田，再則還能發電｜他學習成績差，原因是不刻苦，再則學習方法也不對頭。

【再者】zàizhě ㄗㄞˋㄓㄜˇ 再則。

在 zài ㄗㄞˋ ❶存在；生存：精神永在｜留得青山在，不怕沒柴燒｜父母都在。❷表示人或事物的位置：我今天晚上不在廠裏｜你的鋼筆在桌子上呢。❸留在：在職｜在位。❹參加(某團體)；屬於(某團體)：在黨｜在組織。❺在於；決定於：事在人為｜學習好，主要在自己努力。❻'在'和'所'連用，表示強調，下面多連'不'：在所不辭｜在所不惜｜在所不計｜在所難免。❼介詞，表示時間、處所、範圍等：事情發生在去年｜在禮堂開會｜這件事在方式上還可以研究。❽正在：風在颳，雨在下｜姐姐在做功課。

【在案】zài'àn ㄗㄞˋ ㄢˋ 公文用語，表示某事在檔案中已經有記錄，可以查考：記錄在案。

【在編】zàibiān ㄗㄞˋ ㄅㄧㄢ （人員）在編制之內：在編人員｜他已退休，不在編了。

【在冊】zàicè ㄗㄞˋ ㄘㄜˋ （登記）在名冊內：登記在冊｜在冊職工。

【在場】zàichǎng ㄗㄞˋ ㄔㄤˇ 親身在事情發生、進行的地方：事故發生時他不在場｜當時在場的人都可以作證。

【在行】zàiháng ㄗㄞˋ ㄏㄤˊ （對某事、某行業）了解底細，富有經驗；內行①：修電器他十分在行｜做生意我可不在行。

【在乎】zài·hu ㄗㄞˋ ·ㄏㄨ ❶在於：東西不在乎好看，而在乎實用。❷在意；介意（多用於否定式）：滿不在乎｜只要能學會，多學幾天倒不在乎。

【在即】zàijí ㄗㄞˋ ㄐㄧˊ （某種情況）在最近期間就要發生：畢業在即｜大賽在即。

【在家】zàijiā ㄗㄞˋ ㄐㄧㄚ ❶在家裏；在工作或住宿的地方；沒有出門。❷對僧、尼、道士等'出家'而言，一般人都算在家：在家人。

【在教】zàijiào ㄗㄞˋ ㄐㄧㄠˋ ❶信仰某一宗教。❷特指信仰伊斯蘭教。

【在劫難逃】zài jié nán táo ㄗㄞˋ ㄐㄧㄝˊ ㄋㄢˊ ㄊㄠˊ 命中注定要遭受禍害，逃也逃不脱（迷信）。現在借指壞事情一定要發生，要避免也避免不了。

【在理】zàilǐ ㄗㄞˋ ㄌㄧˇ 合乎道理；有理：老王這話説得在理。

【在譜】zàipǔ ㄗㄞˋ ㄆㄨˇ （在譜兒）（説話）符合實際或公認的準則：你看我説的在譜不在譜？

【在世】zàishì ㄗㄞˋ ㄕˋ 活在世上；生存；存在：當年的老人在世的不多了。

【在逃】zàitáo ㄗㄞˋ ㄊㄠˊ （犯人）已經逃走，還沒有捉到：在逃犯。

【在天之靈】zài tiān zhī líng ㄗㄞˋ ㄊㄧㄢ ㄓ ㄌㄧㄥˊ 尊稱逝世者的心靈、精神。

【在望】zàiwàng ㄗㄞˋ ㄨㄤˋ ❶遠處的東西在視綫以內，可以望見：大雁塔隱隱在望。❷（盼望的好事情）即將到來，就在眼前：豐收在望。

【在位】zàiwèi ㄗㄞˋ ㄨㄟˋ ❶居於君主的地位；做君主。❷居於官位。現多指居於某個領導崗位。

【在握】zàiwò ㄗㄞˋ ㄨㄛˋ 有把握；在手中：全局在胸，勝利在握。

【在下】zàixià ㄗㄞˋ ㄒㄧㄚˋ 謙辭，自稱（多見於早期白話）：先生過獎，在下實不敢當。

【在先】zàixiān ㄗㄞˋ ㄒㄧㄢ ❶從前；早先：在先我年紀小，甚麼事也不明白。❷預先；事先：不論做甚麼事，在先都要有個準備。

【在心】zài∥xīn ㄗㄞˋ∥ㄒㄧㄣ 留心；放在心上：你説甚麼，他都不在心。

【在押】zàiyā ㄗㄞˋ ㄧㄚ （犯人）在拘留監禁中。

【在野】zàiyě ㄗㄞˋ ㄧㄝˇ 原指不擔任朝廷官職，後來也借指不當政：在野黨。

【在業】zàiyè ㄗㄞˋ ㄧㄝˋ 指已經參加工作；就業：在業人口｜在業工人。

【在意】zài∥yì ㄗㄞˋ∥ㄧˋ 放在心上；留意（多用於否定式）：這些小事，他是不大在意的。

【在於】zàiyú ㄗㄞˋ ㄩˊ ❶指出事物的本質所在，或指出事物以甚麼為內容：先進人物的特點在於他們總是把集體利益放在個人利益之上。❷決定於：去不去在於你自己。

【在在】zàizài ㄗㄞˋ ㄗㄞˋ 〈書〉處處：在在皆是。

【在職】zàizhí ㄗㄞˋ ㄓˊ 擔任着職務：在職幹部。

【在座】zàizuò ㄗㄞˋ ㄗㄨㄛˋ 在聚會、宴會等的座位上。泛指參加聚會或宴會。

載[1]**（载）** zài ㄗㄞˋ ❶裝載：載客｜載貨◇載譽歸來。❷充滿（道路）：風雪載途｜怨聲載道。❸（Zài）姓。

載[2]**（载）** zài ㄗㄞˋ 〈書〉又；且：載歌載舞。

另見1423頁 zǎi。

【載波】zàibō ㄗㄞˋ ㄅㄛ 在有綫電和無綫電技術中，把不直接發射的音頻（低頻）信號加在高頻電波上，以便發出去，這種方法叫做載波。

【載歌載舞】zài gē zài wǔ ㄗㄞˋ ㄍㄜ ㄗㄞˋ ㄨˇ 又唱歌，又跳舞。形容盡情歡樂。

【載荷】zàihè ㄗㄞˋ ㄏㄜˋ 負荷②。

【載體】zàitǐ ㄗㄞˋ ㄊㄧˇ ❶科學技術上指某些能傳遞能量或運載其他物質的物質。如工業上用來傳遞熱能的介質，為增加催化劑有效表面，使催化劑附着的浮石、硅膠等都是載體。❷承載知識或信息的物質形體：語言文字是信息的載體。

【載運】zàiyùn ㄗㄞˋ ㄩㄣˋ 運載：載運量｜載運貨物。

【載重】zàizhòng ㄗㄞˋ ㄓㄨㄥˋ （交通工具）負擔重量：載重量｜載重汽車｜一節車皮載重多少噸？

儎（傤） zài ㄗㄞˋ ❶運輸工具所裝的東西：卸儎｜過儎。❷〈方〉一隻船裝運的貨物叫一儎。

zān （ㄗㄢ）

糌 zān ㄗㄢ ［糌粑］（zān·ba ㄗㄢ ·ㄅㄚ）青稞麥炒熟後磨成的麵。吃時用酥油茶或青稞酒拌和，捏成小糰。是藏族人的主食。

篸(篸) zān ㄗㄢ 〈書〉同'簪'。
另見110頁 cǎn。

簪 zān ㄗㄢ ❶(簪兒) 簪子：扁簪｜玉簪。❷插在頭髮上：簪花。

【簪子】zān·zi ㄗㄢ ·ㄗ 別住髮髻的條狀物。用金屬、骨頭、玉石等製成。

zán (ㄗㄢˊ)

咱(喒、偺) zán ㄗㄢˊ ❶咱們：哥哥，咱回家吧｜咱窮人都翻身了。❷〈方〉我：咱不懂他的話。

另見1421頁 zá；1426頁 ·zan。

【咱們】zán·men ㄗㄢˊ ·ㄇㄣ 代詞。❶總稱己方(我或我們)和對方(你或你們)：咱們是一家人｜你來得正好，咱們商量一下。注意 包括談話的對方用'咱們'，不包括談話的對方用'我們'，如：我們明天參加義務勞動，你要是沒事，咱們一塊兒去。不過說'我們'也可以包括談話的對方。❷借指我或你：咱們是個直性子，說話不會曲裏拐彎(指我)｜咱們別哭，媽媽出去就回來(對小孩兒說，指你)。

zǎn (ㄗㄢˇ)

拶(桚) zǎn ㄗㄢˇ 壓緊。
另見1421頁 zā。

【拶指】zǎnzhǐ ㄗㄢˇ ㄓˇ 舊時用拶子夾手指的酷刑。

【拶子】zǎn·zi ㄗㄢˇ ·ㄗ 舊時夾手指的刑具。

昝 Zǎn ㄗㄢˇ 姓。

噆 zǎn ㄗㄢˇ 〈書〉❶叮；銜。❷咬；叮。

攢(攒、儹) zǎn ㄗㄢˇ 積聚；儲蓄：積攢｜攢糞｜把節省下來的錢攢起來。

另見197頁 cuán。

趲(趱) zǎn ㄗㄢˇ ❶趕(路)；快走(多見於早期白話)：緊趲了一程。❷催促；催逼：趲馬向前。

zàn (ㄗㄢˋ)

暫(暂) zàn ㄗㄢˋ ❶時間短(跟'久'相對)：短暫。❷暫時：暫停｜暫住｜暫行條例｜暫不答復｜工作暫告一段落。

【暫緩】zànhuǎn ㄗㄢˋ ㄏㄨㄢˇ 暫且延緩：暫緩執行｜暫緩一時。

【暫且】zànqiě ㄗㄢˋ ㄑㄧㄝˇ 暫時；姑且：暫且如此｜這是後話，暫且不提。

【暫時】zànshí ㄗㄢˋ ㄕˊ 短時間之內：暫時借用｜因翻修馬路，車輛暫時停止通行。

【暫停】zàntíng ㄗㄢˋ ㄊㄧㄥˊ ❶暫時停止：暫停施工｜會議暫停。❷某些球類比賽中指暫時停止比賽。

【暫星】zànxīng ㄗㄢˋ ㄒㄧㄥ 我國古代指新星。

【暫行】zànxíng ㄗㄢˋ ㄒㄧㄥˊ 暫時實行的(法令規章)：暫行條例。

蹔(蹔) zàn ㄗㄢˋ 〈書〉同'暫'。

鏨(錾) zàn ㄗㄢˋ ❶在磚石上鑿；在金銀上刻：鏨花｜鏨字｜鏨金。❷鏨子；鏨刀。

【鏨刀】zàndāo ㄗㄢˋ ㄉㄠ 雕刻金銀用的小刀。

【鏨子】zàn·zi ㄗㄢˋ ·ㄗ 鑿石頭或金屬的小鑿子：石鏨子｜油槽鏨子。

贊(赞、賛) zàn ㄗㄢˋ 幫助：贊助。
'赞'另見1425頁 zàn'讚'。

【贊成】zànchéng ㄗㄢˋ ㄔㄥˊ ❶同意(別人的主張或行為)：贊成這項提議的請舉手｜他的意見我不贊成。❷〈書〉幫助使完成：贊成其行。

【贊同】zàntóng ㄗㄢˋ ㄊㄨㄥˊ 贊成；同意：全廠職工一致贊同這項改革。

【贊助】zànzhù ㄗㄢˋ ㄓㄨˋ 贊同並幫助(現多指拿出財物幫助)：贊助單位｜這筆獎金全部用來贊助農村教育事業。

酇(酂) Zàn ㄗㄢˋ 古地名，在今湖北光化一帶。
另見201頁 Cuó。

濽(濽) zàn ㄗㄢˋ 〈方〉濺：濽了一身水。

瓚(瓒) zàn ㄗㄢˋ 古代祭祀時用的玉勺子。

讚(赞) zàn ㄗㄢˋ ❶稱讚：讚許｜讚揚｜讚不絕口。❷舊時的一種文體，內容是稱讚人或物的：像讚。
'赞'另見1425頁 zàn'贊'。

【讚歌】zàngē ㄗㄢˋ ㄍㄜ 讚美人或事物的歌曲或詩文：唱讚歌｜英雄讚歌。

【讚禮】zànlǐ ㄗㄢˋ ㄌㄧˇ ❶舊時舉行婚喪、祭祀儀式時在旁宣讀儀式項目。❷讚禮的人。

【讚美】zànměi ㄗㄢˋ ㄇㄟˇ 稱讚；頌揚：讚美金色的秋景｜助人為樂的精神受到人們的讚美。

【讚美詩】zànměishī ㄗㄢˋ ㄇㄟˇ ㄕ 基督教徒讚美上帝或頌揚教義的詩歌。也叫讚美歌。

【讚佩】zànpèi ㄗㄢˋ ㄆㄟˋ 稱讚佩服：由衷讚佩。

【讚賞】zànshǎng ㄗㄢˋ ㄕㄤˇ 讚美賞識：擊節讚賞。

【讚頌】zànsòng ㄗㄢˋ ㄙㄨㄥˋ 稱讚頌揚：讚頌祖國的大好河山。

【讚嘆】zàntàn ㄗㄢˋ ㄊㄢˋ 稱讚：演員高超的演技，令人讚嘆。

【讚許】zànxǔ ㄗㄢˋ ㄒㄩˇ 認為好而加以稱讚。
【讚揚】zànyáng ㄗㄢˋ ㄧㄤˊ 稱讚表揚：讚揚好人好事｜孩子們愛護公共財物的事迹受到了人們的讚揚。
【讚語】zànyǔ ㄗㄢˋ ㄩˇ 稱讚的話。
【讚譽】zànyù ㄗㄢˋ ㄩˋ 稱讚：交口讚譽。

·zan（·ㄗㄢ）

咱（喒、偺）·zan ·ㄗㄢ 〈方〉用在'這咱、那咱、多咱'裏，是'早晚'兩字的合音。

另見1421頁 zá；1425頁 zán。

zāng（ㄗㄤ）

牂 zāng ㄗㄤ 〈書〉母羊。

【牂牁】Zāngkē ㄗㄤ ㄎㄜ 古代郡名，在今貴州境內。
【牂牂】zāngzāng ㄗㄤ ㄗㄤ 〈書〉草木茂盛的樣子：其葉牂牂。

臧 zāng ㄗㄤ ❶〈書〉善；好。❷（Zāng）姓。

〈古〉又同'藏'(cáng)。

【臧否】zāngpǐ ㄗㄤ ㄆㄧˇ 〈書〉褒貶；評論：臧否人物。

贓（賍、贜）zāng ㄗㄤ 贓物：賊贓｜追贓｜退贓｜貪贓枉法。

【贓官】zāngguān ㄗㄤ ㄍㄨㄢ 貪污、受賄的官吏。
【贓款】zāngkuǎn ㄗㄤ ㄎㄨㄢˇ 貪污、受賄或盜竊得來的錢：追回贓款。
【贓物】zāngwù ㄗㄤ ㄨˋ 貪污、受賄或盜竊得來的財物。
【贓證】zāngzhèng ㄗㄤ ㄓㄥˋ 可以用來證明貪污、受賄或盜竊事實的證據。

髒〔髒〕（脏）zāng ㄗㄤ 有塵土、汗漬、污垢等；不乾淨：髒衣服◇髒話。

'脏'另見1426頁 zàng'臟'。

【髒病】zāngbìng ㄗㄤ ㄅㄧㄥˋ 性病的俗稱。
【髒話】zānghuà ㄗㄤ ㄏㄨㄚˋ 下流的話：不說髒話。
【髒土】zāngtǔ ㄗㄤ ㄊㄨˇ 塵土、垃圾等。
【髒字】zāngzì ㄗㄤ ㄗˋ （髒字兒）粗俗下流的字眼兒：説話別帶髒字兒。

zǎng（ㄗㄤˇ）

駔（驵）zǎng ㄗㄤˇ 〈書〉壯馬；駿馬。

【駔儈】zǎngkuài ㄗㄤˇ ㄎㄨㄞˋ 〈書〉馬匹交易的經紀人。泛指經紀人。

zàng（ㄗㄤˋ）

奘 zàng ㄗㄤˋ ❶〈書〉壯大。用於人名，如唐代和尚玄奘。❷〈方〉說話粗魯，態度生硬。

另見1504頁 zhuǎng。

葬〔塟〕zàng ㄗㄤˋ ❶掩埋死者遺體：埋葬｜安葬。❷泛指依照風俗習慣用其他方法處理死者遺體：火葬｜海葬。

【葬禮】zànglǐ ㄗㄤˋ ㄌㄧˇ 殯葬儀式：舉行葬禮。
【葬埋】zàngmái ㄗㄤˋ ㄇㄞˊ 埋葬。
【葬身】zàngshēn ㄗㄤˋ ㄕㄣ 埋葬屍體，多用於比喻：敵機葬身海底。
【葬送】zàngsòng ㄗㄤˋ ㄙㄨㄥˋ 斷送：封建的婚姻制度不知葬送了多少青年的幸福。

藏[1]〔藏〕zàng ㄗㄤˋ ❶儲存大量東西的地方：寶藏。❷佛教或道教的經典的總稱：道藏｜大藏經。

〈古〉又同'臟(脏)'。

藏[2]〔藏〕Zàng ㄗㄤˋ ❶指西藏：藏香｜川藏公路。❷藏族：藏曆｜藏醫。

另見111頁 cáng。

【藏藍】zànglán ㄗㄤˋ ㄌㄢˊ 藍中略帶紅的顏色。
【藏曆】zànglì ㄗㄤˋ ㄌㄧˋ 藏族的傳統曆法，是唐代從內地傳過去的。基本上跟農曆相同，但為了使十五那天一定是月圓以及宗教上的理由，往往把某一天重複一次，或把某一天減掉，例如有時有兩個初五而沒有初六等。藏曆用五行和十二生肖紀年，如火雞年、土狗年。
【藏青】zàngqīng ㄗㄤˋ ㄑㄧㄥ 藍中帶黑的顏色。
【藏戲】zàngxì ㄗㄤˋ ㄒㄧˋ 藏族戲曲劇種，流行於西藏地區。
【藏香】zàngxiāng ㄗㄤˋ ㄒㄧㄤ 西藏一帶所產的一種綫香，原料用檀香、芸香、艾等，顏色有黑、黃兩種，藏族用來敬佛。
【藏醫】zàngyī ㄗㄤˋ ㄧ ❶藏族的傳統醫學。❷用藏族傳統醫學理論和方法治病的醫生。
【藏族】Zàngzú ㄗㄤˋ ㄗㄨˊ 我國少數民族之一，分佈在西藏和青海、四川、甘肅、雲南。

臟〔臓〕（脏）zàng ㄗㄤˋ 內臟：心臟｜腎臟｜五臟六腑。

'脏'另見1426頁 zāng'髒'。

【臟腑】zàngfǔ ㄗㄤˋ ㄈㄨˇ 中醫對人體內部器官的總稱。心、肝、脾、肺、腎叫臟，胃、膽、大腸、小腸、膀胱等叫腑。

zāo（ㄗㄠ）

遭[1] zāo ㄗㄠ 遇到（多指不幸或不利的事）：遭難｜遭殃｜遭了毒手。

遭[2] zāo ㄗㄠ (遭兒) 量詞。❶回；次：一遭生，兩遭熟｜一個人出遠門，我還是第一遭。❷周；圈兒：用繩子繞兩遭｜跑了一遭兒。

【遭逢】zāoféng ㄗㄠ ㄈㄥˊ 碰上；遇到：遭逢盛世｜遭逢不幸。

【遭際】zāojì ㄗㄠ ㄐㄧˋ 〈書〉❶境遇；經歷。❷遭遇①：遭際艱危。

【遭劫】zāo∥jié ㄗㄠ∥ㄐㄧㄝˊ 遇到災難。

【遭難】zāo∥nàn ㄗㄠ∥ㄋㄢˋ 遭遇災難；遇難。

【遭受】zāoshòu ㄗㄠ ㄕㄡˋ 受到(不幸或損害)：遭受打擊｜遭受失敗｜身體遭受摧殘。

【遭殃】zāo∥yāng ㄗㄠ∥ㄧㄤ 遭受災殃。

【遭遇】zāoyù ㄗㄠ ㄩˋ ❶碰上；遇到(敵人，不幸的或不順利的事等)：我軍先頭部隊和敵人遭遇了｜工作中遭遇了不少困難。❷遇到的事情(多指不幸的)：不幸的遭遇｜童年的遭遇。

【遭罪】zāo∥zuì ㄗㄠ∥ㄗㄨㄟˋ 受罪。

糟 zāo ㄗㄠ ❶做酒剩下的渣子。❷用酒或糟醃製食物：糟肉｜糟魚。❸腐爛；腐朽：木頭糟了。❹指事情或情況壞：事情搞糟了｜他身體很糟，老生病。

【糟改】zāogǎi ㄗㄠ ㄍㄞˇ 〈方〉諷刺挖苦；戲弄。

【糟糕】zāogāo ㄗㄠ ㄍㄠ 指事情、情況壞得很：真糟糕，把鑰匙鎖在屋裏，進不去了。

【糟害】zāo·hài ㄗㄠ ·ㄏㄞˋ 〈方〉糟蹋損害，多指禽獸糟蹋莊稼等。

【糟踐】zāo·jian ㄗㄠ ·ㄐㄧㄢ 糟蹋：別糟踐糧食｜說話可不要隨便糟踐人。

【糟糠】zāokāng ㄗㄠ ㄎㄤ 酒糟、米糠等粗劣食物，舊時窮人用來充飢：糟糠之妻(指貧窮時共患難的妻子)。

【糟粕】zāopò ㄗㄠ ㄆㄛˋ 酒糟、豆渣之類的東西。比喻粗劣而沒有價值的東西：棄其糟粕，取其精華。

【糟踏】zāo·tà ㄗㄠ ·ㄊㄚˋ 同'糟蹋'。

【糟蹋】zāo·tà ㄗㄠ ·ㄊㄚˋ ❶浪費或損壞：這陣大風糟蹋了不少果子｜小心剪裁，別把料子糟蹋了。❷侮辱；蹂躪。‖也作糟踏。

【糟心】zāoxīn ㄗㄠ ㄒㄧㄣ 因情況壞而心煩：偏這個時候車又壞了，真叫人糟心。

záo (ㄗㄠˊ)

鑿[1] (凿) záo ㄗㄠˊ ❶鑿子：扁鑿｜圓鑿。❷打孔；挖掘：鑿井｜鑿一個窟窿。

鑿[2] (凿) záo ㄗㄠˊ (也有讀 zuò ㄗㄨㄛˋ 的)〈書〉卯眼：方枘圓鑿。

鑿[3] (凿) záo ㄗㄠˊ (也有讀 zuò ㄗㄨㄛˋ 的)〈書〉明確；真實：確鑿。

【鑿空】záokōng ㄗㄠˊ ㄎㄨㄥ (也有讀 zuòkōng ㄗㄨㄛˋ ㄎㄨㄥ 的)〈書〉穿鑿：鑿空之論。

【鑿枘】záoruì ㄗㄠˊ ㄖㄨㄟˋ (也有讀 zuòruì ㄗㄨㄛˋ ㄖㄨㄟˋ 的)〈書〉❶鑿是卯眼，枘是榫頭，鑿枘相應，比喻彼此相合。❷圓鑿方枘的略語，比喻格格不入。‖也說枘鑿。

【鑿岩機】záoyánjī ㄗㄠˊ ㄧㄢˊ ㄐㄧ 在岩石中開鑿深孔用的風動工具，利用壓縮空氣做動力使活塞往復運動，衝擊釺子。多用於打炮眼。也叫風鑽。

【鑿鑿】záozáo ㄗㄠˊ ㄗㄠˊ (也有讀 zuòzuò ㄗㄨㄛˋ ㄗㄨㄛˋ 的)〈書〉確切；確實：言之鑿鑿｜鑿鑿有據。

【鑿子】záo·zi ㄗㄠˊ ·ㄗ 手工工具，長條形，前端有刃，使用時用重物砸後端。用來挖槽或打孔。

zǎo (ㄗㄠˇ)

早 zǎo ㄗㄠˇ ❶早晨：清早｜早飯｜從早到晚。❷很久以前：他早走了｜這件事我們早商量好了。❸時間在先的：早期｜早稻。❹比一定的時間靠前：早熟｜早婚｜你早點兒來｜忙甚麼，離開演還早呢。❺問候的話，用於早晨見面時互相招呼：老師早！

【早半天兒】zǎobàntiānr ㄗㄠˇ ㄅㄢˋ ㄊㄧㄢㄦ 〈方〉中午以前；上午。也說早半晌兒。

【早操】zǎocāo ㄗㄠˇ ㄘㄠ 早晨做的體操。

【早茶】zǎochá ㄗㄠˇ ㄔㄚˊ 早晨吃的茶點：粵式早茶。

【早產】zǎochǎn ㄗㄠˇ ㄔㄢˇ 懷孕 28 週後，胎兒尚未足月就產出。多由孕婦子宮口鬆弛、胎膜早破或患嚴重疾病等引起。

【早場】zǎochǎng ㄗㄠˇ ㄔㄤˇ 戲劇、電影等在上午演出的場次。

【早晨】zǎo·chen ㄗㄠˇ ·ㄔㄣ 從天將亮到八、九點鐘的一段時間。有時從午夜十二點以後到中午十二點以前都算是早晨。

【早春】zǎochūn ㄗㄠˇ ㄔㄨㄣ 春季的早期；初春。

【早稻】zǎodào ㄗㄠˇ ㄉㄠˋ 插秧期比較早或生長期比較短、成熟期比較早的稻子。

【早點】zǎodiǎn ㄗㄠˇ ㄉㄧㄢˇ 早晨吃的點心；早飯。

【早飯】zǎofàn ㄗㄠˇ ㄈㄢˋ 早晨吃的飯。

【早婚】zǎohūn ㄗㄠˇ ㄏㄨㄣ 身體未發育成熟或未達到法定結婚年齡而結婚。

【早年】zǎonián ㄗㄠˇ ㄋㄧㄢˊ ❶多年以前；從前：早年這裏沒見過汽車。❷指一個人年輕的時候：早年喪父。

【早期】zǎoqī ㄗㄠˇ ㄑㄧ 某個時代、某個過程或某個人一生的最初階段：清代早期｜注意早期病人的治療｜他早期的作品，大多描寫農村生活。

【早期白話】zǎoqī báihuà ㄗㄠˇ ㄑㄧ ㄅㄞˊ ㄏㄨㄚˋ

指唐宋至五四運動前口語的書面形式。
【早起】zǎo·qi ㄗㄠˇ ·ㄑㄧ 〈方〉早晨。
【早秋】zǎoqiū ㄗㄠˇ ㄑㄧㄡ 秋季的早期；初秋。
【早日】zǎorì ㄗㄠˇ ㄖˋ ❶早早兒；時間提早：早日完工｜祝你早日恢復健康。❷從前；先前：他人老了，也失去了早日的那種威嚴了。
【早上】zǎo·shang ㄗㄠˇ ·ㄕㄤ 早晨。
【早市】zǎoshì ㄗㄠˇ ㄕˋ ❶早晨做買賣的市場：逛早市。❷早晨的營業：一個早市有三千元的營業額。
【早熟】zǎoshú ㄗㄠˇ ㄕㄨˊ ❶生理學上指由於腦上體退化過早，引起性腺過早發育，從而使生長加速，長骨和骨骺(hóu)提早融合的現象。早熟兒童常比同齡兒童長得高，但到成年時，長得反而比常人矮。❷指農作物生長期短、成熟較快：早熟品種。
【早衰】zǎoshuāi ㄗㄠˇ ㄕㄨㄞ (生物體)提前衰老。
【早霜】zǎoshuāng ㄗㄠˇ ㄕㄨㄤ 晚秋時降的霜。
【早退】zǎotuì ㄗㄠˇ ㄊㄨㄟˋ (工作、學習或參加會議)未到規定時間提前離開：上班不得隨意遲到早退。
【早晚】zǎowǎn ㄗㄠˇ ㄨㄢˇ ❶早晨和晚上：他每天早晚都練太極拳。❷或早或晚：這事瞞不了人，早晚大家都會知道的。❸時候：多早晚(多咱)｜他一清早就走了，這早晚多半已經到家了。❹〈方〉指將來某個時候：你早晚上城裏來，請到我家裏來玩。
【早先】zǎoxiān ㄗㄠˇ ㄒㄧㄢ 以前；從前：看你寫的字，比早先好多了。
【早已】zǎoyǐ ㄗㄠˇ ㄧˇ ❶很早已經；早就：你要的東西，我早已給你準備好了。❷〈方〉早先；以前：現在大家用鋼筆寫字，早已都用毛筆。
【早育】zǎoyù ㄗㄠˇ ㄩˋ 過早地生育。
【早早兒】zǎozǎor ㄗㄠˇ ㄗㄠㄦˇ 趕快；提早：要來，明天早早兒來｜決定辦，就早早兒辦。
【早造】zǎozào ㄗㄠˇ ㄗㄠˋ 收穫期較早的作物。

蚤 zǎo ㄗㄠˇ ❶跳蚤。〈古〉又同'早'。

棗(枣) zǎo ㄗㄠˇ ❶棗樹，落葉灌木或喬木，幼枝上有成對的刺，葉子卵形或長圓形，花黃綠色。結核果，暗紅色，卵形、長圓形或球形，味甜，可以吃。❷(棗兒)這種植物的果實。
【棗紅】zǎohóng ㄗㄠˇ ㄏㄨㄥˊ 像紅棗兒的顏色。
【棗泥】zǎoní ㄗㄠˇ ㄋㄧˊ 把棗兒煮熟後去皮去核搗爛製成的泥狀物，做餡兒用：棗泥月餅。
【棗子】zǎo·zi ㄗㄠˇ ·ㄗ 〈方〉棗②。

澡 zǎo ㄗㄠˇ 洗(身體)：洗澡｜擦澡｜澡盆。
【澡盆】zǎopén ㄗㄠˇ ㄆㄣˊ 洗澡用的盆。
【澡堂】zǎotáng ㄗㄠˇ ㄊㄤˊ 供人洗澡的地方(多指營業的機構)。也叫澡堂子。
【澡塘】zǎotáng ㄗㄠˇ ㄊㄤˊ ❶浴池①。❷同'澡堂'。

璪 zǎo ㄗㄠˇ 古代皇冠前下垂的裝飾，是用彩色絲綫穿起來的成串的玉石。

藻〔藻〕 zǎo ㄗㄠˇ ❶藻類植物：水藻｜海藻。❷泛指生長在水中的綠色植物，也包括某些水生的高等植物，如金魚藻、狸藻等。❸華麗的文辭：辭藻。
【藻井】zǎojǐng ㄗㄠˇ ㄐㄧㄥˇ 宮殿、廳堂的天花板上一塊一塊的裝飾，多為方格形，有彩色圖案。
【藻類植物】zǎolèi zhíwù ㄗㄠˇ ㄌㄟˋ ㄓˊ ㄨˋ 隱花植物的一大類，由單細胞或多細胞組成，用細胞分裂、孢子或兩個配子體相結合進行繁殖。植物體沒有根、莖、葉的區分，絕大多數是水生的，極少數可以生活在陸地的陰濕地方。主要有紅藻、褐藻、綠藻、藍藻等幾種。
【藻飾】zǎoshì ㄗㄠˇ ㄕˋ 〈書〉修飾(多指文章)：詞句樸實無華，不重藻飾。

zào (ㄗㄠˋ)

皂(皁) zào ㄗㄠˋ ❶黑色：皂鞋｜皂白。❷差役：皂隸。❸肥皂：香皂｜藥皂。
【皂白】zàobái ㄗㄠˋ ㄅㄞˊ 黑白，比喻是非：皂白不分。
【皂化】zàohuà ㄗㄠˋ ㄏㄨㄚˋ 原指用油脂在鹼的作用下製取肥皂，現泛指酯在鹼的作用下水解成羧酸鹽和醇。

灶(竈) zào ㄗㄠˋ ❶用磚、坯、金屬等製成的生火做飯的設備：爐灶｜煤氣灶。❷借指廚房。❸指灶神：祭灶｜送灶。
【灶火】zào·huo ㄗㄠˋ ·ㄏㄨㄛ 〈方〉❶廚房。❷灶①：灶火上蒸了一鍋飯。
【灶神】zàoshén ㄗㄠˋ ㄕㄣˊ 迷信的人在鍋灶附近供的神，認為他掌管一家的禍福財氣。也叫灶君、灶王爺。參看546頁〖祭灶〗。
【灶膛】zàotáng ㄗㄠˋ ㄊㄤˊ 灶內燒火的地方。
【灶頭】zào·tou ㄗㄠˋ ·ㄊㄡ 〈方〉灶①。
【灶屋】zàowū ㄗㄠˋ ㄨ 〈方〉廚房。

埠 zào ㄗㄠˋ 〈方〉山坳。

唣(啅) zào ㄗㄠˋ 見760頁〔囉唣〕(luó-zào)。

造¹ zào ㄗㄠˋ ❶做；製作：創造｜建造｜造船｜造紙｜造預算｜造名冊。❷假編；捏造：造謠。

造² zào ㄗㄠˋ ❶指相對兩方面的人，法院裏專用於訴訟的兩方：兩造｜甲造。❷農作物的收成或收成的次數：早造｜晚造｜一年三造皆豐收。

造[3] zào ㄗㄠˋ ❶前往；到：造訪｜登峰造極。❷成就：造詣｜深造。❸培養：可造之才。

【造次】zàocì ㄗㄠˋ ㄘˋ 〈書〉❶匆忙；倉促：造次之間。❷魯莽；輕率：造次行事｜不可造次。

【造反】zào∥fǎn ㄗㄠˋ∥ㄈㄢˇ 發動叛亂；採取反抗行動。

【造訪】zàofǎng ㄗㄠˋ ㄈㄤˇ 〈書〉拜訪：登門造訪。

【造福】zàofú ㄗㄠˋ ㄈㄨˊ 給人帶來幸福：造福後代｜為人民造福。

【造化】zàohuà ㄗㄠˋ ㄏㄨㄚˋ 〈書〉❶自然界的創造者，也指自然。❷創造，化育。

【造化】zào·hua ㄗㄠˋ ·ㄏㄨㄚ 福氣；運氣：有造化。

【造價】zàojià ㄗㄠˋ ㄐㄧㄚˋ 建築物、鐵路、公路等修建的費用或汽車、輪船、機器等製造的費用：降低造價。

【造就】zàojiù ㄗㄠˋ ㄐㄧㄡˋ ❶培養使有成就：造就人才。❷造詣；成就(多指青年人的)：在技術上很有造就。

【造句】zào∥jù ㄗㄠˋ∥ㄐㄩˋ 把詞組織成句子。

【造林】zào∥lín ㄗㄠˋ∥ㄌㄧㄣˊ 在大面積的土地上種植樹苗，培育成為森林。

【造孽】zào∥niè ㄗㄠˋ∥ㄋㄧㄝˋ ❶佛教用語，做壞事(將來要受報應)。❷〈方〉可憐：這孩子從小沒了娘，真造孽。‖也說作孽。

【造物】zàowù ㄗㄠˋ ㄨˋ 古人認為有一個創造萬物的神力，叫做造物。

【造物主】zàowùzhǔ ㄗㄠˋ ㄨˋ ㄓㄨˇ 基督教徒認為上帝創造萬物，因此稱上帝為造物主。

【造像】zàoxiàng ㄗㄠˋ ㄒㄧㄤˋ 用泥塑成或用石頭、木頭、金屬等雕成的形象。

【造型】[1] zàoxíng ㄗㄠˋ ㄒㄧㄥˊ ❶創造物體形象：造型藝術。❷創造出來的物體的形象：這些玩具造型簡單，生動有趣。‖也作造形。

【造型】[2] zàoxíng ㄗㄠˋ ㄒㄧㄥˊ 製造砂型。

【造型藝術】zàoxíng yìshù ㄗㄠˋ ㄒㄧㄥˊ ㄧˋ ㄕㄨˋ 佔有一定空間、構成有美感的形象、使人通過視覺來欣賞的藝術，包括繪畫、雕塑、建築等。也叫美術。

【造謠】zào∥yáo ㄗㄠˋ∥ㄧㄠˊ 為了達到某種目的而捏造消息，迷惑群眾：造謠生事｜造謠中傷。

【造詣】zàoyì ㄗㄠˋ ㄧˋ 學問、藝術等所達到的程度：造詣很高。

【造影】zàoyǐng ㄗㄠˋ ㄧㄥˇ 通過口服或注射某些X射綫不能透過的藥物，使某些器官在X射綫下顯示出來，以便檢查疾病：鋇餐造影。

【造作】zàozuò ㄗㄠˋ ㄗㄨㄛˋ 製造；製作。

【造作】zào·zuo ㄗㄠˋ ·ㄗㄨㄛ 做作：矯揉造作。

慥 zào ㄗㄠˋ [慥慥]〈書〉忠厚誠懇的樣子。

噪(❷譟) zào ㄗㄠˋ ❶蟲或鳥叫：蟬噪｜鵲噪｜群鴉亂噪。❷大聲叫嚷：聒噪。❸(名聲)廣為傳揚：名噪一時｜聲名大噪。

【噪聲】zàoshēng ㄗㄠˋ ㄕㄥ 在一定環境中不應有而有的聲音。泛指嘈雜、刺耳的聲音。也叫噪音。

【噪音】zàoyīn ㄗㄠˋ ㄧㄣ ❶音高和音強變化混亂，聽起來不諧和的聲音。是由發音體不規則的振動而產生的(區別於'樂音')。❷噪聲。

簉 zào ㄗㄠˋ 〈書〉副的；附屬的：簉室(指妾)。

燥 zào ㄗㄠˋ 缺少水分；乾燥：燥熱｜山高地燥。

【燥熱】zàorè ㄗㄠˋ ㄖㄜˋ (天氣)乾燥炎熱：這裏冬季乾冷，夏季燥熱。

躁 zào ㄗㄠˋ 性急；不冷靜：煩躁｜急躁｜不驕不躁｜性子躁。

【躁動】zàodòng ㄗㄠˋ ㄉㄨㄥˋ ❶因急躁而活動：一聽這話，心中頓時躁動起來，坐立不安。❷不停地跳動：胎兒躁動。

zé (ㄗㄜˊ)

咋 zé ㄗㄜˊ 〈書〉咬住。
另見1422頁 zǎ；1432頁 zhā。

【咋舌】zéshé ㄗㄜˊ ㄕㄜˊ 〈書〉形容吃驚、害怕，說不出話：聞者咋舌。

則[1](则) zé ㄗㄜˊ ❶規範：準則｜以身作則。❷規則：總則｜細則｜法則。❸〈書〉效法。❹量詞，用於分項或自成段落的文字的條數：試題三則｜新聞兩則｜寓言四則。

則[2](则) zé ㄗㄜˊ 〈書〉❶連詞。a) 表示兩事在時間上相承：每一巨彈墮地，則火光迸裂。b) 表示因果或情理上的聯繫：欲速則不達｜物體熱則脹，冷則縮。c) 表示對比：舊的制度已經腐朽，新的制度則如旭日東升。d) 用在相同的兩個詞之間表示讓步：好則好，只是太貴。❷用在'一、二(再)、三'等後面，列舉原因或理由：墨子在歸途上，是走得較慢了，一則力乏，二則腳痛，三則乾糧已經吃完，難免覺得肚子餓，四則事情已經辦妥，不像來時的匆忙。❸〈書〉是；乃是：此則余之過也。

【則聲】zéshēng ㄗㄜˊ ㄕㄥ 做聲：不敢則聲。

迮 zé ㄗㄜˊ ❶〈書〉狹窄：迮狹。❷(Zé)姓。

責(责) zé ㄗㄜˊ ❶責任：職責｜負責｜盡責｜專責｜保衞祖國，人人有責。❷要求做成某件事或行事達到一定標準：責成｜求全責備｜責人從寬，責己從嚴。❸詰問；質問：責問｜責難。❹責備：斥責。

〈古〉又同'債' zhài。

【責備】zébèi ㄗㄜˊ ㄅㄟˋ 批評指摘：受了一通責備｜責備幾句就算了。

【責編】zébiān ㄗㄜˊ ㄅㄧㄢ 責任編輯的簡稱。

【責成】zéchéng ㄗㄜˊ ㄔㄥˊ 指定專人或機構負責辦好某件事：責成公安部門迅速破案。

【責罰】zéfá ㄗㄜˊ ㄈㄚˊ 處罰。

【責怪】zéguài ㄗㄜˊ ㄍㄨㄞˋ 責備；埋怨：是我沒說清楚，不能責怪他。

【責令】zélìng ㄗㄜˊ ㄌㄧㄥˋ 責成(某人或某機構)做成某事：責令有關部門查清案情。

【責罵】zémà ㄗㄜˊ ㄇㄚˋ 用嚴厲的話責備：父親責罵了他一頓。

【責難】zénàn ㄗㄜˊ ㄋㄢˋ 指摘非難：備受責難。

【責任】zérèn ㄗㄜˊ ㄖㄣˋ ❶分內應做的事：盡責任。❷沒有做好分內應做的事，因而應當承擔的過失：追究責任。

【責任編輯】zérèn biānjí ㄗㄜˊ ㄖㄣˋ ㄅㄧㄢ ㄐㄧˊ 出版部門負責對某一稿件進行審閱、整理、加工等工作的編輯人員。簡稱責編。

【責任感】zérèngǎn ㄗㄜˊ ㄖㄣˋ ㄍㄢˇ 自覺地把分內的事做好的心情。也說責任心。

【責任事故】zérèn shìgù ㄗㄜˊ ㄖㄣˋ ㄕˋ ㄍㄨˋ 由於工作上沒有盡到責任而造成的事故。

【責問】zéwèn ㄗㄜˊ ㄨㄣˋ 用責備的口氣問：厲聲責問。

【責無旁貸】zé wú páng dài ㄗㄜˊ ㄨˊ ㄆㄤˊ ㄉㄞˋ 自己的責任，不能推卸給別人(貸：推卸)。

【責有攸歸】zé yǒu yōu guī ㄗㄜˊ ㄧㄡˇ ㄧㄡ ㄍㄨㄟ 責任各有歸屬(推卸不了)。

笮 Zé ㄗㄜˊ 姓。
另見1530頁 zuó。

舴 zé ㄗㄜˊ ［舴艋］(zéměng ㄗㄜˊ ㄇㄥˇ)〈書〉小船。

嘖(啧) zé ㄗㄜˊ 形容咂嘴聲。

【嘖有煩言】zé yǒu fán yán ㄗㄜˊ ㄧㄡˇ ㄈㄢˊ ㄧㄢˊ 很多人說不滿意的話。

【嘖嘖】zézé ㄗㄜˊ ㄗㄜˊ ❶形容咂嘴或說話聲：嘖嘖稱羨｜人言嘖嘖。❷〈書〉形容鳥叫的聲音：雀聲嘖嘖。

幘(帻) zé ㄗㄜˊ 古代的一種頭巾。

擇(择) zé ㄗㄜˊ 挑選：選擇｜擇善而從｜飢不擇食｜兩者任擇其一。
另見1435頁 zhái。

【擇吉】zéjí ㄗㄜˊ ㄐㄧˊ 指為婚嫁、喪葬、店鋪開業等挑選好日子：擇吉迎娶｜擇吉開張。

【擇交】zéjiāo ㄗㄜˊ ㄐㄧㄠ 選擇朋友：慎重擇交。

【擇偶】zé'ǒu ㄗㄜˊ ㄡˇ 選擇配偶。

【擇期】zéqī ㄗㄜˊ ㄑㄧ 選擇日期：擇期完婚。

【擇優】zéyōu ㄗㄜˊ ㄧㄡ 選擇優秀的：擇優錄取。

澤(泽) zé ㄗㄜˊ ❶聚水的地方：沼澤｜湖澤｜深山大澤。❷濕：潤澤。❸金屬、珠玉等的光：光澤｜色澤。❹恩惠：恩澤｜澤及枯骨(施恩惠及於死人)。

【澤國】zéguó ㄗㄜˊ ㄍㄨㄛˊ 〈書〉❶河流、湖泊多的地區：水鄉澤國。❷受水淹的地區：淪為澤國。

簀(箦) zé ㄗㄜˊ 〈書〉牀席。

賾(赜) zé ㄗㄜˊ 〈書〉精微；深奧：探賾索隱。

齰(龉、鲊) zé ㄗㄜˊ 〈書〉咬。

zè (ㄗㄜˋ)

仄[1] zè ㄗㄜˋ ❶狹窄：逼仄。❷心裏不安：歉仄。

仄[2] zè ㄗㄜˋ 指仄聲。

【仄聲】zèshēng ㄗㄜˋ ㄕㄥ 指古四聲中的上、去、入三聲(區別於'平聲')。

昃 zè ㄗㄜˋ 〈書〉太陽偏西。

側(侧) zè ㄗㄜˋ 同'仄[2]'。
另見115頁 cè；1434頁 zhāi。

zéi (ㄗㄟˊ)

賊[1] **(贼)** zéi ㄗㄟˊ ❶偷東西的人。❷做大壞事的人(多指危害國家和人民的人)：工賊｜賣國賊。❸邪的；不正派的：賊心｜賊眉鼠眼｜賊頭賊腦。❹狡猾：老鼠真賊。❺〈書〉傷害：戕賊。

賊[2] **(贼)** zéi ㄗㄟˊ 〈方〉副詞。很；非常(多用於令人不滿意的或不正常的情況)：賊冷｜賊亮。

【賊風】zéifēng ㄗㄟˊ ㄈㄥ 指從檐下或門窗縫隙中鑽進的風。

【賊喊捉賊】zéi hǎn zhuō zéi ㄗㄟˊ ㄏㄢˇ ㄓㄨㄛ ㄗㄟˊ 自己是賊還喊叫捉賊。比喻為了逃脫罪責，故意混淆視聽，轉移目標。

【賊寇】zéikòu ㄗㄟˊ ㄎㄡˋ 強盜。也指入侵的敵人。

【賊眉鼠眼】zéi méi shǔ yǎn ㄗㄟˊ ㄇㄟˊ ㄕㄨˇ ㄧㄢˇ 形容神情鬼鬼祟祟。

【賊人】zéirén ㄗㄟˊ ㄖㄣˊ ❶偷東西的人。❷幹壞事的人。

【賊死】zéisǐ ㄗㄟˊ ㄙˇ 〈方〉用作補語，表示程度極深，使人難於忍受：累得賊死｜氣了個賊死。

【賊頭賊腦】zéi tóu zéi nǎo ㄗㄟˊ ㄊㄡˊ ㄗㄟˊ ㄋ

ㄠˇ 形容舉動鬼鬼祟祟。

【賊心】zéixīn ㄗㄟˊ ㄒㄧㄣ 做壞事的念頭；邪心：賊心不死。

【賊星】zéixīng ㄗㄟˊ ㄒㄧㄥ 流星的俗稱。

【賊眼】zéiyǎn ㄗㄟˊ ㄧㄢˇ 神情鬼祟、不正派的眼睛。

【賊贓】zéizāng ㄗㄟˊ ㄗㄤ 盜賊偷到或搶到的財物：搜出賊贓。

【賊子】zéizǐ ㄗㄟˊ ㄗˇ 〈書〉危害國家、殘害百姓的壞人：亂臣賊子。

【賊走關門】zéi zǒu guān mén ㄗㄟˊ ㄗㄡˇ ㄍㄨㄢ ㄇㄣˊ 比喻出了事故才採取防範措施。也說賊去關門。

鰂(鲗) zéi ㄗㄟˊ ［烏鰂］(wūzéi ㄨ ㄗㄟˊ) 同'烏賊'。

zěn （ㄗㄣˇ）

怎 zěn ㄗㄣˇ 怎麼：你怎不早說呀？｜任務完不成，我怎能不着急呢？

【怎地】zěn·di ㄗㄣˇ ·ㄉㄧ 同'怎的'。

【怎的】zěn·di ㄗㄣˇ ·ㄉㄧ 〈方〉怎麼；怎麼樣：大哥怎的不見？｜我偏不去，看你能把我怎的？也作怎地。

【怎麼】zěn·me ㄗㄣˇ ·ㄇㄜ 疑問代詞。❶詢問性質、狀況、方式、原因等：這是怎麼回事？｜這個問題該怎麼解決？｜他怎麼還不回來？❷泛指性質、狀況或方式：你願意怎麼辦就怎麼辦。❸有一定程度(用於否定式)：這齣戲他剛學，還不怎麼會唱(＝不大會唱)。

【怎麼樣】zěn·meyàng ㄗㄣˇ ·ㄇㄜ ㄧㄤˋ 疑問代詞。❶怎樣。❷代替某種不說出來的動作或情況(只用於否定式，比直說委婉)：他畫得也並不怎麼樣(＝並不好)｜那是他一時的糊塗，也不好怎麼樣他(＝責罰他)。

【怎麼着】zěn·me·zhe ㄗㄣˇ ·ㄇㄜ ·ㄓㄜ 疑問代詞。❶詢問動作或情況：你怎麼着？｜我們都報名參加了，你打算怎麼着？｜她半天不做聲，是生氣了還是怎麼着？❷泛指動作或情況：一個人不能想怎麼着就怎麼着。

【怎奈】zěnnài ㄗㄣˇ ㄋㄞˋ 無奈：辦法雖好，怎奈行不通。

【怎樣】zěnyàng ㄗㄣˇ ㄧㄤˋ 疑問代詞。❶詢問性質、狀況、方式等：你們的話劇排得怎樣了？｜步兵和炮兵怎樣配合作戰？❷泛指性質、狀況或方式：要經常進行回憶對比，想想從前怎樣，再看看現在怎樣｜人家怎樣說，你就怎樣做。‖也說怎麼樣。

zèn （ㄗㄣˋ）

譖(谮) zèn ㄗㄣˋ 〈書〉誣陷；中傷：譖言。

zēng （ㄗㄥ）

曾 zēng ㄗㄥ ❶指中間隔兩代的親屬關係：曾祖｜曾孫。❷(Zēng)姓。
〈古〉又同'增'。
另見116頁 céng。

【曾孫】zēngsūn ㄗㄥ ㄙㄨㄣ 孫子的兒子。

【曾孫女】zēngsūn·nǚ ㄗㄥ ㄙㄨㄣ ·ㄋㄩˇ (曾孫女兒)孫子的女兒。

【曾祖】zēngzǔ ㄗㄥ ㄗㄨˇ 祖父的父親。

【曾祖母】zēngzǔmǔ ㄗㄥ ㄗㄨˇ ㄇㄨˇ 祖父的母親。

增 zēng ㄗㄥ ❶增加：增高｜增強｜增兵｜有增無減｜產量猛增。❷(Zēng)姓。

【增補】zēngbǔ ㄗㄥ ㄅㄨˇ 加上所缺的或漏掉的(人員、內容等)；增添補充：增補本｜人員最近略有增補。

【增產】zēng∥chǎn ㄗㄥ∥ㄔㄢˇ 增加生產：努力增產｜增產節約｜增產措施。

【增訂】zēngdìng ㄗㄥ ㄉㄧㄥˋ 增補和修訂(書籍內容)：增訂本。

【增多】zēngduō ㄗㄥ ㄉㄨㄛ 數量比原來增加：輕工業產品日益增多。

【增幅】zēngfú ㄗㄥ ㄈㄨˊ 增長的幅度：產值增幅不大。

【增高】zēnggāo ㄗㄥ ㄍㄠ ❶增加高度：身量增高｜水位增高。❷提高：增高地溫。

【增光】zēng∥guāng ㄗㄥ∥ㄍㄨㄤ 增添光彩：為國增光。

【增輝】zēnghuī ㄗㄥ ㄏㄨㄟ 增添光彩：增輝生色。

【增加】zēngjiā ㄗㄥ ㄐㄧㄚ 在原有的基礎上加多：增加品種｜增加抵抗力｜在校學生已由八百增加到一千。

【增進】zēngjìn ㄗㄥ ㄐㄧㄣˋ 增加並促進：增進友誼｜增進健康｜增進食慾。

【增刊】zēngkān ㄗㄥ ㄎㄢ 報刊逢紀念日或有某種需要時增加的篇幅或另出的冊子：新年增刊｜國慶增刊。

【增強】zēngqiáng ㄗㄥ ㄑㄧㄤˊ 增進；加強：增強體質｜增強信心｜實力大大增強。

【增色】zēngsè ㄗㄥ ㄙㄜˋ 增添光彩、情趣等：新修的假山為公園增色不少。

【增刪】zēngshān ㄗㄥ ㄕㄢ 增補和刪削：新版本的文字略有增刪。

【增設】zēngshè ㄗㄥ ㄕㄜˋ 在原有的以外再設置：增設門市部｜增設選修課。

【增生】zēngshēng ㄗㄥ ㄕㄥ 生物體某一部分組織的細胞數目增加，體積擴大，例如皮膚經常受摩擦，上皮和結締組織變厚。也叫增殖。

【增收】zēngshōu ㄗㄥ ㄕㄡ 增加收入：增收節支。

【增添】zēngtiān ㄗㄥ ㄊㄧㄢ 添加；加多：增添設備｜增添麻煩。

【增益】zēngyì ㄗㄥ ㄧˋ ❶增加；增添。❷放大器輸出功率與輸入功率比值的對數，用來表示功率放大的程度。也指電壓或電流的放大倍數。

【增援】zēngyuán ㄗㄥ ㄩㄢˊ 增加人力、物力來支援（多用於軍事）：火速增援｜增援部隊。

【增長】zēngzhǎng ㄗㄥ ㄓㄤˇ 增加；提高：增長知識｜增長才幹｜產值比去年約增長百分之十。

【增值】zēngzhí ㄗㄥ ㄓˊ 資產價值增加：增值稅（以企業的增值額為徵稅依據的稅種）。

【增殖】zēngzhí ㄗㄥ ㄓˊ ❶增生。❷繁殖：增殖率｜增殖耕牛。

憎 zēng ㄗㄥ 厭惡；恨：憎惡｜愛憎分明｜面目可憎。

【憎稱】zēngchēng ㄗㄥ ㄔㄥ 表示憎恨、厭惡的稱呼，如鬼子。

【憎恨】zēnghèn ㄗㄥ ㄏㄣˋ 厭惡痛恨：熱愛人民，憎恨敵人。

【憎惡】zēngwù ㄗㄥ ㄨˋ 憎恨；厭惡：令人憎惡。

罾 zēng ㄗㄥ 一種用木棍或竹竿做支架的方形魚網。

矰 zēng ㄗㄥ 古代射鳥用的拴着絲繩的箭。

繒（缯）zēng ㄗㄥ 古代對絲織品的統稱。

另見1432頁 zèng。

zèng（ㄗㄥˋ）

綜（综）zèng ㄗㄥˋ （舊讀 zòng ㄗㄨㄥˋ）織布機上使經綫交錯着上下分開以便梭子通過的裝置。

另見1520頁 zōng。

鋥（锃）zèng ㄗㄥˋ 器物經擦或磨後，閃光耀眼：鋥光｜鋥亮。

【鋥光瓦亮】zèng guāng wǎ liàng ㄗㄥˋ ㄍㄨㄤ ㄨㄚˇ ㄌㄧㄤˋ 鋥亮：銅火鍋擦得鋥光瓦亮的。

【鋥亮】zèngliàng ㄗㄥˋ ㄌㄧㄤˋ 形容反光發亮：通明鋥亮｜皮鞋擦得鋥亮。

甑〔甑〕zèng ㄗㄥˋ ❶古代炊具，底部有許多小孔，放在鬲（lì）上蒸食物。❷甑子。❸蒸餾或使物體分解用的器皿：曲頸甑。

【甑子】zèng·zi ㄗㄥˋ ·ㄗ 蒸米飯等的用具，略像木桶，有屜子而無底。

繒（缯）zèng ㄗㄥˋ 〈方〉綁；紮：竹竿兒裂了，把它繒起來。

另見1432頁 zēng。

贈（赠）zèng ㄗㄥˋ 贈送：捐贈｜贈閱｜贈言｜贈款。

【贈答】zèngdá ㄗㄥˋ ㄉㄚˊ 互相贈送、酬答。

【贈禮】zènglǐ ㄗㄥˋ ㄌㄧˇ 禮物：接受贈禮。

【贈品】zèngpǐn ㄗㄥˋ ㄆㄧㄣˇ 贈送的物品。

【贈送】zèngsòng ㄗㄥˋ ㄙㄨㄥˋ 無代價地把東西送給別人：贈送生日禮物。

【贈言】zèngyán ㄗㄥˋ ㄧㄢˊ 分別時說的或寫的勉勵的話：臨別贈言。

【贈閱】zèngyuè ㄗㄥˋ ㄩㄝˋ 編輯或出版機構把自己出的書刊贈送給人。

zhā（ㄓㄚ）

扎 zhā ㄓㄚ ❶刺：扎手｜扎針。❷〈方〉鑽（進去）：扎猛子｜撲通一聲，他就扎進水裏去了｜扎到人群裏。

另見1421頁 zā‘紮’；1433頁 zhā‘紮’；1433頁 zhá。

【扎堆】zhāduī ㄓㄚ ㄉㄨㄟ （扎堆兒）（人）湊集到一處：扎堆聊天。

【扎耳朵】zhā ěr·duo ㄓㄚ ㄦˇ ·ㄉㄨㄛ （聲音或話）聽着令人不舒服；刺耳：電鋸的聲音真扎耳朵｜這些泄氣的話，我一聽就扎耳朵。

【扎根】zhā∥gēn ㄓㄚ∥ㄍㄣ ❶植物的根向土壤裏生長。❷比喻深入到人群或事物中去，打下基礎：扎根基層｜他在農村扎了根。

【扎花】zhā∥huā ㄓㄚ∥ㄏㄨㄚ 〈方〉（扎花兒）刺綉。

【扎猛子】zhā měng·zi ㄓㄚ ㄇㄥˇ ·ㄗ 〈方〉游泳時頭朝下鑽到水裏。

【扎煞】zhā·shā ㄓㄚ ·ㄕㄚ 〈方〉同‘挓挲’。

【扎實】zhā·shi ㄓㄚ ·ㄕ ❶結實：把行李捆扎實了。❷（工作、學問等）實在；塌實：功底扎實｜幹活兒扎實｜沒有聽到確實的消息，心裏總不扎實。

【扎手】zhā∥shǒu ㄓㄚ∥ㄕㄡˇ ❶刺手：玫瑰花梗有刺，留神扎手。❷比喻事情難辦：事情扎手。

【扎眼】zhāyǎn ㄓㄚ ㄧㄢˇ ❶刺眼：這塊布的花色太扎眼。❷惹人注意（含貶義）：她這身穿戴實在扎眼。

【扎針】zhā∥zhēn ㄓㄚ∥ㄓㄣ 用特製的針刺入穴位治療疾病。參看1452頁〖針灸〗。

吒 zhā ㄓㄚ 用於神話中人名，如金吒、木吒等。

另見1434頁 zhà‘咤’。

咋 zhā ㄓㄚ 見下。

另見1422頁 zǎ；1429頁 zé。

【咋呼】zhā·hu ㄓㄚ ·ㄏㄨ 〈方〉❶吆喝：你瞎咋呼甚麼？❷炫耀；張揚。‖也作咋唬。

挓 zhā ㄓㄚ ［挓挲］（zhā·shā ㄓㄚ ·ㄕㄚ）〈方〉（手、頭髮、樹枝等）張開；伸開。也作扎煞。

查(查) zhā ㄓㄚ ❶見999頁〖山查〗。❷(Zhā)姓。
另見120頁chá。

奓 Zhā ㄓㄚ 奓山、小奓河、小奓湖，都在湖北。
另見1434頁zhà。

喳 zhā ㄓㄚ 見1444頁〔啁喳〕。

紮(扎、紥) zhā ㄓㄚ 駐紮：紮營。
另見1421頁zā。'扎'另見1432頁zhā；1433頁zhá。

【紮營】zhā∥yíng ㄓㄚ∥ㄧㄥˊ 軍隊安營駐紮。

揸(摣、戲) zhā ㄓㄚ 〈方〉❶用手指撮東西。❷把手指伸張開：揸開五指。

喳 zhā ㄓㄚ ❶舊時僕役對主人的應諾聲。❷象聲詞：喜鵲喳喳地叫。
另見118頁chā。

渣 zhā ㄓㄚ (渣兒) ❶渣滓①：油渣兒｜豆腐渣。❷碎屑：麪包渣兒。

【渣滓】zhā·zǐ ㄓㄚ·ㄗˇ ❶物品提出精華後剩下的東西。❷比喻品質惡劣對社會起破壞作用的人，如盜賊、騙子、流氓：社會渣滓。

【渣子】zhā·zi ㄓㄚ·ㄗ 渣：甘蔗渣子｜點心渣子。

楂(樝) zhā ㄓㄚ 見999頁〖山楂〗。
另見120頁chá。

劄 zhā ㄓㄚ 同'扎'(zhā)①③。
另見1433頁zhá。

皻(齇) zhā ㄓㄚ 鼻子上的紅斑，就是酒渣鼻的渣。

zhá (ㄓㄚˊ)

扎 zhá ㄓㄚˊ [扎掙](zhá·zheng ㄓㄚˊ·ㄓㄥ)〈方〉勉強支撑：病人扎掙着坐了起來。
另見1421頁zā'紮'；1432頁zhā；1433頁zhā'紮'。

札 zhá ㄓㄚˊ ❶古代寫字用的小而薄的木片。❷信件：書札｜信札｜手札。

【札記】zhájì ㄓㄚˊ ㄐㄧˋ 讀書時摘記的要點和心得。也作劄記。

軋(轧) zhá ㄓㄚˊ 壓(鋼坯)：軋鋼。
另見364頁gá；1311頁yà。

【軋鋼】zhá∥gāng ㄓㄚˊ∥ㄍㄤ 把鋼坯壓製成一定形狀的鋼材。

【軋輥】zhágǔn ㄓㄚˊ ㄍㄨㄣˇ 軋機上的主要裝置，是一對轉動方向相反的輥子，兩個輥子之間形成一定形狀的縫或孔，鋼坯由縫或孔中通過，就軋成鋼材。

【軋機】zhájī ㄓㄚˊ ㄐㄧ 軋鋼用的機器。主要由幾組軋輥構成，鋼坯通過軋輥就成為一定形狀的鋼材。

炸(煠) zhá ㄓㄚˊ ❶烹調方法，把食物放在煮沸的油裏弄熟：炸糕｜炸油條。❷〈方〉焯(cháo)：把菠菜炸一下。
另見1434頁zhà。

喋 zhá ㄓㄚˊ 見996頁〔唼喋〕(shàzhá)。
另見266頁dié。

閘(闸、牐) zhá ㄓㄚˊ ❶水閘：開閘放水。❷把水截住：水流得太猛，閘不住。❸制動器的通稱：踩閘。❹電閘：拉閘限電。

【閘盒】zháhé ㄓㄚˊ ㄏㄜˊ (閘盒兒)電路中裝有保險絲的小盒。

【閘口】zhákǒu ㄓㄚˊ ㄎㄡˇ 閘門開時水流過的孔道。

【閘門】zhámén ㄓㄚˊ ㄇㄣˊ 水閘或管道上調節流量的門。

劄 zhá ㄓㄚˊ 劄子。
另見1433頁zhā。

【劄記】zhájì ㄓㄚˊ ㄐㄧˋ 同'札記'。

【劄子】zhá·zi ㄓㄚˊ·ㄗ 古代一種公文，多用於上奏。後來也用於下行。

鍘(铡) zhá ㄓㄚˊ ❶鍘刀。❷用鍘刀切：鍘草。

【鍘刀】zhádāo ㄓㄚˊ ㄉㄠ 切草或切其他東西的器具，在底槽上安刀，刀的一頭固定，一頭有把，可以上下活動。

zhǎ (ㄓㄚˇ)

拃(搩) zhǎ ㄓㄚˇ ❶張開大拇指和中指(或小指)來量長度：用手拃了拃桌面。❷量詞，表示張開的大拇指和中指(或小指)兩端間的距離：這塊布有三拃寬。

苲〔苲〕 zhǎ ㄓㄚˇ [苲草](zhǎcǎo ㄓㄚˇ ㄘㄠˇ)指金魚藻等水生植物。

砟 zhǎ ㄓㄚˇ (砟兒)砟子：道砟｜焦砟｜爐灰砟兒。

【砟子】zhǎ·zi ㄓㄚˇ·ㄗ 小的石塊、煤塊等。

眨 zhǎ ㄓㄚˇ (眼睛)閉上立刻又睜開：眨眼｜眼睛也不眨一眨。

【眨巴】zhǎ·ba ㄓㄚˇ·ㄅㄚ 〈方〉眨：孩子的眼睛直眨巴，想是睏了。

【眨眼】zhǎ∥yǎn ㄓㄚˇ∥ㄧㄢˇ ❶眼睛快速地一閉一睜：眨眼示意。❷形容時間極短；瞬間：小燕兒在空中飛過，一眨眼就不見了。

鮓(鲊) zhǎ ㄓㄚˇ ❶醃製的魚。❷用米粉、麪粉等加鹽和其他作料拌製的切碎的菜，可以貯存：茄子鮓｜扁豆鮓。

【鮓肉】zhǎròu ㄓㄚˇ ㄖㄡˋ 〈方〉米粉肉。

羞(鲝) zhǎ ㄓㄚˇ ❶同'鮓'。❷同'苲'。羞草灘(Zhǎcǎotān ㄓㄚˇ ㄘㄠˇ ㄊㄢ)，地名，在四川。

zhà（ㄓㄚˋ）

乍 zhà ㄓㄚˋ ❶剛剛開始；起初：分別多年，乍一見都不認識了。❷忽然；突然：乍冷乍熱｜山風乍起。❸同'奓'，張開：乍翅。❹(Zhà)姓。

【乍猛的】zhàměng·de ㄓㄚˋㄇㄥˇ·ㄉㄜ〈方〉突然；猛然：他乍猛的問我，倒想不起來了。

柵〔栅〕 zhà ㄓㄚˋ 柵欄：鐵柵｜木柵｜柵門(柵欄門)。

另見999頁 shān。

【柵欄】zhà·lan ㄓㄚˋ·ㄌㄢ (柵欄兒)用鐵條、木條等做成的類似籬笆而較堅固的東西：柵欄門｜工地四周圍着柵欄兒。

【柵子】zhà·zi ㄓㄚˋ·ㄗ〈方〉用竹子、蘆葦等做成的類似籬笆的東西，有的帶頂，多用來圈住家禽。

柞 zhà ㄓㄚˋ 柞水(Zhàshuǐ ㄓㄚˋㄕㄨㄟˇ)，地名，在陝西。

另見1534頁 zuò。

奓 zhà ㄓㄚˋ〈方〉張開：奓着頭髮｜這衣服下襬太奓了。

另見1433頁 Zhā。

【奓着膽子】zhà·zhe dǎn·zi ㄓㄚˋ·ㄓㄜ ㄉㄢˇ·ㄗ〈方〉勉強鼓着勇氣：他奓着膽子走過了獨木橋。

咤(吒) zhà ㄓㄚˋ 見155頁〖叱咤〗(chì-zhà)。

'吒'另見1432頁 zhā。

炸 zhà ㄓㄚˋ ❶(物體)突然破裂：爆炸｜這瓶子一灌開水就炸了。❷用炸藥爆破；用炸彈轟炸：炸碉堡。❸因憤怒而激烈發作：他一聽就氣炸了。❹因受驚而四處亂逃：炸市｜炸窩。

另見1433頁 zhá。

【炸彈】zhàdàn ㄓㄚˋㄉㄢˋ 一種爆炸性武器，通常外殼用鐵製成，裏面裝有炸藥，觸動信管就爆炸。一般用飛機投擲。

【炸雷】zhàléi ㄓㄚˋㄌㄟˊ〈方〉聲音響亮的雷。

【炸群】zhà∥qún ㄓㄚˋ∥ㄑㄩㄣˊ 成群的騾馬等由於受驚而四處亂跑：馬炸群了！

【炸市】zhà∥shì ㄓㄚˋ∥ㄕˋ 集市上的人因受驚而四處亂跑。

【炸窩】zhà∥wō ㄓㄚˋ∥ㄨㄛ ❶鳥或蜂群受驚擾從巢裏向四處亂飛。❷比喻許多人由於受驚而亂成一團。

【炸藥】zhàyào ㄓㄚˋㄧㄠˋ 受熱或撞擊後發生爆炸，並產生大量的能和高溫氣體的物質，如黃色炸藥、黑色火藥等。

痄 zhà ㄓㄚˋ［痄腮］(zhà·sai ㄓㄚˋ·ㄙㄞ)流行性腮腺炎的通稱。

蚱 zhà ㄓㄚˋ 見下。

【蚱蟬】zhàchán ㄓㄚˋㄔㄢˊ 身體最大的一種蟬，前、後翅基部黑褐色，斑紋外側呈截斷狀。夏天鳴聲大，幼蟲蛻的殼可入藥。俗稱知了。

【蚱蜢】zhàměng ㄓㄚˋㄇㄥˇ 昆蟲，像蝗蟲，常生活在一個地區，不向外地遷移。危害禾本科、豆科等植物，是害蟲。

蚱 zhà ㄓㄚˋ〈方〉海蜇。

詐(诈) zhà ㄓㄚˋ ❶欺騙：欺詐｜詐財｜詐取｜兵不厭詐。❷假裝：詐降｜詐死。❸用假話試探，使對方吐露真情：他是拿話詐我，我一聽就知道。

【詐唬】zhà·hu ㄓㄚˋ·ㄏㄨ 矇哄嚇唬：他這是詐唬你，別理他。

【詐騙】zhàpiàn ㄓㄚˋㄆㄧㄢˋ 訛詐騙取：詐騙錢財。

【詐屍】zhà∥shī ㄓㄚˋ∥ㄕ ❶迷信的人指停放的屍體忽然起來。❷〈方〉指突然叫嚷或做出像發狂似的動作(罵人的話)。

【詐降】zhàxiáng ㄓㄚˋㄒㄧㄤˊ 假投降。

【詐語】zhà·yǔ ㄓㄚˋ·ㄩˇ 騙人的話；假話。

溠 Zhà ㄓㄚˋ 溠水，水名，在湖北。

榨(❶搾) zhà ㄓㄚˋ ❶壓出物體裏的汁液：榨油｜榨甘蔗。❷壓出物體裏汁液的器具：油榨｜酒榨。

【榨菜】zhàcài ㄓㄚˋㄘㄞˋ ❶二年生草本植物，芥(jiè)菜的變種，葉子橢圓形或長卵形。莖膨大成瘤狀，可以吃。❷用這種植物的莖加辣椒、香料等醃製成的副食品。

【榨取】zhàqǔ ㄓㄚˋㄑㄩˇ ❶壓榨而取得：榨取汁液。❷比喻殘酷剝削或搜刮：榨取民財。

砟 zhà ㄓㄚˋ 大水砟(Dàshuǐzhà ㄉㄚˋㄕㄨㄟˇㄓㄚˋ)，地名，在甘肅。

蜡(䄍) zhà ㄓㄚˋ 古代一種年終祭祀。另見679頁 là'蠟'。

霅 Zhà ㄓㄚˋ 霅溪，水名，在浙江。

醡 zhà ㄓㄚˋ 同'榨'②，就是酒榨的榨。

·zha（·ㄓㄚ）

餷(馇) ·zha ·ㄓㄚ 見385頁［餎餷］(gē-·zha)。

另見118頁 chā。

zhāi（ㄓㄞ）

側(侧) zhāi ㄓㄞ〈方〉傾斜；不正；側歪。

另見115頁 cè；1430頁 zè。

【側棱】zhāi·leng ㄓㄞ·ㄌㄥ〈方〉向一邊斜：側棱

着耳朵聽｜側棱着身子睡。

【側歪】zhāi·wai ㄓㄞ ·ㄨㄞ 〈方〉傾斜：車在山坡上側歪着開｜帽子側歪在一邊兒。

摘 zhāi ㄓㄞ ❶取(植物的花、果、葉或戴着、挂着的東西)：摘梨｜摘一朵花｜摘帽子｜把燈泡摘下來。❷選取：摘要｜摘錄。❸摘借：摘了幾個錢救急。

【摘編】zhāibiān ㄓㄞ ㄅㄧㄢ ❶摘錄下來加以編輯：將資料摘編成書。❷摘錄下來加以編輯而成的文字資料：言論摘編。

【摘除】zhāichú ㄓㄞ ㄔㄨˊ 摘去；除去(有機體的某些部分)：白內障摘除｜長了蟲的果子應該儘早摘除。

【摘登】zhāidēng ㄓㄞ ㄉㄥ (報刊)摘要登載：摘登一週電視節目。

【摘記】zhāijì ㄓㄞ ㄐㄧˋ ❶摘要記錄：報告很長，我只摘記了幾個要點。❷摘錄。

【摘借】zhāijiè ㄓㄞ ㄐㄧㄝˋ 有急用時臨時向人借錢。

【摘錄】zhāilù ㄓㄞ ㄌㄨˋ 從書刊、文件等裏頭選擇一部分寫下來：這篇文章很好，我特地摘錄了幾段。

【摘要】zhāiyào ㄓㄞ ㄧㄠˋ ❶摘錄要點：摘要發表。❷摘錄下來的要點：談話摘要｜社論摘要。

【摘引】zhāiyǐn ㄓㄞ ㄧㄣˇ 摘錄引用：摘引別人的文章要注明出處。

【摘由】zhāi∥yóu ㄓㄞ∥ㄧㄡˊ 摘錄公文的主要內容以便查閱(因為公文的主要內容叫事由)。

齋[1](斋) zhāi ㄓㄞ ❶齋戒。❷信仰佛教、道教等宗教的人所吃的素食：吃齋。❸捨飯給僧人、道人：齋僧。

齋[2](斋) zhāi ㄓㄞ 屋子，常用做書房、商店的名稱，學校宿舍也有叫齋的：書齋｜新齋｜第三齋｜榮寶齋。

【齋飯】zhāifàn ㄓㄞ ㄈㄢˋ ❶僧尼向人化緣得來的飯。❷寺廟裏素的飯食。

【齋果】zhāiguǒ ㄓㄞ ㄍㄨㄛˇ 〈方〉供品。

【齋醮】zhāijiào ㄓㄞ ㄐㄧㄠˋ 僧道設壇向神佛祈禱。

【齋戒】zhāijiè ㄓㄞ ㄐㄧㄝˋ ❶舊時祭祀鬼神時，穿整潔衣服，戒除嗜慾(如不喝酒、不吃葷等等)，以表示虔誠。❷封齋。

【齋月】zhāiyuè ㄓㄞ ㄩㄝˋ 伊斯蘭教在封齋期間的一個月，即伊斯蘭教曆的九月。

zhái (ㄓㄞˊ)

宅 zhái ㄓㄞˊ 住所；住宅：家宅｜深宅大院。

【宅第】zháidì ㄓㄞˊ ㄉㄧˋ 〈書〉住宅(多指較大的)。

【宅基】zháijī ㄓㄞˊ ㄐㄧ 住宅的地基：宅基地。

【宅門】zháimén ㄓㄞˊ ㄇㄣˊ ❶深宅大院的大門。❷(宅門兒)借指住在深宅大院裏的人家：這胡同裏有好幾個宅門兒。

【宅院】zháiyuàn ㄓㄞˊ ㄩㄢˋ 帶院子的宅子。泛指住宅。

【宅子】zhái·zi ㄓㄞˊ ·ㄗ 住宅：一所宅子。

翟 Zhái ㄓㄞˊ 姓。
另見245頁 dí。

擇(择) zhái ㄓㄞˊ 義同'擇'(zé)。
另見1430頁 zé。

【擇不開】zhái·bu kāi ㄓㄞˊ ·ㄅㄨ ㄎㄞ ❶分解不開：綫亂成了一團，怎麼也擇不開了。❷擺脱不開；抽不出身：一點兒工夫也擇不開。

【擇菜】zhái∥cài ㄓㄞˊ∥ㄘㄞˋ 把蔬菜中不宜吃的部分剔除，留下可以吃的部分。

【擇席】zháixí ㄓㄞˊ ㄒㄧˊ 在某個地方睡慣了，換個地方就睡不安穩，叫擇席。

zhǎi (ㄓㄞˇ)

窄 zhǎi ㄓㄞˇ ❶橫的距離小(跟'寬'相對)：狹窄｜路窄｜窄胡同。❷(心胸)不開朗；(氣量)小：心眼兒窄。❸(生活)不寬裕：他家的日子過得挺窄。

釸 zhǎi ㄓㄞˇ 〈方〉(釸兒)殘缺損傷的痕迹(指某些器皿、衣服、水果上的)：碗上有點釸兒｜沒釸兒的蘋果。

zhài (ㄓㄞˋ)

砦 zhài ㄓㄞˋ ❶同'寨'：鹿砦。❷(Zhài)姓。

祭 Zhài ㄓㄞˋ 姓。
另見546頁 jì。

債(债) zhài ㄓㄞˋ 欠別人的錢：借債｜欠債｜還債｜公債◇血債要用血來償。

【債戶】zhàihù ㄓㄞˋ ㄏㄨˋ 借別人錢財付給利息的人；借債的人。

【債利】zhàilì ㄓㄞˋ ㄌㄧˋ 放債所得的利息。

【債權】zhàiquán ㄓㄞˋ ㄑㄩㄢˊ 依法要求債務人償還錢財和履行一定行為的權利。

【債權人】zhàiquánrén ㄓㄞˋ ㄑㄩㄢˊ ㄖㄣˊ 根據法律或合同的規定，有權要求債務人履行義務的人。

【債券】zhàiquàn ㄓㄞˋ ㄑㄩㄢˋ ❶公債券。❷企業、銀行或股份公司發行的債權人領取本息的憑證。

【債台高築】zhài tái gāo zhù ㄓㄞˋ ㄊㄞˊ ㄍㄠ ㄓㄨˋ 戰國時代周赧(nǎn)王欠了債，無法償還，被債主逼得逃到一座宮殿的高台上。後人稱此台為'逃債之台'(見於《漢書・諸侯王表序》及顏師古引服虔註)。後來就用'債台高築'形容欠債極多。

【債務】zhàiwù ㄓㄞˋ ㄨˋ 債戶所負還債的義務。也指所欠的債：償還債務。

【債務人】zhàiwùrén ㄓㄞˋ ㄨˋ ㄖㄣˊ 根據法律或合同的規定，對債權人承擔義務的人。

【債主】zhàizhǔ ㄓㄞˋ ㄓㄨˇ 借給別人錢財收取利息的人；放債的人。

寨 zhài ㄓㄞˋ ❶防守用的柵欄：山寨。❷舊時駐兵的地方：營寨｜安營紮寨。❸強盜聚居的地方；山寨：寨主。❹寨子：本村本寨。

【寨子】zhài·zi ㄓㄞˋ ·ㄗ ❶四周的柵欄或圍牆。❷四周有柵欄或圍牆的村子。

瘵 zhài ㄓㄞˋ 〈書〉病。

摖 zhài ㄓㄞˋ 〈方〉把衣服上附加的物件縫上：摖花邊。

zhān (ㄓㄢ)

占 zhān ㄓㄢ ❶占卜：占卦。❷(Zhān)姓。

另見1437頁 zhàn‘佔’。

【占卜】zhānbǔ ㄓㄢ ㄅㄨˇ 古代用龜、蓍等，後世用銅錢、牙牌等推斷禍福，包括打卦、起課等(迷信)。

【占卦】zhān∥guà ㄓㄢ∥ㄍㄨㄚˋ 打卦；算卦。

【占課】zhān∥kè ㄓㄢ∥ㄎㄜˋ 起課。

【占夢】zhān∥mèng ㄓㄢ∥ㄇㄥˋ 圓夢。

【占星】zhān∥xīng ㄓㄢ∥ㄒㄧㄥ 觀察星象來推斷吉凶(迷信)。

沾(❶❷霑) zhān ㄓㄢ ❶浸濕：淚流沾襟。❷因為接觸而被東西附着上：沾水。❸稍微碰上或挨上：沾邊兒｜腳不沾地。❹因發生關係而得到(好處)：沾光｜利益均沾。❺〈方〉行；好；可以：不沾(不行，不成)。

【沾邊】zhān∥biān ㄓㄢ∥ㄅㄧㄢ (沾邊兒) ❶略有接觸：這項工作他還沒沾邊兒。❷接近事實或事物應有的樣子：你講的一點兒也沾不上邊兒｜他唱的這幾句還沾邊兒。

【沾光】zhān∥guāng ㄓㄢ∥ㄍㄨㄤ 憑藉別人或某種事物而得到好處。

【沾親】zhān∥qīn ㄓㄢ∥ㄑㄧㄣ 有親戚關係(多指關係較遠的)：我跟他沾點兒親。

【沾染】zhānrǎn ㄓㄢ ㄖㄢˇ ❶因接觸而被不好的東西附着上：創口沾染了細菌。❷因接觸而受到不良的影響：不要沾染壞習氣。

【沾手】zhān∥shǒu ㄓㄢ∥ㄕㄡˇ ❶用手接觸：雪花一沾手就化了。❷比喻參與某事：這事一沾手就甩不掉。

【沾沾自喜】zhānzhān zì xǐ ㄓㄢ ㄓㄢ ㄗˋ ㄒㄧˇ 形容自以為很好而得意的樣子。

栴 zhān ㄓㄢ ［栴檀］(zhāntán ㄓㄢ ㄊㄢˊ)古書上指檀香。

旃1 zhān ㄓㄢ 〈書〉同‘氈’。

旃2 zhān ㄓㄢ 〈書〉助詞，‘之焉’的合音：勉旃！

【旃檀】zhāntán ㄓㄢ ㄊㄢˊ 古書上指檀香。

粘 zhān ㄓㄢ ❶黏的東西附着在物體上或者互相連接：麥芽糖粘在一塊兒了。❷用黏的東西使物件連接起來：粘信封。

另見841頁 nián。

【粘連】zhānlián ㄓㄢ ㄌㄧㄢˊ ❶身體內的黏膜或漿膜，由於炎症病變而粘在一起，例如腹膜發炎時，腹膜和腸管的漿膜粘在一起。❷比喻聯繫；牽連：這件事跟他們沒甚麼粘連。

【粘貼】zhāntiē ㄓㄢ ㄊㄧㄝ 用膠水、糨糊等使紙張或其他東西附着在另一種東西上：粘貼標語。

詹 Zhān ㄓㄢ 姓。

氈(毡、氊) zhān ㄓㄢ 氈子：氈帽｜氈靴｜擀氈。

【氈房】zhānfáng ㄓㄢ ㄈㄤˊ 牧區人民居住的圓頂帳篷，用氈子蒙在木架上做成。

【氈條】zhāntiáo ㄓㄢ ㄊㄧㄠˊ 〈方〉成張的氈子，用來鋪或墊。

【氈子】zhān·zi ㄓㄢ ·ㄗ 用羊毛等壓成的像厚呢子或粗毯子似的東西。

邅 zhān ㄓㄢ 見1507頁［迍邅］(zhūn-zhān)。

瞻 zhān ㄓㄢ ❶往前或往上看：觀瞻｜高瞻遠矚。❷(Zhān)姓。

【瞻顧】zhāngù ㄓㄢ ㄍㄨˋ 〈書〉❶向前看，又向後看；思前想後：徘徊瞻顧。❷照應；看顧。

【瞻禮】zhānlǐ ㄓㄢ ㄌㄧˇ ❶天主教徒稱宗教節日。❷天主教徒稱星期日為主日，一星期中除主日以外的六天順序稱為‘瞻禮二’至‘瞻禮七’。❸〈書〉瞻仰禮拜(神佛等)。

【瞻念】zhānniàn ㄓㄢ ㄋㄧㄢˋ 瞻望並思考：瞻念前途。

【瞻前顧後】zhān qián gù hòu ㄓㄢ ㄑㄧㄢˊ ㄍㄨˋ ㄏㄡˋ ❶看看前面再看看後面。形容做事以前考慮周密謹慎。❷形容顧慮過多，猶豫不決。

【瞻望】zhānwàng ㄓㄢ ㄨㄤˋ 往遠處看；往將來看：抬頭瞻望｜瞻望前途。

【瞻仰】zhānyǎng ㄓㄢ ㄧㄤˇ 恭敬地看：瞻仰遺容。

譫(讝) zhān ㄓㄢ 〈書〉說胡話：譫語。

【譫妄】zhānwàng ㄓㄢ ㄨㄤˋ 由發燒、酒醉、藥物中毒以及其他疾患引起的意識模糊、短時間內精神錯亂的症狀，如說胡話、不認識熟人等。

【譫語】zhānyǔ ㄓㄢ ㄩˇ 〈書〉❶説胡話。❷胡話。

饘(馇、飦) zhān ㄓㄢ 〈書〉稠粥。

鱣(鳣) zhān ㄓㄢ 古書上指鱘一類的魚。

鸇(鹯) zhān ㄓㄢ 古書上指一種猛禽。

zhǎn (ㄓㄢˇ)

展 zhǎn ㄓㄢˇ ❶張開；放開：舒展｜伸展｜開展｜愁眉不展。❷施展：一籌莫展。❸展緩：展期｜展限。❹展覽：展出｜預展｜畫展。❺(Zhǎn)姓。

【展播】zhǎnbō ㄓㄢˇ ㄅㄛ 以展覽為目的而播放(廣播或電視節目)：電視台舉辦迎春文藝節目展播。

【展翅】zhǎnchì ㄓㄢˇ ㄔˋ 張開翅膀：展翅高飛。

【展緩】zhǎnhuǎn ㄓㄢˇ ㄏㄨㄢˇ 推遲(日期)；放寬(限期)：行期一再展緩｜限期不得展緩。

【展開】zhǎn//kāi ㄓㄢˇ//ㄎㄞ ❶張開；鋪開：展開畫卷。❷大規模地進行：展開競賽｜展開辯論。

【展寬】zhǎnkuān ㄓㄢˇ ㄎㄨㄢ (道路、河牀等)擴展加寬：展寬馬路。

【展覽】zhǎnlǎn ㄓㄢˇ ㄌㄢˇ 陳列出來供人觀看：展覽館｜展覽會｜攝影展覽。

【展露】zhǎnlù ㄓㄢˇ ㄌㄨˋ 展現；顯露：展露才華。

【展品】zhǎnpǐn ㄓㄢˇ ㄆㄧㄣˇ 展覽的物品。

【展期】[1] zhǎnqī ㄓㄢˇ ㄑㄧ 把預定的日期往後推遲或延長：報名工作展期至五月底結束。

【展期】[2] zhǎnqī ㄓㄢˇ ㄑㄧ 展覽的時期；展覽的期限：展期為十五天。

【展示】zhǎnshì ㄓㄢˇ ㄕˋ 清楚地擺出來；明顯地表現出來：展示圖紙｜作品展示了人物的內心活動。

【展望】zhǎnwàng ㄓㄢˇ ㄨㄤˋ ❶往遠處看；往將來看：他爬上山頂，向四周展望｜展望未來｜展望世界局勢。❷對事物發展前途的預測：21世紀展望。

【展現】zhǎnxiàn ㄓㄢˇ ㄒㄧㄢˋ 顯現出；展示：走進大門，展現在眼前的是一個寬廣的庭院。

【展限】zhǎnxiàn ㄓㄢˇ ㄒㄧㄢˋ 放寬限期：借款到期不再展限。

【展銷】zhǎnxiāo ㄓㄢˇ ㄒㄧㄠ 以展覽的方式銷售(多在規定的日期和地點)：展銷會｜服裝展銷。

【展性】zhǎnxìng ㄓㄢˇ ㄒㄧㄥˋ 物體可以壓成片狀而不斷裂的性質，金屬多具有展性。

【展轉】zhǎnzhuǎn ㄓㄢˇ ㄓㄨㄢˇ 同'輾轉'。

斬(斩) zhǎn ㄓㄢˇ ❶砍：斬草除根｜披荊斬棘｜斬斷侵略者的魔爪。❷〈方〉比喻敲竹杠；訛詐。

【斬草除根】zhǎn cǎo chú gēn ㄓㄢˇ ㄘㄠˇ ㄔㄨˊ ㄍㄣ 比喻徹底除掉禍根，不留後患。

【斬釘截鐵】zhǎn dīng jié tiě ㄓㄢˇ ㄉㄧㄥ ㄐㄧㄝˊ ㄊㄧㄝˇ 形容說話辦事堅決果斷，毫不猶豫。

【斬假石】zhǎnjiǎshí ㄓㄢˇ ㄐㄧㄚˇ ㄕˊ 見296頁〖剁斧石〗。

【斬首】zhǎnshǒu ㄓㄢˇ ㄕㄡˇ 殺頭。

琖(琖) zhǎn ㄓㄢˇ 〈書〉同'盞'。

搌 zhǎn ㄓㄢˇ (用鬆軟乾燥的東西)輕輕擦抹或按壓，吸去濕處的液體：搌布｜紙上落了一滴墨，拿吸墨紙來搌一搌。

【搌布】zhǎn·bù ㄓㄢˇ·ㄅㄨˋ 擦器皿用的布；抹(mā)布。

盞(盏) zhǎn ㄓㄢˇ ❶小杯子：酒盞。❷量詞，用於燈：一盞電燈。

嶄(崭) zhǎn ㄓㄢˇ ❶〈書〉高峻；高出。❷〈方〉優異；好：滋味真嶄。

【嶄露頭角】zhǎn lù tóu jiǎo ㄓㄢˇ ㄌㄨˋ ㄊㄡˊ ㄐㄧㄠˇ 比喻突出地顯露出才能和本領(多指青少年)。

【嶄然】zhǎnrán ㄓㄢˇ ㄖㄢˊ 〈書〉形容高出一般的樣子。

【嶄新】zhǎnxīn ㄓㄢˇ ㄒㄧㄣ 極新；簇新：嶄新的大樓｜嶄新的衣服｜嶄新的時代。

颭(飐) zhǎn ㄓㄢˇ 〈書〉風吹使顫動。

睙(睙) zhǎn ㄓㄢˇ 〈方〉眼皮開合；眨眼。

輾(辗) zhǎn ㄓㄢˇ 見下。
另見842頁 niǎn '碾'。

【輾轉】zhǎnzhuǎn ㄓㄢˇ ㄓㄨㄢˇ ❶(身體)翻來覆去：輾轉反側｜輾轉不眠。❷經過許多人的手或經過許多地方；非直接地：輾轉流傳。‖也作展轉。

【輾轉反側】zhǎnzhuǎn fǎn cè ㄓㄢˇ ㄓㄨㄢˇ ㄈㄢˇ ㄘㄜˋ 形容心中有事，躺在牀上翻來覆去地不能入睡。

黵 zhǎn ㄓㄢˇ 〈方〉弄髒；沾污：墨水把紙黵了｜黑布禁(jīn)黵。

zhàn (ㄓㄢˋ)

佔(占) zhàn ㄓㄢˋ ❶佔據：霸佔｜強佔｜攻佔。❷處在某一種地位或屬於某一種情形：佔優勢｜佔上風｜贊成的佔多數。
另見1436頁 zhān '占'。

【佔據】zhànjù ㄓㄢˋ ㄐㄩˋ 用強力取得或保持(地域、場所等)：佔據地盤。

【佔領】zhànlǐng ㄓㄢˋ ㄌㄧㄥˇ ❶用武裝力量取得(陣地或領土)。❷佔有：佔領市場｜開拓和佔領新的科技領域。

【佔便宜】zhàn pián·yi ㄓㄢˋ ㄆㄧㄢˊ ·ㄧ ❶用不正當的方法，取得額外的利益。❷比喻有優越的條件：你個子高，打籃球佔便宜。

【佔先】zhàn∥xiān ㄓㄢˋ∥ㄒㄧㄢ 佔優先地位：這個月的競賽，被他們小組佔了先。

【佔綫】zhàn∥xiàn ㄓㄢˋ∥ㄒㄧㄢˋ 指對方電話綫路被佔用，電話打不進去：一連撥了幾次，他家的電話都佔綫。

【佔用】zhànyòng ㄓㄢˋ ㄩㄥˋ 佔有並使用：不能隨便佔用耕地｜佔用一點兒時間，開個小會。

【佔有】zhànyǒu ㄓㄢˋ ㄧㄡˇ ❶佔據。❷處在（某種地位）：農業在國民經濟中佔有重要地位。❸掌握：科學研究必須佔有大量材料。

站[1] zhàn ㄓㄢˋ 直着身體，兩腳着地或踏在物體上：請大家坐着，不要站起來｜交通警站在十字路口指揮來往車輛◇站穩立場。

站[2] zhàn ㄓㄢˋ ❶在行進中停下來；停留：不怕慢，只怕站｜車還沒站穩，請別着急下車。❷為乘客上下或貨物裝卸而設的停車的地方：火車站｜汽車站｜北京站｜車到站了。❸為某種業務而設立的機構：糧站｜供應站｜保健站｜氣象站。

【站隊】zhàn∥duì ㄓㄢˋ∥ㄉㄨㄟˋ 站成行列：站隊入場。

【站崗】zhàn∥gǎng ㄓㄢˋ∥ㄍㄤˇ 站在崗位上，執行守衛、警戒任務。

【站櫃枱】zhàn guìtái ㄓㄢˋ ㄍㄨㄟˋ ㄊㄞˊ 指營業員站在櫃枱跟前接待顧客。

【站立】zhànlì ㄓㄢˋ ㄌㄧˋ 站：他默默地站立在烈士墓前◇中國人民站立起來了。

【站票】zhànpiào ㄓㄢˋ ㄆㄧㄠˋ （劇院、火車站等）出售的沒有座位只能站着的票：打站票。

【站台】zhàntái ㄓㄢˋ ㄊㄞˊ 車站上下乘客或裝卸貨物的高於路面的平台。也叫月台。

【站住】zhàn∥·zhù ㄓㄢˋ∥·ㄓㄨˋ ❶（人馬車輛等）停止行動：聽到有人喊他，他連忙站住了。❷站穩（多就能不能說，下同）：他病剛好，腿很軟，站不住。❸在某個地方待下去。❹（理由等）成立：這個論點實在站不住。❺〈方〉（顏色、油漆等）附着而不掉：牆面太光，抹的灰站不住。

【站住腳】zhàn∥·zhù jiǎo ㄓㄢˋ∥·ㄓㄨˋ ㄐㄧㄠˇ ❶停止行走：他跑得太快，一下子站不住腳。❷停在某個地方（多就能不能說，下同）：忙得站不住腳。❸在某個地方待下去：這個店由於經營得好，在這裏站住腳了。❹（理由等）成立：那篇文章的論點是能站住腳的。

組（组） zhàn ㄓㄢˋ 〈書〉縫補。

棧（栈） zhàn ㄓㄢˋ ❶養牲畜的竹、木柵欄：馬棧｜羊棧。❷棧道。❸棧房：貨棧｜客棧。

【棧道】zhàndào ㄓㄢˋ ㄉㄠˋ 在懸崖絕壁上鑿孔支架木樁，鋪上木板而成的窄路。

【棧房】zhànfáng ㄓㄢˋ ㄈㄤˊ ❶存放貨物的地方；倉庫。❷〈方〉旅館；客店。

【棧橋】zhànqiáo ㄓㄢˋ ㄑㄧㄠˊ 火車站、港口、礦山或工廠的一種建築物，形狀略像橋，用於裝卸貨物，港口上的棧橋也用於上下旅客。

湛 zhàn ㄓㄢˋ ❶深：精湛。❷清澈：清湛。❸（Zhàn）姓。

【湛藍】zhànlán ㄓㄢˋ ㄌㄢˊ 深藍（多用來形容天空、湖海等）。

【湛清】zhànqīng ㄓㄢˋ ㄑㄧㄥ 清澈：河水湛清見底。

綻（绽） zhàn ㄓㄢˋ 裂開：破綻｜皮開肉綻｜鞋開綻了◇臉上綻出了微笑。

戰[1]（战） zhàn ㄓㄢˋ ❶戰爭；戰鬥：宣戰｜停戰｜持久戰◇商戰。❷進行戰爭或戰鬥：戰勝｜百戰百勝｜愈戰愈勇◇戰天鬥地。❸（Zhàn）姓。

戰[2]（战） zhàn ㄓㄢˋ 發抖：寒戰｜冷得打戰｜膽戰心驚。

【戰敗】zhànbài ㄓㄢˋ ㄅㄞˋ ❶打敗仗；在戰爭中失敗：戰敗國｜鐵扇公主戰敗了。❷戰勝（敵人）；打敗（敵人）：孫行者戰敗了鐵扇公主｜孫行者把鐵扇公主戰敗了。

【戰報】zhànbào ㄓㄢˋ ㄅㄠˋ 戰時由司令部或其他有關方面發表的關於戰爭情況的報道。也用於比喻：工地戰報。

【戰備】zhànbèi ㄓㄢˋ ㄅㄟˋ 戰爭準備：加強戰備。

【戰表】zhànbiǎo ㄓㄢˋ ㄅㄧㄠˇ 向敵方宣戰或挑戰的文書（多見於舊小說、戲曲）：下戰表◇市籃球隊已經遞來了戰表。

【戰場】zhànchǎng ㄓㄢˋ ㄔㄤˇ 兩軍交戰的地方，也用於比喻：開赴戰場｜抗洪戰場。

【戰刀】zhàndāo ㄓㄢˋ ㄉㄠ 馬刀。

【戰地】zhàndì ㄓㄢˋ ㄉㄧˋ 兩軍交戰的地區，也用於比喻：戰地醫院｜參賽隊已大半抵達戰地。

【戰抖】zhàndǒu ㄓㄢˋ ㄉㄡˇ 發抖；哆嗦：渾身戰抖。

【戰鬥】zhàndòu ㄓㄢˋ ㄉㄡˋ ❶敵對雙方所進行的武裝衝突，是達到戰爭目的的主要手段。❷同敵方作戰：戰鬥力｜戰鬥英雄。❸泛指鬥爭：戰鬥性｜戰鬥的唯物主義｜投入搶險戰鬥。

【戰鬥機】zhàndòujī ㄓㄢˋ ㄉㄡˋ ㄐㄧ 殲擊機的舊稱。

【戰鬥力】zhàndòulì ㄓㄢˋ ㄉㄡˋ ㄌㄧˋ 軍隊作戰的能力：提高戰鬥力。

【戰犯】zhànfàn ㄓㄢˋ ㄈㄢˋ 發動非正義戰爭或在戰爭中犯嚴重罪行的人。

【戰俘】zhànfú ㄓㄢˋ ㄈㄨˊ 戰爭中捉住的敵方人員；俘虜②：遣返戰俘。

【戰歌】zhàngē ㄓㄢˋ ㄍㄜ 鼓舞士氣的歌曲。

【戰功】zhàngōng ㄓㄢˋ ㄍㄨㄥ 戰鬥中所立的功勞：屢立戰功｜戰功顯赫。

【戰鼓】zhàngǔ ㄓㄢˋ ㄍㄨˇ 古代作戰時為鼓舞士氣或指揮戰鬥而打的鼓。現多用於比喻。

【戰國】Zhànguó ㄓㄢˋ ㄍㄨㄛˊ 我國歷史上的一個時代（公元前475－公元前221）。

【戰果】zhànguǒ ㄓㄢˋ ㄍㄨㄛˇ 戰鬥中獲得的成果，也指工作中取得的成績：戰果輝煌。

【戰壕】zhànháo ㄓㄢˋ ㄏㄠˊ 作戰時為掩護而挖的壕溝。

【戰火】zhànhuǒ ㄓㄢˋ ㄏㄨㄛˇ 指戰爭（就其破壞作用和帶來的禍害而言）：戰火紛飛。

【戰禍】zhànhuò ㄓㄢˋ ㄏㄨㄛˋ 戰爭帶來的禍害：戰禍連年。

【戰機】[1] zhànjī ㄓㄢˋ ㄐㄧ ❶適於戰鬥的時機：抓住戰機。❷戰事的機密：泄露戰機。

【戰機】[2] zhànjī ㄓㄢˋ ㄐㄧ 作戰用的飛機：出動戰機攔截。

【戰績】zhànjì ㄓㄢˋ ㄐㄧˋ 戰爭中獲得的成績，也用於比喻：以全勝戰績奪冠。

【戰艦】zhànjiàn ㄓㄢˋ ㄐㄧㄢˋ 作戰艦艇的統稱。

【戰局】zhànjú ㄓㄢˋ ㄐㄩˊ 某一時期或某一地區的戰爭局勢：扭轉戰局。

【戰具】zhànjù ㄓㄢˋ ㄐㄩˋ 指武器裝備：戰具精良。

【戰利品】zhànlìpǐn ㄓㄢˋ ㄌㄧˋ ㄆㄧㄣˇ 作戰時從敵方繳獲的武器、裝備等。

【戰例】zhànlì ㄓㄢˋ ㄌㄧˋ 戰爭、戰役或戰鬥的事例：光輝戰例｜淝水之戰是我國歷史上以少勝多的著名戰例。

【戰慄】zhànlì ㄓㄢˋ ㄌㄧˋ 戰抖。也作顫慄。

【戰列艦】zhànlièjiàn ㄓㄢˋ ㄌㄧㄝˋ ㄐㄧㄢˋ 一種裝備大口徑火炮和厚裝甲的大型軍艦，主要用於遠洋戰鬥活動，因炮戰時排成單縱隊的戰列綫而得名。

【戰亂】zhànluàn ㄓㄢˋ ㄌㄨㄢˋ 指戰爭時期的混亂狀況。

【戰略】zhànlüè ㄓㄢˋ ㄌㄩㄝˋ ❶指導戰爭全局的計劃和策略。❷有關戰爭全局的：戰略部署｜戰略防禦。❸比喻決定全局的策略：革命戰略｜全球戰略。

【戰略物資】zhànlüè wùzī ㄓㄢˋ ㄌㄩㄝˋ ㄨˋ ㄗ 與戰爭有關的重要物資，如糧食、鋼鐵、石油、橡膠、稀有金屬等。

【戰馬】zhànmǎ ㄓㄢˋ ㄇㄚˇ 經過特殊訓練，用於作戰的馬。

【戰勤】zhànqín ㄓㄢˋ ㄑㄧㄣˊ 直接支援軍隊作戰的各種勤務，如運送物資、傷員，帶路送信，站崗放哨，維護交通，押送俘虜等。

【戰區】zhànqū ㄓㄢˋ ㄑㄩ 為便於執行戰略任務而劃分的作戰區域。

【戰勝】zhànshèng ㄓㄢˋ ㄕㄥˋ 在戰爭或比賽中取得勝利：戰勝頑敵｜戰勝乙隊◇戰勝困難。

【戰士】zhànshì ㄓㄢˋ ㄕˋ ❶軍隊最基層的成員：解放軍戰士｜新入伍的戰士。❷泛指從事某種正義事業或參加某種正義鬥爭的人：白衣戰士｜無產階級戰士。

【戰事】zhànshì ㄓㄢˋ ㄕˋ 有關戰爭的各種活動，泛指戰爭：戰事頻繁。

【戰術】zhànshù ㄓㄢˋ ㄕㄨˋ ❶進行戰鬥的原則和方法。❷比喻解決局部問題的方法。

【戰天鬥地】zhàn tiān dòu dì ㄓㄢˋ ㄊㄧㄢ ㄉㄡˋ ㄉㄧˋ 指同大自然作鬥爭。

【戰綫】zhànxiàn ㄓㄢˋ ㄒㄧㄢˋ 敵對雙方軍隊作戰時的接觸綫：縮短戰綫◇農業戰綫｜思想戰綫。

【戰役】zhànyì ㄓㄢˋ ㄧˋ 為實現一定的戰略目的，按照統一的作戰計劃，在一定的方向上和一定的時間內進行的一系列戰鬥的總和：渡江戰役。

【戰鷹】zhànyīng ㄓㄢˋ ㄧㄥ 指作戰的飛機（含喜愛意）：只見四隻戰鷹直衝雲霄。

【戰友】zhànyǒu ㄓㄢˋ ㄧㄡˇ 在一起戰鬥的人：老戰友｜親密戰友。

【戰雲】zhànyún ㄓㄢˋ ㄩㄣˊ 比喻戰爭的氣氛：戰雲密佈。

【戰戰兢兢】zhànzhànjīngjīng ㄓㄢˋ ㄓㄢˋ ㄐㄧㄥ ㄐㄧㄥ ❶形容因害怕而微微發抖的樣子。❷形容小心謹慎的樣子。

【戰爭】zhànzhēng ㄓㄢˋ ㄓㄥ 民族與民族之間、國家與國家之間、階級與階級之間或政治集團與政治集團之間的武裝鬥爭。

蘸〔蘸〕 zhàn ㄓㄢˋ 在液體、粉末或糊狀的東西裏沾一下就拿出來：蘸水鋼筆｜蘸糖吃｜大葱蘸醬。

【蘸火】zhàn//huǒ ㄓㄢˋ // ㄏㄨㄛˇ 淬火的通稱。

顫（颤） zhàn ㄓㄢˋ 發抖。另見126頁 chàn。

【顫慄】zhànlì ㄓㄢˋ ㄌㄧˋ 同'戰慄'。

zhāng（ㄓㄤ）

章[1] zhāng ㄓㄤ ❶歌曲詩文的段落：樂章｜章節｜全書共分三十六章。❷條目：約法三章。❸條理：雜亂無章。❹章程：黨章｜團章｜簡章｜規章。❺奏章。❻（Zhāng）姓。

章[2] zhāng ㄓㄤ ❶圖章：印章｜蓋章。❷佩帶在身上的標誌：領章｜臂章。

【章草】zhāngcǎo ㄓㄤ ㄘㄠˇ 草書的一種，筆畫保存一些隸書的筆勢，相傳為漢元帝時史游所作，以其用於奏章，所以叫做章草。

【章程】zhāngchéng ㄓㄤ ㄔㄥˊ 書面寫定的組織

規程或辦事條例。

【章程】zhāng·cheng ㄓㄤ ·ㄔㄥ 〈方〉指辦法：心裏還沒個準章程。

【章法】zhāngfǎ ㄓㄤ ㄈㄚˇ ❶文章的組織結構。❷比喻辦事的程序和規則：他雖然很老練，這時候也有點亂了章法。

【章回體】zhānghuítǐ ㄓㄤ ㄏㄨㄟˊ ㄊㄧˇ 長篇小說的一種體裁，全書分成若干回，每回有標題，概括全回的故事內容。

【章節】zhāngjié ㄓㄤ ㄐㄧㄝˊ 文章的組成部分，通常一本書分為若干章，一章又分為若干節。

【章句】zhāngjù ㄓㄤ ㄐㄩˋ ❶古書的章節和句讀。❷指對古書章句的分析解釋：章句之學。

【章則】zhāngzé ㄓㄤ ㄗㄜˊ 章程規則：違反章則。

【章子】zhāng·zi ㄓㄤ ·ㄗ 〈方〉圖章：刻章子｜蓋章子。

張(张)

zhāng ㄓㄤ ❶使合攏的東西分開或使緊縮的東西放開：張嘴｜張翅膀兒｜張弓射箭｜一張一弛。❷陳設；鋪排：張燈結綵｜大張筵席。❸擴大；誇張：虛張聲勢。❹看；望：東張西望。❺商店開業：新張｜開張。❻量詞。a) 用於紙、皮子等：一張紙｜兩張畫｜十張皮子｜三張鐵板。b) 用於牀、桌子等：一張牀｜四張桌子｜七張犁。c) 用於嘴、臉：兩張嘴｜一張臉。d) 用於弓：一張弓。❼二十八宿之一。❽(Zhāng) 姓。

【張榜】zhāng//bǎng ㄓㄤ//ㄅㄤˇ 貼出文告：張榜招賢。

【張本】zhāngběn ㄓㄤ ㄅㄣˇ ❶為事態的發展預先做的安排。❷作為伏筆而預先說在前面的話。

【張楚】Zhāng Chǔ ㄓㄤ ㄔㄨˇ 秦末農民起義領袖陳勝於公元前209年在陳縣(今河南淮陽)建立的革命政權。

【張大】zhāngdà ㄓㄤ ㄉㄚˋ 〈書〉擴大；誇大：張大其事｜張大其詞。

【張掛】zhāngguà ㄓㄤ ㄍㄨㄚˋ (字畫、帳子等)展開掛起：張掛地圖｜張掛蚊帳。

【張冠李戴】Zhāng guān Lǐ dài ㄓㄤ ㄍㄨㄢ ㄌㄧˇ ㄉㄞˋ 姓張的帽子戴到姓李的頭上，比喻弄錯了對象或弄錯了事實。

【張皇】zhānghuáng ㄓㄤ ㄏㄨㄤˊ 〈書〉驚慌；慌張：神色張皇｜張皇失措(慌慌張張，不知所措)。

【張口】zhāng//kǒu ㄓㄤ//ㄎㄡˇ 張嘴：氣得他半天沒張口｜向人借錢，我實在張不開口。

【張口結舌】zhāng kǒu jié shé ㄓㄤ ㄎㄡˇ ㄐㄧㄝˊ ㄕㄜˊ 張着嘴說不出話來，形容理屈或害怕。

【張狂】zhāngkuáng ㄓㄤ ㄎㄨㄤˊ 囂張；輕狂：舉止張狂。

【張力】zhānglì ㄓㄤ ㄌㄧˋ 見677頁〖拉力〗②。

【張羅】zhāng·luo ㄓㄤ ·ㄌㄨㄛ ❶料理：要帶的東西早點兒收拾好，不要臨時張羅。❷籌劃：張羅一筆錢｜他們正張羅着婚事。❸應酬；接待：顧客很多，一個售貨員張羅不過來。

【張目】zhāngmù ㄓㄤ ㄇㄨˋ ❶睜大眼睛：張目注視。❷助長某人的聲勢叫'為某人張目'。

【張三李四】Zhāng Sān Lǐ Sì ㄓㄤ ㄙㄢ ㄌㄧˇ ㄙˋ 泛指某人或某些人。

【張貼】zhāngtiē ㄓㄤ ㄊㄧㄝ 貼(佈告、廣告、標語等)：張貼告示。

【張望】zhāngwàng ㄓㄤ ㄨㄤˋ 從小孔或縫隙裏看；向四周或遠處看：探頭張望｜四顧張望。

【張牙舞爪】zhāng yá wǔ zhǎo ㄓㄤ ㄧㄚˊ ㄨˇ ㄓㄠˇ 形容猖狂兇惡的樣子。

【張揚】zhāngyáng ㄓㄤ ㄧㄤˊ 把隱秘的或不必讓眾人知道的事情聲張出去；宣揚：四處張揚。

【張嘴】zhāng//zuǐ ㄓㄤ//ㄗㄨㄟˇ ❶把嘴張開，多指說話：你一張嘴，我就知道你要說甚麼。❷指向人借貸或有所請求：向人張嘴，怪難為情的。

獐(麞)

zhāng ㄓㄤ 獐子。

【獐頭鼠目】zhāng tóu shǔ mù ㄓㄤ ㄊㄡˊ ㄕㄨˇ ㄇㄨˋ 獐子的頭小而尖，老鼠的眼睛小而圓，形容相貌醜陋猥瑣而神情狡猾(多指壞人)。

【獐子】zhāng·zi ㄓㄤ ·ㄗ 哺乳動物，形狀像鹿而較小，身體上面黃褐色，腹部白色，毛較粗，沒有角。皮可以製革。也叫牙獐。

彰

zhāng ㄓㄤ ❶明顯；顯著：昭彰｜欲蓋彌彰｜相得益彰。❷表彰；顯揚：彰善癉惡。❸(Zhāng) 姓。

【彰明較著】zhāng míng jiào zhù ㄓㄤ ㄇㄧㄥˊ ㄐㄧㄠˋ ㄓㄨˋ 非常明顯，容易看清(較：明顯)。

【彰善癉惡】zhāng shàn dàn è ㄓㄤ ㄕㄢˋ ㄉㄢˋ ㄜˋ 表揚好的，憎恨壞的。

鄣

Zhāng ㄓㄤ 周朝國名，在今山東東平東。

漳

Zhāng ㄓㄤ ❶漳河，水名，發源於山西，流入衞河。❷漳江，水名，在福建。

嫜

zhāng ㄓㄤ 〈書〉丈夫的父親：姑嫜(婆婆和公公)。

璋

zhāng ㄓㄤ 古代的一種玉器，形狀像半個圭。

樟

zhāng ㄓㄤ 樟樹，常綠喬木，葉子橢圓形或卵形，花白色略帶綠色，結暗紫色漿果。全株有香氣，可以防蟲蛀。木材緻密，適於製傢具和手工藝品，枝葉可以提製樟腦。也叫香樟。

【樟腦】zhāngnǎo ㄓㄤ ㄋㄠˇ 有機化合物，化學式$C_{10}H_{16}O$。無色晶體，味道辛辣，有清涼的香氣，容易揮發和升華。通常用樟樹枝葉提製而成。日常用來防蟲蛀，也用來製賽璐珞、炸藥、香料等，醫藥上用做強心劑和防腐劑。也叫潮腦。

【樟腦丸】zhāngnǎowán ㄓㄤ ㄋㄠˇ ㄨㄢˊ 〈方〉用樟腦製成的丸狀物，用來防腐或防蟲蛀等。

餦(张) zhāng ㄓㄤ ［餦餭］(zhānghuáng ㄓㄤ ㄏㄨㄤˊ)〈書〉❶乾的飴糖。❷一種麪食。

蟑 zhāng ㄓㄤ ［蟑螂］(zhāngláng ㄓㄤ ㄌㄤˊ)昆蟲，體扁平，黑褐色，能發出臭味。常咬壞衣物，並能傳染傷寒、霍亂等疾病，是害蟲。也叫蜚蠊。

zhǎng（ㄓㄤˇ）

仉 Zhǎng ㄓㄤˇ 姓。

長[1](长) zhǎng ㄓㄤˇ ❶年紀較大：年長｜他比我長兩歲。❷排行最大：長兄｜長子。❸輩分大：師長｜長親｜叔叔比侄子長一輩。❹領導人：部長｜校長｜鄉長｜首長。

長[2](长) zhǎng ㄓㄤˇ ❶生：長銹｜山上長滿了青翠的樹木。❷生長；成長：楊樹長得快｜這孩子長得真胖。❸增進；增加：長見識｜長力氣｜吃一塹，長一智。

另見126頁 cháng。

【長輩】zhǎngbèi ㄓㄤˇ ㄅㄟˋ 輩分大的人。

【長膘】zhǎng//biāo ㄓㄤˇ//ㄅㄧㄠ 上膘。

【長房】zhǎngfáng ㄓㄤˇ ㄈㄤˊ 家族中長子的一支。

【長官】zhǎngguān ㄓㄤˇ ㄍㄨㄢ 舊時指行政單位或軍隊的高級官吏。

【長機】zhǎngjī ㄓㄤˇ ㄐㄧ 編隊飛行中，率領和指揮機群或僚機執行任務的飛機。也叫主機。

【長進】zhǎngjìn ㄓㄤˇ ㄐㄧㄣˋ 在學問或品行等方面有進步：技藝大有長進。

【長老】zhǎnglǎo ㄓㄤˇ ㄌㄠˇ ❶〈書〉年紀大的人。❷對年紀大的和尚的尊稱。❸猶太教、基督教指本教在地方上的領袖。

【長臉】zhǎng//liǎn ㄓㄤˇ//ㄌㄧㄢˇ 增加體面；使臉上增添光彩：這部片子獲得大獎，真為咱們製片廠長臉。

【長門】zhǎngmén ㄓㄤˇ ㄇㄣˊ 長房。

【長年】zhǎngnián ㄓㄤˇ ㄋㄧㄢˊ 〈方〉船主人。另見127頁 chángnián。

【長親】zhǎngqīn ㄓㄤˇ ㄑㄧㄣ 輩分大的親戚。

【長上】zhǎngshàng ㄓㄤˇ ㄕㄤˋ ❶長輩。❷上司。

【長勢】zhǎngshì ㄓㄤˇ ㄕˋ (植物)生長的狀況：小麥長勢喜人。

【長孫】zhǎngsūn ㄓㄤˇ ㄙㄨㄣ ❶長子的長子，現在也指排行最大的孫子。❷(Zhǎngsūn)姓。

【長尾巴】zhǎng wěi·ba ㄓㄤˇ ㄨㄟˇ·ㄅㄚ 俗稱小孩兒過生日。

【長相】zhǎngxiàng ㄓㄤˇ ㄒㄧㄤˋ (長相兒)相貌：從他們的長相上看，好像兄弟倆。

【長者】zhǎngzhě ㄓㄤˇ ㄓㄜˇ ❶年紀和輩分都高的人。❷年高有德的人。

【長子】zhǎngzǐ ㄓㄤˇ ㄗˇ ❶排行最大的兒子。❷(Zhǎngzǐ)地名，在山西。

掌 zhǎng ㄓㄤˇ ❶手掌：鼓掌｜易如反掌｜摩拳擦掌。❷用手掌打：掌嘴。❸掌管；掌握：掌舵｜掌印｜掌權。❹某些動物的腳掌：熊掌｜鴨掌。❺馬蹄鐵：這匹馬該釘掌了。❻(掌兒)釘或縫在鞋底前部、後部的皮子等：前掌兒｜後掌兒｜釘一塊掌兒。❼〈方〉釘補鞋底：掌鞋。❽〈方〉加上(油鹽等)：掌點醬油。❾〈方〉把：掌門關上。❿(Zhǎng)姓。

【掌廚】zhǎng//chú ㄓㄤˇ//ㄔㄨˊ 主持烹調。

【掌燈】zhǎng//dēng ㄓㄤˇ//ㄉㄥ ❶手裏舉着燈。❷上燈；點燈(指油燈)：天黑了，該掌燈了。

【掌舵】zhǎng//duò ㄓㄤˇ//ㄉㄨㄛˋ ❶行船時掌握船上的舵。❷比喻掌握方向。

【掌舵】zhǎngduò ㄓㄤˇ ㄉㄨㄛˋ 掌舵的人。

【掌骨】zhǎnggǔ ㄓㄤˇ ㄍㄨˇ 構成手掌的骨頭，每個手掌有五根。(圖見410頁〖骨骼〗)

【掌故】zhǎnggù ㄓㄤˇ ㄍㄨˋ 歷史上的人物事迹、制度沿革等：文壇掌故。

【掌管】zhǎngguǎn ㄓㄤˇ ㄍㄨㄢˇ 負責管理；主持：各項事務都有專人掌管。

【掌櫃】zhǎngguì ㄓㄤˇ ㄍㄨㄟˋ ❶舊時稱商店老闆或負責管理商店的人。❷〈方〉舊時佃戶稱地主。❸〈方〉指丈夫。‖也叫掌櫃的。

【掌權】zhǎng//quán ㄓㄤˇ//ㄑㄩㄢˊ 掌握大權。

【掌上明珠】zhǎng shàng míngzhū ㄓㄤˇ ㄕㄤˋ ㄇㄧㄥˊ ㄓㄨ 比喻極受父母寵愛的兒女，也比喻為人所珍愛的物品。也說掌珠、掌上珠、掌中珠。

【掌勺兒】zhǎng//sháor ㄓㄤˇ//ㄕㄠㄦˊ 主持烹調：掌勺兒的(飯館、食堂中主持烹調的廚師)。

【掌握】zhǎngwò ㄓㄤˇ ㄨㄛˋ ❶了解事物，因而能充分支配或運用：掌握技術｜掌握理論｜掌握原則｜掌握規律◇掌握自己的命運。❷主持；控制：掌握會議｜掌握政權。

【掌心】zhǎngxīn ㄓㄤˇ ㄒㄧㄣ 手心。

【掌印】zhǎng//yìn ㄓㄤˇ//ㄧㄣˋ ❶掌管印信。❷比喻主持事務或掌握政權。

【掌灶】zhǎng//zào ㄓㄤˇ//ㄗㄠˋ 在飯館、食堂或辦酒席的人家主持烹調：掌灶兒的(掌灶的人)。

【掌子】zhǎng·zi ㄓㄤˇ·ㄗ 採礦或隧道工程中掘進的工作面。也作礃子。也說掌礃子面。

【掌嘴】zhǎng//zuǐ ㄓㄤˇ//ㄗㄨㄟˇ 打嘴巴。

漲(涨) zhǎng ㄓㄤˇ (水位)升高；(物價)提高：水漲船高｜河水暴漲｜物價上漲。

另見1442頁 zhàng。

【漲潮】zhǎng∥cháo ㄓㄤˇ∥ㄔㄠˊ 潮水升高。
【漲風】zhǎngfēng ㄓㄤˇ ㄈㄥ 物價上漲的情勢。
【漲幅】zhǎngfú ㄓㄤˇ ㄈㄨˊ （物價等）上漲的幅度：物價漲幅不大。

礃 zhǎng ㄓㄤˇ ［礃子］（zhǎng·zi ㄓㄤˇ·ㄗ）同'掌子'。

zhàng （ㄓㄤˋ）

丈[1] zhàng ㄓㄤˋ ❶長度單位，10尺等於1丈，10丈等於1引。❷丈量（土地）：清丈｜春耕前要把地丈完。

丈[2] zhàng ㄓㄤˋ ❶古時對老年男子的尊稱：老丈。❷丈夫（用於某些親戚的尊稱）：姑丈（姑夫）｜姐丈（姐夫）。
【丈夫】zhàngfū ㄓㄤˋ ㄈㄨ 成年男子：大丈夫｜丈夫氣。
【丈夫】zhàng·fu ㄓㄤˋ·ㄈㄨ 男女兩人結婚後，男子是女子的丈夫。
【丈量】zhàngliáng ㄓㄤˋ ㄌㄧㄤˊ 用步弓、皮尺等量土地面積或距離：丈量地畝。
【丈母】zhàng·mu ㄓㄤˋ·ㄇㄨ 岳母。也叫丈母娘。
【丈人】zhàngrén ㄓㄤˋ ㄖㄣˊ 古時對老年男子的尊稱。
【丈人】zhàng·ren ㄓㄤˋ·ㄖㄣ 岳父。

仗[1] zhàng ㄓㄤˋ ❶兵器的總稱：儀仗｜明火執仗。❷拿着（兵器）：仗劍。❸憑藉；倚仗：狗仗人勢｜仗勢欺人。

仗[2] zhàng ㄓㄤˋ 指戰爭或戰鬥：打勝仗｜打敗仗｜這一仗打得真漂亮◇打好春耕生產這一仗。
【仗膽】zhàng∥dǎn ㄓㄤˋ∥ㄉㄢˇ （仗膽兒）壯膽。
【仗恃】zhàngshì ㄓㄤˋ ㄕˋ 倚仗；依靠：仗恃豪門。
【仗勢】zhàng∥shì ㄓㄤˋ∥ㄕˋ 倚仗某種權勢（做壞事）：仗勢欺人。
【仗義】zhàngyì ㄓㄤˋ ㄧˋ ❶〈書〉主持正義：仗義執言。❷講義氣。
【仗義疏財】zhàng yì shū cái ㄓㄤˋ ㄧˋ ㄕㄨ ㄘㄞˊ 講義氣，輕錢財，多指拿出錢來幫助有困難的人。
【仗義執言】zhàng yì zhí yán ㄓㄤˋ ㄧˋ ㄓˊ ㄧㄢˊ 為了正義說公道話。

杖 zhàng ㄓㄤˋ ❶枴杖；手杖：扶杖而行。❷泛指棍棒：擀麪杖｜拿刀動杖。
【杖子】zhàng·zi ㄓㄤˋ·ㄗ 障子（多用於地名）：大杖子（在河北）｜宋杖子（在遼寧）。

帳（帐） zhàng ㄓㄤˋ ❶用布、紗或綢子等做成的遮蔽用的東西：蚊帳｜營帳｜帳篷◇青紗帳。❷同'賬'。
【帳幕】zhàngmù ㄓㄤˋ ㄇㄨˋ 帳篷（多指較大的）。
【帳篷】zhàng·peng ㄓㄤˋ·ㄆㄥ 撐在地上遮蔽風雨、日光的東西，多用帆布、尼龍布等做成。
【帳子】zhàng·zi ㄓㄤˋ·ㄗ 用布、紗或綢子等做成的張在牀上或屋子裏的東西。

脹（胀） zhàng ㄓㄤˋ ❶膨脹：熱脹冷縮。❷身體內壁受到壓迫而產生不舒服的感覺：肚子發脹。
【脹庫】zhàngkù ㄓㄤˋ ㄎㄨˋ 倉庫庫存飽和：豬肉脹庫。
【脹閘】zhàngzhá ㄓㄤˋ ㄓㄚˊ 自行車制動裝置的一種，由兩個半圓形的圈和彈簧構成，裝在車軸軸套的內部，使用時半圓形的圈撐開，與軸套摩擦，起制動作用。

幛 zhàng ㄓㄤˋ 幛子：賀幛｜壽幛｜喜幛｜輓幛。
【幛子】zhàng·zi ㄓㄤˋ·ㄗ 題上詞句的整幅綢布，用做祝賀或弔唁的禮物。

嶂 zhàng ㄓㄤˋ 直立像屏障的山峰：層巒疊嶂。

漲（涨） zhàng ㄓㄤˋ ❶固體吸收液體後體積增大：豆子泡漲了。❷（頭部）充血：頭昏腦漲｜他的臉漲得通紅。❸多出；超出（用於度量衡或貨幣的數目）：錢花漲了（超過收入或預計）｜把布一量，漲出了半尺。

另見1441頁 zhǎng。

障 zhàng ㄓㄤˋ ❶阻隔；遮擋：障礙｜障蔽。❷用來遮擋的東西：屏障。
【障礙】zhàng'ài ㄓㄤˋ ㄞˋ ❶擋住道路，使不能順利通過；阻礙：障礙物。❷阻擋前進的東西：排除障礙｜掃清障礙。
【障蔽】zhàngbì ㄓㄤˋ ㄅㄧˋ 遮蔽；遮擋：障蔽視綫。
【障眼法】zhàngyǎnfǎ ㄓㄤˋ ㄧㄢˇ ㄈㄚˇ 遮蔽或轉移人的目光使看不清真相的手法。也說遮眼法、掩眼法。
【障子】zhàng·zi ㄓㄤˋ·ㄗ 用蘆葦、秫秸等編成的或利用成行的樹木做成的屏障：樹障子｜籬笆障子。

賬（账） zhàng ㄓㄤˋ ❶關於貨幣、貨物出入的記載：記賬｜查賬。❷指賬簿：一本賬。❸債：欠賬｜還賬｜放賬。
【賬本】zhàngběn ㄓㄤˋ ㄅㄣˇ （賬本兒）賬簿。
【賬簿】zhàngbù ㄓㄤˋ ㄅㄨˋ 記載貨幣、貨物出入事項的本子。
【賬冊】zhàngcè ㄓㄤˋ ㄘㄜˋ 賬簿。
【賬單】zhàngdān ㄓㄤˋ ㄉㄢ 記載貨幣、貨物出入事項的單子。
【賬房】zhàngfáng ㄓㄤˋ ㄈㄤˊ （賬房兒）❶舊時企業或有錢人家中管理銀錢貨物出入的處所。❷在賬房管理銀錢貨物出入的人。
【賬號】zhànghào ㄓㄤˋ ㄏㄠˋ 單位或個人跟銀行建立經濟關係後，銀行在賬上給該單位或個人編的號碼。

【賬戶】zhànghù ㄓㄤˋ ㄏㄨˋ 會計上指賬簿中對各種資金運用、來源和周轉過程等設置的分類。

【賬面】zhàngmiàn ㄓㄤˋ ㄇㄧㄢˋ (賬面兒) 指賬目 (對實物而言)：先把賬面弄清，再去核對庫存。

【賬目】zhàngmù ㄓㄤˋ ㄇㄨˋ 賬上記載的項目：清理賬目｜定期公佈賬目。

瘴 zhàng ㄓㄤˋ 瘴氣：瘴癘。

【瘴癘】zhànglì ㄓㄤˋ ㄌㄧˋ 指亞熱帶潮濕地區流行的惡性瘧疾等傳染病。

【瘴氣】zhàngqì ㄓㄤˋ ㄑㄧˋ 熱帶或亞熱帶山林中的濕熱空氣，從前認為是瘴癘的病原。

zhāo (ㄓㄠ)

招1 zhāo ㄓㄠ ❶舉手上下揮動：招手｜招之即來。❷用廣告或通知的方式使人來：招領｜招考｜招生。❸引來 (不好的事物)：招蒼蠅｜招災。❹惹②；招惹：這孩子愛哭，別招他。❺惹③：這孩子真招人喜歡。❻〈方〉傳染：這病招人，要注意預防。❼ (Zhāo) 姓。

招2 zhāo ㄓㄠ 承認罪行：招供｜招認｜不打自招。

招3 zhāo ㄓㄠ 同'着' (zhāo) ①②。

【招安】zhāo'ān ㄓㄠ ㄢ 舊時指統治者用籠絡的手腕使武裝反抗者或盜匪投降歸順。

【招標】zhāo//biāo ㄓㄠ// ㄅㄧㄠ 興建工程或進行大宗商品交易時，公佈標準和條件，招人承包或承買叫做招標。

【招兵】zhāo//bīng ㄓㄠ// ㄅㄧㄥ 招募人來當兵。

【招兵買馬】zhāo bīng mǎi mǎ ㄓㄠ ㄅㄧㄥ ㄇㄞˇ ㄇㄚˇ 組織或擴充武裝力量。也比喻擴大組織或擴充人員。

【招待】zhāodài ㄓㄠ ㄉㄞˋ 對賓客或顧客表示歡迎並給以應有的待遇：招待客人｜記者招待會。

【招待所】zhāodàisuǒ ㄓㄠ ㄉㄞˋ ㄙㄨㄛˇ 機關、廠礦等所設接待賓客或所屬單位來往的人住宿的處所。

【招風】zhāo//fēng ㄓㄠ// ㄈㄥ 指惹人注意而生出是非。

【招撫】zhāofǔ ㄓㄠ ㄈㄨˇ 招安。

【招供】zhāo//gòng ㄓㄠ// ㄍㄨㄥˋ (罪犯) 供出犯罪事實：從實招供。

【招股】zhāo//gǔ ㄓㄠ// ㄍㄨˇ 企業採用公司組織形式募集股金。

【招呼】zhāo·hu ㄓㄠ ·ㄏㄨ ❶呼喚：遠處有人招呼你。❷用語言或動作表示問候：鄉親們都圍上來，我不知招呼誰好。❸吩咐；關照：招呼他趕快做好了送來。❹照料：醫院裏對病人招呼得很周到。❺〈方〉留神：路上有冰，招呼滑倒了。

【招魂】zhāo//hún ㄓㄠ// ㄏㄨㄣˊ 招回死者的魂 (迷信)，現多用於比喻。

【招集】zhāojí ㄓㄠ ㄐㄧˊ 招呼人們聚集；召集。

【招架】zhāojià ㄓㄠ ㄐㄧㄚˋ 抵擋：招架不住｜來勢兇猛，難於招架。

【招考】zhāokǎo ㄓㄠ ㄎㄠˇ 用公告的方式叫人來應考：招考新生｜招考學徒工。

【招徠】zhāolái ㄓㄠ ㄌㄞˊ 招攬：招徠顧客。

【招攬】zhāolǎn ㄓㄠ ㄌㄢˇ 招引 (顧客)：招攬生意。

【招領】zhāolǐng ㄓㄠ ㄌㄧㄥˇ 用出公告的方式叫丟失物品的人來領取：招領失物。

【招募】zhāomù ㄓㄠ ㄇㄨˋ 募集 (人員)：招募新兵。

【招女婿】zhāo nǚ·xu ㄓㄠ ㄋㄩˇ ·ㄒㄩ 招親①。

【招牌】zhāo·pai ㄓㄠ ·ㄆㄞ 挂在商店門前寫明商店名稱或經售的貨物的牌子，作為商店的標誌。也比喻某種名義或稱號。

【招盤】zhāopán ㄓㄠ ㄆㄢˊ 工商業主因虧損或其他原因，把企業的貨物、器具、房屋、地基等作價，招人承購，繼續經營。

【招聘】zhāopìn ㄓㄠ ㄆㄧㄣˋ 用公告的方式聘請：招聘技術人員。

【招親】zhāo//qīn ㄓㄠ// ㄑㄧㄣ ❶招人到自己家裏做女婿。❷到人家裏做女婿；入贅。

【招惹】zhāo·rě ㄓㄠ ·ㄖㄜˇ ❶ (言語、行動) 引起 (是非、麻煩等)：招惹是非。❷〈方〉(用言語、行動) 觸動；逗引 (多用於否定式)：別招惹他｜這個人招惹不得。

【招認】zhāorèn ㄓㄠ ㄖㄣˋ (罪犯) 承認犯罪事實。

【招生】zhāo//shēng ㄓㄠ// ㄕㄥ 招收新學生：招生簡章。

【招事】zhāo//shì ㄓㄠ// ㄕˋ 惹是非：他愛多嘴，好招事。

【招收】zhāoshōu ㄓㄠ ㄕㄡ 用考試或其他方式接收 (學員、學徒、工作人員等)。

【招手】zhāo//shǒu ㄓㄠ// ㄕㄡˇ 舉起手來上下搖動，表示叫人來或跟人打招呼：招手示意。

【招數】zhāoshù ㄓㄠ ㄕㄨˋ 同'着數'。

【招貼】zhāotiē ㄓㄠ ㄊㄧㄝ 貼在街頭或公共場所，以達到宣傳目的的文字、圖畫。

【招貼畫】zhāotiēhuà ㄓㄠ ㄊㄧㄝ ㄏㄨㄚˋ 宣傳畫。

【招賢】zhāoxián ㄓㄠ ㄒㄧㄢˊ 招納有才德的人：張榜招賢｜招賢納士。

【招降】zhāo//xiáng ㄓㄠ// ㄒㄧㄤˊ 號召敵人來投降。

【招降納叛】zhāo xiáng nà pàn ㄓㄠ ㄒㄧㄤˊ ㄋㄚˋ

ㄆㄢˋ 招收接納敵方投降、叛變過來的人。現多指網羅壞人，結黨營私。

【招笑兒】zhāoxiàor ㄓㄠ ㄒㄧㄠㄦˋ〈方〉引人發笑。

【招眼】zhāoyǎn ㄓㄠ ㄧㄢˇ 惹人注意：大紅的外衣很招眼。

【招搖】zhāoyáo ㄓㄠ ㄧㄠˊ 故意張大聲勢，引人注意：招搖過市｜這樣做，太招搖了。

【招搖過市】zhāoyáo guòshì ㄓㄠ ㄧㄠˊ ㄍㄨㄛˋ ㄕˋ 故意在公眾場合張大聲勢，引人注意。

【招搖撞騙】zhāoyáo zhuàngpiàn ㄓㄠ ㄧㄠˊ ㄓㄨㄤˋ ㄆㄧㄢˋ 假借名義，到處炫耀，進行詐騙。

【招引】zhāoyǐn ㄓㄠ ㄧㄣˇ 用動作、聲響或色、香、味等特點吸引：招引顧客。

【招災】zhāo∥zāi ㄓㄠ∥ㄗㄞ 引來災禍：招災惹禍。

【招展】zhāozhǎn ㄓㄠ ㄓㄢˇ 飄動；搖動（引人注意）：紅旗迎風招展｜花枝招展。

【招致】zhāozhì ㄓㄠ ㄓˋ ❶招收；搜羅（人才）。❷引起（後果）：招致意外的損失。

【招贅】zhāozhuì ㄓㄠ ㄓㄨㄟˋ 招女婿。

【招子】zhāo·zi ㄓㄠ ·ㄗ ❶招貼。❷挂在商店門口寫明商店名稱的旗子或其他招攬顧客的標誌。❸着兒；辦法、計策或手段。

【招租】zhāozū ㄓㄠ ㄗㄨ 招人租賃（房屋）：招租啓事。

昭 zhāo ㄓㄠ ❶明顯；顯著：昭彰｜昭著。❷〈書〉表明；顯示：以昭信守。

【昭然】zhāorán ㄓㄠ ㄖㄢˊ 很明顯的樣子：天理昭然｜昭然若揭（指真相大明）。

【昭示】zhāoshì ㄓㄠ ㄕˋ 明白地表示或宣佈：昭示後世｜昭示國人。

【昭雪】zhāoxuě ㄓㄠ ㄒㄩㄝˇ 洗清（冤枉）：平反昭雪。

【昭彰】zhāozhāng ㄓㄠ ㄓㄤ 明顯；顯著：罪惡昭彰。

【昭昭】zhāozhāo ㄓㄠ ㄓㄠ〈書〉❶明亮：日月昭昭。❷明白：以其昏昏，使人昭昭。

【昭著】zhāozhù ㄓㄠ ㄓㄨˋ 明顯：惡名昭著｜罪行昭著。

釗（钊） zhāo ㄓㄠ〈書〉勉勵。多用於人名。

啁 zhāo ㄓㄠ［啁哳］（zhāozhā ㄓㄠ ㄓㄚ）〈書〉形容聲音煩雜細碎。也作嘲哳。

另見1487頁 zhōu。

朝 zhāo ㄓㄠ ❶早晨：朝陽｜一朝一夕｜朝令夕改。❷日；天：今朝｜一朝有事。

另見134頁 cháo。

【朝不保夕】zhāo bù bǎo xī ㄓㄠ ㄅㄨˋ ㄅㄠˇ ㄒㄧ 保得住早上，不一定保得住晚上。形容情況危急。也說朝不慮夕。

【朝發夕至】zhāo fā xī zhì ㄓㄠ ㄈㄚ ㄒㄧ ㄓˋ 早晨出發晚上就能到達。形容路程不遠或交通便利。

【朝暉】zhāohuī ㄓㄠ ㄏㄨㄟ 早晨太陽的光輝。

【朝令夕改】zhāo lìng xī gǎi ㄓㄠ ㄌㄧㄥˋ ㄒㄧ ㄍㄞˇ 早晨發佈了命令，晚上又改變了。形容主張或辦法經常改變，一會兒一個樣。

【朝露】zhāolù ㄓㄠ ㄌㄨˋ〈書〉早晨的露水。比喻存在時間非常短促的事物。

【朝氣】zhāoqì ㄓㄠ ㄑㄧˋ 精神振作，力求進取的氣概（跟'暮氣'相對）：朝氣蓬勃｜富有朝氣。

【朝乾夕惕】zhāo qián xī tì ㄓㄠ ㄑㄧㄢˊ ㄒㄧ ㄊㄧˋ 形容一天到晚很勤奮，很謹慎（乾：勉力）。

【朝秦暮楚】zhāo Qín mù Chǔ ㄓㄠ ㄑㄧㄣˊ ㄇㄨˋ ㄔㄨˇ 一時傾向秦國，一時又依附楚國。比喻人反復無常。

【朝日】zhāorì ㄓㄠ ㄖˋ 早晨的太陽：朝日初升。

【朝三暮四】zhāo sān mù sì ㄓㄠ ㄙㄢ ㄇㄨˋ ㄙˋ 有個玩猴子的人拿橡實餵猴子，他跟猴子說，早上給每個猴子三個橡子，晚上給四個，所有的猴子聽了都急了；後來他又說，早上給四個，晚上給三個，所有的猴子就都高興了（見於《莊子·齊物論》）。原比喻聰明人善於使用手段，愚笨的人不善於辨別事情，後來比喻反復無常。

【朝夕】zhāoxī ㄓㄠ ㄒㄧ ❶天天；時時：朝夕相處。❷形容非常短的時間：朝夕不保｜只爭朝夕。

【朝霞】zhāoxiá ㄓㄠ ㄒㄧㄚˊ 日出時東方的雲霞。

【朝陽】zhāoyáng ㄓㄠ ㄧㄤˊ 初升的太陽。

另見135頁 cháoyáng。

着（❶❷招） zhāo ㄓㄠ ❶（着兒）下棋時下一子或走一步叫一着：高着兒｜別支着兒。❷（着兒）比喻計策或手段：使花着｜我沒着兒了｜這一着厲害。❸〈方〉放；擱進去：着點兒鹽。❹〈方〉用於應答，表示同意：這話着哇！｜着，咱們就這麼辦！

另見1444頁 zháo；1450頁 ·zhe；1509頁 zhuó。

【着數】zhāoshù ㄓㄠ ㄕㄨˋ ❶下棋的步子。❷武術的動作。❸比喻手段或計策。‖也作招數。

嘲 zhāo ㄓㄠ［嘲哳］（zhāozhā ㄓㄠ ㄓㄚ）同'啁哳'。

另見135頁 cháo。

zháo（ㄓㄠˊ）

着 zháo ㄓㄠˊ ❶接觸；挨上：上不着天，下不着地。❷感受；受到：着風｜着涼。❸燃燒，也指燈發光（跟'滅'相對）：爐子着得很旺｜天黑了，路燈都着了。❹用在動詞後，表示已經達到目的或有了結果：睡着了｜打着了｜猜着了｜燈點着了。❺〈方〉入睡：一上牀就着了。

另見1444頁 zhāo；1450頁 ·zhe；1509頁 zhuó。

【着慌】zháo∥huāng ㄓㄠˊ∥ㄏㄨㄤ 着急；慌張：大家都急得甚麼似的，可他一點兒也不着慌。

【着火】zháo∥huǒ ㄓㄠˊ∥ㄏㄨㄛˇ 失火。

【着火點】zháohuǒdiǎn ㄓㄠˊ ㄏㄨㄛˇ ㄉㄧㄢˇ 燃點²。

【着急】zháo∥jí ㄓㄠˊ∥ㄐㄧˊ 急躁不安：別着急，有問題商量着解決｜時間還早，着甚麼急？

【着涼】zháo∥liáng ㄓㄠˊ∥ㄌㄧㄤˊ 受涼；外面挺冷，當心着涼｜我夜間着了一點兒涼。

【着忙】zháo∥máng ㄓㄠˊ∥ㄇㄤˊ ❶因感到時間緊迫而加快動作：事先收拾好行李，免得臨上車着忙｜時間還早着呢，你着的甚麼忙？❷着急；慌張：別着忙，等我説完了你再説｜聽説孩子病了，她心裏有點着忙。

【着迷】zháo∥mí ㄓㄠˊ∥ㄇㄧˊ 對人或事物產生難以捨棄的愛好；入迷：老爺爺講的故事真動人，孩子們聽得都着迷了。

【着魔】zháo∥mó ㄓㄠˊ∥ㄇㄛˊ 入魔。

【着三不着兩】zháo sān bù zháo liǎng ㄓㄠˊ ㄙㄢ ㄅㄨˋ ㄓㄠˊ ㄌㄧㄤˇ 指説話或行事考慮不周，輕重失宜。

zhǎo（ㄓㄠˇ）

爪 zhǎo ㄓㄠˇ ❶動物的腳趾甲：烏龜趾間有蹼，趾端有爪。❷鳥獸的腳：前爪｜鷹爪｜張牙舞爪。

另見1498頁 zhuǎ。

【爪牙】zhǎoyá ㄓㄠˇ ㄧㄚˊ 爪和牙是猛禽、猛獸的武器，比喻壞人的黨羽。

找¹ zhǎo ㄓㄠˇ 為了要見到或得到所需求的人或事物而努力：找人｜找材料｜找出路｜鋼筆丟了，到處找不着。

找² zhǎo ㄓㄠˇ 把超過應收的部分退還；把不足的部分補上：找錢｜找齊。

【找病】zhǎo∥bìng ㄓㄠˇ∥ㄅㄧㄥˋ 自找生病。比喻自尋苦惱。

【找補】zhǎo·bu ㄓㄠˇ ·ㄅㄨ 把不足的補上：不夠再找補點兒｜話沒説完，還得找補幾句。

【找茬兒】zhǎo∥chár ㄓㄠˇ∥ㄔㄚㄦˊ 故意挑毛病：找茬兒打架。也作找碴兒。

【找麻煩】zhǎo má·fan ㄓㄠˇ ㄇㄚˊ ·ㄈㄢ （給自己或別人）添麻煩。

【找平】zhǎo∥píng ㄓㄠˇ∥ㄆㄧㄥˊ （瓦工砌牆、木工刨木料等）使高低凹凸的表面變平：右手邊兒還差兩層磚，先找平了再一起往上砌。

【找齊】zhǎoqí ㄓㄠˇ ㄑㄧˊ ❶使高低、長短相差不多：籬笆編成了，頂上還要找齊。❷補足：今兒先給你一部分，差多少明兒找齊。

【找錢】zhǎo∥qián ㄓㄠˇ∥ㄑㄧㄢˊ 收到幣值較大的鈔票或硬幣，超過應收的數目，把超過的部分用幣值小的錢幣退還。

【找事】zhǎo∥shì ㄓㄠˇ∥ㄕˋ ❶尋找職業：你替他找個事幹幹。❷故意挑毛病，引起爭吵；尋釁：他是故意來找事的，別理他。

【找死】zhǎosǐ ㄓㄠˇ ㄙˇ 自找死亡（多用於責備人不顧危險）。

【找頭】zhǎo·tou ㄓㄠˇ ·ㄊㄡ 找回的錢。

【找尋】zhǎoxún ㄓㄠˇ ㄒㄩㄣˊ 尋找。

【找轍】zhǎo∥zhé ㄓㄠˇ∥ㄓㄜˊ 〈方〉❶找藉口：我實在坐不住了，於是找轍離去。❷想辦法；找門路：廠裏停工待料，領導都忙着找轍呢。

沼 zhǎo ㄓㄠˇ 天然的水池子：池沼｜沼澤。

【沼氣】zhǎoqì ㄓㄠˇ ㄑㄧˋ 池沼污泥中埋藏的植物體發酵腐爛生成的氣體，也可用糞便、植物莖葉加甲烷細菌發酵製得。主要成分是甲烷。用做燃料或化工原料。

【沼澤】zhǎozé ㄓㄠˇ ㄗㄜˊ 水草茂密的泥濘地帶。

zhào（ㄓㄠˋ）

召¹ zhào ㄓㄠˋ ❶召喚：召集。❷（Zhào）傣族姓。

召² zhào ㄓㄠˋ 寺廟，多用於地名，如烏審召，羅布召，都在內蒙古。［蒙］

另見1010頁 Shào。

【召喚】zhàohuàn ㄓㄠˋ ㄏㄨㄢˋ 叫人來（多用於抽象方面）：新的生活在召喚着我們。

【召集】zhàojí ㄓㄠˋ ㄐㄧˊ 通知人們聚集起來：召集人｜隊長召集全體隊員開會。

【召見】zhàojiàn ㄓㄠˋ ㄐㄧㄢˋ ❶上級叫下級來見面。❷外交部通知外國駐本國使節前來談有關事宜。

【召開】zhàokāi ㄓㄠˋ ㄎㄞ 召集人們開會；舉行（會議）。

兆¹ zhào ㄓㄠˋ ❶預兆①：徵兆｜不吉之兆。❷預示：瑞雪兆豐年。❸（Zhào）姓。

兆² zhào ㄓㄠˋ 數目。a）一百萬。b）古代指一萬億。

【兆頭】zhào·tou ㄓㄠˋ ·ㄊㄡ 預兆①：好兆頭｜壞兆頭｜暴風雨的兆頭。

炤 zhào ㄓㄠˋ 同'照'。

笊 zhào ㄓㄠˋ ［笊籬］（zhào·lí ㄓㄠˋ ㄌㄧˊ）用金屬絲、竹篾或柳條等製成的能漏水的用具，有長柄，用來撈東西。

棹（櫂、艄） zhào ㄓㄠˋ 〈方〉❶槳。❷划（船）。

詔（诏） zhào ㄓㄠˋ ❶〈書〉告訴；告誡。❷詔書：下詔。

【詔書】zhàoshū ㄓㄠˋ ㄕㄨ 皇帝頒發的命令。

旐 zhào ㄓㄠˋ 古代一種旗子。

照 zhào ㄓㄠˋ ❶照射：日照｜陽光照在窗台上｜用手電筒照一照。❷對着鏡子或其他反光的東西看自己的影子；有反光作用的東西把人或物的形象反映出來：照鏡子｜湖面如鏡，把岸上的樹木照得清清楚楚。❸拍攝(相片、電影)：這張相片照得很好。❹相片：小照｜玉照。❺執照；政府所發的憑證：車照｜護照｜牌照｜取締無照擺賣。❻照料：照管｜照應。❼通知：關照｜照會。❽比照：查照｜對照。❾知曉；明白：心照不宣。❿對着；向着：照這個方向走。⓫依照；按照：照章辦事｜照這個樣子做。

【照搬】zhàobān ㄓㄠˋ ㄅㄢ 照原樣不動地搬用(現成的方法、經驗、教材等)：學習先進經驗要因地制宜，不能盲目照搬。

【照辦】zhào//bàn ㄓㄠˋ // ㄅㄢˋ 依照辦理：礙難照辦｜您吩咐的事都一一照辦了。

【照本宣科】zhào běn xuān kē ㄓㄠˋ ㄅㄣˇ ㄒㄩㄢ ㄎㄜ 比喻不能靈活運用，死板地照現成文章或稿子宣讀。

【照壁】zhàobì ㄓㄠˋ ㄅㄧˋ 大門外對着大門做屏蔽用的牆壁。也叫照牆或照壁牆。

【照常】zhàocháng ㄓㄠˋ ㄔㄤˊ 跟平常一樣：照常工作｜照常營業｜一切照常。

【照抄】zhàochāo ㄓㄠˋ ㄔㄠ ❶照原來的文字抄寫或引用：這一段照抄新華社的電訊。❷照搬。

【照登】zhàodēng ㄓㄠˋ ㄉㄥ 文稿、信件等不加修改地刊載：來函照登。

【照發】zhàofā ㄓㄠˋ ㄈㄚ ❶照這樣發出(公文、電報等)，多用於批語。❷照常發給：帶職學習，工資照發。

【照拂】zhàofú ㄓㄠˋ ㄈㄨˊ 照料；照顧。

【照顧】zhào·gù ㄓㄠˋ ·ㄍㄨˋ ❶考慮(到)；注意(到)：照顧全局｜照顧各個部門。❷照料：我去買票，你來照顧行李。❸特別注意，加以優待：照顧病人｜老幼乘車，照顧座位。❹商店或服務行業等管顧客前來購買東西或要求服務叫照顧。

【照管】zhàoguǎn ㄓㄠˋ ㄍㄨㄢˇ 照料管理：照管孩子｜照管器材｜這件事由他照管。

【照葫蘆畫瓢】zhào hú·lu huà piáo ㄓㄠˋ ㄏㄨˊ ·ㄌㄨ ㄏㄨㄚˋ ㄆㄧㄠˊ 比喻照樣子模仿。

【照護】zhàohù ㄓㄠˋ ㄏㄨˋ 照料護理(傷員、病人等)：照護老人｜細心照護。

【照會】zhàohuì ㄓㄠˋ ㄏㄨㄟˋ ❶一國政府把自己對於彼此有關的某一事件的意見通知另一國政府。❷上述性質的外交文件。

【照舊】zhàojiù ㄓㄠˋ ㄐㄧㄡˋ 跟原來一樣：我們休息了一下，照舊往前走｜這本書再版時，體例可以照舊，資料必須補充。

【照看】zhàokàn ㄓㄠˋ ㄎㄢˋ 照料(人或東西)：照看孩子｜你放心去吧，家裏的事有我照看。

【照理】zhàolǐ ㄓㄠˋ ㄌㄧˇ ❶按理：照理他現在該來了。❷〈方〉照料；料理：照理家務。

【照例】zhàolì ㄓㄠˋ ㄌㄧˋ 按照慣例；按照常情：春節照例放假三天｜掃帚不到，灰塵照例不會自己跑掉。

【照料】zhàoliào ㄓㄠˋ ㄌㄧㄠˋ 關心料理：照料病人。

【照臨】zhàolín ㄓㄠˋ ㄌㄧㄣˊ (日、月、星的光)照射到：曙光照臨大地。

【照貓畫虎】zhào māo huà hǔ ㄓㄠˋ ㄇㄠ ㄏㄨㄚˋ ㄏㄨˇ 比喻照着樣子模仿。

【照面兒】zhào//miànr ㄓㄠˋ // ㄇㄧㄢㄦˋ ❶面對面地不期而遇叫打個照面兒。❷露面；見面(多用於否定式)：始終沒有照面兒｜互不照面兒。

【照明】zhàomíng ㄓㄠˋ ㄇㄧㄥˊ 用燈光照亮室內、場地等：照明設備｜舞台照明。

【照明彈】zhàomíngdàn ㄓㄠˋ ㄇㄧㄥˊ ㄉㄢˋ 一種特製的炸彈或炮彈，彈體內裝有發光藥劑，有的有小降落傘，能在空中發出強光。用於夜間觀察或指示攻擊目標。

【照排】zhàopái ㄓㄠˋ ㄆㄞˊ 用電子計算機照相排版：激光照排。

【照片兒】zhàopiānr ㄓㄠˋ ㄆㄧㄢㄦ 照片。

【照片】zhàopiàn ㄓㄠˋ ㄆㄧㄢˋ 把感光紙放在照相底片下曝光後經顯影、定影而成的人或物的圖片。

【照牆】zhàoqiáng ㄓㄠˋ ㄑㄧㄤˊ 照壁。

【照射】zhàoshè ㄓㄠˋ ㄕㄜˋ 光綫射在物體上：植物需要陽光照射。

【照實】zhàoshí ㄓㄠˋ ㄕˊ 按照實情：你做了甚麼，照實說好了。

【照說】zhàoshuō ㄓㄠˋ ㄕㄨㄛ 按說：他補習了幾個月，照說這試題應該能做出來。

【照相】zhào//xiàng ㄓㄠˋ // ㄒㄧㄤˋ 攝影①的通稱。

【照相版】zhàoxiàngbǎn ㄓㄠˋ ㄒㄧㄤˋ ㄅㄢˇ 應用攝影術製成的印刷版的統稱，種類很多，如三色版、珂羅版等。

【照相機】zhàoxiàngjī ㄓㄠˋ ㄒㄧㄤˋ ㄐㄧ 照相的器械，由鏡頭、暗箱、快門以及測距、取景、測光等裝置構成。也叫攝影機。

【照相紙】zhàoxiàngzhǐ ㄓㄠˋ ㄒㄧㄤˋ ㄓˇ 印相紙和放大紙的統稱。

【照樣】zhào//yàng ㄓㄠˋ // ㄧㄤˋ (照樣兒)依照某個樣式：照着樣兒畫｜照這個樣兒做。

【照樣】zhàoyàng ㄓㄠˋ ㄧㄤˋ (照樣兒)照舊：天氣儘管很冷，工地上照樣熱火朝天。

【照妖鏡】zhàoyāojìng ㄓㄠˋ ㄧㄠ ㄐㄧㄥˋ 舊小說中所說的一種寶鏡，能照出妖魔原形。現在也用於比喻。

【照耀】zhàoyào ㄓㄠˋ ㄧㄠˋ (強烈的光綫) 照射：陽光照耀着大地。

【照應】zhàoyìng ㄓㄠˋ ㄧㄥˋ 配合；呼應：互相照應｜前後照應。

【照應】zhào·ying ㄓㄠˋ ·ㄧㄥ 照料：一路上乘務員對旅客照應得很好。

【照直】zhàozhí ㄓㄠˋ ㄓˊ ❶沿着直綫(前進)：照直走｜照直往東，就是菜市。❷(說話)直截了當：有話就照直說，不要吞吞吐吐的。

罩 zhào ㄓㄠˋ ❶遮蓋；扣住；套在外面：籠罩｜天空陰沈沈地罩滿了烏雲｜棉襖外面罩着一件藍布褂兒。❷(罩兒)罩子：燈罩兒｜口罩兒。❸(罩兒)外罩；罩衣：袍罩兒。❹養雞用的籠子。❺捕魚用的竹器，圓筒形，上小下大，無頂無底。

【罩棚】zhàopéng ㄓㄠˋ ㄆㄥˊ 用蘆葦、竹子等搭在門前或院子裏的棚子。

【罩衫】zhàoshān ㄓㄠˋ ㄕㄢ 〈方〉罩衣。

【罩袖】zhàoxiù ㄓㄠˋ ㄒㄧㄡˋ 〈方〉套袖。

【罩衣】zhàoyī ㄓㄠˋ ㄧ 穿在短襖或長袍外面的單褂。也叫罩褂兒。

【罩子】zhào·zi ㄓㄠˋ ·ㄗ 遮蓋在物體外面的東西。

趙(赵) Zhào ㄓㄠˋ ❶周朝國名，在今山西北部和中部，河北西部和南部。❷舊詩文中指今河北南部。❸姓。

【趙體】Zhào tǐ ㄓㄠˋ ㄊㄧˇ 元代趙孟頫(fǔ)所寫的字體，圓潤清秀，結構謹嚴。

肇〔肈〕(肇) zhào ㄓㄠˋ ❶發生；引起：肇事｜肇禍。❷〈書〉開始：肇始｜肇端。❸(Zhào)姓。

【肇端】zhàoduān ㄓㄠˋ ㄉㄨㄢ 〈書〉開端。

【肇禍】zhàohuò ㄓㄠˋ ㄏㄨㄛˋ 闖禍。

【肇始】zhàoshǐ ㄓㄠˋ ㄕˇ 〈書〉開始。

【肇事】zhàoshì ㄓㄠˋ ㄕˋ 引起事故；鬧事：追查肇事者。

曌 zhào ㄓㄠˋ 同'照'。唐代武則天為自己名字造的字。

鮡(鮡) zhào ㄓㄠˋ 魚類的一科，全身無鱗，頭部扁平，有的種類胸部前方有吸盤。生活在溪水中。

zhē (ㄓㄜ)

折 zhē ㄓㄜ ❶翻轉：折跟頭。❷倒過來倒過去：水太熱，用兩個碗折一折就涼了。

另見1012頁 shé；1447頁 zhé；1448頁 zhé'摺'。

【折籮】zhēluó ㄓㄜ ㄌㄨㄛˊ 〈方〉指酒席吃過後倒在一起的剩菜。

【折騰】zhē·teng ㄓㄜ ·ㄊㄥ ❶翻過來倒過去：湊合着睡一會兒，別來回折騰了。❷反復做(某事)：他把收音機拆了又裝，裝了又拆，折騰了幾十回。❸折磨：慢性病折騰人。

蜇 zhē ㄓㄜ ❶蜂、蠍子等用毒刺刺人或動物。❷某些物質刺激皮膚或黏膜使發生微痛：切洋葱蜇眼睛｜這種藥水擦在傷口上蜇得慌。

另見1448頁 zhé。

嗻 zhē ㄓㄜ 見137頁［嗻嗻］(chēzhē)。

另見1450頁 zhè。

遮 zhē ㄓㄜ ❶一物體處在另一物體的某一方位，使後者不顯露：山高遮不住太陽。❷攔住：橫遮豎攔。❸掩蓋：遮醜｜遮人耳目｜遮不住內心的喜悅。

【遮蔽】zhēbì ㄓㄜ ㄅㄧˋ 遮①：遮蔽風雨｜樹林遮蔽了我們的視綫，看不到遠處的村莊。

【遮藏】zhēcáng ㄓㄜ ㄘㄤˊ 遮蔽；掩藏。

【遮醜】zhē//chǒu ㄓㄜ//ㄔㄡˇ 用言語或行動遮掩缺點、錯誤和不足。

【遮擋】zhēdǎng ㄓㄜ ㄉㄤˇ ❶遮蔽攔擋：遮擋寒風｜窗戶用布簾遮擋起來。❷可以遮蔽攔擋的東西：草原上沒有甚麼遮擋。

【遮蓋】zhēgài ㄓㄜ ㄍㄞˋ ❶從上面遮住：路給大雪遮蓋住了。❷掩蓋；隱瞞：錯誤是遮蓋不住的。

【遮攔】zhēlán ㄓㄜ ㄌㄢˊ 遮擋；阻擋：防風林可以遮攔大風。

【遮羞】zhē//xiū ㄓㄜ//ㄒㄧㄡ ❶把身體上不好讓人看見的部分遮住。❷做了丟臉的事用好聽的話來掩蓋：遮羞解嘲。

【遮羞布】zhēxiūbù ㄓㄜ ㄒㄧㄡ ㄅㄨˋ ❶繫在腰間遮蓋下身的布。❷借指用來掩蓋羞恥的事物。

【遮掩】zhēyǎn ㄓㄜ ㄧㄢˇ ❶遮蔽；遮蓋①：遠山被雨霧遮掩，變得朦朧了。❷掩飾：遮掩錯誤｜極力遮掩內心的不安。

【遮眼法】zhēyǎnfǎ ㄓㄜ ㄧㄢˇ ㄈㄚˇ 障眼法。

【遮陽】zhēyáng ㄓㄜ ㄧㄤˊ 指帽檐或形狀像帽檐那樣可以遮陽光的東西。

zhé (ㄓㄜˊ)

折 zhé ㄓㄜˊ ❶斷；弄斷：骨折。❷損失：損兵折將。❸彎；彎曲：曲折｜百折不撓。❹回轉；轉變方向：轉折｜剛走出大門又折了回來。❺折服：心折。❻折合；抵換：折價｜折賬｜折變。❼折扣：打九折｜不折不扣。❽北曲每一個劇本分為四折，一折相當於後來的一場。

另見1012頁shé；1447頁 zhē；1448頁 zhé'摺'。

【折半】zhébàn ㄓㄜˊ ㄅㄢˋ 減半；對折：處理品按定價折半出售。

【折變】zhébiàn ㄓㄜˊ ㄅㄧㄢˋ 變賣：折變家產。

【折衝】zhéchōng ㄓㄜˊ ㄔㄨㄥ 〈書〉制敵取勝：

折衝禦侮｜折衝千里之外。

【折衝樽俎】zhéchōng zūnzǔ ㄓㄜˊ ㄔㄨㄥ ㄗㄨㄣ ㄗㄨˇ 在酒席宴會間制敵取勝，指進行外交談判(樽俎：古時盛酒食的器具)。

【折兌】zhéduì ㄓㄜˊ ㄉㄨㄟˋ 兑換金銀時按成色、分量折算。

【折服】zhéfú ㄓㄜˊ ㄈㄨˊ ❶説服；使屈服：強詞奪理不能折服人｜艱難困苦折服不了我們。❷信服：令人折服｜大為折服。

【折福】zhé∥fú ㄓㄜˊ∥ㄈㄨˊ 迷信的人指過分享用或不合情理地承受財物而減少福分。

【折乾】zhé∥gān ㄓㄜˊ∥ㄍㄢ (折乾兒)指贈送禮品時用錢來代替。

【折光】zhéguāng ㄓㄜˊ ㄍㄨㄤ ❶(物質)使通過的光綫發生折射。❷指折射出來的光，比喻被間接反映出來的事物的本質特徵：時代的折光｜現實生活的折光。

【折合】zhéhé ㄓㄜˊ ㄏㄜˊ ❶在實物和實物間、貨幣和貨幣間、實物和貨幣間按照比價計算：當時的一個工資分折合一斤小米。❷同一實物換用另一種單位來計算：水泥每包五十公斤，折合市斤，剛好一百斤。

【折回】zhéhuí ㄓㄜˊ ㄏㄨㄟˊ 半路返回。

【折價】zhé∥jià ㄓㄜˊ∥ㄐㄧㄚˋ 把實物折合成錢：損壞公物要折價賠償。

【折舊】zhéjiù ㄓㄜˊ ㄐㄧㄡˋ 補償固定資產所損耗的價值：折舊費。

【折扣】zhé·kòu ㄓㄜˊ ·ㄎㄡˋ 買賣貨物時，照標價減去一個數目，減到原標價的十分之幾叫做幾折或幾扣，例如標價一元的減到九角叫做九折或九扣，減到七角五分叫做七五折或七五扣。

【折磨】zhé·mó ㄓㄜˊ ·ㄇㄛˊ 使在肉體上、精神上受痛苦：受折磨｜這病真折磨人。

【折辱】shérǔ ㄕㄜˊ ㄖㄨˇ 〈書〉使受挫折和污辱。

【折射】zhéshè ㄓㄜˊ ㄕㄜˋ ❶光綫、聲波從一種媒質進入另一種媒質時傳播方向發生偏折的現象。❷比喻把事物的表象或實質表現出來：用白描的手法折射不同人物的不同心態。

【折實】zhéshí ㄓㄜˊ ㄕˊ ❶打了折扣，合成實在數目。❷把金額折合成某種實物價格計算。

【折受】zhé·shou ㄓㄜˊ ·ㄕㄡ 〈方〉因過分尊敬或優待而使人承受不起。

【折壽】zhé∥shòu ㄓㄜˊ∥ㄕㄡˋ 迷信的人指因享受過分而減損壽命。

【折算】zhésuàn ㄓㄜˊ ㄙㄨㄢˋ 折合；換算。

【折頭】zhé·tou ㄓㄜˊ ·ㄊㄡ 〈方〉折扣：打折頭。

【折綫】zhéxiàn ㄓㄜˊ ㄒㄧㄢˋ 不在同一直綫上而順次首尾相連的若干綫段組成的圖形。

【折腰】zhéyāo ㄓㄜˊ ㄧㄠ 〈書〉彎腰行禮。也指屈身事人。

【折賬】zhé∥zhàng ㄓㄜˊ∥ㄓㄤˋ 用實物抵償債款。

【折中】zhézhōng ㄓㄜˊ ㄓㄨㄥ 對幾種不同的意見進行調和：折中方案｜折中的辦法。也作折衷。

【折衷】zhézhōng ㄓㄜˊ ㄓㄨㄥ 同‘折中’。

【折衷主義】zhézhōng zhǔyì ㄓㄜˊ ㄓㄨㄥ ㄓㄨˇ ㄧˋ 一種形而上學思想方法，把各種不同的思想、觀點和理論無原則地、機械地拼湊在一起。

【折子戲】zhé·zixì ㄓㄜˊ ·ㄗ ㄒㄧˋ 只表演全本中可以獨立演出的一段情節的戲曲(區別於‘本戲’)。例如演整本《牡丹亭》是本戲，只演《春香鬧學》或《遊園驚夢》是折子戲。

哲(喆) zhé ㄓㄜˊ ❶有智慧：哲人。❷有智慧的人：先哲。

【哲理】zhélǐ ㄓㄜˊ ㄌㄧˇ 關於宇宙和人生的原理：人生哲理｜富有哲理的詩句。

【哲人】zhérén ㄓㄜˊ ㄖㄣˊ 〈書〉智慧卓越的人。

【哲學】zhéxué ㄓㄜˊ ㄒㄩㄝˊ 關於世界觀的學説。是自然知識和社會知識的概括和總結。哲學的根本問題是思維和存在、精神和物質的關係問題，根據對這個問題的不同回答而形成唯心主義哲學和唯物主義哲學兩大對立派別。

晢(晣) zhé ㄓㄜˊ 〈書〉明亮。

蜇 zhé ㄓㄜˊ 見448頁〖海蜇〗。另見1447頁 zhē。

篫 zhé ㄓㄜˊ［篫子］(zhé·zi ㄓㄜˊ·ㄗ)〈方〉一種粗的竹蓆。

摺(折) zhé ㄓㄜˊ ❶摺疊：摺扇｜摺尺｜她把信摺好，裝在信封裏。❷(摺兒)摺子：奏摺｜存摺兒。

‘折’另見1012頁 shé；1447頁 zhē；447頁 zhé。

【摺尺】zhéchǐ ㄓㄜˊ ㄔˇ 可以摺疊起來的木尺，長度多為一米。

【摺疊】zhédié ㄓㄜˊ ㄉㄧㄝˊ 把物體的一部分翻轉和另一部分緊挨在一起：摺疊衣服｜把被褥摺疊得整整齊齊。

【摺扇】zhéshàn ㄓㄜˊ ㄕㄢˋ (摺扇兒)用竹、木、象牙等做骨架，上面蒙上紙或絹而製成的可以摺疊的扇子。

【摺紙】zhézhǐ ㄓㄜˊ ㄓˇ 兒童手工的一種，用紙摺疊成物體的形狀。

【摺皺】zhézhòu ㄓㄜˊ ㄓㄡˋ 皺紋：滿臉摺皺。

【摺子】zhé·zi ㄓㄜˊ ·ㄗ 用紙摺疊而成的册子，多用來記賬。

輒(辄、輙) zhé ㄓㄜˊ 〈書〉總是；就：動輒得咎｜淺嘗輒止。

磔1 zhé ㄓㄜˊ 古代的一種酷刑，把肢體分裂。

磔2 zhé ㄓㄜˊ 〈書〉漢字的筆畫，即捺(nà)。

蟄(蛰) zhé ㄓㄜˊ 蟄伏：驚蟄｜蟄如冬蛇｜久蟄鄉間。

【蟄伏】zhéfú ㄓㄜˊ ㄈㄨˊ ❶動物冬眠，潛伏起來不食不動。❷借指蟄居。

【蟄居】zhéjū ㄓㄜˊ ㄐㄩ〈書〉像動物冬眠一樣長期躲在一個地方，不出頭露面：蟄居山村。

謫(谪、讁) zhé ㄓㄜˊ〈書〉❶封建時代把高級官吏降職並調到邊遠地方做官：貶謫｜謫居。❷指神仙受了處罰，降到人間(迷信)：有人把李白稱為謫仙人。❸責備；指摘：眾人交謫。

【謫居】zhéjū ㄓㄜˊ ㄐㄩ 被貶謫後住在某個地方：蘇東坡曾謫居黃州。

轍(辙) zhé ㄓㄜˊ (轍兒) ❶車輪壓出的痕迹；車轍：覆轍｜如出一轍｜前頭有車，後頭有轍。❷行車規定的路綫方向：上下轍｜順轍兒｜戧(qiāng)轍兒。❸雜曲、戲曲、歌詞所押的韵：十三轍｜合轍。❹〈方〉辦法；主意(多用在'有、沒'後面)：想轍｜你來得正好，我正沒轍呢！

【轍口】zhékǒu ㄓㄜˊ ㄎㄡˇ 轍③：這一段詞兒換換轍口就容易唱了。

讋(詟) zhé ㄓㄜˊ〈書〉懼怕：讋服(懾服)｜讋懼(恐懼)。

zhě (ㄓㄜˇ)

者1 zhě ㄓㄜˇ 助詞。❶用在形容詞或動詞後面，或帶有形容詞或動詞的詞組後面，表示有此屬性或做此動作的人或事物：強者｜老者｜作者｜讀者｜勝利者｜未渡者｜賣柑者｜符合標準者。❷用在某某工作、某某主義後面，表示從事某項工作或信仰某個主義的人：文藝工作者｜共產主義者。❸〈書〉用在'二、三、數'等數詞後面，指上文所說的幾件事物：二者必居其一｜兩者缺一不可。❹〈書〉用在詞、詞組、分句後面表示停頓：風者，空氣流動而成。❺用在句尾表示希望或命令的語氣(多見於早期白話)：路上小心在意者！

者2 zhě ㄓㄜˇ 代詞，義同'這'(多見於早期白話)：者番｜者邊。

赭 zhě ㄓㄜˇ 紅褐色：赭石。

【赭石】zhěshí ㄓㄜˇ ㄕˊ 礦物，主要成分是三氧化二鐵。一般呈暗棕色，也有土黃色或紅色的，主要用做顏料。

鍺(锗) zhě ㄓㄜˇ 金屬元素，符號 Ge (germanium)。灰白色，質脆，有單向導電性，自然界分佈極少。是重要的半導體材料。

褶(襵) zhě ㄓㄜˇ (褶兒) 褶子：百褶裙｜褲子上有一道褶兒。

【褶皺】zhězhòu ㄓㄜˇ ㄓㄡˋ ❶由於地殼運動，岩層受到壓力而形成的連續彎曲的構造形式。❷皺紋：滿臉褶皺。

【褶子】zhě·zi ㄓㄜˇ ·ㄗ ❶(衣服上)經摺疊而縫成的紋：裙子上的褶子。❷(衣服、布匹、紙張上)經摺疊而留下的痕迹：用熨斗把褶子烙平。❸臉上的皺紋。

zhè (ㄓㄜˋ)

柘 zhè ㄓㄜˋ 落葉灌木或喬木，樹皮灰褐色，有長刺，葉子卵形或橢圓形，花小，排列成頭狀花序，果實球形。葉子可以餵蠶，木材中心為黃色，質堅而緻密，是貴重的木料。

浙(淛) Zhè ㄓㄜˋ 指浙江(Zhèjiāng ㄓㄜˋ ㄐㄧㄤ)，我國的一省。

這(这) zhè ㄓㄜˋ ❶指示代詞，指示比較近的人或事物。a) 後面跟量詞或數詞加量詞，或直接跟名詞：這本雜誌｜這幾匹馬｜這孩子｜這地方｜這時候。b) 單用：這叫甚麼？｜這是我們廠的新產品。注意 在口語裏，'這'單用或者後面直接跟名詞時，說 zhè；'這'後面跟量詞或數詞加量詞時，常常說 zhèi。以下〖這程子〗、〖這個〗、〖這會兒〗、〖這些〗、〖這樣〗各條在口語裏都常常說 zhèi-。❷這時候：他這才知道運動的好處｜我這就走。

【這程子】zhèchéng·zi ㄓㄜˋ ㄔㄥˊ ·ㄗ〈方〉這些日子：你這程子到哪兒去了！

【這個】zhè·ge ㄓㄜˋ ·ㄍㄜ ❶這一個：這個孩子真懂事｜這個比那個沉，我們兩個人抬。❷這東西；這事情：你問這個嗎？這叫哈密瓜｜他為了這個忙了好幾天。❸用在動詞、形容詞之前，表示誇張：大家這個樂啊！

【這會兒】zhèhuìr ㄓㄜˋ ㄏㄨㄟㄦˋ 這時候：這會兒雪下得更大了｜你這會兒又上哪兒去呀？也說這會子。

【這裏】zhèlǐ ㄓㄜˋ ㄌㄧˇ 指示代詞，指示比較近的處所：這裏沒有姓洪的，你走錯了吧？｜我們這裏一年種兩季稻子。

【這麼】zhè·me ㄓㄜˋ ·ㄇㄜ 指示代詞，指示性質、狀態、方式、程度等：有這麼回事｜大家都這麼說｜這麼好的莊稼。也作這末。注意 在口語裏常常說 zè·me，以下四條同。

【這麼點兒】zhè·mediǎnr ㄓㄜˋ ·ㄇㄜ ㄉㄧㄢㄦˇ 指示數量小；這麼點兒水，怕不夠喝｜這麼點兒路一會兒就走到了。

【這麼些】zhè·mexiē ㄓㄜˋ ·ㄇㄜ ㄒㄧㄝ 指示一定的數量(多指數量大)：這麼些人坐得開嗎？｜就這麼些了，你要都拿去。

【這麼樣】zhè·meyàng ㄓㄜˋ ·ㄇㄜ ㄧㄤˋ 這樣。

【這麼着】zhè·me·zhe ㄓㄜˋ ·ㄇㄜ ·ㄓㄜ 指示代詞，指示動作或情況：這麼着好｜瞄準的姿勢要這麼着，才打得準。

【這兒】zhèr ㄓㄜˋㄦ ❶這裏。❷這時候（只用在'打、從、由'後面）：打這兒起我每天堅持鍛煉。

【這山望着那山高】zhè shān wàng·zhe nà shān gāo ㄓㄜˋ ㄕㄢ ㄨㄤˋ ·ㄓㄜ ㄋㄚˋ ㄕㄢ ㄍㄠ 比喻不滿意自己的環境、工作，老覺得別的環境、別的工作好。

【這些】zhèxiē ㄓㄜˋ ㄒㄧㄝ 指示代詞，指示較近的兩個以上的人或事物：這些就是我們的意見｜這些日子老下雨。也說這些個。

【這樣】zhèyàng ㄓㄜˋ ㄧㄤˋ（這樣兒）指示代詞，指示性質、狀態、方式、程度等：他就是這樣一個大公無私的人｜他的認識和態度就是這樣轉變的｜擔負這樣重大的責任，夠難為他的｜這樣，就可以引起同學們爬山的興趣。也說這麼樣。注意 '這（麼）樣'可以用做定語或狀語，也可以用做補語或謂語。'這麼'只能用做定語或狀語。

蔗〔蔗〕 zhè ㄓㄜˋ 甘蔗：蔗糖｜蔗田｜蔗農。

【蔗農】zhènóng ㄓㄜˋ ㄋㄨㄥˊ 從事甘蔗生產的農民。

【蔗糖】zhètáng ㄓㄜˋ ㄊㄤˊ ❶有機化合物，化學式 $C_{12}H_{22}O_{11}$。白色結晶，有甜味，甘蔗和甜菜中含量特別豐富。日常食用的白糖或紅糖中主要成分是蔗糖。❷用甘蔗榨汁熬成的糖。

【蔗渣】zhèzhā ㄓㄜˋ ㄓㄚ 甘蔗榨汁後剩下的渣滓，是造紙、釀酒的原料。

嗻 zhè ㄓㄜˋ 舊時僕役對主人或賓客的應諾聲。

另見1447頁 zhē。

䗪 zhè ㄓㄜˋ［䗪蟲］(zhèchóng ㄓㄜˋ ㄔㄨㄥˊ) 地鱉。

鷓(鹧) zhè ㄓㄜˋ［鷓鴣］(zhègū ㄓㄜˋ ㄍㄨ) 鳥，背部和腹部黑白兩色相雜，頭頂棕色，腳黃色。吃昆蟲、蚯蚓、植物的種子等。

·zhe（·ㄓㄜ）

著〔著〕 ·zhe ·ㄓㄜ 同'着'(·zhe)。

另見1496頁 zhù；1509頁 zhuó。

着 ·zhe ·ㄓㄜ ❶表示動作的持續：他打着紅旗在前面走｜他們正談着話呢。❷表示狀態的持續：大門敞着｜茶几上放着一瓶花。❸用在動詞或表示程度的形容詞後面，加強命令或囑咐的語氣：你聽着｜步子大着點兒｜快着點兒寫｜手可要輕着點兒。❹加在某些動詞後面，使變成介詞：順着｜沿着｜朝着｜照着｜為着。

另見1444頁 zhāo；1444頁 zháo；1509頁 zhuó。

【着哩】·zhe·li ·ㄓㄜ ·ㄌㄧ〈方〉着呢。

【着呢】·zhe·ne ·ㄓㄜ ·ㄋㄜ 表示程度深：街上熱鬧着呢｜這種瓜好吃着呢｜他畫得可像着呢。

zhèi（ㄓㄟˋ）

這(这) zhèi ㄓㄟˋ '這'(zhè)的口語音。參看1449頁該條注意。

zhēn（ㄓㄣ）

珍(珎) zhēn ㄓㄣ ❶寶貴的東西：奇珍異寶｜山珍海味｜如數家珍。❷寶貴的；貴重的：珍品｜珍禽。❸看重：珍視｜珍重｜珍惜。

【珍愛】zhēn'ài ㄓㄣ ㄞˋ 重視愛護：孩子深受祖父的珍愛｜他珍愛這幅字，不輕易示人。

【珍寶】zhēnbǎo ㄓㄣ ㄅㄠˇ 珠玉寶石的總稱，泛指有價值的東西：如獲珍寶｜勘探隊正在尋找地下珍寶。

【珍本】zhēnběn ㄓㄣ ㄅㄣˇ 珍貴而不易獲得的書籍。

【珍藏】zhēncáng ㄓㄣ ㄘㄤˊ ❶認為有價值而妥善地收藏：珍藏多年，完好無損。❷指收藏的珍貴物品：把家中的珍藏獻給博物館。

【珍貴】zhēnguì ㄓㄣ ㄍㄨㄟˋ 價值大；意義深刻；寶貴：珍貴的參考資料｜珍貴的紀念品。

【珍品】zhēnpǐn ㄓㄣ ㄆㄧㄣˇ 珍貴的物品：藝術珍品。

【珍奇】zhēnqí ㄓㄣ ㄑㄧˊ 稀有而珍貴：大熊貓是珍奇的動物。

【珍禽】zhēnqín ㄓㄣ ㄑㄧㄣˊ 珍奇的鳥類：珍禽異獸。

【珍攝】zhēnshè ㄓㄣ ㄕㄜˋ〈書〉書信套語，指保重（身體）。

【珍視】zhēnshì ㄓㄣ ㄕˋ 珍惜重視：珍視友誼｜教育青年人珍視今天的美好生活。

【珍玩】zhēnwán ㄓㄣ ㄨㄢˊ 珍貴的供玩賞的東西。

【珍聞】zhēnwén ㄓㄣ ㄨㄣˊ 珍奇的見聞（多指有趣的小事）：世界珍聞。

【珍惜】zhēnxī ㄓㄣ ㄒㄧ 珍重愛惜：珍惜時間。

【珍稀】zhēnxī ㄓㄣ ㄒㄧ 珍貴而稀有：大熊貓、金絲猴、野犛牛是我國的珍稀動物。

【珍羞】zhēnxiū ㄓㄣ ㄒㄧㄡ 同'珍饈'。

【珍饈】zhēnxiū ㄓㄣ ㄒㄧㄡ〈書〉珍奇貴重的食物：珍饈美味。也作珍羞。

【珍重】zhēnzhòng ㄓㄣ ㄓㄨㄥˋ ❶愛惜；珍愛（重要或難得的事物）：珍重人才。❷保重（身體）：兩人緊緊握手，互道珍重。

【珍珠】zhēnzhū ㄓㄣ ㄓㄨ 某些軟體動物（如蚌）的貝殼內產生的圓形顆粒，乳白色或略帶黃色，有光澤，是這類動物體內發生病理變化或外界砂粒和微生物等進入貝殼而形成的。多用做裝飾品。也作真珠。

【珍珠貝】zhēnzhūbèi ㄓㄣ ㄓㄨ ㄅㄟˋ 能產珍珠的貝類，如珠母貝等。

【珍珠米】zhēnzhūmǐ ㄓㄣ ㄓㄨ ㄇㄧˇ 〈方〉玉米。

貞[1]（贞） zhēn ㄓㄣ ❶忠於自己所信守的原則；堅定不變：忠貞｜堅貞。❷封建禮教指女子的貞節：貞女｜貞婦。

貞[2]（贞） zhēn ㄓㄣ 〈書〉占卜。

【貞操】zhēncāo ㄓㄣ ㄘㄠ 貞節：保持貞操。

【貞觀】Zhēnguàn ㄓㄣ ㄍㄨㄢˋ 唐太宗（李世民）年號（公元627－649）。

【貞節】zhēnjié ㄓㄣ ㄐㄧㄝˊ ❶堅貞的節操。❷封建禮教所提倡的女子不失身、不改嫁的道德。

【貞潔】zhēnjié ㄓㄣ ㄐㄧㄝˊ 指婦女在節操上沒有污點。

【貞烈】zhēnliè ㄓㄣ ㄌㄧㄝˋ 封建禮教中指婦女堅守貞操，寧死不屈。

胗 zhēn ㄓㄣ （胗兒）鳥類的胃：雞胗兒｜鴨胗兒。

真 zhēn ㄓㄣ ❶真實（跟'假、僞'相對）：真心誠意｜千真萬確｜去僞存真｜這幅宋人的水墨畫是真的。❷的確；實在：時間過得真快！｜'人勤地不懶'這話真不假。❸清楚確實：字音咬得真｜黑板上的字你看得真嗎？❹指真書：真草隸篆。❺人的肖像；事物的形象：傳真｜寫真。❻〈書〉本性；本原：返樸歸真。❼（Zhēn）姓。

【真誠】zhēnchéng ㄓㄣ ㄔㄥˊ 真實誠懇；沒有一點虛假：真誠的心意｜真誠的幫助。

【真傳】zhēnchuán ㄓㄣ ㄔㄨㄢˊ 指在技藝、學術方面得到的某人或某一派傳授的精髓。

【真諦】zhēndì ㄓㄣ ㄉㄧˋ 真實的意義或道理：探索人生的真諦。

【真格的】zhēngé·de ㄓㄣ ㄍㄜˊ ·ㄉㄜ 實在的：真格的，你到底去不去？｜你別再裝着玩兒啦，說真格的吧！

【真個】zhēngè ㄓㄣ ㄍㄜˋ 〈方〉的確；實在：這地方真個是變了。

【真果】zhēnguǒ ㄓㄣ ㄍㄨㄛˇ 果實的一類，果實的果肉是由子房壁發育而成的，如桃、杏。

【真迹】zhēnjì ㄓㄣ ㄐㄧˋ 出於書法家或畫家本人之手的作品（區別於臨摹的或僞造的）：這一幅畫是宋人的真迹。

【真金不怕火煉】zhēn jīn bù pà huǒ liàn ㄓㄣ ㄐㄧㄣ ㄅㄨˋ ㄆㄚˋ ㄏㄨㄛˇ ㄌㄧㄢˋ 比喻堅強或正直的人經得住考驗。

【真菌】zhēnjūn ㄓㄣ ㄐㄩㄣ 低等植物的一門，沒有葉綠素，菌絲體中有明顯的細胞核，以有性或無性的孢子進行繁殖。主要靠菌絲體吸收外界現成的營養物質來維持生活。通常寄生在其他物體上，自然界中分佈很廣，例如酵母菌，製造青黴素用的青黴菌，食品中的蘑菇和松蕈，衣物發霉時長的毛絨狀的東西，以及某些病原體。

【真空】zhēnkōng ㄓㄣ ㄎㄨㄥ ❶沒有空氣或只有極少空氣的狀態。❷真空的空間。

【真空泵】zhēnkōngbèng ㄓㄣ ㄎㄨㄥ ㄅㄥˋ 用來抽氣以獲得真空的風泵。也叫抽氣機。

【真理】zhēnlǐ ㄓㄣ ㄌㄧˇ 真實的道理，即客觀事物及其規律在人的意識中的正確反映。參看628頁〖絕對真理〗、1244頁〖相對真理〗。

【真皮】zhēnpí ㄓㄣ ㄆㄧˊ 人或動物身體表皮下面的結締組織，比表皮厚，含有許多彈性纖維。

【真品】zhēnpǐn ㄓㄣ ㄆㄧㄣˇ 真正出於某個時代、某地或某人之手的物品（對仿製的或僞造的物品而言）。

【真憑實據】zhēn píng shí jù ㄓㄣ ㄆㄧㄥˊ ㄕˊ ㄐㄩˋ 真實可靠的憑據。

【真切】zhēnqiè ㄓㄣ ㄑㄧㄝˋ ❶清楚確實；一點不模糊：看不真切｜聽得真切。❷真誠懇切；真摯：情意真切｜真切的話語。

【真情】zhēnqíng ㄓㄣ ㄑㄧㄥˊ ❶真實的情況：真情實況。❷真誠的心情或感情：真情實感｜真情流露。

【真確】zhēnquè ㄓㄣ ㄑㄩㄝˋ ❶真實：真確的消息。❷真切①：看得真確｜記不真確。

【真人】zhēnrén ㄓㄣ ㄖㄣˊ ❶道教所說修行得道的人，多用做稱號，如'太乙真人'、'玉鼎真人'。❷真實的非虛構的人物：真人真事。

【真實】zhēnshí ㄓㄣ ㄕˊ 跟客觀事實相符合；不假：真實情況｜真實的感情。

【真是】zhēn·shi ㄓㄣ ·ㄕ 實在是（表示不滿意的情緒）：雨下了兩天還不住，真是｜你們倆也真是，戲票都買好了，你們又不去了。

【真釋】zhēnshì ㄓㄣ ㄕˋ 真實的正確的解釋。

【真書】zhēnshū ㄓㄣ ㄕㄨ 楷書。

【真數】zhēnshù ㄓㄣ ㄕㄨˋ 見291頁〖對數〗。

【真率】zhēnshuài ㄓㄣ ㄕㄨㄞˋ 真誠直率；不做作。

【真絲】zhēnsī ㄓㄣ ㄙ 指蠶絲（區別於'人造絲'）。

【真相】zhēnxiàng ㄓㄣ ㄒㄧㄤˋ 事情的真實情況（區別於表面的或假造的情況）：真相大白｜弄清問題的真相。

【真心】zhēnxīn ㄓㄣ ㄒㄧㄣ 真實的心意：真心話｜真心實意。

【真性】zhēnxìng ㄓㄣ ㄒㄧㄥˋ ❶真的（區別於表面上相似而實際上不是的）：真性霍亂。❷〈書〉本性。

【真影】zhēnyǐng ㄓㄣ ㄧㄥˇ 祭祀時張掛的祖先的畫像。

【真章兒】zhēnzhāngr ㄓㄣ ㄓㄤㄦ 〈方〉真實的行動；切實有效的辦法：你這回要不拿出點真章兒

來，他們不會放過你。

【真正】zhēnzhèng ㄓㄣ ㄓㄥˋ ❶實質跟名義完全相符：群眾是真正的英雄｜真正的吉林人參。❷的的確確；確實：這東西真正好吃。

【真知】zhēnzhī ㄓㄣ ㄓ 正確的認識：真知灼見｜一切真知都是從直接經驗發源的。

【真知灼見】zhēn zhī zhuó jiàn ㄓㄣ ㄓ ㄓㄨㄛˊ ㄐㄧㄢˋ 正確而透徹的見解（不是人云亦云）。

【真摯】zhēnzhì ㄓㄣ ㄓˋ 真誠懇切（多指感情）：真摯的友誼。

【真珠】zhēnzhū ㄓㄣ ㄓㄨ 同'珍珠'。

【真主】Zhēnzhǔ ㄓㄣ ㄓㄨˇ 伊斯蘭教所崇奉的唯一的神，認為是萬物的創造者，人類命運的主宰者。

砧（碪） zhēn ㄓㄣ 捶或砸東西時墊在底下的器具，有鐵的（砸鋼鐵材料時用）、石頭的（捶衣物時用）、木頭的（即砧板）。

【砧板】zhēnbǎn ㄓㄣ ㄅㄢˇ 切菜用的木板。

【砧骨】zhēngǔ ㄓㄣ ㄍㄨˇ 聽骨之一，形狀像鐵砧，外端跟錘骨相連，內端跟鐙骨相連。

【砧木】zhēnmù ㄓㄣ ㄇㄨˋ 嫁接植物時把接穗接在另一個植物體上，這個植物體叫砧木，例如把梨樹枝接在杜梨樹上，梨樹枝是接穗，杜梨樹是砧木。

【砧子】zhēn·zi ㄓㄣ ·ㄗ 砧。

針（针、鍼） zhēn ㄓㄣ ❶（針兒）縫衣物用的工具，細長而小，一頭尖銳，一頭有孔或鈎，可以引綫，多用金屬製成：綉花針｜縫紉機針。❷細長像針的東西：松針｜指南針｜錶上有時針、分針和秒針。❸針劑：防疫針｜打針。❹中醫刺穴位用的特製的金屬針。也指用這種針按穴位刺入體內醫治疾病：針灸。

【針鼻兒】zhēnbír ㄓㄣ ㄅㄧㄦˊ 針上引綫的孔。

【針砭】zhēnbiān ㄓㄣ ㄅㄧㄢ 砭是古代治病的石頭針，使用方法已失傳。'針砭'比喻發現或指出錯誤，以求改正：痛下針砭。

【針刺麻醉】zhēncì-mázuì ㄓㄣ ㄘˋ ㄇㄚˊ ㄗㄨㄟˋ 我國一種獨特的麻醉技術。用毫針扎在病人的某些穴位上，達到鎮痛目的，使病人在清醒的狀態下接受手術。簡稱針麻。

【針對】zhēnduì ㄓㄣ ㄉㄨㄟˋ 對準：針對兒童的心理特點進行教育｜這些話都是針對着這個問題説的。

【針鋒相對】zhēn fēng xiāng duì ㄓㄣ ㄈㄥ ㄒㄧㄤ ㄉㄨㄟˋ 針尖對針尖，比喻雙方策略、論點等尖銳地對立。

【針箍】zhēngū ㄓㄣ ㄍㄨ 〈方〉（針箍兒）頂針兒。

【針管】zhēnguǎn ㄓㄣ ㄍㄨㄢˇ 注射上盛藥水的管子，有刻度，用玻璃等製成。也叫針筒。

【針劑】zhēnjì ㄓㄣ ㄐㄧˋ 注射用的藥物。

【針尖兒對麥芒兒】zhēnjiānr duì màimángr ㄓㄣ ㄐㄧㄢㄦ ㄉㄨㄟˋ ㄇㄞˋ ㄇㄤㄦˊ 指爭執時針鋒相對：兩個人你一句，我一句，針尖兒對麥芒兒，越吵越厲害。

【針腳】zhēn·jiao ㄓㄣ ·ㄐㄧㄠ ❶衣物上針綫的痕迹：棉襖上面有一道一道的針腳｜順着綫頭找針腳（比喻尋找事情的綫索）。❷縫紉時前後兩針之間的距離：針腳太大了｜她納的鞋底針腳又密又勻。

【針灸】zhēnjiǔ ㄓㄣ ㄐㄧㄡˇ 針法和灸法的合稱。針法是把毫針按一定穴位刺入患者體內，用捻、提等手法來治療疾病。灸法是把燃燒着的艾絨按一定穴位靠近皮膚或放在皮膚上，利用熱的刺激來治療疾病。針灸是我國醫學的寶貴遺產。

【針頭】zhēntóu ㄓㄣ ㄊㄡˊ 安在注射器上的針狀金屬管。

【針頭綫腦】zhēn tóu xiàn nǎo ㄓㄣ ㄊㄡˊ ㄒㄧㄢˋ ㄋㄠˇ （針頭綫腦兒）縫紉用的針綫等物。比喻零碎細小的東西。

【針綫】zhēn·xian ㄓㄣ ·ㄒㄧㄢ 縫紉刺綉等工作的總稱：針綫活兒｜學針綫。

【針眼】zhēnyǎn ㄓㄣ ㄧㄢˇ ❶針鼻兒。❷（針眼兒）被針扎過之後所留下的小孔。

【針眼】zhēn·yan ㄓㄣ ·ㄧㄢ 麥粒腫的通稱。

【針葉樹】zhēnyèshù ㄓㄣ ㄧㄝˋ ㄕㄨˋ 葉子的形狀像針或鱗片的樹木，如松、柏、杉（區別於'闊葉樹'）。

【針織品】zhēnzhīpǐn ㄓㄣ ㄓ ㄆㄧㄣˇ 用針編織的物品，如綫襪子、綫手套、綫圍巾等。分機織的和手工織的兩種。

【針黹】zhēnzhǐ ㄓㄣ ㄓˇ 〈書〉針綫。

偵（侦） zhēn ㄓㄣ 暗中察看；調查：偵探｜偵查。

【偵辦】zhēnbàn ㄓㄣ ㄅㄢˋ 偵查並辦理（案件）。

【偵查】zhēnchá ㄓㄣ ㄔㄚˊ 檢察機關或公安機關為了確定犯罪事實和犯罪人而進行調查：偵查案情｜立案偵查。

【偵察】zhēnchá ㄓㄣ ㄔㄚˊ 為了弄清敵情、地形及其他有關作戰的情況而進行活動：偵察兵｜火力偵察｜偵察飛行。

【偵獲】zhēnhuò ㄓㄣ ㄏㄨㄛˋ 偵查破獲；偵破。

【偵緝】zhēnjī ㄓㄣ ㄐㄧ 偵查緝捕：偵緝隊｜偵緝盜匪。

【偵破】zhēnpò ㄓㄣ ㄆㄛˋ 偵查並破獲：這是一個沒有綫索、難於偵破的案件。

【偵探】zhēntàn ㄓㄣ ㄊㄢˋ ❶暗中探尋機密或案情：偵探敵情。❷做偵探工作的人；間諜。

【偵探小説】zhēntàn xiǎoshuō ㄓㄣ ㄊㄢˋ ㄒㄧㄠˇ ㄕㄨㄛ 描寫刑事案件的發生和破案經過的小説。

幀（帧） zhēn ㄓㄣ （舊讀 zhèng ㄓㄥˋ）量詞，幅（用於字畫等）。

湞（浈） Zhēn ㄓㄣ 湞水，水名，在廣東。

蓁〔蓁〕 zhēn ㄓㄣ ［蓁蓁］〈書〉❶草木茂盛的樣子。❷荊棘叢生的樣子。

斟 zhēn ㄓㄣ 往杯子或碗裏倒（酒、茶）：自斟自飲｜斟了滿滿一杯酒。

【斟酌】zhēnzhuó ㄓㄣ ㄓㄨㄛˊ 考慮事情、文字等是否可行或是否適當：再三斟酌｜斟酌字句｜這件事請你斟酌着辦吧。

椹 zhēn ㄓㄣ 同'砧'。
另見1022頁shèn。

楨（桢） zhēn ㄓㄣ 古時築牆時所立的柱子。

【楨幹】zhēngàn ㄓㄣ ㄍㄢˋ 〈書〉比喻能擔當重任的人才：國家楨幹。

甄〔甄〕 zhēn ㄓㄣ ❶〈書〉審查鑒定（優劣、真偽）：甄選｜甄錄。❷（Zhēn）姓。

【甄別】zhēnbié ㄓㄣ ㄅㄧㄝˊ ❶審查辨別（優劣、真偽）。❷考核鑒定（能力、品質等）。

【甄審】zhēnshěn ㄓㄣ ㄕㄣˇ 甄別審查。

獉 zhēn ㄓㄣ ［獉狉］（zhēnpī ㄓㄣ ㄆㄧ）〈書〉同'榛狉'。

溱 Zhēn ㄓㄣ 古水名，在今河南。
另見932頁qín。

禎（祯） zhēn ㄓㄣ 〈書〉吉祥。

榛 zhēn ㄓㄣ ❶落葉喬木，葉子互生，圓形或倒卵形，雄花黃褐色，雌花鮮紅色，結球形堅果。果仁可以吃，又可榨油。❷這種植物的果實。‖通稱榛子。

【榛莽】zhēnmǎng ㄓㄣ ㄇㄤˇ 〈書〉叢生的草木。

【榛狉】zhēnpī ㄓㄣ ㄆㄧ 〈書〉狉榛。也作獉狉。

【榛榛】zhēnzhēn ㄓㄣ ㄓㄣ 〈書〉形容草木叢雜。

【榛子】zhēn·zi ㄓㄣ ·ㄗ ❶榛樹。❷榛樹的果實。

禛 zhēn ㄓㄣ 〈書〉吉祥，多用於人名。

箴 zhēn ㄓㄣ 〈書〉❶勸告；勸戒：箴言。❷古代的一種文體，以規勸告誡為主。

【箴言】zhēnyán ㄓㄣ ㄧㄢˊ 〈書〉勸戒的話。

臻 zhēn ㄓㄣ 〈書〉❶達到（美好的境地）：漸臻佳境｜交通工具日臻便利。❷來到：百福並臻。

鱵（𫚉） zhēn ㄓㄣ 魚，身體呈圓柱形，下頜特長，呈針狀，鱗呈圓形，尾鰭分叉。棲息在近海中，也進入淡水。

zhěn（ㄓㄣˇ）

枕 zhěn ㄓㄣˇ ❶枕頭：枕套｜涼枕。❷躺着的時候把頭放在枕頭上或其他東西上：枕戈待旦｜他枕着胳膊睡着了。

【枕戈待旦】zhěn gē dài dàn ㄓㄣˇ ㄍㄜ ㄉㄞˋ ㄉㄢˋ 枕着兵器等待天亮，形容時刻警惕敵人，準備作戰。

【枕骨】zhěngǔ ㄓㄣˇ ㄍㄨˇ 構成顱腔底部與後部的骨頭，在頭部後面正下方，底部有一孔，是腦與脊髓連接的地方，孔外有兩塊卵圓形突起，與第一頸椎構成關節，使頭部可以俯仰活動。

【枕藉】zhěnjiè ㄓㄣˇ ㄐㄧㄝˋ 〈書〉（很多人）交錯地倒或躺在一起。

【枕巾】zhěnjīn ㄓㄣˇ ㄐㄧㄣ 鋪在枕頭上面的用品，多為毛巾一類的針織品。

【枕木】zhěnmù ㄓㄣˇ ㄇㄨˋ 橫鋪在鐵路路基的道砟上、用來墊平和固定鐵軌的方柱形木頭。也叫道木。

【枕套】zhěntào ㄓㄣˇ ㄊㄠˋ 套在枕心外面的套子，多用布或綢子做成。也叫枕頭套。

【枕頭】zhěn·tou ㄓㄣˇ ·ㄊㄡ 躺着的時候，墊在頭下使頭略高的東西。

【枕頭箱】zhěn·touxiāng ㄓㄣˇ ·ㄊㄡ ㄒㄧㄤ 收藏首飾、契約等貴重物品的小箱子。常放在臥房中。

【枕席】zhěnxí ㄓㄣˇ ㄒㄧˊ ❶〈書〉指牀榻。❷（枕席兒）鋪在枕頭上的涼蓆。也叫枕頭蓆兒。

【枕心】zhěnxīn ㄓㄣˇ ㄒㄧㄣ 枕套中間的囊狀物，裏面裝着木棉、蒲絨或蕎麥皮等鬆軟的東西。也叫枕頭心兒。

畛 zhěn ㄓㄣˇ 〈書〉田地裏的小路。

【畛域】zhěnyù ㄓㄣˇ ㄩˋ 〈書〉界限：不分畛域。

疹 zhěn ㄓㄣˇ 病人皮膚上起的很多的小疙瘩，通常是紅色的，小的像針尖，大的像豆粒，如丘疹、疱疹等。

【疹子】zhěn·zi ㄓㄣˇ ·ㄗ 麻疹的通稱。

袗 zhěn ㄓㄣˇ 〈書〉❶單衣。❷華美：袗衣。

紾（𬘬） zhěn ㄓㄣˇ 〈書〉扭；轉。

軫[1]（轸） zhěn ㄓㄣˇ ❶〈書〉車後橫木，借指車。❷二十八宿之一。

軫[2]（轸） zhěn ㄓㄣˇ 〈書〉悲痛：軫悼｜軫懷。

【軫念】zhěnniàn ㄓㄣˇ ㄋㄧㄢˋ 〈書〉悲痛地懷念；深切地思念。

診（诊） zhěn ㄓㄣˇ 診察：診斷｜門診｜出診｜會診。

【診察】zhěnchá ㄓㄣˇ ㄔㄚˊ 為了了解病情而進行檢查。

【診斷】zhěnduàn ㄓㄣˇ ㄉㄨㄢˋ 在檢查病人的症狀之後判定病人的病症及其發展情況：診斷書。

【診療】zhěnliáo ㄓㄣˇ ㄌㄧㄠˊ 診斷和治療：診療室｜診療器械。

【診脈】zhěn//mài ㄓㄣˇ // ㄇㄞˋ 醫生用手按在病人腕部的動脈上，根據脈搏的變化來診斷病情。也說按脈、號脈。

【診視】zhěnshì ㄓㄣˇ ㄕˋ 診察。

【診室】zhěnshì ㄓㄣˇ ㄕˋ 醫生為病人看病的房間。

【診所】zhěnsuǒ ㄓㄣˇ ㄙㄨㄛˇ ❶個人開業的醫生給病人治病的地方。❷規模比醫院小的醫療機構。

【診治】zhěnzhì ㄓㄣˇ ㄓˋ 診療：有病應及早診治。

縝(缜、稹) zhěn ㄓㄣˇ〈書〉細緻：縝密。

【縝密】zhěnmì ㄓㄣˇ ㄇㄧˋ 周密；細緻(多指思想)：文思縝密｜縝密的分析｜事先經過了縝密的研究。

鬒(黰) zhěn ㄓㄣˇ〈書〉頭髮稠而黑。

zhèn (ㄓㄣˋ)

圳(甽) zhèn ㄓㄣˋ〈方〉田野間的水溝。

振 zhèn ㄓㄣˋ ❶搖動；揮動：振翅｜振筆疾書。❷振動：共振｜諧振｜振幅。❸奮起；振作：振奮｜振起精神來｜聽說比賽開始，觀眾精神一振。

【振拔】zhènbá ㄓㄣˋ ㄅㄚˊ〈書〉從陷入的境地中擺脫出來，振奮自立：及早振拔｜不自振拔。

【振臂】zhènbì ㄓㄣˋ ㄅㄧˋ 揮動胳膊，表示奮發或激昂：振臂高呼｜振臂一呼，應者雲集。

【振盪】zhèndàng ㄓㄣˋ ㄉㄤˋ ❶振動。❷電流的週期性變化。

【振動】zhèndòng ㄓㄣˋ ㄉㄨㄥˋ 物體通過一個中心位置，不斷作往復運動。擺的運動就是振動。也叫振盪。

【振奮】zhènfèn ㄓㄣˋ ㄈㄣˋ ❶(精神)振作奮發：人人振奮，個個當先。❷使振奮：振奮人心。

【振幅】zhènfú ㄓㄣˋ ㄈㄨˊ 振動過程中，振動物體離開平衡位置的最大距離。

【振聾發聵】zhèn lóng fā kuì ㄓㄣˋ ㄌㄨㄥˊ ㄈㄚ ㄎㄨㄟˋ 見308頁〖發聾振聵〗。

【振刷】zhènshuā ㄓㄣˋ ㄕㄨㄚ〈書〉振作：振刷精神。

【振興】zhènxīng ㄓㄣˋ ㄒㄧㄥ 大力發展，使興盛起來：振興工業｜振興中華。

【振振有詞】zhènzhèn yǒu cí ㄓㄣˋ ㄓㄣˋ ㄧㄡˇ ㄘˊ 形容理由似乎很充分，說個不休。'詞'也作辭。

【振作】zhènzuò ㄓㄣˋ ㄗㄨㄛˋ 使精神旺盛，情緒高漲；奮發：振作精神｜振作起來。

朕[1] zhèn ㄓㄣˋ 秦以前指'我的'或'我'，自秦始皇起專用做皇帝自稱。

朕[2] zhèn ㄓㄣˋ〈書〉先兆；預兆：朕兆。

【朕兆】zhènzhào ㄓㄣˋ ㄓㄠˋ〈書〉兆頭；預兆。

陣[1](阵) zhèn ㄓㄣˋ ❶古代戰術用語，指作戰隊伍的行列或組合方式：嚴陣以待｜擺了個一字長蛇陣。❷陣地：上陣殺敵。

陣[2](阵) zhèn ㄓㄣˋ (陣兒) ❶一段時間：這陣兒｜那陣兒｜他病了一陣兒。❷量詞，表示事情或動作經過的段落：幾陣雨｜一陣風｜一陣劇痛｜一陣熱烈的掌聲。

【陣地】zhèndì ㄓㄣˋ ㄉㄧˋ 軍隊為了進行戰鬥而佔據的地方，通常修有工事：陣地戰｜佔領敵軍陣地◇文藝陣地｜思想陣地。

【陣風】zhènfēng ㄓㄣˋ ㄈㄥ 指短時間內風向變動不定，風速劇烈變化的風。通常指風速突然增強的風。

【陣腳】zhènjiǎo ㄓㄣˋ ㄐㄧㄠˇ 指所擺的陣的最前方，現多用於比喻：壓住陣腳｜陣腳大亂。

【陣容】zhènróng ㄓㄣˋ ㄖㄨㄥˊ ❶作戰隊伍的外貌。❷隊伍所顯示的力量，多比喻人力的配備：陣容整齊｜陣容強大。

【陣勢】zhèn·shì ㄓㄣˋ ·ㄕ ❶軍隊作戰的佈置。❷情勢；場面：面對這種陣勢，他驚得目瞪口呆。

【陣痛】zhèntòng ㄓㄣˋ ㄊㄨㄥˋ ❶分娩時因子宮一陣一陣地收縮而引起的疼痛的感覺。❷比喻新事物產生過程中出現的暫時困難。

【陣亡】zhènwáng ㄓㄣˋ ㄨㄤˊ 在作戰中犧牲。

【陣綫】zhènxiàn ㄓㄣˋ ㄒㄧㄢˋ 戰綫，多用於比喻：革命陣綫｜民族統一陣綫。

【陣營】zhènyíng ㄓㄣˋ ㄧㄥˊ 為了共同的利益和目標而聯合起來進行鬥爭的集團。

【陣雨】zhènyǔ ㄓㄣˋ ㄩˇ 指降雨時間較短，雨的強度變化很大，開始和停止都很突然的雨。有時伴有閃電和雷聲，多發生在夏天。

【陣子】zhèn·zi ㄓㄣˋ ·ㄗ〈方〉陣[2]。

紖(纼) zhèn ㄓㄣˋ〈方〉拴牲口的繩。也叫紖子。

揕 zhèn ㄓㄣˋ〈書〉用刀劍等刺。

瑱 zhèn ㄓㄣˋ〈書〉戴在耳垂上的玉。

賑(赈) zhèn ㄓㄣˋ 賑濟：賑災｜以工代賑｜開倉賑飢。

【賑濟】zhènjì ㄓㄣˋ ㄐㄧˋ 用錢或衣服、糧食等救濟(災民)。

【賑災】zhènzāi ㄓㄣˋ ㄗㄞ 賑濟災民：開倉賑災。

震 zhèn ㄓㄣˋ ❶震動：地震｜震耳欲聾◇威震四方。❷情緒過分激動：震驚｜震怒。❸八卦之一，卦形是'☳'，代表雷。參看14頁〖八卦〗。

【震波】zhènbō ㄓㄣˋ ㄅㄛ 地震波。

【震顫】zhènchàn ㄓㄣˋ ㄔㄢˋ 顫動；使顫動：渾身震顫｜噩耗震顫着人們的心。
【震盪】zhèndàng ㄓㄣˋ ㄉㄤˋ 震動；動盪：社會震盪｜回聲震盪，山鳴谷應。
【震動】zhèndòng ㄓㄣˋ ㄉㄨㄥˋ ❶顫動；使顫動：火車震動了一下，開走了｜春雷震動着山谷。❷(重大的事情、消息等)使人心不平靜：震動全國。
【震耳欲聾】zhèn ěr yù lóng ㄓㄣˋ ㄦˇ ㄩˋ ㄌㄨㄥˊ 耳朵都快震聾了，形容聲音很大。
【震感】zhèngǎn ㄓㄣˋ ㄍㄢˇ 對地震產生的感覺：離震源二百公里外的地方都有震感。
【震古爍今】zhèn gǔ shuò jīn ㄓㄣˋ ㄍㄨˇ ㄕㄨㄛˋ ㄐㄧㄣ 形容事業或功績偉大，可以震動古人，顯耀當世。
【震撼】zhènhàn ㄓㄣˋ ㄏㄢˋ 震動；搖撼：震撼人心｜滾滾春雷，震撼大地。
【震級】zhènjí ㄓㄣˋ ㄐㄧˊ 地震震級的簡稱。
【震驚】zhènjīng ㄓㄣˋ ㄐㄧㄥ ❶使大吃一驚：震驚世界。❷大吃一驚：大為震驚。
【震怒】zhènnù ㄓㄣˋ ㄋㄨˋ 異常憤怒；大怒。
【震懾】zhènshè ㄓㄣˋ ㄕㄜˋ 震動使害怕：震懾敵人。
【震悚】zhènsǒng ㄓㄣˋ ㄙㄨㄥˇ 〈書〉因恐懼而顫動；震驚。
【震源】zhènyuán ㄓㄣˋ ㄩㄢˊ 地球內部發生地震的地方。
【震中】zhènzhōng ㄓㄣˋ ㄓㄨㄥ 震源正上方的地面叫做震中。地震時震中所受破壞最大。

鴆(鸩、❶❷酖) zhèn ㄓㄣˋ ❶傳説中的一種有毒的鳥，用它的羽毛泡的酒，喝了能毒死人。❷毒酒：飲鴆止渴。❸〈書〉用毒酒害人。
【鴆毒】zhèndú ㄓㄣˋ ㄉㄨˊ 〈書〉毒酒：宴安鴆毒。

鎮[1](镇) zhèn ㄓㄣˋ ❶壓；抑制：鎮紙｜鎮痛｜他一説話，就把大家給鎮住了。❷安定：鎮靜｜鎮定。❸用武力維持安定：鎮守｜坐鎮。❹鎮守的地方：軍事重鎮。❺行政區劃單位，一般由縣一級領導。❻較大的市集。❼把食物、飲料等同冰塊放在一塊兒或放在冷水裏使涼：冰鎮汽水｜把西瓜放在冷水裏鎮一鎮。❽(Zhèn)姓。

鎮[2](镇) zhèn ㄓㄣˋ ❶時常(多見於早期白話)：十年鎮相隨。❷表示整個的一段時間(多見於早期白話)：鎮日。
【鎮尺】zhènchǐ ㄓㄣˋ ㄔˇ 直尺狀的鎮紙，多用金屬製成。
【鎮定】zhèndìng ㄓㄣˋ ㄉㄧㄥˋ ❶遇到緊急的情況不慌不亂：神色鎮定。❷使鎮定：竭力鎮定自己。
【鎮反】zhènfǎn ㄓㄣˋ ㄈㄢˇ 鎮壓反革命。
【鎮靜】zhènjìng ㄓㄣˋ ㄐㄧㄥˋ ❶情緒穩定或平靜：故作鎮靜｜他遇事不慌不忙，非常鎮靜。❷使鎮靜：鎮靜劑｜盡力鎮靜自己。
【鎮靜劑】zhènjìngjì ㄓㄣˋ ㄐㄧㄥˋ ㄐㄧˋ 對大腦皮層有抑制作用的藥物，如溴化鈉、溴化鉀、魯米那等。
【鎮守】zhènshǒu ㄓㄣˋ ㄕㄡˇ 指軍隊駐紮在軍事上重要的地方防守：鎮守邊關。
【鎮星】zhènxīng ㄓㄣˋ ㄒㄧㄥ 我國古代指土星。
【鎮壓】zhènyā ㄓㄣˋ ㄧㄚ ❶用強力壓制，不許進行活動(多用於政治)：鎮壓反革命。❷處決(反革命分子)。❸壓緊播種後的壟或植株行間的鬆土，目的是使種子或植株容易吸收水分和養分。
【鎮紙】zhènzhǐ ㄓㄣˋ ㄓˇ 寫字畫畫兒時壓紙的東西，用銅、鐵或玉石等製成。
【鎮子】zhèn·zi ㄓㄣˋ·ㄗ 〈方〉集鎮。

zhēng (ㄓㄥ)

丁 zhēng ㄓㄥ ［丁丁］〈書〉象聲詞，形容伐木、下棋、彈琴等聲音：伐木丁丁。
另見266頁 dīng。

正 zhēng ㄓㄥ 正月：新正。
另見1458頁 zhèng。
【正旦】zhēngdàn ㄓㄥ ㄉㄢˋ 〈書〉農曆正月初一日。
另見1459頁 zhèngdàn。
【正月】zhēngyuè ㄓㄥ ㄩㄝˋ 農曆一年的第一個月。

征 zhēng ㄓㄥ ❶走遠路(多指軍隊)：征途｜二萬五千里長征。❷征討：出征｜南征北戰。
另見1457頁 zhēng '徵'。
【征塵】zhēngchén ㄓㄥ ㄔㄣˊ 在遠行的路途中身上沾染的塵土。
【征程】zhēngchéng ㄓㄥ ㄔㄥˊ 征途：萬里征程。
【征伐】zhēngfá ㄓㄥ ㄈㄚˊ 討伐：征伐叛逆。
【征帆】zhēngfān ㄓㄥ ㄈㄢ 〈書〉遠行的船。
【征服】zhēngfú ㄓㄥ ㄈㄨˊ 用武力使(別的國家、民族)屈服◇征服自然。
【征討】zhēngtǎo ㄓㄥ ㄊㄠˇ 出兵討伐。
【征途】zhēngtú ㄓㄥ ㄊㄨˊ 遠行的路途；行程：踏上征途｜艱難的征途。
【征戰】zhēngzhàn ㄓㄥ ㄓㄢˋ 出征作戰。

爭[1](争) zhēng ㄓㄥ ❶力求得到或達到；爭奪：爭冠軍｜力爭上游｜分秒必爭｜大家爭着發言。❷爭執；爭論：爭吵｜爭端｜意氣之爭｜意見已經一致，不必再爭了。❸〈方〉差(chà)；欠缺：總數還爭多少？｜爭點兒摔了一跤。

爭[2](争) zhēng ㄓㄥ 怎麼(多見於詩、詞、曲)：爭知｜爭奈｜爭忍。

【爭辯】zhēngbiàn ㄓㄥ ㄅㄧㄢˋ 爭論；辯論：據理爭辯。

【爭吵】zhēngchǎo ㄓㄥ ㄔㄠˇ 因意見不合大聲爭辯，互不相讓：無謂的爭吵｜爭吵不休。

【爭持】zhēngchí ㄓㄥ ㄔˊ 爭執而相持不下：為了一件小事雙方爭持了半天。

【爭寵】zhēngchǒng ㄓㄥ ㄔㄨㄥˇ 使用手段爭着取得別人對自己的寵愛。

【爭鬥】zhēngdòu ㄓㄥ ㄉㄡˋ ❶打架。❷泛指對立的一方力求克服另一方的活動。

【爭端】zhēngduān ㄓㄥ ㄉㄨㄢ 引起爭執的事由：國際爭端｜消除爭端。

【爭奪】zhēngduó ㄓㄥ ㄉㄨㄛˊ 爭着奪取：爭奪市場｜陣地爭奪戰｜爭奪出綫權。

【爭分奪秒】zhēng fēn duó miǎo ㄓㄥ ㄈㄣ ㄉㄨㄛˊ ㄇㄧㄠˇ 不放過一分一秒，形容對時間抓得很緊。

【爭風吃醋】zhēng fēng chī cù ㄓㄥ ㄈㄥ ㄔ ㄘㄨˋ 指因追求同一異性而互相忌妒爭鬥。

【爭光】zhēng//guāng ㄓㄥ//ㄍㄨㄤ 爭取光榮：為國爭光。

【爭衡】zhēnghéng ㄓㄥ ㄏㄥˊ 〈書〉較量高低。

【爭競】zhēng·jing ㄓㄥ ·ㄐㄧㄥ 〈方〉計較；爭論。

【爭臉】zhēng//liǎn ㄓㄥ//ㄌㄧㄢˇ 爭取榮譽，使臉上有光彩：把書唸好，給家長爭臉。也說爭面子。

【爭論】zhēnglùn ㄓㄥ ㄌㄨㄣˋ 各執己見，互相辯論：爭論不休。

【爭鳴】zhēngmíng ㄓㄥ ㄇㄧㄥˊ 比喻在學術上進行爭辯：百家爭鳴。

【爭氣】zhēng//qì ㄓㄥ//ㄑㄧˋ 發憤圖強，不甘落後或示弱：孩子真爭氣，每次考試都名列前茅。

【爭取】zhēngqǔ ㄓㄥ ㄑㄩˇ ❶力求獲得：爭取時間｜爭取主動｜爭取徹底的勝利。❷力求實現：爭取提前完成計劃。

【爭權奪利】zhēng quán duó lì ㄓㄥ ㄑㄩㄢˊ ㄉㄨㄛˊ ㄌㄧˋ 爭奪權柄和利益。

【爭勝】zhēngshèng ㄓㄥ ㄕㄥˋ （在競賽中）爭取優勝：好（hào）強爭勝。

【爭先】zhēngxiān ㄓㄥ ㄒㄧㄢ 爭着趕到別人前頭：個個奮勇爭先｜大家爭先發言。

【爭先恐後】zhēng xiān kǒng hòu ㄓㄥ ㄒㄧㄢ ㄎㄨㄥˇ ㄏㄡˋ 爭着向前，唯恐落後。

【爭議】zhēngyì ㄓㄥ ㄧˋ 爭論。

【爭戰】zhēngzhàn ㄓㄥ ㄓㄢˋ 打仗：兩軍爭戰。

【爭執】zhēngzhí ㄓㄥ ㄓˊ 爭論中各持己見，不肯相讓：爭執不下｜雙方在看法上發生爭執。

【爭嘴】zhēng//zuǐ ㄓㄥ//ㄗㄨㄟˇ 〈方〉❶在吃東西上爭多論少或佔別人的份兒。❷吵嘴。

怔 zhēng ㄓㄥ 見下。
另見1461頁 zhèng。

【怔忡】zhēngchōng ㄓㄥ ㄔㄨㄥ 〈書〉心悸。

【怔營】zhēngyíng ㄓㄥ ㄧㄥˊ 〈書〉惶恐不安。

【怔忪】zhēngzhōng ㄓㄥ ㄓㄨㄥ 〈書〉驚恐。

烝 zhēng ㄓㄥ 〈書〉眾多：烝民。

掙（挣） zhēng ㄓㄥ［掙扎］（zhēngzhá ㄓㄥ ㄓㄚˊ）用力支撐：垂死掙扎｜他掙扎着從病牀上爬了起來。
另見1462頁 zhèng。

崢（峥） zhēng ㄓㄥ［崢嶸］（zhēngróng ㄓㄥ ㄖㄨㄥˊ）❶高峻：山勢崢嶸｜怪石崢嶸｜殿宇崢嶸。❷比喻才氣、品格等超越尋常；不平凡：頭角崢嶸｜崢嶸歲月。

猙（狰） zhēng ㄓㄥ［猙獰］（zhēngníng ㄓㄥ ㄋㄧㄥˊ）面目兇惡：猙獰可畏。

蒸〔烝〕 zhēng ㄓㄥ ❶蒸發：蒸氣。❷利用水蒸氣的熱力使食物變熟、變熱：蒸饅頭｜把剩飯蒸一蒸。

【蒸發】zhēngfā ㄓㄥ ㄈㄚ 液體表面緩慢地轉化成氣體。

【蒸餾】zhēngliú ㄓㄥ ㄌㄧㄡˊ 把液體混合物加熱沸騰，使其中沸點較低的組分首先變成蒸氣，再冷凝成液體，以與其他組分分離或除去所含雜質。

【蒸餾水】zhēngliúshuǐ ㄓㄥ ㄌㄧㄡˊ ㄕㄨㄟˇ 用蒸餾方法取得的水，清潔而不含雜質，多用於醫藥和化學工業。

【蒸籠】zhēnglóng ㄓㄥ ㄌㄨㄥˊ 用竹篾、木片等製成的蒸食物用的器具。

【蒸氣】zhēngqì ㄓㄥ ㄑㄧˋ 液體或固體（如水、汞、苯、碘）因蒸發、沸騰或升華而變成的氣體：水蒸氣｜苯蒸氣。

【蒸氣田】zhēngqìtián ㄓㄥ ㄑㄧˋ ㄊㄧㄢˊ 蘊藏着高溫天然水蒸氣的地熱田。也叫熱氣田。

【蒸汽】zhēngqì ㄓㄥ ㄑㄧˋ 水蒸氣。

【蒸汽錘】zhēngqìchuí ㄓㄥ ㄑㄧˋ ㄔㄨㄟˊ 利用水蒸氣產生動力的鍛錘。也叫汽錘。

【蒸汽機】zhēngqìjī ㄓㄥ ㄑㄧˋ ㄐㄧ 利用水蒸氣產生動力的發動機，由供應水蒸氣的裝置、汽缸和傳動機構組成。多用做機車的發動機。

【蒸食】zhēng·shi ㄓㄥ ·ㄕ 饅頭、包子、花捲等蒸熟了吃的麪食的總稱。

【蒸騰】zhēngténg ㄓㄥ ㄊㄥˊ （氣體）上升：熱氣蒸騰。

【蒸蒸日上】zhēngzhēng rì shàng ㄓㄥ ㄓㄥ ㄖˋ ㄕㄤˋ 比喻事業天天向上發展。

睜（睁） zhēng ㄓㄥ 張開（眼睛）：睜眼｜風沙打得眼睛睜不開。

【睜眼瞎子】zhēngyǎn xiā·zi ㄓㄥ ㄧㄢˇ ㄒㄧㄚ ·ㄗ 比喻不識字的人；文盲。也說睜眼瞎。

鉦（钲） zhēng ㄓㄥ 古代行軍時用的打擊樂器，有柄，形狀像鐘，但比鐘狹而長，用銅製成。

箏（筝） zhēng ㄓㄥ ❶見409頁〖古箏〗。❷見344頁〖風箏〗。

徵¹（征） zhēng ㄓㄥ ❶政府召集人民服務：徵兵｜應徵入伍。❷徵收：徵稅｜徵糧。❸徵求：徵稿｜徵文。

徵²（征） zhēng ㄓㄥ ❶證明；證驗：文獻足徵｜信而有徵｜有實物可徵。❷表露出來的迹象；現象：徵候｜象徵｜特徵。

另見1472頁 zhǐ。'征'另見1455頁 zhēng。

【徵兵】zhēng//bīng ㄓㄥ//ㄅㄧㄥ 政府召集公民服兵役。

【徵調】zhēngdiào ㄓㄥ ㄉㄧㄠˋ 政府徵集和調用人員、物資：徵調糧食及醫務人員支援災區。

【徵訂】zhēngdìng ㄓㄥ ㄉㄧㄥˋ 徵求訂購：徵訂單。

【徵發】zhēngfā ㄓㄥ ㄈㄚ 舊時指政府徵集民間的人力和物資。

【徵稿】zhēnggǎo ㄓㄥ ㄍㄠˇ 徵求投稿：徵稿啓事。

【徵購】zhēnggòu ㄓㄥ ㄍㄡˋ 國家根據法律向生產者或所有者購買（農產品、土地等）。

【徵候】zhēnghòu ㄓㄥ ㄏㄡˋ 發生某種情況的迹象：病人已有好轉的徵候。

【徵婚】zhēng//hūn ㄓㄥ//ㄏㄨㄣ 公開徵求結婚對象：徵婚啓事。

【徵集】zhēngjí ㄓㄥ ㄐㄧˊ ❶用公告或口頭詢問的方式收集：徵集文史資料。❷徵募：徵集新兵。

【徵募】zhēngmù ㄓㄥ ㄇㄨˋ 招募（兵士）。

【徵聘】zhēngpìn ㄓㄥ ㄆㄧㄣˋ 招聘：徵聘科技人員。

【徵求】zhēngqiú ㄓㄥ ㄑㄧㄡˊ 用書面或口頭詢問的方式訪求：徵求意見。

【徵實】zhēngshí ㄓㄥ ㄕˊ 指田賦徵收實物。

【徵收】zhēngshōu ㄓㄥ ㄕㄡ 政府依法向個人或單位收取（公糧、稅款等）：徵收商業稅。

【徵文】zhēngwén ㄓㄥ ㄨㄣˊ 報章雜誌為某一主題而公開徵集詩文稿件。

【徵象】zhēngxiàng ㄓㄥ ㄒㄧㄤˋ 徵候：煤氣中毒的徵象是頭痛、噁心和心跳加速等。

【徵詢】zhēngxún ㄓㄥ ㄒㄩㄣˊ 徵求（意見）。

【徵引】zhēngyǐn ㄓㄥ ㄧㄣˇ 引用；引證。

【徵用】zhēngyòng ㄓㄥ ㄩㄥˋ 政府依法使用個人或集體的土地、房產等。

【徵召】zhēngzhào ㄓㄥ ㄓㄠˋ ❶徵（兵）：徵召入伍｜響應徵召。❷〈書〉授官職；調用。

【徵兆】zhēngzhào ㄓㄥ ㄓㄠˋ 徵候；先兆：不祥的徵兆。

錚（铮） zhēng ㄓㄥ 見下。
另見1462頁 zhèng。

【錚鏦】zhēngcōng ㄓㄥ ㄘㄨㄥ 〈書〉象聲詞，形容金屬撞擊的聲音。

【錚錚】zhēngzhēng ㄓㄥ ㄓㄥ 象聲詞，形容金屬撞擊所發出的響亮聲音：錚錚悅耳｜鐵中錚錚（比喻勝過一般人的人）。

鬇（𩭤） zhēng ㄓㄥ ［鬇鬡］（zhēngníng ㄓㄥ ㄋㄧㄥ）〈書〉頭髮蓬鬆。

鯖（鲭） zhēng ㄓㄥ 〈書〉魚跟肉合在一起的菜。
另見939頁 qīng。

癥（症） zhēng ㄓㄥ 中醫指腹腔內結塊的病。
'症'另見1462頁 zhèng。

【癥結】zhēngjié ㄓㄥ ㄐㄧㄝˊ 中醫指腹腔內結塊的病。比喻事情弄壞或不能解決的關鍵。

zhěng （ㄓㄥˇ）

拯 zhěng ㄓㄥˇ 救：拯救｜拯民於水火之中。

【拯救】zhěngjiù ㄓㄥˇ ㄐㄧㄡˋ 救：拯救被壓迫的人民。

整 zhěng ㄓㄥˇ ❶全部在內，沒有剩餘或殘缺；完整（跟'零'相對）：整天｜整套設備｜一年整｜十二點整｜化整為零。❷整齊：整潔｜整然有序｜儀容不整。❸整理；整頓：整風｜整裝待發。❹修理：整修｜整舊如新。❺使吃苦頭：舊社會整得我們窮人好苦！❻〈方〉搞；弄：繩子整斷了｜這東西我看見人整過，並不難。

【整備】zhěngbèi ㄓㄥˇ ㄅㄟˋ 整頓配備（武裝力量）：整備兵力。

【整編】zhěngbiān ㄓㄥˇ ㄅㄧㄢ 整頓改編（軍隊等組織）：整編機構｜整編起義部隊。

【整補】zhěngbǔ ㄓㄥˇ ㄅㄨˇ 整頓補充（武裝力量）。

【整飭】zhěngchì ㄓㄥˇ ㄔˋ ❶使有條理；整頓：整飭紀律｜整飭陣容。❷整齊；有條理：服裝整飭｜治家整飭。

【整除】zhěngchú ㄓㄥˇ ㄔㄨˊ 兩個整數相除，所得的商是整數，叫做整除。

【整地】zhěng//dì ㄓㄥˇ//ㄉㄧˋ 播種前，進行耕地、耙地、平地等工作。有時也包括開溝、做畦。

【整隊】zhěng//duì ㄓㄥˇ//ㄉㄨㄟˋ 整頓隊伍使排列有次序：整隊入場。

【整頓】zhěngdùn ㄓㄥˇ ㄉㄨㄣˋ 使紊亂的變為整齊；使不健全的健全起來（多指組織、紀律、作風等）：整頓隊形｜整頓文風｜整頓基層組織。

【整風】zhěng//fēng ㄓㄥˇ//ㄈㄥ 整頓思想作風和工作作風：整風運動。

【整改】zhěnggǎi ㄓㄥˇ ㄍㄞˇ 整頓並改革：整改措施｜經過整改，工作效率明顯提高。

【整個】zhěnggè ㄓㄥˇ ㄍㄜˋ （整個兒）全部：整個上午｜整個會場｜整個社會。

【整潔】zhěngjié ㄓㄥˇ ㄐㄧㄝˊ 整齊清潔：衣着整潔｜房間收拾得很整潔。

【整理】zhěnglǐ ㄓㄥˇ ㄌㄧˇ 使有條理秩序；收拾①：整理行裝｜整理房間｜整理賬目｜整理文化遺產。

【整料】zhěngliào ㄓㄥˇ ㄌㄧㄠˋ 合乎一定尺寸，可以單獨用來製造一個物件或其中的一個完整部分的材料。

【整流】zhěngliú ㄓㄥˇ ㄌㄧㄡˊ 利用一定的裝置把交流電變成直流電。

【整流器】zhěngliúqì ㄓㄥˇ ㄌㄧㄡˊ ㄑㄧˋ 把交流電變成直流電的裝置，由具有單向導電性的電子元件和有關電路元件組成。

【整齊】zhěngqí ㄓㄥˇ ㄑㄧˊ ❶有秩序；有條理；不淩亂：整齊劃一｜服裝整齊｜步伐整齊。❷使整齊：整齊步調。❸外形規則、完整：山下有一排整齊的瓦房。❹大小、長短相差不多：出苗整齊｜字寫得清楚整齊◇這個隊人員的技術水平比較整齊。

【整兒】zhěngr ㄓㄥㄦˇ 〈方〉整數②：把錢湊個整兒存起來。

【整容】zhěng∥róng ㄓㄥˇ∥ㄖㄨㄥˊ 修飾容貌。特指給有缺陷的面部施行手術，使變得美觀：整容手術。

【整式】zhěngshì ㄓㄥˇ ㄕˋ 沒有除法運算，或有除法運算但除式中不含字母的有理式。如 x^2+2x-4，$xy-\sqrt{5}y^2+\frac{x}{3}$，$5a$。

【整數】zhěngshù ㄓㄥˇ ㄕㄨˋ ❶正整數（1，2，3，4，5…）、負整數（－1，－2，－3，－4，－5…）和零的統稱。❷沒有零頭的數目，如十、二百、三千、四萬。

【整肅】zhěngsù ㄓㄥˇ ㄙㄨˋ 〈書〉❶嚴肅：軍容整肅｜法紀整肅。❷整頓；整理：整肅衣冠。

【整套】zhěngtào ㄓㄥˇ ㄊㄠˋ 完整的或成系統的一套：整套設備。

【整體】zhěngtǐ ㄓㄥˇ ㄊㄧˇ 指整個集體或整個事物的全部（跟各個成員或各個部分相對待）：整體規劃｜整體利益。

【整形】zhěng∥xíng ㄓㄥˇ∥ㄒㄧㄥˊ 通過外科手術使人體上先天的缺陷（如兔唇、腭裂）或後天的畸形（如瘢痕、眼瞼下垂）恢復正常外形或生理機能。

【整修】zhěngxiū ㄓㄥˇ ㄒㄧㄡ 整治修理（多用於工程）：整修水利工程｜整修梯田｜整修底片。

【整訓】zhěngxùn ㄓㄥˇ ㄒㄩㄣˋ 整頓和訓練：整訓幹部。

【整整】zhěngzhěng ㄓㄥˇ ㄓㄥˇ 達到一個整數的：整整忙活了一天｜到北京已經整整三年了。

【整枝】zhěng∥zhī ㄓㄥˇ∥ㄓ 修剪植物的枝葉，使能更好地生長。

【整治】zhěngzhì ㄓㄥˇ ㄓˋ ❶整理；修理：整治河道｜機器出了毛病都是他自己整治。❷為了管束、懲罰、打擊等，使吃苦頭：整治壞人｜這匹馬真調皮，你替我好好整治整治牠。❸進行某項工作；搞；做：整治飯（做飯）｜整治莊稼（做田間管理工作）。

【整裝待發】zhěng zhuāng dài fā ㄓㄥˇ ㄓㄨㄤ ㄉㄞˋ ㄈㄚ 整理行裝，等待出發。

zhèng（ㄓㄥˋ）

正 zhèng ㄓㄥˋ ❶垂直或符合標準方向（跟‘歪’相對）：正南｜正前方｜前後對正｜這幅畫掛得不正。❷位置在中間（跟‘側、偏’相對）：正房｜正院兒。❸用於時間，指正在那一點上或在那一段的正中：正午｜十二點正。❹正面（跟‘反’相對）：這張紙正反都很光潔。❺正直：正派｜公正｜方正。❻正當：正路｜正理。❼（色、味）純正：正紅｜正黃｜顏色不正｜味道不正。❽合乎法度；端正：正楷｜正體。❾基本的；主要的（區別於‘副’）：正文｜正編｜正本｜正副主任。❿圖形的各個邊的長度和各個角的大小都相等的：正方形｜正六邊形。⓫大於零的（跟‘負’相對）：正數｜正號｜負乘負得正。⓬指失去電子的（跟‘負’相對）：正電｜正極。⓭使位置正；使不歪斜：正一正帽子。⓮使端正：正人先正己。⓯改正；糾正（錯誤）：正誤｜正音。⓰恰好：正中下懷｜時鐘正打十二點。⓱表示動作的進行、狀態的持續：正下着雨呢。⓲（Zhèng）姓。
另見1455頁 zhēng。

【正本】zhèngběn ㄓㄥˋ ㄅㄣˇ ❶備有副本的圖書，別於副本稱為正本。❷文書或文件的正式的一份。

【正本清源】zhèng běn qīng yuán ㄓㄥˋ ㄅㄣˇ ㄑㄧㄥ ㄩㄢˊ 從根源上進行改革：正本清源的措施。

【正比】zhèngbǐ ㄓㄥˋ ㄅㄧˇ ❶兩個事物或一事物的兩個方面，一方發生變化，其另一方隨之起相應的變化，如兒童隨着年齡的增長，體力也逐漸增長，就是正比。❷一個數對另一個數的比，如9：3。參看316頁〖反比〗。

【正比例】zhèngbǐlì ㄓㄥˋ ㄅㄧˇ ㄌㄧˋ 兩個量（a 和 b），如果其中的一個量（a）擴大到若干倍，另一個量（b）也隨着擴大到若干倍，或一個量（a）縮小到原來的若干分之一，另一個量（b）也隨着縮小到原來的若干分之一，這兩個量的變化關係叫做正比例，記作 $a \propto b$。

【正步】zhèngbù ㄓㄥˋ ㄅㄨˋ 隊伍行進的一種步法，上身保持立正姿式，兩腿繃直，兩腳着地時適當用力，兩臂擺動較高。通常用於檢閱。

【正餐】zhèngcān ㄓㄥˋ ㄘㄢ 指正常的飯食，如午餐、晚餐等(區別於小吃、早點、夜宵等)。
【正茬】zhèngchá ㄓㄥˋ ㄔㄚˊ 某個地區輪種的各茬作物中主要的一茬：正茬麥｜力爭小麥回茬趕正茬。
【正常】zhèngcháng ㄓㄥˋ ㄔㄤˊ 符合一般規律或情況：精神正常｜生活正常｜正常進行。
【正出】zhèngchū ㄓㄥˋ ㄔㄨ 舊指正妻所生(區別於'庶出')。
【正大】zhèngdà ㄓㄥˋ ㄉㄚˋ (言行)正當，不存私心：光明正大｜正大的理由。
【正旦】zhèngdàn ㄓㄥˋ ㄉㄢˋ 戲曲角色行當，青衣的舊稱，有些地方劇種裏還用這個名稱。另見1455頁 zhēngdàn。
【正當】zhèngdāng ㄓㄥˋ ㄉㄤ 正處在(某個時期或階段)：正當春耕之時。
【正當年】zhèngdāngnián ㄓㄥˋ ㄉㄤ ㄋㄧㄢˊ 正在身強力壯的年齡：十七十八力不全，二十七八正當年。
【正當時】zhèngdāngshí ㄓㄥˋ ㄉㄤ ㄕˊ 正在合適的時令：白露早，寒露遲，秋分種麥正當時。
【正當中】zhēngdāngzhōng ㄓㄥ ㄉㄤ ㄓㄨㄥ 正中：院子的正當中有一個花壇。
【正當】zhèngdàng ㄓㄥˋ ㄉㄤˋ ❶合理合法的：正當行為｜正當的要求。❷(人品)端正。
【正道】zhèngdào ㄓㄥˋ ㄉㄠˋ ❶正路。❷正確的道理。
【正德】Zhèngdé ㄓㄥˋ ㄉㄜˊ 明武宗(朱厚照)年號(公元1506－1521)。
【正點】zhèngdiǎn ㄓㄥˋ ㄉㄧㄢˇ (車、船、飛機)按規定時間開出、運行或到達：正點起飛｜正點到達。
【正電】zhèngdiàn ㄓㄥˋ ㄉㄧㄢˋ 物體失去電子時表現出帶電現象，這種性質的電叫做正電。也叫陽電。
【正殿】zhèngdiàn ㄓㄥˋ ㄉㄧㄢˋ 宮殿或廟宇裏位置在中間的主要的殿。
【正多邊形】zhèngduōbiānxíng ㄓㄥˋ ㄉㄨㄛ ㄅㄧㄢ ㄒㄧㄥˊ 各邊相等，各角也相等的多邊形。
【正法】zhèngfǎ ㄓㄥˋ ㄈㄚˇ 執行死刑：就地正法。
【正反應】zhèngfǎnyìng ㄓㄥˋ ㄈㄢˇ ㄧㄥˋ 通常指向生成物方向進行的化學反應。
【正犯】zhèngfàn ㄓㄥˋ ㄈㄢˋ 共犯中直接參加實施犯罪行為的人。
【正方】[1] zhèngfāng ㄓㄥˋ ㄈㄤ 呈正方形或立方體的：正方盒子。
【正方】[2] zhèngfāng ㄓㄥˋ ㄈㄤ 指辯論中對某一論斷持贊成意見的一方(跟'反方'相對)。
【正方體】zhèngfāngtǐ ㄓㄥˋ ㄈㄤ ㄊㄧˇ 立方體。
【正方形】zhèngfāngxíng ㄓㄥˋ ㄈㄤ ㄒㄧㄥˊ 四邊相等，四個角都是直角的四邊形。正方形是矩形和菱形的特殊形式。
【正房】zhèngfáng ㄓㄥˋ ㄈㄤˊ ❶四合院裏位置在正面的房屋，通常是坐北朝南的。也叫上房。❷指大老婆。
【正告】zhènggào ㄓㄥˋ ㄍㄠˋ 嚴正地告訴：正告一切侵略者，玩火者必自焚。
【正割】zhènggē ㄓㄥˋ ㄍㄜ 見987頁〖三角函數〗。
【正宮】zhènggōng ㄓㄥˋ ㄍㄨㄥ 皇后居住的宮室，也指皇后。
【正骨】zhènggǔ ㄓㄥˋ ㄍㄨˇ 中醫指用推、拽、按、捺等手法治療骨折、脱臼等疾病的醫術。
【正規】zhèngguī ㄓㄥˋ ㄍㄨㄟ 符合正式規定的或一般公認的標準的：正規軍｜正規方法。
【正規軍】zhèngguījūn ㄓㄥˋ ㄍㄨㄟ ㄐㄩㄣ 按照統一的編制組成，有統一的指揮，統一的制度，統一的紀律和統一的訓練的軍隊。
【正軌】zhèngguǐ ㄓㄥˋ ㄍㄨㄟˇ 正常的發展道路：納入正軌｜走上正軌。
【正果】zhèngguǒ ㄓㄥˋ ㄍㄨㄛˇ 佛教把修行得道叫做成正果。
【正好】zhènghǎo ㄓㄥˋ ㄏㄠˇ ❶恰好(指時間、位置不前不後，體積不大不小，數量不多不少，程度不高不低等)：你來得正好｜皮球正好掉到井裏｜這雙鞋我穿正好｜那筆錢正好買台抽水機｜天氣不冷不熱，正好出去旅行。❷恰巧遇到機會：這次見到王老師：正好當面向他請教。
【正極】zhèngjí ㄓㄥˋ ㄐㄧˊ 陽極①。
【正教】zhèngjiào ㄓㄥˋ ㄐㄧㄠˋ 基督教的一派。11世紀中葉，隨着羅馬帝國的分裂，基督教分裂為東西兩部，以東羅馬帝國首都君士坦丁堡為中心的東部教會自命為'正宗的教會'，故稱正教或東正教。
【正襟危坐】zhèng jīn wēi zuò ㄓㄥˋ ㄐㄧㄣ ㄨㄟ ㄗㄨㄛˋ 理好衣襟端端正正地坐着。形容嚴肅或拘謹的樣子。
【正經】zhèngjīng ㄓㄥˋ ㄐㄧㄥ 舊時指十三經：正經正史。參看1036頁〖十三經〗。
【正經】zhèng·jing ㄓㄥˋ ·ㄐㄧㄥ ❶端莊正派：正經人。❷正當的：正經事兒｜我們的錢必須用在正經地方。❸正式的；合乎一定標準的：正經貨。❹〈方〉確實；實在：黃瓜長得正經不錯呢！
【正經八百】zhèngjīng-bābǎi ㄓㄥˋ ㄐㄧㄥ ㄅㄚ ㄅㄞˇ 〈方〉正經的；嚴肅而認真的。'百'也作擺。
【正劇】zhèngjù ㄓㄥˋ ㄐㄩˋ 戲劇主要類別之一，兼有悲劇與喜劇的因素。以表現嚴肅的衝突為內容，劇中矛盾複雜，便於多方面反映社會生活。
【正楷】zhèngkǎi ㄓㄥˋ ㄎㄞˇ 楷書。
【正理】zhènglǐ ㄓㄥˋ ㄌㄧˇ 正確的道理。

【正樑】zhèngliáng ㄓㄥˋ ㄌㄧㄤˊ 見541頁〖脊樑〗。

【正路】zhènglù ㄓㄥˋ ㄌㄨˋ 做人做事的正當途徑：走正路。

【正論】zhènglùn ㄓㄥˋ ㄌㄨㄣˋ 正確合理的言論。

【正門】zhèngmén ㄓㄥˋ ㄇㄣˊ 整個建築物(如房屋、院子、公園)正面的主要的門。

【正面】zhèngmiàn ㄓㄥˋ ㄇㄧㄢˋ ❶人體前部那一面；建築物臨廣場、臨街、裝飾比較講究的一面；前進的方向(區別於'側面')：正面圖｜大樓的正面有八根大理石的柱子｜一連從正面進攻，二連、三連側面包抄。❷片狀物主要使用的一面或跟外界接觸的一面：牛皮紙的正面比較光滑。❸好的、積極的一面(跟'反面'相對)：正面人物｜正面教育。❹事情、問題等直接顯示的一面：不但要看問題的正面，還要看問題的反面。❺直接：有問題正面提出來，別繞彎子。

【正牌】zhèngpái ㄓㄥˋ ㄆㄞˊ (正牌兒)正規的；非冒牌的：正牌貨。

【正派】zhèngpài ㄓㄥˋ ㄆㄞˋ (品行、作風)規矩，嚴肅，光明：正派人｜為人正派｜作風正派。

【正片兒】zhèngpiānr ㄓㄥˋ ㄆㄧㄢㄦ 正片。

【正片】zhèngpiàn ㄓㄥˋ ㄆㄧㄢˋ ❶經過曬印帶有圖像的照相紙。❷見645頁〖拷貝〗。❸電影放映時的主要影片(區別於加映的短片)。

【正品】zhèngpǐn ㄓㄥˋ ㄆㄧㄣˇ 質量符合規定標準的產品。

【正氣】[1] zhèngqì ㄓㄥˋ ㄑㄧˋ ❶光明正大的作風或風氣：正氣上升，邪氣下降。❷剛正的氣節：正氣凜然。

【正氣】[2] zhèngqì ㄓㄥˋ ㄑㄧˋ 中醫指人體的抗病能力。

【正橋】zhèngqiáo ㄓㄥˋ ㄑㄧㄠˊ 大型橋樑的主要部分，橫跨在河牀交叉的道路上面，兩端與引橋相連。

【正巧】zhèngqiǎo ㄓㄥˋ ㄑㄧㄠˇ 剛巧；正好：你來得正巧，我們就要出發了。

【正切】zhèngqiē ㄓㄥˋ ㄑㄧㄝ 見987頁〖三角函數〗。

【正取】zhèngqǔ ㄓㄥˋ ㄑㄩˇ 正式錄取(區別於'備取')：正取生。

【正確】zhèngquè ㄓㄥˋ ㄑㄩㄝˋ 符合事實、道理或某種公認的標準：答案正確｜正確的意見｜實踐證明這種方法是正確的。

【正人君子】zhèngrén-jūnzǐ ㄓㄥˋ ㄖㄣˊ ㄐㄩㄣ ㄗˇ 指品行端正的人。

【正日】zhèngrì ㄓㄥˋ ㄖˋ 正式舉行某種儀式的一天。也叫正日子。

【正色】[1] zhèngsè ㄓㄥˋ ㄙㄜˋ 〈書〉純正的顏色，指青、黃、赤、白、黑等色。

【正色】[2] zhèngsè ㄓㄥˋ ㄙㄜˋ 態度嚴肅；神色嚴厲：正色拒絕｜正色直言。

【正身】zhèngshēn ㄓㄥˋ ㄕㄣ 指確是本人(並非冒名頂替的人)：驗明正身。

【正史】zhèngshǐ ㄓㄥˋ ㄕˇ 指《史記》、《漢書》等紀傳體史書。

【正式】zhèngshì ㄓㄥˋ ㄕˋ 合乎一般公認的標準的；合乎一定手續的：正式比賽｜正式結婚｜正式工作人員｜正式會談。

【正事】zhèngshì ㄓㄥˋ ㄕˋ 正經的事：大家不要閑扯了，談正事吧。

【正室】zhèngshì ㄓㄥˋ ㄕˋ ❶大老婆。❷〈書〉嫡長子。

【正視】zhèngshì ㄓㄥˋ ㄕˋ 用嚴肅認真的態度對待，不躲避，不敷衍：正視現實｜正視自己的缺點。

【正書】zhèngshū ㄓㄥˋ ㄕㄨ 指楷書。

【正數】zhèngshù ㄓㄥˋ ㄕㄨˋ 大於零的數，如＋3，＋0.25。

【正題】zhèngtí ㄓㄥˋ ㄊㄧˊ 說話或寫文章的主要題目；中心內容：轉入正題｜離開正題。

【正體】zhèngtǐ ㄓㄥˋ ㄊㄧˇ ❶規範的漢字字形。❷楷書。❸拼音文字的印刷體。

【正廳】zhèngtīng ㄓㄥˋ ㄊㄧㄥ ❶正中的大廳。❷劇場中樓下正對舞台的部分。

【正統】[1] zhèngtǒng ㄓㄥˋ ㄊㄨㄥˇ ❶指封建王朝先後相承的系統。❷指黨派、學派等從創建以來一脉相傳的嫡派。

【正統】[2] Zhèngtǒng ㄓㄥˋ ㄊㄨㄥˇ 明英宗(朱祁鎮)年號(公元1436－1449)。

【正投影】zhèngtóuyǐng ㄓㄥˋ ㄊㄡˊ ㄧㄥˇ 物體在一組平行光綫的照射下在面上的投影叫正投影。投影的光綫和投影面垂直。

【正文】zhèngwén ㄓㄥˋ ㄨㄣˊ 著作的本文(區別於'註解'、'附錄'等)。

【正午】zhèngwǔ ㄓㄥˋ ㄨˇ 中午十二點。

【正誤】zhèngwù ㄓㄥˋ ㄨˋ 勘正錯誤：正誤表。

【正弦】zhèngxián ㄓㄥˋ ㄒㄧㄢˊ 見987頁〖三角函數〗。

【正項】zhèngxiàng ㄓㄥˋ ㄒㄧㄤˋ 正式的項目；正規的項目。

【正兇】zhèngxiōng ㄓㄥˋ ㄒㄩㄥ 兇殺案件中的主要兇手(區別於'幫兇')。

【正眼】zhèngyǎn ㄓㄥˋ ㄧㄢˇ 眼睛正着(看)。

【正業】zhèngyè ㄓㄥˋ ㄧㄝˋ 正當的職業：不務正業。

【正義】[1] zhèngyì ㄓㄥˋ ㄧˋ ❶公正的、有利於人民的道理：伸張正義｜主持正義。❷公正的、有利於人民的：正義的事業｜正義的戰爭。

【正義】[2] zhèngyì ㄓㄥˋ ㄧˋ (語言文字上)正當的或正確的意義。也用做書名，如《史記正義》。

【正音】zhèng∥yīn ㄓㄥˋ∥ㄧㄣ 矯正語音。

【正音】zhèngyīn ㄓㄥˋ ㄧㄣ 標準音。

【正在】zhèngzài ㄓㄥˋ ㄗㄞˋ 副詞，表示動作在進行或狀態在持續中：他們正在開會｜溫度正在慢慢上升。

【正直】zhèngzhí ㄓㄥˋ ㄓˊ 公正坦率：他襟懷坦白，為人正直。

【正職】zhèngzhí ㄓㄥˋ ㄓˊ ❶正的職位：這些幹部有擔任正職的，也有擔任副職的。❷主要的職業。

【正中】zhèngzhōng ㄓㄥˋ ㄓㄨㄥ 中心點。也說正當中。

【正中下懷】zhèng zhòng xià huái ㄓㄥˋ ㄓㄨㄥˋ ㄒㄧㄚˋ ㄏㄨㄞˊ 正好符合自己的心願。

【正字】zhèng∥zì ㄓㄥˋ∥ㄗˋ 矯正字形，使符合書寫或拼寫規範。

【正字】zhèngzì ㄓㄥˋ ㄗˋ ❶楷書。❷指正體，即標準字形。

【正字法】zhèngzìfǎ ㄓㄥˋ ㄗˋ ㄈㄚˇ 文字的書寫或拼寫規則。

【正宗】zhèngzōng ㄓㄥˋ ㄗㄨㄥ ❶原指佛教各派的創建者所傳下來的嫡派，後來泛指正統派。❷正統的；真正的：正宗川菜。

【正座】zhèngzuò ㄓㄥˋ ㄗㄨㄛˋ (正座兒) 劇場中正對舞台的坐位。

怔 zhèng ㄓㄥˋ 〈方〉發愣；發呆：我一看診斷書，頓時怔住了，不敢對他明說。

【怔怔】zhèngzhèng ㄓㄥˋ ㄓㄥˋ 〈方〉形容發愣的樣子：怔怔地站着。

另見1456頁 zhēng。

政 zhèng ㄓㄥˋ ❶政治：政黨｜政府｜政策｜政務｜政權。❷國家某一部門主管的業務：財政｜民政｜郵政。❸指家庭或團體的事務：家政｜校政。❹ (Zhèng) 姓。

【政變】zhèngbiàn ㄓㄥˋ ㄅㄧㄢˋ 統治集團內部一部分人採取軍事或政治手段造成的國家政權的突然變更：發動政變｜宮廷政變。

【政柄】zhèngbǐng ㄓㄥˋ ㄅㄧㄥˇ 〈書〉政權。

【政策】zhèngcè ㄓㄥˋ ㄘㄜˋ 國家或政黨為實現一定歷史時期的路綫而制定的行動準則：民族政策｜按政策辦事。

【政黨】zhèngdǎng ㄓㄥˋ ㄉㄤˇ 代表某個階級、階層或集團並為實現其利益而進行鬥爭的政治組織。

【政敵】zhèngdí ㄓㄥˋ ㄉㄧˊ 指在政治上跟自己處於敵對地位的人。

【政法】zhèngfǎ ㄓㄥˋ ㄈㄚˇ 政治和法律的合稱。

【政府】zhèngfǔ ㄓㄥˋ ㄈㄨˇ 國家權力機關的執行機關，即國家行政機關，例如我國的國務院 (中央人民政府) 和地方各級人民政府。

【政綱】zhènggāng ㄓㄥˋ ㄍㄤ 政治綱領，它說明一個政黨的政治任務和要求。

【政工】zhènggōng ㄓㄥˋ ㄍㄨㄥ 政治工作：政工人員。

【政紀】zhèngjì ㄓㄥˋ ㄐㄧˋ 國家行政機關所制定的為行政機關人員必須遵守的紀律。

【政績】zhèngjì ㄓㄥˋ ㄐㄧˋ 指官員在職期間辦事的成績。

【政見】zhèngjiàn ㄓㄥˋ ㄐㄧㄢˋ 政治主張；政治見解。

【政界】zhèngjiè ㄓㄥˋ ㄐㄧㄝˋ 指政治界。

【政局】zhèngjú ㄓㄥˋ ㄐㄩˊ 政治局勢：穩定政局。

【政客】zhèngkè ㄓㄥˋ ㄎㄜˋ 指從事政治投機，玩弄權術，謀取私利的人。

【政令】zhènglìng ㄓㄥˋ ㄌㄧㄥˋ 政府公佈的法令。

【政論】zhènglùn ㄓㄥˋ ㄌㄨㄣˋ 針對當時政治問題發表的評論：政論文章。

【政派】zhèngpài ㄓㄥˋ ㄆㄞˋ 政治上的派別。

【政權】zhèngquán ㄓㄥˋ ㄑㄩㄢˊ ❶政治上的統治權力，是階級專政的工具。❷指政權機關。

【政審】zhèngshěn ㄓㄥˋ ㄕㄣˇ 政治審查：幹部政審｜政審合格。

【政事】zhèngshì ㄓㄥˋ ㄕˋ 政府的事務。

【政體】zhèngtǐ ㄓㄥˋ ㄊㄧˇ 國家政權的構成形式。政體和國體是相適應的，我國的政體是人民代表大會制。

【政通人和】zhèng tōng rén hé ㄓㄥˋ ㄊㄨㄥ ㄖㄣˊ ㄏㄜˊ 政事順遂，人民和樂。形容國泰民安。

【政委】zhèngwěi ㄓㄥˋ ㄨㄟˇ 政治委員的簡稱。

【政務】zhèngwù ㄓㄥˋ ㄨˋ 關於政治方面的事務，也指國家的管理工作。

【政務院】zhèngwùyuàn ㄓㄥˋ ㄨˋ ㄩㄢˋ 某些國家的最高行政機關。在1954年9月以前我國中央人民政府用此名稱，後改稱國務院。

【政協】zhèngxié ㄓㄥˋ ㄒㄧㄝˊ 政治協商會議的簡稱。

【政要】zhèngyào ㄓㄥˋ ㄧㄠˋ 政界要人。

【政治】zhèngzhì ㄓㄥˋ ㄓˋ 政府、政黨、社會團體和個人在內政及國際關係方面的活動。政治是經濟的集中表現，它產生於一定的經濟基礎，並為經濟基礎服務，同時極大地影響經濟的發展。

【政治避難】zhèngzhì bìnàn ㄓㄥˋ ㄓˋ ㄅㄧˋ ㄋㄢˋ 一國公民因政治原因逃亡到別國，取得那個國家給予的居留權後，住在那裏。

【政治犯】zhèngzhìfàn ㄓㄥˋ ㄓˋ ㄈㄢˋ 由於從事某種政治活動被政府認為犯罪的人。

【政治家】zhèngzhìjiā ㄓㄥˋ ㄓˋ ㄐㄧㄚ 有政治見識和政治才能並從事政治活動的人，多指國家的領導人物。

【政治教導員】zhèngzhì jiàodǎoyuán ㄓㄥˋ ㄓˋ ㄐㄧㄠˋ ㄉㄠˇ ㄩㄢˊ 中國人民解放軍營一級的政治工作人員，和營長同為營的首長。通稱教導員。

【政治經濟學】zhèngzhì-jīngjìxué ㄓㄥˋ ㄓˋ ㄐㄧㄥ ㄐㄧˋ ㄒㄩㄝˊ 研究社會的生產關係及其發展

規律的學科。政治經濟學是經濟學中最重要的一門學科，具有強烈的階級性。

【政治面目】zhèngzhì miànmù ㄓㄥˋ ㄓˋ ㄇㄧㄢˋ ㄇㄨˋ 指一個人的政治立場，政治活動以及和政治有關的各種社會關係。

【政治權利】zhèngzhì quánlì ㄓㄥˋ ㄓˋ ㄑㄩㄢˊ ㄌㄧˋ 公民依法在政治上享有的權利，如選舉權、被選舉權和言論、出版、集會、結社、通信、人身、居住、遷徙、宗教信仰及遊行、示威等自由。

【政治委員】zhèngzhì wěiyuán ㄓㄥˋ ㄓˋ ㄨㄟˇ ㄩㄢˊ 中國人民解放軍團以上部隊或某些獨立營的政治工作人員，通常是黨委日常工作的主持者，和軍事指揮員同為該部隊首長。簡稱政委。

【政治協理員】zhèngzhì xiélǐyuán ㄓㄥˋ ㄓˋ ㄒㄧㄝˊ ㄌㄧˇ ㄩㄢˊ 中國人民解放軍在團以上機關部門根據需要設立的政治工作人員，在所在單位政治機關和首長領導下，進行本單位機關部門的黨 的工作和政治工作。通稱協理員。

【政治協商會議】zhèngzhì xiéshāng huìyì ㄓㄥˋ ㄓˋ ㄒㄧㄝˊ ㄕㄤ ㄏㄨㄟˋ ㄧˋ 我國人民民主統一戰綫的組織形式。全國性的組織是'中國人民政治協商會議'，各地方也有地方性的各級政治協商會議。簡稱政協。

【政治學】zhèngzhìxué ㄓㄥˋ ㄓˋ ㄒㄩㄝˊ 研究各種社會政治現象、政治思想、政治關係及其發展規律的學科。

【政治指導員】zhèngzhì zhǐdǎoyuán ㄓㄥˋ ㄓˋ ㄓˇ ㄉㄠˇ ㄩㄢˊ 中國人民解放軍連一級的政治工作人員，和連長同為連的首長。通稱指導員。

症（證） zhèng ㄓㄥˋ 疾病：病症｜急症｜不治之症｜對症下藥。

另見1457頁 zhēng'癥'。'證'另見1462頁 zhèng。

【症候】zhèng·hòu ㄓㄥˋ ·ㄏㄡ ❶疾病。❷症狀。

【症候群】zhènghòuqún ㄓㄥˋ ㄏㄡˋ ㄑㄩㄣˊ 因某些有病的器官相互關聯的變化而同時出現的一系列症狀。也叫綜合征。

【症狀】zhèngzhuàng ㄓㄥˋ ㄓㄨㄤˋ 有機體因發生疾病而表現出來的異常狀態，如咳嗽、盜汗、下午發燒等是人的肺結核病的症狀。

掙[1]（挣） zhèng ㄓㄥˋ 用力使自己擺脱束縛：掙脱枷鎖｜把捆綁的繩子掙開了。

掙[2]（挣） zhèng ㄓㄥˋ 用勞動換取：掙錢。

另見1456頁 zhēng。

【掙揣】zhèngchuài ㄓㄥˋ ㄔㄨㄞˋ 〈書〉掙扎(zhēngzhá)。

【掙命】zhèngmìng ㄓㄥˋ ㄇㄧㄥˋ 為保全生命而掙扎。

諍（诤） zhèng ㄓㄥˋ 〈書〉直爽地勸告：諍友｜諍言。

【諍諫】zhèngjiàn ㄓㄥˋ ㄐㄧㄢˋ 〈書〉直爽地説出人的過錯，勸人改正。

【諍言】zhèngyán ㄓㄥˋ ㄧㄢˊ 〈書〉直爽地規勸人改正過錯的話。

【諍友】zhèngyǒu ㄓㄥˋ ㄧㄡˇ 〈書〉能直言規勸的朋友。

鄭（郑） Zhèng ㄓㄥˋ ❶周朝國名，在今河南新鄭一帶。❷姓。

【鄭重】zhèngzhòng ㄓㄥˋ ㄓㄨㄥˋ 嚴肅認真：鄭重其事｜鄭重聲明｜話説得很鄭重。

錚（铮） zhèng ㄓㄥˋ 〈方〉(器物表面)光亮耀眼：玻璃擦得錚亮。

另見1457頁 zhēng。

閘（闸） zhèng ㄓㄥˋ ［閘閫］(zhèngchuài ㄓㄥˋ ㄔㄨㄞˋ)同'掙揣'。

證（证） zhèng ㄓㄥˋ ❶證明：證人｜證書｜證實｜論證。❷證據；證件：工作證｜出入證｜以此為證。

另見1462頁 zhèng'症'。

【證詞】zhèngcí ㄓㄥˋ ㄘˊ 對某個案件或某種事情提供證明的話。

【證婚】zhènghūn ㄓㄥˋ ㄏㄨㄣ 在結婚儀式上為結婚人做證明：證婚人。

【證件】zhèngjiàn ㄓㄥˋ ㄐㄧㄢˋ 證明身份、經歷等的文件，如學生證、工作證、畢業證書等。

【證據】zhèngjù ㄓㄥˋ ㄐㄩˋ 能夠證明某事物的真實性的有關事實或材料：證據確鑿。

【證明】zhèngmíng ㄓㄥˋ ㄇㄧㄥˊ ❶用可靠的材料來表明或斷定人或事物的真實性：證明人｜證明書｜證明信｜事實證明這個判斷是正確的。❷證明書或證明信：開個證明。

【證券】zhèngquàn ㄓㄥˋ ㄑㄩㄢˋ 有價證券：證券市場｜證券交易所。

【證人】zhèng·ren ㄓㄥˋ ·ㄖㄣ ❶法律上指除當事人外能對案件提供證據的非當事人。❷對某種事情提供證明的人。

【證實】zhèngshí ㄓㄥˋ ㄕˊ 證明其確實：通過實踐而發現真理，又通過實踐而證實真理。

【證書】zhèngshū ㄓㄥˋ ㄕㄨ 由機關、學校、團體等發的證明資格或權利等的文件：結婚證書｜畢業證書。

【證物】zhèngwù ㄓㄥˋ ㄨˋ 能證明有關案件事實的物件。

【證言】zhèngyán ㄓㄥˋ ㄧㄢˊ 證人就所知道的與案件有關的事實、情節所作的陳述。

【證驗】zhèngyàn ㄓㄥˋ ㄧㄢˋ ❶通過試驗使得到證實：實習可以證驗課堂學習的知識。❷實際的效驗。

【證章】zhèngzhāng ㄓㄥˋ ㄓㄤ 學校、機關、團體發給本單位人員證明身份的標誌，多用金屬製成，佩在胸前。

zhī (ㄓ)

支1 zhī ㄓ ❶撐：支帳篷｜把葦簾子支起來｜他用兩手支着頭正在想甚麼。❷伸出；豎起：兩隻虎牙朝兩邊支着｜支着耳朵聽。❸支持：支援｜支應｜體力不支｜樂不可支｜疼得實在支不住。❹調度；指使：支配｜支使｜把人支走。❺付出或領取(款項)：支出｜支取｜支錢。❻(Zhī)姓。

支2 zhī ㄓ ❶分支；支派：支流｜支隊｜支綫｜支店。❷量詞。a)用於隊伍等：一支軍隊｜一支文化隊伍。b)用於歌曲或樂曲：兩支新的樂曲。c)用於電燈的光度：四十支燭光｜二十五支光的燈泡。d)紗綫粗細程度的計算單位，用單位重量的長度來表示，如1克重的紗綫長100米，就叫100支(紗)。紗綫愈細，支數愈多。e)同'枝'③。

支3 zhī ㄓ 地支。參看368頁〖干支〗。

【支邊】zhī∥biān ㄓ∥ㄅㄧㄢ 支援邊疆：支邊工作。

【支部】zhībù ㄓ ㄅㄨˋ ❶某些黨派、團體的基層組織。❷特指中國共產黨的基層組織。

【支撐】zhī·chēng ㄓ ·ㄔㄥ ❶抵抗住壓力使東西不倒塌：坑道裏用柱子支撐着。❷勉強維持：他支撐着坐起來，頭還在發暈｜一家的生活由他一人支撐。

【支持】zhīchí ㄓ ㄔˊ ❶勉強維持；支撐：累得支持不住了。❷給以鼓勵或贊助：互相支持｜支持合理化建議。

【支出】zhīchū ㄓ ㄔㄨ ❶付出去；支付。❷支付的款項：儘量控制非生產性的支出。

【支絀】zhīchù ㄓ ㄔㄨˋ (款項)不夠支配：經費支絀。參看1531頁〖左支右絀〗。

【支點】zhīdiǎn ㄓ ㄉㄧㄢˇ ❶杠桿上起支撐作用，繞着轉動的固定點。❷指事物的中心或關鍵：戰略支點。

【支隊】zhīduì ㄓ ㄉㄨㄟˋ ❶軍隊中相當於團或師的一級組織，如獨立支隊、遊擊支隊等。❷作戰時的臨時編組，如先遣支隊。

【支付】zhīfù ㄓ ㄈㄨˋ 付出(款項)：支付現金。

【支架】zhījià ㄓ ㄐㄧㄚˋ ❶支持物體用的架子。❷支撐；架起：支架屋樑｜支架鍋灶。❸招架；抵擋：寡不敵眾，支架不住。

【支解】zhījiě ㄓ ㄐㄧㄝˇ 古代割去四肢的酷刑。現多用於比喻。也作肢解。

【支離】zhīlí ㄓ ㄌㄧˊ ❶分散；殘缺：支離破碎。❷(語言文字)煩瑣而凌亂：支離錯亂，不成文理。

【支離破碎】zhīlí pòsuì ㄓ ㄌㄧˊ ㄆㄛˋ ㄙㄨㄟˋ 形容事物零散破碎，不成整體。

【支流】zhīliú ㄓ ㄌㄧㄡˊ ❶流入幹流的河流。❷比喻伴隨主要事物而出現的次要事物。

【支爐兒】zhīlúr ㄓ ㄌㄨㄦˊ 烙餅的器具，用沙土製成，面上有許多小孔，用時扣在火爐上。

【支脉】zhīmài ㄓ ㄇㄞˋ 山脉的分支：伏牛山是秦嶺的支脉。

【支派】zhīpài ㄓ ㄆㄞˋ 分出來的派別；分支。

【支派】zhī·pài ㄓ ·ㄆㄞˋ 支使；調動：支派人。

【支配】zhīpèi ㄓ ㄆㄟˋ ❶安排：合理支配時間｜支配勞動力｜不聽支配。❷對人或事物起引導和控制的作用：思想支配行動。

【支票】zhīpiào ㄓ ㄆㄧㄠˋ 向銀行支取或劃撥存款的票據。

【支氣管】zhīqìguǎn ㄓ ㄑㄧˋ ㄍㄨㄢˇ 氣管的分支，分佈在肺臟內。(圖見332頁'肺')

【支渠】zhīqú ㄓ ㄑㄩˊ 從幹渠引水到斗渠的渠道。

【支取】zhīqǔ ㄓ ㄑㄩˇ 領取(款項)：支取存款。

【支使】zhī·shi ㄓ ·ㄕ 命令人做事：支使人｜把他支使走。

【支書】zhīshū ㄓ ㄕㄨ 支部書記，是黨團支部的主要負責人。

【支吾】zhī·wú ㄓ ·ㄨˊ 說話含混躲閃；用含混的話搪塞：支吾其詞｜一味支吾。

【支綫】zhīxiàn ㄓ ㄒㄧㄢˋ 交通綫路的分支(跟'幹綫'相對)。

【支應】zhīyìng ㄓ ㄧㄥˋ ❶應付：一個人支應不開。❷供應：支應糧草。❸守候；聽候使喚：支應門戶｜今天晚上我來支應，你們去睡好了。

【支援】zhīyuán ㄓ ㄩㄢˊ 用人力、物力、財力或其他實際行動去支持和援助：支援災區｜互相支援。

【支着兒】zhī∥zhāor ㄓ∥ㄓㄠㄦ 從旁給人出主意(多用於看下棋)。也作支招兒。

【支柱】zhīzhù ㄓ ㄓㄨˋ ❶起支撐作用的柱子。❷比喻中堅力量：支柱行業｜國家的支柱。

【支子】zhī·zi ㄓ ·ㄗ ❶支撐物體的東西：火支子(爐灶上支鍋、壺等的東西，圈形，有足，用鐵製成)｜車支子。❷一種鐵製的架在火上烤肉的用具，像箅子而帶腿。

【支嘴兒】zhī∥zuǐr ㄓ∥ㄗㄨㄟㄦˇ 〈方〉從旁給人出主意：他愛看人家下棋，可從來不支嘴兒｜咱們別支嘴兒，讓他自己多動動腦筋。

氏 zhī ㄓ 見1313頁[閼氏](yānzhī)、1414頁〖月氏〗(Yuèzhī)。
另見1044頁 shì。

之1 zhī ㄓ 〈書〉往：由京之滬｜君將何之？

之2 zhī ㄓ 〈書〉代詞。❶代替人或事物(限於做賓語)：求之不得｜取之不盡｜操之過急｜言之成理｜取而代之｜有過之無不及｜反其道而行之。❷虛用，無所指：久而久之｜不覺手之舞之，足之蹈之。❸這；那：之二蟲｜之子於鈞。

之3 zhī ㄓ 〈書〉助詞。❶用在定語和中心詞之間，組成偏正詞組。a) 表示領屬關係：赤子之心｜鐘鼓之聲｜以子之矛，攻子之盾。b) 表示一般的修飾關係：光榮之家｜無價之寶｜緩兵之計｜千里之外｜意料之中｜十分之九。❷用在主謂結構之間，取消它的獨立性，使變成偏正結構：中國之大｜戰鬥之烈｜大道之行也，天下為公｜如因勢利導，則如水之就下，極為自然。

【之後】zhīhòu ㄓ ㄏㄡˋ ❶表示在某個時間或處所的後面：三天之後我們又分手了｜文藝大隊走在煤礦工人隊伍之後。注意 多指時間，少指處所。❷單獨用在句子頭上，表示在上文所説的事情以後：之後，他們又提出了具體的計劃。

【之乎者也】zhī hū zhě yě ㄓ ㄏㄨ ㄓㄜˇ ㄧㄝˇ '之、乎、者、也'是文言文裏常用的語助詞，常用來形容半文不白的話或文章。

【之前】zhīqián ㄓ ㄑㄧㄢˊ 表示在某個時間或處所的前面：吃飯之前要洗手｜一個月之前我還遇到過他｜他們站在隊旗之前舉手宣誓。注意 多指時間，少指處所。

卮(巵) zhī ㄓ 古代盛酒的器皿：漏卮。

汁 zhī ㄓ (汁兒) 含有某種物質的液體：乳汁｜膽汁｜牛肉汁｜橘子汁｜墨汁兒。

【汁水】zhī·shui ㄓ ·ㄕㄨㄟ 〈方〉汁兒：這種果子汁水很多。

【汁液】zhīyè ㄓ ㄧㄝˋ 汁兒。

芝〔芝〕 zhī ㄓ ❶古書上指靈芝。❷古書上指白芷。

【芝蘭】zhīlán ㄓ ㄌㄢˊ 芝和蘭是兩種香草，古時比喻德行的高尚或友情、環境的美好等：芝蘭之室。

【芝麻】zhī·ma ㄓ ·ㄇㄚ ❶一年生草本植物，莖直立，下部為圓形，上部一般為四棱形，葉子上有毛，花白色，蒴果有棱，種子小而扁平，有白、黑、黃、褐等不同顏色。是重要的油料作物。❷這種植物的種子，可以吃，也可以榨油。‖也作脂麻。

【芝麻官】zhī·maguān ㄓ ·ㄇㄚ ㄍㄨㄢ 指職位低、權力小的官(含譏諷意)：小小芝麻官｜七品芝麻官。

【芝麻醬】zhī·majiàng ㄓ ·ㄇㄚ ㄐㄧㄤˋ 把芝麻炒熟、磨碎而製成的醬，有香味，用做調料。也叫麻醬。

【芝麻油】zhī·mayóu ㄓ ·ㄇㄚ ㄧㄡˊ 用芝麻榨的油，有特殊的香味，是普通的食用油。也叫香油、麻油。

吱 zhī ㄓ 象聲詞：是甚麼在吱吱叫？｜車吱的一聲停住了。

另見1510頁 zī。

枝 zhī ㄓ ❶(枝兒) 枝子：樹枝｜柳枝兒。❷量詞，用於帶枝子的花朵：一枝梅花。❸量詞，用於桿狀的東西：一枝槍｜三枝鋼筆｜一枝蠟燭。

【枝杈】zhīchà ㄓ ㄔㄚˋ 植物上分杈的小枝子。

【枝節】zhījié ㄓ ㄐㄧㄝˊ ❶比喻有關的但是次要的事情：枝節問題隨後再解決｜不要過多地注意那些枝枝節節。❷比喻在解決一個問題的過程中發生的麻煩：橫生枝節。

【枝解】zhījiě ㄓ ㄐㄧㄝˇ 同'支解'。

【枝蔓】zhīmàn ㄓ ㄇㄢˋ 枝條和藤蔓，比喻煩瑣紛雜：文字枝蔓，不得要領。

【枝條】zhītiáo ㄓ ㄊㄧㄠˊ 枝子。

【枝捂】zhīwú ㄓ ㄨˊ 同'枝梧'。

【枝梧】zhīwú ㄓ ㄨˊ 〈書〉同'支吾'。也作枝捂。

【枝丫】zhīyā ㄓ ㄧㄚ 枝杈。也作枝椏。

【枝椏】zhīyā ㄓ ㄧㄚ 同'枝丫'。

【枝葉】zhīyè ㄓ ㄧㄝˋ 枝子和葉子，也比喻瑣碎的情節或話語。

【枝子】zhī·zi ㄓ ·ㄗ 由植物的主幹上分出來的較細的莖。

知 zhī ㄓ ❶知道：知無不言｜知其一不知其二｜這話不知是誰説的。❷使知道：通知｜知會｜知單。❸知識：求知｜無知。❹〈書〉知己：新知｜知友。❺舊指主管：知縣｜知客。

〈古〉又同'智'。

【知賓】zhībīn ㄓ ㄅㄧㄣ 〈方〉知客①。

【知單】zhīdān ㄓ ㄉㄢ 舊時常用的請客通知單，上邊開列被邀請的人的名字，由專人持單依次通知，被邀請的人如果能到，一般在自己名下寫'知'字，表示已經知道。如果不能到，一般在自己名下寫'謝'字，表示謝絕。

【知道】zhī·dào ㄓ ·ㄉㄠˋ 對於事實或道理有認識；懂得：他知道的事情很多｜你的意思我知道。

【知底】zhī∥dǐ ㄓ∥ㄉㄧˇ 知道根底或內情：知根知底｜這事我也不知底。

【知法犯法】zhī fǎ fàn fǎ ㄓ ㄈㄚˇ ㄈㄢˋ ㄈㄚˇ 懂得某項法令、規章而故意違犯。

【知府】zhīfǔ ㄓ ㄈㄨˇ 明清兩代稱一府的長官。

【知根知底】zhī gēn zhī dǐ ㄓ ㄍㄣ ㄓ ㄉㄧˇ 知道根底或內情：我們是老朋友啦，彼此都知根知底。

【知會】zhī·hui ㄓ ·ㄏㄨㄟ 通知；告訴：你先去知會他一聲，讓他早一點兒準備。

【知己】zhījǐ ㄓ ㄐㄧˇ ❶彼此相互了解而情誼深切的：知己話｜知己的朋友。❷彼此相互了解而情誼深切的人：海內存知己，天涯若比鄰。

【知己知彼】zhī jǐ zhī bǐ ㄓ ㄐㄧˇ ㄓ ㄅㄧˇ 《孫子·謀攻》：'知彼知己，百戰不殆。'一般都説'知己知彼'，指對自己的情況和對方的情況都有透徹的了解。

【知交】zhījiāo ㄓ ㄐㄧㄠ 知己的朋友：他是我中學時代的知交。

【知近】zhījìn ㄓ ㄐㄧㄣˋ 彼此相互了解而關係親近：知近的朋友。

【知覺】zhījué ㄓ ㄐㄩㄝˊ ❶反映客觀事物的整體形象和表面聯繫的心理過程。知覺是在感覺的基礎上形成的，比感覺複雜、完整。❷感覺①：失去了知覺。

【知客】zhīkè ㄓ ㄎㄜˋ ❶舊時幫助辦喜事或喪事的人家招待賓客的人。有的地區叫知賓。❷寺院中主管接待賓客的和尚。也叫知客僧。

【知了】zhīliǎo ㄓ ㄌㄧㄠˇ 蚱蟬的俗稱，因叫的聲音像'知了'而得名。

【知名】zhīmíng ㄓ ㄇㄧㄥˊ 著名；有名(多用於人)：海內知名｜知名人士｜知名作家。

【知名度】zhīmíngdù ㄓ ㄇㄧㄥˊ ㄉㄨˋ 指某人或某事物被社會、公眾知道熟悉的程度：他是個知名度很高的人。

【知命】zhīmìng ㄓ ㄇㄧㄥˋ 〈書〉❶了解天命；認識命運：樂天知命。❷《論語．為政》：'五十而知天命。'後來用'知命'指人五十歲：知命之年。

【知青】zhīqīng ㄓ ㄑㄧㄥ 知識青年。

【知情】zhī//qíng ㄓ//ㄑㄧㄥˊ 對別人善意行動的情誼表示感激：對於你的熱情幫助，我很知情｜你為他操心，他會知你的情的。

【知情】zhīqíng ㄓ ㄑㄧㄥˊ 知道事件的情節(多用於有關犯罪事件)：知情人｜知情不報。

【知情達理】zhīqíng dá lǐ ㄓ ㄑㄧㄥˊ ㄉㄚˊ ㄌㄧˇ 通人情，懂事理。

【知趣】zhīqù ㄓ ㄑㄩˋ 知道進退，不惹人討厭：人家拒絕了，他還一再去糾纏，真不知趣。

【知人之明】zhī rén zhī míng ㄓ ㄖㄣˊ ㄓ ㄇㄧㄥˊ 能認識人的品行和才能的眼力。

【知識】zhī·shi ㄓ ·ㄕ ❶人們在改造世界的實踐中所獲得的認識和經驗的總和。❷指有關學術文化的：知識分子｜知識界。

【知識產業】zhī·shi chǎnyè ㄓ ·ㄕ ㄔㄢˇ ㄧㄝˋ 指傳播知識、提供知識的產業，如教育部門、科研部門、信息服務部門等。也叫智力產業。

【知識分子】zhī·shi fènzǐ ㄓ ·ㄕ ㄈㄣˋ ㄗˇ 具有較高文化水平、從事腦力勞動的人。如科學工作者、教師、醫生、記者、工程師等。

【知識青年】zhī·shi qīngnián ㄓ ·ㄕ ㄑㄧㄥ ㄋㄧㄢˊ 指受過學校教育，具有一定文化知識的青年人。

【知事】zhīshì ㄓ ㄕˋ 民國初年稱一縣的長官。也叫縣知事。

【知書達理】zhī shū dá lǐ ㄓ ㄕㄨ ㄉㄚˊ ㄌㄧˇ 有知識，懂禮貌。指人有文化教養。也說知書識禮。

【知疼着熱】zhī téng zháo rè ㄓ ㄊㄥˊ ㄓㄠˊ ㄖㄜˋ 形容對人非常關心愛護(多用於夫妻之間)。

【知悉】zhīxī ㄓ ㄒㄧ 知道：詳情知悉｜無從知悉。

【知縣】zhīxiàn ㄓ ㄒㄧㄢˋ 宋代多用中央機關的官做縣官，稱'知某縣事'，簡稱知縣，明清兩代用做一縣長官的正式名稱。

【知曉】zhīxiǎo ㄓ ㄒㄧㄠˇ 知道；曉得。

【知心】zhīxīn ㄓ ㄒㄧㄣ 知己①：知心話｜知心朋友。

【知音】zhīyīn ㄓ ㄧㄣ 伯牙彈琴，彈到描寫高山的曲調時，在旁聽琴的鍾子期就說：'善哉峨峨兮若泰山。'彈到描寫流水的曲調時，鍾子期就說：'善哉洋洋兮若江河。'鍾子期死後，伯牙不再彈琴，認為沒有人比鍾子期更懂得他的音樂(見於《列子．湯問》)。後來用'知音'指了解自己特長的人。

【知友】zhīyǒu ㄓ ㄧㄡˇ 相互了解的朋友。

【知遇】zhīyù ㄓ ㄩˋ 指得到賞識或重用：知遇之感。

【知照】zhīzhào ㄓ ㄓㄠˋ 通知；關照：你去知照他一聲，說我已經回來了。

【知州】zhīzhōu ㄓ ㄓㄡ 宋代多用中央機關的官做州官，稱'權知某軍州事'，簡稱知州。明清兩代用作一州長官的正式名稱。

【知足】zhīzú ㄓ ㄗㄨˊ 滿足於已經得到的(指生活、願望等)：知足常樂｜知足無求。

肢 zhī ㄓ 人的胳膊、腿；某些動物的腿：肢體｜上肢和下肢。

【肢解】zhījiě ㄓ ㄐㄧㄝˇ 同'支解'。

【肢勢】zhīshì ㄓ ㄕˋ 家畜四肢站立時的姿勢，是評定家畜役使能力的重要依據。

【肢體】zhītǐ ㄓ ㄊㄧˇ 四肢，也指四肢和軀幹。

泜 Zhī ㄓ 泜河，水名，在河北。

梔(栀) zhī ㄓ ［梔子］(zhī·zi ㄓ ·ㄗ) ❶常綠灌木或小喬木，葉子對生，長橢圓形，有光澤，花大，白色，有強烈的香氣，果實倒卵形。花供觀賞，果實可做黃色染料，也可入藥。有的地區叫水橫枝。❷這種植物的果實。

胝 zhī ㄓ 見880頁〖胼胝〗(piánzhī)。

祗 zhī ㄓ 〈書〉恭敬：祗仰(敬仰)｜祗候光臨。

隻(只) zhī ㄓ ❶單獨的：隻身｜片紙隻字｜獨具隻眼。❷量詞。a)用於某些成對的東西的一個：兩隻耳朵｜兩隻手｜一隻襪子一隻鞋。b)用於動物(多指飛禽、走獸)：一隻雞｜兩隻兔子。c)用於某些器具：一隻箱子。d)用於船隻：一隻小船。

'只'另見1470頁 zhǐ。

【隻身】zhīshēn ㄓ ㄕㄣ 單獨一個人：隻身獨往｜隻身在外。

【隻言片語】zhī yán piàn yǔ ㄓ ㄧㄢˊ ㄆㄧㄢˋ ㄩˇ

個別的詞句；片段的話。

脂 zhī ㄓ ❶動植物所含的油質：脂肪｜松脂。❷胭脂：脂粉。

【脂肪】zhīfáng ㄓ ㄈㄤˊ 有機化合物，由三個脂肪酸分子和一個甘油分子化合而成，存在於人體和動物的皮下組織以及植物體中。脂肪是儲存熱能最高的食物，能供給人體中所需的大量熱能。

【脂肪酸】zhīfángsuān ㄓ ㄈㄤˊ ㄙㄨㄢ 有機化合物的一類，低級的脂肪酸是無色液體，有刺激氣味，高級的脂肪酸是蠟狀固體。天然油脂中含量很多。也叫脂酸。

【脂粉】zhīfěn ㄓ ㄈㄣˇ 胭脂和粉，舊時借指婦女：脂粉氣。

【脂膏】zhīgāo ㄓ ㄍㄠ ❶脂肪。❷比喻人民的血汗和勞動果實。

【脂麻】zhī·ma ㄓ ·ㄇㄚ 同'芝麻'。

【脂油】zhīyóu ㄓ ㄧㄡˊ 〈方〉板油：香脂油｜脂油餅。

梔 zhī ㄓ 檳梔(Bīnzhī ㄅㄧㄣ ㄓ)，越南地名。

跖 zhī ㄓ 見880頁[跰跖](piánzhī)。

稙 zhī ㄓ 莊稼種得早些或熟得早些：稙莊稼(種得早)｜稙穀子(種得早)｜白玉米稙(熟得早)。

榰 zhī ㄓ 〈書〉❶柱下的木礎或石礎。❷支撐。

蜘 zhī ㄓ [蜘蛛](zhīzhū ㄓ ㄓㄨ)節肢動物，身體圓形或長圓形，分頭胸和腹兩部，有觸鬚，雄的觸鬚內有精囊，有腳四對。肛門尖端的突起能分泌黏液，黏液在空氣中凝成細絲，用來結網捕食昆蟲。生活在屋檐和草木間。通稱蛛蛛。

織(织) zhī ㄓ ❶使紗或綫交叉穿過，製成綢、布、呢子等：紡織｜織布｜棉織物｜絲織物｜毛織物。❷用針使紗或綫互相套住，製成毛衣、襪子、花邊、網子等：編織｜織魚網｜針織品。

【織補】zhībǔ ㄓ ㄅㄨˇ 用紗或綫仿照織布的方式把衣服上破的地方補好。

【織錦】zhījǐn ㄓ ㄐㄧㄣˇ ❶織有彩色花紋的緞子；錦緞。❷一種織有圖畫、像刺綉似的絲織品，有彩色的，也有單色的。是杭州等地的特產。

【織女】zhīnǚ ㄓ ㄋㄩˇ ❶舊指織布、織綢的女子。❷指織女星。

【織女星】zhīnǚxīng ㄓ ㄋㄩˇ ㄒㄧㄥ 天琴座中最亮的一顆星，是零等星，隔銀河與牽牛星相對。

【織品】zhīpǐn ㄓ ㄆㄧㄣˇ 指紡織品。

【織物】zhīwù ㄓ ㄨˋ 用棉、麻、絲等織成的衣物的總稱。

【織造】zhīzào ㄓ ㄗㄠˋ 用機器織成織物。

zhí (ㄓˊ)

直 zhí ㄓˊ ❶成直綫的(跟'曲'相對)：筆直｜馬路又平又直｜你把鐵絲拉直。❷跟地面垂直的(跟'橫'相對)：直升機。❸從上到下的；從前到後的(跟'橫'相對)：直行的文字｜屋子很大，直裏有兩丈，橫裏有四丈。❹挺直；使筆直：直起腰來。❺公正的；正義的：正直｜理直氣壯。❻直爽；直截：直性子｜心直口快｜直呼其名｜直言不諱｜他嘴直，藏不住話。❼漢字的筆畫，即'豎'④。❽一直；徑直；直接：列車直達北京｜遊藝會直到中午才結束。❾一個勁兒；不斷地：他看着我直笑｜我冷得直哆嗦。❿簡直：痛得直像針扎一樣難受。⓫(Zhí)姓。

【直播】[1] zhíbō ㄓˊ ㄅㄛ 不經過育苗，直接把種子播種到田地裏。

【直播】[2] zhíbō ㄓˊ ㄅㄛ 廣播電台不經過錄音或電視台不經過錄像而直接播送：現場直播大會的實況。

【直撥】zhíbō ㄓˊ ㄅㄛ 電話不經過總機可直接撥通外綫或長途綫路：直撥電話｜很多城市之間的電話可以直撥通話。

【直腸】zhícháng ㄓˊ ㄔㄤˊ 大腸的最末段，上端與乙狀結腸相連，下端與肛門相連，作用是吸收水分。當糞便到達直腸時，直腸收縮，肛門周圍的括約肌張開，糞便就從肛門排出。(圖見1252頁〖消化系統〗)

【直腸子】zhícháng·zi ㄓˊ ㄔㄤˊ ·ㄗ 比喻直性子或性情爽直的人。

【直達】zhídá ㄓˊ ㄉㄚˊ 不必在中途換車換船而直接到達：直達車｜從北京坐火車直達廣州。

【直達快車】zhídá kuàichē ㄓˊ ㄉㄚˊ ㄎㄨㄞˋ ㄔㄜ 指停站少(一般不停小站)、行車時間少於普通列車的旅客列車。簡稱直快。

【直待】zhídài ㄓˊ ㄉㄞˋ 一直等到(某個時間、階段等)：直待天黑才回家。

【直到】zhídào ㄓˊ ㄉㄠˋ 一直到(多指時間)：這事直到今天我才知道。

【直瞪瞪】zhídēngdēng ㄓˊ ㄉㄥ ㄉㄥ (直瞪瞪的)形容兩眼直視發怔：他直瞪瞪地望着地面，神情木然。

【直裰】zhíduō ㄓˊ ㄉㄨㄛ 僧道穿的大領長袍。

【直根】zhígēn ㄓˊ ㄍㄣ 比較發達的粗而長的主根。一般雙子葉植物如棉花、白菜都有直根。

【直貢呢】zhígòngní ㄓˊ ㄍㄨㄥˋ ㄋㄧˊ 一種精緻、光滑的斜紋毛織品或棉織品，質地厚實，多用來做大衣和鞋的面子。

【直觀】zhíguān ㄓˊ ㄍㄨㄢ 用感官直接接受的；直接觀察的：直觀教具｜直觀教學。

【直角】zhíjiǎo ㄓˊ ㄐㄧㄠˇ 兩條直綫或兩個平面

垂直相交所成的角。直角為 90°。

【直接】zhíjiē ㄓˊ ㄐㄧㄝ 不經過中間事物的(跟'間接'相對)：直接關係｜直接領導｜直接閱讀外文書籍。

【直接經驗】zhíjiē jīngyàn ㄓˊ ㄐㄧㄝ ㄐㄧㄥ ㄧㄢˋ 親自從實踐中取得的經驗(跟'間接經驗'相對)。

【直接稅】zhíjiēshuì ㄓˊ ㄐㄧㄝ ㄕㄨㄟˋ 由納稅人直接負擔的稅，如所得稅、土地稅、房產稅等。

【直接推理】zhíjiē tuīlǐ ㄓˊ ㄐㄧㄝ ㄊㄨㄟ ㄌㄧˇ 由一個前提推出結論的推理。

【直接選舉】zhíjiē xuǎnjǔ ㄓˊ ㄐㄧㄝ ㄒㄩㄢˇ ㄐㄩˇ 選民直接參加選舉代表或領導成員，不經過復選手續的選舉。

【直截】zhíjié ㄓˊ ㄐㄧㄝˊ 直截了當。也作直捷。

【直截了當】zhíjié-liǎodàng ㄓˊ ㄐㄧㄝˊ ㄌㄧㄠˇ ㄉㄤˋ (言語、行動等)簡單爽快。

【直徑】zhíjìng ㄓˊ ㄐㄧㄥˋ 通過圓心並且兩端都在圓周上的綫段叫做圓的直徑；通過球心並且兩端都在球面上的綫段叫做球的直徑。

【直撅撅】zhíjuējuē ㄓˊ ㄐㄩㄝ ㄐㄩㄝ 〈方〉(直撅撅的)形容挺直。

【直覺】zhíjué ㄓˊ ㄐㄩㄝˊ 未經充分邏輯推理的直觀。直覺是以已經獲得的知識和纍積的經驗為依據的，而不是像唯心主義者所說的那樣，是不依靠實踐、不依靠意識的邏輯活動的一種天賦的認識能力。

【直快】zhíkuài ㄓˊ ㄎㄨㄞˋ 直達快車的簡稱。

【直來直去】zhí lái zhí qù ㄓˊ ㄌㄞˊ ㄓˊ ㄑㄩˋ ❶徑直去徑直回：這次去廣州是直來直去，過不幾天就回來了。❷指心地直爽，説話不繞彎子：他是個直來直去的人，想到甚麼，就説甚麼。

【直立】zhílì ㄓˊ ㄌㄧˋ 筆直地站着或豎着。

【直立莖】zhílìjīng ㄓˊ ㄌㄧˋ ㄐㄧㄥ 直立向上生長的莖。大多數植物的莖都是直立莖，如松、柏、甘蔗的莖。

【直溜】zhí·liu ㄓˊ ·ㄌㄧㄡ (直溜兒)形容筆直：你看這棵小樹，長得多直溜兒。

【直溜溜】zhíliūliū ㄓˊ ㄌㄧㄡ ㄌㄧㄡ (直溜溜的)形容筆直的樣子：直溜溜的大馬路。

【直流電】zhíliúdiàn ㄓˊ ㄌㄧㄡˊ ㄉㄧㄢˋ 方向不隨時間而改變的電流。

【直眉瞪眼】zhí méi dèng yǎn ㄓˊ ㄇㄟˊ ㄉㄥˋ ㄧㄢˇ ❶形容發脾氣。❷形容發呆：他直眉瞪眼地站在那裏，也不説話。

【直面】zhímiàn ㄓˊ ㄇㄧㄢˋ 面對；正視：直面人生。

【直升機】zhíshēngjī ㄓˊ ㄕㄥ ㄐㄧ 能直升直落的飛機，螺旋槳裝在機身的上部，作水平方向旋轉，能停留在空中，可在小面積場地起落。

【直書】zhíshū ㄓˊ ㄕㄨ 〈書〉據實寫：秉筆直書。

【直抒】zhíshū ㄓˊ ㄕㄨ 直率地發抒：直抒己見。

【直屬】zhíshǔ ㄓˊ ㄕㄨˇ ❶直接隸屬：這個機構是直屬文化部的。❷直接統屬的：直屬部隊｜國務院直屬機關。

【直率】zhíshuài ㄓˊ ㄕㄨㄞˋ 直爽：生性直率。

【直爽】zhíshuǎng ㄓˊ ㄕㄨㄤˇ 心地坦白，言語、行動沒有顧忌：性情直爽｜他是個直爽人，心裏怎麼想，嘴上就怎麼説。

【直挺挺】zhítǐngtǐng ㄓˊ ㄊㄧㄥˇ ㄊㄧㄥˇ (直挺挺的)形容僵直的樣子：直挺挺地站着｜直挺挺地躺在牀上。

【直筒子】zhítǒng·zi ㄓˊ ㄊㄨㄥˇ ·ㄗ 比喻直性子或思想單純的人：他是個直筒子，説話做事從來不會拐彎抹角。

【直系親屬】zhíxì qīnshǔ ㄓˊ ㄒㄧˋ ㄑㄧㄣ ㄕㄨˇ 指和自己有直接血統關係或婚姻關係的人，如父、母、夫、妻、子、女等。

【直轄】zhíxiá ㄓˊ ㄒㄧㄚˊ 直接管轄的：直轄市｜直轄機構。

【直轄市】zhíxiáshì ㄓˊ ㄒㄧㄚˊ ㄕˋ 由中央直接領導的市。

【直綫】zhíxiàn ㄓˊ ㄒㄧㄢˋ ❶一個點在平面或空間沿着一定方向和其相反方向運動的軌迹；不彎曲的綫。❷指直接的或沒有曲折起伏的：直綫電話｜直綫運輸｜直綫聯繫｜直綫上升。

【直心眼兒】zhíxīnyǎnr ㄓˊ ㄒㄧㄣ ㄧㄢˇㄦ ❶心地直爽。❷指心地直爽的人。

【直性】zhíxìng ㄓˊ ㄒㄧㄥˋ (直性兒)性情直爽：他是個直性人，有甚麼説甚麼。

【直性子】zhíxìng·zi ㄓˊ ㄒㄧㄥˋ ·ㄗ ❶直性。❷直性的人。

【直言】zhíyán ㄓˊ ㄧㄢˊ 毫無顧忌地説出來：直言不諱。

【直譯】zhíyì ㄓˊ ㄧˋ 指偏重於照顧原文字句的翻譯(區別於'意譯')。

【直音】zhíyīn ㄓˊ ㄧㄣ 我國傳統的一種注音方法，就是用一個比較容易認識的字來標注跟它同音的字，例如'蠱，音古'，是説'蠱'字和'古'字同音；'冶，音也'，是説'冶'字和'也'字同音。

【直至】zhízhì ㄓˊ ㄓˋ 直到。

侄(姪)

zhí ㄓˊ (侄兒)侄子：表侄｜内侄。

【侄婦】zhífù ㄓˊ ㄈㄨˋ 〈書〉侄媳婦。

【侄女】zhí·nǚ ㄓˊ ·ㄋㄩˇ (侄女兒)弟兄或其他同輩男性親屬的女兒。也稱朋友的女兒。

【侄女婿】zhínǚ·xu ㄓˊ ㄋㄩˇ ·ㄒㄩ 侄女的丈夫。

【侄孫】zhísūn ㄓˊ ㄙㄨㄣ 弟兄的孫子。

【侄孫女】zhísūn·nǚ ㄓˊ ㄙㄨㄣ ·ㄋㄩˇ (侄孫女兒)弟兄的孫女。

【侄媳婦】zhíxí·fu ㄓˊ ㄒㄧˊ ·ㄈㄨ (侄媳婦兒)侄子

的妻子。

【侄子】zhí·zi ㄓˊ·ㄗ 弟兄或其他同輩男性親屬的兒子。也稱朋友的兒子。

值 zhí ㄓˊ ❶價格；數值：幣值｜比值｜總產值。❷貨物和價錢相當：這雙皮鞋值五十塊錢。❸用數字表示的量或數學運算所能得到的每一個結果，如 a 取值10，b 取值 8，則代數式 ab 的值為 10×8=80。❹指有意義或有價值；值得：不值一提｜走一趟，值了。❺遇到；碰上：正值國慶，老友重逢，真是分外高興。❻輪流擔任一定時間內的工作：值班｜值日。

【值班】zhí∥bān ㄓˊ∥ㄅㄢ （輪流）在規定的時間擔任工作。

【值當】zhídàng ㄓˊ ㄉㄤˋ 〈方〉值得；合算；犯得上：為些雞毛蒜皮的事生氣，太不值當。

【值得】zhí∥·dé ㄓˊ∥·ㄉㄜ ❶價錢相當；合算：這東西買得值得｜東西好，價錢又便宜，值得買。❷指這樣去做有好的結果；有價值，有意義：不值得｜值不得｜值得研究｜值得推廣。

【值錢】zhíqián ㄓˊ ㄑㄧㄢˊ 價錢高；有價值：把值錢的東西交給櫃台保管｜這隻戒指很值錢。

【值勤】zhí∥qín ㄓˊ∥ㄑㄧㄣˊ 部隊中的人員或負責治安保衛、交通等工作的人員值班：值勤人員｜今天晚上該我值勤。

【值日】zhírì ㄓˊ ㄖˋ 在輪到負責的那一天執行任務：值日生｜今天該誰值日？

【值星】zhíxīng ㄓˊ ㄒㄧㄥ 部隊中各級行政負責幹部（營裏由連長，連裏由排長），在輪到負責的那一週帶隊和處理一般事務：值星排長｜本週是王連長值星。

【值夜】zhí∥yè ㄓˊ∥ㄧㄝˋ 夜間值班：分組輪流值夜。

【值遇】zhíyù ㄓˊ ㄩˋ 〈書〉遭逢：值遇不幸。

埴 zhí ㄓˊ 〈書〉黏土。

執（执） zhí ㄓˊ ❶拿着：執筆｜手執紅旗。❷執掌：執政｜執教。❸堅持：執意不肯｜各執一詞。❹執行；施行：執法。❺〈書〉捉住：戰敗被執。❻憑單：回執｜收執。❼〈書〉執友：父執。❽（Zhí）姓。

【執筆】zhíbǐ ㄓˊ ㄅㄧˇ 用筆寫，指寫文章，特指動筆擬訂集體名義的文稿。

【執導】zhídǎo ㄓˊ ㄉㄠˇ 擔任導演；從事導演工作：他執導過不少優秀影片｜在戲劇界執導多年。

【執法】zhífǎ ㄓˊ ㄈㄚˇ 執行法令、法律：執法如山（如山：比喻堅定不動搖）｜執法不阿（ē）。

【執紼】zhífú ㄓˊ ㄈㄨˊ 原指送葬時幫助牽引靈柩，後來泛指送殯。

【執教】zhíjiào ㄓˊ ㄐㄧㄠˋ 擔任教學任務；當教練：他在外貿學院執教多年｜他們曾攜手執教中國女排。

【執迷不悟】zhí mí bù wù ㄓˊ ㄇㄧˊ ㄅㄨˋ ㄨˋ 堅持錯誤而不覺悟。

【執泥】zhínì ㄓˊ ㄋㄧˋ 固執；拘泥：不可執泥一說。

【執牛耳】zhí niú'ěr ㄓˊ ㄋㄧㄡˊ ㄦˇ 古代諸侯訂立盟約，要每人嘗一點牲血，主盟的人親手割牛耳取血，故用'執牛耳'指盟主。後來指在某一方面居領導地位。

【執拗】zhíniù ㄓˊ ㄋㄧㄡˋ 固執任性，不聽從別人的意見：脾氣執拗。

【執勤】zhí∥qín ㄓˊ∥ㄑㄧㄣˊ 執行勤務。

【執事】zhí·shi ㄓˊ·ㄕ 舊時俗稱儀仗：打執事的。

【執行】zhíxíng ㄓˊ ㄒㄧㄥˊ 實施；實行（政策、法律、計劃、命令、判決中規定的事項）：嚴格執行｜執行任務｜執行計劃｜執行命令。

【執行主席】zhíxíng zhǔxí ㄓˊ ㄒㄧㄥˊ ㄓㄨˇ ㄒㄧˊ 開大會時由主席團中推舉的輪流主持會議的人。

【執意】zhíyì ㄓˊ ㄧˋ 堅持自己的意見：執意要去｜執意不肯。

【執友】zhíyǒu ㄓˊ ㄧㄡˇ 〈書〉志同道合的朋友。

【執掌】zhízhǎng ㄓˊ ㄓㄤˇ 掌管；掌握（職權）：執掌大權。

【執照】zhízhào ㄓˊ ㄓㄠˋ 由主管機關發給的准許做某項事情的憑證：施工執照｜駕駛執照。

【執政】zhí∥zhèng ㄓˊ∥ㄓㄥˋ 掌握政權：執政黨。

【執著】zhízhuó ㄓˊ ㄓㄨㄛˊ 原為佛教用語，指對某一事物堅持不放，不能超脫。後來指固執或拘泥，也指堅持不懈：性情古板執著｜不要執著於生活瑣事｜執著地獻身於祖國的教育事業。也作執着。

【執着】zhízhuó ㄓˊ ㄓㄨㄛˊ 同'執著'。

臺 zhí ㄓˊ 同'埴'。用於人名。

植 zhí ㄓˊ ❶栽種：種植｜培植｜移植｜植樹◇植皮｜斷肢再植。❷樹立：植黨營私（結黨營私）。❸指植物：植被｜植株｜植保。❹（Zhí）姓。

【植保】zhíbǎo ㄓˊ ㄅㄠˇ 植物保護的簡稱。

【植被】zhíbèi ㄓˊ ㄅㄟˋ 覆蓋在某一個地區地面上、具有一定密度的許多植物的總和。

【植苗】zhí∥miáo ㄓˊ∥ㄇㄧㄠˊ 移植苗木。

【植皮】zhí∥pí ㄓˊ∥ㄆㄧˊ 移植皮膚。參看1349頁〖移植〗②。

【植物】zhíwù ㄓˊ ㄨˋ 生物的一大類，這一類生物的細胞多具有細胞壁。一般有葉綠素，多以無機物為養料，沒有神經，沒有感覺。

【植物保護】zhíwù bǎohù ㄓˊ ㄨˋ ㄅㄠˇ ㄏㄨˋ 指防治和消滅病、蟲、鳥、獸、雜草等對農林植物的危害，使植物能夠正常發育。簡稱植保。

【植物群落】zhíwù qúnluò ㄓˊ ㄨˋ ㄑㄩㄣˊ ㄌㄨㄛˋ

在某一地區內，常結合成一定關係而生存的許多同種的或不同種的植物。

【植物人】zhíwùrén ㄓˊ ㄨˋ ㄖㄣˊ 指嚴重腦外傷、腦出血等引起的大腦皮層喪失活動能力，完全沒有知覺的人。

【植物纖維】zhíwù xiānwéi ㄓˊ ㄨˋ ㄒㄧㄢ ㄨㄟˊ 直接從植物體上取得的纖維，如棉、麻的纖維。

【植物性神經】zhíwùxìng shénjīng ㄓˊ ㄨˋ ㄒㄧㄥˋ ㄕㄣˊ ㄐㄧㄥ 周圍神經系的一部分，從延髓、中腦、脊髓發出，分佈在內臟器官上，包括傳入和傳出兩種神經纖維，通過這兩種神經纖維跟腦和脊髓發生聯繫，調節內臟器官活動。包括交感神經與副交感神經兩個部分。因為不受意志支配，所以叫做植物性神經。也叫自主神經。

【植物學】zhíwùxué ㄓˊ ㄨˋ ㄒㄩㄝˊ 研究植物的構造、生長和生活機能的規律、植物的分類、進化、傳播以及怎樣利用植物的學科。

【植物油】zhíwùyóu ㄓˊ ㄨˋ ㄧㄡˊ 從植物種子或果實中壓榨或提煉出來的油，如豆油、桐油、花生油、蓖麻油、椰子油等。有的供食用，有的是製造潤滑油、油漆的重要原料。

【植物園】zhíwùyuán ㄓˊ ㄨˋ ㄩㄢˊ 栽培各種植物，供學術研究或觀賞的地方。

【植株】zhízhū ㄓˊ ㄓㄨ 成長的植物體，包括根、莖、葉等部分。

殖 zhí ㄓˊ 繁殖；孳生：生殖｜牲畜增殖計劃。

另見1051頁·shi。

【殖民】zhímín ㄓˊ ㄇㄧㄣˊ 原指強國向它所征服的地區移民。在資本主義時期，指資本主義國家把經濟政治勢力擴張到不發達的國家或地區，掠奪和奴役當地的人民。

【殖民地】zhímíndì ㄓˊ ㄇㄧㄣˊ ㄉㄧˋ 原指一個國家在國外侵佔並大批移民居住的地區。在資本主義時期，指被資本主義國家剝奪了政治、經濟的獨立權力，並受它管轄的地區或國家。

【殖民主義】zhímín zhǔyì ㄓˊ ㄇㄧㄣˊ ㄓㄨˇ ㄧˋ 資本主義強國對力量弱小的國家或地區進行壓迫、統治、奴役和剝削的政策。殖民主義主要表現為海外移民、海盜式搶劫、奴隸販賣、資本輸出、商品傾銷、原料掠奪等。

跖 zhí ㄓˊ 同'蹠'。

摭 zhí ㄓˊ 〈書〉拾取；摘取：摭拾。

【摭拾】zhíshí ㄓˊ ㄕˊ 〈書〉拾；撿(多指襲用現成的事例或詞句)：摭拾故事。

縶(絷) zhí ㄓˊ 〈書〉❶拴；捆。❷拘禁。❸馬韁繩。

職(职) zhí ㄓˊ ❶職務；責任：盡職｜職分｜天職｜有職有權。❷職位：調職｜在職｜就職｜兼職｜撤職｜辭職。❸舊時公文用語，下屬對上司的自稱：職等奉命。❹掌管：職掌。❺〈書〉由於：職是之故｜職此而已。

【職別】zhíbié ㄓˊ ㄅㄧㄝˊ 職務的區別。

【職稱】zhíchēng ㄓˊ ㄔㄥ 職務的名稱：技術職稱｜評定職稱。

【職分】zhífèn ㄓˊ ㄈㄣˋ ❶職務上應盡的本分。❷官職。

【職工】zhígōng ㄓˊ ㄍㄨㄥ ❶職員和工人：職工代表大會。❷舊時指工人：職工運動。

【職能】zhínéng ㄓˊ ㄋㄥˊ 人、事物、機構應有的作用；功能：貨幣的職能｜政法部門是執行國家專政職能的機關。

【職權】zhíquán ㄓˊ ㄑㄩㄢˊ 職務範圍以內的權力：行使職權。

【職守】zhíshǒu ㄓˊ ㄕㄡˇ 工作崗位：擅離職守｜忠於職守。

【職位】zhíwèi ㄓˊ ㄨㄟˋ 機關或團體中執行一定職務的位置。

【職務】zhíwù ㄓˊ ㄨˋ 職位規定應該擔任的工作。

【職銜】zhíxián ㄓˊ ㄒㄧㄢˊ ❶職位和軍銜(如中校團長，團長是職，中校是銜)。❷〈書〉官銜。

【職業】zhíyè ㄓˊ ㄧㄝˋ ❶個人在社會中所從事的作為主要生活來源的工作。❷專業的；非業餘的：職業劇團｜職業運動員。

【職業病】zhíyèbìng ㄓˊ ㄧㄝˋ ㄅㄧㄥˋ 由於某種勞動的性質或特殊的勞動環境而引起的慢性疾病。如礦工和陶瓷工業工人易患的塵肺，吹玻璃的工人易患的肺氣腫等。

【職員】zhíyuán ㄓˊ ㄩㄢˊ 機關、企業、學校、團體裏擔任行政或業務工作的人員。

【職責】zhízé ㄓˊ ㄗㄜˊ 職務和責任：應盡的職責｜保衛祖國是每個公民的神聖職責。

【職掌】zhízhǎng ㄓˊ ㄓㄤˇ 掌管：職掌生殺大權。

蹠 zhí ㄓˊ ❶腳面上接近腳趾的部分。❷〈書〉腳掌。❸〈書〉踏。

【蹠骨】zhígǔ ㄓˊ ㄍㄨˇ 構成腳掌的小型長骨，跟掌骨相似，共有5塊，上端與跗骨相接，下端與趾骨相連。(圖見410頁〖骨骼〗)

蹢 zhí ㄓˊ ［蹢躅］(zhízhú ㄓˊ ㄓㄨˊ)〈書〉同'躑躅'。

另見246頁 dí。

躑(踯) zhí ㄓˊ ［躑躅］(zhízhú ㄓˊ ㄓㄨˊ)〈書〉徘徊①。

zhǐ (ㄓˇ)

止 zhǐ ㄓˇ ❶停止：止步｜止境｜不達目的不止。❷攔阻；使停止：禁止｜制止｜

止血｜止痛｜止得住｜止不住。❸(到、至…)截止：展覽從10月1日起至10月14日止。❹僅；只：止此一家｜這話你説過不止一次了。

【止步】zhǐ//bù ㄓˇ//ㄅㄨˋ 停止腳步：止步不前｜遊人止步(公共遊覽場所用來標明非遊覽部分)。

【止境】zhǐjìng ㄓˇ ㄐㄧㄥˋ 盡頭：學無止境｜科學的發展是沒有止境的。

【止息】zhǐxī ㄓˇ ㄒㄧ 停止：永無止息。

只(衹、衹) zhǐ ㄓˇ ❶副詞，表示限於某個範圍：只知其一，不知其二｜只見樹木，不見森林。❷只有；僅有：家裏只我一個人。

另見1465頁 zhī '隻'。'衹'另見902頁 qí。

【只得】zhǐdé ㄓˇ ㄉㄜˊ 不得不：河上沒有橋，我們只得涉水而過。

【只顧】zhǐgù ㄓˇ ㄍㄨˋ ❶副詞，表示專一不變：他話也不答，頭也不回，只顧低着頭幹他的事。❷僅僅顧到：只顧一方面不行，還要顧別的方面。

【只管】zhǐguǎn ㄓˇ ㄍㄨㄢˇ 副詞。❶儘管：你有甚麼針綫活兒，只管拿來，我抽空幫你做。❷只顧①：他不會使槳，小船只管在湖中打轉。

【只好】zhǐhǎo ㄓˇ ㄏㄠˇ 不得不；只得：我等了半天他還沒回來，只好留個條子就走了。

【只是】zhǐshì ㄓˇ ㄕˋ ❶僅僅是；不過是：我今天進城，只是去看看朋友，逛逛書店，沒有別的事兒。❷表示強調限於某個情況或範圍：大家問他是甚麼事，他只是笑，不回答。❸但是(口氣較輕)：本來預備今天拍攝外景，只是天還沒有晴，不能拍攝。

【只消】zhǐxiāo ㄓˇ ㄒㄧㄠ 只需要：這點活兒，只消幾分鐘就可以幹完。

【只許州官放火，不許百姓點燈】zhǐ xǔ zhōuguān fàng huǒ,bù xǔ bǎixìng diǎn dēng ㄓˇ ㄒㄩˇ ㄓㄡ ㄍㄨㄢ ㄈㄤˋ ㄏㄨㄛˇ,ㄅㄨˋ ㄒㄩˇ ㄅㄞˇ ㄒㄧㄥˋ ㄉㄧㄢˇ ㄉㄥ 宋代田登做州官，要人避諱他的名字，因為'登'和'燈'同音，於是全州都把燈叫做火。到元宵節放燈時，出佈告説，本州依例放火三日(見於陸游《老學庵筆記》卷五)。後來用來形容專制蠻橫的統治者，為所欲為，不許人民有一點兒自由。也泛指胡作非為的人不許別人有正當的權利。

【只要】zhǐyào ㄓˇ ㄧㄠˋ 連詞，表示充足的條件(下文常用'就'或'便'呼應)：只要肯幹，就會幹出成績來｜只要功夫深，鐵杵磨成針。

【只要功夫深，鐵杵磨成針】zhǐyào gōng·fu shēn,tiě chǔ mó chéng zhēn ㄓˇ ㄧㄠˋ ㄍㄨㄥ·ㄈㄨ ㄕㄣ,ㄊㄧㄝˇ ㄔㄨˇ ㄇㄛˊ ㄔㄥˊ ㄓㄣ 比喻人只要有毅力，肯下工夫，就能把事情做成功。

【只有】zhǐyǒu ㄓˇ ㄧㄡˇ 連詞，表示必需的條件(下文常用'才'或'方'呼應)：只有同心協力，才能把事情辦好。

旨1 zhǐ ㄓˇ 〈書〉滋味美：旨酒｜甘旨。

旨2(恉) zhǐ ㄓˇ ❶意義；用意；目的：主旨｜要旨｜宗旨｜會議通過了一系列旨在進一步發展兩國科學技術合作的決議。❷意旨，特指帝王的命令：聖旨。

【旨趣】zhǐqù ㄓˇ ㄑㄩˋ 主要目的和意圖；宗旨：本刊的旨趣在發刊詞中已經説過了。

【旨意】zhǐyì ㄓˇ ㄧˋ 意旨；意圖：旨意何在？

址(阯) zhǐ ㄓˇ 建築物的位置；地基：地址｜住址｜校址｜廠址｜新址｜遺址。

抵 zhǐ ㄓˇ 〈書〉側手擊。

【抵掌】zhǐzhǎng ㄓˇ ㄓㄤˇ 〈書〉擊掌(表示高興)：抵掌而談。注意 '抵'不作'抵'，也不念dǐ。

芷〔芷〕 zhǐ ㄓˇ 見24頁〖白芷〗。

沚 zhǐ ㄓˇ 〈書〉水中的小塊陸地。

祉 zhǐ ㄓˇ 〈書〉幸福：福祉。

指 zhǐ ㄓˇ ❶手指頭：食指｜首屈一指｜屈指可數｜天黑得伸手不見五指。❷一個手指頭的寬度叫'一指'，用來計算深淺寬窄等：下了三指雨｜這雙鞋大了一指｜兩指寬的紙條。❸(手指頭、物體尖端)對着；向着：用手一指｜時針正指十二點。❹(頭髮)直立：髮指。❺指點：指導｜指示｜指出正確方向｜指出缺點。❻意思上指着：這不是指你説的，是指他的。❼仰仗；依靠：指望｜單指着一個人是不能把事情做好的。

【指標】zhǐbiāo ㄓˇ ㄅㄧㄠ 計劃中規定達到的目標：數量指標｜質量指標｜生產指標。

【指撥】zhǐ·bō ㄓˇ·ㄅㄛ ❶指點；點撥：我工作上沒有經驗，請您多指撥。❷指示；調度：我只聽隊長的，你甭想指撥我！

【指不定】zhǐ·bu dìng ㄓˇ·ㄅㄨ ㄉㄧㄥˋ 沒有準兒；説不定：你別等他了，他指不定來不來呢。

【指不勝屈】zhǐ bù shèng qū ㄓˇ ㄅㄨˋ ㄕㄥˋ ㄑㄩ 形容數量很多，扳着指頭數也數不過來。

【指斥】zhǐchì ㄓˇ ㄔˋ 指摘；斥責：指斥時弊。

【指導】zhǐdǎo ㄓˇ ㄉㄠˇ 指示教導；指點引導：指導員｜教師正在指導學生做實驗。

【指導員】zhǐdǎoyuán ㄓˇ ㄉㄠˇ ㄩㄢˊ ❶擔任指導工作的人員。❷政治指導員的通稱。

【指點】zhǐdiǎn ㄓˇ ㄉㄧㄢˇ ❶指出來使人知道；點明：他指點給我看，哪是織女星，哪是牽牛星｜大家都朝他指點的方向看｜老大爺指點我怎樣積肥選種。❷在旁邊挑剔毛病；在背後説人不是。

【指定】zhǐdìng ㄓˇ ㄉㄧㄥˋ 確定(做某件事的人、時間、地點等)：指定他做大會發言人｜各組分頭出發，到指定的地點集合。

【指法】zhǐfǎ ㄓˇ ㄈㄚˇ 指戲曲、舞蹈表演中手指動作的方式；演奏管弦樂器時用手指的技巧：指法熟練。

【指骨】zhǐgǔ ㄓˇ ㄍㄨˇ 構成手指的小型長骨，每隻手有 14 根，其中大拇指有 2 根，其餘四個手指各有 3 根。(圖見410頁〖骨骼〗)

【指畫】[1] zhǐhuà ㄓˇ ㄏㄨㄚˋ 揮動手指；指點：孩子們指畫着，'看，飛機！三架！又三架！'

【指畫】[2] zhǐhuà ㄓˇ ㄏㄨㄚˋ 國畫中用指頭、指甲和手掌蘸水墨或顏色畫出的畫。

【指環】zhǐhuán ㄓˇ ㄏㄨㄢˊ 戒指。

【指揮】zhǐhuī ㄓˇ ㄏㄨㄟ ❶發令調度：指揮部｜指揮所｜指揮作戰。❷發令調度的人。❸在樂隊或合唱隊前面指示如何演奏或演唱的人。

【指揮棒】zhǐhuībàng ㄓˇ ㄏㄨㄟ ㄅㄤˋ ❶樂隊指揮、交通警等指揮時用的小棒。❷借指起導向作用的事物(多含貶義)：他要大家都得隨着他的指揮棒轉。

【指揮刀】zhǐhuīdāo ㄓˇ ㄏㄨㄟ ㄉㄠ 指揮士兵作戰、演習或操練時用的狹長的刀。

【指揮員】zhǐhuīyuán ㄓˇ ㄏㄨㄟ ㄩㄢˊ ❶中國人民解放軍中擔任各級領導職務的幹部。❷泛指在某項工作中負責指揮的人員。

【指雞罵狗】zhǐ jī mà gǒu ㄓˇ ㄐㄧ ㄇㄚˋ ㄍㄡˇ 見〖指桑罵槐〗。

【指甲】zhǐ·jia ㄓˇ ·ㄐㄧㄚ (口語中多讀 zhī·jia ㄓ ·ㄐㄧㄚ) 指尖上面的角質物，有保護指尖的作用。

【指甲蓋兒】zhǐ·jiagàir ㄓˇ ·ㄐㄧㄚ ㄍㄞㄦˋ (口語中多讀 zhī·jiagàir ㄓ ·ㄐㄧㄚ ㄍㄞㄦˋ) 指甲連着肌肉的部分。

【指甲心兒】zhǐ·jiaxīnr ㄓˇ ·ㄐㄧㄚ ㄒㄧㄣㄦ (口語中多讀 zhī·jiaxīnr ㄓ ·ㄐㄧㄚ ㄒㄧㄣㄦ) 指甲跟指尖肌肉相接連的地方。

【指教】zhǐjiào ㄓˇ ㄐㄧㄠˋ ❶指點教導：在教練的耐心指教下，運動員的進步很快。❷客套話，用於請人對自己的工作、作品提出批評或意見：希望多多指教。

【指靠】zhǐkào ㄓˇ ㄎㄠˋ 依靠(多指生活方面的)：生活有了指靠｜要學會自立，不能指靠別人。

【指控】zhǐkòng ㄓˇ ㄎㄨㄥˋ 指責和控訴：提出指控｜指控他造謠中傷。

【指令】zhǐlìng ㄓˇ ㄌㄧㄥˋ ❶指示；命令。❷舊時公文的一類，上級機關因下級機關呈請而有所指示時稱為指令。

【指鹿為馬】zhǐ lù wéi mǎ ㄓˇ ㄌㄨˋ ㄨㄟˊ ㄇㄚˇ 秦朝二世皇帝的時候，丞相趙高想造反，怕別的臣子不附和，就先試驗一下。他把一隻鹿獻給二世，說：'這是馬。'二世笑着說：'丞相錯了吧，把鹿說成馬了。'問旁邊的人，有的不說話，有的說是馬，有的說是鹿。事後趙高就暗中把說是鹿的人殺了(見於《史記·秦始皇本紀》)。比喻顛倒是非。

【指名】zhǐmíng ㄓˇ ㄇㄧㄥˊ (指名兒) 指出人或事物的名字：指名要我發言｜指名道姓(直接說出姓名)。

【指明】zhǐmíng ㄓˇ ㄇㄧㄥˊ 明確指出：指明方向。

【指南】zhǐnán ㄓˇ ㄋㄢˊ 比喻辨別方向的依據：行動指南｜考試指南。

【指南車】zhǐnánchē ㄓˇ ㄋㄢˊ ㄔㄜ 我國古代用來指示方向的車。在車上裝着一個木頭人，車子裏面有很多齒輪，無論車子轉向哪個方向，木頭人的手總是指着南方。

【指南針】zhǐnánzhēn ㄓˇ ㄋㄢˊ ㄓㄣ ❶利用磁針製成的指示方向的儀器，把磁針支在一個直軸上，可以作水平旋轉，由於磁針受地磁吸引，針的一頭總是指着南方。❷比喻辨別正確發展方向的依據。

【指派】zhǐpài ㄓˇ ㄆㄞˋ 派遣(某人去做某項工作)：受人指派｜指派他擔當這個任務。

【指認】zhǐrèn ㄓˇ ㄖㄣˋ 指出並確認(某人的身份、某事物的情況等)：經多人指認，此人就是作案者｜在車上我試着指認記憶裏當年城關一帶的景物。

【指日可待】zhǐ rì kě dài ㄓˇ ㄖˋ ㄎㄜˇ ㄉㄞˋ (事情、希望等)不久就可以實現：計劃的完成指日可待。

【指桑罵槐】zhǐ sāng mà huái ㄓˇ ㄙㄤ ㄇㄚˋ ㄏㄨㄞˊ 比喻表面上罵這個人，實際上罵那個人。也說指雞罵狗。

【指使】zhǐshǐ ㄓˇ ㄕˇ 出主意叫別人去做某事：這件事幕後有人指使｜有人指使他這樣做的。

【指示】zhǐshì ㄓˇ ㄕˋ ❶指給人看：指示劑｜指示代詞。❷上級對下級或長輩對晚輩說明處理某個問題的原則和方法：局長指示我們必須按期完成任務。❸指示下級或晚輩的話或文字：執行上級的指示。

【指事】zhǐshì ㄓˇ ㄕˋ 六書之一。指事是說字由象徵性的符號構成。如：'上'字古寫作'二'，'下'字古寫作'二'。

【指手畫腳】zhǐ shǒu huà jiǎo ㄓˇ ㄕㄡˇ ㄏㄨㄚˋ ㄐㄧㄠˇ 形容說話時兼用手勢示意。也形容輕率地指點、批評。

【指數】zhǐshù ㄓˇ ㄕㄨˋ ❶表示一個數自乘若干次的數字，記在數的右上角，如 3^2，4^3，6^n 的 2，3，n。❷某一經濟現象在某時期內的數值和同一現象在另一個作為比較標準的時期內的數值的比數。指數表明經濟現象變動的程度，如生產指數、物價指數、勞動生產率指數。此外，說明地區差異或計劃完成情況的比數也叫指數。

【指頭】zhǐ·tou ㄓˇ ·ㄊㄡ （口語中多讀 zhí·tou ㄓˊ ·ㄊㄡ）手前端的五個分支，可以屈伸拿東西。也指腳趾。

【指頭肚兒】zhǐ·toudùr ㄓˇ ·ㄊㄡ ㄉㄨㄦˋ（口語中多讀 zhí·toudùr ㄓˊ ·ㄊㄡ ㄉㄨㄦˋ）〈方〉手指頭上有螺紋的鼓起的部分。

【指望】zhǐ·wang ㄓˇ ·ㄨㄤ ❶一心期待；盼望：指望今年有個好收成。❷(指望兒)所指望的；盼頭：這病還有指望兒。

【指紋】zhǐwén ㄓˇ ㄨㄣˊ 手指肚上皮膚的紋理，也指這種紋理留下來的痕迹。

【指引】zhǐyǐn ㄓˇ ㄧㄣˇ 指點引導：指引航向｜獵人指引他通過了林區。

【指印】zhǐyìn ㄓˇ ㄧㄣˋ (指印兒)手指肚留下的痕迹。有時特指按在契約、證件、單據等上面的指紋。

【指責】zhǐzé ㄓˇ ㄗㄜˊ 指摘；責備：大家指責他不愛護公物。

【指摘】zhǐzhāi ㄓˇ ㄓㄞ 挑出錯誤，加以批評：嚴厲指摘｜無可指摘。

【指戰員】zhǐzhànyuán ㄓˇ ㄓㄢˋ ㄩㄢˊ 指揮員和戰鬥員的合稱。

【指仗】zhǐzhàng ㄓˇ ㄓㄤˋ 〈方〉仰仗；依靠：這裏農民一年的生計就指仗地裏的收成。

【指針】zhǐzhēn ㄓˇ ㄓㄣ ❶鐘錶的面上指示時間的針，分為時針、分針、秒針；儀表指示度數的針。❷比喻辨別正確方向的依據。

【指正】zhǐzhèng ㄓˇ ㄓㄥˋ ❶指出錯誤，使之改正。❷客套話，用於請人批評自己的作品或意見：有不對的地方請大家指正。

枳 zhǐ ㄓˇ 落葉灌木或小喬木，莖上有刺，葉為複葉，有小葉三片，小葉倒卵形或橢圓形，花白色，漿果球形，黃綠色，味酸苦。也叫枸橘(gōujú)。

【枳椇】zhǐjǔ ㄓˇ ㄐㄩˇ 拐棗。

咫 zhǐ ㄓˇ 古代稱八寸為咫。

【咫尺】zhǐchǐ ㄓˇ ㄔˇ 〈書〉比喻距離很近：咫尺之間｜近在咫尺。

【咫尺天涯】zhǐchǐ tiānyá ㄓˇ ㄔˇ ㄊㄧㄢ ㄧㄚˊ 指距離雖然很近，但很難相見，就像在遙遠的天邊一樣。

紙(纸、帋) zhǐ ㄓˇ ❶寫字、繪畫、印刷、包裝等所用的東西，多用植物纖維製造。❷量詞，書信、文件的張數：一紙公文｜一紙禁令｜單據三紙。

【紙板】zhǐbǎn ㄓˇ ㄅㄢˇ 板狀的紙。質地粗糙，較厚而硬，用來製作紙盒、紙箱等。

【紙幣】zhǐbì ㄓˇ ㄅㄧˋ 紙製的貨幣，一般由國家銀行或政府授權的銀行發行。

【紙漿】zhǐjiāng ㄓˇ ㄐㄧㄤ 蘆葦、稻草、竹子、木材等經過化學或機械方法處理，除去雜質後剩下的纖維素，是造紙的原料。

【紙老虎】zhǐlǎohǔ ㄓˇ ㄌㄠˇ ㄏㄨˇ 比喻外表強大兇狠而實際空虛無力的人或集團。

【紙馬】zhǐmǎ ㄓˇ ㄇㄚˇ ❶(紙馬兒)迷信用品，印有神像供焚化用的紙片。❷〈方〉迷信用品，用紙糊成的人、車、馬等形狀的東西。

【紙媒兒】zhǐméir ㄓˇ ㄇㄟㄦˊ 同'紙煤兒'。

【紙煤兒】zhǐméir ㄓˇ ㄇㄟㄦˊ 引火用的很細的紙捲兒。也作紙媒兒。

【紙捻】zhǐniǎn ㄓˇ ㄋㄧㄢˇ (紙捻兒)用紙條搓成的像細繩的東西。

【紙牌】zhǐpái ㄓˇ ㄆㄞˊ 牌類娛樂用具，用硬紙製成，上面印着各種點子或文字，種類很多。也指撲克牌。

【紙錢】zhǐqián ㄓˇ ㄑㄧㄢˊ (紙錢兒)迷信的人燒給死人或鬼神的銅錢形的圓紙片，中間有方孔。也有用較大的紙片，上面打出一些錢形做成。

【紙上談兵】zhǐ shàng tán bīng ㄓˇ ㄕㄤˋ ㄊㄢˊ ㄅㄧㄥ 在文字上談用兵策略，比喻不聯繫實際情況，發空議論。

【紙頭】zhǐtóu ㄓˇ ㄊㄡˊ 〈方〉紙。

【紙型】zhǐxíng ㄓˇ ㄒㄧㄥˊ 澆鑄鉛版的模子。用特製的紙覆在排好的版上壓製成。

【紙烟】zhǐyān ㄓˇ ㄧㄢ 香烟。

【紙樣】zhǐyàng ㄓˇ ㄧㄤˋ 按衣服等的式樣、尺寸用紙裁成的標準樣式。

【紙鷂】zhǐyào ㄓˇ ㄧㄠˋ 〈方〉風箏。

【紙葉子】zhǐyè·zi ㄓˇ ㄧㄝˋ ·ㄗ 〈方〉紙牌。

【紙鳶】zhǐyuān ㄓˇ ㄩㄢ 〈書〉風箏。

【紙張】zhǐzhāng ㄓˇ ㄓㄤ 紙(總稱)。

【紙醉金迷】zhǐ zuì jīn mí ㄓˇ ㄗㄨㄟˋ ㄐㄧㄣ ㄇㄧˊ 形容叫人沉迷的奢侈繁華的環境。也說金迷紙醉。

趾 zhǐ ㄓˇ ❶腳指頭：趾骨｜鵝鴨之類趾間有蹼。❷腳：趾高氣揚。

【趾高氣揚】zhǐ gāo qì yáng ㄓˇ ㄍㄠ ㄑㄧˋ ㄧㄤˊ 高高舉步，神氣十足。形容驕傲自滿，得意忘形。

【趾骨】zhǐgǔ ㄓˇ ㄍㄨˇ 構成腳趾的小型長骨，每隻腳有 14 塊，大腳趾有 2 塊，其餘四個腳趾各有 3 塊。(圖見410頁〖骨骼〗)

【趾甲】zhǐjiǎ ㄓˇ ㄐㄧㄚˇ 腳指甲。

軹(轵) zhǐ ㄓˇ 〈書〉車軸的末端。

黹 zhǐ ㄓˇ 〈書〉縫紉；刺綉：針黹。

酯 zhǐ ㄓˇ 有機化合物的一類，是酸分子中能電離的氫原子被烴基取代而成的化合物。是動植物油脂的主要部分。

徵 zhǐ ㄓˇ 古代五音之一。相當於簡譜的'5'。參看1211頁〖五音〗。另見1457頁 zhēng。

zhì（ㄓˋ）

至 zhì ㄓˋ ❶到：至今｜自始至終｜至死不屈。❷至於：甚至。❸極；最：歡迎之至｜三個人不夠，至少需要五個｜你要早來，至遲下星期內一定趕到。

【至寶】zhìbǎo ㄓˋ ㄅㄠˇ 最珍貴的寶物：如獲至寶。

【至誠】zhìchéng ㄓˋ ㄔㄥˊ 誠心誠意：一片至誠｜出於至誠｜至誠待人。

【至誠】zhì·cheng ㄓˋ ·ㄔㄥ 誠懇：至誠的朋友｜他是個至誠人，從來不說空話。

【至此】zhìcǐ ㄓˋ ㄘˇ ❶到這裏：文章至此為止。❷到這個時候：至此，事情才逐漸有了眉目。❸到這種地步：事已至此，只好就這樣了。

【至多】zhìduō ㄓˋ ㄉㄨㄛ 副詞，表示最大的限度：他至多不過四十歲｜老師至多是從頭到尾講一遍，要純熟還得靠自己多練習。

【至高無上】zhì gāo wú shàng ㄓˋ ㄍㄠ ㄨˊ ㄕㄤˋ 最高；沒有更高的。

【至好】zhìhǎo ㄓˋ ㄏㄠˇ 至交。

【至極】zhìjí ㄓˋ ㄐㄧˊ 達到極點：可惡至極。

【至交】zhìjiāo ㄓˋ ㄐㄧㄠ 最相好的朋友：至交好友｜他們倆是至交。

【至今】zhìjīn ㄓˋ ㄐㄧㄣ 直到現在：他回家以後至今還沒有來信。

【至理名言】zhìlǐ-míngyán ㄓˋ ㄌㄧˇ ㄇㄧㄥˊ ㄧㄢˊ 最正確、最有價值的話。

【至親】zhìqīn ㄓˋ ㄑㄧㄣ 關係最近的親戚：至親好友｜骨肉至親。

【至上】zhìshàng ㄓˋ ㄕㄤˋ （地位、權力等）最高：顧客至上｜國家利益至上。

【至少】zhìshǎo ㄓˋ ㄕㄠˇ 副詞，表示最小的限度：今天到會的至少有三千人｜從這兒走到學校，至少要半個小時。

【至於】zhìyú ㄓˋ ㄩˊ ❶表示達到某種程度：他說了要來的，也許晚一些，不至於不來吧？❷表示另提一事：這兩年來，村裏新蓋的瓦房就有幾百間，至於村民添置的電器、日用品，就不可勝數了。

【至囑】zhìzhǔ ㄓˋ ㄓㄨˇ 極懇切的囑咐（多用於書信）。

【至尊】zhìzūn ㄓˋ ㄗㄨㄣ ❶最尊貴：至尊無上。❷封建時代稱皇帝為至尊。

志1 zhì ㄓˋ ❶志向；志願：立志｜得志｜志同道合。❷（Zhì）姓。

志2 zhì ㄓˋ 〈方〉稱輕重；量長短、多少：用秤志志｜拿碗志一志。

另見1476頁 zhì'誌'。

【志大才疏】zhì dà cái shū ㄓˋ ㄉㄚˋ ㄘㄞˊ ㄕㄨ 志向雖然大，可是能力不夠。

【志氣】zhì·qì ㄓˋ ·ㄑㄧˋ 求上進的決心和勇氣；要求做成某件事的氣概：有志氣｜志氣昂揚。

【志趣】zhìqù ㄓˋ ㄑㄩˋ 行動或意志的趨向；志向和興趣：志趣相投。

【志士】zhìshì ㄓˋ ㄕˋ 有堅決意志和節操的人：志士仁人｜革命志士｜愛國志士。

【志同道合】zhì tóng dào hé ㄓˋ ㄊㄨㄥˊ ㄉㄠˋ ㄏㄜˊ 志向相同，意見相合。

【志向】zhì·xiàng ㄓˋ ·ㄒㄧㄤˋ 關於將來要做甚麼事，要做甚麼樣人的意願和決心：遠大的志向。

【志願】zhìyuàn ㄓˋ ㄩㄢˋ ❶志向和願望：立下志願｜他的志願是當個教師。❷自願：志願軍。

【志願兵】zhìyuànbīng ㄓˋ ㄩㄢˋ ㄅㄧㄥ 自願服兵役的士兵，我國專指服滿一定年限的兵役後自願繼續服役的士兵。

【志願兵制】zhìyuànbīngzhì ㄓˋ ㄩㄢˋ ㄅㄧㄥ ㄓˋ 自願參軍的制度。中國共產黨領導的人民軍隊，1954 年前一直實行志願兵制；1955 年開始實行義務兵役制；1978 年起，實行義務兵與志願兵相結合的兵役制度。

【志願軍】zhìyuànjūn ㄓˋ ㄩㄢˋ ㄐㄩㄣ 一國或數國人民，因自願參加另一國家的對外戰爭或國內戰爭而組成的軍隊，多指為了幫助另一國抵抗武裝侵略而組成的。

【志子】zhì·zi ㄓˋ ·ㄗ 〈方〉稱輕重或量長短、多少的簡單器具。

豸 zhì ㄓˋ 〈書〉沒有腳的蟲：蟲豸。

忮 zhì ㄓˋ 〈書〉嫉妒：忮刻（忌刻）｜不忮不求。

厔 zhì ㄓˋ 盩厔（Zhōuzhì ㄓㄡ ㄓˋ），地名，在陝西。今已改作周至。

帙 zhì ㄓˋ 〈書〉❶書畫外面包着的布套。❷量詞，用於裝套的綫裝書。

制 zhì ㄓˋ ❶擬訂；規定：制定｜因地制宜。❷用強力約束；限定；管束：壓制｜限制｜管制｜節制｜制伏。❸制度：全民所有制｜民主集中制。

另見1476頁 zhì'製'。

【制裁】zhìcái ㄓˋ ㄘㄞˊ 用強力管束並懲處，使不得胡作非為：法律制裁｜經濟制裁。

【制導】zhìdǎo ㄓˋ ㄉㄠˇ 通過無綫電裝置，控制和引導導彈等，使其按一定軌道運行。

【制定】zhìdìng ㄓˋ ㄉㄧㄥˋ 定出（法律、規程、計劃等）：制定憲法｜制定學習計劃｜制定學會章程。

【制訂】zhìdìng ㄓˋ ㄉㄧㄥˋ 創制擬定：制訂漢語拼音方案。

【制動器】zhìdòngqì ㄓˋ ㄉㄨㄥˋ ㄑㄧˋ 使運行中的運輸工具、機器等減低速度或停止運動的裝置。通稱閘。

【制度】zhìdù ㄓˋ ㄉㄨˋ ❶要求大家共同遵守的

辦事規程或行動準則：工作制度｜財政制度。❷在一定歷史條件下形成的政治、經濟、文化等方面的體系：社會主義制度｜封建宗法制度。

【制伏】zhì∥fú ㄓˋ∥ㄈㄨˊ 用強力壓制使馴服。也作制服。

【制服】zhì∥fú ㄓˋ∥ㄈㄨˊ 同'制伏'。

【制服】zhìfú ㄓˋ ㄈㄨˊ 軍人、機關工作者、學生等穿戴的有規定式樣的服裝。

【制服呢】zhìfúní ㄓˋ ㄈㄨˊ ㄋㄧˊ 用粗毛紗織成的呢子。多半是斜紋的，質地緊密，兩面都有絨毛，主要用來做秋冬季制服。

【制高點】zhìgāodiǎn ㄓˋ ㄍㄠ ㄉㄧㄢˇ 軍事上指能夠俯視、控制周圍地面的高地或建築物等。

【制海權】zhìhǎiquán ㄓˋ ㄏㄞˇ ㄑㄩㄢˊ 海軍兵力在一定時間、一定海區所掌握的主動權。

【制空權】zhìkōngquán ㄓˋ ㄎㄨㄥ ㄑㄩㄢˊ 空軍兵力在一定時間、一定空間範圍內所掌握的主動權。

【制冷】zhìlěng ㄓˋ ㄌㄥˇ 用人工方法取得低溫。

【制錢】zhìqián ㄓˋ ㄑㄧㄢˊ 明清兩代稱由本朝鑄造通行的銅錢。

【制勝】zhìshèng ㄓˋ ㄕㄥˋ 取勝；戰勝：出奇制勝｜制勝敵人。

【制式教練】zhìshì-jiàoliàn ㄓˋ ㄕˋ ㄐㄧㄠˋ ㄌㄧㄢˋ 按照條令規定進行的軍人隊列動作的教練。

【制約】zhìyuē ㄓˋ ㄩㄝ 甲事物本身的存在和變化以乙事物的存在和變化為條件，則甲事物為乙事物所制約：互相制約。

【制止】zhìzhǐ ㄓˋ ㄓˇ 強迫使停止；不允許繼續(行動)：制止侵略｜我做了一個手勢，制止他再說下去。

炙 zhì ㄓˋ ❶烤：烈日炙人。❷〈書〉烤熟的肉。

【炙熱】zhìrè ㄓˋ ㄖㄜˋ 像火烤一樣的熱，形容極熱：炙熱的陽光。

【炙手可熱】zhì shǒu kě rè ㄓˋ ㄕㄡˇ ㄎㄜˇ ㄖㄜˋ 手一挨近就感覺得熱，比喻氣焰很盛，權勢很大。

治 zhì ㄓˋ ❶治理：治家｜治國｜自治｜治標｜治本｜治淮(淮河)。❷指安定或太平：治世｜天下大治。❸舊稱地方政府所在地：縣治｜府治｜省治。❹醫治：治病｜我的病已經治好了。❺消滅(害蟲)：治蝗｜治蚜蟲。❻懲辦：治罪｜懲治｜處治。❼研究：治學。❽(Zhì)姓。

【治安】zhì'ān ㄓˋ ㄢ 社會的安寧秩序：維持治安。

【治本】zhìběn ㄓˋ ㄅㄣˇ 從根本上加以處理(跟'治標'相對)。

【治標】zhìbiāo ㄓˋ ㄅㄧㄠ 就顯露在外的毛病加以應急的處理(跟'治本'相對)。

【治病救人】zhì bìng jiù rén ㄓˋ ㄅㄧㄥˋ ㄐㄧㄡˋ ㄖㄣˊ 比喻針對某人的缺點和錯誤進行批評，幫助他改正。

【治國安民】zhì guó ān mín ㄓˋ ㄍㄨㄛˊ ㄢ ㄇㄧㄣˊ 治理國家，使人民各安其業。

【治理】zhìlǐ ㄓˋ ㄌㄧˇ ❶統治；管理：治理國家。❷處理；整修：治理淮河。

【治療】zhìliáo ㄓˋ ㄌㄧㄠˊ 用藥物、手術等消除疾病：長期治療｜隔離治療｜他的病必須住院治療。

【治喪】zhìsāng ㄓˋ ㄙㄤ 辦理喪事：治喪委員會。

【治水】zhì∥shuǐ ㄓˋ∥ㄕㄨㄟˇ 疏通水道，消除水患：治水工程｜大禹治水。

【治絲益棼】zhì sī yì fén ㄓˋ ㄙ ㄧˋ ㄈㄣˊ 理絲不找頭緒，結果越理越亂。比喻解決問題的方法不對頭，反而使問題更加複雜。

【治外法權】zhìwài fǎquán ㄓˋ ㄨㄞˋ ㄈㄚˇ ㄑㄩㄢˊ 國家間彼此授予對方外交官員的特權，包括人身、住所的不可侵犯，不受當地司法、行政的管轄，免除捐稅和服役等。出國訪問的國家元首和政府首腦，一般也都享有治外法權。

【治學】zhìxué ㄓˋ ㄒㄩㄝˊ 研究學問：治學嚴謹｜實事求是，才是治學的正確態度。

【治印】zhì∥yìn ㄓˋ∥ㄧㄣˋ 刻圖章：治印藝術。

【治裝】zhìzhuāng ㄓˋ ㄓㄨㄤ 備辦行裝。

【治罪】zhì∥zuì ㄓˋ∥ㄗㄨㄟˋ 給犯罪人以應得的懲罰：依法治罪。

郅 zhì ㄓˋ ❶〈書〉極；最。❷(Zhì)姓。

峙 zhì ㄓˋ 〈書〉聳立；屹(yì)立：對峙。另見1048頁shì。

庤 zhì ㄓˋ 〈書〉儲備。

桎 zhì ㄓˋ 〈書〉腳鐐：桎梏。

【桎梏】zhìgù ㄓˋ ㄍㄨˋ 〈書〉腳鐐和手銬。比喻束縛人或事物的東西。

致[1]〔致〕 zhì ㄓˋ ❶給與；向對方表示(禮節、情意等)：致函｜致電慰問｜致歡迎詞｜向大會致熱烈的祝賀。❷集中(力量、意志等)於某個方面：致力｜專心致志。❸達到；實現：致富｜學以致用。❹招致：致病。❺以致：致使｜由於粗心大意，致將地址寫錯。

致[2]〔致〕 zhì ㄓˋ 情趣：興致｜景致｜別致｜錯落有致｜毫無二致｜故事曲折有致。

【致詞】zhì∥cí ㄓˋ∥ㄘˊ 同'致辭'。

【致辭】zhì∥cí ㄓˋ∥ㄘˊ 在舉行某種儀式時說勉勵、感謝、祝賀、哀悼等的話：由大會主席致辭。也作致詞。

【致富】zhìfù ㄓˋ ㄈㄨˋ 實現富裕：勤勞致富｜致富之路。

【致敬】zhìjìng ㄓˋ ㄐㄧㄥˋ 向人敬禮或表示敬意：致敬信｜舉手致敬。

【致力】zhìlì ㄓˋ ㄌㄧˋ 把力量用在某個方面：致力革命｜致力寫作。

【致命】zhìmìng ㄓˋ ㄇㄧㄥˋ 可使喪失生命：致命傷◇致命的弱點。

【致使】zhìshǐ ㄓˋ ㄕˇ 由於某種原因而使得；以致：由於字迹不清，致使信件無法投遞。

【致死】zhìsǐ ㄓˋ ㄙˇ 導致死亡：因傷致死。

【致意】zhìyì ㄓˋ ㄧˋ 表示問候之意：再三致意｜點頭致意。

秩1 zhì ㄓˋ 〈書〉❶次序：秩序。❷俸祿，也指官的品級：厚秩｜加官進秩。

秩2 zhì ㄓˋ 〈書〉十年：七秩大慶。

【秩序】zhìxù ㄓˋ ㄒㄩˋ 有條理、不混亂的情況：秩序井然｜遵守會場秩序。

陟 zhì ㄓˋ 〈書〉登高。

梽 zhì ㄓˋ 梽木山 (Zhìmùshān ㄓˋ ㄇㄨˋ ㄕㄢ)，地名，在湖南。

畤 zhì ㄓˋ 〈書〉祭天地及古代帝王的處所。

猘(狾) zhì ㄓˋ 〈書〉(狗) 瘋狂。

袠 zhì ㄓˋ 〈書〉同'帙' (zhì)。

痔 zhì ㄓˋ 病，肛門或直腸末端的靜脈由於鬱血擴張而形成的突起的小結節。分為內痔、外痔和內外混合痔。症狀是發癢，灼熱，疼痛，大便帶血等。通稱痔瘡。

窒 zhì ㄓˋ 阻塞不通：窒礙｜窒息。

【窒礙】zhì'ài ㄓˋ ㄞˋ 〈書〉有阻礙；障礙：窒礙難行。

【窒息】zhìxī ㄓˋ ㄒㄧ 因外界氧氣不足或呼吸系統發生障礙而呼吸困難甚至停止呼吸。

紩(紩) zhì ㄓˋ 〈書〉縫；補綴。

蛭 zhì ㄓˋ 環節動物的一綱，體一般長而扁平，無剛毛，前後各有一個吸盤。生活在淡水中或濕潤的地方，大多營半寄生生活，如水蛭、螞蟥等。

智 zhì ㄓˋ ❶有智慧；聰明：明智｜智者千慮，必有一失。❷智慧；見識：足智多謀｜智勇雙全｜吃一塹，長一智。❸(Zhì) 姓。

【智齒】zhìchǐ ㄓˋ ㄔˇ 口腔中最後面的臼齒，一般在十八至三十歲才長出來，有些人的智齒終生長不出來。也叫智牙。

【智多星】zhìduōxīng ㄓˋ ㄉㄨㄛ ㄒㄧㄥ《水滸》中吳用的綽號。泛指計謀多的人。

【智慧】zhìhuì ㄓˋ ㄏㄨㄟˋ 辨析判斷、發明創造的能力：人民的智慧是無窮的｜領導幹部要善於集中群眾的智慧。

【智力】zhìlì ㄓˋ ㄌㄧˋ 指人認識、理解客觀事物並運用知識、經驗等解決問題的能力，包括記憶、觀察、想像、思考、判斷等。

【智齡】zhìlíng ㄓˋ ㄌㄧㄥˊ 智力年齡。某一年齡兒童的智齡，根據對一定數量同齡兒童進行測驗的平均成績確定。智齡超過實足年齡越多，智力發展水平越高。

【智略】zhìlüè ㄓˋ ㄌㄩㄝˋ 智謀和才略：智略過人。

【智謀】zhìmóu ㄓˋ ㄇㄡˊ 智慧和計謀：人多智謀高。

【智囊】zhìnáng ㄓˋ ㄋㄤˊ 比喻計謀多的人。特指為別人劃策的人：智囊團。

【智能】zhìnéng ㄓˋ ㄋㄥˊ ❶智慧和能力：智能雙全｜培養智能｜發展學生智能。❷具有人的某些智慧和能力的：智慧機器人。

【智商】zhìshāng ㄓˋ ㄕㄤ 智力商數。智商＝智齡÷實足年齡×100。如果一兒童的智齡與實足年齡相等，則智商為 100，說明其智力中等。智商在 120 以上的叫做'聰明'，在 80 以下的叫做'愚蠢'。一般認為智商基本不變，如兩個五歲兒童，智商一個為80，另一個為120，幾年後，他們的智商基本上仍分別為 80 和 120。

【智術】zhìshù ㄓˋ ㄕㄨˋ 權術。

【智育】zhìyù ㄓˋ ㄩˋ 發展智力的教育。有時也單指文化科學知識的教育。

痣 zhì ㄓˋ 皮膚上生的青色、紅色或黑褐色的斑痕或小疙瘩。多由先天性血管瘤或淋巴管瘤引起，也有由皮膚色素沈着引起的，不痛不癢。

彘 zhì ㄓˋ 〈書〉豬。

輊(轾) zhì ㄓˋ 見1294頁〖軒輊〗。

置 zhì ㄓˋ ❶擱；放：安置｜擱置｜漠然置之｜置之不理｜置諸腦後。❷設立；佈置：裝置｜設置。❸購置：添置｜置一些用具。

【置辦】zhìbàn ㄓˋ ㄅㄢˋ 採買；購置：置辦年貨｜這筆錢是置辦農具的。

【置備】zhìbèi ㄓˋ ㄅㄟˋ 購買 (設備、用具)：置備傢具｜小的農具可以就地置備。

【置辯】zhìbiàn ㄓˋ ㄅㄧㄢˋ 辯論；申辯 (用於否定)：不屑置辯｜不容置辯。

【置換】zhìhuàn ㄓˋ ㄏㄨㄢˋ 一種單質跟一種化合物經過化學反應生成另一種單質和另一種化合物，如鎂和硫酸銅反應生成銅和硫酸鎂。

【置換】zhì·huàn ㄓˋ ·ㄏㄨㄢˋ ❶替換：通用件是可以互相置換的。❷〈方〉購置：結婚前傢具已經置換齊了。

【置喙】zhìhuì ㄓˋ ㄏㄨㄟˋ 〈書〉插嘴 (多用於否

定)：不敢妄自置喙。

【置若罔聞】zhì ruò wǎng wén ㄓˋ ㄖㄨㄛˋ ㄨㄤˇ ㄨㄣˊ 放在一邊兒不管，好像沒聽見一樣。

【置身】zhìshēn ㄓˋ ㄕㄣ 把自己放在；存身(於)：置身於群眾之中。

【置身事外】zhì shēn shì wài ㄓˋ ㄕㄣ ㄕˋ ㄨㄞˋ 把自己放在事情之外，毫不關心。

【置信】zhìxìn ㄓˋ ㄒㄧㄣˋ 相信(多用於否定)：不可置信｜難以置信。

【置疑】zhìyí ㄓˋ ㄧˊ 懷疑(用於否定)：不容置疑｜無可置疑。

【置之不理】zhì zhī bù lǐ ㄓˋ ㄓ ㄅㄨˋ ㄌㄧˇ 放在一邊兒不理不睬。

【置之度外】zhì zhī dù wài ㄓˋ ㄓ ㄉㄨˋ ㄨㄞˋ 不(把生死、利害等)放在心上。

雉[1] zhì ㄓˋ 鳥，形狀像雞，雄的尾巴長，羽毛很美麗，多為赤銅色或深綠色，有光澤，雌的尾巴稍短，灰褐色。善走，不能久飛。尾部羽毛可做裝飾品。通稱野雞，有的地區叫山雞。

雉[2] zhì ㄓˋ 古代城牆長三丈高一丈叫一雉。

【雉堞】zhìdié ㄓˋ ㄉㄧㄝˊ 古代在城牆上面修築的矮而短的牆，守城的人可藉以掩護自己。

稚(穉) zhì ㄓˋ 幼小：稚子｜幼稚。

【稚嫩】zhìnèn ㄓˋ ㄋㄣˋ ❶幼小而嬌嫩：稚嫩的童音｜稚嫩的心靈。❷幼稚；不成熟：初學寫作，文筆難免稚嫩。

【稚氣】zhìqì ㄓˋ ㄑㄧˋ 孩子氣：一臉稚氣。

滍 zhì ㄓˋ 滍陽(Zhìyáng ㄓˋ ㄧㄤˊ)，地名，在河南。

寘 zhì ㄓˋ 〈書〉放置。

疐(疐) zhì ㄓˋ 〈書〉❶遇到障礙。❷跌倒：跋前疐後(進退兩難)。

製(制) zhì ㄓˋ 製造：製版｜製革｜製圖｜煉製｜縫製。

'制'另見1473頁 zhì。

【製版】zhì//bǎn ㄓˋ // ㄅㄢˇ 製造各種印刷上用的版：製版車間。

【製備】zhìbèi ㄓˋ ㄅㄟˋ 化學工業上指經過製造而取得。

【製劑】zhìjì ㄓˋ ㄐㄧˋ 生藥或化學藥品經過加工製成的藥物，如水劑、酊劑、血清、疫苗。

【製件】zhìjiàn ㄓˋ ㄐㄧㄢˋ 見1532頁〖作件〗。

【製品】zhìpǐn ㄓˋ ㄆㄧㄣˇ 製造成的物品：乳製品｜塑料製品｜化學製品。

【製圖】zhì//tú ㄓˋ // ㄊㄨˊ 把實物或想像的物體的形象、大小等在平面上按一定比例描繪出來(多用於機械、工程等設計工作)。

【製造】zhìzào ㄓˋ ㄗㄠˋ ❶用人工使原材料成為可供使用的物品：製造機器｜製造化肥。❷人為地造成某種氣氛或局面等(含貶義)：製造糾紛｜製造緊張氣氛。

【製作】zhìzuò ㄓˋ ㄗㄨㄛˋ 製造：製作傢具。

銍(铚) zhì ㄓˋ 〈書〉❶短的鐮刀。❷割禾穗。

誌(志) zhì ㄓˋ ❶記：誌喜｜誌哀｜永誌不忘。❷文字記錄：雜誌｜縣誌｜《三國誌》。❸記號：標誌。

'志'另見1473頁 zhì。

【誌哀】zhì'āi ㄓˋ ㄞ 用某種方式表示哀悼。

瘈 zhì ㄓˋ 〈書〉瘋狂。

另見156頁 chì。

滯(滞) zhì ㄓˋ 停滯；不流通：滯貨｜滯銷｜滯留。

【滯洪】zhìhóng ㄓˋ ㄏㄨㄥˊ 在洪水期利用河流附近的湖泊、窪地等蓄積洪水：滯洪區。

【滯後】zhìhòu ㄓˋ ㄏㄡˋ (事物)落在形勢發展的後面：由於電力發展滯後，致使電力供應緊張。

【滯留】zhìliú ㄓˋ ㄌㄧㄡˊ 停留不動：滯留一夜｜滯留他鄉。

【滯納金】zhìnàjīn ㄓˋ ㄋㄚˋ ㄐㄧㄣ 因逾期繳納稅款、保險費或水、電、煤氣等費用而需額外繳納的錢。

【滯銷】zhìxiāo ㄓˋ ㄒㄧㄠ (貨物)不易售出；銷路不暢：滯銷商品｜產品滯銷。

【滯脹】zhìzhàng ㄓˋ ㄓㄤˋ 指通貨膨脹下的經濟停滯。

摯(挚) zhì ㄓˋ 〈書〉誠懇：真摯｜懇摯｜摯愛。

【摯愛】zhì'ài ㄓˋ ㄞˋ 真摯的愛：深情摯愛｜他的作品洋溢着對祖國的摯愛之情。

【摯友】zhìyǒu ㄓˋ ㄧㄡˇ 親密的朋友。

幟(帜) zhì ㄓˋ ❶旗子：旗幟｜獨樹一幟。❷〈書〉標記。

質[1](质) zhì ㄓˋ ❶性質；本質：實質｜變質｜量的變化能引起質的變化。❷質量②：質量並重(質量和數量並重)｜保質保量。❸物質：鐵質的器具｜流質的食物。❹樸素；單純：質樸。

質[2](质) zhì ㄓˋ 詢問；責問：質疑｜質問。

質[3](质) zhì ㄓˋ 〈書〉❶抵押：以衣物質錢。❷抵押品：以此物為質。

【質變】zhìbiàn ㄓˋ ㄅㄧㄢˋ 事物的根本性質的變化。是由一種性質向另一種性質的突變。參看721頁〖量變〗。

【質地】zhìdì ㄓˋ ㄉㄧˋ ❶某種材料的結構的性質：質地堅韌｜質地精美。❷指人的品質或資質。

【質點】zhìdiǎn ㄓˋ ㄉㄧㄢˇ 在說明物體運動狀態時，不考慮物體的大小和形狀，認為它只是具有質量的點，這個物體叫做質點。

【質對】zhìduì ㄓˋ ㄉㄨㄟˋ 對證；對質：當面質對。

【質感】zhìgǎn ㄓˋ ㄍㄢˇ 指藝術品所表現的物體特質的真實感：這幅作品用多種繪畫手段，表現了不同物體的質感。

【質量】zhìliàng ㄓˋ ㄌㄧㄤˋ ❶量度物體慣性大小的物理量。數值上等於物體所受外力和它獲得的加速度的比值。有時也指物體中所含物質的量。質量是常量，不因高度或緯度變化而改變。❷產品或工作的優劣程度：工程質量｜教學質量｜這布質量好，又好看，又耐穿。

【質料】zhìliào ㄓˋ ㄌㄧㄠˋ 產品所用的材料：這套衣服的質料很好。

【質樸】zhìpǔ ㄓˋ ㄆㄨˇ 樸實；不矯飾：為人質樸忠厚｜文字平易質樸。

【質數】zhìshù ㄓˋ ㄕㄨˋ 在大於 1 的整數中，只能被 1 和這個數本身整除的數，如 2，3，5，7，11。也叫素數。

【質問】zhìwèn ㄓˋ ㄨㄣˋ 依據事實問明是非；責問：提出質問。

【質心】zhìxīn ㄓˋ ㄒㄧㄣ 物體內各點所受的平行力產生合力，這個合力的作用點叫做這個物體的質心。

【質詢】zhìxún ㄓˋ ㄒㄩㄣˊ 質疑詢問。

【質疑】zhìyí ㄓˋ ㄧˊ 提出疑問：質疑問難。

【質疑問難】zhì yí wèn nàn ㄓˋ ㄧˊ ㄨㄣˋ ㄋㄢˋ 提出疑難問題來討論；提出疑問以求解答。

【質因數】zhìyīnshù ㄓˋ ㄧㄣ ㄕㄨˋ 一個數是質數，又是另一數的因數，這個數叫做另一數的質因數。如 6＝2×3 中，2 和 3 都是 6 的質因數。也叫素因數。

【質證】zhìzhèng ㄓˋ ㄓㄥˋ 訴訟中對證人證言進一步提出問題，要求證人作進一步的陳述，以解除疑義；對質：當面質證。

【質子】zhìzǐ ㄓˋ ㄗˇ 構成原子核的基本粒子之一，帶正電，所帶電量和電子相等，質量為電子的 1,836.5 倍。各種原子所含的質子數不同。

膣 zhì ㄓˋ 陰道的舊稱。

緻〔緻〕(致) zhì ㄓˋ 精密；精細：細緻｜精緻｜工緻。

【緻密】zhìmì ㄓˋ ㄇㄧˋ 細緻精密：緻密的網｜緻密的觀察｜結構緻密。

櫛(栉) zhì ㄓˋ〈書〉❶梳子、篦子等梳頭髮的用具。❷梳(頭髮)：櫛髮｜櫛風沐雨。

【櫛比】zhìbǐ ㄓˋ ㄅㄧˇ〈書〉像梳子齒那樣密密地排着：鱗次櫛比｜廠房櫛比。

【櫛比鱗次】zhì bǐ lín cì ㄓˋ ㄅㄧˇ ㄌㄧㄣˊ ㄘˋ 見729頁〖鱗次櫛比〗。

【櫛風沐雨】zhì fēng mù yǔ ㄓˋ ㄈㄥ ㄇㄨˋ ㄩˇ 風梳頭，雨洗髮。形容奔波勞碌，不避風雨。

螲 zhì ㄓˋ 見745頁〖蝼螲〗(lóuzhì)。另見266頁 dié。

擿 zhì ㄓˋ〈書〉同'擲'。另見1122頁 tī。

贄(贽) zhì ㄓˋ〈書〉初次拜見長輩所送的禮物：贄見(拿着禮物求見)｜贄敬(舊時拜師送的禮)。

擲(掷) zhì ㄓˋ 扔；投：投擲｜棄擲｜擲鐵餅｜擲鉛球｜手榴彈擲遠比賽。

【擲彈筒】zhìdàntǒng ㄓˋ ㄉㄢˋ ㄊㄨㄥˇ 一種發射炮彈的小型武器，炮彈從筒口裝入，射程較近。

【擲地有聲】zhì dì yǒu shēng ㄓˋ ㄉㄧˋ ㄧㄡˇ ㄕㄥ 形容話語豪邁有力。

【擲還】zhìhuán ㄓˋ ㄏㄨㄢˊ 客套話，請人把原物歸還自己：前請審閱之件，請早日擲還為荷。

觶(觯) zhì ㄓˋ 古時飲酒用的器具。

識(识) zhì ㄓˋ〈書〉❶記：博聞強識。❷記號：款識｜標識。
另見1042頁 shí。

礩(礩) zhì ㄓˋ〈書〉柱下石。

騭(骘) zhì ㄓˋ〈書〉安排；定：評騭｜陰騭。

鷙(鸷) zhì ㄓˋ〈書〉兇猛：鷙鳥。

【鷙鳥】zhìniǎo ㄓˋ ㄋㄧㄠˇ 兇猛的鳥，如鷹、雕。

躓(踬) zhì ㄓˋ〈書〉❶被東西絆倒：顛躓。❷比喻事情不順利；失敗：屢試屢躓。

鑕(锧) zhì ㄓˋ〈書〉❶砧板。❷鍘刀(古代刑具)座：斧鑕。

zhōng (ㄓㄨㄥ)

中 zhōng ㄓㄨㄥ ❶跟四周的距離相等；中心：中央｜華中｜居中。❷(Zhōng)指中國：中文｜古今中外。❸範圍內；內部：家中｜水中｜山中｜心中｜隊伍中。❹位置在兩端之間的：中指｜中鋒｜中年｜中秋｜中途。❺等級在兩端之間的：中農｜中學｜中型｜中等。❻不偏不倚：中庸｜適中。❼中人：作中。❽適於；合於：中用｜中看｜中聽。❾〈方〉成；行；好：中不中？｜這辦法中｜飯這就中了。❿用在動詞後表示持續狀態(動詞前有'在'字)：列車在運行中｜工廠在建設中。
另見1483頁 zhòng。

【中班】zhōngbān ㄓㄨㄥ ㄅㄢ 幼兒園裏由四週歲至五週歲的兒童所編成的班級。

【中保】zhōngbǎo ㄓㄨㄥ ㄅㄠˇ 中人和保人。

【中飽】zhōngbǎo ㄓㄨㄥ ㄅㄠˇ 經手錢財，以欺詐手段從中取利：貪污中飽｜中飽私囊。

【中表】zhōngbiǎo ㄓㄨㄥ ㄅㄧㄠˇ 跟祖父、父親的姐妹的子女的親戚關係，或跟祖母、母親的兄弟姐妹的子女的親戚關係。

【中波】zhōngbō ㄓㄨㄥ ㄅㄛ 波長3,000米－200米的無綫電波（頻率100－1,500千赫）。以地波和天波的方式傳播，用於無綫電廣播和電報通訊等方面。

【中不溜兒】zhōng·buliūr ㄓㄨㄥ ·ㄅㄨ ㄌㄧㄡㄦ 〈方〉不好也不壞；不大也不小；中等的；中間的：成績中不溜兒｜不要太大的，挑個中不溜兒的。也說中溜兒(zhōngliūr)。

【中餐】zhōngcān ㄓㄨㄥ ㄘㄢ 中國式的飯菜（區別於'西餐'）。

【中策】zhōngcè ㄓㄨㄥ ㄘㄜˋ 不及上策而勝過下策的計策或辦法。

【中層】zhōngcéng ㄓㄨㄥ ㄘㄥˊ 中間的一層或幾層（多指機構、組織、階層等）：中層幹部。

【中產階級】zhōngchǎn jiējí ㄓㄨㄥ ㄔㄢˇ ㄐㄧㄝ ㄐㄧˊ 中等資產階級，在我國多指民族資產階級。

【中常】zhōngcháng ㄓㄨㄥ ㄔㄤˊ 中等；不高不低；不好不壞：成績中常｜中常年景。

【中輟】zhōngchuò ㄓㄨㄥ ㄔㄨㄛˋ （事情）中途停止進行：學業中輟。

【中詞】zhōngcí ㄓㄨㄥ ㄘˊ 三段論中大前提和小前提所共有的名詞。參看986頁〖三段論〗。

【中檔】zhōngdàng ㄓㄨㄥ ㄉㄤˋ 質量中等，價格適中的（商品）：中檔茶葉。

【中道】zhōngdào ㄓㄨㄥ ㄉㄠˋ ❶半路；中途：中道而廢。❷〈書〉中庸之道。參看〖中庸〗。

【中稻】zhōngdào ㄓㄨㄥ ㄉㄠˋ 插秧期或生長期和成熟期比早稻稍晚的稻子。

【中等】zhōngděng ㄓㄨㄥ ㄉㄥˇ ❶等級介於上等、下等之間或高等、初等之間的：中等貨｜中等教育。❷不高不矮的（指身材）：中等個兒。

【中等教育】zhōngděng jiàoyù ㄓㄨㄥ ㄉㄥˇ ㄐㄧㄠˋ ㄩˋ 在初等教育的基礎上，培養學生全面發展，或培養學生具有某類專業知識的教育。

【中東】Zhōngdōng ㄓㄨㄥ ㄉㄨㄥ 指亞洲西南部和非洲東北部，包括近東和伊朗、阿富汗。參看599頁〖近東〗。

【中短波】zhōngduǎnbō ㄓㄨㄥ ㄉㄨㄢˇ ㄅㄛ 波長200米－50米（頻率1,500－6,000千赫）的無綫電波，以地波和天波的方式傳播，用於無綫電廣播和電報通訊等方面。

【中斷】zhōngduàn ㄓㄨㄥ ㄉㄨㄢˋ 中途停止或斷絕：供應中斷｜聯繫中斷｜中斷兩國關係。

【中隊】zhōngduì ㄓㄨㄥ ㄉㄨㄟˋ ❶隊伍編制，由若干小隊（分隊）組成，屬大隊管轄。❷軍隊中相當於連的一級組織。

【中耳】zhōng'ěr ㄓㄨㄥ ㄦˇ 外耳和內耳之間的部分，內有三塊互相連接的聽骨（錘骨、砧骨和鐙骨）。（圖見303頁〖耳朵〗）

【中幡】zhōng·fān ㄓㄨㄥ ·ㄈㄢ 雜技的一種，表演時舞弄頂上有幡的高大旗杆。

【中飯】zhōngfàn ㄓㄨㄥ ㄈㄢˋ 午飯。

【中鋒】zhōngfēng ㄓㄨㄥ ㄈㄥ 籃球、足球等球類比賽的前鋒之一，位置在中間。

【中縫】zhōngfèng ㄓㄨㄥ ㄈㄥˋ ❶報紙左右兩版之間的狹長的部分，有的報紙在這裏刊登廣告或啓事等。❷木版書每一頁中間的狹長部分，摺疊起來是書口。❸衣服背部中間的豎縫。

【中伏】zhōngfú ㄓㄨㄥ ㄈㄨˊ ❶夏至後的第四個庚日，是三伏的第二伏。❷通常也指從夏至後第四個庚日起到立秋後第一個庚日前一天的一段時間。‖也叫二伏。參看986頁〖三伏〗。

【中耕】zhōnggēng ㄓㄨㄥ ㄍㄥ 作物生長期中，在植株之間進行鋤草、鬆土叫做中耕。

【中古】zhōnggǔ ㄓㄨㄥ ㄍㄨˇ ❶較晚的古代，在我國歷史分期上多指魏晉南北朝隋唐這個時期。❷指封建社會時代。

【中國工農紅軍】Zhōngguó Gōng Nóng Hóngjūn ㄓㄨㄥ ㄍㄨㄛˊ ㄍㄨㄥ ㄋㄨㄥˊ ㄏㄨㄥˊ ㄐㄩㄣ 第二次國內革命戰爭時期，中國共產黨領導的人民軍隊。1928年4月秋收起義部隊——工農革命軍，與南昌起義的一部分部隊在井岡山會師，改稱中國工農紅軍第四軍。此後，黨所領導的各地武裝力量，都改稱中國工農紅軍。抗日戰爭時期改稱八路軍、新四軍。是中國人民解放軍的前身。簡稱紅軍。

【中國畫】zhōngguóhuà ㄓㄨㄥ ㄍㄨㄛˊ ㄏㄨㄚˋ 國畫。

【中國話】zhōngguóhuà ㄓㄨㄥ ㄍㄨㄛˊ ㄏㄨㄚˋ 中國人民的語言，特指漢語。

【中國人民解放軍】Zhōngguó Rénmín Jiěfàngjūn ㄓㄨㄥ ㄍㄨㄛˊ ㄖㄣˊ ㄇㄧㄣˊ ㄐㄧㄝˇ ㄈㄤˋ ㄐㄩㄣ 中華人民共和國的國家武裝力量。1927年8月1日開始建軍，第二次國內革命戰爭時期稱中國工農紅軍，抗日戰爭時期稱八路軍和新四軍，第三次國內革命戰爭時期改稱中國人民解放軍。

【中國同盟會】Zhōngguó Tóngménghuì ㄓㄨㄥ ㄍㄨㄛˊ ㄊㄨㄥˊ ㄇㄥˊ ㄏㄨㄟˋ 1905年孫中山在日本東京成立的中國資產階級革命政黨。其政治綱領是'驅逐韃虜，恢復中華，創立民國，平均地權'。中國同盟會成立後，積極進行反清革命鬥爭，領導辛亥革命，推翻了清王朝的封建統治，建立了中華民國。1912年中國同盟會改組為中國國民黨。簡稱同盟會。

【中國字】zhōngguózì ㄓㄨㄥ ㄍㄨㄛˊ ㄗˋ 中國的文字，特指漢字。

【中果皮】zhōngguǒpí ㄓㄨㄥ ㄍㄨㄛˇ ㄆㄧˊ 果實的中間一層果皮，如桃、梅等多汁可以吃的部分就是中果皮。

【中和】zhōnghé ㄓㄨㄥ ㄏㄜˊ ❶酸和鹼經過化學反應生成鹽和水，如鹽酸和氫氧化鈉反應生成氯化鈉和水，所生成的物質失去酸和鹼的性質。❷使中和。❸抗毒素或抗毒血清跟毒素起作用，產生其他物質，使毒素的毒性消失。❹物體的正電量和負電量相等，不顯帶電現象的狀態叫中和。

【中華】Zhōnghuá ㄓㄨㄥ ㄏㄨㄚˊ 古代稱黃河流域一帶為中華，是漢族最初興起的地方，後來指中國。

【中華民族】Zhōnghuá Mínzú ㄓㄨㄥ ㄏㄨㄚˊ ㄇㄧㄣˊ ㄗㄨˊ 我國各民族的總稱，包括五十六個民族，有悠久的歷史，燦爛的文化遺產和光榮的革命傳統。

【中級】zhōngjí ㄓㄨㄥ ㄐㄧˊ 介於高級和初級之間的：中級人民法院。

【中繼綫】zhōngjìxiàn ㄓㄨㄥ ㄐㄧˋ ㄒㄧㄢˋ 接在各個電話交換台之間的導綫。例如電話局各個分局之間的連接綫、電話局和使用單位總機的連接綫以及長途電話局和市內電話局之間的連接綫。

【中繼站】zhōngjìzhàn ㄓㄨㄥ ㄐㄧˋ ㄓㄢˋ ❶在運輸綫中途設立的轉運站。❷在無綫電通訊中，設置在發射點與接收點中間的工作站，作用是把接收的信號放大後再發射出去。

【中堅】zhōngjiān ㄓㄨㄥ ㄐㄧㄢ 在集體中最有力的並起較大作用的成分：中堅力量｜中堅分子。

【中間】zhōngjiān ㄓㄨㄥ ㄐㄧㄢ ❶裏面：那些樹中間有半數是李樹。❷中心：湖底像鍋底，越到中間越深。❸在事物兩端之間或兩個事物之間的位置：地球走到太陽和月亮中間就發生月蝕｜從我家到工廠，中間要換車。

【中間派】zhōngjiānpài ㄓㄨㄥ ㄐㄧㄢ ㄆㄞˋ 指動搖於兩個對立的政治力量之間的派別。有時也指中間派的人。

【中間人】zhōngjiānrén ㄓㄨㄥ ㄐㄧㄢ ㄖㄣˊ 中人①。

【中間兒】zhōngjiànr ㄓㄨㄥ ㄐㄧㄢㄦˋ 中間。

【中將】zhōngjiàng ㄓㄨㄥ ㄐㄧㄤˋ 軍銜，低於上將，高於少將。

【中焦】zhōngjiāo ㄓㄨㄥ ㄐㄧㄠ 中醫指胃的上下口之間的一段，主要功能是管消化。

【中介】zhōngjiè ㄓㄨㄥ ㄐㄧㄝˋ 媒介：中介人｜中介作用。

【中局】zhōngjú ㄓㄨㄥ ㄐㄩˊ 象棋、國際象棋競賽中指開局與殘局之間的比賽階段。

【中楷】zhōngkǎi ㄓㄨㄥ ㄎㄞˇ 手寫的不大不小的楷體漢字。

【中看】zhōngkàn ㄓㄨㄥ ㄎㄢˋ 看起來很好：中看不中吃。

【中饋】zhōngkuì ㄓㄨㄥ ㄎㄨㄟˋ 〈書〉❶指婦女在家裏主管的飲食等事：主中饋。❷借指妻：中饋猶虛（沒有妻室）。

【中欄】zhōnglán ㄓㄨㄥ ㄌㄢˊ 男女徑賽項目之一，規定距離為 400 米，男子所用欄架高 91.4 厘米，女子為 76.2 厘米。

【中立】zhōnglì ㄓㄨㄥ ㄌㄧˋ 處於兩個對立的政治力量之間，不傾向於任何一方：嚴守中立。

【中立國】zhōnglìguó ㄓㄨㄥ ㄌㄧˋ ㄍㄨㄛˊ ❶指在國際戰爭中奉行中立政策的國家，它對交戰國任何一方不採取敵視行為，也不幫助。❷由國際條約保證，永遠不跟其他國家作戰，也不承擔任何可以間接把它拖入戰爭的國際義務的國家。

【中流】zhōngliú ㄓㄨㄥ ㄌㄧㄡˊ ❶水流的中央：中流砥柱。❷中游：長江中流。❸中等：中流社會。

【中流砥柱】zhōngliú Dǐzhù ㄓㄨㄥ ㄌㄧㄡˊ ㄉㄧˇ ㄓㄨˋ 比喻堅強的、能起支柱作用的人或集體，就像立在黃河激流中的砥柱山（在三門峽）一樣。

【中路】zhōnglù ㄓㄨㄥ ㄌㄨˋ （中路兒）質量中等；普通：中路貨。

【中路梆子】zhōnglù-bàng·zi ㄓㄨㄥ ㄌㄨˋ ㄅㄤˋ ·ㄗ 晉劇。

【中落】zhōngluò ㄓㄨㄥ ㄌㄨㄛˋ （家境）由盛到衰：家道中落。

【中拇指】zhōng·muzhǐ ㄓㄨㄥ ·ㄇㄨ ㄓˇ 中指。

【中腦】zhōngnǎo ㄓㄨㄥ ㄋㄠˇ 腦的一部分，在大腦與後腦之間，包括四疊體和大腦腳，主要作用是糾正身體姿勢和掌握頭部轉動方向。

【中年】zhōngnián ㄓㄨㄥ ㄋㄧㄢˊ 四五十歲的年紀：中年男子｜人到中年。

【中農】zhōngnóng ㄓㄨㄥ ㄋㄨㄥˊ 經濟地位在富農和貧農之間的農民。多數佔有土地，並有部分生產工具，生活來源靠自己勞動，一般不剝削人，也不出賣勞動力。特指介乎上中農和下中農之間的農民。參看1008頁〖上中農〗、1234頁〖下中農〗。

【中跑】zhōngpǎo ㄓㄨㄥ ㄆㄠˇ 中距離賽跑。包括男子 800 米、1,500 米、3,000 米，女子 800 米、1,500 米。

【中篇小說】zhōngpiān xiǎoshuō ㄓㄨㄥ ㄆㄧㄢ ㄒㄧㄠˇ ㄕㄨㄛ 篇幅介於長篇和短篇小說之間的小說，敘述不很鋪張，但是可以對社會生活作廣泛的描寫。

【中頻】zhōngpín ㄓㄨㄥ ㄆㄧㄣˊ ❶在超外差收音機中，把射頻信號變成預定信號，以便放大，這個預定信號叫做中頻。❷指 300－3,000 千赫範圍內的頻率。

【中期】zhōngqī ㄓㄨㄥ ㄑㄧ ❶某一時期的中間階段：20 世紀中期｜加強棉花中期管理。❷時期的長短在長期和短期之間：中期貸款。

【中氣】zhōngqì ㄓㄨㄥ ㄑㄧˋ ❶太陽每年在黃道上移動 360°，從冬至起，每隔 30° 為一中氣。

農曆把一年二十四節氣分為節氣和中氣兩種，雨水、春分、穀雨、小滿、夏至、大暑、處暑、秋分、霜降、小雪、冬至、大寒為十二個中氣。❷中醫指中焦脾胃之氣，對食物的消化、身體的營養，都有作用。❸戲曲演唱上指呼吸量，唱的時候呼吸量大，能夠自由控制，叫做中氣足。

【中秋】Zhōngqiū ㄓㄨㄥ ㄑㄧㄡ 我國傳統節日，在農曆八月十五日，這一天有賞月、吃月餅的風俗。

【中人】zhōngrén ㄓㄨㄥ ㄖㄣˊ ❶為雙方介紹買賣、調解糾紛等並做見證的人。❷〈書〉在身材、相貌、智力等方面居於中等的人：中人以上｜不及中人。

【中山狼】zhōngshānláng ㄓㄨㄥ ㄕㄢ ㄌㄤˊ 古代寓言，趙簡子在中山打獵，一隻狼中箭而逃，趙在後追捕。東郭先生從那兒走過，狼向他求救。東郭先生動了憐憫之心，把狼藏在書囊中，騙過了趙簡子。狼活命後卻要吃救命恩人東郭先生(見於明馬中錫《東田集．中山狼傳》)。比喻恩將仇報，沒有良心的人。

【中山裝】zhōngshānzhuāng ㄓㄨㄥ ㄕㄢ ㄓㄨㄤ 一種服裝，上身左右各有兩個帶蓋子和鈕子的口袋，下身是西式長褲，由孫中山提倡而得名。

【中石器時代】Zhōngshíqì Shídài ㄓㄨㄥ ㄕˊ ㄑㄧˋ ㄕˊ ㄉㄞˋ 舊石器時代和新石器時代之間的石器時代。這時人類使用的工具以打製石器為主，並發明了弓箭。

【中士】zhōngshì ㄓㄨㄥ ㄕˋ 軍銜，低於上士，高於下士。

【中世紀】zhōngshìjì ㄓㄨㄥ ㄕˋ ㄐㄧˋ 歐洲歷史上指封建社會時代。

【中式】zhōngshì ㄓㄨㄥ ㄕˋ 中國式樣：中式服裝。

另見1484頁 zhòng//shì。

【中樞】zhōngshū ㄓㄨㄥ ㄕㄨ 在一事物系統中起總的主導作用的部分：電訊中樞｜交通中樞。

【中樞神經】zhōngshū shénjīng ㄓㄨㄥ ㄕㄨ ㄕㄣˊ ㄐㄧㄥ 神經系統的主要部分，包括腦和脊髓，主管全身感覺運動和條件反射、非條件反射等。參看831頁'腦'、541頁〖脊髓〗。

【中堂】zhōngtáng ㄓㄨㄥ ㄊㄤˊ ❶正房居中的一間；堂屋。❷懸掛在客廳正中的尺寸較大的字畫。

【中堂】zhōng·tang ㄓㄨㄥ ·ㄊㄤ 明清兩代內閣大學士的別稱。

【中提琴】zhōngtíqín ㄓㄨㄥ ㄊㄧˊ ㄑㄧㄣˊ 提琴的一種，體積比小提琴稍大，音比小提琴低五度。

【中聽】zhōngtīng ㄓㄨㄥ ㄊㄧㄥ (話)聽起來滿意：這話中聽。

【中途】zhōngtú ㄓㄨㄥ ㄊㄨˊ 半路：在回家的中途下開了大雨｜他原先是學建築工程的，中途又改行搞起地質來了。

【中外】zhōngwài ㄓㄨㄥ ㄨㄞˋ 中國和外國：古今中外｜聞名中外｜中外人士。

【中尉】zhōngwèi ㄓㄨㄥ ㄨㄟˋ 軍銜，低於上尉，高於少尉。

【中衞】zhōngwèi ㄓㄨㄥ ㄨㄟˋ 足球、手球等球類比賽的後衞之一，位置在中間。

【中文】Zhōngwén ㄓㄨㄥ ㄨㄣˊ 中國的語言文字，特指漢族的語言文字。

【中午】zhōngwǔ ㄓㄨㄥ ㄨˇ 指白天十二點左右的一段時間。

【中西】zhōngxī ㄓㄨㄥ ㄒㄧ 中國和西洋：中西合璧｜中西醫結合。

【中綫】zhōngxiàn ㄓㄨㄥ ㄒㄧㄢˋ ❶三角形的一頂點與對邊中點的連綫。❷球場中間畫的一條橫綫，是雙方的界限。

【中校】zhōngxiào ㄓㄨㄥ ㄒㄧㄠˋ 軍銜，低於上校，高於少校。

【中心】zhōngxīn ㄓㄨㄥ ㄒㄧㄣ ❶跟四周的距離相等的位置：在草地的中心有一個八角亭子。❷事物的主要部分：中心思想｜中心問題｜中心工作。❸在某一方面佔重要地位的城市或地區：政治中心｜文化中心。❹設備、技術力量等比較完備的機構和單位(多作單位名稱)：維修中心｜研究中心｜科技信息中心。

【中興】zhōngxīng ㄓㄨㄥ ㄒㄧㄥ 由衰微而復興(多指國家)。

【中型】zhōngxíng ㄓㄨㄥ ㄒㄧㄥˊ 形狀或規模不大不小的：中型汽車。

【中性】zhōngxìng ㄓㄨㄥ ㄒㄧㄥˋ ❶化學上指既不呈酸性又不呈鹼性的性質。❷某些語言裏名詞(以及代詞、形容詞等)分別陰性、陽性、中性。參看1282頁'性'⑥。❸指詞語意義不含褒貶色彩：中性詞｜中性註釋。

【中休】zhōngxiū ㄓㄨㄥ ㄒㄧㄡ 在一段工作或一段路程的中間休息。

【中學】[1] zhōngxué ㄓㄨㄥ ㄒㄩㄝˊ 對青少年實施中等教育的學校。

【中學】[2] zhōngxué ㄓㄨㄥ ㄒㄩㄝˊ 清末稱我國傳統的學術。

【中學生】zhōngxuéshēng ㄓㄨㄥ ㄒㄩㄝˊ ㄕㄥ 在中學讀書的學生。

【中雪】zhōngxuě ㄓㄨㄥ ㄒㄩㄝˇ 指24小時內雪量達2.5－5毫米的雪。

【中旬】zhōngxún ㄓㄨㄥ ㄒㄩㄣˊ 每月十一日到二十日的十天。

【中央】zhōngyāng ㄓㄨㄥ ㄧㄤ ❶中心地方：湖的中央有個亭子。❷特指國家政權或政治團體的最高領導機構：黨中央｜團中央。

【中藥】zhōngyào ㄓㄨㄥ ㄧㄠˋ 中醫所用的藥物，以植物為最多，但也包括動物和礦物。

【中葉】zhōngyè ㄓㄨㄥ ㄧㄝˋ 中期：唐代中葉｜清朝中葉｜20世紀中葉。

【中醫】zhōngyī ㄓㄨㄥ ㄧ ❶中國固有的醫學。❷用中國醫學的理論和方法治病的醫生。

【中庸】zhōngyōng ㄓㄨㄥ ㄩㄥ ❶儒家的一種主張，待人接物採取不偏不倚，調和折中的態度：中庸之道。❷〈書〉指德才平凡：中庸之才。

【中用】zhōngyòng ㄓㄨㄥ ㄩㄥˋ 頂事；有用(多用於否定)：這點事情都辦不好，真不中用。

【中游】zhōngyóu ㄓㄨㄥ ㄧㄡˊ ❶河流中介於上游與下游之間的一段。❷比喻所處的地位不前不後；所達到的水平不高不低：要力爭上游，不能甘居中游。

【中雨】zhōngyǔ ㄓㄨㄥ ㄩˇ 指24小時內雨量達10－25毫米的雨。

【中元節】Zhōngyuán Jié ㄓㄨㄥ ㄩㄢˊ ㄐㄧㄝˊ 指農曆七月十五日，舊俗有燒衣包、祭祀亡故親人等活動。

【中原】zhōngyuán ㄓㄨㄥ ㄩㄢˊ 指黃河中下游地區，包括河南的大部分地區、山東的西部和河北、山西的南部。

【中允】zhōngyǔn ㄓㄨㄥ ㄩㄣˇ 〈書〉公正：貌似中允。

【中灶】zhōngzào ㄓㄨㄥ ㄗㄠˋ 集體伙食的標準中的第二級(區別於'大灶'、'小灶')。

【中正】zhōngzhèng ㄓㄨㄥ ㄓㄥˋ 〈書〉公正；公平。

【中止】zhōngzhǐ ㄓㄨㄥ ㄓˇ (做事)中途停止：中止比賽｜剛做了一半就中止了。

【中指】zhōngzhǐ ㄓㄨㄥ ㄓˇ 第三個指頭。也叫將(jiàng)指。

【中州】Zhōngzhōu ㄓㄨㄥ ㄓㄡ 舊時指現在河南省一帶。

【中州韵】zhōngzhōuyùn ㄓㄨㄥ ㄓㄡ ㄩㄣˋ 我國近代戲曲韵文所根據的韵部。'中州'指現在的河南省一帶，'中州韵'是以北方話為基礎的，分韵的方法各地不完全一樣，都跟皮黃戲的'十三轍'很相近。參看1036頁〖十三轍〗。

【中轉】zhōngzhuǎn ㄓㄨㄥ ㄓㄨㄢˇ ❶交通部門指中途轉換交通運輸工具：中轉旅客。❷中間轉手：產銷直接挂鈎，減少中轉環節。

【中裝】zhōngzhuāng ㄓㄨㄥ ㄓㄨㄤ 中國舊式服裝(區別於'中山裝、西裝'等)。

【中子】zhōngzǐ ㄓㄨㄥ ㄗˇ 構成原子核的基本粒子之一，質量約和質子相等。不帶電，容易進入原子核，可以用來轟擊原子核，引起核反應。

【中子彈】zhōngzǐdàn ㄓㄨㄥ ㄗˇ ㄉㄢˋ 核武器的一種，爆炸時釋放大量的高能中子，靠中子輻射起殺傷作用，穿透力較強，衝擊波、熱輻射和放射性沾染較其他核武器為小。在有效範圍內能殺傷一般坦克內或建築物內的人員。可作戰術核武器使用。

【中子態】zhōngzǐtài ㄓㄨㄥ ㄗˇ ㄊㄞˋ 物質存在的一種形態，這種形態下的物體密度極大，電子和質子大量結合成中子。

【中子星】zhōngzǐxīng ㄓㄨㄥ ㄗˇ ㄒㄧㄥ 中子態的恒星，由質量相當大的恒星演變而來。自轉速度很快，週期性地發射出脉衝輻射。

忪(伀) zhōng ㄓㄨㄥ 見1456頁〖怔忪〗。另見1088頁 sōng。

忠 zhōng ㄓㄨㄥ 忠誠：忠心｜忠言｜效忠｜忠於人民。

【忠臣】zhōngchén ㄓㄨㄥ ㄔㄣˊ 忠於君主的官吏。

【忠誠】zhōngchéng ㄓㄨㄥ ㄔㄥˊ (對國家、人民、事業、領導、朋友等)盡心盡力：忠誠老實｜對事業無限忠誠。

【忠告】zhōnggào ㄓㄨㄥ ㄍㄠˋ ❶誠懇地勸告：一再忠告。❷忠告的話：接受忠告。

【忠厚】zhōnghòu ㄓㄨㄥ ㄏㄡˋ 忠實厚道：忠厚長者｜待人忠厚。

【忠良】zhōngliáng ㄓㄨㄥ ㄌㄧㄤˊ ❶忠誠正直。❷忠誠正直的人：陷害忠良。

【忠烈】zhōngliè ㄓㄨㄥ ㄌㄧㄝˋ ❶指對國家或人民無限忠誠而犧牲生命：忠烈之臣。❷指有這種行為的人：緬懷忠烈。

【忠實】zhōngshí ㄓㄨㄥ ㄕˊ ❶忠誠可靠：忠實的信徒｜忠實的朋友。❷真實：忠實的記錄｜忠實的寫照。

【忠順】zhōngshùn ㄓㄨㄥ ㄕㄨㄣˋ 一心順從(今多用於貶義)：忠順的奴僕。

【忠心】zhōngxīn ㄓㄨㄥ ㄒㄧㄣ 忠誠的心：忠心耿耿｜赤膽忠心。

【忠言】zhōngyán ㄓㄨㄥ ㄧㄢˊ 誠懇勸告的話：忠言逆耳。

【忠言逆耳】zhōngyán nì ěr ㄓㄨㄥ ㄧㄢˊ ㄋㄧˋ ㄦˇ 誠懇勸告的話，往往讓人聽起來不舒服：良藥苦口利於病，忠言逆耳利於行。

【忠義】zhōngyì ㄓㄨㄥ ㄧˋ ❶忠誠，講義氣：忠義之士。❷舊指忠臣義士：表彰忠義。

【忠勇】zhōngyǒng ㄓㄨㄥ ㄩㄥˇ 忠誠而勇敢：忠勇的戰士。

【忠於】zhōngyú ㄓㄨㄥ ㄩˊ 忠誠地對待：忠於祖國｜忠於人民的事業。

【忠貞】zhōngzhēn ㄓㄨㄥ ㄓㄣ 忠誠而堅定不移：忠貞不貳｜忠貞不屈｜忠貞不渝。

柊 zhōng ㄓㄨㄥ 見下。

【柊樹】zhōngshù ㄓㄨㄥ ㄕㄨˋ 常綠灌木或小喬木，葉子卵形，花白色，有香氣。供觀賞。

【柊葉】zhōngyè ㄓㄨㄥ ㄧㄝˋ 多年生草本植物，根莖塊狀，葉子長圓形，似芭蕉，花紫色。根和葉可入藥，葉片可用來包粽子。

盅 zhōng ㄓㄨㄥ (盅兒)飲酒或喝茶用的沒有把兒的杯子：酒盅兒｜小茶盅。

【盅子】zhōng·zi ㄓㄨㄥ ·ㄗ 盅。

衷 zhōng ㄓㄨㄥ ❶內心：言不由衷｜無動於衷。❷同‘中’。見1448頁〖折中〗。❸(Zhōng)姓。

【衷腸】zhōngcháng ㄓㄨㄥ ㄔㄤˊ 〈書〉內心的話：傾吐衷腸｜暢敘衷腸。

【衷情】zhōngqíng ㄓㄨㄥ ㄑㄧㄥˊ 內心的情感：久別重逢，互訴衷情。

【衷曲】zhōngqū ㄓㄨㄥ ㄑㄩ 〈書〉衷情；心事：傾吐衷曲。

【衷心】zhōngxīn ㄓㄨㄥ ㄒㄧㄣ 出於內心的：衷心擁護｜衷心的感謝。

終(终) zhōng ㄓㄨㄥ ❶最後；末了(跟‘始’相對)：終點｜告終｜自始至終。❷指人死：臨終(人將死)。❸終歸；到底：終將見效｜終必成功。❹自始至終的整段時間：終日｜終年｜終生｜終身。❺(Zhōng)姓。

【終場】zhōngchǎng ㄓㄨㄥ ㄔㄤˇ ❶(戲)演完；(球賽)結束：當終場落幕的時候，在觀眾中響起了熱烈的掌聲｜終場前一分鐘，主隊又攻進一球。❷舊時指分幾場考試時考完最後的一場。

【終點】zhōngdiǎn ㄓㄨㄥ ㄉㄧㄢˇ ❶一段路程結束的地方：終點站。❷特指徑賽中終止的地點。

【終端】zhōngduān ㄓㄨㄥ ㄉㄨㄢ 電子計算機等系統中用來發指令或接收信息的裝置。

【終伏】zhōngfú ㄓㄨㄥ ㄈㄨˊ 末伏。

【終古】zhōnggǔ ㄓㄨㄥ ㄍㄨˇ 〈書〉久遠；永遠：這雖是一句老話，卻令人感到終古常新。

【終歸】zhōngguī ㄓㄨㄥ ㄍㄨㄟ 畢竟；到底：終歸無效｜技術無論怎樣複雜，只要努力鑽研，終歸能夠學會的。

【終極】zhōngjí ㄓㄨㄥ ㄐㄧˊ 最終；最後：終極目的。

【終結】zhōngjié ㄓㄨㄥ ㄐㄧㄝˊ 最後結束。

【終究】zhōngjiū ㄓㄨㄥ ㄐㄧㄡ 畢竟；終歸：一個人的力量終究有限。

【終久】zhōngjiǔ ㄓㄨㄥ ㄐㄧㄡˇ 終究：紙包不住火，假面具終久要被揭穿。

【終局】zhōngjú ㄓㄨㄥ ㄐㄩˊ 結局；終了。

【終老】zhōnglǎo ㄓㄨㄥ ㄌㄠˇ 指度過晚年直到去世：終老山林｜終老故鄉。

【終了】zhōngliǎo ㄓㄨㄥ ㄌㄧㄠˇ (時期)結束；完了：學期終了。

【終南捷徑】zhōngnán jiéjìng ㄓㄨㄥ ㄋㄢˊ ㄐㄧㄝˊ ㄐㄧㄥˋ 唐代盧藏用曾經隱居在京城長安附近的終南山，藉此得到很大名聲而做了大官(見於《新唐書·盧藏用傳》)。後來用‘終南捷徑’比喻求官的最近便的門路，也比喻達到目的的便捷途徑。

【終年】zhōngnián ㄓㄨㄥ ㄋㄧㄢˊ ❶全年；一年到頭：終年積雪的高山。❷指人去世時的年齡：終年八十歲。

【終日】zhōngrì ㄓㄨㄥ ㄖˋ 從早到晚；整天：奔走終日，苦不堪言｜參觀展覽的人終日不斷。

【終身】zhōngshēn ㄓㄨㄥ ㄕㄣ 一生；一輩子(多就切身的事說)：終身之計｜終身大事(關係一生的大事情，多指婚姻)。

【終審】zhōngshěn ㄓㄨㄥ ㄕㄣˇ ❶法院對案件的最後一級審判：終審判決。❷對影視作品或書刊稿件進行最後一級的審查：終審定稿後即可發稿。

【終生】zhōngshēng ㄓㄨㄥ ㄕㄥ 一生(多就事業說)：奮鬥終生。

【終霜】zhōngshuāng ㄓㄨㄥ ㄕㄨㄤ 入春後最晚出現的一次霜。

【終天】zhōngtiān ㄓㄨㄥ ㄊㄧㄢ ❶終日：終天發愁｜終天不停地寫。❷〈書〉終身(就遺恨無窮說)：終天之恨｜抱恨終天。

【終於】zhōngyú ㄓㄨㄥ ㄩˊ 副詞，表示經過種種變化或等待之後出現的情況：試驗終於成功了｜她多次想說，但終於沒說出口。

【終止】zhōngzhǐ ㄓㄨㄥ ㄓˇ 結束；停止：終止活動。

鍾[1](钟) zhōng ㄓㄨㄥ ❶(情感等)集中：鍾愛｜鍾情。❷(Zhōng)姓。

鍾[2](钟) zhōng ㄓㄨㄥ 同‘盅’。

‘钟’另見1482頁 zhōng‘鐘’。

【鍾愛】zhōng'ài ㄓㄨㄥ ㄞˋ 特別愛(子女或其他晚輩中的某一人)：祖母鍾愛小孫子。

【鍾馗】Zhōngkuí ㄓㄨㄥ ㄎㄨㄟˊ 傳說中能打鬼的神，舊時民間常挂鍾馗的像，認為可以驅除邪祟。

【鍾離】Zhōnglí ㄓㄨㄥ ㄌㄧˊ 姓。

【鍾靈毓秀】zhōng líng yù xiù ㄓㄨ ㄌㄧㄥˊ ㄩˋ ㄒㄧㄡˋ 指美好的自然環境產生優秀的人物(毓：養育)。

【鍾情】zhōngqíng ㄓㄨㄥ ㄑㄧㄥˊ 感情專注(多指愛情)：一見鍾情。

螽 zhōng ㄓㄨㄥ［螽斯］(zhōngsī ㄓㄨㄥ ㄙ)昆蟲，身體綠色或褐色，觸角呈絲狀，有的種類無翅。雄蟲的前翅有發音器，雌蟲尾端有劍狀的產卵管。善於跳躍，一般以其他小動物為食物，有的種類也吃莊稼，是害蟲。

鐘(钟) zhōng ㄓㄨㄥ ❶響器，中空，用銅或鐵製成。❷計時的器具，有挂在牆上的，也有放在桌上的：挂鐘｜座鐘｜鬧鐘。❸指鐘點、時間：六點鐘｜由這兒到那兒只要十分鐘。

‘钟’另見1482頁 zhōng‘鍾’。

【鐘擺】zhōngbǎi ㄓㄨㄥ ㄅㄞˇ 時鐘機件的一部分，是根據單擺的原理製成的，左右擺動，通過一系列齒輪的作用，使指針以均勻的速度轉動。

【鐘錶】zhōngbiǎo ㄓㄨㄥ ㄅㄧㄠˇ 鐘和錶的總稱。

【鐘點】zhōngdiǎn ㄓㄨㄥ ㄉㄧㄢˇ（鐘點兒）❶指某個一定的時間：到鐘點兒了，快走吧！❷小時；鐘頭：等了一個鐘點，他還沒來。

【鐘鼎文】zhōngdǐngwén ㄓㄨㄥ ㄉㄧㄥˇ ㄨㄣˊ 見596頁〖金文〗。

【鐘樓】zhōnglóu ㄓㄨㄥ ㄌㄡˊ ❶舊時城市中設置大鐘的樓，樓內按時敲鐘報告時辰。❷安裝時鐘的較高的建築物。

【鐘鳴鼎食】zhōng míng dǐng shí ㄓㄨㄥ ㄇㄧㄥˊ ㄉㄧㄥˇ ㄕˊ 敲着鐘，列鼎而食。舊時形容富貴人家生活奢侈豪華。

【鐘乳石】zhōngrǔshí ㄓㄨㄥ ㄖㄨˇ ㄕˊ 石灰岩洞中懸在洞頂上的像冰錐的物體，常與石笋上下相對，由含碳酸鈣的水溶液逐漸蒸發凝結而成。也叫石鐘乳。

【鐘頭】zhōngtóu ㄓㄨㄥ ㄊㄡˊ 小時：這齣戲演了三個半鐘頭還沒完。

zhǒng（ㄓㄨㄥˇ）

塚（冢） zhǒng ㄓㄨㄥˇ 墳墓：古塚｜荒塚｜衣冠塚。

腫（肿） zhǒng ㄓㄨㄥˇ 皮膚、黏膜或肌肉等組織由於局部循環發生障礙、發炎、化膿、內出血等原因而突起。

【腫瘤】zhǒngliú ㄓㄨㄥˇ ㄌㄧㄡˊ 機體的某一部分組織細胞長期不正常增生所形成的新生物。對機體有危害性，可分為良性腫瘤和惡性腫瘤。也叫瘤子。

【腫脹】zhǒngzhàng ㄓㄨㄥˇ ㄓㄤˋ 肌肉、皮膚或黏膜等組織由於發炎、鬱血或充血而體積增大。

種（种） zhǒng ㄓㄨㄥˇ ❶物種的簡稱：小麥是單子葉植物禾本科小麥屬的一種｜貓是哺乳動物貓科貓屬的一種。❷人種：黃種｜黑種｜白種。❸（種兒）生物傳代繁殖的物質：高粱種｜麥種｜傳種｜配種。❹指膽量或骨氣（跟'有、沒有'連用）。❺量詞，表示種類，用於人和任何事物：兩種人｜三種布｜各種情況｜菊花的顏色有好幾種。❻（Zhǒng）姓。

另見1486頁 zhòng。'种'另見158頁 Chóng。

【種差】zhǒngchā ㄓㄨㄥˇ ㄔㄚ 指在同屬中，某個種不同於其他種的屬性。

【種畜】zhǒngchù ㄓㄨㄥˇ ㄔㄨˋ 配種用的公畜或母畜。

【種蛋】zhǒngdàn ㄓㄨㄥˇ ㄉㄢˋ 為繁殖家禽用來孵化的蛋，從健康高產的家禽所產的蛋中選出。

【種類】zhǒnglèi ㄓㄨㄥˇ ㄌㄟˋ 根據事物本身的性質或特點而分成的門類：花的種類很多。

【種禽】zhǒngqín ㄓㄨㄥˇ ㄑㄧㄣˊ 配種用的雄性家禽或雌性家禽。

【種群】zhǒngqún ㄓㄨㄥˇ ㄑㄩㄣˊ 指生活在同一地點、屬於同一物種的一群生物體。

【種仁】zhǒngrén ㄓㄨㄥˇ ㄖㄣˊ 某些植物的種子中所含的仁。

【種條】zhǒngtiáo ㄓㄨㄥˇ ㄊㄧㄠˊ 繁殖用的樹木的枝條。

【種姓】zhǒngxìng ㄓㄨㄥˇ ㄒㄧㄥˋ 某些國家的一種世襲的社會等級。種姓的出現與階級社會形成時期的社會分工有關。在印度，種姓區分得最為典型，最初分為四大種姓，即婆羅門（僧侶和學者）、剎帝利（武士和貴族）、吠舍（手工業者和商人）和首陀羅（農民、僕役）。種姓和種姓之間不能通婚，不能交往。後來又在種姓之外分出一個社會地位最低的'賤民'階層。

【種魚】zhǒngyú ㄓㄨㄥˇ ㄩˊ 親魚。

【種種】zhǒngzhǒng ㄓㄨㄥˇ ㄓㄨㄥˇ 各種各樣：克服種種困難｜遇到種種問題。

【種子】zhǒng·zi ㄓㄨㄥˇ ·ㄗ ❶顯花植物所特有的器官，是由完成了受精過程的胚珠發育而成的，通常包括種皮、胚和胚乳三部分。種子在一定條件下能萌發成新的植物體◇革命的種子。❷比賽中，進行分組淘汰賽時，被安排在各組裏的實力較強的運動員叫做種子。同樣，以隊為單位參加比賽時，被安排在各組的實力較強的隊，叫做種子隊。

【種族】zhǒngzú ㄓㄨㄥˇ ㄗㄨˊ 人種。

【種族歧視】zhǒngzú qíshì ㄓㄨㄥˇ ㄗㄨˊ ㄑㄧˊ ㄕˋ 對不同種族或民族採取敵視、迫害和不平等對待的行為。

【種族主義】zhǒngzú zhǔyì ㄓㄨㄥˇ ㄗㄨˊ ㄓㄨˇ ㄧˋ 鼓吹種族歧視的反動理論，它宣揚各種族生來就分為優等和劣等，前者負有統治後者的使命。

踵 zhǒng ㄓㄨㄥˇ 〈書〉❶腳後跟：舉踵｜接踵。❷親到：踵門道謝。❸跟隨：踵至（跟在後面來到）。

【踵事增華】zhǒng shì zēng huá ㄓㄨㄥˇ ㄕˋ ㄗㄥ ㄏㄨㄚˊ 繼續以前的事業並更加發展。

【踵武】zhǒngwǔ ㄓㄨㄥˇ ㄨˇ 〈書〉跟着別人的腳步走，比喻效法：踵武前賢。

穜 zhǒng ㄓㄨㄥˇ 〈書〉同'種（种）'。

另見1486頁 zhòng。

zhòng（ㄓㄨㄥˋ）

中 zhòng ㄓㄨㄥˋ ❶正對上；恰好合上：中選｜猜中了｜三槍都打中了目標。❷受到；遭受：中毒｜中暑｜胳膊上中了一槍。

另見1477頁 zhōng。

【中標】zhòng∥biāo ㄓㄨㄥˋ∥ㄅㄧㄠ 投標得中：第一建築公司奪魁中標。

【中毒】zhòng∥dú ㄓㄨㄥˋ∥ㄉㄨˊ 醫學上指人或動物由於毒物進入體內而發生組織破壞、生理機能障礙或死亡等現象。症狀是噁心，嘔吐，腹瀉，頭痛，眩暈，呼吸急促，瞳孔異常等。

【中風】zhòng∥fēng ㄓㄨㄥˋ∥ㄈㄥ 患中風(zhòngfēng)病。也叫卒中(cùzhòng)。

【中風】zhòngfēng ㄓㄨㄥˋ ㄈㄥ 病，多由腦血栓、腦溢血等引起。初起時突然頭痛，眩暈，短時間內失去知覺。得病後半身不遂或截癱，嚴重時很快死亡。也叫卒中(cùzhòng)。

【中獎】zhòng∥jiǎng ㄓㄨㄥˋ∥ㄐㄧㄤˇ 獎券、有獎儲蓄券等的號碼跟抽籤等所得號碼相同，可以獲得獎金，叫做中獎。

【中肯】zhòngkěn ㄓㄨㄥˋ ㄎㄣˇ (言論)抓住要點；正中要害：他的話很中肯。

【中籤】zhòng∥qiān ㄓㄨㄥˋ∥ㄑㄧㄢ 分期還本的公債券號碼跟用抽籤辦法得出的本期還本的公債券號碼相同。中籤的公債券可以領取本息。

【中傷】zhòngshāng ㄓㄨㄥˋ ㄕㄤ 誣衊別人使受損害：造謠中傷｜惡意中傷。

【中式】zhòng∥shì ㄓㄨㄥˋ∥ㄕˋ 科舉時代考試合格。

另見1480頁 zhōngshì。

【中暑】zhòng∥shǔ ㄓㄨㄥˋ∥ㄕㄨˇ 患中暑(zhòngshǔ)病。有的地區叫發痧。

【中暑】zhòngshǔ ㄓㄨㄥˋ ㄕㄨˇ 病，由於長時間受烈日照射或室內溫度過高、不通風引起。症狀是頭痛，耳鳴，嚴重時昏睡，痙攣，血壓下降。

【中選】zhòng∥xuǎn ㄓㄨㄥˋ∥ㄒㄩㄢˇ 選舉或選擇時被選上。

【中意】zhòng∥yì ㄓㄨㄥˋ∥ㄧˋ 合意；滿意：這幾種顏色的布她都不中意｜這件衣服很中她的意。

仲 zhòng ㄓㄨㄥˋ ❶地位居中的：仲裁。❷指農曆一季的第二個月：仲秋。參看791頁'孟'、543頁'季'。❸在弟兄排行裏代表第二：仲兄｜仲弟｜伯仲叔季。❹(Zhòng)姓。

【仲裁】zhòngcái ㄓㄨㄥˋ ㄘㄞˊ 爭執雙方同意的第三者對爭執事項做出決定，如國際仲裁、海事仲裁等。

【仲春】zhòngchūn ㄓㄨㄥˋ ㄔㄨㄣ 春季的第二個月，即農曆二月。

【仲冬】zhòngdōng ㄓㄨㄥˋ ㄉㄨㄥ 冬季的第二個月，即農曆十一月。

【仲家】Zhòngjiā ㄓㄨㄥˋ ㄐㄧㄚ 布依族和雲南部分壯族的舊稱。

【仲秋】zhòngqiū ㄓㄨㄥˋ ㄑㄧㄡ 秋季的第二個月，即農曆八月。

【仲夏】zhòngxià ㄓㄨㄥˋ ㄒㄧㄚˋ 夏季的第二個月，即農曆五月。

重 zhòng ㄓㄨㄥˋ ❶重量；分量：舉重｜這條魚有幾斤重？❷重量大；比重大(跟'輕'相對)：體積相等時，鐵比木頭重◇工作很重｜腳步很重｜話說得太重了。❸程度深：情意重｜病勢很重｜受了重傷。❹重要：軍事重地｜身負重任。❺重視：敬重｜尊重｜看重｜器重｜為人所重｜重男輕女是錯誤的。❻不輕率：自重｜慎重｜老成持重。

另見158頁 chóng。

【重辦】zhòngbàn ㄓㄨㄥˋ ㄅㄢˋ 嚴厲地處罰(罪犯)。

【重臂】zhòngbì ㄓㄨㄥˋ ㄅㄧˋ 阻力臂的舊稱。

【重兵】zhòngbīng ㄓㄨㄥˋ ㄅㄧㄥ 力量雄厚的軍隊：重兵把守｜重兵壓境。

【重彩】zhòngcǎi ㄓㄨㄥˋ ㄘㄞˇ 濃重的色彩(描繪)：濃墨重彩。

【重創】zhòngchuāng ㄓㄨㄥˋ ㄔㄨㄤ 使受到嚴重的損傷：重創敵人。

【重大】zhòngdà ㄓㄨㄥˋ ㄉㄚˋ 大而重要(用於抽象事物)：重大問題｜意義重大。

【重擔】zhòngdàn ㄓㄨㄥˋ ㄉㄢˋ 沈重的擔子，比喻繁重的責任：千斤重擔｜勇挑重擔｜重擔在肩。

【重地】zhòngdì ㄓㄨㄥˋ ㄉㄧˋ 重要而需要嚴密防護的地方：工程重地｜軍事重地。

【重點】zhòngdiǎn ㄓㄨㄥˋ ㄉㄧㄢˇ ❶阻力點的舊稱。❷同類事物中的重要的或主要的：重點試驗區｜重點工作｜工業建設的重點。❸有重點地：重點推廣｜重點發展｜重點進攻。

【重讀】zhòngdú ㄓㄨㄥˋ ㄉㄨˊ 把一個詞或一個詞組裏的某個音節或語句裏的某幾個音節讀得重些，強些。例如'石頭、棍子'兩個詞裏，第一個音節重讀。'老三'這個詞裏，第二個音節重讀。'過年'裏'過'字重讀是'明年'的意思；'年'字重讀是'過新年'的意思。

另見159頁 chóngdú。

【重犯】zhòngfàn ㄓㄨㄥˋ ㄈㄢˋ 犯有嚴重罪行的犯人。

【重負】zhòngfù ㄓㄨㄥˋ ㄈㄨˋ 沈重的負擔：如釋重負。

【重工業】zhònggōngyè ㄓㄨㄥˋ ㄍㄨㄥ ㄧㄝˋ 以生產生產資料為主的工業，包括冶金、電力、煤炭、石油、基本化學、建築材料和機器製造等工業部門。

【重話】zhònghuà ㄓㄨㄥˋ ㄏㄨㄚˋ 分量過重，使人難堪的話：他倆結婚多年，互敬互愛，連句重話都沒說過。

【重活】zhònghuó ㄓㄨㄥˋ ㄏㄨㄛˊ (重活兒)指費力氣的體力勞動。

【重機關槍】zhòngjīguānqiāng ㄓㄨㄥˋ ㄐㄧ ㄍㄨㄢ ㄑㄧㄤ 機關槍的一種，裝有三腳或輪式槍架，射擊穩定性好，有效射程一般為1,000米。

【重價】zhòngjià ㄓㄨㄥˋ ㄐㄧㄚˋ 很高的價錢：重

價收買｜重價徵求｜不惜重價。

【重獎】zhòngjiǎng ㄓㄨㄥˋ ㄐㄧㄤˇ ❶巨額獎金或貴重的獎品：對有突出貢獻的科技人員將給予重獎。❷給予重獎：重獎有突出貢獻的科技人員。

【重金】zhòngjīn ㄓㄨㄥˋ ㄐㄧㄣ 巨額的錢；重價：重金收買｜重金聘請。

【重金屬】zhòngjīnshǔ ㄓㄨㄥˋ ㄐㄧㄣ ㄕㄨˇ 通常指比重大於5的金屬，如銅、鎳、鉛、鋅、錫、鎢等。

【重力】zhònglì ㄓㄨㄥˋ ㄌㄧˋ ❶地心引力。❷泛指任何天體吸引其他物體的力，如月球重力、火星重力等。

【重利】zhònglì ㄓㄨㄥˋ ㄌㄧˋ ❶很高的利息：重利盤剝。❷很高的利潤。牟取重利。❸〈書〉看重錢財：重利輕義。

【重量】zhòngliàng ㄓㄨㄥˋ ㄌㄧㄤˋ 物體受到的重力的大小叫做重量。重量隨高度或緯度變化而有微小差別。在高處比在低處小一些，在兩極比在赤道大一些。

【重炮】zhòngpào ㄓㄨㄥˋ ㄆㄠˋ 重型大炮，如榴彈炮、加農炮、高射炮等。

【重氫】zhòngqīng ㄓㄨㄥˋ ㄑㄧㄥ 氘(dāo)。

【重任】zhòngrèn ㄓㄨㄥˋ ㄖㄣˋ 重大的責任；重要的任務：身負重任｜委以重任。

【重傷】zhòngshāng ㄓㄨㄥˋ ㄕㄤ 身體受到的嚴重的傷害。

【重身子】zhòngshēn·zi ㄓㄨㄥˋ ㄕㄣ·ㄗ ❶指懷孕。❷指懷孕的婦女。

【重視】zhòngshì ㄓㄨㄥˋ ㄕˋ 認為人的德才優良或事物的作用重要而認真對待；看重：重視學習｜重視群眾的發明創造。

【重聽】zhòngtīng ㄓㄨㄥˋ ㄊㄧㄥ 聽覺遲鈍：他有點重聽，你説話得大聲點兒。

【重頭戲】zhòngtóuxì ㄓㄨㄥˋ ㄊㄡˊ ㄒㄧˋ 指唱工和做工很重的戲。

【重託】zhòngtuō ㄓㄨㄥˋ ㄊㄨㄛ 重大的委託：不負重託。

【重武器】zhòngwǔqì ㄓㄨㄥˋ ㄨˇ ㄑㄧˋ 射程遠、威力大，轉移時多需車輛裝載、牽引的武器。如高射炮、迫擊炮、火箭炮等，坦克、裝甲車也屬於重武器。

【重孝】zhòngxiào ㄓㄨㄥˋ ㄒㄧㄠˋ 最重的孝服，如父母死後子女所穿的孝服。

【重心】zhòngxīn ㄓㄨㄥˋ ㄒㄧㄣ ❶物體內各點所受的重力產生合力，這個合力的作用點叫做這個物體的重心。❷三角形三條中綫相交於一點，這個點叫做三角形的重心。❸事情的中心或主要部分：工作重心｜問題的重心。

【重型】zhòngxíng ㄓㄨㄥˋ ㄒㄧㄥˊ (機器、武器等)在重量、體積、功效或威力上特別大的：重型汽車｜重型車牀｜重型坦克。

【重要】zhòngyào ㄓㄨㄥˋ ㄧㄠˋ 具有重大的意義、作用和影響的：重要人物｜重要問題｜這文件很重要。

【重音】zhòngyīn ㄓㄨㄥˋ ㄧㄣ ❶指一個詞、詞組或句子裏重讀的音。參看〖重讀〗(zhòngdú)。❷樂曲中強度較大的音，是構成節奏的主要因素。

【重用】zhòngyòng ㄓㄨㄥˋ ㄩㄥˋ (把某人)放在重要工作崗位上，重用優秀科技人員｜他在單位很受重用。

【重元素】zhòngyuánsù ㄓㄨㄥˋ ㄩㄢˊ ㄙㄨˋ 原子量較大的元素，如鈾、鐦、鍆等。

【重責】zhòngzé ㄓㄨㄥˋ ㄗㄜˊ ❶重大的責任：身負重責。❷嚴厲斥責或責罰：因工作失職，受到重責。

【重鎮】zhòngzhèn ㄓㄨㄥˋ ㄓㄣˋ 軍事上佔重要地位的城鎮，也泛指在其他方面佔重要地位的城鎮：戰略重鎮｜工業重鎮。

【重資】zhòngzī ㄓㄨㄥˋ ㄗ 數額巨大的資金：投下重資｜不惜重資購買設備。

【重子】zhòngzǐ ㄓㄨㄥˋ ㄗˇ 質子和質量重於質子的基本粒子的統稱。

蚛

zhòng ㄓㄨㄥˋ〈書〉蟲咬。

眾(众、衆)

zhòng ㄓㄨㄥˋ ❶許多(跟'寡'相對)：眾多｜眾人｜寡不敵眾｜眾志成城。❷許多人：聽眾｜觀眾｜群眾｜眾所周知。

【眾多】zhòngduō ㄓㄨㄥˋ ㄉㄨㄛ 很多(多指人)：人口眾多。

【眾口難調】zhòng kǒu nán tiáo ㄓㄨㄥˋ ㄎㄡˇ ㄋㄢˊ ㄊㄧㄠˊ 吃飯的人多，很難適合每個人的口味。比喻不容易使所有的人都滿意。

【眾口鑠金】zhòng kǒu shuò jīn ㄓㄨㄥˋ ㄎㄡˇ ㄕㄨㄛˋ ㄐㄧㄣ 原來比喻輿論的力量大，後來形容人多口雜，能混淆是非(鑠：熔化)。

【眾口一詞】zhòng kǒu yī cí ㄓㄨㄥˋ ㄎㄡˇ ㄧ ㄘˊ 形容許多人説同樣的話。

【眾目睽睽】zhòng mù kuíkuí ㄓㄨㄥˋ ㄇㄨˋ ㄎㄨㄟˊ ㄎㄨㄟˊ 大家的眼睛都注視着。

【眾目昭彰】zhòng mù zhāozhāng ㄓㄨㄥˋ ㄇㄨˋ ㄓㄠ ㄓㄤ 群眾的眼睛看得很清楚。

【眾怒】zhòngnù ㄓㄨㄥˋ ㄋㄨˋ 眾人的憤怒：眾怒難犯。

【眾叛親離】zhòng pàn qīn lí ㄓㄨㄥˋ ㄆㄢˋ ㄑㄧㄣ ㄌㄧˊ 眾人反對，親信背離。形容十分孤立。

【眾擎易舉】zhòng qíng yì jǔ ㄓㄨㄥˋ ㄑㄧㄥˊ ㄧˋ ㄐㄩˇ 許多人一齊用力，就容易把東西托起來。比喻大家同心合力，就容易把事情做成功。

【眾人】zhòngrén ㄓㄨㄥˋ ㄖㄣˊ 大家；許多人：眾人拾柴火焰高(比喻人多力量大)。

【眾生】zhòngshēng ㄓㄨㄥˋ ㄕㄥ 一切有生命的，有時專指人和動物：芸芸眾生。

【眾生相】zhòngshēngxiàng ㄓㄨㄥˋ ㄕㄥ ㄒㄧㄤˋ

許多人的各自不同的表情或表現。

【眾矢之的】zhòng shǐ zhī dì ㄓㄨㄥˋ ㄕˇ ㄓ ㄉㄧˋ 比喻大家攻擊的對象。

【眾說】zhòngshuō ㄓㄨㄥˋ ㄕㄨㄛ 各種各樣的說法：眾說紛紜。

【眾所周知】zhòng suǒ zhōu zhī ㄓㄨㄥˋ ㄙㄨㄛˇ ㄓㄡ ㄓ 大家全都知道。

【眾望】zhòngwàng ㄓㄨㄥˋ ㄨㄤˋ 眾人的希望：不孚眾望｜眾望所歸。

【眾望所歸】zhòngwàng suǒ guī ㄓㄨㄥˋ ㄨㄤˋ ㄙㄨㄛˇ ㄍㄨㄟ 眾人的信任、希望歸向某人。多指某人得到大家的信賴，希望他擔任某項工作。

【眾議院】zhòngyìyuàn ㄓㄨㄥˋ ㄧˋ ㄩㄢˋ ❶兩院制議會的下議院名稱之一。參看1233頁〖下議院〗。❷實行一院制的國家的議會也有叫眾議院的，如盧森堡的議會。

【眾志成城】zhòng zhì chéng chéng ㄓㄨㄥˋ ㄓˋ ㄔㄥˊ ㄔㄥˊ 大家同心協力，就像城牆一樣的牢固。比喻大家團結一致，就能克服困難，得到成功。

種(种) zhòng ㄓㄨㄥˋ 種植：種田｜種麥子｜種棉花◇種牛痘。

另見1483頁 zhǒng。'种'另見158頁 Chóng。

【種地】zhòng∥dì ㄓㄨㄥˋ∥ㄉㄧˋ 從事田間勞動：他在家種過地。

【種痘】zhòng∥dòu ㄓㄨㄥˋ∥ㄉㄡˋ 把痘苗接種在人體上，使人體對天花產生自動免疫作用。也叫種牛痘，有的地區叫種花。

【種瓜得瓜，種豆得豆】zhòng guā dé guā, zhòng dòu dé dòu ㄓㄨㄥˋ ㄍㄨㄚ ㄉㄜˊ ㄍㄨㄚ, ㄓㄨㄥˋ ㄉㄡˋ ㄉㄜˊ ㄉㄡˋ 比喻做了甚麼樣的事，就得到甚麼樣的結果。

【種花】zhòng∥huā ㄓㄨㄥˋ∥ㄏㄨㄚ ❶(種花兒)培植花草。❷〈方〉(種花兒)種痘。❸〈方〉種棉花。

【種田】zhòng∥tián ㄓㄨㄥˋ∥ㄊㄧㄢˊ 種地。

【種植】zhòngzhí ㄓㄨㄥˋ ㄓˊ 把植物的種子埋在土裏；把植物的幼苗栽到土裏：種植果樹｜種植花草。

穜 zhòng ㄓㄨㄥˋ 〈書〉同'種(种)'。

另見1483頁 zhǒng。

zhōu (ㄓㄡ)

舟 zhōu ㄓㄡ 〈書〉船：輕舟｜小舟｜一葉扁舟。

【舟車】zhōuchē ㄓㄡ ㄔㄜ 船和車，借指旅途：舟車勞頓。

【舟楫】zhōují ㄓㄡ ㄐㄧˊ 〈書〉船隻。

州 zhōu ㄓㄡ ❶舊時的一種行政區劃，所轄地區的大小歷代不同，現在這名稱還保留在地名裏，如蘇州、德州。❷指自治州。

侜 zhōu ㄓㄡ 〈書〉誑：侜張。

【侜張】zhōuzhāng ㄓㄡ ㄓㄤ 〈書〉欺騙；作偽：侜張為幻。也作譸張。

周1 zhōu ㄓㄡ ❶圈子①：全體運動員繞場一周｜地球繞太陽一周是一年。❷普遍；全：周身｜眾所周知。❸周圍：圓周｜房屋的四周是用籬笆攔起來的。❹完備；周到：周密｜由於計劃不周，所以走了一些彎路。❺周波的簡稱。

周2 zhōu ㄓㄡ 接濟：周濟。

周3 Zhōu ㄓㄡ ❶朝代，約公元前11世紀起到公元前256，姬發所建。參看1218頁〖西周〗、274頁〖東周〗。❷北周。❸後周。❹姓。

另見1487頁 zhōu'週'。

【周邊】zhōubiān ㄓㄡ ㄅㄧㄢ 周圍：周邊地區｜周邊國家。

【周波】zhōubō ㄓㄡ ㄅㄛ ❶交流電的變化或電磁波的振盪從一點開始完成一個過程再到這一點，叫做一個周波。❷電磁波頻率單位，一周波等於1周/秒。簡稱周。

【周到】zhōu·dào ㄓㄡ ·ㄉㄠ 面面都照顧到；不疏忽：服務周到｜他考慮問題很周到。

【周濟】zhōujì ㄓㄡ ㄐㄧˋ 對窮困的人給予物質上的幫助。

【周角】zhōujiǎo ㄓㄡ ㄐㄧㄠˇ 一條射綫以端點為定點在平面上旋轉一周所成的角。角的兩條邊重合在一起。周角為360°。

【周密】zhōumì ㄓㄡ ㄇㄧˋ 周到而細密：計劃周密｜周密的調查。

【周全】zhōuquán ㄓㄡ ㄑㄩㄢˊ ❶周到；全面：計劃要訂得周全些。❷指成全，幫助：周全這件好事。

【周身】zhōushēn ㄓㄡ ㄕㄣ 渾身；全身：周身都淋濕了。

【周圍】zhōuwéi ㄓㄡ ㄨㄟˊ 環繞着中心的部分：周圍地區｜屋子周圍是籬笆｜關心周圍的群眾。

【周圍神經】zhōuwéi shénjīng ㄓㄡ ㄨㄟˊ ㄕㄣˊ ㄐㄧㄥ 分佈在全身皮膚、肌肉、內臟等處的神經，由腦和脊髓所發出的許多神經構成，包括腦神經、脊髓神經和植物性神經，是身體各個器官與中樞神經聯繫的橋樑。

【周詳】zhōuxiáng ㄓㄡ ㄒㄧㄤˊ 周到而詳細：他考慮得十分周詳。

【周恤】zhōuxù ㄓㄡ ㄒㄩˋ 〈書〉對別人表示同情並給予物質的幫助。

【周旋】zhōuxuán ㄓㄡ ㄒㄩㄢˊ ❶迴旋；盤旋。❷交際應酬；打交道：成天跟人周旋，真累人。❸與敵人較量，相機進退。

【周延】zhōuyán ㄓㄡ ㄧㄢˊ 一個判斷的主詞(或

賓詞）所包括的是其全部外延，如在'所有的物體都是運動的'這個判斷中，主詞（物體）是周延的，因為它說的是所有的物體。

【周遊】zhōuyóu ㄓㄡ ㄧㄡˊ 到各地遊歷；遊遍：周遊世界｜孔子周遊列國。

【周緣】zhōuyuán ㄓㄡ ㄩㄢˊ 周圍的邊緣：車輪的周緣叫輪輞。

【周遭】zhōuzāo ㄓㄡ ㄗㄠ 四周；周圍：周遭靜悄悄的，沒有一個人。

【周章】zhōuzhāng ㄓㄡ ㄓㄤ 〈書〉❶倉皇驚恐：狼狽周章｜周章失措。❷周折；苦心：煞費周章。

【周折】zhōuzhé ㄓㄡ ㄓㄜˊ 指事情進行往返曲折，不順利：大費周折。

【周正】zhōu·zhèng ㄓㄡ ·ㄓㄥ 〈方〉端正：模樣周正｜把帽子戴周正｜桌子做得周正。

【周至】zhōuzhì ㄓㄡ ㄓˋ （做事、思考）周到：丁寧周至。

【周轉】zhōuzhuǎn ㄓㄡ ㄓㄨㄢˇ ❶企業的資金從投入生產到銷售產品而收回貨幣，再投入生產，這個過程一次又一次地重複進行，叫做周轉。周轉所需的時間，是生產時間和流通時間的總和。❷指個人或團體的經濟開支調度的情況或物品輪流使用的情況：周轉不開。

洲 zhōu ㄓㄡ ❶一塊大陸和附近島嶼的總稱。地球上有七大洲，即亞洲、歐洲、非洲、北美洲、南美洲、大洋洲、南極洲。❷河流中由沙石、泥土淤積而成的陸地：沙洲｜三角洲。

【洲際導彈】zhōujì dǎodàn ㄓㄡ ㄐㄧˋ ㄉㄠˇ ㄉㄢˋ 射程在8,000公里以上的導彈。可從一大洲襲擊另一大洲的目標。

掫（搊） zhōu ㄓㄡ 〈方〉從一側或一端托起沈重的物體：費了九牛二虎之力，也沒把箱子掫起來。

啁 zhōu ㄓㄡ ［啁啾］（zhōujiū ㄓㄡ ㄐㄧㄡ）〈書〉象聲詞，形容鳥叫的聲音。

另見1444頁 zhāo。

犨 zhōu ㄓㄡ 象聲詞，喚雞的聲音。

週（周） zhōu ㄓㄡ ❶繞一圈：週而復始。❷星期：上週｜下週｜週末晚會。

'周'另見1486頁 zhōu。

【週報】zhōubào ㄓㄡ ㄅㄠˋ 週刊（用做刊物名）：《北京週報》。

【週而復始】zhōu ér fù shǐ ㄓㄡ ㄦˊ ㄈㄨˋ ㄕˇ 一次又一次地循環。

【週刊】zhōukān ㄓㄡ ㄎㄢ 每星期出版一次的刊物。

【週末】zhōumò ㄓㄡ ㄇㄛˋ 一星期的最後的時間，一般指星期六。

【週年】zhōunián ㄓㄡ ㄋㄧㄢˊ 滿一年：週年紀念｜建國三十週年。

【週期】zhōuqī ㄓㄡ ㄑㄧ ❶事物在運動、變化的發展過程中，某些特徵多次重複出現，其接續兩次出現所經過的時間叫週期。❷物體作往復運動或物理量作週而復始的變化時，重複一次所經歷的時間。❸元素週期表中元素的一種分類。具有相同電子層數的一系列元素按原子序數遞增順序排列的一個橫行為一個週期。同週期元素從左到右，金屬性逐漸減弱，非金屬性逐漸增強。

【週歲】zhōusuì ㄓㄡ ㄙㄨㄟˋ 年齡滿一歲：今天是孩子的週歲｜他已經三十二週歲了。

粥 zhōu ㄓㄡ 用糧食或糧食加其他東西煮成的半流質食物：江米粥｜八寶粥。

另見1401頁 yù。

【粥少僧多】zhōu shǎo sēng duō ㄓㄡ ㄕㄠˇ ㄙㄥ ㄉㄨㄛ 比喻東西少而人多，不夠分配。也說僧多粥少。

輈（辀） zhōu ㄓㄡ 〈書〉車轅。

賙（赒） zhōu ㄓㄡ 同'周²'。

盩 zhōu ㄓㄡ 盩厔（Zhōuzhì ㄓㄡ ㄓˋ），地名，在陝西。今已改作周至。

鵃（鸼） zhōu ㄓㄡ 見412頁［鶻鵃］。

譸（诌） zhōu ㄓㄡ 編造（言辭）：胡謅｜瞎謅。

譸（诪） zhōu ㄓㄡ 〈書〉❶詛咒。❷同'侜'。

【譸張】zhōuzhāng ㄓㄡ ㄓㄤ 同'侜張'。

zhóu （ㄓㄡˊ）

妯 zhóu ㄓㄡˊ ［妯娌］（zhóu·li ㄓㄡˊ ·ㄌㄧ）哥哥的妻子和弟弟的妻子的合稱：她們三個是妯娌｜你們妯娌倆去吧！

軸（轴） zhóu ㄓㄡˊ ❶圓柱形的零件，輪子或其他轉動的機件繞着它轉動或隨着它轉動：車軸｜輪軸｜多軸自動車牀。（圖見758頁〖輪子〗）❷把平面或立體分成對稱部分的直綫。❸（軸兒）圓柱形的用來往上繞東西的器物：綫軸兒｜畫軸。❹量詞，用於纏在軸上的綫以及裝裱帶軸子的字畫：兩軸絲綫｜一軸潑墨山水。

另見1488頁 zhòu。

【軸承】zhóuchéng ㄓㄡˊ ㄔㄥˊ 支承軸的機件，軸可以在軸承上旋轉，按摩擦的性質不同可分為滑動軸承、滾動軸承等。

【軸瓦】zhóuwǎ ㄓㄡˊ ㄨㄚˇ 滑動軸承和軸接觸的部分，非常光滑，一般用減摩合金、塑料等製成。也叫軸襯。

【軸綫】zhóuxiàn ㄓㄡˊ ㄒㄧㄢˋ 繞在綫軸上的棉

綫或絲綫等。

【軸子】zhóu·zi ㄓㄡˊ ·ㄗ ❶安在字畫的下端便於懸挂或捲起的圓桿兒。❷弦樂器上繫弦的小圓桿兒，用來調節音的高低。

碡 zhóu ㄓㄡˊ 見741頁〔碌碡〕(liù·zhóu)。

zhǒu (ㄓㄡˇ)

肘 zhǒu ㄓㄡˇ ❶上臂和前臂相接處向外面突起的部分；胳膊肘兒。(圖見1017頁〖身體〗) ❷(肘兒) 肘子①：後肘｜醬肘。

【肘窩】zhǒuwō ㄓㄡˇ ㄨㄛ 肘關節裏側凹下去的部分。

【肘腋】zhǒuyè ㄓㄡˇ ㄧㄝˋ 〈書〉胳膊肘兒和夾肢窩，比喻極近的地方(多用於禍患的發生)：變生肘腋｜肘腋之患。

【肘腋之患】zhǒuyè zhī huàn ㄓㄡˇ ㄧㄝˋ ㄓ ㄏㄨㄢˋ 比喻發生在身旁或極近地方的禍患。

【肘子】zhǒu·zi ㄓㄡˇ ·ㄗ ❶作為食物的豬腿的最上部。❷(肘子兒) 肘①：胳膊肘子。

帚(箒) zhǒu ㄓㄡˇ 除去塵土、垃圾、油垢等的用具：掃帚｜炊帚。

zhòu (ㄓㄡˋ)

伷 zhòu ㄓㄡˋ 〈書〉同'胄¹'。多用於人名。

咒(呪) zhòu ㄓㄡˋ ❶信某些宗教的人以為唸着可以除災或降災的語句：符咒｜唸咒。❷説希望人不順利的話。

【咒罵】zhòumà ㄓㄡˋ ㄇㄚˋ 用惡毒的話罵。

宙 zhòu ㄓㄡˋ 指古往今來的時間。參看1397頁〖宇宙〗。

胄1 zhòu ㄓㄡˋ 古代稱帝王或貴族的子孫：貴胄。

胄2 zhòu ㄓㄡˋ 古代打仗時戴的保護頭部的帽子：甲胄。

咮 zhòu ㄓㄡˋ 〈書〉鳥嘴。

紂¹(纣) zhòu ㄓㄡˋ 〈書〉後鞦 (qiū)。

紂²(纣) Zhòu ㄓㄡˋ 商 (殷) 朝末代君主，相傳是個暴君：助紂為虐。

【紂棍】zhòugùn ㄓㄡˋ ㄍㄨㄣˋ (紂棍兒) 繫在驢馬等尾下的橫木，兩端用繩子連着鞦子，防止鞍子往前滑。

酎 zhòu ㄓㄡˋ 〈書〉重釀的醇酒。

【酎金】zhòujīn ㄓㄡˋ ㄐㄧㄣ 〈書〉諸侯給皇帝的貢金，供祭祀之用。

晝(昼) zhòu ㄓㄡˋ 從天亮到天黑的一段時間；白天 (跟'夜'相對)：晝夜｜白晝。

【晝夜】zhòuyè ㄓㄡˋ ㄧㄝˋ 白天和黑夜：晝夜兼程｜機器轟鳴，晝夜不停。

葤〔葤〕(荮) zhòu ㄓㄡˋ 〈方〉❶用草包裹。❷量詞，用草繩綁紮的碗、碟等，一捆叫一葤。

軸(轴) zhòu ㄓㄡˋ 見218頁〖大軸子〗、1309頁〖壓軸子〗。
另見1478頁 zhóu。

㑇(㑇) zhòu ㄓㄡˋ 俊俏；乖巧 (多見於早期白話)。

甃〔甃〕 zhòu ㄓㄡˋ 〈方〉❶井壁。❷用磚砌 (井、池子等)。

㑳(㤘) zhòu ㄓㄡˋ 〈方〉固執：性情㑳｜㑳脾氣。

僽 zhòu ㄓㄡˋ 見123頁〔僝僽〕(chánzhòu)。

皺(皱) zhòu ㄓㄡˋ ❶皺紋：上了年紀臉上就會起皺。❷起皺紋：眉頭一皺，計上心來｜衣裳皺了。

【皺巴巴】zhòubābā ㄓㄡˋ ㄅㄚ ㄅㄚ (皺巴巴的) 形容皺紋多，不舒展：皺巴巴的瘦臉｜衣服皺巴巴的。

【皺襞】zhòubì ㄓㄡˋ ㄅㄧˋ 〈書〉褶兒；皺紋。

【皺胃】zhòuwèi ㄓㄡˋ ㄨㄟˋ 反芻動物胃的第四部分，內壁能分泌胃液。食物由重瓣胃進入皺胃，消化後進入腸管。

【皺紋】zhòuwén ㄓㄡˋ ㄨㄣˊ (皺紋兒) 物體表面上因收縮或揉弄而形成的一凸一凹的條紋：臉上佈滿皺紋。

縐(绉) zhòu ㄓㄡˋ 縐紗。

【縐布】zhòubù ㄓㄡˋ ㄅㄨˋ 織出皺紋的棉織品。

【縐紗】zhòushā ㄓㄡˋ ㄕㄚ 織出皺紋的絲織品，用起收縮作用的捻合綫做緯綫織成，質地堅牢，常用來做衣服、被面等。

繇(繇) zhòu ㄓㄡˋ 古時占卜的文辭。
另見1330頁 yáo；1387頁 yóu。

籀 zhòu ㄓㄡˋ 〈書〉❶讀書；諷誦。❷指籀文。

【籀文】zhòuwén ㄓㄡˋ ㄨㄣˊ 古代一種字體，就是大篆。

驟(骤) zhòu ㄓㄡˋ ❶(馬) 奔跑：馳驟。❷急速：暴風驟雨。❸突然；忽然：狂風驟起｜臉色驟變。

【驟然】zhòurán ㄓㄡˋ ㄖㄢˊ 突然；忽然：驟然一驚｜掌聲驟然像暴風雨般響起來。

zhū (ㄓㄨ)

朱 zhū ㄓㄨ ❶朱紅：朱筆。❷ (Zhū) 姓。

【朱筆】zhūbǐ ㄓㄨ ㄅㄧˇ 蘸紅色的毛筆，批公文，校古書，批改學生作業等常用紅色，以區別於原寫原印用的黑色。

【朱紅】zhūhóng ㄓㄨ ㄏㄨㄥˊ 比較鮮艷的紅色。

【朱䴉】zhūhuán ㄓㄨ ㄏㄨㄢˊ 鳥，全身羽毛白色，額和眼睛周圍朱紅色，嘴黑色，長而略彎，腿和爪紅色。生活在水田和沼澤地區。是珍貴鳥類。

【朱槿】zhūjǐn ㄓㄨ ㄐㄧㄣˇ 落葉灌木，葉子闊卵形，先端尖，花紅色，蒴果卵圓形。供觀賞。也叫扶桑。

【朱門】zhūmén ㄓㄨ ㄇㄣˊ 紅漆的大門，舊時指豪富人家：朱門酒肉臭。

【朱墨】zhūmò ㄓㄨ ㄇㄛˋ 紅黑兩色：朱墨加批｜朱墨套印。

【朱鳥】zhūniǎo ㄓㄨ ㄋㄧㄠˇ 見〖朱雀〗[2]。

【朱批】zhūpī ㄓㄨ ㄆㄧ 用朱筆寫的批語。

【朱漆】zhūqī ㄓㄨ ㄑㄧ 紅漆：朱漆大門｜朱漆傢具。

【朱雀】[1] zhūquè ㄓㄨ ㄑㄩㄝˋ 鳥，形狀跟麻雀相似，雄鳥紅色或暗褐色，雌鳥橄欖褐色。生活在山林中，吃果實等。也叫紅麻料兒。

【朱雀】[2] zhūquè ㄓㄨ ㄑㄩㄝ ❶二十八宿中南方七宿的合稱。❷道教所奉的南方的神。‖也叫朱鳥。

【朱文】zhūwén ㄓㄨ ㄨㄣˊ 印章上的陽文(跟'白文'相對)。

侏 zhū ㄓㄨ ［侏儒］(zhūrú ㄓㄨ ㄖㄨˊ) 身材異常矮小的人。這種異常的發育多由腦垂體前葉的功能低下所致。

茱〔茱〕 zhū ㄓㄨ ［茱萸］(zhūyú ㄓㄨ ㄩˊ) 見999頁〖山茱萸〗、1204頁〖吳茱萸〗、1039頁〖食茱萸〗。

邾 Zhū ㄓㄨ ❶周朝鄒國本來叫邾。❷姓。

洙 Zhū ㄓㄨ 洙水，水名，在山東。

珠 zhū ㄓㄨ ❶珠子：珠寶｜夜明珠。❷(珠兒)小的球形的東西：眼珠兒｜淚珠兒｜水珠兒｜滾珠兒。

【珠寶】zhūbǎo ㄓㄨ ㄅㄠˇ 珍珠寶石一類的飾物：珠寶店｜滿身珠寶。

【珠翠】zhūcuì ㄓㄨ ㄘㄨㄟˋ 珍珠翠玉，泛指用珍珠翠玉做成的各種裝飾品：珠翠滿頭。

【珠光寶氣】zhū guāng bǎo qì ㄓㄨ ㄍㄨㄤ ㄅㄠˇ ㄑㄧˋ 形容服飾、陳設等非常華麗。

【珠璣】zhūjī ㄓㄨ ㄐㄧ 〈書〉珠子：萬粒珠璣。比喻優美的文章或詞句：字字珠璣｜滿腹珠璣。

【珠聯璧合】zhū lián bì hé ㄓㄨ ㄌㄧㄢˊ ㄅㄧˋ ㄏㄜˊ 珍珠串在一起，美玉合在一塊兒。比喻美好的事物湊在一起。

【珠算】zhūsuàn ㄓㄨ ㄙㄨㄢˋ 用算盤計算的方法。

【珠圓玉潤】zhū yuán yù rùn ㄓㄨ ㄩㄢˊ ㄩˋ ㄖㄨㄣˋ 像珠子那樣圓，像玉石那樣滑潤。形容歌聲婉轉優美或文字流暢明快。

【珠子】zhū·zi ㄓㄨ ·ㄗ ❶珍珠。❷像珍珠般的顆粒：汗珠子。

株 zhū ㄓㄨ ❶露在地面上的樹木的根和莖：守株待兔。❷植株：株距｜幼株。❸量詞，棵：院子裏種了兩株棗樹。

【株距】zhūjù ㄓㄨ ㄐㄩˋ 同一行中相鄰的兩個植株之間的距離。

【株連】zhūlián ㄓㄨ ㄌㄧㄢˊ 指一人有罪，牽連別人；連累：株連九族。

【株守】zhūshǒu ㄓㄨ ㄕㄡˇ 〈書〉死守不放。參看1056頁〖守株待兔〗。

硃 zhū ㄓㄨ 硃砂。

【硃墨】zhūmò ㄓㄨ ㄇㄛˋ 用硃砂製成的墨。

【硃砂】zhūshā ㄓㄨ ㄕㄚ 無機化合物，化學式HgS。紅色或棕紅色，無毒。是煉汞的主要礦物，也用做顏料，中醫入藥。也叫辰砂或丹砂。

蛛 zhū ㄓㄨ 指蜘蛛：蛛網｜蛛絲馬跡。

【蛛絲馬跡】zhū sī mǎ jì ㄓㄨ ㄙ ㄇㄚˇ ㄐㄧˋ 比喻查究事情根源的不很明顯的綫索。

【蛛網】zhūwǎng ㄓㄨ ㄨㄤˇ 蜘蛛結成的網狀物。結網的絲是蜘蛛肛門尖端分泌的黏液遇空氣凝結而成的。蜘蛛利用蛛網捕食昆蟲。

【蛛蛛】zhū·zhu ㄓㄨ ·ㄓㄨ 蜘蛛的通稱。

誅(诛) zhū ㄓㄨ 〈書〉❶殺(有罪的人)：伏誅｜罪不容誅。❷譴責處罰：口誅筆伐。

【誅戮】zhūlù ㄓㄨ ㄌㄨˋ 〈書〉殺害：誅戮忠良。

【誅求】zhūqiú ㄓㄨ ㄑㄧㄡˊ 〈書〉勒索：誅求無厭。

【誅心之論】zhū xīn zhī lùn ㄓㄨ ㄒㄧㄣ ㄓ ㄌㄨㄣˋ 揭穿動機的批評。

銖(铢) zhū ㄓㄨ 古代重量單位，一兩的二十四分之一。

【銖積寸累】zhū jī cùn lěi ㄓㄨ ㄐㄧ ㄘㄨㄣˋ ㄌㄟˇ 一點一滴地積累。

【銖兩悉稱】zhūliǎng xī chèn ㄓㄨ ㄌㄧㄤˇ ㄒㄧ ㄔㄣˋ 形容兩方面輕重相當或優劣相等。

豬(猪) zhū ㄓㄨ 哺乳動物，頭大，鼻子和口吻都長，眼睛小，耳朵大，腳短，身體肥。肉供食用，皮可製革，鬃可製刷子和做其他工業原料。

【豬倌】zhūguān ㄓㄨ ㄍㄨㄢ (豬倌兒)專職養豬的人。

【豬獾】zhūhuān ㄓㄨ ㄏㄨㄢ 哺乳動物，背部淡黑色或灰色，四肢棕黑色，頭部有一條白色縱紋，頸、喉、耳朵和尾部白色。毛皮可以製褥子。也叫沙獾。有的地區叫獾豬。

【豬玀】zhūluó ㄓㄨ ㄌㄨㄛˊ 〈方〉豬。

【豬排】zhūpái ㄓㄨ ㄆㄞˊ 炸着吃或煎着吃的大片豬肉。

【豬鬃】zhūzōng ㄓㄨ ㄗㄨㄥ 豬的脖頸子上的較長的毛，質硬而韌，可用來製刷子。

諸[1]（诸）zhū ㄓㄨ ❶眾；許多：諸位｜諸君｜諸侯｜諸子百家。❷（Zhū）姓。

諸[2]（诸）zhū ㄓㄨ 〈書〉'之於（于）'或'之乎'的合音：付諸實施（=之於）｜數易其稿，而後公諸社會（=之於）｜有諸（=之乎）？

【諸多】zhūduō ㄓㄨ ㄉㄨㄛ 許多；好些個（用於抽象事物）：諸多不便｜諸多妨礙。

【諸葛】Zhūgě ㄓㄨ ㄍㄜˇ 姓。

【諸葛亮】Zhūgě Liàng ㄓㄨ ㄍㄜˇ ㄌㄧㄤˋ 三國時蜀漢政治家，字孔明，輔佐劉備建立蜀漢。《三國演義》對他的智謀多所渲染，一般用來稱足智多謀的人。

【諸宮調】zhūgōngdiào ㄓㄨ ㄍㄨㄥ ㄉㄧㄠˋ 宋、金、元的一種説唱文學，以韵文為主要組成成分，夾雜散文説白，敍述一個故事。韵文部分用不同宮調的多組套曲連成很長的篇幅。如金董解元的《弦索西廂》。

【諸侯】zhūhóu ㄓㄨ ㄏㄡˊ 古代帝王統轄下的列國君主的統稱。

【諸如】zhūrú ㄓㄨ ㄖㄨˊ 舉例用語，放在所舉的例子前面，表示不止一個例子：他非常關心群眾，做了不少好事，諸如訪問職工家屬，去醫院看病人，等等。

【諸如此類】zhū rú cǐ lèi ㄓㄨ ㄖㄨˊ ㄘˇ ㄌㄟˋ 與此相似的種種事物：諸如此類，不勝枚舉。

【諸位】zhūwèi ㄓㄨ ㄨㄟˋ 敬辭，總稱所指的若干人：諸位同志｜諸位有何意見，請儘量發表。

瀦（潴）zhū ㄓㄨ 〈書〉❶（水）積聚：停瀦｜瀦積。❷水積聚的地方。

【瀦留】zhūliú ㄓㄨ ㄌㄧㄡˊ 醫學上指液體聚集停留：尿瀦留。

櫧（槠）zhū ㄓㄨ 常綠喬木，葉子長橢圓形，花黃綠色，果實球形，褐色，有光澤。木材堅硬，可製器具。

橥（橥）zhū ㄓㄨ 〈書〉拴牲口的小木樁。

zhú（ㄓㄨˊ）

朮 zhú ㄓㄨˊ 見24頁〖白朮〗、111頁〖蒼朮〗、298頁〖莪朮〗。

竹 zhú ㄓㄨˊ ❶竹子：竹林｜竹園｜修竹千竿。❷（Zhú）姓。

【竹板書】zhúbǎnshū ㄓㄨˊ ㄅㄢˇ ㄕㄨ 曲藝的一種，説唱者一手打呱嗒板兒，一手打節子板（用七塊小竹板編穿而成）。

【竹編】zhúbiān ㄓㄨˊ ㄅㄧㄢ 用竹篾編製的工藝品，如果盒、提籃等。

【竹帛】zhúbó ㄓㄨˊ ㄅㄛˊ 竹簡和絹，古時用來寫字，因此也借指典籍：功垂竹帛。

【竹布】zhúbù ㄓㄨˊ ㄅㄨˋ 通常指淡藍色的布紋緻密的棉布，用來做夏季服裝。也有白色的，叫白竹布。

【竹材】zhúcái ㄓㄨˊ ㄘㄞˊ 竹子採伐後經過初步加工的材料：利用竹材代替木材。

【竹雕】zhúdiāo ㄓㄨˊ ㄉㄧㄠ 在竹子上雕刻形象、花紋的藝術。也指用竹子雕刻成的工藝品。

【竹竿】zhúgān ㄓㄨˊ ㄍㄢ （竹竿兒）砍下來的削去枝葉的竹子：把衣服晾在竹竿上。

【竹黃】zhúhuáng ㄓㄨˊ ㄏㄨㄤˊ 一種工藝品。把竹筒去青、煮、曬、壓平後，裏面向外膠合或鑲嵌在木胎上，然後磨光，刻上人物、山水、花鳥等。產品以果盒、文具盒等為主。也叫翻黃（翻簧）。也作竹簧。

【竹簧】zhúhuáng ㄓㄨˊ ㄏㄨㄤˊ 同'竹黃'。

【竹簡】zhújiǎn ㄓㄨˊ ㄐㄧㄢˇ 古代用來寫字的竹片。

【竹節蟲】zhújiéchóng ㄓㄨˊ ㄐㄧㄝˊ ㄔㄨㄥˊ ❶昆蟲，身體細長。形狀像竹節或樹枝，綠色或褐色。頭小，無翅。生活在樹上，吃樹葉。也叫䗛（xiū）。❷蠞（jié）。

【竹刻】zhúkè ㄓㄨˊ ㄎㄜˋ 在竹製的器物上雕刻文字圖畫的藝術。

【竹馬】zhúmǎ ㄓㄨˊ ㄇㄚˇ （竹馬兒）❶兒童放在胯下當馬騎的竹竿。❷一種民間歌舞用的道具，用竹片、紙、布紮成馬形，可繫在表演者身上。

【竹排】zhúpái ㄓㄨˊ ㄆㄞˊ 放在江河裏的成排地連起來的竹材，使順流而下，運輸到各地。

【竹器】zhúqì ㄓㄨˊ ㄑㄧˋ 用竹子做的器物，如竹籃、竹筐、竹椅等。

【竹筍】zhúsǔn ㄓㄨˊ ㄙㄨㄣˇ 筍。

【竹筒倒豆子】zhútǒng dào dòu·zi ㄓㄨˊ ㄊㄨㄥˇ ㄉㄠˋ ㄉㄡˋ ·ㄗ 比喻把事實全部説出來，沒有隱瞞。

【竹葉青】[1] zhúyèqīng ㄓㄨˊ ㄧㄝˋ ㄑㄧㄥ 毒蛇的一種，身體綠色，從眼的下部沿着腹部兩旁到尾端有黃白色條紋，尾端紅褐色。生活在溫帶和熱帶地方的樹上。

【竹葉青】[2] zhúyèqīng ㄓㄨˊ ㄧㄝˋ ㄑㄧㄥ ❶以汾酒為原酒加入多種藥材泡製成的一種略帶黃綠色的酒。❷紹興酒的一種，淡黃色。

【竹枝詞】zhúzhīcí ㄓㄨˊ ㄓ ㄘˊ 古代富有民歌色彩的詩，形式是七言絕句，語言通俗，音調輕快。最初多是歌唱男女愛情的，以後常用來描寫某一地區的風土人情。

【竹紙】zhúzhǐ ㄓㄨˊ ㄓˇ 用嫩的竹子製成的紙。

【竹子】zhú·zi ㄓㄨˊ ·ㄗ 常綠植物，莖圓柱形，中空，有節，葉子有平行脉，嫩芽叫筍。種類很多，如淡竹、苦竹。莖可供建築和製器具用，筍可以吃。

竺 Zhú ㄓㄨˊ 姓。

逐 zhú ㄓㄨˊ ❶追趕：追逐｜逐鹿｜隨波逐流。❷驅逐：逐客令｜逐出門外。❸挨着(次序)：逐年｜逐日｜逐條説明。

【逐步】zhúbù ㄓㄨˊ ㄅㄨˋ 一步一步地：逐步深入｜工作逐步開展起來了。

【逐個】zhúgè ㄓㄨˊ ㄍㄜˋ 一個一個地：逐個清點｜逐個檢查產品的質量。

【逐漸】zhújiàn ㄓㄨˊ ㄐㄧㄢˋ 漸漸；逐步：影響逐漸擴大｜事業逐漸發展｜天色逐漸暗了下來。

【逐客令】zhúkèlìng ㄓㄨˊ ㄎㄜˋ ㄌㄧㄥˋ 秦始皇曾經下令驅逐從各國來的客卿，後來稱趕走客人為下逐客令。

【逐鹿】zhúlù ㄓㄨˊ ㄌㄨˋ 〈書〉《史記·淮陰侯列傳》：'秦失其鹿，天下共逐之。'比喻爭奪天下：逐鹿中原｜群雄逐鹿。

【逐年】zhúnián ㄓㄨˊ ㄋㄧㄢˊ 一年一年地：產量逐年增長。

【逐日】zhúrì ㄓㄨˊ ㄖˋ 一天一天地：廢品率逐日下降。

【逐一】zhúyī ㄓㄨˊ ㄧ 逐個：逐一清點｜對這幾個問題逐一舉例説明。

【逐字逐句】zhú zì zhú jù ㄓㄨˊ ㄗˋ ㄓㄨˊ ㄐㄩˋ 挨次序一字一句地：逐字逐句仔細講解。

舳 zhú ㄓㄨˊ ［舳艫］(zhúlú ㄓㄨˊ ㄌㄨˊ)〈書〉指首尾銜接的船隻(舳：船尾；艫：船頭)：舳艫相繼｜舳艫千里。

瘃 zhú ㄓㄨˊ〈書〉凍瘡：凍瘃。

燭(烛) zhú ㄓㄨˊ ❶蠟燭：火燭｜洞房花燭。❷〈書〉照亮；照見：火光燭天◇洞燭其奸。❸俗稱多少燭的電燈泡，指燈泡的瓦特數，如50燭的燈泡就是50瓦特的燈泡。

【燭花】zhúhuā ㄓㄨˊ ㄏㄨㄚˊ 蠟燭燃燒時燭心結成的花狀物。

【燭淚】zhúlèi ㄓㄨˊ ㄌㄟˋ 指蠟燭燃燒時淌下的蠟油。

【燭台】zhútái ㄓㄨˊ ㄊㄞˊ 插蠟燭的器具，多用銅錫等金屬製成。

【燭照】zhúzhào ㄓㄨˊ ㄓㄠˋ 〈書〉照亮：陽光燭照萬物。

蠋 zhú ㄓㄨˊ 蝴蝶、蛾等的幼蟲。

躅(躅) zhú ㄓㄨˊ 見1469頁［躑躅］(zhízhú)。

zhǔ (ㄓㄨˇ)

主 zhǔ ㄓㄨˇ ❶接待別人的人(跟'客、賓'相對)：賓主｜東道主。❷權力或財物的所有者：物主｜車主｜物歸原主。❸舊社會中佔有奴隸或雇用僕役的人(跟'奴、僕'相對)：主僕｜奴隸主。❹當事人：失主｜事主｜賣主｜主顧。❺基督教徒對上帝、伊斯蘭教徒對真主的稱呼。❻最重要的；最基本的：主要｜主力。❼負主要責任；主持：主辦｜主講。❽主張：主戰｜主和｜力主改革。❾預示(吉凶禍福、自然變化等)：左眼跳主財，右眼跳主災(迷信)｜早霞主雨，晚霞主晴。❿對事情的確定的見解：他心裏沒主。⓫從自身出發的：主動｜主觀。⓬死人的牌位：神主｜木主。⓭(Zhǔ)姓。

【主辦】zhǔbàn ㄓㄨˇ ㄅㄢˋ 主持辦理；主持舉辦：主辦世界杯足球賽｜展覽會由我們單位主辦。

【主筆】zhǔbǐ ㄓㄨˇ ㄅㄧˇ 指報刊編輯部中負責撰寫評論的人，也指編輯部的負責人。

【主幣】zhǔbì ㄓㄨˇ ㄅㄧˋ 本位貨幣(跟'輔幣'相對)。

【主編】zhǔbiān ㄓㄨˇ ㄅㄧㄢ ❶負編輯工作的主要責任：他主編一本語文雜誌。❷編輯工作的主要負責人：他是這本語文雜誌的主編。

【主場】zhǔchǎng ㄓㄨˇ ㄔㄤˇ 體育比賽中，主隊所在地的場地對主隊來説叫主場。

【主持】zhǔchí ㄓㄨˇ ㄔˊ ❶負責掌握或處理：主持人｜主持會議。❷主張；維護：主持公道｜主持正義。

【主詞】zhǔcí ㄓㄨˇ ㄘˊ 一個命題的三部分之一，表示思考的對象，如'糖是甜的'這個命題中的'糖'是主詞。

【主次】zhǔcì ㄓㄨˇ ㄘˋ 主要的和次要的：分清主次。

【主從】zhǔcóng ㄓㄨˇ ㄘㄨㄥˊ 主要的和從屬的：主從關係。

【主刀】zhǔdāo ㄓㄨˇ ㄉㄠ (醫生)主持並親自做手術：由外科主任親自主刀。

【主導】zhǔdǎo ㄓㄨˇ ㄉㄠˇ ❶主要的並且引導事物向某方面發展的：主導思想｜主導作用。❷起主導作用的事物：我國國民經濟的發展以農業為基礎，工業為主導。

【主動】zhǔdòng ㄓㄨˇ ㄉㄨㄥˋ ❶不待外力推動而行動(跟'被動'相對)：主動性｜主動爭取。❷能夠造成有利局面，使事情按照自己的意圖進行(跟'被動'相對)：主動權｜爭取主動｜處於主動地位。

【主動脈】zhǔdòngmài ㄓㄨˇ ㄉㄨㄥˋ ㄇㄞˋ 人體內最粗大的動脈，從左心室發出，向上向右再向下略呈弓狀，再沿脊柱向下行，在胸腹等分出很多較小的動脈。是向全身各部輸送血液的主要導管。也叫大動脈。

【主動脈弓】zhǔdòngmàigōng ㄓㄨˇ ㄉㄨㄥˋ ㄇㄞˋ ㄍㄨㄥ 主動脈從左心室向上行，然後向右，再沿脊柱向下行，這一段主動脈略呈弓

狀，叫主動脉弓。也叫動脉弓。(圖見1268頁'心')

【主隊】zhǔduì ㄓㄨˇ ㄉㄨㄟˋ 體育比賽中，和客隊比賽的本單位或本地、本國的體育代表隊叫主隊。

【主伐】zhǔfá ㄓㄨˇ ㄈㄚˊ 砍伐已經長成可以利用的森林。主伐不僅為獲取木材，同時還為了森林更新，培育後一代森林。

【主犯】zhǔfàn ㄓㄨˇ ㄈㄢˋ 在共同犯罪中起主要和組織作用的罪犯(區別於'從犯')。

【主峰】zhǔfēng ㄓㄨˇ ㄈㄥ 山脉的最高峰。

【主父】Zhǔfù ㄓㄨˇ ㄈㄨˋ 姓。

【主婦】zhǔfù ㄓㄨˇ ㄈㄨˋ 一家的女主人：家庭主婦。

【主幹】zhǔgàn ㄓㄨˇ ㄍㄢˋ ❶植物的主要的莖。❷主要的、起決定作用的力量：中青年教師是教育戰綫的主幹。

【主根】zhǔgēn ㄓㄨˇ ㄍㄣ 植物最初生長出來的根，是由胚根突出種皮後發育而成的，通常是垂直向地下生長，並長出許多側根，組成根系。

【主攻】zhǔgōng ㄓㄨˇ ㄍㄨㄥ 集中主要兵力在主要方向上進攻(區別於'助攻')：主攻部隊｜指戰員紛紛請戰，要求擔負主攻任務。

【主顧】zhǔgù ㄓㄨˇ ㄍㄨˋ 顧客：老主顧｜招攬主顧。

【主觀】zhǔguān ㄓㄨˇ ㄍㄨㄢ ❶屬於自我意識方面的(跟'客觀'相對)：主觀願望｜主觀能動性。❷不依據實際情況，單憑自己的偏見的(跟'客觀'相對)：看問題不要主觀片面。

【主觀能動性】zhǔguān néngdòngxìng ㄓㄨˇ ㄍㄨㄢ ㄋㄥˊ ㄉㄨㄥˋ ㄒㄧㄥˋ 人的主觀意識和行動對於客觀世界的反作用。辯證唯物主義認為主觀能動性是人在實踐中認識客觀規律，並根據客觀規律自覺地改造世界，推動事物發展的能力和作用。

【主觀唯心主義】zhǔguān wéixīn zhǔyì ㄓㄨˇ ㄍㄨㄢ ㄨㄟˊ ㄒㄧㄣ ㄓㄨˇ ㄧˋ 唯心主義哲學的一個派別，否認世界的物質性，認為存在只是'我'的感覺，物質世界只是人的主觀意識的體現或產物。

【主觀主義】zhǔguān zhǔyì ㄓㄨˇ ㄍㄨㄢ ㄓㄨˇ ㄧˋ 一種唯心主義的思想作風，特點是不從客觀實際出發，而從主觀願望和臆想出發來認識和對待事物，以致主觀和客觀分離，理論和實踐脱節。主觀主義有時表現為教條主義，有時表現為經驗主義。

【主管】zhǔguǎn ㄓㄨˇ ㄍㄨㄢˇ ❶負主要責任管理(某一方面)：主管部門｜主管原料收購和產品銷售◇聽神經主管聽覺和身體平衡的感覺。❷主管的人員：財務主管。

【主婚】zhǔhūn ㄓㄨˇ ㄏㄨㄣ 主持婚禮：主婚人。

【主機】zhǔjī ㄓㄨˇ ㄐㄧ ❶長機(zhǎngjī)。❷成套動力設備中起主要作用的機器，如輪船上的動力系統的發動機、汽輪發電機組中的汽輪發電機。

【主祭】zhǔjì ㄓㄨˇ ㄐㄧˋ 主持祭禮：主祭人。

【主見】zhǔjiàn ㄓㄨˇ ㄐㄧㄢˋ (對事情的)確定的意見：眾説紛紜，他也沒了主見。

【主講】zhǔjiǎng ㄓㄨˇ ㄐㄧㄤˇ 擔任講授或講演：王教授主講隋唐文學｜這次動員大會由他主講。

【主將】zhǔjiàng ㄓㄨˇ ㄐㄧㄤˋ ❶主要的將領：中軍主將。❷比喻在某方面起主要作用的人：魯迅是中國文化革命的主將。

【主教】zhǔjiào ㄓㄨˇ ㄐㄧㄠˋ 天主教、東正教的高級神職人員，通常是一個地區教會的首領。新教的某些教派也沿用這個名稱。

【主角】zhǔjué ㄓㄨˇ ㄐㄩㄝˊ (主角兒) ❶指戲劇、電影等藝術表演中的主要角色或主要演員。❷比喻主要人物：那次事變的幾個主角已先後去世。

【主考】zhǔkǎo ㄓㄨˇ ㄎㄠˇ ❶主持考試：校長親臨考場主考。❷主持考試的人。

【主課】zhǔkè ㄓㄨˇ ㄎㄜˋ 學習的主要課程：語文、數學、政治、外語是中學的主課。

【主力】zhǔlì ㄓㄨˇ ㄌㄧˋ 主要力量：主力軍｜主力部隊｜主力隊員｜球隊主力。

【主力艦】zhǔlìjiàn ㄓㄨˇ ㄌㄧˋ ㄐㄧㄢˋ 舊時指海上作戰的主力戰艦，包括戰列艦和巡洋艦。

【主力軍】zhǔlìjūn ㄓㄨˇ ㄌㄧˋ ㄐㄩㄣ ❶擔負作戰主力的部隊。❷比喻起主要作用的力量。

【主糧】zhǔliáng ㄓㄨˇ ㄌㄧㄤˊ 各地區生產和消費的糧食中佔主要地位的糧食，如長江流域的主糧是大米。

【主流】zhǔliú ㄓㄨˇ ㄌㄧㄡˊ ❶幹流。❷比喻事情發展的主要方面：我們必須分清主流和支流，區別本質和現象。

【主樓】zhǔlóu ㄓㄨˇ ㄌㄡˊ 樓群中主要的一幢樓。樓群中其他樓房的設計、位置等與主樓相配合。

【主麻】zhǔmá ㄓㄨˇ ㄇㄚˊ 伊斯蘭教徒做集體禮拜，在每週的星期五午後舉行，伊斯蘭教定星期五為禮拜日，稱主麻日。伊斯蘭教徒習慣稱一週為一個主麻。[阿拉伯 jum'a]

【主謀】zhǔmóu ㄓㄨˇ ㄇㄡˊ ❶共同做壞事時做主要的謀劃者。❷主謀的人。

【主腦】zhǔnǎo ㄓㄨˇ ㄋㄠˇ ❶主要的、起決定作用的部分。❷首領。

【主權】zhǔquán ㄓㄨˇ ㄑㄩㄢˊ 一個國家在其領域內擁有的最高權力。根據這種權力，國家按照自己的意志決定對內對外政策，處理國內國際一切事務，而不受任何外來干涉。

【主兒】zhǔr ㄓㄨㄦˇ ❶指主人。❷指某種類型的人：這主兒真不講理｜他是説到做到的主兒。❸指婆家：她快三十了，也該找主兒了。

【主人】zhǔ·rén ㄓㄨˇ·ㄖㄣ ❶接待客人的人(跟'客人'相對)。❷舊時聘用家庭教師、賬房等的人;雇用僕人的人。❸財物或權力的所有人:磨坊主人。

【主人公】zhǔréngōng ㄓㄨˇ ㄖㄣˊ ㄍㄨㄥ 指文藝作品中的中心人物。

【主人翁】zhǔrénwēng ㄓㄨˇ ㄖㄣˊ ㄨㄥ 當家做主的人:勞動人民成了國家的主人翁。❷主人公。

【主任】zhǔrèn ㄓㄨˇ ㄖㄣˋ 職位名稱,一個部門或機構的主要負責人:辦公室主任|車間主任|居民委員會主任。

【主食】zhǔshí ㄓㄨˇ ㄕˊ 主要食物,一般指用糧食製成的,如米飯、饅頭等。

【主使】zhǔshǐ ㄓㄨˇ ㄕˇ 出主意使別人去做壞事;指使:受人主使。

【主事】zhǔ∥shì ㄓㄨˇ∥ㄕˋ (主事兒)主管事情:主事人|當家主事|前幾年他還主過事。

【主視圖】zhǔshìtú ㄓㄨˇ ㄕˋ ㄊㄨˊ 由物體正前方向後做正投影得到的視圖。

【主訴】zhǔsù ㄓㄨˇ ㄙㄨˋ 醫療機構指病人看病時對自己病情的陳述。

【主題】zhǔtí ㄓㄨˇ ㄊㄧˊ ❶文學、藝術作品中所表現的中心思想,是作品思想內容的核心。❷泛指談話、文件等的主要內容:主題詞|年終分配成了人們議論的主題。

【主題詞】zhǔtící ㄓㄨˇ ㄊㄧˊ ㄘˊ 用來標明圖書、文件等主題的詞或詞組。

【主題歌】zhǔtígē ㄓㄨˇ ㄊㄧˊ ㄍㄜ 電影、歌劇、話劇、電視劇中能概括地表現主題的歌曲。

【主體】zhǔtǐ ㄓㄨˇ ㄊㄧˇ ❶事物的主要部分:工人、農民和知識分子是國家的主體|中央的十層大廈是這個建築群的主體。❷哲學上指有認識和實踐能力的人。參看652頁〖客體〗①。❸法律上指依法享有權利和承擔義務的自然人、法人或國家。參看652頁〖客體〗②。

【主文】zhǔwén ㄓㄨˇ ㄨㄣˊ 判決書的結論部分。

【主席】zhǔxí ㄓㄨˇ ㄒㄧˊ ❶主持會議的人。❷某些國家、國家機關、黨派或團體某一級組織的最高領導職位名稱。

【主席團】zhǔxítuán ㄓㄨˇ ㄒㄧˊ ㄊㄨㄢˊ 委員會或會議的集體領導組織。

【主綫】zhǔxiàn ㄓㄨˇ ㄒㄧㄢˋ 指貫穿事物發展過程的主要綫索。特指文藝作品故事情節發展的主要綫索。

【主心骨】zhǔxīngǔ ㄓㄨˇ ㄒㄧㄣ ㄍㄨˇ (主心骨兒)❶可依靠的人或事物:你來了,我可有了主心骨了!❷主見;主意:事情來得太突然,一時間我也沒了主心骨。

【主星】zhǔxīng ㄓㄨˇ ㄒㄧㄥ 雙星中較亮的一顆,伴星圍繞着它旋轉。

【主刑】zhǔxíng ㄓㄨˇ ㄒㄧㄥˊ 可以獨立應用的刑罰,如有期徒刑、無期徒刑等(區別於'從刑')。

【主旋律】zhǔxuánlǜ ㄓㄨˇ ㄒㄩㄢˊ ㄌㄩˋ ❶指多聲部演唱或演奏的音樂中,一個聲部所唱或所奏的主要曲調,其他聲部只起潤色、豐富、烘托、補充的作用。❷比喻主要精神;基本觀點:改革是這個報告的主旋律。

【主演】zhǔyǎn ㄓㄨˇ ㄧㄢˇ ❶扮演戲劇或電影中的主角:他一生主演過幾十部電影。❷指擔任主演工作的人。

【主要】zhǔyào ㄓㄨˇ ㄧㄠˋ 有關事物中最重要的;起決定作用的:主要原因|主要目的|主要人物。

【主意】zhǔ·yi ㄓㄨˇ·ㄧ ❶主見:大家七嘴八舌地一說,他倒拿不定主意了。❷辦法:出主意|餿主意|這個主意好|人多主意多。

【主義】zhǔyì ㄓㄨˇ ㄧˋ ❶對客觀世界、社會生活以及學術問題等所持有的系統的理論和主張:馬克思列寧主義|達爾文主義|現實主義|浪漫主義。❷思想作風:本位主義|自由主義|主觀主義。❸一定的社會制度;政治經濟體系:社會主義|資本主義。

【主語】zhǔyǔ ㄓㄨˇ ㄩˇ 謂語的陳述對象,指出謂語說的是誰或者是甚麼的句子成分。一般的句子都包括主語部分和謂語部分,主語部分裏的主要的詞是主語。例如在'我們的生活很幸福'裏,'生活'是主語,'我們的生活'是主語部分(有些語法書裏稱主語部分為主語,稱主語為主詞)。

【主宰】zhǔzǎi ㄓㄨˇ ㄗㄞˇ ❶支配;統治;掌握:主宰萬物|迷信的人總以為人的命運是由上天主宰的。❷掌握、支配人或事物的力量:思想是人們行動的主宰|中國人民已經成為自己命運的主宰。

【主張】zhǔzhāng ㄓㄨˇ ㄓㄤ ❶對於如何行動持有某種見解:他主張馬上動身。❷對於如何行動所持有的見解:自作主張|這兩種主張都有理由。

【主旨】zhǔzhǐ ㄓㄨˇ ㄓˇ 主要的意義、用意或目的:文章的主旨不清楚。

【主軸】zhǔzhóu ㄓㄨˇ ㄓㄡˊ 指機械中從發動機或電動機接受動力並將動力傳給其他機件的軸。

【主子】zhǔ·zi ㄓㄨˇ·ㄗ 舊時奴僕稱主人,現多比喻操縱、主使的人。

拄 zhǔ ㄓㄨˇ 為了支持身體用棍杖等頂住地面:拄着枴棍兒走。

渚 zhǔ ㄓㄨˇ 〈書〉水中間的小塊陸地。

煮 zhǔ ㄓㄨˇ 把食物或其他東西放在有水的鍋裏燒:煮餃子|飯還沒煮好|病人的碗筷每餐之後要煮一下。

【煮豆燃萁】zhǔ dòu rán qí ㄓㄨˇ ㄉㄡˋ ㄖㄢˊ ㄑㄧˊ 相傳魏文帝曹丕叫他弟弟曹植做詩,限他在走完七步之前做成，否則就要殺他。曹植立刻就做了一首詩：'煮豆持作羹，漉豉以為汁。萁在釜下燃，豆在釜中泣。本自同根生，相煎何太急'(見於《世說新語·文學》)。比喻兄弟間自相殘害。

【煮鶴焚琴】zhǔ hè fén qín ㄓㄨˇ ㄏㄜˋ ㄈㄣˊ ㄑㄧㄣˊ 把鶴煮了吃，拿琴當柴燒。比喻做殺風景的事。

詝(𬣞) zhǔ ㄓㄨˇ 〈書〉智慧。

褚 zhǔ ㄓㄨˇ 〈書〉❶絲綿。❷在衣服裏鋪絲綿。❸口袋。
另見173頁 Chǔ。

麈 zhǔ ㄓㄨˇ 古書上指鹿一類的動物，尾巴可以做拂塵。

屬(属) zhǔ ㄓㄨˇ 〈書〉❶連綴；連續：屬文｜前後相屬。❷(意念)集中在一點：屬意｜屬望。
〈古〉又同'囑'。
另見1066頁 shǔ。

【屬望】zhǔwàng ㄓㄨˇ ㄨㄤˋ 〈書〉期望；期待。

【屬意】zhǔyì ㄓㄨˇ ㄧˋ 意向專注於(某人或某事物)：他興趣轉移後，不再屬意詩文。

【屬垣有耳】zhǔ yuán yǒu ěr ㄓㄨˇ ㄩㄢˊ ㄧㄡˇ ㄦˇ 有人靠着牆偷聽。

劚(斸、斲) zhǔ ㄓㄨˇ 〈書〉砍；斫。

囑(嘱) zhǔ ㄓㄨˇ 囑咐；囑託：叮囑｜遺囑｜醫囑。

【囑咐】zhǔ·fù ㄓㄨˇ ·ㄈㄨˋ 告訴對方記住應該怎樣，不應該怎樣：再三囑咐｜囑咐孩子好好學習。

【囑託】zhǔtuō ㄓㄨˇ ㄊㄨㄛ 託(人辦事)；託付：媽媽出國之前，囑託舅舅照應家事。

矚(瞩) zhǔ ㄓㄨˇ 注視：矚目｜矚望｜高瞻遠矚。

【矚目】zhǔmù ㄓㄨˇ ㄇㄨˋ 〈書〉注目：舉世矚目｜萬眾矚目。

【矚望】zhǔwàng ㄓㄨˇ ㄨㄤˋ 〈書〉❶同'屬望'(zhǔwàng)。❷注視：舉目矚望。

zhù (ㄓㄨˋ)

苧〔苎〕 zhù ㄓㄨˋ 〈書〉同'苧'。
另見1292頁 xù。

助 zhù ㄓㄨˋ 幫助；協助：互助｜助人為樂｜愛莫能助｜助我一臂之力。

【助產士】zhùchǎnshì ㄓㄨˋ ㄔㄢˇ ㄕˋ 受過助產專業教育，能獨立接生和護理產婦的中級醫務人員。

【助詞】zhùcí ㄓㄨˋ ㄘˊ 獨立性最差、意義最不實在的一種特殊的虛詞，包括：a) 結構助詞，如'的、地、得、所'；b) 時態助詞，如'了、着、過'；c) 語氣助詞，如'呢、嗎、吧、啊'。

【助動詞】zhùdòngcí ㄓㄨˋ ㄉㄨㄥˋ ㄘˊ 動詞的一類，表示可能、應該、必須、願望等意思，如'能、會、可以、可能、該、應該、得(děi)、必須、要、肯、敢、願意'。助動詞通常用在動詞或形容詞前邊。'我要糖'、'他會英文'裏的'要、會'是一般動詞。

【助攻】zhùgōng ㄓㄨˋ ㄍㄨㄥ 以部分兵力在次要方向上進攻(區別於'主攻')。

【助教】zhùjiào ㄓㄨˋ ㄐㄧㄠˋ 高等學校中職別最低的教師。

【助桀為虐】zhù Jié wéi nüè ㄓㄨˋ ㄐㄧㄝˊ ㄨㄟˊ ㄋㄩㄝˋ 比喻幫助壞人做壞事。也說助紂為虐。(桀是夏朝的末了一個王，紂是商朝的末了一個王，相傳都是暴君。)

【助理】zhùlǐ ㄓㄨˋ ㄌㄧˇ 協助主要負責人辦事的(多用於職位名稱)：助理人員｜助理編輯｜助理研究員｜部長助理。

【助跑】zhùpǎo ㄓㄨˋ ㄆㄠˇ 體育運動中有些項目，如跳高、跳遠、投擲標槍或手榴彈，在跳、投等開始前先跑一段，這種動作叫助跑。

【助燃】zhùrán ㄓㄨˋ ㄖㄢˊ 一種物質，本身不能燃燒，在其他物質燃燒時能提供燃燒所需的氧，叫做助燃。

【助手】zhùshǒu ㄓㄨˋ ㄕㄡˇ 不獨立承擔任務，只協助別人進行工作的人：得力助手。

【助聽器】zhùtīngqì ㄓㄨˋ ㄊㄧㄥ ㄑㄧˋ 輔助聽覺的一種器械，利用聲學原理，把聲波集中起來送入耳內，或者利用電學原理，把受話器或話筒所接收的聲波放大後送入耳內，使重聽的人聽到聲音。

【助威】zhù//wēi ㄓㄨˋ//ㄨㄟ 幫助增加聲勢：吶喊助威。

【助興】zhù//xìng ㄓㄨˋ//ㄒㄧㄥˋ 幫助增加興致：席間有雜技表演助興｜您來段京劇給大夥兒助助興吧！

【助學金】zhùxuéjīn ㄓㄨˋ ㄒㄩㄝˊ ㄐㄧㄣ 政府發給學生的補助金。

【助戰】zhù//zhàn ㄓㄨˋ//ㄓㄢˋ ❶協助作戰。❷助威。

【助長】zhùzhǎng ㄓㄨˋ ㄓㄤˇ 幫助增長(多指壞的方面)：姑息遷就，勢必助長不良風氣的蔓延。

【助紂為虐】zhù zhòu wéi nüè ㄓㄨˋ ㄓㄡˋ ㄨㄟˊ ㄋㄩㄝˋ 見〖助桀為虐〗。

住 zhù ㄓㄨˋ ❶居住；住宿：你住在甚麼地方？｜住了一夜。❷停住；止住：住手｜住嘴｜雨住了。❸做動詞的補語。a) 表示牢固或穩當：拿住｜捉住｜把住了方向盤｜牢牢記住老師的教導。b) 表示停頓或靜止：一句話把他問住了｜當時他就愣住了。｜c) 跟'得'(或'不')連用，表示力量夠得上(或夠不上)；勝任：支持不住｜禁得住風吹雨打。

【住持】zhùchí ㄓㄨˋ ㄔˊ ❶主持一個佛寺或道觀的事務。❷主持一個佛寺或道觀的僧尼或道士。

【住處】zhù·chù ㄓㄨˋ ·ㄔㄨˋ 住宿的地方；住所。

【住地】zhùdì ㄓㄨˋ ㄉㄧˋ 居住的地方。

【住讀】zhùdú ㄓㄨˋ ㄉㄨˊ （學生）住在學校裏上學：住讀生。

【住房】zhùfáng ㄓㄨˋ ㄈㄤˊ 供人居住的房屋。

【住戶】zhùhù ㄓㄨˋ ㄏㄨˋ 定居在某處的家庭或有單獨戶口的人：院子裏有三家住戶。

【住家】zhùjiā ㄓㄨˋ ㄐㄧㄚ ❶家庭居住（在某處）：他在郊區住家。❷（住家兒）住戶：樓裏不少住家都要求改善環境衞生。

【住居】zhùjū ㄓㄨˋ ㄐㄩ 居住：少數民族住居的地區。

【住口】zhù//kǒu ㄓㄨˋ//ㄎㄡˇ 停止説話：不住口地誇獎孩子｜你胡説甚麼，快給我住口！

【住手】zhù//shǒu ㄓㄨˋ//ㄕㄡˇ 停止手的動作；停止做某件事：他不做完不肯住手｜快住手，這東西禁不起擺弄。

【住宿】zhùsù ㄓㄨˋ ㄙㄨˋ 在外居住（多指過夜）：安排住宿｜今天晚上到哪裏住宿呢？

【住所】zhùsuǒ ㄓㄨˋ ㄙㄨㄛˇ 居住的處所（多指住戶的）。

【住院】zhù//yuàn ㄓㄨˋ//ㄩㄢˋ 病人住進醫院治療。

【住宅】zhùzhái ㄓㄨˋ ㄓㄞˊ 住房（多指規模較大的）：住宅區｜居民住宅。

【住址】zhùzhǐ ㄓㄨˋ ㄓˇ 居住的地址（指城鎮、鄉村、街道的名稱和門牌號數）：家庭住址。

佇（伫、竚） zhù ㄓㄨˋ 〈書〉佇立：佇候｜佇聽風雨聲。

【佇候】zhùhòu ㄓㄨˋ ㄏㄡˋ 〈書〉站着等候，泛指等候：佇候佳音｜佇候光臨。

【佇立】zhùlì ㄓㄨˋ ㄌㄧˋ 〈書〉長時間地站着：凝神佇立窗前。

苧〔苎〕（苧） zhù ㄓㄨˋ ［苧麻］（zhùmá ㄓㄨˋ ㄇㄚˊ）❶多年生草本植物，莖直立，高可達7尺，葉子互生，卵圓形或心臟形，花綠色，單性，雌雄同株。莖皮纖維潔白有光澤，拉力和耐熱力強，是紡織工業的重要原料。❷這種植物的莖皮纖維。

另見845頁 níng‘薴’。

杼 zhù ㄓㄨˋ ❶筘。❷古代也指梭。

【杼軸】zhùzhóu ㄓㄨˋ ㄓㄡˊ 〈書〉杼和軸，舊式織布機上管經緯綫的兩個部件。比喻文章的組織構思。

注 zhù ㄓㄨˋ ❶灌入：注射｜大雨如注。❷（精神、力量）集中：注視｜注意｜注目｜貫注。❸賭注：下注｜孤注一擲。❹〈方〉量詞，多用於款項或交易：一注買賣｜十來注交易。

另見1496頁 zhù‘註’。

【注定】zhùdìng ㄓㄨˋ ㄉㄧㄥˋ （某種客觀規律或所謂命運）預先決定：命中注定｜注定滅亡。

【注目】zhùmù ㄓㄨˋ ㄇㄨˋ 把視綫集中在一點上：引人注目｜這個小縣城當時成了全國注目的地方。

【注射】zhùshè ㄓㄨˋ ㄕㄜˋ 用注射器把液體藥劑輸送到有機體內。

【注射劑】zhùshèjì ㄓㄨˋ ㄕㄜˋ ㄐㄧˋ 針劑。

【注射器】zhùshèqì ㄓㄨˋ ㄕㄜˋ ㄑㄧˋ 注射液體藥劑的小唧筒狀的器具，多用玻璃製成，一端裝有針頭。

【注視】zhùshì ㄓㄨˋ ㄕˋ 注意地看：他目不轉睛地注視着窗外。

【注塑】zhùsù ㄓㄨˋ ㄙㄨˋ 將熔化狀態的塑料原料壓注到模具內成型。

【注意】zhù//yì ㄓㄨˋ//ㄧˋ 把意志放到某一方面：注意力｜注意安全｜提請注意。

【注音】zhù//yīn ㄓㄨˋ//ㄧㄣ 用符號表明文字的讀音。

【注音字母】zhùyīn zìmǔ ㄓㄨˋ ㄧㄣ ㄗˋ ㄇㄨˇ 在漢語拼音方案公佈以前用來標注漢字字音的音標，採用筆畫簡單的漢字，有的加以修改。有二十四個聲母，即ㄅㄆㄇㄈㄪㄉㄊㄋㄌㄍㄎㄫㄏㄐㄑㄬㄒㄓㄔㄕㄖㄗㄘㄙ（其中ㄪㄫㄬ是拼寫方言用的），十六個韻母，即ㄚㄛㄜㄝㄞㄟㄠㄡㄢㄣㄤㄥㄦㄧㄨㄩ。也叫注音符號。

【注重】zhùzhòng ㄓㄨˋ ㄓㄨㄥˋ 重視：注重調查研究｜注重對孩子的教育。

柱 zhù ㄓㄨˋ ❶柱子：樑柱｜支柱。❷像柱子的東西：水柱｜花柱｜脊柱。

【柱石】zhùshí ㄓㄨˋ ㄕˊ 柱子和柱子下面的基石，比喻擔負國家重任的人：中國人民解放軍是我國人民民主專政的柱石。

【柱頭】zhùtóu ㄓㄨˋ ㄊㄡˊ ❶柱子的頂部。❷〈方〉柱子。❸雌蕊的頂部，是接受花粉的地方。（圖見488頁‘花’）

【柱子】zhù·zi ㄓㄨˋ ·ㄗ 建築物中直立的起支持作用的構件，用木、石、型鋼、鋼筋混凝土等製成。（圖見324頁〖房子〗）

炷 zhù ㄓㄨˋ ❶〈書〉燈心：燈炷。❷〈書〉燒（香）。❸量詞，用於點着的香：一炷香。

祝1 zhù ㄓㄨˋ ❶表示良好願望：祝你健康｜祝兩國的友誼萬古常青。❷（Zhù）姓。

祝2 zhù ㄓㄨˋ 〈書〉削；斷絕：祝髮為僧（剃去頭髮當和尚）。

【祝詞】zhùcí ㄓㄨˋ ㄘˊ ❶古代祭祀時禱告的話。❷舉行典禮或會議時表示良好願望或慶賀的話：新年祝詞。‖也作祝辭。

【祝辭】zhùcí ㄓㄨˋ ㄘˊ 同‘祝詞’。

【祝禱】zhùdǎo ㄓㄨˋ ㄉㄠˇ 祝願禱告；禱祝。

【祝福】zhùfú ㄓㄨˋ ㄈㄨˊ ❶原指祈求上帝賜福，後來指祝人平安和幸福：祝福你一路平安｜請接受我誠懇的祝福。❷我國某些地區的舊俗，除夕祭祀天地，祈求賜福。

【祝告】zhùgào ㄓㄨˋ ㄍㄠˋ 祝禱；禱告：焚香祝告｜祝告上天。

【祝賀】zhùhè ㄓㄨˋ ㄏㄜˋ 慶賀：祝賀你們超額完成了計劃｜向會議表示熱烈的祝賀。

【祝捷】zhùjié ㄓㄨˋ ㄐㄧㄝˊ 慶祝或祝賀勝利：祝捷大會。

【祝酒】zhù∥jiǔ ㄓㄨˋ∥ㄐㄧㄡˇ 向人敬酒，表示祝願、祝福等：祝酒詞｜主人向賓客頻頻祝酒。

【祝壽】zhùshòu ㄓㄨˋ ㄕㄡˋ 在老年人過生日時向他祝賀。

【祝頌】zhùsòng ㄓㄨˋ ㄙㄨㄥˋ 表示良好願望：宴會中賓主互相祝頌。

【祝願】zhùyuàn ㄓㄨˋ ㄩㄢˋ 表示良好願望：衷心祝願｜祝願大家身體健康，萬事如意。

砫 zhù ㄓㄨˋ 石砫(Shízhù ㄕˊ ㄓㄨˋ)，地名，在四川。今作石柱。

疰 zhù ㄓㄨˋ［疰夏］(zhùxià ㄓㄨˋ ㄒㄧㄚˋ) ❶中醫指夏季長期發燒的病，患者多為小兒。多由排汗機能發生障礙引起。症狀是持續發燒，食欲不振，消瘦，口渴，多尿，皮膚乾熱，天氣愈熱體溫愈高等。❷〈方〉苦夏。

著〔著〕 zhù ㄓㄨˋ ❶顯著：昭著｜卓著｜彰明較著。❷顯出：著名｜頗著成效。❸寫作：編著｜著書立說。❹著作：名著｜新著｜譯著。

另見1450頁·zhe；1509頁zhuó。

【著稱】zhùchēng ㄓㄨˋ ㄔㄥ 著名：杭州以西湖著稱於世。

【著錄】zhùlù ㄓㄨˋ ㄌㄨˋ 記載；記錄。

【著名】zhùmíng ㄓㄨˋ ㄇㄧㄥˊ 有名：李時珍是明代的著名藥物學家｜吐魯番的葡萄很著名。

【著述】zhùshù ㄓㄨˋ ㄕㄨˋ ❶著作①；編纂：專心著述。❷著作和編纂的成品：先生留下的著述不多。

【著者】zhùzhě ㄓㄨˋ ㄓㄜˇ 書或文章的作者。

【著作】zhùzuò ㄓㄨˋ ㄗㄨㄛˋ ❶用文字表達意見、知識、思想、感情等：從事著作多年。❷著作的成品：學術著作｜經典著作｜著作等身(形容著作極多)。

【著作權】zhùzuòquán ㄓㄨˋ ㄗㄨㄛˋ ㄑㄩㄢˊ 著作者按照法律規定對自己的著作所享有的權利。

【著作人】zhùzuòrén ㄓㄨˋ ㄗㄨㄛˋ ㄖㄣˊ 編書或寫文章的人；著者。

蛀 zhù ㄓㄨˋ ❶蛀蟲。❷(蛀蟲)咬：蛀蝕｜毛料褲子讓蟲蛀了。

【蛀齒】zhùchǐ ㄓㄨˋ ㄔˇ 齲(qǔ)齒。

【蛀蟲】zhùchóng ㄓㄨˋ ㄔㄨㄥˊ 指咬樹幹、衣服、書籍、穀粒等的小蟲，如天牛、衣蛾、衣魚、米象◇貪污分子是社會主義建設事業的蛀蟲。

【蛀蝕】zhùshí ㄓㄨˋ ㄕˊ 由於蟲咬而受損傷：這座房屋的大部分樑柱已被白蟻蛀蝕◇蛀蝕靈魂。

紵(纻) zhù ㄓㄨˋ 〈書〉指苧麻纖維織的布：紵衣。

貯(贮) zhù ㄓㄨˋ 儲存；積存：貯木場｜貯草五萬斤｜缸裏貯滿了水。

【貯備】zhùbèi ㄓㄨˋ ㄅㄟˋ 儲備。

【貯藏】zhùcáng ㄓㄨˋ ㄘㄤˊ 儲藏。

【貯存】zhùcún ㄓㄨˋ ㄘㄨㄣˊ 儲存。

筑1 zhù ㄓㄨˋ 古代弦樂器，像琴，有十三根弦，用竹尺敲打。

筑2 Zhù ㄓㄨˋ (舊讀Zhú ㄓㄨˊ)貴州貴陽的別稱。

另見1497頁zhù'築'。

註(注) zhù ㄓㄨˋ ❶用文字來解釋字句：批註。❷解釋字句的文字：附註｜腳註｜正文用大字，註用小字。❸記載；登記：註冊｜註銷。

'注'另見1495頁zhù。

【註冊】zhùcè ㄓㄨˋ ㄘㄜˋ 向有關機關、團體或學校登記備案：註冊商標｜新生報到註冊從9月1日開始。

【註腳】zhùjiǎo ㄓㄨˋ ㄐㄧㄠˇ 註解②。

【註解】zhùjiě ㄓㄨˋ ㄐㄧㄝˇ ❶用文字來解釋字句：註解古籍。❷解釋字句的文字：凡是書內難懂的字句，都有註解。

【註釋】zhùshì ㄓㄨˋ ㄕˋ 註解。

【註疏】zhùshū ㄓㄨˋ ㄕㄨ 註解和解釋註解的文字合稱註疏：《十三經註疏》。

【註文】zhùwén ㄓㄨˋ ㄨㄣˊ 註解的文字。

【註銷】zhùxiāo ㄓㄨˋ ㄒㄧㄠ 取消登記過的事項：註銷戶口｜這筆賬已經註銷了。

翥 zhù ㄓㄨˋ 〈書〉(鳥)向上飛：龍翔鳳翥。

箸(筯) zhù ㄓㄨˋ 〈方〉筷子。

駐(驻) zhù ㄓㄨˋ ❶停留：駐足。❷(部隊或工作人員)住在執行職務的地方；(機關)設在某地：駐京辦事處｜部隊駐在村東的一個大院裏。

【駐蹕】zhùbì ㄓㄨˋ ㄅㄧˋ 〈書〉帝王出行時沿途停留暫住。

【駐地】zhùdì ㄓㄨˋ ㄉㄧˋ ❶部隊或外勤工作人員所駐的地方。❷地方行政機關的所在地。

【駐防】zhù∥fáng ㄓㄨˋ∥ㄈㄤˊ 軍隊在重要的地方駐紮防守。

【駐軍】zhùjūn ㄓㄨˋ ㄐㄩㄣ ❶軍隊在某地駐紮：駐軍雲南。❷(在某地)駐紮的軍隊：雲南駐軍。

【駐守】zhùshǒu ㄓㄨˋ ㄕㄡˇ 駐紮防守：駐守邊疆。
【駐屯】zhùtún ㄓㄨˋ ㄊㄨㄣˊ 駐紮。
【駐紮】zhùzhā ㄓㄨˋ ㄓㄚ (軍隊)在某地住下。
【駐足】zhùzú ㄓㄨˋ ㄗㄨˊ 停止腳步：精美的工藝品吸引了許多參觀者駐足觀看。

築(筑) zhù ㄓㄨˋ 建築；修建：築路｜築堤｜修築｜構築。
'筑'另見1496頁 zhù。

【築室道謀】zhù shì dào móu ㄓㄨˋ ㄕˋ ㄉㄠˋ ㄇㄡˊ 自己要造房子，卻在路上和過路人商量。比喻自己沒有主見或毫無計劃，東問西問，結果人多言雜，不能成事。

鑄(铸) zhù ㄓㄨˋ 鑄造：鑄工｜鑄件｜這口鐘是銅鑄的。

【鑄幣】zhùbì ㄓㄨˋ ㄅㄧˋ 金屬鑄成的貨幣。
【鑄錯】zhù cuò ㄓㄨˋ ㄘㄨㄛˋ 〈書〉造成重大錯誤。《資治通鑒》唐紀八十一記載，唐末哀帝天佑三年，天雄節度使羅紹威手下有從六個州招募來的牙軍(自衛隊)幾千人，素不服從他的管轄，他暗中勾結朱全忠，裏應外合，突然襲擊，把牙軍全部消滅了。朱全忠為此居功，向他要這要那，羅紹威苦於供應，後悔地對人說：'合六州四十三縣鐵，不能為此錯也'(錯：銼刀，雙關指錯誤)。
【鑄工】zhùgōng ㄓㄨˋ ㄍㄨㄥ ❶鑄造器物的工作。通稱翻砂。❷鑄造器物的技術工人。
【鑄焊】zhùhàn ㄓㄨˋ ㄏㄢˋ 把熔化的金屬液澆鑄在外有模型的工件連接處，使結合在一起。主要用於連接鋼軌等。
【鑄件】zhùjiàn ㄓㄨˋ ㄐㄧㄢˋ 鑄造的工件。
【鑄模】zhùmú ㄓㄨˋ ㄇㄨˊ 鑄造用的模具。也叫鑄型。
【鑄鐵】zhùtiě ㄓㄨˋ ㄊㄧㄝˇ 用鐵礦石煉成的鐵。含碳量在1.7－4.5%之間，並含有磷、硫、硅等雜質。質脆，不能鍛壓。是煉鋼和鑄造器物的原料。也叫生鐵、銑鐵。
【鑄造】zhùzào ㄓㄨˋ ㄗㄠˋ 把金屬加熱熔化後倒入砂型或模子裏，冷卻後凝固成為器物：鑄造機器零件｜鑄造車間。
【鑄字】zhù//zì ㄓㄨˋ//ㄗˋ 鑄造鉛字。

zhuā (ㄓㄨㄚ)

抓 zhuā ㄓㄨㄚ ❶手指聚攏，使物體固定在手中：一把抓住｜他抓起帽子就往外走。❷人用指甲或帶齒的東西或動物用爪在物體上劃過：抓癢癢｜他手上被貓抓破一塊皮。❸捉拿；捕捉：抓土匪｜老鷹抓走了一隻小雞兒。❹加強領導，特別着重(某方面)：抓重點｜他分工抓農業。❺搶着做：三抓兩抓就把工作抓完了。❻吸引(人注意)：這個演員一出場就抓住了觀眾。

【抓辮子】zhuā biàn·zi ㄓㄨㄚ ㄅㄧㄢˋ·ㄗ 揪辮子。
【抓膘】zhuā//biāo ㄓㄨㄚ//ㄅㄧㄠ 採取加強飼養管理並注意適當使用等措施，使牲畜肥壯：放青抓膘。
【抓兵】zhuā//bīng ㄓㄨㄚ//ㄅㄧㄥ 舊時指抓人去當兵。
【抓茬兒】zhuā//chár ㄓㄨㄚ//ㄔㄚㄦˊ 〈方〉故意挑別人的小毛病；找茬兒。
【抓耳撓腮】zhuā ěr náo sāi ㄓㄨㄚ ㄦˇ ㄋㄠˊ ㄙㄞ ❶形容焦急而又沒辦法的樣子。❷形容歡喜而不能自持的樣子。
【抓哏】zhuā//gén ㄓㄨㄚ//ㄍㄣˊ 戲曲中的丑角或相聲演員在表演時，即景生情地臨時編出本來沒有的台詞來逗觀眾發笑。
【抓工夫】zhuā gōng·fu ㄓㄨㄚ ㄍㄨㄥ·ㄈㄨ 擠時間；抽空。
【抓獲】zhuāhuò ㄓㄨㄚ ㄏㄨㄛˋ 逮住；捕獲：兇手已被抓獲。
【抓髻】zhuā·ji ㄓㄨㄚ ·ㄐㄧ 同'髽髻'。
【抓緊】zhuā//jǐn ㄓㄨㄚ//ㄐㄧㄣˇ 緊緊地把握住，不放鬆：抓緊時間｜抓緊學習｜抓緊生產。
【抓鬮兒】zhuā//jiūr ㄓㄨㄚ//ㄐㄧㄡㄦ 從預先做好記號的紙捲或紙團中每人取一個，以決定誰該得甚麼東西或誰該做甚麼事。也說拈鬮兒。
【抓鬏】zhuā·jiu ㄓㄨㄚ ·ㄐㄧㄡ 同'髽鬏'。
【抓舉】zhuājǔ ㄓㄨㄚ ㄐㄩˇ 一種舉重法，兩手把杠鈴從地上舉過頭頂，一直到兩臂伸直為止，不在胸前停頓。
【抓空兒】zhuā//kòngr ㄓㄨㄚ//ㄎㄨㄥㄦˋ 抓工夫：過兩天我抓空兒去一趟。也說抓空子。
【抓撓】zhuā·nao ㄓㄨㄚ ·ㄋㄠ 〈方〉❶搔：抓撓幾下就不癢了。❷亂動東西，致使凌亂：好孩子，別抓撓東西！❸打架：他們倆又抓撓起來了，你趕快去勸勸吧！❹忙亂地趕着做；弄：一下子來了這麼多的人吃飯，炊事員怕抓撓不過來吧！❺掙；獲得(錢)：莊稼人靠副業抓撓倆活錢兒。❻(抓撓兒)指可用的東西或可憑藉依靠的人：東西都讓人借走了，自己反倒弄得沒抓撓了｜最好派個負責人來，咱好有個抓撓。❼(抓撓兒)指對付事情的辦法：事前要慎重考慮，免得發生問題時沒抓撓。
【抓拍】zhuāpāi ㄓㄨㄚ ㄆㄞ 拍攝時不是特意擺設場景、安排人物姿態等，而是抓住時機把現場實際發生的事情攝入鏡頭，叫做抓拍。
【抓破臉】zhuā pò liǎn ㄓㄨㄚ ㄆㄛˋ ㄌㄧㄢˇ 比喻感情破裂，公開爭吵。也說撕破臉。
【抓瞎】zhuā//xiā ㄓㄨㄚ//ㄒㄧㄚ 事前沒有準備而臨時忙亂着急：早點兒做好準備，免得臨時抓瞎。
【抓藥】zhuā//yào ㄓㄨㄚ//ㄧㄠˋ ❶中藥店按照顧客的藥方取藥，也指醫院的藥房為病人取中藥。❷拿着藥方到中藥店買藥：抓一服藥。
【抓週】zhuā//zhōu ㄓㄨㄚ//ㄓㄡ (抓週兒)舊俗，

嬰兒週歲時，父母擺上各種物品任其抓取，用來試探嬰兒將來的志向、愛好等。

【抓壯丁】zhuā zhuàngdīng ㄓㄨㄚ ㄓㄨㄤˋ ㄉㄧㄥ 舊時官府抓青壯年男子去當兵。

【抓總兒】zhuāzǒngr ㄓㄨㄚ ㄗㄨㄥㄦˇ 負責全面工作；拿總兒。

撾(挝) zhuā ㄓㄨㄚ ❶〈書〉敲；打(鼓)：撾鼓。❷同'抓'(多見於早期白話)。

另見1201頁 wō。

髽 zhuā ㄓㄨㄚ 見下。

【髽髻】zhuā·ji ㄓㄨㄚ ·ㄐㄧ 梳在頭頂兩旁的髻：髽髻夫妻(結髮夫妻)。也作抓髻。

【髽鬏】zhuā·jiu ㄓㄨㄚ ·ㄐㄧㄡ 髽髻。也作抓鬏。

檛(村、簻) zhuā ㄓㄨㄚ 〈書〉馬鞭子。

zhuǎ (ㄓㄨㄚˇ)

爪 zhuǎ ㄓㄨㄚˇ 義同'爪'(zhǎo)②，用於以下各條。

另見1445頁 zhǎo。

【爪尖兒】zhuǎjiānr ㄓㄨㄚˇ ㄐㄧㄢㄦ 用做食物的豬蹄。

【爪兒】zhuǎr ㄓㄨㄚㄦˇ ❶爪子：老鼠爪兒。❷某些器物的腳：三爪兒鍋。

【爪子】zhuǎ·zi ㄓㄨㄚˇ ·ㄗ 動物的有尖甲的腳：雞爪子｜貓爪子。

zhuāi (ㄓㄨㄞ)

拽1 zhuāi ㄓㄨㄞ 〈方〉扔；拋：拿磚頭拽狗｜把皮球拽得老遠。

拽2 zhuāi ㄓㄨㄞ 〈方〉胳膊有毛病，活動不靈便。

另見1335頁 yè'曳'；1498頁 zhuài。

zhuǎi (ㄓㄨㄞˇ)

跩 zhuǎi ㄓㄨㄞˇ 〈方〉身體肥胖不靈活，走路搖晃：鴨子一跩一跩地走着。

轉(转) zhuǎi ㄓㄨㄞˇ 轉文：他平時好轉兩句｜說大白話就行，用不着轉。

另見1500頁 zhuǎn；1502頁 zhuàn。

【轉文】zhuǎi∥wén ㄓㄨㄞˇ∥ㄨㄣˊ '轉文'(zhuǎn∥wén)的又音。

zhuài (ㄓㄨㄞˋ)

拽(擲) zhuài ㄓㄨㄞˋ 拉：生拉硬拽｜一把拽住不放。

另見1335頁 yè'曳'；1498頁 zhuāi。

zhuān (ㄓㄨㄢ)

專(专、❶❷耑) zhuān ㄓㄨㄢ ❶集中在一件事上的：專心｜專題｜專門｜專業｜專款｜專科。❷獨自掌握和佔有：專制｜專權｜專利｜專賣。❸(Zhuān)姓。

'耑'另見285頁 duān。

【專案】zhuān'àn ㄓㄨㄢ ㄢˋ 專門處理的案件或重要事件。

【專差】zhuānchāi ㄓㄨㄢ ㄔㄞ ❶指特地出去辦某件公事：他專差去北京。❷指特地出去辦某件公事的人。

【專長】zhuāncháng ㄓㄨㄢ ㄔㄤˊ 專門的學問技能；特長：學有專長｜發揮各人的專長。

【專場】zhuānchǎng ㄓㄨㄢ ㄔㄤˇ ❶劇場、影院等專為某一部分人演出的一場：學生專場。❷一場裏專門演出一種類型的若干節目：相聲專場｜曲藝專場。

【專車】zhuānchē ㄓㄨㄢ ㄔㄜ ❶在例行車次之外專為某人或某事特別開行的火車或汽車。❷機關單位或個人專用的汽車。

【專程】zhuānchéng ㄓㄨㄢ ㄔㄥˊ 專為某事而到某地：專程看望｜專程前去迎接客人。

【專誠】zhuānchéng ㄓㄨㄢ ㄔㄥˊ 特地(表示非順便)：專誠拜訪。

【專電】zhuāndiàn ㄓㄨㄢ ㄉㄧㄢˋ 記者專為本報社報道新聞而由外地用電話、電報、電傳發來的稿子(區別於通訊社供稿)。

【專斷】zhuānduàn ㄓㄨㄢ ㄉㄨㄢˋ 應該會商而不會商，單獨做出決定：專斷獨行。

【專訪】zhuānfǎng ㄓㄨㄢ ㄈㄤˇ ❶只就某個問題或對某個人進行採訪：接受記者專訪。❷這樣採訪寫成的文章：登載了一篇關於他的模範事跡的專訪。

【專攻】zhuāngōng ㄓㄨㄢ ㄍㄨㄥ 專門研究(某一學科)：他是專攻水利工程的。

【專櫃】zhuānguì ㄓㄨㄢ ㄍㄨㄟˋ 商店中專門出售某一種類或某一地區商品的櫃台：牀上用品專櫃。

【專號】zhuānhào ㄓㄨㄢ ㄏㄠˋ 以某項內容為中心而編成的一期報刊：婦女問題專號｜《紅樓夢》研究專號。

【專橫】zhuānhèng ㄓㄨㄢ ㄏㄥˋ 任意妄為；專斷強橫：專橫跋扈。

【專機】zhuānjī ㄓㄨㄢ ㄐㄧ ❶在班機之外專為某人或某事特別飛行的飛機。❷某人專用的飛機。

【專集】zhuānjí ㄓㄨㄢ ㄐㄧˊ ❶只收錄某一作者作品的集子。❷就某一文體或某一內容編成的集子：論文專集。

【專家】zhuānjiā ㄓㄨㄢ ㄐㄧㄚ 對某一門學問有專

門研究的人；擅長某項技術的人。

【專刊】zhuānkān ㄓㄨㄢ ㄎㄢ ❶報刊以某項內容為中心而編輯的一欄或一期。❷學術機構出版的以一個問題的研究結果為內容的單冊著作(區別於'集刊')。

【專科】zhuānkē ㄓㄨㄢ ㄎㄜ ❶專門科目：專科醫生｜專科詞典。❷指專科學校：專科畢業。

【專科學校】zhuānkē xuéxiào ㄓㄨㄢ ㄎㄜ ㄒㄩㄝˊ ㄒㄧㄠˋ 實施專業教育的學校，修業年限一般為二至三年。如農業專科學校、師範專科學校、醫學專科學校等。

【專款】zhuānkuǎn ㄓㄨㄢ ㄎㄨㄢˇ 指定只能用於某項事務的款項：教育專款｜專款專用。

【專欄】zhuānlán ㄓㄨㄢ ㄌㄢˊ 報刊上專門登載某類稿件的一部分篇幅。

【專利】zhuānlì ㄓㄨㄢ ㄌㄧˋ 法律保障創造發明者在一定時期內由於創造發明而獨自享有的利益：專利權。

【專列】zhuānliè ㄓㄨㄢ ㄌㄧㄝˋ 專為某人或某事特別增開的列車。

【專賣】zhuāmài ㄓㄨㄚ ㄇㄞˋ 國家指定的專營機構經營某些物品，其他部門非經專營機構許可，不得生產和運銷：烟草專買公司。

【專美】zhuānměi ㄓㄨㄢ ㄇㄟˇ 〈書〉獨自享受美名：青年演員鑽研表演藝術，不讓上代藝人專美於前。

【專門】zhuānmén ㄓㄨㄢ ㄇㄣˊ ❶特地：我是專門來看望你的。❷專從事某一項事的：專門人才｜他是專門研究土壤學的。❸〈方〉表示強調經常做某類事情：他專門會講風涼話。

【專名】zhuānmíng ㄓㄨㄢ ㄇㄧㄥˊ 指人名、地名、機關團體名之類，如'魯迅、長春、北京大學'。

【專名號】zhuānmínghào ㄓㄨㄢ ㄇㄧㄥˊ ㄏㄠˋ 標點符號(——)，用在橫行文字的底下或豎行文字的旁邊，表示人名、地名、機關團體名之類。

【專區】zhuānqū ㄓㄨㄢ ㄑㄩ 我國省、自治區曾經根據需要設立的行政區域，包括若干縣、市。1975年後改稱地區。

【專權】zhuānquán ㄓㄨㄢ ㄑㄩㄢˊ 獨攬大權：專權誤國。

【專人】zhuānrén ㄓㄨㄢ ㄖㄣˊ ❶專門負責某項工作的人。❷臨時派遣專辦某件事的人。

【專任】zhuānrèn ㄓㄨㄢ ㄖㄣˋ 專門擔任(區別於'兼任')：專任教員。

【專擅】zhuānshàn ㄓㄨㄢ ㄕㄢˋ 〈書〉擅自做主，不向上級請示或不聽上級指示。

【專史】zhuānshǐ ㄓㄨㄢ ㄕˇ 各種專門學科的歷史，如哲學史、文學史、經濟史等。

【專使】zhuānshǐ ㄓㄨㄢ ㄕˇ 專為某件事而派遣的使節。

【專書】zhuānshū ㄓㄨㄢ ㄕㄨ 就某一專題而編寫的書；專著。

【專署】zhuānshǔ ㄓㄨㄢ ㄕㄨˇ 專員公署的簡稱。

【專題】zhuāntí ㄓㄨㄢ ㄊㄧˊ 專門研究或討論的題目：專題報告｜專題討論｜專題調查。

【專文】zhuānwén ㄓㄨㄢ ㄨㄣˊ 專門就某個問題寫的文章：這一事件的始末另有專文披露。

【專席】zhuānxí ㄓㄨㄢ ㄒㄧˊ 專為某人或某類人設置的席位：來賓專席｜孕婦專席。

【專綫】zhuānxiàn ㄓㄨㄢ ㄒㄧㄢˋ ❶較大的廠礦鋪設的自用鐵路綫。❷電話局為重要機關或首長設置的專用電話綫。

【專項】zhuānxiàng ㄓㄨㄢ ㄒㄧㄤˋ 特定的某個項目：專項訓練｜專項檢查。

【專心】zhuānxīn ㄓㄨㄢ ㄒㄧㄣ 集中注意力：專心一意｜學習必須專心。

【專心致志】zhuān xīn zhì zhì ㄓㄨㄢ ㄒㄧㄣ ㄓˋ ㄓˋ 一心一意；集中精神：要創造條件讓科學家專心致志地做研究工作。

【專修】zhuānxiū ㄓㄨㄢ ㄒㄧㄡ 集中學習某種課業：專修科(大學中附設的實施短期專業教育的班級)。

【專業】zhuānyè ㄓㄨㄢ ㄧㄝˋ ❶高等學校的一個系裏或中等專業學校裏，根據科學分工或生產部門的分工把學業分成的門類：專業課｜中文系漢語專業。❷產業部門中根據產品生產的不同過程而分成的各業務部分：專業化｜專業生產。❸專門從事某種工作或職業的：專業戶｜專業文藝工作者。

【專業戶】zhuānyèhù ㄓㄨㄢ ㄧㄝˋ ㄏㄨˋ 我國農村中專門從事某種農副業的家庭或個人：養雞專業戶。

【專業課】zhuānyèkè ㄓㄨㄢ ㄧㄝˋ ㄎㄜˋ 高等學校中，使學生具有必要的專門知識和技能的課程。

【專一】zhuānyī ㄓㄨㄢ ㄧ 專心一意；不分心：心思專一｜愛情專一。

【專用】zhuānyòng ㄓㄨㄢ ㄩㄥˋ 專供某種需要或某個人使用：專用電話｜專款專用。

【專員】zhuānyuán ㄓㄨㄢ ㄩㄢˊ ❶省、自治區所派的地區負責人。❷擔任某項專門職務的人員。

【專員公署】zhuānyuán gōngshǔ ㄓㄨㄢ ㄩㄢˊ ㄍㄨㄥ ㄕㄨˇ 我國省、自治區曾經根據需要設置的派出機構。簡稱專署。

【專責】zhuānzé ㄓㄨㄢ ㄗㄜˊ 專門擔負的某項責任：分工明確，各有專責。

【專政】zhuānzhèng ㄓㄨㄢ ㄓㄥˋ 佔統治地位的階級對敵對階級實行的強力統治。一切國家都是一定階級的專政。

【專職】zhuānzhí ㄓㄨㄢ ㄓˊ 由專人擔任的職務：專職工會幹部。

【專制】zhuānzhì ㄓㄨㄢ ㄓˋ ❶(君主)獨自掌握

政權：專制政體｜專制帝王｜君主專制。❷憑自己的意志獨斷獨行，操縱一切。

【專注】zhuānzhù ㄓㄨㄢ ㄓㄨˋ 專心注意：心神專注。

【專著】zhuānzhù ㄓㄨㄢ ㄓㄨˋ 就某方面加以研究論述的專門著作。

膞（䏝） zhuān ㄓㄨㄢ 〈方〉鳥類的胃；胗：雞膞。

磚（砖、甎、塼） zhuān ㄓㄨㄢ ❶把黏土等做成的坯放在窰裏燒製而成的建築材料，多為長方形或方形。❷形狀像磚的東西：茶磚｜煤磚｜冰磚。

【磚茶】zhuānchá ㄓㄨㄢ ㄔㄚˊ 壓緊後形狀像磚的茶葉塊兒。也叫茶磚。

【磚坯】zhuānpī ㄓㄨㄢ ㄆㄧ 沒有經過燒製的磚；磚的毛坯。

【磚頭】zhuāntóu ㄓㄨㄢ ㄊㄡˊ 不完整的磚；碎磚。

【磚頭】zhuān·tou ㄓㄨㄢ ·ㄊㄡ 〈方〉磚。

【磚窰】zhuānyáo ㄓㄨㄢ ㄧㄠˊ 燒磚的窰。

顓（颛） zhuān ㄓㄨㄢ 〈書〉❶愚昧。❷同'專'。

【顓孫】Zhuānsūn ㄓㄨㄢ ㄙㄨㄣ 姓。

【顓頊】Zhuānxū ㄓㄨㄢ ㄒㄩ 傳說中的上古帝王名。

【顓臾】Zhuānyú ㄓㄨㄢ ㄩˊ 春秋時的一個小國，在今山東費縣一帶。

zhuǎn（ㄓㄨㄢˇ）

轉（转） zhuǎn ㄓㄨㄢˇ ❶改換方向、位置、形勢、情況等：轉身｜轉臉｜轉換｜轉移｜好轉｜向左轉｜向後轉｜轉敗為勝｜由陰轉晴。❷把一方的物品、信件、意見等傳到另一方：轉達｜轉交｜轉送｜這封信由我轉給他好了。

另見1498頁 zhuǎi；1502頁 zhuàn。

【轉氨酶】zhuǎn'ānméi ㄓㄨㄢˇ ㄢ ㄇㄟˊ 生物體內能轉移氨基酸的氨基的酶，在氨基酸代謝中有重要作用。

【轉變】zhuǎnbiàn ㄓㄨㄢˇ ㄅㄧㄢˋ 由一種情況變到另一種情況：思想轉變｜風向轉變了｜轉變態度。

【轉播】zhuǎnbō ㄓㄨㄢˇ ㄅㄛ （廣播電台、電視台）播送別的電台或電視台的節目。

【轉產】zhuǎn//chǎn ㄓㄨㄢˇ//ㄔㄢˇ 企業停止原來產品的生產而生產別的產品。

【轉車】zhuǎn//chē ㄓㄨㄢˇ//ㄔㄜ 中途換車：從北京到寧波去，可以在上海轉車｜他住在市郊，回家要轉兩次車。

【轉達】zhuǎndá ㄓㄨㄢˇ ㄉㄚˊ 把一方的話轉告給另一方：我對老人的心意請你代為轉達｜你放心走吧，我一定把你的話轉達給他。

【轉道】zhuǎndào ㄓㄨㄢˇ ㄉㄠˋ 繞道經過：從上海轉道武漢進京。

【轉調】zhuǎndiào ㄓㄨㄢˇ ㄉㄧㄠˋ 一個樂曲中，為了表達不同內容的需要和豐富樂曲的表現力，從某調過渡到另一個調。也叫變調或移調。

【轉動】zhuǎndòng ㄓㄨㄢˇ ㄉㄨㄥˋ 轉身活動；身體或物體的某部分自由活動：傷好後，腰部轉動自如。

另見1502頁 zhuàndòng。

【轉發】zhuǎnfā ㄓㄨㄢˇ ㄈㄚ ❶把有關單位的文件轉給下屬單位。❷報刊上發表別的報刊上發表過的文章。❸把接收到的從某個地點發射來的無綫電信號發射到別的地點：通信衛星電視信號轉發測試。

【轉告】zhuǎngào ㄓㄨㄢˇ ㄍㄠˋ 受人囑託把某人的話、情況等告訴另一方：他讓我轉告你，他明天不能來了。

【轉關係】zhuǎn guān·xi ㄓㄨㄢˇ ㄍㄨㄢ ·ㄒㄧ 黨派或團體的成員在調動時轉移組織關係。

【轉軌】zhuǎn//guǐ ㄓㄨㄢˇ//ㄍㄨㄟˇ ❶轉入另一軌道（運行）。❷比喻改變原來的體制等：工廠從單一生產型向生產經營型轉軌。

【轉行】zhuǎn//háng ㄓㄨㄢˇ//ㄏㄤˊ ❶從一個行業轉到另一個行業；改行。❷寫字、打字或排版等，從一行轉到下一行：抄稿時，標點符號儘量不要轉行。

【轉化】zhuǎnhuà ㄓㄨㄢˇ ㄏㄨㄚˋ ❶轉變；改變。❷矛盾的雙方經過鬥爭，在一定的條件下，各自向着和自己相反的方面轉變，向着對立方面所處的地位轉變。如主要矛盾和次要矛盾、對抗性矛盾和非對抗性矛盾等在一定條件下都可以互相轉化。

【轉圜】zhuǎnhuán ㄓㄨㄢˇ ㄏㄨㄢˊ ❶挽回：事已至此，難以轉圜了。❷從中調停：他們倆的矛盾由你出面轉圜比較好些。

【轉換】zhuǎnhuàn ㄓㄨㄢˇ ㄏㄨㄢˋ 改變；改換：轉換方向｜轉換話題。

【轉機】zhuǎnjī ㄓㄨㄢˇ ㄐㄧ 好轉的可能（多指病症脫離危險或事情能挽回）：事情還有轉機｜病入膏肓，已無轉機。

【轉嫁】zhuǎnjià ㄓㄨㄢˇ ㄐㄧㄚˋ ❶改嫁。❷把自己應承受的負擔、損失、罪名等加在別人身上：不能把事故的責任轉嫁於人。

【轉交】zhuǎnjiāo ㄓㄨㄢˇ ㄐㄧㄠ 把一方的東西交給另一方：這個小包裹是她託我轉交給你的。

【轉角】zhuǎnjiǎo ㄓㄨㄢˇ ㄐㄧㄠˇ （轉角兒）街巷等的拐彎處。

【轉借】zhuǎnjiè ㄓㄨㄢˇ ㄐㄧㄝˋ ❶把借來的東西再借給別人。❷把自己的證件等借給別人使用：借書證不得轉借他人。

【轉科】zhuǎn//kē ㄓㄨㄢˇ//ㄎㄜ ❶病人從醫院的

某一科轉到另一科去看病。❷學生從某一科轉到另一科去學習。

【轉口】zhuǎnkǒu ㄓㄨㄢˇ ㄎㄡˇ 商品經過一個港口運到另一個港口或通過一個國家運到另一個國家：轉口貿易。

【轉臉】zhuǎnliǎn ㄓㄨㄢˇ ㄌㄧㄢˇ (轉臉兒) 比喻時間很短：他剛才還在這裏，怎麼轉臉就不見了？

【轉捩點】zhuǎnlièdiǎn ㄓㄨㄢˇ ㄌㄧㄝˋ ㄉㄧㄢˇ 轉折點。

【轉錄】zhuǎnlù ㄓㄨㄢˇ ㄌㄨˋ 把磁帶上已錄好的錄音、錄像錄到空白磁帶上。

【轉賣】zhuǎnmài ㄓㄨㄢˇ ㄇㄞˋ 把買進的東西再賣出去：倒手轉賣。

【轉年】zhuǎn∥nián ㄓㄨㄢˇ∥ㄋㄧㄢˊ 到了下一年。

【轉年】zhuǎnnián ㄓㄨㄢˇ ㄋㄧㄢˊ 〈方〉❶某一年的第二年 (多用於過去)。❷明年。

【轉念】zhuǎnniàn ㄓㄨㄢˇ ㄋㄧㄢˋ 再一想 (多指改變主意)：他剛想開口，但一轉念，覺得還是暫時不說為好。

【轉讓】zhuǎnràng ㄓㄨㄢˇ ㄖㄤˋ 把自己的東西或應享有的權利讓給別人：轉讓房屋｜技術轉讓。

【轉身】zhuǎnshēn ㄓㄨㄢˇ ㄕㄣ (轉身兒) 比喻時間很短：剛說好了的，一轉身就不認賬。

【轉生】zhuǎnshēng ㄓㄨㄢˇ ㄕㄥ 佛教認為人或動物死後，靈魂依照因果報應而投胎，成為另一個人或動物，叫做轉生。也說轉世。

【轉世】zhuǎnshì ㄓㄨㄢˇ ㄕˋ ❶轉生。❷喇嘛教寺院集團決定活佛繼承人的制度。始於13世紀。活佛死後，通過占卜、降神等活動，尋找在活佛死時出生的若干嬰兒，從中選一個作為活佛的轉世，定為繼承人。

【轉手】zhuǎn∥shǒu ㄓㄨㄢˇ∥ㄕㄡˇ 從一方取得或買得東西交給或賣給另一方：轉手倒賣｜你就直接交給他，何必要我轉個手呢？

【轉述】zhuǎnshù ㄓㄨㄢˇ ㄕㄨˋ 把別人的話說給另外的人：我這是轉述老師的話，不是我自己的意思。

【轉瞬】zhuǎnshùn ㄓㄨㄢˇ ㄕㄨㄣˋ 轉眼：轉瞬間，來這兒已有十幾天了｜國慶節轉瞬就要到了。

【轉送】zhuǎnsòng ㄓㄨㄢˇ ㄙㄨㄥˋ ❶轉交：這是剛收到的急件，請你立即轉送給他。❷轉贈：這本書是老張送給他的，他又轉送給我了。

【轉託】zhuǎntuō ㄓㄨㄢˇ ㄊㄨㄛ 把別人託給自己的事再託給另外的人：這件事我雖然沒法幫忙，但可以設法替你轉託一個人。

【轉彎】zhuǎn∥wān ㄓㄨㄢˇ∥ㄨㄢ (轉彎兒) ❶拐彎兒：轉彎抹角｜這兒離學校很近，一轉彎兒就到了。❷比喻改變認識或想法：他感到太突然了，一時轉不過彎兒來。

【轉彎抹角】zhuǎn wān mò jiǎo ㄓㄨㄢˇ ㄨㄢ ㄇㄛˋ ㄐㄧㄠˇ (轉彎抹角兒) ❶沿着彎彎曲曲的路走：汽車轉彎抹角開進了村子。❷形容路彎彎曲曲：這條路轉彎抹角的，可難走了。❸比喻說話、做事不直截了當：有甚麼意見就痛快說，別這麼轉彎抹角的。

【轉彎子】zhuǎn wān·zi ㄓㄨㄢˇ ㄨㄢ ·ㄗ 轉彎②。

另見1502頁 zhuàn wān·zi。

【轉危為安】zhuǎn wēi wéi ān ㄓㄨㄢˇ ㄨㄟ ㄨㄟˊ ㄢ (局勢、病情等) 從危急轉為平安。

【轉文】zhuǎn∥wén ㄓㄨㄢˇ∥ㄨㄣˊ，又 zhuǎi∥wén ㄓㄨㄞˇ∥ㄨㄣˊ 說話時不用口語，而用文言的字眼兒，以顯示有學問：說大白話就可以了，何必轉文呢！

【轉向】zhuǎnxiàng ㄓㄨㄢˇ ㄒㄧㄤˋ ❶轉變方向：上午是東風，下午轉向了，成了南風。❷比喻改變政治立場。

另見1502頁 zhuàn∥xiàng。

【轉學】zhuǎn∥xué ㄓㄨㄢˇ∥ㄒㄩㄝˊ 學生轉往另一個學校學習。

【轉眼】zhuǎnyǎn ㄓㄨㄢˇ ㄧㄢˇ 形容極短的時間：冬天過去，轉眼又是春天了。

【轉業】zhuǎn∥yè ㄓㄨㄢˇ∥ㄧㄝˋ 由一種行業轉到另一種行業。特指中國人民解放軍幹部轉到地方工作。

【轉移】zhuǎnyí ㄓㄨㄢˇ ㄧˊ ❶改換位置，從一方移到另一方：轉移陣地｜轉移方向｜轉移目標｜轉移視綫。❷改變：客觀規律不以人們的意志為轉移。

【轉譯】zhuǎnyì ㄓㄨㄢˇ ㄧˋ 不直接根據某種語言的原文翻譯，而根據另一種語言的譯文翻譯，叫做轉譯。

【轉院】zhuǎn∥yuàn ㄓㄨㄢˇ∥ㄩㄢˋ 病人從一個醫院轉到另一個醫院治療。

【轉運】zhuǎn∥yùn ㄓㄨㄢˇ∥ㄩㄣˋ 運氣好轉 (迷信)。

【轉運】zhuǎnyùn ㄓㄨㄢˇ ㄩㄣˋ 把運來的東西再運到另外的地方去：轉運站｜轉運物資。

【轉載】zhuǎnzǎi ㄓㄨㄢˇ ㄗㄞˇ 報刊上刊登別的報刊上發表過的文章：幾種報紙都轉載了《人民日報》的社論。

【轉載】zhuǎnzài ㄓㄨㄢˇ ㄗㄞˋ 過載②。

【轉贈】zhuǎnzèng ㄓㄨㄢˇ ㄗㄥˋ 把收到的禮物贈送給別人。

【轉戰】zhuǎnzhàn ㄓㄨㄢˇ ㄓㄢˋ 連續在不同地區作戰：轉戰千里｜轉戰大江南北。

【轉賬】zhuǎn∥zhàng ㄓㄨㄢˇ∥ㄓㄤˋ 不收付現金，只在賬簿上記載收付關係：轉賬支票。

【轉折】zhuǎnzhé ㄓㄨㄢˇ ㄓㄜˊ ❶ (事物) 在發展過程中改變原來的方向、形勢等：轉折點。❷指文章或語意由一個方向轉向另一方向。

【轉折點】zhuǎnzhédiǎn ㄓㄨㄢˇ ㄓㄜˊ ㄉㄧㄢˇ 事

物發展過程中對改變原來方向起決定作用的事情；事物發展過程中改變原來方向的時間。也說轉捩點。

【轉正】zhuǎn∥zhèng ㄓㄨㄢˇ∥ㄓㄥˋ 組織中的非正式成員成為正式成員：預備黨員轉正｜臨時工轉正。

【轉注】zhuǎnzhù ㄓㄨㄢˇ ㄓㄨˋ 六書之一。許慎《說文解字·敍》：'轉注者，建類一首，同意相受，考、老是也。'後人的解釋很分歧，比較可信的是清代戴震、段玉裁的說法。他們認為轉注就是互訓，意義上相同或相近的字彼此互相解釋。如《說文》'老'字的解釋是'考也'，'考'字的解釋是'老也'，以'考'注'老'，以'老'注'考'，所以叫轉注。

zhuàn（ㄓㄨㄢˋ）

沌 Zhuàn ㄓㄨㄢˋ 沌河，水名，在湖北。沌口（Zhuànkǒu ㄓㄨㄢˋ ㄎㄡˇ），地名，在湖北。

另見293頁 dùn。

瑑 zhuàn ㄓㄨㄢˋ 〈書〉玉器上隆起的雕刻花紋。

傳（传） zhuàn ㄓㄨㄢˋ ❶解釋經文的著作：經傳｜《春秋公羊傳》。❷傳記：列傳｜別傳｜外傳｜自傳｜《三國誌》上有諸葛亮的傳。❸敍述歷史故事的作品（多用做小說名稱）：《水滸傳》｜《呂梁英雄傳》。

另見176頁 chuán。

【傳記】zhuànjì ㄓㄨㄢˋ ㄐㄧˋ 記錄某人生平事迹的文字：名人傳記｜傳記文學。

【傳略】zhuànlüè ㄓㄨㄢˋ ㄌㄩㄝˋ 比較簡略的傳記：《孫中山傳略》。

撰 zhuàn ㄓㄨㄢˋ 寫作：撰文｜撰稿。

【撰述】zhuànshù ㄓㄨㄢˋ ㄕㄨˋ ❶撰寫；著述：撰述文章。❷撰述的作品：撰述甚多。

【撰寫】zhuànxiě ㄓㄨㄢˋ ㄒㄧㄝˇ 寫作：撰寫碑文｜撰寫論文。

【撰著】zhuànzhù ㄓㄨㄢˋ ㄓㄨˋ 寫作：撰著中國通史。

篆 zhuàn ㄓㄨㄢˋ ❶漢字形體的一種：篆書｜篆體｜大篆｜小篆｜真草隸篆。❷寫篆書：篆額（用篆字寫在碑額上）。❸指印章。

【篆刻】zhuànkè ㄓㄨㄢˋ ㄎㄜˋ 刻印章（因印章多用篆文）。

【篆書】zhuànshū ㄓㄨㄢˋ ㄕㄨ 漢字字體，秦朝整理字體後規定的寫法。

【篆字】zhuànzì ㄓㄨㄢˋ ㄗˋ 篆書。

簒 zhuàn ㄓㄨㄢˋ 〈書〉❶同'饌'。❷同'撰'。

另見1527頁 zuǎn。

賺（赚） zhuàn ㄓㄨㄢˋ ❶獲得利潤（跟'賠'相對）：賺錢。❷（賺兒）利潤：有賺。❸〈方〉掙（錢）：做一天工，賺十塊。

另見1527頁 zuàn。

【賺頭】zhuàn·tou ㄓㄨㄢˋ ·ㄊㄡ 利潤：本小利微，賺頭不大。

轉（转） zhuàn ㄓㄨㄢˋ ❶旋轉：輪子轉得很快。❷繞着某物移動；打轉：轉圈子｜轉來轉去。❸〈方〉量詞，繞一圈兒叫繞一轉。

另見1498頁 zhuǎi；1500頁 zhuǎn。

【轉動】zhuàndòng ㄓㄨㄢˋ ㄉㄨㄥˋ ❶物體以一點為中心或以一直綫為軸作圓周運動：水可以使磨轉動。❷使轉動：轉動轆轤把兒。

另見1500頁 zhuǎngdòng。

【轉筋】zhuàn∥jīn ㄓㄨㄢˋ∥ㄐㄧㄣ 中醫稱肌肉（通常指小腿部的腓腸肌）痙攣：轉筋霍亂。

【轉鈴】zhuànlíng ㄓㄨㄢˋ ㄌㄧㄥˊ （轉鈴兒）自行車車鈴的一種，按動時鈴蓋轉動發聲。

【轉爐】zhuànlú ㄓㄨㄢˋ ㄌㄨˊ 冶煉爐的一種，爐體有圓筒形、梨形等形狀，架在一個水平軸架上，可以轉動。用來煉鋼，也用來煉銅等。

【轉門】zhuànmén ㄓㄨㄢˋ ㄇㄣˊ 門扇能旋轉的門，由幾扇門扇連在中間的一個轉軸上構成。

【轉磨】zhuàn∥mò ㄓㄨㄢˋ∥ㄇㄛˋ 〈方〉繞着磨轉，也指着急時想不出辦法直轉圈子。

【轉盤】zhuànpán ㄓㄨㄢˋ ㄆㄢˊ ❶某些器械（如唱機）上能夠旋轉的圓盤。❷便於機車或其他在軌道上行駛的車輛掉轉方向的圓盤形設備，車輛開到圓盤上，用機器或人力轉動圓盤，使車輛對着要去的方向。❸指交叉路口中間的環形島。

【轉圈】zhuàn∥quān ㄓㄨㄢˋ∥ㄑㄩㄢ （轉圈兒）圍繞某一點運動：轉圈看了大家一眼｜我轉了三個圈兒也沒找着他。

【轉日蓮】zhuànrìlián ㄓㄨㄢˋ ㄖˋ ㄌㄧㄢˊ 〈方〉向日葵。

【轉速】zhuànsù ㄓㄨㄢˋ ㄙㄨˋ 轉動物體在單位時間內轉動的圈數。通常用每分鐘轉動的圈數來表示。

【轉台】zhuàntái ㄓㄨㄢˋ ㄊㄞˊ ❶中心部分能夠旋轉的舞台。在這種舞台上演出，能夠縮短換景的時間。❷餐桌上安放的較小的圓台，可以轉動，用來放菜盤等，使就餐方便。

【轉梯】zhuàntī ㄓㄨㄢˋ ㄊㄧ 台階呈扇形，沿着主軸旋轉而上的樓梯。

【轉彎子】zhuàn wān·zi ㄓㄨㄢˋ ㄨㄢ ·ㄗ 比喻說話不直截了當；不直爽：他心眼兒多，說話愛轉彎子。

另見1501頁 zhuǎn wān·zi。

【轉向】zhuàn∥xiàng ㄓㄨㄢˋ∥ㄒㄧㄤˋ 迷失方向：暈頭轉向。

另見1501頁 zhuǎn∥xiàng。

【轉椅】zhuànyǐ ㄓㄨㄢˋ ㄧˇ ❶一種能夠左右轉動的椅子。❷兒童體育活動器械，在轉盤上安上若干椅子，兒童坐在椅子上，隨着轉盤旋轉。

【轉悠】zhuàn·you ㄓㄨㄢˋ ·ㄧㄡ ❶轉動：眼珠子直轉悠。❷漫步；無目的地閑逛：星期天我上街轉悠了一下。‖也作轉遊。

【轉遊】zhuàn·you ㄓㄨㄢˋ ·ㄧㄡ 同'轉悠'。

【轉軸】zhuànzhóu ㄓㄨㄢˋ ㄓㄡˊ ❶能轉動的軸。❷〈方〉(轉軸兒) 比喻主意或心眼兒。

【轉子】zhuànzǐ ㄓㄨㄢˋ ㄗˇ 電機、渦輪機或泵中的轉動部分。

譔(谍) zhuàn ㄓㄨㄢˋ 同'撰'。

饌(馔) zhuàn ㄓㄨㄢˋ 〈書〉飯食：酒饌｜盛 (shèng) 饌。

囀(啭) zhuàn ㄓㄨㄢˋ 〈書〉鳥婉轉地叫：啼囀。

簒(篹) zhuàn ㄓㄨㄢˋ 〈書〉❶同'饌'。❷同'撰'。

另見1527頁 zuǎn。

zhuāng (ㄓㄨㄤ)

妝(妆、粧) zhuāng ㄓㄨㄤ ❶化妝：梳妝。❷女子身上的裝飾；演員的裝飾：紅妝｜卸妝。❸指嫁妝：妝奩｜送妝 (運送嫁妝)。

【妝奩】zhuānglián ㄓㄨㄤ ㄌㄧㄢˊ ❶女子梳妝用的鏡匣。❷借指嫁妝。

【妝飾】zhuāngshì ㄓㄨㄤ ㄕˋ ❶打扮：精心妝飾。❷打扮出來的樣子：妝飾俏麗。

【妝新】zhuāngxīn ㄓㄨㄤ ㄒㄧㄣ 〈方〉❶新婚前把新婚所用的衣服、被褥、枕頭等擺放在新房裏。❷指新婚時所用的衣服、被褥、枕頭等。

莊[1]〔荘〕(庄) zhuāng ㄓㄨㄤ ❶(莊兒) 村莊：莊戶｜農莊｜王家莊。❷封建社會裏君主、貴族等所佔有的成片土地：皇莊｜莊田｜莊園。❸規模較大或做批發生意的商店：錢莊｜布莊｜茶莊｜飯莊。❹莊家：做莊｜是誰的莊？❺ (Zhuāng) 姓。

莊[2]〔荘〕(庄) zhuāng ㄓㄨㄤ 莊重：莊嚴｜端莊｜亦莊亦諧。

【莊戶】zhuānghù ㄓㄨㄤ ㄏㄨˋ 指農戶：莊戶人｜莊戶人家。

【莊家】zhuāng·jia ㄓㄨㄤ ·ㄐㄧㄚ 某些牌戲或賭博中每一局的主持人。

【莊稼】zhuāng·jia ㄓㄨㄤ ·ㄐㄧㄚ 地裏長着的農作物 (多指糧食作物)。

【莊稼地】zhuāng·jiadì ㄓㄨㄤ ·ㄐㄧㄚ ㄉㄧˋ 田地；農田。

【莊稼漢】zhuāng·jiahàn ㄓㄨㄤ ·ㄐㄧㄚ ㄏㄢˋ 種莊稼的男人。

【莊稼活兒】zhuāng·jiahuór ㄓㄨㄤ ·ㄐㄧㄚ ㄏㄨㄛ ㄦˊ 農業生產工作 (多指田間勞動)。

【莊稼人】zhuāng·jiarén ㄓㄨㄤ ·ㄐㄧㄚ ㄖㄣˊ 種莊稼的人；農民。

【莊田】zhuāngtián ㄓㄨㄤ ㄊㄧㄢˊ ❶皇室、官僚、寺院等雇人耕種或租給佃戶的土地。❷田地；農田：千里平原好莊田。

【莊嚴】zhuāngyán ㄓㄨㄤ ㄧㄢˊ 莊重而嚴肅：態度莊嚴｜莊嚴地宣誓｜雄偉、莊嚴的人民英雄紀念碑。

【莊園】zhuāngyuán ㄓㄨㄤ ㄩㄢˊ 封建主佔有和經營的大片地產，包括一個或若干個村莊，基本上是自給自足的經濟單位。以歐洲中世紀早期的封建領主莊園最典型，我國封建時代皇室、貴族、大地主、寺院等佔有和經營的大田莊，也有叫莊園的。

【莊重】zhuāngzhòng ㄓㄨㄤ ㄓㄨㄥˋ (言語、舉止) 不隨便；不輕浮：態度莊重｜在嚴肅的場合你要放莊重點兒。

【莊子】zhuāng·zi ㄓㄨㄤ ·ㄗ ❶村莊：他是我們莊子裏的人。❷田莊。

裝[1](装) zhuāng ㄓㄨㄤ ❶修飾；打扮；化裝：裝飾｜裝點｜他裝老頭兒。❷服裝：新裝｜冬裝｜軍裝｜中山裝。❸行裝：整裝待發｜輕裝簡從。❹演員化裝時穿戴塗抹的東西：卸裝。❺假裝：裝模作樣｜不懂就是不懂，不要裝懂。

裝[2](装) zhuāng ㄓㄨㄤ ❶把東西放進器物內；把物品放在運輸工具上：裝箱｜裝車。❷裝配；安裝：裝訂｜裝電燈｜機器已經裝好了。

【裝扮】zhuāngbàn ㄓㄨㄤ ㄅㄢˋ ❶打扮：節日的廣場裝扮得分外美麗。❷化裝：他裝扮成算命先生進城偵察敵情。❸假裝：巫婆裝扮神仙欺騙人。

【裝備】zhuāngbèi ㄓㄨㄤ ㄅㄟˋ ❶配備 (武器、軍裝、器材、技術力量等)：這些武器可以裝備一個營。❷指配備的武器、軍裝、器材、技術力量等：現代化裝備。

【裝裱】zhuāngbiǎo ㄓㄨㄤ ㄅㄧㄠˇ 裱褙書畫並裝上軸子等：裝裱字畫。

【裝點】zhuāngdiǎn ㄓㄨㄤ ㄉㄧㄢˇ 裝飾點綴：裝點門面。

【裝訂】zhuāngdìng ㄓㄨㄤ ㄉㄧㄥˋ 把零散的書頁或紙張加工成本子：裝訂成冊｜裝訂車間。

【裝瘋賣傻】zhuāng fēng mài shǎ ㄓㄨㄤ ㄈㄥ ㄇㄞˋ ㄕㄚˇ 故意裝做瘋癲痴呆的樣子。

【裝裹】zhuāng·guo ㄓㄨㄤ ·ㄍㄨㄛ ❶給死人穿衣服。❷死人入殮時穿的衣服。

【裝潢】zhuānghuáng ㄓㄨㄤ ㄏㄨㄤˊ ❶裝飾物品使美觀 (原只指書畫，今不限)：裝潢門面｜牆上掛着紅木鏡框裝潢起來的名畫。❷物品的裝飾：這個茶葉罐的裝潢很講究。

【裝甲】zhuāngjiǎ ㄓㄨㄤ ㄐㄧㄚˇ ❶裝有防彈鋼板的：裝甲車｜裝甲艦。❷裝在車輛、船隻、飛機、碉堡等上面的防彈鋼板。

【裝甲兵】zhuāngjiǎbīng ㄓㄨㄤ ㄐㄧㄚˇ ㄅㄧㄥ 以坦克、自行火炮和裝甲輸送車為基本裝備的兵種。也稱這一兵種的士兵。也叫坦克兵。

【裝甲車】zhuāngjiǎchē ㄓㄨㄤ ㄐㄧㄚˇ ㄔㄜ 作戰用的裝有防彈鋼板和武器的汽車或列車。也叫鐵甲車。

【裝甲艦】zhuāngjiǎjiàn ㄓㄨㄤ ㄐㄧㄚˇ ㄐㄧㄢˋ 19世紀後半期出現的一種火力和防護力很強的軍艦。船殼是鋼質，火炮有炮塔防護，兩舷、甲板都有裝甲。也叫鐵甲艦。

【裝假】zhuāng∥jiǎ ㄓㄨㄤ∥ㄐㄧㄚˇ 實際不是那樣而裝做那樣：這孩子很老實，不會裝假。

【裝殮】zhuāngliàn ㄓㄨㄤ ㄌㄧㄢˋ 給死人穿好衣裳，放到棺材裏。

【裝門面】zhuāng mén·mian ㄓㄨㄤ ㄇㄣˊ·ㄇㄧㄢ 比喻為了表面好看而加以粉飾點綴。

【裝模作樣】zhuāng mú zuò yàng ㄓㄨㄤ ㄇㄨˊ ㄗㄨㄛˋ ㄧㄤˋ 故意做作，裝出某種樣子給人看。

【裝配】zhuāngpèi ㄓㄨㄤ ㄆㄟˋ 把零件或部件配成整體：裝配工｜裝配車間｜發電機已經裝配好了。

【裝配綫】zhuāngpèixiàn ㄓㄨㄤ ㄆㄟˋ ㄒㄧㄢˋ 在流水作業法的生產過程中，按次序在不同的工作區把各個零件或部件裝配成整體，這種工作組織叫裝配綫。

【裝腔作勢】zhuāng qiāng zuò shì ㄓㄨㄤ ㄑㄧㄤ ㄗㄨㄛˋ ㄕˋ 故意做作，裝出某種情態：我們應該老老實實地辦事，不要靠裝腔作勢來嚇人。

【裝神弄鬼】zhuāng shén nòng guǐ ㄓㄨㄤ ㄕㄣˊ ㄋㄨㄥˋ ㄍㄨㄟˇ ❶裝扮成鬼神(騙人)。❷比喻故弄玄虛：他裝神弄鬼糊弄人。

【裝飾】zhuāngshì ㄓㄨㄤ ㄕˋ ❶在身體或物體的表面加些附屬的東西，使美觀：裝飾品｜裝飾圖案｜她向來樸素，不愛裝飾。❷裝飾品：建築物上的各種裝飾都很精巧。

【裝束】zhuāngshù ㄓㄨㄤ ㄕㄨˋ ❶打扮：裝束樸素｜裝束入時。❷〈書〉整理行裝。

【裝蒜】zhuāng∥suàn ㄓㄨㄤ∥ㄙㄨㄢˋ 裝糊塗；裝腔作勢：你比誰都明白，別裝蒜啦！

【裝相】zhuāng∥xiāng ㄓㄨㄤ∥ㄒㄧㄤ (裝相兒) 裝模作樣。

【裝卸】zhuāngxiè ㄓㄨㄤ ㄒㄧㄝˋ ❶裝到運輸工具上和從運輸工具上卸下：裝卸貨物。❷裝配和拆卸：他會裝卸自行車。

【裝修】zhuāngxiū ㄓㄨㄤ ㄒㄧㄡ ❶在房屋工程上抹面、粉刷並安裝門窗、水電等設備：裝修門面｜內部裝修，暫停營業。❷房屋工程上抹的保護層和安裝的門窗、水電等設備。

【裝樣子】zhuāng yàng·zi ㄓㄨㄤ ㄧㄤˋ·ㄗ 裝模作樣。

【裝運】zhuāngyùn ㄓㄨㄤ ㄩㄣˋ 裝載並運輸：裝運貨物。

【裝載】zhuāngzài ㄓㄨㄤ ㄗㄞˋ 用運輸工具裝(人或物)。

【裝幀】zhuāngzhēn ㄓㄨㄤ ㄓㄣ 指書畫、書刊的裝潢設計(書刊的裝幀包括封面、版面、插圖、裝訂形式等設計)：裝幀考究。

【裝置】zhuāngzhì ㄓㄨㄤ ㄓˋ ❶安裝：降溫設備已經裝置好了。❷機器、儀器或其他設備中，構造較複雜並具有某種獨立的功用的物件：自動化裝置。

樁(桩) zhuāng ㄓㄨㄤ ❶樁子：木樁｜橋樁｜打樁｜拴馬樁。❷量詞，件(用於事情)：一樁心事。

【樁子】zhuāng·zi ㄓㄨㄤ·ㄗ 一端或全部埋在土中的柱形物，多用於建築或做分界的標誌。

zhuǎng (ㄓㄨㄤˇ)

奘 zhuǎng ㄓㄨㄤˇ 〈方〉粗而大：身高腰奘｜這棵樹很奘。

另見1426頁 zàng。

zhuàng (ㄓㄨㄤˋ)

壯[1](壮) zhuàng ㄓㄨㄤˋ ❶強壯：健壯｜身體壯｜年輕力壯。❷雄壯；大：壯觀｜壯志｜理直氣壯。❸加強；使壯大：以壯聲勢｜壯壯膽子。❹中醫艾灸，一灼叫一壯。

壯[2](壮) Zhuàng ㄓㄨㄤˋ 壯族。原作僮。

【壯大】zhuàngdà ㄓㄨㄤˋ ㄉㄚˋ ❶變得強大：力量日益壯大。❷使強大：壯大隊伍。❸強壯粗大：手腳壯大。

【壯膽】zhuàng∥dǎn ㄓㄨㄤˋ∥ㄉㄢˇ 使膽大：走夜路唱歌，自己給自己壯膽。

【壯丁】zhuàngdīng ㄓㄨㄤˋ ㄉㄧㄥ 舊時指青壯年的男子(多指達到當兵年齡的人)。

【壯工】zhuànggōng ㄓㄨㄤˋ ㄍㄨㄥ 從事簡單體力勞動的沒有專門技術的工人。

【壯觀】zhuàngguān ㄓㄨㄤˋ ㄍㄨㄢ ❶雄偉的景象：這大自然的壯觀，是我從來沒有見過的。❷景象雄偉：用數不清的紅旗裝飾起來的長江大橋，顯得格外壯觀。

【壯懷】zhuànghuái ㄓㄨㄤˋ ㄏㄨㄞˊ 〈書〉豪放的胸懷；壯志：仰天長嘯，壯懷激烈。

【壯健】zhuàngjiàn ㄓㄨㄤˋ ㄐㄧㄢˋ 健壯：身體壯健。

【壯錦】zhuàngjǐn ㄓㄨㄤˋ ㄐㄧㄣˇ 壯族婦女用手工編織的錦，經綫一般用白色棉紗，緯綫用彩色絲絨。

【壯舉】zhuàngjǔ ㄓㄨㄤˋ ㄐㄩˇ 偉大的舉動；壯烈的行為：史無前例的壯舉。

【壯闊】zhuàngkuò ㄓㄨㄤˋ ㄎㄨㄛˋ ❶雄壯而寬廣：波瀾壯闊。❷宏偉；宏大：規模壯闊。

【壯麗】zhuànglì ㄓㄨㄤˋ ㄌㄧˋ 雄壯而美麗：山河壯麗。

【壯烈】zhuàngliè ㄓㄨㄤˋ ㄌㄧㄝˋ 勇敢有氣節：壯烈犧牲。

【壯年】zhuàngnián ㄓㄨㄤˋ ㄋㄧㄢˊ 三四十歲的年紀。

【壯士】zhuàngshì ㄓㄨㄤˋ ㄕˋ 豪壯而勇敢的人。

【壯實】zhuàng·shi ㄓㄨㄤˋ ·ㄕ (身體) 強壯結實：這小夥子長得多壯實！

【壯戲】zhuàngxì ㄓㄨㄤˋ ㄒㄧˋ 壯族戲曲劇種之一，流行於廣西壯族自治區和雲南壯族聚居地區。由壯族山歌、説唱發展而成。

【壯心】zhuàngxīn ㄓㄨㄤˋ ㄒㄧㄣ 壯志：壯心不已。

【壯志】zhuàngzhì ㄓㄨㄤˋ ㄓˋ 偉大的志向：雄心壯志｜壯志凌雲｜壯志未酬。

【壯族】Zhuàngzú ㄓㄨㄤˋ ㄗㄨˊ 我國少數民族之一，分佈在廣西和雲南、廣東。

狀 (狀) zhuàng ㄓㄨㄤˋ ❶形狀；樣子：狀態｜奇形怪狀｜驚恐萬狀。❷情況：狀況｜病狀｜罪狀。❸陳述或描摹：狀語｜不可名狀。❹陳述事件或記載事迹的文字：供狀｜行狀。❺指訴狀：狀紙｜告狀。❻褒獎、委任等文件：獎狀｜委任狀。

【狀況】zhuàngkuàng ㄓㄨㄤˋ ㄎㄨㄤˋ 情形：經濟狀況｜健康狀況。

【狀態】zhuàngtài ㄓㄨㄤˋ ㄊㄞˋ 人或事物表現出來的形態：心理狀態｜液體狀態｜病人處於昏迷狀態。

【狀語】zhuàngyǔ ㄓㄨㄤˋ ㄩˇ 動詞、形容詞前邊的表示狀態、程度、時間、處所等等的修飾成分。形容詞、副詞、時間詞、處所詞都可以做狀語。例如'你仔細看'的'仔細'(狀態)，'天很熱'的'很'(程度)，'我前天來的'的'前天'(時間)，'你這兒坐'的'這兒'(處所)。狀語有時候可以放在主語前邊，例如'昨天我沒有出門'的'昨天'，'忽然他對我笑了笑'的'忽然'。

【狀元】zhuàng·yuan ㄓㄨㄤˋ ·ㄩㄢ ❶科舉時代的一種稱號。唐代稱進士科及第的第一人，有時也泛稱新進士。宋代主要指第一名，有時也用於第二、三名。元代以後限於稱殿試一甲 (第一等) 第一名。❷比喻在本行業中成績最好的人：養雞狀元｜行行出狀元。

【狀紙】zhuàngzhǐ ㄓㄨㄤˋ ㄓˇ ❶印有規定格式供寫訴狀用的紙。❷訴狀。

【狀子】zhuàng·zi ㄓㄨㄤˋ ·ㄗ 訴狀。

僮 Zhuàng ㄓㄨㄤˋ 我國少數民族壯族的壯字原作僮。

另見1148頁 tóng'童'。

撞 zhuàng ㄓㄨㄤˋ ❶運動着的物體跟別的物體猛然碰上：撞鐘｜別讓汽車撞上｜兩個人撞了個滿懷。❷碰見：不想見他，偏撞上他。❸試探：撞運氣。❹莽撞地行動；闖：橫衝直撞。

【撞車】zhuàng//chē ㄓㄨㄤˋ//ㄔㄜ ❶車輛相撞：撞車事故。❷比喻互相矛盾；互相衝突：安排不周，兩個會撞車了。

【撞擊】zhuàngjī ㄓㄨㄤˋ ㄐㄧ 撞①：波浪撞擊岩石◇這突如其來的消息猛烈地撞擊着她的心扉。

【撞見】zhuàngjiàn ㄓㄨㄤˋ ㄐㄧㄢˋ 碰見。

【撞騙】zhuàngpiàn ㄓㄨㄤˋ ㄆㄧㄢˋ 到處找機會行騙：招搖撞騙。

【撞牆】zhuàng//qiáng ㄓㄨㄤˋ//ㄑㄧㄤˊ 比喻碰壁。

【撞鎖】zhuàng//suǒ ㄓㄨㄤˋ//ㄙㄨㄛˇ 上門找人時，人不在家，門鎖着，叫做撞鎖。

【撞鎖】zhuàngsuǒ ㄓㄨㄤˋ ㄙㄨㄛˇ 安在門上的一種鎖，把門一關不必用鑰匙就能鎖上。也叫碰鎖。

【撞針】zhuàngzhēn ㄓㄨㄤˋ ㄓㄣ 槍炮裏撞擊子彈或炮彈底火的機件。

幢 zhuàng ㄓㄨㄤˋ 〈方〉量詞，房屋一座叫一幢。

另見180頁 chuáng。

戇 (戇) zhuàng ㄓㄨㄤˋ 〈書〉戇直。

另見377頁 gàng。

【戇直】zhuàngzhí ㄓㄨㄤˋ ㄓˊ 憨厚而剛直：為人戇直。

zhuī (ㄓㄨㄟ)

隹 zhuī ㄓㄨㄟ 古書上指短尾巴的鳥。

追 zhuī ㄓㄨㄟ ❶追趕：追兵｜急起直追。❷追究：追問｜追贓｜一定要把這事的根底追出來。❸追求：追名逐利｜兩個小夥子都在追這位姑娘。❹回溯：追念｜追悼｜追述。❺事後補辦：追加｜追認。

【追奔逐北】zhuī bēn zhú běi ㄓㄨㄟ ㄅㄣ ㄓㄨˊ ㄅㄟˇ 追擊敗逃的敵軍。也説追亡逐北。

【追逼】zhuībī ㄓㄨㄟ ㄅㄧ ❶追趕進逼：敵軍不戰而逃，我軍乘勝追逼。❷用強迫的方式追究或索取：追逼債款｜追逼他説出實情。

【追捕】zhuībǔ ㄓㄨㄟ ㄅㄨˇ 追趕捉拿：追捕逃犯。

【追補】zhuībǔ ㄓㄨㄟ ㄅㄨˇ ❶在原有的數額以外再增加；追加：追補預算。❷事後補償：不可追補的遺憾。

【追查】zhuīchá ㄓㄨㄟ ㄔㄚˊ 根據事故發生的經過進行調查：追查責任｜追查事故原因。

【追悼】zhuīdào ㄓㄨㄟ ㄉㄠˋ 沉痛地懷念（死者）：追悼會｜追悼死難烈士。

【追肥】zhuī∥féi ㄓㄨㄟ∥ㄈㄟˊ 在農作物生長期內施肥。

【追肥】zhuīféi ㄓㄨㄟ ㄈㄟˊ 在農作物生長期內施的肥。

【追趕】zhuīgǎn ㄓㄨㄟ ㄍㄢˇ ❶加快速度趕上前去打擊或捉住：追趕敵人｜追趕野兔。❷加快速度趕上（前面的人或事物）：追趕部隊｜追趕世界先進水平。

【追根】zhuīgēn ㄓㄨㄟ ㄍㄣ 追究根源：追根究底｜追根溯源｜這孩子甚麼事都愛追根。

【追懷】zhuīhuái ㄓㄨㄟ ㄏㄨㄞˊ 回憶；追念：追懷往事。

【追悔】zhuīhuǐ ㄓㄨㄟ ㄏㄨㄟˇ 追溯以往，感到悔恨：追悔莫及。

【追擊】zhuījī ㄓㄨㄟ ㄐㄧ 追趕着攻擊：乘勝追擊。

【追記】zhuījì ㄓㄨㄟ ㄐㄧˋ ❶在人死後給他記上（功勛）：為烈士追記特等功。❷事後記錄或記載：會後，他追記了幾個發言的主要內容。❸事後的記載（多用做文章標題）：世界杯足球賽追記。

【追加】zhuījiā ㄓㄨㄟ ㄐㄧㄚ 在原定的數額以外再增加：追加預算｜追加基本建設投資。

【追繳】zhuījiǎo ㄓㄨㄟ ㄐㄧㄠˇ 勒令繳回（非法所得的財物）：追繳贓款。

【追究】zhuījiū ㄓㄨㄟ ㄐㄧㄡ 追問（根由）；追查（原因、責任等）：追究原由｜追究責任｜不予追究。

【追求】zhuīqiú ㄓㄨㄟ ㄑㄧㄡˊ ❶用積極的行動來爭取達到某種目的：追求真理｜追求進步｜追求名利。❷特指向異性求愛。

【追認】zhuīrèn ㄓㄨㄟ ㄖㄣˋ ❶事後認可某項法令、決議等。❷批准某人生前提出的參加黨、團組織的要求。

【追述】zhuīshù ㄓㄨㄟ ㄕㄨˋ 述説過去的事情：王大爺向孩子們追述當時的歡樂情景。

【追思】zhuīsī ㄓㄨㄟ ㄙ 追想；回想：追思往事。

【追訴】zhuīsù ㄓㄨㄟ ㄙㄨˋ 司法機關或有告訴權的人對有犯罪行為的人在其犯罪後一定期限內，依法提起訴訟，追究刑事責任。

【追溯】zhuīsù ㄓㄨㄟ ㄙㄨˋ 逆流而上，向江河發源處走，比喻探索事物的由來：兩國交往的歷史可以追溯到許多世紀以前。

【追隨】zhuīsuí ㄓㄨㄟ ㄙㄨㄟˊ 跟隨：追隨左右｜追隨潮流。

【追尾】zhuīwěi ㄓㄨㄟ ㄨㄟˇ 機動車在行駛中，後一輛車的前部撞上前一輛車的尾部：保持車距，嚴防追尾。

【追問】zhuīwèn ㄓㄨㄟ ㄨㄣˋ 追根究底地問：追問下落｜他既然不知道，就不必再追問了。

【追想】zhuīxiǎng ㄓㄨㄟ ㄒㄧㄤˇ 追憶；回憶。

【追敍】zhuīxù ㄓㄨㄟ ㄒㄩˋ ❶追述。❷寫作的一種手法，先寫出結果，然後再倒回頭去敍述經過。

【追尋】zhuīxún ㄓㄨㄟ ㄒㄩㄣˊ 跟踪尋找：追尋走散的同伴◇追尋美好的人生。

【追憶】zhuīyì ㄓㄨㄟ ㄧˋ 回憶：追憶往事，歷歷在目。

【追贓】zhuī∥zāng ㄓㄨㄟ∥ㄗㄤ 勒令罪犯繳回贓款、贓物。

【追贈】zhuīzèng ㄓㄨㄟ ㄗㄥˋ 在人死後授予某種官職、稱號等。

【追逐】zhuīzhú ㄓㄨㄟ ㄓㄨˊ ❶追趕：追逐野獸。❷追求：追逐名利。

【追踪】zhuīzōng ㄓㄨㄟ ㄗㄨㄥ 按踪迹或綫索追尋：邊防戰士沿着腳印追踪潛入國境的人。

椎 zhuī ㄓㄨㄟ 椎骨：脊椎｜頸椎｜胸椎。另見183頁 chuí。

【椎骨】zhuīgǔ ㄓㄨㄟ ㄍㄨˇ 構成脊柱的短骨，根據所處部位，依次分為頸椎、胸椎、腰椎、骶椎和尾椎。除第一、二頸椎外，每兩椎骨中間有一椎間盤。人的椎骨共有33塊，即頸椎7塊，胸椎12塊，腰椎5塊，骶椎5塊，尾椎4塊。通稱脊椎骨。

【椎間盤】zhuījiānpán ㄓㄨㄟ ㄐㄧㄢ ㄆㄢˊ 連接相鄰兩個椎骨椎體的圓盤狀軟墊，中央是灰白色富有彈性的膠狀物，四周是堅韌的軟骨環。有承受壓力、緩衝震盪並使脊柱能活動等作用。

錐（锥） zhuī ㄓㄨㄟ ❶錐子。❷形狀像錐子的東西：冰錐｜圓錐體。❸用錐子或錐子形的工具鑽：上鞋時先用錐子錐個眼兒。

【錐處囊中】zhuī chǔ náng zhōng ㄓㄨㄟ ㄔㄨˇ ㄋㄤˊ ㄓㄨㄥ 錐子放在口袋裏，錐尖就會露出來。比喻有才智的人終能顯露頭角，不會長久被埋沒。

【錐度】zhuīdù ㄓㄨㄟ ㄉㄨˋ ❶柱形物體的橫剖面向一端逐漸縮小的形式。也叫梢（sào）。❷橫剖面縮小的數值，如錐度1：50，即每長50個單位縮小1個單位。

【錐子】zhuī·zi ㄓㄨㄟ ·ㄗ 有尖頭的用來鑽孔的工具。

騅（骓） zhuī ㄓㄨㄟ 〈書〉毛色青白相雜的馬。

zhuì（ㄓㄨㄟˋ）

惴 zhuì ㄓㄨㄟˋ 〈書〉形容又發愁又害怕的樣子：惴慄｜惴惴不安。

【惴慄】zhuìlì ㄓㄨㄟˋ ㄌㄧˋ 〈書〉恐懼戰慄。

膇 zhuì ㄓㄨㄟˋ 〈書〉腳腫。

綴(缀) zhuì ㄓㄨㄟˋ ❶用針綫等使連起來：綴網｜補綴｜你的袖子破了，我給你綴上兩針。❷〈書〉組合字句篇章：綴輯｜綴字成文。❸裝飾：點綴。

【綴合】zhuìhé ㄓㄨㄟˋ ㄏㄜˊ 連綴；組合：作者把幾件事稍加鋪張：綴合成篇。

【綴文】zhuìwén ㄓㄨㄟˋ ㄨㄣˊ 〈書〉寫文章；作文。

醊 zhuì ㄓㄨㄟˋ 〈書〉祭奠。

墜(坠) zhuì ㄓㄨㄟˋ ❶落：墜馬｜墜樓｜搖搖欲墜。❷(沈重的東西)往下垂；垂在下面：石榴把樹枝墜得彎彎的｜他的心裏像墜上了千斤的石頭。❸(墜兒)垂在下面的東西：扇墜兒｜耳墜兒。

【墜地】zhuìdì ㄓㄨㄟˋ ㄉㄧˋ 〈書〉指小孩子初生：呱呱(gūgū)墜地。

【墜毀】zhuìhuǐ ㄓㄨㄟˋ ㄏㄨㄟˇ (飛機等)落下來毀壞。

【墜落】zhuìluò ㄓㄨㄟˋ ㄌㄨㄛˋ 落；掉：隕星墜落｜被擊中的敵機冒着黑烟，墜落在大海裏。

【墜琴】zhuìqín ㄓㄨㄟˋ ㄑㄧㄣˊ 弦樂器，有蟒皮面和桐木板面兩種。前者琴筒像四胡而較短，後者琴筒像小三弦。原來是河南墜子的專用樂器，後來逐漸用於其他曲藝、戲曲等。也叫墜子、墜胡、二弦。

【墜子】[1] zhuì·zi ㄓㄨㄟˋ ·ㄗ 〈方〉墜③，也專指耳墜子。

【墜子】[2] zhuì·zi ㄓㄨㄟˋ ·ㄗ ❶流行於河南的一種曲藝，因主要伴奏樂器是墜琴而得名。通稱河南墜子。❷墜琴。

錣(锇) zhuì ㄓㄨㄟˋ 〈書〉趕馬杖上端用來刺馬的鐵針。

縋(缒) zhuì ㄓㄨㄟˋ 用繩子拴住人或東西從上往下送：縋城而出｜從陽台上把籃子縋下來。

贅(赘) zhuì ㄓㄨㄟˋ ❶多餘的；無用的：累贅｜贅疣｜贅言。❷入贅；招女婿：贅婿｜招贅。❸〈方〉使受累贅：孩子多了真贅人。

【贅瘤】zhuìliú ㄓㄨㄟˋ ㄌㄧㄡˊ 贅疣②。

【贅述】zhuìshù ㄓㄨㄟˋ ㄕㄨˋ 多餘地敍述：不須贅述。

【贅婿】zhuìxù ㄓㄨㄟˋ ㄒㄩˋ 入贅的女婿。

【贅言】zhuìyán ㄓㄨㄟˋ ㄧㄢˊ 〈書〉❶説不必要的話；贅述：不再贅言。❷不必要的話。

【贅疣】zhuìyóu ㄓㄨㄟˋ ㄧㄡˊ ❶疣。❷比喻多餘而無用的東西。

zhūn (ㄓㄨㄣ)

屯 zhūn ㄓㄨㄣ［屯邅］(zhūnzhān ㄓㄨㄣ ㄓㄢ)〈書〉同'迍邅'(zhūnzhān)。另見1164頁 tún。

迍 zhūn ㄓㄨㄣ［迍邅］(zhūnzhān ㄓㄨㄣ ㄓㄢ)〈書〉❶形容遲遲不進：迍邅途次。❷困頓不得志：迍邅坎坷。‖也作屯邅。

肫[1] zhūn ㄓㄨㄣ 〈書〉誠懇：肫摯｜肫肫(誠懇的樣子)。

肫[2] zhūn ㄓㄨㄣ 鳥類的胃：雞肫｜鴨肫。

窀 zhūn ㄓㄨㄣ［窀穸］(zhūnxī ㄓㄨㄣ ㄒㄧ)〈書〉墓穴。

諄(谆) zhūn ㄓㄨㄣ 懇切：諄囑。

【諄諄】zhūnzhūn ㄓㄨㄣ ㄓㄨㄣ 形容懇切教導：諄諄告誡｜諄諄囑咐｜言者諄諄，聽者藐藐(説的人很誠懇，聽的人卻不放在心上)。

衠 zhūn ㄓㄨㄣ 〈方〉純粹；純。

zhǔn (ㄓㄨㄣˇ)

准 zhǔn ㄓㄨㄣˇ 准許：批准｜不准遲到或早退。

另見1507頁 zhǔn'準'。

【准許】zhǔnxǔ ㄓㄨㄣˇ ㄒㄩˇ 同意人的要求：准許通行｜准許辦理出境手續。

【准予】zhǔnyǔ ㄓㄨㄣˇ ㄩˇ 公文用語，表示准許：成績合格，准予畢業。

埻 zhǔn ㄓㄨㄣˇ 〈書〉箭靶的中心。

準(准) zhǔn ㄓㄨㄣˇ ❶標准：準繩｜水準｜準則｜以此為準。❷依據；依照：準此辦理。❸準確：瞄準｜鐘走得不準｜他投球很準。❹一定：我明天準去｜他不準能來｜任務準能完成。❺程度上雖不完全夠，但可以作為某類事物看待的：準將｜準平原。

'准'另見1507頁 zhǔn。

【準保】zhǔnbǎo ㄓㄨㄣˇ ㄅㄠˇ 副詞，表示可以肯定或保證：準保沒錯兒｜他準保不會來。

【準備】zhǔnbèi ㄓㄨㄣˇ ㄅㄟˋ ❶預先安排或籌劃：精神準備｜準備發言提綱｜準備一個空箱子放書。❷打算：春節我準備回家｜昨天我本來準備去看你，因為臨時有事沒去成。

【準點】zhǔndiǎn ㄓㄨㄣˇ ㄉㄧㄢˇ (準點兒)準時。

【準定】zhǔndìng ㄓㄨㄣˇ ㄉㄧㄥˋ 副詞，表示可以肯定；一定：吃下這藥準定會好｜我準定去，你就放心好了。

【準稿子】zhǔngǎo·zi ㄓㄨㄣˇ ㄍㄠˇ ·ㄗ 準譜兒：辦事心裏要有個準稿子才行。

【準話】zhǔnhuà ㄓㄨㄣˇ ㄏㄨㄚˋ (準話兒)確定的話：甚麼時候定好日子，我再給您個準話。

【準將】zhǔnjiàng ㄓㄨㄣˇ ㄐㄧㄤˋ 某些國家軍銜的一級，在少將之下，校官之上。

【準平原】zhǔnpíngyuán ㄓㄨㄣˇ ㄆㄧㄥˊ ㄩㄢˊ 隆

起的地面經長期剝蝕而形成的平原。

【準譜兒】zhǔnpǔr ㄓㄨㄣˇ ㄆㄨㄦˇ 準兒：下一步怎麼個搞法兒，至今還沒準譜兒。

【準確】zhǔnquè ㄓㄨㄣˇ ㄑㄩㄝˋ 行動的結果完全符合實際或預期：準確性｜計算準確｜準確地擊中目標。

【準兒】zhǔnr ㄓㄨㄣㄦˇ 確定的主意、方式、規律等（大多用在'有、沒有'後面）：心裏有準兒｜他到底來不來，還沒有準兒。

【準繩】zhǔnshéng ㄓㄨㄣˇ ㄕㄥˊ 測定平直的器具，比喻言論、行動等所依據的原則或標準。

【準時】zhǔnshí ㄓㄨㄣˇ ㄕˊ 按規定的時間：準時出席｜列車準時到達。

【準頭】zhǔn·tou ㄓㄨㄣˇ ·ㄊㄡ （準頭兒）射擊、說話等的準確性：槍法挺有準頭｜說話沒個準頭。

【準尉】zhǔnwèi ㄓㄨㄣˇ ㄨㄟˋ 某些國家軍銜的一級，在上士之上，少尉之下。

【準信】zhǔnxìn ㄓㄨㄣˇ ㄒㄧㄣˋ （準信兒）準確可靠的消息：你哪天能來，趕快給我個准信。

【準星】zhǔnxīng ㄓㄨㄣˇ ㄒㄧㄥ ❶秤上的定盤星◇他心眼兒太活，說話沒準星。❷槍上瞄準裝置的一部分，在槍口上端。

【準則】zhǔnzé ㄓㄨㄣˇ ㄗㄜˊ 言論、行動等所依據的原則：行動準則｜國際關係準則。

zhuō（ㄓㄨㄛ）

拙 zhuō ㄓㄨㄛ ❶笨：手拙｜眼拙｜勤能補拙｜弄巧成拙｜拙於言辭。❷謙辭，稱自己的（文章、見解等）：拙著｜拙作｜拙見。

【拙笨】zhuōbèn ㄓㄨㄛ ㄅㄣˋ 笨拙：口齒拙笨。

【拙筆】zhuōbǐ ㄓㄨㄛ ㄅㄧˇ 謙辭，稱自己的文字或書畫。

【拙見】zhuōjiàn ㄓㄨㄛ ㄐㄧㄢˋ 謙辭，稱自己的見解。

【拙劣】zhuōliè ㄓㄨㄛ ㄌㄧㄝˋ 笨拙而低劣：文筆拙劣｜拙劣的表演。

【拙澀】zhuōsè ㄓㄨㄛ ㄙㄜˋ 拙劣晦澀：譯文拙澀。

捉 zhuō ㄓㄨㄛ ❶握；抓：捉筆｜捉襟見肘。❷使人或動物落入自己的手中：捕捉｜活捉｜捉拿｜捉賊｜貓捉老鼠。

【捉刀】zhuōdāo ㄓㄨㄛ ㄉㄠ 〈書〉曹操叫崔琰（yǎn）代替自己接見匈奴使臣，自己卻持刀站立牀頭。接見完畢，叫人問匈奴使臣：'魏王何如？'回答說：'魏王雅望非常，然牀頭捉刀人，此乃英雄也。'（見於《世說新語·容止》）後來把代別人做文章叫捉刀。

【捉對】zhuōduì ㄓㄨㄛ ㄉㄨㄟˋ （捉對兒）一個對一個；兩兩成對：捉對廝殺。

【捉姦】zhuō//jiān ㄓㄨㄛ//ㄐㄧㄢ 捉拿正在通姦的人：捉姦捉雙。

【捉襟見肘】zhuō jīn jiàn zhǒu ㄓㄨㄛ ㄐㄧㄣ ㄐㄧㄢˋ ㄓㄡˇ 拉一下衣襟就露出胳膊肘兒，形容衣服破爛。也比喻困難重重，應付不過來。

【捉迷藏】zhuō mícáng ㄓㄨㄛ ㄇㄧˊ ㄘㄤˊ ❶兒童遊戲，一人蒙住眼睛，摸索着去捉在他身邊來回躲避的人。❷比喻言語、行為故意迷離恍惚，使人難以捉摸：你直截了當地說吧，不要跟我捉迷藏了。

【捉摸】zhuōmō ㄓㄨㄛ ㄇㄛ 猜測；預料（多用於否定句）：難以捉摸｜捉摸不定。注意 反復思索的意思應該作'琢磨'（zuó·mo）。

【捉拿】zhuōná ㄓㄨㄛ ㄋㄚˊ 捉（犯人）：捉拿兇手｜捉拿逃犯。

【捉弄】zhuōnòng ㄓㄨㄛ ㄋㄨㄥˋ 對人開玩笑，使為難：你別捉弄人，我才不上你的當呢！

桌 zhuō ㄓㄨㄛ ❶（桌兒）桌子：書桌｜餐桌｜八仙桌｜桌椅板凳。❷量詞：一桌菜｜三桌客人。

【桌布】zhuōbù ㄓㄨㄛ ㄅㄨˋ 鋪在桌面上做裝飾和保護用的布或類似布的東西。

【桌燈】zhuōdēng ㄓㄨㄛ ㄉㄥ 枱燈。

【桌面】zhuōmiàn ㄓㄨㄛ ㄇㄧㄢˋ （桌面兒）桌子的面兒，包括固定的和活動的：圓桌面兒｜桌面兒是大理石的。

【桌面兒上】zhuōmiànr·shang ㄓㄨㄛ ㄇㄧㄢㄦˋ ·ㄕㄤ 比喻互相應酬或公開商量的場合：桌面兒的話（聽起來既有理由而又不失身份的話）｜有甚麼問題最好擺到桌面兒上來談。

【桌椅板凳】zhuō yǐ bǎndèng ㄓㄨㄛ ㄧˇ ㄅㄢˇ ㄉㄥˋ 泛指一般的傢具。

【桌子】zhuō·zi ㄓㄨㄛ ·ㄗ 傢具，上有平面，下有支柱，在上面放東西或做事情：一張桌子。

倬 zhuō ㄓㄨㄛ 〈書〉顯著；大。

棁 zhuō ㄓㄨㄛ 〈書〉樑上的短柱。

涿 zhuō ㄓㄨㄛ 涿州（Zhuōzhōu ㄓㄨㄛ ㄓㄡ），涿鹿（Zhuōlù ㄓㄨㄛ ㄌㄨˋ），地名，都在河北。

焯 zhuō ㄓㄨㄛ 〈書〉明顯；明白。另見134頁 chāo。

鐯〔鐯〕（锗） zhuō ㄓㄨㄛ 〈方〉（用鎬）刨地或刨茬兒：鐯玉米｜鐯高粱。

【鐯鈎】zhuō·gou ㄓㄨㄛ ·ㄍㄡ 〈方〉鎬。

zhuó（ㄓㄨㄛˊ）

灼 zhuó ㄓㄨㄛˊ ❶火燒；火燙：燒灼｜灼傷。❷明亮。

【灼見】zhuójiàn ㄓㄨㄛˊ ㄐㄧㄢˋ 透徹的見解：真知灼見。

【灼熱】zhuórè ㄓㄨㄛˊ ㄖㄜˋ 像火燒着、燙着那

棣熱：灼熱的煉鋼爐。
【灼灼】zhuózhuó ㄓㄨㄛˊ ㄓㄨㄛˊ 〈書〉形容明亮：目光灼灼。
茁〔茁〕 zhuó ㄓㄨㄛˊ (草木)發芽，也指植物旺盛生長：茁壯。
【茁實】zhuó·shi ㄓㄨㄛˊ·ㄕ 〈方〉壯實。
【茁長】zhuózhǎng ㄓㄨㄛˊ ㄓㄤˇ (植物、動物)茁壯地生長：兩岸花草叢生，竹林茁長。
【茁壯】zhuózhuàng ㄓㄨㄛˊ ㄓㄨㄤˋ (年輕人、孩子、動植物)強壯；健壯：一代新人茁壯成長｜託兒所裏的孩子們又茁壯又活潑｜牛羊茁壯｜小麥長得十分茁壯。
卓 zhuó ㄓㄨㄛˊ ❶高而直：卓立。❷高明：卓見。❸(Zhuó)姓。
【卓爾不群】zhuó'ěr bù qún ㄓㄨㄛˊ ㄦˇ ㄅㄨˋ ㄑㄩㄣˊ 優秀卓越，超出常人。
【卓見】zhuójiàn ㄓㄨㄛˊ ㄐㄧㄢˋ 高明的見解。
【卓絕】zhuójué ㄓㄨㄛˊ ㄐㄩㄝˊ 程度達到極點，超過一切：英勇卓絕｜堅苦卓絕。
【卓犖】zhuóluò ㄓㄨㄛˊ ㄌㄨㄛˋ 〈書〉超絕：英才卓犖。也作卓躒。
【卓躒】zhuóluò ㄓㄨㄛˊ ㄌㄨㄛˋ 〈書〉同'卓犖'。
【卓然】zhuórán ㄓㄨㄛˊ ㄖㄢˊ 卓越：成績卓然。
【卓識】zhuóshí ㄓㄨㄛˊ ㄕˊ 卓越的見識：遠見卓識。
【卓異】zhuóyì ㄓㄨㄛˊ ㄧˋ 高出於一般；與眾不同：政績卓異。
【卓有成效】zhuó yǒu chéngxiào ㄓㄨㄛˊ ㄧㄡˇ ㄔㄥˊ ㄒㄧㄠˋ 成績、效果顯著。
【卓越】zhuóyuè ㄓㄨㄛˊ ㄩㄝˋ 非常優秀，超出一般：卓越的成就｜卓越的貢獻｜卓越的科學家。
【卓著】zhuózhù ㄓㄨㄛˊ ㄓㄨˋ 突出地好：成效卓著｜戰功卓著｜信譽卓著。
斫 zhuó ㄓㄨㄛˊ 用刀斧砍。
酌 zhuó ㄓㄨㄛˊ ❶斟(酒)；飲(酒)：對酌｜自斟自酌。❷〈書〉酒飯：菲酌｜便酌。❸斟酌；考慮：酌辦｜酌定｜酌情｜酌予答復｜酌加修改。
【酌量】zhuó·liáng ㄓㄨㄛˊ·ㄌㄧㄤˊ 斟酌；估量：酌量補助｜酌量調撥｜你酌量着辦吧。
【酌情】zhuóqíng ㄓㄨㄛˊ ㄑㄧㄥˊ 斟酌情況：酌情處理。
浞 zhuó ㄓㄨㄛˊ 淋；使濕：讓雨浞了｜一瀡雨，桌子上的書全浞濕了。
著[1]〔著〕 zhuó ㄓㄨㄛˊ 同'着[1]'(zhuó)。
著[2]〔著〕 zhuó ㄓㄨㄛˊ 同'着[2]'(zhuó)。另見1450頁·zhe；1496頁zhù。
啄 zhuó ㄓㄨㄛˊ 鳥類用嘴取食物：啄食｜雞啄米。
【啄木鳥】zhuómùniǎo ㄓㄨㄛˊ ㄇㄨˋ ㄋㄧㄠˇ 鳥，腳短，趾端有銳利的爪，善於攀緣樹木，嘴尖而直，能啄開木頭，用細長而尖端有鈎的舌頭捕食樹洞裏的蟲，尾羽粗硬，啄木時支撐身體。是益鳥。也叫鴷。
琢 zhuó ㄓㄨㄛˊ 雕刻玉石，使成器物：精雕細琢｜玉不琢，不成器｜翡翠琢成的小壺。
另見1530頁 zuó。
【琢磨】zhuómó ㄓㄨㄛˊ ㄇㄛˊ ❶雕刻和打磨(玉石)。❷加工使精美(指文章等)。
另見1530頁 zuó·mo。
斮 zhuó ㄓㄨㄛˊ 〈書〉斬；削。
椓 zhuó ㄓㄨㄛˊ 古代割去男性生殖器的酷刑。
着[1] zhuó ㄓㄨㄛˊ ❶穿(衣)：穿着｜吃着不盡。❷接觸；挨上：附着｜着陸｜不着邊際。❸使接觸別的事物；使附着在別的物體上：着筆｜着眼｜着手｜着色｜着墨｜不着痕迹。❹着落：尋找無着。
着[2] zhuó ㄓㄨㄛˊ ❶派遣：着人前來領取。❷公文用語，表示命令的口氣：着即施行。
另見1444頁 zhāo；1444頁 zháo；1450頁·zhe。
【着筆】zhuóbǐ ㄓㄨㄛˊ ㄅㄧˇ 用筆；下筆。
【着力】zhuólì ㄓㄨㄛˊ ㄌㄧˋ 使力氣；用力；致力：無從着力｜這部小說着力地描繪了農村的新面貌。
【着陸】zhuó//lù ㄓㄨㄛˊ//ㄌㄨˋ (飛機等)從空中到達陸地：安全着陸。
【着落】zhuóluò ㄓㄨㄛˊ ㄌㄨㄛˋ ❶下落：遺失的行李已經有了着落了。❷可以依靠或指望的來源：這筆經費還沒有着落。❸事情責成某人負責辦理：這件事情就着落在你身上了。❹安放(多見於早期白話)：着落停當。
【着墨】zhuómò ㄓㄨㄛˊ ㄇㄛˋ 指用文字來描述：劇中這個人物着墨不多，卻令人感到真實可信。
【着色】zhuó//sè ㄓㄨㄛˊ//ㄙㄜˋ 塗上顏色。
【着實】zhuóshí ㄓㄨㄛˊ ㄕˊ ❶實在；確實：這孩子着實討人喜歡。❷(言語、動作)分量重；力量大：着實批評了他一頓。
【着手】zhuóshǒu ㄓㄨㄛˊ ㄕㄡˇ 開始做；動手：着手編制計劃｜提高生產要從改進技術着手。
【着手成春】zhuó shǒu chéng chūn ㄓㄨㄛˊ ㄕㄡˇ ㄔㄥˊ ㄔㄨㄣ 稱讚醫生醫道高明，一下手就能把垂危的病人治好。也說妙手回春。
【着想】zhuóxiǎng ㄓㄨㄛˊ ㄒㄧㄤˇ (為某人或某事的利益)考慮：他是為你着想才勸你少喝酒的｜我們應該為增加生產着想。
【着眼】zhuóyǎn ㄓㄨㄛˊ ㄧㄢˇ (從某方面)觀察；

考慮：着眼點｜大處着眼，小處下手｜積極培養年輕選手，着眼於將來的世界大賽。

【着意】zhuóyì ㄓㄨㄛˊ ㄧˋ ❶用心：着意經營｜着意刻畫人物的心理活動。❷在意；留心：他聽了這話，也不着意。

【着重】zhuózhòng ㄓㄨㄛˊ ㄓㄨㄥˋ 把重點放在某方面；強調：着重說明｜着重指出｜工作的着重點。

【着重號】zhuózhònghào ㄓㄨㄛˊ ㄓㄨㄥˋ ㄏㄠˋ 標點符號（·），用在橫行文字的下邊或豎行文字的右邊，標明要求讀者特別注意的字、詞、句。

【着裝】zhuózhuāng ㄓㄨㄛˊ ㄓㄨㄤ ❶指穿戴衣帽等：着裝完畢。❷衣着：整理着裝｜檢查每個戰士的着裝。

禚 Zhuó ㄓㄨㄛˊ 姓。

斲 zhuó ㄓㄨㄛˊ 〈書〉砍；削：斲木為舟。

【斲輪老手】zhuó lún lǎo shǒu ㄓㄨㄛˊ ㄌㄨㄣˊ ㄌㄠˇ ㄕㄡˇ 《莊子·天道》：'是以行年七十而老斲輪'（斲輪：砍木頭做車輪）。後來稱對某種事情富有經驗的人為'斲輪老手'。

【斲喪】zhuósàng ㄓㄨㄛˊ ㄙㄤˋ 〈書〉傷害，特指因沈溺酒色以致傷害身體。

諑(诼) zhuó ㄓㄨㄛˊ 〈書〉毀謗：謠諑。

濁(浊) zhuó ㄓㄨㄛˊ ❶渾濁（跟'清'相對）：濁流｜污濁。❷（聲音）低沈粗重：濁聲濁氣。❸混亂：濁世。

【濁世】zhuóshì ㄓㄨㄛˊ ㄕˋ ❶〈書〉黑暗或混亂的時代。❷佛教指塵世。

【濁音】zhuóyīn ㄓㄨㄛˊ ㄧㄣ 發音時聲帶振動的音。參看221頁〖帶音〗。

擢 zhuó ㄓㄨㄛˊ 〈書〉❶拔：擢髮難數。❷提拔：擢拔｜擢升。

【擢髮難數】zhuó fà nán shǔ ㄓㄨㄛˊ ㄈㄚˋ ㄋㄢˊ ㄕㄨˇ 比喻罪惡多得像頭髮那樣，數也數不清。

【擢升】zhuóshēng ㄓㄨㄛˊ ㄕㄥ 〈書〉提升。

【擢用】zhuóyòng ㄓㄨㄛˊ ㄩㄥˋ 〈書〉提升任用：擢用賢能。

濯 zhuó ㄓㄨㄛˊ 〈書〉洗：濯足。

【濯濯】zhuózhuó ㄓㄨㄛˊ ㄓㄨㄛˊ 〈書〉形容山上光禿禿的，沒有樹木：童山濯濯。

繳(缴) zhuó ㄓㄨㄛˊ 〈書〉繫在箭上的絲繩，射鳥用。

另見580頁 jiǎo。

鐲(镯、鋜) zhuó ㄓㄨㄛˊ 鐲子：手鐲｜玉鐲。

【鐲子】zhuó·zi ㄓㄨㄛˊ ·ㄗ 戴在手腕或腳腕上的環形裝飾品：金鐲子。

鷟(鹭) zhuó ㄓㄨㄛˊ 見1416頁［鸑鷟］(yuèzhuó)。

zī（ㄗ）

仔 zī ㄗ ［仔肩］(zījiān ㄗ ㄐㄧㄢ)〈書〉責任；負擔。

另見1423頁 zǎi'崽'；1513頁 zǐ。

吱 zī ㄗ 象聲詞，多形容小動物的叫聲：老鼠吱吱地叫。

另見1464頁 zhī。

【吱聲】zī∥shēng ㄗ∥ㄕㄥ 〈方〉做聲：問他幾遍，他都沒吱聲。

孜 zī ㄗ 見下。

【孜孜】zīzī ㄗ ㄗ 勤勉：孜孜不倦｜孜孜不息地工作。也作孳孳。

【孜孜矻矻】zīzī kūkū ㄗ ㄗ ㄎㄨ ㄎㄨ 〈書〉形容勤勉不懈怠的樣子。

茲〔兹〕 zī ㄗ 〈書〉❶這個：茲事體大（這是件大事情）｜念茲在茲（念念不忘某件事）。❷現在：於茲已有三載｜茲訂於9月1日上午9時在本校禮堂舉行開學典禮。❸年：今茲｜來茲。

另見187頁 cí。

咨 zī ㄗ ❶跟別人商量：咨詢。❷咨文。

【咨文】zīwén ㄗ ㄨㄣˊ ❶舊時指用於平行機關的公文。❷指某些國家（如美國）元首向國會提出的關於國事情況的報告：國情咨文。

【咨詢】zīxún ㄗ ㄒㄩㄣˊ 徵求意見（多指行政當局向顧問之類的人員或特設的機關徵求意見）：法律咨詢｜咨詢機關（備咨詢的機關）。

姿 zī ㄗ ❶容貌：姿容｜姿色。❷姿勢：姿態｜舞姿。

【姿容】zīróng ㄗ ㄖㄨㄥˊ 容貌：姿容秀美。

【姿色】zīsè ㄗ ㄙㄜˋ （婦女）美好的容貌。

【姿勢】zīshì ㄗ ㄕˋ 身體呈現的樣子：姿勢端正｜立正的姿勢。

【姿態】zītài ㄗ ㄊㄞˋ ❶姿勢；樣兒：姿態優美。❷態度；氣度：做出讓步的姿態｜以普通勞動者的姿態出現。

菑〔葘〕 zī ㄗ ❶古代指初耕的田地。❷〈書〉除草。

〈古〉又同'災'zāi。

淄 Zī ㄗ 淄河，水名，在山東。

嗞 zī ㄗ 同'吱'(zī)。

嵫 zī ㄗ 見1312頁［崦嵫］(Yānzī)。

粢 zī ㄗ 古代供祭祀的穀物。

另見187頁 cī。

孳 zī ㄗ 繁殖：孳生｜孳乳。

【孳乳】zīrǔ ㄗ ㄖㄨˇ 〈書〉❶（哺乳動物）繁殖。❷泛指派生。

【孳生】zīshēng ㄗ ㄕㄥ 同'滋生'①。

【孳孳】zīzī ㄗ ㄗ 同'孜孜'。

滋1 zī ㄗ ❶滋生：滋蔓｜滋事。❷增添；加多：滋益。

滋2 zī ㄗ 〈方〉噴射：往外滋水｜電綫滋火。

【滋補】zībǔ ㄗ ㄅㄨˇ 供給身體需要的養分；補養：鹿茸是滋補身體的藥品。

【滋蔓】zīmàn ㄗ ㄇㄢˋ 〈書〉生長蔓延：湖中水藻滋蔓。

【滋潤】zīrùn ㄗ ㄖㄨㄣˋ ❶含水分多；不乾燥：雨後初晴，空氣滋潤｜皮膚滋潤。❷增添水分，使不乾枯：附近的湖水滋潤着牧場的青草。❸〈方〉舒服：小日子過得挺滋潤。

【滋生】zīshēng ㄗ ㄕㄥ ❶繁殖：及時清除污水、糞便，防止蚊蠅滋生。也作孳生。❷引起：滋生事端。

【滋事】zīshì ㄗ ㄕˋ 惹事；製造糾紛：酗酒滋事。

【滋味】zīwèi ㄗ ㄨㄟˋ （滋味兒）❶味道：菜的滋味不錯。❷比喻某種感受：挨餓的滋味不好受｜聽了這話，心裏真不是滋味。

【滋芽】zī//yá ㄗ// ㄧㄚˊ 〈方〉（滋芽兒）發芽。

【滋養】zīyǎng ㄗ ㄧㄤˇ ❶供給養分：滋養品｜滋養身體。❷養分；養料：吸收滋養｜豐富的滋養。

【滋長】zīzhǎng ㄗ ㄓㄤˇ 生長；產生（多用於抽象事物）：有了成績，要防止滋長驕傲自滿的情緒。

趑（趦） zī ㄗ ［趑趄］（zījū ㄗ ㄐㄩ）〈書〉❶行走困難。❷想前進又不敢前進：趑趄不前。

貲（赀） zī ㄗ 〈書〉❶計算：所費不貲。❷同'資'①。

觜 zī ㄗ 二十八宿之一。另見1528頁 zuǐ。

訾 zī ㄗ ❶〈書〉同'貲'①。❷（Zī）姓。另見1514頁 zǐ。

資1（资） zī ㄗ ❶錢財；費用：投資｜工資｜川資｜合資購買。❷資助；助：資敵。❸提供：可資借鑒｜以資參考。❹（Zī）姓。

資2（资） zī ㄗ ❶資質：天資。❷資格：資歷｜論資排輩。

【資本】zīběn ㄗ ㄅㄣˇ ❶用來生產或經營以求牟利的生產資料和貨幣。❷比喻牟取利益的憑藉：政治資本。

【資本家】zīběnjiā ㄗ ㄅㄣˇ ㄐㄧㄚ 佔有資本、剝削工人的剩餘勞動的人。

【資本主義】zīběn zhǔyì ㄗ ㄅㄣˇ ㄓㄨˇ ㄧˋ 資本家佔有生產資料並用以剝削雇傭勞動、榨取剩餘價值的社會制度。資本主義的生產社會化和生產資料資本家佔有制，是資本主義社會的基本矛盾。資本主義發展到最高階段，就成為壟斷資本主義，即帝國主義。

【資材】zīcái ㄗ ㄘㄞˊ 物資和器材：調劑資材。

【資財】zīcái ㄗ ㄘㄞˊ 資金和物資；財物：清點資財。

【資產】zīchǎn ㄗ ㄔㄢˇ ❶財產。❷企業資金。❸資產負債表所列的一方，表示資金的運用情況。參看〖資產負債表〗。

【資產負債表】zīchǎn fùzhài biǎo ㄗ ㄔㄢˇ ㄈㄨˋ ㄓㄞˋ ㄅㄧㄠˇ 會計定期核算時以貨幣形式總括地反映企業的資金運用及其來源的報表。表中採用資產和負債兩方的平衡式，資產方表示資金的運用，負債方表示資金的來源。從表上可以分析企業的財務情況和檢查資金的使用情況。

【資產階級】zīchǎn jiējí ㄗ ㄔㄢˇ ㄐㄧㄝ ㄐㄧˊ 佔有生產資料，剝削工人的剩餘勞動的階級。

【資產階級革命】zīchǎn jiējí gémìng ㄗ ㄔㄢˇ ㄐㄧㄝ ㄐㄧˊ ㄍㄜˊ ㄇㄧㄥˋ 由資產階級領導的反對封建社會制度的革命。資產階級革命勝利的結果是國家政權由封建地主階級手中轉到資產階級手中，建立資產階級專政的國家。

【資方】zīfāng ㄗ ㄈㄤ 指私營工商業中的資本家一方：資方代理人。

【資格】zī·gé ㄗ ·ㄍㄜ ❶從事某種活動所應具備的條件、身份等：審查資格｜取消資格。❷由從事某種工作或活動的時間長短所形成的身份：老資格｜他在我們車間裏是資格最老的了。

【資金】zījīn ㄗ ㄐㄧㄣ ❶國家用於發展國民經濟的物資或貨幣。❷指經營工商業的本錢。

【資力】zīlì ㄗ ㄌㄧˋ ❶財力：資力雄厚。❷天資和能力：資力有限。

【資歷】zīlì ㄗ ㄌㄧˋ 資格和經歷：資歷淺。

【資料】zīliào ㄗ ㄌㄧㄠˋ ❶生產、生活中必需的東西：生產資料｜生活資料。❷用做參考或依據的材料：收集資料｜參考資料｜統計資料｜談笑的資料。

【資深】zīshēn ㄗ ㄕㄣ 資歷深或資格老：資深望重。

【資源】zīyuán ㄗ ㄩㄢˊ 生產資料或生活資料的天然來源：地下資源｜水力資源◇旅游資源。

【資質】zīzhì ㄗ ㄓˋ 人的素質；智力：資質高。

【資助】zīzhù ㄗ ㄓㄨˋ 用財物幫助：解囊資助。

緇（缁） zī ㄗ 〈書〉黑色：緇衣。

輜（辎） zī ㄗ 古代的一種車。

【輜重】zīzhòng ㄗ ㄓㄨㄥˋ 行軍時由運輸部隊攜帶的軍械、糧草、被服等物資。

髭 zī ㄗ 嘴上邊的鬍子：髭鬚｜短髭。

鬗 zī ㄗ 〈書〉口小的鼎。

錙（锱） zī ㄗ 古代重量單位，一兩的四分之一。

【錙銖】zīzhū ㄗ ㄓㄨ 指很少的錢或很小的事：錙銖必較。

諮（谘） zī ㄗ 同'咨'①。

鎡（镃） zī ㄗ［鎡錤］（zījī ㄗ ㄐㄧ）〈書〉大鋤。也作鎡基。

鯔（鲻） zī ㄗ 鯔魚，身體長，前部圓，後部側扁，頭短而扁，吻寬而短，眼大，鱗片圓形，沒有側綫。生活在淺海或河口鹹水和淡水交匯處。是常見的食用魚。

齜（龇、呲） zī ㄗ 露（牙）：齜着牙｜齜牙咧嘴。

'呲'另見187頁 cī。

【齜牙咧嘴】zī yá liě zuǐ ㄗ ㄧㄚˊ ㄌㄧㄝˇ ㄗㄨㄟˇ ❶形容兇狠的樣子。❷形容疼痛難忍的樣子。

zǐ（ㄗˇ）

子1 zǐ ㄗˇ ❶古代指兒女，現在專指兒子：父子｜子女｜獨生子。❷人的通稱：男子｜女子。❸古代特指有學問的男人，是男人的美稱：夫子｜孔子｜諸子百家。❹古代指你：以子之矛，攻子之盾。❺古代圖書四部分類法（經史子集）中的第三類：子部｜子書。❻（子兒）種子：瓜子兒｜結子兒了。❼卵：魚子｜雞子兒。❽幼小的；小的；嫩的：子豬｜子城｜子薑。❾比喻派生的、附屬的：子公司。❿（子兒）小而堅硬的塊狀物或粒狀物：棋子兒｜槍子兒｜算盤子兒｜石頭子兒。⓫（子兒）｜銅子兒；銅元：大子兒（舊時當二十文的銅元）｜小子兒（舊時當十文的銅元）｜一個子兒也不值（一錢不值）。⓬（子兒）量詞，用於能用手指掐住的一束細長的東西：一子兒綫｜一子兒挂麪。⓭（Zǐ）姓。

子2 zǐ ㄗˇ 封建五等爵位的第四等：子爵。

子3 zǐ ㄗˇ 地支的第一位。參看368頁〖干支〗。

子 ·zi ·ㄗ ❶名詞後綴。a）加在名詞性詞素後：帽子｜旗子｜桌子｜命根子。b）加在形容詞或動詞性詞素後：胖子｜矮子｜墊子｜撣子。❷某些量詞後綴：這檔子事｜一下子認不出來｜來了一夥子人。

【子部】zǐbù ㄗˇ ㄅㄨˋ 我國古代圖書分類的一大部類。包括諸子百家的著作。也叫丙部。參看1086頁〖四部〗。

【子城】zǐchéng ㄗˇ ㄔㄥˊ 指大城所附的小城，如瓮城。

【子畜】zǐchù ㄗˇ ㄔㄨˋ 幼小的牲畜。也作仔畜。

【子代】zǐdài ㄗˇ ㄉㄞˋ 見930頁〖親代〗。

【子彈】zǐdàn ㄗˇ ㄉㄢˋ 槍彈。

【子堤】zǐdī ㄗˇ ㄉㄧ 子埝。

【子弟】zǐdì ㄗˇ ㄉㄧˋ ❶弟弟、兒子、侄子等：職工子弟。❷指年輕的後輩：子弟兵｜工農子弟。

【子弟兵】zǐdìbīng ㄗˇ ㄉㄧˋ ㄅㄧㄥ 原指由本鄉本土的子弟組成的軍隊，現在是對人民軍隊的親熱稱呼。

【子弟書】zǐdìshū ㄗˇ ㄉㄧˋ ㄕㄨ 盛行於清代的一種曲藝，由鼓詞派生而成，為滿族八旗子弟所創。

【子房】zǐfáng ㄗˇ ㄈㄤˊ 雌蕊下面膨大的部分，裏面有胚珠。子房發育成果實，胚珠發育成種子。（圖見488頁'花'）

【子宮】zǐgōng ㄗˇ ㄍㄨㄥ 女子或雌性哺乳動物的生殖器官，形狀像一個囊。在膀胱和直腸中間，有口通陰道，子宮底部兩側與輸卵管相通。卵子受精後，在子宮內發育成胎兒。

【子宮頸】zǐgōngjǐng ㄗˇ ㄍㄨㄥ ㄐㄧㄥˇ 醫學上指子宮下部較狹窄的部分，上接子宮體，下連子宮外口。簡稱宮頸。

【子規】zǐguī ㄗˇ ㄍㄨㄟ 杜鵑（鳥名）。

【子雞】zǐjī ㄗˇ ㄐㄧ 剛孵化出來的小雞。也作仔雞。

【子金】zǐjīn ㄗˇ ㄐㄧㄣ 利息（對'母金'而言）。

【子口】zǐ·kou ㄗˇ ·ㄎㄡ 瓶、罐、箱、匣等器物上跟蓋兒相密合的部分。

【子粒】zǐlì ㄗˇ ㄌㄧˋ 子實。也作籽粒。

【子棉】zǐmián ㄗˇ ㄇㄧㄢˊ 摘下來以後還沒有去掉種子的棉花。也作籽棉。

【子母彈】zǐmǔdàn ㄗˇ ㄇㄨˇ ㄉㄢˋ 榴霰彈。

【子母釦兒】zǐmǔkòur ㄗˇ ㄇㄨˇ ㄎㄡㄦˋ 紐釦的一種，用金屬製成，一凸一凹的兩個合成一對。也叫摁釦兒。

【子母鐘】zǐmǔzhōng ㄗˇ ㄇㄨˇ ㄓㄨㄥ 大型企業、商場、車站等處用的成組的計時鐘。其中控制、帶動其他鐘運轉的精確的鐘叫母鐘，受母鐘控制的鐘叫子鐘。

【子目】zǐmù ㄗˇ ㄇㄨˋ 細目：叢書子目索引｜表冊上共有六個大項目，每個項目底下又分列若干子目。

【子囊】zǐnáng ㄗˇ ㄋㄤˊ 某些植物體內藏孢子的器官。

【子埝】zǐniàn ㄗˇ ㄋㄧㄢˋ 洪水上漲接近堤頂時，為了防止洪水漫溢決口，在堤頂上臨時加築的小堤。也叫子堤。

【子女】zǐnǚ ㄗˇ ㄋㄩˇ 兒子和女兒。

【子時】zǐshí ㄗˇ ㄕˊ 舊式計時法指夜裏十一點鐘到一點鐘的時間。

【子實】zǐshí ㄗˇ ㄕˊ 稻、麥、穀子、高粱等農作物穗上的種子；大豆、小豆、綠豆等豆類作物豆莢內的豆粒。也作籽實。也叫子粒。

【子獸】zǐshòu ㄗˇ ㄕㄡˋ 初生的幼獸。也作仔獸。

【子書】zǐshū ㄗˇ ㄕㄨ 古代圖書四部分類法的一類書，如《老子》、《墨子》、《荀子》、《韓非子》等書。

【子嗣】zǐsì ㄗˇ ㄙˋ〈書〉指兒子(就傳宗接代說)。

【子孫】zǐsūn ㄗˇ ㄙㄨㄣ 兒子和孫子，泛指後代：子孫萬代｜不肖子孫｜炎黃子孫。

【子午綫】zǐwǔxiàn ㄗˇ ㄨˇ ㄒㄧㄢˋ 為測量地球而假設的南(午)北(子)方向的綫，即通過地面某點的經綫。參看54頁〖本初子午綫〗。

【子息】zǐxī ㄗˇ ㄒㄧ ❶子嗣。❷〈書〉利息。

【子細】zǐxì ㄗˇ ㄒㄧˋ 同'仔細'。

【子弦】zǐxián ㄗˇ ㄒㄧㄢˊ 較細的絲弦，做三弦、琵琶、南胡的外弦用。

【子虛】zǐxū ㄗˇ ㄒㄩ〈書〉漢朝司馬相如有《子虛賦》，假託子虛先生、烏有先生和亡(wú，古同'無')是公三人互相問答。後世因此用'子虛'、'子虛烏有'指虛構的或不真實的事情：事屬子虛。

【子婿】zǐxù ㄗˇ ㄒㄩˋ〈書〉女婿。

【子夜】zǐyè ㄗˇ ㄧㄝˋ 半夜。

【子葉】zǐyè ㄗˇ ㄧㄝˋ 種子植物胚的組成部分之一，是種子萌發時的營養器官。單子葉植物的胚只有一枚子葉，雙子葉植物的胚有一對子葉，裸子植物的胚有兩個或兩個以上的子葉。

【子音】zǐyīn ㄗˇ ㄧㄣ 輔音。

【子魚】zǐyú ㄗˇ ㄩˊ 剛孵化出來的小魚。也作仔魚。也叫稚魚。

【子侄】zǐzhí ㄗˇ ㄓˊ 兒輩和侄輩的統稱。

【子豬】zǐzhū ㄗˇ ㄓㄨ 初生的小豬。也叫苗豬。也作仔豬。

仔 zǐ ㄗˇ 幼小的(多指牲畜、家禽等)：仔豬｜仔雞。

另見1423頁 zǎi'崽'；1510頁 zī。

【仔畜】zǐchù ㄗˇ ㄔㄨˋ 同'子畜'。

【仔雞】zǐjī ㄗˇ ㄐㄧ 同'子雞'。

【仔密】zǐmì ㄗˇ ㄇㄧˋ 紡織品、針織品等紗與紗之間、綫與綫之間距離近，空隙小：這雙襪子織得很仔密。

【仔獸】zǐshòu ㄗˇ ㄕㄡˋ 同'子獸'。

【仔細】zǐxì ㄗˇ ㄒㄧˋ ❶細心：他做事很仔細｜仔細領會文件的精神。❷小心；當心：路很滑，仔細點兒。❸〈方〉儉省：日子過得仔細。‖也作子細。

【仔魚】zǐyú ㄗˇ ㄩˊ 同'子魚'。

【仔豬】zǐzhū ㄗˇ ㄓㄨ 同'子豬'。

姊 zǐ ㄗˇ 姐姐：姊妹。

【姊妹】zǐmèi ㄗˇ ㄇㄟˋ 姐妹◇姊妹篇｜姊妹城。

茈〔茈〕zǐ ㄗˇ 茈湖口(Zǐhúkǒu ㄗˇ ㄏㄨˊ ㄎㄡˇ)，地名，在湖南。

另見187頁 cí。

呰 zǐ ㄗˇ〈書〉❶同'訾'(zǐ)。❷同'呰'。

虸 zǐ ㄗˇ ［虸蚄］(zǐfāng ㄗˇ ㄈㄤ)〈方〉黏蟲。

耔 zǐ ㄗˇ〈書〉培土。

秭 zǐ ㄗˇ ❶古時數目名，一萬億。❷秭歸(Zǐguī ㄗˇ ㄍㄨㄟ)，地名，在湖北。

籽 zǐ ㄗˇ (籽兒)某些植物的種子：棉籽兒｜菜籽兒｜花籽兒｜籽棉。

【籽粒】zǐlì ㄗˇ ㄌㄧˋ 同'子粒'。

【籽棉】zǐmián ㄗˇ ㄇㄧㄢˊ 同'子棉'。

【籽實】zǐshí ㄗˇ ㄕˊ 同'子實'。

笫 zǐ ㄗˇ〈書〉竹篾編的蓆：牀笫。

梓 zǐ ㄗˇ ❶梓樹，落葉喬木，葉子對生，稍有掌狀淺裂，圓錐花序，花黃白色。木材可以做器具。❷刻板①：付梓。

【梓里】zǐlǐ ㄗˇ ㄌㄧˇ〈書〉指故鄉。參看990頁〖桑梓〗。

呰 zǐ ㄗˇ ［呰窳］(zǐyǔ ㄗˇ ㄩˇ)〈書〉懶惰。

紫 zǐ ㄗˇ ❶紅和藍合成的顏色：紫紅｜青紫｜玫瑰紫。❷(Zǐ)姓。

【紫菜】zǐcài ㄗˇ ㄘㄞˋ 甘紫菜的通稱。

【紫貂】zǐdiāo ㄗˇ ㄉㄧㄠ 貂的一種，比貓略小，耳朵略呈三角形，毛棕褐色。能爬樹，吃野兔、野鼠或鳥類，有時也吃野菜、野果和魚。毛皮珍貴，是我國東北特產之一。也叫黑貂。

【紫毫】zǐháo ㄗˇ ㄏㄠˊ 一種毛筆，筆鋒用深紫色的細而硬的兔毛做成，比羊毫硬。

【紫河車】zǐhéchē ㄗˇ ㄏㄜˊ ㄔㄜ 中藥上指胞衣。

【紫紅】zǐhóng ㄗˇ ㄏㄨㄥˊ 深紅中略帶紫的顏色。

【紫花】zǐ·huā ㄗˇ·ㄏㄨㄚ 淡赭色：紫花布(一種粗布)｜紫花褲子。

【紫荊】zǐjīng ㄗˇ ㄐㄧㄥ 落葉灌木或小喬木，葉子略呈圓形，表面有光澤，花紫紅色，莢果扁平。供觀賞，木材和樹皮都入藥。

【紫羅蘭】zǐluólán ㄗˇ ㄌㄨㄛˊ ㄌㄢˊ ❶二年生或多年生草本植物，葉子長圓形或倒披針形，總狀花序，花紫紅色，也有淡紅、淡黃或白色的，果實細長。供觀賞。❷這種植物的花。

【紫砂】zǐshā ㄗˇ ㄕㄚ 一種陶土，產於江蘇宜興。質地細膩，含鐵量高，燒製後呈赤褐、紫黑等色。主要用來燒製茶壺。

【紫檀】zǐtán ㄗˇ ㄊㄢˊ ❶常綠喬木，羽狀複葉，小葉卵形，花黃色，結莢果。木材堅硬，帶紅色，可以做貴重的傢具或美術品。❷這種植物的木材。

【紫糖】zǐtáng ㄗˇ ㄊㄤˊ 黑而紅的顏色（多形容臉色）：紫糖臉。

【紫藤】zǐténg ㄗˇ ㄊㄥˊ 落葉木本植物，纏繞莖，羽狀複葉，小葉長橢圓形，總狀花序，花紫色，莢果長大而硬，表面有絨毛。供觀賞。通稱藤蘿。

【紫銅】zǐtóng ㄗˇ ㄊㄨㄥˊ 純質的銅，紫紅色，所含雜質不超過1%，是電和熱的良導體。耐腐蝕性好，用來製造電綫、冷藏器的零件等。也叫紅銅。

【紫外綫】zǐwàixiàn ㄗˇ ㄨㄞˋ ㄒㄧㄢˋ 波長比可見光短的電磁波，波長約0.39－0.04微米，在光譜上位於紫色光的外側。可使磷光和熒光物質發光，能透過空氣，不易穿過玻璃，有殺菌能力，對眼睛有傷害作用。用於治療皮膚病、礦工的保健以及消毒等。也叫紫外光。

【紫菀】zǐwǎn ㄗˇ ㄨㄢˇ 多年生草本植物，葉子橢圓狀披針形，頭狀花序，邊緣的小花雌性，呈舌狀，藍紫色，中央的小花兩性，呈管狀，黃色，瘦果有毛。根和根莖可入藥。

【紫藥水】zǐyàoshuǐ ㄗˇ ㄧㄠˋ ㄕㄨㄟˇ 龍膽紫溶液的通稱。

呰 zǐ ㄗˇ 〈書〉說人壞話：呰議｜呰毀。另見1511頁zī。

【呰議】zǐyì ㄗˇ ㄧˋ 〈書〉評論人的短處：無可呰議。

滓 zǐ ㄗˇ ❶沈澱的雜質：渣滓｜泥滓。❷污濁：垢滓｜滓濁。

zì（ㄗˋ）

自1 zì ㄗˋ ❶自己：自動｜自衞｜自愛｜自力更生｜自言自語｜自給自足｜自告奮勇｜自顧不暇｜不自量力。❷自然；當然：自不待言｜公道自在人心｜兩人久別重逢，自有許多話說。

自2 zì ㄗˋ 從；由：自小｜自此｜自古｜自遠而近｜選自《人民日報》｜來自各國的朋友。

【自愛】zì'ài ㄗˋ ㄞˋ 愛惜自己的身體、名譽：不知自愛。

【自傲】zì'ào ㄗˋ ㄠˋ 自以為有本領而驕傲：居功自傲。

【自拔】zìbá ㄗˋ ㄅㄚˊ 主動地從痛苦或罪惡中解脫出來：越陷越深，無法自拔。

【自白】zìbái ㄗˋ ㄅㄞˊ 自己說明自己的意思；自我表白：自白書｜無以自白。

【自暴自棄】zì bào zì qì ㄗˋ ㄅㄠˋ ㄗˋ ㄑㄧˋ 自己甘心落後，不求上進。

【自卑】zìbēi ㄗˋ ㄅㄟ 輕視自己，認為不如別人：自卑感｜不自滿，也不自卑。

【自便】zìbiàn ㄗˋ ㄅㄧㄢˋ 隨自己的方便；按自己的意思行動：聽其自便｜您自便吧，別陪着了。

【自裁】zìcái ㄗˋ ㄘㄞˊ 〈書〉自殺；自盡。

【自殘】zìcán ㄗˋ ㄘㄢˊ 自己殘害自己；自相殘害：自殘肢體｜骨肉自殘。

【自慚形穢】zì cán xíng huì ㄗˋ ㄘㄢˊ ㄒㄧㄥˊ ㄏㄨㄟˋ 原指因自己容貌舉止不如別人而感到慚愧，後來泛指自愧不如別人。

【自沈】zìchén ㄗˋ ㄔㄣˊ 〈書〉投水自盡。

【自稱】zìchēng ㄗˋ ㄔㄥ ❶自己稱呼自己：項羽自稱西楚霸王。❷自己聲稱：他們自稱是當地生產效益最好的單位。

【自成一家】zì chéng yī jiā ㄗˋ ㄔㄥˊ ㄧ ㄐㄧㄚ 在某種學問上或技術上有獨創的見解或獨特的做法，能自成體系。

【自乘】zìchéng ㄗˋ ㄔㄥˊ 一個數自身和自身相乘，也就是兩個或兩個以上相同的數相乘，如求3^4（3×3×3×3）的運算就是自乘。

【自持】zìchí ㄗˋ ㄔˊ 控制自己的慾望或情緒：清廉自持｜激動得不能自持。

【自出機杼】zì chū jīzhù ㄗˋ ㄔㄨ ㄐㄧ ㄓㄨˋ 比喻詩文的構思和佈局別出心裁、獨創新意。參看532頁〖機杼〗。

【自吹自擂】zìchuī-zìléi ㄗˋ ㄔㄨㄟ ㄗˋ ㄌㄟˊ 自己吹喇叭，自己打鼓。比喻自我吹噓。

【自從】zìcóng ㄗˋ ㄘㄨㄥˊ 介詞，表示時間的起點（指過去）：我自從參加了體育鍛煉，身體強健多了。

【自打】zìdǎ ㄗˋ ㄉㄚˇ 〈方〉自從（某時以後）：兒子自打離家以後，沒有回來過。

【自大】zìdà ㄗˋ ㄉㄚˋ 自以為了不起：自高自大｜驕傲自大。

【自得】zìdé ㄗˋ ㄉㄜˊ 自己感到得意或舒適：洋洋自得｜安閑自得。

【自動】zìdòng ㄗˋ ㄉㄨㄥˋ ❶自己主動：自動參加｜自動幫忙。❷不憑藉人為的力量的：自動燃燒｜水自動地流到田裏。❸不用人力而用機械裝置直接操作的：自動化｜自動控制｜自動裝置。

【自動步槍】zìdòng bùqiāng ㄗˋ ㄉㄨㄥˋ ㄅㄨˋ ㄑㄧㄤ 能夠連續發射的步槍。裝有快慢機的，可連發射擊，也可單發射擊。

【自動化】zìdònghuà ㄗˋ ㄉㄨㄥˋ ㄏㄨㄚˋ 最高程度的機械化。機器、設備和儀器能全部自動地按規定要求和既定程序進行生產，人只需要確定控制的要求和程序，不用直接操作。

【自動控制】zìdòng kòngzhì ㄗˋ ㄉㄨㄥˋ ㄎㄨㄥˋ ㄓˋ 通過自動化裝置控制機器，使按照預定的程序工作。簡稱自控。

【自動炮】zìdòngpào ㄗˋ ㄉㄨㄥˋ ㄆㄠˋ 能夠連續發射的火炮。

【自動鉛筆】zìdòng qiānbǐ ㄗˋ ㄉㄨㄥˋ ㄑㄧㄢ ㄅㄧˇ 鉛筆的一種，形狀跟自來水筆相似，可以隨意調節，使筆鉛露出或縮進。

【自動綫】zìdòngxiàn ㄗˋ ㄉㄨㄥˋ ㄒㄧㄢˋ 一套能自動連續進行生產的設備所組成的生產綫。
【自發】zìfā ㄗˋ ㄈㄚ 由自己產生，不受外力影響的；不自覺的：自發性｜自發勢力｜這個科研小組是他們幾個人自發地組織起來的。
【自肥】zìféi ㄗˋ ㄈㄟˊ 經手財物時用不正當的手段從中取利：中飽自肥。
【自費】zìfèi ㄗˋ ㄈㄟˋ 自己負擔費用：自費生｜自費留學｜自費旅行｜孩子看病是自費。
【自焚】zìfén ㄗˋ ㄈㄣˊ 自己燒死自己◇玩火自焚。
【自分】zìfèn ㄗˋ ㄈㄣˋ 〈書〉自己估量自己：自分不足以當重任。
【自封】[1] zìfēng ㄗˋ ㄈㄥ 自己給自己加頭銜；自命(含貶義)：自封為專家。
【自封】[2] zìfēng ㄗˋ ㄈㄥ 限制自己：故步自封。
【自奉】zìfèng ㄗˋ ㄈㄥˋ 〈書〉自己生活享用：自奉甚儉。
【自負】[1] zìfù ㄗˋ ㄈㄨˋ 自己負責：自負盈虧｜文責自負。
【自負】[2] zìfù ㄗˋ ㄈㄨˋ 自以為了不起：這個人很自負。
【自高自大】zì gāo zì dà ㄗˋ ㄍㄠ ㄗˋ ㄉㄚˋ 自以為了不起，看不起別人。
【自告奮勇】zì gào fènyǒng ㄗˋ ㄍㄠˋ ㄈㄣˋ ㄩㄥˇ 主動地要求承擔某項艱難的工作。
【自各兒】zìgěr ㄗˋ ㄍㄜㄦˇ 同'自個兒'。
【自個兒】zìgěr ㄗˋ ㄍㄜㄦˇ 〈方〉自己。也作自各兒。
【自耕農】zìgēngnóng ㄗˋ ㄍㄥ ㄋㄨㄥˊ 土地改革以前，自己耕種自己的土地的農民，多指中農。
【自供】zìgòng ㄗˋ ㄍㄨㄥˋ 自己招供：自供狀｜自供不諱。
【自古】zìgǔ ㄗˋ ㄍㄨˇ 從古以來；從來：這個群島自古就是中國的領土。
【自顧不暇】zì gù bù xiá ㄗˋ ㄍㄨˋ ㄅㄨˋ ㄒㄧㄚˊ 照顧自己都來不及(哪裏還能顧到別人)。
【自豪】zìháo ㄗˋ ㄏㄠˊ 因為自己或者與自己有關的集體或個人具有優良品質或取得偉大成就而感到光榮：自豪感｜以此自豪。
【自己】zìjǐ ㄗˋ ㄐㄧˇ ❶代詞，複指前頭的名詞或代詞(多強調不由於外力)：自己動手，豐衣足食｜鞋我自己去買吧｜瓶子不會自己倒下來，準是有人碰了它｜這種新型客機是我國自己製造的。❷親近的；關係密切的：自己人｜自己弟兄。
【自己人】zìjǐrén ㄗˋ ㄐㄧˇ ㄖㄣˊ 指彼此關係密切的人；自己方面的人：老大爺，咱們都是自己人，別客氣｜老劉是自己人，你有甚麼話，當他面說不礙事。
【自給】zìjǐ ㄗˋ ㄐㄧˇ 依靠自己的生產滿足自己的需要：自給自足｜糧食自給有餘。
【自家】zìjiā ㄗˋ ㄐㄧㄚ 〈方〉自己。
【自盡】zìjìn ㄗˋ ㄐㄧㄣˋ 自殺。
【自經】zìjīng ㄗˋ ㄐㄧㄥ 〈書〉自縊。
【自剄】zìjǐng ㄗˋ ㄐㄧㄥˇ 〈書〉自刎。
【自疚】zìjiù ㄗˋ ㄐㄧㄡˋ 對自己的過失感到慚愧不安：深感自疚。
【自咎】zìjiù ㄗˋ ㄐㄧㄡˋ 〈書〉自己責備自己：悔恨自咎。
【自救】zìjiù ㄗˋ ㄐㄧㄡˋ 自己解救自己：生產自救。
【自居】zìjū ㄗˋ ㄐㄩ 自以為具有某種身份：自居名士｜以功臣自居。
【自決】zìjué ㄗˋ ㄐㄩㄝˊ 自己決定自己的事：民族自決權。
【自絕】zìjué ㄗˋ ㄐㄩㄝˊ 做了壞事而不願悔改，因此自行斷絕跟對方之間的關係：自絕於人民。
【自覺】zìjué ㄗˋ ㄐㄩㄝˊ ❶自己感覺到：肺結核的初期，病症不很顯著，病人常常不自覺。❷自己有所認識而覺悟：自覺自願｜自覺地遵守紀律。
【自覺自願】zì jué zì yuàn ㄗˋ ㄐㄩㄝˊ ㄗˋ ㄩㄢˋ 自己認識到應該如此而甘心情願(去做)。
【自控】zìkòng ㄗˋ ㄎㄨㄥˋ 自動控制的簡稱。
【自誇】zìkuā ㄗˋ ㄎㄨㄚ 自己誇耀自己。
【自鄶以下】zì Kuài yǐ xià ㄗˋ ㄎㄨㄞˋ ㄧˇ ㄒㄧㄚˋ 吳國的季札在魯國看周代的樂舞，對各諸侯國的樂曲都發表了意見，從鄶國以下他就沒有評論(見於《左傳》襄公二十九年)。比喻從…以下就不值得一談。
【自來】zìlái ㄗˋ ㄌㄞˊ 從來；原來：這裏自來就是交通要道。
【自來火】zìláihuǒ ㄗˋ ㄌㄞˊ ㄏㄨㄛˇ 〈方〉❶火柴。❷打火機。
【自來水】zìláishuǐ ㄗˋ ㄌㄞˊ ㄕㄨㄟˇ ❶供應居民生活、工業生產等方面用水的設備。把取自水源的水經過淨化、消毒後，加壓力，通過管道輸送給用戶。❷從自來水管道中流出來的水。
【自來水筆】zìláishuǐbǐ ㄗˋ ㄌㄞˊ ㄕㄨㄟˇ ㄅㄧˇ 鋼筆的一種，筆桿內有貯存墨水的裝置，吸一次墨水可以連續使用一段時間。
【自理】zìlǐ ㄗˋ ㄌㄧˇ ❶自己承擔：費用自理。❷自己料理：他臥病在牀，生活不能自理。
【自力更生】zì lì gēng shēng ㄗˋ ㄌㄧˋ ㄍㄥ ㄕㄥ 不依賴外力，靠自己的力量把事情辦起來。
【自立】zìlì ㄗˋ ㄌㄧˋ 不依賴別人，靠自己的勞動而生活：自立謀生｜孩子小，在經濟上還不能自立。
【自量】zìliàng ㄗˋ ㄌㄧㄤˋ 估計自己的實際能力：不知自量｜我自量還能勝任這項工作。
【自流】zìliú ㄗˋ ㄌㄧㄡˊ ❶自動地流：自流井｜自流灌溉。❷比喻在缺乏領導的情況下自由發展：放任自流｜聽其自流。
【自流井】zìliújǐng ㄗˋ ㄌㄧㄡˊ ㄐㄧㄥˇ 自動地噴出

水來的井。

【自留地】zìliúdì ㄗˋ ㄌㄧㄡˊ ㄉㄧˋ 我國在實行農業集體化以後留給農民個人經營的少量土地，產品歸個人所有。

【自律】zìlǜ ㄗˋ ㄌㄩˋ 〈書〉自己約束自己：自律甚嚴。

【自賣自誇】zì mài zì kuā ㄗˋ ㄇㄞˋ ㄗˋ ㄎㄨㄚ 自己賣甚麼就誇甚麼好，比喻自我吹噓。

【自滿】zìmǎn ㄗˋ ㄇㄢˇ 滿足於自己已有的成績：驕傲自滿｜自滿情緒｜他虛心好學，從不自滿。

【自鳴得意】zì míng déyì ㄗˋ ㄇㄧㄥˊ ㄉㄜˊ ㄧˋ 自己表示很得意（多含貶義）。

【自鳴鐘】zìmíngzhōng ㄗˋ ㄇㄧㄥˊ ㄓㄨㄥ 指自動報時的鐘：一架自鳴鐘。

【自命】zìmìng ㄗˋ ㄇㄧㄥˋ 自以為有某種品格、身份等：自命清高｜自命不凡（自以為不平凡）。

【自餒】zìněi ㄗˋ ㄋㄟˇ 失去自信而畏縮：再接再厲，絕不自餒。

【自欺欺人】zì qī qī rén ㄗˋ ㄑㄧ ㄑㄧ ㄖㄣˊ 用自己都難以置信的話或手法來欺騙別人；既欺騙自己也欺騙別人。

【自戕】zìqiāng ㄗˋ ㄑㄧㄤ 〈書〉自殺。

【自強】zìqiáng ㄗˋ ㄑㄧㄤˊ 自己努力向上：自強不息｜男兒當自強。

【自強不息】zì qiáng bù xī ㄗˋ ㄑㄧㄤˊ ㄅㄨˋ ㄒㄧ 自己努力向上，永遠不懈怠。

【自然】zìrán ㄗˋ ㄖㄢˊ ❶自然界：大自然。❷自由發展；不經人力干預：自然免疫｜聽其自然｜自然而然｜你先別問，到時候自然明白。❸表示理所當然：只要認真學習，自然會取得好成績。

【自然】zì·ran ㄗˋ ·ㄖㄢ 不勉強；不侷促；不呆板：態度很自然｜他是初次演出，但演得挺自然。

【自然村】zìráncūn ㄗˋ ㄖㄢˊ ㄘㄨㄣ 自然形成的村落。

【自然而然】zìrán ér rán ㄗˋ ㄖㄢˊ ㄦˊ ㄖㄢˊ 不經外力作用而如此：我們長期在一起工作，自然而然地建立了深厚的友誼。

【自然法】zìránfǎ ㄗˋ ㄖㄢˊ ㄈㄚˇ 西方法學家對法律的分類之一，認為自然法是自然存在、永恒不變並為一切人所遵守的行為規則（跟'實在法'相對）。

【自然光】zìránguāng ㄗˋ ㄖㄢˊ ㄍㄨㄤ 不直接顯示偏振現象的光，一般光源直接發出的光都是自然光，如陽光、燈光等。

【自然規律】zìrán guīlǜ ㄗˋ ㄖㄢˊ ㄍㄨㄟ ㄌㄩˋ 存在於自然界的客觀事物內部的規律。也叫自然法則。

【自然界】zìránjiè ㄗˋ ㄖㄢˊ ㄐㄧㄝˋ 一般指無機界和有機界。有時也指包括社會在內的整個物質世界。

【自然經濟】zìrán jīngjì ㄗˋ ㄖㄢˊ ㄐㄧㄥ ㄐㄧˋ 只是為了滿足生產者本身或經濟單位（如氏族、莊園）的需要而進行生產的經濟，也就是自給自足的經濟。

【自然科學】zìrán kēxué ㄗˋ ㄖㄢˊ ㄎㄜ ㄒㄩㄝˊ 研究自然界各種物質和現象的科學。包括物理學、化學、動物學、植物學、礦物學、生理學、數學等。

【自然力】zìránlì ㄗˋ ㄖㄢˊ ㄌㄧˋ 可以利用來代替人力的自然界的動力，如風力、水力。

【自然人】zìránrén ㄗˋ ㄖㄢˊ ㄖㄣˊ 法律上指在民事上能享受權利和承擔義務的公民（區別於'法人'）。

【自然數】zìránshù ㄗˋ ㄖㄢˊ ㄕㄨˋ 大於零的整數，即1，2，3，4，5，…。

【自然物】zìránwù ㄗˋ ㄖㄢˊ ㄨˋ 天然存在，沒經過人類加工的東西，如禽獸、蟲魚、草木、礦物等。

【自然選擇】zìrán xuǎnzé ㄗˋ ㄖㄢˊ ㄒㄩㄢˇ ㄗㄜˊ 達爾文學說認為生物在自然條件的影響下經常發生變異，適於自然條件的生物可以生存、發展，不適於自然條件的生物被淘汰，這種適者生存的過程叫做自然選擇。

【自然災害】zìrán zāihài ㄗˋ ㄖㄢˊ ㄗㄞ ㄏㄞˋ 水、旱、病、蟲、鳥、獸、風、雹、霜凍等自然現象造成的災害。

【自然主義】zìrán zhǔyì ㄗˋ ㄖㄢˊ ㄓㄨˇ ㄧˋ ❶文學藝術創作上的一種不良傾向，着重描寫現實生活中個別現象和瑣碎細節，但不能正確地反映社會的本質。❷19世紀產生於法國的一種採取自然主義創作手法的文藝流派，以左拉（Émile Zola）為代表。

【自燃】zìrán ㄗˋ ㄖㄢˊ 物質在空氣中緩慢氧化而自動燃燒，如白磷能夠自燃，大量堆積的煤、棉花、乾草等在通風不良的情況下也能自燃。

【自如】zìrú ㄗˋ ㄖㄨˊ 〈書〉❶活動或操作不受阻礙：旋轉自如｜操縱自如｜運用自如。❷自若：神態自如。

【自若】zìruò ㄗˋ ㄖㄨㄛˋ 不拘束；不變常態：神態自若｜談笑自若。

【自殺】zìshā ㄗˋ ㄕㄚ 自己殺死自己。

【自身】zìshēn ㄗˋ ㄕㄣ 自己（強調非別人或別的事物）：不顧自身安危。

【自食其果】zì shí qí guǒ ㄗˋ ㄕˊ ㄑㄧˊ ㄍㄨㄛˇ 指做了壞事，結果害了自己；自作自受。

【自食其力】zì shí qí lì ㄗˋ ㄕˊ ㄑㄧˊ ㄌㄧˋ 憑自己的勞力養活自己。

【自食其言】zì shí qí yán ㄗˋ ㄕˊ ㄑㄧˊ ㄧㄢˊ 不守信用，說了話不算數。

【自始至終】zì shǐ zhì zhōng ㄗˋ ㄕˇ ㄓˋ ㄓㄨㄥ 從開始到末了：大會自始至終充滿着團結歡樂的氣氛。

【自是】[1] zìshì ㄗˋ ㄕˋ 自然是：久別重逢，自是高興。

【自是】[2] zìshì ㄗˋ ㄕˋ 自以為是：他既很自是又很頑固。

【自恃】zìshì ㄗˋ ㄕˋ 〈書〉❶過分自信而驕傲自滿；自負。❷倚仗；仗恃：自恃功高。

【自視】zìshì ㄗˋ ㄕˋ 自己認為自己(如何如何)：自視甚高。

【自首】zìshǒu ㄗˋ ㄕㄡˇ (犯法的人)自行向司法機關或有關部門交代自己的罪行：投案自首。

【自贖】zìshú ㄗˋ ㄕㄨˊ 自己彌補罪過：立功自贖。

【自述】zìshù ㄗˋ ㄕㄨˋ ❶自己述說自己的事情：序言裏作者自述了寫書的經過。❷關於自己情況的敍述：他寫了一篇自述。

【自私】zìsī ㄗˋ ㄙ 只顧自己的利益，不顧別人。

【自訴】zìsù ㄗˋ ㄙㄨˋ 刑事訴訟的一種方式，由被害人自己向法院起訴(區別於'公訴')。

【自外】zìwài ㄗˋ ㄨㄞˋ 有意識地站在某個範圍之外，或者站在對立的方面。

【自為階級】zìwèi jiējí ㄗˋ ㄨㄟˋ ㄐㄧㄝ ㄐㄧˊ 指進入自覺鬥爭階段的無產階級。這時無產階級在反對資產階級的實際鬥爭過程中已成長起來，具有鮮明的階級意識，創立了革命理論，建立了自己的政黨，意識到本階級的歷史使命。

【自慰】zìwèi ㄗˋ ㄨㄟˋ 自己安慰自己：聊以自慰。

【自衞】zìwèi ㄗˋ ㄨㄟˋ 保衞自己：自衞戰爭｜奮力自衞。

【自刎】zìwěn ㄗˋ ㄨㄣˇ 割頸部自殺；抹脖子。

【自問】zìwèn ㄗˋ ㄨㄣˋ ❶自己問自己：反躬自問｜捫心自問。❷自己衡量(得出結論)：我自問還能勝任這項工作。

【自我】zìwǒ ㄗˋ ㄨㄛˇ ❶自己(用在雙音動詞前面，表示這個動作由自己發出，同時又以自己為對象)：自我批評｜自我介紹。❷指人們對於自身的把握和認識：自我意識｜追求自我。

【自我作古】zì wǒ zuò gǔ ㄗˋ ㄨㄛˇ ㄗㄨㄛˋ ㄍㄨˇ 由自己創始，不依傍前人或舊例。

【自習】zìxí ㄗˋ ㄒㄧˊ 學生在規定時間或課外自己學習。

【自相…】zìxiāng… ㄗˋ ㄒㄧㄤ… 指自己跟自己或集體內部的相互之間(存在某種情況)：自相矛盾｜自相驚擾｜自相殘害。

【自新】zìxīn ㄗˋ ㄒㄧㄣ 自覺地改正錯誤，重新做人：悔過自新｜自新之路。

【自信】zìxìn ㄗˋ ㄒㄧㄣˋ 相信自己：自信心｜自信能夠完成這個任務。

【自行】zìxíng ㄗˋ ㄒㄧㄥˊ ❶自己(做)：自行解決｜自行辦理。❷自動①：自行脫落｜自行退出。

【自行車】zìxíngchē ㄗˋ ㄒㄧㄥˊ ㄔㄜ 一種兩輪交通工具，騎在上面用腳蹬着前進。在不同的地區有腳踏車、單車等名稱。

【自行火炮】zìxíng huǒpào ㄗˋ ㄒㄧㄥˊ ㄏㄨㄛˇ ㄆㄠˋ 裝在履帶式、半履帶式或輪胎式車輛上能自行運動的火炮。

【自行其是】zì xíng qí shì ㄗˋ ㄒㄧㄥˊ ㄑㄧˊ ㄕˋ 按照自己認為對的去做(不考慮別人的意見)。

【自修】zìxiū ㄗˋ ㄒㄧㄡ ❶自習。❷自學：自修數學。

【自序】zìxù ㄗˋ ㄒㄩˋ ❶作者自己寫的序言。❷敍述自己生平經歷的文章。‖也作自敍。

【自敍】zìxù ㄗˋ ㄒㄩˋ 同'自序'。

【自選動作】zìxuǎn-dòngzuò ㄗˋ ㄒㄩㄢˇ ㄉㄨㄥˋ ㄗㄨㄛˋ 某些體育項目比賽時，由運動員按照規定要求的難度和數量自己編選的整套或單個的動作。如花樣滑冰、競技體操等。

【自學】zìxué ㄗˋ ㄒㄩㄝˊ 沒有教師指導，自己獨立學習：自學成材｜他自學了高中的課程。

【自已】zìyǐ ㄗˋ ㄧˇ 抑制住自己的感情(多用於否定式)：不能自已｜思鄉之情難以自已。

【自以為是】zì yǐ wéi shì ㄗˋ ㄧˇ ㄨㄟˊ ㄕˋ 認為自己的看法和做法都正確，不接受別人的意見。

【自縊】zìyì ㄗˋ ㄧˋ 〈書〉上吊自殺。

【自用】zìyòng ㄗˋ ㄩㄥˋ ❶〈書〉自以為是：剛愎自用｜師心自用。❷私人使用：自用摩托車。

【自由】zìyóu ㄗˋ ㄧㄡˊ ❶在法律規定的範圍內，隨自己意志活動的權利：自由平等。❷哲學上把人認識了事物發展的規律性，自覺地運用到實踐中去，叫做自由。❸不受拘束；不受限制：自由參加｜自由發表意見。

【自由港】zìyóugǎng ㄗˋ ㄧㄡˊ ㄍㄤˇ 一種港口，在劃定的區域內商品的輸出、輸入和轉口都可以免稅。

【自由價格】zìyóu jiàgé ㄗˋ ㄧㄡˊ ㄐㄧㄚˋ ㄍㄜˊ 由買賣雙方自由協商議定的價格。

【自由競爭】zìyóu jìngzhēng ㄗˋ ㄧㄡˊ ㄐㄧㄥˋ ㄓㄥ 商品生產者之間在生產和銷售方面進行的不受限制的競爭。在競爭中，大資本排擠吞併小資本，使生產日益集中，發展到一定階段，就形成壟斷。

【自由落體運動】zìyóu luòtǐ yùndòng ㄗˋ ㄧㄡˊ ㄌㄨㄛˋ ㄊㄧˇ ㄩㄣˋ ㄉㄨㄥˋ 物體只受重力作用而從靜止開始下落的運動。在同一地點，做自由落體運動的物體的加速度都相同。

【自由民】zìyóumín ㄗˋ ㄧㄡˊ ㄇㄧㄣˊ 指奴隸社會佔有土地的農民和佔有生產資料的手工業者。他們和奴隸不同，享有人身自由。

【自由詩】zìyóushī ㄗˋ ㄧㄡˊ ㄕ 結構自由、有語言的自然節奏而沒有一定格律的詩，一般不押韻。

【自由市場】zìyóu shìchǎng ㄗˋ ㄧㄡˊ ㄕˋ ㄔㄤˇ 農貿市場的俗稱。

【自由體操】zìyóu tǐcāo ㄗˋ ㄧㄡˊ ㄊㄧˇ ㄘㄠ 競技體操項目之一，運動員在地板、地毯或墊子上徒手做各種動作。

【自由王國】zìyóu wángguó ㄗˋ ㄧㄡˊ ㄨㄤˊ ㄍㄨㄛˊ 哲學上指人在認識和掌握客觀世界規律之後，自由地運用規律改造客觀世界的境界。參看62頁〖必然王國〗。

【自由泳】zìyóuyǒng ㄗˋ ㄧㄡˊ ㄩㄥˇ ❶游泳項目之一，運動員可以用任何姿勢游泳。❷爬泳。

【自由職業】zìyóu zhíyè ㄗˋ ㄧㄡˊ ㄓˊ ㄧㄝˋ 舊時指知識分子憑藉個人的知識技能從事的職業。如醫生、教師、律師、新聞記者、著作家、藝術家所從事的職業。

【自由主義】zìyóu zhǔyì ㄗˋ ㄧㄡˊ ㄓㄨˇ ㄧˋ ❶19世紀和20世紀初期的一種資產階級政治思想。自由主義者代表資產階級的利益，反對政治的、社會的和宗教的束縛，在歷史上曾經起過進步的作用。但在資產階級取得政權後，自由主義就成了掩飾資產階級統治的幌子。❷革命隊伍中的一種錯誤的思想作風，主要表現是缺乏原則性，無組織，無紀律，強調個人利益等。

【自圓其說】zì yuán qí shuō ㄗˋ ㄩㄢˊ ㄑㄧˊ ㄕㄨㄛ 使自己的論斷或謊話沒有破綻。

【自怨自艾】zì yuàn zì yì ㄗˋ ㄩㄢˋ ㄗˋ ㄧˋ 本義是悔恨自己的錯誤，自己改正(艾：治理；懲治)，現在只指悔恨。

【自願】zìyuàn ㄗˋ ㄩㄢˋ 自己願意：自覺自願｜自願參加｜出於自願。

【自在】zìzài ㄗˋ ㄗㄞˋ 自由；不受拘束：逍遙自在。

【自在】zì·zai ㄗˋ ·ㄗㄞ 安閑舒適：他們倆的小日子過得挺自在。

【自在階級】zìzài jiējí ㄗˋ ㄗㄞˋ ㄐㄧㄝ ㄐㄧˊ 指處在自發鬥爭階段的無產階級。這時無產階級還沒有顯著的階級覺悟和自己的政黨。參看〖自為階級〗。

【自知之明】zì zhī zhī míng ㄗˋ ㄓ ㄓ ㄇㄧㄥˊ 了解自己(多指缺點)了解得透徹的能力(常跟'有、無'連用)。

【自制】zìzhì ㄗˋ ㄓˋ 克制自己：自制力｜難以自制。

【自治】zìzhì ㄗˋ ㄓˋ 民族、團體、地區等除了受所隸屬的國家、政府或上級單位領導外，對自己的事務行使一定的權力：自治區｜民族區域自治。

【自治機關】zìzhì jīguān ㄗˋ ㄓˋ ㄐㄧ ㄍㄨㄢ 行使民族自治權力的機關，如自治區、自治州、自治縣的人民代表大會和人民政府。

【自治領】zìzhìlǐng ㄗˋ ㄓˋ ㄌㄧㄥˇ 英聯邦的成員國的一種組織形式，有獨立的立法權和行政權，並可以派遣外交代表，但承認英國皇帝為元首，它的首腦總督是英皇派駐自治領的代表。如新西蘭、加拿大等都是英聯邦內的自治領。

【自治區】zìzhìqū ㄗˋ ㄓˋ ㄑㄩ 相當於省一級的民族自治地方，如內蒙古自治區、新疆維吾爾自治區等。

【自治縣】zìzhìxiàn ㄗˋ ㄓˋ ㄒㄧㄢˋ 相當於縣一級的民族自治地方，如青海省的門源回族自治縣。

【自治州】zìzhìzhōu ㄗˋ ㄓˋ ㄓㄡ 介於自治區和自治縣之間的民族自治地方，如湖南省的湘西土家族苗族自治州。

【自製】zìzhì ㄗˋ ㄓˋ 自己製造：自製糕點｜自製玩具。

【自重】[1] zìzhòng ㄗˋ ㄓㄨㄥˋ ❶注意自己的言行：自愛自重｜請自重些！❷〈書〉抬高自己的身份、地位：擁兵自重。

【自重】[2] zìzhòng ㄗˋ ㄓㄨㄥˋ 機器、運輸工具或建築物承重構件等的本身的重量。

【自主】zìzhǔ ㄗˋ ㄓㄨˇ 自己做主：獨立自主｜婚姻自主｜不由自主。

【自助餐】zìzhùcān ㄗˋ ㄓㄨˋ ㄘㄢ 一種由用餐者自取菜肴、主食的用餐方式。

【自傳】zìzhuàn ㄗˋ ㄓㄨㄢˋ 敍述自己的生平經歷的書或文章。

【自轉】zìzhuàn ㄗˋ ㄓㄨㄢˋ 天體繞着自己的軸心而轉動。地球自轉一周的時間是一晝夜；月亮自轉一周的時間是農曆一個月。

【自尊】zìzūn ㄗˋ ㄗㄨㄣ 尊重自己，不向別人卑躬屈節，也不容許別人歧視、侮辱：自尊心。

【自作聰明】zì zuò cōngmíng ㄗˋ ㄗㄨㄛˋ ㄘㄨㄥ ㄇㄧㄥˊ 自以為挺聰明，輕率逞能。

【自作自受】zì zuò zì shòu ㄗˋ ㄗㄨㄛˋ ㄗˋ ㄕㄡˋ 自己做錯了事，自己承受不好的後果。

字 zì ㄗˋ ❶文字：漢字｜識字｜字體｜字義｜常用字。❷(字兒)字音：咬字兒｜字正腔圓｜他說話字字清楚。❸字體：篆字｜柳字｜宋體字｜美術字。❹書法作品：字畫｜一幅字。❺字眼；詞：革命人民的字典中沒有'屈服'這個字。❻(字兒)字據：立字為憑｜收到款子，寫個字兒給他。❼根據人名中的字義，另取的別名叫'字'：孔明是諸葛亮的字｜岳飛字鵬舉。❽俗指電表、水表等指示的數量：這個月電表走了五十個字，水表走了十二個字。❾〈書〉許配：待字閨中。

【字典】zìdiǎn ㄗˋ ㄉㄧㄢˇ 以字為單位，按一定次序排列，每個字注上讀音、意義和用法的工具書。

【字調】zìdiào ㄗˋ ㄉㄧㄠˋ 字音的高低升降。也叫聲調。參看1086頁〖四聲〗。

【字符】zìfú ㄗˋ ㄈㄨˊ 電子計算機或無綫電通信中字母、數字和各種符號的統稱。

【字幅】zìfú ㄗˋ ㄈㄨˊ 寫成條幅或橫幅的書法作品。

【字號】zì·hao ㄗˋ ·ㄏㄠ ❶商店的名稱：這家商店是甚麼字號？❷指商店：這是一家老字號｜這家字號名氣大。

【字畫】zìhuà ㄗˋ ㄏㄨㄚˋ 書畫：名人字畫。
【字彙】zìhuì ㄗˋ ㄏㄨㄟˋ 字典一類的工具書。
【字迹】zìjì ㄗˋ ㄐㄧˋ 字的筆畫和形體：字迹工整｜墓碑上的字迹模糊不清。
【字句】zìjù ㄗˋ ㄐㄩˋ 文章裏的字眼和句子：字句通順｜錘煉字句。
【字據】zìjù ㄗˋ ㄐㄩˋ 書面的憑證，如合同、收據、借條：立字據｜寫了一張字據。
【字裏行間】zì lǐ háng jiān ㄗˋ ㄌㄧˇ ㄏㄤˊ ㄐㄧㄢ 字句中間：字裏行間充滿了樂觀主義精神。
【字碼兒】zìmǎr ㄗˋ ㄇㄚㄦˇ 數碼①：阿拉伯字碼兒。
【字謎】zìmí ㄗˋ ㄇㄧˊ 用字做謎底的謎語。如'拿不出手'謎底是'合'。
【字面】zìmiàn ㄗˋ ㄇㄧㄢˋ (字面兒) 文字表面上的意義(不是含蓄在內的意義)：這句話從字面上看沒有指摘的意思。
【字模】zìmú ㄗˋ ㄇㄨˊ 澆鑄鉛字的模型，用紫銅或鋅合金製成。也叫銅模。
【字母】zìmǔ ㄗˋ ㄇㄨˇ ❶拼音文字或注音符號的最小的書寫單位：拉丁字母｜注音字母。❷音韻學上指聲母的代表字，如'明'代表m聲母。
【字幕】zìmù ㄗˋ ㄇㄨˋ ❶銀幕或電視機的熒光屏上映出的文字。❷演戲時為了幫助觀眾聽懂唱詞而配合放映的文字。
【字書】zìshū ㄗˋ ㄕㄨ 解釋漢字的形體、讀音和意義的書，如《說文解字》。
【字體】zìtǐ ㄗˋ ㄊㄧˇ ❶同一種文字的各種不同形體，如漢字手寫的楷書、行書、草書，印刷的宋體、黑體。❷書法的派別，如歐體、顏體。❸字的形體：字體工整勻稱。
【字條】zìtiáo ㄗˋ ㄊㄧㄠˊ (字條兒) 寫上簡單話語的紙條：他走時留了一個字條兒。
【字帖兒】zìtiěr ㄗˋ ㄊㄧㄝㄦˇ 寫着簡單的話的紙片，多為通知、啓事之類。
【字帖】zìtiè ㄗˋ ㄊㄧㄝˋ 供學習書法的人臨摹的範本，多為名家墨迹的石刻拓本、木刻印本或影印本。
【字形】zìxíng ㄗˋ ㄒㄧㄥˊ 字的形體：標準字形｜字形規範。
【字眼】zìyǎn ㄗˋ ㄧㄢˇ (字眼兒)用在句子中的字或詞：挑字眼｜摳字眼｜激動的心情，使我找不出適當的字眼來形容。
【字樣】zìyàng ㄗˋ ㄧㄤˋ ❶文字形體的規範：《九經字樣》。❷用在某處的詞語或簡短的句子：門上寫着'衞生模範'的字樣。
【字義】zìyì ㄗˋ ㄧˋ 字所代表的意義：解釋字義。
【字音】zìyīn ㄗˋ ㄧㄣ 字的讀音：注明字音。
【字斟句酌】zì zhēn jù zhuó ㄗˋ ㄓㄣ ㄐㄩˋ ㄓㄨㄛˊ 對每一字、每一句都仔細推敲。形容說話或寫作的態度慎重。
【字紙】zìzhǐ ㄗˋ ㄓˇ 有字的廢紙：字紙簍兒。

牸 zì ㄗˋ 雌性的牲畜(一般用於牛)：牸牛。

傳(剚) zì ㄗˋ 〈書〉用刀刺進去。

恣 zì ㄗˋ ❶放縱；沒有拘束：恣意。❷〈方〉(恣兒)舒服；自在(zì·zai)：恣得很。
【恣情】zìqíng ㄗˋ ㄑㄧㄥˊ ❶縱情：恣情享樂｜恣情歡笑。❷任意：錢拿到手別恣情胡花。
【恣肆】zìsì ㄗˋ ㄙˋ 〈書〉❶放縱：驕橫恣肆。❷(言談、寫作等)豪放不拘：文筆恣肆。
【恣睢】zìsuī ㄗˋ ㄙㄨㄟ 〈書〉任意胡為：暴戾恣睢。
【恣意】zìyì ㄗˋ ㄧˋ 任意；任性：恣意妄為。

眦(眥) zì ㄗˋ 上下眼瞼的接合處，靠近鼻子的叫內眦，靠近兩鬢的叫外眦。通稱眼角。

胾 zì ㄗˋ 〈書〉切成的大塊肉。

胔 zì ㄗˋ 〈書〉腐爛的肉。

漬(渍) zì ㄗˋ ❶浸；漚；沾：漬麻｜白襯衣被汗水漬黃了。❷地面的積水：內漬｜防洪排漬。❸油泥等積在上面難以除去：烟斗裏漬了很多的油子｜他每天擦機器，不讓漬一點泥。❹〈方〉積在物體上面難以除去的油泥等：油漬｜茶漬。

zōng (ㄗㄨㄥ)

宗1 zōng ㄗㄨㄥ ❶祖宗：列祖列宗。❷家族；同一家族的：同宗｜宗兄。❸宗派；派別：正宗｜禪宗。❹宗旨：開宗明義｜萬變不離其宗。❺在學術或文藝上效法：他的唱工宗的是梅派。❻為眾人所師法的人物：文宗｜一代詞宗。❼量詞：一宗心事｜大宗款項。❽(Zōng)姓。

宗2 zōng ㄗㄨㄥ 西藏地區舊行政區劃單位，大致相當於縣。
【宗祠】zōngcí ㄗㄨㄥ ㄘˊ 祠堂①。
【宗法】zōngfǎ ㄗㄨㄥ ㄈㄚˇ ❶舊時以家族為中心，按血統遠近區別親疏的法則：宗法制度｜宗法社會。❷師法；效法：他的字宗法柳體。
【宗匠】zōngjiàng ㄗㄨㄥ ㄐㄧㄤˋ 在學術或藝術上有重大成就而為眾人所敬仰的人：詞家宗匠｜一代宗匠。
【宗教】zōngjiào ㄗㄨㄥ ㄐㄧㄠˋ 一種社會意識形態，是對客觀世界的一種虛幻的反映，要求人們信仰上帝、神道、精靈、因果報應等，把希望寄託於所謂天國或來世。
【宗廟】zōngmiào ㄗㄨㄥ ㄇㄧㄠˋ 帝王或諸侯祭祀祖宗的處所。
【宗派】zōngpài ㄗㄨㄥ ㄆㄞˋ ❶政治、學術、宗教方面的自成一派而和別派對立的集團(今多用於貶義)：宗派活動。❷〈書〉宗族的分支。

【宗派主義】zōngpài zhǔyì ㄗㄨㄥ ㄆㄞˋ ㄓㄨˇ ㄧˋ 主觀主義在組織關係上的一種表現，特點是思想狹隘，只顧小集團的利益，好鬧獨立性和做無原則的派系鬥爭等。

【宗師】zōngshī ㄗㄨㄥ ㄕ 指在思想或學術上受人尊崇而可奉為楷模的人：一代宗師。

【宗室】zōngshì ㄗㄨㄥ ㄕˋ 帝王的宗族。

【宗祧】zōngtiāo ㄗㄨㄥ ㄊㄧㄠ 舊時指家族相傳的世系：繼承宗祧。

【宗仰】zōngyǎng ㄗㄨㄥ ㄧㄤˇ 〈書〉(眾人)推崇；景仰：海內宗仰｜遠近宗仰。

【宗旨】zōngzhǐ ㄗㄨㄥ ㄓˇ 主要的目的和意圖：本學會以弘揚祖國文化為宗旨。

【宗主國】zōngzhǔguó ㄗㄨㄥ ㄓㄨˇ ㄍㄨㄛˊ 封建時代直接控制藩屬國的外交和國防，從而使藩屬國處於半獨立的狀態的國家。在資本主義時代，殖民國家對殖民地也自稱宗主國。

【宗主權】zōngzhǔquán ㄗㄨㄥ ㄓㄨˇ ㄑㄩㄢˊ 宗主國對藩屬國、殖民地享有的支配或統治的權力。

【宗族】zōngzú ㄗㄨㄥ ㄗㄨˊ ❶同一父系的家族：宗族制度。❷同一父系家族的成員(不包括出嫁的女性)。

棕(椶) zōng ㄗㄨㄥ ❶棕櫚。❷棕毛：棕繩｜棕毯｜棕刷子。

【棕綳】zōngbēng ㄗㄨㄥ ㄅㄥ 用棕繩穿在木框上製成的牀屜子：棕綳牀。也叫棕綳子。

【棕櫚】zōnglǘ ㄗㄨㄥ ㄌㄩˊ 常綠喬木，莖呈圓柱形，沒有分枝，葉子大，有長葉柄，掌狀深裂，裂片呈披針形，花黃色，雌雄異株，核果長圓形。木材可以製器具。通稱棕樹。

【棕毛】zōngmáo ㄗㄨㄥ ㄇㄠˊ 棕櫚樹葉鞘的纖維，包在樹幹外面，紅褐色，可以製蓑衣、繩索、刷子等物品。

【棕色】zōngsè ㄗㄨㄥ ㄙㄜˋ 像棕毛那樣的顏色。

【棕熊】zōngxióng ㄗㄨㄥ ㄒㄩㄥˊ 哺乳動物，身體大，肩部隆起，毛色一般是棕褐色，但隨地區不同而深淺不一。能爬樹，會游泳，吃果、菜、蟲、魚、鳥、獸等，有時也傷害人畜。掌和肉可以吃，皮可以做皮褥，膽可入藥。也叫馬熊或羆，通稱人熊。

腙 zōng ㄗㄨㄥ 有機化合物的一類，是醛或酮的羰基與肼或取代肼縮合而成的化合物。[英 hydrazone]

堫(㚇) zōng ㄗㄨㄥ 見535頁〖雞堫〗。

綜(综) zōng ㄗㄨㄥ 總起來聚在一起：綜合｜錯綜。

另見1432頁 zèng。

【綜觀】zōngguān ㄗㄨㄥ ㄍㄨㄢ 綜合觀察：綜觀全局。

【綜合】zōnghé ㄗㄨㄥ ㄏㄜˊ ❶把分析過的對象或現象的各部分、各屬性聯合成一個統一的整體(跟'分析'相對)。❷不同種類、不同性質的事物組合在一起：綜合治理｜綜合平衡(各方面之間的平衡)｜綜合大學｜戲劇是一種綜合藝術，它包括文學、美術、音樂、建築各種藝術的成分。

【綜合大學】zōnghé dàxué ㄗㄨㄥ ㄏㄜˊ ㄉㄚˋ ㄒㄩㄝˊ 多科系的高等學校，一般設有哲學社會科學(文科)和自然科學(理科)方面的各種專業。

【綜合利用】zōnghé lìyòng ㄗㄨㄥ ㄏㄜˊ ㄌㄧˋ ㄩㄥˋ 對資源實行全面、充分、合理的利用。

【綜合語】zōnghéyǔ ㄗㄨㄥ ㄏㄜˊ ㄩˇ 詞與詞之間的語法關係主要是靠詞本身的形態變化來表示的語言，如俄語。詞的形態變化也叫屈折，所以綜合語也叫屈折語。

【綜計】zōngjì ㄗㄨㄥ ㄐㄧˋ 總計。

【綜括】zōngkuò ㄗㄨㄥ ㄎㄨㄛˋ 總括。

【綜述】zōngshù ㄗㄨㄥ ㄕㄨˋ 綜合敘述：新聞綜述｜社論綜述了一年來的經濟形勢。

樅(枞) zōng ㄗㄨㄥ 樅陽(Zōngyáng ㄗㄨㄥ ㄧㄤˊ)，地名，在安徽。

另見192頁 cōng。

蹤(踪) zōng ㄗㄨㄥ 腳印；蹤迹：蹤影｜失蹤｜跟蹤｜無影無蹤。

【蹤迹】zōngjì ㄗㄨㄥ ㄐㄧˋ 行動所留的痕迹：各個角落都找遍了，仍然不見蹤迹。

【蹤影】zōngyǐng ㄗㄨㄥ ㄧㄥˇ 蹤迹(指尋找的對象，多用於否定式)：毫無蹤影｜好幾天看不見他的蹤影。

鬃 zōng ㄗㄨㄥ 馬、豬等頸上的長毛：馬鬃｜豬鬃｜鬃刷。

騣(骔、騌) zōng ㄗㄨㄥ 馬鬃。

zǒng (ㄗㄨㄥˇ)

傯(偬) zǒng ㄗㄨㄥˇ 見657頁[倥傯]。

摠(捴) zǒng ㄗㄨㄥˇ 〈書〉同'總'。

總(总、総) zǒng ㄗㄨㄥˇ ❶總括；彙集：總之｜彙總｜總其成｜總起來說｜把兩筆賬總到一塊兒。❷全部的；全面的：總賬｜總動員｜總攻擊｜總罷工｜總的情況對我們非常有利。❸概括全部的；為首的；領導的：總綱｜總則｜總店｜總工會｜總路綫｜總司令｜總書記。❹一直；一向：天總不放晴｜晚飯後他總是到湖邊散步。❺畢竟；總歸：冬天總要過去，春天總會來臨｜小孩子總是小孩子，哪能像大人那樣有力氣。

【總裁】zǒngcái ㄗㄨㄥˇ ㄘㄞˊ ❶清代稱中央編纂機構的主管官員和主持會試的大臣。❷某些政黨或大型企業領導人的名稱。

【總產值】zǒngchǎnzhí ㄗㄨㄥˇ ㄔㄢˇ ㄓˊ 用價值形式計算的物質生產部門、生產單位在一定時期內生產的各種產品的總量。

【總稱】zǒngchēng ㄗㄨㄥˇ ㄔㄥ 統稱：醫、卜、星相之類過去總稱為方技｜艦艇是各種軍用船隻的總稱。

【總得】zǒngděi ㄗㄨㄥˇ ㄉㄟˇ 必須①：這件事總得想個辦法解決才好｜我想他今天總得來一趟。

【總動員】zǒngdòngyuán ㄗㄨㄥˇ ㄉㄨㄥˋ ㄩㄢˊ ❶國家把全部武裝力量由和平狀態轉入戰時狀態，並把所有的人力、物力動員起來以備戰爭需要的緊急措施。❷為完成某項重要任務動員全部力量。

【總督】zǒngdū ㄗㄨㄥˇ ㄉㄨ ❶明初在用兵時派往地方巡視監察的官員，清朝始正式成為地方最高長官，一般管轄兩省的軍事和政治，也有管三省或只管一省的。❷英國、法國等國家駐在殖民地的最高統治官員。❸英國國王派駐自治領的代表。

【總隊】zǒngduì ㄗㄨㄥˇ ㄉㄨㄟˋ 軍隊中相當於團或師的一級組織。

【總額】zǒng'é ㄗㄨㄥˇ ㄜˊ (款項)總數：存款總額｜工資總額｜銷售總額。

【總而言之】zǒng ér yán zhī ㄗㄨㄥˇ ㄦˊ ㄧㄢˊ ㄓ 總括起來說；總之：總而言之，要主動，不要被動｜大的、小的、方的、圓的，總而言之，各種形狀都有。

【總綱】zǒnggāng ㄗㄨㄥˇ ㄍㄤ 總的原則、要點；總的綱領。

【總攻】zǒnggōng ㄗㄨㄥˇ ㄍㄨㄥ 軍事上指全綫出擊或全面進攻：總攻令｜發起總攻。

【總共】zǒnggòng ㄗㄨㄥˇ ㄍㄨㄥˋ 一共：他家總共三口人｜我們場裏總共養了兩千多頭奶牛。

【總管】zǒngguǎn ㄗㄨㄥˇ ㄍㄨㄢˇ ❶全面管理：校內事務一時無人總管｜後勤工作由老張總管。❷全面管理事務的人。❸舊時富豪人家管理奴僕和各項事務的人。

【總歸】zǒngguī ㄗㄨㄥˇ ㄍㄨㄟ 副詞，表示無論怎樣一定如此；終究：事實總歸是事實。

【總合】zǒnghé ㄗㄨㄥˇ ㄏㄜˊ 全部加起來；合在一起：把各種力量總合起來。

【總和】zǒnghé ㄗㄨㄥˇ ㄏㄜˊ 全部加起來的數量或內容：力量的總和｜三個月產量的總和。

【總後方】zǒnghòufāng ㄗㄨㄥˇ ㄏㄡˋ ㄈㄤ 指揮整個戰爭的領導機關所在的後方。

【總匯】zǒnghuì ㄗㄨㄥˇ ㄏㄨㄟˋ (水流)會合：總匯入海。

【總彙】zǒnghuì ㄗㄨㄥˇ ㄏㄨㄟˋ 彙合在一起的事物：人民是智慧的海洋，力量的總彙。

【總機】zǒngjī ㄗㄨㄥˇ ㄐㄧ 供機關、企業等內部使用的交換機，可以接通許多分機和外綫。

【總集】zǒngjí ㄗㄨㄥˇ ㄐㄧˊ 彙集許多人的作品而成的詩文集，如蕭統《文選》、郭茂倩《樂府詩集》(區別於'別集')。

【總計】zǒngjì ㄗㄨㄥˇ ㄐㄧˋ 合起來計算：觀眾總計有十萬人｜這個村糧食產量總計為一百萬斤。

【總角】zǒngjiǎo ㄗㄨㄥˇ ㄐㄧㄠˇ 〈書〉古代未成年的人把頭髮紮成髻，借指幼年：總角之交(幼年就相識的好朋友)。

【總結】zǒngjié ㄗㄨㄥˇ ㄐㄧㄝˊ ❶把一階段內的工作、學習或思想中的各種經驗或情況分析研究，做出有指導性的結論：總結工作｜總結經驗。❷指總結後概括出來的結論：年終總結｜工作總結。

【總括】zǒngkuò ㄗㄨㄥˇ ㄎㄨㄛˋ 把各方面合在一起：總括起來說｜對各方面的情況加以總括。

【總覽】zǒnglǎn ㄗㄨㄥˇ ㄌㄢˇ 全面地看；綜觀：總覽全局。

【總攬】zǒnglǎn ㄗㄨㄥˇ ㄌㄢˇ 全面掌握：總攬大權。

【總理】zǒnglǐ ㄗㄨㄥˇ ㄌㄧˇ ❶我國國務院領導人的名稱。❷某些國家政府首腦的名稱。❸某些政黨領導人的名稱。❹舊時某些機構、企業負責人的名稱：學校總理｜分公司的總理。❺〈書〉全面主持管理：總理其事｜總理軍務。

【總領事】zǒnglǐngshì ㄗㄨㄥˇ ㄌㄧㄥˇ ㄕˋ 領事中的最高一級的。參看734頁〖領事〗。

【總路綫】zǒnglùxiàn ㄗㄨㄥˇ ㄌㄨˋ ㄒㄧㄢˋ 在一定歷史時期指導各方面工作的最根本的方針。

【總目】zǒngmù ㄗㄨㄥˇ ㄇㄨˋ 總的目錄：四庫全書總目｜全書分訂五冊，除分冊目錄外，第一冊前面還有全書總目。

【總評】zǒngpíng ㄗㄨㄥˇ ㄆㄧㄥˊ 總的評價、評論或評比。

【總鰭魚】zǒngqíyú ㄗㄨㄥˇ ㄑㄧˊ ㄩˊ 魚的一類，有肺，可以在水外呼吸，鰭強壯有力。生活在古生代，是陸生脊椎動物的祖先，為魚類進化成兩栖類的過渡類型，現在仍有殘存。

【總數】zǒngshù ㄗㄨㄥˇ ㄕㄨˋ 加在一起的數目：資產總數｜與會人員總數不足一百。

【總司令】zǒngsīlìng ㄗㄨㄥˇ ㄙ ㄌㄧㄥˋ 全國或一個方面的軍隊的最高統帥。

【總算】zǒngsuàn ㄗㄨㄥˇ ㄙㄨㄢˋ 副詞。❶表示經過相當長的時間以後某種願望終於實現：一連下了六七天的雨，今天總算晴了｜他白天想，夜裏想，最後總算想到了一個好辦法。❷表示大體上還過得去：小孩子的字能寫成這樣，總算不錯了。

【總體】zǒngtǐ ㄗㄨㄥˇ ㄊㄧˇ 若干個體所合成的事物；整體：總體規劃｜總體設計。

【總統】zǒngtǒng ㄗㄨㄥˇ ㄊㄨㄥˇ 某些共和國的

元首的名稱。

【總務】zǒngwù ㄗㄨㄥˇ ㄨˋ ❶機關學校等單位中的行政雜務：總務科｜總務工作。❷負責總務的人。

【總星系】zǒngxīngxì ㄗㄨㄥˇ ㄒㄧㄥ ㄒㄧˋ 銀河系和所有已經發現的河外星系的總稱，是人類迄今為止所觀測到的恒星世界。

【總則】zǒngzé ㄗㄨㄥˇ ㄗㄜˊ 規章條例的最前面的概括性的條文。

【總長】zǒngzhǎng ㄗㄨㄥˇ ㄓㄤˇ ❶北洋軍閥時期中央政府各部的最高長官。❷總參謀長。

【總賬】zǒngzhàng ㄗㄨㄥˇ ㄓㄤˋ 簿記中主要賬簿之一，按戶頭分類登記一切經濟及財政業務。根據總賬所記賬目編制資產負債表。

【總之】zǒngzhī ㄗㄨㄥˇ ㄓ 表示下文是總括性的話：政治、文化、科學、藝術，總之，一切上層建築都是跟社會的經濟基礎分不開的。

【總裝】zǒngzhuāng ㄗㄨㄥˇ ㄓㄨㄤ ❶把部件裝配成總體的工序。❷把部件裝配成總體：總裝空間站。

zòng（ㄗㄨㄥˋ）

粽（糉） zòng ㄗㄨㄥˋ 粽子：肉粽｜豆沙粽。

【粽子】zòng·zi ㄗㄨㄥˋ ·ㄗ 一種食品，用竹葉或葦葉等把糯米包住，紮成三角錐體或其他形狀，煮熟後食用。我國民間端午節有吃粽子的習俗。

豵 zòng ㄗㄨㄥˋ 〈方〉公豬。

瘲（疭） zòng ㄗㄨㄥˋ 見156頁［瘛瘲］(chìzòng)。

縱¹（纵） zòng ㄗㄨㄥˋ ❶地理上南北向的（跟'橫'相對，下②③同）：大運河北起北京，南至杭州，縱貫河北、山東、江蘇、浙江四省。❷從前到後的：縱深。❸跟物體的長的一邊平行的：縱剖面。❹指軍隊編制上的縱隊。

縱²（纵） zòng ㄗㄨㄥˋ ❶釋放；放走：欲擒故縱｜縱虎歸山。❷放任；不約束：放縱｜縱情｜縱慾｜不能縱着孩子。❸縱身：花貓向前一縱，就把老鼠撲住了。

縱³（纵） zòng ㄗㄨㄥˋ 〈書〉縱然：縱有千山萬水，也擋不住英勇的勘探隊員。

縱⁴（纵） zòng ㄗㄨㄥˋ 〈方〉有了皺紋：縱金字（用有皺紋的金紙做成的字）｜衣服壓縱了｜紙都縱起來了。

【縱步】zòngbù ㄗㄨㄥˋ ㄅㄨˋ ❶放開腳步：縱步向前走去。❷向前跳躍的步子：一個縱步跳過壕溝。

【縱隊】zòngduì ㄗㄨㄥˋ ㄉㄨㄟˋ ❶縱的隊形：四路縱隊。❷軍隊編制單位之一，我國解放戰爭時期，解放軍曾編縱隊，相當於軍。

【縱隔】zònggé ㄗㄨㄥˋ ㄍㄜˊ 胸腔裏左肺和右肺之間的臟器（如心臟、胸腺、食管等）和結締組織的統稱。

【縱橫】zònghéng ㄗㄨㄥˋ ㄏㄥˊ ❶豎和橫；橫一條豎一條的：縱橫交錯｜鐵路縱橫，像蜘蛛網一樣。❷奔放自如：筆意縱橫。❸奔馳無阻：紅軍長驅二萬五千餘里，縱橫十一個省。

【縱橫捭闔】zònghéng bǎihé ㄗㄨㄥˋ ㄏㄥˊ ㄅㄞˇ ㄏㄜˊ 指在政治、外交上運用手段進行聯合或分化（縱橫：用遊說來聯合；捭闔：開合）。

【縱虎歸山】zòng hǔ guī shān ㄗㄨㄥˋ ㄏㄨˇ ㄍㄨㄟ ㄕㄢ 比喻放走敵人，留下禍根。也說放虎歸山。

【縱火】zònghuǒ ㄗㄨㄥˋ ㄏㄨㄛˇ 放火：縱火犯。

【縱酒】zòngjiǔ ㄗㄨㄥˋ ㄐㄧㄡˇ 沒有節制地飲酒。

【縱覽】zònglǎn ㄗㄨㄥˋ ㄌㄢˇ 放開眼任意觀看：縱覽四周｜縱覽群書。

【縱令】¹ zònglìng ㄗㄨㄥˋ ㄌㄧㄥˋ 連詞，即使：縱令有天大困難，也嚇不倒我們。

【縱令】² zònglìng ㄗㄨㄥˋ ㄌㄧㄥˋ 放任不加管束；聽憑：不得縱令壞人逃脱。

【縱目】zòngmù ㄗㄨㄥˋ ㄇㄨˋ 盡着目力（遠望）：縱目四望。

【縱情】zòngqíng ㄗㄨㄥˋ ㄑㄧㄥˊ 盡情：縱情歡樂｜縱情歌唱。

【縱然】zòngrán ㄗㄨㄥˋ ㄖㄢˊ 即使：今天縱然有雨，也不會很大。

【縱容】zòngróng ㄗㄨㄥˋ ㄖㄨㄥˊ 對錯誤行為不加制止，任其發展：不要縱容孩子的不良行為。

【縱身】zòngshēn ㄗㄨㄥˋ ㄕㄣ 全身猛力向前或向上（跳）：縱身上馬｜縱身跳過壕溝。

【縱深】zòngshēn ㄗㄨㄥˋ ㄕㄣ 地域縱的方向的深度（多用於軍事上）：突破前沿，向縱深推進。

【縱使】zòngshǐ ㄗㄨㄥˋ ㄕˇ 即使：縱使你再聰明，不努力也難以成事。

【縱談】zòngtán ㄗㄨㄥˋ ㄊㄢˊ 無拘束地談：縱談天下事。

【縱向】zòngxiàng ㄗㄨㄥˋ ㄒㄧㄤˋ ❶非平行的；上下方向的：縱向比較｜縱向聯繫。❷指南北方向：京廣鐵路是縱向的，隴海鐵路是橫向的。

【縱慾】zòngyù ㄗㄨㄥˋ ㄩˋ 放縱肉慾，不加節制。

zōu（ㄗㄡ）

陬 zōu ㄗㄡ 〈書〉角落；山腳。

鄒(邹) Zōu ㄗㄡ ❶周朝國名，在今山東鄒縣一帶。❷姓。

緅(缬) zōu ㄗㄡ 〈書〉黑裏帶紅的顏色。

諏(诹) zōu ㄗㄡ 〈書〉商量；咨詢：諏吉(商訂吉日)。

鄹(❶鄹) Zōu ㄗㄡ ❶春秋時魯國地名，在今山東曲阜東南。❷〈書〉同'鄒'①。

鯫(鲰) zōu ㄗㄡ 〈書〉❶小魚。❷形容小。

騶(驺) zōu ㄗㄡ ❶古代給貴族掌管車馬的人。❷(Zōu)姓。

zǒu (ㄗㄡˇ)

走 zǒu ㄗㄡˇ ❶人或鳥獸的腳交互向前移動：行走｜走路｜孩子會走了｜馬不走了。❷跑：奔走相告。❸(車、船等)運行；移動；挪動：鐘不走了｜這條船一個鐘頭能走三十里｜你這步棋走壞了。❹離開；去：車剛走｜我明天要走了｜請你走一趟吧｜把土抬走。❺指人死(婉辭)：她還這麼年輕就走了。❻(親友之間)來往：走娘家｜走親戚｜他們兩家走得很近。❼通過；由：咱們走這個門出去吧。❽漏出；泄漏：走氣｜走風｜說走了嘴。❾改變或失去原樣：走樣｜走調兒｜茶葉走味了｜你把原意講走了。

【走板】zǒu∥bǎn ㄗㄡˇ∥ㄅㄢˇ ❶指唱戲不合板眼：黃腔走板｜唱得走了板。❷(走板兒)比喻說話離開主題或不恰當：你的話走板了｜他說着說着就走了板兒。

【走筆】zǒubǐ ㄗㄡˇ ㄅㄧˇ 〈書〉很快地寫：走筆疾書。

【走避】zǒubì ㄗㄡˇ ㄅㄧˋ 為躲避而走開；逃避：走避他鄉｜走避不及。

【走邊】zǒu∥biān ㄗㄡˇ∥ㄅㄧㄢ 武戲中表演夜間潛行、靠路邊疾走的動作。

【走鏢】zǒubiāo ㄗㄡˇ ㄅㄧㄠ 指保鏢的人押送貨物。

【走道】zǒudào ㄗㄡˇ ㄉㄠˋ 街旁或室內外供人行走的道路：大樓的走道窄｜留出一條走道。

【走道兒】zǒu∥dàor ㄗㄡˇ∥ㄉㄠㄦˋ 走路：小孩兒剛會走道兒｜她走道兒一扭一扭的。

【走電】zǒu∥diàn ㄗㄡˇ∥ㄉㄧㄢˋ 〈方〉跑電。

【走調兒】zǒu∥diàor ㄗㄡˇ∥ㄉㄧㄠㄦˋ 唱戲、唱歌、演奏樂器不合調子：他唱歌愛走調兒。

【走動】zǒudòng ㄗㄡˇ ㄉㄨㄥˋ ❶行走而使身體活動：坐的時間久了，應該走動走動。❷指親戚朋友之間彼此來往：兩家常走動，感情很好。

【走讀】zǒudú ㄗㄡˇ ㄉㄨˊ (學生)只在學校上課，不在學校住宿，叫走讀(區別於'寄宿')：走讀生。

【走訪】zǒufǎng ㄗㄡˇ ㄈㄤˇ 訪問；拜訪：記者走訪勞動模範。

【走風】zǒu∥fēng ㄗㄡˇ∥ㄈㄥ 泄漏消息。

【走鋼絲】zǒu gāngsī ㄗㄡˇ ㄍㄤ ㄙ ❶雜技的一種，演員在懸空的鋼絲上來回走動，並表演各種動作。❷比喻做有風險的事情。

【走狗】zǒugǒu ㄗㄡˇ ㄍㄡˇ 本指獵狗，今比喻受人豢養而幫助作惡的人。

【走過場】zǒu guòchǎng ㄗㄡˇ ㄍㄨㄛˋ ㄔㄤˇ ❶戲曲中角色出場後不停留，穿過舞台從另一側下場，叫走過場。❷比喻敷衍了事。

【走合】zǒuhé ㄗㄡˇ ㄏㄜˊ 磨(mó)合。

【走紅】zǒu∥hóng ㄗㄡˇ∥ㄏㄨㄥˊ ❶遇到好運氣：這幾年他正走紅，步步高升。也說走紅運。❷指吃得開；受歡迎：圖書市場上音像製品開始走紅。

【走後門】zǒu hòumén ㄗㄡˇ ㄏㄡˋ ㄇㄣˊ (走後門兒)比喻用託情、行賄等不正當的手段，通過內部關係達到某種目的。

【走火】zǒu∥huǒ ㄗㄡˇ∥ㄏㄨㄛˇ ❶因不小心而使火器發火：槍走了火。❷比喻說話說過了頭：他說話好走火。❸電綫破損跑電引起燃燒：起火原因是電綫走火。❹失火：倉房走火了。

【走江湖】zǒu jiāng·hú ㄗㄡˇ ㄐㄧㄤ·ㄏㄨˊ 指四方奔走，靠武藝雜技或醫卜星相謀生。

【走廊】zǒuláng ㄗㄡˇ ㄌㄤˊ ❶屋檐下高出平地的走道，或房屋之間有頂的走道。❷比喻連接兩個較大地區的狹長地帶：河西走廊。

【走漏】zǒulòu ㄗㄡˇ ㄌㄡˋ ❶泄漏(消息等)：走漏風聲。❷走私漏稅。❸大宗的東西部分失竊，叫有走漏。

【走露】zǒulòu ㄗㄡˇ ㄌㄡˋ 走漏①。

【走路】zǒu∥lù ㄗㄡˇ∥ㄌㄨˋ ❶(人)在地上走：孩子會走路了｜走了兩天的路，累壞了。❷指離開；走開：不好好兒幹，讓他捲鋪蓋走路。

【走馬】zǒumǎ ㄗㄡˇ ㄇㄚˇ 騎着馬跑：平原走馬｜走馬看花。

【走馬燈】zǒumǎdēng ㄗㄡˇ ㄇㄚˇ ㄉㄥ 一種供玩賞的燈，用彩紙剪成各種人騎着馬的形象(或別的形象)，貼在燈裏特製的輪子上，輪子因蠟燭的火焰形成的空氣對流而轉動，紙剪的人物隨着繞圈兒。

【走馬換將】zǒu mǎ huàn jiàng ㄗㄡˇ ㄇㄚˇ ㄏㄨㄢˋ ㄐㄧㄤˋ 指掉換將領，泛指掉換人員：領導班子走馬換將後，工作有了起色。

【走馬看花】zǒu mǎ kàn huā ㄗㄡˇ ㄇㄚˇ ㄎㄢˋ ㄏㄨㄚ 比喻粗略地觀察事物。也說走馬觀花。

【走馬上任】zǒu mǎ shàng rèn ㄗㄡˇ ㄇㄚˇ ㄕㄤˋ ㄖㄣˋ 指官吏就職。

【走南闖北】zǒu nán chuǎng běi ㄗㄡˇ ㄋㄢˊ ㄔㄨㄤˇ ㄅㄟˇ 形容走的地方多，到過許多省份。

【走內綫】zǒu nèixiàn ㄗㄡˇ ㄋㄟˋ ㄒㄧㄢˋ 指通過

對方的眷屬或親信，進行某種活動。

【走俏】zǒuqiào ㄗㄡˇ ㄑㄧㄠˋ (商品)銷路好：近年金首飾走俏。

【走禽】zǒuqín ㄗㄡˇ ㄑㄧㄣˊ 鳥的一類，這類鳥翅膀短小，腳大而有力，只能在地面行走而不能飛行。如食火雞和鴕鳥。

【走人】zǒurén ㄗㄡˇ ㄖㄣˊ (人)離開；走開：咱們走人，不等他了｜他既不願幹，就叫他走人。

【走色】zǒu//shǎi ㄗㄡˇ//ㄕㄞˇ 落色：這布一洗就走色。

【走扇】zǒushàn ㄗㄡˇ ㄕㄢˋ 門扇或窗扇由於變形等原因而關不上或關不嚴。

【走墒】zǒu//shāng ㄗㄡˇ//ㄕㄤ 跑墒。

【走神兒】zǒu//shénr ㄗㄡˇ//ㄕㄣㄦˊ 精神不集中，注意力分散：開車可不能走神兒｜剛才走了神兒，沒聽見他說甚麼。

【走繩】zǒu//shéng ㄗㄡˇ//ㄕㄥˊ 雜技的一種，演員在懸空的繩索上來回走動，並表演各種動作。也叫走索。

【走失】zǒushī ㄗㄡˇ ㄕ ❶(人或家畜)出去後迷了路，回不到原地，因而不知下落：孩子在廟會上走失了｜前天他家走失了一隻羊。❷改變或失去(原樣)：譯文走失原意。

【走時】zǒushí ㄗㄡˇ ㄕˊ ❶鐘錶指針移動，指示時間：表走時準確。❷〈方〉走運。也說走時運。

【走勢】zǒushì ㄗㄡˇ ㄕˋ ❶趨勢：當前企業投資走勢看好。❷走向：勘察山谷的走勢。

【走獸】zǒushòu ㄗㄡˇ ㄕㄡˋ 泛指獸類：飛禽走獸。

【走水】zǒu//shuǐ ㄗㄡˇ//ㄕㄨㄟˇ ❶漏水：房頂走水了。❷流水：渠道走水通暢。❸指失火(含避諱意)：倉庫走水。

【走水】zǒu·shui ㄗㄡˇ·ㄕㄨㄟ 〈方〉帳子簾幕等上方裝飾的短橫幅。

【走私】zǒu//sī ㄗㄡˇ//ㄙ 違反海關法規，逃避海關檢查，非法運輸貨物進出國境：走私毒品｜走私活動。

【走索】zǒu//suǒ ㄗㄡˇ//ㄙㄨㄛˇ 走繩。

【走題】zǒu//tí ㄗㄡˇ//ㄊㄧˊ 做詩文或說話離開了主題：說話走了題。

【走投無路】zǒu tóu wú lù ㄗㄡˇ ㄊㄡˊ ㄨˊ ㄌㄨˋ 無路可走，比喻處境極端困難，找不到出路。

【走味兒】zǒu//wèir ㄗㄡˇ//ㄨㄟㄦˋ 失去原有的滋味、氣味(多指食物、茶葉)。

【走向】zǒuxiàng ㄗㄡˇ ㄒㄧㄤˋ (岩層、礦層、山脈等)延伸的方向：邊界走向｜一條南北走向的道路。

【走形】zǒu//xíng ㄗㄡˇ//ㄒㄧㄥˊ (走形兒)失去原有的形狀；變形：用潮濕木料做成的傢具容易走形｜這件衣服洗了一次就走了形。

【走形式】zǒu xíngshì ㄗㄡˇ ㄒㄧㄥˊ ㄕˋ 指只圖表面上應付，不講實效。

【走穴】zǒuxué ㄗㄡˇ ㄒㄩㄝˊ 指演員為了撈外快而私自外出演出。

【走眼】zǒu//yǎn ㄗㄡˇ//ㄧㄢˇ 看錯：拿着好貨當次貨，你可看走眼了｜買珠寶首飾，若是走了眼，可就吃大虧。

【走樣】zǒu//yàng ㄗㄡˇ//ㄧㄤˋ (走樣兒)失去原來的樣子：話三傳兩傳就走了樣兒。

【走運】zǒu//yùn ㄗㄡˇ//ㄩㄣˋ 所遇到的事情，恰巧符合自己的意願；運氣好：你真走運，好事都讓你趕上了。

【走賬】zǒu//zhàng ㄗㄡˇ//ㄓㄤˋ 把款項記在賬簿上。

【走卒】zǒuzú ㄗㄡˇ ㄗㄨˊ 差役，比喻受人豢養而幫助作惡的人。

【走嘴】zǒu//zuǐ ㄗㄡˇ//ㄗㄨㄟˇ 說話不留神而泄漏機密或發生錯誤：她說着說着就走了嘴了。

zòu (ㄗㄡˋ)

奏 zòu ㄗㄡˋ ❶演奏：獨奏｜合奏｜伴奏｜奏國歌。❷發生；取得(功效等)：奏效｜大奏奇功。❸臣子對帝王陳述意見或說明事情：啓奏｜奏議｜奏本。

【奏捷】zòujié ㄗㄡˋ ㄐㄧㄝˊ 取得勝利：奏捷歸來｜頻頻奏捷。

【奏凱】zòukǎi ㄗㄡˋ ㄎㄞˇ 得勝而奏凱歌，泛指勝利。

【奏鳴曲】zòumíngqǔ ㄗㄡˋ ㄇㄧㄥˊ ㄑㄩˇ 樂曲形式之一，一般由三個或四個性質不同的樂章組成，用一件或兩件樂器演奏。

【奏疏】zòushū ㄗㄡˋ ㄕㄨ 奏章。

【奏效】zòu//xiào ㄗㄡˋ//ㄒㄧㄠˋ 發生預期的效果；見效：奏效顯著｜吃了這藥就能奏效。

【奏樂】zòu//yuè ㄗㄡˋ//ㄩㄝˋ 演奏樂曲：樂隊奏樂。

【奏章】zòuzhāng ㄗㄡˋ ㄓㄤ 臣子向帝王呈遞的意見書。

【奏摺】zòuzhé ㄗㄡˋ ㄓㄜˊ 寫有奏章的摺子：上奏摺。

揍 zòu ㄗㄡˋ ❶打(人)：挨揍｜揍他一頓。❷〈方〉打碎：小心別把玻璃揍了｜把碗給揍了。

zū (ㄗㄨ)

租 zū ㄗㄨ ❶租用：租房｜租了一輛汽車。❷出租：這個書店開展租書業務。❸出租所收取的金錢或實物：房租｜地租｜減租減息。❹舊指田賦：租稅。

【租戶】zūhù ㄗㄨ ㄏㄨˋ 租用房屋或物品的人。

【租價】zūjià ㄗㄨ ㄐㄧㄚˋ 出租的價格。

【租界】zūjiè ㄗㄨ ㄐㄧㄝˋ 帝國主義國家強迫半殖

民地國家在通商都市內'租借'給他們做進一步侵略的據點的地區。

【租借】zūjiè ㄗㄨ ㄐㄧㄝˋ ❶租用：租借劇場開會。❷出租：修車鋪租借自行車。

【租借地】zūjièdì ㄗㄨ ㄐㄧㄝˋ ㄉㄧˋ 一國以租借名義在他國暫時取得使用、管理權的地區。租借地的所有權仍屬於原來國家，出租國有權隨時要求交還。

【租金】zūjīn ㄗㄨ ㄐㄧㄣ 租房屋或物品的錢。

【租賃】zūlìn ㄗㄨ ㄌㄧㄣˋ ❶租用：租賃了兩間平房。❷出租：這家公司向外租賃建築機械。

【租錢】zū·qian ㄗㄨ ·ㄑㄧㄢ 租金。

【租用】zūyòng ㄗㄨ ㄩㄥˋ 以歸還原物並付給一定代價為條件而使用別人的東西：租用傢具。

【租約】zūyuē ㄗㄨ ㄩㄝ 確定租賃關係的契約。

【租子】zū·zi ㄗㄨ ·ㄗ 地租：交租子｜收租子。

菹〔葅〕(蒩) zū ㄗㄨ 〈書〉❶多水草的沼澤地帶。❷酸菜。❸切碎(菜、肉)。

zú (ㄗㄨˊ)

足1 zú ㄗㄨˊ ❶腳；腿：足迹｜足球｜手舞足蹈｜畫蛇添足。❷器物下部形狀像腿的支撐部分：鼎足。

足2 zú ㄗㄨˊ ❶充足；足夠：富足｜十足｜豐衣足食｜勁頭很足。❷夠得上某種數量或程度：這棵菜足有十幾斤｜這些事有三小時足能做完。❸足以(多用於否定式)：不足為憑｜微不足道。

【足本】zúběn ㄗㄨˊ ㄅㄣˇ 指書籍沒有殘缺刪削的本子：大字足本《三國演義》。

【足赤】zúchì ㄗㄨˊ ㄔˋ 足金：金無足赤，人無完人。

【足夠】zúgòu ㄗㄨˊ ㄍㄡˋ ❶達到應有的或能滿足需要的程度：足夠的燃料｜足夠的認識｜已經有這麼多了，足夠了。❷滿足；知足：有您這句話就足夠了。

【足迹】zújì ㄗㄨˊ ㄐㄧˋ 腳印：祖國各個角落都有勘探隊員的足迹。

【足見】zújiàn ㄗㄨˊ ㄐㄧㄢˋ 完全可以看出：這些難題通過集體研究都解決了，足見走群眾路綫是非常必要的。

【足金】zújīn ㄗㄨˊ ㄐㄧㄣ 成色十足的金子。

【足球】zúqiú ㄗㄨˊ ㄑㄧㄡˊ ❶球類運動項目之一，主要用腳踢球。球場長方形，較大，比賽時每隊上場十一人，一人守門。除守門員外，其他隊員不得用手或臂觸球。把球射進對方球門算得分，得分多的獲勝。❷足球運動使用的球，用牛皮做殼，橡膠做膽，比籃球小。

【足色】zúsè ㄗㄨˊ ㄙㄜˋ 金銀的成色十足：足色紋銀。

【足歲】zúsuì ㄗㄨˊ ㄙㄨㄟˋ 按十足月份和天數計算的年齡：這孩子已經七足歲了。

【足下】zúxià ㄗㄨˊ ㄒㄧㄚˋ 對朋友的敬稱(多用於書信)。

【足以】zúyǐ ㄗㄨˊ ㄧˇ 完全可以；夠得上：這些事實足以說明問題。

【足銀】zúyín ㄗㄨˊ ㄧㄣˊ 成色十足的銀子。

【足月】zúyuè ㄗㄨˊ ㄩㄝˋ 指胎兒在母體中成長的月份已足：孩子不足月就生下來了。

【足智多謀】zú zhì duō móu ㄗㄨˊ ㄓˋ ㄉㄨㄛ ㄇㄡˊ 智謀很多，形容善於料事和用計。

卒1 zú ㄗㄨˊ ❶兵：小卒｜士卒｜馬前卒。❷差役：走卒｜獄卒｜隸卒。

卒2 zú ㄗㄨˊ ❶完畢；結束：卒讀｜卒業。❷到底；終於：卒底於成。❸死：病卒｜暴卒｜生卒年月。

另見195頁 cù。

【卒歲】zúsuì ㄗㄨˊ ㄙㄨㄟˋ 〈書〉度過一年：聊以卒歲。

【卒業】zúyè ㄗㄨˊ ㄧㄝˋ 畢業。

崒(崪) zú ㄗㄨˊ 〈書〉險峻。

族 zú ㄗㄨˊ ❶家族：宗族｜合族｜同族。❷古代的一種殘酷刑法，殺死犯罪者的整個家族，甚至他母親、妻子等的家族。❸種族；民族：漢族｜斯拉夫族。❹事物有某種共同屬性的一大類：水族｜語族｜芳香族化合物◇打工族｜上班族。

【族譜】zúpǔ ㄗㄨˊ ㄆㄨˇ 家族或宗族記載本族世系和重要人物事迹的書。

【族權】zúquán ㄗㄨˊ ㄑㄩㄢˊ 宗法制度下，族長對家族或宗族的支配權力，或家長對家庭成員的支配權力。

【族人】zúrén ㄗㄨˊ ㄖㄣˊ 同一家族或宗族的人。

【族長】zúzhǎng ㄗㄨˊ ㄓㄤˇ 宗法制度下家族或宗族的領頭人，通常由族中輩分較高、年紀較長的有權勢的人擔任。

鏃(镞) zú ㄗㄨˊ 〈書〉箭頭：箭鏃。

zǔ (ㄗㄨˇ)

阻 zǔ ㄗㄨˇ 阻擋；阻礙：阻止｜攔阻｜勸阻｜通行無阻。

【阻礙】zǔ'ài ㄗㄨˇ ㄞˋ ❶使不能順利通過或發展：阻礙交通｜舊的生產關係阻礙生產力的發展。❷起阻礙作用的事物：毫無阻礙。

【阻擋】zǔdǎng ㄗㄨˇ ㄉㄤˇ 阻止；攔住：他一定要去，就不要阻擋了｜革命洪流不可阻擋。

【阻遏】zǔ'è ㄗㄨˇ ㄜˋ 阻止。

【阻隔】zǔgé ㄗㄨˇ ㄍㄜˊ 兩地之間不能相通或不易來往：山川阻隔。

【阻梗】zǔgěng ㄗㄨˇ ㄍㄥˇ 〈書〉阻塞：交通阻梗。

【阻擊】zǔjī ㄗㄨˇ ㄐㄧ 以防禦手段阻止敵人增援、逃跑或進攻：阻擊戰。

【阻截】zǔjié ㄗㄨˇ ㄐㄧㄝˊ 阻擋；攔截：阻截南逃之敵。

【阻絕】zǔjué ㄗㄨˇ ㄐㄩㄝˊ 受阻礙不能通過；阻隔：交通阻絕｜音信阻絕。

【阻抗】zǔkàng ㄗㄨˇ ㄎㄤˋ 電路中電阻、電感和電容對交流電流的阻礙作用的統稱。

【阻攔】zǔlán ㄗㄨˇ ㄌㄢˊ 阻止：他要去，誰也阻攔不住。

【阻力】zǔlì ㄗㄨˇ ㄌㄧˋ ❶妨礙物體運動的作用力：空氣阻力｜水的阻力。❷泛指阻礙事物發展或前進的外力：衝破各種阻力，克服一切困難。

【阻力臂】zǔlìbì ㄗㄨˇ ㄌㄧˋ ㄅㄧˋ 杠桿的阻力點和支點間的距離。舊稱重臂。

【阻力點】zǔlìdiǎn ㄗㄨˇ ㄌㄧˋ ㄉㄧㄢˇ 杠桿中阻力的作用點。舊稱重點。

【阻難】zǔnàn ㄗㄨˇ ㄋㄢˋ 阻撓留難：再三阻難｜無理阻難。

【阻撓】zǔnáo ㄗㄨˇ ㄋㄠˊ 阻止或暗中破壞使不能發展或成功：從中阻撓｜阻撓雙方和談。

【阻尼】zǔní ㄗㄨˇ ㄋㄧˊ 振動的物體或振盪電路，當能量逐漸減少時，振幅也相應減小的現象。

【阻塞】zǔsè ㄗㄨˇ ㄙㄜˋ ❶有障礙而不能通過：交通阻塞。❷使阻塞：車輛阻塞了道路◇阻塞言路。

【阻止】zǔzhǐ ㄗㄨˇ ㄓˇ 使不能前進；使停止行動：別阻止他，讓他去吧。

俎 zǔ ㄗㄨˇ ❶古代祭祀時盛牛羊等祭品的器具。❷古代割肉類用的砧板。❸(Zǔ)姓。

【俎上肉】zǔshàngròu ㄗㄨˇ ㄕㄤˋ ㄖㄡˋ 〈書〉比喻任人欺壓蹂躪的人或國家。

祖 zǔ ㄗㄨˇ ❶父母親的上一輩：祖父｜伯祖｜外祖。❷祖宗：曾祖｜高祖｜遠祖。❸事業或派別的首創者：鼻祖｜祖師。❹(Zǔ)姓。

【祖輩】zǔbèi ㄗㄨˇ ㄅㄟˋ 祖宗；祖先①。

【祖本】zǔběn ㄗㄨˇ ㄅㄣˇ 書籍或碑帖最早的刻本或拓本。

【祖產】zǔchǎn ㄗㄨˇ ㄔㄢˇ 祖宗傳下來的產業。

【祖傳】zǔchuán ㄗㄨˇ ㄔㄨㄢˊ 祖宗留傳下來的：祖傳秘方｜三代祖傳。

【祖墳】zǔfén ㄗㄨˇ ㄈㄣˊ 祖宗的墳墓。

【祖父】zǔfù ㄗㄨˇ ㄈㄨˋ 父親的父親。

【祖國】zǔguó ㄗㄨˇ ㄍㄨㄛˊ 自己的國家。

【祖籍】zǔjí ㄗㄨˇ ㄐㄧˊ 原籍。

【祖居】zǔjū ㄗㄨˇ ㄐㄩ ❶祖輩居住過的房子或地方。❷世代居住：祖居南京。

【祖率】zǔlǜ ㄗㄨˇ ㄌㄩˋ 南北朝時祖沖之算出圓周率的近似值在3.1415926和3.1415927之間，並提出圓周率的疏率為22/7，密率為355/113。為了紀念祖沖之，把他算出的近似值叫做祖率。

【祖母】zǔmǔ ㄗㄨˇ ㄇㄨˇ 父親的母親。

【祖上】zǔshàng ㄗㄨˇ ㄕㄤˋ 家族中較早的上輩：他祖上是從江西遷來的。

【祖師】zǔshī ㄗㄨˇ ㄕ ❶學術或技術上創立派別的人。❷佛教、道教中創立宗派的人。❸會道門稱本會門或本道門的創始人。❹舊時手工業者稱本行業的創造者。‖也說祖師爺。

【祖述】zǔshù ㄗㄨˇ ㄕㄨˋ 〈書〉尊崇和效法前人的學說或行為。

【祖先】zǔxiān ㄗㄨˇ ㄒㄧㄢ ❶一個民族或家族的上代，特指年代比較久遠的。❷演化成現代各類生物的各種古代生物：始祖鳥是鳥類的祖先。

【祖業】zǔyè ㄗㄨˇ ㄧㄝˋ ❶祖產。❷祖先創立的功業。

【祖塋】zǔyíng ㄗㄨˇ ㄧㄥˊ 〈書〉祖墳。

【祖宗】zǔ·zong ㄗㄨˇ ·ㄗㄨㄥ 一個家族的上輩，多指較早的。也泛指民族的祖先。

【祖祖輩輩】zǔzǔbèibèi ㄗㄨˇ ㄗㄨˇ ㄅㄟˋ ㄅㄟˋ 世世代代：我家祖祖輩輩都是農民｜勤勞儉樸是我國勞動人民祖祖輩輩流傳下來的美德。

組(组) zǔ ㄗㄨˇ ❶組織：改組｜組字遊戲｜十個人組成一個分隊。❷由不多的人員組織成的單位：小組｜大組｜組長｜組員｜讀報組｜互助組｜人事組。❸量詞，用於事物的集體：兩組電池。❹合成一組的(文藝作品)：組詩｜組畫｜組曲｜組歌。

【組辦】zǔbàn ㄗㄨˇ ㄅㄢˋ 組織籌辦：組辦音樂會。

【組銼】zǔcuò ㄗㄨˇ ㄘㄨㄛˋ 什錦銼。

【組分】zǔfèn ㄗㄨˇ ㄈㄣˋ 指混合物中的各個成分，如空氣中的氧、氮、氬等都是空氣的組分。

【組稿】zǔ∥gǎo ㄗㄨˇ∥ㄍㄠˇ 書報刊物編者按照編輯計劃向作者約定稿件。

【組歌】zǔgē ㄗㄨˇ ㄍㄜ 由表現同一個主題的若干支歌曲組成的一組歌，如《長征組歌》。

【組閣】zǔ∥gé ㄗㄨˇ∥ㄍㄜˊ ❶組織內閣：受命組閣。❷泛指組織領導班子。

【組合】zǔhé ㄗㄨˇ ㄏㄜˊ ❶組織成為整體：這本集子是由詩、散文和短篇小說三部分組合而成的。❷組織起來的整體：勞動組合(工會的舊稱)｜詞組是詞的組合。❸由m個不同的元素中取出n個並成一組，不論次序，其中每組所含成分至少有一個不同，所得到的結果叫做由m中取n個的組合。如由a，b，c，d中取3個的組合有abc，abd，acd，bcd四組。組合數用C_m^n來表示，公式是

$$C_m^n=\frac{m(m-1)(m-2)\cdots(m-n+1)}{1\times2\times3\times\cdots\times n}。$$

【組畫】zǔhuà ㄗㄨˇ ㄏㄨㄚˋ 由表現同一主題的、

形式統一的若干幅畫組成的一組畫。組畫比連環畫一般幅數少，畫面較大，每幅畫具有相對的獨立性。

【組建】zǔjiàn ㄗㄨˇ ㄐㄧㄢˋ 組織並建立(機構、隊伍等)：組建劇團｜組建突擊隊。

【組曲】zǔqǔ ㄗㄨˇ ㄑㄩˇ 由若干器樂曲組成的一組樂曲。

【組詩】zǔshī ㄗㄨˇ ㄕ 由表現同一主題的若干首詩組成的一組詩。

【組團】zǔtuán ㄗㄨˇ ㄊㄨㄢˊ 組成團體，特指組織劇團或代表團：組團出國訪問｜中央歌舞團重新組團｜中國運動員組團參加奧運會。

【組織】zǔzhī ㄗㄨˇ ㄓ ❶安排分散的人或事物使具有一定的系統性或整體性：組織人力｜組織聯歡晚會｜這篇文章組織得很好。❷系統；配合關係：組織嚴密｜組織鬆散。❸紡織品經緯紗綫的結構：平紋組織｜斜紋組織｜緞紋組織。❹機體中構成器官的單位，是由許多形態和功能相同的細胞按一定的方式結合而成的。人和高等動物體內有上皮組織、結締組織、肌肉組織和神經組織。❺按照一定的宗旨和系統建立起來的集體：黨團組織｜工會組織｜向組織彙報工作。

【組織生活】zǔzhī shēnghuó ㄗㄨˇ ㄓ ㄕㄥ ㄏㄨㄛˊ 黨派、團體的成員每隔一段時間聚集在一起進行的交流思想、討論問題等的活動。

【組織液】zǔzhīyè ㄗㄨˇ ㄓ ㄧㄝˋ ❶促進血液和組織細胞進行物質交換的液體，存在於組織的空隙間，是由血漿經過毛細管管壁過濾進入組織空隙而形成的。❷用動植物的某些組織製成的液體藥劑，注射到人體內能治療某些慢性病。如用胎盤製的組織液能治神經衰弱、胃潰瘍等。

【組裝】zǔzhuāng ㄗㄨˇ ㄓㄨㄤ 把零件組合起來，構成部件；把零件或部件組合起來，構成器械或裝置：組裝車間｜進口原件，國內組裝｜組裝一台掘進機。

詛(诅) zǔ ㄗㄨˇ 〈書〉❶詛咒。❷盟誓；發誓。

【詛咒】zǔzhòu ㄗㄨˇ ㄓㄡˋ 原指祈禱鬼神加禍於所恨的人，今指咒罵。

zuān (ㄗㄨㄢ)

躦(躜) zuān ㄗㄨㄢ 向上或向前衝。

鑽(钻) zuān ㄗㄨㄢ ❶用尖的物體在另一物體上轉動，造成窟窿：鑽孔｜鑽個眼兒｜鑽木取火。❷穿過；進入：鑽山洞｜鑽到水裏。❸鑽研：鑽書本｜邊幹邊鑽，邊學邊用。❹指鑽營。

另見1527頁 zuàn。

【鑽空子】zuān kòng·zi ㄗㄨㄢ ㄎㄨㄥˋ ·ㄗ 利用漏洞進行對自己有利的活動。

【鑽門子】zuān mén·zi ㄗㄨㄢ ㄇㄣˊ ·ㄗ 指巴結權貴。

【鑽謀】zuānmóu ㄗㄨㄢ ㄇㄡˊ 鑽營：鑽謀肥缺。

【鑽牛角尖】zuān niújiǎojiān ㄗㄨㄢ ㄋㄧㄡˊ ㄐㄧㄠˇ ㄐㄧㄢ 比喻費力研究不值得研究的或無法解決的問題。也說鑽牛角、鑽牛犄角。

【鑽探】zuāntàn ㄗㄨㄢ ㄊㄢˋ 為了勘探礦牀、地層構造、地下水位、土壤性質等，用器械向地下鑽孔，取出土壤或岩心，作為分析研究的樣品。

【鑽探機】zuāntànjī ㄗㄨㄢ ㄊㄢˋ ㄐㄧ 鑽井、鑽探用的機器。包括動力設備和鑽桿、鑽頭、岩心管、鋼架等。一般有衝擊式和旋轉式兩種。也叫鑽(zuàn)機。

【鑽心】zuānxīn ㄗㄨㄢ ㄒㄧㄣ 指心裏像被鑽着那樣難受：癢得鑽心｜疼得鑽心。

【鑽研】zuānyán ㄗㄨㄢ ㄧㄢˊ 深入研究：鑽研理論｜鑽研業務｜刻苦鑽研。

【鑽營】zuānyíng ㄗㄨㄢ ㄧㄥˊ 設法巴結有權勢的人以謀求私利：拍馬鑽營。

zuǎn (ㄗㄨㄢˇ)

篹 zuǎn ㄗㄨㄢˇ 同'纂'❶。
另見1502頁 zhuàn。

纂(❷鬘) zuǎn ㄗㄨㄢˇ ❶〈書〉編輯：纂修｜纂輯｜編纂。❷〈方〉(纂兒)婦女梳在頭後邊的髮髻。

籑(籑) zuǎn ㄗㄨㄢˇ 同'纂'❶。
另見1503頁 zhuàn。

纘(缵) zuǎn ㄗㄨㄢˇ 〈書〉繼承。

zuàn (ㄗㄨㄢˋ)

賺(赚) zuàn ㄗㄨㄢˋ 〈方〉騙(人)：你賺我白跑了一趟。
另見1502頁 zhuàn。

攥 zuàn ㄗㄨㄢˋ 握：攥緊拳頭｜手裏攥着一把斧子。

鑽(钻) zuàn ㄗㄨㄢˋ ❶打眼兒用的工具，有手搖的、電動的、風動的多種。❷指鑽石：鑽戒｜十七鑽的手錶。❸義同'鑽'(zuān)❶。
另見1527頁 zuān。

【鑽牀】zuànchuáng ㄗㄨㄢˋ ㄔㄨㄤˊ 金屬切削機牀，用來加工工件上的圓孔。加工時工件固定在工作台上，鑽頭一面旋轉，一面推進切削。

【鑽機】zuànjī ㄗㄨㄢˋ ㄐㄧ 鑽(zuān)探機。

【鑽戒】zuànjiè ㄗㄨㄢˋ ㄐㄧㄝˋ 鑲着鑽石的戒指。

【鑽石】zuànshí ㄗㄨㄢˋ ㄕˊ ❶經過琢磨的金剛石，是貴重的首飾。❷用紅、藍寶石等做的精密儀器、儀表(如手錶、航空儀表等)的軸承。

【鑽塔】zuàntǎ ㄗㄨㄢˋ ㄊㄚˇ 井架用於鑽井或鑽探時叫做鑽塔。

【鑽台】zuàntái ㄗㄨㄢˋ ㄊㄞˊ 安裝鑽探機的平台。

【鑽頭】zuàntóu ㄗㄨㄢˋ ㄊㄡˊ 鑽、鑽牀、鑽探機上用的刀具，金屬切削上常用的是有螺旋槽的麻花鑽頭，地質勘探用的有硬質合金鑽頭、金剛石鑽頭等。

zuī (ㄗㄨㄟ)

朘 zuī ㄗㄨㄟ 〈方〉男子生殖器。另見625頁 juān。

zuǐ (ㄗㄨㄟˇ)

咀 zuǐ ㄗㄨㄟˇ '嘴'俗作咀。另見621頁 jǔ。

觜 zuǐ ㄗㄨㄟˇ 同'嘴'。另見1511頁 zī。

嘴 zuǐ ㄗㄨㄟˇ ❶口的通稱：張嘴｜閉嘴。❷(嘴兒)形狀或作用像嘴的東西：瓶嘴兒｜茶壺嘴兒｜烟嘴兒。❸指說話：別多嘴。

【嘴巴】zuǐ·ba ㄗㄨㄟˇ ·ㄅㄚ ❶打嘴部附近的部位叫打嘴巴：挨了一個嘴巴。也叫嘴巴子。❷嘴①：張開嘴巴。

【嘴笨】zuǐ bèn ㄗㄨㄟˇ ㄅㄣˋ 不善於說話：他嘴笨，有話說不出來。

【嘴唇】zuǐchún ㄗㄨㄟˇ ㄔㄨㄣˊ 唇的通稱：上嘴唇｜下嘴唇。

【嘴刁】zuǐ diāo ㄗㄨㄟˇ ㄉㄧㄠ ❶指吃東西愛挑剔：她從小嘴刁，總是這不吃，那不吃的。❷〈方〉說話刁滑：這小鬼嘴刁，差點兒被她騙了。

【嘴乖】zuǐ guāi ㄗㄨㄟˇ ㄍㄨㄞ 說話使人愛聽(多指小孩兒)：這小姑娘嘴乖，挺逗人喜歡。

【嘴尖】zuǐ jiān ㄗㄨㄟˇ ㄐㄧㄢ ❶說話刻薄：這人嘴尖，愛損人。❷指味覺靈敏，善於辨別味道：他嘴尖，喝一口就知道這是甚麼茶。❸嘴刁：這孩子嘴尖，不合口的一點也不吃。

【嘴角】zuǐjiǎo ㄗㄨㄟˇ ㄐㄧㄠˇ 上下唇兩邊相連的部分。

【嘴緊】zuǐ jǐn ㄗㄨㄟˇ ㄐㄧㄣˇ 說話謹慎，不亂講。

【嘴快】zuǐ kuài ㄗㄨㄟˇ ㄎㄨㄞˋ 有話藏不住，馬上說出來。

【嘴臉】zuǐliǎn ㄗㄨㄟˇ ㄌㄧㄢˇ 面貌；表情或臉色(多含貶義)：醜惡嘴臉｜他一直不給人家好嘴臉看。

【嘴皮子】zuǐpí·zi ㄗㄨㄟˇ ㄆㄧˊ ·ㄗ 嘴唇(就能說會道而言)：耍嘴皮子｜他那兩片嘴皮子可能說了。

【嘴軟】zuǐ ruǎn ㄗㄨㄟˇ ㄖㄨㄢˇ 說話不理直氣壯。

【嘴鬆】zuǐ sōng ㄗㄨㄟˇ ㄙㄨㄥ 說話不謹慎，容易說出不應說的話。

【嘴碎】zuǐ suì ㄗㄨㄟˇ ㄙㄨㄟˋ 說話囉唆：老太太嘴碎，遇事總愛嘮叨。

【嘴損】zuǐ sǔn ㄗㄨㄟˇ ㄙㄨㄣˇ 〈方〉說話刻薄：嘴損不饒人。

【嘴甜】zuǐ tián ㄗㄨㄟˇ ㄊㄧㄢˊ 說的話使人聽着舒服：孩子嘴甜，討老人喜歡。

【嘴頭】zuǐtóu ㄗㄨㄟˇ ㄊㄡˊ 〈方〉(嘴頭兒)嘴(指說話時的)：嘴頭兒能說會道｜我是打嘴頭兒上直到心眼兒裏服了你了。也叫嘴頭子。

【嘴穩】zuǐ wěn ㄗㄨㄟˇ ㄨㄣˇ 說話謹慎，不說泄露秘密的話。

【嘴嚴】zuǐ yán ㄗㄨㄟˇ ㄧㄢˊ 嘴緊；嘴穩。

【嘴硬】zuǐ yìng ㄗㄨㄟˇ ㄧㄥˋ 自知理虧而口頭上不肯認錯或服輸：做錯了事還要嘴硬。

【嘴直】zuǐ zhí ㄗㄨㄟˇ ㄓˊ 說話直爽：別怪我嘴直，這事是你不對。

【嘴子】zuǐ·zi ㄗㄨㄟˇ ·ㄗ 〈方〉嘴②：山嘴子。

zuì (ㄗㄨㄟˋ)

冣 zuì ㄗㄨㄟˋ 〈書〉同'最'。

最 zuì ㄗㄨㄟˋ ❶副詞，表示某種屬性超過所有同類的人或事物：我國是世界上人口最多的國家。❷居首位的；沒有能比得上的：中華之最｜世界之最。

【最初】zuìchū ㄗㄨㄟˋ ㄔㄨ 最早的時期；開始的時候：那裏最初還是不毛之地｜我最初認識他是在上中學的時候。

【最後】zuìhòu ㄗㄨㄟˋ ㄏㄡˋ 在時間上或次序上在所有別的之後：最後勝利一定屬於我們｜這是全書的最後一章。

【最後通牒】zuìhòu tōngdié ㄗㄨㄟˋ ㄏㄡˋ ㄊㄨㄥ ㄉㄧㄝˊ 一國對另一國提出的必須接受其要求，否則將使用武力或採取其他強制措施的外交文書，這種文書限在一定時期內答復。也叫哀的美敦書。

【最惠國待遇】zuìhuìguó dàiyù ㄗㄨㄟˋ ㄏㄨㄟˋ ㄍㄨㄛˊ ㄉㄞˋ ㄩˋ 一國在貿易、航海等方面給予另一國的不低於任何第三國的優惠待遇。

【最近】zuìjìn ㄗㄨㄟˋ ㄐㄧㄣˋ 指說話前或後不久的日子：最近我到上海去了一趟｜這個戲最近就要上演了。

【最為】zuìwéi ㄗㄨㄟˋ ㄨㄟˊ 副詞，用在雙音節的形容詞前，表示某種屬性超過所有同類的人或事物：最為重要｜最為可惡｜用電話通知，最為省事。

【最終】zuìzhōng ㄗㄨㄟˋ ㄓㄨㄥ 最後；末了：最終目的。

晬 zuì ㄗㄨㄟˋ 〈書〉嬰兒週歲。

罪(辠) zuì ㄗㄨㄟˋ ❶作惡或犯法的行為：有罪｜判罪｜罪大惡極。❷過失；過錯：歸罪於人。❸苦難；痛苦：受罪。❹把罪過歸到某人身上；責備：罪己。

【罪案】zuì'àn ㄗㄨㄟˋ ㄢˋ 犯罪的案情。

【罪不容誅】zuì bù róng zhū ㄗㄨㄟˋ ㄅㄨˋ ㄖㄨㄥˊ ㄓㄨ 罪大惡極，處死都不能抵償。

【罪大惡極】zuì dà è jí ㄗㄨㄟˋ ㄉㄚˋ ㄜˋ ㄐㄧˊ 罪惡嚴重到極點。

【罪惡】zuì'è ㄗㄨㄟˋ ㄜˋ 嚴重損害人民利益的行為：罪惡滔天。

【罪犯】zuìfàn ㄗㄨㄟˋ ㄈㄢˋ 有犯罪行為的人。

【罪過】zuì·guo ㄗㄨㄟˋ ·ㄍㄨㄛ ❶過失：你這樣訓斥他，他有甚麼罪過？❷謙辭，表示不敢當：為我的事讓您老特地跑一趟，真是罪過。

【罪魁】zuìkuí ㄗㄨㄟˋ ㄎㄨㄟˊ 罪惡行為的首要分子：罪魁禍首。

【罪戾】zuìlì ㄗㄨㄟˋ ㄌㄧˋ 〈書〉罪過；罪惡。

【罪名】zuìmíng ㄗㄨㄟˋ ㄇㄧㄥˊ 根據犯罪行為的性質和特徵所規定的犯罪名稱。

【罪孽】zuìniè ㄗㄨㄟˋ ㄋㄧㄝˋ 迷信的人認為應受到報應的罪惡：罪孽深重。

【罪愆】zuìqiān ㄗㄨㄟˋ ㄑㄧㄢ 〈書〉罪過①。

【罪人】zuìrén ㄗㄨㄟˋ ㄖㄣˊ 有罪的人。

【罪刑】zuìxíng ㄗㄨㄟˋ ㄒㄧㄥˊ 罪狀和應判的刑罰。

【罪行】zuìxíng ㄗㄨㄟˋ ㄒㄧㄥˊ 犯罪的行為：罪行纍纍｜犯下嚴重罪行。

【罪尤】zuìyóu ㄗㄨㄟˋ ㄧㄡˊ 〈書〉罪過①。

【罪有應得】zuì yǒu yīng dé ㄗㄨㄟˋ ㄧㄡˇ ㄧㄥ ㄉㄜˊ 幹了壞事或犯了罪得到應得的懲罰。

【罪責】zuìzé ㄗㄨㄟˋ ㄗㄜˊ ❶對罪行所負的責任：罪責難逃。❷〈書〉責罰：免於罪責。

【罪證】zuìzhèng ㄗㄨㄟˋ ㄓㄥˋ 犯罪的證據：查明罪證。

【罪狀】zuìzhuàng ㄗㄨㄟˋ ㄓㄨㄤˋ 犯罪的事實：羅列罪狀。

蕞〔蕞〕 zuì ㄗㄨㄟˋ ［蕞爾］(zuì'ěr ㄗㄨㄟˋ ㄦˇ)〈書〉形容小(多指地區小)：蕞爾小國。

醉 zuì ㄗㄨㄟˋ ❶飲酒過量，神志不清：醉漢｜喝醉了｜醉得不省人事。❷沈迷；過分愛好：醉心｜陶醉。❸用酒泡製(食品)：醉棗｜醉蟹。

【醉鬼】zuìguǐ ㄗㄨㄟˋ ㄍㄨㄟˇ 喝醉了酒的人，多指經常喝醉了酒的人(含厭惡意)。

【醉話】zuìhuà ㄗㄨㄟˋ ㄏㄨㄚˋ 喝醉酒時說的話。

【醉人】zuìrén ㄗㄨㄟˋ ㄖㄣˊ ❶酒容易使人喝醉：這酒度數雖不高，可愛醉人。❷使人陶醉：春意醉人｜醉人的音樂。

【醉生夢死】zuì shēng mèng sǐ ㄗㄨㄟˋ ㄕㄥ ㄇㄥˋ ㄙˇ 像喝醉了酒和在睡夢中那樣糊裏糊塗地活着。

【醉態】zuìtài ㄗㄨㄟˋ ㄊㄞˋ 喝醉以後神志不清的樣子。

【醉翁之意不在酒】zuì wēng zhī yì bù zài jiǔ ㄗㄨㄟˋ ㄨㄥ ㄓ ㄧˋ ㄅㄨˋ ㄗㄞˋ ㄐㄧㄡˇ 歐陽修《醉翁亭記》：'醉翁之意不在酒，在乎山水之間也。'後來用來表示本意不在此而在別的方面。

【醉鄉】zuìxiāng ㄗㄨㄟˋ ㄒㄧㄤ 喝醉以後昏昏沈沈、迷迷糊糊的境界：沈入醉鄉。

【醉心】zuìxīn ㄗㄨㄟˋ ㄒㄧㄣ 對某一事物強烈愛好而一心專注：他一向醉心於數學的研究。

【醉醺醺】zuìxūnxūn ㄗㄨㄟˋ ㄒㄩㄣ ㄒㄩㄣ (醉醺醺的)形容人喝醉了酒的樣子。

【醉眼】zuìyǎn ㄗㄨㄟˋ ㄧㄢˇ 醉後迷糊的眼睛：醉眼乜斜｜醉眼矇矓。

【醉意】zuìyì ㄗㄨㄟˋ ㄧˋ 醉的感覺或神情：他已經有三分醉意了。

檇(檇) zuì ㄗㄨㄟˋ ［檇李］(zuìlǐ ㄗㄨㄟˋ ㄌㄧˇ) ❶李子的一個品種，果實皮鮮紅，汁多，味甜。❷這種植物的果實。

zūn (ㄗㄨㄣ)

尊[1] zūn ㄗㄨㄣ ❶地位或輩分高：尊長｜尊卑｜尊親。❷敬重；尊崇：尊敬｜自尊｜尊師愛徒。❸敬辭，稱跟對方有關的人或事物：尊府｜尊駕｜尊姓大名。❹量詞。a) 用於神佛塑像：一尊佛像。b) 用於炮：五十尊大炮。

尊[2] zūn ㄗㄨㄣ 同'樽'。

【尊稱】zūnchēng ㄗㄨㄣ ㄔㄥ ❶尊敬地稱呼：尊稱他為老師。❷對人尊敬的稱呼：'您'是'你'的尊稱｜范老是同志們對他的尊稱。

【尊崇】zūnchóng ㄗㄨㄣ ㄔㄨㄥˊ 尊敬推崇：他是一位受人尊崇的學者。

【尊貴】zūnguì ㄗㄨㄣ ㄍㄨㄟˋ 可尊敬；高貴：尊貴的客人。

【尊敬】zūnjìng ㄗㄨㄣ ㄐㄧㄥˋ ❶重視而且恭敬地對待：尊敬老師｜受人尊敬。❷可尊敬的：尊敬的總理閣下。

【尊親】zūnqīn ㄗㄨㄣ ㄑㄧㄣ ❶輩分高的親屬。❷敬辭，稱對方的親屬。

【尊嚴】zūnyán ㄗㄨㄣ ㄧㄢˊ ❶尊貴莊嚴：尊嚴的講台。❷可尊敬的身份或地位：民族的尊嚴｜法律的尊嚴。

【尊長】zūnzhǎng ㄗㄨㄣ ㄓㄤˇ 地位或輩分比自己高的人：敬重尊長。

【尊重】zūnzhòng ㄗㄨㄣ ㄓㄨㄥˋ ❶尊敬；敬重：尊重老人｜互相尊重。❷重視並嚴肅對待：尊重歷史｜尊重事實。❸莊重(指行為)：放尊重些！

樽(罇) zūn ㄗㄨㄣ 古代的盛酒器具。

【樽俎】zūnzǔ ㄗㄨㄣ ㄗㄨˇ 古代盛酒食的器具。後來常用做宴席的代稱：折衝樽俎。

遵 zūn ㄗㄨㄣ 依照：遵照｜遵循｜遵守｜遵命。

【遵從】zūncóng ㄗㄨㄣ ㄘㄨㄥˊ 遵照並服從：遵從決議｜遵從上級的指示｜遵從老師的教導。

【遵命】zūnmìng ㄗㄨㄣ ㄇㄧㄥˋ 敬辭，表示依照對方的囑咐(辦事)：遵命照辦。

【遵守】zūnshǒu ㄗㄨㄣ ㄕㄡˇ 依照規定行動；不違背：遵守時間｜遵守交通規則｜遵守勞動紀律。

【遵行】zūnxíng ㄗㄨㄣ ㄒㄧㄥˊ 遵照實行或執行：即請批示，以便遵行。

【遵循】zūnxún ㄗㄨㄣ ㄒㄩㄣˊ 遵照：遵循原則｜無所遵循，礙難執行。

【遵照】zūnzhào ㄗㄨㄣ ㄓㄠˋ 依照：遵照執行｜遵照政策辦事。

鱒(鳟) zūn ㄗㄨㄣ 鱒魚，背部淡青稍帶褐色，側綫下部銀白色，全身有黑點。

zǔn (ㄗㄨㄣˇ)

撙 zǔn ㄗㄨㄣˇ 節省：撙節｜撙下一些錢。

【撙節】zǔnjié ㄗㄨㄣˇ ㄐㄧㄝˊ 節約；節省：撙節開支。

zùn (ㄗㄨㄣˋ)

捘 zùn ㄗㄨㄣˋ 〈書〉用手指按。

zuō (ㄗㄨㄛ)

作 zuō ㄗㄨㄛ 作坊：石作｜小器作。
另見1531頁 zuò。

【作坊】zuō·fang ㄗㄨㄛ ·ㄈㄤ 手工業工場：造紙作坊。

嘬 zuō ㄗㄨㄛ 〈方〉吮吸：小孩兒嘬奶｜嘬柿子。
另見175頁 chuài。

【嘬癟子】zuō biě·zi ㄗㄨㄛ ㄅㄧㄝˇ ·ㄗ 〈方〉比喻受窘為難；碰壁：我的外語不行，讓我當翻譯，非嘬癟子不可。

zuó (ㄗㄨㄛˊ)

昨 zuó ㄗㄨㄛˊ ❶昨天：昨夜。❷泛指過去：覺今是而昨非。

【昨兒】zuór ㄗㄨㄛㄦˊ 〈方〉昨天。也說昨兒個(zuór·ge)。

【昨日】zuórì ㄗㄨㄛˊ ㄖˋ 昨天。

【昨天】zuótiān ㄗㄨㄛˊ ㄊㄧㄢ 今天的前一天。

捽 zuó ㄗㄨㄛˊ 〈方〉揪：小孩兒捽住媽媽的衣服｜捽着他胳膊就往外走。

筰(笮) zuó ㄗㄨㄛˊ 竹篾擰成的繩索：筰橋(竹索橋)。
另見1430頁 Zé。

琢 zuó ㄗㄨㄛˊ 見下。
另見1509頁 zhuó。

【琢磨】zuó·mo ㄗㄨㄛˊ ·ㄇㄛ 思索；考慮：隊長的話我琢磨了很久｜你琢磨琢磨這裏面還有甚麼問題。
另見1509頁 zhuómó。

zuǒ (ㄗㄨㄛˇ)

左 zuǒ ㄗㄨㄛˇ ❶面向南時靠東的一邊(跟'右'相對，下②⑥同)：左方｜左手｜向左轉。❷東：山左(太行山以東的地方，過去也專指山東省)。❸偏；邪；不正常：左脾氣｜左道旁門。❹錯；不對頭：想左了｜說左了。❺相反：意見相左。❻進步的；革命的：左派｜左翼作家。❼〈書〉同'佐'。❽(Zuǒ)姓。

【左膀右臂】zuǒ bǎng yòu bì ㄗㄨㄛˇ ㄅㄤˇ ㄧㄡˋ ㄅㄧˋ 比喻得力的助手。

【左邊】zuǒ·bian ㄗㄨㄛˇ ·ㄅㄧㄢ (左邊兒)靠左的一邊。

【左不過】zuǒ·buguò ㄗㄨㄛˇ ·ㄅㄨ ㄍㄨㄛˋ 〈方〉❶左右；反正：不是你來，就是我去，左不過是這麼一回事。❷只不過：這架機器左不過是上了點銹，不用修。

【左道旁門】zuǒ dào páng mén ㄗㄨㄛˇ ㄉㄠˋ ㄆㄤˊ ㄇㄣˊ 指不正派的宗教派別，也借用在學術上。也說旁門左道。

【左顧右盼】zuǒ gù yòu pàn ㄗㄨㄛˇ ㄍㄨˋ ㄧㄡˋ ㄆㄢˋ 向左右兩邊看：他走得很慢，左顧右盼，像在尋找甚麼。

【左近】zuǒjìn ㄗㄨㄛˇ ㄐㄧㄣˋ 附近：房子左近有一片草地。

【左輪】zuǒlún ㄗㄨㄛˇ ㄌㄨㄣˊ 轉輪手槍的一種，裝子彈的輪能從左側甩出來，所以叫左輪。

【左面】zuǒmiàn ㄗㄨㄛˇ ㄇㄧㄢˋ 左邊。

【左派】zuǒpài ㄗㄨㄛˇ ㄆㄞˋ 在階級、政黨、集團內，政治上傾向進步或革命的一派。也指屬於這一派的人。

【左撇子】zuǒpiě·zi ㄗㄨㄛˇ ㄆㄧㄝˇ ·ㄗ 習慣於用左手做事(如使用筷子、刀、剪等器物)的人。

【左遷】zuǒqiān ㄗㄨㄛˇ ㄑㄧㄢ 〈書〉指降職(古人以右為上)。

【左傾】zuǒqīng ㄗㄨㄛˇ ㄑㄧㄥ ❶思想進步的；傾向革命的。❷分不清事物發展的不同階段，在革命鬥爭中表現急躁盲動的(左字常帶引號作‘左’)。

【‘左’傾機會主義】zuǒqīng jīhuì zhǔyì ㄗㄨㄛˇ ㄑㄧㄥ ㄐㄧ ㄏㄨㄟˋ ㄓㄨˇ ㄧˋ 見531頁〖機會主義〗。

【左券】zuǒquàn ㄗㄨㄛˇ ㄑㄩㄢˋ 古代稱契約為券，用竹做成，分左右兩片，立約的各拿一片，左券常用做索償的憑證。後來說有把握叫操左券。

【左嗓子】zuǒsǎng·zi ㄗㄨㄛˇ ㄙㄤˇ ·ㄗ ❶指歌唱時聲音高低不準。❷左嗓子的人。

【左手】zuǒshǒu ㄗㄨㄛˇ ㄕㄡˇ ❶左邊的手。❷同‘左首’。

【左首】zuǒshǒu ㄗㄨㄛˇ ㄕㄡˇ 左邊(多指坐位)：左首坐着一位老太太。也作左手。

【左袒】zuǒtǎn ㄗㄨㄛˇ ㄊㄢˇ 〈書〉漢高祖劉邦死後，呂后當權，培植呂姓的勢力。呂后死，太尉周勃奪取呂氏的兵權，就在軍中對眾人說：‘擁護呂氏的右袒(露出右臂)，擁護劉氏的左袒。’軍中都左袒(見於《史記·呂太后本紀》)。後來管偏護一方叫左袒。

【左性子】zuǒxìng·zi ㄗㄨㄛˇ ㄒㄧㄥˋ ·ㄗ ❶性情執拗、怪僻。❷性情執拗、怪僻的人。

【左翼】zuǒyì ㄗㄨㄛˇ ㄧˋ ❶作戰時在正面部隊左側的部隊。❷政黨或階級、集團中在政治思想上傾向革命的一部分。

【左右】zuǒyòu ㄗㄨㄛˇ ㄧㄡˋ ❶左和右兩方面：左右為難｜左右逢源｜主席台左右的紅旗迎風飄揚。❷身邊跟隨的人：吩咐左右退下。❸支配；操縱：左右局勢｜他想左右我，沒那麼容易！❹用在數目字後面表示概數，跟‘上下’相同：年紀在三十左右。❺〈方〉副詞，反正：我左右閑着沒事，就陪你走一趟吧。

【左…右…】zuǒ…yòu… ㄗㄨㄛˇ… ㄧㄡˋ… 強調同類行為的反復：左說右說｜左思右想｜左一趟右一趟地派人去請。

【左右逢源】zuǒ yòu féng yuán ㄗㄨㄛˇ ㄧㄡˋ ㄈㄥˊ ㄩㄢˊ 比喻做事得心應手，怎樣進行都很順利。也比喻辦事圓滑。

【左右開弓】zuǒ yòu kāi gōng ㄗㄨㄛˇ ㄧㄡˋ ㄎㄞ ㄍㄨㄥ 比喻兩手輪流做同一動作，或者左邊一下右邊一下做同一動作。也指同時做幾項工作。

【左右手】zuǒyòushǒu ㄗㄨㄛˇ ㄧㄡˋ ㄕㄡˇ 比喻得力的助手：兒子已長大成人，成了他的左右手。

【左右袒】zuǒyòutǎn ㄗㄨㄛˇ ㄧㄡˋ ㄊㄢˇ 偏袒某一方面：勿為左右袒。參看〖左袒〗。

【左證】zuǒzhèng ㄗㄨㄛˇ ㄓㄥˋ 同‘佐證’。

【左支右絀】zuǒ zhī yòu chù ㄗㄨㄛˇ ㄓ ㄧㄡˋ ㄔㄨˋ 指力量不足，應付了這一方面，那一方面又有了問題。

佐 zuǒ ㄗㄨㄛˇ ❶輔佐；輔助：佐理｜佐餐。❷輔佐別人的人：僚佐。

【佐餐】zuǒcān ㄗㄨㄛˇ ㄘㄢ 下飯：佐餐佳肴。

【佐理】zuǒlǐ ㄗㄨㄛˇ ㄌㄧˇ 〈書〉協助處理：佐理軍務。

【佐證】zuǒzhèng ㄗㄨㄛˇ ㄓㄥˋ 證據：偽造的單據就是他貪污的佐證。也作左證。

撮 zuǒ ㄗㄨㄛˇ (撮兒)量詞，用於成叢的毛髮：一撮鬍子。

另見201頁 cuō。

【撮子】zuǒ·zi ㄗㄨㄛˇ ·ㄗ 撮：剪下一撮子頭髮。

zuò (ㄗㄨㄛˋ)

作 zuò ㄗㄨㄛˋ ❶起：振作｜日出而作｜一鼓作氣｜槍聲大作。❷從事某種活動：作孽｜自作自受。❸寫作：著作｜作曲｜作書(寫信)。❹作品：佳作｜杰作｜成功之作。❺裝：作態｜裝模作樣。❻當作；作為：過期作廢｜認賊作父。❼發作：作嘔｜作怪。

另見1530頁 zuō。

【作案】zuò//àn ㄗㄨㄛˋ//ㄢˋ 進行犯罪活動。

【作罷】zuòbà ㄗㄨㄛˋ ㄅㄚˋ 作為罷論；不進行：既然雙方都不同意，這件事就只好作罷了。

【作保】zuò//bǎo ㄗㄨㄛˋ//ㄅㄠˇ 當保證人：請人作保。

【作弊】zuò//bì ㄗㄨㄛˋ//ㄅㄧˋ 用欺騙的方式做違法亂紀或不合規定的事情：通同作弊｜考試作弊。

【作壁上觀】zuò bì shàng guān ㄗㄨㄛˋ ㄅㄧˋ ㄕㄤˋ ㄍㄨㄢ 人家交戰，自己站在營壘上觀看。比喻坐觀成敗，不給予幫助。

【作別】zuòbié ㄗㄨㄛˋ ㄅㄧㄝˊ 〈書〉分別；分手：拱手作別。

【作成】zuòchéng ㄗㄨㄛˋ ㄔㄥˊ 成全：作成他倆的親事。

【作答】zuòdá ㄗㄨㄛˋ ㄉㄚˊ 做出回答：聽到問話，他沒有馬上作答。

【作對】zuò//duì ㄗㄨㄛˋ//ㄉㄨㄟˋ ❶做對頭；跟人為難：他成心跟我作對。❷成為配偶：成雙作對。

【作惡】zuò//è ㄗㄨㄛˋ//ㄜˋ 做壞事：作惡多端｜乘機作惡。

【作伐】zuòfá ㄗㄨㄛˋ ㄈㄚˊ 〈書〉做媒。

【作法】zuò//fǎ ㄗㄨㄛˋ//ㄈㄚˇ 舊時指道士施行法術。

【作法】zuòfǎ ㄗㄨㄛˋ ㄈㄚˇ ❶作文的方法：文章作法。❷做法。

【作法自斃】zuò fǎ zì bì ㄗㄨㄛˋ ㄈㄚˇ ㄗˋ ㄅㄧˋ 自己立法反而使自己受害。

【作廢】zuò//fèi ㄗㄨㄛˋ//ㄈㄟˋ 因失效而廢棄：過期作廢｜作廢的票不能再用。

【作風】zuòfēng ㄗㄨㄛˋ ㄈㄥ ❶(思想上、工作上和生活上)表現出來的態度、行為：反對官僚作風｜作風正派。❷風格：他的文章作風樸實無華。
【作梗】zuògěng ㄗㄨㄛˋ ㄍㄥˇ 從中阻撓，使事情不能順利進行：從中作梗。
【作古】zuò∥gǔ ㄗㄨㄛˋ∥ㄍㄨˇ 〈書〉婉辭，去世。
【作怪】zuòguài ㄗㄨㄛˋ ㄍㄨㄞˋ 作祟：興妖作怪。
【作家】zuòjiā ㄗㄨㄛˋ ㄐㄧㄚ 從事文學創作有成就的人。
【作假】zuò∥jiǎ ㄗㄨㄛˋ∥ㄐㄧㄚˇ ❶製造假的，冒充真的；真的裏頭攙假的；好的裏頭攙壞的：弄虛作假。❷要花招；裝糊塗：作假騙人。❸故作客套，不爽直：沒吃飽就說沒吃飽，別作假！
【作價】zuò∥jià ㄗㄨㄛˋ∥ㄐㄧㄚˋ 在出讓物品、賠償物品損失或以物品償還債務時估定物品的價格；規定價格：合理作價｜作價賠償。
【作奸犯科】zuò jiān fàn kē ㄗㄨㄛˋ ㄐㄧㄢ ㄈㄢˋ ㄎㄜ 為非作歹，觸犯法令（奸：壞事；科：法令）。
【作繭自縛】zuò jiǎn zì fù ㄗㄨㄛˋ ㄐㄧㄢˇ ㄗˋ ㄈㄨˋ 蠶吐絲作繭，把自己包在裏面。比喻做了某事，結果反而使自己受困。
【作件】zuòjiàn ㄗㄨㄛˋ ㄐㄧㄢˋ 作為工作對象的零件，多指在機械加工過程中的零件。也叫工件或製件。
【作踐】zuò·jian ㄗㄨㄛˋ ·ㄐㄧㄢ （口語中多讀 zuó·jian ㄗㄨㄛˊ ·ㄐㄧㄢ）糟蹋：作踐糧食｜別作踐人。
【作客】zuò∥kè ㄗㄨㄛˋ∥ㄎㄜˋ 〈書〉寄居在別處：作客他鄉。
【作樂】zuòlè ㄗㄨㄛˋ ㄌㄜˋ 取樂：尋歡作樂｜苦中作樂。
【作臉】zuòliǎn ㄗㄨㄛˋ ㄌㄧㄢˇ 〈方〉爭光；爭氣。
【作料】zuò·liao ㄗㄨㄛˋ ·ㄌㄧㄠ （口語中多讀 zuó·liao ㄗㄨㄛˊ ·ㄌㄧㄠ）（作料兒）烹調時用來增加滋味的油、鹽、醬、醋和葱蒜、生薑、花椒、大料等。
【作亂】zuòluàn ㄗㄨㄛˋ ㄌㄨㄢˋ 發動叛亂：犯上作亂。
【作美】zuòměi ㄗㄨㄛˋ ㄇㄟˇ （天氣等）成全人的好事（多用於否定）：我們去郊遊的那天，天公不作美，下了一陣雨，玩得不痛快。
【作難】zuònán ㄗㄨㄛˋ ㄋㄢˊ 為難：從中作難。
【作難】zuònàn ㄗㄨㄛˋ ㄋㄢˋ 〈書〉發動叛亂；起事。
【作孽】zuò∥niè ㄗㄨㄛˋ∥ㄋㄧㄝˋ 造孽。
【作弄】zuònòng ㄗㄨㄛˋ ㄋㄨㄥˋ （口語中多讀 zuōnòng ㄗㄨㄛ ㄋㄨㄥˋ）捉弄。
【作嘔】zuò'ǒu ㄗㄨㄛˋ ㄡˇ ❶噁心，想嘔吐。❷比喻對可憎的人或事非常討厭：令人作嘔。
【作陪】zuòpéi ㄗㄨㄛˋ ㄆㄟˊ 當陪客。
【作品】zuòpǐn ㄗㄨㄛˋ ㄆㄧㄣˇ 指文學藝術方面的成品：繪畫作品｜詩詞作品。
【作色】zuòsè ㄗㄨㄛˋ ㄙㄜˋ 臉上現出怒色：憤然作色。
【作勢】zuòshì ㄗㄨㄛˋ ㄕˋ 做出某種姿態：裝腔作勢。
【作數】zuò∥shù ㄗㄨㄛˋ∥ㄕㄨˋ 算數兒：你說話作數不作數？
【作死】zuòsǐ ㄗㄨㄛˋ ㄙˇ （口語中多讀 zuōsǐ ㄗㄨㄛ ㄙˇ）自尋死路：酒後開快車，這不是作死嗎！
【作速】zuòsù ㄗㄨㄛˋ ㄙㄨˋ 趕快；趕緊：作速處理｜作速前往。
【作祟】zuòsuì ㄗㄨㄛˋ ㄙㄨㄟˋ 迷信的人指鬼神跟人為難。比喻壞人或壞的思想意識搗亂，妨礙事情順利進行：防止有人從中作祟。
【作態】zuòtài ㄗㄨㄛˋ ㄊㄞˋ 故意做出某種態度或表情：惺惺作態｜忸怩作態。
【作痛】zuòtòng ㄗㄨㄛˋ ㄊㄨㄥˋ 產生疼痛的感覺：周身的筋骨隱隱作痛。
【作威作福】zuò wēi zuò fú ㄗㄨㄛˋ ㄨㄟ ㄗㄨㄛˋ ㄈㄨˊ 原指統治者擅行賞罰，獨攬威權，後來指妄自尊大，濫用權勢。
【作為】[1] zuòwéi ㄗㄨㄛˋ ㄨㄟˊ ❶所作所為；行為：評論一個人，不但要根據他的談吐，而且更需要根據他的作為。❷做出成績：有所作為。❸可以做的事：大有作為。
【作為】[2] zuòwéi ㄗㄨㄛˋ ㄨㄟˊ ❶當做：作為罷論｜作為無效｜我把游泳作為鍛煉身體的方法。❷就人的某種身份或事物的某種性質來說：作為一個學生，首先得把學習搞好｜作為一部詞典，必須有明確的編寫宗旨。
【作偽】zuòwěi ㄗㄨㄛˋ ㄨㄟˇ 製造假的，冒充真的（多指文物、著作等）。
【作文】zuò∥wén ㄗㄨㄛˋ∥ㄨㄣˊ 寫文章（多指學生練習寫作）：作文比賽。
【作文】zuòwén ㄗㄨㄛˋ ㄨㄣˊ 學生作為練習所寫的文章：寫作文｜他的作文被評為優秀。
【作物】zuòwù ㄗㄨㄛˋ ㄨˋ 農作物的簡稱：大田作物｜經濟作物。
【作息】zuòxī ㄗㄨㄛˋ ㄒㄧ 工作和休息：按時作息｜作息制度。
【作興】zuò·xīng ㄗㄨㄛˋ ·ㄒㄧㄥ 〈方〉❶情理上許可（多用於否定）：開口罵人，不作興！❷可能；也許：看這天氣，作興要下雨。❸流行；盛行：農村過春節，還作興貼春聯。
【作業】zuòyè ㄗㄨㄛˋ ㄧㄝˋ ❶教師給學生佈置的功課；部隊給士兵佈置的訓練性的軍事活動；生產單位給工人或工作人員佈置的生產活動：課外作業｜野外作業｜作業計劃。❷從事這種軍事活動或生產活動：高空作業｜隊伍開到野地上去作業。
【作揖】zuò∥yī ㄗㄨㄛˋ∥ㄧ （口語中多讀 zuō∥yī ㄗㄨㄛ∥ㄧ）兩手抱拳高拱，身子略彎，向人敬禮：打躬作揖｜給老人家作了個揖。

【作藝】zuòyì ㄗㄨㄛˋ ㄧˋ　舊時指藝人演出：她從十一歲起就登台作藝。

【作俑】zuòyǒng ㄗㄨㄛˋ ㄩㄥˇ〈書〉製造殉葬用的偶像，比喻倡導做不好的事。參看1044頁〖始作俑者〗。

【作用】zuòyòng ㄗㄨㄛˋ ㄩㄥˋ ❶對事物產生影響：外界的事物作用於我們的感覺器官，在我們的頭腦中形成形象。❷對事物產生某種影響的活動：同化作用｜消化作用｜光合作用。❸對事物產生的影響；效果；效用：副作用｜起作用｜積極作用。❹用意：他剛才說的那些話是有作用的。

【作樂】zuòyuè ㄗㄨㄛˋ ㄩㄝˋ ❶制定樂律。❷奏樂。

【作戰】zuò//zhàn ㄗㄨㄛˋ//ㄓㄢˋ　打仗：作戰英勇。

【作者】zuòzhě ㄗㄨㄛˋ ㄓㄜˇ　文章或著作的寫作者；藝術作品的創作者。

【作準】zuòzhǔn ㄗㄨㄛˋ ㄓㄨㄣˇ ❶作數。❷准許；承認。

坐 zuò ㄗㄨㄛˋ ❶把臀部放在椅子、凳子或其他物體上，支持身體重量：請坐｜咱們坐下來談｜他坐在河邊釣魚◇穩坐江山。❷乘；搭：坐船｜坐火車。❸(房屋)背對着某一方向：這座大樓是坐北朝南的。❹把鍋、壺等放在爐火上：坐一壺水｜火旺了，快把鍋坐上。❺(坐兒)同'座'①。❻槍炮由於反作用而向後移動；建築物由於基礎不穩固而下沈：步槍的坐勁兒不小｜這房子向後坐了。❼瓜果等植物結實：坐果｜坐瓜。❽指定罪：連坐｜反坐。❾形成(疾病)：打那次受傷之後，就坐下了腰疼的病根兒。❿〈書〉因為：坐此解職。⓫〈書〉副詞，表示無緣無故：孤蓬自振，驚砂坐飛。

【坐班】zuò//bān ㄗㄨㄛˋ//ㄅㄢ　每天按規定時間上下班(多指坐辦公室)：坐班制。

【坐標】zuòbiāo ㄗㄨㄛˋ ㄅㄧㄠ　能夠確定一個點在空間的位置的一個或一組數，叫做這個點的坐標。通常由這個點到垂直相交的若干條固定的直綫的距離來表示。這些直綫叫做坐標軸。坐標軸的數目在平面上為2，在空間裏為3。

【坐禪】zuòchán ㄗㄨㄛˋ ㄔㄢˊ　佛教指排除一切雜念，靜坐修行。

【坐吃山空】zuò chī shān kōng ㄗㄨㄛˋ ㄔ ㄕㄢ ㄎㄨㄥ　光是消費而不從事生產，即使有堆積如山的財物也會消耗完。

【坐次】zuòcì ㄗㄨㄛˋ ㄘˋ　坐位的次序：坐次表。也作座次。

【坐待】zuòdài ㄗㄨㄛˋ ㄉㄞˋ　坐等：坐待勝利。

【坐等】zuòděng ㄗㄨㄛˋ ㄉㄥˇ　坐着等待：在他家坐等了半個多小時。

【坐地】zuòdì ㄗㄨㄛˋ ㄉㄧˋ ❶固定在某個地方：坐地戶｜坐地行醫。❷就地：坐地加價｜貨物坐地轉手。

【坐地分贓】zuò dì fēn zāng ㄗㄨㄛˋ ㄉㄧˋ ㄈㄣ ㄗㄤ　(匪首、窩主等)不親自偷竊搶劫而分到贓物。

【坐墊】zuòdiàn ㄗㄨㄛˋ ㄉㄧㄢˋ　(坐墊兒)放在椅子、凳子上的墊子。

【坐蔸】zuòdōu ㄗㄨㄛˋ ㄉㄡ　水稻在幼苗時期發生萎黃、生長遲緩的現象。多由水的溫度低、肥料不足等引起。

【坐而論道】zuò ér lùn dào ㄗㄨㄛˋ ㄦˊ ㄌㄨㄣˋ ㄉㄠˋ　原指坐着議論政事，後泛指空談大道理。

【坐骨】zuògǔ ㄗㄨㄛˋ ㄍㄨˇ　人坐時支持上身重量的骨頭，左右各一，跟恥骨和髂骨組成髖骨。(圖見410頁〖骨骼〗)

【坐骨神經】zuògǔ shénjīng ㄗㄨㄛˋ ㄍㄨˇ ㄕㄣˊ ㄐㄧㄥ　人體內最粗最長的神經，是脊髓神經分佈到下肢的一支，主要作用是管下肢的彎曲運動。

【坐觀成敗】zuò guān chéng bài ㄗㄨㄛˋ ㄍㄨㄢ ㄔㄥˊ ㄅㄞˋ　對於別人的成功或失敗採取旁觀態度。

【坐果】zuò//guǒ ㄗㄨㄛˋ//ㄍㄨㄛˇ　(果樹)長出果實：果園的蘋果樹都已坐果。

【坐化】zuòhuà ㄗㄨㄛˋ ㄏㄨㄚˋ　佛教指和尚盤膝端坐死去。

【坐江山】zuò jiāngshān ㄗㄨㄛˋ ㄐㄧㄤ ㄕㄢ　指掌握國家政權。

【坐井觀天】zuò jǐng guān tiān ㄗㄨㄛˋ ㄐㄧㄥˇ ㄍㄨㄢ ㄊㄧㄢ　比喻眼光狹小，看到的有限。

【坐具】zuòjù ㄗㄨㄛˋ ㄐㄩˋ　供人坐的用具，如椅子、凳子等。

【坐科】zuò//kē ㄗㄨㄛˋ//ㄎㄜ　在科班學戲：他幼年坐科學藝，習青衣。

【坐困】zuòkùn ㄗㄨㄛˋ ㄎㄨㄣˋ　守在一個地方，找不到出路：坐困孤城。

【坐蠟】zuò//là ㄗㄨㄛˋ//ㄌㄚˋ〈方〉陷入為難境地；遇到難以解決的困難：我不會的事硬讓我幹，這不是讓人坐蠟嗎？

【坐牢】zuò//láo ㄗㄨㄛˋ//ㄌㄠˊ　關在監獄裏。

【坐冷板凳】zuò lěngbǎndèng ㄗㄨㄛˋ ㄌㄥˇ ㄅㄢˇ ㄉㄥˋ　比喻因不受重視而擔任清閑的職務。也比喻長期候差或久等接見。

【坐力】zuòlì ㄗㄨㄛˋ ㄌㄧˋ　指槍彈、炮彈射出時的反衝力。

【坐落】zuòluò ㄗㄨㄛˋ ㄌㄨㄛˋ　土地或建築物位置(在某處)：我們的學校坐落在環境幽靜的市郊。

【坐騎】zuòqí ㄗㄨㄛˋ ㄑㄧˊ　供人騎的馬，泛指供人騎的獸類。

【坐鞧】zuòqiū ㄗㄨㄛˋ ㄑㄧㄡ　見480頁〖後鞧〗。

【坐蓐】zuòrù ㄗㄨㄛˋ ㄖㄨˋ〈書〉坐月子。

【坐山觀虎鬥】zuò shān guān hǔ dòu ㄗㄨㄛˋ ㄕㄢ ㄍㄨㄢ ㄏㄨˇ ㄉㄡˋ　比喻對雙方的鬥爭採取旁

觀的態度，等到兩敗俱傷的時候，再從中取利。

【坐商】zuòshāng ㄗㄨㄛˋ ㄕㄤ 有固定營業地點的商人(區別於'行商')。

【坐視】zuòshì ㄗㄨㄛˋ ㄕˋ 坐着看，指對該管的事故意不管或漠不關心。

【坐胎】zuò//tāi ㄗㄨㄛˋ//ㄊㄞ 指懷孕。

【坐探】zuòtàn ㄗㄨㄛˋ ㄊㄢˋ 混入對方組織內部刺探情報的人。

【坐堂】zuò//táng ㄗㄨㄛˋ//ㄊㄤˊ ❶舊時指官吏在公堂上審理案件。❷佛教指在禪堂上坐禪。❸營業員在店堂裏營業；中藥店聘請的醫生在店堂裏看病：坐堂營業｜坐堂行醫。

【坐天下】zuò tiānxià ㄗㄨㄛˋ ㄊㄧㄢ ㄒㄧㄚˋ 指掌握國家政權。

【坐位】zuò·wèi ㄗㄨㄛˋ ·ㄨㄟˋ ❶供人坐的地方(多用於公共場所)：票已經賣完，一個坐位也沒有了。❷(坐位兒)指椅子、凳子等可以坐的東西：搬個坐位兒來。‖也作座位。

【坐誤】zuòwù ㄗㄨㄛˋ ㄨˋ 坐失(時機)：因循坐誤。

【坐席】zuòxí ㄗㄨㄛˋ ㄒㄧˊ ❶坐到筵席的坐位上，泛指參加宴會。❷供坐的位子。

【坐享其成】zuò xiǎng qí chéng ㄗㄨㄛˋ ㄒㄧㄤˇ ㄑㄧˊ ㄔㄥˊ 自己不出力而享受別人勞動的成果。

【坐像】zuòxiàng ㄗㄨㄛˋ ㄒㄧㄤˋ 用雕塑等方法製成的人物坐着的形象。

【坐藥】zuòyào ㄗㄨㄛˋ ㄧㄠˋ 中醫指栓劑。

【坐夜】zuòyè ㄗㄨㄛˋ ㄧㄝˋ 為了守歲、守靈等夜裏坐着不睡：坐夜等門｜坐夜守歲。

【坐以待斃】zuò yǐ dài bì ㄗㄨㄛˋ ㄧˇ ㄉㄞˋ ㄅㄧˋ 坐着等死或等待失敗。

【坐月子】zuò yuè·zi ㄗㄨㄛˋ ㄩㄝˋ ·ㄗ 指婦女生孩子和產後一個月裏調養身體。

【坐贓】zuòzāng ㄗㄨㄛˋ ㄗㄤ ❶〈方〉栽贓。❷〈書〉犯貪污罪。

【坐鎮】zuòzhèn ㄗㄨㄛˋ ㄓㄣˋ (官長)親自在某個地方鎮守，也用於比喻：總經理親臨現場坐鎮。

【坐支】zuòzhī ㄗㄨㄛˋ ㄓ 指某些企業單位經銀行同意從自己業務收入的現金中直接支付的方式。

【坐莊】zuòzhuāng ㄗㄨㄛˋ ㄓㄨㄤ ❶商店派遣或特約的人常駐某地，採購貨物、招攬生意。❷打牌時繼續做莊家。

岞 zuò ㄗㄨㄛˋ 岞山(Zuòshān ㄗㄨㄛˋ ㄕㄢ)，地名，在山東。

怍 zuò ㄗㄨㄛˋ 〈書〉慚愧：慚怍｜愧怍。

阼 zuò ㄗㄨㄛˋ 古代指東面的台階，主人迎接賓客的地方。

柞 zuò ㄗㄨㄛˋ 見下。
另見1434頁 zhà。

【柞蠶】zuòcán ㄗㄨㄛˋ ㄘㄢˊ 昆蟲，比家蠶大，將變成蛹的幼蟲全身長有褐色長毛，吃櫟樹的葉子，吐的絲是絲織品的重要原料。

【柞樹】zuòshù ㄗㄨㄛˋ ㄕㄨˋ 櫟的通稱。

【柞絲綢】zuòsīchóu ㄗㄨㄛˋ ㄙ ㄔㄡˊ 用柞蠶絲織成的平紋紡織品，有光澤。適宜做夏季衣服。

胙 zuò ㄗㄨㄛˋ 古代祭祀時供的肉。

祚 zuò ㄗㄨㄛˋ 〈書〉❶福：門衰祚薄。❷君主的位置：帝祚｜踐祚。

唑 zuò ㄗㄨㄛˋ 譯音用字：咔唑｜噻唑。

座(❶坐) zuò ㄗㄨㄛˋ ❶(座兒)坐位：座次｜滿座｜這個劇場有五千個座兒。❷(座兒)放在器物底下墊着的東西：茶碗座兒｜石碑座兒。❸星座：大熊座｜天琴座。❹敬辭，舊時稱高級長官：軍座(稱軍長)。❺量詞，多用於較大或固定的物體：一座山｜一座水庫｜一座座高樓。

【座艙】zuòcāng ㄗㄨㄛˋ ㄘㄤ 指客機上載乘客的地方。也指戰鬥機的駕駛艙。

【座次】zuòcì ㄗㄨㄛˋ ㄘˋ 同'坐次'。

【座機】zuòjī ㄗㄨㄛˋ ㄐㄧ 指專供某人乘坐的飛機。

【座兒】zuòr ㄗㄨㄛㄦˋ 影劇院、茶館、酒店、飯館等指顧客；拉人力車、三輪車的指乘客：上座兒｜拉座兒。

【座上客】zuòshàngkè ㄗㄨㄛˋ ㄕㄤˋ ㄎㄜˋ 指在席上的受主人尊敬的客人，泛指受邀請的客人。

【座談】zuòtán ㄗㄨㄛˋ ㄊㄢˊ 不拘形式地討論：座談會。

【座位】zuò·wèi ㄗㄨㄛˋ ·ㄨㄟˋ 同'坐位'。

【座無虛席】zuò wú xū xí ㄗㄨㄛˋ ㄨˊ ㄒㄩ ㄒㄧˊ 座位沒有空着的，形容觀眾、聽眾或出席的人很多。

【座右銘】zuòyòumíng ㄗㄨㄛˋ ㄧㄡˋ ㄇㄧㄥˊ 寫出來放在坐位旁邊的格言。泛指激勵、警戒自己的格言。

【座鐘】zuòzhōng ㄗㄨㄛˋ ㄓㄨㄥ 擺在桌子上的時鐘(區別於'掛鐘')。

【座子】zuò·zi ㄗㄨㄛˋ ·ㄗ ❶座②：鐘座子。❷自行車、摩托車等上面供人坐的部分。

做(作) zuò ㄗㄨㄛˋ ❶製造：做衣服｜用這木頭做張桌子。❷寫作：做詩｜做文章。❸從事某種工作或活動：做工｜做事｜做買賣。❹舉行家庭的慶祝或紀念活動：做壽｜做生日。❺充當；擔任：做母親的｜做官｜做教員｜做保育員｜今天開會由他做主席。❻用做：樹皮可以做造紙的原料｜這篇文章可以做教材。❼結成(關係)：做親｜做對頭｜做朋友。❽假裝出(某種模樣)：做樣子｜做鬼臉｜做痛苦狀。

【做愛】zuò'ài ㄗㄨㄛˋ ㄞˋ 指人性交。

【做伴】zuò∥bàn ㄗㄨㄛˋ∥ㄅㄢˋ（做伴兒）當陪伴的人：母親生病，需要有個人做伴。

【做東】zuò∥dōng ㄗㄨㄛˋ∥ㄉㄨㄥ 當東道主。

【做法】zuòfǎ ㄗㄨㄛˋ ㄈㄚˇ 處理事情或製作物品的方法。

【做工】zuò∥gōng ㄗㄨㄛˋ∥ㄍㄨㄥ 從事體力勞動：她在紡紗廠做工。

【做工】zuògōng ㄗㄨㄛˋ ㄍㄨㄥ（做工兒）❶同'做功'。❷指製作的技術或質量：這件衣服做工很細。

【做功】zuògōng ㄗㄨㄛˋ ㄍㄨㄥ 戲曲中演員的動作和表情：做功戲。也作做工。

【做鬼】zuò∥guǐ ㄗㄨㄛˋ∥ㄍㄨㄟˇ（做鬼兒）做騙人的勾當；搗鬼：從中做鬼。

【做活兒】zuò∥huór ㄗㄨㄛˋ∥ㄏㄨㄛㄦ 從事體力勞動：他們一塊兒在地裏做活兒｜孩子也能幫着做點活兒了。

【做客】zuò∥kè ㄗㄨㄛˋ∥ㄎㄜˋ 訪問別人，自己當客人：到親戚家做客。

【做禮拜】zuò lǐbài ㄗㄨㄛˋ ㄌㄧˇ ㄅㄞˋ 基督教徒到禮拜堂聚會聽講道。

【做買賣】zuò mǎi·mai ㄗㄨㄛˋ ㄇㄞˇ·ㄇㄞ 從事商業活動：做買賣的｜到集上去做買賣。

【做滿月】zuò mǎnyuè ㄗㄨㄛˋ ㄇㄢˇ ㄩㄝˋ 在嬰兒滿月時宴請親友。

【做媒】zuò∥méi ㄗㄨㄛˋ∥ㄇㄟˊ 當媒人；給人介紹婚姻。

【做夢】zuò∥mèng ㄗㄨㄛˋ∥ㄇㄥˋ ❶睡眠中因大腦裏的抑制過程不徹底，在意識中呈現種種幻象。❷比喻幻想：白日做夢。

【做派】zuò·pài ㄗㄨㄛˋ·ㄆㄞ 做功；戲曲中演員的動作、表演。

【做親】zuò∥qīn ㄗㄨㄛˋ∥ㄑㄧㄣ ❶結為姻親：他們兩家做親，倒是門當戶對。❷成親；娶妻。

【做圈套】zuò quāntào ㄗㄨㄛˋ ㄑㄩㄢ ㄊㄠˋ 設計讓人上當受騙。

【做人】zuòrén ㄗㄨㄛˋ ㄖㄣˊ ❶指待人接物：做人處世｜她很會做人。❷當個正派人：痛改前非，重新做人。

【做人家】zuò rénjiā ㄗㄨㄛˋ ㄖㄣˊ ㄐㄧㄚ〈方〉儉省：他平時不亂花錢，很會做人家。

【做生活】zuò shēnghuó ㄗㄨㄛˋ ㄕㄥ ㄏㄨㄛˊ〈方〉從事體力勞動；做活兒。

【做生日】zuò shēng·ri ㄗㄨㄛˋ ㄕㄥ·ㄖ 慶祝生日。

【做生意】zuò shēng·yi ㄗㄨㄛˋ ㄕㄥ·ㄧ 做買賣。

【做聲】zuòshēng ㄗㄨㄛˋ ㄕㄥ（做聲兒）發出聲音，指說話、咳嗽等：大家別做聲，注意聽他講。

【做事】zuò∥shì ㄗㄨㄛˋ∥ㄕˋ ❶從事某種工作或處理某項事情：他做事一向認真負責。❷擔任固定的職務；工作：你現在在哪兒做事？

【做手腳】zuò shǒujiǎo ㄗㄨㄛˋ ㄕㄡˇ ㄐㄧㄠˇ 背地裏進行安排；暗中作弊。

【做壽】zuò∥shòu ㄗㄨㄛˋ∥ㄕㄡˋ（為老年人）做生日。

【做文章】zuò wénzhāng ㄗㄨㄛˋ ㄨㄣˊ ㄓㄤ 比喻抓住一件事發議論或在上面打主意。

【做戲】zuò∥xì ㄗㄨㄛˋ∥ㄒㄧˋ ❶演戲。❷比喻故意做出虛假的姿態：他這是在我面前做戲，不要相信。

【做學問】zuò xué·wen ㄗㄨㄛˋ ㄒㄩㄝˊ·ㄨㄣ 鑽研學問。

【做賊心虛】zuò zéi xīn xū ㄗㄨㄛˋ ㄗㄟˊ ㄒㄧㄣ ㄒㄩ 做了壞事怕人覺察出來而心裏惶恐不安。

【做針綫】zuò zhēn·xian ㄗㄨㄛˋ ㄓㄣ·ㄒㄧㄢ 做縫紉刺綉等活計。

【做主】zuò∥zhǔ ㄗㄨㄛˋ∥ㄓㄨˇ 對某項事情負完全責任而做出決定：當家做主｜這事我做不了主。

【做作】zuò·zuo ㄗㄨㄛˋ·ㄗㄨㄛ 故意做出某種表情、腔調等：他的表演太做作了，一點也不自然。

酢 zuò ㄗㄨㄛˋ〈書〉客人向主人敬酒：酬酢。

另見196頁 cù。

附

西文字母開頭的詞語*

【α粒子】見1頁〖阿爾法粒子〗。

【α射綫】見1頁〖阿爾法射綫〗。

【β粒子】見49頁〖貝塔粒子〗。

【β射綫】見49頁〖貝塔射綫〗。

【γ射綫】見364頁〖伽馬射綫〗。

【AA制】指聚餐會賬時各人平攤出錢或各人算各人的賬的做法。

【AB角】指在AB制中擔任同一角色的兩個演員。

【ABC】A、B、C是拉丁字母中的前三個，用來指一般常識或淺顯的道理(有時也用做書名)：連音樂的ABC也不懂，還作甚麼曲？|《股市交易ABC》。

【AB制】劇團排演某劇時，其中的同一主要角色由兩個演員擔任，演出時如A角不能上場則由B角上場，這種安排叫做AB制。

【ASCII】美國國家信息交換標準代碼。[英American National Standard Code for Information Interchange的縮寫]

【B超】❶B型超聲診斷的簡稱：做B超。❷B型超聲診斷儀的簡稱，利用超聲脉衝回波幅度調制熒光屏輝度分佈而顯示人體斷面像並從中獲得臨牀診斷信息的裝置。

【BP機】無綫傳呼機。也叫尋呼機。[BP，英beeper]

【CAD】計算機輔助設計。[英computer aid design的縮寫]

【CD】激光唱片。[英compact disc的縮寫]

【CPU】計算機的中央處理器。[英central processing unit的縮寫]

【CT】❶X射綫電子計算機斷層掃描：做CT。❷X射綫電子計算機斷層掃描儀。[英computerized tomography的縮寫]

【DNA】脱氧核糖核酸。[英deoxyribonucleic acid的縮寫]

【DOS】磁盤操作系統。[英disk operating system的縮寫]

【DVD】數字式激光視盤。[英digital video disc的縮寫]

【FAX】傳真系統。[英facsimile的縮寫]

【Internet】國際互聯網絡。

【ISO】國際標準化組織。[英International Organization for Standardization的縮寫]

【KTV】演藝或餐飲場所的卡拉OK包廂。[K，指卡拉OK；TV，英television的縮寫]

【LD】激光視盤。[英laser disc的縮寫]

【MTV】音樂電視，即用電視畫面配合歌曲的演唱，以達到較好的視聽效果。[M，英music的第一個字母；TV，英television的縮寫]

【N型半導體】電子型半導體，主要靠電子導電的半導體。[N，取自英文negative的第一個字母，表示負的意思]

【OA】辦公自動化。[英office automation的縮寫]

【P型半導體】空穴型半導體，主要靠空穴導電的半導體。[P，取自英文positive的第一個字母，表示正的意思]

【pH值】氫離子濃度指數。[法pouvoir hydrogène的縮寫]

【P-N結】在同一半導體材料中，使其中一部分成為P型導電區域，另一部分成為N型導電區域，這兩個區域的交界面叫做P-N結。P-N結具有單向導電性。

【ROM】只讀存儲器。[英read-only memory的縮寫]

【SOS】國際曾通用的船舶、飛機等的呼救信號，也用於一般的求救或求助。

【SOS兒童村】一種收養孤兒的專門慈善機構。

【T恤衫】一種短袖針織上衣，因略呈T形，故稱。[恤，英shirt]

【TV】電視。也用在電視台的台標中，如CCTV(中央電視台)、BTV(北京電視台)。[英television的縮寫]

【UFO】不明飛行物。[英unidentified flying object的縮寫]

【VCD】激光視盤。[英video compact disc的縮寫]

【X光】愛克斯光。參看4頁〖愛克斯射綫〗。

【X射綫】見4頁〖愛克斯射綫〗。

* 這裏收錄的常見西文字母開頭的詞語，有的是借詞，有的是外語縮略語，在語言中西文字母是按西文的音讀的，這裏就不用漢語拼音標注讀音。

附　　錄

我國歷代紀元表

1. 本表從‘五帝’開始，到 1911 年辛亥革命推翻清王朝為止。
2. 我國歷史年代，西周共和元年 (公元前 841 年) 以前，異說頗多，尚無定論，本表對於西周共和元年以前，只列帝王世系。
3. 較小的王朝如‘十六國’、‘十國’、‘西夏’等不列表。
4. 各個時代或王朝，詳列帝王名號 (‘帝號’或‘廟號’，以習慣上常用者為據)，年號，元年的干支和公元紀年，以資對照。(年號後用括號附列使用年數，年中改元時在干支後用數字註出改元的月份。)

干 支 次 序 表

1.甲子	2.乙丑	3.丙寅	4.丁卯	5.戊辰	6.己巳	7.庚午	8.辛未
9.壬申	10.癸酉	11.甲戌	12.乙亥	13.丙子	14.丁丑	15.戊寅	16.己卯
17.庚辰	18.辛巳	19.壬午	20.癸未	21.甲申	22.乙酉	23.丙戌	24.丁亥
25.戊子	26.己丑	27.庚寅	28.辛卯	29.壬辰	30.癸巳	31.甲午	32.乙未
33.丙申	34.丁酉	35.戊戌	36.己亥	37.庚子	38.辛丑	39.壬寅	40.癸卯
41.甲辰	42.乙巳	43.丙午	44.丁未	45.戊申	46.己酉	47.庚戌	48.辛亥
49.壬子	50.癸丑	51.甲寅	52.乙卯	53.丙辰	54.丁巳	55.戊午	56.己未
57.庚申	58.辛酉	59.壬戌	60.癸亥				

五帝 (約前 26 世紀初－約前 22 世紀末至約前 21 世紀初)

黃帝 顓頊 [zhuānxū]				堯[yáo] 舜[shùn]			
帝嚳[kù]							

夏 (約前 22 世紀末至約前 21 世紀初－約前 17 世紀初)

禹[yǔ] 啓 太康 仲康 相 少康				泄 不降 扃[jiōng] 廑[jǐn] 孔甲 皋[gāo] 發			

杼[zhù]				桀[jié]			
槐				(履癸)			
芒							

商(約前 17 世紀初－約前 11 世紀)

湯				祖丁			
外丙				南庚			
仲壬				陽甲			
太甲				盤庚*			
沃丁				小辛			
太庚				小乙			
小甲				武丁			
雍己				祖庚			
太戊				祖甲			
仲丁				廩辛			
外壬				康丁			
河亶[dǎn]甲				武乙			
祖乙				太丁(文丁)			
祖辛				帝乙			
沃甲				紂[zhòu](辛)			

* 盤庚遷都於殷後，商也稱殷。

周(約前 11 世紀－前 256)

西周(約前 11 世紀－前 771)

武王(姬[jī]發)				孝王(～辟方)			
成王(～誦)				夷王(～燮[xiè])			
康王(～釗[zhāo])				厲王(～胡)			
昭王(～瑕[xiá])				[共和]	(14)	庚申	前 841
穆王(～滿)				宣王(～靜)	(46)	甲戌	前 827
共[gōng]王(～緊[yī]扈)				幽王(～宮湦[shēng]))	(11)	庚申	前 781
懿[yì]王(～囏[jiān])							

東周（前 770－前 256）

王號（名）	年數	干支	元年	王號（名）	年數	干支	元年
平王（姬宜臼）	(51)	辛未	前 770	敬王（～匄[gài]）	(44)	壬午	前 519
桓王（～林）	(23)	壬戌	前 719	元王（～仁）	(7)	丙寅	前 475
莊王（～佗[tuó]）	(15)	乙酉	前 696	貞定王（～介）	(28)	癸酉	前 468
釐[xī]王（～胡齊）	(5)	庚子	前 681	哀王（～去疾）	(1)	庚子	前 441
惠王（～閬[làng]）	(25)	乙巳	前 676	思王（～叔）	(1)	庚子	前 441
襄[xiāng]王（～鄭）	(33)	庚午	前 651	考王（～嵬[wéi]）	(15)	辛丑	前 440
頃王（～壬臣）	(6)	癸卯	前 618	威烈王（～午）	(24)	丙辰	前 425
匡王（～班）	(6)	己酉	前 612	安王（～驕）	(26)	庚辰	前 401
定王（～瑜[yú]）	(21)	乙卯	前 606	烈王（～喜）	(7)	丙午	前 375
簡王（～夷）	(14)	丙子	前 585	顯王（～扁）	(48)	癸丑	前 368
靈王（～泄心）	(27)	庚寅	前 571	慎靚[jìng]王（～定）	(6)	辛丑	前 320
景王（～貴）	(25)	丁巳	前 544	赧[nǎn]王（～延）	(59)	丁未	前 314
悼王（～猛）	(1)	辛巳	前 520				

秦［秦帝國（前 221－前 206）］

周赧王 59 年乙巳（前 256），秦滅周。自次年（秦昭襄王 52 年丙午，前255）起至秦王政 25 年己卯（前 222），史家以秦王紀年。秦王政 26 年庚辰（前 221）完成統一，稱始皇帝。

王號（名）	年數	干支	元年	王號（名）	年數	干支	元年
昭襄王（嬴則，又名稷）	(56)	乙卯	前 306	始皇帝（～政）	(37)	乙卯	前 246
孝文王（～柱）	(1)	辛亥	前 250	二世皇帝（～胡亥）	(3)	壬辰	前 209
莊襄王（～子楚）	(3)	壬子	前 249				

漢（前 206－公元 220）

西漢（前 206－公元 25）

包括王莽（公元 9－23）和更始帝（23－25）。

帝號（名）	年號（年數）	干支	元年	帝號（名）	年號（年數）	干支	元年
高帝（劉邦）	(12)	乙未	前 206	景帝（～啓）	(7)	乙酉	前 156
惠帝（～盈）	(7)	丁未	前 194		(中元)(6)	壬辰	前 149
高后（呂雉）	(8)	甲寅	前 187		(後元)(3)	戊戌	前 143
文帝（劉恒）	(16)	壬戌	前 179	武帝（～徹）	建元 (6)	辛丑	前 140
	(後元)(7)	戊寅	前 163		元光 (6)	丁未	前 134

	元朔（6）	癸丑	前128		永光（5）	戊寅	前43
	元狩（6）	己未	前122		建昭（5）	癸未	前38
	元鼎（6）	乙丑	前116		竟寧（1）	戊子	前33
	元封（6）	辛未	前110	成帝（～驁[ào]）	建始（4）	己丑	前32
	太初（4）	丁丑	前104		河平（4）	癸巳三	前28
	天漢（4）	辛巳	前100		陽朔（4）	丁酉	前24
	太始（4）	乙酉	前96		鴻嘉（4）	辛丑	前20
	征和（4）	己丑	前92		永始（4）	乙巳	前16
	後元（2）	癸巳	前88		元延（4）	己酉	前12
昭帝（～弗陵）	始元（7）	乙未	前86		綏和（2）	癸丑	前8
	元鳳（6）	辛丑八	前80	哀帝（劉欣）	建平（4）	乙卯	前6
	元平（1）	丁未	前74		元壽（2）	己未	前2
宣帝（～詢）	本始（4）	戊申	前73	平帝（～衎[kàn]）	元始（5）	辛酉	公元1
	地節（4）	壬子	前69	孺子嬰（王莽攝政）	居攝（3）	丙寅	6
	元康（5）	丙辰	前65		初始（1）	戊辰十一	8
	神爵（4）	庚申三	前61	[新]王莽	始建國（5）	己巳	9
	五鳳（4）	甲子	前57		天鳳（6）	甲戌	14
	甘露（4）	戊辰	前53		地皇（4）	庚辰	20
	黃龍（1）	壬申	前49	更始帝（劉玄）	更始（3）	癸未二	23
元帝（～奭[shì]）	初元（5）	癸酉	前48				

東漢（25–220）

光武帝（劉秀）	建武（32）	乙酉六	25	順帝（～保）	永建（7）	丙寅	126
	建武中元（2）	丙辰四	56		陽嘉（4）	壬申三	132
					永和（6）	丙子	136
明帝（～莊）	永平（18）	戊午	58		漢安（3）	壬午	142
					建康（1）	甲申四	144
章帝（～炟[dá]）	建初（9）	丙子	76	沖帝（～炳[bǐng]）	永憙[xī]（嘉）（1）	乙酉	145
	元和（4）	甲申八	84	質帝（～纘[zuǎn]）	本初（1）	丙戌	146
	章和（2）	丁亥七	87				
和帝（～肇[zhào]）	永元（17）	己丑	89	桓帝（～志）	建和（3）	丁亥	147
	元興（1）	乙巳四	105		和平（1）	庚寅	150
殤[shāng]帝（～隆）	延平（1）	丙午	106		元嘉（3）	辛卯	151
					永興（2）	癸巳五	153
安帝（～祜[hù]）	永初（7）	丁未	107		永壽（4）	乙未	155
	元初（7）	甲寅	114		延熹[xī]（10）	戊戌六	158
	永寧（2）	庚申四	120				
	建光（2）	辛酉七	121		永康（1）	丁未六	167
	延光（4）	壬戌三	122	靈帝（～宏）	建寧（5）	戊申	168

	熹[xī]平（7）	壬子五	172	獻帝（～協）	初平（4）	庚午	190
					興平（2）	甲戌	194
	光和（7）	戊午三	178		建安（25）	丙子	196
	中平（6）	甲子十二	184		延康（1）	庚子三	220

三國（220－280）

魏（220－265）

文帝（曹丕[pī]）	黃初（7）	庚子十	220		嘉平（6）	己巳四	249
				高貴鄉公（～髦[máo]）	正元（3）	甲戌十	254
明帝（～叡[ruì]）	太和（7）	丁未	227		甘露（5）	丙子六	256
	青龍（5）	癸丑二	233	元帝（～奐[huàn]）（陳留王）	景元（5）	庚辰六	260
	景初（3）	丁巳三	237		咸熙（2）	甲申五	264
齊王（～芳）	正始（10）	庚申	240				

蜀漢（221－263）

昭烈帝（劉備）	章武（3）	辛丑四	221		景耀（6）	戊寅	258
後主（～禪[shàn]）	建興（15）	癸卯五	223		炎興（1）	癸未八	263
	延熙（20）	戊午	238				

吳（222－280）

大帝（孫權）	黃武（8）	壬寅十	222	景帝（～休）	永安（7）	戊寅十	258
	黃龍（3）	己酉四	229	烏程侯（～皓[hào]）	元興（2）	甲申七	264
	嘉禾（7）	壬子	232		甘露（2）	乙酉四	265
	赤烏（14）	戊午九	238		寶鼎（4）	丙戌八	266
	太元（2）	辛未五	251		建衡（3）	己丑十	269
	神鳳（1）	壬申二	252		鳳凰（3）	壬辰	272
會稽王（～亮）	建興（2）	壬申四	252		天冊（2）	乙未	275
	五鳳（3）	甲戌	254		天璽（1）	丙申七	276
	太平（3）	丙子十	256		天紀（4）	丁酉	277

晉（265－420）

西晉（265－317）

武帝（司馬炎）	泰始（10）	乙酉十二	265		永平（1）	辛亥	291
	咸寧（6）	乙未	275		元康（9）	辛亥三	291
	太康（10）	庚子四	280		永康（2）	庚申	300
	太熙（1）	庚戌	290		永寧（2）	辛酉四	301
					太安（2）	壬戌十二	302
惠帝（司馬衷）	永熙（1）	庚戌四	290		永安（1）	甲子	304

	建武（1）	甲子七	304	懷帝（～熾[chì]）	永嘉（7）	丁卯	307
	永安（1）	甲子十一	304				
	永興（3）	甲子十二	304	愍[mǐn]帝（～鄴[yè]）	建興（5）	癸酉四	313
	光熙（1）	丙寅六	306				

東晉（317－420）

元帝（司馬睿[ruì]）	建武（2）	丁丑三	317	哀帝（～丕[pī]）	隆和（2）	壬戌	362
	大興（4）	戊寅三	318		興寧（3）	癸亥二	363
	永昌（2）	壬午	322	海西公（～奕[yì]）	太和（6）	丙寅	366
明帝（～紹）	永昌	壬午閏十一	322	簡文帝（～昱[yù]）	咸安（2）	辛未十一	371
	太寧（4）	癸未三	323	孝武帝（～曜[yào]）	寧康（3）	癸酉	373
成帝（～衍[yǎn]）	太寧	乙酉閏八	325		太元（21）	丙子	376
	咸和（9）	丙戌二	326	安帝（～德宗）	隆安（5）	丁酉	397
	咸康（8）	乙未	335		元興（3）	壬寅	402
康帝（～岳）	建元（2）	癸卯	343		義熙（14）	乙巳	405
穆帝（～聃[dān]）	永和（12）	乙巳	345	恭帝（～德文）	元熙（2）	己未	419
	升平（5）	丁巳	357				

南北朝（420－589）

南朝 宋（420－479）

武帝（劉裕）	永初（3）	庚申六	420		景和（1）	乙巳八	465
少帝（～義符）	景平（2）	癸亥	423	明帝（～彧[yù]）	泰始（7）	乙巳十二	465
文帝（～義隆）	元嘉（30）	甲子八	424		泰豫（1）	壬子	472
孝武帝（～駿[jùn]）	孝建（3）	甲午	454	後廢帝（～昱[yù]）（蒼梧王）	元徽（5）	癸丑	473
	大明（8）	丁酉	457				
前廢帝（～子業）	永光（1）	乙巳	465	順帝（～準）	昇明（3）	丁巳七	477

齊（479－502）

高帝（蕭道成）	建元（4）	己未四	479		永泰（1）	戊寅四	498
武帝（～賾[zé]）	永明（11）	癸亥	483	東昏侯（～寶卷）	永元（3）	己卯	499
				和帝（～寶融）	中興（2）	辛巳三	501
鬱林王（～昭業）	隆昌（1）	甲戌	494				
海陵王（～昭文）	延興（1）	甲戌七	494				
明帝（～鸞）	建武（5）	甲戌十	494				

梁（502－557）

帝王	年號	干支	公元	帝王	年號	干支	公元
武帝（蕭衍[yǎn]）	天監（18）	壬午四	502		太清（3）*	丁卯四	547
	普通（8）	庚子	520	簡文帝（～綱）	大寶（2）**	庚午	550
	大通（3）	丁未三	527	元帝（～繹[yì]）	承聖（4）	壬申十一	552
	中大通（6）	己酉十	529	敬帝（～方智）	紹泰（2）	乙亥十	555
	大同（12）	乙卯	535		太平（2）	丙子九	556
	中大同（2）	丙寅四	546				

*　有的地區用至6年。

**　有的地區用至3年。

陳（557－589）

帝王	年號	干支	公元	帝王	年號	干支	公元
武帝（陳霸先）	永定（3）	丁丑十	557	宣帝（～頊[xū]）	太建（14）	己丑	569
文帝（～蒨[qiàn]）	天嘉（7）	庚辰	560				
	天康（1）	丙戌二	566	後主（～叔寶）	至德（4）	癸卯	583
廢帝（～伯宗）（臨海王）	光大（2）	丁亥	567		禎明（3）	丁未	587

北朝　北魏［拓跋氏，後改元氏］（386－534）

北魏建國於丙戌（386年）正月，初稱代國，至同年四月始改國號為魏，439年滅北涼，統一北方。

帝王	年號	干支	公元	帝王	年號	干支	公元
道武帝（拓跋珪[guī]）	登國（11）	丙戌	386		太安（5）	乙未六	455
	皇始（3）	丙申七	396		和平（6）	庚子	460
	天興（7）	戊戌十二	398	獻文帝（～弘）	天安（2）	丙午	466
	天賜（6）	甲辰十	404		皇興（5）	丁未八	467
明元帝（～嗣[sì]）	永興（5）	己酉十	409	孝文帝（元宏）	延興（6）	辛亥八	471
	神瑞（3）	甲寅	414		承明（1）	丙辰六	476
	泰常（8）	丙辰四	416		太和（23）	丁巳	477
太武帝（～燾[tāo]）	始光（5）	甲子	424	宣武帝（～恪[kè]）	景明（4）	庚辰	500
	神䴥[jiā]（4）	戊辰二	428		正始（5）	甲申	504
					永平（5）	戊子八	508
	延和（3）	壬申	432		延昌（4）	壬辰四	512
	太延（6）	乙亥	435	孝明帝（～詡[xǔ]）	熙平（3）	丙申	516
	太平真君（12）	庚辰六	440		神龜（3）	戊戌二	518
					正光（6）	庚子七	520
					孝昌（3）	乙巳六	525
	正平（2）	辛卯六	451		武泰（1）	戊申	528
南安王（拓跋餘）	永（承）平（1）	壬辰三	452	孝莊帝（～子攸[yōu]）	建義（1）	戊申四	528
					永安（3）	戊申九	528
文成帝（～濬[jùn]）	興安（3）	壬辰十	452	長廣王（～曄[yè]）	建明（2）	庚戌十	530
	興光（2）	甲午七	454				

節閔[mǐn]帝(～恭)	普泰（2）	辛亥二	531	孝武帝(～脩)	太昌（1）	壬子四	532
					永興（1）	壬子十二	532
安定王(～朗)	中興（2）	辛亥十	531		永熙（3）	壬子十二	532

東魏（534－550）

孝靜帝(元善見)	天平（4）	甲寅十	534		興和（4）	己未十一	539
	元象（2）	戊午	538		武定（8）	癸亥	543

北齊（550－557）

文宣帝(高洋)	天保（10）	庚午五	550	後主(～緯)	天統（5）	乙酉四	565
廢帝(～殷)	乾明（1）	庚辰	560		武平（7）	庚寅	570
孝昭帝(～演)	皇建（2）	庚辰八	560		隆化（1）	丙申十二	576
武成帝(～湛)	太寧（2）	辛巳十一	561	幼主(～恒)	承光（1）	丁酉	577
	河清（4）	壬午四	562				

西魏（535－556）

文帝(元寶炬)	大統（17）	乙卯	535	恭帝(～廓)	—（3）	甲戌一	554
廢帝(～欽)	—（3）	壬申	552				

北周（557－581）

孝閔[mǐn]帝(宇文覺)	—（1）	丁丑	557		建德（7）	壬辰三	572
					宣政（1）	戊戌三	578
明帝(～毓[yù])	—（3）	丁丑九	557	宣帝(～贇[yūn])	大成（1）	己亥	579
	武成（2）	己卯八	559				
武帝(～邕[yōng])	保定（5）	辛巳	561	靜帝(～闡[chǎn])	大象（3）	己亥二	579
	天和（7）	丙戌	566		大定（1）	辛丑一	581

隋（581－618）

隋建國於581年，589年滅陳，完成統一。

文帝(楊堅)	開皇（20）	辛丑二	581	恭帝(～侑[yòu])	義寧（2）	丁丑十一	617
	仁壽（4）	辛酉	601				
煬[yáng]帝(～廣)	大業（14）	乙丑	605				

唐（618－907）

高祖(李淵)	武德（9）	戊寅五	618	高宗(～治)	永徽（6）	庚戌	650
太宗(～世民)	貞觀（23）	丁亥	627		顯慶（6）	丙辰	656

	龍朔（3）	辛酉三*	661
	麟德（2）	甲子	664
	乾封（3）	丙寅	666
	總章（3）	戊辰三	668
	咸亨（5）	庚午三	670
	上元（3）	甲戌八	674
	儀鳳（4）	丙子十一	676
	調露（2）	己卯六	679
	永隆（2）	庚辰八	680
	開耀（2）	辛巳九	681
	永淳（2）	壬午二	682
	弘道（1）	癸未十二	683
中宗(～顯又名哲)	嗣聖（1）	甲申	684
睿[ruì]宗(～旦)	文明（1）	甲申二	684
武后（武曌[zhào])	光宅（1）	甲申九	684
	垂拱（4）	乙酉	685
	永昌（1）	己丑	689
	載初**（1）	庚寅正	690
武后稱帝，改國號為周	天授（3）	庚寅九	690
	如意（1）	壬辰四	692
	長壽（3）	壬辰九	692
	延載（1）	甲午五	694
	證聖（1）	乙未	695
	天冊萬歲（2）	乙未九	695
	萬歲登封（1）	丙申臘	696
	萬歲通天（2）	丙申三	696
	神功（1）	丁酉九	697
	聖曆（3）	戊戌	698
	久視（1）	庚子五	700
	大足（1）	辛丑	701
	長安（4）	辛丑十	701
中宗(李顯又名哲)，復唐國號	神龍（3）	乙巳	705
	景龍（4）	丁未九	707
睿[ruì]宗(～旦)	景雲（2）	庚戌七	710
	太極（1）	壬子	712
	延和（1）	壬子五	712
玄宗(～隆基)	先天（2）	壬子八	712
	開元(29)	癸丑十二	713
	天寶(15)	壬午	742
肅宗（～亨）	至德（3）	丙申七	756
	乾元（3）	戊戌二	758
	上元（2）	庚子閏四	760
	—（1）***	辛丑九	761
代宗(～豫)	寶應（2）	壬寅四	762
	廣德（2）	癸卯七	763
	永泰（2）	乙巳	765
	大曆(14)	丙午十一	766
德宗（～适[kuò])	建中（4）	庚申	780
	興元（1）	甲子	784
	貞元(21)	乙丑	785
順宗(～誦)	永貞（1）	乙酉八	805
憲宗(～純)	元和(15)	丙戌	806
穆宗(～恒)	長慶（4）	辛丑	821
敬宗(～湛)	寶曆（3）	乙巳	825
文宗(～昂)	寶曆	丙午十二	826
	大(太)和（9）	丁未二	827
	開成（5）	丙辰	836
武宗(～炎)	會昌（6）	辛酉	841
宣宗（～忱[chén])	大中(14)	丁卯	847
懿[yì]宗(～漼[cuǐ])	大中	己卯八	859
	咸通(15)	庚辰十一	860
僖[xī]宗(～儇[xuān])	咸通	癸巳七	873
	乾符（6）	甲午十一	874
	廣明（2）	庚子	880
	中和（5）	辛丑七	881
	光啓（4）	乙巳三	885
	文德（1）	戊申二	888
昭宗（～曄[yè])	龍紀（1）	己酉	889
	大順（2）	庚戌	890
	景福（2）	壬子	892
	乾寧（5）	甲寅	894
	光化（4）	戊午八	898
	天復（4）	辛酉四	901
	天祐（4）	甲子閏四	904
哀帝(～柷[chù])	天祐****	甲子八	904

*　辛酉三月丙申朔改元，一作辛酉二月乙未晦改元。

**　始用周正，改永昌元年十一月為載初元年正月，以十二月為臘月，夏正月為一月。久視元年十月復用夏正，以正月為十一月，臘月為十二月，一月為正月。本表在這段期間內干支後面所註的改元月份都是周曆，各年號的使用年數也是按照周曆的計算方法。

***　此年九月以後去年號，但稱元年。

****　哀帝即位未改元。

五代（907－960）

後梁（907－923）

太祖（朱晃，又名溫、全忠）	開平（5） 乾化（5）	丁卯四 辛未五	907 911		貞明（7） 龍德（3）	乙亥十一 辛巳五	915 921
末帝（～瑱[zhèn]）	乾化	癸酉二	913				

後唐（923－936）

莊宗（李存勖[xù]）	同光（4）	癸未四	923	閔[mǐn]帝（～從厚）	應順（1）	甲午	934
明宗（～亶[dǎn]）	天成（5） 長興（4）	丙戌四 庚寅二	926 930	末帝（～從珂[kē]）	清泰（3）	甲午四	934

後晉（936－947）

高祖（石敬瑭[táng]）	天福（9）	丙申十一	936		開運（4）	甲辰七	944
出帝（～重貴）	天福*	壬寅六	942				

*　出帝即位未改元。

後漢（947－950）

高祖（劉暠[gǎo]，本名知遠）	天福* 乾祐（3）	丁未二 戊申	947 948	隱帝（～承祐）	乾祐**	戊申二	948

*　後漢高祖即位，仍用後晉高祖年號，稱天福十二年。

**　隱帝即位未改元。

後周（951－960）

太祖（郭威）	廣順（3） 顯德（7）	辛亥 甲寅一	951 954	世宗（柴榮） 恭帝（～宗訓）	顯德* 顯德	甲寅一 己未六	954 959

*　世宗、恭帝都未改元。

宋（960－1279）

北宋（960－1127）

太祖（趙匡胤[yìn]）	建隆（4）	庚申	960
	乾德（6）	癸亥十一	963
	開寶（9）	戊辰十一	968
太宗（～炅[jiǒng]，本名匡義，又名光義）	太平興國（9）	丙子十二	976
	雍熙（4）	甲申十一	984
	端拱（2）	戊子	988
	淳化（5）	庚寅	990
	至道（3）	乙未	995
真宗（～恒）	咸平（6）	戊戌	998
	景德（4）	甲辰	1004
	大中祥符（9）	戊申	1008
	天禧[xī]（5）	丁巳	1017
	乾興（1）	壬戌	1022
仁宗（～禎）	天聖（10）	癸亥	1023
	明道（2）	壬申十一	1032
	景祐（5）	甲戌	1034
	寶元（3）	戊寅十一	1038
	康定（2）	庚辰二	1040
	慶曆（8）	辛巳十一	1041
	皇祐（6）	己丑	1049
	至和（3）	甲午三	1054
	嘉祐（8）	丙申九	1056
英宗（～曙）	治平（4）	甲辰	1064
神宗（～頊[xū]）	熙寧（10）	戊申	1068
	元豐（8）	戊午	1078
哲宗（～煦[xù]）	元祐（9）	丙寅	1086
	紹聖（5）	甲戌四	1094
	元符（3）	戊寅六	1098
徽宗（～佶[jí]）	建中靖國（1）	辛巳	1101
	崇寧（5）	壬午	1102
	大觀（4）	丁亥	1107
	政和（8）	辛卯	1111
	重和（2）	戊戌十一	1118
	宣和（7）	己亥二	1119
欽宗（～桓[huán]）	靖康（2）	丙午	1126

南宋（1127－1279）

高宗（趙構）	建炎（4）	丁未五	1127
	紹興（32）	辛亥	1131
孝宗（～昚[shèn]）	隆興（2）	癸未	1163
	乾道（9）	乙酉	1165
	淳熙（16）	甲午	1174
光宗（～惇[dūn]）	紹熙（5）	庚戌	1190
寧宗（～擴）	慶元（6）	乙卯	1195
	嘉泰（4）	辛酉	1201
	開禧（3）	乙丑	1205
	嘉定（17）	戊辰	1208
理宗（～昀[yún]）	寶慶（3）	乙酉	1225
	紹定（6）	戊子	1228
	端平（3）	甲午	1234
	嘉熙（4）	丁酉	1237
	淳祐（12）	辛丑	1241
	寶祐（6）	癸丑	1253
	開慶（1）	己未	1259
	景定（5）	庚申	1260
度宗（趙禥[qí]）	咸淳（10）	乙丑	1265
恭帝（～㬎[xiǎn]）	德祐（2）	乙亥	1275
端宗（～昰[shì]）	景炎（3）	丙子五	1276
帝昺（～昺[bǐng]）	祥興（2）	戊寅五	1278

遼[耶律氏]（907－1125）

遼建國於907年，國號契丹，916年始建年號，938年（一說947年）改國號為遼，983年復稱契丹，1066年仍稱遼。

太祖（耶律阿保機）	一 (10)	丁卯	907		統和 (30)	癸未六	983
	神冊 (7)	丙子十二	916		開泰 (10)	壬子十一	1012
	天贊 (5)	壬午二	922		太平 (11)	辛酉十一	1021
	天顯 (13)	丙戌二	926	興宗（～宗真）	景福 (2)	辛未六	1031
太宗（～德光）	天顯*	丁亥十一	927		重熙 (24)	壬申十一	1032
	會同 (10)	戊戌十一	938	道宗（～洪基）	清寧 (10)	乙未八	1055
	大同 (1)	丁未二	947		咸雍 (10)	乙巳	1065
世宗（～阮[ruǎn]）	天祿 (5)	丁未九	947		大（太）康 (10)	乙卯	1075
穆宗（～璟[jǐng]）	應曆 (19)	辛亥九	951		大安 (10)	乙丑	1085
景宗（～賢）	保寧 (11)	己巳二	969		壽昌（隆） (7)	乙亥	1095
	乾亨 (5)	己卯十一	979	天祚[zuò]帝（～延禧[xī]）	乾統 (10)	辛巳二	1101
聖宗（～隆緒）	乾亨	壬午九	982		天慶 (10)	辛卯	1111
					保大 (5)	辛丑	1121

* 太宗即位未改元。

金[完顏氏]（1115－1234）

太祖（完顏旻[mín]，本名阿骨打）	收國 (2)	乙未	1115		泰和 (8)	辛酉	1201
	天輔 (7)	丁酉	1117	衛紹王（～永濟）	大安 (3)	己巳	1209
太宗（～晟[shèng]）	天會 (15)	癸卯九	1123		崇慶 (2)	壬申	1212
熙宗（～亶[dǎn]）	天會*	乙卯一	1135		至寧 (1)	癸酉五	1213
	天眷 (3)	戊午	1138	宣宗（～珣[xún]）	貞祐 (5)	癸酉九	1213
	皇統 (9)	辛酉	1141		興定 (6)	丁丑九	1217
海陵王（～亮）	天德 (5)	己巳十二	1149		元光 (2)	壬午八	1222
	貞元 (4)	癸酉三	1153	哀宗（～守緒）	正大 (9)	甲申	1224
	正隆 (6)	丙子二	1156		開興 (1)	壬辰一	1232
世宗（完顏雍）	大定 (29)	辛巳十	1161		天興 (3)	壬辰四	1232
章宗（～璟[jǐng]）	明昌 (7)	庚戌	1190				
	承安 (5)	丙辰十一	1196				

* 熙宗即位未改元。

元〔孛兒只斤氏〕(1206－1368)

蒙古孛兒只斤鐵木真於1206年建國。1271年忽必烈定國號為元，1279年滅南宋。

太祖(孛兒只斤鐵木真)(成吉思汗)	一 (22)	丙寅	1206
拖雷(監國)	一 (1)	戊子	1228
太宗(～窩闊台)	一 (13)	己丑	1229
乃馬真后(稱制)	一 (5)	壬寅	1242
定宗(～貴由)	一 (3)	丙午七	1246
海迷失后(稱制)	一 (3)	己酉三	1249
憲宗(～蒙哥)	一 (9)	辛亥六	1251
世祖(～忽必烈)	中統 (5)	庚申五	1260
	至元 (31)	甲子八	1264
成宗(～鐵穆耳)	元貞 (3)	乙未	1295
	大德 (11)	丁酉二	1297
武宗(～海山)	至大 (4)	戊申	1308
仁宗(～愛育黎拔力八達)	皇慶 (2)	壬子	1312
	延祐 (7)	甲寅	1314
英宗(～碩[shuò]德八剌)	至治 (3)	辛酉	1321
泰定帝(～也孫鐵木兒)	泰定 (5)	甲子	1324
	致和 (1)	戊辰二	1328
天順帝(～阿速吉八)	天順 (1)	戊辰九	1328
文宗(～圖帖睦爾)	天曆 (3)	戊辰九	1328
明宗(～和世㻋[là])*		己巳	1329
	至順 (4)	庚午五	1330
寧宗(～懿[yì]璘[lín]質班)	至順	壬申十	1332
順帝(～妥懽帖睦爾)	至順	癸酉六	1333
	元統 (3)	癸酉十	1333
	(後)至元 (6)	乙亥十一	1335
	至正 (28)	辛巳	1341

* 明宗於己巳(1329)正月即位，以文宗為皇太子。八月明宗暴死，文宗復位。

明(1368－1644)

太祖(朱元璋)	洪武 (31)	戊申	1368
惠帝(～允炆[wén])	建文(4)*	己卯	1399
成祖(～棣[dì])	永樂 (22)	癸未	1403
仁宗(～高熾[chì])	洪熙 (1)	乙巳	1425
宣宗(～瞻[zhān]基)	宣德 (10)	丙午	1426
英宗(～祁鎮)	正統 (14)	丙辰	1436
代宗(～祁鈺[yù])(景帝)	景泰 (8)	庚午	1450
英宗(～祁鎮)	天順 (8)	丁丑一	1457
憲宗(～見深)	成化 (23)	乙酉	1465
孝宗(～祐樘[chēng])	弘治 (18)	戊申	1488
武宗(～厚照)	正德 (16)	丙寅	1506
世宗(～厚熜[cōng])	嘉靖 (45)	壬午	1522
穆宗(～載垕[hòu])	隆慶 (6)	丁卯	1567
神宗(～翊[yì]鈞)	萬曆 (48)	癸酉	1573
光宗(～常洛)	泰昌 (1)	庚申八	1620
熹[xī]宗(～由校)	天啓 (7)	辛酉	1621
思宗(～由檢)	崇禎 (17)	戊辰	1628

* 建文4年時成祖廢除建文年號，改為洪武35年。

清[愛新覺羅氏](1616－1911)

清建國於1616年，初稱後金，1636年始改國號為清，1644年入關。

廟號	年號	年數	干支	年份
太祖(愛新覺羅努爾哈赤)	天命	(11)	丙辰	1616
太宗(～皇太極)	天聰	(10)	丁卯	1627
	崇德	(8)	丙子四	1636
世祖(～福臨)	順治	(18)	甲申	1644
聖祖(～玄燁[yè])	康熙	(61)	壬寅	1662
世宗(～胤[yìn]禛[zhēn])	雍正	(13)	癸卯	1723
高宗(～弘曆)	乾隆	(60)	丙辰	1736
仁宗(～顒[yóng]琰[yǎn])	嘉慶	(25)	丙辰	1796
宣宗(～旻[mín]寧)	道光	(30)	辛巳	1821
文宗(～奕[yì]詝[zhǔ])	咸豐	(11)	辛亥	1851
穆宗(～載淳)	同治	(13)	壬戌	1862
德宗(～載湉[tián])	光緒	(34)	乙亥	1875
～溥[pǔ]儀	宣統	(3)	己酉	1909

計 量 單 位 表

I.中華人民共和國法定計量單位

中華人民共和國的法定計量單位(以下簡稱法定單位)包括：

⑴ 國際單位制的基本單位(見表1)；

⑵ 國際單位制的輔助單位(見表2)；

⑶ 國際單位制中具有專門名稱的導出單位(見表3)；

⑷ 國家選定的非國際單位制單位(見表4)；

⑸ 由以上單位構成的組合形式的單位；

⑹ 由詞頭和以上單位所構成的十進倍數和分數單位(詞頭見表5)。

法定單位的定義、使用方法等，由國家計量局另行規定。

表1　國際單位制的基本單位

量的名稱	單 位 名 稱	單位符號
長　度	米	m
質　量	千克（公斤）	kg
時　間	秒	s
電　流	安〔培〕	A
熱力學溫度	開〔爾文〕	K
物質的量	摩〔爾〕	mol
發光強度	坎〔德拉〕	cd

表2　國際單位制的輔助單位

量的名稱	單 位 名 稱	單位符號
平面角	弧度	rad
立體角	球面度	sr

表3　國際單位制中具有專門名稱的導出單位

量 的 名 稱	單位名稱	單位符號	其他表示式例
頻率	赫〔茲〕	Hz	s^{-1}
力；重力	牛〔頓〕	N	$kg{\cdot}m/s^2$
壓力，壓強；應力	帕〔斯卡〕	Pa	N/m^2
能量；功；熱	焦〔耳〕	J	N·m
功率；輻射通量	瓦〔特〕	W	J/s
電荷量	庫〔侖〕	C	A·s
電位；電壓；電動勢	伏〔特〕	V	W/A
電容	法〔拉〕	F	C/V
電阻	歐〔姆〕	Ω	V/A

量 的 名 稱	單位名稱	單位符號	其他表示式例
電導	西〔門子〕	S	A/V
磁通量	韋〔伯〕	Wb	V·s
磁通量密度，磁感應強度	特〔斯拉〕	T	Wb/m^2
電感	亨〔利〕	H	Wb/A
攝氏溫度	攝氏度	℃	
光通量	流〔明〕	lm	cd·sr
光照度	勒〔克斯〕	lx	lm/m^2
放射性活度	貝可〔勒爾〕	Bq	s^{-1}
吸收劑量	戈〔瑞〕	Gy	J/kg
劑量當量	希〔沃特〕	Sv	J/kg

表4 國家選定的非國際單位制單位

量的名稱	單位名稱	單位符號	換算關係和説明
時 間	分 〔小〕時 天（日）	min h d	1min = 60s 1h = 60min = 3600s 1d = 24h = 86400s
平 面 角	〔角〕秒 〔角〕分 度	(") (') (°)	1" = （π/648000）rad （π為圓周率） 1' = 60" =（π/10800）rad 1° = 60" =（π/180）rad
旋轉速度	轉每分	r/min	1r/min =（1/60）s^{-1}
長 度	海里	n mile	1n mile = 1852m （只用於航程）
速 度	节	kn	1kn = 1n mile/h =（1852/3600）m/s （只用於航行）
質 量	噸 原子質量單位	t u	1t = 10^3kg 1u ≈ 1.6605655 × 10^{-27}kg
體 積	升	L，(l)	1L = $1dm^3$ = $10^{-3}m^3$
能	電子伏	eV	leV ≈ 1.6021892 × 10^{-19}J
級 差	分貝	dB	
綫 密 度	特〔克斯〕	tex	ltex = lg/km

表5　用於構成十進倍數和分數單位的詞頭

所表示的因數	詞頭名稱	詞頭符號	所表示的因數	詞頭名稱	詞頭符號
10^{18}	艾〔可薩〕	E	10^{-1}	分	d
10^{15}	拍〔它〕	P	10^{-2}	厘	c
10^{12}	太〔拉〕	T	10^{-3}	毫	m
10^{9}	吉〔咖〕	G	10^{-6}	微	μ
10^{6}	兆	M	10^{-9}	納〔諾〕	n
10^{3}	千	k	10^{-12}	皮〔可〕	p
10^{2}	百	h	10^{-15}	飛〔母托〕	f
10^{1}	十	da	10^{-18}	阿〔托〕	a

註：1. 週、月、年(年的符號為 a)，為一般常用時間單位。
2.〔　〕內的字，是在不致混淆的情況下，可以省略的字。
3. (　) 內的字為前者的同義語。
4. 角度單位度分秒的符號不處於數字後時，用括弧。
5. 升的符號中，小寫字母 l 為備用符號。
6. r 為"轉"的符號。
7. 人民生活和貿易中，質量習慣稱為重量。
8. 公里為千米的俗稱，符號為 km。
9. 10^{4} 稱為萬，10^{8} 稱為億，10^{12} 稱為萬億，這類數詞的使用不受詞頭名稱的影響，但不應與詞頭混淆。

II. 法定計量單位與常用非法定計量單位的對照和換算表

	法定計量單位		常用非法定計量單位		換算關係
	名稱	符號	名稱	符號	
長度	千米（公里）	km		KM	1 千米（公里）＝ 1KM ＝ 2 市里＝ 0.6214 英里
	米	m	公尺	M	1 米＝ 1 公尺＝ 3 市尺＝ 3.2808 英尺＝ 1.0936 碼
	分米	dm	公寸		1 分米＝ 1 公寸＝ 0.1 米＝ 3 市寸
	厘米	cm	公分		1 厘米＝ 1 公分＝ 0.01 米＝ 3 市分＝ 0.3937 英寸
	毫米	mm	公釐	m/m, MM	1 毫米＝ 1 公釐＝ 0.001 米＝ 3 市釐
			公絲		1 公絲＝ 0.1 毫米
	微米	μm	公微	μ,mμ,μM	1 微米＝ 1 公微＝ 10^{-6} 米
			絲米	dmm	1 絲米＝ 0.1 毫米
			忽米	cmm	1 忽米＝ 0.01 毫米
	納米	nm	毫微米	mμm	1 納米＝ 1 毫微米＝ 10^{-9} 米
	海里	n mile			1 海里＝ 3.7040 市里＝ 1.15 英里

	法定計量單位		常用非法定計量單位		換算關係
	名稱	符號	名稱	符號	
長度			市里		1市里＝150市丈＝0.5公里＝0.3107英里
			市引		1市引＝10市丈
			市丈		1市丈＝10市尺＝3.3333米＝3.6454碼
			市尺		1市尺＝10市寸＝0.3333米＝1.0936英尺
			市寸		1市寸＝10市分＝3.3333厘米＝1.3123英寸
			市分		1市分＝10市釐
			市釐		1市釐＝10市毫
			英里	mi.	1英里＝1760碼＝5280英尺＝1.6093公里＝3.2187市里
			碼	yd.	1碼＝3英尺＝0.9144米＝2.7432市尺
			英尺	ft.	1英尺＝12英寸＝0.3048米＝0.9144市尺
			英寸	in.	1英寸＝2.5400厘米＝0.7620市寸
	飛米	fm	費密	fermi	1飛米＝1費密＝10^{-15}米
			埃	Å	1埃＝10^{-10}米
面積	平方千米（平方公里）	km^2			1平方千米（平方公里）＝1000000平方米＝100公頃＝4平方市里＝0.3861平方英里
			公頃	ha	1公頃＝10000平方米＝100公畝＝15市畝＝2.4711英畝
			公畝	a	1公畝＝100平方米＝0.15市畝＝0.0247英畝
	平方米	m^2	平米		1平方米＝1平米＝9平方市尺＝10.7639平方英尺＝1.1960平方碼
	平方分米	dm^2			1平方分米＝0.01平方米
	平方厘米	cm^2			1平方厘米＝0.0001平方米
			市頃		1市頃＝100市畝＝6.6667公頃
			市畝		1市畝＝10市分＝60平方市丈＝6.6667公畝＝0.0667公頃＝0.1644英畝
			市分		1市分＝6平方市丈
			平方市里		1平方市里＝22500平方市丈＝0.2500平方公里＝0.0965平方英里
			平方市丈		1平方市丈＝100平方市尺
			平方市尺		1平方市尺＝100平方市寸＝0.1111平方米＝1.1960平方英尺
			平方英里		1平方英里＝640英畝＝2.5900平方公里＝10.3600平方市里

	法定計量單位		常用非法定計量單位		換　算　關　係
	名　稱	符號	名　稱	符號	
面積			英畝		1英畝＝4840平方碼＝40.4686公畝＝6.0720市畝
			平方碼		1平方碼＝9平方英尺＝0.8361平方米＝7.5249平方市尺
			平方英尺		1平方英尺＝144平方英寸＝0.0929平方米＝0.8361平方市尺
			平方英寸		1平方英寸＝6.4516平方厘米＝0.5806平方市寸
			靶恩	b	1靶恩＝10^{-28}平方米
體積	立方米	m^3			1立方米＝1000立方分米＝27立方市尺＝35.3147立方英尺＝1.3080立方碼
	立方分米	dm^3			1立方分米＝0.001立方米
	立方厘米	cm^3			1立方厘米＝0.000001立方米
			立方市丈		1立方市丈＝1000立方市尺
			立方市尺		1立方市尺＝1000立方市寸＝0.0370立方米＝1.3078立方英尺
			立方碼		1立方碼＝27立方英尺＝0.7646立方米＝20.6415立方市尺
			立方英尺		1立方英尺＝1728立方英寸＝0.0283立方米＝0.7645立方市尺
			立方英寸		1立方英寸＝16.3871立方厘米＝0.4424立方市寸
容積	升	L (l)	公升、立升		1升＝1公升＝1立升＝1市升＝1.7598品脱（英）＝0.2200加侖（英）
	分升	dl			1分升＝0.1升＝1市合
	厘升	cl			1厘升＝0.01升
	毫升	ml	西西	c.c.,cc	1毫升＝1西西＝0.001升
			市石		1市石＝10市斗＝100升＝2.7498蒲式耳（英）
			市斗		1市斗＝10市升＝10升
			市升		1市升＝10市合＝1升＝1.7598品脱（英）＝0.2200加侖（英）
			市合		1市合＝10市勺＝1分升
			市勺		1市勺＝10市撮＝1厘升
			市撮		1市撮＝1毫升

	法定計量單位		常用非法定計量單位		換算關係
	名稱	符號	名稱	符號	
容積			*蒲式耳		1 蒲式耳＝4 配克＝3.6369 市斗（英）
			*配克		1 配克＝2 加侖＝9.0922 升
			** 加侖		1 加侖（英）＝4 夸脱＝4.5461 升＝4.5461 市升
			夸脱	qt	1 夸脱＝2 品脱＝1.1365 升＝1.1365 市升
			品脱	pt	1 品脱＝4 及耳＝5.6826 分升＝5.6826 市合
			及耳	gi	1 及耳＝1.4207 分升
			英液盎司	floz	1 英液盎司＝2.841 厘升
			英液打蘭	fldr	1 英液打蘭＝3.552 毫升
質量	噸	t	公噸	T	1 噸＝1 公噸＝1000 千克＝0.9842 英噸＝1.1023 美噸
			公擔	q	1 公擔＝100 千克＝2 市擔
	千克（公斤）	kg			1 千克＝2 市斤＝2.2046 磅（常衡）
	克	g	公分	gm	1克＝1公分＝0.001千克＝2市分＝15.4324 格令
	分克	dg			1 分克＝0.0001 千克＝2 市釐
	厘克	cg			1 厘克＝0.00001 千克
	毫克	mg			1 毫克＝0.000001 千克
			公兩		1 公兩＝100 克
			公錢		1 公錢＝10 克
			市擔		1 市擔＝100 市斤＝0.5000 公擔
			市斤		1 市斤＝10 市兩＝0.5000 千克＝1.1023 磅（常衡）
			市兩		1 市兩＝10 市錢＝50 克＝1.7637 盎司（常衡）
			市錢		1 市錢＝10 市分＝5 克
			市分		1 市分＝10 市釐
			市釐		1 市釐＝10 市毫
			市毫		1 市毫＝10 市絲
			英噸（長噸）	ton	1 英噸（長噸）＝2240 磅＝1016 千克＝2032.0941 市斤
			美噸（短噸）	sh ton	1 美噸（短噸）＝2000 磅＝907.1849 千克＝1814.3698 市斤

	法定計量單位		常用非法定計量單位		換算關係
	名　稱	符號	名　稱	符號	
質量			磅	lb	1 磅＝16 盎司＝0.4536 千克＝0.9072 市斤
			盎司	oz	1 盎司＝16 打蘭＝28.3495 克＝0.5670 市兩
			打蘭	dr	1 打蘭＝27.34375 格令＝1.7718 克
			格令	gr	1 格令＝1/7000 磅＝0.0648 克
時間	年	a		y，yr	1y＝1yr＝1 年
	天（日）	d			
	小時	h		hr	1hr＝1 小時
	分	min		(')	1'＝1 分
	秒	s		S，sec，(")	1"＝1S＝1sec＝1 秒
頻率	赫茲	Hz	周	C	1 赫茲＝1 周
	兆赫	MHz	兆周	MC	1 兆赫＝1 兆周
	千赫	kHz	千周	KC，kc	1 千赫＝1 千周
溫度	開〔爾文〕	K	開氏度	°K	1 開＝1 開氏度
	開〔爾文〕	K	絕對度	°K	1 開＝1 絕對度
	攝氏度，開〔爾文〕	°C，K	度	deg	
			華氏度	°F	1 華氏度＝0.555556 開
			列氏度	°R	1 列氏度＝1.25 攝氏度
力、重力	牛〔頓〕	N	千克，公斤	kg	
			達因	dyn	1 達因＝10^{-5} 牛
壓力、壓強、應力	帕〔斯卡〕	Pa	巴	bar，b	1 巴＝10^{5} 帕
			毫巴	mbar	1 毫巴＝10^{2} 帕
			托	Torr	1 托＝133.329 帕
			標準大氣壓	atm	1 標準大氣壓＝101.325 千帕
			工程大氣壓	at	1 工程大氣壓＝98.0665 千帕
			毫米汞柱	mmHg	1 毫米汞柱＝133.322 帕
綫密度	特〔克斯〕	tex	旦〔尼爾〕	denier	1 旦＝0.111112 特

	法定計量單位		常用非法定計量單位		換算關係
	名稱	符號	名稱	符號	
功、能、熱	焦〔耳〕	J	爾格	erg	1 爾格 = 10^{-7} 焦
功率	瓦〔特〕	W	馬力		1 馬力 = 735 瓦
磁感應強度（磁通密度）	特〔斯拉〕	T	高斯	Gs	1 高斯 = 10^{-4} 特
磁場強度	安〔培〕每米	A/m	奧斯特 楞次	Oe	1 奧斯特 = $\frac{1000}{4\pi}$ 安 / 米 1 楞次 = 1 安 / 米
物質的量	摩〔爾〕	mol	克原子，克分子，克當量，克式量		
發光強度	坎〔德拉〕	cd	燭光，支光，支		
光照度	勒〔克斯〕	lx	輻透	ph	1 輻透 = 10^4 勒
光亮度	坎〔德拉〕每平方米	cd/m^2	熙提	sb	1 熙提 = 10^4 坎 / 米 ^{2}
放射性活度	貝可〔勒爾〕	Bq	居里	Ci	1 居里 = 3.7×10^{10} 貝可
吸收劑量	戈〔瑞〕	Gy	拉德	rad	1 拉德 = 10^{-2} 戈
劑量當量	希〔沃特〕	Sv	雷姆	rem	1 雷姆 = 10^{-2} 希
照射量	庫〔侖〕每千克	C/kg	倫琴	R	1 倫琴 = 2.58×10^{-4} 庫 / 千克

* 蒲式耳、配克只用於固體。

** 用於液體 1 加侖 = 277.274 立方英寸 (英) = 231 立方英寸 (美)。
用於固體 1 加侖 = 277.274 立方英寸 (英) = 268.803 立方英寸 (美)。

漢字偏旁名稱表

1. 本表列舉一部分漢字偏旁的名稱，以便教學。
2. 本表收錄的漢字偏旁，大多是現在不能單獨成字、不易稱呼或者稱呼很不一致的。能單獨成字、易於稱呼的，如山、馬、日、月、石、鳥、魚等，不收錄。
3. 有的偏旁有幾種不同的叫法，本表只取較為通行的名稱。

偏旁	名稱	例字
冫	兩點水兒（liǎngdiǎnshuǐr）	次、冷、准
冖	禿寶蓋兒（tūbǎogàir）	冗、軍、冠
厂	偏廠兒（piānchǎngr）	原、曆、厚
匚	三匡欄兒（sānkuānglánr）； 三匡兒（sānkuāngr）	區、匠、匣
刂	立刀旁兒（lìdāopángr）； 立刀兒（lìdāor）	列、別、劍
冂（⺆）	同字匡兒（tóngzìkuāngr）	岡、同、周
亻	單人旁兒（dānrénpángr）； 單立人兒（dānlìrénr）	仁、位、你
勹	包字頭兒（bāozìtóur）	勺、勾、旬
厶	私字兒（sīzìr）	叁、去、參
卩	單耳旁兒（dān'ěrpángr）； 單耳刀兒（dān'ěrdāor）	即、印、卻
氵	三點水兒（sāndiǎnshuǐr）	江、汪、活
忄	豎心旁兒（shùxīnpángr）； 豎心兒（shùxīnr）	懷、快、性
宀	寶蓋兒（bǎogàir）	宇、定、賓
广	廣字旁兒（guǎngzìpángr）	康、店、席
土	提土旁兒（títǔpángr）； 剔土旁兒（tītǔpángr）	地、場、城
艹	草字頭兒（cǎozìtóur）； 草頭兒（cǎotóur）	艾、花、英
廾	弄字底兒（nòngzìdǐr）	弈、弁、弄
尢	尤字旁兒（yóuzìpángr）	尤、尬、尥
扌	提手旁兒（tíshǒupángr）； 剔手旁兒（tīshǒupángr）	扛、擔、摘

偏　旁	名　稱	例　字
匚	方匡兒（fāngkuāngr）	因、國、圖
彳	雙人旁兒（shuāngrénpángr）； 雙立人兒（shuānglìrénr）	行、征、徒
彡	三撇兒（sānpiěr）	形、彪、須
夂	折文兒（zhéwénr）	冬、夐、夏
犭	反犬旁兒（fǎnquǎnpángr）； 犬猶兒（quǎnyóur）	狂、獨、狠
廴	建之旁兒（jiànzhīpángr）	廷、延、建
孑	子字旁兒（zǐzìpángr）	孔、孫、孩
阝	雙耳旁兒（shuāng'ěrpángr）； 雙耳刀兒（shuāng'ěrdāor） 左耳刀兒（zuǒ'ěrdāor）（在左） 右耳刀兒（yòu'ěrdāor）（在右）	防、阻、院 邦、那、郊
巛	三拐兒（sānguǎir）	甾、邕、巢
灬	四點兒（sìdiǎnr）	杰、烹、熱
火	火字旁兒（huǒzìpángr）	燈、燦、燭
礻	示字旁兒（shìzìpángr）； 示補兒（shìbǔr）	禮、社、祖
辶	走之兒（zǒuzhīr）	過、還、送
王	王字旁兒（wángzìpángr）； 斜玉旁兒（xiéyùpángr）	玩、珍、班
木	木字旁兒（mùzìpángr）	朴、杜、棟
牛	牛字旁兒（niúzìpángr）； 剔牛兒（tīniúr）	牡、物、牲
攵	反文旁兒（fǎnwénpángr）； 反文兒（fǎnwénr）	收、政、教
爿（丬）	將字旁兒（jiàngzìpángr）	壯、狀、將
疒	病字旁兒（bìngzìpángr）； 病旁兒（bìngpángr）	症、疼、痕
衤	衣字旁兒（yīzìpángr）； 衣補兒（yībǔr）	補、袖、被
耒	春字頭兒（chūnzìtóur）	奉、奏、秦

偏　旁	名　稱	例　字
罒	四字頭兒（sìzìtóur）	羅、罷、罪
皿	皿字底兒（mǐnzìdǐr）； 皿墩兒（mǐndūnr）	盂、益、盔
禾	禾木旁兒（hémùpángr）	和、秋、種
癶	登字頭兒（dēngzìtóur）	癸、登、凳
龹	卷字頭兒（juànzìtóur）	券、拳、眷
米	米字旁兒（mǐzìpángr）	粉、料、糧
虍	虎字頭兒（hǔzìtóur）	虜、慮、虛
⺮	竹字頭兒（zhúzìtóur）	笑、筆、笛
糹	絞絲旁兒（jiǎosīpángr）； 亂絞絲兒（luànjiǎosīr）	紅、約、純
言	言字旁兒（yánzìpángr）	計、論、識
𧾷	足字旁兒（zúzìpángr）	躍、距、蹄
飠	食字旁兒（shízìpángr）	飲、飼、飾
金	金字旁兒（jīnzìpángr）	鋼、欽、鈴

漢語拼音方案

(1957 年 11 月 1 日國務院全體會議第 60 次會議通過)
(1958 年 2 月 11 日第一屆全國人民代表大會第五次會議批准)

一、字母表

字母	Aa	Bb	Cc	Dd	Ee	Ff	Gg
名稱	ㄚ	ㄅㄝ	ㄘㄝ	ㄉㄝ	ㄜ	ㄝㄈ	ㄍㄝ
	Hh	Ii	Jj	Kk	Ll	Mm	Nn
	ㄏㄚ	ㄧ	ㄐㄧㄝ	ㄎㄝ	ㄝㄌ	ㄝㄇ	ㄋㄝ
	Oo	Pp	Qq	Rr	Ss	Tt	Uu
	ㄛ	ㄆㄝ	ㄑㄧㄡ	ㄚㄦ	ㄝㄙ	ㄊㄝ	ㄨ
	Vv	Ww	Xx	Yy	Zz		
	ㄪㄝ	ㄨㄚ	ㄒㄧ	ㄧㄚ	ㄗㄝ		

V 只用來拼寫外來語、少數民族語言和方言。

字母的手寫體依照拉丁字母的一般書寫習慣。

二、聲母表

b	p	m	f	d	t	n	l
ㄅ玻	ㄆ坡	ㄇ摸	ㄈ佛	ㄉ得	ㄊ特	ㄋ訥	ㄌ勒
g	k	h		j	q	x	
ㄍ哥	ㄎ科	ㄏ喝		ㄐ基	ㄑ欺	ㄒ希	
zh	ch	sh	r	z	c	s	
ㄓ知	ㄔ蚩	ㄕ詩	ㄖ日	ㄗ資	ㄘ雌	ㄙ思	

在給漢字注音的時候，為了使拼式簡短，zh ch sh 可以省作 ẑ ĉ ŝ。

三、韵母表

	i ㄧ　衣	u ㄨ　烏	ü ㄩ　迂
a ㄚ　啊	ia ㄧㄚ　呀	ua ㄨㄚ　蛙	
o ㄛ　喔		uo ㄨㄛ　窩	
e ㄜ　鵝	ie ㄧㄝ　耶		üe ㄩㄝ　約
ai ㄞ　哀		uai ㄨㄞ　歪	
ei ㄟ　欸		uei ㄨㄟ　威	
ao ㄠ　熬	iao ㄧㄠ　腰		
ou ㄡ　歐	iou ㄧㄡ　憂		
an ㄢ　安	ian ㄧㄢ　煙	uan ㄨㄢ　彎	üan ㄩㄢ　冤
en ㄣ　恩	in ㄧㄣ　因	uen ㄨㄣ　溫	ün ㄩㄣ　暈
ang ㄤ　昂	iang ㄧㄤ　央	uang ㄨㄤ　汪	
eng ㄥ　亨的韵母	ing ㄧㄥ　英	ueng ㄨㄥ　翁	
ong （ㄨㄥ）轟的韵母	iong ㄩㄥ　雍		

(1) "知、蚩、詩、日、資、雌、思"等七個音節的韵母用 i，即：知、蚩、詩、日、資、雌、思等字拼作 zhi，chi，shi，ri，zi，ci，si。

(2) 韻母ㄦ寫成 er，用作韻尾的時候寫成 r。例如："兒童"拼作 ertong，"花兒"拼作 huar。
(3) 韻母ㄝ單用的時候寫成 ê。
(4) i 行的韻母，前面沒有聲母的時候，寫成 yi (衣)，ya (呀)，ye (耶)，yao (腰)，you (憂)，yan (煙)，yin (因)，yang (央)，ying (英)，yong (雍)。
u 行的韻母，前面沒有聲母的時候，寫成 wu (烏)，wa (蛙)，wo (窩)，wai (歪)，wei (威)，wan (彎)，wen (溫)，wang (汪)，weng (翁)。
ü 行的韻母前面沒有聲母的時候，寫成 yu (迂)，yue (約)，yuan (冤)，yun (暈)；ü 上兩點省略。
ü 行的韻母跟聲母 j，q，x 拼的時候，寫成 ju (居)，qu (區)，xu (虛)，ü 上兩點也省略；但是跟聲母 n，l 拼的時候，仍然寫成 nü (女)，lü (呂)。
(5) iou，uei，uen 前面加聲母的時候，寫成 iu，ui，un，例如 niu (牛)，gui (歸)，lun (論)。
(6) 在給漢字注音的時候，為了使拼式簡短，ng 可以省作 ŋ。

四、聲調符號

陰平	陽平	上聲	去聲
ˉ	ˊ	ˇ	ˋ

聲調符號標在音節的主要母音上，輕聲不標。例如：

媽 mā	麻 má	馬 mǎ	罵 mà	嗎 ma
(陰平)	(陽平)	(上聲)	(去聲)	(輕聲)

五、隔音符號

a，o，e 開頭的音節連接在其他音節後面的時候，如果音節的界限發生混淆，用隔音符號 (') 隔開，例如 pi'ao (皮襖)。

元　素　週

原子序數 ← 19　K → 元素符號
鉀 → 元素名稱
原子量 ← 39.098
注*的是人造元

族 週期	IA	IIA	IIIB	IVB	VB	VIB	VIIB	VIII	
1	1 H 氫 1.00794(7)								
2	3 Li 鋰 6.941(2)	4 Be 鈹 9.0121823(3)							
3	11 Na 鈉 22.989768(6)	12 Mg 鎂 24.3050(6)							
4	19 K 鉀 39.0983	20 Ca 鈣 40.078(4)	21 Sc 鈧 44.955910(9)	22 Ti 鈦 47.88(3)	23 V 釩 50.9415	24 Cr 鉻 51.9961(6)	25 Mn 錳 54.93805(1)	26 Fe 鐵 55.847(3)	27 C 鈷 58.93320(1)
5	37 Rb 銣 85.4678(3)	38 Sr 鍶 87.62	39 Y 釔 88.90585(2)	40 Zr 鋯 91.224(2)	41 Nb 鈮 92.90638(2)	42 Mo 鉬 95.94	43 Tc 鍀 (97,99)	44 Ru 釕 101.07(2)	45 R 銠 102.90550(3
6	55 Cs 銫 132.90543(5)	56 Ba 鋇 137.327(7)	57－71 La－Lu 鑭系	72 Hf 鉿 178.49(2)	73 Ta 鉭 180.9479	74 W 鎢 183.85(3)	75 Re 錸 186.207	76 Os 鋨 190.2	77 I 銥 192.22(3)
7	87 Fr 鈁 (223)	88 Ra 鐳 226.0254	89－103 Ac－Lr 錒系	104 Rf 鑪* (261)	105 Db 𨧀* (262)	106 Sg 𨭎* (263)	107 Bh 𨨏* (262)	108 Hs 𨭆* (265)	109 M 鿏* (266)

鑭系	57 La 鑭 138.9055(2)	58 Ce 鈰 140.15(4)	59 Pr 鐠 140.90765(3)	60 Nd 釹 144.24(3)	61 Pm 鉕* (147)	62 Sm 釤 150.36(3)	63 151.96
錒系	89 Ac 錒 227.0278	90 Th 釷 232.0381	91 Pa 鏷 231.0359	92 U 鈾 238.0289	93 Np 錼 237.0482	94 Pu 鈈 (239.244)	95 (243)

註：1. 原子量錄自1985 年國際原子量表，以 $^{12}C = 12$ 為基準。原子量的末位數
2. 括弧內數據是天然放射性元素較重要的同位素的質量數或人造元素半衰
3. 105－109 號元素中文名稱分別讀作 dù(𨧀)、xǐ(𨭎)、bō(𨨏)、hēi(𨭆)